# 셰익스피어
# 전집

윌리엄 셰익스피어
(William Shakespeare, 1564~1616)

영국이 낳은 최고의 극작가이자 시인인 윌리엄 셰익스피어는 1564년 4월 23일에 잉글랜드 중부의 워릭셔 카운티에 있는 스트랫퍼드어폰에이번(Stratford-upon-Avon)에서 태어났다. 성인이 되자마자 그는 1580년대 후반에 런던으로 가서 배우 겸 극작가로 활동하면서 명성을 쌓아갔다. 이후 그는 30여 년간 그의 출세작인 「헨리 6세 제1부」, 「헨리 6세 제2부」, 「헨리 6세 제3부」 연작 등의 사극과, 4대 비극으로 일컬어진 「햄릿」, 「오셀로」, 「리어 왕」, 「맥베스」 등의 비극과, 재치 넘치는 「오해 연발 코미디」, 「베니스의 상인」, 「한여름 밤의 꿈」 등의 희극과, 「트로일로스와 크레시다」, 「끝이 좋으면 모두가 좋다」 등의 문제극과 「페리클레스」, 「폭풍」 등의 로맨스극 등 모두 38편의 희곡을 집필하여 큰 성공을 거두었다. 또한 시인으로서의 천부적 재능도 감추지 않은 그는 「비너스와 아도니스」, 「루크리스의 겁탈」 등을 비롯한 몇 권의 시집과 154편의 「소네트」를 발표했다. 1613년에 「헨리 8세」, 「두 왕족 사촌 형제」를 끝으로 그는 고향에서 평화로운 여생을 보내다가 1616년 4월 23일(생일)에 별세하여 '홀리 트리니티 교회'에 안장되었다. 동료 극작가 벤 존슨은 셰익스피어를 일컬어 "한 시대가 아닌 만세를 위한 작가"라고 평가한 바 있다. 그만큼 셰익스피어의 희곡은 아름다운 시적 상상력과 인간성의 안팎을 넓고 깊게 꿰뚫어보는 통찰력을 보여주었으며, 그의 언어 구사는 영어를 상당히 풍요롭게 했으며, 그가 그려낸 다양한 무대 형상화 솜씨는 무척 탁월했다. 그러기에 그가 별세한 지 400년이 지난 오늘날까지 셰익스피어의 작품은 세계 곳곳에서 활발하게 공연되고 있다.

옮긴이 이상섭

1937년 평안남도 평양에서 태어나 연세대학교 영어영문학과 및 같은 대학 대학원을 졸업한 뒤 미국 에모리 대학교에서 박사학위를 받았다. 미국 머레이 주립대학교 영문학과 조교수, 연세대학교 영어영문학과 교수, 연세대학교 문과대학장, 한국영어영문학회 회장, 아시아사전학회 회장, 한국사전학회 회장 등을 역임했다. 현재 연세대학교 명예교수이다. 저서로는 『문학의 이해』, 『문학 연구의 방법』, 『말의 질서』, 『문학이론의 역사적 전개』, 『문학비평용어사전』, 『시학』, 『역사에 대한 불만과 문학』, 『아리스토텔레스의 '시학' 연구』, 『영미 비평사』 등이 있으며, 번역서로는 『셰익스피어 로맨스 희곡 전집』, 『예술 창조의 과정』, 『눈물이, 부질없는 눈물이: 테니슨 시선집』, 『시월의 시: 딜런 토머스 시선집』, 『오웬 시전집』 등이 있다. 이밖에 편저서로 『연세한국어사전』, 『연세초등국어사전』 등이 있다.

THE COMPLETE
WORKS OF
WILLIAM SHAKESPEARE

# 셰익스피어
# 전집

윌리엄 셰익스피어 지음
이상섭 옮김

문학과
지성사

셰익스피어 전집

제1판 제1쇄 2016년 11월 17일
제1판 제4쇄 2022년 7월 1일

지은이 윌리엄 셰익스피어
옮긴이 이상섭
펴낸이 이광호
펴낸곳 ㈜문학과지성사
등록번호 제1993-000098호
주소 (04034) 서울 마포구 잔다리로7길 18 (서교동 377-20)
전화 02) 338-7224
팩스 02) 323-4180 (편집) 02) 338-7221 (영업)
전자우편 moonji@moonji.com
홈페이지 www.moonji.com

북디자인 박연주
표지글자 이유정
본문 이미연



ISBN 978-89-320-2925-2 03840



이 도서의 국립중앙도서관 출판예정도서목록(CIP)은
서지정보유통지원시스템 홈페이지(http://seoji.nl.go.kr)와
국가자료공동목록시스템(http://www.nl.go.kr/kolisnet)에서
이용하실 수 있습니다. (CIP제어번호: CIP2016026293)

# 셰익스피어는 왜 시인인가

내가 셰익스피어 작품을 처음 보았던 때는 지금부터 약 70년 전이다. 당시 초등학생이었던 나에게 형이 『베니스의 상인』(최정우 옮김)을 사다 주었다. 그 책을 읽고 나는 여러 날 동안 감동에 싸여 있었다. 그 후 나는 중학교 3학년 때 처음으로 셰익스피어 작품을 원문으로 읽게 되었다. 우리에게 영어를 가르쳤던 선생님께서 몇몇 학생들에게 「줄리어스 시저」(Julius Caesar)를 함께 읽자고 말씀하셨던 것이다. 나도 그중 하나였기에 책을 구해서 열심히 읽었다. 그러나 학생들이 너무 힘들어해서 독서 모임은 더 이상 진행되지 못했다. 하지만 작품 속에서의 신기료장수의 대사, 즉 "all that I live by is the awl"("살아가는 수단은 all/awl이지요")은 내 머릿속에 또렷이 각인되었다. 'all'과 'awl'이 다른 뜻이지만 같은 발음이라는 게 무척 재미있었던 것이다. 말놀이임에도 결코 가볍지 않은 내용을 내포하고 있는 작가의 말재주에 나는 감탄했다. 그러다가 대학 2학년이 되어서 원문으로 「햄릿」(Hamlet)을 읽었다. 대학원 시절에는 셰익스피어의 작품들을 모두 찾아 읽었다. 그러고 나서 1964년에 미국으로 건너가 유학 생활을 했는데, 알고 보니 셰익스피어의 모든 작품을 읽은 학생은 나뿐이었다. 그 후 세월은 쏜살같이 지나가고 나는 노년의 나이에 고스란히 10년 동안 셰익스피어 전 작품을 번역하였다. 그러고 보면 셰익스피어는 내 문학 인생의 앞과 뒤를 활시위처럼 팽팽히 묶어놓은 셈이다.

윌리엄 셰익스피어는 1564년 4월 23일에 잉글랜드 워릭셔 카운티에 있는 스트랫퍼드어폰에이번(Stratford-upon-Avon)에서 태어났다. 당시에는 잉글랜드도 유아 사망률이 높았다. 런던의 공기는 매우 탁했고 거의 매년 흑사병이 창궐해서 많은 사람들의 목숨을 앗아갔다. 그 무서운 전염병은 그의 고향에도 여지없이 퍼졌지만 셰익스피어는 다행히 52세까지 살아남았다.

그의 아버지 존 셰익스피어는 사업적으로 성공한 사람이었다. 그는 주로 가죽 장갑을 만들어 파는 사업을 했지만 양털 장사, 대금업, 누룩 장사 등 여러 직종들의 일도 겸했다. 훗날에는 그 고장의 시의원이 되었으며 그 의장으로도 선출되어 한동안 권세를 누렸다. 그가 그 지역의 시의회 의장이었던 1569년에 셰익스피어는 다섯 살배기 꼬마였다. 그 해에 런던 극단들이 그곳에 공연차 왔다. 시청 앞 집회소와 여관 마당에서 그들은 연주, 노래, 춤, 곡예 등의 행렬과 연극을 벌였다. 당시의 무대는 보잘것없었다. 더구나 지방 공연에서는 무대 장치를 거의 가져오지 않아서 배우들은 복장과 연기로만 연출을 해야 했다. 그럼에도 아직 어렸던 셰익스피어로서는 처음 본 굉장한 구경거리였을 것이다. 그 후에도 셰익스피어는 그곳을 방문했던 런던의 극단들을 여러 번 구경했다. 그들은 평민들이 아니라 비교적 신분이 높아서 "여왕의 부하들"(Queen's Men), "우스터 백작의 부하들"(Earl of Worcester's Men), "워릭 백작의 부하들"(Earl of Warwick's Men)이라는 호칭으로써 나타났다. 시골 소년이 보기에는 그러한 "부하들"은 사회적 신분이 높아서 종래의 '풍각쟁이들'과는 천지 차이였다. 그 연극인들은 당시에 유행하던 이야기들을 이래저래 각색해서 두어 시간짜리 공연물로 만들어냈다. 그럼에도 반드시 '종합예술'이어야만 했기에 노래하고 춤추고 시를 읊고 악기를 연주하고 곡예를 섞어가며 관객의 시선을 붙잡아야 했다. 그 모든 연출을 어린 셰익스피어는 눈여겨봤을 것이다.

셰익스피어는 그 고장의 유명한 중등학교(grammar school), 즉 '왕립 새 학교'(Kings New School)라는 중학교에 입학했다. 그의 아버지가 시의원이었기 때문에 그는 그 공립학교를 무료로 다녔다. 그는 초급 학교에서 이미 읽기, 쓰기, 셈하기(3Rs)를 배웠기에 중학교에서는 사회인이 되기 위한 교육을 받았다. 학생은 40명쯤 되었다. 학생들은 그날의 기도문을 외우고 시편을 노래하면서 오전 9시까지 공부하고는 음료와 빵으로 간단히 아침을 먹었다. 다시 11시까지 공부를 하고는 각자가 제 집으로 돌아가서 점심을 먹은 다음 오후 1시에 종이 울리면 학교로 돌아와서 5시까지 공부했다. 오후 시간에는 잠시 씨름이나 활쏘기 같은 운동 시간이 있었다. 이런 일과가 일주일에 6일 동안 계속되었다.

그곳의 교육은 라틴어 문법에 집중돼 있었다. 책을 읽고 암기하고 글쓰기를 학습했다. 옛날 우리의 경우도 서당에서 한문을 외우고 흉내 내어 글을 짓게끔 했던 것을 생각해보면 크게 다르지 않다. 『천자문』은 우리 조상들이 어릴 적부터 암기했던 초급 텍스트이지만 그것은 세상 만물의 물리와 역법을 다룬 '사행시'(四行詩)로 이뤄져 있다. 셰익스피어도 당시의 교육 관행에 따라 라틴어 문장을 외우고 라틴어로 글쓰기를 익혔다. 당시에 인기 있던 라틴어 교본에는 문법을 짤막하게 설명하고 거기에 해당되는 카토(Cato), 키케로(Cicero), 테렌티우스(Terentius) 같은 라틴어 대가들의 문장이 수록돼 있었다. 그런 라틴어 구문들이 향후 셰익스피어의 운율적 문체와 문장력에 큰 영향을 끼쳤을 것이다.

1579년, 15세이던 셰익스피어는 당시에 출판되었던 책들을 매우 흥미롭게 읽었다. 그해에 노스(Thomas North)의 『플루타크 영웅전』(*Plutarchos Lives*)과 존 릴리(John Lyly)의 『유피즈: 기지의 해부』(*Euphues: Anatomy of Wit*)가 영어로 번역되어 나왔고, 에드먼드 스펜서의 『목자의 책력』(*The Shepherd's Calender*)이라는 새로운 형식의 장시가 나왔으니 잉글랜드의 문학은 바야흐로 황금기를 열고 있었다.

셰익스피어의 학교생활은 15세에 끝났다. 대부분의 평민 아이들은 14세가 되면 생업에 나서야 했다. 셰익스피어가 5파운드를 더 내고 계속해서 공부하지 않았다면 아마도 아버지의 사업장에서 장갑 장사 일을 배웠거나 다른 직업을 가졌음직하다. 그가 법률 사무원이었다든가 시골 학교의 교사를 지냈다는 주장이 있지만 어느 것 하나도 사실로 밝혀진 바 없다.

17세가 된 셰익스피어는 이제 직업을 가져야 했지만 그는 교사도 법률서기도 되고 싶지 않았다. 그즈음 셰익스피어는 이웃 마을 처녀 앤 해서웨이(Anne Hathaway)와 연인 관계였다. 당시 25세였던 그녀는 그보다 8년이나 연상이었다. 이듬해에 두 사람은 서둘러 결혼했다.

셰익스피어는 학교에서 배웠던 라틴어 희곡들과 그의 고향에 찾아왔던 극단들의 연극에 매료되었나보다. 18세에 아버지가 된 그는 부친의 뒤를 이어 장갑 사업가나 교사나 법률서기로서의 안정된 생활을 거부하고 돌연 런던으로 떠난다. 무작정 런던에 도착한 셰익스피어는 처음에는 요즘의 주차장 관리인처럼 연극 관객들의 말(horse)을 보살피는 허드렛일을 했다. 이후 차차 단역으로서 배우 노릇을 하다가 얼마쯤 지나자 연극의 이 역 저 역을 땜질하게 되었다. 명민한 젊은이였기에 무슨 일을 맡겨도 멋지게 해냈을 것이다. 당시는 무명작가가 연극의 대본을 꾸미는 일이 빈번했다. 그러니 그의 진가가 드러났을 것이다. 그러다가 셰익스피어는 드디어 자기 작품의 희곡을 쓰게 되었던 것이다. 그 후 1589년 즈음부터 셰익스피어는 배우 겸 극작가로 이름을 날리기 시작했다.

셰익스피어의 고향의 들판에는 해마다 다양한 꽃들이 만발했다. 그 근처에 그의 외갓집이 있었는데 그 주변의 '아든(Arden) 숲'을 셰익스피어는 무척 좋아했다. 아든 숲 곳곳에는 시골집이나 양치기 움막이 있었다. 그의 외할머니가 계셨던 외가는 대대로 그곳에서 살아왔다. 아마도 세계적으로 유명한 '아든 판' 셰익스피어 전집의 이름은 그의 외가 가문에서 유래했을 것이다. 그런 집안에서 막내딸로 태어난 셰익스피어의 어머니 메리 아든(Mary Arden)은 건실하고 무척 총명했다. 그녀에게 셰익스피어는 어려서부터 귀족의 법도를 듣고 배웠던 듯하다. 그런 그녀는 아들의 희곡에서 젊고 똑똑하고 건실하고 용감한 여성의 캐릭터가 되었을 것이다.

16세기 초에 당시 국왕이던 헨리 8세는 종교 개혁에 앞장서서 잉글랜드 교회의 수장이 되었다. 따라서 가톨릭 세력은 약화되고 개혁파가 득세하였다. 헨리 8세의 아들인 에드워드 5세가 먼저 죽고 한동안 그의 딸 메리 여왕이 등극하여 가톨릭 세력을 부활시키려 했지만 뒤를 이은 그의 딸 엘리자베스 공주가 개신교로 기울어 그 정치를 평생 유지했다. 그럼에도 런던에서 상당히 떨어진 스트랫퍼드어폰에이번에는 가톨릭 세력이 끈질기게 남아 있었다. 하지만 셰익스피어는 평생 자신이 가톨릭 교인이라는 말을 한 적이 없고 개신교도라고 밝힌 적도 없다. 그럼에도 셰익스피어가 비밀리에 가톨릭교를 믿었다는 말도 있었다. 그가 쓴 모든 사극이 잉글랜드가 가톨릭 국가였을 때의 이야기이고 그가 쓴 희극의 대부분은 가톨릭 사회인 이탈리아 이야기였으니 그렇게 판단할 만했다.

어떤 언어로 쓴 글을 다른 언어로 옮길 때에는 산문은 산문으로, 운문은 운문으로 옮겨야 할 것이다. 나는 중학교 3학년 영어 교과서에 씌어 있었던 "Shakespeare was the greatest poet the world ever saw"라는 문장을 기억하고 있다. 당시 나는 「햄릿」 같은 유명한 희곡을 쓴 셰익스피어를 '시인'이라고 명명하는 것에 의구심이 들었다. 그 후 여러 해가 지난 다음에야 나는 그가 당시 유럽 전역에서 유행하던 14행의 정형시 「소네트」를 154편이나 썼고 2편의 유명한 장시를 썼다는 것을 알았다.

그러나 셰익스피어의 진가를 보여주는 작품들은 역시 그의 희곡들이다. 지금까지 밝혀진 바로는 그의 희곡은 38편이 있으며 1편은 이름만 전해질 뿐이고 또 다른 1편의 원고에는 부분적으로 그의 필적이 남아 있다. 그 분량이나 문학적 가치로 봐도 그의 정체성은 분명히 극작가였던 것이다. 그럼에도 그는 '시인'인가? 그렇다, 그는 시인이다. 셰익스피어는 자신의 희곡들을 대부분 '운문'으로 썼기 때문이다. 운문이란 '운율'이 있는 글이다. 그는 어떤 대목에서는 각운(rhyme)까지 붙일 정도로 운율을 즐겼다. 그렇듯 그의 희곡 작품 대부분은 '시'의 형식을 띠고 있다. 그러니 셰익스피어는 '극작가'이면서 '시인'인 것이다. 20세기의 위대한 극작가 버나드 쇼(G. Bernard Shaw)는 그런 까닭에서 '시인'은 아니었다. 그는 한 번도 자신의 글을 운문으로 쓴 적이 없기 때문이다.

고대 그리스 시대에는 철학적 내용을 운문으로 서술한 저자도 '시인'이라고 일컬었다. 즉 글의 내용을 떠나 글의 형식이 운문이면 그 글쓴이를 '시인'이라고 했던 것이다. 예컨대 기원전 5세기의 그리스 철학자 파르메니데스(Parmenides)는 실재와 가상에 대하여 6보격 운문(hexameter)으로 기술했는데 그리스인들은 그를 '시인'이라고 불렀다. 마찬가지로 엠페도클레스(Empedocles)는 17세기에 이르도록 유럽인의 세계관을 지배했던 우주 만물의 '4원소론'을 역시 6보격 운문으로 기록했는데, 당시 그리스인들은 그를 일컬어 '시인'이라고 불렀다.

고대 그리스어로 '포이에인'(poiein)이라는 말은 '만들다'라는 뜻을 가진 동사이다. 그 말에서 '만드는 사람'을 뜻하는 '포에타'(poeta)라는 명사가 생겼다. 다시 이 말에서 유럽인들이 사용하는 '포엣'(poet), '포에트'(poete)라는 말이 나왔다. 근대 초기 한때 잉글랜드에서는 '포엣' 대신 '만드는 사람'을 뜻하는 '메이커'(maker)라는 말을 쓰기도 했다. '포에타'는 '만드는 사람', 곧 '제작자'를 뜻하지만 그가 만드는 것이 무엇인가에 따라서 제품이나 작품이 달라진다. 유독 시를 만들어내는 사람에게 '포에타'(poeta)라는 명칭을 전유시킨 것은 고대 그리스의 특징이라고 하겠다.

그런데 고대 그리스 사람들은 포에타를 '이야기를 지어내는 사람'이라는 뜻에 더하여 '이야기를 특별히 재치 있게 하는 사람'이라는 뜻으로도 사용했다. 이야기 자체보다는 '이야기하는 솜씨'에 포에타의 진짜 자질이 달려 있다고 보았던 것이다. 그러니까 파르메니데스가 실재와 가상에 대하여 사용한 말이 그 내용적인 '사상'보다는 '6보격'(1행에 장단 율격이 여섯 번 반복되는 글)이라는 멋진 운문으로 표현되었기에 당시에는 '시'라고 했으며 그런 뜻에서 파르메니데스를 '시인'이라고 일컬었던 것이다.

아리스토텔레스의 스승 플라톤은 '시인'이란 철학자도 역사가도 못 되고 단지 재미있는 운문으로 남이 어렵게 연구한 사상이나 애써 찾아낸 사실에 옷을 입혀 일반인들의 인기에 영합하는 사람이라고 평가했다. 그래서 시인은 대단히 해로운 자이니 이상 국가에서는 퇴출되어야 마땅하다고 했다. 그렇듯 플라톤이 '시인-예술가 추방론'을 주장한 것을 우리는 잘 알고 있다. 그러나 그의 제자인 아리스토텔레스는 시인과 예술가는 유위한 시민들로서 그들은 '운문쟁이'가 아니라 특별한 방식으로 사실을 멋있게 재현하는 사람이라고 다르게 평가했다. 시인, 곧 서사 시인과 비극 작가를 구별하는 것은 철학자나 역사가도 쓸 수 있는 6보격 따위의 운문에 있는 것이 아니라 이야기의 독특한 구조를 구사하느냐 못 하느냐의 여부에 달려 있다는 것이 아리스토텔레스의 뛰어난 통찰이었다. 그런 의미에서도 셰익스피어는 '시인'임에 틀림없다.

더구나 200여 년 전부터 유럽인들이 셰익스피어를 '시인'으로 부른 것은 무엇보다도 그가 자신의 희곡에서 보여준 삶에 대한 위대한 통찰력 때문이다. 그리하여 셰익스피어의 인생관, 사회관, 정치관, 세계관, 운명관 등에 대한 연구와 평가가 학자들과 평론가들에게 수없이 거론됐다. 그런데 기이한 사실은 아리스토텔레스가 자신의 『시학』은 물론 『수사학』, 『정치학』, 『니코마코스 윤리학』 등의 저서에서 한 번도 서사시나 비극의 사상을 운위한 적이 없다는 것이다. 그는 비극의 구조를 길게 다루면서 그것이 주는 '카타르시스'라는 효과를 짧게 언급하였을 뿐 소포클레스나 에우리피데스의 비극들에서 그리도 극명히 나타나는 인생과 운명에 대한 깊은 사상에 대해서는 일언반구도 언급하지 않았다.

유럽에서 셰익스피어의 놀라운 시적 천분을 이야기했지만 정작 19세기가 돼서야, 즉 이른바 낭만주의 시대에 이르러서야 평론가들과 학자들이 그의 사상을 깊이 천착하기 시작했다. 즉 19세기 낭만주의 시대에 이르러서야 시를 비롯한 예술이 종교와 철학을 대신하기 시작했고 따라서 시와 예술의 전문적 애호자들인 평론가들이 종교인과 철인을 대치하기 시작했던 것이다. 괴테, 워즈워스는 시인 겸 철인으로 우뚝 섰고 평론가 콜리지, 레싱 등이 종교가와 철학자로 인정받았다.

셰익스피어의 '시인'으로서의 특별한 자질은 심각하고 복잡한 사상에 있는 것이 아니라 그의 특별한 예술적 집필 능력과 운율적 언어 사용에 있다. 여기서 나는 동양의 '가영언'(歌詠言: 노래는 말소리를 읊은 것)을 상기해본다. 셰익스피어를 '철학자'로 위치시킬 때와 '시인'으로 자리매김할 때 독자의 반응은 다르게 나타난다. 철학 사상은 산문이기에 번역으로 읽어도 크게 다르지 않지만 시는 본래의 언어로 읽어야 제 맛이 난다. 아마도 프로스트(R. Frost)의 말마따나 시는 번역하지 못하고 남은 바로 그것인지도 모른다.

150여 년 전에 에드거 앨런 포(E. A. Poe)는 "시는 미의 율동적 창조"라고 말했는데, 당시는 낭만주의가 무르익어 썩기 시작하던 시기였다. 그의 이 명제에는 오늘날 우리가 일반적으로 문학의 속성으로 이해하고 있는 '사상'이니 '감정'이니 하는 말은 빠져 있다. 대신 "율동"이라는 개념이 부각되고 있다. 엄격히 말하면 미의 율동적 창조는 '음악'이다. 앨런 포는 시의 도덕적 내용을 오히려 너절한 군더더기로 보고 운율이 빚어내는 순수한 음악성을 가장 '시'다운 것으로 평가했던 것이다. 또한 예술지상주의 비평가 페이터(W. H. Pater)는 모든 예술은 '음악'을 지향한다고 했는데, 이는 음악이 현실 생활과의 연관 때문에 필연적으로 논란이 되기 마련인 도덕적 의미와는 관련 없는 순수한 형식인 까닭일 터이다.

그리하여 셰익스피어의 희곡 작품 속에서 나타나는 시적인 특성은 그가 이미 운문을 기막히게 잘 썼기에 멋있고 자연스럽게 드러난다고 말할 수 있다. 셰익스피어의 희곡에서 그가 거의 일관되게 사용했던 운율은 '5보격'(pentameter)이다. 좀 더 구체적으로 말하자면, 셰익스피어 희곡의 1행은 10음절로 구성되어 있고 다시금 이런 음절들이 강약의 2음절 단위(iambic이나 trochaic)로 나눠지는데 그 희곡의 1행은 5개의 약세 음절과 5개의 강세 음절로 구성되는 것이다. 물론 단조로움을 피하고 더욱 자연스럽게 들리게끔 그는 강약, 약강의 순서를 바꿔놓기도 한다. 이처럼 약세 음절과 강세 음절이 5번씩 반복되는 것이 영어의 기본적 운율이다.

자연 상태의 영어에서도 약세와 강세의 반복으로 말미암아 영어는 특유의 리듬을 조성한다. 음성 외국어 학습에서 사실상 가장 어려운 점이 바로 그런 자연스러운 리듬감이다. 우리는 영어 단어에서 악센트(강세)가 어느 음절에 오는지를 외우던 기억이 있다. 오늘날의 우리말에는 악센트가 없어졌기에 더더욱 어렵게 느껴진다. 프랑스어는 악센트가 아니라 음절의 길고 짧음으로 리듬감을 조성한다. 예컨대 nation은 영어에서는 '**네이**션'(강약)이지만 프랑스어에서는 '나**시옹**'(단장)이다. 자연어는 규칙적으로 강약이 반복되지는 않으나 대체로 그 둘이 반복되며, 그것들을 강조함으로써 뜻을 강조할 수도 있다.

우리에게 잘 알려진 햄릿의 독백 원문은 아래와 같다. 그 원문에 강세 음절을 굵은 글자로 표시해봤다. 영어의 한 음절은 하나의 모음에 ('soul' 같은 이중모음과 'flower' 같은 삼중모음을 포함하는) 여러 개의 자음이 붙어 있다. 그래서 영어로 'flowers'는 1개의 음절이지만 이를 한글로 나타내면 '플라우어즈', 다시 말해 5음절로 나타내야 한다. 그래서 우리가 빠른 영어 노래를 배울 때 단어를 빨리 발음하기가 어려운 건 당연하다.

(1) To **be**, or **not** to **be—that** is the **ques**tion:
(2) **Whe**ther 'tis **no**bler **in** the **mind** to **suf**fer
(3) The **slings** and **ar**rows **of** out**ra**geous **for**tune,
(4) **Or** to take **arms against** a **sea** of **trou**bles,
(5) And **by** op**pos**ing **end** them? To **die**, to **sleep**—
(6) No **more**; and **by** a **sleep** to **say** we **end**
(7) The **heart**ache **and** the **thou**sand **nat**ural **shocks**
(8) That **flesh** is **heir** to—'**tis** a **con**sum**mat**ion
(9) De**vout**ly **to** be **wished**: to **die** to **sleep**.
(10) To **sleep**, per**chance** to **dream**. **Ay**, there's the **rub**;

(11) **For** in that **sleep** of **death** what **dream**s may **come**
(12) **When** we have **shuf**fled **off** this **mor**tal **coil**,
(13) Must **give** us **pause**. **There's** the re**spect**
(14) That **makes** ca**la**mi**ty** of **so** long **life**.

(「햄릿」 3막 1장 57~70행)

위의 (1)행은 11음절이지만 그 행의 마지막 말 **ques**tion이 약세로 끝나는 것을 가리켜 '페미닌 엔딩'(feminine ending)이라고 하는데 이를 5보격에 포함시킨다. '페미닌 엔딩'은 주로 망설이고 의심하는 심리 상태를 나타낸다는 인상을 준다. 또한 (2)행의 **suf**fer, (3)행의 **for**tune, (4)행의 **trou**bles, (8)행의 **con**sum**ma**tion 등에는 여러 번의 '페미닌 엔딩'이 나타나 있어서 햄릿의 주저함을 드러낸다고 할 수 있다. 그런가 하면 (13)행은 8음절밖에 안 된다. 다시 말해 보격이 1개 모자란다. 그러나 "pause" 다음에, 의미에 걸맞게 긴 휴지를 두었다. 바로 이 긴 휴지가 한 보격을 대신하는 셈이다. 그래서 전체적으로 동일한 5보격이라고 말할 수 있다. 그리고 (8)행의 **con**sum**ma**tion은 우리가 잘 아는 대로 4음절인데 강세는 셋째 음절에 있고 2차 강세는 첫째 음절에 있다. 그런데 운문에서는 2차 강세도 경우에 따라 1차 강세에 못지않게 악센트가 가해질 수 있다. 여기서도 그렇게 된다. 그런데 (14)행에서 ca**la**mi**ty**는 역시 4음절(약강 보격의 2단위)로 되어 있지만 일상 언어에서는 둘째 음절에 강세가 있을 뿐이고 나머지 음절은 약세가 된다. 그러나 음절 하나하나를 중시하는 운문에서는 가장 약세인 셋째 음절(mi) 다음에 오는 마지막 음절(ty)은 앞에 오는 음절에 맞춰 강세가 주어진다. 운문의 격에 어울리게 음절들을 분명하게 발음하면 ca-**la**-mi-**ty**(컬-**래**-머-**티**)가 되니 과연 의미도 그 소리에 어울린다. 이런 것들이 운문의 묘미이다.

셰익스피어는 바로 그런 운문의 대가였던 것이다. 그러나 그의 영어 구사는 억지로 꾸며낸 인공적인 운문이 아니라 의미와 멋지게 어울려 매우 '자연스럽다.' 그래서 올리비에, 스코필드, 길거드 등의 이름난 영국 배우들은 하나같이 셰익스피어의 운문을 올바로 발음하는 법을 터득했기에 다른 어떤 역을 맡아도 그들의 대사 전달은 뚜렷할뿐더러 인상적으로 연출해낸다. 영국만이 아니고 미국에서도 배우 양성 과정에서 운문의 올바른 발음법을 거듭 훈련시킨다. 커크 더글러스나 찰톤 헤스톤 등은 모두 그런 훈련을 받은 유명 배우들이다. 내가 가지고 있는 미국의 웅변법 책을 보면 운문 낭독을 가장 중요한 훈련 과정으로 삼고 있다. 링컨의 이름난 게티스버그 연설은 산문으로 씌어 있지만 자세히 읽어보면 약음절과 강음절이 반복되는 운문으로도 읽힌다. 그렇듯 영어는 본질적으로 약강 단위의 반복인데, 이를 셰익스피어가 자신의 희곡에서 가장 잘 활용했던 것이다.

그럼 우리말의 운문은 어떤가. 셰익스피어가 자신의 희곡에서 산문이 아닌 운문, 그것도 5보격이라는 운율을 사용했으니 우리말로 셰익스피어 작품을 제대로 옮기려면 산문이 아닌 운문으로 번역해야만 그 텍스트의 의도와 매력을 더욱 잘 살릴 수 있는 것이다. 약강 2음절이 영어의 기본 운율을 이루듯 우리말도 4음절 2마디가 기본 운율을 이룬다는 것이 내 생각의 대전제이다. "나비야, 청산 가자. 범나비 너도 가자"와 같은 옛시조는 물론이고, "새 나라의 어린이는 일찍 일어납니다." 같은 동요나 "꺼진 불도 다시 보자"라는 표어에 이르기까지 4.4조는 우리말의 기본 운율이다. 그래서 우리에게 표어를 지으라고 하면 "손에 쥐면 쓰기 쉽다. 저축하여 목돈 쓰자"나 "내가 지킨 교통질서, 웃음 짓는 우리 가정" 식으로 으레 4.4조로 만든다.

우리의 민족 감정을 읊었다는 김소월의 시 "나 보기가 역겨워 가실 때에는 말없이 고이 보내드리오리다. 영변의 약산 진달래꽃, 아름 따다 가실 길에 뿌리오리다"는 실상 4.4조의 변형인 이른바 7.5조의 시이며, "벌레 먹은 두리기둥 빛 낡은 단청 풍경 소리 날아간 추녀 끝에는 산새도 비둘기도 둥주리를 마구 쳤다"라고 시작되는 조지훈의 시 「봉황음」(鳳凰吟)은 7.5와 4.4조를 뒤섞은 운율로 이뤄져 있다. 그래서 셰익스피어의 약강 5보격(iambic pentameter)을 우리말의 4.4조와 그 변조로 옮기면 적어도 소리의 간결함과 가락이 주는 흥취를 느낄 수 있다. 그러니 셰익스피어 작품을 우리말로 옮기려면 우리 무대에서 대사로 쓸 수 있을 만큼 간결하고 가락이 알맞아야 할 것이다. 그렇기 때문에 학술적 정확성이라는 명분을 내세워 셰익스피어의 텍스트를 길고도 현학적으로 번역하면 우리말로는 읽기도 불편할뿐더러 연극의 대사로도 맞지 않는다. 아래는 앞에서 언급한 햄릿의 독백을 '학술적'으로 옮긴 어느 유명한 학자의 번역이다.

살아 부지할 것인가, 죽어 없어질 것인가,
그것이 문제다.
가혹한 운명의 돌팔매와 화살을 받고,
참는 것이 장한 정신이냐?
아니면 조수처럼 밀려드는 환난을 두 손으로 막아,
그를 없이함이 장한 정신이냐?

죽는 일은 자는 일. 다만 그뿐이다.
잠들면 심로와 육체가 받는 온갖
고통을 끝낼 수 있다 할진대
죽음이야말로 인생의 극치되어,
우리가 열렬히 바라 원하리라.
죽는 일은 잠드는 일.
잔다! 그래 꿈도 꾸겠지! 아!
꿈을 꾼다면 문제다.
대저 생의 굴레를 벗어나 죽음 속에 잠들 때에,
그 어떤 꿈이 우리를 찾아올까 생각하면
잠드는 죽음으로 발길이 내키지를 않는다.
그 염려가 있기에 우리 인생은
불행을 일평생 끌고 나가게 된다.

학술적 정확성으로서는 문제가 없어 보이는 번역이다. 그러나 우선 14행의 가지런한 길이의 원문이 19행의 들쭉날쭉한 길이의 '자유로운' 우리말 번역문이 되어버렸다. 이처럼 길어진 번역은 우선 무대 위에서 대사로 쓰기에 적합지 않다. 흔히 우리는 서양 영화의 대사를 우리말로 길게 번역한 것을 성우들이 더빙하기 위해 무척 빠르게 말하느라고 애쓰는 걸 듣곤 한다. 위의 번역 대사는 우리말로 옮겨지면서 무대에서는 쓰지 못하게 되고 말았다. 셰익스피어 식의 간결한 운율이 훼손되었기 때문이다.

그래서 나는 셰익스피어 작품을 운율적인 우리말로 읽기 위해서, 그리고 무대 위의 대사로 쓸 만하도록 4.4조와 그것이 변형된(주로 7.5조) 음보로 옮기려고 노력했다. 다음은 위의 햄릿 독백을 내가 우리말의 운율에 맞춰 옮긴 것이다.

존재냐, 비존재냐,—그것이 문제다.†
억울한 운명의 돌팔매와 화살을
마음속에 참는 것이 고귀한 일인가,
만난의 바다에 팔을 걷어붙이고
저항하여 끝내는 것이 고귀한 일인가?
죽음은 자는 것, 그뿐이다. 잠으로써
육체가 이어받는 아픔과 온갖 병을
끝낸다 할진대, 이는 진정 희구할
행복한 결말이다. 죽음은 잠자는 것.
잠은 혹시 꿈꾸는 것. 오, 문제는 그것.
썩을 몸을 벗은 후에 죽음의 잠에
찾아올 꿈에 망설이는 것이다.
그 때문에 이토록 기나긴 인생을
고난의 연속으로 이어가는 것이다.

흡족한 번역은 못 되지만, (약간 변형된) 4.4조이므로 나는 우리말의 생래적 운율에 좀 더 어울린다고 생각한다. 뿐만 아니라 셰익스피어가 쓴 1행을 우리말의 1행으로 옮겼기에 원작과 번역의 길이가 일치한다. 그래서 나는 원문과 대조의 용이함을 위해 그의 작품들을 옮기면서 10행마다 행수를 표시했다.

그밖에, 위에서 인용한 학술적 번역을 보면, 왕을 "상감마마", 왕비를 "중전", 왕자를 "동궁"으로 옮겼는데 이는 서양 옷을 입고 서양식으로 말하는 그들을 기이하게도 조선의 임금, 왕후, 세자로 바꾸어놓은 셈이 돼버렸다. 이것은 우리 선배들이 하나같이 떠받들던 쓰보우치 쇼요(坪内逍遥)라는 일본 영문학자의 번역 방식을 따른 것이라고 하는데, 나는 일본어를 모르기에 참고할 수 없었을뿐더러 그의 감화를 받은 듯한 2종의 기존 국내 셰익스피어 작품 번역서를 전혀 참조하지 않았음을 밝힌다. 나에게는 그 등장인물들이 왕, 왕비, 왕자일 뿐이다.

어쨌든 셰익스피어가 시인이라고 하는 사실과, 그러기에 그가 희곡을 정확한 5보격 운문으로 썼다는 사실과, 그리하여 대사에 운율을 실어주어 배우가 신명나게 가락을 읊을 수 있도록 만들어준 사실과, 그럼으로써 청중도 그 가락에 홍취를 느끼게 해준 사실과, 그래서 배우나 청중이 그 가락의 대사를 저절로 외울 수 있게 해준 사실이 내게는 중요하다. 이 '사실'을 무시한 번역은 적어도 연극의 대사 구실은 잘할 수 없다고 나는 믿어 의심치 않는다.

20세기 초에 셰익스피어의 각 작품에 대한 해석과 주석으로 가장 유명한 책은 '아든 셰익스피어'(Arden Shakespeare)라는 총서였다. 각 작품을 각 권에 나누어 다룬 이 총서는 충분한 해설과 주석이 붙어 있었다. 1960년대에 들어서 다시 신진 학자들이 제2판 '아든 셰익스피어' 총서를 펴냈다. 그 후 이 총서는 최고의 권위로 자리매김하였다. 나도 그중에서 10여 편을 골라서 교재로 사용했다. 거의 모든 낱권들이 당시까지의 학술적 성과와 비평을 충실히 반영하였으며 독창적인 비평적 안목도 보여주었다.

1990년 전후로는 오늘날의 학자들이 셰익스피어의 전 작품을 갈라 맡아서 그의 모든 작품에 해설과 주석을 달았다. 이를 옥스퍼드대학교 출판부에서 펴냈다. '옥스퍼드 셰익스피어'(The Oxford Shakespeare)가 그것인데, 지금도 옥스퍼드 세계 고전(Oxford World Classics)이라는 총서로 출판되고 있다(이에 자극받은 아든 판도 제3판을 내고 있는 중이나 아직 셰익스피어 작품의 절반 정도만 펴냈을 뿐이다). '옥스퍼드 셰익스피어'의 가장 큰 특징은 셰익스피어 작품의 무대 상연을 매우 중요하게 여긴 점에 있다. 그러니 당연히 셰익스피어 작품 속의 '운율'이 매우 중요한 요소로 부각될 수밖에 없는 것이다. 그런 점에서 내가 번역한 문학과지성사 판『셰익스피어 전집』은 옥스퍼드 판에 크게 신세 지었다. 한편, 이 책에 수록된「리어 왕」은 아든 판의 원문 체계를 따랐으며, 그밖에도 리버사이드(Riverside), 펭귄(Penguin) 등의 판본들도 참고하였다.

끝으로, 내가 꼬박 10년에 걸쳐 우리말로 옮긴 이『셰익스피어 전집』이 드디어 이렇게 햇빛을 보게 되기까지는 오랫동안 혼자서 편집을 맡아준 문학과지성사의 윤병무 주간의 크나큰 노고가 있었다. 그에게 마음속의 고마움을 전하며 이 방대한 책의 출판을 맡아준 문학과지성사에 깊은 고마움을 표한다.

2016년 10월, 옮긴이 이상섭

† "존재냐, 비존재냐,—그것이 문제다"가 좀 더 원문에 가까운 번역이다. 작품 속의 햄릿은 독일의 비텐부르크 대학에 다니면서 심각한 책을 읽는 청년으로서 철학적 문제에 봉착해 있다. 아래에서도 햄릿은 비극적 수필가 살루스티우스의 글을 인용하며 "말, 말뿐이다"라고 외친다. 그러나 우리에게는 잘못된 번역, 즉 "사느냐 죽느냐, 그것이 문제로다"라고 널리 알려져 있다. "살아 부지할 것인가, 죽어 없어질 것인가"라는 번역이 도리어 일리가 있다.

# 차례

## 문제극 PROBLEM PLAYS



## 로맨스극 ROMANCE PLAYS



## 시 POETRY



일러두기

1. 이 책은 한국인이 우리말로 읽기에 편하고 실제 공연에 쓸 수 있는 대본으로 활용되는 것을 목적으로 옮겼다. 그러기에 셰익스피어가 운문 형식으로 쓴 작품들을 우리말의 기본 율격인 '4.4조'(또는 그 변형)의 운문으로 옮기려고 노력했다. 이에, '보조용언의 띄어쓰기'는 운율을 효과적으로 살리기 위해 그때그때의 음보에 따라 본용언에 붙이기도 하고 띄우기도 하였다. 다만, 셰익스피어가 의도적으로 썼을 산문 형식의 내용은 그에 따라 산문으로 옮기면서 자연스러운 운율을 살렸다.

2. 이 책에 나오는 고유명사 등의 외래어 표기는 기본적으로 국립 국어원의 외래어표기법에 따랐지만, 이미 국내에서 흔히 쓰이고 있는 말들은 상용어를 선택했다. 또한 사전에서 확인되지 않는 경우는 옮긴이가 판단한 현지어 발음으로 표기했다.

3. 이 책은 1990년대 전후의 서양 학자들의 연구 결과로써 편찬된 '옥스퍼드 셰익스피어'(The Oxford Shakespeare) 총서를 기본 저본으로 삼았다. 다만, 「리어 왕」은 '아든 셰익스피어'(Arden Shakespeare)의 원문 체계를 따랐으며, 그밖에도 리버사이드(Riverside), 펭귄(Penguin) 등의 판본들도 참고하였다.

4. 이 책은 원문과 번역문의 행수를 최대한 같게끔 옮겼으며, 그것을 10행 단위로 표시하여 원문과 쉽게 대조할 수 있게 편집했다.

5. 이 책의 각 작품에 각주로 편집된 주석은 옮긴이가 붙였다. 그 내용들은 때때로 여러 작품 속에서 유사하게 언급되는데, 이는 독자가 이 방대한 양의 작품들을 선별적으로 읽을 수 있음을 고려한 조치이다.

14

# 사극
# HISTORICAL DRAMA

# 헨리 6세 제1부

## *Henry VI, part 1*

## 연극의 인물들

### 잉글랜드 측

헨리 6세

베드포드 공작 랭커스터의 존, 프랑스의 총독, 헨리 4세의 셋째 아들, 왕의 숙부

글로스터 공작 랭커스터의 험프리, 헨리 4세의 넷째 아들, 잉글랜드의 섭정, 왕의 숙부

엑서터 공작 토머스 보포트, 헨리 4세의 아우, 왕의 종조부

윈체스터 주교 (나중에 대주교) 헨리 보포트, 엑서터의 아우, 왕의 종조부

소머셋 공작 에드먼드 보포트, 엑서터의 조카

리처드 플랜태저닛 전 케임브리지 백작 리처드의 아들, (나중에) 요크 공작, 프랑스의 총독

워릭 백작 리처드 드 보샴프

솔즈베리 백작 토머스 드 몬테이그

서폭 백작 윌리엄 들 라 폴

톨봇 공 (나중에) 슈루스베리 백작

젊은 존 톨봇 톨봇 공(슈루스베리 백작)의 아들

에드먼드 모티머 마치 백작, 리처드 플랜태저닛의 숙부

존 패스톨프 경

윌리엄 글래스데일 경

토머스 가그레이브 경

윌리엄 루시 경

리처드 우드빌 런던 타워의 부관

런던 시장

버논 요크 파(흰 장미)

배싯 랭커스터 파(붉은 장미)

법학원의 법률가

교황의 사절

전령들, 런던 타워의 수위들과 간수들, 하인들, 치안관들, 부대장들 군인들, 의전관들, 야경대

### 프랑스 측

찰스 프랑스의 왕세자

레이니어 앤주 공작 (이름뿐인) 나폴리 왕

마거릿 레이니어의 딸

앨런선 공작

올리언스의 서자

버건디 공작 헨리 6세의 숙모의 오빠

보도의 프랑스 수비군 사령관

오번의 백작 부인

올리언스의 포대장

소년 올리언스의 포대장의 아들

조운 라 퓨셀 (일명) 조운 오브 아크(잔 다르크)

양치기 조운의 아버지

짐꾼, 하사관, 보초병들, 대사, 정찰병, 의전관들, 파리의 지사, 악귀들, 군인들

# 헨리 6세 제1부

## 1. 1

[장송 행진곡. 헨리 5세의 운구가 등장되고
프랑스의 총독 베드포드 공작, 섭정 글로스터
공작, 엑서터 공작, 워릭 백작, 윈체스터 주교,
소머셋 공작, 의전관이 둘러선다.]

베드포드 하늘에 상복을 입혀라! 낮은 밤에 물러서라!
때와 곳의 변화를 암시하는 혜성들아,
수정 같은 머리채를 하늘 높이 휘둘러
왕의 죽음에 동의한 반란의 별들을 쳐라.
헨리 5세는 너무 이름 높아서
오래 살 수 없었다. 잉글랜드 왕 가운데
일찍이 그런 왕이 있지 못했다.

글로스터 그분 전에는 이 나라에 왕이 없었소.
강력한 권세로 명령을 내렸으며
섬광 같은 칼날에 사람들은 눈멀었소.
그분의 팔은 용의 날개보다 넓었으며
분노의 불길이 가득한 두 눈은
얼굴에 내리쬐는 강렬한 햇빛보다
눈이 부셔 적들을 쫓아버렸소.
무슨 말을 하겠소? 그분의 공적은
말을 넘어섰으니, 팔만 들면 이기셨소.

엑서터 당신들은 검게 입고 슬퍼하나 어찌하여
피 흘리며 슬퍼하지 않으시오? 죽은 왕은
살아나지 못하오. 우리가 모시는 건
나무 관일 뿐인데 엄숙한 예식으로
부끄러운 죽음의 승리를 찬양하다니
개선자의 마차에 끌려가는 포로 같소.
이처럼 우리의 영광을 뒤엎어버린
불행의 별들을 저주하려오? 또는
교묘한 프랑스의 마법사와 술객들이
그분이 두려워서 마술적 운문으로
그분의 최후를 꾸몄다고 생각하겠소?

윈체스터 그분은 왕 중 왕[1]이 축복하신 왕이었소.
프랑스인에게는 그분의 모습 같은
무서운 최후의 심판이 다시없겠소.
만군의 주[2]의 전쟁을 치른 분이며
교회의 기도가 승리를 도와드렸소.

글로스터 교회? 어디 있소? 사제들이 기도하지 않았다면
생명줄이 그토록 짧지는 않았을 거요.[3]
당신네는 나약한 왕자들을 좋아하니까
학동처럼 강권으로 누를 수 있거든.

윈체스터 글로스터, 하여튼 당신이 섭정이오.[4]
왕과 나라를 휘어잡을 야심에 찼소.
당신 처가 교만하여 사제들과 다르게
당신을 주님보다 더 높이 떠받드오.

글로스터 종교는 말도 마오. 제 몸만 사랑하여
적들의 불행을 기도하지 않으면
일 년 내내 교회에 가지 않는 사람이오.

베드포드 말다툼을 멈추고 모두 진정하시오.
제단에 갈 때요. 의전관들, 인도하라.
돈 대신 무기들을 바칠 터이오.
헨리가 죽었으니 무기는 필요 없소.
후손들아, 눈물 어린 모친 눈에 아이들이
젖을 빨아 이 섬이 짠 눈물의 늪이 되고
여인만 남아서 죽은 자를 울기까지 기다려라.
헨리 5세여, 당신의 영혼을 부르오.
이 나라 흥하게 하고 내란을 막아주오.
못된 별들과 하늘에서 싸우시오.
당신의 영혼은 줄리어스 시저보다
훨씬 영광스러운 별이 될 것이며
또는 빛나는—
[전령 등장]

전령 존귀하신 대공님들, 건승을 빕니다.
프랑스에서 손실, 살상, 패배의
슬픈 소식을 전하여 드립니다.
귀엔, 콤피엔, 렘스, 루언, 올리언스,
파리, 기소어, 포이티어, 모두 잃었습니다.

베드포드 왕의 시신 앞에서 무슨 소리 하는가?
나직이 말하라. 그러한 도시들을
잃었다는 소식에 관을 깨고 일어설지 모른다.

1 기독교의 문구로서 '예수'를 가리킨다.
2 기독교의 전능하신 '하느님'을 뜻한다.
3 윈체스터 주교는 헨리 5세를 반대하는 사람이어서 왕이 어서 죽기를 바라는 기도를 올렸다고 말한다.
4 프랑스를 정복한 희대의 영웅 헨리 5세가 35세에 죽자 그의 맏아들 헨리 6세가 겨우 1세 때 등극하였으나 숙부(헨리 5세의 아우) 글로스터 공작이 섭정이 되어 권력을 휘둘렀다.

글로스터 파리를 잃었는가? 루언을 놓쳤는가?
헨리를 다시 살려낸대도 이 소식 듣고
그분은 또다시 영혼을 버리시리라.
엑서터 어떻게 잃었는가? 어찌 반역했는가?
전령 반역이 아니라 사람과 돈이 없었습니다.
군인들 사이에 이런 말이 돌았습니다.
여기서 대공들은 여러 패로 나뉘어서,
전쟁터에 사람들을 급파하여 싸울 터인데
사령관이 서로 간에 다투고 있습니다.
누구는 비용을 아껴 지구전을 주장하고
누구는 날고자 하나 날개가 없고
누구는 비용을 조금도 안 들이고
교묘한 말로 평화를 얻을 거라 합니다.
일어나세요, 잉글랜드 귀족 어른들!
게으름이 새로 얻은 명예를 망칠 수 없습니다.
대공님들 문장의 백합[5]은 잘렸습니다.
잉글랜드 문장의 절반이 잘렸습니다. [퇴장]
엑서터 우리가 장례에서 눈물이 없다 해도
이 소식에 눈물이 밀물 되어 흐르겠소.
베드포드 그것은 내 일이오. 내가 프랑스 총독이오.
철갑을 갖다 주오. 프랑스를 지키겠소.
부끄러운 상복은 벗어버릴 터이오.
[상복을 벗는다.]
프랑스인들에게 눈 대신 상처를 주어
매번 싸울 때마다 피눈물을 짜내겠소.
[또 다른 전령 등장]
전령 2 대공님들, 나쁜 소식 가득한 편지를 보십시오.
프랑스 전체가 잉글랜드에 반항하는데,
하찮은 성읍들만 몇 개 남았습니다.
찰스 왕세자가 렘스에서 왕이 되었고
올리언스 서자가 합세하였습니다.
앤주 공작 레이니어도 한편이 되었으며
앨런선 공작도 그쪽으로 달아났습니다. [퇴장]
엑서터 왕세자가 왕이라고? 모두 거기 붙었어?
이런 수치 피하자면 어디로 뛰겠나?
글로스터 적의 모가지 쪽으로 뛸 수밖에 없군요.
베드포드, 당신이 굼뜨면 우리가 싸우겠소.
베드포드 글로스터, 내 용맹을 의심하기요?
대군을 머릿속에 소집해 뒀으니까
이미 프랑스를 갈아뭉갰소.
[또 다른 전령 등장]

전령 3 귀하신 대공님들, 헨리 왕의 영구를
눈물로 적시는 탄식에 더하시라고
용감한 톨봇 공과 프랑스 군 사이에
처절한 싸움을 보고하여 드립니다.
윈체스터 그래서? 톨봇이 이겼다는 말인가?
전령 3 아닙니다. 톨봇이 패했다는 말입니다.
좀 더 자세히 말씀드리겠습니다.
지난 8월 10일에, 저 무서운 장군께서
올리언스 포위를 꿰뚫고 물러서시니
모두 합해 6천도 못 되는 군인들이
프랑스 군대 3만 2천 명에게
둘러싸여 공격을 당했습니다.
장군은 진을 칠 여유도 없었고
궁수 앞에 박아놓을 장창도 없었고,
그 대신 뾰족한 울타리 말뚝을
땅바닥 여기저기 박아놓아서
적의 기병을 막아내게 했습니다.
세 시간 넘도록 전투는 계속되어,
용감한 톨봇은 칼과 창을 휘둘러
생각지 못할 기적을 일궜습니다.
수백 명이 죽었고 맞설 자가 없었습니다.
간 곳마다 성난 듯이 도륙하였습니다.
마귀가 싸운다고 적군이 떠들었고
온 군대는 넋 나간 듯 멀거니 보았는데,
부하들은 거침없는 투혼을 보고
'톨봇에게!' '톨봇에게!' 힘껏 외치며
전투의 한복판에 뛰어들었습니다.
존 패스톨프가 비겁하지 않았다면
승리를 완전히 굳혔을 것입니다.
그자는 따라가다 교대하기 위하여
지원군의 선봉으로 나왔었는데
칼 한번 안 쓰고 비겁하게 달아났고
전군의 궤멸이 발생하고 말았으니
적군의 포위를 당했던 것입니다.
어떤 왈론[6] 병사가 세자 눈에 들려고
비열하게 그의 등을 창으로 찔렀으니,

5 '백합'(fleur de lis)은 프랑스 왕가의 문장인데 잉글랜드의 에드워드 3세(헨리 5세의 증조부)가 프랑스의 여러 지방을 정복하고 자기네의 문장의 일부로 사용했다. 프랑스도 자기네 것임을 알리려는 뜻이었다.

최강의 군세를 집결시킨 프랑스가
한 번도 맞서지 못했던 영웅입니다.
베드포드 톨봇이 죽었는가? 사치와 안락 속에
한가로이 사는 내가 죽을 일이다.
그처럼 고매한 장수가 원병도 없이
비열한 적에게 배신을 당하다니!
전령 3 아닙니다. 살았으나 포로입니다.
헝거포드, 스케일즈 공도 잡혔습니다.
나머지 대부분은 죽지 않으면 잡혔습니다.
베드포드 몸값을 치를 자는 나밖에 없소.
세자를 왕좌에서 곤두박질시키고
그자의 왕관으로 몸값을 치르겠소.
저쪽 귀족 네 명과 우리 쪽 한 명을 바꾸겠소.
잘들 계시오. 나는 일하러 가오.
이제 곧 프랑스에 봉홧불을 올려서
위대한 성 조지의 잔치를 벌이겠소.
일만의 대군을 내가 인솔할 테요.
잔혹한 그 무력에 온 유럽이 떨게 되오.
전령 3 그럴 필요 있습니다. 올리언스는 포위되고
잉글랜드 군대는 기운이 다했으며
솔즈베리 백작은 증원을 요청하고
부하들의 항명을 가까스로 억누르니
그런 소수가 대군을 만났습니다. [퇴장]
엑서터 왕께 드린 맹세를 잊지 마시오.[7]
세자를 완전히 무찌르거나
멍에에 굴복시켜 데려오시오.
베드포드 분명히 기억하오. 이제 나는 준비차
이곳을 떠나오. [퇴장]
글로스터 나는 급히 런던 타워로 달려가서
거기 있는 대포와 탄약을 점검하고
어린 헨리 왕자를 왕으로 선포하겠소. [퇴장]
엑서터 나는 어린 왕이 있는 엘섬 궁[8]에 가겠소.
왕의 특별 섭정으로 임명을 받았으니
어린 왕의 안전을 최고로 만들겠소. [퇴장]
윈체스터 저마다 제 지위, 제 직책을 가졌는데
나만 제외되어서 아무것도 안 남았다.
하지만 오래도록 겉돌진 않겠다.
왕을 몰래 엘섬에서 훔쳐내어서
국정을 주무르는 장본인이 되겠다.
[한쪽 문으로 윈체스터 퇴장. 다른
문으로 장례 행렬, 워릭, 소머셋 퇴장]

## 1. 2

[주악이 울린다. 왕세자 찰스, 앨런선 공작,
앤주 공작 레이니어가 북과 병사들과 함께
행진하며 등장]
찰스 군신의 진정한 활약은 이날까지
하늘에서 땅에서 알 수가 없었소.
근래에 잉글랜드 측에서 빛났었지만
이제는 승리자인 우리에게 미소 짓소.
중요한 성읍 중 우리 차지 아닌 데 있소?
올리언스 근방에 느긋이 앉았는데
창백한 유령처럼 굶주린 잉글랜드가
한 달에 한 시간쯤 맥없이 싸우자 하오.
앨런선 기름진 쇠고기와 국물이 떨어져서
노새처럼 아가리에 꼴망태를 달아서
조금씩 먹이든지 물에 빠진 생쥐처럼
측은하게 멀거니 바라볼 뿐이오.
레이니어 포위를 뚫읍시다. 왜 죽치고 있소?
두렵던 톨봇이 포로로 잡혀 있고
성급한 솔즈베리 혼자 남아 있으니
한껏 화를 내다가 기운이 다할 거요.
싸움을 벌일 만한 돈도 사람도 없소.
찰스 집합 나팔을 불어라! 공격 개시하겠다.
결사적인 프랑스 군의 명예를 위해—
내가 한 발 물러서거나 달아난다면
나를 죽여도 죽인 자를 용서한다! [모두 퇴장]
[이때 공격 나팔. 프랑스 군이 잉글랜드 군에게
크게 손실 입고 패퇴한다.
왕세자 찰스, 앨런선 공작, 앤주 공작
레이니어 등장]
찰스 이런 꼴 보았는가? 내 부하가 그따위인가?

6 왈론은 지금의 벨기에 남부로, 잉글랜드 편이었지만, 프랑스 세자의 회유로, 잉글랜드를 배반했다.
7 헨리 5세는 죽으면서 베드포드, 글로스터, 솔즈베리, 워릭에게 프랑스의 영토를 프랑스의 세자에게 조금도 빼앗기지 말 것을 맹세케 했다.
8 런던 외곽 캔터베리로 가는 길목에 있는 왕궁.

개자식, 겁쟁이, 못난이들! 나를 적군 중에
남겨놓지 않았다면 안 뛰었을 거다.
레이니어 솔즈베리란 자는 악에 받친 살인마요.
목숨이 지겨운 듯 싸워대는 놈이오.
다른 귀족 놈들은 배고픈 사자처럼
우리가 먹이인 양 달려들어요.
앨런선 프랑스인 프로이서[9]의 기록에 따르면
에드워드 3세[10] 때에 잉글랜드 전역이
올리버와 롤랜드[11]만 기르라고 했답니다.
이 사실은 이제 금시 증명됩니다.
삼손과 골리앗[12]만 전투에 보내시오.
10대 1의 싸움이라 할 수 있지 않을까요?
비쩍 마른 뼈다귀 패인데, 그것들이
그처럼 용감할지 누가 알았겠어요?
찰스 여기를 떠나요. 놈들은 미쳤소.
배고프면 확실히 열을 더 낼 거요.
전부터 알고 있소. 포기하기보다는
성벽을 이빨로 물어뜯어 허물 거요.
레이니어 교묘한 장치로 무기를 장착하여
언제나 시계처럼 내리치게 되어 있소.
아니라면 저렇게 버틸 수 없을 테요.
저도 그냥 버려두자는 의견이지요.
앨런선 그럽시다.
[올리언스의 서자 등장]
서자 세자 어디 계시오? 드릴 말씀이 있소.
찰스 올리언스 서자, 어서 와요.
서자 안색이 나쁘시니 낙심 중이시군요.
그토록 이번 일로 속이 상하시나요?
걱정 마세요. 구원이 가까이 왔어요.
한 거룩한 처녀를 여기 데려오는데
하늘이 보내시는 환상에 의지하여
지루한 포위를 뚫기로 되어 있어
적군을 이 땅에서 몰아낼 겁니다.
심오한 예언의 능력을 갖고 있어
로마의 아홉 여자 예언자[13]를 뛰어넘고
과거와 미래를 꿰뚫어 본대요.
들어오라 할까요? 제 말을 믿으세요.
확실하고 틀림없는 말씀이에요.
찰스 불러들이오. [서자 퇴장]
그러나 먼저 시험적으로
나 대신 당신이 왕세자로 서 계시오.
당당히 물어보고 낯빛을 엄숙히 하오.
어떠한 능력인지 알아낼 수 있겠소.
[올리언스의 서자가 조운 라 퓨셀과 함께 등장]
레이니어 처녀, 굉장한 그 일을 행할 수 있나?
조운 레이니어, 당신이 나를 속일 건가요?
세자님은 어디 계세요? [찰스에게] 나오세요.
세자님을 잘 알아요, 본 적 없지만.—
놀라지 마세요. 내 눈은 못 속여요.
세자님하고만 따로 얘기하겠어요.
대공들은 물러서고 잠깐 시간 주세요.
[레이니어, 앨런선, 서자가 물러선다.]
레이니어 [앨런선과 서자에게]
처음부터 멋지게 제 역대로 하는군.
조운 세자님, 목자의 딸로 태어난 저는
아무런 기술도 배운 적이 없어요.
하늘과 성모님이 천한 저의 처지에
빛을 비춰 주시는 은총을 내리셨어요.
어린 양을 돌보며 뜨거운 햇볕 속에
뺨을 그을리고 섰는데 돌연히
성모님이 저에게 나타나셨어요.
그러고는 위엄이 가득한 환상 가운데
낮고 천한 일거리를 뒤에 놔두고
나라를 재난에서 구하라고 하시면서
도움과 승리를 약속하셨습니다.
온전한 영광 중에 나타나신 거지요.
전에는 새까맣고 가무잡잡했지만
성모님의 밝은 빛을 속속들이 쏘여서
세자님이 보시듯 아름답게 변했어요.
뭐든지 저한테 물어보세요.

9 진 프로이서(Jean Froissart, 1338?~1410?)는 프랑스 역사가로 그의 저서 『연대기』에서 1367년 전쟁에서 모든 잉글랜드 병사가 롤랜드와 올리버처럼 용감하고 능숙하게 싸웠다고 기록했다.
10 잉글랜드 왕 에드워드 3세(1312~1377)는 모친 쪽으로 프랑스 왕권을 요구하며 '백년전쟁'을 일으켰고 1367년에는 프랑스 군을 대파했다.
11 올리버와 롤랜드는 프랑스의 전설적 군주 찰스 대제의 최고 기사들이었다.
12 삼손과 골리앗은 구약에 나오는 거인 투사들이었다.
13 이름 높은 로마의 여자 예언자는 여러 사람이었다.

당장에 대답해 드리겠어요.
원하시면 싸움으로 용기를 시험하시면
보통 여자 아닌 걸 아실 수 있어요.
믿으세요. 저를 싸움의 반려로 삼으시면
세자님은 행운을 붙잡게 되셔요.

찰스 의젓한 말씨로 놀라움을 주누나.
한 가지만 네 용기를 시험하겠다.
일대일 결투로 맞붙어보자.
만일 네가 이기면 네 말은 진실이고,
그러지 못하면 일체가 거짓이다.

조운 준비됐어요. 여기 날선 칼이 있어요.
프랑스의 백합이 양쪽에 찍혀 있죠.
[방백] 투레인[14]의 성 캐서린 교회 묘지에
헌 쇠붙이 무더기 속에서 골라낸 거지.

찰스 그러면 오라. 나는 여자가 무섭지 않다.

조운 제가 살아 있는 한 남자한테서 도망치지 않아요.
[이에 둘이 싸운다. 조운 라 퓨셀이 이긴다.]

찰스 그만하라, 그만하라. 너는 아마존이다.[15]
드보라[16]의 칼을 들고 싸우누나.

조운 성모님 도움 없인 저는 약한 여자예요.

찰스 누가 너를 돕든 간에 네가 나를 도와야겠다.
견디지 못할 열망의 불이 타오르누나.
내 마음과 내 손을 네가 정복하였다.
무한한 퓨셀, 그게 네 이름이야.
나는 네 왕이 아니라 네 하인이다.
프랑스 왕세자가 이처럼 사랑한다.

조운 저는 사랑의 행실에 굴복할 수 없어요.
이 일은 위에서 온 거룩한 직분이에요.
세자님의 원수를 모두 몰아낸 뒤에
알맞은 보답을 생각해 보겠어요.

찰스 그동안에, 엎드린 연인을 측은히 봐다오.

레이니어 [다른 귀족들에게 말한다.]
여보게, 세자 말이 너무 긴 것 같은데.

앨런선 저 여자 속옷까지 캐묻는 게 확실해.
그렇지 않으면 저렇게 길게 끌 수 없지.

레이니어 딴 재간이 없어서—, 가서 말할까?

앨런선 우리 같은 놈들보단 윗길이겠지.
저런 여자는 혓바닥 기술로 홀리거든.

레이니어 [찰스에게]
왕세자, 어쩌겠어요? 어떻게 결정했죠?
올리언스를 넘길까요, 말까요?

조운 물론 안 그렇죠. 못 믿을 겁쟁이들!
숨이 남을 때까지 싸우세요. 제가 막아내요.

찰스 그렇게 하겠소. 둘이 함께 싸우겠소.

조운 잉글랜드를 치는 게 제게 주신 일이에요.
오늘 밤 확실히 포위망을 뚫겠어요.
제가 이 전쟁에 뛰어들었으니까
평온한 성 마틴 여름[17]을 기대하세요.
영광은 수면 위의 동그라미 같아요.
끊임없이 스스로를 확대하다가
넓게 퍼져서 사라지고 말아요.
헨리 왕의 죽음으로 잉글랜드는
동그라미를 그치고 영광도 사라졌죠.
시저와 운명을 함께 싣고 다녔던
건방진 배[18]와 저는 비슷합니다.

찰스 마호메트가 비둘기로 영감을 받았다고?[19]
그럼 너는 독수리로 영감을 받았다.
콘스탄틴 대제의 어머니인 헬레나[20]도,
빌립의 딸들[21]도 너 같지는 못했다.
지상에 떨어진 비너스의 밝은 별!
아무리 경배해도 모자라누나!

앨런선 지체하지 맙시다. 포위를 풉시다.

레이니어 여인이여, 우리의 명예를 구원하라.
저들을 몰아내고 영원한 신이 돼라.

찰스 당장 같이하겠소. 그럼 시작합시다.

14 프랑스의 중부에 있는 지역.
15 그리스신화에 나오는 여장부. 셰익스피어의 「한여름 밤의 꿈」, 「두 왕족 사촌 형제」에도 나온다.
16 구약 사사기 4, 5장에 나오는 이스라엘의 여선지(여자 예언자)며 군대 지휘자.
17 동양의 중양절처럼, 11월 11일에 지키던 성 마틴 축일 경에는 날씨가 잠시 따뜻해지는 시기였다.
18 줄리어스 시저가 그의 적수인 폼페이 몰래 배를 타고 자기 군대와 합세하러 갈 때 시저와 그의 운명이 함께 탄 배를 감히 누구도 건드리지 못한다고 하였다.
19 마호메트는 비둘기를 길들여 자기 귀에서 낟알을 빼내게 훈련시켰는데 그 비둘기가 영감을 넣어주었다고 하였다.
20 기독교인 헬레나는 꿈속에서 그리스도의 십자가가 묻힌 곳을 보고 발굴하였고, 그의 아들 로마 황제 콘스탄티누스 황제(274~337)를 기독교로 개종시켰다.
21 빌립의 딸들이 처녀 예언자들이었다고 사도행전 21장 8~9절에 기록되어 있다.

그녀가 가짜라면 무슨 예언도 안 믿소. [모두 퇴장]

## 1. 3

[글로스터 공작이 푸른 저고리를 입은
하인들과 함께 등장]

글로스터 오늘 런던 타워를 조사하러 나왔다.
장례 후에 불법이 자행되는 듯하다.
경비병이 없으니 어디 갔는가?
[하인들이 대문을 두드린다.]
문 열어라. 글로스터가 찾아왔다.

경비병 1 [타워 안에서]
이렇게 성급히 두드리니 누가 왔소?

하인 1 글로스터 공작님이오.

경비병 2 [타워 안에서]
누구든 간에 들어오지 못해요.

하인 1 이놈들, 섭정님께 그따위로 대답해?

경비병 1 [타워 안에서]
섭섭하면 그만둬라.[22] 그게 우리 대답이야.
명령대로 할 뿐이야. 달리 대답 안 한다.

글로스터 누구의 명령인가? 나 외에 누구의 명령인가?
나라의 섭정은 나 하나뿐이다.
[하인들에게] 문을 부숴라. 내가 보장한다.
너절한 촌것에게 밀려서야 되는가?
[글로스터의 하인들이 타워 문에 달려든다.
부관 우드빌이 안에서 말한다.]

우드빌 이게 웬 소란인가? 반역자가 누구인가?

글로스터 부관, 들리는 게 네 소린가?
문 열어라. 글로스터가 여기 있다.

우드빌 참으세요, 공작님. 열 수 없습니다.
윈체스터 주교님의 명령입니다.
그분이 직접 제게 공작님이나
공작님 부하를 제지하라 하셨어요.

글로스터 겁쟁이 우드빌, 나보다 그자를 받드는가?
건방진 윈체스터, 오만한 성직자,
돌아가신 왕께서 역겨워하신 그자를?
너는 하느님과 왕의 편이 아니다.
문을 열지 않으면 당장 쫓아내겠다.

하인들 섭정님께 문을 열어드리오.
속히 열지 않으면 문을 때려 부술 테요.

[타워 문 앞에 있는 섭정 쪽으로 윈체스터
주교와 누런 저고리 입은 그의 부하들 등장]

윈체스터 야심찬 글로스터, 이게 무슨 짓인가?

글로스터 까까머리 사제야, 나를 막으라 했냐?

윈체스터 그렇다. 너는 섭정이 아니라
왕위나 나라를 삼키려는 반역자다.

글로스터 물러가라. 백일하에 드러난 음모꾼아.
선왕을 시해할 흉계를 꾸미고
창녀에게 성매매를 허가한 놈아,[23]
계속해서 이따위로 거만 떤다면
널따란 주교 모자[24]로 까불릴 테다.

윈체스터 네놈이나 물러가라! 한 발짝도 꼼짝 않겠다.
기회만 있으면 제 아우 아벨을
죽이려고 하니까 여기가 다메섹이고
네놈은 저주받은 가인[25]이 돼라.

글로스터 너를 죽이지 않고 몰아내겠다.
네 주홍 성의를 애기 싸는 강보처럼
여기서 네놈을 내가는 데 쓰겠다.

윈체스터 할 테면 해봐라. 수염 잡아채겠다.

글로스터 뭐야? 감히 수염 잡고 대들어?
얘들아, 금지 구역이지만 칼을 빼 들어라.
[모두 칼을 뺀다.]
청색 대 황색이다! 사제, 수염을 조심하라.
잡아채고 두들기고 흠씬 패줄 테니까.
주교 모자를 발로 짓이기겠다.
법왕이건 성직자건 아랑곳없다.
네놈의 뺨따귀를 잡아끌고 다닐 테다.

윈체스터 글로스터, 법왕님께 대답해야 된다.

글로스터 윈체스터 거위 놈![26] '밧줄 달라, 밧줄!'[27]

22 영어로 '섭정'(攝政)을 '보호자'라고 하는데 이 대목에서 '주님이 당신의 보호자 돼라'고 되어 있지만, 옮긴이는 '섭정'이라는 말을 '섭섭하다'라고 비꼬는 말로 바꾼다.

23 윈체스터 주교는 선왕 헨리 5세를 시해할 음모를 꾸몄었고 자기 영지 위에 창녀촌을 허락했다.

24 대주교가 쓰던 챙 넓은 주홍색 모자. 당시 죄인을 담요나 천막 위에 눕혀놓고 여럿이 들러붙어 까불렀다.

25 아담과 하와의 아들 가인이 착한 아우 아벨을 시기하여 죽인 곳이 다메섹(다마스쿠스, Damascus)이라고 한다. 실제로는 윈체스터와 글로스터는 숙질간이었다.

[하인들에게]
저놈들 쫓아내라. 왜 그냥 두느냐?
[윈체스터에게]
네놈 때려 내쫓겠다. 양의 탈 쓴 이리야,
누런 옷, 나가라! 꺼져라, 뻘건 위선자!
[여기서 글로스터의 하인들이 주교의
하인들을 때려 내쫓는다. 이런 와중에
런던 시장과 그의 치안관들 등장]
시장 어르신들, 최고위 행정부 의원들께서
이토록 안녕을 깨트리니 말이 됩니까!
글로스터 시장, 조용하오, 내가 당한 수모를 모르오.
보포트가 여기 있소.—하느님도 왕도 무시하오.—
제 목적에 쓰려고 타워를 점거했소.
윈체스터 [시장에게]
글로스터가 여기 있소. 시민들의 원수로서,
전쟁을 주장하고 평화를 멸시하여
인심 좋은 당신네 주머니에 중과세하며
종교의 신앙을 뒤엎으려고 하며
자기가 이 나라의 섭정이란 이유로
여기 타워에서 무기를 탈취해서
스스로 왕이 되어 왕자를 누르려 하오.
글로스터 네게는 말 아니고 칼로 응답하겠다.
[여기서 두 패가 다시 접전한다.]
시장 나로서는 이토록 소란한 패싸움에
공적 선포밖에는 별다른 수가 없소.
치안관, 되도록 크게 외치오.
[치안관에게 문서를 준다.]
치안관 금일 하느님과 전하의 평화를 깨뜨리고 여기에
무장하고 집합한 각양 인간들에게 전하의 이름으로
고하고 명하노니 각자의 주거지로 귀환할 것이며
이제 이후 하등의 검이나 무기나 단도를 패용,
소지, 사용하지 말 것이니 위반하는 자는 사형을
면치 못하리라.
[싸움이 멎는다.]
글로스터 주교, 나는 법을 깨뜨리지 않겠다.
우리 다시 만나서 터놓고 얘기하자.
윈체스터 글로스터, 만나서 해주겠다. 알아둬라.
이날 일의 값으로 네 속의 피를 갖겠다.
시장 해산하지 않으면 순찰대를 부르겠소.
[청중에게] 여기 이 주교는 마귀보다 교만해요.
글로스터 시장, 잘 가오. 당신은 할 만한 일을 하오.
윈체스터 가증한 글로스터, 머리나 잘 지켜.
가까운 장래에 따갈 테니까.
[시장과 치안관들 이외에 모두 퇴장]
시장 시야가 맑아졌다. 우리도 떠나자.
한심하군. 귀족들이 저처럼 야박하다니!
나는 40년 동안 한 번도 안 싸웠다. [모두 퇴장]

## 1. 4

[올리언스의 포대장과 어린 아들 등장]
포대장 올리언스가 포위되고 잉글랜드 군대가
근처를 점령한 걸 너도 잘 안다.
아들 네, 알아요. 놈들에게 총을 쏘곤 했어요.
하지만 재수 없게 빗나갔어요.
포대장 이제부턴 그러지 말고 시키는 대로 해.
이 도시 포대장의 으뜸은 나니까
인정을 받으려면 뭔가 보여줘야 돼.
세자의 첩자들이 내게 일러줬는데
외곽의 적군이 참호 속에 숨었다가
저 탑사 비밀 창살 틈으로 들어가서
도시를 내려다보았다고 하더라.
그래서 총포나 습격으로 우리에게
손해를 가져다줄 방법을 알아낸대.
그처럼 불리한 상황을 막아내려고
그에 맞서 대포 한 대를 장치하고
적의 동정을 사흘 동안 살펴봤다.
나는 여기 있지 못하니까 네가 살펴라.
하나라도 보이면 달려와서 알려다오.
그동안 나는 총독 집에 있겠다.
소년 아버지, 약속해요. 걱정 마세요.
[포대장이 한쪽 문으로 퇴장]
눈에 띄면 수고는 끼치지 않으렵니다.
[다른 문으로 퇴장]

26 윈체스터는 매독에 걸려 사타구니가 아파서 거위처럼 뒤뚱거리며 걸었다.
27 '밧줄!'(을 가져오라)은 교수형 집행관이 외치는 소리다. 윈체스터 대주교는 교수형 감이라는 말이다.

## 1. 5

[솔즈베리 백작과 톨봇 공이 여러 사람과 함께
성탑 위에 등장. 그중에 토머스 가그레이브 경과
윌리엄 글래스데일 경이 끼어 있다.]

솔즈베리 톨봇, 내 목숨, 내 기쁨, 돌아왔소?
포로가 되었을 때 어떻게 다룹디까?
무슨 수로 거기서 풀려난 거요?
여기 성탑 위에서 얘기해주오.

톨봇 베드포드 공작이 용감한 세인트레일스 드
포톤이라 부르는 자를 포로로 잡았는데
나와 그를 교환하여 몸값을 치렀소.
하지만 저들은 나를 경멸하는 뜻으로
매우 낮은 병사와 바꾸고자 했지만
나는 이를 거절하고 천대받기보다는
오히려 죽는 게 낫다고 했더니
내가 원하는 대로 몸값을 쳐주었소.
그렇지만, 오, 패스톨프의 반역이
내 가슴을 후비오. 당장 놈을 잡으면
맨손으로 놈의 대가리를 꺾겠소.

솔즈베리 어떤 취급받았는지 아직 말을 안 했소.

톨봇 멸시, 천대, 건방진 조롱이었소.
시장 바닥 한복판에 데려다 놓고
사람들의 볼거리가 되게 만들고
"이놈이 프랑스의 공포의 대상인데
애들이나 무서워할 허수아비"라고 했소.
나는 끌고 가던 관리들을 떨쳐버리고
땅에서 손톱으로 돌멩이를 파 가지고
창피한 꼴 구경하는 놈들에게 던졌소.
험상궂은 내 표정에 딴 놈들은 달아났소.
졸지에 죽을까봐 오는 놈이 없었소.
철벽 속에 가두고도 안심하지 않았으며,
내 이름에 대해서 겁이 널리 퍼져서
쇠창살을 찢어놓고 발길로 냅다 차면
철 기둥도 산산조각 날 거로 생각하여
명사수를 골라서 간수를 삼아
매분마다 내 주위를 돌아다니다
내가 침대에서 일어나기만 하면
내 심장을 쏘기로 정했던 거요.
[소년이 불타는 솜 심지를 들고
무대 위를 건너간다.]

솔즈베리 당신이 겪었던 아픔을 들으니
속이 아프오. 충분히 복수합시다.
지금 올리언스는 저녁 먹을 시간이오.
이 창살을 통하여 일일이 셀 수 있고,
프랑스 놈들의 방비를 엿볼 수 있소.
들여다봅시다. 아주 재미있을 거요.
가그레이브 경, 글래스데일 경,
다음 포격을 어디로 하면 좋을지
전문가로서의 의견을 말해주오.
[쇠창살을 통하여 내다본다.]

가그레이브 북문 쪽이오. 귀족들이 그곳에 있소.

글래스데일 그리고 여기 교량 요새 쪽이오.

톨봇 아무리 보아도 이 도시를 굶기거나
경미한 접전들로 약해지겠소.
[이때 안에서 휴대용 포를 쏘니
솔즈베리와 가그레이브가 넘어진다.]

솔즈베리 오, 주여, 불쌍한 죄인에게 자비하소서!

가그레이브 오, 주여, 불쌍한 인간에게 자비하소서!

톨봇 우리 일을 망치다니 무슨 날벼락인가?
솔즈베리, 말을 할 수 있다면 말해보세요.
무사들의 귀감인 분, 괜찮으세요?
눈 한 개, 뺨 한쪽이 떨어져 나갔소!
저주받을 성탑이오! 참혹한 이 비극을
꾸며낸 치명적인 그 손에 저주 있어라!
열세 번 전투를 솔즈베리가 이겼으며
헨리 왕을 처음으로 전쟁으로 단련했고
북이나 나팔이 울리면 그의 칼은
전투에서 후려치길 그치지 않았다.
살았는가, 솔즈베리? 아무 말도 없으나,
하늘 은총 구할 눈은 한 개가 남아 있다.
태양은 한 눈으로 온 세상을 바라본다.
하늘아, 솔즈베리가 자비를 못 얻건대
산 사람 누구에게도 은혜를 거부하라.
가그레이브 경, 목숨이 남았는가?
톨봇에게 말하라. 톨봇을 쳐다보라.—
시신을 모셔 가라. 나도 매장을 돕겠다.
[한 사람이 가그레이브의 시신과 함께 퇴장]
솔즈베리, 이 말 듣고 기운을 내세요.
당신은 적이 질 때까지는 죽지 않겠소.
나에게 손짓하며 미소하누나.
'나 죽으면 프랑스에 원수를 갚아다오.

결코 잊지 말라'고 하는 듯하다.
플랜태저닛,[28] 원수를 갚겠소. 네로처럼
불타는 도시들을 바라보며 연주하겠소.[29]
내 이름만 듣고도 프랑스는 비참하리라.
[이때 공격 나팔 소리. 벼락과 번개가 친다.]
어째서 소란한가? 하늘에 무슨 소동인가?
공격 나팔과 소란은 어디서 오는가?
[전령 등장]
전령 장군님, 장군님, 적이 집결했습니다.
세자가 퓨셀이란 처녀와 합세했습니다.
새로이 나타난 여선지라 하는데
포위를 풀기 위해 대군과 함께 왔습니다.
[이때 솔즈베리가 일어나 신음한다.]
톨봇 죽어가는 솔즈베리의 신음을 들어라.
복수할 수 없어서 속이 타누나.
적들아, 내가 너희한테 솔즈베리가 되겠다.
처녀인지 창녀인지, 세자인지 말자인지
말굽으로 염통들을 뭉개버리고
뒤얽힌 너희 골을 짓이기겠다.
솔즈베리 백작을 막사로 옮겨 가라.
프랑스 겁보들이 어쩌나 보자.
[공격 나팔 소리. 솔즈베리를 떠메고 모두 퇴장]

## 1. 6

[이때 다시 공격 나팔 소리. 톨봇이 세자를
뒤쫓아 몰아간다. 그때 조운 라 퓨셀이
잉글랜드 병사들을 몰아가며 모두 퇴장.
그때 톨봇 등장]
톨봇 나의 기운, 용기, 힘이 어디 갔는가?
우리 군이 퇴각한다. 말릴 수 없다.
갑옷 입은 여자가 그들을 몰아친다.
[조운 라 퓨셀 등장]
그녀가 저기 온다. 너와 한판 붙겠다.
마귀든 마귀의 어미든 무섭지 않다.
네년이 마녀니까 너의 피를 흘리게 해[30]
네 혼을 마귀에게 곧장 보내주겠다.
조운 자, 너를 망신시킬 사람은 나뿐이다.
[여기서 둘이 싸운다.]
톨봇 하늘아, 지옥더러 이기라고 하는가?
이 건방진 창녀를 벌하지 못한다면
용맹을 다하다가 가슴팍이 터지고
어깨에서 두 팔이 빠지게 하겠다.
[둘이 다시 싸운다.]
조운 톨봇, 잘 있어라. 네 때가 아직 안 됐어.
지금 당장 성내에 먹을 걸 줘야 해.
[짧은 공격 나팔. 그러자 프랑스 군이 무대를
건너질러 병사들과 함께 도시로 진입한다.]
나를 따라잡아라. 네 힘 따윈 우스워.
빨리 가서 굶주린 부하들을 격려해줘.
솔즈베리를 도와서 유언하게 해줘라.
우리가 이겼어. 이런 날 많을 줄 알아. [퇴장]
톨봇 옹기장의 선반처럼 정신이 빙빙 돈다.
여기가 어딘지, 이게 무슨 짓인지도 모르겠다.
저 마녀가 한니발[31]처럼 순전히 공포로
우리 군대를 몰아내고 무찌른다.
꿀벌과 비둘기도 연기와 냄새에
벌통과 둥지에서 쫓겨 나온다.
놈들은 사나운 우리를 사냥개라 했지만
우리는 강아지처럼 깽깽대며 도망친다.
[짧은 공격 신호. 잉글랜드 병사들 등장]
잉글랜드 병사들아, 다시 싸우거나
잉글랜드 문장에서 사자를 뜯어내라.[32]
너희 땅을 버려라. 사자 대신 양을 붙여라.
정복하던 놈들에게 도리어 쫓기다니
양 떼, 말 떼, 소 떼도, 늑대와 표범에게
그처럼 비겁하게 달아나진 않는다.
너희 절반도 내빼지 않는다.
[공격 신호. 여기서 또다시 접전.
잉글랜드 군이 올리언스 입성을
시도하다 밀려난다.]
도저히 안 되겠다. 참호로 돌아가라.

28 솔즈베리는 당시의 잉글랜드 왕가 플랜태저닛의 일원이었다.
29 로마의 폭군 네로는 로마에 불을 지르고 루트를 탄주하며 노래했다고 한다.
30 마녀가 피를 흘리면 그 마녀는 힘을 잃는다고 하였다.
31 기원전 2, 3세기의 카르타고의 명장으로, 로마 군을 무력이 아닌 계교로 물리쳤다고 한다.
32 잉글랜드의 문장(紋章)에는 사자 형상이 박혀 있었다.

너희 모두 솔즈베리 죽음에 굴복했다.
그의 복수의 칼을 치는 자 없었다.
전력을 다해 막았지만 조운 라 퓨셀은
올리언스에 입성하고 말았다.
[잉글랜드 군이 퇴각 신호를 보내고 퇴장]
오, 솔즈베리와 더불어 죽었으면!
창피해서 머리를 못 들게 되겠구나. [퇴장]

## 1. 7

[주악. 성벽 위에 조운 라 퓨셀, 왕세자 찰스,
앤주 공작 레이니어, 앨런선 공작, 프랑스 병사들이
깃발을 들고 등장]

조운 휘날리는 깃발들을 성벽 위에 내거세요.
올리언스를 적에게서 되찾았어요.
이처럼 조운 라 퓨셀은 약속대로 했어요.

찰스 무한히 거룩한 처녀, 정의의 딸,
어떻게 너에게 승리의 상을 주랴?
아도니스 동산[33]처럼 약속이 꽃피더니
다음날엔 열매가 수북하게 달렸구나.
프랑스여, 영광의 여선지를 기뻐하라.
올리언스 성읍이 수복되었다.
이보다 복된 일이 이 나라에 없었다.

레이니어 온 성에 종을 크게 울리라고 안 하십니까?
세자님, 시민에게 봉홧불을 올리고
광장마다 잔치를 벌이라 하고
주님 주신 기쁨을 경축하라 하십시오.

앨런선 사내다운 우리들의 이야기를 들으면
온 프랑스가 기쁨과 환희로 넘치겠지요.

찰스 오늘의 승리는 내가 아니라
조운 라 퓨셀이 가져왔으니 내 왕관을
그녀와 나누겠소. 모든 사제, 수도사는
행진하며 그녀를 끊임없이 찬양하오.
멤피스의 로도피[34]가 세운 것보다
웅장한 피라미드를 그녀 위해 세우겠소.
그녀가 죽은 후에 그녀 유해는
보석으로 치장한 다리우스 관[35]보다
더욱 값진 항아리에 고이 담겨서
프랑스의 화려한 잔치 때마다
왕과 왕비 앞에 놓이리니, 성 드니[36] 축일에
우리의 프랑스는 다시 울지 않겠으며
조운 라 퓨셀은 이 나라 성자로 받들겠소.[37]
들어갑시다. 황금 같은 승전의 날,
왕다운 호화로운 잔치를 벌입시다. [주악. 모두 퇴장]

## 2. 1

[성벽 위에 프랑스의 중사가 두 초병과 함께 등장]

중사 자리를 지키고 방심치 마라.
성벽 가까이에서 무슨 소리나
병사가 보이거든 분명한 신호로
위병소의 우리에게 알려라.

초병 1 그러겠습니다. [중사 퇴장]
남들은 평화롭게
자리에서 자는데 불쌍한 졸자들은
어둠과 비바람과 추위 속에 새워야 한다.
[톨봇 공, 베드포드 공작, 버건디 공작[38]과
병사들이 줄사다리를 가지고 등장]

톨봇 섭정 대공, 그리고 고명하신 버건디—
당신이 합세하여 아토이스, 왈론,
피커디 지역이 우리 편이 됐는데—
프랑스는 진종일 술잔치를 벌여서
이 밤이 흥겨워 방심 중에 있을 거요.
따라서 이 기회를 이용하겠소.
못된 마술과 재간과 저들이 꾸민

33 풍성히 꽃들이 만발하고 열매들이 맺히는 신화적인 장소.
34 그리스의 창녀였던 로도피가 이집트 멤피스의 왕과 결혼하고 아름다운 피라미드를 세웠다고 한다.
35 페르시아 왕 다리우스의 관은 온갖 보석으로 치장했었는데 알렉산더가 이를 빼앗아 그가 귀중히 여기던 호메로스의 『일리아스』와 『오디세이』를 그 관에 넣어두었다고 한다.
36 성 드니(Saint Denis)는 3세기에 프랑스의 첫 주교로 프랑스의 수호 성자가 되었다.
37 조운 라 퓨셀의 유해는 흩어져버렸고, 이때로부터 600여 년 후 1920년에야 비로소 '성인'으로 시성되었다.
38 프랑스 이름으로는 버건디 공작. 헨리 5세의 편을 들어 지금의 버건디(Bourgogne) 공국은 물론 네덜란드 지역이 잉글랜드 편이 되었다.

속임수에 가장 알맞은 앙갚음이오.

베드포드 프랑스의 겁쟁이! 제 명성을 망치누나.
스스로의 무력에 낙심한 나머지
마녀와 결속하고 지옥이 돕는다니!

버건디 반역자는 자신 외에 편드는 자가 없소.
그런데 순결하단 퓨셀은 대체 누구요?

톨봇 처녀라데요.

베드포드 처녀요? 그런데 용맹하오?

버건디 좀 지나서 사내임이 드러나길 바랍시다.
시작 때처럼 프랑스 깃발 아래
무거운 갑옷을 입고 다니면—

톨봇 귀신들과 수작하고 요술을 부려도 좋소.
하느님이 요새시니 승리의 이름으로
놈들의 단단한 성루에 올라갑시다.

베드포드 용감한 톨봇, 오르시오. 뒤따르겠소.

톨봇 함께 있지 마시고 여러 군데 흩어져서
침투한다면 훨씬 유리합니다.
우리 중 누구든지 실패하는 경우에는
다른 사람이 저들에게 대항할 수 있습니다.

베드포드 좋소. 나는 저 모퉁이로 가겠소.

버건디 나는 여기요.

톨봇 톨봇은 여기를 오르거나 무덤으로 삼겠소.
솔즈베리, 당신을 위하여, 또한
헨리 6세의 권리를 위하여, 두 분께 내가
얼마나 빚졌는지 이 밤이 보일 거요.
[톨봇, 베드포드, 버건디, 병사들이
성벽을 기어오른다.]

초병들 비상! 비상! 적군이 공격한다! [위에서 모두 퇴장]

잉글랜드 병사들 세인트 조지! 톨봇을 따르라!
[위에서 추격하며 모두 퇴장]

[공격 나팔. 프랑스 병사들이 속옷 바람으로
성벽을 뛰어넘어 퇴장. 각기 다른 쪽에서
올리언스의 서자, 앨런선 공작, 앤주 공작
레이니어가 반쯤만 옷을 걸친 채 등장]

앨런선 대공들, 웬일이오? 그처럼 덜 입었소?

서자 덜 입었다고? 모처럼 피했으니 다행이오.

레이니어 요란한 신호가 침실 문에 들릴 때는
일어나 자리를 떠날 때인 줄 아오.

앨런선 내가 군에 입신한 이래 온갖 일을
전부 겪어봤으나 이보다 대담하고
결사적인 작전은 들어보지 못했소.

서자 톨봇이라 하는 자는 지옥의 악귀요.

레이니어 지옥이 아니라면 하늘이 돕는 자요.

앨런선 찰스가 오는군. 어쨌는지 모르겠소.
[세자 찰스와 조운 라 퓨셀 등장]

서자 쳇. 거룩한 아가씨가 경호원이었구먼.

찰스 요망한 여자야, 이게 너의 속임수냐?
처음에는 내 마음에 들려고
사소한 승리를 일궈내게 하더니
이제는 손실이 열 배를 넘기냐?

조운 세자님, 어째서 자기편에 성을 내세요?
제 능력이 언제든 꼭 같을 수 있나요?
자나 깨나 언제나 이길 수 없다면
저를 욕하고 제 탓으로 돌리시나요?
게으른 병사들아, 경비를 잘했으면
이렇게 위급한 불행은 생기지 않아.

찰스 앨런선 공작, 이는 당신 잘못이오.
지난밤 경비의 총책임자로서
중대한 직책을 소홀하게 다루었소.

앨런선 내가 책임진 막사처럼 딴 막사들도
모두들 안전하게 경비하였었다면
부끄러운 기습을 당하지 않았지요.

서자 내 쪽은 안전했소.

레이니어 내 쪽도 그랬소.

찰스 나는 나대로 지난밤 대부분
그녀의 막사와 나의 침소 안에서
초병들을 교대하는 일로 말미암아
바쁘게 왔다 갔다 하였소. 그런데 처음
저들이 어디로 어떻게 침입하였소?

조운 어디로 어떻게 침입하였는지는
더 따지지 맙시다. 경비가 약한 데를
알아가지고 침입한 게 분명해요.
이제는 다른 수도 없는 터이니
여기저기 흩어진 군대를 다시 모아서
적을 무찌를 계획을 새로이 꾸밉시다.
[공격 신호. 잉글랜드 병사 등장]

잉글랜드 병사 톨봇이다! 톨봇이다!
[프랑스 군이 옷을 내버리고 달아난다.]

잉글랜드 병사 녀석들이 남긴 것을 가질 테다.
'톨봇'이란 고함이 칼 구실 해준다.
그 이름밖에는 다른 무기 안 쓰고도
전리품을 두둑이 짊어지게 됐다. [퇴장]

## 2. 2

[톨봇 공, 베드포드 공작, 버건디 공작,
부대장과 병사들 등장]

베드포드 날이 밝아오면서 밤이 달아나는데
밤의 검은 옷자락이 온 땅을 덮었었소.
후퇴를 알리고 추격을 멈춥시다.
[후퇴 나팔이 울린다.]

톨봇 늙으신 솔즈베리 시신을 내어 오라.
그래서 이곳의 광장으로 행진하여
저주받은 이 성읍 복판으로 모셔 오라.
[병사들이 솔즈베리의 시신을 떠메고
북으로 장송곡을 울리며 등장]
이제 그의 영혼과의 맹세를 이행했다.
그가 흘린 핏방울마다 지난밤에
적어도 프랑스 군 다섯 명이 죽었다.
그에 대한 복수가 매우 맹렬했음을
뒤에 오는 후세들이 알 수 있도록
저들의 대성당에 묘소를 이룩하여
솔즈베리의 시신을 고이 모시고
올리언스를 함락한 사실과 함께
슬프게 그를 죽인 간사한 계교와
프랑스에 자아낸 굉장한 공포 등,
모든 일을 비석에 새겨놓겠다. [영구 퇴장]
하지만, 귀공들, 피투성이 살육 중에
세자의 천사이며 그의 새 용사라는
순결한 라 퓨셀을 만날 수 없었으며
가증한 패거리 중 하나도 보지 못했소.

베드포드 톨봇 공, 전투가 개시되자 갑자기
잠자던 침상에서 벌떡 일어나
병사들에 뒤섞여 성벽을 뛰어넘어
들판 한가운데로 피신한 것 같소.

버건디 내가 밤의 연기와 시커먼 김 속에서
확인할 수 있던 바에 의하면 확실히
세자와 여자가 나를 보자 깜짝 놀라
두 사람이 팔을 끼고 재빨리 달아났소.
밤이나 낮이나 떨어져선 살 수 없는
한 쌍의 사랑하는 비둘기 같습디다.
이곳의 일들을 모두 정리한 뒤에
전군을 휘동하여 그들을 쫓읍시다.
[전령 등장]

전령 귀공들께 인사하며, 귀하신 분들 중에
톨봇 공이 뉘신지요? 프랑스 전국에
무공으로 칭찬이 자자한 분 말씀이오.

톨봇 톨봇이 여기 있소. 누가 그를 보자 하오?

전령 얌전한 여인, 오번 백작 부인이
귀공의 명성을 정중히 기리며
그녀의 누추한 궁성을 찾아주시길
저를 통해 간청하오. 그리하여
소문이 자자한 영광의 주인공을
만났다는 사실을 자랑코자 함이오.

버건디 그렇소? 그렇다면 우리 전쟁이
평화로운 놀이로 변할 듯싶소.
부인들이 만나길 원한다니 그런 것 같소.
톨봇 공, 정중한 청을 무시하지 마시오.

톨봇 무시하면 못난이요. 천하의 사내들이
아무리 웅변해도 이길 수 없는 것을
여자의 은근한 말씨가 녹여놓았소.
그러니 그녀에게 고마움을 전하고
예의를 갖추어 뵙겠다고 하시오.
귀공들도 나와 같이 안 가시겠소?

베드포드 아니요. 그것은 예절을 벗어나오.
대체로 불청객은 돌아간 뒤에야
가장 환영받는다는 말이 있지요.

톨봇 그럼 별수 없으니 혼자 가겠소.
부인의 예의의 진의를 알아볼 테요.
부대장, 이리 와.
[속삭인다.]
내 뜻 알겠나?

부대장 예, 그리하겠습니다. [모두 퇴장]

## 2. 3

[오번 백작 부인과 문지기 등장]

백작 부인 문지기, 내가 지시한 걸 잊지 마.
그렇게 한 후에는 열쇠를 가져와.

문지기 그러겠습니다, 마님. [퇴장]

백작 부인 계획이 끝났다. 모두가 제대로 되면
계략을 꾸민 나는 고레스[39]의 죽음으로
스키디아의 토미리스[40]만큼이나 유명해져.
저 무서운 무사는 소문이 자자하고

그자의 업적들도 소문만큼 굉장해.
두 귀와 두 눈이 증인이 돼서
놀라운 소문들을 확인할 테다.
[전령과 톨봇 공 등장]
전령 마님 뜻에 따라서 말씀을 전했던바,
이 자리에 톨봇 공이 오셨습니다.
백작 부인 잘 왔군. 이 사람인가?
전령 예, 마님.
백작 부인 프랑스의 채찍이 맞아?
이자가 톨봇이야? 온 세상이 무서워서
엄마들이 이름만 불러도 애들이
울다가 그친다는 그 사람 맞아?
소문이란 지어낸 가짜란 걸 알겠다.
무슨 헤라클레스나 헥토르[41] 같은 영웅을
보는 줄로 알았지. 험상궂은 얼굴에
사지가 우람한 거구로 알았어.
어머나, 이건 아이, 힘없는 난쟁이야.
이렇게 약하고 쪼그라진 새우가
공포를 끼치다니 절대 있을 수 없어.
톨봇 부인, 감히 심려 끼쳐 죄송합니다.
그러나 부인께서 한가롭지 않으시니
다른 때를 골라서 다시 뵙겠습니다.
백작 부인 [전령에게]
무슨 소린가? 어디 가나 물어봐.
전령 서십시오, 톨봇 공. 급히 가는 이유를
마님께서 알고 싶다 하십니다.
톨봇 오, 저런! 부인께서 잘못 알고 계시니까
톨봇이 있다는 걸 확인시키려 해요.
[문지기가 열쇠를 가지고 등장]
백작 부인 네가 그자라면 너는 포로야.
톨봇 포로? 누구에게?
백작 부인 내게다. 피에 굶주린 자야.
그래서 너를 내 집으로 유인했다.
오랫동안 네 모습은 내 포로였거든.
우리 집 화랑에 네 그림이 걸렸는데
이제는 실물이 그런 꼴이 되겠다.
네 팔과 다리를 쇠사슬로 묶겠다.
몇 해 동안 난폭하게 이 땅을 헤집고
백성들을 죽였고 아들과 남편들을
포로로 잡아갔던 네가 아니냐!
톨봇 하하하하!
백작 부인 웃는가? 웃음이 신음으로 변하리라.
톨봇 부인께서 분노를 쏟을 데가 고작
톨봇의 그림자라 생각하니 그런 짓이
어리석어 저절로 웃음이 나와요.
백작 부인 왜? 네가 그자 아니야?
톨봇 내가 그자요.
백작 부인 그럼 실체도 잡았구먼.
톨봇 아니요. 나는 나의 그림자일 뿐이오.[42]
속으셨소. 실체는 이곳에 있지 않소.
부인이 보는 건 가장 작은 일부요
인간의 속성 중 가장 미미한 부분이오.
솔직히 말해, 온몸이 여기 있으면
당신네 지붕이 다 덮지 못할 만큼
너무나 우람하고 거대할 거요.
백작 부인 수수께끼를 남발하는 장돌뱅이지.
여기에 있다면서 여기 있지 않으니,
이런 모순들이 왜 합치되는가?
톨봇 곧 보여주겠소.
[뿔나팔을 분다. 안에서 북들이 울린다.
한 차례 포성이 울린다. 잉글랜드 병사들
등장]
자, 부인, 어떻소? 이제는 톨봇이
자신의 그림자에 불과한 걸 믿겠소?
이들이 그의 실체, 힘줄, 팔, 힘이오.
거역하는 당신 목에 멍에를 메우고
도시와 성읍을 깨뜨리고 뒤엎으며
일순에 폐허로 만들어놓는 실체가 되오.
백작 부인 승리자 톨봇 공, 잘못을 용서하세요.
세상에 자자한 명성보다 높으시며
외모만 보아서는 짐작할 수 없어요.
주제넘은 행동에 노여워하지 마세요.

39 페르시아의 왕인 고레스(Cyrus, 기원전 427~401)는 스키디아에 패해 죽었다.
40 스키디아의 여왕 토미리스(Thomyris)는 자기 아들을 죽게 한 고레스 왕의 시신의 목을 잘랐다. 여걸로 이름 높았다.
41 헤라클레스는 그리스신화의 최고 영웅, 헥토르는 『일리아스』에 나오는 트로이의 최고 영웅.
42 초상화는 실물(실체)의 그림자다. '실체'와 '그림자'에 대한 플라톤 사상은 셰익스피어 시대에 크게 유행했다.

마땅히 정중하게 대접할 분이신데
그러지를 못하여 황공합니다.
톨봇 아리따운 부인, 걱정하지 마시며
톨봇의 겉모습을 잘못 보신 듯이
톨봇의 속마음을 오해하지 마시오.
당신의 언행에 노하지 않소.
괜찮다면 당신 집 술맛을 보겠소.
무슨 맛있는 게 있는지 보여주시오.
군인의 식성이라 무엇이든 좋아하오.
백작 부인 온 마음 다하지요. 위대한 무사님을
제 집에서 대접하니 영광입니다. [모두 퇴장]

## 2. 4

[리처드 플랜태저닛, 워릭 백작, 소머셋 공작,
서폭 백작, 버논, 법률가 등장]
리처드 플랜태저닛 귀공들, 이렇게 잠잠하니 무슨 일이오?
진실이 논점인데 대답하지 못하오?
서폭 법학원 내에서는 소리가 너무 컸소.
여기 바깥 정원이 그보다 적합하오.
리처드 플랜태저닛 내 주장이 진실이면 그렇다고 말하시오.
안 그렇다면 시끄러운 소머셋이 틀렸소?
서폭 솔직히 나는 법률 공부를 등한시했소.
그래서 그 방면에 뜻을 두지 않아서
법률을 마음껏 주무를 수 없었소.
소머셋 그러면 워릭 공, 우리 둘을 판결하시오.
워릭 두 마리 매 중에 어느 것이 높이 날며
두 마리 개 중에 어느 것이 목이 깊고
두 개의 칼 중에 어느 것이 단단하며
두 마리 말 중에 어느 것이 말 잘 듣고
두 여자 중에서 누구 눈이 발랄한지
얄팍한 판단력은 나에게 있는 듯하나,
이러한 법률의 미묘한 차이에는
확실히 갈까마귀 이상은 되지 못하오.
리처드 플랜태저닛 어허, 쯧쯧, 개입을 점잖게 거절하오.
내 쪽에서 본다면 진실은 너무 뻔해
청맹과니 눈이라도 넉넉히 보오.
소머셋 내 쪽에서 본다면 진실은 화려하여
명백하고 빛나며 확실하므로
맹인 눈도 꿰뚫고 환하게 비추겠소.
리처드 플랜태저닛 당신들은 침묵하고 말하기 꺼려 해서
말없는 상징으로 생각들을 밝히시오.
진정한 귀족으로 태어난 사람으로
가문의 명예를 귀중히 여기는 이는
내 말이 진실을 호소했다 믿으시면
나와 함께 덩굴에서 흰 장미를 따시오.
[흰 장미를 딴다.]
소머셋 겁쟁이도 아첨꾼도 아닌 자로서
진실의 편을 대담하게 고수할 이는
나와 함께 덩굴에서 붉은 장미를 따시오.[43]
[붉은 장미를 딴다.]
워릭 나는 색을 싫어하오. 비열한 아첨의
휘황찬란한 꾸밈이 전혀 없이
리처드 공과 함께 흰 장미를 따오.
서폭 젊은 소머셋과 함께 붉은 장미로
그의 주장이 옳다는 뜻을 밝히오.
버논 귀공들, 멈추시오. 먼저 장미를
제일 적게 딴 편이 상대편이 옳음을
수긍하기로 정하고 계속하시되,
그 전에는 장미꽃을 따지 맙시다.
소머셋 선량한 버논, 참 좋은 제안이오.
내 쪽 꽃이 적으면 군말 없이 따르겠소.
리처드 플랜태저닛 나도 그리하겠소.
버논 그러면, 명백한 진실에 의거하여
여기의 하얀 처녀 장미를 따서
흰 장미 편 쪽에 손을 듭니다.
소머셋 꽃을 따다 가시에 찔리지 마시오.
피를 흘리면 흰 장미가 붉게 되어
본의는 아니로되 내 편이 되실 수 있소.
버논 신념으로 인하여 피를 흘려도
신념이 그 상처에 의사가 되어
편드는 쪽에 그대로 있게 하겠소.
소머셋 좋소, 좋소. 또 누구요?
법률가 연구와 책들이 거짓이 아니라면
당신의 주장은 법률상 오류요.
그에 대한 표시로 나 역시 흰 장미요.

43 플랜태저닛 왕가가 둘로 나뉘어 요크 공작 후손 편은 흰 장미, 랭커스터 공작 후손 편은 붉은 장미를 꺾어, 이후 30년 동안 양가가 왕위를 다투는 이른바 '장미전쟁'이 전개됐다.

리처드 플랜태저닛 그렇다면 소머셋, 네 주장 어디 있냐?
소머셋 칼집 속에 들어 있다. 네 하얀 장미를
붉은 피로 물들일 걸 생각 중이다.
리처드 플랜태저닛 그사이 네 뺨은 진실이 우리 쪽에
있다는 걸 보고 겁에 질린 나머지
이쪽 꽃처럼 하얗구나.
소머셋 천만에, 리처드.
겁 아니라 분노다. 부끄러운 네 뺨이
새빨개져서 우리 장미 흉내를 내나
네 입은 네 잘못을 실토하지 않는다.
리처드 플랜태저닛 네 장미에 벌레가 있지 않은가?
소머셋 네 장미에 가시가 있지 않은가?
리처드 플랜태저닛 그렇다. 진실을 주장키 위해 날카롭다.
하지만 네 벌레는 거짓을 먹는다.
소머셋 거짓된 리처드가 얼씬하지 못할 데서
내 말을 주장할 친구들을 찾아내어
핏빛 붉은 장미를 달게 하겠다.
리처드 플랜태저닛 내 손에 잡은 순결한 꽃에 걸어 맹세코,
미련한 애송이, 너와 너의 꽃을 경멸한다.
서폭 리처드, 이쪽으로 경멸을 보내지 마라.
리처드 플랜태저닛 건방진 놈, 그러겠다. 꽃과 너를 경멸한다.
서폭 그중에 내 몫은 네 목구멍에 처박겠다.[44]
소머셋 선량한 서폭 백작, 그만두시오.
저자 말을 받아주니 촌것이 으쓱하오.[45]
워릭 소머셋, 그런 말은 매우 모욕적이오.
그의 조부는 클래런스 공작 라이어널로,
이 나라의 에드워드 3세의 아들이었소.
그토록 깊은 뿌리에서 촌사람이 생기오?
리처드 플랜태저닛 무기 제한 법의 덕을 네놈이 봐.[46]
그게 없다면 겁보가 그따위로 말을 못 해.
소머셋 나를 지은 하늘께 맹세코, 기독교 세상
어느 구석에서도 이런 주장하겠다.
네 아비가 선왕 때 반역죄로 처형당한
케임브리지 백작이 아니었냐?
네놈도 그 죄에 때 묻고 썩어서
귀족의 반열에서 쫓겨나지 않았냐?
그의 죄가 아직도 네 핏줄에 살아서
명예 회복 때까지 너는 마냥 촌것이다.
리처드 플랜태저닛 체포당하셨지만 기소당하지 않으셨다.
반역죄로 가셨지만 반역자는 아니셨다.
내 뜻대로 때가 되면 소머셋보다
높은 분에게 이를 입증하겠다.[47]
네 패거리 서폭과 너를 기억의 책에
기록해 두었다가 그 소리 값으로
톡톡히 벌하겠다. 잘 알고 대비해라.
미리 경고했으니까 그렇다고 실토해.
소머셋 언제라도 상대하겠으니까 두고 봐.
이 붉은 색깔이면 너의 적인 줄 알아.
누가 뭐래도 우리 편은 이 꽃을 달겠다.
리처드 플랜태저닛 영혼으로 맹세코, 성난 흰 꽃을
피를 흠뻑 마시는 증오의 표시로
나와 함께 시들어 무덤에 가거나
존귀한 자로서 다시 꽃필 때까지
나와 내 편은 영원히 달고 있겠다.
서폭 그래라. 그러다가 야심에 숨이 막혀라.
그럼 다시 만날 때까지 잘 가라. [퇴장]
소머셋 서폭, 같이 가자. 야심 찬 리처드, 잘 있어라. [퇴장]
리처드 플랜태저닛 멸시를 받으면서 참아야 하다니.
워릭 저들이 제기하는 가문의 오점을
윈체스터와 글로스터 문제로 소집되는
다음번 의회에서 말소케 하겠소.
그때에 당신이 요크 공작이 안 되면
나도 워릭이란 이름으로 살지 않겠소.
그간 내내 건방진 소머셋과 서폭에 맞서
당신에 대한 우정의 표시로
당신 편에서 흰 장미를 달겠소.
이제 내가 예언하니, 법학원 정원에서
드디어 두 패로 나뉜 오늘의 언쟁은
붉은 장미, 흰 장미 틈바귀에서
숱한 영혼을 죽음과 어둠으로 몰아가겠소.
리처드 플랜태저닛 선량한 버논, 내 편이 되어
장미꽃을 따주어 감사드리오.
버논 당신 위해 언제나 꽃을 달겠소.
법률가 나도 그렇게 하겠소.

44 거짓말의 진원지인 목구멍에 처박겠다는 말은 '순전한 거짓말'이라는 도전이다.
45 리처드 플랜태저닛의 부친인 케임브리지 백작이 반역죄로 처형되고 재산을 빼기고 평민으로 강등된 것을 놀리는 말이다.
46 법학원 안에서는 무기 휴대가 금지되었다.
47 중세 기사도에서, 소송 문제로 '누구에게 입증한다'는 말은 결투를 해서 시비를 가린다는 말이었다.

리처드 플랜태저닛 귀공들, 고맙소.
같이 점심 하러 갑시다. 장차 분명히
오늘의 언쟁이 피를 빨아 마실 거요. [모두 퇴장]

## 2. 5

[의자에 들린 에드먼드 모티머와
간수들 등장]
모티머 쇠잔한 노인을 지키는 선한 이들아,
죽어가는 모티머를 여기서 쉬게 하렴.
방금 고문대에서 끌어낸 죄수처럼
오래 묵은 옥살이로 팔다리에 맥이 없다.
고뇌의 세월 속에 늙은 네스토르[48]처럼
허연 머리털은 죽음을 예고하며
에드먼드 모티머의 최후를 알리누나.
줄어드는 기름이 말라버린 등잔처럼
종말이 가까운 두 눈은 침침하다.
쇠약한 어깨는 무거운 슬픔에 짓눌리고
맥없는 두 팔은 수액이 마른 가지를
땅 위에 늘어뜨린 메마른 넝쿨 같다.
다리는 힘없고 무감각한 지팡이라
흙덩이를 떠받치지 못하면서도
별다른 위안이 없다는 걸 깨닫고
무덤으로 달려가는 날개 같구나.
하지만 간수, 조카가 올 건가?
간수 대공님, 리처드 플랜태저닛이 올 것입니다.
법학원 방으로 사람을 보냈는데
오겠다는 대답이 있었습니다.
모티머 잘됐다. 그러면 영혼이 흡족하리라.
불쌍한 그 애도 나처럼 억울하다.
헨리 왕이 다스리기 시작하던 때부터
지긋지긋한 옥살이가 시작되었다.
그가 권세 잡기 전에 나도 무술로 유명했다.
그 후에는 리처드도 빛을 잃고
명예와 상속권을 빼앗기고 말았다.
하지만 이제는 절망의 중재자며
인간의 괴로움을 고맙게 심판하는
공평한 죽음이 달가운 해방으로
나를 떠나보낸다. 조카의 슬픔도
사라지고 없어진 걸 되찾기를 바란다.
[리처드 플랜태저닛 등장]
간수 대공님, 사랑하는 조카님이 오셨어요.
모티머 이 친구, 리처드가 왔다고?
리처드 플랜태저닛 예, 귀하신 숙부님. 학대받으시네요.
요즘 박대당하는 리처드가 왔습니다.
모티머 [간수들에게]
그 애 목을 끌어안고 그 애 가슴팍에서
마지막 숨을 쉴 터이니 나의 팔을 끌어다오.
입술이 그 애 뺨에 닿거든 알려주렴.
정겹게 한번만 힘없이 입 맞추겠다.
[리처드를 포옹한다.]
위대한 요크가의 어여쁜 가지야,
요즘 박대받았다니 나에게 말해다오.
리처드 플랜태저닛 늙으신 등을 제 팔에 기대시고
편한 자세로 불편한 제 얘기를 들으세요.
바로 오늘 법률상의 문제를 놓고
소머셋과 저 사이에 언쟁이 붙었는데
그 과정에서 그자가 함부로 입을 놀려
아버지의 죽음으로 저를 모욕하데요.
그자의 욕설에 저는 말이 막혔지만
똑같이 응대하고 싶었습니다.
그러므로 숙부님, 아버지를 위해,
진정한 플랜태저닛의 명예를 위해,
가족을 위해, 아버님 케임브리지 백작이
머리를 잃으신 이유를 밝혀주세요.
모티머 어여쁜 조카여, 나를 가둔 그 이유로
피어나던 내 청춘이 끔찍한 토굴에서
피폐하게 되었고 바로 그런 이유가
그의 죽음을 불러온 저주할 도구였다.
리처드 플랜태저닛 그게 무슨 이유인지 자세히 밝히세요.
전혀 알지 못해서 추측도 못합니다.
모티머 쇠한 숨이 허락하고 이야기 끝까지
죽음이 안 찾아오면 말해주겠다.
지금 왕의 조부인 헨리 4세는
에드워드의 아들이며 자기 사촌인
리처드의 왕위를 뺏었는데, 에드워드는
순서에 따라 에드워드 3세가 됐겠지.[49]
헨리 4세 치세 때 북의 퍼시 일족이

48 트로이전쟁 때 그리스 군의 지혜로운 늙은 왕.

그러한 찬탈을 부당하게 여기고
나를 밀어 왕위에 앉히려고 힘썼다.
그처럼 용사들을 끌어들인 이유는
젊은 왕 리처드가 제거될 당시
그 몸에서 후계자를 남기지 못했는데
출생과 양친을 따져볼 때 내가 가장
가깝다는 거였다. 어머니 쪽으로
에드워드의 셋째 아들 클래런스 공작의
후손이기 때문이고 반면 지금의 헨리 왕은
영웅적인 우리 가문의 넷째에 불과한
랭커스터 공작의 후손이기 때문이다.
잘 들어라. 합당한 승계자를 왕위에
앉히려는 위대한 사업을 시도했을 때
나는 자유를 잃고 그들은 목숨을 잃었다.
오랜 세월이 지난 후, 헨리 5세가
부친의 뒤를 이어 왕위에 올랐을 때,
고명하신 요크 공작의 자손이요
케임브리지 백작인 네 부친이
내 누이, 다시 말해 네 모친과 결혼하고,
나의 몹쓸 고통에 동정하여 마침내
계승권을 주장해서 군사를 일으켜
나를 왕으로 추대하려고 했지만
고결한 백작이 패하여 동지들과 함께
참수를 당하고 말았다. 이와 같이
계승권을 소유한 모티머 가문은
탄압을 겪어내야 했었다.

리처드 플랜태저넷 숙부님이 그 가문의 마지막이세요.

모티머 그렇다. 보다시피 내게는 자손이 없다.
말조차 쇠약하니 죽음이 닥쳐왔다.
네가 내 후계자니까 나머지를 거둬라.
그러나 부지런히 궁리하되 조심하여라.

리처드 플랜태저넷 엄하신 훈계를 따르겠습니다.
하지만 아버님이 당하신 참수형은
잔인한 폭력에 불과한 듯싶습니다.

모티머 조카, 말을 삼가고 현명하게 행동해라.
랭커스터 집안은 튼튼히 자리 잡아
마치 산처럼 움직일 수 없단다.
대공들도 한자리에 오랫동안 머물면
지루한 나머지 궁정을 떠나듯
이제 네 삼촌도 죽어가누나.

리처드 플랜태저넷 오, 젊은 제 나이의 몇 해를 떼어
숙부님 연세를 되사면 좋겠습니다.

모티머 그건 네가 잘못하는 짓이다. 살인자가
단칼에 안 죽이고 여러 번 칼질하듯.—
나에게 안 좋으면 슬퍼할 일 없으며
오직 나의 장례만 차분히 준비해라.
그러면 잘 있어라. 소원들이 이뤄지고
평화나 전쟁이나 네 삶이 복되기를! [죽는다.]

리처드 플랜태저넷 그리고 떠나시는 숙부님의 영혼에
전쟁 아닌 평화가 있기를! 옥 속에서
오래 순례하셨고 은자처럼 사신 분.
숙부님의 충고를 가슴속에 간직하고
마음속 상상은—감춰 두겠다.
간수들, 이분을 옮겨 가라. 나 자신은
그분 삶보다 훌륭한 장례를 치르겠다.
[간수들이 모티머의 시신을 들고 퇴장]
저열한 자들의 야망에 질식되어
침침한 모티머의 횃불이 꺼졌구나.
소머셋이 내 집안에 끼친 모욕과
그 밖의 쓰라린 상처들에 대하여
명예롭게 갚을 것을 의심치 않는다.
그러므로 지금 당장 의회에 달려가
가문의 상속권을 다시 찾아오거나
불운을 행복의 발판으로 삼겠다. [퇴장]

## 3. 1

[주악. 헨리 왕, 엑서터 공작, 글로스터 공작,
윈체스터 주교, 붉은 장미를 단 소머셋 공작과
서폭 백작, 흰 장미를 단 워릭 백작과 리처드
플랜태저넷 등장. 글로스터가 고발장을 올리려
하자 윈체스터가 가로채어 찢는다.]

윈체스터 깊숙이 생각한 글줄을 갖고 오나?
열심히 꾸민 문서를 가져온단 말이지?
글로스터, 만일 네가 고발할 수 있거나

49 에드워드 2세의 '검은 왕자' 에드워드가 왕이 되기 전에 죽어서 그의 맏아들 리처드가 일찍 왕이 되었으나 그의 사촌이 리처드 왕을 몰아내어 죽이고 헨리 4세 왕이 되었다. 이는 셰익스피어가 「리처드 2세」, 「헨리 4세 제1부」, 「헨리 4세 제2부」에서 다룬 이야기이다.

내 탓으로 돌릴 만한 사건을 꾸미면
멋진 말은 집어치우고 즉석에서 말해.
나 역시 네가 문제를 일으키자마자
즉석에서 너한테 답변해 줄 테다.

글로스터 주제넘은 사제야, 여기서는 참겠다만
내 명예를 건드리면 어찌 될지 알 거다.
네 추악한 죄악을 문서에 낱낱이
제시했으나 그렇다고 거짓말을
지어냈거나 펜으로 쓴 내용을
말로 하지 못할 거라 생각지 마라.
천만에, 주교. 뻔뻔스러운 죄악과
음란하고 살인적인 악랄한 짓을 보고
젖먹이 어린애도 네 꼴을 좋알댄다.
너야말로 악질적인 고리대금업자며
못돼 먹은 성격이며 평화의 원수이며
음탕하고 방탕하여 직분과 신분에
어울리긴 글렀다. 음흉함에 있어서는,
런던교뿐 아니라 런던 타워에서
내 목숨 노려서 네가 꾸민 함정보다
더한 게 있겠냐? 뿐만 아니라
네 심보를 하나하나 들추어보면
현존하는 왕까지 네 부푼 야망의
못돼 먹은 악의를 면하지 못해.

윈체스터 글로스터, 너한테 일대일로 맞설 테다.
귀공들, 내 대답에 귀를 기울이시오.
저자가 비난하듯, 과연 내가 욕심 많고
야심 있고 악랄하면—어째서 가난하오?[50]
또는 내가 어째서 출세하거나
높아지려 하지 않고 소명을 따르겠소?
분쟁을 일으킨다 하는데 누가 나보다
평화를 강조하오?—화날 때는 예외지만.
아니오, 귀공들, 그 때문이 아니오.
공작이 화난 건 그 때문이 아니오.
자기만이 전권을 휘둘러야 한다는 거요.
왕 주변에 자기만 있겠단 말이오.
그래서 그자의 가슴에 천둥이 일어
그런 인신공격을 내뱉는 거요.
하지만 내 신분도 자기만큼—

글로스터 좋다고?
조부의 사생아인 주제에![51]

윈체스터 그렇다, 당당하다. 그럼 넌 뭐냐?
남의 왕좌에 앉아 으스대지 않느냐?

글로스터 거만한 사제, 내가 섭정 아니냐?

윈체스터 내가 교회 최고 사제 아니냐?

글로스터 그렇다.—궁성에 사는 도둑처럼
궁성을 이용해서 도둑질을 보호해.

윈체스터 무엄한 글로스터!

글로스터 교회의 직책은
거룩한 체 꾸미고 실제론 못돼 먹었다.

윈체스터 교황청이 질책한다.

글로스터 그럼 너는 그리 가.

워릭 [윈체스터에게]
주교 어른, 참는 게 책임인데요.

소머셋 그렇소만 주교를 눌러서는 안 될 거요.
내 생각엔 공작께서 신심을 보이시고
성직자의 직책을 아셔야 할 것 같소.

워릭 내 생각엔 주교께서 겸손하실 거요.
성직자의 고발장은 합당치 않소.

소머셋 아니오. 거룩한 지위를 건드린다면—

워릭 거룩하고 안 하고가 무슨 상관이오?
공작님은 왕의 섭정이 아니시오?

리처드 플랜태저닛 [방백] 플랜태저닛은 입 다물고 있어야 해.
"이 사람아, 말해야 할 때만 말해.
대공들 틈에서 의견을 말하면 돼?"
그렇지만 않다면 윈체스터를 까겠는데.

헨리 왕 이 나라의 안녕을 특별히 살피시는
글로스터 숙부님, 윈체스터 조부님,
기도가 힘 있으면, 두 분의 마음에
사랑과 정으로 동참하고 싶습니다.
그토록 존귀하신 대공들이 싸우시니
내 왕권에 얼마나 커다란 오점인가요!
내 말을 믿으세요. 비록 어린 나이지만
내부의 불화는 독사 같아서
나라의 배 속을 갉아먹어요.
[안에서 떠드는 소리]

하인들 [안에서] 황갈색 놈들을 때려눕혀라!

50 기록에 의하면 그는 매우 부유했다. 관객들이 폭소를 터뜨렸을 것이다.

51 글로스터의 조부 곤트 공은 어떤 여인과 관계하여 윈체스터를 낳은 후에 얼마 지나서 그 여인을 세 번째 아내로 삼았으니 확실히 그는 서출로 태어났다.

헨리 왕 무슨 소란인가?
워릭 난동이오. 확언컨대
주교의 부하들이 악의로 시작했소.
[다시 떠드는 소리]
하인들 [안에서] 돌멩이! 돌멩이!
[런던 시장 등장]
시장 훌륭하신 대공님들, 선하신 전하,
런던과 저희들을 불쌍히 보십시오.
주교님과 공작님 부하들이 얼마 전
무기의 소지를 엄격히 금했는데
주머니에 조약돌을 가득히 채워서
두 패로 나뉘어 서로 마주 바라보며
상대방의 머리에 팔매질을 하는 통에
성난 머리통이 갈라진 자 많습니다.
거리마다 창문들이 망가졌으며
가게들은 겁이 나서 닫아야 합니다.
[누런 복장의 윈체스터 하인들과
푸른 복장의 글로스터 하인들이
머리에 피를 흘리면서 싸우며 등장]
헨리 왕 충성키로 맹세한 당신들께 명하니,
살상의 손길을 멈추고 화평하시오.
숙부 어른, 싸움을 진정시켜 주시오.
[싸움이 멎는다.]
하인 1 돌멩이를 던지지 말라면 맨 이빨로
달려들겠다.
하인 2 할 테면 해봐. 우리도 단단해.
[또다시 싸운다.]
글로스터 우리 집 사람들아, 소란을 멈춰라.
이처럼 처음 보는 싸움을 치워버려라.
하인 3 저희도 알거니와 대공 어른께서는
공명정대하시며, 왕족이시나
전하를 제외하면 가장 높으십니다.
그토록 자애로운 나라의 아버님이
먹물쟁이[52]한테서 모욕을 당하시니
저희와 처자식은 분연히 싸우다가
대공님의 적들에게 죽겠습니다.
하인 1 옳습니다. 저희가 죽으면 손톱마저
창검으로 진력하겠습니다.[53]
[다시 싸우기 시작한다.]
글로스터 멈춰라, 멈춰! 진정 나를 아끼면
내 말 듣고 잠시만 참고 있어라.

헨리 왕 오, 저런 불화에 영혼마저 괴롭구나.
윈체스터 종조부, 이 한숨, 이 눈물을
보면서도 즉시 마음 풀지 않겠소?
당신이 아니면 누가 동정하겠소?
거룩한 성직자가 싸움을 즐긴다면
어떤 자가 화평을 선택하겠소?
워릭 섭정 어른, 주교 어른, 서로 양보하시오.
완강한 거절로써 전하를 시해하고
나라를 망칠 뜻은 아닌 터이니.
두 분의 증오가 끼친 해악을—
살인까지 행한 것을 자신들도 아시지요.
피에 목마르지 않는다면 화해하시오.
윈체스터 저자가 지지 않으면 나도 지지 않겠다.
글로스터 왕에 대한 연민이 양보하길 명한다.
그러지 않았다면 사제한테 지기보다
차라리 내 염통을 잘라낼 테다.
워릭 윈체스터 주교 어른, 글로스터 공작께서
찡그렸던 낯빛을 펴신 일이 보여주듯
오만한 불만의 분노를 거두셨는데
주교께선 어찌하여 냉혹히 찡그리시오?
글로스터 자, 윈체스터, 내가 손을 내미오.
[윈체스터가 글로스터의 손을 무시한다.]
헨리 왕 부끄럽소! 악감은 중대한 죄라는
당신의 설교를 들은 바 있는데
자신이 가르치는 교훈을 내버리고
스스로 그런 죄의 괴수란 말이오?
워릭 선한 왕이시구나! 주교님도 선하시오.
윈체스터 어르신, 제발 마음 누이시오.
어린이에게서[54] 인생을 배우시겠소?
윈체스터 그러면, 글로스터, 당신 사랑에
내 사랑을 보내고 당신 손에 내 손을 주오.
[글로스터의 손을 잡는다.]
글로스터 [방백]
그러나 마음속은 비어 있겠지.

52 '먹물쟁이'는 사제처럼 글 쓰고 읽는 사람이라 칼을 다루는 무사가 못 된다는 말이다.
53 그리스신화에서 깎아버린 손톱이 병사들이 되었다는 이야기가 있다. 여기서 창검이란 적병이 접근하지 못하게 땅에 촘촘히 박아놓은 창칼을 말한다.
54 헨리 왕은 '어린 왕'이다.

[모두에게] 보시오, 사랑하는 친구와 백성들,
우리 둘과 부하들 사이에 이 악수로써
휴전의 깃발이 되게끔 만들겠소.
하느님 도우사, 이 말은 진실이오.
윈체스터 하느님 도우사, [방백] 난 그럴 속셈 아니야.
헨리 왕 오, 사랑하는 조부 어른, 글로스터 공작 어른,
두 분의 맹약에 무한히 행복하오!
[하인들에게] 물러들 가라. 귀찮게 굴지 말고
주인들이 한 것처럼 우정으로 뭉쳐라.
하인 1 좋습니다. 의사한테 가겠습니다.
하인 2 저도 가겠습니다.
하인 3 그럼 저는 술집이 무슨 약을 주는지 알아보러
갈 텝니다.
[시장과 하인들 퇴장]
워릭 자애하신 전하, 이 문서 받으십시오.
리처드 플랜태저닛의 권한을 대신하여
전하께 문서를 제출하는 바입니다.
글로스터 워릭 공, 잘하셨소. 사랑이 많으신 전하,
여러 가지 정황을 살피시면 그의 권리를
회복시킬 이유가 다대함을 아십니다.
특히 제가 엘섬에서 말씀드린 사항들을
생각해 주실 것을 기대합니다.
헨리 왕 또한 그런 사항들이 매우 중대했소.
따라서 친애하는 귀공들, 리처드를
가문에 복귀시킴이 나의 뜻이오.
워릭 리처드를 가문에 복귀시키는 것은
부친이 당한 부당함도 보답이 되오.
윈체스터 윈체스터도 여러분과 같은 뜻이오.
헨리 왕 리처드가 충성하면 그뿐 아니라
요크가에 속하는 모든 상속 재산을
그에게 허락하오. 리처드, 당신은
그 혈통의 직계로 태어난 이요.
리처드 플랜태저닛 전하의 비천한 종복은 죽기까지
복종과 충성을 맹세합니다.
헨리 왕 그럼 허리 굽혀 내 발에 무릎을 대오.
[리처드가 무릎을 꿇는다.]
충성의 맹세에 대하여 그 보상으로
요크가의 용맹한 검을 채워주노라.
리처드, 진정한 플랜태저닛답게
요크의 공작으로 서품하니 일어서라.
요크 공작 리처드 [일어서며]
전하의 적은 쓰러지고 리처드는 흥성하길!
내 충성이 솟구치듯 전하에게
일말의 악의가 있는 자는 파멸하라!
리처드와 소머셋을 제외한 모두 높으신 왕자, 요크 공작, 환영 드리오.
소머셋 [방백] 죽어라, 천한 왕자, 저열한 요크 공작.
글로스터 이제 전하께서는 바다 건너 프랑스에서
대관식을 올림이 매우 마땅합니다.
전하께서 계시면 우호적인 인사들과
백성들 사이에 애정을 돋우시며
원수들의 기세를 꺾으실 수 있습니다.
헨리 왕 섭정이 말하면 왕은 그에 따르오.
우정 어린 충고에 많은 적이 사라지오.
글로스터 전하의 함선들이 대기하고 있습니다.
[신호 나팔. 주악. 엑서터를 제외하고 모두 퇴장]
엑서터 잉글랜드, 프랑스로 진군하는데
무슨 일이 벌어질지 생각지 않는다.
요즘에 벌어진 귀족 간의 분쟁은
억지 우정의 잿더미에 그대로 살았으니
궁극에는 불길로 폭발할 터이며,
곪은 팔다리가 천천히 썩어들어
뼈와 살과 힘줄이 문드러지듯
비열한 시기와 질투가 크게 되리라.
두려운 사실은, 헨리 5세 시절에
몬머스의 헨리가 모든 것을 얻으며
윈저의 헨리가 모든 것을 잃으리란,[55]
젖먹이 입에서도 항상 듣던 말이라,
너무나 분명해서, 불행에 이르기 전
엑서터의 목숨이 다하기 원한다. [퇴장]

## 3. 2

[가난한 농부로 변장한 조운 라 퓨셀이 자루를
등에 진 프랑스 병사 넷과 함께 등장]
조운 여기가 루언[56]의 성문인데 여기를
침투하는 게 우리의 전략이다.

55 희대의 영웅 헨리 5세는 몬머스에서 태어났고 나약한 헨리 6세는 윈저에서 태어났다.
56 프랑스 북부 노르망디의 도시. 프랑스어로는 '루앙.' 중세에는 잉글랜드의 영토였다.

자세히 알아둬. 말할 때 조심해.
곡식을 내다 팔고 대금을 거두러 온
무식한 장꾼처럼 말투를 꾸며라.
성안에 들어가서—들어갈 거로 믿는데—
경비가 게을러서 허술한 데를 알면
아군에게 신호해서 알릴 테니까
세자께서 아군과 만나시는 전략이야.

병사 1 자루 속에 도시를 몽땅 집어넣고서
루언을 호령하고 다스릴 테요.
그래서 성문을 두드릴 테요.
[병사들이 성문을 두드린다.]

경비 [안에서]
거 누구요?

조운 프랑스의 가난한 촌것들이오.[57]
곡식을 팔러 온 장꾼들이오.

경비 [성문을 열며]
들어가요. 장터 종이 울렸소.

조운 [방백] 루언아, 요새를 땅바닥에 흩어놓겠다. [모두 퇴장]

[세자 찰스, 올리언스의 서자, 앨런선 공작,
앤주 공작 레이니어, 프랑스 병사들 등장]

찰스 성 데니스, 이런 복된 전략을 도우소서.
루언에서 또다시 편히 자게 됐군.

서자 퓨셀과 공모꾼이 그곳에 들어갔소.
안에 들어갔으니 그녀가 어떻게
'여기가 안전한 길이라'고 알려줄 테요?

레이니어 탑에서 횃불을 내밀기로 돼 있는데
일단 그게 보이면 그곳이 자기가
침투한 제일 약한 곳이란 뜻이오.

[조운 라 퓨셀이 위에 등장하여 불타는 횃불을
내민다.]

조운 보라, 이건 루언과 백성을 맺는
행복한 결혼의 횃불이지. 하지만
톨봇 추종자에겐 운명의 불길이야. [퇴장]

서자 보십시오, 세자님, 우리 편 횃불이
성탑 위에서 타오르고 있어요.

찰스 오, 지금 복수의 혜성처럼 불탄다.
우리의 모든 적들의 파멸을 예언해!

레이니어 지체하지 마시오. 지연의 끝은 위험이오.
곧 입성하시어 '왕세자!'를 외치시오.
그러고는 경비들을 처단하시오.

[경계 나팔. 모두 퇴장]

[경계 신호. 톨봇이 뛰어서 등장]

톨봇 프랑스여, 톨봇이 이 짓을 피할 수만 있으면
너는 눈물로 이를 한탄하리라.
조운 라 퓨셀, 그 마녀, 그 망할 요괴가
남몰래 못된 짓을 자행했기 때문에
프랑스의 영광을 가까스로 벗어났지. [퇴장]

[경계 신호. 공격 신호. 베드포드 공작이
아픈 몸을 교자에 싣고 들려온다. 밖에서
톨봇 공, 버건디 공작 등장. 안에서 조운 라
퓨셀, 왕세자 찰스, 올리언스의 서자, 앨런선
공작, 앤주 공작 레이니어가 성벽 위에 등장]

조운 안녕하쇼? 기사님들. 빵 구울 곡식이 필요해요?
버건디 공작은 다시는 그런 값에
빵을 사기보다는 차라리 굶을 테지.
돌피가 너무 많았어. 맛이 좋던가?

버건디 놀려대라, 추한 악귀, 뻔뻔스런 창녀야.
좀 있으면 그 빵에 목구멍이 막혀서
그런 곡식 거둔 걸 저주할 게다.

찰스 그 전에 너희 왕이 굶고 주릴 것이다.

베드포드 말 아닌 행동으로 이 짓에 복수하겠다.

조운 늙은이, 어쩌겠냐? 교자를 말로 삼아
창술을 겨뤄 죽을 셈이냐?

톨봇 더러운 프랑스 악귀, 끔찍한 마녀,
음탕한 서방들에 둘러싸인 창녀야,
용감한 노인을 조롱하고 죽어가는
사람을 겁쟁이로 놀릴 수 있겠냐?
못된 촌년아, 너와 다시 붙겠다.
안 그러면 톨봇이 창피해서 죽겠다.

조운 그렇게 화가 났냐? 하지만 퓨셀, 가만둬.
톨봇이 천둥만 치면 비가 내리지.
[잉글랜드 군인들이 낮은 말로 의논한다.]
의회에 축복 있길! 누가 의장이냐?

톨봇 너희들, 밖에 나와 들판에서 만나겠냐?

조운 대공님은 우리를 숙맥으로 아시나봐.
우리 게 우리 건지 알아보라시는데.

톨봇 저 미친 마녀한테 하는 말이 아니고
앨런선, 너와 너의 무리에게 하는 말이다.
너희들 군인답게 나와서 겨루겠냐?

57 이 행은 프랑스어로 씌어 있다.

앨런선 세뇌르,[58] 아니.

톨봇 세뇌르? 망할 것들! 천한 노새꾼들아,
시골 하인배처럼 성안에 웅크려서
신사답게 무기를 못 드누나.

조운 부대장들, 성벽을 떠나가요.
톨봇의 낯빛을 보니까 좋을 일 없어요.
대공, 잘 있으쇼. 우리 여기 있다고
보고하러 왔어요. [프랑스 사람들, 성벽에서 퇴장]

톨봇 조금 뒤엔 우리도 거기 있겠다.
그러지 못하면 욕설이 명성 돼라!
버건디, 가문의 명예를 걸어 맹세코
예서 겪은 부당한 짓을 기억하고
루언을 되찾지 못하면 죽겠소.
잉글랜드 헨리 왕이 살아 계시고
왕의 아버님께서 정복하신 데며
간계로 뺏긴 이 성에 사자 왕의 심장이
묻혀 있는 한,[59] 여길 탈환하지 못하면
죽을 걸 분명코 맹세하겠소.

버건디 당신 맹세에 내 맹세가 짝을 이뤘소.

톨봇 하지만 가기 전에, 죽어가는 용감한
베드포드 공작을 살핍시다. [베드포드에게] 그럼 대공,
병환과 노약자에게 어울릴 곳을 찾아
여기보다 좋은 데로 모시고 가겠소.

베드포드 톨봇 공, 나를 부끄럽게 하지 마시오.
여기 루언 성벽 앞에 앉아서 당신들의
기쁨과 슬픔에 함께 참여하겠소.

버건디 용맹한 베드포드, 지금은 우리 말 들으시오.

베드포드 이 자리를 안 뜨겠단 말이오. 책을 보니
용감한 펜드래곤[60]이 들것에 실려
전쟁터에 나와서 적을 이겼다 하오.
내가 군대 용기를 살려내야 할 것 같소.
언제나 그들을 나와 같이 대했소.

톨봇 죽어가는 가슴속! 꺾이지 않은 기백!
그러겠소. 하늘이여, 공작님을 지키소서!
그러면 용감한 버건디, 지체 없이
우리들은 병력을 집결시켜서
우쭐대는 적군을 공격합시다.

[베드포드와 두 시종 외에 모두 퇴장]

[경계 신호. 공격 신호. 존 패스톨프 경과
부대장 등장]

부대장 패스톨프 경, 어디로 바삐 가세요?

패스톨프 어디로? 목숨 구하려고 도망쳐요.
또다시 우리가 지는 것 같소.

부대장 톨봇 공을 버려두고 도망치기요?

패스톨프 내가 살기 위해서 세상 모든 톨봇들을 내버려요. [퇴장]

부대장 비겁한 기사, 불행이 너하고 같이해. [퇴장]

[퇴각 신호. 공격 신호. 조운, 앨런선, 찰스가
등장하여 달아난다.]

베드포드 평안한 영혼아, 하늘이 기쁘신 때,
지금 떠나라. 적의 파멸을 보았다.
못난 인간의 힘과 신뢰가 무엇들인가?
조금 전에 조롱하며 뽐내던 자들이
목숨을 살리려고 허겁지겁 달아난다.

[베드포드가 숨지니 교자에 실어 두 사람이
들어 내간다.]

[경계 신호. 톨봇 공, 버건디 공작, 나머지
잉글랜드 병사들 등장]

톨봇 하루 안에 뺏겼다가 다시 뺏었다!
버건디, 이런 게 겹치기 명예요.
하지만 승리의 영광은 하늘에 있소.

버건디 싸움에 능한 톨봇, 버건디 마음속에
사당을 짓고 당신의 고귀한 공훈을
용맹의 기념비로 세우겠소.

톨봇 고마운 말씀이오. 지금 퓨셀은 어디 갔소?
그녀의 영매[61]가 자는 것 같소.
서자와 찰스의 허풍이 어디 갔소?
모두 죽었소? 용감하던 무리가 도망치자
루언은 슬퍼서 고개를 떨궜소.
이제 우리는 성내를 정돈하고
경험 있는 관리들을 요소에 배치하고
파리를 향하여 왕에게로 출발합시다.
젊은 헨리 왕과 신하들이 그곳에 있소.

58 '대감'이라는 프랑스어. 빈정거리고 있다.

59 잉글랜드의 리처드 1세는 사자의 입속에 손을 넣어 사자의 심장을 끄집어냈다고 하여 '사자 왕'이라는 별명이 붙었었는데 그는 루언의 시민을 사랑하여 거기 묻히기를 원했다. 그의 유해가 지금껏 그곳에 묻혀 있다.

60 아서 왕의 아버지 우서 펜드래곤이 병중에 들것에 실린 채 군대를 지휘하여 승전했다는 기록이 있다.

61 마녀들이 부린다는 영험한 혼령. 한국의 어떤 무당은 '새튼'이라는 영매를 부린다고 한다.

버건디 톨봇의 뜻은 무엇이나 버건디의 기쁨이오.
톨봇 그러나 떠나기 전에 얼마 전 돌아가신
고귀한 베드포드 공작님을 잊지 말고
루언에서 장례식을 치릅시다. 그분만큼
용맹한 무사가 창을 겨눈 적 없고
그분만큼 훌륭한 신사가 궁정에 없소.
그러나 왕과 권력자도 죽어야 하오.
그래야만 인간의 고뇌가 끝나오. [둘 퇴장]

## 3. 3

[세자 찰스, 올리언스의 서자, 앨런선 공작,
조운 라 퓨셀, 프랑스 병사들 등장]
조운 귀하신 분들, 이번 일로 낙심하지 마셔요.
루언을 뺏겼다고 슬퍼하지 마셔요.
근심은 병을 고치지 않고 도지게 해요.
고치지 못할 일이란 모두 그렇죠.
날뛰는 톨봇더러 잠깐만 신나서
공작처럼 꼬랑지로 휩쓸라 하고
놈의 깃털을 뽑고 꼬리를 뗍시다.
세자님과 여러분은 제 말만 따르세요.
찰스 네가 지시하는 대로 여기까지 왔으니
네 계략을 믿어서 의심하지 않는다.
뜻밖의 실패는 불신의 이유가 아니다.
서자 [조운 라 퓨셀에게]
머릿속을 뒤져서 묘수를 찾아내면
온 세상에 네 이름이 떨치게 만들겠다.
앨런선 [조운 라 퓨셀에게]
네 동상을 거룩한 장소에 세워서
축복된 성자처럼 예배토록 하겠다.
그러니 성처녀, 우릴 위해 힘써라.
조운 그럼 이렇게 합시다. 계략이에요.
반듯한 논리에 달콤한 말을 섞어서
버건디를 꼬셔서 톨봇을 버리고
우리를 따르게끔 하자는 거예요.
찰스 옳구나, 귀염둥이. 그리하면 프랑스는
헨리의 군대가 있을 데가 아니야.
그자들이 우리에게 뻗대지 못해서
이 땅에서 뿌리가 뽑히고 말아.
앨런선 프랑스에서 놈들을 영원히 쫓아내고
백작 영지 하나도 못 가지게 만들어.
조운 대공님들은 제가 이 일을 처리해서
바람직한 결과를 내겠으니 두고 보세요.
[멀리서 북이 울린다.]
들으세요. 북소리로 저들의 병력이
파리로 간다는 걸 알 수 있어요.
[이때 잉글랜드 행진곡이 울린다.]
저기 톨봇이 군기를 펼치고 가고
잉글랜드 전군이 그 뒤를 따라요.
[이때 프랑스 행진곡이 울린다.]
버건디 공작 군대는 맨 뒤에 와요.
뒤에 따라가게 되어 참말 운이 좋아요.
회담 신호를 보내세요. 같이 얘기하지요.
[나팔들이 회담 신호를 울린다.]
찰스 [외치며]
버건디 공작에게 회담을 청하오.
[버건디 공작 등장]
버건디 버건디와 회담하길 원하는 이는 누군가?
조운 공작님의 동포가 되신 프랑스의 찰스 세자님이죠.
버건디 무슨 말이오, 찰스? 지금 행군 중이오.
찰스 퓨셀, 말하라. 말 가지고 매혹해.
조운 용맹하신 버건디, 프랑스의 굳센 희망,
잠깐만.—제 비천한 말을 허락하세요.
버건디 말하라. 그러나 너무 길게 하지 마라.
조운 공작님의 이 나라, 비옥하던 프랑스,
아기의 어린 눈을 죽음이 감길 때
누운 아기를 내려다보는 엄마처럼
잔혹한 원수가 황폐와 파괴를 가한
빛 잃은 도시와 성읍을 바라보세요.
보세요, 보세요, 프랑스의 아픈 고뇌.
대공님도 슬픈 조국 가슴에
더한 상처, 동족에 더한 상처를 보세요.
대공님의 날선 칼을 딴 데로 돌리세요.
죽이는 자를 치고 돕는 자를 치지 마세요.
조국의 가슴에서 흘린 피 한 방울이
강물처럼 쏟아지는 이방인의 피보다
슬퍼야 해서 눈물의 홍수로 돌아와서
조국의 피 얼룩을 씻어주세요.
버건디 [방백]
저 여자가 말로 나를 홀리지 않았다면
갑자기 동포애로 뉘우치지 않을 텐데.

조운 뿐만 아니라 온 프랑스가 욕하고
대공님의 출생과 혈통을 의심해요.
단지 실리 때문에 대공을 신용하는
교만한 나라와 손잡은 것 아니에요?
톨봇이 프랑스에 일단 발을 붙이고
대공을 악의 도구로 삼은 뒤에는
잉글랜드의 헨리가 왕이 될 뿐이고
대공께선 도망자처럼 쫓겨나지 않겠어요?
잊지 말아요. 이걸 증거로 삼으세요.
올리언스 공작이 대공님의 원수였죠?
잉글랜드의 포로가 아니었나요?
하지만 그자가 대공님 원수란 말을 듣고
버건디와 측근들을 아랑곳하지 않고
몸값도 받지 않고 그냥 놓아 주었어요.
그런데 대공께선 동포와 싸우며
자기를 죽일 자들한테 합세했네요.
그러니까 돌아와요. 방황하는 대공님,
찰스 세자와 그 일행이 환영하실 거예요.
버건디 [방백]
내가 졌다. 저 여자의 고귀한 말이
우렁찬 대포알같이 나를 뭉갰다.
무릎 꿇고 항복할 지경이구나.
[일행에게] 조국과 동포 여러분, 용서하시오.
나의 진정한 포옹을 받아주시오.
그러면 톨봇, 안녕. 너를 더 이상 믿지 않겠다.
조운 프랑스인다우셔요. [방백] 돌고 돌고 돌아라.
찰스 환영하오, 장한 공작. 그런 우정에 새 힘이 솟소.
서자 우리 가슴에 새 용기를 불어넣소.
앨런선 퓨셀이 아주 멋지게 자기 역을 해냈소.
따라서 황금 관을 받을 만하오.
찰스 이제는 전진해서 우리 군과 합세하여
적을 어찌 해할지 궁리합시다. [모두 퇴장]

## 3. 4

[주악. 헨리 왕, 글로스터 공작, 윈체스터 주교,
엑서터 공작, 흰 장미를 단 요크 공작 리처드,
워릭 백작, 버논, 붉은 장미를 단 서폭 백작,
소머셋 공작, 배싯 등장. 그들을 향하여 톨봇
공이 병사들과 함께 등장]

톨봇 자애로우신 전하, 귀하신 대공님들,
여러분이 이 땅에 오신 걸 듣고
왕 되신 전하께 인사를 여쭙고자
잠시 제 싸움을 중단했습니다.
싸움의 표시로 오십 개의 요새와
열두 개의 도시와 튼튼한 성이 있는
일곱 개의 성읍과 기타 유력한
오백 명의 사람을 포로 삼은 제 손으로
전하의 발 앞에 칼을 내려놓으며
진정으로 복종하고 충성하는 마음으로
정복의 영광을, 먼저는 하느님께,
다음으로 전하께 돌리는 바입니다.
[무릎을 꿇는다.]
헨리 왕 글로스터 숙부, 이분이 프랑스에
오랫동안 머물렀던 톨봇 공이오?
글로스터 예, 그렇습니다, 전하.
헨리 왕 [톨봇에게]
잘 오셨소. 용맹한 사령관, 승리의 대공.
내 나이 어렸을 때—늙지는 않았어도—
아버님 말씀이 생각나는데, 당신만큼
용맹한 이가 칼을 쓴 적이 없다셨소.
예전부터 충성과 성실한 봉사와
전쟁의 노고를 알면서도 보상
드리거나 감사의 말을 못한 것은
이제껏 당신을 만나지 못한 까닭이오.
일어서시오. 그러한 공훈에 대하여
당신을 슈루스베리 백작으로 서품하오.
그러면 대관식에서 자리를 잡으시오.
[주악. 버논과 배싯 외에 모두 퇴장]
버논 항해 중에 그토록 성내던 당신,
내 주공 요크 공의 명예의 표시로
내가 달고 있는 색깔을 욕하니
그 말을 그대로 주장할 건가?
배싯 물론이다. 내 주인 소머셋 공작을
건방진 입으로 짓씹던 악의를
당신이 그대로 고집한다면—
버논 당신 주인을 액면대로 볼 뿐이야.
배싯 그래, 어떤 분이야? 요크와 같다고.
버논 아니야. 그 증거로 이거나 먹어.
[버논이 그를 때린다.]
배싯 악질 놈, 누구든지 칼을 빼면

군법으로 즉결 처분인 걸 알지?
그러지 않았다면 너는 피가 날 뻔했다.
하지만 전하께 나아가 이 짓을
복수하게 해주십사 말씀드리겠다.
그때 가서 톡톡히 너하고 상대한다.
버논 좋다, 겁쟁이. 너만큼 빨리 왕께 가서
너보다 더 빨리 상대하겠다. [둘 퇴장]

## 4. 1

[주악. 헨리 왕, 글로스터 공작, 윈체스터 주교,
엑서터 공작, 흰 장미를 단 요크 공작 리처드와
워릭 백작, 붉은 장미를 단 서폭 백작과 소머셋
공작, 톨봇 공, 파리의 총독 등장]
글로스터 주교, 그의 머리에 왕관을 씌우시오.
윈체스터 여섯 번째 헨리 왕을 하느님이 도우소서!
[윈체스터가 왕에게 왕관을 씌워준다.]
글로스터 그러면 파리 총독, 오로지 이분만을
왕으로 받든다고 맹세하시오.
그분의 친구만을 제 친구로 알고
그분의 권세에 악의를 품는 자 외에는
누구도 적으로 간주하지 말아야 하오.
옳으신 하느님의 도움으로 그러시오.
[존 패스톨프 경이 편지를 들고 등장]
패스톨프 자애로우신 전하, 대관식에 참예코자
칼레에서 급하게 달려오던 중
제 손에 이 편지가 전달됐습니다.
[편지를 바친다.]
버건디 공작이 올리는 편지입니다.
톨봇 버건디 공작과 네놈이 수치스럽다!
비열한 놈, 다시 너를 만나면 비겁한
네 다리의 대님[62]을 찢을 거로 맹세했다.
[대님을 찢어버린다.]
자격이 없는 놈이 그런 귀한 단체에
가입을 받았지만 대님을 찢어버린다.
용서하시오, 전하 및 함께한 대공님들,
이 겁쟁이 놈이 포이티어 전투에서
나는 겨우 육천이고 거의 열 배 되는
프랑스 군대와 만나기도 전인데,
타격이 한 번도 오가지 않았지만
알량한 기사처럼 달아난 놈이오!
그 전투에서 우리는 천이백을 잃었고
나와 여러 기사들이 기습을 당해
포로가 됐어요. 그러한 이유로
높으신 대공들은 내가 잘못했는지
이따위 겁쟁이가 이 영광된 표시를
찰지 판단하시오. 가부를 물읍시다.
글로스터 솔직히 말하자면, 이런 짓은 평민도
당치 않은 불명예요. 하물며 기사요
부대장이요 지휘관이 그럴 수 있소?
톨봇 애초에 기사단이 조직됐을 때
'대님의 기사'는 출생이 고귀하고
담대하고 유덕하고 기백이 고상하며
전쟁에서 뛰어난 공적을 쌓은 이로
죽음과 고난이 두려워도 피하지 않고
매서운 위험에도 굴하지 않았소.
그러한 정신으로 무장되지 않은 자는
신성한 기사의 이름을 도용하므로
가장 명예로운 그 단체를 더럽힌 자는,
저 자신이 판단할 입장에 있다면,
울타리 밑에서 태어난 천박한 자가
양반의 혈통이라 뽐내는 자처럼
완전히 강등시키겠습니다.
헨리 왕 [패스톨프에게]
국가의 치욕인 자: 이것이 판결이니,
기사였던 네 직분, 내려놓고 떠나라.
이제부터 추방하니 위반하면 죽음이다. [패스톨프 퇴장]
그러면 섭정 대공, 나의 사돈 되는
버건디 공작의 편지를 읽으시오.
글로스터 편지 투를 바꾸다니 어쩐 일인가?
단순히 다짜고짜 "왕에게"라고?
왕이 제 주인임을 잊었겠는가?
또는 이런 무례한 인사치레가
생각이 변한 걸 암시하지 않는가?
뭐라고? "특별한 이유로 말미암아
내 나라의 파멸에 마음이 동했소.

62 잉글랜드의 최고 기사단의 표시로 왼쪽 무릎 아래에 감고 다니던 대님. 백년전쟁을 일으킨 에드워드 3세가 1348년경에 시작한 제도였다. 오늘날에도 계속된다.

당신의 압박으로 삼켜지는 백성들의
가련한 슬픔의 탄식과 더불어
당신의 잔인한 파벌을 떠나
프랑스 정통인 찰스 왕께 합세했소."
끔찍한 반역이오! 이럴 수 있소?
동맹과 우정과 맹세 가운데
이따위 간사한 속임수가 섞였소!
헨리 왕 뭐라고? 버건디 사돈[63]이 반역하오?
글로스터 그렇소. 전하의 적이 되었소.
헨리 왕 그러면 편지의 최악이 그것이오?
글로스터 그렇소. 그게 전부요.
헨리 왕 그렇다면 톨봇 공이 그자를 만나
그런 못된 행위를 꾸짖으시오.
귀공들, 어떠하오? 불만스럽소?
톨봇 불만요? 아니요. 말씀이 없었다면
제게 맡겨달라고 간청을 드렸겠소.
헨리 왕 그러면 힘을 모아 그자에게 갑시다.
그자의 반역을 참아낼 수 없으며
친구의 배반이 어떤 죄인지 알리겠소.
톨봇 원수의 패배를 보실 수 있게끔
마음 굳게 다짐하며 계속 갑니다. [퇴장]
[흰 장미를 단 버논과 붉은 장미를 단
배싯 등장]
버논 자애로우신 전하, 결투를 허락하세요.
배싯 저도 싸우도록 허락해 주십시오.
요크 공작 [버논을 가리키며]
제 하인입니다. 전하, 들어주세요.
소머셋 [배싯을 가리키며]
이 사람은 제 하인인데, 잘 봐주십시오.
헨리 왕 귀공들, 멈추시오. 저들 말을 들읍시다.
어찌하여 당신들은 이렇듯 소리치며
결투를 원하는데, 상대는 누구인가?
버논 저 사람예요. 제게 부당한 짓을 했습니다.
배싯 저 사람예요. 제게 부당한 짓을 했습니다.
헨리 왕 둘이 말하는 부당한 짓이 무엇인가?
먼저 내게 말하라. 그다음에 답하겠다.
배싯 잉글랜드에서 프랑스로 바다를 건널 때
여기 이자가 조롱조의 말투로
제가 달은 장미에 욕을 퍼붰습니다.
제 주인에 따르면 꽃잎의 핏빛은
수줍어서 붉힌 뺨을 나타내는바,
요크 공작과 제 주인이 다투신
모종의 법률적 문제에 관해서
이자는 고집스레 진실을 부인하고
악담과 야한 말을 지껄여댔습니다.
무례한 욕설에 반론을 말하고
주인의 위엄을 변호하는 뜻에서
결투의 특권[64]을 요청합니다.
버논 존귀하신 전하, 제 소청도 같습니다.
저자는 교묘히 꾸며낸 거짓말로
뻔뻔스러운 의도를 그럴듯이 감추나
전하, 먼저 저자가 싸움을 걸어오며
제가 달은 이 표시가 못됐다고 욕하며
이 꽃의 흰색이 제 주인의 용기가
나약함을 뜻한다고 떠들어댔습니다.
요크 공작 소머셋, 악담을 치우지 않겠소?
소머셋 요크 공, 아무리 교묘히 감춰도
당신의 적개심은 환하게 보이오.
헨리 왕 오, 그처럼 사소하고 경미한 문제로
그와 같은 파벌과 분쟁이 생기다니
미친 기운이 얼빠진 자들을 지배하오!
요크, 소머셋, 나의 선한 형제들,
진정하시오. 원컨대 화해하시오.
요크 공작 먼저 이번 분쟁을 결투로 심판하고
그다음에 화해하라 명하십시오.
소머셋 분쟁은 우리 두 사람의 문제입니다.
따라서 두 사람이 결정짓게 하십시오.
요크 공작 이게 내 도전이다. 받아라, 소머셋.
[요크가 흰 장미 중의 하나를 던진다.]
버논 아닙니다. 처음에 있던 대로 놔두십시오.
배싯 그러겠다 하십시오, 귀하신 주인님.
글로스터 그러겠단 말인가? 저주받을 너희 싸움,
건방진 수작과 함께 모두 죽어라!
뻔뻔스런 하인배들, 이처럼 시끄럽게
소란을 피워 전하와 우리에게
걱정을 끼치고도 부끄럽지 않은가?

63 프랑스의 버건디 공작의 누이는 헨리 6세의 삼촌인 베드포드 공작의 부인이었으니 사돈 관계였다.
64 중세의 기사들은 법률상의 시비가 붙었을 때 정식 결투로 이를 판결하는 규정이 있었다.

그리고 대공들, 녀석들의 다툼을
용인하다니 잘못된 일인 듯싶소.
게다가 녀석들 말을 핑계로 삼아
두 사람이 언쟁을 하니 안 될 일이오!
보다 당당한 길을 택하기를 충고하오.
엑서터 전하의 걱정이니 대공들은 화해하오.
헨리 왕 앞으로 오시오. 싸우려는 두 사람은
나의 선의를 바라는 만큼 앞으로는
이번에 생긴 일과 그 원인을 잊으시오.
두 분은 이곳이 프랑스란 사실을
잊지 마시오. 못 믿을 자들의 한복판이오.
우리의 모습에서 분란을 눈치채고
우리 사이의 불화를 알면,
저들의 불만에 불을 붙이면
강력한 거역과 반란을 일으키겠소!
게다가, 별것 아닌 사소한 문제로
헨리 왕의 최고위 귀족들이 서로 죽이고
프랑스의 넓은 영토를 잃은 사실을
다른 나라 왕들이 알게 된다면
얼마나 커다란 불명예가 되겠소?
선왕의 정복과 내 어린 나이를
생각하시오. 피 흘려 사신 것을
사소한 일로 잃어서는 안 되오.
막상막하 이 싸움을 내가 심판하겠소.
내가 이 장미를 단다고 해도 그 때문에
[붉은 장미를 집는다.]
내가 요크보다 소머셋에 기운다고
의심할 자는 전혀 없을 것이오.
내 친척 되시는 두 분을 사랑하오.
스코틀랜드 왕이 관을 쓴다고 해서
나도 관을 쓴다고 욕할 사람이 없으나,
내가 직접 말하고 지시하기보다는
당신들의 판단이 설득력이 많겠소.
그래서 우리가 화평 중에 왔으니
화평과 우애를 계속하기 원하오.
요크 사촌, 프랑스 총독으로 임명하니
이 지역 일들을 보살피시오.
그리고 내게 친근한 소머셋 공은
기병군과 보병대를 한데 합하여
충실한 신민답게, 선조의 자식답게
유쾌히 행군하며, 노여운 감정은
적에게 삭이시오. 나와 섭정과
대감들은 잠시 후 칼레에 들렀다가
거기서 잉글랜드로 돌아가겠소.
오래지 않아 당신들의 승전으로
찰스와 앨런선, 그 밖의 반역자가
내 앞에 대령하길 기다리겠소.
[주악. 요크, 워릭, 버논,
엑서터 이외에 모두 퇴장]
워릭 요크 공, 참말로 전하께서 웅변가 역을
매우 훌륭하게 연출하셨소.
요크 공작 그렇소만, 왕이 소머셋의 표시를
가슴에 다신 것은 마음에 들지 않소.
워릭 사라질 기분이시오. 탓하지 마오.
공작 어른, 저의가 없다고 장담하오.
요크 공작 그런 게 있었다면—그만하겠소.
지금은 다른 일을 처리할 테요.
[엑서터 이외에 모두 퇴장]
엑서터 리처드, 목소리를 억제한 건 잘한 일이다.
네 속의 감정이 폭발했다면
어떠한 상상과 추측도 넘어서는
역겨운 증오와 맹렬한 싸움이 생겨
그런 흉측한 꼴을 우리가 보았겠지.
어쨌든 귀족들의 갈등과 불화와
궁정에서 서로를 떠미는 꼬락서니와
끼리끼리 짝을 짓고 분파를 만든다니,
누구라도 그 결과를 점치겠다.
아이 손에 왕권이 주어지면 큰일인데
시기와 질투가 가족 간의 분란을 가져오면
파멸이 찾아오고 붕괴가 시작된다. [퇴장]

## 4. 2

[톨봇 공이 나팔수와 고수와 병사들과
함께 보르도[65] 성 앞에 등장]
톨봇 나팔수, 보르도 성문에 가서
저들의 사령관을 성 위에 오라고 하라.
[나팔수가 회담 신호를 울린다.

65 프랑스 남서부의 항구 도시. 포도주 산지로 유명하다.

성 위에 프랑스 사령관 등장]
지휘관, 잉글랜드 헨리 왕의 군인이며
신하인 존 톨봇이 당신을 불러내어,
다음을 요청한다. '성문들을 열어놓고
우리에게 공손하며, 우리 왕을 섬기고
순종하는 백성들로 그분께 충성하라.'
그리하면 피에 주린 군대와 나는
물러가리라. 그러나 화평을 거부하면
메마른 기아, 자르는 강철, 치솟는 불길,
이러한 세 일꾼의 분노를 일으키니,
우호적인 이 제안을 거부할진대
너희의 웅장한 마천루들이
한순간에 땅바닥에 가로눕겠다.

사령관 두렵고 불길한 죽음의 올빼미여,
이 땅의 공포이며 피에 젖은 채찍이여,
잔혹한 너에게 종말이 다가온다.
너는 죽지 않으면 성에 들어오지 못한다.
우리의 방어는 언제나 튼튼하며
성 밖에서 싸울 만큼 넉넉히 강력하다.
네가 퇴각한대도 굳게 준비된 세자께서
너를 잡을 덫과 함께 기다리시며,
너의 양쪽 편에는 도주의 자유를
울안에 가둬놓을 부대들이 배치되었다.
그러므로 도움을 구할 데가 없겠으니
분명한 패망과 죽음이 너를 막으며
창백한 파멸이 네 낯을 마주한다.
프랑스 군 일만 명이 다른 이는 제외하고
오로지 톨봇에게 무서운 대포들을
갈라놓을 사실을 성례로써 서약했다.
거기 네가 섰구나!—패배를 모르며
굽힘이 전혀 없는, 숨 쉬는 영혼—
이것이 너의 적이 네게 주는
드높은 찬양의 마지막 영광이다.
지금부터 흐름을 시작한 모래알들이
가느다란 한 시간을 끝내기 전에[66]
내 눈은 빛깔 좋은 너를 보지만
피 흘려 창백해진 죽은 너를 보리라.
[멀리서 북소리]
왕세자의 북과 경고의 종이 울린다.
겁먹은 네 영혼에 구슬픈 가락이다.
내 가락은 네 아픈 퇴장을 울리리라. [퇴장]

톨봇 괜한 말이 아니다. 적들이 몰려온다.
기병들이 마주 나가 측면을 정탐하라.
[한두 사람 퇴장]
군기가 해이하고 주의가 풀렸다!
울안에 갇힌 채 둘러싸인 꼴이다.
잉글랜드의 겁먹은 작은 사슴 무리가
프랑스의 짖어대는 똥개 떼에 놀랐다.
잉글랜드 사슴이면 혈기 왕성해야지.
어리석은 사슴처럼 건드릴 때 앉지 말고
한사코 미친 듯 덤벼드는 수사슴처럼
잔인한 사냥개에 머리를 돌려대어
겁쟁이 개들이 멀리서 짖으라고 해.
각자의 목숨을 내 것처럼 비싸게 팔아라.
우리가 비싼 걸 저들이 알게 돼.
하느님과 세인트 조지, 톨봇과 잉글랜드의 권리!
험난한 싸움에서 우리 깃발이 승리하라! [모두 퇴장]

## 4. 3

[전령이 등장하여 요크 공작을 만난다. 요크 공작
리처드는 나팔수와 많은 병사와 함께 등장]

요크 공작 리처드 세자의 대부대를 추적하던 재빠른
정찰대가 다시금 돌아오지 않았는가?

전령 이미 돌아왔습니다. 보고에 의하면
세자가 톨봇과 싸우기 위해
군대를 이끌고 보르도로 향했는데
진군 중에 그보다 더 큰 부대 둘이
세자와 합세하여 보르도로 가는 걸
대공님의 정탐들이 발견했습니다.

요크 공작 리처드 망할 악질 소머셋에 염병 붙어라!
이번 전투를 위해서 소집한 기병들을
보낸다고 약속하고 이렇게 늦어지니!
유명한 톨봇이 원군을 고대하고
나는 악질 역적에게 놀림을 받고도
고매한 무사를 도와주지 못한다.
핍절한 가운데 하느님의 위로를!

66 모래시계의 가는 모래알이 모두 흘러내리면 30분, 돌려놓으면 다시 30분, 합하여 1시간이 되었다.

그 사람이 패하면 프랑스가 끝이야.
[다른 전령 윌리엄 루시 경 등장]
루시 잉글랜드 군사의 총수이신 공작님,
이토록 병력이 달린 적이 없습니다.
고귀한 톨봇 위해 빨리 달려가세요.
지금 현재 창검의 바다로 둘러싸여서
끔찍한 파멸에 직면하였습니다.
용맹하신 공작님, 그리 가지 않으시면
톨봇, 프랑스, 잉글랜드의 영광은 종말예요.
요크 공작 리처드 오, 기병대를 가로막은 소머셋!
심보 고약한 네가 톨봇을 대신하라!
그리하면 반역자 겁보를 잃는 대신
용맹한 무사를 살리게 된다.
게으른 반역자가 자는 동안 우리는 죽어가며
미칠 듯한 분노에 울음만 터진다.
루시 고난 중의 톨봇에게 도움을 보내십시오.
요크 공작 리처드 그가 죽으면 우리가 진다. 약속을 못 지켰다.
우린 울고 적은 웃고, 우린 지고 적은 큰다.
모두 악질 반역자 소머셋 때문이다.
루시 용맹한 그 영혼과 그 아들 존에게
하느님의 자비를! 두 시간 전 부친에게
달려가는 아들을 만났어요. 7년 동안
톨봇은 아들을 못 봤습니다. 두 목숨이
끝나는 데서 서로 만납니다.
요크 공작 리처드 고매한 톨봇이 젊디젊은 아들을
무덤으로 맞이할 때 기쁠 수 있겠는가!
두어라, 아픔으로 숨이 막혀오누나.
갈라졌던 가족이 죽을 데서 합치다니!
루시, 잘 가오. 지금 할 수 있는 건
그를 돕지 못한 이유를 저주할 뿐이오.
전적으로 소머셋과 그의 지체 때문에
메인, 블로이스, 포이티어스, 투어를 뺏겼소.
[루시 외에 모두 퇴장]
루시 이렇게 최고위 사령관의 가슴들을
분쟁의 독수리가 파먹을 동안
아직도 시신이 식지 않은 정복자며
우리의 추억 속에 언제나 살아 계신
헨리 5세의 정복을 잠에 겨운 나태가
잃고 마누나. 저들이 티격태격하는 동안
목숨, 명예, 영지, 모든 게 상실로 직행한다. [퇴장]

## 4. 4

[소머셋과 군대 등장. 톨봇의 부대장이 동행한다.]
소머셋 [부대장에게]
너무 늦었소. 지금은 군대를 보낼 수 없소.
이번 원정은 요크와 톨봇의 경솔한
계획이었소. 우리 군을 다 합쳐야
겨우 그 도시 수비대와 싸울 만했소.
지나치게 대담한 톨봇이 그토록
무리하고 필사적인 사나운 모험으로
명예의 광채를 한꺼번에 더럽혔소.
요크 혼자 명성을 얻으려고 톨봇을 시켜
싸우다 수치 속에 죽게 했던 거요.
[루시 등장]
부대장 윌리엄 루시 경이오. 원군을 청하려고
열세에 있는 아군에서 함께 떠났어요.
소머셋 루시 경, 어디서 오고 있소?
루시 어디서요? 배신당한 톨봇 공이오.
건방진 역경 속에 둘러싸인 채
고귀하신 요크 공과 소머셋 공에게
맥 빠진 부하들에게 몰려드는 죽음을
쫓아내어 달라고 부르짖는데,
훌륭한 장군님은 지친 팔다리에서
피땀을 흘리면서 고지를 사수하며
원병을 고대하나 헛된 소망뿐이니
잉글랜드의 명예를 책임진 대공께선
쓸데없는 다툼으로 모르는 척하시오.
고귀한 그분이 불리한 처지에서
목숨까지 바치는데 사사로운 불화로
도와줄 원군을 거절치 마시오.
서자 올리언스와 찰스와 버건디와
앨런선과 레이니어가 장군님을 둘러쌌어요.
대공들의 부재로 톨봇이 죽게 됐습니다.
소머셋 요크가 시켰으니 원군도 보내야지.
루시 요크는 요크대로 공작에게 외칩니다.
이 전쟁을 위하여 소집한 기병을
공작이 억류하고 있다고 야단입니다.
소머셋 요크의 거짓말로, 보낼 수도 있고 기병도 있었소.
그자에게 충실할 거 없으며 더욱이 우정이 없소.
원병을 보낸다고 멸시당할 일은 없소.
루시 프랑스 군이 아니라 잉글랜드의 무성의가

고결한 톨봇 공을 함정에 빠트렸습니다.
목숨이 붙은 채 조국에 가지 못하고
대공들의 다툼으로 배신당해 죽게 됐습니다.

소머셋 그러면 가시오. 즉시 기병을 보내겠소.
여섯 시간 안에 저들이 그 옆에 가 있겠소.

루시 너무 늦은 원군입니다. 잡히든가 죽든가 할 거예요.
도망치고 싶어도 도망칠 수 없으며,
도망칠 수 있어도 도망치지 않겠습니다.

소머셋 그가 죽었다면—용감한 톨봇, 잘 가시오.

루시 그의 명성은 살아남고 수치는 대공께 남았습니다. [둘 퇴장]

## 4. 5

[톨봇 공과 아들 존 등장]

톨봇 얘, 아들 존 톨봇, 전술을 배워주려고
너더러 오라 했다. 그렇게 해서
맥 빠진 나이와 힘없는 팔다리가
허리 굽은 아비를 의자에 앉혀놓을 때
톨봇의 명성이 다시 살길 원했다.
그러나—오, 악한 불운의 별들아[67]—
이제 너는 죽음의 잔치에 왔다.
피하지 못할 무서운 위험이구나.
그러니 얘야, 매우 빠른 말에 올라라.
어떻게 달아나 어떻게 빠질는지
알려주겠다. 우물대지 말고 가.

존 제 이름이 톨봇예요. 당신의 아들예요.
그런데 달아나요? 당신이 어머니를 사랑하면
그분의 귀하신 명예를 더럽혀서
저를 사생아나 노예로 삼지 마세요.
'고귀한 톨봇이 버티는데 비열하게
달아난 놈은 톨봇이 아니다'라고 할 테죠.

톨봇 내가 죽으면 복수하기 위해서 달아나라.

존 그렇게 달아난 자는 돌아오지 않아요.

톨봇 둘이 같이 있으면 둘 다 죽는다.

존 그러면 내가 있을 테니 아버지는 달아나세요.
아버지를 잃는 것은 큰일이니 자중하세요.
제 값은 미지수라 손실액도 모릅니다.
제 죽음에 프랑스는 자랑할 게 없지만
아버지는 다르세요. 희망이 끝나니까요.
아버지가 달아나도 성취하신 명예는
줄지 않지만, 제가 달아나면 불명예지요.
아버지의 도피는 전략이라 하겠지만
제가 굴복한다면 비겁이라 하겠지요.
처음부터 움츠리고 제가 달아난다면
뒤에도 남아 있을 희망이 없어요.
목숨을 수치 속에 보존키보다
이 자리에 무릎 꿇고 죽기를 원해요.
[무릎을 꿇는다.]

톨봇 네 어미의 희망들이 한 무덤에 묻힐 건가?

존 예, 어머니를 부끄럽게 만들기보다.—

톨봇 네게 복을 기원하며 가라고 명한다.
[존이 일어선다.]

존 싸우기 위해 가겠으나 달아나지 않겠습니다.

톨봇 아비의 일부가 네 속에 살게 된다.

존 아버지의 일부가 제 속에서 부끄럽게 되십니다.

톨봇 얻지 않은 명성은 잃어지지 않는다.

존 아버지의 명성인데 달아나서 더럽히나요?

톨봇 아비의 명령이라 오점을 없애준다.

존 아버지가 죽으시면 증인도 안 계세요.
죽음이 분명하면 함께 달아나시죠.

톨봇 그래서 부하들이 싸우다 죽으라고?
그처럼 내 평생을 더럽히지 않았다.

존 어린 제가 그런 짓을 할 수 있겠습니까?
아버지가 스스로를 자신에서 못 떼시듯
저도 아버지 옆에서 떨어질 수 없습니다.
가시든 마시든, 뜻대로 하세요. 저도 그러겠습니다.
죽으시면 저도 살지 않겠습니다.

톨봇 그러면, 아들아, 너와 작별하누나.
이 오후, 평생을 끝내도록 태어났구나.
서로서로 옆에서 같이 살고 같이 죽자.
두 영혼이 프랑스에서 하늘로 날아가자. [둘 퇴장]

## 4. 6

[경계 신호. 앨런선, 서자, 버건디, 프랑스와
잉글랜드 병사들 접전. 그 와중에 톨봇 공의
아들이 둘러싸이자 톨봇이 다시 들어와 그를

67 당시 사람들은 각 개인의 운수를 다스리는 별이 있다고 믿었다.

구한다. 그때 잉글랜드 군이 프랑스 군을 몰아낸다.]

톨봇 세인트 조지와 승리! 싸워라, 병사들, 싸워라!
총독이 톨봇과의 약속을 깨뜨렸고
프랑스의 광분에 우리를 내버렸다.
아들아, 어디 있느냐? 잠시 숨을 돌려라.
내가 너를 낳았고 죽음에서 구해냈다.

존 두 번 목숨 주셨으니 두 번 아들입니다.
처음 주신 목숨은 없어졌지만
운명에도 불구하고 아버님의 강한 칼이
제가 죽을 기한을 새로 만드셨습니다.[68]

톨봇 세자의 투구 위에 네 칼이 번쩍일 때
아비의 가슴은 네 빛난 승리의
뿌듯한 욕구로 뜨겁게 타올랐다.
아비는 납덩이 같은 늙은이지만
젊은 용맹과 무사의 분노가 되살아나
앨런선과 올리언스와 버건디 같은
프랑스 최고 무사 틈에서 너를 구했다.
네 첫 싸움에서 네게서 피를 흘린
날뛰는 서자 올리언스를 만나자마자
칼을 주고받다가 잠시 뒤 그자의
치사한 피를 흘리게 하고 모욕하여 외치기를,
"오염되고 천박하고 잘못 태어난
네 피는 무가치하나 내가 건드린 건
담대한 내 아들 톨봇에게서 네가 뺏은
순결한 내 피의 값"이라 했다.
그러면서 서자를 죽일 판인데
강력한 원병이 왔다. 아비가 보호한다.
지치지 않냐? 아들아, 괜찮냐?
이제는 기사의 아들인 걸 증명했는데
이제라도 전투를 떠나지 않겠냐?
내가 죽거든 복수하기 위해서 달아나.
한 사람이 더 있다고 도움은 크지 않아.
두 사람이 작은 배에 목숨을 거는 건
너무 어리석다는 걸 내가 잘 알아.
내가 오늘 광폭한 적에게 죽지 않아도
내일 나는 너무 늙어 죽을 나이다.
적들은 나로 인해 얻을 것이 없으며
하루쯤 내 목숨을 단축할 뿐이지만,
네가 죽으면 네 어머니, 가문의 이름, 복수,
너의 젊음, 나라의 명성이 함께 죽는다.
그밖에 모두가 위험에 처하지만
네가 달아난다면 그 모두가 살아난다.

존 올리언스의 칼날은 아프지 않았으나
아버님 말씀은 삶의 피를 빼 가요.
그토록 부끄러운 대가로 목숨을 이어
빛나는 명예를 죽이려고 젊은 톨봇이
늙으신 톨봇을 버리고 달아나기보다는
비겁한 제 말이 쓰러지길 원해요!
수치의 경멸과 불행의 대상이면
프랑스 촌 애들이 저와 같다고 하세요.
아버지의 명예를 모두 걸어 맹세코
제가 달아난다면 톨봇의 자식이 아니죠.
말씀도 마세요. 전혀 소용없어요.
톨봇의 아들은 톨봇의 발치에서 죽어요.

톨봇 그렇다면 크레타의 절망하는 아비[69]를 좇으렴.
이카로스야. 네 목숨이 내겐 너무 귀해.
싸울 작정이라면 내 옆에서 싸워라.
찬양받을 거라면 자랑스레 함께 죽자. [둘 퇴장]

## 4. 7

[경계 신호. 공격 신호. 늙은 톨봇 공이
하인에게 이끌려 등장]

톨봇 내 다른 목숨이 어디 있냐?
내 목숨은 이미 갔고 존은 어디 있냐?
포로들의 피에 젖어 으스대는 죽음아,
젊은 톨봇의 용맹에 너를 보니 우습다.
무릎을 구부린다. 내가 웅크린 걸 보자
그 애는 내 위로 선혈 묻은 칼을 휘두르고
굶주린 사자처럼 맹렬한 기개와
격렬한 분노를 발하기 시작했다.
그러나 성난 그는 홀로 서서 지키다가
어떤 공격도 없는 걸 눈치채고

68 그리스신화에 의하면 인간은 운명의 여신이 정해놓은 시간에 죽기로 되어 있다.

69 그리스신화를 보면, 기술자 다이달로스와 그 아들 이카로스가 크레타의 미로에 갇혔을 때 탈출하기 위하여 다이달로스가 밀랍으로 만든 날개를 이카로스에게 붙여주며 태양에 너무 가까이 날아가지 말라고 주의시킨다. 하지만 이카로스는 신이 나서 태양 쪽으로 날아가다가 밀랍 날개가 녹아서 바다에 추락한다.

격분에 눈이 멀고 가슴이 끓어올라
갑자기 곁에서 떠나 몰려 있는
프랑스 군 한복판에 뛰어들었다.
아들은 너무나 솟구치는 기백을
피바다에 적셨으니 그런 용맹 가운데
내 이카로스, 내 꽃송이가 죽어버렸다.
[잉글랜드 병사들이 존 톨봇의
시신을 들고 등장]

하인 사랑하는 주인님, 아드님이 들려 오십니다.

톨봇 어릿광대 죽음아, 인간을 비웃누나.
모욕적인 네놈의 전횡을 떠나
영원의 약속으로 하나 된 두 영혼,
두 톨봇이 날개를 달고 포근한 하늘로
조롱하면서 너를 벗어나리라.
[존에게] 네 상처가 추악한 죽음에 어울린다.
숨이 마저 끊기기 전, 아비에게 말해라.
죽음이 뭐라 해도 말하여서 그에게 맞서렴.
프랑스 군이 죽음이니 적이라고 생각하렴.
불쌍한 아이가 웃는 것처럼—'죽음이 프랑스면
오늘 프랑스는 죽었다'고 말하는 것 같다.
이리 와서 아비 품에 아들을 안겨다오.
[병사들이 존을 톨봇 품에 안긴다.]
내 영혼은 이 아픔을 더는 못 참겠다.
병사들, 잘 있어라! 원하던 게 여기 있어.
지금 늙은 내 팔이 젊은이의 무덤이야.
[숨진다. 경계 신호.
병사들이 시신들을 남긴 채 퇴장]
[왕세자 찰스, 앨런선 공작, 버건디 공작,
올리언스의 서자, 조운 라 퓨셀 등장]

찰스 요크와 소머셋이 원군을 데려왔으면
이날은 피범벅의 하루가 됐겠소.

서자 어린 톨봇 강아지가 미친 듯이 날뛰며
프랑스인의 핏줄에 서툴게 칼을 썼소.

조운 한번은 나하고 맞섰는데 내가 그에게
"처녀 출전한 자야, 처녀에게 굴복해."
말했더니 건방지게 당당한 경멸조로
대답하길, "젊은 톨봇은 들뜬 계집의
노리개가 되려고 태어나지 않았다"고
하면서 싸울 가치가 없다는 듯 거만하게
날 떠나서 프랑스 군 복판으로 뛰어들었죠.

버건디 확실히 고귀한 기사가 되었을 거요.
저것 보시오. 상처들을 싸매는
피투성이 간호인의 팔에 감겨 누워 있소.

서자 놈들을 토막 치고 뼈다귀를 으깹시다.
잉글랜드의 영광이요 프랑스의 공포였소.

찰스 아니오. 살았을 때 우리는 도주했으나
죽은 뒤에 해코지는 안 해야 하오.
[윌리엄 루시 경이 프랑스 의전관과 함께 등장]

루시 의전관, 세자의 막사로 안내하시오.
이날의 영광을 얻은 분을 알려고 하오.

찰스 어떠한 항복의 통고문을 가지고 왔소?

루시 항복? 그건 순전히 프랑스 말이라
잉글랜드 군인은 뜻을 알지 못해요.
포로가 누구인지 알고자 하며
전사자의 시신을 살피러 왔습니다.

찰스 포로가 누구냐고? 지옥이 감옥이다.
당신이 찾는 것은 어떤 자인가?

루시 위대한 헤라클레스가 어디 계십니까?
용맹한 톨봇 공, 슈루스베리의 백작,
희대의 무공으로 서품받은 위대한
웩스퍼드, 워터퍼드, 밸런스의 백작,
구드리치와 아컨필드의 톨봇 공,
블랙미어의 스트렌지 공, 올턴의 버던 공,
윙필드의 크롬웰 공, 셰필드의 퍼니벌 공,
연거푸 승리한 포큰브리지 공,
고귀한 세인트 조지의 기사,
성인 미카엘[70]과 황금 털[71]에 맞서며
프랑스 땅에서 벌어진 전쟁들에서
헨리 6세의 위대한 사령관이 어디 계시오?

조운 이거 정말 싱겁게 멋을 부린 말투로구먼.
스물다섯 왕국을 다스리는 터키 왕도
그렇게 길어 빠진 말투는 안 쓰는데.
네가 그런 이름들로 부풀린 놈은
냄새나고 쉬슬어서 발치에 누워 있어.

루시 톨봇이 죽었다고? 프랑스의 채찍이며
너희 땅의 공포인 네메시스[72]가?

70 성경에 나오는 천군의 주장으로, 프랑스의 기사단 이름.
71 그리스신화에서 '황금의 양모'를 찾기 위해 모험을 감행한 용사들을 따라서 버건디 공작이 명명한 자신의 기사단 이름.

내 눈이 총알 돼서 너희 낯짝에
무섭게 쏘면 얼마나 좋겠나!
죽은 이를 불러내어 살게만 하면
프랑스 온 땅을 떨게 만들 테다.
너희 중에 그분의 초상을 갖다놔도
제일 난 체하는 자가 겁에 질려 떨 게다.
시신들을 내어 오라. 여기서 모셔다가
공훈에 합당하게 장례를 치르겠다.

조운 [찰스에게]
중뿔난 이자는 늙은 톨봇 유령처럼
건방진 명령 같은 말투이군요.
시신들을 내주셔요. 여기 놔두면
냄새가 나서 공기를 더럽혀요.

찰스 시체들을 가져가라.

루시 내가 모셔 가겠습니다.
그들의 재에서 불사조[73]가 솟아나
온 프랑스가 무서워 떨게 되겠습니다.

찰스 우리 손만 떠난다면 어째도 상관없어.
[루시와 의전관이 시신들을 들고 퇴장]
이제는 승리의 기운으로 파리에 가자.
톨봇이 죽었으니 전부 우리 차지다. [모두 퇴장]

## 5. 1

[나팔 주악. 헨리 왕, 글로스터 공작,
엑서터 공작, 기타 등장]

헨리 왕 [글로스터에게]
교황과 황제와 아르마냑 백작[74]이 보낸
편지들을 자세히 읽어보았소?

글로스터 예. 저들의 의향은 이렇습니다.
잉글랜드와 프랑스 사이에
거룩한 평화를 체결해 주실 것을
전하에게 간곡히 호소합니다.

헨리 왕 공작은 그 안을 어찌 보시오?

글로스터 같은 기독교인들의 출혈을 막고
온 천하에 평화를 이루기 위한
유일한 방법으로 생각합니다.

헨리 왕 그렇소, 숙부. 하나의 신앙을
가진다는 자들이 그토록 잔혹하고
피 흘리는 투쟁에 휘둘린다는 것은
인륜에 벗어나고 불경임을 항상 느꼈소.

글로스터 그뿐만 아니라 우호의 매듭을
더욱 속히 튼튼히 맺고자 하여
찰스의 측근이요 권력을 지닌
아르마냑 백작이 막대한 재산과
풍성한 지참금과 아울러 외동딸과
전하의 혼인을 제의하고 있습니다.

헨리 왕 혼인이오? 오, 나는 아직 어리오.
애인과 방탕하게 놀아나기보다는
공부와 책들이 내게 더욱 알맞소.
어쨌든 대사들을 불러오시오. [한두 사람 퇴장]
각자 모두에게 답을 들려주겠소.
하느님의 영광과 나라의 복을 위해
어떠한 선택에도 만족하겠소.
[윈체스터 주교가 이제는 대주교의 차림으로,
세 대사, 교황의 사절, 아르마냑 백작으로부터
온 사람과 함께 등장]

엑서터 [방백]
윈체스터 주교가 대주교의 지위로
서품되어 부름을 받았나? 그렇다면
"저 사람이 대주교가 되는 날에는
주교 모자를 왕관과 동등하게 할 것"이란
헨리 5세의 예언이 사실이 되겠다.

헨리 왕 대사 귀공들, 각자의 소청을
신중히 고려하고 논의하였소.
여러분의 목적은 선하며 합당하오.
그런고로 우호적인 평화의 조건들을
제정코자 확고히 나는 결심했고
근일 중 윈체스터 대주교가 문건을
프랑스에 전달키로 확정이 됐소.

글로스터 [아르마냑 백작의 사신에게]

72 그리스신화에 나오는, 정의를 실현하는 복수의 여신.
73 아라비아 신화에 나오는, 불길에 탄 '불사조'(피닉스)는 다시금 불사조가 되어서 날아간다.
74 신성 로마 제국 황제(재위 1411~1437)이자 보헤미아 왕(재위 1419~1437)인 지기스문트(Sigismund)는 잉글랜드와 프랑스가 강화하기를 권했다. 글로스터의 주선으로, 프랑스 왕족 아메인(프랑스어로 아르마냑) 백작의 딸과 헨리 왕의 혼담이 진행 중에 있었다.

당신 주인의 제안에 대해서는
전하에게 자세히 말씀드렸더니,
아가씨의 타고난 유덕한 마음씨와
어여쁨과 지참금의 가치를 기뻐하여
아가씨를 잉글랜드 왕비로 작정하셨소.

헨리 왕 그러한 약속의 증거이자 징표로서,
애정의 표시인 이 보석을 전하시오.
[사신에게 반지를 준다.]
[글로스터에게] 그러면 섭정, 저들을 경호하여
무사히 도버로 가게끔 하시오.
배에 태워 운수를 바다에 맡기시오.
[윈체스터와 교황의 사절을 제외하고 각기 퇴장]

윈체스터 사절 양반, 잠깐 기다리시오.
먼저 돈을 받으시오. 엄숙한 복장을
입혀주신 값으로 기왕에 내가
교황께 약조했던 금액이라오.
[그에게 돈을 건넨다.]

사절 언제든 부르십시오. [퇴장]

윈체스터 이제부터 윈체스터는 제아무리 건방진
귀족에게도 눌리거나 떨어지지 않는다.
글로스터, 대주교가 출생이나 권세에서
밀리지 않는 것을 알게 되리라.
네가 허리 굽히고 무릎 꿇지 않으면
반란으로 이 나라를 파멸시키겠다. [퇴장]

## 5. 2

[편지를 읽으며 세자 찰스, 버건디 공작,
앨런선 공작, 올리언스 서자, 앤주 공작
레이니어, 조운 라 퓨셀 등장]

찰스 이 소식 듣고 맥 빠진 기운이 솟구치겠소.
군센 파리 시민이 항쟁을 일으켜서
용맹한 프랑스 군에 다시 돌아왔다 하오.

앨런선 그러면, 찰스 왕세자님, 파리로 행군하여
군대를 할 일 없이 묶어놓지 마십시오.

조운 우리 편이 되면 분쟁이 없어야 해요.
그래서 파멸과 궁궐들이 서로 싸우겠죠.
[정찰병 등장]

정찰병 용맹하신 사령관께 승리를 빌며
동맹하신 여러분께 행복을 빕니다.

찰스 정찰대가 무슨 소식 전하나? 말하라.

정찰병 두 부대로 나뉘었던 잉글랜드 군대가
지금은 하나로 통합되고, 그래서
지금 즉시 세자님과 싸우려고 합니다.

찰스 귀공들, 다소 급히 닥친 경고요.
그러나 즉시 대비할 터이오.

버건디 톨봇의 혼백이 거기 없길 바라오.

조운 그자는 갔으니까 겁낼 필요 없으셔요.
못난 감정 가운데 겁이 제일 못됐죠.
명령만 하시면 승리는 세자님 거예요.
헨리는 속상하고 세상은 슬퍼하라죠.

찰스 그러면 전진하라. 프랑스에 행운을! [모두 퇴장]

## 5. 3

[경계 신호. 공격 신호. 조운 라 퓨셀 등장]

조운 요크는 이기고 프랑스는 달아난다.
요술과 부적들아, 지금 나를 도와다오.
앞으로 생길 일을 징조로 보여다오,
갈 길을 알려주는 뛰어난 영매들아.[75]
[우렛소리]
높으신 북방의 대왕님[76] 밑에서 행하는
재빠른 일꾼들아, 내 앞에 나타나라.
그래서 이 일에서 나를 도와주려마.
[악귀들 등장]
이렇게 빨리 나타나니까 나를 언제나
부지런히 돕는다는 증거가 돼.
영매들아, 지하의 강력한 지역에서
뽑혀온 자들아, 프랑스가 싸움터의
승자가 되도록 나를 한번 도와다오.
[악귀들이 걸으며 말이 없다.]

75 셰익스피어 당시의 잉글랜드인은 프랑스의 영웅 조운 라 퓨셀이 마술의 힘을 빌려 프랑스 군을 승리로 이끌었다고 믿었다. 그 때문에 프랑스의 일부 성직자와 잉글랜드의 정략가들이 조운 라 퓨셀을 체포하여 화형에 처했다.

76 중세와 르네상스 시대의 성경에 나오는 사탄, 또는 루시퍼는 '북방의 왕'으로, 신에게 반란을 일으켰으며, 악한 마술을 주장하는 것으로 믿어졌다.

너무 오랜 침묵으로 초조하구나!
내 피를 너희한테 먹여주곤 했는데
지금 나를 돕겠다고 허락한다면
더 좋은 걸 주겠다는 보증으로
팔다리 가운데 하나를 잘라 주겠다.
[악귀들이 고개를 떨어뜨린다.]
되돌릴 수 없냐? 내 원을 들어주면
몸으로 보답하겠다.
[악귀들이 고개를 젓는다.]
내 몸도, 피 흘리는 제물도, 너희가
주곤 하던 도움을 주지 못하냐?
그럼 내 몸, 내 영혼, 모두 가져라.
잉글랜드가 프랑스에 패배를 주기 전.—
[악귀들이 떠난다.]
저것들이 내게서 떠난다. 때가 됐다.
프랑스가 깃털 높은 투구를 낮추고
잉글랜드 무릎에 머리 떨굴 때다.
내 예전 주술은 너무 약하고
지옥은 너무 강해 싸우지 못하겠다.
프랑스, 이제 너의 영광은 흙바닥에 떨어져. [퇴장]
[공격 신호. 버건디 공작과 요크 공작이
일대일로 싸운다. 프랑스 군이 조운 라 퓨셀과 함께
등장하여 달아난다. 조운이 요크에게 붙잡힌다.]
요크 공작 프랑스의 처녀야, 단단히 잡혔다.
미혹하는 주문으로 영매들을 풀어줘라.
저것들이 네 자유를 얻을는지 시험해보라.
마귀 호감 얻기에 좋은 전리품이다.
키르케[77]처럼 내 형상을 바꾸려는 듯,
흉측한 마녀가 얼굴을 찡그린다.
조운 보다 악한 형상은 될 수 없겠다.
요크 공작 오, 왕세자 찰스는 멋진 사내지.
까다로운 네 눈에는 그자 꼴만 보인다.
조운 찰스와 너한테 염병 들어라!
자리에서 두 놈이 잠자는 동안
포악한 자객한테 갑자기 찔려라.
요크 공작 저주하는 요술 할멈, 못된 마녀, 입 닥쳐!
조운 잠깐 저주할 테니 내버려다오.
요크 공작 이단자, 화형대에 가거든 저주해.

## 5. 4

[경계 신호. 서폭 백작이 마거릿의 손을 잡고
등장]
서폭 네가 누군지 몰라도 너는 내 포로다.
[그녀를 바라본다.]
오오, 미인, 무서워 말고 피하지 마오.
오로지 우러르는 손으로 만질 터이오.
부드러운 허리에만 손을 대겠소.
영원한 평화의 표시로 손에 입을 맞추오.
누구시오? 경의를 표하도록 말씀하시오.
마거릿 이름은 마거릿, 왕의 딸, 나폴리 왕의
딸이어요. 댁은 누구신지 모르지만.
서폭 나는 백작이오. 서폭이라고 하오.
조화의 기적이여, 화내지 마시오.
당신은 내게 잡힐 운명이었소.
백조도 솜털이 보송한 새끼들을
날개 밑에 포로처럼 보호하오.
하지만 포로의 대우가 싫으시면
서폭의 친구로서 자유롭게 떠나시오.
[그녀가 떠나간다.]
오, 서시오! [혼잣말로] 가랄 힘이 없구나.
손은 놓고 싶지만 마음은 반대한다.
유리 같은 강물 위에 햇빛이 노닐면서
또 하나의 햇빛으로 반짝이듯이
찬란한 어여쁨이 내 눈에 비춘다.
구애를 하려 하나 감히 말을 못한다.
펜과 먹을 가져다가 마음을 적어야지.
아니다, 서폭, 못난이는 되지 마라!
입이 없느냐? 그녀가 여기 있지 않더냐?
여자를 보고서 기가 죽느냐?
그렇다. 제왕 같은 어여쁨의 위엄 앞에
혓바닥은 엉기고 지각은 둔해져.
마거릿 서폭 백작님, 성함이 맞아요? 말씀하셔요.
몸값을 얼마 내면 풀려날 수 있어요?
지금 보니 백작님의 포로이군요.
서폭 [혼잣말로] 그녀의 사랑을 알아보지 않고서
구애를 거절할지 어찌 알 수 있겠나?

77 그리스신화에 나오는 마녀로, 오디세우스의 부하들을 돼지들로 바꿔놓았다.

마거릿 왜 말씀 없으셔요? 몸값이 얼마예요?
서폭 [혼잣말로] 아름답기 때문에 구애할 수 있겠다.
여자이기 때문에 얻을 수 있겠다.
마거릿 몸값 받을 건가요? 그만두실 건가요?
서폭 [혼잣말로] 못난 자여, 아내가 있음을 잊지 마라.
왜 마거릿이 애인이 되겠나?
마거릿 [혼잣말로] 떠나는 게 좋겠다. 듣지 못할 테니까.
서폭 [혼잣말로] 그래서 모두 망쳐. 그런 게 망통이지.
마거릿 함부로 말하누나. 확실히 미친 거야.
서폭 [혼잣말로] 하지만 결혼을 무효로 할 수 있어.
마거릿 하지만 내 말에 대답하세요.
서폭 [혼잣말로] 마거릿을 얻어야지. 누굴 위해서?
왕이 좋아하라고? 쳇, 목석같은 짓이야.
마거릿 [혼잣말로] 목석이라 하는데 목수인가봐.
서폭 [혼잣말로] 그래서 내가 사랑을 성취하고
두 나라 사이에 평화가 맺어져도
껄끄러운 문제가 아직 남았어.
그녀의 아버지가 나폴리의 왕이고
앤주와 메인의 공작이지만 가난해서
귀족들이 그런 짝을 비웃을 거야.
마거릿 장군님, 들으셔요? 바쁘지 않으셔요?
서폭 [혼잣말로] 그럴 테다. 비웃을 테면 비웃어.
헨리는 젊은이라 금방 넘어가겠다.
[마거릿에게] 아가씨, 말해줄 비밀이 있소.
마거릿 [혼잣말로] 포로의 신세지만 기사 같은 저 사람이
나를 절대로 범하지 않을 거야.
서폭 아가씨, 내 말을 들어보시오.
마거릿 [혼잣말로] 혹시 프랑스 군에게 구원받게 될 테니
예절 지켜 달라고 애걸할 필요 없어.
서폭 어여쁜 아가씨, 심각한 제안이오.
마거릿 [혼잣말로]
쳇, 여자가 붙들린 게 한 번뿐인가!
서폭 아가씨, 어째서 그런 말을 하시오?
마거릿 미안해요. 오는 말에 가는 말이죠.
서폭 얌전하신 공주님, 왕비가 되신다면
포로라는 입장이 복된 게 아니오?
마거릿 부자유한 왕비는 비천한 노예보다
형편이 못해요. 왕자와 왕녀는
자유로워야 돼요.
서폭 자유롭게 되실 거요.
행복한 잉글랜드 왕이 자유롭다면.—
마거릿 그분의 자유가 내게 무슨 상관이죠?
서폭 아가씨가 왕비가 되시게끔 주선하겠소.
손에는 황금 홀을 잡고 머리엔
보배로운 왕관을 쓰시게 만들겠소.
내게 약속한다면.—
마거릿 무슨 약속인데요?
서폭 왕을 사랑한다고.
마거릿 저는 헨리 왕의 아내 될 자격이 없어요.
서폭 도리어 내가 이렇게 어여쁜 아가씨에게
그의 아내가 되라고 구애할 자격이 없소.
[방백] 내가 선택했지만 내 몫은 없지.—
아가씨, 어떠시오? 마음에 드시오?
마거릿 아버님이 좋다고 하시면 나도 좋아요.
서폭 부대장들을 불러오고 깃발을 내걸어라.
그리고 아가씨, 부친의 성 앞에서
그분과의 회담을 요청하겠소.
[부대장들과 깃발들과 나팔수들 등장. 회담 신호가 울린다. 앤주 공작 레이니어가 성 위에 등장]
보시오, 레이니어. 당신 딸이 포로요.
레이니어 누구에게?
서폭 내게요.
레이니어 무슨 수 없겠소?
나 자신이 군인이라 울 생각이 없으며
운수의 변덕을 탓하지도 않겠소.
서폭 물론 좋은 수 많소, 공작.
동의하시오. 당신의 영광이 걸려 있소.
당신 딸과 우리 왕을 맺는 것이오.
그 일에 대해 그녀를 가까스로 설득했소.
그래서 당신 딸은 쉬운 포로 생활로
왕비의 자유를 얻는 것이오.
레이니어 서폭은 생각하고 말하시오?
서폭 마거릿이 알 듯,
서폭은 아첨이나 거짓이나 꾸밈이 없소.
레이니어 당신의 신사적 보증에 의하여
정당한 질문에 대답하려고 내려가오.
서폭 그럼 나는 여기서 기다리겠소.
[위에서 레이니어 퇴장]
[나팔들이 울린다. 레이니어 등장]
레이니어 용맹한 백작. 이 영토에 오심을 환영하오.
앤주에서 원하는 무엇이든 말씀하시오.

서폭 고맙소, 레이니어. 착한 딸을 두시어 복이 많으니
왕의 배필 되기에 적절한 아가씨요.
내 제안에 귀공은 뭐라 대답하시오?
레이니어 미거한 것을 위해 그토록 높은 분의
신부가 되도록 구혼해 주시니,
내 영지 메인과 앤주를 핍박이나
전쟁 없이 조용히 즐기는 조건으로
헨리 왕이 원하시면 본인의 여식을
그분의 신부가 되게 하겠소.
서폭 그것이 몸값이오. 그녀를 인도하시오.
당신이 말한 두 지방은 귀공이
아무런 간섭 없이 조용히 즐기도록
내가 힘쓰겠소.
레이니어 그러면 나는—헨리 왕의 이름으로
다시금 선한 왕의 대리에게 말하건대—
혼약의 표시로 딸애의 손을 주오.[78]
서폭 프랑스의 레이니어, 이것은 왕의 일이라
왕에게 어울리는 감사를 드리오.
[방백] 하지만 이런 거래에서 나에 대해
변호인 노릇 하는 게 잘난 짓이야.
[레이니어에게] 그러면 이 소식을 갖고 돌아가
엄숙한 결혼식을 치르게끔 준비하겠소.
잘 있으시오, 레이니어. 이 보화를
황금빛 궁궐에 간수하오. 그래야 옳소.
레이니어 기독교인 헨리 왕이 이 자리에 계신 듯
이처럼 귀공을 진심으로 포옹하오. [레이니어 퇴장]
마거릿 안녕히 가셔요. 마거릿은 서폭 님께
축복과 찬사와 기도를 늘 보내겠어요.
[그녀가 떠나려 한다.]
서폭 안녕, 어여쁜 아가씨. 그러나 마거릿,
우리 왕께 멋진 인사는 드리지 않소?
마거릿 소녀, 처녀, 하녀로서 합당한 인사를
그분께 드려요. 그런다고 알리셔요.
서폭 곱게 엮은 말씨며 얌전한 인사다.
[그녀가 떠나려 한다.]
아가씨, 다시금 번거롭게 해야겠소.
전하께 드리는 정표가 없소?
마거릿 있어요. 이제껏 사랑으로 물들지 않은
순결하고 흠 없는 마음을 왕께 보내요.
서폭 그리고 이것도.
[그녀에게 키스한다.]
마거릿 그건 당신 거예요. 장난 같은 표시를
왕께 보낼 처지가 아니에요. [퇴장]
서폭 오, 내 거였으면! 아서라, 서폭!
그런 미로를 방황하면 안 되지.
거기엔 미노토[79]와 흉계가 숨어 있어.
그녀를 칭찬하여 헨리를 유혹하되,
그녀의 뛰어난 성품을 기억해라.
인공이 필요 없는 자연의 어여쁨이야.
가는 동안 그 모습을 자주 생각하다가
헨리 왕의 발부리에 무릎을 꿇고
정신이 나갈 만큼 황홀히 만들겠다. [퇴장]

## 5. 5

[요크 공작 리처드, 워릭 백작,
양치기 등장]
요크 공작 리처드 화형 선고를 받은 마녀를 데려오라.
[조운 라 퓨셀이 호송되어 등장]
양치기 아이고, 얘야, 아비 속이 새카맣다.
멀고 가까운데 모두 찾아다니다가
이제야 우연찮게 널 찾아냈는데,
끔찍스레 죽는 꼴을 보아야 하냐?
오, 딸아, 예쁜 딸아, 나도 같이 죽겠다.
조운 늙어빠진 촌것아, 천한 녀석아,
난 그거보담 귀한 집 자손이야.
넌 내 아비도 아니고 알지도 못해.
양치기 저런! 저런! 대감님들, 그게 아니오.
제가 낳은 아이요, 온 교구가 알아요.
엄마도 살아 있어 저의 목동 시절의
첫 열매였다는 걸 증거할 수 있다고요.
워릭 [조운에게]
매정한 것, 부모를 부인해?
요크 공작 리처드 이것을 봐도 그녀의 평생을 알 수 있소.
못되고 악하오. 죽음이 결론이오.

78 '손을 주다'는 '정식으로 약혼하다'라는 뜻이다.
79 그리스신화에 나오는 미노토(미노타우로스)는 머리는 사람이고 몸은 소처럼 생긴 괴물로서, 도저히 빠져나갈 수 없는 교묘한 '미로'에 갇혀 있다.

양치기 아서라, 얘야. 마냥 고집이구나.
네가 내 살 한 쪽인 걸 하느님도 아셔.
이 몸이 너 때문에 눈물 깨나 흘렸어.
착한 딸아, 제발 나를 모른 체하지 마.

조운 촌것아, 저리 가. [잉글랜드 사람들에게]
내 신분 낮추려고
너희가 이 노인을 매수했구나.

양치기 [잉글랜드 사람들에게]
재 어미와 결혼한 그날 아침 신부님께
한 냥 반 드린 게 정말이에요.
[조운에게] 무릎 꿇고 아비 축복받아라, 착한 딸아.
꿇지 않겠냐? 그러면 네가 태어난 때가
저주받아라! 네가 어미젖 빨 때에
그게 쥐약이었다면 차라리 괜찮았지.
들에서 네가 양 칠 때 굶주린 늑대가
널 삼켰다면 되려 좋았겠지.
아비를 부인해? 이 망할 년아!
태워요, 태워! 교수형이 과분해요. [퇴장]

요크 공작 리처드 [호송병들에게]
데려 내가라. 너무 오래 살려둬서
온 세상을 악으로 가득 채웠다.

조운 먼저 네가 누굴 죽이는지 알려주겠다.
난 양치기의 딸이 아니라
왕들의 후손으로 태어난 사람이야.
세상에서 놀라운 기적을 일으키도록
거룩하신 은혜의 영감으로 선택받은
선하고 성결한 사람이라고. 절대로
악한 귀신들과는 상관하지 않았어.
하지만 욕심으로 찌든 너희들,
죄 없는 자의 무고한 피에 젖고,
온갖 죄악에 물들고 썩은 자들,
남이 가진 은총을 못 가졌기 때문에
마귀의 도움 없이 절대로 기적은
일어날 수 없다고 멋대로 단정하지.
잘못됐어. 난 갓난애 때부터
순결한 처녀였고 생각조차 순수하고
정결해서, 이처럼 처참히 흘리는
순결한 처녀의 피가 천국 문에서
복수를 호소하며 부르짖을 거야.

요크 공작 리처드 됐다. 됐다. 그만해라. [호송병들에게]
처형장에 데려가라.

워릭 [호송병들에게]
너희는 들어라. 저 여자는 처녀이니
땔감을 아끼지 마라. 넉넉히 준비하라.
화형대에 역청을 군데군데 가져다가
그녀의 고통을 짧게 만들어라.

조운 완악한 너희 속을 돌려놓지 않겠냐?
그렇다면 내 몸이 어떤지 알려주겠다.
그런 때는 법에 의해 권리가 보장된다.
피에 주린 살인마들, 난 임신했다.
내 몸속의 열매를 죽이지 마라.
난폭한 죽음으로 날 끌어가지만.—

요크 공작 리처드 오우 맙소사, 성처녀가 애를 뱄어?

워릭 [조운에게] 네가 이룬 기적 중에 가장 큰 거다.
엄격한 도덕성이 이 지경이 됐냐?

요크 공작 리처드 저 여자와 왕세자가 장난쳤다.
최후의 피난처가 무얼지 궁금하더니.

워릭 안됐지만 사생아는 살려두지 않는다.
더욱이 왕세자가 아비라 하면.—

조운 네가 잘못 아누나. 그분 애가 아니야.
나와 사랑 즐긴 건 앨런선[80]이지.

요크 공작 리처드 유명한 마키아벨리[81] 앨런선이냐?
목숨이 천 개라도 아이는 죽어.

조운 잠깐만. 당신들이 내 말을 오해했다.
왕세자도, 방금 말한 공작도 아니고
나를 꾄 건 나폴리 왕 레이니어지.

워릭 유부남하고? 절대로 묵과할 수 없다.

요크 공작 리처드 껄렁한 계집이군. 저도 잘 몰라.
너무 많아 자기도 집어내지 못한다.

워릭 헤벌리고 지냈단 뜻이오.

요크 공작 리처드 그런데도 자기는 순결한 처녀라고!
[조운에게]
창녀, 너와 네 새끼를 네 말로 고발한다.
쓸데없다. 호소할 생각 마라.

80 조운 라 퓨셀은 배 속의 아기 아버지가 그들이 가장 싫어하는 찰스가 아니라고 주장한다. 그러나 실제로 그녀는 오래 갇혀 있어서 임신하지 않은 것이 증명되었다.

81 이름난 현실 정치 이론가 마키아벨리는 16세기 사람이고 조운 라 퓨셀(잔 다르크) 사건은 15세기에 발생했다. 셰익스피어 자신의 시대착오였지만 당시 관객은 그런 일에 괘념하지 않았다.

조운 그럼 날 끌어가. 저주를 남기겠다.
빛나는 해가 너희 사는 나라엔
비추지 말고, 어둡고 음침한
죽음의 암흑만 너희를 에워싸서
불행과 절망으로 모가지를 꺾거나
스스로 목을 매어 모두 죽어라.
요크 공작 리처드 산산이 부서져서 재나 되어라.
저주받은 더러운 지옥사자야!
[조운이 호송되어 퇴장]
[대주교가 된 윈체스터 등장]
윈체스터 총독, 전하의 칙서를 대동한 내가
귀공에게 인사하오. 여러분이 아실 일은
그리스도의 나라들이 난폭한 이 싸움을
심각한 유감이라 생각하여 우리나라와
야심 많은 프랑스 간에 영구한 평화를
간절히 바란다는 사실이오. 그리하여
왕세자와 그 일행이 모종의 문제를
논의하기 위하여 곧 이리 도착하오.
요크 공작 리처드 온갖 우리 수고가 이렇게 끝나오?
그토록 수많은 귀족과 부대장과
신사와 병사들이 이 싸움에서
나라 위해 쓰러지고 몸 바쳐 죽었는데
여자처럼 나약한 평화를 맺는 것이
결과라는 말이오? 위대했던 조상들이
정복하여 얻었던 성읍들의 대부분을
반역과 속임수와 흉계로 잃지 않았소?
아, 워릭, 워릭, 프랑스 영지 전부를
완전히 잃을 날을 안타까운 마음으로
내다보게 되는구려.
워릭 요크 공, 참으시오. 화평을 맺어도
엄격하고 냉혹한 조건들을 내걸어
프랑스가 별 이익을 못 챙기게 하겠소.
[왕세자 찰스, 앨런선 공작, 올리언스의
서자, 앤주 공작 레이니어 등장]
찰스 잉글랜드의 귀공들, 프랑스에 이처럼
평화로운 휴전을 선포키로 한 만큼
조약의 조건들이 무엇들인지
직접 듣기 위해서 이 자리에 와 있소.
요크 공작 리처드 윈체스터, 말하시오. 역겨운 적을 보니
독약을 삼킨 듯 화가 치밀어
목이 막혀버리오.
윈체스터 왕세자 및 수행원 제위, 다음의 조건이오.
헨리 왕의 허락을 전제하면서,
순전한 동정과 자비로운 심정으로
이 나라가 전쟁의 아픔을 벗어나고
풍요한 평화 속에 숨을 쉬기 위하여
헨리 왕께 충성하는 신하가 되는 것이오.
그리고 왕세자는 왕께 조공을 바치고
항복하는 조건으로 헨리 왕 아래
프랑스 총독으로 임명받을 것인데,
왕의 권세는 언제나 누리게 되오.
앨런선 그렇다면 세자는 단지 그림자이며
이마는 조그만 관으로 장식하지만
권력의 실세에 있어서는 기껏해야
개인적 특권에 불과하다는 거요?
이런 제안은 당찮고 불합리하오.
찰스 내가 이미 프랑스 영토의 절반 이상
소유하고 있으며 거기서는 왕으로
추대되고 있음은 알려진 사실이오.
정복이 안 되는 나머지를 위해서
전체의 총독이란 이름을 얻기 위해
그와 같은 왕의 특권을 줄일 듯싶소?
안 되오, 특사. 더 얻고자 하는 욕심 때문에
모두 얻을 가능성을 완전히 잃기보다
지금 내게 있는 것을 유지하겠소.
요크 공작 리처드 찰스, 모욕 마오. 내밀한 방법으로
중간에 다리 놓아 동맹하길 바라더니
사태가 타협으로 기우는 것을 보자
저울질을 하면서 거리를 두오?
자기에게 과분한 명칭을 수락하시오.
이것은 우리 왕이 당신께 주는 은덕일 뿐,
당신의 공적에 대한 대가가 아니오.
그것이 싫다면 끝없는 전쟁으로 괴롭히겠소.
레이니어 [찰스에게 방백]
왕세자, 협의하는 과정에서 사소한 일에
외고집 부린다면 잘못하는 짓이오.
이번 일을 그르치면 십중팔구
이런 기회는 다시 오지 않소.
앨런선 [찰스에게 방백]
솔직히 말하자면, 귀공의 정략은
매일 보는 살육과 살상에서 백성들을
구한다고 하면서, 우리가 계속해서

공격하기 때문에 그런 일이 생겨요.
그러니까 이번 휴전 제의를 수락하세요.
마음에 안 드시면 깨버릴 수 있어요.
워릭 찰스, 어쩔 셈이오? 조건대로 하겠소?
찰스 예, 하지요.
다만 우리 쪽 수비대가 있는 성읍은
관심 두지 않는다는 조건이 있소.
요크 공작 리처드 그렇다면 우리 왕께 충성을 맹세하고
잉글랜드 왕권에 거역하지 않겠으며
반항하지 않겠음을 기사로서 맹세하고
당신의 귀족들도 다 함께 맹세하오.
[그들이 맹세한다.]
적당한 시기에 군대를 해산하오.
이로써 우리는 엄숙한 평화를 받아들이오. [모두 퇴장]

## 5. 6

[서폭 백작이 헨리 왕, 글로스터 공작,
엑서터 공작과 함께 논의하며 등장]
헨리 왕 [서폭에게]
고귀한 백작, 아름다운 마거릿에 대한
당신의 놀라운 묘사에 얼떨떨하오.
타고난 어여쁨으로 치장한 성품마저
깊은 사랑의 열정을 마음에 일으키오.
사나운 폭풍이 몹시 큰 배를
파도에 맞부딪게 하듯이 나 역시
그녀의 명성만 듣고서 밀려가다가
난파하지 않으면 사랑의 결실을
맺을 만한 장소에 도달해야 되겠소.
서폭 오, 전하, 제가 대강 드리는 이야기는
그녀에 대한 칭찬의 서막일 뿐입니다.
아리따운 아가씨의 주요한 장점을
형언할 능력이 넉넉하다면
어떤 멍청한 머리라도 혹하게 만들
매혹적인 글귀로 책 한 권은 되겠고
더욱 훌륭한 것은 그토록 성스럽고
온갖 뛰어난 즐거움이 가득하면서
겸손하고 다소곳한 마음으로 전하를
주인으로 사랑하고 섬기기 위해
전하의 명령을—오로지 선하고
정숙한 명령만을—기다리고 있습니다.
헨리 왕 헨리는 그녀밖에 생각이 없소.
[글로스터에게]
그런고로 섭정은 마거릿 아가씨가
잉글랜드 왕비가 되는 일에 동의하시오.
글로스터 죄스러운 아첨에 동의함과 같으오.
아시는 바와 같이 전하께서는
고명하신 부인과 이미 약혼하셨소.[82]
그러니 그 혼약은 어떻게 처리해야
전하의 명예에 욕이 되지 않겠소?
서폭 왕이 법에 어긋나게 맹세하거나,
무술 시합에서 실력을 시험키로
맹세했으되 상대가 약하다는 이유로
시합장을 떠날 수도 있는 것이오.
가난한 백작 딸은 너무 약한 상대라
약조를 취소한다고 쉽게 파약할 수 있소.
글로스터 마거릿이 그녀보다 무엇이 잘났소?
그녀의 아버지는 칭호는 굉장하나
백작보다 나을 게 전혀 없겠소.
서폭 아니오. 그녀의 아버지는 왕이오.
나폴리의 왕이며 예루살렘 왕이오.
또한 프랑스에선 대단한 세력가라
그와의 동맹은 평화를 강화하고
프랑스인의 충성을 보장하오.
글로스터 아르마냑 백작도 왕세자와 가까운
친척이므로 그와 마찬가지요.
엑서터 또한 부자라 후한 지참금을 보장하오.
레이니어는 주기보다 받을 형편이오.
서폭 지참금? 당신들의 임금이 사랑 아닌
재물 때문에 아내를 택할 만큼
천하고 궁한 거로 모욕하지 마시오.
헨리 왕은 왕비를 부유하게 할 수 있소.
장사치가 소나 양, 말 따위를 흥정하듯
가난뱅이 농사꾼만 아내감을 흥정하오.
결혼이란 거간꾼이 중간에 서서
흥정하기보다는 훨씬 값진 일이오.
우리가 원하는 여자가 아니라
전하께서 진정으로 원하시는 여인이

82 앞서 5막 1장 41~45행에서 아르마냑 백작 딸과 혼인하겠다고 약속했었다.

전하의 배필이 돼야 하오. 그러므로
전하께서 그녀를 몹시 사랑하시는 것이야말로
어떤 이유보다 중요한 이유요.
우리는 그녀에게 우선권을 줘야 하오.
억지로 맺은 결혼은 지옥이며
평생토록 불화와 다툼의 원인이 아니오?
원하는 결혼은 행복을 가져오고
천국의 평화를 나타내는 본보기요.
헨리 왕을 누구와 짝지어 드리겠소?
왕의 딸인 마거릿이 아니면 누구요?
비할 데 없는 외모는 신분과 합하여
확실히 왕하고만 어울리겠소.
그녀의 용기와 굽힘 없는 정신은
보통 여자에서는 볼 수 없는 것으로
왕손을 바라는 우리 희망에 응할 것이오.
정복자의 아드님인 우리 헨리 왕이
마거릿처럼 아름다고 고상한 여인과
사랑의 가약을 맺으신다면
더 많은 정복자를 낳으시겠소.
그러므로 여러분은 양보하고 나와 함께
오로지 마거릿을 왕비로 정하시오.

헨리 왕 고귀한 서폭 공, 당신이 전하는
말의 힘인지, 또는 젊은 내 나이가
불타는 사랑의 열정으로 물든 적이
없었던 탓인지는 모르겠으나
확실한 사실은, 내 마음속에
날카로운 대립이 생겼단 거요.
희망과 공포의 맹렬한 나팔소리에
생각이 복잡하고 어지러워서
귀공은 지체 없이 프랑스로 가시어
어떤 약정에도 동의하고 마거릿이
헨리 왕의 충실한 왕비가 되게끔
바다 건너 이 나라로 오리라는 약속을
받아내시오. 당신의 비용과
넉넉한 재정을 위해 백성들에게
수입의 10분의 1을 걷도록 하시오.
속히 가시오. 당신이 돌아올 때까지
천만 가지 근심에 시달리겠소.
[글로스터에게]
그리고 숙부, 반대 의사를 버리세요.
지금이 아니라 예전의 숙부로
판단한다면 이처럼 내 뜻대로
서두는 것을 이해할 테지요.
아무도 없는 데서 나 혼자 슬픔을
되새길 테니 나를 거기에 데려다주오.
[엑서터와 함께 퇴장]

글로스터 음, 처음부터 끝까지 슬플 테지. [퇴장]

서폭 이래서 서폭은 승리하였다.
나는 예전 파리스[83]가 사랑을 찾아
그리스로 갔듯이 프랑스로 향한다.
그러나 트로이 왕자보다 성공하겠다.
마거릿은 왕비로서 왕을 다스리지만
나는 그녀와 왕과 나라를 다스리겠다. [퇴장]

83 그리스신화에 나오는 이야기로, 트로이의 왕자인 파리스가 목동으로 변장하고 그리스의 아리따운 왕비인 헬렌에게 접근한다.

# 헨리 6세 제2부
# *Henry VI, part 2*

## 연극의 인물들

### 왕의 당파

헨리 6세

마거릿 왕비

글로스터 공작 험프리 왕의 숙부, 잉글랜드의 섭정

엘리너 공작 부인 글로스터 공작의 아내

보포트 대주교 윈체스터 주교, 글로스터의 숙부이며 왕의 종조부

윌리엄 들 라 폴 후작 서폭 공작

버킹엄 공작

소머셋 공작

늙은 클리포드 공

젊은 클리포드 클리포드의 아들

### 요크 공작의 당파

리처드 플랜태저넛 요크 공작

에드워드 마치 백작 ┐ 요크 공작의 아들들

리처드 ┘

솔즈베리 백작

워릭 백작 솔즈베리 백작의 아들

### 청원서들과 결투

토머스 호너 갑옷 장인

피터 섬 토머스 호너의 일꾼

청원자들, 이웃들, 도제들

### 마술

존 험 ┐ 사제들

존 사우스웰 ┘

마저리 저데인 마녀

로저 볼링브룩 마술사

혼령

### 가짜 기적

샌더 심콕스

심콕스의 아내

세인트 올번스의 시장

세인트 올번스의 시의원들

세인트 올번스의 형리

### 엘리너의 고행

글로스터의 하인들

런던의 보안관

존 스탠리 경

의전관

### 글로스터의 살해

두 자객

평민들

### 서폭의 살해

부관 함선의 지휘관

그 배의 주인 선장

선장의 조수

월터 휫모어

두 신사

### 케이드 반란

잭 케이드 반란 주동자

푸줏간 딕 ┐

직조공 스미스 │ 케이드의 추종자들

톱장이 ┘

존

반란자들

에마뉘엘 채텀의 서기

험프리 스태포드 경

윌리엄 스태포드의 아우

세이 공

스케일즈 공

매슈 거프

알렉산더 아이든 켄트의 지주

런던 시민들

### 기타

보스 전령

역마부

전령들

군인

수행원, 경비원, 하인, 병사, 매잡이, 고수들

# 헨리 6세 제2부
# 그리고 훌륭한 험프리 공작의 죽음

## 1. 1

[나팔 주악, 조금 뒤에 오보에 주악. 한쪽 문으로
헨리 6세, 글로스터 공작 험프리, 소머셋 공작,
버킹엄 공작, 보포트 대주교, 기타 등장. 다른
문으로 요크 공작, 마거릿 왕비와 함께 서폭
후작, 솔즈베리 백작, 워릭 백작 등장]

서폭 존귀하신 황제[1]의 대리인으로
제가 프랑스로 떠날 때 마거릿 공주님과
혼례식 올릴 것을 명하신 그대로
이름난 옛 도시 투어에서 프랑스와
시실리의 왕들과 올리언스와
캘러버, 브리튼, 앨런선 공작들과
일곱 명의 백작과 열두 명의 남작과
스무 명의 거룩한 주교 앞에서
사명에 따라 혼례식을 거행하였고
이제 겸손히 무릎 꿇고 잉글랜드와
모든 귀족 앞에서 왕비에 대한 제 권한을
존귀하신 전하 손에 넘겨드리니,
제가 대신하였던 위대한 그림자의
실체가 전하이신 까닭이지요.
후작이 드릴 수 있는 최상의 선물,
일찍이 왕이 받은 가장 어여쁜 왕비십니다.

헨리 왕 서폭, 일어서오. 마거릿 왕비, 잘 오셨소.
이 같은 키스만큼 자연스런 표시보다
사랑을 표할 수 없소. 삶을 주시는 주여,
감사에 넘치는 마음을 주시옵소서!
서로의 사랑이 두 마음을 뭉칠 때
아름다운 저 얼굴로 주님은 제 영혼에
온 세상의 천만 가지 축복을 주셨습니다.

마거릿 왕비 잉글랜드의 위대한 왕이시며
이 몸의 자애로운 주인이시여,
밤이나 낮이나 생시나 꿈이나
귀족들의 모임에서나 혼자 기도할 때나
저의 가장 사랑하는 주인님과 친밀한
마음의 대화를 가졌으니, 짧은 지혜가
저에게 허락하는 거친 말씨로
용기를 내어 전하께 인사드려요.

헨리 왕 겉모습에 끌렸소만, 그녀의 말씨는
화려한 지혜로 옷 입은 것이라
눈물의 감격 속에 나를 몰아넣으오.
그토록 내 가슴은 만족으로 충만하오.
귀공들, 한소리로 내 사랑을 환영하시오.

귀족들 [무릎 꿇으며]
잉글랜드의 행복이여, 마거릿 왕비 만세!

마거릿 왕비 모든 분께 감사해요.
[주악. 모두 일어선다.]

서폭 섭정 대공, 괜찮으시면 보십시오.
우리 전하와 프랑스의 찰스 왕이
합의하여 성립시킨 18개월 동안의
평화 협정 조항들이 여기에 적혀 있소.

험프리 공작 [읽는다.] "첫째로, 프랑스 왕 찰스와
잉글랜드 헨리 왕의 특사인 서폭 후작
윌리엄 들 라 풀 간에, 다음 5월 13일
이전에 상기한 헨리 왕이 나폴리와 시실리와
예루살렘의 르네 왕의 딸 마거릿 공주와
혼인하여 그녀를 잉글랜드 왕비로 대관하기로
약정하다.
일. 앤주의 공작령과 메인의 백작령은
차안에서 제외하여 그녀의 부친인 왕에게
넘기기로—"
[그가 문서를 떨어뜨린다.]

헨리 왕 숙부님, 웬일이오?

험프리 공작 전하, 용서하십시오.
갑자기 속이 안 좋고 심장이 질리고
눈이 침침해져서 더 읽지 못합니다.

헨리 왕 [보포트 대주교에게]
윈체스터 조부님, 계속 읽어주십시오.

보포트 대주교 [읽는다.] "일. 이에 더하여 양인은
앤주와 메인의 공작령을 제외하여 그녀의
부친에게 넘기며 그녀는 지참금 없이
잉글랜드 왕의 비용과 부담으로 잉글랜드로
보내기로 합의하다."

헨리 왕 조항들이 매우 좋소. [서폭에게]
후작, 무릎 꿇으오.

1 헨리 6세는 잉글랜드, 프랑스, 아일랜드 등 여러 왕국을 다스리는 '황제'였다.

이로써 귀공을 공작으로 서품하며,
검을 채워드리오. 요크, 오늘부터
18개월이 모두 지나기까지
프랑스 지역 총독의 직책을 면하오.
윈체스터 조부, 글로스터 숙부,
요크, 버킹엄, 소머셋, 솔즈베리,
그리고 워릭, 매우 고맙소.
왕비에 대한 환영으로 크게 호의를
보인 일에 대하여 모두에게 감사하오.
자, 들어갑시다. 되도록 서둘러서
그녀의 대관식을 거행하게 하시오.

[주악. 헨리 왕, 마거릿 왕비, 서폭 퇴장]

[험프리 공작이 나머지를 멈춰 세운다.]

험프리 공작 잉글랜드의 기둥인 훌륭하신 귀공들,
험프리의 슬픔만 아니라 자신들과
온 나라의 슬픔을 털어놔야 하겠소.
내 형 헨리 5세가 젊음과 용맹과
재물과 백성을 전쟁에 쏟아 넣고
겨울의 추위와 타는 여름 더위에
황량한 들판에서 잠자곤 하던 것은
자신의 진정한 유산인 프랑스를
정복하기 위함이며, 베드포드 아우는
형이 얻어놓은 것을 정책으로 지키려고
골머리를 썩였으며, 소머셋, 버킹엄,
용감한 요크, 솔즈베리, 승전의 용사 워릭,
당신들은 프랑스와 노르망디 땅에서
깊은 상처를 받았으며, 보포트 숙부와 나는
유식한 이 나라의 막료들과 더불어
오래도록 연구하고 프랑스와 그 백성을
어떻게 두려움에 묶어둘 수 있는지
토론차 늦게까지 추밀원에 앉았으며
적들을 무릅쓰고 연소한 전하를
파리에서 대관식을 올리도록 하였소.
그런데 그 수고와 명예가 죽어야겠소?
헨리 왕의 정복과 베드포드의 노력과
당신들의 무공과 우리의 정책들이
죽어야겠소? 잉글랜드 귀족 제위,
조약은 수치요, 혼인은 파멸이오.
당신들의 명성을 무효화하고
역사에서 말살하며 공적을 삭제하며
정복지 프랑스의 기념비를 깎아내니
모두가 사라지고 없던 일이 되었소.

보포트 대주교 조카, 그런 열띤 웅변이 무슨 뜻이고
그토록 자세한 장광설이 무슨 뜻이오?
프랑스는 우리 것이오. 언제든 가질 수 있소.

험프리 공작 예, 숙부. 가질 수 있다면 가지고 싶소.
그러나 이제는 가질 수 없게 됐소.
횃대를 다스리는[2] 공작인 서폭은
앤주와 메인을 가난뱅이 왕에게
넘겨줬는데 그자의 굉장한 칭호들은
홀쭉한 주머니와 어울리지 않소.

솔즈베리 만인을 위해 돌아가신 주님의 죽음으로,
그 땅들은 노르망디로 들어가는 열쇠 같았소.
용맹한 내 아들 워릭은 왜 우나?

워릭 그 땅을 회복할 수 없어서 슬퍼합니다.
다시 정복할 희망이 있다면 내 칼은
더운 피를 흘리되 눈은 눈물을 안 흘리겠습니다.
앤주와 메인? 나 자신이 그 두 곳을 얻었습니다.
그 영토를 이 손으로 정복했어요.
부상을 당하면서 얻었던 성읍들이
부드러운 말과 함께 다시 돌아온다고요?
오, 맙소사!

요크 서폭이 공작이니, 숨통이 막히누나.
용맹한 이 땅의 명예를 더럽혔다!
프랑스가 심장을 뜯어내기 전에는
나는 그런 결합에 굴복하지 않았겠소.
잉글랜드 왕들은 반드시 아내와 함께
막대한 돈과 혼수품을 챙긴 일로 읽었지만,
헨리 왕은 아무것도 못 가져온 여자에게
제 쪽에서 답례로 지참금을 준 것이오.

험프리 공작 서폭이 그 여자를 데려온 비용으로
세금의 15분의 1을 요구한다니,
전대미문의 웃기는 소리요!
프랑스에 그냥 남아 굶어야 하는 일이오.
그런데—

보포트 대주교 글로스터 공작, 너무 흥분하셨소!
이 일은 전하께서 원하신 것이었소.

험프리 공작 윈체스터 공, 당신 속이 빤하오.

2 닭장에서 장닭이 횃대를 다스리듯 새로 공작이 된 서폭이 왕의 내실을 다스리게 되었다고 비아냥거린다.

당신이 싫은 것은 내 말이 아니라
내 존재 자체를 향하오.
교만한 성직자, 심보가 드러나오.
당신 낯에 심술이 나타나오. 더 있으면
해묵은 다툼이 다시 시작되리오.
잘들 계시오. 내가 간 후에 내가 이미
프랑스의 상실을 예언했다 하시오. [퇴장]

보포트 대주교 음, 섭정이 성을 내며 나가는군.
잘 아는 바와 같이 저 사람은 내 적이오.
그 이상이오. 모두의 적이 되오.
왕에게도 대단한 친구는 아닌 듯하오.
귀공들, 저 사람이 잉글랜드 왕위에
가장 가까운 1순위임을[3] 잊지 마시오.
헨리 왕이 혼인으로 하나의 제국과
서방의 모든 부자 왕국을 차지한대도
저 사람이 싫어할 이유가 있소.
조심하시오. 저 사람의 매끈한 말씨에
현혹되지 마시고 현명하게 살피시오.
평민들이 저 사람을 찬양하여 "험프리,
선하신 글로스터 공작"이라 부르며
손뼉 치고 큰 소리로 "예수여, 왕자님을
보살피소서!" "하느님, 선하신 공작님을
보호하소서!"라 외치지만 상관없소.
이 모든 아첨의 광채 속에 그자가
위험한 섭정임이 드러날까 걱정이오.

버킹엄 공작 전하께서 다스릴 나이가 되셨는데
어째서 그 사람이 섭정으로 있는가요?
소머셋 사촌, 내게 합세하시오. 다 같이
서폭 공작과 함께 험프리 공작을
섭정의 자리에서 급히 들어냅시다.

보포트 대주교 중차대한 이 일은 지체를 불허하오.
나는 서폭 공작에게 달려가겠소. [퇴장]

소머셋 버킹엄 사촌, 험프리의 교만과 높은 지위가
우리에게 슬프지만 건방진 대주교를
예의 주시합시다. 그의 방자한 행위는
이 나라의 모든 공작들의 교만보다
참기 어렵소. 글로스터가 쫓겨나면
그자가 섭정이 되겠소.

버킹엄 소머셋, 험프리나 대주교에 대항하여
당신이나 내가 섭정이 됩시다.
[버킹엄과 소머셋 퇴장]

솔즈베리 교만이 앞서가고 야망이 뒤따르오.
이자들이 욕심을 채우려고 애쓰는 동안
우리는 마땅히 나라 위해 애써야 하오.
내가 보니 글로스터 공작의 몸가짐이
언제나 고결한 신사의 태도였소.
교만한 대주교를 자주 봤는데
성직자이기보다는 군인에 가깝소.
모든 자에 군림하듯 오만하고 건방지고
깡패같이 욕질하고 나라의 지도자로
어울리지 않게끔 행실이 비열하오.
늙은 나의 위안인 내 아들 워릭,
네 공적과 솔직함과 이웃 간의 친절이
험프리 공작 외에는 평민들의 인기를
가장 많이 끌었어. 그리고 요크 매부,[4]
아일랜드 백성에게 질서를 부여한
당신의 업적과 우리 왕의 총독으로
최근에 프랑스 한복판에 이룩한
당신의 무공은 백성들 사이에
두려움과 존경심을 일으키셨소.
서폭과 대주교의 교만과 소머셋과
버킹엄의 야망을 되도록 억제하고
내리눌러 나라의 이익을 위해
한데 힘을 합쳐서 험프리 공작이
나라의 이익을 힘써 도모할 때
할 수 있는 만큼 돕도록 합시다.

워릭 하느님, 워릭을 도우시어 이 나라와
모두의 이익을 사랑하게 하소서!

요크 나도 같은 말이오. [방백] 명분이 가장 크오.[5]

솔즈베리 그러면 가서 중대한 사안을 다룹시다.

워릭 중대사요? 오, 아버지, 중대사는 갔습니다.
워릭이 무력으로 얻었던 메인 영지는
목숨이 다하는 한 우리 영지였을 건데!
중대사라 하셨지만 제게는 메인을 뜻해요.
프랑스에서 다시 뺏지 못하면 죽겠습니다.
[워릭과 솔즈베리 퇴장]

3 헨리 6세가 아직 자식이 없고, 글로스터는 헨리 5세의 살아남은 유일한 아우였으니 왕위 계승권의 1위였다.
4 요크 공작은 솔즈베리의 누이동생과 결혼했다.
5 왕의 조부 헨리 4세의 후손으로 왕권의 후계자로 내심 자처하고 있는 까닭이다.

요크 앤주와 메인이 프랑스에 넘어가고
파리를 잃었고 그것들이 갔으니
노르망디 자체가 매우 위태롭다.
서폭이 조항들을 결정하고 귀족들이
동의하고 헨리 왕은 두 공작 영지를
공작의 예쁜 딸과 기꺼이 바꿨다.
그들을 욕할 수 없다. 무슨 상관인가?
자기 것이 아니고 네 것을 주었다.
해적들은 훔친 걸 싸게 팔아서
술친구를 사귀고 창녀들에게 인심 쓰고
모두 쓸 때까지는 귀족처럼 신바람 나.
그동안 가련한 물건 임자는
눈물을 뿌리며 악운의 손만 쥐어짜고
놈들이 제 물건을 나눠 갖고 가버릴 때
머리를 가로 젓고 혼자만 떨고 서서
굶어 죽게 되었건만 제 물건에 손을 못 댄다.
요크도 속 태우며 앉아서 혀를 깨물 때
자기 땅을 흥정하고 팔아먹는 판국이다.
잉글랜드, 프랑스, 아일랜드의 영토는
내 피와 살에 직접 연관되어 있다.
알타이아가 태워버린 운명의 불꽃이[6]
칼리돈 왕자 심장에 직결된 듯하다.
앤주와 메인을 프랑스에 넘겼다고!
맥 빠지는 소식이다. 기름진 이 땅에
희망을 걸었듯이 프랑스에 희망을 두었었다.
요크가 제 몫을 주장할 때가 올 테니
요크는 솔즈베리, 워릭 편에 서 있겠다.
교만한 험프리를 좋아하는 척할 테다.
기회를 엿봐서 왕권을 주장할 테다.
내가 노릴 황금의 과녁은 왕관이야.
거만한 헨리에게 권리를 뺏기지 않고
왕의 홀을 아이 손에 쥐어주지 않고
그 머리에 왕관을 놔두지 않겠다.
신심 깊은 성격은[7] 왕권에 안 맞아.
그럼 요크, 기회가 올 때까지 침묵해.
자지 않고 있다가 남이 잘 때 일어나서
국가의 비밀들을 탐지해라. 마침내
헨리가 새 신부, 비싸게 사온 왕비와
사랑의 즐거움에 취하고, 험프리가
귀족들하고 싸움을 벌일 때를 기다려.
그때 우윳빛 흰 장미를 높이 들겠다.
그 향기가 대기를 진동시킬 테고
내 깃발은 요크의 문장을 나부끼고
랭커스터 집안과 사생결단할 테다.
성경책에 심취해서 나라를 끌어내린
왕관을 내놓게 강력하게 압박할 테다. [퇴장]

## 1. 2

[글로스터 공작 험프리와 그의 아내
엘리너 등장]

엘리너 공작 부인 케레스[8]의 풍년에 무르익은 이삭처럼
고개를 수그리니 어찌 된 일이세요?
어찌하여 대공께서 이마를 찌푸리고
뭇사람의 호의에 찡그리듯 하시며
우울한 땅바닥에 시선이 박혀 있어
시야를 어둡게 하는 것만 바라보세요?
무엇이 거기 있어요? 온갖 세상 보석으로
치장한 헨리 왕의 왕관인가요?
그렇다면 왕관이 얹혀지는 그날까지
그냥 바라보다가 엎드리고 말구려.
빛나는 금관에 손을 뻗쳐 보세요.
너무 짧아요? 내 손을 더해 연장할 테요.
그 물건을 둘이 함께 들어 올려서
둘이 함께 머리를 하늘까지 쳐들고,
절대로 다시는 시선을 낮추지 말고
땅바닥에 한 번도 눈을 주지 맙시다.
험프리 공작 오, 사랑하는 엘리너, 남편을 사랑하면
야망이란 몹쓸 암을 생각에서 몰아내오.
왕이요 조카인 선량한 헨리에게
못된 마음 품는 그 순간이, 이 세상에서
내가 마지막을 숨 쉬는 순간이 돼라!
지난밤 꿈자리가 사나워 슬퍼하는 것이오.

6 칼리돈의 왕자 멜레아게르의 어머니 알타이아는 운명의 여신들에게서 아들의 목숨이 달려 있는 불꽃을 받았는데 그녀는 홧김에 그 불꽃을 꺼뜨리고 말았다. 그랬더니 아들 왕자가 죽더라는 이야기가 오비디우스의 『변신 이야기』에 나온다.
7 헨리 6세는 우유부단하였으나 신심이 깊은 사람이었다.
8 로마신화에 나오는 곡식과 수확의 여신.

엘리너 공작 부인 무슨 꿈이죠? 나한테 얘기하면
새벽에 내가 꾼 좋은 꿈을 말해 드리죠.

험프리 공작 궁정에서 직책의 표시인 내 지휘봉이
두 동강이 난 듯했소. 누군지는 잊었으나
대주교가 그런 듯싶소. 부러진 동강 끝에
소머셋 공작 에드먼드와 서폭 1세 공작
윌리엄 들 라 풀의 머리가 꽂혀 있었소.
그게 내 꿈이었소. 대체 무슨 뜻인지
하느님밖에는 알 수 없구려.

엘리너 공작 부인 쳇, 그야 험프리의 나뭇가지 하나라도
꺾는 자는 난 척한 죄로 머리를
잃는다는 뜻이지 뭐요? 하지만 여보,
다정한 험프리, 내 얘기 들어봐요.
웨스트민스터 대성당 안에 내가
보좌에 앉은 것 같더라고요.
왕과 왕비들께 왕관을 씌우는 자린데
헨리와 마거릿이 나한테 무릎 꿇고
내 머리에 왕관을 얹더라고요.

험프리 공작 안 돼, 엘리너, 당장 혼내주겠다.
난 체하는 못난 여인, 마구 자란 엘리너,
이 나라의 둘째가는 높은 여자며
섭정이 사랑하는 아내 아닌가?
네 생각의 범위가 세상 온갖 즐거움을
마음껏 누리는 처지인데도
남편과 자신을 영광의 정점에서
수치의 발부리로 추락시킬 역적질을
언제나 꾸며낼 건가? 저리 가.
이제는 그런 소리 내게 하지 마!

엘리너 공작 부인 아니 여보! 그까짓 꿈 얘기 한다고
엘리너한테 그렇게 화내기요?
다음부터 꿈 얘기는 혼자만 알고
야단맞지 않을게요.

험프리 공작 성내지 마오. 다시 기분 나아졌소.
[전령 등장]

전령 섭정 대공님, 전하께서 세인트 올번으로
달려가실 준비를 갖추라고 하십니다.
전하와 왕비께서 매사냥 하십니다.

험프리 공작 가겠다. 엘리너, 함께 갈까?

엘리너 공작 부인 그러죠. 금방 따라갈게요.
[험프리 공작과 전령 퇴장]
뒤에 따라가야 해. 험프리가 이처럼
비굴하게 굴 때엔 앞설 수 없어.
내가 남자이고 공작이고 가까운 혈통이면
시시한 장애물은 모두 치워버리고
머리 없는 목을 밟고 앞길을 트겠지만,
여자이기 때문에 운수의 행렬 중에
내가 맡은 배역에서 게으르지 않겠다.
[안을 향해 외친다.]
거기 있나? 존 험 경! 겁낼 것 없어.
우리 둘뿐이야. 너하고 나만 있어.
[존 험 경 등장]

험 예수께서 마님 '전하'를 보호하시길!

엘리너 공작 부인 무슨 말이야? '전하'라니? 난 단지 '마님'인데.

험 하느님의 은혜와 존 험의 충고로써
마님의 칭호가 여러 배로 늘어납니다.

엘리너 공작 부인 그게 무슨 말인가? 지금까지 용한 마녀
마저리 저데인과 마술사 볼링브룩과
의논했나? 내 일을 맡겠다던가?

험 마님께 보여드리겠다고 약속했습니다.
땅속 깊은 곳에서 혼령을 불러내어
마님이 물으시는 질문에 대해
대답을 하도록 시킨다고 합니다.

엘리너 공작 부인 그럼 됐다. 질문할 걸 생각해 두겠다.
세인트 올번에서 돌아온 뒤에
그런 일을 행하는 걸 모두 구경하겠다.
자, [돈을 준다.] 수고 값이다. 중요한 일
함께하는 자들과 즐겁게 한잔해. [퇴장]

험 공작 부인 돈으로 흥겨울 수밖에 없지!
아무렴 그래야지. 하지만 지금은?
입을 봉하고 아무 말도 하지 마.
이 일은 침묵의 비밀을 요구해.
마님이 마녀를 부르라고 돈을 주시니,
돈을 보면 마귀라도 안 올 수 있나!
하지만 딴 데서도 돈이 날아오거든!
부유한 대주교와 당당한 신임 공작
서폭 공이 보낸다는 말은 감히 못 해도
그렇게 되는구먼. 까놓고 말하면
마님의 야심 찬 기질을 알아차리고
함정을 파라고 나를 몰래 고용하여
머릿속에 주문을 불어넣게 하였다.
'악한은 하수인이 필요 없다' 하지만
나는 서폭과 대주교의 하수인이다.

존 험, 조심하지 않으면 두 대공님을
두 놈의 악한이라 부를 판이다.
하여튼 그러한 형편이니, 마침내
간특한 존 험이 마님을 파멸시킨다.
그녀의 역모는 험프리의 추락이다.
어찌 되든 상관없고 나는 돈을 챙긴다. [퇴장]

## 1. 3

[갑옷 장인의 일꾼 피터가 서너 명의
청원자들과 함께 등장]

청원자 1 친구들아, 가까이 모여 서자. 섭정 대공께서
이리로 지나가시니까 그때 우리가 쓴 청원서를
전달해 드리자.

청원자 2 주님, 섭정님을 섭리해 주소서! 좋은
분이십니다. 예수님, 축복하소서.
[서폭 공작과 마거릿 왕비 등장]

청원자 1 그분이 오시는가봐. 왕비님과 함께 오셔.
내가 앞에 나서야지.
[서폭과 왕비를 만나러 나선다.]

청원자 2 이리 와, 멍청아. 저분은 서폭 공작이야.
섭정 대공이 아니라고.

서폭 [청원자 1에게] 무엇인가? 내게 볼일 있는가?

청원자 1 대공님, 용서하십쇼. 섭정 대공님인 줄로
잘못 알아봤어요.

마거릿 왕비 '섭정 대공님'이라.—너희들, 대공에게
청원하는 것인가?
나 좀 보자.
[청원자 1의 청원서를 받아 든다.]
네 청원은 무엇이지?

청원자 1 전하 마님, 저의 청원은요, 존 굿먼이라고,
대주교 대공님 부하인데, 그 사람이 제 집과
땅과 아내를 모두 뺏고는 안 돌려줘요.

서폭 아내까지? 확실히 잘못된 일이군. [청원자 2
에게] 너의 청원은?
[청원서를 받아든다.]
뭐라고 썼나? [읽는다.] "서폭 공작이 멜포드
공동 초장을 둘러막은 것을 고발하며."
이 녀석, 뭔 소리야?

청원자 2 저는 우리 마을 전체를 대표하는 불쌍한
청원자에 지나지 않습니다.

피터 [자기 진정서를 바치며] 제 주인 토머스
호너를 고발합니다. 요크 공작이 왕위
계승권자라고 말했습니다.

마거릿 왕비 무슨 말인가? 요크 공작 말이 그자가
왕위 계승권자라 하던가?

피터 제 주인요? 천만에요. 주인 말은 그분이
그렇다는 거고 왕은 찬탈자라는 거였어요.

서폭 [안에 대고 외친다.] 게 누구 없느냐?
[하인 등장]
이자를 잡아넣고 즉시 수사관을 보내서
이자의 주인을 불러와라. [피터에게] 전하
앞에서 네 말을 더 들어보겠다.
[하인이 피터와 함께 퇴장]

마거릿 왕비 [청원자들에게]
섭정이 제공하는 은혜의 날개 아래
보호받길 원하는 너희에게 말하는데
청원을 새로이 작성해서 그에게 가라.
[그녀가 청원서를 찢는다.]
가라! 쓰레기 같은 것들. 서폭, 보내요.

청원자 모두 야, 우리 가자. [청원자들 퇴장]

마거릿 왕비 서폭 공작, 이런 게 이 나라 궁정의
관습인가요? 이런 게 브리튼 섬나라의
지배인가요? 이게 백악[9]의 섬나라
왕이 누리는 왕권인가요?
헨리 왕은 도대체 언제까지
침울한 섭정 밑에서 학생 노릇을 해요?
나는 호칭과 치레만 왕비일 뿐이고
공작 한 사람에게 복종해야 되어요?
당신한테 고백해요. 당신이 투어[10]에서
내 사랑의 명예를 걸고 무술 시합에서
프랑스 여인들의 마음을 홀렸을 때
용기와 우아한 태도와 체격에서
당신과 헨리 왕이 비슷할 줄 알았어요.
하지만 그 사람은 신앙에 쏠려 있고

9 프랑스에서 건너다보이는 잉글랜드 동남 해안은 흰 석회석 절벽으로 되어 있어 예전부터 '알비온', 즉 '백악'이라 불렸다.

10 프랑스 중서부의 도시. 프랑스어로는 '투르'(Tours).

묵주로 아베마리아를 헤아릴 뿐이어요.
그 사람의 용사는 선지자와 사도이며
성경의 거룩한 말씀이 무기가 되며
서재가 무술단련장이며 사랑은
시성된 성자들의 동상들뿐이어요.
대주교단에서 교황으로 그를 뽑아
로마로 모셔다가 삼중관[11]을 씌우면
훌륭하겠죠. 거룩하신 성하에게
멋있게 어울릴 위풍일 테죠.

서폭 왕비님, 참으십시오. 왕비님을
잉글랜드에 오시게 한 장본인으로
전적인 만족을 드리도록 힘쓰렵니다.

마거릿 왕비 오만한 섭정 외에, 호령하는 성직자
보포트와 소머셋, 버킹엄, 투덜대는
요크가 있어요. 그중 제일 못난 자도
잉글랜드 왕보다는 나을 거예요.

서폭 그런데 그중 제일 뛰어난 사람도
네빌 집안[12]보다는 못할 거요.
솔즈베리와 워릭은 보통 귀족이 아니오.

마거릿 왕비 그런 귀족 전부도 시건방진 저 여자,
섭정 부인 반만큼도 역겹지 않아요.
험프리의 부인이기보다는 그녀는 여황제처럼
부인 떼를 거느리고 궁정 안을 휩쓸어요.
외국인은 그녀가 왕비인 줄 알아요.
그녀는 공작의 수입을 등에 지고
우리의 가난을 속으로 비웃어요.
앙갚음할 때까지 내가 살아 있을까요?
출생이 비천한 하찮은 상것[13]인데
엊그제 졸자들한테 서폭 공이 나를 위해
아버지께 공작령 둘을 주기 전에는
자기의 제일 못한 치마꼬리가
아버지 영지 전부보다 비싸다고 하더래요.

서폭 그녀 잡을 끈끈이[14]를 숲에 발라놓았소.
유혹하는 노래에 솔깃해서 내려앉도록
새들의 합창대를 배치했으니
다시는 날아올라 해코지를 못할 거요.
그러니 그냥 두고 내 말을 들으시오.
대담하게 마님께 제안합니다.
우리는 대주교를 좋아하지 않지만
험프리 공작을 추락시킬 때까지
그와 기타 귀족들과 합세해야 해요.
지난번 요크가 불평한 건
별로 이롭지 못할 겁니다.
이렇게 하나하나 모두 솎아내면
당신이 즐겁게 배를 몰게 돼요.

[나팔 주악. 헨리 왕의 양쪽에 서서 요크
공작과 소머셋 공작이 왕에게 귓속말을
하며 등장. 또한 글로스터 공작 험프리,
글로스터 공작 부인 엘리너, 버킹엄 공작,
솔즈베리 백작과 워릭 백작, 보포트
대주교 등장]

헨리 왕 귀하신 대공들, 누구라도 상관없소.
요크도, 소머셋도, 내게는 하나요.

요크 프랑스에서 요크가 잘못 처신했으면
그의 총독 직을 거부하시오.

소머셋 소머셋이 그 자리에 자격 미달이라면
요크에게 맡기시오. 제가 양보합니다.

워릭 공작에게 자격이 있거나 말거나 간에
문제 삼지 마시오. 요크가 낫습니다.

보포트 대주교 건방진 워릭, 어른들이 말씀하신다.

워릭 전쟁에선 대주교는 어른이 아니시오.

버킹엄 워릭, 여기 계신 모두가 당신에겐 어른이시오.

워릭 워릭도 어느 날엔 최고참이 될 거요.

솔즈베리 젊은이, 조용하오. 어찌하여 소머셋이
이 일에 적합한지, 버킹엄, 이유를 말하오.

마거릿 왕비 그야 왕이 그렇게 원하니까요.

험프리 공작 왕비님, 왕은 충분히 나이를 잡수셔서
판단하실 수 있소. 여자 소관 아니오.

마거릿 왕비 나이를 드셨는데 어째서 공작이
전하의 섭정으로 있어야 하죠?

험프리 공작 왕비 마님, 나는 이 땅의 섭정이오.
왕의 뜻에 따라서 직위를 내놓을 수 있소.

서폭 그럼 그걸 내놓고 교만 떨지 말아요.

11 교황이 정식으로 쓰는 세 겹의 모자.
12 '네빌'이라는 성을 가진 솔즈베리 백작과 워릭 백작을 가리킨다.
13 엘리너는 원래는 글로스터 공작의 첫 부인의 시녀였지만 나중에 그의 아내가 되었다.
14 끈끈이를 나무에 바르고 근처에 가짜 새들을 붙여놓아 진짜 새들이 와서 앉으면 깃털이 달라붙어 날아가지 못했다. 우리나라에서도 장대 끝에 끈끈이를 발라서 작은 새들을 잡았다.

당신이 왕이 된 후—그밖에 누가 왕이오?—
나라가 매일같이 망하고 있소.
바다 건너 왕세자는 승전을 거듭하며
이 나라 귀족과 호족들 모두가
당신의 전권에 노예 같은 형편이오.

보포트 대주교 평민들을 착취했고 성직자의 주머니도
가혹한 수탈로 바짝 말랐소.

소머셋 값비싼 건물들과 부인의 옷치장이
공공의 재산을 크게 축냈소.

버킹엄 범법자에 대하여 잔혹한 형 집행이
법을 뛰어넘어서 당신 자신을
법의 자비에 넘기게 되었소.

마거릿 왕비 프랑스의 직위와 성읍을 팔았다는
의혹이 큰데, 만일에 사실로 밝혀지면
당장에 머리 없이 깡충거릴 거예요.

[험프리 공작 퇴장]

[마거릿 왕비가 부채를 떨어뜨린다.]
[공작 부인에게]
부채 집어줘.—뭐, 요것아, 못 해?
[공작 부인의 따귀를 때린다.]
어머, 부인, 용서해요! 당신이었나요?

엘리너 공작 부인 나냐고? 그렇다. 건방진 프랑스 년!
화장한 네 낯에 손가락이 닿기만 하면
네 상판에 십계명[15]을 긁어놓겠다.

헨리 왕 숙모, 고정하시오. 그런 뜻이 아니었소.

엘리너 공작 부인 그런 뜻이 아니라고? 두고 보세요.
왕을 애기처럼 보듬고 어를 거예요.
바지 입지 않은 자가 가장 높지만,[16]
엘리너를 때리면 꼭 갚겠다. [퇴장]

버킹엄 [보포트 대주교에게 방백]
대주교, 내가 엘리너를 따라가서
험프리가 어쩌는지 알아보겠소.
저 여자가 발동이 걸렸으니 박차가
필요 없소. 파멸까지 달려갈 거요. [퇴장]

[험프리 공작 등장]

험프리 공작 귀공들, 궁정 뜰을 한 바퀴 걷고 나니
분이 가라앉았소. 나랏일을 의논하러
이제 다시 돌아왔소. 악의적인 당신들의
거짓된 공격들은 증거가 필요하오.
나는 법 앞에 숨김없이 서 있소.
국왕과 나라를 사랑하는 내 영혼을
하느님이 자비로 다스리길 기도하오.
그러나 당장의 현안으로 돌아갑시다.
전하, 프랑스의 총독으로 요크 공작이
가장 적합한 사람임을 다시금 아뢲니다.

서폭 인물을 택하기에 앞서서 누구보다도
요크가 부적합한 이유를 몇 가지
말씀드릴 터이니 양해하시오.

요크 서폭, 부적합한 이유를 직접 말하겠소.
첫째로, 당신에게 아첨하지 않아서요.
다음으로, 내가 거기 임명되어도
프랑스가 세자 손에 함락될 때까지
소머셋이 물자나 돈이나 보급 없이
나를 여기 붙잡아 둘 거요. 저번에
파리가 포위되어 굶주려 뺏길 때까지
나는 그의 결정을 애타게 기다렸소.

워릭 내가 그 일의 증인이오. 그보다 악한 짓은
이 땅 어떤 역적도 저지르지 못했소.

서폭 입 닥쳐라, 워릭. 경솔하구나.

워릭 교만의 화신아, 내가 어째 입을 막아?

[갑옷 장인 호너와 그의 하인 피터가
호송되어 등장]

서폭 반역죄로 고발된 자가 여기 있기 때문이다.
요크 공작은 진실하게 변명하시오.

요크 어떤 자가 요크를 반역자로 고발하오?

헨리 왕 서폭, 무슨 말이오? 이자들은 누구요?

서폭 전하께 아뢲니다. 이 사람이올시다.
[피터를 가리킨다.]
제 주인을 [호너를 가리키며] 대역죄로 고발합니다.
요크 공작 리처드가 잉글랜드의
왕위 계승권자며 전하는 왕위를
찬탈한 자라고 말했다고 합니다.

헨리 왕 [호너에게] 그게 네가 한 말인가?

호너 전하께 아뢲니다. 그런 말은커녕 그따위는 생각도

15 "여호와께서 시내산 위에서 모세에게 이르시기를 마치신 때에 이는 돌판이요 하느님이 친히 쓰신 것이더라"(출애굽기 31장 18절). 영어 성경에는 '하느님의 손가락으로' 돌판에 쓴 십계명을 모세에게 주었다고 되어 있다.

16 바지를 안 입은 자란 여자를 말한다. 즉 왕비가 그중 제일 강력하다는 말이다.

안 했습니다. 하느님이 아십니다. 저 악질 놈이
터무니없이 저를 고발하는 겁니다.

피터 [두 손을 쳐들며] 여기 이 뼈다귀 열 개를 걸어
맹세코, 어느 날 밤 다락에서 요크 대공님 갑옷을
닦을 때 저 사람이 저한테 그런 말을 했습니다.

요크 더러운 똥밭의 무지렁이 일꾼 놈아,
그런 역적 소리 한 죄로 목을 베겠다!
[헨리 왕에게] 전하께 청합니다. 엄격한 법에 따라
저놈을 엄격히 다스려 주십시오.

호너 아, 대공님, 제가 그런 말을 했다면 목을 달아
죽이세요. 저를 고발하는 놈은 제 도제인데요,
저번 날 잘못한 게 있기에 타일렀더니 저하고
맞짱을 뜨겠다고 무릎 꿇고 맹세하데요. 이 일에
좋은 증인이 있어요. 그러니까 전하, 악질의 고발만
듣고 착한 사람을 내동댕이치지 마시기 바랍니다.

헨리 왕 [험프리 공작에게]
숙부님, 법에 따라 뭐라 하면 되겠소?

험프리 공작 법에 따라 사안을 판단컨대 이러하오.
요크는 이 일로 혐의가 생겼으매
소머셋을 프랑스 총독으로 삼으시오.
이자는 [호너를 가리키며] 무고에 대한 증인이 있으니
[호너와 피터를 가리키며]
이자들은 편리한 장소에서 일대일로
결투할 것이니 날짜를 정하시오.
이것이 법이며 험프리의 판결이오.

소머셋 겸허한 마음으로 전하께 감사하오.

호너 기꺼이 결투를 받아들입니다.

피터 [험프리 공작에게] 아유, 대공님, 전 싸울 줄 몰라요.
제발, 제발 제 처지를 불쌍히 여기세요! '사람의 죄악이
나를 이기었사오니',[17] 오, 주여, 자비를 베풀어 주소서.
칼 한번 휘두르지 못할 거예요! 오, 주여, 속이 타요!

험프리 공작 이놈, 싸우거나 목이 달리거나 하라.

헨리 왕 둘을 옥으로 데려가라. 그리고
결투일은 다음 달 말로 한다.
소머셋, 이리 오시오. 가는 것을 보겠소.

[주악. 모두 퇴장]

## 1. 4

[마녀 마저리 저데인, 존 험 경, 존 사우스웰
신부 두 사람, 마술사 로저 볼링브룩 등장]

험 이리들 오시오. 공작 부인께서 당신들이 약속한
걸 행하기를 기다린단 말이오.

볼링브룩 험 선생, 그런 일 할 준비를 해갖고 왔소.
마님께서 우리 심령술을 보고 들으시겠소?

험 그럼요, 여부 있소? 마님 담력은 걱정 말아요.

볼링브룩 마님이 대담무쌍한 분이란 소문을 들었소.
하지만, 험 선생, 우리가 여기서 일을 볼 동안
당신은 부인과 함께 저 위에 있는 게 편하겠소.
그러니 제발 들어가시고 우리를 여기 놔두시길
부탁합니다. [험 퇴장]
저데인 아주머니, 바닥에 엎드려서 기어요. 존
사우스웰, 읽어요. 각자 일을 합시다.
[엘리너 공작 부인과 험이 위에 등장]

엘리너 공작 부인 좋은 말이오. 모두들 잘 왔소.
이 일은 빠를수록 좋아요.

볼링브룩 마님, 참으세요. 마술사가 때를 알아요.
깊은 밤, 어두운 밤, 밤의 적막함,
트로이가 불타던 밤의 그 시간.
올빼미 부르짖고 묶인 개 울부짖고
혼령들 활보하고 유령들 무덤 열 때,
그때가 우리 일에 알맞은 때요.
마님은 앉으셔서 겁내지 마세요.
불러낸 자들은 원을 떠나지 못해요.
[여기서 그들은 심령술 의식을 행하고 원을
그린다. 사우스웰이 '콘이우로 테'[18]를 읽는다.
우레와 번개가 무섭게 인다. 그러자 혼령이
올라온다.]

혼령 '아드숨.'[19]

마녀 '아스모데우스',[20]
네가 그 이름과 권능을 두려워하는
영원하신 하느님께 걸어서 내 물음에
대답하기 전에는 여길 못 떠나리라.

혼령 내가 하고 말한 일은 무엇이든 물어보라.

볼링브룩 [읽는다.]

17 구약 시편 65편 3절. 당시 장인들은 성경 구절을 자주 인용하는 '청교도'였다.
18 라틴어로 '내가 너를 부른다'라는 뜻.
19 라틴어로 '내가 여기 있다'라는 뜻.
20 경외전 토빗 3장 8~17절에 나오는 악령의 이름.

"우선 왕에 대해 묻는데, 그는 어찌 될 것인가?"
혼령 공작은 살아 있되, 헨리는 몰아내며,
그보다 오래 살되, 비명횡사하리라.[21]
[혼령이 말할 때 사우스웰이 대답을 적는다.]
볼링브룩 [읽는다.]
"어떤 운명이 소머셋 공작을 기다리는가?"
혼령 물에 빠져 죽음으로 최후를 맞으리라.
볼링브룩 [읽는다.]
"소머셋 공작에게 무슨 일이 생기는가?"
혼령 궁성들을 피하라. 높이 지은 궁성보다
안전한 장소는 모래 깔린 벌판이다.
그거로 끝내라. 더 이상 못 참겠다.
볼링브룩 불붙는 호수와 암흑 속에 빠져라!
거짓된 악귀야, 꺼져버려라!
[우레와 번개. 혼령이 가라앉는다.]
[요크 공작과 버킹엄 공작이 험프리 스태포드 경과
그들의 호위병들과 함께 뛰어든다.]
요크 반역도당과 저들의 쓰레기를 붙잡아라.
[볼링브룩, 사우스웰, 저데인이 체포된다.
버킹엄이 볼링브룩과 사우스웰에게서
글귀들을 뺏는다.]
[저데인에게] 할망구, 우리가 면밀히 주시했다.
[공작 부인에게] 아니 부인도 계시오? 왕과 나라가
이러한 수고 덕을 톡톡히 보는데요.
섭정께서는 이런 좋은 일에 대해
훌륭한 보답을 해드릴 거라 믿소.
엘리너 공작 부인 해로운 공작, 괜한 위협 말아요.
당신 짓의 반만큼도 왕에게 해롭지 않아요.
버킹엄 옳소, 부인. 전혀 아니오. [글귀들을 가리키며]
이건 뭐요?
놈들을 데려가라. 따로따로 떼어서
단단히 가둬라. [공작 부인에게]
부인은 우리와 같이 갑시다.
스태포드, 부인을 맡아라.
[스태포드와 몇 사람이 위에 있는
공작 부인과 험을 체포하려고 퇴장]
네놈들의 도구를 증거물로 보관한다.
모두들 데려가라!
[저데인, 사우스웰, 볼링브룩이 호송되어 퇴장]
[위에서 험과 공작 부인이 스태포드 등에게 호송되어 퇴장]
요크 버킹엄 공, 저 여자를 자세히 보셨으리라 믿소.
멋진 함정이었는데 건더기를 잘도 마련하셨소.
자, 그럼 마귀가 적은 글귀들을 봅시다.
[버킹엄이 글귀들을 넘겨준다.]
뭐라고 썼나?
[읽는다.] "공작은 살아 있되, 헨리는 몰아내며,
그보다 오래 살되, 비명횡사하리라."
아니, 이거야말로
"아이오 아이아키담 로마노스 빈케레 포세"[22] 아닌가?
하여간 끝까지 읽자.
"어떤 운명이 소머셋 공작을 기다리는가?"
"물에 빠져 죽음으로 최후를 맞으리라."
"소머셋 공작에게 무슨 일이 생기는가?"
"궁성들을 피하라. 높이 지은 궁성보다
안전한 장소는 모래 깔린 벌판이다.
그거로 끝내라. 더 이상 못 참겠다."
자, 그럼 갑시다. 신탁이란 어려워요.
구할 때 어렵고 해석할 때 어렵지요.
왕이 지금 세인트 올번으로 가는 중이고
어여쁜 이 부인의 남편이 동행하오.
말이 달리는 만큼 소식도 빨리 가오.
섭정 대공에게는 미안한 노릇이오.
버킹엄 요크 공작, 그럼 나는 실례하오.
보상을 바라는 전령이 되겠소.
요크 좋을 대로 하시오. [버킹엄 퇴장]
안에 누구 없느냐?
[하인 등장]
솔즈베리와 워릭 공에게 내일 오후
저녁 같이 하자고 말씀드려라. [각기 퇴장]

21 알쏭달쏭한 예언이다. 누가 누구를 죽이고 누가 살는지 확실치 않다. 이처럼 예언은 수수께끼다.

22 이 라틴어 문장은 '아이아쿠스의 후손인 너희가 로마인들을 정복할 수 있음을 선포한다', 또는 '로마인들이 아이아쿠스의 후손인 너희를 정복할 수 있음을 선포한다'라는 두 가지 뜻으로 해석될 수 있다. 그리스 장군 피루스가 로마 군과 싸우기 전에 아폴로 신전에서 받은 신탁이었는데 이처럼 알쏭달쏭하였다.

## 2. 1

[헨리 왕, 손등에 매를 앉힌 마거릿 왕비,
글로스터 공작 험프리, 보포트 대주교,
서폭 공작, 소리 지르는 매잡이들 등장]

마거릿 왕비 개천 따라 달렸는데 지난 일곱 해 동안
이보다 멋진 사냥은 겪어보지 못했어요.
아시다시피 바람이 무척 높아
십중팔구 늙은 매는 오르지 못했죠.

헨리 왕 [험프리 공작에게]
하지만 공작의 매가 멋지게 솟아올라
다른 모든 매보다 높이 날아올랐지요!
피조물 속에 하느님이 일하심을 보시오!
그렇소. 인간과 새는 높이 날길 원하오.

서폭 좋아하실는지 모르오나 당연합니다.
섭정 공의 매들이 그토록 나는 것은
자기들의 주인이 높은 것을 즐기며
포부가 높은 것을 아는 까닭입니다.

험프리 공작 새보다 높이 날 줄 모르는 자는
천박하고 지체 낮은 자일 뿐이오.

보포트 대주교 나도 그리 생각했소. 구름보다 높길 바라오.

험프리 공작 대주교 어른, 그것이 무슨 뜻이오?
천국으로 날아가면 좋지 않겠소?

헨리 왕 천국은 영원한 기쁨의 보물창고요.

보포트 대주교 [험프리 공작에게]
당신 천국은 땅에 있고 당신 눈과 생각은
왕관에 멈춰 있소. 그것이 당신의 보물이오.
악한 섭정, 위험한 귀족, 왕과 나라를
은근한 아첨으로 속이고 있소.

험프리 공작 뭐라고? 성직이 독재가 됐소?
"탄타에네 아니미스 카엘레스티부스 이라에?"[23]
성직자가 그렇게 화를 내요? 숙부, 좀 거룩히
악감을 숨겨요. 그렇게 할 수 있소?

서폭 악감이 아니오. 다툴 만한 문제와
악독한 귀족에게 적합한 거요.

험프리 공작 누구 말이오?

서폭 그야 당신이오.
굉장하신 섭정님께 실례가 아니면.

험프리 공작 서폭, 온 나라가 당신의 교만을 알아요.

마거릿 왕비 그리고 글로스터, 당신의 야망도 알죠.

헨리 왕 여보, 그만하시오. 귀족들이 화내겠소.
"화평케 하는 자는 복이 있나니."[24]

보포트 대주교 이 건방진 섭정에게 칼을 휘둘러
내게 복이 내려서 화평케 만들겠소.
[험프리 공작과 보포트 대주교가
자기들끼리 말을 주고받는다.]

험프리 공작 거룩한 숙부 사제, 그거 정말 좋겠다.

보포트 대주교 좋다, 네가 그럴 뜻이 있다면.

험프리 공작 이 일에 너의 패를 모으지 마라.
네가 당한 모욕에 너 혼자 대답해라.

보포트 대주교 좋다. 네가 꿈도 꾸지 못한 데다.
용기가 있다면 이 밤에 숲 동쪽에 와라.

헨리 왕 귀공들, 어찌 됐소?

보포트 대주교 글로스터 조카,
당신 부하가 갑자기 새를 안 띄웠던들
재미있을 뻔했소. [험프리 공작에게 방백]
양손 칼[25] 갖고 와라.

험프리 공작 그렇소, 숙부 사제.
[보포트 대주교에게 방백]
알았는가? 숲의 동쪽이란 말이다.

보포트 대주교 [험프리 공작에게 방백]
합의됐다.

헨리 왕 어떻게 됐소? 글로스터 숙부.

험프리 공작 딴소리 아니고 매사냥 이야기요.
[대주교에게 방백]
성모님 이름으로, 네 머리 안 깎으면
검술이 틀렸다.

보포트 대주교 [험프리 공작에게 방백]
"메디케 테입숨."[26]
섭정아, 조심해. 자신을 섭리해.

헨리 왕 바람이 높이 일고 당신들의 화도 높소.
그 가락이 내 마음에 무척이나 역겹구려!
줄이 서로 꼬였으니 어찌 화음을 바라겠소!
내가 이 싸움에 해결을 짓겠소.

23 "천국의 영혼에 그런 분노가 있을 수 있는가?" (베르길리우스의 『아이네이스』 1권 11행).
24 마태복음 5장 11절.
25 손잡이가 길어서 두 손으로 잡을 수 있는 긴 칼. 검술 시합이 아니라 사생결단을 하려는 것이다.
26 "의원아 너를 고쳐라"라는 누가복음 4장 23절의 내용. '남 걱정 말고 너나 잘 하라'라는 뜻이다.

[한 사람이 "기적이다"라고 외치며 등장]

험프리 공작 이게 무슨 소린가?
이 녀석, 무얼 보고 기적이라 외치는가?

한 사람 기적예요! 기적예요!

서폭 전하께 가서 무슨 기적인지 말씀드려라.

한 사람 [헨리 왕에게]
참말예요. 세인트 올번 성소에서 장님이
바로 30분 전에 시력을 찾았습니다.
전에는 조금도 앞을 보지 못한 잡니다.

헨리 왕 찬미 하느님! 저를 믿는 자에게
암흑 속에 광명을, 절망 속에 위로를 주시도다!

[세인트 올번 시장과 그의 교구 형제들이 둘이
드는 교자에 심콕스를 태워 심콕스의 아내와
더불어 음악과 함께 등장]

보포트 대주교 성읍의 백성들이 그 사람을 전하께
뵈드리고자 하여 줄을 지어 옵니다.

헨리 왕 눈으로 말미암아 죄가 많이 생겨도
이 낮은 골짜기에 위로가 크시도다.

험프리 공작 [백성들에게]
비켜서라. 그 사람을 전하께 데려오너라.
왕께서 그 사람과 말씀을 원하신다.

헨리 왕 [심콕스에게]
착한 사람아, 여기서 경위를 내게 말하라.
너로 인해 영광을 주님께 돌리겠다.
오래 눈이 멀었다가 지금 회복됐는가?

심콕스 말씀을 드리면 날 때부터 못 봤어요.

심콕스 아내 예, 정말입니다.

서폭 이 여인은 누구인가?

심콕스 아내 말씀을 드리자면 저 사람 아내지요.

험프리 공작 네가 저 사람의 어머니라면 더욱 미더웠을
텐데.

헨리 왕 [심콕스에게] 어디서 태어났나?

심콕스 말씀을 드리자면, 북쪽에 있는 버윅[27]이지요.

헨리 왕 불쌍하구나. 하느님의 은총이 네게 컸도다.
낮이나 밤이나 축복하길 잊지 말며
항상 주님이 하신 일을 기억하라.

마거릿 왕비 [심콕스에게]
착한 사람, 우연히 여기 오게 되었는가?
또는 거룩한 유적에 기도하러 왔는가?

심콕스 하느님이 아시듯, 순전한 믿음이지요.
세인트 올번이 잠 속에서 백 번도 넘게
"심콕스야, 오너라. 와서 내 성소에서
기도해라. 도우리라"고 했습니다.

심콕스 아내 정말 사실이온데 저도 무슨 소리가
그렇게 남편을 부르는 걸 들었습니다.

보포트 대주교 [심콕스에게]
그런데 너는 앉은뱅이냐?

심콕스 예, 그렇습니다.

서폭 어찌하다 그리됐나?

심콕스 나무에서 떨어졌죠.

심콕스 아내 [서폭에게]
자두나무입니다.

험프리 공작 눈먼 지 얼마 됐지?

심콕스 태어날 때부터요.

험프리 공작 그런데 나무에 올라가?

심콕스 평생 그랬는뎁쇼. 어릴 때부텁니다.

심콕스 아내 [험프리 공작에게]
진짜 정말이에요. 나무에 오른 값이 너무 컸어요.

험프리 공작 [심콕스에게]
그렇게 모험하곤 했으니 자두를 좋아했군.

심콕스 아이고, 제 아내가 자두 알[28]을 달래요.
그래서 목숨 걸고 나무에 기어올랐죠.

험프리 공작 [방백]
간사한 놈이군. 그냥은 안 통할걸.
[심콕스에게] 네 눈 좀 보자. 감았다 떠라.
잘 뵈지 않을 텐데.

심콕스 대낮처럼 환한걸요. 하느님과 세인트 올번께 감사해요.

험프리 공작 그렇단 말이지? [가리키며] 이 옷 색깔이 뭔가?

심콕스 빨강예요. 피처럼 빨개요.

험프리 공작 맞아. 바로 말했어.
내 옷은 무슨 빛인가?

심콕스 그야 검정이지요.
흑옥처럼 새까매요.

헨리 왕 오, 그러면 너는 흑옥 색도 잘 알고 있느냐?

서폭 하지만 흑옥은 못 봤을 텐데.

험프리 공작 하지만 외투나 치마는 예전에도 많이 봤군.

심콕스 아내 오늘이 있기 전엔 평생 보지 못했어요.

27 스코틀랜드 접경에 있던 군 주둔지.

28 은어에서 자두는 여자의 성기, 자두 알은 남자의 고환을 뜻하기도 하였으므로 관객은 박장대소했을 것이다.

험프리 공작 내 이름이 무엇인지 말하라.
심콕스 아이고, 전 몰라요.
험프리 공작 저분 이름은?
심콕스 몰라요.
험프리 공작 저분도?
심콕스 오, 정말 몰라요.
험프리 공작 네 이름은 뭐냐?
심콕스 샌더 심콕스입죠, 대공님.
험프리 공작 이놈 샌더. 기독교 세상에서 최고의
사기꾼이 게 앉았구나. 날 때부터 못 본다면
우리 옷 빛깔을 구별할 줄 아는 만큼
우리들의 이름도 알았을 거다.
시각은 색채를 구별할 수 있지만
이름을 대는 것은 불가능한데,
세인트 올번이 기적을 행했구먼.
그런데 이 앉은뱅이를 다시 걷게 한다면
그런 능력이 굉장하지 않겠나?
심콕스 오, 대공님이 해주셨으면!
험프리 공작 세인트 올번 시민들, 이곳에는
형리와 채찍이란 물건이 없는가?
시장 있습니다, 대공님.
험프리 공작 그럼 즉시 형리를 불러오라.
시장 이 사람아, 당장에 형리를 데려와라. [한 사람 퇴장]
험프리 공작 이제는 이 옆에 의자를 가져와라.
[등 없는 의자를 들여온다.]
[심콕스에게] 자, 너는 채찍을 맞지 않으려면
의자를 뛰어넘어 들입다 달아나라.
심콕스 아이고, 대공님, 저는 혼자는 서지 못해요. 괜히
저를 고생시키려고 하시네요.
[형리가 채찍들을 들고 등장]
험프리 공작 그래서 네가 다리를 되찾게끔 도울 수밖에
없다. 형리, 저 사람이 의자를 뛰어넘을
때까지 채찍질을 해.
형리 그럽지요, 대공님. [심콕스에게] 자, 빨리빨리
웃통 벗어.
심콕스 아이고, 이 양반아. 어쩌면 좋아? 나는 혼자 서지
못하거든.
[형리가 한 번 때리니 그가 의자를 뛰어넘어
달아난다. 사람들이 따라가며 '기적이다!'를
외친다.]
헨리 왕 오, 하느님, 이를 보시고도 오래 참으십니까?
마거릿 왕비 사기꾼이 달아나는 걸 보니 우스워요.
험프리 공작 [형리에게]
사기꾼을 쫓아가고 계집을 끌어가라.
심콕스 아내 아이고, 너무도 없어서 그랬습니다.
[형리가 여자를 데리고 퇴장]
험프리 공작 [시장에게] 놈들의 고장인 버윅에 갈 때까지
채찍질을 하면서 장터마다 끌고 가라.
[시장과 시의원들 퇴장]
보포트 대주교 오늘 험프리 공작이 기적을 행했소.
서폭 그렇소. 앉은뱅이를 뛰어가게 하셨소.
험프리 공작 그런데 당신은 더 큰 기적을 행하셨소.
하루 안에 도시들이 달아나게 하셨소.[29]
[버킹엄 공작 등장]
헨리 왕 버킹엄 공은 무슨 소식 가져왔소?
버킹엄 공작 소식을 말하려니 가슴이 떨립니다.
무지하고 몽매한 못된 자 한 떼를
섭정 대공 부인인 엘리너 마님이
패거리의 지도자요 머리가 되어
뒤를 바쳐 모의하여 전하의 신상에
위태로운 행위를 자행했으며
마녀와 술사들과 거래 중에 있었을 때
우리가 현장에서 붙잡았는데
지하에서 악령들을 불러내서
전하와 전하의 추밀원 의원들의
목숨과 죽음을 빌고 있었습니다.
자세한 내용은 차차 알게 되십니다.
보포트 대주교 [험프리 공작에게]
섭정, 그러니까 그런 이유 때문에
부인이 런던에 구금되어 있구먼.
[험프리 공작에게 방백]
이 소식에 너의 칼이 무디어졌다.
그러니 시간을 못 지킬 것 같다.
험프리 공작 야심 찬 성직자, 내 속을 긁지 마오.
슬픔과 한숨이 모든 힘을 눌렀소.
이렇게 망했으니 당신은 물론이고
비천한 촌놈에게도 지는 수밖에 없소.
헨리 왕 오, 주여, 악한 자의 악행이 몹시 크도다!
스스로의 머리 위에 파멸을 쌓았도다.

29 잉글랜드의 영토였던 앤주와 메인을 장인에게 넘겨준 것을 말한다.

마거릿 왕비 글로스터, 제 둥지의 불길을 바라보셔요.
자신도 깨끗한지 보는 게 좋겠죠.
험프리 공작 얼마나 왕과 나라를 사랑했는지,
나 자신은 하늘께 언제나 호소하오.
아내에 관해서는 사실을 모르겠소.
얘기를 들어보니 나마저 유감이오.
고귀한 신분과 명예와 법도를 잊고
고귀함을 더럽히며 물들이는 자들과
상관을 했다면 내 집과 면전에서
추방하며, 글로스터 집안의
올곧은 이름에 불명예를 끼친 자를
법과 수치의 제물로 넘기겠소.
헨리 왕 어쨌든 오늘 밤은 여기에서 쉬겠소.
우리는 내일 다시 런던으로 돌아가
이 일을 철저히 들여다보아
추악한 범인들의 책임을 물어
공평한 정의의 저울에 달아
어느 추가 승하는지 알아보겠소.
[주악. 모두 퇴장]

## 2. 2

[요크 공작, 솔즈베리 백작, 워릭 백작
등장]
요크 친애하는 솔즈베리, 워릭 귀공들,
이제 간단한 석찬이 끝났으니
호젓한 이 길에서 이 나라 왕위에 대해
나의 확고한 권리를 어찌 생각하는지
고견을 듣고자 하니 말씀해 주시오.
솔즈베리 귀공, 전부를 자세히 듣고 싶소.
워릭 요크, 시작하시오. 주장만 옳다면
네빌 집안[30]은 명령을 따를 신하들이오.
요크 그렇다면 사실은 이러하오.
에드워드 3세는 아들이 일곱이었소.
첫째인 검은 기사 에드워드는 세자였고
둘째는 햇필드의 윌리엄, 셋째는
클래런스 공작 라이오널, 그다음이
곤트의 존, 랭커스터 공작이었고,
다섯째가 에드먼드 랭글리, 요크 공작,
여섯째가 우드스톡의 토머스, 글로스터 공작,
윈저의 윌리엄이 일곱째로 끝이었소.
검은 왕자 에드워드는 부친보다 먼저 죽고
외아들 리처드를 남겼는데 리처드는
에드워드 3세 사후 왕이 되어 다스렸소.
드디어 곤트의 존의 장자요 상속자인
랭커스터 공작 헨리 볼링브룩이
나라를 강점하고 정통의 왕을 폐위시키고
불쌍한 왕비를 프랑스 고향으로 보내고
리처드는 폼프릿에 보냈는데 알다시피
거기서 힘없는 리처드는 암살되었소.
워릭 [솔즈베리에게]
아버지, 요크 공작 말씀이 사실이에요.
랭커스터 집안이 왕위를 가로챘어요.
요크 불법적인 완력으로 왕권을 쥐고 있소.
장자이며 상속자인 리처드가 죽었으니
다음 아들 자손이 왕이 돼야 마땅하오.
솔즈베리 그러나 햇필드 윌리엄은 자손 없이 죽었소.
요크 셋째 아들 클래런스 공작의 가계 중 내가
왕권을 요구하는데 그의 딸 필리파가
마치 백작 에드먼드 모티머와 결혼했고
에드먼드는 마치 백작, 로저를 낳았소.
로저는 에드먼드와 앤과 엘리너를 낳았소.
솔즈베리 내가 읽기는, 그 에드먼드가
볼링브룩이 다스릴 때 왕권을 주장했소.
글렌다워만 없었다면 왕이 되었겠는데
죽기까지 그자가 억류하고 있었소.
하지만 나머지를 들려주오.
요크 그 누이 앤은
내 어머니인데, 왕위의 계승자로,
케임브리지 백작 리처드와 결혼하였소.
리처드는 에드워드 3세의 다섯째 아들
윌리엄의 아들이오. 나는 어머니 쪽으로
왕권을 주장하오. 어머니는 마치 백작
로저의 후계자며 그 아버지 모티머는
클래런스의 외동딸 필리파와 결혼했소.
이처럼 형의 후손이 아우의 후손에 앞서
계승한다는 것이 법이라면 내가 왕이오.

30 앞서 1막 3장 74행에서도 언급되었듯이 솔즈베리와 그의 아들 워릭은 네빌 가문 귀족들이었다.

워릭 이보다 명백한 족보가 어디 있겠소?
헨리는 넷째 아들 곤트의 존으로부터
왕권을 주장하되 요크는 셋째의 후손이오.
클래런스의 자손이 있는 한 곤트의 자손이
왕이 되지 못하오. 그 혈통의 가지들인
당신과 당신의 아들들은 융성하오.
그러면 아버지, 같이 무릎 꿇읍시다.
이 외진 장소에서 우리가 처음으로
왕위에 대한 권리를 축하하는 뜻에서
정통의 군주에게 경의를 표합시다.
솔즈베리와 워릭 우리의 군주, 잉글랜드 왕 리처드 만세!
요크 고맙소. 그러나 왕관을 쓰기 전엔
왕이 아니며, 랭커스터 집안의 더운 피가
칼에 묻기 전에는 아직 왕이 아니오.
그러나 그 일은 갑자기 되지 않소.
오직 심사숙고와 침묵의 비밀이오.
이처럼 험난한 세월에는 나같이
서폭 공작의 거만과 보포트의 교만과
소머셋의 야망과 버킹엄과 그 모든
패거리의 작태를 눈감아 주시오.
놈들이 양 떼의 인도자, 유덕한 왕자,
선한 험프리 공작을 옭을 때까지.—
요크가 예언컨대, 그게 저들 목표요.
그 목표를 달성코자 하다가 몰살할 거요.
솔즈베리 그만하시오. 당신 속을 환히 알겠소.
워릭 워릭 백작은 장차 어느 날 요크 공작을
왕으로 받들 것을 마음으로 확약하오.
요크 그래서 네빌, 나 자신이 확약하는 것은
본인은 생존하여 워릭 백작을
왕을 제외한 온 나라의 최고자로 만들겠소.
[모두 퇴장]

## 2. 3

[나팔들이 울린다. 위의를 갖춘 헨리 왕이
공작 부인을 추방하기 위하여 경호원들과 함께
들어오니, 헨리 왕, 마거릿 왕비, 글로스터의
험프리 공작, 서폭 공작, 버킹엄 공작, 보포트
대주교와 호송병들에게 이끌려 엘리너 코범
공작 부인, 마녀 마저리 저데인, 존 사우스웰,
존 험 경, 두 사제, 심령술사 로저 볼링브룩
등장. 잠시 뒤에 요크 공작, 솔즈베리 백작,
워릭 백작이 그들 쪽으로 등장]
헨리 왕 엘리너 코범, 글로스터의 부인, 앞에 나서라.
[그녀가 앞으로 나온다.]
하느님과 내 앞에서 당신의 죄가 크다.
하느님의 책에서 죽을죄로 규정된
죄악에 대한 법의 심판을 받아라.
[마녀, 사우스웰, 험, 볼링브룩에게]
너희 넷은 다시 감옥으로 돌아가라.
거기서 형장으로 가게 되리라.
마녀는 스미스필드[31]에서 불에 타서 재가 되며
너희 셋은 교수대에서 숨이 끊어지리라.
[마녀, 사우스웰, 험, 볼링브룩이 호송되어 퇴장]
[공작 부인에게]
당신은 지체가 좀 더 고귀한 고로
평상시의 명예를 박탈당하여
3일간의 공개적 고행을 마친 뒤에
국내의 맨 섬[32]에 추방당하여
스탠리 경의 감호 아래 살게 되리라.
엘리너 공작 부인 추방을 환영해요. 죽음도 좋았겠죠.
험프리 공작 엘리너, 보다시피 국법의 심판이오.
법이 정죄한 자를 면죄하지 못하오.
[공작 부인이 호송되어 퇴장]
눈에는 눈물이, 가슴에는 슬픔이 가득하오.
아아, 험프리, 이 나이에 이 치욕,
슬픔이 네 머리를 무덤으로 이끌리라.
전하께 간청하오, 저를 보내 주십시오.
슬픔은 위로를, 나이는 휴식을 바라오.
헨리 왕 글로스터 공작, 잠깐만. 가기 전에
지휘봉을 넘기시오. 헨리 스스로
섭정이 될 터이오. 하느님이 내 소망,
내 기둥, 내 인도자, 내 발의 등불이시오.
그러면 험프리, 평안히 가시오.
섭정이던 때에 비해 못지않게 사랑하오.
마거릿 왕비 성년이 된 임금이 어째서 아이처럼
섭정이 필요한지 알 수 없어요.

31 런던의 거리. 종교 범죄자가 화형당하던 곳.
32 아일 오브 맨(Isle of Man)으로 불리는 맨 섬은 잉글랜드와 아일랜드 중간에 있는 섬이다.

하느님과 헨리 왕이 국가를 운영해서
지휘봉과 나라를 왕에게 넘겨요.

험프리 공작 지휘봉? 귀하신 헨리 왕, 여기 있소.
당신 부친 헨리 왕이 주셨던 것을
기꺼운 마음으로 넘겨 드리오.
기꺼이 당신 앞에 넘기자마자
딴 사람들이 욕심내어 받고자 할 거요.
[헨리 왕 발부리에 지휘봉을 놓는다.]
전하, 부디 평안하십시오. 내가 죽어도
영광된 평화가 왕좌와 함께하길! [퇴장]

마거릿 왕비 이제부터 헨리 왕과 마거릿 왕비다.
글로스터 공작은 심한 절뚝발이라
자기 꼴이 아니야. 한꺼번에 둘이 갔어.
아내는 추방되고 다리 하난 잘렸지.
[지휘봉을 들어서 헨리 왕에게 준다.]
명예의 지휘봉을 다시 뺏었으니까
헨리 왕이 잡는 게 제일 좋아요.

서폭 낙락장송은 이렇게 가지를 수그리고
엘리너의 위세는 한창때에 죽누나.

요크 그냥 가게 두시오. 전하께 아룁니다.
오늘이 결투일로 정했던 날입니다.
원고와 피고, 갑옷 장인과 도제가
시합장에 들어갈 준비를 했습니다.
그러면 전하께서 관전해 주십시오.

마거릿 왕비 맞아요, 전하. 시합을 보려고
일부러 궁정을 떠났던 거죠.

헨리 왕 하느님 이름으로, 시합장을 바로 차려라.
여기서 끝내라. 신이 옳은 자를 지키시리라.

요크 갑옷 장인의 하인이 고발자지만
그자처럼 싸울 뜻이 전혀 없거나
겁이 나서 떠는 자를 못 보았소.
[한쪽 문으로 갑옷 장인 호너가 동네 사람들이
연거푸 건배를 제의하여 술에 취하여, 고수를
앞세우고, 끝에 모래주머니를 매단 막대기를
메고 등장. 다른 문으로 그의 하인 피터가
역시 고수와 함께 모래주머니를 매단 막대기를
들고 등장. 도제들이 건배하며 등장]

동네 사람 1 [호너에게 술을 권하며] 자, 호너 이웃,
포도주 한잔으로 당신한테 건배해. 이 사람아,
겁내지 마. 잘 해낼 거야.

동네 사람 2 [호너에게 술을 권하며] 그리고, 이거, 수입
와인 한잔이야.

동네 사람 3 [호너에게 술을 권하며] 이거 좋은 곱빼기
맥주야. 이 사람아, 들이켜. 그리고 자네 도제
그 사람, 무서워하지 말라고.

호너 [권하는 술을 모두 받으며] 잔을 돌려라. 너희
모두한테 건배한다. 피터 녀석, 이거나 먹어.

도제 1 [피터에게 술을 권하며] 자, 피터, 너한테
건배한다. 겁내지 마.

도제 2 [피터에게 술을 권하며] 마음 턱 놓으라고, 피터.
주인 겁내지 마. 도제들의 명예를 위해 싸워!

피터 [권하는 술을 거절하며] 모두 고맙다. 마시고 제발
나 위해 기도해줘. 이 세상에서 내 마지막 한
모금을 마신 것 같아. 로빈, 내가 죽거든 앞치마는
너 가져. 그리고 윌, 망치는 너 가져. 그리고 이거,
톰, 이 돈 가져, 내 전 재산이야. 주여, 나를 축복
하소서. 하느님께 빕니다. 주인하고는 상대를 못
해요. 벌써 칼쌈을 아주 많이 배웠거든요.

솔즈베리 술은 그만 마시고 공격을 시작하라. [피터에게]
이놈, 이름이 뭔가?

피터 예, 피터올시다.

솔즈베리 피터? 피터 뭐야?

피터 메치요.

솔즈베리 메치라니? 그럼 너의 주인을 메쳐라.

호너 대공님들, 제 하인 놈이 말하자면 꼬드겨서 여기
온 겁니다요. 그놈이 거짓말쟁이고 저는 정직하단
걸 증명하려는 거예요. 요크 공작님에 대해선
목숨을 걸고라도 절대로 나쁜 생각을 품은 적이
없으며 임금님과 왕비님께도 그런 적 없습니다.
그러니까 피터, 이거 한 방 먹어라.

요크 빨리 하라. 이자의 혓바닥이 꼬부라지기 시작한다.
나팔을 불어라. 결투 신호를 울려라.
[주악. 둘이 싸운다. 피터가 호너를
쓰러뜨린다.]

호너 그만, 그만, 피터. 내가 했어. 고백해. [죽는다.]

요크 [호너를 가리키며 시종에게] 저자 칼을 뺏어라.
[피터에게] 너는 하느님께 감사하고 주인 배 속에
들어찬 술에게 고맙다 하라.

피터 오, 주여! 이 자리에서 제 상대를 이겼나요? 오,
피터, 의로운 싸움에서 승리했구나.

헨리 왕 [시종들에게, 호너를 가리키며]
가서 저 반역자를 눈앞에서 치워라.

그자의 죽음으로 죄악을 알 수 있다.
정의의 하느님이 가난한 이 사람의
진실과 무죄를 보여주셨다.
부당하게 그자가 죽이려 했다.
[주악이 울린다. 몇 사람이 호너의
시체를 들고 모두 퇴장]

## 2. 4

[글로스터 공작 험프리와 하인들이
상복을 둘러 입고 등장]

험프리 공작 그래서 맑디맑은 대낮도 구름이 있고
여름이 지나면 헐벗은 겨울이
물어뜯는 추위와 더불어 뒤를 이으니,
세월 따라 슬픔과 기쁨이 따라 흐른다.
얘들아, 몇 시 됐냐?

하인 열 시입니다.

험프리 공작 벌을 받는 아내를 와서 보라며
정해준 시간이 바로 열 시다.
뾰족뾰족한 돌밭 길을 예민한 발로
걸으려면 견디기 어려울 테지.
사랑하는 아내여, 비천한 백성이
시기 어린 얼굴로 수치를 비웃을 때,
고귀한 정신으로 참아내기 힘들겠지.
전에 네가 보란 듯이 길거리를 달릴 때
멋진 수레바퀴를 부러워하던 자들이다.
하지만 입 다물자. 그녀가 오는 듯하다.
눈물 고인 눈을 씻고 슬픔을 보겠다.
[공작 부인 엘리너 코범이 맨발로, 몸에다
흰 천을 두르고 운문으로 쓴 글귀를 등에
붙이고, 손에 불타는 밀랍 초를 들고,
런던의 보안관과 존 스탠리 경과 긴 창칼,
미늘 달린 창을 든 관리들과 함께 등장]

하인 [험프리 공작에게]
원하시면 마님을 탈취하겠습니다.

험프리 공작 안 된다. 움직이면 죽일 테다. 그냥 보내라.

엘리너 공작 부인 창피한 내 꼴을 보려고 나오셨소?
당신도 고행이오. 저 사람들 보세요.
변덕쟁이 군중이 손가락질하면서
고개를 끄덕이며 당신을 보네요.
오, 험프리, 악의에 찬 눈길을 피하세요.
밀실에 박혀서 내 수치를 한탄하고
당신 적과 내 적을 저주하세요.

험프리 공작 참아요, 착한 여인, 슬픔을 삭이시오.

엘리너 공작 부인 오, 험프리, 나를 잊게 해주세요.
내가 당신의 아내며 당신이 왕자며
나라의 섭정이란 사실을 기억하면
이처럼 끌려갈 순 없단 생각이 들어요.
창피에 휩싸여 쪽지를 등에 달고,
내 눈물 구경하고 내 한숨을 들으면서
기뻐하는 군중이 뒤를 따라와요.
무정한 돌부리에 연한 발이 찢겨서
움츠러들 때마다 사람들이 웃으며
조심해서 걸으라고 타일러줘요.
아, 험프리, 수치의 멍에를 어떻게 져요?
세상을 편하게 바라보거나 햇볕 쬐는
사람들이 복되다고 할 날이 과연 올까요?
어둠은 나의 빛, 밤은 나의 낮,
영광의 추억은 지옥이 되겠지요.
간혹 내가 험프리 공작의 부인이고
그분은 왕자이며 권력자라 하겠지만
별의별 하릴없는 잡것 무리가
버림받은 귀부인을 놀라운 볼거리라
손가락질하면서 뒤를 따라오는데
당신은 방관하는 권력자며 왕자예요.
내 수치에 점잖게 얼굴도 안 붉히고
죽음의 도끼날이 머리 위에 올 때까지
꼼짝하지 않으시니, 금방 닥칠 거예요.
뭐든 한다는 서폭이 당신과 나와
우리들을 미워하는 그녀와 합세하고
요크와 불경한 거짓 사제 보포트가
당신 날개 옭으려고 나무마다 끈끈이[33]를
발라놨어요. 날아봐요, 걸릴 테니.
발마저 걸리기 전이니 걱정 마세요.
적을 미리 공격할 건 생각지 마세요.

험프리 아, 여보, 그만하오. 모두 잘못 짚었소.

33 앞서 1막 3장에서도 언급되었듯, 나뭇가지에 끈끈이를 발라놓아 그곳에 새들이 앉으면 깃털이 달라붙어 날아가지 못하게 만드는 사냥법이다.

내가 죄를 범해야 반역죄를 쓰게 되오.
내 적이 이십 배가 된다 하여도,
그 각각이 이십 배가 강력하여도,
나 자신이 충실하고 진실하고 죄 없으면
모든 것이 어떤 해도 끼칠 수 없소.
당신을 곤경에서 구해주길 바라오?
그래도 그 수치는 씻을 수 없고
법을 어긴 나 자신은 곤경에 빠지오.
최선의 도움은 침묵이니, 착한 아내여,
마음을 인내에 길들이시오.
구경도 며칠 안에 식어질 거요.
[의전관 등장]
의전관 공작님은 다음 달 초하루, 베리[34]에서 개최되는
전하의 의회에 출두하시기를 고합니다.
험프리 공작 그 일에 내 동의를 물어보지 않았는데?
모략이 확실하다. 음, 거기 갈 테다. [의전관 퇴장]
여보, 난 가겠소. 보안관, 아내의 고행이
왕명을 넘지 않게 해주시오.
보안관 공작님, 제 임무는 여기서 끝나고
이제부터 스탠리 경이 맨 섬까지
부인을 호송하게 됐습니다.
험프리 공작 스탠리 경, 당신이 아내를 호송하오?
스탠리 그렇게 명령을 받았습니다.
험프리 공작 아내를 봐달라고 부탁했대서
박대하진 마시오. 다시 웃을 그날이
올지도 모르니까. 아내에게 잘해주면
당신에게 베풀 날이 있겠지. 잘 가시오.
[험프리 공작이 떠나려 한다.]
엘리너 공작 부인 떠나면서 나한테는 작별이 없어요?
험프리 공작 내 눈물 보시오. 서서 말을 하지 못하오.
[험프리 공작과 하인들 퇴장]
엘리너 공작 부인 당신도 갔어? 위안도 같이 가라.
하나도 안 남았어. 기쁨은 죽음뿐.
죽음—전에는 그 이름에 떨었지만,
그때는 이 세상이 영원하길 바랐지.
스탠리, 여기서 나를 데리고 가요.
어디든 상관없어. 호의를 바라지 않아.
당신이 명령받은 곳에만 데려가요.
스탠리 마님, 그야 물론 맨 섬입지요.
지위에 걸맞게 대접받을 겁니다.
엘리너 공작 부인 몹시 나쁠 테지. 창피 덩어리니까.
그러니까 창피하게 대접한단 말이에요?
스탠리 공작 부인이시며 험프리 공작의 부인으로,
지위에 합당하게 대접받게 되십니다.
엘리너 공작 부인 보안관, 편히 가요. 나보단 잘되세요.
지금까지 내 수치를 호송했지만.—
보안관 저의 직무입니다. 마님, 용서하세요.
엘리너 공작 부인 좋아요, 좋아요. 직무가 끝났군요. [보안관 퇴장]
그럼 스탠리, 우리 떠날까요?
스탠리 마님, 고행이 끝났습니다. 쪽지를 버리세요.
긴 여행을 위해서 옷을 갈아입으시죠.
엘리너 공작 부인 쪽지는 버려도 수치는 못 버려요.
아무리 비싼 옷을 입는다 해도
꽉 달라붙어서 환히 드러나겠죠.
앞서세요. 나를 가둘 감옥을 보고 싶군요. [둘 퇴장]

## 3. 1

[나팔들이 주악을 울린다. 앞에 두 의전관,
그 뒤에 버킹엄 공작과 서폭 공작, 그 뒤에
요크 공작과 보포트 대주교, 그 뒤에 헨리 왕과
마거릿 왕비, 그 뒤에 솔즈베리 백작과 워릭
백작이 시종들과 함께 의회에 등장]
헨리 왕 글로스터 공이 아직 오지 않으니 이상하오.
끝자락에 오는 것은 그의 습관이 아니오.
어떤 까닭으로 늦는지 알지 못하오.
마거릿 왕비 보지 못하시거나 보고 싶지 않으세요?
그이 낯이 변해서 엄숙한 표정이죠.
요즈음 얼마나 위세 있게 행동하며
얼마나 거만하고 얼마나 교만하고
얼마나 성 잘 내고 자기답지 않아요?
유순하고 친밀하던 시절이 있었죠.
조금만 뜨악한 눈길을 줘도
그 즉시 무릎을 꿇어 온 궁정이
그의 겸손을 칭찬하곤 했어요.
그런데 지금은 저마다 인사하는
아침에도 만나면 이맛살을 찌푸리고
성난 눈을 보내고 뻣뻣한 다리로

34 잉글랜드 중부 켄트군에 있는 성읍. 런던에서 멀지 않다.

지나갈 뿐이고 우리에게 바쳐야 할
신하의 의무를 무시하고 있어요.
강아지가 을러대도 거들떠보지 않고
사자가 짖을 땐 용사들도 떠는데,
험프리는 나라의 작은 자가 아니죠.
첫째로 그 사람은 왕의 근친이어요.
왕이 쓰러지시면 그가 다음 차례예요.
그래서 악의를 속에 품고 있는 데다
왕이 죽어 그가 챙길 이득을 생각하면
그를 왕의 측근에 오게 하거나
전하의 추밀원에 들어오게 하는 건
올바른 정책이 아닌 거로 알아요.
백성들의 마음을 아첨으로 샀으니
마음 내키는 대로 소란을 일으키면
모두들 따라갈까 근심되는 일이어요.
지금은 봄철이라 뿌리 얕은 잡초지만
내버려 두었다간 밭을 가득 메워서
돌보지 않은 약초를 질식시켜요.
전하를 정성껏 보살피는 동안에
그런 위험들을 짐작하게 되었어요.
어리석다면 아녀자의 걱정으로 돌리세요.
걱정을 해소할 이유가 있다면
나는 그에 승복해서 용서를 빌겠어요.
귀하신 서폭, 버킹엄, 요크 공작님,
하실 수 있다면 내 말을 반박하거나
내 말이 합당한 걸 시인하세요.

서폭 공작의 심중을 자세히 살피셨소.
내게 먼저 의중을 말하라고 했다면
왕비님의 말씀을 반복했을 뿐이오.
그의 아내는 공작이 시키는 대로
악마 같은 음모를 시작했던 거요.
그따위 짓거리를 몰랐다고 해도
왕에게 버금가는 계승권이 있는 만큼
고귀한 혈통을 들먹이는 등
존귀한 신분을 내세우면서
정신병자 부인에게 사악한 방법으로
전하의 죽음을 꾀하도록 부추겼소.
개울물이 깊은 데는 수면이 잔잔하듯
점잖은 겉모습에 반역을 품고 있소.
양을 훔칠 여우는 짖지 않는 법이오.
[헨리 왕에게]
옳습니다, 옳습니다. 아직 그의 깊이를
재어보지 못했지만 속임수가 깊습니다.

보포트 대주교 [헨리 왕에게]
법의 명문에도 불구하고 하찮은 범죄에
잔혹한 사형을 도입하지 않았소?

요크 [헨리 왕에게]
섭정으로 있으면서 프랑스 주둔군에게
급료를 준다면서 전국에서 돈을 걷어
보내지 않았나요? 성읍들이 그 때문에
매일처럼 봉기하지 않았는가요?

버킹엄 [헨리 왕에게]
그따위는 숨은 죄에 비하면 죄도 아니오.
시간이 가면 뻔뻔한 그 얼굴에 드러날 거요.

헨리 왕 모두에게 대답하오. 내 발에 상처 입힐
가시들을 치우려는 귀공들의 노고는
칭찬받아 마땅하오. 그러나 차제에
양심대로 말하면, 글로스터 숙부님은
젖 빠는 어린양과 순결한 비둘기처럼
역모의 의사가 조금도 없소.
선하며, 인자하며, 악행을 꿈꾸거나
내 추락을 도모할 성격이 아니오.

마거릿 왕비 어리석은 애정보다 뭐가 위험해요?
비둘기 같다고요? 온통 빌린 깃털이죠.
그 사람 성격은 악한 까마귀예요.
어린양? 분명히 얻어 쓴 거죽일 테죠.
굶주린 늑대 같은 심보라고요.
속이려는 작자가 무슨 꼴을 안 훔쳐요?
전하, 조심하셔요. 간사한 그자의 제거에
모든 이의 행복이 달려 있어요.
[소머셋 공작 등장]

소머셋 은혜로우신 전하, 만수무강하십시오.

헨리 왕 소머셋 공, 잘 왔소. 프랑스는 어떠하오?

소머셋 거기 있던 전하의 모든 재산은
완전히 빼앗기고 전부 잃었습니다.

헨리 왕 써늘한 소식이오. 주님 뜻 이뤄지이다.

요크 [방백]
내게도 써늘해. 희망을 거기 뒀었는데.
풍성한 잉글랜드 희망처럼 확고했지.
이렇게 나의 꽃은 피기 전에 시들었고
벌레들이 이파리를 먹어치우나
머지않아 이 형편을 바꿔놓지 못하면

명예로운 무덤으로 권리를 팔겠다.
[글로스터의 험프리 공작 등장]
험프리 공작 전하께 만복이 내리길 빕니다.
용서하십시오. 너무 지체했습니다.
서폭 아니오, 실제보다 충성되면 모르지만
너무 일찍 온 거니까 그리 아시오.
여기서 당신을 대역죄로 체포하오.
험프리 공작 음, 당신도 공작이라, 내 낯을 안 붉히며
체포를 당한대도 낯을 안 바꾸겠소.
흠 없는 양심은 낙담도 없소.
깨끗한 샘물에도 흙이 섞여 있지만
전하께 반심 품을 마음이 전혀 없소.
누가 나를 고발하오? 내 죄가 뭐요?
요크 프랑스에서 수뢰의 의혹이 있소.
섭정으로서 병사들의 급료를 중단했소.
그로 인해 전하는 프랑스를 잃으셨소.
험프리 공작 의혹일 뿐이오? 의심할 자 누구요?
병사들의 급료를 가로채지 않았고,
프랑스의 뇌물은 전혀 받지 않았소.
하느님께 맹세코, 잉글랜드의 이익을 위해
매일 밤을 지새우며 궁리를 거듭할 때
단돈 한 푼이라도 왕에게서 떼냈거나
한 닢이라도 사사로이 모은 것이 있다면
내가 재판받는 날에 들이대시오.
아니오. 어려운 백성에게 거두기 싫어
내 개인 재산에서 많은 금액을
주둔군 부대들에 나눠줬으나
충당하여 줄 것을 요청하지 않았소.
보포트 대주교 그렇게 말하다니 당신에게 득이 되오.
험프리 공작 하느님께 맹세코 진실대로 말했소.
요크 섭정으로 있으면서 범법자에 대하여
처음 보는 기이한 고문을 고안하여
폭력적인 국가로 잉글랜드가 이름 높소.
험프리 공작 섭정으로 있을 때 동정심만이
내게 있는 유일한 결함이었소.
죄인의 눈물에 견딜 수 없었소.
겸손한 말씨라면 그게 죗값이었소.
흉악한 살인자나 가난한 길손들을
벗겨 먹는 악랄한 강도가 아니라면
죄에 대한 형벌을 주지 않았소.
흉악한 범죄인 살인에 대해서는
일반 강력범보다 엄히 고문하였소.
서폭 그런 과오는 사소하고 책임도 가볍소.
그러나 중대한 범죄를 추궁할 테니
가볍게 모면하지 못할 것이오.
전하의 이름으로 당신을 체포하오.
여기서 대주교께 당신을 맡기니
심판의 날까지 연금할 거요.
헨리 왕 글로스터, 혐의를 말끔히 벗기를
나 스스로 각별히 바라고 있소.
당신의 무죄를 양심이 말하오.
험프리 공작 자혜로우신 전하, 흉흉한 세월이오.
더러운 야망이 도덕을 질식하고
사랑은 미움에게 쫓겨나는데,
더러운 뇌물이 온 땅에 널리고
전하의 나라에서 정의가 추방되며,
그들의 음모가 내 목숨을 뺏어가오.
내가 죽어 이 땅이 복을 누리고
저들의 포악이 종말을 고하면
전심으로 이 목숨을 바칠 터이오.
그러나 내 목숨은 서론에 불과하오.
위험을 의심치 않는 수천수만도
그들이 꾸며내는 비극을 못 끝내오.
보포트의 번쩍이는 눈알은 악을 말하고
서폭의 흐린 낯은 증오의 폭풍이며
버킹엄의 독설은 마음을 짓누르는
시기의 무게를 혓바닥에 풀어놓고,
달에까지 손을 뻗는 끈질긴 요크가
지나치게 넘보는 팔을 내가 물리쳤지만
거짓된 죄목으로 내 목숨을 노리오.
[마거릿 왕비에게]
그리고 왕비, 당신은 저들과 함께
이유 없이 내 머리에 치욕을 가했소.
사랑하는 전하를 원수로 만들려고
최대한의 노력을 쏟아부었소.
그렇소. 전부가 머리를 맞댔소.
당신들의 모략을 나도 알아챘소.
죄 없는 내 목숨을 없애려는 모략이오.
나를 정죄할 거짓 증인은 부족치 않겠고
내 죄를 부풀릴 반역죄도 모자라지 않겠소.
'개 때릴 몽둥이는 쉽게 눈에 띈다'는
오래된 속담이 멋있게 들어맞소.

보포트 대주교 전하, 저자의 욕설을 참을 수 없습니다.
전하를 반역의 내밀한 칼끝과
반역자의 횡포에서 막으려는 자가
이렇게 꾸지람과 욕설과 야단을 맞는데
정작 죄인은 말하는 자유를 누리니,
전하에 대한 열성이 식을지 모르오.
서폭 저자가 교묘히 꾸며낸 말로
왕비님을 모욕했소. 마치 왕비님이
누군가를 매수해서 제 지위를 뒤엎게끔
위증시켜 놓으신 듯, 말하고 있소.
마거릿 왕비 패자에게 욕할 기회는 줘도 되어요.
험프리 공작 생각보다는 진실이오. 과연 나는 패자요.
승자들을 저주하오! 저들은 배신했소.
당연히 패자에겐 말하는 자유가 있소.
버킹엄 뜻을 왜곡하여 종일 우릴 잡아두겠소.
대주교, 저 사람은 당신의 죄수요.
보포트 대주교 [그의 시종 몇에게]
얘들아, 공작을 데려다가 굳게 지켜라.
험프리 공작 오, 헨리 왕은 몸을 지탱할 만큼
다리 힘을 얻기 전에 지팡이를 버린다.
이처럼 곁에서 양치기가 쫓겨나고
누가 먼저 물어뜯을지 늑대들이 으르댄다.
아, 괜한 염려뿐이면 어찌 슬프랴!
착한 헨리 왕, 당신의 파멸이 염려스럽소.
[험프리 공작이 대주교 하인들에게 호송되어 퇴장]
헨리 왕 내가 같이 있다 치고 여러분의 지혜로
정한 바를 풀거나 묶거나 최선을 다하오.
마거릿 왕비 전하께서 의회를 떠나려 하세요?
헨리 왕 그렇소, 왕비. 마음이 슬픔에 잠겨 있소.
내 눈에 밀물이 넘치기 시작했소.
비참이 내 몸을 둘러싸고 있는데
그 무엇이 탄식보다 비참하겠소?
아, 험프리 숙부, 당신의 얼굴은
명예, 진실, 충성의 모습을 보이오.
험프리, 당신께 내가 거짓되거나
당신의 신의를 의심한 때가 없소.
무슨 별이 당신을 질투하기에
저런 대공들과 마거릿 왕비마저
죄 없는 당신을 파멸코자 안달이오?
어떤 사람도 해하지 않은 분을!
백정이 송아지를 데려가다가
싫다며 뻗치면 묶어서 매질하며
끔찍한 도살장에 끌고 가듯이
여기서 사정없이 그분을 끌어갔소.
그래서 어미 소가 죄 없는 어린 것이
떠난 곳을 바라보며 울며 찾아다니고
귀염둥이 잃은 것만 슬퍼할 뿐이오.
그와 같이 나 자신도 글로스터를
힘없는 눈물로 슬퍼하며 흐린 눈으로
그분을 바라볼 뿐 도와줄 수 없소.
무서운 원수들이 그토록 강력하오.
그분의 운명을 울며 탄식할 때마다
'반역자? 그분은 아니라'고 외치겠소.
[왕이 솔즈베리와 워릭과 함께 퇴장]
마거릿 왕비 귀공들, 찬 눈은 햇살에 쉽게 녹아요.
내 남편 헨리는 큰일에는 열이 없고
어리석은 동정심만 가득해요.
눈물이 글썽한 악어가 측은해 하는
행인을 유혹하며, 꽃 피는 언덕에
알락달락 찬란하게 똬리를 틀고
숨어 있는 구렁이가 예쁘다고 감탄하는
아기를 깨물 듯, 숙부에게 속은 거죠.
나보다 똑똑한 자가 없다 해도 이 일엔
내 머리도 괜찮다고 말하고 싶어요.
글로스터가 속히 세상에서 없어져야
그에 대한 우리 걱정도 사라져요.
보포트 대주교 그를 죽인다는 건 괜찮은 정책이나
그를 죽일 핑계는 그것대로 필요하오.
법 절차에 따라서 선고함이 적절하오.
서폭 그러나 그 일은 정략이라 할 수 없소.
왕은 끝까지 살리려고 애쓰시고
평민들도 일어날지 짐작도 못 하오.
하지만 우리는 단지 의심 외에는
죽일 만한 증거가 마땅치 않소.
요크 그러면 당신은 안 죽길 바라오?
서폭 오, 요크, 나만큼 바랄 자가 누구요?
요크 [방백] 나야말로 그걸 바랄 이유가 있지.—
그런데 대주교, 또한 서폭 공,
영혼의 깊은 뜻을 솔직히 말하시오.
굶주린 매에게서 병아리를 지키라고
배곯은 독수리를 둔 거나 험프리를
섭정으로 둔 거나 같은 일 아닌가?

마거릿 왕비 그래서 병아리는 죽을 게 빤해요.
서폭 왕비님, 그렇습니다. 그러니 여우를
양치기로 삼는 건 미친 짓 아니오?
영악한 살인자란 욕을 먹어도
목적을 실현하지 않았단 이유로
범죄를 소홀히 간과하면 되나요?
날 때부터 양 떼의 적인 까닭에
주둥이가 붉은 피로 물들기 전에
여우라는 한 가지 이유로 죽어야 하오.
험프리도 따져보면 전하의 적이 되오.
어떻게 죽일까 법 조항만 따질 것 없소.
덫이든, 올무든, 교묘한 계략이든
잘 때나 깰 때나 방법은 상관없소.
죽이면 그만이오. 속이려 했던 자를
앞질러 속이는 건 멋있는 속임수요.
마거릿 왕비 한없이 귀한 서폭, 결단의 말이네요.
서폭 행동이 안 따르면 결단이 아닙니다.
말은 자주 하면서도 실행은 드물어요.
그러나 그 일은 칭찬받을 일이며
전하를 적에게서 보위하는 일이니
마음과 혓바닥의 일치[35]를 말하시면
나는 그의 사제가 되겠습니다.[36]
보포트 대주교 서폭 공, 당신이 사제 되는 수순을
밟기 이전에 나는 그자가 죽기 바라오.
당신이 동의하고 그 일을 허락하면
하수인은 나 자신이 마련하겠소.
전하의 안전을 염려하는 까닭이오.
서폭 같이 악수합시다. 할 만한 일이오.
마거릿 왕비 나도 동의해요.
요크 나 역시 동의하오. 세 사람이 말했으니
우리 판결을 누가 문제 삼아도 좋소.
[역참 전령[37] 등장]
전령 대공님들, 아일랜드에서 달려옵니다.
그곳의 반란자가 들고일어나
잉글랜드 사람들을 죽였습니다.
원병을 보내시어 상처가 도지기 전
진압하십시오. 아직은 시초여서
도우실 희망이 매우 큽니다. [퇴장]
보포트 대주교 시급히 틀어막을 틈이 생겼소!
중대한 이 사태에 의견이 무엇이오?
요크 소머셋을 총독으로 보내자는 것이오.
행운의 통치자가 맡는 것이 적당하오.
프랑스에서 그의 운을 생각하시오.[38]
소머셋 요크가 복잡한 전략을 가지고
나 대신 프랑스에 주재했다면
나만큼 오래 남진 못했을 거요.
요크 물론이오. 당신처럼 모두 잃기 위해서
남아 있진 않았겠죠. 모든 걸 잃기까지
거기 오래 남았다가 치욕의 짐을
가져오기 전에 목숨을 바쳤을 거요.
당신 몸에 상처가 있나 봅시다.
말짱한 몸뚱이는 이길 적이 없소.
마거릿 왕비 그만해요. 바람과 땔감만 공급하면
당신들의 불씨는 사나운 불길이 되어요.
장한 요크, 착한 소머셋, 조용하세요.
요크, 당신이 그곳의 총독이라면
운이 더 나빴을지 누가 알아요?
요크 맹물보다 더 나빠요? 모두 엿이나 먹어!
소머셋 욕하는 당신도 그중 하나야.
보포트 대주교 요크 공, 운수가 어떤지 시험하오.
야만스런 아일랜드 농민이 봉기하여
잉글랜드 피로써 흙을 적시오.
각 군에서 몇 명씩 가려 뽑은 부대를
아일랜드로 인솔하여 놈들과 상대해서
당신의 운수를 시험하지 않겠소?
요크 그러겠소. 왕이 허락하시면.—
서폭 우리가 주장하면 왕은 허락하시오.
우리가 정한 것은 왕이 추인하시오.
그러므로 요크 공, 이 일을 맡으시오.
요크 좋소. 나에게 군대를 모아 주시오.
그동안 나는 내 일을 보살피겠소.
서폭 요크 공, 그렇게 하는 것이 나의 일이오.

35 겉발림의 말뿐 아니라 그 말대로 행동하겠다는 것이다.
36 죽을 자의 사제가 된다는 것은 그의 최후를 마치는 예식을 주관하겠다는 말.
37 우리나라의 역마 제도처럼 잉글랜드에서도 역참마다 말을 준비해두어 전령이 갈아타고 달리게 했다.
38 앞에서 그의 실패가 언급되었듯, 그는 운이 없어 프랑스의 대부분을 잃었다. 요크는 자기를 제치고 총독이 되었던 소머셋에게 비아냥거리고 있다.

이제는 거짓된 험프리로 돌아갑시다.
보포트 대주교 그자 말은 그만하오. 앞으로는
문제 되지 않게끔 내가 처리하겠소.
그럼 우리 헤어지오. 날도 거의 저물었소.
서폭 공, 나와 함께 그 일을 얘기합시다.
요크 서폭 공, 보름 안에 브리스틀[39] 항구에서
군대가 준비되길 기다리겠소.
거기서 전군이 아일랜드로 가겠소.
서폭 요크 공, 충실히 이행되게 보살피겠소.
[요크 이외에 모두 퇴장]
요크 요크, 무서운 속셈을 단단히 굳히거나
영원히 버려라. 의심을 결심으로 바꿔라.
원하는 바가 되거나 지금의 무위한 삶을
죽음에게 양도하라. 생존할 가치가 없다.
창백한 공포는 비열한 자와 머물고
왕다운 가슴에는 숨어들지 마라.
여러 가지 생각이 봄비보다 급하게
몰려드는데, 모두 왕권 생각이다.
부지런한 거미보다 더 바쁜 이 머리는
적들을 옭아맬 복잡한 덫을 놓는다.
알겠다, 귀족들아, 사람 한 떼 딸려서
나를 내보낸 것은 너희들 계략이다.
하지만 너희는 굶주린 독사를
가슴에 품었다가 심장을 물리리라.[40]
내게 없는 군대를 너희가 준다 했다.
고맙게 받는다만, 미친 놈 손아귀에
칼을 쥐어준다는 걸 분명히 알아라.
아일랜드 주둔 중에 대군을 양성하고
검은 바람을 잉글랜드에 일으키리니,
일만 인의 영혼이 천당 또는 지옥행이며
빛나는 태양의 투명한 빛살처럼,
머리의 황금관이 미친 자의 소나기를
진정시킬 때까지 무서운 폭풍은
그치지 않고 몰아치리라.
그리고 음모의 하수인으로
고집통이 켄트 사람 애쉬포드의
잭 케이드를 회유해 놓았으니,
모티머의 계승권을 내세우면서
되도록 소란을 피우라고 말해두었다.
이전에 내가 아일랜드에 있을 때
대담한 그자가 아일랜드 군대에
단독으로 맞서서 다리에 화살들이
고슴도치 터럭처럼 박힐 때까지
싸우는 모습을 봐뒀던 건데,
드디어 원군이 오자 모리스 춤꾼처럼[41]
깡충깡충 까불면서 피투성이 화살들을
방울인 듯 흔들면서 아일랜드 본고장의
털북숭이 군인인 양, 놈들에게 다가가
수작을 나누고는 슬쩍 내게 돌아와
저들의 못된 짓을 알려주곤 했다.
여기선 이 악귀가 나 대신 일할 거다.
녀석은 지금은 죽어버린 모티머의
얼굴과 몸짓과 말씨를 빼다 박았다.
그럭해서 평민들이 요크가의 주장을
어찌 받아들이는지 가늠하겠다.
녀석이 붙잡혀서 온갖 고문 당해도,
어떤 고통을 그들이 가한대도
내게 사주받아서 난동을 피웠다고
토설하지 않을 거며, 놈이 이길 승산이
없지 않아서, 내가 아일랜드에서
군대를 끌어올 테니 녀석은 씨 뿌리고
추수는 내 몫이다. 험프리는 죽을 테니
헨리를 제치면 다음은 내 차례다. [퇴장]

## 3. 2

[험프리 공작을 살해하고 두셋이 무대를
건너질러 뛰어서 등장]
자객 1 서폭에게 달려가라. 명령에 따라
우리가 공작을 해치웠다 알려라.
자객 2 괜히 그랬다! 무슨 짓을 행했나?
그처럼 속죄하는 사람을[42] 본 적이 있나?

39 아일랜드를 마주 보는 잉글랜드 서해안의 항구.
40 얼고 굶주린 독사를 따뜻하게 가슴에 품어주었더니 독사가 심장을 물더라는 우화. 서폭 일당이 요크의 편을 들어주어 요크가 다시금 세력을 잡고 도리어 서폭 일당을 무찌르게 될 것이라는 다짐.
41 아프리카 무어족의 춤에서 전래되었다고 하는 모리스 춤은 다리에 작은 방울들을 달고 쩔렁거리며 공중에 뛰어오르는 춤이었다.

[서폭 공작 등장]

자객 1 대공님 오신다.

서폭 얘들아, 처리했나?

자객 1 예, 대공님. 죽었습니다.

서폭 반가운 말이다. 너희는 내 집에 가라.
담대한 일에 대해 대가를 주겠다.
왕과 귀족 모두가 거기 와 있다.
자리 정돈 잘 했지? 모두 제대로
내가 지시했던 대로 해 놓았겠지?

자객 1 예, 대공님.

서폭 비켜라, 가라! [자객들 퇴장]

[나팔들이 울린다. 헨리 왕, 마거릿 왕비,
보포트 대주교, 소머셋 공작, 시종들 등장]

헨리 왕 [서폭에게]
내 앞에 숙부를 불러오시오.
공고된 바와 같이 오늘 나는 공작의
유죄 여부를 심판할 생각이라 알려주시오.

서폭 전하, 당장 불러오겠습니다. [퇴장]

헨리 왕 귀공들, 좌정하시오. 당부하건대
실지로 반역죄를 저질렀다는
진정 믿을 만한 증거 외에는
글로스터 숙부를 괴롭히지 마시오.

마거릿 왕비 하느님께 맹세코, 어떤 악의에서도
귀인을 정죄하면 죄가 되어요.
혐의를 벗으시길 하느님께 빌어요.

헨리 왕 여보, 고맙소. 무척 위로되는 말이오.
[서폭 등장]
어찌 됐소? 왜 낯빛이 창백하오? 왜 떠시오?
숙부가 어디 있소? 무슨 일이오, 서폭?

서폭 잠자리에 죽어 있소. 공작이 죽었소.

마거릿 왕비 아이고, 맙소사!

보포트 대주교 하느님의 내밀한 심판이오. 지난밤 내가
공작이 아무 말도 못하는 꿈을 꾸었소.
[헨리 왕이 기절한다.]

마거릿 왕비 왜 그러셔요? 도와줘요. 왕이 돌아가셨소.

소머셋 몸을 일으키세요. 코를 꼬집으세요.

마거릿 왕비 빨리요, 도와줘요, 오, 헨리, 눈 떠요.

서폭 다시 깨어나십니다. 왕비님, 고정하세요.

헨리 왕 오, 거룩하신 하느님!

마거릿 왕비 전하, 어떠세요?

서폭 안심하세요, 전하, 안심하세요.

헨리 왕 나에게 서폭 공이 안심하라 하는가?
까마귀 소리를 하러 왔는가?
음산한 그 소리에 힘이 빠진다.
굴뚝새가 큰 소리로 텅 빈 가슴에서
위로를 외친대도 내게 처음 들리던
음산한 그 소리를 쫓아낼 수 있는가?
달콤한 말로 독약을 숨기지 마라.
내게 손대지 마라. 금지를 명한다.
독사의 이빨인 듯, 소름이 끼친다.
죽음의 전령아, 내 앞에서 사라져라!
살인마의 폭력이 온 세상을 떨게 하며
음침한 자세로 네 눈알에 앉았다.
나를 쳐다보지 마라. 눈길이 아프다.
하지만 가지 마라. 전설의 독사처럼
죄 없이 보는 자를 노려보아 죽여라.[43]
죽음의 그늘에서 기뻐하고 싶구나.
숙부가 죽었으니 산 것이 죽은 거다.

마거릿 왕비 왜 서폭 공을 그처럼 탓하세요?
그에게는 공작님이 원수였지만
진실한 믿음으로 애도하고 있어요.
내게도 원수였지만 흐르는 눈물과
심장에 안 좋다는 신음과 한숨이
공작의 목숨을 되돌릴 수 있다면
울어서 눈멀고 신음해서 앓고
피 말리는 한숨으로 창백한 앵초가
돼도 좋아요. 세상이 나를 어떻게 심판할지
잘 알아요. 서로의 뜨악함이 알아져
공작을 해한 게 나라고 하겠고,
내 이름이 욕설로 상처 입어 궁정마다
내 욕이 가득하겠죠. 그분의 죽음으로
이런 꼴이 되었으니, 불행한 나예요!
왕비라면서 치욕의 관을 쓰다뇨!

헨리 왕 불쌍한 글로스터! 아, 슬픈 일이다!

마거릿 왕비 나를 불쌍히 여기세요. 내가 더 불쌍해요.
어머나! 돌아앉아 얼굴을 가리셔요?

42 죽을 수밖에 없음을 알고 공작은 경건하게 최후의 회개 기도를 올렸을 것이다.

43 바실리스크라는 독사가 노려보는 사람은 당장 죽는다는 전설이 있었다. 서폭의 매서운 눈에 헨리 왕이 살의를 느낀다.

끔찍한 문둥이는 아니니 나를 보셔요.
에구머니, 귀머거리 뱀처럼[44] 되셨어요?
그러면 뱀이 되어 슬픈 왕비를 죽이셔요.
위로의 말들은 무덤에 갇혔나요?
마거릿은 당신의 기쁨이 될 수 없었죠.
글로스터의 동상을 세우고 경배하셔요.
내 그림은 술집의 광고로나 쓰세요.
이런 꼴 보려고 난파를 무릅쓰고
잉글랜드 해안에서 두 번이나 역풍에 밀려
다시금 고향에 밀려갔나요?
바람이 경고하며, '전갈의 둥우리를
찾지 말고 적대하는 해안에
오르지 말라'는 말은 분명한 징조였죠?
내가 뭐라 했어요? 순풍을 저주하고
바람을 관장하는 바람신[45]을 꾸짖어
축복받은 잉글랜드 해안으로 불어 가거나
뱃머리를 무서운 암초로 이끌라 했죠.
하지만 바람신은 살인자가 안 되려고
저런 악한 짓을 당신에게 맡겼어요.
바다는 곱게 놀며 나를 가만뒀는데
당신의 냉대를 육지서 만난 내가
바다처럼 짠 눈물에 익사할 걸 안 거죠.
모래 속에 숨어서 배 부수는 암초들은
날카로운 돌로 나를 치지 않았으니
암초보다 단단한 돌 같은 당신이
궁궐에서 마거릿을 죽일 걸 안 거죠.
폭풍이 해안에서 우리를 몰아갈 때
당신들의 흰 절벽[46]이 보일 때까지
광풍을 무릅쓰고 갑판 위에 있었죠.
열심히 바라보는 내 눈에서 검은 하늘이
당신 땅의 모습을 가리기 시작할 때
내 목에서 값진 보석 한 개를 떼어 내어,
—다이아몬드 테를 두른 하트였는데—
당신 땅을 향해서 던졌더니 바다가 받았어요.
그처럼 당신 몸이 내 하트를 받길 원했죠.
그러다가 어여쁜 잉글랜드를 놓치고
하트와 함께 가라고 눈을 꾸짖고
그리운 백악의 해안을 놓쳤으니
앞 못 보는 시커먼 구멍이라 불렀어요.
서폭의 혀를 몇 번이나 유혹했던가?
—당신의 치사한 변절을 그이가 대행했지.—
사랑에 미친 디도에게 아스카니오스[47]가
불타는 성에서 부친의 무공을 말했듯이
서폭에게 앉아서 나를 유혹하라 꾀었지.
나도 홀렸나? 또는 당신이 배신자인가?
더 말할 수 없구나. 마거릿, 죽어라.
너무 오래 산다고 헨리가 운다.
[안에서 소란. 워릭 백작과 솔즈베리
백작이 다수의 평민들과 함께 등장]

워릭 위대하신 전하, 선한 험프리 공작이
서폭과 보포트 대주교의 사주에 의해
악랄하게 살해됐단 소문이 나돕니다.
평민들이 여왕벌을 잃고 성난 벌 떼같이
사방으로 흩어져 그에 대한 보복으로
아무나 상관없이 마구 쏘고 있습니다.
그의 죽은 경위를 들은 다음에야
난동의 격분이 진정될 듯합니다.

헨리 왕 워릭, 그의 죽음은 분명한 사실이나
그 경위는 헨리 아닌 하느님이 아시오.
그 방에 들어가 숨진 몸을 살피시오.
그런 후에 그의 급사를 설명하시오.

워릭 그러겠어요. 아버님, 제가 돌아올 때까지
무지한 군중과 같이 계셔 주십시오.
[워릭은 한쪽 문으로, 솔즈베리는
다른 쪽 문으로 퇴장]

헨리 왕 오, 심판의 주님이여, 제 생각을 멈추소서.
제 생각은 험프리의 목숨에 폭력이 손을
뻗친 것으로 의심하고 있습니다.

44 시편 58편 4~5절 "저희는 귀를 막은 귀머거리 독사 같으니, 곧 술사가 아무리 공교한 방술을 행할지라도 그 소리를 듣지 아니하는 독사로다"에 대한 언급.

45 그리스신화에서 바람신(아이올로스)은 단단한 동굴 속에 가두어 두었던 바람을 내보낸다고 했다.

46 프랑스 건너편 잉글랜드의 동부 해안은 흰 백악(석회암)의 절벽으로 되어 있어 배를 대기 어렵다.

47 트로이의 마지막 영웅 아이니아스의 아들 아스카니오스(실상은 아프로디테의 아들 에로스가 변장한 것)가 카르타고의 여왕 디도에게 아버지의 무공을 이야기하여 열렬한 사랑을 일으킨다. 그러나 아이니아스는 얼마 후 로마를 건설하려고 그녀를 버리고 떠나고 그녀는 자결한다.

제 의심이 틀렸으면 용서해 주소서.
심판은 오로지 주님께 있나이다.
핏기 없는 그 입술에 이만 번 키스하고
짠 눈물의 바다를 그 얼굴에 쏟아부어
말없고 귀먹은 그이 몸에 사랑을 말하고
감각 없는 그이 손을 내 손으로 더듬겠소.
하지만 그런 짓은 부질없는 장례요.
[워릭이 들어와 커튼을 젖혀 침대 위의
죽은 험프리 공작을 보여준다. 침대를
앞으로 끌어낸다.]
그런데 그이의 죽은 흙덩이의 꼴을 본들
슬픔이나 더하지 무슨 소용이 있나?

워릭 자애로우신 전하, 시신을 보십시오.

헨리 왕 나 자신의 무덤이 깊은 것을 볼 뿐이오.
그분의 영혼과 더불어 위로도 갔소.
시신을 보니 죽음 속의 나의 삶을 보게 되오.

워릭 아버지의 진노의 저주를 풀기 위하여
사람 몸을 입으셨던 거룩한 왕[48]과 함께
살아가길 소망하는 영혼에 맹세코,
고명하신 공작님 목숨에 살해의 손이
뻗친 것을 의심할 바 없이 굳게 믿소.

서폭 엄숙한 말로 행한 무서운 맹세요!
워릭 공은 맹세의 근거가 무엇이오?

워릭 얼굴에 피가 굳은 것을 살펴보시오.
제 명에 간 시신이 잿빛을 띠는 것을
자주 보았습니다. 그러한 시신은
창백하고 메마르며 핏기가 없소.
심장이 죽음과의 싸움에서 도움을 청해
힘겨운 심장에 모든 피가 몰렸다가
심장과 함께 식으면 다시는 되돌아가
뺨을 붉고 곱게 만들 수가 없습니다.
그러나 공작님의 얼굴은 시커멓고
피가 가득 모였으며, 눈알은 튀어나와,
목 졸린 사람처럼 무섭게 노려보니,
위로 뻗친 머리카락, 싸우며 벌린 콧구멍,
목숨을 안 놓다가 완력에 눌린 듯
풀어진 손과 팔이오. 홑청을 보시오.
들러붙은 머리털이 분명합니다.
멋있게 다듬은 수염이 마구 흩어져
폭풍에 휩쓸린 여름 밀밭 같군요.
살해당하신 것이 확실합니다.
매우 작은 흔적도 증거가 됩니다.

서폭 워릭, 도대체 누가 공작을 죽이겠소?
나와 보포트가 보호하고 있었소.
그런데 우리가 살인자는 아니겠지.

워릭 하지만 당신 둘은 그의 철천지원수였소.
[보포트 대주교에게]
당신이 공작을 보호키로 했었지만
친구처럼 대접하진 않았을 거요.
분명히 그분이 원수를 만났었소.
[대주교가 소머셋의 부축을 받아 퇴장]

마거릿 왕비 그래서 당신은 이런 귀한 분들이
돌연한 죽음에 관련됐단 말이죠?

워릭 송아지가 선혈을 흘리며 죽어 있는데
그 옆에 백정이 도끼를 들고 섰으면
도살자로 안 믿을 자가 누구요?
멧닭이 매 둥지에 자빠진 꼴을 보고
매가 높이 나는데 부리에 피가 묻지 않았어도
멧닭이 왜 죽었는지 짐작할 수 없나요?
그처럼 이 비극도 수상합니다.

마거릿 왕비 서폭, 당신이 도살자요? 칼이 어디 있죠?
보포트가 매요? 발톱이 어디 있죠?

서폭 자는 사람 죽일 칼은 내게 없지만
오래 쓰지 않아서 녹이 슨 복수의 칼이 있소.
살인이란 시뻘건 딱지를 내게 붙이는
저자의 소란한 염통으로 닦겠소.
워릭셔의 건방진 백작, 용기가 있거든
내가 공작의 죽음에 책임이 있다 하라!

워릭 간사한 서폭이 대들 때 워릭이 겁내는가?

마거릿 왕비 욕하는 성격을 죽일 줄 모르며
시건방진 욕설도 그만두지 못해요.
서폭이 이만 번 맞선대도 변함없어요.

워릭 왕비님, 조용하세요. 정중히 말하건대
저자를 두둔해서 하시는 말씀마다
왕비님 위엄에 욕이 될 뿐입니다.

서폭 머리가 둔하고 행실이 무지한 자,

48 왕 중의 왕인 예수 그리스도를 의미한다. 인간에 대한 하느님의 진노에서 인간을 풀어주려고 인간의 몸을 입고 죽기까지 인간을 사랑했다고 기독교인들은 믿는다. 워릭은 자기 영혼을 걸고 그것이 살인임을 확언한다.

부인이 남편을 골탕 먹인 적이 있다면
네 어미가 웬 못된 무식한 촌놈을
부끄러운 잠자리에 불러들여 귀한 혈통에
잡목을 접붙였더니 네가 그 열매구나.
고귀한 네빌가엔 속할 수 없다.

워릭 살인범인 네놈을 법이 잠시 살려두고
오만 가지 죄악을 내가 면해줌으로
형리의 수당을 가로채지 않으며
전하의 면전이라 삼가기 망정이지
가증한 살인자, 비겁자, 네놈 말을
무릎 꿇어 사죄하고 그 말은 네 어미를
뜻했으며 네놈이 사생아로 났다는 걸
자백하게 하겠다. 이렇게 비열하게
모두 굴복한 후에 죗값을 치르도록
네 혼을 지옥으로 보내겠다.
자는 사람의 피를 빤 악한 놈아!

서폭 전하의 면전에서 감히 같이 나가면
네가 깨어 있을 때 피 보게 만들겠다.

워릭 지금 당장 나가자. 불응하면 끌어낸다.
그럴 가치도 없지만 너와 한판 붙어서
험프리의 영혼에 뭔가 해 드리겠다.

[서폭과 워릭 퇴장]

헨리 왕 깨끗한 가슴보다 강한 갑옷이 무엇인가?
정의 편을 드는 자는 세 배나 무장했다.
양심이 부정에 썩은 자는 온몸을
무쇠에 파묻어도 맨몸이나 한가지다.

평민들 [안에서] 서폭을 타도하라! 타도하라!

마거릿 왕비 이게 무슨 소리지?

[서폭과 워릭이 칼을 빼들고 등장]

헨리 왕 귀공들, 어찌 여기 내 앞에서 노한 칼을
빼 드는가? 그토록 무엄할 수 있는가?
오, 소란한 저 소리는 무슨 까닭인가?

서폭 위대하신 전하, 반역자 워릭이
베리[49] 사람들과 함께 덤볐습니다.

평민들 [안에서] 서폭을 타도하라! 서폭을 타도하라!

[평민들로부터 솔즈베리 백작 등장]

솔즈베리 [안에 있는 평민들에게]
물러서시오. 당신네 뜻을 왕께 말씀드리겠소.
[헨리 왕에게]
엄하신 전하, 평민들이 저를 통해 말씀드리오.
당장에 서폭 공을 사형에 처하거나
잉글랜드 밖으로 추방하지 않으시면
그자를 왕궁에서 완력으로 끌어내어
고통 중에 죽도록 고문하겠답니다.
선량한 공작이 그자 손에 죽었으며
전하의 목숨도 걱정된다 하면서
순전한 사랑과 충성에서 우러나서,
전하의 호감을 거역할 만큼
강력히 반대하는 속내가 없이
그자를 추방하길 요청합니다.
지고하신 전하의 안전을 걱정하여,
전하께서 주무시려 하실 때에는
아무도 방해할 수 없으며, 어기는 자는
전하의 노염이나 죽음을 당하되,
엄중한 명령에도 아랑곳하지 않고
독사가 혀를 날름거리며 교묘하게
전하를 향해서 기어들 수 있으니
위태롭게 잠드신 때에 죽음의 뱀이
그 잠을 영구하게 만들까 염려하여
깨워드리는 것이 옳다고 생각했습니다.
그리하여 전하께서 금하시지만,
원하시든 않으시든 자기들끼리
서폭 같은 악한 독사한테서 전하를
보호해 드린다고 외치면서
죽음의 독이 묻은 그자의 어금니가
스무 배나 선하신 숙부님의 목숨을
수치스레 뺏었다고 주장합니다.

평민들 [안에서] 솔즈베리 백작님, 전하의 대답을
빨리 들려주시오!

서폭 무지하고 몽매한 촌것들이 전하에게
그따위 수작을 말할 테지요. 그런데
귀공은 기꺼이 그 짓에 고용돼서
웅변의 재간을 유감없이 발휘했소.
그러나 당신이 얻은 최고의 명예는
부랑자 패거리가 왕에게 보내는
특명전권대사에 지나지 않소.

평민들 [안에서] 전하의 대답을 들려주시오. 안 그러면
부수고 들어갈 테요!

헨리 왕 솔즈베리, 나가서 내 말을 전해주오.

49 켄트군에 있는 성읍. 의회가 열렸던 곳이다. 2막 4장 71행 참조.

나에 대한 지극한 사랑에 감사하며
그들로 인하여 자극받지 않았어도
그들의 요청대로 시행할 참이었소.
확실히 심중에 서폭의 작간으로
지위가 위험함을 항상 예견하였소.
그런고로 하느님의 미미한 대행자로
그분의 권세에 힘입어 맹세하건대
사흘의 말미를 주니 죽음을 각오하고
공기를 더럽히지 말 것을 명령하오. [솔즈베리 퇴장]

마거릿 왕비 오, 헨리, 착한 서폭 위해 호소 드려요.

헨리 왕 그자가 착하다니, 착한 왕비 아니오.
그만하오! 그자 위해 당신이 호소하면
나를 더욱 격분하게 만들 뿐이오.
직접 선고했다면 시행했을 터이오.
일단 맹세한 것은 취소가 불가능하오.
[서폭에게] 사흘 뒤에도 내 영토 어디서든
당신이 눈에 띄면 온 세상을 주어도
당신의 몸값을 치르지 못하오.
오시오, 워릭, 착한 워릭, 나와 함께 갑시다.
당신에게 알려줄 중대한 일이 있소.

[헨리 왕과 워릭이 시종들과 함께 퇴장.
시종들이 떠나면서 침대를 치우고
커튼을 친다.]

마거릿 왕비 불행과 슬픔이 당신과 함께 가요!
가슴의 불만과 쓰디쓴 아픔이
당신의 길동무가 된다면 좋겠어요.
당신과 나는 둘인데 마귀가 끼어 셋이군요.
세 갑절 앙갚음이 발길마다 같이하길!

서폭 착하신 왕비님, 욕설은 그만하시고
쓸쓸한 작별을 고하게 하십시오.

마거릿 왕비 여자 같은 겁쟁이, 기운 빠진 사내!
원수들을 저주할 기운이 없어요?

서폭 염병할 놈들! 뭣 때문에 저주해요?
맨드레이크 신음처럼[50] 저주로 죽인다면
제일 악하고 사납고 무섭고
끔찍하고 날카로운 욕설을 지어서
악물은 이빨 새로 세차게 뱉어내고
음울한 동굴 속 비쩍 마른 시기[51]처럼
울부짖는 살인적 적개심을 보이겠소.
신나게 말하다가 혓바닥이 뒤틀리고
눈은 부싯돌처럼 불꽃을 튀기며
머리칼은 광인처럼 쭈뼛쭈뼛 일어서요.
내 모든 뼈마디가 저주하는 듯해요.
저주하지 않으면 가슴이 끓어올라
당장 터질 거요. 마실 게 독이 돼라!
저들 입에 단것은 쓸개보다 쓰게 돼라!
쉬고 싶은 그늘은 주목들의 숲이 돼라![52]
아름다운 경치는 독사가 노려보라![53]
가장 연한 살결은 도마뱀의 혀가 돼라![54]
독사가 내는 소리처럼 음악은 겁을 줘라!
음울한 올빼미는 화음을 메워라!
암흑 속 지옥에서 끔찍한 공포들이—

마거릿 왕비 착한 서폭, 그만해요. 자기만 괴로워요.
그런 저주들은 거울에 비친 햇살이나
화약을 너무 채운 대포의 반동처럼
그 세력이 당신한테 몰려들어요.

서폭 저주를 하라더니 그만두란 말이오?
추방되어 떠나는 이 땅에 맹세코,
살을 에는 찬바람에 풀 한 포기 안 자라는
한겨울 산 위에서 홀딱 벗고 서서라도
온밤을 저주하며 새울 수도 있고,
그러고도 잠깐 동안 장난친 듯 여길 테요.

마거릿 왕비 오, 제발 그치셔요. 당신 손을 주셔요.
슬픔의 눈물로 촉촉이 적실 테요.
하늘의 빗방울이 여기를 적셔서
슬픔의 기념비를 씻어낼 수 없게 해요.
[그의 손바닥에 키스한다.]
내 키스가 당신 손에 글자처럼 박혀서
그 자취를 보고는 내 입술을 기억하고

50 인삼과 비슷하게 뿌리가 둘로 나뉘어 마치 사람의 하반신 모습을 하고 있는 속씨식물로서, 이런 뿌리의 모양 때문에 좋지 않은 미신과 전설이 많다. 고대 아랍인과 게르만인은 '맨드라고라'(Mandragora)라는 작은 남자의 악령이 이 식물에 산다고 믿었으며, 교수대 밑에서 자라는 풀이라고 알려져 그 뿌리에 죄수의 죽은 영혼이 숨어 있다고도 믿었다.

51 '시기'(猜忌)를 어두운 동굴 속에 혼자 앉아 욕질하는 비쩍 마른 노인으로 의인화하였다.

52 우리에게는 줄기가 붉어 '주목'(朱木)이지만, 서양에서는 잎이 검어 무덤가에 심는 음울한 나무다.

53 전설에 나오는 독사가 노려보기만 하면 그 사람은 죽는다고 했다.

54 도마뱀은 독이 묻은 혀로 쏜다고 믿었다.

천 번 만 번 한숨 쉰 걸 떠올리셔요!
내 슬픔 내가 알게 곧장 가셔요.
당신이 서 있으면 굶주릴 걸 예비해서
너무 먹는 사람처럼, 생각만 가득해요.
당신이 추방에서 풀려나게 하거나
나도 추방당하게끔 모험을 하겠어요.
당신이 가버리면 내가 추방당한 거죠.
말없이 가셔요. 지금 당장 가셔요.
오, 아직은—추방된 두 친구는 이처럼
포옹하고 키스하고 천 번 만 번 작별해요.
이별이 죽음보다 백 갑절 싫어요.
하지만 안녕. 당신과 함께 목숨도 안녕.

서폭 불쌍한 서폭은 열 번 추방당하오.
한 번은 왕에게, 아홉 번은 당신에게.—
당신이 없으면 이 나라에 관심 없고
당신이 있는 데는 그곳이 천국이니
무인지경 황야라도 사람들이 가득하오.
당신이 있는 곳이 온 세상이 되어서
온갖 세상 재미가 모두 있는 데요.
당신이 없는 곳은 황량할 뿐이오.
더 말하지 못하겠소. 인생을 즐기시오.
당신 사는 것으로 즐거움을 삼겠소.
[보스 등장]

마거릿 왕비 보스, 어딜 그리 급히 가나? 무슨 일인가?

보스 대주교가 위독하다는 것을 전하께
알려드리려고 달려가는 중입니다.
격심한 고통이 갑자기 닥쳐와서
숨차고 눈을 부라리면서 헐떡이며
온 세상 사람들과 하느님을 저주하고
험프리 공작의 혼령이 곁에 있는 듯
말하면서, 전하를 부르기도 합니다.
왕에게 말하듯 베개에게 속삭이며
심중에 가득한 비밀을 쏟아놓는데,
지금은 전하를 큰 소리로 부릅니다.
그 말씀 전하려고 달려가는 중입니다.

마거릿 왕비 침통한 그 소식을 알려드려라. [보스 퇴장]
오, 세상이란 무엇인가? 무슨 소식들인가?
내 영혼의 보석 같은 서폭을 잃고
어째서 한 시간의 죽음을 슬퍼하며
오로지 당신만을 슬퍼하지 못하고
남쪽 구름과 눈물을 다투게 하지 못하는가?[55]
구름은 성장을, 눈물은 슬픔을 위함인데.
그럼 가셔요. 왕이 오는 중이에요.
내 옆에 있다가 발각되면 죽어요.

서폭 당신과 헤어지면 나는 살 수 없소.
당신 보는 곳에서 죽으면 당신 품에
포근히 안겨, 잠과 같지 않겠소?
영혼을 공기 중에 보낼 수도 있겠소.
요람의 아기가 엄마의 젖을 물고
조용히 얌전히 죽어가듯이.—
그러나 당신이 없으면 미쳐버려서
눈을 감겨주고 입을 키스로 막아줄
당신만을 애타게 부를 것이니,
그리하면 날아가던 영혼을 되돌리든가
내가 당신 몸속으로 불어넣게 되어요.
[그녀에게 키스한다.]
그리하여 영혼은 천국에서 살게 되오.
당신 곁에 죽는 것은 죽는 시늉뿐이오.
당신 없이 죽는 것은 죽음 이상 고문이오.
그대로 머물겠소! 어찌 되든 상관없소!

마거릿 왕비 가셔요. 이별은 끈질기게 아파요.
죽음 같은 상처에 바르는 약이에요.
프랑스로 가셔요. 게서 소식 전하셔요.
땅덩이 어디에 있든지 사람을 시켜
당신을 찾아내고 말겠어요.

서폭 그럼 나는 가요.

마거릿 왕비 내 심장을 갖고 떠나셔요.
[그에게 키스한다.]

서폭 값진 것을 담아두던 상자 중에서
가장 슬픈 상자에 갇혀 있는 보석아,
갈라진 쪽배처럼 우리는 이별하오.
나는 거기로 죽으러 가오.

마거릿 왕비 나는 여기에요. [각기 퇴장]

## 3. 3

[헨리 왕, 솔즈베리 백작, 워릭 백작 등장.
그때 커튼이 열리고 침대 위에서 미친 듯

55 비를 몰아오는 남쪽 구름은 '눈물'과 다툴 만한 상대다.

발광하며 눈을 부릅뜬 보포트 대주교가 보인다.
침대를 앞으로 밀어놓는다.]

헨리 왕 어떠시오, 보포트? 왕에게 말하시오.

보포트 대주교 당신이 '죽음'이면 섬을 다시 살 만큼
이 나라 보물들을 넉넉히 주겠으니
나를 살게 해주고 고통을 없애주오.

헨리 왕 오, 이는 악한 삶의 옳은 표적이다.
임박한 죽음이 그리도 무섭다니!

워릭 보포트, 전하께서 말씀하시오.

보포트 대주교 당신이 원할 때 나를 재판해요.
침대가 아니었소? 죽을 데가 따로 있소?
죽든지 말든지 내가 사람 살리우?
고문은 그만해요. 자백할게요.
다시 살아났다고? 그렇다면 보여줘요.
그 사람을 본다면 천 파운드 내겠소.
오, 눈이 없구나! 눈이 흙에 묻혔어.
머리를 빗어라. 뻣뻣이 섰어.
날아가는 내 영혼 잡으려는 끈끈이처럼.
마실 것 좀 달라. 약사에게 말해서
내가 사둔 독약을 가져오래라.

헨리 왕 오, 하늘을 영원히 운행하는 주님이여,
이런 불쌍한 자를 인자하게 보소서.
이 사람의 영혼을 맹렬히 에워싸고
분주히 넘나드는 악귀를 쫓으소서.
암흑한 절망을 가슴에서 씻으소서.

워릭 죽음의 아픔에 허연 이가 드러나오.

솔즈베리 가만히 놔두시오. 편히 가게 합시다.

헨리 왕 하느님의 뜻이면, 그 영혼에 평화를!
대주교, 하늘의 복락을 생각하면
손들어 소망을 표하시오.

[보포트 대주교가 죽는다.]

표시 없이 죽었다. 오, 주여, 용서하소서.

워릭 그런 못된 죽음은 악한 삶을 뜻하오.

헨리 왕 심판하지 마시오. 모두가 죄인이오.
눈을 감기고 커튼을 닫으시오.
그럼 우리 모두 기도하러 갑시다.

[모두 퇴장. 침대를 치우고 커튼을 닫는다.]

## 4. 1

[안에서 공격 신호. 해상 전투인 듯이 대포들이
발사된다. 그러자 부관과 선장과 선장 조수와
월터 횟모어와 기타 등장. 변장한 서폭 공작과
두 신사가 포로가 되어 그들과 함께 등장]

부관 암흑을 폭로하고 뉘우치는 눈부신 낮이
바다의 가슴속에 기어들었다.
기운 없는 말들이 슬픈 밤을 끌고 가다
늑대들이 울부짖어, 힘내는 때이다.[56]
졸음에 겨운 밤은 축 처진 날개로
무덤을 감싸고 뿜는 입으로
더러운 기운을 바람 안에 퍼뜨린다.
그럼 붙잡힌 병사들을 데리고 와라.
우리 배가 언덕 아래 들어갈 동안
여기 모래 위에서 몸값을 정하거나
피로써 바닷가를 물들이겠다.
선장, [신사 1을 가리키며] 이 포로는 당신한테 거저 준다.
[조수에게] 선장 조수, 너는 여기서 돈 벌어라.
[신사 2를 가리킨다.]
[월터 횟모어에게]
월터 횟모어, 저자는 [서폭을 가리키며] 네 몫이다.

신사 1 [선장에게] 내 몸값이 얼마인지 알려주시오.

선장 천 냥이다. 싫으면 목을 내려놓아라.

조수 [신사 2에게] 같은 값을 안 내면 목이 달아날 거다.

부관 [두 신사에게]
신사의 명칭과 지위를 가지는 데
2천 냥이 비싸다는 말인가?

횟모어 놈들의 목을 따라. [포로들에게] 너희들은 죽으리라.
우리가 싸움에서 잃은 사람 목숨이
(……)[57]
그따위 푼돈으로 보상이 되겠는가?

신사 1 [선장에게] 그 돈을 내겠소. 내 목숨은 살려주쇼.

신사 2 [조수에게] 나도 내겠소. 즉시 집에 알리겠소.

횟모어 [서폭에게] 적의 배에 오르다가 눈 하나를 잃었으니
그 값으로 네놈을 죽여야겠다.

56 늑대는 밤에 운다. 밤에 용마들이 끄는 마차가 어두운 하늘을 달린다고 하였다.

57 이 다음에 한 행이 탈락된 것으로 추정된다. 그 행을 행수 계산에 넣는다.

내 마음 같아서는 이놈들도 죽어야 한다.
부관 너무 성미 급하군. 몸값 받고 살려줘라.
서폭 기사란 표시를 보시오. 나는 신사요.
받을 값을 정하면 치러 주겠소.
휫모어 나 역시 신사다. 내가 월터 휫모어다.
[서폭이 흠칫 놀란다.]
뭔가? 왜 놀라는가? 뭐가 그리 놀라운가?
서폭 이름이 놀랍다. 죽음이 들어 있다.
유능한 점술인이 내 생일을 따지더니
내가 물가에서 죽을 것을 예언했다.
그러나 내 말에 살의를 품지 마라.
정확히 발음하면 너는 '갈티에'[58]이다.
휫모어 '갈티에'든 월터든 상관치 않는다.
비열한 불명예가 이름을 더럽히면
그 오점을 내 칼이 반드시 닦아냈다.
그러므로 장사치처럼 복수를 팔면
칼을 꺾고 문장을 구겨버리고
온 세상에 겁쟁이로 선포돼도 괜찮다.
서폭 휫모어, 잠깐. 너의 포로는 대공이다.
서폭 공작 윌리엄 들 라 폴이다.
휫모어 공작이 자기 몸을 누더기로 가렸는가?
서폭 누더기는 공작 몸이 되지 않는다.
주피터도 변장하고 다녔는데 나는 못 하는가?
부관 그러나 주피터는 너처럼 죽지 않았다.
서폭 형편없는 거지 촌것, 헨리 왕의 혈통이며
랭커스터 가문의 고귀한 피[59]를
맥 빠진 마부 놈 때문에 흘리질 못한다.
제 손에다 입 맞추며 등자를 부여잡고
긴 옷 입힌 노새 옆에 맨머리로 걸어가며
내가 머릴 끄덕이면 좋아하지 않았는가?
나의 술잔 심부름도 늘 하지 않았는가?
내가 남긴 그릇을 핥아먹고 왕비와 내가
식사할 때 그 옆에서 꿇고 있지 않았는가?
그때 일을 기억하고 기를 폭삭 죽여라.
쓸데없는 교만을 한껏 낮춰 가져라.
접견하기 위해서 내가 나설 그 시간을
네가 겸손히 기다린 걸 잊지 말아라.
너를 추천하는 글을 내 손으로 썼으니
시끄러운 혓바닥도 잠재우겠다.
휫모어 부관, 망가진 이 녀석을 찔러버릴까?
부관 놈이 내게 말했으니 먼저 말로 찌르겠소.
서폭 천한 놈, 너와 네 말 모두가 잡스럽다.
부관 저놈을 끌어다가 난간에서 목을 쳐라.
서폭 자기 목을 생각하면 그러진 못할 거다.
부관 폴[60]—
서폭 폴?
부관 그렇다. 폴이든 똥통이든
온 백성이 마실 샘을 네가 흐려놓는다.
잉글랜드 보화를 삼킨 값으로
벌어진 네 입을 영영 막아놓겠다.
왕비께 키스한 네 입술은 흙을 핥고
험프리 공작의 죽음 보고 웃은 네놈은
무심한 바람결에 흰 이빨만 드러내고[61]
바람은 휭 - 하니 경멸조로 답하리라.
백성도 재산도 왕관도 없는
빈털터리 왕의 딸을 꺼리지 않고
위대한 왕에게 결혼시킨 값으로
지옥의 마녀들과 붙어살아라.
악귀처럼 모략으로 권세를 키웠으니
피 흘리는 조국의 살덩이로 배불리고
권력욕에 넘쳐나던 술라[62] 같은 녀석으로,
앤주와 메인을 프랑스에 팔았구나.
너로 인해 반란을 꾀하던 노르만족이
우리를 거부하며, 피카르디족이
총독을 살해하고 요새들을 습격하여[63]
부상당한 병사들이 누더기로 돌아왔다.
강한 칼을 뽑아 들면 반드시 이겨내는

58 영어로는 '월터'(당시 발음으로는 '워터')가 프랑스어로는 '갈티에'(Gaultier)였다. (후에 '고티에'로 변했다.)
59 서폭의 어머니가 헨리 6세의 먼 친척이었다. 그래서 랭커스터 왕가의 혈통을 타고난 척한다.
60 공식 직함은 서폭 공작이지만 집안 이름은 '(들라) 폴'이었다. 일부러 '폴'이라는 이름을 부르는 것이다.
61 흰 이빨을 드러내고 소리 없이 웃는 것은 해골이다.
62 기원전 1~2세기에 살았던, 정적들을 무참히 살해한 로마의 악명 높은 권력자.
63 잉글랜드 영토인 프랑스 서북부 지역 피카르디와 그곳에 살던 노르만족(본시는 게르만의 일족인 노르만들이 프랑스 서북 해안에 정착해 있었다)을 가리킨다. 이런 일은 없었지만 셰익스피어가 극적인 효과로 지어냈다.

워릭 공을 비롯한 네빌 집안 모두가
칼을 들고 일어나니, 죄 없는 왕[64]을
수치스레 살해하고 오만, 방자스럽게
커져가는 압박으로 왕통에서 밀려났던[65]
요크가의 사람들이 복수심을 불태우니
희망의 깃발은 바야흐로 떠오를
반쯤 가린 태양[66]을 앞에 세워 전진하며
그 밑에 "인비투스 누비부스"[67]라 적고서,
켄트의 민중은 무장봉기하였다.
한마디로 말해서, 우리 왕의 궁에
수치와 궁핍이 기어들어 온 건
모두 네 탓이다. [휫모어에게] 저놈을 데려가라.

서폭 오, 내가 신이라면 볼품없는 쌍것들,
오합지졸 대가리에 날벼락을 때리겠다.
종놈들은 작은 일에 교만해진다.
쪽배 괴수 주제에 일리리아의 강한 해적
바둘리스[68]보다도 무섭게 협박한다.
수벌들은 독수리의 피를 빨지 못하고
벌통의 꿀을 훔치지. 너 같은 종놈에게
내가 죽는다는 건 있을 수 없다.
네 말에 가책 아닌 분노가 끓어오른다.
왕비의 친서를 프랑스에 가져가니
해협을 안전하게 인도할 걸 명령한다.

부관 월터.

휫모어 서폭, 이리 와라. 죽음으로 인도하겠다.

서폭 "파이네 겔리두스 티모르 오쿠팟 아르투스."[69]
네가 무섭다.

휫모어 내가 떠나기 전에 무서울 게 있으니까.
이제 겁이 나는가? 머리를 숙일 텐가?

신사 1 [서폭에게] 공작님, 애원해요. 공손히 말하세요.

서폭 당당한 나의 혀는 엄격하고 거칠다.
명령에 익숙할 뿐, 비럭질은 안 배웠다.
굴욕적인 애원으로 놈들을 섬기는 건
결코 있을 수 없다. 하느님과 왕 이외에
누구에게 무릎 꿇기보다는 단두대에
머리를 숙이겠다. 피 묻은 장대 끝에서 춤춰도
천한 종놈 앞에서 모자 벗지 않겠다.
진정한 귀족은 두려움이 전혀 없다.
무슨 짓을 당해도 참아내겠다.

부관 빨리 끌어내 가라. 시끄럽구나.

서폭 병정들아, 얼마나 잔인한지 내게 보여라.
그럭해야 내 죽음이 잊히지 않겠다.
대공들이 걸인에게 죽는 일은 흔하다.
로마의 자객과 무법한 종놈이
키케로[70]를 살해했다. 사생아 브루투스[71]가
시저를 찔렀다. 섬나라 야만족이
폼페이[72]를 죽였고 서폭은 해적이 죽인다.
[휫모어가 서폭과 함께 퇴장]

부관 몸값이 정해진 사람 중에서
하나를 풀어주겠다. 그러니까
[신사 2에게]
당신은 우리와 같이 가고 [신사 1을 가리키며]
저 사람은 보내줘라.
[신사 1을 제외하고 모두 퇴장]

[서폭의 머리와 시신과 함께 휫모어 등장]

휫모어 머리와 몸뚱이를 이곳에 버려둔다.
그자의 정부인 왕비가 묻을 테지. [퇴장]

신사 1 끔찍하고 잔혹한 모습이구나!
왕에게 시신을 가져가겠다.
왕이 복수 안 해도 친구들이 복수하고
그자를 사랑한 왕비도 복수하리라.
[서폭의 머리와 몸을 들고 퇴장]

## 4. 2

[반란군 둘이 긴 막대를 들고 등장]

64 사촌 볼링브룩의 자객에게 살해된 리처드 2세를 말한다.
65 쿠데타에 성공하여 훗날 헨리 4세가 된 볼링브룩을 말한다. 그의 손자가 헨리 6세다.
66 태양은 에드워드 3세와 리처드 2세의 상징이었다.
67 "구름들을 무릅쓰다"라는 뜻의 라틴어 문구.
68 지금의 크로아티아 해안에 본거지를 두었던 로마 시대의 해적 왕.
69 "차가운 공포가 사지를 거의 억누르도다." 베르길리우스와 루카누스의 라틴어 문장들을 섞어서 만든 문장.
70 로마 문장가 키케로는 안토니우스의 사주로 장교와 호민관의 칼에 죽었다.
71 시저(카이사르)를 죽인 브루투스가 시저의 사생아라는 소문이 있었다. 그의 어머니가 시저의 정부였다.
72 시저의 정적이던 폼페이우스는 실상 섬에서 자기 부하들에게 죽었다.

반란군 1 자, 칼 한 자루 가져라. 막대기 칼이지만. 일어난 지 이틀이나 되었다.

반란군 2 그래서 이제부터 잠이 쏟아지겠군.

난동자 1 내 말 들어봐. 옷을 짓는 직공 잭 케이드가 우리나라에 새 옷을 입힐 작정이야. 홀라당 뒤집어서 새 감으로 덮을 거래.

반란군 2 그럴 필요 있다고. 헐벗은 꼴이야. 사실 말이지, 귀족이 생긴 뒤로 잉글랜드는 즐거운 데가 되지 못해.

반란군 1 아, 가련한 세월아! 우리 같은 직공들의 성품을 인정해 주지 않아.

반란군 2 귀족들은 가죽 치마 두르는 걸 창피하게 여기거든.

반란군 1 그것뿐인가. 왕의 추밀원은 도무지 좋은 일꾼이 못 돼.

반란군 2 맞아. 그래서 '일은 너희 천직'이라고 하는데 그 말은 '다스리는 자는 일꾼이 돼라'는 말과 같아. 그러니까 우리가 다스려야 돼.

반란군 1 네 말이 맞다. 용감한 사람이란 표시는 굳은살 박인 손보다 잘난 게 없어.

반란군 2 저기 온다, 저기 와! 베스트 아들 윙검[73]의 피장이도 저 중에 끼어 있어.

반란군 1 저 사람이 원수들의 가죽을 벗겨서 질 나쁜 가죽을 만들겠지.

반란군 2 푸줏간 딕도 있어.

반란군 1 그러면 죄악이 황소처럼 칼 맞아 쓰러지고 악의 숨통이 송아지처럼 끊기리라.

반란군 2 직조공 스미스도 있어.

반란군 1 그런고로 저들의 명줄을 짤 것이니라.

반란군 2 가자, 가자. 우리도 한데 끼자.

[잭 케이드, 푸줏간 딕, 직조공 스미스, 톱장이, 고수, 그밖에 수많은 사람들이 모두 기다란 막대기를 들고 등장]

케이드 나, 잭 케이드는 가칭 부친이 이름을 붙였는데—

푸줏간 딕 청어를 상자째로 훔쳤단 소문이 맞아.

케이드 원수들이 내 앞에서 고꾸라질 테니, 나는 왕과 왕손을 짓누르는 정신으로 가득 차 있다. 내가 명하노니 조용하라.

푸줏간 딕 쉿.

케이드 부친은 모티머[74]였다.

푸줏간 딕 정직한 사람이었는데 솜씨 좋은 벽돌공이었지.

케이드 모친은 플랜태저닛의 한 분이었고—

푸줏간 딕 내가 잘 알아. 산파였지.

케이드 내 아내는 레이시 집안 후손으로—

푸줏간 딕 맞아. 여편네는 행상의 딸인데 레이스 장사를 많이 했지.

직조공 스미스 하지만 요즘은 털가죽 짐 지고 다닐 수 없어서 집에서 빨래하고 있어.

케이드 그런고로 나는 고귀한 문벌 출신이다.

푸줏간 딕 맞아. 참말로 들판은 고귀한 곳이야. 거기 울타리 밑에서 태어났거든. 저 녀석 아비에게 집이라곤 감방밖엔 없었으니까.

케이드 몸은 건장하며—

직조공 스미스 그럴 수밖에. 비럭질은 건장해야 하니까.

케이드 오래 참을 줄 알며—

푸줏간 딕 그건 묻지도 마. 사흘 동안 장터에서 채찍 얻어맞는 걸[75] 보았다니까.

케이드 나는 칼도 불도 무섭지 않다.

직조공 스미스 칼이 무섭지 않지. 누더기를 겹으로 입었으니.

푸줏간 딕 하지만 불은 무서워할 것 같아. 양을 훔친 죄로 손에 낙인이 찍혔으니.

케이드 그런고로 용감하라. 너희 대장은 용감하며 개혁을 약속한다. 잉글랜드에서는 3푼 5리짜리 빵을 1푼에 팔 것이며 테가 셋인 술잔은 테가 열이 되겠으며 물 탄 맥주 마시는 걸 범죄로 정하겠다. 모든 땅은 공유지가 될 것이며 런던의 칩사이드 장터에 내 말이 풀을 뜯으러 갈 것이며,[76] 내가 왕이 되면—분명 왕이 될 터인즉—

케이드 추종자 전부 전하 만세!

케이드 착한 백성들아, 고맙다. 돈을 폐지할 것이며, 누구나 내 돈으로 먹고 마실 것이며, 또한 모두에게 같은 제복을 입혀 모두가 형제처럼 같아지며 나를 주인으로 섬길 것이다.

푸줏간 딕 첫째로 할 일은 변호사를 모두 죽이는 거다.

73 켄트군의 작은 마을.

74 왕위를 주장하던 모티머와 외모가 닮아, 3막 1장 358행에서 이를 요크가 이용하겠다고 했다.

75 당시 주거 부정의 부랑자들은 붙잡히면 장터에서 채찍을 맞았다.

76 런던의 제일 큰 장터를 케이드의 말에게 먹일 목초지로 만들겠다는 말이다.

케이드 물론. 그 일 내가 하겠다. 불쌍한 양의 가죽을 벗겨 양피지를 만들고 거기다 글자를 갈겨써서 사람을 괴롭히니 환장할 노릇 아닌가?[77] 벌이 쏜다고 하지만 벌의 밀랍이 쏘는 것이다.[78] 내가 단 한 번 무슨 일을 밀랍으로 봉인한 뒤면 나는 내 몸의 주인이 아니다. 무엇인가? 그것이 누구인가?

[몇 사람이 채텀[79]의 서기와 함께 등장]

직조공 스미스 채텀의 서기군. 글 쓰고 글 읽고 셈할 줄 알겠다.

케이드 천하에 몹쓸 놈!

직조공 스미스 아이들 글쓰기 연습을 시키려는 걸 잡아왔소.

케이드 악질이다.

직조공 스미스 빨간 글자를 쓴 책이 주머니에 들어 있소.

케이드 그런가! 그럼 마술사구나!

푸줏간 딕 맞아. 계약서를 만들고 재판소 글씨를 쓸 줄 알거든.

케이드 안됐구나. 바른말을 하자면 사람은 괜찮게 생겼다. 유죄란 걸 못 밝히면 안 죽이겠다. 이리 오라. 조사해 봐야겠다. 이름이 뭔가?

서기 에마뉘엘[80]입니다.

푸줏간 딕 편지 꼭대기에 그런 말을 쓰곤 하지. 너는 힘들게 됐다.

케이드 넌 상관 마라. [서기에게] 너는 제 이름을 쓰곤 하는가? 또는 착실하고 정직한 사람으로 일정한 표시를 하는가?[81]

서기 하느님께 감사하는 것은 내가 교육을 잘 받고 자라 이름을 쓸 수 있다는 거요.

케이드의 추종자 전부 죄를 자백했다. 죽여라! 악질이며 반역자다.

케이드 명령이다. 놈을 데려가라. 목에 펜과 잉크병을 걸어주고 교수형에 처하라.

[한 사람이 서기를 데리고 퇴장]

[반란군 등장]

반란군 대장 어디 있소?

케이드 졸병, 나 여기 있다.

반란군 뛰쇼, 뛰쇼, 뛰쇼! 험프리 스태포드 경 형제가 왕의 군대와 함께 바짝 다가왔소.

케이드 서라, 서라, 이놈. 안 서면 베겠다. 그자와 꼭 같이 잘난 사내가 상대해 주겠다. 기사에 지나지 않던가?

반란군 맞소.

케이드 놈과 같아지기 위해서 당장 기사가 되겠다.

[무릎을 꿇고 자신을 기사로 만든다.]

일어서라, 존 모티머 경.

[일어선다.]

그럼 그자한테 덤벼라!

[험프리 스태포드 경과 그의 아우가 의전관, 고수, 병사들과 함께 등장]

스태포드 난동하는 촌놈들, 켄트의 쓰레기들아, 교수형은 말아놨다. 무기들을 버려라. 집으로 돌아가라. 이놈을 내버려라. 너희가 떠나면 왕은 자비하시다.

스태포드의 아우 너희가 뻗대면 노하고 화내며 피를 보게 될 테니 죽거나 항복하라.

케이드 비단 옷 걸친 놈은 상관하지 않는다. 나는 착한 백성들인 너희에게 말한다. 훗날 내가 너희를 다스리려고 하는데 왕위의 정당한 상속자인 까닭이야.

스태포드 이런 못된 놈 봤나! 아비는 미장이고 네놈은 재단사다. 내 말이 틀렸나?

케이드 아담도 정원사였다.

스태포드 그게 무슨 상관인가?

케이드 이렇게 됐다. 마치 백작 모티머가 클래런스 공작 딸과 결혼했다. 안 그랬냐?

스태포드 그랬다.

케이드 그래서 아이 둘을 한꺼번에 낳았다.

스태포드의 아우 그건 거짓말이다.

케이드 그래 그게 문제지만 내 말이 옳다. 그중 맏이를 유모에게 맡겼는데 거지 여자가 훔쳐갔다. 그래서

77 양피지로 되어 있는 계약 문서에 밀랍을 녹여 붙이고 거기다 서명하여 굳히면 직공은 주인에게 일정한 기간 매여 일해야만 했다. 계약 문서는 반드시 변호사가 작성했다.

78 계약서 같은 증서에 서명하고 밀랍으로 봉인하면 법적인 구속력이 생겼다. '밀랍'이 쏜다는 말이 진실이다.

79 켄트 지방 캔터베리 근처의 마을. 마을의 서기는 글을 알아 대개 교사를 겸했다.

80 '하느님이 함께 계신다'라는 뜻의 이름. 이 말을 경건의 표시로 글의 서두에 썼다.

81 식자층을 미워한 중세의 반란군은 제 이름을 쓸 줄 몰라 계약서에 O 또는 X 같은 표시를 하곤 했다.

출생과 부모를 알지 못한 채
나이가 찼을 때 벽돌공이 되었다.
그게 바로 나다. 부인할 테면 해.
푸줏간 딕 너무 진짜다. 그러니까 왕이 돼야겠다.
직조공 스미스 저 사람이 우리 아버지 집 굴뚝을 쌓았는데
오늘까지 벽돌들이 살아서 증언할 거다.
부인하지 마라.
스태포드 [케이드의 추종자들에게]
저따위 거짓말을 너희들이 믿는가?
무슨 소릴 하는지 자기도 모르는데.
케이드의 추종자 전부 그렇다. 믿는다. 그러니 너는 가라.
스태포드의 아우 잭 케이드, 요크가 시켰지?
케이드 [방백] 진짜가 아니라, 내가 꾸며냈는데—
입 닥쳐라. 그 아버지 헨리 5세 낯을 봐서 지금
왕이 다스려도 괜찮다고 전해줘라. 헨리 5세
때에는 애들이 프랑스 금화를 따먹고 다녔는데
그냥 왕이 돼도 좋지만 나는 왕의 섭정 되겠다.
푸줏간 딕 그리고 우리는 세이 공[82]이 메인의 공작령을
팔아먹은 죄로 놈의 목을 따겠다.
케이드 당연하다. 그 때문에 잉글랜드가 절뚝발이 신세다.
그래서 내 힘이 떠받치지 않는다면 이 나라는
지팡이 짚고 다니게 됐다. 친구 왕들아, 세이 공이
나라의 불알을 까서 고자로 만들었다. 그것뿐만
아니라 놈은 프랑스 말을 지껄일 줄 안다. 따라서
역적 놈이다.
스태포드 끔찍하게 못 돼먹은 무식이구나!
케이드 왜? 대답이 궁하냐? 프랑스 놈들은 우리 적이다.
그러니까 이렇게 물어보자. 적국 말을 아는 놈이
올바른 추밀원이 되겠냐, 안 되겠냐?
케이드 추종자 전부 안 된다, 안 돼. 그러니까 그놈 목을
잘라야 한다!
스태포드의 아우 [스태포드에게]
그렇소, 순한 말이 먹혀들지 않으니
전하의 군대로 공격합시다.
스태포드 의전관, 떠나시오. 성읍마다 다니며
케이드와 합세하는 자들은 역적들이며
전투가 끝나기 전에 도망치는 자들은
아내와 아이들이 보는 데서 자기 집 문에
목을 달아 본보기를 삼겠다고 선포하시고
전하 편인 당신들은 나를 따라오시오.
[스태포드 형제, 의전관, 그들의 군대 퇴장]
케이드 민중을 사랑하는 너희는 나를 따르라!
해방을 위해서다. 사내답게 행동하라.
귀족 한 놈, 신사 한 놈, 남기지 말며,
징 박은 자만 빼고[83] 살려두지 말아라.
그러한 사람들은 검소하고 정직하되,
마음만 있는 자도 우리 편이다.
푸줏간 딕 놈들이 열을 지어 이쪽으로 오고 있다.
케이드 하지만 우리는 어지럽게 몰려들 때 싸울
태세가 제일 좋다. 그럼 앞으로 전진! [모두 퇴장]

## 4. 3

[전투의 공격 신호. 싸움 중에 스태포드 형제가
죽는다. 잭 케이드, 푸줏간 딕, 기타 등장]
케이드 애시포드의 푸줏간 딕이 어디 있나?
푸줏간 딕 여기 있어.
케이드 놈들이 네 앞에서 소와 양처럼 쓰러지더군. 너는
마치 도살장에 있는 듯이 하더구나. 그러므로
너한테 상을 줄 테니 사순절 기간[84]을 현재의
두 배로 늘리고 너한테 백 년에서 하나를 뺀
햇수만큼 도살권을 허가한다.
푸줏간 딕 더 바랄 게 없네.
케이드 사실대로 말하자면 공적이 그만하다.
[스태포드의 갑옷을 입는다.]
승리의 기념품은 내가 입겠다. 런던에 도착할
때까지 시체들은 내가 탄 말 꽁무니에 끌고
가겠다. 런던에서는 시장이 우리 앞에서 보검을
모시고 가게 하겠다.[85]
푸줏간 딕 우리가 계속 이기고 좋은 일을 하자면, 감옥을
부수고 죄수들을 풀어줘야 합니다.
케이드 그런 건 걱정 마라. 약속한다. 그럼 런던을 향하여
앞으로 나아가자. [스태포드 형제의 시체를 끌고 모두 퇴장]

82 당시 잉글랜드의 재무장관. 4막 4장에 등장한다.
83 가난한 민중은 신발에 징을 박아 오래 신었다.
84 3월 중에 있는 부활절 이전 40일 동안을 '사순절'(四旬節)이라고 하며 그때는 대개 고기를 안 먹는 기간이었다.
85 런던 시장이 검을 왕 앞에 모시고 가는 것이 대관식 등 예식의 절차였다.

## 4. 4

[진정서를 읽는 헨리 왕, 서폭의 머리를 쳐든
마거릿 왕비, 버킹엄 공작, 세이 공, 기타 등장]

마거릿 왕비 슬픔은 정신을 나약하게 만들어
비겁한 못난이를 만든다고 하니까,
복수할 생각으로 울지 마세요.
하지만 눈물 없이 보는 이가 누구일까요?
울렁이는 가슴 위에 그이 머릴 놓는데
안아줄 그이 몸은 어디 있어요?

버킹엄 [헨리 왕에게]
저들의 진정서에 무엇이라 답하시오?

헨리 왕 거룩한 주교를 보내달라 하겠소.
그토록 수많은 순박한 백성들이
죽어서는 아니 되오. 무참한 전쟁에
내 백성이 쓰러지기보다는 차라리
나 자신이 저들의 수령인 잭 케이드를
만나서 회담하겠소. 그러나 기다리오.
진정서를 다시 한 번 읽어보겠소.

마거릿 왕비 무지한 놈들! 잘난 이분 얼굴이 혜성처럼
나를 다스렸는데, 쳐다볼 자격도 없는
그자들을 착하게 만들지는 못하였나요?

헨리 왕 세이 공, 당신 머리 갖겠다고 케이드가 맹세했소.

세이 하지만 왕께서 그자 머릴 가지실 걸 확신합니다.

헨리 왕 [마거릿 왕비에게]
부인, 지금 어떠하시오?
아직도 서폭의 죽음을 슬퍼하시오?
여보, 내가 죽었다면 나 때문에 그처럼
슬픔에 싸이지는 않았겠지요.

마거릿 왕비 물론 아니죠. 슬퍼만 하지 않고 죽었겠죠.

[전령 등장]

헨리 왕 무엇인가? 무슨 소식인가? 왜 그리 급한가?

전령 반란군이 강 건너에 와 있으니 피하십시오!
잭 케이드는 자기가 모티머 공이며
클래런스 공작의 후손이라 선전하며
전하를 공공연히 찬탈자라 부르고
대성당서 대관식을 가질 거라 합니다.
거느린 군대는 농사꾼과 머슴들의
오합지졸들이나 거칠고 잔인하며,
험프리 스태포드 형제들을 죽임으로
전진하는 용기와 세력을 얻었습니다.
학자와 법률가와 궁정인과 신사를
해충이라 매도하고 죽이겠다 합니다.

헨리 왕 은혜를 모르는 자들, 뭐가 뭔지 모르누나.

버킹엄 전하, 저들을 진압할 군대를
모을 때까지 케닐워스[86]에 계십시오.

마거릿 왕비 오, 서폭 공작이 지금 살아 있으면
저런 켄트 반란군은 금방 진압했겠지!

헨리 왕 세이 공, 역적들이 당신을 미워하니
나와 케닐워스로 같이 갑시다.

세이 그리하면 전하께서 위험하게 되십니다.
제 모습이 저들 눈에 가시 같아요.
그래서 이 도시에 그냥 남아서
되도록 남몰래 혼자 있겠습니다.

[또 다른 전령 등장]

전령 2 [헨리 왕에게]
케이드가 런던교를 장악하기 직전이라
시민들이 가옥을 버리고 도주합니다.
난동 패가 굶주린 듯 먹이를 찾아
반역군에 합세하고 도시와 왕궁을
함께 약탈하겠다고 맹세합니다.

버킹엄 그렇다면 지체 없이 말에 오르십시오!

헨리 왕 마거릿, 갑시다. 소망의 하느님이 구원이시오.

마거릿 왕비 서폭이 죽었으니 나는 소망 없어요.

헨리 왕 [세이에게]
잘 있으오. 켄트 역적들을 믿지 마시오.

세이 제가 무죄한 걸 확신합니다.
그래서 담대하고 든든합니다.

[세이가 한쪽 문으로, 나머지는
다른 문으로, 모두 퇴장]

## 4. 5

[스케일즈 공과 매슈 거프가 런던 타워 위를
걸으며 등장. 그러자 밑에 두세 시민 등장]

스케일즈 어찌 됐는가? 잭 케이드가 죽었는가?

시민 1 아뇨. 죽을 것 같지도 않소. 놈들이 런던교를
점거했소. 저항하던 사람들이 모두 죽었소.

86 런던에서 160km쯤 떨어진 난공불락의 성. 당시 마거릿 왕비의 소유로 되어 있었다.

런던 타워에서 구원병을 보내어 반란군에게
도시를 방어해 주시길 시장은 대공께 간청해요.

스케일즈 할애할 만큼은 당신에게 맡기오만,
여기의 나 자신도 시달리고 있소.
타워를 뺏으려고 반란군이 시도했소.
당신은 스미스필드[87]로 나가서
병력을 모으시오. 매슈 거프를 보내겠소.
왕과 나라와 목숨 위해 싸우시오!
잘 가시오. 나는 이곳을 떠나야 하오.

[위에서 스케일즈와 거프, 아래에서 시민들 퇴장]

## 4. 6

[잭 케이드와 그 일행 등장. 케이드가
런던 표석[88]을 몽둥이로 두드린다.]

케이드 이제는 모티머가 이 도시의 주인이다. 그래서
여기 런던 표석에 앉아서, 짐의 통치 첫 해에
도시 당국의 부담으로 상수도로는 붉은 포도주만
보낼 것을 명하며 지시한다. 그리고 지금부터는
나를 모티머 공 이외에 다른 이름으로 부르는 자는
누구를 막론하고 대역죄가 되리라.

[한 병사가 뛰어서 등장]

병사 잭 케이드, 잭 케이드!

케이드 저놈 때려죽여라.

[사람들이 그를 죽인다.]

직조공 스미스 이 녀석이 똑똑했다면 당신더러 잭 케이드라고
하지 않았을 테지. 미리 경고 잘 해준 거 같은데.

[푸줏간 딕 등장]

푸줏간 딕 대공, 스미스필드에 군대가 집결했소.

케이드 그럼 가자. 놈들과 붙으러 가자. 그러나 먼저 가서
런던 대교에 불 질러. 그리고 그럴 수 있으면 런던
타워[89]도 불태워버려. 자, 그럼 떠나자. [모두 퇴장]

## 4. 7

[공격 신호. 퇴각 신호. 그와 함께 매슈 거프가 죽고
더불어 그의 부하 전원이 죽는다. 이윽고 잭 케이드가
동료들과 함께 등장. 그중에 푸줏간 딕, 직조공 스미스,
반란군 존이 있다.]

케이드 됐다. 그럼 이제는 몇이 가서 사보이 궁[90]을 부수고
또 몇은 법학원으로 가서 건물들을 모두 부숴.

푸줏간 딕 대공께 소청이 하나 있소.

케이드 '대공'을 네게 주겠다. 나를 '대공'이라 부른 상이다.

푸줏간 딕 잉글랜드의 법이란 법은 모두 대공님 입에서
나오게 해야 합니다.

존 [동료들에게 방백] 아이고, 그렇게 되면 아픈 법이
되겠다. 저 사람 입이 창날에 찔렸는데 아직도 다
낫지 않았으니 말이야.

직조공 스미스 아니야, 존. 구린내 나는 법일 거야. 치즈를 구워
먹었기 땜에 입에서 구린내가 나거든.

케이드 생각해 봤는데 그렇게 하기로 한다. 빨리 가서
이 나라의 모든 기록을 태워버려라. 나의 입이
잉글랜드 의회가 될 것이니라.

존 [방백] 그렇게 되면 우리는 깨물어대는 법들을
얻어 가질 신세구나. 저 녀석 이빨을 뽑지 않으면—

케이드 그리고 앞으로는 모두가 공동의 소유다.

[전령 등장]

전령 대공님, 대어요, 대어. 프랑스의 성읍들을 팔아먹은
세이 공이 여기 잡혀 왔어요. 지난번 세금을
계산할 때 재산세 140퍼센트에, 파운드당
1실링씩 세금 물린 놈입니다.

[반란군이 세이 공과 함께 등장]

케이드 음, 그 벌로 목을 열 번 자를 테다. [세이에게]
오, 비단,[91] 양털, 아니 삼베 양반 놈, 너는 지금
짐의 재판 관할권에 직통으로 들어와 있다.
프랑스 왕세자 '무시해 내밑핥아'[92]에게 노르망디를
내준 짓을 짐에게 어찌 변명하겠는가? 여기 있는
모든 사람 앞에서 모티머 대공으로서 말하노니,

87 당시 런던 성문 바로 밖의 지역.
88 지금 런던 시내 한복판에 있는 큰 돌로, 당시에는 표석으로 쓰였다.
89 오늘날도 유명한 볼거리인 런던 타워는 당시에는 왕과 귀족 등 최고 국사범을 수감하고 처형하는 장소였다.
90 가장 부유하고 세력 있던 공작 곤트의 존의 궁궐. 반란군은 특히 그를 미워했다.
91 '세이'(say)란 이름이 '곱게 짠 고급 천'이란 뜻이다.
92 사실은 '므슈 바시메퀴'였는데 잉글랜드인들이 일부러 '먼시어 버스미큐'로 발음했다. '버스미큐'란 '내 밑 핥아'라는 뜻이다. 우리말로 말장난을 부려본 것이다.

짐은 궁정에서 너 같은 쓰레기를 쓸어낼 빗자루다.
너는 학교를 세움으로 이 나라의 청소년을
타락시켜 놓았으니 몹시 큰 반역죄를 저질렀다.
그리고 또한 이전에는 우리 조상님들은 막대기에
표를 해서 셈하는 것밖에 별다른 책이 없었는데
너는 인쇄술을 쓰게 했고 짐의 권한과 위엄에
반하여 종이 공장을 세웠도다.[93] 네가 '명사'니
'동사'니 하는, 교인의 귀로는 참을 수 없는 매우
거슬리는 소리를 지껄이는 놈들을 주변에
두었다는 사실을 네 눈앞에 내댈 수 있다. 너는
치안판사들을 임명하여 가난한 백성들을 앞에
불러 세우고 대답할 수 없는 까다로운 일에
관하여 물어보게 하였다. 뿐만 아니라 너는
백성들을 감옥에 가두고 글 읽을 줄 모른다고
목 달아 죽였다. 읽을 줄 모른다는 그런 이유
하나로 누구보다 살 자격이 있는데도 말이다.
너는 천을 씌운 말을 타고 다닌다. 아니냐?

세이 그게 어째서?

케이드 안 된다. 말에게 외투를 입혀서는 안 된다는
말씀이다. 너보다 정직한 사람들이 바지와
저고리만 입고 다닌다.

푸줏간 딕 그리고 속옷 바람으로 일한다. 예를 들면
푸줏간 일을 보는 나도 그렇다.

세이 너희 켄트 사람들은—

푸줏간 딕 켄트가 어떻다고?

세이 "보나 테라, 말라 겐스"[94]란 말뿐이다.

케이드 없애라, 없애라. 라틴 말 지껄인다.

세이 들어만 보라. 참을 건 참아라.
시저는『논평』[95]에서 켄트가 이 섬에서
제일 문명한 고장이라 했고,
재화가 가득하여 온 땅이 아름답고
백성은 점잖고 용감하고 부유하다니
당신들도 동정심이 많으리라 믿는다.
메인과 노르망디를 잃은 건 나 때문이 아니다.
그곳들을 찾기 위해 내 목숨 바치겠다.
언제나 법과 자비를 함께 베풀고
간구와 눈물에 감동하고 선물에
흔들리지 않았다. 당신들이 강요한 건
왕과 나라와 당신들을 위해서가 아닌가?
내 지식이 왕에게 잘 보였으며
무지는 하느님의 저주이며 지식은
하늘에 오르는 날개임을 깨닫고
유식한 학자들께 재산을 헌납했다.
당신들이 악령에게 붙들리지 않았다면
나를 죽일 생각은 안 했겠다.
당신들의 이익을 위해서 혀를 움직여
다른 나라 왕들과 담판했다.

케이드 쳇, 네가 전투에서 칼 한 번 휘둘렀냐?

세이 잘난 이는 팔이 길다. 뵈지 않는 자를
내가 쳐서 죽인 때가 무수히 많다.

반란군 한심한 겁쟁이! 그래 몰래 뒤를 쳐?

세이 내 뺨이 하얀 건 당신들의 이익을 위해—

케이드 귀싸대기 한 대 갈겨. 맞으면 다시 뻘겋게
될 테니까.
[반란군 하나가 세이를 때린다.]

세이 앉아서 밤을 새워 빈민의 송사를
마무리하느라고 온갖 병에 걸렸다.

케이드 그렇다면 아마 밧줄 목도리를 네게 주고
손도끼 도움을 받으라고 하겠다.

푸줏간 딕 [세이에게] 이 사람아, 어째서 부들부들 떠나?

세이 공포가 아니라 중풍 때문이다.

케이드 아니다. '너희하고 맞장 뜨겠다'는 말하고 싶어
고개를 흔들 거다. 머리가 장대 끝에 매달려서
흔들리나 봐야겠다. 놈을 데려가서 목을 베라.

세이 내가 지은 무슨 죄가 가장 큰지 말해달라.
돈이나 명예를 탐했나? 말해보라.
빼앗은 황금이 돈궤에 가득한가?
내가 입은 옷들이 사치한 것인가?
나를 죽이겠다니 내가 누굴 해쳤는가?
이 손은 괜한 피를 흘린 적 없고
이 가슴은 악한 뜻을 품은 적 없다.
오, 나를 살려 달라!

케이드 놈의 말에 내 속에 동정심이 생긴다만 억누르겠다.
목숨 살려 달라고 너무도 빌어대는 죄만 갖고도

93 잉글랜드에 인쇄소는 1476년에, 제지 공장은 1495년에 처음 세워졌으므로 이런 말은 물론 시대착오이다.
94 "땅은 좋은데 사람들은 못됐다"라는 라틴 문구.
95『갈리아 전쟁 논평』에서 줄리어스 시저는 지금의 라인 강 이남과 잉글랜드를 점령한 전쟁을 기록하고 논평했다. (일본인들이 이 책을『갈리아 전기』로 번안했다.)

죽어야 한다. 데려가라. 놈의 혓바닥에 귀신이
붙었다. 그래서 한 번도 하느님 이름을 부르지
않는다. 데려가라. 명령이다. 당장에 머리를 쳐라.
그리고 그놈 사위 제임스 크로머의 집에 쳐들어가
머리를 잘라 두 놈 머리를 장대 끝에 매달아 오라.
케이드 추종자 모두 명령대로 하겠소.
세이 동포들아, 당신들이 기도할 때 하느님이
그토록 완고하시면, 당신들의 죽은 혼은
어떻게 되겠는가? 그런고로 당신들은
동정심을 발휘하여 내 목숨을 살려달라.
케이드 데려가라. 명령대로 하라니까.
[한두 사람이 세이 공과 함께 퇴장]
이 나라의 아무리 거만한 귀족이라도 나한테
조공 바치지 않는 한, 어깨 위에 머리 달고 다니지
못한다. 어떤 처녀도 먼저 나한테 처녀막을 안 바치곤
시집가지 못한다. 결혼한 남자는 나한테서 재산 분배를
받는다. 저들의 아낙들은 원하는 만큼, 혓바닥 굴려
수작하는 만큼, 한껏 다리 벌릴 걸 명하고 분부한다.
푸줏간 딕 대공님, 언제쯤 칩사이드 장터에 가서 외상으로
물건들을 떼 오겠나요?
케이드 거야말로 금방이다.
케이드 추종자 모두 와, 신난다!
[한 사람이 장대들에 머리들을 매달아 들고
등장]
케이드 그런데 이게 더 신나지 않아? 두 놈 입을 맞추자.
살았을 때 서로 좋아했거든.
[두 머리를 맞붙여 입 맞추게 만든다.]
이젠 둘을 떼어놓자. 프랑스에서 또다시 성읍들을
팔아넘길 의논을 할는지 몰라. 병정들, 도시의
약탈은 밤 될 때까지 연기하라. 지휘봉 대신 이것들을
앞세우고 거리를 달리면서 모퉁이마다 사람들한테
입 맞추게 시키자. 가자. [머리들을 들고 퇴장]

## 4. 8

[긴 주악. 케이드와 그의 오합지졸이 모두 등장]
케이드 어물전 거리로 올라가라. 세인트 매그너스[96] 모퉁이로
내려가라! 죽이고 쓰러뜨려라! 템스 강에 던져라!
[회담 신호가 울린다.]
무슨 소리가 들리는가? 내가 죽이라고 명령하는데
감히 후퇴 아니면 회담 나팔 불기야?
[버킹엄 공작과 늙은 클리포드 공이 군대와
함께 등장]
버킹엄 그렇다. 너를 감히 방해할 인간들이 여기 있다.
케이드, 우리는 민중에게 왕이 보낸
사자들이다. 너는 저들을 틀린 데로 끌어왔다.
너를 떠나 평화롭게 고향으로 갈 자들을
전적으로 용서함을 여기서 선포한다.
클리포드 뭐라고 하겠는가? 동포에게 제시된
자비에 순종하여 마음을 풀겠는가?
난동자에 이끌려 죽음으로 가겠나?
왕을 사랑하고 용서를 구하는 자는
모자를 벗어던지며 '전하 만세'를 외쳐라.
왕을 미워하고 프랑스를 떨게 한
그 아버지 헨리 5세를 존경치 않는 자는
무기를 흔들며 우리 앞을 지나가라.
[그들이 케이드를 내버린다.]
케이드 추종자 모두 전하 만세! 하느님 원하오니
전하를 구하소서!
케이드 뭐? 버킹엄, 클리포드, 너희가 그렇게 대담하냐?
그리고 너희 하발 농사꾼 놈들, 그따위 소릴 믿어?
용서를 목에 걸고 매달려 죽을 테냐? 내 칼로 런던
성문들을 꿰뚫은 건 강 건너 '하얀 사슴 주막'에
나를 데리고 가란 소리가 아니냐? 너희가 태곳적에
타고난 자유를 되찾기 전에는 절대로 창칼을
내려놓지 않을 거라 믿었다. 하지만 너희는 모두
반역자며 겁쟁이라 귀족의 종으로 살기를 원하누나.
놈들의 무거운 짐이 너희 등을 휘고 너희 머리
위에 집을 무너뜨리고 너희 아내와 딸을 너희
눈앞에서 겁탈하래라. 나는 혼자 내 길을 가겠다.
너희들 모두에게 하느님의 저주가 내려라!
케이드 추종자 전부 우리 모두 케이드를 따라가자!
케이드를 따라가자!
[다시 케이드에게로 달려간다.]
클리포드 이렇게 케이드를 따르자고 외쳐대니
그자가 전왕의 적자라도 된단 말인가?
너희를 프랑스 복판으로 지휘하여
못난 자도 백작, 공작으로 삼을 텐가?

96 런던에 있는 교회당.

그자는 집도 없고 달아날 데도 없고
너희나 우리에게 도둑질이 아니면
노략질 아니면 살아갈 줄 모른다.
너희가 서로 간에 아옹다옹하는 동안
얼마 전에 정복했던 겁쟁이 프랑스가
바다를 건너와 정복하면 부끄럽겠지?
벌써 너희 내란 중에 그자들이 런던에
몰려들어 만나는 사람마다 '겁쟁이!'라
큰 소리로 외치는 말을 듣는 듯하다.
프랑스의 자비에 굽실대기보다는
만 명의 케이드가 죽는 게 낫다.
프랑스로 달려가 실지를 회복하라.
잉글랜드는 고향이니 건들지 마라.
헨리 왕은 부유하고 너희는 강성하며
신은 우리 편이라 승리는 확실하다.

케이드 추종자 전부 클리포드! 우리는 왕과 클리포드를
따라가겠다!
[케이드를 내버린다.]

케이드 [방백] 아무리 가벼운 깃털이라도 저따위 군중처럼
이리저리 나부낀 때가 없다. 헨리 5세라는 이름에
온갖 위험한 짓에 뛰어들고 나는 따돌리누나.
저것들이 머리를 맞대고 쑥덕거리는 꼴이 갑자기
나를 붙잡을 기미다. 이 자리에 더 있다간 큰일
날 테니, 칼아, 길을 열어라. 마귀들과 지옥의
힘을 빌려 너희들 복판으로 헤집고 뛸 테니까,
하늘과 명예는 증거가 돼라. 용기가 모자라기
때문이 아니라 따르던 놈들의 못나고 창피한
반역 때문에 줄행랑을 치려고 한다.
[몽둥이를 들고 그들 한복판을 뛰어서 도망친다.]

버킹엄 그놈이 도망쳤나? 몇 사람 쫓아가라.
놈의 머리를 왕께 가져오는 자는
1천 냥을 상으로 받게 된다.
[몇 사람이 케이드를 쫓아간다.]
[나머지 반란군에게]
군인들, 따라오라. 너희 모두를
전하와 화해시킬 방법을 궁리하겠다. [모두 퇴장]

## 4. 9

[나팔들이 울린다. 헨리 왕, 마거릿 왕비,
소머셋 공작이 성루에 등장]

헨리 왕 왕좌를 즐기며 호령하는 왕 중에
나만큼 불행한 왕이 다시 있을까?
누웠던 요람에서 나오자마자
아홉 달 나이에 왕이 되었다.
내가 백성 되기를 희구한 만큼
왕 되기를 희구한 백성이 있나!
[버킹엄 공작과 클리포드 공 등장]

버킹엄 [헨리 왕에게]
건승과 희소식이 전하께 있기를!

헨리 왕 버킹엄, 반역자 케이드를 잡았소?
강성해지기 위해 물러섰을 뿐이오?
[올가미를 목에 건 무리 등장]

클리포드 그자는 도망치고 부하들은 굴복했소.
저처럼 겸손히 올가미를 목에 걸고
전하로부터 생사의 심판을 기다리오.

헨리 왕 그러면 하늘이여, 영원한 문을 열어
감사와 찬양의 서원을 받으소서.
[아래에 있는 무리에게]
군인들아, 오늘 너희 생명이 다시 살아나
나와 나라를 사랑하는 모습을 보이도다.
그처럼 선한 마음을 항상 품어라.
비록 나 자신은 행복하지 못해도
결코 너희를 박대하지 않으리라.
그러므로 모두에게 감사하고 용서하며
각자의 고향으로 헤어져 가라.

케이드 추종자 모두 전하 만세! 전하 만세! 하느님이
전하를 구원하소서! [모두 퇴장]
[전령 등장]

전령 전하께 알리는 말씀입니다.
방금 요크 공작이 아일랜드에서
그 땅의 강력한 기병과 보병의
대부대를 이끌고 위세를 과시하며
이곳을 향하여 전진 중에 있습니다.
거병의 목적은 오직 왕의 측근에서
소머셋 공작을 축출하는 것인데
그 사람이 반역자라 주장하고 있습니다.

헨리 왕 이처럼 내 나라는 케이드, 요크 틈에서
고생 중에 있다가 폭풍을 벗어나자
해적이 뺏은 배처럼 재난의 연속이다.
케이드가 쫓겨나고 부하들이 흩어지자

이번에는 무장한 요크가 뒤를 잇누나.
버킹엄, 부탁컨대 달려가 그를 만나
무장의 이유가 무엇인지 알아보시오.
공작을 타워에 보낼 거라 말하시오.
소머셋, 군대를 해산시킬 때까지
당신을 타워에 보내겠소.

소머셋 전하, 나라에 이익이 된다면
기꺼이 옥에 가고 죽음도 불사하오.

헨리 왕 [버킹엄에게]
무슨 일이 있어도 심한 말은 삼가시오.
성질이 급하여 궂은 말은 참을 수 없소.

버킹엄 그리하겠습니다. 전하에게 이롭게
모두가 잘될 테니 염려하지 마십시오.

헨리 왕 여보, 좋은 정치 하는 법을 공부합시다.
이 나라는 아직도 그릇된 통치를 욕하오.

[주악. 모두 퇴장]

## 4. 10

[잭 케이드 등장]

케이드 망할 놈의 야망. 칼이 있으면서도 굶어 죽을 나란
놈도 뒈질 놈이다. 지난 닷새 동안 이 숲에 숨어서
내다보질 못했다. 온 나라가 나를 잡으려고 매복
중이다. 하지만 지금은 너무도 배고파서 천 년
살 명을 타고났어도 더 이상 못 참겠다. 그래서
여기 벽돌담을 기어 넘어 정원에 들어와 또다시
풀을 뜯어먹거나 나물을 뜯으려고 하는데, 나물은
이런 더위에 사내의 배 속을 시원하게 해준다.
'나물'이란 말이 나를 이롭게 하려고 생긴 말 같다.
사투리로 '나물'이 '투구'란 뜻이니,[97] '나물'이
없다면 피 묻은 뻘건 곡괭이에 골통이 빠개졌을
거다. 기운 차려 걸어갈 때 목이 마르면 양푼
대신 물 퍼먹을 그릇 구실 해준 것도 여러 번이지.
그런데 이번에는 '나물'이란 낱말이 배를 채워주는
걸 도와주겠구나.

[알렉산더 아이든 등장]

아이든 어느 누가 궁정에서 시달리면서
이 같은 고요를 즐길 수 있으리오?
부친께서 남겨주신 적은 재산 가지고도
만족스레 살므로 왕국만큼 값지도다.
남이 줄어들어서 내가 늘어나거나
욕심 많은 축재를 원치 않도다.
이런 삶을 이어가고 내 문간에서
없는 사람 만족시켜 보내면 풍족하도다.

케이드 [방백] 제기랄. 여기 땅임자가 허락 없이 제 땅에
들어온 길 잃은 짐승인 줄로 알고 나를 잡겠다고
오누나. [아이든에게] 이놈, 나를 고해바치고 머리
바친 값으로 왕한테서 돈 천 냥 받겠구나. 하지만
너와 내가 헤지기 전에 타조처럼 무쇠 맛을 보게
만들며[98] 무서운 대침 같은 내 칼을 삼키게 하겠다.

아이든 무례한 친구여, 당신이 누구든
모르는 사람인데 어찌 고해바치오?
주인의 허락 없이 도둑처럼 담을 넘어
정원에 침입하여 내 풋것을 훔치려는
못난 짓만으로 모자라기 때문에
건방진 그런 말로 날 모욕하기요?

케이드 모욕한다고? 아무렴, 세상서 흘린 피 치고 가장
귀한 피에 걸어 모욕한다. 그뿐 아니라 네 수염도
잡아챌 테다! 날 봐. 닷새 동안 먹지 못했다.
한데 너와 일꾼 너덧이 달려드누나. 너희 모두를
문짝 대못처럼 죽이지 못하면 풋것은 다시 먹지
않을 걸 하느님께 기도하겠다.

아이든 켄트의 향사[99]인 알렉산더 아이든이
굶주린 사람과 다퉜다는 소리는
이 나라 있는 동안 결코 없을 거요.
당신의 눈길로 나를 이기겠는지
눈을 바로 뜨고서 내 눈을 바라봐요.
팔다리를 비교할 때 당신이 작은 자요.
당신 손은 내 주먹의 손가락일 뿐이며
다리통은 내 다리의 막대기에 불과하오.
당신이 애쓴대도 나는 발로 싸워요.
공중에 내 팔을 쳐들기만 하면
이미 당신 무덤이 땅에 파진 거요.
말의 힘은 실천으로 나타나는 건데

97 원문에는 "살렛"(sallet)으로 되어 있는데 오늘날의 '샐러드'(salade)를 뜻하는 이 말은 당시 프랑스어로 '투구'라는 말도 되었었다. 고육지책으로 이렇게 옮겨본다.
98 타조는 소화를 위하여 쇳조각을 삼킨다고 믿었다.
99 주로 지방에 거주하던 기사의 바로 아래 계급.

말이 꺼리는 바를 칼이 보일 테요.
케이드 내 용기 모두 걸어 말하는 것인, 듣던 중 제일
완전한 용사다. [자기 칼에게] 무쇠야,
칼집에서 잠들기 전에 벨 수 없거나 저런 덩치
큰 촌놈을 고깃덩이로 갈라놓지 못하면 네놈은
구두 바닥 징이 되길 하느님께 무릎 꿇고 빌겠다.
[그러자 둘이 싸운다. 케이드가 쓰러진다.]
아, 내가 죽누나. 다름 아닌 굶주림에 내가
죽누나. 일만 놈 마귀가 나한테 덤벼도 좋다.
단지 내가 못 먹은 열 끼 밥만 갖다 다오.
그러면 모두를 상대해 주겠다. 정원아, 시들어라.
무적의 케이드 영혼이 빠져나간 곳이니 앞으로
이 집에 사는 모든 자의 무덤이 돼라.
아이든 죽인 게 케이드니 악한 반역자인가?
칼아, 갸륵한 일에 대한 보답으로
거룩히 만들어 무덤 위에 걸려라.
이 피를 네 날에서 씻지 않겠고
가문의 문장처럼 내내 보존해서
네 주인이 가진 영광을 빛내리라.
케이드 아이든, 잘 있어라. 승리를 자랑해라. 켄트의
백성에게 최고의 사나이를 잃었다고 전하고
온 세상 사람에게 겁쟁이가 되라고 해라. 누구도
안 무섭던 나는 용기 아닌 굶주림에 패했다. [죽는다.]
아이든 하늘이 알 듯, 실로 나를 잘못 봤다.
너 낳은 모친의 치욕, 망할 놈아, 죽어라.
네 몸뚱이 속에 칼을 찔러 넣듯이 [다시 찌른다.]
지옥 속에 네 영혼을 찔러 넣고 싶다.
다리를 잡아당겨 네 몸을 거꾸로
너를 묻을 거름더미, 그리 끌어가
무엄하기 짝이 없는 머리를 베어
자랑스레 전하에게 가져가겠다.
까마귀 먹으라고 몸뚱이는 버리겠다.
[시신과 함께 퇴장]

## 5. 1

[요크 공작과 아일랜드 군대가 고수와
군기를 든 병사들과 함께 등장]
요크 이리하여 요크는 왕권을 찾아와
나약한 헨리의 머리에서 왕관을 취하겠다.
종소리 크게 내고 봉홧불 환히 밝혀
잉글랜드의 위대한 정통 왕을 맞아라.
"상타 마예스타스!"[100] 누가 너를 안 사리오?
다스리지 못할 자는 그 대신 복종하라.
이 손은 날 때부터 황금만을 다루었다.
칼, 또는 홀로써 무게를 취해야만
나의 말을 실천할 행동이 뒤따른다.
칼을 잡고 있듯이 홀을 잡겠다.
그 위에는 프랑스의 백합[101]을 얹겠다.
[버킹엄 공작 등장]
누구인가? 버킹엄이 방해하러 왔는가?
분명 왕이 보냈군. 꾸며대야지.
버킹엄 당신 뜻이 괜찮다면, 당신에게 인사하오.
요크 버킹엄, 당신의 인사를 받아들이오.
보내서 오는 거요, 스스로 오는 거요?
버킹엄 지엄하신 전하께서 전하시는 말씀이니,
평화 시에 무장한 이유를 묻고 계시오.
당신이나 나 자신이 동일한 신하인데
충성의 맹세에도 불구하고 어찌하여
허락 없이 이처럼 대군을 일으키고
이토록 궁궐 가까이 데려오시오?
요크 [방백] 화가 너무 치밀어 말도 못 하겠다.
바위를 갈라서 돌멩이로 싸우겠다.
그따위 창피한 말투에 화가 끓누나.
텔라몬의 미친 아들 아이아스[102]처럼
양 떼나 소 떼한테 화풀이하고 싶다.
이 왕에 비해서 무척 높은 혈통에다
월등히 왕답고 생각도 뛰어나다.
하지만 아직은 온건히 처신하련다.
헨리가 약하고 내가 강할 때까지.—
버킹엄, 한동안 대답이 없던 일을
용서해주오. 속 깊은 슬픔에 내 마음이
떨렸기 때문이오. 군대를 이리로
데려온 이유는 오만한 소머셋이

100 "거룩한 위엄!"이라는 뜻의 라틴어 문구. 요크는 유난히 왕권에 굶주려 있다.
101 프랑스의 국화.
102 『일리아스』에 나오는, 트로이전쟁 때의 그리스 군의 장군. 그는 죽은 아킬레우스의 갑옷을 자기에게 주지 않았다고 미치도록 화가 치밀어 양 떼를 마구 죽였다.

전하와 나라의 반역자인 까닭에
왕에게서 떼놓고자 하는 일이오.
버킹엄 너무나 넘겨짚은 생각이외다.
어쨌든 군대가 다른 뜻이 없다면
당신의 요구를 전하께서 들으셨소.
소머셋 공작은 타워에 갇혀 있소.
요크 명예로 말하시오. 그자가 갇혀 있소?
버킹엄 명예로 말하오. 그자가 갇혀 있소.
요크 그러면 버킹엄, 군대를 해산하오.
병사들, 고맙다. 마음대로 흩어져라.
세인트 조지 벌판[103]에서 내일 또 만나자.
급료 등 필요한 모든 것을 내주겠다. [군대 퇴장]
[버킹엄에게] 그리고 선한 헨리 왕에게
맏아들뿐 아니라 내 아들 전부를
충성의 보증으로 삼으라 하시오.
목숨이 있는 한, 기꺼이 보내겠소.
소머셋만 죽으면 토지, 마필, 갑주 등,
나의 모든 재산을 왕에게 바치겠소.
버킹엄 요크 공, 매우 선한 복종심을 존중하오.
전하의 막사로 함께 갑시다.
[헨리 왕과 수행원들 등장]
헨리 왕 버킹엄, 이렇게 둘이 팔을 끼고 걸으니
요크가 나를 해하진 않겠지?
요크 오로지 겸손히 복종하는 마음으로
전하 앞에 요크는 무릎을 굽힙니다.
헨리 왕 그렇다면 어찌하여 군을 데려왔소?
요크 반역자 소머셋을 치우려 함이요,
난동 분자 케이드와 싸우려던 참이었소.
얼마 전에 그자가 패했다고 들었소.
[아이든이 케이드의 머리를 들고 등장]
아이든 신분이 무지하고 비천한 백성이
존전 앞에 나아와 뵈올 수 있으면,
반역자의 머리를 전하께 바치오니
결투에서 제가 죽인 케이드의 머립니다.
헨리 왕 케이드의 머리라고? 정의의 하느님!
오, 죽은 그 얼굴, 나에게 보여다오.
살았을 때 그토록 걱정거리였더니.
그자를 죽인 이가 당신이 맞는가?
아이든 황공하오나 그러하옵니다.
헨리 왕 이름이 무엇인가? 신분은 어떠한가?
아이든 알렉산더 아이든이 제 이름이며
자기 왕을 사랑하는 천한 향사올시다.
버킹엄 [헨리 왕에게]
전하께서 원하시면, 공적의 보답으로
기사로 삼으셔도 좋겠습니다.
헨리 왕 아이든, 무릎을 꿇었다가 기사로서 일어나라.
1천 냥의 상금을 네게 내린다.
앞으로 나를 수행하기 바란다.
아이든 그와 같은 은덕에 값하고 살며
오직 전하께 충성으로 살겠습니다. [퇴장]
[마거릿 왕비와 소머셋 공작 등장]
헨리 왕 버킹엄, 소머셋이 왕비와 함께 오오.
얼른 그를 숨기라고 왕비에게 알려주오.
마거릿 왕비 요크가 천 명이라도 어째서 숨죠?
대담하게 나서서 정면으로 맞서야죠.
요크 어찌된 일인가? 소머셋이 풀려났소?
그러면 요크, 숨겨 뒀던 말들을 꺼내오라.
네 마음과 네 혀를 하나로 만들어라.
소머셋의 태도를 참아내야 하는가?
거짓된 왕, 어째서 신의를 안 지켰소?
거짓을 못 참는 성미인 줄 알면서?
당신을 '왕'이라 했는가? 왕이 아니다.
반역자를 겁내고 다스리지 못할 자는
군중의 지배와 통치에 마땅치 않다.
당신 머리는 왕관에 알맞지 않고
당신 손은 왕의 홀에 적합지 않으며
순례자의 지팡이가 어울리니까
왕관은 내 이마를 두르겠으니,
아킬레스의 창[104]처럼 미소하는 내 낯과
찌푸리는 내 낯에 생사가 갈리리라.
여기의 이 손이 홀을 잡을 손이요,
통치의 법을 시행할 손이다.
물러나라! 하늘이 내신 네 지배자를
더 이상 지배할 수 없게 되었다.
소머셋 괴물 같은 반역자! 요크, 너를 체포한다.
왕과 왕권에 반항하는 대역죄다.

103 런던 민병대가 훈련할 때 쓰던 런던 근교의 벌판.

104 그리스의 최고 영웅 아킬레스(아킬레우스)의 창에 찔리면 반드시 죽고 그 창의 녹을 바르면 상처가 낫는다고 했다.

거만한 반역자, 무릎 꿇고 자비를 빌어라.
요크 무릎을 꿇으라고? 먼저 부하들이
내가 무릎 꿇는 꼴을 참는지 보겠다.
[시종에게]
먼저 내 아들들을 증인으로 불러오라. [시종 퇴장]
내가 옥에 가기 전 나를 석방하기 위해
자기의 칼을 들어 보증 설 게다.
마거릿 왕비 [버킹엄에게]
클리포드 경에게 이리 빨리 오라세요.
요크의 후레자식들이 반역자 아비의
보증 설 수 있는지 알리라고 하세요. [버킹엄 퇴장]
요크 오, 피에 취한 나폴리의 계집아,
나폴리서 쫓겨나 피의 채찍이로다!
월등한 혈통을 소유한 내 아들들이
아버지를 보증할 테고, 그들을
거절하는 자에게는 파멸이 되리라.
[한쪽 문으로 요크의 아들들인 에드워드와
리처드가 고수와 병사들을 거느리고 등장]
보라, 그들이 온다. 내 말대로 행하리라.
[다른 문으로 클리포드와 그의 아들이
고수와 병사들을 거느리고 등장]
마거릿 왕비 클리포드 경이 온다. 보증을 부인할 거다.
클리포드 [헨리 왕 앞에 무릎 꿇으며]
전하께 건승과 행복을 빕니다.
[일어선다.]
요크 클리포드, 고맙소. 무슨 일이오?
노기 띤 얼굴이라 근심스럽소.
당신 왕은 나이니 다시 무릎 꿇으오.
오해하고 한 일이라 용서하겠소.
클리포드 요크, 이분이 왕이시다. 오해하지 않았다.
그렇게 보았다면 네가 크게 오해했다.
[헨리 왕에게]
정신병원에 보낼 만큼 미친 사람 아니오?
헨리 왕 그렇소, 클리포드. 정신병과 야망이
자신의 왕에게 맞서게 하오.
클리포드 반역자요. 런던 타워로 압송하여
반역의 목을 잘라 버리시오.
마거릿 왕비 체포는 되었지만 복종은 안 해요.
아버지의 보증을 아들들이 선답니다.
요크 [에드워드와 리처드에게] 얘들아, 서겠냐?
에드워드 예, 귀하신 아버님, 저희 말이 통한다면.—
리처드 말 가지고 안 되면 칼 가지고 통해요.
클리포드 뭐 이따위 반역자 족속이 있어!
요크 거울 속에 비친 꼴을 반역자라 불러라.
나는 네 왕이고 너는 못된 반역자다.
용맹한 곰 두 마리를 쇠기둥과 함께 데려오라.[105]
쇠사슬 흔드는 소리만 듣고도
흉악한 똥개들이 꽁무니를 뺄 테니.
솔즈베리와 워릭에게 내게 오라고 해.
[워릭 백작과 솔즈베리 백작이 고수와
병사들을 거느리고 등장]
클리포드 이것들이 곰인가? 물어뜯어 죽일 테다.
네놈이 저것들을 투기장에 데려오면
저들의 쇠사슬로 곰 임자를 묶겠다.
리처드 야심 많은 성난 개를 붙들어 뒀더니
또다시 달려들어 깨무는 걸 보았다.
그러다가 사나운 곰의 발에 얻어맞아서
사타구니에 꼬리 끼고 울어대더군.
워릭 공에 맞서려고 나서는 날엔
같은 꼴을 당할 테니 알고 있어.
클리포드 없어져, 증오의 뭉치, 추악한 고깃덩이,[106]
병신 꼴에 버릇마저 찌그러진 놈아![107]
요크 이제 곧 너희가 땀을 내게 만들겠다.
클리포드 조심해. 뜨겁다가 너희가 불에 타.
헨리 왕 워릭, 당신의 무릎은 굽히는 걸 잊었소?
늙은 솔즈베리, 백발이 부끄럽소.
당신은 열병 걸린 아들을 잘못 이끄오.
임종할 자리에서 못된 짓 하겠소?
돋보기를 눈에 끼고 슬픔을 찾겠소?
신의가 어디 갔소? 충성이 어디 갔소?
서리 덮인 머리에서 쫓겨났다면
땅속의 어디에서 안식처를 찾겠소?
전쟁을 찾으려고 무덤을 파겠소?

105 당시 곰을 생포하여 쇠사슬로 발을 묶어 기둥에 붙들어 매고 개들을 풀어놓아 싸움을 시켰다. 개들이 덤벼들다 곰에게 잡혀 찢겨 죽는 것과 마침내 곰도 개들에게 물려 피를 흘리는 것을 구경시켜 곰 주인이 돈을 벌었다.

106 리처드(훗날 리처드 3세)는 곱사등이로 알려졌었다.

107 당시에 요크의 둘째 아들 리처드(훗날 리처드 3세)가 꼽추였다는 설이 널리 퍼져 있었다.

존경할 나이를 피로 물들이겠소?
노인이 왜 경험이 모자라요?
경험이 있다면 왜 잘못 써요?
충성의 무릎을 나한테 꿇어요.
무덤 향해 굽어진 늙은 무릎 아니오?
솔즈베리 전하, 저명한 요크 공의 권리를
곰곰이 생각하니 저 자신의 양심상
잉글랜드 왕위의 정당한 계승자로
요크 공을 인정하게 되었습니다.
헨리 왕 나에게 충성을 맹세하지 않았소?
솔즈베리 그랬습니다.
헨리 왕 맹세를 어겼으니 하늘은 어쩌겠소?
솔즈베리 죄에 맹세하는 것은 죄악이지만
죄악 된 맹세를 그대로 지킴은
더욱 큰 죄악이오. 엄숙한 맹세라고
살인을 하거나 강도짓을 행하거나
순결한 처녀를 욕보이든가
고아의 유산을 탈취하든가
과부의 상속권을 강탈하면서
그러한 악행은 오로지 엄숙한
맹세 때문이라고 할 자 누구요?
마거릿 왕비 간사한 반역자는 변호사가 필요 없어.
헨리 왕 [시종에게]
버킹엄을 불러서 무장하라 일러라. [시종 퇴장]
요크 [헨리 왕에게]
버킹엄과 친구들을 모두 불러라.
나는 죽음 아니면 왕권이라 결심했다.
클리포드 내 꿈이 맞는다면 네 죽음이겠다.
워릭 침대로 가서 다시 꿈꾸는 게 좋겠다.
그래야 싸움터의 폭풍을 피한다.
클리포드 네가 오늘 일으킬 어떤 바람보다도
더 큰 바람을 이겨낼 결심이다.
알기만 하면 네 가문 표시로
이 결심을 네 투구에 새길 테다.
워릭 연로하신 아버님의 투구에 맹세코,
쇠기둥에 잡아맨 사나운 곰이
우리 가문 투구의 문장이므로
산 위의 삼나무가 폭풍에 지지 않듯
오늘 내 투구에 높이 달아매리라.
그것만 봐도 너희는 겁이 나리라.
클리포드 그러면 투구에서 곰을 떼어 내
그런 곰을 보호하는 곰 임자를 무시하고
모든 경멸 합해서 짓밟으리라.
젊은 클리포드 그렇다면 승전의 아버님, 반역자와
그 일당을 진압하기 위하여 무장합시다.
리처드 오, 얌전히 굴어다오! 성난 말 하지 마라.
오늘 밤 예수와 저녁을 같이 하니.
젊은 클리포드 추한 낙인 찍힌 놈, 그건 네가 모른다.
리처드 천국이나 지옥에서 밥 먹을 게 확실하다. [각기 퇴장]

## 5. 2

[공격 신호. 워릭 백작 등장]
워릭 클리포드, 워릭이 너를 불러!
험한 곰을 피해서 숨지를 않았다면
분노의 나팔이 공격을 울려대고
죽는 자의 비명이 공중에 가득할 때
클리포드, 이리 와서 나와 싸우자!
건방진 북녘 귀족 컴벌랜드 클리포드,
싸우자고 외쳐서 워릭 목이 쉬었다.
[요크 공작 등장]
웬일이오? 공작께서. 말도 안 타고?
요크 죽음의 손인 클리포드가 말을 죽였소.
그러나 그자와 일대일로 대결하여
그자가 그토록 아끼던 잘난 짐승을
까마귀와 솔개의 밥이 되게 했소.
[클리포드 공 등장]
워릭 [클리포드에게]
우리 중 하나 또는 두 사람이 죽을 때다.
요크 잠깐, 워릭. 다른 짐승 찾아보오.
이 사슴은 내가 마저 죽이겠소.
워릭 그러면 잘하시오. 뿔 때문에 싸우니까.
[클리포드에게]
클리포드, 오늘 내가 이기려 했는데
안 싸우고 떠나려니 속이 매우 언짢다. [퇴장]
클리포드 요크, 무얼 살피나? 왜 그냥 섰나?
요크 그처럼 강력한 적이 아니었다면
용맹한 네 모습을 사랑했을 거다.
클리포드 네 용기가 비열한 반역에 안 쓰였다면
칭찬과 존경을 받았을 거다.
요크 진정한 권리와 정의로 나타내므로

네 칼에 대항할 때 용맹이 돕겠다.

클리포드 내 혼과 몸을 모두 결투에 건다.

요크 무서운 도박이군. 당장에 준비해라.

클리포드 "라 팽 쿠론 레죄브르."[108]

[공격 신호. 둘이 싸운다. 요크가
클리포드를 죽인다.]

요크 조용한 것을 보니 싸움이 평화를 가져왔다.
하늘의 뜻일진대 그의 혼에 평화를. [퇴장]

[공격 신호. 그러자 젊은 클리포드 등장]

젊은 클리포드 수치와 패망이다. 모두 달아난다!
공포가 혼란을 일으키고 혼란은 다시
자기편을 찌른다. 오, 전쟁, 지옥의 자식아,
노한 하늘이 너를 일꾼 삼았으니
우리 편 군대의 얼어붙은 가슴속에
복수의 불덩이를 채워 넣어라.
병사는 달아나지 마라! 진정 싸움에
몸 바친 자는 자기를 아끼지 않으나
자기를 아끼는 자는 우연 외에는
용기가 없다.
[아버지의 시체를 본다.]
추악한 세상아, 끝내라.
최후의 심판에서 예정된 불길들이
땅과 하늘을 녹여 붙여라!
온 세상을 부르는 나팔을 울려
갖가지 사물들과 하찮은 소리들을
멈춰버려라! 오, 아버님, 젊은 날을
평화 중에 보내시고 지혜로운 나이에,
백발에 도달하여 교자에 앉아 지낼
존경의 시기에 무참한 전투에서
죽을 예정이셨소? 그 모습에 굳어진
제 심장이 이 몸에서 박동 치는 한
돌같이 무정하여 노인을 가리지 않는
그자의 자식을 가리지 않겠으며
어린 눈물은 불에 뿌린 이슬 같으니[109]
폭군의 마음을 녹인다는 미녀도
불타는 노여움에 기름 같을 것이오.
이후로 동정심은 나와는 상관없소.
요크 집안 젖먹이를 보기만 하면
사랑에 미쳐버린 메디아가 남동생을
토막 냈듯이,[110] 조각조각 잘라내고
잔인성의 명성을 구할 터이오.
오랜 가문의 새로운 폐허, 가십시다.
[아버지의 시신을 등에 업는다.]
아이네이아스가 아버지를 업고 다녔듯[111]
튼튼한 그의 등에 아버지를 업었는데
살아 있는 아버지를 등에 졌으니
나의 슬픔보다는 무겁지 않았소.
[시신과 함께 퇴장]

[공격 신호. 리처드와 소머셋 공작이 싸우기
위해 등장. 리처드가 소머셋을 죽인다.]

리처드 거기 누워 있어라.
세인트 올번스 성, 천한 술집 간판 아래
쓰러진 소머셋이 그곳의 마술사를
유명하게 만들었다.[112] 칼아, 네 성질을
유지해라. 심장아, 언제나 분노해라.
사제들은 원수 위해 기도하나 공작들은 죽인다.
[소머셋의 시신을 끌고 퇴장]

[공격 신호. 헨리 왕, 마거릿 왕비,
기타 등장]

마거릿 왕비 뛰라고요. 느려요. 제발 뛰어요!

헨리 왕 하늘보다 빠르겠소? 마거릿, 기다리오.

마거릿 왕비 당신은 뭐로 만든 사내요?
싸우지도 뛰지도 않으니. 그러니까
용기, 지혜, 방어는 적에게 쫓기는 거,
안전을 기할 길은 뛰는 거뿐이죠.
[멀리서 공격 신호]
당신이 잡히면 우리 운수 모두가
땅바닥을 보게 돼요. 운 좋게 피하면—
실수하지 않으면 피할 수 있는데,

108 "마지막이 모든 노력에 면류관을 씌운다"라는 뜻의 프랑스 격언.

109 당시 사람들은 타오르는 불에 물방울을 뿌리면 불이 더 거세진다고 믿었다.

110 그리스신화에 나오는 마녀 메디아는 그리스 영웅 이아손에 대한 사랑에 미쳐서 반대하는 아버지에게서 달아나며 남동생을 죽여서 토막 내어 쫓아오는 아버지에게 던져서 아버지가 그 살점들을 줍느라고 더디 오게 했다.

111 로마 시인 베르길리우스의 『아이네이스』를 보면, 트로야가 망한 후, 트로야의 살아남은 영웅 아이네이아스(Aeneias)가 늙은 아버지 안키세스를 등에 업고 피란한다.

112 1막 4장에서 소머셋이 궁성을 조심해야 할 것이라고 마술사가 예언했다.

당신을 좋아하는 런던에 돌아가서
운수의 터진 틈을 쉽사리 막아낼 수
있을 거예요.
[젊은 클리포드 등장]

젊은 클리포드 [헨리 왕에게]
적을 괴롭힐 것을 결심하지 않았다면
피하시라 하기 전에 신을 저주하시겠지만
피하셔야 합니다. 남아 있는 군대는
회복 불가능한 패배감에 찼습니다.
안전을 위해 피하시면 우리도 저들처럼
승전의 맛을 보고 패배를 안겨주겠습니다.
전하, 서두르십시오! [모두 퇴장]

## 5. 3

[공격 신호. 퇴각 신호. 요크 공작, 그의 아들들인
에드워드와 리처드, 워릭 백작, 병사들이 고수와
깃발을 든 몇 사람과 함께 등장]

요크 솔즈베리에 관해서는 누가 말을 하여도
해묵은 상처와 시간의 시달림을
분노 속에 잊어버린 겨울 사자 같으니
청춘을 구가하는 날렵한 청년같이
때를 만나 젊어졌다. 만일 그 사람이
불행을 당했다면 행복한 이날도 없고
한 발짝도 못 이겼다.

리처드 존귀하신 아버님,
오늘 제가 세 번 말에 태워드렸고
세 번 방어하고 세 번 구원했습니다.
그 이상 싸우지 마시라고 만류했지만
위험한 장소마다 만나곤 했습니다.
소박한 집안의 값비싼 걸개처럼
노쇠한 몸에도 의지는 강했지요.
고귀하신 분인 만큼 저쪽에 오십니다.
[솔즈베리 백작 등장]

솔즈베리 칼에 걸어 맹세코, 오늘은 잘 싸웠소.
우리 모두 잘했소. 감사하오, 리처드.
내가 얼마 더 살지 하느님이 아시나,
오늘은 세 번이나 급박한 상황에서
나를 구해 주었소. 그런데 귀공들,
오늘 얻은 승리를 굳히지 못했소.
적들의 도주로 충분하지 않으니
쉽사리 회복할 적군인 까닭이오.

요크 우리의 안전은 추격에 있소.
듣자 하니 런던으로 도주한 왕이
즉시 의회를 소집한다고 하오.
공고를 하기 전에 추격이 필요하오.
어찌 생각하시오? 뒤쫓을까요?

워릭 뒤쫓아요? 아니오. 되도록 앞서야 하오.
어쨌든 오늘은 영광의 날이었소.
이름 높은 요크의 세인트 올번스 승리는
세대들을 넘어서 길이 기억되겠소.
북과 나팔을 울려라. 런던으로 진격한다.
이런 날이 더욱 많이 오기를! [주악. 모두 퇴장]

# 헨리 6세 제3부
## *Henry VI, part 3*

## 연극의 인물들

헨리 6세

앤주의 마거릿 왕비 나폴리와 시실리의 왕 레이니어의 딸

에드워드 왕자 왕세자, 헨리 6세와 마거릿의 아들

클리포드 공

엑서터 공작

소머셋 공작

노섬벌랜드 백작

웨스트모얼랜드 백작

옥스퍼드 백작

헨리 튜더 리치먼드 백작, 훗날 헨리 7세

소머빌

리처드 플랜태저닛 요크 공작

에드워드 요크의 맏아들, 마치 백작, 나중에 요크 공작, 에드워드 4세

조지 요크의 아들, 나중에 클래런스 공작

리처드 요크의 아들, 나중에 글로스터 공작

에드먼드 플랜태저닛 요크의 막내아들, 나중에 러틀랜드 백작

러틀랜드의 가정교사

노폭 공작

리처드 네빌 워릭 백작

몬테이그 요크 공작의 처남

펨브룩 백작

스태포드 공

헤이스팅스 공

존 모티머 경

휴 모티머 경

윌리엄 스탠리 경

존 몬고메리 경

엘리자베스 그레이 부인, 존 그레이의 미망인, 나중에 에드워드 4세의 부인, 엘리자베스 왕비

앤터니 우드빌 리버스 백작, 그레이 부인의 오빠

에드워드 왕자 에드워드와 엘리자베스의 갓난아기

에드워드 왕자의 유모

한 귀족

프랑스 왕 루이스 11세

사보이의 보나 루이스의 처제

버번 공 프랑스의 해군 제독

요크의 시장

요크의 두 시의원

코번트리의 시장

런던 타워의 부관

전쟁에서 아버지를 죽인 아들

전쟁에서 아들을 죽인 아버지

두 사냥터지기

세 경호병 에드워드 왕을 호위하는 병사들

에드워드 왕을 감시하는 사냥꾼

전령들

역마꾼들

병사들, 고수들, 나팔수들, 기수들, 시종들

# 헨리 6세 제3부<br>그리고 요크 공작의 죽음

## 1. 1

[경계 신호. 요크 공작 리처드 플랜태저닛,
마치 백작 에드워드, 자른 머리를 든 리처드,
노폭 공작, 몬테이그, 워릭, 병사들 등장.
웅장한 왕좌]

워릭 왕이 어찌 우리 손을 빠져나갔소?
요크 우리가 북방의 기병대를 추격할 사이
부하들을 남겨두고 슬그머니 도주했소.
그러자 후퇴란 말을 결코 귀에 담지 않는
노섬벌랜드 백작이 지친 군대를 독려하고
스스로 클리포드, 스태포드 공과 함께
나란히 달려와서 우리 주력 부대의
최전방에 돌진하여 뚫고 들어오다가
이름 없는 병사들의 칼에 맞아 죽었소.
에드워드 스태포드 공의 부친 버킹엄 공작은
내게 죽지 않았다면 심하게 부상했소.
칼을 내리쳤더니 면갑[1]이 갈라졌소.
아버지, 그의 피를 보시고 확인하세요.
몬테이그 매부,[2] 윌트셔 백작 피가 여기 있소.
양쪽이 엉켰을 때 나를 만났소.
리처드 대신 네가 말하라, 내가 무얼 했는지.
[소머셋 공작의 머리를 던진다.]
요크 리처드의 공적이 아들 중 제일이다.
하지만 소머셋 공작 나리, 죽으셨소?
노폭 존 오브 곤트[3] 집안은 다 같은 운명이오.
리처드 그리하여 헨리 왕의 머리를 흔들겠소.
워릭 승리한 요크 공작, 나도 그럴 테요.
랭커스터 가문이 찬탈 중인 왕좌에
공작께서 앉으시는 모습을 볼 때까지
결코 눈을 감지 않기로 맹세하겠소.
이것이 겁에 질린 헨리 왕의 궁궐이며
저것이 왕좌요. 요크, 차지하시오.
헨리의 후손 아닌 당신 것이오.
요크 그러면 워릭, 도와주오. 앉고 싶소.
여기를 강제로 뚫고 들어왔으니.
노폭 우리 모두 돕겠소. 도망자는 죽이겠소.
요크 착한 노폭, 감사하오. 내 옆에 있어주오.
병사들은 오늘 밤 내 옆에 있어다오.
[그들이 높은 데 있는 왕좌로 올라간다.
요크를 앉게 한다.]
워릭 왕이 오면 힘으로 맞서지 마시오.
완력으로 밀어내길 원하시면 모르지만.
요크 왕비는 오늘 여기서 의회를 여는데
우리가 그 비밀을 아는 것은 모르오.
말 아니면 실력으로 왕권을 찾겠소.
리처드 무장하고 있으니까 집 안에 있읍시다.
워릭 플랜태저닛 요크 공이 왕이 안 되고
겁쟁이 헨리가 왕위를 내놓지 않으면
—그래서 적들이 우리를 얕보지만—
피투성이 의회란 이름이 붙으오.
요크 그러면 떠나지 마오. 귀공들, 결심하오.
나는 내 권리를 쟁취할 테요.
워릭 왕 자신도, 가장 열렬한 지지자도
랭커스터를 받드는 교만한 자도
워릭의 방울에 날개를 펴지 못하오.[4]
플랜태저닛을 심을 테니 감히 누가 뽑겠소?
결단하시오. 왕관을 요구하시오.
[주악. 헨리 왕, 클리포드 공,
노섬벌랜드 백작, 웨스트모얼랜드
백작, 엑서터 공작, 기타 등장]
헨리 오, 철면피 역적이 저기 앉았소.
왕좌 위에 올라 있소. 반역자 워릭의
도움을 받아 왕관을 탐내며
지배를 바라는 듯하오. 노섬벌랜드 백작,
부친을 죽인 자요. 클리포드 공,
당신 부친도 죽였소. 두 사람은 저자와
아들들과 그 일당을 죽이기로 맹세했소.
노섬벌랜드 내가 안 죽이면 하늘이 내게 보복하라.

1 한자로 '面甲'이라고 할 수 있는, 얼굴을 덮는 철갑.
2 요크 공작의 아내가 몬테이그의 누이였다.
3 랭커스터 공작으로, 헨리 4세, 5세, 6세의 선조이다. 그의 아들 헨리 4세(볼링브룩)가 왕위를 찬탈한 뒤부터 랭커스터가와 요크가의 싸움(이른바 '장미전쟁')이 시작되었다. 「리처드 2세」, 「헨리 6세 제2부」 참조.
4 매사냥을 할 때 매의 발에 방울을 달아놓는다. 매가 사냥감에 달려들어 방울 소리를 내면 새들이 기가 죽어 꼼짝 못한다.

클리포드 그 희망 가지고 클리포드는 철갑 속에 울고 있소.
웨스트모얼랜드 그냥 두고 보기요? 끌어냅시다.
화김에 속이 타오. 견딜 수 없소.
헨리 점잖은 웨스트모얼랜드, 인내하시오.
클리포드 인내란 저놈 같은 멍청이가 갖고 있소.
부왕[5]께서 사셨다면 거기 앉지 못했소.
은혜로우신 전하, 여기 의회 안에서
요크 집안 전부를 해치웁시다.
노섬벌랜드 런던이 그쪽이고 손짓만 하면
군대를 부를 수 있는 걸 모르시오?
웨스트모얼랜드 공작만 죽이면 놈들은 달아나오.
헨리 의회를 도살장으로 만드는 짓을
헨리의 마음은 결단코 원치 않소.
엑서터 아우, 찌푸린 낯과 말과 위협이
헨리가 사용할 싸움의 수단이오.
반역자 요크 공작, 왕좌에서 내려와
내 발 앞에 용서와 자비를 빌어라.
내가 네 왕이다.
요크 내가 당신 왕인데.
엑서터 어서 내려와. 왕이 널 공작으로 만드셨다.
요크 백작령[6]과 더불어 그건 내가 상속했다.
엑서터 네 아비는 왕권에 반역한 자다.
워릭 엑서터, 찬탈자 헨리를 추종하니
너야말로 왕권에 반역한 자다.
클리포드 정통 왕을 제외하고 누굴 따라가냐?
워릭 사실이다. 정통은 요크 공작 리처드다.
헨리 나는 서 있고 너는 내 자리에 앉아 있는가?
요크 그럴 테며 그래야 해. 그렇게 알라.
워릭 당신은 랭커스터 공작이며 저분은 왕이 되라시오.
웨스트모얼랜드 이분이 왕이고 랭커스터 공작이시다.
웨스트모얼랜드가 이를 주장하겠다.
워릭 워릭이 그걸 부정하겠다. 잊었구나,
우리가 너희를 들판에서 쫓아내고
아비들을 죽이고 깃발을 펼쳐 들고
거리를 행진하여 대궐 문에 이른 걸.—
웨스트모얼랜드 플랜태저닛, 너와 네 아들, 네 친척
네 파당의 목숨을 내 아버지 핏줄 속의
핏방울보다 더 많이 탈취하겠다.
클리포드 워릭, 그만 지껄여라. 말하는 대신에
손 한 번 쓰지 않고 아버지의 죽음을
앙갚음할 전령을 보낼는지 모른다.
워릭 가련한 클리포드, 허튼 위협이 가소롭다.
요크 왕권에 대한 근거를 보여주길 원하는가?
그게 아니면 전쟁의 칼로 주장하겠다.
헨리 반역자, 왕권에 대한 권리가 무엇인가?
네 부친은 너처럼 요크 공작이었고
네 조부는 마치 백작 모티머였다.
나는 헨리 5세 왕의 아들이며 그분은
프랑스의 왕세자와 백성들을 굴복시켜
성읍들과 지방들을 정복하신 분이었다.
워릭 프랑스는 말도 마오. 당신이 모두 잃었소.
헨리 나 아닌 섭정[7]이 잃고 말았다.
내가 왕이 됐을 때 겨우 아홉 달이었다.
리처드 지금 나이 들었으나 잃는 중이오.
아버님, 찬탈자 머리에서 왕관을 벗기세요.
에드워드 아버님, 그러세요. 머리에 쓰세요.
몬테이그 매부, 무기를 사랑하고 존중하므로
싸움으로 결판내고 말씨름은 마십시다.
리처드 북과 나팔 소리에 왕이 달아나겠소.
요크 얘들아, 조용해라.
헨리 조용하라. 헨리 왕이 말한다. 들어라.
워릭 플랜태저닛이 먼저 말하겠소. 모두들 들으시오.
모두 입을 다물고 주의 깊게 보시오.
말참견하는 자는 살지 못할 것이오.
헨리 조부와 부친이 앉으셨던 왕좌를
내가 양도할 것으로 생각하오? 아니오.
전쟁이 먼저 내 나라를 비울 것이오.
프랑스에 휘날리던 우리의 깃발들이
잉글랜드에 나부끼니 나의 큰 슬픔이나
내 시체를 감을 거요. 어째서 기가 죽소?
내 권리는 당당하오. 저자보다 훨씬 높소.

5 헨리 5세. 승전으로 프랑스의 대부분을 차지했었다. 왕위를 찬탈한 헨리 4세의 아들이었지만 아무도 이의를 제기하지 못한 강력한 왕이었다. 그가 요절해서 헨리 6세는 생후 9개월의 갓난아기로 왕이 되어 요크가의 도전에 시달렸다.

6 요크는 어머니 쪽으로 마치 백작의 상속권을 가지고 있었다. 그녀는 에드워드 3세의 셋째 아들 라이어널의 딸의 후손이어서 요크가 왕위 계승권을 주장하는 근거가 되었다.

7 왕의 숙부였던 글로스터 공작 험프리가 섭정이었다. 정적들에게 암살당했다. 「헨리 6세 제2부」 참조.

워릭 헨리, 증명하시오. 그래서 왕이 되시오.
헨리 헨리 4세는 정복으로 왕위를 획득했소.
요크 자기 왕에 대하여 반역을 행하였다.
헨리 [방백] 무엇이라 할 것인가? 권리가 약하구나.
말하시오. 왕이 후계자를 정할 수 있소?
요크 그렇다 하면?
헨리 그것이 가능하면 법적인 왕은 나요.
리처드 2세는 많은 귀족 앞에서
헨리 4세 왕에게 왕위를 양도했소.
부친에게 상속받은 부친이 내게 상속했소.
요크 그자는 왕에게 반역하여 일어나
강압으로 왕위를 양도시켰소.
워릭 귀공들, 만일 그가 스스로 양도했다면
그자의 왕권에 결함이 생기겠소?
엑서터 그렇게 왕위를 양도하지 못하오.
그다음 후계자가 반드시 계승하오.
헨리 엑서터 공작, 나를 거역하는가?
엑서터 왕권은 그에게 있습니다. 용서하시오.
[몇 귀족이 함께 수군거린다.]
요크 어찌하여 수군대고 대답이 없소?
엑서터 나의 양심상 법적인 왕은 저 사람이오.
헨리 모두 등을 돌리고 저자에게 가누나.
노섬벌랜드 플랜태저닛, 아무리 떠들어도
헨리 왕이 퇴위할 것으로 생각지 마라.
워릭 뭐라 하여도 퇴위시킬 터이다.
노섬벌랜드 잘못 알고 있구나. 네가 지금 에섹스,
노폭, 서폭, 켄트 등 남부 병력을 믿고
난 척하고 건방지게 굴지만 내가 있는 한
공작을 왕으로 세울 수 없다.
클리포드 헨리 왕, 당신의 권리가 옳든 그르든,
클리포드는 당신 위해 싸울 것을 맹세하오.
아버님 죽인 자에게 무릎을 꿇는다면
그 자리가 꺼져 내려 나를 산 채 삼켜라!
헨리 클리포드, 당신 말에 가슴이 살아나오.
요크 랭커스터의 헨리, 왕관을 양도하라.
당신들은 무엇을 쑤군대고 꾸미오?
워릭 왕다운 공작에게 법대로 행하오.
아니라면, 궁궐을 병사들로 채우겠소.
앉으신 보좌 위에 찬탈자의 피로써
그분의 권리를 적어놓겠소.
[그가 발을 구르니 병사들이 나타난다.]
헨리 워릭 공, 한마디만 들어주오.
내가 사는 동안만 왕이 되게 해주오.
요크 나와 나의 후손에게 왕위를 약속하면
사는 동안 조용히 왕 노릇 할 수 있소.
헨리 만족하오. 리처드 플랜태저닛,
내가 죽은 후에는 나라를 차지하오.
클리포드 아들인 왕자에게 부당하기 짝이 없소!
워릭 잉글랜드와 자신에게 무슨 소용 있다고!
웨스트모얼랜드 비열하고 두렵고 절망하는 헨리로다!
클리포드 당신과 우리들을 크게 해쳤소!
웨스트모얼랜드 더 이상 조항들을 참고 듣지 못하겠소!
클리포드 여보시오, 이 일을 왕비님께 알립시다.
웨스트모얼랜드 나약하고 못난 왕, 안녕히 계시오.
차가운 당신 피에 명예의 불꽃이 없소.
노섬벌랜드 당신은 요크가의 제물이 되시오.
나약의 대가로 사슬에 묶여 죽으시오.
클리포드 무서운 싸움에 패배하거나
버림받고 멸시받아 일없이 사시오.
[웨스트모얼랜드, 노섬벌랜드,
클리포드와 그들의 병사들 퇴장]
워릭 헨리, 이쪽으로 돌리고 그자들을 보지 마오.
엑서터 저들은 복수를 엿보고 항복은 없을 거요.
헨리 아, 엑서터.
워릭 어째서 한숨이오?
헨리 워릭 공, 나 아니라 내 아들 때문이오.
그 애의 상속을 부당하게 취소하오.
그러나 할 수 없소. [요크에게] 이로써 확실히
당신과 당신의 후손에게 영구히
왕위를 넘기되 내란을 종식하며
내가 사는 동안에는 당신의 왕이며
주군으로 나 자신을 받들고 섬기며
역모 또는 폭력으로 누르지 않고
스스로 왕이 되지 않는다는 조건이오.
요크 기꺼이 맹세하며 이를 지킬 것이오.
워릭 헨리 왕 만세. 플랜태저닛, 왕을 포옹하시오.
헨리 그러면 오래 사시오. 당돌한 자식들도—
[화려한 주악. 여기서 요크와 추종자들이
내려서고 요크가 헨리 왕을 포옹한다.]
요크 이제는 요크와 랭커스터가 화해했소.
엑서터 둘을 적으로 만들고자 하는 자에게 저주 있어라!
요크 전하, 안녕히 계시오. 나는 내 성으로 돌아가겠소.

워릭 그럼 나는 병사들과 더불어 런던을 지키겠소.
노폭 그럼 나는 부하들과 더불어 노폭으로 가겠소.
몬테이그 그럼 나는 떠나 있던 바다로 돌아가겠소.
[요크, 에드워드, 리처드, 워릭, 노폭,
몬테이그, 그들의 병사들 퇴장]
헨리 그럼 나는 슬픔과 더불어 궁정으로 가겠다.
[마거릿 왕비와 에드워드 왕자 등장]
엑서터 왕비님이 오시오. 노여움이 보이오.
나는 몰래 피하겠소.
헨리 엑서터, 나도 피하겠다.
마거릿 가지 마세요. 따라갈 테니까요.
헨리 참아요, 착한 왕비. 나 여기 있겠소.
마거릿 이런 극한 상황에서 누가 참아요?
오, 가련한 남자! 그처럼 매정한
아버지라니! 차라리 당신을 만나지 않고
처녀로 죽는 것이 좋았겠지요.
무슨 죄로 이 애가 상속권을 잃지요?
나의 절반이라도 애를 사랑했거나
나처럼 출산의 아픔을 맛보았거나
아이에게 나의 피를 먹여봤다면
사나운 공작을 후계자로 만들어
외아들의 상속권을 말소하기 이전에
가슴속 핏방울을 쏟아놨겠죠.
에드워드 왕자 저에게서 상속권을 취소하지 못하시오.
아버님이 왕이시면 어째서 승계할 수 없습니까?
헨리 마거릿, 용서하오. 아들아, 용서해라.
워릭과 공작의 강압으로 어쩔 수 없었소.
마거릿 강압? 당신이 왕인데 강압을 당하다뇨?
창피해서 못 듣겠소. 겁쟁이 인간!
자신과 아들과 나까지 망쳤군요.
권력을 요크가에 실어주어 저들의
허락을 받아야만 왕 노릇을 하겠군요.
그자와 후손에게 왕위를 약속한 건
훨씬 때가 오기 전에 무덤을 파고
기어드는 작태가 아니고 뭐예요?
워릭은 대법원장 겸 칼레의 총독이며
잔혹한 포큰브리지는 해협을 호령하고
공작은 이 나라의 섭정이 되었는데,
그러고도 안전해요? 늑대들에 둘러싸여
부들부들 떨고 있는 어린 양의 안전이죠.
나약한 여자지만 내가 거기 있었다면
그따위 소행에 합의는커녕
병정들의 창검에 몸을 던졌겠지만
당신은 목숨이 명예보다 중했네요.
그런 꼴을 보았으니, 아들의 상속권을
말소한 법령이 취소될 때까지는
식탁과 잠자리를 같이하지 않을 것을
여기 이 자리에서 당신에게 선언해요.
왕의 기를 거부한 북방의 귀족들이
내 깃발을 보는 때엔 나를 따라서
깃발을 활짝 펴고 당신의 수치와
요크가의 전멸을 큰소리로 말하겠죠.
이제는 당신과 헤어져요. 얘, 가자.
병사들을 마련했다. 저들 뒤를 따라가자.
헨리 착한 아내 마거릿, 내 말 들어 주어요.
마거릿 벌써 말이 많았어요. 저리 가요.
헨리 착한 아들 에드워드, 나와 같이 있으련?
마거릿 그래서 적한테 살해당할 판이지.
에드워드 왕자 싸움에서 이기고 돌아올 때 아버지를
만날 테지만 그때까지 어머니를 따르겠어요.
마거릿 얘, 빨리 가자. 이렇게 늦어지면 안 된다.
[마거릿과 에드워드 왕자 퇴장]
헨리 가련한 왕비, 남편 사랑 자식 사랑이
노여움의 욕이 되어 폭발했다.
증오의 대상 공작에게 복수하겠지.
욕구로 날개 치는 그자의 야심은
왕관을 강탈하고, 굶은 독수리처럼
나와 내 아들 살로 배불리겠지.
귀족들 셋을 잃어 마음이 아프다.
편지를 보내어 좋은 말로 달래자.
오시오. 당신이 전령 노릇 하시오.
엑서터 내가 모든 분들을 화해시킬 터이오. [둘 퇴장]

## 1. 2

[주악. 에드워드, 리처드, 몬테이그 등장]
리처드 형님, 내가 아우지만 내가 하겠소.
에드워드 안 된다. 말은 내가 더 잘해.
몬테이그 하지만 세고 강한 이유가 나한테 있소.
[요크 공작 등장]
요크 어째서 형제끼리 다투는 중이냐?

무엇이 문제인가? 어찌 시작됐는가?
에드워드 다툼이 아니라 약간의 승강이요.
요크 무슨 문제로?
리처드 아버님과 저희들에 관한 겁니다.
아버님의 소유인 잉글랜드 왕권이오.
요크 내 소유? 헨리 왕이 죽기 전엔 내 것 아니다.
리처드 아버님의 권리는 헨리와는 무관해요.
에드워드 왕위 계승자시니 당장 지금 누리세요.
랭커스터 집안에 숨통을 주는 거니
종국에는 아버님을 앞설 겁니다.
요크 조용한 왕으로 있겠다고 맹세했다.
에드워드 왕국을 얻는다면 무슨 맹세 못 어겨요?
한 해만 왕이 돼도 천만번 어기겠소.
리처드 천만에요. 맹세를 어기시면 안 돼요.
요크 싸움으로 요구하면 어기는 짓이다.
리처드 정반대로 증명하죠. 제 말 들어 보세요.
요크 그럴 수 없다. 불가능한 일이다.
리처드 맹세하는 자에 대해 권리가 있는
법적인 재판관 앞에서 정식으로
맹세하지 않으면 효력이 없어요.
헨리는 그러지 않고 왕위를 누려요.
그런 자가 아버님께 맹세를 시켰으니
그런 말은 무효이고 무가치해요.
따라서 싸웁시다! 그리고 아버님,
왕관을 쓰는 게 얼마나 좋아요?
둥그런 왕관 안에 천국이 있고
시인들이 말하는 온갖 희열이 있죠.
그런데 어째서 이렇게 주저하세요?
저의 하얀 장미가 미지근한 헨리 피에
빨갛게 되기까지 참을 수 없어요.
요크 그만해라. 왕이 되지 않으면 죽고 말겠다.
[몬테이그에게] 처남, 당장 런던으로 달려가서
이 일에 워릭을 설득하게. 리처드 너는
노폭 공작한테 달려가서 우리 의사를
남모르게 알려줘라. 에드워드는
코범 공에게 가라. 그 사람 말이면
켄트인이 기꺼이 일어날 거다.
그들에 대한 신뢰는 현명하고 정중하며
아량 있고 기백이 넘치는 까닭이다.
너희가 그런 일을 벌이는 동안,
나는 단지 기회를 엿보는 일뿐이며
왕은 물론 랭커스터 집안 누구도
내 의도를 눈치챌 수 없게 하는 일이다.
[전령 등장]
잠깐. 무슨 소식인가? 왜 그리 급한가?
전령 왕비와 북방의 모든 백작, 대공들이
공작님의 궁성을 포위코자 합니다.
2만 군을 거느린 왕비가 근접했으니
궁성을 견고한 요새로 만드십시오.
요크 칼로 만들 터이다. 겁낼 것 같은가?
에드워드, 리처드, 나와 함께 있어라.
처남은 화급히 런던으로 달려가라.
왕을 호위하라고 남겨두었던
워릭과 코범과 그 밖의 사람들은
강력한 정략으로 자신들을 강화하고
멍청한 헨리와의 맹세를 믿지 마라 하라.
몬테이그 매부, 나는 가오. 설득하겠소. 걱정 마오.
이제 나는 정중히 작별을 고하오. [몬테이그 퇴장]
[존 모티머 경과 그의 아우 휴
모티머 경[8] 등장]
요크 존 모티머, 휴 모티머, 외삼촌 형제,
마침 좋은 때에 두 분이 오셨소.
왕비의 군대가 포위하려 하는데.
존 모티머 포위할 필요 없소. 벌판에서 만나겠소.
요크 아니 5천 명으로?
리처드 5백 명이면 어때요?
여자가 거느렸소. 겁날 게 있소?
[멀리서 들려오는 북소리]
에드워드 북이 울린다. 병력을 정렬하여
밖으로 달려 나가 싸우라 하자.
요크 5대 20이오. 커다란 열세이나
외삼촌, 우리의 승리를 의심치 않소.
프랑스에서[9] 적이 10대 1일 때
수많은 싸움에 이겼는데 어찌 이제
똑같이 승리하지 못하겠오?
[공격 신호. 모두 퇴장]

8 요크 모친의 이복형제(사생아)로 알려진 인물들.
9 헨리 6세가 치세한 초기에 요크는 프랑스의 총독이었다.

## 1. 3

[러틀랜드 백작[10]과 그의 가정교사 등장]

러틀랜드 저것들을 피하려면 어디로 뛰죠?

[클리포드와 병사들 등장]

아이고, 선생님, 무서운 클리포드예요.

클리포드 사제는 비켜나라. 성직 때문에 살려준다.
저주받을 공작 놈의 새끼는 죽는다.
저 새끼 아비가 내 아버지 죽였다.

가정교사 그럼 나는 하늘 길을 같이 가겠소.

클리포드 병사들, 데려가라.

가정교사 클리포드, 무고한 아이를 죽이지 마오.
하느님과 사람들에게 미움 살지 모르오.

[병사들에게 끌려서 퇴장]

클리포드 어찌 된 일인가? 벌써 죽었나?
무서워서 눈을 지레 감은 것인가?
눈을 뜨게 하겠다.

러틀랜드 울에 갇힌 사자가 움키려는 발밑에서
떨고 있는 먹이를 굽어보고 놀리며
다리들을 찢으려고 다가오듯이,
착실한 클리포드, 그처럼 무섭게
노려보지 마시고 나를 칼로 죽이세요.
상냥한 클리포드, 죽이기 전에
내 말 들어보세요. 노여움 쏟기에는
너무도 미미한 대상이어요.
어른한테 복수하고 나는 살려주세요.

클리포드 불쌍한 놈, 말해봐야 헛수고다. 네 말이
가는 길을 내 부친 흘린 피가 가로막았다.

러틀랜드 그럼 내 아버지 흘린 피가 그 길을
다시 열면 되겠죠. 어른끼리 싸우세요.

클리포드 여기서 네 형제를 모두 죽여도
나에게 시원한 복수가 될 수 없다.
네 조상 무덤들을 또다시 파서
부패한 관리들을 쇠사슬로 달아매도
분도 못 삭이고 속도 편치 못하겠다.
요크 집안 어떤 놈도 보기만 하면
내 영혼 괴롭히는 치사한 요물 같다.
놈들의 저주할 집안을 뿌리째 뽑아
살려두지 않기까지 내 삶은 지옥이다.
그런고로—

[팔을 치켜든다.]

러틀랜드 아유! 죽기 전에 기도하게 해주세요.
빌어요, 착한 사람. 불쌍하게 봐주세요.

클리포드 칼날이 봐줄 만큼 불쌍하게 봐주겠다.

러틀랜드 당신을 해한 적 없는데 왜 날 죽여요?

클리포드 네 아비가 죽였다.

러틀랜드 내가 나기 전인데요.
당신도 아들 있죠. 그 애 땜에 봐주세요.
하느님은 공평해요. 나에 대한 복수로
그 애도 처참하게 죽을지 몰라요.
일생 내내 옥에서 살아도 괜찮아요.
그러다가 무슨 잘못이든지 저지르면
죽여주세요. 지금은 이유 없어요.

클리포드 이유 없어? 네 아비가 내 아버지를 죽였다.
그러니까 죽어.

[칼로 찌른다.]

러틀랜드 "디 파키안트 라우디스 숨마 시티스타 투아에."[11]

[죽는다.]

클리포드 플랜태저닛, 내가 간다, 플랜태저닛.
내 칼에 엉겨 붙는 네 아들 피가
칼날에서 녹슬 때까지 그냥 뒀다가
네 피와 엉긴 뒤에 한꺼번에 닦겠다.

[러틀랜드의 시체와 함께 퇴장]

## 1. 4

[공격 신호. 요크 공작 리처드 등장]

요크 왕비의 군대가 전쟁터를 장악했다.
삼촌들이 나를 구하려다가 죽었다.
부하들 전부가 굶주린 적에게
바람 앞의 배처럼, 배고픈 늑대에게
쫓겨 가는 양 떼처럼, 등 돌려서 달아난다.
자식들은 어찌 됐는지 알 수 없지만
죽거나 살거나 명예로운 사람답게
처신했을 거라고 확실히 믿는다.
세 번이나 리처드는 내게로 길을 내며

10 요크 공작의 어린 막내아들.
11 "이것이 당신의 최고의 찬양이 되도록 신들이 허락하기를 빈다"는 뜻의 오비디우스의 라틴어 시구.

"아버님, 끝까지 용맹을!" 하고 세 번 외쳤고
그처럼 에드워드도 맞서는 자의 피로
자루까지 뻘게진 칼을 휘두르면서
곁에 왔었다. 용맹한 군인들도
물러설 때이지만, 리처드는 "공격하라,
한 걸음도 물러서지 마라!"고 소리치고,
에드워드는 "왕관 아니면 영광의 무덤,
홀 아니면 흙무덤!"이라고 크게 외쳤다.
이 말에 우리는 다시 돌격했으나,
아, 다시 패했다. 그건 고니가
바닷물을 거스르려 헛되이 애쓰다가
거센 물에 기운이 빠지는 것 같았다.
[안에서 짧은 공격 신호]
숙명의 추격 군이 따라오는 소리지만,
기진한 내가 난폭한 저들을 피할 길 없다.
기운이 남았다면 피하지 않겠다.
목숨의 모래알은 수효가 정해 있다.
이 자리에 서야지. 목숨도 끝난다.
[마거릿 왕비, 클리포드, 노섬벌랜드,
젊은 에드워드 왕자, 병사들 등장]
피에 주린 클리포드, 사나운 노섬벌랜드,
한없이 난폭한 너희에게 불을 붙였다.
내가 너희 과녁이다. 화살을 기다린다.
노섬벌랜드 자비에 항복하라, 건방진 플랜태저닛.
클리포드 무자비한 저 팔이 아버님 머리에
내려찍은 값만큼 자비를 보이겠다.
파에톤이 마차에서 거꾸로 추락하며
한낮의 정점에서 검은 밤을 만들었다.[12]
요크 불사조처럼 내 재가 너희들 모두에게
복수를 가할 새를 새로 낳을 거다.[13]
그런 희망 속에서 하늘을 바라보며
뭐가 괴롭혀도 코웃음 친다.
어째서 달려들지 않냐? 여럿인데 무서워?
클리포드 그래서 뛰지 못할 겁쟁이가 으레 싸운다.
그래서 날선 매의 발톱을 비둘기가 쪼아봐.
그래서 절망하는 도둑은 삶의 희망이 사라져.
그래서 관헌에게 욕설을 퍼붓지.
요크 클리포드, 다시 한 번 기억을 떠올려보라.
기억 속에 내 과거를 되살려보라.
한 점 부끄럼이 없다면 내 낯을 보고
비겁자라 욕하는 네 혀를 깨물어라.
내가 찌푸릴 때면 너는 혼비백산했다.
클리포드 너와 주거니 받거니 말싸움은 그만하고
한 번 주면 네 번 주는 칼싸움을 벌이겠다.
[칼을 뺀다.]
마거릿 클리포드, 잠깐만. 백 가지 이유로
반역자의 목숨을 잠시 연장할 테요.
화나서 못 들어요. 당신이 말하세요.
노섬벌랜드 멈추시오, 클리포드. 놈의 가슴 아픈 걸
목표로 삼는대도 손가락이 아릴 만큼
대접하진 마시오. 으르대는 똥개 입에
손을 집어넣는 것을 용기라 할 수 있소?
발로 차서 되는데. 어떤 기회든지
유리하게 쓰는 게 전쟁의 특권이라
열이 하나를 공격해도 용기의 흠이 아니오.
[반항하는 요크를 붙잡는다.]
클리포드 그렇지. 도요새가 올무하고 그렇게 싸우지.
노섬벌랜드 덫에 걸린 토끼가 그렇게 야단이지.
[요크가 힘에 눌린다.]
요크 도둑들은 장물에 그렇게 신나지.
그렇게 양민들이 도둑들에게 지고 말지.
노섬벌랜드 왕비님, 이자를 어떻게 할까요?
마거릿 용맹한 군인들 클리포드, 노섬벌랜드,
두더지 둔덕에 놈을 올려 세워요.
높은 산을 향해서 힘껏 팔을 벌렸지만
손아귀가 잡은 건 허깨비뿐이에요.
네가 잉글랜드의 왕이 되려고 했나?
네가 우리 의회에서 난동하고
굉장한 혈통을 늘어놓지 않았나?
지금 너를 받쳐줄 아들들이 어디 있나?
방탕한 에드워드, 경솔한 조지?
용맹한 괴물 꼽추, 네 아들 딕,[14]
웅얼대는 소리로 난동 부릴 때마다

12 태양신 아폴론의 아들 파에톤(Phaethon)이 아버지의 황금 마차를 함부로 몰다가 제우스의 노염을 사서 공중에서 떨어졌다. 마찬가지로 정오의 태양처럼 한창 빛나던 요크 공작이 명예의 정점에서 어둠으로 떨어졌다는 말이다.

13 영원히 죽지 않는다는 신화의 '불사조'는 알에서 부화하지 않고 불로 태운 재에서 다시 새로운 새가 되어 솟아오른다고 하였다.

14 '딕'은 '리처드'의 애칭 또는 속칭. 귀족은 애칭이나 속칭으로 부르지 않는 법이었다.

아비를 추키던 놈이 어디 있나?
또한 네 귀염둥이 러틀랜드는?
이를 보라, 요크. 용맹한 클리포드가
날카로운 칼끝으로 그 아이 가슴에서
솟아나게 만든 피로 흠뻑 적신 수건이다.
아이의 죽음이 슬퍼서 네 눈에서
눈물이 나오면 이걸로 닦아라.
불쌍한 요크, 죽일 만큼 밉지 않으면
비통한 네 처지가 슬플 정도다.
요크, 한껏 슬퍼해서 나를 기쁘게 해.
러틀랜드는 속이 타서 창자가 말라
애쓰다가 죽었는데 눈물이 없나?
멀거니 쳐다봐? 미칠 지경인데.
광란하게 만들려고 이렇게 놀리는데.
야단법석 떨어라. 노래하고 춤추겠다.
내가 재미 보려면 수고비를 줘야겠군.
요크는 왕관을 써야만 말이 나와.
요크에게 왕관 줘. 귀족들은 절해라.
그의 손을 잡아라. 왕관을 씌우겠다.[15]
[종이로 만든 왕관을 그의 머리에
올려놓는다.]
됐다! 이제 진짜 비슷한 왕이야.
이자가 헨리 왕의 자리에 앉아서
후계자로 인정받던 인간이구나.
그런데 높은 분이 어째서 빨리
엄숙한 맹세를 저버리고 왕이 됐소?
내 기억엔 헨리 왕이 죽음과의 악수를
그치기 전엔 왕이 될 수 없는데.
네가 왕의 영광을 머리에 둘러쓰고
맹세를 저버리고 아직도 살아 있는
이마에서 왕관을 강탈하려고 했나?
너무도, 너무도 용서 못 할 죄다.
왕관을 벗기고 머리도 없애라.
우리가 쉬는 동안 느리게 죽여라.
클리포드 아버님을 위해서 내가 직접 하겠소.
마거릿 잠깐. 저놈의 기도를 들어봐요.
요크 프랑스의 암 늑대—늑대보다 악하고
혓바닥은 독사의 이빨보다 지독하다.
아마존 창녀처럼 운명에 사로잡힌
남들의 슬픔에 신나서 날뛰는데
얼마나 꼴사나운 여자의 짓거리야?
하지만 낯짝은 악한 짓에 버릇 들어
뻔뻔스런 가면처럼 변함 없구나.
교만한 왕비야, 낯 뜨겁게 해주랴?
네 출생, 네 집안을 너한테 말해주면
너도 부끄러울 만큼 나도 부끄럽겠다.
네가 부끄러울 줄 알면.—네 아비는
시실리, 예루살렘, 나폴리 왕이지만,
우리나라 향반만큼 부자가 아니다.
가난한 왕이 욕이나 가르쳤냐?
거지가 말을 타면 말이 죽을 만큼
몰아간다는 옛말을 증명할 게 아니면
교만한 왕비, 그건 필요도 소용도 없어.
여자가 예쁘면 건방지게 된다지만
네 몫이 작다는 걸 하느님도 아셔.
여자의 칭찬은 착한 마음이지만
네게는 정반대라 놀랍구나.
자부심 때문에 여자는 신 같지만
자부심 없는 네가 잘 못생겼다.
땅 아래 사람들이 우리의 반대이듯,[16]
북쪽 하늘 칠성이 남극의 반대이듯.
넌 모든 선에겐 정반대다.
여자라는 거죽 아래 호랑이의 염통아,
어떻게 아이의 산 피를 적셔 뒀다가
눈물을 닦으라고 아비에게 주다니,
그러고도 여자의 낯짝을 들고 있어?
여자란 부드럽고 착하고 온유한데
넌 사납고 고집 세고 매정해.
나더러 화내라고? 원대로 됐다.
나더러 울라고? 뜻대로 됐다.
광풍은 끝없는 폭우를 몰아쳐오니
바람이 잦아들면 비 오기 시작해.
귀여운 이 애를 내 눈물로 슬퍼해.
잔인한 클리포드야, 프랑스 여자야,
빗방울마다 복수를 소리쳐.
노섬벌랜드 감정의 폭발에 내 마음도 움직여서

15 "가시 면류관을 그 머리에 씌우고 갈대를 그 오른손에 들리고 그 앞에서 무릎을 꿇고"(마태복음 27장 29절)라는 구절을 그대로 재현한 것이다.
16 당시에는 땅덩이의 반대쪽에 우리의 정반대인 사람들이 사는 것으로 믿었다.

나마저 눈물을 억제하기 어렵소.
요크 굶주린 식인종도 아이의 얼굴은
건들지도, 피도 내지 않았겠지만
너는 히르카니아[17] 범보다 열 곱절
잔인하고 사납다. 인정 없는 왕비,
보라, 불우한 아비가 눈물 흘린다.
귀여운 아이의 피가 물든 수건에서
내 눈물로 아이 피를 씻어내누나.
이 수건 보이면서 그 짓을 자랑해라.
그 슬픈 사연을 사실대로 말하면
듣는 이는 분명코 눈물 흘리고
원수들도 눈물을 쏟아내고
'불쌍한 일'이라고 부르짖겠지.
왕관만 아니라 저주까지 가져가라.
악독한 네 손에서 내가 거둔 곡식을
너도 거둘 터이니, 필요가 생기면
이러한 위로가 네게 있길 바란다.
냉혈의 클리포드, 내 목숨 데려가라.
영혼은 하늘에, 피는 너희 머리에!
노섬벌랜드 내 모든 친족을 살육했대도
슬픔에 잠긴 영혼의 아픔에
그와 함께 울 수밖에 없을 거요.
마거릿 대공님, 그래서 눈물을 쏟을 테요?
놈이 우리 모두에게 저지른 걸 생각하면
흐르던 눈물이 금방 마를 지경이죠.
클리포드 이건 내 맹세 값, 이건 그이의 죽음 값!
[그를 찌른다.]
마거릿 이건 우리 선한 왕께 복수하는 값!
[그를 찌른다.]
요크 은혜로우신 하느님, 자비의 문을 여소서.
칼자국을 통하여 주께 갑니다. [죽는다.]
마거릿 목을 베어 성문 위에 효수하라.
요크가 성내를 굽어보게 하라.
[주악. 시신과 함께 퇴장]

## 2. 1

[행진곡. 에드워드, 리처드, 그들의 군대 등장]
에드워드 아버님이 어떻게 뛰셨는지 궁금하다.
클리포드와 노섬벌랜드의 추격에서
피하셨는지 도무지 알 수 없다.
잡히셨다면 소식을 들었을 텐데.
죽으셨대도 소식은 들었을 텐데.
또는 피하셨다면 탈출의 소식을
기쁘게 들었을 텐데 말이야.
아우는 어때? 왜 그리 우울해?
리처드 용맹하신 아버님이 어떻게 되셨나
확실히 알기 전엔 기쁠 수 없소.
전투 중에 여기저기 살펴보시다
클리포드 하나만 골라내셨소.
빽빽한 무리에서 몰아붙이시는데
소 떼의 한복판에 뛰어든 사자처럼,
짖는 개 떼에게 둘러싸인 곰처럼
몇 놈이 깨물려서 울부짖으며
나머지는 멀찍이 둘러서서 짖어대듯
아버님은 원수들을 그리 다루시고
원수들은 아버님을 그리 피했으니,
아들만 되어도 큼직한 상이오.
저것 보오! 아침이 황금 문을 열고
빛나는 해에게 작별을 고하오.
싱그러운 젊음을 어찌 그리 닮았나!
연인에게 달려가는 젊은이 같소.
에드워드 눈이 부신데, 해가 셋이 되었나?
리처드 밝은 해 셋이 하나같이 완전하오.
몰려드는 구름에 찢기지 않고
맑고 환한 하늘에 여기저기 비추오.
저것 보오. 해들이 연합하여 끌어안고
강한 동맹으로 키스하는 듯하오.
오, 이젠, 하나의 광명, 하나의 해요.
이것으로 하늘은 무엇인가 예고하오.
에드워드 결코 듣지 못할 놀라운 기적이다.
아우야, 싸움터로 불러내는 징조 같다.
플랜태저닛의 용감한 자식들이
저마다 빛나는 공적을 세웠지만,
또다시 우리의 광명을 다 합해서
온 땅을 비추라는 뜻 같다.
무슨 뜻이든 간에, 이다음부터 나는
빛나는 해 셋을 방패에 지니겠다.

17 지금의 카스피아 호수 남쪽 지역으로 예전에는 무서운 호랑이가 사는 데로 알려졌었다.

리처드 딸 셋을 낳으시오. 실례지만 말하겠소.
형님은 사내보다 여자를 좋아하오.
[전령이 나팔 불며 등장]
한데 넌 누구냐? 찌푸린 낯을 보면
무서운 이야기를 혓바닥에 담았다.
전령 귀한 부친이요 존경하는 주인이신
높으신 요크 님의 살해 장면을
몹시 가슴 아프게 지켜본 사람이오.
에드워드 다음 말은 관둬라. 이미 듣고 들었다.
리처드 어떻게 죽으셨나? 모두 다시 들어야지.
전령 수많은 적들에게 둘러싸이시어
함락을 꾀하는 그리스에 저항했던
트로이의 희망처럼[18] 맞서 계셨소.
작은 도끼가 수백 번 내리치면
단단한 참나무도 쓰러지듯이
헤라클레스도 불리하면 물러나오.
여러 사람의 손이 공작님을 압도했고
살해자는 용서 모르는 클리포드와
왕비의 난폭한 손이었소. 왕비는
놀리려고 공작님께 종이 관을 씌우고
얼굴을 비웃었소. 공작님이 우시니까
악한 왕비는 난폭한 클리포드가
죽인 착한 아이 러틀랜드의
순결한 피에 적신 수건을 건네고
닦으라 했소. 숱한 조롱, 치사한 놀림 끝에
머리를 베어 요크 성문 위에다
매달았는데, 아직까지 거기 있소.
보던 중 가장 슬픈 광경이었소.
에드워드 따뜻한 아버지, 저희가 기댈 기둥,
당신이 가셨으니 지팡이도 의지도 없소.
클리포드, 날뛰는 클리포드, 네가
온 유럽 기사도의 꽃을 죽였다.
일대일 결투로는 이기셨을 텐데
반역적인 속임수로 네놈이 이겼다.
영혼의 궁궐이 감옥이 되어[19]
탈출하길 바라니, 이 몸이 땅에 묻혀
영원한 안식을 얻고 싶구나.
앞으로 다시는 기쁨을 모르고
결단코, 결단코 기쁨이 없으리라.
리처드 눈물도 없소. 몸의 모든 물기로도
화덕처럼 타오르는 마음을 끌 수 없고
내 속의 큰 짐을 혀도 풀지 못하니
말과 함께 나오는 바람이 불을 일으켜
온 가슴을 태우고 눈물이 끌 불을
숯불을 다시 피워 뜨겁게 만드오.
울음은 깊은 슬픔 얕게 하는 것이라,
눈물은 애들이 흘리고 칼과 복수는 내 차지요.
아버님 이름 가진 내가 복수하거나
노력 중에 죽은 자로 알려지겠소.
에드워드 용맹하신 아버님의 이름을 네게 주셨고
공작령과 직위는 나에게 남기셨다.
리처드 형님이 왕 같은 독수리의 자식이면
태양을 마주보는 혈통을 나타내오.[20]
'공작령과 직위' 대신 '왕국과 왕좌'라 하오.
형님이 못 가지면 아버지의 아들 아니오.
[행진곡. 워릭, 몬테이그 후작,
그들의 군대 등장]
워릭 안녕들 하시오? 어떻소? 소식 있소?
리처드 당당한 워릭 공, 이 아픈 소식을
끝까지 말하려면 하나하나가
칼끝으로 모든 살을 찌르는 판이라
상처보다 말 하나가 아픔을 늘리겠소.
용맹한 백작, 공작님이 당했소.
에드워드 아, 워릭, 워릭, 영혼의 구원만큼
당신을 소중히 여기시던 플랜태저넛 공이
무자비한 클리포드에게 죽임을 당하셨소.
워릭 열흘 전에 그 소식을 눈물로 껐는데,
지금은 당신들의 슬픔을 늘리려고
그 후에 생긴 일을 알리고자 찾았소.
용맹하신 부친이 마지막 숨을 거둔
웨익필드 혈전이 있던 다음에
속히 뛰는 전령들의 빠른 소식이
당신들의 패전과 그분의 별세를
함께 전달했소. 왕의 경호자로서
런던에 있던 나는 밑의 병사들과
우군을 모아 준비가 든든하다고 보고

18 트로이의 장군 '헥토르'(Hektor)를 가리킨다.
19 중세의 세계관으로는 몸은 영혼이 머물러 사는 궁궐인 동시에 갇혀 있는 감옥이었다.
20 독수리는 높이 날아 태양을 마주 보아도 눈이 멀지 않는 새라고 믿었다. 요크의 말이라면 왕좌를 겁 없이 바라보라는 말이다.

왕을 모신 우리가 유리한 자리라
왕비를 요격하려고 세인트 올번스로
진군했소. 정찰대가 보고하기를,
헨리 왕의 맹세와 당신들의 계승권을
의회가 인준했는데, 왕비가 이를
까부수기 위하여 단단히 결심하고
달려오는 중이었소. 줄여 말하면
두 군대는 세인트 올번스에서 만났었소.
싸움을 시작하자 양쪽은 맹렬했소.
하지만 싸움꾼 왕비를 정겹게 바라보는
냉담한 왕이 군대의 열성을 빼앗거나
왕비의 승전 소식, 또는 포로들에게
피와 죽음 외치는 클리포드의 잔인이
너무 겁을 주었는지 알지 못하오.
사실대로 말하면, 저들의 창검은
번개처럼 오갔으며 우리는 부엉이처럼
느리게 날거나 게으른 농부가
도리깨를 다루듯 적군을 우군처럼
창검을 가볍게 내리쳤었소.
우리의 명분이 정당함을 역설하며
높은 급료와 보상을 약속했으나
허사였소. 저들은 전의가 없었고
승전할 가망이 없는 우리는 패주했소.
왕은 왕비에게 돌아가고, 조지 공과
노폭 공과 나는 합세하고자
전속력으로 이리로 달려왔소.
여기 웨일스 접경에서 당신들이
다시 싸울 군대를 집결한다고 들었소.

에드워드 고귀한 워릭, 노폭 공작은 어디 있소?
조지는 버건디에서 언제 돌아왔소?

워릭 공작은 군대와 함께 6마일 밖에 있고
아우는 얼마 전, 친절한 숙모님
버건디 부인께서 모두 부족한
이 전쟁에 지원군과 함께 보내셨소.

리처드 확실히 열세였소. 용맹한 워릭도 달아났소.
당신의 공격에 대한 칭찬을 자주 들었으나
지금은 당신의 퇴각을 비난하오.

워릭 지금 당장 그런 말은 당신 귀에 안 들리오.
강력한 내 손으로 나약한 머리에서
왕관을 낚아채고 귀한 홀을 손에서
뺏을 것을 당신이 아오. 온유와 화평,
기도에서 헨리가 유명한 만큼이나
전쟁에 이름 높고 용맹해도 상관없소.

리처드 워릭 공, 내가 잘 아오. 내 탓 마시오.
당신의 승리들을 아끼는 말이오.
그러나 난감한 때라 어떻게 하오?
우리가 입고 있는 철갑을 벗고
시커먼 옷으로 우리 몸을 감싸고
묵주로 아베 마리아를 거듭하오?
아니면 적의 투구 위에서 복수의 칼로
기도를 드리겠소? 여기 동의하시면
'예' 하시오. 귀공들, 착수하십시다.

워릭 바로 그 일로 워릭이 찾아왔소.
몬테이그 형이 온 것도 그 일이오.
내 말 들으시오. 오만한 왕비는
클리포드와 건방진 노섬벌랜드와
그밖에 난 척하는 색깔 같은 새들과
만지기 쉬운 왕을 밀랍처럼 구슬렸소.
왕은 당신들의 상속권에 동의하고
의회가 그 말을 기록에 남겼는데
그것을 취소하고 랭커스터 집안이
불리하게끔 모든 일을 막으려고
무리가 모여서 런던으로 달려갔소.
저들의 병력은 3만으로 추산되는데
노폭과 나와 당신 마치 백작이
우호적인 웨일스인에서 구할 수 있는
병력과 합쳐봐야 2만 5천이지만
'앞으로!'를 외치며 런던으로 전진하고
입에 거품 가득한 말에 올라서
다시금 적을 향해 '공격!'을 외치고
다시는 등을 돌려 달아나지 않겠소.

리처드 위대한 워릭이 이제야 말하오.
'서라!'는 그의 말에 '퇴각!'을 외치는 자는
다시는 밝은 날을 볼 수 없겠소.

에드워드 워릭 공, 당신 어깨에 기대겠소.
당신이 쓰러지면—그런 일 없애소서!—
에드워드도 쓰러지오.—하늘이 막으소서!

워릭 마치 백작을 넘어 요크 공작이시오.[21]
다음 단계는 잉글랜드의 왕좌이니,

21 에드워드는 왕이 되지 않았다. 단지 왕자였다.

우리가 통과하는 성읍들 모두
당신을 잉글랜드 왕으로 선포하겠소.
기쁨의 모자를 던지지 않는 자는
그 죄로 인하여 머리를 잃게 되오.
에드워드 왕, 용맹한 리처드, 몬테이그,
더 이상 영광만 꿈꾸지 말고
나팔을 울리고 행동합시다.

리처드 그러면 클리포드, 네 짓이 보여주듯
네 가슴이 무쇠처럼 단단해도
너나 내가 가슴을 꿰뚫으리라.

에드워드 그러면 북을 쳐라. 하느님과 세인트 조지!
[전령 등장]

워릭 무슨 일인가?

전령 노폭 공작이 저를 통해 말하오.
강한 군대와 함께 왕비가 접근하니
급히 숙의하기를 바란다 하오.

워릭 잘돼 가는군. 용사들아, 떠나자. [모두 퇴장]

## 2. 2

[주악. 헨리 왕, 마거릿 왕비, 클리포드,
노섬벌랜드, 어린 에드워드 왕자, 고수와
나팔수와 함께 등장]

마거릿 웅대한 요크 시에 온 귀공들을 환영하오.
당신의 왕관을 두르고 싶어 하던
원수 두목의 머리가 저쪽에 있소.
그런 꼴을 보면서 기뻐하지 않으시오?

헨리 난파를 걱정하는 자에게 암초 같소.
그런 꼴을 보려니 내 영혼이 아프오.
주여, 제 죄가 아니니 노여움을 푸소서.
알면서 맹세를 어긴 적이 없나이다.

클리포드 은혜로운 전하께서 지나친 자비와
해로운 동정심을 버리셔야 하오.
사자가 관대한 눈을 뉘에게 던지오?
제 굴을 뺏으려는 짐승에게 던지오?
산중의 흉한 곰은 누구 손을 핥겠소?
제 새끼를 눈앞에서 해칠 자는 아니오.
숨어 있는 독사의 이빨을 누가 피하오?
독사의 등허리를 밟지 않을 자요.
하찮은 지렁이도 밟으면 꿈틀하고
새끼들을 지키는 비둘기도 쪼았소.
야심찬 요크가 왕관을 겨냥하며
험상궂은 낯이었는데 왕은 웃는 낯이었고,
공작은 아들이 왕이 되길 원하고
자애로운 부친답게 자녀들을 높였소.
전하께는 훌륭한 아들이 있으시나
계승자의 지위를 포기했으니
사랑이 모자라는 부친이 되셨소.
미물의 날짐승도 새끼들을 먹이며
녀석들이 볼 때에는 사람이 무섭지만
자기네의 어린것을 보호하기 위해서는
겁나서 달아날 때 퍼덕이던 날개로
둥우리에 기어오른 사람과 마주 싸워
어린것의 보호에 목숨을 바치는 걸
누구나 보지 않소? 따라서 전하,
미물의 새들을 전례로 삼으시오.
잘생긴 이 아이가 아버지의 실수로
상속권을 놓치고, 먼 훗날 아들에게
'게으른 아버지가 어리석게도
증조부와 조부께서 얻으셨던 모든 걸
잃었다'고 하면 애석하지 않소?
매우 수치스럽소! 아들을 보시오.
앞날을 기약하는 씩씩한 그 얼굴이
여린 전하 마음을 강하게 만들고
전하는 몫을 챙겨 아들에게 넘기시오.

헨리 당신은 매우 능숙한 웅변으로
강한 논리적 근거들을 내세웠소.
그러나 말하시오. 옳지 않게 얻은 것은
결말이 나쁘다는 말을 듣지 못했소?
아비가 욕심으로 인해 지옥에 가면
아들은 언제나 행복할 수 있겠소?
나는 내 아들에게 선한 일을 남기겠소.
아버지가 내게 그 이상은 남겨놓지
않으셨기 바라오. 그 밖의 모두는
소유의 기쁨을 조금도 주지 않고
그를 유지함에 근심이 천 배요.
오, 요크, 당신의 머리를 예서 보고
슬픔을 당신 친구들이 알면 좋겠소.

마거릿 전하, 힘을 내세요. 적들이 가까워요.
이렇게 무르시면 수하들이 약해져요.
용맹한 아들에게 약속하신 일이니

즉시 칼을 빼어 기사로 만드세요.
에드워드, 무릎 꿇어라.
헨리 에드워드 플랜태저닛, 기사 되어 일어나라.
'정의의 칼을 빼라'는 교훈을 배워라.
에드워드 왕자 자애로운 전하께 삼가 말씀드립니다.
왕권에 합당할 때 칼을 뽑겠으며
죽기까지 왕권 위해 칼을 씁니다.
클리포드 진실로 기대되는 왕자의 말이오.
[전령 등장]
전령 왕의 사령관들은 맞을 준비 하십시오.
3만의 군과 함께 워릭 백작이
요크 공작을 지원하여 접근 중이며
행군 도중 성읍마다 그를 왕으로
선포하니 다수가 그에게로 갑니다.
적이 지척에 있으니 군을 정렬하십시오.
클리포드 전하께선 싸움터를 떠나시오. 전하가
안 계시면 왕비님이 매우 잘하십니다.
마거릿 그래요, 전하. 우리를 운명에 맡기셔요.
헨리 그건 내 운명도 되므로 남아 있겠소.
노섬벌랜드 그러면 싸우실 결심으로 임하십시오.
에드워드 왕자 아버님을 방어하기 위하여 싸우는
귀족들과 병사들의 용기를 고취하세요.
칼을 빼어 '세인트 조지!'를 소리치세요.
[행진곡. 에드워드, 워릭, 리처드, 조지,
노폭, 몬테이그, 병사들 등장]
에드워드 맹세를 어긴 헨리, 무릎 꿇고 자비를 빌며
네 왕관을 내 머리에 올려놓겠나?
또는 목숨을 싸움으로 도박할 텐가?
마거릿 너의 패나 욕해라, 건방진 애송이.
너의 영수이며 법적인 왕 앞에서
그처럼 거만하게 지껄일 수 있어?
에드워드 내가 그의 왕이니 그가 무릎 꿇어야 해.
그의 동의로 내가 승계했는데
후에 그가 맹세를 어겼다. 들으니까
왕관은 썼지만 네가 진짜 왕으로
의회의 새로운 법으로 나를 제치고
제 아들을 그 자리에 넣었다더라.
클리포드 또한 명백한 이유가 있다.
아들이 아니면 누가 부친을 계승해?
리처드 도살자, 너냐? 말이 막힌다.
클리포드 맞다, 꼽추. 네게 맞서려고 내가 서 있다.
또는 너희 중 건방진 놈 누구도 좋다.
리처드 네가 어린 러틀랜드를 죽였지, 아니냐?
클리포드 맞다. 늙은 요크도. 그래도 속이 안 찼다.
리처드 귀공들, 제발 전투 신호 내리시오.
워릭 헨리, 어쩔 셈인가? 왕관을 내놓겠나?
마거릿 재깔대는 워릭, 어찌 감히 그런 말을?
세인트 올번스에서 너와 내가 만날 때
혀보다 다리가 네게 쓸모 있더구나.
워릭 그땐 내가 뛸 차례고 이번엔 네 차례다.
클리포드 그때도 그런 소리 하고 달아났다.
워릭 네 용맹 때문에 달아난 건 아니었다.
노섬벌랜드 너를 세운 것도 용맹이 아니었다.
리처드 노섬벌랜드, 당신을 존경하오만,
말은 집어치우시오. 몹쓸 유아 살해범
클리포드 놈에게 끓는 나의 가슴을
터뜨리지 않고는 견딜 수 없소.
클리포드 네 아비를 죽였는데 어린애였나?
리처드 그렇다, 비겁하고 간사한 겁쟁이처럼
어린 동생 러틀랜드를 살해하였다.
해가 지기 이전에 후회하게 만들겠다.
헨리 말은 그만해두고 내 말 들으오.
마거릿 싸움을 걸거나 입을 닫아요.
헨리 나의 혀에 재갈을 물리지 마오.
나는 왕이오. 말할 권리가 있소.
클리포드 전하, 이런 모임을 가져온 상처는
말로는 못 고치니 말씀하지 마시오.
리처드 그렇다면 살인자여, 칼을 뽑아라.
하느님께 맹세코, 클리포드의 용맹이
혓바닥에 있다는 걸 이제야 알겠다.
에드워드 헨리, 왕권을 주겠는가, 말겠는가?
아침을 먹으면서 네가 왕관 놓기 전엔
저녁을 굶겠다는 병사가 천 명이 된다.
워릭 네가 거절하면 저들의 피가 네 머리에 쌓인다.
요크는 정의의 이름으로 무장하였다.
에드워드 왕자 워릭이 옳다는 게 모두 옳다면
세상에는 옳은 것밖에 그른 것이 없겠소.
리처드 아비가 누구이든 어미가 여기 섰군.
네 혀가 어미 것과 같은 걸 내가 잘 안다.
마거릿 너는 네 아비, 어미도 닮지 못하고
추하게 일그러진 병신으로 생겨나
끔찍한 두꺼비나 도마뱀의 독침처럼

피해서 다니도록 운명이 점찍었다.

리처드 잉글랜드 금에 가린 나폴리 쇳조각,
시궁창을 바다라고 하는 것처럼
네 아비는 왕이란 칭호를 지녔지만
천박한 심보를 혓바닥에 드러내니
제 집안을 알면서 부끄럽지 않으냐?

에드워드 뻔뻔한 계집에게 제 꼴을 알리는 덴
지푸라기 한 가닥이 천 냥이 된다.
그리스의 헬렌[22]이 훨씬 예뻤지만
네 남편이 메넬라오스인진 몰라도
간사한 그 여자도 네가 왕을 속인 만큼
제 남편을 속이지는 않았을 테지.
왕의 죽은 아버지[23]는 프랑스 복판서
신나게 즐기고 프랑스 왕과 왕세자를
길들이고 굴복시켰지만 지위에 어울리게
결혼을 시켰다면 아직도 그 광채가
빛나겠는데 거지를 배필로 삼은 덕에[24]
가난뱅이 그 아비만 호사롭게 만들었다.
그의 영광 속에는 소나기가 생겨나
아버지가 거두었던 승리를 쓸어가고
본국에는 왕권의 분쟁이 쌓여 갔다.
네 교만이 아니라면 어찌 이런 소란이 있을까?
네가 조용했다면 우리의 요청도 잠들었고,
온순한 왕에 대해 동정심이 생겨서
한 세월 갈 때까지 요청도 안 했겠다.

조지 그러나 우리 해에 너희가 씨를 심고
네 여름이 우리에게 이익이 되지 않아
기생하는 뿌리에 도끼를 갖다 댔다.
도끼날에 조금씩 다치기는 했지만
이왕에 도끼질을 시작했으니
너를 넘어뜨리거나 자라나는 너희 싹을
뜨거운 피에 담그기 전엔 안 멈출 테다.

에드워드 이렇게 결정짓고 너에게 도전한다.
온순한 왕의 말을 막으니까
이 이상의 회담은 원치 않는다.
나팔을 울려라. 피에 젖을 깃발을 휘날려라.
승전이 아니면 무덤뿐이다.

마거릿 기다려, 에드워드.

에드워드 안 된다, 시끄러운 여자. 기다리지 않겠다.
오늘 내 말에 1만의 목숨이 없어진다. [모두 퇴장]

## 2. 3

[경계 신호. 공격 신호. 워릭 등장]

워릭 달리기 선수처럼 기운이 빠져
잠시 동안 앉아서 숨을 돌릴 테다.
공격이 오는 대로 마주 받아치느라고
강력한 힘줄에서 맥이 빠져나갔다.
어떻게 되든 간에, 잠깐 쉬어야겠다.

[에드워드가 뛰어서 등장]

에드워드 착한 하늘 웃거나 험한 죽음 찔러라.
세상이 찌푸려서 나의 해가 구름에 가렸다.

워릭 어떠시오? 어찌 됐소? 희망이 있소?

[조지 등장]

조지 패배할 운수요 절망할 희망이오.
전열은 지리멸렬, 파멸이 따라오오.
방책이 무엇이오? 어디로 달아나오?

에드워드 달아나도 소용없다. 날개 치며 따라온다.
우리는 약해져서 추격을 못 피한다.

[리처드 등장]

리처드 오, 워릭, 어째서 물러나 있소?
클리포드의 창끝에 살이 터지니
목마른 땅이 아우 피를 빨아 마셨소.
멀리서 들려오는 음울한 종소리인 듯
죽음의 아픔 속에 '워릭, 복수를!'
'형님, 복수를!' 하고 부르짖었소.
그리하여 김 솟는 그의 피에
정강이가 젖은 말의 배 밑에 깔려
고귀한 기사는 영혼과 작별했소.

22 그리스 전설에서 스파르타의 왕 메넬라오스의 왕비 미녀 헬렌은 트로이의 왕자 파리스와 같이 바다 건너 트로이로 도망했다. 그 때문에 그리스 연맹군과 트로이 사이에 전쟁이 벌어졌다. 이 전쟁 이야기가 호메로스의 『일리아스』다. 헬렌은 남편을 속이고 외간 남자와 관계하는 여성의 전형이며 그녀의 남편 메넬라오스 왕은 아내에게 속는 무능한 남편의 전형이었다.

23 즉 헨리 5세. 프랑스를 정복하고 프랑스 공주와 결혼했다. 그러나 일찍 죽었다.

24 누누이 구설수에 오르듯, 헨리 5세와는 판이하게 그 아들 헨리 6세는 이름뿐인 나폴리 왕의 딸 마거릿과 결혼하면서 관례대로 지참금을 받은 것이 아니라 도리어 그녀 아버지에게 엄청난 결혼 비용을 지불했다.

워릭 땅에게 우리 피에 취하라고 합시다.
내가 떨 수 없으니 말을 죽이겠소.
적들은 날뛰는데 마음 약한 여자처럼
어째서 당신들은 패배를 한탄하며
분장한 배우들이 우리 비극을
연극으로 꾸미듯 구경하고 서 있소?
여기서 무릎 꿇고 하느님께 맹세하오.
죽음이 내 두 눈을 감겨주거나
복수의 만족을 주기 전에는
결단코 쉬지 않고 서지 않겠소.
에드워드 오, 워릭, 더불어 무릎 굽혀 맹세하면서
나의 혼을 당신 혼에 붙들어 매오.
차가운 땅에서 무릎을 펴기 전에
손과 눈과 심장을 주께 맡기오.
왕을 세우고 쫓으시는 주님이여,
간구하오니, 이 몸이 원수들의
제물이 되는 것이 주의 뜻이면
천국 문을 여시고 죄 많은 제 영혼이
평안히 들어가게 하여 주소서.
그러면 귀공들, 천국에든 땅에든
다시 만날 그날까지 헤어집시다.
리처드 형님, 악수합시다. 고귀한 워릭,
피곤한 팔로 당신과 포옹하겠소.
찬 겨울이 우리 봄을 무참히 자르니
울지 않던 이 몸이 슬픔으로 무너지오.
워릭 모두들 떠납시다. 다시금 잘 가시오!
조지 그러나 우리 모두 병사들에게
달아날 자에게는 그러라 하고
함께할 자에게는 기둥이라 하여서
우리가 승리하면 올림픽 승자에게
주어지는 상금을 약속합시다.
낙담한 심정에 용기가 되겠지요.
승리의 희망과 목숨은 살았으므로
지체 말고 힘차게 나아갑시다. [모두 퇴장]

## 2. 4

[공격 신호. 리처드와 클리포드 등장]
리처드 클리포드, 내가 너를 특별히 골라냈다.
이 팔은 요크 공의 팔이며 다른 팔은
러틀랜드의 팔이다. 네가 철옹성에 둘렀다 해도
두 사람이 너에게 복수코자 나섰다.
클리포드 리처드, 나와 너는 이 자리에 두 사람이다.
이 손이 네 아비 요크를 찔렀고
이 손은 네 아우 러틀랜드를 찔렀다.
그리하여 그들의 죽음에 환호하면서
네 아비, 네 아우를 죽인 손에게
네게도 똑같이 해주기를 재촉하는
심장이 있다.
[둘이 싸운다. 워릭이 나타나 리처드와
합세한다. 클리포드가 달아난다.]
리처드 아니오, 워릭. 다른 사냥감을 고르시오.
나 혼자 이 늑대를 죽기까지 쫓겠소. [둘 퇴장]

## 2. 5

[경계 신호. 헨리 왕 홀로 등장]
헨리 이 전쟁은 아침의 싸움과 비슷하여
사라지는 구름이 밝아오는 광명과
서로 다툴 때 손가락을 비비는 목자가
밤도 낮도 아니라고 부르는 때다.
조수에 밀려서 바람과 싸우는 바다처럼
전쟁은 한때는 이쪽이 우세하고
한때는 몰아치는 광풍에 밀려
물러나는 바다처럼 저쪽이 우세하다.
한번은 물결, 한번은 바람이 이기며
이쪽과 저쪽이 번갈아 우세하다.
승자가 되려고 맞잡고 씨름하나
어느 쪽도 승자도 패자도 아니다.
이렇듯 험한 싸움이 엇비슷하다.
여기 두더지 흙더미에 앉아 있겠다.
하느님 뜻에 맞는 자가 승리할 테지.
마거릿과 클리포드는 내게 성을 내고
싸움에서 빠지라며, 내가 끼지 않아야
모든 일이 잘된다고 힘주어 말했는데,
하느님이 원하시면 죽음이 낫겠다.
슬픔과 애통뿐인 세상이란 무엇인가?
오, 주여, 소박한 목동이 가난해도
그것이 행복한 인생이 아니겠는가!
지금의 나처럼 흙더미에 올라앉아

해시계를 만들고 칼끝으로 시와 분을
재주 있게 표시하여 분이 지나가면서
몇 분이 흐르면 한 시간이 되는지,
몇 시간이 흐르면 하루가 되는지,
몇 날이 지나면 한 해가 차는지,
인간이 몇 년을 사는지 알 수 있겠지.
이것을 알고서는 때를 쪼개서
몇 시간은 양 떼를 돌봐야 하고
몇 시간은 휴식을 취해야 하고
몇 시간은 인생을 사색하겠고
몇 시간은 즐겁게 놀아야 하고
몇 날이나 암양들이 새끼를 배고
몇 주 후에 고것들이 새끼를 낳고
몇 해 후에 양털을 깎게 되겠고.—
이렇게 분과 시와 날과 달과 해가
지나가면서 피조물의 목적을 이루면
잠잠한 무덤으로 흰머리를 데려간다.
오, 이런 인생이 얼마나 정다운가!
백성의 반역을 겁내는 왕들에게
화려한 수를 놓은 일산에 비해
순박한 양 떼를 돌보는 목자에게
아가위 그늘이 더 좋지 않은가?
참으로 좋으리라. 천 번 만 번 좋으리라.
끝으로, 목자의 갓 빚은 치즈,
가죽 부대의 차가운 약한 술,
신선한 그늘 밑 달가운 잠,
편안하고 기분 좋게 즐기는 것들—
왕들의 사치를 훨씬 뛰어넘으나,
번들대는 금잔 속 갖가지 왕의 술,
정교한 침상에 드러누운 왕의 몸—
근심과 의심과 반역이 항상 따른다.
[경계 신호. 한쪽 문으로 아버지를 죽인
아들이 아버지의 시체를 메고 들어오고
다른 문으로 제 아들을 죽인 아버지가
아들의 시체를 들고 등장]

아들 쓸데없는 바람만 쓸데없이 불어친다.
일대일 결투에서 내가 죽인 이 사람이
꽤 많은 돈냥의 주인일지 모르나,
지금 내가 우연히 가져가는 물건이
밤이 되기 전, 지금 내가 가져가듯
딴 사람이 내 목숨과 금화를 가져가겠지.
아, 이게 누구냐? 아이고, 아버지다!
내가 이번 싸움에서 모르고 죽였다.
이런 일이 생기다니, 세월도 야속해!
런던에서 왕이 나를 징집하고 아버지는
워릭의 하인이라 주인에게 징집되어
요크 편이 되어서 전쟁에 나왔는데
내게 손수 목숨을 넣어주고 길러준
아버지의 목숨을 내가 손수 뺐었구나!
주님, 용서하소서. 뭔지 몰랐습니다.
아버지, 용서하세요. 아버진 줄 몰랐어요.
핏자국을 눈물로 씻어내겠다.
눈물 다할 때까지 아무 소리 못 하겠다.

헨리 오, 처참한 광경! 오, 잔악한 세월!
사자들이 소굴을 빼앗고자 서로 싸울 때
불쌍한 양들은 죄 없이 당한다.
가련한 자여, 울어라, 눈물로 눈물을 돕고
우리 마음, 우리 눈이 반란을 일으킨 듯
눈물에 눈이 멀고 슬픔으로 터지리라.

아버지 그토록 끈질기게 나한테 맞서더니,
돈냥이 있다면 모두 내놔라.
칼을 백 번 휘둘러서 얻은 돈이다.
그런데 어디 보자. 이게 적의 얼굴인가?
아니다, 아니다, 내 외아들이다.
아, 내 아들아, 숨이 붙어 있으면
눈을 떠라. 보아라, 소나기가 생겨서
이 가슴이 일으키는 폭풍에 불려
내 눈과 심장을 죽이는 네 상처 위에
마구 쏟아진다. 비참한 세월을
주여, 자비하소서! 계략에 능하여
얼마나 악랄하고 얼마나 잔인하며
길 잃고 요란하고 인정이 사나운지
무서운 이 싸움이 밤낮으로 보여준다.
네 아비가 너무 일찍 목숨을 주었다가
네 목숨을 너무 늦게 빼앗았구나.

헨리 불행 위의 불행이며 슬픔 위의 슬픔이다!
오, 내 죽음이 이 일을 멈춘다면!
자비하신 하느님, 불쌍히 여기소서!
붉은 장미, 흰 장미가 얼굴에 보인다.
싸우는 집안들의 죽음의 빛깔이다.
하나는 붉은 피에 영락없이 닮아 있고
또 하나는 하얀 뺨을 말해준다.

하나는 시들고 하나는 홍해라.
너희가 싸우면 온 목숨이 시든다.
아들 어머니가 아버지의 죽음을 알고
나한테 성낸다고 속이 풀어져요?
아버지 아내가 아들의 죽음을 알고
바다만큼 울어도 속이 풀어지는가?
헨리 이처럼 슬픈 일을 당하는 왕의 백성이
아무리 성낸다고 속이 풀어지는가?
아들 아버지의 죽음을 이토록 슬퍼한 아들이 있을까요?
아버지 아들의 죽음을 이토록 슬퍼한 아버지가 있을까?
헨리 백성의 애통을 이토록 슬퍼한 왕이 있을까?
당신들의 슬픔이 크나 나는 열 배 슬프다.
아들 실컷 울 수 있는 데로 모셔 가겠소. [아버지의 몸과 함께 퇴장]
아버지 내 팔이 네 몸의 수의가 되어주마.
착한 애야, 내 가슴이 네 무덤이다.
내 가슴속 네 모습은 사라지지 않겠다.
내 한숨이 너를 위한 장례의 종이 되며
너 하나를 잃었지만 프리아모스 왕이
장한 아들 50명을 잃은 것처럼[25]
극진히 장사 지내고 내내 기억할 테다.
남들은 싸우지만 나는 너를 데려간다.
죽여서는 안 될 데서 살인을 했다. [아들의 몸과 함께 퇴장]
헨리 슬픔에 눌려 있는 속상한 사람들,
너희보다 슬픈 왕이 여기 앉아 있다.
[경계 신호. 공격 신호. 마거릿 왕비,
에드워드 왕자, 엑서터 등장]
에드워드 아버지, 뛰세요. 우군이 모두 달아났어요.
화가 치민 황소처럼 워릭이 날뛰어요.
뛰세요. 죽음이 막 따라와요.
마거릿 말에 올라 버윅[26]으로 달려가세요.
에드워드와 리처드가 겁에 질린 토끼가
달리는 꼴을 보는 사냥개처럼
불같이 화난 눈에 불꽃을 튕겨대며
성난 손아귀에 피 묻은 칼을 쥐고
등 뒤까지 왔으니 속히 달아나세요.
엑서터 '복수'가 함께 오니 달아나시오.
아무 말도 마시오. 속히 가든가
뒤를 따라오시오. 나는 먼저 가겠소.
헨리 정다운 엑서터, 나를 데려가라.
내가 남아 있다고 겁나는 게 아니라
왕비가 가는 데로 가고 싶다. 빨리 가자! [모두 퇴장]

## 2. 6

[요란한 경계 신호. 부상당한 클리포드 등장]
클리포드 촛불이 꺼져간다. 아, 이제 죽누나.
불타는 동안에는 왕을 밝혀 드렸다.
랭커스터, 내 몸과 영혼의 작별보다도
당신의 파멸이 더욱 두렵소.
내 사랑과 위협으로 당신에게 친구들을
많이 붙여 놓았는데, 아교가 녹으니
헨리는 약해지고 요크는 강해져요.
각다귀는 해를 향해 날지 않는가?[27]
이제는 왕의 적이 빛을 내지 않는가?
아폴로여, 아들에게 불마차를 내어 주며
관심 밖에 두었다면 당신의 불이
땅덩이를 태우지 않았을 거요.[28]
그처럼 헨리, 네가 왕답게 다스리고
아버지나 조부처럼 통치를 해서
요크가에 빌미를 주지 않았으면
여름 파리 떼가 생기지도 않았고
불행한 이 땅, 나와 1만 명의 죽음에
눈물짓는 과부들이 생기지도 않았고
오늘 너는 평화 속에 왕좌를 누릴 게다.
부드러운 바람은 잡초를 기르며
지나친 관용은 도둑을 대담히 만들어.
내 상처는 가망 없어 치유하지 못한다.
달아날 데도 없고 달아날 힘도 없다.
원수는 무자비하고 동정심이 전혀 없다.
동정받을 자격도 내게 전혀 없다.
치명적인 상처에 찬바람이 들어차고
출혈이 심하여 정신이 혼미하다.
요크, 리처드, 워릭들아, 너희 아비 가슴을

25 『일리아스』에서 트로이의 왕 프리아모스(영어로는 파라이엄)는 50명의 아들을 모두 잃고 슬퍼했다.
26 스코틀랜드 접경에 있는 성읍.
27 빛을 향해 날아가는 습성이 있는 각다귀처럼 세력 있는 왕에게 인심이 몰린다는 말이다.
28 태양의 신 아폴로가 그 아들 파에톤이 간청하여 자기의 불마차를 몰아보라고 내줬던바, 아들이 불마차를 땅에 너무 가까이 몰아 땅 위의 초목이 불타버렸다. 이 신화는 1막 4장에서도 언급된다.

내가 찔렀다. 내 가슴도 쪼개라.
[그가 기절한다.
경계 신호와 후퇴 신호. 에드워드,
워릭, 리처드와 병사들, 몬테이그와
조지 등장]
에드워드 이제 숨을 돌립시다. 행운이 쉬라 하니
전쟁의 찌푸림을 평온으로 폅시다.
몇은 피에 주린 왕비를 추격하오.
조급한 강풍을 가득 담은 돛이
큰 배를 몰고 가서 파도를 가르듯
조용한 헨리를 그녀가 끌고 갔소.
클리포드도 함께 달아났다 생각하오?
워릭 아니오. 빠져나가지 못했기 쉽소.
당사자 앞에서 말하기가 무엇하나
당신 아우 리처드가 무덤 표를 해주었소.
어디에 있든 간에 죽은 것이 분명하오.
[클리포드가 신음한다.]
리처드 누구의 영혼이 힘든 이별 고하는가?
생과 사의 작별인 듯, 죽을 자의 단말마요.
누구인지 보시오.
에드워드 전쟁이 끝났으니
적이든 아군이든 정중히 대하시오.
리처드 자비를 취소하오, 클리포드요.
새싹을 내미는 러틀랜드를 잘라버려
가지를 치고서도 만족하지 못하여
여린 잎이 얌전히 솟아난 밑동,
우리의 아버지 요크 공작에게
살해의 칼날을 들이댔던 놈이오.
워릭 요크의 성문에서 머리를 내리시오.
클리포드가 걸어놨던 부친의 머리요.
이 머리로 그 자리를 메우도록 하시오.
이는 이로 눈은 눈으로 갚아야 하오.[29]
에드워드 음침한 올빼미를 우리 집에 가져오라.
우리에게 죽음만을 짖어댄 놈이었다.
[클리포드를 끌어내 온다.]
이제 죽음이 음산한 위협을 멈추고
불길한 혓바닥은 말하지 못하리라.
워릭 알아듣는 능력이 없어진 것 같소.
말하라, 클리포드, 누구인지 알겠나?
죽음의 먹구름이 목숨을 뒤덮었소.
우리를 보지도 듣지도 못하오.
리처드 들으면 좋겠소. 듣는지도 모르오.
꾀를 부려 못 듣는 척할 수도 있소.
아버지가 죽으실 때 이자가 퍼부은
쓰라린 조롱을 피하고자 할 뿐이오.
조지 그렇다면 독한 말로 괴롭혀라.
리처드 클리포드, 자비를 빌어도 허락이 없다.
에드워드 클리포드, 뉘우쳐도 소용없게 뉘우쳐라.
워릭 클리포드, 범한 죄에 대해 핑계를 꾸며내라.
조지 너를 벌할 지독한 고문을 꾸미겠다.
리처드 너는 요크 공을 사랑했고 나는 그 아들이다.[30]
에드워드 네가 러틀랜드를 동정했고 나도 너를 동정한다.
조지 너를 보호할 마거릿 대장이 어디 있지?
워릭 놀림을 당하니 전처럼 욕을 해라.
리처드 무슨 욕도 안 하나? 클리포드가 친구들에게
욕 하나 못 해주니 세상이 무정하다.
그것만 봐도 죽은 게 확실하다.
이 오른손이 두 시간만 놈의 목숨을 사서
내 모든 경멸을 쏟을 수 있다면
왼손으로 뚝 잘라서 흐르는 피로
놈의 숨통을 틀어막겠다. 피에 주린 놈이라
아버지와 아우 피로 만족하지 않았다.
워릭 맞소. 하지만 놈은 죽었소. 목을 쳐서
부친 머리 대신에 높이 다시오.
그럼 이제 런던으로 당당히 개선하여
잉글랜드 국왕의 대관식을 올립시다.
뒤이어 워릭은 프랑스로 건너가
보나 아가씨[31]를 왕비로 청하겠소.
그리하여 두 나라를 튼튼히 연결하여
프랑스가 우방이 되니 재기를 꿈꾸는
흩어진 적을 걱정할 필요가 없소.
그자들이 아프게는 못 쏠 테지만

29 "너희의 헤아리는 그 헤아림으로 너희가 헤아림을 받을 것이오."(마가복음 4장 24절)에서 온 격언. 이 격언을 제목으로 삼아 셰익스피어는 「눈에는 눈으로, 이에는 이로」를 지었다.

30 교묘한 비아냥거림이다. 클리포드가 요크를 '사랑했는데' 그 아들 리처드가 그를 '죽이는 것'이다.

31 당시 프랑스 국왕의 처제. 에드워드의 사전 동의 없이 워릭이 정략으로 진행시킨 혼담이었다.

귀 아프게 앵앵거릴 거니 감안하시오.
우선 나는 대관식에 참석하겠소.
그 뒤에 바다 건너 브리타니[32]에 가서
결혼을 성사시키겠으니 그리 아시오.
에드워드 착한 워릭, 그러겠소. 뜻대로 하시오.
당신의 어깨 위에 왕좌를 세웠으니.
당신의 권고와 동의 없이는
무슨 일도 혼자서 행하지 않겠소.
리처드, 너를 글로스터 공작으로,
조지, 너는 클래런스 공작으로 서품한다.
워릭은 짐[33]의 뜻대로 대우하겠소.
리처드 나를 클래런스로, 조지를 글로스터로
해주시오. 글로스터는 너무나 불길하오.
워릭 쯧쯧. 괜한 소리요. 리처드가 글로스터
공작님이오. 자, 그럼 정식으로
직함을 받기 위해 런던으로 떠납시다.
[시체와 함께 모두 퇴장]

## 3. 1

[쇠뇌[34]를 들고 있는 두 사냥터지기 등장]
사냥터지기 1 사슴이 개활지를 건너갈 테니,
무성한 덤불 아래 숨어야겠다.
거기에 자리 잡고 기다리다가
사슴 중에 멋진 놈을 쓰러뜨리자.
사냥터지기 2 언덕 위에 있을 테니 둘이 쏘면 되겠다.
사냥터지기 1 그래선 안 된다. 너의 활 소리에
사슴 떼가 놀라면 내 화살이 빗나간다.
같이 여기 있다가 멋진 놈을 겨냥하자.
기다리는 시간이 지루할 테니
숨어 있을 곳에서 예전 어느 날
나한테 생긴 일을 얘기해줄게.
사냥터지기 2 누가 온다. 갈 때까지 기다리자.
[헨리 왕이 기도서를 들고 등장]
헨리 내 땅을 보고 싶은 순수한 사랑으로
스코틀랜드에서 몰래 빠져나왔다.
여기는 절대로 네 나라가 아니다.
네 자리는 메워졌고 너의 홀은 빼앗겼다.
네 머리의 기름[35]도 씻겨서 없다.
누구의 무릎도 너를 '시저'라 안 하고
어떤 백성도 공정을 호소하지 않고
누구도 해결을 간청코자 오지 않는다.
나를 돕지 못할 자가 어찌 남을 도울까?
사냥터지기 1 수고비가 되어줄 사슴이구나.
예전의 왕이다. 우리가 가서 잡자.
헨리 쓰라린 역경을 그대로 받는 것이
현명한 길이라고 현인들이 말했다.
사냥터지기 2 어째서 머뭇대지? 다가가 붙잡자.
사냥터지기 1 잠시 참아라. 더 들어보자.
헨리 왕비와 아들이 원병을 청하러 갔고
대장군 워릭도 프랑스 왕의 처제를
에드워드의 아내로 요청하려고
그리 갔다 하는데 그것이 사실이면
가련한 왕비와 아들은 헛수고다.
워릭은 교묘한 말꾼이고 루이스 왕은
감격적인 말솜씨에 쉽사리 넘어간다.
그래서 마거릿이 이길지 모른다.
확실히 동정심을 일으키는 여자이지.
한숨으로 임금의 가슴을 폭발하고
눈물로 차돌 같은 심장도 뚫을 수 있지.
구슬픈 울음소리에 호랑이도 순해지고
하소연과 짠 눈물을 보고 들으면
네로까지 측은한 마음이 들 지경인데
그녀는 구하려고, 워릭은 주려고 가니
왼쪽은 헨리에 대한 원조를 간청하고
오른쪽은 에드워드의 배필을 요청하며
그녀는 울며 헨리의 퇴위를 말하고
그는 웃으며 에드워드의 등극을 말한다.
가련한 그녀는 슬퍼서 말을 못 잇고
그는 왕위의 정당성과 오해를 무마하고
강력한 근거를 인용함으로
루이스 왕의 처제와 에드워드의 입지를
강화하고 지지할 사항들을 약속하여

32 지금의 프랑스 서북쪽 브르타뉴 지방. 영어로는 브리타니(Brittany).
33 에드워드는 이미 왕이 된 듯 '짐'(朕)이라고 자칭한다.
34 쇠로 된 발사 장치가 있어 총처럼 겨냥하고 격발할 수 있게 만든 강력한 활.
35 서양 중세의 왕은 대관식에서 성경에 나오는 대로 대주교에 의하여 머리에 기름을 바르는 의식을 거쳤다.

그녀로부터 프랑스를 제 편으로 돌린다.
오, 마거릿, 그리된다. 불쌍한 당신이
쓸쓸히 갔듯, 쓸쓸히 되고 만다.
사냥터지기 2 당신이 누군데 왕이니 왕비니 해요?
헨리 보기보다 높지만 출생보다 낮아졌소.
어쨌든 사람이오. 그 이하는 아니오.
누구나 왕을 말하는데 나는 어찌 안 되오?
사냥터지기 2 하지만 당신은 왕처럼 말해요.
헨리 정신적인 왕이오. 그것으로 충분하오.
사냥터지기 2 그런데 왕이라면 왕관은 어디 있소?
헨리 왕관은 머리가 아니라 마음에 있소.
인도의 보석과 금강석이 박히지 않고
보지 못하되, 이를 만족이라 하는데,
왕들이 좀처럼 즐기지 못하오.
사냥터지기 2 당신이 만족이란 관을 쓴 왕이면
만족이란 관과 같이 가는 것으로
만족해야 할 듯싶소. 보아하니 당신은
에드워드 왕에게 쫓겨난 왕이오.
새 왕께 충성을 맹세한 백성으로
그분의 원수인 당신을 체포하오.
헨리 맹세코 그것을 어긴 적 없소?
사냥터지기 2 그런 맹세한 적 없고 이제도 안 하겠소.
헨리 내가 잉글랜드 왕일 때 어디 살았소?
사냥터지기 2 지금 우리가 있는 여기요.
헨리 나는 난 지 아홉 달에 왕이 되었소.
부친도 조부도 왕이셨고, 따라서
당신들은 신복으로 내게 맹세했소.
그러니 맹세를 깨뜨린 것 아니오?
사냥터지기 1 아니오. 당신이 왕일 때 신복이었소.
헨리 내가 죽었소? 숨 쉬는 산 사람 아니오?
아, 무지한 자들, 멋모르고 맹세한다.
보다시피 이 깃털을 얼굴에서 내다 불면
다시금 바람이 나에게 불어주오.
내가 불면 내 바람에 복종하고 남이 불면
남에게 복종하니 강력한 바람에
복종하는 것이오. 바로 이것이
당신 같은 평민의 가벼움을 말하지만
맹세는 깨지 마오. 약하게 말했으니
당신들은 맹세 깨는 죄가 없을 것이오.
원하는 데로 가오. 왕에게 명령하오.
당신들이 왕이 되오. 명령에 따르겠소.
사냥터지기 1 우리는 에드워드 왕에게 충성하오.
헨리 에드워드의 자리에 헨리가 앉으면
다시금 헨리에게 충성하겠지.
사냥터지기 1 하느님과 국왕의 이름으로 명하노니
보안관과 동행하시오.
헨리 하느님 이름으로 데려가오. 왕의 이름에
복종하오. 하느님 원하심을 그 왕이
행하기 바라며 그의 뜻에 따르오. [모두 퇴장]

## 3. 2

[에드워드 왕, 글로스터 공작 리처드, 클래런스
공작 조지, 그레이 부인 엘리자베스 등장]
에드워드 글로스터 아우, 세인트 올번스 싸움에서
이 부인 남편인 그레이 경이 죽었소.
그래서 승리자가 그 영지를 점유했소.
부인은 영지를 되찾고자 청원해서
짐이 거절할 이유가 마땅치 않소.
그 훌륭한 신사가 요크가의 싸움에서
목숨을 잃었기 때문이라오.
글로스터 청원을 들으심이 옳은 처사요.
거절은 명예롭지 못할 것이오.
에드워드 당연하나 약간의 여유를 남기겠소.
글로스터 흠, 그렇게 됐나?
[클래런스에게 방백]
왕이 청원을 들어주기에 앞서서
미망인이 들어줄 게 있는 듯해.
클래런스 [글로스터에게 방백]
왕이 짐승을 알아서 바람을 피해.[36]
글로스터 [클래런스에게 방백] 쉿.
에드워드 미망인, 당신의 청원을 고려하겠소.
내 뜻을 알고 싶으면 다른 때 오오.
그레이 부인 자비하신 전하, 지체할 수 없어요.
황송하오나 지금 대답하셔요.
전하께 좋은 게 제게도 좋아요.
글로스터 [클래런스에게 방백]

36 유능한 사냥꾼은 짐승 쪽으로 부는 바람을 피하여 짐승이 사냥꾼의 냄새를 맡지 않게 만든다.

미망인? 그러니 그 땅 모두 찾게 돼.
왕이 좋아하는 걸 당신도 좋아할걸.
노력하되 조심해라. 안 그러면 당해.

클래런스 [글로스터에게 방백]
여자가 넘어지지 않는 한, 걱정 없어.

글로스터 [클래런스에게 방백]
안 돼. 기회가 생기면 왕이 이용할 거다.

에드워드 미망인, 자녀가 몇인가?

클래런스 [글로스터에게 방백]
아이 하나 낳아 달라 애걸할 테다.

글로스터 [클래런스에게 방백]
웃기지 마! 둘 낳아 달랠 거다.

그레이 부인 셋이어요, 은혜로우신 전하.

글로스터 [방백]
왕의 뜻을 따른다면 넷이 되겠군.

에드워드 아이들이 부친 땅을 잃었다니 아주 안됐소.

그레이 부인 엄하신 전하, 불쌍히 보시고 들으셔요.

에드워드 [글로스터와 클래런스에게]
물러서오. 미망인의 지혜를 알겠소.

글로스터 좋습니다. [방백] 젊음에게 버림받아
지팡이 덕 볼 때까지 마음대로 해요.
[글로스터와 클래런스가 멀찍이 떨어진다.]

에드워드 부인, 자녀를 사랑하오?

그레이 부인 그래요, 저 자신만큼 진심으로 사랑해요.

에드워드 그렇다면 자녀에게 잘해줄 생각 없소?

그레이 부인 애들에게 좋다면 조금 손해 봐도 좋죠.

에드워드 그러면 남편 땅을 다시 찾으오.

그레이 부인 그 때문에 전하를 뵈러 왔어요.

에드워드 땅을 다시 찾는 법을 알려주겠소.

그레이 부인 그렇게 되면 전하께 빚지는 거죠.

에드워드 땅을 주면 나에게 무슨 일을 해주겠소?

그레이 부인 제가 할 수 있는 일이면 명령대로 하겠어요.

에드워드 내 요청에 거부하는 것도 있겠지.

그레이 부인 아니어요, 할 수 없는 일이 아니면.—

에드워드 부인은 내가 원하는 대로 할 수 있소.

그레이 부인 그러면 전하의 명하심에 따르게요.

글로스터 [클래런스에게 방백]
열심히 해대는군. 줄기찬 비에 차돌이 닳지.

클래런스 [글로스터에게 방백]
불처럼 빨갛구나! 저 여자 밀랍도 녹게 됐다.

그레이 부인 어째 말씀 없으시죠? 할 일이 무언가요?

에드워드 쉬운 일이오. 왕을 사랑하는 일일 뿐이오.

그레이 부인 저는 백성이니까 아주 쉬운 일이어요.

에드워드 그렇다면 기꺼이 남편 땅을 내주오.

그레이 부인 천만 번 감사하며 이만 떠나가요.
[그레이 부인이 떠나려 한다.]

글로스터 [클래런스에게 방백]
흥정이 타결되고 여자가 마무리 절해.

에드워드 잠깐. 내 말은 사랑의 결실을 뜻하오.

그레이 부인 친밀하신 전하, 저도 사랑의 결실을 뜻해요.

에드워드 그렇소만, 뜻이 다른 듯하오. 내가 이처럼
얻고자 함이 어떤 사랑인 듯하오?

그레이 부인 죽기까지의 사랑과 겸손한 감사와 기도,
법도가 원하며 허락하는 사랑이죠.

에드워드 결코 아니오. 그런 것이 아니었소.

그레이 부인 그렇다면 전하는 제 생각과 다르셔요.

에드워드 이제야 내 생각을 조금 알아듣는군.

그레이 부인 제 생각이 옳다면 전하의 요구를
제 마음이 절대로 허락하지 않겠죠.

에드워드 솔직한 말로, 당신과 자고 싶소.

그레이 부인 솔직한 말로 차라리 옥살이 하겠어요.

에드워드 그렇다면 남편 땅을 찾을 수 없소.

그레이 부인 그렇다면 제 정절이 지참금이 될 테죠.
정절을 잃는 값에 땅을 사지 않겠어요.

에드워드 그래서 자녀들을 파멸시키는군.

그레이 부인 그러면 전하는 저와 제 아이들을
파멸시키셔요. 하지만 그런 장난은
중대한 청원과는 어울리지 않아요.
가부간 답하시고 저를 보내주셔요.

에드워드 내 요청에 동의하면 허락함이고
내 요구를 거절하면 불허하는 거요.

그레이 부인 동의하지 않아요. 청원이 끝났어요.

글로스터 [클래런스에게 방백]
과부가 싫대. 이맛살을 찌푸려.

클래런스 [글로스터에게 방백]
형은 세상에서 가장 직설적인 구애자요.

에드워드 [혼잣말로]
태도는 넘치는 정숙을 말하고
말씨는 뛰어난 두뇌를 나타내며
완벽한 자질은 최고를 다투겠다.
아무리 보아도 왕에게 적합하다.
애인이 아니면 왕비를 삼겠다.

[그레이 부인에게]
당신을 왕비로 삼으면 어떠하오?
그레이 부인 전하, 말은 쉽고 실천은 어려워요.
농담의 대상으로 알맞은 신복이나
높은 신분 되기엔 너무 안 맞아요.
에드워드 어여쁜 미망인, 왕으로서 맹세하오.
마음속 생각을 있는 대로 말하오.
사랑 때문에 당신을 가져야 하오.
그레이 부인 그건 제 양보를 넘는 일이어요.
왕비가 되기에는 제가 너무 낮지만
애인이 되기에는 제가 너무 귀해요.
에드워드 까다로운데. 내 말은 왕비를 뜻했소.
그레이 부인 아이들이 전하를 아버지라 부르면 싫으시죠.
에드워드 딸들이 당신을 어머니라 하는 거 같아요.
당신은 과부로서 자녀가 있소.
솔직히 말해 나는 아직 미혼이지만
아이들이 없지 않소. 확실히 여러 애의
아버지가 된다 함은 복된 일이오.
대꾸하지 마시오. 당신은 왕비요.
글로스터 [클래런스에게 방백]
거룩한 신부님이 고백을 다 들었어.
클래런스 [글로스터에게 방백]
고백 신부 됐을 때 속셈이 그거였지.
에드워드 아우들, 무슨 말이 오갔는지 궁금하지.
글로스터 부인이 엄숙하니 기뻐하지 않는군요.
에드워드 그녀와 결혼하면 이상하게 여길 테지.
클래런스 누구한테요?
에드워드 그야 물론 나한테야.
글로스터 적어도 열흘쯤은 이상하겠죠.[37]
클래런스 보통보다 하루가 길어졌군요.
글로스터 막중한 분에게는 그만큼 놀랍죠.
에드워드 마음껏 농담하라. 그녀 남편 소유였던
영지에 대해서 청원을 들어줬다.
[한 귀족 등장]
귀족 전하, 전하의 원수인 헨리가 잡혀
포로로서 궁성 문에 데리고 왔습니다.
에드워드 그자를 런던 타워에 보내라.
아우들, 잡아온 사람을 만나러 가자.
어떻게 잡았는지 사실을 물어보자.
미망인, 같이 가오. 아우들, 점잖게 대하라.
[글로스터를 제외하고 모두 퇴장]
글로스터 그렇지. 에드워드는 여자를 잘 대해.
뼈대도 골수도 바짝 말라 그의 몸에서
나 자신이 노리는 황금기를 무산시킬
가지가 뻗으면 안 돼. 하지만,
음탕한 에드워드의 세습이 끊겨도
내 깊은 욕망과 나 사이에 클래런스와
헨리와 그의 어린 아들 에드워드와
그 외에 뜻하지 않은 그들의 소생이
나에 앞서 그 자리를 차지할 수 있으니,
뜻을 이루기에는 캄캄한 전망이다.
그럼에도 어째서 왕권을 꿈꿔?
벼랑 끝에 섰다가 바닷가를 발견하고
그곳에 가고 싶어 애타게 바라보며
다리가 걸어주길 뜨겁게 원하면서
둘 사이를 갈라놓는 바다를 욕하며
물을 퍼서 길을 내려 하는 자와 같다.
거리가 멀지만 왕관을 원하므로
내 앞의 장애물을 꾸짖고 욕하며
불가능한 일들로 스스로를 유혹하여
원인들을 없애라고 소곤댈 따름이다.
손과 힘이 눈과 마음에 안 어울리면
내 눈과 마음은 너무 밝고 너무 높아.
음, 그래서 리처드는 나라가 없어.
그 외에 즐거움이 세상에 있나?
여자의 무릎 위에 천국을 마련하고
화려한 치장을 온몸에 걸치고
말과 낯이 예쁜 여자들을 유혹한다면?
생각만 해도 비참해. 왕관을 스무 개
얻는 것보다 불가능한 짓이야.
사랑은 어머니 태중에서 날 버렸어.
사랑의 율법에 상관치 말라며
약한 본성을 꾀어 메마른 나무처럼
한 팔을 줄어들게 만들고 등에는
흉측한 봉우리를 붙여주어서
놀림감인 불구가 온몸에 자리 잡고
혼돈처럼 두 다리를 짝짝이로 만들고

37 "아흐레 동안 놀랄 일"이라는 속담에 하루를 더 붙여서 이죽대는 말. 정치성이 전혀 없이 순전히 애욕 때문에 순간적으로 결정한 왕의 결혼 계획에 두 아우는 반대하는 입장이다.

어미 곰이 핥아주지 않은 까닭에[38]
어미 곰과 같은 꼴을 못 가졌으니
몸뚱이 여러 곳이 일그러졌다.
그러니 내가 사랑받을 인간인가?
그런 생각 품다니 끔찍한 죄구나!
따라서 나보다 잘생긴 녀석한테
명령하고 욕하고 누르는 짓 외에는
별다른 즐거움을 얻지 못해서
왕관의 꿈으로 천국을 삼으리니
일그러진 몸뚱이가 떠받치는 이 머리를
찬란한 왕관이 두르기 전엔
나한테 이 세상은 지옥일 테지.
어떻게 왕관을 얻을진 아직 몰라.
나와 왕관 사이에는 여러 명이 있는데,
가시 돋친 숲에서 길 잃은 사람처럼
가시를 헤집으며 가시에 찔리면서
길 찾아 헤매면서 길에서 멀어지고,
시원한 개간지를 찾을 줄 몰라
거길 찾으려고 애타게 고생하듯
잉글랜드 왕관을 잡으려고 고민해.
그 고민 내버리고 해방을 누리거나
피투성이 도끼로 길을 잘라 내겠다.
웃을 줄 알고 웃으면서 죽일 줄 알며
마음이 괴로워도 '좋다'고 할 줄 알며
지어낸 눈물로 뺨을 적실 줄 알며
모든 일에 얼굴을 꾸밀 줄 안다.
인어보다 배꾼을 많이 가라앉히고[39]
독사보다 구경꾼을 더욱 많이 죽이고[40]
네스토르[41]와 다름없이 말을 잘하고
율리시스[42]보다도 교묘하게 속이며
시논[43]처럼 또 다른 트로이를 점령하고
카멜레온에 색깔을 더할 줄 알며
프로테우스[44]를 변신에서 이길 줄 알며
마키아벨리[45]에게 살인을 가르칠 테다.
이럴 줄 아는데도 왕관을 못 얻겠나?
흠, 더 멀리 있어도 낚아채겠다. [퇴장]

## 3. 3

[주악. 프랑스 왕 루이스, 그의 처제 보나,
버번 공이라는 해군제독, 에드워드 왕자,
마거릿 왕비, 옥스퍼드 백작 등장.
루이스 왕이 앉았다가 일어선다.]

루이스 왕 어여쁜 잉글랜드의 마거릿 왕비,
함께 앉아 계시오. 나는 앉아 있는데
부인이 서 있다니 품위에 맞지 않소.

마거릿 아니어요, 강력하신 프랑스 전하!
이제는 마거릿도 고개를 수그리고
왕들의 호령을 배우고 따라야죠.
한때는 저도 황금 같던 나날에는
위대한 앨비언[46]의 왕비였지만
지금은 불행이 그 이름을 짓밟고
치욕으로 땅바닥에 저를 내버렸어요.
분수에 어울리는 자리를 잡게 됐으니
이 낮은 자리에 자기를 맞춰야죠.

루이스 왕 그런 깊은 절망이 어디서 생기오?

마거릿 근심이 쌓이고 눈물이 가득할 때
저의 혀를 멈추는 이유가 있어요.

루이스 왕 무엇인지 모르지만 예전대로 계시오.
옆에 앉으오.
[그녀를 옆에 앉힌다.]
운수의 멍에에

38 새끼 곰은 형체가 다 형성되지 않은 채 태어나지만 엄마 곰이 핥아서 곰의 형체를 갖게 된다는 속설이 있었다. 오비디우스의 『변신 이야기』 15권에 나온다.

39 '사이렌'이라는 인어들의 유혹적인 노래에 배꾼들이 넋을 잃고 가다가 풍랑에 빠져 죽었다고 한다. '로렐라이 전설'도 비슷한 이야기다.

40 '바실리스크'라고 하는 전설의 이 독사가 쏘아보기만 해도 죽는다고 했다.

41 『일리아스』에서 그리스 군의 지도자 중 하나로 말을 잘하는 노인이었다.

42 그리스 이름으로는 오디세우스. 목마를 만들어 트로이를 파멸시킨 그리스의 꾀 많은 지도자.

43 트로이 성문 앞에 그리스 군이 만들어 세운 목마를 성안에 끌어들이면 큰 행운이 올 거라며 트로이 사람들을 속인 그리스인.

44 그리스신화에 나오는, 무슨 형상이든지 취할 수 있다는 신.

45 『군주론』(1513년)에서 정권을 잡는 방법으로 살인을 말한 이탈리아 정치사상가.

46 '하얀 땅'이란 뜻으로, 잉글랜드의 동부 해안이 흰 석회석 벼랑으로 되어 있어 로마 때 붙은 별명이다.

목을 주지 말 것이며, 담대한 정신으로
만난을 무릅쓰고 승리하며 달리시오.
마거릿 왕비, 터놓고 근심을 말하오.
프랑스가 돕는다면 없어질 거요.
마거릿 은혜의 말씀에 맥없던 정신이 살고
입 다문 슬픔이 다시 말을 이어요.
고귀하신 루이스 왕, 제 사랑 헨리가
왕이라는 신분에서 추방당해서
스코틀랜드에서 외롭게 살아가며,
교만한 요크 공작 에드워드가
합법적인 잉글랜드 왕의 자리와
왕이라는 칭호를 찬탈하고 있어요.
이 때문에 불쌍한 마거릿은 후계자
에드워드 왕자와 같이 전하의 정의로운
원조를 청하러 온 거라, 거절하면
우리의 희망도 사라집니다.
스코틀랜드는 뜻은 있되 힘이 없고
백성과 귀족은 허위에 속아 있고
우리 재산은 몰수됐고 병사들은 쫓기고
보시는 바와 같이 저 자신은 이 꼴예요.
루이스 왕 고명한 왕비, 폭풍을 인내로 잠재워요.
그를 중단시킬 방도를 찾겠소.
마거릿 지체하면 할수록 적은 더 강해요.
루이스 왕 내가 지지[47]할수록 더 크게 도움 되오.
마거릿 진정한 슬픔에는 초조감이 따라요.
[워릭 등장]
보세요. 제 슬픔 낳은 자가 저기 와요.
루이스 왕 내 앞에 인사 없이 오는 자가 누군가?
마거릿 워릭 백작이군요. 에드워드의 최고 친구죠.
루이스 왕 오, 용맹한 워릭! 무슨 일로 프랑스에 오셨소?
[자리에서 내려선다. 그녀가 일어선다.]
마거릿 음, 이제 두 번째 폭풍이 시작된다.
저자는 순풍과 파도를 한 번에 일으켜.
워릭 제 주인이시며 전하의 막역한 친구시며
앨비언의 높으신 에드워드 왕에게서 가져온
거짓 없는 사랑과 우의로서
첫째로 귀하신 전하께 예 올리고
다음으로 우호의 동맹을 청하며
끝으로 그 우호를 혼인의 매듭으로
공고히 하려 하오니, 처제이신
유덕한 보나 아씨를 법적인 혼약으로
잉글랜드 왕에게 주시기 바라오.
마거릿 그리되면 헨리의 희망은 물거품이지.
워릭 [보나에게 말한다.]
어여쁜 아가씨, 아가씨가 허락하면
우리 왕을 대신하여 그 손에 정중히
입술을 대며, 내 혀로 우리 왕의 사랑을
알리라는 명령을 받았는바, 근자에
아가씨의 미모와 덕의 이름이 높아
열린 왕의 귀 안에 자리를 잡았소.
마거릿 루이스 왕, 보나 아씨, 답하기 전에
제 말 좀 들으세요. 저 사람 요청은
에드워드의 진실한 사랑이 아니라
필요에서 생겨난 거짓에서 왔어요.
밖에서 동맹국을 얻지 못한 폭군들이
어떻게 편안히 제 나라를 다스려요?
그자가 폭군인 건 쉽게 증명돼요.
헨리는 살아 있어요. 죽었다 해도
왕의 아들 에드워드가 여기 있어요.
그래서 루이스 왕, 정략적인 혼인으로
위험과 치욕을 살 테니 조심하셔요.
한동안 찬탈자는 세력을 휘두르나
하늘은 공정히, 시간은 불의를 이겨요.
워릭 모욕적인 마거릿.
에드워드 왕자 '왕비'는 왜 빼요?
워릭 왜냐하면 네 아비가 왕위를 찬탈하고
저 여자가 왕비 아니듯 너도 왕자가 아니기 때문이야.
옥스퍼드 그 말로 너는 스페인 대부분을 정복한
위대한 곤트 공[48]의 권위를 말살하고
현철한 자들의 거울이었던
헨리 4세의 권위를 말살하며
프랑스를 용맹으로 정복하였던

47 "지지"한다는 말은 떠받친다는 뜻과 함께 느리게 행동한다는 뜻도 있다. 루이스 왕이 말장난을 하는 것이다.

48 헨리 6세의 증조부로서 랭커스터 공작. 그는 스페인의 일부를 차지했고, 그의 아들 헨리 4세는 리처드 2세를 내쫓고 왕이 되었으며 그 아들 헨리 5세는 다시금 프랑스를 정복했었다. 헨리 4세의 찬탈로 랭커스터 왕가와 요크 왕가의 싸움이 일어났다. 30년 동안 벌어진 이 골육상쟁을 '장미전쟁'(War of the Roses)이라고 부른다.

헨리 5세의 권위를 말살한다.
헨리 왕은 헨리 5세에서 왕통을 이었다.
워릭 옥스퍼드, 그처럼 매끈한 논리에서
헨리 5세가 획득했던 모든 것을
헨리 6세가 잃은 것은 제외하였다.
프랑스 귀족들이 웃을 일이다.
그처럼 62년[49] 역사를 풀이하는데,
시간이 모자라서 묵은 것만 갖고는
나라를 획득할 자격이 없다.
옥스퍼드 워릭, 어째서 자기 왕을 비난하나?
36년[50] 세월을 복종하던 왕인데
반역을 나타내니 부끄럽지 않나?
워릭 항상 정의를 수호하던 옥스퍼드가
과거를 들먹이며 거짓을 수호하나?
헨리를 버리고 에드워드를 왕이라 해.
옥스퍼드 나의 형 오브리 비어[51]에게 부당하게
사형선고 한 자를 왕이라고 해?
더더구나 자연이 죽음의 문턱까지
모셔 갈 만큼 연로하여 노쇠하신
나의 아버님까지 처형한 자를?
결코 안 된다. 목숨이 쳐드는 한
내 팔은 랭커스터 집안을 받들겠다.
워릭 나는 요크 집안을 받들 테다.
루이스 왕 마거릿 왕비, 에드워드 왕자, 옥스퍼드,
내가 요청하는바, 잠시 비켜서시오.
워릭과 더불어 말할 일이 남아 있소.
[그들이 물러선다.]
마거릿 워릭의 말로 왕이 미혹되지 않기를!
루이스 왕 그러면 워릭, 양심적으로 말하시오.
에드워드가 당신의 진정한 왕이오?
합법으로 선택되지 않은 자와 관련키 싫소.
워릭 그 점에 대해 제 신용과 명예를 겁니다.
루이스 왕 백성이 보기에 명망이 있소?
워릭 헨리가 불운해서 더욱 그렇습니다.
루이스 왕 좀 더 묻겠소. 꾸미는 말은 젖혀놓고,
처제에 대해 그가 품은 사랑의 정도를
사실대로 말하시오.
워릭 그분 같은 제왕에게
어울리는 정도라는 말씀입니다.
그분의 말씀을 저도 자주 들었는데,
그분의 사랑은 겉에 뵈는 줄기지만
뿌리는 도덕의 바탕에 굳게 박히고
잎과 열매는 고운 해가 기르며
악의는 전혀 없되 경멸은 겁을 내니[52]
보나 양이 그 아픔을 없애야 하오.
루이스 왕 그러면 처제, 네 굳은 결심을 듣겠다.
보나 전하의 허락과 반대는 제게 같아요?
[워릭에게 말한다.]
솔직한 말로 그분의 인격을 들으면
전에도 이따금씩 제 귀는 판단력이
애정으로 쏠려 가길 소망했어요.
루이스 왕 그러면 워릭, 처제는 에드워드의 아내요.
당신 왕이 확정할 유산 처리에 관하여
혼인의 조건들을 즉시 작성하고
우리도 어울리는 지참금을 정하겠소.
마거릿 왕비, 가까이 오시오. 보나가
잉글랜드 왕의 비가 됨에 증인이 되오.
에드워드 왕자 단지 에드워드 왕이 아니오.
마거릿 간교한 워릭! 혼인으로 내 청원을
와해시키는 게 네 책략이야.
너 오기 전엔 루이스가 헨리의 친구였다.
루이스 왕 그이와 마거릿이 변함없이 친하오.
그러나 에드워드의 성공을 보니,
왕권에 대한 부인의 주장이 약하면
내가 조금 전에 부인께 약속했던
원조를 취소함이 당연지사요.
그러나 부인의 신분이 요청하는
가능한 편의를 모두 제공하겠소.
워릭 헨리는 스코틀랜드에서 편히 살면서
가진 게 없으니까 잃을 것도 없어요.
예전 한때 우리의 왕비였던 당신은
생활을 살펴줄 아버지가 있으니
프랑스보다는 그에게 졸라요.
마거릿 그만둬. 건방지고 무례한 워릭,
왕들을 세우고 끌어내는 교만한 자,

49 당시 워릭의 나이였다.
50 워릭이 백작이 된 이후의 세월.
51 늙은 옥스퍼드 백작과 그 맏아들 오브리 비어가 에드워드 왕에게 사형을 선고받았다. 둘째 아들 존 옥스퍼드는 반란군에 가담했다.
52 에드워드 왕은 당시의 연인들처럼, 보나의 '경멸'을 몹시 두려워한다는 말이다.

진실만 가득한 내 호소, 내 눈물로
네 교활한 속임수와 네 주인의
거짓된 사랑을 전하가 아실 때까지
나는 이 자리를 떠나지 않겠다.
[안에서 뿔나팔 부는 긴급 전령.[53]]
너희 둘은 서로 색이 똑같은 새들이야.
루이스 왕 나 아니면 당신에게 급전이 왔소.
[긴급 전령 등장]
전령 [워릭에게 말한다.]
대사님, 이 편지는 대사님 것입니다.
형님인 몬테이그 후작이 보냈습니다.
[루이스에게] 이것은 저희 왕이 전하께 보내십니다.
[마거릿에게] 이것은 부인 건데 발신인은 모릅니다.
[모두들 편지를 읽는다.]
옥스퍼드 왕비시며 주인이신 마님이 읽고
웃으시나 워릭은 찌푸리니 기분 좋다.
에드워드 왕자 루이스는 속상한 듯 발을 굴러요.
모두가 잘되길 바라는데.
루이스 왕 워릭, 무슨 소식이오? 그리고 왕비님은?
마거릿 뜻밖의 기쁨이 마음을 채우네요.
워릭 내 편지는 슬픔과 불만을 채워주오.
루이스 왕 당신 왕이 그레이 부인과 결혼했나?
그래서 그의 거짓말을 무마하려고
나에게 참으라는 소리를 써 보냈소?
이따위로 프랑스와 동맹을 맺겠다고?
감히 이런 식으로 나를 멸시하나?
마거릿 이미 전하께 말씀드렸어요.
에드워드의 사랑과 워릭의 정직이 나타나요.
워릭 루이스 왕, 하늘이 보는 앞에서,
천국의 소망으로 맹세합니다.
저는 왕의 실수와는 무관합니다.
저를 망신시켰으니 저의 왕도 아닙니다.
제 수치를 깨달아야 제 자신이 됩니다.
요크가를 위해서 싸우시다가
아버님이 제 명에 못 가신 걸[54] 내가 잊었소?
질녀에게 욕보인 걸[55] 모른 척했소?
내가 그자 머리에 왕관을 씌워줬소?
본래의 왕좌에서 헨리 왕을 쫓아냈소?
마침내 그 대가가 이런 창피요?
수치는 그의 것, 명예는 내 것이오.
그래서 잃어버린 명예를 찾으려고
이제 그를 버리고 헨리 왕께 돌아가오.
귀하신 왕비님, 옛 원한은 버립시다.
이후로 이 몸은 왕비님의 충복이오.
보나 아씨께 저지른 못된 짓에 복수하고
헨리 왕을 이전 지위에 되앉히겠소.
마거릿 그 말 들어서 증오가 사랑으로 변해요.
당신을 용서하고 옛 잘못을 잊어요.
헨리 왕의 친구가 되어서 기뻐요.
워릭 보통 아니고 꾸밈없는 진짜 친구요.
루이스 왕이 뽑은 군사 몇 부대만
우리에게 허락하면 내가 그들을
우리 해안에 상륙시켜 싸움으로
찬탈자를 자리에서 쫓아낼 테요.
새 신부가 그자를 도와줄 수 없으며
편지에 의하면 클래런스 공작도
형의 명예, 나라, 부강과 안전보다
욕망을 채우려고 결혼했기 때문에
형에게 등 돌릴 게 확실하오.
보나 형부, 고난 중의 왕비를 돕는 것 말고
어떻게 보나를 위해서 복수하시죠?
마거릿 고명하신 전하가 비참한 절망에서
구하지 않으시면 불쌍한 헨리가 못 살겠죠?
보나 잉글랜드 왕비님과 제 요구는 똑같아요.
워릭 어여쁜 보나 아씨, 나도 같은 뜻이오.
루이스 왕 나도 처제, 워릭, 왕비와 같소.
그러므로 마침내 굳게 결심했소.
당신을 돕겠소.
마거릿 한꺼번에 모든 분께 감사드려요.
루이스 왕 잉글랜드의 전령, 급히 돌아가
너희의 가칭 왕 에드워드에게
프랑스의 루이스가 그자와 신부에게
광대들을 보내어 흥을 돋운다 하라.
네가 사태를 보았으니 주인을 겁나게 해.
보나 좀 있으면 홀아비가 되는 걸 예상해서

53 긴급 전령은 일정한 거리마다 말을 대기시켰다가 급히 달린다. 같은 신호나팔을 불었다.
54 요크가를 위한 싸움에서 그의 아버지 솔즈베리 백작이 적에게 잡혀 죽었다.
55 워릭의 조카딸이 워릭의 집에서 에드워드에게 겁탈당할 뻔했다.

내가 버들 관[56]을 쓸 거라고 얘기해라.
마거릿 상복을 벗어놓고 갑옷을 입을
만반의 준비가 되었음을 전하라.
워릭 내게 부당하게 행동한 자에게서
잠시 후에 왕관을 벗기겠다 전하라.
[그에게 돈을 주며]
수고 값이다. 속히 가라. [전령 퇴장]
루이스 왕 그러면 워릭,
당신과 옥스퍼드는 병사 5천과 함께
바다를 건너가 기회를 엿보다가
못된 자 에드워드에게 싸우자고 하시오.
왕비와 왕자가 지원받아 따라가오.
떠나기 전에 한 번 대답하시오.
당신의 충성심을 어떻게 보증하오?
워릭 변함없는 충성을 약속하기 위하여,
왕비님과 젊으신 왕자님이 동의하면
제 기쁨인 제 맏딸과 왕자님을
거룩한 혼인으로 즉시 맺겠습니다.
마거릿 네, 동의해요. 청혼에 감사해요.
에드워드, 아가씨가 어여쁘고 착실하니
지금 당장 워릭에게 손을 내밀고
오로지 그의 딸로 아내를 삼을 것을
변함없는 맹세로써 약속드려라.
에드워드 왕자 예, 훌륭한 아가씨라 수락합니다.
맹세의 표시로 제 손을 내밀어요.
[워릭에게 손을 내민다.]
루이스 왕 지체할 것 있는가? 군대를 동원한다.
총사령관 버번 공, 함대로 안내하시오.
에드워드가 혼인을 빙자하여
프랑스의 아가씨를 우롱했으니
그자의 파멸까지 도저히 못 참는다.
[워릭 외에 모두 퇴장]
워릭 에드워드의 특사로 왔던 내가
철천지원수가 돼서 돌아간다.
그자가 주었던 사명이 혼사지만,
험악한 전쟁으로 대답하리라.
놀림감 만들 자가 나밖에 없었는가?
그렇다면 놀이를 슬픔으로 바꿀 테다.
왕좌에 올려 세운 장본인이 나였으니
끌어내릴 장본인 역시 내가 되리라.
헨리를 불쌍하게 여겨서가 아니고
에드워드의 장난에 복수하려 함이다. [퇴장]

## 4. 1

[글로스터, 클래런스, 소머셋 공작,
몬테이그 등장]
글로스터 클래런스, 그레이 부인과의 결혼을
어떻게 생각하오? 내게 말하오.
형님의 선택이 멋있지 않으오?
클래런스 알다시피 프랑스는 머나먼 데야.
워릭의 귀국까지 어찌 기다리겠나?
소머셋 공작님들, 그만하오. 전하께서 오시오.
[주악. 에드워드 왕, 엘리자베스 왕비,
펨브룩 백작, 스태포드 공, 헤이스팅스 공
등장. 넷 씩 양쪽으로 갈라선다.]
글로스터 신부도 오시오.
클래런스 솔직히 내 생각 털어놓겠어.
에드워드 클래런스, 절반쯤 불평꾼이 되어서
우울하게 섰는데, 내 안목 괜찮지?
클래런스 프랑스의 루이스나 워릭 공 같군요.
용기와 판단력이 미약한 자들이라
우리가 실수해도 화내지 않겠죠.
에드워드 저들이 까닭 없이 화내어도
루이스와 워릭이고 나는 에드워드니
너희와 워릭의 왕이라, 맘대로 하겠다.
글로스터 우리의 왕이라 맘대로 할 테지만,
성급한 결혼은 잘되기 쉽지 않소.
에드워드 리처드 아우, 너도 좋지 않아?
글로스터 나 말이오?
천만에요! 하느님이 짝지어 주신 걸
어째서 내가 나누어지길[57] 원해요?
그처럼 멋지게 어울리는 두 분을
다시 갈라놓는 건 애석한 일이오.
에드워드 너희의 비웃음과 혐오 이외에

56 버들 줄기를 엮어 만든 화관으로, 버림받은 여인의 상징.
57 "하느님이 짝 지어주신 것을 사람이 나누지 못할지니라"(마태복음 19장 6절)를 좀 서툴게 인용한 것. 기독교 결혼식에서 주례자가 으레 인용하는 구절이다.

그레이 부인이 내 아내요 이 나라의
왕비가 되지 못할 이유가 있나?
소머셋, 몬테이그, 당신들도 자유롭게
속생각을 말하오.

클래런스 내 의견은 이러하오. 보나 아가씨의
결혼에 관련해서 전하가 루이스 왕을
우롱하였으므로 이제는 원수요.

글로스터 그리고 워릭은 왕명을 따르다가
또 다른 결혼으로 부끄럽게 되었소.

에드워드 내가 일을 꾸며서 루이스와 워릭을
화평하게 만들면 어떻겠는가?

몬테이그 그러나 프랑스와 동맹했다면
집안 내의 결혼보다 침략에 대항하여
이 나라에 힘을 더해 줬겠소.

헤이스팅스 당신은 이 나라가 안으로 진실하면
스스로 안전히 되는 걸 모르오?

몬테이그 프랑스가 받쳐주면 더 안전하오.

헤이스팅스 프랑스는 믿기보다 이용함이 좋겠소.
하느님과 바다에게 뒷받침을 받읍시다.
뚫지 못할 울타리로 신이 주신 바다요.
그러한 도움으로 자신을 지킵시다.
하느님과 바다와 내게 안전이 있소.

클래런스 그 말 한마디로 헤이스팅스 공은
헝거포드[58]를 상속받을 자격이 충분하오.

에드워드 무슨 말이오? 그게 내 뜻이었소.
적어도 이번만은 내 뜻이 법이오.[59]

글로스터 하지만 스케일스 공의 상속녀를
전하가 사랑하는 신부의 오빠에게
내준 것은 잘못이오. 그녀는 나나
클래런스에게 보다 잘 어울리나
신부에게 미혹되어 형제를 저버렸소.

클래런스 또한 본빌 공의 상속권을 아내의
아들에게 주면서 자기 형제에게는
다른 데 가보라 한 일은 잘못이오.

에드워드 불쌍한 클래런스, 색시 하나 땜에
불만이란 말야? 내가 얻어줘.

클래런스 신부를 고를 때 형님의 판단은
부족했소. 그래서 난 내 중매를
나 혼자 설 테니까 허락하시오.
그 일로 즉시 전하를 떠나겠소.

에드워드 떠나든 말든, 에드워드는 왕이라
아우들의 의사에 매이지 않겠다.

엘리자베스 공작님들, 전하께서 왕비의 지위로
저를 올리시기 전에라도 공정히
보시면 제 가문이 비천하지 않은 걸
아실 거예요.[60] 저보다 천한 이도
저와 같은 행운이 있은 예도 있어요.
그 때문에 저와 제 자식들이 높아지고
여러분 마음에 들려 해도 싫어해서
기쁨은 불안과 슬픔으로 그늘져요.

에드워드 찌푸린 저들 낯에 아첨하지 마시오.
에드워드가 언제나 당신 편이며
저들이 복종해야 할 왕이 되는 한,
내 손에서 미움을 구하지 않으면
당신에게 위험이나 슬픔이 생기겠소?
분명 내게 복종하고 당신도 좋아해요.
저들이 미워해도 당신을 안전히 지키고
분노의 매운맛을 보여주겠소.

글로스터 [방백]
들어도 말 많이 안 하고 생각은 더 하겠다.

[긴급 전령 등장]

에드워드 전령, 프랑스에서 무슨 편지나 소식 있나?

전령 전하, 편지는 없고 말도 별로 없습니다.
특별히 용서하지 않으시면 저 같은 자가
감히 전달 못할 말씀입니다.

에드워드 음, 용서한다. 그러니까 간단히
기억하는 그대로 저들 말을 옮겨라.
내 편지에 루이스 왕이 무엇이라 답하던가?

전령 제가 떠나올 때에 말씀하시길,
"너희들의 가짜 왕 에드워드에게
프랑스의 루이스가 광대들을 보내니,
그와 그의 신부가 멋있게 놀라 하라."

58 헝거포드 공의 딸과 결혼했으므로 그의 막대한 재산을 상속받을 수 있다는 것. (논란이 있었던 모양이다.)

59 중세 말기는 '왕의 의사가 바로 법이라'는 사상이 크게 도전받던 시기였다. 에드워드는 새로 결혼한 엘리자베스 왕비의 오빠들에게 높은 지위와 재산을 주었지만 종래의 귀족들은 이에 불만이 많았다.

60 그녀는 잉글랜드 왕비로서는 첫 평민이었지만 그 어머니가 베드포드 공작의 미망인의 딸이었다.

에드워드 그처럼 대담한가? 내가 헨리인 줄 아는군.
보나 아씨는 내 결혼에 뭐라고 하던가?
전령 조금 경멸스럽게 하시는 말씀이,
"좀 있으면 홀아비가 되리라 믿어
그를 위해 버들 관을 쓸 테니[61] 그리 전해."
에드워드 그녀를 탓하지 않아. 그보다 덜할 순 없어.
억울하게 됐으니까. 한데 왕비는 뭐라고 해?
전령 "상복을 벗어놓고 갑옷 입을 준비가
되었다고 전하라"고 하셨습니다.
에드워드 아마도 아마존[62] 역을 할지 몰라.
그런데 망신당한 워릭은 뭐라고 해?
전령 다른 누구보다도 전하께 화내고
"부당한 짓을 내게 행한 그자에게
잠시 후 왕관을 벗긴다 전하라."
에드워드 쳇! 그처럼 반역자가 뻐기더란 말이지?
음, 경고를 받았으니 무장하겠다.
싸워주지. 건방진 대가를 치르겠지.
그런데 워릭이 마거릿과 화해했나?
전령 예, 전하. 두 사람은 밀접히 연합해서
에드워드 왕자가 워릭의 딸과 결혼합니다.
클래런스 맏딸이겠지. 둘째딸은 내 차지야.
형님, 잘 계세요. 왕좌 잘 지키세요.
나는 워릭의 작은딸한테 갑니다.
비록 왕은 아니지만 결혼에 있어서는
형님한테 떨어지지 않을 겁니다.
나와 워릭 편은 나를 따라오시오.
[클래런스 퇴장. 소머셋이 뒤따른다.]
글로스터 [방백]
나는 안 간다. 더 멀리 겨냥해.
에드워드는 싫지만 왕관이 좋아서 남아.
에드워드 클래런스, 소머셋이 워릭한테 갔다고?
하지만 최악의 사태에 대비하겠어.
이런 급한 상황에서 속도가 필요해.
펨브룩, 스태포드, 당신들은 왕명으로
군대를 소집하여 전쟁을 준비하오.
저들은 이미 상륙했거나 이제 곧
상륙할 거요. 나도 뒤따르겠소. [펨브룩과 스태포드 퇴장]
헤이스팅스, 몬테이그, 내가 떠나기 전
의심을 풀어주오. 관계와 혈통에서
당신들은 워릭에 가까운데, 나보다는
워릭의 편인지 사실대로 말해주오.
워릭의 편이면 모두들 가오.
속이 빈 친구보다 원수가 낫소.
그러나 진실한 복종을 계속하려면
다시는 당신들을 의심하지 않도록
충성을 맹세하여 확신하게 해주오.
몬테이그 주여, 몬테이그가 충성합니다.
헤이스팅스 헤이스팅스도 에드워드 편입니다.
에드워드 리처드, 너도 나의 편인가?
글로스터 예. 형님께 반대하는 자들을 모두 미워합니다.
에드워드 그렇다면 분명코 승리하길 믿는다.
그럼 이제 여기를 떠나 지체 없이
외군을 거느린 워릭과 상대하자. [모두 퇴장]

## 4. 2

[워릭과 옥스퍼드가 프랑스 군을 거느리고
잉글랜드에 등장]
워릭 백작, 확실히 지금까지 모두 순조롭소.
수많은 백성들이 우리 쪽에 몰려오오.
[클래런스와 소머셋 등장]
오, 소머셋과 클래런스가 옵니다.
귀공들, 말하시오. 다 우리 편이오?
클래런스 걱정 마시오.
워릭 그렇다면 클래런스, 워릭이 환영하오.
소머셋도 잘 오셨소. 고귀한 정신이
우정의 표시로 손 벌려 맹세할 때
의심을 품는다면 비겁한 짓이오.
그것이 아니면 그의 아우 클래런스를
거짓된 가담자로 여길 뿐이오.
하지만 잘 왔소. 내 딸은 당신 거요.
자, 이제 밤을 이용할 일이 남았소.
당신 형은 마음 놓고 막사에 있고
병사들은 마을에 흩어져 노닥이고
멍청한 경호병만 있을 뿐이니
언제든 기습하면 붙들지 않겠소?

61 여러 꽃들로 엮은 화려한 화관이 아니라 슬픈 버들을 엮어 만든 우울한 화관을 말한다.
62 그리스 전설에 나오는, 여인들만 사는 나라의 여자 전사.

우리 수색대가 쉬운 일로 파악했소.
율리시스와 용맹한 디오메데[63]가
레수스의 막사에 잠입하여 트라키아의
운명의 말들을 훔쳐냈듯이
우리도 검은 밤의 옷자락에 숨어서
눈에 띄지 않은 채 경호병을 제압하고
그자를 잡을 수 있소. 죽이진 않소.
갑자기 습격하여 생포하란 거요.
이 작전에 나를 따를 자들은
나와 함께 헨리의 이름을 높이 부르오.
[모두들 '헨리!'를 외친다.]
그러면 소리 없이 나아갑시다.
워릭과 일행에 세인트 조지 가호를! [모두 퇴장]

## 4. 3

[에드워드 왕의 막사를 지킬 세 경호병 등장]

경호병 1 이리 와서 각자의 위치에 서!
왕이 지금쯤 앉아서 잠을 청할 거다.
경호병 2 아니, 침대에 눕지 않고?
경호병 1 아니다. 워릭이 지거나 왕이
지기 전에는 절대로 편히 누워
잠자지 않을 걸 맹세했어.
경호병 2 그러면 내일이 결전의 날이야.
워릭이 가까운 데 와 있다니까.
경호병 3 그런데 여기서 왕과 함께 쉬고 있는
저 귀족은 도대체 누군가?
경호병 1 헤이스팅스 공. 왕의 최고 측근이지.
경호병 3 그래? 한데 왕은 어째서 간부들을
여기 주변 마을에서 묵으라 하고
자신은 쌀쌀한 들판에 나와 있나?
경호병 2 위험이 클수록 명예가 높아져.
경호병 3 하지만 난 존경과 고요를 원해.
위험한 명예보다 그게 좋거든.
왕이 어떤 상황인지 워릭이 알면
잠 깨울 생각은 없을 테지.
경호병 1 창검들이 길을 막지 않으면 깨울 테지.
경호병 2 적의 야간 기습에서 경호하지 않을 거면
어째서 우리들이 막사를 지키겠나?
[워릭, 클래런스, 옥스퍼드, 소머셋,
프랑스 군대가 소리 없이 등장]
워릭 이게 그의 막사요. 경호병이 서 있소.
용기를 내시오. 지금 아니면 명예는 다시없소.
나를 따르시오. 에드워드는 우리 거요.
경호병 1 거기 누구냐?
경호병 2 서라. 아니면 죽는다.
[워릭과 나머지 모두가 '워릭, 워릭!' 외치면서
경호병들에게 달려든다. 경호병들은 달아나며,
'무장하라, 무장하라!' 외치며 퇴장. 워릭과
일당이 그들을 쫓는다. 북과 나팔이 울린다.
워릭, 소머셋, 클래런스, 옥스퍼드, 프랑스
병사들이 잠옷 차림의 에드워드 왕을 교자에
앉힌 채 데리고 등장. 글로스터와 헤이스팅스가
무대를 건너질러 달아난다.]
소머셋 도망치는 자들이 누구요?
워릭 리처드와 헤이스팅스는 보내오. 공작은 여기 있소.
에드워드 뭐 '공작?' 워릭, 우리가 헤질 때
너는 나를 왕이라 했다.
워릭 맞다, 하지만
사정이 달라졌다. 내게 창피 줬을 때
나도 너를 왕좌에서 끌어내렸다.
이제 너를 요크 공작에 임명한다.
대사를 부릴 줄 모르는 네가
어떻게 나라를 다스리겠나?
한 아내로 만족할 줄 모르는 네가
형제를 형제답게 대할 줄 모르며
백성의 안녕을 생각할 줄 모르며
적에게서 숨을 줄도 모르지 않는가?
에드워드 그렇구나, 클래런스, 너도 왔구나!
그러니 에드워드는 망해야 하지.
하지만 워릭, 어떤 불운도 이기고
나 에드워드는 너와 너의 패에게
언제나 왕으로서 군림하겠다.
악랄한 운수가 왕좌를 뒤집어도
내 정신은 운수의 바퀴[64]를 넘어선다.

63 『일리아스』에 나오는, 지략과 용맹이 뛰어난 왕으로 율리시스(오디세우스)의 친구. 적장인 트라키아의 레수스를 죽이고 그의 흰말들을 빼앗아 갔다. 그 말들이 크산투스 강물을 마셔야 트로이를 구출할 수 있다는 예언이 있어서 이를 두 장군이 막은 것이다.

워릭 그렇다면 에드워드, 정신의 왕이 돼라.
[그에게서 왕관을 벗긴다.]
지금부터 헨리가 왕관을 쓰고
진정한 왕이 되고 넌 그림자 되어라.
소머셋 공작, 에드워드 공작을
지체 없이 내 아우 요크 대주교에게
보내기 바라오.
펨브룩의 일당과 싸움을 마친 뒤에
당신을 따라가 루이스와 보나 아씨가
그에게 뭐라고 답했는지 알리겠소.
그럼 요크 공작, 잠시 잘 있으시오.
[소머셋과 병사 몇이 그를 억지로
끌어내려고 한다.]
에드워드 운명이 정한 바를 인간이 따라야지.
바람과 밀물에 저항해도 소용 없다. [퇴장]
옥스퍼드 자, 이제는 군대와 더불어 런던으로
진군하는 이외에 무슨 일이 남아 있소?
워릭 그렇소. 첫째로 그것이 할 일이오.
헨리 왕을 옥에서 해방시키고
왕좌에 앉은 것을 보는 일이오. [모두 퇴장]

## 4. 4

[리버스 백작과 엘리자베스 왕비 등장]
리버스 이렇게 갑자기 변하다니 무슨 일인가?
엘리자베스 오라버니, 최근에 에드워드 왕이
겪으신 불행을 아직도 모르세요?
리버스 워릭과의 격전에서 지셨는가?
엘리자베스 그뿐 아니라 왕의 권위마저 잃으셨어요.
리버스 그러면 왕이 돌아가셨나?
엘리자베스 네, 죽은 거나 같아요. 포로니까요.
경호병의 배반으로 그리됐거나
뜻밖의 적에게 기습당한 거죠.
조금 더 알아봐야 할 거지만
방금 요크 주교에게 압송됐어요.
포악한 워릭의 동생이니 우리 원수죠.
리버스 소식을 들으니 정말 슬퍼지는군.
하지만 왕비, 되도록 참으시오.
오늘은 워릭이 이겼지만 질 때도 있소.
엘리자베스 그때까지 희망이 목숨의 쇠퇴를 막아줘야죠.
더더구나 배 속에 든 에드워드의 씨를
아끼기 땜에 절망을 멀리해야죠.
감정을 억제하고 불행의 십자가를
차분히 참는 이유가 거기 있어요.
그래요. 눈물을 삼키고 피 말리는 한숨을
멈추는 건 에드워드 왕의 열매,
잉글랜드 왕관의 진정한 후계자가
풍파에 휩쓸릴까 두렵기 때문이죠.
리버스 그런데 워릭은 어디로 갔을까?
엘리자베스 런던으로 간다고 하데요. 또다시
헨리 머리에 왕관을 씌운대요.
이쪽을 뭉갤 테니 나머진 짐작하세요.
하지만 그자의 횡포에 한 발 앞서,
한번 신의를 버린 자를 믿지 못해
왕의 후계만이라도 살리기 위해
강압과 배신을 벗어나려고
여기서 성역으로 달아날 거예요.
시간이 있을 때 같이 떱시다.
워릭에게 잡히면 영락없이 죽어요. [둘 퇴장]

## 4. 5

[글로스터, 헤이스팅스 공, 윌리엄
스탠리 경이 병사들과 함께 등장]
글로스터 헤이스팅스 공, 스탠리 경, 이처럼
깊숙한 사냥터 숲으로 당신들을
데리고 온 것을 이상하게 여기지 마오.
사정은 이렇소. 알다시피 우리 왕이
이곳 주교의 포로인데 대우가 좋고
자유롭고 때로는 경비가 소홀하여
심심풀이 삼아서 이리로 사냥 오오.
비밀리에 그에게 미리 통보했으니
이때쯤 사냥을 가는 척하고
여기로 나오면 포로의 신세에서
해방시킬 친구들이 마필과 사람들을

64 눈을 가린 운수의 여신(포르투나)은 커다란 물레바퀴를 돌리는데 왕은 그 바퀴가 돌아감에 따라 올라갔다가 반드시 떨어지게 된다는 일종의 숙명관이 중세에 널리 퍼져 있었다.

데리고 있다가 만날 거라 하시오.
[에드워드 왕이 사냥꾼과 함께 등장]
사냥꾼 이 길이오. 이쪽에 짐승이 있소.
에드워드 이 길이 아니다. 사냥꾼들이 서 있다.
글로스터, 헤이스팅스, 그리고 친구들,
주교의 사슴을 훔치려고 숨어 있나?
글로스터 형님, 때와 형편이 긴급을 요하오.
사냥터 모퉁이에 말을 준비했소.
에드워드 그런데 어디로 가는가?
헤이스팅스 린[65]이오.
스탠리 그리곤 배로 플랜더스[66]로요.
글로스터 옳게 짐작했소. 내 뜻이 그거였소.
에드워드 스탠리, 그 열성에 보답하겠소.
글로스터 왜 이러고 있소? 말할 때가 아니오.
에드워드 사냥꾼, 함께 가겠나?
사냥꾼 남았다가 죽기보다 그게 낫겠죠.
글로스터 그럼 가자. 꾸물댈 거 없다.
에드워드 주교, 잘 있다가 워릭의 미움을 막아라.
왕관을 다시 갖게 기도해달라. [모두 퇴장]

## 4. 6

[주악. 헨리 6세, 클래런스, 워릭, 소머셋,
리치먼드 백작인 젊은 헨리, 옥스퍼드,
몬테이그, 런던 타워의 부관 등장]
헨리 런던 타워의 부관, 하느님과 친구들이
에드워드를 왕좌에서 털어내고
나의 포로 신세를 해방으로 바꾸고
두려움을 희망으로, 슬픔을 기쁨으로
바꿨으니, 값이 모두 얼마인가?
부관 국민은 왕에게 청구할 수 없습니다.
하지만 엎드려서 청구할 수 있다면
전하의 용서를 청구할 뿐입니다.
헨리 용서라니? 나를 잘 대접한 값으로?
아무렴! 네 친절을 잘 갚겠다.
나의 포로 생활을 즐겁게 해주었지.
조롱의 새가 슬픈 생각에 잠겼을 때
홀연히 집 안에서 들리는 음악에
자유의 상실을 잊어버렸었지.
그러나 워릭, 하느님 다음으로
당신이 나에게 자유를 주었으니
하느님과 당신에게 특별히 고맙소.
그분이 기획하고 당신은 도구였소.
운수의 심술을 이겨내기 위하여
운수가 닿지 못할 낮은 데에 살아서
복된 이 땅 백성이 나의 불운 때문에
피해받지 않도록, 왕관은 내 머리에
놓여 있겠으나, 여기서 당신에게
정사를 양도하오. 모든 일에 있어서
당신이 운수의 총아인 까닭이오.
워릭 유덕한 분으로 알려지신 왕께서
운수의 작간을 간파하고 피하시어
유덕함과 현철함을 보일 수 있으시오.
운수를 옳게 다룰 자는 매우 적으나
클래런스 공작이 바로 곁에 있는데
저를 택하신 것은 전하의 실수요.
클래런스 아니오, 워릭. 당신은 정사 맡을
자격 있소. 당신이 태어날 때 하늘은
감람 가지, 월계관을 내려주셨소.[67]
평화이든 전쟁이든 복 받을 운수요.
그러므로 흔쾌히 당신에게 양보하오.
워릭 그러면 클래런스를 섭정[68]으로 택하오.
헨리 워릭과 클래런스, 나와 악수합시다.
손을 맞잡으시오. 마음도 합치어서
정사가 분란으로 방해받지 않게 하오.
두 사람을 이 나라 섭정으로 임명하오.
나 자신은 사사롭게 살아가며
나의 죄의 회개와 창조주의 찬양으로
여생을 기도와 명상 중에 보낼 터이오.
워릭 클래런스는 왕의 뜻에 뭐라 대답하시오?
클래런스 워릭이 동의하면 나 역시 동의하오.
당신의 운수에 나 자신을 맡기오.
워릭 내키진 않지만 동의할 수밖에 없소.

65 잉글랜드 동부에 있는 성읍.
66 처음에 잉글랜드 동부의 린이란 곳에 갔다가 배를 타고 네덜란드의 플랜더스로 건넌다는 말이다.
67 올리브 가지는 평화를, 월계관은 승전을 뜻했다. 즉 워릭은 본래 백성들의 지배자가 될 인물이었다.
68 클래런스는 워릭의 사위가 되었으니 한 사람은 통치자요 다른 한 사람은 섭정이 된 것이다.

우리 두 사람이 왕의 그림자처럼
한 명에를 메고서 그 자리를 메우기요.
두 사람이 통치의 부담을 지는 동안
왕은 명예와 안락을 즐기게 되오.
그러면 클래런스, 즉시 에드워드를
반역자로 선포하고 토지와 재산을
모두 몰수하는 것이 시급한 일이오.
클래런스 당연하오. 승계 역시 정해야 하오.
워릭 그렇소. 당신 역할이 필요한 일이오.
헨리 당신들의 정사가 가장 중요해도,
명령은 못 하므로 청원을 드리오.
마거릿 왕비와 아들 에드워드가
급히 귀국하도록 기별해주오.
그들을 보기까지 근심으로 인하여
자유의 기쁨이 반은 죽었소.
클래런스 전하, 신속히 그렇게 하겠습니다.
헨리 소머셋 공, 그 젊은이는 누구요?
당신이 매우 아끼는 것 같은데.
소머셋 전하, 젊은 헨리요. 리치먼드 백작이오.
헨리 나라의 희망,[69] 이리 오라.
[리치먼드의 머리에 손을 얹는다.]
남모를 힘이
예언하는 내 마음에 진실을 말한다면,
귀여운 이 아이가 나라의 복이 되오.
평화의 기풍이 얼굴에 넘치고
머리는 날 때부터 왕관을 쓰고
손은 홀을 휘두르게 생겼으니 때가 되면
그 스스로 왕좌를 빛낼 것이오.
귀공들, 그를 높이 위하시오. 이 아이는
나로 인한 해악보다 훨씬 크게 돕겠소.
[긴급 전령 도착]
워릭 무슨 일인가?
전령 에드워드가 탈출하여 버건디로 도주한 걸
아우님인 주교께서 들으셨다 합니다.
워릭 안 좋은 소식이군. 어떻게 탈출했지?
전령 글로스터 공작과 헤이스팅스 공이
숲가에 매복하여 기다리다가
주교님의 사냥꾼들로부터 탈취하여
비밀리에 옮긴 것입니다. 사냥은
그분이 매일 하는 운동이었습니다.
워릭 아우가 자기 일에 너무나 방심했다.
그러나 전하, 여기를 떠납시다.
덧날지 모를 상처에 약을 마련합시다.[70]
[소머셋, 리치먼드, 옥스퍼드를
제외하고 나머지 모두 퇴장]
소머셋 에드워드의 탈출이 마음에 거리끼오.
확실히 버건디가 도움을 줄 터이니
미구에 더 많은 전쟁이 일어날 거요.
지난번 헨리의 예언으로 리치먼드
소년에 대한 희망에 마음이 기뻤는데
이 싸움이 소년에게 무슨 일을 벌일지,
우리에게 무슨 해가 미칠지 걱정스럽소.
그러므로 옥스퍼드, 최악에 대비하여
당장 소년을 브리타니로 보내서
내란의 폭풍이 지나기를 기다립시다.
옥스퍼드 그럽시다. 에드워드가 왕관을 되찾으면
리치먼드도 그들과 함께 패하기 쉽소.
소머셋 그렇게 되겠소. 브리타니로 보냅시다.
그러면 빨리 일을 서둡시다. [모두 퇴장]

## 4. 7

[주악. 에드워드, 글로스터, 헤이스팅스,
병사들 등장]
에드워드 아우 리처드, 헤이스팅스 공,
그 밖의 귀공들, 지금까지 운수는
우리를 회복했고 헨리의 왕관과
위축된 내 지위를 바꾸겠다 말하오.
바다를 건넜다가 방금도 건넜으며
버건디에서 원하던 원조도 받았소.
이렇게 포구에서 요크 성에 다다르니
내 소유의 공작령에 들어서는 것밖에
무슨 일이 남아 있소?
[헤이스팅스가 성문을 두드린다.]
글로스터 성문이 잠겼는가? 형님, 좋지 않소.

69 소머셋 공작의 주선으로 그의 어린 사촌 동생인 리치먼드 백작 헨리 튜더가 왕위 계승권을 주장했고 훗날 헨리 7세로 등극했다.
70 미리 대비하는 것이 상책이라는 뜻의 속담을 인용한다.

문지방에 걸리는 사람이 많을 경우는
집 안에 위험이 도사린 걸 말하오.

에드워드 걱정 마라. 징조에 겁낼 때 아니다.
무슨 수를 써서라도 들어가야 하겠다.
우리 편 군인들이 이리로 온다.

헤이스팅스 전하, 그럼 다시 부르겠습니다.
[문을 두드린다. 성벽 위에 요크 시장과
그의 동료 시의원들이 등장]

시장 귀공들, 당신들이 온다 하는 말을 듣고
안전을 도모하여 성문들을 잠갔소.
이제 우리는 헨리 왕께 충성하오.

에드워드 그러나 시장, 헨리가 당신네 왕이면
어쨌든 에드워드는 요크 공작이다.

시장 그렇소. 당신은 요크 공작이오.

에드워드 나의 요청은 공작령일 뿐이다.
그것만 있어도 만족하겠다.

글로스터 [방백]
여우가 일단 코를 넣으면
몸뚱이가 따를 길은 곧 알아내겠지.

헤이스팅스 시장, 왜 의심하오?
성문을 여시오. 우리는 헨리 왕 편이오.

시장 오, 그래요? 그럼 성문을 열지요.
[시의원들과 함께 내려간다.]

글로스터 똑똑하고 용맹해서 곧 알아듣네.

헤이스팅스 선량한 노인이 별 탈 없길 바라니
지체하지 않게 됐소. 일단 들어가서는
시장과 시의원 모두를 즉시
바른 생각 가지도록 설득할 수 있소.
[시장이 두 시의원과 함께 성내로
들어가는 열쇠를 가지고 등장]

에드워드 시장, 그래서 밤이나 전쟁이 아니면
성문을 잠그지 말라는 거요.
겁내지 말고 열쇠를 이리 주오.
[열쇠를 취한다.]
도성과 당신과 나를 따르려 하는
우호적인 모든 자를 보호하겠소.
[행진곡. 존 몬고메리 경이 고수와
병사들과 함께 등장]

글로스터 형님, 이 사람은 몬고메리 경인데,
내 생각이 맞다면, 믿을 만한 친구요.

에드워드 잘 오셨소. 한데 웬일로 무장하셨소?

몬고메리 폭풍 속에 있는 왕을 돕기 위함이오.
그 일은 충성하는 백성의 직책이지요.

에드워드 고맙소, 몬고메리. 그러나 지금은
왕권을 잊고 있소. 하느님께서
돌려주실 때까지 공작령만 요청하오.

몬고메리 안녕히 계시오. 공작이 아니라
왕을 돕기 위해 왔으니 나는 돌아가겠소.
고수, 북 울려. 행군해서 떠나자.
[북이 행군 박자를 울리기 시작한다.]

에드워드 오, 멈춰요. 안전한 방책으로
왕관을 찾을 길, 같이 의논합시다.

몬고메리 의논하자고요? 한마디로, 여기서
당신이 왕임을 선포하지 않으면
당신을 운수에 맡기고 여길 떠나
당신의 구원병을 못 오게 하겠소.
왕권을 주장하지 않는데 왜 싸워요?

글로스터 형님, 왜 작은 일을 고집하세요?

에드워드 세력이 커지면 요청하나 그 전에는
의도를 숨기는 게 현명한 처사야.

헤이스팅스 잔꾀는 버립시다. 힘이 지배할 때요.

글로스터 대담한 인간이 왕관을 차지해요.
형님, 당장 우리가 선포하겠소.
소문나면 우리 편이 많이 생겨요.

에드워드 뜻대로 하시오. 주인은 난데
헨리가 왕관을 점령하고 있어요.

몬고메리 맞습니다. 이제야 왕답게 말씀하시오.
이제부터 이 몸은 에드워드의 용사요.

헤이스팅스 나팔을 울려라. 에드워드가 왕임을
선포하리라. 오라, 병사, 선포하라.
[주악. 울리는 소리]

병사 에드워드 4세, 하느님 은혜로 잉글랜드와
프랑스의 왕, 아일랜드 등의 주인이시다.

몬고메리 에드워드 왕의 권리를 부인하는 자에게
이로써 일대일 결투에 도전한다.
[장갑을 던진다.[71]]

모두 에드워드 4세 만세!

에드워드 용맹한 몬고메리 고맙소, 다 고맙소.

71 중세 기사가 갑옷 장갑(gauntlet)을 벗어 땅바닥에 던지면 일대일 결투의 도전으로 간주되었다.

운수가 펀들면 우정에 보답하오.
그러면 이 밤은 요크에서 지냅시다.
그래서 아침 해가 지평선 위로
빛나는 불마차를 떠올릴 쯤에
워릭과 그 일당을 향해 진격하겠소.
헨리는 군인이 못 됨을 잘 아오.
오, 비뚤어진 클래런스, 형을 버리고
헨리에게 붙다니 어찌 흉한 일인가!
어쨌거나 너하고 워릭을 만나겠다.
병사들, 나아가라. 승리를 의심치 마라.
큰 보상이 있을 테니 의심치 마라. [모두 퇴장]

## 4. 8

[주악. 헨리 왕, 워릭, 몬테이그, 클래런스,
옥스퍼드, 소머셋 등장]

워릭 어쩌면 좋소? 에드워드가 네덜란드에서
성급한 독일인과 멍청한 홀란드인과 함께
무사히 해협을 건너 군대를 거느리고
런던으로 급속히 전진하는 중인데
변덕 심한 백성들이 그에게 몰려가오.

헨리 우리도 징집하여 그자를 물리칩시다.

클래런스 작은 불은 삽시간에 끄지만
그냥 놔뒀다간 강으로도 모자라오.

워릭 지조 높은 친구들이 워릭셔에 많은데
평화 시에 진중하고 전쟁 시에 용맹하오.
그네들을 부를 테니 사위 클래런스는
서폭과 노폭과 켄트에서 기사들과
신사들을 일으켜서 함께 오시오.
몬테이그 아우는 버킹엄과 노샘프턴과
레스터셔에서 요청을 귀담아들을
사람들을 발견할 수 있을 거요.
놀라울 정도로 인기 높은 옥스퍼드,
옥스퍼드셔에서 친구들을 모으시오.
왕은 바다에 둘러싸인 이 나라처럼,
시녀들에 에워싸인 다이애나 여신이나
사랑하는 백성에게 둘러싸여서
우리가 올 때까지 런던에 계시오.
귀공들, 인사 여쭐 것 없이 떠나시오.
전하, 안녕히 계십시오.

헨리 나의 헥토르,[72] 트로이의 참 소망, 잘 가오.

클래런스 충성의 표로 전하 손에 키스합니다.

헨리 고결한 클래런스, 행운이 있기를!

몬테이그 안심하십시오. 작별을 고합니다.

옥스퍼드 저도 충성을 맹세하고 작별합니다.
[헨리의 손에 키스한다.]

헨리 다정한 옥스퍼드, 사랑하는 몬테이그,
또한 모든 이에게 다시 안녕을 비오.

워릭 귀공들, 잘 가시오. 코번트리[73]에서 만납시다.
[헨리 외에 모두 퇴장]

[엑서터 등장]

헨리 여기 주교 궁에서 잠깐 쉬겠다.
엑서터 형제, 어떻게 생각하오?
에드워드가 전장에서 갖고 있는 군대는
내 군대를 당할 수 없을 것 같소.

엑서터 나머지 백성들을 끌어갈까 걱정되오.

헨리 그건 걱정되지 않소. 본시 나는 덕으로 이름나서
백성들의 요구에 귀를 막지 않았고
저들의 송사를 길게 끌지 않았고
동정심은 상처를 치유하는 약이었고
온유함은 부어오른 슬픔을 달래줬고
자비심은 북받치는 눈물을 닦아줬고
저들의 재산을 탐내지 않았고
무거운 세금으로 압박하지 않았고
크게 잘못해도 분노하지 않았으니
나보다 그 사람을 사랑할 수 있소?
아니오, 엑서터. 내 덕이 호감을 사오.
사자가 양에게 친밀히 행하면
양은 언제나 사자를 따르지요.
[안에서 '요크! 요크!'라고
외치는 소리]

엑서터 오, 오, 저게 웬 고함이오?
[에드워드와 병사들이 글로스터와 그 밖의
사람들과 함께 등장]

에드워드 수줍어하는 헨리를 붙잡아가고,
나를 다시 잉글랜드 왕으로 선포하라.

72 『일리아스』에 나오는 트로이의 최고 영웅. 헨리 왕이 자기의 보호자를 헥토르에 비하고 있다.
73 잉글랜드 중부 워릭 군의 도시.

당신은 개울들이 흐르게 하는 샘이오.
이제는 그 샘이 그쳤으니 내 바다가
개울들을 모두 마셔 높아지리라.
타워로 데려가며 무슨 말도 금하라.
[병사 몇이 헨리 왕과 엑서터와 함께 퇴장]
그러면 코번트리로 향해 진군하겠소.
사나운 워릭이 지금 거기에 있소.
해가 뜨겁소. 지체하면 매서운 겨울이
바라던 수확을 망쳐놓겠소.
글로스터 그자의 군대들이 합치기 전에
세력 커진 반역자도 모르게 습격해요.
용맹한 병사들, 코번트리로 진격하라! [모두 퇴장]

## 5. 1

[워릭, 코번트리 시장, 두 전령, 그 밖의
몇 사람이 성벽 위에 등장]
워릭 옥스퍼드가 보낸 전령이 어디 있나?
상냥한 사람, 주인이 얼마쯤 왔나?
전령 1 지금 던스모어[74]에서 이리 오십니다.
워릭 몬테이그 아우는 얼마쯤 왔나?
거기서 온 전령은 어디 있나?
전령 2 지금 데인트리에 강한 부대와 같이 있습니다.
[전령들 퇴장]
[소머빌 등장]
워릭 소머빌, 사랑하는 내 사위는 뭐라고 했소?
지금 어디 있는지 짐작하시오?
소머빌 사우샘에서 그와 그의 부대와 헤어졌소.
아마 두어 시간 뒤에는 도착하겠소.
[북이 울린다.]
워릭 클래런스가 근처에 왔소. 북소리 들리오.
소머빌 그의 북이 아니오. 사우샘은 이쪽이오.
들으시는 북소리는 워릭셔 쪽이오.
워릭 그게 누굴까? 뜻밖의 우군일 수 있다.
소머빌 근처에 왔으니 곧 아실 겁니다.
[행진곡. 주악. 에드워드, 글로스터,
나팔수, 병사들 등장]
에드워드 나팔수, 성벽에 가서 회담을 요청하라.
[나팔수가 나팔을 분다.]
글로스터 저거 보시오. 거만한 워릭이 방비하오.
워릭 망측하게, 음란한 에드워드가 왔어?
정찰대가 자든가 얼이 빠져서
저자가 오는 걸 소문도 못 들었나?
에드워드 자, 워릭, 문을 열고 공손히 말하며
겸손하게 무릎 꿇지 않을 텐가?
에드워드를 왕이라 하고 자비를 구하면
이런 난폭한 짓도 용서하겠다.
워릭 우습군! 오히려 군대나 데려가라.
누가 너를 올렸다가 내렸는지 자백하고
워릭을 은인이라 부르며 회개해라.
너를 요크 공작으로 남겨줄 테니.
글로스터 최소한 '왕'이란 말, 할 줄 알았다.
전에는 마음에 없는 농담을 지껄였냐?
워릭 공작의 지위가 잘난 선물 아닌가?
글로스터 그렇겠지, 가난한 백작의 선물로는.—
그런 잘난 선물 값에 해줄 게 있다.
워릭 내가 네 형제에게 나라를 주었다.
에드워드 그래서 내 거다. 워릭이 주었지만.—
워릭 너는 그런 큰 짐 질 거인이 못 된다.
약한 녀석, 워릭의 선물을 다시 거둬.
헨리가 내 왕이고 워릭은 신복이야.
에드워드 워릭의 왕은 에드워드의 포로다.
용감한 워릭, 이것만 대답해.
머리가 없어지면 몸뚱이는 뭐가 돼?
글로스터 슬프게도 워릭이 헛짚었다.
열 끗 패를 훔치려고 작정했는데
왕 패가 카드에서 슬그머니 사라졌어.[75]
불쌍한 헨리를 주교 궁에 두었는데
아마도 타워에서 만나 보겠다.
에드워드 그런데도 너는 아직 워릭이구나.
글로스터 워릭, 지금 좋은 기회니, 꿇어 엎드려.
그냥 섰냐? 당장 쳐. 더운 쇠 식어.[76]
워릭 내 돛대를 너한테 숙이느니[77]

74 이곳과 다음의 두 곳은 워릭 군의 마을들로, 역사서에는 기록이 없으나 셰익스피어가 워릭 군 출신이라 마을 이름들을 잘 알고 있다.
75 당시 카드놀이에서 '열 끗'(숫자 10)이 보통 끗수에서는 가장 높은 '패'였다. 그럴 때 '왕 패'가 나와서 모두를 쓸어간다.
76 대장간에서 달군 쇠를 속히 쳐야 하듯, 좋은 기회를 놓치지 말라는 속담.

차라리 단칼에 이 손 잘라서
딴 손으로 네 낯짝에 던지겠다.
에드워드 돛, 바람, 밀물과 친해도 좋지만,
시커먼 네 머리를 이 손에 휘감아
방금 잘린 네 머리가 아직 더울 때
너의 피로 흙바닥에 '바람같이 변했지만
다시는 변치 않는다'고 써놓겠다.
[옥스퍼드가 고수와 깃발을 든 병사와
함께 등장]
워릭 기분 좋은 깃발이야! 옥스퍼드가 오고 있어!
옥스퍼드 옥스퍼드, 옥스퍼드, 랭커스터를 위해!
[그와 그의 군대가 성문을 들어선다.]
글로스터 성문이 열렸소. 우리도 가요.
에드워드 그러다가 다른 적이 우리 등을 덮쳐.
멋있게 정렬하자. 저것들이 다시 나와
싸우자고 할 게 분명한 일이야.
그러지 않는다면, 방비군이 적어서
성안의 역적들을 즉시 깨우겠다.
[옥스퍼드가 성벽 위에 나타난다.]
워릭 잘 왔소, 옥스퍼드. 도움이 필요했소.
[몬테이그가 고수와 깃발을 든 병사와
함께 등장]
몬테이그 몬테이그, 몬테이그, 랭커스터를 위하여!
[그와 그의 군대가 성문을 들어선다.]
너와 네 형은 몸의 가장 귀한 피로
반역의 값을 치르게 되리라.
에드워드 상대가 강할수록 승리가 위대하다.
행복한 승리와 정복을 예감해!
[소머셋이 고수와 깃발을 든 병사와
함께 등장]
소머셋 소머셋, 소머셋, 랭커스터를 위하여!
[그와 그의 군대가 성문을 들어선다.]
글로스터 소머셋이란 이름의 공작 두엇이
목숨을 요크가에 팔았었는데,
이 칼에 복종하면 네가 세 번째다.
[클래런스가 고수와 깃발을 든 병사와
함께 등장]
워릭 저것 봐. 클래런스가 휩쓸어 와.
형에게 전쟁을 재촉할 수 있는 군대야.
형제간의 우애보다 정의를 향한
올바른 정신이 그에게 넘쳐나.
이리 와, 클래런스. 워릭이 부를 때 따라라.
클래런스 장인 워릭 백작, 이게 뭔지 알겠소?
[붉은 장미를 보여준다.]
이것 보오. 당신에게 내 수치를 던지오.
아버님의 집안을 파멸하지 않겠소.
돌들을 한데 뭉칠 피를 주셨고
랭커스터를 세우셨소. 워릭, 당신은
클래런스가 친형이자 합법적 왕에게
잔인한 전쟁의 창칼을 뻗칠 만큼
집안을 무시하고 매정할 줄 알았소?
엄숙한 내 맹세를 가리킬지 몰라.
맹세를 지키는 건 입다[78]가 자기 딸을
희생한 것보다도 큰 죄가 될 거다.
지난날의 내 죄를 뉘우치기 때문에
형님의 손에서 은덕을 받으려고
네가 내 숙명적 원수란 걸 강력히
선포하여, 너를 어디서 만나든지
—네가 나와 다니면 만나겠는데—
나를 잘못 이끈 죄로 괴롭힐 테니
거만한 워릭, 너에게 도전하며
창피한 낯으로 형님에게 돌아간다.
에드워드, 용서하오. 보상하겠소.
리처드, 내 잘못을 언짢아하지 마라.
앞으로는 마음을 바꾸지 않겠다.
에드워드 네가 내 미움을 사지 않던 때보다
훨씬 더 반갑고 열 배 정겹다.
글로스터 클래런스, 잘 왔소. 이런 게 우애요.
워릭 한없이 거짓되고 말 못 할 반역자!
에드워드 그럼 워릭, 성을 떠나 싸울 테야?
또는 너를 둔 채 성을 무너뜨려?
워릭 안됐다. 내가 여기 움츠린 건 아닌데.
에드워드, 지금 곧 바넷[79]으로 가서
너하고 싸우겠다. 용감하면 덤벼라.

77 배의 중앙 돛대를 낮추는 것은 항복한다는 뜻이었다.
78 이스라엘의 지도자 '입다'가 자기 민족이 암몬 족과의 싸움에서 이기면 그를 맞는 첫 사람을 희생 제물로 드리겠다고 맹세했는데 과연 이겨서 돌아오자 그를 만나는 첫 사람이 그의 귀여운 딸이었다. 그는 맹세한 대로 딸을 죽여 제물로 삼았다. (구약 사사기 11장 30~40절)
79 런던 북방으로 10여 마일 떨어진 곳.

에드워드 맞다, 워릭. 용감한 에드워드가 지휘하겠다.
귀공들, 싸움터로! 세인트 조지와 승리!
[에드워드와 그의 일행 퇴장. 행진 북소리.
워릭과 그의 일행이 위에서 퇴장했다가
아래로 등장하여 에드워드를 뒤따른다.]

## 5. 2

[경계 신호와 공격 신호. 에드워드 왕이
부상당한 워릭을 끌고 등장]
에드워드 게 누워라. 너 죽고 우리 겁도 죽어라.
워릭은 누구나 무서워한 도깨비였지.
몬테이그, 조심해. 워릭의 뼈다귀가
친구 삼으려고 너를 찾아다니겠다. [퇴장]
워릭 아, 누가 곁에 있나? 아군이든, 적이든,
승자를 알려다오. 요크냐? 워릭이냐?
그건 알아 뭘 해? 망가진 내 몸이,
내 피가, 꺼진 힘이, 병든 마음이
몸뚱이를 흙바닥에 버리라 하니,
내 파멸이 적들의 승리를 말해준다.
삼나무도 도끼날에 굴복하지만
벌린 팔은 독수리의 피난처였고
그의 그늘 밑에서 사자도 잠잤고
제우스의 나무[80]보다 높이 치솟아
겨울철 강풍에서 덤불들을 보호했다.
죽음의 너울로 흐려진 내 눈이
세상의 내밀한 반역을 찾아
한낮의 태양처럼 뚫어보곤 했으며
지금 피 흘리는 내 이마의 주름살은
'왕들의 무덤'으로 불려지곤 했다.
내가 판 무덤에 안 묻힌 왕이 있나?
워릭이 찌푸릴 때 누가 감히 웃었어?
이제 내 영광은 흙과 피에 더럽히고
사냥터와 동산과 장원의 저택들은
지금 나를 버리고 내 모든 영지는
내 몸 길이밖에는 남지 않았다.
위풍, 지배, 권세란 흙먼지가 아니냐?
어떻게 살든지 죽어야만 하거늘!
[옥스퍼드와 소머셋 등장]
소머셋 아, 워릭, 워릭, 당신이 우리라면
이 모든 패배를 되돌릴 텐데!
왕비께서 프랑스의 강병을 데려왔소.
방금 들은 소식이오. 당신이 뛴다면!
워릭 그래도 안 뛰겠소. 아, 몬테이그,
네가 거기 있으면 내 손을 붙들고
네 입술로 내 영혼을 잠시 세우렴.
사랑하지 않누나! 네가 나를 사랑하면
내 입술 마주 붙여 말 못하게 만드는
싸늘하게 엉킨 피를 네 눈물이 녹이겠지.
빨리 와, 몬테이그, 나 죽기 전에!
소머셋 오, 워릭, 몬테이그는 최후를 마쳤소.
마지막 숨을 몰아 워릭을 부르며
"용맹한 형에게 인사를 전해 달라." 했소.
더할 말이 있는 듯 몇 마디 했지만
동굴 속에 울리는 포성과 같이
분간할 수 없었소. 마침내 신음으로
"워릭, 잘 있으오"란 소리는 분명히
들을 수 있었소.
워릭 영혼의 평안을! 뛰시오. 목숨들을 살리시오.
워릭이 모두와 작별하오. 하늘에서 만납시다.
[그가 죽는다.]
옥스퍼드 속히 가서 왕비의 대군을 만납시다.
[여기서 그들은 시신을 내간다. 모두 퇴장]

## 5. 3

[주악. 승전한 에드워드가 글로스터,
클래런스, 병사들과 함께 등장]
에드워드 지금껏 운수는 높이 상승하고
승리의 월계관을 씌워주었소.
그러나 이처럼 빛나는 대낮 속에
영광의 우리 해가 서쪽 침상에
편안히 눕기 전에, 수상쩍고 위협적인
먹구름과 만나려 함을 간파했으니,
왕비가 일으킨 프랑스의 군대가
우리의 해안에 당도했으며
우리와 싸우고자 행진한다 하오.

80 참나무를 뜻한다.

클래런스 조그만 바람이 먹구름을 흩어버려
왔던 데로 다시금 돌려보내고
뜨거운 햇살이 습기를 말리겠어요.
구름마다 폭풍우를 일으킬 수 없습니다.
글로스터 왕비의 병력은 3만으로 추산되며
소머셋과 옥스퍼드가 그녀에게 달아났소.
그녀에게 숨 돌릴 시간을 주면
그쪽도 우리만큼 강력해질 수 있소.
에드워드 우리 편 친구들에 의하면 저들은
튜크스베리[81]로 향하고 있다 하오.
바넷에서 이겼으니 내쳐 그리 가겠소.
열의가 있으면 먼 길도 짧아지오.
행군 중에 군대를 늘어나게 할 테요.
가면서 들르는 고을마다 북을 울려
'용기!'를 외치면서 달려감이오.

[행진곡. 모두 퇴장]

## 5. 4

[주악. 행진곡. 마거릿 왕비, 젊은 에드워드
왕자, 소머셋, 옥스퍼드, 병사들 등장]

마거릿 용사들, 현자는 주저앉아 울지 않고
손실을 돌릴 길을 웃으며 궁리하오.
지금 당장 돛대가 바람에 날려가고
밧줄이 끊기고 닻마저 없어지고
선원 중 절반이 쓸려갔다고 해도
무엇이 큰일이오? 선장[82]이 살아 있소.
그가 키를 버리고 겁 많은 아이처럼
흐르는 눈물을 바닷물에 더해서
사나운 바다에 보탤 수 없고,
노력과 용기로 살릴 수 있던 배가
우는 사이에 바위에 깨지면 되오?
오, 너무도 부끄러운 죄악이오!
워릭이 우리의 닻이었다 합시다.
몬테이그가 우리의 돛대였다 합시다.
죽은 친구들이 밧줄이었다 합시다.
한데 그게 문제요? 여기 옥스퍼드가
또 다른 닻, 소머셋이 또 다른 돛대 아니오?
프랑스의 친구들이 돛과 밧줄 아니오?
재주는 모자라나 왕자와 내가
단 한 번 선장직을 맡을 수 없소?
우리는 키를 놓고 주저앉아 울지 않소.
풍파가 거절해도 난파를 위협하는
모래톱과 암초를 피해서 갈 길을 가겠소.
파도를 꾸짖고 동시에 달래겠소.
에드워드는 못된 바다 아니오?
클래런스는 숨은 갯벌 아니오?
리처드는 날카로운 바위 아니오?
불쌍한 우리 배의 적이 아니오?
헤엄을 친다 해도 잠시뿐이오.
갯벌을 밟으면 대번에 가라앉소.
바위에 올라가면 파도가 삼키거나
굶어 죽으니, 그건 몇 번 죽는 거요.
개중에 도망자가 생길 듯하여
알아두라고 이런 얘기하는 거요.
비정한 파도와 갯벌과 바위처럼
저들 형제에게 자비를 바랄 수 없소.
그래서 용감하오. 피할 수 없는 걸
한탄하거나 겁내는 건 유치하오.
에드워드 왕자 이처럼 용맹한 여인의 말을
겁 많은 사내가 들었다 해도
줄기찬 용기를 가슴에 불어넣어
무장한 상대를 맨몸으로 찔렀겠소.
누구를 의심해서 하는 말이 아니오.
겁먹은 사람이 이 가운데 있으면
미리 떠나는 것이 좋겠다는 뜻이오.
필요할 때 남에게 악영향을 끼쳐서
저 비슷한 마음을 품게 할까 염려되오.
절대로 없겠으나 그런 자 있으면
도와달라 하기 전에 여기를 떠나시오.
옥스퍼드 여인과 소년이 저토록 용맹한데
병사들은 죽어 있소? 영원히 부끄럽소.
용감한 소년 왕자, 위대한 조부[83]가
당신 속에 부활했소. 부디 오래 살아
그분 모습 지니고 영광을 되살리오.
소머셋 그 희망 위하여 싸우지 않을 자는

81 글로스터셔에 있는 성읍. 왕비의 군대는 강 건너 다른 군대와 합세하려고 했다.
82 헨리 왕을 가리킨다.
83 프랑스를 정복했던 헨리 5세를 가리킨다.

돌아가 잠을 자라. 그러다 일어나면
대낮 올빼미처럼 놀림감 되어라.

마거릿 고귀한 소머셋, 다정한 옥스퍼드, 감사해요.

에드워드 왕자 내 감사도 받으시오. 아직은 아무것 없어도.—

[전령 등장]

전령 준비하시오. 에드워드가 싸우고자
가까이 왔소. 단호히 응하시오.

옥스퍼드 그럴 줄 알았소. 준비 없는 우리를
이렇게 빨리 찾는 게 그자의 전략이오.

소머셋 그자가 속았소. 우린 준비돼 있소.

마거릿 당신들의 열의에 용기가 솟구쳐요.

옥스퍼드 여기 군대를 배치하고 물러서지 않겠소.

[주악과 행진 가락. 에드워드, 글로스터,
클래런스, 병사들 등장]

에드워드 용사들, 저기는 가시 돋친 수풀이오.
하늘의 도우심과 당신들의 힘으로
어둡기 전 뿌리째 뽑아야겠소.
당신들의 불길에 기름 붓지 않겠소.
저들을 말끔히 태울 거로 확신하오.
신호를 울려라! 공격을 개시하라!

마거릿 대공들, 기사들, 신사들, 말에 앞서
눈물이 나오. 당신들이 보시듯
내 말을 내 눈물이 삼키고 있소.
그러니 아실 것은, 당신들의 주인인
헨리 왕이 포로이며, 왕위를 뺏기고
나라는 도살장, 백성은 도살되고
법률은 무효이고 재정은 바닥났소.
이런 짓을 저지른 늑대가 저기 있소.
정의의 투사로서, 하느님의 이름으로
용감하게 싸움의 신호를 울리시오!

[경계 신호. 후퇴 신호. 공격 신호. 모두 퇴장][84]

## 5. 5

[주악. 에드워드, 글로스터, 클래런스,
병사들이 마거릿 왕비, 옥스퍼드, 소머셋을
포로로 붙잡아 등장]

에드워드 시끄러운 싸움들이 종지부를 찍었다.
즉시 옥스퍼드를 햄 궁[85]으로 압송하고
죄 많은 소머셋의 머리를 잘라라.
저자들을 데려가라. 아무 말도 안 듣겠다.

옥스퍼드 네 귀에 귀찮은 말을 하지 않겠다.

소머셋 나 역시 말없이 운명을 맞겠다.

[옥스퍼드와 소머셋이 병사들에 호송되어 퇴장]

마거릿 험난한 세상에서 슬피 헤어졌다가
기쁜 예루살렘에서 환희하며 만나요.

에드워드 왕자를 발견하는 자에게 포상하고
왕자를 살려줄 거라고 포고했나?

글로스터 그렇소. 봐요, 왕자가 와요.

[병사들이 에드워드 왕자를 호송하여 등장]

에드워드 용감한 소년을 데려오라. 하는 말 듣자.
[에드워드 왕자가 버틴다.]
저런 어린 가시가 찌를 수 있나?
에드워드, 무장하여 백성을 선동하고
내게 갖가지 수고를 끼쳤는데
그 값으로 나한테 뭘 해주겠나?

에드워드 왕자 건방진 요크, 신하답게 말하라.
지금의 나를 아버님 입이라 생각해.
왕좌를 내어놓고 내가 선 자리서
무릎 굽혀라. 네가 들으려고 하는 말을
그대로 너, 역적에게 묻는다.

마거릿 아비가 그처럼 담대하면 좋겠지!

글로스터 그랬다면 지금도 치마를 두르고
랭커스터 바지는 안 훔쳤겠지.[86]

에드워드 왕자 이솝 우화는 겨울밤에 알맞다.
짐승의 재담은 이런 데 안 맞아.

글로스터 요 녀석, 그 말한 값으로 벌하겠다.

마거릿 맞다. 넌 인간의 벌로 태어났어.

글로스터 못 참겠다. 욕쟁이 포로를 끌어내.

에드워드 왕자 먼저 욕쟁이 꼽추를 끌어내.

에드워드 요놈, 닥치지 않으면 혀를 잠재워.

클래런스 못 배운 녀석, 너무 건방지구나.

에드워드 왕자 나는 예의를 알되 너희는 무례해.
음란한 에드워드, 반역자 클래런스,

84 에드워드 군이 후퇴하는 척하자 소머셋 군이 뒤쫓았다가 역습을 당해 패했다.
85 바다 건너 잉글랜드가 다스리던 프랑스 북부 마을. 거기서 옥스퍼드는 12년 동안 옥살이를 하다가 죽었다.
86 마거릿 왕비는 남자처럼 치마 대신 바지를 입고 전쟁에 참가했다.

일그러진 리처드, 너희에게 말한다.
나는 너희 상전이고 너희는 반역자다.
아버님과 내 왕권을 너희가 빼었다.
에드워드 지독한 욕쟁이, 이거나 먹어라.
[그를 찌른다.]
글로스터 꼼지락대냐? 이거 먹고 그쳐라.
[글로스터가 그를 찌른다.]
클래런스 이건 나를 변절자라 욕한 값이다.
[클래런스가 그를 찌른다.]
마거릿 오, 나도 죽여라.
글로스터 그렇다면 죽여주지.
[그녀를 죽이려 한다.]
에드워드 참아라, 리처드. 우리가 너무했다.
글로스터 세상을 욕설로 채울 텐데 왜 살려둬요?
[마거릿이 기절한다.]
에드워드 저런, 기절했나? 정신 들게 해.
[몇 사람이 소생시키기 시작한다.]
글로스터 클래런스, 형님께 용서를 구하오.
중대한 일로 런던으로 떠나겠소.
형들이 오기 전에 소식이 갈 거요.
클래런스 뭐? 뭐라고?
글로스터 타워, 런던 타워 말이오. [퇴장]
마거릿 귀여운 네드,[87] 엄마에게 말하렴.
말하지 못하냐? 반역자들! 살인마들!
치사한 이런 짓에 비할 수 없으나
시저를 찌른 자들도 피는 안 흘렸고
못된 짓도 안 했고 깨끗하게 살았다.
어른이던 그에 비해 얘는 어린앤데
어른이 아이한테 분통 쏟는 거 봤냐?
살인자보다 나쁜 놈을 뭐라고 하지?
그만두자. 말하면 가슴이 터지겠다.
그래도 가슴이 터지라고 말하겠다.
백정들, 악질들, 피에 주린 식인종들,
귀여운 나무를 일찌감치 잘랐구나!
백정들아, 너희는 애들이 없지만
만약 있다면 그 애들을 기억하고
뉘우쳤겠지. 너희에게 아이가 있다면,
살인자 너희가 귀여운 왕자의 목숨을
빼어갔지만, 그의 어린 나이를 생각해보라.
에드워드 저 여자 치워라. 끌어내 가라.
마거릿 끌어내지 말아라. 나를 당장 죽여.
네 칼 뽑아. 날 죽여도 용서해.
그만두겠냐? 클래런스, 네가 해.
클래런스 절대로 너한테 그런 편의 안 줘.
마거릿 정다운 클래런스, 제발 편의 봐주렴.
클래런스 그러지 않겠다는 내 맹세를 못 들었냐?
마거릿 너한테는 맹세를 어기는 버릇 있어.
예전에는 죄였으나 지금은 자선이야.
못 하겠냐? 백정 마귀 리처드는 어디 있냐?
낯짝 흉한 리처드. 리처드, 어디 있지?
여기 없어. 너한텐 살인이 자선이라
피를 청하는 자를 마다할 때가 없어.
에드워드 내가라니까. [병사들에게] 끌어내라 명한다.
마거릿 너와 네 살붙이도 이 애처럼 되어라.
[병사 몇에 끌려서 마거릿 퇴장. 다른
병사들이 에드워드 왕자의 시체를 내간다.]
에드워드 리처드는 어디 갔나?
클래런스 매우 급히 런던으로 달려갔는데
타워에서 피의 만찬을 만들 테지요.
에드워드 생각이 떠오르면 즉석에서 해치우지.
그러면 진군한다. 급료를 주어서
사병들을 해산하고 우리는 런던에서
착하신 왕비께서 어찌 됐나 알아보자.
지금쯤 내가 아들 보면 좋겠다. [모두 퇴장]

## 5. 6

[책을 읽는 헨리 6세와 글로스터 등장.
동시에 타워의 부관이 성벽 위에 등장]
글로스터 안녕하시오? 그토록 책에 열중하오?
헨리 예, 착하신 우리 공작—'공작'이라 해야겠소.
아첨은 죄요. '착하신'도 아첨이오.
'착하신 글로스터'와 '착하신 마귀'는
다 같이 모순이오. '착하신' 분 아니오.
글로스터 [부관에게]
떠나 있어라. 우리끼리 할 말 있다. [부관 퇴장]
헨리 무모한 목자는 늑대 피해 달아나고
얌전한 어린 양은 처음 털을 깎이고

87 '에드워드 왕자'의 애칭.

다음에는 백정의 칼날에 목 내미오.
명배우는 어떤 살인 장면을 연출하오?
글로스터 죄의식 있는 자는 언제나 의심하오.
도둑은 덤불 보고 순경이라 생각하오.
헨리 덤불에서 끈끈이에 붙들린 새는
퍼덕이는 날개로 덤불들을 의심하오.
귀여운 아기 새가 불행히 죽는 장면을
아비 새가 눈앞에서 보고 있소. 덤불은
불쌍한 내 자식이 끈끈이에 붙들려서 죽은 데요.
글로스터 크레타 장인[88]은 한심한 바보였소.
새가 나는 기술을 아들에게 알렸는데
멍청이는 날개가 있어도 물에 빠져 죽었소.
헨리 나는 다이달로스, 아들은 이카로스,
당신의 아버지는 길을 막은 미노스 왕,
귀여운 아들의 날개를 녹인 해는
당신 형 에드워드, 당신은 그 목숨을
삼켜버린 소용돌이 파도의 바닷물이오.
말들은 그만두고 칼로 나를 죽이오.
그런 슬픈 이야기를 내 귀로 듣기보다
이 가슴이 당신 칼을 참기 쉽겠소.
어째서 여기 왔소? 내 목숨 노리오?
글로스터 내가 사형집행인인 줄로 아시오?
헨리 당신은 확실히 고문집행인이오.
죄 없는 아이의 살해가 사형이면
확실히 당신은 사형집행인이오.
글로스터 주제넘게 굴어서 내가 죽였소.
헨리 당신이 주제넘게 굴다가 죽었다면
내 아들 죽이기 전에 이미 죽었겠소.
내 예언은 다음 같소. 나와 같은 공포가
조금도 있지 않은 수많은 사람과
수많은 늙은이와 과부의 한숨과
수많은 고아의 눈물로 가득한 눈,
사내는 아들을, 여자는 남편을,
고아는 일찍 죽은 부모로 인해
당신이 난 시간을 탄식할 거요.
당신이 날 때에 까마귀가 울었으니
나쁜 징조였으며, 까마귀의 울음은
불행을 예고했고, 개들이 짖어대고
사나운 폭풍에 나무들이 쓰러지고
굴뚝 위의 까마귀는 움츠리고 까치들은
음산하게 우짖었소. 당신의 어머니는
극심한 진통에도 어머니의 소망을
이룰 수 없었으니, 형체를 알 수 없는
찌그러진 살덩이라 그런 좋은 나무의
열매 같지 않았소. 날 때부터 이가 있어
세상을 물려고 왔다는 걸 나타냈소.
그 외에 들은 바가 사실이라면
당신이 난 것은—
글로스터 안 듣겠다. 말하면서 죽어라, 점쟁이 놈.
[그를 찌른다.]
이것도 내 일로 예정됐던 거다.
헨리 그렇다. 이후도 살인 많이 하리라.
저의 죄를 사하소서. 너도 용서하시길! [죽는다.]
글로스터 저거 봐, 랭커스터의 욕망의 피가
땅에 가라앉잖아? 솟아날 줄 알았는데.
불쌍한 죽음에 내 칼도 운다.
요크가의 파멸을 원하는 자는
언제나 이처럼 붉은 눈물 흘려라.
아직도 목숨의 불씨가 있다면
지옥으로 떨어져서 내가 보냈다 해라.
[다시 그를 찌른다.]
동정심도, 사랑도, 겁도, 나는 없어.
헨리가 하는 말이 사실임엔 틀림없다.
세상으로 내 다리가 먼저 나오더라고
어머니가 말하는 걸 자주 들었어.
권리를 가로챈 자들이 파멸할 걸
서둘러 추구할 이유가 있을까?
산파가 놀라고 여자들이 "맙소사!
날 때부터 이가 있네!"라 외쳤다던데.
확실히 그랬다. 분명코 개처럼 내가
으르대고 물어뜯을 거라고 알렸지.
하늘이 내 몸을 그런 꼴로 냈으니까
지옥아, 거기 맞게 내 속도 우그려라.
내게는 형제도 없고 형제 같지 않아서
노인들이 거룩하다 일컫는 '사랑'은
비슷한 사람끼리 주고받는 물건이고

88 크레타 왕국의 왕 미노스가 만든 미로에 갇힌 장인 다이달로스가 밀랍으로 날개를 만들어 자기 아들 이카로스의 어깨에 붙여 날아가게 하였지만 이카로스가 해에 너무 가까이 날다가 날개가 녹아서 물에 빠져 죽었다는 그리스신화의 이야기.

나와는 상관없어. 나는 혼자야.
클래런스, 조심해. 넌 빛을 가리는데
캄캄한 날을 너한테 골라놓겠다.
기괴한 소문을 세상에 퍼뜨려서
에드워드가 목숨을 걱정케 만든 후,
그 걱정 없애려고 내가 널 죽이겠다.
헨리와 왕자가 갔으니, 클래런스,
다음은 네 차례다. 나머지는 그다음이야.
최고가 되기까지 최하로 남겠다.
네 몸을 다른 방에 던져둘 테다.
자, 헨리, 최후의 심판에서 승리해라.
[시신과 함께 퇴장]

## 5. 7

[주악. 에드워드 왕, 엘리자베스 왕비, 클래런스,
글로스터, 헤이스팅스, 갓 난 왕자를 안은 유모,
하인들 등장. 왕좌를 들여온다.]

에드워드 다시금 잉글랜드 왕좌에 짐이 앉도다.
원수들의 피로써 다시 얻은 자리로다.
용맹한 적들을 한껏 무르익은
가을철 나락처럼 짐이 잘랐도다.
소머셋 공작 세 분은 매우 이름 높고
용감하고 확고한 용사였으며
부자지간인 클리포드 두 분과
노섬벌랜드 두 분은 그보다 훌륭하여
나팔에 맞춰 박차를 가한 적 없도다.
또한 사나운 곰[89] 워릭과 몬테이그,
짐승의 왕 사자를 쇠사슬에 묶어서
으르렁대니 수풀이 두려움에 떨었도다.
이리하여 짐은 요크가의 왕좌에서
의심을 털어내고 발판을 굳혔도다.
여보, 이리 오오. 아들과 키스하겠소.
어린 네드, 나와 네 숙부들이
갑옷을 입은 채로 겨울밤을 지새우고
타는 여름 열기 속을 걸은 것은
평화롭게 왕관을 갖게 함이라.
너는 우리 수고의 열매를 거두리라.

글로스터 [방백]
이삭을 미리 잘라 추수를 망칠 테다.
나는 세상 존경을 아직 받지 못해.
이 어깨는 높은 데 오를 만큼 두터우니
큰 무게 안 지면 부러질 판이야.
넌 계교 짜고 우리는 행할 테다.[90]

에드워드 클래런스, 글로스터, 왕비와 친해라.
형제가 다 같이 조카에게 키스해.

클래런스 전하에 대한 내 충성의 마음을
귀여운 아기 입술에 봉인합니다.

엘리자베스 고마워요, 귀하신 클래런스 서방님.

글로스터 너를 낳은 나무를 내가 사랑함을
열매에 주는 사랑의 키스가 증명한다.
[방백] 솔직히 말해 유다가 입 맞추고
'안녕' 했지.[91] 해할 생각뿐이었지만.—

에드워드 나라의 평화와 아우들의 사랑으로
영혼의 기쁨 속에 왕좌에 앉았소.

클래런스 전하께서 마거릿을 어쩌실 겁니까?
그녀 아비 레이니어가 프랑스 왕에게
시실리와 예루살렘을 저당 잡혀서
그녀의 몸값을 여기 보냈습니다.

에드워드 그녀를 프랑스로 띄워 보내라.
이제 남은 일은 장엄한 축하연과
즐거운 연극처럼 궁정의 환락에
어울리는 행사 외에 남은 일이 무엇인가?
북과 나팔 울려라. 골칫거리는 가라.
영원한 환희가 시작되리라. [주악. 모두 퇴장]

89 워릭 백작의 문장(紋章)에 다리가 사슬에 매인 곰이 그려져 있었다.
90 '너'는 자기 머리, '우리'는 자기 칼과 기회를 가리킨다.
91 "[유다가] 곧 예수께 나아와 랍비여 안녕하시옵니까? 하고 입을 맞추니"(마태복음 26장 46절)에 대한 언급. 예수의 열두 제자 중의 하나였던 가룟 유다가 스승에게 키스하는 것을 암호로 삼아 따라온 자들에게 잡으라고 했다.

# 리처드 2세

## *Richard II*

## 연극의 인물들

리처드 왕 리처드 2세
왕비 그의 아내
존 오브 곤트 랭커스터 공작, 리처드 왕의 숙부
헨리 볼링브룩 허포드 공작, 존 오브 곤트의 아들, 뒤에 헨리 4세
글로스터 공작 부인 곤트와 요크의 아우의 미망인
요크 공작 리처드 왕의 숙부
요크 공작 부인
오멀 공작 그들의 아들

토머스 모브레이 노폭 공작

그린, 배곳, 부시 — 리처드 왕의 추종자들

볼링브룩의 지지자들:
퍼시 노섬벌랜드 백작
헨리 퍼시 그의 아들
로스 공
윌로비 공

리처드 왕의 지지자들:
솔즈베리 백작
칼라일 주교
스티븐 스크룹 경

버클리 공
피츠워터 공
서리 공작
웨스트민스터 수도원장

피어스 엑스턴 경

의전 장관
의전관들

웨일스 군 지휘관
왕비의 시녀들

정원사
정원사의 일꾼들
엑스턴의 부하들
폼프릿 감옥의 간수
리처드 왕의 마구간지기

귀공들, 병사들, 시종들

# 리처드 2세 왕의 비극

## 1. 1

[리처드 왕과 존 오브 곤트가 치안 사령관과 기타
귀족들, 시종들을 데리고 등장]

리처드 왕 연로하신 존 오브 곤트, 연만한 랭커스터,
맹세와 약속에 따라 거만한 당신 아들
헨리 허포드를 데리고 왔소? 지난번
노폭 공작 토머스 모브레이에게 제기했던
맹렬한 고발을 증명할 입장이오.
그때 나는 시간이 없어서 듣지 못했소.

존 오브 곤트 전하, 데리고 왔습니다.

리처드 왕 겸하여 아들에게 알아보았소?
공작에 대한 고발이 해묵은 감정인지,
아니면 바른 신하의 도리에 비추어
반역의 근거가 확실한지 말하시오.

존 오브 곤트 그 문제에 대하여 캐낼 만큼 캐낸 것은
해묵은 감정이 아니라 전하에 대한
분명한 위험이 있어서였소.

리처드 왕 둘을 앞에 부르오. [한두 사람 퇴장]
얼굴을 마주하고
찡그린 이마를 마주하여 고발인과
피고인의 자유로운 변론을 듣겠소.
두 사람은 똑같이 화와 분이 가득하여
격한 감정에 바다처럼 귀먹고 불처럼 급하오.
[허포드 공작 볼링브룩과 노폭 공작
모브레이 등장]

볼링브룩 은혜로우신 대왕, 무한히 사랑할 전하,
행복한 나날들의 많은 빛이 내리기를!

모브레이 오늘이 어제의 행복을 능가하니
하늘은 지상의 행복을 질투하여
전하의 왕관에 불멸을 더하시길!

리처드 왕 두 사람께 감사하나 하나는 빈말임이
여기 온 이유에 잘 나타나오.
다시 말해 서로를 반역죄로 고발하오.
허포드 사촌, 노폭 공작 토머스
모브레이에 대하여 무엇을 고발하오?

볼링브룩 첫째로—하늘이 이 말을 기록하시길!—
신하의 사랑으로 충성을 다함에
전하의 존귀한 안전을 도모하며
그 밖의 그릇된 시기에서 벗어나
존전에 고발자로 나서겠습니다.
토머스 모브레이, 이제 너를 상대한다.
귀담아들어라. 내가 말하는 것을
이 땅에서 내 몸으로 증명하거나
하늘에서 내 영혼이 응답하겠다.
너야말로 반역자며 불신자가 맞으나
신분이 너무 높고 너무 악해 살지 못한다.
투명하고 깨끗한 하늘일수록
공중을 날아가는 구름은 더러워진다.
다시금 그 수치를 돋보이게 만들며
또다시 치사한 반역자란 이름을
네 목구멍에 틀어박는다. 전하께서
원하시면 내가 여기를 떠나기 전에
정의로운 이 칼로 이를 증명하겠다.

모브레이 냉정한 내 말에 열정이 없다고 하지 마라.
이는 여자 싸움을 심판함이 아니라,
성급한 혀들의 날카로운 고함으로
두 사람의 문제를 가름하지 못한다.
이를 위해 더운 피를 식혀야 한다.
그러나 잠잠하여 아무 소리 안 할 만큼
얌전한 인내심을 소유하지 않았다.
첫째로, 왕께 대한 예의가 내 말에서
고삐와 박차를 빼어가니 그것만 아니면
당장에 달려가 반역이란 낱말을
그자의 목구멍에 곱절로 처넣겠다.
그가 높은 왕족이란 사실을 제쳐놓고
전하에 대하여 사촌 간만 아니면
당당히 도전하여 침을 내뱉고
뒷말하는 겁쟁이요 악한이라 부르겠다.
이 말이 진실임을 증명하기 위하여
얼어붙은 알프스도 마다하지 않으며
사람이 못 살 데도 잉글랜드 사람이
발 들여놓을 데면 곧 그리로 달려가
유리한 지점을 그에게 양보하고
일대일로 만나겠다. 그러나 지금은
그의 말이 거짓임[1]을 힘껏 선언하여서
내 마음속 충성을 굳게 지킬 터이다.

볼링브룩 [장갑을 던지며]
파랗게 질린 비겁자, 장갑을 받아라.[2]

왕족의 특권과 혈통을 제쳐놓는다.
존중한 것이 아니라 비겁해서 그랬구나.
머뭇대는 비겁에 힘이 조금 남았다면
명예의 표시를 허리를 굽혀 집어라.
그 밖의 기사도의 의식들을 준수하여
내 진실, 또는 네가 꾸밀 거짓말을
일대일 결투로 증명할 테다.

모브레이 내가 집어 들면서 [장갑을 집어 든다.]
내 어깨 위에
작위를 내리신 이 칼에 걸어 맹세한다.
기사도가 허락하는 명예로운 행위라면
방식도 한계도 가림 없이 응하겠다.
반역자 같거나 부당하게 싸운다면
살아서는 말에서 내리지 않겠다.

리처드 왕 [볼링브룩에게]
모브레이의 고발에 대답이 무엇인가?
내가 그것에 대해 의심을 품는다면
그것이야말로 큰일이 될 것이다.

볼링브룩 제 말을 들으세요. 목숨으로 밝힐 테요.
저 사람은 전하의 군대에 대여한다는
그럴싸한 명목으로 8천 냥을 받아서
못된 짓에 쓰려고 움켜쥐고 있으니
간사한 반역자며 사악한 악당이오.
다시금 말하건대, 사람의 눈이 닿는
먼 데나 여기나 가리지 않고
결투로 밝힐 테니, 지난 18년 동안에
이 땅에서 꾸며낸 온갖 역모는
수괴요 원천인 그에게서 연유하며,
더하여 말하건대 그의 악한 목숨에 걸어
다음의 모든 말이 진실임을 밝힐 테요.
글로스터 공작[3]의 살해를 모의하고
쉽사리 믿어주는 반대파를 부추겨서,
비겁한 반역자의 본색을 드러내어
무고한 영혼을 피로 흘려보냈소.
희생당한 아벨처럼 공작의 피가
혀 없는 땅속에서 나에게 소리치고
강력한 징벌과 정의를 요청하여
지고한 혈통의 영광스러운 위엄으로
이 팔로 이루거나 이 목숨을 바칠 테요!

리처드 왕 저 사람 결심이 과연 높게 솟누나!
노폭 공작, 당신의 대답은 무엇이오?

모브레이 오, 전하, 선량한 사람들과 하느님은
잠시 낯을 돌리시고 귀를 막으십시오!
저처럼 추악한 위선자를 혐오하여
왕가의 욕이 되는 이자에게 말하겠소.

리처드 왕 모브레이, 내 눈과 내 귀는 공평하다.
저 사람은 내 숙부의 아들일 뿐이다.
내 나라의 후계지만, 친아우라고 해도
내 홀에 주어진 권위로써 맹세하니,
나의 신성한 피와 그토록 가까워도
아무런 특권이 없고, 나의 곧은 영혼은
튼튼하여 사사로이 굽힘이 없겠다.
당신과 저 사람은 모두 나의 백성이니
겁 없이 자유롭게 말할 것을 허락한다.

모브레이 볼링브룩, 그래서 네 비열한 속처럼
거짓된 목구멍이 거짓말한다.
칼레에 보낼 군자금의 3분의 1을
전하의 군부대에 합당하게 분배했다.
나머지는 전하의 허락으로 남겨두었다.
프랑스에 왕비님을 모시러 갈 때 생긴
다대한 비용 중에 나에게 그 일부가
전하의 채무로 남아 있던 거였다.
그러니 그런 말은 목구멍에 처넣어라.
나 자신이 공작님을 살해하지 않았으나
책임을 다하지 못한 것이 수치스럽다.
존귀하신 랭커스터 공작님, 제 적수의
높으신 부친 어르신, 전에 한번 어르신의
목숨을 노리고 매복한 적이 있습니다.
그로 인해 제 영혼이 괴롭습니다.
그러나 지난번 성체를 받기 전에
그 일을 고백하고 어르신의 용서를
확실히 구했고, 용서받은 것으로
의심치 않습니다. 제 잘못은 이것이요,
나머지는 악당의 심술이 지어내고

1 당시의 기사도 – 신사도에서 상대를 '거짓을 말하는 자' 즉 '거짓말쟁이'라고 하는 것이 가장 큰 욕이었다.
2 기사가 상대에게 쇠장갑(곤틀렛)을 던지면 결투를 하자는 표시였다.
3 어린 리처드 왕의 강력한 숙부의 하나로 매사에 간섭했다. 왕이 장성하여 그를 유배하고 뒤에 암살했다.

그자는 신의 없고 가장 못된 반역자라
나의 말을 나 자신이 용감히 지키려고
[장갑을 던진다.]
나 역시 그에 대한 응답으로 내 장갑을
건방진 반역자의 발부리에 던지오.
충성된 신사로서 귀한 피를 가슴속에
간직하고 있는 것을 증명하겠소.
전하께서 결판의 시일을 지체 없이
정하여 주실 것을 간청하는 바이오.
[볼링브룩이 장갑을 집어 든다.]

리처드 왕 노여운 두 신사, 내 말을 들으시오.
피 흘리지 않고서 화를 씻어냅시다.
나는 의사가 아니나 이렇게 처방하오.
증오의 수술은 너무나 깊소.
잊어버리고 용서하고 끝내고 합의하오.
의사 말이 요즘은 피 볼 때가 아니라오.
숙부님, 처음에서 끝맺게 합시다.
나는 노폭을, 숙부님은 아들을 달랩시다.

존 오브 곤트 화평케 하는 자가 내 나이에 걸맞지.
아들아, 공작의 장갑을 내던져라.

리처드 왕 노폭도 던지시오.

존 오브 곤트 언제까지 그러겠냐?
순종이 명령하길 다시 명령 마라고 해.

리처드 왕 내려놓아요. 쓸데없는 짓이오.

모브레이 [무릎을 꿇는다.]
두려우신 발부리에 제 자신을 던집니다.
목숨과 달리 수치는 명령하지 못하시오.
제 목숨은 충성의 소유이며, 죽어도
제 이름은 무덤 위에 살아남을 터인즉
그런 검은 불명예를 쓰지 못하시오.
여기서 치욕과 고발과 수치를 겪고
누명이란 창칼로 영혼까지 찔렸으니
독을 뿜는 저자의 더운 피가 아니면
무슨 약도 못 고치오.

리처드 왕 분노는 막아야 한다.
장갑을 달라. 사자 앞의 표범은 순하게 된다.

모브레이 [일어서며]
그러나 얼룩은 변하지 않습니다.
치욕을 없애시면 장갑을 드립니다.
오, 전하, 가장 순결한 생의 보배는
깨끗한 명성이오. 그것이 없어지면
금칠한 진흙이나 색칠한 흙덩이요.
열 겹으로 잠가놓은 궤 속의 보석은
충성된 가슴속의 담대한 넋입니다.
명예는 목숨이오. 그 둘은 하나요.
명예를 제거하면 목숨도 끝납니다.
따라서 전하, 명예대로 하겠습니다.
명예에 살고 명예 위해 죽겠습니다.

리처드 왕 사촌, 그거 내게 주고, 먼저 시작해요.

볼링브룩 오, 주여, 그 죄에서 제 영혼을 지키소서!
아버님 눈앞에서 고개를 떨구라고?
힘없는 녀석 앞에 겁에 질린 거지처럼
내 높은 신분을 낮춰보라고?
내 혀가 그따위 나약한 소리나
비열한 말로 명예를 상하기 전에,
떨면서 용서를 구하는 비굴한 그것을
이빨로 찢어 치욕의 피를 흘려서
수치의 소굴인 그 낯짝에 내뱉겠소.
[존 오브 곤트 퇴장]

리처드 왕 나는 권고 아닌 명령의 입장이다.
둘을 다시 친구 되게 할 수 없으매,
성 램벗 축제일[4]에 코벤트리에 대기하라.
이를 어기면 목숨으로 답하리라.
거기서 변함없는 당신들의 증오심의
늘어가는 분쟁을 칼과 창이 판단하며,
내가 능히 두 사람을 화해할 수 없으매
승자의 무술을 정의가 보이리라.
의전 사령관, 지휘관에게 명하여
이 집안싸움에 대비하라 이르라. [모두 퇴장]

## 1. 2

[랭커스터 공작 존 오브 곤트가 글로스터
공작 부인과 함께 등장]

존 오브 곤트 글로스터 공작과 피를 나눈 나 자신이
그 사람을 무참히 살해한 자들에 대한
제수씨의 저주보다 내게 더욱 조르지만
우리가 벌할 수 없는 죄를 범한 그 손이

4 9월 17일. 코벤트리는 잉글랜드 중부의 도시.

우리를 벌할 권한을 쥐고 있으니[5]
우리의 호소를 하늘 뜻에 맡깁시다.
하늘은 땅 위의 시간이 무르익을 때
범죄자의 머리에 뜨거운 벌을 내리시오.

글로스터 공작 부인 형제한테 쓰라린 박차가 더 없어요?
사랑은 늙은 피에 꺼져가는 불이에요?
선왕의 일곱 아들 가운데 한 분으로,[6]
그분들은 거룩한 피를 담은 일곱 병이고
한 뿌리에 돋아난 일곱 가지였지요.
일곱 중의 몇몇은 저절로 말라죽고
몇 가지는 운명에게 잘리었으나
내 사랑, 내 목숨, 귀한 글로스터는
거룩한 전왕 피가 가득한 병이었고
존귀한 뿌리에 난 무성한 가지더니
질투의 손아귀와 잔인한 도끼로
귀한 피는 쏟아지고 가지는 잘리고
여름 잎은 시들어 모두 사라졌어요.
아, 곤트, 그이 피가 당신의 피예요!
당신을 만든 침상, 그 자궁, 그 물질이
그이를 지었으니 당신은 살았어도
그이 속에 죽었어요. 아버님 모습을
그대로 보여주던 아우의 죽음을
보고만 계시니 아버님 죽음에
동의하는 셈이지요. 결단코 그것은
인내가 아니에요. 절망이에요.
아우의 살해를 그처럼 놓아둬서
당신의 목숨으로 가는 길을 알려서
사나운 살인에게 살육을 가르쳐요.
평범한 백성들이 인내라고 하는 건
귀족들의 가슴에 겁에 질린 비겁예요.
뭐라고 해요? 제 목숨을 지키기 위해선
아우의 원수를 갚는 게 우선이에요.

존 오브 곤트 하느님이 상대시오. 하느님의 대리자가,
하느님 면전에서 기름 부음 받은 이[7]가
죽이게 만들었소. 그것이 부당하면
하늘께 복수를 맡기시오. 절대로 나는
하늘의 대행자에게 성난 팔을 들지 않겠소.

글로스터 공작 부인 그러면 어디서 하소연해요?

존 오브 곤트 과부의 용사이며 방벽이신 주님에게요.

글로스터 공작 부인 그래야겠군요. 안녕히 계세요.
코벤트리로 가시는데, 조카 볼링브룩과
잔악한 모브레이의 결투를 보실 게요.
남편의 억울이 조카의 창에 얹혀
백정 같은 모브레이의 가슴을 꿰뚫어라!
또는 운이 모자라 첫 공격을 놓치면
모브레이 가슴속의 무거운 죄가 눌러
거품 물고 달리던 말 허리를 꺾어서
타고 있던 그 녀석이 나동그라져
조카 앞에 겁 많은 배교자가 되어라!
안녕히 계세요. 아우의 아내는
슬픔을 친구해서 인생을 끝내야죠.

존 오브 곤트 제수씨, 안녕히 가시오. 코벤트리에
가야겠소. 같이 가셔도 좋고 계셔도 좋소.

글로스터 공작 부인 한마디 더하죠. 떨어진 슬픔은 튀어 올라요.
속이 비어 튀지 않고 무겁게 튄다고요.
말을 시작하기 전에 나는 떠나요.
끝난 듯한 슬픔이 끝나지 않아요.
형님이신 요크 공께 안부 전해 주세요.
이게 다예요. 하지만 떠나지 마세요!
이게 다지만, 그처럼 빨리 가지 마세요.
할 말이 있어요. 전할 말은—뭐더라?—
되도록 속히 플레시[8]로 오라고 하세요.
하지만 그 집에서 보실 게 뭐죠?
빈방, 맨 벽, 사람 없는 바깥채들,
인적 끊긴 돌길밖에 볼 게 있나요?
나의 한숨 소리밖에 들을 게 있나요?
그러니까 안부만 전하세요. 곳곳에 깃든
슬픔을 찾아오지 말라고 하세요.
처량하고 처량해요. 나는 가서 죽을 게요!
마지막 작별이 눈물로 끝나네요. [각기 퇴장]

5 리처드 2세의 사주로 강력한 숙부 글로스터 공작(랭커스터 공작의 아우)을 몇몇이 공모하여 살해했다.
6 전왕 에드워드 3세는 랭커스터 공작을 비롯한 일곱 아들을 두었었는데 그의 맏아들 '검은 왕자' 에드워드가 일찍 죽어 에드워드의 아들 리처드가 어린 나이에 왕이 되었다.
7 유럽의 기독교 국가의 왕을 '하느님의 기름 부으심을 받은 대리자'라고 하였다. 대주교가 대관식에서 왕의 머리에 기름을 붓는 것이 관례였다.
8 글로스터 공작의 시골집이 있는 곳. 여기서 그가 체포되었다.

## 1. 3

[의전 장관, 의자들을 내오는 관리들,
오멀 공작 등장]

의전 장관 오멀 공작, 볼링브룩이 무장했소?

오멀 그렇소. 완벽하오. 입장하길 고대하오.

의전 장관 노폭 공작은 의기가 충천하여
고발자의 나팔을 기다릴 뿐이오.

오멀 그렇다면 기사들은 준비를 마치고
전하의 임석을 기다릴 뿐이군요.
[나팔들이 울리고 리처드 왕이 랭커스터 공작
존 오브 곤트, 부시, 배곳, 그린, 기타 귀족들과
함께 등장. 그들이 좌정하자 무장한 피고인
노폭 공작 모브레이와 의전관 등장]

리처드 왕 의전 장관, 저쪽의 기사에게 무장하고
여기 온 이유를 고할 것을 요청하라.
성명을 묻고 규칙과 절차에 따라
주장하는 바의 정당함을 맹세하게 하라.

의전 장관 [모브레이에게]
하느님과 전하의 이름으로 묻노니
무장한 기사로서 여기 온 이유와
상대가 누구이며 쟁점이 무엇인지 말하라.
기사도와 맹세에 걸어 진실을 말할지니,
하늘과 용맹이 지켜주기 바라노라.

모브레이 내 이름은 노폭 공작 토머스 모브레이요.
맹세대로 이곳에 왔으니, 하느님,
기사의 맹세를 지키게 하소서!
나의 고발자 허포드 공작에 맞서
하느님과 전하와 후세에게 충성과 진실을
수호하기 위함이며 하느님의 은혜와
나의 팔의 힘으로 자신을 방어하여
저자가 하느님과 전하와 나에 대하여
반역자라는 사실을 증명하려고 함이니
진실한 이 싸움을 하늘이여 지키소서!
[나팔이 울린다. 무장한 고발자 허포드 공작
볼링브룩과 의전관 등장]

리처드 왕 의전 장관, 무장한 기사에게
그가 누구며 어찌하여 저처럼
전투의 갑주를 입었는지를 묻고
우리 법에 의거하여 격식을 갖춰
주장의 정당함을 이행하게 하라.

의전 장관 [볼링브룩에게]
성명이 무엇인가? 어찌하여 이곳에,
리처드 왕 앞에, 결투장에 와 있는가?
상대가 누구며 쟁점이 무엇인가?
진실한 기사답게 말하라. 하늘의 보호를!

볼링브룩 허포드, 랭커스터, 더비의 헨리로서,
무장하고 여기 서서 하느님의 은혜와
이 몸의 용맹으로 이곳에서 노폭 공작
토머스 모브레이가 하늘의 하느님과
리처드 왕과 나에게 치사하고 위험한
반역자란 사실을 증명하고자 함이오.
진실히 싸우니 하늘이여 도우소서.
[앉는다.]

의전 장관 합당한 집행을 위하여 위임받은
의전 장관과 책임자 외에는
결투장 목책을 임의로 건드리는
무모한 자를 사형에 처한다.

볼링브룩 [일어서서]
의전 장관, 전하의 손에 키스하고
전하 앞에 무릎을 꿇게 허락하시오.
모브레이와 이 몸은 길고 피곤한
순례를 맹세하는 두 사람 같소.
그러고는 예의를 갖추어 친구들과
정다운 작별을 고하게 해주시오.

의전 장관 [리처드 왕에게]
고소인은 모든 충성을 바치며
전하 손에 키스하고 작별하고자 합니다.

리처드 왕 내려가 그 사람을 내 팔에 안겠다.
[자리에서 내려와 볼링브룩을 안는다.]
사촌 볼링브룩, 주장이 정당하니
존귀한 결투에 행운을 바라오.
혈족이여 잘 가시오. 오늘 피를 흘리면
한탄은 할 수 있되 복수는 할 수 없소.

볼링브룩 모브레이 창끝에 피를 흘려도
귀한 눈을 눈물로 더럽히지 않기를!
새를 향해 송골매가 자신 있게 날아가듯
저자와의 싸움에 자신 있게 나아가오.
[의전 장관에게]
친애하는 대감 어른, 당신과 작별하오.
[오멀에게] 고귀한 사촌 아우,[9] 작별을 고하오.
죽음과 상관할 터이나 아프지 않고

튼튼하고 젊으며 호흡도 기운차오.
우리나라 잔치처럼 마지막에 나오는
단것을 환영하여 끝을 장식하겠소.
[곤트에게 무릎을 꿇고]
아버님, 이 땅에서 저의 피를 만드시고
제 몸속에 젊은 힘을 되살리시며
곱절의 활력으로 저를 들어 올리시고
드높은 승리를 거머쥐려 하시며
갑주가 안 뚫리게 기도로 더하시며
축복으로 제 창끝을 단단하게 만드시어
모브레이의 밀랍 옷을 꿰뚫고 들어가
아들의 굳센 일로 존 오브 곤트란
그 이름을 새로이 장식하십니다.

존 오브 곤트 정당한 너에게 하느님의 승리를!
너의 결행에 번개처럼 빠르거라.
곱절의 곱절로 공격을 배가하여
네게 맞선 악랄한 원수의 투구에
아찔한 벼락을 떨어뜨려라.
젊은 피를 일으켜 용맹하고 활기차라.

볼링브룩 내 무죄와 성 조지[10]의 승리를 위하여!

모브레이 하느님과 운수가 어찌 결정하든지
리처드 왕 전하의 보좌에 충성하는
올곧은 신사의 삶이나 죽음이오.
적수와 결투하는 이 잔치에서
춤추는 내 영혼은 기뻐 뛰나니,
속박의 사슬을 벗어던진 포로라도
이처럼 황금 같은 무제한의 해방을
나보다 자유롭게 환영하지 못하오.
강대하신 대왕 전하, 동료 귀족들,
행복한 세월의 송축을 받으시오.
평정한 마음과 놀이 같은 심정으로
싸움에 나가오. 진실은 조용하오.

리처드 왕 잘 가오, 공작. 분명 당신 눈에는
용기와 더불어 덕성이 있소.
의전 장관, 심판을 명하고 시작하라.

의전 장관 허포드, 랭커스터, 더비의 헨리,
창을 받으오. 하느님이 정의를 지키시길!
[시종이 볼링브룩에게 창을 가져간다.]

볼링브룩 탑처럼 굳센 소망으로, '아멘!'을 외치오.

의전 장관 [시종에게]
이 창을 노폭 공작 모브레이에 가져가라.
[시종이 모브레이에게 창을 가져간다.]

의전관 1 허포드와 랭커스터와 더비의 헨리는
하느님과 전하와 자신을 위하여
노폭 공작 토머스 모브레이가 하느님과
전하와 자기에게 반역자임을 증명코자
결투에 나설 것을 요구하고 있으니,
패하면 거짓된 비겁자가 되오.

의전관 2 노폭 공작 토머스 모브레이가 여기 있소.
자신을 변호하는 동시에 허포드와
랭커스터와 더비의 헨리가 하느님과 전하와
자기에게 거짓됨을 증명코자 함이니
용감하게, 티 없는 열의와 함께
시작의 신호만을 고대하는 중이오.
패하면 거짓된 비겁자가 되오.

의전 장관 나팔을 울려라. 전사들은 나아오라.
[공격 신호가 울린다. 리처드 왕이
지휘봉[11]을 던진다.]
멈춰라. 왕께서 지휘봉을 던지셨다.

리처드 왕 공작들은 투구와 창들을 내려놓고
다시금 제자리로 돌아가거라.
내가 회의할 동안 나팔들을 울려라.
내가 공작들에게 심판을 알리리라.
[긴 주악. 그동안 리처드 왕과 귀족들이
물러나 구수회의를 가지고 왕이 앞에
나아와 볼링브룩과 모브레이를 향해
말한다.]
가까이 오라.
내가 우리 회의에서 정한 바를 들어라.
저들을 길러낸 내 나라 땅이
아까운 피로써 얼룩져서 안 되며,
이웃 간의 칼부림이 끔찍하게 파헤친
상처의 꼴을 내 눈이 보기 싫으며,
하늘 높이 솟구치는 강한 야심이
독수리 날개처럼 치솟는 자만심과
경쟁자를 시기하는 심보와 함께

9 아버지들이 형제이니 둘은 친사촌 간이었다.
10 성 조지는 잉글랜드의 수호성인이었으니 볼링브룩은 자기가 잉글랜드의 애국자임을 자처하는 것이다.
11 결투의 최고 심판권을 나타내는 곤봉. 이것을 결투장에 던지면 결투를 중단하라는 뜻이다.

화평한 우리 잠을 깨웠음을 믿으며,
이 나라 요람에서 귀여운 아기가
단잠의 숨결을 고이 쉬는 중인데
사나운 북소리와 귀 따가운 나팔들이
짖어대는 소음과 성난 창칼, 갑주가
맞부딪쳐 울리니, 그 소리에 놀란 잠이
조용한 나라 밖으로 평화를 쫓아내고
친척들이 흘린 피가 우리 발을 적신다.
그런고로 이 땅에서 당신들을 추방한다.
사촌 볼링브룩, 죽음을 각오하고
열 번의 여름이 들을 채울 때까지
아름다운 이 강토를 다시 보지 못하며
추방의 낯선 길을 걷게 되리라.
볼링브룩 왕의 뜻을 따르겠소. 위안은 오로지
따뜻한 여기 해가 내게도 비치고
황금빛 햇살을 내게도 내리고
황금 물을 추방 위에 뿌린다는 것이오.
리처드 왕 더 무거운 판결이 노폭에게 남아 있다.
약간 거리끼지만 선고는 이러하다.
천천히 흐르는 시간도 당신의 쓰린
무기한 추방을 끝낼 수 없으리라.
'결단코 돌아오지 못하리라'고
절망을 선고한다. 위반하면 사형이다.
모브레이 존귀하신 대왕 전하, 무거운 판결이오.
전혀 전하 입에서 기대하지 않았소.
세상의 바닥으로 내몰릴 만큼
상처도 깊지 않고 전하의 손에서
큰 상을 받을 자격이 그렇게 됐소.
지난 40년 동안 내가 배운 말인데
모국의 말을 버려야 하니
내 혀는 줄 없는 제금이나 수금이나
정교한 악기가 갑에 잠긴 것이나
다름없으며, 갑에서 꺼냈다고 하여도
아름다운 가락을 울려내는 솜씨를
전혀 알지 못하는 손에 주는 것이오.
내 입 속에 내 혀를 가둬두시고
이와 입술로 이중의 담을 치시니
멍청하고 매정하며 몹쓸 무지가
나를 따라다니는 간수가 되었소.
유모에게 아양을 떨기는 너무 늙었고
공부를 시작하기는 나이가 너무 많소.
전하의 판결은 말없는 죽음이라,
타고난 모국어를 빼앗지 않았소?
리처드 왕 동정을 구하는 것은 소용없는 일이다.
판결 후의 한탄은 너무 늦었다.
모브레이 그러면 조국의 광명을 뒤에 두고
끝없는 밤 쓸쓸한 어둠 속에 살려고 가오.
리처드 왕 [모브레이에게]
다시 이리로 와서 맹세하고 떠나라.
[두 사람에게] 추방당한 손들을 내 칼 위에 놓아라.
[리처드 왕의 칼에 손을 올려놓는다.]
주께 대한 책임으로 맹세할 것은—
나에 대한 의무도 함께 추방하는데—
하느님과 진실이 당신들을 도우사
내가 시킨 맹세를 지킨다는 것이니,
추방 중에 당신들은 친해지지 않으며
얼굴들을 보지 않고 편지를 쓰거나
만나지 않겠으며 여기서 일으킨
낯 찌푸린 증오의 폭풍을
화해시키지 않으며 나와 나의 권세와
내 백성과 내 영토에 어떠한 위해도
꾸미거나 모의하지 않을 것을 맹세하라.
볼링브룩 맹세합니다.
모브레이 나 역시 지킬 것을 맹세합니다.
볼링브룩 모브레이, 이제까지 나의 원수였으니
왕이 허락했다면 우리 중 한 영혼은
지금 우리 육체가 이 땅에서 쫓겨나듯
연약한 육체의 무덤에서 쫓겨나
지금쯤 공중에서 방황하고 있겠다.
이 나라를 떠나기 전 반역죄를 고백하라.
멀리 가는 길인데 죄를 지은 영혼을
족쇄처럼 짐스럽게 달고 가지 말아라.
모브레이 천만에, 볼링브룩. 내가 반역자라면
생명의 책[12]에서 이름이 삭제되어
여기서처럼 천국에서 쫓겨나도 괜찮다!
하지만 네가 누군지 너도 알고 나도 안다.
그래서 왕은 금방 슬퍼하게 되시겠다.
안녕히 계시오. 잉글랜드 밖에서는

12 "이기는 자는 이와 같이 흰옷을 입을 것이요, 내가 그 이름을 생명책에 반드시 흐리지 않고"(요한 계시록 3장 5절)의 인용.

온 세상이 내 길이라, 길 잃을 걱정 없소. [퇴장]

리처드 왕 [존 오브 곤트에게]
숙부, 당신 눈자위에 슬퍼하는 마음이
역력하군요. 그 얼굴이 처량하여
아들의 추방에서 4년을 감하오.
[볼링브룩에게] 추운 겨울을 여섯 번 보내고
추방을 끝내고 고국에 돌아오라.

볼링브룩 한마디 짧은 말에 긴 세월이 들었구나!
지루한 네 겨울과 흥겨운 네 봄이
한마디에 끝나누나. 이것이 왕이다.

존 오브 곤트 나를 생각하시고 아들의 유배에서
4년을 감하시니 전하께 감사하나
내가 얻을 이득은 적을 것이오.
저 애가 보낼 여섯 해가 연달아
달을 바꿔 세월을 부르기 전에
기름이 다한 등과 시간이 다한 빛은
늙어서 꺼져 영원한 밤이 되겠으며
나의 짧은 촛불은 다 타서 사라지고
죽음이 눈을 막아 아들을 못 보게 되오.

리처드 왕 아니오, 숙부. 여러 해 사시겠소.

존 오브 곤트 하지만 왕이 1분도 늘릴 수 없소.
슬픔으로 며칠 낮을 줄이고 며칠 밤을
뺏을 수 있되 하루아침도 더할 수 없소.
시간을 돕는다고 주름을 파지만
흐르는 시간이 주름은 못 말리오.
내 죽음에 왕의 말이 통하나 죽은 후에
왕국을 가지고도 내 목숨은 못 사시오.

리처드 왕 숙의에 따라 아들을 추방한 거요.
당신도 합의에 찬동하셨소.
어째서 내 판결에 불만하시오?

존 오브 곤트 입에는 단것이 소화에는 쓰지요.
왕은 내게 재판관의 의견을 요청했지만
아비 같은 변호를 하랬다면 좋았겠어요.
내 자식이 아니고 남이었다면
허물을 가볍게 만들었겠지요.
편견이란 비난을 피하기 위해서
판결이란 미명으로 제 목숨을 죽였어요.
당신 중의 누군가가 내 자식을 추방하며
내가 너무 심하다고 말하기를 기대했고,
하지만 왕은 내키지 않는 내 입에게
마음에 없는 그 짓을 하라고 했어요.

리처드 왕 사촌, 잘 가오. 숙부도 작별하시오.
6년 간 추방하오. 가야만 하오.
[주악. 리처드 왕과 수행원들 퇴장.
오멀, 의전 장관, 존 오브 곤트, 볼링브룩은 남는다.]

오멀 [볼링브룩에게]
사촌, 잘 가시오. 직접 듣지 못하는 말은
당신이 있는 데서 편지로 알리시오. [퇴장]

의전 장관 [볼링브룩에게]
공작, 당신과 작별하지 않을 테요.
땅이 허락하는 한 곁에 있겠소.

존 오브 곤트 어째서 네 말은 쌓아만 놓고
친구들에게 인사말을 돌려주지 않는가?

볼링브룩 작별을 고할 말이 별로 없군요.
가슴에 크게 맺힌 응어리를 풀어낼
혓바닥이 할 일이 많고 많지.—

존 오브 곤트 네 슬픔은 얼마 동안 나가 있는 거다.

볼링브룩 기쁨이 없는 동안 슬픔이 있습니다.

존 오브 곤트 여섯 겨울이 대수냐? 빨리 지나간다.

볼링브룩 기쁘면 빠르지만 슬프면 한 시간이 열 시간 돼요.

존 오브 곤트 즐거운 여행이라고 생각해라.

볼링브룩 이름이 틀리면 마음도 슬퍼져요.
강제된 여행인 걸 지울 수 없어요.

존 오브 곤트 피곤하여 걸어가는 울적한 길이
집으로 향한다는 진귀한 보석을
아름답게 받쳐주는 장식이라고 생각해라.

볼링브룩 그런 게 아니라, 지루한 제 걸음이
사랑하는 보석에서 얼마나 멀리
떨어져 가는지 알려줄 뿐입니다.
외국의 여행길에 도제가 되어
오랜 동안 익힌 끝에[13] 계약에서 풀려도
'슬픔'에게 고용되어 일용직으로
잡부 노릇 한 것이 자랑스러울까요?

존 오브 곤트 하늘 눈이 찾아가는 모든 장소가
현명한 자에게는 즐거운 포구니라.
피치 못할 필요에게 가르칠 것은

13 당시의 평민은 어떤 기술자와 계약하고 일을 해주며 기술을 익히고 대개 7년 만에 풀려나 기술자가 되지만 다시 일용직 잡부가 되는 것이 상례였다. 자기는 외국의 여행길을 익히고 '슬픔'의 잡부가 될 거란 말이다.

필요보다 귀한 덕이 없다는 거다.
왕이 너를 추방했다고 생각지 말고,
네가 왕을 추방했다고 생각해.
슬픔이란 나약하게 참을수록 무겁지.
명예를 얻으라고 널 보내니까
왕이 추방했다고 말하지 말거나
이 땅에 무서운 병이 돌아 깨끗한 데로
피난한다고 생각해라. 네 영혼이 귀중히
여기는 건 떠난 곳에 있는 게 아니고
네가 가는 거기 있다고 상상해.
노래하는 새들을 악사들로 여기며
네가 밟는 들풀은 궁중의 골풀[14]이며
들꽃은 아름다운 여인들이며
걸음은 흥겨운 춤이라고 생각해.
슬픔을 조롱하며 가볍게 여기는 자를
으르대는 슬픔도 깨물 힘이 약하다.

볼링브룩 서리 앉은 코카서스를 상상한다고
불덩이를 맨손으로 들 수 있나요?
잔칫상을 맨입으로 상상한다고
식욕의 날선 칼을 무디게 할 수 있나요?
동짓달 눈 속에 맨몸으로 뒹굴며
여름의 불볕을 상상할 수 있나요?
안 돼요. 좋은 것을 안다는 건
나쁜 것을 커다랗게 만들 뿐예요.
슬픔의 이빨이 상처를 터치지 않고
깨물고 있을 때 가장 쓰라립니다.

존 오브 곤트 그만하자, 아들아. 너를 배웅하겠다.
너처럼 젊고 이유가 있다면 지체하지 않겠다.

볼링브룩 그러면 잉글랜드, 정든 땅, 잘 있어!
아직도 품어주는 나의 어머니!
추방을 당했지만 어디를 방랑해도
잉글랜드 사람임을 자랑하겠다.

[곤트와 볼링브룩 퇴장.
의전 장관이 뒤따른다.]

## 1. 4

[리처드 왕이 그린과 배곳과 함께 한쪽 문으로
등장. 오멀 공이 다른 문으로 등장]

리처드 왕 눈여겨보았다. — 오멀 사촌,
거만한 볼링브룩을 어디까지 배웅했나?

오멀 전하의 말씀대로 '거만한' 볼링브룩을
다음 대로까지만 배웅하고 헤어졌습니다.

리처드 왕 이별의 눈물은 얼마나 흘렸나?

오멀 저는 안 흘렸어요. 단지 동북풍이
두 사람 얼굴에 매섭게 불어쳐서
자던 눈물을 깨워서 뜻밖의 눈물로
덤덤한 이별을 장식했군요.

리처드 왕 이별할 때 사촌이 뭐라고 했나?

오멀 "잘 있으라"고 하데요.
그런데 제 혀가 그처럼 그 말을
더럽히기 싫어해서 꾀를 부렸어요.
서러움이 너무 세서 제가 할 말이
슬픔의 무덤 속에 묻힌 척했어요.
"잘 가라"는 짧은 말이 짧은 추방에
시일을 늘려주고 몇 해를 더한다면
책 한 권이 될 만큼 잘 가라고 했겠지만
그러질 않았으니 저는 그 말 안 했어요.

리처드 왕 사촌, 그 사람은 우리 둘의 사촌이야.
하지만 추방에서 돌아올 때가 되면
그가 친척들을 찾아올까 의문이지.
나와 부시와 그린이 그가 백성에게
아양 떠는 꼴을 봤어. 겸손하고 친밀하게
꾸벅대고 마음에 파고들더군.
촌것들에게 어찌나 경의를 뿌리는지—
가난한 직공들을 미소로 꼬이고
불운을 못내 참고 견디는 듯이,
저들의 애정마저 자기와 함께
추방을 당한 듯이 꾸며대더군.
생굴 장사 계집에게 모자를 벗고 절하고
마차꾼 두 녀석이 장도를 비니까
"동포들, 사랑하는 친구들" 하고
녹신녹신 무릎을 굽혀 인사를 하는 꼴이
이후엔 내 나라가 제 거가 되는 양,
자기에게 계승권이 있는 듯이 굴더군.

그린 하여튼 갔으니까 그런 짓도 갔군요.
이젠 아일랜드 반란군을 다뤄야죠.
시급히 손을 봐야 할 것입니다.

14 향기로운 골풀을 잘게 썰어 대갓집의 방바닥에 뿌렸다.

더 이상 지체하면 놈들이 유리하고
전하에게 불리한 일거리가 생겨요.
리처드 왕 내가 직접 이 전쟁에 나서겠는데
비대한 궁정과 풍족한 선심으로
국고가 조금 가벼워져서 내 영지를
소작으로 내놓을 처지가 되었어.
거기서 들어오는 수입으로 이 일의
자금으로 쓰겠다. 그거로 부족하면
대리인들에게 위임장을 주어서
어느 누가 부자인지 알아가지고
거기다 큰 금액을 적어 넣어서
보내라고 하여, 필요에 충당하겠다.
이제 곧 아일랜드로 출발하겠다.
[부시 등장]
부시, 무슨 일인가?
부시 연로하신 곤트께서 위독하시답니다.
급작스런 병환으로 급한 인편에
전하께 자기를 찾아오라고 하십니다.
리처드 왕 어디 있는데?
부시 엘리 주교관[15]입니다.
리처드 왕 오, 주여, 의사의 머리에 그 노인을
무덤으로 빨리 보낼 생각을 넣으시길!
노인의 돈궤로 아일랜드 전쟁에서
내 군대가 차려입을 갑옷을 만들겠다.
자, 여러 신사들, 그를 만나러 가자.
하느님, 빠르지만 한발 늦게 하시길!
모두 아멘! [모두 퇴장]

## 2. 1

[요크 공작과 하인들과 더불어 앓는
존 오브 곤트가 교자에 들려서 등장]
곤트 마지막 쉬는 숨을 경망한 청년에게
충고할 때 쓰려는데 아직 오지 않았는가?
요크 염려 마시고 숨 쉬느라 애쓰지 마세요.
무슨 권고도 왕의 귀엔 헛될 뿐이오.
곤트 하지만 죽어가는 사람들의 혀는
장엄한 음악처럼 주목하게 된다더라.
말수가 적으면 헛말이 아니지.
고통 중에 뱉는 말이 진실이거든.
더할 말이 없는 자는 편안한 젊은이가
말하기보다 귀 기울일 사람이라고.
한 사람의 평생보다 최후가 주목받고
지는 해와 음악은 후식의 단맛처럼
끝날 때에 이르러서 가장 아름다워서
오래 묵은 옛적보다 기억에 새겨져.
권고는 안 듣겠다고 리처드가 고집해도
엄숙한 죽음의 말이 그의 귀를 열겠지.
요크 아니오. 아첨 소리에 굳게 막혔소.
현자도 좋아하는 귓맛 좋은 칭찬과,
젊은 귀가 언제나 솔깃이 열어놓은
음탕한 노래의 해로운 소리들과
이탈리아 허영의 유행적인 소문들을
언제나 뒤늦게 흉내 내는 이 나라가
저질의 모방으로 절뚝이며 따라가지요.
세상의 어디서든 새로운 유행이
나타나기만 하면 아무리 몹쓸 것도
금방 그의 귀에 안 들리는 게 있소?
그래서 욕망이 지혜에 반항할 때
너무 늦게 충고가 들리는 법이오.
갈 길 가는 그에게 가르치지 마세요.
숨 모자란 형님은 그 숨마저 잃겠소.
곤트 새로운 영감으로 예언의 능력이 생겨
죽는 사람이 그에 대해 예언한다.
경망한 방종은 오래갈 수 없으며
사나운 불길은 쉽게 타서 가라앉고
부슬비는 오래가나 폭우는 짧다.
너무 일찍 서둔 자는 일찌감치 지치며
허겁지겁 먹는 자는 음식에 목이 멘다.
게걸스런 가마우지[16]의 경박한 허영심은
밑천을 모두 쓰고 자기마저 먹어치운다.
왕들의 보좌와 왕의 홀을 가진 이 섬,
웅장한 왕의 땅, 군신이 자리한 곳,
또 하나의 에덴동산, 절반의 낙원,
전쟁의 손길과 역병을 비켜나서
자연이 스스로 축조한 이 요새,
행복한 이 백성, 하나의 소우주,

15 (오늘날 런던 시내에 있는) 엘리 주교의 저택.
16 가마우지는 커다란 물고기를 한입에 삼키는 큰 새다.

은물결 바다에 박힌 이 보석,
성벽이 하는 일을 맡아주거나
덜 행복한 나라들의 시샘 가운데
내 집을 막아주는 해자 같은 저 바다,
복된 땅, 이 나라, 이 영토, 잉글랜드,
왕들을 길러내고 왕들의 모태며
두려움의 가문이며 이름 높은 혈통이며,
교인다운 정신과 진정한 기사도로
완고한 유대 땅 세상의 구속자인
복된 성모 마리아의 아들의 무덤까지
고국을 멀리 떠나 명성을 떨쳤으니,[17]
그처럼 귀한 분들, 귀하디귀한 이 강토,
온누리에 이름 높은 귀한 이 땅을
이제 세를 놓았으니—죽으며 외치노니—
마치 소작 농토나 옹졸한 농가 같다.
승리의 바다로 둘러싸인 잉글랜드,
질투하는 해신의 포위를 물리치는
백악의 해안이 먹물로 얼룩지며,
좀먹은 땅문서의 수치로 들린다.
남들을 정복하던 잉글랜드 그 나라가
부끄럽게 저 자신을 정복하였다.
이 치욕이 내 목숨과 함께 사라진다면,
닥쳐오는 죽음이 얼마나 행복하랴!
[주악. 리처드 왕, 왕비, 오멀, 부시, 그린,
배곳, 로스, 윌로비, 시종들 등장]
요크 왕이 왔소. 젊어서 그러니 좋게 대해요.
성난 어린 망아지가 더 날뛰지요.
왕비 랭커스터 숙부님, 안녕하세요?
리처드 왕 연만한 곤트,[18] 기분이 어때요?
곤트 내 꼴에 그 이름이 너무나 어울리오!
정말 늙은 '곤트'요, 늙고 말랐소.
내 속에서 슬픔이 오래 금식하니
안 먹는 사람 치고 안 마른 사람 있소?
잠든 잉글랜드를 안 자고 지켰는데
안 자서 살이 빠져 비쩍 말랐소.
아비 배를 부르게 만드는 즐거움은
아이 모습 보는 건데, 내게 금지되었소.
왕은 그런 금식으로 나를 비쩍 말렸소.
저승길의 곤트라서 무덤처럼 말랐소.
텅 빈 그 무덤에 뼈다귀만 묻힐 거요.
리처드 왕 앓는 자가 이름으로 말재간을 부리는가?
곤트 아니오. 슬픔이 스스로를 놀리는 거요.
왕이 내 속에서 내 이름을 죽이려 하니
전하에게 아첨코자 내 이름을 놀리지요.
리처드 왕 죽는 자가 산 자에게 아첨을 하오?
곤트 안 그렇소. 산 자가 죽는 자에게 아첨하오.
리처드 왕 죽는 당신이 나에게 아첨한다면서.
곤트 당신이 죽어가오. 앓는 건 나지만.
리처드 왕 건강하게 숨 쉬며 보니 당신은 앓고 있소.
곤트 나를 지은 주님 눈에 왕은 병이 들었소.
내가 볼 때 병이며 당신의 병이 확실하오.
왕이 죽을 침상은 왕의 영토 전체인데,
당신의 명성이 거기 앓아누웠소.
그런데 조심성이 모자라는 환자라
애초에 왕에게 상처를 입혔던
의사들의 치료에 귀한 몸을 맡겼었소.
당신의 머리보다 안 큰 왕관에
수많은 아첨꾼이 빼곡히 들어찼소.
그러나 그처럼 작은 테두리 안에
나라보다 훨씬 큰 황무지가 생겼소.
당신의 조부께서 예언자의 눈으로
제 손자가 제 아들을 죽일 걸 알았으면
왕위를 가지기 전에 상속을 취소하여
당신의 수치가 손 못 닿게 했겠는데
당신은 넋이 빠져 왕권을 내놓았소.
당신이 온 세상의 왕이 되어도
국토를 세놓으면 부끄럽겠소.
당신의 세상은 이 땅뿐인데
이렇게 수치를 끼치니 심하지 않소?
당신은 이 땅의 왕이 아니고 지주요.
당신의 지위는 소작법에 얽매이고
당신은—
리처드 왕 정신도 말라버린 멍청이다.
병든 자의 특권을 빙자하누나!
식어 빠진 권고로 당치않게 내 뺨을
핼쑥하게 만들고 왕통의 붉은 피를

17 리처드 2세의 조부는 십자군을 이끌고 유대의 성지에서 전투를 벌였다.
18 '곤트'라는 말은 '비쩍 말라 있다'는 뜻이다. 그의 영지의 이름이지만 늙어 죽어가는 모습에 어울리는 이름이다.

미친 듯 제 집에서 내쫓겠다는 거냐?
존귀한 왕좌의 위엄에 걸어 맹세코
위대한 에드워드의 아우가 아니었으면
당신의 머리에서 나불대는 혀 때문에
건방진 어깨에서 머릴 떼었겠다!

곤트 에드워드 형님의 아들, 내가 그 부친
에드워드의 아들[19]이라 사정 보지 마시오.
당신은 펠리컨[20]처럼 이미 그의 피를
실컷 빨아 마시고 미치도록 취했소.
솔직하고 소탈했던 내 아우 글로스터,
—복된 영혼 사이에서 행복하기를!—
당신이 조부의 피를 주저치 않고
쏟는다[21]는 사실을 그가 이미 증명했소.
내가 지금 앓고 있는 이 병과 합세하여
당신의 몰인정을 휘어진 낫으로 삼아
시들어진 이 꽃을 단번에 자르시오.
수치 속에 살다 죽고 수치가 계속되길!
차후에 내 말이 당신을 괴롭히겠소.
침상에 옮겨다오. 그 후엔 무덤이지.
사랑과 명예를 가진 자가 삶을 사랑한다.
[하인들에게 들려서 퇴장]

리처드 왕 늙은 자나 침울한 자는 죽으라고 해.
당신은 늙고 침울해서 겹친 무덤 감이야.

요크 전하, 이분 말투를 변덕 심한 병환과
늙은 나이 탓으로 돌리시길 바라요.
확실히 왕을 사랑해요. 지금 여기 없지만
친아들 볼링브룩만큼 사랑한대요.

리처드 왕 그거 옳은 말이다. 아들만큼 사랑하고
나도 둘만큼 사랑해서 그게 그거지.
[노섬벌랜드 등장]

노섬벌랜드 전하, 연로한 곤트가 문안합니다.

리처드 왕 뭐라고 해?

노섬벌랜드 아무 말도 안 합니다. 말을 마친
그의 혀가 줄 없는 현악기와 같습니다.
말과 생과 일체를 소진하였습니다.

요크 다음엔 요크가 그처럼 파산해요!
죽음은 가난하나 인생고를 끝내요.

리처드 왕 다 익은 과일은 먼저 떨어지거든.
그의 때는 다 가고 우리 길은 이어져.
그쯤하고, 아일랜드 전쟁으로 돌아가자.
털북숭이 녀석들을 몰아내야 되겠다.
거기는 거주의 특권을 가진 놈만
독사들이고 그밖엔 뱀이 없어.[22]
그런데 이 일에 약간 비용이 드니까
내 숙부 곤트가 가지고 있던
기명, 금화, 도지, 가구 일체를
내 일을 도와주게 압류하겠다.

요크 얼마나 오래 참아야 되나? 얼마나 오래
책임감이 이 아픔을 견뎌야 되나?
글로스터의 죽음, 볼링브룩의 추방,
곤트의 치욕, 백성의 억울함,
불쌍한 볼링브룩의 결혼의 방해,[23]
내가 당한 온갖 수치도 불구하고
참는 내 빰에 불쾌한 빛을 띠거나
왕의 낯에 주름살 한 개도 내지 않았소.
나는 귀한 에드워드 왕의 막내였고,
당신의 부친 왕세자는 맏이였소.
싸움에는 그이처럼 사나운 사자가 없고
평화에는 젊은 신사 왕세자보다
더 착하고 순한 양을 찾을 수 없었소.
바로 그런 얼굴을 전하가 닮으셨소.
같은 나이에 완전한 인격을 갖추셨고
낯을 찌푸릴 때는 자기편이 아니고
프랑스로 향하셨소. 고귀한 그이 손은
스스로 벌어 쓰되 부친의 승전으로
애써 얻은 사물을 소비하지 않으셨소.
그 손으로 친족 피를 흘린 죄가 없고

19 곤트의 형이 에드워드였고 그들의 아버지는 에드워드 3세였다. 맏아들인 에드워드(검은 갑옷을 입었다 하여 '검은 왕자'라고 불렀다)가 왕이 되기 전에 죽자 그의 어린 아들 리처드가 왕이 되었는데 곤트, 글로스터 등의 강력한 숙부들이 섭정을 하였다. 리처드는 나이가 들자 노폭 공작을 시켜 숙부 글로스터를 암살했다.

20 펠리컨의 새끼들은 그 어미의 피를 빨아먹고 큰다는 속설이 있었다.

21 리처드 왕의 조부 에드워드 3세가 아들들에게 나누어 주었던 '피'를 리처드 2세가 글로스터를 죽임으로 '쏟았다.'

22 5세기에 아일랜드에 기독교를 전파한 성 패트릭이 아일랜드에서 모든 독사를 없앴다는 전설이 있다. 독사가 없는 대신 거기 주민들이 독사라는 말이다.

23 프랑스의 찰스 6세 왕의 질녀와의 혼담을 가로막았다.

도리어 친족의 원수의 피를 흐르게 하셨소.
오, 리처드! 요크는 너무 슬퍼 쇠약하오.
차라리 비교하지 말아야—
리처드 왕 숙부님, 왜 그래요?
요크 오, 전하.
괜찮다면 용서하시오.
괜찮지 않다면 용서가 없을 수 있소.
추방당한 볼링브룩의 법적인 권리를
손에 움켜쥐는 게 왕의 뜻이오?
곤트가 죽지 않았소? 볼링브룩이 살지 않았소?
곤트가 불충했소? 볼링브룩이 불충하오?
상속자가 가질 만한 자격이 노인에게 없었소?
그 아들이 훌륭한 상속자가 아니오?
그의 권리를 박탈하면 시간에게서
전통적 재산과 권리를 뺏는 것이니
내일이 오늘을 이을 수 없고
왕조차 없어지오. 정당한 승계를
따랐으므로 당신도 왕이 되지 않았소?
하느님 앞에서 진실만 말하지만
볼링브룩의 권리를 부당히 탈취하여
왕이 서명한 지위와 재산을 취소하면
변호인에 의뢰하여 반환을 요청하고
충성의 맹세를 거부할 수도 있소.
왕은 수천 가지 위험을 자초하고
수많은 선량한 심정들을 잃고
명예와 충성심은 내 약한 마음까지
상상하지 못할 데로 자극할 거요.
리처드 왕 마음대로 생각해요. 곤트의 기명과
재물과 돈과 토지를 내 손에 집어넣소.
요크 나는 잠시 비키겠소. 안녕히 계시오.
결과가 어떨는지 아무도 알 수 없소.
그러나 방법이 나쁘면 그 결과가
좋을 수 없다는 걸 알기는 하오. [퇴장]
리처드 왕 부시, 곧장 윌트셔 백작에게 달려가라.
엘리의 관저에서 날 만나서 이 일을
손보라고 해. 내일 아침 아일랜드로
출발하겠다. 그럴 때가 된 듯해.
나의 부재중 숙부인 요크 공을
잉글랜드 전국의 섭정으로 임명한다.
강직한 사람으로, 항상 나를 좋아했지.
왕비, 이리 와요. 내일은 이별이오.
웃어요. 머무를 때가 너무 짧아요.
[주악. 노섬벌랜드, 윌로비,
로스 외에 모두 퇴장]
노섬벌랜드 그래서 랭커스터 공작이 죽어버렸소.
로스 사는 것도 돼요. 이젠 아들이 공작이오.
윌로비 겨우 명색뿐이고 수입은 없소.
노섬벌랜드 둘 다 풍성하오.—정의가 실현되면.
로스 가슴이 미어지나 자유롭게 혀를 놀려
털어놓기 전에는 침묵으로 터지겠소.
노섬벌랜드 속내를 말하시오. 당신에게 해로운 말을
옮기는 자는 입을 막아버립시다.
윌로비 볼링브룩 공에게 하고 싶은 말이오?
그렇다면 대담하게 실토하시오.
그에게 좋은 말엔 귀가 활짝 열려 있소.
로스 그에게 좋은 일을 전혀 할 수 없군요.
자신의 유산을 빼앗기고 말았소.
그에 대한 동정이 좋은 일이라면 몰라도.
노섬벌랜드 하늘께 맹세코, 그런 부당한 일이
존귀하신 그분과 망해가는 이 땅의
수많은 귀족들께 생겨서 부끄럽소.
왕은 제정신이 아니오. 비루하게
간신배에 이끌려서 놈들이 순전히
우리를 미워해서 쏙닥대는 소리를
빠짐없이 왕이 지켜 우리와 목숨과
자손과 상속자에게 행할 것이오.
로스 가혹한 세금으로 평민을 벗겨내니
인심을 잃게 됐소. 옛일을 들추어
귀족들을 짜내니 그들 속도 잃었소.
윌로비 게다가 매일처럼 백지수표, 국채 등,
별의별 수탈을 짜내는 판이오.
이러다가 도대체 어찌 되겠소?
노섬벌랜드 전쟁에 탕진한 게 아니오. 전쟁을
한 적이 없소. 조상들이 힘으로 얻은 것을
부끄러운 협상으로 모두 주었소.
조상의 전쟁보다 평화에 많이 썼소.
로스 윌트셔 백작이 전국을 소작하오.
윌로비 왕은 파산자처럼 모두 들어먹었소.
노섬벌랜드 비난과 파멸이 그자에게 어른대오.
로스 추방당한 공작을 강탈하지 않으면
왕의 무거운 세금에도 불구하고
아일랜드 전쟁을 치를 만한 돈이 없소.

노섬벌랜드 고귀한 그의 사촌! 형편없이 못난 왕!
그런데 무서운 폭풍의 노래를
들으면서도 피난처를 찾지 않소.
심한 바람이 우리 돛에 불어쳐도
돛폭을 펴지 않고 앉아 죽을 판이오.
로스 당해야 할 난파선을 보고만 있고
파선의 원인을 그냥 두고 있으니
이제는 위험을 피할 수 없게 됐소.
노섬벌랜드 아니오. 죽음의 공허한 눈구멍에
생명의 빛이 보이지만 위안의 희소식이
가깝다는 사실을 말이 할 수 없소.
윌로비 안 그렇소. 서로 다른 생각들을 같이합시다.
로스 노섬벌랜드, 안심하고 말하시오.
우리 셋은 한뜻이오. 말한다고 하여도
생각 속에 감출 테니 담대히 말하시오.
노섬벌랜드 이렇게 됐소.—포트 블란[24]에서
입수한 데 따르면 볼링브룩 공작과
레이먼드 콥햄 공, 애런덜 백작의 상속자로
엑서터 공작과 요즘 갈린 토머스,
공작의 아우인 전 캔터베리 대주교,
토머스 어핑엄 경, 토머스 램스턴 경,
노베리 경, 워터턴 경, 프랜시스 코인트 등
브리타니 공작이 8척의 함선과
3천의 군사로 이들을 지원하여,
전속력으로 내어서 달려오는 중인데
조만간 우리 북쪽 해안에 도착하겠소.
일찌감치 도착했을 것이나 왕이 먼저
아일랜드로 떠나기를 기다렸소.
그러니 노예의 질곡을 벗고
부러진 이 나라 날개에 새 깃을 심어
더럽혀진 왕관을 전당포에서 찾아오고
황금 홀에 덮여 있던 먼지를 닦아내고
존귀한 왕권에 본 모습을 돌리기 위해
나와 함께 레븐스퍼[25]로 달려갑시다.
하지만 두려워서 갈 수 없다면
뒤에 남아 비밀을 지키시오. 나는 가겠소.
로스 말에 오릅시다! 걱정은 겁쟁이에게!
윌로비 말아, 버텨다오. 내가 첫째로 도착하겠다. [모두 퇴장]

## 2. 2

[왕비, 부시, 배곳 등장]

부시 왕비 마님, 너무 울적하신데요.
전하와 작별할 때 약속하셨어요.
건강에 해로운 근심을 젖혀놓고
명랑한 기분을 지닐 거라고.—
왕비 안심시켜 드리려고 그랬지만, 내가 나를
기쁘게 하지 못해. '슬픔'이란 손님을
어째서 내가 환영해야 하는지 몰라.
사랑하는 남편처럼 다정한 손님에게
작별을 고하는 것밖에.—하지만
운수의 태중에서 만삭이 된 슬픔이
내게 오는 거 같아서, 내 속의 영혼이
괜히 떨고 있어. 왕과의 이별보다
짙은 무엇 때문에 슬퍼하는 것 같아.
부시 슬픔의 실체마다 그림자가 스물인데
저마다 슬픔처럼 뵈지만 그렇지 않고
'슬픔'의 두 눈은 캄캄한 눈물에서
하나를 여러 개로 나눠 보지요.
똑바로 바라보면 요지경처럼
뒤죽박죽이지만 비스듬히 바라보면
제 형상이 나타나요. 그처럼 왕비님도
낭군님의 이별을 비스듬히 바라보면
그분보다 더욱 슬픈 모습들이 있겠지요.
그냥 보면 헛것의 그림자일 뿐이에요.
그지없이 착하신 왕비님, 그러니까
낭군님의 이별보다 슬퍼하지 마세요.
그 이상은 없다고요. 괜히 슬픈 눈이라
상상의 사물을 진짜로 알고 우니까요.
왕비 그럴지도 모르지만 내 속의 영혼이
아니라고 속삭여. 어떻든 간에
슬플 수밖에 없어. 너무나 울적해서
생각하지 말자고 생각하니 그 생각에
무거운 헛것이 나를 눌러 기운이 없어.
부시 상상일 뿐이에요, 착하신 왕비님.
왕비 상상이 아니야. 생각은 언제나

24 잉글랜드 건너편 브리타니에 있던 포구.
25 볼링브룩 휘하의 반란군이 상륙한 잉글랜드 북동부 해안.

그에 앞선 슬픔에서 온다는 건데
나는 안 그래. 슬픔을 낳은 게
내게 없거나 슬픔의 대상인 헛것이
실체가 있어. 장차 생길 유산처럼
아직은 그게 뭔지 알 수 없어서
꼭 집어 말할 수 없어. 이름 없는 슬픔이겠지.
[그린 등장]
그린 하느님의 보호를! 아주 잘 만났어요.
출범하기 전이기를 왕께서 바라세요.
왕비 왜 그래? 떠나면 좋겠는데.
시급한 작전이라 서둘러야 하는데
어째서 출범하기 전이길 바라?
그린 우리의 희망인 그분이 병력을 돌려
원수의 희망을 절망으로 몰아가길
바라시는 계획예요. 강한 적이 상륙했어요.
추방당한 볼링브룩이 명령을 어기고
팔을 높이 쳐들고 레븐스퍼에 안전히
상륙했어요.
왕비 오, 주님, 막으소서!
그린 왕비님, 사실예요. 설상가상으로
노섬벌랜드 공과 아들 헨리 퍼시와
로스, 보몬트, 윌로비 공이 강력한
친구들과 함께 그에게 달아났어요.
부시 어째서 노섬벌랜드와 반란자들을
모두들 반역자로 선포하지 않았소?
그린 선포했소. 그랬더니 우스터 백작이
지휘봉을 분지르고 장관직을 내놓고
하인들도 모두 함께 볼링브룩에게로
달아났단 말이오.
왕비 그래서 당신은 내 진통의 산파이며
끔찍한 슬픔의 자식이 볼링브룩이구나.
이렇게 내 혼이 괴물을 낳았으니
해산한 어미처럼 헐떡이면서
아픔에 아픔을, 슬픔에 슬픔을 한데 엮누나.
부시 절망하지 마십시오.
왕비 누가 막는대?
절망하고 말 테야. 소곤대는 희망과는
원수 되겠어. 희망은 아첨꾼과
기생충이라 생명의 유대를
잠시 뒤로 물러나게 할 뿐이고
간사하게 끝까지 질질 끌고 갈 테지.
[요크 등장]
그린 요크 공작께서 오시는데요.
왕비 전쟁의 표시를 늙은 목에 거셨구나.
근심되는 일거리가 가득하신 안색이네!
숙부님, 위로의 말씀을 들려주세요.
요크 그렇게 하면 내 마음을 속이는 것이오.
위안은 하늘에 있고 우리는 땅에 있소.
불행과 근심과 슬픔만 있는 곳이오.
왕비 남편은 이 나라를 구하려고 멀리 갔는데
남들은 그 사람을 망치려고 달려오오.
나는 이 땅을 지탱하려고 남았지만
너무 늙어서 내 몸도 지탱하지 못하오.
방자한 행동이 앓을 때가 됐으니
아첨하던 자들을 시험할 때요.
[하인 등장]
하인 [요크에게]
공작님, 아드님[26]이 저에 앞서 떠나셨어요.
요크 그랬어? 그랬구나! 갈 데로 가라 해!
귀족들은 도망치고 평민들은 냉담한데
아마 볼링브룩의 반란군에 가담할 테지.
플레시의 글로스터 부인에게 속히 달려가,
당장 내게 천 파운드만 보내라고 해.
잠깐, 내 반지 가지고 가.
하인 공작님, 미리 말씀드릴 걸 잊었는데요,
오늘 제가 지나면서 들렀었는데—
하지만 말씀드리면 언짢으실 텐데요.
요크 뭔데 그러나?
하인 제가 뵙기 한 시간 전에 돌아가셨습니다.
요크 주여 자비를! 무슨 재앙의 밀물이
슬픈 이 땅에 한꺼번에 밀려드나!
어찌할 바 모르겠다. 양심껏 바라기는—
왕이 나의 불충을 알면서도 안 했다면—
형과 함께 내 목도 칠 수 있었지.
아일랜드에 전령을 아직도 안 보냈어?
전쟁 비용을 어떻게 마련하나?
[왕비에게]
자, 누이, 조카라고 해야지. 용서하오.
[하인에게]

26 볼링브룩에게 시큰둥한 오멀 공작. 그도 리처드 왕을 적극 돕지 않고 자리를 피했다.

넌 집에 달려가 마차를 몇 대 얻어서
있는 갑옷 전부를 실어 오너라. [하인 퇴장]
[부시, 배곳, 그린에게]
당신들은 나가서 군을 동원할 텐가?
이처럼 되는 대로 손에 맡겨진 일을
어떻게 정리할지 나도 알 수 없거든.
그게 옳은 답이지. 둘 다 내 조카들인데
하나는 왕이니 내 맹세, 내 책임이
방어를 명하고 상대 역시 조카인데
억울하게 당했으니 친족의 의리와
인간의 양심상 바로잡아야 해.
어쨌건 뭐든 해야겠는데, [왕비에게] 이리 와요.
있을 데를 마련하여 드리겠어요.—
당신들은 군대를 동원해서
버클리 성[27]에서 즉시 나를 만나요.
플레시에도 내가 가야 될 건데
시간이 없어. 온통 뒤죽박죽이야.
하나도 제대로 된 데가 없어. [요크 공작과 왕비 퇴장]

부시 소식 전할 바람이 아일랜드로 불지만
돌아오는 바람이 없어. 적에 맞설 병력을
동원하는 게 전혀 불가능해.

그린 게다가 우리가 왕의 사랑에 가까운 만큼
왕이 싫다는 사람들의 증오에 가까워.

배곳 그래서 믿지 못할 평민이지. 사랑은
주머니에 달렸거든. 주머니를 비운 자는
무서운 증오로 마음도 함께 채운다고.

부시 모두 왕의 탓이라고 욕을 퍼붜대.

배곳 판결이 평민에게 달렸다면 왕의 측근인
우리도 그들의 판결에 달렸어.

그린 그럼 나는 브리스틀[28]로 곧장 피신할 테야.
윌트셔 백작은 벌써 거기 가 있어.

부시 나도 거기서 당신과 합류해.
적대적인 평민이 아무런 도움도
안 줄 거야. 똥개처럼 우리들을
찢어발긴다면 모를까. [배곳에게] 같이 갈까?

배곳 아니, 나는 왕을 찾아 아일랜드로 갈 테야.
잘 가. 육감이 옳다면 우리 셋은
여기서 헤어져서 다시는 못 만날 거야.

부시 요크 공이 볼링브룩을 물리치기에 달렸어.

그린 불쌍한 공작! 그분이 맡은 일은
모래알 헤아리고 바닷물 마시기야.
한 사람이 그 편이면 천 사람은 달아나.

배곳 당장 헤어지자.—이거로 영원히.

부시 다시 만날지 몰라.

배곳 영원히 끝장일걸. [모두 퇴장]

## 2. 3

[허포드 공작 볼링브룩과 노섬벌랜드가
병사들과 함께 등장]

볼링브룩 여기서 버클리가 얼마나 되오?

노섬벌랜드 존귀하신 공작님, 사실은 제가 여기
글로스터 지방에는 처음 옵니다.
거칠고 높은 산과 울퉁불퉁한 길이
더더욱 멀어지고 피곤하게 만드네요.
하지만 공작님 말씀이 꿀맛이어서
힘든 길도 달콤하고 즐겁습니다.
하지만 로스와 윌로비는 공작님과
레븐스퍼에서 헤어졌으니 코츠홀까지
얼마나 지루할지 짐작이 갑니다.
지금까진 공작님과 같이 있어서
지루한 줄 모르고 지냈지만요.
하지만 그들은 지금 제가 누리는
같은 덕을 즐기려는 희망에 즐거울 테죠.
기쁨의 희망은 당장 누리는 기쁨에 비해
못잖게 기쁘지요. 지금쯤 귀족들은
지쳤겠지만 가는 길이 짧겠죠.
공작님과 함께하는 저의 길처럼
그들의 지친 길도 짧아지겠죠.

볼링브룩 내가 함께한 것보다 당신의 좋은 말이
훨씬 값진 것이었소.
[헨리 퍼시 등장]
한데 이게 누군가?

노섬벌랜드 제 아들 헨리 퍼시입니다.
어딘지는 모르나 제 아우 우스터가

27 잉글랜드 남서부에 있는 글로스터 군의 궁성. 일찍이 한 왕이 살해된 곳이어서 불길한 데가 있다.

28 잉글랜드 서부 웨일스에 있는 항구. 건너편에 아일랜드가 있다. 당시 켈트족이 살던 웨일스 나라는 잉글랜드의 리처드 2세와 한편이었다.

보냈을 게요. 헨리, 삼촌은 어떻더냐?

헨리 퍼시 아버님이 말씀하실 줄 알았는데요?

노섬벌랜드 그럼 삼촌이 왕비님과 같이 있지 않더냐?

헨리 퍼시 아닙니다. 궁정을 떠나셨어요.
지휘봉을 꺾으시고 왕의 식솔을
흩으셨어요.

노섬벌랜드 어째서? 지난번에
나와 얘기할 때는 결단을 못 했는데.

헨리 퍼시 아버님이 반역자로 공포되신 까닭이죠.
삼촌은 볼링브룩 공작님을 돕기 위하여
레븐스퍼로 가시면서 버클리로
저를 보내서 요크 공이 동원한 병력이
얼마나 되는지 알아보라고 하시고
정보를 입수하여 레븐스퍼로 오라고 하셨어요.

노섬벌랜드 얘야, 너 볼링브룩 공작님을 잊었냐?

헨리 퍼시 잊다니요, 아버님. 기억하지 않은 것을
잊을 수 있나요? 제가 아는 한에는
평생에 한 번도 만난 적 없어요.

노섬벌랜드 그럼 알아 모셔라. 공작님이시다.

헨리 퍼시 [볼링브룩에게]
자애로우신 공작님, 충성을 바칩니다.
어리고 무지하고 젊은 그대로이나
나이 들면 더 나은 봉사와 공적으로
성숙하고 건실하게 되겠습니다.

볼링브룩 고귀한 퍼시, 고맙소. 내 영혼 깊숙이
훌륭한 친구들을 기억하는 일만큼
기쁜 일이 없다는 걸을 믿으시오.
당신의 사랑으로 내 운이 익으면
언제나 그 사랑에 보답하겠소.
마음으로 약속하며 악수로 봉인하오.
[헨리 퍼시의 손을 잡는다.]

노섬벌랜드 [헨리 퍼시에게]
버클리까지 얼마나 되냐? 연로하신 요크 공은
거기서 병사들과 무엇 하고 계시냐?

헨리 퍼시 저기 숲 옆에 궁성이 있습니다.
듣자 하니 3백 명을 배치했다는군요.
궁성 안엔 요크, 버클리, 시모어—
그밖에는 이렇다 할 귀족은 없습니다.
[로스와 윌로비 등장]

노섬벌랜드 로스 공과 윌로비 공이 오시는군.
급한 박차에 피투성이가 되셨소.

볼링브룩 어서 오시오. 당신들의 사랑은
추방당한 반역자를 따르지만 내 재산은
고맙다는 빈말뿐이오. 좀 더 불은 다음에
당신들의 사랑과 수고에 보답하겠소.

로스 여기 계시는 것이 저희에게 부가 됩니다.

윌로비 뵙고자 해서 저희가 들인 수고를 훨씬 능가합니다.

볼링브룩 한없이 고맙소. 가난뱅이의 공수표나,
걸음마하는 행운이 성년이 되기까지
보답 대신 말뿐이오.
[버클리 등장] 한데 저게 누군가?

노섬벌랜드 버클리 공인 듯합니다.

버클리 볼링브룩 공, 전갈이 있습니다.

볼링브룩 내 대답은—'랭커스터 공작'이라고 하시오.
그 이름을 찾으려고 잉글랜드에 왔소.
대답하기 전에 당신의 혀에서
칭호부터 찾아내야 하겠소.

버클리 오해하지 마시오. 공작님의 칭호 중
하나라도 제하려 하는 것이 아니오.
칭호에 상관없이 공작님께 왔는데,
인자한 섭정이신 요크 공작님께서
어째서 당신들은 왕이 계시지 않은 동안
임의로 무장하고 이 나라 평화를
깨려고 하는지 알아보라고 하셨소.
[요크 공작이 시종들과 함께 등장]

볼링브룩 말씀을 당신 편에 전달할 필요가 없소.
공작님이 직접 여기 오시오. 숙부님!
[무릎 꿇는다.]

요크 무릎이 아니고 겸손한 마음을 보여다오.
무릎으로 하는 절은 거짓이고 기만이다.

볼링브룩 인자하신 숙부님.—

요크 쯧쯧!
나에게 '인자'니 '숙부'니 하지 말아라.
역적의 숙부가 아니며, 죄인의 입의
'인자'라는 소리는 추악할 뿐이구나.
어째서 추방당한 금족의 발걸음이
이 나라의 흙먼지를 건드리려 하는가?
뿐만 아니라, 어째서 감히 이 땅의
평화로운 가슴팍을 수십 리 진군하며
보기 싫은 무력과 전쟁을 과시하여
겁에 질린 이 땅의 마을들을 놀래는가?
국왕께서 부재중인 까닭에 여기 왔는가?

못난 청년아, 왕은 뒤에 남아 계시다.
왕권은 충성된 내 가슴에 온존하시다.
용맹한 네 부친 곤트와 내가
젊은 군신이던 '검은 왕자'를 수많은
프랑스 진중에서 구할 때처럼
내가 지금 열렬한 젊은이라면,
이제는 중풍에 붙잡힌 이 팔로
오, 얼마나 빨리 네 잘못을
무섭게 욕하고 너를 벌할 것이냐!

볼링브룩 인자하신 숙부님, 제 잘못을 말씀하세요.
무슨 법을 어떻게 어겼단 말씀이죠?

요크 뻔뻔스런 반란과 혐오스런 반역이란
최고의 범법이야. 추방당한 자로서
형기의 종료 전에 전하께 대항해서
무장을 과시하며 여기 온 거다.

볼링브룩 제가 떠날 때에는 허포드였지만
랭커스터 일 때문에 다시 돌아왔어요.
존엄하신 숙부님, 참작해 주세요.
공정한 눈으로 억울한 걸 보세요.
숙부님은 아버님과 같으셔서 연로하신
아버님을 뵙는 것과 마찬가지라고요.
그래서 아버님, 제 재산과 제 권리를
강제로 뺏어서 방종한 자들에게
주어버리고, 정처 없는 떠돌이로
방황해도 좋겠어요? 제가 왜 났습니까?
제 사촌이 잉글랜드의 왕이라면
저는 랭커스터 공작이라야 옳아요.
숙부께도 아들 오멀, 제 사촌이 있어요.
만일 숙부께서 별세하시고 저처럼
아들이 짓밟힌다면 백부가 부친이 돼서
그가 당한 억울함을 몰아내겠죠.
여기서 제 권리를 거절하지만
전하께서 서명하신 증서가 있습니다.
아버지의 재산이 몰수돼서 팔렸는데
이 모든 처사가 부당합니다.
그러니 어쩝니까? 하나의 백성으로
법에 호소합니다. 변호인이 거부되니
법으로 상속받은 재산에 대해
개인으로 소유권을 주장합니다.

노섬벌랜드 귀하신 공작께서 너무 박대당했소.

로스 바로잡을 책임은 귀공께 있소.

윌로비 천한 자도 재산으로 높게 됩니다.

요크 잉글랜드의 귀족들, 내 말을 들으시오.
나 역시 조카의 억울함을 느끼고
바로잡기 위해서 무진 애를 썼으나,
이런 꼴로 오는 건—무력을 과시하여
자기를 칼로 베고 제 길을 뚫고
불의로써 정의를 찾는 것은 안 될 소리요.
이처럼 그를 자극하는 당신들은
반역을 꿈꾸므로 모두 반역의 도당이오.

노섬벌랜드 고귀하신 공작께서 오로지 권리를
찾는다고 맹세하셨고 우리 모두는
그분을 돕겠다고 강력히 맹세했소.
이를 어기는 자는 영영 기쁨 없기를!

요크 쯧쯧, 이런 무력 반란은 결과가 뻔해.
나도 어쩔 수 없지. 내 군대가 미약하고
어수선하다는 걸 별수 없이 시인해.
하지만 힘만 있다면, 내게 목숨을 주신
하느님께 맹세코, 너희를 체포해서
국왕의 자비심에 굴복시키고 싶다.
하지만 그렇게 할 수 없어서
중립으로 남겠다. 그럼 잘 가라.
혹시 궁성에 들어가서 오늘 밤
안식을 취해도 괜찮겠다.

볼링브룩 숙부님의 제안을 받아들이죠.
하지만 숙부님은 저희와 같이
브리스틀 궁성으로 가셔야겠어요.
거기는 부시와 배곳과 그 일당이
점거하고 있다는데, 이 나라를 파먹는
버러지들을 뿌리 뽑기로 맹세했어요.

요크 너희와 갈 수도 있지만, 내가 국법을
어기기 싫어서 주저하게 되누나.
너희는 내게 우군도 적군도 아니야.
바꿀 수 없는 일은 근심해도 소용없어. [모두 퇴장]

## 2. 4

[솔즈베리 백작과 웨일스 군 지휘관 등장]

지휘관 솔즈베리 공, 우리는 열흘을 기다리며
이 백성을 뭉치려고 무척 애를 썼지만
왕으로부터는 아무 소식이 없어요.

그에 따라 우리는 헤어집니다. 잘 가시오.
솔즈베리 믿음직한 웨일스인, 하루만 기다리오.
국왕은 전적으로 당신을 믿으시오.
지휘관 왕이 죽은 거로 믿어져요. 기다리지 않아요.
우리나라 월계수가 빠짐없이 시들었고
혜성들은 하늘의 모든 별을 두렵게 해요.
하얀 달은 핏빛으로 땅 위를 굽어보고
비쩍 마른 점쟁이는 흉한 일을 수군대고
부자는 울적하고 무뢰한은 춤추니까
전자는 행복을 잃을까 걱정이고
후자는 전쟁과 폭력으로 즐길 걸 기뻐해요.
왕이 몰락하기 전엔 이런 징조가 생겨요.
리처드 왕의 죽음을 확신하는 듯하오.
백성이 달아났어요. 잘들 가세요. [퇴장]
솔즈베리 아, 리처드 왕, 무거운 마음눈에
당신의 영광이 하늘에서 낮은 땅에
별똥처럼 추락하는 게 보인다.
당신의 해가 서쪽 하늘에 기울면서
닥쳐오는 폭풍과 재앙에 눈물짓는다.
친구들은 원수 편이 되려고 달아났고
당신에게 운명은 엇박자로 가고 있다. [퇴장]

## 3. 1

[허포드 공작 볼링브룩, 요크, 노섬벌랜드,
로스, 헨리 퍼시, 윌로비가 포로들인 부시,
그린 및 병사들과 함께 등장]
볼링브룩 그자들을 내오라. [부시와 그린이 앞에 나선다.]
부시, 그린, 너희 영혼을 괴롭히지 않겠다.
이제 곧 너희는 너희 몸과 결별하게 되었다.
너희의 악한 목숨을 너무나 닦달하면
자비가 아닐 테지. 그러나 내 손에서
너희의 피를 씻으려고 모든 사람들 앞에서
너희가 죽는 이유를 몇 가지 밝히겠다.
너희는 왕을 못된 길로 이끌고
혈통과 외모가 행복했던 신사를
불행에 빠트리고 흉하게 만들었다.
너희는 죄악 중에 날을 보내 왕과 왕비를
이별시켜 놨으니, 그들은 잠자리를
같이하지 못했고, 너희의 못된 짓에
왕비의 눈에서 눈물이 흘러서
아름다운 왕비의 볼을 더럽혀 놓았다.
복된 출생 덕분에 왕자인 나는
혈통은 물론이고 사랑도 왕과는
가까웠으나, 너희가 끼어들어
왕이 나를 오해하게 만들고, 그 작간에
내 목을 굽히고 이방의 구름 속에
내 나라 숨결을 한숨으로 내쉬며
쓰디쓴 추방의 빵을 씹고 있는데
너희는 내 재산으로 배를 불리고
사냥터를 파헤치고 수풀을 베어내고
내 집 창문에서 문장을 뜯어내고
가문의 상징을 깎아버려 내 피와
사람들의 지식 외에, 귀족이란 흔적을
남겨놓지 않았다. 그밖에도 많다.
몇 배 되는 모든 짓이 너희를 죽음에 이끈다.
이자들을 죽음의 손에 넘겨라.
부시 볼링브룩이 이 나라에 오는 것보다
죽음이 더 반갑소. 잘들 있으오.
그린 저희 영혼을 하늘이 받으시고 지옥의 아픔으로
불의를 벌하심이 저의 위안입니다.
볼링브룩 노섬벌랜드 공, 저자들을 처분하오.
[노섬벌랜드와 병사들이
부시와 그린을 데리고 퇴장]
[요크에게] 숙부님, 왕비가 거기에 있다고 하니,
왕비를 훌륭하게 대접하길 바랍니다.
제가 정중히 문안한다고 하시고
제 인사가 전달되게 유의하세요.
요크 조카의 사랑을 자세히 적어서
점잖은 부하 편에 이미 보냈다.
볼링브룩 숙부님, 고맙습니다. 귀공들, 갑시다.
글렌다워[29] 일당과 싸우려고 가요.
잠시 동안 일하고 그다음에 쉽시다. [모두 퇴장]

29 웨일스의 지도자. 후에 「헨리 4세 제1부」에 등장한다. 볼링브룩이 헨리 4세가 되어 글렌다워와 싸운다.

## 3. 2

[북소리. 주악과 깃발. 리처드 왕,
오멀, 칼라일 주교, 병사들 등장]

리처드 왕 이곳을 바클롤리 궁이라고 하는가?
오멀 예. 파도치는 바다에 시달리신 후
바람을 쐬시니 어떠십니까?
리처드 왕 좋을 수밖에 없지. 다시금 내 나라에
서려니까 기쁨의 눈물이 솟는다.
정다운 땅아, 반란군 발굽 아래
상처가 생겼다만 반갑게 만진다.
헤어졌던 어머니와 아이가 만나
눈물과 웃음을 헤프게 희롱하듯,
내 땅아, 울고 웃으며 너를 반기며
국왕의 손으로 너에게 축복한다.
착한 땅아, 너의 왕의 적들을 먹이지 말며
맛있는 거로 놈들의 배를 채우지 마라.
너한테서 독즙을 빨아먹는 거미들과
걸음 느린 두꺼비가 놈들을 가로막아,
강탈자의 걸음으로 네 가슴을 짓밟는
반역하는 발에게 아픔을 줘라.
원수들한테는 쐐기풀을 생산하고
놈들이 네 품에서 꽃을 딸 때는
숨어 있던 독사로 꽃을 보호하여서
두 가닥 혓바닥이 너의 왕의 원수한테
죽음을 선사하길 간절히 바란다.
귀공들, 뜻 없는 내 주문을 비웃지 말아요.
이 땅의 왕인 내가 추악한 반역 앞에
무릎을 꿇기 전에, 땅은 느낌이 있고
돌들은 무장한 군대가 될 거요.
칼라일 근심하지 마세요. 어떤 일에도
왕을 삼은 전능자가 지킬 힘이 있으세요.
하늘이 내리시는 모든 것을 받으시고
소홀하지 마세요. 우리가 그리하면
하늘도 그러시오. 하느님은 구원과
치유의 방식을 보이시는데
지금 우리는 그것을 거절하오.
오멀 우리가 지나치게 소홀하단 말입니다.
이렇게 하는 사이에 볼링브루크은
물자와 병력이 강성해집니다.
리처드 왕 불쾌한 사촌이야. 살피는 하늘눈이
땅덩이 밑의 세상을 밝혀줄 동안
여기는 밤이라서 대담한 강도들이
살인과 폭력을 자행하지 않아?
하지만 땅덩이 밑에서 동쪽 산의
멋있는 동쪽 소나무에 빛을 더하고
움츠린 구석마다 햇살을 쏘면
살인과 반역과 가증한 죄의
어둠의 망토가 벗어져 나가
발가벗은 제 몸을 보고 떨지 않아?
그처럼 도둑이고 역적인 볼링브룩도
내가 지구 저쪽에서 오가는 때에
밤새 내내 희희낙락 놀고 지내다
해처럼 왕좌에 내가 올라가면
그의 낯이 밝은 해를 견디지 못하고
반역의 수치 때문에 빨개져서 저도 놀라서
자기가 지은 죄에 졸아서 떨겠다.
거칠고 사나운 바다 물결도
기름 부운 왕의 향[30]을 없앨 수 없고
인간의 말로는 하느님이 택하신
하느님의 대리자를 물러나게 할 수 없지.
왕관을 얻으려고 그자가 모아놓은
못된 창칼마다 하느님께서
리처드를 위해서 빛나는 천사들을
맞세우시지. 하늘은 정의의 편이라
천사와 싸우면 약한 인간이 져.
[솔즈베리 등장]
잘 왔소. 당신의 군대는 얼마나 멀리 있소?
솔즈베리 전하, 가까이도 멀리도 안 있고
나약한 이 팔뿐예요. 실망이 지배하는 저의 혀는
절망밖에 무슨 말도 할 수 없어요.
고귀하신 전하, 단 하루 늦으셔서
전하의 행복은 어둠에 잠겨 있어요.
어제를 불러오고 시간을 명령하면
만 2천 명의 병사가 생기겠어요!
이날, 이날, 불행한 날, 하루가 늦어
왕의 기쁨, 친구, 행운, 권위가 뒤집혔어요.
별세했단 말을 듣고 웨일스 군대가

30 중세 기독교 세계의 왕은 대관식 때 대주교가 머리에 향유를 발라 정식으로 왕이 됨을 선포했다.

흩어지고 달아나고 볼링브룩에게 갔군요.
오멀 용기를 내시오. 그처럼 창백하니 웬일이시오?
리처드 왕 방금 전만 해도 2만의 피가
얼굴에 뛰놀았는데 이젠 모두 달아났다.
그래서 그 많은 피가 돌아오기 전엔
얼굴이 창백하고 사색이 안 되나?
보신을 원하는 자마다 나를 떠나라.
시간이 내 위엄에 오점을 찍었어.
오멀 용기를 내세요. 왕이신 걸 기억하세요.
리처드 왕 그걸 잊었네. 내가 왕 아니야?
겁에 질린 권위여, 잠을 깨어라!
왕의 이름이 2만의 이름 아닌가?
이름아, 무기를 들어라! 볼품없는 졸자가
커다란 빛을 건드린다. 아래를 보지 마라.
왕의 친구들, 내가 높지 않아?
생각을 높게 해! 요크 숙부에게
넉넉한 병력이 있겠다.
[스크룹 등장] 누가 오는데?
스크룹 저의 혀로 슬픈 곡조를 읊는 것보다
더 큰 건승과 기쁨을 누리세요.
리처드 왕 내 귀는 열렸고 마음도 준비됐다.
당신이 밝힌대야 재물 손실이거든.
내 나라가 없어졌나? 골칫거리였었지.
골칫거리 면한 게 무슨 손해야?
볼링브룩이 나만큼 높아지고 싶다고 해?
더 높을 데도 없지. 그가 주를 섬긴다면
나도 주를 섬길 테니 그와 내가 같아져.
민란이 생겼나? 그건 나를 못 고쳐.
나와 함께 하느님을 배반하는 짓이야.
환란과 파괴와 폐허와 멸망을 외쳐라.
기껏해야 죽음이지. 죽음이 끝낼 거다.
스크룹 전하께서 불행의 소식을 견디실 만큼
무장이 든든해서 제 맘이 기뻐요.
폭풍 부는 날씨가 느닷없이 찾아들어
맑은 강의 둔덕들을 휩쓸고 넘어
세상 전체가 눈물바다를 이루듯이
볼링브룩의 난동은 한도를 넘어서
번들대는 무쇠와 더욱 모진 인간들로
겁에 질린 왕의 땅을 뒤덮고 있어요.
반란하는 늙은이가 대머리에 투구를 쓰고
소녀 같은 목소리의 애송이들이
어른 말을 흉내 내고 왕권에 도전해서
무거운 갑옷들을 약한 뼈에 걸쳐요.
기도에 전념하는 구빈원 노인[31]조차
왕권에 도전해서 독화살을 익히고,
심지어 길쌈하는 부인네가 녹슨 창을
휘둘러요. 남녀노소가 반란해서
나쁘게만 치달아서 어쩔 도리가 없어요.
리처드 왕 나쁜 얘기들을 너무나 잘해.
윌트셔 백작은 어디 있어? 배곳은?
부시는 어떻게 됐어? 그린은 어디 있고?
위험한 적들이 이처럼 태평하게
내 땅을 짓밟게 내버려뒀냐?
내가 승리한다면 목으로 값을 받겠다!
틀림없이 볼링브룩과 화해했구나.
스크룹 확실히 그 사람과 화해했네요.
리처드 왕 악질들, 도저히 구제 못 할 독사 새끼들!
누구에게나 쉽사리 꼬리 치는 개새끼들!
내 피에 몸을 덥혀 가슴 쏘는 뱀 새끼들!
유다[32]보다 세 배 못된 세 놈의 유다들!
화해했어? 그 죄로 추악한 그 영혼에게
무서운 지옥이 아귀다툼을 벌여라!
스크룹 다정하던 사랑이 성질이 달라져서
차갑고 날카로운 증오로 변해요.
저주를 취소하세요. 머리로 화해했지
손으로 안 했어요. 왕이 저주하는 자들은
파멸하는 죽음의 상처 맛을 보고서
텅 빈 땅속에 아주 낮게 묻혔어요.
오멀 부시와 그린과 윌트셔 백작이 죽었나?
스크룹 예, 모두들 브리스틀에서 목을 잃었어요.
오멀 내 아버지 공작과 병력은 어디에 있소?
리처드 왕 어디에 있든 상관없어. 위로는 그만해!
무덤과 벌레와 비명을 얘기하자.
흙바닥을 종이 삼아 쏟아지는 눈물로
땅덩이 한복판에 슬픔을 쓰자.
집행인을 택하고 유언을 말하자.

31 당시 왕이나 귀족이 의지할 데 없는 노인들을 구빈원(救貧院)에 수용하였는데 이들은 시혜자들을 위해 기도하는 것이 일이었다.
32 예수의 제자였던 가룟 유다는 예수를 배반하여 배반자의 전형이 되었다.

하지만 아니야. 쫓겨난 내 몸밖에
땅에 남겨줄 게 뭣인가 말이야?
내 땅도 내 목숨도 볼링브룩의 차지야.
내 거라 할 건 죽음뿐이고
껍데기 구실하면서 우리 뼈를 덮고 있는
볼품없는 흙덩이의 본보기만 남았지.
그래서 우리 모두 땅바닥에 주저앉아
왕들의 죽음을 서럽게 얘기하자.
왕좌에서 쫓겨난 자, 싸움에서 죽은 자,
쫓아낸 자들의 유령에게 시달리는 자,
왕비에게 독살된 자, 자다가 죽은 자,
모두 살해됐거든. 이마에 두르는
헛된 왕관 속에서는 죽음이 왕이 돼.
그런 장난꾼이 거만하게 앉아서
위엄을 비웃고 위세를 히죽대고
잠깐만 난 척하고 왕으로 군림해서
무서운 눈길로 뭇사람에게 겁주고
허황된 자만심만 가득히 채워서
목숨을 보호하는 연약한 살덩이가
뚫지 못할 놋쇠인 양 꺼떡대지만
마지막이 닥쳐와서 자그마한 바늘로
성을 꿰뚫으니까, 왕이여, 안녕!
모자를 써라. 엄숙히 예의를 갖춰
살과 피를 조롱하지 마라. 예의와 전통과
형식과 의식들을 모두 다 내버려.
지금까지 당신들은 나를 오해했었지.
나도 빵을 먹고 필요한 걸 느끼고
슬픈 맛을 경험하고 친구가 필요해.
이런 나를 어째서 왕이라고 해?

칼라일 현명한 인간은 주저앉아 울지 않고
즉시 일어나 탄식의 길들을 차단하오.
두려움은 힘을 빼오. 적을 두려워함은
힘없는 당신이 그들에게 힘까지 주오.
당신이 어리석어 자신에게 저항하오.
기껏해야 겁쟁이로 죽을 뿐이오.
싸우다가 죽는 것은 죽음을 죽임이며
죽기를 겁내는 건 구차한 목숨 값을
죽음에게 갚는 거요.

오멀 아버지에게 군대가 있소.
알아보시오. 팔다리로 몸뚱이를 만드시오.

리처드 왕 당신의 질책이 옳아. 건방진 볼링브룩,
우리 서로 싸워서 결판을 내자.
차가운 공포도 날아가 버렸어.
내 땅 내가 찾는 건 수월한 일이야.
스크룹, 숙부의 부대가 어디 있나?
얼굴빛은 어두워도 상냥하게 말하오.

스크룹 사람들이 하늘의 날씨를 살펴서
그날의 상태와 변화를 예측하듯이
침울한 제 눈으로 짐작하세요.
제 혀는 더 슬픈 얘기밖에 못 해요.
조금씩 조금씩 심해가는 고문처럼
끝끝내 자백할 일을 길게 늘일 뿐이에요.
요크 공은 볼링브룩에게 합류했고요,
북방의 성들은 모두 항복했으며
남방의 무사들이 모두 그의 파당에
어울렸어요.

리처드 왕 그만하고 그쳐라.
[오멀에게] 달콤한 절망 길에 접어들었던
나를 끌어냈는데 사촌이 원망스러워.
무슨 말 하지? 무슨 위로가 있어?
하늘에 맹세코, 지금 이후 나에게
용기를 내라고 하는 자를 영영 미워하겠다.
플린트[33]로 가겠다. 탄식 중에 꺼지겠다.
근심의 노예인 왕이 근심에게 왕답게
복종하겠지. 남은 군대를 해산하니까
움틀 희망이 있는 땅을 경작해라.
나는 희망이 없어. 아무도 내 말을
바꾸려고 하지 마. 권고가 헛수고야.

오멀 한마디 합시다.

리처드 왕 혓바닥의 아첨으로
상처를 주는 자는 나를 두 겹 해친다.
부대를 해산해라. 여기를 떠나라고 해.
리처드의 밤에서 볼링브룩의 낮으로 가. [모두 퇴장]

## 3. 3

[나팔과 북과 깃발과 함께 볼링브룩과 요크와
노섬벌랜드와 시종들과 병사들 등장]

33 웨일스에 있는 요새.

볼링브룩 이 정보에 의하면 웨일스인은 흩어지고
솔즈베리는 왕을 만나려고 떠났소.
얼마 전 왕은 몇 사람의 측근과 함께
이 해안에 상륙했다는 말이 있었소.
노섬벌랜드 소식이 매우 좋고 반가운 일이오.
리처드가 별로 멀지 않은 곳에 숨어 있소.
요크 '리처드 왕'이라고 해야 노섬벌랜드 공에게
어울리겠소. 아, 슬픈 날이다.
그토록 거룩한 왕이 숨어야 하니!
노섬벌랜드 공작님의 오해요. 간단히 하느라고
지위를 생략하셨소.
요크 예전이라면
왕에게 그처럼 짧게 말했다가는
그렇게 칭호를 짧게 만든 죄 때문에
당신 키를 머리만큼 짧게 했겠소.
볼링브룩 숙부, 그 이상 더 나가지 마십시오.
요크 조카, 그 이상 더 나가지 않겠다.
헛짚을까 걱정이다. 머리 위에 하늘이 있다.
볼링브룩 저도 압니다. 그래서 하늘 뜻에
맞서지 않습니다.
[헨리 퍼시 등장] 한데 저게 누군가?
반갑소, 헨리. 저 성이 항복하지 않소?
헨리 퍼시 귀공의 입성에 대항하여 왕명으로
병력이 배치되었소.
볼링브룩 왕명으로?
어떻게? 성안에 왕이 없소.
헨리 퍼시 있소.
왕이 들어 있소. 리처드 왕이
저 석회석 성벽 안에 들어와 있고
오멀 공, 솔즈베리 공, 스티븐 스크룹 경,
그밖에 고위의 성직자가 있는데
누군지 알 수 없소.
노섬벌랜드 분명히 칼라일 주교겠지.
볼링브룩 [노섬벌랜드에게]
귀공,
저 낡은 궁성의 험준한 성벽에 가서
놋쇠 나팔을 울려서 협상을 알리시오.
무너진 틈새로 이렇게 전하시오.
헨리 볼링브룩은
무릎을 꿇고 리처드 왕의 손에 입을 맞추며
존귀하신 전하에게 진실한 충성과
신의를 바치며, 그분의 발 앞에
무기와 군대를 내려놓을 터이니
추방을 철회하고 땅을 돌려줄 것을
조건 없이 허락하길 바란다고 하시오.
그러지 않으면 우세한 세력으로
죽은 잉글랜드인의 상처가 쏟아지는
피의 소나기로 여름 먼지를 잠재우겠다고 하시오.
그처럼 붉은 비로 리처드 왕의 아름답고
푸른 들을 적시는 짓이 볼링브룩에게서
얼마나 멀지 전하에게 공손히
절하는 것으로 보여주겠소.
가서 그쯤 말하오. 그사이 우리는
융단 같은 들로 행군할 테요.
[노섬벌랜드가 나팔수와 함께 성벽으로 간다.]
위협적인 북소리를 내지 않고 전진하여
오랜 궁성의 망루에서 그들이 아군의
잘 차린 위용을 볼 수 있게 합시다.
리처드 왕과 내가 만나면 불과 물의
두 원소가 굉음과 충격과 함께
구름 덮인 하늘 뺨을 둘로 가르듯
무서운 형국으로 만날 것이오.
왕은 불, 나는 물러서는 물이 되겠소.
세찬 힘은 그이가 차지하고 나는 땅에
물을 쏟되, 그이 아닌 땅에 쏟을 것이오.
전진합시다. 왕의 표정을 살피오.
[나팔들이 궁성 안팎에서 협상 신호를 울린다.
이어 주악. 리처드 왕이 칼라일 주교와 오멀과
스크룹과 솔즈베리와 함께 성벽 위에 나타난다.]
저것을 보오. 왕이 직접 나타났소.
동녘의 불타는 문간에서 태양은
시샘하는 구름들이 자신의 영광을
흐리게 만들어 서녘에의 밝은 길을
더럽힐 작정임을 알아차리고
불쾌한 듯 얼굴을 붉히고 있소.
요크 아직도 왕다운 모습이다. 눈을 보라.
독수리 눈처럼 빛나며 위압하는
풍모를 발산한다. 오, 슬프다.
저처럼 아름다운 모습이 해를 입다니!
리처드 왕 [노섬벌랜드에게]
참말 놀랍소. 한참 동안 여기 서서
당신의 정당한 왕이라고 자부하여

당신이 공손히 무릎을 꿇기를 기다렸소.
내가 왕이면, 어찌하여 그 무릎은
공손의 책임을 다하는 것을 잊었소?
내가 왕이 아니라면 하느님의 대행자를
해고한다는 서명을 내게 보이오.
내가 잘 알거니와 신성을 범하거나
절취 또는 찬탈 외의 육신의 손으로는
거룩한 내 홀의 손잡이를 쥐지 못하오.
당신처럼 모두가 나를 떠남으로써
자기들의 영혼을 뜯어냈다고 생각하고
내가 친구 없이 헐벗었다고 여기는데,
알아두오. 전능하신 나의 주 하느님이
나를 위해 구름 속에 무서운 역병을
모아놓고 계시니 태어나지 않은
당신들의 후손을 내려치실 것이오.
당신들은 내 머리에 천한 손을 내밀어
왕관의 존귀한 영광을 위협하지만
볼링브룩에게 알리오.—저기 서 있는 듯한데—
내 땅 밟는 걸음마다 위험한 반역이오.
피 흘리는 전쟁의 시뻘건 유언장을
펼치려고 왔으나
희구하는 왕관이 평화를 누리기 전
어머니 아들들이 1만 개의 터진 머리,
꽃다운 이 나라의 얼굴에 걸맞지 않소.
처녀처럼 새하얀 평화의 얼굴빛을
시뻘건 분노로 바꿔서 목동의 풀밭을
잉글랜드의 충성된 피로 물들이겠소.

노섬벌랜드 하늘의 왕께서 존귀하신 우리 왕께
사나운 내란이 덤벼들 수 없게끔
막아주소서! 지극히 고귀한 왕의 사촌
볼링브룩이 왕의 손에 키스합니다.
전하의 조부님의 유골을 덮고 있는
명예로운 무덤과 거룩한 근원에서
솟아난 두 핏줄이 두 왕가의 혈통과
땅에 묻힌 곤트의 용맹한 손과
자신의 존귀함과 명예를 걸고
맹세의 말을 다해서 맹세코,
그가 여기 오는 것은 왕가의 직계임을
알려는 것이며 즉시 추방을
취소하기를 무릎 꿇어 비는 것 외에
조금도 다른 목적이 없사옵니다.
전하께서 일단 이를 허락하시면
번쩍이는 창검을 녹슬게 버려두며
갑주를 입은 군마는 마구간에 보내고
전하께 향한 충성에 전념할 것입니다.
공명정대한 왕자로서 이렇게 맹세하며
하나의 신사로서 저는 그를 믿습니다.

리처드 왕 노섬벌랜드, 왕은 이렇게 대답한다.
고귀한 사촌이 온 것을 크게 반기며,
모든 정당한 요구는 아무런 조건 없이
이행되리라. 능력을 다하여
온갖 정중한 말로 친밀한 인사를
그의 고귀한 귀에 전하여다오.
[노섬벌랜드가 나팔수와 함께 볼링브룩에게
돌아간다.]
[오멀에게] 이런 구차한 꼴로 좋은 말을 했으니
우리가 자신을 낮춘 것이 아닌가?
노섬벌랜드를 다시 불러 반역자에게
도전장을 보내고 죽어버릴까?

오멀 아닙니다. 좋은 말로 싸우면서 시간이 우군을,
우군이 도움의 칼을 줄 때까지 기다립시다.

리처드 왕 오, 하느님, 하느님! 이 혓바닥이
건방진 자에게 무서운 추방령을 내렸다가
낯간지러운 철회를 하게 되다니!
오, 내 슬픔만큼 크게 되거나
이름보다 작아지면 정말 좋겠지!
전에 누구였는지 잊으면 좋겠어!
이제 어떻게 될지 모르면 좋겠어!
부푼 가슴아, 뛰느냐? 뛰게 해줄게.
원수들이 너와 나를 때리겠구나.
[노섬벌랜드가 성벽으로 돌아온다.]

오멀 노섬벌랜드가 볼링브룩에게서 돌아옵니다.

리처드 왕 이제 왕이 뭘 해야 하나? 항복하나?
그렇게 하겠다. 퇴위할 건가?
동의할 거다. 왕이란 칭호를 잃을까?
하느님 이름으로 그렇게 되라고 해.
보석들을 묵주 한 묶음과 바꾸고
화려한 궁전을 은자의 움막과 바꾸고
찬란한 옷차림을 극빈자의 옷과 바꾸고
아로새긴 술잔을 바가지와 바꾸고
왕의 홀을 순례자의 지팡이와 바꾸고
숱한 백성을 성인의 상 두 개와 바꾸고

넓은 왕국을 자그마한 무덤과,
이름 모를 작디작은 무덤과 바꾸거나
또는 왕의 대로에 묻힐 테니까
왕래가 빈번하여 모든 자의 발길이
자기 왕의 머리를 언제나 밟겠지.
지금 이 순간에도 내 가슴을 밟으니까
묻혀버린 다음에야 머린들 안 밟겠나!
오멀, 우누나. 마음 착한 사촌아!
멸시받는 눈물로 짓궂은 날씨를 빚자.
눈물과 한숨으로 곡식을 뭉개고
반란하는 이 땅에 기근을 불러오자.
또는 우리 슬픔으로 장난을 쳐서
재미있는 눈물을 떨어뜨리기 시합하자.
이렇게 한곳에 눈물을 떨어뜨려
땅속에 무덤을 두 개 파자. 그래서
거기 누우면 사촌 형제가
눈물로 무덤을 판 게 될 테지?
우리의 불행이 멋지지 않겠나?
하지만 한낱 헛소리, 너도 나를 비웃누나.
[노섬벌랜드에게]
지극히 강력한 노섬벌랜드 공,
볼링브룩 대왕께서 뭐라고 하시나?
왕께서 리처드에게 죽기까지 살라고
하시나? 무릎을 굽히니 '예'란 말인가?

노섬벌랜드 왕께 말씀드리려고 저 아래 뜰에서
기다리고 있습니다. 내려오시겠습니까?

리처드 왕 말 안 듣는 말들을 다룰 줄 모르던
빛나는 파에톤[34]처럼 아래로 내려간다.
아래 뜰이라? 반역자의 부름에 응해
그들을 축복하는 왕들이 천해지는 곳.
아래 뜰에 내려가? 궁정아, 왕아, 꺼져라!
종달새가 노래할 데에서 올빼미가 짖어댄다.
[리처드 왕과 추종자들이 위에서 퇴장.
노섬벌랜드가 볼링브룩에게로 돌아간다.]

볼링브룩 왕이 뭐라고 하는가?

노섬벌랜드 마음의 슬픔으로
말씀이 광인처럼 멍청합니다.
[주악. 리처드 왕과 추종자들이 아래에 등장]
하지만 오셨어요.

볼링브룩 모두 물러서시고
전하께 합당한 예를 올리오. [무릎을 꿇는다.]
자애로우신 전하.

리처드 왕 훌륭한 사촌, 고귀한 무릎을 욕보이며
천한 땅에 키스해서 땅이 으쓱해 한다.
쓴 눈으로 당신의 예의를 보기보다
마음으로 사랑을 느꼈으면 더 좋겠다.
일어나라, 일어나. 속마음은 치솟겠지.
[볼링브룩을 일으킨다.]
적어도 이만큼은. [왕관을 가리킨다.]
무릎을 굽혔어도.

볼링브룩 전하, 제 소유만 찾기 위해 왔습니다.

리처드 왕 당신 거는 당신 거고, 나도 모두 당신 거다.

볼링브룩 지극히 고명하신 전하, 저의 충성은
전하의 사랑을 받을 만큼 진실합니다.

리처드 왕 받을 만하다. 가장 강력하고 확실한
방법을 아는 자가 받을 만하다.
[요크에게]
숙부님, 악수합시다. 눈물을 닦으세요.
눈물은 사랑을 보여주나 별수 없어요.
[볼링브룩에게]
사촌, 내가 당신 부친 되기엔 너무 젊으나,
당신이 내 후계자 될 나이는 넉넉하다.
갖고 싶은 거 가져라, 순순히 내줄 테니.
완력이 시키는 일은 할 수밖에 없어.
런던으로 가는 거, 그것 아니야?

볼링브룩 예, 전하.

리처드 왕 그러니까 거절하면 안 되지. [주악. 모두 퇴장]

## 3. 4

[왕비가 두 시녀와 함께 등장]

왕비 우리 여기 마당에서 무슨 놀이 하면서
짓누르는 근심을 쫓아버릴까?

시녀 1 볼링 합시다.

왕비 그 놀이는 온 세상에 장애물이 가득하고
비뚤어진 내 운명을 알려주겠지.

시녀 2 춤춥시다.

34 태양의 신 아폴론의 아들로 아버지의 불마차를 몰고 가다 실수하여 떨어졌다. 실추하는 젊은 리처드 왕에 걸맞은 상징이다.

왕비 내 슬픈 가슴이 차분히 뛸 수 없어,
내 다리도 발걸음을 즐겁게 못 맞춰.
그러니 춤 말고 딴 놀이 해보자.
시녀 1 그럼 얘기나 해요.
왕비 슬픈 얘기, 기쁜 얘기?
시녀 1 둘 다요.
왕비 둘 다 안 된다.
기쁜 건 기쁜 게 아무것도 없어서
슬픈 것만 생각나게 해줄 뿐이지.
슬픈 건 진작부터 슬프기만 하니까
기쁜 것 없는 데다 슬픔이나 더해줘.
진작부터 있는 건 되풀이가 소용없고
없는 건 한탄해야 소용도 없어.
시녀 2 제가 노래할게요.
왕비 그럴 이유가 있다니 너는 좋겠다.
하지만 네가 울면 내가 더 좋겠어.
시녀 2 마님께 좋으면 울 수도 있어요.
왕비 나한테 우는 게 좋다면 노래도 하겠어.
네게서 눈물을 빌려올 필요가 없어.
[정원사와 두 일꾼이 등장]
잠깐만. 정원사들이 저쪽에 와.
여기 나무 그늘에 들어가 있자.
저이들이 시국 말을 할 거야. 내 불행에
바늘 한 쌈[35] 내기해도 틀림없어. 큰일 전엔
누구나 그래. 고난 앞에 고난이야.
[왕비와 시녀들이 비켜선다.]
정원사 [일꾼 1에게]
어린 살구나무 가지를 붙들어 매.
말 안 듣는 애같이 지나치게 무거워서
그거 아버지, 어머니를 휘어지게 해.
구부러진 가지에다 버팀목을 받쳐놔.
[일꾼 2에게]
너는 가서 사형을 집행하는 형리처럼
너무 빨리 자라는 가지의 머리를 쳐.
함께 사는 나라에서 너무 크면 안 되지.
모두들 똑같게 다스려야 해.
너희가 그렇게 일하는 동안
좋은 꽃에 가야 할 양분을 빼는
잡초를 뿌리째 뽑으러 가겠다.
일꾼 1 왜 우리가 울타리 안에서
법과 형식과 올바른 질서 중에
잘 짜인 모범을 보여야 해요?
바닷물이 둘러싼 우리 정원 전체에
잡초가 무성해서 예쁜 꽃이 숨 막히고
유실수는 마구 크고 울타리는 망가지고
꽃밭은 흩어지고 몸에 좋은 약초들에
벌레가 들끓는데?
정원사 입 다물어.
질서 없는 이 샘터를 내버려둔 사람이
지금은 낙엽 같은 신세가 됐다.
넓은 잎으로 가려주던 잡초들이
받드는 척하면서 그이를 삼켰는데
볼링브룩이 그것들을 뿌리째 뽑아냈다.
윌트셔와 부시와 그린 따위 말이다.
일꾼 2 그래서 죽었나요?
정원사 그렇다. 볼링브룩이
낭비가 심한 왕을 체포했다. 이 정원처럼
제대로 나라를 다스리지 못했으니
정말 유감이야! 우리가 때맞춰서
과실나무 껍질에 흠집을 내는 건
수액이 너무 많아 지나친 자양분에
나무를 망칠까 걱정하기 때문이지.
힘이 점점 커가는 사람들을 그랬다면
그자들은 살아서 열매를 맺고
왕은 맛을 즐길 테지. 열매 맺는 가지를 살리려고
쓸데없는 가지들은 잘라내는데
왕이 그리했다면 낭비의 세월 때문에
잃어버린 왕관을 유지할 텐데.
일꾼 1 그럼 왕이 퇴위됐어요?
정원사 이미 낮아졌으니 퇴위당할 거라고
짐작할 수 있지. 어젯밤 요크 공의
절친한 친구에게 편지가 왔는데
절망적인 기별이야.
왕비 말하지 않으면
숨 막혀 죽겠다!
[왕비와 시녀들이 앞으로 나온다.]
아담의 후예[36]인 너는

35 '온 재산을 걸어 내기를 해도' 틀림없다는 말을 이렇게 바꾸어 말하는 것이다. '바늘 한 쌈'은 무가치한 것.
36 인류의 시조인 아담은 에덴동산의 '정원사'였다.

정원을 가꾸는 자인데 무지한 혀로
왜 감히 불쾌한 소식을 말하나?
무슨 하와, 무슨 뱀이 너를 꼬드겨
저주받은 인간을 다시 타락시키나?
왜 리처드 왕이 퇴위됐다고 하나?
흙에 지나지 않은 네가 왕의 추락을
감히 예언하나? 이런 흉한 소식을
언제 어디서 어떻게 들었나 말해!

정원사 용서하십시오. 이 소식을 말하면서
즐겁진 않았어도 말은 사실이에요.
리처드 왕은 볼링브룩의 강한 손에
잡혀 있는데, 두 분의 운수를 달아보면
왕의 접시 위에는 무게를 감량하는
몇 가지 못난 짓과 왕이 놓여 있고
강한 볼링브룩의 접시엔 자기 외에
잉글랜드 귀족들이 전부 놓여서
그 사이에 리처드 왕은 짓눌리고 있어요.
런던에 빨리 가면 아시게 되어요.
제가 하는 소리는 모두들 아는 거예요.

왕비 재빠른 불행아, 네 발이 가볍다.
네 소식의 소유권은 나한테 있지 않아?
그런데 끝에서 알게 돼서, 오래도록
마음속에 슬픔을 간직하고 있으라고
끝에 오기로 했나? 얘들아, 가자.
런던의 슬픈 왕을 런던에서 만나자.
이게 내 운명일까? 내 슬픈 모습이
볼링브룩의 승리를 장식해야 돼?
정원사, 슬픈 말을 전해준 값으로
네가 가지를 친 나무는 자라지 마! [시녀들과 함께 퇴장]

정원사 불쌍한 왕비, 형편이 악화되지 않도록
내 기술이 저주대로 됐으면 하오.
이곳에 눈물을 뿌렸지. 이 자리에다
은혜의 씁쓸한 풀, 운향 밭을 일구겠다.
눈물 흘린 왕비를 기념하여 얼마 후에
원한의 운향이 나타날 게다. [모두 퇴장]

## 4. 1

[볼링브룩이 오멀, 노섬벌랜드, 헨리 퍼시,
피츠워터, 서리, 칼라일 주교, 웨스트민스터
수도원장, 다른 귀족과 함께, 의전관이 시종들과
함께 의회에 등장]

볼링브룩 배곳을 불러와라.
[형리들이 배곳과 함께 등장]
자, 배곳, 주저없이 생각을 말하라.
글로스터 공작의 죽음에 대하여
누가 왕과 공모했고 누가 그분의
영원한 종말이란 피 흘림을 행했는지
네가 알고 있는 바를 모두 말하라.

배곳 그러면 내 얼굴을 오멀 공께 돌리시오.

볼링브룩 사촌, 앞에 나와 저 사람을 바라보오.
[오멀이 앞으로 나선다.]

배곳 오멀 공, 당신의 대담한 혀가
진작 말한 사실을 부인하지 않을 거요.
글로스터의 죽음을 모의하던 무서운 때에
"편안한 잉글랜드 궁정에서 칼레[37]에 닿는
기다란 나의 팔이 숙부의 머리까지
뻗어가지 않겠소?"란 당신의 말을 들었소.
또한 그때 여러 가지 오간 말 중에
볼링브룩이 이 나라에 돌아오기보다는
차라리 10만 왕관[38]을 거절하겠단 말을
내가 들었소. 거기에 덧붙여서,
사촌이 죽으면 이 나라가 얼마나
행복할지 이야기했소.

오멀 공작님들, 고귀하신 대공님들,
이런 천한 자에게 어떻게 답하나요?
동등한 신분으로 이자를 질책하여
타고난 내 지위를 더럽혀야 하나요?[39]
안 그러면 거짓말 지껄이는 저 입술의
흠집으로 내 명예를 더럽혀야 하겠소.
[장갑[40]을 던진다.]
나의 도전장이다. 지옥으로 보내고자

37 지금 프랑스 북서 해안의 도시로 당시에는 잉글랜드 영토였고, 이곳에서 글로스터가 암살당했다.
38 왕관 모양이 찍혀 있는 금화를 말한다.
39 즉, 정식으로 결투를 한다는 말이다. 공작인 그는 일개 기사와 일대일 결투를 수치스럽게 여긴다.
40 장갑을 상대의 발 앞에 던지면 결투를 하자는 도전이었다. 상대가 그 장갑을 집어 들면 그 도전을 받아들인 것이 된다.

내 손으로 봉인한 죽음의 인장이다.
네 말은 허위이다. 그것이 허위임을
네 피로 말하련다. 보검을 더럽히기에
너의 피는 너무나 천하다마는.
볼링브룩 배곳, 가만있어라. 집어 들지 마라.
오멀 한 사람을 제외하고 누구를 막론하고
나의 화를 돋운 자는 무섭지 않다.
피츠워터 [오멀에게]
당신의 용기가 동등한 지위를 바란다면
오멀, 당신에게 던지는 나의 도전장이오.
[자신의 장갑을 던진다.]
당신을 보여주는 밝은 해에 맹세코,
당신 말을 들었소.—자랑하는 투였는데—
글로스터를 죽일 것을 지시했다 하였소.
스무 번을 부인해도 모두 거짓말이오!
나의 칼날 끝으로 거짓말을 꾸며낸
당신의 심장에다 그 말을 처박겠소.
오멀 목숨이 붙은 채로 그날을 못 보리라.
[장갑을 집어 든다.]
피츠워터 영혼으로 맹세코, 당장이길 바란다!
오멀 피츠워터, 너는 이로 인해 지옥행이다.
헨리 퍼시 오멀, 거짓말 마라. 그 사람의 고발은
네 말이 허위이듯 명예로운 사실이다.
네가 그렇다는 걸 내 목숨 다하여
네 몸에 증명하기 위하여 너에게
도전장을 던진다. [장갑을 던진다.]
용기가 있으면 집어라.
오멀 내가 집지 않으면 내 손이 문드러져
번쩍이는 적수의 투구 위에 다시는
복수의 칼을 휘두르지 말아라!
[장갑을 집어 든다.]
다른 귀족 거짓된 오멀, 나도 땅에게
같은 짐을 메게 한다. 가증한 귀에 대고
거짓말 말라고 종일토록 외치면서
네게 도전하겠다. [장갑을 던진다.]
명예를 담보한다.
감히 그럴 뜻이면 결투를 받아라.
오멀 또 누구냐? 뉘에게나 도전한다.
[장갑을 집어 든다.]
가슴은 하나지만 기백은 천이 된다.
너 따위는 2만 명도 응대하겠다.
서리 피츠워터 공, 당신과 오멀이
함께 말하던 것을 분명히 기억하오.
피츠워터 확실하오. 당신도 거기에 있었으니까
나와 함께 그 사실을 증언하시오.
서리 하늘이 옳은 만큼 그 말은 거짓이오.
피츠워터 서리, 거짓말이다.
서리 부끄러운 자여!
그 거짓이 내 칼에 무겁게 올라앉아
복수를 행할 테니 거짓된 너와
네 거짓이 네 아비 해골과 함께
땅속에 조용히 눕게 되겠다.
그 증거로 이것이 명예를 담보한다.
[장갑을 던진다.]
감히 덤비겠으면 결투를 수락하라.
피츠워터 달리는 말에 박차를 가하니 가소롭다!
[장갑을 집어 든다.]
내 감히 먹고 마시고 숨 쉬고 산다면
황야에서 만나도 저 낯짝에 침을 뱉고
거짓말 말라고 외치겠다. 이것은 너를
강력한 질책에다 잡아매는 징표다.
[두 번째 장갑을 던진다.]
새로운 세상에서 활동할 터인 만큼
내 진실한 고발대로 오멀은 죄가 있소.
게다가 추방당한 노폭에 의하면
오멀, 당신이 부하 둘을 보내어
칼레에서 공작을 살해했다고 하오.
오멀 정직한 신사는 도전하여 나를 믿으오.
추방이 풀린 노폭이 명예를 위해서 온다면
거짓된 그자에게 도전장을 던지오.
[장갑을 빌려서 던진다.]
볼링브룩 이 결투는 노폭을 소환할 때까지는
유예하겠소. 반드시 그자를 소환하겠소.
비록 나의 적이나 토지, 재산 일체를
돌려주겠소. 그가 돌아온 후에
오멀과의 결투를 시행하겠소.
칼라일 명예로운 그날은 오지 못하오.
추방당한 노폭은 영광된 전쟁에서
주님을 위하여 여러 번 싸웠소.
교회의 십자가 깃발을 휘날리면서
악한 터키, 사라센의 이교도에 대항하여
전쟁의 노역에 힘쓰다가 은퇴하여

즐거운 땅 베니스에 몸을 파묻고
깨끗한 영혼을 대장 예수께 바쳤으며
그분의 깃발 아래 오래도록 싸웠소.
볼링브룩 오, 주교, 노폭이 죽었소?
칼라일 내가 사는 만큼 분명히 죽었소.
볼링브룩 달가운 평화가 아브라함 품으로
달가운 영혼을 인도하길! 고발하는 귀공들,
심판할 날짜를 내가 정하겠으니
당신들의 논란은 그때까지 밀어놓소.
[요크 등장]
요크 랭커스터 공작, 깃털 빠진 리처드를
뒤에 남겨두었소. 자원하는 정신으로
당신을 후계 삼고 당신 손이 잡도록
왕의 홀을 넘긴다고 선포하였소.
이제 그가 물려주는 왕좌에 오르시오.
그러므로 네 번째 헨리 왕 만세!
볼링브룩 하느님의 이름으로 왕좌에 오르겠소.
칼라일 그러면 안 됩니다!
높으신 분 중에서 가장 미천하지만
진실을 말하기엔 가장 알맞소.
고귀한 분 중에서 고귀한 리처드를
심판할 만큼 고귀한 분이 계시면
얼마나 기쁘겠소! 진정한 고귀함은
이런 추한 부정을 금할 것이오.
어떤 백성이 자기 왕을 재판하겠소?
리처드의 백성이 아닌 자가 누구요?
범죄한 사실이 명백한 도둑도
반드시 그 자리에서 판결을 받소.
왕은 하느님 주권의 상징이요 장수며
청지기요 선택받은 대리인이오.
기름 부어 관 씌워 오래 앉혔던 이를
낮은 아래 사람들이 재판을 행하는데
당사자는 궐석이오? 하느님, 막으소서!
기독교 세계의 문명인이 그토록
악하고 치사하고 몽매하게 행하오!
하느님이 시키시어 이렇게 담대하게
백성이 백성에게 왕을 위해 말을 하오.
당신들이 왕이라 칭하는 허포드 공은
자신의 왕에 대한 추악한 반역자요.
그에게 왕관을 씌운다면, 예언컨대
잉글랜드의 피가 땅을 비옥하게 만들며
못된 일 때문에 후손이 신음하겠소.
평화는 터키인과 이교도와 잠자겠으며
평화롭던 터전에는 격렬한 싸움으로
동기끼리, 동족끼리 서로 살육하겠소.
혼란, 공포, 반란이 이 땅에 뿌리박아
이 땅은 골고다가 되어서 죽은 자의
해골들의 밭이라는 이름을 얻게 되겠소.
같은 왕가 사이에 싸움을 붙이면
저주받은 이 땅이 일찍이 보지 못한
최악의 분단을 확실히 불러오오.
막고 저지하시오. 그런 일이 없게 하시오.
후손 대대로 당신들을 저주할까 두렵소.
노섬벌랜드 당신은 말 잘했소. 그 수고 값으로
최고의 반역죄로 당신을 체포하오.
웨스트민스터 공, 당신의 책임 하에
재판 일까지 엄중히 구금하오.
[칼라일 주교가 체포된다.]
그러면 귀공들, 평민의 송사를 허락하시오?
볼링브룩 리처드를 데려와서 만인 앞에서
항복하게 하시오. 그래야만 의혹 없이
일을 진행하겠소.
요크 내가 인도하겠소. [관리들과 함께 퇴장]
볼링브룩 이 자리에 결투 문제로 내게 매인 이들은
답변의 시일까지 보증인을 구하시오.
당신들의 우의에 신세 진 바 없으며
당신들의 도움을 기대하지 않았소.
[리처드 왕과 요크가 왕관과 홀을 떠받치는
관리들과 함께 등장]
리처드 왕 오, 내가 왜 새 왕 앞에 불려오나?
군림하던 왕의 심정을 떨치기 전?
곰살맞게 굴면서 아첨하고 절하고
무릎 굽히는 법을 익히지 못했는데.
슬픔에게 때를 주어 항복하는 방법을
가르치게 해주오. 아직도 저 얼굴들을
뚜렷이 기억하오. 내 사람들이 아니었소?
내게 "만세!"를 외치지 않았소?
유다도 예수에게 그랬지만 열둘 중에 하나였고
나는 만 2천 모두에게 배반당했소.
전하 만세! 아무도 "아멘"이라고 안 해?
내가 사제이고 서기요? 그러면 아멘.[41]
전하 만세! 내가 왕이 아니라고 해도

하늘이 나를 왕으로 여긴다면 아멘!
무슨 일 하라고 나를 여기 불렀소?

요크 당신의 자발적 의사로 할 일인데,
업무에 지친 당신에게 돌아온 일인데,
지위와 왕관을 헨리 볼링브룩에게
양도하게 되었소.

리처드 왕 [요크에게] 왕관을 주시오. [왕관을 든다.]
[볼링브룩에게]
그럼, 사촌, 왕관을 잡으시오. 그럼, 사촌,
이쪽은 내가 잡고 저쪽은 당신이 잡으시오.
지금 이 금관은 두레박이 두 개 있는
깊은 우물과 같소. 서로 물을 채우면서
빈 것은 공중에서 까불대고 다른 것은
밑에 있어 보지 못하고 물을 가득 담았소.
밑에 있는 나는 눈물이 찬 두레박이오.
당신은 높이 솟고 나는 슬픔을 마시오.

볼링브룩 스스로 왕위를 넘길 줄 알았소.

리처드 왕 내 왕관이나 슬픔도 내 것이오.
영광과 지위는 빼앗을 수 있지만
슬픔은 아니오. 여전히 나는 슬픔의 왕이오.

볼링브룩 왕관과 함께 근심의 일부도 주는 거요.

리처드 왕 올라서는 당신은 내 근심을 낮출 수 없소.
내 근심은 근심의 상실이오. 옛 근심이 끝장냈소.
당신의 근심은 새로 생긴 근심이오.
근심을 넘겼으나 근심은 남아 있고
왕관을 따라가나 언제나 같이 있소.

볼링브룩 왕관을 기꺼이 양도하겠소?

리처드 예, 아니오, 아니오, 예. 나는 아무것도 없소.
따라서 양도하니 '아니오'가 아니오.
내가 나를 소멸함을 자세히 보시오.
무거운 이 짐을 머리에서 벗으며
[볼링브룩에게 왕관을 준다.]
거추장스런 홀을 손에서 놓고
[홀을 들어 볼링브룩에게 준다.]
왕권의 자부심을 속에서 떼내고
뿌려준 향유를 내 눈물로 씻어내고
내 손으로 왕관을 당신에게 넘기고
내 입으로 신성한 내 지위를 부인하고
내 입김으로 맹세들을 취소하고
모든 위풍과 존엄을 포기하고
재산과 세금과 수입을 내놓고
조례와 명령과 법을 취하하오.
나를 어긴 맹세는 하느님의 용서를,
당신께 바친 맹세는 모두 지켜주시길!
아무것도 없는 이 몸은 슬픔 없게 하시고
모든 것을 얻은 당신, 언제나 기뻐하길!
리처드의 자리에서 오래오래 살기를!
그리고 리처드는 땅속 깊이 눕기를!
퇴위당한 리처드가 "헨리 왕 만세.
여러 해 맑은 날을 내리소서!" 하고 외치오.
또 뭣이 남았소?
[노섬벌랜드가 리처드 왕에게 문서를 내민다.]

노섬벌랜드 더는 없지만
고발장을 읽으시오. 당신과 추종자가
국가와 이 땅에 불이익을 저지른
중한 범죄들이오. 그 일을 고백하여
백성의 마음에서 당신의 퇴위가
합당하게 된 것을 수긍하시오.

리처드 왕 그래야 하나? 그래서 얽히고설킨
못난 짓을 낱낱이 공개해야 하나?
고상한 노섬벌랜드, 당신의 잘못들이
기록으로 남아서 이처럼 훌륭한
청중 앞에서 큰 소리로 읽힌다면
부끄럽지 않겠나? 당신은 기록에서
왕을 퇴위시키고 강력한 맹세를
어겼다는 끔찍한 대목을 보겠는데,
점이 찍혀 하늘 책에 저주받아 적힐 테지.
불쌍한 신세에 내가 괴로울 동안
둘러서서 바라보는 당신들 모두,
더러는 빌라도[42]처럼 동정하는 체하면서
손을 씻는데, 모두가 빌라도가 돼서
괴로운 십자가에 나를 넘겨주어도
당신들의 죄악은 물로 씻지 못한다.

노섬벌랜드 빨리 하시오. 조항들을 읽으시오.
[문서를 다시 준다.]

리처드 왕 눈물이 가득하여 볼 수 없지만

41 사제가 '만세' 하면 서기는 '아멘' 하기로 되어 있다. 여기서 리처드는 혼자 북 치고 장구 치는 셈이다.
42 로마의 총독으로 예수를 십자가에 못 박으라고 내어주며 자기는 그 일에 책임이 없다고 손을 씻었다. (마태복음 27장 25절)

짠물에 눈이 아주 멀지 않아서
반역자 패거리를 여기서 보겠다.
하지만 아니다. 나를 돌아보면
나 자신도 그처럼 반역자의 하나다.
위엄에 넘치는 왕의 몸을 벗기기로
영혼으로 동의하고, 영광을 비열로,
주권을 노예로, 왕권을 신하로,
위엄을 무지렁이로 만들었다.

노섬벌랜드 전하.—

리처드 왕 네 전하가 아니다. 건방진 모욕자야,
누구의 전하도 아니야! 이름도 칭호도 없어.
그렇다. 영세 때 받은 이름도 아니야.
빼앗겼다. 짓누르는 슬픔의 날아,
그렇게 여러 번 겨울을 보냈지만
나도 나를 뭐라고 부를지 몰라!
눈으로 빚어놓은 가짜 왕이면
볼링브룩이라는 해 앞에 서서
물방울 뚝뚝 흘려 없어지련만!
훌륭한 왕, 위대한 왕—그러나 위대하게
훌륭한 왕은 아니지. 여기서 아직도
내 말이 통한다면 거울을 갖다 다오.
왕권이 파산된 이후에 내 얼굴이
무슨 꼴이 됐는지 궁금하다.

볼링브룩 몇이 가서 거울을 가져오라. [시종들 퇴장]

노섬벌랜드 [리처드 왕에게]
거울이 올 동안 이 문서를 읽으시오.
[다시 문서를 준다.]

리처드 왕 악마 놈아, 지옥에 가기 전에 나를 괴롭히누나.

볼링브룩 노섬벌랜드 공, 강요하지 마시오.

노섬벌랜드 그렇게 하면 평민이 만족하지 않아요.

리처드 왕 만족하게 만들겠다. 모든 죄가 적힌 책을
나에게 보여주면 충분히 읽겠다.
그런데 그 책이 바로 나구나.
[한 사람이 거울을 들고 등장]
거울을 내게 달라. 비친 대로 읽겠다.
[거울을 받는다.]
보다 깊은 주름살이 아직 안 생기지 않았나?
그리도 많은 매를 슬픔에게 맞았는데
상처가 안 깊어? 아첨하는 거울이야.
호시절에 따르던 자처럼 너는 나를
속인다. 이게 궁궐 지붕 아래서
날마다 만백성을 호령하던 얼굴이야?
이게 해처럼 쳐다보는 사람 눈을
껌벅이게 만들던 얼굴이야? 이게
그토록 많은 죄를 봐주던 얼굴이야?
그러다 헨리에게 무색하게 되었나?
가냘픈 영광이 저 얼굴에 빛난다.
영광처럼 가냘픈 게 얼굴이거든.
[거울을 깨뜨린다.]
보다시피 부서져서 백 조각 됐다.
말없는 왕, 이 연극 교훈에 유의하오.
순식간에 슬픔이 내 얼굴을 파괴했소!

볼링브룩 당신의 슬픔의 그림자가 얼굴의
그림자를 깨뜨렸소.

리처드 왕 다시 말해봐요!
내 슬픔의 그림자? 흠, 어디 봅시다.
옳은 말이오. 내 슬픔이 모두 속에 있어서
이렇게 한숨이 밖으로 새는 건
고민하는 영혼 속에 말없이 북받치는
볼 수 없는 슬픔의 그림자일 뿐이오.
실체는 속에 있소. 따라서 왕이 고맙소.
슬퍼할 원인뿐 아니라 그걸 슬퍼할
방법까지 알려주니 그 은혜 태산 같소.
한 가지 소청을 들어주시오.
그 후엔 사라져서 괴롭히지 않겠소.
허락하시오?

볼링브룩 착한 사촌, 말하시오.

리처드 왕 "착한 사촌?" 나는 왕보다 높소.
내가 왕이었을 때 아첨꾼들은
단지 백성이었소. 이제 내가 백성인데
여기 왕이 나에게 아첨하시오.
그만큼 높은 자라 청할 게 없소.

볼링브룩 어쨌든 말하시오.

리처드 왕 그러면 주시겠소?

볼링브룩 그러겠소.

리처드 왕 그럼 가게 해주시오.

볼링브룩 어디로요?

리처드 왕 당신이 못 볼 데면 어디든 좋소.

볼링브룩 저 사람을 런던 타워[43]로 가라.

리처드 왕 좋소.—"옮겨 가라!" 진짜 왕이 추락할 때
빨리 뛰는 자들이 장물을 옮겨 가지.
[리처드 왕이 경호 속에 퇴장]

볼링브룩 다음 수요일 대관식을 엄수키로
정하오. 귀공들, 마음 준비하시오.

[웨스트민스터 수도원장, 칼라일 주교, 오멀을 제외하고 모두 퇴장]

수도원장 여기서 우리는 슬픈 광경을 보았소.
칼라일 슬픔이 올 것이오. 나지 않은 아이가
가시처럼 이날을 쏘는 것을 느낄 것이오.
오멀 성직자인 당신들은 이런 악한 오점을
이 땅에서 제거할 계획이 있으시오?
수도원장 공작님,
이에 관해 심중을 털어놓기 전에
이 계획을 깊숙이 파묻을 뿐 아니라
앞으로 계획할 어떠한 일이든지
반드시 행할 것을 성례를 통하여
맹세하겠소. 당신 얼굴은 불만이 가득하고
당신의 심정은 슬픔이 가득하고
당신의 눈에는 눈물이 가득하오.
내 집에 저녁 들러 갑시다. 모두에게
좋은 날을 가져올 계획을 말하겠소. [모두 퇴장]

## 5. 1

[왕비가 시녀들과 함께 등장]

왕비 전하께서 이 길로 오시는 중이야.
시저가 잘못 세운 타워[44] 길이지.
그 옹벽 복판에 남편이 건방진
볼링브룩의 죄수로 갇히셨어.
여기서 쉬어 가자. 반란하는 이 땅에
진정한 왕의 아내가 쉴 데 있다면.—

[리처드 왕과 간수 등장]

쉿! 보기만 해. 차라리 보지 마라.
장미꽃이 시들어. 하지만 쳐다봐.
측은한 마음이 이슬로 녹아내려
사랑의 눈물이 돼서 다시 곱게 씻어주렴.
무너진 트로이의 폐허 같은 당신은
명예의 그림자며 무덤에 지나지 않아
리처드 왕이 아니세요! 아름다운 큰 여관,
매정한 슬픔은 어째서 거기 묵고
어째서 환희는 주막집 길손이죠?
리처드 왕 아리따운 여인아, 슬픔과 연합해서
종말을 앞당기지 말아요. 이전 일은
행복한 꿈으로 여기도록 배워두어요.
꿈을 깨어 살펴보니 이게 현실이에요.
여보, 나는 냉혹한 필연의 형제예요.
그와 나는 죽기까지 헤어지지 않겠지요.
당신은 속히 프랑스[45]로 돌아가서
수녀원에 들어가요. 거룩한 우리 삶이
새 세상의 면류관을 얻어주겠죠.
죄스럽게 살면서 내버렸던 거예요.
왕비 아, 내 리처드가 모습뿐 아니라
마음까지 약하게 변했나요? 볼링브룩이
머리까지 뺏었나요? 정신의 속까지
점령했나요? 죽어가는 사자는
원통해서 땅에 발을 뻗어서 흠집 내는데
당신은 학동처럼 얌전히 벌을 받고
회초리에 키스하고 굴종하는 몸짓으로
폭력에 아첨해요? 사자인 당신은
짐승들의 왕인데도 그러고 있어요?
리처드 왕 과연 짐승들의 왕이지! 짐승들이 아니면
나는 아직 인간들의 행복한 왕일 테지.
예전의 왕비, 프랑스로 떠날 채비를 해요.
내가 죽었다고 여겨요. 임종의 자리처럼
마지막 작별을 여기서 고해요.
지루한 겨울밤에 정다운 노인들과
불가에 앉아 오래전에 일어났던
한 맺힌 이야기를 들려달라고 해요.
잠자려고 헤어지기 전에 이야기 값으로
나에 관해 슬픈 이야기를 해줘서
듣는 이가 울면서 잠자리에 가게 해요.
그리하면, 죽어가는 불씨들마저[46]

43 오늘날 관광의 명소로 되어 있는 이곳은 국사범이 수감되어 대개는 단두대의 이슬로 사라지는 곳이었다.

44 셰익스피어 당시까지 런던 타워는 기원전 1세기에 잉글랜드를 정복했던 줄리어스 시저가 세웠다는 전설이 있었지만, 사실은 11세기에 잉글랜드를 정복한 노르망디의 윌리엄이 런던을 감시하기 위하여 세운 것이다.

45 리처드 2세의 왕비인 이사벨은 프랑스의 찰스 4세의 딸이었다. 이때 그녀는 10여 세밖에 안 됐었으나 셰익스피어는 장성한 여인으로 그렸다.

슬픈 혀의 침통한 이야기에 감동해서
연민의 눈물로 불씨들을 꺼뜨리며
정통을 이은 왕을 쫓아낸 사실을 두고
검은 재나 숯[47]이 되어 슬피 울 게요.
[노섬벌랜드가 시종들과 함께 등장]
노섬벌랜드 볼링브룩이 생각을 바꿨소.
타워가 아니라 폼프릿[48]에 가야 하오.
그리고 부인, 당신도 조치됐소.
시급히 프랑스로 떠나야 하오.
리처드 왕 노섬벌랜드, 당신은 사다리라
볼링브룩이 디디고 내 왕좌에 올랐다.
아주 오랜 세월이 지나기 전에
썩은 죄가 차차 곪아 한곳에 모여
고름이 돼서 터지겠다. 이 나라를 쪼개서
절반을 너한테 준다고 해도
전부를 차지하게 도와준 값으로는
너무나 적지. 부정한 왕을 세우는 법을
네가 알기 때문에 까딱하다간
빼앗은 자리에서 자기를 다시
끌어낼 거라고 생각하기 마련이야.
악한 자의 우정은 의심으로 변하고
의심은 증오를, 증오는 불행이나 죽음을,
또는 불행과 죽음이 함께 오거든.
노섬벌랜드 내 죄는 내 머리에. 그게 끝이오.
작별하고 헤어지오. 속히 떠나야 하오.
리처드 왕 두 겹의 이혼이지. 못된 자들아,
나와 나의 왕관을 이혼시키고 나서
나와 나의 아내를 이혼시키는구나.
[왕비에게]
혼약을 취소하는 키스를 해요.
그럴 수 없어. 키스로 맺었던 거다.
[노섬벌랜드에게]
노섬벌랜드, 우릴 갈라놓아라. 나는 북쪽,
차가운 오한의 날씨가 괴롭히는 데로,
아내는 프랑스로.—아름다운 오월처럼
화려하게 단장하고 이 나라에 왔었는데
짧은 동짓날처럼 쫓겨 가누나.
왕비 갈라서야 해요? 헤어져야 해요?
리처드 왕 그래요. 손과 손, 마음과 마음이 헤어져요.
왕비 [노섬벌랜드에게]
함께 추방해요. 왕하고 같이 보내요.
노섬벌랜드 친절은 되겠지만 정략은 아니오.
왕비 그럼 왕이 가는 곳에 나도 가게 해줘요.
리처드 왕 [왕비에게]
둘이서 함께 울면 슬픔도 하나가 되오.
당신은 거기서, 나는 여기서 서로 위해 울기요.
같이 있지 못할 바엔 멀리 있는 게 좋소.
당신은 한숨으로 나는 신음으로 길을 세어요.
왕비 길이 길면 한숨도 길어지겠죠.
리처드 왕 내 길은 짧아서 한 걸음에 두 번 신음하고
무거운 마음으로 길을 연장하겠소.
슬픔과는 짤막하게 연애합시다.
슬픔과 결혼하면 슬픔이 길어져요.
한 키스로 두 입 막고 말없이 헤어져요.
이렇게 마음을 서로 주고받아요.
[둘이 키스한다.]
왕비 내 마음을 돌려주세요. 내가 당신 마음을
보관했다 죽이는 건 좋은 일이 아니에요.
[다시 키스한다.]
이렇게 내 마음을 되찾았으니, 그럼 가세요.
신음으로 죽이도록 애쓰겠어요.
리처드 왕 우습게 지체하며 슬픔을 희롱하오.
다시 한 번, 잘 가요. 나머진 슬픔한테 시켜요. [모두 퇴장]

## 5. 2

[요크 공작과 공작 부인 등장]
공작 부인 여보, 나머지 이야기를 들려준다 하셨소.
우리 집안 두 조카가 런던으로 오던 때에서
눈물이 앞을 가려 이야기를 그치셨소.
요크 어디까지 했더라?
공작 부인 못된 연놈들이
창문 꼭대기에서 리처드 왕 머리로
오물을 던지더란 슬픈 대목이에요.
요크 그때 내가 말했듯이, 으쓱한 볼링브룩이

46 죽음에 가까운 노인을 꺼져가는 '불씨'로 표현했다.
47 매우 슬픈 자는 머리에 재를 뿌렸다. 검정 숯은 상복을 의미했다.
48 런던 동북부에 있던 요새. 감옥으로 썼다.

성급한 억센 말을 타고 갔는데
주인의 야심을 알아보는 놈인 듯
당당한 걸음으로 느릿느릿 걷는데,
모두들 "볼링브룩 만세!"를 외쳐댔소.
창문마저 외친다고 착각했을 정도요.
남녀노소 앞다투어 창문에서 내다보며
호기심의 눈길들을 얼굴에다 보내면서
담벼락에 한꺼번에 "예수님의 보호를!
볼링브룩 환영!"이란 글씨와 그림이
그려진 듯하였소.[49] 그동안 그 사람은
이쪽에서 저쪽으로 몸을 휘휘 돌리며
모자 벗은 머리를 거만한 말보다 낮춰
"동포들, 고맙소"를 연발하였소.
계속 그런 몸짓으로 거리를 지나갔소.

공작 부인 불쌍해라, 리처드! 그 사이 어찌 지났소?

요크 능숙한 배우가 퇴장한 뒤에
이어 나온 배우를 관중이 보지도 않고
그자의 대사도 지루하게 여기듯이,
더욱 심한 경멸이 눈살을 찌푸렸소.
아무도 "만세!"를 외치지 않았소.
어떤 기쁜 목소리도 환영은커녕
거룩한 그 머리에 흙먼지를 뿌려댔소.
침착한 슬픔으로 먼지를 툭툭 털고
얼굴에는 슬픔과 인내를 나타내는
눈물과 미소가 오락가락했으니
하느님도 그 어떤 까닭이 있어
인심을 완악하게 만드신 게 아니라면
사람도 녹고 짐승도 동정했겠소.
하지만 이 일에는 하늘이 개입했소.
높으신 하늘 뜻을 조용히 받았소.
우리는 볼링브룩의 신하로 서약했소.
나는 그의 지위, 명예를 영원히 시인해요.
[오멀 등장]

공작 부인 우리 아들 오멀이군.

요크 전에 오멀이었지만
리처드 편이라고 직위를 빼앗겨서
이제부터 러틀랜드[50]라 부르게 됐소.
새 왕에 대해 그 애가 영원한 충성과
신의를 지킬 걸 내가 의회에서 보증했소.

공작 부인 얘, 어서 오너라. 파란 새 봄 언덕에
지금 한창 피어나는 제비꽃이 누구냐?

오멀 저도 몰라요. 관심도 별로 없고요.
왕의 눈에 들든 말든 관심 없어요.

요크 시대의 새 봄에 몸조심해라.
한창 때가 되기 전에 잘릴까 걱정이다.
옥스퍼드 소식은? 무술제가 열리냐?

오멀 제가 알고 있기로는 그렇습니다.

요크 너도 거기 갈 테지.

오멀 하느님이 막지 않으시면 그럴 생각이에요.

요크 가슴에 달고 있는 인장은 무어냐?
얼굴빛이 변한다. 글귀를 보자.

오멀 아무것도 아녜요.

요크 그럼 누가 봐도 되겠군.
알아야겠다. 글귀를 보여다오.

오멀 부디 용서하세요.
중요한 건 아니지만 모종의 이유로
남들이 보는 건 원치 않아요.

요크 모종의 이유로 내가 보겠다.
걱정이 되는 건—

공작 부인 웬 걱정예요?
잔치에 대비해서 화려한 옷차림을
사 가지고 입을 거란 계약뿐인데.

요크 계약했다고? 계약에 매였다는데
계약은 왜 해? 당신이 멍청이야.
이 녀석, 글귀 좀 보자.

오멀 용서하세요. 보여드리면 안 돼요.

요크 봐야겠다. 보여달라니까!
[가슴에서 낚아채어 읽는다.]
반역! 더러운 반역이다! 나쁜 놈, 반역자!

공작 부인 무슨 일예요?

요크 [무대 밖으로 소리친다.]
게 누구 없느냐?
[하인 등장]
안장 옮매라.
하느님 자비를! 음모가 있구나!

공작 부인 아니 무슨 일예요?

49 오늘날의 만화처럼 당시에도 인물들을 그리고 그들의 말을 말풍선 속에 적어 넣어 벽걸이로 쓰곤 했다.

50 오멀 공작의 지위를 잃고 전부터 소유했던 러틀랜드 백작의 지위를 갖게 되었다.

요크 장화 가져오라니까. 말에 안장 매라. [하인 퇴장]
이제 명예와 목숨과 맹세를 걸고
역적을 고발하겠다.
공작 부인 무슨 일예요?
요크 입 닥쳐. 못난 여편네!
공작 부인 안 닥치겠소. 오멀, 무슨 일이냐?
오멀 어머니, 안심하세요. 하찮은 목숨으로
답할 일에 지나지 않아요.
공작 부인 목숨이 답해?
요크 [무대 밖의 하인에게]
장화 가져와. 왕에게 가겠다.
[하인이 장화를 들고 등장]
공작 부인 오멀, 그놈 때려. 불쌍하게도, 놀랐구나.
[하인에게]
이놈, 저리 가. 눈앞에 얼씬 하지 마!
요크 장화 달라니까.
[요크가 장화 신는 것을 돕고 하인 퇴장]
공작 부인 아니, 어쩌려고요?
당신도 제 잘못은 숨기려고 하지 않수?
아들이 더 있수? 또 낳을 거 같수?
아이 낳을 나이가 지나지 않았수?
그런데도 늘그막에 아들을 빼앗아
행복한 어머니란 이름을 빼앗을 테요?
당신 닮지 않았수? 당신 아들 아니우?
요크 멍청한 미친 여자,
이 시커먼 음모를 쉬쉬할 생각이오?
여기 열두엇이 성례를 행하고 서로 간에
손을 얹고 옥스퍼드에서 왕을 죽이기로
맹세하였소.
공작 부인 저 애는 그런 데 안 껴요.
여기 잡아둘 거예요. 아무렇지 않겠죠?
요크 저리 가, 멍청이! 아들의 스무 갑절이라도
고발하겠다.
공작 부인 낳을 때 나처럼 아팠다면
조금 더 동정심을 품으시겠죠.
하지만 이제는 당신 속을 알겠군요.
정숙하지 못했다고 나를 의심하네요.
당신 아들 아니고 사생아란 말예요?
여보, 다정한 분, 그런 생각 버려요.
저 애는 당신과는 너무도 닮았어요.
나나 내 쪽으론 닮은 사람이 없지만
내가 무척 사랑해요.
요크 보기 싫다, 고집쟁이. [퇴장]
공작 부인 오멀, 따라 나가라. 아버지의 말을 타고
빨리 달려 아버지보다 먼저 가서
고발 전에 왕에게 용서를 구해라.
나도 곧 가마. 나이를 먹었지만
아버지만큼 달리기엔 문제 없어.
볼링브룩이 너를 용서하기 전엔
일어나지 않겠다. 빨리 가라! [둘 퇴장]

## 5. 3

[볼링브룩이 헨리 4세 왕이 되어
헨리 퍼시, 기타 귀족들과 함께 등장]
헨리 왕 방탕한 내 아들이 어디 있는지 아시오?
마지막으로 본 것이 석 달 전이오.
내 앞에서 어른대는 역질이라면
바로 그 애요. 애를 찾으면 정말 좋겠소.
런던의 술집들을 알아보시오.
매일처럼 거기를 드나든단 말이 있소.
난잡한 무뢰배와 섞인다는 말이오.
비좁은 골목에서 야경꾼을 때리고
행인들의 금품을 뺏는다 하오.
어린 장난꾼인 데다가 경박한 녀석이라
지위를 이용해서 그런 못된 패거리를
뒷받침한다 하오.
헨리 퍼시 전하, 한 이틀 전에 왕자를 만나
옥스퍼드 대회를 말씀드렸습니다.
헨리 왕 그래 그 작자가 뭐라고 했나?
헨리 퍼시 자기는 창녀 마을로 가서 그중
몹시 밝히는 여자의 장갑을 빼앗아
사랑의 표로 삼고 매우 잘난 도전자를
말에서 떨구겠다고 장담합니다.
헨리 왕 방종 무모하구나! 하지만 그 두 가지에
희망이 엿보인다. 나이를 먹으면
뭔가 좋은 게 생길 테지.
[오멀이 당황해하면서 등장]
한데 이거 누군가?
오멀 전하 어디 계시오?
헨리 왕 몹시 당황한 빛인데 무슨 일인가?

오멀 하느님의 보호를! 전하와 단독으로
면담을 원합니다. 제발 들어 주십시오.
헨리 왕 [귀족들에게]
우리만 남겨두고 물러나시오.
[헨리 왕과 오멀만 남고 모두 퇴장]
자, 그런데 사촌이 무슨 일인가?
오멀 제가 서거나 말할 때까지 용서하지 않으시면
[무릎을 꿇는다.]
제 무릎은 영원히 땅에 박히고
제 혀는 입천장에 달라붙을 거예요.
헨리 왕 그 짓을 계획했소, 저질렀소?
계획한 것이면 아무리 중대해도
앞날의 충성을 약속받고 용서하겠소.
오멀 그러면 제 말을 끝내기 전엔
누구도 못 들어오게 문을 잠글 겁니다.
헨리 왕 그렇게 하오. [오멀이 문을 잠근다.]
[요크 공작이 문을 두드리며 외친다.]
요크 [안에서]
전하, 조심하시오! 방어하시오!
반역자가 앞에 있소.
헨리 왕 [오멀에게]
못된 놈. 걱정 없게 하겠다. [칼을 뺀다.]
오멀 험한 손을 멈추세요. 걱정하실 거 없어요.
요크 [안에서]
문 여시오. 의심 없는 무모한 왕!
충성으로 맞대 놓고 욕해도 되오?
문 여시오. 안 여시면 깨부술 테요.
[헨리 왕이 문을 연다.]
[요크 등장]
헨리 왕 숙부, 무슨 일이오? 말하시오!
숨부터 고르시오. 위험이 얼마나 가까운지
알려주시오. 무장해서 맞서겠소.
요크 이 글귀 읽으시면 역모를 아시게 되오.
내가 너무 숨차서 미처 말을 못 하오.
[문서를 내민다.]
오멀 [헨리 왕에게]
읽으시며 그 약속을 잊지 마세요.
후회하고 있어요. 제 이름은 빼세요.
제 마음은 제 글씨와 같은 패가 아녜요.
요크 [오멀에게]
이 녀석, 네 손이 쓰기 전엔 한패였다.
전하, 저 반역자의 가슴에서 떼낸 것이오.
사랑 아닌 공포가 후회를 낳았어요.
동정을 잊으시오. 왕의 속을 깨무는
뱀이 될까 걱정이오.
헨리 왕 악랄하고 지독하고 대담한 역모로다!
반역하는 아들의 충성하는 아버지!
순결하고 깨끗한 은빛 샘이니
거기서 나온 물이 줄기차게 흐르다가
흙탕물을 지나면서 자신을 더럽혔군!
당신의 선이 넘쳐 나쁜 데로 흘렀으나
풍성한 그 선이 비뚤어진 아들의
엄청난 죄악을 용서받게 하오.
요크 그러니까 내 선이 그놈 악의 뚜쟁이라,
방탕한 아들이 아비 돈을 축내듯
치욕으로 내 명예를 허비하겠소.
저 불명예가 죽으면 내 명예가 살거나
부끄러운 내 삶이 저 불명예에 들어 있소.
저놈을 살려두면 나를 죽이는 거요.
역적은 살고 충신은 죽소.
공작 부인 [안에서]
여보세요, 전하! 제발 들여보내 주세요!
헨리 왕 누가 높은 소리로 급히 외치나?
공작 부인 [안에서]
여자예요, 숙모예요. 대왕님, 저예요.
저와 얘기하세요. 불쌍히 여기세요. 문 여세요!
비럭질한 적 없는 거지가 비는 거예요.
헨리 왕 지금 우리 연극이 심각한 장면에서
'거지와 왕'[51]으로 바뀌었구먼.
위험한 사촌, 어머니를 들여보내라.
너의 죄를 빌려고 온 줄 아니까.
[오멀이 문을 연다. 공작 부인 등장]
요크 [헨리 왕에게]
구하는 사람마다 용서해주면
더 많은 죄악이 성행하지요.
썩은 팔을 절단하면 나머지는 건전하나
그것을 그냥 두면 나머지가 위험해요.
공작 부인 오, 전하, 매정한 이 사람을 믿지 마세요.

51 당시에 유행하던 "코피추어 왕과 거지 처녀"라는 이야기 민요를 말한다. 셰익스피어가 여러 번 언급했다.

자기를 사랑하지 않으면 아무도
사랑하지 않아요.
요크 미친 여자, 왜 왔어?
노파의 젖꼭지로 또 역적을 기를 테야?
공작 부인 여보, 참으세요. [무릎을 꿇는다.]
선하신 전하, 들어주세요.
헨리 왕 숙모, 일어서요!
공작 부인 아직은 안 돼요. 간청해요.
일 저지른 아들 녀석 러틀랜드를 용서하여
기쁨을 주실 때까지, 기뻐하란 말씀을
명하실 때까지 무릎으로 다니면서
복된 자가 누리는 날을 안 보겠어요.
오멀 어머님 간구에 제 무릎도 굽힙니다. [무릎을 꿇는다.]
요크 두 사람에 대항하여 내 무릎을 굽히오. [무릎을 꿇는다.]
은혜를 베푸시면 잘못이 생겨요.
공작 부인 진짜로 말해요? 저 얼굴 보세요.
눈물이 없다고요. 그런 척하는 거죠.
마음 아닌 입에서만 나오는 말이에요.
간청이 희미해서 거절받길 바라네요.
우리는 오로지 정성으로 간청해요.
저이 무릎은 힘이 빠져 일어서고 싶겠지만
우리 무릎은 뿌리가 내리도록 그대로예요.
저이 말은 위선적인 거짓으로 가득해도
우리 말은 열성과 진실이 깊다고요.
우리 간청은 저이보다 힘이 세니까
그런 간청에 어울리는 자비를 베푸세요.
헨리 왕 숙모님, 일어서시오.
공작 부인 '일어서라' 하지 말고
'용서한다' 하신 후에 '일어서라' 하세요.
내가 왕의 유모여서 말을 가르친다면
'용서한다'는 말이 첫마디가 될 거예요.
말 한마디 들으려고 애를 태운 때가 없어요.
'용서한다' 하세요. 동정심에 배우세요.
짤막한 말이지만 짧으면서 아름다워요.
왕의 입에 '용서'보다 어울리는 말이 없어요.
요크 프랑스 말로 "파르돈네 무아"[52] 하세요.
공작 부인 [요크에게]
'용서'에게 용서를 죽이라고 가르쳐요?
뒤틀린 남편아, 목석같은 양반아,
말과 말이 싸우라고 부추기누나!
[헨리 왕에게]
우리끼리 통하도록 '용서한다'고 하세요.
까다로운 프랑스 말을 우리가 몰라요.
전하 눈이 시작해서 혀를 쓰시고,
전하의 동정심에 귀를 기울이세요.
파고드는 제 간청을 귀담아서 들으시고
동정심에 감화돼서 '용서한다'고 하세요.
헨리 왕 숙모, 일어서시오.
공작 부인 세워달라는 게 아니에요.
용서만이 제 소청의 전부라고요.
헨리 왕 용서하오. 나도 하느님의 용서를 받을 자요.
공작 부인 꿇어앉은 무릎한테 득이 되는 복이구나!
하지만 걱정돼서 죽겠어요. 다시 말씀하세요.
'용서'를 두 번 해도 둘을 용서한다는
뜻은 아니니 '용서'를 강조해요.
헨리 왕 진심으로 용서하오.
공작 부인 땅 위의 하느님이세요!
[요크, 공작 부인, 오멀이 일어선다.]
헨리 왕 신뢰했던 매부[53]와 수도원장과
기타 함께 모의한 패거리들은
즉각적인 죽음이 따를 것이오.
숙부님, 옥스퍼드나 반역자들이 있는 곳에
부대들을 급히 보낼 것을 도와주시오.
결단코 이 세상에 못 살게 하겠소.
있는 곳을 알기만 하면 모두 체포하겠소.
숙부와 사촌, 잘들 가시오.
모친의 소청 덕분이니 충성하기 바라오.
공작 부인 못된 놈, 가자. 주께서 새롭게 하시길!
[모두 퇴장]

## 5. 4

[피어스 엑스턴 경과 하인 둘 등장]
엑스턴 전하의 말씀을 유심히 들었나?
"살아 있는 걱정인데 없애줄 친구 없나?"
그런 말씀 아니었어?

52 프랑스어로 '용서하시오'(파르돈네 무아) 하면 정중하게 거절한다는 뜻이다.
53 그의 매부 헌팅던 백작이 옥스퍼드 무술대회로 왕을 유인하여 살해하기로 모의했었다.

하인 1 바로 그 말이었어요.
엑스턴 "친구 없나?" 하셨지. 두 번 말씀하셨어.
두 번 강조하셨지. 안 그러셨나?
하인 2 그러셨어요.
엑스턴 그 말씀 하시면서 나를 바라보셨어.
"네가 이 걱정을 내 속에서 떨쳐버릴
그이라면 좋겠다"고 말씀하는 듯했어.
폼프릿에 있는 왕을 뜻하셨지. 그럼 가자.
나는 왕의 친구라, 적을 없애 드려야지. [모두 퇴장]

## 5. 5

[리처드 왕 홀로 등장]

리처드 왕 내가 들어 있는 이 감옥을 세상과
어떻게 비교할지 연구하고 있었다.
그런데 세상에는 사람이 허다하나
이곳에는 나 이외에 아무도 없어
연구할 수 없지만 억지로 해보련다.
뇌가 영혼의 아내이면 영혼은 남편이라
그 둘은 계속하여 생각들을 낳는다.
이 작은 세상을 그것들이 채우니
세상 사람들처럼 성격이 서로 달라
생각들도 불만이다. 보다 잘난 부류는
신학적 문제에 관한 관념들처럼
의심과 뒤섞여서 "아이들아, 내게 오라"[54]고
하면서 말과 말을 서로 대항시킨다.
그러고는 또다시,
"낙타가 바늘귀를 꿰는 것처럼
힘들고 어려운 일이라"[55]고 해.
야심 많은 생각은 불가능한 기적을
꾸며내는데, 이런 모진 세상의
험한 감옥 옹벽을 볼품없이 연약한
손톱으로 나갈 길을 뚫겠다고 하다가
할 수 없어서 힘만 쓰다가 죽어버려.
만족하는 생각은 자기네가 운수의
노리개가 된 것이 처음도 마지막도
아니라고 자위해서, 형틀에 매인 자는
거기 매였던 부랑자[56]가 많고
앞으로 많겠다며 창피에서 벗어나듯
같은 일을 겪었던 남의 등에 업혀서
제 불행을 참아내고 그런 환상 속에서
편한 맘을 얼마쯤 느낄 수 있겠지.
이처럼 나 한 몸이 여러 사람 역을 해도
무엇도 만족할 수 없구나. 어떤 때에는
왕이다가 반역을 만나니 차라리
거지면 좋겠지. 지금 내가 그 꼴이야.
그러자 궁핍이 말하길, 왕인 때가 좋았어.
그러면 왕이 다시 되지만 조금 지나면
볼링브룩이 추방했단 생각이 들어
나는 무로 화하지. 무엇이 됐든
인간인 이상, 나만 아니라 어떤 자도
아무것도 아니어서 평강이 올 때까지
만족을 몰라. [음악이 연주된다.]
들리는 게 음악인가?
박자를 맞춰! 좋은 음악도 박자가 깨지고
화음이 안 맞으면 얼마나 역해!
인생의 음악도 그와 꼭 같다.
그래서 여기서 내가 예민한 귀로
망가진 현의 틀린 박자를 탓하지만
내 지위, 내 시대의 화음에 대해서는
나의 진짜 박자가 깨진 걸 몰랐지.
낭비했던 시간이 이제 나를 낭비해.
지금 나는 시간 적힌 시계가 됐어.
생각은 분침이고 한숨은 시계추고,
눈은 항상 내다보는 숫자가 되고
시계의 시침인 내 손가락은
눈물을 닦으면서 언제나 가리켜.
지금이 몇 시인지 알려주는 소리는
가슴을 두드리는 요란한 신음이라
괘종소리지. 한숨, 눈물, 신음은
분과 반시간과 시간을 알리는데
시계추처럼 못나게 구는 동안
볼링브룩 기쁨 속에 내 시간은 달려가.

54 "어린 아이들이 내게 오는 것을 용납하고 금하지 마라"(누가복음 18장 16절)라는 예수의 말을 빗대 하는 말.
55 누가복음 18장 24절의 예수의 말을 조금 바꿔 말한 것.
56 당시 걸인 등의 부랑자는 큰 거리 한복판에서 형틀에 매여 행인들에게 수모를 겪는 벌을 받았다.

음악에 미치겠다! 멈추라고 해! [음악이 그친다.]
음악은 광인의 정신을 되찾아주고
똑똑한 사람은 미치게 할 거 같지만,
음악을 들려준 이는 사랑을 표했으니
행복하여라! 나에 대한 사랑은
모두가 미워하는 세상에서 귀한 보배야.
[마구간 마부 등장]
마부 안녕하세요, 귀하신 분!
리처드 왕 고맙소, 귀족 양반.
아무리 값이 싸도 10전도 비싸군.
당신은 누군가? 왜 여기 오나?
불행을 연장시킬 음식을 갖다 주는
침울한 녀석밖에 올 자가 없는데.
마부 전하의 마구간 일꾼이어요.
왕이실 때 말이에요. 요크로 가실 때
겨우겨우 예전의 주인님 얼굴을
봐도 좋다는 허락을 받았거든요.
런던 복판 거리에서 그 대관식 날
왕이 자주 타시던 짙은 밤색 바버리[57]를
볼링브룩이 타고 갈 때 저의 속이
어찌나 아프던지요! 언제나 제가
조심스레 손질하던 말이니까요!
리처드 왕 내 말을 그가 탔나? 이 친구, 말해라.
그 사람 태우고 어떻게 가던가?
마부 땅바닥을 무시하듯 거만하데요.
리처드 왕 볼링브룩을 태웠다고 거만하던가?
그 녀석이 내 손에서 빵을 받아먹었지.
이 손으로 쓰다듬어서 거만하게 됐어.
헛딛지 않던가? 넘어지지 않던가?
거만은 넘어져, 말 잔등을 빼앗은
거만한 그자 목을 분지르지 않았나?
용서해라, 말아. 왜 널 욕할까!
사람에게 복종하라고 태어난 짐승이라
사람을 태워야지. 나는 말이 아니지만
노새처럼 짐을 지고, 신나는 그자에게
찔리고 상하고 지쳐서 헐떡여.
[간수가 음식 접시를 들고
리처드 왕 앞에 등장]
간수 [마부에게]
야, 비켜. 더 있지 마.
리처드 왕 [마부에게]
나를 사랑한다면 갈 때가 됐어.
마부 혀가 못 하는 말을 마음이 할 겁니다. [퇴장]
간수 나리, 음식을 드시겠어요?
리처드 왕 늘 하던 습관대로 먼저 맛보라고.
간수 그러고 싶지 않아요. 요즘 왕이 보내신
피어스 엑스턴 경이 그럭하지 말래요.
리처드 왕 볼링브룩과 네 놈을 마귀가 때가라!
참을성도 쓸데없어. 나도 지쳤어. [간수에게 달려든다.]
간수 사람 살려! 사람 살려! 사람 살려!
[살인자들인 엑스턴과 하인 넷이 달려들어 온다.]
리처드 왕 허! 함부로 덤비는 죽음이 어쩔 테란 말이냐?
이놈, 네 손이 죽음의 연장을 흔드누나.
[한 하인의 칼을 빼앗아서 그를 죽인다.]
그럼 가서 지옥의 빈 데를 메워라!
[또 다른 하인을 죽인다. 이때 엑스턴이 그를 쳐서
쓰러뜨린다.]
내 몸을 쓰러뜨린 그 손은 영원히
꺼지지 않는 불에 타리라. 엑스턴,
몹쓸 손이 왕의 땅을 왕의 피로 적셨다.
살덩이가 여기서 죽어 넘어질 동안
영혼아, 솟아라! 너의 자리는 높은 곳에 있다. [죽는다.]
엑스턴 왕의 피만 아니라 용기도 넘쳤다!
두 가질 엎질렀어. 좋은 일이었으면!
잘하는 짓이라고 속삭대던 마귀가
지금은 지옥 책에 적혔다고 해.
죽은 왕을 산 왕에게 가지고 가야지.
[간수와 남은 하인들에게]
나머지는 내다가 여기서 묻어라.
[시체들을 들고 모두 퇴장]

## 5. 6

[주악. 헨리 4세 왕인 볼링브룩이 요크 공작과
기타 귀족들과 시종들과 함께 등장]
헨리 왕 친절한 요크 숙부, 소식에 의하면
반란자들이 글로스터셔에 있는 시스터를
불 질렀다는데 놈들이 잡혔는지

57 아라비아산의 품종이 아주 좋은 말.

죽었는지 아직 듣지 못했소.
[노섬벌랜드 등장]
잘 오셨소. 무슨 소식이오?

노섬벌랜드 거룩하신 왕위에 모든 행복을 빕니다.
긴급한 소식은, 제가 솔즈베리, 스펜서,
블런트, 켄트의 머리들을 런던으로
보냈다는 겁니다. 체포의 과정은
문서에 자세히 기록되어 있습니다.
[문서를 제출한다.]

헨리 왕 고귀한 노섬벌랜드, 수고에 감사하오.
공적에 합당한 상을 더할 터이오.
[피츠워터 공 등장]

피츠워터 전하, 브러커스와 실리 경의 머리를
옥스퍼드에서 런던으로 보냈습니다.
옥스퍼드에서 전하를 해치려 한
위험한 반역의 모의자 중 두 명입니다.

헨리 왕 피츠워터, 당신의 노고를 잊지 않겠소.
공적이 매우 귀함을 잘 알고 있소.
[헨리 퍼시가 칼라일 주교를 죄수로 붙잡아 등장]

헨리 퍼시 역모의 주범 웨스트민스터 원장은
양심의 가책과 고통스런 속병으로
자기 몸을 무덤으로 보냈습니다.
그러나 칼라일은 이처럼 살아 있어,
교만에 대한 전하의 재판을 기다립니다.

헨리 왕 칼라일, 내 판결은 이러하다.
어느 외딴 종교적 은둔처를 구하여
지금의 감방보다 좋은 데서 삶을 즐겨라.
평화 중에 살다가 다툼 없이 죽어라.
당신은 언제나 나를 적대했지만
고귀한 명예의 불꽃을 보이고 있다.
[엑스턴과 하인들이 관을 들고 등장]

엑스턴 대왕 전하, 근심의 대상을 관에 담아
바칩니다. 전하의 원수 중에서
가장 강력한 리처드가 숨이 끊겨
누웠는데, 여기 가져왔습니다.

헨리 왕 엑스턴, 네게 고맙다고 할 수 없다.
너는 죽음의 손으로 왕의 머리와
고명한 이 땅에 치욕을 저질렀다.

엑스턴 전하께서 하시는 말씀을 듣고 그랬습니다.

헨리 왕 독약이 필요한 자는 독약을 싫어한다.
나도 네가 싫다. 그가 죽는 것을 원했으나
살인자는 싫다. 죽어서 좋다만.—
수고한 값으로 양심의 가책을 받고
내게서 칭찬이나 보상을 바라지 마라.
가인처럼 밤의 어둠 속을 방황하고
낮이나 빛에 머리를 보이지 마라. [엑스턴 퇴장]
귀공들, 내가 피를 뿌려서 커야 한다니
고백컨대 내 영혼이 슬픔으로 가득하오.
나와 함께 내 슬픔을 같이 울면서
지체 없이 검은 옷을 침통하게 입읍시다.
죄스러운 이 손에서 피를 씻기 위하여
거룩한 성지로 순례를 떠나겠소.
엄숙히 따르시오. 내가 슬퍼하노니
슬픈 영구를 따라 울며 조문하시오. [모두 퇴장]

# 리처드 3세
## *Richard III*

## 연극의 인물들

글로스터 공작 리처드 나중에 리처드 3세
클래런스 공작 조지 리처드 3세의 형
에드워드 4세 리처드 3세의 사촌형
요크 공작 부인 글로스터, 클래런스 공작의 모친

왕비 에드워드 왕의 부인
앤터니 우드빌 리버스 공, 왕비의 오라버니
그레이 공과 도싯 후작 왕비의 아들들(전남편 사이의)
(앞 장면들에서 한 인물로 취급됨)

에드워드 어린 왕세자 ┐ 에드워드 왕의 아들들
리처드 어린 요크 공작 ┘

소년 ┐ 클래런스의 아이들
소녀 ┘

앤 부인 나중에 글로스터 공작 부인, 전에 헨리 6세의 아들인 에드워드의 약혼자
마거릿 왕비 헨리 6세의 미망인

윌리엄 헤이스팅스 공 궁실장관
버킹엄 공작
스탠리 공 더비 백작
리치먼드 백작 스탠리 공의 의붓아들

케이츠비
리처드 랫클리프 경

로버트 브레이큰베리 경 런던 타워의 간수장(1막 4장) 또는 부관(4막 1장)
트레실과 버클리 헨리 6세의 시신을 지키는 두 신사
시신을 나르는 하인들 (한 사람이 말함)
두 자객
시민들 (세 사람이 2막 3장에서 말함)

대주교
런던 시장
의전관 조수[1] '헤이스팅스'라고 불림
사제

필경사
토머스 본 경
엘리 주교

소년 리처드 왕의 궁정 사동
제임스 티럴

크리스토퍼 경 스탠리 공 집안 담당 신부
세 귀족 ┐ 리치먼드의 지지자들
제임스 블런트 경 ┘
노폭 공작 리처드 3세 지지자
전령들 (4막 4장의 네 사람)

헨리 6세의 유령
헨리 6세의 아들 에드워드 왕자의 유령
(또한 연극의 앞부분에서 살아 있던 클래런스, 리버스, 그레이, 본, 어린 왕자들[왕세자와 요크 공작], 헤이스팅스, 앤, 버킹엄의 유령들)

경호원들, 주교들, 귀족들, 병사들, 기타

1 견습 의전관이며 범인의 체포 등 형 집행관이기도 했다.

# 리처드 3세 왕의 비극

## 1. 1

[글로스터 공작 리처드 홀로 등장]
글로스터 공작 리처드 지금은 우리의 불만의 겨울이건만[2]
요크란 태양 덕에 찬란한 여름이다.
우리 집안 위에서 찌푸렸던 구름장은
깊은 바다 한복판에 묻혀버렸고
이제 우리 이마엔 월계관이 둘려 있고
찌그러진 갑옷들은 기념물로 걸렸으니
험한 공격 나팔은 즐거운 연회로,
괴로운 행군은 춤사위로 변했다.
찡그렸던 전쟁은 이맛살을 폈으며
무서운 적들을 혼비백산시키려고
철갑 덮은 말 잔등에 오르는 대신
모두가 음란하고 달콤한 루트에 맞춰서
여자의 방 안에서 잽싸게 춤추는데
사랑놀이 하게끔 생기지 못한 나는
연애하는 거울과 친할 줄 모르며
마구 생겨 먹은 데다 연애꾼 여자 앞에
멋지게 행동할 사랑의 위엄이 없고
멋진 신체 형상이 잘리고 말았으며
자연의 속임수에 얼굴을 도둑맞아
되다 말고 찌그러져 절반도 되기 전
달수를 못 채우고 세상에 나왔다.
게다가 절름대는 병신 꼴이라
절뚝이고 지나가면 개들이 짖어대.
가냘픈 피리와 평화의 호시절에
내 그림자 햇빛 속에 비춰 보면서
병신 꼴 반주 삼아 노래하는 짓밖에
재미있는 시간을 보낼 수 없다.
그래서 걔들처럼 소곤대는 일상을
즐겁게 만들 만한 연인은 못 되니까
요즈음의 한가로운 쾌락을 모두 미워할
악한이 될 걸 단단히 결심했어.
멍청한 예언과 모략과 꿈 따위로
왕과 클래런스가 앙숙이 되게끔
위험하고 솔깃한 계략을 꾸미니까
에드워드 왕이 진실하고 정의로워서
나처럼 간교하고 음해할 줄 모른대도
오늘 클래런스가 옥에 갇힐 거로다.
'G' 아무개가 에드워드의 후계자들의
살인자가 될 거라는 예언이 떠돌고 있어.
[클래런스가 브레이큰베리와 경호원들과
함께 등장]
생각아, 영혼 깊이 숨어라. 클래런스가 저기 와.
형, 잘 있소? 무장한 경호대가 신변을 감싸니
웬일이오?
클래런스 에드워드 전하께서
내 신변의 위험을 염려해서 나에게
경호대를 붙여서 타워까지 데리고 가.
글로스터 공작 리처드 무슨 이유인가요?
클래런스 내 이름이 '조지'라고.
글로스터 공작 리처드 원, 저런! 아, 그건 형의 잘못 아니오.
그렇다면 작명한 대부들[3]을 가둬야겠소.
오, 전하가 무슨 뜻이 있어서 개명하라고
형을 런던 타워에 보내는 것 같아요.
하지만 형, 웬일인지 알면 안 되오?
클래런스 리처드, 알면 알려줄게. 하지만
아직도 나는 몰라. 그런데 내 짐작에
왕은 점괘와 꿈을 귀담아듣는데,
그러다가 자판에서 'G'자를 뽑았는데
자기의 후손이 'G'한테 끊길 거라고
어떤 점쟁이가 말했다는군.
내 이름 조지가 'G'로 시작되니까
내가 바로 그자라고 생각한 거지.
내가 아는 바로는 그런 치졸한 말 때문에
전하가 지금 나를 가둔다는 소리다.
글로스터 공작 리처드 남자가 여자 말 들으면 그렇게 되오.
형을 타워에 보내는 건 왕이 아니라
그의 아내 그레이 부인이오. 그 여자가
형을 주물러 이 지경까지 몰아간 거요.
그 여자와 의젓한 부자 오빠 우드빌이
헤이스팅스 공을 타워에 보내지 않았소?

2 바로 이 구절에서 미국 작가 존 스타인벡이 *This Winter of Our Discontent*(1961)라는 제목을 따왔다.
3 가톨릭교회에서 갓난아기가 영세를 받을 때 대부(代父)가 세례명을 지어준다.

바로 오늘 그 사람이 석방된다 하는데,
형, 우리가 불안하오, 불안하단 말이오.
클래런스 아무도 안전하지 않은 듯하다.
왕비의 친척들과 왕과 쇼어[4] 사이를
밤마다 왕래하는 전령들만 빼고는.—
궁실장관 헤이스팅스 공이 놓아달라고
그녀에게 애원한 걸 듣지 못했나?
글로스터 공작 리처드 여신 같은 그녀에게 엎드려 빌어
궁실장관 나리가 석방된 거요.
솔직히 말해, 왕의 마음에 들기 위해서
그녀의 하인이 되어 그 집 하인 제복을
입는 것이 상책이 아닐까 해요.
질투 심한 늙은이 과부와 그녀를
우리 형이 귀족으로 올려놓은 이후로
이 나라 권력의 굉장한 단짝이 되었소.
브레이큰베리 두 분 공작님들께 용서를 구합니다.
전하께서는 클래런스 공작과는
지위의 고하를 막론하고 사담을
주고받지 말라고 엄명하셨습니다.
글로스터 공작 리처드 그렇구먼. 브레이큰베리 나리, 원한다면
우리 말을 무엇이나 엿들어도 상관없다.
역적질 꾸미는 게 아니야. 우리는 왕이
현철하고 유덕하며, 귀하신 왕비님은
연만하고 고우시며 질투심이 없다고 했다.
쇼어의 아내는 발이 무척 예쁘고
앵두 같은 입술에,
구슬 같은 두 눈에, 입담이 무척 좋고
왕비의 친척들이 양반이 됐다고 했다.
괜찮지 않아? 모두 부인할 수 있겠나?
브레이큰베리 저는 그런 일과는 무관합니다.
글로스터 공작 리처드 쇼어 부인과 무관하단 말인가? 이것 보라.
한 사람만 빼놓고 그녀와 무관[5]한 자는
밤에 혼자 몰래 하면 좋을 터이지.
브레이큰베리 누군데요?
글로스터 공작 리처드 남편이지. 나를 일러바칠 텐가?
브레이큰베리 공작님, 용서하십시오. 그리고
귀하신 공작님과 말을 하지 마세요.
클래런스 네가 받은 명령을 나도 아니까 따르겠다.
글로스터 공작 리처드 우리는 왕비님 발바닥이라 복종해야지.
형, 잘 가시오. 나는 왕한테 가겠소.
내게 뭐든 시키면 왕의 과부 아내를
'누님'이라 불러야 할 처지가 되어도
형을 풀려나게 한다면 그리하겠소.
그건 그렇고, 형제간의 깊은 골은
형이 상상하지 못할 만큼 속이 아프오.
[울면서 클래런스를 껴안는다.]
클래런스 우리 둘이 똑같이 슬퍼할 일이다.
글로스터 공작 리처드 하여튼 형의 옥살이는 길지 않겠소.
형을 빼내 오거나 내가 대신 갇히겠소.
그동안은 참아요.
클래런스 참는 수밖에 없다. 잘 있어라.
[클래런스가 브레이큰베리와 경호대와 함께 퇴장]
글로스터 공작 리처드 다시는 돌아오지 못할 길을 걸어라.
어리숙한 클래런스, 천국이 너를 아끼니
네 영혼을 머잖아 천국으로 보내주겠다.
우리들의 선물을 천국이 받아주면.—
한데 저게 누구인가? 헤이스팅스 아닌가?
[헤이스팅스 공 등장]
헤이스팅스 공작님께 좋은 하루 되십시오!
글로스터 공작 리처드 궁실장관께도 그리되기를!
세상에 나온 것을 환영하는 바이오.
수감의 생활을 어찌 감당하였소?
헤이스팅스 죄수는 마땅히 인내심을 가져야 하오.
그러나 나를 옥에 넣게 한 자에겐
평생토록 빚졌으니 고마워하겠어요.
글로스터 공작 리처드 여부 있겠소? 클래런스도 그럴 거요.
당신의 적이었던 자들이 그의 적이오.
당신이 당했듯이 그이도 당했소.
헤이스팅스 말똥가리, 솔개는 마음껏 처먹는데
독수리가 갇히다니 더더욱 억울하오.
글로스터 공작 리처드 무슨 소식 있소?
헤이스팅스 국내적으로 최고로 나쁜 소식은
왕이 편찮고 쇠약하고 우울하단 소식이오.
그래서 의사들의 걱정이 높아갑니다.
글로스터 공작 리처드 성 바울 이름으로,[6] 매우 나쁜 소식이오.
조악한 식습관을 오래 유지하시어

4 금세공 업자 쇼어의 아내 제인 쇼어(?~1527)는 에드워드 왕의 정부가 되어 온갖 호사를 누리다가 몰락한 것으로 악명 높았다. 훗날 헤이스팅스 공의 정부(情婦) 노릇도 했다.
5 원문에는 장난스러운 말이지만 우리는 '무관'(撫關, 옥문을 쓰다듬음)으로 옮겨본다.

지나치게 옥체를 손상하신 듯싶소.
생각만 하여도 서글픈 일이오.
자리에 누워 계시오?
헤이스팅스 예, 그렇습니다.
글로스터 공작 리처드 그럼 먼저 가시오. 뒤따라가리다.
[헤이스팅스 퇴장]
살아날 수 없을 테지. 하지만 클래런스가
천국에 가기 전에 죽으면 안 돼.
들어가서 형에 대해 화를 내게 해야지.
근거가 확실해서 단단히 화가 났지.
속 깊은 음모가 실수만 없으면
클래런스 목숨은 하루 이상 못 간다.
그 일이 끝나면 자비로운 하느님이
왕을 데려가고 세상을 내 손에 맡기시길!
그리고는 워릭의 막내딸과 결혼하여—
제 남편과 제 아비를 죽인 자가 나지만.—
그 계집에게 보상해줄 가장 쉬운 방법은
그녀의 남편이자 아비가 되는 것이다.
그렇게 하겠다. 사랑이 아니라
또 하나의 내밀한 목적과 의도를
그녀와의 결혼으로 이루게 된다.
그러나 말보다 먼저 장터로 뛰어가니,[7]
클래런스는 살아 있고 에드워드는 왕이다.
그들이 가고 나서 이익을 셈해야 한다. [퇴장]

## 1. 2

[상복 차림의 앤 부인이 헨리 6세의 열린 관을
든 하인들과 그것을 호위하기 위하여 창검을
든 두 신사와 함께 등장]
앤 부인 수의로 명예를 가릴 수가 있다면
들고 가는 명예의 짐을 내려놓아요.
선하신 랭커스터의 뜻밖의 죽음을
잠시 동안 조문하는 탄식을 해야겠어요.
[그들이 영구를 내려놓는다.]
거룩한 왕의 열쇠처럼 차가운 몸,
랭커스터 가문의 희뿌연 유해,
왕가 혈통의 피 없는 유골,
당신의 영혼에게 가련한 앤이 애곡을
부른다고 법도에 어긋나지 않을 테지요.
아버님을 상한 바로 그 손에 찔려
죽임당한 아드님 에드워드의 아내예요.
당신 목숨이 빠져나간 창구멍으로
이 눈의 약물을 속절없이 쏟아요.
치명적인 상처를 만든 손에 저주 내려라.
차마 그 짓을 벌인 자에게 저주 있어라.
당신의 죽음과 우리의 불행을 빚은
악랄한 자에게 독사나 독거미나
두꺼비나 그 어떤 기어 다니는
독충보다 끔찍한 불행이 닥쳐라.
아이가 생긴다면 미리 낳아서
괴물처럼 일찍이 세상에 나와
추하고 기괴한 꼴을 본 그 어미가
희망을 바꾸어 황당하여 자빠져라.
아내가 있다면 남편이 죽어
아버님과 남편의 죽음 때문에
나만큼 가련하고 참담하게 되어라.
거룩한 영구를 첫시[8]로 나릅니다.
그곳에 묻으려고 성 바울 교회에서 옮겨 왔어요.
[상두꾼들이 영구를 든다.]
무거워서 힘들면 언제라도 쉬세요.
그새 나는 헨리 왕께 곡하겠어요.
[글로스터 공작 리처드 등장]
글로스터 공작 리처드 시체 메고 가는 놈들, 내려놓아라.
앤 부인 어떤 검은 마술사가 이런 악귀 불렀는가?
엄숙하고 은혜로운 집안일을 멈추누나.
글로스터 공작 리처드 이놈들, 시체를 내려놔라. 안 그러면
불복하는 녀석을 시체로 만들겠다.
신사 비키시어 영구를 보내주시오.
글로스터 공작 리처드 버릇없는 개새끼, 명령할 때 바로 서라.
내 가슴보다 창검을 더 높이 들어라.
안 그러면 건방진 값으로 흠씬 때려
발 앞에 뭉개겠다. 거지 같은 녀석이군.
[영구를 내려놓는다.]

6 '성 바울'은 리처드가 쓰는 독특한 맹세이다. 셰익스피어 인물 중에서, 유독 그만이 쓴다. 성자 바울은 신약 성서의 3분의 1을 긴 편지들로 메운 사람이다.
7 팔려는 말보다 먼저 장터를 향해 뛰는 시골 사람을 비웃는 속담.
8 유명한 수도원이 있는 템스 강변의 마을.

앤 부인 [신사들과 하인들에게]
당신들 떠는가? 모두 겁이 나는가?
아, 모두가 사람이니 탓할 수 없지.
마귀를 사람 눈이 참아내지 못하니.
저리 가라. 끔찍스런 지옥사자야.
너는 그분 몸에만 세력을 뻗쳤으니
그분의 영혼은 못 진다. 비켜나라.
글로스터 공작 리처드 착하신 성녀, 사랑으로 욕하지 말아요.
앤 부인 추악한 마귀, 제발 가라. 괴롭히지 말아라.
너는 복된 세상을 지옥으로 만들어
갖은 욕설, 저주로 가득 채웠다.
네놈의 악한 짓을 보기 좋아한다면
네가 만든 도살의 본보기를 바라보아라.
신사분들, 돌아가신 헨리의 상처들이
굳었던 입을 열고 피를 새로 흘려요.
추한 병신 살덩어리, 얼굴 붉혀라.
네가 옆에 있으니까 피 없이 비어 있던
차가운 핏줄들이 이렇게 피 흘리누나.
인간과 도리에 어긋나는 짓이라
이처럼 괴이한 출혈이 생겨나누나.
이런 피를 만든 주여, 복수하소서.
이런 피를 마시는 땅아, 복수하여라.
하늘의 벼락이 살인자를 급살하고
땅은 입을 벌리고 놈을 산 채 삼켜라.
지옥의 꼭두각시 저놈 팔이 도살한
선하신 왕의 피를 네놈이 삼켰다.
글로스터 공작 리처드 부인은 사랑의 법칙을 모르십시다.
악을 선으로, 저주를 축복으로 갚는 것이죠.
앤 부인 악당아, 하느님도 인간의 법도 너는 모른다.
일말의 동정심은 맹수도 갖고 있다.
글로스터 공작 리처드 한데 나는 모르니 짐승이 아닙니다.
앤 부인 마귀가 진실을 말하다니 기적이구나!
글로스터 공작 리처드 천사가 성을 내니 더더욱 기적이오.
완벽한 여성의 성스러운 전형이여,
내가 저질렀다는 죄악들에 관하여
일일이 밝히고 변호하게 해주시오.
앤 부인 세상을 앓게 하는 못된 인간아,
네가 지은 죄악을 일일이 밝혀
저주받은 네놈을 저주하게 해달라.
글로스터 공작 리처드 혀로는 표현 못 할 아리따운 여인,
잠시 참고 내 변명을 들어줘요.
앤 부인 도저히 생각 못 할 추악한 인간아,
목매어 죽는 것 외에 변명할 여지가 없어.
글로스터 공작 리처드 그렇게 절망하면[9] 내가 진짜 죄인이지.
앤 부인 그렇게 절망해서 용서를 받아야 한다.
남들을 부당하게 죽였으니 그처럼
네놈한테 정당한 복수를 가해야 돼.
글로스터 공작 리처드 죽인 게 아뇨.
앤 부인 그럼 죽지 않았게?
하지만 마귀 같은 네놈한테 모두 죽었지.
글로스터 공작 리처드 내가 당신 남편 안 죽였소.
앤 부인 그럼 살았게?
글로스터 공작 리처드 죽은 건 맞지만 에드워드가 죽였소.
앤 부인 치사한 입속의 거짓말이야. 너의 칼이
그의 피에 김 솟는 걸 왕비께서 보셨어.
그 칼로 왕비님 가슴마저 겨냥했지만
네 형들이 옆으로 칼끝을 밀쳤어.
글로스터 공작 리처드 그녀의 욕질하는 혓바닥에 화가 났었소.
저들의 죄를 죄 없는 내 어깨에 지웠소.
앤 부인 피에 주린 네 심보가 화를 돋우었거니
살해 외에 아무것도 모르는 심보야.
이분을 안 죽였어?
글로스터 공작 리처드 그 일은 시인하오.
앤 부인 시인해? 고슴도치?[10] 그렇다면 그 때문에
네놈을 하느님이 저주하시길 빌어.
그이는 선하고 온유하고 유덕하셨어.
글로스터 공작 리처드 그런 만큼 하느님이 데려가야 마땅하지.
앤 부인 그분은 네가 절대로 갈 수 없는 천국에 있어.
글로스터 공작 리처드 그리로 보내준 내게 고맙다고 하시오.
그 사람은 세상보다 그곳에 알맞았거든.
앤 부인 넌 지옥 외엔 어떤 곳에도 안 맞아.
글로스터 공작 리처드 한 군데 더 있소. 내 말 들어봐요.
앤 부인 어떤 토굴일 테지.
글로스터 공작 리처드 부인의 침실이오.
앤 부인 네가 누울 방에는 편한 잠이 없어져라!
글로스터 공작 리처드 당신하고 눕기 전엔 편치 않을 형편이오.
앤 부인 어디 그래봐.
글로스터 공작 리처드 정말 그렇소. 하지만 착한 앤 부인,

9 당시의 기독교 신앙에서 '절망'은 완전히 희망이 없는 저주, 즉 '자살'을 뜻했다.
10 고슴도치는 온몸에 털이 나고 웅크린 꼴이다.

이렇게 날카로운 말싸움을 버리고
좀 더 느긋한 화제로 나아갑시다.
헨리와 에드워드, 플랜태저넷들을
비명에 가게 한 원인이 그 하수인
못지않게 무거운 책임이 있지 않았소?

앤 부인 네가 가장 악랄한 결과의 원인이야.

글로스터 공작 리처드 당신의 미모가 그 결과의 원인이오.
그 아리따움이 잘 때마다 찾아와
사랑의 품속에서 한 시간을 쉬기 위해
온 세상을 남김없이 죽이게 했소.

앤 부인 이 살인자야, 내가 그걸 알았다면
손톱으로 내 얼굴을 긁어버렸을 테다.

글로스터 공작 리처드 내 눈은 미모의 파괴를 참을 수 없었을 거요.
내가 곁에 있었다면 흠집을 못 냈을 거요.
햇빛을 받아서 온 세상이 밝아지듯
나도 그렇소. 당신이 내 태양, 내 생명이오.

앤 부인 시커먼 밤이 네 태양, 죽음이 네 목숨 덮어라.

글로스터 공작 리처드 자기를 저주하지 마오. 당신은 내 태양, 내 목숨이오.

앤 부인 복수하려고 네 태양, 네 목숨이면 좋겠어.

글로스터 공작 리처드 자기를 사랑하는 사람에게 복수하려고
그리되길 원한다면 기이한 싸움이오.

앤 부인 남편 죽인 놈한테 복수하려고
그런다면 정당하고 합당한 싸움이지.

글로스터 공작 리처드 당신의 남편을 뺏은 사람은
더 좋은 남편을 주려고 그런 거라오.

앤 부인 그분보다 좋은 이는 이 세상에 산 적이 없어.

글로스터 공작 리처드 아니오. 당신을 더 아끼는 사람이 살아 있소.

앤 부인 이름을 대.

글로스터 공작 리처드 플랜태저넷.[11]

앤 부인 바로 그분이야.

글로스터 공작 리처드 이름은 같지만 더 잘난 인간이오.

앤 부인 어디 있지?

글로스터 공작 리처드 여기 있소.
[그녀가 그에게 침을 뱉는다.]
왜 내게 침을 뱉소?

앤 부인 너를 죽일 독이라면 더욱 좋겠다.

글로스터 공작 리처드 그렇게 어여쁜 곳에서 독이 나온 적 없소.

앤 부인 너보다 추악한 두꺼비가 독을 낸 적 없지.
내 앞에서 꺼져라. 눈에 병이 생긴다.

글로스터 공작 리처드 아가씨, 당신 눈이 내 눈에 병을 옮겼소.

앤 부인 내 눈이 독사처럼 널 죽이면 좋겠어.[12]

글로스터 공작 리처드 그러면 좋겠소. 금방 죽어버리게.
지금 당신 눈은 생사람을 잡아요.
당신 눈이 내 눈에서 짠물을 자아내고
아이처럼 눈물 넘쳐 창피한 꼴이고
친구나 원수에게 애걸하지 않았는데,
—달콤한 말씨를 배우지 못했지만—
당신이 예쁜 게 비용을 말하니까
내 거만한 마음이 혀에게 진술을 요청해요.[13]
[그녀가 경멸의 눈으로 그를 바라본다.]
입술에 경멸을 가르치지 말아요.
입술은 경멸 아닌 키스를 위해 있소.
복수의 일념으로 용서할 수 없다면,
날카로운 이 칼을 당신한테 바쳐요.
[그가 무릎 꿇고 그녀에게 칼을 바친다.]
진실한 가슴속에 이 칼을 파묻어
당신을 사모하는 영혼을 쫓고 싶다면
죽음의 일격에 맨가슴을 내어놓소.
겸손히 무릎 꿇고 죽음을 애걸해요.
[자기 가슴을 열어젖힌다. 그녀가 칼로
찌르는 시늉을 한다.]
멈추지 말아요. 남편을 내가 죽였소.
당신이 예쁜 게 나를 자극하였소.
당장에 죽여주오. 내가 헨리 왕을 죽였소.
당신의 천사 같은 얼굴이 내게 시켰소.
[여기서 그녀는 칼을 떨어뜨린다.]
다시 칼을 집거나 나를 일으켜줘요.

앤 부인 일어나라, 거짓말쟁이. 네가 죽길 원하지만
사형을 집행하는 관리는 되지 않겠다.

글로스터 공작 리처드 [일어나 칼을 집으며]
그러면 자살하라고 해요. 자살하겠소.

앤 부인 벌써 죽으라고 했어.

글로스터 공작 리처드 화가 나서 그랬는데,
다시 한 번 말해요. 그 말만 하면

11 랭커스터가나 요크가나 모두 한 조상에서 왔으므로 성은 똑같이 플랜태저넷이었다. 헨리 플랜태저넷이 왕이 된 1154년부터 리처드 3세가 죽은 1485년까지 모든 잉글랜드 왕들의 성은 플랜태저넷이었다.

12 '바실리스크'(basilisk)라는 상상의 뱀이 노려보면 그 사람은 죽는다는 전설이 있었다.

13 일부러 '비용' '거만' '진술' 등 법정의 용어들을 쓴다.

당신 사랑 얻기 위해 당신 사랑 죽인 손이
더더욱 진실한 사랑을 죽이게 돼요.
두 사람 죽음에 당신은 공범이오.
앤 부인 당신 속을 알아야지.
글로스터 공작 리처드 내 말에 드러나오.
앤 부인 둘 다 거짓말 같아.
글로스터 공작 리처드 그러면 진실한 자가 없소.
앤 부인 어쨌든 칼은 치워요.
글로스터 공작 리처드 그러면 안심하라 하쇼.
[칼을 집에 꽂는다.]
앤 부인 후에 알려줄게요.
글로스터 공작 리처드 희망을 가져도 좋소?
앤 부인 누구나 그렇게 살아요.
글로스터 공작 리처드 이 반지 껴요.
앤 부인 받는다고 주는 건 아니죠.
[그녀가 손가락에 반지를 낀다.]
글로스터 공작 리처드 반지가 당신의 손가락을 감싸고 있듯
당신의 가슴이 가련한 이 마음을 품어줍니다.
둘 다 지니시오. 모두 당신 거요.
당신을 지극히 숭배하는 가련한 자에게
자애로운 당신이 한 가지만 허락하면
그자의 행복은 영원하게 돼요.
앤 부인 그게 뭔데요?
글로스터 공작 리처드 그처럼 구슬픈 옷차림을 벗어서
슬퍼할 이유가 있는 자에게 주고
크로스비 플레이스[14]로 즉시 가시오.
첫시 수도원에 고귀한 왕을
엄숙히 장례하고 뉘우치는 눈물로
무덤을 적신 후에 되도록 속히
당신을 만나기 위해 달려가겠소.
밝힐 수 없는 이유가 여럿이지만
이를 허락해주오.
앤 부인 물론이에요. 당신이 이처럼
뉘우치는 걸 보니까 아주 기뻐요.
트레실과 버클리가 나하고 같이 가요.
글로스터 공작 리처드 내게 잘 가라고 해요.
앤 부인 물론이죠.
자기 듣기 좋은 말을 내게 배워주니까
내가 벌써 잘 가시라고 한 거로 여기세요.
[두 신사와 함께 퇴장]
글로스터 공작 리처드 얘들아, 시체를 들어.
하인 첫시로 모실까요?
글로스터 공작 리처드 아니야, 화이트 프라이어[15]다. 게서 기다려.
[글로스터를 제외하고 모두 영구를 들고 퇴장]
여자가 이렇게 구애받은 적이 있나?
여자가 이렇게 넘어간 적이 있나?
그녀를 갖겠다만 오래 갖진 않겠다.
남편과 남편의 아비를 죽인 내가
그녀의 심중의 가장 독한 증오와
입술의 저주와 두 눈의 눈물과
증오를 나타내는 피 흘리는 시체 옆에
하느님, 그녀 양심, 악조건에 불구하고—
한데 나는 분명한 마귀와 거짓밖엔
구애를 뒷받침할 아무것도 없었는데
여자를 땄어? 온 세상을 거저먹어? 하!
저 여자가 잘난 왕자 에드워드 제 남편을
벌써 잊었나? 석 달 전 튜크스베리[16]에서
홧김에 찔러 죽인 제 남편을? 그 사람보다
다정하고 사랑스럽고 온갖 자질을
넘치도록 타고나고 발랄하고 용감하고
똑똑하고 확실히 고귀한 왕손 신사를
이 넓은 세상이 다시는 낼 수 없다.
그런데도 꽃다운 왕자의 황금 같은
청춘을 싹둑 잘라버리고 구슬픈 침상의
과부로 만들어준 나한테 눈을 돌리니.
에드워드의 반도 되지 못할 나한테,
이렇게 절뚝발이 병신한테 말이다.
거지 같은 땡전에 공작령을 걸어서,
지금까지 나 자신을 과소평가했구나.
나는 안 그렇지만 확실히 그녀는
나를 굉장히 잘난 남자로 본다.
거울에다 돈을 조금 지출하고 겸하여
재단사도 이삼십 명 고용해서
몸치장에 좀 더 공을 들여야 할까보다.
자신에 대해서 호감 갖게 되었으니
약간의 비용을 들여서 유지해야지.

14 런던에 있는 글로스터 공작의 저택.
15 white friar. 런던에 있는 수도원.
16 잉글랜드 중부의 마을. 여기서 랭커스터 일파가 요크 일파에게 완전히 패배했다. 「헨리 6세 제3부」 5막 5장에서 글로스터 공작 리처드가 앤(워릭의 딸)의 남편이 될 에드워드 왕세자를 죽인다.

하지만 먼저 저놈을 무덤에 처넣고
애인에게 우는소리 하면서 돌아가야지.
거울을 살 때까지, 밝은 해야, 비춰라.
그림자를 지나가며 나를 바라보겠다. [퇴장]

## 1. 3

[왕비, 리버스 공, 도싯 후작으로도 불리는
그레이 등장]
리버스 마님, 고정하세요. 전하께서 이제 곧
원래의 건강을 회복하실 것이오.
그레이 [왕비에게]
어머님이 못 참으면 병환이 중해지니
제발 마음을 편하게 가지시고
신나는 이야기로 전하에게 기쁨 주세요.
왕비 왕이 돌아가시면 나는 어찌 되겠니?
리버스 그런 남편 잃는 것뿐, 딴 일은 없소.
왕비 그런 남편 잃으면 모든 걸 잃게 된다.
그레이 하늘이 어머님께 훌륭한 아들을 주셨소.
그분이 가신 뒤에 큰 위로 될 거예요.
왕비 오, 아직 어리다. 성년이 되기까지
글로스터가 보호하게 되었는데
그자는 우리 중 누구도 좋아하지 않아.
리버스 그자가 섭정으로 확정되었소?
왕비 그럴 거 같지만 확정되진 않았어.
하지만 왕이 잘못되시면 그렇게 돼.
[버킹엄, 더비 백작 스탠리 등장]
그레이 버킹엄 공과 더비 공이 오시오.
버킹엄 [왕비에게]
왕비님께 좋은 날 되십시오!
더비 백작 스탠리 [왕비에게]
하느님이 전처럼 기쁨 주시길!
왕비 좋으신 더비 공, 리치먼드 백작 부인[17]이
당신의 기원에 '아멘' 하기 어렵겠소.
하지만 더비 공, 그녀가 당신의 아내면서
나를 좋아하지 않고 건방지게 굴어도
나 자신은 당신을 미워하지 않아요.
더비 백작 스탠리 아내를 중상하는 간사한 말을
믿지 않으시거나 믿을 만한 말이라면
쇠약해서 그러니 참으시길 바랍니다.
내 생각에는 그것은 오랜 병이며
뿌리 깊은 악의에서 오는 것은 아닙니다.
리버스 더비 공, 오늘 왕을 보았소?
더비 백작 스탠리 방금 전 버킹엄 공작과 함께
전하를 심방하고 오는 길이오.
왕비 나으실 가망이 있나요?
버킹엄 희망이 있으시오. 활기차게 말씀하시오.
왕비 하느님이 건강 주시길. 같이 의논하였소?
버킹엄 그랬습니다. 글로스터 공작과 형제분들을
사이좋게 만들고자 애쓰시며, 그분들과
궁실장관도 화해하길 원하시고 저들에게
사람들을 보내서 만나자고 하셨습니다.
왕비 잘되길 빌어요! 하지만 안 될 일이오.
우리의 행복이 절정에 있는 듯하오.
[글로스터 공작과 헤이스팅스 등장]
글로스터 공작 리처드 저들의 부당한 처사를 참지 않겠다.
내가 웃지 않으며 자기들을 싫어한다고
왕에게 불평하는 자들이 누구들인가?
성 바울에 맹세코, 그따위 소문으로
왕의 귀를 채운다면 왕의 편이 못 된다.
아첨할 줄 모르고 말투가 곱지 않고
남에게 웃음 짓고 속일 줄을 모르며
프랑스식으로 까딱대지 않아서
나를 성미 고약한 원수로 여기누나.
솔직한 사내가 무해하게 살 수 없는가?
매끄럽고 교활하고 알랑대는 자들에게
순박한 사내가 이렇게 당해야 하는가?
리버스 여기 있는 누구에게 하는 말씀이시오?
글로스터 공작 리처드 바르지도 귀하지도 못한 당신한테요.
당신을 해하거나 억울하게 한 적 없소.
당신이오? 당신이오? 당신 패 중 누구요?
염병할 것들! 전하는 당신들이 바라기보다
하느님이 더더욱 잘 지켜주실 터인데
조용히 숨 쉴 틈이 전혀 없을 정도로
못된 불평불만으로 괴롭혀 드리오!

17 지금은 더비 공의 부인이나 죽은 전남편과 리치먼드 백작을 낳았다. 그녀는 에드워드 3세의 후손이어서 그 아들 리치먼드 백작이 훗날 왕통을 이어 헨리 7세가 된다. 이 희곡의 5막에 나온다.

왕비 글로스터 서방님, 잘못 알고 계시네요.
전하께선 왕다우신 성격을 가진 분이라
혹시나 당신 속의 증오심을 겨냥한 자의
고소 고발은 전혀 듣지 않으셔요.
겉으로 드러나는 행동들을 보시고
내 친척과 내 오빠와 나에 대하여
당신을 불러서 그런 감정의 원인을
알아내어 없애고자 하시는 거죠.

글로스터 공작 리처드 모르겠소. 세상이 너무나 각박해서
독수리가 두려운 데서 뱁새가 먹이를 잡소.
좀팽이가 신사로 높아진 후에
신사가 좀팽이로 변한 일이 허다하거든.

왕비 글로스터 서방님, 무슨 뜻인지 알아요.
나와 내 친척이 높아진 걸 질투하시죠.
당신 덕은 입지 않길 하느님께 빌어요.

글로스터 공작 리처드 당신들이 필요한 걸 하느님도 허락하오.
당신들의 책략으로 나의 형이 갇혔으며
나도 창피 당하고 귀족들은 천대받고
불과 이틀 전에는 돈 한 푼 없던 자가
하루가 멀다 하고 귀족으로 승진되오.

왕비 만족스런 삶에서 근심스런 이 자리에
나를 올려놓으신 하느님께 맹세하여,
클래런스 공작님에 대해서는, 절대로
전하의 노염을 일으키지 않았으며
도리어 진심으로 변호했어요.
서방님, 나를 이런 악랄한 혐의에
끌어넣는다는 건 부끄러운 짓이어요.

글로스터 공작 리처드 최근 헤이스팅스 공의 투옥이
당신이 시킨 게 아니라고 부인하겠소?

리버스 부인하실 터이오.

글로스터 공작 리처드 부인할 수 있다고? 그거 누가 몰라요?
그걸 부인하기보다 더할 수도 있거든.
당신을 좋은 데다 올려주고는
자기 손을 썼다는 걸 부인하면서
당신의 자질을 칭찬할 수도 있소.
무엇인들 못 하겠나? 그럴 수 있고말고.

리버스 무얼 할 수 있단 말이오?

글로스터 공작 리처드 무얼 할 수 있냐고? 왕과 결혼하기요.
총각인 데다 멋진 젊은이거든.
확실히 당신 할머니는 결혼을 잘못했소.

왕비 글로스터 공작, 뻔뻔한 욕지기와
사나운 욕설을 너무 오래 참았소.
내가 참은 끔찍한 모욕을 반드시
전하께 말씀드릴 결심이오. 이렇게
놀림받고 천대받고 괴롭힘받는
처지에서 굉장한 왕비가 되기보다
차라리 시골의 하녀가 되겠소.
[멀리서 늙은 마거릿 왕비 등장]
잉글랜드 왕비로되, 즐거움은 매우 적소.

마거릿 [방백]
하느님께 비오니, 적은 것도 줄이소서!
네 명예, 네 지위, 네 보좌는 내 것이었다.

글로스터 공작 리처드 [왕비에게]
왕에게 고자질하겠다고 위협하는가?
좋다. 하나도 빼지 마라. 내가 한 말
전부 다 그대로 왕 앞에서 시인하고
타워에 가는 것도 마다하지 않겠다.
지금은 내가 말하겠다. 내 수고를 잊었구나.

마거릿 [방백] 마귀야, 가라. 네 수고 너무 잘 안다.
네가 남편 헨리를 타워에서 죽였으며
불쌍한 내 아들을 튜크스베리에서 죽였다.

글로스터 공작 리처드 [왕비에게]
네가 왕비 되기 전에, 네 남편이 왕 되기 전에,
나는 그의 큰 사업에 짐 싣는 말처럼
건방진 적수들을 잡초같이 뽑아내고
그와 친한 자에게는 넉넉히 보답하고
그의 피를 왕의 피로 만들고자 피를 흘렸다.

마거릿 [방백] 그렇다. 너나 그자 피보다 좋은 피였다.

글로스터 공작 리처드 [왕비에게]
그동안 내내 너와 네 남편 그레이가
랭커스터 집안의 앞잡이였고
리버스, 너도 마찬가지였다. [왕비에게] 네 남편도
마거릿의 성 올번스 싸움에서 안 죽었는가?
너희 속이 잊었다면 너희들이 뭐였는지,
지금은 무엇인지, 내가 무엇이었고
지금은 무엇인지 생각나게 해주겠다.

마거릿 [방백] 지금도 그렇구나, 악독한 살인자야.

글로스터 공작 리처드 가련한 클래런스도 장인을 내버리고,
맹세를 저버리고,—신이 용서하시길—

마거릿 [방백] 하느님, 갚으소서.

글로스터 공작 리처드 왕관 쟁탈전에서 에드워드 편에 섰다.
하지만 그 대가로 감옥의 몸이 되었다.

에드워드처럼 내 속도 돌덩이가 되거나
에드워드가 나처럼 여리면 좋겠다만
나는 세상에 살기엔 너무나 나약하다.
마거릿 [방백] 속히 세상 떠나서 지옥에 떨어져라,
이런 악귀 놈! 그곳이 너의 왕국이다.
리버스 글로스터 공작님, 복잡한 그 시기에
우리가 적이었다 하시는데 우리는 단지
합법적인 우리 왕을 따랐던 것인데
공작님이 왕이시면 마땅히 따르겠소.
글로스터 공작 리처드 내가 왕이면? 차라리 행상이 되겠다.
그따위 생각은 나한테서 멀어지길!
왕비 네가 이 나라의 왕이라면 즐거울 수
없겠다고 말하는데 그와 마찬가지로
나는 이 나라의 왕비라지만
즐겁지 않다는 걸 잘 알아둬라.
마거릿 [방백] 이 나라의 왕비도 즐겁지 않구나.
내가 바로 왕비인데 전혀 즐겁지 않다.
더 이상은 못 참겠다.
[앞으로 나서며] 시끄러운 해적들아, 내 말 들어라.
나한테서 뺏은 것을 나누다가 싸우누나.
너희 중 나를 보고 안 떨 자가 있느냐?
너희는 왕비한테 백성답게 절하지만
쫓겨난 내게 너희는 난봉꾼처럼 떤다.
[글로스터에게] '귀하신 악질아', 그냥은 못 간다.
글로스터 공작 리처드 쭈그렁이 할망구야, 왜 얼씬대느냐?
마거릿 네가 망친 것들을 되뇌려고 할 뿐이다.
너를 놓아주기 전에 그러고야 말겠다.
너는 내게 남편과 아들 값을 내야 한다.
[왕비에게] 너는 나라 값을, 너희 모두가 내야 한다.
내가 겪는 슬픔은 너희 것이고
너희가 빼앗은 즐거움은 내 것들이다.
글로스터 공작 리처드 존귀하신 아버님이 너를 저주하셨다.
용맹하신 이마에다 종이 관을 두르고
두 눈에서 강 같은 눈물을 흘리실 때
귀엽고 순결한 러틀랜드의 피에 적신
천 조각을 던져주며 닦으라 했다.
비통한 영혼으로 네게 내린 저주가
전부 그대로 네게 실현되었다.
우리 아닌 하느님이 네 악행을 벌하셨다.
왕비 [마거릿에게] 무죄한 자를 높이시는 하느님은 바르시오.
헤이스팅스 [마거릿에게] 아이를 죽인 것은 너무도 치사하고
일찍이 듣지 못한 무자비한 짓이었소.
리버스 [마거릿에게] 그런 말을 듣고서 폭군들도 울었소.
그레이 [마거릿에게] 복수를 맹세하지 않은 이가 없소.
버킹엄 [마거릿에게] 거기 있던 노섬벌랜드도 울었소.
마거릿 내가 오기 전에는 으르렁거리면서
서로 목을 물고서 늘어질 것 같더니
너희들의 증오를 나에게 보내는가?
요크의 저주가 하늘에 상달되어
사랑하는 왕자와 헨리 왕의 죽음과
왕권의 상실과 나의 슬픈 추방이
그 못난 아이의 값이 되지 못하는가?
저주가 구름 뚫고 하늘까지 닿는가?
죽은 구름아, 살아 있는 저주에서 비켜나라.
그자가 왕 되려고 우리 왕을 살해했듯
전쟁이나 향락으로 너희 왕이 죽어라.
[왕비에게] 세자이던 내 아들 에드워드 대신에
지금의 세자인 네 아들 에드워드는
느닷없는 폭력으로 어렸을 때 죽어라.
왕비였던 나 대신 왕비인 너는
불행한 나처럼 영광 뒤에 남아라.
오래오래 살아서 자식들의 죽음을 맞고
내 자리에 앉은 너를 지금 내가 보듯이
딴 여자가 네 자리를 차지한 걸 보아라.
행복하던 옛날은 오래오래 죽어가고
슬픔의 시간은 길게 길게 늘어나서
어머니도 아내도 왕비도 아닌 채 가라.
리버스와 그레이, 피에 주린 칼날에
내 아들이 찔릴 때 너희들은 서 있고
헤이스팅스도 그랬다. 너희 중 한 놈도
제 명대로 못 살고 무슨 일이 생겨나서
급살 맞아 죽기를 하느님께 기도한다.
글로스터 공작 리처드 악에 받친 할멈아, 요술은 그만해라.
마거릿 너를 뺄 리 있겠냐? 개새끼야, 말하겠다.
너한테 줘야 할 어떤 병통보다도
훨씬 더 심한 것이 하늘에 있다면
너의 죄가 익기까지 그대로 놔뒀다가
가련한 평화를 괴롭히는 네놈에게
하늘의 분노를 쏟아붓길 기원한다.
양심의 벌레가 네 영혼을 파먹어라.
일생 동안 친구를 반역자로 의심하고
음흉한 반역자를 친구로 여겨라.

살기 어린 너의 눈에 잠이 오지 않거나
흉측한 마귀들이 괴로운 악몽으로
네놈한테 겁을 주어 떨게 만들라.
도깨비가 점찍은 팔삭둥이 돼지 새끼,
날 때부터 못돼 먹은 천박한 종놈이고
지옥의 자식으로 낙인찍힌 놈이다.
네 어미의 무겁던 자궁의 수치이며
네 아비의 허리의 역겨운 종자이며
명예의 걸레쪽, 메스꺼운—

글로스터 공작 리처드 마거릿.

마거릿 리처드.

글로스터 공작 리처드 뭐?

마거릿 너 부른 거 아니다.

글로스터 공작 리처드 오, 미안하구나. 그러한 욕설들이
모두 나를 가리킨 줄 알았었구나.

마거릿 물론 그랬다. 하지만 답은 기다리지 않았다.
그러면 이 저주에 끝을 맺겠다.

글로스터 공작 리처드 내가 맺을 터인데 끝은 '마거릿'이다.

왕비 [마거릿에게] 그래서 자기한테 저주를 퍼붓누나.

마거릿 그려놓은 왕비야. 내 이름을 함부로 대는데
살진 저 거미에게 설탕을 왜 주느냐?
끔찍한 그물로 너를 에워싸는데?
멍청한 년아, 자기를 죽일 칼을 가누나.
네년이 저 꼽추 두꺼비를 저주할 때에
내 도움 청할 때가 오고야 만다.

헤이스팅스 엉터리 점쟁이 할멈, 미친 욕 그쳐라.
인내심을 자극하면 네게 해롭다.

마거릿 망할 것들, 너희가 인내심을 자극하였다.

리버스 양심대로 했다면 예절을 알 터인데.

마거릿 양심대로 한다면 모두 내게 충성해라.
나는 너희 왕비이고 너희는 백성 돼라.
나를 모셔 받들고 너희는 충성을 배워라.

그레이 말대꾸하지 마오. 미친 여자요.

마거릿 입 닥쳐라, 후작 나리. 건방지구나.
방금 찍은 마패가 아직 통하지 않는다.
새로 생긴 귀족의 높은 지위만으로
지위 잃은 비참이 무엇인지 모른다.
높이 서는 사람은 폭풍 속에 시달리고,
쓰러지는 날에는 가루가 돼버린다.

글로스터 공작 리처드 훌륭한 충고다. 외워라, 외워라, 후작.

그레이 나만이 아니라 공작께도 해당되오.

글로스터 공작 리처드 물론 훨씬 더하지만 나는 높이 태어났다.
독수리 형제들은 삼나무 위에 살며
바람과 노닐고 태양을 멸시한다.[18]

마거릿 그래서 태양을 가린다. 비참하구나!
죽음의 그늘 속, 내 아들이 거기 있다.
환하게 뻗치던 햇살을 너란 놈이
영원한 어둠 속에 파묻었구나!
너희 둥지는 우리 둥지에 지은 것인데,
살피시는 하느님, 놓아두지 마소서!
피로 뺏은 것이니 피로 빼앗기어라!

버킹엄 남을 생각하여서 그만하시오. 창피스럽소.

마거릿 남 생각과 창피를 강요치 마라.
[다른 자들에게]
너희들은 나한테 못되게 굴고
온갖 내 희망을 창피하게 짓밟았다.
남 생각은 분노이며 목숨은 창피라서
슬픔의 분노가 창피 속에 살아 있다.

버킹엄 그만하오.

마거릿 버킹엄 공작, 동류라는 의식과
우정의 표시로 당신 손에 입 맞추오.
당신과 당신 집에 복이 내리길!
당신의 옷자락에 우리 피가 묻지 않고
저주의 범위 안에 들어 있지 아니하오.

버킹엄 이곳의 누구도 들어 있지 않으니,
저주는 발설하는 입술을 벗어나지 못하오.

마거릿 반드시 하늘에 올라가 고이 잠든
하느님의 평화를 깨울 터이오.
버킹엄, 미친개를 조심하시오.
꼬리칠 때 깨무니 조심하시오. 놈이 물면
독 묻은 이빨이 죽도록 쏘아대오.
놈과는 상종하지 마시오. 조심하시오.
죄악, 사망, 지옥의 표시를 놈이 가졌소.
저놈의 일꾼이 바로 그것들이오.

글로스터 공작 리처드 버킹엄 공작, 저 여자가 뭐라 하오?

버킹엄 중요한 것 없습니다, 공작님.

마거릿 나의 좋은 충고를 멸시로 갚고
조심하라는 마귀에게 아첨하기냐?
오, 어느 날 저놈이 당신의 가슴을

18 우람한 삼나무 위에 사는 독수리만이 해를 마주볼 수 있다는 속담이 있었다.

슬픔으로 쪼갰을 때 내 말을 기억하고
불쌍한 마거릿이 예언했다 말하라.
저놈과 너희는 증오 속에 살다가
모두들 하느님의 증오의 표적이 돼라. [퇴장]

헤이스팅스 저주를 들으니 머리털이 서는데요.

리버스 나 역시 그러하오. 풀린 것이 이상하오.

글로스터 공작 리처드 성모님께 맹세코, 그녀를 탓하지 못하겠소.
너무도 억울하게 당했소. 그중에서
내가 저지른 일이 후회스럽소.

왕비 내가 알기로는 나는 아무 해도 주지 않았소.

글로스터 공작 리처드 하지만 당신은 그로 인해 득을 보았소.
나는 화가 치밀어 좋은 일을 못 했으나
지금 와서 생각하니 내가 너무 냉담했소.
어쨌든 클래런스는 제 값을 받았으니
수고한 값으로 갇혀서 살찌게 됐소.
그리되게 한 자들을 신이 용서하기를!

리버스 우리를 해한 자를 위해 기도 드림은
신앙인에 어울리는 고귀한 귀결이오.

글로스터 공작 리처드 [혼자 말한다.]
눈치를 잘 보니까 언제나 그러거든.
내가 저주했다면 나 자신을 저주하겠지.
[케이츠비 등장]

케이츠비 왕비님, 전하께서 오시라고 하십니다.
공작님과 대공님 여러분도 부르십니다.

왕비 그러지요. 대공님들, 함께 가시죠?

리버스 예, 같이 모시도록 하겠습니다.
[글로스터 이외에 모두 퇴장]

글로스터 공작 리처드 나는 일을 저지르고 떠들어대지.
내가 벌인 음모를 남들이 저지른
무거운 책임으로 돌린다는 말이다.
내가 클래런스를 토굴 속에 던졌지만
헤이스팅스, 더비, 버킹엄 같은
멍청이들 보는 데서 눈물 질질 짜면서
왕비와 패거리가 부추기는 까닭에
왕이 화를 내더라고 형한테 말했더니,
내 말을 믿고 나더러 리버스, 그레이,
본에게 보복하라고 꼬드겼는데,
그때마다 한숨 쉬고 성경 말씀 인용하며
주님이 악을 선으로 갚으랬다 하거든.
이런 빤한 거짓말을 성경에서 훔쳐낸
닳아빠진 조각으로 슬쩍 덮어가지고
마귀 짓 하면서 성자처럼 행동하지.
[자객 둘 등장]
그만하자. 자객들이 도착했다.
결의가 단단한 친구들, 괜찮은가?
당장에 이 일을 끝내겠는가?

자객 공작님, 저희는 그분이 계신 곳에
들여보낼 허가서를 받으려고 왔습니다.

글로스터 공작 리처드 잘 생각했다. 여기 내가 갖고 있다.
[허가서를 준다.]
일을 마친 후에 크로스비로 가라.
그러나 일을 신속히 행하되
매섭게 하라. 통사정을 듣지 마라.
언변이 좋은 자라 너희가 들어주면
혹시는 동정심이 생길지 모른다.

자객 걱정 마세요. 잔소리 하라고 놔두지 않소.
말쟁이는 실천이 모자라오. 염려 마세요.
우리는 혀가 아닌 손을 쓰러 온 거요.

글로스터 공작 리처드 바보들은 눈물을 떨구는데 너희 눈은
맷돌을 떨구누나.[19] 그게 좋다. 그럼 일 봐라. [모두 퇴장]

## 1. 4

[클래런스, 브레이큰베리 등장]

브레이큰베리 오늘은 어찌하여 그리 우울하시오?

클래런스 오, 정말 끔찍한 밤이었구나!
흉한 몰골과 으스스한 악몽이 가득하여
기독교를 신봉하는 사람이지만
평생토록 행복한 세월을 준다 하여도
다시는 그런 밤을 보내지 않겠다.
참으로 공포가 가득한 밤이었다.

브레이큰베리 무슨 꿈이었나요? 듣고 싶군요.

클래런스 버건디로 가는 배를 탄 듯했는데
나와 글로스터 아우가 동행이었다.
아우가 선실에서 나와서 갑판을 같이
걷자고 했다. 거기서 잉글랜드 쪽을
바라보면서, 우리에게 일어났던
요크가와 랭커스터가의 전쟁 중의

19 부드러운 눈물이 아니라 몰인정한 '바위'를 떨군다는 속담을 언급한다.

무서운 일들을 수백 가지 되뇌었다.
위태로운 갑판의 복도를 따라갈 때
아우가 비끗해서 자기를 잡으려는
나를 밀쳐서, 흉흉한 파도 속에
그만 내가 빠져든 것 같았는데, 아!
물에 빠져 죽는 것이 어찌나 괴롭던지!
귀를 치는 물소리가 어찌나 무섭던지!
어른대는 죽음이 어찌나 흉하던지!
무서운 난파선을 수천 개 보았으며
수만 명을 고기 떼가 뜯어먹었으며
금덩어리, 큼직한 닻, 진주 무더기,
한없는 보화, 엄청난 보석을 보았으며
죽은 자 해골에 박힌 것도 있었으며
눈알 있던 빈 구멍에 기어 들어가
눈알을 비웃듯이 반짝이는 보석들과
바다 밑 감탕에서 구애하면서
흩어진 뼈다귀를 놀리는 거 같더라.

브레이큰베리 죽어가는 순간에 깊은 바다 비밀을
바라보실 여유가 있었다는 말씀이오?

클래런스 그런 거 같다. 악독한 물결이
영혼을 가둬놓고 내보내지 않아서
드넓은 공간을 찾을 수 없게 하고
숨 가쁜 몸 안에 꽉 잠가놓아서
바닷물에 내 영혼을 토할 것 같더라.

브레이큰베리 그런 아픈 느낌으로 깨어나셨소?

클래런스 내가 죽은 뒤에도 꿈은 계속되더라.
영혼의 폭풍은 그때 시작되었다.
내 영혼은 시인들이 말하는
음울한 사공[20]과 더불어 망각의 강을 건너
영원히 캄캄한 밤의 나라에 갔다.
낯선 길의 내 혼에게 먼저 말을 건 이는
위대한 장인 워릭,[21] 이름난 분이었다.
그분이 큰 소리로 "반역자 클래런스,
이 암흑 나라에서 무슨 벌을 네게 주랴?"
하고는 사라졌다. 그러자 천사처럼
머리털을 빛내며 피범벅의 허깨비가
지나다가 큰 소리로 외치는 말이,
'요기조기 붙어먹는 변절자가 왔구나.
튜크스베리 전쟁에서 네가 나를 찔렀다.
복수의 여신들아, 마음껏 괴롭혀라.'
그러자 추악한 악귀들이 둘러싸고서
어찌나 끔찍하게 소리치는지
그 소리에 떨면서 잠을 깨었다.
그 뒤에도 한동안 지옥에 가 있다는
떨리는 느낌을 지울 수가 없더라.
그토록 무서운 인상을 꿈이 남겼다.

브레이큰베리 그처럼 겁나신 게 당연하지요.
말씀만 들어도 정말 무섭습니다.

클래런스 브레이큰베리, 에드워드에 대해서
내 영혼을 정죄하는 증명인 그 짓을
정말 내가 저질렀단 말이다.
친절한 간수, 내 곁에 있어다오.
영혼이 울적하다. 자고 싶구나.

브레이큰베리 그러시오. 부디 편히 쉬시오.
[클래런스가 잠든다.]
슬픔은 계절과 쉬는 때를 허물고
밤을 낮으로 낮을 밤으로 만든다.
왕자들은 명예의 허울만 가졌으니,
속의 고통 값으로 밖의 영광 누리며,
순전히 상상하는 의심 때문에
끊임없는 근심 중에 떨기 일쑤다.
높다란 칭호와 천한 이름 사이에
겉으로 나타난 명성만이 다르다.
[살인자들(자객들) 등장]
도대체 누구이며, 어찌 들어왔는가?

자객 1 클래런스와 말하고 싶소. 어찌 들어왔는가 하면
내 발로 걸어왔소.

브레이큰베리 하긴 그렇군. 그처럼 간단한가?

자객 2 길게 하는 것보다 간단한 것이 좋지.
허가서를 보여줘라. 말은 더 하지 말고.
[브레이큰베리가 그것을 읽는다.]

20 그리스신화에서 망자의 혼은 카론이라는 사공에 의해 레테라는 망각의 강을 건너 죽음의 나라로 간다.

21 처음 에드워드를 왕위에 오르게 하였다가 훗날 헨리 6세를 다시 받든 희대의 장군 워릭 백작의 맏딸과 클래런스는 결혼했다. 막내딸은 헨리 왕의 세자 에드워드와 약혼했다가 에드워드가 살해되는 바람에 과부가 되었는데 그녀를 글로스터 공작이 회유하여 아내로 삼으려 한다. 클래런스는 처음에는 헨리 왕의 편이다가 후에 다시 그의 형 에드워드 왕에게로 넘어왔으며 튜크스베리 전투에서 붙잡힌 에드워드 왕세자를 칼로 찔렀다.

브레이큰베리 허가서에 의하면 클래런스 공작을
당신들 손에 넘기라고 되어 있소.
뜻에 대하여서는 죄가 없길 바라기에
그게 무슨 말인지 캐묻고 싶지 않소.
열쇠는 여기 있소. 공작은 앉은 채로
주무시오. 그러면 나는 왕에게 가서
이렇게 해서 내 직책을 당신들에게
넘겨줬다는 것을 확인시켜 드리겠소.
자객 1 그러시오. 그것이 현명한 처사요.
[브레이큰베리 퇴장]
자객 2 잘 때 내가 그대로 찔러버릴까?
자객 1 그러지 마라. 잠에서 깨면 우리가 비겁하게
굴었다고 욕을 하겠다.
자객 2 잠에서 깬다고? 야, 이 멍청아, 최후의 심판까지
잠에서 깨나지 못하게 돼.
자객 1 야, 이놈아, 그때 가서 자기가 잠든 새에 우리가
찔렀다고 욕하겠단 말이다.
자객 2 '심판'이란 말을 하려니까 어쩐지 불쌍하다는
생각이 드네.
자객 1 겁나서 그러니?
자객 2 허가서가 있으니까 죽이는 건 겁나지 않는데
그자를 죽인 죄로 저주받는 게 겁나. 그런 건
허가서 따위가 보호해주지 못해.
자객 1 글로스터 공작에게 돌아가서 그렇게 됐다고
보고하자.
자객 2 잠깐 기다려다오. 마음속 거룩한 기분이 차차
변할 터이지. 스물을 세는 동안만 그런 기분에
싸이곤 했으니까.
[그들이 기다린다.]
자객 1 자, 이젠 기분이 어떠냐?
자객 2 양심의 찌꺼기가 아직도 약간 내 마음에
남아 있구나.
자객 1 그 일을 마쳤을 때 우리에게 돌아올 보상금을
생각해봐.
자객 2 아, 그렇지. 그자는 죽는다. 내가 보상금을
잊고 있었군.
자객 1 지금은 네 양심이 어디 가 있냐?
자객 2 글로스터 공작의 주머니 속에 있다.
자객 1 그래서 공작이 보상금을 주려고 주머니를
열자마자 양심이란 물건도 날아가지.
자객 2 갈 테면 가래. 그런 양심을 가질 자가 없지
않으면 매우 적을 테니까.
자객 1 양심이 다시 너를 찾아오면 어쩔 셈이냐?
자객 2 건드리지 않겠다. 위험한 물건이거든. 사람을
겁쟁이로 만들지. 도둑질도 못 해. 그놈이 야단쳐.
맹세도 못 해. 그놈이 입을 막아. 이웃집 여편네와
자지도 못 해. 그놈이 알아내. 놈은 낯이 빨개지는
부끄럼쟁이라 속에서 내란을 일으켜. 갖가지
장애물로 마음속을 가득 채워놔. 한번은 내가
돈주머니를 주웠더니 돌려주라 하더군. 양심을
가진 놈은 틀림없이 거지가 돼. 온갖 마을,
도시에서 위험한 거라고 내쫓아. 잘 살려는
사람은 자기를 믿고 그거 없이 살겠다고 해.
자객 1 곤란하군. 지금 내 곁에서 공작을 죽이지
말라고 타이르는 중인데.
자객 2 네 속에 있는 마귀 편이 되어서 그놈을 믿지
마라. 너한테 친하게 굴어서 한숨 쉬게 한다고.
자객 1 흠, 거짓에는 도가 튼 사람이다. 나한테 이길
자가 못 된다. 정말이다.
자객 2 명성을 존중하는 용사 같은 말이군. 그럼 우리
이 사업을 시작해볼까?
자객 1 공작의 대가리에 칼자루를 박아줘라.
그러고는 옆방에서 우리 둘이 외국 술통에
몸뚱이를 처박아 넣고 마구 찌르자.
자객 2 뛰어난 발상이다. 곤죽을 만들어놓자!
자객 1 쉿, 깨어난다. 내가 먼저 칠까?
자객 2 아니다. 먼저 설득시키자.
[클래런스가 잠을 깬다.]
클래런스 간수, 어디 있나? 술 한 잔 달라.
자객 1 이제 금방 술을 양껏 드시게 되오.
클래런스 도대체 넌 누구냐?
자객 2 당신 같은 사람이오.
클래런스 하지만 왕족은 아니군.
자객 2 댁도 충신은 아니오.
클래런스 목소리는 크지만 몰골은 비천한데.
자객 2 명령은 왕의 것, 몰골은 내 것이오.
클래런스 음침하고 죽음 같은 말투로구나!
누군지 말하라. 어째서 왔는가?
자객들 에, 또, 저—
클래런스 죽이려고.
자객들 맞습니다.
클래런스 차마 내게 그 말을 할 수 없구나.

그러니 차마 그 짓도 할 수 없겠지.
친구들, 내가 언제 언짢게 했던가?
자객 1 우리가 아니라 왕이 언짢아하오.
클래런스 왕과 다시 화해하련다.
자객 2 안 되오. 죽을 준비 하시오.
클래런스 무고한 자를 죽이라고 숱한 인간 중에서
뽑혀온 자들인가? 나의 죄가 무엇인가?
어떠한 증인들이 나를 고발하는가?
무엇을 조사하여 찌푸린 심판관에게
결판을 제출하고, 불쌍한 클래런스의
쓰라린 죽음을 누가 선고했는가?
법에 의해 유죄로 판명되기 전에는
죽음의 위협은 막중한 불법이다.
인간의 죄악으로 보혈을 흘리신
그리스도의 구원을 받고자 하면
내게 손을 대지 말고 떠날 것을 명한다.
너희가 맡은 일은 저주받을 짓이다.
자객 1 우리는 명령에 따를 뿐이오.
자객 2 명령을 내린 이는 왕이십니다.
클래런스 그것도 모르누나. 위대하신 왕 중 왕[22]은
돌에 새긴 계명에서 '살인하지 마라'고
이르셨는데, 너는 계명을 무시하고
사람의 명령을 따를 터인가?
조심하라. 원수 갚는 징벌을 잡으신 손이
율법을 어기는 자 머리 위에 쏟으시리라.[23]
자객 2 당신도 맹세를 깨트리고 살인했으니
똑같은 징벌을 머리 위에 쏟으시겠소.
랭커스터를 위해서 싸우겠다고
거룩하신 성체를 받지 않았소?[24]
자객 1 그런데도 하느님 이름의 반역자로서
맹세를 깨트리고 반역의 칼날로
자기 왕의 자식의 배를 갈랐소.
자객 2 당신이 사랑과 보호를 맹세하였소.
자객 1 하느님의 엄한 법을 그토록 어긴 자가
어떻게 우리에게 그것을 강요하오?
클래런스 아, 누굴 위해 그런 짓을 저질렀던가?
우리 형 에드워드를 위해서였다.
그 일로 나를 죽이라고 보내지는 않았을 테지.
자기도 같은 죄에 깊이 연루되었거든.
하느님이 그 짓을 복수하실 것이라면
그분의 강한 팔에서 그 일을 뺏지 마라.
못된 자를 끊으실 때 간접적인 방법이나
불법적인 방식을 쓰지 않는 분이시다.
자객 1 어여쁘게 자라나던 어린 플랜태저넛,
훈련 중의 왕자를 당신이 죽였을 때
어떤 자가 당신을 살인자로 만들었소?
클래런스 형에 대한 사랑과 마귀와 분노였다.
자객 1 당신 형의 사랑과 마귀와 당신의 죄가
당신을 죽이라고 우리를 데려왔소.
클래런스 형을 사랑한다면 나를 미워하지 마라.
나는 그의 아우이며 형을 무척 사랑한다.
돈 때문에 팔렸다면 되돌아가라.
글로스터 아우에게 너희를 보낼 테니,
나 죽었단 소식에 왕이 주는 것보다
나 살았단 소식에 더 큰 상을 주리라.
자객 2 잘못 아셨소. 그분은 당신을 미워하오.
클래런스 그럴 리 없다. 나를 진정 아낀다.
내가 보내니 가서—
두 자객 가고말고요.
클래런스 말씀드려라. 요크 공작 아버님이
승리의 팔을 들어 세 아들을 축복할 때
서로 사랑할 것을 간곡히 당부하고
우애에 이런 틈이 생길 것은 생각지 못하셨다.
이 일을 생각하면 아우도 울 거다.
두 자객 예, 눈물 대신 맷돌을 떨구라 했소.[25]
클래런스 나쁜 말 하지 마라. 다정한 사람이다.
자객 1 예, 추수 때 폭설처럼.—잘못 아셨소.
그분이 우리를 보내며 당신을 죽이라 했소.
클래런스 그럴 리 있나? 우리 둘이 헤어질 때
팔로 나를 안고서 나의 석방 위해서
힘써 노력하겠다고 울며 맹세하였다.
자객 2 이게 바로 그 일이오. 세상의 속박에서

22 여기서는 하느님을 지칭한다. 모세가 하느님에게서 돌판에 새긴 십계명을 받았는데 그중 '살인하지 마라'는 제6계명이다.
23 구약 신명기 32장 35절에 '복수는 내 것이라 그들이 실족할 그때에 갚으리로다'라고 씌어 있다.
24 가톨릭교회에서 그리스도의 몸과 피를 상징하는 떡과 포도주를 먹고 마시는 거룩한 예식.
25 부드러운 눈물이 아니라 맷돌 같은 돌덩이를 던질 만큼 잔인하게 굴라는 말.

하늘의 기쁨으로 석방시켜 드리기요.
자객 1 죽어야 할 터이니 하느님과 화해하오.
클래런스 하느님과 화해를 이루라고 말할 만큼
거룩한 마음을 품고 있으면서도
자기의 영혼은 눈이 깜깜하여서
나를 살해함으로 하느님과 싸울 터인가?
오, 생각하라. 이런 짓을 시킨 자는
이런 짓을 저지른 너희를 미워하리라.
자객 2 [자객 1에게]
어떻게 할까?
클래런스 뉘우치고 영혼을 구하라.
자객 1 뉘우쳐? 비겁하고 여자 같은 짓거리다.
클래런스 뉘우치지 않는 것은 짐승, 야만, 마귀 같다.
[자객 2에게] 얼굴에 동정심이 어리누나.
오, 너의 눈이 아첨꾼이 아니라면
내 편이 되어서 나를 위해 간구해라.
왕자가 구걸하면 거지도 동정한다.
자객 1 그렇지. 이렇게. 이것도 모자라면
[칼로 그를 찌른다.]
옆방에서 술통에 처넣고 찔러주겠다.
[클래런스를 데리고 퇴장]
자객 2 잔인한 일이다. 막무가내 짓이다.
너무나 끔찍한 살인죄에서
나도 빌라도처럼 손을 씻고 싶구나.[26]
[자객 1 등장]
자객 1 어째서 돕지 않나?
네가 꾸물댔다고 공작님께 알릴 테다.
자객 2 그의 형을 살리려 한 걸 알리고 싶었다.
돈은 네가 가지고 내 말을 전해다오.
공작을 죽인 것이 후회스럽다. [퇴장]
자객 1 나는 후회 안 한다. 겁쟁이는 가거라.
공작이 장례 절차를 밟을 때까지
시체를 무슨 구덩이 속에 감춰놔야 쓰겠다.
일한 값을 받으면 멀리 달아나야지.
살인은 드러난다. 여기는 안 된다. [퇴장]

## 2. 1

[주악. 앓는 왕, 왕비, 헤이스팅스, 리버스,
그레이, 도싯, 버킹엄, 기타 등장]

왕 이제 좋은 하루 일을 마무리했소.
귀공들, 이렇게 계속하여 단합하시오.
나는 매일 세상에서 나를 속하실
구속자[27]의 말씀을 기다리며 살아가오.
지상에서 친구들을 화목하게 했으니
내 영혼은 평화 속에 하늘로 떠나겠소.
리버스, 헤이스팅스, 서로 손을 잡으시오.
증오를 감추지 말고 우정을 맹세하오.
리버스 진실로 마음에서 증오가 씻겨나가고
진실한 사랑을 이 손으로 다짐하오.
[헤이스팅스에게 손을 내민다.]
헤이스팅스 복 받기 원하므로 진심으로 맹세하오!
왕 당신들의 왕 앞에서 경솔하게 굴지 마오.
왕 중의 왕이신 주님께서 당신들이
숨겨놓은 거짓을 깨뜨리고 서로 간에
끝이 되게 만드실까 매우 두렵소.
헤이스팅스 복 누리길 원하므로 완전한 사랑을 맹세하오.
리버스 나 역시 진심으로 헤이스팅스를 사랑하오.
왕 부인, 당신 자신도 예외가 아니오.
당신 아들 도싯도, 버킹엄도 아니오.
당신들은 서로 간에 싸움을 일삼았소.
부인, 이 사람을 사랑하고 당신 손에
입 맞추라 하시오. 진심으로 하시오.
왕비 [헤이스팅스에게 키스하라고 손을 내밀며]
헤이스팅스, 나와 내 가족의 복을 원하여
두 사람의 증오를 기억하지 않겠어요.
왕 도싯, 그와 포옹해라. 헤이스팅스, 후작과 친하시오.
도싯 이와 같은 사랑의 교환을 나는 결단코
어기지 않을 것을 이 자리에서 맹세하오.
헤이스팅스 나 역시 그처럼 맹세하오.
[도싯과 헤이스팅스가 포옹한다.]
왕 버킹엄 공작, 이제는 왕비의 친족들과

26 유다의 로마 총독 빌라도는 예수의 무죄를 알면서도 유다의 정치, 종교 지도자들의 성화에 못 이겨 '물을 가져다가 손을 씻으며 가로되 이 사람의 피에 대하여 나는 무죄하니 너희가 당하리라'라고 하고 예수를 사형에 처하도록 내어 주었다(마태복음 27장 24절).
27 '속(贖)하다', '구속자'(救贖者)는 기독교인이 늘 쓰는 용어로 '죄를 대신 지다', '죄를 대신 져주는 사람' 즉 예수 그리스도를 이르는 말이다.

포옹하여, 양측의 화합을 마무리하고,
당신들의 단결로 내게 기쁨 주시오.

버킹엄 [왕비에게]
버킹엄이 왕비님과 왕비님의 친족들을
충성과 사랑으로 아끼지 않고
미움을 나타내면 하느님이 벌하시어
사랑받길 원하는 자에게 미움을 받고,
친구의 도움이 절실히 필요할 때
그 사람이 친구라고 확실히 믿던 자가
흉계와 배반으로 가득해도 좋습니다.
왕비님과 친족에게 내 열성이 차가우면
하느님이 벌하시길 바라마지 않습니다.
[그가 리버스와 도싯과 포옹한다.]

왕 버킹엄 공작, 시원한 강장제라,
그런 맹세가 앓는 가슴에 약이 되오.
글로스터 아우만 여기 있으면
금번의 화해가 완결되겠소.
[글로스터 공작 리처드 등장]

버킹엄 귀하신 공작께서 때맞추어 오십니다.

글로스터 공작 리처드 전하와 왕비님, 좋은 아침 되시고
귀공님들, 좋은 하루 되십시오.

왕 참말로 행복하게 하루를 보냈소.
서로 간의 사랑을 행동으로 보였소.
한껏 분을 품었던 귀공들 사이에서
증오는 화평이, 미움은 사랑이 되었소.

글로스터 공작 리처드 높으신 대왕 전하, 축복된 일입니다.
이 귀한 모임에서 한 분이라도
그릇된 정보나 부당한 억측으로
나를 적으로 여기거나, 내가 혹시
모르는 사이에 또는 홧김에
여기 계신 여러분이 고깝게 여길
못난 짓을 저질렀다면 화해하여
친구가 되기를 간절히 바라오.
적대적인 관계는 나에게는 죽음이니,
그걸 미워하고 모두의 사랑을 원하오.
먼저 왕비께, 진실한 화해를 바라며
충성된 섬김으로 화해를 이루겠소.
고귀한 형제 버킹엄, 우리 둘 사이에
무슨 원한이라도 개재됐다면,
그리고 리버스 공, 그레이 공, 당신들이
이유 없이 내게 낯을 찌푸렸다면,
공작들, 백작들, 모두 화해합시다.
잉글랜드 사람 중에 오늘 밤에 태어난
갓난아기만큼이나 나와 조금이라도
생각이 다를 분이 있을까 궁금하오.
겸손을 내게 주신 하느님께 감사하오.

왕비 앞으로 이날을 거룩하게 지킵시다.
모든 갈등이 풀어지길 기도해요.
전하, 클래런스 아우님을 부르시어
전하의 은총을 다시 입게 하셔요.

글로스터 공작 리처드 왕비님, 사랑의 화해를 드렸는데
전하의 면전에서 창피를 주시기오?
공작이 죽은 걸 모두가 아는데요?
[모두들 놀란다.]
시신을 멸시하니 모욕이 너무 커요.

리버스 모두가 안다고? 도대체 누가 알아?

왕비 밝고 환한 하늘 아래, 이게 무슨 세상인가?

버킹엄 도싯 공, 내 얼굴도 모두처럼 핏기 없소?

도싯 그렇소, 공작. 여기 있는 모든 분의
두 볼에서 붉은 빛이 사라져 없어졌소.

왕 클래런스가 죽었어? 명령이 뒤집혔어.

글로스터 공작 리처드 불쌍하게도 최초의 명령대로 죽었소.
날개 돋친 전령이 명령을 가져가고
느림뱅이 병신이 취소를 가져왔소.
너무 느린 것이라 장례식도 못 볼 거요.
지위도 충성심도 모자라고 속으로는
살인을 꿈꾸면서 실행하지 않는 자가
클래런스보다는 벌을 받아 마땅하나
의심을 받지 않고 나돌아 다니오.
[더비 백작 스탠리 등장]

더비 백작 스탠리 [무릎 꿇고]
제 충성을 생각하여 요망합니다.

왕 조용하라. 영혼이 슬픔으로 가득하다.

더비 백작 스탠리 허락받기 전에는 일어날 수 없습니다.

왕 그럼 속히 말하라. 무엇을 구하는가?

더비 백작 스탠리 [일어서며] 제 하인의 목숨을 살리십시오.
난리 치던 신사를 바로 오늘 죽였는데
그자는 노폭 공작의 시종이었습니다.

왕 친동생의 사형을 선고한 바로 그 혀로
하인을 용서할 수 있겠는가? 내 아우는
누구도 안 죽였다. 생각이 죄였지만
그에게 내린 벌은 참혹한 죽음이었다.

누가 변호했던가? 나의 성난 발부리에
누가 엎드려 재고하길 간청했던가?
누가 우애를 말하고 사랑을 말했던가?
불쌍한 그 사람이 강력한 워릭을 떠나
나를 위해 싸운 것을 누가 알려 주었던가?
튜크스베리 들판에서 옥스퍼드 백작이
나를 넘어뜨렸을 때 나를 구원하면서
"살아서 왕이 되시오."란 말을 누가 했던가?
둘이 얼어 죽도록 들판에 누웠을 때
옷을 벗어 내게 입히고 차가운 밤기운에
맨몸을 내맡긴 걸 누가 알려 주었던가?
짐승 같은 분노가 죄스러운 기억에서
끄집어낸 것들이니, 너희 중에 아무도
기억을 일깨워줄 마음도 없었으나,
너희 집의 마부나 시종이 술김에
사람을 죽이고 귀하신 구세주의
존귀한 형상을 더럽히면[28] 너희들은
당장에 무릎 꿇고 '용서', '용서' 외치니,
옳지 못한 짓이나, 허락할 수밖에 없다.
하지만 내 아우에 대해서는 한 사람도
말하지 않았다. 못난 나도 불쌍한 그를 위해
말을 안 했다. 내로라하는 자도
그가 살아 있는 동안 신세를 졌지만
한 번도 살려주란 말을 하지 않았다.
오, 하느님의 정의가 이 일로 말미암아
나와 너희, 나의 집안, 너희 집안에
내리실까 걱정스럽다. 헤이스팅스,
침실로 부축해라. 불쌍한 클래런스!
[몇 사람이 왕과 왕비와 함께 퇴장.
글로스터, 버킹엄 등이 남는다.]

글로스터 공작 리처드 경솔의 열매가 이렇소. 왕비의 친척들이
클래런스의 사망을 듣자 죄지은 듯
얼굴이 새파래지는 걸 보지 못했소?
언제나 왕에게 그러기를 졸라댔소.
하느님이 복수하실 거요. 들어갑시다.
왕과 함께 있어드려 위로가 됩시다. [모두 퇴장]

## 2. 2

[늙은 요크 공작 부인이 클래런스의
자녀인 소년과 소녀와 함께 등장]

소년 할머니, 우리 아빠 죽었어요?

요크 공작 부인 아니다.

소년 그럼 왜 손을 쥐어짜고 가슴을 치면서
"클래런스, 불쌍한 아들!" 하고 소리치세요?

소녀 우리 공작 아버지가 살아 있다면
왜 우릴 보시고 머리를 흔드시고
버림받은 불쌍한 고아라고 말씀하셔요?

요크 공작 부인 귀염둥이 손주들아, 잘못 알아들었다.
왕이 아파 걱정인데 죽을지 몰라.
너희 아빠 죽은 게 슬퍼서가 아니다.
죽은 사람 때문에 우는 건 헛수고란다.

소년 그러니까 아빠가 죽었다는 말씀이네요.
큰아버지 왕한테 책임이 있어요.
하느님께서 벌을 내리시라고
매일같이 기도해서 조를 텝니다.

요크 공작 부인 얘들아, 조용해라. 왕은 너흴 사랑한다.
아무것도 모르는 철없는 어린애들,
아빠의 죽음을 꾸민 자를 알 턱이 있나?

소년 할머니, 알아요. 왕비가 왕을 꼬드겨
고발장을 꾸며서 아빠를 가둔 거라고
글로스터 삼촌이 알려주데요.
그런 말 하면서 삼촌은 울었어요.
나를 팔에 안고서 뺨에다 키스하고
자기를 아빠처럼 믿으라고 하면서
나를 제 아들처럼 몹시 사랑하겠대요.

요크 공작 부인 아, 거짓이 친절의 모습을 훔쳐
추악한 속임수를 가면 뒤에 숨겼구나!
그놈도 내 아들, 그게 나의 치욕이다.
하지만 내 젖에서 거짓을 빨지 않았다.

소년 삼촌이 속였어요, 할머니?

요크 공작 부인 그렇다, 얘야.

소년 그런 생각 할 수 없어.
[안에서 우는 소리]
이게 무슨 소리야?
[왕비가 귓가에 머리를 풀어 헤치고 등장]

왕비 오, 누가 울음과 눈물을 멈춰주고

28 기독교에서 하느님의 형상대로 지음을 받은 사람을 죽이는 것은 그 형상을 더럽히는 일이라고 하였다.

운명을 탓하고 괴로움을 말려줄까?
영혼을 내버리고 암흑한 절망에 빠져
내가 내 자신의 원수가 되겠어!

요크 공작 부인 격렬한 슬픔의 이 장면은 무슨 뜻인가?

왕비 비극적 폭력의 연출을 뜻해요.
내 남편, 당신 아들, 우리 왕이 죽었어요.
뿌리가 말랐는데 가지가 자라나요?
수액이 없는데 잎이 시들지 않겠어요?
살고 싶으면 한탄하고 죽고 싶으면 어서 죽어요.
그래야 빠른 혼이 왕의 혼을 따라잡죠.
그래야 충성된 백성답게 그분을 따라
영원한 안식처인 새 나라에 함께 가죠.

요크 공작 부인 네 남편에 대해서 권리가 있던 만큼
너의 슬픔 속에도 나에게 권리가 있어
훌륭한 남편의 죽음을 내내 울었고
그분 닮은 아이들만 보면서 살아왔건만
고귀한 모습을 비쳐주던 두 거울이
악독한 죽음에게 산산이 깨졌으니
이제 가짜 거울로 위로를 삼아서
그 속에 내 수치가 슬프게 비치누나!
너는 비록 과부라도 어머니라
남아 있는 아이들이 위로가 되겠지만
죽음은 내 품에서 아이들을 뺏어서
에드워드와 클래런스, 쇠약한 팔다리의
쌍지팡이가 없어졌다. 너는 내 슬픔의
절반뿐이니, 네 넋두리와 울음보다
내가 더욱 통곡할 이유가 있지 않겠냐!

소년 [왕비에게] 아빠의 죽음 땜에 울지 않으셨어요.
우리 눈물이 어떻게 도와드릴 수 있겠나요?

소녀 [왕비에게] 아빠 없는 우리를 애처롭게 보는 이도,
왕비님의 과부 되신 슬픔을 우는 자도 없네요.

왕비 내 울음을 도와줄 생각을 하지 말아라.
통곡은 얼마든지 낳을 수가 있단다.
온 세상 샘물들이 내 눈에 모여들어
글썽이는 달님의 명령에 따라
한없는 눈물로 누리를 잠글 수 있지.
오, 내 남편, 사랑하는 에드워드!

두 아이 오, 우리 아빠, 사랑하는 우리 아빠!

요크 공작 부인 오, 두 아들, 에드워드! 클래런스!

왕비 남편만 믿었는데 가버렸구나!

두 아이 아빠만 믿었는데 가버렸구나!

요크 공작 부인 두 아들만 믿었는데 가버렸구나!

왕비 이처럼 쓰라린 죽음을 당한 과부가 있을까!

두 아이 이처럼 쓰라린 죽음을 당한 고아들이 있을까!

요크 공작 부인 이처럼 쓰라린 죽음을 당한 어미가 있을까!
오, 내가 이런 통곡의 어미로구나!
저들의 슬픔은 각각이지만 내 슬픔은 전부다.
에드워드 때문에 며느리가 우는데 나도 울고
클래런스 때문에 내가 우는데 며느리는 안 울고
클래런스 때문에 애들이 우는데 나도 울고
에드워드 때문에 내가 우는데 애들은 안 운다.
오, 너희들 셋은 세 배로 슬픈 나에게
눈물을 쏟아라. 나는 눈물의 어머니이니
너희가 마음껏 통곡해도 그냥 두겠다.
[글로스터 공작 리처드가 버킹엄 및 여러
사람과 함께 등장]

글로스터 공작 리처드 [왕비에게]
형수님, 진정하세요. 빛나던 우리 별이
어두워져서 모두 슬퍼할 이유가 있지만
잃은 걸 울음이 회복하지 못해요.
오, 어머니, 용서해주세요.
보지 못했어요. 겸손히 무릎 꿇고
어머니의 축복을 원해요.

요크 공작 부인 하느님이 복 주시고 네 마음에
사랑, 자비, 순종을 주시기를 기도한다.

글로스터 공작 리처드 아멘. [방백] 그래서 나를 오래 살게 하세요.
그런 말이 어머니의 축복을 끝낼 터인데,
어째서 어머니가 그 소리는 빼놨을까?

버킹엄 모두들 무거운 통곡의 짐을 지신
울적한 왕자님들, 슬픔 중의 귀족들,
서로 간의 사랑으로 서로 위로하시오.
죽은 왕의 열매를 탕진한 우리건만
그 아들의 열매를 거두기로 되어 있소.
곪아 터진 당신들의 교만한 마음들이
근자에야 싸매지고 이어지고 합쳤으니
잘 가꿔 귀중하게 유지해야 할 터이오.
즉시 몇 사람을 러들로[29]로 보내서
젊으신 왕자를 런던으로 모셔다가
우리들의 왕으로 추대함이 옳다고 믿소.

글로스터 공작 리처드 그럼 그리합시다. 이제 곧 러들로로
달려갈 사람을 결정하러 가십시다.
왕비님, 어머님, 중대한 일에 관해

의견 말씀하시려고 가시겠습니까?
왕비와 요크 공작 부인 물론이오.
[글로스터와 버킹엄 이외에 모두 퇴장]
버킹엄 공작, 왕자에게 갈 자가 누가 되든지,
우리는 절대로 뒤에 남지 않겠소.
가는 도중 최근에 우리가 서로
이야기한 그 일의 서막으로서,
기회를 엿봐서 건방진 왕비 패를
왕으로부터 떼어놓을 작정이오.
글로스터 공작 리처드 내 분신, 내 비밀의 추밀원!
내 신탁, 내 예언자, 친밀한 아우!
아이처럼 당신의 지시를 따를 테요.
뒤에 남지 않겠으니 러들로를 향해서! [둘 퇴장]

## 2. 3

[두 시민이 서로 만나며 등장]
시민 1 잘 만났소. 어딜 그리 급히 가오?
시민 2 나도 몰라요.
시민 1 소문 듣지 못했소?
시민 2 왕이 죽었대요.
시민 1 아주 나쁜 소식이오. 희소식은 없지요.
걱정이오, 걱정. 온 세상이 시끄럽겠소.
[다른 시민 등장]
시민 3 안녕들 하쇼?
착한 왕이 죽었단 소문이 참말인가요?
시민 1 그렇소.
시민 3 세상이 시끄럽게 될 테니 그리들 아쇼.
시민 2 아니오. 하느님 은혜로 아들이 다스려요.
시민 3 아이가 다스리는 나라에 화 있을진저![30]
시민 2 아이에게 잘 다스릴 희망이 있소.
미성년의 시절에는 추밀원이 떠받치고
성년이 된 후에는 스스로 다스릴 테니
전에도 후에도 잘 다스릴 겁니다.
시민 1 헨리 6세가 난 지 아홉 달 만에
파리에서 왕이 되던 때와 꼭 같습니다.
시민 3 같다고요? 아니오. 꼭 같지 않았소.
그때 우리나라는 엄중한 법이 많아
그것으로 이름이 높았을 뿐 아니라
왕을 지켜줄 유덕한 삼촌들이 있었소.
시민 2 양쪽 부모 덕분에 지금 왕도 그렇소.
시민 3 모두 부친 쪽이면 좋았겠지요.
아니면 부친 쪽에 하나도 없거나.—
누가 왕에 가까운지 서로 다툴 때
주님이 막지 않으시면 우리까지 다치지요.
글로스터 공작은 너무나 위험하고
왕비의 친족들은 콧대 높고 거만하니
다스리지 않고 다스림을 받는다면
병들었던 이 나라가 전처럼 즐겁겠소.
시민 2 최악을 걱정하나 모두 잘될 거요.
시민 3 구름이 생기면 현명한 자는 외투를 입소.
무성한 잎이 떨어지면 겨울이 가깝소.
해가 지면 누가 밤을 대비하지 않겠소?
폭풍이 일찍 불면 흉년이 예상돼요.
모두 잘될 거예요. 하느님이 정하시면
그게 우리의 죄의 값일 뿐이죠.
시민 1 사람들 마음속에 두려움이 넘쳐나요.
수심과 걱정을 나타내지 않는 자와
이치를 캐기가 불가능할 정도요.
시민 3 변화가 있기 전에 그러기 마련이오.
장차 있을 위험을 미리 걱정하는 게
신기로운 능력이죠. 사나운 폭풍 전에
물결이 높은 걸 봐도 짐작해요.
모두 하느님께 맡깁시다. 어디 가세요?
시민 2 치안판사에게 가라는 분부요.
시민 3 나도 그래요. 친구 해서 가요. [모두 퇴장]

## 2. 4

[대주교, 요크 공작 부인, 왕비, 어린 요크 등장]
대주교 내가 들으니, 지난밤은 노샘프턴서 투숙하였고

29 잉글랜드 중서부에 있던, 웨일스를 감시하기 위한 궁성으로 어린 에드워드 왕세자가 거기에 가 있었다. 왕세자를 그곳에 보내어 '웨일스 왕자'(Prince of Wales)라고 부른 것은 웨일스에 대한 주권을 과시하기 위함이었다. 그 이후로 이것이 잉글랜드 왕세자 공식 명칭이 되었다.

30 "왕은 어리고 대신들은 아침에 연락하는 이 나라여, 화가 있도다"(구약 전도서 10장 16절)에서 온 격언.

오늘 밤은 스토니 스트랫포드[31]에서 묵을 것이오.
내일이나 모레쯤 여기 도착하겠소.
요크 공작 부인 왕자가 보고 싶어 죽을 지경이에요.
지난번 볼 때보다 많이 크면 좋겠어요.
왕비 그렇지가 않대요. 요크의 키가
거의 형을 따라잡았다고 하던데요.
어린 요크 그래요, 어머니. 하지만 안 그러면 좋겠어요.
요크 공작 부인 아니 왜? 키 큰 게 좋단다.
어린 요크 할머니, 어느 날 저녁, 함께 상에 앉았는데
리버스 외삼촌이 제가 형보다 크다고 했어요.
그랬더니 글로스터 삼촌은 작은 풀이
약효가 있고 잡초는 빨리 자란댔어요.
그처럼 빨리 자라고 싶지는 않아요.
예쁜 꽃은 느리게 크고 잡초는 빨리 커요.
요크 공작 부인 저런! 저런! 너한테 그런 소리 한 사람이
진짜로는 자기 말과 어울리질 않았구나.
어렸을 때 그 애는 꼴이 몹시 흉했다.
너무나도 오랫동안 느릿느릿 자랐으니,
그게 맞는 법칙이면 이젠 착해졌겠지.
대주교 예, 마님, 확실히 착한 분일 것입니다.
요크 공작 부인 착하기를 바라지만, 엄마들은 조심해라.
어린 요크 정말이에요, 그게 생각났더라면
삼촌의 기도문을 창피하게 했겠죠.
자기가 나보다 늦게 자랐거든요.
요크 공작 부인 귀여운 요크, 그게 뭐냐? 들어보자.
어린 요크 삼촌이 어찌 빨리 크는지 태어난 지
두 시간밖에 안 됐는데 빵 껍질을 씹더래요.
나는 두 살 돼서야 이빨이 났는데.
할머니, 지독한 말재간이 될 거예요.
요크 공작 부인 귀여운 요크, 누가 말하든?
어린 요크 삼촌 유모가 말했죠.
요크 공작 부인 유모가? 네가 나기 전에 죽었는데.
어린 요크 유모가 아니면 누가 말했는지 몰라요.
왕비 아이가 말이 많다. 너무 똑똑해서 탈이다.
대주교 왕비님, 아이에게 화를 내지 마십시오.
왕비 항아리도 귀가 있지.
[도싯 등장]
대주교 아드님 도싯 후작이 오십니다.
후작, 무슨 소식이오?
도싯 어르신, 알리기가 매우 슬픈 소식입니다.
왕비 왕세자는 어떤가요?
도싯 좋습니다. 건강합니다.
요크 공작 부인 그렇다면 뭐가 슬픈 소식이냐?
도싯 리버스 공과 그레이 공이 포로가 되어
본 경과 더불어 폼프릿[32]에 압송됐소.
요크 공작 부인 누가 체포했는데?
도싯 버킹엄과 글로스터—강력한 공작들이오.
대주교 죄목이 무엇이오?
도싯 내가 할 수 있는 말은 그것뿐이오.
[왕비에게] 어째서 무슨 이유로 체포됐는지
전혀 알 수 없습니다, 왕비님.
왕비 오, 우리 집안의 추락이 눈에 뵈누나.
유순한 사슴을 호랑이가 덮쳤으니!
건방진 폭력이 위엄이 모자라는
만만한 왕좌 위에 날뛰기 시작했어.
오라, 너희 파괴와 죽음과 살상아!
모든 것의 종말이 지도처럼 분명해!
요크 공작 부인 저주스럽고 시끄러운 다툼의 날들!
그런 날을 이 눈이 얼마나 보았는가!
남편은 왕관을 얻으려다 목숨을 잃고
아들들은 오르고 내리고 키질을 당해
녀석들의 득과 실에 웃다 울다 했더니,
왕좌에 앉게 되어, 나라의 내란마저
말끔히 없어지자, 정복자들이
혈육이 혈육을, 자기가 자기를
원수로 여겨서 싸움을 벌이니,
환장한 미친 지랄, 악의를 버리든가
죽는 꼴 더 보지 않게 죽게 해다오.
왕비 [어린 요크에게]
얘, 이리 와. 성소[33]로 피란하자.
요크 공작 부인 나도 같이 가겠다.
왕비 그럴 필요 없는데요.
대주교 부인 마님, 가십시오.
보석들, 재물들을 그리 옮겨 가십시오.
그리고 내가 보관하는 옥새를
마님께 넘겨드리겠습니다. 마님과

31 러들로에서 런던까지 18km쯤 떨어져 있는 두 도시.
32 잉글랜드 북서부 요크셔에 있는 궁성. 예전에 리처드 2세가 그곳에 갇혔다가 암살당했다.
33 웨스트민스터 성당에 마련된 성소 안에 피하면 관헌이 쫓아 들어올 수 없었다.

귀공들 전부를 보호할 수 있게 되길
기도합니다. 성소로 모시겠습니다. [모두 퇴장]

## 3. 1

[나팔들이 울린다. 어린 왕자, 글로스터 공작
리처드, 버킹엄 공작, 대주교, 더비 백작 스탠리,
케이츠비, 기타 등장]

버킹엄 착하신 왕자님, 런던에 오신 것을 환영합니다.

글로스터 공작 리처드 [왕자에게] 내 생각의 주인인 조카, 어서 오세요.
여로가 피곤하여 울적하시군.

왕자 아니요, 삼촌. 도중에 문제가 생겨서
지루하고 피곤하고 답답한 길이었죠.
환영해줄 삼촌이 더 많으면 좋겠군요.

글로스터 공작 리처드 착하신 왕자님, 때 묻지 않은 나이라
세상의 거짓을 깊이 보지 못하셨소.
게다가 겉모양 이외에는 사람을
구별하지 못하시오. 하느님이 아시듯
겉보기와 속내는 일치하지 않아요.
왕자가 좋아하던 삼촌들은 위험하였소.
왕자는 저들의 말솜씨에 솔깃했지만
마음속 독소는 보시지 못하였소.
주여, 거짓 친구에게서 보호하소서!

왕자 하지만 그이들은 거짓말 안 했어요.

글로스터 공작 리처드 런던 시장이 인사하러 옵니다.
[런던 시장 등장]

시장 [왕자에게] 하느님이 건강과 행복을 내려주소서!

왕자 시장 어른, 고맙소. 모든 분께 감사하오.
어머님과 동생이 벌써부터 도중에
마중 나올 거라고 생각했었죠.
헤이스팅스가 정말 느림보로군.
오는지 안 오는지 알려주질 않으니.
[헤이스팅스 공 등장]

버킹엄 땀을 뻘뻘 흘리며 저기 오는군.

왕자 잘 오셨소. 어머님이 오시오?

헤이스팅스 무슨 까닭인지는 하느님만 아시고
나는 모르오. 어머님은 왕비님과 요크가
성소에 피하셨소. 어린 왕자는
왕세자를 만나려고 함께 오려 했으나
어머니가 막아서며 못 가게 했소.

버킹엄 왕비의 행동이 얼마나 틀려먹고
심술궂은 짓거리요! 대주교, 왕비를
설득해서, 당장 요크 공작 아우를
왕세자 형에게 보내라고 하겠소?
왕비가 거절하면 헤이스팅스도 같이 가서
의심 많은 왕비의 팔에서 뺏어 오시오.

대주교 버킹엄 공작, 나의 약한 설득으로
요크를 모친에게서 데려올 수 있다면
예서 기다리시오. 그러나 순한 말에
세차게 버티면, 축복받은 성소의
거룩한 특권을 어길 수 없소.
이 나라 전부를 준다 하여도
그토록 무서운 죄를 짓지 못하오.

버킹엄 당신은 너무도 몰상식한 고집쟁이며
의식과 전통에 너무나 집착하오.
험악한 세태에 경중을 달아보오.
왕자를 뺏는 것은 침탈이 아니오.
성소의 특전은 자격이 있거나
성소의 권리를 요청할 능력이
있는 자에게만 주어지는 특권이오.
왕자는 요청도, 자격도 없으므로
성소가 허락될 수 없음이 내 생각이오.
따라서 성소 아닌 곳에서 내오는 것은
특권과 규범을 어기는 것이 아니오.
성소에 들어간 어른 얘긴 들었어도
성소에 들어간 아이 얘긴 못 들었소.

대주교 공작, 단 한 번 내 주장을 양보하겠소.
헤이스팅스 공, 나와 함께 가겠소?

헤이스팅스 예, 가지요.

왕자 귀공들, 전속력을 내어서 달려가세요.
[대주교와 헤이스팅스 퇴장]
글로스터 삼촌, 동생이 오면
대관식 전까지 어디서 묵죠?

글로스터 공작 리처드 세자의 신분에 합당한 곳이지요.
의견을 말씀드리면, 하루나 이틀쯤은
타워에서 쉬는 것이 좋을 듯합니다.
그다음에는 원하는 곳이나
건강과 휴양에 좋은 데로 가십시오.

왕자 나는 그중 타워가 가장 싫은데.
[버킹엄에게] 줄리어스 시저[34]가 지었다 하죠?

버킹엄 세자님, 그 양반이 처음으로 시작했는데

여러 대가 계속해서 지었답니다.
왕자 기록되어 있나요? 또는 그가 지었다고
이 시대서 저 시대로 전해지는 건가요?
버킹엄 기록되어 있습니다, 세자님.
왕자 그러나 그 일이 기록되지 않았어도
진실은 시대를 넘어서 살아야 하죠.
모든 것이 끝나는 최후의 심판까지
후세들에게 되풀이되는 이야기처럼.—
글로스터 공작 리처드 [방백] 어려서 똑똑하면 오래 살지 못한다지.
왕자 삼촌, 어떻게 생각해요?
글로스터 공작 리처드 글자 없는 명성이 오래 산단 말이 있죠.
[방백] 이렇게 민속극의 '악덕'[35]의 화신처럼
한마디 말을 두 뜻으로 풀이하거든.
왕자 줄리어스 시저는 훌륭한 분이었죠.
용맹으로 지식을 풍성케 하고
지식을 기록하여 용맹이 살아 있죠.[36]
죽음은 자기의 정복자를 정복할 수 없어요.
시저는 죽었지만 명성으로 살아 있죠.
버킹엄 아저씨, 내 말 들어 보세요.
버킹엄 예, 세자님, 무엇인가요?
왕자 내가 장차 자라서 어른이 되면
프랑스의 영토를 다시 찾거나
왕으로 살았듯이 군인으로 죽겠소.
글로스터 공작 리처드 [방백] 대체로 이른 봄은 여름이 짧지.
[어린 요크, 헤이스팅스, 대주교 등장]
버킹엄 요크 공작이 오십니다.
왕자 리처드 요크, 어떻게 지내는가?
어린 요크 전하, 괜찮습니다. 이제는 '전하'라고 불러야죠.
왕자 그래. 네게도 슬프지만 내게도 슬프구나.
전하라는 칭호를 가져야 할 분이
방금 전에 가셨으니 위엄이 줄었구나.
글로스터 공작 리처드 요크 공작 조카님, 안녕하세요?
어린 요크 고마워요, 착한 삼촌. 지난번 말씀하길
쓸데없는 잡초가 빨리 큰다 하셨죠?
세자 형이 나보다 훨씬 크게 자랐어요.
글로스터 공작 리처드 그렇군요.
어린 요크 그럼 쓸데없겠네요?
글로스터 공작 리처드 아이고, 조카님, 그런 말은 못 합니다.
어린 요크 그럼 형이 나보다 삼촌 덕을 봤네요.
글로스터 공작 리처드 나의 전하이시니 명령할 수 있으시나
왕자님은 친척이라 나를 부릴 수 있죠.
어린 요크 삼촌, 이 칼 내게 주세요.
글로스터 공작 리처드 조카님, 이 칼이오? 물론 드리죠.
왕자 거지처럼 달라고 해?
어린 요크 맘씨 좋은 삼촌이라 줄 줄 알았어.
게다가 장난감이라 줘도 아깝지 않아.
글로스터 공작 리처드 조카한테는 더 큰 선물도 줄 터입니다.
어린 요크 더 큰 선물? 그럼 거기 딸린 칼이네.
글로스터 공작 리처드 예, 조카님. 가벼운 것이라면.—
어린 요크 가벼운 선물만 주겠단 말이군요.
무거운 건 거지한테 거절할 테죠.
글로스터 공작 리처드 왕자님이 차기에는 너무 무겁죠.
어린 요크 더 무거운 거래도 가볍게 찰 수 있죠.
글로스터 공작 리처드 쬐고만 기사님, 진짜 내 칼 가질 테요?
어린 요크 쬐고만 기사만큼 고맙다고 할게요.[37]
글로스터 공작 리처드 뭐라고요?
어린 요크 쪼금 고맙다고요.
왕자 동생이 계속해서 말대꾸할 거예요.
삼촌, 동생한테 참을 줄 아시죠?
어린 요크 참는 게 아니라 업으라는 말이군요.[38]
삼촌, 형이 삼촌과 나를 놀리시네요.
원숭이같이 작은 나를 어깨 위에
태우고 다닐 수도 있다는 뜻이죠.
버킹엄 [헤이스팅스에게 방백] 거침없고 날카로운 지혜에 놀랄 뿐이오!
삼촌을 놀려놓곤 그걸 무마하려고
자기를 알맞게 놀리는 게 무척 귀엽소.
저렇게 어린데 영리하다니 너무 놀랍소.

34 이 로마의 영웅은 기원전 54년에 잉글랜드를 정복하고 런던에서 템스 강가에 요새를 지었는데 이것이 훗날 런던 타워가 되었다는 통설이 있지만 사실이 아니다. 런던 타워는 한때 왕궁이었으나 중세부터 국사범을 가두고 처형하는 감옥으로 쓰였다. 지금은 박물관이다.
35 중세의 민속극에 '악덕'의 화신(vice)이 등장하여 서로 반대되는 뜻을 가진 말을 하여 넉살을 부렸다.
36 시저는 탁월한 군인인 동시에 뛰어난 저술가로 『갈리아 정복기』를 썼다. 갈리아(Gallia)는 당시의 서유럽(북이탈리아, 프랑스, 벨기에 일대)이었다.
37 '쬐고만 기사'만큼 고마워하는 마음도 매우 적겠다는 재치 있는 말재간이다.
38 영어로 'bear'라는 말은 '참다'와 '알고 있다'라는 두 가지 뜻으로 쓰인다.

글로스터 공작 리처드 [왕자에게] 세자님, 가던 길을 계속하여 가시고
저 자신과 좋은 친구 버킹엄 공은
어머님께 달려가 런던 타워에서
세자님을 맞으라고 말씀드리겠어요.
어린 요크 [세자에게] 뭐라고요? 타워로 가요?
왕자 섭정의 말은 거기 갈 필요가 있대.
어린 요크 나는 타워에서 조용히 못 잘 텐데.
글로스터 공작 리처드 왜요? 뭐가 무서워서요?
어린 요크 클래런스 삼촌의 성난 귀신 때문이죠.
거기서 암살됐다고 할머니가 말하데요.
왕자 죽은 삼촌은 무섭지 않아.
글로스터 공작 리처드 살아 있는 삼촌들도 무섭지 않겠죠.
왕자 살았대도 무서워할 필요가 없길 바라요.
[어린 요크에게] 어쨌든 가자. 삼촌들을 생각하면
마음이 무겁지만 타워로 가겠다.
[나팔 소리. 글로스터, 버킹엄, 케이츠비를 제외하고
왕세자, 어린 요크, 헤이스팅스, 대주교,
더비 백작 스탠리, 런던 시장, 그밖에 몇 사람이 모두 퇴장]
버킹엄 공작님, 저 쬐고만 말쟁이 요크를
교활한 어머니가 꼬드겨서 공작님을
저처럼 상스럽게 놀린 게 아닐까요?
글로스터 공작 리처드 그렇소, 그렇소. 영악한 아이구려.
대담하고 활발하고 똑똑하고 재간이 많소.
머리에서 발끝까지 제 어미를 빼닮았소.
버킹엄 어쨌거나 그냥 두죠. 케이츠비, 이리 와라.
우리가 하는 말을 철저히 숨기고
우리의 뜻을 행하기로 굳게 맹세하였다.
오는 길에 그 이유를 요령껏 알렸으니
너도 잘 안다. 어찌 생각하는가?
고귀하신 공작님을 이름난 이 섬나라
왕좌에 모시는 사업에 헤이스팅스 공을
이쪽으로 만들기는 쉬운 일이 아니겠지?
케이츠비 돌아가신 왕 때문에 왕세자를 사랑하니
결단코 그 사람은 거역하지 않겠지요.
버킹엄 스탠리는 어떤가? 뭐라고 할까?
케이츠비 헤이스팅스와 다름없을 겁니다.
버킹엄 그렇다면 이렇게 해봐라.
점잖은 케이츠비, 아주 넌지시
헤이스팅스를 떠봐라. 우리의 거사에
어떤 태도를 보이는지, 주무를 수 있다면
추어주고 우리 일을 모두 다 들려줘라.
납처럼 무겁고 얼음처럼 냉담하고
뜨악하다면, 당신도 말을 끊고
그자의 편향을 우리에게 알려라.
우리는 내일 다시 모여 의논하되
거기서 당신에게 중책을 맡겨준다.
글로스터 공작 리처드 헤이스팅스에게 문안 전하고,
내일 그의 적들이 폼프릿에서
피 흘리게 되리라고 귀띔해 주면서
이 좋은 소식 듣고 기쁜 나머지
쇼어[39]에게 키스 한 번 더 하라고 일러주어라.
버킹엄 케이츠비, 이 일을 철저히 행하라.
케이츠비 두 분 공작님, 온 정성 바칩니다.
글로스터 공작 리처드 케이츠비, 자기 전에 소식을 전하겠나?
케이츠비 반드시 그리하겠습니다.
글로스터 공작 리처드 우리 둘은 크로스비 저택에 있을 터이다.
[케이츠비 퇴장]
버킹엄 만일 헤이스팅스가 우리 계획에
굽히지 않을 경우 어찌할까요?
글로스터 공작 리처드 머릴 잘라 버리죠. 무엇이든 해놓읍시다.
내가 왕이 된 다음에, 내 형 에드워드 왕이
가지고 있던 허포드 백작령과
그 밖의 재물들을 달라고 하시오.
버킹엄 공작 손에서 약속대로 받을 테요.
글로스터 공작 리처드 기꺼이 내주도록 미리 조치하시오.
그러면 우리는 일찌감치 저녁 먹고
무슨 틀이 잡히도록 계획을 소화합시다. [둘 퇴장]

## 3. 2

[헤이스팅스 공 집 문간에 전령 등장]
전령 [문을 두드리며] 대공님 계십니까?
헤이스팅스 [안에서] 누가 두드리는가?
전령 스탠리 공이 보내신 전령입니다.
[헤이스팅스 공 등장]

39 제인 쇼어라는 이 여자는 에드워드 4세의 첩이었다가 후에 헤이스팅스의 정부 노릇을 했다. 앞의 1막 1장 70행에서 언급되었다. 글로스터는 왕이 되자 그녀의 재산을 모두 압수하였다.

헤이스팅스 지금이 몇 시인가?

전령 네 시 정각입니다.

헤이스팅스 이런 지루한 밤에 주인은 안 주무시냐?

전령 이야기만 들으시면 그렇게 보이겠지요.
먼저 주인님이 문안하십니다.

헤이스팅스 그리고는?

전령 지난밤 주인님 꿈에서
멧돼지[40]가 투구를 찢더라고 하시며,
게다가 회의가 갈라져서 열렸는데
한 곳에선 대공님과 주인님이 서로 간에
원망할지 모를 일이 결정된다 하시며
대공께서 어쩌실지 알고자 하십니다.
주인님의 짐작으론 위험을 피하려면
주인님과 더불어 온갖 힘을 다하여
지금 즉시 북방으로 도주해야 하십니다.

헤이스팅스 이 사람아, 그냥 가. 주인에게 돌아가.
회의가 분리된 걸 겁내지 말래라.
세자와 내가 한쪽 회의에 참석하고
다른 쪽엔 내 사람 케이츠비가 참석하여
우리에게 관계되는 사업 가운데
내가 모를 사실은 논의되지 않는다.
그런 걱정은 근거 없는 괜한 짓이다.
그리고 불안한 잠자리의 꿈속의
허깨비를 믿을 만큼 멍청해서 놀랍다.
멧돼지가 오기 전에 도망친다 하는 것은
멧돼지를 오라고 꼬드기는 짓이며
가만있는 짐승을 쫓아오게 만든다.
주인한테 돌아가서 내게 오라 하여라.
둘이 같이 타워에 갈 터이니, 세자는
멧돼지 대신 우리를 보고 좋아하리라.

전령 대공님 말씀을 전하겠습니다. [퇴장]

[케이츠비 등장]

케이츠비 귀하신 대공께 매일 좋은 아침을!

헤이스팅스 잘 있소, 케이츠비? 일찍 나다니는군.
비틀대는 이 나라에 새 소식 있소?

케이츠비 참말로 비척대는 세상이오, 대공 어른.
글로스터가 이 나라 관을 쓰기 전에는
똑바로 설 수가 없는 거라 믿습니다.

헤이스팅스 뭐야? 관을 써? 왕관 말인가?

케이츠비 예, 대공님.

헤이스팅스 왕관을 그처럼 잘못 놓기 이전에
내 목에서 내 머리를 잘라도 좋다.
그자가 왕관을 노린다고 짐작하는가?

케이츠비 물론이죠. 왕관을 가지려고 애가 타는
그자의 패에 대공님의 가담을 바라지요.
그런데 그자가 희소식을 전하는데,
바로 오늘, 대공님의 적들인 왕비 일족이
폼프릿 성에서 죽게 되어 있습니다.

헤이스팅스 그자들은 언제나 나의 적이었기에
그 말을 들으니 울고 싶은 마음은 없다.
그러나 전왕의 정당한 상속자를
저지하기 위하여 글로스터 공작에게
찬표를 던지는 짓은 죽어도 안 하겠다.

케이츠비 그러한 충성심을 주님이 지키소서!

헤이스팅스 일 년 뒤에 이 일을 생각하고 웃게 되겠지.
왕을 미워하라고 가르치던 자들이
비극을 당하는 걸 볼 수 있겠다.
케이츠비, 내 말 들어보겠나?

케이츠비 무슨 말씀인가요?

헤이스팅스 앞으로 보름이 가기 전에 아직까지
아무것도 모르는 자들이 쫓겨나거든.

케이츠비 대공님, 준비도 없고 예상도 안 했는데
죽는다 하는 것은 부끄러운 일인데요.

헤이스팅스 끔찍하고 끔찍하다. 리버스, 그레이,
본이 그리되누나. 나와 네가 안전하듯
자기들의 안전을 믿고 있는 몇 사람도
그리되겠지. 네가 알 듯 나야말로
글로스터 공작님과 버킹엄과 친하거든.

케이츠비 두 분은 대공님을 높이 보시죠.
[방백] 런던 다리 꼭대기에 머리를 매달 테니.[41]

헤이스팅스 그러는 거 나도 안다. 그럴 만하니까.

[더비 백작 스탠리 공 등장]

아니, 백작, 멧돼지 창은 어디 두셨소?
멧돼지가 무섭다며 무기 없이 다니시오?

더비 백작 스탠리 안녕하시오, 대공? 어떤가, 케이츠비?
농담은 괜찮소만, 십자가에 맹세코,
회의를 분리해서 여는 것은 정말 싫소.

헤이스팅스 대공, 나도 당신처럼 목숨이 귀하오.

40 글로스터 공작의 문장(紋章).
41 런던 다리에 세운 막대 끝에 죄수의 머리를 전시하곤 하였다.

분명히 말해서 평생에 지금처럼
목숨이 귀중했던 시절이 없소.
우리들의 지위가 안전하지 않다면
내가 어찌 이처럼 신이 나겠소?
더비 백작 스탠리 폼프릿의 귀족들도 런던을 떠날 때
기분이 좋고 지위가 안전한 줄 믿었소.
게다가 걱정할 이유도 없었지요.
그러나 아시듯이 금방 날이 흐리오.
그처럼 갑자기 돋는 종기가 매우 두렵소.
내가 괜한 겁쟁이면 얼마나 좋겠소!
어쨌든 대공, 타워로 가실까요?
헤이스팅스 가겠소. 한데 잠깐. 소식 듣지 못했소?
말씀하던 그자들이 오늘 목이 잘렸소.
더비 백작 스탠리 그네들을 정죄한 자들이 모자를 갖기보다
충성된 그네들이 머리를 갖는 것이 옳은 일이오.
하여튼 대공, 같이 갑시다.
[헤이스팅스라고 불리는 의전관 조수 등장]
헤이스팅스 먼저 가시오. 곧 따라가겠소.
[스탠리 공과 케이츠비 퇴장]
조수, 잘 만났군. 형편이 어떠한가?
의전관 조수 대공께서 물으시니 더욱 잘돼갑니다.
헤이스팅스 지난번에 여기서 만날 때보다
확실히 지금의 내 형편이 좋아졌다.
그때에는 왕비 패의 음모 때문에
죄수가 되어서 타워로 갔지만
지금은 너한테 말하는데—혼자만 알아.—
바로 오늘 그자들이 사형당한다.
그래서 내 형편이 어느 때보다 좋거든.
의전관 조수 대공님이 기쁘시게 하느님이 지키시길.
헤이스팅스 고맙다, 조수. 잠깐, 용처에 써라.
[그에게 자기 지갑을 준다.]
의전관 조수 하느님이 지키시길. [퇴장]
[사제 등장]
헤이스팅스 존 신부! 잘 만났소.
지난 주일 예배 고맙소, 사정상 빠졌지만.
다음 주일엔 참석하겠소.
[사제 귀에 속삭인다.]
[버킹엄 등장]
버킹엄 어떠시오, 궁실장관? 사제와 말씀 중이오?
폼프릿의 친구들은 사제가 필요하오.
대공께선 지금 고백할 일이 없어요.

헤이스팅스 솔직히, 이분을 만나자마자
당신이 말하는 그자들이 생각납니다.
그렇다면 대공님도 타워에 가시오?
버킹엄 그렇소. 하지만 오래 있지 않겠소.
당신보다 이르게 거기를 떠나겠소.
헤이스팅스 그럴 거 같소. 거기 점심에 참석할 테니.
버킹엄 [방백] 저녁도 드시지. 당신은 모르지만.—
자, 그럼 같이 갈까요? [모두 퇴장]

## 3. 3

[리처드 랫클리프 경과 함께 리버스, 그레이,
본을 죄수로 인솔한 호송원 등장]
랫클리프 죄수들을 앞으로 데려와라.
리버스 리처드 랫클리프 경, 이 말을 하게 해주오.
오늘 당신은 충절과 책임과 충성을 위해
죽는 신하를 목격하게 될 터이오.
그레이 [랫클리프에게]
너희 패에서 왕세자를 하느님이 지켜주시길!
네놈들은 저주스런 흡혈귀 떼다.
리버스 오, 폼프릿, 폼프릿, 피어린 감옥아,
고귀한 귀족에게 흉악한 장소로다!
죄 많은 너의 성벽 음침한 데서
리처드 2세가 칼에 맞아 죽었다.[42]
음산한 네 혼의 악명을 높이려고
죄 없는 우리 피를 네게 주어 마시게 한다.
그레이 마거릿의 저주가 우리 위에 떨어졌다.
글로스터가 아들을 찌를 때에 서 있었더니.
리버스 그때에 그녀가 헤이스팅스, 버킹엄,
글로스터를 저주했다. 하느님, 기억하사,
저희에 대한 그녀의 기도를 들으시듯
저들에 대한 그녀의 기도도 들으소서.
왕비와 왕자들 대신 충성의 피를 받으소서.
억울하게 흘리는 피를 주님은 아십니다.
랫클리프 빨리 하라. 너희 목숨의 시한이 모두 지났다.
리버스 그레이, 본, 이리 와라. 모두 같이 끌어안자.

42 1412년에 요크가의 헨리가 정통의 왕인 리처드 2세를 폼프릿에 가뒀다가 자객을 보내 죽인 이래 잉글랜드의 '장미전쟁'이 시작되었던 것이다.

천국에서 다시 만날 때까지 작별하자. [모두 퇴장]

## 3. 4

[귀족들이 회의에 등장. 헤이스팅스, 버킹엄, 더비 백작 스탠리, 엘리 주교가 탁자에 둘러앉는다.]

헤이스팅스 본안으로 갑시다. 우리가 모인 것은
대관식에 관하여 결정코자 함이오.
경축의 그날이 언제인지 말하시오.

버킹엄 경축을 위하여 모든 일이 준비됐소?

더비 백작 스탠리 그러하오. 일시를 정하면 되오.

주교 그러면 내일이 복된 날인 듯하오.

버킹엄 이에 대한 섭정의 의견을 누가 아시오?
공작님과 가장 가까운 분이 누구시오?

주교 물론 귀공이시오. 그분의 마음을
가장 빨리 아신다고 생각합니다.

버킹엄 내가요? 우리는 면식이 있지마는
내가 귀공의 마음을 알지 못하듯
그분은 내 마음을 모르고 계시며
나도 그분의 마음을 알지 못하오.
헤이스팅스 공, 그분과 친밀하시오.

헤이스팅스 공작께서 사랑해 주시어 고맙지마는
대관식에 대하여 그분의 의견은
알아보지 못했으며, 실상 그에 관해서는
어떠한 의향도 밝히지 않으셨소.
그러나 귀공께서 일시를 정하시오.
공작님을 대신하여 표를 던질 터이오.
그분도 그것을 좋게 여기실 거요.
[글로스터 공작 리처드 등장]

주교 오, 때마침 공작님이 이리로 오십니다.

글로스터 공작 리처드 귀공, 친구들, 모두 안녕하시오?
늦도록 잤소. 그러나 내가 있어야
결말이 났음직한 중대사를 내가 없다고
소홀하게 다루지는 않았다고 믿으오.

버킹엄 공작께서 무어라 말씀이 없으셔서
대관식에 대하여 공작님의 투표권을
헤이스팅스 공이 대행코자 하였습니다.

글로스터 공작 리처드 헤이스팅스 공보다 대담한 분은 없겠소.
나를 잘 알며 나를 매우 사랑하오.

헤이스팅스 공작님, 감사합니다.

글로스터 공작 리처드 엘리 주교—

주교 예, 공작님.

글로스터 공작 리처드 얼마 전 홀본[43]에 갔더니
거기 귀공 정원에 딸기가 잘됐더군.
조금 가져오라고 시켜주기 바라오.

주교 제가 갑니다, 공작님. [퇴장]

글로스터 공작 리처드 버킹엄 아우님, 말 좀 합시다.
[그에게 방백]
케이츠비가 우리 일로 헤이스팅스를 떠봤더니
완고한 저 친구는 자기 주인 아들이
—존경하는 뭐라고 하더라나—잉글랜드의
왕좌를 잃는 데에 찬동하기보다는
차라리 제 머리를 잃겠다는 소리였소.

버킹엄 [그에게 방백] 이곳을 비우시오. 따라가겠습니다.
[글로스터 퇴장. 버킹엄이 뒤따른다.]

더비 백작 스탠리 아직 경축일을 정하지 않았소.
내일은 너무 급작스럽다고 생각되오.
날짜가 연기되면 모르되 지금은
나 자신도 제대로 준비되지 않았소.
[엘리 주교 등장]

주교 섭정께서는 어디 계시오? 딸기를
가져오라 시켰는데요.

헤이스팅스 오늘 공작님은 명랑하고 밝으시오.
그토록 유쾌하게 인사말을 하실 때는
무슨 좋은 생각이 떠올랐단 뜻이지요.
기독교 천지에 저분만큼 사랑과 미움을
감추지 못하는 사람은 없을 테지요.

더비 백작 스탠리 오늘 그분의 마음속 모습을
조금이라도 얼굴에 나타내시던가요?

헤이스팅스 여기 누구에게도 성을 내지 않으시오.
성내시면 얼굴에 나타났을 겁니다.

더비 백작 스탠리 화내지 않으시길 주께 빕니다.
[글로스터 공작 리처드와 버킹엄 등장]

글로스터 공작 리처드 여러분께 묻거늘, 저주받은 요술의
악마적인 음모로써 내 죽음을 모의하고
끔찍한 주술로써 내 몸의 힘을 빼간
자들에게는 어찌해야 되겠소?

43 런던 근교의 지역.

헤이스팅스 공작님께 드리는 소중한 사랑으로
여기 귀족들 앞에 당당히 요청하니
누가 범법자이든 극형이 필요하오.
공작님께 아뢰건대 그들은 죽어야 하오.
글로스터 공작 리처드 그러면 당신들 눈이 이 짓의 증인이오.
내가 요술에 걸린 것을 직접 보시오.
나의 팔이 서리 맞은 가지처럼 시들었소.
에드워드의 아내, 저 끔찍한 마녀가
저 창녀 쇼어라는 계집과 야합하여
이처럼 요술로써 내게 흠을 남겼소.
헤이스팅스 공작님, 그자들이 그런 짓을 했다면—
글로스터 공작 리처드 '했다면'이라고? 그 창녀의 보호자[44]가
'했다면'이라 하는가? 너야말로 반역자다.
[주먹으로 탁자를 두드린다.
케이츠비와 병사들 등장]
저자의 머리를 베라! 성 바울에 맹세코,
그걸 보기 전에는 오늘 먹지 않겠다.
몇 사람이 남아서 그 일을 보라.
나를 사랑하는 나머지는 나를 따르라.
[모두 퇴장. 케이츠비와 병사들은
헤이스팅스와 함께 남는다.]
헤이스팅스 잉글랜드, 화 있을진저! 나는 전혀 상관없다.
막을 수도 있었으나 내가 너무 멍청했다.
더비 꿈에 멧돼지가 투구를 찢었다지.
한데 나는 비웃고 도망하지 않았다.
오늘은 세 번이나 치장한 말이 휘청대고
나를 싣고 도살장에 가기 싫다는 듯이
타워를 보고는 놀라 뛰었다.
나와 함께 말하던 사제가 필요하구나.
폼프릿에서 적들이 잔혹하게 도살되고
저들의 몰락에 나 자신은 신이 난 듯
호의와 총애 속에 나는 안전하다고
조수에게 떠든 것이 후회스럽다.
마거릿, 마거릿, 무거운 네 저주가
불쌍한 내 머리에 떨어졌구나.
케이츠비 빨리 하오. 공작께서 진지를 드시도록.
고백은 짧게 하오. 당신 머리를 보신다 하오.
헤이스팅스 세속적인 인간의 순간적인 영화여!
천국의 은혜보다 너를 추구하누나.
네 자태에 홀려서 공중누각 짓는 자는
돛대 위에 기어오른 술 취한 배꾼처럼
살고 있구나. 배가 흔들릴 때마다
죽음의 바닷속에 떨어질 형국이지.
단두대로 데려가라. 머리를 갖다 줘라.
잠시 뒤에 죽을 놈이 나를 비웃는구나. [모두 퇴장]

## 3. 5

[글로스터 공작 리처드와 버킹엄이 괴상하게
찌그러진 썩어 빠진 갑옷을 입고 등장]
글로스터 공작 리처드 부들부들 떨면서 얼굴빛을 바꾸고
말하다가 갑자기 숨을 죽였다가
다시 시작했다가 다시 죽일 수 있소?
공포에 질려서 정신이 나간 듯이.—
버킹엄 내 염려는 마시오.
심각한 비극 배우를 흉내 낼 줄 알아요.
말하고 돌아보고 사면을 살펴보고
지푸라기가 흔들려도 놀라서 떨며
수상한 듯 표정 지며 겁에 질린 낯빛을
명령받은 웃음처럼 마음대로 부리오니,
얼굴과 웃음이 제 전략을 도우려고
준비하고 있습니다.
[시장 등장]
글로스터 공작 리처드 시장이 오는군.
버킹엄 혼자 다루겠습니다.—시장 양반—
글로스터 공작 리처드 [외친다.] 저쪽의 들다리[45]를 조심하라!
버킹엄 당신을 오라고 한 이유는—
글로스터 공작 리처드 [외친다.] 케이츠비, 성을 넘겨다보라!
버킹엄 북소리요!
글로스터 공작 리처드 [시장에게] 돌아보라. 방어하라! 적군이 있다.
버킹엄 하느님과 무죄함이 우리를 지키소서!
[케이츠비가 헤이스팅스의 머리를 들고 등장]
글로스터 공작 리처드 오, 진정해. 케이츠비야.
케이츠비 못난 반역자요 위험하고 의심이 없던
헤이스팅스의 머리가 여기 있습니다.

44 앞에서 언급했듯 그는 제인 쇼어의 애인이었다.
45 성문 앞 해자(垓字)에 놓은 것으로, 적이 건너지 못하게끔 들어 올릴 수 있게 만든 '드로브리지'(drawbridge)를 일본어식의 '도개교'로 옮기는 대신 '들다리'라고 옮겨본다.

글로스터 공작 리처드 진정 그를 사랑했기에 울어야겠소.
세상에 살아 숨 쉰 기독교인 중에서
가장 솔직하고 무해한 사람인 줄 알았소.
여보시오, 시장 양반—
그 사람을 공책으로 삼아서 그 속에다
내 영혼의 비밀을 모두 기록했는데,
악을 선의 모습으로 미끈히 호도하여
확실히 드러난 죄악을 빼놓는다면
—쇼어의 아내와 관계한 거 말이오.—
의심의 낌새를 흔적 없이 감췄소.

버킹엄 맞습니다. 맞습니다. 그자야말로
천하에 제일가는 반역자였어요.
상상이나 하셨어요? 믿을 수가 있었어요?
크나큰 섭리가 없었다면 말씀조차
못 드렸을 건데요, 그 교활한 반역자가
오늘 회의 장소에서 공작님과 저를
살해하기로 계획했던 거예요.

시장 그런 짓을 하다니요?

글로스터 공작 리처드 우리를 터키인과 이교도로 보거나
이처럼 경솔하게 절차를 무시하고
악당을 잡아 죽일 자들인 줄 알았소?
잉글랜드의 평화와 제 안전이란
사태의 치명적인 위험이 아니었다면
이런 처형 방식을 취하게 되었겠소?

시장 행운을 빕니다! 죽을 만했습니다.
선한 공작 두 분께서 반역자들에게
유사한 짓 못하게끔 경고 잘하셨습니다.
저 사람이 쇼어 부인과 놀아난 후엔
더 이상 기대하지 않았습니다.

글로스터 공작 리처드 시장이 그자의 죽음을 보기 전에는
죽이지 말라고 결정하였었지만
열성적인 우리 쪽 친구들이 성급하게
다소 뜻에 어긋나게 선수를 쳤소.
반역의 방법과 목적을 떨며 말하는
이자의 고백을 당신이 듣기 바랐소.
혹시는 시민들이 그 일을 잘못 알고
그자의 죽음을 애도할까 염려하여
시장이 시민들에게 알려주기 바랐소.

시장 그러나 공작님의 말씀과 직접 보고
그자가 하는 말을 들었으므로
귀하신 두 분을 의심치 않는 만큼
이 일에 합당히 행하셨음을
충성된 시민들에게 알려주겠습니다.

글로스터 공작 리처드 그런 목적으로, 시끄러운 시비를
피하기 위하여 시장을 오라고 했소.

버킹엄 그런데 당신이 너무 늦게 왔으니까
우리가 뜻했던 사실을 확인해요.
그럼 시장, 잘 가요. [시장 퇴장]

글로스터 공작 리처드 버킹엄, 따라가요!
시장이 길드홀[46]로 달려가는 중이오.
거기서 적당한 기회를 보다가
에드워드의 자식들이 사생아라 주장해요.
한 시민이 아들을 '왕'의 상속자로
삼겠다고 했다가 사형을 당했는데
바로 자기 업소가 '왕'으로 되어 있어
그런 말을 한 거라고 시민에게 말하시오.
그밖에 저들의 하녀와 딸과
아내에게 뻗치던 끔찍한 계집질과
욕정이 변해서 짐승 같은 탐심과
욕망의 눈길이나 야만적인 심보로
거침없이 덤벼들던 작태를 말하시오.
필요하면 나까지 건드려도 상관없소.
어머니가 음란한 에드워드를 배었을 때
존귀하신 아버님 요크 공작께서는
프랑스에 원정하여 싸우셨는데
시기를 정확히 헤아려서 그 아들이
제 자식이 아님을 알아냈다 하시오.
그의 얼굴 모양에 잘 나타나는데
존귀하신 공작과는 닮지 않았다 하시오.
그러나 이 말은 먼 소린 듯 삼가시오.
알다시피 어머님이 아직 살아 계시오.

버킹엄 걱정하지 마십쇼. 두둑한 수임료를
저 자신이 받을 듯이 변호인 노릇을
멋지게 하겠어요.

글로스터 공작 리처드 잘만 되면 베이너드 궁성[47]으로 시민들을
데려와요. 나는 거기서 점잖은 원로들과
유식한 주교들과 함께 있겠소.

46 런던 시민들의 의사당. 왕권이 미치지 못하는 곳이었다.
47 요크 공작 부인의 저택이었는데 글로스터 공작의 런던 본부로 사용되었다.

버킹엄 서너 시쯤 길드홀에서 무슨 말이 들리는지
유의하시고, 지금은 안녕히 계십시오. [버킹엄 퇴장]
글로스터 공작 리처드 이제는 들어가서 클래런스의 새끼들을
끌어낼 비밀스런 명령을 내리겠다.
누구도 어느 때도 왕자들에게
접근하지 말라는 지시를 명령할 테다. [퇴장]

## 3. 6

[서기가 문서를 손에 들고 등장]
서기 이것이 선량한 헤이스팅스 공에 대한
공소장인데 오늘 성 바울 성당에서
낭독할 수 있도록 큰 글자로 써놓았다.
사건이 꼬리에 꼬리를 물고 벌어지겠군.
어젯밤 케이츠비가 나한테 가져온 걸
끝까지 쓰는 데에 열한 시간 들었고
원본을 적는 데도 그만큼 걸렸다.
하지만 다섯 시간 전에는 헤이스팅스는
죄도 없고 심문도 없고 자유로웠다.
요즘의 세상은 요지경이다!
아무리 미련해도 이런 뻔한 흉계를
못 볼 자가 누구인가? 하지만 잘 안다고
용감하게 말할 자가 누구인가? 그 나쁜 짓을
생각 속에 보고만 있어야 한다니,
세상이 악하구나. 모두 파멸되겠다. [퇴장]

## 3. 7

[글로스터 공작 리처드가 한쪽 문으로,
버킹엄이 다른 문으로 등장]
글로스터 공작 리처드 잘 지내요? 시민들이 뭐라고 해요?
버킹엄 우리 주님 성모님께 걸어 맹세코,
시민들이 입 다물고 아무 소리 안 합니다.
글로스터 공작 리처드 에드워드 자식들이 사생안 걸 비쳤소?
버킹엄 그랬고요, 만족할 줄 모르던 색욕과
사소한 일에도 포악했단 사실과
부친이 프랑스 원정 때에 태어났으니
서출인 걸 말했고, 그리고 또한
공작님의 혈통을 지적하면서
정신적인 이념과 존귀한 태도에서
정확히 부친과 닮았음을 말했고,
스코틀랜드 승전을 낱낱이 밝혔고,
전쟁 시의 지략과 평화 시의 지혜와
아량과 덕행과 아름다운 겸손 등등,
다루지 않았거나 소홀했던 사항들을
목적에 적합하면 빼놓지 않았습니다.
그래서 변론의 마지막에 도달했을 때
나라의 이익을 사랑하는 자들은
'리처드 왕 만세!'라고 외치라고 했습니다.
글로스터 공작 리처드 그러던가?
버킹엄 웬걸요. 사실대로 말하면
벙어리 동상이나 숨 쉬는 돌처럼
멀거니 서로 보며 하얗게 질리데요.
그 꼴을 본 저는 저들을 나무라고
고의적인 침묵의 뜻을 시장에게 물었더니
시민들은 서기가 말하지 않으면
그렇게 듣는 적이 없다고 해요.
그래서 제가 한 말을 되풀이 시켰더니
'공작님의 말씀은', '공작님의 주장은'—
하면서 확실하게 자기 말은 안 하더군요.
그가 말을 마치자 길드홀 한쪽에서
자기 부하 몇 사람이 모자를 던지고
십여 명이 "리처드 왕 만세!"를 외쳐서
"고맙소, 친애하는 시민들, 많은 박수와
사랑의 함성이 여러분의 지혜와
리처드에 대한 사랑을 말해주어요."
라고 하고는 얼른 빠져나왔어요.
글로스터 공작 리처드 입이 없는 멍청이였나? 말을 하지 않던가?
버킹엄 예, 사실입니다.
글로스터 공작 리처드 그러면 시장과 의원들이 오지 않겠나?
버킹엄 시장이 왔는데요, 겁나는 척하세요.
간절한 청원이 아니면 듣지 마세요.
반드시 기도서를 붙들고 계시고
성직자 둘 사이에 서세요. 거기에다
신령한 분위기를 이룩할 테요.
저희들이 청원해도 쉽게 허락 마세요.
처녀처럼 거절하며 받아들여 주세요.[48]

48 처녀들은 연극을 하듯이, 거절하는 척하지만 실제로는 받아들인다는 의미.

글로스터 공작 리처드 내 걱정 마시오. 당신이 그들을 위해
소청하면 나는 나를 위해 거절할 테니
확실히 바람직한 결과가 생길 거요.
버킹엄 솜씨를 발휘하죠. 옥상[49]으로 가세요. [리처드 퇴장]
[시장과 시민들 등장]
오, 시장님. 내가 열심히 시중들겠소.
공작은 누구 말도 듣지 않으신다오.
[케이츠비 등장]
하인이 오는군. 케이츠비, 뭐라고 하시는가?
케이츠비 대공님, 내일이나 모레쯤 오시라는
간곡한 말씀이 있으십니다.
지금 안에서 점잖은 신부님 두 분과
엄숙한 묵상에 열중하고 계십니다.
세상의 어떠한 소청에도 그분의
거룩한 기도는 멈추지 않습니다.
버킹엄 케이츠비, 다시금 주인님께 돌아가
나와 시장과 시민들이 온 국민의
이익에 관련되는 중대한 사안과
긴요한 계획에 관해서 공작님과
의논코자 와 있다고 말씀드려라.
케이츠비 말씀 전하겠습니다. [퇴장]
버킹엄 오, 공작님은 에드워드가 아니시오.
음탕하게 낮 침대에서 뒹굴지 않으시고
무릎을 구부리고 기도 중에 계시오.
창녀들 무리와 장난하지 않으시고
학덕 높은 신부들과 묵상하고 계시며
편한 몸을 잠으로써 살찌우지 않으시며
깨어 있는 영혼을 살찌우려 기도하오.
훌륭하신 이 왕자가 왕위를 취하시면
잉글랜드는 행복한 나라가 되겠습니다.
그러나 그러시게 할 수는 없을 것이오.
시장 공작께서 거절하시면 안 됩니다.
버킹엄 거절하실 것 같소.
[케이츠비 등장]
케이츠비, 주인께서 뭐라고 하시는가?
케이츠비 무슨 일로 이렇게 시민을 모아다가
말하자고 하는지 모르신다 하십니다.
미리 말씀드리지 않았는데 대공께서는
주인님께 나쁜 뜻이 있는지 염려하시오.
버킹엄 친근한 귀족 간에 나쁜 뜻이 있는 것처럼
나를 의심한다니 섭섭하구먼.
맹세코, 순전한 사랑으로 온 것인 만큼
다시 돌아가 말씀드려라. [케이츠비 퇴장]
거룩하고 믿음 깊은 사람이 묵주를 셀 때
그를 불러내기는 어려운 일이오.
그토록 열렬한 묵상은 달갑습니다.
[케이츠비가 아래에 등장. 글로스터 공작
리처드가 두 주교 사이에서 위에 등장]
시장 두 성직자 사이에 서 계십니다.
버킹엄 신심 깊은 왕자를 떠받치는 두 기둥은
허영에의 타락을 막아주는 버팀목이오.
그리고 손에는 기도서를 들으셨으니,
거룩한 사람을 말하는 바른 표시요.
고명하신 플랜태저넛, 자애하신 공작님,
저희의 소청에 호의의 귀를 기울이시고
존귀하신 기도와 신앙의 열성을
잠시 방해하는 저희를 용서하세요.
글로스터 공작 리처드 신부 어른, 그러한 변명은 필요 없소.
오히려 나를 용서하기 바라오.
하느님께 드리는 예배에 열중하여
친구들의 방문을 소홀하게 대하였소.
어쨌거나, 공작님의 소청은 무엇인지요?
버킹엄 위에 계신 하느님과 무질서한 이 섬의
모든 선한 백성이 원하는 것입니다.
글로스터 공작 리처드 시민들 보기에 부끄러운 무슨 짓을
혹시 저질렀는지 나도 모를 일이라,
그 무지를 꾸짖으러 당신이 오셨군요.
버킹엄 맞습니다. 저희의 소청을 들으시고
잘못을 고치시면 바랄 것이 없습니다.
글로스터 공작 리처드 아니면 내가 어찌 그리스도 나라에 살겠소?
버킹엄 그러시면 가장 높은 왕좌를 사양하심이
공작님의 잘못이란 사실을 깨달으세요.
조상들이 맡으셨던 왕권의 직책이며
공작님의 가문이 이어오는 영광으로,
흠 있는 혈통은 쇠하기 마련입니다.
오늘 여기 우리는 이 나라를 위하여
공작님의 잠자는 생각을 깨워드리니
공작님의 겸손으로 고귀한 이 섬은
팔다리가 없으며 부끄러운 상처들로

49 보통 평평한 옥상에서 낮에 조용히 기도를 드렸다.

얼굴은 얼룩지고 컴컴한 무관심과
눈먼 망각의 소용돌이 가운데
거의 떠밀려서 휩쓸려갈 지경이오.
그것을 올바르게 고치기 위해서
공작님께 일심으로 호소합니다.
이 나라의 통수권을 인수하시되,
섭정이나 청지기나 대리나 남 좋은 일
하느라고 애쓰는 일꾼이 아니고
혈통을 이어받은 출생의 권리를,
왕권을, 권리를, 계승하길 원합니다.
공작님을 존경하며 사랑하는 시민들과
연합해서 강력한 지지와 함께
공작님께 권유코자 온 것이에요.

글로스터 공작 리처드 말없이 떠날지, 당신을 나무라는
쓴소리를 해야 할지, 나의 지위와
당신의 처지에 무엇이 맞을지 모르오.
당신들의 사랑은 고마운 일이지만
내 자격이 모자라 그 요청을 비켜 가오.
첫째로, 앞길의 장애들이 제거되고
나에게 돌아올 재산과 내 출생이
왕관에 가는 길이 평탄한대도
내 정신의 가난이 너무 심하고
내 결점이 너무 크고 많기 때문에
큰 바다를 못 견디는 쪽배인지라,
높은 신분 가운데 숨어 지내고
영광의 연기 속에 묻히기보다
신분에서 나 자신을 숨기고 싶소.
하지만 다행히도 이 몸은 필요 없소.
도움을 요청해도 내가 너무 부족하오.
왕이라는 나무가 열매를 남겼소.
어느덧 흐르는 시간 따라 익어서
제왕의 자리에 합당하게 될 터이니
분명코 우리를 복되게 다스릴 거요.
당신이 내게 주려는 것을 그에게 주오.
행복한 그의 별[50]의 권리와 행운을
가로챈다는 것은 끝없이 부당하오!

버킹엄 그것은 공작님의 양심을 말하지만,
여러 가지 경우를 자세히 살펴볼 때
양심의 속삭임은 사소한 말입니다.
에드워드가 형의 아들이라 하시는데
우리들도 동의하나 그의 아내의
아들이 아닙니다. 처음 루시 아씨와
약혼했는데 생존하신 모친께서
증인이시며, 후에 대리인을 통하여
프랑스 왕의 처제 보나와 약혼했고
그 둘을 제치고 가난한 청원자,
걱정에 시달리는 애들이 딸린 여인,
전성기를 지나서 늙어가기 시작하여
미모가 한풀 꺾인 구슬픈 과부가
음란한 그의 눈을 사로잡고 낚아채어
드높던 생각과 의기를 유혹하여
추악한 중혼으로 끌어들였습니다.
불륜의 침상에서 왕은 그녀에게서
우리가 예의상 왕자라 칭하는
에드워드를 보았는데 더 심한 말을
할 수도 있지만 생존한 사람들을
존중하는 뜻에서 혀를 제한하는데요,
왕자이신 공작님, 이처럼 드리는
존엄한 자리를 수락하여 주세요.
저희와 나라의 행복이 아닐지라도
현재의 타락과 부패로부터
대를 잇는 진정한 정통의 길로
왕가의 혈통을 구하시길 바랍니다.

시장 [글로스터에게]
그러시오, 공작님. 시민들의 간청이오.

케이츠비 [글로스터에게]
당연한 청원을 허락하여 기쁨을 주십시오.

글로스터 공작 리처드 오, 왜 내게 이러한 짐들을 지우려 하오?
나는 본시 장엄한 왕위에는 적합지 않소.
나는 양보하지 못하며 그럴 뜻도 없으니
섭섭히 여기지 말기를 간절히 바라오.

버킹엄 뜨겁게 사랑하는 형의 어린 아들이
퇴위하길 원치 않아 이를 거절하시면—
우리가 알다시피 공작님의 마음씨가
부드럽고 다정하여 여자 같은 마음을
친인척만 아니라 온누리 백성에게
다함께 베푸심을 우리가 보았거늘—
우리의 청원을 들으시든 마시든
결코 형의 아들은 왕이 될 수 없으며,

50 점성술에 의하면 개인의 운수는 탄생할 때 기운을 발하는 '별'에 좌우된다고 했다.

다른 이를 왕좌에 모실 결심입니다.
공작님 가문의 수치와 파멸이지요.
이처럼 결정하고 저희는 떠납니다.
시민들, 갑시다. 젠장, 못 해 먹겠다.

글로스터 공작 리처드 오, 상소리 하지 마오, 버킹엄 공작.
[버킹엄과 일부 시민 퇴장]

케이츠비 다시 오라 하세요, 청원대로 해주세요.

다른 사람 그러세요. 온 나라가 탄식할까 걱정됩니다.

글로스터 공작 리처드 산더미 같은 근심에 나를 몰아넣겠소?
그럼 다시 부르오. [케이츠비 퇴장]
돌덩이가 아니라서
우정 어린 요청을 견뎌내지 못하오.
내 양심, 내 영혼에 어긋나지만—
[버킹엄 및 몇 사람 등장]
버킹엄 아우님, 현철하신 여러분,
내 등에다 운명을 붙들어 매어
원하든 말든 무거운 짐을 지라고 하니
그것을 견뎌낼 인내심이 있어야겠소.
당신들이 지우려는 직분에 더하여
못된 욕설, 추악한 비난이, 생겨난대도
오로지 당신들의 강압을 따를 뿐이니
그 어떤 오점도 면제시킬 것이오.
하느님이 아시고 당신들이 짐작하듯
나는 그런 욕심과는 거리가 매우 머오.

시장 하느님의 축복을! 예, 그렇게 말할 겁니다.

글로스터 공작 리처드 그렇게 말할 때 진실만을 말하시오.

버킹엄 그러면 공작님을 왕으로 칭합니다.
잉글랜드의 리처드 국왕 만세!

시장 아멘.

버킹엄 내일 대관식 올리는 게 어떻습니까?

글로스터 공작 리처드 당신이 원하니 언제든 뜻대로 하오.

버킹엄 그럼 내일 공작님을 기다리겠습니다.

글로스터 공작 리처드 [주교들에게]
자, 우린 거룩한 일로 돌아갑시다.
잘 가오, 아우님. 잘 가오, 친구들. [모두 퇴장]

## 4. 1

[한쪽 문으로 왕비, 요크 공작 부인, 도싯 후작,
다른 문으로 글로스터 공작 부인 앤[51] 등장]

요크 공작 부인 저게 누군가? 플랜태저닛 조카 아닌가?

왕비 잘 만났군요. 어딜 급히 가세요?

글로스터 공작 부인 앤 타워까지요. 여러분도 꼭 같이
정성스레 보살피는 일일 테죠.
거기 계신 왕자들께 문안하는 거죠.

왕비 다정한 자매, 고마워요. 우리 같이 들어가요.
[타워의 부관 브레이큰베리 등장]
때마침 부관이 나오는군.
부관, 혹시 말해줄 수 있는가?
왕자가 어찌 지내는가?

부관 잘 지내십니다. 건강하시고. 그런데
실례지만 방문이 허락되지 않습니다.
전하께서 엄중히 명령하셨습니다.

왕비 전하? 도대체 그게 누군데?

부관 용서하세요. 섭정 말씀입니다.

왕비 주여, 왕의 칭호를 그에게서 막으소서!
아이들과 내 사랑에 장벽을 쌓았는가?
내가 애들 어머니다. 누가 나를 막는가?

요크 공작 부인 내가 애들 아비의 어머니다. 봐야겠다.

글로스터 공작 부인 앤 내가 숙모다. 엄마처럼 사랑한다.
그러니 걱정 마라. 네 책임은 내가 질게.
내가 벌을 받아도 네 직책을 맡아놓겠다.

부관 모든 마님들께 용서를 빕니다.
맹세에 매인 저는 그리할 수 없습니다. [퇴장]
[더비 백작 스탠리 공 등장]

더비 백작 스탠리 한 시간 뒤에 마님들을 뵙겠습니다.
요크 공작 마님을 장모님으로 모시고
두 분 왕비님을 정중하게 뵙겠습니다.
[앤에게] 마님, 저와 함께 웨스트민스터에 가셔야 하오.
거기서 리처드 왕의 왕비로 즉위하세요.

왕비 이 레이스 끊어다오. 심장이 옭죄어서
뛸 수가 없구나. 사람 잡는 그 소식에
까무러치고 말겠다.

글로스터 공작 부인 앤 몹쓸 소식! 나쁜 소식!

도싯 왕비님, 고정하세요. 괜찮으세요?

왕비 오, 도싯, 아무 말도 하지 말고 빨리 떠나라.

51 워릭의 딸로서, 헨리 6세의 아들 에드워드와 약혼했다가 죽은 왕을 장사 지낼 때 글로스터 공작에게 회유되어 그의 아내가 되었다. 1막 2장에서 그런 일이 생긴다.

죽음과 파멸이 네 뒤를 좇아간다.
네 어미 이름이 애들에게 불길하다.
죽음을 이기려면 지옥이 미치지 않게
바다 건너 달아나 리치먼드[52]와 함께 살아라.
속히 달아나라. 도살장을 벗어나라.
죽은 자의 숫자를 늘리고 어미가
마거릿의 저주에 매어 죽는 꼴 보지 마라.
나는 어미도 아내도 왕비도 아니다.
더비 백작 스탠리 왕비님 충고는 현명한 염려로 가득하오.
[도싯에게] 급히 시간의 이점을 취하시오.
아들[53]에게 보내는 편지를 드릴 터이오.
도중에서 당신을 맞이하라 이르겠소.
어리석게 지체하다 붙들리면 안 되오.
요크 공작 부인 악행을 퍼뜨리는 불행의 바람아!
저주받은 나의 자궁, 죽음의 온상아,
매서운 독사[54]를 세상에 낳았구나.
쳐다만 보아도 죽이는 독사를.—
더비 백작 스탠리 [앤에게]
자, 갑시다. 나를 급히 보내셨소.
글로스터 공작 부인 앤 정말 내키지 않는 걸음을 옮겨요.
이마에 둘릴 금붙이 테두리가
시뻘겋게 달구어진 강철이 되어서
골수까지 태우기를 하느님께 빌어요.
대관식 기름[55] 대신 강한 독을 발라서
'왕비 만세!' 하기 전에 죽으면 좋겠어요.
왕비 오, 불쌍한 여인, 그런 영광 부럽지 않소.
기분대로 말하라면, 해가 없길 바라오.
글로스터 공작 부인 앤 그래요? 지금 저의 남편인 그 사람이
제가 왕의 영구를 따라갈 때 다가왔어요.
천사 같던 전남편과 제가 울며 따라가던
성자 같던 죽은 왕이 흘리신 피를
그자가 씻기도 전에 그 낯짝 바라보고
저주하기를, "이렇게 젊은 나를
이렇게 늙은 과부로 만든 너에게
저주 내려라! 네가 결혼한다면
사랑하는 남편이 죽어 나의 삶이 망가지듯,
너의 침상에 슬픔이 깃들고 네 아내는
—나만큼 화가 생길 여자가 있겠냐마는—
네가 살아 있어서 비참하게 되어라!"
하지만, 저주를 되풀이할 사이도 없이
그토록 금방 나의 여자 심보가
얼이 빠져 달콤한 그의 말에 붙잡혀
나 자신이 내 저주의 장본인이 되었군요.
그 후로 나의 눈은 잠이 들지 못했어요.
잠자리 안에서 한 시간도 황금 같은
촉촉한 잠 이슬을 즐길 수 없고
겁에 질린 그의 꿈에 잠을 깨곤 하니까요.
게다가 아버지가 워릭이라 미워하니,
잠시 뒤엔 저마저 없앨 것이 확실합니다.
왕비 오, 불쌍한 여인, 한탄을 동정하오.
글로스터 공작 부인 앤 똑같은 마음으로 어머님을 동정해요.
도싯 슬픔으로 영광을 맞는 분, 잘 가시오.
글로스터 공작 부인 앤 잘 가세요. 영광을 떠나시는 불쌍한 분.
요크 공작 부인 [도싯에게] 리치먼드에게 가라. 행운이 인도하길!
[도싯 퇴장]
[앤에게] 리처드에게 가라. 천사들이 보호하길!
[앤과 스탠리 퇴장]
[왕비에게] 성소로 가라. 좋은 생각 품기를! [왕비 퇴장]
나는 무덤에 간다. 평화와 평안이 함께 눕기를!
팔십 넘은 나이 동안 슬픔을 보았구나.
한 시간의 기쁨을 한 주간의 슬픔이 뒤흔들었지. [퇴장]

## 4. 2

[왕좌를 내놓는다. 나팔들이 울린다.
왕관을 쓴 리처드와 버킹엄, 케이츠비가
그 밖의 귀족들과 소년과 함께 등장]
리처드 왕 모두들 물러서라. 버킹엄 아우,
내게 손을 주시오.
[나팔들이 울린다. 이에 그가 왕좌에 오른다.]
당신의 충언과 도움으로
이렇게 리처드 왕이 높이 앉았소.
[그에게 방백] 그런데 이 영광을 하루만 누리겠소?

52 튜크스베리 전투 후 왕위 상속권이 있는 리치먼드 백작은 프랑스의 서북부 해안 브리튼으로 건너갔다.
53 리치먼드 백작은 더비 백작의 의붓아들이었다.
54 전설에 나오는 이 뱀이 쳐다만 보아도 그 사람은 곧장 죽는다고 하였다.
55 성경대로, 기독교 국가에서는 대관식 때 왕과 왕비의 머리에 기름을 발랐다.

또는 오래 계속되어 우리만 즐길 거요?
버킹엄 [그에게 방백] 영광은 늘 살고 항상 계속됩니다.
[방백으로 두 사람이 말을 계속한다.]
리처드 왕 버킹엄, 당신이 순금인지 알아보려고
시금석[56]을 갖다 대오. 왕자가 살아 있소.
내가 무슨 말을 할는지 생각해보오.
버킹엄 전하, 말씀하세요.
리처드 왕 물론 내가 왕이 되겠다는 말이지.
버킹엄 물론 왕이시오. 세 겹으로 고명하신 저의 임금님.
리처드 왕 허, 내가 왕인가? 맞지만 왕자가 살아 있어.
버킹엄 맞습니다. 살아 있습니다.
리처드 왕 몹쓸 말이 따를 테지.
'진정하신 왕자'는 살아 있단 말이겠지.
당신은 그렇게 멍청하지 않았는데.
터놓고 말할까? 애놈들이 죽었으면 좋겠소.
지체 없이 해치우면 시원하겠소.
생각이 어떻소? 당장 짧게 말하오.
버킹엄 전하의 뜻대로 하실 수 있습니다.
리처드 왕 음, 몹시 차갑군. 감정이 얼었군.
녀석들이 죽는 걸 찬성하였소?
버킹엄 숨이나 돌립시다. 그에 대해 확답을
마련하기 이전에 조금 쉽시다.
잠시 뒤에 전하께 대답을 드리지요. [퇴장]
케이츠비 전하께서 화나셨다. 입술을 깨무신다.
리처드 왕 돌대가리 밥통들과 버릇없는 녀석들과
상관을 해야겠다. 생각 깊은 눈으로
유심히 보는 놈은 나의 편이 아니다.
얘!—
흠, 야심 찬 버킹엄이 몸을 사리누나.
소년 예, 전하.
리처드 왕 황금에 매수되어 비밀리에 살인을
감행할 자를 알지 못하는가?
소년 전하, 불만에 찬 신사를 제가 아는데
야심은 높지만 가진 건 적어요.
황금은 웅변가 20인과 마찬가지라,
확실히 그에게 뭐든지 시킬 수 있죠.
리처드 왕 이름이 뭔가?
소년 티럴이라 합니다.
리처드 왕 그 사람 당장 여기로 불러와라. [소년 퇴장]
[방백] 음흉하고 교활한 버킹엄을 더 이상
내 비밀의 이웃으로 삼지 않겠다.
그토록 오랫동안 부지런히 어울리곤,
이제는 멎어서 쉬는가?
[더비 백작 스탠리 공 등장]
무슨 일인가?
더비 백작 스탠리 전하, 도싯 후작이 리치먼드에게
달아났다 합니다. 그 사람이 살고 있는
바다 건너편입니다.
리처드 왕 케이츠비.
케이츠비 예, 전하.
리처드 왕 [그에게 방백] 내 아내 앤이 병이 들어
죽을 거 같다고 소문을 퍼뜨려라.
집에 갇혀 있도록 손을 쓰겠다.
집안이 가난한 신사를 찾아보아라.
클래런스 딸년과 결혼시킬 터이다.
그 아이[57]는 멍청이라 겁나지 않는다.
너도 깜짝 놀라누나! 다시 말한다.
아내가 앓아서 죽을 거라 소문내라.
빨리 해라. 어떤 희망도 막아야 한다.
그런 게 커지면 해로울지 모른다. [케이츠비 퇴장]
[방백] 내가 형의 딸과 결혼해야 되겠다.
그러지 않으면 내 나라가 유리를 밟게 된다.
동생들은 죽이고 그녀와 결혼한다.
불확실한 승산이나 너무도 피 가운데
깊숙이 들어서서 죄가 죄를 낳는다.
이 눈에는 동정의 눈물이 살지 않는다.
[티럴 등장]
이름이 티럴인가?
티럴 제임스 티럴, 복종이 넘치는 신하입니다.
리처드 왕 정말 그런가?
티럴 전하, 시험해 보십시오.
[둘이 방백]
리처드 왕 내 친구 하나를 해치울 수 있는가?
티럴 예, 전하. 원수 둘을 죽이면 더욱 좋지요.
리처드 왕 오, 마침 잘됐다. 음흉한 원수 둘인데
달가운 잠과 휴식을 방해하는 적들이다.
저들을 네가 다루어 주기를 원한다.
티럴, 타워에 있는 사생아들 말이다.

56 당시에는 순금 여부를 알아보기 위해서 '시금석'을 대보곤 했다.
57 클래런스의 아들을 말한다.

티렐 자유롭게 애들한테 가게 하여 주시면
당장 애들 걱정을 덜어드립니다.
리처드 왕 달콤한 노래로다. 티럴, 이리 와라.
[티럴이 가까이 다가와서 무릎 꿇는다.]
이 징표로 출입하라. 귀 좀 빌리자.
[귀에 대고 속삭인다.]
다만 그것뿐이다. 그대로 한다 해라.
너를 총애하고 승진도 시키겠다.
티럴 그대로 하겠습니다, 전하.
리처드 왕 자리에 눕기 전에 소식이 있겠는가?
[버킹엄 등장]
티럴 그러겠습니다, 전하. [퇴장]
버킹엄 전하, 저의 의향을 물으신 일에 대해
마음으로 이리저리 생각하였습니다.
리처드 왕 없던 일로 하시오. 도싯이 리치먼드에게 달아났소.
버킹엄 그 말 들었습니다.
리처드 왕 스탠리, 그자는 당신 처의 아들이니 주의하오.
버킹엄 제 몫으로 약속하신 선물을 요청합니다.
전하의 명예와 신의가 걸렸습니다.
허포드 백작령과 재물을 제 소유로
삼게 하여 주신다고 약속하셨습니다.
리처드 왕 스탠리, 네 처를 조심하라. 만일 그녀가
리치먼드에게 편지를 보내면 네 책임이다.
버킹엄 정당한 제 요청에 어찌 대답하십니까?
리처드 왕 내 기억에 의하면 헨리 6세는
리치먼드가 왕이 된다고 예언하였다.
아직도 코흘리개 아이었을 때인데.
왕이 된다고—아무튼, 아무튼.
버킹엄 전하.
리처드 왕 그때 그 예언자가 내 곁에 있었는데
내가 자기 죽일 건 왜 말하지 않았나?
버킹엄 전하, 백작령 약속을 지키십시오.
리처드 왕 리치먼드! 저번에 엑서터에 갔더니
시장이 정중하게 궁을 보여주면서
그 이름이 '루즈먼트'[58]라고 해서 깜짝 놀랐다.
전에 나한테 아일랜드 점쟁이가 말하길,
리치먼드를 본 뒤에는 오래 살지 못한댔다.
버킹엄 전하.
리처드 왕 응? 지금 몇 신가?
버킹엄 실례를 무릅쓰고 전하의 약속을
기억시켜 드립니다.
리처드 왕 음. 몇 시쯤 되겠는가?
버킹엄 열 시면 좋습니다.
리처드 왕 그럼 치라고 하지.
버킹엄 왜 '치라'고 하십니까?
리처드 왕 왜냐하면 그 요구와 내 생각 사이에
시간마다 쳐대니까. 오늘은 줄 기분 안 나오.
버킹엄 그러시면 양단간에 결정하시죠.
리처드 왕 쯧쯧, 귀찮구먼. 그럴 기분 아니래도.
[버킹엄을 제외하고 모두 왕을 따라 퇴장]
버킹엄 그렇단 말인가? 이러한 멸시로 진실한 충성에
보답하는가? 이러자고 왕으로 삼았는가?
헤이스팅스를 기억하자. 겁에 질린 내 목이
붙어 있을 동안에 웨일스[59]로 달아나자.
[다른 문으로 퇴장]

## 4. 3

[제임스 티럴 경 등장]
티럴 무자비하고 잔인한 짓이 끝났다.
일찍이 이 땅에서 저지른 죄악 중에
끔찍하기에 으뜸가는 학살이었다.
다이턴과 포리스트를 돈으로 매수하여[60]
매정한 도살을 저지르게 했는데,
인두겁의 악당들은 몹쓸 개들이지만
측은한 마음과 동정심에 녹아서
왕자들이 죽던 꼴을 말하며 애들처럼 울었다.
다이턴이 "애들이 이렇게 누웠소." 하니
포리스트는 "순진한 하얀 팔로 이렇게
서로를 끌어안고, 입술들은 한 가지에 피어난
네 송이 장미 같아, 어여쁜 여름마냥
서로 키스하였소. 기도서가 베개에 놓여
일순간 마음이 바뀔 뻔했소. 그러나
그놈의 마귀가—" 하다가 말을 그쳤고,
다이턴은 계속하여 "온갖 조물 중에서

58 '리치먼드'와 '루즈먼트'는 그 당시 발음이 매우 비슷하였다.
59 남(南)웨일스 지방에 그의 본거지가 있었다.
60 다이턴은 티럴의 마부, 포리스트는 왕자들의 간수였다.

자연이 만들어낸 가장 잘된 작품을
우리가 숨 막아 죽였소"라고 말했다.
그렇게 둘은 양심의 가책으로 떠나가며
아무 말도 못 하기에 나는 그들과 헤어져
잔인한 왕에게 이 말을 전하러 왔다.
[리처드 왕 등장]
왕이 저기 온다. 전하님께 만만세!

리처드 왕 친밀한 티럴, 행복한 소식인가?

티럴 전하께서 주신 일을 행하는 것이
전하의 행복을 낳았다면 행복하십시오.
수행하였습니다.

리처드 왕 죽은 걸 보았는가?

티럴 그렇습니다.

리처드 왕 그리고 묻었는가? 점잖은 티럴?

티럴 타워의 신부가 둘을 땅에 묻었는데,
어디다 어떻게 묻었는지 모릅니다.

리처드 왕 티럴, 저녁 후식 먹을 때 즉시 돌아와
얘들이 어떻게 죽었는지 이야기하라.
그때까지 내가 네게 무엇을 해줄는지
그것만 생각하고 그 소원의 상속자 돼라.[61]
잠시 동안 잘 있어라. [티럴 퇴장]
클래런스 아들놈은 단단히 가둬놓고
그 딸년은 천한 짝과 붙여놓았다.
에드워드 애들은 아브라함 품에서 잠을 잔다.[62]
그리고 아내 앤은 세상과 하직했다.
한데 지금 브리튼의 리치먼드가
형의 딸 엘리자베스에게 눈독 들이며
혼인을 바라 건방지게 왕관을 넘본다.
잘나가는 구혼자로 그녀에게 내가 간다.
[케이츠비가 황급히 등장]

케이츠비 전하.

리처드 왕 다짜고짜 들어오니 희소식이냐, 악보냐?

케이츠비 악보요. 엘리가 리치먼드에게 달아났고,
버킹엄은 강력한 웨일스의 뒷받침으로
전쟁에 나섰으며 세력이 커져갑니다.

리처드 왕 엘리가 리치먼드와 합했다는 사실이
버킹엄과 급조된 군대보다 걱정스럽다.
겁에 질린 논의는 멍청한 지체의
느려 빠진 노예란 말을 들은 바 있다.
지체는 무능한 달팽이의 비렁질이지.
불길 같은 신속함이 날개가 되며,
주피터의 머큐리[63]가 전령이 돼라.
군대를 동원하라. 내 참모는 내 방패다.
반역자가 전쟁터에 꺼덕댈 때 빨라야 한다. [모두 퇴장]

## 4. 4

[늙은 마거릿 왕비 홀로 등장]

마거릿 그래서 지금 행운이 농익기 시작해서
죽음의 썩은 입에 떨어지려 하누나.
여기 궁성 안으로 슬쩍 들어와
원수들이 망하는 꼴을 보려고 한다.
무서운 서막을 목격하게 되었다.
그리곤 결말이 비참하고 암담하고
비극이길 바라며 프랑스로 가겠다.
불행한 마거릿, 물러서라. 누가 오는가?
[왕비와 요크 공작 부인 등장]

왕비 아, 어린 왕자들! 귀여운 아기들!
피지 못한 꽃송이, 돋아나던 봉오리들!
영원한 운명으로 확정이 안 되어
착한 너희 영혼들이 바람 속에 떠돈다면
바람 같은 날개로 내 곁으로 떠돌면서
엄마의 탄식을 들어보아라.

마거릿 [방백] 그녀 곁을 떠돌며 정의가 실현되어
어린 아침이 늙은 밤으로 변했다 하라.

왕비 오, 하느님, 저 착한 양들을 버리시고
늑대의 배 속으로 던지려고 하시나요?
그런 짓이 벌어질 때 주무셨나요?

마거릿 [방백] 거룩한 헨리 왕과 아들이 죽을 때도 그러했지.

요크 공작 부인 눈멀고 죽은 목숨, 불쌍한 혼백,
비탄의 꼴, 세상의 수치, 살아 있는 무덤아,
아기들의 피를 마셔 무법으로 취했으니
정통의 땅에서 괴로움을 달래어라.
[왕비와 공작 부인이 앉는다.]

왕비 구슬픈 자리를 내줄 수가 있다니

61 '소원 상속자'는 한몫의 재산을 받게 될 것이라는 뜻이다.
62 불쌍한 나사로가 죽어서 이스라엘 민족의 조상 아브라함의 품에 안겨 있듯, 죽은 자는 천국에 갔다는 뜻. 누가복음 16장 22절 참조.
63 주피터(제우스)의 전령을 맡은 신(헤르메스).

무덤까지 만들어주면 너무 좋아서
뼈를 여기 묻지 않고 숨겨버리겠소.
나밖에 누가 통곡할 이유 있소?
요크 공작 부인 하도 많은 슬픔에 목소리가 갈라져서
탄식에 지쳐버린 혓바닥이 잠잠하다.
에드워드 플랜태저넛, 어째서 죽었느냐?
마거릿 [앞으로 나서며] 해묵은 슬픔이 존경을 받는다면
나이 많은 대접은 내 슬픔에 양보하고
나이보다 내 슬픔에 우위를 허락하오.
괴로움이 이웃들과 친구할 수 있다면
내 슬픔 듣고 나서 당신 슬픔 말하오.
내게 있던 에드워드를 리처드가 죽였소.
내게 있던 헨리를 리처드가 죽였소.
[왕비에게] 당신께 있던 에드워드를 리처드가 죽였소.
당신께 있던 리처드를 리처드가 죽였소.
요크 공작 부인 [일어서며] 내게도 리처드가 있었다. 네가 죽였다.
내게도 러틀랜드가 있었다. 네가 죽이는 데 한몫했다.
마거릿 당신께 있던 클래런스를 리처드가 죽였소.
당신 자궁 개집에서 지옥 개가 기어 나와
우리들 모두를 무덤으로 몰아가오.
눈도 뜨기 전부터 이빨부터 났던 개가
양들을 물어뜯어 착한 피를 핥아먹고
하느님의 예술품을 더럽히는 그자를
당신 배가 풀어놓아 무덤으로 몰아가오.
바르고 곧으시며 진실하신 주님이여,
송장 먹는 이 개가 제 어미 자식들을
뜯어 먹어, 뭇사람이 울 때에 제 어미도
울부짖게 하시니 대단히 감사합니다!
요크 공작 부인 헨리의 아낙아, 좋아하지 말아라.
하느님이 아시듯, 너희를 보면서 나도 울었다.
마거릿 복수에 굶주린 내 마음을 참아주구려.
그런 짓을 보고서 속이 잔뜩 막혔소.
당신의 에드워드가 내 에드워드를 찔렀소.
그 에드워드는 내 에드워드의 보답이오.
어린 요크는 덤으로 죽였소.[64] 둘을 합해도
내 완전한 상실과는 상대가 되지 않소.
내 에드워드를 죽인 당신의 클래런스는 죽었소.
비극을 구경하던 음란한 헤이스팅스와
리버스와 본과 그레이가 뜻하지 않게
시커먼 무덤 속에 묻혀버렸소.
지옥의 검은 첩자 리처드는 살아 있으나
영혼들을 사서 넘길 거간꾼일 뿐이오.
하지만 아무도 불쌍히 여기지 않을
그자의 처참한 최후가 다가올 테니
그자를 불시에 데려가길, 땅은 입 벌리고
지옥은 불타며 악귀는 울부짖고 성자는 기도하오.
오, 주여, 그자의 명줄을 끊으소서.
'개는 죽었다'고 내가 살아 외치겠소!
왕비 오, 당신이 예언하길, 배불뚝이 독거미,
추잡한 꼽추 두꺼비에 대한 내 저주에
당신이 합세할 그때가 올 거라 했소.
마거릿 그때 나는 너를 내 행복의 헛된 시늉,
불쌍한 그림자, 그림 속 왕비,
내 지위의 흉내에 지나지 않고
무서운 연극의 매혹적인 전주곡,
부풀어 올랐다가 땅바닥에 던져질 자,
두 아이의 환상에 놀아난 어미,
한숨에 끝난 허망한 꿈, 거품 방울,
존엄한 지위의 허깨비, 화려한 깃발,
위험한 화살들이 몰리는 과녁,
무대를 가득 메울 연극의 왕비라 했다.
남편이 어디 있냐? 형제가 어디 있냐?
애들이 어디 있냐? 뭐가 낙이냐?
청원할 자 누구며, '왕비 만세' 할 자 누구냐?
아첨하며 굽실대던 귀족들은 어디 갔냐?
한데 몰려 따르던 패거리는 어디 있냐?
온갖 것을 따져보고 제 처지를 알아라.
행복한 아내더니 한없이 비참한 과부,
즐거운 엄마더니 그 이름에 우는 어미,

64 요크 공작 부인의 맏아들 에드워드 4세와 손자 에드워드 5세는 헨리 6세와 마거릿 왕비의 아들 에드워드의 죽음에 대한 보답으로 죽은 것이고 어린 요크의 죽음은 '덤'으로 죽었을 뿐이라는 말이다. 마거릿은 요크 공작 부인의 남편 요크 공작 리처드와 어린 아들 러틀랜드를 죽였고, 요크 공작 부인의 아들 글로스터 공작 리처드가 마거릿의 남편 헨리 6세와 왕세자 에드워드를 죽였으며 그 형 에드워드가 왕(에드워드 4세)이 되자 둘째 형 클래런스와 왕의 어린 아들 에드워드 5세와 요크를 살해하고 왕이 되었다. 즉 랭커스터와 요크 집안이 서로 죽이고 죽는, 잉글랜드 역사상 가장 처참한 장면을 빚었던 것인데, 에드워드, 리처드, 요크 등의 이름들이 서로 같아 혼란스럽다.

예전엔 왕비더니 슬픔으로 관을 쓴 자,
청원을 받던 자가 몸을 숙여 청원하고,
호령을 하던 자가 부릴 사람이 없고,
나를 경멸하더니 내게 경멸당하누나.
정의의 바퀴는 이렇게 돌고 돌아
시간의 제물로 너를 남겨놓았다.
옛날의 추억밖에 남은 것이 없으며
그런 꼴이 되었으니 속이 더욱 괴롭겠다.
내 자리를 빼앗더니 내 슬픔 한몫을
차지하지 않았느냐? 건방진 네 목이
무거운 멍에의 절반을 나르고 있다.
지금 이 자리에서 피곤한 목을 빼어
너한테 모든 짐을 넘겨버린다.
잘 있어라. 요크의 아내, 비운의 왕비.
잉글랜드의 불행을 프랑스에서 웃으련다.

왕비 [일어서며] 저주에 능한 여인, 잠깐 서서
어떻게 원수를 저주할지 가르쳐주오.

마거릿 밤에는 자지 말고 낮에는 금식해라.
죽은 행복을 산 불행과 비교해보라.
아이들이 사실보다 어여뻤으며
아이들을 죽인 자가 추하다고 생각해라.
잃은 걸 예뻐하면 못된 자가 추악해져.
이 짓을 거듭하면 저주할 줄 알게 돼.

왕비 내 말은 힘이 없소. 당신 말로 힘을 주오.

마거릿 네 슬픔이 네 말을 날카롭게 해주리라. [퇴장]

요크 공작 부인 어째서 많은 말이 불행에게 필요한가?

왕비 슬픔의 호소에 말만 있는 변호인,
유산 없이 죽은 자의 허망한 상속자,
숨 가쁜 괴로움의 쓸데없는 웅변가—
마음껏 떠들래요. 조금도 도움이
안 되지만 우리 속을 시원하게 만들어줘요.

요크 공작 부인 그렇다면 네 입을 막지 않고 함께 가자.
두 아이를 질식시킨 저주받을 내 자식을
쓰라린 말을 써서 질식시키자.
[안에서 북소리]
놈의 북이 울리누나. 마음껏 욕을 쏟아라.
[무장한 리처드 왕과 케이츠비와
동행하는 수행원들이 북들과 나팔들에
맞추어 행진하여 등장]

리처드 왕 누가 내 작전을 가로막는가?

요크 공작 부인 저주받을 자궁에서 네 목을 졸라
네놈이 저지른 온갖 살인을
미리 막을 수 있던 여인이니라.

왕비 [리처드 왕에게]
이마를 금관으로 가리고 있냐?
정의가 실현되면 금관을 차지했을
왕자의 살해와 두 아들과 형제의
끔찍한 죽음을 적어놓을 이마빡인데.
말해라, 악질아, 애들이 어디 있냐?

요크 공작 부인 [리처드 왕에게]
두껍아, 두껍아, 클래런스가 어디 있냐?
그리고 어린 아들 에드워드가 어디 있냐?

왕비 [리처드 왕에게]
헤이스팅스, 리버스, 본, 그레이가 어디 있냐?

리처드 왕 나팔들아, 주악을! 북들아, 공격을 알려라!
신의 기름 부은 왕에게 시끄러운 여자들이
욕질하는 소리를 하늘이 못 듣게 하라!
[나팔들과 북들이 울린다.]
말을 삼가거나 얌전히 굴어요.
그러지 않으면 당신들의 아우성을
시끄러운 굉음으로 파묻어 버려요.

요크 공작 부인 네가 내 아들이냐?

리처드 왕 예. 하느님과 아버지와 어머니 덕분이오.

요크 공작 부인 그러면 급한 말을 참고 들어라.

리처드 왕 어머니 성격을 내가 조금 닮아서
비판하는 말투를 참지 못해요.

요크 공작 부인 그러면 부드럽고 순한 말을 쓰겠다.

리처드 왕 짧게 해요, 어머니. 매우 급해요.

요크 공작 부인 그렇게 급하냐? 널 기다렸는데.
괴로움과 아픔과 고뇌 가운데.

리처드 왕 드디어 내가 위로하러 오지 않았어요?

요크 공작 부인 아니야, 십자가에 맹세코, 너도 잘 알아.
넌 세상을 지옥으로 만들려고 세상에 왔어.
너를 낳은 건 내게 아픈 짐이었지.
넌 어릴 적부터 성급하고 말 안 듣고
학생 때는 무섭고 무모하고 사납고
젊은 때는 대담하고 무례하고 모험적이고
나이가 들어서는 교만하고 교활하고 잔인해서
너하고 있을 때 어미의 기쁨이 된
평안한 시간을 말할 수 있냐?

리처드 왕 아마도 '험프리 시간'[65]뿐일 것이겠죠.
친구들이 오기 전에 조반에 모셨겠죠.

어머님 보시기에 그처럼 못마땅하면
행진을 계속하여 심려를 끼치지 않겠어요.
요크 공작 부인 내 말 들어라. 너를 다시 못 볼 거니.
리처드 왕 하, 역정이 너무나 심해요.
요크 공작 부인 이 싸움에서 하느님의 정의에 따라
승자로 돌아오지 못하고 네가 죽거나
슬픔과 나이로 인해 내가 죽을 거라
다시는 네 얼굴을 못 볼 테니까,
가장 심한 내 저주를 받아 갖고 가거라.
네가 입은 모든 완벽한 갑주보다도
그 저주가 너의 힘을 피곤케 만들리라.
내 기도는 저쪽을 편들어 싸울 테며
에드워드 자식들의 조그만 영혼들이
네 적의 머릿속에 소곤거리며
승리와 승전을 약속해 주리라.
잔혹한 너는 잔혹한 끝을 맞게 되리라.
수치가 네 종이라 네 죽음을 도우리라. [퇴장]
왕비 할 말은 많지만 저주할 기운이 모자라
그 모든 말에 '아멘'이라 할 뿐이다.
리처드 왕 잠깐. 당신한테 한마디 할 게 있어요.
왕비 네가 죽일 왕의 혈통 가진 아들이
이제는 안 남았어. 딸들은 왕비가 되어
울지 않고, 기도하는 수녀들이 되리라.
그러니 그 애들을 치려 하지 말아라.
리처드 왕 엘리자베스란 딸이 어머니에게 있소.
덕스럽고 어여쁘며 왕가의 혈통이오.
왕비 그래서 죽어야 해? 살게 놔둬라.
그 애 품성을 타락시켜 밉게 만들고
남편의 침상에 수치를 저질렀다 떠들어
창피의 너울을 씌워놓겠다.
잔인한 살상의 상처 없이 살아가게
왕의 딸이 아니라고 자백할 테다.
리처드 왕 출생을 더럽히지 마시오. 왕의 혈통이오.
왕비 그 애를 살리기 위해 아니라고 하겠다.
리처드 왕 출생만이 안전한 길이 되오.
왕비 그런 안전 때문에 오빠들이 죽었어.
리처드 왕 그들이 태어날 때 별들이 나빴소.[66]
왕비 애들의 목숨에 친척들이 나빴지.
리처드 왕 정해진 운명은 피할 수 없소.
왕비 옳다. 은총을 거스르면 운명이 돼.
만일 네가 은총의 축복을 받았다면
내 애들은 보람된 죽음을 맞았을 거다.
리처드 왕 적들의 도전에서 승리하길 원하듯,
지금껏 당신이나 당신 자녀들에게
내가 끼친 해악들을 훨씬 능가할
멋있는 대접을 계획 중이오.
왕비 무슨 좋은 일이 있어 하늘의 얼굴로
가려놨다가 이제 나타나겠나?
리처드 왕 강력한 부인, 자녀의 출세지요.
왕비 단두대에 올라가 목이 잘릴 테지.
리처드 왕 아니요. 영화로운 위엄과 존엄이오.
이 세상 영광의 가장 높은 봉우리요.
왕비 그런 뜬소문으로 내 슬픔에 아첨해라.
무슨 지위, 무슨 존엄, 무슨 명예를
내 아이 누구에게 주겠다는 말이냐?
리처드 왕 내게 있는 모든 것, 나 자신과 전체를
당신 자녀 하나에게 넘겨줄 테요.
성난 당신 영혼의 망각의 강물[67]에
내가 저질렀다고 어머니가 추측하는
모든 슬픈 기억을 말끔히 씻으오.
왕비 간단히 말해라. 너의 친절 얘기가
친절의 기간을 넘길까 걱정이다.
리처드 왕 따님을 진심으로 사랑하니 그리 아시오.
왕비 나의 딸의 어머니가 속 깊이 따져봐.
리처드 왕 어떻게 생각하시오?
왕비 진심이 아닌 말로 내 딸을 사랑하고
진심이 아닌 말로 오빠들을 사랑했기에
진심이 아닌 말로 고맙다고 말한다.
리처드 왕 그처럼 성급하게 곡해하지 마시오.
진심으로 당신 딸을 사랑하는 까닭에
잉글랜드 왕비로 삼을 걸 결심했소.
왕비 그렇다면 그녀의 왕 될 자가 누구인가?
리처드 왕 그녀를 왕비로 삼는 자가 아니면 누구겠소?
왕비 아니, 네가?
리처드 왕 그래요, 나요. 어떻게 생각하오?

65 지금은 알 수 없지만 아마도 '굶었다'는 재담인 듯하다.
66 인간이 날 때 좋은 별의 기운을 받으면 행복하나 나쁜 별의 기운을 받으면 불행하다는 당시의 운명론.
67 '망각의 강'은 죽은 자의 혼령이 건너며 모든 것을 잊는다는 '레테' 강을 뜻한다.

왕비 어떻게 구애하겠냐?
리처드 왕 당신한테 배우겠소.
당신이 딸의 성격을 제일 잘 알테요.
왕비 그래서 배우겠다고?
리처드 왕 부인, 진심이오.
왕비 오빠들을 살해한 그자의 손아귀로
피 흘리는 심장 둘을 그녀에게 보내면서
'에드워드', '요크'를 새겨 넣어라. 그러면
그 애가 울 터이지. 네 아비에게 마거릿이
러틀랜드의 피로 적신 손수건을 보냈듯이
귀여운 동생들의 몸이 흘린 새빨간 즙에
적셨다고 하면서 손수건을 보내니
눈물을 그거로 닦으라 해.
그래도 사랑을 구하지 못할 때는
너의 중한 사업들의 기록을 보내라.
클래런스, 리버스 두 삼촌을 처치하고
내 딸을 위해서 착한 앤 숙모를
재빨리 처분한 사실을 적어 넣어라.
리처드 왕 허, 나를 놀리는군. 그런 방법으로는
딸을 얻기 글렀죠.
왕비 다른 길은 없어.
그런 짓을 저지른 리처드가 아니고
또 다른 리처드가 되기 전엔 어림도 없어.
리처드 왕 이 혼사로 잉글랜드의 평화를 강화하시오.
왕비 그 값으로 전쟁이 계속될 테지.
리처드 왕 명령할 수 있는 왕이 청한다 하시오.
왕비 왕 중 왕[68]이 금한 일을 행하란 소리구나.
리처드 왕 높고 강한 왕비가 될 거라 하시오.
왕비 어미처럼 그 지위를 한스럽게 여길 테지.
리처드 왕 내가 영원히 사랑하리라 하시오.
왕비 얼마쯤 그 지위가 '영원'하겠냐?
리처드 왕 행복한 삶의 끝이라고 설득하시오.
왕비 하지만 행복이 얼마쯤 오래 가냐?
리처드 왕 하늘과 자연이 연장시킬 만큼이오.
왕비 지옥과 리처드가 원하는 만큼이군.
리처드 왕 그녀의 왕인 내가 사랑의 신하라고 하시오.
왕비 그녀는 너의 신하이지만 그런 왕은 싫어해.
리처드 왕 나를 대신해서 멋지게 변호해요.
왕비 솔직한 이야기는 솔직해야 통한다.
리처드 왕 그러면 솔직하게 내 사랑을 말하시오.
왕비 솔직하되 부정직한 소리는 너무 거칠어.
리처드 왕 당신의 논리는 너무 얕고 독하오.
왕비 아니다. 내 논리는 너무 깊이 죽어 있어.
불쌍한 아이들, 너무 깊이 묻혔다.
리처드 왕 그런 줄은 건들지 마오. 지난 일이오.
왕비 심줄이 끊길 때까지 그 소리를 되뇌겠다.
리처드 왕 내 성 조지, 내 기사도, 내 왕관으로—
왕비 더럽히고 깨지고 세 번째로 가로챘지.
리처드 왕 맹세코—
왕비 헛소리는 맹세가 못 돼.
성 조지는 더럽혀서 거룩한 명예를 잃고
깨어진 기사도는 효력이 정지되고
빼앗은 왕관은 왕의 존엄을 더럽혔어.
믿음을 얻을 만큼 맹세를 하겠다면
네가 망치지 않은 거로 맹세해.
리처드 왕 그러면 세상으로—
왕비 네 못된 짓이 꽉 차 있다.
리처드 왕 내 아버지 죽음으로—
왕비 네 목숨이 망쳤다.
리처드 왕 그러면 나 자신으로—
왕비 네 자신을 악용했다.
리처드 왕 그렇다면 하느님으로—
왕비 가장 몹시 당하셨다.
그분과의 맹세를 깨는 게 두려웠다면
네 형이 왕으로서 이룩했던 통일도
깨지지 않았고 내 오빠도 안 죽었겠지.
그분과의 맹세를 깨는 게 두려웠다면
네 이마에 둘려 있는 제왕의 금관은
내 아들의 머리를 장식했을 터이니
왕자 둘이 이승에서 살아 숨 쉴 건데
이제는 땅속에서 함께 자고 있으니
네가 맹세를 어겼기에 벌레 밥이 되었다.
리처드 왕 미래에 걸어—
왕비 과거에 이미 망쳤다.
네가 내 과거를 망쳐버려서
미래를 씻어낼 눈물이 한없이 많아.
네가 죽인 부모의 자식들은 살아남아서
마구 보낸 청춘처럼 늙어가며 탄식하고

68 즉 하느님. 근친혼은 기독교의 강력한 금기 사항이다. 리처드 왕과 왕비의 딸은 숙질간이다.

네가 죽인 자식들의 부모는 살아서
메마른 고목처럼 늙어가며 탄식해.
미래에 걸어서 맹세하지 말아라.
과거를 망쳤으니 쓰기 전에 망쳤어.
리처드 왕 내가 복을 누리며 뉘우치려는 만큼
위험한 대적에게 승리하길 기원하오.
내가 나를 망치고 하늘과 행운이
행복한 시간을 빼앗아가고,
낮은 빛을 안 주고 밤은 잠을 안 주며,
행운의 별들이 하나같이 나의 일과
어긋나도 괜찮소. 순결한 사랑과
깨끗한 열정과 거룩한 마음을
어여쁜 공주에게 바치지 않는다면—
당신과 나의 행복은 그녀에게 달렸으니—
그녀가 없이는 이 땅과 나와 당신과
그녀 자신과 허다한 기독교인 영혼에
구슬픈 황폐와 파괴가 따라올 거요.
이 길밖에 피할 수 없는 일이라.
이 길만이 피하려 하지 않는 일이라서
착하신 장모님,—그렇게 불러야지요.—
사랑의 변호인이 되어주시오.
과거 아닌 미래에, 지난날의 공적이 아닌,
앞날에 성취할 공적으로 변호하시오.
이 시대의 필요를 역설하시고
대국적으로 사적인 감정을 접으시오.
왕비 이처럼 마귀에게 유혹을 받아야 하나?
리처드 왕 예. 마귀가 잘하려고 유혹한다면.—
왕비 내가 나 되기를 잊어야 하나?
리처드 왕 예. 자신의 기억이 자신을 해한다면.—
왕비 하지만 네가 내 애들을 죽였어.
리처드 왕 하지만 따님의 자궁 속에 그들을 묻으니
향기로운 둥지에서 아이들이 생겨나서
다시금 당신에게 위안이 될 거요.
왕비 내 딸을 네 뜻으로 설득하란 말인가?
리처드 왕 그리해서 행복한 어머니가 되시오.
왕비 그럼 간다. 내게 빨리 편지해라.
리처드 왕 진실한 사랑의 키스를 보내요.
[키스하며] 잘 가시오. [왕비 퇴장]
속 풀린 멍청이, 얄팍한 변덕쟁이.
[랫클리프 등장]
랫클리프 전하께 아룁니다. 서부 해안에
강력한 해군이 달려들고, 미심쩍은
우리 편은 건성으로 많이 모여들었으나
무장을 하지 않고 반격할 뜻이 없습니다.
리치먼드가 적군의 사령관이랍니다.
그처럼 저들은 정박 중에 있으며
버킹엄의 합세를 기다릴 뿐입니다.
리처드 왕 발 빠른 누군가가 노폭에게 달려가라.
랫클리프 너나 케이츠비.—어디 있나?
케이츠비 여기 있습니다.
리처드 왕 노폭에게 달려가라. [랫클리프에게]
솔즈베리로 달려가라.
너 거기 가면— [케이츠비에게]
멍청한 놈이구나.
왜 그냥 서서 공작에게 안 가는가?
케이츠비 위대하신 임금 전하, 먼저 알려주십시오.
공작께 무슨 말씀 드릴지—
리처드 왕 아, 참말 그렇다, 케이츠비. 가능한 한
최대의 병력을 즉시 동원하여서
솔즈베리에서 나를 만나라 하라. [케이츠비 퇴장]
랫클리프 솔즈베리에서 제가 무슨 일 하기를
원하십니까?
리처드 왕 내가 갈 때까지 너는 거기서 무얼 하겠나?
랫클리프 앞서 달려가라 하셨습니다.
리처드 왕 내 생각 변했다, 생각이 변했다고.
[더비 백작 스탠리 공 등장]
오, 무슨 소식 가져왔소?
더비 백작 스탠리 들으시고 기뻐하실 소식은 아니지만
말을 잘하면 나쁜 소식도 아닙니다.
리처드 왕 에잇! 좋지도 나쁘지도 않은 수수께끼군.
얘기를 가깝게 할 수 있는데
어째서 이리저리 에둘러 가오?
다시 묻는데, 뭐요?
더비 백작 스탠리 리치먼드가 바다 위에 있습니다.
리처드 왕 그렇다면 바다에 가라앉게 내버려둔다.
간덩이 허연 겁보! 거기서 뭘 한대?
더비 백작 스탠리 강력하신 임금 전하, 짐작할 뿐입니다.
리처드 왕 그래서 짐작이 뭔가? 짐작이 뭔가?
더비 백작 스탠리 도싯, 버킹엄, 엘리가 부추겨서
왕권을 주장코자 잉글랜드로 옵니다.
리처드 왕 자리가 비었는가? 칼이 가만있는가?
왕이 죽었는가? 왕국의 주인이 없는가?

요크의 후예 중 나 말고 누구인가?
위대한 요크의 후예 말고 누가 왕인가?
그러므로 말하라. 바다에서 무얼 하는가?
더비 백작 스탠리 그밖에는 짐작하지 못합니다.
리처드 왕 너희 왕이 되려고 온다는 거밖에는—
그 웨일스 놈[69]이 왜 오는지 짐작도 못해?
너도 반역해서 놈에게 붙을 거 같다.
더비 백작 스탠리 아닙니다, 전하. 그런 의심 마십시오.
리처드 왕 그러면 놈을 물리칠 네 군대는 어디 있냐?
네 소작인과 추종자가 어디 있냐고?
지금 서부 해안에서 배를 내린 반란군을
안전하게 인도하고 있지 않은가?
더비 백작 스탠리 아닙니다. 제 군대는 북쪽에 있습니다.
리처드 왕 리처드에게는 냉담한 군대다.
북쪽에서 뭘 하는가? 서쪽에서 왕을 안 돕고?
더비 백작 스탠리 강력하신 임금 전하, 명령이 없었습니다.
전하께서 저에게 허락해 주십시오.
우군을 동원해서 전하께서 바라시는
시간과 장소에서 만나 뵙겠습니다.
리처드 왕 그렇지. 가서 리치먼드와 합세하겠다.
널 안 믿겠다.
더비 백작 스탠리 강력하신 임금 전하.
저의 충정을 의심하실 이유가 없습니다.
과거나 현재나 거짓된 적 없습니다.
리처드 왕 그러면 군대를 동원하라. 그러나
네 아들은 남겨둬라. 단단히 결심하라.
그 아이 머리의 안전은 약할 뿐이다.
더비 백작 스탠리 제가 충성할 만큼 애를 다뤄 주십시오. [퇴장]
[전령 등장]
전령 1 전하, 제가 자세히 들은 바에 의하면
현재 디본셔[70]에서 코트니 경과 그의 형인
그곳의 교만한 성직자, 엑서터 주교가
수많은 공모자와 더불어 봉기했다 합니다.
[다른 전령 등장]
전령 2 전하, 켄트에서 길포드 일가가 일어났다 합니다.
시간이 지나면서 더 많은 동맹군들이
속속 모여들어서 세력이 늘어납니다.
[또 다른 전령 등장]
전령 3 전하, 버킹엄 공작의 군대가—
리처드 왕 꺼져라, 올빼미 놈들![71] 죽는 소리뿐이다.
[전령을 때린다.]
희소식 전하기 전엔 이거 먹어라.
전령 3 오해십니다. 제 소식은 좋은 겁니다.
갑자기 물이 붇고 폭우가 내려
버킹엄의 군대는 산산이 흩어지고
그 역시 도주했지만 행방은 모릅니다.
리처드 왕 오, 용서해줘. 내가 잘못 알았다.
랫클리프, 때린 값을 보상해줘.
버킹엄을 잡는 자를 포상한다고
어떤 좋은 친구가 공고했는가?
전령 3 그러한 공고가 있었습니다.
[또 다른 전령 등장]
전령 4 토머스 러벌 경과 도싯 후작이
무장하고 있다는 소문이 들립니다.
그러나 희소식도 말씀드리니,
브리튼 해군들이 헤어졌다 합니다.
리치먼드가 도셔에서 배를 보내어
해안에 있는 자들에게 뉘 편인가 물었더니
자기들은 버킹엄에게서 왔다 하여서
리치먼드는 그 말에 의심을 품고
돛을 올려 브리튼에 돌아갔던 것입니다.
리처드 왕 무장 중인 우리는 오로지 전진한다.
외국의 원수들과 싸우지 않는다면
국내의 반란군을 진압하려고 나아간다.
[케이츠비 등장]
케이츠비 전하, 버킹엄 공작이 잡혔습니다.
최고의 희소식은 그것이며, 리치먼드가
대군을 거느리고 밀포드[72]에 닿은 것은
악소식이나 말씀드릴 수밖에 없습니다.
리처드 왕 솔즈베리로 출발! 여기서 떠들 동안
제왕의 전쟁이 왔다 갔다 하겠다.
명에 따라 몇 사람이 버킹엄을 솔즈베리로
압송하라. 나머지는 나와 함께 전진한다.
[나팔과 북이 울린다. 모두 퇴장.
왕좌를 치운다.]

69 리치먼드의 조부는 웨일스의 귀족 오웬 튜더였다. 그 조모는 헨리 5세의 과부였다.
70 잉글랜드 남서부의 군(郡). 엑서터가 그 중심지.
71 밤중에 우는 올빼미의 음산한 울음은 죽음을 예고한다고 믿어졌다.
72 웨일스의 서남부에 있는 포구. 리치먼드의 조상은 웨일스의 귀족이었다.

## 4. 5

[더비 백작 스탠리와 크리스토퍼 경 등장]
더비 백작 스탠리 리치먼드에게 전할 말씀은
내 아들이 잔인한 멧돼지 우리 속에
잡혀 있다 하시오. 내가 항거한다면
나의 어린 아들이 머리가 날아가오.
그것이 두려워 당장 돕지 못하오.
그런데 리치먼드 백작은 어디 계시오?
크리스토퍼 웨일스의 펨브룩이나 하포드웨스트요.
더비 백작 스탠리 그분께 가는 저명인사가 있소?
크리스토퍼 이름 높은 군사인 월터 허벗 경,
길벗 톨봇 경, 윌리엄 스탠리 경,
옥스퍼드, 고명한 펨브룩, 블런트 경,
용맹한 무리와 함께한 라이스 압 토머스,
기타 높은 명성과 지위의 인사들로
중도에서 전투의 도전을 받지 않으면
런던을 향하여 나아가는 중이오.
더비 백작 스탠리 당신의 대공에게 돌아가 안부하고
왕비가 진심으로 자기 딸과 그자에게
결혼을 허락한 사실을 전해주시오.
내 마음을 이 편지가 알릴 것이오.
잘 가시오. [서로 헤어져 퇴장]

## 5. 1

[버킹엄이 랫클리프와 호송원과 함께
사형장에 등장]
버킹엄 리처드 왕이 내 말을 안 듣겠다 하는가?
랫클리프 그러시오. 따라서 참으시오.
버킹엄 헤이스팅스, 에드워드의 자식들,
리버스, 그레이, 거룩한 헨리 왕,
잘생겼던 에드워드 왕자, 본, 암살과
뇌물과 치사한 불법에 죽은 숱한 자들,
당신들의 분노한 불만의 영혼들이
이 순간 구름 속을 내려다보면
속이 시원하도록 내 파멸을 놀려대라.
이 사람아, '위령의 날'[73]이 오늘인가?
랫클리프 그렇습니다.
버킹엄 그렇다면 위령의 날이 내 몸의 심판일이군.
에드워드 왕 시절에 그의 자녀나
왕비의 인척에게 나의 못된 반역이
발각되는 그날이 이날이길 원했다.
내가 가장 신임하던 자에게 속아
파멸하길 원했던 그날이거든.
위령의 날이야말로 죄의 벌을 받게끔
두려운 내 영혼에 예정된 날이다.
우습게 보았던 전지전능하신 분이
나의 거짓 기도를 내 머리에 돌리시고
장난으로 구한 걸 사실대로 주셨구나.
하느님은 이처럼 악한 칼을 돌려서
그 임자의 가슴팍을 겨냥하게 하신다.
마거릿의 저주가 내 머리에 내렸어.
"리처드가 네 가슴을 슬픔으로 찢을 때에
마거릿의 예언을 기억하라." 했다.
이제 나를 수치의 단두대로 데리고 가라.
불의는 불의를, 욕은 욕을 얻는다. [모두 퇴장]

## 5. 2

[편지를 든 리치먼드와 귀족들이 고수들과
나팔수들과 함께 등장]
리치먼드 함께하는 병사들, 사랑하는 친구들,
폭정의 멍에 아래 상처를 입었으나
이 나라 심장부로 이처럼 깊숙이
저항 없이 행군했소. 그러한 와중에
여기 부친[74]으로부터 위로와 격려의
글월이 왔소. 여러분의 여름 밭과
열매 맺힌 포도원을 황폐케 하는
천박하며 잔인한 찬탈자 멧돼지가
여러분의 더운 피를 찌끼처럼 마시고
여러분의 가슴속을 여물통 삼고 있는

73 중세 가톨릭교회에서 11월 2일에 지키는, 모든 영혼을 위로하는 날(All Souls Day). 이날에, 죽은 자들의 영혼이 연옥에서 나와서 죄지은 자에게 나타난다고 했다. 우리말은 일본어를 따라서 '만성절'이라고 부른다.

74 더비 백작 스탠리 공은 과부였던 리치먼드의 모친과 결혼하였으므로 리치먼드는 그의 의붓아들이었다.

추악한 돼지가 지금 이 섬 한복판
레스터[75] 근처에 와 있다 하오.
템워스에서 그곳까지 불과 하룻길이니
용사들, 하느님 안에서 씩씩하게 나갑시다.
날카로운 전투의 피나는 아픔으로
영원한 평화를 단번에 거둡시다.
귀족 1 각자의 양심은 살인범에 대항하여
싸움을 벌이는 천 개의 칼입니다.
귀족 2 그쪽이던 자들도 우리 편이 될 겁니다.
귀족 3 겁에 질린 자밖에 친구 될 자 없으니
그가 몹시 요청할 때 매우 줄겠습니다.
리치먼드 모든 일이 유리하오. 그러므로 행군하오!
진정한 희망은 제비처럼 재빠르오.
왕은 신이 되고 낮은 자는 왕이 되오. [모두 퇴장]

## 5. 3

[리처드 왕, 노폭, 랫클리프, 케이츠비가
그 밖의 여러 사람과 함께 무장하고 등장]
리처드 왕 여기 보즈워스[76] 들판에 막사를 세운다.
[병사들이 열린 막사 둘을 세우기 시작한다.[77]]
이봐, 케이츠비, 왜 그리 울상인가?
케이츠비 마음은 얼굴보다 열 배 가볍습니다.
리처드 왕 노폭, 이리 오시오.
우리가 맞을 테지, 그렇지 않소?
노폭 주고받게 되겠지요.
리처드 왕 [병사들에게]
거기다 세워라! 오늘 밤 잘 데다.
하지만 내일은 어디지? 음, 상관없다.
누가 적의 숫자를 정탐했는가?
노폭 겨우 6, 7천이 됩니다.
리처드 왕 그렇소? 우리 군은 그의 세 배요.
왕이란 칭호 역시 강한 성이 되는데
저쪽 편 녀석들은 그것이 없소.
거기다 세워라!—용맹한 신사들,
전쟁터의 유리한 지점을 살펴봅시다.
유능한 전략가들을 불러오시오.
철저한 군기를 잡고 지체하지 마시오.
귀공들, 내일은 분주한 날이오. [모두 퇴장]

## 5. 4

[리치먼드가 귀족들과 여러 사람들과
함께 등장. 그중에 블런트가 끼어 있다.]
리치먼드 피로한 태양이 금빛으로 노을 짓고
자신의 불타는 마차[78]의 경로를 보여
내일 좋은 날씨의 징조를 알게 하오.
브랜든 경, 어디 있소? 내 기수로 삼겠소.
펨브룩 백작은 자기 부대와 함께하니
블런트 경, 내 저녁 인사를 전해주오.
그리고 내일 새벽 2시에 백작에게
나의 막사 안에서 만나자 하오.
가기 전에 한 가지 더 묻겠소.
더비 공의 주둔지가 어딘지 아오?
블런트 그분의 깃발을 잘못 보지 않았다면
—그럴 리 없으나— 그분의 부대는
리처드 왕의 주력에서 아마도
반 마일 남쪽에 자리해 있습니다.
리치먼드 블런트 경, 위험 없이 가능한 일이라면
방법을 강구하여 그와 말을 나누고,
이 중요 문서를 그에게 전달하오.
블런트 목숨 걸고 그리하겠습니다.
리치먼드 잘 가오, 블런트 경. [블런트 퇴장]
잉크와 종이를 막사에 갖다 주오.
[병사들이 책상, 의자, 잉크, 종이를
그의 막사로 가져온다.]
우리 군의 배치도를 작성하겠소.
지휘관 각자에게 지역을 정해주고
소수의 병력을 적절히 나누겠소.
그럼 내일 일에 관해서 논의합시다.
막사에 들어오오. 바람이 차오.

75 잉글랜드 중부에 있던 성읍들.
76 잉글랜드 중부 도시 근처에 있던 마을.
77 좁은 무대 위에 적대적인 두 대군의 수장이 각기 야전 막사에 들어 있는 이 장면은 확실히 사실적이지 않다. 그러나 관객의 상상 속에서 둘은 각기 보즈워스 마을 근처 들판에 멀리 떨어져 있는 본부 진영들로 자리 잡는다. 오히려 이러한 환상적인 무대 처리가 현대적이라 할 수 있다.
78 태양의 신 아폴로는 '불타는 마차'(즉 태양)를 몰아 하루 낮을 달린다고 하였다.

[그들이 그의 막사로 들어간다.]
[리처드 왕, 노폭, 랫클리프, 케이츠비가
그 밖의 사람과 함께 등장]
리처드 왕 몇 시인가?
케이츠비 여섯 시요. 석식 때가 됐습니다.
리처드 왕 오늘 저녁은 안 먹겠다. 잉크와 종이를 다오.
[병사들이 책상, 의자, 잉크, 종이, 등불을
그의 막사로 가져온다.]
내 얼굴 가리개가 예전보다 좋은가?
갑옷 전체를 막사에 가져왔는가?
케이츠비 예, 전하. 모든 것이 준비되었습니다.
리처드 왕 노폭 공, 당신의 부대로 달려가시오.
경비를 잘하시오. 든든한 보초를 고르시오.
노폭 전하, 가겠습니다.
리처드 왕 노폭 공, 종달새와 더불어 기상하시오.[79]
노폭 전하, 걱정 마십시오. [퇴장]
리처드 왕 케이츠비.
케이츠비 예.
리처드 왕 의전관 조수를 스탠리 부대에
파견하라. 해 뜨기 전에 자기 부대를
데리고 오라 하라. 그러지 않으면 아들놈이
영원히 눈먼 밤의 동굴 속에 떨어진다. [케이츠비 퇴장]
술 한 사발 채워 달라. 시계를 가져와라. [병사 퇴장]
내일 전투에 시리아 백마에 안장 메어라.
창대를 튼튼히 하고 너무 무겁지 않게 하라. [병사 퇴장]
랫클리프.
랫클리프 예.
리처드 왕 울적한 노섬벌랜드 백작을 보았는가?
랫클리프 그분과 서리 백작이 황혼 무렵에
이 부대 저 부대 전군을 돌며
병사들의 사기를 북돋았습니다.
리처드 왕 그렇군. 잘됐다.
[병사가 술을 들고 등장]
술 한 잔 가져와라.
내가 항상 소유하던 민첩한 기백과
신나는 기분이 지금은 사라졌다.
거기 놓아라. 잉크와 종이가 준비됐는가?
랫클리프 예, 전하.
리처드 왕 보초에게 경비시켜라. 그럼 가봐라.
자정쯤 막사에 와라. 가라니까!
[랫클리프와 그 밖의 사람들 퇴장]

[리처드가 막사에 들어간다. 글을 쓰고
잠시 후 잠이 든다.]
[더비 백작 스탠리가 리치먼드와 그의
귀족들이 있는 막사에 등장]
더비 백작 스탠리 그 투구에 행운과 승리가 있기를!
리치먼드 귀하신 아버님, 검은 밤이 줄 수 있는
모든 평안이 존체에 있기 원합니다.
사랑하는 어머님은 어찌 지내시나요?
더비 백작 스탠리 어머니를 대신하여 당신을 축복하오.
어머니는 끊임없이 기도하오.
그쯤 해두고—말없는 시간이 흘러
동천에는 희뿌연 어둠이 흩어져 가오.
때가 때인 만큼, 간략히 말하면,
아침 일찍이 군대를 준비시켜
잔혹한 창칼과 전쟁의 심판이란
죽음의 가위질[80]에 운명을 거시오.
원하는 대로는 못 하는 형편이나
눈가림을 하다가 적절한 시기에
의심쩍은 싸움에서 당신을 돕겠소.
그러나 지나치게 나서지는 못하겠소.
왕이 보는 날에는 어린 아우 조지가
아버지 면전에서 처형을 당하오.
잘 있으오. 초조와 불안의 시간이
오래전에 헤어진 친지들이 법도에 맞는
예절 바른 사랑과 정다운 이야기를
마음껏 나누기를 끊어버리오.
사랑의 예절을 보일 때가 어서 오기를!
다시금 잘 있으오. 용감하여 승리하오.
리치먼드 귀공들, 이분의 부대로 모셔 가시오.
심란한 마음과 싸우며 잠시 쉬겠소.
내일, 승리의 날개로 솟지 못하고
무거운 졸음에 눌려서는 아니 되겠소.
귀공들, 다시 말하오, 편히 쉬시오.
[더비 백작 스탠리와 귀족들 퇴장]
[리치먼드가 무릎 꿇는다.]
오, 주여, 당신의 용사 중 하나이니,

79 종달새는 날이 밝자마자 하늘에 솟아오른다. '매우 일찍'이란 말이다.
80 운명의 여신(아트로포스)이 사람의 명줄을 가위로 자르면 그 사람은 죽는다.

은총의 눈으로 제 군대를 살피소서.
진노의 창칼을 그들 손이 쥐게 하여
찬탈자 대적들의 투구들을 깨뜨리고
무겁게 누르게 하옵소서. 그리하여
승리로써 주님을 찬양케 하소서.
저의 눈의 창문을 닫기에 앞서
깨어 있는 영혼들을 주께 맡기나이다.
자나 깨나 항상 저를 지켜주소서! [잠든다.]
[헨리 6세의 아들인 어린 에드워드
왕자의 유령이 리처드에게 등장]

유령 내일 너의 영혼 위에 무겁게 앉겠다.
튜크스베리 들판에서 한창 때의 젊은 나를
찌른 것을 기억하고 절망하고 죽어라.
[리치먼드에게]
리치먼드, 기뻐하라. 살해당한 왕자들의
억울한 영혼들이 너를 위해 싸운다.
헨리 왕의 아들이 너에게 위로한다. [퇴장]
[헨리 6세의 유령 등장]

유령 [리처드에게]
너는 내가 살았을 때 기름 부은 내 몸에
끔찍한 구멍들을 수도 없이 꿰뚫었다.
타워와 나를 기억하라. 절망하고 죽어라.
헨리 6세도 너에게 절망하고 죽으라 한다.
[리치먼드에게]
선하고 거룩한 너는 승리자가 되어라.
네가 왕이 될 것을 예언한 헨리가
잠든 너를 위로한다. 살아서 승리하라. [퇴장]
[클래런스의 유령 등장]

유령 [리처드에게]
나는 내일 네 영혼을 무겁게 누르겠다.
역한 술에 빠져 죽은 불쌍한 클래런스는
네 간계에 속아서 죽음에 이르렀다.
내일 있을 싸움에서 나를 기억하면서
무딘 칼을 놓아라. 절망하고 죽어라.
[리치먼드에게]
너, 랭커스터 가문의 후손이여,
요크의 억울한 자손이 너를 위해 기도한다.
천사들이 너의 싸움 지키시길! 살아서 승리하라. [퇴장]
[리버스, 그레이, 본의 유령들 등장]

리버스의 유령 [리처드에게]
폼프릿에서 죽은 리버스가 내일 네 영혼을
무겁게 누르겠다. 절망하고 죽어라.

그레이의 유령 [리처드에게]
그레이를 기억하라. 영혼이 절망하라.

본의 유령 [리처드에게]
본을 기억하라. 죄를 지은 두려움에
너의 창을 떨구리라. 절망하고 죽어라.

모두 [리치먼드에게]
일어나라. 우리가 당한 리처드의 악행이
그를 정복할 것을 기억하라. 일어나 승리하라. [유령들 퇴장]
[두 어린 왕자들의 유령들 등장]

유령들 [리처드에게]
타워에서 질식시킨 조카들의 꿈을 꿔라.
너의 가슴속에서 납처럼 무거워서
파멸, 수치, 죽음으로 너를 끌어내릴 테다.
조카들의 영혼이 절망하고 죽으라고 한다.
[리치먼드에게]
리치먼드, 평화 중에 잠자고 기쁨 중에 일어나라.
멧돼지의 광란에서 천사들이 보호하길!
살아서 행복한 왕들의 후손들을 낳아라.
에드워드의 아이들이 승리를 기원한다. [유령들 퇴장]
[헤이스팅스의 유령 등장]

유령 [리처드에게]
잔악하고 죄 많은 자, 죄를 안고 일어나
잔악한 싸움에서 최후를 맞아라.
헤이스팅스를 기억하라. 절망하고 죽어라.
[리치먼드에게]
평온하고 신실한 영혼이여, 잠을 깨어라.
무장하라. 싸워라. 이 나라를 위하여 이겨라. [퇴장]
[그의 아내 앤 부인의 유령 등장]

유령 [리처드에게] 리처드, 불행한 앤, 네 아내다.
한 시간도 조용히 너와 자지 못한 내가
너의 잠을 불안으로 가득 메운다.
내일의 싸움에서 나를 기억하고서
무딘 칼을 놓아라. 절망하고 죽어라.
[리치먼드에게] 평온한 영혼이여, 평온히 자라.
성공과 행복한 승리를 꿈꾸어라.
원수의 아내가 너를 위해 기도한다. [퇴장]
[버킹엄의 유령 등장]

유령 [리처드에게]
처음 내가 너를 도와 왕관을 쓰게 했다.
내가 마지막으로 네 포악을 당하였다.

너는 오늘 싸우면서 버킹엄을 기억하라.
네가 지은 죄에 대해 공포 속에 죽어라.
못된 짓과 죽음을 꿈에 보고 또 봐라.
기절하며 절망하라. 절망하며 숨을 거둬라.
[리치먼드에게]
너를 도와주려다가 희망 중에 죽었다.
그러나 기뻐하라. 두려워하지 마라.
하느님과 천사들이 네 편에서 싸우신다.
리처드는 교만의 정점에서 추락하리라. [퇴장]
[리처드가 놀라서 꿈을 깬다.]

리처드 왕 다른 말 가져와라! 상처들을 처매 달라!
예수여, 자비를 베푸소서!—휴, 꿈이다.
겁쟁이 양심아, 괜히 괴롭히누나!
촛불 색이 퍼렇다.[81] 쥐 죽은 밤이다.
떨리는 살결에 식은땀이 돋누나.
무엇이 무서운가? 나 자신이? 아무도 없는데.
리처드는 리처드를 사랑한다. 다시 말해
내가 나를 사랑한다. 살인자가 보이는가?
없다.—아니, 나다. 달아나라. 나로부터?
이유는? 복수가 무서워서. 나한테 복수를?
나야말로 나 자신을 사랑한다. 왜 그런가?
무엇이든 좋은 짓을 해주었기 때문이다.
—그게 아니지. 내가 저지른 악행 때문에
오히려 나 자신이 미워지누나.
나는 악한 놈이다.—거짓말! 그렇지 않다.
바보, 잘난 척해라.—바보, 그게 아첨이다.
내 양심은 천 가지 혓바닥을 갖고 있어서,
저마다 딴소리를 외쳐대는데
소리마다 나더러 악당이라 욕하는데—
깨뜨리고 깨뜨리는 맹세들의 최일류!—
끔찍하고 끔찍한 살인들의 최일류!—
저마다 최일류로 저지른 범죄들이
법관에게 몰려와 '유죄! 유죄!'를 외치니
나는 절망뿐이고 동정할 자가 없다.
나 죽으면 아무도 동정하지 않을 테지.
어째서 나를 동정할 수 있겠는가!
나도 나 자신을 동정하지 않으니—
내가 죽인 사람들의 영혼 전부가
막사에 찾아와서 저마다 내 머리에
내일의 복수가 내린다고 겁을 주누나.
[랫클리프 등장]

랫클리프 전하.

리처드 왕 젠장, 또 누구냐?

랫클리프 저요. 랫클리프요. 마을의 수탉이
새벽에게 인사를 두 차례 했습니다.
우군들이 기상하여 갑옷을 입습니다.

리처드 왕 오, 랫클리프. 무서운 꿈을 꾸었다.
어떤가? 우리 편 친구들이 모두 충성할 건가?

랫클리프 확실합니다.

리처드 왕 걱정이다, 걱정, 랫클리프.

랫클리프 전하, 허깨비 따위에 겁내지 마십시오.

리처드 왕 사도 바울에 맹세코, 지난밤의 허깨비가
경망한 리치먼드가 실지로 인솔하는
1만 명의 철갑 무장 군대보다도
리처드 영혼에 더욱 큰 공포를 안겨줬다.
날이 밝기 전이다. 나하고 같이 가자.
우리 막사들에서 염탐꾼 노릇으로
하나라도 내빼려 하는지 알아보겠다.
[리처드와 랫클리프 퇴장]
[막사에 앉은 리치먼드에게 귀족들 등장]

귀족들 리치먼드 백작님, 좋은 아침을!

리치먼드 아, 용서하시오. 여러분은 깨어 계시오.
게으른 느림보를 여기서 붙잡으셨소.

귀족 주무셨나요?

리치먼드 당신들이 떠난 후 졸리는 머리에
달콤한 잠과 놀라운 꿈이 찾아왔소.
리처드가 살해한 수많은 영혼들이
막사에 나타나 승전을 기원했소.
그토록 좋은 꿈을 생각하면서
말할 수 없을 만큼 내 영혼이 기쁘오.
귀공들, 새벽이 얼마나 되었소?

귀족 4시 정각입니다.

리치먼드 [앞으로 나서며]
오, 그러면 무장하고 지휘할 시간이오.
[병사들을 향한 그의 웅변]
사랑하는 동포들, 말한 것에 더하여
그 이상 말하기는 사정이 여의치 않아
시간이 모자라오. 그러나 잊지 마시오.
하느님과 정의가 우리 편을 드시오.

81 혼령이 근처에 있다는 표시라고 생각했었다.

거룩한 성자들과 억울한 영혼들이
기도의 방벽으로 우리 앞을 막아주오.
리처드를 제외하고 도리어 우리 적이
우리의 승전을 바라고 있소.
그자가 누구요? 진실로 그자는
핏속에서 자라고 핏속에서 왕이 됐소.
온갖 것을 얻기 위해 수단을 꾸며냈고
수단으로 사용했던 자들을 죽여 없앴소.
함부로 차지한 잉글랜드 왕좌라는
겉치장 덕분에 값이 오른 못된 돌이
언제나 하느님의 원수가 되었기에
당신들은 하느님의 원수와 싸울 터이니
마땅히 군인들을 지켜주실 것이오.
폭군을 눕힐 때에 당신들이 수고하면
폭군의 죽음으로 평화 중에 자게 되오.
당신들이 이 나라의 원수와 맞서 싸우면
기름진 이 나라가 수고에 보답하며,
당신들이 아내를 위하여 싸운다면
아내들이 승전자를 자랑스레 맞게 되오.
당신들이 자녀를 칼날에서 해방하면
자녀들의 자녀가 노인들께 보답하오.
하느님의 이름과 이러한 정의들로
깃발을 앞세우고 의기의 칼을 빼오.
담대한 이 일에서 내가 바칠 몸값은
차가운 땅에 던진 차가운 몸뿐이오.[82]
그러나 승리하면 이번 일의 이익은
가장 낮은 자라도 제 몫을 받게 되오.
당당하고 기운차게 북과 나팔을 울려라!
하느님과 세인트 조지! 리치먼드와 승리!
[북과 나팔 소리. 모두 퇴장]

## 5. 5

[리처드 왕, 랫클리프, 그 밖의 사람들 등장]
리처드 왕 노섬벌랜드가 리치먼드에 관해서 뭐라던가?
랫클리프 무술을 배운 적이 없다더군요.
리처드 왕 사실을 말했군. 서리는 뭐라고 해?
랫클리프 웃으면서 "우리 일에 잘 맞네"라 하던데요.
리처드 왕 바로 맞췄다. 그게 사실이니까.
[시계가 소리를 낸다.]
시계 소리 세어봐라. 달력 하나 가져와라.
오늘 누가 해를 보았는가?
랫클리프 저는 아닙니다.
리처드 왕 [달력을 들여다보며]
비칠 뜻이 없다는군. 달력을 보면
한 시간 전에 동쪽을 장식해야 하는데.
누구에겐 새카만 날이지. 랫클리프!
랫클리프 예?
리처드 왕 오늘은 해가 나타나지 않겠다.
하늘은 군대 위에 음산하게 찌푸렸다.
눈물 같은 이슬은 땅에서 솟았겠지.
오늘은 햇빛이 없으나, 리치먼드나
나나 마찬가지 아닌가? 같은 하늘이
내게도 찌푸리고 그자도 침울히 내려다본다.
[노폭 등장]
노폭 전하, 무장하시오! 적들이 들판에서 뽐내오.
리처드 왕 빨리빨리 해라! 말에 안장 메어라.
[리처드가 무장한다.]
더비를 불러와. 군대 데려와라.
[병사 한 사람 퇴장]
군대를 이끌고 평지로 나가겠다.
다음과 같이 부대를 정렬한다.
선봉군은 기병과 보병을 동수로
구성하여 모두 종대로 벌려 선다.
궁수들은 가운데에 위치한다.
노폭 공작, 서리 백작이 기병과 보병을
지휘한다. 이렇게 지휘를 맡기고
나는 주력군에 속하여 전진한다.
주력군은 양쪽의 강력한 기병으로
튼튼히 호위한다. 이러한 작전에
'세인트 조지!'도 부르기요.[83] 생각이 어떻소?
노폭 좋은 작전입니다. 용맹하신 왕 전하.
[왕에게 종이쪽을 보여준다.]
오늘 아침 막사에서 내 눈에 띕디다.
"노폭의 조키야, 너무 젠체하지 마라.

82 포로로 잡힌 자는 조국이나 고향의 친지들이 모아 보내는 몸값을 내고 풀려났다. 리치먼드는 그런 몸값이 없이 오직 싸우다가 죽겠다는 것이다.
83 '세인트 조지!'라는 잉글랜드 군대의 전통적 구호를 비꼬아 말하고 있다.

너의 주인 디킨이 사고팔렸느니라."[84]
리처드 왕 적들이 꾸며낸 못난 짓이오.
귀공들, 각자는 제자리를 찾아가오.
꿈 소리에 영혼들이 겁을 내선 안 되오.
양심이란 겁쟁이가 쓰는 말에 불과하오.
강한 자를 겁내라고 만든 말이오.
굳센 팔이 양심이며 칼이 법이오.
나아가라! 용감하게 맞붙어라! 모두 마구 덤벼라!
하늘이 아니면 손을 마주 잡고 지옥에 가자.
[병사들을 향하는 그의 웅변]
이미 말을 했으니 무슨 말을 더할까?
당신들이 누구와 싸우는지 기억하라.
부랑자, 양아치, 도망자의 무리들,
브리튼의 쓰레기, 천박한 농사꾼들,
좁아터진 나라가 토해내는 놈들이라,
죽음도 마지않고 파멸도 확실하다.
편히 잠든 당신들을 불편으로 불러냈다.
토지의 임자이며 어여쁜 아내들로
축복받은 당신들을 강탈하려 하는데
그자들의 인솔자는 볼품없는 녀석이다.
내 어머니 비용[85]으로 브리튼 바닥에서
오랫동안 양육받은, 젖내 나는 애니까
눈을 밟은 신발도 느껴보지 못했던가?
부랑자를 바다 너머로 다시 내쫓자.
건방진 프랑스의 누더기, 굶주린 거지,
목숨이 고된 자를 이 땅에서 때려 쫓자.
어리석은 이 전쟁을 꿈도 꾸지 못했다면
궁한 쥐새끼처럼 목을 맸을 놈들이다.
질 수밖에 없다면 브리튼의 쌍놈 말고
진짜한테 져도 좋다. 우리의 조상들이[86]
놈들을 제 땅에서 패주고 걷어차서
창피의 상속자로 기록에 남겼다.
딸들을 강탈해?
[멀리서 북소리]
놈들의 북소리가 들린다.
싸워라, 잉글랜드 신사들, 용맹한 향사들!
궁수들아, 활촉까지 화살들을 잡아당겨라!
힘찬 말에 박차를 가하라! 핏속을 달려라!
부서지는 창대로 하늘을 놀라게 하라!
[전령 등장]
더비 공이 뭐라던가? 군대를 데려오는가?
전령 전하, 오기를 거절합니다.
리처드 왕 아이새끼 대가리 쳐!
노폭 전하, 적들이 늪을 지났습니다.
전투 후에 조지를 죽이십시오.
리처드 왕 천 개의 심장이 가슴속에 뛰고 있다.
깃발을 앞세워라! 적군에 달려들라!
우리의 태곳적 용맹의 구호, 세인트 조지!
우리 속에 불타는 용의 분노를 가득 채워라!
달려들라! 투구 위에 승리가 앉아 있다. [모두 퇴장]

## 5. 6

[경계 신호. 공격 신호. 케이츠비 등장]
케이츠비 [외친다] 원군을! 노폭 공, 원군을 보내요!
전하가 인간 이상의 기적을 행하시오.
적수마다 위험을 무릅쓰고 덤벼드시오.
왕의 말이 죽어서 서신 채로 싸우시오.
죽음의 문간에서 리치먼드를 찾으시오.
공작님, 원군을! 아니면 패전이오!
[경계 신호. 리처드 등장]
리처드 왕 말 한 마리! 말 한 마리! 나라 대신 말 한 마리!
케이츠비 전하, 물러서시오. 말 구해 올게요.
리처드 왕 이놈, 주사위 한판에 목숨 걸었다.
죽기 살기 승패에 한판 붙겠다.
리치먼드가 여섯 놈 되는 거 같다.
오늘 진짜 대신 다섯 놈 죽였다.
말 한 마리! 말 한 마리! 나라 대신 말 한 마리! [모두 퇴장]

## 5. 7

[공격 신호. 리처드와 리치먼드가 서로 만나며 등장.
둘이 싸운다. 리처드가 죽는다. 리치먼드 퇴장.
그러자 퇴각 신호와 주악이 울리고, 리치먼드,

84 '조키'와 '디킨'은 노폭의 이름 '존'과 왕의 이름 '리처드'를 가리키는 애칭들이다.
85 사실과 다름. 실상은 그의 먼 친척 형뻘 되는 프랑스의 버건디 공작이 후원했다.
86 주로 헨리 5세의 프랑스 정복을 뜻한다. 「헨리 5세」 참조.

왕관을 든 더비 백작 스탠리가 그 밖의 귀족들과
병사들과 함께 등장]

리치먼드 하느님과 여러분의 승전을 찬양하오.
우리가 승리하고 몹쓸 개가 죽었소.

더비 백작 스탠리 용맹한 리치먼드, 멋있게 책임을 수행했소.
이것 보시오. 당신의 이마를 장식하려고
오랫동안 빼앗겼던 바로 그 왕관을
잔인한 이자의 죽은 이마에서 벗겨 왔소.
왕관을 쓰고 즐기며 소중히 여기시오.
[리치먼드의 머리에 왕관을 올려놓는다.]

리치먼드 크신 하늘 하느님, 모두에게 '아멘'이오!
그런데 당신 아들 조지가 살아 있소?

더비 백작 스탠리 예. 레스터에 안전하게 살았습니다.
괜찮으시면 이제 거기로 가시지요.

리치먼드 양측에서 죽은 저명인사는 누구요?

더비 백작 스탠리 [문서를 읽는다.]
존 노폭 공작, 월터 페러스 공,
로버트 브레이큰베리 경, 윌리엄 브랜든 경.

리치먼드 신분에 어울리게 시신들을 묻으시오.
패주한 병사에게 우리에게 항복하여
돌아오면 사면한다고 선포하시오.
그러고는 성례전을 행한 다음에
흰 장미와 붉은 장미[87]를 결합하겠소.
두 장미의 분쟁에 노하셨던 하늘이여,
아름다운 결합에 미소를 보내소서.
이 말에 '아멘' 하지 않을 반역자가 누구요?
오래 광란한 잉글랜드가 자해하였소.
형제가 눈멀어 형제 피를 흘리고
아버지가 뜬금없이 아들을 죽이고
아들은 괜스레 아버지를 도륙했소.
모든 일이 요크와 랭커스터를 갈랐으며
끔찍한 분단으로 망쳐놓았소.
오, 이제 리치먼드와 엘리자베스,
두 왕가의 진정한 후계자로서
하느님의 올바르신 섭리로 결합하고
주님 뜻이 계시면, 저들의 후손들이
활짝 개인 평화와 웃음 짓는 풍요와
번성하는 세월로 훗날까지 복 주소서!
은총의 주여, 핏빛 세월을 돌리시어
불쌍한 잉글랜드를 핏물로 울리려는
반역자의 칼날을 무뎌지게 하소서.
이 강토의 평화를 반역으로 해할 자는
이 땅의 풍요를 맛보지 못하게 하소서.
상처가 아물며 평화가 살아나니
오래 여기 있도록, 주여, '아멘' 하소서. [모두 퇴장]

87 요크 공작 일족은 흰 장미를, 랭커스터 공작 일족은 붉은 장미를 달고 파당을 표시하여 30여 년 간 '장미전쟁'을 벌였다.

# 존 왕
# *King John*

## 연극의 인물들

존 왕 잉글랜드의 왕
엘리너 왕비 그의 어머니, 헨리 2세의 미망인
헨리 왕자 그의 아들, 나중에 잉글랜드의 헨리 3세
카스틸의 블랜취 그의 질녀. 훗날 프랑스 왕세자 루이스의 아내
제프리 피츠 피터 에섹스 백작
'장검' 윌리엄 솔즈베리 백작
윌리엄 마셜 펨브록 백작
비곳 공 로저 노폭 백작
(위 네 사람) 잉글랜드의 귀족들, 한때 프랑스의 연맹
폼프릿의 피터 잉글랜드의 '예언자'
살인자들 존 왕의 두 하인
잉글랜드의 의전관
전령 잉글랜드 측 전령

필립 포큰브리지 '서자' 또는 '리처드 플랜태저닛 경'으로 불림 잉글랜드의 리처드 1세('사자의 심장'[1])와 포큰브리지 부인 사이의 사생아
로버트 포큰브리지 죽은 로버트 포큰브리지 경과 포큰브리지 부인의 아들
포큰브리지 부인 필립 포큰브리지와 로버트 포큰브리지의 어머니
제임스 거니 포큰브리지 집안의 하인

필립 왕 프랑스 왕, 필립 2세
왕세자 루이스 필립 2세의 아들(프랑스어로는 루이)
멜룬 백작 프랑스의 귀족(프랑스어로는 믈룅)
샤티용 프랑스의 귀족. 존 왕에게 파견된 대사
프랑스 의전관
프랑스의 전령

콘스턴스 잉글랜드 헨리 2세의 죽은 아들 제프리의 아내
아서 그녀의 아들이고 존 왕의 조카이며 잉글랜드의 왕위 계승권자이고 나중에 브리타니 공작
오스트리아 공작 일명 '리모지스'로, 프랑스 필립 왕의 동맹(프랑스어로는 리모주)
팬덜프 추기경 법왕 이노센트 3세가 파견한 대사
휴벗 앤저스(프랑스어로는 앙제르)의 시민이며 나중에 잉글랜드의 지지자
앤저스의 시민
잉글랜드 어느 군의 군수

잉글랜드의 귀족들
잉글랜드의 병사들
잉글랜드의 시종들

프랑스의 귀족들
프랑스의 병사들
프랑스의 시종들

1 리처드 1세는 중세의 기사도에 투철하고 용맹한 왕으로 알려져 '사자 심장'이라는 별명이 붙었는데, 우리나라에는 '사자 왕' 리처드로 알려져 아래에서 그렇게 옮긴다.

## 존 왕의 삶과 죽음

### 1. 1

[주악. 존 왕, 엘리너 왕비, 펨브록, 에섹스,
솔즈베리 백작이 프랑스 대사 샤티용과
함께 등장]

존 왕 샤티용, 말하시오. 왕이 내게 무얼 원하오?
샤티용 프랑스 왕은 문안하시고 저를 통해
잉글랜드 전하에게—빌려 가진 칭호이지만—
이렇게 말씀하시오.
엘리너 왕비 시작 치곤 이상해. “빌려 가진 칭호?”
존 왕 어머니, 대사 말을 조용히 들으세요.
샤티용 프랑스의 필립 공은 고인이 된 당신의 형
제프리의 아들 아서 플랜태저닛을
법적으로 대신하여 아름다운 이 섬과
아일랜드, 푸와티에, 앙주, 투렌, 메인 등,
영지에 합당한 계승권을 요청하시오.
이에 대한 불법적인 찬탈을 지배하는
당신의 검을 내려놓길 원하시고,
그것을 당신의 조카요 정당한 국왕인
젊은 아서의 손에 넘기기를 원하시오.
존 왕 내가 거절하면 어찌 되는가?
샤티용 맹렬한 전쟁의 강력한 응징으로
강압으로 점거당한 권리를 쟁취하여—
존 왕 전쟁엔 전쟁, 피에는 피, 응징엔
응징이 있소. 왕에게 그리 답하오.
샤티용 그리하면 우리 왕의 도전을 받게 되오.
본인이 위임받은 권한이 그것이오.
존 왕 내가 도전한다고 하오. 편히 돌아가는데
프랑스 왕 앞에 번개처럼 빠르게 가오.
당신보다 내가 먼저 도착할 테요.
내 대포의 천둥을 듣게 될 거요.
그러면 떠나오. 내 분노의 나팔로서
자신의 파멸을 슬프게 예고하오.—
대사를 정중하게 안내하시오.
펨브록, 처리하오.—샤티용, 잘 가시오.
[샤티용과 펨브록 퇴장]
엘리너 왕비 얘, 이제 어쩌지? 내가 늘 안 그러데?
야심 찬 콘스턴스가 제 아들과 그 일당의
권리를 문제 삼아 프랑스와 온 세상을
부추길 거라고 말하지 않데?
사랑의 표시를 보여주어 아주 쉽게
예방과 화합을 할 수 있던 일인데,
이제는 무서운 피투성이의 결과로
나라의 통솔력이 가려지게 되었어.
존 왕 강력한 점유권[2]과 권리가 나의 편이오.
엘리너 왕비 [존 왕에게 방백]
네 권리보다는 억지스런 강점이지.
그러지 않았다간 너와 내가 파멸이지.
그처럼 내 마음을 너의 귀에 소근대.
너와 나와 하늘만이 들을 일이다.
[군수가 등장하여 에섹스에게 속삭인다.]
에섹스 전하, 매우 괴이한 송사가 있습니다.
전하의 판결을 바라 지방에서 왔어요.
듣던 중 괴이한데, 당사자를 부를까요?
존 왕 [에섹스에게] 오라고 해. [군수 퇴장]
이번 전쟁 비용은 수도원 및
수녀원에 부담시킨다.
[로버트 포큰브리지와 필립 포큰브리지 등장]
누구들인가?
필립 포큰브리지 전하의 충성된 신복으로 신사이며
노샘프턴 출신으로 제가 알기론
로버트 포큰브리지의 맏이로서 싸움터에서
명예를 부여하시는 사자 왕 손에
기사로 서품 받은 군인입니다.
존 왕 [로버트 포큰브리지에게] 당신은 누군가?
로버트 포큰브리지 같은 포큰브리지의 아들이며 상속자요.
존 왕 저 사람이 맏이고 당신은 상속잔가?
두 사람은 어머니가 같지 않구먼.
필립 포큰브리지 확실히 한 어머니요, 높으신 전하.
잘 알려진 사실예요. 그리고 한 아버지요.
그러나 진실을 확인하실 터이면
어머니와 하늘께 알아보십시오.
모든 자녀가 그렇듯 저도 의심합니다.
엘리너 왕비 저리 가라, 무례한 놈! 그따위 의심으로
어미에게 욕 주고 명예를 더럽히냐?
필립 포큰브리지 제가요? 아닙니다. 그럴 이유 없지요.

2 형의 왕위를 강점하고 있음을 가리킨다.

그건 아우 주장이고 제 말이 아니에요.
그걸 증명한다면 일 년에 적어도
5백 파운드를 뺏어가는 폭이에요.
하늘이여, 어머니 명예와 저의 땅을 보호하시길!

존 왕 [방백] 사내다운 녀석이군.—아우인 주제에
네가 상속하길 요구하나?

필립 포큰브리지 땅을 갖겠다는 것밖에 모릅니다.
하지만 일단 저를 서자라고 욕했어요.
하지만 제가 적자인지 아닌지는
어머니 생각에 맡긴단 거예요.
하지만 전하, 남 못지않게 태어난 걸
—저 때문에 고생한 아버지 뼈에 복 있길!—
저희 둘의 얼굴로 판단하십시오.
예전에 로버트 경이 우리 둘을 같이 낳은
아버지고 저 사람이 아버지를 닮았다면
오, 돌아가신 아버지, 저는 무릎을 꿇고
아버지 안 닮은 걸 하늘께 감사해요.

존 왕 야, 희한한 녀석을 하늘이 보내셨네!

엘리너 왕비 [존 왕에게]
사자 왕 얼굴의 특징을 지녔어.
말하는 투가 그 사람과 비슷해.
이 사람의 큰 몸집에 이것저것
내 아들 흔적이 보이지 않아?

존 왕 [엘리너 왕비에게]
제 눈으로 이 사람 모습을 자세히 보니
영락없는 리처드요. 야, 말해라.
형의 땅의 소유권을 주장해?

필립 포큰브리지 아버지 얼굴을 반쪽쯤[3] 가졌대요!
그 반쪽이 제 땅 전부를 갖겠단 거죠.
반쪽짜리 푼돈이 5백 파운드를 달래요!

로버트 포큰브리지 자애로우신 전하, 아버지가 사셨을 때
전하의 형님께서 아버지를 자주 쓰셨는데—

필립 포큰브리지 그런 말 가지곤 내 땅 못 가져.
어떻게 어머니를 쓰셨는지 얘기해야지.

로버트 포큰브리지 한번은 독일에 대사로 보내셔서
시국에 관련된 중대한 사항을
처리하기 위해서 황제를 만났는데,
아버지가 없는 틈을 왕이 이용하셨어요.
그때 왕은 아버지 자택에 묵으셨는데
어떻게 하셨는지는 부끄러워서 말할 수 없어도
사실은 사실이에요. 넓은 바다 긴 해안이
아버지 어머니 두 분을 갈라놓아서
아버지가 하신 말을 들은 대로 옮기면
이런 잘난 신사가 그때 생겼다네요.
임종할 때 아버지는 유언으로 저에게
토지를 남기고, 죽음으로 맹세하길
어머니가 낳은 자와 남남이라 하셨어요.
친자식이 맞다면 시일을 따져볼 때
넉 달 먼저 나온 거요. 선하신 전하,
아버지 유언대로 저의 것인 그 땅을
제가 갖게 해주십시오.

존 왕 네 형은 법적으로 자식이다.
네 아버지의 아내가 결혼 후에 낳은 자로
잘못을 저질러도 그녀의 잘못이며,
여자와 결혼한 남편이 당하는
위험 중의 하나인 실수에 지나지 않아.
이런 잘난 아들을 얻으려고 내 형이
수고했다고 하는데, 형이 네 아버지에게
그를 제 아들이라고 주장했나?
아버지의 암소가 송아지를 낳았는데
세상의 이목에서 숨길 수도 있었고
인정하지 않을 수도 있었지만 네 아버지는
제 자식이 아니라고 거절할 수 없어.
결과를 말하자면 네 어머니의 장자가
네 아버지의 상속자를 낳은 거니까
네 아버지의 상속자가 땅을 상속하게 돼.

로버트 포큰브리지 그렇다면 아버지의 유언은 친자식
아닌 자의 상속을 막지 못해요?

필립 포큰브리지 저를 낳는 아버지의 강한 욕정처럼
제 상속을 막을 힘이 없다고 믿어요.

엘리너 왕비 너는 포큰브리지로서 아우처럼
땅을 소유하는 게 좋은가, 또는
사자 왕 리처드의 아들로 알려져서
땅 없이 존귀의 주인이면 좋은가?

서자[4] 마님, 아우가 저를 닮고 제가 아우처럼

3 아우는 적자(嫡子)이지만 몸이 작고 얼굴도 작다. 사자 왕의 서자(庶子)인 필립은 기골이 장대하다.

4 이때부터 필립 포큰브리지는 로버트 포큰브리지의 맏아들이 아니고 엘리너 왕비의 아들인 '사자 심장' 리처드의 서자라는 사실이 밝혀지면서 알려진 이름 대신 '서자'라고 불려진다.

아버지가 되는 로버트 경을 닮아서
아우처럼 다리가 화초처럼 가늘고
팔도 저것처럼 뱀장어 순대[5] 같고
귓바퀴에 장미도 꽂지 못할 얇은 낯에
'서푼짜리 동전'[6]이란 말이 두려워서
그런 꼴로 모든 땅을 상속한대도
이 자리를 물러나지 않겠습니다.
얼굴 값에 한 치 땅도 내주겠어요.
어쨌든 로버트처럼 생긴 것은 안 되겠어요.
엘리너 왕비 아주 마음에 들어. 재산은 내버리고
토지는 아우 주고 나를 안 따르겠나?
나는 군인인데 프랑스에 가게 됐다.
서자 아우, 내 땅 너 가져. 난 모험할 테다.
한 해 5백 파운드를 그 얼굴로 벌었지만
닷 푼 받고 팔아도 너무 비싸다.
죽을 때까지 마님을 따르겠어요.
엘리너 왕비 나보다 먼저 거기에 가거라.
서자 저희 시골 관습으론 어른들께 양보해요.
존 왕 이름이 뭔가?
서자 '필립'예요. 이름이 그렇게 시작돼요.
늙으신 로버트 경 부인의 맏이가 돼요.
존 왕 오늘부터 닮은 사람의 이름을 취하라.
필립, 꿇었다가 일어설 때 크게 돼라.[7]
[왕이 서자를 기사로 서품한다.]
리처드 플랜태저닛[8] 경으로 일어서라.
서자 어머니 쪽으로 아우, 우리 서로 악수하자.
내 아버진 명예를, 네 아버진 땅을 주셨다.
로버트 경이 출타 중에 밤이나 낮이나
내가 생긴 그 시간에 축복 있어라!
엘리너 왕비 과연 플랜태저닛의 기백이로다!
리처드, 내가 네 할머니다. 할머니라고 불러라.
서자 마님, 정절이 아니고 우연이면 어때요?
올바른 길에서 조금 삐딱한 거죠.
 개구멍받이든 창구멍받이든
낮에 못 다닐 놈은 밤에 다녀야 하고
 어찌 잡았든 간에 가진 건 가진 거고
가까이나 멀리서나 잘 맞히면 잘 이긴 거.
누가 나를 낳았든 나는 나란 말이오.
존 왕 포큰브리지, 가보라. 소원대로 됐으니까.
땅 없는 기사 덕에 땅 있는 향반이지.
어머님, 갑시다. 리처드, 서둘러.
프랑스로 달려가자. 급박한 거 이상이야.
서자 아우야, 잘 있어. 행운을 빌어.
정숙하게 생겨난 자식이라니. [서자 외에 모두 퇴장]
나보다는 명예로운 지위라지만
땅이 넓은 만큼이나 형편이 나빠.
이젠 어떤 계집도 귀부인이 되겠다.
"안녕합쇼, 리처드 경." "으음, 고맙군."
이름이 '조지'라도 '피터'라고 부르겠다.
갑자기 높아지면 이름을 잊어먹지.
이름을 외우는 건 너무 예절 바르고
친근하거든. 외국 여행 다닌 분이
이쑤시개[9]를 지참하여 양반 집에서 식사할 때
우리 기사님 배가 그득하게 채워지면
이빨 쪽쪽 다시며 외국에 대해
일문일답 벌인다. "친애하는 신사 양반",—
이렇게 팔꿈치를 고이고 시작하지.
"부탁 좀 합시다." 이게 요즘 질문이야.
그러면 독본처럼 대답이 나오는데,
"오, 기사님, 시키기만 하십시오.
분부만 하십시오. 도움 되길 원합니다."
"아니오, 내가 도와 드려요." 하니까
질문을 미리 아는 대답이어서
우아한 대화의 형식을 생략하면서
알프스와 아펜닌과 피레네 산맥과
포 강[10]을 말할 때 저녁때가 다가와
으레 이런 결말로 끝나곤 해.

5 기다란 뱀장어의 껍질로 만든 '순대'처럼 팔이 가늘다고 비꼰다.

6 아주 작은 동전. 귓바퀴에 장미를 꽂은 엘리자베스 1세 여왕의 얼굴이 찍힌 것으로 겨우 구별되었다.

7 왕이 칼을 빼어 앞에 무릎 꿇은 신하를 공식적인 명칭으로 기사로 서품하면 당사자는 일어남과 동시에 그 이름의 기사가 된다.

8 사자 왕 리처드 1세, 존 왕, 아서 왕자를 비롯한 당시 잉글랜드 왕가의 성씨. 리처드 1세의 서자가 정식으로 '리처드 플랜태저닛' 경이 되었으니 사실상 그는 잉글랜드 왕위 계승권자의 하나가 된다.

9 당시 외국인의 유행 문화. 금은으로 만든 이쑤시개를 갖고 다니며 식사 때 썼다.

10 지금처럼 돈 많은 귀족들이 유럽 여행을 다니면서 으레 구경하던 이탈리아의 산맥과 스페인과 프랑스 사이의 산맥과 이탈리아 북부의 큰 강.

하지만 이런 게 점잖은 사교계라
나처럼 출세하는 인간에게 어울리지.
예절의 유행을 따를 줄 모르면
시대의 사생아에 지나지 않아.
유행을 따르든 안 따르든 나야말로
사생아 아냐. 가문의 휘장과
복장과 겉모양과 차림새뿐만 아니라
이 시대 이빨에 달콤한 독약[11]을
사뿐히 제공하는 기술도 몰라.
하지만 속이려고 배우는 게 아니고
속임수를 피하려고 배우는 거야.
출세의 발걸음에 아첨이 널릴 테지.
[포큰브리지 부인과 제임스 거니 등장]
누가 승마복 차림으로 달려오나?
여자 역마꾼[12]이야? 앞에 달려오면서
나팔을 불어줄 남편도 없어?
저런! 어머니구나. 웬일이세요?
이렇게 급하게 궁정으로 오시다뇨?

포큰브리지 부인 못난 아우 놈은 어디로 갔냐?
사방에 내 흉보고 다니는 놈 말이야.

서자 돌아가신 로버트 경의 아들 말이죠.
거인 콜브랜드,[13] 우람한 사나이,
로버트 경의 아드님을 찾으시나요?

포큰브리지 부인 로버트 경 아들! 그렇다, 무엄한 놈!
로버트 경 아들이라! 로버트 경을 멸시해?
그 애도 너도 로버트 경 아들이야.

서자 제임스 거니, 잠깐 비켜주겠나?

제임스 거니 한참 동안 비킬게요, 필립 도련님.

서자 '필립?' 그건 참새[14]야, 제임스!
재미난 게 많겠다. 금방 얘기할게. [제임스 거니 퇴장]
어머니, 나는 로버트 경 아들 아닙니다.
그분이 성금요일에 내 몸에서 제 몫을
잡수셔도 금식을 어기는 게 아니죠.[15]
로버트 경도 고해성사 드릴 일이 많으셨지만
나를 낳진 못하셨죠. 그럴 수 없었어요.
그 양반 작품이 있거든요. 그러니까
어머니, 내 팔다리는 누구 덕이죠?
이 다리 만들 때 로버트 경은 돕지 않았어요.

포큰브리지 부인 너도 네 아우와 같이 짰냐?
제 명예를 위해서 내 명예도 지켜야 할 놈이?
천하의 몹쓸 놈, 이게 무슨 해코지야?

서자 겁쟁이 기사 말대로 '기사'요 '기사!'[16]
기사가 됐다고요. 어깨 위에 놓였어요.
하지만 로버트 경의 아들은 아니라고요.
로버트 경과 땅을 모두 포기했다고요.
친자 관계, 이름 따위, 모두 없어졌어요.
그러니까 어머니, 아버지를 알게 하세요.—
괜찮은 분이면 좋겠는데—누구였죠?

포큰브리지 부인 네가 포큰브리지가 아니란 말이냐?

서자 마귀를 거절하듯 진심으로 버렸네요.

포큰브리지 부인 사자 왕 리처드가 네 아버지였다.
오래도록 열정적인 구애로 유혹해서
내 남편의 침상에 자리를 내줬어.
하늘이 그 죄를 내 짐으로 돌리지 않길!
그 비싼 죄악의 열매가 바로 너야.
도저히 막지 못할 거센 공격이었어.

서자 분명히 맹세코, 내가 다시 난대도
그보다 멋진 아버지는 원치 않아요.
세상의 어떤 죄는 특권을 누리는데
어머니가 그러세요. 잘못한 게 아니에요.
마음을 그분 뜻에 맡겨야 해서
강압적인 사랑에 조공을 바쳤어요.
비할 데 없이 맹렬한 그 힘에 맞서
겁 없는 사자조차 싸울 수 없었고
리처드 왕의 애욕을 물리칠 수 없었어요.
사자의 용맹을 완력으로 뺏는 자는
여자의 마음쯤은 쉽게 얻어요.
그런 아버지니까 진심으로 감사해요.
나를 잉태하실 때 잘못했다고 하는 놈을

11 듣기 좋은 아첨. 그대로 들으면 '독'이 된다.
12 당시 역마꾼이 달리면서 나팔을 불어 알렸다. 오늘날 기차의 기적 같은 것이다.
13 중세에 잉글랜드를 침범한 덴마크 군의 이름난 거인 장사. 왜소한 로버트를 비꼬는 말이다.
14 애완용 참새를 대개 '필립'이라고 불렀는데, 방금부터는 필립은 자기 이름이 아니라는 것.
15 예수 수난일인 성금요일에는 아예 금식을 하거나 고기를 먹지 않았다(지금도 일부 가톨릭 신자는 금요일에 고기 아닌 물고기만 먹는다). 여기서는 자기 몸에는 로버트 경의 피가 조금도 안 섞였다는 말이다.
16 당시에 인기 높던 한 연극의 겁쟁이 주인공이 자기가 '기사'라는 것을 강조하던 대목을 빗댄다.

보기만 하면 지옥으로 보낼 텝니다.
어머니, 가십시다. 친척들을 소개해요.
리처드 왕이 나를 잉태시킬 때
어머니가 거절했다면 죄라고 했겠죠.
그걸 죄라 하는 놈은 거짓말 해요. [모두 퇴장]

## 2. 1

[주악. 앤저스 성 앞에 프랑스의 필립 왕, 왕세자
루이스, 콘스턴스 부인, 아서 및 그들의 군대가
한쪽 문으로 등장. 사자 가죽을 걸친 오스트리아
공작과 그의 군대가 다른 문으로 등장]

필립 왕 용맹한 공작, 성 앞에서 잘 만났소.
아서, 위대하신 네 혈통의 조상이시며
사자에게서 심장을 뺏고 팔레스타인에서
거룩한 전쟁을 벌였던 리처드 왕을
용맹한 이 공작이 이른 무덤에 보냈지.[17]
하지만 후손에게 보상하는 뜻으로
내 요청에 응하여 어린 너를 위해서
깃발을 펄럭이며 못된 네 삼촌
잉글랜드 존의 찬탈을 꾸짖기 위해
이리로 온 것이니 그리 알아라.
그분과 포옹하고 사랑하고 환영해라.

아서 사자 왕의 죽음을 하느님이 용서하시길!
귀공의 날개 아래 그 후손의 권리를
두루 감싸주시며 생명을 주십니다.
손에 힘은 없지만 깨끗한 사랑으로
가득한 마음을 공작께 드립니다.
앤저스 성 앞에서 환영합니다.

왕세자 루이스 고귀한 소년! 누가 너를 돌보지 않는가?

오스트리아 공작 [아서에게]
뜨거운 키스를 당신 뺨에 남기오.
사랑의 보증서를 봉인하는 것이오.
앤저스와 프랑스 영지에 대한 권리,
저 하얀 백악의 해안, 그 뿌리로 사나운
바다의 밀물을 하찮은 듯 물리치며
섬 주민을 침략에서 포근히 감싸주며
바다의 울타리로 둘러싸인 잉글랜드,
저 바다의 철옹성, 외적의 계략에
언제나 안심하며 자신만만한
저 서방 끝자락이 당신을 왕으로
맞을 때까지, 어여쁜 소년이여,
그때까지 내 집 일을 생각지 않고
싸움을 벌이겠소.

콘스턴스 그 어미인 과부의 감사를 받으세요.
당신의 강한 팔이 힘을 더해 주시면
그 사랑에 더욱 크게 보답할 터입니다.

오스트리아 공작 이처럼 정당하게 돕는 싸움에
칼을 들면 하늘의 평화를 얻게 됩니다.

필립 왕 그럼 일을 합시다. 항거하는 이 도시
이마빡에 대포들을 겨냥하겠소.
아군의 최고 가는 전술가를 불러서
유리한 지점을 정하도록 하시오.
이 성이 소년에게 항복하지 않으면
그 앞에 내 뼈를 눕힐 터이며
프랑스의 피를 밟고 장터까지 가겠소.

콘스턴스 보내신 통첩에 회답을 기다려요.
왕의 칼에 괜한 피를 묻힐지도 몰라요.
우리가 전쟁으로 요구하는 권리를
샤티용이 잉글랜드에서 평화 중에
가져올 수 있어요. 그런 경우 우리는
성급히 흘린 피를 후회하겠죠.
[샤티용 등장]

필립 왕 기적이오, 부인! 부인의 소원대로
나의 특사 샤티용이 도착하였소.
잉글랜드 왕의 말을 간단히 말하시오.
차분히 기다리니, 샤티용, 말하시오.

샤티용 하찮은 포위에서 군대를 돌리시어
훨씬 힘든 일거리에 용기를 주십시오.
잉글랜드는 정당한 요청을 듣지 않고
무장하였습니다. 역풍이 가라앉길

17 오스트리아 공작이 십자군 원정을 마치고 돌아오는 '사자 왕' 리처드를 구금하여 급기야는 일찍 죽게 했다. 리처드는 사자를 죽이고 그 가죽을 걸쳤었는데 오스트리아 공작이 그 가죽을 뺏어 입었다. 어린 아서 공작은 리처드 왕의 조카이고 일찍 죽은 제프리의 아들이었다. 잉글랜드의 존 왕은 리처드의 또 다른 아우였다. 리처드가 죽자 프랑스의 필립 왕은 아서의 잉글랜드 왕위 계승권을 주장했다. 당시 잉글랜드는 프랑스 각처의 영지들을 소유했다.

기다릴 동안 그것을 틈 탄 존 왕은
저와 같은 시간에 군을 상륙시켰고
이 성으로 곧바로 진군하는 중입니다.
군대는 강성하고 사기는 충천하오.
그와 함께 모후가 오는 중인데
복수의 여신처럼 투쟁을 고취하며
질녀인 블랜취 공주와 동행하고
죽은 왕의 서자도 같이 오는데
어수선한 인간들이 모두 모였습니다.
경솔하고 무모하고 성급한 지원자가
여자 같은 얼굴에 용 같은 분노로
고향의 재산 팔아 온몸을 치장하고
운수를 개척하러 여기 오는 중입니다.
한마디로, 지금처럼 잉글랜드 배들이
기독교 세계에 환란을 가하려고
화려한 용사들을 고르고 뽑아서
넘실대는 밀물 위로 떠온 적 없습니다.
[북이 울린다.]
저들의 거친 북소리에 제 말이 끊겨
자세한 말씀드리지 못하나, 지척에서
담판 또는 전쟁을 요청하니 준비하세요.

필립 왕 이렇게 급할 줄은 예상을 못 했구나!

오스트리아 공작 예상을 못 했으니 우리는 그만큼
방어의 노력을 떨쳐야 하겠소.
현실에 부딪히면 용기가 솟아나오.
온다면 환영이오. 준비가 돼 있소.
[잉글랜드의 존 왕, 서자, 엘리너 왕비,
블랜취 공주, 펨브록 백작, 군대 등장]

존 왕 본인 소유 도시에 정당하게 입성함을
평화 중에 허한다면 프랑스에 평화를!
그러지 않으면 프랑스는 피를 흘리고,
평화는 하늘로 올라가고, 신의 성난 사자는
평화를 쫓아낸 교만을 처벌하겠소.

필립 왕 전쟁이 프랑스에서 잉글랜드에 돌아가
평화 중에 지낸다면 잉글랜드에 평화를!
잉글랜드를 사랑하며 잉글랜드를 위하여
무거운 갑옷 속에 땀을 흘리오.
나의 이런 수고는 당신에게 마땅해도,
당신은 그 나라를 사랑하기는커녕
잉글랜드 정통 왕을 술수로 음해하고
혈족에 따르는 승계를 차단하고
나이 어린 왕권을 반항하고 능욕하고
순결한 왕관의 정절을 유린했소.
여기서 당신 형의 얼굴[18]을 바라보오.
이 눈과 이마가 빼박은 듯 닮았소.
이 작은 축소판이 죽은 제프리의
원본을 담았으니 역사의 손가락은
짧은 글을 방대한 저작으로 기록하겠소.
제프리는 당신의 형이었고 이 소년은
그 아들이오. 잉글랜드는 제프리의 소유였고
아이는 그 아들이오. 당신이 강탈한
왕관의 주인은 아직 관자놀이에
피가 펄떡이는데 도대체 어째서
당신을 왕으로 부른단 말이오?

존 왕 프랑스 왕, 고발에 답해야 하다니
그 거창한 위임장은 누가 준 거요?

필립 왕 강력한 권세의 가슴속마다
선한 뜻을 주시어 권력의 오점을
살피게 하시는 최고 심판자께서
날 이 소년의 후견인 삼으시어
그분을 대신하여 당신을 고발하며
그분의 도움으로 응징코자 하는 거요.

존 왕 허, 권위를 참칭하오.

필립 왕 찬탈자를 때려눕힐 명분이 되오.

엘리너 왕비 프랑스 왕, 누구를 찬탈자라 하시오?

콘스턴스 내가 대답하겠소. [엘리너에게]
당신 아들이 찬탈자요.[19]

엘리너 왕비 비켜라, 건방진 것! 사생아가 왕이 되면
왕비가 돼서 세상을 흔들겠다고!

콘스턴스 당신이 남편에게 진실했다면
내 침상도 남편에게 진실해서 이 아이는
아버지와 닮았으니, 당신과 존이
행실에서 닮은 걸 능가하고 남아요.
당신들의 행실이란 물과 비가 같거나

18 어린 아서는 존 왕의 죽은 형 제프리의 아들로서, 프랑스의 필립 왕은 그가 잉글랜드 왕위 서열 1위라고 주장했다.

19 존 왕의 어머니 엘리너는 어린 아서의 어머니 콘스턴스의 시어머니다. 둘은 사이 나쁜 고부간이다. 콘스턴스는 헨리 2세의 손자인 어린 아서를 왕이 되게 하고 자신은 섭정이 되고자 한다.

마귀와 어미처럼 똑같이 생겼군요.
내 아들을 사생아라고 하다니! 애 아버지도
이 애만큼 진짜로 태어나지 못했겠죠.[20]
당신이 진짜 어머니래도 그럴 수 없어요.

엘리너 왕비 [아서에게]
참 좋은 어미구나. 네 아비를 더럽히니.

콘스턴스 [아서에게]
참 좋은 할미구나. 손자 너를 더럽히니.

오스트리아 공작 조용히!

서자 들어라!

오스트리아 공작 넌 웬 도깨비냐?

서자 네게 도깨비가 될 사람이다.
네게만 껍데기를 뺏어내겠다.
너 같은 놈은 속담의 토끼처럼
죽은 사자 수염이나 당길 놈이다.
너 잡으면 가죽에다 화약 연기를 쐬겠다!
이놈아, 명심해. 진짜로 그러겠다!

블랜취 사자의 가죽을 벗겨낸 그분[21]이
그거로 만든 옷에 잘 어울리셨지!

서자 헤라클레스 신발이 노새에게 어울리듯
저 작자 잔등의 털가죽이 멋지군.
하지만 힘든 노새, 그 등짐 내려줄게.
아니면 졌다가 어깨나 분질러.

오스트리아 공작 쓸데없는 헛소리를 귀 따갑게 늘어놓는
시끄러운 허풍선이 너는 대체 누구냐?

필립 왕 루이스, 당장 우리가 어떻게 할지 결정해라.

왕세자 루이스 여인들과 광대들은 사담을 멈춰라.
존 왕, 모든 일의 결론은 이렇소.
잉글랜드, 아일랜드, 앤저스, 투레인과
메인에 대해 아서의 권리를 주장하니,
그것들을 양도하고 칼을 내려놓겠소?

존 왕 목숨을 내려놓소. 프랑스, 도전하오.
브리타니의 아서, 내 손에 항복해.
겁쟁이 프랑스가 얻어줄 무엇보다
사랑하는 마음으로 너에게 더하겠다.
아이야, 항복해라.

엘리너 왕비 [아서에게] 할머니에게 와라.

콘스턴스 아가, 그래라. 할머니께 가보렴.
할머니께 나라를 넘겨주면 말이야,
자두, 앵두, 독 사과를 주실 거란다.
참 용한 할머니지.

아서 아무 말도 마세요.
차라리 저는 무덤에 누우면 좋겠어요.
나 때문에 이런 싸움 벌일 필요 없어요.

엘리너 왕비 어미가 창피해서 애가 우누나.

콘스턴스 엄마가 어쨌든지 당신이 창피해요!
내 수치가 아니라 할미의 몹쓸 짓이
불쌍한 저 눈에서 하늘 같은 진주가
떨어지는데, 하늘께 드리는 세금이지.
그 수정 구슬로 하늘의 환심을 사서
정의를 가져오고 당신에게 복수해.

엘리너 왕비 하늘과 땅을 모욕하는 괴물이야!

콘스턴스 하늘과 땅을 모독하는 괴물이야!
내가 모욕한다고? 너와 네 새끼가
핍박하는 이 아이는 나라, 왕좌, 권리를
강점당했다. 얘는 네 맏이의 아들이라
너만 잘못 만나고 뭐든지 행복해.
불쌍한 애한테 네 죄가 씌었어.
율법의 엄한 벌이 애한테 내렸어.[22]
아들이 아니라 죄를 배는
네 배에서 두 대나 떨어졌는데.

존 왕 미친 여자, 그만해.

콘스턴스 이 말은 해야겠다.
저 여자의 죄 때문에 아이가 괴로운데,
하느님은 죄의 열매인 존과 함께
그녀를 손자에게 보내셔서 벌하니까
그녀의 죄로 내 자식이 앓는다.
그녀가 아이의 아픔을 가지고 왔다.
존에게 번졌지만, 너희가 받을 벌이
아이에게 내렸다. 염병 걸려라!

엘리너 왕비 경망스런 욕쟁이, 네 아들 권한을
가로막는 유언을 너한테 보여주랴?

20 실제로 엘리너 왕비는 간음 혐의로 이혼 당하였다가 후에 잉글랜드의 헨리 2세와 결혼하여 아들들을 낳았다. 그러나 며느리 콘스턴스는 시어머니가 간음으로 존을 낳은 것처럼 말한다.

21 사자 왕 리처드가 사자를 죽이고 그 가죽을 두르고 다녔는데 오스트리아 공작이 그 가죽을 뺏어 입었다.

22 십계명에 따르면 "하나님은 질투하는 하나님인즉, 나를 미워하는 자의 죄를 갚되 아비로부터 아들에게로 삼사 대까지 이르게 하겠다"고 되어 있다.

콘스턴스 흥, 누가 말려? 유언, 악한 유언,
여편네 유언, 속 꼬인 노파의 유언!
필립 왕 부인, 조용하거나 좀 자중하오.
그런 말다툼을 자꾸 부추기는 건
점잖은 이 자리에 어울리지 않소.
나팔을 울려서 앤저스 시민을
성 위에 불러와라. 아서와 존 가운데
누구를 왕으로 인정할지 들어보자.
[나팔이 울린다.
휴벗을 포함하여 앤저스 시민들이
성 위에 등장]
시민 우리를 성으로 부른 이가 누구요?
필립 왕 프랑스다. 잉글랜드를 대신한다.
존 왕 잉글랜드는 잉글랜드다. 앤저스 시민,
친애하는 내 백성—
필립 왕 경애하는 앤저스,
아서의 백성들아, 나팔로 초대하여—
존 왕 내가 먼저요.—내 말 먼저 들으오.
당신들의 면전에 진군해 있는
저 같은 프랑스 깃발들은 당신들께
손상을 가하려고 여기까지 와 있소.
저들의 대포에는 포악이 가득하여
무쇠의 분노를 성벽에다 뱉어낼
만반의 준비로, 대포를 세워놓았소.
잔인한 포위전의 갖가지 장비와
프랑스의 무자비가 겁에 질려 껌벅이는
눈알 같은 성문들에 마주 서 있소.
내 도착이 늦었다면 허리띠처럼
당신들을 에워싸고 잠자는 성벽 돌은
저들이 쏜 포탄의 사나운 충격으로
석회를 굳게 굳힌 틀에서 쫓아내어서
피에 주린 폭력이 평온한 삶에
질펀한 황폐를 선사했겠소.
그러나 당신들의 진정한 왕인 내가
온 힘으로 신속히 군을 끌고 성문 앞에
저항군을 인솔하여, 위협에 당면한
이 도시 얼굴을 상처 없이 구하려 하자,
이에 놀란 프랑스가 회담을 제의했소.
불타는 포탄으로 당신들의 성벽에
떨리는 열병을 가져다 주는 대신
연기에 감싸인 착한 말을 발사하여
당신들의 귓속에 거짓을 꾸며대오.
그러므로 친애하는 시민들, 나를 믿고
성문을 여시오. 당신들의 왕이
빨리 움직이느라고 기운이 지쳐
당신들의 성안에서 쉬기를 바라오.
필립 왕 내가 말을 마친 뒤에 두 가지에 대답하오.
여러분이 보듯, 나의 오른쪽에는
젊은 왕자 플랜태저닛이 서 있는데,
내가 그의 권리를 수호하겠다고
엄숙히 맹세했소. 저 왕자는 형의 아들이고
그와 그가 점거한 모든 것의 왕이오.
유린당한 권리를 위해, 무장한 우리가
당신네 성 앞의 들을 밟고 서 있소.
핍박당하는 이 아이를 도우려는
신앙적 열성의 충동에 참지 못하고
이곳에 왔으니 우리는 적이 아니오.
그러므로 기꺼이 당신들이 진정으로
바쳐야 할 충성을 주인에게 바치고,
다름 아닌 젊으신 왕자님이 주인이시오.
그리하면 우리 군은 입을 막은 곰처럼
위협을 봉인하여 겉보기만 두렵겠소.
대포들은 높게 떠 있는 구름을 향해
거센 힘을 모두 쓰고 여러분의 축복 속에
질서 있게 물러가고 칼과 투구는
상처 입지 않은 채 당신들의 도시에
뿌리기로 작정했던 싱싱한 피를
고향으로 되가져가 당신들의 자녀와
아내와 당신들을 평화 중에 놔두겠소.
하지만 제안을 무시하는 우를 범하면
저 모든 잉글랜드의 장비와 병사들이
둘러싼 성곽 속에 웅크리고 있어도,
전쟁을 포효하는 우리 군대에게서
저 낡은 성벽이 숨길 수 없겠소.
그래서 답하오. 아서의 권리를
요청하는 내게 주인이라고 할까?
아니면 분노를 터뜨리란 명령을 내려
피를 밟고 나아가 정복하라고 할까?
시민 한마디로 우리는 잉글랜드의 백성이오.
이 도시는 국왕의 권한에 들어 있소.
존 왕 그렇다면 국왕을 시인하고 나를 들이라.
시민 그럴 수 없소. 진정한 왕이 되는 분께

충성을 다하겠소. 그때까지는
온 세상에 대해서 성문을 굳게 닫으오.
존 왕 잉글랜드의 왕관이면 증명이 되지 않소?
그렇지 않다면 증인들을 부르겠소.
잉글랜드 태생의 3만 명 용사들이—
서자 [방백] 사생아와 기타 등등.
존 왕 목숨으로 내 권리를 증명하겠소.
필립 왕 같은 수의 순수한 혈통을 가진 자가—
서자 [방백] 사생아도 더러 있지.
필립 왕 저 사람 주장에 정면으로 항거하시오.
시민 누가 옳은지 결정하기 전에는
두 분의 권리를 유보하겠소.
존 왕 그렇다면 저녁 이슬이 내리기 전에
영원한 안식처로 날아가서 내 나라의
왕이신 하느님의 엄하신 심판으로
영혼들이 지은 죄를 용서하시길!
필립 왕 아멘! 기사들, 말에 올라라. 싸우자!
서자 용을 때려잡았다는 성인 조지,[23] 그 후 내내
술집 마담 문간에 말 타고 앉은 분아,
칼질을 가르쳐다오! [오스트리아 공작에게]
내가 네놈 소굴 속에
네놈의 암컷과 같이 있으면
네 사자 거죽에 소 대가릴 붙여서[24]
너를 괴물로 만들겠다.
오스트리아 공작 그만 떠들어라.
서자 사자가 짖는다. 부들부들 떨어라!
존 왕 언덕에 올라가라. 모든 부대를
탄탄히 무장해서 전진하게 할 테다.
서자 달려 나가 유리한 고지를 점령하라.
필립 왕 우리도 그렇게 한다. 저쪽 다른 언덕에
나머지를 배치하라. 하느님과 권리를!
[잉글랜드 군과 프랑스 군이 각기 퇴장]
[이때 공격 나팔이 울리고 나서, 프랑스 의전관이
나팔수들과 함께 성문 앞에 등장]
프랑스 의전관 앤저스 시민이여, 성문을 넓게 열고
젊은 브리타니의 아서 공을 맞아들여라.
오늘 그가 프랑스의 손을 빌려 수많은
잉글랜드 어머니의 눈물을 자아내니,
피에 젖은 땅 위에는 자식들이 널려 있고
수많은 과부의 남편들이 엎어져서
피에 물든 흙덩이를 껴안고 있어
손실은 적고 승리는 커서 춤추는 프랑스의
깃발 위에 휘날린다. 프랑스 군대는
승전의 대열을 지어 정복자로 입성하여
아서 공을 당신들과 잉글랜드의 왕으로
선포하기 위하여 가까이 와 있다.
[잉글랜드의 의전관이 나팔수와 함께 등장]
잉글랜드의 의전관 시민아, 기뻐하라, 종을 크게 울려라.
치열하고 처절한 오늘의 사령관,
당신들과 잉글랜드 전하께서 오신다.
은빛 찬란한 갑옷들이 떠났으나
프랑스의 선혈로 금빛으로 돌아온다.
프랑스 창에 맞아 잉글랜드 투구에서
떨어진 깃털은 한 개도 볼 수 없다.[25]
떠날 때 깃발을 과시하던 그 손들이
같은 깃발 휘날리며 다시금 돌아온다.
즐거운 사냥꾼처럼 신나게 돌아오는
잉글랜드의 군대는 적군을 살육하여
모두들 핏속에 손을 붉게 물들였다.
성문을 열고 승리자에게 길을 터라.
휴버 의전관들이여, 우리 성탑 위에서
처음부터 끝까지 양군의 전진, 후퇴를
볼 수 있었지만 아무리 봐도
실력의 우열을 가릴 수 없었소.
피는 피로, 타격은 타격으로 대답하고
힘은 힘과, 군대는 군대와 맞섰소.
양측은 같고 우리들은 둘이 다 좋소.
하나가 우세하겠지만 둘이 같아서
이 성은 어느 편도 아니고 양측 편이오.
[한쪽 문으로 존 왕, 엘리너 왕비, 블랜취,
서자, 솔즈베리 백작, 잉글랜드 군 등장.
다른 쪽으로 필립 왕, 왕세자 루이스,
오스트리아 공작, 프랑스 군 등장]
존 왕 프랑스, 쏟을 피가 아직도 남았소?

23 '성 조지'는 잉글랜드의 수호 성자로, 죄악을 상징하는 용을 죽인 용사이다. 그 그림이 술집마다 붙어 있었다.
24 남의 아내를 범하면 그 남편의 이마에 뿔이 난다는 말이 있는데 자기가 오스트리아 공작 부인을 범하여 그의 사자 몸에 뿔난 소머리를 붙이겠다는 걸쭉한 욕설이다.
25 병사의 투구 위에 깃털을 높이 달아 위엄을 뽐냈다.

내 권리의 물결이 거침없이 흐르다가
당신의 방해로 노엽게 됐으니
은빛 길을 따라서 고요히 흘러
바다에 닿기까지 놔두지 않으면
본래의 길을 떠나서 당신의 권력을
거세게 넘쳐흘러 경계를 휩쓸겠소.

필립 왕 잉글랜드, 당신은 열띤 이 시합에서
우리보다 피 한 방울 아끼지 못했소.
오히려 잃었소. 천하를 다스리는
이 손으로 맹세코 시민에게 알려서,
정당한 무기를 내려놓기 전
무기를 들게 한 당신을 무찌르거나
죽은 왕의 숫자를 죽은 자에 더해서
살육하고 살육당한 왕들과 함께
전쟁에서 죽은 자의 명단을 장식하겠소.

서자 쳇, 당당하네! 왕들의 비싼 피가 타오르면
그들의 허영이 얼마나 치솟나!
죽음의 아가리는 무쇠로 덮이고
병사들의 칼날은 죽음의 이빨이야.
죽음은 잔치 속에 사람 살을 파먹고,
왕들의 불화는 해결되지 않았어.
어째서 왕들이 멍청히 서 있지?
몰살을 외쳐라. 싸움터로 돌아가.
강력한 맞수들아, 불타는 기백들아!
한쪽의 파멸이 다른 쪽의 평화를
확정시킬 때까지 치고 흘리고 죽어!

존 왕 시민들은 어느 쪽을 받아들이는가?

필립 왕 잉글랜드에게 대답하라. 누가 왕인가?

휴벗 잉글랜드의 왕이오, 왕이 누구인지 알면.—

필립 왕 내가 왕이다. 권리를 내세우니까.—

존 왕 보라, 내가 왕이다. 위대한 대변자로
여기서 내가 나를 가지고 있으므로
본인과 앤저스와 당신들의 주인이다.

휴벗 우리보다 강한 힘이 이 모두를 부정하오.
의심을 풀기까지 본래의 조심성을
굳게 잠근 성안에 가두어 놓겠소.
우리를 지배하는 의심이란 왕들을
분명한 왕이 와서 쫓아내기까지는.—

서자 임금님들, 너절한 자들이 성루에서
마음 놓고 놀리네요! 극장에 온 것처럼
당신들이 연출하는 비극의 막과 장을
아가리 헤벌리고 손가락질을 해요!
당당한 임금님들, 내 말대로 하세요.
예루살렘 반란군[26]의 흉내를 내요.
잠깐만 화해해서 두 분이 함께
도시에 대한 강한 분노를 멈추세요.
프랑스와 잉글랜드가 동과 서에서
대포 아가리까지 폭약을 가득 채워서
영혼마저 떨리는 굉음으로 건방진
이 성의 단단한 갈빗대를 꺾읍시다.
나는 쉬지 않고 병사들을 닦아세워
천지의 바람처럼 질펀한 황폐 속에
홀랑 벗겨놓을 테니 그렇게 아세요.
그러고 나서 두 분은 연합군을 분리하고
뒤섞인 깃발들을 다시 나누고
얼굴과 얼굴, 피 묻은 칼과 칼을 맞세우세요.
그럭하면 그 즉시로 운명은 한쪽에서
행운의 총아를 가려낼 테니
그 사람을 이날의 승자로 삼아
영광의 승리로 키스하겠죠.
강한 전하들, 엉뚱한 제안이 어때요?
정략의 냄새를 풍기지 않아요?

존 왕 머리 위 하늘에 걸어 맹세하건대
참 좋은 생각이오. 프랑스, 병력을 연합하여
앤저스를 납작하게 만들고 나서
그 왕이 누가 될지 싸워보겠소?

서자 [필립 왕에게]
왕다운 기질을 정말 가지셨다면
유치한 성에게 우리처럼 당했으니
우리처럼 당신의 대포 아가리들을
건방진 성벽으로 돌려놓읍시다.
땅바닥에 돌멩이를 흩어놓은 다음에
천당에 가든 지옥에 가든 우리끼리 붙어서
한바탕 치고받고 일을 벌려봅시다.

필립 왕 그럽시다. 당신은 어딜 공격하겠소?

존 왕 우리는 서쪽에서 이 도시 복판으로
파멸을 보내겠소.

오스트리아 공작 나는 북쪽에서 보내겠소.

필립 왕 우리의 천둥은 남쪽에서 이 도시에

26 기원후 70년, 예루살렘의 유대인들이 서로 갈려 싸우다가 로마 군이 포위하자 연합하였다.

포탄의 물결을 소나기로 퍼붓겠소.

서자 [방백]
똑똑한 전술일세! 북쪽에서 남쪽이라,
오스트리아와 프랑스가 서로의 아가리에
쏘겠다는데, 그렇게 추켜야지.—그럼 갑시다!

휴벗 위대한 왕들이여, 잠시만 기다리면
아리따운 동맹과 평화를 보이겠소.
치거나 상처 없이 이 도시를 얻으며
싸움터의 제물로 끌려온 목숨들을
침대에서 편히 죽게 구원하시오.
강력한 왕들이여, 고집 꺾고 들으시오.

존 왕 허락하니 말하오. 듣겠다는 생각이오.

휴벗 저 스페인 공주님 블랜쉬 아씨는
존 왕의 근친[27]이오. 루이스 왕세자와
아리따운 저 아씨의 나이를 보십시오.
활기찬 사랑이 미모를 구하면
아씨 외에 미인을 어디서 찾겠어요?
열렬한 사랑이 덕성을 구하면
아씨 외에 순결을 어디서 찾겠어요?
야심 찬 사랑이 혈통을 구하면
아씨 외에 귀한 피를 누가 담고 있겠어요?
아씨가 미모, 덕성, 혈통에서 완벽하시듯
왕세자 역시 모든 면에 완전하시오.
그가 그녀 아님이 유일한 결함이고
그녀가 그 아님이 유일한 결함이면
두 분은 꼭 같이 결함이 없으시오.
그는 복 받은 남성의 절반이니
그녀 같은 여인으로 완성에 이르며
그녀는 아름다운 반쪽의 최고라
완성은 그분께 달려 있지요.
그런 은물결이 서로서로 합치면
두 분을 아우르는 강둑이 빛나요.
그처럼 두 강물이 한 물가를 흐르도록
왕자님과 공주님을 맺어주시면
왕들께선 그 강둑을 다스리게 되십니다.
굳게 잠긴 성문 향한 포격보다 결합이
효과가 있겠어요. 두 분을 짝짓는 게
화약의 폭력보다 빠른 열광을 가져와
입구를 활짝 열어 여러분의 입성을
환영할 테지만, 이 결합이 아니면
성 지키는 우리는 포효하는 파도보다
귀가 먹고 사자보다 끈질기며
산이나 바위보다 요지부동하겠고
우리의 매운맛은 죽음보다 맹렬해요.

서자 묵은 죽음의 썩은 송장을 흔들어서
누더기를 털어내는 버팀목이 여기 있다.
죽음과 산과 바위와 바다를 뱉어내는
진짜 큰 아가리가 여기에 있다.
열세 살 계집애가 강아지 얘기하듯
울부짖는 사자를 예사롭게 말한다.
어떠한 포수가 저런 혈기를 낳았나?
그야말로 말 대포다. 불과 연기와 폭음—
입 펀치로 때리니까 우리 귀가 얻어맞아.
한마디 한마디가 프랑스의 주먹보다
잘도 맞힌다. 참말로 내가 처음
아우의 아버지를 '아빠'라고 부른 이후
이 같은 말 펀치를 맞은 적 없다.

엘리너 왕비 얘, 이 혼담 잘 듣고 성사시켜라.
조카에게 지참금을 넉넉히 줘라.
이 혼사 때문에 불안한 네 왕권을
확실하게 다져서 설익은 애송이를
해에서 차단하고 강성한 열매 이룰
꽃송이를 여물지 못하게 해라.
내가 보니 프랑스가 물러서는 것 같다.
서로 수군대. 저 사람들 정신이
계획을 눈치챌 때 밀어붙여라.
지금의 열성이 하소연과 동정심의
부드러운 기운에 녹고 식어서
다시금 전처럼 굳어질까 걱정이다.

휴벗 두 분 전하께서는 위협받는 우리 성의
우정 있는 제의에 왜 대답이 없으시오?

필립 왕 잉글랜드, 먼저 하오. 당신이 먼저
이 도시에 말하려 했소. 뭐라 하시오?

존 왕 당신 아들 왕세자가 어여쁜 이 책[28]에서
'사랑'이란 언어를 읽을 수만 있다면
왕비에 못지않은 지참금을 내겠소.
앙주, 투레인, 메인, 푸와티에와
바다 건너 이 땅의 영지 가운데

27 존 왕의 누이와 스페인의 카스틸 왕의 딸이니까 존 왕의 질녀이다.
28 블랜쉬 공주의 마음을 뜻한다.

우리가 포위한 이 도시를 제외하고
왕위와 권세가 미치는 일체로써
신혼의 침상을 값지게 치장하며
미모와 교양과 혈통에 있어서
세상 어떤 공주와도 견줄 수 있듯
권리, 명예, 지위를 풍족히 주겠소.

필립 왕 넌 어떠냐? 내 얼굴을 쳐다봐.

루이스 왕세자 얼굴을 쳐다보니 그 눈에 놀라움이,
정확히는, 놀라운 '기적'이 보이는데
그녀의 눈동자에 비치는 제 모습은
왕세자의 그림자에 불과하나 갑자기
해가 되고 왕세자는 그림자가 되어요.
그녀 눈의 화폭 속에 화사하게 그려진
제 모습을 보기 전에는, 확실히 지금처럼
제 자신을 사랑하지 않았어요.
[블랜취와 속삭인다.]

서자 [방백]
그녀 눈의 화폭에 그려졌다고?[29]
그녀의 찡그린 이마에 달려
그녀의 마음속에 갇혀 있으니
자기가 사랑의 반역자구나.
잘리고 갇히고 달렸으니 안됐구나.
그러한 사랑에 저러한 바보라니.

블랜취 [루이스에게]
이 일에 관해서는 숙부님 뜻대로
하겠습니다. 당신의 좋은 점을
숙부께서 보신다면 그쪽으로 제 마음을
손쉽게 바꿀 수도 있어요. 원하시면,
그보다 점잖게 표현하자면,
그걸 저의 사랑으로 만들겠단 말이에요.
당신의 모든 점이 사랑할 만하다고
높여줄 순 없지만, 당신의 생각들이
인색한 관념의 근본이 된다 해도
저로서는 당신을 싫어할 만한 점이
전혀 없다고 하겠어요.

존 왕 젊은이들 생각은? 조카, 어떻게 생각하나?

블랜취 숙부님이 지혜롭게 하시는 말씀을
언제나 당연히 따르는 거예요.

존 왕 왕세자, 말하오. 아가씨를 사랑하오?

루이스 왕세자 도리어 사랑을 억누를 수 있는지
물으시지요. 진심으로 사랑해요.

존 왕 그렇다면 볼크센, 투레인, 메인,
푸와티에, 앙주, 이 다섯 지역을
그녀와 함께 주며 그에 더하여
잉글랜드 화폐 3만 마크를 주겠소.
필립 왕, 당신이 이 일에 만족하면
아들과 자부에게 손잡으라 하시오.

필립 왕 좋소이다. 젊은이들, 서로 손을 잡아라.

오스트리아 공작 입술도 대세요. 나도 처음 약혼할 때
그랬답니다. 분명한 사실이죠.
[루이스와 블랜취가 손을 잡고 키스한다.]

필립 왕 그러면 앤저스 시민, 문을 여시오.
당신들이 이룩한 화친을 맞아들여
성 마리아 교회에서 엄숙한 혼례식을
즉시 거행하겠소.
콘스턴스 부인은 이 중에 없소?
없을 것이 분명하오. 그녀가 있었다면
혼사에 큰 장애가 되었을 거요.
그녀와 아들이 어디 있나? 말하라.

루이스 왕세자 전하의 막사에서 슬퍼하고 있어요.

필립 왕 우리가 서로 맺은 이 동맹은
확실히 그녀에게 위로가 되지 않소.
잉글랜드 사돈, 이 슬픈 과수댁을
어떻게 달래주오? 그녀의 권리 때문에
내가 왔던 것인데, 뜻밖의 방향에서
내가 득을 보았소.

존 왕 모두 좋게 하겠소.
나이 어린 아서를 브리타니 공작과
리치먼드 백작으로 임명하고 부유한
이 도시의 주인으로 삼겠소. 부인을 부르시오.
누구든 속히 가서 거룩한 예식에 [솔즈베리 퇴장]
참례하라 이르시오. 그녀의 요구를
다 들을 순 없지만 어느 정도까지는
만족시켜 주어야 그녀의 불평을
막을 수 있겠소. 그럴 거라고 생각하오.
뜻하지 않았소. 준비 없는 예식이지만
되도록 서둘러서 속히 참례합시다.
[서자 외에 모두 퇴장]

서자 미친 세상, 미친 임금, 미친 화해로다!

29 셰익스피어 자신이 「비너스와 아도니스」에서 사용했던 운문의 형식으로 말하고 있다.

존은 아서의 온전한 권리를 막으려고
거침없이 한쪽만 떼어줬으며,
프랑스는 양심의 갑주로 무장하고
하느님의 병사로서 뜨거운 연민으로
전쟁에 나왔는데, 목적을 바꿔치는
교활한 마귀, 진심의 머리 치고
항상 맹세 깨는 놈, 언제나 왕, 거지,
늙은이, 젊은이, 처녀에게 이기는 놈,
'처녀'라는 말밖에 잃을 게 전혀 없는
불쌍한 처녀한테 그것까지 뺏는 놈,
빤질대는 낯을 가진 간지러운 이기주의,
세상을 삐뚤게 몰아가는 이기심만 남았다.
세상이란 본시는 균형이 잡혀 있어서
평탄한 바닥에서 똑바로 가지만,
이러한 이기주의, 일그러진 악의 힘,
탐욕의 지배자—이런 이기주의로
방향과 목적과 길과 뜻과 정의를
모두 다 내버리고 달려만 간다.
그래서 이처럼 비뚤어진 이기주의,
뚜쟁이, 거간꾼, 뒤바꾸는 이 말이
변덕쟁이 필립 눈에 갑자기 나타나자
도우려는 결심에서 그자를 데려가서
명예를 걸고 결단한 전쟁에서
천하고 더러운 화친을 맺게 하였다.
하지만 왜 이기심을 욕하나?
아직 내가 유혹을 안 받았기 때문이지.
놈의 예쁜 금화가 내 손에 키스할 때
손을 닫을 기백이 있는 게 아니야.
아직까지 내 손은 유혹을 몰라서
가난한 거지처럼 부자를 욕해.
어쨌든 나 자신이 돈 없는 동안에는
돈 많은 것만이 죄라고 떠들겠다.
부자가 되고 나면 그때부터 내 도덕은
오로지 가난만이 죄라는 말씀이다.
왕들이 이기주의로 신의를 깨뜨리니,
이득아, 주인 돼라. 너를 숭배하리라! [퇴장]

## 3. 1

[콘스턴스, 아서, 솔즈베리 백작 등장]

콘스턴스 [솔즈베리에게]
결혼하러 갔다고요? 화친하러 갔다고요?
가짜끼리 맺어요? 우방들이 된다고요?
블랜취가 거길 얻고 루이스가 그녀를
얻게 된단 말이에요? 그렇지 않아요.
잘못 들은 말이에요. 다시 생각하세요.
그럴 리가 없어요. 그냥 하신 말뿐이죠.
아마도 당신은 믿지 못할 사람 같아.
그런 말은 사람들이 뱉은 숨에 불과해.
이거 진짜 정말이야, 당신 말 안 믿어.
그거와는 정반대로 왕이 맹세하던데.
나를 놀라게 한 죄로 처벌될 거야.
나는 본시 아파서 공포증이 있는데
억울한 압박으로 두려움이 태산 같아.
남편 없는 과부라 두려움이 생기지.
여자라서 저절로 두려움을 타고났어.
당신이 그런 말을 농담으로 했대도
떨리는 마음과는 화해시킬 수 없어.
하루 종일 부들부들 떨고 있을 판이야.
머리를 내젓는데 그게 무슨 뜻이죠?
어째서 측은하게 아들을 바라보죠?
어째서 그처럼 가슴에 손을 얹죠?
어째서 슬픈 눈에 눈물이 고이죠?
강둑을 넘으려는 불어난 강물처럼?
이런 슬픈 징조들이 그것들이 옳다고 하죠?
그럼 다시 말해요. 전부는 그만두고
이야기가 사실인지 한마디만 하세요.
솔즈베리 내가 말한 사실을 거짓으로 믿으시나
그런 만큼 내 말은 진실입니다.
콘스턴스 이런 슬픈 사실을 믿으라고 강요하면
슬픔 속에 죽으라고 강요하는 거예요.
악에 받친 두 사람이 마주치는 순간에
사납던 분개심이 스르르 녹아지듯
믿음과 목숨을 맞붙여 보세요.
루이스와 블랜취가? 얘야, 너는 어디 있니?
두 나라가 화친한대? 나더러는 어쩌라고?
당신은 없어져! 꼴도 보기 싫어.
이 소식에 당신은 추물 중 추물이야.
솔즈베리 남들의 잘못을 전해드린 것밖에
내가 무슨 잘못을 저질렀어요?
콘스턴스 그따위는 그 자체가 끔찍한 잘못이라

그런 말을 하는 자도 끔찍하단 말이에요.
아서 어머니, 제발 진정하세요.
콘스턴스 진정하길 바라는 네가 사나운 데다
네 어미 자궁에 망신살을 뻗치고
역한 결함, 숨은 오점, 병신, 머저리,
새카만 괴물에다 지저분한 혹부리며,
흉측한 허물들이 빼곡한 놈이라면
나는 상관하지 않고 진정하겠다.
그땐 너를 사랑하지 않으며 혈통에도
맞지 않고 왕관 쓸 자격도 없지만,
너는 잘난 아이고 네가 태어날 때에
자연과 운수가 함께 너를 만들어[30]
피어나는 장미와 백합에게 너의 미모를
뽐낼 수도 있지만, 운수의 여신은
타락하고 변심하여 네 것을 뺏어갔다.
그녀는 네 삼촌과 때도 없이 간음하고
황금 손을 쩔렁거려 프랑스와 짝을 이뤄
아름다운 왕권의 존엄성을 짓밟고
필립 왕을 자기들의 뚜쟁이로 만들었어.
프랑스는 운수와 존 왕의 뚜쟁이로
운수라는 창녀와 찬탈자를 붙여놓았지.
프랑스가 약속을 저버리지 않았냐?
욕을 퍼붓지 않겠거든 얼씬도 마라.
나 혼자 떠메야 할 슬픈 일들을
나한테 남겨라.
솔즈베리 부인, 용서하시오.
부인을 왕들에게 모셔가야 합니다.
콘스턴스 그럴 테지만 당신하곤 안 갈 테다.
슬픔은 당당하여 슬픈 자는 무거우니
슬픔에게 당당히 처신하라 이르겠다.
나와 내 슬픔의 막중한 위엄 앞에
왕들한테 오라고 해. 슬픔이 너무 커서
튼튼한 땅덩이만 지탱할 수 있겠지.
나와 내 슬픔은 여기 앉아 있겠다.
[그녀가 앉는다.]
내 왕좌는 여기다. 왕들한테 절을 시켜.
[솔즈베리가 아서와 함께 퇴장]
[콘스턴스는 그대로 앉아 있다.]
[주악. 존 왕, 필립 왕, 루이스 왕세자, 블랜취,
엘리너 왕비, 서자, 오스트리아 공작 등장]
필립 왕 [블랜취에게]
어여쁜 며늘아기, 옳은 말이다.
프랑스는 이날을 항상 축복하리라.
빛나는 태양은 이날을 축복하여
가던 길을 멈추고 연금술사가 되어서
귀한 얼굴 광채로 이 천한 흙덩이를
찬란한 황금으로 변모시켜 놓는다.
해마다 이날을 가져오는 태양은
빙빙 도는 궤도에서 축제일을 보리라.
콘스턴스 [일어서며]
축제일이 아니라 흉악한 날이야!
이날이 특별해? 무슨 짓을 했기에
굉장한 축제일들 사이에 달력에다
금박으로 표할 일이 생겼단 말이냐?
도리어 이날을 주일에서 빼버려.
수치와 핍박과 위약의 날이란다.
하늘의 태양이 마지막에 올 때까지
아이 밴 아낙들은 기형아를 낳지 않게
이날에 해산하지 않도록 기도드려라.
하지만 배꾼들은 파선을 걱정 마라.
오늘 맺은 계약밖에 깨질 게 없어.
이날 시작이 된 건 불행으로 끝난다.
굳게 맺은 약속도 빈말되기 마련이야.
필립 왕 부인, 들어보시오. 오늘의 처사를
저주할 이유가 절대로 없겠소.
권력에 의지하여 맹세하지 않았소?
콘스턴스 왕같이 생긴 위폐[31]로 날 속이셨군요.
시금석에 마주 대어 진품인가 알아보니
가치가 없네요. 위약, 위약이에요!
적의 피를 흘리려고 무장하고 오셨지만
지금은 적의 피를 당신 피로 강화하고 있어요.
전쟁하는 강한 힘과 사나운 표정이
번지레한 평화와 화해 속에 냉랭하고
핍박받는 우리가 동맹을 맺었네요.
거짓된 왕들에게 하늘아, 일어나서
울부짖는 이 과부의 남편이 돼라!

30 자연과 운수는 상극이어서 좀처럼 좋은 일에 합작하지 않는다. 잘난 영웅이 불행한 경우가 흔한 까닭이다.
31 당시 금화에는 왕의 얼굴을 새겼는데, 값싼 쇠붙이에 왕의 얼굴을 찍은 위폐가 횡행했다.

저주받을 이날이 평화롭게 가지 말고
해 지기 전에 거짓스러운 왕들한테
전쟁의 불화를 내려라. 들어다오!
오, 들어다오.

오스트리아 공작 부인, 조용하시오.

콘스턴스 전쟁! 전쟁! 평화는 가라! 전쟁이 평화다.
리모주, 오스트리아, 피 묻은 전리품에
수치를 안긴다.[32] 천박한 겁쟁이,
용기는 작디작고 비열은 크디큰 놈,
강한 자에 붙어서 강하게 구는 놈,
변덕쟁이 운수의 기사라고 하면서
그녀가 괜찮다고 말해주지 않으면
전쟁터에 안 가는 놈—너도 약속 어겼다.
강한 자에게 아부하는 웃기는 멍청이가
우리한테 소리치고 발 구르며 외치다니
시끄러운 멍청이, 이 냉혈동물아,
내 편이라고 천둥처럼 떠들었지?
나 위해 싸우는 용사라고 맹세하고
자기 별, 자기 운수, 자기 힘을 믿으라 하고
이제 와서 원수에게 넘어가느냐?
흥! 사자 가죽? 창피하다, 벗어라.
겁쟁이 팔다리엔 송아지 깝질이지!

오스트리아 공작 나한테 저런 소릴 사내가 했다면!

서자 게다가 송아지 깝질까지 걸쳤다면.—

오스트리아 공작 목숨이 아까우면 그런 말 하지 마라!

서자 게다가 송아지 깝질까지 걸쳤다면.—
[팬덜프 등장]

필립 왕 거룩한 법왕의 특사가 오는군.

팬덜프 추기경 기름 부은 신의 대리 왕들에게 인사하오.
존 왕에게 거룩한 사명을 띠고 왔소.
밀란의 추기경이요 이노센트 법왕의
특사인 나 팬덜프는 그분의 이름으로
신앙으로 묻노니 어찌하여 당신은
거룩한 어머니인 교회에 항거하여
캔터베리 추기경으로 하여금
정해진 랭튼[33]을 제멋대로 멸시하고, 거룩한 직책을
수행하지 못하게 하고 있소?
거룩하신 이노센트 법왕의 이름으로
당신에게 묻노니 대답하오.

존 왕 세상의 어떠한 명목으로 질문하여
존엄한 왕의 입김을 시험할 수 있겠소?
추기경 당신은 법왕같이 미미하고
무자격하며 가소로운 이름으로
대답을 요구하지 못하오. 여기서는
이탈리아 사제가 십일조나 세금을
거둘 수 없소. 내 말을 전해주오.
하느님 아래서는 내가 으뜸인 만큼
하느님 아래 있는 사람 손을 안 빌리고
본인이 다스리는 최고의 권세를
본인 홀로 지키겠소. 법왕에게 전해주오.
제멋대로 행사하는 그자의 권세에
조금도 경의를 표하지 않소.

필립 왕 잉글랜드 국왕 형제, 이는 신성모독이오.

존 왕 당신과 기독교 세계의 모든 왕들이
돈 주면 용서받는 저주가 무서워서
간섭하는 사제에게 흉하게 끌려가고
치사한 돈과 찌꺼기와 먼지 값으로
어떤 자가 만들어서 세상에 팔아먹는
타락한 면죄부를 사 가지는 것이오.
그처럼 망측하게 끌려가는 모든 왕이
돈 들여 교묘한 그 요술을 조장하나
나 홀로 단독으로 법왕에게 맞서며
그자 편을 드는 자를 적으로 간주하오.

팬덜프 추기경 그렇다면 내가 가진 법적인 권세로
당신은 저주받고 교회에서 출교되니,
이단자에 대하여 충성을 파기하고
당신에게 반항하는 자에게는 복이 내리고
어떠한 비밀한 방법을 쓰더라도
추악한 당신의 목숨을 뺏는 손은
잘했다고 칭찬받고 성자로 서품되어
추앙받을 것이오.

콘스턴스 로마와 함께
욕할 틈이 생겼어요. 내 일도 합법이죠!

32 리모주의 성을 공격하다가 리처드 1세가 치명상을 입었고 그때 그가 지녔던 사자 가죽이 오스트리아 군에게 넘어갔는데 이를 오스트리아 공작이 걸치고 있는 것이다. 이 작품에서 리모주 공과 오스트리아 공작이 동일한 인물로 설정되어 있다. 역사적으로 둘은 다른 사람들이다.

33 1207년에 캔터베리 추기경으로 서품되었으나 존 왕이 이를 인정하지 않자 프랑스로 피신했다.

추기경 신부님, 날카로운 내 저주에
'아멘' 하세요. 억울한 나 아니면
저자를 제대로 저주하지 못해요.
팬덜프 추기경 부인, 내 저주는 법이 허락하였소.
콘스턴스 내 저주도 그래요. 법이 정의를 못 지키면
불의를 막는 것도 법에 맞아요.
법은 내 아들에게 나라를 못 준대요.
나라를 잡은 자가 법을 잡고 있지요.
그래서 법 자체가 완전한 불의라
내 혀의 저주를 법이 어떻게 막아요?
[필립 왕이 존 왕의 손을 잡는다.]
팬덜프 추기경 프랑스 왕, 저주의 위험이 있으니
그런 이단 괴수와 손을 풀고 아서에게
프랑스 병력을 모아주시오.
저자가 로마에 굴복하지 않으면.—
엘리너 왕비 필립 왕, 겁나요? 손 놓지 말아요.
콘스턴스 거 봐라, 마귀야. 프랑스는 뉘우쳐서
손을 놓고, 지옥은 영혼 하나 놓칠 테지.[34]
오스트리아 공작 필립 왕, 추기경 말씀을 들으시오.
서자 겁쟁이 팔다리에 송아지 깝질이나 걸지.
오스트리아 공작 이런 깡패 보았나! 모욕을 참는다만.—
서자 주머니가 큼직해서 다니기에 편하겠군.
존 왕 필립 왕, 뭐라고 답할 거요?
콘스턴스 추기경과 같겠지, 무슨 말 하겠어?
루이스 왕세자 아버지, 잊지 마세요. 로마에서
무거운 저주를 사거나 잉글랜드의
우정을 잃는다는 가벼운 손실이에요.
쉬운 걸 버리세요.
블랜취 그게 로마의 저주죠.
콘스턴스 루이스, 굳게 서요. 마귀가 당신을
순진한 신부처럼 유혹하고 있어요.
블랜취 부인은 신의 아닌 현실적인 필요에서
그런 말을 하네요.
콘스턴스 신의가 죽어야만
필요가 사는데,[35] 내 필요를 인정하면
결론은 이러니까 그렇게 아세요.
필요가 죽으면 믿음이 살아나요.
필요를 짓밟으면 믿음이 솟아나고,
필요가 솟아나면 신의가 짓밟혀요.
존 왕 왕은 심란해서 대답하지 않겠다.
콘스턴스 [필립 왕에게]
그렇다면 떨어져서 대답을 잘 하세요.
오스트리아 공작 그러시오, 필립 왕. 주저하지 마시오.
서자 송아지 깝질이나 걸쳐라, 귀여운 녀석.
필립 왕 당황해서 뭐라 할지 모르겠소.
팬덜프 추기경 뭐라 하겠소? 출교를 당해
저주를 받으면 더욱 당황할 건데?
필립 왕 존경하는 신부님, 입장을 바꿔서,
신부님이면 어떻게 할지 말해보시오.
이 왕의 손과 내 손이 방금 잡았소.
두 사람의 영혼은 거룩한 맹세라는
신앙의 힘을 다하여 동맹으로 혼인하고
짝을 이루어서 하나로 맺었소.
종전까지 호흡으로 소리를 내어서
말한 것은 두 나라와 우리 두 왕 사이에
깊게 맹세한 신뢰, 평화, 우호, 사랑이었소.
휴전이 성립되기 조금 전만 하여도
왕들이 평화조약을 맺으려고
손을 제대로 씻지도 못할 직전까지
우리 손에는 성난 왕들의 적개심이
살육의 큰 붓으로 무서운 충돌을
잔뜩 그려놨던 것을 하느님도 아시오.
그처럼 방금 전에 피를 씻은 이 손들이
새롭게 튼튼한 사랑으로 맞잡았는데
손을 놓고 우정의 재결합을 풀어요?
신의를 희롱해요? 하늘에 장난치고
변덕스런 애들처럼 다시 손을 뿌리치고
맹세했던 신의를 무효화하고
웃음 짓는 평화의 혼인 첫날밤에
잔인한 군대가 되어 진실한 마음의
부드러운 이마에 군홧발로 행군해요?
오, 거룩한 신부님, 그리되게 하지 마시오.
은혜로써 좀 더 부드러운 명령을

34 프랑스 왕의 영혼이 지옥에 빠질 뻔했는데 잉글랜드에서 돌아서니 지옥은 그의 영혼을 잃게 되었다는 것.

35 이 과부는 프랑스 왕과 오스트리아 공작에 대한 신뢰를 '신념'이라고 하고 아들 아서를 왕위에 올리는 것을 자신의 '필요'라고 한다. 그런 필요가 죽는다는 것은 필요가 충족되었다는 뜻이므로 그들에 대한 신념이 살아난다는 말이다. 그녀의 말버릇은 교묘하게 꼬아서 말하는 것이다.

고안하고 결정하고 가하시오. 그리하면
축복 속에 우리는 원하시는 그대로
행하면서 서로의 우의를 계속하겠소.
팬덜프 추기경 잉글랜드 우정의 반대 이외엔
어떠한 형식도 질서도 무의미하오.
그러므로 싸우시오! 교회의 용사 되거나
어머니 교회의 저주를 받으시오.
반항하는 아들에 대한 어머니의 저주요.
프랑스 왕, 당신은 독사의 혓바닥이나
살아 있는 사자의 살인적인 발이나
굶주린 호랑이의 어금니를 잡기보다
평화 속에 그의 손을 잡는 것이 어렵겠소.
필립 왕 손은 놓겠지만 신의는 버리지 않겠소.
[존 왕의 손을 놓는다.]
팬덜프 추기경 그리하면 신의가 신의의 적이 되고
내란처럼 맹세와 맹세를, 혀와 혀를
서로 싸우게 하오. 먼저 하늘에
맹세한 맹세를 먼저 하늘에 행하시오.
다시 말해 교회의 용사가 되시오.
뒤의 맹세는 자신을 거역한 것이니
당신 자신이 행할 수 없는 것이오.
당신이 잘못을 행하기로 맹세한 것은
진실하게 고쳐서 행하면 잘못이 아니오.
행하면 악이 되는 그 짓을 행하지 않는 것이
가장 진실하게 행하는 것이 되오.
잘못된 의도를 바르게 행하는 법은
다시 잘못하는 것으로, 비록 굽은 행위나
그것을 다시 굽힘으로 바르게 만드나니
거짓이 거짓을 고치는 것은 불에 덴
핏줄에서 열이 열을 식히는 것과 같소.[36]
맹세를 지키게 하는 것은 신앙이지만
당신은 신앙에 어긋나게 맹세하였소.
맹세한 신앙에 어긋나게 맹세하고
자신의 진실함을 맹세로써 주장하나
그러한 진실성은 맹세를 어겼으매
맹세를 꺼리며 맹세를 안 깨기 위해
맹세할 뿐이니, 그런 맹세가 무슨 작태요?
하지만 맹세를 깨기 위한 맹세가 될 뿐,
맹세를 지키면 맹세를 깨뜨리는 것이라
첫 맹세에 어긋나는 나중 맹세는
당신 속에 벌어지는 자중지란이오.
따라서 어리석고 무책임한 유혹에 맞서
곧고 귀한 성품을 무장시킴이
당신의 가장 좋은 토벌전이 되겠소.
당신이 바란다면 그 귀한 마음을
기도로 돕겠으나, 그러지 않는다면
우리의 저주가 무겁게 떨어져
당신이 도저히 떨쳐버릴 수 없어
지독한 무게 아래 절망하여 죽을 거요.
오스트리아 공작 반란이오, 순전한 반란이오!
서자 다 글렀어?
송아지 거죽으로 아가리 막지 못해?
루이스 왕세자 아버지, 싸웁시다!
블랜취 결혼식 날에?
자기가 결혼한 가문에 대적해서?
도살당한 사람들로 잔치를 벌일까요?
시끄러운 나팔과 떠버리는 북소리,
지옥의 난장판이 예식의 곡조예요?
여보, 내 말 들어요! 오, '여보'란 말이
내 입에 참말로 어색하네! 입과 입이
부르지 못한 그 이름을 위해서
무릎 꿇고 빌어요. 숙부님께
대항하지 말아요.
콘스턴스 오랫동안 꿇어서
단단해진 무릎으로 당신에게 빌어요.
선하신 왕세자님, 하늘이 예정한
판결을 바꾸지 마세요.
블랜취 당신의 사랑을 지금 보여주세요.
아내란 이름보다 강한 힘이 뭐예요?
콘스턴스 너를 떠받들면서 자기를 떠받드는
그분의 명예다. 루이스, 당신의 명예!
루이스 왕세자 이처럼 심각한 문제가 끌어당겨도
아버지는 냉담하신 것 같아요.
팬덜프 추기경 그 사람 머리에다 저주를 내리겠다.
필립 왕 그럴 필요 없겠소. 잉글랜드, 결별하오.
콘스턴스 떠났던 권위의 아름다운 귀환이야!

36 당시 가톨릭 대변자들의 교묘한 논리를 모방하고 있다. '이열치열'과 같이 악한 짓에 악한 짓으로 대응하면 그것이 곧 선이 된다고 하는 논리이다. 아래에서 '맹세'라는 말을 존 왕과의 '나쁜' 맹세, 교회와의 '좋은' 맹세란 뜻을 알쏭달쏭하게 나타내는 궤변이 이어진다.

엘리너 왕비 변심하는 프랑스의 치사한 반란이지!
존 왕 프랑스, 이제 방금 이때를 한탄하겠소.
서자 시계를 맞추는 늙은 시간, 대머리 시간이
제 뜻대로 할 텐가? 프랑스가 앓겠지.
블랜취 피가 해를 가리네. 맑은 날아, 잘 가라!
나는 양쪽 편인데 어떤 쪽에 가야 해?
양쪽의 군대가 같은 손이 있는데
저들의 세력 중에 둘을 모두 잡았더니
서로 떨어지면서 나를 찢는다.
당신이 이기라고 빌 수도 없고
숙부님이 지시라고 빌어야 하며
시부님의 행운을 원하지도 못하고
조모님의 소원대로 되라고도 못 해요.
어느 편이 이기든지 그 편에서 나는 져요.
시합도 하기 전에 지는 게 확실해요.
루이스 왕세자 부인의 운수는 내게 달렸소.
블랜취 내 운수가 사는 곳에 내 목숨은 죽어요.
존 왕 조카, 우리 군대를 집결시켜라. [서자 퇴장]
프랑스, 치솟는 분노로 나는 불탄다.
피밖에는 그 무엇도 나의 분노를
식힐 수 없다. 프랑스의 가장 값진
피가 아니면 식힐 수 없다.
필립 왕 자신의 분노에 타버릴 것이라,
내 피가 꺼주기 전에 너는 재가 되리라.
자신을 돌아보라. 위험에 빠져 있다.
존 왕 큰소리만 치는 자다. 속히 무장하자! [모두 퇴장]

## 3. 2

[경계 나팔, 공격 나팔.
서자가 오스트리아 공작의 머리를 들고 등장]
서자 제기랄, 날씨 한번 더럽게 더워간다.
공중의 마귀가 하늘에 떠돌다가
못된 짓을 쏟누나. 공작 녀석 대가리는
여기 놓여 있는데 필립은 살아 있어.
[오스트리아 공작의 머리를 내려놓는다.
존 왕, 아서, 휴벗, 귀족들 등장]
존 왕 휴벗, 얘를 잡아둬라. 필립, 서둘러!
어머니가 막사에서 기습당했다.
포로가 된 것 같아.
서자 전하, 제가 구했네요.
왕비님은 안전하니 걱정 마세요.
어쨌든 나갑시다. 조금만 수고하면
이번 일은 행복한 결말에 도달하겠어요.
[한쪽 문으로 존 왕과 서자가
오스트리아 공작의 머리를 들고 퇴장.
휴벗과 아서는 다른 문으로 퇴장]

## 3. 3

[경계 나팔, 공격 나팔, 후퇴 신호.
존 왕, 엘리너 왕비, 아서, 서자, 휴벗,
신하들 등장]
존 왕 [엘리너 왕비에게]
그러기로 하지요. 어머님은 뒤에 계세요.
엄히 지켜드리죠. [아서에게] 조카야, 슬퍼 마라.
할머니가 너를 극진히 사랑하신다.
삼촌이 아빠처럼 네게 잘해 주겠다.
아서 엄마가 이걸 알면 슬퍼 죽을 건데요!
존 왕 [서자에게]
잉글랜드로 떠나자! 네가 먼저 빨리 가.
내가 도착하기 전에 수도원장 녀석들의
돈 보따릴 흔들어. 옥에 갇힌 천사[37]들을
풀어줘. 태평 속에 기름졌던 갈빗대를
굶주렸던 무리가 배를 채울 차례다.
내가 맡긴 일거리를 강력히 시행해.
서자 금과 은이 나한테 손짓하는데
종과 책과 촛대에 쫓길 내가 아네요.[38]
전하를 떠나요. 어쩌다 거룩한 게
떠오르면 할머님의 안전을 위해서
기도할게요. 손에 키스합니다.
엘리너 왕비 잘 가라, 착한 손자.
존 왕 조카, 잘 가라. [서자 퇴장]
엘리너 왕비 [아서에게]

37 당시 금화에는 천사의 모습이 찍혀 있었다. 그러니까 돈을 풀라는 말이 된다.
38 이들은 사제들이 귀신을 쫓을 때 사용하던 물건이었다. 자기는 사제들의 말을 안 듣겠다는 말이다.

이리 온, 꼬마 손자, 한마디 하겠다.
[아서를 한쪽으로 데려간다.]
존 왕 이리 오라, 휴벗.
[휴벗을 한쪽으로 데려간다.]
점잖은 휴벗,
당신에게 크게 빚졌다. 내 몸의 영혼이
당신을 채권자로 생각해서, 그 호의에
이자까지 붙여서 갚아주겠다.[39]
좋은 친구, 당신이 원해서 맺은 맹세가
내 가슴에 소중히 간직되어 살아 있어.
손 좀 잡아보자. 할 말이 있었지만
더 좋은 가락에 맞춰 주겠다.
휴벗, 맹세코 내가 당신을 얼마나
존중하는지 말하기조차 쑥스러워.
휴벗 오히려 전하께 빚진 바가 큽니다.
존 왕 좋은 친구, 그렇게 말할 게 아직 없지만,
시간이 아무리 느리게 가도
좋은 덕을 입을 때가 꼭 오겠다.
한 가지 말할 게 있지만 관둔다.
하늘엔 아직 해가 남아서 밝은 낮은
세상의 모든 쾌락을 거느리고 있으니
너무나도 즐겁고 놀 게 많아서
내 말을 안 들어. 야밤의 종이
무쇠의 혓바닥과 놋쇠의 아가리로
졸린 밤의 고요를 울릴 수 있다면,
우리가 선 곳이 교회의 묘지라면,
당신이 천 가지 죄악의 범인이라면,
여느 때면 신나게 핏줄 속을 달리며
내게 안 어울리는 감정에 호소해서
멍청한 웃음으로 뭇사람의 눈을 끌고
실없는 즐거움에 입가를 당기지만,
썰렁한 우울증이 당신 피를 굳혀서
무겁고 끈끈하게 돼버렸다면,
눈 없이 나를 볼 수 있으며
귀 없이 내 말을 들을 수 있고
생각만 가지고 혀 없이 대답하고
눈과 귀와 해로운 소리 없이 대답하면
그때에는 눈 밝은 대낮임에도
당신 속에 내 생각을 쏟아 넣겠다.
하지만 관둔다. 당신을 좋아해.
당신도 나를 좋아하는 줄 알아.
휴벗 사랑하고말고요. 하라고 명하시는
그 일에 죽음이 따른다 해도
반드시 하겠습니다.
존 왕 그걸 내가 모르나?
믿음직한 사람이군! 휴벗, 저 아이에게
시선을 돌려라. 솔직히 말한다.
내 앞길 가로막는 바로 그 독사야.
어디든 내 발이 닿는 데마다
내 앞에 버텨 선다. 알아듣겠나?
당신이 맡았어.
휴벗 철저한 감시로
전하의 근심이 안 되게 하겠습니다.
존 왕 죽음.
휴벗 예, 전하.
존 왕 그리고 무덤.
휴벗 살지 못합니다.
존 왕 그럼 됐다.
이젠 즐거울 수 있겠다. 휴벗, 당신이 좋아.
당신에게 해줄 일을 말하지 않겠다.
잊지 마라.—어머니, 안녕히 가세요.
엘리너 왕비 내 축복 함께하길!
존 왕 [아서에게] 잉글랜드로 가라.
휴벗이 시종으로 정성을 다해
시중들어줄 거다.—캘레이[40]로 전진하라!
[엘리너와 시종들은 한쪽 문으로 퇴장,
나머지는 다른 문으로 퇴장]

## 3. 4

[주악. 필립 왕, 루이스 왕세자, 팬덜프,
시종들 등장]
필립 왕 그래서 대양의 사나운 폭풍으로
하나로 뭉쳐 있던 함대 전부가
우정을 내버리고 흩어졌구나.

39 앤저스 시민 대표인 휴벗이 존 왕에게 군자금을 꾸어주었는데 그것에 이자를 붙여 갚겠다는 말이다.
40 잉글랜드 섬을 마주 보는 프랑스의 이 항구(프랑스어로 '칼레')는 오래도록 잉글랜드 영토였다.

팬덜프 추기경 용기와 위안을 가지시오! 모두 잘될 것이오.
필립 왕 이처럼 망했는데 뭐가 잘되오?
패하지 않았소? 앤저스를 안 뺏겼소?
아서가 포로 아니오? 친구들이 안 죽었소?
잔혹한 잉글랜드는 잉글랜드로 돌아가
시건방진 참견으로 프랑스를 조롱하오.
루이스 왕세자 그가 뺏은 성들을 요새화했소.
그처럼 신속하고 지혜롭게 처리하고
그처럼 격한 일에 절제가 철저함은
선례가 없소. 그와 같은 사례를
읽거나 들은 자가 누구입니까?
필립 왕 우리 같은 수치를 당한 예가 있다면
잉글랜드를 칭찬해도 참겠다.
[콘스턴스가 얼빠진 듯이 귓바퀴에
머리카락을 흩트리고 등장]
저기 누가 오나 보라! 영혼의 무덤이다.
괴로운 목숨이란 악랄한 감옥 속에
영원한 영혼이 별수 없이 갇혔다.
부인, 나와 같이 갑시다.
콘스턴스 당신의 평화가 만든 꼴을 보세요!
필립 왕 참으시오, 부인. 진정하오, 콘스턴스.
콘스턴스 못 참아요. 충고건 보상이건 모두가 싫소.
충고를 끝내는 보상 외엔 모두가 싫소.
죽음아, 죽음아, 다정한 죽음아,
향기로운 냄새야, 건강한 부패야,
영원한 어둠의 자리에서 일어나라.
행복을 증오하는 공포의 존재야,
역겨운 너의 뼈에 입 맞추겠다.
네 높은 이마에 눈알을 박겠다.
네 흔한 벌레들로 손가락을 두르고
지저분한 흙으로 숨통을 막으리니,
너처럼 무생명한 괴물 송장이 되겠다.
나보고 히쭉대면 미소한다고 믿고
아내처럼 입 맞추겠다. 비참의 연인아,
내게로 오라.
필립 왕 슬픔의 여인, 진정하시오!
콘스턴스 외칠 숨이 있는 한 진정할 수 없어요.
천둥의 입에 혓바닥이 달리면!
격렬한 감정으로 세상을 흔들어서
가녀린 여자의 목소리를 듣지 못해서
얌전한 호소를 무시하는 흉한 해골을
잠에서 깨워 일으킬 테야.
팬덜프 당신은 슬픔 아닌 광기를 토하오.
콘스턴스 그렇게 거짓말하니 거룩하지 않네요.
미치지 않았어요. 내 머릴 내가 헝클었어요.
내 이름은 콘스턴스, 제프리의 아내였죠.
아서는 아들인데 잃어버렸어요!
미친 게 아니에요. 미쳤으면 좋겠어요.
그러면 나 자신도 나를 잊겠죠.
미치면 슬픈 일도 잊을 수 있죠!
나한테 미치게 할 철학을 설교하면
추기경, 당신은 성자가 되겠어요.
미치지 않았기에 슬픔을 의식하여
어떻게 하면 슬픔에서 나를 구할지
이지적인 능력으로 방법을 찾아보고
칼이나 밧줄로 자살하라 가르쳐요.
내가 미쳤다면 아들을 모르거나
미쳤기에 그 애를 인형처럼 다룰 테죠.
미치지 않았기에 불행들이 가져올
별다른 재앙들을 너무도 잘 알아요.
필립 왕 머리를 묶으시오. 머리카락 오리마다
사랑이 빽빽이 깃든 것을 알 수가 있소.
이슬방울 한 개가 우연히 떨어져도
천 가닥의 친구들이 그 방울에 몰려들어
슬픔을 함께하며 굳게 뭉치니,
떨어지지 못하는 진실한 애인처럼
환난 중에 결합하오.
콘스턴스 잉글랜드에 가겠어요.
필립 왕 머리를 묶으시오.
콘스턴스 그럴게요. 그런데 왜 그러시죠?
머리띠를 끊고서 소리쳤어요.
'내 손으로 내 머리를 풀어줬듯이
내 아들도 내 손으로 찾아오리라!'
하지만 내 머릴 내가 다시 묶겠어요.
불쌍한 내 아이가 포로니까요.
[자기 머리를 묶는다.]
그런데 추기경님, 우리가 하늘에서
정든 사람들을 만난다고 하셨죠.
그런 게 사실이면 내 아이도 보겠네요.
첫 번째 사내아이 카인[41]이 난 뒤로
바로 어제 죽어간 아이까지 그처럼
사랑스러운 사내애가 태어난 적이 없어요.

슬픔의 벌레가 꽃봉오릴 파먹고
그 애 뺨의 고운 빛을 쫓아버릴 테지요.
그래서 유령처럼 퀭한 낯을 보이면서
오한이 걸린 듯 앙상하게 되겠죠.
그러다가 죽겠지요. 그런 꼴로 부활하면
내가 다시 천당에서 아이를 만난대도
전혀 몰라보겠죠. 그러니까 이젠 영영
귀여운 아서를 볼 수가 없어요.

팬덜프 당신의 슬픔은 너무 심한 생각이오.

콘스턴스 아들을 가져보지 못한 분의 말이군요.

필립 왕 당신은 아들만큼 슬픔에 탐닉하오.

콘스턴스 슬픔은 없어진 아이의 공허를 메우고
그 침대에 눕고, 나와 함께 걷고
예쁜 표정을 짓고, 아이의 말을 반복하고
귀여운 몸짓을 생각나게 해주고
텅 빈 옷에 아이 모습을 가득 채워요.
그러니 슬픔에 탐닉하지 않겠어요?
잘 있어요. 당신이 내 처지가 되면
당신보다 따뜻하게 위로해줄 거예요.
[자기 머리를 다시 푼다.]
내 정신이 이토록 어지러워서
이렇게 머리를 다듬지 않겠어요.
오, 주여! 내 아이, 내 아서, 어여쁜 아가!
내 목숨, 내 기쁨, 내 양분, 나의 온 세상!
과부의 위안이며 슬픔의 약이어라! [퇴장]

필립 왕 무슨 짓 할지 몰라. 따라가겠다. [퇴장]

루이스 왕세자 세상의 아무것도 즐겁지 않다.
두 번 듣는 얘기처럼 인생은 지겹고
졸음 겨운 사람의 귀를 괴롭힐 뿐이지.
쓰디쓴 수치가 단맛을 망치니까
이야기는 수치와 쓴맛밖에 남기지 않아.

팬덜프 추기경 극심한 질병은 치유되기 직전에
건강의 회복이 생기려고 하는 순간
발작이 심해지오. 떠나는 악령들이
갈 때에 가장 악하게 행동하오.
오늘의 패전에서 잃은 게 무어요?

루이스 왕세자 영광, 기쁨, 행복의 날들이지요.

팬덜프 추기경 당신이 이겼다면 분명 기쁘겠으나,
아니오! 운수는 행운을 줄 사람을
무서운 눈으로 노려보는 법이오.
존 왕은 자신이 이겼다고 확신하지만
무엇을 잃었는지, 따져보면 놀랍소.
아서가 잡힌 게 슬프지 않소?

루이스 왕세자 존 왕이 기쁜 만큼 한없이 슬프오.

팬덜프 추기경 당신의 지능과 피는 똑같이 젊으오.
예언자의 정신에서 말하니 들으시오.
내 말의 기운이 스치기만 해도
작은 먼지, 작은 검불, 작은 풀잎까지도
당신의 발걸음을 잉글랜드의 왕좌로
이끌어갈 길로부터 곧 날려 보내겠소.
귀담아서 들으시오. 아서가 붙잡혔소.
아이의 혈관에 생명이 뛰놀면
찬탈자 존은 한 시, 한 분, 한 숨도
쉬지 못하오. 불법한 손으로
낚아챈 왕권은 얻을 때처럼 폭력으로
유지할 수밖에 없소. 미끄러운 장소에
서 있는 자는 쓰러지지 않으려고
무슨 짓도 안 가리오. 존이 서기 위해선
아서가 쓰러질 수밖에 없소.
그러기 마련이오. 어쩔 수 없소.

루이스 왕세자 아서가 쓰러지면 내가 무엇을 얻게 되오?

팬덜프 추기경 당신의 아내 블랜취의 권리에 의거해서
아서처럼 계승권을 주장하는 거요.

루이스 왕세자 아서처럼 목숨까지 몽땅 잃는 것이군.

팬덜프 추기경 노련한 이 세상에 정말 숙맥이시오!
존이 꾸민 계략인데 기회는 당신 거요.
왕의 피에 자신의 안전을 담그는 자는
피로 물든 안전이 허망함을 알게 되오.
그런 악행은 백성의 마음을
냉담하게 하고 충성심을 얼게 하고
그런 왕에 도전하는 작은 흔적에도
백성은 마음으로 기뻐할 거요.
밤하늘에 흘러가는 별똥별이나
자연의 현상이나 궂은 날씨나
평범한 바람이나 늘 보는 사건들도
자연적인 원인을 없애버리면
확실히 존에게 복수를 선포하는
혜성, 징조, 암시, 기적, 전조 같은
하늘의 말이라고 할 수 있겠소.

41 아담과 하와가 낳은 맏이가 카인이었다(창세기 4장 1절).

루이스 왕세자 존은 아서의 목숨을 건드리지 않고
가둬만 둔 채 안심할지 몰라요.
팬덜프 추기경 당신이 온다는 말을 듣는 즉시
—아서가 이미 죽었을지 모르나—
존이 아이를 죽일 테니 그리되면
백성들 전부가 그자를 미워하여
처음 맞는 변화라도 그 입술에 키스하며
그자의 피 묻은 손가락 끝에서
강력한 반항과 분노를 배울 것이오.
소란이 벌어지는 모양이 눈에 선하오.
게다가 당신에게 바람직한 일들이
생기고 있소. 내 말보다 중요하오.
서자 포큰브리지가 교회를 약탈해서
분노를 사고 있소. 프랑스인 열두엇이
무장하고 거기 가면 유인하는 오리[42]처럼
그곳 사람 1만 명을 모아들이게 되오.
조그만 눈덩이를 이리저리 굴리면
산더미를 이루오. 고귀한 왕세자,
같이 왕에게 갑시다. 저들의 불만이
무슨 일을 꾸밀지 놀라울 뿐이오.
저들의 영혼은 분노로 넘치오.
잉글랜드로! 내가 왕을 부추길 테요.
루이스 왕세자 강한 이유가 기발한 짓을 낳소. 갑시다.
당신이 찬성하면 왕도 찬성하시겠소. [둘 퇴장]

## 4. 1

[휴벗과 형리들이 밧줄과 쇠꼬챙이를 들고 등장]
휴벗 쇠꼬챙일 달궈라. 방장 뒤에 섰다가
내가 발로 바닥을 구르거든 달려 나와
나하고 같이 있는 아이를 의자에
단단히 잡아매. 조심해. 가서 살펴.
형리 1 당신의 허가서가 효력 있길 바라요.
휴벗 괜한 염려군. 걱정 마. 일만 잘해. [형리들 퇴장]
젊은이, 나와요. 할 말이 있다고.
[아서 등장]
아서 안녕하세요, 휴벗?
휴벗 작은 왕자, 안녕하쇼?
아서 아직 작은 왕자라 큰 왕자가 될 수 있는
굉장한 위치지만—안색이 어둡네요.
휴벗 예, 전엔 더 밝았어요.
아서 그럴 수 있다니요!
나밖에 우울한 사람이 없다고 믿었죠.
전에 내가 프랑스에 있을 때 젊은이는
변덕이 심해서 밤처럼 침울할 수밖에
없다던 말이 생각나요. 믿음을 걸고 말하면
옥에서 풀려나서 양을 치게 된다면
언제나 종일 명랑하게 살 거예요.
여기서도 명랑해야 하겠지만, 숙부가
나한테 더 큰 해를 꾸미는 거 같아요.
숙부는 내가 두렵고 나는 숙부가 두려워요.
제프리 아들인 게 내 잘못인가요?
그럴 수 없어요. 내가 당신의 아들이라면
당신의 사랑 받을 테니 참 좋겠어요.
휴벗 [방백]
애와 수작하다가 순진한 말에 끌려서
죽었던 동정심이 되살아나겠다.
그러니까 한순간에 끝을 내야지.
아서 어디 아파요? 얼굴빛이 창백해요.
솔직히 말해, 조금 아프면 좋겠어요.
당신하고 온밤을 지샐 수 있으니까.
당신보다 내가 훨씬 더 당신을 좋아해요.
휴벗 [방백]
저 애 말이 내 가슴을 정복하누나.
[아서에게]
이거 읽어보세요. [방백] 왜 그래, 못난 눈물!
잔인한 고문을 쫓아내는 거야?
금방 해치워야지. 안 그러면 내 결단이
약한 여자의 눈물로 떨어질 수 있어.
[아서에게] 읽지 못해요? 분명하게 쓴 건데요?
아서 고약한 목적이 너무나 분명해요.
내 눈을 달군 쇠로 지질 테요?
휴벗 그래야 하오, 젊은이.
아서 그럴 테요?
휴벗 그러겠소.
아서 심장이 있어요? 머리가 아프면
이마에다 내 수건을 둘러줬어요.

42 나무로 만든 오리를 물 위에 띄워놓으면 다른 오리들이 모여들고 이때 사냥꾼이 총을 쏘아 잡는다.

공주가 수를 놓은 고급품인데
되돌려 달라고는 말하지 않았어요.
밤중에 내 손으로 그 머리를 붙들고
시간을 지키는 분초처럼 자주자주
"부족한 게 없어요?" "어디가 아파요?"
"내 사랑을 어떻게 당신에게 보여주죠?"
지루한 시간을 이런 말로 보냈지요.
평민의 자식들은 말없이 누워서
다정한 말 한마디도 없었겠는데,
왕자가 당신한테 병수발 했다고요.
이 사랑에 교활한 저의가 있다고
말할지 몰라요. 마음대로 하세요.
못되게 구는 게 하늘의 뜻이라면
그래야겠죠. 눈을 뽑겠다고요?
한 번도 당신한테 찌푸리지 않았고
찌푸리지 않을 눈을?

휴벗 그렇게 맹세했소.
달군 쇠꼬챙이로 지져내야 하겠소.

아서 아, 이런 철기시대[43]에만 저지를 짓이에요!
쇠꼬챙이 자체가 빨갛게 달았어도
내 눈에 접근해서 내 눈물을 마시고
죄 없는 걸 말하는 눈물 속에서
불타는 분노를 스스로 꺼뜨리고
눈 해칠 더운 불을 품은 게 부끄러워서
스스로 녹슬어 사라져 버려요.
담금질한 무쇠보다 악독할까요?
만일 어떤 천사가 나한테 와서
휴벗이 내 눈을 뺄 거라고 알려준대도
안 믿을 거예요. 휴벗이 하는 말만
믿겠어요.
[휴벗이 발을 구른다.]

휴벗 [형리들에게] 나오라.
[형리들이 달군 쇠를 가지고 등장]
시킨 대로 해.

아서 오, 휴벗, 살려주오! 핏발 선 저자들의
험상궂은 꼴만 봐도 눈알이 빠져.

휴벗 [형리들에게]
쇠꼬챙일 이리 내. 아이를 여기 묶어.
[쇠꼬챙이를 집는다.]

아서 어째서 그처럼 사납게 굴어?
반항하지 않을게. 바위처럼 조용할게.
제발 나를 묶지 마. 휴벗, 오, 휴벗.
내 말 들어줘! 저 사람들 가라고 해.
양처럼 가만히 앉아 있을게.
꼼짝달싹하지 않고 말 한마디 안 하고
쇠꼬챙이도 부릅뜬 눈으로 보지 않겠어.
저것들만 치워주면 아무리 괴롭혀도
용서하겠어.

휴벗 [형리들에게]
안으로 들어가라. 애와 혼자 있겠다.

형리 1 그런 짓 안 하면 너무 좋지요. [형리들 퇴장]

아서 아, 그래서 내 편을 쫓아버렸네.
얼굴은 사납지만 마음은 따뜻해요.
다시 오라고 해. 그 사람 동정심이
당신의 동정심을 살리게끔.—

휴벗 준비해라.

아서 달리 안 돼요?

휴벗 안 돼. 눈 잃는 것밖에.—

아서 아이코! 당신 눈에 모래나 먼지나
각다귀나 떠다니던 터럭이 들어가서
귀중한 눈알을 잠시라도 방해하길!
그렇게 작은 게 난리를 치니까
당신의 몹쓸 속도 끔찍한 걸 알겠지.

휴벗 이게 네 약속이야? 관둬. 입 닥쳐!

아서 눈알 두 개를 위해서 호소하기엔
혓바닥 두 개라도 모자랄 지경예요.
입은 그냥 두세요. 그러지 마세요.
또는 휴벗, 원한다면 눈은 살리고
혀는 잘라요. 눈만은 살려줘요.
당신 보는 것밖에 쓸모없어.—
저거 봐. 정말이지 꼬챙이가 식었어.
나한테 상처주지 않으려고.

휴벗 달구면 돼.

아서 제발 그러지 말아요. 불도 슬퍼 죽었네요.
안락을 위한 거라 억울한 고문에
쓰는 건 싫어해요. 달리 보아요.
불타던 숯불이 힘이 없어요.
하늘의 입김이 열기를 불어가고

43 당시 사람들은 인류의 역사가 금, 은, 구리, 쇠의 시대로 퇴보해왔다고 믿었다. 당시는 가장 타락한 쇠의 시대였다.

회개의 잿더미를 머리에 뿌렸어요.
휴벗 하지만 내 숨으로 다시 살릴 수 있어.
아서 그렇다면 당신이 하는 짓이 부끄러워서
낯이 빨개지면서 달아오를 뿐이에요.
그러다가 당신 눈에 불똥이 튀어서
싸우라고 강제로 떠밀린 개처럼
추키는 주인한테 달려들지 몰라요.
당신이 몹쓸 짓에 쓰려는 사물들이
거절하네요. 당신만 자비심이 없어요.
잔인이란 악명 높은 사나운 불과 쇠가
당신이 안 쓰는 자비심을 보여줘요.
휴벗 그럼 살아서 보거라. 네 삼촌이 갖고 있는
보물을 다 줘도 눈은 놓아두겠다.
하지만 이거로 네 눈을 지지겠다고
맹세뿐만 아니고 행할 작정이었다.
아서 이제야 휴벗다워요. 이제껏 당신은
변장하고 있었어요.
휴벗 그만. 잘 있어.
네 삼촌은 네가 죽은 거로 믿어야 돼.
염탐하는 개들에겐 거짓말을 먹여야지.
그러니 착한 애야, 나 휴벗이 온 세상의
재물을 갖는대도 해하지 않을 테니
안심하고 자라.
아서 오, 주여! 휴벗, 고마워요.
휴벗 가만히 있어라. 같이 몰래 들어가자.
너 때문에 큼직한 위험을 겪어. [둘 퇴장]

## 4. 2

[주악. 존 왕, 펨브록 백작, 솔즈베리 백작,
기타 신하들 등장. 존 왕이 왕좌에 앉는다.]
존 왕 다시 한 번 여기 앉아 다시 한 번 왕이 되니[44]
기뻐하는 눈으로 바라보기 원하오.
펨브록 전하께서 원하시면 모르되 "다시 한 번"은
한 번으로 끝나오. 전에 대관하셨으며
존엄한 왕권을 빼앗긴 적 없으시며
백성의 충성심은 반역의 물이 안 들고
변화를 원하거나 나은 세상을 원하는
새 기대로 시끄러운 나라도 아니오.
솔즈베리 그런고로, 중복된 위의를 갖추거나
훌륭한 왕위를 다시 장식하거나
금에 금을 입히거나 백합꽃에 칠하거나
장미꽃에 향수를 또다시 뿌리거나
얼음판을 닦거나 무지개에 새 빛깔을
더하거나 아름다운 하늘 눈 밝은 해를
치장하기 위하여 애쓰는 것은
심심하고 낭비적인 사치에 불과하오.
펨브록 그러나 전하께서 원하지만 않으시면
이 예식은 낡은 얘길 다시 하는 것이오.
지난번은 알맞은 시기가 아닌데도
예식을 강행해서 소란이 있었지요.
솔즈베리 이번에 단순하고 소박한 옛 모습이
익숙한 전통에서 매우 크게 달라졌소.
돛폭의 바람이 방향을 바꾸듯이
생각의 흐름은 갈피를 못 잡고
새로이 유행하는 옷을 입은 까닭에
생각에 겁을 주어 경계심을 가지니
건전한 넋은 앓고 진실은 의심쩍소.
펨브록 기술자가 보다 좋게 만들려고 기를 쓰면
그런 욕망 때문에 기술까지 망칩니다.
실수를 고치려다 그 실수가 도리어
더 나쁘게 되는 때가 흔하거든요.
작은 흠을 고치려고 붙여놓은 조각처럼
그렇게 가려놓은 결함보다도
결함을 감춘 게 보다 흉해요.
솔즈베리 새삼스레 대관식이 있기도 전에
저희 뜻을 표했지만 전하께서는
이를 무시하셨고 우리는 이에 모두
찬성하였소. 우리 모두의 소원은
전하의 뜻 앞에서 멈춰 서는 것이오.
존 왕 대관식을 거듭한 몇 가지 이유를
당신들에 알렸는바, 매우 옳은 이유요.
이유가 강할수록 염려가 줄어드니,
차차 말해 드리겠소. 그동안 당신들이
무슨 일의 시정을 바라는지 얘기하시오.
당신들의 요청을 얼마나 성의 있게
귀담아듣고 허락하는지 알게 될 거요.

44 이미 정식으로 등극했음에도 불구하고 출교당한 존은 1201년에 세 번째로 대관식을 치렀다.

펨브록 그럼 제가 그들의 혀가 되어 심중을
털어놓아요. 저희 모두를 위함이지만
무엇보다 전하의 안전을 위함이지요.
그 일로 저와 저희가
최선의 방도를 고찰했는데, 아서의 석방을
진심으로 전하께 원합니다. 그의 구속이
수군대는 불만의 입술들을 움직여
위태로운 문제로 번져가고 있어요.
안전하게 왕권을 누리시는 전하께서
불의한 발걸음에 따른다는 근심으로
나이 어린 조카를 가두어놓고
야만적인 무지 속에 파묻어두고
어린 몸에 유익한 좋은 운동을
거부한다 하시니, 어떻게 된 일입니까?
오늘날의 원수들이 이를 기회 삼을까
근심됩니다. 우리로 하여금
아이의 석방을 탄원하게 하세요.
우리를 위함이 아니라 전하의 안녕에
저희의 안전도 달려 있으니
오로지 그의 석방을 바라고 있어요.
존 왕 옳은 말이오. 아이의 훈육을
당신들이 맡으오.
[휴벗 등장]
무슨 소식 가져왔나?
[왕이 휴벗을 옆으로 데려간다.]
펨브록 [솔즈베리에게]
저자가 그런 못된 짓을 행할 자요.
친구에게 허가서를 보여줬다 하오.
악하고 잔인한 범죄의 형상이
눈에 살아 있어요. 저 음흉한 낯빛이
험하게 요동치는 심보를 나타내오.
일은 이미 끝났다는 걱정이 앞서오.
걱정되던 그 짓을 떠맡은 자요.
솔즈베리 [펨브록에게]
왕의 안색이 목적과 양심의 틈을
오고 가고 있소. 무섭게 마주 선
두 군대 사이의 의전관 같소.
잔뜩 부푼 분노가 터져야겠소.
펨브록 [솔즈베리에게]
그것이 터지는 날, 그 결과로 생기는 건
귀여운 아이의 죽음이란 몹쓸 부패요.
존 왕 죽음의 강한 손을 붙들 수 없소.
귀공들, 허락할 뜻은 살아 있으나
당신들이 요청하던 대상은 없소.
아서가 지난밤에 죽었다 하오.
솔즈베리 그의 병은 못 고친다고 걱정했소.
펨브록 아이가 아프다고 말하기 전부터
죽음이 임박한 걸 듣고 있었어요.
현재나 차후나 책임질 일이에요.
존 왕 왜 그리 침통한 시선을 내게 보내오?
운명의 가위[45]를 내가 가졌소?
생명의 맥박이 내 명령을 따르오?
솔즈베리 명백한 범죄요. 따라서 높은 분이
그처럼 명백히 말함은 수치스럽소.
놀이나 잘 하시오. 나는 떠나오.
펨브록 솔즈베리 백작, 잠시 기다리시오.
나도 그 불쌍한 아이가 물려받고
강제로 묻힌 작은 땅을 찾아볼 테요.
이 섬을 소유했던 혈통이 차지한 건
겨우 한 자뿐이오. 한심한 세상이오!
그냥 있지 않겠소. 모든 자의 슬픔이
곪아서 터질 거요. 곧 닥칠까 걱정이오.
[펨브록, 솔즈베리, 기타 신하들 퇴장]
존 왕 분개심에 불타누나. 모두 내 잘못이다.
흘린 피에다 확고한 기초를 세울 수 없고
다른 자의 죽음이 확실한 생명을 주지 못한다.
[전령 등장]
눈이 겁에 질렸다. 전에는 네 빰에
피가 살아 있었는데 지금은 어디 갔나?
그처럼 흐린 하늘은 폭풍 없인 안 개인다.
폭우를 쏟아라. 프랑스는 어떤가?
전령 프랑스 전부가 잉글랜드로 옵니다.
한 나라 전역에서 원정을 위해
그와 같은 병력을 동원한 적이 없어요.
전하의 속도전을 그들도 배워서
전하께 상황을 보고하는 이 순간에
그들이 도착했다는 소식이 닥쳐요.
존 왕 우리 쪽 척후병은 술에 취해 있었나?
어디서 잤나? 어머니는 어찌셨는가?

45 운명의 세 여신 중의 하나가 각 사람의 명줄을 잘라낼 가위를 가지고 있다고 했다.

프랑스가 그런 병력을 동원하는데
못 들으셨다니?
전령 왕비님의 양쪽 귀는
흙에 막혔습니다. 존귀하신 어머님은
4월 1일 가셨습니다. 그리고 듣자 하니
콘스턴스 부인은 그에 앞서 사흘 전에
광란 중에 죽었답니다. 그러나 이것은
소문으로 들은 터라 진위를 모릅니다.
존 왕 [방백] 무서운 우연이여, 속도를 멈춰라!
불만 있는 신하들을 달랠 때까지
내 편이 되어달라. 어머님이 가셨다고?
그렇다면 프랑스의 영지는 난장판이야!—
프랑스의 병력은 누가 지휘하는가?
확실히 상륙했단 보고가 여기 있는데.
전령 왕세자입니다.
존 왕 나쁜 소식 들으니
어지럽구나.
[서자와 폼프릿의 피터 등장]
어떤가? 네가 하는 일에
세상이 뭐라든가? 다시 나쁜 소식을
내 머리에 쑤셔 넣지 마라. 벌써 꽉 찼다.
서자 최악의 소식을 듣기가 겁이 나시면
듣지 말고 머리 위로 흘려보내세요.
존 왕 조카, 참아라. 밀려드는 파도에
더럭 겁이 났지만 이제는 다시
물 위에서 숨을 쉬어 누구의 혀도,
무슨 말을 해도, 들어도 괜찮다.
서자 성직자들 사이에서 얼마나 잘했는지
제가 거둔 돈이 말씀드릴 겁니다.
그런데 나라를 건너질러 오노라니
백성이 괴상한 환상에 빠졌더군요.
뜬소문에 눌려서 망상이 가득하고
뭔지도 모르면서 두려움만 가득해요.
폼프릿 거리에서 데려온 예언자가
여기 같이 있어요. 수백 명이 그자 뒤를
줄줄 따라다녀요. 그들에게 이자가
투박한 가락으로 노래를 부르는데
다음 성모승천일 정오가 되기 전에
전하께서 왕관을 내려놓으신대요.
존 왕 헛된 몽상가야, 왜 그런 소릴 하나?
폼프릿의 피터 사실이 그럴 걸 미리 아는 까닭이오.
존 왕 휴벗, 놈을 데려가 옥에 가둬라.
내가 왕관 벗는다는 그날 정오에
교수형에 처하라. 놈을 굳게 가두고
너는 다시 나에게 돌아오너라.
네게 시킬 일이 있다. [휴벗과 피터 퇴장]
고귀한 조카,
떠도는 말을 듣나? 누가 도착했다고?
서자 프랑스 놈들이오. 시끄럽게 떠들데요.
그런데 비곳과 솔즈베리, 그밖에도
여러 사람을 만났는데 방금 피운 불길처럼
눈들이 새빨개서 전하의 지시로
지난밤에 살해된 아서의 무덤을
찾아간다더군요.
존 왕 고귀한 조카, 너도 가서
그들과 합세해라. 그들의 충성을
다시 얻을 묘안이 나에게 있다.
그들을 데려와라.
서자 찾아오지요.
존 왕 그러나 속히 하라! 빠를수록 더 좋다!
백성 중에 적들이 있어서는 안 된다!
사나운 외국 군이 강력한 침략의
무서운 힘으로 성읍들을 위협한다.
머큐리 발꿈치에 날개를 달고[46]
그들을 만나고 생각같이 빨리 와라.
서자 때가 때인 만큼 기민하게 움직이죠. [서자 퇴장]
존 왕 활달한 귀족답게 말이 시원스럽다.
뒤따라가라. 귀족들과 나 사이에
연락할 사람이 필요할 테니.
네가 해라.
전령 전하, 진력하겠습니다. [전령 퇴장]
존 왕 어머님이 가셨구나!
[휴벗 등장]
휴벗 간밤에 달이 다섯 개가 떴답니다.
네 개는 제자리에 서 있고 한 개는
네 달의 주위를 괴상하게 돌더래요.
존 왕 달이 다섯 개?
휴벗 거리에서 노인들이
거기에 대해서 무서운 예언을 말합니다.

46 제우스의 전령인 머큐리(헤르메스)는 날개 달린 신을 신고 빠르게 날아다닌다.

말하는 자마다 아서를 입에 올려
그 얘길 하면서 머리를 가로젓고
서로서로 귓속말을 주고받아요.
말하는 자는 듣는 자의 손목을 쥐고
듣는 자는 이마를 찌푸리고 끄덕이고
눈알을 굴리고 겁난 시늉을 지어요.
대장장인 망치를 들고 이 꼴로 서서
모루 위의 달군 쇠가 식는 줄도 모르고
양복공의 소식을 정신없이 들으며,
양복공은 가위와 자막대를 손에 든 채
너무 서두르다가 신발을 바꿔 신고
양말 채로 서서, 용맹한 프랑스 병사
수만 명이 저 남쪽 켄트에 전투태세로
한데 모여 있다고 떠들더군요.
또 다른 비쩍 마른 지저분한 직공은
그 얘기를 끊고서 아서가 죽었다데요.

존 왕 어째서 그런 말로 내게 겁을 줘?
왜 자꾸 아서가 죽었다고 해?
네 손으로 죽였어. 나는 죽일 이유가
태산같이 많았지만 너는 전혀 없었어.

휴벗 없었다니요! 부추기지 않으셨어요?

존 왕 왕의 변덕을 피가 도는 생명의 집에
침투하라는 영장으로 받아들이는
종복들이 있다는 게 왕의 저주다.
심사숙고하기보다 순간의 감정으로
낯을 찌푸렸는데 눈을 감아준다고
법을 제멋대로 해석하고 위협적인
왕의 뜻을 안다고 자부하는 거다.

휴벗 전하의 서명과 인장이 여기 있어요.
[문서를 보여준다.]

존 왕 하늘과 땅을 최후로 심판할 때
마지막 회계에서 이 서명, 이 인장이
증거품이 되어서 나를 저주하겠지.
악을 행할 수단이 눈에 비치면
악을 행하게 돼! 곁에 네가 없었다면
그런 살해가 떠오르지 않았겠지.
하지만 너는 악한 짓을 행할 자로
자연의 손이 서명하고 점을 찍었어.
음흉한 네 낯을 내가 눈여겨봐서
잔인한 짓에 어울리고 위험한 일에
사용하기 알맞단 생각이 들어서
아서의 죽음을 지나가는 말로 했어.
그랬더니 너는 왕과 친해지려고
왕자의 살해를 꺼리지 않았어.

휴벗 전하.—

존 왕 나의 숨은 속내를 은근히 암시할 때
고개를 흔들든가 멈추라고 했다면,
내 얼굴에 의혹의 시선을 던지며
내 뜻을 분명히 밝히라고 했다면
큰 수치로 입이 막혀 말을 그치고
네 겁이 내게 번져 나도 겁이 났겠지.
하지만 너는 눈짓으로 알아채고,
다시금 눈짓으로 죄와 협정했다.
그렇지. 곧바로 속으로 합의하고
이어서 말하기도 껄끄러운 그 짓을
흉악한 손아귀로 행할 걸 약속했어.
눈앞에서 사라져라. 다신 보지 않겠다!
신하들은 떠나고 바로 내 문간에서
다른 나라 병사들이 왕권에 도전해.
그렇지. 살코기가 붙어 있는 이 몸뚱이에,[47]
피 돌고 숨 쉬는 이 나라, 이 왕국에,
여린 내 마음과 조카애의 죽음 사이에
증오와 내란이 한껏 기승하고 있어.

휴벗 다른 적들하고도 싸울 준비하세요.
전하의 영혼과 전하를 화해시키죠.
아서는 살아 있어요. 저의 손은
아직 숫처녀예요. 아무런 죄도 없고
시뻘건 핏자국도 묻어 있지 않아요.
아직까지 이 가슴에 살해의 마음이
무섭게 꿈틀대며 들어온 적이 없는데
외양만 보시고 제 성격을 욕하세요.
겉으로는 아무리 흉하게 생겼어도
죄 없는 아이의 도살자가 되기보단
고운 마음을 가리는 덮개이지요.

존 왕 아서가 살았어? 귀족들에게 달려가!
타오르는 분노 위에 이 사실을 던져서
순순히 충성심을 따르라고 해.
흥분한 마음으로 외모를 말한 것을
용서해다오. 홧김에 눈이 멀어서

47 왕은 한 나라의 '축소판'이었다. 그래서 왕을 '여러 사람의 몸'(body politic)이라고 했다.

상상의 눈으로 끔찍한 피를 보고
실제보다 흉하게 너를 봤구나.
대답은 생략하고 되도록 빨리
성이 난 신하들을 방으로 불러와.
내 말이 느리다. 더 빨리 뛰어! [둘 퇴장]

## 4. 3

[선원 차림의 아서가 성 위에 등장]
아서 성벽이 높지만 뛰어내릴 결심이야.
착한 땅아, 동정해서 상하지 마라!
알아볼 사람은 거의 없고 안다 해도
선원의 차림새로 변장을 했지.
겁나지만 해봐야지. 뛰어내릴 때
다리가 성하면 도망칠 방법은
수천 가지야. 가만있다 죽는 거나
가다가 죽는 거나 마찬가지야.
[뛰어내린다.]
어이쿠, 돌들이 삼촌을 닮았네!
하늘아, 내 영혼을, 잉글랜드야, 내 뼈를! [죽는다.]
[펨브록 백작, 솔즈베리 백작,
비곳 공 등장]
솔즈베리 에드먼즈베리이수[48] 왕세자와 만나겠소.
안전이 달려 있소. 위험이 제시하는
순탄한 기회를 잡아야 하오.
펨브록 추기경의 편지는 누가 가져왔소?
솔즈베리 멜룬 백작, 고귀한 프랑스 귀족이오.
나와의 대화에서 왕세자의 호의가
편지의 내용보다 폭이 훨씬 넓었소.
비곳 그럼 내일 아침 그분과 만납시다.
솔즈베리 그럼 출발합시다. 그분을 만나려면
이틀 길은 족히 되겠소.
[서자 등장]
서자 오늘 다시 잘 만났소. 성난 양반들!
즉시 대령하라는 전하의 분부요.
솔즈베리 왕 자신이 우리를 내쫓았으니
우리의 깨끗한 명예가 때 묻은 왕의
얇은 옷에 안감이 안 되고 어디서나
핏자국을 남기는 그의 발을 안 따르겠소.
돌아가 말하시오. 범행을 알고 있소.
서자 생각이야 어떻든 좋은 말이 좋지요.
솔즈베리 예의 아닌 슬픔이 말하는 거요.
서자 당신들의 슬픔에는 이유가 없어요.
지금은 예의를 지키는 게 도리예요.
펨브록 여보시오, 격렬한 감정도 권리가 있소.
서자 옳소만, 남 아니라 주인을 해쳐요.
솔즈베리 여기가 감옥인데.
[아서의 시체를 본다.]
누가 쓰러져 있나?
펨브록 오, 죽음아, 왕자의 순결과 어여쁨을
뽐내누나! 이를 감출 흙구덩인 땅에는 없다.
솔즈베리 자신이 범한 살인이 자신에게 미운 듯,
살인을 드러내어 복수하길 재촉하오.
비곳 아름다운 이 아이를 무덤으로 보낼 때
묻기에는 너무나도 귀중하게 여겼을 거요.
솔즈베리 [서자에게]
리처드 경, 생각이 어떻소? 보았거나
읽었거나 들었거나 생각할 수 있소?
두 눈에 비치지만 두 눈으로 볼 수 있소?
저 모습이 없다면 생각만 가지고
저 모습을 만들겠소? 저게 극한점이오.
살인의 상징 중에 가장 높은 꼭대기,
꼭대기의 꼭대기요. 잔인하고 잔인한
수치이며 만행이며 악행이오. 부릅뜬 눈,
부라린 눈의 난폭이 이토록 아린
눈물의 연민을 자아낸 적이 없소.
펨브록 지난날의 살인들은 면죄부를 받게 됐소.
이처럼 하나뿐인 유례없는 살인으로
발생하지도 않은 미래의 죄악을
거룩하다, 순결하다 평하게 되며,
참혹한 이 광경에 비추어볼 때
끔찍한 살인은 장난에 불과하오.
서자 이야말로 저주받을 참담한 짓이며
우악한 손아귀의 무지한 행동이오.
과연 사람 손이 저지른 짓이라면—
솔즈베리 사람 손이 저지른 짓? 여부 있소?
무슨 일이 뒤따를지 짐작할 수 있었소.
휴벗의 손이 빚은 창피한 짓이며

48 잉글랜드 동부에 있는 성읍.

왕 자신의 간교한 계획이요 목표요.
왕에 대한 복종을 내 혼에게 금하며
꽃다운 삶의 폐허 앞에 무릎을 꿇고
숨지신 귀한 분께 나의 숨을 세게 불어
맹세의, 거룩한 맹세의 향을 태워서,
이 세상의 쾌락을 맛보지 않을 것을,
이목의 즐거움에 물들지 않을 것을,
안락과 나태와 친하지 않을 것을 다짐하며,
반드시 이 손에 명예를 가져오겠소.
펨브록과 비곳 우리도 엄숙히 그 말에 동의하오.
[휴벗 등장]
휴벗 대감님들을 찾느라고 화급히 달려왔소.
아서는 살아 있소. 전하가 부르시오.
솔즈베리 뻔뻔하군. 죽음 앞에 까딱도 하지 않아.
비켜라, 흉악한 악당! 꺼지란 말이다!
휴벗 나 악당 아니오.
솔즈베리 법을 어길 것인가?
[칼을 뺀다.]
서자 칼이 깨끗해요. 도로 꽂아요.
솔즈베리 살인범의 가죽에 꽂기 전에는 못 하오.
휴벗 물러서오, 솔즈베리. 물러서란 말이오.
대감 칼 못지않게 내 칼도 날카롭소.
대감이 자신을 잊는 것을 원하지 않고
나를 보호할 위험을 자극하지 마시오.
대감의 분노에 주의하여 대감의 부와
지위와 신분을 잊을까 염려하오.
비곳 비켜라, 쓰레기! 귀족에게 대들어?
휴벗 절대로 안 그렇소. 하지만 황제라도
무고한 내 목숨을 방어하겠소.
솔즈베리 너는 살인자다.
휴벗 그쪽으로 몰지 마시오.
아직은 안 그렇소. 허위를 말하는 자는
진실치 않소. 진실이 아니면 허위요.
펨브록 저놈 찢어놔!
서자 제발 진정하세요.
솔즈베리 비켜라, 포큰브리지. 안 비키면 다친다.
서자 솔즈베리, 마귀 다치는 게 더 쉽겠소.
내게 인상 쓰거나 발을 달싹하거나
내게 창피 주려고 성급히 화를 내면
나한테 맞아 죽소. 속히 칼을 거두시오.
안 그러면 지옥에서 마귀가 왔나 싶게
당신과 당신 가진 꼬챙이를 짓이길 테요.
비곳 고명한 포큰브리지, 왜 그러시오?
악한이며 살인자를 두둔하기요?
휴벗 비곳 대감, 그렇지 않소.
비곳 왕자는 누가 죽였소?
휴벗 산 것 보고 떠난 지 한 시간도 안 됐소.
나는 그를 존경하고 사랑했기에
고귀한 목숨을 잃었으면 평생 슬퍼하겠소.
솔즈베리 저놈 눈의 교활한 눈물을 믿지 마시오.
악당도 그런 눈물이 없지 않소.
그런 짓을 오래 해서 탄식과 순진이
강물처럼 흐르도록 꾸밀 수 있소.
끔찍한 도살장의 냄새를 영혼 깊이
미워하는 이들은 모두 함께 갑시다.
이 죄악 냄새에 내 숨이 막혀오오.
비곳 왕세자가 있는 곳, 베리로 갑시다!
펨브록 우리가 거기 있다고 왕에게 알리시오. [귀족들 퇴장]
서자 꼴좋다! 이런 잘난 일을 넌 알고 있었나?
네가 이 죽음의 짓을 저질렀다면
자비의 무한하고 끝없는 한계를 넘어
너는 저주받았다.
휴벗 제 말 들어보세요.
서자 그래? 내 말해주지.
정말로 아이를 죽였다면 네 놈은
무엇처럼 새까맣게—더 까만 것도
없겠지만—루시퍼[49]보다도 저주받았어.
죽어서 마귀가 될 거지만 여태까지
그렇게 추악한 마귀가 없었지.
휴벗 영혼에 걸어 맹세코.—
서자 천하에 몹쓸 이 짓,
네가 허락했다면 오직 절망뿐이야.
밧줄이 필요하면 거미가 배 속에서
뽑아낸 실로도 네놈 목을 조르겠다.
골풀 한 가닥이 네놈 목을 매달 들보가 돼.
물에 빠져 죽겠다면 숟가락에 담아온
적은 물이 온 세상 바닷물처럼
너 같은 놈 죽이기에 넉넉하겠다.
정말로 심각하게 너를 의심해.

49 마귀들의 괴수인 사탄. 지옥의 가장 깊은 곳에 떨어졌다.

휴벗 만일 내가 행위나 묵인이나 생각으로
아름다운 몸에 있던 향긋한 숨결을
훔치는 죄악을 범했더라면
온갖 지옥 고문이 모자라도 좋아요.
떠날 땐 성했는데.
서자 가서 팔에 안아라.
[휴벗이 아서의 시신을 쳐든다.]
어째 혼란스럽군. 이 세상 가시밭과
위험에서 내가 길을 잃은 거 같다.
너는 잉글랜드 전부[50]를 번쩍 드누나!
그 죽은 왕자의 작은 흙덩이에서
이 땅의 생명과 권리와 진실이 모두
하늘로 날아갔다. 이제 잉글랜드는
낚아채고 쑤셔 넣고, 잔뜩 부푼 나라의
임자 없는 이권들을 뜯어먹는 판이다.
이제 뼈만 앙상한 왕권을 앞에 놓고
끈질긴 투쟁이 성난 깃을 세우고
착한 평화 눈앞에서 으르렁댄다.
다른 나라 군대와 국내의 불만이
완전히 일치해서, 대혼란이 기다리고
병에 쓰러진 짐승에 까마귀처럼
빼앗은 왕권의 임박한 파멸에 덤벼들어.
옷 입고 띠 두르고 폭풍을 견딜 자는
행복하구나. 아이를 팔에 안고
나를 급히 따라라. 왕에게 가겠다.
천 가지 일거리를 당장 손봐야 해.
하늘도 이 땅에 얼굴을 찌푸린다.
[휴벗은 아서의 시신을 들고 둘 퇴장]

## 5. 1

[주악. 존 왕, 팬덜프 추기경, 양측의
시종들 등장]
존 왕 이리하여 당신 손에 영광의 둥근 테를
넘겨드렸소.
팬덜프 추기경 [왕관을 존에게 건네며]
법왕의 위임받은 국왕으로서
지위와 권위를 내 손에서 받으시오.
존 왕 그러면 약속대로 프랑스 군을 만나
불길이 휩쓸기 전, 법왕이 위임한
전권으로 저들의 전진을 막아주시오.
불평하는 지방들은 반란을 일으키며
우리의 백성은 복종에 도전하며
이방 혈통과 외국의 왕권에게
마음의 사랑과 충성을 맹세하오.
이처럼 팽배한 뒤숭숭한 분위기는
당신만이 진정시킬 입장에 있소.
그러니 지체 마시오. 오늘의 병통이
매우 위독하므로 당장 약을 안 쓰면
불치의 결과로 뒤덮게 되오.
팬덜프 추기경 당신이 법왕을 홀대한 까닭에
내 입김이 이 폭풍을 일으켰던 것이오.
그러나 온건한 개종자가 되었으매
전쟁의 폭풍을 내 혀로 잠재우고
시달리는 이 나라에 좋은 날을 부르겠소.
잊지 마시오. 금년 승천일[51]에 당신이
법왕에 대하여 충성을 맹세하면
프랑스가 무기를 내려놓게 하겠소.
[존 왕 이외에 모두 퇴장]
존 왕 오늘이 승천일인가? 그 예언자가
승천일 정오 전에 왕관의 포기를
약속하지 않았던가? 내가 정말 그랬다.
강제로 포기할 줄 알았는데 고맙게도
자발적 포기였지.
[서자 등장]
서자 온 켄트가 항복했소. 도버 성 말고는
버틸 수 없소. 런던은 친절한 객주처럼
왕세자와 군대를 맞아들였소.
전하의 귀족들은 전하 말을 안 듣고
전하의 적들에게 충성을 바치러 갔소.
전하의 못미더운 적은 수의 우군은
어쩔 줄 모르고 우왕좌왕하고 있소.
존 왕 아서가 살았다는 말을 들은 신하들이
내게 다시 돌아올 생각이 없나?
서자 왕자가 죽어서 거리에 내버렸소.
빈 보석 상자같이, 생명의 보석을

50 아서가 잉글랜드의 왕통을 계승할 왕자라는 말이다.
51 예수가 부활하여 승천한 것을 기념하는 날. 부활절로부터 40일 지난 목요일.

저주받은 손아귀가 훔쳐갔군요.
존 왕 저 휴벗 녀석이 살아 있댔는데.
서자 저도 알지 못하면서 그렇게 말했소.
하지만 어째서 침통하신 기색이오?
생각뿐 아니라 행동도 위엄을 띠세요.
걱정과 근심이 왕의 눈초리를
지배할 수 없다는 걸 만천하에 보이세요.
현실처럼 활기차고 불은 불로 맞서고
위협자를 위협하고 건방진 공포를
쏘아보고 이기시면, 높은 분을 흉내 내는
낮은 자의 눈들은 전하를 본받아서
크게 자라 결연한 의지를 갖게 돼요.
군신이 싸움터에 섞이려고 할 때처럼
밖에 나가 군신처럼 번쩍이세요.
솟구치는 자신감과 담대함을 보이세요.
저들이 소굴 속의 사자를 찾아내어
쫓아내면 좋아요? 그 속에서 떨 거요?
그런 소리 없애요! 밖으로 뛰어나가
집과 떨어진 데서 불쾌한 적을 만나
가까이 오기 전에 붙잡고 겨루세요.
존 왕 법왕의 대사와 같이 있었소.
행복한 화친을 그 사람과 맺었소.
왕세자의 군대를 해산시켜 주기로
내게 약속하였소.
서자 창피한 동맹이오!
자기 땅을 밟으면서 공정한 경기와
타협과 회유책과 비겁한 휴전을
침략자에게 제의해요? 수염도 나지 못한
애송이, 응석받이, 비단에 싸인 자가
아무런 제재 없이 이곳에 도전하고
용사들의 땅에서 용맹을 뽐내며
할 일 없는 깃발들로 공기를 놀리는데?
전하, 우리 창칼을 들고 나가서 싸워요!
추기경이 강화에 실패할지 모릅니다.
성공한다 하여도 방어의 의지가
우리에게 있음을 저들에게 알립시다.
존 왕 너에게 난국을 맡기니 수습하라.
서자 갑시다. 용기를 가집시다! [방백] 하지만
우리의 맞상대가 너무나 강할 거야. [둘 퇴장]

## 5. 2

[무장한 루이스 왕세자, 솔즈베리 백작,
멜룬 백작, 펨브록 백작, 비곳 공, 프랑스 및
잉글랜드의 병사들 등장]
루이스 왕세자 멜룬 백작, 이것을 베끼게끔 명하여
내 기억에 대비하여 보관하시오.
[멜룬에게 문서[52]를 준다.]
최초의 원본은 귀족들께 돌려주어
나의 옳은 합의를 문서로 남겨서
그들과 내가 조항들을 검토할 때
어째서 왕인 내가 성례를 행함으로써
신뢰를 어김없이 지키는지 알릴 터이오.
솔즈베리 우리 쪽이 어기는 경우가 없겠소.
존귀하신 왕세자, 당신의 처분에
자발적인 성의와 신뢰를 맹세하나,
이처럼 곪아터진 시대의 난국을
사소한 내란으로 겉발림하여
한군데 상처의 끈질긴 뿌리를
여러 개의 상처들로 만들어놓아
치료하길 꾀하니 기쁘지 않소.
옆구리의 무쇠 칼을 뽑아 들고서
수많은 과부를 만들어야 하겠으니
혼이 매우 괴롭소! 명예로운 방어자가
솔즈베리 그 이름을 저주하는 이 자리요!
시대의 병고가 이처럼 위독해서
권리의 건강과 치유를 위해
냉혹한 부정의와 뒤섞인 불법을
수단으로 사용하지 않을 수 없소.
괴로운 동료들, 참담한 일 아니오?
이 섬의 아들이요 자식인 우리가
이토록 처량한 시대를 만나,
이방인의 뒤를 따라 내 땅의 포근한
가슴을 짓밟으며 원수의 대열을
채우다니 말이 되오? 나는 뒤에 물러나

52 역사적으로 유명한 '마그나카르타'(Magna Carta, 대헌장)를 가리킨다. 귀족들의 동의 없이 함부로 사유재산을 점유하거나 구금할 수 없음을 왕이 약속하는 문서로서, 1215년에 존 왕이 서명했다.

이런 억지 싸움의 오점을 물어야겠소.
먼 나라 귀족들을 이 땅에서 떠받들며
알지 못할 깃발들을 따라야 하다니.
이 땅에서? 오, 나라여, 너를 둘러싼
해신의 거센 팔[53]이 너를 번쩍 들어서
네 자신을 몰라보게 이방의 바닷가에
잡아매면 좋겠다! 기독교의 두 군대가
증오의 피를 합쳐 혈맹의 핏줄 속에
흐르게 합의해서 이웃끼리 미운 피를
낭비하지 않았으면 얼마나 좋으랴!

루이스 왕세자 고귀한 정신이 그 말에 나타나고
당신의 가슴속에 애정들이 다투면서
고귀한 지진으로 흔들고 있소.
용감한 충성심과 책임감 사이에서
얼마나 고귀한 싸움을 싸우셨소!
당신 볼에 흐르는 은빛의 물방울들,
명예로운 이슬을 내가 씻어 드리겠소.
여인의 눈물에 마음이 녹아내려
늘 보는 물줄기로 흐른 적은 있으나
이처럼 사내다운 눈물의 용솟음에,
영혼의 폭풍으로 쏟아지는 소나기에
두 눈은 깜짝 놀라 드높은 하늘에
불타는 혜성들이 가득한 모습을
쳐다보는 것보다 더 크게 경탄하오.
고명한 솔즈베리, 얼굴을 드시오.
마음을 크게 하여 폭풍을 불어내오.
거대한 분노의 세계를 보지 못하고
애정과 쾌락과 잡담에 탐닉하는
잔치 외에는 세상을 보지 못한
아이들 눈에나 눈물을 권하오.
그만하오, 당신은 루이스 자신과 함께
부요한 번영의 주머니 속 깊숙이
손을 넣을 것이오. 그러므로 귀공들,
당신들의 힘줄을 내 힘줄에 합치시오.
이것은 '천사'의 말인 듯싶소.[54]
[팬덜프 등장]
보시오, 거룩한 대사가 천국에서
허가서를 가져오며 거룩한 숨으로
우리 일에 정의의 이름을 주고자
달려오오.

팬덜프 추기경 존귀하신 왕세자, 안녕하시오?
첫 소식은 이러하오. 존 왕이 로마와
화해하였소. 저 거룩한 교회, 곧
위대한 대도시 로마의 교황청에
맞서 있던 그 세력이 항복하였소.
그런고로 위협의 깃발을 거두고
야만적인 전쟁의 사나움을 길들여
사람 손이 기르는 얌전한 사자처럼
평화의 발부리에 눕게 하시고
겉모습 외에는 위협을 버리시오.

루이스 왕세자 추기경, 용서하오. 물러나지 않겠소.
나의 높은 신분상, 타의에 안 따르며
명령하는 입장에서 차석이 되거나
세상을 통틀어 어떠한 국가에도
유용한 일꾼이나 도구가 될 수 없소.
애초에 당신 숨이, 벌 받는 이 나라와
나 자신이 벌이는 이번 전쟁에
꺼진 숯을 살리고 연료까지 공급했소.
이제는 불이 커서 애초에 불을 붙인
여린 바람으로는 끌 수 없게 되었소.
덕분에 권리의 얼굴을 알게 되었고
이 땅에 대한 내 권리를 알게 됐으며
이 사업을 마음속에 담아놓았소.
그런데 이제 와서 존과 로마가
화해했단 말이오? 나와 무슨 상관이오?
나는 결혼의 명의에 따라 아서 다음
이 나라의 계승권을 주장하는 바이오.
이제 반은 정복한 나라인데 존과 로마가
화해를 이뤘으니 물러나란 말이오?
내가 로마 노예요? 로마가 한 푼이나 부담했소?
인력을 보탰소? 이 전쟁을 위하여
총알 한 발 보냈소? 비용을 댄 것이
내가 아니오? 나 아니고 누구요?
나처럼 계승권이 있는 자 외에는

53 잉글랜드인들은 프랑스가 침입하지 못하도록 바다에 둘러싸인('해신의 팔'에 안긴) 자기네 섬을 자랑했다.

54 솔즈베리 등 잉글랜드 반역자들을 끌어간 것은 주로 프랑스 왕세자의 금전적 회유였다. '천사'는 금화에 찍힌 문양으로 바로 '돈'을 뜻하기도 하였다. 당시 흔했던 말장난을 친 것이다.

누가 이에 땀 흘리고 전쟁을 지탱하오?
내가 여기 성읍들을 배를 몰아 지나갈 때
섬사람들이 "비블르롸!"[55]를 외치지 않았소?
이처럼 쉬운 왕관 따기 카드놀이에서
내가 가장 좋은 패를 쥐지 않았소?
다 이긴 카드 판을 내주란 말이오?
절대로 안 되오. 영혼 걸고 안 되오!

팬덜프 추기경 당신은 이 일의 거죽만 보고 있소.

루이스 왕세자 거죽이든 속이든 돌아가지 않겠소.
목숨의 위험과 죽음의 입구에서
단순한 정복 넘어 명예를 쌓기 위해
이러한 장쾌한 병사들을 모았으며
불타는 용사들을 골랐으니, 큰 희망에
주어졌던 약속대로 웅장한 영광이
이 일에 내리기 전에는 안 될 말이오.
[나팔이 울린다.]
무슨 활기찬 나팔이 나를 부르는가?
[서자 등장]

서자 세상의 공정한 규칙에 따라
들으시기 원해요. 전하라고 파견됐소.
밀라노의 추기경, 당신이 우리 왕께
어떻게 정했는지 알고 싶군요.
그러면 답에 따라, 내 입에 가해진
허락과 한계를 알 수 있어요.

팬덜프 추기경 왕세자가 과도한 고집을 부리오.
조금도 내 소청을 고려하지 않소.
무기를 내려놓지 않겠다고 선언하오.

서자 열정에 솟구치는 뜨거운 피를 모두 걸고
저 청년 말 잘해요! 이제는 우리 왕의
말씀을 들으세요. 나를 통한 말씀이오.
왕은 준비되셨어요.—이유도 있는데요.—
장난같이 버릇없는 이따위 침범,
갑옷 쓰고 노는 탈춤, 경망한 잔치 놀음,
수염 없는 못된 짓, 애들의 작당.—
왕은 히죽 웃으시며, 난쟁이 전쟁놀이,
소인국의 무장을 자기 영토권 안에서
때려 쫓을 준비가 되셨다는 말씀이오.
몽둥이찜질에 개구멍 찾아 뛰고
숨은 우물 두레박처럼 자맥질해 숨고
마구간 널쪽들의 마른 꼴에 웅크리고
돈궤와 뒤주의 담보처럼 갇혀 있고
돼지들을 껴안고 토굴과 감옥에서
안전을 찾아가며 당신 나라 수탉이
우는 소릴 듣고도 잉글랜드 군인의
목소리로 짐작해서 속 졸이고 떨게 만들
바로 그 힘센 손이 문 앞에 오셨소.
당신네 집 안에서 당신네를 때리던
승리의 그 손이 여기서 쇠하겠소?
천만에 말씀! 용감한 왕이 무장했소.
높디높은 둥지 위로 솟구쳐 올라
불청객의 접근을 공격하는 독수리요.
타락한 너희, 배은망덕한 반란꾼들,
피에 주린 네로들,[56] 어머니 잉글랜드를
자궁까지 가른 놈들, 창피해서 낯붉히오.
당신네 집 아낙들과 얼굴 하얀 처녀들이
아마존[57] 전사처럼 북에 맞춰 행군하고
철갑 붙은 장갑으로 골무를 대신하고
바늘을 창으로, 부드러운 가슴을
맹렬하고 피에 주린 열정으로 바꿨소.

루이스 왕세자 큰소리 그만하고 얌전히 돌아가라.
욕설은 우리보다 잘하겠지. 잘 가라.
시간이 너무 귀해 저런 허풍쟁이에게
낭비할 수 없소.

팬덜프 추기경 한마디 하겠소.

서자 내가 말을 할 테요.

루이스 왕세자 아무 말도 안 듣겠소.
북소리를 함께 울려 전쟁의 목소리로
내가 여기 온 것과 내 요구를 고하라.

서자 당신네 북들이 얻어맞아 울겠군.
당신도 얻어맞아 울게 되니, 북과 함께
울부짖는 메아리를 시작하시지.
바로 지척에 당신의 북과 함께
울려 퍼질 북들이 팽팽히 메워져 있소.
북을 한 개 울리면 다른 북이 크게 울려
하늘 귀를 뒤흔들고 우렁찬 우레를

55 프랑스어로 '임금님 만세!'
56 로마의 폭군 네로 황제는 자기가 들어 있던 데를 보려고 어머니의 자궁을 갈랐다고 한다.
57 헬라 신화에서 아마존이라는 여전사들이 모여 왕국을 세웠었다. 「한여름 밤의 꿈」, 「두 왕족 사촌 형제」에 그들의 여왕 히폴리타가 등장한다.

흉내 낼 거요. 바로 여기 지척에
용맹한 존 왕이 계시며—대사가
우물거려 믿을 수 없어 필요보다
장난으로 이용했을 뿐인데—왕의 이마에
앙상한 해골이 자리하니 오늘 일은
프랑스인 전부로 잔치하는 것이오.
루이스 왕세자 위험한 그자를 찾기 위해 북을 쳐라.
서자 왕세자, 당신이 찾을 테니 의심치 마시오. [각기 퇴장]

## 5. 3

[경계 나팔. 존 왕과 휴벗이 각기 등장]
존 왕 형편이 어떠한가? 휴벗, 말하라.
휴벗 안 좋은 듯합니다. 전하는 어떠시오?
존 왕 그토록 오랫동안 괴롭히는 열병이
심히 나를 압박한다. 속속들이 아프다!
[전령 등장]
전령 용맹한 조카 포큰브리지가
전하께서 전장을 떠나시길 원합니다.
가실 곳을 저더러 알아 오라 했습니다.
존 왕 스윈스테드,[58] 거기 수도원에 간다고 하라.
전령 기뻐하십시오. 왕세자가 기다리던
증원 선단이 3일 전 구드윈 모래톱[59]에
좌초하였습니다. 조금 전 조카에게
소식이 갔습니다. 프랑스 군대는
싸움에 열이 식어 퇴각 중에 있습니다.
존 왕 오, 폭군 같은 열병에 불타오르니
희소식을 듣고도 기뻐하지 못한다.
스윈스테드로 가자. 들것에 실어달라.
온몸에 힘이 없다. 정신이 몽롱하다. [모두 퇴장]

## 5. 4

[경계 나팔. 솔즈베리 백작, 펨브록 백작,
비곳 공 등장]
솔즈베리 그토록 왕의 편이 많을 줄은 몰랐소.
펨브록 다시 일어섭시다! 프랑스 군에 힘을 줍시다.
그들이 패하면 우리도 패합니다.
솔즈베리 잘못으로 태어난 마귀 포큰브리지가
누구라도 물리치고 그자만 승리하오.
펨브록 존 왕이 위독하여 전장을 떠났다 하오.
[부상당한 멜룬 백작이 병사에
이끌려 등장]
멜룬 이 땅 반란 귀족들에게 데려다주오.
솔즈베리 행복하던 시절에는 다른 이름이었소.
펨브록 멜룬 백작이오.
솔즈베리 죽게 부상당했소.
멜룬 잉글랜드 귀족들, 팔렸으니 달아나오.
못된 반란 바늘귀의 실을 뽑아서
꿰다가 버린 충성심을 다시 꿰시오.
존 왕을 찾아가서 발 앞에 꿇으시오.
프랑스가 오늘의 주인공이 된다면,
당신들의 목을 베어 당신들의 수고에
보답하겠소. 왕세자가 맹세했고
나도 맹세했으며 수많은 사람들이
에드먼즈베리의 제단에서 맹세하였소.
깊디깊은 우정과 영원한 사랑을
당신들과 맹세했던 바로 그 제단이오.
솔즈베리 이것이 가능하오? 이것이 사실이오?
멜룬 끔찍한 죽음이 눈앞에 있소.
목숨은 겨우 한 모금 남았는데
납 인형이 불에 녹아 형체를 잃어가듯
내 피는 계속하여 빠지지 않소?
이제 세상 무엇이 거짓말 시키겠소?
천 가지 거짓말이 쓸데없이 됐으니—
여기서 나는 죽고 진실만 살겠소.
죽을 내가 어째서 속이고자 하겠소?
다시 말하거니와, 오늘 그가 이기면,
하늘의 동녘에서 당신 눈이 해를 보면
나는 그 맹세를 저버리는 자가 되오.
그러나 습한 밤의 숨결이 하룻길에
쇠잔한 지친 해의 붉은 머리를
시커먼 연기로 둘러싸기 시작했소.
루이스가 당신들의 도움으로 승전하여도
이 밤에 당신들의 숨결은 반역에 대한
벌금을 계산하고 끝이 나겠소.

58 '스와인헤드'를 잘못 쓴 말. 잉글랜드 동남부에 있는 성읍.
59 잉글랜드 동남부 해안에 있는 물이 얕은 길목.

당신들의 목숨이 바로 그 벌금이오.
왕과 함께 있는 휴벗에게 인사를 전해주오.
겸하여 우정과 존경을 보내오.
내 조부도 잉글랜드의 백성이었기에
양심을 깨워서 모든 일을 털어놓소.
그 대신 전쟁터의 시끄러운 소란에서
나를 멀리 옮겨주오. 나머지 생각들을
고요히 끝내면서 이 몸과 영혼을
신실한 소망과 명상 중에 작별하겠소.

솔즈베리 당신의 말을 믿겠소. 영혼아, 망했구나!
지극히 아름다운 이와 같은 만남의
숭고한 예의를 존경하고 그에 따라
저주받을 도주의 발길을 되돌리면서,
물이 빠져 물러나는 조숫물처럼
멋대로 질펀해진 물길을 내버리고
넘으려던 한계 안에 머리를 숙이고
말없는 복종 속에 흘러갈 곳은
우리의 대양인 위대한 존 왕에게요.
당신이 가는 길을 나의 팔이 도울 테요.
잔혹한 죽음의 고뇌가 당신의 눈에
나타나오. 친구들, 전부 갑시다!
예전의 권리를 뜻하는 새로운 도주,
새로운 행복을 향하여 나아갑시다. [모두 퇴장]

## 5. 5

[경계 나팔. 퇴각 나팔. 루이스 왕세자와
수행원들 등장]

루이스 왕세자 잉글랜드가 비겁하게 퇴각할 때
하늘 해도 지기 싫어 마냥 머물며
서쪽 하늘이 붉어지게 만들 줄 알았다.
참으로 멋지게 빠져나왔다.
그처럼 피나는 수고 뒤에, 필요도 없는
대포들의 사격으로 밤 인사를 마치며
끝까지 남아 전쟁터의 주인이 될 뻔했던
펄럭이는 깃발들을 깨끗이 거두노라!
[전령 등장]

전령 왕세자님 어디 계세요?

루이스 왕세자 여기 있다. 무슨 일인가?

전령 멜룬 백작이 작고했고 잉글랜드 귀족들은
그분의 권고대로 다시 등을 돌렸습니다.
세자께서 오래 기다리시던 증원군은
구드윈 모래톱에 좌초하여 가라앉았습니다.

루이스 왕세자 추한 소식이로다! 너의 속도 무너져라!
오늘 밤 이렇게 슬퍼할 줄 몰랐다.
어둠 속에 헛발 딛는 지친 양쪽 군대가
갈라서기 두어 시간 되기 전에 존 왕이
도주했다고 말한 자가 누구인가?

전령 말한 자가 누구이든 사실입니다.

루이스 왕세자 오늘 밤 엄중히 지키고 경계하라.
내가 내일 벌일 일에 나보다 일찍
아침도 깨어날 수 없을 것이다. [모두 퇴장]

## 5. 6

[서자와 휴벗이 각기 등장]

휴벗 누구냐? 말하라! 빨리 말하라. 안 하면 쏜다.

서자 우군이다. 너는 누구냐?

휴벗 잉글랜드 편이다.

서자 어디 가는가?

휴벗 무슨 상관이오?
당신이 내 일을 묻듯 내가 당신 일을 묻지 못할
이유가 있소?

서자 휴벗인 거 같은데.

휴벗 당신의 생각은 완벽합니다.
아무리 위험해도 당신이 내 편이오.
믿을 수밖에 없소. 내 목소리를 아는데,
당신 누구요?

서자 맘대로 해요. 원한다면
플랜태저닛 가문의 일원이라 생각해서
나한테 친근하게 굴어도 좋소.

휴벗 기억조차 역겹소! 끝없는 밤과 당신이
나를 모욕하였소. 용맹한 전사,
당신의 혀에서 나온 말이 내 귀의
청력을 벗어났다니 용서하시오.

서자 형식은 뺍시다. 소식이 어떻소?

휴벗 칠흑 같은 야밤에 당신을 찾으려고
나와 다니고 있소.

서자 요컨대 무슨 일이오?

휴벗 오, 착한 분, 야밤에 알맞은 소식이오.

새카맣고 두렵고 괴롭고 무섭소.
서자 나쁜 소식의 상처를 직접 보여주시오.
나는 여자가 아니어서 까무러치지 않겠소.
휴벗 수도승이 왕에게 독약을 먹인 듯하오.
거의 말을 못 하시는 모습을 보고
당신에게 전하려고 뛰쳐나왔소.
나중에 천천히 알기보다는
불의의 사태에 대비하라는 거요.
서자 어떻게 드셨는데? 먼저 맛본 자가 누구요?
휴벗 수도승이오. 단단히 마음먹은 놈이오.
놈의 배가 갑자기 터집디다. 왕은 아직
말씀도 하시고 회복할 수 있으시오.
서자 살펴드릴 사람으로 누굴 남겨 놓았소?
휴벗 아직도 모르시오? 귀족들 전부가 돌아오면서
헨리 왕자[60]를 모셔 왔던 겁니다.
왕자가 간청하니 왕이 그들을 용서하셨소.
그래서 전하 주위에 귀족들이 모였소.
서자 강력하신 하늘이여, 분노를 참으시고
저희 능력 이상으로 참지 않기를!
실토하면, 오늘 밤 내 군대의 반이
모래톱을 건너다가 밀물에 휩쓸렸소.
링컨의 모래톱이 그들을 삼켰는데
나는 말을 탔기에 겨우 빠져나왔소.
나보다 먼저 가오! 왕에게 인도해요.
내가 도착하기 전에 가실까 걱정이오. [둘 퇴장]

## 5. 7

[헨리 왕자, 솔즈베리 백작, 비곳 공 등장]
헨리 왕자 때가 너무 늦었소. 그분 피의 생명이
병에 썩어 가는데, 사람들이 일컫기를
영혼의 연약한 집이라는 그분의 두뇌가
지금껏 맑았지만 뜻 없이 뇌까리오.
인생의 마감을 예고하는 것이오.
[펨브록 등장]
펨브록 전하께서는 아직도 말을 하시며
시원한 공기 중에 옮겨드리면
전하의 몸을 공격하는 뜨거운 열을
낮출 수 있겠다고 믿고 계시오.
헨리 왕자 여기 바깥 정원에 모셔 오시오. [비곳 퇴장]
아직 헛소리시오?
펨브록 왕자님이 떠날 때보다
조용하시오. 방금 전 노래까지 부르셨소.
헨리 왕자 오, 허망한 병이구나! 맹렬한 광란은
그치지 않으나 자신은 못 느끼시오.
죽음은 외양을 삼켜버려 보이지 않게 하고
지금은 정신을 공격하고 있소.
기괴한 망상으로 떼 지어 찔러대며
최후의 보루로 밀려들다 서로 죽이오.
죽음의 노래라니 이상한 말이오.
나는 저 창백한 백조[61]의 병아리요.
자신의 죽음에 슬프게 노래하고
쇠잔한 목청으로 영혼과 육체를
영원한 안식으로 부르는 것이오.
솔즈베리 위로를 받으십시오. 왕자님이 나신 것은
전하께서 형체 없이 흩으신 것을
깨끗이 정리하기 위함이시오.
[존 왕이 들려 나온다.]
존 왕 아, 이제야 내 혼이 움직일 수 있다.
창이나 문에선 안 나오려 하더니.
가슴속이 너무나 뜨거운 여름이어서
내 모든 창자가 티끌처럼 부서졌다.
내 몸은 양피지에 붓으로 끼적인
글자와 같다. 그래서 이 불길에
오그라든다.
헨리 왕자 좀 어떠신가요?
존 왕 독약 먹고 안 좋다. 죽어서 버림받고
쫓겨났는데 겨울더러 오라 하여
언 손가락 내 입에 넣으라고 할 자 없으며
이 땅의 강물에게 타는 내 가슴속을
흘러가라 말하는 자 찾아볼 수 없으며
북풍에게 불타는 내 입술에 키스를 하고
추위로 위로하라 말하는 자 없으니,
너희는 인색하고 배은망덕하면서
모든 일을 나한테 거절하누나.
헨리 왕자 제 눈물에 아버님을 편하게 해드릴

60 존 왕의 아들(1207~1272)로서, 훗날 헨리 3세가 된다.
61 언제나 잠잠한 백조는 죽기 전에 노래를 부른다는 전설이 있다.

효험이 있다면!
존 왕 짠 눈물은 뜨겁다.
내 속에 지옥이 불타는데 독약은
회복하지 못하도록 저주받은 피에 갇혀
마귀같이 날뛴다.
[서자 등장]
서자 전하를 뵙고 싶은 맹렬한 욕구와
다급한 마음에 불타고 있습니다!
존 왕 오, 조카, 내 눈을 감기려고 왔구나.
심장의 닻줄이 불타서 끊어지고
목숨이 항해할 돛폭은 모두 찢겨서
가느다란 머리처럼 실오리가 되었어.
심장은 한 가닥 끄나풀에 매달려서
네 소식을 듣기까지 억지로 버텼다.
그다음엔 흙덩이가 되고 말 테니,
파멸한 왕의 허깨비만 보게 되겠지.
서자 왕세자가 이리로 오겠다고 하는데
어떻게 대응할지 묘안이 없네요!
유리한 지점으로 병력을 이동할 때
모래톱에서 뜻하지 않게 하룻밤 새
밀물이 반 너머를 삼켜버렸어요. [왕이 죽는다.]
솔즈베리 죽는 소식은 죽은 귀에 알려줍니다.
전하! 전하! 조금 전 왕이 이처럼 되시니!
헨리 왕자 나도 저리 달리다가 저리 서겠지.
방금 왕이셨던 이분이 흙이 되시니
그 무슨 확실성, 버팀목이 있을까?
서자 그렇게 가셨나요? 내가 뒤에 남은 것은
오로지 복수의 책임을 다하려고 합니다.
그 뒤에 내 영혼은 지상에서 언제나
충복이었듯 천국까지 모실 테요.
올바른 궤도를 운행하는 별들이여,[62]
어디에 힘을 뒀나요? 고쳐먹은 충성심을
이제는 나타내서 나와 함께 되돌아가
기운 없는 이 나라의 나약한 문간에서
영원한 수치와 파괴를 몰아냅시다.
급히 나서지 않으면 급히 습격당해요.
왕세자가 지척에서 광분하고 있소.
솔즈베리 그렇다면 당신도 우리처럼 모르오.
팬덜프 추기경이 안에서 쉬고 있소.
반시간 전에 왕세자에게서 여기로 왔소.
명예와 위신을 지키며 우리가 취할
화친의 조건들을 가져왔는데,
당장에 전쟁을 그치려는 목적이오.
서자 우리들의 방비가 튼튼하단 사실을
잘 아는 까닭에 그 일을 서두르오.
솔즈베리 실제로는 끝난 것과 마찬가지요.
여러 개의 마차를 해안으로 보냈으며
추기경의 처분에 싸움의 명분을
위임했으니 당신과 나와 귀족 몇이
알맞다면 오후에 시급히 그를 만나
이 일을 행복하게 마무리합시다.
서자 그러지요. 그리고 존귀하신 왕자님과
이 일에서 제외해도 괜찮을 귀족들은
선왕의 장례식에 참예하시오.
헨리 왕자 우스터[63]에 시신을 매장하겠소.
그것을 원하셨소.
서자 그럼 거기 갑니다.
그렇게 되면 세자의 귀하신 몸이
이 나라 정통의 왕권을 잇게 돼요.
복종의 정신으로 무릎을 꿇어
저의 모든 충성을 바치고 진정한
복속을 영원히 기약합니다.
[무릎을 꿇는다.]
솔즈베리 저희도 똑같이 사랑을 바치며
영원히 흠 없이 지속하겠습니다.
[귀족들이 무릎을 꿇는다.]
헨리 왕자 본시 감사하는 마음을 타고났지만
눈물밖에는 표현할 길이 없소.
서자 [일어서며]
필요한 슬픔만 시간에게 갚읍시다.
우리의 슬픔보다 앞선 게 시간이오.
잉글랜드는 스스로를 상처내기 전에는
건방진 정복자의 발부리 앞에
엎드린 적이 없고 앞으로도 없겠소.
이 나라의 귀족들이 돌아왔으니
세상 천하 3면에서 덤비라고 하십시오.
혼내줄 테요! 자신에게 진실하면
잉글랜드를 슬프게 할 일 없어요. [모두 퇴장]

62 불길한 혜성처럼 궤도를 벗어났던 귀족들이 다시 본궤도로 돌아왔음을 말한다.
63 잉글랜드 서부에 있는 도시.

# 헨리 4세 제1부

*Henry IV, part 1*

## 연극의 인물들

헨리 4세 '헨리 왕'이나 '볼링브룩'이라고 일컬음
헨리 왕자 왕세자. 또는 '핼'이나 '해리'라고 함. 헨리 4세의 맏아들이며 후계자
랭커스터 오브 존 공 '랭커스터 오브 존 왕자'라고도 함. 왕의 둘째아들
웨스트모얼랜드 백작 헨리 4세의 사촌. 왕에게 충성함
월터 블런트 경

노섬벌랜드 백작 헨리 퍼시
우스터 백작, 토머스 퍼시 노섬벌랜드 백작의 아우
헨리(또는 해리) 퍼시 '핫스퍼.'[1] 노섬벌랜드 백작의 아들이며 후계자
모티머 공 에드먼드 모티머. 핫스퍼의 처남, 또는 마치 백작이라고 함
오웬 글렌다워 웨일스 귀족, 모티머의 장인 ┐ 왕의 반란자들
더글러스 백작 아키볼드 더글러스. 스코틀랜드의 귀족 ┘
리처드 버논 경 잉글랜드의 기사
리처드 르 스크룹 요크 대주교
마이클 경 대주교 수하의 사제 또는 기사
퍼시 부인 케이트라고도 함. 핫스퍼의 아내이며 모티머의 누이
모티머 부인 글렌다워의 딸이며 모티머의 아내

존 폴스타프 경
에드워드 포인스 네드 혹은 에드워드
바돌프 ┐ 폴스타프의 추종자들
피토 ┘
개즈힐 노상강도의 주모자
객줏집 여주인(퀴클리 부인) ┐
프랜시스 술집 종업원 │ 객줏집에서
양조장 주인 또는 여관집 주인 ┘

마차꾼 1 농산물 운반업자 ┐
마차꾼 2 │ 개즈힐 근처 객줏집에서
여관집 머슴 마구간지기 ┘
객실지기
길손 1
군수[2]
핫스퍼의 하인

전령
전령 2
군인들, 개즈힐의 길손들, 기타 수행원들

1 '뜨거운 박차'(Hotspur)라는 뜻의 이름, 즉 박차가 뜨거워질 만큼 세차게 말을 몬다는 이름. 별칭이 될 만큼 유명했다.
2 잉글랜드의 여러 군(shire)의 군수를 말하나 여기서는 군의 고위직에 있는 관리. 우리나라의 부군수 격이다.

# 헨리 4세 이야기 1부

## 1. 1

[왕, 랭커스터 오브 존 공, 웨스트모얼랜드 백작,
월터 블런트 경, 기타 등장]

헨리 왕 내가 매우 심란하고 근심으로 피로하니
겁에 질린 평화에게 숨 쉴 틈을 마련하고
머나먼 땅에서 새로 벌일 싸움[3]을
간략한 몇 마디로 의논을 합시다.
또다시 나라 땅을 목마른 입술처럼
자식들의 붉은 피로 처바를 수 없으며
전쟁으로 들판들을 파괴하지 못하며,
원수들의 말발굽이 어여쁜 꽃송이를
짓이길 수 없겠소. 하늘에 일이 생겨
번득이는 혜성처럼, 한 몸에서 태어나서
한 음식을 먹었으되, 마주 보던 눈과 눈이
내란의 격정으로 어제까지 싸웠으며
동족상잔 속에서 미친 듯이 엉켰으나
이제 서로 질서 있게 대오를 이루어
한길로 나아가서 이제는 다시
친구, 친척, 짝패들이 맞붙지 않을 거요.
전쟁의 칼날은 좋지 못한 칼집처럼
주인 손을 상하지 않아야 하오.
친구들, 저 멀리 주님의 무덤까지
—그분의 군사로서 복된 십자가 아래
부름 받은 우리가 싸우기로 되었으니—
이제 곧 이 나라 군대를 집결코자 하는데,
저 거룩한 곳에 있는 이교도들을
쫓아내기 위하여 우리들의 강한 팔이
어머니 뱃속에서 이미 형성되었으니
1천 4백 년 전에 주님의 복된 발이
그곳의 흙을 밟으셨고, 바로 그 발이
우리를 위하여 고통스러운 십자가에
못 박히셨소. 그러나 나의 이 계획은
열두 달이 지났는데, 가겠다는 말뿐이니
소용없는 일이오. 그런데 이 모임은
그 때문이 아니오. 웨스트모얼랜드 사촌,
들어봅시다. 어제 저녁 회의에서
긴요한 이 일의 추진을 명했소.

웨스트모얼랜드 전하, 시급한 이 일을 열심히 의논하고
책임을 정한 것이 어젯밤의 일인데,
뜻하지 않게 웨일스에서 전령이 도착하여
침통한 소식을 가져왔소. 최악의 소식은
고귀한 모티머가 허포드셔인들을 이끌고
미욱하고 미개한 글렌다워와 싸우다가
그자의 거친 손에 붙잡혔으며
그의 백성 수천이 도살당한 것이오.
웨일스 여인들이 시체들을 마구 다뤄
짐승처럼 참혹하게 짓이겨놓아
도저히 입으로 말할 수 없다 하오.

헨리 왕 따라서 이 싸움의 못된 소식이
성지를 되찾을 우리 일을 중단시켰소.

웨스트모얼랜드 전하, 다른 일이 겹쳐서 그리되었소.
더욱더 우려되는 나쁜 소식이
북쪽에서 왔는데, 이러한 내용이오.
십자가 축제일[4]에 용맹한 핫스퍼,
젊은 해리 퍼시와, 언제나 용감하며
모두가 시인하는 백전의 용사인
스코틀랜드인 아키볼드가
홈던에서 서로 만나 한 시간 동안
처절히 피 뿌리며 싸웠는데
양측의 대포들이 발사하는 소리로
전투의 규모를 추정하여 보고했소.
소식 전한 사람은 양측이 열 내어
세차게 싸우던 중 어느 쪽이 이기는지
결과를 모르는 채, 말을 속히 달려왔소.

헨리 왕 친밀하고 근면한 친구가 여기 왔소.
월터 블런트 경이 방금 말에서 내렸는데
홈던에서 내 궁궐에 이르기까지
각 지방의 온갖 흙이 옷자락에 튀었소.
그리고 듣기 좋은 소식도 가져왔소.
더글러스 백작 아키볼드가 패했다 하오.
스코틀랜드인 1만과 기사 스물이
홈던 들판에서 피 무더기 이룬 것을

3 사촌 리처드 2세를 죽이고 왕이 된 헨리 4세는 끊임없는 내란에 시달리다가 전에 약속한 '팔레스타인 성지 회복 전쟁'을 계획하려는 것이다.
4 9월 14일. 십자가를 성별하는 날.

월터 경이 보았소. 용맹한 핫스퍼는
싸움에 패한 더글러스의 맏아들과
파이프의 백작 모데익과 머레이의
애톨 백작, 앵거스와 멘티스를 붙잡았소.
이것이야말로 대단한 전과 아니오?
멋진 전리품 아니오? 사촌, 안 그렇소?

웨스트모얼랜드 진실로, 왕이 자랑할 만한 승리요.

헨리 왕 맞소. 그 말을 들으니 슬퍼지는군.
노섬벌랜드는 아들 복을 누리는 아버지라
내가 질투의 죄를 짓는 수밖에 없군.
명예의 혀에 주제가 된 그 아들,
수풀의 나무 중에 가장 곧은 젊은 나무,
정다운 운수의 총아요 자랑이오.
한데 나는 그에 대한 칭찬을 바라보며
내 아들 해리의 이마를 방탕과 불명예가
더럽힘을 볼 뿐이오. 밤중에 떠돈다는
어떤 요정이 잠자는 아기들을
강보째 바꿔쳐서[5] 내 애를 퍼시라,
그의 애를 플랜태저닛이라 하면 좋겠군!
그럼 그의 해리는 내 아들, 내 해리는
그의 아들[6]일 테지. 생각을 말아야지.
저 젊은 퍼시의 기개를 어떻게 보오?
위험한 습격이 준 포로들을 잡아 두고
자기가 쓰겠다며, 내게는 파이프 백작
모데익만 주겠다는 전갈을 보내왔소.

웨스트모얼랜드 그 삼촌 우스터가 사주한 거요.
모든 일에 전하에게 악의를 품습니다.
그래서 퍼시가 난 척하며 전하에게
애송이 머리를 빳빳이 쳐들지요.

헨리 왕 그래서 답변을 듣기 위해 그를 불렀소.
그러니 이 때문에 우리 예루살렘 계획을
잠시 동안 미루어 놓아야 하겠소.
사촌, 다음 수요일 우리의 회의를
윈저에서 가지겠소. 대공들께 알리시오.
하지만 당신은 속히 다시 오시오.
성난 김에 내뱉을 말보다는
할 말과 할 일이 아직 많이 남았소. [모두 퇴장]

## 1. 2

[세자와 존 폴스타프 경 등장]

폴스타프 얘, 핼, 지금 몇 시냐?

헨리 왕자 너는 묵은 포도주 퍼마시고 저녁 먹고
단추 풀고 대낮부터 벤치에 곯아떨어졌으니
골통이 꽉 막혀서 진짜 자기가 알고 싶은 걸
물어볼 줄도 몰라. 몇 시가 됐든 도대체 네가
웬 상관이야? 시간이 포도주 잔이고 분이
통닭이고 시계가 뚜쟁이 혓바닥이고 눈금판이
창녀 집 간판이고 복된 햇빛 자체가 새빨간
비단옷 입은 들뜬 예쁜 계집애가 아니라면
네가 시간 물어볼 만큼 쓸데없는 짓에다 신경
쓸 이유가 없어.

폴스타프 정말이지, 핼, 이제서야 너 가까워지누나.
우리들 주머니 따는 사람들은 '방랑하는 잘난
기사 피버스'[7]가 아니라 달과 일곱 별[8]에 따라
움직이는 분들이거든. 그래서 부탁하는데, 요
귀여운 장난꾼아, 네가 왕이 되거든 하느님이
전하를 보호하실 테니까.—아니다, '폐하'라고
해야겠다. 너는 고마운 데가 없으니까 말이다.[9]

헨리 왕자 조금도 없어?

폴스타프 진짜 없어. 계란부침 오기 전에 감사 기도 드릴
만큼도 못 돼.[10]

헨리 왕자 그러고 나서는? 자, 솔직히 말해, 솔직히.

폴스타프 귀여운 장난꾼아, 그땐 네가 왕이 돼서 밤 어른
몸종들인 우리를 낮의 아름다움 훔치는 도둑이라

5 서양 민속 설화에 밤중에 선녀가 잘생긴 아이를 훔쳐가고 그 자리에 미운 아이를 바꿔놓는다는 이야기가 있었다.

6 두 집 아들들의 이름이 똑같이 '해리'여서 하는 말이다.

7 '피버스'는 태양신, 즉 해를 가리킨다. '아폴로'와 같다.

8 '일곱 별'은 황소자리에 있는 일곱 개의 밝은 별무리.

9 '전하'는 영어로 Grace인데 grace는 '감사', '은혜'라는 뜻도 있다. 우리말로 번역할 수 없다. '너는 전하이지만 〈감사〉는 받을 수 없다'는 뜻이다.

10 '계란 부침'은 버터에 계란을 부친 것으로 금식 기간에 먹는 아주 소박한 음식이라 아주 간단한 감사 기도의 대상이 될 뿐이다. 즉 그가 핼에게 감사할 게 별로 없다는 말이다.

부르지 못하게 해. 우리더러 다이애나 여신[11]의 숲 속 부하라고 하고 그늘 밑 신사들, 달님의 총아라고 해. 그리고 바닷물처럼 달님이 시키는 대로 하니까 말 잘 듣는 백성이야. 달님은 귀한 처녀 주인이신데 그분 보호 밑에서 우리가 도둑질하는 거야.

헨리 왕자 너 말 잘한다. 비유도 잘 들어맞아. 달님의 부하들인 우리의 운수도 바닷물처럼 달이 시켜서 밀물과 썰물이 있어. 쉬운 예를 들자면, 월요일 밤에 용감하게 따내서 꿍친 돈 보따리가 방탕하게 써버려서 화요일 아침엔 텅텅 빈다고. "가진 거 다 내놔!" 하고 위협해서 얻었던 걸 "들여와!"[12] 하고 큰 소리로 외쳐서 모두 써버린다고. 지금은 사다리 아래만큼 낮은 썰물이다가 조금만 지나면 교수대 가름대만큼 높은 밀물이 돼.

폴스타프 확실히 네 말이 진짜다, 사내야. 그런데 객줏집 마누라가 아주 예쁜 계집 아니야?

헨리 왕자 히블라[13] 꿀단지야, 궁궐 친구. 그런데 질긴 가죽 잠바는 아주 그럴듯한 외투 아니야?[14]

폴스타프 뭐, 뭐, 뭐라고, 뭐라고? 미친 놈, 알 듯 모를 듯 수수께끼 하기냐? 제기랄, 가죽 잠바하고 나하고 무슨 상관이 있냐?

헨리 왕자 그렇다면, 염병할 거, 객줏집 마누라하고 나하고 무슨 상관이 있어?

폴스타프 그건 말이다, 네가 너무나 자주 그녀하고 계산하더란 말이야.

헨리 왕자 내가 너한테 네 값은 네가 내라고 한 적 있어?

폴스타프 없어. 인정해. 네가 그 집에 돈 다 치렀지.

헨리 왕자 맞아. 그리고 딴 데서도 자라는 만큼 돈을 다 냈어. 낼 돈 없을 땐 신용을 내댔다.

폴스타프 그랬다. 신용을 너무 쓰면 네가 세자란 게 확실하지 않았지만—하지만 귀여운 장난꾼아, 네가 왕이 된 뒤에 잉글랜드 땅에 교수대가 있겠냐? 그래서 결단하여 얻어낸 걸 늙은 아비 '법률'이란 촌놈의 녹슨 손이 속여 먹을 판이야? 네가 왕이 되거든 도둑을 달아매지 마라.

헨리 왕자 그러하다. 그대가 할 일이다.

폴스타프 내가? 와, 놀랍구나! 확실히 멋진 판사가 되겠다!

헨리 왕자 벌써부터 네 판단이 글러먹었어. 내 말은 너한테 절도범 목매는 짓을 맡긴단 뜻이야. 그래서 너는 희한한 망나니가 되지.

폴스타프 괜찮아, 핼. 괜찮아. 내 성질하고도 상당히 어울려. 궁궐이나 법정에서 일거리 기다리는 거나 같다고 해도 돼.

헨리 왕자 옷 얻는 거 말이지?[15]

폴스타프 맞아. 옷가지 얻는 거. 그래서 망나니가 괜찮은 옷장을 장만하거든. 젠장, 나 불알 깐 고양이나 발목 매인 곰처럼 울적하다고.

헨리 왕자 또는 늙은 사자나 연인의 루트[16]처럼.—

폴스타프 맞아. 또는 링컨셔 백파이프 웅알대는 소리처럼.

헨리 왕자 산토끼는 어떻고? 우울한 무어 개천[17]은 어때?

폴스타프 넌 제일 밥맛 떨어지는 비유를 주워섬기누나. 그러니 천하에 둘도 없는 비유쟁이, 악질, 귀여운 왕자님이다. 한데 핼, 부탁인데 내게 괜한 헛바람 더 넣지 마라. 하느님께 비노니, 그대와 내가 착한 명성을 도매금으로 구입할 데가 어딘지 알고 싶도다.[18] 저번에 거리에서 시의회 노 의원 한 분이 그대와 관련하여 내게 욕설을 지껄였도다. 연이나 나는 그에 주목하지 아니했으며 그는 매우 지혜롭게 말하였으되 나는 눈여겨보지 아니했으나, 그는 매우 지혜롭게, 그것도 길거리 복판에서 그리했도다.

헨리 왕자 그대가 잘하였도다. 지혜가 길거리에서 부르나 돌아보는 자가 없었도다.[19]

폴스타프 야, 너 성경을 함부로 쓰다간 지옥 간다. 성자도 망치겠다. 핼, 너 나한테 나쁜 짓 많이 했다. 하느님의 용서를 빈다. 널 알기 전엔 아무것도

11 달의 여신 다이애나는 밤의 여신도 되고 숲에서 사냥을 즐겼으니 산도둑의 여신, 나아가서는 도둑의 여신도 되었다.

12 술집에서 종업원에게 술을 자꾸 들여오라는 큰 소리다.

13 시실리 섬의 유명한 꿀 생산지.

14 당시 도둑은 잡히기만 하면 교수형에 처해졌는데 부군수의 질긴 가죽 잠바는 도둑들이 가장 무서워하는 것이기도 했다.

15 직접 죄수의 목을 매다는 짓을 행하는 망나니(매우 낮은 관리)가 그 죄수의 옷가지를 가질 권리가 있었다.

16 전형적인 연인은 슬픔으로 가득하여 으레 '루트' 악기를 청승맞게 켜는 것으로 알려졌다.

17 산토끼는 우울한 짐승으로 여겼고, 무어 개천은 런던의 더러운 개천인데 우울한 장소였다.

18 여기서 폴스타프는 당시의 청교도들의 말투를 흉내 내고 있다.

19 구약 '잠언' 1장 20절, 24절을 맞붙이고 다소 고친 것.

몰랐다. 진실을 말하자면, 나는 죄인의 한 놈이나 마찬가지다. 이 생활을 버려야 돼. 그래서 버리겠다. 주님에게 맹세코, 안 그러면 개새끼다. 기독교 세상에서 왕의 아들이 못됐다고 저주받겠다.

헨리 왕자 잭,[20] 내일 어디서 주머니 딸까?

폴스타프 그야 너 원하는 데지. 나도 한몫 들게. 안 그러면 개새끼라 하고 거꾸로 달아매라.

헨리 왕자 보아하니 생활을 고치누나.—기도에서 주머니 따는 데로.

폴스타프 헬, 그게 내 천직이다. 헬, 인간이 천직에 따라 일하는 게 죄가 아니다.

[포인스 등장]

포인스! 개즈힐[21]이 강도 계획을 짜놨는지 이제야 알게 됐다. 행실에 따라서 구원받는 거라면 어떤 지옥 구덩이가 저놈한테 알맞을까? 양민에게 "서라!"고 외친 놈 중에서 최고로 '전능한' 악당인데.

헨리 왕자 안녕, 네드.

포인스 안녕, 정다운 헬. '후회 씨'는 뭐라고 해? '폴스타프[22] 포도주—설탕 잭'은 뭐라고 해? 지난 수난일에 마데이라 한 잔과 식은 닭다리 한 개 받고 마귀에게 영혼을 팔았는데 마귀하고 거래가 어떻게 돼가?[23]

헨리 왕자 폴스타프는 틀림없이 약속을 지켜. 계약한 대로 마귀에게 내줄 거야. "마귀에게도 줄 건 준다"는 속담을 어긴 적 없어.

포인스 그러니까 너는 마귀와 계약한 죄로 저주를 받게 된다.

헨리 왕자 그럭하지 않았다면 마귀를 속인 죄로 저주를 받았을 거야.

포인스 얘들아, 얘들아. 내일 새벽 네 시에 개즈힐에 두툼한 헌금 자루를 가지고 캔터베리로 가는 순례자들과 두둑한 주머니를 가지고 런던에 가는 장사꾼들이 있어. 너희 전부가 쓸 가면을 마련하고 말들도 있어. 오늘 밤 개즈힐은 로체스터에 있는데 내가 이스트칩[24]에 내일 저녁 식사를 시켜놨어. 이건 누워서 떡 먹기야. 너도 가면 주머니에 돈을 가뜩 넣어줄게. 안 가겠다면 집에 그냥 있다가 목이나 매.

폴스타프 얘, 에드워드, 내 말 들어. 내가 그냥 집에 있고 안 가면 너만 가는 죄로 내 목 달아맬 거야.

포인스 야, 너 가겠어?

폴스타프 헬, 한몫 들 테야?

헨리 왕자 내가? 강도짓을? 도둑이 돼? 절대로 안 돼.

폴스타프 너한테는 정직도, 용기도, 우정도, 아무것도 없어. 10실링[25] 놓고서 싸우질 못한다면 왕가의 혈통이 아니야.

헨리 왕자 그렇다면 평생에 한 번만 미친놈 되겠다.

폴스타프 그거 말 잘했다.

헨리 왕자 하지만, 뭐가 되든 간에 나는 집에 있겠다.

폴스타프 그러니까 네가 왕이 되면 난 역적이 되겠구나.

헨리 왕자 알게 뭐야.

포인스 폴스타프, 왕자는 나한테 맡겨. 내가 이번 우리 모험이 어째서 중요한지 자세히 설명하면 왕자도 가게 돼.

폴스타프 그렇다면 하느님이 그대에게 설득의 영혼을 주시며 그에게는 이득의 귀를 주사, 그대가 하는 말이 감동을 주며 그가 듣는 말이 믿어지기 바라도다.[26] 그래서 진짜 왕자가 장난 삼아서 가짜 도둑놈이 된다는 거다. 어수룩한 시간 낭비도 체면이 있어야 한단 말이다. 잘 있어. 이스트칩에 오면 날 만나게 돼.

헨리 왕자 잘 가라, 지나간 봄! 잘 가라, 뒤늦은 여름![27]

[폴스타프 퇴장]

포인스 그럼 그지없이 정다운 왕자, 내일 우리와 같이 가자. 나 혼자 다루지 못할 장난이 있어. 폴스타프, 바돌프, 피토, 개즈힐이 벌써부터 노리다가 그들을 덮칠 거야. 나하고 왕자는 그 패에 끼지 않고 있다가 그 녀석들이 뺏은 물건을 갖고 있을 때 왕자와 내가 그걸 뺏지 못하면 내 모가지 따도 좋아.

20 '잭'은 '존'의 애칭.
21 '개즈힐 길목'에서 이름난 강도이어서 별명도 '개즈힐'이다.
22 원문에는 존 경(Sir John)으로 되어 있지만 우리에게 친숙한 '폴스타프'로 옮긴다.
23 수난일(매주 금요일)에 금식하는 것이 옳은데 폴스타프는 술과 닭고기를 먹었다. 그런 행동은 마귀에게 영혼을 파는 것과 같았다.
24 런던 근교에 있는 마을들이다.
25 강탈한 돈. 왕의 얼굴을 찍은 10실링짜리 금화를 가리키는 말도 되었다.
26 당시 청교도들은 이런 말투를 사용했다. 폴스타프가 흉내 낸다.
27 늙은 나이에 젊은 패거리와 즐겁게 어울리는 폴스타프를 잠시 날씨가 따뜻해지는 늦가을에 빗댄다.

헨리 왕자 같이 떠난 녀석들과는 어떻게 헤어져?

포인스 녀석들보다 우리가 먼저 가거나 나중에 가면서 만날 데를 말해주지. 거기 가고 안 가는 건 우리 마음대로야. 그렇게 하면 녀석들끼리 일을 벌일 건데, 놈들이 마치자마자 우리가 달려드는 거라고.

헨리 왕자 알았어. 하지만 저놈들이 우리가 탄 말이나 옷차림이나 그밖에 여러 가지를 보고서 우리가 누군지 알아채겠어.

포인스 저놈들은 우리가 탄 말을 보지 못해. 숲속에 매어 놓을 테니까. 가면은 헤어지자마자 바꾸겠다. 이런 일에 알맞은 두꺼운 저고리도 준비됐다. 우리 옷을 가릴 테니 우리를 못 볼 거야.

헨리 왕자 알겠다만, 둘이서 당하기엔 너무 셀 텐데.

포인스 한데 그중 두 놈은 등 돌려 내빼는 진짜 겁쟁이 중 겁쟁이야. 셋째 놈으로 말하자면, 그 녀석이 쓸데없이 길게 싸운다면 내가 아예 칼질을 그만두겠다. 우리 장난의 요점은 그 뚱보 녀석이 함께 저녁 먹을 때 도저히 믿지 못할 거짓말을 해대는 거야. 최소한 30명과 싸웠는데 어떻게 방어하고 어떻게 공격하고 어떤 곤란을 겪었는지 떠들 거야. 그런 거짓말을 들통나게 하는 게 우리가 할 장난이야.

헨리 왕자 그런 거라면 같이 가겠다. 필요한 건 모두 다 준비해둬. 그리고 내일 저녁 이스트칩에서 만나자. 거기서 저녁 먹겠어. 잘 가라.

포인스 안녕, 왕자. [퇴장]

헨리 왕자 너희 모두 잘 알기에 장난치고 싶은 만큼
기분대로 굴라고 한동안 놔두겠다.
하지만 이것은 해를 닮는 일이다.
지저분한 구름들이 해를 가려서
어여쁜 그 모습을 온 세상이 못 봐도
추악한 구름장을 불쑥 꿰뚫고
아름다운 자태를 다시 보일 때
사람들이 고대하던 햇빛이기에
더더욱 감격하여 해를 반긴다.
1년 동안 할 일 없이 노닥거리면
장난도 노동만큼 지겨울 테지.
좀처럼 안 생기는 휴일을 환영하듯
기대하지 않은 일은 환영받기 마련이다.
방종한 이 짓을 벗어던지고
갚겠다고 한 적 없는 빚을 갚으면
내가 말한 것보다 훌륭한 것을 보여서
그만큼 사람들의 기대를 깨뜨리겠다.
칙칙한 바탕 위에 빛나는 황금처럼
잘못 위에 번쩍이는 나의 변신이
훌륭하게 돋보이며, 바탕이 없기보다
뭇사람의 눈길을 더 많이 모으리라.
잘못을 저지르되 재주 있게 저질러서
낭비했던 시간을 예상 밖으로 살겠다. [퇴장]

## 1. 3

[왕, 노섬벌랜드, 우스터, 핫스퍼,
월터 블런트 경, 기타 등장]

헨리 왕 내 피가 너무 차고 미지근해서
이런 분한 일에도 흥분치 않소.
그래서 당신들은 그런 나를 보면서
내 인내를 밟고 섰소. 하지만 이제부터
나 자신이 될 터이니 유의하시오.
나의 기질보다도 강력하고 엄하겠소.
기름처럼 부드럽고 깃털 같은 기질이라
건방진 자들이 거만한 자에게만 바치는
존경의 권리를 잃었던 것이오.

우스터 높으신 전하, 저희 집안은 높은 분의
채찍질을 감당할 죄과가 없습니다.
또한 그 높은 지위를 이처럼 키우는 데
저희 손이 일조하였습니다.[28]

노섬벌랜드 전하,—

헨리 왕 우스터, 썩 물러가오. 당신 눈 속에
위협과 불복종이 번쩍이고 있소.
당신의 태도는 오만하고 불손하오.
부하의 이마가 찌푸리는 불만을
참아낼 왕이 없소. 당신은 떠나시오.
당신이 필요하거나 의견을 물을
무슨 일이 생기면 당신을 부르겠소. [우스터 퇴장]
[노섬벌랜드에게]
말하려던 참이었는데.—

28 헨리 4세가 리처드 2세에게서 왕위를 찬탈할 때 노섬벌랜드, 우스터 형제의 세력이 그를 도왔다.

노섬벌랜드 그렇습니다, 전하.
전하의 명의로 요청하신 포로들은
여기 있는 해리가 홈던에서 잡았는데
전하께 전해진 것만큼은 강력하게
거부한 건 아니라고 말을 합니다.
그러므로 시기나 오해로 말미암아
일이 생긴 것이니 얘 잘못은 아닙니다.

핫스퍼 전하, 어떤 포로도 거부하지 않았으며
다만 기억하기로는, 전투 직후에
제가 심한 노동과 분노 때문에
목마르고 맥 빠져서 저의 칼에 기대어
헐떡이고 있을 때 모모 귀족이
깨끗하고 단정하게 차려입고 왔는데
날씬한 신랑처럼 면도한 그의 턱은
추수할 때 밭처럼 매끈하였고
방물장사 아낙처럼 향수를 풍기면서
엄지 검지 사이에 분첩을 들고
여러 번 코밑에 갖다 대곤 하더니
코는 화를 내면서 다음번 댈 때에는
아예 들이마셨으며, 그자는 연방 웃고
떠드는데, 병사들이 시체를 옮기니까
자기 같은 귀인과 바람 사이로
흉측한 시체를 운반하다니
무식하고 버릇없는 놈들이라 욕을 했으며,
세련된 여인들의 말투로 이것저것
묻던 중에 전하의 이름으로 포로들을
요구하였습니다. 그때에 저는
상처들이 차가워 몸이 쑤셔 오는데
그런 앵무새[29]에게 시달리다 못하여
아프고 성가신 마음에서 아무렇게나
이렇다, 저렇다, 대답은 하였지만
뭐라고 했나 모릅니다. 그자가 그처럼
멋있게 빤들대고 향수를 진동하며
대포와 북과 상처를 귀족 집 시녀처럼
떠드는 것을 보고서 화났습니다.
—하느님, 유의하시고 살피소서!—
그러고는 속탈에는 천하제일 양약이
고래 유[30]라 하면서, 그놈의 염초[31]를
죄 없는 땅에서 파내야 한다니
안됐다면서—그게 사실이에요.—
대포알이 용감한 사내들을 그처럼
비겁하게 죽이는데 그놈만 없으면
자기도 군인이 됐겠다고 하데요.
그따위 쓸데없는 잡담에 제가 진작
말씀드린 것처럼 건성건성 답했는데,
그런 자의 보고가 제 충성과 전하를
갈라놓는 빌미가 되지 않길 빕니다.

블런트 전하, 경위를 생각할 때, 퍼시 공[32]이
누구에게 어떤 데서 무슨 말을 하였고
여러 말을 똑같이 반복하여도
그가 이를 부인하면 그런 말은 이론상
효력이 없으므로 그때 그가 한 말이
거짓이었다고 시인하지 않는 이상
퍼시 공을 꾸짖을 수 없으십니다.

헨리 왕 그러나 못난 처남 모티머[33]의 몸값을
내가 당장 부담하여 풀어내지 않으면
포로들을 넘기지 않겠다고 주장하오.
그자는 저주받을 마술사 글렌다워와
싸우기 위해 데려갔던 사람들의 목숨을
고의로 배신한 사실이 확실하오.
최근 그는 글렌다워의 딸과 결혼했다 하니
내 돈궤를 비워서 반역자의 몸값을
내달라는 말이오? 내가 내 돈으로
반역을 사야 하오? 스스로 패하여
자기를 버렸는데 그런 겁쟁이들과
위험하게 화해하란 말이오? 안 되오.
헐벗은 산중에서 굶어죽게 버려두오.
반역자 모티머의 몸값을 내달라고
내게 한 푼이라도 요구하는 사람을
절대로 내 편으로 보지 않겠소.

핫스퍼 반역자 모티머?
전하, 그 사람은 전쟁 운이 박했을 뿐,
절대로 항복하지 않았던 거요.

29 화려한 빛깔과 시끄럽게 떠드는 자의 전형이었다.
30 특정한 고래에서 추출한 향기로운 물질.
31 화약의 원료인 염초(焰硝, 요샛말로는 초석[硝石])로, 땅에서 캐냈다.
32 다혈질인 핫스퍼의 본명은 헨리(또는 해리) 퍼시다. 부친인 노섬벌랜드 백작도 이름이 헨리 퍼시다.
33 모티머는 에드워드 마치 백작으로 오웬 글렌다워의 사위였고 핫스퍼의 처남이었다.

그러한 사실은 그 모든 상처들을
말해줄 입 한 개가 필요할 뿐이며
입 벌린 상처들은 일대일로 마주 서서
팔뚝에 팔뚝으로 갈대 우거진
고요한 세번 강가[34]에서 굉장한 글렌다워[35]와
용맹을 맞바꾸며 획득한 것으로,
거의 한 시간 가까이 소진하였소.
둘은 세 번 쉬고 세 번 서로 합의하여
물살 빠른 세번 강의 물을 떠서 마시니,
저들의 피투성이 꼴을 본 강물은
떠는 갈대 사이로 겁에 질려 달아나며
용맹한 투사들이 흘리는 피에 젖어
강가의 동굴 속에 고수머리를 숨겼소.[36]
아무리 철면피한 속임수라도
그런 상처로 못된 짓을 위장할 수 없었으며
고귀한 모티머가 그리도 많은 상처를
스스로 자청하여 얻을 수도 없겠으니
반역의 누명을 씌워서는 안 되오.

헨리 왕 퍼시, 그건 틀린 말이오, 틀린 말.
모티머가 글렌다워와 맞선 적 없소.
글렌다워를 적수로 만나는 것은
홀로 감히 마귀를 상대하는 일이오.
부끄럽지 않소? 그러나 앞으로는
내 앞에서 모티머 말은 꺼내지 마오.
되도록 속히 포로들을 보내오.
그러지 않으면 나로부터 당신은
언짢은 말을 듣게 되오. 노섬벌랜드 공,
아들과 함께 떠나기를 허락하오.
포로들을 안 보내면 말을 들을 것이오.

[왕이 블런트와 수행원들과 함께 퇴장]

핫스퍼 마귀가 찾아와서 울부짖어도
포로들을 보내지 않소. 뒤쫓아 달려가
그렇게 말해야 속이 후련하겠소.
목이 달아날 위험이 있어도 상관없소.

노섬벌랜드 분노에 취했는가? 잠시 숨을 고르라.
삼촌이 온다.

[우스터 등장]

핫스퍼 모티머는 말하지 말라고?
말할 테다. 합세하지 않으면
내 영혼에 자비가 안 내려도 좋다.
그렇다. 그자 편에서 피를 모두 비워서
귀한 피 방울방울 흙에 떨어뜨리며,
고마움을 모르는 이따위 왕만큼,
썩어빠진 볼링브룩[37]만큼 짓밟힌 모티머를
공중에 높이 들어 세워놓겠다.

노섬벌랜드 아우, 왕이 조카의 분통을 터뜨렸소.

우스터 내가 나간 뒤, 누가 네 화를 돋우었는가?

핫스퍼 왕이 내 포로들을 당장 모두 갖겠다 하오.
내 처남 몸값을 다시 추궁했더니
새파랗게 표변하여 죽음의 눈초리로
정면으로 내 얼굴을 쏘아보면서
모티머란 이름에 치를 떱디다.

우스터 그럴 만하지. 죽은 리처드 왕[38]이
모티머를 후계자로 지목하지 않았나?[39]

노섬벌랜드 그랬지. 나도 그 선언을 들었어.
그즈음에 불행한 리처드 왕이
—그에 대한 저희 죄를 용서하시길!—
아일랜드 정복 길에 올랐었는데
돌발 사태 때문에 중도에 회군하여
왕위를 빼앗기고 얼마 후 시해됐지.

우스터 그의 죽음 때문에 우리들이 산 채로
온 세상 구설수에 올라서 욕을 먹었소.

핫스퍼 하지만 조용하시오. 그때 리처드 왕이
저의 처남 모티머를 왕위의 계승자로
공식 선언했나요?

노섬벌랜드 그렇다. 나도 들었어.

핫스퍼 그렇다면 그의 사촌인 왕을 욕할 수 없으니

34 잉글랜드 서부 웨일스 산지에 흐르는 강.
35 오웬 글렌다워는 웨일스의 영웅적 왕으로서 마술사, 예언자로도 알려졌다.
36 굽이쳐 흐르다가 산골의 동굴 속으로 마치 고수머리처럼 숨어버렸다는, 매우 시적인 표현이다.
37 헨리 4세가 왕이 되기 전에 불리던 이름. 퍼시 형제(노섬벌랜드와 우스터)가 볼링브룩을 도와 헨리 4세 왕이 되게 했다.
38 리처드 2세에게 추방당했던 그의 사촌 헨리 볼링브룩이 왕의 아일랜드 원정을 틈타 귀국하여 노섬벌랜드 백작과 우스터 백작 등의 도움으로 왕위를 찬탈했는데 이들이 지금 다시 헨리 4세에게 반역을 꾀하고 있다. 「리처드 2세」 참조.
39 셰익스피어가 혼동했다. 역사적 사실로는 핫스퍼의 처남은 왕의 후계자로 지목된 사람의 삼촌이었다. 그런데 둘의 이름과 작위가 같아서 그런 혼동이 생겼던 듯하다.

헐벗은 산중에서 그 사람이 주려서 죽길 원했소.
그러나 옛일을 잘 잊는 이 사람에게
왕관을 씌워주고 시해를 방조한
더러운 오점을 뒤집어쓴 두 분이
교수대의 사다리를, 좀 더 바로 말하라면
교수형 집행하는 망나니짓 맡아 하는
비천한 조수들이 되어서 온갖 곤욕을
당해야 되세요? 용서하세요.
제가 너무 심한 말을 합니다만
교활한 왕 밑에서 두 분은 몹시
위태한 입장에서 처신하고 계세요!
높은 지위와 권세를 가진 두 분이
향기로운 어여쁜 장미 리처드를 누르고
가시 돋은 찔레 덩굴 볼링브룩을 심느라고
부당한 그를 위해 지위와 권세를 쓰신 것이
—하느님, 그 짓을 용서하소서.—
오늘날 부끄럽게 사람 입에 오르고
장래의 역사책을 메우고자 하신 일이오?
게다가 더 수치스럽게 두 분께서는
그런 수치를 당하며 도와주신 장본인에게
속아서 버림받고 내몰리니 말이 되나요?
아니에요. 추방당한 명예를 되찾아
세상 사람 심중에 좋은 생각을 되살릴
시간이 두 분께 아직도 남아 있어요.
건방진 왕의 모멸에 찬 교만에
복수하세요. 저자는 두 분께 진 빚을
모두 갚을 궁리를 밤낮으로 합니다.
바로 두 분의 죽음이란 피의 값으로
치르려는 거예요. 그래서—

우스터 조카, 그만해.
이제 내가 비밀의 책을 펴놓고
자네의 급한 불만의 정신에
깊이 감춘 위험한 사실을 읽어주겠다.
휘청대는 창대 위를 위험스레 걸어서
요란하게 울부짖는 격랑 위를 건너듯
위태롭고 모험적인 정신이 가득해.

핫스퍼 떨어지면 가라앉든 헤엄치든 끝나버려요!
동에서 서로 위험을 보내라 하여,
북에서 남으로 달리는 명예와 만나면
둘이 맞붙으라지요. 토끼가 아니라
사자를 일으키려면 피가 더 끓어야 해요!

노섬벌랜드 어떤 막강한 투쟁을 그려보면서
내 인내의 한계를 뛰어넘는다.

핫스퍼 정말이지, 하얀 달에 뛰어올라서
빛나는 명예를 빼앗는 것은 쉬운 듯해요.
또는 깊은 바다 밑창에 뛰어들어서
물 깊이 재는 줄도 닿을 수 없는 데서
물에 잠긴 명예의 머리채를 잡아채어
그것을 되찾아온 사람이 동참자 없이
단독으로 위엄을 누린다면 할 만합니다.
하지만 반쪽짜리 나눈 몫을 내다 버려요!

우스터 지금 자꾸 비유만 주워대면서
귀 기울일 사실만은 비켜 가누나.
조카, 잠깐만 내 말을 들어다오.

핫스퍼 용서하세요.

우스터 자네가 포로로 잡아놓은
스코틀랜드 귀족들은—

핫스퍼 모두 잡아둘 테요.
맹세코, 왕에게 하나도 안 줄 테요.
그중 하나가 왕의 영혼을 구한대도,
맹세코 전부를 내가 갖겠소!

우스터 제 말만 하느라고
내가 하는 말에는 듣는 척도 안 한다.
포로들은 잡아 둬라.

핫스퍼 두말할 것 없어요!
모티머의 몸값을 안 내겠다 하면서
모티머 얘기는 입에 담지 말라고 해요.
하지만 그가 자는 데까지 찾아가서
귀에 대고 "모티머"를 외쳐대겠고,
구관조를 훈련시켜 "모티머"란 소리만
외치게 가르쳐서 그자에게 주어서
끊임없이 화내도록 만들 텝니다.

우스터 조카, 내 말 들어라, 한마디만—

핫스퍼 볼링브룩을 괴롭히고 꼬집기 외에는
모든 일을 접을 걸 엄숙히 맹세해요.
그리고 싸움꾼인 왕세자로 말하면
제 아비가 사랑하지 않는다니까
무슨 일을 당한다면 시원하겠고
술독이 든다면 기분 좋아요.

우스터 잘 있게, 조카. 남의 말에 귀 기울일
자세가 될 때에나 자네와 얘기할게.

노섬벌랜드 아녀자의 심통을 터뜨리니 한심하구나.

벌 떼에 쏘여 신경질 내는 멍청이처럼
남의 말은 듣지 않고 제 소리만 하누나!
핫스퍼 아버지 보세요. 저는 악질 정략가 볼링브룩처럼,
그자 말만 들어도 가시에 찔리고
불개미에 물리고 온몸을 맞는 듯해요.
리처드 왕 시절에—거기가 어디더라?
제기랄, 글로스터셔에 있는 덴데—
—그의 삼촌 바람둥이 공작이 살던 덴데
그의 삼촌 요크[40] 말예요.—거기서 처음으로
미소의 왕, 볼링브룩에게 무릎을 꿇었죠.
젠장, 아버지와 그자가 레이븐스퍼에 왔을 때요.
노섬벌랜드 버클리 궁성이지.
핫스퍼 맞아요.
참말이지, 아첨꾼 사냥개가 그때에 내게
사탕발림 예절을 한없이 보이고는!
"아직 어린 운수가 성년이 되는 날엔",
"고귀한 해리 퍼시", "다정한 형제"라 했죠.
그따위 사기꾼은 마귀가 떼 가라! 주님, 용서를!
이거로 끝예요. 삼촌, 말씀하세요.
우스터 아직 안 끝났으면 또다시 계속하게.
끝까지 기다릴게.
핫스퍼 정말 끝났어요.
우스터 그럼 다시 자네의 포로들에게 돌아가서,
몸값을 받지 말고 그들을 풀어주고
더글러스의 아들만 스코틀랜드 세력을
불러들일 수단으로 삼아라. 이 일은 여러 이유로
쉽사리 동의를 얻을 것이니 그에 대해선
내가 글로 써 보내겠다. [노섬벌랜드에게] 형님은,
조카가 스코틀랜드에서 일을 꾸밀 사이에,
명망 높고 고귀하신 성직자 대주교의
가슴속을 슬며시 파고드시오.
핫스퍼 요크 대주교 말이오?
우스터 그렇다. 자기 아우
스크룹 공이 브리스틀에서 죽은 일에
원한을 품었지. 그럴 거 같아
지레짐작으로 하는 말이 아니고
내가 아는 사실들은 곰곰이 생각하고
계획하고 정했고 거사할 기회가
정면으로 나타나길 기다릴 뿐이야.
핫스퍼 냄새가 좋군요. 분명코 잘되어요!
노섬벌랜드 사냥감이 뛰기 전에 너는 개를 풀어놓지.
핫스퍼 아주 멋진 계획인 게 확실한데요.
그다음에 스코틀랜드와 요크의 군대가
모티머와 합친단 말씀이오?
우스터 그리될 거다.
핫스퍼 정말 뛰어나게 목표를 정하셨군요.
우스터 그래서 우리는 빨리 움직여
군대를 동원해서 내 머리를 지켜야 돼.
우리가 아무리 얌전하게 굴어도
왕은 빚졌다는 의식을 지울 수 없고,
우리 빚을 갚아버릴 기회를 찾기까지
불만을 가진 자들로 우리를 볼 테니까
봐라, 이미 친밀한 눈빛을 거두고
우리를 낯설게 대하기 시작했지.
핫스퍼 그래요, 그래요. 보복할 테요.
우스터 잘 있어, 조카. 더 깊이 들어가기 전
네가 취할 행동을 편지로 알리겠다.
금방 닥칠 시간이라 때가 무르익으면
몰래 글렌다워와 모티머에게 가겠다.
너와 더글러스와 우리 병력이
내가 꾸민 대로 다행히 서로 만나
지금은 크게 불안한 우리 운수를
강력한 우리 팔에 끌어안게 되겠다.
노섬벌랜드 잘 가게, 장한 아우. 우리의 성공을 믿네.
핫스퍼 잘 가요, 삼촌. 벌판과 공격과 신음이
이 놀이를 찬양할 테니, 시간아, 빨리 가라. [모두 퇴장]

## 2. 1

[손에 등불을 들고 마차꾼 등장]
마차꾼 1 여봐라! 새벽 네 시 아니면 내 목 달아매!
북두칠성이 새 굴뚝 위에 걸렸는데 말들에겐
아직도 짐 싣지 않았구나. 야, 마구간지기!
마구간지기 [안에서] 잠깐만요, 잠깐만요.
마차꾼 1 톰, 부탁하자. 안장을 녹진녹진하게 때려줘.

40 국외로 추방당했던 볼링브룩이 리처드 왕의 아일랜드 원정을 틈타 요크 근처 동해안의 항구 레이븐스퍼에 상륙했고 노섬벌랜드 백작의 환영을 받아 그의 삼촌 요크 공작이 머물던 성내로 들어갔다. 핫스퍼도 반란군의 일원으로 아버지를 따라갔다.

등허리에 양털 좀 깔고. 불쌍한 놈, 어깻죽지가 모두 까졌구나.

[다른 마차꾼 등장]

마차꾼 2 이 집이 콩 여물은 개새끼처럼 물을 먹었어. 그러면 영락없이 불쌍한 말 배 속에 벌레가 들끓어. 머슴 로빈이 죽고 나서 이 집은 엉망진창이 됐어.

마차꾼 1 가련한 녀석, 귀리 값 오른 뒤로 영 좋은 적이 없었지. 그래서 죽었어.

마차꾼 2 이 집이 런던 길목에서 벼룩이 제일 극성부리는 못된 데 같아. 점박이 붕어처럼 물렸지 뭐야.

마차꾼 1 점박이 붕어 같다고! 젠장, 첫닭이 울 때부터 기독교 세상의 왕 치고 나보다 더 물린 놈이 있다면 나와보라고 해.

마차꾼 2 아니, 요강도 주지 않아. 그래서 아궁이에 대고 깔기는 거지. 그러면 오줌이 미꾸라지처럼 벼룩을 낳는다나.

마차꾼 1 야, 마구간지기, 뭐해? 빨리 와, 목 달려 뒈져! 빨리 오라니까.

마차꾼 2 난 체어링크로스[41]까지 염장 삼겹살 한 판하고 생강 두 뿌리 배달해야 돼.

마차꾼 1 바구니 속 칠면조들이 굶어 죽을 판이야. 야, 마구간지기, 염병할 놈, 대가리에 눈알도 없어? 듣지도 못해? 네놈 골통 빠개는 게 술 마시는 거만큼 좋은 일 아니라면 난 사람 새끼 아니다. 빨리 와서 뒈져! 믿고 맡기면 안 돼?

[개즈힐 등장]

개즈힐 안녕, 마차꾼들. 지금 몇 신가?

마차꾼 1 두 신 거 같다.

개즈힐 등불 좀 빌려달라. 마구간에 매어둔 내 말 좀 볼까 한다.

마차꾼 1 안 된다. 입 닥쳐라. 그보단 내가 두 배는 똑똑하단 말씀이야.

개즈힐 네 등불 빌려다오.

마차꾼 2 언제 달란 말이냐? 등불 빌리라 해서 기가 막힌다! 그보단 먼저 네가 목 달리는 걸 보겠다.

개즈힐 이거 봐, 마차꾼. 런던에 몇 시에 도착하겠나? 그게 알고 싶다.

마차꾼 2 등불 가지고 잠자리에 갈 시간은 넉넉하단 말씀이야. 떠나자, 머그 친구, 신사분들 깨우자. 가지고 가는 물건이 많아서 여러 명이 같이 가는 거다. [마차꾼들 퇴장]

개즈힐 이거 봐, 객실지기!

[객실지기 등장]

객실지기 소매치기 가라사대, 가까이 있소.

개즈힐 객실지기 가라사대, 가까이 있소란 말과 같군. 일하는 게 일 시키는 거나 별로 다를 게 없듯, 너 하는 짓도 주머니 따는 것과 별로 다를 게 없어. 너도 어떻게 할지 계획을 짜기 때문에 하는 말이다.

객실지기 안녕하쇼, 개즈힐 씨. 어젯밤 내가 말해준 게 그대로 유효해요. 켄트 벌에서 온 자작농이 금화 3백 냥을 갖고 왔어요. 어제 저녁밥 먹으면서 패거리 중 하나한테 그런 소리 하는 걸 들었어요. 무슨 회계사인 모양인데 그자도 뭔지는 모르나 굉장한 꾸러미를 갖고 있어요. 그자들이 벌써부터 일어나 계란과 버터를 갖다 달라고 주문했는데, 금방 떠날 겁니다.

개즈힐 하, 놈들이 성 니콜라스의 사제들[42]과 만나지 못한다면 이 모가지는 네게 주겠다.

객실지기 나 그거 필요 없어요. 그건 뒀다가 망나니한테 줘요. 당신이 성 니콜라스 받드는줄 잘 알고 있어요. 당신이야말로 진짜 가짜예요.

개즈힐 나한테 망나니 얘긴 왜 해? 내가 목이 매달리면 살찐 올가미 두 갠 필요해. 나를 달아매면 늙은 존 폴스타프 경도 함께 매달려. 알다시피 그 노인은 빼빼가 아니야. 네놈은 꿈도 못 꿀 별의별 트로이 사람[43]도 많아. 우리는 장난으로 기꺼이 이 일에다 명예를 더하기 때문에 내막을 들여다보면 우리의 신용 때문에 모든 일을 건전하게 한다는 거다. 나는 떠돌이 부랑자나 장대 끝에 갈고리를 매 갖고 다니는 좀팽이나 자개수염 길게 기른 얼굴 퍼런 주정뱅이가 아니라 고상한 귀족님과 점잖은 분과 시장님과 대단한 분만 상대하거든. 결단이 세고, 말하기 전에 치고 마시기 전에 말하고 기도하기 전에 마시지. 젠장, 이거 거짓말이다. 녀석들은 항상 성자한테,

41 런던 근처에 있는 시장 동네.

42 성 니콜라스는 길손과 방랑자의 수호 성자였는데, 어찌어찌해서 부랑자, 길목 강도의 수호 성자로 변했다.

43 트로이 사람들은 서로 의가 아주 좋았다고 한다. 존 폴스타프와 자기네는 아주 절친한 사이라는 뜻이다.

나라한테 기도드리고—그런 게 아니고 좀 더 바로 말하면—꿀꺽 들이켜. 여기로 저기로 신발 삼아 돌아다닌단 말이다.

객실지기 그럼 나라가 신발이란 말이오? 진창길에 물이 새지 않아요?

개즈힐 괜찮아, 괜찮아. 법관들이 나라한테 술을 먹여놨거든. 우리는 궁성 안처럼 마음 놓고 도둑질을 한다고. 고사리 씨 처방[44]을 지녔기 때문에 보이지 않아.

객실지기 그게 아니에요. 당신들이 보이지 않게 다니는 건 고사리 씨보다는 깜깜한 밤의 덕분이라는 게 확실하고 분명해요.

개즈힐 우리 서로 악수하자. 너도 우리 사업 소득에 한몫 들게 해주겠다. 진실한 사나이로 하는 말이다.

객실지기 그러지 말고, 당신은 거짓말쟁이 도둑인데 내게 한몫 준다고 해요.

개즈힐 관둬. '인간'은 모든 자에게 공통되는 명칭이야. 마구간지기에게 내 말 데려오라고 해. 잘 있어, 멍청한 녀석. [둘 퇴장]

## 2. 2

[왕자, 포인스, 피토, 바돌프 등장]

포인스 여기 와 숨어! 숨어! 폴스타프의 말을 치워놨다. 그래서 송진 묻은 벨벳처럼 안달이 났지.

헨리 왕자 숨어!

[둘이 옆으로 물러선다.]

[폴스타프 등장]

폴스타프 포인스! 포인스! 목 달려 뒈질 놈! 포인스!

헨리 왕자 [앞으로 나서며] 조용히 해, 콩팥 부운 악질 놈! 뭔데 그리 시끄러워?

폴스타프 핼, 포인스 어디 있어?

헨리 왕자 언덕 꼭대기에 갔어. 가서 찾아볼게. [옆으로 물러선다.]

폴스타프 그 도둑놈과 같이 도둑질을 하다니 재수 옴 붙었다. 자식이 내 말을 옮겨다가 어디다 매놨는지 모르겠다. 넉 자만 더 걸으면 혼이 나갈 판이다. 확실히 그 새끼 죽인 죄로 교수형을 면한다면 이 고생 값으로 좋게 죽게 되겠다. 지난 22년 동안 내내 그놈과 헤어진다고 맹세하곤 했는데 뭣에 홀려서 그놈하고 어울린단 말이야. 녀석이 나한테 자기를 사랑할 약을 안 썼다면 내가 목 달려 죽어도 좋다. 다른 까닭이 있을 리 만무다. 내가 쥐약 먹었어. 포인스! 핼! 두 놈 다 염병할 놈들이야! 바돌프, 피토, 한 발짝도 못 가 도둑질하기 전에 먼저 죽겠다. 옳은 놈 되어서 그놈들과 헤어지는 게 술 한잔 먹는 거와 마찬가지가 아니라면 나야말로 이빨질 한 촌놈 중 왕촌놈이다. 울퉁불퉁한 길 스물댓 자는 내 걸음엔 30리야. 목석같이 매정한 놈들도 그걸 잘 알아. 도둑놈끼리 서로 믿지 못한다면 염병할 노릇이야. [그들이 휘파람을 분다.] 어휴! 염병할 놈뿐이다. 자식들아, 내 말 가져와. 그다음엔 콱 뒈져!

헨리 왕자 [앞으로 나서며] 조용히 해, 배때기에 기름 꽉 찬 녀석아, 엎드려. 땅바닥에 귀 대고 여행객들 발소리 들리나 봐.

폴스타프 엎드렸다 일어날 때 이 몸뚱일 들어줄 지렛대 있어? 네 아버지 돈궤 안의 돈을 몽땅 준대도 이 살덩어린 한 발짝도 움직일 수 없겠다. 너희가 나를 이렇게 골탕 먹인 거 정말 무슨 꿍꿍이야?

헨리 왕자 거짓말하지 마. 골탕 먹은 게 아니라 허탕 먹은 거야.

폴스타프 제발 부탁이다. 핼 왕자, 말 있는 데로 데려다줘, 착한 왕자님.

헨리 왕자 듣기 싫다, 악당 놈, 내가 네 마부야?

폴스타프 왕세자 대님에 목이나 매! 내가 잡히면 공범들을 모두 불겠다. 모두들 노래가 돼서 걸렁한 곡조에 맞추래라. 포도주 한잔이 독약이 되라고 해. 놀이가 잘돼가고 있는데 훼방이구나! 밉다, 미워!

[개즈힐 등장]

개즈힐 꼼짝 마!

폴스타프 그래서 섰다, 싫지만.

포인스 [바돌프와 피토와 함께 앞으로 나선다.] 우리 정보원이야. 목소리 들으면 알아.

바돌프 어떻게 됐나?

개즈힐 얼굴 가려, 얼굴 가려. 가리개를 올려 쓰란 말이다. 왕의 돈이 언덕을 내려오고 있어. 왕의 궤짝으로 가는 돈이야.

폴스타프 요놈, 거짓말이야. 왕의 주막으로 가고 있어.

개즈힐 우리 전부 팔자 고칠 만큼 돼.

44 고사리 씨를 갖고 다니면 투명인간이 된다는 속설이 있었다.

폴스타프 모두 목이 달릴 만큼 된단 말이지.

헨리 왕자 너희 넷은 좁은 골목에서 그자들과 만나고
포인스와 나는 아래쪽에 있다가 놈들이 너희와
맞붙었다가 빠져나오면 우리와 맞닥뜨리는 거다.

피토 그 사람들 수가 얼마나 돼?

개즈힐 여덟 내지 열 명쯤.

폴스타프 어이쿠, 도리어 우리 돈을 뺏지 않을까?

헨리 왕자 존 뚱뚱이 경, 너도 겁쟁이야?

폴스타프 확실히 내가 네 할아버지 존 오브 곤트[45]는
아니지만, 핼, 겁쟁이는 아니야.

헨리 왕자 그건 두어봄직한 일이지.

포인스 잭, 당신 말은 울타리 뒤에 있어. 말이 필요하면
거기서 찾아 타. 그럼 잘 있어. 제자리를
굳세게 지켜.

폴스타프 에구, 목 달려 죽는대도 저놈을 못 때려.

헨리 왕자 [포인스에게] 우리 가면은 어디 뒀어?

포인스 여기, 아주 가까이에. 멀리 가지 마.

[헨리 왕자와 포인스 퇴장]

폴스타프 그럼 친구들, 모두 복 많은 사람 되길 빈다.
각자 책임 맡은 위치로.

[길손들 등장]

길손 1 친구, 이리 와요. 아이가 우리 말을 언덕 아래로
끌어다 줄 거예요. 그동안 우리는 천천히 걸어서
다리를 쉽시다.

도둑들 거기 서라!

길손 2 예수님, 복을 주소서!

폴스타프 때려라. 눕혀라! 모가지 따라!
송충이들, 삼겹살 처먹은 새끼들, 우리 청춘을
미워하누나! 때려눕혀라! 껍데길 벗겨라!

길손 1 어이쿠, 망했다. 우리와 우리 가족 영영 망했어!

폴스타프 집어치워, 똥배 놈들, 망했다고? 뚱뚱한
촌놈들아. 네놈들 온 재산이 여기 있으면 좋겠다.
붙어라, 삼겹살들, 붙어! 새끼들, 젊은 사람 살고
보자. 대법정 배심원이지? 진짜 너흴 심판하겠다.

[이때 도둑들이 길손들의 물건을 뺏고 묶는다. 모두 퇴장]

[헨리 왕자와 포인스가 변장하고 다시 등장]

헨리 왕자 도둑들이 양민들을 묶었다. 이제 너와 내가
도둑들한테서 뺏어가지고 신나게 런던으로 가자.
한 주간 동안 떠들 일이고 한 달 동안 웃을 일이고
영원무궁 놀릴 일이다.

포인스 숨어 있자. 놈들이 오는 소리 들려.

[둘이 옆으로 비켜선다.]

[도둑들, 폴스타프, 바돌프, 피토, 개즈힐
다시 등장]

폴스타프 여기로 와, 친구들. 우리 나눠 가지고
밝기 전에 말 타고 토끼자. 왕자와 포인스가
겁쟁이가 아니라면 올바른 판단이란 없단 말이지.
포인스란 녀석은 들오리만큼도 용기가 없어.

[도둑들이 물건을 나누기 시작한다.]

헨리 왕자 [앞으로 나서며] 돈 내놔라!

포인스 못된 놈들!

[도둑들이 나누고 있을 때 헨리 왕자와 포인스가
덤벼든다. 모두들 달아나고, 폴스타프도 한두 번
칼을 휘두르고는 물건들을 남겨둔 채 달아난다.]

헨리 왕자 아주 쉽게 얻었구나. 즐겁게 말에 가자.
도둑들은 뿔뿔이 흩어지고 겁에 질려
서로 만날 생각도 하지 못하고
저마다 짝패가 순검인 줄 아누나.
네드, 가자. 폴스타프가 죽도록 진땀을 빼고
발걸음 뗄 때마다 야윈 땅에 기름을 쳐.
우스개가 아니면 동정할 수밖에 없어.

포인스 뚱보 녀석이 얼마나 짖던지! [모두 퇴장]

## 2. 3

[핫스퍼가 편지를 읽으며 홀로 등장]

핫스퍼 “그러나 저 자신도 대감님 댁과의 교분을 생각해서
그곳에 간다면 무척 좋겠습니다.” 좋겠다며 왜 안
와? 우리 집과의 교분을 생각해서! 이런 말 하는
걸 보면 그자가 우리 집안을 사랑하기보다는 제
곳간을 더 아끼는군. 딴 편지도 봐야지. “당신이
획책하는 목적은 위험하오.”—암, 그야 사실이지.
감기 들고 잠자고 마시는 것도 위험해. 하지만
바보 양반아, 말해줄게. 위험이란 쐐기풀에서
안전이란 꽃을 따는 일이야. “당신이 얻으려는
목적은 위험하고 당신이 말하는 친구들은
불확실하고 거사 자체가 잘못 정한 것이며

45 영지 이름이 곤트인데 곤트는 ‘비쩍 마른 자’라는 뜻이 있다. 또한 헨리 왕자(‘핼’)가 키만 크고 아주 깡마른 사람이었다.

당신 계획 전반이 강력한 반대파를 제압하기엔
너무 가볍소." 당신이 그렇게 말해? 응? 당신이?
또다시 말하건대 당신은 얄팍한 겁쟁이 촌놈인 데다
거짓말하고 있어. 정말 골 빈 자다! 확실히 이
계획은 무슨 계획 못지않게 잘된 거라고. 친구들은
진실하고 꿋꿋해. 좋은 계획, 좋은 친구들—
기대감이 충만하지. 우수한 계획이고 매우 좋은
친구들이야. 이런 자는 정신이 얼어붙은 녀석이지.
요크 대주교는 이 계획과 이 거사의 전 과정을
찬성한다고. 망할 놈! 옆에 있다면 그자 여편네의
부채로 골통을 까부술 테다. 아버지와 삼촌과 내가
있지 않아? 모티머, 요크 대주교, 글렌다워가
있지 않아? 게다가 더글러스까지 있지 않아?
모두들 병력을 출동하여 다음 달 9일에 만나자고
편지가 와 있지 않아? 더군다나 그중 몇은
이미 출병하지 않았어? 이놈은 무슨 이교도
악질이야? 불신자 놈! 하! 이놈이 진짜 무서워서
졸아든 마음으로 왕에게 달려가 우리 계획을
모두 고해바칠 게 뻔해. 오, 내가 두 쪽이
되어서 그런 명예로운 행동으로 식은 죽 먹기를
하면 좋겠다! 내버려두자. 왕에게 이르라지.
우리는 만반의 준비가 돼 있다. 오늘 밤에
출발하겠다.
[퍼시 부인 등장]
웬일이오, 케이트? 두 시간 안에 작별하겠소.

퍼시 부인 어째서 이처럼 혼자 계세요?
내가 무얼 잘못해서 해리의 침상에서
보름 동안 이 몸을 추방하셨죠?
정다운 주인님, 입맛, 쾌락 또 뭐가
황금 같은 단잠을 빼앗아 갔죠?
어째서 시선을 땅에 떨어뜨리고,
혼자서도 놀라는 건 무슨 까닭이지요?
왜 두 볼의 신선한 핏기를 잃고
남편에 대한 나의 소중한 권리를
왜 멍한 눈과 신경질로 바꾸셨어요?
당신의 옅은 잠을 곁에 누워 살피니,
쇠붙이 부딪치는 전투를 중얼대고
달리는 말을 모는 호령을 하시데요.
"용맹하게! 전쟁터로!" 외치시고는
돌격과 퇴각과 참호와 막사와
녹각과 요새와 진지와 총포와
대포와 소구경포와 포로의 몸값과
죽은 병사들과 격렬한 전투의
소용돌이 말씀만 하시더군요.
당신 속의 영혼이 그토록 싸우면서
잠드신 당신을 뒤흔들어서
구슬땀이 이마에 솟아나는 모습이
소나기에 불어난 냇물 거품 같았어요.
이상한 표정이 당신 얼굴에 보여서
갑자기 큰 사명을 받은 사람이
숨을 멈춘 듯하니, 무슨 일이에요?
막중한 거 같은데, 나도 알아야죠.
아니면 나를 사랑하지 않으세요.

핫스퍼 누구 없는가?
[하인 등장]
길리엄스가 편지 가지고 떠났나?

하인 예, 한 시간 전에요.

핫스퍼 버틀러가 관리에게서 말을 가져왔는가?

하인 방금 한 마리 가져왔습니다.

핫스퍼 무슨 말인가? 귀를 짧게 자른 얼룩말인가?

하인 그렇습니다.

핫스퍼 그 말을 왕좌로 삼을 터이다.
이제 즉시 말 등에 오르겠다. 에스페랑스![46]
버틀러에게 사냥터로 말을 내오라 해라. [하인 퇴장]

퍼시 부인 하지만 내 말 들으세요.

핫스퍼 부인, 무슨 말이오?

퍼시 부인 무슨 일로 그렇게 가세요?

핫스퍼 그야 말 때문이오, 말 때문이오.

퍼시 부인 관둬요, 얼빠진 원숭이처럼 구시네!
족제비도 당신처럼 성질내진 않아요.
정말이지 뭘 하는지 알아내겠어.
해리, 꼭 그럴 테니 두고 보세요.
모티머 오빠가 계승권 가지고
당신을 부추길 테지. 자기 일에
힘을 보태달라고 기별했겠지. 하지만—

핫스퍼 너무 오래 서 있어서 지칠 듯해요.

퍼시 부인 그러지 말고, 예쁜 앵무새, 대답하세요.
내가 묻는 말에 곧바로 답하세요.
안 그럼 이 손가락 분지를 테야.

46 Esperance. '희망'이라는 뜻의 이 말이 퍼시 집안의 임전(臨戰) 구호였다.

모든 걸 사실대로 고백하지 않으면.—

핫스퍼 저리 가. 유치해! 사랑? 당신은 사랑하지 않아.
케이트, 당신에게 관심 없어. 이 세상은
각시놀음 입방아로 노는 데가 아니야.
콧대가 터지고 머리통이 깨져야 돼.
그게 사람 노릇이야. 어이쿠, 내 말!
케이트, 뭘 말이야? 뭘 해주면 되겠어?

퍼시 부인 날 사랑하지 않아요? 정말이에요?
그럼 그만두세요. 날 사랑하지 않는다니
나도 그만두겠어요. 사랑하지 않으세요?
장난인지 아닌지 진짜 내게 말해줘요.

핫스퍼 자, 가서 내가 말 타는 거 보겠소?
일단 말에 오르면 무한히 사랑한다고
맹세하겠소. 하지만 케이트,
앞으로는 절대로 어딜 가느냐,
무슨 일 꾸미느냐, 그건 묻지 말아요.
갈 데는 가야 해요. 결론부터 말하면
오늘 밤 가야 해요, 얌전한 케이트.
당신은 현명해요. 하지만 내 아내보다
현명하진 못해요. 절개가 곧지만
당신은 여자요. 당신보다 비밀을
잘 지킬 여자는 없소. 자기도 모르는 걸
발설할 리 없으니까. 얌전한 케이트,
그만큼만 당신을 믿어줄 테요.

퍼시 부인 얼마만큼? 그만큼만?

핫스퍼 한 치도 더는 안 돼. 하지만 케이트,
내가 가는 곳으로 당신도 가게 돼요.
나는 오늘 출발하고 당신은 내일 와요.
케이트, 그럼 됐소?

퍼시 부인 어쩔 수 없네요. [모두 퇴장]

## 2. 4

[헨리 왕자와 포인스 등장]

헨리 왕자 네드, 제발 거기 술청에서 나와서 웃는 것 좀
도와줘.

포인스 핼, 어디 있었지?

헨리 왕자 칠팔십 술통 새에 꼴통 서너 녀석하고 있었지.
진짜 밑바닥 놈들하고 어울렸단 말이다. 그래서
종업원 세 놈하고 의형제를 맺었어. 그래서 톰,
딕, 프랜시스 세 녀석의 이름을 막 부르게 됐다고.
녀석들이 아주 엄숙하게 그걸 받아들여서, 아직은
왕세자에 지나지 않지만 나더러 예절의 왕이래.
그리고 솔직히 폴스타프처럼 건방진 놈이 아니고
고린도 친구,[47] 든든한 청년, 착한 사내라고 해.
—정말로 그렇게 불러.—그래서 내가 왕이
되면 뒷골목의 잘난 녀석들을 모두 통솔할 거래.
술 많이 퍼먹는 걸 '빨간 물 들인다'고 하더군.
술 마시다 숨 쉬려고 멈추면 "으흠!" 하고서
"마저 끝내!" 하지. 요컨대, 15분 안에 진짜
술꾼이 돼서 평생 동안 어떤 땜장이와도 자기네
식으로 수작하며 마셔도 돼. 네드, 너 이번 일에
나하고 같이 있지 않아서 숱한 명예 잃었거든.
하지만 착한 네드, '네드'란 이름이 달콤해지라고
설탕 한 푼어치를 너한테 줘. 조금 전에 종업원이
내게 준 거야. 녀석은 평생 동안 "8실링 6펜스요",
"천만에요"에다 빽빽거리는 소리로 "곧 갑니다,
곧 가요. 반월실에 와인 두 잔 적어놔요." 따위를
덧붙이는데, 그런 말밖에 다른 말은 해본 적 없는
녀석이지. 하지만 네드, 폴스타프가 오기 전에
시간을 끌기 위해서 너는 어디 곁방에 가 있어라.
이런 풋내기 술집 종업원에게 왜 나한테 설탕을
주었는지 물어볼게. 넌 옆에서 "프랜시스!" 하고
자꾸 불러대라고. 그러면 녀석이 나한테 "예,
갑니다"란 말밖에 못 하거든. [포인스 퇴장]

포인스 [안에서] 프랜시스!

헨리 왕자 완벽하군.

포인스 [안에서] 프랜시스!

[종업원 프랜시스 등장]

프랜시스 예, 갑니다. 예. 랄프, 석류실 들여다봐.

헨리 왕자 이리 와라, 프랜시스.

프랜시스 예, 왕자님?

헨리 왕자 얼마나 여기 더 있어야 하나?

프랜시스 에구, 5년입죠. 그리고 또—

포인스 [안에서] 프랜시스!

프랜시스 예, 갑니다, 예.

헨리 왕자 5년이나 남았나? 참말로, 술잔 두드리는
시간으론 너무나 길다. 하지만 프랜시스, 고용

47 당시 이야기에서 헬라 도시 고린도(코린토)는 즐거운 친구들이 모인 데로 유명했다.

계약서[48]를 눈 딱 감고 무시하고 뺑소니칠 용기는 없나?

프랜시스 오, 헨리 왕자님, 우리나라에 있는 모든 성경책에 대고 맹세할 수 있어요. 제 마음속에는—

포인스 [안에서] 프랜시스!

프랜시스 예, 갑니다.

헨리 왕자 지금 몇 살인가?

프랜시스 그게 그러니까, 다음 성 미카엘 축제[49] 때면—

포인스 [안에서] 프랜시스!

프랜시스 예, 갑니다. 왕자님, 잠깐만요.

헨리 왕자 내 말 들어라. 프랜시스. 네가 준 설탕 말이다, 한 푼어치 아니었냐?

프랜시스 오, 왕자님, 두 푼어치였으면 얼마나 좋아요!

헨리 왕자 그 값으로 천 파운드 줄게. 필요하면 내게 말해. 그럼 줄 테니까.

포인스 프랜시스!

프랜시스 예, 갑니다. 예.

헨리 왕자 곧 온다고? 아니다, 프랜시스. 내일이어야 돼, 프랜시스. 아니면 목요일이나, 프랜시스. 아니면 원하는 대로. 한데 프랜시스!

프랜시스 왕자님, 왜요?

헨리 왕자 가죽조끼에 수정 단추에 짧은 머리에 옥반지에 검정 털양말에 꼬아 짠 대님에 아양 떠는 말씨에 스페인 가죽 주머니를 찬 작자한테서 돈을 뺏겠나?[50]

프랜시스 어이구, 왕자님, 누구 말씀이세요?

헨리 왕자 그럼 너는 그 누런 술밖에 못 마시겠다. 이봐, 프랜시스, 너 입은 흰 무명 저고리가 더럼 탈 거다. 바바리에 가면, 설탕 값이 별로 안 돼.[51]

프랜시스 뭐라고요?

포인스 [안에서] 프랜시스!

헨리 왕자 빨리 가봐, 녀석아. 손님이 부르는 소리 안 들려?

[이때 둘이 동시에 그를 부른다. 종업원은 어느 쪽으로 갈지 몰라 어리둥절하고 서 있다. 양조장 주인 등장]

양조장 주인 아니, 너 이렇게 불러대는데 맹하니 서 있냐? 손님들에게 가봐. [프랜시스 퇴장]

왕자님, 연로하신 폴스타프 경이 대여섯 사람 데리고 문간에 와 있습니다. 들어오라고 할까요?

헨리 왕자 잠깐 그대로 있으라고 해. 그러고 나서 문을 열어줘. [양조장 주인 퇴장]

포인스!

[포인스 등장]

포인스 예, 갑니다, 예.

헨리 왕자 폴스타프와 도둑 일당이 문간에 와 있다. 우리 재미 볼까?

포인스 귀뚜라미만큼 즐겁게 놀자, 얘. 그런데 너 못난이 종업원하고 무슨 재밌는 시합을 했냐? 그래서 어떻게 됐어?

헨리 왕자 나는 지금 농부 아담이 살던 옛날 옛적부터 오늘 밤 열두 시 자정까지, 기분이란 이름으로 세상천지에 나타났던 천만 가지 기분대로 모두 다 놀고 싶은 기분이다.

[프랜시스가 등장하여 술을 들고 빨리 무대를 건너간다.]

지금 몇 신가, 프랜시스?

프랜시스 예, 갑니다, 예. [퇴장]

헨리 왕자 이 녀석이 앵무새보다 말수가 적은데도 여자가 낳은 아들이구나! 하는 일은 층계 오르내리는 것이고 계산서가 하는 말이 전부다. 나는 북쪽 핫스퍼와 생각이 달라. 그자는 조반 때 예사로 스코틀랜드인 칠팔십을 죽이고 들어와 손을 씻으며 아내에게, "젠장, 인생이 이렇게 심심해서야! 일 없어 죽겠다." 하면 여자가 "오우, 귀여운 해리, 오늘은 몇이나 죽였수?" 하면 "얼룩말에 물 줘." 하곤 "열너덧"이라 대꾸하고 한 시간 뒤에 다시 "쪼금이야, 쪼금." 한다지. 폴스타프 들어오래. 내가 퍼시 역을 맡을 테니 그 망할 고깃덩이는 그자 아내 역을 맡으래라. 그 술꾼이 "위하여!" 하겠지. 갈비구이 기름덩이 오라고 해.

[폴스타프, 개즈힐, 바돌프, 피토 등장. 프랜시스가 술을 들고 뒤를 따른다.]

포인스 잘 왔다, 잭. 어디 있었어?

48 당시 종업원 같은 조수들은 일정 기간 업주에게 일해줄 것을 계약했다가 그 기간이 끝나면 업주는 조수(종업원)에게 동일한 영업을 할 수 있게 뒷받침해주었다.

49 9월 29일.

50 주막 주인 같은, 당시의 전형적인 돈 있는 시민의 모습이다.

51 북아프리카 바바리가 설탕의 원산지였다. 이 부분은 헨리 왕자가 일부러 알쏭달쏭하게 말하는 대목이다.

폴스타프 겁쟁인 깡그리 염병 걸려라! 거기다 문드러져라, 아멘! 야, 포도주 한 잔 다오. 이놈의 긴 인생 질질 끌기보단 양말이나 짜고 깁고 신기료장수나 하겠다. 겁쟁이들, 깡그리 염병해라! 야, 나 포도주 한 잔 줘. 그래 사내 같은 놈이 하나도 없어? [술 마신다.]

헨리 왕자 해님이 버터 한 접시 키스하는 거 못 봤어?— 해님은 온정이 넘쳐흘러!—그래서 달콤한 그 얘기에 버터가 녹아버렸단 말이다. 너 그런 거 봤는지 모르지만 지금 둘이 어울리는 꼴을 봐.

폴스타프 녀석아, 이 술에도 라임을 처넣었구나. 악질한텐 못된 짓밖에 없다지만, 겁쟁이는 라임 처넣은 술 한 잔보다도 덜떨어진 놈이야. 못된 겁쟁이! 노인 잭은 갈 데로 가. 죽고 싶을 때 죽어. 진정한 용기가 이 땅에서 사라지면, 나 같은 늙은이는 이리 빠진 청어 꼴이지. 이 나라에서 목 달려 죽지 않은 자가 셋도 안 되는데 그중 하나는 살찌고 늙어가. 하느님 그동안 도우시길. 정말 못된 세상이야. 직조공[52]이라면 좋겠다. 찬송가라도 부를 거 아냐? 정말이지 겁쟁이는 깡그리 염병 걸려라!

헨리 왕자 양털 자루,[53] 지금 뭐라고 구시렁대냐?

폴스타프 저게 왕 아들이야! 너를 네 왕국에서 나무칼로 때려 내쫓으면서 네 백성을 네 앞에서 기러기 떼처럼 몰아내지 않는다면 내 얼굴에 수염 한 오라기도 안 기르겠다. 너 따위가 왕세자라고!

헨리 왕자 뭐라고? 후레자식 뚱뚱이가 무슨 수작을 지껄이는 거야?

폴스타프 너 겁쟁이 아니야? 대답해봐. 그리고 저기 포인스도 똑같은 놈이지?

포인스 망할 놈의 똥배, 나보고 겁쟁이라고 하면 주님 걸어 맹세코, 칼침 맞을 줄 알아!

폴스타프 너를 겁쟁이라고 불러? 말도 하기 전에 네놈이 지옥에 떨어지는 꼴을 볼 거다. 내가 너만큼 재빨리 내뺄 수 있다면 천 파운드 내겠다. 제법 어깨는 벌어졌지만 누가 네놈 등을 보는지는 통 관심 없구나. 그게 친구 돕는 짓이냐? 그따위 도움에 염병 들어라! 대꾸할 놈 오라고 해. 술 한 잔 다오. 나 오늘 술 마셨다면 개새끼다.

헨리 왕자 저런 녀석 보았나! 조금 전에 술 마시고 입술도 안 닦았다.

폴스타프 그게 그거 아니냐? [술을 마신다.] 또다시 말하지만 겁쟁이는 깡그리 염병 걸려라!

헨리 왕자 뭣 땜에 그래?

폴스타프 뭣 땜이냐고? 여기 우리 넷이 오늘 새벽 천 파운드를 얻었단 말씀이야.

헨리 왕자 잭, 그게 어디 있어? 어디 있어?

폴스타프 어디 있냐고? 우리가 뺏겼단 말이다. 겨우 네 명한테 백 명이나 덤볐다.

헨리 왕자 뭐, 백 명이라고?

폴스타프 내가 그중 열두어 놈하고 두 시간이나 치고받지 않았다면 나 개새끼다. 기적적으로 살아 왔다. 여덟 번 저고리를 관통당했고 네 번은 바지에 당했고 방패는 무수히 잘려 나가고 칼날은 톱처럼 이가 빠졌다.—'에케 시그눔!'[54] 내가 어른이 돼서 이만큼 멋지게 칼을 쓰지 못했다. 그래도 소용 없었다. 겁쟁인 깡그리 염병 걸려라! 입이 있으면 말해봐. 사실을 더하거나 빼면 지옥 새끼다.

헨리 왕자 얘들아, 어떻게 됐냐?

개즈힐 우리 넷이 열두어 놈한테 달려들었는데—

폴스타프 못해도 열대여섯은 된다고.

개즈힐 그래서 놈들을 묶었는데—

피토 아냐, 아냐. 묶은 게 아냐.

폴스타프 이 새끼야, 묶었단 말이야. 한 놈도 안 빼고. 아니면 나 유대 놈이다. 진짜 히브리 유대 놈[55]이다.

개즈힐 그래서 우리가 몫을 나누고 있는데 예닐곱 명이 난데없이 덤벼들어서—

폴스타프 놈들은 모두 풀어줬는데, 그러자 딴 놈들이 다시 나타나더군.

헨리 왕자 그래서 네가 그놈들 전부하고 싸웠냐?

폴스타프 전부? 네가 '전부'라고 하는 게 뭔지는 모르겠다만 어쨌든 그중 쉰 놈하고 싸우지 않았다면 나 홍당무 단이다. 불쌍한 늙은 잭한테 두 놈, 세 놈, 쉰 놈이

52 당시 대부분의 직조공들은 네덜란드 신교도로서, 박해를 피해 런던에 와서 직조업에 종사했고 일하면서 경건한 찬송가를 부르곤 했다. 연극에서 놀림감이 되곤 했다.

53 양털을 깎아 담아놓은 커다란 자루. 폴스타프의 뚱뚱한 몸집을 비아냥대는 말이다.

54 "증거를 보라!"는 뜻의 라틴어. 폴스타프는 톱날처럼 얼기설기한 칼날을 보여준다.

55 당시 유럽인들은 유대인을 저주받은 지옥 자식으로 간주했다. '히브리'는 토박이 유대인이란 말이다.

덤비지 않았다면 나 두 발로 걷는 사람 아니다.

헨리 왕자 그중 몇 사람이 너한테 맞아 죽지 않았지? 안
그러길 하느님께 기도한다.

폴스타프 안됐군. 기도해야 소용없어. 두 놈을 아예 저며
놨거든. 확실히 두 놈을 해냈어. 두꺼운 무명 옷
입은 두 녀석이었어. 핼, 분명히 말해둔다. 이게
거짓말이면 내 얼굴에 침 뱉고 나를 말이라고 해.
내 소싯적 방어 솜씨 알지? 이렇게 자세를 취해서
이렇게 칼끝을 겨눴거든. 두툼한 옷 입은 놈 넷이—

헨리 왕자 넷? 방금 둘이라고 했잖아?

폴스타프 넷이야, 핼. 넷이라고 했어.

포인스 맞아, 맞아. 넷이라고 했어.

폴스타프 그 네 놈이 모두 맞섰던 거야. 그러곤 힘껏
칼을 들이미는 거야. 나는 복잡하게 굴 것도 없이,
놈들의 칼 일곱 개를 모두 방패에 받았어. 이렇게!

헨리 왕자 일곱 개? 방금 네 개만 있었잖아?

폴스타프 두툼한 옷 입은 놈들?

포인스 그래, 네 명. 두툼한 옷 입은 놈들.

폴스타프 일곱이다. 칼집 걸고 맹세한다. 아니면 나 개새끼다.

헨리 왕자 [포인스에게] 가만 놔둬라. 이제 금방 늘어날
게 확실해.

폴스타프 핼, 내 말 들어?

헨리 왕자 물론. 계산도 하고 있어, 잭.

폴스타프 그래야지. 들을 만한 얘기거든. 아까 말한 대로
두툼한 옷 입은 그 아홉 놈이—

헨리 왕자 그러니까 벌써 둘이 늘었군.

폴스타프 놈들의 칼끝이 부러져서—

포인스 놈들의 바지가 훌러덩 내려갔지.

폴스타프 뒤로 물러서기 시작했어. 하지만 나는 바짝
달라붙어 손발 빠르게 다가서서 눈 깜짝할 새에
열한 놈 중 일곱 놈을 해치웠어.

헨리 왕자 와, 괴기스럽다! 두툼한 옷 입은 놈 둘에서
열한 놈이 생겼구나!

폴스타프 그런데 호사다마라고, 켄덜 초록[56] 옷을 입은
못생긴 촌놈 셋이 내 뒤에서 칼질을 해대지
않나! 핼, 너무나 어두워서 제 손도 보지 못할
정도였거든.

헨리 왕자 그따위 거짓말은 그걸 낳아 만드는 애비 같아.
산덩이처럼 크고 환하고 빤하단 말이야. 야,
골통에 진흙만 가득 찬 배불뚝이, 골 빈 멍청이,
갈보 새끼, 추잡하고 물컹대는 비곗덩어리—

폴스타프 아니 너 미쳤냐? 미쳤냐? 사실이 진짜 사실
아니냐?

헨리 왕자 도대체 제 손도 볼 수 없을 만큼 깜깜한데
그 사람들이 켄덜 초록 옷을 입었다는 걸
어떻게 알아봐? 이유를 말해. 이런 일에 대해선
대답이 뭐야?

포인스 잭, 이유를 말해, 이유를.

폴스타프 뭐라고? 강압하기냐? 쳇, 세상의 온갖 고문대,
고문 기구에 매달렸대도 강압에 못 이겨서 말하진
않겠다. 강압으로 이유를 말하라고? 까마중처럼
이유가 수두룩해도 강압에 못 이겨서 누구에게도
이유를 대지 않겠단 말이다.

헨리 왕자 더 이상 사기죄를 짓고 싶지 않구먼. 얼굴 뻘건
겁쟁이, 침대 가라앉히는 자, 말 등 부러뜨리는
자, 거대한 살덩이 산—

폴스타프 뭐야? 말라깽이, 뱀장어 껍풀, 말린 소 혓바닥,
황소 좆, 대구포, 어이쿠, 너처럼 생긴 거 다
주워섬기려니까 숨 가빠 죽겠다! 재단사의 자막대,
칼집, 활집, 못 쓰게 돼서 세워둔 칼!

헨리 왕자 그럼 숨이나 돌리고 나서 계속해라. 저질스러운
비유를 실컷 쏟아놔라. 이 말만 들어.

포인스 잘 들어, 잭.

헨리 왕자 우리 둘이 너희 네 놈이 네 명에게 덤벼들어
네 명을 묶고는 가진 돈을 차지하는 걸 봤다.
잘 들어. 있던 대로 말하면 폭삭 가라앉을 놈들이야.
바로 그때 우리 둘이 너희 네 놈한테 달려들어서
딱 한마디로 너희가 얻었던 걸 고스란히 뺏어서
여기 갖고 있어. 여기 이 집에서 너희한테 보여줄
수 있어. 그런데 폴스타프, 너는 그런 뱃집
안고서도 재빠르고 날렵하게 잘도 내빼더라.
그러면서 아주 요란한 송아지처럼 경중경중 뛰면서
울부짖더란 말이다. 그처럼 칼날 이를 부러뜨리곤
싸우다가 그렇게 됐다고 하니 도대체 무슨 시러베
자식이냐? 이처럼 대낮같이 환한 창피를 피해서 몸을
숨길 수단, 거짓말, 구멍이 뭐냐?

포인스 들어보자, 잭. 무슨 짓이 남아 있냐?

폴스타프 확실히 널 만든 사람[57]과 똑같이 너를 알아봤단

56 켄덜은 직조 공업으로 유명한 성읍이었다. 초록은 촌사람의 빛깔이었다.
57 그의 아버지 헨리 4세를 말한다.

말이다. 얘들아, 내가 왕세자를 죽이게 됐냐? 진짜 왕자한테 덤빌 수 있냐? 알다시피 나는 헤라클레스 못지않게 용감하지만—타고난 본능을 조심해라. 사자는 진짜 왕자는 건드리지 않는다. 본능은 대단하니라. 좀 전에 나는 본능에 의해서 겁쟁이가 됐었다. 앞으론 나와 너를 더욱 존경하겠다. 나를 용맹한 사자, 너를 진짜 왕자로 본단 말이다. 어쨌든 너희가 돈을 갖고 있다니 그거 참 잘됐다. 여관집 마담, 문간에 대고 손뼉 쳐. 오늘 밤 꼬박 새고 기도는 내일 드리자! 잘난 사내들, 금덩이 가슴들아, 진한 우정의 이름은 다 가져라! 우리 좀 놀까? 당장 촌극 하나 할까?

헨리 왕자 좋다. 그럼 줄거리는 네가 도망치는 얘기로 하자.

폴스타프 핼, 그 얘긴 그만큼 해둬. 나하고 친하다면서.

[객줏집 여주인 퀴클리 등장]

여주인 어쩜 좋아. 저, 왕자님!

헨리 왕자 객줏집 마나님, 잘 지내우? 나한테 할 말 있소?

여주인 왕자님, 문간에 궁정의 귀족 한 분이 찾아와서 왕자님께 무슨 말 하겠대요. 왕께서 보내셔서 왔대요.

헨리 왕자 그렇다면 좀 값을 더 쳐줘서 내 어머니 계신 데로 돌려보내라.[58]

폴스타프 어떤 사람인가?

여주인 노인이에요.

폴스타프 점잖은 노인이 무슨 일로 한밤중에 자리에서 일어나 다녀? 내가 가서 대답해줄까?

헨리 왕자 잭, 그렇게 해.

폴스타프 당장 쫓아버려야지. [퇴장]

헨리 왕자 너희들, 정말 멋지게 싸우더라. 너 피토, 너 바돌프. 너희도 사자였단 말이지. 본능적으로 도망쳤으니깐. 진짜 왕자를 건드리려고 하지 않았거든. 암, 그렇고말고!

바돌프 딴 놈들 토끼는 거 보고 나도 토꼈어요.

헨리 왕자 진짜 말해봐. 폴스타프 칼이 어떻게 그렇게 이가 빠졌냐?

피토 그야 단도로 날을 뭉갰으니까요. 싸우다가 그랬다고 왕자님이 믿지 않으면 이 땅에서 진실 그 자체를 몰아내겠다고 장담하고, 우리에게도 그렇게 하라고 했거든요.

바돌프 뿐만 아니라 쐐기풀로 콧속을 후벼서 피가 나오게 해가지고 옷에 바르랬어요. 그래서 용감한 사내로 싸우다가 흘린 피라고 떠벌리랬죠. 지난 7년 동안 안 하던 짓을 한 거죠. 그런 얼토당토않은 속임수 얘길 듣자니 낯이 뜨겁더라고요.

헨리 왕자 인마, 너 18년 전에 술 한잔 훔쳐 먹고 현장에서 들켰잖아. 그 뒤론 언제든지 마음만 먹으면 낯짝을 빨갛게 만들곤 해.[59] 불하고 칼을 옆구리에 차고 다니면서 도망쳤는데, 넌 무슨 본능이 있었냐?

바돌프 왕자님, 저 혜성들 보세요? 저 혜성들이 내뿜는 불길 보세요?

헨리 왕자 그렇다.

바돌프 무슨 징조 같으세요?

헨리 왕자 뜨거운 간덩이에 텅 빈 주머니지.

바돌프 제대로 해석하면 담즙 기질이지요.

헨리 왕자 아냐. 제대로 걸리면 교수대 감이야.

[폴스타프 등장]

빼빼 잭이 오누나. 뼈만 남은 놈이 와. 자, 요 귀여운 솜 보따리 친구야, 마지막으로 네 무릎을 본 게 언제야?

폴스타프 내 무릎? 내가 네 나이쯤 됐을 때는 허리가 독수리 발톱만치도 안 됐어. 시의원 나리 엄지 손가락 반지에 들어갈 수 있었지. 염병할 한숨과 슬픔이 어엿한 남자를 오줌통처럼 부풀려놨어. 못된 소문이 떠돌아. 방금 여기 네 아버지가 보낸 브레이시 경이 왔었는데 아침에 너 궁정에 가야겠다. 저 북방의 미친놈 퍼시와 마귀 대장 아마몬에게 매질하고 마귀 왕 루시퍼의 마누라를 가로채고 웨일스 갈고리에 걸어 마귀에게 충성을 맹세했다는 그 웨일스 놈, 그 새끼 이름이 뭐더라?

포인스 오웬 글렌다워.

폴스타프 오웬, 오웬, 그놈이야. 놈의 사위 모티머와 늙은 노섬벌랜드 백작과 스코틀랜드 놈 중에서도 진짜 스코틀랜드 놈인 팔팔한 더글러스, 왜 그 거꾸로 말 타고 산에 올라간다는 놈 말이야.

58 헨리 왕자의 어머니는 1394년에 죽었다. 돈 몇 푼 줘서 아주 완전히 보내라는 말인데, 우리말로는 옮길 수 없는 말장난이 들어 있다.
59 바돌프 역을 맡은 배우는 본시 얼굴이 빨갰다.

헨리 왕자 빨리 달리면서 권총으로 날아가는 참새를 쏜다는 자 말이구나.

폴스타프 바로 맞혔어.

헨리 왕자 하지만 참새는 맞힌 적 없어.

폴스타프 어쨌든 그 녀석 아주 단단한 놈이라 녹아 버리지 않을걸.

헨리 왕자 넌 도대체 무슨 녀석이기에 그자가 그처럼 잘 달리는 놈이라고 칭찬이 대단해!

폴스타프 뻐꾸기처럼 남의 말 되뇐다.[60] 말 타면 그렇단 말이지, 땅에선 한 발짝도 꿈쩍 안 해.

헨리 왕자 그럴 테지, 본능 때문에.

폴스타프 맞아, 본능 때문에. 어쨌든 그자도 거기 있대. 그리고 모데익이란 자도. 천 명 넘는 퍼런 모자[61] 놈들이 합세했다지. 우스터가 지난밤 몰래 도망을 쳤대. 그 소릴 듣고 네 아버지 수염이 하얗게 셌대. 지금 땅값이 썩은 고등어 값이야.

헨리 왕자 그렇다면 푹푹 찌는 유월이 된 것 같군 그래. 내란이 계속되면 구두 징처럼 처녀막을 수백 개씩 살 수 있겠네.

폴스타프 야, 네 말 진짜 진리다. 우리 그 방면에서 장사 톡톡히 할 것 같다. 하지만, 핼, 몹시 겁나지 않아? 명색이 왕세잔데 악마 더글러스, 귀신 퍼시, 마귀 글렌다워 같은 대적을 세상에서 다시 구할 수 있어? 무척 겁나지 않아? 그 소릴 들으니까 피가 바짝바짝 마르지 않아?

헨리 왕자 눈곱만치도 안 그래. 네 본능이 모자라나봐.

폴스타프 하여간에, 너 아침에 아버지 앞에 가면 단단히 욕먹겠다. 제발 대답 연습 좀 해둬라.

헨리 왕자 네가 우리 아버지 대신해서 내 생활을 자세히 캐물어봐.

폴스타프 그럴까? 좋아! 이 의자는 왕좌, 이 단도는 홀, 이 방석은 왕관이라고 하자.

[그가 앉는다.]

헨리 왕자 왕좌는 보통 의자고, 황금 홀은 납 단도고, 귀한 왕관은 가련한 대머리다.

폴스타프 하여간에, 네게서 예절의 불씨가 아주 꺼지진 않았다면 이제로부터 너는 감동스럽게 되겠다. 눈알 빨게지게 술 한 잔 다오. 그래야 내가 울었다는 걸 알 수가 있어. 캠비시스 대왕 투[62]로 열렬한 웅변을 토하겠다.

헨리 왕자 [절하며] 그럼 내가 무릎 꿇고 인사드린다.

폴스타프 그럼 이게 내 대사다. 귀족들은 옆으로 물러서라.

여주인 어머, 너무나 멋진 놀이예요.

폴스타프 착한 왕비, 울지 마오. 눈물은 헛수고요.

여주인 어머머, 하느님, 저 근엄한 얼굴 좀 봐!

폴스타프 귀공들, 슬픔에 찬 왕비를 모셔 가시오. 두 눈의 수문이 눈물로 막혔구려.

여주인 어머머, 오, 예수! 내가 지금까지 구경한 떠돌이 연극쟁이하고 똑같구나!

폴스타프 조용하라, 좋은 술잔, 조용하라, 좋은 독주.— 해리, 네가 어디서 시간을 보내는지 궁금할 뿐 아니라 누구와 어울리는지도 궁금하도다. 잔디는 밟을수록 빨리 자란다지만 청춘은 일단 낭비하면 더욱 빨리 쇠하니라. 네가 내 아들임은 한편으론 네 어미가 하는 맹세요 한편으론 내 생각도 되지만 네 눈의 몹쓸 꼴과 못나게 늘어진 네 입술이 내 자식임을 확증하도다. 그리하여 네가 내 아들이 맞다면 요컨대 네가 내 아들인데 어찌하여 남들의 손가락질을 받느냐? 하늘의 복된 태양이 놀아나며 딸기를 따 먹으면 쓰겠느냐? 묻기조차 쑥스럽도다. 잉글랜드 왕자가 주머니를 따면 쓰겠느냐? 물을 만하도다. 해리야, 내가 늘 들어서 아는 말이 있느니라. 이 땅에서 '먹'이란 이름으로 널리 알려진 것인데, 이 물건은 옛 사람이 쓴 것처럼 더럽히는 것이라, 마찬가지로 네가 어울리는 자들이 너를 더럽히느니라. 해리야, 지금 나는 술이 아니라 눈물로써 말하노라. 단지 말뿐 아니라 슬픔으로 말하노라. 그러나 너의 짝패 가운데 유덕한 이가 있는 것을 내가 자주 보았노라. 그런데 이름을 모르노라.

헨리 왕자 전하, 황송하오나 어떤 사람이온가요?

폴스타프 진실로 선량하고 몸이 부대한 사람으로 건장한 체격이니라. 명랑한 표정이요 호감 주는 눈빛이며 몸가짐이 매우 고상한 분인데, 짐작컨대 나이가 오십여 세 아니면 확실히 육십에 가까울 것이로다.

60 뻐꾸기는 한 마리가 뻐꾹 하면 다른 새가 뻐꾹 하는, 뻐꾹 소리를 되풀이하는 새다. 즉 자꾸 말을 받아 한다고 힐난하는 것이다.

61 푸른 모자는 스코틀랜드 남자들의 전형적 복장이었다.

62 프레스턴이라는 극작가의 페르시아 왕 캠비시스에 관한 비극(1569)이 대중적 인기가 높았다.

이제 생각났도다. 이름이 폴스타프로다. 틀림없이
그분은 악하고 음탕한 성격이 아니로다. 해리야,
그 모습에 덕망이 있도다. 그런고로 열매를 보아
나무를 알고 나무를 보아 열매를 알 수 있듯,
단정하여 말하건대 폴스타프란 분은 유덕하도다.
그와 계속 사귀되 나머지는 버려라. 이제 이실직고
하라. 장난꾼 놈아, 이달 내내 어디에 가 있었느냐?

헨리 왕자 네가 왕처럼 말한다 이거지? 그럼 네가 내 역을
해라. 내가 아버지 역을 할 테니.

폴스타프 나를 왕위에서 쫓아내긴가? 네가 말투와 내용을
나의 절반이라도 엄숙하고 위엄 있게 다룬다면
토끼 새끼나 닭집 토끼처럼 날 거꾸로 매달아라.
[둘이 자리를 바꾼다.]

헨리 왕자 그럼 나 여기 앉는다.

폴스타프 그럼 난 여기 설게. 너희가 심판해.

헨리 왕자 그런데 해리, 어디 갔다 오나?

폴스타프 귀하신 전하, 이스트칩[63]에서 옵니다.

헨리 왕자 듣자 하니 너에 대한 불평이 심각하구나.

폴스타프 제기랄. 거짓말 말래요.—자, 내가 진짜
팔팔한 왕자 역으로 너희를 재밌게 하겠다.

헨리 왕자 무엄한 놈, 쌍소리 하겠냐? 앞으로는 결코
나를 보지 말아라. 너는 주의 은총으로부터 거기로
끌려갔다. 뚱뚱한 늙은이로 변장한 마귀가 너를
싸고돌고 술통 같은 사내가 네 단짝이다. 어째서
너는 그 못된 기질 덩어리, 짐승 찌꺼기, 퉁퉁
부운 부종 뭉치, 엄청 큰 술 부대, 보따리 가득 찬
배때기, 배 속에 잡탕 처넣은 시골 장의 통구이소,
늙은 악당, 머리 허연 죄악, 아비 깡패, 나이 먹은
허풍선이와 어울리느냐? 술맛 보고 마시는 것 말고
어느 짝에 쓸 놈이냐? 통닭 갈라 먹는 것 말고
무엇에 깨끗하고 단정하냐? 속임수 말고는 무슨
짓에 재주 있냐? 못된 짓 말고는 무슨 짓에
재주 있냐? 온갖 짓이 아니라면 무슨 짓만
못됐냐? 봐줄 게 무어냐? 아무것도 없잖느냐?

폴스타프 말씀이 하도 빨라 따라갈 수 없네요.
누구 말씀인가요?

헨리 왕자 젊은이를 나쁜 길로 이끌어가는 저 못된 악당
폴스타프, 그 늙어 빠진 수염 허연 사탄 말이다.

폴스타프 전하, 그분 제가 압니다.

헨리 왕자 그런 줄 안다.

폴스타프 그런데 그분이 저보다 해롭다고 하는 말은 저도
모를 말입니다. 그분이 나이가 많다는 건 그만큼
동정할 일이지요. 허연 머리만 봐도 그래요. 그러나
전하, 실례합니다만, 그분이 오입쟁이란 말은 당치도
않습니다. 술과 설탕이 잘못이라면, 주여, 못된 자를
도우소서! 늙고 명랑한 것이 죄가 된다면 제가 아는
수많은 객줏집 늙은 주인들은 지옥에 가겠네요. 살찐
것이 미움 사는 짓이라면 바로 왕[64]의 비쩍 마른
송아지가 사랑받겠죠. 안 됩니다, 전하. 피토도,
포인스도 내쫓으세요. 하오나 상냥한 잭, 다정한 잭,
진실한 잭, 용감한 잭,—보다시피 늙었으니 더욱
용감한데요—그분은 해리 왕자 앞에서 쫓아내지
마세요. 뚱뚱한 잭을 쫓아내면 온 세상을 쫓아내는
거예요.

헨리 왕자 반드시 내쫓겠다.
[문 두드리는 소리가 들린다. 여주인, 바돌프 퇴장]
[바돌프 급히 뛰어서 등장]

바돌프 왕자님, 왕자님, 군수 나리가 무서운 야경꾼들과
함께 문간에 왔어요.

폴스타프 이놈들아, 연극을 끝내라! 그 폴스타프를 대신해서
할 말이 쌔고 쌨다.
[여주인 등장]

여주인 오, 주여! 왕자님, 왕자님!

헨리 왕자 저런, 저런! 마귀가 깡깡이 타고 다니누나.[65]
무슨 일인가?

여주인 군수 나리와 야경꾼 전부가 문간에 왔어요. 집 안을
수색하러 온 거예요. 들어오라고 할까요?

폴스타프 핼, 내 말 듣는가? 진짜배기 금화 보고 위폐라고
하지 마라! 너는 겉으로 얼른 보면 가짜지만 본래는
진짜 왕자다.

헨리 왕자 하지만 너는 본능이 없는 타고난 겁쟁이다.

폴스타프 나는 네 대전제를 부정해. 너도 군수를
부정하면 괜찮아. 그런 게 아니면 들여보내.
딴 놈처럼 교수대 수레에 어울리지 않아. 내가
받은 교육이 잘못됐구나!
딴 놈이 똑같이 올가미에 달리자마자 금방 죽길 원해.

63 런던에 있는 장터의 하나.
64 요셉이 애급 왕 바로의 꿈에 나타난 비쩍 마른 송아지를 해몽한다. 구약 창세기 41장 참조.
65 별일도 아닌데 괜히 호들갑을 떤다는 말이다.

헨리 왕자 휘장 뒤에 가서 숨어. 나머지는 위층으로
올라가. 그럼, 이 친구들, 진실한 얼굴, 착한 양심을
동원해.
폴스타프 한때 나도 둘 다 가졌었지만 이제는 시효가
지났어. 그래서 숨어야지.
[방장 뒤에 숨는다.]
헨리 왕자 군수 부군수를 들여보내라.
[왕자와 피토만 남고 모두 퇴장]
[부군수와 마부 등장]
부군수, 내게 볼일이 무엇이오?
부군수 먼저 용서하십시오. 도둑 쫓는 와중에
이 집까지 몇 사람을 따라왔습니다.
헨리 왕자 어떤 사람들인가?
부군수 그중 하나는 잘 알려진 자입니다.
매우 살진 사람이오.
마부 비곗덩이 같아요.
헨리 왕자 확실히 말하는데 그 사람 여기 없소.
지금 내가 그에게 일을 시켰소.
부군수, 분명히 약속하겠소.
내일 점심때까지 당신 또는 뉘게든지
무슨 혐의든 책임지게 하겠소.
그러면 이제는 이곳을 떠나오.
부군수 예, 가겠습니다. 이번 강도 사건에
두 사람이 3백 마크를 잃었습니다.
헨리 왕자 그럴 수 있소. 그 사람이 뺏었다면
책임지게 하겠소. 그러면 살펴 가오.
부군수 편히 주무십시오, 귀하신 왕자님.
헨리 왕자 아침 인사할 때 아니오?
부군수 그렇군요. 새벽 두 시인 듯합니다.
[마부와 함께 퇴장]
헨리 왕자 이 비곗덩이가 센트 폴 성당만큼
유명하다. 가서 오라고 해.
피토 폴스타프!—휘장 뒤에서 깊이 잠들었네요.
말처럼 콧방귀 뀌면서.
헨리 왕자 숨을 들이쉬느라고 기를 쓰는군. 주머니를
뒤져봐.
[피토가 주머니를 뒤져 종잇장들을 찾아낸다.]
무얼 찾았나?
피토 종잇장밖에 없는데요.
헨리 왕자 뭔지 보자. 읽어봐.
피토 [읽는다.] 통닭 2실링 2전
양념 4전
포도주 두 말 5실링 8전
멸치젓과 저녁 후 포도주 2실링 6전
빵 1/2전
헨리 왕자 망측하구나! 아니 이런 무지막지한 술에다 겨우
반 푼어치 빵이야? 나머지는 잘 보관해둬라. 좀 더
써먹을 만한 때 읽기로 하자. 저 녀석은 밝을
때까지 자라고 내버려둬. 난 아침에 궁정에 가겠다.
우리 모두 전쟁에 나가야 한다. 네 자리는 괜찮은
걸로 해놓겠다. 이 뚱보 녀석에게는 보병 한
부대를 맡기겠다. 한 2백여 발작을 행군하면 죽을
맛이겠지. 뺏은 돈은 이자를 붙여서 돌려주겠다.
아침 일찍 나에게 와라. 자, 그럼, 안녕. 피토.
피토 안녕히 가십시오, 왕자님. [둘 퇴장]

## 3. 1

[핫스퍼, 우스터, 모티머 공, 오웬 글렌다워 등장]
모티머 약속들이 좋은 데다 참여자가 확고하며
승리의 희망은 서막부터 넘치오.
핫스퍼 모티머 공, 글렌다워 사돈, 앉지 않겠소?
우스터 삼촌도 앉으시오. 우라질 것!
지도를 깜빡했소!
글렌다워 지도는 여기 있소.
앉으시오, 퍼시 사돈, 앉아요, 핫스퍼.
그 이름으로 랭커스터[66]가 당신 말을 하면서
파랗게 질려서 커다랗게 한숨 쉬며
당신이 하늘에 있길 바란다고 하오.
핫스퍼 당신 말을 들을 때마다 당신이 지옥에 있길
바랄 터이지.
글렌다워 당연하오. 내가 날 때
불타는 형상들이 온 하늘을 메우고
축포 같은 별들이 가득하고 내가 날 때
땅덩이의 큰 틀과 기초가 겁쟁이처럼
떨었소.[67]

66 '랭커스터'는 국왕 헨리 4세가 공작이었을 때의 이름이다. 글렌다워는 왕을 얕잡아본다.
67 웨일스 귀족 오웬 글렌다워는 자기 출생부터가 초자연적이었다고 자랑하려 한다. 그는 '마술사' 또는 '마귀'라고 알려졌었다.

핫스퍼 똑같은 시간에 당신 대신
당신 모친 고양이가 새끼를 낳았대도
그랬을 거 아니오?
글렌다워 다시 말하거니와 내가 날 때 땅덩이가 떨었소.
핫스퍼 다시 말하거니와 땅덩이는 내 생각과 달랐소.
무서워서 떨었다고 믿는 듯한데.
글렌다워 온 하늘이 불타고 땅이 떨었소.
핫스퍼 하늘이 불타는 걸 보고서 땅이 떤 거지,
당신의 출생을 겁낸 것이 아니었소.
자연이 병들면 이따금 터져 나와
이상하게 폭발하오. 풍성한 땅덩이가
배 속에 들어찬 난폭한 바람에
속탈이 나서 뒤틀리고 답답하여
늙은 노파 할머니인 땅을 흔들어
이끼 덮인 탑들과 누각들을
무너뜨리오. 당신이 태어날 때
우리의 늙은 할머니인 이 땅덩이에
그러한 탈이 생긴 거였소.
글렌다워 이러한 말대꾸는
여간해서는 못 참소. 다시금 말하건대
내가 태어날 때 하늘의 얼굴에는
불타는 형상이 가득하고 산에서는
산양들이 뛰어 내려왔으며 양 떼는
겁에 질린 들을 향해 이상한 음성으로
울어대었소. 이러한 이적이 생긴
특출한 존재인 나는 평생토록
보통 사람 명단에 오르지 않았소.
잉글랜드, 스코틀랜드, 웨일스에서,
울부짖는 바닷물이 둘러싼 이 땅에서
나를 가르쳤다고 자부할 자 누구인가?
여자가 낳은 사람 중에서 복잡 미묘한
마술의 길에서 나를 따라올 자와
심오한 실험에 따를 자를 데려오라.
핫스퍼 웨일스 말을 더 잘할 사람은 없겠군.
나는 저녁 먹으러 가겠다.
모티머 매부, 조용히 해. 저분이 화나겠어.
글렌다워 나는 깊은 심연에서 혼백을 부를 수 있소.
핫스퍼 부르는 건 나는 물론 누구도 할 수 있소.
하지만 정말로 부르면 오기나 하오?
글렌다워 오, 마귀 부리는 법도 가르칠 수 있소.
핫스퍼 마귀 창피 주는 법을 가르칠 수 있소.
진실을 말하면 마귀가 창피해지오.
마귀를 부를 능력이 있으면 이리 데리고 오오.
그놈에게 꺼지라고 할 능력이 나한테 있소.
사는 동안에 진실하여 마귀를 혼내구려!
모티머 자, 그만. 쓸데없는 잡담을 끝냅시다.
글렌다워 세 번이나 헨리가 내 세력에 대항하여
공격을 해왔으나, 와이 강[68] 둔덕과
모래 깔린 세번의 강물에서 세 번이나
비바람에 빈손으로 돌아가게 하였소.
핫스퍼 맨발에 바람 맞고 돌아갔단 말이군!
도대체 어떻게 몸살감기 안 들었지?
글렌다워 여기 지도가 있소. 세 번 합의한 대로
각자의 구획을 나누어 가지겠소?
모티머 대부제[69]가 정확히 삼등분했소.
트렌트 강에서 여기 세번 강까지
잉글랜드 남부에서 동부까지가
내 몫이 되었으니 그 서쪽 전부
세번 강 건너편 웨일스가 내 것이며
그 경계 안에 있는 비옥한 땅 전부는
글렌다워 몫이오. 그리고 친애하는 매부,
트렌트 이북의 나머지는 당신 몫이오.
조약서 3부를 작성해놨으니
거기에 날인하여 서로 간에 교환하고
—이 일은 오늘 밤에 끝낼 수 있소.—
매부, 내일은 당신과 나와 우스터 공이
약조에 따라 슈루즈버리[70]에서
당신 부친과 스코틀랜드 부대를
만나기 위해 출병합시다. 내 장인
글렌다워는 준비가 덜 됐지만
앞으로 보름은 그의 도움이 필요 없소.
[글렌다워에게] 그동안 장인은 소작인과 친구들과
이웃의 인사들을 모을 수 있겠소.
글렌다워 그보다는 일찍이 합류할 거요.
그리고 부인들은 내가 모셔 가겠소.
지금 작별하지 말고 모르게 떠나시오.

68 와이와 세번과 트렌트 강은 모두 잉글랜드 서부 웨일스 접경에 있는 강들이다.
69 웨일스에 있는 대부제(大副祭, 감독 다음 가는 성직자)의 저택에서 셋이 모의하였다.
70 잉글랜드와 웨일스 접경 근처에 있는 도시.

부인들과 당신들이 헤어질 때에
눈물바다를 이룰 거라 미리 말하오.

핫스퍼 여기 버튼 강[71] 북쪽 나에게 돌아온 몫은
당신들이 얻은 것과 크기가 같지 않소.
보시오, 이 강이 내 쪽으로 굽어들어
내 땅 노른자위를 잘라가고 있소.
거대한 반월형, 어마어마한 부분이오.
이곳 강물에 둑을 쌓아 막으면
얌전한 은빛 물결 트렌트가 여기서
새로운 물길로 고요히 흐를 테니
그처럼 깊숙이 굽어들지 않아서
이 아래 비옥한 계곡을 잃지 않겠소.

글렌다워 굽지 않소? 보다시피 굽어야 하오.

모티머 그러나 물줄기를 보시오. 똑같이
다른 곳만 유리하게 내 땅에 흘러서
다른 데서 당신 땅을 잘라가듯이
건너편 대지를 자르고 있소.

우스터 그렇소만 약간의 비용으로 도랑을 파서
북쪽으로 반월형의 땅을 얻으면
곧고 고른 물줄기가 흐르게 되오.

핫스퍼 그러겠소. 적은 비용으로 가능하오.

글렌다워 바꾸지 못하오.

핫스퍼 못 바꾼다고?

글렌다워 물론이오. 그리 못 하오.

핫스퍼 누가 내게 거절하오?

글렌다워 물론 나요.

핫스퍼 안 들은 거로 하겠소. 웨일스 말로 하시오.

글렌다워 잉글랜드 궁정에서 교육을 받아
당신만큼 영어를 잘할 수 있소.
나이 젊은 사람이라 하프에 맞춰
잉글랜드의 노래들을 멋지게 부르고
훌륭한 장식을 영어에 남겼소.
당신은 그런 멋이 전혀 없지만.

핫스퍼 참말로, 참말로 잘된 일이지!
그따위 노래쟁이보다는 차라리
고양이 새끼처럼 야옹대거나
놋쇠 촉대 돌아가는 소리 아니면
바짝 마른 바퀴가 삐걱대는 소리에
이빨이 갈리는 건 아무것도 아니야,
못 견디게 간지러운 노래에 비하면.
기운 빠진 망아지가 억지 걸음 걷는 것 같아.

글렌다워 그럼 트렌트 강줄기를 바꾸시오.

핫스퍼 관심이 없소. 잘난 친구에게는
그런 거 세 곱이라도 내주고 싶은 마음이오.
하지만 계약상의 문제는 머리카락
9분의 1이라도 따질 것이오.
조약서 작성됐소? 그럼 가도 되겠소?

글렌다워 달이 매우 아름답소. 밤에 가도 좋겠소.
서기에게 재촉하고, 그다음에는
부인들에게 당신들이 떠났다고 알리겠소.
딸애가 미쳐서 길길이 뛰겠구먼.
모티머에게 푹 빠져 있거든. [퇴장]

모티머 매부, 장인을 그렇게 화나게 하지 마시오!

핫스퍼 나도 별수가 없소. 두더지니, 개미니,
당치 않은 소리로 성질을 건드리오.
마술사 멀린[72]과 그자의 예언과
무슨 용, 지느러미가 없다는 물고기,
날개 잘린 괴물, 털 빠진 까마귀,
자빠진 사자, 뛰노는 고양이 따위,
그런 것을 지지고 볶는 허튼소리로
믿음까지 흔드오. 솔직히 지난밤엔
아홉 시간이나 나를 붙들어놓고
자기 부하 마귀들 이름을 되뇌었소.
나는 건성으로 "으흠!" "저런!" 했지만
한마디도 안 들었소. 지쳐 빠진 말이나
바가지 벅벅 긁는 아낙같이 지겹고
연기가 가득한 집보다도 흉물스럽소.
잘 차린 별장에서 케이크를 먹으면서
그런 소릴 듣기보다 차라리 시골구석
방앗간에서 치즈, 마늘 먹고 살겠소.

모티머 진정코 그분은 훌륭한 신사요.
학식이 매우 깊고 기묘한 비밀들을
통달하고 있으며 사자처럼 용맹하나
놀랍게 다정하며 인도의 광산처럼
아량이 매우 크오. 매부, 내 말 듣겠소?
그분은 당신의 불같은 성질을
대단히 높이 보며, 당신이 거스를 때

71 잉글랜드 중부를 흐르는 트렌트 강의 상류 하천.

72 중세의 가장 유명한 마술사로서 아서 왕 시절에 활약했다고 한다.

말을 조심하는 거요. 참말 그렇소.
당신이 말했듯 그에게 깐죽대고
위험과 꾸지람을 맛보지 않고
사는 자가 없음을 확언하는 바이오.
그러나 항상 그러지 마오. 부탁이오.
우스터 정말 너는 고집이 너무 세서 탈이다.
네가 여기 온 이래 그 사람 인내심을
끝까지 몰아갈 정도로 자극하였다.
그런 결점은 배워서 고쳐야 한다.
기개와 용기와 혈기를 보이지만
—그게 너의 가장 귀한 장점이나—
부덕한 성미와 예절의 결함과
자제력의 부족과 교만과 거만과
제 주장과 남들을 멸시하는 태도를
드러낼 때가 많다. 그중의 하나라도
우리 같은 귀족들에게 나타나면
인심을 잃고 다른 장점들에도
오점을 남기며 사람들의 존경을
모두 잃게 돼.
핫스퍼 잘 배웠소. 예절로 승승장구하시오!
아내들이 옵니다. 각자 이별합시다.
[글렌다워가 퍼시 부인과 모티머 부인과
함께 등장]
모티머 이래서 죽도록 속상하단 말이다.
아내는 영어를, 나는 웨일스 말을 몰라.
글렌다워 딸애가 우누나. 당신과 안 떨어진대.
자기도 군인이 돼서 전쟁에 나가겠대.
모티머 장인어른, 아내와 퍼시 누이가
장인의 인도로 뒤따를 거라고 하오.
[글렌다워가 그녀에게 웨일스 말을 하니
그녀가 웨일스 말로 대답한다.]
글렌다워 막무가내요. 빽빽 성을 내면서
고집불통인지라 뭐라 해도 소용없소.
[여인이 웨일스 말을 한다.]
모티머 당신의 표정을 읽을 수 있소.
넘치는 하늘이 쏟는 어여쁜 언어를
너무도 잘 아오. 부끄럽지 않다면
나도 그런 말로 대답해야 옳겠소.
[여인이 다시 웨일스 말을 한다.]
나는 당신 키스를, 당신은 내 키스를
서로 알아들으니, 피부 간의 대화요.
사랑이여, 게으른 학동이 되지 말고
당신 말을 배우도록 열심히 하겠소.
당신의 언어는 노래처럼 아름다워
여름 정자 안에서 고상하게 지은 시를
루트에 맞춰 부르는 여왕의 황홀한 곡조요!
글렌다워 그만하오. 당신이 울면 딸애는 미치오.
[여인이 다시 웨일스 말을 한다.]
모티머 아, 나는 이 말에 무식 그 자체다!
글렌다워 그 애 말이, 저 푹신한 멍석에 누워
제 무릎에 얌전히 머리를 놓으면
마음을 즐겁게 할 노래를 불러주고
잠의 신이 눈꺼풀을 덮어주도록
달가운 잠 속에 혈기를 잠재워
잠과 생시를 다르게 만들겠다오.
낮과 밤이 서로 달라 동천에서
수레 끄는 말들이 아폴로의 황금 길을
떠나기 직전, 어둑한 하늘과 같소.
모티머 온 마음으로 앉아서 그 노래를 듣겠소.
그때쯤 약정서가 끝나게 되오.
글렌다워 그러시오. 당신에게 연주해줄 악단은
여기서 천 리 되는 공중에 떠 있으나
달려오게 하겠소. 앉아서 들으시오.
[핫스퍼와 모티머가 앉는다.]
핫스퍼 케이트, 와요. 눕는 데는 최고요.
빨리빨리. 당신의 무릎을 베고 눕겠소.
퍼시 부인 [앉으며] 저리 가요. 당신은 얼빠진 거위야.
[음악을 연주한다.]
핫스퍼 이제 보니 마귀가 웨일스 말을 알아.
그래서 기분대로 구는 게 놀랍지 않아.
정말 그놈 멋지게 연주하는데.
퍼시 부인 그러면 당신도 멋지게 연주해야겠네.
당신은 전적으로 기분대로 구니까.
잠자코 누워서 웨일스 노래나 들어요.
핫스퍼 차라리 나는 우리 사냥개 '레이디'가
아일랜드 말로 짖는 소릴 듣겠다.
퍼시 부인 머리에 꿀밤 한 대 먹겠어?
핫스퍼 아니.
퍼시 부인 그럼 입 다물어.
핫스퍼 그것도 싫어. 말 없는 건 여자의 결점이야.
퍼시 부인 그럼 하느님이 도우셔야 하겠네!
핫스퍼 저 여자 침대로 도와주시길!

퍼시 부인 뭐라고?
핫스퍼 쉿. 저 여자가 노래해.
[이때 여인이 웨일스 노래를 부른다.]
케이트, 당신 노랠 듣고 싶어.
퍼시 부인 정말 노래하지 않겠어.
핫스퍼 정말 노래 안 해? 말투가 제과점
여편네 같아. "정말 당신은 아니에요!"
"내 평생 정말로." "하느님이 고치시길!"
"대낮처럼 정말로." 따위 말이야.[73]
그러면서 맹세가 너무 약해서
핀즈베리 너머는 못 간 거 같아![74]
케이트, 귀부인답게 맹세해봐.
'정말로'는 빼고 입이 걸쭉하게끔.—
그따위 달콤한 생강 과자 맹세는
벨벳으로 치장한 주일 시민 차지야.
자, 노래해.
퍼시 부인 안 불러요.
핫스퍼 재단사가 되거나 지빠귀의 선생 되는
첫길일 테지.[75] 약정서가 끝나면
두 시간 안에 떠나니까 생각나면 돌아와요. [퇴장]
글렌다워 빨리 오시오, 모티머 공. 퍼시 공이 가고 싶어
불처럼 안달인데 당신은 느리오.
지금쯤 문서가 끝났겠소. 서명만 필요하오.
그러고 나선 곧장 말에 올라야 하오.
모티머 대환영이오. [모두 퇴장]

## 3. 2

[왕, 왕세자, 수행하는 신하들 등장]
헨리 왕 귀공들, 실례하오. 나와 세자가
사적으로 할 말이 있소만, 가까이 계시오.
이제 곧 당신들이 필요하겠소. [신하들 퇴장]
내가 전에 저지른 안 좋은 일로 인해
하느님의 뜻인지는 모르겠지만
그분의 내밀한 심판은 내 혈통에서
나에 대한 복수와 형벌을 꾸민다.
그래서 네 꼴을 보면 너를 오로지
내 잘못을 벌하실 뜨거운 앙갚음과
하늘의 채찍으로 삼으신 것 같다.
그렇지 않다면 그처럼 무절제하고
천한 욕망과 그처럼 추하고 뻔뻔하고
음란하고 비열한 짓, 그토록 헛된 장난,
함께 어울려서 접이 붙은 것 같은
무식한 짝패들, 그것들이 네 혈통의
고귀한 지위를 언제나 따라다녀서
왕자와 동등한 지위를 누려야 해?
헨리 왕자 [무릎을 꿇고]
전하, 용서하십시오. 저의 모든 허물을
깨끗이 밝히고 싶습니다. 제가 받는
비난의 대부분을 밝힐 수 있다고
확신합니다. 그러나 높으신 분은
웃음 짓는 아첨꾼과 비열한 떠버리가
지어내는 이야기를 많이 듣게 되실 텐데
대부분 사실이 아님을 밝히겠으나,
개중에는 젊은 탓에 함부로 그릇되게
행했던 것임을 진심으로 뉘우치니
용납하시고 그래서 너그럽게
처분하여 주시기를 간절히 빕니다.
헨리 왕 주께서 용서하시길! 그러나 네 성향이
너무나 이상해. 모든 조상들과는
전혀 다른 쪽으로 날아가고 있어.
추밀원의 자리를 함부로 내던져서
네 아우가 그 자리를 메우고 있고
내 혈통의 왕족들과 귀족들의 심경에도
너는 거의 이방인이 되다시피 했다.
네가 장차 이끌고 갈 기대와 희망은
깨어졌고, 모든 사람들의 영혼은
네 파멸을 예언처럼 내다보고 있어.
예전에 내가 마음대로 나다니고
사람들 눈앞에서 천하게 굴고
부잡한 무리와 싸게 어울렸다면
왕좌 위에 나를 앉힌 세상의 평판은

73 이런 '점잖은' 말투는 걸쭉한 욕설과 맹세를 반대했던 시민 계층의 청교도 말투였다. 귀족 계급은 '전통적'으로 걸쭉한 욕설과 맹세를 했다.
74 청교도 여인들은 죄악을 피하려고 런던 시내 공원인 핀즈베리까지만 산보했다.
75 주로 청교도였던 재단사나 직조공이 일하면서 경건하게 찬송가를 부르며 지빠귀를 길들여 노래를 알려주던 것을 비꼬는 말이다.

지금껏 당시 왕께 충성을 했겠고
나는 아무 흔적도, 가망도 없이
이름 없는 추방자의 신세였겠지.[76]
하지만 나는 눈에 자주 안 띄어
일단 내가 나서면 혜성인 듯 모두 놀라
"저게 그분"이라고 애들에게 말하고
"어디? 누가 그분이야?" 하는 자도 있었지.
그래서 하늘의 예절을 모두 익혀서
겸손으로 나 자신을 두루 입히고
뭇사람의 심정에서 충성을 따냈고
당시 왕의 눈앞에서 백성의 입에서 나온
함성과 환호를 획득하였다.
그처럼 내 모습을 항상 새롭게 하고
내 모습이 법왕의 성의 같아서
보이지 않으면서 경탄을 자아내고
흔하지 않으면서 위엄이 풍부하고,
드물고 엄숙해서 민심을 얻었었다.
경박한 리처드 왕은 여기저기 나다니며
까불대는 농담꾼, 반짝하는 재치꾼,
금방 불에 타버릴 녀석들과 어울려
자신을 저버리고 노닥대는 바보들과
왕다운 위엄을 뒤섞어서 천한 자들로
왕가의 명성을 더럽히고 제 얼굴을
아이들의 놀림감이 되게 하고 애송이의
실없는 욕설의 표적이 되었으며
길거리 쏘다니는 친구가 되어서
대중적 인기의 노예가 되었다.
그리하여 매일처럼 사람들 눈에 띄니
꿀을 너무 많이 먹은 자가 단맛이 싫어져서
차차 염증을 내게 됐으니, 단맛이란
아무리 적다 해도 지나치다 하겠다.
남의 눈에 띌 때마다 오뉴월 뻐꾸기처럼
듣기는 해도 눈여겨보지 않고
보기는 해도 너무 흔해 싫증 나고
감각이 무디어서 특별한 시선을
보내지도 않는다. 존경하는 눈들에
드물게 빛나는 태양 같은 왕에게
시선을 집중하지 않을뿐더러
왕의 면전에서 눈꺼풀을 내리깔고
졸린 듯 잠들었고 그의 흔한 모습으로
배부르고 메스꺼워 침울한 사람이
원수 보는 낯빛으로 그를 대했다.
그런데 해리 네가 그런 부류로구나.
못난 친구들과 어울려서 왕자로서의
체통을 잃고 말았다. 천한 네 꼴에
염증 내지 않을 눈이 나밖에 없다.
내 눈은 그 이상을 보기 바랐었는데
이제 내가 원하지 않는 일을 하려 하니
객쩍은 눈물이 내 앞을 가린다.

헨리 왕자 크게 자비하신 전하, 앞으로 저 자신에
더욱 충실하겠습니다.

헨리 왕 그 당시 리처드가
지금의 너처럼 세상눈에 비쳤었고
프랑스를 떠나서 레이븐스퍼에 상륙할 때
나는 바로 지금의 핫스퍼와 같았다.
내 왕권과 영혼을 마저 걸어 맹세코,
네가 왕위 계승의 그림자에 불과하면
핫스퍼는 그에 대해 실력과 야심으로
정당한 권리도 없고 구실도 없이
나라 안 들판들을 창칼들로 메우고
험한 사자 아가리에 곧바로 덤벼든다.
너보다 나이가 많은 것도 아니지만
늙은 귀족, 주교들을 피 터지는 전투와
살 뭉개는 싸움으로 이끌고 나간다.
이름 높던 더글러스와 겨루고 싸워서
불멸의 명예를 얻었지! 드높은 무훈,
뜨거운 격돌, 무력의 명성으로
그리스도를 시인하는 모든 나라로부터
온 천하 군인 중 최고의 영예와
가장 높은 지위를 거머쥐었다.
강보에 싸인 군신,[77] 저 어린 용사,
핫스퍼는 강력한 더글러스를 세 번
물리쳤으며, 한 번은 사로잡았다가
풀어주어, 두 사람은 친구가 됐고,
깊게 파인 적개심의 입을 메우고
내 왕좌의 안전을 흔들고 있다.
무슨 말을 하겠느냐? 퍼시, 노섬벌랜드,

76 추방되었던 헨리 4세(볼링브룩)는 많은 사람의 인심을 얻어 사촌 리처드 2세를 몰아내고 왕이 되었다. 「리처드 2세」 참조.
77 로마신화에 나오는 전쟁의 신.

요크 대주교, 더글러스, 모티머가
나를 대적하여 함께 짜고 일어났다.
어째서 너에게 이 소식을 알리느냐?
어째서 너에게 나의 적을 말하느냐?
너무도 가깝고 사랑하는 원수들인데?
비열한 공포와 천박한 욕심과
심술을 부리다가 퍼시에게 매수되어
나를 대적하다가 그자를 따라가서
찌푸리는 그자 낯에 굽실거리며
얼마나 못났는지 네 꼴을 봬주겠다.

헨리 왕자 그런 생각 마십시오. 그러지 않겠습니다.
전하의 올바른 생각을 저에게서
멀어지게 한 자들을, 주님 용서하시길!
퍼시의 머리 위에 모든 걸 갚겠습니다.
영광의 그날이 끝나갈 무렵,
피투성이 되어버린 옷을 입은 채,
피범벅의 마스크로 낯을 덮은 채,
피를 씻어 없애면 수치도 씻길 때,
아버님의 아들임을 담대하게 선언하고,
바로 그날, 그날이 언제 올지 몰라도
명예와 명성의 총아, 용맹한 핫스퍼,
만인이 칭송하는 저 무사와, 아버님이
생각지도 않으시던 해리가 만납니다.
무수한 명예가 그자의 투구 위에
얹혀 있기 바라며, 저의 머리 위에는
두 곱의 수치가 쌓이기를 원합니다.
저 북방 청년이 영광된 무훈을
제 수치와 바꿀 때가 반드시 옵니다.
퍼시는 단지 수단이며, 저를 대신해서
명예로운 업적을 쌓으라고 놓아뒀다가
엄밀한 계산을 요청하여, 모든 명예를,
평생 동안 얻었던 하찮은 명예라도,
돌려달라 할 테며 그러지 않으면
그자의 심장에서 뜯어내겠습니다.
하느님 이름으로 이를 서약하오며,
하느님 허락으로 제가 행하겠으니
아버님은 저 자신의 방종으로 생겨났던
해묵은 상처를 고치시기 원합니다.
그러지 않으시면, 죽음은 삶의 속박을
말살하므로 작은 조항 하나라도 어기기보다
천 번 만 번 거듭해서 죽겠습니다.

헨리 왕 허다한 반란자가 이 일로 죽게 된다.
최고의 통수권을 너에게 맡긴다.
[블런트 등장]
웬일인가, 블런트? 보아하니 급하구나.

블런트 보고드릴 말씀이 시급한 일입니다.
스코틀랜드의 모티머가 전한 말에 의하면
더글러스와 잉글랜드의 반란군이 이달 11일
슈루즈버리에서 합세했다 합니다.
각처의 약속들이 그처럼 지켜지면
나라 안에 일어났던 무슨 반란 못지않게
강력하고 두려운 세력이 되겠습니다.

헨리 왕 웨스트모얼랜드 백작이 오늘 떠났고
존 오브 랭커스터 왕자가 함께하였소.
이 정보는 닷새 전에 내가 접했소.
다음 수요일에는 해리, 네가 떠나라.
목요일에 나 자신이 행군하겠다.
우리가 만날 곳은 브리지노스인데
해리, 너는 글로스터를 거쳐서 진군하라.
그렇게 계산해서 우리 일을 따져보면
12일쯤 후에는 전군이 브리지노스에
집결하게 되겠으니 할 일이 많다. 가자.
남이 지체할 때에 유리한 자는 살진다. [모두 퇴장]

## 3. 3

[폴스타프와 바돌프 등장]

폴스타프 바돌프, 지난번 사업 이후 내가 내 모양을 몹시 구기지 않았냐? 내 몸피가 줄었지? 마르는 중이지? 늙은 여편네의 헐거운 옷처럼 살가죽이 축 처졌어. 말라빠진 사과처럼 쭈글쭈글해. 그럼 회개해야지. 속히 그래야겠어. 아직 웬만큼 마음이 있는 사이에. 조금 지나면 그럴 생각도 없어질 거야. 그렇게 되면 회개할 기운도 없어질 테지. 예배당 안을 뭐로 지었는지 아직 잊지 않았어. 나야 후추 알갱이, 비쩍 마른 술 도갓집 말 새끼야. 예배당 안! 친구들, 나쁜 친구들 때문에 내가 망했어!

바돌프 폴스타프, 그렇게 안달하면 오래 못 살아.

폴스타프 바로 그거야. 음탕한 노래나 불러줘. 나한테 재미나게 해줘라. 나도 여느 신사처럼 유덕하게 태어났거든. 유덕해서 욕도 안 하고, 일곱 번 이상—

일주일에—주사위도 안 굴리고 1분기에—한 시간의 4분의 1인데—한 번 이상 창녀 집에 가지 않았고 꾼 돈은 갚았으며—서너 번 되지만— 괜찮은 둘레 안에 괜찮게 살았는데 지금은 몹시 방종하게, 모든 제한을 벗어나서 살고 싶다고.

바돌프 그거야 네가 너무 살이 쪄서 어쩔 수 없이 몸피의 둘레를 벗어난 거지. 적당한 제한을 모두 다 벗어났어.

폴스타프 네가 그 상판 고치면 나도 내 생활 고치겠다. 너는 우리 기함이라고. 고물에 등불을 달았는데 코에 붙었어.[78] 너는 우리의 '빛나는 등불의 기사'야.[79]

바돌프 폴스타프, 내 얼굴 때문에 당신이 손해 본 적이 없어.

폴스타프 당연하지. 사람들이 해골, 즉 '메멘토 모리'[80]에서 깨달음을 얻듯이 나는 네 얼굴 보고 많이 깨달아. 네 얼굴만 보면 으레 지옥 불이 생각나거든. 그리고 자색 옷 입고 살던 부자가 생각나는데 그자는 그 옷을 입은 채 지옥 불에 끝없이 타고 있지.[81] 네가 조금이라도 착한 데가 있다면 나는 네 얼굴에 걸어서 '하느님의 천사인 이 불에 걸어!'라고 맹세하겠다. 하지만 넌 완전히 버린 자식이야. 네 얼굴의 불빛만 없었다면 정말 암흑의 자식이 됐겠다. 밤중에 네가 내 말 차지하려고 개즈힐을 달려서 올라올 때 너를 '이그니스 파투우스',[82] 다시 말해 도깨비불인 줄로 잘못 알았기 망정이지, 돈 주고 물건 살 줄 모른다는 소리나 같다. 오, 그대는 영원한 축제의 모닥불이요 끝없는 봉홧불이로다! 밤중에 너하고 이 술집 저 술집 찾아다닐 때 네가 조명등과 횃불 노릇을 해줘서 수천 금을 아낄 수 있었어. 하지만 네가 나한테 먹인 포도주 값으로 유럽에서 제일 비싼 양초 가게에서 싸구려 양초들을 같은 값에 살 수 있었거든. 지난 32년 동안이나 차가운 도마뱀 같은 너를 따뜻한 불로 연명시켜 줬으니, 하느님 저에게 상을 내려주소서!

바돌프 젠장. 내 얼굴이 네 배 속에 들었으면 좋겠다.

폴스타프 어이구, 맙소사! 그랬다면 내 속이 뜨거운 불에 타버리겠다.

[여주인 등장]

암탉 마나님, 무슨 일인가? 내 주머니 딴 녀석이 누군지 알아냈나?

여주인 폴스타프 경, 무슨 꿍꿍이 속이우? 폴스타프 경, 우리 집에 도둑놈들을 두는 줄 아슈? 내가 이 사람 저 사람, 이 아이 저 아이, 이 하인 저 하인, 뒤져보고 알아보고, 남편도 그렇게 했다우. 10분의 1 터럭도 우리 집에서 잃어진 적 없다고요.

폴스타프 거짓말 마라. 바돌프가 면도할 때 터럭 많이 잃어버렸다. 그리고 맹세코 내 주머니 떼 갔다. 관둬. 여편네라 할 수 없지.

여주인 누구, 나 말이야? 절대로 안 물러서. 하느님이 보시지만, 내 집에서 내가 그런 소릴 듣지 않았어.

폴스타프 관둬. 나 당신 잘 알아.

여주인 아냐, 폴스타프, 나를 몰라. 나는 당신 잘 알아. 나한테 빚졌어. 그래서 지금 괜히 시비를 걸어서 빚에서 슬쩍 벗어나려는 거야. 등에 걸칠 셔츠도 여섯 장이나 사줬어.

폴스타프 구멍이 숭숭한 시시한 베야. 빵집 여편네한테 줬더니 그것들로 밀가루 치는 체를 만들었더군.

여주인 진실한 여자로서 하는 말인데 한 마에 8실링짜리 옥양목이야! 폴스타프, 거 말고도 음식값, 간식으로 마신 술값, 꿔준 돈 합해서 나한테 빚진 게 24 파운드야.

폴스타프 저 사람도 한몫 들었으니 갚으라고 해.

여주인 저 사람? 에그, 저 사람 가난뱅이, 무일푼이야.

폴스타프 뭐? 가난뱅이? 낯짝 좀 쳐다봐. 뭐가 부잔가? 저 사람 코, 뺨으로 동전 찍어내라고. 10분의 1푼도 나는 안 내겠다. 그래, 나를 탕자로 만들겠단 말이야? 내가 묵는 여관집에서 편히 쉬지도 못하고 주머니 도둑맞기야? 40마크짜리 할아버지 인장 반지를 잃어버렸어.

여주인 아이고, 예수님! 왕자님이 구리 반지라고 하시던 거, 수도 없이 들었다고.

폴스타프 뭐? 왕자는 양아치, 슬슬 기는 놈팡이야. 젠장. 그 자식 여기 있다가 그따위 소리 하면

78 언제나 술 취한 바돌프의 빨건 낯("상판")을 놀리는 말이다.
79 중세의 전설에 나오는 아마디스라는 기사의 별명 "불타는 칼의 기사"를 비유해 비꼬는 말.
80 'memento mori.' 이 말은 '죽음의 기억'이라는 라틴어로, 해골은 죽음을 상기시킨다 하여 수양의 도구로 삼았다.
81 신약 성서 누가복음 16장 19~31절에 나오는 부자 나사로에 대한 예수의 비유.
82 'ignis fatuus.' 즉 '어리석은 불'이라는 라틴어(우리말로는 '도깨비불').

개 패듯 하겠다.
[왕자가 피토와 함께 행진하여 등장. 폴스타프는
칼을 피리처럼 들고 부는 척하며 그를 맞는다.]
얘, 웬일이냐? 그쪽으로 바람이 부냐? 정말
우리 모두 행진하게 되는 거냐?
바돌프 그렇다. 뉴게잇[83]식으로 둘씩 짝을 지어서.
여주인 왕자님, 제 말 좀 들으세요.
헨리 왕자 퀴클리 부인, 무슨 말인가? 남편 잘 있나?
나 그 사람 좋아한다. 정직한 사람이다.
여주인 왕자님, 제 말 좀 들으세요.
폴스타프 저 여잔 놔두고 내 말 들어봐.
헨리 왕자 잭, 무슨 말인데?
폴스타프 어젯밤 내가 여기 휘장 뒤에서 잠이 들었다가
주머니를 떼였거든. 이 집이 창녀 집으로 변했어.
주머니를 딴단 말이다.
헨리 왕자 그래 뭘 잃었나, 잭?
폴스타프 믿을 수 있어, 핼? 40파운드짜리 차용증서
서너 장하고 할아버지의 인장 반지다.
헨리 왕자 싸구려지, 뭐 푼짜리쯤.
여주인 그렇다고 했어요. 왕자님이 그런 말씀 하시는 거
들었거든요. 그리고 왕자님을 심하게 욕했어요.
입이 더러우니까요. 그리고 왕자님을 패겠대요.
헨리 왕자 뭐? 그럴 리 없겠지!
여주인 그러지 않았다면 믿음도 없고 진실도 없고
여자도 아니에요!
폴스타프 믿음이 없기론 찐 자두[84]와 다름없고, 진실이
없기론 사냥꾼에게 쫓기는 여우와 다름없으며,
여자로 말하자면 너한테 대면 '메리언 처녀'가
부구청장 여편네[85]와 같다. 저리 가, 이 물건아.
여주인 무슨 물건, 무슨 물건?
폴스타프 무슨 물건? 그야 하느님께 고마워할 물건이지.
여주인 난 하느님께 고마워할 물건이 아냐. 당신이 알면
좋겠다! 나는 점잖은 사람 아내야. 기사 작위만
빼고 당신은 깡패야. 날 그따위로 부르다니!
폴스타프 당신이 여자란 것만 빼고, 딴소리하면
당신은 짐승이란 말이구나.
여주인 무슨 짐승이란 말이냐? 이 깡패야.
폴스타프 무슨 짐승? 수달이지 뭐.
헨리 왕자 수달? 폴스타프, 왜 하필 수달인가?
폴스타프 왜냐고? 수달은 물고기도 아니고 길짐승도
아니거든. 그래서 사람들이 어떻게 다룰지 몰라.
여주인 그따위 소리 하다니 정말 못됐어. 당신 아니라
누구든 나를 어떻게 대할지 알아. 이런 깡패!
헨리 왕자 당신 말이 맞아. 저자가 당신한테 아주
몹쓸 욕을 하누나.
여주인 저 사람이 왕자님께도 그런 욕을 하데요. 어제
왕자님이 자기한테 천 파운드 빚졌대요.
헨리 왕자 이 녀석, 내가 너한테 천 파운드 빚졌냐?
폴스타프 천 파운드, 핼? 백만 파운드지. 너의 사랑은
백만 파운드짜리야. 너의 사랑은 나한테 빚진 거지.
여주인 그뿐이 아네요. 왕자님에게 놈팡이라고 했어요.
그리고 왕자님을 패주겠대요.
폴스타프 바돌프, 내가 그랬냐?
바돌프 폴스타프, 그런 말 했다.
폴스타프 맞다. 내 반지가 구리라고 왕자가 말한다면.
헨리 왕자 그거 틀림없는 구리다. 그럼 네가 말한 대로
하겠나?
폴스타프 이봐, 핼. 알다시피 하나의 인간으로서 감히
너와 대거리하지만 네가 왕자니까 사자 새끼가
으르렁대는 게 겁나듯 너에게 겁이 난단 말이다.
헨리 왕자 한데 왜 어미 사자가 아닌가?
폴스타프 왕 자신이 어미 사자니 무서워해야지. 내가 네
아버지 무서워하듯 널 무서워할 줄 알아? 아니야.
그런다면 하느님이 내 허리띠 끊길 빌겠다.
헨리 왕자 오, 네 허리띠가 끊어지면 무릎 주변에 창자가
쏟아지는 꼴을 어떻게 봐! 하지만 네 배 속엔
믿음도 진실도 정직도 안 들어 있어. 창자와
횡격막이 꽉 들어찼지. 점잖은 집 마나님한테
주머니 땄다고 해? 후레자식, 뻔뻔스런 뚱보
깡패, 주머니 속에 술집 계산서와 창녀 집 메모와
기운 차릴 때 쓰려고 넣어 둔 한 푼어치 설탕 외에

83 당시의 감옥('Newgate'). 죄수들은 둘씩 묶여 감옥으로 이송됐다.
84 '찐 자두'는 당시 뒷골목 창녀 집 표시로 창문으로 보여주던 싸구려 요리. 몰래 창녀 집을 운영하니까 신앙심이 없다는 말이다.
85 '메리언 처녀'는 당시 남자가 지저분한 여자로 분장하여 춤추던 놀이의 인물로, 청교도들이 부도덕하다고 공격했다. 런던 시민 자치 기구인 '워드'(우리 도시의 '구'에 해당된다)의 부구청장은 청교도인이었으므로 메리언 처녀(실상은 남자)를 부구청장의 아내와 비교할 수 없다. 여주인이 점잖은 여자가 못 된다는 비아냥이다.

더 있었다면, 이것들 말고 너한테 손해날 물건이
있었다면, 나 개자식이다. 헌데 너는 부득부득
우기고 잘못을 인정하려고 하지 않아. 창피하지
않아?

폴스타프 핼, 그 얘기 있잖아? 알다시피 아담은 순수한
상태에서도 타락했어. 그러니 이런 죄악 세상에서
가련한 잭 폴스타프가 어쩌겠어? 보다시피 남보다
살이 많아 약골이거든.[86] 그러니까 네가 내
주머니 땄다고 자백하는 거지?

헨리 왕자 이야긴즉슨 그런 것 같군.

폴스타프 주인마누라, 내가 용서할게. 가서 아침 준비해.
남편 사랑하고 하인들 잘 돌보고 손님들 잘 모셔.
이치가 바르면 순순히 따르는 사람이란 걸 알게 돼.
보다시피 언제나 화해하는 인간이지. 그럼 가봐. [여주인 퇴장]
그럼 핼, 궁정 소식으로 돌아가자. 저번 강도질은
어떻게 됐어?

헨리 왕자 야, 이놈 쇠고기, 내가 언제나 너의 선한 천사
노릇을 해야 한다니. 됐냐! 돈은 돌려줬다.

폴스타프 그렇게 돌려준 거 좋지 않은데. 두 번 일이
됐잖아.

헨리 왕자 아버지하고 화해했으니까 나는 뭐든지
해도 돼.

폴스타프 첫 번째 사업으로 재무장관을 털자. 지체 없이
당장 하자.

바돌프 그러세요, 왕자님.

헨리 왕자 잭, 너한테 보병 부대 하나 마련해놨다.

폴스타프 기마 부대면 좋겠는데. 도둑질 잘할 놈 어디서
구하겠나? 나이가 스물둿쯤 되는 유능한 도둑놈이
필요하구나! 보급이 끔찍하게 모자란다. 어쨌든,
반란군이 얼마나 고맙나! 선한 사람들한테나
나쁜 놈들이지. 나는 놈들을 찬양해, 칭찬해.

헨리 왕자 바돌프!

바돌프 예?

헨리 왕자 [편지들을 주며]
이 편지는 내 아우 랭커스터 공께 전하고
이 편지는 웨스트모얼랜드 공에게 전하라. [바돌프 퇴장]
피토, 말에 올라라. 점심 전에 너와 나는
30여 마일을 달려야 한다. [피토 퇴장]
잭, 내일 오후 두 시에 템플[87]에서 만나자.
거기서 너는 네 부대를 알게 되며
행군의 경비와 장비를 수령케 된다.
온 땅이 불탄다. 퍼시의 기세가 거세다.
저들이 아니면 우리가 쓰러져야 한다. [퇴장]

폴스타프 희한한 말, 멋진 세상! 마나님, 내 조반!
이 술집이 북이 되면 오죽 좋을까! [퇴장]

## 4. 1

[핫스퍼, 우스터, 더글러스 등장]

핫스퍼 말씀 잘하셨소! 세련된 이 시대에
진실을 아첨으로 간주하지 않는다면,
더글러스, 당신은 요즘 유행을 따라
군인 된 자들이 온 세상 어디서도
받지 못할 찬사를 받으심이 마땅하오.
진정 나는 아첨을 모르며 아첨꾼의
혓바닥을 믿지 않소! 나의 깊은 사랑 속에
가장 귀한 자리를 당신이 차지했소.
내가 한 이 말의 진위를 시험하시오.

더글러스 당신이야말로 명예의 왕이시오.
땅덩이에 살고 있는 어떤 강력자라도
내가 맞설 터이오.
[전령이 편지들을 들고 등장]

핫스퍼 그러시오. 옳은 말이오.
—무슨 편지들인가?—하여간 고맙다.

전령 부친께서 보내신 편지들이오.

핫스퍼 아버지 편지? 왜 직접 안 오시고?

전령 오실 수 없습니다. 병환이 심하셔서.

핫스퍼 젠장. 이렇게 치고받는 계제에
아플 틈 있나? 부대는 누가 이끌어?
누구의 지휘 따라 움직이나?

전령 편지에 그분의 의향이 적혀 있어요.

우스터 누워 계시는가?

전령 저의 출발 나흘 전에 그러셨어요.
제가 거기 떠날 때쯤 의사분들이
걱정을 무척 많이 하였습니다.

우스터 병환이 생기기 전에 모든 사정이

86 "마음에는 원이로되 육신이 약하도다"
(마가복음 14장 16절)를 빗대서 하는 말.
87 당시 법학원이 있던 데로, 회합 장소로 이름
높았다.

완벽하길 바랐는데, 그분의 건강이
지금처럼 아쉬운 적이 없었다.

핫스퍼 지금 앓아? 누워 계셔? 우리 사업 자체가
그런 병에 걸려서 앓아눕게 됐다!
그 병이 여기 우리 진영에 번지고 있소.
편지에 쓰시길, 내부적 부조화로
아버지가 파견하신 사람들로는
그토록 급히 우군을 동원하지 못하며
그처럼 위험하고 중한 일을 자신 아닌
타인에게 맡길 수가 없다는 것이오.
하지만 소수의 동맹군이 밀고 나아가
운명이 우리를 어떻게 다루는지
한번 용감히 붙어보란 권고시오.
지금쯤 왕은 우리 모든 계획을
환히 꿰고 있겠으니, 물러설 수
없다 하시오. 숙부님 생각은 어떠하오?

우스터 부친의 병환은 우리의 치명상이다.

핫스퍼 심한 상처요. 팔다리가 잘렸소.
하지만 아니오! 지금 안 계신 것이
실제보다 위험하게 보일 뿐이오.
우리 재산 전부를 송두리째 한꺼번에
도박해도 좋겠소? 예측이 불가능한
한 시간의 도박에 그런 값진 밑천을
던져버려도 좋겠소? 좋지 않을 수 있소.
그러할 때 우리는 희망의 저 바닥,
저 핵심, 저 한계, 모든 우리 운명의
끝에까지 알아보게 되는 거요.

더글러스 당연하오. 그래야 하오. 지금 눈앞에
상속받을 재산이 기다리고 있으니
다가오는 희망 속에 대담하게 씁시다.
돌아가서 의지할 데가 남아 있소.

핫스퍼 재회할 곳과 돌아갈 집이 있단 말이오.
마귀와 불운이 새로운 이 사업에
위협의 눈길을 보낸대도 상관없소.

우스터 하지만 부친이 계시면 좋겠다.
우리 이 사업의 가치와 본질은
내분을 불허한다. 그의 불참 이유를
모르는 자들은 지혜나 충성이나
순전한 반감에서 백작께서 이 일에
동참하지 않은 거로 생각하겠다.
따라서 그러한 걱정 어린 짐작으로
비겁한 자들이 동조의 물길을 바꿔
우리의 당위성을 의심할지 모른다.
당신들도 알다시피 공격하는 우리는
냉정한 시시비비를 피해야 하며
비판의 눈으로 살펴보지 못하도록
모든 구멍, 뚫린 틈을 막아야 한다.
부친의 부재는 몽매한 자들에게
커튼을 열어젖혀 꿈도 꾸지 못했던
위험을 보여준다.

핫스퍼 말씀이 지나치시오.
오히려 아버지의 부재를 이용하겠소.
그분이 계신 것보다 우리 사업이
더욱 빛나고 평판이 높아지며
대담하다 하겠소. 사람들 생각에
아버지 도움 없이 나라를 대적하니
만일 그가 도우면 완전히 나라를
뒤엎을 거라고 생각하겠소. 지금껏
모든 일이 순조롭고 팔다리도 멀쩡하오.

더글러스 마음에도 생각이 있소. 내 나라에는
'겁'이란 단어가 있지도 않소.

[리처드 버논 경 등장]

핫스퍼 오, 버논 사촌! 정말 잘 왔소!

버논 이 소식이 환영받을 소식이길 간구하오.
웨스트모얼랜드 백작의 7천 군사가
이리 오는 중이고 존 왕자가 함께하오.

핫스퍼 상관없소. 딴 소식은?

버논 또한, 들은 바에 의하면
왕도 이미 출발했거나 급히 이리로
출발하실 터인데, 강력하고 웅장한
장비와 군대를 갖추고 계시오.

핫스퍼 그 역시 환영하오. 그 아들은 어디 있소?
발 빠른 장난꾼 왕세자와 그의 패거리,
세상일 제쳐놓고 세월아 가라
한다는 한량들은?

버논 모두 무장하였소.
모두들 바람에 나부끼는 타조처럼,
방금 목욕 끝마친 독수리처럼,
금빛 옷에 반짝이는 조각상처럼
5월인 양 생기가 차고 넘치며
한여름 해님인 양 눈이 부시고
한창 젊은 염소처럼 신명 넘치고

젊디젊은 황소처럼 힘이 넘치며,
면갑 쓴 해리는 허벅지에 갑주 둘러
용감히 무장하니 날개 돋친 머큐리[88]라,
땅에서 솟구치는 모습이 보입디다.
안장에 훌쩍 올라서 타는 자세는
난데없이 구름에서 천사가 내려와
거친 페가수스[89] 용마를 마음껏 휘몰아
온 세상을 승마술로 매혹한 것 같았소.

핫스퍼 그만! 그만! 그런 칭찬은 3월의 해보다 나빠
오한이 일어나오.[90] 올 테면 오라 하오.
저들은 깨끗한 희생양처럼 오겠으니
자욱한 전쟁터의 불타는 눈의 여신[91]께
피 흘리는 저들을 제물로 드리겠소.
갑주 입은 군신[92]은 귀밑까지 피에 젖어
제단에 좌정하겠소. 이렇게 값진 상이
이토록 가까운데 우리 것이 아니라니
몸이 달아오르오! 왕세자의 가슴으로
번개처럼 달려갈 내 말 한번 맛보겠소.
해리가 해리와, 노한 말이 말과 만나
하나가 죽기 전엔 떨어지지 않겠소.
아, 글렌다워가 여기 오면 좋겠다!

버논 소식이 더 있소. 우스터에서 들었는데
그 사람은 보름 동안 군을 소집할 수 없다 하오.

더글러스 듣던 중 가장 나쁜 소식이오.

우스터 어이구, 소름 돋는 소리다.

핫스퍼 왕의 군대가 모두 몇이오?

버논 3만이오.

핫스퍼 4만이면 어떤가!
아버지와 글렌다워가 여기 없지만
우리 군이 그런 날을 너끈히 버티겠소.
우리는 신속히 대기령을 내립시다.
운명의 날이 왔소. 모두 죽되 기꺼이 죽기요.

더글러스 죽는 얘기 마시오. 나는 지난 반년 동안
죽음이나 죽음의 촉수를 겁내지 않았소. [모두 퇴장]

## 4. 2

[폴스타프와 바돌프 등장]

폴스타프 바돌프, 코벤트리로 먼저 가라. 술 한 병 채워
다오. 병사들을 행군시켜 그리로 지나가게
하겠다. 오늘 밤에 서튼 코필[93]까지 가겠다.

바돌프 부대장, 나한테 돈 주겠소?

폴스타프 준 돈으로 해결해.

바돌프 이 병이면 큰 거 한 냥 되겠소.

폴스타프 그러면 수고비로 가져라. 스무 냥 만들면[94]
모두 너 가져. 동전 찍어낸 책임은 내가 질 테니.
부관 피토에게 마을 동구에서 날 만나라고 해.

바돌프 그러겠소, 중대장. 안녕. [퇴장]

폴스타프 부하 군인 꼴이 창피하지 않다면 나 소금 절인
망둥이다. 왕의 강제 동원권을 진짜로 악용했거든.
백오십 명 징집비로 3백 파운드 넘게 받았는데
얌전한 가장들과 양갓집 아들들만 징집하고 두
번이나 혼인 공고를 낸 약혼한 총각들을 알아내고
북소리 듣기보단 마귀 소리 듣겠다며 화살 맞은
새나 다친 물오리보다 총소리 겁내는 주머니
두둑한 패들만 징집한단 말이다. 내가 징집하는
것들은 전부 토스트에 버터 발라 먹는 약질에다가
배 속에 바늘 대가리만한 염통이 달린 약골들이다.
그런데 놈들은 모두 돈으로 징집 값을 냈거든.
그래서 내 부대 전부라야 기수와 하사와 부관과
고급 대원들뿐인데 살찐 부자의 개들이 상처를
핥는 곳에서 시퍼런 누더기를 걸친 나사로처럼
거지꼴이다. 전혀 군인 노릇 한 적 없는 놈들인데,
쫓겨난 못된 하인 동생의 동생, 뛰쳐나온 술집
종업원, 망한 여관집 머슴들이라, 조용한 사회와
오랜 평화의 해충들이고 낡아빠진 깃발보다 열
배나 창피스러운 오합지졸이지. 돈 내고 징집에서
빠진 놈들의 자리를 메우려고 녀석들을 데리고
있는데 방금 전까지 돼지 치며 찌꺼기와 쥐엄
껍질만 먹다 끌려온 누더기 탕자[95] 150명을

88 로마신화에 나오는 주피터의 전령. 빨리 달리기 위해 날개 돋친 신발과 모자를 쓰고 있다.
89 그리스신화에 나오는 날개 돋친 용마.
90 이른 봄의 찬바람은 늪에서 습한 기운을 불어쳐서 오한을 일으킨다고 믿었다.
91 로마신화에 나오는 전쟁의 여신 벨라도나를 말한다.
92 로마신화에 나오는 전쟁의 신, 곧 군신.
93 잉글랜드 중서부에 있는 마을.
94 주석으로 만든 술병으로 몰래 주화를 찍어내던 짓을 언급한다.
95 신약 성서 누가복음 15장 11~32절에 나오는 예수의 '탕자의 비유.'

거느린 줄 알겠다. 웬 미친놈이 길에서 나를
만나 하는 말이, 내가 교수대에 달린 놈을 모두
끌어다가 궤진 놈들을 징집했다 하더라. 세상에
이런 허수아비 부대를 본 적이 없지. 그러니
코벤트리 거리로는 놈들을 인솔해 갈 수가 없다.
확실하다. 녀석들 모두 족쇄 찬 듯 엉금엉금
걷는데, 실제로 거의 다 감옥에서 데려왔거든.
부대 전체에 변변한 셔츠 한 장 반도 없어. 그
반 장이란 것도 냅킨 두 장을 한데 붙여서
의전관 민소매 웃통처럼 어깨 위로 넘긴 거다.
솔직히 그 셔츠도 세인트 올번 여관 주인이나
데이븐트리의 딸기코 주인한테서 슬쩍한 거지.
하지만 마찬가지야. 울타리마다 널린 게 속옷
이니까.

[헨리 왕자와 웨스트모얼랜드 백작 등장]

헨리 왕자 어떤가, 뚱보 잭? 어떠냐고, 군복쟁이?
폴스타프 헬 아냐! 요 장난꾼, 재미 어때? 워릭셔엔
웬일이야? 어이구, 웨스트모얼랜드 백작님,
용서하세요. 벌써 슈루즈버리에 가신 줄
알았네요.
웨스트모얼랜드 폴스타프 경, 내가 거기 있을 때가
지났소. 당신도 마찬가지요. 하지만 내 부대는 벌써
거기 가 있소. 왕께서 우리 모두를 기다리시오.
그리 아시오. 이 밤에 가야 하오.
폴스타프 아, 저는 염려 마세요. 크림 훔치려고 노려보는
고양이만큼 정신 바짝 차렸거든요.
헨리 왕자 크림 훔치려는 게 맞아. 크림 도둑질이 벌써
너를 버터 덩이로 만들어놨거든. 그런데 잭,
뒤에 따라오는 자들은 누구 패거리냐?
폴스타프 헬, 내 패거리다, 내 패거리.
헨리 왕자 저렇게 처참한 녀석들은 처음 보겠다.
폴스타프 쯧쯧. 소모품으론 괜찮아. 대포 밥이야, 대포 밥.
잘난 놈들이나 마찬가지로 구멍은 메울 수 있단
말이다. 죽을 목숨이야, 죽을 목숨.
웨스트모얼랜드 맞는 말이지만, 폴스타프 경, 저자들은
너무도 형편없고 헐벗었소, 너무도 누추하오.
폴스타프 녀석들 가난은 어디서 얻었는지 모르겠고요,
비쩍 마른 꼬락서니는 저런 대로 나한테 배운 게
아닙니다요.
헨리 왕자 물론이지. 손가락 세 개짜리 삼겹살이 마른 게
아니라면 말이다. 이 친구, 서둘러라. 퍼시가 벌써
싸움터에 나와 있다. [퇴장]
폴스타프 그럼 전하께서 막사에 드셨나요?
웨스트모얼랜드 그러셨소. 우리 너무 오래 지체하는 듯하오. [퇴장]
폴스타프 싸움 끝판 잔치 첫판 어울리는 건
밥맛 없는 군인과 밥맛 좋은 손님이지. [퇴장]

## 4. 3

[핫스퍼, 우스터, 더글러스, 버논 등장]

핫스퍼 오늘 밤 싸웁시다.
우스터 그럴 수 없다.
더글러스 그가 유리해지오.
버논 절대 안 그렇소.
핫스퍼 왜요? 왕이 증원군을 기다리오?
버논 우리 역시 기다리오.
핫스퍼 왕은 확실하고 우리는 불확실하오.
우스터 조카, 말 듣게. 오늘 밤은 가만있게.
버논 움직이지 마시오.
더글러스 옳은 권고 아니오.
두렵고 겁나서 하는 말이오.
버논 더글러스, 모욕을 삼가시오. 내 주장을
목숨 걸고 안 굽히겠소. 신중히 사려하여
명예가 하라는 일은 백작님을 비롯하여
살아 있는 스코틀랜드인 누구에게도
질 수 없으며 나약한 공포의 소리에
귀 기울이지 않겠소. 누가 겁쟁인지는
내일 보여주겠소.
더글러스 좋소. 또는 이 밤이오.
버논 좋소.
핫스퍼 오늘 밤이오.
버논 그러면 안 됩니다. 참말 이상하군요.
당신처럼 위대한 지도력의 소유자가
우리 출병의 장애물이 무엇인지
예견 못 하다니요. 내 사촌의 기병이
아직 도착하지 않았고 당신의 숙부
우스터 공의 기병은 오늘 막 도착해서
현재 기운과 활기가 잠들어 있고
고된 여로에 풀이 죽고 무뎌 있어,
반의반도 깨어 있는 말이 없다 하겠소.
핫스퍼 적군의 말도 그렇소. 거의 전부가

먼 길에 지치고 기운이 빠져 있소.
우리 말은 거의 모두 충분히 쉬었소.
우스터 왕의 병력이 우리를 능가한다.
조카, 제발 모두가 올 때까지 기다려라.
[나팔이 회담 신호를 울린다.]
[월터 블런트 경 등장]
블런트 전하의 관대하신 제안을 갖고 왔소.
신중하게 듣기를 약속한다면.—
핫스퍼 어서 오시오, 블런트 경. 당신이
우리와 같은 마음이면 얼마나 좋소!
우리 중 여럿이 당신을 좋아하며
당신이 이쪽 편이 아니고 원수처럼
우리에 맞서는 까닭에 당신의
자질과 훌륭한 명성을 아쉬워하오.
블런트 하느님 맙소사! 기름 부은 왕에 맞서
당신들은 충성과 다스림을 버렸으나
나는 항상 신념을 꿋꿋이 지키겠소.
그러면 본론을 말하겠소. 전하께선
불만의 근거와 평화의 가슴에
이토록 대담한 적개심을 일으켜서
충성스러운 이 땅에 잔혹을 교사하는
이유를 아시고자 나를 보내셨소.
전하께서는 당신의 공이 다대함을
인정하시고 혹시 잊으신 것이 있으면
불만을 토로하라 하시고 시급히
당신의 요구들을 이자까지 덧붙여
허락하시고, 당신과 당신의 사주로
끌어온 사람들을 쾌히 용서하시오.
핫스퍼 친절한 왕이오. 그러나 우리는
왕이 언제 약속하고 언제 갚는지 잘 알고 있소.
부친과 숙부와 내가 그가 누리는
왕권을 줬었소. 26세 되기 전에
세상이 보기에는 허약하고 불쌍하고
비천하여 거들떠보지 않던 불법자가
고국에 잠입할 때 내 부친이 맞아서
이 땅에 상륙했소. 그랬더니 그 사람은
하느님께 맹세하고 선언하기를
자기는 오직 랭커스터 공작으로
재산의 반환을 청하고 무죄의 눈물과
충성의 맹세로써 화해를 구한다 했소.
부친은 동정심과 측은한 마음으로
도움을 약속하고 그 약속을 지키셨소.
이 땅의 귀족들과 토호들은 부친의 뜻이
그에게로 기운 것을 알아차리니
높은 자, 낮은 자가 모자 벗고 무릎 꿇어
성읍에서 도시에서 마을에서 그를 맞으며
다리에서 기다리고 곁길까지 가득 메워
선사품을 내다 놓고 충성을 맹세하고
그 사람의 시동으로 맏아들을 바쳤으며
금쪽같이 무리 지어 뒤꿈치를 따라갔소.
그는 차차 권위를 알아차린 듯
황량한 레이븐스퍼 물가에서 부친에게
핏기 없이 드렸던 겸손한 맹세보다
조금 높이 한 단계 올라서더니
몇 가지 칙령과 엄격한 명령들이
이 나라 백성에게 너무도 무겁다며
갑작스레 개혁을 떠맡고 나서며
불법을 공격하고 조국의 피폐에
눈물을 흘리는 체하고 바로 그 얼굴로
정의를 가장하고, 노리고 있던
뭇사람의 심정을 사로잡았고,
거기서 안 그치고, 리처드 왕이
아일랜드 전쟁에 출전하면서
자신의 부재중 대리로 남겨놨던
총신들의 머리를 모두 베었소.
블런트 그 소리 듣자고 여기 온 것 아니오.
핫스퍼 요점을 말하겠소. 잠시 후 그는
왕을 몰아내고 목숨까지 빼앗았고,
그러자마자 온 나라에 세금을 물렸소.
그뿐인가. 자기 친족 모티머를
몸값 없는 볼모로 웨일스에 잡혀 있게
버려두었소.—각자가 자기 몫을
찾을 만큼 되었다면, 모티머도 그의 왕이
될 수 있겠소.—나의 승전 기쁨을
수치스레 만들었고 염탐꾼을 붙여서
나를 옭으려 했소. 추밀원에서
숙부를 쫓아냈고, 화를 버럭 내면서
부친을 궁정에서 몰아냈으며,
맹세마다 깨뜨리고 불법을 저질렀소.
이에 우리는 정당방위 수단으로
군사를 일으키고 나아가 그의 왕위를
문제 삼을 터이니, 계승의 순위가 멀어

확실히 오래 계속하지 못할 것이오.
블런트 전하께 그런 답을 전달할까요?
핫스퍼 아니오, 블런트 경—잠시 우리 모이겠소.
왕에게 돌아가며 볼모를 남겨두어
다시금 안전하게 돌아오게 합시다.
그러면, 내일 아침 일찍이 내 숙부가
우리 뜻을 알리겠소. 안녕히 가시오.
블런트 좋은 뜻과 사랑으로 수락하기 바라오.
핫스퍼 그럴 수도 있겠소.
블런트 그러시길 기도하오. [모두 퇴장]

## 4. 4

[요크 대주교와 마이클 경 등장]
대주교 마이클 경, 이 봉함 문서를 날아가듯
신속하게 의전장관에게 전하오.
이것은 내 사촌 스크룹에게 전하고
나머지는 적은 대로 보내기 바라오.
당신이 내용을 안다면 서두를 거요.
마이클 대강 짐작합니다.
대주교 그럴 것 같소.
마이클 경, 내일은 1만 인의 운수가
시험대에 오르는 그날이 되오.
나에게 정확히 알려진 바를 따르면
왕이 급히 동원한 막강한 병력으로
슈루즈버리에서 해리 공과 만나오.
그런데 마이클 경, 걱정스럽소.
노섬벌랜드의 병력이 가장 큰 몫인데
그분이 앓아눕고, 핵심 지지 세력인
오웬 글렌다워가 예언에 지배되어
이번의 전투에서 결장하는 까닭에
퍼시의 병력만 가지고는 왕의 군대와
당장 승부하기엔 너무 약하여
걱정이 앞선다는 것이오.
마이클 걱정하실 필요가 없겠습니다.
더글러스와 모티머 공이 있습니다.
대주교 아니오, 모티머는 안 왔소.
마이클 하지만 모데익, 버논, 해리 퍼시 공이 있고
우스터 공이 있으며 고귀한 신사들로
용맹한 무사들이 무리 지어 있습니다.
대주교 그렇기는 하지만 왕은 이 나라의
귀족들의 세력을 모두 끌어 모았소.
왕세자, 존 오브 랭커스터 공,
고귀한 웨스트모얼랜드, 용감한 블런트,
그밖에 무술에 명망 높고 내로라하는
수많은 동참자와 고귀한 이들이오.
마이클 걱정 마십시오. 잘 막아낼 것입니다.
대주교 나도 그리 희망해도, 염려가 필요하오.
따라서 불행을 막기 위해 서두르시오.
퍼시 공이 패하면 왕은 군대를
해산하기에 앞서서 우리에게 오게 되오.
우리의 동맹을 알고 있기 때문이오.
단단한 대비가 마땅한 지혜라,
속히 움직이시오. 다른 친구들에게
편지해야겠소. 그럼 잘 가시오. [둘 퇴장]

## 5. 1

[왕, 왕세자, 존 오브 랭커스터 공,
월터 블런트 경, 폴스타프 등장]
헨리 왕 우거진 산마루에 해가 피를 뿌리며
넘겨다본다! 그 병든 모습에
한낮이 침울하다.
헨리 왕자 신호나팔 소리처럼
마파람이 불어쳐 해의 뜻을 알리며
이파리에 술렁이는 공허한 휘파람에
미쳐 날뛸 하루와 폭풍우를 예고하오.
헨리 왕 그렇다면 날씨는 패자를 동정하라.
승자에겐 아무것도 역겹지 않다.
[나팔이 울린다.]
[우스터와 버논 등장]
오, 우스터 공 아니오! 이러한 조건으로
지금처럼 두 사람이 만나는 것은
좋은 일이 아니오. 당신이 신뢰를 저버려
나는 안락한 평화의 옷을 벗고
모진 철갑에 늙은 뼈를 가두니
좋지가 않소, 귀공. 좋지 않은 일이오.
생각이 어떻소? 누구나 혐오하는
못된 전쟁 매듭을 풀지 않겠소?
사악한 기운들이 뭉쳐진 저 혜성과

공포의 징조와 앞으로 올 세대에
불행을 퍼뜨릴 흉조가 되지 말고
아름다운 자연의 광채를 비추면서
순종의 궤도를 다시 돌지 않겠소?[96]

우스터 전하, 제 말씀을 들으십시오.
저 자신도 인생의 마지막 길을
조용한 나날로 기꺼이 보낼 수가
있었는바, 이러한 증오의 날을
원하지 않았음을 밝히 말씀드립니다.

헨리 왕 원하지 않았다고? 어째서 이렇게 됐소?

폴스타프 길바닥에 떨어진 반란을 주웠군.

헨리 왕자 입 닥쳐, 수다쟁이. 시끄러워.

우스터 웬일인지 전하께서 저와 저의 집안에서
호의의 눈길을 거둬 가셨습니다.
그러나 저희가 전하의 최초이며
최측근의 친구였단 사실을 기억하십시오.
전하를 위해서 저는 리처드 치하에서
직책의 봉을 꺾고[97] 도중에 전하를 맞아
손에 입 맞추려고 밤낮으로 달렸는데,
당시 전하께서는 지위나 재산이
저만큼 높거나 부유하지 못하셨지요.
전하를 받든 것은 저와 저의 형과
그의 아들이었고, 당시의 위험에
굴하지 않았습니다. 전하께서는
단커스터에서 확실히 맹세하여
왕권에 대하여는 어떠한 뜻도 없고
다만 랭커스터 공작 영지에 대한
새로운 상속권을 요청하셨습니다.[98]
이에 저희는 도울 것을 맹세했으나
곧이어 전하 위에 행운이 쏟아지고
위대한 칭호들이 홍수처럼 밀려들어,
—저희 도움, 왕의 부재, 못난 시대의
온갖 못된 짓, 전하께서 겪으셨다는
갖가지 고난, 불행한 아일랜드 전장에
오래 왕을 묶어둔 불순한 바람에
왕이 죽었다는, 전국에 떠돈 소문 등—
이렇게 몰려든 절호의 상황에서
대중을 잡으라는 재빠른 권고를
붙잡을 기회로 삼고 저희와의 맹세를
잊어버리셨으며, 심술궂은 뻐꾸기가
어린 새를 몰아내듯 양식을 구해 드린
저희를 쓸어내고 둥지들을 짓누르며
저희의 부양으로 몸집이 매우 커져
저희의 사랑마저 삼킬까 두려워서
전하 앞에 가까이 갈 수 없었습니다.
그리하여 전하의 면전에서 빨리 날아
도망하였고, 안전을 도모하여
이처럼 군사를 일으켰으며,
전하께서 스스로 불친절한 대우와
위협적인 태도와 활동의 초창기에
저희에게 주셨던 신뢰와 약속을
전적으로 어기셔서, 저희는 전하께서
조성하신 상황에 맞서고 있는 것입니다.

헨리 왕 이러한 사항들은 당신들이 조목조목
거리에서 선포하고 교회에서 낭독하여,
새 세상 열린다는 시끄러운 뜬소문에
입 벌리고 자기 몸을 껴안고 좋아할
경망한 떠돌이와 불평하는 눈들을
현혹할 수 있으며 그럴싸한 빛깔로
반란의 옷자락을 멋있게 치장했소.
지금껏 반란은 명분을 색칠할
번지레한 물감이 모자라지 않았으며
어수선한 무질서와 혼란을 고대하는
굶주린 불평객이 반드시 있었소.

헨리 왕자 당신네 군대가 시험대에 오르면
싸움의 결과로 비싼 값을 치를 자가
허다하겠소. 조카에게 전하시오.
왕세자 본인도 온 세상과 더불어
헨리 퍼시를 칭찬하오. 진심으로 맹세컨대,

96 당시 천문학에서 혜성은 우주의 사악한 기운이 뭉쳐서 생긴 것으로서 나쁜 일의 징조로 나타나며, 얌전한 별들은 자연의 법에 순종하여 궤도를 따라 빛을 내며 돈다고 믿었다. 마찬가지로 착한 신하는 얌전한 별처럼 왕의 주위에서 순종해야 했다. 이처럼 당시의 천문학과 정치학은 서로 상응하였다.

97 궁정의 최고 귀족은 권위의 표시로 봉을 들었는데 우스터는 이를 꺾고 헨리 볼링브룩 패에 가담했다. 「리처드 2세」 2막 2장 참조.

98 헨리 볼링브룩의 추방 중에 그의 부친 랭커스터 공작(존 오브 곤트)이 죽자 그 영지를 당시의 왕 리처드 2세가 몰수했다. 볼링브룩은 그 일의 부당함을 말하려고 위험을 무릅쓰고 유배지에서 잉글랜드로 돌아왔다.

반란을 일으킨 책임을 제외하면
그보다 용맹한 신사가 없을 것이며
활력 있고 용맹하고 용감하고 젊으며
대담하고 용맹하여, 존귀한 무훈으로
오늘날을 빛낼 이는 세상에 다시없소.
나 자신의 수치를 고백하자면,
지금껏 무술 연마에 게을렀으며
그도 나를 그런 자로 여긴다고 들었소.
그러나 아버님 존전에서 분명히 말하오.
그 사람이 위대한 이름과 명성으로
유리한 지점을 선점해도 개의치 않고
양측의 출혈을 아끼는 뜻에서
일대일 싸움으로 운명을 가리겠소.

헨리 왕 대담하게 왕세자를 내보낼 수 있으나,
곰곰이 따져보면 안 될 일이오.
아니오, 우스터. 그럴 수 없소.
나는 내 백성 사랑하오. 당신 조카가
끌어간 백성도 똑같이 사랑하오.
사면을 제안하오. 만일 받아들이면
그와 그들, 당신과 기타 모든 사람이
다시 나의 친구가 되고 나는 저들의
친구가 되오. 조카와 의논하여
대답을 가져오되, 양보하지 않으면
무서운 질책과 징벌이 기다리다가
법대로 하겠소. 그러면 가시오.
지금 당장 대답 듣자는 건 아니오.
좋은 제안인 만큼 수락하시오.
[우스터와 버논이 함께 퇴장]

헨리 왕자 수락하지 않을 것이 확실합니다.
더글러스와 핫스퍼는 똑같이 무술에서
자신에 넘쳐서 온 세상을 경멸합니다.

헨리 왕 지휘관들은 담당한 부대로 가라.
적들의 답에 따라 행동을 보이겠다.
명분이 옳으니, 주여, 저희 편이 되소서!
[왕자와 폴스타프가 남고 모두 퇴장]

폴스타프 핼, 내가 전투에서 쓰러진 걸 보면 너는 내 위에 버티고 서라. 이렇게. 그게 우정의 표다.

헨리 왕자 콜로서스[99] 같은 거인이나 그런 우정을 보여줘. 마지막 기도 잘 드려. 잘 가라.

폴스타프 핼, 지금 잘 때가 되고 모두 다 괜찮으면 좋겠다.

헨리 왕자 저런! 너 하느님께 죽을 빚 졌잖아? [퇴장]

폴스타프 빚 갚을 날짜가 아직 아니야. 기한 전에 미리 갚을 생각은 없다. 나한테 독촉도 안 하는데 미리 나서서 껍적댈 필요 없잖아? 어쨌든 상관없어. 명예가 부추겨? 하지만 명예가 가까이 간 나를 튕기면 어떡해? 명예가 잘린 다리 붙일 줄 알아? 아니. 팔은? 아니. 상처의 통증을 없앨 줄 알아? 아니. 수술할 줄 모른단 말이지? 맞다. 명예가 뭔가? 말. 명예란 말 속에 뭐가 있어? 명예가 뭐야? 바람. 회계인즉 반듯하군. 누가 가졌어? 수요일에 죽은 놈. 그자가 알고 있어? 아니. 그 소리 들어? 아니. 그걸 느껴? 아니. 그걸 들어? 아니. 그럼 감각이 없어? 죽은 놈은 없어. 하지만 산 놈과 같이 살 게 아니야? 아니. 왜? 험담이 놔두지 않아. 따라서 난 필요 없어. 명예는 싸구려 장례식 장식이야. 이거로 교리문답 끝! [퇴장]

## 5. 2

[우스터와 리처드 버논 경 등장]

우스터 버논 경, 관대하고 다정한 왕의 제안을
조카가 알아선 안 됩니다.

버논 알면 좋을 텐데요.

우스터 그럼 모두 끝장이오.
왕이 우리를 사랑하겠다는 약속을
지키기는 불가능하고 있을 수 없소.
항상 우리를 의심하여 다른 일을 잘못해도
이 일에 대해 벌할 핑계를 구할 것이며
평생토록 의심의 눈길을 가득 받겠소.
반역은 여우만큼 신뢰를 받을 것이오.
아무리 길들이고 사랑하고 가둬 길러도
여우는 조상 적 버릇을 잊어버리지 않소.
엄숙하든 즐겁든 무슨 표정을 져도
우리의 표정을 오해할 것이며
우사 안의 소처럼 여물을 먹이고
귀하게 여길수록 도살에 가깝소.
조카의 죄과는 잊힐 수 있겠소.
젊음과 혈기가 핑계가 되며
성미에 휩쓸리는 '핫스퍼'란 별명이

99 그리스신화에 나오는, 바다를 건너질러 서 있었다는 엄청나게 큰 거인의 석상.

특권적 구실이 되는 것이오.
그의 모든 죄과가 부친과 나의
머리 위에 살아 있소. 우리가 부추기고
반역할 마음을 전염시켜 넣었으니
원천인 우리가 모두 치러야 하오.
그러므로 형제여, 왕의 제안을
결단코 해리가 알아선 안 되오.
[병사들과 함께 핫스퍼와 더글러스가 등장]

버논 마음대로 말하시오. 나도 동의하겠소.
조카가 오오.

핫스퍼 숙부가 돌아오셨다.
웨스트모얼랜드 백작을 풀어드려라.
숙부님, 어떻게 됐소?

우스터 왕이 너에게 곧장 싸우자 한다.

더글러스 웨스트모얼랜드 편에 도전하시오.

핫스퍼 더글러스, 당신이 가서 말하시오.

더글러스 그러겠소. 매우 기쁜 마음으로. [더글러스 퇴장]

우스터 왕에게는 용서가 없는 듯했다.

핫스퍼 용서를 구했어요? 절대로 안 됩니다!

우스터 우리에게 섭섭한 일, 맹세를 어긴 일을
차분히 말했더니 이미 시정했으니
맹세를 어긴 적이 없다고 외치며
우리를 반란자, 역적이라 하면서
우세한 무력으로 그 이름을 벌하겠단다.
[더글러스 등장]

더글러스 제공들, 무장하시오! 왕의 면전에
보기 좋게 도전장을 던졌소! 볼모였던
웨스트모얼랜드가 도전장을 가지고 갔소.
왕이 급히 나오지 않고는 못 배길 거요.

우스터 조카, 세자가 왕 앞에 나서더니,
너하고 일대일로 싸우자고 도전하더라.

핫스퍼 우리 둘의 머리에 싸움이 달려
오늘 나와 해리 외에 어느 누구도
숨차게 싸우지 않길 바라 마지않는다!
도전의 태도가 어떠했소? 모멸적이오?

버논 절대로 아니었소. 평생 그처럼
겸손한 도전을 들어본 적이 없소.
형제가 형제에게 무술을 시험하여
점잖게 겨룰 것을 정한다면 모를까.
당신에게 가능한 예의를 모두 표했고
왕자다운 말씨로 찬사를 장식했고
당신의 공적들을 역사처럼 되뇌었고
당신에게 주어지던 칭찬을 비판하여
자신의 찬사보다 당신을 더 높였소.
그리고 더욱더 왕자다웠던 것은,
자신의 자질을 겸손하게 말하고
게을렀던 시절을 신중히 자책하여
가르침과 배움을 동시에 익히는
두 겹의 정신을 터득한 듯하였소.
그러고는 그쳤는데, 내가 공언하겠소.
만일 그가 오늘의 적의를 이기면
방탕으로 인하여 오해를 받던 만큼
최고의 희망을 이 나라가 가지게 되오.

핫스퍼 노형도 그자의 작간에 혹한 것 같소.
왕자가 그처럼 마구 놀더란 말은
들어본 적이 없소. 어쨌든 상관없소.
그러나 오늘 저녁 어둡기 전에,
무사의 팔로써 그자를 끌어안아
나의 포옹 밑에서 납작하게 만들겠소.
급히 무장하라! 동료, 병사, 친구들,
웅변이 모자라는 나의 설득은
당신들의 혈기를 고취할 수 없으니
스스로 할 일들을 생각하시오.
[전령 등장]

전령 여기 편지가 왔습니다.

핫스퍼 지금은 읽을 수 없소.
제위들, 인생은 짧소! 우리 인생이
시곗바늘에 매달려서 한 바퀴 돌아
끝나고 만다면 그 짧은 시간을
비열하게 보내기엔 인생은 너무 기오.
우리가 산다면 왕을 밟는 것이며,
죽으면 왕과 함께 장엄하게 죽게 되오!
양심에 비추어 무기를 잡은 뜻이
정당하므로 우리의 무기는 정당하오.
[다른 전령 등장]

전령 준비하십시오. 왕이 달려옵니다.

핫스퍼 고맙게도 왕이 긴 말을 줄이오.
연설은 내 전공이 아니오. 다만 한마디—
각자 최선을 다하시오. [칼을 뺀다.]
이제 칼을 빼노니,
험난한 이날의 모험에서 만나게 될
최고의 피에 적셔 담금질을 할 테요.

그러면 에스페랑스! 퍼시여! 나아가라.
싸움터의 소리 높은 악기들을 모두 울려라.
음악에 맞추어 우리 서로 끌어안자.
확실히 말하건대, 우리 중 몇은
다시는 이러한 인사를 못할 것이오.
[이에 그들이 포옹한다. 나팔이 울린다. 모두 퇴장]

## 5. 3

[왕이 군대와 함께 등장. 전투의 경계 신호.
그러자 더글러스와 왕처럼 차린 월터 블런트 경
등장]

블런트 이처럼 싸움에서 나를 자꾸 막아서니
이름이 무엇이냐? 내 머리로 무슨 명예를
얻고자 하는가?

더글러스 그러면 알아둬라.
내가 더글러스다. 네가 왕이라기에
싸움에서 계속 너를 찾아다닌다.

블런트 옳은 말이다.

더글러스 헨리 왕, 당신을 대신하여 스태포드[100]가
당신의 모습 값을 비싸게 치렀소.
이 칼이 끝내줬소. 항복하지 않으면
당신도 그자와 같이 되겠소.

블런트 거만한 스코틀랜드인. 나는 날 때부터
항복을 모른다. 스태포드의 죽음에
왕이 복수하겠으니 자세히 보라.
[둘이 싸운다. 더글러스가 그를 죽인다.]
[그때 핫스퍼 등장]

핫스퍼 더글러스, 홈던[101]에서 당신이 이렇게
싸웠으면 내가 결코 이길 수 없었소.

더글러스 다 끝나고 다 이겼소. 왕이 숨져 누웠소.

핫스퍼 어디요?

더글러스 여기요.

핫스퍼 이거요? 아니오. 이 얼굴 잘 아오.
용감한 기사였소. 이름이 블런트요.
왕하고 비슷하게 변장을 했소.

더글러스 [시신에게]
네 영혼은 바보와 함께 갈 데로 가라!
빌렸던 지위 값이 너무나 비쌌다.
어째서 왕이라 했는가?

핫스퍼 왕의 옷을 입고서 싸우는 자가 많소.

더글러스 칼에 걸어 맹세코, 왕의 옷을 다 죽이겠소.
왕의 옷을 하나하나 빠짐없이 죽여서
결국 왕을 만날 테요.

핫스퍼 다시 갑시다!
병사들이 오늘 매우 강력히 버티오.
[블런트의 시신을 남겨둔 채 둘 퇴장]
[경계 신호. 폴스타프 혼자 등장]

폴스타프 런던에선 총알 안 맞고 내뺄 수 있었지만
여기선 총알이 무서워. 여긴 골통이 아니면 술값을 그을
데 없지. 가만있자, 당신 누구야? 블런트 경이군.
명예는 당신 거야! 허풍이 아니야! 나는 녹은 납처럼
뜨겁고 무거우니까 하느님, 납은 사양합니다. 배에다
무게를 더할 필요가 없어. 내 거지 부대를 총알받이로
내몰았는데 백오십에서 세 놈도 못 살아남았어. 산 놈들은
평생 비럭질하러 마을 동구에 갈 것들이야. 한데
누가 이리로 오나?
[왕자 등장]

헨리 왕자 여기서 놀고 섰나? 칼이나 빌려다오.
수많은 귀족이 거만한 발굽 아래
딱딱하게 굳어서 누워 있지만
아직도 내가 복수를 못 해줬다.
네 칼 좀 빌려다오.

폴스타프 어이구, 핼, 제발 잠시 숨 돌리자. 터키 놈처럼
사나운 그레고리[102]도 오늘 나만큼 무술을 발휘하지
못했어. 내가 퍼시를 해치웠어. 확실하게 해놨지.

헨리 왕자 확실하게 널 죽이려고 살아남았다.
제발 칼이나 빌려다오.

폴스타프 핼, 하느님께 맹세코, 퍼시가 살아 있다면 내 칼은
못 가져. 그 대신 원한다면 권총이나 가져라.

헨리 왕자 나한테 달라. 아, 케이스에 들어 있냐?

폴스타프 그럼, 핼. 뜨거워, 뜨겁다고. 도시 하나 해치울
수 있어.

100 반란군이 헨리 왕을 사납게 공격하여 스태포드 백작과 블런트 경을 죽였다.

101 핫스퍼가 더글러스와 싸워 이긴 스코틀랜드의 지역. 그 싸움에서 더글러스가 핫스퍼의 포로가 되었다가 왕과의 전쟁에서 핫스퍼의 편이 되었다.

102 당시 잉글랜드 개신교도는 그레고리라는 이름의 법왕을 악랄한 자의 대명사로 사용하였다.

[왕자가 빼어보니 술병이다.]

헨리 왕자 이런. 지금이 장난치고 놀 때냐?
[그에게 병을 던진다.] [퇴장]

폴스타프 퍼시가 살아 있으면 찌르겠다. 그놈이 내 쪽으로 오면 좋고, 아니면 내가 맘 놓고 가다가 그놈과 마주치면 나를 회쳐 먹으라지 뭐. 블런트 경처럼 아가리 히죽 벌리는 명예는 싫어. 나한테 목숨을 다오. 내가 살릴 수 있는 목숨이면 좋고, 못 살릴 거라면 이른바 명예는 찾지 않아도 온다. 이상 끝. [퇴장]

## 5. 4

[경계 신호. 공격 신호. 왕, 헨리 왕자, 존 오브 랭커스터 공, 웨스트모얼랜드 백작 등장]

헨리 왕 해리, 물러나라. 출혈이 너무 심하다.
랭커스터, 네가 형과 같이 가라.

랭커스터 아닙니다. 저도 피 흘려야 합니다.

헨리 왕자 전하, 군대를 전진 배치하십시오.
물러나시면 군대가 동요합니다.

헨리 왕 전진 배치하겠다.
웨스트모얼랜드, 왕세자를 막사로 데려가시오.

웨스트모얼랜드 왕자님, 막사로 모시겠습니다.

헨리 왕자 나를 데려가오? 도움이 필요 없소.
이런 전투에서 조금 긁힌 상처에
왕세자가 쫓기면 말이 됩니까!
피에 젖은 귀족들이 말굽에 밟히고
반역자의 팔뚝이 살육을 뽐내오!

랭커스터 너무 오래 쉬고 있소. 웨스트모얼랜드,
갈 길은 여기요. 자, 이리 오시오.
[랭커스터와 웨스트모얼랜드 퇴장]

헨리 왕자 랭커스터, 내가 너를 몰랐구나!
그런 용기의 주인인 걸 몰랐다.
전에는 너를 아우로만 여겼으나
이제는 너를 내 혼처럼 존경한다.

헨리 왕 랭커스터가 퍼시 공을 칼끝에 몰아
나이 어린 무사에게 기대치 못할
담력으로 버티더라.

헨리 왕자 이 어린 소년이
우리들 모두에게 용기를 주누나! [퇴장]

[더글러스 등장]

더글러스 다른 왕인가? 히드라 머리[103]처럼 또 생긴다.
나는 더글러스다. 그렇게 차린 자를
빠짐없이 죽인다. 너는 누구이기에
거짓 왕의 차림을 꾸미고 있는가?

헨리 왕 내가 왕이다. 네가 진짜 왕 아닌
그림자를 만났다니 속이 아프다.
내게 두 아들이 있는데 싸움터에서
퍼시와 너를 찾아 헤매고 있다.
그러나 우연히도 네가 나타났으니
너와 겨루겠다. 자신을 방어하라.

더글러스 너도 역시 가짜인지 모르겠다.
하지만 행동이 진짜 왕 같다.
여하튼 간에 너는 나의 제물이다.
이렇게 이기련다.
[둘이 싸운다. 왕이 위험에 처했을 때 왕세자 등장]

헨리 왕자 북방의 악한아, 머리를 쳐들라.
쳐들지 않을진대 다시 못 쳐들리라!
용맹한 셜리, 스태포드, 블런트의 넋이
내 팔뚝에 살아 있다. 왕세자가 말한다.
나는 반드시 약속을 지킨다.
[둘이 싸운다. 더글러스가 달아난다.]
기운을 내십시오. 전하. 어떠십니까?
니콜라스 코지 경이 구원병을 청했고,
클리프턴도 청했는데 그에게 가겠습니다.

헨리 왕 잠시 머물러 숨을 돌려라.
떨어졌던 네 평판을 다시 찾았고
네가 나를 이처럼 멋있게 구한 일은
내 목숨을 얼마쯤 존중한단 뜻이다.

헨리 왕자 제가 아버님 가시기를 고대한다고[104]
수군대던 자들은 몹시 음해했지요.
그게 사실이라면 아버님을 겨냥했던
더글러스의 건방진 팔을 그냥 둬서
세상의 독약처럼 아버님의 최후를
불러왔을 테지요. 하지만 아들은
반역의 시도를 죽여버릴 거예요.

103 그리스신화에 나오는 머리 아홉 개 달린 괴물. 머리 하나를 자르면 다른 머리가 나오곤 했다.
104 왕세자인 그가 헨리 왕이 빨리 죽기를 고대한다고 아랫사람들이 수군거렸다고 한다.

헨리 왕 넌 클리프턴에게, 난 코지에게 간다. [퇴장]

[핫스퍼 등장]

핫스퍼 확실히 넌 해리 몬머스[105]다.

헨리 왕자 나 자신이 내 이름을 부인할 것 같으냐?

핫스퍼 나는 해리 퍼시다.

헨리 왕자 내 앞에 있는 자가
용맹한 그 이름의 반역자가 옳다.
내가 왕세자다. 따라서 앞으론
함께 명예를 나눌 생각을 마라.
두 별이 똑같은 궤도를 돌 수가 없듯
해리 퍼시와 왕세자 해리, 두 사람이
같은 때에 지배하길 허락하지 않는다.

핫스퍼 당연하다, 해리. 둘 중 하나의
최후 순간이다. 다만 네 무예가
지금 내 무예만큼 위대하길 바란다.

헨리 왕자 너와 헤어지기 전, 내 이름을 높일 테다.
네 머리의 명예의 꽃을 남김없이 듬뿍 따서
내 머리를 장식할 꽃다발을 만들련다.

핫스퍼 네가 허풍 떠는 걸 더 이상 못 참는다.

[둘이 싸운다.]

[폴스타프 등장]

폴스타프 잘했다, 핼! 거기를 찔러, 핼! 봐라, 정말이지,
이거 아이들 장난이 아니다.

[더글러스 등장. 그가 폴스타프와 싸운다.
폴스타프가 죽은 것처럼 쓰러진다.
더글러스 퇴장. 왕자가 퍼시를 죽인다.]

핫스퍼 오, 해리. 네가 내 젊음을 빼앗았다.
약한 목숨 잃은 건 차라리 괜찮아도
자랑찬 명예를 네가 뺏었으니 참을 수 없다.
네 칼이 주는 상처보다 내 영혼이 아프다!
그러나 영혼은 목숨의 노예이며, 목숨은
시간의 노리개니, 온누리 살피고 난 뒤
시간도 끝나야 해. 예언할 수 있으련만
흙내 나는 죽음의 찬 손이 혀를 누른다.
오, 해리 퍼시! 너는 흙먼지. 그리고
벌레들의— [죽는다.]

헨리 왕자 먹잇감, 용맹한 인간. 웅장한 혼! 잘 가라.
잘못 쌓은 야심이 볼품없이 꺼졌다!
정신이 저 몸에 있을 때에는
하나의 왕국도 너무 좁은 터였어도
이제는 더러운 흙 두 발도 너끈하다.
죽은 너를 간직한 이 땅 위에는
너 같은 용사는 활보할 수 없겠다.
네 시체가 찬사를 듣게 된다면
이처럼 애도를 표하지 않겠지만,
찢어진 얼굴을 수건으로 가리어준다.

[핫스퍼의 얼굴을 덮어준다.]

존경의 예절을 다하는 나에게
너 자신을 대신하여 감사드린다.
잘 가라. 명성은 하늘로 가져가라!
네가 지은 수치는 비명에서 잊혀진 채
너와 함께 무덤에서 길이 잠들어라!

[땅에 쓰러진 폴스타프를 발견한다.]

이런! 옛 친구, 산 같은 살덩이에
생기가 전혀 없나? 잘 가라, 불쌍한 잭!
더 잘난 사람을 살릴 수도 있었는데.
경솔한 장난에 너무 빠져 있다면
네가 보고 싶어서 안달일 테지.
피 나는 사냥에서 이보다 살찐 놈을
죽음이 못 쐈지. 귀한 이들을 쏘면서—
너의 배를 가르겠다. 그때까지 피에 젖어
고귀한 퍼시 옆에 누워 있어라. [퇴장]

[폴스타프가 일어난다.]

폴스타프 내 배를 갈라서 방부 처리 한다고? 오늘 네가
나를 갈라 방부 처리 한다면 내일은 소금 쳐서
잡수라고 할게. 젠장, 죽은 척해야 할 때였어.
그러지 않았다면 성미 고약한 스코틀랜드 놈이
국물도 안 남겼을 거야. 가짜라고? 거짓말이다.
나 가짜 아니다. 죽는 게 가짜다. 저거 봐라.
저놈이야말로 가짜다. 목숨이 없으니까. 하지만
죽은 척해서 살 수 있다면 그건 가짜가 아니라
완벽한 진짜다. 용기에서 중요한 건 분별력이다.
그 덕에 내가 목숨을 건졌거든. 젠장, 이 화약
같은 퍼시가 무섭구나. 죽어 자빠졌지만. 이놈도
죽은 척하다가 일어서면 어쩐다? 확실히 나보다
우수한 가짜일 거라. 그러니까 확실하게 해놔야지.
옳거니. 내가 죽였다고 하겠다. 직접 보지 않고는
내 말이 틀렸다곤 못 하거든. 그런데 지금 아무도

105 해리(헨리)는 웨일스에 있는 몬머스라는 곳에서 났기 때문에 헨리 몬머스가 정식 이름이었다.

안 봐. 그러니 이 친구야 [그를 찌르며] 허벅지에
새로 부상을 당했으니 나하고 같이 가자.
[핫스퍼를 등에 진다.]
[왕세자와 존 오브 랭커스터 공 등장]

헨리 왕자 아우, 참말로 눈부시게 네 첫 칼에
피를 묻혔다.

랭커스터 잠깐, 이게 누구요?
저 뚱보가 죽었다고 하지 않았소?

헨리 왕자 그랬다. 땅바닥에 죽은 걸 봤다.
숨 없이 피 흘리고—너 산 사람이냐?
우리 눈에 장난치는 환상이 아니고?
말해봐라. 귀로 듣기 전에는
눈을 믿지 못하겠다. 너는 네가 아니다.

폴스타프 분명히 나는 나지, 유령이 아니다. 내가 잭
폴스타프 아니라면 나 개새끼다. 퍼시를 받아라.
[핫스퍼의 시체를 내던진다.]
네 아버지가 나한테 무슨 상을 주면 괜찮다.
안 주면 요다음 퍼시는 직접 죽이라고 해.
나 백작이나 공작을 기대한다. 확실히 알아둬.

헨리 왕자 퍼시는 내가 죽였고 너 죽은 것도 봤다.

폴스타프 네가? 오, 맙소사, 온 세상이 거짓말 버릇이
들었어! 내가 쓰러져서 숨이 넘어간 건 맞아.
저놈도 그랬어. 하지만 둘이 한순간에 일어나
슈루즈버리 시계로 한 시간을 싸웠어. 믿으면 됐어.
안 믿으면 용기에 상 줄 사람이 머리에 죄를
뒤집어써야지. 죽음에 걸어 엄숙히 말하는데 내가
이놈 허벅지에 상처를 입혔어. 놈이 살아나 그걸
부인한다면 아가리에 칼 맛을 봬주겠다.

랭커스터 듣던 중 가장 해괴한 소리로군.

헨리 왕자 이자야말로 해괴한 녀석이지.
그러면 점잖게 짐 지고 따라와.
거짓말이 너한테 득이 된다면
되도록 듣기 좋게 부풀려서 말할게.
[퇴각 신호가 울린다.]
퇴각 나팔 소리다. 승리는 우리 거다.
아우, 여기서 가장 높은 언덕에 올라
우리 중 누가 살고 죽었는지 알아보자.
[헨리 왕자와 랭커스터 퇴장]

폴스타프 남들이 말하듯 사냥개처럼 따라가서 상을 받아
가져야겠다. 내게 상을 주는 사람에게 하느님이
상을 주시길! 높은 자리에 앉게 되면 낮게 굴어야지.
군살 빼고 술 끊고 귀족답게 깨끗하게 살겠다.
[핫스퍼의 시체를 지고 퇴장]

## 5. 5

[나팔들이 울린다. 왕, 왕세자, 존 오브 랭커스터 공,
웨스트모얼랜드 백작이 우스터와 버논을 죄인으로
잡아서 등장]

헨리 왕 이처럼 반란은 반드시 응징한다.
악랄한 우스터, 당신들 전부에게
은덕, 용서, 사랑을 보내지 않았는가?
그런데도 내 제의를 뒤바꿔놓고
퍼시의 신뢰를 속인 것인가?
당신이 신앙인답게 나의 진실한 뜻을
양측 군대 사이에 전달했다면
오늘 죽은 우리 측 기사 3인과
고귀한 백작과 그밖에 많은 이가
이 순간에도 살아 있을 것이다.

우스터 안전을 위해서는 이 일밖에 없었으니
이러한 운명을 잠잠히 받아들이오.
피치 못할 사실이 나를 찾아왔군요.

헨리 왕 우스터를 형장에 데려가라. 버논도 같다.
다른 범법자들은 나중으로 미룬다.
[우스터와 버논이 호송되어 퇴장]
전황은 어떤가?

헨리 왕자 스코틀랜드의 고귀한 더글러스는
이날의 운수가 완전히 등을 돌려
고귀한 퍼시가 죽고 부하 모두가
겁에 질려 도주하자, 자신도 뒤섞여
달아나다가 언덕에서 굴러서
심히 다쳐 누운 것을 뒤쫓던 사람들이
사로잡았습니다. 지금 저의 막사에
잡혀와 있으니, 전하께서 저에게
처리를 맡기십시오.

헨리 왕 오, 물론이다.

헨리 왕자 그럼 아우, 존 오브 랭커스터 공,
이러한 명예로운 은덕의 일은
너의 몫이다. 더글러스에게 가서
아무런 몸값도 받지 말고 풀어주어라.
그는 우리 투구 위에 용맹을 뽐내서

적들이 마음속에 품고 있는 것까지
그 높은 기개에 감복케 했다.

랭커스터 그토록 관대한 아량에 감사드리오.
즉시 가서 그대로 실행하겠습니다.

헨리 왕 이 일만 남았다. 군대를 나누어
존 왕자와 웨스트모얼랜드 백작은
전속력으로 요크로 진격하여
노섬벌랜드와 스크룹 대주교를 맞으시오.
듣자 하니 그들이 바삐 무장한다오.
나와 해리는 웨일스로 진격하여
글렌다워와 모티머와 싸울 터이오.
이 땅의 반역은 오늘 같은 날을 만나
제지를 당하여 세력을 잃게 되오.
이처럼 이번 일이 마무리되었으니
이 땅 모두 찾기까지 그치지 말 일이오. [모두 퇴장]

# 헨리 4세 제2부

# *Henry IV, part 2*

## 연극의 인물들

소문 해설자

헨리 4세
헨리 왕자 뒤에 헨리 5세
랭커스터의 존 왕자
험프리, 글로스터 공작
토머스, 클래런스 공작
— 헨리 4세의 아들들

워릭 백작
서리 백작
웨스트모얼랜드 백작
하컷
존 블런트 경
— 헨리 4세 당파

스크룹, 요크 대주교
바돌프 공
토머스 모브레이 공 의전 사령관 백작
헤이스팅스 공
존 콜빌 경
— 반란자들

퍼시, 노섬벌랜드 백작
노섬벌랜드 부인 노섬벌랜드의 아내
케이트, 퍼시 부인 핫스퍼의 미망인
— 반란자들
트래버스 노섬벌랜드의 하인
모턴 슈루즈버리에서 온 전령
노섬벌랜드의 짐꾼

대법관
대법관의 하인
가워 전령

존 폴스타프 경
시동 폴스타프의 하인
바돌프
피스톨
포인스 혹은 네드
피토
— 난장꾼들

퀴클리 부인
돌 테어쉿

로버트 섈로
사일런스
— 시골 판사들
데이비 섈로의 하인

랠프 몰디
사이먼 섀도
토머스 워트
프랜시스 피블
피터 불카프
— 시골 신병들

팽
스네어
— 두 순검들

프랜시스
윌리엄
종업원 2
— '멧돼지 머리' 술집 종업원들

악사들

순검 1

마부 1
마부 2

왕의 사동

전령

병사들, 시종들, 순검들

에필로그 해설자

# 헨리 4세의 제2부,
# 그의 죽음까지의 이야기와 헨리 5세의 대관식

## 서설

[전신에 혓바닥이 그려진 옷을 입은 '소문' 등장]

소문 귓구멍을 여시오. 우렁찬 소문에
듣는 구멍 막을 자가 있기나 하오?
해 뜨는 동녘에서 해 지는 서녘까지
부는 바람 역마 삼아 쉬지 않고 달리며
땅 위에 벌어지는 만사를 헤집으니,
내 혓바닥 위에는 욕설이 타고 달려
모든 나라 언어로 끝없이 까발리며
허튼 말로 귓구멍을 메우며 다니오.
안심의 미소 아래 숨어 있는 흑심이
세상 흠집 내면서 평화를 소곤대니
소문밖에 그 누가, 나밖에 어떤 자가
두려운 징집과 방비를 가르치리.
다른 어떤 재난으로 부어오른 세월은
전쟁이란 폭군의 애를 밴 것 같지만
헛소문이 아니던가? 소문이란 온갖 억측,
의심과 추측들이 불어대는 피리여서,
손가락 구멍들이 쉽고도 간단하며
대가리가 무수한 멍텅구리 괴물같이,
언제나 다투면서 흔들리는 군중도
소리를 낼 수 있소. 그러나 한 식구라
너무 빤한 내 구조를 자세히 설명할
필요가 있을까? 내가 왜 여기 있나?
헨리 왕의 승전보다 나는 먼저 달리오.
왕은 피에 젖은 슈루즈버리 들녘에서
핫스퍼 일당을 무찌르고 반역자가
흘린 피로 반역의 불길을 진압했소.[1]
그러나 처음부터 진실을 말하다니
속셈이 무엇인가? 핫스퍼가 휘두르는
분노의 칼 아래 왕자 해리 몬머스가
거꾸러졌으며 더글러스의 격분 앞에
헨리 왕이 기름 부은 머리를 죽을 만큼
숙였다는 헛소문을 내는 것이 나의 일이오.
왕들이 싸우던 슈루즈버리에서
거친 돌을 쌓아놓은 벌레 먹은 요새까지
촌것들의 동네마다 소문을 퍼뜨렸소.
이곳에 핫스퍼의 부친인 늙은 백작이
꾀병 앓고 누워 있소. 지쳐 빠진 전령들이
전하는 소식은 내게 들은 것들뿐인데,
소문은 거짓된 위안을 주지만
불행한 사실보다 훨씬 더 고약하오. [퇴장]

## 1. 1

[바돌프 공 등장]

바돌프 공 문지기가 누군가? 백작님이 어디 계시나?

문지기 [안에서]
누가 찾으신다 할까요?

바돌프 공 바돌프 공이
여기서 백작님을 기다린다 하여라.

문지기 백작님은 후원에 산책 나가셨어요.
문에 가서 두드리시면 되어요.
직접 대답하실 거예요.
[노섬벌랜드가 환자처럼 지팡이를 짚고
두건을 두르고 등장]

바돌프 공 여기 오시오.

노섬벌랜드 바돌프 공, 어찌 됐소? 이제부터는
시간마다 끔찍한 일이 벌어지고 있소.
때가 험하오. 잘 먹어 살찐 말처럼
미친 분쟁이 마구 풀려서
제 앞에 있는 것을 모두 짓밟소.

바돌프 공 확실한 슈루즈버리 소식을 가져왔소.

노섬벌랜드 하느님 뜻이면 좋겠지!

바돌프 공 더없는 희소식이오.
왕은 거의 죽게 됐고 아드님의 승리로
왕세자는 즉사했소. 블런트 형제는
더글러스 손에 죽고 젊은 존 왕자와
웨스트모얼랜드와 스태포드는 도망쳤고
해리의 살찐 돼지, 뚱보 폴스타프는
아드님의 포로요. 오, 오늘의 승리!

1 「헨리 4세 제1부」는 슈루즈버리 전투에서 헨리 4세와 해리 몬머스 왕세자가 핫스퍼와 그 일당을 무찌른 역사적 사실을 다루었다. 그러나 '소문'은 왕과 왕세자가 죽었다는 소리를 항간에 퍼뜨렸다.

그토록 잘 싸워 이긴 이 전투만큼
이 시대의 위엄을 높인 일은 다시없소.
시저의 승전 이래 처음 있는 일이오.
노섬벌랜드 어떻게 이 소식에 접하신 거요?
싸움을 목격했소? 거기서 오셨소?
바돌프 공 거기서 온 사람과 말을 주고받았소.
교양 있는 신사요 가문도 좋았는데
사실이라 하면서 스스로 말해줬소.
[트래버스 등장]
노섬벌랜드 내 하인 트래버스가 여기 오는군.
지난 화요일, 궁금하여 보냈었소.
바돌프 공 내가 중도에 저 사람을 앞질렀소.
저 사람은 내게서 들은 것밖엔
달리 확실한 건 없을 거예요.
노섬벌랜드 그럼 무슨 희소식을 가져오는가?
트래버스 바돌프 대감께서 저를 만나 세우시고
희소식을 주셨어요. 타신 말이 빨라서
먼저 오신 겁니다. 그 뒤를 한 신사가
탈진한 상태로 박차를 가해 따라와
피투성이 말의 숨을 잠시 돌리며
체스터로 가는 길을 제게 묻기에
슈루즈버리 소식을 되물었더니
반란은 운이 나빠, 해리 퍼시 도련님의
박차가 싸늘하다며 말을 마치자
말머리를 다시 세워 철갑의 뒤꿈치를
헐떡이는 말 옆구리에 등자 끝까지
푹 찔러 박고선 냅다 출발했는데
길을 집어삼킬 듯이 급히 달리며
더 이상의 질문을 기다리지 않더군요.
노섬벌랜드 뭐라고? 해리의 박차가 싸늘해?
핫스퍼가 콜드스퍼[2]가 됐어? 반란이
나쁜 운을 만났어?
바돌프 공 확실한 말씀이오.
아드님이 정말로 승전하지 못했다면
명예를 걸고 맹세컨대 저의 모든 영지를
옷 단추 한 개와 맞바꾸고 입 다물겠소.
노섬벌랜드 그럼 왜 트래버스와 만난 신사가
그런 패전 상황을 말했겠소?
바돌프 공 그자요?
타고 있는 말을 훔친 하찮은 놈이오.
목숨 걸고 말하는데, 그자가 마구
지껄인 거요. 보시오, 소식이 또 와요.
[모턴 등장]
노섬벌랜드 이자의 얼굴이 큰 책의 겉장처럼
비극의 내용을 예고하고 있으며
사나운 물결이 할퀸 흔적이
역력히 남아 있는 강가와 같소.
모턴, 싸움터에서 달려오는 중인가?
모턴 거기서 달려옵니다. 끔찍한 죽음이
몹시 흉한 탈을 쓰고 우리 편 모두에게
겁을 먹이더군요.
노섬벌랜드 아들과 아우는?
네가 떠는 걸 보니 핏기 없는 얼굴이
네가 해야 할 말을 혀보다 잘한다.
너처럼 맥 빠지고 기운 없고 멍하고
죽을상과 시름에 찬 사람이 밤중에
프리아모스의 커튼을 들치고 트로이가
불에 반이나 탔다고 말하려 했지만[3]
왕이 그의 혀보다 먼저 알아차렸듯,
나 역시 해리의 죽음을 미리 알겠다.
'아드님과 아우님이 이러저러하였고
고귀한 더글러스는 어땠다'는 무용담으로
열려 있는 내 귀를 틀어막을 테지만
결국에는 정말로 이 귀를 막을 테지.
'아우님, 아드님, 모두 죽었습니다'로
한 번 한숨에 모든 칭찬을 날려버려.
모턴 더글러스는 살아 있고, 아직은 아우님도—
하지만 아드님은—
노섬벌랜드 죽었단 말이지.
거 봐라. 매끄러운 혓바닥이 의심스러워!
알고 싶지 않은 것을 걱정하는 사람은
딴 사람의 눈에서 그 일이 생긴 것을
본능으로 알아차려. 하지만 모턴,

2 핫스퍼(Hotspur)라는 별명은 '뜨거운 박차'라는 뜻이니 해리가 말을 급히 몰아대는 기사라는 뜻의 별명인데, 그가 죽었다면 그의 박차는 차가울 것이니 콜드스퍼(Coldspur)가 되었다는 말이다.

3 트로이 사람들이 그리스 군의 목마를 성에 들여다 놓고 마음 놓고 자고 있을 때 목마 안에 타고 있던 그리스 군이 몰래 나와 토로이 성에 불을 질렀다. 트로이 왕 프리아모스는 편히 잠들어 있었다.

백작의 예언이 틀렸다고 말하렴.
그러면 달가운 불명예로 받아들이고
그런 수치 값으로 부자 되게 하겠다.
모턴 높으신 분이라 부인할 수 없군요.
직관과 근심이 너무 옳고 분명해요.
노섬벌랜드 하지만 해리가 죽었다곤 하지 마라.
수상한 고백이 네 눈에 엿보인다.
고개를 저으면서 사실을 말하는 걸
겁과 죄로 여기는데 죽었으면 말해라.
죽음을 전하는 혀가 죄 짓는 건 아니며
죽음을 속이는 자가 죄를 짓는 것이고
죽은 자를 죽었다 하는 것도 죄가 아니다.
하지만 좋지 못한 소식을 전하는 것은
고맙지 않은 일이야. 그래서 그의 혀는
죽은 친구 떠나보낸 조종처럼 기억되어
훗날 내내 울리는 우울한 종소리지.
바돌프 공 아드님이 죽었다니 전혀 믿지 못하겠소.
모턴 [노섬벌랜드에게]
믿으시게 해야 하는 제가 죄송합니다.
보지 않았더라면 참말 좋았겠지만,
피투성이 되신 것을 이 눈으로 봤습니다.
왕자에게 힘없고 지치고 숨이 차서
응수했지만, 상대는 재빠른 공격으로
겁 없던 도련님을 땅에 쓰러뜨리니,
다시는 살아서 일어서지 못하셨죠.
짧게 말씀드리면, 그분의 용맹은
아주 둔한 촌사람도 불타게 했지만,
죽음이 알려지자, 강철같이 단련됐던
용사들의 불과 열은 사라졌습니다.
그분의 무쇠 같은 정신으로 부하들이
강철같이 되었으나 그 정신이 줄어들자
무거운 납처럼 주저앉고 말았어요.
무거운 물건이 강한 힘에 떠밀리면
몹시 빠르게 달아나듯 핫스퍼의 죽음으로
가라앉은 군사들의 무겁던 정신이
공포에 질리자 갑자기 가벼워져
과녁으로 날아가는 화살보다 재빨리
전쟁터를 비웠고, 뒤이어 존귀하신
우스터 대감이 포로가 되셨고,
피에 주린 맹렬한 더글러스는
부지런한 칼로써 왕으로 위장한 자를
셋이나 죽였으나 뱃심이 줄기 시작해
등 돌리고 도망치는 수치스런 자들에게
빌미를 주었으나 도망치다가
겁에 질려 넘어져 포로가 됐습니다.
한마디로 하자면 왕이 승리하였고,
백작님을 향하여 존 왕자 공작과
웨스트모얼랜드 지휘 하에
신속한 병력을 보냈습니다.
이것이 소식의 전부입니다.
노섬벌랜드 슬퍼할 시간은 넉넉하겠다.
독약도 약이지. 이 소식 들으면
건강하던 사람도 병이 생길 정도지만
본시 앓던 사람이라 도리어 좀 나았소.
맥 빠진 돌쩌귄 듯 쇠잔해진 관절들이
목숨이란 짐에 눌려 신음하다 기운 내어
간병인의 팔에서 불꽃처럼 솟구치듯
슬픔으로 쇠약해진 팔다리가 도리어
슬픔으로 격분하여 세 배나 힘이 나오.
[지팡이를 내던진다.]
나약한 지팡이, 너는 저리 가거라.
강철 마디, 비늘 갑옷, 쇠 장갑이
내 손을 감싸겠다.
[두건을 벗어 던진다.]
병든 두건, 저리 가라!
승전의 맛을 본 왕자들의 목표인
내 머리엔 너무나 여자 같은 보호 장치다.
무쇠로 이마를 두르고 적개심이
노한 나에게 무엄하게 가져오는
가장 험난한 순간과 대결하겠다!
하늘아, 땅과 입 맞춰라! 자연의 손아,
노한 물결을 막지 마라! 질서를 파괴하라!
세상아, 분쟁의 느린 모습 보이기 위한
맥 빠진 무대가 더 이상 되지 마라.
카인[4]의 악의가 모든 가슴을 지배하여
피의 길로 들어서서, 끔찍한 장면이
막을 내리고 암흑으로 하여금
죽은 자를 묻게 하라!
바돌프 공 이런 격정을 쏟으시면 해롭습니다.

4 아담의 맏아들이었던 카인이 동생 아벨을 죽인 것이 최초의 살인이었다.

모턴 명예에서 지혜를 떼어내지 마십시오.
대감께서 사랑하는 동지들의 목숨이
백작님 건강에 모두 달려 있는데
격정을 발하시면 건강이 쇠합니다.
백작께선 싸움의 결과를 헤아리시고
'싸우자'고 하시기 전 성공을 가늠했고
아드님이 공격 중에 쓰러질 가능성도
고려하셨습니다. 백작님도 아셨듯이
외나무다리를 위태롭게 걸었으니
건너기보다 떨어질 위험이 컸으며
다칠 수도 있으며 급한 성질 때문에
극렬한 위험이 교차하는 자리에
뛰어들 수 있을 것을 백작님도 아셨으나,
'가라.' 하셨고, 몹시 염려됐으나
어떤 위험도 그의 굳은 의지와 행동을
만류하지 못하셨고 그 결과 생긴 일이
무엇입니까? 염려대로 된 것밖에
무모한 모험으로 얻은 게 무엇입니까?
바돌프 공 이번 패전에 관련된 우리 모두는
그토록 험한 바다에 모험을 나설 때
살아나올 확률이 10대 1임을 알았지만
눈앞의 이득만 보고 모험에 뛰어들어
위험의 가능성을 무시했는데
파멸에 파묻히자 또 모험하는 것이오.
그러니 몸과 재물 모두를 겁시다.
모턴 때도 적절합니다, 존귀하신 백작님.
확실한 말을 들어 진실을 말하자면
귀하신 요크의 대주교[5]께서
정병을 일으키셨습니다. 그분은
이중의 보장으로 부하들을 결속합니다.
아드님은 몸뚱이만 싸움에서 부리셨는데
그것들은 인간의 그림자며 겉모양에요.
'반란'이란 낱말이 행동과 정신을 분리시켜,
싸우기는 하였으되 꺼림칙하여
약 먹은 사람처럼 부자유스럽고
무기들만 우리 편이 된 듯하였고
영혼과 기백은 '반란'이란 낱말에
연못의 고기처럼 얼어붙었었지요.
그러나 이제 대주교는 반란을
신앙의 차원으로 올려놓았습니다.
진실하고 거룩한 분이라 생각되어
뭇사람이 몸과 정신으로 따르는데,
그분은 폼프릿의 돌 틈에서 수습한
리처드 왕[6]의 피로 세력을 불리며
싸움의 명분을 하늘에서 가져오며
거만한 볼링브룩 치하에 숨이 막혀
피 흘리는 나라를 굽어본다고 하니까
상하의 민중이 그를 따라 모입니다.
노섬벌랜드 전부터 알았으나 솔직히 말해
당장의 슬픔으로 완전히 잊었었소.
나와 같이 들어가 안전과 복수를 위해
적절한 방도를 모두에게 알리오.
전령과 편지로 속히 우군을 만듭시다.
적은 수라도 지금처럼 아쉬울 때가 없소. [모두 퇴장]

## 1. 2

[폴스타프와 그의 칼과 방패를 들어주는
시동 등장]

폴스타프 야, 꺽다리[7] 녀석, 의사가 내 오줌 보고 뭐라고 하더냐?

시동 오줌 자체는 건강한 오줌이래요. 하지만 오줌 임자는 자기도 모르는 새에 여러 가지 병이 있을지도 모른대요.

폴스타프 세상의 별놈들이 나를 놀리곤 난 척한단 말이야. 멍청한 흙을 빚어놓은 인간의 머리로는 내가 지어내는 것이나 나에 관해 지어낸 것보다 웃기는 소리를 지어낼 줄을 몰라. 나 자신이 재치 있을 뿐 아니라 남의 재치의 원인도 되거든. 지금 네 앞에 걸어가는 내 모습이 새끼 한 놈만 남기고 모두 깔아 죽인 암퇘지 같구나. 왕자가 다른 이유 아니라 나를 돋보이게 하려고 너를 내게 붙인 게

5 헨리 4세가 리처드 스크룹 경을 죽였는데 이를 대주교였던 그의 아우가 분하게 여기고 있었다. 「헨리 4세 제1부」 1막 3장 265~266행에서 언급된다.
6 헨리 4세는 사촌 리처드 2세 왕을 폼프릿 성에 유폐하였다가 살해했다. 오래 지난 일이나 백성들이 잊지 않았다. 「리처드 2세」 5막 1장~5막 6장 참조.
7 키가 아주 작은 소년 배우가 이 역을 맡았다. 비꼬는 말투다.

확실하다. 야, 경치게 쪼그만 좁쌀친구야, 나를 졸졸 따라다니기보다 내 모자에 달린 돌 인형 장식이면 어울리겠다. 여태껏 나는 쪼그만 장식을 달고 다닌 적이 없지만, 너를 금이나 은이 아니라 형편없는 옷에다 붙여서 네 주인한테 보석이라고 하면서 보내겠다.—네 주인 애송이 왕자 말이다. 그 친구 턱엔 아직 솜털도 안 났어. 그 친구 뺨에서 털 한 오리 뽑기 전에 내 손바닥에 수염이 자라겠다. 제 낯이 대단한 얼굴[8]이라고 거침없이 말할 테지. 하느님이 원하시는 때에 얼굴을 완성하실 거지만 아직도 털 한 가닥 흠집 내지 않았어. 언제까지나 얼굴값을 간직할 수 있겠지. 그런 데선 이발사가 닷 푼도 못 벌 거야. 하지만 그 작자는 제 애비 총각 때부터 어른으로 행세했어. 높은 지위는 유지할지 몰라도 내 마음은 잃었어. 정말이야. 내 반코트와 헐렁 바지 만들 공단 보고 도멀턴[9]이 뭐라던?

시동 바돌프보다는 괜찮은 보증인을 세우셔야 한대요. 그이는 바돌프와 나리의 수표를 안 받겠대요. 담보가 마음에 안 든다고 하데요.

폴스타프 욕심쟁이 꿀돼지처럼[10] 저주나 받으래라! 하느님, 녀석의 혓바닥을 더 뜨겁게 하소서![11] 망할 새끼 아히도벨![12] 신사의 기대를 잔뜩 불려놓고는 보증을 고집하기야! 경칠 놈의 빡빡머리들[13]이 지금은 높은 구두 신고 허리에 열쇠 꾸러미 찬 것밖에 없거든. 그런데 믿고 거래하기로 하고선 보증을 세우란단 말이야. 보증으로 입을 막으라고 하기보단 차라리 내 입에 쥐약을 처넣으라고 하겠다. 진실한 기사로서 하는 말인데 그놈이 공단 이십 마를 보낼 줄 믿었는데 '보증'을 보내라고! 쳇, 내게서 보증을 받아 잠이나 자라지. 녀석은 돈이 쏟아지는 화수분이 있어. 그래서 녀석의 노는 여편네 꼴이 그리로 환히 보이지. 한데 녀석은 제 길 밝힐 등불을 갖고 다니면서도 그것은 못 봐.—바돌프 어디 있어?

시동 기사님 말 사려고 스미스필드로 갔는데요.

폴스타프 내가 녀석을 센트 폴 교회당[14]에서 샀는데 이젠 녀석이 스미스필드에서 내게 말을 사준다 이거지. 그러니 이제 창녀 집에서 마누라만 얻으면 일꾼 생기고 말 생기고 여편네 생기는구먼.

[대법관과 하인 등장]

시동 바돌프 일로 자기를 때렸다고 왕자님을 감옥에 가뒀던 양반이 오시네요.

폴스타프 가까이 있어라. 나 그 사람 안 볼 테다.

대법관 [자기 하인에게] 저기 걸어가는 저 사람 뭣하는 사람인가?

하인 폴스타프입니다, 각하.

대법관 강도 사건 때문에 조사받은 자인가?

하인 맞습니다. 하지만 그 후 슈루즈버리에서 잘 싸웠고, 듣자니까 병사들을 거느리고 존 왕자께 간답니다.[15]

대법관 그럼 요크로 간다고? 다시 불러와라.

하인 존 폴스타프 경!

폴스타프 얘, 나 귀먹었다고 해.

시동 [하인에게] 더 크게 말하셔야 합니다. 주인이 귀가 잡수셨어요.

대법관 귀먹은 게 확실해. 뭐든 좋은 소린 못 들으니까. [하인에게] 가서 팔꿈치를 잡아당겨라. 그 사람과 할 말이 있다.

하인 폴스타프 경!

폴스타프 이런! 젊은 놈이 비럭질이야! 전쟁이 벌어졌잖아? 할 일이 있잖아? 왕께서 백성이 필요하시잖아? 반란군도 군대가 필요하잖아? 한쪽만 빼고 어떤 쪽에라도 붙는 건 창피한 짓이지만 나쁜 쪽에 붙는 것보다 비럭질이 더 창피스럽다. 하긴 어떻게 일으키는 건진 몰라도 반란이란 이름보다 더 나쁜 게 없지만.

8 보통 사람이 함부로 만질 수 없는 '왕의 얼굴'인 동시에 왕의 화상이 찍힌 10실링짜리 은화를 뜻한다.

9 '멍청이'라는 뜻의 재단사 이름.

10 누가복음 16장에 나오는 나사로와 부자의 이야기를 언급한다. 부자는 먹고 마시다 죽어 지옥 불에 떨어졌다.

11 욕심쟁이 부자가 죽어서 지옥에 떨어져 목이 몹시 말라 혀가 탔다. 그가 박대했던 거지가 천국에서 아브라함의 품에 안긴 것을 보고 물을 찍어 그의 타는 혓바닥에 대어주기를 고대했다(누가복음 16장 19절).

12 반역적인 음모꾼(구약성서 사무엘 하 15장 12절). '나쁜 놈'이라는 욕이다.

13 청교도들은 당시의 유행이던 긴 머리를 짧게 깎았다.

14 런던의 대표적 교회인 센트 폴 교회당 주변에 남의 일꾼으로 고용되고자 하는 사람들이 모이곤 했다.

15 「헨리 4세 제1부」에서 노상강도 짓을 한 폴스타프는 겉보기에 슈루즈버리에서 반란군을 진압하는 데 공을 세운 척하고 왕세자의 아우인 존 왕자에게 가는 것이다.

하인 제 말 잘못 들으시네요.

폴스타프 오, 내가 너더러 정직한 사람이라고 했나? 잠시 기사 직위와 군인의 명예를 제쳐놓고, 내가 과연 그랬으면 뻔뻔스런 거짓말을 한 거야.

하인 그렇다면 기사 직위와 군인의 명예를 제쳐놓으세요. 만일 기사님이 저더러 정직한 사람이 아니라고 하시면 그건 뻔뻔스런 거짓말을 하는 거니까 그 말을 기사님 목구멍에 처박겠어요.

폴스타프 나한테 그따위 말 하라고 그냥 둘 줄 아냐? 내 일부인 직위와 명예를 제쳐놓으라고? 내게 함부로 굴면 넌 차라리 목 달려 죽는 게 나아. 너 사람 잘못 짚었어. 저리 꺼져!

하인 주인께서 기사님과 말씀하시겠다고 하세요.

대법관 존 폴스타프 경, 한마디 합시다.

폴스타프 아, 대감님! 하느님께서 좋은 날 주시기 빕니다. 대감님을 밖에서 뵈니 기쁘군요. 편찮으시단 말을 들어서요. 의사 처방에 따라 나다니시는 거라면 좋겠습니다. 대감께선 청춘을 아주 넘진 않으셨지만 아무래도 오한 기운이 약간 있으시고 노년의 짭짤한 맛이 조금 있으시네요. 그래서 저는 대감님이 건강을 존중해 조심하시기를 간절히 부탁드리는 바입니다.

대법관 폴스타프 경, 슈루즈버리로 출정하기 이전에 당신을 소환하라고 지시했소.

폴스타프 대감께 괜찮을지 모르나, 듣자 하니 전하께서 웨일스에서 약간의 불편을 겪으시고 돌아오셨다지요.

대법관 전하 이야기를 하는 것이 아니오. 내가 소환했을 때 당신은 오려고 하지 않았소.

폴스타프 게다가 들으니 전하께서 그 몹쓸 뇌졸중에 걸리셨다고 해요.

대법관 하느님께서 고쳐주시길 비오! 제발 당신에게 말 좀 합시다.

폴스타프 제가 알기로는 그 뇌졸중이라 하는 것은 일종의 마비 증세이지요. 실례지만, 일종의 피의 잠 같은 것으로서, 짜릿짜릿한 못된 기분입니다.

대법관 그 얘긴 왜 내게 하오? 그 얘긴 놔두시오.

폴스타프 큰 슬픔, 지나친 생각, 심란한 머리에서 생기는 것이지요. 제가 갈렌[16]에게서 그러한 증상의 원인에 대해 읽었습니다. 일종의 청각장애이지요.

대법관 당신이 바로 그 병에 걸린 것 같소. 내 말을 못 들으니 말이오.

폴스타프 좋습니다, 대감님, 좋아요. 한데 실례지만, 제가 걸린 병은 차라리 청각 거부 증세, 귀담아듣지 않는 병이라고 할 것이지요.

대법관 당신의 발목을 사슬에 꿰어 벌을 주면 귀가 열리는 치료가 될 성싶소. 내가 당신 의사 노릇을 해도 괜찮겠소.

폴스타프 대감님, 저는 욥처럼 무일푼이나 그만큼 참을성은 없습니다.[17] 대감께서는 무일푼의 신세에 대해서는 감금이란 약을 먹이실 수 있지만, 대감님의 처방을 따르는 환자가 될 수 있어요?[18] 똑똑한 사람이면 약간 의심을 하겠지요. 또는 진짜로 의심할 거예요.

대법관 당신의 목숨에 관계되는 사건에 연루되어 있어서 나와 얘기를 하자고 당신을 소환했던 것이오.

폴스타프 그때 저는 군복무의 법에 밝은 양반이 얘기를 해줘서 안 갔던 겁니다.

대법관 폴스타프 경, 솔직히 말하면 당신은 대단한 불명예 중에 살고 있소.

폴스타프 제 허리띠 버클을 매는 사람이라면 그 이하로는 못 살아요.

대법관 당신은 수입이 매우 적은데 씀씀이는 아주 크오.

폴스타프 저도 안 그렇다면 좋겠습니다. 수입은 더 많고 씀씀이는 적었으면 좋겠어요.

대법관 당신이 젊은 왕자님을 나쁜 길로 이끌었소.

폴스타프 젊은 왕자님이 저를 나쁜 길로 이끄셨지요. 저는 배가 큰 사람이고 왕자는 끌고 다니는 강아지입니다.

대법관 갓 아문 상처를 건드리기 싫소. 낮에 슈루즈버리에서 무공을 세운 것이 밤에 개즈힐에서 강도짓 한 것을 조금 덮어주었소. 그 짓을 그렇게 슬쩍 넘긴 것은 어수선한 시국 덕이오.

폴스타프 무슨 말씀인가요?

대법관 모두가 잘됐으니, 그대로 놔둬요. 잠자는 늑대를 깨우지 마오.

폴스타프 늑대를 깨우는 건 여우 냄새 맡는 거나 같아요.

16 갈레노스(갈렌)는 기원후 2세기의 그리스 의학자로서 르네상스 시대에 의학의 절대적 권위였다.

17 구약성서 『욥기』의 주인공인 욥은 굉장한 부자였다가 가장 비참한 상태가 되지만 그 고통을 참아낸다.

18 대법관의 "처방"을 따른다는 말은 벌금을 낸다는 말인데, 자기는 무일푼이라 벌금을 낼 수 없다는 말이다.

대법관 뭐라고? 당신은 촛불 같소. 좋은 데는 벌써 타버린 촛불이오.

폴스타프 굵직한 잔칫집 촛불, 기름덩이 촛불이오. 메마른 밀랍이 아니오. 자꾸만 커져서 그걸 증명할 텝니다.[19]

대법관 당신 얼굴의 허연 수염 오리마다 위엄이 흘러야 할 터인데.

폴스타프 기름땀만 흘러야 할 텐데.

대법관 당신은 악천사[20]처럼 젊은 왕자를 어디서나 따라 다니오.

폴스타프 아닙니다. 대감님 말씀하시는 악천사는 가볍지만[21] 저를 보는 사람은 저울에 달지 않고 받길 바라요. 한편 따지고 보면 제가 그냥 통할 수 없다는 걸 인정합니다. 하지만 확실히 말할 순 없군요. 이런 무법이 판치는 시대에 선은 무시되는 판이라 용감한 사나이는 곰지기나 되고 머리 좋은 인간은 술집 종업원이 되어 빠른 머리가 술값 계산에 낭비되니까 각자가 가진 온갖 재간은 타락한 시대가 주무르는 대로 까마중의 가치도 없어져요. 대감처럼 나이 잡수신 분은 젊은 저희 능력을 생각지 않으세요. 노인들은 저희 간덩이의 뜨거운 열을 늙은 쓸개 맛으로 헤아립니다. 저희처럼 청춘의 전위대에 속한 사람들은 솔직히 말해 기운이 넘쳐요.

대법관 아니, 당신이 이름을 청년 명부에 올려놓았소? 온갖 노년의 특징이 온몸에 빈틈없이 적힌 꼴인데? 그래, 당신이 첩첩한 눈, 메마른 손, 싯누런 뺨, 허연 수염, 줄어드는 넓적다리, 늘어나는 배가 아니란 말이오? 목소리는 갈라지고 숨은 차고 턱은 두 겹인데 머리는 한 겹이고 온몸은 구석구석 낡아 문드러졌는데? 그런데도 자기가 젊다고 해? 저런, 저런, 쯧쯧쯧!

폴스타프 대감님, 저는 오후 세 시쯤 태어났는데 그때부터 머리가 하얗고 배가 조금 뚱뚱했어요. 목소리는 사냥개 부르고 찬송가 부르느라고 쇠약해진 겁니다. 이 이상 제가 젊다는 걸 변명하지 않겠어요. 솔직히 말씀드려 저는 판단력과 이해력만 늙었군요. 천 냥 걸고 저와 춤 시합 하겠다는 녀석은 저한테 돈을 꿔주라 하고 책임은 그자에게 물으세요. 왕자께서 대감님의 따귀를 때린 건 무례한 짓이었고 대감님은 점잖은 대감답게 대하셨어요. 왕자님께 그걸 나무랐더니 어린 사자가 뉘우칩디다. ―[방백] 잿더미에 베옷 입고 뉘우친 게 아니라 새 비단옷에 오래된 술을 마시며 그랬다고.

대법관 하느님이 왕자님께 좀 더 좋은 벗을 보내시기를 기도하오!

폴스타프 하느님이 벗에게 좀 더 좋은 왕자님을 보내시길! 그 양반을 내게서 떼어버릴 수가 없어요.

대법관 어쨌거나 왕께서 당신과 해리 왕세자를 떼어 놓으셨소. 당신이 대주교와 노섬벌랜드 백작에게 대항하러 존 왕자님과 더불어 간다는 말을 내가 들었소.

폴스타프 맞습니다. 거기에 대해 재치 있는 말씀을 하셔서 고맙습니다. 한데 후방에서 평화의 여신과 키스하는 여러분은 우리들이 무더운 날씨에 맞붙지 않기를 기도하세요. 저는 정말 속옷 두 벌만 갖고 가는데 땀을 무지 흘리지 않을 생각이거든요. 뜨거운 날씨면 제가 휘두르는 게 술병이라도 다시는 맑은 침을 못 뱉게 돼도 좋아요. 조금이라도 위험한 상황이 머리를 쳐들면 저는 거기 주저앉게 되어요. 제가 영원히 살 건 아니지만 좋은 게 생기면 너무 흔해 빠지게 만드는 게 우리나라 사람의 특징이에요. 나더러 꼭 노인이라 하고 싶으면 쉬게 해줘요. 하느님께 빌기는, 지금의 내 이름이 적에게 너무 겁을 주지 않길 바라요. 계속해 움직여서 닳기보다는 녹슬어 죽는 게 나아요.

대법관 그럼, 정직하오, 정직하란 말이오. 하느님이 출정에 복을 주시길!

폴스타프 대감님, 장비를 구하게 천 파운드만 꿔주실 수 있으세요?

대법관 한 푼도 안 되오, 한 푼도 못 주오. 당신은 십자가를 지기에는 너무도 인내심이 없소. 잘 가오. 내 친척 웨스트모얼랜드에게 안부 전하여주오.

[대법관과 하인 퇴장]

폴스타프 그 일을 해주면 무지막지한 망치로 날 묵사발

19 우리말로 번역하면 원뜻이 완전히 사라지는 재담이다. 밀랍을 '왁스'라고 하는데 '왁스'는 '자란다'라는 말도 된다.

20 사탄의 부하인 악천사와 하느님의 부하인 선천사(수호천사)가 있어서 경쟁적으로 사람의 영혼을 이끈다.

21 당시 천사 모양이 찍힌 은화가 은의 성분이 줄어 가벼워져서 '나쁜 천사'가 되었다. 당시 민속 신앙에서 사람의 영혼을 둘러싸고 선한(좋은) 천사와 악한(나쁜) 천사가 데려가려고 다툰다고 하였다. '천사'의 이 두 뜻을 가지고 폴스타프가 재담을 벌인다.

만들래라. 젊은 놈이 그거와 그 짓을 떼놓지 못하듯
늙은 놈은 나이와 욕심을 떼놓지 못해. 한데 늙은
놈은 통풍에 고생하고 젊은 놈은 매독이 따끔대니,
두 인생 모두 나보다 먼저 저주를 받았구나. 애!

시동 네?

폴스타프 내 주머니에 돈이 얼마 남았냐?

시동 4전짜리 일곱하고 1전짜리 둘이오.

폴스타프 주머니 줄어드는 이 병은 약이 없구나. 남에게
꾸면 조금씩 오래 끌 뿐이지 병이 낫는 건 아니야.
[편지들을 주면서] 이 편지는 존 왕자 공에게
가져가라. 이건 왕자에게 전하고 이건 웨스트모얼랜드
백작에게 가져가고 이건 늙은 어슐러 마님에게
전해라. 턱에서 처음으로 흰 털을 본 뒤로 매주마다
결혼하기로 약속했어. 빨리 해라. 내가 어디 있을지
너 잘 알겠지? [시동 퇴장]
아이고, 경칠 놈의 통풍! 경칠 놈의 매독! 요놈이
아니면 조놈이 엄지발가락에게 못되게 군단 말이야.
절름발이가 되어도 어쩔 수 없어. 전쟁은 핑계지만
연금 받는 게 떳떳하게 보일 테지. 머리만 좋으면
뭐든지 이용할 수 있어. 병마다 모두 돈 될 거로
바꾸겠다. [퇴장]

## 1. 3

[요크 대주교, 의전 사령관 토머스 모브레이,
헤이스팅스 공, 바돌프 공 등장]

요크 대주교 이상에서 명분과 준비 상황을 들으셨소.
고귀하신 친구들, 이의 전망에 관해
솔직한 의견들을 피력하시오.
먼저 의전 사령관, 뭐라 하시오?

모브레이 우리 거병 이유를 옳다고 여기오만
우리의 병력으로 어떻게 왕의 세력에
맞설 만큼 대담한 군세를 뽐내며
전진하여 나아갈지 조금 더 잘 알면
훨씬 마음이 놓이겠소.

헤이스팅스 현재 동원 인원은 명단을 보면
정병으로 2만 5천이나 되오.
그리고 우리의 증원군은 강력한
노섬벌랜드에 대한 희망에 들어 있소.
그분은 복수의 불로 타오르는 중이오.

바돌프 공 헤이스팅스 공, 그럼 문제는 이것이오.
노섬벌랜드 없이도 우리의 2만 5천이
과연 버틸 수 있는가 하는 것이오.

헤이스팅스 그분만 계시면 되오.

바돌프 공 그게 문제요.
그분 없이 우리가 너무 약하게 생각되면
직접 그의 원조를 받기 전에는
너무 멀리 가서는 안 된다고 생각하오.
이처럼 피나는 문제에 봉착하여
불확실한 원조의 짐작이나 희망이나
억측 따위를 허락해선 안 되오.

요크 대주교 지당한 말씀이오. 슈루즈버리에서
핫스퍼가 패한 것은 그 때문이오.

바돌프 공 그렇소. 희망으로 보강했을 뿐이며
증원군의 바람과 약속만 마셨소.
그의 의도에 비해 너무나 적은
병력에 기대면서 자신을 기만했소.
그리하여 광인만 가능한 환상에
사로잡혀 죽음으로 군대를 몰아가
눈 감고 파멸에 뛰어들었소.

헤이스팅스 그러나 아시듯이 가능과 희망을
차분히 비교하여 손해된 적은 없소.

바돌프 공 그렇소. 다만 이번 전쟁의 성격이
—당장 벌어지는 싸움이라서—
그처럼 희망 속에 안주해선 안 되오.
마치 이른 봄철에 꽃망울을 볼 때에,
열매 맺을 희망보다 서리에 뭉개질
위험이 큰 것 같소. 집을 지으려면
먼저 집터를 보고 설계도를 그린 뒤에
집의 구조를 보고 건축 비용을
따져봐야 합니다. 능력을 벗어나면
방을 줄여 설계도를 다시 새로 그리거나
아예 집짓기를 단념하지 않아요?
이 일이 더 그렇소. 거의 한 나라를
무너뜨리고 새 나라를 세우는 것인데,
집터와 설계도를 세밀히 살피고,
확고한 기반에 대해 모두가 합의하고
기술자를 심사하고 그런 일을 벌일 만한
실력이 있는지 자신들의 능력을
세밀히 따져보고 저해되는 요인들을
헤아려봐야 하오. 그렇지 않으면

문서와 숫자상의 무장일 뿐이고
사람 아닌 사람 이름만 쓰는 짓이오.
자기가 소유한 재력을 능가하는
집을 설계하는 자처럼, 절반쯤 짓다가
포기해 버리고 아까운 비용 들여
부분 완성한 것을 구름의 눈물에
노출시키고 사나운 겨울철 폭력에
속절없이 버려두는 짓이오.

헤이스팅스 우리의 희망이 순산을 기약하나
혹시는 사산하고 지금 우리 병력이
우리가 기대할 최고치라 하여도
이 형세만 가지고도 왕과 대등한
강력한 병력이 된다고 믿소.

바돌프 공 그렇다면 왕 쪽이 2만 5천뿐이오?

헤이스팅스 우리에겐 그뿐이오. 사실 그렇게도 안 되오.
한꺼번에 세상이 매우 소란스러워
병력이 삼분됐소. 한 부대는 프랑스에,
한 부대는 글렌다워에 맞서니, 필경
나머지가 우리를 상대하오. 그리하여
병약한 왕이 셋으로 갈라지니까
궁핍과 공허의 소리로 돈궤가 가득하오.

요크 대주교 갈라진 병력을 하나로 집결하여
큰 세력을 이루어 공격할 것을
걱정할 필요 없소.

헤이스팅스 그렇게 하면
프랑스와 웨일스가 발뒤축을 깨무는데
등을 노출시켰소. 걱정 마시오.

바돌프 공 이쪽 군대는 누가 지휘하겠소?

헤이스팅스 존 왕자 공과 웨스트모얼랜드요.
웨일스에는 왕과 해리 몬머스요.
프랑스에 대해서는 누구를 보냈는지
확실한 보고가 없소.

요크 대주교 진행합시다.
우리 무장 봉기의 명분을 밝힙시다.
백성은 자기들이 택한 왕을 싫어하오.
자기들의 지나친 애정에 염증이 났소.
군중의 감정 위에 집을 짓는 사람은
어지럽고 불안정한 집 안에 살게 되오.
어리석은 군중아, 볼링브룩 축복하는
시끄러운 환호로 하늘을 울렸을 때
그자는 너희가 바라던 왕이 되기 전이다!
이제는 욕심을 채우고 나니까
게걸스런 짐승처럼 너희는 배가 불러
다시 그를 토하려고 안달이 났다.
못난 개들아, 그처럼 너희 배는
리처드 왕을 토해냈는데, 이제는
토했던 것을 다시 먹고 싶어서
짖어대누나. 이 시대에 무엇을 믿으리오?
리처드 왕이 죽기를 열망하던 것들이
이제는 그의 무덤을 사랑하게 되었구나.
교만한 런던 거리로 그가 한숨지으며
환호받는 볼링브룩의 뒤를 따를 때
그의 고운 머리에 흙을 뿌리던 자여,
이제는 '오, 땅아, 그 왕을 돌려주고
이자를 데려가라!'고 하니, 몹쓸 심보여!
과거와 미래는 좋고 현재는 나쁘단 말이오.

모브레이 군대를 한 번에 모아서 공격할까요?

헤이스팅스 우리는 시간의 노예요, 시간이 가라고 하오.

[모두 퇴장]

## 2. 1

[술집 여주인 퀴클리 부인과 순검 팽 등장.
또 다른 순검 스네어가 뒤따라온다.]

퀴클리 부인 팽 선생님, 우리가 낸 고발장은 접수
하셨나요?

팽 접수했소.

퀴클리 부인 보조원은 어디 있죠? 기운 센 사람이죠?
버틸 수 있겠죠?

팽 야, 스네어 어디 있어?

퀴클리 부인 어머나! 여기 계시네! 스네어 선생!

스네어 여깄소, 여깄소.

팽 스네어, 존 폴스타프 경을 체포해야 한다.

퀴클리 부인 맞아요, 스네어 선생. 그자와 함께 모두
고발했어요.

스네어 혹시는 우리 중 목숨을 잃을 수도 있죠. 그분이
칼부림을 할는지 모르니까요.

퀴클리 부인 아이고, 그 사람 조심하세요. 내 집에서
그자가 날 찔렀다우. 정말 못되게. 그자는 칼만
꺼내 잡으면 무슨 못된 짓이든지 마구 하거든요.
악마처럼 칼질하고 남녀노소 사정을 보지도

않는다우.

팽 맞붙어 싸우게 되면 놈의 칼질쯤 겁나지 않소.

퀴클리 부인 나도 겁나지 않아요. 선생 옆에서 거들게요.

팽 내가 한번 주먹을 먹이기만 하면, 내 손아귀에
잡히는 날엔—

퀴클리 부인 그놈이 떠나버리면 나는 망해요. 정말이에요.
내 치부책에 그은 게 한이 없다우. 팽 선생,
그놈 꽉 잡아요. 스네어 씨, 빠져나가지 못하게
하세요. 두 분에게 실례지만 놈은 언제나 냄새나는
파이 코너에 안장 사러 나타나곤 해요. 롬바드
거리 러버 머리 비단 장수 스무스 씨 집에 저녁
초댈 받았대요. 내가 낸 고소장이 접수가 됐고
내 고소 내용이 온 세상천지에 다 알려졌으니까
그놈 데려다가 대답을 받아내야 해요. 백 냥이면
외롭고 가난한 여자가 참아내기엔 너무도 길고
긴 계산서예요. 나도 참고 참고 또 참았지만
자꾸만 이날 저 날 미루고 미루고 또 미뤘어요.
생각만 해도 창피한 꼴이에요. 여자가 모든 못된
놈한테 당해야 한다면 차라리 노새나 짐승이
돼야지, 그따위 거래엔 눈곱만치도 믿을 데가
없어요.
[폴스타프, 바돌프, 시동 등장]
저기 놈이 오네요. 그리고 저 흉측스런 빨강 코
바돌프 녀석이 같이 있군요. 책임을 지켜요, 책임.
팽 선생, 스네어 선생, 나한테, 나한테, 책임을
지켜줘요.

폴스타프 무슨 일이야? 누구 망아지가 죽었어? 무슨 일이
생긴 거야?

팽 폴스타프 경, 퀴클리 부인의 고소로 당신을 체포하오.

폴스타프 비켜, 좀팽이들아! 바돌프, 칼 빼! 저 새끼 대가리
잘라버려! 저 쌍년 시궁창에 처박아!

퀴클리 부인 날 시궁창에 처넣는다고? 널 처넣겠다. 네가,
이 후레자식, 개자식, 네가 그럴 테야? 살인났소,
살인! 아이고, 사람 죽이는 악질, 네가 하느님,
임금님 일꾼 죽이겠어? 아이고 너 사람 줘이는
놈, 남자, 여자 죽이는 놈.

폴스타프 연놈들 못 오게 해, 바돌프!

팽 지원을 요청하자, 지원을!

퀴클리 부인 착한 동네 사람들, 한두 사람 도와줘요.
네가 날 죽여? 날 죽여? 죽여? 그래 해봐, 해봐,
자식아! 살인할 놈아!

시동 저리 가, 부엌데기! 이 쌍년! 이 양돼지! 등골
쑤셔주겠다!
[대법관과 부하들 등장]

대법관 무슨 일인가? 모두 조용히 하라.
[팽이 폴스타프를 붙잡는다.]

퀴클리 부인 대감님, 절 도와주세요. 제발 제 편 들어
주세요.

대법관 폴스타프 경, 웬일이오? 소동을 피우다니?
당신의 지위와 때와 업무에 가당하오?
지금쯤 한참 요크로 갔어야 할 텐데.
[팽에게]
너는 떨어져 서라. 부인은 왜 붙잡고 있소?

퀴클리 부인 대단히 높으신 대감 나리, 저는 말씀이에요,
이스트칩의 가난한 과부인데, 저 사람은 제가
고발해서 체포된 거예요.

대법관 빚이 얼만데?

퀴클리 부인 그 이상이에요. 저 가진 거 전부거든요. 저 사람이
먹은 값만 해도 제 집을 홀딱 삼켜 제가 나앉게
됐어요. 저 큰 배 속에 제 재산 모두 처넣었는데,
[폴스타프에게] 그중 얼마라도 끄집어내려고요.
안 되면 밤에 잘 때 사나운 꿈처럼 목을 조를 테다.

폴스타프 자다 일어날 좋은 기회만 생기면 꿈속의 암말을
타고 놀 거 같은데.

대법관 폴스타프 경, 이게 무슨 일이오? 신중한 사람이
어찌 이런 시끄러운 욕설을 참아낸단 말이오?
가난한 과부가 제 돈 찾으려고 이런 험한 수단을
쓰도록 하다니 부끄럽지 않소?

폴스타프 [퀴클리 부인에게] 내가 당신한테 갚을 돈이 총합계
얼마큼 되나?

퀴클리 부인 기가 막혀! 당신이 정직한 사내라면, 당신 자신과
돈이지 뭐! 당신이 도금한 술잔에 걸어 맹세했어.
오순절 주일 수요일에 우리 집 '돌고래실' 원탁
토탄 불가에 앉아 당신이 왕자님 아버지를 윈저의
노래꾼 같다고 하니까 왕자님이 당신 머리통을 까서
내가 당신 생채기를 닦아줄 때 나와 결혼하겠다고,
당신 마누라 부인 마님 삼겠다고 그때 내게 맹세했어.
안 그랬어? 그때 푸줏간 주인 마누라 키치가 들어와서
나보고 퀴클리 언니라고 안 했어? 식초 조금 얻어
가려고 들어와서 맛좋은 새우 요리 만들어 놨다고
그랬는데 당신이 거 좀 맛보고 싶다고 해서 새우는
생채기에 안 좋다고 했잖아? 그리고 그 부인네가

아래층으로 내려간 담에 그런 가난한 사람들과는 너무 친하게 굴지 말라면서 좀 있으면 나를 마나님이라고 해야 할 거라고 하지 않았어? 그리고 나한테 키스하고 30실링만 갖다달라고 하지 않았어? 지금 당신 성경책에 손 놓고 맹세한 걸 따지는 거야. 어디 아니라고 해봐.

폴스타프 대감, 이 여자는 불쌍한 미친 여자요. 동네방네 다니면서 자기 맏아들이 대감님 닮았다고 해요. 한참은 괜찮았는데, 사실대로 말하면 가난 때문에 정신이 돈 겁니다. 하지만 이 멍청한 관리들은 제가 좀 손을 보게 해주세요.

대법관 폴스타프 경, 폴스타프 경, 당신이 사실을 틀리는 쪽으로 비트는 버릇이 있다는 걸 잘 알고 있소. 당신이 제아무리 정색을 하고 무한히 뻔뻔스런 장광설을 늘어놓는다 해도 올바른 내 판단을 흔들 수 없소. 내가 판단하건대 당신이 마음이 고분고분한 이 부인을 속여먹은 것이군. 그래서 당신이 필요할 때 그녀의 돈과 몸 두 가지를 이용해 먹었단 말이구먼.

퀴클리 부인 정말 그래요, 대감님.

대법관 당신은 가만있어요. [폴스타프에게] 부인에게 진 빚은 다 갚고, 그녀에게 저지른 못된 짓은 보상하시오. 전자는 진짜 돈으로 하고 후자는 진정한 회개로 하시오.

폴스타프 대감, 저 이런 꾸지람 아무런 대꾸 없이 당하지 않겠습니다. 신사답게 당당한 태도를 뻔뻔스런 건방진 태도라 하며, 인사 잘하고 아무 소리 안 하면 착한 사람이라 하는데, 아니지요, 대감, 겸손히 제 지위를 기억하고 대감에게 청탁하지 않겠습니다. 단지 이 관리들한테서 풀어달라는 겁니다. 왕이 시키신 일에 급히 동원됐거든요.

대법관 말하는 투가 못된 짓 할 권한이 있다는 것 같군. 하지만 당신이 내세우는 명성에 알맞게 행하시고 불쌍한 이 부인이 원하는 대로 해주시오.

폴스타프 이리 좀 와.

[그녀가 그에게로 간다.]

[전령 가워 등장]

대법관 오, 가워 씨, 웬일인가?

가워 왕과 왕세자가 가까이 계십니다. 나머지 사연은 편지에 있습니다.

[대법관이 편지를 살핀다.]

폴스타프 신사로서 말하는 거다!

퀴클리 부인 전에도 그런 말 했어요.

폴스타프 신사로서 말하는 거다! 그 얘긴 더 하지 마.

퀴클리 부인 내가 밟은 천국 같은 이 땅을 걸고 말하지만, 우리 식당 접시와 벽걸이 모두 전당포에 갖고 가서 저당 잡혀도 좋아.

폴스타프 유리잔, 유리잔이 최신 유행이라고. 그리고 벽에다가는 수채화로 재밌는 장난 그림이나 탕자 이야기나 독일식 사냥 장면 그런 게 저따위 침대 휘장이나 파리 똥투성이 벽걸이보다 천 배는 나아. 괜찮다면 10파운드로 하지. 당신 성질만 빼면 잉글랜드에 더 잘난 여자도 없어. 자, 가서 얼굴 씻어. 그리고 고소는 취하해. 나한테 이렇게 성질 부려서 쓰겠어? 나를 몰라? 맞아, 누군가 부추겨서 그랬겠지.

퀴클리 부인 폴스타프 경, 그럼 말이죠, 금화 20노블[22]로 하자고요. 내 접시 세트를 저당 잡히긴 정말 싫단 말이에요. 하느님 도우시길!

폴스타프 그쯤 해둬. 내 달리 손써볼게. 계속 바보 노릇할 작정이구먼.

퀴클리 부인 그럼 그렇게 해요. 외출복 저당 잡힌대도 할 수 없죠. 저녁 자시러 오세요. 모두 한꺼번에 갚으실 거죠?

폴스타프 나도 살 놈 아닌가! [바돌프와 시동에게] 저 여자하고 같이 가, 같이. 놓치지 마, 놓치지 마!

퀴클리 부인 식사 때 돌 테어쉿 만나고 싶어요?

폴스타프 말할 거 있나. 데려와.

[퀴클리 부인, 팽, 스네어, 바돌프, 시동 퇴장]

대법관 [가워에게] 더 좋은 소식 들었소.

폴스타프 무슨 소식인데요?

대법관 [가워에게] 오늘 밤 왕께서 어디 묵으시오?

가워 배징스톡[23]입니다.

폴스타프 [대법관에게] 대감님, 모두 잘되기 바랍니다. 무슨 소식이 있습니까?

대법관 [가워에게] 전군이 돌아오는 거요?

가워 아니요. 보병 천오백, 기병 오백이

22 1파운드는 2노블이니 결국 폴스타프가 제안한 대로 된 것이지만 퀴클리 부인은 복잡한 돈 계산에 어둡다.

23 런던에서 서남쪽으로 74km가량 되던 장터 마을.

노섬벌랜드와 대주교에 대항하여
존 왕자 공에게로 진군하였습니다.

폴스타프 [대법관에게]
왕께서 웨일스에서 돌아오시는가요?

대법관 [가워에게]
당신에게 내가 곧 편지를 전하겠소.
가워 씨, 나하고 같이 갑시다.

폴스타프 대감님!

대법관 무슨 일이오?

폴스타프 가워 선생, 오늘 저녁 식사에 선생을 초대해도
괜찮겠소?

가워 여기 대감님을 모셔야 하오. 하여간 감사하오,
폴스타프 경.

대법관 폴스타프 경, 당신 여기서 너무 미적거리오.
지방으로 내려가며 군인들을 뽑아야 하는데.

폴스타프 가워 선생, 나하고 저녁 같이 하겠소?

대법관 도대체 어떤 멍청이 선생이 당신한테 이따위
예절을 가르쳐줬소?

폴스타프 가워 선생, 내 말투가 어울리지 않으면 그런
식으로 나를 가르친 자가 바보였어요. [대법관에게]
대감, 이를 일러서 치면 되치는 올바른 검술이란
겁니다. 그러니까 우리는 점잖게 갈라섭시다.

대법관 주께서 당신을 밝혀주시길 기도하오. 당신 정말
굉장한 바보요. [모두 퇴장]

## 2. 2

[헨리 왕자와 포인스 등장]

헨리 왕자 정말 피곤해 죽겠다.

포인스 그럴 지경이세요? 그렇게 혈통 높으신 분에겐
피곤이 달라붙지 않는 줄 알았는데요.

헨리 왕자 내겐 그렇다. 그걸 인정하면 내 높은 지위의
빛깔이 흐려지지만 말이다. 약한 맥주 마시고
싶다면 천하게 보이지 않아?

포인스 본시 왕자 신분은 그런 못난 일에 신경 쓸 만큼
세속에 물들면 안 돼요.

헨리 왕자 그럼 내 입맛이 왕자답지 못한가보다. 지금
약한 맥주 생각이 나니 말이다. 한데 이런 천한
생각을 하니까 높은 신분이 싫어진다. 그자 이름을
기억한다는 것이 얼마나 수치스런 일이며 내일까지
얼굴을 기억한다거나 그자에게 양말 몇 켤레가 있는지
안다든가—이를테면 이러저러한 복숭아 색깔
양말이 있다든가, 속옷 목록을 모두 기억해서
하나는 여벌이고 다른 하나는 실제로 입는 거라든지,
그따위 사정을 다 꿰고 있는 게 창피한 짓 아니야!
하지만 그것도 정구장 관리인이 나보다 더 잘
알아. 그자가 거기서 라켓을 안 잡을 땐 속옷이
모자란단 뜻이거든. 그자가 최근 한동안 정구를
안 쳤는데 '아랫동네'가 속옷을 다 집어삼켰다는
말이지.[24] 그래서 해진 속옷 누더기에 싸여서
울어대는 애들이 하늘나라를 물려받을지 몰라.[25]
하지만 산파들 말에 따르면 그건 아이들 죄가 아니래.
그래서 세상 인구가 늘어나고 형제자매가 굉장히
보강된다는구먼.

포인스 왕자님이 그토록 말재주를 부리시고 그런 식으로
싱겁게 말하시니 전혀 앞뒤가 맞지 않아요! 지금
우리 왕처럼 자기네 아버지가 앓아누워 있는데
젊은 왕자들 중에 그럴 분이 얼마나 돼요?

헨리 왕자 포인스, 얘기 하나 해줄까?

포인스 예, 그러세요. 아주 좋은 재밌는 거로요.

헨리 왕자 너보다 교육 없이 자란 사람들에게 통할 만한
이야기겠다.

포인스 염려 마세요. 왕자님이 하실 얘기쯤은 당해낼 수
있어요.

헨리 왕자 뭐냐면, 우리 아버지가 아프시니 내가 슬퍼하면
안 된단 거야. 하지만 더 잘난 사람도 없어서
널 친구려니 하고 너한테 말하는 거야. 나도
슬퍼할 줄 알아. 진짜 슬프기도 하고.

포인스 문제 땜에 슬퍼하긴 아주 힘들겠네요.

헨리 왕자 내가 너나 폴스타프처럼 한결같이 나쁜 짓에
찌들어서 마귀의 명단 깊숙이 올라 있는 줄로 아는가
본데, 사람은 끝을 봐야 알게 돼. 하지만 있는
대로 말하면, 아버지가 그처럼 아프시니까 내 속도
피가 흘러. 그런데 너같이 못된 놈들과 어울려
다니고 있으니 당연히 슬픔의 표시도 나타낼

24 '아랫동네'라는 말은 사내의 '배꼽 아래'가 문란하게 굴어서 속옷 사 입을 돈을 다 날렸다는 말이다.

25 마가복음 10장 14절에서 예수는 어린 아이들을 보고 "하느님의 나라가 이런 자의 것이니라"라고 했다.

수가 없어.
포인스 이유가 뭐예요?
헨리 왕자 내가 울면 나를 뭐로 보겠냐?
포인스 왕자 중 최고 위선자로 보아요.
헨리 왕자 누구나 그렇게 생각할 테지. 그래서 남들과 꼭
같이 생각한다니 넌 복 받은 놈이야. 너와 꼭
같이 이 세상 누구도 그런 정해진 길에서 생각을
돌리질 못해. 누구나 나를 진짜 위선자로 여길 거란
말이야. 한데 도대체 무얼 보고 그런 알량한
생각을 하지?
포인스 지금껏 왕자님이 저질로 노닥거리고 폴스타프와
죽이 맞아 지내셨기 때문이죠.
헨리 왕자 그리고 너하고도.
포인스 확실히 말해, 전 평판이 좋아요. 그게 제 귀에도
들려요. 남들이 저를 아무리 욕해도 제가 상속권
없는 둘째인 데다 싸움에서 앞갈망은 하거든요. 그 두
가지는 저도 어찌할 수 없어요.
[바돌프와 시동 등장]
어, 바돌프가 온다.
헨리 왕자 시동을 폴스타프에게 줬었지. 내게서 데려갈
땐 교인이었는데 그 못된 뚱보가 원숭이로
바꿔놓지 않았나 살펴보라고.
바돌프 왕세자 전하, 안녕하십니까!
헨리 왕자 고귀하신 바돌프, 안녕하시길!
포인스 [바돌프에게] 야, 엄숙한 노새야, 부끄럼쟁이
멍청이야, 낯이 빨개야 하니? 어째서 지금 낯이
빨개? 참말로 숫처녀 같은 군인이 됐구나!
대포 한잔 먹는 게 그렇게 대단해?
시동 왕자님, 방금 저분이 빨간 창문에서 저한테
소리쳤는데 창과 얼굴을 분간할 수 없었어요.[26]
한참 지나서야 눈알을 봤는데 술집 여주인
속치마 자락에 구멍 두 개 뚫고 내다보는 줄
알았지 뭐예요.
헨리 왕자 [포인스에게] 시동이 그동안 뭘 배웠지?
바돌프 저리 꺼져, 두 발로 걷는 토끼 새끼, 꺼지라고!
시동 저리 가. 못된 알시아[27] 꿈! 저리 가!
헨리 왕자 얘, 우리도 좀 알자. 그게 무슨 꿈이냐?
시동 아, 그거요? 알시아가 꿈에 불덩어릴 낳았대요.
그래서 저 사람더러 알시아의 꿈이라 하죠.
헨리 왕자 한 냥짜리 될 만한 멋진 해석이구나! 자,
[그에게 돈을 주며] 이거 받아둬.
포인스 오, 이 어린 꽃송이에 벌레들이 덤비지 못하길!
너를 보호해줄 반 냥이다.[28]
[시동에게 돈을 준다.]
바돌프 네놈들이 그 애를 데리고 놀다 목이 달리게
하지 못하면 교수대가 억울해.
헨리 왕자 바돌프, 주인은 어떤가?
바돌프 잘 지내요. 왕자가 런던으로 온단 말을 들었어요.
왕자에게 보내는 편지예요.[29]
포인스 인사성 한번 바르구나. 그런데 잡아먹게 될
만큼 살찐 주인은 지금 어떤가?
바돌프 몸은 건강해.
포인스 저런. 죽지 않을 영혼은 의사가 필요한데, 그런
일엔 끄떡도 하지 않아. 영혼은 아파도 안 죽거든.
헨리 왕자 그놈의 살덩이가 강아지처럼 내게 함부로
기어올라도 그냥 두는데, 제 위치를 잘 지켜.
이 글투 보라고.
[포인스에게 편지를 보여준다.]
포인스 "기사 존 폴스타프 경"이라.—그래서 누구나
기회가 생기면 제 이름을 떠벌려야 하는 거야.
왕과 인척 관계가 되는 사람이 손가락만 찔려도
"왕의 피의 일부가 쏟아진다." 하거든. "어째서
그래?" 하고 짐짓 모른 체하고 물으면 대답은
빚진 놈 모자처럼[30] 대번에 "가난은 하지만
내가 왕의 사촌뻘이오." 한단 말이야.
헨리 왕자 하여간에 우리 친척이라고 우기지 않으면
야벳[31]부터 족보를 캐지. 하지만 편지나 읽자.

26 술집 창문에는 빨간색 칠을 했었는데 그곳으로 내다보는 바돌프의 빨간 얼굴을 비아냥대고 있다.
27 그리스신화에 나오는 여자. 실제로 불덩어리를 밴 꿈을 꾼 여자는 트로이의 헤카베 왕비였다. 신화를 인용하는 것이 당시 신사들의 말투였는데, 아이도 그런 말투를 흉내 내는 것이다.
28 6전짜리 동전에 십(+)자 표시가 되어 있었는데, 그 +자 표시가 마귀에게서 보호해준다고 믿었다.
29 얼굴이 시뻘건 바돌프는 성질도 못되게 군다.
30 빚 독촉 받는 사람은 언제나 모자를 벗어 들고 고개를 주억거리며 대답하는 말이 정해져 있다는 말이다.
31 야벳은 노아의 셋째아들로 모든 유럽 족속의 조상이 되었다고 믿었다. 우리 식으로 말하면 단군할아버지쯤 된다. 구약성서 창세기 10장 5절 이하 참조.

[읽는다] "기사 존 폴스타프 경이 부왕의 가장
가까운 아드님 왕세자 해리 님께 문안드리나이다."

포인스 야, 진짜 공문서구나!

헨리 왕자 조용해! "존경스러운 로마인들을 모방하여
간결하게 말씀드리겠사옵니다."

포인스 간결하다는 말은 숨이 차단 말이구먼.

헨리 왕자 "왕자님께 문안드리며, 왕자님을 존숭하며,
저는 하직합니다. 포인스와는 너무 친하지 마소서.
그자는 왕자님의 호의를 심히 남용하여 왕자님께서
자기 누이 넬과 결혼하실 것이라고 공언하옵니다.
시간 나면 회개하시고, 그러면 안녕히 계시옵소서.
싫든 좋든 간에 당신의 사람.—그건 당신이
나를 어떻게 대하냐에 달렸음.—친구들에게는 잭,
형제자매에게는 존, 유럽 전체에게는 기사 존
폴스타프 경."

포인스 왕자님, 이 편지 술독에 담갔다가 그자 입에다 처
넣겠네요.

헨리 왕자 그렇게 하면 자기 말 스무 마디를 식언하게
만드는 거라고. 하지만 네드, 너 나를 이런 식으로
취급하기야? 내가 네 누이와 결혼해야 돼?

포인스 그 애한테 그만한 운수가 내리기를! 절대로
그런 말 한 적 없어요.

헨리 왕자 이렇게 우리가 노닥거리며 허송세월하누나.
현명한 자들의 영혼이 구름 위에 앉아서 우릴
비웃어. [바돌프에게] 주인이 런던에 와 있냐?

바돌프 예.

헨리 왕자 어디서 저녁 먹냐? 늙은 멧돼지가 낡아 빠진
우리에서 먹냐?

바돌프 이스트칩의 그 옛집예요.

헨리 왕자 누구들과 만나는데?

시동 옛날 교회의 에베소 사람들[32]예요.

헨리 왕자 같이 먹는 여자들도 있냐?

시동 퀴클리 부인하고 돌 테어쉿 부인예요. 그밖엔
없어요.

헨리 왕자 그건 웬 창녀야?

시동 점잖은 부인이에요. 주인님의 친척 되는
마나님이에요.

헨리 왕자 동네 황소가 동네 암소와 친척 지간인 거와
같겠군. 네드, 저녁 먹을 때 놈들을 습격할까?

포인스 전 왕자님 그림잡니다. 따라갈게요.

헨리 왕자 얘, 너, 그리고 바돌프, 내가 아직 런던에
왔다고 주인한테 말하지 마. 입 다무는 값으로
이거 받아.

바돌프 혓바닥 없는 거로 하죠.

시동 혓바닥을 잘 다스리죠.

헨리 왕자 잘들 가라. [바돌프와 시동 퇴장]
돌 테어쉿이란 여자가 창녀일 테지.

포인스 물론이에요. 센톨번스와 런던 사이 대로처럼 닳고
닳았어요.

헨리 왕자 어떻게 하면 우린 안 보이면서 폴스타프가
본색을 드러내는 꼴을 구경하겠나?

포인스 우리 둘이 가죽조끼 입고 앞치마 두르고 술상
시중을 들면 돼요.

헨리 왕자 신이 소가 되듯[33] 말이지? 심한 타락이로다!
주피터의 경우가 그랬지. 왕자에서 심부름꾼?
천한 변화지만, 그렇게 하겠다. 무슨 일에나
목적과 재미가 어울려야지. 날 따라와. [둘 퇴장]

## 2. 3

[노섬벌랜드 백작, 노섬벌랜드 백작 부인,
해리 퍼시 부인 등장]

노섬벌랜드 사랑하는 부인, 얌전한 며느리,
험난한 이 일을 차분히 대하고,
세상 같은 표정을 띠지 말고 그들처럼
내게 난처하게 굴지 말아요.

노섬벌랜드 부인 포기했어요. 더 말하지 않겠어요.
하고 싶은 대로 하세요. 판단대로 하세요.

노섬벌랜드 오, 사랑하는 부인, 명예가 걸려 있소.
내가 가는 것밖에 별도리가 없소.

퍼시 부인 하지만 싸움터엔 가지 마세요!
아버님, 지금보다 요긴하던 시기에
철석같은 약속을 어기셨어요.[34]
아드님 퍼시가, 제 사랑 해리가

32 에베소는 현재 터키에 있던 초기 기독교의 중심지로 교회 안의 오랜 짝패들을 에베소서 4장 22~24절에서 바울이 공격했다. 비유적으로 폴스타프의 못된 짝패들이 모이는 데라는 말이다.

33 유로파를 사랑한 주피터가 황소로 변하여 그녀를 따라갔다는 신화가 있다.

아버님이 군대를 몰아오는지
자꾸만 북쪽을 바라봐도 헛수고였죠.
그때 그냥 계시라고 한 분이 누구죠?
아버님, 아들, 두 분이 명예를 잃었어요.
아버님 명예는 하느님이 밝히시고,
아들의 명예는 검푸른 하늘 위
태양처럼 그이에게 붙어 있으며
이 땅의 기사들은 그이의 빛으로
용맹을 발휘해서, 고귀한 젊은이가
옷깃을 여미는 거울이 되었고
다리 없는 자만이 그 걸음을 못 익히고
타고난 결점인 성급한 말투는
용맹한 사나이의 말투가 되었어요.
말씨가 나직하고 느리던 사람도
그이를 닮으려고 듣기 좋은 말솜씨를
일부러 망치고, 그이는 말투나 걸음걸이나
음식이나 취미나 군율이나 성격에서
지표요 거울이요 모범이요 교본이요
훈육하는 힘이에요. 그런데 그이를,
놀라운 그이! 사람 중 기적인 그이!
그이를 아버님은 저버리셨고
결코 남에게 뒤지지 않을 그이를
아버님은 뒷받침을 안 하셨으니
불리한 처지에서 무서운 군신의
얼굴을 대하라고, 핫스퍼란 이름만이
방패가 되는 싸움터를 지키라고,
그이를 버리셨어요. 남과의 체면을
면밀히 따짐으로 그이의 영혼을
욕되게 하지 마세요. 그이를 그냥 두세요.
사령관과 대주교는 강력합니다.
사랑하는 해리가 그 반만 있었어도
오늘 저는 그이 목에 매달려
몬머스의 무덤을 얘기했을 거예요.

노섬벌랜드 그만두어라. 지난날의 실수를
새로이 개탄하여 기운을 빼누나.
하지만 내가 거기서 위험을 만나거나
다른 데서 위험과 마주하여서
준비가 모자란 나를 찾아올지도 모른다.

노섬벌랜드 부인 스코틀랜드로 달아나요. 그사이
귀족과 평민이 힘을 시험하겠죠.

퍼시 부인 그들이 왕보다 유리하게 되었을 때
무쇠 테로 뭉쳐서 힘을 더해 주세요.
하지만 그들끼리 먼저 하게 하셔요.
아드님도 그랬어요. 그러라고 하셨지요.
그래서 저는 과부가 됐네요.
남은 삶이 아무리 길어도 제 눈으로
추억 위에 비를 뿌려 고귀한 남편에 대해
기념의 싹을 틔워 하늘만큼 높다랗게
자라게 하기엔 턱없이 모자라요.

노섬벌랜드 자, 같이 들어가요. 밀물이 한껏
차오르듯이 내 마음도 그렇구려.
가만히 정지하여 아무 데도 가지 않소.
대주교와 만나러 가곤 싶지만
수천 가지 이유에 붙잡혀 있소.
스코틀랜드로 정하겠소. 때와 기회가
나를 원할 때까지 거기 가 있겠소. [모두 퇴장]

## 2. 4

[종업원 프랜시스 등장. 다른 종업원이 마른
사과를 담은 접시를 들고 따라온다.]

프랜시스 아니 도대체 어쩌자고 거기 마른 사과[35] 갖다
놨어? 너 폴스타프 경이 마른 사과 못 참는 거
알잖아?

종업원 2 네 말 맞다. 전에 왕자님이 그 앞에 마른 사과
접시를 갖다 놓고 폴스타프 경이 다섯 개나 더
있다고 하시고는 모자를 벗더니 "그럼 나 이 물기
빠지고 둥그렇고 늙고 메마른 기사 여섯과 작별을
해야겠군." 하시니까 영감이 머리끝까지 화가 났지.
하지만 그때 일을 그만 잊어버렸어.

프랜시스 그럼 뭘 덮어서 아래 내려놔. 그리고 너 스닉
악단 소리 들리나 봐. 테어쉿 부인이 음악을 좀
듣고 싶대.

[윌리엄 등장]

윌리엄 빨랑빨랑! 저녁 먹은 방이 너무 더워서 금방 여기로

34 노섬벌랜드의 아들 핫스퍼(해리 퍼시)와 합세한다고 해놓고 가지 않았기 때문에 핫스퍼가 패하여 죽었다(「헨리 4세 제1부」 참조).

35 사과를 말렸기 때문에 두 해 동안 저장할 수 있다고 한다. 쭈글쭈글한 마른 사과는 늙은 폴스타프를 암시한다.

들어오겠다.

프랜시스 야, 좀 있으면 왕자님과 포인스 씨가 여기로 와서 우리 두 사람의 조끼와 앞치마를 걸칠 거래. 폴스타프 경은 아무것도 몰라야 돼. 바돌프가 슬쩍 가르쳐줬어.

윌리엄 정말 재밌는 웃음판이 벌어지겠다! 아주 멋들어진 전략일 거야.

종업원 2 스닉을 찾을지 알아보겠다. [둘 퇴장]

[퀴클리 부인과 돌 테어쉿 등장]

퀴클리 부인 정말, 얘, 지금 너 분위기가 아주 멋져. 마음도 더 바랄 데 없이 착 가라앉고, 얼굴도 정말 장미처럼 발그레하다 얘. 그런데 말이야, 너 까나리 단술 너무 많이 마신 거 같아. 그거 아주 깊숙이 파고드는 술이야. 그래서 "이거 무슨 술이야?" 하고 묻기도 전에 핏속에 확 퍼진단다. 지금 기분 어떠니?

돌 테어쉿 아까보다 괜찮아. 끄윽!

퀴클리 부인 어머, 말 잘하누나. 마음이 좋으면 황금도 안 부러워.

[폴스타프 등장]

야, 폴스타프 경 오신다.

폴스타프 [노래한다.] "궁정에 처음 온 아서 왕",—요강 비워!—"훌륭한 왕이었다."—잘 있었어, 돌 아씨?

퀴클리 부인 가만히 있는데 현기증 나서 죽겠대요.

폴스타프 저런 일 하는 여자는 다 그래. 가만히 있으면 도리어 멀미가 생기거든.

돌 테어쉿 콱 뒈져라, 지저분한 양아치 같으니. 위로한다는 소리가 고작 그거야?

폴스타프 네 덕에 뚱보 양 새끼가 생기누만,[36] 돌 아씨.

돌 테어쉿 내가 뚱보 만든다고? 돼지처럼 처먹고 병나서 그렇지, 내가 그러는 거 아냐.

폴스타프 숙수가 밥 많이 처먹게 만든다면 너흰 병을 만든다고,[37] 돌. 니들한테서 얻어, 돌. 니들한테서 얻는다고. 인정할 건 인정해라. 불쌍한 것아.

돌 테어쉿 아무렴. 우리 목걸이와 반지들도 얻어 가져.

폴스타프 너희 브로치, 진주, 보석도[38]—용감한 군인 노릇은 네가 알 듯 절뚝발이 돼서 오는 거고 부러진 창대 들고 틈바귀에서 용감하게 나오는 거며, 용감히 수술대에 드러눕는 거며 포탄쟁인 대포에 용감히 대드는 거며.[39]—

돌 테어쉿 목매달아 뒈져, 지저분한 망둥이야. 목매달아 뒈지라고!

퀴클리 부인 어머나, 옛날 하던 버릇이네. 당신네 둘은 만나기만 하면 반드시 싸움판을 벌인단 말이야. 바싹 구운 빵 쪽처럼 성질들이 메말랐어. 서로 남의 약점을 참아주질 못해. 정말 한심해! 하나가 참아야 해. [돌에게] 네가 참아야 해. 항간에서 말하듯, 네가 좀 더 약한 그릇, 빈 그릇이니까 말이야.

돌 테어쉿 약하고 빈 그릇에 저런 무지막지한 돼지 대가리 담겠어? 보르도 포도주 배 한 척 전부 저놈 속에 들어찼어. 저거보다 짐칸에 짐 더 쟁여 실은 배가 없다고. 자, 잭, 당신하고 풀겠어. 싸우러 나간다지. 다시 당신 보게 될지 말지 아무도 상관 안 해.

[종업원 등장]

종업원 기수 피스톨이 아래에 와 있는데 기사님과 할 말이 있대요.

돌 테어쉿 시끄러운 새끼, 콱 뒈지래. 여기 올라오지 못하게 하라고. 잉글랜드에서 제일 입 더러운 새끼야.

퀴클리 부인 시끄러우면 여기 오지 말라고 해. 절대로 안 돼! 친한 이웃들과 같이 살아야지. 시끄러운 사람은 싫어. 난 제일로 잘난 사람들과 인심 얻고 산다고. 문 닫아. 여기 시끄러운 사람은 없어. 지금 와서 시끄러운 짓 보려고 입때 산 거 아냐. 저 문 닫아줘.

폴스타프 주인, 내 말 들어?

퀴클리 부인 진정해요, 폴스타프 경, 여기 시끄러운 사람 오지 못해요.

폴스타프 내 말 들어? 저 사람 내 기수야.

퀴클리 부인 허튼수작 집어치워요! 폴스타프 경, 말 말아요. 기순지 뭔지 시끄런 놈은 문간에 안 들여놔요.

36 당시 영어에서 '양아치'라는 말과 '비쩍 마른 사슴'이라는 말이 같은 뜻인데, 여기서는 좀 비슷한 '양 새끼'로 옮겼다.

37 사람이 뚱뚱해지는 데는 음식을 많이 먹는 것과 성병으로 몸이 뚱뚱 붓는 두 가지라는 말. 돌 테어쉿은 입이 더러운 창녀라는 말이다.

38 성병 걸린 사람 피부에 번지는 반점 모양들이다.

39 사내가 전투에서 용감히 싸우다가 부상당하는 모습을 창녀와 성관계해서 병을 얻는 과정에 비유하고 있다.

저번에 티식 나리 앞에 갔었다고요. 나한테 하는 말이,—지난 수요일밖에 안 됐군요.— "이웃에 사는 퀴클리 여사", 그때 덤 목사님이 옆에 계셨는데, "퀴클리 여사, 점잖은 사람만 받으시오. 지금 평판이 안 좋소." 하는 거예요. 그 이율 말할게요. 그분 말이, "당신은 점잖은 부인으로 평판도 좋소. 그러니 받는 손님이 누군지 살피시오. 시끄럽게 난 체하는 자들은 받지 마시오." 하는 거예요. 그래서 그런 사람 여기 못 와요. 그분 말 들으면 참 좋은 말 들었다고 할 거예요. 안 됩니다. 시끄러운 사람은 안 돼요.

폴스타프 그 사람 시끄러운 사람 아니야, 얌전스런 사기꾼이지. 사냥개 강아지 다루듯 살살 쓰다듬을 수 있다고. 암탉하고는 시끄럽게 굴지 않아. 싫다고 깃털을 거꾸로 세워도 안 그래. 종업원, 올라오라고 해. [종업원 퇴장]

퀴클리 부인 사기꾼이오? 괜찮은 사람이면 내 집에 못 들어오게 하지 않아요. 사기꾼도 괜찮아. 하지만 시끄런 사람은 싫어. 누가 '시끄럽다'고 하면 두드러기가 나. 정말 얼마나 떨리나 내 살 만져 보라고요.

돌 테어쉿 주인, 정말이네.

퀴클리 부인 그렇지? 정말 그런다고. 사시나무 떨 듯. 시끄런 사람은 나 못 참아.

[피스톨, 바돌프, 시동 등장]

피스톨 안녕하쇼, 폴스타프 경!

폴스타프 잘 왔다, 기수 피스톨! 이거 받아라, 피스톨. 포도주 한잔 단단히 쟁여라. 여주인에게 네가 한 방 쏴라.

피스톨 폴스타프 경, 여주인에게 두 방 쏘겠습니다.

폴스타프 저 여자 피스톨에 끄떡없어. 네가 어떻게 해도 괜찮아.

퀴클리 부인 난 한 방이든 두 방이든 마시지 않아. 나한테 안 좋은 건 안 마셔. 딴 남자 좋아지게 하려고 애쓰지 않아.

피스톨 그럼 돌 부인, 당신한테 쏘겠어.

돌 테어쉿 나한테 쏴? 이 더러운 녀석, 꼴도 보기 싫다. 뭐? 가난뱅이, 저질, 놈팡이, 사기꾼, 빤스도 없는 새끼! 저리 가, 곰팡내 푹푹 나는 양아치, 저리 가. 난 네 주인 잡술 밥이야.

피스톨 돌 부인, 나 당신 누군지 알아.

돌 테어쉿 저리 가. 소매치기 양아치. 더러운 야바위. 썩 꺼져! 이 술에 맹세코, 나한테 건방진 수작하면 썩은 네 아가리에 이 칼 쑤셔 넣겠다. 썩 꺼져. 싸구려 술병 좀팽이, 버들가지로 엮은 자루 달린 칼 장난 사기꾼 새끼! 언제부터 병정 노릇했냐? 흥, 어깨에 갑옷 매듭 두 개 달고! 대단하다!

피스톨 욕 값으로 네 목덜미 칼라 찢어버리지 않으면 하느님이 살지 말래도 좋다!

폴스타프 그만해, 피스톨. 여기서 폭발하지 마. 피스톨, 우리 패와 인연 끊어.

퀴클리 부인 그러지 마세요, 착한 피스톨 대위님, 여기선 말아요. 다정한 대위님.

돌 테어쉿 대위? 구역질나는 사기꾼, 대위란 소리 들으니 창피하지도 않아? 진짜 대위가 내 속 같다면 아무 한 일도 없이 자기네 이름 훔쳤다고 몽둥이찜질해서 내쫓았을 거다. 네가 대위야? 천덕꾸러기! 뭣 땜에? 창녀 집에서 불쌍한 갈보 옷옷 칼라 찢은 공으로? 저게 대위야? 목매달 좀팽이. 곰팡내 물씬 나는 찐 자두[40]하고 말라빠진 과자 주워 먹고 사는 주제에. 대위? 이런 악질 새끼들이 '따먹는'단 말처럼 대위란 말을 메스껍게 만들었어. 못된 말과 섞이기 전엔 아주 좋은 말이었지. 그러니까 대위들은 그거 주의할 필요가 있어.

바돌프 어이, 기수, 좀 내려가 있어.

폴스타프 돌 아씨, 이리 좀 와.

[둘이 옆으로 비켜선다.]

피스톨 나 안 가! 바돌프 하사, 솔직히 말해, 저년 찢어 죽여도 시원치 않아! 앙갚음하겠어.

시동 제발 내려가세요.

피스톨 먼저 저년이 염라대왕의 늪,[41]
지옥 구렁에 빠지는 꼴을
맹세코 보고야 말겠다!
지하계와 악랄한 고문도 함께!
낚싯줄을 당겨라. 내가 말한다.
쓰러져라, 쓰러져라, 사기꾼들아!

40 창녀 집이라는 표시로 창에 놔두던 물건도 된다. '찐다'(stew)는 말이 창녀 집이란 뜻이다.

41 피스톨이 당시 대중적인 인기를 끌던 연극 대사를 마구 붙이고 뒤섞어 외친다.

여기는 '하이런'[42]이 없느냐?
[자기 칼을 뽑는다.]
퀴클리 부인 어머, '피즐'[43] 대위님, 조용하세요.
밤이 아주 늦었어요. 제발 분을 삭이세요.
피스톨 과연 각자가 성질들을 발휘하누나!
놀고먹던 아시아의 못난 망아지들,[44]
하루에 30리 겨우 가던 녀석들이
시저와 카니발[45]과
트로이 용사들에 어찌 비하랴!
차라리 저주 받아 서베러스[46] 왕 앞에
울부짖어라! 쩨쩨하게 싸울 테냐?
퀴클리 부인 어머, 대위님, 거 참 비통하기 짝이 없는
말이네요.
바돌프 자, 기수, 가시지. 이러다간 어느 결에
싸움으로 번지겠어.
피스톨 개같이 뒈져라! 바늘처럼 왕관을 쥐라!
여기는 하이런이 없느냐?
퀴클리 부인 여긴 정말 그런 사람 없다고요, 대위님.
내가 왜 그런 여자 없다고 하겠어요? 제발
조용히 하세요.
피스톨 그럼 처먹고 살쪄, 귀여운 칼리폴리스![47]
자, 그럼 내게 술 좀 달라.
시 포르투네 메 토르멘테 스페라토 메 콘텐토.[48]
신문에 날까 겁나? 악마가 불을 뿜어도 좋다!
술 좀 달라. 착한 아씨, 넌 거기 누웠거라!
[칼을 내려놓는다.]
이게 끝이란 말이지? 기타 등등은 무시해?
폴스타프 피스톨, 나라면 잠잠하겠다.
피스톨 다정하신 기사님, 당신의 주먹에 키스합니다.
우리 함께 칠성님을 봤거든요.[49]
돌 테어쉿 저 새끼 아래층에 내던져. 저런 지지리
못난 놈 나 못 참아.
피스톨 아래로 던져? 시골 망아지[50]를 알아보지 않았어?
폴스타프 저놈 내던져, 바돌프, 동전 따먹기처럼
밀쳐버려. 허튼수작밖에 할 짓 없으면 여기서
할 일 없어.
바돌프 자, 내려가.
피스톨 뭐? 우리 피 볼 텐가? 피 묻힐 텐가?[51]
[칼을 획 집어 든다.]
그럼 죽음아, 나를 잠재워 슬픈 날을 줄여라!
그래서 끔찍스레 쩍 갈라진 칼자국이
운명의 명줄을 풀라! 오라, 아트로포스![52]
퀴클리 부인 큰일 벌어지겠어!
폴스타프 얘, 내 검 이리 다오.
돌 테어쉿 잭, 제발 칼 빼지 말아요.
폴스타프 [피스톨에게] 아래층에 내려가.
[그가 칼을 잡는다. 칼부림.]
퀴클리 부인 난장판 꼴좋다! 이런 무서운 소동 가운데
끼어 있기보단 차라리 객줏집 폐업하는 게 나아!
저런! 살인났어, 확실히 틀림없어! 어머나, 어머나,
칼 뺀 거 거두세요, 칼을 거둬요.
[바돌프에 쫓겨서 피스톨 퇴장]
돌 테어쉿 잭, 제발 조용히 해. 놈팡이 갔어. 아이고,
날쌘 돌이, 요 귀염둥이, 여보 당신아!
퀴클리 부인 사타구니 안 다쳤수? 그놈이 당신 배에 되게
칼질한 거 같은데.
[바돌프 등장]
폴스타프 문밖에 쫓아냈지?
바돌프 그랬소. 그놈이 잔뜩 취했소. 당신이 놈의 어깨에
상처를 입혔소.
폴스타프 못된 놈, 나한테 덤비다니!
돌 테어쉿 에그, 귀여운 귀염둥이 당신아! 어머, 불쌍해라,
땀바가지구나. 이리 와. 얼굴 닦아줄게. 똥똥한
볼따구니 이리 돌려대! 에그, 요것아, 나 당신

42 어떤 연극에 나오던 창녀 이름이며 동시에 칼('아이언')을 뜻하기도 한다.
43 '피스톨'을 '피즐'이라고 잘못 발음하는데 이는 '쇠좆'이라는 뜻이다.
44 당시 인기가 높던 말로의 연극 「태멀린」에서 영웅 태멀린이 정복한 왕들을 말처럼 부려 자기 수레를 끌게 하며 하던 말을 피스톨이 아무렇게나 인용하고 있다.
45 카르타고 영웅 한니발을 잘못 알고 '카니발'이라고 말하는데 카니발은 식인종이란 뜻이다.
46 지옥문을 지키고 있는 머리 셋 달린 무서운 개. 왕이 아니다.
47 당시 어떤 인기 연극에 나오는 여자 이름.
48 조금 틀린 이탈리아어로, "운명이 나를 괴롭힌다면 희망이 내게 만족을 주도다."
49 칠성은 밤에 뵈는 것인데, 함께 밤일(도둑질)을 했다는 말이다.
50 아무나 탈 수 있는 시골의 말은 창녀라는 뜻도 된다.
51 일부러 외과 수술 용어를 쓰고 있다.
52 사람의 명줄을 결정하는 운명의 세 여신 중의 하나로 가위로 각자의 명줄을 자른다.

사랑해. 용감하기가 트로이 헥토르[53] 같고 아가멤논
따위는 다섯 놈과 맞먹고 9대 위인[54]보다 열 배는
돼. 에그, 요것아!
폴스타프 형편없는 개새끼! 그 자식 멍석에 박아 넣고
까불리겠다.
돌 테어쉿 그래라. 죽기 살기로 그럴 테면. 그렇게 하면
내가 당신을 이불 홑청 속에서 까불려줄게.
[악사들 등장]
시동 악단이 왔어요.
폴스타프 연주하래.—연주하쇼!
[음악을 연주한다.]
돌, 여기 무릎에 앉아. 자식, 난 척하는 못난이 아냐!
자식, 나한테서 수은처럼 토꼈어.
돌 테어쉿 예배당처럼 당신은 녀석을 따라갔어. 바톨로뮤
축제[55] 때 쪼끄만 통돼지같이 귀여운 당신! 낮에
싸우고 밤에 찌르는 짓 그만두고 낡은 몸집
추슬러서 하늘나라 갈 준비는 언제 시작할 테야?
[헨리 왕자와 포인스가 종업원으로 변장해 등장]
폴스타프 조용히 해, 돌. 해골처럼 그따위로 말하지 마. 내
인생의 종말을 생각나지 말게 해.
돌 테어쉿 한데 왕자는 성격이 어때?
폴스타프 경박한 젊은 치야. 부엌 심부름 잘했을 거야.
빵 잘 썰었겠지.
돌 테어쉿 포인스는 머리가 좋다며?
폴스타프 머리가 좋아? 목이나 매서 뒈지래, 그 잔나비
녀석. 머리가 튜크스베리 겨자[56]만큼이나 두껍다고.
홍두깨만큼 골 빈 놈이지.
돌 테어쉿 그럼 왕자가 왜 그렇게 좋아해?
폴스타프 둘의 바지통 길이가 똑같은 데다 녀석이
쇠고리 던지길 썩 잘하고 붕장어와 갓나물[57]을
먹고 술잔에 띄워놓은 몽당 촛불을 홀꺽 삼킬
줄 알고 아이들하고 말타기 놀이를 하고 의자를
타고 넘고 욕을 점잖게 하고 구둣방 간판처럼
미끈한 장화를 신고, 소란을 떨어서 괜한 소문을 내지
않고, 그밖에 그런저런 장난질을 잘하니까
머리는 비었지만 몸집은 좋아서 왕자가 친구하는
거라고. 왕자도 그런 치니까.—둘의 무게가
똑같아서 머리카락 한 개만 더해도
한쪽으로 기울겠어.
헨리 왕자 마차 바퀴처럼 뚱그런 이 녀석 귀를 잘라
버려야 되지 않아?[58]
포인스 자기 계집 눈앞에서 흠씬 팹시다.
헨리 왕자 다 빠진 늙다리 머리를 헝클어 놓으니까
앵무새 꼴이 됐구나.
포인스 실제로는 못 하면서 욕정만은 저처럼 오래
뻗치는 게 이상하지 않아요?
폴스타프 키스해줘, 돌.
[그녀가 그에게 키스한다.]
헨리 왕자 금년엔 새턴과 비너스[59]가 궁합이 맞아!
거기에 대해서 책력이 뭐라고 했지?
포인스 주인의 하인인 얼굴 뻘건 저 녀석이 주인의
치부책과 수첩이며 비밀을 간직하는 여주인한테
은근한 말씨로 연애를 걸지 않아요!
폴스타프 [돌에게] 네 키스 참 간드러져.
돌 테어쉿 참말로 당신한테 아주아주 일편단심으로
키스하는 거야.
폴스타프 내가 늙었어, 아주 늙었어.
돌 테어쉿 어떤 젊은 지저분한 녀석보다도 난 당신
사랑해.
폴스타프 무슨 감으로 치마 해줄까? 나 목요일에 돈
받고 내일 모자 쓴다고. 신나는 노래 한 가락!
자, 밤이 깊어간다. 자러 가자. 내가 가면 너
날 잊어버리겠지.
돌 테어쉿 당신 그런 말 하면 나 정말 울 거야. 당신
돌아올 때까지 나 옷치장 하는가 봐. 끝을
보면 알 수 있다잖아.
폴스타프 프랜시스, 술 좀 가져와.

53 헥토르는 트로이의 영웅, 다음에 나오는 아가멤논은 트로이를 공격한 그리스 군의 총사령관.
54 헥토르, 알렉산더, 시저 등, 중세와 르네상스 유럽인이 존경하던 아홉 영웅들.
55 8월 24일 성 바톨로뮤 축제일에 돼지고기 요리로 잔치를 벌였다.
56 영국 지방의 한 도시. 겨자 생산지로 유명했다.
57 붕장어를 많이 먹으면 멍청해진다고 믿었다. 갓나물은 서양 양념 나물의 일종을 우리말로 바꾼 것.
58 당시 왕족을 모욕하는 자는 귀를 자르는 벌을 받았다.
59 새턴은 토성, 비너스는 금성을 뜻하는 동시에 각기 늙은 신과 젊은 사랑의 여신을 나타낸다. 당시 책력에 그 해에 무슨 별들이 서로 궁합이 맞는지 적혀 있었는데 당시의 천문학으로 토성과 금성은 절대로 궁합이 맞지 않았다.

헨리 왕자와 포인스 [앞으로 나서며] 예, 예, 잠깐만요.

폴스타프 허! 왕의 후레자식 아냐?—그리고 넌 그 아우 포인스 아냐?

헨리 왕자 야, 죄로 뭉친 땅덩이, 이게 사람 사는 꼬락서니야?

폴스타프 너보단 나은 사람이지. 난 기사 양반인데 넌 술이나 따르는 녀석이야.

헨리 왕자 썩 잘 맞는 말이다. 그래서 네 귀때기 잡아서 속에 든 거 따르려고 왔다.

퀴클리 부인 어머! 주님께서 보호하시길! 런던에 잘 오셨네요! 주님께서 잘나신 얼굴에 축복하시길! 오, 예수님, 웨일스에서 오시는 길이신가요?

폴스타프 야, 인마, 미친 왕의 피에 범벅한 녀석, 이 가벼운 살과 썩은 피에 걸어서, 너 참 잘 왔다.

돌 테어쉿 뭐야? 뚱보 멍청이, 너 보기 싫어.

포인스 [헨리 왕자에게] 왕자님, 화만 푸시면 저자가 왕자님 노여움을 몰아내고 모두 한바탕 장난으로 바꿔놓을 거예요.

헨리 왕자 야, 기름 저장고 비곗덩어리, 방금 전에 내 욕을 더럽게 했어. 착하고 선하고 얌전한 부인 앞에서!

퀴클리 부인 왕자님의 착하신 마음씨를 하느님 축복하소서! 저이는 정말 그런 부인이에요.

폴스타프 [헨리 왕자에게] 내가 하는 말 들었어?

헨리 왕자 그랬다. 개즈힐에서 달아날 때처럼 그게 나란 걸 너도 알았지. 내가 네 뒤에 있는 걸 잘 알면서도 내가 얼마나 참는지 보려고 일부러 그런 소리 한 거야.

폴스타프 아니, 아니, 아니, 아니야. 난 네가 내 말 못 듣는 줄 알았어.

헨리 왕자 그럼 네가 일부러 욕한 걸 실토하게 하겠어. 널 어떻게 다룰지 알고 있거든.

폴스타프 헬, 욕이 아니었어. 정말 욕이 아니었어.

해리 왕자 아니라고? 날 깎아내리고, 부엌 심부름꾼, 빵 써는 놈, 그리고 또 뭐랬더라?

폴스타프 헬, 욕이 아니야.

포인스 욕이 아니라고?

폴스타프 욕 아니야, 포인스, 원 세상에. 착한 포인스, 욕 아니야. 못된 것들 앞에서 [왕자에게] 깎아내려서 널 좋아하지 못하게 하려고 했어. 그래서 내가 충실한 친구, 진실한 백성 구실을 하니까 네 아버지가 나한테 고맙다고 해야 돼. 욕이라니, 헬. 아니야. 포인스, 아니야. 아니고말고. 얘들아, 아니야.

헨리 왕자 저거 봐라. 순전히 무섭고 겁나서 우리에게 알랑방귀를 뀌고 이 착한 부인에게 욕을 돌리는 거 아니야? 저 여자가 못된 거라고? 여기서 너를 대접하는 이 여주인이 못된 거라고? 아니면 정직한 바돌프가 못된 거야? 열정적으로 코가 불타는 이 사람이 못된 거라고?

포인스 대답해, 썩은 괴목, 대답해.

폴스타프 악귀란 놈이 바돌프를 지울 수 없도록 명단에 점찍었어. 그래서 녀석 낯짝이 술고래만 볶아대는 사탄의 부엌간이 된 거라. 저 왕자 애는 주변에 선천사가 감싸고 있어. 하지만 마귀가 노리기도 해.

헨리 왕자 여자들은 어때?

폴스타프 그중 하나는 벌써 지옥에 빠져서 불쌍한 영혼들을 뜨겁게 태우고 있지. 또 한 여자는 내가 빚을 지고 있는데 그 때문에 저주받을지 안 받을지 나도 몰라.

퀴클리 부인 안 받아요, 확실해요.

폴스타프 맞아. 안 받아. 당신 그 덕에 면했어. 한데, 당신 딴 죄가 있어. 국법을 위반하고 당신 집에서 고기를 먹게 했어.[60] 그 죄 때문에 지옥에서 울부짖게 된다는 게 내 생각이야.

퀴클리 부인 밥장사는 다 그래요. 사순절 내내 양고기 한두 쪽이 무슨 대수라고요?

헨리 왕자 부인, 당신은—

돌 테어쉿 왕자님, 무슨 말씀이세요?

폴스타프 자기 몸이 거역하는 거 말씀이시다.

[안에서 피토가 문을 두드린다.]

퀴클리 부인 누가 저렇게 문을 두드려대나? 프랜시스, 문간에 가봐.

[피토 등장]

해리 왕자 피토, 웬일인가?

피토 전하께서 웨스트민스터에 계시는데 북방에서 전령관 20명이 지쳐서 도착했고, 제가 여기로 오는 길에 십여 명 지휘관을 만나고 지나쳤는데 땀투성이 맨머리로 술집마다 들러서

60 국법으로 사순절(부활절 전 40일 동안)에는 고기를 팔지 못하게 했다. 하지만 잘 지켜지지 않았다.

폴스타프 경을 찾고 있었습니다.
헨리 왕자 맙소사, 포인스. 귀중한 시간을
노닥거려 보내다니 내 탓이구나.
검은 구름 몰아오는 남풍과 같이
소란한 폭풍이 벗은 우리 머리에
소나기로 쏟아지기 시작하는데.
칼과 외투 다오. 폴스타프, 잘 있어라.
[헨리 왕자와 포인스 퇴장]
폴스타프 이제부터 밤의 제일 달콤한 부분이 찾아오는데
우린 떠나야 해. 고거 따먹지 못하고 나둬야 해.
[안에서 문 두드리는 소리. 바돌프 퇴장]
또 문을 두드려?
[바돌프 등장]
무슨 일이야?
바돌프 당신 당장 궁정으로 가야 해요.
지휘관 열두엇이 문간에서 기다려요.
폴스타프 [시동에게] 악사들한테 수고비 줘. 잘 있어, 여주인,
잘 있어, 돌. 귀여운 여자들아, 보았지? 잘난 사람은
이렇게 오라는 데가 많아. 활동하는 사람은 요청이
많은 반면, 못난이는 잠이나 자지. 잘 있어, 여자들,
급히 파견되지 않으면 떠나기 전에 니들 다시 볼 거야.
돌 테어쉿 말이 안 나와. 가슴이 터질 것 같아.—어쨌든,
사랑하는 잭, 몸 조심해.
폴스타프 잘 있어, 잘 있어.
[바돌프, 피토, 시동이 악사들과 함께 퇴장]
퀴클리 부인 그럼 안녕히 가세요. 강낭콩 여물 때면 당신 알고
지낸 지 스물아홉 해 돼요. 하지만 더욱 정직하고
진실한 사람은—저, 안녕히 가세요.
바돌프 [안에서] 테어쉿 부인!
퀴클리 부인 무슨 일인가?
바돌프 [안에서] 테어쉿 부인에게 우리 주인한테 가보라고
하세요.
퀴클리 부인 돌, 뛰어, 뛰라고, 돌. 오, 눈물범벅이 돼서
가누나. 그래, 돌. 가보겠니? [모두 퇴장]

## 3. 1

[잠옷 차림의 왕이 사동과 함께 등장]
헨리 왕 [편지를 건네며]
서리와 워릭 백작을 오라고 해라.
하지만 오기 전에 먼저 편지를 읽고
생각을 하래라. 급히 다녀오너라. [사동 퇴장]
가장 가난한 수십만 내 백성도
이 시간 잠들었지! 오, 착한 잠이여!
포근한 유모여, 무슨 겁을 주었기로
무겁게 눈꺼풀에 매달리지 않으며
감각을 망각 속에 담그지도 않느냐?
왜 도리어 연기에 그을린 오두막과
불편한 거적에 몸을 편히 누이고
시끄러운 날파리를 자장가 삼을망정
향기로운 왕궁의 침실 안에서
웅장한 천개 아래 달콤한 음악으로
단잠을 청하지 못하고 있나?
오, 둔감한 신! 왜 너는 왕의 침상,
재깍대는 시계 소리, 늘 듣는 알람을 떠나
천한 자들과 함께 조악한 데 눕는가?
사납게 덤비는 바람이 못된 파도의
머리채를 붙잡고 괴물 같은 그 머리를
휘감고 귀청 찢는 천둥과 함께
나부끼는 구름 속에 높이 매달고
험악한 소란으로 죽음마저 깨우는데,
너는 어찌 아찔한 돛대 위에서
어린 선원의 눈을 질끈 감기고
거친 파도를 요람 삼아 잠들게 하나?
불공평한 잠이여, 젖은 선원에게는
소란스런 시간에도 휴식을 주면서
고요하고 적막한 밤 온갖 좋은 수단과
방법이 있는 왕에겐 휴식을 안 주나?
복 받은 낮은 자여, 편히 잠자라!
왕관을 쓴 머리는 불안 중에 깨어 있다.
[워릭과 서리 백작 등장]
워릭 전하, 안녕히 주무셨습니까?
헨리 왕 벌써 아침 인사요?
워릭 한 시 지났습니다.
헨리 왕 아 그럼, 안녕히들 주무셨소?
내가 보낸 편지를 살펴보셨소?
워릭 예, 그랬습니다.
헨리 왕 그러면 귀공들은 이 나라의 몸통이
얼마나 추하고 사나운 병을 앓고
심장부 가까이 위험한지 아시게 되오.
워릭 아직은 불편한 몸에 불과한 까닭에

좋은 충고와 약을 조금 쓰기만 하면
이전의 기운을 되찾을 수 있습니다.
노섬벌랜드 백작은 쉬 가라앉습니다.
헨리 왕 오, 운명의 책장을 보면 좋겠소.
세상이 돌고 돌아 산들은 낮아지고
대륙은 굳은 것을 싫어하여 녹아 내려
바다로 변하고, 해안선의 모래 띠가
해신[61]의 허리보다 턱없이 길어지는
딴 세상이 되는 걸 보면 좋겠소.
우연의 장난과 변덕이 오만 가지
다른 술로 무상한 변화의 술잔을
가득 채우는구려! 그걸 볼 수 있다면
아무리 행복한 청년이라도
어떠한 위험과 난관을 겪을는지
자기의 갈 길을 미리 내다보고서는
책을 닫아버리고 주저앉아 죽을 거요.
리처드 왕과 노섬벌랜드는 좋은 친구로
같이 먹고 마신 것이 10년이 안 됐는데
2년 뒤엔 싸웠소. 그 후 8년이 지나
노섬벌랜드는 내 영혼과 아주 친했소.
형제처럼 내 일에 발 벗고 나섰고,
사랑과 목숨을 내 발 아래 두었소.
그렇소. 리처드의 면전에서 나를 위해
험하게 대들었소. 두 분 중 누가 옆에—
[워릭에게] 옳지, 당신이지, 생각나는군.
그때 리처드가 눈에 눈물 가득 담고
노섬벌랜드에게 야단을 맞고 나서
이런 말을 했는데, 예언이 되었구먼.
"노섬벌랜드, 너는 내 사촌 볼링브룩이
왕위에 오르기 위한 사다리일 뿐이다."
—그때 나는 전혀 그럴 생각이 없었지만
나라가 위급하여 휘청댈 때라
나와 대권이 입 맞출 수밖에 없었지.—
"그때가 오리라." 그리고 말을 이어
"때가 되면 그 죄악이 점점 커져서
끝내 곪아 터지리라." 말을 했으니
정말로 그리되어, 지금의 이 상황과
우리 우정의 분단을 예언했던 것이오.
워릭 사람은 누구나 과거의 참모습을
사실대로 보여주는 역사가 있지요.
그것을 살피는 사람은 세상 밖에
드러나지 않은 채 씨앗 속에 숨어서
희미하게 시작되는 중대한 사건들을
상당히 정확하게 예언할 수 있습니다.
그런 일은 시간이 품고 있는 말입니다.
그리하여 필연적인 과정을 따라
리처드는 자기를 배신한 노섬벌랜드가
그 씨앗에서 더욱 큰 배신을 키우리라
정확하게 추측할 수 있었던 것이니
그 씨앗은 전하가 아니면 뿌리 내릴
토양이 없었지요.
헨리 왕 그럼 이는 필연적인가?
그렇다면 필연으로 대응합시다.
바로 이 순간 긴급한 필요가 우릴 부르오.
대주교와 노섬벌랜드가 5만의 병력을
집결하였다 하오.
워릭 그럴 리 없습니다.
메아리와 똑같이 소문은 두려운 대상을
두 배로 늘립니다. 침상으로 가실까요?
이미 보내신 군대가 아주 쉽사리
상을 따 가지고 돌아올 것입니다.
더욱 안심이 되실 일은, 글렌다워가
죽었다는 확증을 제가 접수했습니다.
지난 보름 동안에 몸이 불편하셨는데
이처럼 이른 시간은 전하의 병환에
좋지 않을 것입니다.
헨리 왕 당신 의견에 따르겠소.
일단 내란들이 홀가분해지면,
친애하는 귀공들, 성지로 떠납시다. [모두 퇴장]

## 3. 2

[섈로 판사와 사일런스 판사 등장]
섈로 이리 오쇼, 이리 오쇼, 이리 오쇼. 손 좀 줘요,
손 좀 줘요. 진실로 일찍 나다니시네! 착하신
사일런스 형제, 재미 좋으시오?
사일런스 안녕하시오? 섈로 형제.

61 로마신화에 나오는 바다의 신. 산들이 모두 낮아지면 해안선이 길어져 바다도 다 채울 수 없도록 변한다.

섈로 마나님은 어떠신가요? 그지없이 어여쁜 따님, 나의 대녀[62]라서 내 딸 같은 엘런은 어때요?

사일런스 아이고, 새까만 깜장 새[63]요, 섈로 형제.

섈로 진실로[64] 말씀드려 윌리엄 조카는 우수한 학생이 되어 있을 것이지요. 아직도 옥스퍼드에 있겠죠. 안 그래요?

사일런스 그래요. 비용은 내가 부담하지요.

섈로 그럼 곧 법학원으로 가겠네요. 나도 한때는 클레먼트 법학원에 있었지요. 아마 아직도 거기서는 미친 섈로 얘기를 할 거라고요.

사일런스 그 시절에 '신나는 섈로'라고 불리셨죠, 형제.

섈로 진실로, 별의별 별명을 다 들었지요. 정말 뭐든지 하려고 덤볐었지요. 아주 내놓고 그랬어요. 그때 나하고 스태포드셔의 꼬마 존 도잇하고 깜둥이 조지 바니스, 프랜시스 픽본, 콧츠월드 출신 윌 스퀼이 있었는데, 온 법학원에 그런 망나니들이 또 없었지요. 그리고 솔직히 말해 물 좋은 창녀가 어딨는지 알아서 그중 제일 잘난 것을 수시로 대령시켰답니다. 그때 잭 폴스타프는 지금은 폴스타프 경이지만 아직 애송이 때는 노폭 공작 토머스 모브레이 공의 시동이었죠.

사일런스 형제, 그 폴스타프 경이 바로 군대 일 보러 좀 있으면 여기 올 그분인가요?

섈로 바로 그 폴스타프 경, 그 사람이오. 그 사람 키가 요만치도 못 되는 장난꾼일 때 궁궐 문에서 스코긴의 머리를 까던 꼴이 눈에 선해요. 바로 그날 내가 그레이 법학원 뒤에서 과일 장수 샘슨 스톡피시란 자와 싸웠지요. 오, 예수님, 참말 미친 시절이었죠! 그런데 얼마나 많은 옛 친구가 죽었는지 한심하군요!

사일런스 형제, 우리 모두 뒤따를 거요.

섈로 아무렴요, 아무렴요. 확실하죠, 확실해요. 시편에서 말하듯 죽음은 모든 자에게 확실하며 모두가 죽게 돼요.[65] 스탬포드 장에서 좋은 황소 한 겨리 얼마던가요?

사일런스 진실로, 나는 거기 안 갔습니다.

섈로 죽음은 확실해요. 당신이 사는 마을의 더블 노인이 아직 살아 있나요?

사일런스 죽었어요.

섈로 오호, 예수님, 죽었구나! 활 잘 쏘더니, 죽었구나! 활을 잘 쐈거든요. 곤트 공작이 참 좋아해서 그 사람에게 듬뿍 돈을 걸곤 했어요. 죽었다니! 그 사람이 120야드 전방에서 과녁을 맞추고 곧은 쇠뇌를 280내지 290야드 전방에서 맞추곤 해서 보기만 해도 통쾌했어요. 지금 암양 스무 마리 가격이 어떠한가요?

사일런스 질에 따라 달라요. 좋은 암양 스무 놈은 10 파운드 나가요.

섈로 그래 더블 노인이 죽었단 말이오?

사일런스 저기 존 폴스타프 경의 부하 두 사람이 오는 거 같아요.

[바돌프와 시동 등장]

안녕하쇼? 점잖은 양반들.

바돌프 말씀 좀 물읍시다. 어느 분이 섈로 판사신지요?

섈로 내가 로버트 섈로요. 이 지방의 가난한 향사[66]의 하나로 왕의 치안판사입니다. 나에게 무슨 볼일이 있으신가요?

바돌프 우리 부대장께서 문안드리십니다. 우리 부대장은 존 폴스타프 경인데, 용맹하신 신사로서 매우 담대하신 지휘관이오.

섈로 반갑군요. 내가 알기로 그분은 목검술에 능하셨죠. 기사님은 어찌 지내시오? 그분 부인은 어찌 지내시는지 물어봐도 될까요?

바돌프 용서하시오. 군인은 부인보단 더 좋은 것으로 보급 받는 신분이오.

섈로 진실로, 말씀 잘하셨소, 말씀 썩 잘하셨소. "더 좋은 보급"이라! 좋은 말씀이오. 좋아요. 확실히 좋은 문구는 항상 권장할 만하지요. "보급을 받다." '기울 보(補)'와 '줄 급(及)'에서 온 말이오. 참말 좋소. 좋은 문구요.

바돌프 용서하시오. 그런 말—문구라고 하는가요?— 나도 들은 바 있소. 정말이지, 그 문구는 내가

62 가톨릭교회에서 아이의 영세 예식에 보증인으로 입회한 사람 중 남자는 대부, 여자는 대모가 된다.

63 금발이 아니고 검은 머리라는 말. 검은 머리 갈색 피부는 당시 좀 낮춰 보았다.

64 평민 계급인 이들은 "형제", "진실로" 같은 청교도의 말투를 쓴다.

65 "주께서 모든 인생을 어찌 그리 허무하게 창조하셨는지요. 누가 살아서 죽음을 보지 아니 하리까?"(구약 시편 89장 47~48절) '진실로'라는 말 이외에 이처럼 성경을 인용하는 것이 당시 청교도의 말버릇이었다.

66 향사(esquire)는 기사 다음의 신분으로 상류 지주층에 속했다.

모르지만 그것이 군인다운 말이며 매우 우수한 명령이라는 사실을 나는 나의 칼로 주장하겠소. '보급을 받는다', 다시 말하면, 남들이 하는 말로 사내가 보급을 받거나 또는 보급을 받는 것으로 인정을 받는 거란 말이니, 그거야말로 대단히 멋있는 일이오.

[폴스타프 등장]

섈로 매우 당연지사요. 보시오. 저기 폴스타프 경이 오시오. [폴스타프에게] 악수합시다. 기사님 손 좀 잡아봅시다. 진실로, 잘 지내고 계시며 나이를 썩 잘 다스리시오. 환영하오, 폴스타프 경.

폴스타프 로버트 섈로 선생, 당신 건강하신 거 보니 반갑소. [사일런스에게] 슈어카드 선생이겠지?

섈로 아니요, 폴스타프 경, 내 사촌 사일런스요. 나와 더불어 치안판사로 있소.

폴스타프 사일런스 선생, 치안을 담당하신다니 참 잘 어울리시오.

사일런스 기사님, 잘 오셨습니다.

폴스타프 젠장, 날씨가 덥소. 여기서 내게 장정 여섯 명 보충하셨소?

섈로 아무렴. 좀 앉으시죠.

폴스타프 그 사람들 내가 좀 봅시다.

[앉는다.]

섈로 명단이 어디 갔나? 어디 갔나? 어디 갔나? 보자, 보자, 보자. 그래, 그래, 그래, 그래, 그래. 자, 랄프 몰디! [사일런스에게] 부르는 대로 나와 서라고 해요. 그렇게 해요, 그렇게 해요. 보자. [부른다] 몰디 어딨어?

몰디 여기 있습니다요.

섈로 폴스타프 경, 어찌 생각하시오? 팔다리 멀쩡하고 젊고 튼튼하고 친척 관계가 좋아요.

폴스타프 네 이름이 몰디—곰팡이인가?

몰디 예, 그렇습니다요.

폴스타프 많이 쓰일 때가 된 거야.

섈로 하하하! 썩 좋은 말씀이오, 진실로, 곰팡이 슨[67] 물건은 안 써서 그렇게 된 거요. 아주 좋은 말씀이오. 진실로, 잘하신 말씀이오.

폴스타프 찍으시오.[68]

몰디 나리가 가만 놔뒀더라도 벌써 많이 찍혔어요. 우리 늙은 여편네는 일 봐주고 거시기 해줄 놈이 없어 아주 망해버렸네요. 저를 찍을 필요 없는데 찍으셨어요. 저보다 괜찮은 녀석이 쌔고 쌨단 말이오.

폴스타프 그만. 입 닥쳐, 몰디. 가야겠어, 몰디. 써먹을 때가 됐어.

몰디 써먹다니요?

섈로 조용해, 이 사람아, 조용하라니깐. 옆에 비켜서. 너 뉘 앞인지 모르나? 폴스타프 경, 딴 사람은, 어디 보자, 사이먼 섀도!

폴스타프 그렇군. '섀도'—그림자니까 내가 그 아래 앉는 데 쓰겠어.[69] 덥지 않는 군인이 될 것 같구먼.

섈로 [외친다.] 섀도 어디 있나?

[섀도 등장]

섀도 여기 있습니다.

폴스타프 섀도라, 너 누구 아들인가?

섀도 어머니 아들인뎁쇼.

폴스타프 어머니 아들이라고? 그럴 법하군. 아비의 그림잘 테지. 그처럼 여자의 아들은 남자의 그림자야. 늘 있는 일이지.—하지만 아비의 실체는 대개 그렇고 그래![70]

섈로 저 사람 괜찮아요?

폴스타프 그림자니까 여름에 쓸 만하겠소. 찍으시오. 우리 징집자 명단에 그림자[71]가 꽤 많이 들어 있으니까요.

섈로 [외친다.] 토머스 워트!

[워트 등장]

워트 여기 있습니다.

폴스타프 네 이름이 워트,—사마귀인가?

67 '몰디'(mouldy)는 가만 놔둬서 곰팡이가 슨 것을 뜻한다. 군대에 나가 부대껴야 하겠다는 말이다.

68 '찍는다'(prick)는 말은 후보 명단에서 심사에 합격한 자 이름에 점을 찍는다는 말이다. 그런데 영어로는 '찌른다'는 뜻도 있어서 해학이 성립된다.

69 이 사람 이름의 성 '섀도'(shadow)는 '그림자'라는 뜻이니, 더울 때 그 아래 앉겠다는 것이다. 다음에서 그가 아버지의 성을 따라 '섀도'이지만 아버지의 그림자만 남고 실체는 아닐 가능성이 높다는 해학이 벌어진다.

70 여자의 아들이라는 말은 맞지만 아버지가 진짜 '섀도'인진 모른다. 그러나 '섀도'—그림자이니 실체가 아닐 수도 있다.

71 징집자 중에 허수가 많이 들어 있는 '유령 명단'이라는 말이다. 명단에 오른 수대로 지휘관이 국고에서 장비 보조를 탈 수 있었다. 징집 부정은 옛날에도 마찬가지였다.

워트 맞습니다.

폴스타프 아주 너덜대는 사마귀로군.

섈로 찍을까요?

폴스타프 괜한 일이겠소. 입은 옷이 겨우 등짝에 붙인 것인데 거기다 전부 핀을 찔러서 두른 거군요. 더 찍을 자리도 없소.

섈로 하하하! 농담도 잘 하셔, 농담도 잘 하셔. 칭찬드려요. 프랜시스 피블!

[피블 등장]

피블 예.

섈로 직업이 뭔가?

피블 여성복 재단사요.

섈로 점찍을까요?

폴스타프 좋소. 하지만 신사복 재단사면 당신을 바늘로 찔러서 멋쟁이로 만들었겠지. [피블에게] 여자 속치마에 구멍을 뚫듯 적의 군대에 구멍 많이 뚫겠나?

피블 단단히 마음먹고 더 낼 수 없게 할 테요.

폴스타프 말 잘했어, 여성복 재단사! 말 잘했어. 용감한 약골 피블! 너는 사나운 비둘기나 영웅적인 생쥐만큼 용감하게 싸울 거야. 여성복 재단사에 점찍으시오. 좋소, 섈로 선생, 깊게 찔러요.

피블 집에 갔으면 하는데요.

폴스타프 네가 신사복 재단사면 좋겠다. 그래서 사내를 수선해서 갈 만큼 되게 하면 좋겠어. 그처럼 이를 수천 마리 거느리고 다니는 자를 졸병으로 임명할 수는 없지. 그만하면 됐어, 강력한 '약골' 피블.

피블 그럼 됐어요.

폴스타프 너한테 신세 많이 졌구먼, 피블 목사님. 다음은 누군가?

섈로 초장의 피터 불카프!

[불카프 등장]

불카프 여기 있습니다.

폴스타프 참말로 괜찮은 치구나. 불카프—'수송아지'라, 그럼 불카프 찍으시오. 다시 '음매' 할 때까지.

불카프 아이고, 대위님—

폴스타프 찍기도 전에 울고불고해?

불카프 아이고, 저는 병든 몸이오.

폴스타프 무슨 병이야?

불카프 경칠 놈의 감기요. 기침이 나요. 임금님 대관식 기념일에 임금님 일 봐드리느라고 종 치다가 걸렸거든요.

폴스타프 그럼 넌 긴 옷 입고 군대에 가야겠다. 기침은 우리가 없애줄 테고 종은 너 대신 친구들이 치도록 해줄게. 이게 전부요?

섈로 기사께서 요청하신 숫자보다 둘이 더 많소. 여기서는 네 명만 데려가기로 돼 있어요. 그럼 같이 식사하러 들어갑시다.

폴스타프 술이나 한잔 같이 들죠. 하지만 식사 때까지 머물 순 없군요. 섈로 선생, 다시 만나니 참말 반갑소.

섈로 오, 폴스타프 경, 우리 센 조지 필드 풍차 집[72]에서 밤새 내내 죽치고 있던 생각나시오?

폴스타프 그건 말해 뭘 해요? 섈로 선생, 그런 말은 하지 맙시다.

섈로 아, 참말 즐거운 밤이었죠! 제인 나이트웍이 아직 살아 있나요?

폴스타프 살아 있소, 섈로 선생.

섈로 내게 못 견디겠다더니.

폴스타프 절대 못 견딘댔지. 언제나 섈로 씨는 견뎌낼 수 없다고 했소.

섈로 진실로, 내가 그녀를 한껏 달아오르게 했죠. 그때 그녀는 최고 계집이었어요. 아직도 잘 버텨요?

폴스타프 늙었소, 늙었소, 섈로 선생.

섈로 맞아. 늙었을 테지. 늙을 수밖에 없지. 확실히 늙었어. 내가 클레먼트 법학원에 가기 전에 늙은 나이트웍에게서 로빈 나이트웍을 낳았으니.

사일런스 55년 전이오.

섈로 하, 사일런스 형제. 이 기사와 내가 본 걸 당신도 봤다면 얼마나 좋아! 하, 기사 양반, 내 말 좋죠?

폴스타프 섈로 선생, 자정에 우리는 차임벨 소릴 듣곤 했지요.

섈로 그래요, 그래요, 그래요. 진실로, 폴스타프 경, 그랬었지요. 그때 우리 암호가 "얘들아, 으흠!" 이었죠. 자, 식사하러 갑시다, 식사하러 갑시다. 오, 예수님, 지난날을 생각하면! 자, 자, 갑시다.

[폴스타프, 섈로, 사일런스 퇴장]

불카프 바돌프 하사관 나리님, 잘 봐주세요. 여기 프랑스 돈으로 4해리 10실링[73] 있으니 가지세요.

72 '풍차 집'이라는 창녀 집이 있었던가보다.

정말 군대 가기보단 차라리 교수형 당할 테요.
하지만 저로 말씀드리면 상관없다고요. 하지만
마음이 안 내켜서 그래요. 저로 말씀드리면 가족과
함께 있고 싶어요. 그것만 아니면, 저로 말씀드리면,
별로 상관없어요.

바돌프 그만둬. 저리 비켜.

몰디 그럼, 하사 대위님 나리, 제 늙은 여편네 봐서
잘 봐주세요. 제가 가면 의지할 사람이 하나도
없어요. 늙어서 혼자 제 갈망 못 해요. 40실링
드릴게요.

바돌프 관둬, 저리 비켜.

피블 난 정말 관심 없어. 사람은 한 번만 죽어. 누구나
하느님께 죽을 빚을 지고 있어. 난 절대로 비겁한
마음 안 품어. 그게 운명이면 어떻고 아니면 어때?
너무 잘나서 왕을 못 섬길 놈은 없어. 그래서 어디로
가든 내버려둬. 금년에 죽는 놈은 내년엔 면제야.

바돌프 말 참 잘하네. 당신 멋진 친구야.

피블 정말로 나는 비겁한 마음 안 품겠어.

[폴스타프, 섈로, 사일런스 등장]

폴스타프 그럼 내가 데려갈 사람이 누구누구요?

섈로 마음대로 네 사람 데려가시오.

바돌프 [폴스타프에게] 드릴 말씀 있어요. 몰디와 불카프
풀어주는 값으로 3파운드 생깁니다.

폴스타프 응, 잘됐어.

섈로 폴스타프 경, 누구누구 네 사람이오?

폴스타프 당신이 골라주시오.

섈로 좋소. 그럼 몰디, 불카프, 피블, 섀도, 이상 네
사람이오.

폴스타프 몰디와 불카프. 몰디, 너는 군대 갈 나이 지날
때까지 집에 있거라. 그리고 불카프, 너는 군대 갈
나이 때까지 더 자라라. 너희는 필요 없다.

[불카프와 몰디 퇴장]

섈로 폴스타프 경, 폴스타프 경, 손해 볼 일 마시오.
그 둘이 제일 괜찮은 사람이오. 제일 나은 사람을
부하로 둬야지요.

폴스타프 섈로 선생, 어떤 사람 고를지 내게 가르치려는
거요? 내가 사내 팔다리, 근육, 키, 몸집, 허우대
따위에 관심이나 있답디까? 나는 정신만 있는
자면 돼요, 섈로 선생. 여기 워트가 있소. 당신
보기에 매우 거지꼴이오. 그래도 총알 재어
쏘기를 놋갓장이 망치 두드리듯 빨리 하고
양조장 두레박 올리고 내리는 자보다 재빨리
총대 올리고 내릴 거요. 그리고 얼굴이 반쪽인
섀도를 내게 주시오. 적군의 표적이 되지 않아요.
주머니 칼날만큼이나 겨냥하기 어려울 거요.
퇴각할 때는 여성복 재단사 피블이 얼마나 빨리
도망치겠소! 오, 홀쭉한 자가 좋소. 몸집 큰 자는
사양하겠소.—워트 손에 총 한 자루 쥐어줘라,
바돌프.

바돌프 집총, 워트, 앞으로 가. 하나 둘! 하나 둘!

폴스타프 자, 총 동작 해봐. 응, 아주 잘했다! 썩 좋다.
대단히 좋다! 오, 나는 언제나 조그맣고 야위고
늙고 깡마른 대머리 사수가 좋더라. 잘했다,
워트. 너는 잘난 놈이야! 가만있거라. 동전 한 닢
받아라.

[그에게 동전을 준다.]

섈로 재간이 없군요. 제대로 하지 못하네요. 클레먼트
법학원에 있을 때 마일엔드 그린 연병장 일들이
생각나는군요. 그때 내가 아서 왕 놀이에서
대고넷[74] 역을 했는데, 재빠른 꼬마가 있었지요.
그 녀석이 총을 이렇게 다루고 돌아서서 이렇게
다루고 이렇게 이렇게 찌르고 했어요. "재깍, 재깍,
척, 척" 하고는 "꽝" 소릴 내곤 했죠. 그리곤 다시
앞으로 갔다가는 돌아오곤 했는데, 내 평생 그런
사람 다시는 못 볼 거예요.

폴스타프 이 사람들 잘할 거요, 섈로 선생. 신의 보호를,
사일런스 선생. 선생하곤 말을 많이 않겠소. 두 분
모두 안녕히 계시오. 고맙소. 오늘 밤 십여 마일
가야 하오. 바돌프, 병사들에게 윗도리 지급해라.

섈로 폴스타프 경, 주님의 축복을 빌어요! 하느님이 당신
일에 복 내리시길! 하느님이 우리에게 평화 주시길!
귀로에 내 집을 방문하시오. 그래서 우리 옛정을
되살립시다. 혹시 당신과 같이 궁정에 갈지 몰라요.

폴스타프 진심으로 그러길 바라오.

섈로 진정으로 한 말이외다. 하느님의 보호를!

폴스타프 좋은 분들, 안녕히 계시오. [섈로와 사일런스 퇴장]

73 1파운드가 된다. 뒤에서 몰디가 40냥, 즉 2파운드를 준다 했으니, 모두 합하여 3파운드다.

74 토머스 맬로리 작품 『아서 왕의 죽음』에 나오는 아서 왕의 어릿광대.

바돌프, 장정들을 인솔해 가라.
[바돌프, 피블, 섀도, 워트 퇴장]
돌아올 때 저 판사들 깝질을 벗겨야지. 섈로의 속이
들여다보인다. 쯧쯧, 우리 늙은 것들이 거짓말이란
죄악에 얼마나 잘 빠지나! 비쩍 마른 판사가 내게
조잘댄 말은 오로지 젊은 시절에 바람피웠다는 거와
턴불 거리[75]에서 무공을 세웠다는 건데 세 마디 중
한 마디는 거짓말이었지만 터키 왕에게 바치는
세금보다 더 정확히 듣는 자가 믿게끔 꾸며대더군.
클레먼트 법학원서 보던 게 생각난다. 저녁 후에
치즈를 잘라놓은 것 같은 자였지. 발가벗었을 때는
영락없이 두 갈래 난 무 대가릴 칼로 묘하게 오린
꼴이었어. 너무 말라서 근시안으론 안 보일 정도였어.
굶주림의 화신인 녀석인데도 원숭이처럼 음탕했어.
그래서 창녀들이 인삼 뿌리[76]라고 놀렸지. 언제나
유행의 뒤만 따르고 마부들이 휘파람으로 흥얼대는
가락을 들어뒀다가 닳아빠진 갈보들에게 불러주면서
자기 즉흥곡이나 세레나데라고 했어. 그런데 죄악[77]
가득한 작대기 같은 자가 향사가 되어 곤트 공작과
의형제나 맺은 듯이 허물없이 부르는데, 사실은
무술 경기장에서 딱 한 번 봤어. 그때 경호원 사이에
끼었다가 대가리가 깨졌지. 그걸 내가 봤거든.
그래서 곤트 공작에게 그자가 비쩍 말랐단 그 이름
뜻보다[78] 한 수 위라고 했지. 녀석을 옷 입은 채
뱀장어 허물 속에 집어넣을 정도였으니.[79] 쪼그만
오보에 케이스가 녀석에겐 대저택, 대궐이었어.
그런데 지금 땅과 소 떼를 소유하고 있구나. 음,
돌아오면 녀석과 알은체해야지. 단단히 별렀다가
녀석을 화수분으로 삼을 테다. 어린 피라미가 늙은
농어의 미끼가 되는 거라면 자연법칙상 내가 녀석
잡아먹지 못한단 법이 있어? 때가 익길 기다리자.
이거로 끝이다. [퇴장]

## 4. 1

[요크 대주교, 토머스 모브레이, 헤이스팅스 공
콜빌이 골트리 숲에 등장]
요크 대주교 이 숲의 이름이 무엇이오?
헤이스팅스 골트리 숲입니다, 대주교님.
요크 대주교 귀공들, 서시오. 정찰병을 보내어
적군의 숫자를 알아봅시다.
헤이스팅스 이미 보냈습니다.
요크 대주교 잘하셨소.
대사에 나선 친구, 형제 여러분,
노섬벌랜드로부터 새로운 편지를
내가 받았다 함을 말씀드려야겠소.
그 차가운 속뜻, 취지, 내용은 이렇소.
자신의 지위에 걸맞은 군대와 함께
직접 오려 하였으나, 그만한 병력을
동원하기 어려워 자신의 행운이
자라서 익기까지 스코틀랜드로 물러가며
여러분의 위대한 거사가 반대파의
무서운 접전과 위험을 극복하길
진심으로 기도하며 끝을 맺었소.
모브레이 이처럼 그에 대한 기대가 땅에 떨어져
산산이 부서지는군요.
[전령 등장]
헤이스팅스 무슨 소식인가?
전령 숲의 서쪽 1마일 안 되는 지점에
적이 정연한 대오로 접근 중에 있습니다.
그들이 차지한 면적을 보아 그 숫자는
3만가량 되리라 추산합니다.
모브레이 정확히 우리가 추정했던 숫자요.
계속 전진하여 들판에서 만납시다.
[웨스트모얼랜드 백작 등장]
요크 대주교 앞에 선 잘 차린 지휘관은 누군가?
모브레이 웨스트모얼랜드 공인 듯싶습니다.
웨스트모얼랜드 우리 사령관 존 왕자 공작의
건승을 기원하는 인사를 전하오.
요크 대주교 웨스트모얼랜드 공, 편안한 마음으로

75 런던의 가장 추잡한 동네.
76 뿌리가 갈라진 인삼(또는 그 비슷한 뿌리)은 마른 사람의 아랫도리와 비슷하게 생겼다. 그런 뿌리의 대가리를 사람 머리 모양으로 조각하는 것이 식사 뒤의 장난이기도 했다.
77 죄악(Vice)은 민속극에서 의인화되어 나무칼을 차고 등장했는데, 섈로가 '죄악'이 차고 다니는 나무칼처럼 비쩍 말랐다는 말이다.
78 곤트(Gaunt)는 헨리 4세의 아버지인 존 공작의 영지 이름이었으나 '비쩍 말랐다'는 뜻도 있었다. 더욱이 곤트 공작은 비쩍 마른 노인이었다.
79 아주 말랐다는 말.

오신 이유가 무엇인지 말씀하시오.

웨스트모얼랜드 그러면 주로 대주교께 말씀을
드리도록 하겠소. 만약 이 반역이
천한 오합지졸이 젊은 혈기에 끌려
누더기 휘감고 덤비는 짓이라면,
애송이와 걸인 패가 앞장을 섰다면,
저주받을 내란이 그 본래의 모습을
매우 적나라하게 드러낸 것이라면,
엄숙하신 대주교와 고귀하신 대공들은
저열하고 피에 젖은 반역의 추한 꼴을
고결한 명예로써 호도할 리 없소이다.
특히 대주교님은 인민의 평화로
대교구를 유지하며 그 긴 수염에는
평화의 하얀 손이 닿은 분이며,
평화로부터 학덕을 얻으셨으며
하얀 성의는 흠 없는 성결을 상징하며
평화의 비둘기와 복된 정신 자체를
나타내는 것인데, 어찌하여 그토록
은혜로운 평화의 말씨를 마다하시고
거칠고 시끄러운 전쟁의 말투로
변하셨으며, 책을 무덤으로, 먹을 피로,
붓을 창으로, 거룩한 말씀을 귀 따가운
나팔과 급한 경계로 바꾸셨나요?

요크 대주교 어째서 이러는가? 그것이 질문이군.
단적으로 이렇소. 우리 모두 병들었소.
포식하고 방탕한 세월을 보낸 끝에
스스로 열병 속에 빠진 것이오.
그로 인해 얼마쯤 피를 빼야만 하오.[80]
리처드 전왕도 그 병으로 죽었소.
그러나 고귀하신 웨스트모얼랜드 백작,
나는 지금 의사로 자처하지 않으며
평화의 적으로 군인의 무리에
끼인 것도 아니오. 다만 잠시 동안
행복으로 부어오른 정신을 도려내고
생명의 핏줄을 막고자 하는 장애물을
치우고자 하오. 더 분명히 말하면,
우리가 혹시 전쟁으로 저지를 잘못과
우리가 실지로 당하는 억울함을
엄밀한 저울에 올려놓고 달아보니
우리의 잘못보다 억울함이 더 무겁소.
시간의 흐름이 어디로 향하는지 보이오.
잠잠하던 현실에서 험난한 물결이
우리를 밀어내니 우리의 억울함을
한데 모아놓았소. 기회만 있으면
조목조목 보여줄 수 있는바,
왕께 이미 오래전에 진언코자 했으나
어떠한 소청에도 접견이 거부됐소.
억울한 사정을 밝히고자 했으나
왕과의 대면을 거절한 자들이
매우 부당한 짓을 저지른 본인들이오.
불과 얼마 전에 겪었던 위험의 기억이
아직 선연한 피로 땅 위에 씌어 있고
순간마다 우리를 충동하는 사례들이
지금도 생기곤 하여 우리는 다시
위험에 맞서 객쩍은 무장을 했으니
평화의 나무 한 가지도 꺾자 함이 아니라
명실상부한 진정한 평화를
굳게 수립하고자 할 따름이오.

웨스트모얼랜드 이제껏 거부된 소청이 무엇이오?
무슨 일로 왕에게 분을 품게 되셨소?
어떤 자가 매수되어 당신을 괴롭혔기에
반란이란 무법하고 잔악한 이 책에
거룩한 봉인을 찍으신 거요?

요크 대주교 나의 모든 형제들인 국민을 위해
특별히 항거하는 것이오.

웨스트모얼랜드 그런 일을 시정할 필요가 없소.
설사 있다 하여도 당신 일이 아니오.

모브레이 지난날의 상처를 아프게 느끼는
그분과 모두에게 상관없단 말이오?
오늘의 괴로움을 당하는 우리 위에
무거운 손아귀로 부당하게 억압하여
명예를 누르는데?

웨스트모얼랜드 모브레이 공,
불가피한 현실의 사정을 고려하면
당신에게 괴로움을 주는 것은
왕이 아니라 현실임을 알게 되어요.
그러나 당신은 왕이나 현실에서

80 당시 열병에 걸리면 피를 빼는 것이 치료 방법이었다(좋은 면도칼과 소독약[백반]을 가진 이발사가 피를 빼는 외과 의사 노릇을 하곤 했다).

억울함을 호소할 작은 근거라도
찾을 수 있는지 의심스럽소.
모두가 기억하는 고명한 당신 부친
노폭 공작의 재산과 명예를
모두 돌려받지 않았던가요?

모브레이 아버님이 잃으셨던 어떤 명예도
구태여 되살릴 필요가 없소.
아버님을 사랑하던 전하께서는
형편상 아버님을 추방해야 되었소.
아버님과 볼링브룩은 안장에 앉아
기운차게 울부짖는 말에 박차를 가하고
면갑을 내리고 날 선 창을 겨누고
철갑 틈으로 불꽃같은 시선을 날려
우렁찬 나팔들이 접전을 재촉할
그 순간에는 볼링브룩 가슴에서
그 무엇도 아버님을 제지할 수 없었지만
왕께서 정지의 깃발을 던지셨으니,
자신의 목숨이 거기 달려 있었소.
그때에 왕은 자신은 물론이고
그들의 생명까지 던지셨던 것이니
그 일 이후 그들은 볼링브룩 밑에서
정죄와 칼날에 언제나 고배를 마셨소.

웨스트모얼랜드 자기도 모르는 말을 하시오.
당시에 볼링브룩 공께서는 전국에서
가장 용맹한 기사로 이름 높았소.
운명이 미소를 던진 자가 누구였겠소?
설사 당신 부친이 승리했다 하여도
결투장을 벗어나지 못했을 거요.
당시에 온 나라가 마음을 합하여
그를 미워하였고 모든 기도와 사랑을
볼링브룩께 보내고 왕보다 그분을
미친 듯 사랑하고 축복하였소.
하지만 내가 괜한 말 하고 있소.
사령관 왕자께서 나를 보내신 것은
당신들이 품고 있는 불만을 알고
당신들을 접견하실 것이란 말이오.
옳다고 판단되는 요구가 있으면
만족을 드리고 당신들을 적대시할
그 무엇도 남김없이 제거하겠소.

모브레이 그러나 이 제안은 우리를 강요하오.
이것은 정략일 뿐, 진심이 아니오.

웨스트모얼랜드 모브레이, 그렇게 보다니 지나치오.
두려움이 아니라 온정의 제안이오.
우리 군은 볼 수 있는 거리에 와 있소.
명예를 걸고 말하건대, 모두 자신만만해
두려움의 생각이 스며들 틈이 없소.
유명 인사는 당신들보다 우리 군에 훨씬 더 많고
장병들은 훨씬 더 무술이 완벽하며
무장 역시 강력하며 명분도 뛰어나니,
용기 충천할 것은 정한 이치이므로
강요된 제안이라 폄하하지 마시오.

모브레이 협상하지 않는 것이 나의 뜻이오.

웨스트모얼랜드 그것은 반역죄를 입증할 뿐이오.
썩은 자루에 손대면 망가지기 마련이오.

헤이스팅스 존 왕자는 전권을 위임받아
부친과 똑같은 권한을 가지고
우리가 내세우는 조건들을 듣고
독자적인 결정을 내릴 수 있소?

웨스트모얼랜드 사령관에 임명한 목적이 바로 그렇소.
그처럼 질문이 단순해서 매우 놀랍소.

요크 대주교 그럼 웨스트모얼랜드 공, 이 문서 받으시오.
불만의 사항이 모두 여기 적혀 있소.
그 각각의 항목들이 시정될 경우
이곳과 그 밖의 지역에서 이번 거사에
한 가지로 힘을 합친 모든 사람이
문서상 정식으로 사면이 되고
우리 소청이 가시적으로 이행되면
우리는 주어진 엄격한 강둑 안에
다시금 스스로를 제한하여 흐르며
평화의 팔에 우리 힘을 굳게 합할 것이오.

웨스트모얼랜드 [목록을 받으며]
이를 사령관께 보이겠소. 귀공들,
양측 군대 면전에서 만날 수 있으니
평화 중에 끝나거나—하느님, 끝내소서!
싸움의 마당으로 창칼을 불러
결판을 내겠소.

요크 대주교 귀공, 그리하겠소.

[웨스트모얼랜드 퇴장]

모브레이 나의 심중에 우리 평화 조건이 일체
수락되지 않으리란 소리가 들리오.

헤이스팅스 걱정 마시오. 우리가 내세운 조건만큼
그처럼 관대하고 확고한 조건으로

평화를 맺을 수만 있다면
우리 평화는 바위산처럼 굳건하겠소.

모브레이 그렇소만, 우리의 쓸모는 줄어들어서
사소하거나 근거 없는 별의별 이유로,
터무니없이 공연한 트집만 생겨도
왕은 이번 일의 쓴맛을 상기할 테니
우리 충성은 짝사랑의 순교자가 될 뿐이며
사나운 바람에 이리저리 까불려서
알곡도 쭉정이처럼 가벼워지고
선과 악의 구별도 없어지겠소.

요크 대주교 아니오, 아니오. 이것을 보시오.
왕은 그런 작은 문제들로 맥이 빠졌소.
한 가지 의심을 죽여 없애면
더 큰 의심 두 가지가 뒤따름을 알았기에
자신의 기록을 깨끗이 지워
자신의 실패를 기억에 되살림으로
기록으로 남을 수 있는 자기 얘기를
기억 속에 보존하지 않으려고 하겠소.
그가 잘 알 듯, 의심이 들 때마다
이 땅에서 잡초를 전멸시키는 것이
불가능함을 잘 알고 있소.
원수와 친구가 뿌리가 얽혀 있어
원수를 제거하면 친구도 흔들리오.
그래서 이 땅은 못된 아낙처럼
성난 남편이 때리려고 손을 들면
그 앞에 갓난애를 치켜드는 바람에
치려고 쳐든 팔이 굳은 결심을 중단한 채
공중에 멈추고 마는 것이오.

헤이스팅스 게다가 왕은 최근 범법자에게
몽둥이를 다 써버려 응징의 수단이
남지 않았소. 그러므로 그의 군대는
이 빠진 사자처럼 으르렁거리지만
덤비지는 못하오.

요크 대주교 무척 맞는 말이오.
그런고로 의전 장관, 확실히 믿으시오.
우리가 이번에 화해를 잘하면
부러졌던 팔다리를 이어놓듯이
우리 평화는 더욱 튼튼히 될 거요.

모브레이 그러길 바랍니다.

[웨스트모얼랜드 백작 등장]

백작이 돌아왔소.

웨스트모얼랜드 왕자께서 가까이 계시니, 두 군대 사이
적당한 거리에서 전하를 만나시오.

모브레이 대주교님, 그러면 앞으로 나서시죠.

요크 대주교 앞서시오. 인사하시오. 전하, 우리 갑니다.

[그들이 무대를 건너지른다.]

[존 왕자가 시종 몇 사람과 함께 등장]

존 왕자 여기서 잘 만났소. 모브레이 형제,
점잖으신 대주교, 안녕하시오?
헤이스팅스 그리고 여러분께 인사드리오.
대주교는 종소리에 모여든 양 무리가
성경 말씀에 대한 대주교의 설명을
경건히 들으려고 당신의 주위를
둘러싼 모습이 지금처럼 당신이
말씀을 칼로, 생명을 죽음으로 바꾸고
반란군의 무리를 북소리로 고취하고
철갑으로 무장한 모습보다 어울리겠소.
왕의 마음속에 소중히 간직되어
호의의 햇볕 속에 익어가던 사람이
왕의 사랑을 배반한다면, 아아,
그런 그늘 속에서 어떠한 해악을
꾸밀 것인가! 대주교, 당신이
바로 그렇소. 하느님의 말씀을
깊이 통달했음이 세상에 자자하며
하느님 뜻에 대한 대변자로서
하느님 자신의 목소리로 믿었으며
우둔한 머리들과 하느님의 거룩함과
은혜를 이어주는 해설자 아니었소?
교활한 간신배가 군주를 악용하여
수치스런 행동을 자행하듯이
당신도 거룩한 지위를 남용하여
하늘의 은혜와 위엄을 이용했으니
그 사실을 부인할 자가 누구요?
하느님께 향하는 열성을 가장하여
하늘의 평화와 왕에게 거역하고
하느님을 대신하는 왕의 백성을
이곳에 몰아놨소.

요크 대주교 선한 존 왕자,
나는 왕의 평화에 거역함이 아니라
웨스트모얼랜드 공에게 밝힌 것처럼
명백히 그릇된 현실의 상황이
안전을 위하여 이런 흉한 꼴에다가

우리를 밀어 넣고 몰아넣었소.
기왕에 왕자에게 우리의 요구를
자세히 기록해 보냈으나 궁정은
이들을 멸시하여 기각하였고
히드라[81] 머리 같은 전쟁이 일어났소.
지극히 정당한 요구를 들어준다면
위험한 괴물의 눈은 잠들 것이며,
광증을 치유받은 진실한 복종이
왕의 위엄 앞에 고개를 숙이게 되오.

모브레이 만일에 거부하면 최후의 한 사람까지
운명을 시험하겠소.

헤이스팅스 여기서 우리가 쓰러져도
지원군이 따로 있소. 그들이 지더라도
그들의 지원군이 또 올 터이니
전쟁은 이어지겠소. 잉글랜드에
후손이 생기는 한, 싸움을 이어나갈
상속자가 계속하여 이어갈 거요.

존 왕자 헤이스팅스, 당신 속은 너무 얕아
후세의 깊이를 잴 수 없겠소.

웨스트모얼랜드 전하께서는 저들의 요구를
어디까지 들으실지 직접 대답하시오.

존 왕자 모두 좋소. 모두 흔쾌히 허락하오.
혈통의 명예를 걸고 맹세하건대
부친의 의향이 오해를 당했으니
주변의 누군가가 그 의미와 권위를
지나치게 마음대로 해석했군요.
[대주교에게]
귀공, 이 불만은 신속히 시정되겠소.
영혼을 걸고 맹세하오. 이에 만족한다면
군대를 각기 고향으로 해산하시오.
우리도 그러겠소. 그러면 양군이
우애롭게 축배하고 포옹하겠고
사랑과 우정의 회복을 목격한 눈이
증거를 가지고 돌아가게 합시다.

요크 대주교 왕자님의 시정의 약속을 믿습니다.

존 왕자 약속하오. 반드시 약속을 지키겠소.
그러한 뜻에서 대주교께 건배하오.

헤이스팅스 [콜빌에게]
지휘관, 속히 가서 평화의 소식을
전군에 고하고 급료를 주어 떠나게 하라.
모두 기뻐할 것이다. 빨리 가라, 지휘관. [콜빌 퇴장]

요크 대주교 당신께 건배, 귀하신 웨스트모얼랜드 공.
[술을 마신다.]

웨스트모얼랜드 [마시며] 대주교께 건배. 오늘의 평화를
이루기 위해 얼마나 고심했는지
아신다면 아낌없이 드시며, 내 우정은
이후에 더 거침없이 나타나겠소

요크 대주교 의심치 않소.

웨스트모얼랜드 기쁜 일이오.
[술을 마시며] 점잖은 모브레이 형제에게 건승을!

모브레이 때마침 건강을 축원하시오.
갑자기 몸이 조금 불편한데요.

요크 대주교 나쁜 일을 마주하여 인간은 쾌활하고
우울한 안색은 좋은 일에 앞서지요.

웨스트모얼랜드 그러면 기뻐하시오. 갑자기 울적하면
'내일 좋은 일 생긴다'고 할 수 있어요.

요크 대주교 확실히 기분이 대단히 명랑하오.

모브레이 당신의 원칙이 맞는다면 더더욱 나쁘오.
[안에서 함성 소리]

존 왕자 평화의 소식이 전해졌다. 함성을 들어라!

모브레이 승전한 뒤라면 즐겁겠지만.

요크 대주교 평화는 정복의 성격을 가졌소.
그 경우, 양측이 고귀하게 진 것이며
양측 모두 패자 아니오.

존 왕자 [웨스트모얼랜드에게] 당신 가서
우리 군도 해산시켜 주시오. [웨스트모얼랜드 퇴장]
[대주교에게] 그러면 대주교, 예하 부대를
우리 앞에 행진을 시킵시다. 그리하여
싸울 뻔한 상대를 살피게 합시다.

요크 대주교 헤이스팅스, 해산 전에 행진을 시켜주시오.
[헤이스팅스 퇴장]

존 왕자 여러분, 오늘 밤 같이 자게 되겠지요?
[웨스트모얼랜드 백작이 지휘관들과 함께 등장]
아니, 왜 우리 군은 그대로 서 있소?

웨스트모얼랜드 장교들은 서 있으란 왕자님 명령을
들었기에 명령이 없으면 안 간답니다.

존 왕자 책임을 아오.
[헤이스팅스 등장]

81 머리가 여럿인 괴물로 머리 하나를 자르면 그 자리에 또 다른 머리가 생겨났다. 내란은 퇴치하기 어려운 괴물 같다는 말.

헤이스팅스 [존 왕자에게] 우리 군은 이미 해산했습니다.
명에 풀린 소 떼처럼 동서남북으로
갈 길 찾아갑니다. 또는 방과 후 아이들이
집과 놀이터로 달려가는 것 같습니다.
웨스트모얼랜드 헤이스팅스, 희소식이오. 덕분에
당신을 대역죄로 체포하오. 그리고
대주교와 모브레이, 당신 두 사람도
대역죄로 체포하는 바이오.
모브레이 이런 방식이 정당하고 명예롭소?
웨스트모얼랜드 당신네 패거리는 정당하고 명예롭소?
요크 대주교 이렇게 신의를 깨트리오?
존 왕자 당신과 신의를 맺은 바 없소.
당신이 표명한 불만들의 시정을
약속한 바 있는데, 명예를 걸고
크리스천의 성의로 이를 이행하겠소.
그러나 반역자인 당신들은
반역에 걸맞은 맛을 보게 될 거요.
경솔하게 당신들은 군사를 일으키고
어리석게 데려오고 멍청하게 해산했소.
북을 쳐서 흩어진 자들을 쫓아라.
우리 아닌 하느님이 안전히 싸우셨다.
반역자들을 단두대로 데려가라.
반역이 잠자고 숨질 데는 그 자리이다. [모두 퇴장]

## 4. 2

[경계 신호. 공격 신호. 폴스타프와 콜빌 등장]
폴스타프 이름이 무엇인가? 관등 계급이 무엇인가? 어디
어디 출신인가?
콜빌 나는 기사의 한 사람이며, 내 이름은 데일의
콜빌이다.
폴스타프 그러니까 콜빌이 이름이며 지위는 기사이며
본거지는 데일이라 그 말이로군. 콜빌은 변함없이
네 이름이되 지위는 반역자가 될 거며 본거지는
감옥이 될 거다. 깊숙한 구석이지. 그러니 너는
계속해서 '데일',[82] 즉 골짜기의 콜빌이구나.
콜빌 당신 존 폴스타프 경 아닌가?
폴스타프 내가 누구든 간에 그에 못지않은 사람이다.
항복하겠나? 또는 내가 너 때문에 땀 흘려야
하겠나? 내가 땀을 흘리면, 땀방울 하나하나가
네 친구들의 눈물이다. 네게 죽어서 우는 거다.
따라서 무서워 떨며 나에게 자비를 구하라.
콜빌 당신이 존 폴스타프라고 믿어요. 그 믿음 가지고
항복합니다.
폴스타프 이 배 속에 혓바닥 한 떼가 들어 있는데 그
모든 혓바닥이 딴 말은 안 하고 내 이름만 부른단
말씀이야. 만일 내 배가 보통 배라면 나야말로
유럽에서 제일 활동적인 사람이 됐겠지. 내
배, 내 배, 내 배, 내 배가 나를 망치네. 우리
사령관님이 오신다.
[존 왕자, 웨스트모얼랜드 백작, 존 블런트 경,
기타 귀족들과 병사들 등장]
존 왕자 열기가 지나갔다. 더 쫓지 마라.
웨스트모얼랜드, 군을 불러들이시오.
[웨스트모얼랜드 퇴장]
오, 폴스타프, 그동안 어디 있었나?
모두가 끝난 뒤에 나타나곤 하는데.
그런 지연작전이 언젠가는 교수대를
부러뜨리고 말 거야. 내가 장담해.
폴스타프 이렇게 안 됐다면 마땅히 용서를 빌겠지만
용맹의 보답이 꾸지람과 책망인 걸 이제야
알았네요. 저를 제비나 화살이나 총알인 줄
아셨나요? 저처럼 느리고 늙은 동작이 생각처럼
빠른 줄 아세요? 전속력으로 이리 달려온 거요.
역마 2백 마리를 병신 만들고 여독이 안 가신
채 순결하고 깨끗한 용맹으로 데일의 존 콜빌
경을 포로로 잡았어요. 몹시 사나운 기사요 용맹한
적이지만 그게 대수요? 저를 보자 항복하니 망정이지
저도 저 매부리코 로마 친구[83]와 같이 '왔다,
봤다, 이겼다'고 세 마디는 할 수 있거든요.
존 왕자 당신의 능력보다는 저 사람의 예절이 바르기
때문이었지.
폴스타프 모릅니다만 여기 있으니까 넘겨드립니다.
오늘의 여러 공적과 함께 이 일도 기록해 두세요.
안 그러시면 이 사실을 저에 대한 민요[84]로 짓게

82 데일(dale)은 '골짜기'라는 뜻이다.
83 줄리어스 시저를 말한다.
84 당시에 뉴스가 될 만한 일이 생기면 그것에 관한 긴 이야기 민요를 지어 인쇄하여 오늘의 호외처럼 세상에 유포시켰다.

해서 맨 위에 콜빌이 제 발에 키스하는 모양을
그릴 텝니다. 그렇게 되면 왕자님은 금칠한 동전
꼴이 되시며 맑은 명예의 하늘에서 공중의 별들을
보름달이 능가하듯, 달에 비해 별들이 바늘 끝에
지나지 않듯, 제가 왕자님을 능가하지 못하면
귀족의 말은 절대 믿지 마세요. 그래서 제
권리를 인정하시고 공적을 높이 올려주세요.

존 왕자 너무나 무거워서 올라갈 수 없어.

폴스타프 그럼 빛나게 해주세요.

존 왕자 너무나 두꺼워서 빛날 수 없어.

폴스타프 저한테 좋은 일이 생기게만 해주세요.
그걸 뭐라 하셔도 상관없어요.

존 왕자 이름이 콜빌인가?

콜빌 그렇습니다.

존 왕자 콜빌, 너는 이름 높은 모반자다.

폴스타프 이름 높은 충신이 붙잡은 자요.

콜빌 저는 저를 이리로 데려온 사람들과
지위가 같은데, 저들이 제 말대로 했다면
왕자님은 더 큰 값을 치르셨겠죠.

폴스타프 그자들이 몸값으로 얼마를 줬는지 모르겠다만
너는 착한 친구처럼 나한테 자기를 공짜로
넘겨주었다. 고맙다.
[웨스트모얼랜드 백작 등장]

존 왕자 추격을 그만뒀소?

웨스트모얼랜드 퇴각을 명했으며 형 집행을 기다리오.

존 왕자 일당과 함께 콜빌을 요크로 보내
즉시 사형을 집행하시오.
블런트, 그를 끌어내어 엄중히 호송하라.
[블런트가 호송병에 둘러싸인 콜빌과 함께 퇴장]
여러분, 이제 속히 궁정으로 갑시다.
듣자 하니 부왕께서 중환이시라 하오.
먼저 전하께 승전보를 전합시다.
[웨스트모얼랜드에게]
위로가 되시도록 당신이 전하시오.
우리는 천천히 뒤를 따라가겠소.

폴스타프 글로스터 지방으로 가려고 하니까
허락해 주시고, 궁정에 가시면
좋게 말씀드려서 저를 살펴 주십시오.

존 왕자 잘 가오, 폴스타프. 총사령관으로서
당신을 실제보다 좋게 말해 주겠소.
[폴스타프 외에 모두 퇴장]

폴스타프 당신이 그처럼 말재간이 있으면 좋겠다. 공작
지위보다는 그게 훨씬 나아. 저 냉랭한 왕자 애가
나를 안 좋아하는 게 분명해. 누가 뭐래도 웃지
않거든. 하지만 이상할 것도 없지. 술 마실 줄
모르니까. 저런 얌전 빼는 아이 치고 잘되는 자가
없어. 약한 술이나 마시면 피가 너무 차가워지고
물고기를 자주 먹으니까 일종의 남자 빈혈증에
걸리거든.[85] 그러다가 장가들면 계집애나 낳게 돼.
그런 녀석은 대개 멍청이나 겁쟁이야. 우리 중 몇
놈도 술 취하지 않으면 그런 놈이 됐겠지. 질
좋은 셰리[86]는 효과가 두 배야. 우선 술기운은
머리로 올라가 꽉 들어찼던 온갖 탁하고 걸쭉한
습기를 말려버리고 재빠르고 발랄하고 재치 있고
잽싸고 열렬하고 달콤한 형상들이 가득한 데다,
그것들을 목청으로 전달하면 말의 시초인 혓바닥은
뛰어난 말재간이 된다고. 우수한 셰리의 두 번째
특징은 피를 덥게 달구는 거야. 전에는 피가 차게
가라앉아 간덩이를 허옇게 만들었는데, 그런 게
소심증과 겁쟁이의 표시야. 하지만 셰리는 피를
데워서 속에서부터 손끝 발끝까지 퍼져 나가지.
그래서 얼굴이 불콰해져서 마치 봉홧불처럼
사람이란 작은 나라 전체에 무장하라는 경고를
보내거든. 그러면 활발한 평민과 내륙의 군소
기운들이 사령관인 심장으로 집결하는데 심장은
그런 부하들에게 한껏 힘이 생겨서 온갖 용감한
짓을 벌인단 말이야.[87] 그러한 용기가 셰리에서
오거든. 그러니까 창칼 쓰는 기술도 술 없인
아무것도 아니야. 술기운이 작용해서 일하거든.
지식이란 물건도 술이 발동을 걸어주지 않으면
마귀가 깔고 앉아 지키는 금덩이에 지나지 않아.[88]
이래서 해리 왕자가 용감해져. 아버지한테서
물려받은 차가운 피를 척박한 불모지 맨땅처럼
열심히 술 마시고 비옥한 셰리를 넉넉히 써서
김매고 가꾸고 갈아서 이제는 뜨겁고 용맹스러운
사나이가 됐단 말이다. 나한테 아들이 천 명이

85 약한 술만 마시고 고기 대신 물고기만 먹는 사내는 여자들만 걸리는 빈혈증이 생긴다는 것.
86 당시 스페인에서 수입되던 포도주의 하나.
87 사람의 몸은 '작은 나라'라고 할 만큼 이 세상 나라에 비교되었다.
88 보화는 마귀가 깔고 앉아 있다고 믿었다.

있다면 녀석들한테 첫째로 가르칠 철칙은
약한 술은 물리치고 포도주에 인이 박히라는
말이다.
[바돌프 등장]
무슨 일이야, 바돌프?
바돌프 군대가 해산되어 모두 가 버렸소.
폴스타프 가도 좋아. 나는 글로스터 지방으로 가다가
로버트 섈로 향반과 만나겠다. 벌써부터 내가
손가락으로 그자를 만작거리고 있어. 조금 있다가
그자를 밀랍처럼 눌러서 도장 찍어놔야지. 가자. [모두 퇴장]

## 4. 3

[침대에 누운 왕, 워릭 백작, 클래런스 공작 토머스,
글로스터 공작 험프리, 기타 등장]
헨리 왕 귀공들, 우리 집 문간에서 피 흘리는 분쟁을
하느님이 승리로 맺어주시면
한층 높은 전쟁터로 젊은이를 이끌며
오로지 거룩한 칼만 뽑겠소.
해군을 점검했고 군대는 집결했소.
부재 시 대리할 자들도 위임했고
바라는 대로 모두가 준비되었소.
다만 나 자신이 기력이 모자라서
발호 중인 반란이 통제의 멍에 아래
수습되기까지만 쉬고자 하오.
워릭 전하께서 두 가지를 즉시 즐기실 것을
저희는 믿습니다.
헨리 왕 글로스터 공작,
너의 형 왕세자는 어디 있는가?
글로스터 윈저에 사냥하러 가신 거로 압니다.
헨리 왕 누구와 같이 갔는가?
글로스터 모르겠습니다.
헨리 왕 클래런스 아우가 함께 있지 않은가?
글로스터 아닙니다. 아우는 여기 있습니다.
클래런스 아버님, 무슨 일이신가요?
헨리 왕 클래런스, 네게는 좋은 것만 말하겠구나.[89]
왜 너는 형과 같이 있지 않느냐?
형이 너를 좋아하는데 너는 마다한다.
형제 중에 너를 가장 좋아하지. 얘야,
그걸 소중히 품었다가 내가 죽은 뒤
그와 너의 다른 형제 사이에서 귀중한
역할을 맡을 수 있지. 그러므로
형을 소홀히 대하거나 그의 사랑을
무디게 하지 마라. 냉정하게 대하거나
그의 의사를 존중하지 않음으로
그의 호의라는 입장을 잃지 말아라.
바르게 존경하면 우애로운 사람이며
동정의 눈물이 있고 사랑을 나눔에
대낮처럼 손이 크다. 그럼에도 불구하고
일단 화가 치밀면 돌처럼 단단하고
겨울처럼 변덕 많고 새벽의 눈비처럼
갑자기 차갑게 굳어진다. 그러므로
그의 성질을 조심하여 살펴야 한다.
잘못하면 책하되 기분이 명랑하게
흐를 때를 보아서 정중히 하며
우울할 때는 시간을 넉넉히 주어서
감정이 뭍에 오른 고래처럼 요동치다
스스로 잦아들게 하여라. 토머스, 네가
이것을 알면 네 편 사람들에게
보호막이 될 것이며 네 형제들을
한데 묶을 황금의 테두리가 되리니
너희 피를 합쳐놓은 그릇에 반드시
이 세상이 부어 넣을 유혹의 독이
독초나 화약처럼 강력히 작용해도
절대로 새지 않을 것이다.
클래런스 정성과 사랑 다해 그를 보살피겠습니다.
헨리 왕 어째서 세자와 함께 윈저에 안 갔는가?
클래런스 형은 오늘 거기 안 가고 런던에서 저녁 먹어요.
헨리 왕 누구하고? 너 그거 아니?
클래런스 포인스와 그밖에 따라다니는 패거리요.
헨리 왕 흙이 기름질수록 잡초가 무성하다.
그 녀석은 고귀한 젊은 날의 내 모습을
빼박은 듯이 닮았지만 잡초에 덮여서
내 슬픔은 내가 죽은 뒤까지 뻗친다.
이 몸이 조상들과 잠들어 있을 때
너희가 목도할 지도자 없는 나날과
부패한 시대를 상상 속에 그려보면
심장의 피가 눈물이 되는구나.

89 앓는 국왕은 자기가 죽은 뒤에 왕세자(헬)와 클래런스 사이에 분쟁이 생길 것을 염려했다.

왕세자의 난동이 아무런 제재 없이
감정과 더운 피가 시키는 대로 하며
돈과 헤픈 씀씀이가 한자리에 만나면
그런 자의 욕망에는 날개가 돋아
닥치는 위험과 파멸로 날아가겠지!

워릭 전하, 왕자님을 너무 미리 걱정하시오.
왕자님은 동료들을 외국어처럼
익히시는데, 외국어를 배우려면
매우 상스러운 말까지도 주의하여
배워야 해요. 일단 배우고 나면
전하도 아시듯, 더 이상 쓸데없어
경멸합니다. 그런 상소리처럼
왕자님도 때가 되면 추종하는 자들을
떼어버리고 저들에 대한 기억은
그 밖의 사람들의 인생을 판단하는
준거나 잣대로 사용하실 겁니다.
과거의 악에서 득을 보는 셈예요.

헨리 왕 꿀벌은 죽은 동물 몸에 지은 집을
좀처럼 안 떠나오.[90]
[웨스트모얼랜드 백작 등장]
웨스트모얼랜드?

웨스트모얼랜드 전하의 안녕을! 그리고 제가 이제
전해드릴 소식에 더하여, 새 기쁨을!
존 왕자가 전하 손에 키스를 보냅니다.
모브레이, 스크룹 주교, 헤이스팅스 일당이
국법의 꾸짖음을 받게 되었습니다.
이제 모든 역모의 칼날을 내버렸으며
어디나 평화의 감람 잎이 펼쳐졌어요.
이 일이 어떻게 진행되었는지는
시간이 있을 때 읽으십시오.
자세한 경위가 모두 적혔습니다.

헨리 왕 오, 웨스트모얼랜드, 당신은 뜻밖에도
겨울철 끝자락에 새 계절을 노래하는
여름새와 같구려.
[하컷 등장]
또 다른 소식이다.

하컷 하늘이 전하를 적에게서 안보하며,
적이 대적할 때 반드시 파멸하여
지금 보고할 자처럼 되시기를!
노섬벌랜드 백작과 바돌프 공이
잉글랜드와 스코틀랜드의 대군과 함께
요크셔의 지사에게 패배했습니다.
그 전투의 경위와 자세한 절차는
이 편지에 면밀히 적혔습니다.

헨리 왕 한데 나는 왜 희소식 듣고도 이리 아픈가?
운수는 두 팔을 벌리고 오지 않으며
좋은 말을 조악한 글자로 적어야 돼?
여신은 배를 주고 음식은 안 주니
가난한 자는 힘이 없고, 잔치판을 벌였지만
배를 빼앗았으니 풍요로우면서도
즐기지 못하는 부자 꼴이다.
이런 기쁜 소식에 즐거워야 할 테지만
눈앞이 침침하고 머리가 어지럽다.
오, 내 신세! 가까이 오라. 매우 아프다.
[왕이 기절한다.]

글로스터 전하, 고정하십시오.

클래런스 오, 아버님!

웨스트모얼랜드 전하, 힘내시고 쳐다보십시오.

워릭 왕자님들, 참으시오. 이런 병의 발작은
전하에게 늘 있다는 사실을 잘 아시지요.
물러서시오. 바람만 쏘이시면 회복되시오.

클래런스 아니오. 이 고통을 오래 참지 못하시오.
끊임없는 마음의 근심과 고달픔이
목숨의 성벽에 얄팍하게 시달려서
밖에서 뵈니까 꿰뚫고 나가겠소.

글로스터 백성이 걱정하오. 기적 같은 출생과
기괴한 자식들이 태어나는 형국이오.
일 년 중 어떤 달은 잠자고 어떤 달은
넘어간 듯, 계절의 행위가 바뀌었소.

클래런스 강에는 썰물이 지지 않고 세 번이나
밀물이 들어, 시간의 연대기를 외우는
노인들이 에드워드 할아버님[91]이
돌아가시기 직전에도 그랬다 하오.

워릭 소리를 죽이시오. 왕께서 깨십니다.

글로스터 혼절 증세가 아버님을 모셔갈 것이 분명하오.

헨리 왕 나를 들어서 다른 방으로

90 구약 성서 판관기(사사기) 14장 8절. 삼손이 죽인 사자 몸에 벌이 집을 지었다는 이야기가 나온다.
91 이들 왕자들의 증조부가 에드워드 3세 왕(1311~1377)이었다.

데리고 가라. 원컨대 살살 하라.
[왕의 침대가 들려 간다.]
점잖은 친구들, 아무 소리 내지 마라.
피곤한 내 정신에 단잠을 불러오는
푸근하고 착한 손이 음악을 속삭여라.
워릭 딴 방에서 음악을 연주하라 하시오.
[한 사람 퇴장. 안에서 음악]
[왕의 침대를 움직여서 내려놓는다.]
헨리 왕 [왕관을 벗으며]
왕관을 머리맡에 옮겨 놓아라.
[클래런스가 왕관을 베개 위에 놓는다.]
클래런스 왕의 눈이 공허하여 변화가 심하다.
워릭 조용히, 조용히!
[헨리 왕자 등장]
헨리 왕자 클래런스 공작 봤나?
클래런스 형, 나 여기 있소. 슬픔에 차 있소.
헨리 왕자 안에서 눈물 쏟고 밖엔 눈물 없는가?
아버님은 어떠신가?
글로스터 매우 위중하시오.
헨리 왕자 승전보 들으셨지?
말씀드려라.
글로스터 소식을 들으시고 위중하게 되셨소.
헨리 왕자 기뻐서 아프시면 약 없이 나으신다.
워릭 조용들 하시오. 왕세자님, 소리를 낮추시오.
아버님 왕께서 잠이 들려 하시오.
클래런스 우리 다른 방으로 갑시다.
워릭 왕세자님도 함께 가시오?
헨리 왕자 아니오, 나는 곁에 앉아 지키겠소.
[왕과 헨리 왕자 외에 모두 퇴장]
웬일로 머리맡에 왕관이 놓였는가?
그리도 말썽 많은 자리의 친구라면서?
반짝대는 애물단지! 금빛 걱정거리지!
수많은 밤을 뜬눈으로 지새우게
단잠의 문들을 활짝 열어놓는 것!
잠은 함께 들지만, 값싼 모자를 쓰고서
한밤을 코 골며 보내는 사람보다는
절반도 단잠을 이루지 못하누나.
왕관이여! 너를 쓴 이마를 내리누르면
무더위 속 찬란한 갑옷과 같이
안전하나 뜨거워.—왕의 숨결 문간에
깃털 한 개 놓여 움직이지 않는데
숨을 쉬신다면 가벼운 깃털이
움직여야 할 텐데,—아버님, 전하!
확실히 깊은 잠이 드셨다. 이는
분명코 많은 왕을 왕관과 작별시킨
그런 잠이다. 나에게서 받을 값은
혈통의 눈물과 무거운 슬픔이다.
아버님, 타고난 사랑과 아들의
애정으로 넉넉히 갚겠습니다.
아버님께서 저에게 남기실 것은
이 왕관과 왕좌와 제가 직접 혈통으로
상속합니다.
[왕관을 자기 머리에 쓴다.]
왕관이 놓였구나!
하느님이 지키시면, 세상의 힘을
한 팔에 모아도 이 계승의 명예를
빼앗지 못하리라. 아버님이 주셨으니
내 것으로 가집니다. [퇴장]
[음악이 그친다. 왕이 깬다.]
헨리 왕 클래런스, 토머스!
[워릭 백작과 글로스터, 클래런스
공작 등장]
클래런스 부르셨습니까?
워릭 무엇을 원하십니까? 좀 어떠십니까?
헨리 왕 어째서 나를 혼자 있게 했는가?
클래런스 형을 여기 남겨뒀었는데요.
옆에 앉아 지킨다고 말했습니다.
헨리 왕 왕세자가? 어디 있는가? 나 좀 보자.
워릭 문이 열렸군요. 이리로 나가셨어요.
글로스터 저희 있던 방으로는 안 갔습니다.
헨리 왕 왕관이 어디 있나? 누가 치웠는가?
워릭 저희가 나가면서 여기다 두었는데요.
헨리 왕 왕세자가 가져갔다. 찾아보아라.
급했던 나머지 잠든 나를 죽은 줄로
생각했던 모양인가?
워릭, 찾아서 꾸짖고 데려오시오. [워릭 퇴장]
그따위 행실이 내 병과 연합하여
나를 죽여놓겠다. 너희의 실상을 보라.
황금이 인간의 목표가 되면
인간성도 얼마나 급속히 돌변하는가!
그 때문에 멍청하고 걱정하는 아비들이
궁리하며 잠을 설치고 근심으로

머리를 채우고 부지런히 뼈를 휘며
기괴하게 모아놓은 못된 황금 더미를
그 때문에 꾸역꾸역 쌓아놓으며,
그 때문에 아비들은 생각을 깊이 하여
아이들이 학문과 무예를 갖추게 하고
꿀벌이 꽃에서 자양분을 섭취하여
다리엔 밀랍을, 입엔 꿀을 머금어
벌통으로 가져오되, 또한 벌처럼
수고한 값으로 죽임을 당한다.
죽어가는 아비에게 그가 모은 재산이
이처럼 쓴맛을 가져오누나.
[워릭 백작 등장]
자신의 단짝인 죽음이 끝내기까지
기다리지 않겠단 자가 어디 있을까?

워릭 전하, 왕세자가 옆방에 있었습니다.
절절한 모습으로 슬픔에 휩싸여
넘치는 눈물로 귀한 빰을 적시니
피 아니면 안 마시던 악한 폭군도
왕자를 보았다면 따뜻한 눈물로
칼을 씻었겠지요. 이리로 오고 있습니다.

헨리 왕 하지만 어째서 왕관을 가져갔나?
[헨리 왕자 등장]
저기 오는군. 해리, 내게 오너라.
[다른 사람들에게]
방에서 나가라. 우리 둘만 있겠다.
[왕과 헨리 왕자 외에 모두 퇴장]

해리 왕자 아버님 말씀을 다시 듣지 못할 줄 알았습니다.

헨리 왕 해리, 내가 그리되기를 네가 원했다.
내가 너무 오래 살아 속상하겠지.
네가 나의 빈자리를 그토록 탐해서
너의 때가 익기 전에 내게 있는 명예를
가져가야 하겠나? 어리석은 젊은이여,
자기를 휩쓸어갈 권세를 추구하누나!
잠시만 기다려라. 내 위엄의 구름을
미약한 바람이 받쳐주는 형편이라
금방 떨어지겠다. 내 살날이 흐리구나.
네가 훔친 물건은 몇 시간 뒤에는
자연스레 네 것이 되는 것인데,
죽은 뒤의 내 걱정을 확인시켜 주었다.
네가 나를 사랑하지 않는다는 사실을
네 생활로 보였으니 그것을 보고는
죽으라는 말이구나. 일천 개의 단도를
네 속에 몰래 숨겨 돌 같은 네 마음에
들게 갈아 내 목숨 반시간을 찌르누나.
그래, 너는 반시간도 참을 수 없나?
그렇다면 직접 나가 내 무덤을 파내고
기쁜 종을 울려서 나 죽은 게 아니라
네가 왕이 된 것을 너의 귀에 알려라.
내 주검을 적셔줄 뭇사람의 눈물이
네 머리를 거룩히 할 향유가 돼라.
다만 나를 망각의 흙 속에 섞어라.
너에게 생명을 준 내 몸은 벌레 몫이다.
일꾼들을 끌어내고 법령들을 깨뜨려라.
질서를 비웃을 새 시대가 닥쳤으니
해리 5세의 등극! 못난 짓은 솟아라!
존엄은 내려가라! 현철한 신하들은
물러가라! 잉글랜드 방방곡곡 할 일 없는
원숭이들아! 궁정으로 모여들어라!
가까운 지방들아, 찌꺼기를 내보내라!
욕질하고 마시고 춤추고 밤새껏
진탕 놀고 도둑질에 살인에 신식으로
옛날 죄악 저지르는 깡패가 있느냐?
기뻐하라! 더 이상 소란이 없을 터이다.
이 나라가 왕의 세 겹 죄악을 두 겹으로
금칠하고, 직분과 명예와 힘을 주리니
해리 5세가 자유의 구속에서 제재의
입마개를 물어뜯어 사나운 들개가
죄 없는 자의 살에 이빨을 박으리라.
오, 내란으로 병들은 불쌍한 내 나라!
내가 너의 소란을 힘써 통제 안 하면
소란이 네 일일 테니 어쩔 것인가?
오, 너는 다시금 황야로 변하여
너의 옛 주민이던 늑대로 채울 것인가?

해리 왕자 아, 용서하세요, 전하. 눈물이 앞을 가려
제 말을 방해하지 않았다면 아버님의
슬픈 말씀을 끝까지 듣기 전에
간절하고 엄숙하신 질책을 막았겠어요.
아버님의 왕관입니다.
[왕관을 되돌리고 무릎을 꿇는다.]
영원한 왕관을 쓰고 계신 주님께서
아버님의 왕관을 오래 지켜 주시길!
아버님의 명예보다 왕관을 원한다면

다시는 무릎을 펴지 않겠습니다.
저의 참된 마음속 효성에 기대
이처럼 몸 굽혀 엎드려 조아립니다.
제가 여기 왔을 때 아버님의 숨길이
끊긴 줄 알고 제 속이 얼마나 저렸던지,
하느님이 증인이세요! 이것이 거짓이면
이렇게 미쳐버린 상태로 죽어버리고
안 믿는 세상에 저 스스로 결심한
귀중한 변화를 보이지 않겠습니다.
아버님을 뵈려고 들어왔다가
이미 가셨거나 거의 가셨다고 오해하고
왕관이 살아 있는 물건인 양 꾸짖어
이르기를, '네게 딸린 근심과 걱정이
아버님의 귀한 몸을 파먹었으니
최고의 황금아, 너는 최악의 황금이다.
다른 황금은 값은 덜해도 더욱 귀하니,
마시는 약[92]이 되어 목숨을 보존하나
더없이 귀하고 존엄하고 이름난 너는
받드시던 분을 삼켰다'고 꾸짖고
왕관을 머리 위에 올려놓고서
제 앞에서 아버님께 악을 행한 원수처럼
올바른 상속자의 기개로써 그 물건과
싸우고자 하였으니, 그것이 저의 피를
조금이라도 기쁨으로 더럽혔거나
허영으로 제 생각을 부풀렸거나
당치않은 기운이나 반역이 제 정신을
조금이라도 기뻐하는 느낌으로써
왕관의 권세를 속마음에 품었다면,
하느님이 제 머리에서 왕관을 영원히
멀어지게 하시고 저를 비천한
종으로 만드시어, 두려움과 떨림으로
왕관 앞에 무릎을 꿇어도 좋습니다.

헨리 왕 오, 내 아들아,
하느님이 왕관을 가져갈 마음을 네게 주셔서
아비의 사랑을 더하게 하셨으니,
참으로 현명하게 너의 뜻을 다스렸다!
해리, 이리 와서 침대 곁에 앉아라.
아마 내가 너에게 마지막으로 들려줄
권고이니 들어다오.
[해리 왕자가 일어난다.]
아들아, 하느님은
내가 어떤 샛길, 어떤 길을 에돌아
왕관을 만났는지 아시며, 나 역시
내 머리에 험난하게 놓였던 걸 잘 안다.
좀 더 조용히 네게 넘겨주겠다.
여론이 좋을수록 더욱 튼튼해진다.
더러운 쟁취의 진흙탕은 나와 함께
땅에 모두 묻힌다. 손아귀로 치고받아
빼앗은 명예밖에 못 되는 듯싶었지.
왕권을 얻도록 나를 도와주고도
나를 욕하는 사람들이 많아져서
하루하루 분쟁과 유혈로 퍼져 나가고
마땅한 평화가 손상되어, 이처럼
강력한 위협들에 가까스로 맞섰으니
나의 모든 정치는 그 주제를 연출한
몇 장면에 불과했다. 이제 나의 죽음이
분위기를 일신하여, 탈취했던 것들이
조금 더 보기 좋게 네게로 넘어가니
너 자신은 왕관을 계승하여 얻게 된다.
그러나 나보다 기초가 확고해도
충분치 않다. 아직도 원한은 시퍼렇고
너의 편은—진정 네 사람이 되게 해라.—
독침과 이빨을 요즘에야 보이더라.
격렬한 그 힘으로 내가 처음 나섰지만,
그 세력에 내가 다시 쫓겨날까 걱정했다.
그러한 사태를 피하기 위해
그들을 도려내고 수많은 사람들을
성역으로 데리고 갈 계획을 세웠으니
일없이 쉬면 저들이 내 상황을
너무 깊이 살펴볼까 걱정됐다.
그러므로 난 체하는 사람들을 밖에서
전쟁에 몰두할 정략을 사용해라.
그러한 활동이 과거를 지울 거다.
더 말하고 싶지만 허파가 쇠약하여
말할 힘이 없구나. 주님, 용서하시길!
왕관을 얻기 위해 못된 길로 갔습니다.
평화 속에 왕관이 너와 함께하기를!

헨리 왕자 은혜로우신 전하께서 이 왕관을
얻으시고 쓰시고 지키시고 주셨으니

92 동양 의학과 마찬가지로 서양 의학에서도 금을 갈아 섞은 물이 약으로 쓰였다.

분명하고 올바르게 소유할 터이며
온 세상에 맞서서 넘치는 노력으로
정정당당하게끔 지켜내겠습니다.
[랭커스터의 존 왕자, 워릭 백작,
기타 등장]
헨리 왕 오, 우리 랭커스터의 존이 왔구나.
존 왕자 아버님의 건강과 평안과 행복을 빌어요!
헨리 왕 내 아들 존, 네가 행복과 평안을 가져오지.
그러나 건강은 헐벗은 등걸을 버리고
젊은 날개를 타고 가버렸구나.
너를 보니 세상일은 끝이로구나.
워릭 공 어디 있나?
해리 왕자 워릭 공!
[워릭이 앞으로 나선다.]
헨리 왕 내가 처음 혼절했던 그쪽 방에는
특별한 명칭이 있는가?
워릭 귀하신 전하, 예루살렘이라 합니다.
헨리 왕 찬미 하느님! 거기서 내 생을 마치겠다.
예루살렘 아니면 죽지 않을 거란 예언이
몇 해가 되었지. 그런데도 허망하게
거룩한 땅으로 갈 거로 생각했다.
그 방으로 옮겨다오. 거기 누워 있겠다.
그런 예루살렘에서 해리가 죽으리라.
[침대에 누운 왕을 들고 모두 퇴장]

## 5. 1

[섈로, 사일런스, 폴스타프, 바돌프, 시동 등장]
섈로 [폴스타프에게] 천부당만부당하오. 오늘 밤 떠나실
수 없소. 야, 데이비, 뭘 하니!
폴스타프 로버트 섈로 선생, 용서하셔야겠소.
섈로 용서하지 않겠소. 용서를 받으실 수 없소. 용서를
인정하지 않겠소. 용서의 도움을 받지 못하시오.
용서를 받으실 수 없소. 야, 데이비!
[데이비 등장]
데이비 여기 있습니다.
섈로 데이비, 데이비, 데이비, 어디 보자, 데이비.
어디 보자, 데이비. 그래, 윌리엄 쿡, 그 애도 불러라.
폴스타프 경, 용서받지 못하시오.
데이비 이렇게 됐네요. 말씀하신 것들을 해드릴 수 없네요.
그리고, 갈지 않은 밭에다는 밀을 뿌릴까요?
섈로 붉은 밀, 데이비. 그런데 윌리엄 쿡은—새끼
비둘기들이 없냐?
데이비 있습지요. 대장장이가 편자 값하고 쟁기 값을 적은
쪽지가 여기 있네요.
섈로 셈을 쳐보고 갚아줘라. 폴스타프 경, 용서받지
못하시오.
데이비 그런데요, 멍에 줄을 새로 구해야 해요. 그런데요,
힝클리 장터에서 윌리엄이 잃어버린 자루 값으로
그 사람 삯을 조금 떼고 주실 테요?
섈로 녀석이 책임져야지. 데이비, 비둘기 몇 마리, 다리
짧은 암탉 두 마리, 양 뒷다리 하나, 그리고 예쁜
작은 쪼끄만 요리 몇 가지, 윌리엄 쿡한테 일러줘라.
데이비 군인 양반은 밤새 계실 건가요?
섈로 그래, 데이비. 잘 대접할 테다. 궁정 친구 하나가
주머니 속 한 푼보다 낫다. 부하들도 잘해줘라,
데이비. 모두 악질들이라 돌아서면 깨물라.
데이비 그것들 등짝이 온통 깨물린 거보다 더 할라고요?
속옷이 굉장히 더러워요.
섈로 멋들어진 말이다, 데이비. 자, 네 일 빨리 해, 데이비.
데이비 언덕의 클레먼트 퍽스에 마주해서 재판 걸린 원콧의
윌리엄 바이저 일을 잘 봐주세요.
섈로 그 바이저에 대해서는, 데이비, 원성이 자자하다. 그
바이저란 자는 내가 알기로는 아주 못된 놈이다.
데이비 그 녀석이 못된 놈인 건 저도 인정해요. 하지만
친구 부탁으로 못된 놈도 좀 잘돼야 하지 않나요?
착한 사람은 자기를 위해서 말할 수가 있지만 못된
놈은 못 그래요. 지난 8년 동안 제가 선생님 일을
봐드렸는데 한철에 한두 번 착한 사람한테 맞서서
못된 놈을 도와주지 못하면 제가 선생님께 신용이
없단 말이지요. 그 못된 놈이 저의 착한 친굽니다.
그래서 잘 봐주십사고 부탁드리는 겁니다.
섈로 그만해라. 억울한 일을 당하지 않을 거다. 조심해라,
데이비. [데이비 퇴장]
폴스타프 경, 어디 계시오? 자, 자, 자, 장화를
벗으세요. 바돌프 선생, 손을 잡아봅시다.
바돌프 선생님 만나서 기쁩니다.
섈로 온 마음 다해서 감사드려요, 좋으신 바돌프 선생.
[시동에게] 어서 와요, 키 큰 친구. 자, 오세요,
폴스타프 경.
폴스타프 착하신 로버트 섈로 선생, 따라가겠소. [섈로 퇴장]

바돌프, 우리 말들을 살펴봐라. [시동과 함께 바돌프 퇴장]
나를 톱으로 잘게 썰어놓으면 섈로처럼 수염 기다란
수도자의 지팡이 50개는 너끈히 되겠다. 그자의
하인들과 그자의 정신이 서로 뚜렷하게 일치하는 걸
보면 아주 놀랍다. 녀석들은 주인을 유심히 쳐다보고
멍청한 판사처럼 굴고 그자는 하인들과 수작하는
사이에 하인 같은 판사가 돼버리거든. 저것들의
정신이 딱 어울려서 서로 뒤섞여 알고 지내니까
기러기 떼처럼 일사불란하게 한곳에 모여들지. 내가
섈로한테 송사가 있다면 내가 그 주인과 가까운
척하여서 하인들을 구워삶겠고 하인들한테
송사가 있다면 섈로에게 하인을 그처럼 멋지게
다스리는 주인이 없다고 알랑방귀를 뀌겠다.
확실히 똑똑한 태도나 무식한 행동은 병이 전염
되듯이 서로 남에게서 옮는 것이지. 그런고로
사귀는 친구들을 조심할지어다. 이런 섈로한테서
해리 왕자가 여섯 차례나 유행이 지나도록, 다시
말해, 네 차례 법정 기간 동안에, 또는 두 차례
송사 동안에, 휴정 없이 계속하여 웃음거리를
만들겠다. 약간의 맹세와 더불어 하는 거짓말이나
정색하고 말하는 농담이 조금도 어깨가 쑤시지
않는 자한테는 무척이나 큰 효과를 내겠구나!
왕자의 얼굴이 물에 젖어 마구 구긴 외투처럼
될 때까지 웃어 젖히는 모양을 보겠구나!

섈로 [안에서] 폴스타프 경!

폴스타프 예, 곧 갑니다, 섈로 선생. 예, 곧 가요, 섈로
선생. [퇴장]

## 5. 2

[한쪽 문으로 워릭 백작, 다른 문으로
대법관 등장]

워릭 오, 대법관님, 어디 가시오?

대법관 전하께서 어떠시오?

워릭 대단히 좋으시오. 모든 근심이 끝났소.

대법관 가지 않으셨소?

워릭 자연의 길을 가셨으니
현실의 일에는 살아 있지 않으시오.

대법관 세자와 함께 나를 부르시길 원했소.
그분이 평생 동안 열심히 행하신 일이
수많은 불이익을 나에게 가져왔소.

워릭 젊은 왕은 당신을 좋아하지 않으시오.

대법관 그 점을 알고 있소. 이 시대의 사태를
받아들이기로 단단히 다짐하오.
내가 머릿속으로 그려본 그림보다
험악한 그림도 다시없겠소.
[랭커스터의 존 왕자, 클래런스 공작,
글로스터 공작 등장]

워릭 죽은 전왕 해리의 슬픈 자식들이오.
살아 있는 해리의 성질이 세 분 중
가장 못된 것이라면 얼마나 좋을까!
그러면 수많은 귀족들이 못된 무리에
굴복하지 않고 직분을 지키겠소!

대법관 오, 하느님, 모두 뒤집히겠소.

존 왕자 안녕하시오? 워릭 공! 안녕하시오?

글로스터와 클래런스 안녕하시오?

존 왕자 할 말 잊은 자처럼 서로들 만났군요.

워릭 기억은 생생하나 우리 주제는
말을 많이 하기엔 너무 슬프오.

존 왕자 슬픔을 남기신 이에게 평화를!

대법관 더 슬플까 걱정이라 우리에게 평화를!

글로스터 오, 대법관, 좋은 친구를 잃으셨소.
당신이 슬픈 척하는 얼굴을 빌린 건
아니라고 확신하오. 확실히 당신 얼굴이오.

존 왕자 [대법관에게]
어떠한 호의를 입을는지 알 수 없지만
당신의 기대야말로 매우 차갑소.
더 슬픈 건 나요. 그 반대면 좋겠는데.

클래런스 [대법관에게]
폴스타프 경에게 고분고분하세요.
당신의 성질에 역행하는 짓이에요.

대법관 착하신 왕자님들, 명예롭게 한 일이오.
불편부당한 영혼의 인도를 따랐소.
양해는 이미 거절하실 작정이니
거지처럼 비는 꼴을 결코 안 보이겠소.
정직한 순수와 진실이 내 편이 아니면
돌아가신 나의 주인 왕에게 가겠으니
누가 나를 보냈는지 말씀드리겠소.
[헨리 5세 등장]

워릭 왕자가 오시오.

대법관 안녕하시오? 하느님이 전하를 지키소서!

헨리 5세 이처럼 화려한 옷과 왕의 자리가
당신들 생각만큼 편하지 않소.
여기는 터키 아닌 잉글랜드 궁정이오.
아우들, 슬픔과 근심이 뒤섞였다.
아무랏이 아무랏[93]을 계승한 게 아니라
해리가 해리를 이었지. 하지만 슬퍼해라.
너희한테 슬픔이 정말 어울리누나.
너희 속의 슬픔이 자식답게 나타난다.
나도 그런 차림새를 속으로 취하여
마음 깊이 입겠다. 그래서 슬퍼해라.
그러나 우리 형제 모두에게 메어진
공동의 짐 이상으로 슬퍼하지 말아라.
분명히 말하는데 나는 너희 형이요
아버지가 되련다. 너희 사랑만 얻으면
너희 근심은 내가 져. 하지만
해리 왕의 죽음을 울어라. 나도 울겠다.
그러나 방울진 눈물을 언제나 때마다
기쁨으로 바꿔놓을 해리가 살아 있어.
존 왕자, 글로스터, 클래런스 전하로부터 그 이상은 바라지 않아요.
헨리 5세 낯선 사람 쳐다보듯 하는데, [대법관에게]
당신이 그렇소.
내가 당신을 싫어할 거로 단정한 듯하오.
대법관 마땅히 판단하시면 전하께서 저를
미워하실 이유가 없으리라 믿습니다.
헨리 5세 없다고? 나처럼 희망에 찬 왕자가
당신이 들씌운 모욕을 어찌 잊겠소?
잉글랜드 왕세자를 욕하고 꾸짖고
사정없이 투옥하고? 쉬운 일이오?
레테 강[94]에 씻는다면 잊을 수 있소?
대법관 그때 저는 부친을 대신하였고
권세의 표시가 제게 있었고,
그분의 법을 실지로 행하며
나라를 위하여 노력 중에 있을 때
전하께서 제 지위를 우습게 보시고
법과 정의의 위엄과 권세와
제가 대신 행하는 표시를 잊으시고
판단력의 본령인 제 머리를 치셨지요.
저 자신은 대담하게 권리를 내세워
왕에 대한 범인으로 전하를 가뒀습니다.
그런 일이 나빴다면, 왕관을 쓰신 지금
전하의 법을 우습게 보고 엄한 보좌에서
정의를 끌어내고 국법에 딴죽 걸고
전하의 안전과 평안을 지키는 칼을
무디게 할 뿐 아니라 전하를 경멸하고
또 하나의 전하로서 전하를 조롱하는
아드님을 두셨다면 기뻐하실지
마음에 물으시고 전하의 일이라 여기시고
부친이 되시어 아들이라 가정하면,
자신의 위엄이 심하게 상처 입고
엄격한 법도 함부로 짓밟히며
전하를 멸시하는 아드님을 보시고
그러고 나서 전하를 대신하는 저를 보시고
조용히 아들 입을 막으신다 여기셔서
냉정히 따지시고 저를 심판하시오.
지금은 왕이시니 제가 저의 지위나
저 자신이나 제가 섬기는 전하에게
합당치 못한 무슨 짓을 저질렀는지
정식으로 밝혀서 말씀하시오.
헨리 5세 옳은 말이오, 대법관. 깊이 생각하셨소.
그러므로 저울과 검[95]을 항상 유지하시오.
당신의 명예가 나날이 증가하여
내 아들이 당신에게 죄를 지어 당신에게
복종하는 모습을 볼 때까지 오래 사시오.
나 또한 오래 살아 부친처럼 '내 아들을
법대로 다스리는 담대한 이가 있어
나는 매우 행복하다. 자신의 지위를
법의 손에 맡기는 아들이 있으니
그것 또한 행복이라'고 말하고 싶소.
당신은 나를 옥에 넣었소. 그 값으로
당신이 지금껏 지니고 있던 깨끗한 검을
당신 손에 넘기오. 오직 기억할 것은,
당신이 그랬듯이 담대하고 올바르며
공정한 정신으로 검을 사용하시오.
악수합시다. 젊은 나에게 아버지가 되시오.
당신이 내 귀에 일러주는 그대로
목소리를 내겠으며 당신의 경험에서

93 1574년에 터키의 아무랏이 아버지 아무랏을 계승하여 왕이 되자 아우들을 목 졸라 죽였다.
94 죽은 자의 영혼이 건너면서 지상의 기억을 말끔히 잊는다는 '망각의 강.'
95 천칭(저울)과 검은 공평하고 엄격한 법을 상징한다. 오늘날에도 법률의 상징물로 쓰인다.

오래도록 우러나온 현명한 지시에
내 뜻을 굽히고 숙일 터이오.
그리고 왕자들은 내 말을 믿어라.
내 못난 짓거리를 아버님과 함께 묻고
즐기던 모든 것을 무덤 속에 묻었으니
그의 혼과 더불어 나는 엄숙히 부활하여
온 세상의 예상을 보란 듯이 뒤엎고
예언을 깨뜨리고 겉모습만 보고서
함부로 재단하던 소문을 도려내겠다.
이제까지 내 속에서 핏줄의 밀물은
헛된 짓을 뽐내고 세차게 흘렀으나
이제는 방향이 다르게 썰물이 되어
큰 바다에 되돌아가 나라라는 큰물과
어울려서 당당하게 흐르리라.
나는 이제 귀족들의 회의를 소집하오.
최고의 국가들과 동등한 대열에서
이 나라의 큰 몸이 전진할 수 있도록
고귀한 참모들의 팔다리를 택할 터이오.
전쟁이든 평화든, 또는 둘을 동시에
익히 알고 친숙하게 되어야 하오.
[대법관에게]
그 일은 아버지 당신이 주관하시오.
[모두에게] 대관식이 끝난 후, 이미 말하였듯이
모든 분을 회의에 불러오겠소.
그리하여 하느님이 내 뜻을 좋게 보시면
왕자나 귀족이나 '하느님, 즐거운 해리의 목숨을
하루라도 줄이소서'라고 기도할
정당한 이유가 없어질 거요. [모두 퇴장]

## 5. 3

[폴스타프, 섈로, 사일런스, 데이비,
바돌프, 시동 등장]

섈로 [폴스타프에게] 반드시 우리 집 정원을 보셔야 해요.
거기 정자에서 작년에 내 손으로 접붙인 능금을 향초
씨앗 요리와 같이 먹읍시다. 그럼 가십시다. 사일런스,
당신도 오시오. 그러고 나서 자리에 드십시다.

폴스타프 이곳에 정말 잘나고 진귀한 저택을 소유하고
계시오.

섈로 형편없소, 형편없소, 형편없소. 모두가 거지 같소,
모두가 거지 같소, 폴스타프 경. 펴놔라, 데이비.
펴놔라, 데이비. [데이비가 식탁보를 펴놓기 시작한다.]
잘했다, 데이비.

폴스타프 이 데이비가 당신에게 아주 쓸모 있구먼. 하인 겸
집사라서요.

섈로 좋은 하인이오, 좋은 하인이오, 매우 좋은 하인이오,
폴스타프 경.—참말이지 내가 저녁에 술을 너무 많이
마셨구나.—좋은 하인이오. 그럼 앉으시오, 그럼
앉으시오. [사일런스에게] 당신도 오시오.

사일런스 아, 형씨, 하고 그가 말했지. 우리는
[노래한다.]
먹기만 하면서 신나게 놀면서
즐거운 해를 주신 하느님을 찬양하세.
음식은 싸지만 여자는 비싸고
왕성한 사내들 여기저기 싸다닌다.
그렇게도 즐겁게.
언제나 그렇게도 모두가 즐겁게.

폴스타프 좋으신 사일런스 선생, 참말 즐거운 성격이오!
그 값으로 이제 내가 당신에게 건배하겠소.

섈로 바돌프 선생에게 술 좀 드려라, 데이비.

데이비 [폴스타프에게] 좋으신 기사님, 앉으세요. [바돌프에게]
잠깐만요. [폴스타프에게] 퍽 좋으신 기사님, 앉으세요.
시동 씨, 착한 시동 씨, 앉아요. 어서 오쇼! 음식이
떨어지면 술로 채우죠. 하지만 참아요. 마음이 최고요.

섈로 즐기시오, 바돌프 선생, 그리고 저 쪼끄만 군인
아저씨, 즐기시라고요.

사일런스 [노래한다.]
즐거워라, 즐거워라, 마누라가 다 가졌다.
여자들은 크나 작으나 모두 다 욕쟁이다.
모두 턱수염이 나부끼면 온 방이 즐겁지.
그러니 환영한다, 즐거운 사육제[96]를.
즐기시오, 즐기시오.

폴스타프 사일런스 선생이 이런 배짱 가진 사나인 줄은 미처
몰랐소.

사일런스 누구요? 나요? 얼마 전에 두 번과 한 번은 즐거운
적 있지요.

[데이비가 사과 접시를 들고 등장]

데이비 가죽 껍질[97] 한 접시요.

96 기독교 사회에서 금식 기간이 시작되기 전에 마시고 노는 절기.

섈로 데이비!

데이비 선생님! 예, 곧 가서 도와드릴게요. [폴스타프에게] 술
한잔 올릴까요?

사일런스 [노래한다.]
짜릿하고 달콤한 술 한잔이라,
너한테 축배다, 나의 애인아.
즐거운 마음이 오래 산단다.

폴스타프 잘했소, 사일런스 선생.

사일런스 우리 즐겁게 지내자고요. 바야흐로 밤의 달콤한
시간이 시작되어요.

폴스타프 사일런스 선생, 건강과 장수를 위하여!

사일런스 잔을 채우고 내게 주시오. 바닥이 10마일이라도
축배를 들겠소.

섈로 점잖은 바돌프. 잘 오셨소! 뭐 필요한 게 있는데
청하지 않는다면 내가 사람 아니지! [시동에게]
잘 왔소, 우리 꼬마 도둑님. 참 잘 오셨소!
바돌프 선생한테 건배하겠소. 그리고 런던의
모든 기사님들한테도.
[그가 술을 마신다.]

데이비 죽기 전에 런던 구경하고 싶어요.

바돌프 거기서 당신 보면 좋겠다, 데이비!

섈로 하, 같이 걸쭉하게 한 됫박 깰 판이군. 안 그렇소,
바돌프 선생?

바돌프 물론. 두 됫박짜리 대포로요.

섈로 참말로 고맙네요. 저 녀석, 선생한테 꽉 붙어 다닐
거요. 틀림없다니까요. 절대로 안 떨어질 거란
말씀이오. 진짜 진짜요.

바돌프 그럼 나도 꼭 붙어 다니죠.

섈로 야, 거 임금님 말씀이다! 모자라는 거 없기요. 맘껏
즐깁시다!
[안에서 누가 문을 두드린다.]
문에 누가 왔는지 가봐. 여보쇼, 누구요? [데이비 퇴장]
[사일런스가 다시 마신다.]

폴스타프 [사일런스에게] 선생, 나한테 축배를 답했구려!

사일런스 답례를 하시고
기사 서품하시오.[98]
사밍고.[99]
그렇지 않소?

폴스타프 그렇소.

사일런스 그렇소? 그렇다면 늙은이도 뭔가 좀 할 수 있단
말이네요.

[데이비 등장]

데이비 실례합니다, 선생님. 피스톨이란 분이 궁정에서
소식을 갖고 오셨습니다.

폴스타프 궁정에서? 들어오라고 해.
[피스톨 등장]
뭐야, 피스톨?

피스톨 폴스타프 경, 안녕하시오.

폴스타프 무슨 바람이 불어서 왔나, 피스톨?

피스톨 나쁜 일 불어오는 나쁜 바람 아니오.
상냥하신 기사님, 당신은 지금 이 나라에서
제일 높은 사람 중 하나요.

사일런스 야, 참말로, 저분은—바슨[100] 동네 부자
농부 뚱보 빼고는—진짜 크다.

피스톨 뚱보?
천하 저질 겁쟁이, 아가리 닥쳐라!
기사 어른, 당신 친구 피스톨은
부리나케 말을 달려 이 집에 당도했소.
소식을 가져왔소. 행복한 기쁨이오.
황금 같은 시대요. 무한한 희소식이오.

폴스타프 제발 부탁한다. 보통 세상 사람처럼 소식을
전해다오.

피스톨 세상과 세상 것들은 엿 먹어라!
아프리카와 황금 같은 행복이 왔소.

폴스타프 야, 천한 당나귀 기사, 소식이 뭔가?
코페투아 임금님[101]께 이실직고하렸다.

사일런스 [노래한다.]
'그래서 로빈 후드와 스칼렛과 존은'—[102]

피스톨 거름 더미 똥개들이 시인을 알겠는가?
그리하여 희소식이 닫히게 되면 되겠는가?
그래서 피스톨은 분노 품에 안겨라.

섈로 점잖은 신사, 당신이 누군지 모르겠소.

피스톨 그렇다면 슬퍼하라.

97 껍질이 두꺼운 사과를 말하고 있다.
98 술을 가장 많이 마셔대는 사람을 '기사'라고 했다.
99 외국 민요의 주인공인 '므슈 밍고'를 이렇게 부른 듯하다.
100 셰익스피어의 고향 근처 마을인 듯. 부자 자작농 중에 뚱보가 많았다.
101 당시에 인기 있던 민요의 주인공.
102 모두 잘 알려진 민담 '로빈 후드'에 나오는 인물들.

섈로 용서하시오. 당신이 궁정에서 소식을 가지고
오셨다면 오직 두 가지 방도가 있는데, 하나는
그것을 발설하는 것이며 또 하나는 감추는 것이오.
나도 왕 밑에서 약간의 권한을 가지고 있소.

피스톨 덜 된 풋내기, 어느 왕인가? 말하지 않으면 죽으리라.

섈로 해리 왕이오.

피스톨 해리 4세가, 5세가?

섈로 해리 4세요.

피스톨 네 자리 엿 먹었다!
폴스타프 경, 당신의 어린 양이 왕이 되었소.
해리 5세가 권력자요. 이것은 진실이오.
피스톨이 헛말 하면 나를 이처럼 엿 먹여라.
[엿 먹이는 시늉을 한다.]
떠벌리는 스페인 놈처럼.

폴스타프 늙은 왕이 죽었어?

피스톨 문짝의 대못 같소. 내 말은 진실이오.

폴스타프 가자, 바돌프. 안장 매어라! 섈로, 이 나라에서
무슨 자리든지 골라잡으쇼. 그게 바로 당신 거요.
피스톨, 높은 자리는 곱빼기로 네게 주겠다.

바돌프 오, 기쁜 날이여!
행운 값으로 기사 따위는 안 받겠다.

피스톨 그럼 내가 좋은 소식 가져오는 게 사실인가?

폴스타프 [데이비에게] 사일런스 선생을 자리에 누이게.
[데이비가 사일런스와 함께 퇴장]
섈로 선생, 섈로 각하, 뭣이든 원하는 대로 되시오.
나는 행운의 여신의 집사요. 장화 신어라. 밤새도록
달리겠다. 오, 착한 피스톨. 앞서 가라, 바돌프! [바돌프 퇴장]
이리로 와라, 피스톨. 얘기 더 듣자. 그리고 너한테
좋을 일 생각해라. 장화를 주시오. 장화, 섈로 선생!
젊은 왕이 날 보고 싶어서 환장하겠다. 누구 말이라도
좋으니 타고 보자. 잉글랜드의 모든 법이 내 명령에
달렸다. 나한테 친구이던 자들은 모두 복을 받고
대법관은 피를 보게 됐다.

피스톨 흉악한 독수리가 그자의 허파를 뜯어라!
'방금 있던 인생은 어디 갔나?' 하는데,
바로 여기 있다. 복된 시대야, 어서 와라. [모두 퇴장]

## 5. 4

[순검들이 퀴클리 부인과 돌 테어쉿을
잡아끌며 등장]

퀴클리 부인 놔라! 쌍놈의 개새끼! 하느님께 빌어서
나 죽고 네 모가지 달아매면 한이 없겠다.
네가 잡아당기는 바람에 내 어깨 삐었어.

순검 1 순검 나리들이 이 여자를 나한테 넘겼으니까 이
여자가 회초리 대접을 받아야겠어. 확실하게
해줄게. 이 여자 때문에 두어 사람 죽었어.

돌 테어쉿 작대기야, 작대기야,[103] 거짓말 마라! 야,
어떻게 될지 알지? 우라질 샛노란 놈아, 배 속의
아기가 잘못되는 날엔 네 어미 때린 거보다
더할 줄 알아. 종잇장 같은 놈!

퀴클리 부인 오, 주여, 폴스타프 경만 오신다면! 어떤
놈한테 이날이 피바다가 될 거다. 하지만
저기 배 속 아이는 유산하면 좋겠다!

순검 1 그럭하면 방석이 다시 열두 개가 되겠군.
—지금은 열한 개지만.[104] 따라와. 나하고
같이 가. 너하고 피스톨이 둘러싸고
때린 사람이 죽었다고.

돌 테어쉿 너 어떻게 될지 알지? 향로 뚜껑에 새긴
빼빼처럼 비쩍 마른 놈![105] 흠씬 두들겨 패겠다.
푸르죽죽한 깡패 놈, 더럽게 배고픈 순검 놈! 널
두들겨 패지 않으면 난 치마 안 입는다!

순검 1 그래, 그래, 여자 편력 기사!

퀴클리 부인 오, 주여, 이렇게 정의가 권력을 누르다니![106]
하여간 아픈 데서 기쁜 게 오는 법이야.

돌 테어쉿 가자, 가자, 쌍놈아, 가자. 재판관한테 날
데려가.

퀴클리 부인 그래, 가자. 굶주린 사냥개야.

돌 테어쉿 히죽대는 해골아, 히죽대는 뼈다귀야.

퀴클리 부인 이놈, 뼉다구 놈!

돌 테어쉿 가자, 얄따란 녀석아, 가자, 놈팡이야.

103 순검이나 경관이 갖고 다니던 긴 막대기 (오늘날의 경봉)를 '작대기'라고 비아냥댄다.

104 방석을 배에 차고 임신한 척하는 것이다. 벌써 열두 번째 그런 짓을 하고 있으니 방석이 열한 개가 남아 있다는 말이다.

105 서양식 향로는 납작해서 뚜껑에 양각으로 새겨 넣은 인물들은 납작하기 마련이다. 등장한 순검 중 한 사람은 몹시 말랐던 모양이다.

106 이 여자는 소위 '문자'들을 쓰는데 여기서처럼 정반대로 쓰기 일쑤다. '권력이 정의를 누르다니!'라고 하는 것이 통상적인 말이다.

순검 1 물론이다. [모두 퇴장]

## 5. 5

[두 하인이 골풀[107]을 뿌리며 등장]

하인 1 더 뿌려, 더 뿌려!

하인 2 나팔 소리 두 번 났어.

하인 1 대감들이 대관식에서 돌아오면 두 시가 되겠다.
빨리 가자, 빨리빨리. [둘 퇴장]

[나팔들이 울리고 헨리 5세와 수행원들이
무대 위를 지나간다. 그들이 나간 후에
폴스타프, 섈로, 피스톨, 바돌프, 시동 등장]

폴스타프 로버트 섈로 선생, 여기 내 옆에 서 계시오.
왕이 당신에게 호의를 보여주게 하겠소. 왕이
지나갈 때 내가 왕에게 눈을 찡긋할 테니, 왕이
나한테 무슨 얼굴을 짓는지 보기만 하쇼.

피스톨 좋으신 기사님, 하느님이 당신 허파에 복 주시길.—

폴스타프 이리 와, 피스톨. 내 뒤에 서. [섈로에게] 오,
내가 새로 기사 옷 주문할 여유가 있었다면
당신한테서 빌려온 천 파운드를 남김없이 썼을 건데!
하지만 괜찮아. 이런 남루한 꼴이 더 멋져. 내가 왕을
보려고 열정을 다한 걸 말해주거든.

섈로 그래요.

폴스타프 내 애정의 진실을 보여준다고.

피스톨 그래요.

폴스타프 내 충성의—

피스톨 그래요, 그래요, 그래요.

폴스타프 보다시피 밤낮으로 달려오느라고, 따져볼 것도
없이, 이것저것 기억할 것도 없이, 옷 바꿔 입을
여유도 없이—

섈로 최고요. 확실하오.

폴스타프 그래서 먼 길 오느라고 지저분한 꼴로 서 있는 거,
오로지 왕을 보고 싶은 마음에서 땀을 흘리며 딴 건
생각지 않고 무엇이든 잊어버리고 오로지 왕 보는
것밖엔 할 일 없듯 서 있는 거.

피스톨 그건 '셈페르 이뎀'이라 '아브스케 혹 니힐 에스트'[108]
이기 때문이오. 어디로 보나 마찬가지지요.

섈로 과연 그렇소.

피스톨 귀하신 기사님 간에 불길을 일으켜
흥분시킬 터이오.
당신의 돌, 귀하신 마음의 헬런,
불결한 감옥 속에 끔찍스레 갇혀 있소.
매우 천한 잡놈의 더러운 손아귀에
거기 끌려갔다오.
시커먼 소굴에서 분노의 독사와 복수를 불러내라.
돌이 갇혔소. 피스톨은 진실만을 말하오.

폴스타프 내가 구해내겠다.

[안에서 함성 소리들. 나팔들이 울린다.]

피스톨 바다가 울부짖고 나팔이 울리누나!

[헨리 5세, 랭커스터의 존 왕자, 클래런스 공작,
글로스터 공작, 대법관, 기타 등장]

폴스타프 핼 왕 만세! 왕이 된 나의 핼 만세!

피스톨 명성이 지고하신 왕손이여, 하늘이 지키시길!

폴스타프 다정한 어린 친구, 하느님이 보호하시길!

헨리 5세 대법관, 저 허황된 저자에게 말을 거시오.

대법관 [폴스타프에게]
당신 제정신이오? 당신이 무슨 소릴 하는지 아시오?

폴스타프 내 왕, 내 제우스, 내 가슴, 당신에게 말하오!

헨리 5세 늙은이, 나는 너를 모른다.[109] 꿇어앉아 기도하라.
어릿광대에게 흰 머리가 안 어울려!
오랫동안 그런 사람 꿈을 꾸었지.
그렇게 비대하고 늙고 타락한 자를.—
그러나 잠을 깨어 내 꿈을 경멸한다.
이후로는 몸을 줄이고 덕을 늘려라.
처먹는 짓 그만두고 무덤이 보통 사람
세 배만큼 아가리를 벌린 것을 기억하라.
어릿광대 농담으로 내게 대답 마라.
전의 나와 같을 것이라고 생각지 마라.
하느님이 아시며 온 세상이 알 바는,
이전의 내게 등을 돌린 사실이다.
나와 어울리던 자들과도 결별이다.
전의 나와 같이 됐단 말을 듣거든
나에게 다시 오라. 예전처럼 대하겠다.

107 당시 집 안의 맨바닥에 오늘날의 양탄자 대신 짧게 자른 골풀을 뿌려 깔아 폭신폭신하게 하고 향기롭게 했다.

108 '언제나 같소. 그것 외엔 아무것도 없소'라는 라틴어 격언이다. 피스톨은 유식한 체하는 자다.

109 마태복음 25장 12절. '내가 너희를 알지 못하노라'를 변용한 것.

네가 나의 장난질을 부추기는 선생이었지.
그때까진 추방이다. 내게서 50리 안에
오지 못한다. 위반하면 사형이다.
비슷한 자들을 모두 그리 처벌한다.
살 만큼 허용한다. 돈이 없어서
악을 행치 않게는 만들어 주겠다.
너희가 회개한다는 말을 들으면
너희의 좋은 점과 행실을 참조하여
감형시켜 주겠다. [대법관에게]
당신의 책임 하에
내 뜻대로 행하시오. [수행원들에게]
가던 길을 가오!
[헨리 5세와 수행원들 퇴장]

폴스타프 섈로 선생, 당신한테 빚진 돈이 천 파운드요.

섈로 그렇게 됐네요, 폴스타프 경. 집에 가져갈 테니
돌려주면 좋겠소.

폴스타프 그렇겐 어렵겠소, 섈로 선생. 그런 일로
속상해 하진 마시오. 남모르게 만나자고 부르실
거요. 세상 사람 눈앞에선 그럴 수밖에 없어요.
당신의 승진은 걱정 마시오. 아직도 내가
당신한테 큰 자리 만들어줄 사람이거든.

섈로 어떻게 그럴는지 모르겠소. 나한테 윗도리
벗어주면서 지푸라기만 가득 넣는 꼴이네요.
여보시오, 천 파운드 중에서 오백은 돌려주시오.

폴스타프 나는 약속을 지키는 사람이오. 방금 당신이
들은 말은 핑계에 지나지 않소.

섈로 당신을 죽여버릴 핑계 같군요.

폴스타프 핑계는 걱정할 게 없소. 같이 저녁 하러
갑시다. 가자, 피스톨 부관. 가자, 바돌프.
이제 밤중에 나를 불러 갈 거다.
[대법관과 존 왕자가 순검들과 함께 등장]

대법관 [순검들에게]
존 폴스타프 경을 옥으로 연행하라.
어울리는 자들도 모두 함께 데려가라.

폴스타프 대법관님, 대법관님—

대법관 지금은 말할 수 없소. 당신 말은 후에 듣겠소.
저자들을 데려가라.

피스톨 '시 포르투나 메 토르멘타, 스페로 메 콘텐타.'[110]
[존 왕자와 대법관 외에 모두 퇴장]

존 왕자 전하께서 공정하게 다루시어 매우 기쁘오.
따르던 자들에게 부족하지 않을 만큼
해주라고 하셨지만, 그자들의 행실이
세상눈에 비치기에 보다 착하고 얌전하게
되기까지는 모두 쫓아내셨소.

대법관 과연 그렇게 됐소.

존 왕자 전하께서 의회를 소집하셨소.

대법관 그러셨지요.

존 왕자 이 해가 가기 전에 집 안의 칼과
화로의 불을 저 멀리 프랑스까지
가져갈 게 확실하오. 새가 노래하던데
전하께서 그 노래를 좋아하신 듯하오.[111]
그러면, 여기를 떠날까요? [둘 퇴장]

## 에필로그

[에필로그 등장]

에필로그 먼저 제 걱정, 다음은 제 인사, 끝은 제 말입니다.
제 걱정은 여러분의 불만이고 제 인사는 책임이며
제 말은 여러분의 용서를 구하는 겁니다. 지금 멋진
말을 원하시면 저를 망치시는 거죠. 제 말은 제가
당장 지은 거니까 망칠 게 뻔해요. 하지만 본론으로
가봅시다. 잘 아시듯이 얼마 전 어떤 못난 연극이
끝날 때 제가 여기 서서 참아 달라고 하면서 더 좋은
연극을 약속드렸죠. 그것으로 갚으려고 했는데
잘못된 투자같이 제가 파산했다면 점잖은 채권자
여러분은 손실을 보시겠죠. 이 자리에 서겠다고
약속했지만 이제는 이 몸을 여러분의 자비에
맡깁니다. 빚을 조금 줄여주시면 조금 갚아드리고
보통 채무자처럼 약속을 끝없이 드리겠습니다.
그래서 무릎을 굽힙니다. 하지만 여왕님을 위해서
기도드릴 생각이죠.
제 혀가 여러분의 용서를 바랄 수 없다면 제
다리를 쓰라고 주문하시겠어요? 여러분의 빚을
춤으로 갚기는 쉬운 방법입니다. 양심적인 인간은
어떻게 해서든지 만족을 드려야지요. 그래서 그
방식을 취하겠습니다. 여기 계신 숙녀들은 이미

110 '운수가 나를 괴롭히면 희망이 나를 만족시킨다'는 뜻의 다소 엉터리 라틴어 격언.
111 새의 노래에 예언하는 능력이 있다는 말이 있었다.

용서하셨는데 신사들이 용서하지 않으시면 신사들은 숙녀들과 생각이 다르네요. 이런 일은 이런 모임에서 본 적 없어요.

한마디만 더 할게요. 여러분이 너무나 기름진 음식에 질리지 않으셨다면 겸손한 우리 저자가 폴스타프 경 이야기에 이어서 어여쁜 프랑스의 캐서린 공주와 더불어 여러분을 즐겁게 해드릴 작정이지요. 제가 알기론 폴스타프는 거기서 매독으로 죽었답니다. 단단한 여러분의 의견에 얻어맞아 죽지 않았다면 말입니다. 올드캐슬[112]은 순교해서 죽었는데, 이 사람은 그분이 아닙니다. 저의 혀가 피곤합니다. 무릎마저 피곤하면 '굿나잇' 할 텝니다. [퇴장]

112 원래 셰익스피어는 「헨리 4세」 1부와 2부에서 청교도의 실제 영웅인 '올드캐슬'이라는 이름을 썼지만 항의가 있자 '폴스타프'라는 이름으로 바꾸었다.

# 헨리 5세

## *Henry V*

## 연극의 인물들

해설자

헨리 왕 헨리 5세 잉글랜드의 왕. 프랑스 왕위를 요구하는 이.

글로스터 공작, 클래런스 공작 — 그의 아우들

엑서터 공작 그의 숙부

요크 공작 그의 사촌

솔즈베리 백작

웨스트모얼랜드 백작

워릭 백작

캔터베리 대주교

엘리 주교

리처드, 케임브리지 백작, 헨리, 매셤의 스크룹 공, 토머스 그레이 경 — 반역자들

피스톨, 님, 바돌프 — 전에 폴스타프의 짝패들

소년 전에 폴스타프의 시동

여주인 전에 퀴클리 부인, 지금은 피스톨의 아내

토머스 어핑엄 경

가워 대위 잉글랜드인

플뤨런 대위 웨일스인

맥모리스 대위 아일랜드인

제이미 대위 스코틀랜드인

존 베이츠, 앨릭산더 코트, 마이클 윌리엄스 — 잉글랜드 병사들

의전관

찰스 6세 프랑스 왕

이사벨 그의 아내며 왕비

루이스 세자 그의 아들이며 계승자

캐서린 그의 딸

앨리스 캐서린의 시녀

프랑스의 총사령관, 버번 공작, 올리언스 공작, 베리 공작, 램뷰어스 공, 그랜드프레이 공 — 애진커트의 프랑스 귀족들

버건디 공작

몬조이 프랑스의 의전관

하플러의 총독

잉글랜드에 파견된 프랑스의 대사들

# 헨리 5세의 생애

## 프롤로그

[프롤로그가 해설자로 등장]

해설자 불같은 시심이여! 빛나는 영감이
하늘로 솟아올라, 왕국을 무대 삼아
군주들이 연출하는 웅대한 장면을
왕들이 바라보면 한없이 기뻐하리!
전쟁에 능한 해리[1]가 타고난 모습으로
군신[2]처럼 나타나면, 그의 발꿈치에는
기아와 칼과 불이 묶어놓은 사냥개처럼
할 일을 기다리며 웅크리고 있지만,
신사 숙녀 여러분, 이 못난 무대 위에
그 위대한 인물을 감히 연출하려는
힘없고 천한 자를 용서하여 주시오.
좁다란 이 마당이 프랑스의 싸움터를
어떻게 담을 수 있고 목재뿐인 극장 안에
애진커트[3]의 바람을 놀라게 한 투구들을
몰아넣게 되겠소? 오, 용서하시오.
볼품없이 끝에 붙은 동그라미 하나가
백만이란 수가 되듯, 위대한 이야기에
미천한 우리는 여러분의 상상력이
작동하길 바라오. 이들 벽의 둘레 안에
강대한 두 왕국이 들어 있다 여기고
드높이 마주 뻗은 두 나라의 국경을
위태로운 해협이 갈라놓은 형국이오.
빠진 것이 있으면 여러분의 상상으로
보충하시오. 한 사람을 천 배하여
천 명의 군인들로 상상하시오.
말을 얘기할 때는 기운찬 발굽들이
무른 땅에 만드는 자국들을 상상하고
왕들을 치장하여 이곳저곳 데려가고
여러 해에 걸쳐 이룬 위대한 업적들을
시대를 넘어 한낮으로 바꿈은
상상이 할 일이오. 보충을 위하여
이야기의 해설자로 나를 인정하시오.
프롤로그 방식대로 인내심을 부탁하니
점잖게 들으시고 친절히 평하시오. [퇴장]

## 1. 1

[캔터베리 대주교와 엘리 주교 등장]

캔터베리 엘리 주교, 선왕 11년[4]에 제출됐던
그 법안 말이외다. 그것이 우리의
반대에도 불구하고 통과될 뻔했는데
불안한 세상과 정쟁 덕에 더 이상
고려할 대상에서 밀려났던 것이오.

엘리 그러나 지금은 어떻게 맞서겠소?

캔터베리 머리를 짜야 하오. 불리하게 통과되면
우리 재산 절반 이상 날아가겠소.
독실한 유언으로 교회에 바친 땅을
빼앗고자 하오. 값으로 따지면
왕의 영광을 떠받칠 백작 15인,
기사 1천 5백인, 굳건한 향사를
6천 2백인이나 유지할 수 있으며,
병자와 노약자와 노동을 할 수 없는
빈곤한 사람들을 구제할 시설들
1백 처를 충분히 지원하고 동시에
왕의 금고에 해마다 천 파운드를
납입할 수 있는 금액이 되오.
이것이 그 법안의 내용이외다.

엘리 깊이 마실 일이오.

캔터베리 그릇째 마시겠소.

엘리 그런데 방비책이 무엇이오?

캔터베리 왕께서는 도덕성과 선의가 넘치시오.

엘리 또한 교회의 진정한 애호자시오.

캔터베리 청소년 시절에는 행실이 안 좋았소.
부왕의 몸에서 숨결이 끊어지자
무질서한 언행도 자제심에 억눌려
함께 죽은 듯했소. 바로 그 순간
심각한 반성이 천사처럼 내려와
범죄자 아담을 그에게서 쫓아내니,

1 해리(Harry)는 헨리의 애칭으로 헨리 5세를 당시 백성이 친근히 여겨 그렇게 불렀다.
2 전쟁에 탁월한 헨리 5세를 군신(Mars)에 비유한다.
3 애진커트(Agincourt, 프랑스 말로는 '아장쿠르')는 헨리 5세가 1415년에 프랑스 군을 대파한 유명한 전쟁터다.
4 헨리 4세가 왕이 된 지 11년이 지난 1410년.

그의 몸은 천국 정신 감싸 안는
낙원같이 되었소. 이분처럼 갑자기
공부에 열중하는 사람은 없었고,
잘못을 씻어내는 급한 물결 가운데
개과천선한 예도 있지 않으며,
머리의 무수한 괴물[5] 같은 욕망이
그처럼 일순간에 왕좌를 잃은 일도
없다 하겠소.

엘리 크나큰 축복이오.

캔터베리 왕께서 신학을 논하심을 듣는 이는
모두들 감탄하며 성직자 되시기를
바라는 마음이 저절로 생기며,
국사를 논하심을 듣고 있으면
그것만 연구하신 것이라고 하겠고,
전쟁을 논하심을 듣고 있으면
무서운 전투도 음악처럼 달콤하고,
정략의 문제로 화제를 바꾸면
그런 힘든 매듭을 자신의 대님처럼
예사롭게 풀으시니, 말씀 중에는
제멋대로 행동하는 바람마저 조용하고,
말을 잊은 경탄이 귓속에 스며들어
꿀 같은 말씀을 몰래 훔쳐 들었으니
인생에서 직접 익힌 기술과 실제가
그러한 이론의 모체가 되었을 거요.
존엄하신 왕으로서 어찌 그런 지식을
익히 알고 계시는지 놀랍기 그지없소.
허망한 행위들에 탐닉했던 분으로
무례하고 천박한 속류와 어울려
술잔치와 술주정과 난장판에 소일하여
학구나 침잠이나 침묵이 전혀 없고
시끄러운 인기몰이 장소에만 계셨는데요.

엘리 엉겅퀴 아래에서 딸기가 자라며
못된 열매 근처에서 좋은 열매가
가장 잘 자라며 익는 법이오.
그처럼 왕세자는 무질서의 너울 밑에
사려 깊은 생각을 숨기셨으나,
여름철 풀처럼 어둠 속에 볼 수 없이
매우 빨리 자라서 능력을 키우셨소.

캔터베리 그러겠지요. 이제 기적은 없으니까요.[6]
그러므로 성장한 능력이 완성된 것을
시인해야 되겠소.

엘리 평민의 법안을
완화시킬 방법이 무엇인가요?
왕은 어찌 보시오?

캔터베리 중립인 듯하나,
법안 제안자들을 좋아하시기보다
우리 쪽으로 기우시는 듯하오.
요사이 우리의 종교적 모임에서
본인이 전하께 제안하였소.
프랑스와 관련하여 중대한 나랏일을
전하께 자세히 말씀드렸던 바
일찍이 교회가 선왕들께 드렸던
그 어떤 금액보다 더 큰 금액을
전하께 바칠 것을 제안하였소.

엘리 그 제안을 어떻게 받으셨나요?

캔터베리 전하께서 매우 정중히 받으셨지만
내가 짐작하기에 더 듣고 싶으셨는데
시간이 부족하여 모두 말씀 못 드렸소.
몇 군데 공국에 대한 정당한 권리와
증조부 에드워드 왕에게서 승계되어[7]
이론의 여지없는 프랑스 왕위에 대한
확실한 근거를 듣고자 하셨소.

엘리 이 일을 중단시킨 이유가 무언가요?

캔터베리 바로 그때 프랑스 대사가 전하에게
뵙기를 요청했소. 그가 전하를 만날
시간이 지금이오. 지금 네 시가 됐소?

엘리 그래요.

캔터베리 그러면 대사가 전할 말이 무엇인지
들어가 들읍시다. 그 사람이 뭐라고 할지
말도 꺼내기 전에 훤히 알겠소.

엘리 주교님을 보좌하죠. 무척 듣고 싶어요. [둘 퇴장]

5 그리스신화에 나오는 '히드라'라는 괴물을 말한다. 이 괴물은 아무리 머리를 잘라내도 다시 나온다고 한다.

6 기적은 예전에 일어났고 요즈음은 일어나지 않는다는 것이 개신교의 주장이었다.

7 헨리 5세의 증조부였던 에드워드 3세(1312~1377)의 외조부가 프랑스 왕 필립 4세였는데 그의 세 아들이 모두 왕이 되었으나 아들이 없이 죽었으므로 헨리 5세가 프랑스 왕위 계승권을 주장했다.

## 1. 2

[헨리 왕, 글로스터 공작, 클래런스 공작, 엑서터
공작, 워릭 백작, 웨스트모얼랜드 백작 등장]

헨리 왕 캔터베리 대주교는 어디 계시오?
엑서터 여기 안 계십니다.
헨리 왕 오라고 하세요, 숙부님.
웨스트모얼랜드 전하, 대사를 불러들일까요?
헨리 왕 아직 아니오. 그의 말 듣기 전에
프랑스와 나에 관해 심각하게 생각되는
여러 가지 중대사를 시원하게 알고 싶소.

[캔터베리 대주교, 엘리 주교 등장]

캔터베리 하느님과 천사들이 보좌를 지키시며
오래도록 보좌에 앉으시길!
헨리 왕 매우 고맙소.
유식한 대주교, 말씀하기 바라오.
프랑스의 살릭법[8]이 내 권리를 막거나
막으면 안 될 이유를 신앙의 차원에서
옳게 설명하시오. 신실한 대주교,
해석을 왜곡하고 불법적 계승을 논하고
당신의 지식을 교묘히 이용하면
신이 노하시겠소. 그런 자의 주장은
진실의 광채에 걸맞지 않소.
지금은 건장하나 당신의 권고를
찬동하는 까닭으로 피 흘릴 사람들이
얼마나 되려는지 하느님은 아시오.
그러므로 내 목숨을 담보하는 이 일에
전쟁의 잠든 검을 깨우기를 조심하오.
하느님 이름으로 신중을 당부하오.
이러한 두 나라가 싸우면 반드시
크게 피를 흘렸으니, 죄 없이 흘린 피는
방울마다 슬픔이요, 장본인을 가리키는
쓰라린 원망이니, 그자의 못된 일로
목숨들을 짧게 만든 낭비의 칼날들을
다시 갈아 날카롭게 만들리니, 내 요청에
조심해 말하시오. 당신이 하는 말이
죄가 영세로 깨끗이 씻기듯
양심의 말인 것을 진심으로 들으며
이것을 기억하고 믿을 터이오.
캔터베리 전하, 또한 이 왕좌에 자신들과 생명과
충성의 빚을 진 귀족들은 들으시오.
프랑스에 대한 전하의 권리를 막는 것은
파라몬드가 말했다는 "인 테람 살리캄
물리에레스 네 숙케단트,—살릭 땅에서
여자들은 후계자가 될 수 없다"[9]는
조항뿐이오. 이 '살릭' 땅을 프랑스인들이
부당하게 프랑스 지역이라 해석하며
파라몬드가 여자의 계승권을 금하는
법의 창시자라고 주장하나, 양심적인
프랑스 학자들도 확증하기를
살릭 땅이 독일에 있고 살레 강과
엘베 강 사이라고 말하고 있습니다.
찰스 대제[10]가 색슨족을 정복한 후
그곳에 프랑스인 얼마를 남겨두어
정착시켜 놓았는데 그들은 독일 여인의
행실이 더럽다고 여겨 이 법을, 다시 말해
살릭 땅의 여인은 상속자가 못 된다는
법을 제정했지요. 말씀드린 바와 같이
살릭 땅은 엘베와 살레의 두 강 사이에
위치하며, 오늘날 독일의 마이센이란
곳입니다. 따라서 살릭 법은 프랑스에 관한
법이 아님을 알 수 있고, 더욱이 프랑스는
파라몬드 왕의 사후 421년이나
그곳을 차지하지 못했고 파라몬드는
주후 426년에 죽었는데 저들은 그를
이 법을 만든 자로 허술하게 추정합니다.
찰스 대제는 색슨족을 정복하고
805년에 비로소 살레 강 건너편에

8 살릭(Salic)법은 프랑스 왕위는 반드시 남자 자손만이 계승해야 한다는 오래된 법이었다. 이에 따라 남계인 발우아(Valois) 백작이 왕위 계승자로 정해졌는데 이는 사실상 헨리 5세를 배제하기 위한 것이었다. 헨리 5세는 할머니 쪽으로 프랑스 왕위를 요청하였다.

9 파라몬드(Pharamond, 프랑스 발음으로 '파라몽')는 프랑크 왕가의 전설적 조상으로 이 법은 라틴어로 "In terram Salicam mulieres ne succedant"라고 되어 있다. 살릭 지역은 고대 프랑크인들(게르만족의 한 부족)의 왕국이었다.

10 찰스 대제(Charles the Great는 영국식 명칭, 프랑스인들은 샤를르마뉴[Charlemagne]라고 한다)는 프랑크 왕국의 대왕(742~814)으로 법왕청이 '신성 로마제국 황제'라는 칭호를 주었다.

프랑스인들을 정착시켰습니다.
더욱이 저쪽 나라 필자들에 의하면
칠데릭을 왕좌에서 몰아낸 페핀 왕은
클로테어 왕의 딸 블리틸드의 후손인데
정통 왕위 후계자로 프랑스의 왕권을
주장했으며, 또한 찰스 대제의
유일한 정통이요 남자 후계자로서,
로레인의 공작인 찰스로부터
왕권을 찬탈한 휴 캐핏도 겉보기에
진실처럼 그럴듯하게 꾸며냈지만
엄밀히 따지면 근거 없는 조작인데
찰스 2세의 딸 린거드 부인의
상속자로 행세했고, 찰스 2세는
루이스 황제의 아들이며, 루이스는
찰스 대제의 아들이었소.
또한 루이 9세는 찬탈자 캐핏의
유일한 후계자로, 프랑스 왕관이
양심상 불안하여 견딜 수 없다가
그의 조모 이사벨 왕비가 로레인 공작
찰스의 딸 어먼가드 부인의
후손임을 알고서 안심하였었는데,
그와의 결혼으로 찰스 대제 혈통이
프랑스 왕가와 다시 이어졌습니다.
그러므로 페핀 왕의 계승권과 휴 캐핏이
내세우는 주장과 루이스 왕의 안심 등
모두가 여름 하늘 해처럼 명백하게
여계의 권리와 계승권을 따릅니다.
이렇게 프랑스 왕들은 지내오지만
살릭 법을 들먹이며 모계에 의한
전하의 계승권을 거부하면서
전하와 전하의 후손에서 찬탈한
부정한 계승권을 분명히 밝히지 않고
저들의 그물 속에 숨고자 합니다.[11]

헨리 왕 내가 양심상 그렇게 주장할 수 있겠소?

캔터베리 존엄하신 전하, 죄는 제 머리 묶입니다.
"남자가 죽으면 딸에게 상속이
넘어가게 하라"고 민수기에 썼습니다.[12]
은혜로우신 전하, 자신의 권리를
굳게 지키고 피 묻은 기치를 펴시며
강력한 선조들을 뒤돌아보십시오.
존엄하신 전하, 계승권을 주신 분인
증조부의 무덤을 찾으시고 증조부
검은 왕자 에드워드[13]의 용맹을
다시 살리십시오. 그분은 프랑스 땅에서
비극을 연출하여 프랑스의 대군을
섬멸하셨고 용맹하신 그 부친은
언덕 위에서 프랑스 귀족들의 피를 휘젓는
어린 사자 모습을 웃음 띠고 보셨지요.
오, 귀한 잉글랜드 용사들! 절반의 군대로
건방진 프랑스의 전군을 맞을 동안,
나머지 절반은 웃으며 서 있으니
일 없던 몸이 오히려 추웠습니다!

엘리 용감했던 전사자를 다시 기억하시고
굳건한 팔로 그들의 공을 재현하세요.
전하는 후계자로 왕좌에 앉으셨습니다.
그분들께 명성을 가져다준 피와 용기가
전하의 피에 흐르고, 누구보다 강력하신
전하께서는 청춘의 오월 아침이시니
웅대한 위업과 무훈에 맞으십니다.

엑서터 지상의 모든 형제 왕과 군주가
전하의 혈통에 속했던 사자처럼
떨쳐 일어나시길 기대하고 있습니다.

웨스트모얼랜드 저들은 전하께서 명분과 수단과 힘을
가지고 계심을 알며 전하도 아십니다. 이 나라 왕이
그토록 풍성하고 충성된 신하들을
가진 적이 없었으니 몸은 이곳에 있되
마음은 프랑스 전쟁터 막사 안에 있지요.

캔터베리 그들의 몸도 따라가게 하십시오.
전하의 권리를 피와 칼과 불길로
얻어내게 하십시오. 그 일을 돕기 위해
저희 성직자들이 어느 선왕에게도
일찍이 헌납한 일이 없는 대금을
모아서 전하께 드리겠습니다.

헨리 왕 프랑스를 공격할 무장뿐 아니라

11 '그물 속에 숨는다'는 격언은 성글게 짠 그물로 가려봤자 헛일이라는 뜻이다.
12 구약성서 민수기 27장 8절에 "사람이 죽고 아들이 없거든 그 기업을 그 딸에게 돌릴 것이요."라고 씌어 있다.
13 '검은 왕자' 에드워드(1330~1376)는 에드워드 3세의 세자이며 헨리 5세의 증조부로, 프랑스 크레시에서 프랑스 군을 대파했다. 늘 검은색 갑옷을 입어 '검은 왕자'로 불렸다.

스코틀랜드에 대비하여 필요한 병력을
배분해야 하겠소. 기회만 있으면
우리를 습격하여 올 것이오.
캔터베리 은혜로우신 전하, 변방의 군인들은
그런 좀도둑에게서 우리의 내륙을
넉넉히 방어할 방벽이 되겠습니다.
헨리 왕 말 타고 달리는 도둑만이 아니라,
스코틀랜드의 목적이 걱정스럽소.
언제나 저들은 믿지 못할 이웃이오.
기록을 읽으면, 나의 증조부께서
프랑스로 보내는 병력을 말하시면
저들은 반드시 뚫린 제방 틈으로
밀물이 밀려들어 질펀하게 넘치는
물살의 힘으로 농경지를 휩쓸 듯
무방비의 이 나라를 사납게 습격하여
궁성과 성읍들을 아프게 에워싸니,
방위군이 없어진 잉글랜드 나라는
소문만 들어도 못내 떨었소.
캔터베리 당시 잉글랜드는 피해를 입기보다
두려움을 주었소. 과거의 예를 보면
기사들 모두가 프랑스에 갔으므로
온 나라가 슬퍼하는 과부같이 되었을 때
자신을 훌륭하게 지킬 뿐 아니라
스코틀랜드의 왕을 가축처럼 붙잡아
프랑스로 보냈고, 국왕의 명성을
포로 된 왕들로 가득 채워서
이 나라의 역사를 찬사로 채웠으니
가라앉은 난파선과 값진 보물이
풍성히 쌓인 바다 밑 같았소.
웨스트모얼랜드 그런데 오래된 진실이 있지요.
"프랑스를 이기려면
스코틀랜드에서 시작하라."
잉글랜드의 독수리가 먹이를 찾아가면
무방비 둥지에 스코틀랜드의 족제비가
존엄한 알들에게 몰래 기어듭니다.
고양이가 없을 때는 생쥐처럼 굴어서
먹지도 못할 것을 깨뜨려 놓아요.
엑서터 고양이는 집 안에 남아 있어요.
하지만 그건 억지에 불과해요.
귀중품 지켜줄 자물쇠가 있겠고
좀도둑 잡을 교묘한 덫도 있어요.
무장한 손들이 밖에서 싸울 때
신중한 머리는 집 안을 막아요.
정치는 높은 자, 낮은 자, 더 낮은 자를
지체로 삼고 전체를 화합해서
음악처럼 완전하고 자연스런 결말로
뭉쳐놓아요.
캔터베리 그러므로 하느님은
갖가지 기능으로 인체를 나누시어
각자가 서로 이어 일하게 하시되
복종이란 조건을 오로지 한 목표로
확정하셨소. 그처럼 꿀벌도
본능에 의지하여 인간들의 나라에
질서 있는 행동을 가르치는 조물이오.
그들도 왕이 있고 관리들이 있으니
어떤 자는 장관으로 국내 일을 단속하고
어떤 자는 무역으로 외국에 나가며
어떤 자는 군인으로 독침을 무장하고
부드러운 여름철에 봉오리를 약탈하여
즐겁게 행군하여 전리품을 가져다가
저들의 황제의 막사에다 바치며
위엄 높은 황제는 노래하는 목수들이
황금 지붕 짓는 일을 분주히 둘러보고
평민인 일꾼들은 꿀을 져서 나르고
가련한 짐꾼들은 황제의 좁은 문에
무거운 짐들을 힘들게 밀어 넣고
엄숙한 표정의 법관들은 낮은 소리로
희멀건 형리에게 게으른 수벌을 넘기니,
공동의 목표에 복종하는 다수가
갖가지 방법으로 일함이 내 결론이오.
여러 갈래 길들이 도시에서 만나듯,
많은 단물 시내가 바다에서 만나듯,
해시계의 중심에서 여러 선이 만나듯,
서로 다른 곳에서 발사한 화살들이
한 과녁에 모이는 것과 비슷합니다.
그처럼 온갖 일이 일단 시작한 뒤에
한 목표를 끝마치고, 만사가 실패 없이
진행될 테니 프랑스에 가십시오.
복된 잉글랜드를 4등분하여
그 하나를 프랑스로 데려가셔도
그것으로 갈리아[14]는 떨겠습니다.
국내에 남아 있는 3배의 힘으로

개에게서 내 집 문을 못 지킨다면
그건 걱정할 일이라 우리나라는
용기와 정치의 이름을 잃게 됩니다.
헨리 왕 왕세자의 사자들을 들여보내오. [한두 사람 퇴장]
이제 나는 결심했소. 하느님의 도우심과
내 힘의 힘줄들인 여러분의 도움으로
우리 것인 프랑스가 내가 가진 권위에
굴복하지 않으면 산산조각 내거나
그곳에 머무르며 광대한 왕권으로
수많은 공국들과 프랑스를 다스리겠소.
그러지 못하면 비석도 없이
볼품없는 옹기에 뼈를 담겠소.
우리의 역사책이 우리의 업적을
입 벌려 드높이 찬양하지 않을진대,
우리들의 무덤은 터키 벙어리처럼
혀가 잘려 밀랍의 비문도 없소.[15]
[프랑스의 대사들이 술통을 가지고 등장]
친애하는 내 형제 왕세자의 의향을
들어보겠소. 왕이 보낸 게 아니라
왕세자가 당신들을 보냈다고 들었소.
대사 저희의 사명을 자유로이 말하게끔
전하께서 허락하여 주시든가, 아니면
왕세자의 의중과 저희의 사명을
간접적으로 암시하여 드릴까요?
헨리 왕 나는 폭군이 아니고 크리스천 왕이오.
감옥 속에 단단히 묶여 있는 죄수처럼
내 감정은 내 뜻에 복종하므로
솔직하고 명백하고 직선적으로
그분 뜻을 말하시오.
대사 그러면 짧게 말씀드려요.
최근 왕께서 프랑스에 사신을 보내셔서
위대한 조상이신 에드워드 3세의 권리로
몇 공국들을 요청하셨습니다.
그에 대한 답으로 저희 세자께서는
전하는 너무 젊어 혈기왕성하시니
신중하길 바라시오. 프랑스에서는
날쌘 춤사위로 얻을 것이 없는 만큼,
술잔치로 공국들을 얻을 수 없으시오.
그러므로 세자께서 더욱 왕께 어울리는
보물 통을 보내시며 이를 받으시고
공국들의 요청은 그만두라 하십니다.
이상이 왕세자의 말씀입니다.
헨리 왕 숙부, 무슨 보물이오?
엑서터 정구공이오.
헨리 왕 왕세자가 내게 농을 걸어서 매우 좋소.
왕세자의 선물과 당신들 노고가 고맙소.
그 공들에 정구채를 맞춰본 후에
하느님 은총 속에 프랑스로 건너가서
그 부친의 왕관을 위험에 빠트리고,
싸움패 상대와 겨루겠다고 했으니
프랑스의 코트마다 공 울리는 소리로
시끄럽겠소. 나는 그를 잘 아오.
내가 방종하던 그 시절을 조롱하지만
내가 그때를 어떻게 쓰는지 모르시오.
나는 못난 궁궐을 높여 보지 않았으니
집을 떠난 자들이 매우 즐거워하듯
궁궐을 벗어나자 함부로 행동했소.
세자에게 고하오. 내가 프랑스에서
왕좌에 오르면 위엄을 지키고
왕답게 행동하고 권위의 돛폭을
활짝 펴겠소. 오직 그것을 위하여
권세를 젖혀놓고 일용 노동자처럼
삶이 비천했으나 프랑스에서
찬란한 광채 속에 해같이 솟아올라
프랑스의 백성을 눈부시게 하며
나를 쳐다보느라고 왕세자도 눈멀고
이런 장난 때문에 정구공이 포환이 되고
거기서 생기는 무서운 황폐에 대해
뼈아픈 책임을 걸머지게 되겠소.
수많은 과부가 남편을 빼앗기고
어머니들은 아들들을 빼앗기며
궁성이 무너지며 나지 못한 아이들이
왕세자의 장난에 저주를 보내겠소.
그러나 이 일은 신의 뜻에 달렸소.

14 프랑스 지역의 옛 이름. 줄리어스 시저가 이 땅을 점령하고 그에 관하여 『갈리아 전기』에서 기술하였다.
15 터키의 국사범은 혀를 잘라 비밀을 발설할 수 없게 하였다는데, 패전하면 무덤이 아무 공적도 말할 수 없다는 말이다. 또한 비석이 아닌 밀랍에도 찬양을 적지 못할 만큼 패배할 수도 있다는 말이다. 즉 이겨서 영광을 얻거나 패배하여 완전히 잊힐 것이라며 각오를 다진다.

하느님께 호소하오. 그분의 이름으로
모든 힘을 다 바쳐서 복수를 도모하고
신성한 이 일에 나의 팔을 당당하게
뻗칠 거라 일러주오. 이제 당신들은
평안하게 돌아가 세자에게 고하오.
그 사람의 농담은 얄팍한 우스개며
웃은 사람보다도 훨씬 많은 사람이
울며 알게 되겠소.—대사들을 안전하게
인도하시오.—잘들 가오. [대사들 퇴장]

엑서터 그거 참 재미있는 대답입니다.

헨리 왕 이를 듣고 보낸 자가 부끄럽겠소.
그러므로 귀공들, 전쟁에 도움 될
어떤 기회도 놓칠 수 없소. 이제 나는
우리를 이끄시는 하느님을 제외하고
프랑스 외에는 눈앞에 없소.
그러므로 필요한 병력과 군비를
빨리 모으고 되도록 빨리 날개에
깃을 더할 방법을 생각하시오.
하느님께 맹세코 왕세자를 제 아버지
문에서 꾸짖겠소. 각자는 이제
이 일에 전념하여 이러한 일이
순서대로 진행되도록 유의하시오.

[주악. 모두 퇴장]

## 2. 0

[해설자 등장]

해설자 이 나라 젊은이는 모두들 불타올라
멋스러운 비단 옷을 옷장 속에 집어넣고
갑옷 장인은 번창하니, 사내들 가슴속엔
명예의 생각만이 들어찼으며
기독교 세계의 왕들이 그랬듯이
마필을 사기 위해 목장을 팔았으니
날개 돋친 이 땅의 머큐리들 같았다.[16]
이때에 기대감은 천지에 가득한데,
해리와 부하들에게 이미 약속되었던
최고의 왕관들과 그 밖의 왕관들로
끝에서 끝까지 날선 칼을 숨겼다.[17]
프랑스는 이러한 두려운 준비를
올바른 정탐으로 알아차려서
겁에 질려 떨면서 핏기 없는 정략으로
이 나라의 의도를 따돌리고자 했다.
오, 잉글랜드, 위대한 정신의 본보기여,
만일 너의 자녀가 날 때부터 소유한
동족애만 보인다면 명예가 시킨 일을
무엇인들 못 하리오! 그러나 보라,
너희 안의 결함을 프랑스가 알아내어,
충성심이 전혀 없는 놈들의 가슴에
반역의 황금을 넣어주니, 그중 하나는
케임브리지 백작 리처드, 또 하나는
매셤의 헨리 스크룹 공, 또 하나는
노섬벌랜드의 기사 토머스 그레이,
이들 셋이 프랑스 황금에 흑심이 생겨
겁에 질린 그 나라와 흉계를 꾸몄으니,
프랑스로 출항 전에 사우샘프턴[18] 포구에서
지옥과 반역이 밀약대로 시행되면
왕들의 모범인 헨리가 죽게 되었다.
—여러분은 인내심을 늘리고 우리는
거리를 무시하고 극을 진행하겠소.—
돈을 받은 역적들은 합의했으며,
여러분, 헨리 왕은 런던을 떠나셨소.
지금 장면은 사우샘프턴이 되어서
극장은 이미 그곳에 가 있으니
여러분을 앉은 채로 프랑스로 데려갔다
다시 데려오겠고, 해협을 잠재워
살짝 지나가겠소. 연극에서 되도록
누구의 비위도 상하지 않겠으나
왕이 직접 나서기 전에는 사우샘프턴으로
연극 장면을 옮겨놓지 않겠소. [퇴장]

## 2. 1

[님 하사와 바돌프 부관 등장]

16 머큐리(Mercury)는 주피터의 전령으로 날개 달린 신을 신고 빨리 달린다. 그처럼 서둘러 군인들이 되었다는 말이다.
17 헨리 5세는 왕관을 얻기 위해 외교적인 언행을 꾸몄지만 실제로는 날카로운 '칼'을 숨기고 있었다.
18 잉글랜드 남쪽 해안의 항구로, 프랑스와 연결되는 요충지였다.

바돌프 잘 만났어, 님 하사.

님 잘 있나? 바돌프 부관.

바돌프 피스톨 기수와 친구들이 아직 안 왔나?

님 괜찮아. 난 별로 말을 안 해. 하지만 좋은 일
생기면 웃긴 해. 하지만 그야 돼봐야 알지. 난
싸울 배짱이 없어. 눈 감고 칼만 내밀겠어.
수수한 칼이지만 그러면 어때? 그걸로 치즈를
꿰어서 귀 먹을 수도 있고 딴 놈 칼과 똑같이
추위를 견디지.—이거로 내 말 다했다.

바돌프 너희 둘이 잘 사귀게 내가 아침 사겠다. 그럼
우리 세 명 전부가 의형제를 맺어서 프랑스에
가게 돼. 착한 님 하사, 우리 그러자.

님 정말이지 오래 살고 싶어. 확실한 사실이야.
더 이상 살 수 없을 때도 할 만큼 해보겠다.
그게 마지막 패다. 최후의 피난처지.

바돌프 하사, 그자가 넬 퀴클리와 결혼한 게 사실이야.
그래서 그녀가 확실히 네게 잘못한 거다.
네가 그녀하고 약혼했거든.

님 난 뭐라 할 수 없어. 세상만사 될 대로 되라지.
그때 자던 사람은 목이 그냥 생생하게 돼.
칼에는 칼날이 있다고 하더군. 될 대로 되라지.
지친 망아지처럼 참을성은 그냥 가겠지. 끝장
날 거야. 뭐라 할 수 없지만.
[기수 피스톨과 퀴클리 여주인 등장]

바돌프 잘 있나, 피스톨 기수? [님에게] 피스톨하고
마누라가 저기 오누나. 착한 하사, 여기선
그냥 참아.

님 피스톨 주인, 어떻게 지내?

피스톨 못난 강아지, 나더러 '주인'[19]이라고 할 테야?
그 말 멸시해. 우리 넬도 손님 안 받아.

여주인 맞다. 정말이다. 머지않아 그 일 그만두겠다.
우리가 얌전하게 바느질로 살아가는 열 서넛
부인네를 집에 두겠다. 하지만 대번 남들은
우리가 색시 장사한달 테지.
[님이 칼을 뺀다.]
에구머니! 저 사람 지금 당장 베지 않으면
못된 간통과 살인이 나겠다.
[피스톨이 칼을 뺀다.]

바돌프 착한 부관, 착한 하사, 여기서는 어떤 짓도
하지 마라.

님 웃기네!

피스톨 웃기네! 아이슬란드 개새끼, 귀 쫑긋한 강아지![20]

여주인 착한 님 하사, 용기를 발휘해서 칼집에 칼을
넣어두세요.
[님과 피스톨이 칼을 칼집에 넣는다.]

님 그냥 가겠나? '솔루스'[21]면 좋겠다.

피스톨 '솔루스?' 형편없는 개새끼, 치사한 뱀!
해괴한 네 낯짝에 '솔루스'가 붙어라.
네 이빨에 '솔루스', 목구멍에 '솔루스',
끔찍한 네 허파, 그렇지, 네놈의 밥주머니,
더러운 아가리에 '솔루스'가 붙어라!
네놈의 배때기에 '솔루스'를 먹이겠다.
내게 불을 당기면 피스톨 방아쇠가
번쩍 하고 불꽃을 내뿜거든.

님 나는 바바선[22]이 아니라서 욕지거리로 불러내지
못한다. 너를 괜찮게 때려눕힐 기분이 없는 건
아니지만, 피스톨, 험한 말을 계속 지껄이면 솔직한
말로 실력껏 칼로 너를 깨끗이 저며주겠다. 네
발로 걸어갈 테면 솔직한 말로 실력껏
네 배를 조금만 따놓겠다. 그런 게 세상이지.

피스톨 악독한 허풍쟁이, 저주받은 미치광이,
무덤 입이 벌어지고 죽음이 곁에 섰다.
그런고로 칼을 빼라.
[피스톨과 님이 칼을 뺀다.]

바돌프 내 말 들어. 무슨 말인지 들어봐.
[칼을 뺀다.]
내가 군인인 만큼 먼저 칼질하는 놈한테
칼자루까지 푹 찔러버릴 테다.

피스톨 맹세가 맹렬하니 노여움을 줄이노라.
[모두 칼을 칼집에 넣는다.]
[님에게] 너의 손, 앞다리를 내밀어봐라.
정신이 매우 높다.

님 솔직한 말로, 언제든지 네 모가지를 따겠다.

19 '주인'이라는 호칭 대신 의젓하게 '기수'라고 불러주길 기대한다.
20 북국의 애완견 강아지를 안는 것은 성적 쾌락을 암시한다.
21 '솔루스'(solus)는 '혼자'라는 뜻의 라틴어 용어로 무대에서 쓰던 말인데, 님이 그 용어를 쓰자 무식한 피스톨이 그게 욕설인 줄로 오해하고 마구 주워섬긴다.
22 셰익스피어가 지어낸 마귀 이름인데 마귀 이름을 부르면 지옥에서 올라온다고 했다.

그런 게 세상이다.

피스톨 '쿠플라 고르쥐.'[23]

그게 그런 말이다. 다시금 도전한다.

크레타[24] 개새끼, 아내를 넘볼 테냐?

문둥이 수용소에 찾아가

창피한 찜통에서 크레시다와 똑같은,[25]

돌 테어쉿이란 문드러진 갈보 년과

기둥서방을 데려와라. 유일한 내 애인은

퀴클리란 이름이다. 앞으로도 그러겠다.

간단히 말하라면 이상이 전부다.

됐다.

[소년이 뛰어서 등장]

소년 피스톨 주인, 저의 주인한테 가보세요. 마님도

함께 가요. 몸이 몹시 불편해서 자리에 눕겠대요.

착한 바돌프 주인님, 이불 속에 얼굴을 파묻어서

불판 구실을 하세요. 정말 몹시 아프세요.

바돌프 이 자식, 꺼져!

여주인 정말이지, 며칠 안에 까마귀한테 저 녀석의

순대를 줘야겠소.[26] 왕이 그분 속을 죽였다고요.

여보, 집에 빨리 와요.

[여주인이 소년과 함께 퇴장]

바돌프 이리들 와라. 너희 둘을 친구로 만들어줄까?

우리들이 함께 프랑스로 가게 됐어. 도대체 뭣 땜에

서로 목을 따려고 칼 갖고 다녀?

피스톨 파도는 넘치고 아귀들은 밥 달라고 울부짖어라!

님 너하고 내기해서 너한테 8실링 딴 걸

나한테 갚을 거지?

피스톨 갚는 새낀 지지리 못난 놈이다.

님 그거 지금 나한테 줘. 그게 세상 돼가는 거야.

피스톨 사내답게 결정한다. 정통으로 찔러라!

[피스톨과 님이 칼을 뺀다.]

바돌프 [칼을 빼며] 칼에 걸어 맹세코, 먼저 공격하는

놈을 죽여버린다. 칼에 걸어 맹세한다.

피스톨 칼은 맹세다. 맹세는 끝장을 봐야 한다.

[칼을 칼집에 넣는다.]

바돌프 님 하사, 너 친구 될 바엔 진짜 친구 돼라.

친구 되지 않으려면 나하고도 원수 돼라. 칼을

치워라.

님 8실링 줄 거지?

피스톨 당장에 현금으로 1노블 주겠다.

그리고 너한테 술 한 잔 살 테다[27].

그렇게 하면 친구며 형제로 뭉치리라.

나는 님 덕에, 님은 내 덕에 살리라.

이게 공평하지 않아? 나는 군에

납품 사업하겠다. 큰돈이 쌓이리라.

우리 서로 악수하자.

님 1노블 주겠어?

피스톨 현금으로, 정확하게 세어 줄게.

님 그럼 좋다. 그게 세상 가는 꼴이야.

[님과 바돌프가 칼을 넣는다.

퀴클리 여주인 등장]

여주인 여자 몸에서 태어난 사람이면 빨리 폴스타프

기사님께 들어가봐요. 아, 불쌍하게 하루거리

열병에 시달려서 눈 뜨고 보기가 민망하대요.

다정한 양반들, 어서 가봐요. [퇴장]

님 왕이 기사님께 나쁜 기운을 끼쳤다. 이게

틀림없는 말이다.

피스톨 님, 과연 네 말이 옳다.

기사의 심장이 깨지고 튼튼해졌다.[28]

님 훌륭한 왕이지만 될 만큼 되겠지. 왕은 몇 가지

옛날 짓과 버릇을 관둔다.

피스톨 기사님을 위로하자. 어린 양들아, 우리도 살아야지.

[모두 퇴장]

## 2. 2

[엑서터 공작, 글로스터 공작,

23 '모가지를 따다'라는 뜻의 엉터리 프랑스 말이다.

24 그리스 건너편 지중해에 있는 섬 이름이지만 피스톨은 그럴듯한 말이면 마구 갖다 쓴다.

25 찜통은 성병을 치료하기 위하여 달군 수은으로 증기를 내고 그 증기를 맡으며 들어가 앉는 통이었다. 크레시다는 편리하게 지내기 위해 애인을 여러 번 바꿔친 트로이 여자였다. 셰익스피어가 「트로일로스와 크레시다」에서 그 이야기를 다뤘다.

26 목 달려 죽은 자를 들에 내다버리면 까마귀의 창자에 그의 살이 가득 차리라는 말.

27 1노블(noble)은 6실링 8펜스로, 술 한 잔 값이 1실링 조금 넘었으니 8실링을 갚는 셈이다.

28 피스톨은 소위 '문자'를 써서 유식한 척하지만 늘 틀리게 쓴다. 우리말로 옮기기 어렵다. 여기서는 '마음이 갈라지고 망했다'는 뜻으로 사용한 말이다.

웨스트모얼랜드 백작 등장]

글로스터 왕이 그런 역적들을 믿으시니 대담하시오.

엑서터 놈들은 얼마 있다 체포되겠소.

웨스트모얼랜드 그자들 몸가짐이 실로 천연스럽소!
한결같은 충절과 신임의 관을 써서
충성이 가슴에 자리 잡은 듯하오.

글로스터 왕께서는 저들이 획책하는 모든 것을
가로채어 아시는데 저들은 꿈도 못 꾸오.

엑서터 그렇소. 한곳에서 왕과 함께 자던 자가
크게 혜택 받아서 부러움이 없었건만
외국에 매수되어 전하의 목숨을
반역과 죽음으로 팔아 가진다 하니!

[나팔이 울린다. 헨리 왕, 스크룹 공,
케임브리지 백작, 토머스 그레이 경 등장]

헨리 왕 바람이 매우 좋소. 그럼 배에 오르겠소.
케임브리지 백작, 온화한 매셤 공,
그리고 점잖은 기사, 의견을 말하시오.
데려가는 병력이 프랑스의 힘을 뚫고
길을 내어 갈 것을 의심치 않소?
그와 같은 파멸을 기하기 위해
그들을 무장시켜 모아놓았소.

스크룹 각자가 최선을 다하면 확실합니다.

헨리 왕 나도 그러하오. 내가 확신하기는
나 자신의 생각과 일치하지 않는 자는
여기서 한 사람도 동행하지 않겠고
내 승리와 정복을 바라지 않는 자를
하나라도 남겨두지 않는 것이오.

케임브리지 두려움과 더불어 사랑을 받는 왕은
전하 외에 없습니다. 어떠한 국민도
전하의 다스림의 달가운 그늘 아래
슬픔과 불안 속에 앉은 적이 없습니다.

그레이 옳습니다. 부왕께 대적하던 자들도
쓸개를 꿀에 담가 마음을 고쳐먹고
충성과 열의로 전하를 섬깁니다.

헨리 왕 그러므로 감사드릴 이유가 많소.
내 손이 할 일을 잊을지언정
중요함과 값에 따라 공훈과 업적에
보상을 주는 일을 잊을 수 없소.

스크룹 그런고로 강철 같은 몸으로 힘써 섬기며
무한한 충성을 바치려는 소망으로
저희의 노력은 새 힘을 얻습니다.

헨리 왕 내 생각도 그러하오. 엑서터 숙부,
어제 내게 욕설을 퍼붓던 자를
풀어주시오. 그 짓을 한 것은
과음이라 생각되오. 조심하라 이르시오.
나는 그를 용서하오.

스크룹 그것은 자비이나 지나친 안심예요.
그자를 벌하세요. 그 용서가 전례가 되어
같은 일이 또 생길까 근심됩니다.

헨리 왕 그래도 자비를 베풀어야 하겠소.

케임브리지 자비를 베푸시되 처벌도 하십시오.

그레이 벌의 맛을 보이고 살려주시면
크게 자비를 베푸시는 것입니다.

헨리 왕 오, 나에 대한 지나친 사랑과 염려가
불쌍한 그자를 위한 힘찬 기도요.
소화불량이 저지른 작은 죄를 넘기지 않으면
눈앞의 대역죄가 씹고 먹고 소화시킨
흉한 꼴을 어찌 보겠소? 그자를 놔주겠소.
케임브리지, 스크룹, 그레이가 나를
충심으로 감싸면서도 그자의 처벌은
원하오!—프랑스를 논합시다.
누가 대리인이오?

케임브리지 저는 그중 하나인데,
오늘 요청하라 하셨어요.

스크룹 저도 그러합니다.

그레이 저도 그러합니다.

헨리 왕 케임브리지 백작, 이것은 당신 것이오.
매셤의 스크룹 공, 이것은 당신 것이오.
노섬벌랜드의 그레이 경, 이것은 당신 것이오.
당신들의 공적을 내가 알고 있음이
자세히 적혀 있소. 웨스트모얼랜드 공,
엑서터 숙부, 오늘 밤에 승선합시다.
왜 그러시오? 문서가 뭐라기에
얼굴빛이 변하오?—저 안색 보시오!
빰이 종잇장 같소. 무엇이라 씌었기에
그토록 핏기를 죽이고 몰아내며
없애시오?

케임브리지 저의 죄를 자복합니다.
전하의 자비에 저의 몸을 맡깁니다.

그레이와 스크룹 저희도 간청합니다.

헨리 왕 조금 전만 하여도 살아 있던 자비심이
그대들의 권고에 눌려 죽었다.

감히 자비를 입에 담다니, 부끄럽구나.
주인에게 덤벼들어 괴롭히는 개처럼
이유는 너희들의 가슴에서 찾아보아라.
공작들, 귀공들, 잉글랜드 괴물들을
바라보오! 케임브리지 백작은
여러분이 알다시피 내가 늘 사랑하여
지위에 합당하게 모든 것을 주는 일에
주저하지 않았으나, 뜻밖에 이 사람이
가벼운 돈 몇 닢에 이곳 햄프턴 여기에서
나의 살해를 쉽사리 프랑스와 모의하고
다짐하였소. 케임브리지 못지않게
나의 덕을 만끽한 이 기사도 맹세했소.
그러나 스크룹, 무엇이라 말할 것인가?
잔악하고 은덕 잊고 매정스러운 인간아,
내 모든 비밀의 열쇠를 맡았고
내 영혼 바닥까지 알던 인간아,
제 욕심 채우려고 흉계대로 행했다면
내 몸을 황금으로 주조할 뻔하였다.
외국에 매수되어 내 손가락 건드릴
악의 불씨 하나라도 만들 수 있는가?
너무도 뜻밖이라 흰빛에 검정처럼
그 사실이 명백하게 드러나지만
내 눈으로 그것을 볼 수 없겠다.
반역과 살인은 언제나 단짝인데
한 멍에에 악마 둘이 일을 서로 약속하듯,
하는 짓이 너무나 뻔뻔스러워
아무도 놀랍다고 외치지 않았다.
그러나 너는 온전히 기대를 어기고
놀라움을 자아내니, 반역과 살인도
놀라움에 비하여 구차스럽다.
이토록 너를 터무니없이 변모시킨
교묘한 악귀가 누구인지 모른다만
지고한 명성을 지옥에서 얻을 거다.
그 밖의 마귀들은 반역으로 유혹하여
이리저리 조각들을 억지로 꿰맞추고
겉으로는 화려하게 충성을 가장하여
그럴싸한 이유로 죄악을 감추지만
너를 꼬인 마귀는 떳떳이 너를 세워
반역자란 이름을 얻는 것 외에는
반역할 이유를 알려주지 않았다.
그렇게 너를 기만한 마귀가
온 세상을 사자처럼 휘젓고 다니다가
광막한 지옥으로 다시 돌아가
마귀들 무리에게 '잉글랜드 그자처럼
쉽게 얻은 영혼이 없다'고 하겠다.
어째서 달콤한 신뢰에 의심을 심었나?
남이 충성하던가? 너 또한 그러했다.
남이 신중하던가? 너 또한 그러했다.
가문이 귀하던가? 너 또한 그러했다.
믿음 깊어 보이던가? 너 또한 그러했다.
음식을 적게 먹고 웃거나 화내거나
과한 감정을 피하고 한결같은 정신으로
혈기에 끌림 없이 겸손히 근신하며
귀 없이 눈으로만 행동하지 않으며
깨끗한 판단으로 귀와 눈을 믿지 않아
그토록 섬세하게 세련된 듯하였다.
그래서 네 추락은 흑점을 남겨
덕성이 가득하고 자질이 높은 이를
의심쩍게 만들었다. 눈물이 솟누나.
나는 너의 반역을 또 하나의 타락으로
생각하는 까닭이다.—저들 죄가 확실하니
체포하여 법에 따라 집행하시오.
저들의 역모에 하느님의 용서를!

엑서터 이름하여 케임브리지 백작 리처드, 너를 대역죄로
체포한다. 이름하여 매셤의 스크룹 공, 너를
대역죄로 체포한다. 이름하여 노섬벌랜드의 기사
토머스 그레이, 너를 대역죄로 체포한다.

스크룹 하느님이 그 계획을 옳게 밝히셨습니다.
저는 죽음보다 제 잘못을 뉘우칩니다.
저의 몸이 그 값을 치른다고 하여도
전하께서 제 잘못을 용서하여 주십시오.

케임브리지 프랑스의 황금에 유혹되지 않았으나
제 뜻을 빠르게 실행에 옮길 만큼
동기가 돼준 것을 시인합니다.
그러나 하느님의 제지에 감사하며,
처형을 당하며 진정 기뻐하렵니다.
하느님과 전하의 용서를 구합니다.

그레이 저주받을 역적질을 제지당한 이 순간,
한없이 위험한 대역죄의 발각을
저보다 기뻐하는 충신도 없습니다.
제 몸 아닌 제 잘못을 용서하여 주십시오.

헨리 왕 자비의 하느님이 용서하시길! 선고한다.

너희는 왕인 나를 해하기로 모의했다.
분명하게 확정된 적과 합하여
저들의 국고에서 내 죽음의 선금으로
황금을 받았다.
그 값으로 너희는 자기 왕을 살해하고
공작과 귀족들을 노예의 신분으로,
백성을 박해와 멸시로, 온 나라를
폐허처럼 팔아넘기고자 하였다.
나는 개인으로는 복수하길 원치 않으나
너희들이 멸망시킬 계획을 꾸몄던
이 나라의 안전을 소중히 여겨
너희를 법에 넘긴다. 가련한 자들아,
물러나서 죽음을 향하여 걸어가거라.
하느님의 자비로 쓴맛을 참아낼
인내심과 더불어 막중한 죄에 대한
진정한 뉘우침을 주시길 빈다. 데려가라.

[반역자들이 호송되어 퇴장]

이제는 프랑스를 논합시다. 이 일은
나와 함께 귀공들의 영광이 되겠소.
멋있고 행복한 전쟁을 의심치 않소.
우리의 출발을 막으려고 잠복했던
위험한 역모를 하느님이 은혜롭게
백일하에 밝히셨소. 이제 나는 장애들이
없어졌다 확신하오. 친애하는 잉글랜드,
그러면 나아갑시다. 우리 힘을 맡겨드리고
똑바로 빠르게 전진합시다.
기운차게 바다 향해 기치들을 앞세워라.
프랑스 왕이 아니면 잉글랜드 왕도 아니다!

[주악. 모두 퇴장]

## 2. 3

[피스톨 기수, 님 하사, 바돌프 부관,
소년, 퀴클리 여주인 등장]

여주인 여보, 꿀맛 같은 자기야, 나도 자기하고 스테인스[29]까지 갈 거야.

피스톨 안 된다. 내 사나이 마음이 슬퍼한다.
바돌프, 웃어라. 님, 떠버릴 기운 내라.
아이야, 용기 내라. 폴스타프가 죽었다.
그런고로 우리는 슬퍼해야 되도다.

바돌프 천당이든 지옥이든 상관없이 그와 같이 있다면 정말 좋겠다!

여주인 아뇨, 분명 지옥에 간 거 아녜요. 아서[30] 품에 간 사람이 정말 있다면 분명 아서 품에 안기셨어요. 좀 더 멋지게 가셨어요. 세례받자 금방 죽은 아기처럼 가셨어요. 열두 시, 한 시 사이에 가셨는데 바로 썰물 바뀔 때였죠. 이불 홑청 뒤척이고 꽃을 만작거리고 자기 손가락 보면서 웃는 걸 보고 그게 마지막 길인 거를 알았죠. 코는 붓 끝처럼 뾰족하고 푸른 들이 어쩌고 중얼대데요. 그래서 "폴스타프 기사님, 어떠세요? 남자로서 씩씩하게 버티세요!" 했더니 "하느님, 하느님, 하느님!" 하고 서너 번 외치데요. 그래서 위로하느라고 하느님 생각은 그만두라고 했죠. 아직 그런 거로 걱정할 건 없길 바란 거예요. 그랬더니 발부리에 옷을 더 놔달라데요. 침대 속에 손을 넣어 발을 만져보니까 돌덩이처럼 차갑데요. 그래서 무릎까지 만져보고 조금씩 조금씩 위를 만져보았더니 모두가 돌덩이처럼 차디찼어요.

님 술을 욕했다더군.

여주인 네, 그랬어요.

바돌프 여자도 욕하고.

여주인 아뇨, 안 그랬어요.

소년 암, 그랬죠. 여자는 사람의 탈을 쓴 마귀랬어요.

여주인 그래서 탈바가지를 싫어했죠.[31] 너무도 끔찍한 물건이라며.

소년 마귀의 꾐에 빠져서 여자 때문에 혼날 거라고도 했죠.

여주인 정말 여자 얘기 비슷한 걸 말한 적 있어요. 그때 열이 나서 바빌론 창녀[32] 얘길 하데요.

29 런던에서 서쪽으로 27km쯤 떨어진 곳. 거기서 남해안의 사우샘프턴에서 원정군에 합세하려는 것이다.

30 '아서'가 아니라 '아브라함'이다. 아브라함이 착한 사람의 영혼을 품고 있다는 누가복음 16장 22절을 무식한 그녀가 이렇게 엉뚱하게 인용한다.

31 '사람 탈 쓴 마귀'(devil incarnate)를, 즉 무식한 여주인이 incarnate을 카네이션(carnation)으로 잘못 듣고 폴스타프가 불그레한 꽃 빛깔을 싫어했단 말을 한다. 우리말로 옮길 수 없어 '탈바가지'로 바꿔보았다.

32 요한 계시록에 나오는 '붉은 여인'으로, 죄의 상징이다.

소년 바돌프 코에 붙은 벼룩을 보고 지옥 불에 타고
있는 새까만 영혼이라 하던 말 생각나죠?

바돌프 하여튼 간에 불타던 기름이 다됐다. 그 사람
받들어서 얻어 가진 재물이란 그게 전부다.

님 그럼 우리 슬슬 가볼까? 왕이 사우샘프턴을 떠날
때가 됐는데.

피스톨 자, 떠나자.—내 사랑, 입술을 다오.
내 재산, 물건들을 잘 챙겨 둬라.
똑똑히 굴어라. 세상은 '현금만 받는다.'
아무도 믿지 마라. 맹세는 지푸라기,
사내 속은 얄팍하고 현금만 진짜다.
그래서 '조심'을 충고자로 삼아라.
눈을 맑게 닦아라.—한 멍에의 전우들아,
프랑스로 향하자, 찰거머리 달라붙듯.
빨고 빨고 또 빨자, 진짜 피를 빨아먹자!

소년 [방백] 그런데 피는 먹거리로는 안 좋다던데.

피스톨 보드라운 그녀 입술, 키스하고 떠나자.

바돌프 여주인, 안녕.
[그녀에게 키스한다.]

님 난 키스 못 한다. 그게 세상 꼴이다. 어쨌든 안녕!

피스톨 [여주인에게]
알뜰하게 살림하고 집 안에 붙어 있어. 명령이다.

여주인 잘 가요! 안녕! [따로따로 퇴장]

## 2. 4

[주악. 프랑스의 찰스 6세, 왕세자, 총사령관,
베리 공작, 버번 공작 등장]

찰스 왕 잉글랜드 대군이 이렇게 몰려오니
방어하기 위하여 왕으로서 대응함이
염려하기보다는 필요하게 되었소.
따라서 베리 공작, 버번 공작, 브래번트,
올리언스 공작들은 출발할 터이며
왕세자도 되도록 신속히 행동하여
모든 방위 수단과 용맹한 군사들로
전선의 요새를 강화하고 수선하오.
저 나라는 물을 빨아들여서 골을 파는
소용돌이와 다름없이 맹렬히 다가오오.
염려가 배워주듯, 대비가 필요하오.
경멸하던 적에게 쓰라리게 당했던
근래의 실례[33]들을 기억함이 옳겠소.

왕세자 존엄하신 아버님, 적들에 대비하여
무장하고 있는 것은 당연한 일입니다.
전쟁이나 분쟁이 문제되지 않아도
평화로 인하여 나라가 무디어지니
전쟁이 닥쳐온 듯, 방비와 징집과
예비를 계속하며 수합과 통합을
언제나 이어갈 필요가 있습니다.
따라서 모두들 떨쳐 일어나
병들고 약한 프랑스 지역들을 살펴야 합니다.
그러나 겁난 꼴로 살피지는 마십시다.
잉글랜드 온 나라가 춤놀이에 빠졌다고
소문 들은 것처럼 행동해야 합니다.
듣자 하니 그 나라는 왕이 경망스럽고
허황되고 얼떨떨한 천박한 젊은이가
기분대로 엉뚱하게 다스린다니
위엄이 없습니다.

총사령관 세자, 그만하오.
그쪽 왕에 대해서 너무 잘못 아시오.
최근의 대사들에게 직접 물어보시오.
그는 대사가 전한 말을 당당히 들었으며
노련한 참모진을 대동하고 있었으며
이의를 표명할 때 매우 겸손했으며
무서운 결단을 지켰다고 합니다.
이전의 못난 짓을 모두 벗어버리고
로마의 브루투스[34]가 어리숙한 겉옷으로
분별심을 숨겼듯, 밖으로 꾸몄지요.
원예사는 거름 속에 뿌리를 파묻지만
예쁜 싹은 뿌리에서 피어납니다.

왕세자 하지만 총사령관, 그렇지 않소.
생각은 그러해도 전혀 문제없어요.
방어에 임할 때는 적에 대한 평가가
실제보다 강하다고 아는 것이 좋은 방책인 만큼
방어력이 늘어나오. 나약하고 인색한

33 '백년 전쟁' 중 1346년에 크레시에서, 그리고 1356년에 프와티에에서 잉글랜드 군에게 크게 패한 일.

34 주니어스 브루투스(Junius Brutus)는 로마의 폭군을 쫓아내려는 계획으로써 스스로 못난이인 척했다. 시저를 살해한 브루투스와는 다른 인물로 훨씬 먼저 살았다.

방어 계획은 헝겊 조각 아끼려다
옷을 전부 그르치는 구두쇠처럼
망하기 십상이오.

찰스 왕 해리 왕이 강하다고 믿읍시다.
공작 제위, 강력히 무장하여 대적하시오.
그자의 조상이 우리의 살맛을 보았으며
잔인한 가닥에서 태어난 그자가
친밀한 이 땅에서 우리를 쫓아오오.
크레시 전투에 여지없이 패하고
검은 이름 에드워드[35] 왕세자 손에
우리의 왕자들이 사로잡혀 갔던 일을,
너무나 생생한 수치를 기억하시오.
그동안 높으신 아버지는 산 위에 올라
금관을 쓰고 공중에서 바라보며
영웅다운 아들 모습에 웃음 지으며
프랑스 아비들과 하느님이 20년간
공들였던 모범들과 자연의 작품들을
뭉개버리는 모양을 바라보셨소.
지금 왕은 그러한 승리의 가문의 줄기이니
타고난 그의 힘과 운명을 걱정합시다.
[전령 등장]

전령 잉글랜드의 해리 왕이 보낸 대사들이
전하를 뵈올 것을 간청합니다.

찰스 왕 즉시 만날 터이다. 모셔 들여라. [전령 퇴장]
보다시피 사냥은 맹렬히 계속된다.

왕세자 맞상대하겠다며 따르는 걸 멈추세요.
비겁한 개는 따라갈 수 없을 만큼
앞서 뛰는 짐승을 비겁한 자라고
떠드는 법이에요. 훌륭하신 왕 전하,
잉글랜드 놈들에게 한마디로 대꾸하여
어떤 나라 머리인지 보여주세요.
자기를 사랑함은 자기를 잊음만큼
못난 죄가 아니에요.
[엑서터 공작이 수행원들과 함께 등장]

찰스 왕 잉글랜드 형제로부터?

엑서터 옳습니다. 문안의 말씀을 전합니다.
전능하신 하느님 이름으로 요청하시되,
빌려 입은 영광을 벗으라는 것이니,
하늘의 선물이며 자연과 나라들이
지키는 법에 따라 그분과 그분의
후손들이 소유하며, 다시 말해 관습과
전통에 의해 프랑스 왕위에 따르는
광범한 권리요. 아실는지 모르지만,
잊어진 과거의 벌레 먹은 기록이나
해묵은 망각의 먼지에서 들춰낸
왜곡된 주장이 아니라는 사실을
알리시려는 뜻에서, 우리 전하께서는
매우 기억할 만한 가계도를 보내시오.
모든 계통을 면밀하게 보여주므로
이 족보를 검토하길 원하십니다.
우리 왕이 선조 중에 으뜸이 되시는
에드워드 3세의 직계임을 보시고
혈통적으로 올바른 계승권자에게서
그릇되게 점유하신 왕관과 왕국을
양도해 주시기를 요청합니다.
[프랑스 왕에게 문서를 건넨다.]

찰스 왕 그러지 않겠다면?

엑서터 피나는 압박이오. 왕의 가슴에
왕관을 숨긴대도 끄집어내시오.
그처럼 맹렬한 폭풍으로 주피터같이
천둥과 지진으로 오시게 되오.
요청이 거절되면 압박하실 터이니,
주님의 사랑으로 왕에게 명하시길,
왕관을 양도하고 불쌍한 백성에게
자비를 베풀라 하시오. 굶주린 전쟁이
입을 벌려 그들을 삼킬 것이며,
싸움에 휩쓸린 남편과 아버지와
약혼자로 인하여 과부의 눈물,
고아의 울음, 망자의 피, 슬픔에 잠긴
처녀의 신음이 왕의 머리에 쌓일 거요.
이상이 우리 왕의 요청이며 위협이며
전하실 말씀이오. 세자께서 계시면
특별히 그분에게 인사합니다.

찰스 왕 좀 더 오래 생각하겠소.
내일 나의 모든 뜻을 잉글랜드 형제에게
가져가게 하겠소.

왕세자 왕세자로 말하면
내가 그 사람이오.[36] 해리가 뭐라고 하오?

엑서터 경멸과 도전이며 비웃음과 멸시요.

35 앞의 주 13을 볼 것.
36 자기가 왕세자이면서 이렇게 능청 떤다.

위대한 그분께 부적합한 언사 외에
모든 말로 귀하를 평가하고 계시오.
우리 전하께서는 귀하의 부왕이
앞에서 말한 바를 남김없이 수락하고
귀하가 전하께 보낸 고약한 장난을
향기롭게 만들지 못하면 매우 맵게
책임을 물으시어 프랑스의 동굴들이
귀하의 죄를 탓하며 그분의 포성은
귀하의 장난을 메아리로 울리겠소.
왕세자 아버님이 좋은 답을 보내신다면
내 뜻과는 다르다는 사실을 알리시오.
나는 싸움 이외에는 원하지 않소.
그래서 그자의 허영심과 어린 나이에
어울리는 정구공을 보냈던 거요.
엑서터 당신네 루브르궁이 유럽의 강력한
중추라 해도 그로 인해 떨리겠소.
확실히 큰 변화를 보실 터인데,
신복들인 우리도 덜된 때의 예상과
오늘과의 차이에 놀라고 있소.
그분은 분초까지 시간을 아끼시니,
그분이 프랑스에 머무시는 경우에
왕의 손실에서 그를 아실 것이오.
찰스 왕 내일 당신에게 나의 뜻을 밝히겠소.
[주악]
엑서터 속히 대답 주시오. 지체를 따지시러
직접 이리 오실까 두려워하오.
전하께선 벌써부터 상륙하셨소.[37]
찰스 왕 즉시 좋은 조건을 당신 통해 보내겠소.
이처럼 중대한 사실에 답하기에는
하룻밤은 작은 숨, 짧은 쉼이오.
[주악. 모두 퇴장]

## 3. 0

[해설자 등장]
해설자 이리하여 상상의 날개로 장면은
급속히 진행되니, 생각에 못지않게
빠르게 날아가오. 상상 중에 가정하오.
햄프턴의 부두에서 튼튼히 장비하여
위세 높은 우리 왕이 배에 오르니
아침 해에 나부끼는 비단 기치와 함께
장쾌한 함대를 머릿속에 그려보오.
상상력을 발휘하여 밧줄 위에 오르는
어린 수병 그려보고 시끌벅적 가운데
날카로운 호각의 명령을 들어보오.
굵게 짠 돛폭들이 볼 수 없는 바람이
거대한 선체들을 물굽이로 끌어가며
가슴으로 파도를 받아치오.
강둑에 서 있으며 일렁이는 파도 속에
춤을 추는 도시를 보는 듯이 상상하오.
하플러[38]로 직진하는 장쾌한 함대는
큰 도시에 방불하오. 당신들도 가시오!
함대의 고물들을 마음으로 붙잡고
당신들의 잉글랜드를 떠나시오. 한밤인 듯
적막한 이 강토는 때가 지난 노인들과
때가 안 된 아이들이 지키고 있소.
턱 밑에 한 오리 수염이 돋은 자로
추리고 고른 기사들의 뒤를 따라서
프랑스에 안 갈 자가 누구이겠소?
생각을 돌려서 포위를 상상하오.
마차에 실린 대포들은 하플러를 포위하고
죽음의 아가리를 벌리고 섰소.
상상으로 보시오. 프랑스 왕의 대사가
다시 와서 해리 왕께 프랑스 공주
캐서린을 제안하고 지참할 품목으로
볼품없는 공국들 몇을 제시하였소.
흡족치 않은 조건이라, 재빠른 포수가
마귀 같은 대포에 점화봉을 갖다 대니
[공격 신호, 작은 대포들이 발사된다.]
모든 것이 쓰러지오.—친절히 대하시오.
우리의 연기를 상상으로 메우시오. [퇴장]

## 3. 1

[공격 신호. 헨리 왕과 사다리들을 든

37 당시 프랑스의 칼레(Calais) 지방은 잉글랜드 영토였으므로 헨리 5세는 이미 그곳에 와 있었다.
38 프랑스의 센 강 하구에 있는 포구(프랑스 발음으론 '아르플뢰르'[Harfleur]).

잉글랜드 군대 등장]

헨리 왕 친애하는 전우들아, 다시, 또다시
열린 틈을 공격하고 병사들의 시체로
성벽을 메워라. 침묵과 겸손은
사내에게 평화 시에 어울리지만
전쟁의 굉음이 귀를 때릴 때
호랑이의 무서운 몸짓을 흉내 내어
힘줄을 뻗치고 분노를 일으키고
온순함을 바꾸어 사납게 노하며,
무서운 눈빛을 번뜩이며, 대포처럼
눈구멍 밖으로 꿰뚫어보라.
거칠게 몰아치는 바닷물에 휩쓸리며
부대끼는 벼랑이 일그러진 바닥 위에
삐죽이 내어 밀 듯, 험악한 이마로
눈 위를 덮어라. 이제 이를 악물고
콧구멍을 넓게 벌려 숨을 깊이 들이쉬고
있는 힘을 다하라. 잉글랜드 용사들아,
나가라, 나가라. 너희의 끓는 피는
조상들이 물려준 것. 알렉산더 같았던
역전의 조상들이 아침부터 저녁까지
여기서 싸웠으니, 상대가 남지 않아
마침내 저들의 칼을 거두었었다.
너희의 어머니를 욕되게 하지 마라.
너희가 아버지라 부르던 이들이
너희의 아버지임을 입증하고 잡배들의
모범이 되어 전쟁의 방법을 가르쳐라.
장한 향사[39]들아, 조국의 팔다리로
잉글랜드 목장의 기운을 과시하라.
너희를 기른 값에 버금하길 다짐하자.
눈빛이 흐릿한 저열한 자가
너희 중에 없기에 의심하지 않는다.
팽팽한 줄에 매여 당장에 뛰쳐나갈
사냥개들 같구나. 짐승이 떴으니
열기 따라 달리며 외쳐라. '하느님,
해리를 도우소서!, 잉글랜드 세인트 조지!'[40]

[공격 신호. 대포들이 발사된다. 모두 퇴장]

## 3. 2

[님, 바돌프, 기수 피스톨, 소년 등장]

바돌프 달려라, 달려라, 갈라진 성벽으로, 갈라진 성벽으로!

님 하사, 그만둬라. 치고받는 짓들이 너무 뜨겁다.
여분의 목숨 상자가 내게 따로 있는 게 아니다. 세상
기분이 너무 뜨겁다. 이건 아주 단순한 가락이다.

피스톨 '단순한 가락'이 맞다. 별일들이 생기니까.
치고받는 짓들에 젊은이가 쓰러진다.
칼과 방패가
피 터지는 들판에서
영원한 명성을 얻는다.

소년 아휴, 런던 술집에 있으면 좋겠다! 술 한 병하고
안전만 준다면 명성은 전부 남 줘도 좋아.

피스톨 [노래한다.] 나도 그렇다.
소원대로 된다면
목적을 잊지 않고
그리로 달려가겠다.

소년 [노래한다.] 당연히, 하지만
가지 위의 새 울 듯
정직하진 않겠다.

[플뤨런 대위가 등장하여 그들을 때려 쫓는다.]

플뤨런 성벽 틈으로 달려들어, 개새끼들! 뛰어라, 뛰어라,
좆같은 놈들!

피스톨 훌륭하신 지도자님! 흙덩이 인간을 용서하세요!
노여움을 삭이세요, 사내답지만 삭이세요.
노여움을 삭이세요, 훌륭하신 지도자님!
잘나고 귀여운 분, 노여움 삭이고 인자하세요!

님 이게 세상 돼가는 꼴이오. [플뤨런이 때리기 시작한다.]
—대위께선 나쁘게 돼가시오! [소년 이외에 모두 퇴장]

소년 난 어리지만 허풍쟁이 세 녀석을 만났다. 세 놈
모두한테 내가 심부름 하지만 세 놈 모두가
내 심부름 하겠다고 해도 심부름꾼으로 삼지
않겠다. 저런 못난이 세 놈이 한 사람 구실도
못 해. 바돌프는 간덩이가 허옇지만[41] 얼굴이
시뻘게서 그거로 이기는데 정작 싸우진 못해.
피스톨은 혀로는 죽이지만 칼은 언제나 잠잠해.

39 향사(yeoman)는 중류층의 자작농으로서 귀족 계층에는 속하지 못했다. 그들은 귀족인 기사와는 별도로 주로 보병과 궁수로서 싸웠다.
40 세인트 조지(Saint George)는 잉글랜드의 수호 성자. 잉글랜드 군이 공격할 때 부르짖는 구호다.
41 겁쟁이는 간이 하얗다는 속설이 있었다.

칼 가지고 말싸움은 잘하지만 칼은 조금도 닳지 않거든. 님은 말수 적은 사람이 잘났단 말을 듣고 겁쟁이란 소리를 들을까봐 기도도 안 드려. 하지만 나쁜 소리 덜 한다고 좋은 짓은 거의 안 해. 제 머리 말고는 남의 머리 깬 적이 거의 없으니까. 그것도 술에 취해서 기둥에 부딪친 거지. 저자들은 뭐든지 훔쳐. 하지만 샀다고 우겨. 바돌프는 루트 케이스를 훔쳐서 백 리나 갖고 가서 1전 반에 팔았지. 님과 바돌프는 도둑질 의형제인데 칼레에서 부삽 하나 훔쳤어. 나는 그걸 보고 저 녀석들이 군대 복무 하나로 석탄 운반 졸병이 될 거라고 생각했지. 저것들이 나더러 남의 주머니를 자기 장갑이나 손수건처럼 예사롭게 다루라고 하지만 남의 주머니에서 내 주머니 안으로 바꿔 넣는 짓은 내 용기에 아주 어긋나거든. 그런 짓은 억울한 걸 당하고도 꾹 박아두는 거나 마찬가지야. 저놈들을 떠나서 나은 일자리를 찾아야겠다. 저놈들의 못된 짓은 비위가 약한 데는 안 맞아. 그러니 뱉어내야지. [퇴장]

## 3. 3

[가워 대위와 플뤨런 대위가 서로 만나며 등장]

가워 플뤨런 대위, 즉시 땅굴[42]로 가야겠소. 글로스터 공작님이 당신과 말씀하고 싶어 하시오.

플뤨런[43] 땅굴로요? 땅굴로 간다 함은 좋지 아니하다고 공작께 말하시오. 보다시피, 그 땅굴들은 전쟁의 규범을 따르지 아니하오. 그 오목 정도가 충분하지 아니하오. 보다시피, 적은—당신이 공작께 선언하기를 원하오.—보다시피 4야드 깊이 땅굴을 파놓았소. 진실로, 더 좋은 지시가 없다고 하면 적이 모두 폭파시킬 것이오.

가워 글로스터 공작께서 포위하라고 명령하셨는데 대단히 용맹한 아일랜드 사람이 공작님의 전술을 책임지고 있는 것이 확실하오.

플뤨런 맥모리스 대위요. 그렇지 않소?

가워 그런 것 같소.

플뤨런 진실로 그자는 천하의 멍청이요. 얼굴의 수염에 대놓고 확인하려오. 전쟁의 확실한 규범에 의거한, 보다시피, 로마식 규범에 의거한 전술을 강아지보다도 모르오.

[맥모리스 대위와 제이미[44] 대위 등장]

가워 저기 오는군. 스코틀랜드 중대장 제이미 대위도 같이 오시오.

플뤨런 제이미 대위는 참으로 용맹하신 양반이오. 확실한 사실이오. 그리고 그의 전술을 특별히 관찰한 바에 의하면 고대 전쟁사에 대해서 매우 해박하오. 진실로, 세상의 어떠한 군사 전문가에게 뒤지지 않을 만큼, 로마 군대의 깨끗한 전쟁들에 대한 자신의 주장을 유지할 것이오.

제이미 플뤨런 대위, 안녕하십니까?

플뤨런 제이미 대위, 귀하에게 인사하오.

가워 맥모리스 대위, 어떻게 되셨소? 땅굴에서 빠져 나왔소? 굴착 부대가 포기했소?

맥모리스 그리스도 법에 걸어 잘못한 짓이오. 작업을 포기하고 나팔이 후퇴하라 하였소. 이 손과 내 아버지 영혼에 걸어 맹세코, 그 일은 잘못되었소. 포기했소. 그리스도 법에 걸어 한 시간 안에 그 도시를 폭파할 수 있었소. 오, 잘못되었소, 잘못 되었소, 내 손에 걸어 맹세코, 잘못되었소.

플뤨런 맥모리스 대위, 지금 당신에게 부탁하는데, 보다시피 부분적으로 전쟁, 특히 로마의 전쟁에 관하여 또는 대하여, 논의의 방식으로, 보다시피, 우호적인 대화의 방식으로, 당신과 몇 가지 논쟁을 허용하여 주시겠소? 한편에 있어서는 내 의견을 만족시키고 한편에 있어서는 보다시피 내 지식을 만족시키는 것이오. 군대의 규범의 지도에 관한 것이니, 그것이 요점이오.

제이미 무척 좋을 것이오. 몹시 훌륭한 대위님 두 양반, 기회가 생기는 대로 당신들에게 훌륭하게 갚겠소. 반드시 그리할 터이오.

맥모리스 논의할 때가 아니오. 그리스도가 구해주시길!

42 적의 성벽 가까이의 땅을 파서 폭발물을 장치하는 굴.

43 웨일스라는 변방 출신 장교인 플뤨런(그 지방 발음으로는 '르웰린'이다)은 유식하지만 억양과 표현이 기이한 영어를 말하여 관객을 웃긴다. 우리말로 옮기기에 거의 불가능하다.

44 '맥'으로 시작되는 성을 가진 이는 아일랜드 사람이며 제이미(제임스)는 스코틀랜드 사람으로, 역시 특유의 발음과 표현을 써서 런던의 관객을 웃겼다.

날이 달아올랐소. 날씨도, 전투도, 왕도, 공작들도
달아올랐소. 논의할 때가 아니오. 도시를 포위했소.
갈라진 틈으로 나팔이 부르면, 우리가 말만 하고
진정 아무 일도 안 하면 모두 부끄럽소. 하느님의
구원으로 이 손에 걸어 맹세코, 일없이 서 있는
것이 창피하오. 자를 목이 있고 할 일이 있어도
그리스도의 구원에 걸어 아무 일도 아니했소.

제이미 미사에 걸어 맹세코, 눈감고 잠들기 전에 좋은 일
하고 싶소. 아니면 땅속에 눕겠소. 하느님께
죽음을 빚지고 있소. 되도록 용감하게 그 빚을
갚으려 하오. 요컨대 반드시 그리하겠소. 그런데
두 양반의 논의를 듣고 싶으오.

플뤨런 맥모리스 대위, 보다시피,—내 말이 틀렸으면
고치시오.—당신 나라 사람은 적은 듯한데—

맥모리스 우리나라요? 우리나라가 무엇이오? 악당,
사생아, 놈팡이, 깡패요? 우리나라가 어째서요?
우리나라를 뭐라 할 자 누구요?

플뤨런 보다시피, 맥모리스 대위, 본의와는 다르게 받아
들이신다면 당신이 나에게 보이셔야 할 우의로써
나를 대하지 않으신다고 생각할 수 있겠소.
보다시피 나는 전쟁 지식이나 출생의 성분이나
기타 여러 가지 점에서 당신과 다름이 없소.

맥모리스 나는 당신이 나만큼 잘난 사람이라고 생각지
않소. 그리스도 구원하사, 당신 목을 자르겠소.

가워 두 분 신사는 서로 오해하기로 작정한 듯싶소.

제이미 아, 그것은 참말 더러운 잘못이오.

[휴전 나팔이 울린다.]

가워 저 도시가 휴전 나팔을 부는군.

플뤨런 맥모리스 대위, 더 좋은 기회가 생기는 대로,
보다시피, 내가 전쟁에 관한 지식을 가졌다는
사실을 용감하게 당신에게 알리는 바이오. 나의 말은
이것이 종결이오. [퇴장]

[주악. 헨리 왕과 그의 모든 수행원들이
성문 앞에 등장]

헨리 왕 이 도시의 총독은 무엇으로 정했는가?
이것이 내가 허락하는 마지막 회담이니
내가 주는 최고의 자비에 항복하거나
파멸을 영광으로 여기는 자처럼
나의 극단에 도전하라. 군인으로 맹세코,
—'군인'이란 명칭이 내게 가장 어울린다.—
또다시 내가 포격을 개시하면
이미 절반 정복된 하플러 시를
잿더미에 묻기까지 멈추지 않겠다.
자비의 문들은 모두 닫혀버리고
피를 맛본 병사는 거칠고 인정 없어
마음껏 팔 휘둘러 피를 마구 흩뿌리며
지옥 같은 심보로 싱그러운 처녀와
피어나는 아기들을 잡초 베듯 하리니,
마귀의 괴수처럼 악랄한 전쟁이
불길로 옷 입고 시커먼 얼굴로
잔인한 파괴와 황폐를 자행해도
너희들 때문이니 나와 무슨 상관인가?
순결한 처녀들이 뜨거운 폭력의
강압적 손아귀에 붙잡힌다 하여도
나와 무슨 상관인가? 고삐 풀린 욕정이
비탈길을 맹렬히 내려 달릴 때
그 무슨 고삐가 붙들겠는가?
사나운 노략질에 뛰어든 병사에게
어떠한 명령도 쓸데없으니
고래에게 육지로 오르라 하는 말과
다름없으니 하플러 사람들아,
병사들이 내 명령을 따를 동안에,
상쾌하고 온화한 자비의 바람이
사나운 살인과 노략과 온갖 악행의
더럽고 역한 구름 몰아내는 동안에
너희 성과 백성을 불쌍히 여겨라.
거절하면 잠시 후 똑똑히 보라.
피에 주린 병사들이 추잡한 손으로
울부짖는 딸들의 머리채를 잡아끌고
아비들의 흰 수염을 사정없이 낚아채고
늙은 머리가 벽에 부딪쳐 깨질 것이며,
맨살의 아기들은 창에 꿰일 것이니,
유대의 아내들이 헤롯 왕의 백정에게
울부짖었듯[45] 미친 어미의 울부짖는 소리가
구름을 뚫으리라. 어찌 생각하는가?
항복하여 면할 텐가? 아니면 싸운 죄로
그러한 파멸을 감수할 텐가?

45 갓 난 예수를 죽이려고 유대의 왕 헤롯이 병사들을 보내어 예수가 태어난 베들레헴의 모든 아기들을 죽였다는 기록이 신약 마태복음 2장 16~18절에 씌어 있다.

[총독이 성 위에 등장]

총독 우리의 기대는 오늘로서 끝입니다.
우리에게 구원병을 요청받은 왕세자는
이러한 포위를 뚫어줄 군대가
준비되지 않았다 하니, 존엄하신 왕이여,
도시와 목숨을 자비에 넘기오니
성에 드시어 저희들을 처분하시오.
더 이상 버틸 수가 없사옵니다.

헨리 왕 성문을 열어라. [총독 퇴장]
엑서터 숙부, 하플러에 입성하시오.
프랑스 군에 대비하여 성을 강력히
요새화하시오. 모두에게 자비를 베푸시오.
겨울이 다가오고 병사들 사이에
열병이 늘어, 나는 칼레로 물러가겠소.
오늘 밤은 하플러에서 숙부의 객이 되오.
내일 진군할 예정이오. [퇴장]

## 3. 4

[캐서린 공주, 앨리스, 늙은 시녀[46] 등장]

캐서린 앨리스, 잉글랜드에 있었으니 너 영어 잘할
거야.

앨리스 조금 해요, 공주님.

캐서린 나한테 가르쳐줘. 말을 배워야 해. 영어로
손을 뭐라고 하지?

앨리스 '한드'라고 해요.

캐서린 '한드.' 그럼 손가락은?

앨리스 손가락이오? 어머나, 손가락은 잊어버렸네.
하지만 생각나겠죠. '핑그르'[47]라 하는 거
같아요. 네, 맞아요, '핑그르.'

캐서린 손은 '한드', 손가락은 '핑그르.' 제법 똑똑한
학생 같네. 영어 낱말 두 개를 금방 배웠으니.
손톱은 뭐라고 해?

앨리스 손톱은 '네일'이라고 해요.

캐서린 '낼.' 들어봐. 내가 제대로 발음하는지 말해줘.
한드, 핑그르, 낼.

앨리스 좋아요. 공주님, 아주 좋은 영어예요.

캐서린 팔을 영어로 해봐.

앨리스 '암'예요, 공주님.

캐서린 그럼 팔꿈치는?

앨리스 '엘보'요.

캐서린 엘보. 지금까지 가르쳐준 단어를 모두 외워
볼게.

앨리스 아주 어려울 거 같은데요.

캐서린 하지만 들어봐. 한드, 핑그르, 낼, 아름, 빌보.

앨리스 '엘보'예요, 공주님.

캐서린 오, 맙소사. 잊어버렸네! '엘보.' 목은 뭐니?

앨리스 닉예요, 공주님.

캐서린 닉. 그럼 턱은?

앨리스 친예요.

캐서린 신. 목은 닉, 턱은 신.

앨리스 맞아요. 실례지만 공주님은 잉글랜드 토박이처럼
발음이 정확하셔요.

캐서린 하느님 은혜로, 난 틀림없이 배울 줄 알고
또 빨리 배울 거야.

앨리스 제가 가르쳐 드린 것 벌써 잊지 않으셨어요?

캐서린 아니. 너한테 빨리 외워볼게. 한드, 핑그르,
맬레—

앨리스 네일이에요, 공주님.

캐서린 네일, 아름, 일보—

앨리스 죄송합니다만, 엘보예요.

캐서린 내가 그렇게 말했어. 엘보, 닉, 신. 그럼 발과
겉옷은 뭐라고 하니?

앨리스 '푸트'요, 공주님, 그리고 '카운'예요.

캐서린 '푸트', 그리고 '카운'이라고? 오 하느님, 단어들이
소리가 나쁘고 못되고 조잡하고 얌전하지 못해서
점잖은 부인이 쓸 게 아니구나. 온 세상 다 준대도
프랑스 양반들 앞에선 그런 말 안 하겠어. 체!
푸트, 카운! 하지만 시간이 나면 배운 걸 한꺼번에
되풀이할 테야. 한드, 핑그르, 네일, 아름, 엘보, 닉,
신, 푸트, 카운.

앨리스 아주 좋아요, 공주님!

캐서린 한 번에 그거면 됐어. 식사하러 가자. [둘 퇴장]

46 이들의 대화는 모두 프랑스어로 되어 있다. 당시 잉글랜드 관객 중에는 못 알아듣는 사람이 대부분이었을 것이다. 모두 우리말로 옮긴다.

47 앨리스는 프랑스식 영어를 하고 있다. '핑그르'가 아니라 '핑거'라고 해야 옳다. 마찬가지로 아래에서 '넥'을 '닉'이라고 하고, '친'을 '신'이라고 하고, '가운'을 '카운'이라고 이상하게 발음하여 관객의 웃음을 자아낸다.

## 3. 5

[프랑스의 찰스 6세, 왕세자, 총사령관,
버번 공작, 기타 등장]

찰스 왕 잉글랜드 왕이 솜 강[48]을 건넌 것이 확실하다.
총사령관 그를 대적하지 않으려면 우리 모두
프랑스에 살지 말고, 야만 족속들에게
모든 것을 버리고 포도밭도 넘깁시다.
왕세자 하느님 맙소사! 우리 중 가지 몇이
조상들의 난봉 덕에 번식하지 못한
야생종에 접붙여져 그 가지들이 갑자기
구름을 뚫고 하늘까지 솟구쳐서
혼혈이 된 은인을 잊었단 말이오?[49]
버번 노르만, 잡종 노르만, 노르만 잡종들!
목숨 걸고 말하지만, 만약 놈들이
저항 없이 전진하면 내 공국을 팔아서
들쭉날쭉 마구 생긴 앨비언[50] 섬나라의
질척대고 지저분한 농장이나 사겠소.
총사령관 어디서 그런 힘이 생겨났겠소?
안개 끼고 쌀쌀하고 희뿌연 데 아니오?
해마저 심술 난 듯 뿌옇고 찌푸려서
열매들이 죽지 않소? 끓인 물 같은
저들의 보리죽이—지친 말에게
먹이는 약이지만—저들의 식은 피를
그와 같은 용맹으로 덥힐 수 있소?
포도주 기운에 발랄한 우리 피가
차갑게 되다니요? 나라의 명예를 위해,
처마 끝에 늘어진 고드름처럼
늘어지지 마십시다. 우리보다 찬 족속이
풍요로운 이 강토에 젊은이의 더운 피를
용감하게 흘려요! 오히려 이 강토가
주인이 못나서 척박하다 하겠소.
왕세자 진심과 명예를 걸고, 우리의 여인들이
우리를 비웃고 정력이 빠졌다며
저 나라 청년들의 육욕에 몸을 주어
사생아로 프랑스를 재충전하겠다 하오.
버번 우리더러 그 나라 교습소에 가라면서
빵빵 돌고 깡충대는 춤을 배워주래요.[51]
우리의 매력은 발꿈치에 있다지요.
그래서 줄행랑이 최고의 장기래요.
찰스 왕 의전관 몬조이가 어디 있소? 그를 급파해
잉글랜드 왕에게 맵게 도전하겠소.
공작들, 일어나오. 당신들의 검보다 예리한
명예의 기백으로 전쟁터로 달리시오.
프랑스의 총사령관 찰스 들레이벗,
올리언스, 버번, 베리, 앨런선, 브래번트,
바, 버건디, 재키스 채틸련, 램뷰어, 보드먼트,
보먼트, 그랜드프레이, 루시, 포큰브리지,
포이스, 레스트렐리스, 부시코트, 채롤레이스,
높은 공작, 큰 왕자들, 남작들, 귀족들, 기사들,
여러분의 위대한 칭호의 대가로 일어나
위대한 수치를 벗고 해리 왕을 막으오.
저들이 하플러의 피로 물든 기치를 들고
이 프랑스 강토를 휩쓸고 있소.
녹은 눈이 계곡으로 쏟아져 내리듯
저들에게 달려들어 계곡의 낮은 데로
알프스가 침을 뱉듯, 그에 달려드시오.
당신들 힘으로 충분하니, 그자를 잡아
특별히 제작된 마차에 실어
루앙[52]으로 데려오오.
총사령관 위대하신 말씀이오.
해리의 병력이 적어서 유감이오.
그들은 진군 중에 병들고 굶주렸소.
우리 군을 보기만 하면 크게 낙담하여
공포에 빠져 전쟁을 포기하는 대가로
몸값을 내겠다고 할 것이지요.
찰스 왕 그러므로 사령관, 몬조이에게 달려가서

48 하플러와 칼레의 중간쯤에 있는 강.
49 왕세자는 프랑스의 노르망디 반도에 살던 게르만의 일파인 노르만족의 윌리엄 공작이 1066년에 잉글랜드를 정복하여 그 후손이 잉글랜드의 왕들이 된 사실을 말하고 있다. 프랑스 정복자들이 바람을 피우지 않았다면(야생의 그루터기에 문화라는 가지와 접붙이지 않았다면) 잉글랜드 족속은 그대로 야만으로 남았을 것이라는 말이다. 파리의 프랑스인들은 노르망디의 노르만을 변방의 못난 족속으로 비웃었다.
50 앨비언(Albion)은 '백악'이란 뜻으로 석회암의 흰 해안 절벽이 있는 남서부 잉글랜드의 별명이다. 그곳은 비가 많이 오는 못생긴 섬나라라고 비웃고 있다.
51 프랑스 귀족들은 오로지 춤추고 노는 일에 정신이 팔려 있다는 말.
52 당시 프랑스 궁정은 프랑스 노르망디의 수도인 루앙(Rouen)에 있었다.

해리가 몸값을 얼마나 내겠는지
알아보려고 그를 보냈다 하오.
왕세자, 나와 함께 루앙에 있자.
왕세자 아닙니다. 전하에게 간절히 청합니다.
찰스 왕 참아라. 나와 함께 있어야 한다.
사령관, 공작 제위, 그러면 나가서
잉글랜드 추락 소식을 속히 가져오시오.
[서로 다르게 퇴장]

## 3. 6

[가워 대위와 플륄런 대위가 등장하여 만난다.]
가워 오, 플륄런 대위, 다리에서 오시오?
플륄런 확실히 다리에서 매우 우수한 무공을 세웠소.
가워 엑서터 공작이 무사하시오?
플륄런 엑서터 공작은 아가멤논만큼이나 관대하시어
내 영혼과 마음과 충성과 생명과 목숨과 내
힘을 다하여 사랑하며 존경하는 분이오.
하느님께 찬양과 축복을! 그분은 조금도
안 다치셨소. 그러하나 몹시 용감하게 우수한
전술로써 다리를 지키시오. 다리에는 기수
중위가 있는데 양심껏 말해서 그 사람은 마크
안토니처럼 용감하며 이 세상에서 이름 없는
사람이지만 누구 못지않게 용감하게 싸우는
것을 똑똑히 보았소.
가워 뭐라 하는 사람이오?
플륄런 피스톨 기수라 하오.
가워 나는 모르는 사람이오.
[피스톨 기수 등장]
플륄런 그 사람이 여기 오오.
피스톨 대위님, 부탁이 있습니다.
엑서터 공작님이 당신을 정말 사랑하시오.
플륄런 그러하오, 하느님 덕분에 그분의 사랑을 받을
일을 약간 하였소.
피스톨 바돌프라고, 꿋꿋하고 마음이 건전하며
쾌활하고 용기 있는 군인이 잔인한 운명과
변덕스러운 운수의 궂은 물레바퀴에,
저 눈먼 여신,
언제나 움직이는 둥근 공 위에 있어—
플륄런 잠시 실례하오, 기수. 운수의 여신은
가리개를 눈에 두른 여자로 그려지고,
맹목이란 뜻이요, 물레를 가진 자로
묘사되는데, 운수란 돌고 돌며
무상하고 변하며 변화무쌍하다는
교훈을 나타내는 상징인데, 보시듯이,
운수의 두 발은 계속하여 움직이는
돌 위에 놓여 있소. 시인은 참으로
뛰어나게 묘사하여 보이고 있소.
운수라 하는 것은 우수한 상징이오.
피스톨 운수는 바돌프의 원수라 얼굴을 찌푸리오.
바돌프가 성당의 성물을 훔쳤소.
교수형 감인 만큼 저주할 죽음이나,
교수대는 개를 달고, 사람은 놓아주어
밧줄이 목구멍을 막지 않게 해주시오!
하지만 값싼 성물 때문에 엑서터가
사형을 선고했소. 그래서 말해주오.
공작은 당신 말을 들으실 거요.
값싼 밧줄 치욕에 바돌프의 명줄이
잘리지 않게 하시오. 그 목숨을 위해서
말을 잘해주시오. 내가 보상하겠소.
플륄런 피스톨 기수, 당신 말은 부분적으로 이해할
수 있소.
피스톨 그래서 좋겠소.
플륄런 기수, 이는 확실히 기뻐할 일이 아니오.
보다시피, 그 사람이 내 형제라고 하여도
공작에게 생각대로 처형하시라고 하겠소.
기율은 지켜야 할 것이오.
피스톨 뒈져서 지옥에 떨어져라. 네 우정은 이거다![53]
플륄런 좋소.
피스톨 스페인식이다!
플륄런 매우 좋소.
피스톨 이거나 먹으란 말이다.
네 배 속과 더러운 아가리로— [퇴장]
플륄런 가워 대위, 그것이 당신의 배 속에서 번개 치고
천둥 치는 소리를 듣지 못하오?
가워 저놈이 당신이 말하던 기수 아니오? 이제 생각나오.

53 우리는 '이거나 먹어.' 하면서 주먹을 쥐어 감자를 까는데, 그들은 손가락 검지와 중지 사이에 엄지를 끼워 흔들었다. 이어 말하는 스페인식은 꽤 심한 욕지거리였던 모양이다.

뚜쟁이에 소매치기요.

플뤨런 확실히 말씀드리면 저자가 다리에서 한여름 날에
볼 수 있는 용감한 말을 모두 합디다. 하여튼 매우
좋소. 저자가 나에게 한 말은, 분명히 약속하는데
적당한 때에 좋게 되오.

가워 저놈은 멍청이, 밥통, 깡패데, 가끔 전쟁터에 갔다가
군복 입고 런던에 돌아와 멋부리는 녀석이오.
그런 놈들은 위대한 사령관들의 이름을 주워섬기며
어디서 무슨 일이 생겼는지 줄줄이 기억하오.
—요새가 어떻고, 돌파구가 어떻고, 호송이 어떻고,
누가 용감했고, 누가 맞았고, 누가 망신당했고,
적이 어떤 조건을 내세웠다는 둥, 그런 소리를
완벽한 전쟁 용어를 써서 씨불이며 자기 말을 새로
지어낸 욕설로 장식하오. 사령관을 본뜬 구레나룻과
야전군의 무시무시한 복장이 거품이 일어나는 술병
사이에서 술에 절은 머리통에 무슨 효과를 낼는지
생각하면 할수록 기이하오. 그러나 이 시대에게
수치를 안겨주는 저놈들을 분간하는 방법을
알아야 하오. 몰랐다가는 보기 좋게 속는 것이오.

플뤨런 내 말 들어보시오, 가워 대위. 저자는 자기가
어떤 사람인지를 기꺼이 세상에 알리고자 하는
사람이 아님을 잘 깨닫겠소. 저자의 겉저고리에
구멍이 생기면 내 뜻을 말해주겠소.
[북소리가 들려온다.]
들으시오. 왕이 오시오. 나는 다리에서 왕에게 말씀을
드려야 하오.
[헨리 왕과 초라한 병사들이
북과 깃발과 함께 등장]
하느님이 전하에게 강복하시길!

헨리 왕 어떤가? 플뤨런. 다리에서 오는가?

플뤨런 그렇습니다, 전하. 엑서터 공작께서 매우 용감하게
다리를 사수하셨습니다. 프랑스 군은 물러갔습니다.
보다시피 매우 용맹하고 용감한 백병전이었습니다.
적군이 다리를 점거하였었지만 퇴각할 수밖에
없었으며, 엑서터 공작님이 다리를 확보하셨습니다.
분명히 말씀을 드리는 것은 공작님은 용맹하신
분이라는 사실입니다.

헨리 왕 플뤨런, 누구들을 잃었는가?

플뤨런 적의 파멸은 매우 다대했습니다. 상당히 컸습니다.
저의 사견입니다만 공작님은 한 명도 잃지
않으셨습니다. 단지 교회에서 절도죄를 범한
바돌프라고 하는, 전하께서 아시는지 모르지만,[54]
그자만이 처형될 듯합니다. 그자의 얼굴은 허연
여드름, 물집, 불꽃으로 전부 두둘두둘하고 입술로
콧구멍에 바람을 보내어 숯불처럼 붉으락푸르락
합니다만 코가 사형당하면 불도 꺼질 것입니다.

헨리 왕 그러한 범법자들을 모두 잘라 없애기 바란다.
그리고 이 지역을 통과하며 우리 군이 진군할
때 마을에서 아무것도 강제하지 않으며 무엇이든
값을 주고 취하며 프랑스 사람 누구에게도 경멸하는
말투로 욕하거나 놀려서는 안 된다 함이 나의
확고한 명령이다. 아량과 잔혹이 왕국을 놓고
내기를 하면 선량한 사람이 이기는 법이다.
[나팔 주악. 몬조이 등장]

몬조이 저의 옷 모양으로 저를 아시겠지요.[55]

헨리 왕 알아보겠소. 당신은 무슨 말을 전하오?

몬조이 전하의 뜻이오.

헨리 왕 밝히오.

몬조이 이러한 말씀이오.
“잉글랜드의 해리에게 이렇게 말하라. 우리는
죽은 듯하였으나 잠잤을 뿐이다. 유리한 지점이
경솔보다 훌륭한 병사이다. 잉글랜드 왕에게
고하라. 하플러에서 그를 꾸짖을 수 있었으나
상처가 마저 곪기 전에 만지는 것은 옳지 않아 보였다.
이제 때가 되어 말하노니, 내 음성은 명령이다.
잉글랜드는 어리석음을 뉘우치며 약함을 깨닫고
나의 관대함에 놀라리라. 그러므로 그의 몸값을
헤아리라 일러라. 그것은 나의 손실, 잃은 백성,
참은 수치에 따라 정할 것이니, 그 모두를 갚기에
그의 적은 재산이 모자라 허덕이리라. 나의 손실에
대하여 그의 국고는 너무나 빈곤하며 우리가 흘린
피의 대가로 그의 왕국을 총동원해도 양이 너무
적으며 나의 수치의 대가로 그가 내 발 앞에 무릎을
꿇어도 모자라 보잘것없는 보상이 되리라. 이에
그에게 도전하고 말하라. 요컨대 그의 추종자들은
죽음이 확실하니 그는 저들을 배반하였다.”

54 물론 헨리 5세는 잘 알고 있다. 소년 시절에 해리는 폴스타프, 바돌프 등과 어울려 깡패 짓도 했다. 「헨리 4세」 1부 및 2부 참조.

55 고위급 전령은 소매 없는 전령 특유의 복장을 입었다.

이상이 저의 전하의 말씀이오. 임무를 마칩니다.
헨리 왕 이름이 무엇인가? 직책은 알겠다.
몬조이 몬조이요.
헨리 왕 일을 잘 수행했소. 돌아가 당신 왕께
지금은 내가 그를 찾지 않는다 하오.
칼레로 갈지 모르나 어떤 방해도
없기 바라오. 솔직한 말로 잔꾀 부리고
유리한 입장인 적에게 사실을 알림은
지혜롭지 못하나 내 백성은 병들고
수도 줄어서 그 수도 그만한 수의
프랑스 군과 다르지 않소. 건강할 때는
잉글랜드인 하나가 프랑스인 세 몫을
한다고 생각했소. 하느님, 용서를.—
이처럼 자기를 자랑하니 못난 짓이다!
프랑스의 공기가 그런 죄를 불어넣어,
회개하게 되겠소. 그런고로 돌아가
당신의 왕에게 내가 여기 있다고 하오.
내 몸값은 연약하고 볼품없는 몸뚱이요
군대는 약하고 병든 수비군일 뿐이지만
하느님께 맹세하여, 진정 내가 그에게
갈 것이라 전하오. 프랑스 왕 자신과
그 비슷한 이웃 왕이 길을 막아도
나는 계속 가겠소. 수고한 값이오.
상전에게 생각해 보라고 이르오.
지나갈 수 있으면 그냥 가겠소.
방해를 받으면 당신네 갈색 땅을
붉은 피로 물들이겠소. 그럼 몬조이,
잘 가오. 답변의 요지는 이러하오.
현재로서 우리는 싸우려 하지 않되
굳이 피하지도 않을 터이오.
그리 전하오.
몬조이 그리 전하겠습니다. 전하, 감사합니다. [퇴장]
글로스터 지금 당장 우리를 공격하지 않기 바라오.
헨리 왕 아우, 우리는 저들이 아니라 하느님 손에 있다.
다리로 전진하라. 지금 밤이 가깝다.
강을 건너 막사를 짓고 밤을 지내고
아침에 전진의 명령을 내릴 터이다. [모두 퇴장]

## 3. 7

[총사령관, 램뷰어스 공, 올리언스 공작,
버번 공작이 기타와 함께 등장]
총사령관 으흠, 내 갑옷이 세상 최고요. 어서 날이
밝으면 좋겠소!
올리언스 매우 좋은 갑옷이오. 하지만 내 말도
응당 칭찬을 받아야 하오.
총사령관 유럽에서 가장 우수한 말이오.
올리언스 아침이 영영 오지 않겠나?
버번 올리언스 공작, 총사령관 공, 말과 갑옷
이야기요?
올리언스 당신 자신이 세상의 어떠한 왕공보다
뛰어난 갑옷과 말을 소유하고 계시오.
버번 밤이 왜 이렇게 긴가! 네 발 달린 어떤 짐승과도
내 말은 안 바꾸겠소. 내 속 전체가 산토끼인 양
땅에서부터 솟구치오. 날개 돋친 용마, 코로 불을
내뿜는 페가수스요.[56] 내가 그놈에게 올라타면 나는
날아올라 매가 되오. 놈은 공중을 달리오. 놈의
발이 땅바닥을 건드리면 땅은 노래하므로, 놈의
못난 발굽이 머큐리[57]의 피리보다 음악적이오.
올리언스 색깔이 육두구[58]처럼 회갈색이오.
버번 그런 데다 생강처럼 열이 나오. 페르세우스[59]가 탈
만한 짐승이오. 놈은 순수한 공기와 불이라 흙과
물[60] 같은 무거운 원소는 주인이 탈 때 조용히
있을 때만 제외하고 자기 몸에는 흔적도 없소. 그놈이
진짜 말이고 다른 말들은 그냥 짐승이라 하겠소.
총사령관 공작, 참으로 완벽하고 우수한 말이라고 할 수
있겠소.

56 그리스신화에 나오는 천마 페가수스(Pegasus)는 날개가 돋쳐 하늘로 날아오르는데 코로는 불을 뿜는다. 이 부분은 멋을 부려서 프랑스어로 씌어 있다.
57 머큐리(Mercury)는 주피터의 전령으로, 피리를 불어 주노의 하인인 '백 개의 눈을 가진 거인'을 잠재웠다.
58 육두구(nutmeg)는 인도에서 나는 강한 향신료로서, 당시 귀족들이 즐겼다.
59 페르세우스(Perseus)는 그리스신화에 나오는 최고의 영웅이다.
60 불, 공기, 물, 흙이 세상을 구성하는 네 가지 기본 원소라고 유럽 사람들은 고대로부터 18세기까지 믿었다.

버번 말들의 왕자요. 그놈이 우는 소리는 왕의
명령에도 흡사하오. 얼굴을 보면 저절로 경배를
하게 되오.

올리언스 친구, 그만합시다.

버번 아니오. 종달새가 일어날 때부터 양이 잠들 때까지
나의 말이 응당 받아야 할 칭찬을 여러 가지로
바꿔서 표현할 줄 모르는 자는 말하는 수단이 모자라오.
그것은 바닷물처럼 유려한 주제요. 모래알 모두가
웅변하는 혀가 되어도 나의 말은 모든 혀의
주제가 되오. 그놈은 왕이 이치를 캘 만하며, 왕 중
왕이 탈 만하며 우리가 잘 아는 세상과 모르는 세상이
하던 일을 내려놓고 경탄할 말이오. 일찍이 나는
그 말을 찬양하여 "자연의 기적이여!"라고 시작되는
소네트[61]를 썼소.

올리언스 서두는 같지만 애인에게 주는 소네트는 들었소.

버번 그렇다면 내가 말에 대해 지은 시를 모방한 거요.
나의 말이 나의 애인이오.

올리언스 당신의 애인은 힘이 강하오.

버번 나에게만 강하오. 이러한 말은 나의 사사로운 멋있는
애인에 대한 당연한 칭찬이며 완벽한 표현이오.

총사령관 그런데 어제 보니 당신의 애인이 당신의 등을
사납게 흔들었소.

버번 당신의 애인도 그랬을 거요.

총사령관 나의 애인은 고삐를 매지 않았소.

버번 그러면 그녀는 늙어서 얌전했던 모양이오. 그래서
당신이 아일랜드 촌놈처럼 말을 탔겠지. 프랑스식
호스를 벗고 꼭 끼는 훌쭉 바지를 입고—

총사령관 승마에 관해선 일가견이 있으신데.

버번 그래서 훈계를 잘 들으시오. 그처럼 승마하는
사람은 조심성 없이 타다가 더러운 구렁에 빠지오.
차라리 내 말을 애인으로 삼는 것이 낫소.

총사령관 그러면 내 애인이 못된 망아지면 좋겠소.

버번 총사령관, 솔직한 말로, 나의 애인이 가진 털은
자기 털이오.[62]

총사령관 암퇘지가 나의 애인이라도 그와 마찬가지로
자랑하겠소.

버번 "개가 제가 토한 것으로 돌아가고 돼지가 씻었다가
더러운 구덩이에 도로 누웠다."[63] 당신은 무엇이든지
이용하시오.

총사령관 그래도 나는 말을 애인으로 사용하지 않으며
문맥에 어울리지 않는 그런 격언도 사용하지 않소.

램뷰어스 총사령관, 지난밤 당신 막사에서 보던 갑옷에 달린
것이 별이오, 해요?

총사령관 별이오.

버번 내일 그중 몇 개가 떨어지겠소.

총사령관 하지만 내 하늘은 부족하지 않겠소.

버번 그럴지 모르오. 괜히 붙인 별도 많아요. 별 몇 개
떨어지면 도리어 명예롭겠소.

총사령관 당신 말에 당신 칭찬을 태운 것과 마찬가지요.
그중 얼마를 내려놓아도 아주 잘 달리겠소.

버번 말의 진가를 모두 실을 수 있다면 정말 좋겠소!
언제 날이 밝겠소? 내일 1마일 말을 달리면
내가 지난 길이 잉글랜드 얼굴들로 포장되겠소.

총사령관 나는 그런 말은 안 하겠소. 그러다가 창피
당할까 걱정이오. 어쨌든 아침이 오면 좋겠소.
잉글랜드 대가리 까는 것이면 재미 있겠소.

램뷰어스 누가 나가서 포로 20명 잡아오기를 나와
내기하겠소?

총사령관 포로를 잡기 전에 먼저 자기 자신을 내기에
내놓아야 하오.

버번 자정이오. 나는 가서 무장할 테요. [퇴장]

올리언스 버번 공작은 날이 밝길 고대하오.

램뷰어스 잉글랜드 놈들을 못 먹어서 안달이오.

총사령관 죽이는 족족 먹어치울 것 같소.

올리언스 내 여인의 하얀 손에 맹세코, 그 사람이야말로
용감한 귀족이오.

총사령관 그녀가 그 맹세를 발로 짓밟을 수도 있으니,
그녀의 발을 두고 맹세하시오.

올리언스 프랑스에서 누구보다도 활동적이오.

총사령관 하는 것이 활동인데, 언제나 하고 있겠소.

올리언스 남에게 해를 끼쳤다는 말은 듣지 못했소.

총사령관 내일도 아무런 해를 안 끼치겠소. 그와 같은
명성을 변함없이 유지하겠소.

올리언스 내가 알기로는 그 사람은 용감하오.

61 13세기 이탈리아에서 시작되어 유럽 전체에 퍼졌던 14행의 정교한 시. 셰익스피어의 154편의 소네트(sonnet)는 유명하다.

62 당시 상류층 여자들은 성병으로 머리털이 빠져서 남의 머리털로 만든 가발을 썼는데, 자기의 애인은 그렇지 않다는 말이다.

63 신약 베드로 후서 2장 22절. 버번 공작은 이 구절을 프랑스어로 인용한다.

총사령관 당신보다 그 사람을 더 잘 아는 사람이
나에게 그렇다고 말하오.

올리언스 그것이 누구요?

총사령관 그 사람 자신이 내게 그런 말을 하였소.
누가 알아도 상관없다고 하오.

올리언스 말할 것도 없소. 누구나 아는 그 사람의 실력이오.

총사령관 확실히 그것이 아니오. 그 사람의 하인만이 그것을
당했다고 하오. 그것을 일러 눈 가린 용기라고 하는데,
용기가 생기면 앉아서 날개만 퍼덕이오.[64]

올리언스 "심사가 꼬이면 좋은 말을 하지 않소."

총사령관 그 말에다 "우정에는 아첨이 들어 있다"는
속담으로 대꾸하겠소.

올리언스 그럼 나는 그 말에 연달아서 "마귀에게도
줄 것은 주라"고 응수하겠소.

총사령관 제자리를 찾아갔소! 그래서 당신 친구가 마귀가
됐단 말이오. 그 격언 정통에다
'염병할 마귀 놈!'을 맞추시오.

올리언스 "못난이의 화살이 미리 나가듯", 그만큼 당신
속담 실력이 나보다 우수하오.

총사령관 당신의 화살은 과녁 위로 넘어갔소.

올리언스 당신이 과녁을 넘긴 것이 처음은 아니오.

[전령 등장]

전령 총사령관님, 잉글랜드 군이 여러분의 막사에서
천오백 보 이내에 잠복 중에 있습니다.

총사령관 누가 땅을 측량했나?

전령 그랜드프레이 공입니다.

총사령관 용감하고 매우 재간 있는 신사요. [전령 퇴장]
날이 어서 새면 좋겠소. 오, 불쌍하다, 잉글랜드의
해리! 그 사람은 우리처럼 새벽이 오기를 고대하지
않는다.

올리언스 저 잉글랜드 왕이란 자는 정말 가련한
고집불통이로다! 제정신을 까맣게 벗어나 밥통
같은 추종자들과 함께 정처 없이 떠돌다니!

총사령관 잉글랜드 녀석들이 눈곱만큼이라도 판단력이
있다면 벌써 도망쳤겠소.

올리언스 바로 그것이 없소. 저들 머리가 약간 지적으로
무장을 갖췄다면 그따위 무거운 투구는 절대로
쓰지 않았을 테죠.

램뷰어스 그 나라는 매우 용감한 짐승을 기르는 섬인데,
저들의 '마스티프'[65]는 더 없이 용감한 개요.

올리언스 멍청한 잡종 개요. 눈 감고 러시아 곰 아가리로
뛰어들어 대가리가 썩은 사과처럼 으스러져요.
벼룩이 감히 사자의 입술에서 아침밥을 먹는 것을
보고 용감하다고 하는 것과 마찬가지요.

총사령관 그렇소, 그렇소. 그쪽 사내들은 소갈머리는
여편네한테 맡겨놓고 신이 나서 사납게 덤비는 꼴이
자기네 마스티프와 똑같소. 그래서 놈들에게
소고기와 무쇠와 강철을 잔뜩 먹이면 굶주린
늑대처럼 먹어대고 마귀처럼 싸우겠소.

올리언스 그런데 놈들은 소고기가 동이 나서 괴롭다오.

총사령관 그럼 내일 녀석들은 처먹을 배통만 있고 싸울
배짱은 없겠소. 지금은 무장할 때가 되었소. 슬슬
그렇게 할까요?

올리언스 지금 2시인데 어디, 봅시다.—10시쯤에는
우리 각자가 적을 100명씩 붙잡겠소. [모두 퇴장]

## 4. 0

[해설자 등장]

해설자 이제는 바야흐로 잦아드는 잠꼬대와
희미한 어둠이 우주라는 너른 배를
가득히 채우는 한밤중을 상상하오.
막사에서 막사로 추한 밤의 자궁 속에
양편 군의 인기척이 나지막이 울리며
부동하는 초병들의 몰래 하는 속삭임이
서로에게 들려올 정도가 되었소.
모닥불이 모닥불에 대꾸하여 엷은 불에
상대의 검은 얼굴들이 나타나 보이오.
말이 말을 위협하여 으르대는 울음으로
둔중한 밤을 뚫고 막사들 안에서
기사들의 갑옷을 마무리하려고
장인들이 부지런한 망치로 못을 박아
무서운 가락으로 전투를 준비하오.
시골 닭이 소리치고 시계가 종소리로
졸리는 새벽의 3시를 알리오.

64 길들인 매를 데리고 다닐 때에는 눈을 가린다. 그러다가 눈가리개를 벗기면 매는 날개를 퍼덕이는데, 겁이 나서 날개만 퍼덕일 뿐이라고 비아냥대는 것이다.

65 잉글랜드 품종의 개.

자기들의 수를 믿고 자신감에 넘쳐서
지나치게 부풀고 교만한 프랑스는
못난 잉글랜드에 주사위를 던지라며
절룩이며 다가오는 느린 밤을 욕하고
더디 가는 시간은 추악한 노파처럼
지루하게 지나가오. 가련한 잉글랜드는
죽음 앞의 제물처럼, 밤샘하는 불가에
묵묵히 앉아 아침의 위험을
곰곰이 되씹으며, 음산한 거동은
수척한 얼굴과 해진 옷에 드러나고
말없는 달빛 속에 참담한 유령처럼
나타나 보이었소. 오, 이제 누구든지
파멸한 이 군대를 이끄는 군주께서
보초와 막사를 오가는 것을 보고
'찬양과 영광이 머리에 있어라!'고
외치리니, 병사들을 하나같이 방문하고
겸손한 미소로써 인사를 건네고
형제요 친구요 동포라고 불렀소.
위엄 있는 그 얼굴은 막강한 적군이
둘러싸고 있는 것을 아는 척도 안 했고,
꼬박 새운 지루한 밤기운에 얼굴빛이
전혀 변치 않았고 신선한 모습과
쾌활한 표정과 온후한 위엄으로
피로를 누르니, 기죽어 창백하던
불쌍한 병사들이 위로를 얻었소.
누리의 태양처럼 관후한 그의 눈이
모든 사람들에게 아량을 베풀고
차가운 겁을 녹여, 평민이나 귀족이나
해리의 매만짐을 얼마쯤 보았으니,
부족한 말로는 이보다 더하게는
표현할 수 없겠소.—그리하여 이제는
우리의 장면이 전쟁으로 달려가니,
오, 부끄러운 일이오! 보잘것없는
너덧 자루 경기용 검에 의해 어색하고
우스운 싸움으로 아쟁쿠르의 명성을
더럽힐 것이나 그냥 앉아 보시오.
시늉을 통하여 진실을 기억하오. [퇴장]

## 4. 1

[헨리 왕과 글로스터 공작 등장. 그러자
클래런스 공작 등장]

헨리 왕 글로스터, 큰 위험이 닥친 것이 사실이니,
우리에게 더욱 큰 용기가 있어야 한다.
잘 잤나, 클래런스? 하느님은 크시도다!
우리가 주의 깊게 따지고 볼 때
악한 것에도 선한 요소가 조금은 있어,
이웃이 악하면 일찍 일어나므로
건강에 좋으며 잘하는 습관이라
우리의 속마음을 밖으로 나타내며
우리들 모두에게 설교자가 되어서
죽음에 대비하여 곱게 차려야 한다.
이처럼 우리는 잡풀에서 꿀을 얻고
마귀 자신에게서 교훈을 끌어온다.
[토머스 어핑엄 경 등장]
잘 잤소? 어핑엄 경 노인.
하얀 그 머리에는 푸근한 베개가
심술궂은 프랑스의 들판보다 어울리겠소.

어핑엄 아니요. 내 자리는 왕과 같다 할 수 있고
더욱이 이 숙소가 마음에 듭니다.

헨리 왕 구체적 예를 따라 당장의 괴로움을
허용한다는 것은 좋은 일이오.
영혼이 평안하고 마음이 힘을 얻고
죽었던 오장육부도 잠자던 무덤을
깨치고 나와 허물을 벗고 신선하고
경쾌하게 새로이 나서오. 어핑엄 경,
당신 외투 빌립시다. 그리고 아우들은
우리 군대 막사에서 왕자들께 문안하오.
나의 아침 인사를 그들에게 전하고
지체 없이 내 막사로 오라고 하오.

글로스터 전하, 그리하겠습니다.

어핑엄 제가 전하를 모실까요?

헨리 왕 아니오, 기사.
아우들과 함께 대공들에게 가시오.
나와 나의 속마음이 자문자답해야겠소.
그래서 아무도 함께하길 바라지 않소.

어핑엄 하늘의 주님께서 강복하시길!

헨리 왕 옛 마음, 고맙소. 말씨가 쾌활하오!
[헨리 왕 이외에 모두 퇴장]

[그쪽으로 피스톨 등장]

피스톨 끼 불 라?[66]

헨리 왕 아군이오.

피스톨 자신을 밝혀라. 당신은 장교요?
아니면 천하고 흔한 평민이오?

헨리 왕 어느 부대의 지원자 중 하나요.

피스톨 강력한 창칼을 제대로 끄는가?[67]

헨리 왕 그렇소만, 댁은 뉘시오?

피스톨 신성 로마 황제와 다름없는 신사다.

헨리 왕 그렇다면 왕보다 높은 분이오.

피스톨 왕은 잘난 친구로, 마음이 황금 같고
발랄한 젊은이요 명성의 자식이고
부모가 훌륭하고 주먹질이 으뜸이다.
흙 묻은 그 신발에 내가 키스하는데
정겨운 그 친구를 참으로 사랑한다.
네 이름이 무엇인가?

헨리 왕 해리 '르 로이'[68]요.

피스톨 르 로이?
콘월 지방 이름이군. 콘월 패에 속하는가?

헨리 왕 아니오. 웨일스 사람이오.[69]

피스톨 플뤨런 아는가?

헨리 왕 예.

피스톨 성 다윗 축제일[70]에 내가 그자 머리에서
파 뿌리를 떼어버릴 거라고 말해줘라.

헨리 왕 그날 당신 모자 속에 단도를 넣고 다니지 마오.[71]
그자가 당신 머리에서 그걸 쳐서 떨굴지 모르오.

피스톨 당신 그자 친군가?

헨리 왕 친척도 되는데요.

피스톨 그럼 당신 이거나 먹어![72]

헨리 왕 고맙소. 하느님이 같이하시길!

피스톨 내가 피스톨이다. [피스톨 퇴장]

헨리 왕 괄괄한 성미에 어울리는 이름이군.

[플뤨런과 가워가 따로따로 등장]

가워 플뤨런 대위!

플뤨런 저런! 예수 그리스도 이름으로 소리를 죽이시오.
진실로 오래 묵은 전쟁의 특권과 규범이
지켜지지 않는다 함이 전 세계 최대의
경악이오. 폼페이 대왕[73]의 전쟁들을 자세히
검토하는 수고를 마다하지 않을 때에, 폼페이
진영에 이러니저러니 시끄러운 쟁론들이
없었던 사실을 알 수가 있소. 장담하오. 다른 말로
하자면 전쟁의 예식과 전쟁의 면밀함과 그
형식성과 그 명석함과 그 겸손함을 알게 된다는
말이오. 장담하오.

가워 한데 적군이 시끄럽소. 밤새 내내 들리오.

플뤨런 적군이 바보, 멍청이, 주접떠는 못난이라고 해서
우리까지 바보, 멍청이, 주접떠는 못난이가
되어야 한다는 것이 지금 당신의 양심상 정당한
일이라고 생각하오?

가워 말소리를 낮추겠소.

플뤨런 당부하고 부탁하니 그러시오. [가워와 플뤨런 퇴장]

헨리 왕 약간 구식이지만 저 웨일스 사람은
조심과 용기가 무척 많이 살아 있다.
[세 병사, 존 베이츠, 알렉산더 코트,
마이클 윌리엄스 등장]

코트 존 베이츠 형제, 저쪽에 밝아오는 것이 새벽이
아닌가?

베이츠 그런 거 같다. 하지만 우리가 날이 밝아오길
기다릴 만큼 굉장한 이유가 없어.

윌리엄스 저기 새날의 시작은 보이지만, 새날의 끝은
절대로 못 보게 돼. 저기 가는 이 누구냐?

헨리 왕 아군이오.

윌리엄스 어느 대위 밑에 있소?

헨리 왕 토머스 어핑엄 경 밑에 있소.

윌리엄스 나이 많은 훌륭한 지휘관이고 매우 선한 신사요.
그 사람은 우리 상황을 어떻게 봅니까?

헨리 왕 모래톱에 좌초하여 다음번 밀물에 쓸려 나갈

66 피스톨이 유식한 체하면서 '거기 누구요?'라는 뜻의 프랑스어를 말한다.

67 창칼을 제대로 끄는 것은 창끝이 머리에 오도록 끄는 것을 뜻한다. 즉, 군복무를 잘한다는 말이다.

68 르 로이(Le Roy)란 프랑스어로 '왕'이란 말이다. 피스톨은 그 뜻을 알아채지 못한다.

69 헨리 5세는 원래 웨일스 지역에서 났다. 그러니까 이 대답은 틀린 말은 아니다.

70 성 다윗 축제는 웨일스의 수호 성자 다윗을 기리는 날로서 3월 1일이다. 그날 웨일스 사람들은 색슨족에 대한 승전을 축하하기 위하여 머리에 커다란 파를 달고 다닌다.

71 당시 남자들이 모자에 나무 자루의 단도를 장식으로 달고 다녔다고 한다.

72 앞의 주 53 참조.

73 폼페이 대왕(로마 이름은 폼페이우스)은 기원전 1세기의 로마의 대장군이었다.

사람들과 같다 하오.

베이츠 왕에게 그런 생각을 말로 하지 않았죠?

헨리 왕 예. 그런 말 하기도 어울리지 않아요.
솔직한 말로 왕도 나처럼 사람일 뿐이오.
왕에게나 내게나 바이올렛 향기는 똑같고
하늘도 같고 왕의 모든 감각도 인간의 한계를
넘지 못해요. 왕이 위엄을 벗고 벌거숭이가 되면
그냥 사람일 거요. 왕의 감정은 우리보다 높게
치솟지만 내려올 땐 날갯짓이 우리와 같아요.
따라서 우리처럼 떨리는 이유를 왕이 알아차리면
확실히 우리와 똑같이 떨릴 거예요. 그러니까
누구도 겁을 내어서 왕까지 떨게 만드는 건 분명히
잘못하는 짓이에요. 왕이 겁낸단 사실을 내보이면
그의 군대 전부가 겁을 낼지 몰라요.

베이츠 왕은 겉으로는 최고의 용기를 발휘할 테지만 오늘
밤처럼 추울 땐 왕도 템스 강물에 목까지 담그는
게 낫겠죠. 나도 왕이 그러면 좋을 테고 나도 왕
옆에 있다가 되도록 여기를 떠나고 싶어요.

헨리 왕 양심껏 왕에 대해 말하겠어요. 왕은 지금 여기가
아니고 다른 곳에 가 있는 건 원하지 않겠어요.

베이츠 그럼 왕이 여기 혼자 있으면 좋겠죠. 확실히 왕이
몸값 내고 풀려날 테니 불쌍한 자도 많이 살겠죠.

헨리 왕 정말 여기 왕이 혼자 있길 바랄 정도로 내가
왕을 싫어하는 건 아니에요. 남의 생각을 알아
보려고 그런 말을 할 뿐이지요. 나는 왕과 같이
있다가 죽는 것만큼 만족한 마음으로 죽을 데가
없을 거 같아요. 명분이 정당하고 싸움의 이유가
명예롭기 때문이에요.

윌리엄스 그것은 우리가 알 수 없는 일이오.

베이츠 맞아요. 또는 우리가 추구해선 안 될 일이지요.
우리가 왕의 백성이란 것만 알면 족하니까요.
왕의 명분이 그릇되어도 왕에게 복종하면 우리
죄는 깨끗이 없어지니까요.

윌리엄스 하지만 명분이 그릇되면 왕도 무거운 책임을
떠맡게 돼요. 최후의 심판 때 전쟁에서 잘려나간
팔다리와 목이 '아무 데서 우리가 죽었다'고 외치며
어떤 자는 저주하고 어떤 자는 의사를 부르고
어떤 자는 두고 온 불쌍한 아내 때문에 울부짖고
어떤 자는 빚 때문에 한탄하고 어떤 자는 맨몸으로
놔둔 애들 때문에 울 거요. 전쟁에서 잘 죽는 자는
별로 없어요. 피 내는 게 주제인 터에 사랑으로
처리할 게 무어예요? 그자들이 잘 죽는 게 아니래도
거기로 데려간 왕에겐 깜깜할 겁니다. 하지만 왕께
복종하지 않는 건 왕과 백성의 바른 관계에 곧바로
충돌하는 거예요.

헨리 왕 그런 논리를 따르면 아버지가 아들을 장사하라고
보냈는데 아들이 바다에서 죄를 짓다가 죽으면
죄의 책임은 아들을 보낸 아버지에게 돌려야 한다는
말이오. 또는 주인의 분부로 어떤 하인이 돈을
가지고 가다가 도둑이 습격해서 여러 가지로
지은 죄에 대하여 하느님의 용서를 받지 못하고
죽었다면 주인의 사업이 하인이 받은 저주의
장본인이 되었다고 할지 모르나 그렇지 않소.
왕은 개별 군인의 죽음에 책임이 없고 아버지도
아들의 죽음에 책임이 없고 주인도 하인의 죽음에
책임이 없으니 아랫사람들에게 일을 시킬 때
저들의 죽음을 의도하지 않았던 까닭이오. 아무리
왕의 명분이 깨끗하다 하여도 칼로 판가름할
일이라면 깨끗한 군대만 가지고 일할 왕은 없소.
아마도 어떤 자는 살인을 모의한 죄가 있고 어떤
자는 거짓 맹세로 혼약을 깨뜨리고 처녀를 속이며
어떤 자는 노략질과 강도질로 보드라운 평화의
가슴에 피를 흘리고 전쟁을 자신의 보루로 삼소.
그런 자는 법을 속이고 벌에 앞서 달리지만
하느님보다 빨리 달릴 날개가 없소. 전쟁은
하느님의 형리며 복수요. 그리하여 사람들은
이전 왕의 법을 어겼던 죄로 지금 왕의 싸움에서
벌을 받는 중이오. 저들은 죽음을 겁내던 데서
목숨을 잃었고 저들이 안전을 바라던 데서
죽음을 맞았소. 따라서 저들이 준비 없이 죽는다
해도 왕은 그 죽음에 대하여 책임이 없소. 저들이
예전에 지은 죄에 대하여 왕의 책임이 없듯이
지금 받는 벌에 대해 책임이 없소. 모든 백성의
의무는 왕에게 주어지나 모든 백성의 죄는 각자의
것이오. 그러므로 전쟁에서 싸우는 군인은 자리에
누운 병자처럼 양심에서 작은 흠이라도 씻고
죽으면 죽음은 그에게 이롭게 되오. 죽지 않는다고
해도 그처럼 영혼의 준비를 하면서 시간을 보낸
것은 축복 중에 보낸 거요. 모든 것을 하느님께
바치면서 그날 살아남아서 그분의 위대하심을
경험하고 남에게 영혼을 준비하는 법을 가르칠 수
있기를 바라는 것은 죄가 아니오.

베이츠 안 좋게 죽는 자는 안 좋은 그 짓이 자기 머리에 내린다 하는 말은 분명해요. 왕에겐 책임이 없어요. 왕이 내 책임을 져주길 바라지 않아요. 하지만 나는 왕을 위해 힘껏 싸울 작정입니다.

헨리 왕 왕이 자기 몸값을 내지 않겠다고 선언하는 말을 내가 직접 들었소.

윌리엄스 그래요. 우리더러 신나게 싸우라고 그렇게 말한 거예요. 하지만 우리 목이 잘린 뒤에는 왕이 몸값을 내더라도 우리는 알 바 아닙니다.

헨리 왕 살아서 그걸 보면 다시는 왕의 말을 믿지 않겠소.

윌리엄스 그럭하면 왕에게 빚 갚는 겁니다! 하찮은 백성이 기분이 나빠서 왕에게 나무총을 쏘는 것 같은 못난 짓이에요. 해의 얼굴에다 공작 털로 바람을 일으켜 해를 얼리려는 것처럼 허망한 짓입니다. 나중에 보자는 왕의 말을 믿을 수 있나요! 모두 쓸데없는 소리예요.

헨리 왕 너무 직설적인 비판이다. 시기만 괜찮다면 너한테 화내겠다.

윌리엄스 목숨이 붙었으면 우리 둘의 싸움으로 삼자.

헨리 왕 쌍수로 환영한다.

윌리엄스 어떻게 너를 다시 만날까?

헨리 왕 도전의 표시로 뭐라도 내게 주면 모자에 달고 다니겠다. 그게 네 거라고 시인만 하면 싸우겠다.

윌리엄스 내 장갑 여기 있다. 네 건 나 달라.

헨리 왕 여기 있다.

[둘이 장갑을 교환한다.]

윌리엄스 나도 모자에 달아야지. 내일이 지나 나한테 와서 '이거 내 장갑이다'라고 말하면 틀림없이 네 뺨에 따귀 한 방 먹이겠다.

헨리 왕 나 죽기 전에 그런 일 생기나 두고 보자.

윌리엄스 그럴 용기 있으면 목 달려 죽어라.

헨리 왕 어쨌든 그러겠다. 네가 왕 옆에 있어도 그렇게 할 테다.

윌리엄스 약속 지켜라. 잘 가라.

베이츠 화해해라. 잉글랜드 밥통들아. 너희가 셈할 줄 알면 프랑스 군이 넉넉해서 걱정 말고 싸워라.

헨리 왕 프랑스 군은 20대 1로 우리에게 이긴다고 내기 하겠지. 저들의 금화엔 목에 머리가 붙었지만 프랑스의 머리 따는 건 잉글랜드의 큰 죄가 아니오. 내일 왕도 머리 따는 사람이 되오. [병사들 퇴장]

왕이 책임져!
'목숨과 영혼과 부채를 걱정하는 아내와
아이들과 죄를 모두 왕이 책임져라!'
내가 모두 져야 한다. 아, 힘든 처지다!
왕위와 함께 나서 저만 아픈 줄 아는
멍청이와 함께 같은 공기를 마시지만
평민이 즐기는 무한한 안락을
왕들은 몰라야 한다! 요란하게 번들대는
겉차림을 제외하면 평민이 못 가지고
왕들만 가진 것이 무엇이 있을까?
하릴없는 겉차림아, 도대체 무엇인가?
너는 무슨 신이기에 너의 숭배자보다
더 아픈 슬픔을 겪게 되는가?
세금은 얼마며 수입은 얼마인가?
겉차림아, 네 값만 내게 보여라.
숭배여, 네 본질이 어떤 것인가?
단지 높은 지위와 형식뿐 아닌가?
남에게 위엄과 두려움을 자아내고
두려운 자보다는 두려움의 대상이라
너를 일러 행복이라 할 수 있는가?
네가 마실 음료는 달가운 존경 대신
독약 섞인 아첨인가? 높은 지위여!
속 아픈 네게 굉장한 차림새로
자기를 낫게 하라! 불같은 열병이
아첨으로 부은 데서 사라질 것인가?
꿇고 굽힌 짓에서 물러갈 건가?
걸인에게 꿇으라고 너는 명령하지만
걸인에게 건강을 명령할 수 있는가?
제왕의 평안을 교묘히 농락하는
번지레한 헛된 꿈, 나는 너를 잘 안다.
대관식의 향유도, 왕의 홀도, 원구도,[74]
왕의 칼도, 지휘봉도, 웅장한 왕관도,
황금과 진주를 섞어 박은 곤룡포도,
왕 앞에 늘어놓은 부풀린 칭호들도,
왕이 앉는 보좌도, 기슭에 부딪치는
당당한 물결도, 그 모두에 불구하고,
찬란한 의식도, 그 모두에 불구하고,

74 서양의 왕은 왕권의 상징으로 한 손에 막대 모양의 홀과 다른 손에 지구 모양의 큰 구슬을 들었다.

웅장한 침대에서 가련한 노예만큼
잠이 깊지 못하다. 노예는 어렵게 얻은 빵을
몸속에 구겨 넣고 마음 비워 잠자되
지옥의 자식인 무서운 한밤을
보는 때가 없으며 태양의 하인인 듯
일출에서 일몰까지 일광 안에서
땀 흘리며 일하다가 밤에는 천국에서
단잠을 자고, 새벽이면 일어나
말 잔등에 올라타는 일출이 돕고
해마다 해를 좇아 무덤에 이르도록
쓸 만한 데 종사하며 낮에는 수고로,
밤에는 잠으로 평생을 마감하니
왕보다 유리하며 한 수 위에 있다.
그 나라 평화에 노예도 한몫 끼어
평화를 만끽하나 멍청한 머리로는
그러한 평화를 유지하기 위하여
뜬눈으로 밤을 새는 왕의 노심초사를
알 수가 없다. 왕의 그런 시간을
농사꾼이 가장 좋아한다.
[토머스 어핑엄 경 등장]

어핑엄 귀족들이 전하의 부재를 염려하여
온 진지를 두루 찾아다닙니다.

헨리 왕 기사, 내 막사에 집합시키오.
내가 먼저 가 있겠소.

어핑엄 그리하겠습니다. [퇴장]

헨리 왕 전쟁의 하느님, 병사들의 마음을
옹골차게 하시어 겁을 없애주소서.
상대편의 숫자에 저들이 낙담하면
셈하는 능력을 제거하소서. 주여,
오늘은, 오늘만은, 왕관을 얻기 위해
아버지가 지은 죄를 기억하지 마소서.
리처드의 유해를 새로이 매장하고
강제로 그가 흘린 핏방울보다도
훨씬 많은 회개의 눈물을 뿌렸습니다.
오백 명 빈자에게 해마다 돈을 주어
날마다 두 번씩 마른손을 쳐들어
피 흘림의 용서를 하늘께 빌라 하고
두 곳에 교회 지어 엄숙한 사제들이
리처드의 영혼을 위해 항상 찬미합니다.
더 하고 싶지만 용서를 비는 것은
죄지은 다음에 비는 회개라
저의 모든 기도는 보잘것없습니다.
[글로스터 등장]

글로스터 전하!

헨리 왕 아우 글로스터의 소린데? 알았다.
네 일이 무엇인지 안다. 함께 가겠다.
새날, 친구들, 모두 나를 기다리지. [모두 퇴장]

## 4. 2

[버번 공작, 올리언스 공작, 램뷰어스 공 등장]

올리언스 햇살 받은 갑옷들이 금빛이오. 말에 오르쇼!

버번 '몽트 르 슈발!' 말 가져와라! '바를레 라케!' 야![75]

올리언스 오, 멋진 기백!

버번 '비아 레 조 제 테르!'[76]

올리언스 '리엥 플뤼? 래르 에 푀!'[77]

버번 '시외!'[78] 친구 올리언스!
[총사령관 등장]
오, 총사령관!

총사령관 말들이 울부짖어 즉시 달리라 하오.

버번 우리 말의 옆구리에 등자를 깊이 박아
말이 흘린 더운 피를 적군의 눈에 뿌려
쓸데없는 만용으로 눈이 멀게 만듭시다!

램뷰어스 우리 말이 흘린 피가 놈들의 눈물이오?
놈들의 진짜 눈물을 어떻게 볼 수 있소?
[전령 등장]

전령 프랑스의 귀공들, 적이 전투태세요.

총사령관 용감한 공작들, 말을 타오, 즉시 오르오!
불쌍하고 굶주린 패거리를 보시오.
멋있는 당신들의 모습에 얼이 빠져서
인간의 허울과 껍질만 남기겠소.
전부가 손댈 만한 일거리가 못 되오.
저들의 쇠약한 핏줄에 피가 모자라

75 '말에 올라라!' 말 가져와라! '장난꾼 하인 녀석!' 야! 이렇듯, 프랑스어와 영어가 섞여 있다.
76 '물과 흙을 달려라!'라는 뜻의 프랑스어.
77 '그밖에 없소? 공기와 불도 있소!'라는 뜻의 프랑스어. 물, 흙, 공기, 불은 우주 만물을 구성하는 4원소로 믿었다.
78 '하늘'을 뜻하는 프랑스어. 흙, 물, 공기, 불 이외에 하늘까지 말들이 솟구친다는 말이다.

오늘 우리 용사들이 심심풀이로
뺐다 꽂을 칼날에 핏자국을 남길 만큼
넉넉하지 못하겠소. 입김만 붑시다.
저들은 용맹의 입김에 쓰러지겠소.
귀공들, 분명하고 확실한 사실은
오라 하지 않았지만 우리 막사 주변에
할 일 없이 몰려드는 하인배나 촌놈이면
하찮은 적군을 들판에서 말끔히
쓸어내기 충분하오. 우리는 이 산 아래
편안히 서서 구경해도 좋지만
우리들 자신의 명예를 생각하여
그럴 수가 없겠소. 더 할 말 있소?
아주 아주 조금만 수고하시면
모든 일이 끝나오. 그래서 나팔이 울려
우리에게 말을 타란 신호가 들리오.
우리가 전진하면 온 들이 눈이 부셔
겁에 질린 잉글랜드가 엎드려 항복하오.
[그랜드프레이 공 등장]
그랜드프레이 프랑스 대공들, 어찌 이리 지체하오?
섬나라 송장들이 뼈다귀를 버린 꼴이
밝은 아침 들판에 어울리지 아니하오.
초라하게 내어 걸린 누더기의 깃발들을
우리 쪽의 바람이 경멸하여 불어치오.
저런 걸인 무리에서 군신마저 파산한 듯
녹슨 갑옷 틈으로 겁에 질려 내다보며
횃불 들려 세워놓은 촛대처럼 기사들도
꼼짝 않고 앉아 있소. 볼품없는 말들은
머리를 숙이고 엉덩이를 늘어뜨려
멀거니 죽은 눈에 눈곱이 길게 끼고
맥없는 멍한 입의 쇠사슬 재갈에는
더럽게 씹은 풀이 멍청히 놓여 있소.
청소를 도맡은 짓궂은 까마귀가
초조히 기다리며 위에 날아다니오.
저처럼 죽은 듯이 살아 있는 군대의
그 모습 그대로 나타내기 위해서는
생생한 묘사로 옷 입힐 수 없겠소.
총사령관 저들은 기도를 마치고 죽음을 기다리오.
버번 저들에게 음식과 새 옷을 보내주고
굶주린 말에게 먹이를 주고
나중에 저들과 싸울 것이오?
총사령관 내 군기 오기만 기다리오. 싸움터로!
급한 마음이라 나팔수의 기를 뺏어
군기로 쓰겠소. 그럼 갑시다!
해가 높이 떴는데 시간을 낭비하오. [모두 퇴장]

## 4. 3

[글로스터 공작, 클래런스 공작, 엑서터 공작,
솔즈베리 백작, 워릭 백작, 토머스 어핑엄 경,
군대 모두 등장]
글로스터 전하 어디 계신가?
클래런스 진용을 보시려고 직접 가셨소.
워릭 저쪽은 6만이오.
엑서터 5대 1이오. 게다가 저쪽은 모두 생생하오.
솔즈베리 주님 팔이 함께 치소서! 겁나게 기울군.
공작님들, 주님이 함께하시길! 맡은 데로 가겠소.
하늘에서 뵙기 전에 다시 뵙지 못하면
기쁘게 인사하오. 귀하신 클래런스 공,
사랑하는 글로스터 공, 좋으신 엑서터 공,
그리고 [워릭에게] 사돈,[79] 모두 용사요. 아듀![80]
클래런스 잘 가시오, 솔즈베리. 행운이 함께하길!
엑서터 잘 가시오, 선한 백작. 용감히 싸우시오.
하지만 그렇게 말한 것이 잘못이었소.
당신은 단단한 용기로 빚어진 이요. [솔즈베리 퇴장]
클래런스 선량한 마음과 용맹으로 가득하오.
두 가지 모두 으뜸이오.
[뒤쪽에 헨리 왕 등장]
워릭 오, 지금 여기에
일 없는 이 나라 사람이 만 명만 되면
얼마나 좋으랴!
헨리 왕 누가 그런 말 하오?
내 친구 워릭이오? 친밀한 이여, 아니오.
우리가 죽을 운명이면 나라의 손실이며
살아날 운명이면, 인원이 적을수록
누리는 명예가 커지게 되오.
하느님의 뜻이면, 한 사람도 원하지 마오.
맹세코 나는 돈 욕심이 없으며

79 그의 딸이 솔즈베리 백작의 며느리였다.
80 '신에게 (맡기오)'라는 뜻으로 헤어질 때 하는 인사. 프랑스어에서 왔다.

누가 내 비용에 먹든지 상관치 않고
남이 내 옷 입어도 탓하지 않소.
곁에 있는 물질에 마음을 쓰지 않되
명예에 대한 욕구가 죄가 된다면
나는 모든 인간 중에서 가장 죄 많소.
친구여, 이 나라의 한 사람도 원하지 마오.
주님의 평화를 걸어서 맹세하노니
구원의 소망을 빼앗길 수 없듯이
명예를 잃기 싫소. 하나도 원치 마오.
오히려 당장 진중에 공포하여
이번 전투에 싸울 뱃심이 없는 자는
떠나라고 하시오. 귀향증을 내어주고
여비까지 주머니에 넣어 주겠소.
함께 있다 죽는 것이 겁나는 자와
함께 있다 죽는 것을 바라지 않소.
오늘은 크리스핀[81] 축제일이오.
이날에 생존하여 집에 가는 사람은
오늘이란 이름에 발끝까지 흥분하며
크리스핀 소리에 벌떡 일어서겠소.
이날을 목격하고 오래도록 사는 자는
매년 축제 전야에 이웃에게 한턱내고
'내일은 크리스핀 축제'라고 말하며
소매를 걷어서 상처 자국들을 보여주며
'크리스핀 날에 입은 상처'라 할 거요.
노인들은 무엇이든 잊어버리나,
그 사람을 기억하고, 이것저것 덧붙여서
그날의 무용담을 말하리니, 우리들은
집안 이야기처럼 그의 입에 친숙하여
해리 왕과 베드포드와 엑서터와
워릭과 톨봇과 솔즈베리와 글로스터를
넘치는 잔과 함께 새삼 기억하면서
아들에게 이야기를 들려줄 터인데
오늘부터 이 세상이 끝날 때까지
크리스핀 형제를 잊을 수가 없으니
그 속의 우리도 기억하게 되리니,
적은 우리, 복된 우리, 형제들이오.
이날에 나와 함께 피 흘릴 자는
내 형제가 될 것이며, 아무리 천해도
오늘로서 지위가 존귀하게 되겠소.
지금 잉글랜드에 편히 누운 귀족들은
여기 있지 못한 것을 저주하게 될 터이며
축제일에 나와 함께 싸운 자의 말을 듣고
자신들의 용맹이 볼품없다 하겠소.

[솔즈베리 백작 등장]

솔즈베리 전하, 급히 움직이세요.
프랑스 군이 멋진 진을 벌렸으니
빨리 공격해 오겠소.

헨리 왕 마음을 준비하면 모든 것을 준비하오.

워릭 이제 와서 겁내는 자는 죽어버려라!

헨리 왕 이 친구, 잉글랜드의 증원군을 원하지 않소?

워릭 하느님 뜻이면 별다른 도움 없이
전하와 저만이 이 전투에서 싸우겠소!

헨리 왕 방금 당신은 5천 명을 마다했소.
하나라도 원하는 것보다 내게 기쁘오.
각자 자리로 가시오. 주님이 같이하시길!

[나팔 신호. 몬조이 등장]

몬조이 해리 왕, 이제는 몸값에 동의하는지
확실하고 분명한 패전 직전에
다시금 듣고자 하여 온 것입니다.
왕은 소용돌이에 너무 가까워
휩쓸릴 운명이시오. 총사령관님은
자비심을 가지고 왕의 추종자들에게
뉘우칠 기회를 주시길 원하십니다.
그래야 저들의 영혼이 이 들판에서
평화롭고 편안하게 물러갑니다.
가엾어라! 저들의 불쌍한 시체는
이곳에 누운 채 썩을 것이니.

헨리 왕 누가 보내서 왔는가?

몬조이 프랑스의 총사령관이시오.

헨리 왕 내가 전에 준 대답을 가지고 가라.
내게 이긴 다음에 내 뼈를 팔라고 하라.
어째서 불쌍한 자들을 놀리는가?
살아 있는 사자의 가죽을 팔던 자가
사자를 사냥하다 물려 죽었다.[82]
우리 중 여럿이 고향 땅에 묻히고
이날의 업적은 청동 비에 살리라.
용맹의 백골을 프랑스에 남길 자는

81 3세기의 순교자 크리스핀과 크리스피아누스 형제를 기념하던 날(10월 25일).

82 말로만 떠들던 자가 정작 '임자'를 만나 죽게 됐다는 이솝 우화에 빗대고 있다.

너희의 거름더미에 묻힌다 해도
남자답게 죽었기에 명예가 남으리니,
해가 저들을 반겨 향기로운 명예를
하늘 위로 올리되, 몸뚱이는 남겨놓아
너희의 공기를 질식시킬 것이니
그 냄새로 프랑스에 염병이 생기리라.
잉글랜드 군대는 용맹으로 넘쳐나니,
파편으로 흩어지며 사라지는 탄환처럼
또 하나의 전투를 시작하면서
자연으로 돌아가며 적군을 죽인다.
내 자랑하려 한다. 사령관에게 알려라.
우리들은 오로지 살아가는 군대이다.
멋진 치장 황금빛은 모두 고된 들에서
비 맞으며 행군할 때 색이 바랬다.
우리 군대 중에서 깃털은 전혀 없고
—날아가지 않으리란 좋은 증거다.—
세월에 부대껴서 지저분하다.
그러나 확실하게 용기만은 번쩍인다.
허름한 내 군대가 어두워지기 전에
프랑스 병정들의 화려한 새 옷들을
너희들 몸에서 벗겨 입고서
깨끗한 차림으로 이런 병정놀이를
그만두게 하겠다. 하느님 뜻으로,
그리하면 몸값은 쉽게 마련되겠지.
선량한 전령, 몸값을 받겠다고
다시 오지 말아라. 괜한 짓이다.
내 팔다리 외에는 몸값이 없다.
팔다리를 남길 테니 갖고 싶다면
값이 별로 없지만 주인에게 알려줘라.

몬조이 그러지요, 해리 왕. 평안히 계십시오.
다시는 제 말을 듣지 않게 되십니다.

헨리 왕 몸값 때문에 다시 올 듯한데. [몬조이 퇴장]

[요크 공작 등장]

요크 전하, 무릎 꿇고 간청하오.
선봉의 지휘를 제게 맡겨 주십시오.

헨리 왕 그리하라, 용맹한 요크.—병사들, 전진하라.
하느님, 이날을 뜻대로 처리하시길! [모두 퇴장]

## 4. 4

[경계 나팔. 공격 나팔. 피스톨,
프랑스 병사, 소년 등장]

피스톨 개새끼, 항복해!

프랑스 병사 '즈 팡스 크 부 제트 르 장티욤 드 봉
칼리테.'[83]

피스톨 칼리테? '칼린 오 쿠스투레 메!'[84]
너 신사야? 이름이 뭐야? 토해놔!

프랑스 병사 '오, 세녀르 디외!'[85]

피스톨 [방백] '오시뉴어 듀'는 신사란 말이다.
내 말 잘 새겨. 오시뉴어 듀. 새겨들어.
오시뉴어 듀, 특별 몸값 안 내면
칼 맞아 죽는다.

프랑스 병사 '오 프르네 미제리코코르드! 아예 피티에 드뫄!'[86]

피스톨 '모이'[87] 가지곤 안 돼. 나 '모이' 수두룩해.
안 그러면 목구멍으로 안창을 빼내겠다.
선지피 뚝뚝 흘리면서.

프랑스 병사 '에틸 엥포시블 데샤페 라 포르스 드 통 브라?'[88]

피스톨 개새끼, '브라스?'[89] 망할 씹쟁이 산골 염소,
나한테 기껏 동전이야?

프랑스 병사 '오, 파르돈네 뫄!'[90]

피스톨 나한테 그따위 소리야? 그게 모이 한 톤이야?
야, 이리 와. 이 새끼 이름이 뭔지

83 'Je pense que vous êtes le gentilhomme de bonne qualité'는 "당신을 훌륭한 신분의 신사라고 생각합니다"라는 뜻의 프랑스어.
84 'Caleno custore me!'는 '젊은 아가씨, 나의 보물!'이란 뜻의 당시 유행하던 아일랜드 민요의 후렴.
85 'O Seigneur Dieu!'는 '오 주 하느님!'이라는 뜻의 프랑스어.
86 'O prenez miséricorde! Ayez pitié de moi!'는 '오, 불쌍히 여기세요. 저를 불쌍히 봐주세요'라는 뜻의 프랑스어.
87 피스톨은 '뫄'를 '모이'로 잘못 들을 뿐 아니라 무슨 돈의 단위인 줄 안다.
88 'Est-il impossible déchapper la force de ton bras?'는 '당신 팔의 힘을 벗어날 수는 없나요?'라는 뜻의 프랑스어.
89 프랑스어 '브라'(팔)를 영어의 '브라스'(brass)로 듣는다. 즉 금화가 아닌 '동전'으로 이해한다.
90 'O pardonnez-moi'는 '오 용서해주세요'라는 뜻의 프랑스어.

저 새끼 말로 물어봐.

소년 '에쿠테. 코망 테트 부 자플레?'[91]

프랑스 병사 '므시외 르 페르.'

소년 페어 씨라고 한대요.

피스톨 패 씨? 그럼 패고 패주고 패대기치겠다.
이 말을 저놈 말로 자식한테 해줘라.

소년 패고 패주고 패대기친다는 프랑스 말을 몰라요.

피스톨 죽을 채비 하래라. 모가지 딸 테니까.

프랑스 병사 '크 디틸, 므시외?'[92]

소년 '일 므 코망다 부 딜 크 부 패트 부 프레, 카르 스
티시 에 디스포제 투타 세틜 드 쿠페 보트르 고르주.[93]

피스톨 위, 쿠펠 라 고르주, 파르 마 퐈.[94]
촌놈아, 금화다, 반짝대는 금화 안 주면
이 칼로 너를 싹싹 저며줄 테다.

프랑스 병사 오 즈 부 쉬플리 푸르 라무르 드 디외, 므
파르돈네! 즈 쉬 르 장티욤 드 본 매종, 가르데
마 비, 에 즈 부 돈네레 되 상 제퀴.[95]

피스톨 뭐라고 해?

소년 어른께 목숨만 살려달라고 빈대요. 좋은 집안
출신인 신사 양반인데 몸값으로 금화 2백 냥
주겠대요.

피스톨 이런 말 해줘라. 내가 화를 줄이겠고
금화를 받겠다고 말해줘라.

프랑스 병사 프티 므쉬외, 크 디틸?[96]

소년 앙코르 킬레 콩트르 송 쥐르망 드 파르돈네 오
프리손니에. 네앙퐝, 푸르 레 제 퀴 부 뤼 시 프로메테,
일 레 콩탕 타 부 돈네 라 리베르테, 르 프랑쉬스망.[97]

프랑스 병사 [피스톨에게 무릎 꿇고] 쉬르 메 주누 즈 부 돈
미으 르메르시망, 에 즈 메스팀 외뢰 크 제 통베
앙트르 레 멩 뎅 슈발리에, 콤 즈 팡스, 르 플뤼
브라브, 베양, 에 트레 디스텡게 세뇌르 당글테르.[98]

피스톨 야, 해석해.

소년 무릎을 꿇고 천 번 감사드리며, 자기가 믿기론
제일 용감하고 용맹하며 몹시 훌륭하신 잉글랜드
대감님 손에 들어가게 된 것을 커다란 행복으로
생각한대요.

피스톨 피 빨아 먹는 자가 약간의 선심을 쓰겠다.
나를 따라와.

소년 쉬베부 르 그랑 카피텐.[99] [피스톨과 프랑스 병사 퇴장]
저렇게 빈 마음에서 저렇게 큰 소리가 나오는 건
생전 처음 봐. '빈 수레가 요란하다'는 옛말이 진리야.
바돌프와 님은 옛날 연극에 나올 큰 소리 외쳐대는
마귀 놈보다 열 배는 용감했지. 구경꾼마다 나무칼로
그놈의 손톱을 잘라버릴 수 있었는데,[100] 하지만
두 사람은 목매달려 죽었어. 이놈도 목숨을 걸고
뭐든지 훔치려고 했다면 그렇게 목매달려 죽었을 거야.

91 'Ecoutéz. Comment êtes-vous applé?'는 '여보시오, 당신 이름이 뭐요?'라는 뜻의 프랑스어.

92 'Que dit-il, monsieur?'는 '뭐라고 하는가요, 선생?'이라는 뜻의 프랑스어.

93 'Il me commande à vous dire que vous faites vous prêt, car ce soldat ici est disposé tout à cette heure de couper votre gorge'는 '당신한테 준비하라고 말하라고 내게 명령하세요. 왜냐하면 여기 이 군인이 지금 당장 당신 목을 자를 생각이니까요'라는 뜻의 프랑스어.

94 피스톨이 프랑스어로, '그렇다, 정말로 목을 자르겠다'라고 말한다.

95 'O je vous supplie, pour l'amour de Dieu, me pardonner! Je suis le gentilhomme de bonne maison: garde ma vie, et je vous donnerai deux cents écus'는 '오 하느님의 사랑으로 나를 용서하시라고 빌어요. 나는 양갓집 양반이오. 내 목숨은 살려주시오, 그러면 200에퀴 드리겠어요'라는 뜻의 프랑스어.

96 'Petit monseiur, que dit-il?'은 '조그마한 선생님, 뭐라고 하나요?'라는 뜻의 프랑스어.

97 'Encore qu'il est contre son jurement de pardonner aucun prisonnier; neanmoins, pour les ecus que vous lui ci promettez, il est content a vous donner la liberte, le franchisement'은 '다시금 말하지만 무슨 포로라도 용서하는 것은 자기 맹세에 어긋나지만 그럼에도 불구하고 약속대로 돈을 주면 당신에게 자유를, 해방을 줘도 된다 하오'라는 뜻의 프랑스어.

98 'Sur mes genoux je vous donne mille remerciments, et je m'estime heureux que j'ai tombé entre les mains d'un chevalier, comme je pense, le plus brave, vaillant et très distingué seigneur d'Angleterre'는 '무릎 꿇고 당신에게 천 번 감사를 드리며, 제 생각에 가장 용감하고 용맹하며 뛰어난 잉글랜드 신사인 기사의 손에 떨어진 것을 다행으로 여깁니다'라는 뜻의 프랑스어.

99 'Suivez-vous le grand capitaine'은 '위대하신 저 대위님을 따라가시오'라는 뜻의 프랑스어.

100 당시 종교극에 나오던 마귀가 악역을 맡은 자의 놀림감이 되어서 나무칼로 손톱을 깎아주겠다고 한다.

다른 하인들처럼 우리 부대의 짐짝 있는 데로 가 있어야
되겠다. 프랑스 군이 그걸 알면 우리를 멋지게 난도질할
판이다. 아이들만 지킬 테니. [퇴장]

## 4. 5

[총사령관, 올리언스 공작, 버번 공작,
램뷰어스 공 등장]
총사령관 '오 디아블!'[101]
올리언스 '오 세뇌르! 르 주르 에 페르뒤, 투 테 페르뒤!'[102]
버번 '모르 드 마 비!'[103] 모두 망했다, 모두!
영원한 수치와 비난이 조롱하며
우리들 깃털 위에 내려앉았다.
[짧은 경계 나팔]
오 메샹트 포르튄![104]—[램뷰어스에게] 달아나지 마시오.
올리언스 어떻게 해서든지 명령만 생각나면
잉글랜드를 압도할 프랑스 군이
아직도 전쟁터에 넉넉히 살아 있소.
버번 명령 따윈 치우시오! 다시들 돌아가오!
지금 당장 버번을 안 따를 자는
집으로 돌아가서 양손에 모자 들고
개보다 못한 쌍놈이 예쁜 딸을
더럽힐 동안 천박한 뚜쟁이처럼
침실 문만 붙잡고 서 있으라 하시오.
총사령관 우리를 망친 무질서여, 친구가 돼라!
무더기로 몰려가 목숨을 바칩시다.
버번 무리들에게 가겠소.
생이 짧지 않으면 수치가 너무 길겠소. [모두 퇴장]

## 4. 6

[경계 신호. 헨리 왕과 수행원들이
포로들과 함께 등장]
헨리 왕 용맹한 백성이여, 일을 해냈소.
그러나 끝이 아니오. 적이 싸움터를 차지했소.
[엑서터 공작 등장]
엑서터 요크 공작이 전하에게 문안하오.
헨리 왕 그 사람 살아 있소? 한 시간 전에
세 번 쓰러지고 세 번 일어나 싸우던데.
투구에서 박차까지 피투성이였소.
엑서터 용감한 군인의 모습대로 거기 누워서
들판을 살찌우고 피 흘리는 그 옆에는
명예로운 상처의 동행인으로
고귀한 서폭 백작이 함께 누웠소.
서폭이 죽으니 무수히 찔린 요크가
피에 젖어 쓰러진 그에게 다가가
수염을 붙잡고 얼굴 위에 벌려 있는
피 흘리는 칼자국에 키스하고 외치기를,
"서폭, 잠깐만 기다려달라.
내 영혼이 하늘까지 동행하겠다.
정다운 영혼아, 나란히 날자.
장하게 싸웠던 영광의 들에서
우리는 함께 기사도를 지켰다."
그 말 듣고 달려가 일으켰으나
나에게 미소하며 손을 내밀어
힘없이 쥐고는 "사랑하는 공작님,
내 충성을 전하께 전해주시오."
그러고는 돌아누워 서폭 목에
상한 팔을 감으며 입술에 키스하니,
죽음의 혼약을 고귀하게 끝맺는
사랑의 서약을 피로써 봉인했소.
그처럼 정겹고 아름다운 모습에
눈물을 참으려고 무진 애를 썼건만
사나이 기질이 가득하지 못하고
어머니의 마음이 눈으로 몰려
눈물졌습니다.
헨리 왕 탓하지 못하겠소.
그 말을 들으니 가득 고인 내 눈도
씻어내지 않으면 흐를 것이오.
[경계 신호]

101 'O diable!'은 '오 악마!'라는 뜻의 불행을 욕하는 프랑스어.
102 'O Seigneur! Le jour est perdu, tout est perdu!'는 '오 주님! 오늘의 전투는 패했다. 모두 패했다'라는 뜻의 프랑스어.
103 'Morte de ma vie!'는 '내 목숨의 죽음!'이라는 뜻의 절망감을 나타내는 프랑스어.
104 'O méchante Fortune!'은 '오 몹쓸 운수!'라는 뜻의 변덕 많은 운수의 여신을 욕하는 프랑스어.

그런데 저 새로운 경고는 무슨 뜻인가?
프랑스가 흩어진 군대를 보강하였소.
병사는 각자 포로들을 죽여라![105]
[병사들이 포로들을 죽인다.]
전원에게 명령을 전달하여라. [모두 퇴장]

## 4. 7

[플뤼런 대위와 가워 대위 등장]

플뤼런 아이들과 짐짝을 망가뜨리다니! 이것은 명백히 군대 규칙에 위배되오. 아무리 못된 것이라고 해도, 이것 보시오, 이렇게 못된 짓은 결단코 없소. 지금 당신의 양심에 비춰서 그렇지 않소?

가워 확실히 아이들이 하나도 살아남지 못하겠소. 전쟁터에서 달아난 겁쟁이 악당들이 그런 학살을 저질렀소. 게다가 왕의 막사에 있던 물건들도 모두 태우고 훔쳐갔소. 그래서 왕이 모든 병사들에게 포로 목을 자르라고 했던 것이오. 참으로 용감한 왕이오.

플뤼런 옳소, 가워 대위. 왕은 웨일스의 접경 지역인 몬머스[106]에서 태어났소. 알렉산더 '태왕'은 어디서 태어났소?

가워 알렉산더 '대왕'이오.

플뤼런 아니 '태왕'이 '대왕' 아니오? 태나, 대나, 크거나 세거나, 웅장하거나, 모두 같은 뜻 아니오? 문구가 약간 다를 뿐이오.

가워 알렉산더 대왕은 마케도니아에서 난 것으로 아는데 아버지는 마케도니아의 왕 필립이지, 아마.

플뤼런 알렉산더가 태어난 곳은 마케도니아가 옳으오. 그런데 말이오, 대위. 세계 지도를 들여다보면 마케도니아와 몬머스를 비교할 때 위도가 서로 같소. 마케도니아에 강이 있는데 몬머스에도 강이 있소. 몬머스의 와이 강이라는 것이오. 그러나 그곳의 강 이름이 무엇인지는 나의 기억 밖이오. 그러나 마찬가지요. 그 손가락이 그 손가락인 것과 똑같소. 양쪽 강 모두에 연어가 살으오. 알렉산더의 일생을 고찰해보면 몬머스의 해리도 상당히 닮아 있소. 세상의 모든 것은 서로서로 비추니까 말이오. 하느님도 아시고 당신도 알다시피 알렉산더도 화내고 성내고 분내고 심술부리고 우울하고 기분이 나쁘고 분개했으며 머리에 술이 약간 올랐을 때는 성난 김에, 술김에, 보다시피, 제일 친한 친구 클레이투스를 죽였으며[107]—

가워 우리 왕은 그 점에서 그와는 같지 않소. 그분은 자기 친구 중에서 누구도 죽이지 않았소.

플뤼런 보다시피 당신 말이 종결되어 끝나지 않았는데 당신 입에서 말을 뺏어가는 것은 잘하는 짓이 아니지만 나는 단지 그 유사성과 비유를 말할 뿐이오. 알렉산더가 술과 술잔에 묻혀서 자기 친구 클레이투스를 죽였다면 몬머스의 해리는 말짱한 정신, 말짱한 판단으로 배불뚝이 윗옷 입은 뚱뚱한 기사를 내쫓았소. 그 사람은 농담, 재담, 장난, 우스개가 넘쳐났소. 이름을 잊었군.

가워 존 폴스타프 경이오.

플뤼런 그렇소, 그 사람이오. 보다시피 몬머스에서 훌륭한 분들이 태어났소.

가워 전하께서 오시오.

[경계 신호. 헨리 왕과 잉글랜드 군대가 포로가 된 버번 공작, 올리언스 공작, 기타 그 밖의 포로들과 함께 등장. 주악.]

헨리 왕 내가 프랑스에 온 이래 지금까지
화내지 않았다. 의전관, 나팔 들고
저 산으로 달려가 거기 기병들에게
우리와 싸우려면 산을 내려오거나
전쟁터를 비우라 하라. 눈에 거슬린다.
둘 다 안 하겠다면 우리가 직접 가서
아시리아 물맷돌[108]처럼 황급히 흩어져

105 기록에 의하면 퇴각하던 프랑스 군이 다시 돌아서 잉글랜드 군의 후방을 공격하여 병사들의 사물들을 지키고 있던 소년들을 다 죽이고 짐짝들을 파괴했다. 이에 헨리 왕은 긴급히 프랑스 포로들을 죽이라고 명령했다.

106 헨리 5세는 웨일스와 잉글랜드 접경인 몬머스(Monmouth)에서 났다.

107 알렉산더는 원정 중에 술에 취해 말다툼하다가 친구이며 장군인 클레이투스를 죽였다.

108 목동이었던 다윗이 골리앗을 쓰러뜨릴 때 사용해서 유명해진 물맷돌(sling)은 '투석(投石) 끈'이라고도 불리는 무기로서, 끈 중앙에 돌멩이를 싸는 가죽이나 천이 있고 그 끝에 끈이 붙어 있다. 마치 안대 같은 모양이다.

도망치게 하겠다. 그뿐 아니라
여기 있는 포로들의 목을 자를 것이며,
저들 중 우리에게 잡히는 자는
자비를 맛보지 못하리라. 가서 알려라.
[몬조이 등장]
엑서터 전하, 프랑스의 의전관이 옵니다.
글로스터 다른 때보다 겸손한 눈빛이오.
헨리 왕 의전관, 어째서 그런가?
나의 뼈로 몸값을 치른 것을 모르는가?
또 몸값 일로 왔는가?
몬조이 아닙니다, 전하.
자비하신 허락을 구하고자 왔습니다.
피투성이 들판을 두루 찾아다니며
죽은 자를 기록하고 저들을 묻어주며
평민과 귀족을 가려내려 합니다.
다수의 귀족들이, 안타깝고 슬프게도,
용병들의 피에 젖어 누웠습니다.
또한 천한 촌것들이 귀족들의 귀한 피에
젖어 있으며, 상처 입은 마필들은
피범벅에 버둥대며 죽은 주인들에게
무장한 발길질을 미친 듯이 해대어,
두 번 거듭 죽입니다. 오, 왕이시여,
안전하게 전쟁터를 살피고 사체들을
처리하게 해주십시오.
헨리 왕 의전관, 솔직히 말해
이날의 승리가 우리의 것인지 알 수 없다.
아직도 수많은 당신 나라 기사들이 살피면서
들판을 달린다.
몬조이 승전은 전하의 것입니다.
헨리 왕 우리 힘 아니라 하느님을 찬양하라!
저 궁성을 무엇이라고 하는가?
몬조이 아쟁쿠르라고 합니다.
헨리 왕 그렇다면 이곳을 아쟁쿠르 들이라 하자.
크리스핀 축일에 전쟁을 치렀구나.
플뤨런 괜찮으시다면 고명하신 기억 속의 전하의
조부님과 증조부 에드워드 검은 왕세자께서
역사책에서 읽어본 대로 하자면 여기
프랑스에서 가장 용맹한 전투를 치르셨습니다.
헨리 왕 그렇다, 플뤨런.
플뤨런 전하의 말씀이 매우 옳으십니다. 전하께서도
기억하신다면, 파를 심은 텃밭에서 웨일스인이
큰 공을 세웠습니다. 그래서 저들의 몬머스식
모자에 파를 매다는데, 전하께서도 지금까지
명예로운 충성의 표시라 함을 아십니다. 그래서
전하께서도 성 다윗 축일에 파를 다시는 것을
부끄럽게 여기지 않으시리라고 믿습니다.
헨리 왕 기억할 만한 명예로서 파를 달고 다닌다.
충실한 동향인, 나도 웨일스 출신이다.
플뤨런 와이 강의 물을 모두 가지고도 전하의 몸에서
웨일스 피를 씻어낼 수 없습니다. 장담합니다.
하느님의 은총과 위엄이 기뻐하실 때까지 파를
축복하시고 보존하시기를 빕니다!
헨리 왕 고맙다, 동향인.
플뤨런 예수님 이름으로, 저는 전하의 동향인입니다.
누가 알든지 상관없습니다. 온 세상에 알릴
터입니다. 전하께서 정직한 분으로 남으시는 한,
전하에 대하여 부끄러울 것이 없습니다. 찬미, 하느님!
헨리 왕 하느님이 정직하게 지켜주시길!
[윌리엄스가 모자에 장갑을 달고 등장]
의전관과 동행하라.
양측 전사자 수를 정확히 조사하여
나에게 보고하라. [몬조이, 가워, 잉글랜드의 의전관 퇴장]
—저 사람을 데려오라.
엑서터 [윌리엄스에게] 병사, 전하 앞에 가야 한다.
헨리 왕 병사, 어째서 네 모자에 장갑을 매달고
다니는가?
윌리엄스 죄송합니다마는, 이것은 저와 싸울 사람의
표시입니다. 그자가 아직 살아 있다면.—
헨리 왕 잉글랜드 사람인가?
윌리엄스 죄송합니다마는, 어젯밤 저에게 으스대던
녀석인데 그자가 살아서 제 장갑에 싸움을 걸면
빰따귀를 한 방 먹이겠다고 맹세했어요. 또는
그자가 살아 있으면 장갑을 달겠다고 군인으로
맹세했는데 제 장갑이 녀석의 모자에 달린 걸
보기만 하면 본때 있게 쳐서 떨굴 텝니다.
헨리 왕 플뤨런 대위, 어떻게 생각하는가? 이 병사가
맹세를 지켜야 옳은가?
플뤨런 그러지 않으면 겁쟁이 못난이지요. 실렙니다만
양심에 비추어보면 그러합니다.
헨리 왕 상대방의 지위가 굉장히 높은 분일지 모른다.
저자의 신분에 전혀 어울리지 않을 수 있다.
플뤨런 저자가 마귀처럼, 루시퍼나 바알세불[109] 같은

신사라고 해도, 전하도 아시다시피, 맹세와 약속은
지켜야 합니다. 지금 보시듯 맹세를 어겼다면,
양심에 비춰볼 때, 그에 대한 평판은 하느님의
땅과 세상을 검정 신으로 밟은 사람 중에서
가장 못된 악질입니다. 건방진 자라고 하겠습니다.

헨리 왕 그렇다면 그자를 만났을 때 네가 맹세한 대로
하라.

윌리엄스 목숨이 붙어 있는 한 그리하겠습니다, 전하.

헨리 왕 누구 휘하에 있는가?

윌리엄스 가워 대위 휘하입니다, 전하.

플뤨런 가워는 훌륭한 대위입니다. 전쟁에 관한 지식과
학문이 깊습니다.

헨리 왕 병사, 그를 나에게 불러오라.

윌리엄스 그리하겠습니다, 전하. [퇴장]

헨리 왕 그러면 플뤨런, 나 대신 이 표시를 모자에 달아라.
[윌리엄스의 다른 장갑을 주며] 내가 앨런선[110]과
함께 넘어졌을 때 내가 그 사람의 투구에서 이
장갑을 떼어냈다. 누구든지 이 장갑을 보고
도전해오면 그 사람은 앨런선 편이고 나에게는
적이 된다. 너는 나의 편이니 그런 사람
만나거든 붙잡아오라.

플뤨런 전하께서는 온 백성이 진심으로 소망하는 가장
큰 영광을 저에게 주십니다. 두 발로 걷는 자
중에 이 장갑을 보고 화를 내는 자를 만나고
싶습니다. 그뿐입니다. 한 번 볼 수 있으면
좋겠습니다. 하느님 은총으로 보면 좋겠습니다.

헨리 왕 가워를 아는가?

플뤨런 실례지만 저와 절친한 친구입니다.

헨리 왕 그렇다면 가서 그 사람을 찾아가지고 내 막사로
데려오라.

플뤨런 데려오겠습니다. [퇴장]

헨리 왕 워릭 공, 글로스터 아우,
플뤨런을 가까이 따라가시오.
그 장갑 표시가 그에게 따귀를
선사할지 모르오. 그 장갑이 바로
그 병사의 물건이오. 약속대로 한다면
내가 달겠소. 워릭, 따라가 보시오.
그 병사가 그의 뺨을 때리면—
괄괄한 성미라 그럴 거라 믿는데—
안 좋은 사태가 돌발할지 모르오.
플뤨런은 분명코 용감한 사람인데
일단 화를 돋우면 화약처럼 뜨거워서
대번에 앙갚음을 하고 말겠소.
따라가서 두 사람이 상하지 않게 하시오.
엑서터 숙부, 나와 함께 가십시다. [각기 퇴장]

## 4. 8

[가워 대위와 윌리엄스 등장]

윌리엄스 대위님을 기사 서품하실 게 확실합니다.

[플뤨런 대위 등장]

플뤨런 하느님의 뜻하심과 기뻐하심에 따라, 대위, 속히
왕께 가보시오. 아마도 당신의 지식으로는
꿈조차 꾸지 못할 좋은 일이 당신에게 생기는
판국이오.

윌리엄스 여보시오, 이 장갑 아시오?

플뤨런 장갑을 아느냐고? 장갑이 장갑이란 것은 알지.

윌리엄스 내가 아는 물건이오. [플뤨런의 모자에서
장갑을 낚아챈다.] 그래서 이렇게 도전하오.
[플뤨런을 때린다.]

플뤨런 어, 이것은 프랑스건 잉글랜드건 세상천지에서
가장 악랄한 반역자로다!

가워 [윌리엄스에게] 망할 놈, 뭐야?

윌리엄스 내가 맹세를 어기겠는가?

플뤨런 비키시오, 가워 대위. 반역의 대가를 주먹으로
갚을 테니 보시오.

윌리엄스 나는 반역자가 아니다.

플뤨런 속이 환하게 들여다보이는 거짓말이다. 전하의
이름으로 저자를 체포하라. 앨런선 공작을
편드는 자이다.

[워릭 백작과 글로스터 공작 등장]

워릭 왜 그러는가? 무슨 일인가?

플뤨런 워릭 백작님, 매우 해로운 반역 행위가 백일하에
드러났으니—그 일에 찬미 하느님!—보시다시피
여름날에 원하실 만한 사건이올시다.

109 루시퍼는 성경의 사탄, 즉 마귀의 왕이고
바알세불은 마귀들의 으뜸이다. 플뤨런은
'신사 차림의 마귀'라는 속담을 인용하면서
정반대로 부적절한 말을 하고 있다.

110 당시 프랑스의 굉장한 공작.

[헨리 왕과 엑서터 공작 등장]
전하께서 오십니다.
헨리 왕 무슨 일인가?
플뤨런 전하, 보시다시피 전하께서 앨런선의 투구에서
빼앗으신 장갑을 잡아챈 악질이며 반역자가
이곳에 있습니다.
윌리엄스 전하, 이건 제 장갑입니다. 여기 그
짝이 있습니다. 저와 이걸 바꾼 자가 모자에
달겠다고 떠들었지만 그렇게 하는 날엔 제가
때리겠다고 맹세했어요. 그런데 모자에 제 장갑을
단 이자를 만났어요. 그래서 맹세대로 한 겁니다.
플뤨런 전하의 용맹에 실례가 안 된다면, 들으신 바와
같이 참말로 건방지고 악랄하며 걸인처럼 더러운
인간입니다. 이것이 전하께서 저에게 주신 앨런선의
장갑이라는 사실을 전하께서 지금 곧 양심적으로
증언, 증거, 확언하여 주시기를 앙망합니다.
헨리 왕 병사, 네 장갑 이리 달라. 자, 그 물건의 짝이 여기
있다.
네가 때리려던 사람이 바로 나였고
너는 몹시 심한 말을 내게 하였다.
플뤨런 전하께서 원하시면 저자의 목으로 책임지라고
하십시오. 세상에 군법이 있다면 말씀입니다.
헨리 왕 이제 내게 어떻게 하겠는가?
윌리엄스 전하, 이 모든 잘못은 진심에서 나왔으며
결코 전하께 누를 끼치려 한 게 아닙니다.
헨리 왕 네가 욕한 것이 바로 나였다.
윌리엄스 전하께선 왕의 모습이 아니셨습니다. 저게는
평민으로 보이셨지요. 밤인 데다 차림과 공손한
태도가 그랬거든요. 그래서 전하께서 그렇게
당하신 건 제 잘못이 아니라 전하 자신의
탓이라고 생각하십시오. 전하께서 제가
오해했던 그 신분이셨다면 제 죄가 아닙니다.
그런 만큼 전하께서 용서하시길 빕니다.
헨리 왕 엑서터 숙부, 장갑에 금화를 가득 채워
이 사람에게 주십시오.—장갑을 받아서
내가 도전할 때까지 명예의 표시로
모자에 달라.—금화를 주십시오.
—그리고 대위, 너도 그와 화해하라.
플뤨런 환한 대낮에 비추어볼 때, 이자의 뱃심이
두둑합니다. 잠깐, 네게 12전 준다.[111] 그러면
하느님을 섬기고 남과 싸우지 말고 다투지
말고 시비하지 말 것을 당부한다. 그렇게 하면
네게 좋을 것이라고 확신한다.
윌리엄스 당신 돈 안 받겠소.
플뤨런 선의에서 주는 것이다. 분명히 말하는데, 네 신발
고치는 데 도움이 되겠다. 그토록 수줍어할 것이
있는가? 그 신발이 별로 좋지 않은데. 순은이다.
보증한다. 순은이 아니면 바꿔 주겠다.
[잉글랜드 의전관 등장]
헨리 왕 의전관, 전사자의 수를 세었는가?
의전관 프랑스 전사자의 수가 여기 있습니다.
헨리 왕 숙부, 포로 중에 높은 자가 누구들이오?
엑서터 왕의 조카이며 올리언스 공작인 찰스,
버번 공작이며 부시콧 공인 진,
기타 귀족, 남작, 기사, 기사보는
천오백이며 나머지는 평민이오.
헨리 왕 보고에 의하면 프랑스 군 일만 명이
싸움터에 죽어 있소. 이 중에 공작들과
깃발 들던 부대를 지휘했던 높은 귀족
백이십육 명이 쓰러졌소. 이 숫자에
기사와 기사보와 용맹한 신사
팔천사백 명을 더하여 보시오.
그중 오백은 바로 어제 기사가 되었소.
그러니까 일만 명 중에서 용병은
천육백뿐이었소. 나머지 모두가
공작이요 남작이요 기사요 기사보요
귀족의 혈통과 가문 높은 신사요.
죽은 귀족들의 이름은 다음과 같소.
프랑스 총사령관 찰스 딜러브렛,
프랑스 해군 제독 차틸런의 제이키스,
석궁 부대 사령관 램뷰어스 공,
프랑스 근위대장 용맹한 기스커드 도핀,
앨런선 공작 진, 버건디 공작 아우
브래번트 공작 안토니, 바의 공작
에두어드요. 씩씩한 백작들은
그랜드프레이와 루시, 포큰브리지와 포익스,
보먼트와 마알, 보드몬트와 레스트렐이오.
제왕다운 죽음의 우정이 여기 있었소.

111 12전은 1실링이지만 플뤨런은 큰 숫자로 말한다. 아래에서, 나쁜 은으로 만든 돈도 있었으므로 '순은'임을 강조한다.

잉글랜드 전사자의 숫자는 어떠하오?
[다른 문서를 건네받는다.]
요크 공작 에드워드, 서폭 백작,
기사 리처드 킬리, 기사보 데이비 갬,
그 외에는 이름 있는 사람은 없소.
기타 모두 합해도 25인뿐이오.
오, 하느님, 당신 팔이 여기 있으셨습니다.
오직 당신 팔에 모두를 돌립니다.
작전도 없이 단지 충돌과 접전으로
한쪽은 그처럼 큰 손실이, 다른 쪽은
그처럼 적은 손실이 있은 적이 있습니까?
당신 것이니 받으소서.

엑서터 놀랍기 그지없소.

헨리 왕 그러면 정렬하여 입성합시다.
전군에 공포하여 이를 자랑하거나
하느님의 찬양을 가로채는 자에게
죽음이 찾아올 것이라고 알립시다.

플렐런 전하께 실례가 아니면, 얼마를 죽였다 함도
불법입니까?

헨리 왕 그렇다, 대위. 다만, 하느님이 우리를 위하여
싸우셨다고 인정하면 그런 말도 가능하다.

플렐런 옳습니다. 양심적으로 말하여 하느님이 우리에게
큰 일을 하셨습니다.

헨리 왕 모든 거룩한 예배를 함께 드리자.
'논 노비스'와 '테 데움'[112]을 노래하자.
기독교 예를 따라 죽은 자를 매장하고
칼레에 갔다가 잉글랜드로 돌아가자.
전에 없이 반가운 귀국이 되겠다. [모두 퇴장]

## 5. 0

[해설자 등장]

해설자 이야기를 읽어보지 않은 분들께
내가 말하겠으니 허락하시오.
이미 읽은 분들은 시간과 인물과
역사적 과정이 너무나 방대하여
무대에서 그대로 보여줄 수 없음을
인정하기 바라오. 이제 우리는
왕을 칼레로 모셔 가니, 그곳에 왕이
있다고 상상하고, 그 날개에 왕을 태워
바다 건너 모셔 오오. 이 나라의 해안이
사람들의 홍수를 에워싸고 있으니
남녀노소 뭇사람의 환호와 박수가
당당한 관리인 양 왕의 길을 예비하는
바다의 깊은 음성을 묻어버리오.
상륙한 왕은 위엄 있게 런던으로 향하오.
생각은 빨리 달려 이제 여러분은
왕이 블랙히스[113]에 왔다고 상상하시오.
귀족들은 왕의 상한 투구와 굽은 칼을
과시하며 시가를 행진하길 바랐으나
왕은 이를 금지하니, 허영과 자만심이
전혀 없는 분이라 자기는 마다하고
승전의 표시와 상징과 기념물을
오로지 하느님께 모두를 바쳤지만,
시민이 얼마나 쏟아져 나왔는지
재빠른 생각을 두드려 상상하시오.
시장과 의원들은 로마의 원로처럼
멋있게 차려 입고, 그들을 뒤쫓고
평민들은 와글대며 승전한 시저를
맞아들이오.—그보다는 못하지만
우리의 귀하신 여왕님의 사령관이
반란을 칼에 꿰어 아일랜드에서
돌아올 때[114]—최근의 일인데—
얼마나 큰 군중이 평화로운 런던을 떠나
그를 환영하리오! 그러나 그보다
훨씬 더 큰 이유로 해리 왕을 환영하니,
이제 왕이 런던에 있다고 상상하시오.
지금은 프랑스 사람들의 애도로 인해

112 '논 노비스'와 '테 데움'은 라틴어로 '우리에게 (그리) 마옵소서, 하느님 당신께'(Non nobis, Te Deum)를 뜻한다. '논 노비스'는 구약성서의 시편 115편의 시작으로 우리말로는 '영광을 우리에게 돌리지 마옵소서'이다. '테 데움'은 셰익스피어 당시에 불리던 찬송가인 '하느님 당신께 찬양을 드립니다'라는 첫머리이다.

113 런던 근교에 있던 넓은 초장(草場).

114 당시 잉글랜드의 점령 하에 있던 아일랜드에서 반란이 일어나 엘리자베스 1세 여왕이 1599년 3월 27일에 에섹스 백작을 진압군 사령관으로 파견했다. 에섹스는 진압에 실패하고 그해 9월 28일에 돌아왔다(그러니까 이 연극은 그 전에 상연되었던 것이 확실하다).

잉글랜드 국왕은 국내에 머무는데
프랑스를 대변하여 황제[115]가 와서
두 나라 사이에 화평을 주선했소.
해리 왕이 프랑스에 가기 전까지
그사이에 벌어진 일들은 모두 줄이오.
또다시 프랑스로 왕을 모셔 가야겠소.
그동안의 시간을 내가 맡아서
여러분께 지난 일을 회상시켜 드렸으니,
생략을 참으시고 여러분의 눈들과
생각의 뒤를 밟아 프랑스로 가시오. [퇴장]

## 5. 1

[가워 대위와 플륄런 대위가 모자에
파를 달고 몽둥이를 들고 등장]

가워 오, 괜찮소. 하지만 어째서 오늘 파를 달았소?
다윗 축일이 지났는데요.

플륄런 모든 사물에는 왜 그런지 어째서 그런지 경우와
이유가 있소. 가워 대위, 친구이니 말하겠소.
악질적인 옴쟁이, 비렁뱅이, 이투성이에다가 난 척하는
피스톨 녀석은 당신이나 당신 자신이나 잘난 데는
전혀 없이 천박한 놈에 불과하다는 사실을 온 세상이
다 아는데, 보다시피, 그 녀석이 어제 나에게 빵과
소금을 가져오더니 파를 먹으라는 것이었소. 그 자리는
녀석하고 싸움 벌일 데가 못 되었소. 하지만 그 녀석을
다시 만날 때까지 용감히 파를 모자에 달고 있다가
내 속의 일단을 놈에게 알리겠소.
[피스톨 기수 등장]

가워 그자가 온다. 칠면조처럼 바람이 잔뜩 들어서.

플륄런 바람 들든 칠면조든 상관없소.—피스톨 기수야,
하느님 복 받아라. 지저분한 이투성이 양아치야,
하느님 복 받아라!

피스톨 히야, 너 미쳤어? 저질 트로이 놈,
운명의 가닥을 끊어달라는 거냐?[116]
저리 가! 파 냄새 맡으면 메스꺼워.

플륄런 지저분한 이투성이 양아치야, 보다시피 네가 이
파를 먹을 것을 소망하며 요망하며 원하며
진심으로 간청한다. 보다시피 네가 파를 싫어하고
욕망이나 입맛이나 소화가 파와 어울리지 않기
때문에 네가 먹기 바란다.

피스톨 캐드왤러더[117]와 염소를 다 준대도 안 먹는다.

플륄런 이것이 네게 주는 염소다. [피스톨을 때린다.][118]
이 옴쟁이 놈, 잠자코 먹겠는가?

피스톨 이 저질 트로이 놈, 죽을 줄 알아.

플륄런 옴쟁이 놈아, 하느님 뜻이면 네놈 말도 진짜
진실이다. 지금 당장은 살아 있으니 처먹을 것은
처먹어라. 자, 이것이 양념이다. [피스톨을 때린다.]
어제 네가 나에게 '산골 샌님'이라 했지만 오늘 나는
너를 '저급한 샌님'으로 만들겠다. 자, 먹어라.
파를 놀리는 실력이면 먹을 수 있다.
[피스톨을 때린다.]

가워 그거로 됐소, 대위. 저자가 혼쭐났소.

플륄런 예수님께 맹세코, 파 한 가닥 먹게 하겠다.
만일 먹지 않으면 4일간 머리를 때리겠다.
자, 한입 베어 물어라. 시퍼런 상처와 피 나는 머리에
좋다.

피스톨 먹어야 해?

플륄런 그렇다. 물론이다. 의심할 바 없으며, 의문할 바
없으며, 애매모호한 바 없다.

피스톨 파를 두고 맹세코, 무지무지하게 복수키로—
[플륄런이 위협한다.] 자꾸 먹겠다.—맹세한다.—

플륄런 먹어라. 양념이 더 필요한가? 파가 별로 남지 않아서
붙잡고 맹세할 수도 없겠다.

피스톨 몽둥이는 그냥 둬. 보다시피 먹는다.

플륄런 옴쟁이 자식아, 정말 몸에 좋다. 하나도
버리지 마라. 껍질은 터진 머리에 좋다. 나중에
파를 보면 파 흉은 그때 봐라. 그뿐이다.

피스톨 좋다.

플륄런 아무렴. 파가 좋지. 잠깐만. 네 머리통 치료할
돈 한 푼 받아라.

피스톨 내게 한 푼 줘?

115 '신성로마제국'(독일)의 황제 시기스문트가 1416년에 잉글랜드에 와서 프랑스와의 중재를 시도했으나 실패했다.
116 운명의 여신(파르카)이 잡는 목숨의 가닥(명줄)이 끊기면 당사자는 죽는다.
117 웨일스 최후의 왕으로 7세기에 색슨족으로부터 웨일스를 막은 영웅. 염소는 웨일스와 연관된 짐승이다.
118 '염소'(goat)와 '아프게 찌르기'(goad)가 웨일스식 영어로는 동일한 발음인 것을 이용한 것.

플뤨런 그렇다. 진실로 확실히 받아야 한다. 안 받으면
주머니 속에 너 먹을 파 한 개가 또 있다.
피스톨 복수의 보증으로 한 푼 받는다.
플뤨런 네게 빚진 것이 있으면 몽둥이로 갚겠다. 너는
나무 장사가 되었다가 내게서 몽둥이만 사야 한다.
하느님이 함께하고 네 머리 고치시길 기도한다. [퇴장]
피스톨 이 일로 온 지옥이 시끄럽겠다.
가워 듣기 싫다. 순 가짜, 겁쟁이 깡패구나. 오랜 전통을
놀린단 말인가? 엄숙한 숭배에 근원이 있으며
선대의 용맹을 나타내는 표시인데, 네 말을
행동으로 책임질 용기가 없어. 네가 저 신사의
심정을 두세 번 긁는 걸 나도 보았다. 저이가
영어를 본고장 사람처럼 말하지 못한대서
잉글랜드의 몽둥이도 못 다룰 거로 알았구나.
안 그렇다는 걸 알았겠지. 그러니까 이제부턴
웨일스의 따끔한 맛을 보고 선량한 잉글랜드
기질을 배워라. 잘 가라. [퇴장]
피스톨 지금 운수가 내게 바가지 긁어?
돌 테어쉿[119]이 프랑스 병[120]으로 병원에서
죽었다는 소식이라 나도 갈 데가 없어.
나는 늙어가는데 맥 빠진 팔다리는
몽둥이찜질로 자존심도 잃었다.
에라, 별수 있나? 뚜쟁이나 돼야지.
몸이 말라 손이 빠른 소매치기도 괜찮다.
잉글랜드에 몰래 가서 도둑질도 해보자.
몽둥이찜 생채기에 딱지를 붙이고
갈리아 전쟁[121]에서 부상했다 떠벌리자. [퇴장]

## 5. 2

[한쪽 문으로 헨리 왕, 엑서터 공작, 클래런스 공작,
워릭 백작, 기타 귀족들 등장. 다른 문으로
프랑스의 찰스 6세, 이사벨 왕비, 버건디 공작 등장.
그중에 캐서린 공주과 앨리스가 끼어 있다.]
헨리 왕 평화 위해 모였으니 평화가 내리기를!
내 형제 프랑스 왕과 왕비 자매에게
평안과 좋은 날을 빌며, 어여쁘신
내 친족 캐서린 공주에게 기쁨과
행복을 빌며, 왕가의 일원으로
위대한 이 모임을 계획하고 주선한
버건디 공작에게 정중히 인사하며
프랑스 공작, 대공들께 건승을 비오.
찰스 왕 이처럼 대면하니 매우 기쁘오.
존귀한 잉글랜드 형제, 잘 만났소.
잉글랜드 공작분들, 모두 안녕하시오?
왕비 잉글랜드 오라버니, 이처럼 좋은 날
좋은 만남의 결실이 복을 받기 원해요.
우리는 왕의 눈을 쳐다보고 기뻐하는데
지금까지 왕의 눈은 프랑스에 대하여
죽음의 시선으로 쏘아보는 포환만
지니고 있었어요. 그처럼 독한 눈은
그런 성질을 버리고 슬픔과 싸움은
오늘로서 오로지 사랑으로 변하기를
간절히 소망하는 마음이에요.
헨리 왕 그 말에 '아멘' 하기 위하여 모인 것이오.
왕비 잉글랜드 대공님 여러분께도 인사드려요.
버건디 프랑스 전하, 잉글랜드 전하, 하나의 사랑으로
위대하신 두 분에게 충성을 바칩니다.
저의 모든 지혜, 수고, 강력한 노력으로
지극히 존엄하신 두 분을 이 자리에
모시기 위해 노력한 사실을
위대하신 두 분께서 보시는 것이지요.
그리하여 그 노력이 성과를 맺어
두 분께서 얼굴과 얼굴, 눈과 눈으로
인사를 나누셨으니 두 분 왕께
질문을 드려도 불찰로 보지 마시고,
무엇이 방해하여 교양과 풍요와
복된 출산의 자애로운 유모인 평화가
어찌하여 헐벗고 초라하게 찢겨서
지상 낙원인 비옥한 프랑스에서
아리따운 그 얼굴을 쳐들지 못하나요?
프랑스 천지에서 오래도록 평화는
추방을 당했으며, 오곡백과는
쌓인 채 풍요 속에 썩어가고 있습니다.

119 돌은 본시 폴스타프의 정부였으나 그가 죽었으니 자연히 피스톨이 승계하기로 되어 있었다.
120 성병의 하나인 임질.
121 갈리아(Gallia)는 시저가 전쟁에서 큰 승리를 거둔 오늘의 프랑스. 시저는 승리했으나 피스톨은 망신당했다.

마음을 즐겁게 해주는 포도 넝쿨이
가꾸지 못해 죽고 가지런한 울타리는
덥수룩한 죄수처럼 어지러이 뻗치고
가시덩굴, 독미나리, 무성한 독초들이
뿌리를 뻗지만 잡초를 팔 쟁기들은
일이 없어 시꺼멓게 녹이 슬었습니다.
예전에는 향기로운 점박이 앵초와
오이풀과 새파란 토끼풀을 길러내던
드넓은 풀밭은 자르는 낫이 없어
손질이 전혀 없고 무성하게 자라서
잡된 씨를 맺으니 역겨운 소루쟁이,
엉겅퀴, 속 빈 대궁, 끈끈이주걱으로
어여쁨과 쓸모를 모두 잃었습니다.
포도원과 경작지, 목초지와 울타리가
나약한 본성이 야만으로 돌아가듯
우리의 가족과 자신들과 자녀들도
이 나라에 적합한 기예를 잃었거나
시간이 없어서 배우지 않아
야만으로 변합니다. 살육만 생각하는
군인들이 욕설과 위협적인 표정과
무질서한 복장과 갖가지 만행으로
치닫는 행동에서 다를 데가 없습니다.
다시금 옛 모습을 되살리기 위하여
이 자리에 우리가 모인 것입니다.
자애로운 평화가 예전처럼 우리를
축복하지 못하는 이유가 무엇인지,
무엇이 방해하여 그러한 손실을
몰아내지 못하는지 알고자 합니다.

헨리 왕 버건디 공작, 평화의 부재가 초래한
여러 불편 사항들을 열거했는데
당신이 진실로 평화를 원한다면
나의 옳은 요청에 전적으로 동의하여
평화를 사시오. 그 취지와 세목들은
간략히 요약되어 당신 손에 들어 있소.

버건디 전하께서 들으셨으나, 아직은 대답이
없으십니다.

헨리 왕 그렇다면 당신이
역설했던 평화는 그분 답에 달려 있소.

찰스 왕 나는 단지 조항들을 대강 훑어보았소.
괜찮으시면 전하께서 즉시 막료 중에서
몇 분을 임명하여 또다시 우리와
함께 모여 보다 주의 깊게 살피면
내가 수락한다는 명료한 답을
짧은 시간 안에 드릴 것이오.

헨리 왕 형제, 그리하겠소. 엑서터 숙부,
클래런스 아우, 글로스터 아우,
워릭, 헌팅던, 왕과 같이 가시오.
전권을 드리니 그리 알고 가시오.
나의 요청 사항에 가감하여 수락, 첨가,
변경하되 최상의 지혜를 가지고
내 위엄에 이롭다는 생각대로 하시면
내가 동의하겠소. 아름다운 자매님,
대공들과 가시겠소? 나와 함께 계시겠소?

왕비 자애로운 오라버님, 그분들과 가겠어요.
혹여나 지나치게 따질 때에는
여자의 목소리가 좋은 일을 할 수 있죠.

헨리 왕 캐서린 아가씨는 남겨두시오.
나의 가장 중요한 요구 사항이어서
조목 중 맨 앞에 적혀 있어요.

왕비 기쁘게 허락해요.

[헨리 왕과 캐서린과 앨리스를 제외하고 모두 퇴장]

헨리 왕 아리따운 캐서린,
아가씨의 귓속을 파고들 말을
군인에게 알려주어 얌전한 가슴에
사랑의 청원을 호소할 수 있겠소?

캐서린 조롱하실 거예요. 나는 전하의 잉글랜드 말을 몰라요.

헨리 왕 어여쁜 캐서린, 당신이 프랑스의 마음으로 나를 진하게 사랑하면 당신의 어눌한 영어로 고백하는 사랑을 듣고 기뻐하겠소. 케이트,[122] 나를 좋아할 것 같아요?

캐서린 파르돈네 뫄.[123] 내가 무엇 같은지 몰라요.

헨리 왕 천사가 아가씨 같소, 케이트. 아가씨는 천사 같고.

캐서린 [앨리스에게] '크 디틸?—크 즈 쉬 상블라블 아 레장즈?'[124]

122 '캐서린'의 애칭이다. 헨리 왕은 공주에게 외교적 정중한 예의를 버리고 스스럼없이 '말을 놓는다.'
123 'Pardonnez-moi': '실례합니다.'
124 'Que dit-il, que je suis semblable a les anges?': '내가 천사 같다는 말이니?'

앨리스 위, 브레망—소프 보트르 그라스—앵시 디틸.[125]

헨리 왕 사랑하는 캐서린, 내가 그렇게 말했소. 그렇게 말한 것을 부끄러워하지 않소. 다시 인정하오.

캐서린 '오 봉 디외! 레 랑그 데 좀 송 플레느 드 토롱페리!'[126]

헨리 왕 시녀, 공주가 뭐라고 하오? 남자의 혓바닥은 거짓으로 가득하다는 말이오?

앨리스 '위.'[127] 남자의 혀에는 거짓말이 가득하다고 하셨어요. 그게 공주님 말씀이어요.

헨리 왕 그래서 공주는 잉글랜드 여자보다 좋소. 케이트, 이런 식의 구애가 당신이 이해하는 데 알맞소. 당신의 영어가 그 정도뿐이라 오히려 좋소. 당신이 영어를 더 잘하면 내가 너무 서민 같은 왕이라 농장을 팔아서 왕관을 샀다고 생각할지 모르오. 사랑으로 멋진 말을 꾸밀 줄 몰라서 그냥 '당신을 사랑하오'라고 하면서 '당신도 사랑하오?'라고 하겠소. 당신이 그 이상을 요구하면 나는 구애의 말이 없어지오. 대답하시오. 서로 악수하고 약조합시다. 어떻게 생각하오, 공주?

캐서린 소프 보트르 오뇌르,[128] 이해할 수 있어요.

헨리 왕 나더러 시를 짓거나 당신을 위해 춤추라고 한다면 망신이겠소. 나는 시어도, 운율도 모르고 춤은 박자 실력이 없지만 힘에는 실력이 조금 있소. 말타기나 갑옷 채로 안장에 뛰어오르기로 여인을 얻기라면 자랑 같아 안됐지만, 당장 뛰어서 아내를 얻겠으며, 사랑을 위해 주먹질을 하거나 여자의 환심을 사려고 말을 높이 뛰게 하고 백정처럼 때리고 원숭이처럼 말에 찰싹 붙어서 안 떨어질 수도 있소. 하지만 케이트, 확실히 상사병에 걸려서 초췌한 꼴은 보이지 못하고 말이 막힐 정도로 숨을 헐떡일 수도 없고 사랑을 엄숙히 선언할 줄 모르고 남이 요청할 때만 솔직히 맹세할 뿐이며 일단 맹세한 것은 누가 뭐라고 해도 어기지 않으며 해에 그을릴 만한 얼굴이 아니며 볼 만한 데가 없어 거울을 보는 적이 없는 사내를 사랑할 수 없다면 당신 눈으로 지지고 볶으시오. 단순한 군인의 말이오. 이런 나를 사랑할 수 있다면 나를 택하시오. 그러지 않는다면 죽겠다고 하는 것은 진실이지만 당신의 사랑을 얻으려고 그러는 것이 아니오. 하지만 당신을 사랑하오. 케이트, 진정 솔직하고 거짓 없는 사나이를 택하시오. 다른 곳에선 구애할 능력이 없어서 별수 없이 당신에게 진실할 거요. 무한정 혀를 굴려 시를 읊으며 여인의 호감을 사는 자는 언제나 여인들을 내버릴 핑계가 있소. 웅변가는 말쟁이며 시는 노랫가락일 뿐이오. 튼튼한 다리도 힘이 빠지며 곧은 등도 굽으며 검은 수염도 희어지며 곱실곱실한 머리도 빠지며 잘생긴 얼굴도 시들며 둥그런 눈도 움푹 파이나, 케이트, 선한 마음은 해와 달이오. 아니오, 달이 아니고 해인 것은 언제나 밝게 빛나고 변함없고 진실하게 궤도를 지키는 까닭이오. 그런 사나이를 원한다면 나를 택하시오. 나를 택하는 것은 군인을 택하는 것이며 군인을 택하는 것은 왕을 택하는 것이오. 그래서 내 사랑을 어떻게 보시오? 아름다운 이여, 좋은 말을 하시오.

캐서린 프랑스의 원수를 사랑할 수 있을까요?

헨리 왕 아니요, 케이트. 당신은 프랑스의 원수를 사랑할 수 없겠소. 그러나 나를 사랑함으로 프랑스의 친구를 사랑할 수 있소. 프랑스의 마을 하나도 버릴 수 없을 만큼 내가 프랑스를 사랑하기 때문이오. 프랑스 전체를 가지고 싶소. 그럼 케이트, 프랑스가 내 것이고 내가 당신 것이면 프랑스는 당신 것이고 당신은 내 것이오.

캐서린 그게 무언지 모르겠어요.

헨리 왕 케이트, 모른다고요? 프랑스어로 하겠소. 프랑스어는 새댁이 신랑의 목을 끌어안듯 내 혀에 매달려서 떼낼 수 없을 정도요. '즈 캉 쉬르 르 포세쇠르 드 프랑스, 에 캉 부자베 르 포세숑 드 뫄.'—그리고 뭐지? 성 데니스[129]여, 도우소서!—'동크 보트르 에 프랑스, 에 부제트 미엔.'[130] 케이트,

125 'Oui, vraiment, sauf votre grace, ainsi dit-il': '네, 그래요. 공주님께 실례되지 않는다면, 저분이 그렇게 말했어요.'

126 'O bon Dieu, les langues des hommes sont pleines de tromperies!': '오 하느님, 남자들의 혓바닥은 거짓으로 가득해요!'

127 'Oui': '네.'

128 'Sauf votre honneur': '실례지만'

129 프랑스어로는 '생 드니'(Saint Denis). 프랑스의 수호 성자로, 프랑스 군이 전투 직전에 구호로 외친다.

130 'Je quand sur le posssion de France, et que vous avez le possession de moi—donc votre est France et vous etes mienne': '나는 프랑스를 소유하고 당신이 나를 소유하면—그러면 프랑스는 당신 것이고 당신은 내 것이오.'

나로서는 그 이상의 프랑스어를 말하는 만큼이나
프랑스를 정복하기 어렵소. 나를 우습게 만들 것이
아니라면 프랑스어로 당신을 감동시킬 수 없소.

캐서린 소프 보트르 오뇌르, 르 프랑세 크 부 파를레, 일
레 메이외르 크 랑글레 르켈 즈 파를.[131]

헨리 왕 아니오. 결코 안 그렇소, 케이트. 하지만 당신이
우리말 하는 것과 내가 당신네 말 하는 것은
진실하되 부족하니 서로 아주 같아야 하오. 케이트,
이만큼 영어를 알아듣겠소? 나를 사랑할 수 있소?

캐서린 말할 수 없어요.

헨리 왕 케이트, 주변에 말해줄 사람이 있소? 물어보겠소.
당신이 나를 사랑하는 줄 아니까 당신은 밤에
침실에서 시녀에게 나에 관해 물을 거요. 케이트,
마음으로는 나를 사랑하면서 나의 여러 점을 들어서
시녀에게 내 흉을 보겠지만, 착한 케이트, 나를
놀리되 자비롭게 하시오. 얌전한 공주, 내가
당신을 무지하게 사랑하기 때문이오. 케이트가 내
것이 되는 날엔—마음속에 당신이 내 것이 될
거라는 구원의 확신이 있소.—쌈싸우듯 당신을
취하겠으니 훌륭한 군인을 낳으시오. 당신과 내가,
세인트 조지[132]와 세인트 데니스 사이에 반은 프랑스의,
반은 잉글랜드의 아들을 만들어 콘스탄티노플[133]에서
터키인의 수염을 잡아챌 게 아니오? 그렇지 않소?
아름다운 백합,[134] 어떻게 생각하시오?

캐서린 나 그런 거 몰라요.

헨리 왕 그건 나중 일이고 지금은 약속만 하면 되오.
약속하시오. 당신은 프랑스 쪽에서 그런 사내 낳도록
힘쓰고 내가 맡은 잉글랜드 쪽에서는 왕이며 젊은
기사의 말을 믿으시오. 대답이 무엇이오? '라 플뤼
벨 카트린 뒤 몽드, 몽 트레 셰르 에 디빈 데스?'[135]

캐서린 전하께서는 프랑스에서 가장 똑똑한 '드뫄젤'[136]도 속일
만큼 '포스'[137] 프랑스어를 아시네요.

헨리 왕 어눌한 프랑스어는 집어치우겠소! 명예를 걸고 진정한
영어로, 나는 당신을 사랑하오, 케이트. 하지만
명예를 걸고 당신이 나를 사랑한다고는 장담하지
못하오. 얼굴이 못나서 여자의 마음을 녹일 수는
없어도 감정에 의하면 당신이 나를 사랑한다고
속삭이기 시작하오. 아버지의 야심이 빗나갔었소.
나를 낳으실 때 아버지는 나를 생각하셨기에 날
때부터 외모가 굳어서 쇳덩이 같은 인상이라
여인들에게 가까이 하면 무서워하오. 하지만 케이트,
믿으시오. 나이가 들면 내 외모가 잘나 보이겠소.
미모를 추하게 덮는 노년이 내 얼굴을 더 이상
추할 수 없게 하는 것이 위로요. 당신이 나를
받으시면 최악 상태의 나를 받는 것이라 함께
지내면 차차 좋아질 거요. 그러니 말하시오, 아리따운
캐서린, 나를 받아주겠소? 처녀의 부끄럼을 물리치고
당당한 여황제로서 진심에서 우러나는 생각을
선언하고 내 손을 잡으시고, '잉글랜드의 해리, 나는
당신 거예요.'라고 하시오. 그 말이 내 귀를 축복하는
그 순간, '잉글랜드는 당신 것, 아일랜드도 당신 것,
프랑스도 당신 것, 헨리 플랜태저닛[138]도 당신
것이오.'라고 말하겠소. 면전에서 말하기가
쑥스럽지만 헨리는 최고의 왕의 친구는 아니라고
하여도 잘난 친구들의 최고의 왕이오. 자, 당신의
합주로 화답하시오. 당신의 목소리는 음악이지만
영어는 어눌하오. 그러면 만국의 여왕 캐서린,
어눌한 영어로 내게 마음을 활짝 여시오. 나를
받으시겠소?

캐서린 '르 롸 몽 페르'[139]의 마음에 달렸어요.

헨리 왕 물론이오. 아버지께서 기뻐하겠소, 케이트.

131 'Sauf votre honneur, le Francois que vous parlez, il est meilleur que l'Anglois lequel je parle': '실례하지만, 당신이 말하는 프랑스어는 내가 말하는 영어보다 좋아요.'
132 '세인트 조지'(Saint George)는 잉글랜드의 수호 성자로, 잉글랜드 군이 전투 직전에 구호로 외친다.
133 16세기 중엽에 터키인들이 동로마 제국의 수도 콘스탄티노플(오늘의 이스탄불)을 점령했다. 그러나 헨리 5세는 15세기 초의 인물이기에 명백한 시대착오이나 셰익스피어가 효과를 위해 이렇게 바꿔놓았다.
134 백합(fleur-de-lys)은 프랑스 왕가의 문장으로, 푸른 들의 금빛 나리꽃은 아직도 프랑스의 상징이다. 흰 나리꽃을 '백합'이라고 한다.
135 'la plus belle Katherine du monde, mon tre cher et devin desse?': '세상에서 가장 아름다운 캐서린, 나의 가장 사랑하는 거룩한 여신?'
136 'demoiselle': '아가씨'
137 'faux': '틀린'
138 플랜태저닛은 헨리 5세가 속한 왕가로, 1154년에서 1485까지 잉글랜드를 지배했다.
139 'Le roi mon pere': '왕인 내 아버지'

기뻐하셔야 하오, 케이트.
캐서린 그럼 나도 좋아요.
헨리 왕 그 말을 듣고 당신의 손에 키스하오. 그리고 당신을
나의 왕비라고 부르오.
캐서린 래세, 몽 세뇌르, 래세, 래세! 마 퐈, 즈 느 뵈
푸앙 크 부 자배세 보트르 그랑되르 앙 배상 라
멩 뒨 드 보트르 세뇌리 엥디느 세르비퇴르.
엑스퀴제 뫄, 즈 부 쉬플리, 몽 트레 퓌상 세뇌르.[140]
헨리 왕 그러면 케이트, 당신 입술에 키스하겠소.
캐서린 레 담 제 드뫄젤 푸 레트르 배제 드방 뢰르
노스, 일 네 파 라 쿠튐 드 프랑스.[141]
헨리 왕 [앨리스에게] 통역하는 부인, 그게 뭐라는
말이오?
앨리스 '프랑스 부인들의 풍습이 아니라'고 하셨어요.
—영어로 '베제'를 뭐라고 하는지 모르는데요.
헨리 왕 '키스'요.
앨리스 전하께선 저보다 더 잘 들으십니다.
헨리 왕 프랑스에선 처녀들이 결혼 전엔 키스하는
풍습이 아니라는 말인가?
앨리스 위, 브레망.[142]
헨리 왕 오, 케이트, 사소한 풍속은 위대한 왕 앞에 고개를
숙이오. 사랑하는 케이트, 당신과 나는 한 나라의
미미한 관습에 제한되지 않고 풍습을 만들어내는
사람들인 까닭에 지위에 따르는 자유를 가져서
자질구레한 잘못을 따지는 자의 입을 막소. 그래서
이 나라의 사소한 풍습을 지키려고 키스를
거절하는 당신의 입을 막으려고 하니까 참고 양보하시오.
[그녀에게 키스한다.] 입술에 마력이 있소. 프랑스의
추밀원의 모든 혀보다 당신의 입술의 달콤한 감촉에
더 멋있는 웅변이 있소. 그래서 왕들이 합의한
탄원서보다 잉글랜드의 해리를 더 속히 설득하겠소.
아버님이 오시오.
[찰스 왕, 이사벨 왕비, 버건디 공작,
프랑스와 잉글랜드의 귀족들 등장]
버건디 하느님이 전하를 가호하시길! 한집안 친척이 되시는
전하께서 공주에게 영어를 가르치시오?
헨리 왕 고마운 친척, 그녀에 대한 내 사랑이 얼마나
완벽한지 배워주면 좋겠소. 그것이 잘하는 영어요.
버건디 빨리 배우지 않으시오?
헨리 왕 우리말은 거칠어요. 게다가 내 성질이 부드럽지
못해서 귀맛 좋은 목소리도 없고 그럴 마음도
없어서 공주의 가슴에 애정의 영혼을 일으켜서
큐피드의 본성을 나타내실 수 없소.
버건디 저의 솔직한 기쁨을 용서하세요. 전하의 대답을
제가 대신합니다. 그녀의 무슨 영혼을 일으키려면
마술의 원을 그리셔야 합니다. 그녀의 마음속에
애정의 영혼이 나타나게 하시려면 큐피드가 알몸으로
나타나야 합니다.[143] 그러니까 아직도 처녀다운 새빨간
수줍음에 뒤덮인 아가씨인데 자기 속에 눈먼 소년이
알몸으로 나타나길 거절한다고 탓해서 되겠나요?
전하, 처녀가 허락하기 어려운 일입니다.
헨리 왕 하지만 처녀들은 눈 감고 허락하오. 본시 사랑은
맹목이요 강압이오.
버건디 그래서 처녀들은 자기들이 무슨 짓을 하는지 알지
못할 때 용서를 받습니다.
헨리 왕 버건디 공, 그러면 당신이 사촌 누이에게
눈 감기에 동의하라고 가르치시오.
버건디 전하께서 그녀에게 저의 신호를 알려주시면 그녀에게
동의하라고 눈짓하겠습니다. 한여름 잘 먹고 따뜻하게
잘 자란 처녀들은 바돌로매 축제일[144] 파리 같아서
눈이 있어도 보지 못하므로 전에는 보기만 해도
도망치던 것들이 손으로 만져도 가만히 있어요.
헨리 왕 그런 비유는 나를 시간과 더운 여름 속에 가둬둔다는
말이니까 당신의 사촌인 파리를 내가 여름 끝에야
잡게 되며 그녀도 눈멀어야 된다는 소리요.

140 'Laissez, mon seigneur, laissez, laissez! Ma foi, je ne veux point que vous abaissez votre grandeur en baisant la main d'une de votre signeurie indigne serviteur. Excusez-moi, je vous supplie, non treis-puissant seineur': '그러지 마세요, 전하, 그러지 마세요, 그러지 마세요! 정말이지, 전하의 낮은 하녀 중 하나의 손에 키스함으로 자신을 낮추게 할 마음이 전혀 없어요. 가장 강력하신 전하, 저를 용서하세요, 부탁드려요.'

141 'Les dames et demoiselles pour etre baisees devant leur noces, il n'est pas la coutume de France': '여인들과 처녀들이 결혼 전에 키스를 하는 것은 프랑스의 풍습이 아닙니다.'

142 'Oui, vraiment.': '네, 사실이에요.'

143 사랑의 신 큐피드는 비너스의 장난꾸러기 아들로, 알몸의 눈먼 신이다.

144 여름이 끝날 무렵인 8월 24일. 파리가 기운 빠지는 시기이다.

버건디 사랑의 대상 앞에서 사랑은 눈이 멉니다.
헨리 왕 그렇소. 내가 눈이 먼 것은 사랑의 덕이라 고맙다고 하오.
내 앞을 가로막은 아름다운 프랑스 처녀 때문에
수많은 아름다운 프랑스 도시들을 보지 못하오.
찰스 왕 전하, 보고 계시는데요. 도시들이 처녀로 바뀌는 것을
멀찍이 보십니다. 그런 도시 모두가 한 번도 전쟁이
발을 들여놓지 않은 처녀 성벽으로 둘려 있습니다.
헨리 왕 케이트가 내 아내가 되겠소?
찰스 왕 전하가 원하면.—
헨리 왕 좋습니다. 단, 말씀하시는 처녀 도시들이 따님에게
시중을 드는 조건이오. 내 소망을 막고 섰던 처녀가
내 뜻을 실현할 길을 안내하는 것이오.
찰스 왕 이치에 합당한 조건들에 모두 동의하였소.
헨리 왕 잉글랜드 대공들, 그렇게 되었소?
워릭 왕께서는 모든 조항들에 합의하셨습니다.
따님으로 시작하여 그 결과 모든 일을
강력히 요청한 성격대로 행하십니다.
엑서터 다만 프랑스 왕은 다음을 동의하지 않고 있소.
전하의 요청으로 프랑스 왕이 권리를 허락하는
문서를 작성할 때 다음과 같은 형식으로 전하를
거명하되 다음의 칭호를 사용하는 조항에는 아직
동의하지 않았습니다. [읽는다.] 프랑스어로는
'노트르 트레 셰르 피스 앙리, 롸 당글테르, 에리테
드 프랑스',[145] 라틴어로는 '프라에클라리시무스
필리우스 노스테르 헨리쿠스, 렉스 앙글리아에 에트
하에레스 프란키아에'[146]요.
찰스 왕 형제, 그처럼 거부한 것이 아니오.
요청이 있으면 묵인하겠다는 말이오.
헨리 왕 그러면 친밀한 동맹과 사랑으로,
여타의 조항들과 그 조항을 같이 놓겠소.
그러면 공주를 내게 주시오.
찰스 왕 훌륭한 사위, 그 애를 취해 그 혈통에서
내 자손을 키우시오. 다투기를 일삼는
프랑스와 잉글랜드가 행복을 질투하듯
양쪽의 해안들이 새하얗게 보이지만[147]
미워하길 그치고 엄숙한 결합이
이웃의 정과 평화를 가슴에 심어
다시는 두 나라 사이에 전쟁이 일어
피 흘리는 칼날을 디밀지 않기 바라오.
모두 아멘.
헨리 왕 이리 오시오, 케이트. 모두 보시오.
여기서 그녀를 여왕으로서 키스하오.
[주악]
이사벨 왕비 최고의 결혼을 이루시는 하느님이
두 마음, 두 땅을 하나로 묶으시길!
남편과 아내는 둘이나 사랑 안에 하나여서
두 나라가 진정한 혼인으로 맺어서
복된 결혼의 침상을 빈번히 침해하는
불충과 질투가 두 나라 결합에 끼어
한 몸 이룬 혈맹을 헤어지지 않게 하며
잉글랜드 사람은 프랑스 사람을,
프랑스 사람은 잉글랜드 사람을
서로 받아들여요. 이 말씀에 하느님이
'아멘' 하시길!
모두 아멘.
헨리 왕 그러면 결혼식을 준비합시다. 버건디 공,
그날의 동맹을 공고히 하는 뜻에서
온 귀족과 당신의 서약을 받겠소.
나는 케이트에게, 당신은 내게 맹세하여
그 맹세를 잘 지켜서 복 받기 원하오!
[주악. 모두 퇴장]

## 에필로그

[해설자 등장]
해설자 여기까지 거칠고 무능한 펜으로
겸손한 작가는 이야기를 따라오며,
비좁은 공간에 위인들을 가두고
영광의 대로를 조각내어 다루었소.
짧은 기간이었으나 그 짧은 기간에
잉글랜드의 별은 위대하게 살았소.
운명은 최고의 낙원을 그의 칼로
얻게 하였고 아들을 주인으로 남겼소.
강보에 싸인 아기 헨리 6세[148]가

145 '잉글랜드의 왕이며 프랑스의 상속자인 나의 매우 친애하는 사위 앙리.'
146 '잉글랜드의 왕이며 프랑스의 상속자인 나의 가장 이름 높은 사위 헨리쿠스.'
147 도버 해협을 사이에 둔 두 나라의 해안은 하얀 석회암으로 되어 있다.
148 헨리 6세가 태어난 지 겨우 9개월이 되던 때에 헨리 5세는 요절했다.

프랑스와 잉글랜드의 왕위에 오르니
너무 많은 사람들이 정사를 휘둘러
프랑스를 잃으면서 이 나라는 피 흘렸소.
그 모습은 이 무대가 자주 보여 드렸는데[149]
공정한 마음으로 이 연극도 받아주오. [퇴장]

149 「헨리 6세」 1, 2, 3부를 먼저 발표하여 셰익스피어는 일약 일급의 극작가로 등장하였다.

# 헨리 8세
# *Henry VIII*

## 연극의 인물들

프롤로그
에필로그
헨리 8세
캐서린 왕비 나중에 미망인 캐서린 공주
앤 불린 나중에 앤 왕비
버킹엄 공작
에이버개니 공 ┐ 버킹엄 공작의 사위들
서리 백작 ┘
노폭 공작
늙은 노폭 공작 부인
서폭 공작
궁실장관
대법관
샌즈 공(윌리엄 샌즈)
캐퓨셔스 공
토머스 로벌 경
앤소니 데니 경
헨리 길포드 경
토머스 크롬웰 경
니콜라스 복스 경

울지 추기경
캠피어스 추기경
토머스 크랜머 나중에 캔터베리 대주교
스티븐 가드너 왕의 새 비서, 나중에 윈체스터 주교
가드너의 시동
링컨 주교(존 롱랜드)

그리피스 캐서린 왕비를 돕는 귀빈 안내인
페이션스 그녀의 시녀
늙은 시녀
버츠 박사 왕의 의사
브랜던
버킹엄의 마름
세 신사
가터 무사장
두 비서
상사
두 필경사
선전관
궁실장관의 하인
전령
문지기
짐꾼
짐꾼의 하인

런던 시장
캐서린의 환상에 나타나는 여섯 인물

### 법왕청 궁정에 등장하는 기타 인물들

캔터베리 대주교(윌리엄 워럼), 엘리 주교, 로체스터 주교, 세인트 애섭 주교, 두 귀족, 두 사제, 두 포도원지기

### 대관식에 등장하는 사람들

백작 부인들과 귀부인들, 도싯 후작, '다섯 지역'의 네 남작, 런던 주교(존 스톡슬리), 두 법관, 찬양대원들, 나팔수들

### 영세식에 등장하는 사람들

갓 태어난 엘리자베스 공주, 도싯 후작 부인, 여섯 귀족, 두 시의원

악사들, 부인들, 신사들, 창기병들, 호송관들, 시동들, 의전관 보조원들, 심부름꾼들, 마부들, 하인들, 호송원들, 시종들, 평민들

# 헨리 8세, 또는 모두가 진실이다

## 프롤로그

[프롤로그 등장]

프롤로그 또다시 웃기려고 나온 것이 아니오.
중요하고 심각한 표정을 지을 일들,
엄숙하고 중대하고 고뇌를 일으키며
비탄이 가득하고 눈물을 자아내는
고상한 장면이오. 연극이 좋으면
동정하실 분들은 눈물을 흘리시오.
그럴 만한 내용이오. 괜찮겠다 싶어서
돈을 내는 분들은 여기서 진리마저
발견할 수 있겠소. 한두 가지 장면을
구경하러 오셨다가 연극이 괜찮다고
하실 분은 끝까지 조용히 보시면
단지 두 시간 안에 돈값을 톡톡히
받으실 수 있도록 해드릴 것이오.
그러나 오락적인 저속한 연극이나
떠들썩한 전쟁이나 노랑 도련 둘러친
얼룩덜룩한 외투의 광대[1]를 기대하면
실망하실 것이오. 어르신들, 아시듯이
광대와 전쟁 같은 못난 구경거리를
순수한 진실과 뒤섞는 짓은
우리의 지능은 물론 우리가 의도하는
진실한 연기도 못 보여 명성을 잃어
분별하는 관객이 한 분도 안 남겠소.
그러므로 청컨대 최고의 관객으로
알려지신 여러분은 우리의 의도대로
심각하길 바랍니다. 이 귀한 이야기의
인물들이 산 것처럼 위대하게 보시고
수많은 추종자의 무리와 땀방울이
뒤따르는 모습을 상상하며 보시며
그러다가 한순간에 그 위풍이 얼마나
급속히 불행에 빠지는지 목도하시오.
그럼에도 웃으시면 결혼식 날에
사내가 울 수도 있다고 하시겠소.[2] [퇴장]

## 1. 1

[연극 내내 웅장한 휘장이 무대에 드리워 있다.
한쪽 문으로 노폭 공작, 다른 문으로 버킹엄
공작과 에이버개니 공 등장]

버킹엄 [노폭에게] 안녕하시오? 잘 만났소. 지난번
프랑스에서 만난 후 어떻게 지냈소?
노폭 고맙소. 건강하오. 거기서 본 것을 새삼스레
경탄하게 됩니다.
버킹엄 뜻밖의 감기로
방에 갇힌 신세라 영광의 두 태양,
인간의 두 광명이 아드에서 만나실 때[3]
볼 수 없었소.
노폭 가인스와 아드 사이였소.
나도 거기 있었는데, 말 위에서 인사하고
내리셔서 두 분이 힘차게 포옹해서
한 몸처럼 되시는 모습을 바라봤소.
정말 그리하셨다면 네 왕이 뭉쳤어도
뭉친 그 몸에 당할 수 있소?
버킹엄 그동안 내내
나는 방에 갇힌 죄수였소.
노폭 그래서 지상의 영광을 못 보셨어요.
그 전까진 위풍은 하나라고 했지만
그 뒤엔 위풍 위에 위풍이 중첩됐소.
다음날은 전날의 스승이 되어 전날의
화려함을 차지했소. 오늘은 프랑스가
이방의 우상처럼 금빛으로 번쩍여서
잉글랜드를 무색케 하면 이튿날 그 나라는
환상적인 인도가 돼서 그 모든 사람이
금광처럼 빛났소. 귀여운 시동들은
황금 아기 천사였고 일 모르던 부인들도
보석 치장이 무거워 땀이 날 지경이라,

1 당시 어릿광대는 노란색으로 도련을 두른 얼룩덜룩한 외투를 입고 수탉 벼슬처럼 생긴 모자를 써서 관객의 웃음을 자아냈다.
2 엘리자베스 공주의 결혼식과 헨리 왕자의 장례식이 거의 동시에 있었다.
3 잉글랜드의 헨리 8세와 프랑스의 프랜시스(프랑스와) 1세가 프랑스의 칼레 근처 가인스(기느)와 아드(아르드르) 사이의 계곡에서 만났는데 그곳에 웅장한 휘장을 둘러쳤었다.

화장한 듯 얼굴이 벌게져서, 비할 데 없는
가장무도회라는 감탄을 낳았지만
다음날 밤엔 광대요 거지처럼 초라했소.
똑같이 화려한 두 임금은 보는 데 따라
우세와 열세가 뒤바뀌곤 하였소.
한 분만 보는 자는 그분만 칭찬했고
두 분이 함께 계실 때엔 한 분만
보인다고 했으니 내로라하는 감식가도
판단의 혓바닥을 굴릴 수 없었소.
그들의 말로 하면, 두 분의 '태양'께서
의전관을 통하여 귀족들 사이에
무술 시합을 열자고 하셨는데,
그들은 상상을 넘어서는 기량을 보였으니
허무맹랑한 이야기도 믿을 수 있다고
느껴질 정도였고 '베비스'[4]도
가능하게 생각됐소.

버킹엄 과장이시오!

노폭 고위직에 속하는 사람으로서
정직을 명예의 기본으로 삼지만,
사실의 과정을 전달해도
생생한 기운은 줄어들기 마련이오.
일체가 웅장하고 거침이 없었고
질서가 잡혀 있어 모든 걸 볼 수 있고
요원들은 뛰어났소.

버킹엄 누구였나요?
그 거대한 행사의 몸체와 팔다리를
맞춰놓은 사람이 누구인지 짐작하오?

노폭 확실히 이런 일에 걸맞을 성싶지 않은
분이었소.

버킹엄 도대체 그게 누구였소?

노폭 거룩하신 요크 추기경 성하의
훌륭하신 계획 하에 진행되었소.

버킹엄 마귀가 물어갈 자! 그자가 뻗치는
야심의 손가락이 안 만지는 떡이 없소.
그런 거친 놀이에 그런 기름 덩이가
어째서 집적대오? 그 큰 몸집이[5]
땅을 가려 자애로운 햇빛이 못 비치니
한심할 따름이오.

노폭 확실히 그 사람은
그런 짓을 즐기는 심성이 있소.
자손의 앞길을 정해놓는 뼈대 있는
가문의 배경도 없고 왕에게 공훈을
세울 만한 입장도 아니며 고위층과
관련도 없으니 거미처럼 제 몸에서
빼는 실을 가지고 자신의 힘으로
제 길을 만드는 걸 과시하는 거요.
그런 재능은 하늘이 주신 겁니다.
왕의 측근 자리를 그걸로 사 가졌어요.

에이버개니 어떤 하늘에서 내렸는지 알 수 없지만
좀 더 깊이 살피시오. 온몸에서 교만이
흐르는 자라는 걸 알 수 있어요.
그런 교만이 어디서 와요? 지옥이 아니면
마귀가 특별히 아끼거나 그자가 너무도
지옥을 자주 써서 새로 시작했어요.

버킹엄 그런 마귀가 프랑스에 가면서 어째서
왕께도 알리지 않고 멋대로 수행원을 정했나?
그자가 귀족의 명단을 작성했는데
그 대부분에게 크게 부담 지우고
명예는 적게 줄 심산인 데다
점잖은 추밀원을 배제하고서
문서에다 명단을 직접 적어 넣었네.

에이버개니 제가 아는 일인데 제 친척 중에서
적어도 세 사람이 이번 일로 인해서
재산적 손해를 입었고, 결코 전처럼
풍요롭지 못할 거란 말들이 있어요.

버킹엄 수많은 사람이 막대한 여비 때문에
농장 빚을 부담해서 허리가 휘어졌네.
별것 아닌 논의밖에 그따위 사치가
한 짓이 무언가?

노폭 생각하면 슬퍼요.
프랑스와 이 나라의 평화조약은
소비했던 비용만큼 이룹진 않아요.

버킹엄 뒤를 이은 끔찍한 폭풍이 모두 지난 뒤,
저마다 예언자가 되어서 의심도 없이
비슷한 예언을 떠들었소. 그 폭풍이

4 우스울 정도로 환상적인 무용담을 이야기하는 중세의 기사 로맨스 『햄턴의 베비스』를 가리킨다.
5 울지 추기경은 본래 천한 푸줏간 출신으로 기막힌 섭세로써 최고위 성직자가 되어 헨리 8세의 최측근이 되었는데 푸줏간 출신답게 매우 뚱뚱하였다.

평화의 옷자락을 찢으며 돌연
파괴를 예고했소.
노폭 조짐이 나타났소.
프랑스가 조약을 어기고 보르도에서
우리 쪽 상인들의 재물을 압류했소.
에이버개니 그래서 프랑스 대사를 연금했나요?
노폭 그렇소. 평화라는 굉장한 명분을
너무나 비싼 값에 샀던 거요.
버킹엄 이 모든 사업을 추기경이 이뤘소.
노폭 실례지만, 당신과 추기경 사이에는
개인적 갈등이 있는 거로 알고 있소.
당신의 명예와 충분한 안전을
진심으로 원하는 충고이니 들어봐요.
추기경의 악의와 권세를 동시에
유념하고 그자의 맹렬한 적의에
하수인이 없지 않은 사실도 아시오.
그자의 성격을 아시오. 복수심이 강하오.
그자의 칼은 매섭소. 대단히 길어
먼 데까지 미친다고 할 수 있고
미치지 않는 데는 칼을 던지오.
충고를 간직하오. 좋은 약이 될 거요.
당신더러 피하라고 충고 드린 암초가
이리로 와요.
[울지 추기경이 옥쇄를 보관한 주머니를
받들고 등장. 그와 함께 경호원 몇 사람과
문서를 든 비서 둘이 등장. 추기경이
지나가며 버킹엄을 쏘아보고 버킹엄도 그를
쏘아본다. 두 사람의 적의가 넘쳐난다.]
울지 추기경 [한 비서에게] 버킹엄 공작의 마름이라고?
그자의 증언이 어디 있는가?
비서 여기 있습니다.
울지 추기경 그자가 왔는가?
비서 예, 추기경님.
울지 추기경 그러면 더욱 많이 알게 되어 버킹엄은
건방진 꼴을 낮출 터이지. [울지와 그의 일행 퇴장]
버킹엄 저 푸줏간 똥개가 독을 잔뜩 물었는데
굴레를 씌울 힘이 나에게는 없는 고로
자는 놈을 깨울 수 없소. 거지의 책[6]이
귀족의 피보다 비싸요.
노폭 격분했소?
하느님께 인내를 구하시오. 당신 병은
그 약만 듣소.
버킹엄 그자의 낯을 읽으니
나를 치는 내용이고, 그자의 시선은
낮은 나를 멸시했소. 지금 이 순간에도
흉계로 나를 파먹으오. 왕에게 갔으니까
따라가 눈으로 싸우겠소.
노폭 그만두시오.
무얼 하려는지 이성으로 하여금
분노에게 물어보게 하시오. 높은 산에
오르려면 우선은 천천히 걸어야 해요.
분노는 달아오른 말처럼 내버려두면
제 힘에 지쳐요. 이 나라의 누구도
당신처럼 나한테 충고하지 못해요.
남에게 하듯 자신을 달래시오.
버킹엄 왕께 가겠소.
귀족의 입술로 하류배[7]의 교만을
납작하게 만들겠소. 그러지 못하면
신분에 귀천이 없다고 선언하겠소.
노폭 조심하오. 적에게 아궁이를 달궈주면
당신이 데어요. 무턱대고 달리다 보면
뒤에 오던 사람보다 너무 빨라서
그 사람을 놓칠 수도 있는 법이오.
술을 불에 끓이다가 술이 넘치면
불어나는 척하다가 못쓰게 되지 않소?
조심하오. 다시금 말하지만 당신을
자신보다 강력히 다스려줄 사람은
이 나라에 있지 않소. 감정의 불을
이성의 물로 끄거나 줄이고자 한다면.—
버킹엄 감사드리오. 권유에 따라 행동하겠소.
그러나 한껏 교만한 그자에 대해선
—홧김에 욕하는 게 아니라 진지한
동기에서요.—7월 샘의 모래알처럼
분명한 증거와 판단에 의해
그자의 파렴치와 반역을 알고 있소.
노폭 '반역'이라 하는 말은 쓰지 마시오.

6 울지 추기경은 푸줏간 집 아들이나 공부(책읽기)를 매우 잘하여 성직자가 되어 세습적 귀족들보다 출세하였다.
7 이 역시 울지 추기경이 입스위치(Ipswich)라는 지명의 런던 근처 시골 출신임을 비하하는 말이다.

버킹엄 왕에게 알리고 내 주장을 절벽같이
튼튼히 만들겠소. 거룩하신 '여우'는
—또는 늑대요, 또는 둘 다요.—교활하고
삼키는 자요, 음흉한 동시에
흉계를 행하며 심술과 지위로
서로에게 병이 들게 만들 자요.
제 나라 안에서처럼 프랑스에서도
위세를 뽐내려고 저번에 왕에게
값비싼 조약을 제안했던 자였소.
그 많은 재화를 삼킨 회담 말이오.
유리잔 닦다가 깨뜨렸소.

노폭 아, 그랬소.

버킹엄 부탁 하나 합시다. 교활한 추기경이
조약의 조항을 멋대로 정했는데
'이렇게 한다'고 외치기만 하면
죽은 자에게 쌍지팡이 잡혀주듯
쓸데없는 일들이 결정되었소. 이 일을
추기경 백작이 하셨소. 틀림없으신
울지 각하가 하셨으니 잘된 일이오.
그런데 사정이 이렇소.—내가 보기엔
반역이란 어미 개에 강아지가 딸리듯이—
찰스 황제[8]가 숙모인 왕비를 만난다고
이곳에 왔소.—그것을 핑계 삼아
울지와 귀엣말을 하고자 온 거지만—
그자는 잉글랜드와 프랑스의 회담이
우의를 강화하여 자기에게 불리를
초래할지 모른다고 걱정하고 있었으니까,
자기를 위협하는 독소가 엿보여서
추기경과 비밀리에 거래하였소.
나 자신이 잘 아오. 약속도 하기 전에
황제가 돈을 주고, 요청도 하기 전에
허락받은 사실을 확실히 알고 있소.
어쨌든 길이 트여 황금으로 포장되자
황제가 헨리 왕과 외교를 달리하고
평화조약의 파기를 원한 것을
왕께서 아셔야 하오. 이렇게 추기경이
제멋대로 사적인 이득을 챙기려고
신의를 사고판다는 걸 즉시 말씀드리겠소.

노폭 그자가 그랬다니 참으로 섭섭하오.
오해라면 좋겠소.

버킹엄 한 치도 어김없소.
내 말이 그대로 정확한 사실임을
그자가 그대로 행동으로 보일 거요.
[브랜던이 경호대장을 앞세우고 경호원
두셋과 함께 등장]

브랜던 경호대장, 직무를 수행해.

상사 예.
[버킹엄에게] 버킹엄 공작과 허포드, 스태포드,
노샘프턴 백작, 우리들의 지존하신
전하의 이름으로 대역죄의 혐의로
당신을 체포하오.

버킹엄 [노폭에게] 자, 보시오, 대공.
나에게 그물이 내렸소. 계교와 흉계에
내가 죽게 되었소.

브랜던 무척 안됐소.
자유를 잃은 데다 오늘의 형편을
보시게 되다니! 왕께서는 당신이
타워[9]로 가는 걸 원하세요.

버킹엄 죄가 없다고 해도
소용없겠소. 나의 가장 하얀 데를
검게 칠할 물감을 뿌렸소. 모든 일에
하늘 뜻이 이뤄지길! 복종하겠소.
에이버개니 경, 잘 있으시오.

브랜던 아뇨, 그 사람도 동행하게 됐어요.
[에이버개니에게]
왕께서 나중에 결정하실 때까지
타워에 있으라고 하네요.

에이버개니 공작님처럼
하늘 뜻이 이뤄지길 바라면서
왕의 뜻에 따르겠소.

브랜던 전하의 영장을
가져왔는데, 몬테이그 공과 공작의
고해 신부 존 들 라 카, 공작의 집사
길벗 퍼크란 자들을 체포하란 말이며—

8 독일계의 '신성로마제국 황제' 찰스 5세(1500~1558)를 가리킨다. 그는 그의 숙모인 헨리 8세의 왕비 캐서린을 만난답시고 잉글랜드를 방문했으나 사실은 잉글랜드와 프랑스의 동맹을 막으려고 잉글랜드의 실력자인 대법관 울지 추기경과 만나는 것이 목적이었다.

9 지금은 런던의 관광 명소이나 오래전에 요새로 지어졌던 이곳은 중세 때부터 주로 주요 인물을 감금하고 처형하는 장소였다.

버킹엄 그렇구먼. 음모의 팔다리군. 더는 없겠지.
브랜던 차터의 수도사며—
버킹엄 니콜러스 홉킨스도?
브랜던 맞소.
버킹엄 마름이 배신했군. 초특급 추기경이
돈을 보였소. 내 목숨을 계산했소.
불쌍한 버킹엄의 그림자일 뿐이오.
이 순간 밝은 해가 어두워져 내 모습은
구름 속에 덮였소. 귀공들, 잘들 계시오.
[한쪽 문으로 노폭 퇴장. 다른 문으로 경호원들에게
이끌려 버킹엄과 에이버개니 퇴장]

## 1. 2

[코넷들. 헨리 왕이 추기경 울지의 어깨에 기대어
등장. 그들과 함께 울지의 두 비서와 귀족들과
토머스 로벌 등장. 왕이 웅장한 휘장 아래 놓여 있는
왕좌에 올라간다. 울지가 왕의 오른편 발아래
선다.]
헨리 왕 [울지에게]
당신의 큰 수고에 내 생명 자체와
내 가슴 중심에서 감사하게 여기오.
무르익은 음모의 표적이 됐던 걸
막아주어 고맙소. 버킹엄의 마름을
내 앞에 불러오라. 자신의 자백을
증명하는 음성을 직접 듣겠다.
주인의 반역을 하나하나 짚어가고
반복하라고 명령하겠다.
선전관 [안에서]
왕비님께 자리를 드리세요. 노폭 공작이 모시세요.
[캐서린 왕비, 노폭 공작, 서폭 공작 등장.
왕비가 무릎을 꿇는다. 헨리 왕이 왕좌에서
일어나 그녀를 일으켜 세우고 키스한다.]
캐서린 왕비 더 오래 꿇겠어요. 청원자일 뿐이에요.
헨리 왕 일어나 내 옆에 앉으시오.
[그녀를 자기 옆에 앉힌다.]
청원의 절반은
말하지 마오. 권세의 절반은 당신 것이오.
나머지 절반도 말하기 전에 허락하오.
소원을 되풀이하고 허락된 줄 아시오.
캐서린 왕비 전하, 고맙습니다. 자중자애하시며,
그 가운데 전하의 명예와 위엄을
무심하게 버려두지 마시라 함이
청원의 요점입니다.
헨리 왕 부인, 계속하시오.
캐서린 왕비 저에게 청원하는 사람이 적지 않아요.
전하에게 충성하는 이들로서, 백성들이
고통 중에 있다는데, 세금 고지서가
그들에게 배포돼서 충성하는 마음에
금이 갔다고 해요. 추기경님, 그들은
당신이 가혹한 세금의 주동자라고
격렬한 분통을 터뜨리는 중이지만
명예에 손상을 당하시면 절대 안 되실,
저희의 주인이신 전하 자신도
좋지 못한 구설을 피하지 못하셔요.
충성의 한계를 깨뜨리고 거센 반란이
일어날 조짐이어요.
노폭 조짐이 아니라
실상이 됐습니다. 이러한 중과세에
모든 복식 업자가 자기 식구를
먹이지 못해서 실 잣고 털실 짜고
천 다듬고 직조하는 직공들을 내보내니,
그들은 타 업종에 적합지 않아서
굶주린 나머지 다른 수가 없어서
죽든 살든 모두들 들고일어나
위험의 뒤끝은 생각하지 않습니다.
헨리 왕 세금? 웬 말인가? 무슨 세금인가?
추기경, 나와 함께 욕을 먹는데
당신, 이 세금 아시오?
울지 추기경 전하,
국사에 관한 일은 저의 몫만 알 뿐이며
남과 함께 보조를 같이하는 대열에서
조금 눈에 띌 뿐이지요.
캐서린 왕비 모르셔요?
남보다 더 알지 못한다고요? 하지만
모두가 아는 일을 꾸미는 건 당신이에요.
부당하나, 그걸 피하고 싶은 이들이
별수 없이 당하는 일이어요. 전하께서
아시고자 하시는 이 혈세는 듣기만 해도
끔찍해요. 그걸 부담하는 등허리는
그런 짐의 제물이 되어요. 추기경이

그 세금을 입안했다고 하던데, 아니라면
지나친 원성을 사시네요.

헨리 왕 '혈세'라고?
무슨 성격의 세금인가? 내게도 알려라.
강요된 세금인가?

캐서린 왕비 너무도 대담하게
전하의 인내심을 시험하는 거지만
용서를 약속하셨으니 용기를 내어요.
백성들의 고통은 재산의 6분의 1을
즉시 징수하겠다는 고지서로 생겼어요.
내세우는 이유는 전하께서 프랑스에
벌이시는 전쟁이라고 해요. 그래서
대놓고 욕하며, 충성심을 내뱉으며,
냉담한 자는 충성심을 동결하며,
기도가 있던 데에 저주가 있으며,
얌전하던 복종은 분노할 적마다
의지의 노예가 되어요. 전하께서
시급히 통촉하시길 빌어마지 않아요.
더 긴요한 일이 없어요.

헨리 왕 진실로
내 뜻에 어긋나는 일이오.

울지 추기경 저로 말하면
만장일치에 따랐을 뿐, 그 이상
관여하지 않았으며 그도 여러 위원의
신중한 합의에 따른 거였습니다.
내 성격, 내 모습도 모르고 내 행동을
일일이 따지려는 무식한 자들이
비난한다면, 그것은 고위직의 운명이며
선한 자가 걸어야 할 가시밭길이라고
할 수밖에 없지요. 악의의 비판자와
싸우기가 무서워서 긴요한 행동을
멈추어선 안 됩니다. 그러한 비판은
욕심 많은 물고기가 새로 꾸민 배를 좇듯
쓸데없는 욕망 외에 얻을 것이 없어요.
우리가 잘한 일을 시기하는 비판자나
못난 자는 우리가 한 일로 안 보거나
인정하지 않습니다. 못난 일도 매우 잘된
일이라고, 어리석은 부류에게 칭찬받아요.
우리의 행동이 조롱받고 욕먹을까 두려워서
아무 일도 안 하고 서 있기만 한다면
우리가 앉은 자리에 뿌리가 돋거나
정치인의 동상처럼 서 있어야 하겠어요.

헨리 왕 정성껏 잘한 일은 걱정을 면하지만,
선례가 없는 일은 결말이 염려되오.
이런 세금 고지의 선례가 있소?
모르긴 해도 없을 거요. 법에서 백성을
이탈시켜 우리 뜻에 복속시키는 일은
있어서는 안 되오. 6분의 1이오?
무척 많은 세금이오! 나무의 잔가지와
껍질과 목재의 일부까지 취했으니까
뿌리는 남겼으나 그렇게 잘린 나무는
수액이 마르오. 이거로 문제가 된
각 지방에 편지를 보내어 이 세금의
합법성을 부인한 모든 사람을
완전히 면죄시키오. 처리하시오.
당신에게 맡기오.

울지 추기경 [비서에게] 내 말 들어라.
전하의 은혜와 용서를 알리는 편지를
모든 지방에 보내라.
[비서에게 방백] 불평하는 평민은
나를 나쁘게 본다. 내가 일에 개입하여
세금의 취소와 면죄가 선포됐다는
소문을 퍼뜨려라. 곧 후속 조치를
알려주겠다. [비서 퇴장]
[버킹엄의 마름 등장]

캐서린 왕비 [왕에게]
버킹엄 공작이 전하의 노염을 샀다기에
송구스럽습니다.

헨리 왕 많은 사람이 걱정하오.
그이는 박식하고 언변이 우수하며
천부적 재능이 탁월하고 학문이 깊어
내로라하는 교사를 가르쳐도 남의 도움을
전혀 받지 않을 사람이오. 그러나
그런 귀한 능력이 방향을 잘못 잡아
마음이 타락할 때 이전의 상태보다
열 배 추악한, 나쁜 꼴이 되는 거요.
그토록 완벽하여 기적의 하나로
헤아리던 그 사람이, 한 시간을 말해도
일 분도 안 된 듯, 황홀하게 멋스럽던
그 사람이, 자신의 아름다운 자질에다
짐승의 탈을 씌워, 지옥에서 칠한 듯
시커멓게 되었소. 앉아서 들어보오.

이 사람이 공작이 신임하던 하인인데
그에 관해 명예 자체가 슬퍼해야 할
사실들을 말할 거요.
[울지에게] 저 사람에게
먼저 말했던 훙계들을 반복하라고 이르시오.
너무나 엄청나서 아무리 들어도 모자라오.

울지 추기경 [마름에게]
앞으로 나와서 충성하는 신복답게
버킹엄 공작에게서 알아낸 바를
담대하게 말하라.

헨리 왕 꺼리지 말고 말하라.

버킹엄의 마름 첫째로, 만일 전하께서 후사가 없이
돌아가시면 왕의 홀이 자기 게 되게끔
만들겠다고 언제나 말해서 그게
입버릇처럼 됐어요. 바로 그 말을
사위 에이버개니 공에게 하는 걸
들었어요. 추기경님께 복수할 걸
사위에게 맹세했어요.

울지 추기경 바로 이 점에서
그자의 속셈이 위험하니 주의하세요.
전하에 대해서 불만이 있어요.
속이 매우 악하고 그 악한 마음이
전하의 측근까지 뻗쳐요.

캐서린 왕비 유식하신 추기경님,
모든 말씀을 사랑으로 하세요.

헨리 왕 [마름에게] 계속하라.
내게 후사가 없으면, 그자 게 된다는 왕권의
근거가 무엇인가? 언제인가 이에 관해서
무슨 말을 하는지 들었는가?

버킹엄의 마름 홉킨스의
헛된 예언에 그렇게 생각하셨죠.

헨리 왕 홉킨스가 누구인가?

버킹엄의 마름 수도승이죠.
주인의 고해 사제인데요, 언제나
왕권을 얘기했죠.

헨리 왕 어떻게 알게 됐나?

버킹엄의 마름 전하께서 프랑스에 가시기 전에
로렌스 폴트니 성당[10] 교구 장원에서
프랑스에 가신 일에 대해서 주민들이
뭐라고 하는지 저한테 물었죠.
결국은 저쪽이 배반하고 말 테니
전하께서 위험하단 말들을 했다고
대답했더니, 공작님은 대꾸하길,
그게 참말 걱정이고 어떤 수도사가
했던 말이 사실이 될 거라고 하면서,
"그분이 나의 개인 사제 들 라 카에게
적당한 때를 골라서 중대한 사실을
알리겠다"고 하고는, 고해성사 서약해서
내 개인 사제에게 나 말고는 절대로
자기 말을 발설 말라고 엄하게
맹세시키고, 엄숙한 확신으로
조금 주저하면서 "지금 왕뿐 아니라
왕의 후손까지도 흥할 수 없겠는데,
평민들의 사랑을 얻도록 힘쓰라고
공작님에게 말하세요. 그 사람이 이 나라를
다스릴 거"라고, 그 수도사가
말했더래요.

캐서린 왕비 내 말이 정확하면,
공작의 마름인 너는 소작인들의 불평으로
직책을 잃었다. 그걸 분히 여겨서
귀한 분을 고발하지 말아라. 더더욱 귀한
네 영혼을 멸하지 마라. 귀담아서 들어라.
진심으로 충고한다.

헨리 왕 계속하라고 하겠소.
[마름에게] 계속해라.

버킹엄의 마름 맹세코 진실만 말해요.
공작님에게 말하길, 마귀의 허깨비가
수도사를 속였을지 몰라요. 그런 걸
자꾸만 생각하면 무슨 계획이 생기고
그 계획을 믿으면 실행으로 이끌 수
있어서, 위험한 일이라고 했더니
"걱정 마라, 내게 해롭지 않다"고 했어요.
왕께서 지난 병환에 돌아가셨다면
추기경의 머리와 로벌 경[11]의 머리가
달아날 거라고 했어요.

헨리 왕 허! 그토록 고약한가?
흑심이 있구나. 더 할 말 있는가?

버킹엄의 마름 예, 전하.

10 런던 시내에 있던 성당. 근처에 버킹엄 공작 소유의 '로즈' 장원(莊園)이 있었다.
11 헨리 8세가 신임하던 고위 신하.

헨리 왕 계속해라.
버킹엄의 마름 그리니치[12]에서
벌머 경[13]의 일로 전하께서 공작님을
책하셨을 때—
헨리 왕 그런 일이 있었다.
벌머는 내게 충성을 서약한 하인이었는데
공작이 수하에 두었다.—계속해라. 그래서?
버킹엄의 마름 '내가 이 때문에 감옥에 갇혔다면'
—타워일 테죠.—"솔즈베리에 와 있던
찬탈자 리처드 왕[14]에게 아버님이
하시려 했던 그 일을 내가 실천했겠다며,
아버님은 왕께 뵙자고 하셨는데
허락만 됐다면 충성인 척하면서
칼을 꽂았을 거"라 하데요.
헨리 왕 거물 반역자구나!
울지 추기경 [왕비에게]
이런 자를 놓아두고 전하께서 편하게
사실 수 있나요?
캐서린 왕비 주여, 모두 고치소서!
헨리 왕 [마름에게] 할 말이 또 있는 것 같은데, 뭐라던가?
버킹엄의 마름 아버지 공작과 칼 얘기 다음에는
벌떡 일어서더니 단도에 손을 얹고
다른 손을 가슴에 대고 위를 쳐다보면서
무서운 맹세를 부르짖는데 내용인즉슨
핍박을 받으면 용감한 실천으로
나약한 목적을 실천으로 넘어서듯
아버지를 넘어선다고 하데요.
헨리 왕 끝장이다.
내게 칼을 꽂겠다고.—그자를 잡아와라.
당장에 심판하라. 자비를 구하려면
법한테 구하래라. 나한테는 자비 따윈
구하지 말래라. 밤과 낮에 맹세코
그자야말로 최상급 반역자다. [주악. 모두 퇴장]

## 1. 3

[궁실장관과 샌즈 공 등장]
궁실장관 프랑스의 요술이 이처럼 사내들을
기괴한 지경에 빠뜨릴 수 있소?
샌즈 새로운 유행이란 아무리 우습고
사내답지 못해도 따라가기 마련이오.
궁실장관 내 눈으로 보기에는 잉글랜드 사람들이
지난번 여행에서 얻은 것은 얼굴을
찡긋대는 거지만, 교묘한 짓이죠.
낯을 찡긋거리면 콧대까지 페핀이나
클로세리어스[15]의 신하였다고 할 테죠.
그자들은 그 식으로 위세를 부린대요.
샌즈 모두 신식 걸음인데 절뚝발이요.[16]
그런 걸음 처음 보는 사람은 그자들에게
말 다리 질병이 유행인 줄 알 겁니다.
궁실장관 참말로, 기독교인 모양을 모두 까발려
이제는 이교도의 유행까지 쫓아가요.
[토머스 로벌 경 등장]
웬일이오? 로벌 경, 무슨 소식 있소?
로벌 궁궐 문에 나붙은 새로운 공표 외에
듣지 못했소.
궁실장관 공표라니, 무엇이오?
로벌 결투, 언쟁, 재단사[17]로 궁정을 메우던
외국물 먹은 신사들을 교정한대요.
궁실장관 거 잘됐소. 제발 우리 '므슈'[18]들이
잉글랜드 궁정인도 정신 차리고
루브르를 안 봐도 된다고 하면 기뻐하겠소.
로벌 조항들을 읽어보면, 프랑스에서 얻어 가진
싱거운 치장들을 남김없이 몰아내고
싸움질, 계집질 등, 그런 짓에 따라붙는
웃기는 장식들을 말끔히 청소하고
괜찮은 내국인을 훌륭하게 보는 걸
이른바 외국의 '지혜'로 비웃지 말며,

12 지금은 천문대로 유명하나 당시에는 런던 근교 궁궐이 있던 곳.
13 헨리 8세의 시종이었다가 버킹엄의 시종이 되어 왕의 명령을 거절했다.
14 그의 부친 버킹엄 공작은 리처드 3세의 손발 노릇을 하다가 솔즈베리 전투 전에 죽임을 당한다. 「리처드 3세」 5막 1장 참조.
15 6~7세기의 프랑크족의 왕. 프랑크족은 오늘날의 프랑스에 왕국을 건설했던 게르만족이었다.
16 프랑스 귀족들의 걸음걸이를 흉내 내던 잉글랜드 귀족들을 비꼬는 말. 일부러 뒤뚱대며 걸었던 모양이다.
17 유행 따라 자주 옷을 바꿔 입던 신사들을 늘 따라다니는 사람이 '재단사'였다.
18 프랑스어로 '신사.'

테니스, 긴 양말, 불룩한 짧은 바지,
종류도 많고 많은 여러 가지 여행 같은
문화의 표시들을 전적으로 부인하고
다시금 인간답게 이해하지 않으면
옛날 놀이 동무한테로 쫓겨나서는
면죄부를 얻어서 '위' '위'[19]를 떠들며
못된 짓을 끝내고 조롱받게 될 거요.

샌즈 저들에게 약을 쓸 때가 됐군요. 전염성이
대단히 강해요.

궁실장관 멋있는 사치꾼들이 사라져서
우리네 부인들이 얼마나 서운할까!

로벌 억장이 무너지겠소. 그 색골들이
여자를 눕히는 일에 매우 능하고
프랑스 노래와 깡깡이에 으뜸이죠.

샌즈 마귀에게 혼나거라! 간다 하니 시원해요.
놈들을 고칠 수 없을 텐데, 이제는
나처럼 연애에서 밀려났던 촌사람도
소박한 노래를 불러주고, 여자도
한 시간쯤 들어주고 노래가 좋단 말도
듣게 됐네요.

궁실장관 옳으신 말씀이오.
하초가 아직은 단단하시죠?

샌즈 물론이죠.
그루터기가 있는 한 괜찮아요.

궁실장관 어디로 가시던 길인가요?

로벌 추기경님 댁이오.
대공님도 손님이세요.

궁실장관 맞아요.
오늘 밤 수많은 선남선녀들에게
대단한 만찬을 베푸시는데,
이 나라 미인들이 모두 모일 거예요.

로벌 성직자께서 참말 관대한 분이시라
우리를 먹이는 땅처럼 손이 넉넉하시어
어디나 이슬이 내려요.

궁실장관 존귀하신 분이시오.
다른 말을 하는 자는 혀가 새까말 거요.[20]

샌즈 그럴 거요. 그럴 만한 재산도 있으시오.
그분에게 절약은 이단보다 더 악해요.
인생관이 그런 이는 속이 너그럽게 되어야죠.
그런 이는 이 세상 모범이오.

궁실장관 옳습니다.
요즘은 큰 잔치를 베푸는 분이 적어요.
배가 기다린대요. 대공님도 같이 가죠.
가요, 로벌 경. 자칫하면 늦어요.
늦으면 안 되죠. 길포드 경[21]과 함께
진행을 부탁받았어요.

샌즈 대공님 명에 따르겠어요. [모두 퇴장]

## 1. 4

[오보에들.[22] 하인들이 울지 추기경 옆에
놓을 작은 식탁과 웅장한 휘장을 둘러 가져오고
손님들이 둘러앉을 긴 식탁을 들여온다.
이어서 안쪽 문으로 앤 불린과 다른 부인들과
신사들이 손님으로 등장하고 다른 문으로
헨리 길포드 경 등장]

길포드 숙녀 여러분, 추기경님께서 환영하시고
유쾌한 기쁨에 이 밤을 바치시고
이토록 고상한 모임에 어떤 분도
근심을 가져오지 않으셨길 원하시며,
잔치와 좋은 만남과 좋은 술과 환대가
좋은 사람을 만드는 만큼 모두들
즐기시기 바라시오.
[궁실장관, 샌즈 공, 토머스 로벌 경 등장]
[궁실장관에게] 오, 대공, 늦으셨소.
아름다운 모임을 생각하니 나한테
날개가 돋칩디다.

궁실장관 길포드 경, 젊으세요.

샌즈 로벌 경, 추기경님이 나 같은 평신도 속을
절반만 가졌다면 이 가운데 몇 사람은
앉기 전에 연달아 잔치부터 벌이는 게[23]
무척 재미있겠소. 미인들이 한데 모인
참으로 아름다운 만남입니다.

19 프랑스어로 'oui.' 다시 말해 그런 자는 간단하게 '예'라고 떠든다는 말이다.
20 혀가 새까만 것은 뱀이니 결국 마귀라는 뜻이다. (원문에는 까만 입이라고 되어 있다.)
21 헨리 8세의 행사 담당관으로 이때 울지 추기경에게 도움을 주러 왔다.
22 '오보에'는 잔치의 흥을 돋우기 위해 연주되었다.
23 문맥상 성적인 유희를 암시한다.

로벌 아, 대공님께서 이 시간만 이들 중 두세 분께
고해 신부가 되시면 좋겠소.

샌즈 좋고말고요.
속죄 고행을 쉽게 하겠소.

로벌 얼마쯤 쉽겠소?

샌즈 깃털 침대가 받을 만큼 쉬운 거요.

궁실장관 숙녀 여러분, 앉으세요.
[길포드에게] 여보쇼,
그쪽 안내 부탁해요. 여긴 내가 맡아요.
[손님들이 긴 식탁에 둘러앉는다. 안에서 소음]
추기경님이 오시오. 아, 얼면 안 돼요.
여인 둘이 앉으면 추워지는 법이오.
샌즈 공, 따뜻한 바람을 불어넣어요.
부인들 사이에 앉으세요.

샌즈 매우 고맙소,
대공님! 예쁘신 아가씨들! 실례해요.
[앤과 어떤 부인 사이에 앉는다.]
말이 조금 험해도 용서하시오.
부전자전입니다.

앤 미친 분이셨나요?

샌즈 몹시 미쳤지요. 연애에도 미치고요.
하지만 무는 자가 없었지요.[24] 지금의 나처럼
한달음에 스무 번은 키스할 수 있었죠.
[그녀에게 키스한다.]

궁실장관 잘했소. 자, 이제 좌석이 정리됐소.
신사님들, 미인들이 얼굴을 찌푸리고
시간만 허비하면, 속죄 고행은 당신네 몫이오.

샌즈 나는 내 교구를 살펴볼 테니
내겐 상관 말아요.
[오보에들. 울지 추기경이 등장하여
웅장한 휘장 아래 작은 식탁 옆에 앉는다.]

울지 추기경 어여쁜 손님들, 여러분을 환영하오.
마음껏 즐기지 않는 숙녀 신사는
내 친구 아니오.—다시금 환영하며
모두에게 건강을!
[마신다.]

샌즈 존귀한 분이시오.
감사한 마음을 담아낼 그릇이 있으면
여러 말을 절약하겠소.

울지 추기경 고마운 말씀이오,
샌즈 공. 이웃의 흥을 돋우시오.
숙녀들, 즐겁지 않으시군. 신사들,
이것이 누구의 책임이오?

샌즈 붉은 술이 얼굴에
올라야 해요. 그렇게 되면 여인들의 수다에
우리 남자들이 말이 없어져요.

앤 샌즈 공, 재미있는 장난꾼이오!

샌즈 예, 정말로 장난치면—아씨에게 건배!
답하세요. 이건 그처럼—

앤 뵐 건 아니죠.

샌즈 [울지에게] 금방 말문 열겠죠.
[북과 나팔. 축포[25]를 터뜨린다.]

울지 추기경 무슨 소린가?

궁실장관 [하인들에게] 나가 봐. [하인 한 사람 퇴장]

울지 추기경 무슨 전쟁 소리며
무슨 목적인가? 부인들, 걱정 마시오.
전쟁의 법규상, 부인들에게 특권이 있소.
[하인 등장]

궁실장관 뭐야?

하인 점잖은 외국인의 일행으로
생각돼요. 배에서 내려서 상륙했는데,
외국의 왕이 보내온 대규모 사절단처럼
여기로 와요.

울지 추기경 궁실장관, 당신이
그분들을 영접하오. 프랑스 말을 하니까
정중히 맞아들여 내 앞으로 모셔 오오.
미인들의 천국이 여기서 그분들을
환하게 할 거요. 몇 사람 함께 가라.
[몇 사람과 함께 궁실장관 퇴장]
[모두 일어서고, 하인 몇 사람이 식탁들을 치운다.]
이제 흥이 깨졌으나 내가 보상하겠소.
모두 소화 잘 하시길! 다시금 환영을
모두에게 쏟으오. 모든 이를 환영하오.
[오보에들. 궁실장관의 안내로 목동처럼
차린 헨리 왕과 그 외의 가면무도꾼들 등장.
그들은 곧바로 울지 추기경 앞에 와서
우아하게 절한다.]

24 미친개처럼 미친 사람은 문다고 믿었다.
25 경의의 표시로 쏘던 작은 포. 이 장면에서 포의 화약 폭발로 이 연극이 상연되던 '글로브 극장'이 전소되었을지 모른다(1613년).

귀한 분들이오. 무엇을 원하시오?
궁실장관 영어를 못하는 까닭에 추기경님께
이렇게 전하라 합니다. 오늘 밤
고귀하고 아름다운 모임이 이곳에
있다는 말을 듣고 미에 대한 숭모를
누를 길 없어 양 떼를 떠나오니까
추기경님의 인도로 미인들을 바라보고
그들과의 잔치를 한 시간만 허락하시길
간청합니다.
울지 추기경 이렇게 답하오.
누추한 내 집에 영광을 가져오니
수천 번 감사하고, 마음껏 즐기라고 하오.
[가면무도꾼들이 여인들을 고른다.
왕은 앤 불린을 고른다.]
헨리 왕 [앤에게] 내가 만진 손 중에서 가장 예쁜 손이오.
오, 미인, 지금껏 당신을 전혀 몰랐소.
[음악. 그들이 춤춘다.]
울지 추기경 [궁실장관에게] 귀공.
궁실장관 예.
울지 추기경 내 말이 이렇다고 전해주시오.
저들 중 한 분은 나보다는 이 자리에
훨씬 어울릴 텐데, 내가 알 수만 있다면
사랑과 충성을 바쳐서 여기 이 자리를
양보하겠다고 전하시오.
궁실장관 그렇게 하겠습니다.
[가면무도꾼들과 귀엣말을 주고받는다.]
울지 추기경 뭐라고 하오?
궁실장관 모두들 말하는데, 확실히
그런 분이 계시고, 추기경님이 알아내시면
거기 앉을 거래요.
울지 추기경 [일어서며] 그럼 어디 봅시다.
당신들의 허락 하에,—여기 계신 이분을
전하로 고릅니다.
[왕 앞에 절한다.]
헨리 왕 [가면을 벗으며] 추기경, 찾아냈소.
좋은 모임 가지는군. 잘하는 일이오.
당신이 성직자가 아니라면 내가 지금
좋지 않게 봐야겠소.
울지 추기경 전하께서 이토록
유쾌하시니 제가 매우 기쁩니다.
헨리 왕 궁실장관, 이리 와요.
[몸짓으로 앤을 가리키며] 저 미인 누구요?
궁실장관 토머스 불린 경의 딸입니다.
저 로치포드 자작의—왕비님의 시녀입니다.
헨리 왕 참으로 귀여운 여인이오. [앤에게] 예쁜이,
무도회에 데려와서 키스하지 않으면
예의가 아니지. [그녀에게 키스한다.] 신사들, 건배!
[마신다.]
돌아가며 하기요.
울지 추기경 토머스 로벌 경, 별실에 잔칫상이
준비가 되었소?
로벌 예, 그러하오.
울지 추기경 [왕에게] 춤추신
전하께서 조금 더우신 듯합니다.
헨리 왕 너무 더운 것 같소.
울지 추기경 전하, 옆방은
조금 더 시원합니다.
헨리 왕 부인들을 좀 더 모시오.—예쁜 내 짝꿍,
벌써 헤어지면 안 되겠다.—자, 놉시다!
추기경, 이런 미인들에게 여섯 번 건배하고
하나씩 데리고 춤춰야겠소.
그런 다음 누가 제일 예쁜가 생각해요.
그럼 음악을 울려. [나팔들과 함께 모두 퇴장]

## 2. 1

[두 신사가 각각 다른 문으로 등장]
신사 1 어딜 그리 급히 가오?
신사 2 오, 안녕하시오?
위대한 버킹엄 공작이 어떻게 되나 보려고
웨스트민스터로 가는 길이오.
신사 1 그 수고를
덜어드리오. 지금 모두 끝나고 죄수를
데려가는 일만 남았소.
신사 2 거기 가셨소?
신사 1 그렇소.
신사 2 어떻게 됐는지 말해보소.
신사 1 짐작하실 터인데.
신사 2 유죄로 판명됐소?
신사 1 물론이오. 그에게 극형이 선고됐소.
신사 2 안됐소.

신사 1 또 한 사람 늘었소.[26]
신사 2 그런데 어떻게 그런 일이 생겼소?
신사 1 간단히 말하겠소. 고귀한 공작은
법정에 나와서 끝끝내 혐의를
부인했으며, 고소를 논박하는
예리한 반증들을 여러 개 내놓았소.
거기에 맞서서 전하의 변호인은
여러 증인의 심문과 진술서와
자백을 토대로 주장을 폈는데
공작은 증인들을 직접 보기 원했소.
그랬더니 그의 앞에 나타난 것은
그의 마름, 그의 서기 퍼크 사제,
그의 고해 신부 들 라 카,
그런 악한 짓을 꾸며낸 장본인,
악마 같은 수도사 홉킨즈였소.
신사 2 공작에게 예언을 쑥덕인 자요.
신사 1 그렇소. 그자들이 맹렬히 고발했소.
공작은 공박하려 하였으나 그럴 수가 없었소.
그리하여 귀족들은 그 증거를 받아들여
공작의 대역죄를 시인하니까 공작은
목숨을 위해서 길고 유식하게 진술했지만
동정심만 사거나 잊히게 되었소.
신사 2 공작의 태도는 그 후에 어땠소?
신사 1 공작은 판결의 종소리를 듣기 위해
다시 불려왔을 때 하도 괴로워서
무섭게 땀 흘리고 성난 어투로
뭣인가 급하게 말을 내뱉고
다시금 차분히 가라앉아, 그 후에는
대단히 고귀한 인내심을 보였소.
신사 2 죽음을 겁낼 분이 아니라고 믿소.
신사 1 물론이오. 절대로 여자 같은 데가 없소.
얼마쯤 그 이유를 슬퍼했을 거요.
신사 2 확실히 추기경이 배후에 있소.
신사 1 모든 일을 추정하면 그런 것 같소.
아일랜드 총독이던 킬데어를 가두고
급하게 서리 백작을 그 자리에 보냈으니,[27]
장인을 돕지 않을까 해서 염려했소.
신사 2 정략적인 행위가 은밀히 악했소.
신사 1 확실히 백작이 돌아와 복수하겠소.
널리 알려진 대로 왕이 총애하는 자는
추기경이 대번에 직책을 마련해요.
되도록 궁정에서 떨어진 곳이오.
신사 2 평민들은 추기경을 극도로 증오해서
열 길 물속에 빠져 죽길 원하고,
공작을 사랑하고 아끼며 '관대한 버킹엄,
예절의 거울'이라고 부르며—
[법정으로부터 버킹엄 공작 등장. 그의 앞에
법봉들,[28] 그를 향해 날을 세운 도끼를 든
관리들, 그의 양쪽에 창검들을 든 병사들,
토머스 로벌 경, 니콜라스 복스 경, 월리엄
샌즈 공, 백성들이 따라간다.]
신사 1 잠깐 서서 보시오. 파멸 당한 공작이오.
신사 2 가까이 가서 봅시다.
[따로 떨어져 선다.]
버킹엄 [평민들에게] 모든 백성들 여러분,
동정을 표시코자 여기까지 오신 분들,
내 말을 들은 후, 돌아가서 나를 잊으오.
내가 오늘 반역자로 판결이 되었으니
반역자로 죽게 되오. 그러나 하늘이 봐요.
내게 양심이 있다면, 진실하지 못하면,
도끼날이 내릴 순간, 영영 저주받겠소!
내 죽음에 관해서 법에 대한 원한은 없소.
증거대로 공정하게 판결받았소. 그러나
그 일을 원한 자가 좀 더 크리스천이면 좋겠소.
무슨 짓을 원하든지 진심으로 용서하오.
그러나 불의를 기뻐할 수 없으며,
큰 사람 무덤 위에 악을 세울 수 없소.
나의 죄 없는 피가 그자들을 고발하오.
나는 이 세상에 더 살기 원치 않소.
나의 모든 죄과를 용서하실 자비가
전하에게 있다고 해도 청원하지 않소.
버킹엄을 사랑하고 그를 위해 대담히
눈물 흘리는 몇 분, 귀한 친구들,
죽을 사람은 그들과의 헤어짐이

26 버킹엄 공작은 대중의 인기가 높아서 그를 아까워하는 사람들이 자꾸 늘었다.
27 울지 추기경은 아일랜드 총독 킬데어 백작이 버킹엄의 측근인 것을 알고 실정을 이유로 그를 소환하여 투옥하고 버킹엄의 사위인 서리 백작을 서둘러 그 자리에 임명하여 둘을 떼어놓았다.
28 끝을 쇠로 장식한 몽둥이로서 옥에 갇힌 죄수를 호송하는 관리들이 사용한다.

쓰라릴 뿐이오. 천사처럼 함께 가서
영이별의 쇳덩이가 내 목에 떨어질 때
여러분의 기도를 향기로운 제물 삼아
내 영혼을 천국으로 보내시오. [호송원들에게]
가요.

로벌 공작님, 마음속에 추호라도 저에 대해
유감이 있으시면, 깨끗이 용서하시오.

버킹엄 로벌 경, 내가 용서받기 원하듯,
깨끗이 용서하오.[29] 모든 걸 용서하오.
나에 대해 저지른 많고 많은 악행들에
용서하지 못할 건 있을 수 없소.
시커먼 원한이 내 무덤의 푯말이 못 되오.
추기경께 인사를 전하고 혹시 묻거든
하늘에서 절반쯤 그자를 만났다 하오.
지금도 내 서원, 내 기도는 왕에게 향하오.
영혼이 떠날 때까지 그에게 축복을
외치니 이제 남은 시간 동안
내가 세는 수보다 오래 살기 바라오.
사랑받고 사랑하는 통치자가 돼야 하며,
늙은 시간이 삶의 끝으로 인도할 때
선과 몸이 한 무덤을 채우기 원하오.

로벌 공작님을 강가로 인도해야 합니다.
그다음엔 니콜라스 복스에게 넘기겠으니
그 사람이 끝에까지 모십니다.

복스 [한 시종에게]
공작님이 오신다. 넓은 배를 준비해서
높은 분의 지위에 어울릴 만큼
장비들을 갖춰.

버킹엄 그대로 놓아두오,
니콜라스 경. 이제는 내 지위가 조롱뿐이오.
내가 여기 올 때는 보안 무관장이고
버킹엄 공작이었소. 지금은 가난한
에드워드 분[30]이나, 충성을 모르면서
날 욕한 비열한 자들보다 부유하오.
분명히 서약하오. 내가 흘린 피값으로
어느 날 그자들도 신음할 거요.
고귀하신 아버님 버킹엄의 헨리께서
찬탈자 리처드에게 항전하실 당시에
곤경에 빠진 부하를 구하려고 가셨다가
그자의 배신으로 재판 없이 가셨소.
하느님의 평화가 그분께 내리기를!
헨리 7세가 승계하자 아버님의 억울함을
진심으로 동정하고, 내 명예를 되돌리고
다시금 내 이름을 고귀하게 만들었소.
그러나 그의 아들 헨리 8세는
목숨, 명예, 명성 등, 내 행복 일체를
단번에 영원히 빼었소. 엄숙한 재판을
받았으니, 불행했던 아버님보다는
조금은 행복하나, 이제까지 두 사람은
똑같은 운명을 맞았으며, 부자 모두
매우 아끼던 부하에게 당했으니
이는 가장 인정 없고 신의 없는 행위였소.
하늘은 모든 일에 목적이 있지만
죽을 자가 하는 말을 잘 들으시오.
사랑과 비밀을 아낌없이 나눌 때도
삼가시오. 당신들이 친구로 삼아서
마음을 준 자들도 당신들의 운수가
조금 비틀대면 물결처럼 흩어지오.
당신들을 죽이려는 장소 밖에 나가서는
다시 볼 수 없소. 모든 선한 이들은
날 위해 기도하오. 작별할 때가 왔소.
오래 지친 내 삶의 종말이 온 거요.
안녕—슬픈 말 하고 싶을 때 이 파멸을 말하오.
이것이 전부요. 하느님, 저를 받으소서.
[버킹엄과 수행원들 퇴장]

[두 신사가 앞으로 나선다.]

신사 1 매우 안된 일이오. 일을 꾸민 자들
머리 위에 너무도 커다란 저주가
내릴 것 같소.

신사 2 공작이 무죄라면
막중한 슬픔이오. 그래서 뒤따라올
불행의 낌새를 알 수 있소. 일단 터지면
이보다 더욱 큰일이 나오.

신사 1 천사들이 막아주길!
무슨 일이 생기겠소? 나를 의심치 않으시오?

29 기독교인이 늘 암송하는 "우리가 우리에게 죄지은 자를 사하여 주는 것같이 우리 죄를 사하여 주옵시고"라는 주기도문의 한 구절.

30 그는 '분'(Bohun)이라고 하는 허포드 백작 가문 출신으로 '보안 무관장' 직책을 대대로 맡았는데 모친 쪽으로 에드워드 3세의 후손이었기에 왕권을 주장할 수도 있었다.

신사 2 실로 막중한 비밀이오. 그것을 숨기려면
강인한 의지가 필요하오.
신사 1 내게 말하시오.
말수가 적은 나요.
신사 2 믿을 수 있겠소.
알려드릴 터이오. 최근에 왕과 왕비가
헤어질 것이라는, 수군대는 소리를
못 들으셨소?
신사 1 들었소만, 없어졌소.
그 소문을 들은 왕은 노하여 즉시
시장에게 명령하여 소문을 틀어막고
퍼뜨리는 입마다 재갈을 물리라고 했소.
신사 2 그러나 욕설 같던 그 소문이
사실로 드러났소. 전보다도 생생하게
다시 말이 도는데, 분명 왕이 이혼을
시도하리란 소문이오. 추기경 또는
측근의 누군가가 선하신 왕비님께
악의를 품고 그분을 파멸시킬
의심을 왕에게 심었소. 아니나 다를까,
캠피어스 추기경[31]이 최근에 도착했소.
모두들 짐작하듯 그 일로 온 거요.
신사 1 울지 때문이오. 톨레도 대주교 자리를
달라고 했는데 거부당하였다고 황제[32]에게
복수하려고 그 짓을 꾸며냈소.
신사 2 정확히 짚은 것 같소. 그러나 왕비가
아픔을 겪어서 가혹하지 않아요?
추기경은 뜻대로 되고 왕비는 당하오.
신사 1 통탄할 형국이오. 이런 말을 하기에는
너무 밝은 곳이라, 사사로이 논합시다. [두 신사 퇴장]

## 2. 2

[궁실장관이 편지를 가지고 등장]
궁실장관 [읽는다.] "귀공께서 주문하신 마필들은 제가
정성껏 선택하고 길들이고 장비를 갖추게끔
애썼습니다. 말들은 나이가 어리고 잘생기고
북쪽에서 사육한 으뜸가는 혈통이었습니다.
런던으로 데려갈 준비가 되었을 때 추기경의
하인이 구인장과 강압으로 제게서 마필을
빼앗으며 하는 말이 자기 주인이 왕은 몰라도 보통 신하보다는
앞서야 한댔습니다. 그 말에
저희는 입을 다물었습니다." 정말 그랬을 테지.
별수 있나? 가지라 하지. 뭐든지 가질 테니까.
[노폭 공작과 서폭 공작이
궁실장관 앞에 등장]
노폭 잘 만났소, 궁실장관.
궁실장관 두 분 공작님들은 안녕하시오?
서폭 전하께선 무얼 하시오?
궁실장관 심각한 문제로 홀로 고민하시오.
노폭 왜 그러시오?
궁실장관 형의 부인과 결혼하여[33]
너무나 양심에 가까운 듯합니다.
서폭 아니오. 딴 여자에게 양심이 가깝소.
노폭 그렇소. 추기경의 짓이오. 추기경이 '전하' 하면
그 눈먼 사제가 운수의 맏아들인 양
바퀴를 막 돌리오.[34] 왕도 알게 되오.
서폭 그러기를 바라오. 안 그러면 자기도 잊게 되오.
노폭 얼마나 거룩히 온갖 일에 열심인가![35]
게다가 그 열정! 지금 우리와 황제 간의
동맹을 깨뜨렸소. 황제는 왕비 조카요.
그자가 왕 영혼에 깊숙이 파고들어
위험과 의문과 양심의 가책과
공포와 절망을 뿌리는 중인데
모든 게 왕의 혼인 문제요. 이 와중에서
왕을 살린다면서 이혼을 권하오.
그녀와 헤어지라고 하는 말이오. 보석처럼
왕의 목에 매달려 스무 해를 지냈으나
여전히 빛나며 선한 사람을 아기는 천사같이
지극한 사랑으로 왕을 아끼고

31 1527년에 잉글랜드에 왔던 법왕의 사절.
32 스페인 왕이며 동시에 신성로마제국 황제로, 헨리 8세의 왕비 캐서린의 조카였으며 가톨릭 권력의 강자였다. 스페인의 중요한 도시 톨레도의 대주교 자리는 교권의 중심이었다.
33 헨리 8세는 친형 아서가 일찍 죽는 바람에 왕위를 승계하고 형의 아내였던 연상의 캐서린 왕비와 결혼했다.
34 운수의 여신은 눈을 가리고 운수의 수레바퀴를 돌려 야심가들의 흥망성쇠가 속절없이 이뤄진다. 울지 추기경은 그런 운수의 여신의 눈 가린 맏아들이 되어서 운수의 수레바퀴를 물려받아 마구 돌려댄다.
35 울지에 대해 조롱하는 말투다.

지독한 운명의 타격에도 왕을 축복할
분이라, 이를 일러 경건한 태도가 아니오?
궁실장관 나도 그런 권고에 걸려들면 안 되지!
—그러해요. 어디서나 들려오는 소문이고
입마다 그 소리고 진실한 사람마다
눈물을 흘려요. 내막을 들여다보면
프랑스 왕의 여동생[36]이 목표인 걸 알 수 있어요.
하늘이 어느 날 저 대담한 악인을 통해
잠자던 왕의 눈을 열어줄 게요.
서폭 그리고 우리를 노예에서 해방할 거요.
노폭 기도가 필요하오.
진심으로 구원을 구해야 하오.
그렇지 않으면 독단적인 저 인간이
공작인 우리를 사동으로 삼아요.
모든 자의 신분은 앞에 놓인 흙처럼
무엇이든 제멋대로 빚어내오.
서폭 그를 좋아하지도, 겁내지도 않는 일이 내 신조요.
그가 만들지 않았으니 왕이 허락하면
떳떳이 서겠소. 그의 저주와 축복이
내게는 한가지니, 믿지 않는 말뿐이오.
전에도 알았고 지금도 아는 자이니
그 교만의 원천인 법왕에게 떠넘기오.
노폭 들어가서 왕께 너무나 짐 되는
심각한 생각을 벗어나게 다른 일을
말해요. 대감, 같이 가겠소?
궁실장관 용서하십시오.
왕이 저를 다른 데로 보내셨어요. 게다가
지금은 왕을 방해하기 아주 안 좋은 때요.
귀공들, 건강하세요.
노폭 궁실장관, 고맙소. [궁실장관 퇴장]
[헨리 왕이 커튼을 젖히고, 앉아서 생각에
잠겨 책을 읽는다.]
서폭 심각하신 표정이오! 확실히 괴롭소.
헨리 왕 음, 거 누군가?
노폭 오, 노할 수 없소.
헨리 왕 누구냐니까? 감히 어디라고
홀로 명상하는 자리에 불쑥 들어와!
내가 누구야? 음?
노폭 나쁜 뜻 없이 저지른 모든 잘못을
용서하시는 자애로운 왕이시오.
나라의 일로 인해 예절을 어기고
전하의 의향을 알기 위해 온 겁니다.
헨리 왕 너무나 무엄하오. 일할 때 알릴 테요.
지금 세상일을 생각할 때요, 음?
[울지 추기경과 특명을 가진 캠피어스
추기경 등장]
거 누구요? 추기경? 오, 친구 울지,
나의 상한 양심을 달래는 약, 당신은
왕에게 알맞은 치료제요. [캠피어스에게] 환영하오.
박식하신 노인 어른, 이 나라에 잘 오셨소.
나와 이 나라를 마음껏 쓰시오. [울지에게] 추기경,
나 말쟁이 안 되게 하오.
울지 추기경 그럴 리 없어요.
전하께서 한 시간만 저희에게 주시어
면담하게 하십시오.
헨리 왕 [노폭과 서폭에게] 나 지금 바쁘오.
[노폭과 서폭이 떠나면서 자기들끼리 말한다.]
노폭 그 신부님 되게 겸손하시군!
서폭 말도 못 하오.
그러나 그 자리는 부럽지 않소만,
마냥 이럴 수 없소.
노폭 그리되면
한 번 찌르고 싶소.
서폭 두 번째는 내 거요. [노폭과 서폭 퇴장]
울지 추기경 왕께서는 모든 왕에 앞서서 양심으로
교계의 의견을 솔직히 물으셔[37]
지혜의 선례를 보이셨으니
이제 누가 분개하오? 악의가 어디 있소?
그녀의 애정 깊은 혈통이라는 스페인 왕이
조금이라도 선하다면 그 판결이
고귀하고 옳음을 시인할 거요.
성직자 모두가—그리스도의 세계에서
유식한 분이오.—의사를 말했소.
판단의 모체인 로마는 왕의 초청에
대표자를 보냈소. 점잖은 이분을,
공정하고 박식한 캠피어스 추기경을
다시금 전하께 소개드려요.

36 알랑송 공작 부인으로서, 울지가 헨리 8세의 두 번째 왕비로 점찍었다.
37 헨리 8세는 저명한 교계 지도자들에게 자신의 결혼의 적법성을 물은 적이 있었다.

헨리 왕 [캠피어스와 포옹하며]
나도 다시 추기경을 두 팔로 환영하며
거룩한 공의회의 사랑에 감사하오.
내가 원한 그런 분을 보내주셨소.

캠피어스 추기경 전하께서 그토록 높으신 왕이시라
모든 외국인의 사랑을 받으실 분이오.
전하의 손안에 위임장을 드리오.
그에 의거해서 법왕청의 명에 따라,
추기경 당신과 저들의 사절인 내가
이 일의 공정한 판결을 함께 하게 되었소.

헨리 왕 공정한 두 분이오. 당신이 온 이유를
왕비에게 알리겠소. 가드너, 어디 있소?

울지 추기경 전하께서 왕비님을 깊이 사랑하셔
지위 낮은 여인이 법에 호소하는 걸
거절치 않으셨소. 학자들이 자유롭게
왕비님을 위해 변론하게 하셨소.

헨리 왕 그렇소. 우수한 학자들에게 맡기겠소.
그중 으뜸에게는 곧 은덕을 끼치겠소.
새 비서 가드너를 부르시오.
[울지 추기경이 문에 가서 가드너를 부른다.]
적당한 사람이오.
[가드너 등장]

울지 추기경 [가드너에게 방백]
악수하자. 큰 기쁨과 행운을 얻기 바란다.
이제부터 왕의 부하다.

가드너 [울지에게 방백] 그러나 항상
길러주신 대공님 명령을 따르겠어요.

헨리 왕 이리로 와, 가드너.
[왕이 가드너와 걸으면서 귀엣말을 주고받는다.]

캠피어스 추기경 울지 추기경, 전에 이 사람 자리에
페이스 박사란 이가 있지 않았소?

울지 추기경 그렇소.

캠피어스 추기경 박식하다고 알려지지 않았소?

울지 추기경 물론이오.

캠피어스 추기경 그래서 안 좋은 말이 퍼져 있소.
바로 당신에 대해서요, 추기경.

울지 추기경 나에 대해서?

캠피어스 추기경 당신의 질투였다고 거침없이 말합디다.
워낙 선한 사람이라, 승진할까 겁난 당신이
해외로 내보냈다는데 그것에 속이 상한 그가
미쳐서 죽었다고 합디다.

울지 추기경 하느님의 평강을!
이만하면 크리스천 관심이오. 쑥덕대는 소리는
욕질하는 말이오. 그자는 바보였소.
유덕한 인간이 되고자 했음이오.
[가드너 쪽을 가리키며]
누구와도 가까이하지 말라고 했으니,
아랫것과 뒤섞이지 않는 것을 깨닫소.

헨리 왕 [가드너에게]
왕비께 공손히 이걸 가져가. [가드너 퇴장]
이 심오한 학문적 토론을 듣기엔
블랙프라이어 수도원[38]이 가장 알맞소.
이런 중대사에 관해서 거기서 모여요.
울지, 장소 준비를 시키시오. 그래요.
건강한 사내가 그토록 애틋한 짝을
떠나기 슬프지 않아요? 하지만 양심!
오, 쓰라린 상처! 그녀를 떠나야 하오! [모두 퇴장]

## 2. 3

[앤 불린과 늙은 시녀 등장]

앤 그 때문도 아니어요. 그래서 안타깝죠.
전하께서 왕비님과 오래도록 사신 데다가
왕비님도 착하셔서 어떤 입도 왕비님을
욕할 수 없고—남을 해할 맘이
전혀 없어요.—보좌에 앉았던 해가
수십 차례 같은 길을 오간 지금,
위엄과 위풍이 날로 커지는데
그걸 떠나다니, 처음 얻은 지위로
행복했던 것보다 천 곱절 슬퍼요.
이처럼 꾸며서 쫓아내는 거니까
짐승도 슬퍼할 잘못된 일이죠.

늙은 시녀 왕비를 생각하면 아무리 매정해도
속이 녹아서 탄식해요.

앤 하느님 뜻인가!
영화를 몰랐다면 훨씬 좋으셨지!
사람의 영화는 잠시뿐이라고 해도
운수라는 싸움꾼이 그걸 빼어가면

38 당시 런던에 있던 수도원의 하나.

영혼과 육체가 갈라지듯 쓰라려요.
늙은 시녀 가련한 마님! 다시 타국인이 되셨어요.
앤 그래서 더더욱 동정하게 되어요.
천하게 태어나서 천한 사람 사이에서
만족해 사는 게 번들거리는 눈물로
치장하고 슬픔의 금관을 쓰는 것보다
훨씬 좋아요.
늙은 시녀 가장 귀한 재산은 만족이라지요.
앤 진심과 처녀를 걸어 맹세코
왕비가 안 되어요.
늙은 시녀 난 그거 좋아요.
처녀 따윈 버리겠어요. 아씨도 버릴 테요.
안 그런 척하고 냄새를 풍기는데,
여자의 예쁜 데를 다 가진 데다가
출세와 재산과 호령하는 자리를 탐하는
여자의 심보까지 가졌다고요.
거야말로 축복예요. 안 그런 척하지만
양가죽처럼 말랑거리는 아씨 양심은
그런 복 받고 싶죠. 알량한 양심을
조금 늘이면 되니까요.
앤 정말 아니라니까.
늙은 시녀 정말 그렇다니까요. 왕비 되고 싶잖아요?
앤 아뇨. 세상 모든 재물을 다 준다고 해도.
늙은 시녀 별난 소리군. 호령할 수 있다면
찌그러진 동전 서 푼에 몸도 팔아요.
늙은이지만. 하지만 묻겠는데,
공작 부인은 어때요? 그런 무거운 직함을
떠받칠 다리가 돼요?
앤 솔직히, 못 돼요.
늙은 시녀 본디 몸이 약하군. 조금 낮춰 잡을까?[39]
아씨처럼 백작 처녀 노릇은 하지 않으며
낯이나 붉히는 척하지. 아씨 허리가
그런 짐을 거절하면 사내애를 배기엔
너무 약하오.
앤 무슨 말도 마구 하네!
다시금 말하지만, 온 세상을 다 준대도
왕비[40]는 안 할 테요.
늙은 시녀 잉글랜드를 얻으면서
둥그런 걸[41] 받게 돼요. 두메산골 얻는대도
그렇게 되고 싶소. 왕관에 그런 데가
붙는대도 말이우. 한데 누가 오시지?

[궁실장관 등장]
궁실장관 안녕들 하오? 당신들의 비밀은
값이 얼마요?
앤 어른께서 요청하실
일이 아니고 물어보실 가치가 없죠.
왕비님의 슬픔을 동정하고 있었어요.
궁실장관 착한 일이었군요. 선한 부인들에게
알맞은 일이에요. 모두가 잘되리란
희망이 있지요.
앤 하느님께 빌어요, 아멘!
궁실장관 착한 마음씨예요. 그런 사람에게는
하늘 복이 따르지요. 내 말이 진실이며
아씨의 장점들이 높이 평가된 것을
아씨에게 알리려고 말씀드려요.
전하께서 아씨를 아주 좋게 보시고
자그마치 펨브룩 후작 부인[42] 지위로
아씨의 명예를 높일 생각이세요.
그 지위에 더하여 1년에 천 파운드를
내리십니다.
앤 어떻게 충성해야 할는지
알 수 없네요. 제 모든 걸 합쳐도
아무것도 못 되어요. 내 기도는 아직도
거룩하지 못하고 내 소망이라야
헛된 꿈에 불과해요. 하지만 기도와
소망이 제가 드릴 전부예요. 부탁해요,
어르신, 부끄럼 타는 몸종과 같은
감사와 순종을 전하께 전해주셔요.
그분 건강과 존엄 위해서 기도드려요.
궁실장관 꼭 왕께서 아씨에게 품고 계신
좋은 뜻을 확인시켜 드릴 테요. [방백] 자세히 봤어.
여자의 미모와 덕성이 결합하여
왕의 눈에 들었군. 이 아씨에게서

39 공작 부인은 너무 높으니 조금 낮춰서 백작 부인은 어떠냐는 말.
40 '왕비'라는 뜻의 '퀸'(queen)과 '창녀'라는 뜻의 '퀸'(quean)이 발음이 똑같다. 돈과 명예에 팔리면 결국 왕비도 창녀인 셈이다.
41 왕비의 권세를 나타내는 공처럼 생긴 기구를 뜻하는 동시에 남자의 불알을 뜻하기도 한다.
42 1532년 9월 1일에 이 직위를 받고 연간 천 파운드의 하사금을 받게 되었다. 왕의 짝이 되기 위해선 지위와 재산이 있어야 했다.

나라 밝힐 보석[43]이 나올는지 누가 알겠나?
—전하에게 갈 텝니다. 아씨와 말한 걸
보고드리겠어요.

앤 네, 어르신. [궁실장관 퇴장]

늙은 시녀 어쩌면! 바로 그거요! 봐요, 봐요!
16년간 궁정에서 비럭질을 했지만
아직도 거지 같은 시녀에 불과하고
이제나저제나 알맞은 시간에
돈 주는 청원을 못 드렸지만,
아씨는—와, 운명!—이 바닥 피라미가—
억지로 뒤집어씌운 그놈의 운수!
아씨는 입도 벌리기 전에
입안이 가득 차요!

앤 나도 어리벙벙해요.

늙은 시녀 맛이 어떠우? 써요? 서 푼짜린 아니죠.
어떤 시녀가 있었는데,—옛날 얘기요.—
왕비는 안 한다고, 이집트 감탕밭[44]을
다 줘도 안 한다고, 고집했어요. 들었어요?

앤 농담이에요.

늙은 시녀 아씨 같은 이야기면
종달새보다 높이 날죠. 펨브룩 후작 부인?
한 해에 천 파운드? 순전히 잘 봬서?
딴 책임 전혀 없이요? 분명히 맹세코
수만 파운드짜리요. 영광의 뒷자락이
앞자락보다 길다고요.[45] 지금쯤 아씨 등에
'공작 부인' 칭호가 얹혀 있을 거예요.
자, 아씨, 예전보다 튼튼하죠?

앤 아주머니,
혼자 좋아하시고 나는 빼놔요.
이 일로 인해서 조금이라도 마음이
들뜨면요. 아예 없는 게 좋아요.
뒷일을 생각하면 정신이 아뜩해요.
왕비님이 슬프신데 우리는 오래도록
잊어버려요. 여기서 들은 말을
전해드리지 마세요.

늙은 시녀 날 뭘로 봐요? [둘 퇴장]

## 2. 4

[나팔들의 주악. 다음에 코넷들. 짤막한 은 막대를
든 두 교구원, 그 뒤에 박사 가운을 입은 두 서기,
그 뒤에 링컨, 엘리, 로체스터, 세인트 애섭
주교들, 그 뒤에 조금 떨어져서 옥새가 든 주머니와
추기경 모자를 든 신사, 그다음에 각기
은 십자가를 들은 두 사제, 그다음에 은 방망이를
든 위병과 함께 벗은 머리의 의전관, 그뒤에
커다란 은 기둥을 든 두 신사, 그뒤에 나란히
울지와 캠피어스 두 추기경, 그다음에 검과
봉을 든 두 귀족이 등장. 왕이 웅장한 휘장 아래
왕좌에 오른다. 두 추기경이 그 아래에 심판관으로
좌정한다. 왕비는 그녀의 의전관인 그리피스의
안내를 받아 왕에게서 조금 떨어진 데 좌정한다.
주교들은 법왕청 공의회처럼 양측에 자리하고
그 아래 서기들이 늘어선다. 귀족들은 주교들 다음 자리에
앉는다. 나머지 수행원들은 무대 위에 적당히 선다.]

울지 추기경 로마가 보낸 교서를 낭독할 동안
정숙을 요하오.

헨리 왕 그럴 필요 있소?
이미 공개리에 읽었을 뿐 아니라
양측에서 그 권위를 인정한 거니까
시간 아낄 수 있소.

울지 추기경 그러하오. 계속하오.

서기 [선전관에게]
'잉글랜드 왕 헨리는 법정에 오시오'라고 하오.

선전관 잉글랜드 왕 헨리는 법정에 오시오.

헨리 왕 여기 있소.

서기 [선전관에게]
'잉글랜드 왕비 캐서린은 법정에 오시오'라고 하오.
[왕비는 대답 없이 자리에서 일어나 법정을
한 바퀴 돌아 왕에게 와서 발 앞에 무릎을 꿇고
말한다.]

캐서린 왕비 정의와 공평을 내리길 바라고,
동정을 베풀어 주시기를 기대해요.
저는 몹시 불쌍한 여인이고, 이방에서
태어난 외국인으로, 공정한 심판관이

43 장차 태어날 엘리자베스 1세 여왕을 암시하는 말이다.
44 이집트의 부의 근원인 비옥한 땅.
45 높은 부인의 치마폭이 긴 것처럼 그 이상의 명예와 재물이 뒤따라올 거라는 말.

여기 없고, 공평한 우정과
재판의 약속도 없어요. 오, 전하,
제 잘못이 뭐죠? 무슨 까닭에
저의 행동이 전하의 노염을 일으켜서
저를 물리치시고 사랑을 거두시려
심판을 하시나요? 하늘이 증명해요.
충실하고 겸손한 전하의 아내로서
전하의 의사를 언제나 따랐고
노염을 일으킬까 항상 염려했고
전하의 낯빛이 즐거운가, 우울한가,
그런 표정을 언제나 따랐어요.
전하를 거스른 때나, 전하의 뜻을
제 뜻으로 삼지 않은 때가 있었나요?
전하 친구 중에서 제 원수인 줄 알면서
친하려고 애쓰지 않은 이가 누구죠?
전하의 노염을 산 저의 친구 가운데
제가 계속 가까이한 사람이 있나요?
교제가 끝났다고 알리지 않았었나요?
이렇게 순종하며 스무 해가 넘도록
전하의 아내로서 자녀[46]의 복을
누린 거를 기억해요. 그러는 동안
만일 자기 명예나 혼인의 서약이나
성스러운 전하에 대한 사랑과 책임을
어긴 게 있으면 무엇이든 말하고
증명해요. 하느님 이름으로
저를 내보내시고 끔찍한 경멸마저
문을 걸게 하세요. 날카로운 심판에
저를 내어 맡기세요. 전하의 아버지[47]는
가장 영특하시고 탁월하시고
비할 데 없는 지혜와 판단으로
유명하신 왕이셨고, 제 아버지 페르디난드
스페인 왕[48]은 수십 년 동안 가장 밝은
왕이셨어요. 이 일의 논의를 위해서
똑똑한 공의회를 각처에서 뽑은 것은
물을 것도 없어요. 그들이 이 혼인을
합법으로 판결했고, 그에 따라서 공손하게
전하께 간청해요. 스페인에 사는
친지들의 충고를 구할 테니까
그분들의 의견을 듣기까지 참아주세요.
만일 못 하시겠다면, 하느님 이름으로,
뜻대로 하세요.

울지 추기경 왕비께서 선택하신
신부들이 여기 있소. 특출한 정직성과
학식으로 고명하고 나라에서 뽑힌 이로,
왕비님을 변호하기 위하여 이곳에 모였소.
그런고로 재판의 연장은 왕비님
마음의 평안이지만, 전하의 심중의
미결된 사항을 확정하는 데에는
소용없는 일이오.

캠피어스 추기경 울지 추기경께서
정확하게 말하셨소. 따라서 왕비님,
이처럼 회의는 계속함이 마땅하오.
그럼, 저들의 변론을 지체 없이
진행시켜 들어봐요.

캐서린 왕비 [울지에게] 추기경님,
당신에게 말해요.

울지 추기경 좋을 대로 하세요.

캐서린 왕비 울 것 같네요. 하지만 내가
왕비란 걸 깨닫고—그게 꿈이었나요?
하여튼 왕의 딸은 확실해요.—눈물을
불길로 바꿀 테요.

울지 추기경 아직은 참으세요.

캐서린 왕비 당신이 공손하면—그전엔 안 돼요.
그러지 않으면 하느님이 벌하셔요.
강력한 증거들을 미루어 볼 때
당신이 원수라는 사실을 확신해서
당신은 나를 재판할 수 없을뿐더러
나와 전하 사이에 불을 붙인 장본인이오.
하느님의 이슬이 끄겠지만—그러므로
다시금 말하니, 나는 당신을 완전히 기피하며
당신의 재판을 확고하게 거절하고,
당신이야말로 가장 악한 적이고,
진실의 원수임을 확신해요.

울지 추기경 왕비께서

46 20년 결혼 생활에서 여러 번 유산하고 자녀들이 일찍 죽었으며 오로지 메리 공주만 장성하였다.
47 헨리 7세를 가리킨다. 장미전쟁을 끝내고 잉글랜드에 르네상스를 도입했다.
48 아라곤의 왕 페르디난드는 카스틸의 이사벨라와 결혼해 스페인의 두 왕국을 합하여 강국을 이루고 이슬람 세력을 완전히 몰아냈다.

제정신이 아님을 확고히 선언하오.
지금까지 왕비님은 사랑에 굳게 서고
여자의 능력을 뛰어넘는 지혜와
인자한 기질을 보이셨는데,
부당하오. 나는 왕비께 악의 없고
누구에게도 불공정한 사람이 아니오.
과연 내가 얼마나 이 일을 추진했고
추진할지는 공의회의 교서가 확정하는데
이는 로마 전체 추기경들의 의회요.
내가 '불을 붙인 장본인'이라 하는데
나는 이를 부인하오. 전하가 계시오.
내가 한 일을 나 자신이 부인하면
왕비께서 내 진실을 비난했듯,
내 거짓을 욕하실 거로되, 전하께서
왕비님의 고발에 내가 무관한 걸 아시고
외려 왕비님의 잘못을 아시게 되오.
그러므로 처방은 전하에게 있으시오.
왕비님의 생각을 없애는 게 처방이오.
전하께서 말씀하기 이전에 바라건대
왕비님, 방금 하신 말씀을 취소하고
더는 말씀 마십시오.

캐서린 왕비 추기경, 추기경,
나는 단순한 여자라서 당신의 간교를
당해내긴 너무 약해요. 당신 말은 순하고
겸손하여, 겉으로는 온유와 겸손으로
지위와 직책을 치장해요. 마음속은
오만과 악의와 경멸로 가득해요.
운수가 도운 것과 전하의 호의로
낮은 단계를 쉽게 넘어요. 이제는
높이 올라서 고위층은 사병들이 되었고,
당신 말에 하인처럼 시키는 대로
당신 뜻을 받들어요. 당신에게 말해요.
당신은 드높은 영혼의 직분보다
사사로운 명예에 신경을 쓰므로,
나를 재판하는 걸 또다시 거절해요.
그래서 여기 계신 모든 분 앞에서
법왕 성하께 이 문제를 제기하고
재판해 주시기를 호소하고 있어요.
[그녀가 왕에게 절하고 떠나려고 한다.]

캠피어스 추기경 심판에 저항하며 심판을 비난하며
재판을 우습게 알므로 좋지 않으오.
그녀가 가누나.

헨리 왕 [선전관에게] 다시 부르라.

선전관 잉글랜드의 왕비 캐서린은 법정에 오시오.

그리피스 왕비님, 다시 오시랍니다.

캐서린 왕비 알은척하지 마라. 그냥 가도록 해.
너를 부르면 돌아가라. 주여, 도우소서.
화나서 못 참겠다. 그대로 갈 테다.
머물지 않겠다. 다시는 이런 일로
그들의 법정에 아니 오겠다.
[캐서린 왕비와 수행원들 퇴장]

헨리 왕 케이트, 가고 싶으면 가요. 당신보다
훌륭한 아내가 있다고 하는 사람은
거짓말하는 자라 믿을 수 없소
당신은 혼자요. 당신의 귀한 성격,
살가운 부드러움, 성자 같은 온순함,
아내다운 자제력, 남을 명하면서도
자제하는 마음씨, 여왕다운 경건함—
이 모든 게 당신을 돋보이게 만들면
왕비 중의 왕비요. 존귀하게 태어나서,
진정한 존귀함을 지닌 채로, 내게
존귀하게 처신했소.

울지 추기경 높으신 전하,
지극히 겸허한 자세로 말합니다.
이 모든 귀들이 들을 수 있도록
선포해 주십시오.—매 맞고 묶인 데서
풀려나야겠는데—한 번에 완전히
만족하진 못하지만—제가 조금이라도
전하께 그걸 먼저 말씀드렸거나
이 문제에 의심이 생기게 은근히
암시를 드렸거나 그토록 귀한 분을
내려주신 하느님께 감사하지 않았고
왕비님의 신분에 조금이라도 불리하게
말씀을 드렸거나 왕비님의 지위를
건드린 적 있습니까?

헨리 왕 추기경,
당신은 죄가 없소. 명예를 걸고
누명을 벗기오. 당신은 동네 개처럼
다른 개가 짖으면 그에 따라 짖는
괜한 적이 많다는 걸 모르지 않소.
몇몇 그런 자들에게 왕비가 성을 내오.
당신은 죄가 없소. 그러나 조금 더

해명하면 어떻소? 당신은 항상
이 일이 잠자기를 바랐소. 절대로
불거지길 원치 않아서 제지하곤 했고
그쪽으로 향한 길을 막곤 했소.
여기까지 왕으로서 명예를 걸고
추기경을 변호해서 누명을 벗기오.
이제는 내가 왜 그렇게 했는지
당신들의 주의와 시간을 빼앗겠소.
시초를 잘 보시오. 이렇게 된 일이었소.
프랑스 대사였던 베이언 주교 논설이
처음으로 내 양심을 예민케 건드려
가책을 느끼고 찔림을 받았소.
주교는 올리언스 공작[49]과 함께
우리 딸 메리의 혼사를 의논해서
파견되었소. 일이 진행되던 때
확정되기 이전에, 그 사람은—주교 말이오.—
우리 딸이 법적인 자식인지, 그의 왕에게
의견을 알아볼 시간을 요청했소.
그전에 있던 내 형의 미망인과
결혼한 사실을 문제로 삼았소.
이는 내 양심을 송두리째 흔들었고,
내 속에 들어와서 꼬챙이로 꿰듯 하며
가슴을 떨게 하고 기운을 뻗쳐서
뒤얽힌 생각들을 근심으로 가득 메우고,
하늘의 미소를 벗어난 듯했으니,
하늘은 자연에 명하여 아내의 태가
사내애를 밸지라도 아이에게 생명을
주지 못하고 죽은 애를 파묻는
무덤이 됐소.[50] 사내애는
태중에서 죽거나 세상 바람 쐬자마자
금방 죽었었기에 나는 이런 사실을
세상에서 으뜸가는 후계자를 가질 만한
잉글랜드가 나로부터 기쁨을
맛볼 수 없게 하는 심판이라고 생각했소.
그래서 아들이 있다는 이유로
내 나라가 처하게 될 온갖 위험들을
곰곰이 생각할 때, 한숨과 고통이
수없이 찾아왔소. 이토록 사나운
양심의 바다에 정처 없이 떠돌다가
이 방도를 향하여 길을 잡았소.
지금 여기 그 일로 모였소만, 다시 말해,
이 땅의 모든 거룩한 사제들과
박식한 박사들의 도움으로 양심을
올바로 세우려 했소. 그즈음 내 마음은
몹시 아파했으며, 아직 온전치 않소.
우선 나는 링컨 주교, 당신과 사사로이
시작했소. 처음 내가 호소할 때 압박감에
땀 흘리던 나를 기억할 거요.

링컨 예, 기억합니다.

헨리 왕 얘기가 길어졌소. 나를 어디까지
안심시켜 주었는지 당신이 말하시오.

링컨 전하, 처음 그 질문은 너무나 엄청나고
막중한 상황과 두려운 결과를 지녔기에
저마저 의심할 대담한 권고를 드리고
이 길을 택하시길 말씀드렸고
지금 그 길을 가시는 중입니다.

헨리 왕 다음으로
캔터베리 대주교, 당신에게 물었던바,
당신은 이번 회의 소집에 합의하였소.
이 법정에 참석한 모든 성직자에게
빠짐없이 동의를 구하여 각기 서명과
인장으로 동의한다 하였소. 그러므로
진행하시오. 선한 왕비 개인에 대한
혐오가 아니라, 원인으로 추정되는
가시처럼 껄끄러운 문제로 인하여
추진되는 일이오. 우리 결혼의 합법성을
증명만 하면, 목숨과 왕권을 걸고
왕비와 더불어 주어진 여생을
기쁘게 살겠소.
왕비 캐서린은 한때 가장 빼어난 이로
세상의 모범이었소.

캠피어스 추기경 전하, 말씀드리오.
왕비께서 안 계시니, 후일로 재판을
연기함이 필요하며 또한 당연합니다.
그동안 왕비께서 의도하시는
법왕께 올린 상소를 취하하시길
간곡히 호소해야 합니다.

49 프랑스 왕 프랑스와 1세의 아들로 훗날 앙리 2세가 되었다.
50 자궁이 무덤이 되었다는 말. 사내애는 번번이 사산했다는 것. 앞의 주 46 참조.

헨리 왕 [방백] 추기경들이
나를 가지고 노는군. 나는 저 로마의
질질 끄는 게으름과 장난질이 질색이다.
박식하고 인기 좋은 내 일꾼 크랜머,[51]
속히 돌아와. 네가 가까이 오면
내 기쁨도 가까이 와.—법정을 해산하오.
모두 가시오. [등장하던 형식을 따라 모두 퇴장]

## 3. 1

[캐서린 왕비와 시녀들이 작업 중인 듯이 등장]

캐서린 왕비 얘, 루트[52] 가져와라. 속이 슬퍼지누나.
노래해라. 슬픔을 쫓아보렴. 일은 그만해라.

시녀 [노래한다.]
오르페우스가 루트 켜며 노래하니
나무들과 얼어붙은 봉우리들은
저마다 머리를 수그렸다.
그 가락 듣고서 온갖 풀과 꽃들이
언제나 싹을 틔웠다. 마치 해와 비가
영원한 봄철을 가져오듯.
그의 음악을 들은 모든 만물은
바다의 높은 파도까지도
머리를 숙이고 잠들었다.
달가운 음악은 놀라운 마술이라
쓰라린 근심과 마음의 슬픔이
잠들거나 들으면서 사라진다.

[신사 그리피스 등장]

캐서린 왕비 웬일인가?

그리피스 아뢥니다. 위대하신 추기경 두 분께서
접견실에 계십니다.

캐서린 왕비 나와 말하겠다던가?

그리피스 그런 말씀드리라 하셨습니다.

캐서린 왕비 가까이 오라 하라. [그리피스 퇴장]
총애를 잃은
불쌍한 약한 여자와 무슨 볼일 있겠는가?
생각해보니, 저들의 방문이 반갑지 않다.
좋은 사람들이며 하는 일도 옳으리라.
그러나 수도복을 입었다고 수도사는 아니다.

[울지와 캠피어스 두 추기경이
그리피스의 안내를 받아 등장]

울지 추기경 평화가 있기를!

캐서린 왕비 내가 주부 일을 하는데요.
최악에 대비하여 무엇이든 되겠어요.
추기경들, 내게 무슨 볼일 있으세요?

울지 추기경 존귀하신 왕비님, 접견실에 가시면
저희가 이곳에 내방한 이유를
충분히 말씀드립니다.

캐서린 왕비 여기서 말씀하세요.
내 양심상, 아직껏 구석이 필요한
무슨 짓도 안 했어요. 다른 모든 여자들도
자유롭게 이런 말을 하길 바라요.
나는 상관없어요. 수많은 사람보다
나는 매우 행복해요. 모든 입이 내 행동을
심판하고 모든 눈이 주시하고 악의와 경멸이
흘겨보아도 나의 삶이 깨끗한 걸 알 수 있어요.
내 주부 생활과 내 뒤를 캐는 게
당신들의 목적이면 솔직히 말하세요.
진실은 열어놓은 거래를 사랑하죠.

울지 추기경 탄타에스트 에르가테멘티스 인테그리타스, 레기나
세레니시마.[53]—

캐서린 왕비 오, 추기경, 라틴어는 그만둬요.
여기 온 이래 내가 생활하던 언어를
잊어버릴 정도로 소홀하지 않았어요.
낯선 말은 내 문제를 낯설고 수상쩍게
만들어 놓아요. 영어로 말하세요.
진실을 말하면, 불쌍한 여주인을 위해서
고마워할 사람들이 여기도 있어요.
못되게 당했다고 하는데요, 추기경,
지금껏 내가 함부로 지은 죄도
영어로 용서받을 수 있죠.

울지 추기경 귀하신 왕비님,
저의 일편단심이 오로지 충성을
의도했던 일에서—전하와 왕비님께

51 새로 임명된 캔터베리 주교로, 왕이 울지 추기경에서 그에게로 신임을 옮긴 것을 말해준다.

52 한 손에 들고 연주하는 고대 현악기. 셰익스피어 생존 당시에 크게 유행했다.

53 "가장 평온하신 왕비님, 당신에 대한 저의 진실한 마음이 그리도 큽니다"라는 뜻의 라틴어.

충성을 다했으며—깊은 의심을 일으켜서
송구스럽습니다만, 모든 입이 축복하는
왕비님의 명예를 더럽히려 하거나
슬픔 중에 빠뜨리려 함이 아니라
—슬픔은 이미 넘치는데—전하와의 사이에
심한 견해 차이에서 어떤 입장이신지
확인하여 봄으로써, 솔직한 인간으로
합당한 의견을 말씀드리고
위로코자 합니다.

캠피어스 추기경 존경하는 왕비님,
추기경 어른은 고상한 성격이라
왕비님에 대하여 열성과 순종을
항상 품은 까닭에, 요즈음 왕비께서
그의 진심과 인품을 꾸짖으셨지만
—너무 지나쳤어요.—호인답게 잊으면서
저와 함께 화해의 표시로 충성과 충언을
약속합니다.

캐서린 왕비 [방백] 나를 속일 셈이군.—
두 분의 선한 뜻에 감사드려요.
정직한 인간다워요. 그래주면 좋겠어요.
그러나 내 명예, 목숨이 달려 있는
중요한 문제를 미약한 지혜로써
이토록 심오하고 박식한 분들에게
즉답할 수 있을지는 모를 일이어요.
시녀들과 더불어 일을 하는 중이라
그런 분도, 그런 일도 만나리라곤
생각하지 못했어요. 과거의 내 지위를
생각하여서—그 마지막 순간이
느껴져요.—자문할 시간을 주세요.
오, 나는 친구도, 희망도 없어요.

울지 추기경 그런 걱정은 전하의 사랑에 누가 됩니다.
왕비님의 친구와 희망은 무한한데요.

캐서린 왕비 잉글랜드에서는 내게 이로운 게
너무도 적어요. 이 나라 누구라도
내게 충고하거나 전하의 뜻에 반하여
친구가 될 사람이 존재할 수 있어요?
한사코 정직을 고집해도 백성으로
살아갈 수 있어요? 천만에, 안 되어요.
슬픔을 헤아려줄 사람은 이곳에 없고
내 모든 행복과 더불어 저 멀리
조국에 있어요.

캠피어스 추기경 슬픔을 거두시고
제 말씀 들으시기 바랍니다.

캐서린 왕비 어떻게요?

캠피어스 추기경 그 문제를 전하의 생각에 맡기십시오.
사랑과 은총이 넘치는 분이시라
왕비님의 명예와 문제에 크게 도움 되세요.
법의 심판에 따르시면 불명예를 지니시고
떠나게 되십니다.

울지 추기경 지당한 말씀이오.

캐서린 왕비 둘이 바라는 건—내 파멸이구나.
이따위가 교인다운 충고요? 못된 것들!
우리 위에 하늘이 있어요. 그 어떤 왕도
타락시킬 수 없는 심판자가 계세요.

캠피어스 추기경 노하셔서 저희를 오해하세요.

캐서린 왕비 더욱 수치스러워요! 거룩한 줄 알았어요.
최상의 덕을 지닌 이들이라 믿었던 거예요.
그러나 죄악과 거짓말이 최상이겠죠.
마음부터 고치세요! 이게 위로예요?
불쌍한 여인에게, 당신네가 망쳐놓고
조롱하는 여인에게 약이라고 이걸 줘요?
불행의 절반도 떠넘기지 않겠어요.
그보단 속이 넓어요. 잊지 마세요. 경고했어요.
각별히 조심하세요. 당신들 머리 위에
한꺼번에 내 슬픔이 떨어질 수 있어요!

울지 추기경 왕비님, 이것은 순전한 광란이오.
선의를 드렸더니 증오로 바꾸셨소.

캐서린 왕비 말끔히 떼는구나! 불행이 내려라!
모든 위선자들에게 불행이 내려라!
정의감이 있다면, 연민이 있다면,
성직자란 의복 외에 무엇이라도 있다면
증오하는 왕의 손에 맡기라고 하겠나?
아, 왕은 이미 나를 침상에서 추방했고
사랑도 오래전에 쫓아냈어. 나도 늙었어.
왕과 나의 관계는 나의 복종뿐이야.
비참한 이 꼴 외에 무슨 일이 생겨?
너희들의 궁리는 모두 나를 이렇게
망치는 것들이야.

캠피어스 추기경 쓸데없는 걱정예요.

캐서린 왕비 이렇게 오랫동안 진실한 아내로서
살아왔어. 선에게 친구가 없어서
내가 직접 말해야지. 자랑이 아니야.

의심의 낙인이 찍히지 않은
여인이 있었나? 넘치는 애정으로
왕을 대하고 천국 다음으로 사랑하고 순종하고
정신없이 떠받들고, 기쁘게 하려고
기도를 잊을 정도였어? 그런데도
이게 보답이야? 옳은 일이 아니야.
남편에게 한결같고 남편의 기쁨 외에
꿈도 못 꾼 여인을 데려와봐.
최선을 다한 그녀에게 하나 더해서
위대한 인내라는 명예를 붙여주겠다.

울지 추기경 우리가 목표하는 선에서 멀어지시오.

캐서린 왕비 당신들의 주인이 내게 붙여준
존귀한 명칭을 내버리는 죄악을
범할 수 없어. 존엄한 내 지위는
죽음만이 빼앗아.

울지 추기경 내 말을 들으시오.

캐서린 왕비 이 땅을 안 밟거나 이 땅에서 생기는
아첨을 모른다면 얼마나 기쁠까!
얼굴은 천사 같지만 속마음은 하늘이 알지.
불쌍한 나는 이제 어떻게 될까?
모든 여자 중에서 가장 불행하구나!
[시녀들에게]
오, 불쌍한 너희들 행복은 어디로 갔냐?
동정도, 친구도, 희망도, 친척도
나 위해 울지 않는 이 나라에 파선했다.
무덤도 없을 곳에? 넓은 들의 여왕으로
한동안 영화롭던 백합꽃처럼
고개를 숙여 죽어야지.

울지 추기경 왕비께서 우리 뜻이
정직하단 사실을 아실 수만 있다면
훨씬 안심되시겠소. 도대체 우리가
어떠한 이유로 해를 끼쳐드리겠소?
그런 짓을 막는 것이 우리의 직분이오.
슬픔 아닌 치유가 우리의 목적이오.
왕비님의 행동을 차분히 따지시오.
자신에게 해가 될지, 이런 행위 때문에
왕이 완전히 따돌릴지 헤아리시오.
왕들의 마음은 순종을 귀애하여
순종을 무척 사랑하나 고집에는 노하여
폭풍처럼 무섭고 사납게 일어나오.
부드럽고 고상하며 고요한 물결 같은
왕비님의 영혼을 우리는 알고 있소.
화해자, 친구, 일꾼이 우리의 직책이오.

캠피어스 추기경 아시게 되오. 여인의 근심으로
왕비님 자신의 선을 해치십니다.
타고나신 고귀한 정신은 그런 의심을
위폐인 듯 버립니다. 전하께서 왕비님을
사랑하시니 그 사랑을 잃지 마시오.
이 일에 우리를 믿어주시면
정성껏 왕비님을 돕겠습니다.

캐서린 왕비 뜻대로 하시고, 나를 용서하세요.
법도에 어긋나게 행동한 게 있으면
내가 여자라는 걸 기억하세요.
올바르게 대답할 지혜가 모자라요.
전하께 내 충정을 전해주세요.
아직도 내 마음을 차지하시죠. 사는 동안
기도드리겠습니다. 그러면, 신부님들,
가르쳐 주세요. 이제는 비럭질을 하네요.
여기 발을 디딜 때 내 자신의 존엄을
이토록 비싸게 샀던 걸 몰랐어요. [모두 퇴장]

## 3. 2

[노폭 공작, 서폭 공작, 서리 백작,
궁실장관 등장]

노폭 이제는 당신들의 항의를 한데 뭉쳐서
계속해 밀고 나가서 그 힘에 추기경도
견뎌내지 못하게 돼요. 당신들이
이 기회를 놓치면 이미 당한 치욕에
새로운 치욕이 더해질 테니
그 이상은 보장하지 못해요.

서리 매우 기쁘오.
장인어른 공작님[54]을 기억해서
비록 조금이지만 복수할 기회를
얻게 되었소.

서폭 우리 귀족 중에서
그자의 멸시를 당하지 않았거나, 최소한
낯선 자로 취급되지 않은 자가 누구요?

54 버킹엄 공작.

자기를 제외하고 귀족이란 표시를
존중한 일이 있소?
궁실장관 귀공들, 말씀을 마구 하시는데요,
당신들과 제게 그자가 빚을 졌어요.
그자에게 어떻게 해줄지—지금 때는
우리에게 유리하지만—걱정이 크오.
왕에 대한 그자의 접근을 안 막으면
그자에게 무슨 일도 못 해요. 그자의 입이
왕께 마술을 부려요.
노폭 걱정 말아요.
마술은 끝났소. 그자 말의 꿀맛을
영원히 망가뜨릴 사실을 왕께서
알아내셨소. 그렇소. 그자는 전하의
불쾌 속에 가라앉았소. 피할 수 없소.
서리 이런 소식이라면 매시간마다 들어도
기분 좋겠소.
노폭 믿으시오, 사실이오.
이혼에 관해서 그자의 계략들이
모두 발각되었소.[55] 내 원수가 망할 걸
바랄 만큼 되었소.
서리 어떻게 해서
계략이 드러났소?
서폭 아주 묘하오.
서리 어떻게요?
서폭 법왕에게 보내는 추기경의 편지가
잘못되어 왕의 눈에 띄었는데, 그 편지에
추기경이 법왕에게 이혼의 판결을
중지하여 달라는 내용이 적혀 있었소.
이혼이 성립되면 "왕이 왕비 시녀인
앤 불린과 애정으로 얽혀진다는 것을
알 수 있습니다"고 말했다는 겁니다.
서리 왕이 편질 가졌소?
서폭 믿으시오.
서리 제대로 될까?
궁실장관 이 일을 통해서 왕은 그자가 교묘하게
요리조리 피하는 걸 아시게 됐으니까
이번에는 그자의 계략들이 발각된 후라
사후약방문 격이에요. 왕은 벌써 아가씨와
결혼하셨어요.
서리 그랬다면 좋겠는데—
서폭 당신의 뜻대로 되었으니 기뻐하시오.
확실히 뜻을 이뤘소.
서리 이제 모든 기쁨은
예식을 좇는 거요.
서폭 '아멘'이오.
노폭 모두의 '아멘'이오.
서폭 왕비의 대관식에 명령이 하달됐소.
너무 새 소식이라 몇 사람의 귀에는
도달하지 않았겠소. 그러나 아가씨는
어여쁘며 정신과 외모가 완벽하오.
그녀에게서 이 땅에 길이 기억될
어떤 축복이 내릴 거란 믿음이
심중에 생겨났소.
서리 그러나 왕이
추기경의 편지를 참아낼 수 있을까?
오, 맙소사!
노폭 맙소사, 아멘.
서폭 그렇지 않소.
코 주변을 윙윙대며 침을 속히 쏘아 댈
말벌들이 모여 있소. 캠피어스 추기경이
떠난다는 말도 없이 로마로 달아났소.
왕의 일은 놓아두고 버리고 갔소.
추기경의 계략을 도와줄 첩자로
파견되어 왔었소. 이 말에 왕께서는
"허!"[56] 하고 외치셨소.
궁실장관 하느님의 충동으로
왕께서 더 크게 "허!"라고 외치시면 좋겠소.
노폭 그런데 대공, 크랜머는 언제 돌아오오?
서폭 먼저 의견들을 보냈는데 왕이 보시고
이혼에 관하여 의문을 푸셨으며
동시에 거의 모든 교계의 저명 대학의
견해들을 보내왔소. 조금만 지나면
왕의 두 번째 결혼과 왕비의 대관식이
공포될 거라 믿소. 캐서린은 더 이상
'왕비'가 아니라 '미망인 공주'와
'아서 왕자의 미망인'이 될 거요.

55 울지 추기경은 로마 법왕청의 세력을 등에 업고 헨리 왕과는 반대로 왕의 이혼을 연기하고자 획책하였다가 발각되었다.
56 헨리 왕의 말버릇. 1막 2장 188행에 처음 나오고 이후 간간이 나온다.

노폭 크랜머란 사람은 괜찮은 인간인데,
그 일로 수고가 컸소.

서폭 그렇소. 그 상으로
대주교가 되는 걸 보게 될 거요.

노폭 그런 말이 들리데요.

서폭 그렇소.
[울지 추기경과 크롬웰 등장]
추기경이오.

노폭 저것 보시오. 우울한 안색이오.
[그들이 비켜서서 울지와 크롬웰을 바라본다.]

울지 추기경 크롬웰, 문서함을 전하에게 드렸는가?

크롬웰 예, 직접. 침실에서요.

울지 추기경 겉봉을 여시고
안을 들여다보셨는가?

크롬웰 보시자마자
봉함을 여시고 첫 편지를 심각하게
보셨습니다. 안색에 긴장감이
돌았습니다. 오늘 아침 여기서
추기경을 대령하라고 하셨습니다.

울지 추기경 나오실 채비가 되셨는가?

크롬웰 지금쯤 그러실 겁니다.

울지 추기경 잠깐 나가라. [크롬웰 퇴장]
[방백] 앤런선 공작 부인, 프랑스 왕의 누이—
그래야 한다. 그 여자와 결혼시킬 터이다.
앤 불린? 안 된다. 그런 애는 안 주겠다.[57]
반반한 얼굴보다 중한 게 달렸거든.
불린? 안 돼. 불린들은 필요 없다. 로마에서
기별 오길 기다린다. 흠, 펨브룩 후작 부인?
[귀족들이 서로 말한다.]

노폭 심사가 편치 않군.

서폭 왕이 자기를 향해
분노의 칼을 가신다고 들었나 보오.

서리 주님의 정의를 위하여 날카롭게 가시길!

울지 추기경 [방백] 전 왕비의 시녀라고? 기사의 딸이
주인의 주인이 돼? 왕비의 왕비?
촛불이 밝지 않다. 심지를 자르겠다.
그리하면 꺼진다. 그녀가 정숙하고
자격이 충분한들 별수 있는가? 하지만
그녀가 열렬한 신교도라 고집스런
우리 왕의 품에 들어 있으면 우리 일에
껄끄럽다. 게다가 이단 중에 괴수가
생겼으니, 크랜머 그자다. 왕의 총애 속에
기어든 녀석이다. 그래서 왕의
스승이 됐다.

노폭 뭔가 기분이 나쁜 듯하오.
[헨리 왕이 일람표를 읽으며 로벌과
함께 등장]

서리 전하의 심금을 울리던 줄을
쏠아 먹는 거라면 좋겠다!

서폭 전하요, 전하!

헨리 왕 [방백] 제 몫으로 굉장한 부를 축적했어?
시간마다 그자의 비용 지출이
물 흐르듯 한다고? 절약의 명목 하에
어떻게 그런 걸 긁어모으는가?—귀공들,
추기경을 보았소?

서폭 전하, 저희는 여기 서서
그를 지켜봤는데, 그의 머릿속에서
이상한 변괴가 벌어지는 중입니다.
입술을 깨물고, 깜짝 놀라고, 갑자기 서고,
땅바닥을 내려다보고 손가락을
이마에 갖다 대고, 금세 빨리 걷다가
다시 서서 가슴을 두드리고 시선을 금세
달을 향해 던집니다. 매우 기이한
태도를 보이는 모습이었습니다.

헨리 왕 마음에 반란이 일어났군. 오늘 아침
요청에 따라 국사의 문서들을 보내서
나더러 살피라고 했는데 내가 거기서
무얼 발견했겠소? 거기다 실수로
끼워 넣은 거였소. 다름이 아니고
여러 가지 식기류, 보석, 고가품,
집 안 장식품들을 적은 목록이었는데
너무 값진 물건이라 신하의 소유를
넘는 것들이었소.

노폭 하늘의 뜻입니다.
한 영혼이 그 쪽지를 문서철에 끼워서
전하의 눈을 축복했던 겁니다.

헨리 왕 추기경의 사색이 높은 데를 향하여
정신적인 사실들에 머물러 있다면

57 앤 불린은 개신교도인 데다 가톨릭교도인 프랑스 왕의 누이는 정치적으로 그에게 이로웠다.

언제나 사색 중에 잠겨 있겠는데,
추기경의 관심사는 달 아래 사물이라,[58]
심각한 사색이 필요 없소.
[왕이 자리에 앉아 로벌에게 귓속말을
하니 로벌이 추기경에게 간다.]

울지 추기경 주여, 저를
용서하소서! 항상 전하를 축복하소서!

헨리 왕 추기경은 천국의 생각으로 충만하고
지고한 미덕들의 목록을 지녔고
지금도 그것들을 헤아리던 중이라,
영혼의 사색 중에 어느 순간도
세상일을 계산할 여유가 없소.
확실히 그런 일에 서투른 관리인이라
그 일에 동료가 되어주니 매우 반갑소.

울지 추기경 거룩한 직분을 생각할 때가 있고
나라의 사무를 생각할 때가 있고
자연은 양육의 시간을 요청해서
자연의 연약한 자식인 저 자신은
피치 못해 세상의 형제들과 더불어
주의를 기울입니다.

헨리 왕 무척 말 잘하오.

울지 추기경 전하께서 항상 제가 잘하는 일과
잘하는 말을 이으시기 원합니다.
그러시도록 힘쓰겠습니다.

헨리 왕 또 말 잘했소.
잘하는 말은 잘하는 일의 하나로되
행실은 아니오. 아버님은 당신을
사랑하셨소. 그렇게 말씀하셨고
말씀대로 행하셨소. 내가 직책을 맡은 이래
당신을 내 마음에 가까이 두고
큰 이익이 생길 수 있는 높은 자리에
당신을 썼고 내 것까지 할애하여
넉넉히 주었소.

울지 추기경 [방백] 이게 무슨 뜻일까?

서리 [방백] 주님, 계속하소서!

헨리 왕 내가 당신을
국정의 총수로 삼지 않았소? 지금 내 말이
사실인지 말하오. 그렇다고 시인하면
내게 덕을 입었는지 안 입었는지
그걸 밝히시오. 무어라 하겠소?

울지 추기경 전하, 매일처럼 제게 은택을 내리시어
아무리 애써도 갚을 길 없으며
모든 이의 노력을 넘어가며 제 노력은
의욕에 비하여 턱없이 부족하되,
최선을 다했고, 항상 제 목표는
거룩하신 전하와 국가의 이익을
도모하는 일이었고, 제게 부어주신
막중한 은택은 보잘것없는 제 자신이
주인 되신 전하에게 충성의 감사와
전하를 위해 하늘께 드리는 기도와
과거에도 미래에도 무한히 자라는
제 충정을 겨울이란 죽음이 오기까지
바칠 결심입니다.

헨리 왕 멋진 대답이었소.
충성하고 순종하는 신하의 뜻이
대답에 나타나오. 그러한 명예는
행실이란 보답이오. 그것의 반대는
치욕이란 벌이오. 내 손이 당신에게
은덕을 베풀고 오직 내 마음은
사랑을 부었고 내 힘은 누구보다
당신에게 명예를 쏟았소. 그러므로
당신 손과 마음과 두뇌와 능력은
국왕에게 충성할 맹세가 있소.
개인 간의 사랑처럼, 다른 누구보다도
당신 친구인 내게 주어져야 했소.

울지 추기경 항상 저보다 전하를 위해
노력했습니다. 과거도 현재도
미래도 같습니다. 온 세상이 충성을
산산이 깨뜨려 영혼의 바깥에 내버려도,
생각이 꾸며내는 위험들이 몰려들며
무서운 형상으로 나타난다고 해도,
울부짖는 물살을 견뎌내는 바위처럼
제 충성은 노한 강에 버텨 서서
부하로서 흔들림이 전혀 없겠습니다.

헨리 왕 고귀한 말이오. 귀공들, 잘 보시오.
충성된 마음이오. 열어서 보여줬소.
[울지에게 문서들을 건넨다.]

58 당시의 우주관에서 '달 아래'(sublunary)의 세상은 잡다한 세상일을 뜻했다. '달 위'(superlunary)는 불변하는 정신의 세계였다.

읽어보오. 그다음 이거요. 그러고 나서
식욕이 있으면 조반차 가시오.
[추기경에게 낯을 찌푸리며 헨리 왕 퇴장.
귀족들은 웃으며 수군대며 뒤를 따른다.]

울지 추기경 이게 무슨 뜻일까? 왜 돌연 노하실까?
웬일인가? 왕의 눈이 파멸을 튕기듯
노려보며 떠나셨다. 성난 사자가
자기를 괴롭힌 대담한 사냥꾼을
저렇게 쏘아보고 짓이긴다.
읽어보겠다. 왕이 노한 사연이지.
[문서 중 하나를 읽는다.]
그렇구나. 이게 날 망쳤어. 한곳에
모아놓은 산 같은 재물의 목록이다.
개인적인 목적에서—법왕 자리 얻으려고
로마의 친구들 수고비로 모았던 것.
오, 부주의! 멍청한 추락이 당연해!
무슨 못된 마귀가 왕이 받은 문서철에
이런 특급 비밀을 끼웠는가?
고칠 길이 없는가? 왕의 뇌리에서
이걸 쫓아낼 계교가 없단 말인가?
왕이 몹시 흔들리지만 길은 있어.
성공하면 운수의 장난에도
나를 구해 주리라. 이건 뭔가?
[다른 문서를 읽는다.]
"법왕에게"? 성하께 모든 걸 이야기한
편지구나. 그러면 모든 일이 끝났다.
오를 수 있는 최고점에 도달했다.
가장 높은 영광의 정점에서 이젠
일몰을 향해 달려간다. 밤하늘에
반짝이는 혜성처럼 추락하겠지.
아무도 다시 나를 보지 못하겠지.
[울지 추기경에게 노폭 공작, 서폭
공작, 서리 백작, 궁실장관 등장]

노폭 추기경, 전하의 뜻을 들으시오.
즉시 우리 손에 옥새를 넘기며,
전하의 별도의 지시가 있기까지
윈체스터 주교관 애셔 하우스[59]에
연금을 명하오.

울지 추기경 기다리오, 귀공들.
사령장이 어디 있소? 말은 그런 중대한
권세가 없소.

서폭 전하의 입에서
직접 명령을 받은 우릴 누가 감히 맞서는가?

울지 추기경 당신들의 의도나 그 의도를 행할 말은
당신들의 증오인데, 그 이상을 보기 전엔,
끼어드는 귀공들, 감히 내가 그 짓을
부인하겠소. 이제 보니 당신들은
저질의 물질과 시샘으로 만들었소.
열심히 내 수치를 쫓아다니오!
그걸 먹고 사는 듯이, 나를 파멸시킬
온갖 일에 아양 떨며 막 덤벼들다니!
증오의 인간들아, 질투의 길을 가라.
교인의 허가를 받은[60] 당신들이니
확실히 때가 되면 보상을 받으리라.
당신들이 사납게 요구하는 옥새는
나와 당신들의 주인이신 왕이 주며
지위와 명예와 함께 일평생 그 권위를
누리라 하셨고, 진심을 선언코자
공개적인 문서로 확정하신 거요.
자, 누가 가지겠소?

서리 그를 주신 왕이시다.

울지 추기경 그럼 왕이셔야겠소.

서리 사제, 너는 건방진 반역자다.

울지 추기경 건방진 귀족, 거짓말 마.
마흔 시간 안 돼서 그따위 말보다는
차라리 혓바닥을 태우면 나았을 거다.

서리 슬퍼하는 이 땅에서 네 야심과 붉은 죄가
고귀하신 내 장인 버킹엄을 뺏어갔다.
네 패거리 추기경의 머리들과
네 능력을 합쳐도 그 머리 한 올도
되지 못했다. 악랄한 정략으로
아일랜드 총독으로 나를 멀리 보냄으로
네가 씌운 죄목에 자비를 베풀어줄
사람들과 왕에게서 날 떼어 놓았었다.
그 틈을 이용해서 알량한 동정심에
선심이나 쓰는 듯이 도끼로 깨끗이
사람을 해치웠다.

59 울지 추기경이 관할하던 곳으로 윈체스터 주교좌였다.
60 울지가 증오를 감추고 겉으로 정의를 부르짖는 귀족들을 비꼬고 있다.

울지 추기경 그런 수작 이외에도
수다스러운 이자가 내 탓으로 돌리는
모든 게 거짓부렁이다. 법에 따라 공작은
받을 걸 받았다. 공작이 죽은 건
내 사적인 악의가 없었단 사실을
고귀한 배심원과 치사한 죄가 증언해.
내가 말을 즐긴다면 넌 명예도 없고
정직도 없는 걸 자세히 말하겠다.
언제나 주인이신 전하에 대한
충성과 진실에 있어선 서리 따위나
그의 못난 작태를 좋아하는 자보단
훨씬 더 진실한 사람과 겨루겠다.
서리 네가 입은 긴 옷이 너를 보호한다.[61]
그것만 없다면 네 피가 내 칼 맛을
보았겠지. 귀공들, 이 거만을 참고 듣겠소?
이런 놈한테서? 우리가 이렇게
빨간 천에 놀아나서 얌전히 살 거면
귀족 짓은 끝났소. 계속 빨간 모자로
종달새처럼 우리 얼을 빼 가랩시다.[62]
울지 추기경 네 배는 모든 선의 독약이구나.
서리 그렇다. 네 선은 온 나라의 재물을
한 덩이로 긁어모아 손에 쥐는 거다.
네 선은 문서들이 발각되어 드러냈다.
왕께 불리하게 법왕에게 써 보낸
문서들이지. 네가 싸우자고 덤비는데,
네 선은 가장 악명 높은 선이다.
고귀한 노폭 공작, 공공의 이익과
멸시받는 우리들과, 저자가 있으면
신사도 되지 못할 후손들을 존중하시니,
저자의 모든 죄를, 사생활서 수집한
사항들을 공개하시오. 시꺼먼 계집[63]을
팔에 안고 입 맞추며 누웠다가
종소리보다 더 놀라게 만들겠다.
울지 추기경 [방백] 이자는 정말로 경멸할 놈이다!
자비심에 의지해 억제하지만—
노폭 여기 적힌 항목들을 전하께서 가지셨다.
그쯤하고 말겠다.—추잡한 내용이다.
울지 추기경 그래서 내 진실을 전하께서 더 아시면
내가 결백하다는 게 깨끗이 솟아날 거다.
서리 그것으로 구제받긴 글렀다. 다행히 내가
일부분을 기억해서 말하겠다.
이제라도 낯붉히며 '용서'를 구하면
조금은 정직하다고 할 수 있다.
울지 추기경 말해보라. 무슨 말을 한대도 무섭지 않다.
내가 낯을 붉히면 귀족이라는 자가
예절 없이 구는 짓을 보기 때문이다.
서리 내 머리보다 차라리 예절을 버린다. 싸우자!
첫째로, 전하에게 알리거나 허락도 없이
법왕의 특사가 되려고 작간을 부려서
그 힘으로 주교들의 권한을 약화했다.
노폭 다음으로, 법왕이나 외국의 왕들에게
보낸 편지들에서 언제나 "에고 에트 렉스
메우스"[64]라고 썼다. 왕을 네 하인으로
강등했다.
서폭 그리고 황제에게
대사가 돼서 갈 때 전하와 추밀원에
알리지도 않은 채 제멋대로 옥새를
플랜더스[65]에 가지고 갔다.
서리 또한 왕의 의사나 나라의 허락 없이
전하와 페라라의 동맹을 맺으려고
그레고리 드 카사도[66]에게
대규모 사절단을 파견했다.
서폭 순전한 야심에서 전하의 은화에
추기경의 모자를 박아 넣었다.[67]
서리 또한 무수한 재물을 로마에 보내,

61 사제는 긴 겉옷을 입었다. 사제와는 결투를 할 수 없었다.
62 빨간 천 조각을 흔들어 종달새들이 얼이 빠졌을 때 새를 잡았다고 한다. 추기경은 빨간 겉옷, 빨간 모자를 썼다.
63 울지의 음란은 잘 알려졌었다. 그의 정부가 낳은 딸은 수녀원에 가고 아들은 훗날 교회의 간부가 되었다.
64 라틴어로 "나와 나의 왕"이라는 말이니 자기를 앞세우고 왕을 뒤에 놓아 자기의 '아랫사람'으로 대접했다.
65 지금의 벨기에의 서북부 플랜더스(플랑드르) 지방.
66 이혼 문제로 헨리 8세와 울지 추기경을 위해 법왕과의 일을 주선했던 이탈리아 외교관 카살리스를 가리킨다. 울지는 동시에 법왕의 반대파인 이탈리아의 도시국가 페라라와 잉글랜드의 동맹을 체결하는 정략을 썼다.
67 울지는 반 푼짜리 동전을 찍을 권한이 있었으나 왕의 권한인 은화를 발행하면서 그 은화에 자기 이름자와 추기경의 모자를 새겨 넣었다.

—어떤 수단으로 모아들였는지는
네 양심에 맡긴다만,—높은 직분들을
마련하기 위하여 이 나라 전부를
탕진시켰다. 다른 죄도 많지만
모두 너에 관한 것이라 치사해서
입을 더럽히지 못한다.

궁실장관 아, 귀공,
떨어지는 사람을 다그치지 마세요. 그게 덕이죠.
법 앞에 그의 죄가 드러났어요. 귀공이 아니라
법이 다스리게 하세요. 굉장하던 위세가
저처럼 줄어들어서 서글퍼요.

서리 저자를 용서하오.

서폭 또한 전하께서 당신이 이 나라에서
법왕청 대사의 권한으로 요즘 행한
여러 가지 행위가 반역죄에 포함됐으니
당신의 재물과 토지와 건물과
궁성과 그 외의 일체를 압수하며
동시에 당신은 왕의 보호 범위에서
배제하게 된 것을 포고하라 하셨소.
이 일은 내가 맡은 직책이오.

노폭 그래서 우리들은 당신과 헤어지오.
어찌하면 선하게 살겠는지 생각해보오.
우리에게 옥새를 돌려줄 것을
완강히 거부한 사실을 왕께 고하면
분명히 고마워하시겠소. 자, 그럼
편안히 계시오. 쪼그만 추기경 어른.

[울지 이외에 모두 퇴장]

울지 추기경 잘 있어라. 쪼그만 너희 속도 잘 있어라.
내 모든 위대함도 잘 있어라, 오래오래 잘 있어라!
이것이 인간의 상황이다. 오늘은
희망의 싹을 틔우고 내일은 꽃을 피워
화려한 명예를 무수히 달았다가
셋째 날엔 사정없는 무서리가 내리니,
속 편한 인간이라 큰 희망의 큰 결실을
확고하게 믿었는데 뿌리가 끊어지며
나처럼 쓰러진다. 부표에 올라타고
장난치는 아이처럼 여러 해 여름철,
영광의 바다에 용감히 뛰어들어
감당할 수 없을 만큼 멀리 갔었다.
한껏 부푼 교만이 마침내 터져
일에 늙고 지친 몸을 거친 물에 던지고
그 속에 영원히 잠기고 말리라.
세상의 헛된 위세와 영화여, 너희가 밉다!
새 마음이 열리는 느낌이다. 왕의 총애에
가련하게 달린 자는 정말로 불쌍하다!
우리가 희구하여 마지않는 왕의 미소—
그 달콤한 얼굴빛!—그것과 왕이 주는
파멸 사이에 전쟁이나 여자보다
더 심각한 괴로움과 공포가 들어 있다.
인간이 추락할 때 루시퍼[68]처럼 추락한다.
희망이란 전혀 없다.
[크롬웰 등장. 놀라서 멍하게 서 있다.]
왜 그러나, 크롬웰?

크롬웰 말할 힘이 없습니다.

울지 추기경 내 불운에
놀랐단 말인가? 큰 사람 망한다고
영혼마저 놀라는가?
[크롬웰이 울음을 터뜨린다.]
네가 우니까
진짜 망했나보다.

크롬웰 괜찮으신가요?

울지 추기경 물론 괜찮다.
이처럼 기쁜 적 없다, 착한 크롬웰.
이제야 나를 알고 모든 세상 영광을
뛰어넘는 평화를 마음속에 느낀다.
양심이 잔잔하다. 왕이 고쳐주셨다.
전하에게 감사한다. 내 어깨에서,
망가진 기둥에서, 불쌍히 보신 왕이
함대까지 가라앉힐 큰 짐을 벗기셨다.
지나친 명예였다. 너무 큰 짐이었다.
천국을 소망하는 사람에게 너무 과했다.

크롬웰 새로운 깨달음을 선용하시어 기쁩니다.

울지 추기경 그러길 바란다. 힘이 생긴 듯하다.
정신을 무장하니 힘이 느껴진다.
나약한 원수들이 씌우려는 불행보다
훨씬 많고 큰 불행을 견디겠다.
무슨 소문 있던가?

크롬웰 가장 아픈 소식은

68 마귀의 괴수 사탄의 구약 이름. "예수께서 이르시되, 사탄이 하늘에서 번개같이 떨어지는 것을 내가 보았노라." (누가복음 10장 18절)

전하께서 귀공에게 주신 수치입니다.
울지 추기경 왕께 축복을!
크롬웰 다음은 토머스 모어 경[69]이
귀공 대신 총리로 선택된 소식입니다.
울지 추기경 그건 조금 뜻밖인데. 하지만 박식한 사람이지.
전하의 총애를 오래 받고 진실과 양심으로
정의를 실천하며 평생을 보낸 후에
축복 속에 잠들 때, 그의 유해가
고아들의 눈물 속에 묻히길 바란다.
다른 소식은?
크롬웰 크랜머가 환영 중에 돌아와
캔터베리 대주교로 서품받았습니다.
울지 추기경 정말 새 소식이군.
크롬웰 마지막으로
왕께서 오래전 비밀리에 결혼하신 앤 여사가
오늘 왕의 부인으로 교회에 가는 걸
목격했으니까 오늘의 화제는
단연코 왕비님의 대관식입니다.
울지 추기경 그래서 내가 추락했다. 아, 크롬웰,
왕이 나를 버리셨다. 그 여자로 인해서
내 모든 영광이 영원히 가버렸다!
다시는 태양이 내 영광을 선포하고,
미소를 기다리던 귀족들을 금빛으로
물들일 수 없으리라. 크롬웰,[70] 떠나라.
나는 한낱 추락한 사람, 이제는 주인 될
자격이 없다. 왕께 가라. 영원히 안 질
태양이 되실 걸 기도한다. 네가 얼마나
진실한지 진언하면 너를 높이시리라.
기억만 하시면 고귀한 성격이시라
네 큰 그릇을 없애지 않으시리라.
크롬웰, 전하를 놓치지 마라.
지금의 기회를 붙잡아서 잘 이용하라.
장래의 안전에 대비하라.
크롬웰 [울면서] 추기경님,
그러면 제가 떠나야 합니까? 그토록
선하시고 귀하시고 진실하신 주인님을?
목석 아닌 사람들아, 크롬웰이 얼마나
슬퍼하며 떠나는지 증인들이 되어다오.
왕을 섬길 터이나, 저의 기도는
영원히, 영원히 대공님께 드립니다.
울지 추기경 [울면서] 크롬웰, 아무리 불행하게 되어도,
울게 될 줄 몰랐는데 네 정직, 네 진실이
나로 하여금 여자 되게 하누나.
피차 눈물을 닦아내자. 내 말을 들어둬.
내가 필경 잊혀서 찬 무덤 속에
잠들어서 다시는 내 얘기가
안 들리게 되었을 때, 울지가 너에게
가르쳤다고 말하라. 영광의 길을 걸으며
명예의 깊은 물, 얕은 물을 알아본 주인이
파멸에서 솟을 길을 자기는 놓쳤지만
확실하고 안전한 길을 알려줬다고 해.
내 추락을 살피고 나를 망친 원인을 알아라.
크롬웰, 야망을 내버려라.—당부한다.
그런 죄로 천사들도 추락했다. 그러므로
하느님의 그림자인 인간이 야망으로
이룰 게 있는가? 자신을 끝에 둬.
미워하는 자들을 사랑하라. 죄악은 정직보다
승리를 못 해. 온유한 화평을 오른손에 받들고
시기의 입을 막아. 올바르고 겁내지 마.
네 모든 목표를 나라와 하느님과
진실 편에 세워라. 그래도 추락하면
크롬웰, 너는 축복받은 순교자가 되리라.
왕을 섬겨라.—그럼 나를 집 안으로 데려가.
내게 있는 소유의 목록을 받아라.
피천 한 잎 모두가 왕의 소유다.
내가 입은 성의와 하늘에의 충절만이
내 소유의 전부다. 오, 크롬웰, 크롬웰,
왕을 섬긴 열성의 반만큼 주님을 섬겼다면
하느님은 늙은 나를 이토록 적에게
알몸으로 버리지 않으셨을 거다.
크롬웰 참으십시오, 추기경님!
울지 추기경 참는다.—잘 있어라,
궁정의 소망들아. 내 소망은 천국에 있다. [둘 퇴장]

69 유명한 이 사람은 울지 추기경의 후임으로 대법관이 되었으나 3년 후 사임하고 옥에 갇혔다가 사형당했다.
70 헨리 8세의 비서관이 되었다가 얼마 후에 쫓겨나 사형당했다.

## 4. 1

[두 신사가 서로를 만나면서 등장. 신사 1은
문서를 들고 있다.]

신사 1 또다시 잘 만났소.
신사 2 나도 마찬가지요.
신사 1 이 자리에 서 있다가 대관식 후에
돌아오는 앤 부인을 보려는 거요?
신사 2 그 일뿐이오. 지난번 만났을 때
버킹엄 공작이 심판을 받는 걸 봤소.
신사 1 그랬지요. 하지만 그때는 슬펐는데,
오늘은 모두가 기뻐하고 있소.
신사 2 잘된 일이오. 확실히 평민들이
왕에 대한 충성심을 극상으로 보여주오.
공정히 평가해서, 오늘을 경축하여
연극과 가장행렬과 찬란한 볼거리에
열성을 다하오.
신사 1 이보다 더한 적이
없을뿐더러 전하께서 최고로 흡족해 하시오.
신사 2 손에 드신 문서에 뭐가 씌었는지
여쭈어도 되겠소?
신사 1 아, 이는 오늘
대관식 관례에 따라 직분을 자청한
분들의 명단이오. 서폭 공작이
첫째로 올라 궁실장관을 맡겠다 했고
다음으로 노폭 공작이 의전 총책을 자임했소.
나머지는 당신이 읽어보시오.
[그에게 문서를 건넨다.]
신사 2 고맙소. 그러한 관례를 모른다면
당신의 문서에 신세졌을 거요.
한데 물어봅시다. 미망인 공주
캐서린은 어찌 되었소? 어떻게 되어가오?
신사 1 그 얘기 해드리오. 캔터베리 대주교가
지위가 비슷한 박식한 신부들과
공주가 묵고 있는 앰트힐 궁성[71]에서
6마일 떨어진 던스터블 수도원에
회동하면서 그녀를 불렀으나
그녀가 불응했소. 간단히 말하면
그녀의 불응과 왕의 양심을 문제 삼아
박식한 그분들 전원의 합의로
그녀는 이혼을 당하고 그 결혼은
무효가 되었소. 그 이후 그녀는
킴볼턴 성[72]으로 옮겨서 지금은
병환 중에 있소.
신사 2 그토록 착한 분이!
[안에서 나팔들의 주악]
나팔들이 울리오. 가까이 서시오. 왕비가 오오.
[대관식 행렬이 들어와 질서와 위엄을
갖추어 무대를 건너간다. 행렬의 진행 중
안에서 오보에가 연주된다.]

대관식 순서

*1. 첫째로, 나팔수들 등장. 경쾌한 주악 연주.*
*2. 다음으로, 두 판사.*
*3. 다음으로, 옥새가 든 주머니와 권봉을 앞에 든 국무총리.*
*4. 다음으로, 노래하는 합창대. 그들과 함께 연주하는 악단.*
*5. 다음으로, 전곤 든 런던 시장과 그의 뒤에 문장을 수놓은 저고리 입고 금박 입힌 동관을 쓴 의전관.*
*6. 다음으로, 황금 홀 들고 작은 금관을 머리에 쓰고 금 사슬 목에 건 도싯 후작. 그와 함께 비둘기 앉은 은 막대 들고 작은 백작 관 쓰고 역시 사슬 목걸이 건 서리 백작.*
*7. 다음으로, 정복 외투를 입고 작은 관을 머리에 쓰고 긴 백색 막대를 들고 궁실장관이 된 서폭 공작. 그와 함께 의전관 막대 들고 작은 관을 머리에 쓴 노폭 공작. 둘 다 사슬 목걸이를 걸었다.*
*8. 다음으로, '5관문'[73] 네 남작이 받든 일산 아래 의상을 걸친 새 왕비 앤. 늘어뜨린 머리를 진주로 호사롭게 치장했다. 관을 썼다. 그녀의 양쪽에 런던 주교, 윈체스터 주교가 함께 간다.*
*9. 다음으로, 꽃 모양을 박은 금관을 쓰고 왕비의 치마 끝자락을 쳐든 늙은 노폭 공작 부인.*
*10. 끝으로, 머리에 꽃 장식 없는 금테 두른 몇 귀부인 또는 백작 부인들.*

71 런던 서북부로 72km 떨어진 왕 소유의 궁성.
72 잉글랜드 중동부에 있으며, 1536년에 캐서린은 이곳에서 죽었다.
73 잉글랜드 동남부 해안의 방비를 맡고 있던 다섯 포구. 왕의 천개를 받드는 것이 그들의 임무였다.

[행렬이 무대 위를 지나갈 때 그에 대해
두 신사가 논평한다.]
신사 2 행렬이 매우 웅장하오. 이분들은 알겠는데
홀을 든 분은 누구요?
신사 1 도싯 후작이오.
막대를 든 이는 서리 백작이군요.
신사 2 담대하고 용맹한 신사요. 저분은
서폭 공작인가요?
신사 1 맞습니다. 궁실장관이오.
신사 2 저분은 노폭 공이오?
신사 1 그렇소.
신사 2 [앤을 보고] 하늘 복이 있기를!
평생에 처음 보는 어여쁜 얼굴이오!
영혼에 걸어 맹세코, 저이는 천사요.
우리 왕이 인도 땅을 모두 팔에 안으셨소.
그녀를 껴안으면 더 큰 부가 생기겠소.[74]
전하의 양심을 탓하지 못하겠소.
신사 1 그녀 위로 명예의 천개를 받든 것은
관문들의 네 남작이오.
신사 2 행복한 분들이오.
그녀 주변 사람들이 모두 행복하오.
치마 끝을 들고 가는 저 노부인은
고귀한 노폭 공작 부인인 듯하오.
신사 1 맞습니다. 그 외에는 백작 부인들이오.
신사 2 관을 보면 알겠소. 정말 별들이오.
신사 1 그래서 간혹 떨어지오.
신사 2 그 말은 마오.
[행렬의 끝이 퇴장. 뒤이어 안에서
나팔들의 요란한 주악]
[신사 3이 땀을 흘리며 등장]
신사 1 안녕하시오? 어디서 끓다가 오셨소?
신사 3 수도원 군중 틈이오. 손가락 한 개도
들이밀 틈이 없었소. 환호하는 군중의
지독한 열기에 숨이 막힐 지경이오.
신사 2 식을 보셨소?
신사 3 보았소.
신사 1 어떻습디까?
신사 3 볼만했소.
신사 2 친구, 말씀하시오.
신사 3 능력껏 말하겠소. 귀족들과 귀부인들의
화려한 흐름이 성단에 마련한 곳으로
왕비를 모셔 와서 떨어져 서자,
왕비는 잠시 동안—한 30분가량—
화려한 보좌에 앉아 쉬며 정면으로
군중을 향하여 아름다운 자태를
환히 보여 주었소. 확실히 그녀는
남자 옆에 누웠던 여자 가운데
가장 어여쁜 이오. 군중이 그녀를 보자
바다의 강풍 속에 돛폭들이 발하듯
탄성들이 솟아나니 여러 가지 곡조로
큰 소리가 들렸으며, 모자와 외투와
웃통마저 공중으로 솟았으며, 얼굴까지
떼어낼 수 있었다면 잃어버렸겠소.
그런 기쁜 모습을 본 적이 없소.
해산 날이 사나흘 남은 만삭의 여인들도
옛 싸움의 공성퇴[75]처럼 떠밀어대니
앞사람이 비틀댔소. 어떤 사내도
'이게 내 아내요'라고 말하지 못할 만큼
하나의 괴물이었소.
신사 2 그다음에 어떻게 됐소?
신사 3 마침내 왕비가 일어나 얌전히 걸어
제단으로 나아와 무릎을 꿇고 성자처럼
예쁜 눈을 하늘을 우러러 정성껏 기도한 후
일어나 군중에게 허리 굽혀 절하고
캔터베리 대주교가 거룩한 향유[76]와
고백 왕 에드워드[77]의 관과 평화의 막대와 새와
그 밖의 상징들을 엄숙히 더해주자,
왕비 전하 모습이 역력히 나타났소.
다음으로, 이 나라 최고의 음악인이
모두 모인 찬양대가 '테 데움'[78]을 부른 뒤에,
아까처럼 장엄하게 요크 궁으로 돌아갔소.
거기서 잔치가 벌어진다 하더군요.

74 온 국민이 원하던 '왕자'를 낳을 거라는 열망.
75 중세의 전쟁에서 적의 성문과 성벽을 부수기 위해 사용하던 길고 굵은 나무 기둥.
76 왕과 왕비의 대관식에서는 대주교가 '기름 바르는 예식'(anointment)을 베풀었다.
77 웨스트민스터 수도원을 창립했으며 고백 신부로 이름 높던 잉글랜드의 왕이며 성자(1020?~1066). 고백 신부는 교인의 고백을 들어주는 가톨릭 신부.
78 가톨릭교회에서 부르는, '하느님께'로 시작되는 감사 찬송.

신사 1 이제는 더 이상 요크 궁이 아니오.
벌써 지난 일이오. 추기경 몰락 후에
그 명칭은 없어지고 전하의 소유로서
지금은 화이트홀이라 하오.
신사 3 나도 알고 있소.
하지만 새로운 명칭이라 예전 명칭이
내겐 아직 좋다오.
신사 2 왕비를 가운데 두고
같이 가던 주교들은 누구들이오?
신사 3 스톡슬리와 가드너요. 뒷사람은 윈체스터 주교로
왕의 비서였다가 새로이 승진했고
다른 이는 런던 주교요.
신사 2 윈체스터 주교는
유덕한 크랜머 대주교와 썩 좋은 사이는
아니라는 중론이오.
신사 3 온 나라가 알고 있소.
그러나 큰 틈이 생긴 것은 아니오.
그 경우, 크랜머는 든든한 친구가 있소.
신사 2 그게 누구요?
신사 3 토머스 크롬웰인데,
왕이 존중하시며, 매우 좋은 친구요.
왕이 그에게 보물관[79]을 맡기셨고
이미 추밀원 의원으로 임명하셨소.
신사 2 더욱 승진할 거요.
신사 3 예, 물론이오.
신사 양반들, 나와 같이 갑시다.
궁정에 가던 길인데, 내 손님이 되시오.
내가 초청할 수 있소. 거기로 가면서
더 얘기하겠소.
신사 1과 2 뜻대로 하시오. [모두 퇴장]

## 4. 2

[의자 셋. 앓는 미망인 공주가 그리피스
(그녀를 돕는 귀빈 안내인)와 시녀 페이션스에게
부축되어 등장]
그리피스 어떠신가요?
캐서린 오, 그리피스, 죽게 아프다.
다리는 열매에 짓눌린 가지처럼
땅바닥에 처져서 짐 벗기를 고대한다.
의자 하나 갖다다오.
[그리피스가 그녀에게 의자를 가져온다.
그녀가 앉는다.]
음, 조금 편하다.
나를 데려오면서 명예의 기린아인
울지 추기경이 죽었다고 했나?
그리피스 예. 하지만 몸이 불편하셔서
귀담아서 들으시지 않은 것 같습니다.
캐서린 그리피스, 어떻게 죽었는지 얘기해.
편안히 죽었다면 복되게 먼저 가서
내게 본이 되겠어.
그리피스 편안하게 가셨답니다.
용맹한 노섬벌랜드 백작이 요크에서
추기경을 체포해서 중죄인으로
심판하려고 압송 중이었는데
갑자기 병들고 몹시 위독해서
노새를 못 탔답니다.
캐서린 아, 불쌍하구나.
그리피스 느린 행보 마치고 레스터[80]에 도착해서
수도원에 묵었는데 원장을 비롯한
수도원 전부가 정중히 모셨답니다.
그들에게 말하길 "오, 원장 신부님,
나라의 폭풍우에 찢긴 노인이
여러분 사이에 지친 뼈를 눕히겠소.
자비를 베풀어 작은 터를 내게 주오."
하고는 침소에 들었는데 병환은
계속해서 따라붙어 사흘 밤이 지나자
자신의 최후라고 미리부터 예고했던
여덟 시에, 끝없는 회개와 묵상과
눈물과 탄식과 더불어, 세상에게
세속의 명예를, 하늘에게 복된 혼을
맡긴 후, 고요히 잠들었다고 합니다.
캐서린 안식과 함께 죄의 짐이 가볍기 바란다.
하지만 사랑의 심정으로 이만큼
얘기하겠어. 그자는 한없이
교만한 인간으로, 언제나 자신을
왕들과 동등하게 여기고 음모로써
나라를 옭죄었었어. 성직의 매매가

79 왕궁의 기명과 보석 등을 간수하는 곳.
80 잉글랜드 중부의 도시.

다반사였고 자기 뜻이 법이었어.
왕의 면전에서 거짓을 말하면서
말과 뜻은 언제나 서로 달랐고
파멸을 의도할 경우를 제외하고
절대로 자비롭지 않았고, 약속은
당시 그의 지위처럼 굉장했지만
약속의 시행은 지금처럼 전혀 안 했지.
음란한 행실은 모범이 되지 못했어.

그리피스 존귀하신 마님, 인간의 악행은
청동에 살아남고 덕행은 물에 기록됩니다.
이제는 좋은 점을 말해도 될까요?

캐서린 그래라, 그리피스. 안 그러면 내가 나쁘지.

그리피스 추기경은 출신은 비천하나 확실히
큰 명예를 성취할 조짐을 보였습니다.
요람부터 책벌레요, 성인이 되자
탁월한 학자로서 대단히 현철하고
언변이 훌륭하고 설득력이 강하며
자기를 싫어하는 자에게 교만하고 매섭되,
자기를 찾는 자에게 여름처럼 다정하고,
소유욕은 만족을 몰랐으나—확실히
죄악이오.—베푸는 일에는 속이 넓어,
입스위치, 옥스퍼드,[81] 그가 설립한
학문의 쌍벽을 보십시오. 그중 하나는
설립자보다 오래 남기 싫어서 쓰러졌으나
다른 하나는 아직 미완성이나 이름이 높고
학문이 탁월하며 계속 발전 중이라
크리스천 세상은 언제나 그 덕을 기릴 겁니다.
파멸은 큰 행복을 갖다 주었습니다.
비로소 그때에야 작은 자의 축복을
발견했던 것이지요. 노년에 이르러
사람이 줄 수 없는 영광을 더하려고
하느님을 경외하며 죽었습니다.

캐서린 나의 사후에 망각에서 내 명예를
구하기 위해 어떤 의전관이나
내 평생을 대변해줄 사람보다는
너처럼 정직한 기록자가 필요해.
살 때는 미웠지만 뼈만 남은 그 사람을
너의 신심 깊은 진실과 겸손한 말로
존경심이 생겨났어. 평화가 함께하길!
[시녀에게] 페이션스, 늘 곁에 있다가 내려라.
오래 수고 안 끼치겠다. 그리피스,
악사들에게 장례 종으로 지정한
그 슬픈 가락을 연주시켜. 그동안은
내가 가는 천국의 음악을 묵상하겠다.
[슬프고 장엄한 음악]

그리피스 잠이 드셨군. 착하신 아씨, 깨시지 않게
조용히 앉읍시다. 조용히, 페이션스.

환상

[흰옷을 입은 여섯 인물이 머리에 월계관을 얹고 얼굴에 황금 가면을 쓰고 줄을 지어 엄숙하게 걸어 나온다. 손은 월계수 가지나 종려 가지를 들고 있다. 처음에는 캐서린에게 절을 하고 춤을 춘다. 그러다가 춤사위가 바뀔 때 맨 앞의 둘이 그 외에 들고 있던 월계관을 그녀 머리 위에 쳐드니 나머지 넷이 정중하게 절한다. 그다음, 월계관을 들고 있던 둘이 다음 둘에게 월계관을 넘기니 그 둘이 춤사위가 바뀔 때 같은 순서에 따라 그녀 머리 위에 월계관을 쳐든다. 그것이 끝나자 둘은 마지막 둘에게 월계관을 넘기고 그 둘이 같은 순서를 따른다. 그때 마치 영감이 떠오른 듯 그녀는 잠속에서 환희의 표시를 지으며 하늘을 향해 두 손을 쳐든다. 그러면서 인물들은 춤추며 월계관을 들고 사라진다. 음악은 계속된다.]

캐서린 [깨어나며] 평화의 영혼들아, 어디 갔느냐? 다 사라지고
나를 여기 불행 중에 남겨놨느냐?
[그리피스와 페이션스가 일어나 앞으로 온다.]

그리피스 저희 여기 있어요.

캐서린 너희 부른 게 아니다.
내가 잘 때 아무도 안 들어왔나?

그리피스 못 봤는데요.

캐서린 못 봤다고? 방금 복된 무리가
잔치에 나를 불렀는데 그 밝은 얼굴들이
해처럼 천만 줄기 광채를 비추더라.

81 두 곳에 대학을 설립하였으나 입스위치에 세웠던 대학은 해산되었다가 헨리 8세가 옥스퍼드에 옮겨 세워 오늘날 '크라이스트 처치'(Christ Church) 대학으로 존속하고 있다.

나한테 영원한 행복을 약속하고
화관들을 주었는데 아직은 내가
쓸 자격이 없는 듯해. 하지만
확실히 쓸 날이 오게 되겠지.
그리피스 그처럼 좋은 꿈이 마님의 상상을
차지해서 기쁩니다.
캐서린 음악을 그치라고 해.
내 귀에 거칠고 무겁다.
[음악이 그친다.]
페이션스 [그리피스에게 방백] 마님께서
갑자기 변하신 걸 눈치채셨죠?
얼굴이 길어진 걸? 안색이 창백한 걸?
흙처럼 차가운 걸? 눈을 보세요!
그리피스 가시는 겁니다. 기도, 기도하세요.
페이션스 하늘의 위로를!
[전령 등장]
전령 마님께 전하오.
캐서린 무례하다.
이젠 노인 대접도 못 받나?
그리피스 네 잘못이다.
평소의 위엄을 잃지 않으실 걸 알면서
무례하게 구는가. 무릎 굽혀라.
전령 [무릎 굽히며]
마님의 용서를 간곡히 구합니다.
바쁜 와중에 예의를 잊었습니다.
왕이 보내신 신사가 뵙고자 합니다.
캐서린 들어오라고 해, 그리피스. 하지만 이자는
다시 보지 않겠어. [전령 퇴장]
[캐퓨셔스 공[82]이 그리피스의 안내로 등장]
내 눈이 성하다면
당신은 내 조카 황제가 파견한
대사이며, 이름은 캐퓨셔스 아닌가?
캐퓨셔스 맞습니다. [절하며] 마님의 일꾼입니다.
캐서린 당신이 나를 처음 만난 이후로
세상과 지위가 낯설게 되었소.
나에게 무슨 볼일이 있으시오?
캐퓨셔스 먼저 마님께 충성을 바치며
다음으로 마님을 뵈라는 전하의
분부입니다. 전하께서 마님의 병환을
매우 걱정하시고 저의 입을 통하여
문안하시며 평강을 원하십니다.
캐서린 오, 대사님, 너무 때늦은 위로예요.
형을 집행한 뒤에 내리는 사면과 같아요.
부드러운 그 약을 제때에 주셨으면
쾌차했을 터이지만 지금은 기도 외에
온갖 위로를 벗어났어요. 왕은 어떠세요?
캐퓨셔스 건강하십니다.
캐서린 항상 그러길 바라요.
내가 벌레들과 함께하고 가련한 내 이름이
나라에서 쫓겨날 때 왕성하길 바라요.
페이션스, 어제 쓰라고 한 편지를
보냈나?
페이션스 마님, 아직 안 보냈어요.
캐서린 [캐퓨셔스에게]
대사님, 부탁인데 이 편지를 전하께
전해주세요.
[편지를 캐퓨셔스에게 건넨다.]
캐퓨셔스 전혀 걱정 마십시오.
캐서린 그 편지에서 선하신 전하께
순결한 사랑의 모범인 어린 딸[83]을
칭찬했어요. 하늘의 이슬이 그 애한테
담뿍 내리길! 선한 양육을 부탁했어요.
어리지만 고귀하고 정숙한 성격이라,
칭찬받을 만하며, 왕을 사랑하던
어미를 봐서 조금은 사랑하길 바라요.
얼마나 사랑했는지 하늘도 알아요.
다음으로 겸손하게 바라는 건,
불쌍한 시녀들을 동정하란 말이어요.
내 운수의 기복을 충실히 따랐어요.
모두가 진실한 영혼의 어여쁨,
곧은 성품, 정결함, 얌전한 행실로
훌륭한 남편을 맞을 만해요.
지금 내가 거짓말하게 됐어요?
귀족이면 되겠고, 그런 아내 얻는 이는
행복하겠죠. 끝으로 부하들은

82 신성로마제국의 황제 찰스 5세의 사신.
83 1516년에 태어난 메리 공주. 헨리 8세 사후 1553~1558년 기간에 여왕으로 등극했다. 가톨릭 세력으로 신교도를 박해하여 '잔인한 메리'(블러디 메리)라는 별명이 붙었었다. 훗날 엘리자베스가 여왕으로 등극하여 메리는 갇혔다가 죽임을 당했다.

매우 가난하지만 그렇다고 나를 버리고
달아나지 않아요. 마땅히 보수를
주도록 하시고 나를 기억하실 기념품도
주도록 하세요. 하늘이 나한테
긴 목숨과 함께 재산을 주셨다면
이처럼 헤어지지 않았을 거예요.
이게 전부예요. 당신은 죽은 영혼에
크리스천 평화를 기도하는 사람이시라
내가 몹시 아끼는 사람으로 맹세해서
불쌍한 그들의 친구가 돼서
이 마지막 의식을 행해주실 걸
왕께 말씀드려요.

캐퓨셔스 예. 안 그러면 사람이 아닙니다.

캐서린 고마워요, 선하신 분. 겸손을 다해서
전하께 문안하니까 전해주세요.
그분의 오랜 고민이 세상을 떠나면서
죽을 때에 전하를 축복했다고 하세요.
그럴 생각이에요. 눈이 침침하네요.
잘 가세요, 대사. 잘 있어, 그리피스.
아니, 페이션스지. 아직 떠나지 마.
자리로 가야겠어. 딴 애들도 불러와.
나 죽거든 명예롭게 다루어다오.
내 몸에 처녀 꽃을 뿌려서 무덤까지
정결한 아내였던 사실을 온 세상에 알려줘.
내 몸에 향유를 발라 장례를 준비해.
취소된 왕비지만, 왕비로, 왕의 딸로
묻어다오. 더는 말을 못 하겠어.

[캐퓨셔스와 그리피스가 한쪽 문으로, 다른 문으로 페이션스가 캐서린을 모시고 퇴장]

## 5. 1

[윈체스터 주교 가드너가 횃불을 앞에 든 시동과 함께 등장]

가드너 애, 지금 한 시 아니냐?

시동 한 시 쳤어요.

가드너 지금은 자야 하니 노는 때가 아니다.
우리 몸의 원기를 안락한 휴식으로
회복시킬 때이지, 우리 같은 인간이
낭비할 때가 아니야.

[토머스 로벌 경이 등장하여 그들과 만난다.]
안녕하시오, 로벌 경?
늦게 어딜 가시오?

로벌 왕에게서 오시오?

가드너 그렇소. 왕이 서폭 공작과 함께
노름하실 때 떠나왔소.

로벌 침소에 드시기 전에
저도 가야 합니다. 그럼 헤어집시다.

가드너 아직 가지 마시오. 무슨 일이 생겼소?
급한 일 같은데. 큰 실례 아니라면
늦은 밤 하는 일, 조금만 친구에게
귀띔하시오. 밤중에는 귀신들이
나다닌다고 하는데 밤중에 하는 일은
반드시 낮 동안 처리할 일에 비해
험하다고 합디다.

로벌 친근한 사이라,
이보다 중대한 비밀이라고 해도
당신 귀에 맡기겠소. 왕비가 진통 중이오.[84]
몹시 심하여 진통과 함께 끝이 될까
염려스럽다고 하오.

가드너 왕비의 열매가
행복하게 태어나길 진심으로 기도하오.
그러나 그 등걸을 지금 찍어버리면
매우 좋겠소.[85]

로벌 '아멘'하고 싶지만
양심이 이르기를, 그녀는 착하고
다정한 여인이라 행복을 빌 만한
여인이라 말하오.

가드너 그러나 로벌 경,
들으시오. 당신은 나와 같은 길을 가며,
현명하고 신실한 분으로 알고 있는데,
절대로 평안하지 않을 걸 말씀드려요.
틀림없소, 로벌 경, 분명히 말하오.
그녀의 양쪽 팔인 크랜머와 크롬웰과
그녀가 무덤 속에 잘 때까지는.—

로벌 당신은 주목받는 두 사람을 언급했소.

84 헨리 8세가 새로 맞은 앤 불린 왕비가 아들이 아닌 딸 엘리자베스를 낳는 중이다.
85 왕비 앤 불린은 개신교도였으므로 보수적인 가드너 주교는 왕비에게 적대적이다.

크롬웰은 보석관을 맡을 뿐 아니고
문서국과 전하의 비서관이 되었소.
게다가 앞으로 중책이 주어질
기회가 많이 생길 자리에 있소.
대주교는 전하의 손발이며 입이오.
감히 누가 다른 소리 할 수 있겠소?

가드너 당연히 있소. 나도 그에 대해서
하고 싶은 말을 했소. 사실은 오늘,
—당신한테 말해도 괜찮겠지만—
추밀원 대공들께 그자가 이단의 괴수이며
이 나라를 오염시킨 염병이라 선언했소.
나는 그렇게 믿고 대공들도 그렇게 믿소.
그네들이 내 말에 흥분하여 왕께 아뢰니
왕은 크신 선의와 제왕다운 관심으로
우리의 염려를 귀담아서 들으시고
밝혀드린 무서운 상황들을 보시고
내일 아침 추밀원의 개최를 명하셨소.
로벌 경, 그자는 해로운 잡초여서
뽑는 게 마땅하오. 당신이 하던 일을
너무 오래 방해했소. 안녕히 가시오.

로벌 편히 가시오. 귀공 뜻을 받들겠소.

[가드너와 시동 퇴장]

[로벌이 떠나려 할 때 헨리 왕과 서폭
공작이 방금 노름판에서 일어선 듯 등장]

헨리 왕 서폭, 오늘 밤은 더 이상 놀지 않겠다.
마음이 뜨악해. 당신 내게 너무 세.

서폭 전에는 전하께 딴 적이 없는데요.

헨리 왕 조금인데 뭐.
노름에 마음이 가 있어도 못 딸 거야.
로벌, 왕비한테 무슨 기별 있던가?

로벌 전하의 분부를 직접 전할 수 없어서
왕비님 시녀 편에 말씀을 전했더니
왕비께서 지극히 겸손하게 감사하시고
전하께서 기도해 주시기를
신신당부하셨습니다.

헨리 왕 어떻게 보나? 허?
기도해 달라고? 왕비가 울던가?

로벌 시녀의 말입니다. 진통이 올 때마다
죽는 것 같답니다.

헨리 왕 안됐다, 착한 여인.

서폭 주님께서 왕비님의 무거운 짐을
순산으로 내리시고 후계자의 기쁨을
전하께 주시기를 빌어 마지않아요.

헨리 왕 자정이다. 자리에 들어라. 기도 중에
가련한 왕비를 기억해라. 혼자 있겠다.
같이 있는 사람들이 싫어할지 모를 걸
생각하겠지.

서폭 전하께 오로지
조용한 밤을 원하며, 기도 중에 왕비님을
기억하겠습니다.

헨리 왕 잘 가라. [서폭 퇴장]

[앤소니 데니 경 등장]
음, 무슨 일인가?

데니 전하께서 분부하신 그대로 대주교님을
모시고 왔습니다.

헨리 왕 허? 캔터베리 대주교?

데니 예, 전하.

헨리 왕 깜빡했구나. 어디 있는가?

데니 말씀을 기다립니다.

헨리 왕 모셔 와라. [데니 퇴장]

로벌 [방백] 주교가 하던 말이 사실이다.
마침 내가 여기 있다.

[크랜머 대주교가 데니의 안내로 등장]

헨리 왕 [로벌과 데니에게] 여기서 나가 달라.
[데니가 나가려 한다. 로벌은 머무는 듯하다.]
허? 말했다. 나가라.
무슨 일인가? [로벌과 데니 퇴장]

크랜머 [방백] 겁나네. 왜 저렇게 찌푸리나?
무서운 낯빛이다. 모두 잘못됐다.

헨리 왕 어떤가? 내가 왜 당신을 불렀는지
알고 싶겠군.

크랜머 [무릎 꿇으며] 전하의 뜻을 받드는 것이
저의 임무입니다.

헨리 왕 일어서라,
자애로운 캔터베리 대주교 양반.
당신하고 한 바퀴 산책을 해야겠다.
전해줄 말이 있다. 손을 이리 달라.
[크랜머가 일어선다. 둘이 걷는다.]
대주교, 말하려 하니까 속이 쓰리다.
이런 말을 되뇌려니까 아주 슬프다.
최근에 매우 듣기 거북한 말을—
당신에 관해서 심한 말을 들었다.

의논 끝에 나와 추밀원이 결정하길,
오늘 아침 당신을 오라고 했다.
쉽사리 벗어나지 못할 일이라
당신의 답변이 필요한 죄에 대해
추후 재판일까지 인내심을 발휘해서
타워를 거처로 삼아야겠다.
당신은 추밀원의 일원이라 그렇게
대접해야 옳지만 당신이 아니면
증인도 없다.

크랜머 [무릎 꿇으며] 머리 숙여 감사하며,
철저히 자신을 키질할 기회로 삼고
쭉정이와 알곡[86]을 구분하겠습니다.
지금 제가 알기론 불쌍한 저만큼
허다한 사람들의 음해하는 말 가운데
있는 이가 없습니다.

헨리 왕 일어서, 대주교.
당신의 충정은 친구인 내 안에
뿌리박혔다. 손을 달라. 일어나라.
함께 걷자.
[크랜머가 일어선다. 둘이 같이 걷는다.]
그런데 당신은 도대체
어떤 사람이기에 그런 꼴인가?
내가 기대하기는 당신과 고발자를
한데 모아달라고 수고를 부탁하고
갇히지 않은 채 말하게 해달라고
청원할 줄 알았는데.

크랜머 존엄하신 전하,
제가 믿는 재산은 진실과 정직입니다.
그것들이 없어지면 저는 적들과 함께
그런 덕이 사라진 자신을 우습게 여겨
조롱하겠습니다. 저에 대한 무슨 말도
두렵지 않습니다.

헨리 왕 당신은 모르는가?
처지가 어떤지, 세상일이 어떤 관계인지?
크고 많은 적이다. 저들의 계략도
크고 다양하겠다. 정의와 진실이
언제나 판결의 승리를 보장하지 않는다.
부패한 자들이 당신을 공격할
부패한 자들을 얻기가 쉽지 않은가?
그런 일은 다반사다. 당신에게 강력한
반대파가 있으며 똑같이 커다란
증오심을 갖고 있다. 당신이 섬기는
주님께서 사악한 세상에 사실 때
당신이 그분보다 거짓 증거에
운이 좋을 거라고 믿나? 결코 아니다.
뛰어내릴 상황이 아닌데도 벼랑을 택해
파멸을 부르누나!

크랜머 하느님과 전하께서
제 결백을 지키지 않으시면 저 잡으려
놓은 덫에 빠질 겁니다.

헨리 왕 마음을 굳게 하라.
누가 뭐라고 해도 양보하지 않겠다.
편안히 있다가 오늘 오전 어간에
저들 앞에 나와라. 만일 저들이
당신을 구금할 일이라며 고발한다면
반드시 설득력이 강하게 반론하며
기회가 있는 대로 세게 밀어붙여라.
여러 가지 호소에도 불구하고
길이 없을 때, [자기 반지를 주며]
이 반지를 제시하고
그들이 보고 있는 그 자리에서
나에게 호소하라.
[크랜머가 운다.]
저 사람도 우누나.
확실히 정직한 사람이다. 오, 성모님!
참으로 진실한 마음과 영혼을 가진,
내 나라에 둘도 없는 사람이다.—가서
일러준 대로 해라. [크랜머 퇴장]
눈물 가운데
말을 숨죽였구나.
[늙은 시녀 등장]

로벌 [안에서] 돌아와요! 어쩔 셈이오?
[로벌이 그녀를 뒤따라 등장]

늙은 시녀 안 갑니다. 내가 전하는 소식이
무례를 예절로 만들어요. [왕에게] 천사들이
전하의 머리 위에 날아다니고
복된 날개 아래에 숨겨주소서.

86 "손에 키를 들고 자기의 타작마당을 정하게 하사 알곡은 모아 곡간에 들이고 쭉정이는 꺼지지 않는 불에 태우시리라"(마태복음 3장 12절)는 예수의 비유를 가리킨다.

헨리 왕 낯빛으로 알겠다. 왕비가 해산했지?
'예, 사내아이'라고 해.
늙은 시녀 예, 예, 전하.
예쁜 사내애지요. 하늘의 하느님이
지금부터 영원히 왕비님께 복 주소서!
딸인데 이후에는 아들들을 약속해요.
왕께서 오셔서 처음 보는 아기와 사귀시길
왕비께서 바라셔요. 앵두가 서로 닮듯
전하와 똑같아요!
헨리 왕 로벌!
로벌 예.
헨리 왕 100마크[87] 줘라. 왕비한테 가겠다. [퇴장]
늙은 시녀 100마크? 죽어도 더 받겠다.
보통 하녀도 그만한 수고비는 받아.
더 받겠다. 아니면 왕한테 뜯어내겠다.
계집애가 저 닮았다고 한 값이 고작 그거야?
더 받지 않으면 그 말 취소하겠다.
달았을 때 쳐야 돼.[88] [모두 퇴장]

## 5. 2

[의전관 보조원들, 시동들, 심부름꾼들 등장.
뒤이어 캔터베리 대주교 크랜머 등장]
크랜머 너무 늦진 않았겠지. 그런데 추밀원이
보낸 자가 내게 급히 오라고 했다.
모든 문이 잠겼다. 무슨 뜻인가?
[문간에서 외친다] 여보시오!
거기 누구 있소?
[문지기 등장]
당신, 나 알지?
문지기 예, 대공님.
하지만 열 수 없어요.
크랜머 어째서?
문지기 부르실 때까지 기다리세요.
[버츠 박사 등장]
크랜머 음, 그렇군.
버츠 [방백] 이 짓은 악의의 일단이다. 마침 내가
이리로 왔으니 아주 잘됐다. 즉시 왕에게
알려야겠다. [퇴장]
크랜머 [방백] 왕의 의사 버츠다.
옆으로 지나가며 나를 주목했는데
눈빛이 강렬했다! 내가 수모 겪는 걸
눈치채지 않았길 바란다. 확실히
내가 미운 자들이 내 명예를 죽이고자
꾸민 짓이다. 저들의 적개심을
일으킨 적 없으니, 하느님이 저들 속을
돌리시길 기도한 추밀원의 한 사람을
문밖에서 하인 틈에 기다리게 했다.
어쨌든 저들의 의도대로 참겠다.
[헨리 왕과 버츠 박사가 위의 창문가에
등장]
버츠 괴이한 광경을 보여드리오.
헨리 왕 무엇 말인가?
버츠 왕께서도 여러 번 보셨겠지요.
헨리 왕 도대체 어디 있는가?
버츠 [밑에 있는 크랜머를 가리키며] 저기 있군요.
캔터베리 대주교의 높은 직책입니다.
문간에서 보조원, 시동, 사환 가운데
위엄을 지킵니다.
헨리 왕 허? 분명 그 사람이다.
주고받는 인사가 그런 식인가?
높은 이가 계시다니 좋은 일이다.
서로 간에 정중함을, 적어도 예절만은
나눌 거로 알았다. 그만한 지위와
내 가까이 있는 이를 졸자들 마음대로
오라 가라 시키다니 보기 언짢다.
게다가 문간이라 짐 나르는 전령 같다.
버츠, 성모님 이름으로 못된 짓이다.
지금은 놓아둬라. 커튼을 내려라.
즉시 얘기를 더 듣겠다.
[크랜머와 문지기가 한쪽에 선다.]
[하인들 퇴장]

[위에서 버츠가 커튼을 조금 친다.
아래에서 회의 탁자와 의자와 교자들을
들여와 국가 상징 휘장 아래 놓는다.
총리가 등장하여 탁자 머리 왼편에 앉고

87 당시에는 꽤 큰돈이었다.
88 대장간에서 쇠가 뻘겋게 달아올랐을 때 그 쇠를 두드려야 하듯 왕이 돈 줄 마음이 있을 때 졸라야 한다는 말.

캔터베리 대주교의 좌석인 듯 탁자
머리에 자기보다 윗자리에 자리를 비워
놓는다. 서폭 공작, 노폭 공작, 서리 백작,
궁실장관, 윈체스터 주교 가드너가 탁자
양쪽에 지위에 따라 서열의 차례대로
앉는다. 크롬웰은 서기로서 낮은 끝에
앉는다.]

대법관 서기가 안건을 말씀하시오.
어찌하여 우리가 모였소?

크롬웰 귀공 제위,
주 의제는 캔터베리 대주교에 관한 것이오.

가드너 그이도 알고 있소?

크롬웰 예.

노폭 거기 누가 기다리나?

문지기 [앞으로 나서며]
문밖에 말인가요?

가드너 그렇다.

문지기 대주교님이십니다.
나리들의 허락을 반 시간 기다렸어요.

대법관 들어오시라고 해.

문지기 [크랜머에게] 이제 들어가세요.
[크랜머가 회의 탁자에 다가선다.]

대법관 좋으신 대주교님, 지금 여기 앉아서
그 자리가 빈 걸 보니 매우 섭섭하오.
그러나 인간이라, 근본이 나약해서
육신이나 돌봅니다. 천사들은 드물고
본성은 허약하고 지혜는 부족해서
으뜸가는 당신이 가르쳐야 할 건데,
우선 왕께 대하여 그리고 법에 대하여
그릇되게 행했고, 작은 일이 아니었소.
당신의 가르침과 당신의 신부들이
새로운 견해로 온 나라를 채운다고 하오.
여러 가지 위험한 이단들이라서
개혁하지 않으면 해로울지 모르오.

가드너 그런 개혁도 매우 급히 요청되오.
귀공들, 야생마를 길들이는 사람도
순한 말을 만들려고 손으로 끌지 않고
단단한 재갈로 입을 막고 듣기까지
박차를 가합니다. 우리가 한 사람의
명예를 관용하고 아이처럼 동정하여
전염병을 놓아두면 모든 약이 소용없소.
무슨 일이 오게 되오? 소동과 반란이며
온 나라에 두루 퍼진 타락이오. 최근에
우리 이웃 북독일[89]이 비싼 값을 치르고
증거하는바, 아직도 우리 기억 속에서
새삼스러운 동정심의 표적이 되오.

크랜머 귀공들, 이제까지 제 인생과 제 직책의
온 과정을 통하여 스스로의 가르침과
강력한 권위의 경로로써 안전하게
같은 길을 가게끔 노력했으며
적지 않게 연구하고 언제나 잘하기로
마음먹었습니다. 한뜻으로 말합니다.
사적인 양심이나 공적인 지위에서
공공의 안녕을 깨는 자를 혐오하고
분개하여 일어나는 사람은 저 외에는
이 세상에 없습니다. 진심으로 바라건대
왕께서 저보다 낮은 자의 충성을
만나지 않으시기 바랍니다. 질투와
흉악한 마음을 양식으로 삼는 자는
선한 이를 깨뭅니다. 귀공들께 청합니다.
이번 법의 심판에서 저의 고발인들은
누구든 간에 일대일로 마주 서서
마음껏 저를 고발하시오.

서폭 아니오,
그럴 수 없소. 당신은 추밀원 의원이오.
아무도 그 권위에 고발 못 하오.

가드너 [크랜머에게]
우리는 다른 일이 중대하여 당신 일은
짧게 취급하겠소. 보다 바른 심판을 위해서
여기에서 당신을 타워에 보내는 것이
왕의 뜻이며 우리가 동의하오.
거기서 당신은 또다시 개인이어서
짐작컨대 당신이 예상 못 할 다수인이
당신을 대담하게 고발하겠소.

크랜머 오, 좋으신 주교님, 매우 고맙소.
항상 나의 친구요. 뜻을 이루신다면
심판관과 고발자를 겸하시겠소.
매우 자비롭소. 목적을 알 만하오.
나를 없애려는 거요. 성직자에게는

89 루터의 개혁 운동 여파로 종교적 소요가 있었음을 말하고 있다.

야심보다 사랑과 온유가 어울리오.
길 잃은 영혼들을 절제로써 되찾으며
버리는 자 없이 하오. 당신은 매일같이
죄를 지어 양심 위에 짐을 쌓으나,
내 인내심에는 무슨 짐을 쌓아도
모두 털어 버리겠소. 나는 할 말이 많으나
당신의 직분을 존중해서 자제하오.
가드너 대주교, 당신은 이단이란 말이오.
명백한 사실이오. 당신의 화려한 논설이
빈말과 거짓임을 식자들이 판단하오.
크롬웰 윈체스터 주교, 실례지만 말하면,
조금 너무 날카롭소. 죄가 있다고 해도
고귀한 분의 예전 신분을 생각해서
정중히 대해야 하오. 추락하는 사람에게
짐까지 싣는 것은 잔인하오.
가드너 비서관, 용서하오.
당신은 이 중에서 그런 말 할 자격이
가장 적은 사람이오.
크롬웰 어째서 그렇소?
가드너 새로운 파당의 동조자인 사실을
내가 모르오? 정통이 아니오.
크롬웰 정통이 아니라고?
가드너 정통이 아니오.
크롬웰 그 반만 진실하면!
그때에 사람들은 공포 아닌 당신을 찾아가요.
가드너 무엄한 그 말을 잊지 않겠소.
크롬웰 당신의 무엄한 생활도 잊지 마시오.
대법관 지나치오. 삼가시오.
가드너 그만두겠소.
크롬웰 나도 그만두오.
대법관 [크랜머에게]
그러면 당신에게 알리오. 전원일치로
당신을 죄인으로 타워에 보내기로
결정했소. 추후에 전하의 뜻이
알려지기까지는 거기 있게 되오.
귀공들, 모두 동의하시오?
추밀원 전원 그렇소.
크랜머 자비의 길이 없소?
타워로 가야 하오?
가드너 그것 말고 무어겠소?
별스럽게 말썽이오. 저쪽의 경호대,
몇 사람 대기하라.
[경호대 등장]
크랜머 나 때문이오?
반역자처럼 가야 하오?
가드너 [경호원들에게] 데리고 가라.
타워에 감금하라.
크랜머 귀공들, 기다리시오.
아직 말이 남아 있소. 귀공들, 이를 보시오.
[왕의 반지를 보여준다.]
이 반지의 권세로 몹쓸 인간 손에서
내 일을 집어내어 고귀한 판관이신,
내 주인 전하께 그 일을 맡기겠소.
대법관 전하의 반지요.
서리 모조품이 아니오.
서폭 그 반지가 확실하오. 위험한 이 바위를
처음 굴릴 때부터 우리들 머리 위에
떨어질지 모른다고 말했소.
노폭 이 사람이
조그만 손가락 하나라도 다치는 걸
왕이 허락하시겠소?
궁실장관 너무나 분명하오.
왕께 매우 귀중한 그의 목숨 아니오?
나를 빼고 하시오.
[왕이 위에서 버츠와 같이 퇴장]
크롬웰 이 사람에 대해서
항간의 소문과 이야기를 수집할 때
의문이 생겼소. 그 사람의 충성심은
마귀와 마귀의 제자들만을 시기하오.
당신들이 불을 놨소. 이제 당해 보시오!
[헨리 왕이 그들에게 얼굴을 찌푸리며
아래에 등장. 자기 자리에 앉는다.]
가드너 지엄하신 전하여, 하늘께서 저희에게
선하고 현철할 뿐 아니라 신심 깊은
왕을 주신 은혜에 매일 감사하는바,
왕은 모든 순종으로 교회를 최상의 명예로
삼으셨으며, 아끼시는 마음으로
거룩한 그 직분을 강화코자 하시어
귀하신 몸이 심판의 자리에서
교회와 죄인 간의 송사를 듣고자 오십니다.
헨리 왕 윈체스터 주교는 즉석 찬양에 능숙하나
지금 그런 아첨 듣고자 온 것이 아니오.

당신이 내 앞에서 보이는 아첨인데
허물을 가리기에 얄팍하고 저열하여
나에게 미칠 수 없소. 강아지처럼
혓바닥만 내두르면 넘어갈 줄 생각하오.
그러나 당신이 나를 어찌 보든 간에
당신은 잔인하고 야박한 인간이오.
[크랜머에게]
착한 친구, 앉으오.
[크랜머가 회의 탁자 상석에 자리 잡는다.]
건방지게 당신한테
손가락 한 개라도 내젓는 자가 누군지 보겠다.
당신이 이 자리에 합당치 않다는 자는
차라리 굶어 죽어라.

서리 괜찮으시다면—

헨리 왕 괜찮지 않아.
추밀원에 뭣 좀 알고 똑똑한 사람이
있는 줄 알았지만 하나도 없다.
이 사람을, 이 좋은 사람을—당신들 중에
그런 이름을 붙일 만한 사람이 없다.—
정직한 이 사람을 천박한 사환처럼
문간에서 기다리게 하는 게 지혜인가?
당신들과 동일한 지위인데? 부끄러워!
믿고 위임했더니 자신들을 잊었나?
하인이 아니라 추밀원 위원을
당신들이 심판할 권한을 줬었다.
진심보다는 시기로 수단만 있으면
끝까지 그 사람을 책하려는 자가 있는데
내가 죽기 전에는 허락지 않겠다.

대법관 존엄하신 왕이여, 제 입을 통해서
모두 용서 빌기를 허락하십시오.
그분을 구금코자 한 목적은—인간에게
진실성이 있다면—저는 분명 시기보다
공정한 심판으로 그의 결백을 세상에
밝히고자 했습니다.

헨리 왕 됐소, 그를 존중하시오.
받아들여 쓰시오. 그럴 만한 사람이오.
그 말은 그만하오. 왕이 신하에게
신세진다면 나야말로 그의 사랑과 봉사에
신세 졌소. 더 말하지 않겠으니
알아서들 하오. 모두 그와 포옹하오.
제발 서로 친구 되오. 캔터베리 대주교,
내게 청이 있는데 거절하지 마시오.
영세 받을 귀여운 어린 여자애인데
당신이 대부로서 책임져야 하겠소.

크랜머 지금 살아 있는 어떤 제왕도
그러한 영광이면 기뻐하게 됩니다.
보잘것없는 신하가 어찌 감당하리까?

헨리 왕 이거 보오, 대주교. 순가락이 아까워서 그러는 거
같구먼.[90] 고귀한 대모들이 두 분이 있소. 나이
많은 노폭 공작 부인과 도싯 후작 부인이오.
그런 사람들이면 넉넉하지 않겠소?
윈체스터 주교, 다시금 분부하오.
이 사람을 끌어안고 사랑하오.

가드너 진실한 마음과 우애로 사랑하오.
[가드너와 크랜머가 서로 끌어안는다.]

크랜머 [울면서] 내가 이 맹세를 어찌 귀히 여기는지
하늘이 증언하길!

헨리 왕 착한 친구, 기쁨의 눈물이
진심을 보여주오. "만일 대주교에게
못된 짓을 행한다면 그는 네 영원한
친구가 된다"는 말이 사실로 밝혀졌소.[91]
귀공들, 시간을 낭비하오. 어린것에게
영세해 주고 싶소. 내가 당신들을
하나 되게 했으니 계속 하나 되시오.
내가 강력해지면 당신들의 명예도 커지오. [모두 퇴장]

## 5. 3

[안에서 소음과 소란. 골풀[92]을 든 문지기와 부러진
몽둥이를 든 그의 하인 등장]

문지기 [안에 있는 자들에게] 이 녀석들, 시끄러운 소리를
당장 그만둬. 궁궐 뜰이 짐승 놀이터인 줄 알아?
무지한 녀석들, 아가리 닥쳐.

90 심각한 분위기를 누그러뜨리며 친숙한 산문 어조로 크랜머에게 농담을 한다. 영세 받는 신생아의 대부는 예수의 열두 사도를 조각한 은수저 열두 벌을 선물하기로 되어 있었다.
91 대주교 크랜머는 모든 적에게 관대하여 이러한 격언이 생겨날 정도였다.
92 주로 잔치 때 마른 골풀(왕골 비슷한 식물)을 방바닥에 뿌려 신선한 풀냄새가 나게 했다.

한 사람 [안에서] 문지기 어른, 나 부엌에서 일하는데요.

문지기 교수대 가서 목이나 달려, 이 자식아! 여기가 떠들
데야? [자기 하인에게] 능금나무 몽둥이 열두어 개
갖다 다오. 튼튼한 걸로. [골풀을 쳐들며] 이따위는
몽둥이에 비하면 회초리다. [안에 있는 자들에게]
너희 머리통 긁어주겠다. 영세식을 봐야겠다고?
무식한 녀석들아, 여기서 술과 떡이 생길 것 같으냐?

하인 참으세요. 대포 몇 방 날려서 문간에서
쓸어내기 전에는 놈들을 쫓아내긴
오월절[93] 아침에 자라는 소리처럼
어려운 일이에요. 절대로 안돼요.
놈들을 밀어내는 건 성당[94] 밀어내기요.

문지기 염병할 것들, 어떻게 들어왔어?

하인 낸들 아나요? 밀물이 어떻게 들어오죠?
실한 넉 자짜리 몽둥이찜을—보다시피
[몽둥이를 쳐든다.]
이게 남은 쪼가린데—골고루 나눠주며
사정 보지 않았죠.

문지기 아무 일도 안 했어.

하인 내가 무슨 삼손[95]이나, 가이[96]나, 콜브런드[97]라고 모조리
싹쓸이하겠소? 하지만 늙은이, 젊은이, 남자, 여자,
오쟁이 질 놈, 오쟁이 지울 놈, 가리지 않고 때릴
대가리 한 개라도 남았다면 다시는 쇠뼈다귀 구경하지
못해도 좋소. 암소 한 마리 거저 준대도 난 싫소!

한 사람 [안에서] 내 말 들려요, 문지기 어른?

문지기 강아지 어른아, 당장 너한테 갈게. [하인에게] 야,
문 단단히 지켜.

하인 나더러 어떻게 하라는 거요?

문지기 어떡하긴? 열두 놈씩 때려눕히는 것밖에 할 거 있어?
여기가 구경꾼 꼬일 놀이터야? 아니면 여기 궁궐 마당에
연장이 엄청 큰 괴상한 인디언[98]이 와 있다는 소리야?
저처럼 여편네들이 진을 쳤는데. 음탕한 떼거리가
문간에 몰렸구나! 크리스천 양심에서 우러나는 말인데,
이번 영세식에 아이가 천 명은 생기겠다. 아버지와
대부가 모두 생길 판이다.

하인 숟가락이 큼직하게 되겠죠. 문간에 좀 가까이 다가선
녀석이 있는데 낯짝을 보아하니 놋갓장이요. 확실히
삼복더위 스무 개가 녀석 코를 점거했더라고요. 그놈
주변에 얼쩡대는 것들 모두가 적도 밑에서 끓고 있지
뭡니까! 딴 고행이 필요 없죠. 그 불덩어리 녀석한테
세 번이나 대가릴 쳤는데 녀석이 내게 대고 세 번이나
콧방귀를 뀝디다. 우리를 날려버리려고 대포처럼 떡
버티고 섰어요. 그놈 가까이 웬 미욱한 방물장수
여편네가 나라에 그처럼 소동을 일으킨다고 내게 욕을
해대다가 구멍 숭숭한 양푼 엎어놓은 것 같은 모자가
머리에서 벗겨지데요. 그 불덩어리 한번 헛쳤지만 그
여편네는 한 대 맞췄죠. 그랬더니 "몽개라!"고 꽥 하고
소리쳐서 멀리서 한 마흔 명 되는 몽둥이꾼들이 그년을
도우려고 다가오더라고요. 녀석들은 그년이 진 치고
있는 큰 거리 건달들이래요. 놈들이 달려들데요. 안
물러서고 버텼죠. 마침내 놈들이 바짝 다가들데요.
그래도 맞상대를 했는데 갑자기 놈들 등 뒤에 떠돌던
애송이 한 떼가 돌멩이 소나기를 퍼붓지 뭡니까. 할 수
없이 명예를 거둬들이고 진지를 양보했죠. 확실히
저놈들 새에 마귀가 끼어 있었죠.

문지기 녀석들은 극장에서 소란을 부리고 먹다 버린 사과를
차지하겠다고 쌈질하는 것들이라 관객이 견디겠냐.
녀석들의 짝패인 타워힐 깡패나 라이머스[99] 패거리나
견딜 테지. 내가 그중 몇 놈을 감방에 처넣었는데
그 속에서 사흘 동안 깡충깡충 뛸 판이지.[100] 그다음엔
겸해서 포졸 나리 둘에게 '달리는 잔치'[101]를 맛보게
되거든.
[궁실장관 등장]

궁실장관 아이고, 굉장한 군중이 몰려들었군!
계속해서 늘어나며, 사방에서 밀려든다.
장이 선 듯하구나! 게으른 문지기들,
모두들 어디 갔느냐?
[문지기와 하인에게]
이것들아, 잘도 한다!

93 잉글랜드의 가장 즐거운 명절이었던 '메이데이'(5월 1일).
94 잉글랜드에서 가장 큰 성당 '세인트 폴 교회'를 가리킨다.
95 나귀 턱뼈로 수천 명의 적을 때려죽였다는 이스라엘 영웅. 구약 '사사기'에 나온다.
96 인기 높던 중세 이야기 시 「워릭의 가이」의 주인공 영웅.
97 잉글랜드를 침범한 덴마크의 거인. 앞의 가이가 죽였다.
98 런던 놀이터에서 벌거벗은 북미 원주민(인디언)이 구경거리가 된 적이 있다.
99 두 곳 모두 런던의 우범지대였다.
100 매를 맞는다는 뜻.
101 경관에게 매를 맞으면서 거리를 달려가는 형벌.

집 안에 잘난 연놈 들여놨다! 저것들이
문밖에 산다는 친한 짝패들인가?
마님들이 영세식을 떠나오실 때
지나갈 틈이 넉넉하겠다.

문지기 대공님,
저희도 사람이라, 찢기지 않고
할 짓은 빠짐없이 모조리 했지만,
큰 부대로 못 다뤄요.

궁실장관 맹세코 말하건대,
이 일로 내가 왕께 욕먹으면 너희 모두
당장 족쇄 채우고 두당 얼마씩
태만 죄로 벌금을 때리겠다. 게으른 것들,
일할 시간에 여기서 주정꾼들과
노닥대고 있는가?
[안에서 나팔들의 주악]
나팔들이 울린다.
벌써 영세 마치고 돌아오신다.
군중 틈에 비집고 들어가 그분들이
지나갈 길을 내라. 그러지 않으면
두 달 동안 놀아날 감방을 구하겠다.
[둘이 떠나면서 안에다 소리친다.]

문지기 공주님 가시게 비켜라!

하인 야, 키 큰 친구,
비켜 서지 않으면 골통을 때리겠다.

문지기 비단옷 입은 친구, 난간에 다가서.
안 그러면 난간 밖에 던져버려. [모두 퇴장]

## 5. 4

[나팔수들이 나팔 울리며 등장. 그 뒤에
두 시의원, 런던 시장, 선전관, 캔터베리
대주교 크랜머, 의전관, 전곤을 쳐든 노폭
공작, 서폭 공작, 영세 선물 담을 받침대
달린 큰 그릇을 든 두 귀족, 그 뒤에 천개를
떠받친 네 귀족, 그 아래 겉옷 등으로
화려하게 차려 입힌 아기 엘리자베스를
안고 있는 대모 노폭 공작 부인, 그녀의 치맛자락을
받드는 귀부인이 따라간다.
다른 대모 도싯 후작 부인과 귀부인들이
뒤따른다. 행렬이 무대 위를 한 바퀴 돌고
선전관이 말한다.]

선전관 하늘이여, 한없는 선으로부터 높고 강력한
잉글랜드의 엘리자베스 공주님께
평생의 행복을 내리소서.
[주악. 헨리 왕과 경호대 등장]

크랜머 [무릎 꿇으며]
전하와 왕비께도 내리소서! 저와 저의
고귀한 동료들은 부모의 행복을 위해
하늘이 마련하신 모든 평강, 기쁨이
무한히 아리따운 아기씨로 말미암아
두 분께 늘 내리길 기도합니다.

헨리 왕 고맙소.
이름이 무엇이오?

크랜머 엘리자베스요.

헨리 왕 일어서시오.
[크랜머가 일어선다.]
[아기에게]
이렇게 축복한다.
[아기에게 키스한다.]
하느님의 보호를!
그분 손에 네 생명을 드린다.

크랜머 아멘.

헨리 왕 [크랜머, 늙은 공작 부인, 후작 부인에게]
귀하신 대모님들, 선물이 지나치오.
진실로 감사하오. 공주가 우리말을 안다면
고맙다고 하겠소.

크랜머 하늘이 주는 말을
하게 될 터입니다. 아첨이 아닙니다.
제 말이 진실임이 밝혀지겠습니다.
이 아기 공주는—하늘이 함께하소서.—
요람 속에 있으나, 이 땅에 온갖
축복을 기약하며, 시간이 흐르면
열매 맺을 것이오. 지금의 생존자는
그 모습 볼 자가 적겠으나, 공주는
동시대와 후세의 모든 왕의 모범이 되며,
시바의 여왕[102]도 순결한 이분보다
지혜와 덕성을 더 뜨겁게 탐할 줄은

102 지혜롭다는 소문을 듣고 솔로몬 왕이 그녀를 방문하여 어려운 질문을 던졌다는 남방의 여왕. (구약 열왕기 상 10장 1~8절)

몰랐겠지요. 큰 인물을 형성하는
왕자다운 미덕과 선한 이의 반려인
모든 덕이 갑절 이뤄 공주에게 내립니다.
진실로써 양육되고 언제나 마음으로
거룩하게 훈육되며 사랑과 두려움의
대상이 되며, 백성은 그녀를 축복하고,
원수는 바람에 쓰러진 밀밭처럼 떨면서
슬퍼 고개 숙이고 그녀와 함께
선은 자라나 그녀의 치세에 누구나
제가 심은 넝쿨 아래 편히 먹으며,
이웃에게 흥겨운 노래를 부를 것이오.
하느님을 깊이 알며, 주변의 사람들은
그녀로부터 온전한 명예의 길을 알아,
가문 아닌 행위로써 자기 값을 세우며,
그녀와 함께 평화는 잠들지 않고
기적의 처녀 새 불사조가 재 속에서[103]
자신처럼 놀랍게 위대한 후계자를
새로이 낳듯, 검은 구름 세상에서
하늘이 그녀를 불러 가실 때
그녀는 자신의 축복을 한 분께
남기겠으니, 거룩한 명예의 재로부터
그녀처럼 위대한 명성으로 별같이 솟아
항성이 되십니다. 선택받은 아기의 충복들인
평화와 풍요와 사랑과 진실과 두려움이
그분 것이 되겠으며 새싹처럼 자라나오.
하늘의 밝은 해가 비추는 모든 곳에
그분의 명예와 위대한 명성이
새 나라를 이루며 번성하게 될 터이며
삼나무처럼 주위 모든 평원에
가지를 뻗습니다. 자손의 자손이
이를 보고 하늘을 축복하오.

헨리 왕 놀랍소.

크랜머 공주님은 나이 드신 여왕님[104]이 되시어
잉글랜드는 행복하며, 오랜 세월 동안에
하루라도 놀라운 일이 없는 날이 없습니다.
이쯤 알고 그만하면 좋겠으니, 그녀는
성자들이 원하므로 죽어야 하되,
처녀로 죽습니다. 순결한 백합으로
땅속에 묻혀, 온 세상이 슬퍼하게 됩니다.

헨리 왕 오, 대주교, 당신이 이제야 나를
남자가 되게 했소. 이 복된 아기 전에는
무엇도 얻은 바 없소. 축복의 이 예언이
나에게 큰 기쁨 주어서 천국에 있을 때
이 아기가 하는 일을 보고 싶을 거며
나의 창조주를 찬미하게 되어요.
여러분, 고맙소. 런던 시장, 그리고
당신 형제들에게 덕을 많이 입었소.
당신들이 있어주어 크게 영광스럽소.
필히 보답하겠소. 귀공들, 앞서가며
왕비를 봐야 하며 왕비도 감사하다 해야 하오.
안 그러면 섭섭하겠소. 오늘은 아무도
집에 볼일 있다 하지 말고 모두 남아요.
어린아이 때문에 오늘은 휴일이오.

[주악. 모두 퇴장]

## 에필로그

[에필로그 등장]

에필로그 이 극이 여기 계신 모든 분께 즐거움을
드리기는 불가능해요. 어떤 분은 쉬러 와서
한두 막에 주무시지만, 우리 나팔 소리로
놀라게 했을까 걱정인데, 확실히
시시하다 할 테며, 다른 분은 시민에 대한
심한 풍자를 듣고 '재치 있다!' 할 테지만
우리는 그런 일도 하지 않으니까
이런 때에 이 연극이 들을 만한 칭찬은
좋으신 부인들의 자비하신 해석에
달려 있을 뿐입니다. 그와 같은 여인을
보여드렸습지요. 그분들이 웃으며
'그만하면 되겠다'고 하시면, 잠시 후에
최고의 신사들도 우리 편이 되십니다.
부인들이 박수칠 때 안 치시면 혼나요. [퇴장]

103 아라비아 전설에 나오는 불사조(피닉스)는 스스로 불타 죽고 그 재에서 다시 새 불사조로 태어난다고 했다.

104 이때 세례받은 엘리자베스 1세 여왕은 69세인 1603년에 죽고 뒤를 이어 스코틀랜드의 제임스 왕이 잉글랜드 왕을 겸하게 되었다.

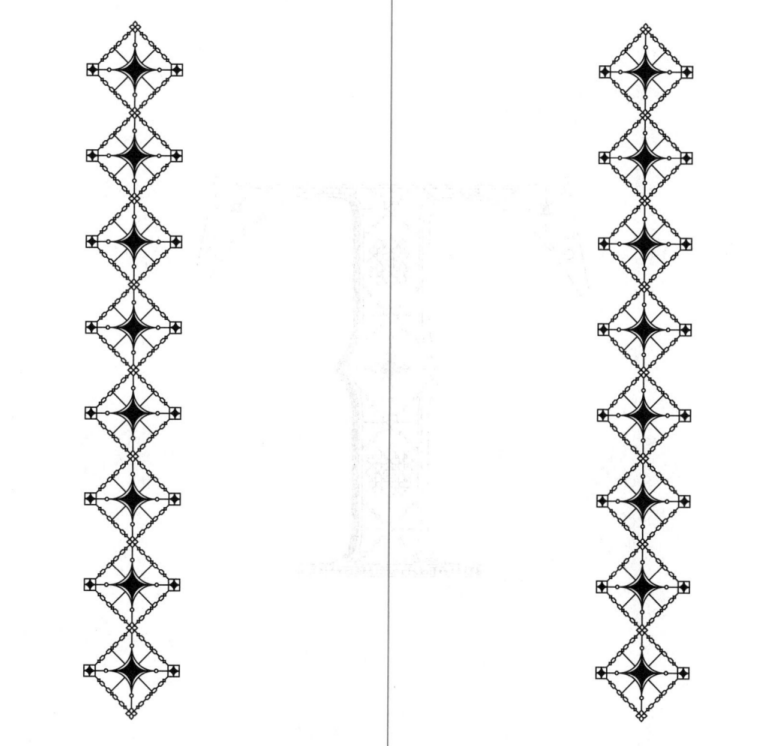

# 비극
# TRAGEDY

# 햄릿
# *Hamlet*

## 연극의 인물들

햄릿 덴마크의 왕자, 작고한 햄릿 왕과 거트루드의 아들
호레이쇼 가난한 학자, 햄릿의 친구이자 비밀을 들어주는 상대
유령 햄릿의 죽은 아버지
클로디어스 덴마크의 왕, 작고한 왕의 아우
거트루드 덴마크의 왕비, 작고한 왕의 미망인이며 현재 그의 아우인 클로디어스의 아내
폴로니어스 덴마크 추밀원의 일원
리어티스 그의 아들
오필리아 그의 딸
레이놀도 그의 하인
볼티먼드, 코넬리어스 덴마크 추밀원의 의원, 노르웨이의 대사들
로전크랜츠, 길던스턴 궁정인들, 햄릿의 옛 학생 친구들
오스릭 젠체하는 궁정인
프랜시스코, 버나도, 마설러스 병사들
어릿광대 1 무덤 파는 사람
어릿광대 2 어릿광대 1의 동료
사제
포틴브라스 노르웨이의 왕자
포틴브라스의 군대 장교
전령들
선원들
잉글랜드의 대사들
귀족들
귀부인들
보초병들
덴마크 사람들, 리어티스의 지지자들
배우 1 극단의 통솔자, 왕의 역
배우 2 왕비의 역
배우 3 왕의 조카 루시에이너스의 역
배우 4 "곤자고 살해"의 프롤로그를 말함

## 덴마크의 왕자 햄릿의 비극

### 1. 1

[경비를 서고 있는 보초 프랜시스코 등장.
그와 교대하기 위하여 버나도 등장]
버나도 거기 누구냐?
프랜시스코 내게 답하라. 서서 신분을 밝혀라.
버나도 전하 만세![1]
프랜시스코 버나도인가?
버나도 맞다.
프랜시스코 시간에 딱 맞춰 오는군.
버나도 방금 열두 시 쳤어. 자러 가, 프랜시스코.
프랜시스코 이번 교대는 아주 고마워. 무척 추워.
뼛속까지 아파와.
버나도 별 탈 없이 경계했지?
프랜시스코 생쥐 한 놈도 꼼짝 안 해.
버나도 그럼 잘 가.
호레이쇼와 마설러스를 만나면
같이 근무 서니까 빨리 오라고 해.
[호레이쇼와 마설러스 등장]
프랜시스코 오는 것 같다. 서라! 거기 누구냐?
호레이쇼 이 나라 우군이다.
마설러스 왕의 충신이다.
프랜시스코 잘 있어.
마설러스 오, 잘 가. 충실한 병사!
누구와 교대했지?
프랜시스코 버나도가 내 자리에 있다.
잘 있어.
마설러스 야, 버나도!
버나도 그런데
호레이쇼 왔어?
호레이쇼 일부만 왔지.
버나도 잘 왔어, 호레이쇼. 잘 왔어, 마설러스.
마설러스 오늘 밤도 그 물건이 나타났어?
버나도 아무것도 못 봤는데.
마설러스 호레이쇼는 그게 우리 환상에 불과하대.
우리가 두 번이나 본 그 무서운 유령을
전혀 믿으려 하지 않아. 그래서
오늘 밤 내내 같이 지키려고 설득해서
데리고 왔어. 그게 다시 나타나면
우리 눈이 봤던 것을 사실로 인정하고
유령에게 말 걸기로 했다고.
호레이쇼 쯧쯧. 나타날 리 없지.
버나도 잠깐 앉아라.
우리가 다시 한 번 네 귀를 공략할게.
그 얘기에 단단한 방어벽을 쌓았지만,
이틀 밤이나 목격한 거야.
호레이쇼 그래, 앉자.
버나도가 그 얘기 하는 거 들어보자.
버나도 바로 어젯밤인데,
북극성에서 서쪽으로 기운 저 별이
지금 비추고 있는 저 하늘 부분을
비추려고 이동했을 때 나와 마설러스가—
그때 종이 한 시를 쳐서—
[유령이 전신 갑주를 입고 얼굴 가리개를
올리고 손에 언월도를 들고 등장]
마설러스 조용해. 말 그쳐. 유령이 다시 왔어.
버나도 죽은 왕과 꼭 같은 모습이야.
마설러스 호레이쇼, 너 학자니까 말을 걸어.[2]
버나도 왕과 비슷해. 잘 봐, 호레이쇼.
호레이쇼 꼭 같아. 두려움과 놀라움에 속이 저려와.
버나도 말 걸어주길 바라는 것 같아.
마설러스 질문해, 호레이쇼.
호레이쇼 너는 누구이기에 묻히신 덴마크 전하가
행군하시던 장하신 무사의 모습으로
심야의 이 시간을 침범하는가?
하늘에 걸어 명하노니 말하라.
마설러스 성났다.
버나도 저 봐. 가버리는데.
호레이쇼 서라. 말하라, 말하라. 명하노니 말하라.
[유령 퇴장]
마설러스 사라졌다. 대답을 거부한다.
버나도 자, 호레이쇼, 어때? 떨며 질렸구나.
이거 환상 이상의 무엇 아닌가?

1 야간 경비병들의 암구호(暗口號)다. 뒤에 몇 가지 더 나온다.
2 라틴어를 알아야 유령에게 말을 걸 수 있었고, 유령은 말을 시키기 전에는 먼저 입을 열지 않았다.

뭐라고 생각해?
호레이쇼 하느님 앞에서, 내 눈의 감각과
확실한 증거가 아니었다면
이걸 믿지 못할 거야.
마설러스 왕과 같지 않았어?
호레이쇼 네가 너 자신을 닮은 것처럼.
야심 찬 노르웨이 왕과 싸우실 때
입으셨던 바로 그 갑옷이 그랬어.
언젠가 한번 성난 담판에서 썰매 탄
폴란드 군을 얼음 위에서 치실 때
그렇게 찌푸리셨지. 이상한 일이야.
마설러스 전에도 그렇게 두 번, 한밤중 이 시간에,
군인의 걸음으로 우리 앞을 지나갔어.
호레이쇼 딱히 무슨 생각을 해야 할지 모르지만
범위를 넓혀서 짚어보면 우리나라에
무슨 괴이한 변란이 터질 징조야.
마설러스 친구들, 앉자고. 알면 얘기해다오.
왜 이렇게 엄중한 경계를 펴서
온 백성이 밤마다 시달리는지.
왜 이처럼 매일같이 대포를 주조하고
외국에서 전쟁의 도구를 사들이며
왜 이처럼 조선공을 강제로 징집하여
평일 휴일 구별 없이 고생을 시키는지.
무슨 일이 닥치기에 이처럼 땀 흘리고
서둘러 밤과 낮을 이어서 일하는지
누가 가르쳐줄 수 있어?
호레이쇼 내가 말할게.
어쨌든 소문은 이러해. 조금 전에
우리에게 모습을 나타냈던 전왕이
너희도 알다시피 교만한 경쟁심에
자극된 노르웨이 포틴브라스 왕에게
도전을 받아 일대일 결투를 벌이셨어.
온 유럽 천지가 존경하던 바와 같이
용맹하신 햄릿 왕은 그자를 죽였는데
그자는 법과 의전에 의해 확정된
공식적 조약으로, 소유했던 영토들을
목숨과 함께 승자에게 양도했어.
그에 대해 우리 왕도 그만한 영토를
걸었었는데 포틴브라스가 이겼다면
그의 소유로 귀속됐을 거였어. 그래서
명시된 조항에 따라 그의 영토는
햄릿 왕에게 넘어왔는데 그 아들,
젊은 포틴브라스가 경험이 모자란
만용을 한껏 부려 노르웨이 이곳저곳
변두리 구석에서 밭도 절도 없어서
죽어도 좋다는 패들을 끌어 모아
배짱이 두둑한 무슨 큰 모험의
소모품이 되라고 해. 딴 게 아니야.
확실히 우리가 보기에, 아까 말했듯
제 아비가 잃은 땅을 우리 손에서
강압적 수단과 완력으로 회복하려는
배포라고. 내가 해석하기론
바로 이게 우리 준비의 주요 이유며
우리가 경비를 서야 하는 원인이며
전국적인 초비상과 총동원의 근원이야.
[유령 등장]
쉿! 저것 봐. 유령이 또다시 나타났어!
급살 맞아도 막아서겠다.
[유령이 팔을 벌린다.]
서라, 유령아.
네가 무슨 소리나 말을 할 수 있으면
내게 말하라.
혹시 너의 원을 풀어주고 내게는
덕이 될 무슨 좋은 일이 있다면
내게 말하라.
혹시 네 나라의 운명을 알고 있어서
다행히 미리 알아 회피할 수 있다면
오, 말하라.
또는 혹시 생전에 땅의 자궁 속에
강탈한 보물을 몰래 숨겨 두고서
죽은 다음 너희가 찾아다닌다는데
그걸 말하라. 서서 말하라.
[수탉이 운다.]
못 가게 해,
마설러스.
마설러스 창으로 칠까?
호레이쇼 안 서면 쳐.
버나도 여기 있다.
호레이쇼 여기 있다. [유령 퇴장]
마설러스 없어졌다.
그렇게 위엄이 있는데 폭력으로
대하다니 잘못 대접하는 것이야.

유령은 공기 같아 찌를 수 없어.
쓸데없는 공격으로 악감만 나타내지.
버나도 유령이 말할 찰나 수탉이 울었어.
호레이쇼 그러자 무서운 귀환 명령을 들은
죄지은 자처럼 화들짝 놀라더군.
새벽을 부르는 나팔 격인 수탉이
높고 날카로운 목청을 가지고
낮의 신을 깨우면, 그의 경고를 듣고
바다나 불이나 땅이나 공중에 있던
함부로 쏘다니던 영혼들이 자기들의
지역으로 달려간다고 하데. 그 사실을
두려운 이 현상이 확증하였지.
마설러스 수탉이 울자 사라졌어. 우리 구주의
탄생을 축하하는 시기가 다가올 때
새벽의 새가 밤새 내내 노래하면
혼령이 나다니지 못한대. 그러면
밤기운도 건전하고 별들도 나쁜 기운을
쏘지 못하고 요정들도 홀리지 못하고
마녀도 주술 부릴 힘이 없어진다고 해.
그만큼 그때가 거룩하고 은혜롭지.
호레이쇼 나도 그런 말 들었고 얼마쯤 믿어.
한데 저기 봐. 붉은 망토 입은 아침이
저 높은 동쪽 산의 이슬 위를 걸어온다.
우리는 경비를 해산하고 햄릿 왕자께
지난밤 우리가 봤던 걸 전해드리자.
유령은 우리에게 아무 말 없었지만
햄릿에겐 확실히 뭐라고 말할 거야.
그에게 그 사실 알리는 거 동의하지?
우리 사랑과 임무에 비춰 필요하고 당연해.
마설러스 그렇게 하자. 오늘 아침 어디서
가장 쉽게 만날지 알고 있거든. [모두 퇴장]

## 1. 2

[나팔들의 주악. 덴마크 왕 클로디어스, 왕비 거트루드,
검은 옷의 햄릿 왕자와, 볼티먼드, 코넬리어스,
폴로니어스와 그의 아들 리어티스를 포함한 추밀원
의원들이 수행 신하들과 함께 등장]
클로디어스 사랑하는 내 형님 햄릿 왕께서
별세하신 기억이 아직도 생생하여
슬픔 중에 마음을 지님이 옳으며
온 나라가 슬픈 낯을 찌푸림이 마땅하나,
이성이 감정과 오래 싸운 나머지
가장 현명한 슬픔으로 그분을 생각하며
또한 우리 자신을 돌아보게 되는 거요.
그런고로 현재의 왕비요 과거의 형수이며
강력한 이 나라 왕권을 함께 소유한 이를
아내로 삼았는바, 표현을 빌리자면,
좌절당한 기쁨으로, 한 눈에는 희망으로,
한 눈에는 눈물로, 장례식엔 환희로,
결혼식엔 만가로, 기쁨과 슬픔을
꼭 같은 무게로 저울에 올렸으되,
여러분의 보다 나은 고견을 막지 않았고
여러분은 거리낌 없이 동의하였소.
모든 일에 감사하오. 이제 말할 것은
젊은 포틴브라스가 나를 경멸했거나
사랑하는 형님의 서거로 인해
이 나라가 지리멸렬한 줄 알고
자기가 유리하다는 환상과 짝하여
제 아비가 모든 법의 조약에 의해
용맹하신 내 형님께 잃어버린 영토를
반환하란 편지들로 나를 계속 괴롭혔소.
그자에 관해서는 이만하고, 이제는
내 말 하겠소. 이번 회의 주 의제는
이것이오. 포틴브라스 왕자의 숙부
노르웨이 왕에게 편지를 써놓았소.
그 사람은 쇠약하여 병석에 누워 있어
조카의 계획은 거의 듣지 못하오.
조카가 이 일을 더 이상 추진하면
물자, 인원, 군대 일체가 백성에게서
나오므로 이를 제지하라 하였소.
그 일로 볼티먼드, 코넬리어스,
당신들을 파견하니, 노르웨이 왕에게
친서를 전하시오. 여기 말한 항목들의
범위를 넘어 그와 협의할 사적 권한은
허락지 않소. 잘들 가시오. 급히 떠남으로
임무에 충실함을 보이시오.
코넬리어스와 볼티먼드 그 점과 모든 일에 충실하겠습니다.
클로디어스 의심치 않소. 부디 잘들 가시오.
[볼티먼드와 코넬리어스 퇴장]
그러면 리어티스, 무슨 일이 있는가?

소청이 있다는데. 무슨 일인가?
덴마크 왕에게 합당하게 아뢰면
허사가 될 수 없다. 굳이 청하지 않아도
허락지 않을 것이 무엇인가, 리어티스?
머리와 심장이 저절로 이어지고
손은 입의 도구이듯, 그 이상으로
덴마크의 왕좌는 부친과 친밀하다.
무엇을 원하는가, 리어티스?

리어티스 존엄하신 전하,
프랑스로 돌아가도 좋다는 윤허입니다.
전하의 대관식에 예의를 표하려고
기꺼이 덴마크로 왔었습니다마는
그 일을 마쳤으니 이제 고백합니다.
제 생각이 다시금 프랑스로 향하니
넓으신 허락과 용서를 빕니다.

클로디어스 부친 허락 받았는가? 폴로니어스, 어떠시오?

폴로니어스 예. 끈질기게 졸라대서 내키지 아니하는
허락을 짜냈으며, 마침내 그의 뜻에
어려운 동의의 도장을 찍었습니다.
윤허해 주시기를 간절히 원합니다.

클로디어스 좋은 때를 골라라. 시간은 네 것이다.
너의 가장 훌륭한 자질들을 마음껏 펴라.
그럼 이제, 조카 햄릿, 내 아들—

햄릿 조카보다 가깝지만 살갑지는 않군요.

클로디어스 어찌하여 아직도 먹구름이 끼었는가?

햄릿 아니죠. 너무 강한 햇빛에 벗은 몸이죠.

거트루드 얘, 시커먼 색깔일랑 벗어던지고
좀 더 친밀한 눈빛을 왕께 보내렴.
눈꺼풀을 내리고 언제나 영원히
고귀한 아버님을 땅속에서 찾지 마라.
너도 잘 알지, 나면 죽는다는 것.
자연을 거쳐서 영원으로 간다는 것.

햄릿 예. 모두 그렇죠.

거트루드 그런데 어쩐지
네게는 그리도 유별난 것 같구나.

햄릿 '같다'니요? 저는 '같다'란 말 모릅니다.
어머님, 저의 먹물 겉옷이 아닙니다.
관례적인 엄숙한 상복도 아닙니다.
억지로 짜내는 바람뿐인 탄식이나
닭똥 같은 눈물이나 기죽은 낯이나,
갖가지 슬픔의 형식과 꾸밈새는
진정한 제 마음을 나타내지 못해요.
그것들이야말로 무엇 '같아요.'
꾸며낸 짓이니까요. 하지만 내 속에는
그보다 진한 것이 있어요. 그따위는
슬픔의 치장이며 옷자락에 불과해요.

클로디어스 햄릿, 이처럼 부친을 조상하는 태도는
네 성격의 아름답고 가상할 면이지만
네 부친도 그 부친을 잃었음을 기억해라.
그 부친은 그 부친을 잃었었다. 그래서
남은 자는 자식의 도리상, 한동안
조상함이 마땅하되, 막무가내로
슬픔을 지속하면 불효한 고집으로
접어드는 것이니, 사내답지 못하며
하늘을 거스르는 심사를 나타내며
굳지 못한 심정과 조급한 마음과
박약한 이해심을 드러내는 것이다.
우리가 필연적인 사실로 이해하며
천한 자도 아는 만큼 공통되는 일인데
어찌하여 우리가 어리석게 버둥대며
한스러워하는가? 오, 하늘께 죄가 되며
고인께 죄가 되며 자연에 죄가 되며
이치에 어긋나니, 이의 공통분모는
아버지의 죽음이다. 최초의 죽음부터
오늘 죽은 자까지 '이럴 수밖에 없다'고
언제나 외치는 사실이다. 바라건대
불필요한 슬픔을 던져버리고
나를 아버지로 생각해라. 내 왕좌에
네가 가장 가까운 후계자임을
온 세상이 알리라. 가장 친밀한
아버지의 고귀한 사랑에 결코
뒤지지 않는 사랑을 네게 보낸다.
비텐베르크 대학[3]으로 돌아가려는
너의 생각은 나의 뜻에 몹시 어긋나므로
여기 내 앞에서 기쁨과 위로 중에
머물러 있기로 마음을 바꿔
나의 최고 궁정인, 조카, 아들이 되어라.

거트루드 햄릿, 어미의 기도가 헛되지 않게 하렴.

3 1517년에 루터가 종교개혁을 시작한 대학. 또한 그곳에서 파우스트 박사가 연구했단다.

비텐베르크에 가지 말고 같이 지내자.
햄릿 어머니, 최선을 다해서 순종하겠습니다.
클로디어스 오, 사랑에 넘치는 아름다운 대답이다.
나와 함께 덴마크에 군림해라. 왕비, 갑시다.
햄릿의 착하고 순순한 동의가
마음에 웃음을 가져오오. 그 기념으로
오늘 왕의 기쁜 축배는 반드시
대포로 구름에게 알릴 터이며
하늘은 왕의 건배를 또다시 울림으로
땅 위의 천둥을 반복할 거요. 갑시다.
[주악. 햄릿 이외에 모두 퇴장]
햄릿 오, 너무도 단단한 살덩이, 녹아버려라.
풀어지고 해체되어 이슬이 돼라.
영원한 신이 자살을 금하는 법을
만들지 않았다면 얼마나 좋을까!
오, 하느님, 하느님! 세상만사 진력나고
모든 일이 무미하고 헛될 뿐이다!
아, 역겹구나! 잡초가 무성한 정원에
씨가 맺힐 판이다. 거칠고 막된 것들이
홀딱 점령했구나. 이 지경이 되다니!
가신 지 겨우 두 달. 두 달도 못 된다.
그리도 잘나신 왕. 지금에 비하면
염소[4]와 태양신! 어머니를 사랑하여
하늘의 바람까지 어머니 얼굴에
너무 심히 찾아들 수 없게 하셨지.
기억을 해야 하나? 어머니는 욕정에
탐닉하면 할수록 욕정이 동하는 듯,
그자에게 달라붙지. 한 달도 안 됐는데.
생각을 말자. 약한 자여, 네 이름은 여자다.
겨우 달포에, 니오베[5]처럼 울며불며
불쌍한 시신을 따라가며 신던 신발이
닳기도 전에 어떻게 어머니, 그 어머니가
삼촌과 결혼했단 말인가!—아, 이성 없는
미물도 그보다는 더 오래 슬퍼했겠지.—
아버지 아우지만 헤라클레스[6]를
내가 닮지 못했듯 아버지를 못 닮았다.
한 달도 못 돼서 가짜 눈물 소금기가
아린 눈을 떠나기 전에 결혼하였지.
악랄한 속도였어. 그리도 빨리
간음의 잠자리로 달려가다니!
옳지 않아. 옳을 수 없어. 하지만 오,
가슴아 터져라. 입을 다물어야 해.
[호레이쇼, 마설러스, 버나도 등장]
호레이쇼 안녕하십니까?
햄릿 건강한 거 보니 좋네.
호레이쇼 맞지? 내 정신이 바르다면.
호레이쇼 맞습니다. 왕자님 섬기는 낮은 종이죠.
햄릿 좋은 친구지 뭐. 그런 명칭은 바꿔야지.
한데 무슨 일로 비텐베르크에서 왔나?
오, 마설러스.
마설러스 예, 왕자님.
햄릿 다시 봐서 반갑다. [버나도에게] 잘 있었나?
정말로 뭣 땜에 비텐베르크를 떠났어?
호레이쇼 공부하기 싫어서죠.
햄릿 그런 말은 네 원수도 못 하게 할뿐더러
너도 네 자신을 폄하하는 말로써
내 귀로 하여금 그걸 믿게 하려는
못된 짓은 하지 마라. 너는 공부벌레야.
하지만 엘시노어[7]에 볼일이 무엇인가?
떠나기 전에 술 되게 먹는 법 가르쳐줄게.
호레이쇼 부왕의 장례를 보러 왔었습니다.
햄릿 똑같은 학생끼리 놀리지 마.
내 어머니 결혼식 보러 왔겠지.
호레이쇼 확실히 뒤이어 거행되었습니다.
햄릿 절약이야, 절약, 호레이쇼. 장례 음식을
결혼식 피로연에 식은 채 내놨거든.
그런 날 맞기보단 철천지원수를
하늘에서 만났다면 더 좋았을 게지.
아버지—아버지를 보는 것 같아.
호레이쇼 아, 어디요?
햄릿 마음의 눈으로, 호레이쇼.
호레이쇼 저도 한번 뵈었어요. 늠름하신 왕이셨죠.
햄릿 사나이셨지. 모든 면에서 모범이셨어.

4 그리스신화에 나오는, 아랫몸은 염소이며 윗몸은 사람인 추잡한 존재.
5 일곱 아들 일곱 딸을 자랑했다가 신의 노여움으로 모두 맞아 죽어 한없이 눈물을 흘렸다는 여인.
6 그리스신화에 나오는, 가장 힘이 세고 유명한 영웅.
7 덴마크 왕국의 궁전. 지금의 코펜하겐 인근에 있으며 관광 명소다.

다시는 그런 분을 볼 수 없을 거야.
호레이쇼 왕자님, 어젯밤 그분을 뵌 것 같아요.
햄릿 봤다고? 누구를?
호레이쇼 부왕 전하요.
햄릿 부왕 전하를?
호레이쇼 말을 끝낼 때까지 귀를 기울여
잠시만 놀라움을 자제해 주십시오.
놀라운 이 사실에 대해서 이분들이
증인이 될 겁니다.
햄릿 빨리 듣고 싶구나.
호레이쇼 버나도와 마셜러스 이 두 사람이
경비 중에 있었는데 모든 것이 죽은 듯
적막한 한밤중에 이틀 밤을 연이어
목격하였습니다. 부왕 같은 형상이
전신에 갑주를 단정하게 차려입고
그들 앞에 나타나 엄숙한 걸음으로
천천히 위엄 있게 지나가더랍니다.
두려움에 놀라고 억눌린 눈앞으로
그의 칼 길이만큼 세 번 지나갔습니다.
그동안 이들은 두려워 떨며
거의 묵처럼 흐늘흐늘 녹아서
멍청히 선 채 말을 걸지 못했지요.
이 사실을 떨면서 몰래 알려주기에
사흘째 밤 그들과 경비를 섰더니
그들이 말한 그 시각에 그 모습 그대로
유령이 나타났는데 아버님과 같았어요.
두 손도 그처럼 닮지 못해요.
햄릿 그게 어딘가?
마셜러스 우리가 경비하던 포대입니다.
햄릿 말해보았나?
호레이쇼 예, 말했습니다.
그러나 대답은 안 하더군요.
하지만 한번은 머리를 쳐들고
말할 듯한 몸짓을 보였습니다.
그러자 공교롭게 새벽닭이 크게 우니
그 소리에 유령은 움츠리고 황급히
시야에서 사라졌습니다.
햄릿 매우 이상하구나.
호레이쇼 왕자님, 제가 살아 있듯 사실입니다.
그래서 왕자님께 알리는 것이
확실한 의무로 생각되었습니다.

햄릿 옳아, 옳고말고. 하지만 걱정스럽군.
오늘 밤도 경비 서나?
마셜러스와 버나도 예, 그렇습니다.
햄릿 무장을 했다지?
마셜러스와 버나도 무장을 했습니다.
햄릿 정수리에서 발끝까지?
마셜러스와 버나도 예, 정수리에서 발끝까지.
햄릿 그럼 얼굴은 못 봤겠지.
호레이쇼 아, 봤습니다. 면갑을 올렸습니다.
햄릿 표정이 어떻던가? 찌푸렸던가?
호레이쇼 분노보다 슬픔으로 가득했습니다.
햄릿 희던가, 붉던가?
호레이쇼 아주 창백했습니다.
햄릿 네게 시선을 보내던가?
호레이쇼 내내 그랬습니다.
햄릿 나도 있었으면 좋았을 게다.
호레이쇼 너무나 놀라셨을 텐데요.
햄릿 그랬겠지. 그랬겠지. 오래 있었나?
호레이쇼 적당한 속도로 백까지 셀 만큼.
마셜러스와 버나도 길었소, 길었소.
호레이쇼 내가 볼 땐 안 길었소.
햄릿 수염이 희던가?
호레이쇼 생전에 뵙던 그대로였습니다.
희끗희끗했습니다.
햄릿 오늘 밤 경비를 서겠다. 다시 올지 모른다.
호레이쇼 꼭 올 겁니다.
햄릿 귀하신 아버님의 모습을 가졌다면
지옥이 입 벌리고 조용하라 위협해도
말을 걸겠다. 모두에게 부탁한다.
지금까지 이 일을 숨기고 있다면
입을 계속 봉하고 비밀로 해라.
그리고 오늘 밤 무슨 일이 생겨도
속으로 알아두고 말하지 마라.
그 사랑에 보상하겠다. 잘 있어라.
열한 시와 열두 시 사이, 포대 위의
너희를 찾아가겠다.
세 사람 모두 충성하겠습니다!
햄릿 사랑하니 사랑하라. 잘 있어라.
[햄릿 이외에 모두 퇴장]
무장한 아버지 혼령! 모든 것이 잘못됐다.
범죄가 의심된다. 밤이여, 어서 오라.

영혼아, 그때까지 조용하라. 악한 짓은
온 땅이 덮어도 드러나기 마련이다.

## 1. 3

[리어티스와 오필리아 등장]

리어티스 짐짝들을 배에 실었다. 잘 있어라.
그리고 얘, 바람이 잘 불고
인편이 있으면 가만히 있지 말고
소식 전해줘.

오필리아 그런 걸 걱정해?

리어티스 햄릿은—너에 대한 가벼운 관심은
하나의 멋이고 일시적 기분이야.
한창 젊은 시절의 제비꽃 같아서
빨리 피고 예쁘지만 오래가지 못하고
한순간의 향기만 제공한단다.
그뿐이지.

오필리아 그뿐일까?

리어티스 그뿐이라고 알아둬.
성장 중의 사람은 근육과 체중만
자라지 않고 몸이 커져가면서
정신과 영혼이라는 내적인 책임도
함께 자라지. 혹시는 지금 너를
사랑할지 몰라. 지금은 묵은 때나 잔꾀가
선한 의지를 더럽히지 않지만,
너는 걱정해야 돼. 지위를 생각하면
그의 의지는 제 의지가 아니야.
신분에 매였거든. 무명 인사와는 달리
자기 뜻대로 못 하고 그이의 선택에
온 나라의 안전과 안녕이 달려져서
그이는 머리가 되지만 몸 전체의
목소리와 동의에 제한을 받아.
그러니까 널 사랑한다고 할 때
특수한 권세의 위치에서 제 약속을
지킬 수 있을 만큼만 믿는 게
네가 현명한 거야. 그이는 나라 전체의
동의를 넘을 수 없어. 그렇기 때문에
그이의 노래에 지나치게 솔깃한 귀를
기울였다간 얼마나 명예를 잃을지,
마음을 잃을지, 무절제한 욕구에
정결한 보석함을 열지나 않는지
잘 따져봐. 오필리아, 조심해, 진짜 조심해.
욕망의 위험과 사정거리를 넘어서
네 감정 후방에 언제나 머물러 있어.
아무리 얌전한 처녀라도 달님 앞에
온몸을 드러내면 방탕하게 된다고.
선 자체도 모함의 공격을 면하지 못해.
봄의 아기 봉오리가 피기도 전에
벌레가 파먹는 일이 너무 흔하지.
초목을 메말리는 바람은 연한
젊음의 이슬과 아침에 불어친다.
조심해라. 최선의 안전은 조심이야.
아무도 없어도 젊음은 자기한테 반항해.

오필리아 이 교훈을 마음의 문지기로 삼을게.
하지만 오빠, 못된 사제처럼
천국 가는 가파른 가시밭은 말하지 마.
그런 자는 한껏 부푼 바람둥이 같아서
사랑의 꽃길을 가면서도 자기 충고엔
콧방귀도 안 뀌어.

리어티스 내 걱정 하지 마.

[폴로니어스 등장]

너무 오래 있었다.—아버지 오신다.
이중의 축복은 이중의 은혜지.
두 번 하는 작별은 아름다운 기회야.

폴로니어스 아직도 여기 있냐? 속히 배에 올라라.
타고 떠날 배의 돛이 바람을 등졌다.
기다리는 중이다. 자, 축복하겠다.
몇 가지를 훈계할 터이니 기억 속에
각인해둬라.—생각을 발설치 말며,
지나친 생각은 실행하지 말지니라.
남과 친히 지내되 마구 사귀지 마라.
네가 가진 친구는 진가를 확인하여
네 영혼에 강철 테로 붙들어 매되,
풋내기 새내기 동무마다 대접하여
손바닥에 굳은살이 박이지 않게 하라.
싸움에 끼지 않게 조심하되, 일단 붙으면
상대방이 향후 너를 조심하게 만들어라.
뉘에게나 경청하되 찬동은 더디 해라.
비판을 널리 듣되 판단은 유보해라.
지갑이 살 수 있는 비싼 옷을 차려입되
괴상한 꼴을 내지 말며 값지되 야하지 마라.

옷차림이 사람됨을 말할 때가 많으니라.
최상층의 신분을 차지한 프랑스인이
차림새가 독특하며 귀족답고 우수하다.
돈은 꾸지도 말고 꿔지도 말지니라.
꿔주면 돈과 친구 모두 잃기 쉬우며
돈을 꾸면 절약의 칼날이 무뎌지니라.
무엇보다 자신에게 철저히 진실해라.
그리하면 필연코 밤이 낮을 따르듯이
어떠한 이에게도 거짓될 수 없느니라.
잘 가라. 내 축복이 이 중에서 자라나리라.
리어티스 지극히 겸손하게 작별을 고합니다.
폴로니어스 시간이 부른다. 가라. 하인들이 기다린다.
리어티스 잘 있어, 오필리아. 내가 하던 말을
잘 기억해둬.
오필리아 기억 속에 잠가뒀어.
오빠가 직접 열쇠를 보관해.
리어티스 잘 있어. [퇴장]
폴로니어스 오빠가 네게 뭐라고 했냐?
오필리아 저, 햄릿 왕자님에 관한 거였어요.
폴로니어스 음, 그거 참 생각 잘했다.
듣자니까 최근에 왕자께서 너와 자주
사사로운 시간을 보내셨고 너는 너대로
아예 터놓고 듣는다고 하더군.
그게 사실이라면 일러줘야 되겠다.
—경고하는 뜻인데, 그런 소리 들었다.—
너는 나의 딸이지만 순결에 합당하게
자기 위치를 확실히는 알지 못해.
둘 사이가 무엇이냐? 이실직고하여라.
오필리아 요사이 저에 대해 여러모로
애정의 표시를 보내주셨습니다.
폴로니어스 애정? 쳇! 그런 위험에 대해
조금도 경험 없는 풋내기 소리다.
네 말대로 그러한 "표시"를 믿냐?
오필리아 어떻게 생각할지 모르겠어요.
폴로니어스 가르쳐주지. 그러한 "표시"를
선물로 받았지만 진짜가 아니듯
아기가 돼. 좀 더 비싸게 굴어.
그렇지 않으면—하도 써서 맥 빠진 말
다시 쓰자면—아비가 바보 되겠다.
오필리아 그분은 저에게 진지한 태도로
사랑을 구했어요.
폴로니어스 그럴 테지. "진지"인지 밥인지, 관둬라.
오필리아 그리고 말씀에 확언까지 하셨어요.
거룩한 맹세를 거의 다 하셨어요.
폴로니어스 그럴 테지. 멧새 잡는 올가미가 그래.
끓는 피는, 정신이 혀에게 맹세를
남발하게 시키는 걸 나도 잘 알아.
불꽃은 열보다 밝은 빛을 내지만
맹세하는 동안에 꺼져버리지.
불이라고 오해하면 안 돼. 앞으로는
처녀라는 자신을 내보이길 삼가고
만나자는 일방적인 명령보다는
만나주는 대가를 더 높게 해라.
젊으신 왕자님은 네게 허락된 것보다
행동반경이 넓으니까 그만큼 알고 믿어라.
요컨대 그런 말 믿어선 안 돼.
그런 건 브로커야. 차림새는 멋있지만
순전히 더러운 욕망을 설득하는
변사들이라, 교묘히 속이려고
거룩한 신심을 꾸며대는 뚜쟁이처럼
소곤거려. 결론적으로 말해서,
이제부터 단순하고 소박한 말을 써서
말썽의 소지가 없도록, 한순간도
왕자님과 말을 주고받지 말아라.
유념해라. 분부한다. 따라오너라. [둘 퇴장]

## 1. 4

[햄릿, 호레이쇼, 마설러스 등장]
햄릿 바람이 매섭군. 몹시 추워.
호레이쇼 살을 에는 강한 바람이오.
햄릿 지금 몇 신가?
호레이쇼 열두 시 전이겠죠.
마설러스 아니, 열두 시 쳤소.
호레이쇼 정말? 난 못 들었소.
호레이쇼 그럼 유령이 나타나곤 하던 시간이
다가오는데.
[나팔들의 주악. 포성이 두 번 울린다.]
저게 뭡니까, 왕자님?
햄릿 오늘 밤 왕이 안 자고 마셔대는데
술판을 벌이고 주정꾼 춤을 추지.

라인 산 포도주를 꿀꺽꿀꺽 마실 때
큰북과 나팔이 왕이 한 번에 마셨다고
칭찬을 울리는 거야.

호레이쇼 풍습인가요?

햄릿 응, 그렇다지.
그런데 그런 풍습의 본고장에서
태어난 사람이지만 따르기보단
깨뜨리는 때가 더 잦은 풍습 같아.
[유령 등장]

호레이쇼 저길 봐요. 유령이 와요.

햄릿 은총의 천사들, 보호하소서!
구원의 영이든, 저주받은 마귀든,
하늘의 공기든, 지옥 폭풍을 가져오든,
의도가 악하든 선하든 간에
그처럼 수상한 형상으로 나타나므로
네게 말을 걸겠다. 너를 햄릿, 왕,
아버지, 덴마크 왕이라 부를 테니
대답해라! 터질 듯 알고 싶다.
어찌하여 땅에 묻힌 거룩한 유골이
수의를 떨쳤으며, 우리 모두가
고요한 장례를 보았거늘, 어찌하여
무덤이 무거운 대리석 입을 벌려
너를 토해 냈는가? 죽은 몸이 다시금
전신 갑주를 몸에 감고 이처럼
희미한 달빛 속에 두려움을 끼치며
자연의 노리개인 인간에게 겁을 주어
영혼에 초월하는 괴이한 망상으로
우리의 일상을 흔들어 놓는가?
까닭이 무엇인가? 어쩌라는 말인가?
[유령이 햄릿에게 손짓한다.]

호레이쇼 같이 가자는 손짓입니다.
왕자님께 무엇인가 말할 것이
있는 듯합니다.

마설러스 [햄릿에게]
보십시오. 정중한 표정과 몸짓으로
외딴 데로 가자고 손짓하지만
따라가지 마십시오.

호레이쇼 못 가십니다.

햄릿 말하려고 하지 않아 따라가겠다.

호레이쇼 가지 마십시오.

햄릿 왜? 뭐가 무서워?
내 목숨은 손톱만큼도 중하지 않아.
유령이 영혼을 어찌할 수 있나?
자기와 다름없이 불멸하는 존재인데.
또다시 손짓한다. 따라갈 테다.

호레이쇼 왕자님을 바닷물로 유인하거나
물속에 깊이 박혀 불쑥이 튀어나온
무서운 벼랑 끝에 데려가서는
흉측한 모습으로 갑자기 변하여
왕자님의 이성을 마비시켜서
실성하게 만들면 어찌합니까?

햄릿 손짓을 계속한다. 앞서라. 따르겠다.

마설러스 못 가십니다, 왕자님.

햄릿 손 치워라.

호레이쇼 저희 말 들으십시오. 못 가십니다.

햄릿 운명이 소리친다. 몸뚱이의 실핏줄도
네메아 사자[8] 힘줄처럼 용감해진다.
[유령이 손짓한다.]
계속해서 부른다. 친구들, 놓아 달라.
[그들을 뿌리친다.]
막는 자는 유령이 될 터이니 각오해라.
비켜라!—앞서 가라. 따라가겠다.
[유령과 햄릿 퇴장]

호레이쇼 환상에 사로잡혀 뭐든 막 하셔.

마설러스 따라가자. 이런 복종이 옳지 않아.

호레이쇼 뒤따르자. 무슨 일이 생길 텐가?

마설러스 덴마크 나라에 뭔가 썩었다.

호레이쇼 하늘이 이끄신다.

마설러스 어쨌든 따라가자. [모두 퇴장]

## 1. 5

[유령과 햄릿 등장]

햄릿 어디까지 가려는가? 그만 가겠다.

유령 나를 보라.

햄릿 그러겠다.

8 그리스신화에 나오는 매우 사나운 불사신의 사자로서 칼로도 화살로도 죽일 수 없었으나 헤라클레스가 몽둥이로 때린 후 목을 졸라 죽였다.

유령 시간이 거의 됐다.
유황불이 넘실대는 괴로운 불길로
돌아갈 때가 가깝구나.
햄릿 불쌍한 혼령!
유령 나를 불쌍하게 보지 말고 이제 내가
밝히는 사실에 엄숙히 귀 기울여라.
햄릿 말해라. 들어야겠다.
유령 그렇다면 복수를 반드시 해야 된다.
햄릿 뭐라고?
유령 나는 네 아비의 혼령이다.
밤에는 얼마간 방황하다가
낮에는 인간의 생활 중에 저지른
몹쓸 죄가 불에 타서 깨끗해질 때까지
불길 속에 갇혀서 굶주리게 되어 있되,
연옥의 비밀을 발설할 수 없다.
내 얘기의 가벼운 한마디에
네 속의 영혼이 곤죽으로 변하며
젊은 피가 굳으며, 깊숙한 네 눈은
별똥처럼 불거지며, 타래 지어 빗어 넘긴
너의 머리카락은 고슴도치 터럭처럼
낱낱이 일어서되, 영원한 비밀은
피와 살의 귀에는 온당하지 않느니라.
들어라, 햄릿! 내 말을 들어다오!
일찍이 네 아비를 사랑했다면.—
햄릿 아아, 이럴 수가!
유령 한없이 추악한 동기간의 살인에 복수해라.
햄릿 살인!
유령 더없이 추악한, 최악의 살인이었다.
가장 추하고 괴이하고 잔인하였다.
햄릿 속히 알려 주십시오. 사색이나 정념처럼
재빠른 날개로 복수를 겨냥하여
달려가겠습니다.
유령 의지가 분명하다.
이 말 듣고도 흥분하지 않으면,
망각의 강 언덕에 한가롭게 뿌리박은
살찐 잡초보다도 무감각했으리라.
그러면 들어라. 내가 뜰에서 자던 중
독사에 물렸다고 발표되었다. 그리하여
온 나라의 귀가 내 죽음에 관하여
날조된 이야기에 속아 있다. 그러나
고귀한 젊은이여, 네 아비의 목숨을
쏜 독사, 그자가 지금 왕관을 쓰고 있다.
햄릿 오, 직감이 옳았다! 삼촌이!
유령 그렇다. 제 형수와 간음하는 그 짐승이
두뇌의 요술, 반역의 재치로—아아,
유혹의 힘이 매우 강한 두뇌와 재치!—
부끄러운 그 욕망에, 겉으로 보기에는
정숙하던 왕비가 굽어지고 말았다.
오, 햄릿, 얼마나 기막힌 타락이던가!
나의 사랑 속에는 결혼 때의 서약과
언제나 가지고 있던 위엄이 있었으나
왕비는 나를 저버리고 나에 비해
타고난 자질이 모자라는 자에게로
기울어갔던 것이다.
그러나 천국의 꼴을 한 음란이
아양 떨어도 덕성은 꿈쩍 안 하듯,
음욕이 찬란한 천사와 맺어졌다고 해도
하늘의 침상에 싫증을 내고
찌꺼기를 삼킨다.
그러나 새벽 냄새가 난다.
줄이겠다. 매일 오후 오랜 습관대로
정원에서 잠든 때, 아무런 의심 없는
그 시간, 네 삼촌이 맹독성 헤베논[9]을
작은 병에 담아서 몰래 들어와
살 썩는 그 진액을 내 귓구멍에
쏟아 부었다. 그 약은 사람 피와
상극이어서 수은처럼 빠르게
몸의 문과 골목을 따라 퍼져가면서
순식간에 힘을 뻗어 젖에 식초를
떨어뜨린 듯 건강한 피를 굳히고
응결시킨다. 그 약이 핏속에서
그렇게 작용했다. 그러자 그 순간
매끈하던 내 몸에 문둥이처럼
더럽고 끔찍한 종기가 돋아
흠집투성이가 되었다.
이처럼 잠자던 내가 아우 손에
목숨, 왕위, 아내를 한꺼번에 빼앗기고
악의 꽃을 피우던 순간에 잘렸으니
성체도, 고백도, 병자성사도 못 하고

9 성분을 알 수 없는 독극물인 듯.

회개도 못 하고 허물을 모두 쓴 채
심판대에 서게 됐다.[10] 오, 무섭구나!
무섭구나! 끝없이, 끝없이 무섭구나!
효성 있는 아들이면 참지 마라.
덴마크 왕의 침상이 추악한 간음과
음란의 자리가 되도록 두지 마라.
그러나 어떤 행동을 취하든지
마음을 더럽히지 않을 것이며
어머니에게 네 영혼이 어떤 일도
꾸미지 않게 하며 찌르는 가시와
하늘에 맡겨라. 너는 속히 떠나라.
반딧불의 약한 빛이 흐려져 간다.
새벽이 가깝다. 부디부디 잘 있어라.
잘 있어라, 햄릿. 나를 잊지 마라. [퇴장]

햄릿 하늘의 별들아! 땅아! 또 무엇인가?
지옥도 합칠까? 안 된다! 마음아, 다짐하라.
그리고 힘줄들아, 갑자기 늙지 말고
굳세게 받쳐다오. "나를 잊지 마라"고?
물론! 불쌍한 혼령! 어지러운 머리에
기억이 남는 한! "나를 잊지 마라"고?
물론! 젊은 날과 사색이 끼적거렸던
오만 가지 잡스러운 못난 기록과
책에서 베낀 온갖 격언, 표현, 감상을
기억의 흑판에서 말끔히 지우고
조금도 천한 것이 섞이지 않은
순수한 명령만이 두툼한 책이 되어
뇌리에 박힙니다. 물론, 물론, 맹세코!
오, 한없이 악한 여인!
악당, 악당, 미소 짓는 저주할 악당!
흑판에,
흑판에 기록해 두어야 한다.
웃고, 웃고, 웃으면서 악당이 될 수 있다.
덴마크에서는 분명코 가능하다.
[글을 쓴다.]
삼촌, 네 이름 적었다. 그다음은
이 말을 적는다. '잘 있어라, 잘 있어라.
부디 나를 잊지 마라.' 맹세가 끝났다.

호레이쇼와 마셀러스 [안에서] 왕자님, 왕자님.

[호레이쇼와 마셀러스 등장]

마셀러스 왕자님!

호레이쇼 하늘이여, 보호를!

햄릿 보호하소서!

호레이쇼 어디 계십니까? 왕자님, 왕자님!

햄릿 일루 와, 일루 와. 보라매, 일루 와![11]

마셀러스 왕자님, 괜찮으십니까?

호레이쇼 무슨 일입니까?

햄릿 오, 놀라워라!

호레이쇼 왕자님, 말씀하십시오.

햄릿 안 돼. 발설할 테니.

호레이쇼 하늘에 맹세코 절대로 안 합니다.

마셀러스 저도 안 합니다.

햄릿 진정한 인간이면 그런 마음이 생길까?
너희는 비밀로 하겠지?

호레이쇼와 마셀러스 예, 하늘에 맹세코.

햄릿 온 덴마크 천지에 악랄한 악당이
아닌 악당은 없다는 말이다.

호레이쇼 그런 말은 무덤의 유령이 나와서
말할 필요 없지요.

햄릿 물론. 옳은 말이다.
그러니까 더 이상 이러쿵저러쿵
말할 것 없이 악수하고 헤어지자.
누구나 용무와 욕구가 있으며,
너희도 용무와 욕구가 있을 테니
갈 데로 가라. 불쌍한 이 몸은
기도하러 가겠다.

호레이쇼 흥분해서 함부로 하시는 말씀이오.

햄릿 기분이 상했다면 정말 잘못했다.
그렇다. 정말이다.

호레이쇼 기분 상한 것 없습니다.

햄릿 아니다. 정말 상했다, 호레이쇼.
몹시 상했다. 아까 그 허깨비는
믿을 만한 유령이다. 그것까진 밝히겠다.
우리 둘 사이에 무슨 일이 있었는지

10 가톨릭 교인은 죽기 직전에 성체, 고백성사, 병자성사 등의 의식을 통해 하느님께 마지막 '회개'를 하고 심판대로 가야 하는데 햄릿 왕은 그럴 새 없이 갑자기 죽임을 당했으므로 일정 기간 동안 '연옥'에서 무서운 속죄의 과정을 치러야 한다는 말이다.

11 호레이쇼의 다급한 부름에 햄릿은 매사냥 때 쓰는 말로 대꾸한다. "일루 와!"는 꾸며낸 우리말.

참고 묻지 마라. 그리고 너희가
친구요 학자요 군인이니 작은 부탁
하나만 들어다오.
호레이쇼 무엇입니까?
물론 그럽니다.
햄릿 지난밤에 본 것을 누구에게도 말하지 마라.
호레이쇼와 마설러스 말하지 않겠습니다.
햄릿 그것으로 안 된다. 맹세해라.[12]
호레이쇼 정말 말하지 않겠습니다.
마설러스 저도 정말입니다.
햄릿 이 칼에 대고.
마셀러스 이미 맹세했습니다.
햄릿 정말 이 칼에 대고 맹세하자.
유령 [무대 밑에서 외친다.] 맹세하라.
햄릿 오, 너도 그렇게 말하는가? 정직하다.
거기 있는가? 지하에서 외치누나.
맹세에 동의해라.
호레이쇼 말씀하십시오.
햄릿 '본 것을 절대로 말하지 않는다.'
이렇게 칼에 대고 맹세하여라.
유령 맹세해라.
[그들이 맹세한다.]
햄릿 왔다 갔다 하는데? 자리를 바꾸겠다.
친구들, 이리 와라.
너희 손을 칼에 다시 올려놓아라.
'들은 것을 절대로 말하지 않는다.'
이렇게 칼에 대고 맹세하여라.
유령 맹세하라.
[그들이 맹세한다.]
햄릿 잘했다, 두더지. 땅속을 무섭게 달리누나.
굉장한 공병이야! 다른 곳에 가보자.
호레이쇼 꿈이오, 생시요? 놀랍고 괴이합니다.
햄릿 그래서 처음 보는 낯선 자로 맞아줘라.
호레이쇼, 하늘과 땅에는 우리 학문이
꿈도 못 꿀 사실이 수두룩하다.
하지만 결단코, 전에나 후에나,
내가 아무리 괴상하고 엉뚱하게 굴어도
—나중에 혹시 광대 같은 장난기가
나한테 맞는 거로 생각돼서 말하는데—
그러는 나를 보고, 팔짱을 끼거나
머리를 끄덕이고 '우리는 알고 있다.'
'내키면 말하겠다.' '말하고 싶으면—'
'말할 만한 사람이 있지'라는 등,
그처럼 알쏭달쏭한 말을 뱉어
무언가 아는 척하지 마라는 거다.
절대로 필요한 은혜와 자비에 걸어
맹세해라.
유령 맹세하라.
[그들이 맹세한다.]
햄릿 괴로운 혼령아, 편히 쉬어라. 그럼 친구들,
사랑을 기울여서 너희에게 부탁한다.
신이 허락하시면 햄릿처럼 궁한 자가
표시할 수 있는 사랑과 우정을
아끼지 않겠다. 다 같이 들어가자.
입에서 손가락을 떼지 마라.[13] 부탁이다.
세상이 결딴났다. 오, 저주할 운명!
그것을 바로잡기 위하여 내가 났구나!
그만두자. 같이 가자. [모두 퇴장]

## 2. 1

[폴로니어스와 레이놀도 등장]
폴로니어스 이 돈과 편지를 전해드려라.
레이놀도 그리하겠습니다.
폴로니어스 레이놀도, 그를 찾기 전에 행동부터
알아보면 아주 잘하는 것이다.
레이놀도 그럴 생각이었습니다.
폴로니어스 오, 좋았어, 아주 좋았어. 이것 봐.
우선 어떤 덴마크인이 파리에 있는지,
어떻게 누가 무슨 돈으로 어디 사는지
누구와 어울리고 돈은 얼마 내는지,
이렇게 에둘러서 간접으로 알아보고,
저들이 아들을 안다는 걸 알아채면
본론에 가까우니, 직접 물어서
아는 것보다 나아. '부친과 친구들을

12 그 당시 '맹세'는 종교적인 행위였으므로 누구도 소홀히 하는 것이 아니었다.
13 '말하지 말라'는 표시로 손가락을 입에 댄다. 햄릿이 비밀에 대하여 함구할 것을 간곡히 부탁한다.

잘 아는데 그 사람도 조금 안다'고
멀찍이 아는 척해라. 알겠냐, 레이놀도?
레이놀도 예, 아주 잘 알겠습니다.
폴로니어스 '조금만 알고 잘 알진 못하지만
그 사람이 맞다면, 아주 거칠고
이러저러한 버릇이 있다'고 해도 좋아.
그리곤 되는 대로 갖다 붙여. 하지만
아들의 명예를 더럽히지는 말고
—특별히 유의해라.—자유분방한 청춘에
으레 따라다니고 눈에 잘 띄는
보통 못난 짓 말이다.
레이놀도 노름 같은 거요?
폴로니어스 그렇다. 술타령, 칼부림, 상소리,
싸움질, 계집질—그것까진 괜찮아.
레이놀도 그런 말은 수치가 될 건데요.
폴로니어스 아니야. 적당히 양념 치면 돼.
그와는 달리 계집질에 빠졌었다는
몹쓸 결함이 있다고 하면 안 돼.
내 말은 그게 아냐. 결함을 교묘히
표현해서, 분방한 성격의 탓이며
열렬한 정신의 불꽃이요 폭발이며
모든 청년이 겪는, 길들지 않은
야성적 혈기로 보여야 한다.
레이놀도 하지만—
폴로니어스 왜 그럴 필요 있냐고?
레이놀도 예, 대감님,
그걸 알고 싶습니다.
폴로니어스 내 말은 이렇다.
내 생각에는 이건 타당한 전략이야.
물건을 다루다가 약간 때 묻은 듯이
그런 사소한 결함을 아들한테 돌려서,
—잘 알아둬.—네가 떠보는 말 상대가
네가 슬쩍 말한 짓을 저지른 청년이
정말 그런 못된 짓을 하는 걸 보았다면
분명히 너한테 자기 속을 터놓고서
'형씨' 운운하거나 '친구', '신사' 할 게다.
어느 나라 사람인가에 따라 문구와 호칭은
달라지지만.
레이놀도 잘 알겠습니다, 대감님.
폴로니어스 그러고는 말이다. 그가 이런 짓을—그런 짓을—
무슨 소리 하려고 했더라? 젠장. 무슨 말인가,
하려고는 했는데. 어디서 그쳤더라?
레이놀도 "자기 속을 터놓고" "형씨 운운하거나 친구"
그리고 "신사"라고 하셨는데요.
폴로니어스 맞아. "자기 속을 터놓고서"라고 했지!
네게 이렇게 터놓거든. '그 신사 내가 아오.
어제 아니면 그 전날 아니 그 전전날인가
봤는데 이런저런 사람과 같이 있었소.
그리고 요샛말로 노름하고 주정하고
테니스 하다 싸웠소.' 하거나 혹시는
'무슨 영업집에 들어가는 거 봤소.'
색싯집에 갔단 소리지.—운운할 거야.
자 이젠 알겠지?
거짓말 미끼로 이런 진짜 잉어를 낚아.
이렇게 똑똑하고 멀리 볼 줄 아는 우리가
에두르는 기술과 비껴가는 재간으로,
비뚜름한 방법으로 가는 데를 알아낸다.
그러니까 앞에 말한 가르침과 훈계로
아들 일을 알아봐. 내 말 알겠지, 응?
레이놀도 예, 알았습니다.
폴로니어스 그럼 잘 가라.
레이놀도 예, 대감님.
폴로니어스 그 애의 취향대로 잘 따라 모셔라.
레이놀도 그러겠습니다.
폴로니어스 음악 열심히 하라고 해.
레이놀도 잘 알았습니다. [퇴장]
[오필리아 등장]
폴로니어스 잘 가라. 왜 그러냐? 오필리아. 무슨 일이냐?
오필리아 오, 아버님. 너무너무 무서워요.
폴로니어스 아니, 도대체 뭣 땜에 그래?
오필리아 아버님, 제 방에서 바느질을 하는데
왕자님이 저고리 단추를 풀고
모자도 안 쓰고 스타킹도 구긴 채
대님을 안 매서 족쇄처럼 발목에 오고
속옷처럼 하얘서 무릎을 맞부딪고
무서운 이야기를 하려고 지옥에서
풀려나온 것처럼 무엇인가 말하려는
불쌍한 표정으로 제 앞에 오셨어요.
폴로니어스 사랑으로 미쳐서?
오필리아 모르겠어요.
하지만 그런 것 같아요.
폴로니어스 뭐라고 하든?

오필리아 제 손목을 잡고서 단단히 붙들더니
팔을 길게 뻗으면서 다른 쪽 손을
이렇게 이마에 대고 마치 제 얼굴을
그리기나 하실 듯이 자세히 살펴보기
시작하셨어요. 한참 그러셨어요.
마침내 제 팔을 조금 흔드시고는
이렇게 세 번 머리를 끄덕이시고,
온몸을 산산이 깨부수고 인생을
끝낼 듯이 너무도 애절하고 깊숙한
한숨을 쉬셨어요. 그러고는 제 손을 놓고
어깨 너머로 머리를 돌리신 채
보시지도 않고 가는 길을 찾으시는 것 같았어요.
눈으로 보지 않고 문을 나가시면서
끝까지 제게 눈을 보내시데요.

폴로니어스 나하고 같이 가자. 전하께 가겠다.
이것을 일러 사랑의 광태라 하지.
맹렬한 기세로 스스로를 파멸하며,
우리의 본성을 괴롭히는 인간의
괴로운 열정이 종종 그러듯,
자포자기하게끔 의지를 몰아간다.
안됐구나. 요즘 무슨 싫은 말 했냐?

오필리아 아니에요. 아버님이 이르신 대로
편지들을 돌려드리고 오지 마시라고
말씀드렸어요.

폴로니어스 그래서 미쳤구나.
좀 더 정확히 판단하고 살피지 못해
유감이로군. 단지 장난만 치다가
너를 망칠 줄로 알았다. 못된 의심이었지!
젊은 것들이 자제력이 모자라듯
우리 나이가 되면 조심이 너무
과한 게 당연해. 자, 전하께 가자.
알려드려야 해. 비밀로 해서
사랑을 말하다가 미움을 사기보다
쉬쉬하다가 불행을 자초할는지 몰라. [모두 퇴장]

## 2. 2

[클로디어스, 거트루드, 로전크랜츠, 길던스턴,
시종들 등장]

클로디어스 잘 왔소. 친애하는 로전크랜츠, 길던스턴.
더욱이 당신들 보기를 매우 원했고
시킬 일이 생겨서 갑자기 당신들을
부른 것이오. 햄릿의 변모에 관해
당신들도 들었소. 외면이나 내면이나
예전 같지 않아 '변모'라 하고 있소.
부친의 죽음 외에 이유가 무엇인지,
올바른 정신에서 멀어지게 하는 것이
도대체 무엇인지, 짐작을 못 하겠소.
내가 두 사람에게 부탁하는데,
매우 어린 시절부터 함께 자라서
왕자의 젊음과 기질을 잘 알아
그와 동무하면서 재미있는 놀이에
그를 끌어들여서 내가 알지 못하는
무슨 일 때문에 그리 고민하는지
기회가 닿는 대로 알아보아요.
그것만 밝혀지면 시정이 가능하오.

거트루드 당신들 얘기를 많이 하데요.
당신들보다 가까운 이도 없으니까
깍듯이 예의를 차려 호감을 사요.
여기서 잠깐 시간을 할애해서
우리가 원하는 걸 실현시킬 만큼만
필요한 사실들을 알아본다면
여기 머문 당신들을 잊지 않으시고
합당한 보답을 내리실 겁니다.

로전크랜츠 두 분 전하께서는 저희를 부리시는
높으신 권세로써 부탁하기보다는
명하실 수 있습니다.

길던스턴 하여튼 저희는
복종하면서, 이 일에 완전히 자신을 바쳐
명령에 따르기로 두 분의 발부리에
저희의 모든 힘을 내맡깁니다.

클로디어스 고맙소, 점잖은 로전크랜츠, 길던스턴.

거트루드 고마워요. 길던스턴, 점잖은 로전크랜츠.
너무나 변한 내 아들을 곧 찾아주길
당부 드려요. 거기 몇이 이분들을
햄릿이 있는 데로 모시고 가요.

길던스턴 저희 태도와 행동이 그분께 즐겁고
유익하길 하늘께 빕니다.

거트루드 아멘!
[로전크랜츠, 길던스턴, 시종 한 사람 퇴장]

[폴로니어스 등장]

폴로니어스 전하, 노르웨이 특사들이 기쁘게
귀환하였습니다.
클로디어스 당신은 언제나 희소식의 아버지요.
폴로니어스 그런가요? 전하, 확언컨대 하느님과
자비하신 전하에 대한 저의 의무를
영혼을 받들 듯 소중히 여깁니다.
제가 믿기론 왕자님 광증의 원인을
알아냈어요. 만일 틀렸으면
제 두뇌가 전처럼 정략의 냄새를
분명히 맡아내지 못한다는 뜻이지요.
클로디어스 말하오. 진정 듣고 싶었소.
폴로니어스 우선 특사들을 들어오라 하십시오.
제 소식은 큰 잔치의 후식 격이죠.
클로디어스 당신이 환대하며 모셔 들이오.
[폴로니어스 퇴장]
사랑하는 부인, 당신 아들의 광증의
모든 원인과 이유를 알아냈다 하오.
거트루드 다른 게 아니라 가장 중요한 건—
부친의 별세와 성급한 결혼이에요.
클로디어스 어쨌든 잘 알아봅시다.
[폴로니어스가 볼티먼드와 코넬리어스와
함께 등장]
어서들 오오.
볼티먼드, 노르웨이 국왕 형제는 뭐라시던가?
볼티먼드 치하와 문안에 정중히 답하십니다.
문제를 말씀드리자 조카의 동원령을
해제하였습니다. 폴란드인에 대한
준비인 줄 알았는데 좀 더 살피니
전하께서 목표임을 바로 깨닫고
자신의 병환과 노쇠로 말미암아
기만에 속았음을 슬퍼하고 조카에게
중단을 엄명하니, 그는 곧 순종하여
왕께 질책을 당했고, 결과적으로,
그의 숙부 앞에서 전하께 대하여
다시는 전쟁을 시도하지 않을 것을
맹세하였습니다. 이에 연로한 왕은
기쁨에 넘쳐 연봉 3천 크라운을
그에게 주고, 기왕에 폴란드 공격에
동원되었던 병사들을 사용할
권한을 부여하고 이에 겸하여
문서에 상술한 바, 청원을 드립니다.
[클로디어스에게 문서를 건넨다.]
전하께서 그의 전쟁의 수행을 위해
문서에 명기된바 전하의 영토를
무사히 통과하도록 전하의 윤허를
바라고 있습니다.
클로디어스 마음이 흡족하오.
좀 더 숙고할 만한 때에 읽어보고
대답하고 이 일을 검토하겠소.
우선 당신들의 잘한 일에 감사하오.
쉬시오. 밤에 함께 만찬합시다.
귀국을 크게 환영하오.
[볼티먼드, 코넬리어스, 시종들 퇴장]
폴로니어스 매우 잘 끝났어요.
두 분 전하께 위엄이 무엇이며
전하의 책임이 무엇이며 어찌하여
낮은 낮이고 밤은 밤이며 시간은 시간인지
설명하기란 밤과 낮과 시간의 낭비입니다.
그런고로 간략함이 지혜의 핵심이며
긴 사설은 곁가지와 외적인 치장이므로
짧게 말씀드립니다. 아드님은 미치셨어요.
미치셨단 말입니다. '미치다'를 정의하면
미치는 것 이외에 무엇이겠습니까?
그만하죠.
거트루드 수사보다 요점을 말하세요.
폴로니어스 왕비님, 결코 저는 수사법을 안 씁니다.
미친 것이 사실이고 유감임이 사실이며
사실임이 유감이죠. 못난 수사법이군요.
하지만 그만두죠. 수사법은 그만 쓰겠습니다.
일단 미치셨다고 인정하고 이제 할 일은
이러한 결과의 원인을, 차라리
이러한 결함의 원인의 고찰이니,
결함이 낳은 결과에 원인이 있습니다.
이러한 형편인바, 나머진 이렇네요.
심사숙고하세요.
제게 딸이 있어요.—자식일 동안엔
제 딸이에요. 효성과 순종에서
이걸 제게 줬어요. 뜻을 짐작하세요.
[편지를 읽는다.]
"천사 같으며, 내 영혼의 우상이며, 무한한 아름다움을
고루 갖춘 오필리아에게."—못된 문구, 못난 문구이군요.
'아름다움을 고루 갖춘다 했는데.' 하지만 들어보세요.

"이글을, 그녀의 놀라운 흰 가슴에 이 글을—"
거트루드 햄릿이 따님에게 보낸 글이오?
폴로니어스 그대로 옮길 테니 잠깐 기다리세요.
"별들이 불꽃임을 의심하시오.
태양의 움직임을 의심하시오.
진실이 거짓임을 의심하시오.
그래도 내 사랑은 의심치 마오.
오, 사랑하는 오필리아, 운문에 자신 없소. 아픈 한숨을
헤아릴 재주가 없소. 그러나 당신을 가장 사랑한다는 것을.
오, 가장 좋으신 이여, 믿어주시오. 안녕.
가장 사랑하는 아가씨여, 이 형체가
내 것인 한, 언제나 당신 것인 햄릿이."
이걸 딸애가 순종하는 마음으로
제게 보여 주었고 또한 그의 구애를
시간, 방법, 장소에 따라 일어난 대로
모두 저의 귀에 털어 놓았습니다.
클로디어스 한데 그녀가 사랑을 어찌 받아들였소?
폴로니어스 저를 어떻다고 보세요?
클로디어스 충성스럽고 정직하오.
폴로니어스 그렇게 되길 노력하겠습니다.
딸애가 말하기 전에 열렬한 사랑이
활개치고 있음을 제가 간파했으니
—그걸 말씀드립니다.—전하께서는,
또는 여기 계신 왕비 전하께서는
제가 책상이나 공책처럼 행동하거나
제 속이 눈감는 벙어리가 되거나
이 연애 사태를 무심히 봐 넘겼다면
뭐라고 하시겠어요?—저는 즉시 개입해서
딸애에게 이렇게 말했던 겁니다.
"햄릿님은 네 별이 닿지 못할[14] 왕자님이다.
될 수 없는 것이다." 그러곤 이르기를
그분의 방문에서 자신을 숨기고
전령과 선물을 받지 말라고 했어요.
그랬더니 딸애는 충고의 덕을 봤고,
왕자님은—간단히 말씀 드리자면
슬픔 속에 빠졌다가 식음 전폐하시고
뒤이어 잠을 못 자 쇠약해지시고
머리가 도셨으니, 이러한 쇠약 끝에
지금처럼 광증에 빠지셔서, 우리 모두가
개탄하고 있어요.
클로디어스 그렇다고 믿소?
거트루드 그럴 수 있어요. 가능한 일이에요.
폴로니어스 이제껏 제 입으로 '그렇다'고 확정하여
말씀드린 것 중에 틀린 적이 있나요?
있다면 알고 싶군요.
클로디어스 내가 아는 한 없소.
폴로니어스 [자기 머리와 어깨를 건드리며]
그게 아니면 여기서 이걸 떼세요.
증거가 가리키는 길을 따라 숨은 진실을
찾아낼 터입니다. 땅속에 숨었대도
찾아낼 텝니다.
클로디어스 어떻게 더 알아보지?
폴로니어스 왕자께서 이따금 복도를
몇 시간씩 거니세요.
거트루드 정말 그렇네.
폴로니어스 그때 딸을 풀어놓고 두 분과 저는
벽걸이 뒤에서 만나는 걸 보십시다.
왕자님이 딸애를 사랑하지 않고
사랑으로 이성을 잃으신 게 아니면
저는 공복의 자리에서 물러나 농장과
마부들만 다룰 거예요.
클로디어스 그래 보겠다.
[햄릿이 책을 읽으며 등장]
거트루드 불쌍한 애가 심각히 읽으며 오네.
폴로니어스 비키세요. 두 분 다 비켜주세요.
즉시 말을 걸 테니까 비켜주세요.
[클로디어스와 거트루드 퇴장]
햄릿 왕자님, 어찌 지내시나요?
햄릿 괜찮소. 고맙소.
폴로니어스 저를 알아보세요?
햄릿 잘 알지, 썩 잘 알아. 생선 장수지.
폴로니어스 아닌데요.
햄릿 그렇다면 그만큼 정직하면 좋겠어.
폴로니어스 정직하다뇨?
햄릿 그렇다고. 세상 돼가는 꼴을 보면 정직하기란
만 명 중 한 사람을 골라내는 거라고.

14 오필리아의 탄생 별은 낮아서 햄릿 왕자의 별과 어울릴 수 없다는 것. 폴로니어스는 궁실 하인들의 우두머리로서 신분상 왕과 사돈을 맺을 수 없다는 말이다. 왕자는 왕녀와만 짝이 맞는다.

폴로니어스 참말 그렇구먼요.
햄릿 해가 죽은 개 속에 구더기를 까놓으면—키스하기
좋은 살덩이거든.—당신 딸 있소?
폴로니어스 예, 있어요.
햄릿 햇볕 쬐고 나다니지 못하게 해. 생각을 품는 것은
축복이지만 당신 딸이 무얼 품을지 몰라. 이 친구,
조심해.
폴로니어스 [방백] 이걸 뭐라고 할 텐가? 계속해서 내 딸
얘기야. 하지만 처음엔 날 알아보지 못했어. 나더러
생선 장수라고 했지. 아주 돌았어. 아주 갔어. 솔직히
나도 젊은 시절에 사랑 때문에 거의 이처럼 깊은
고민에 빠졌었지. 다시 말을 걸어야지. 읽는 게 뭐죠?
햄릿 말, 말, 말뿐이야.
폴로니어스 주제가 뭔데요?
햄릿 누구 사이냐고?
폴로니어스 읽으시는 내용 말씀이에요.
햄릿 욕설이야. 풍자적인 녀석이 여기서 하는 소리가
늙은이는 수염이 허옇고 낯짝은 쭈그렁바가지고
눈에선 끈끈한 송진이나 자두나무 진이 흐르고
머리는 대단히 모자라고 허벅지는 대단히 약하다고
하는구먼. 이 모든 소리에 내가 무척 강력히 힘 있게
동의하지만 이렇게 써놓는 짓은 점잖지 못하다고 봐.
당신 자신도 나만큼이나 늙었을 거야.—게 새끼처럼
뒷걸음친다면 말이야.
폴로니어스 [방백] 미친 건 사실인데 미쳤어도 논리가 있어.
왕자님, 바깥바람이 차니 안으로 드실까요?
햄릿 무덤에 들어가라고?
폴로니어스 하긴 그것도 안으로 드는 일이지요. [방백] 간혹
대답이 아주 똑똑하거든! 미친 사람이 딱 맞는 표현을
쓸 때가 가끔 있지. 똑바른 정신과 이성으로는 그처럼
멋들어지게 말을 할 수 없거든. 잠시 두고 떠났다가
왕자와 딸애가 서로 만나게 할 방도를 생각해 내겠다.
—훌륭하신 왕자님, 물러가려 하오니 허락해 주시길
빕니다.
햄릿 그보다 더 기꺼이 허락해줄 것도 없어. 다만
내 목숨은 예외야. 내 목숨은 예외야. 내 목숨은
예외란 말이다.
[로전크랜츠와 길던스턴 등장]
폴로니어스 왕자님, 안녕히 계십시오.
햄릿 에이, 지겨운 늙은 밥통들!
폴로니어스 당신들, 햄릿 왕자 찾아다니지. 저기 계시오.
햄릿 [폴로니어스에게] 안녕히 가십시오. [폴로니어스 퇴장]
길던스턴 존경하는 왕자님!
로전크랜츠 가장 경애하는 왕자님!
햄릿 친한 친구들이구나! 어떻게 지내나, 길던스턴? 오,
로전크랜츠! 이 친구들, 둘 다 재미가 어때?
로전크랜츠 세상 보통 사람들과 마찬가집니다.
길던스턴 지나치게 행복하지 않아서 행복하며
운수 여신의 모자 꼭지[15]는 아닙니다.
햄릿 여신의 신 바닥도 아닐 테지?
로전크랜츠 둘 다 아닙니다.
햄릿 그럼 여신 허리께 살거나 여신이 각별히 좋아하는
가운데쯤 되겠구먼.
길던스턴 예, 여신과 조금 알고 지내지요.
햄릿 운수 여신의 속살을 안다고? 오, 정말 그럴 테지.
운수란 창녀[16]니까. 무슨 얘깃거리 있나?
로전크랜츠 별로 없고요, 단지 세상이 좀 더 정직하게
됐다고 하는군요.
햄릿 그럼 최후의 심판이 가깝구먼. 하지만 너희 얘기는
사실이 못 돼. 좀 더 구체적으로 묻겠어. 이 친구들아,
무슨 좋은 일을 했기에 여신이 너희를 여기
감옥으로 보내주던가?
길던스턴 감옥이라니요?
햄릿 덴마크는 감옥이야.
로전크랜츠 그렇다면 온 세상이 감옥이지요.
햄릿 멋들어진 감옥이야. 여러 가지 구치소, 교화소,
토옥 등이 있거든. 덴마크는 그중 최악의 하나야.
로전크랜츠 저희는 그렇게 생각하지 않습니다.
햄릿 그렇다면 너희에겐 감옥이 아니야. 세상에
본질적으로 좋고 나쁜 게 있지 않고 생각이 그렇게
만드는 거지. 나한텐 덴마크는 감옥이다.
로전크랜츠 그렇다면 왕자님의 야망 때문에 그런 겁니다.
왕자님의 배포에 비해 덴마크는 너무 좁아요.
햄릿 오, 호두 껍질 속에 갇혀 있어도 나 자신이 무한한
공간의 왕으로 자처할 수 있겠다. 나쁜 꿈만 안
꾼다면.

15 '운수의 여신이 쓴 모자의 꼭지'라면 운이 최고인 상태라는 뜻이다.
16 운수의 여신은 이유 없이 행운을 주었다 뺏었다 하는 '창녀'나 다름없다는 것이 당시 격언이었다.

길던스턴 바로 그러한 꿈이 야망이라는 것입니다. 야망을 가진 사람의 실체가 바로 그러한 꿈의 그림자에 지나지 않지요.

햄릿 꿈 그 자체가 그림자에 불과해.

로전크랜츠 옳습니다. 그래서 저는 야망이 너무도 가볍고 허망한 것이라 그림자의 그림자로 치부합니다.

햄릿 그렇다면 거지들이 실체이고 그림자를 길게 뻗친 영웅과 왕들은 거지의 그림자에 불과하구먼.[17] 우리 궁정에 갈까? 논리의 규칙을 따라가지 못해.

로전크랜츠와 길던스턴 같이 모시겠습니다.

햄릿 그러지 마. 너희를 내 하인들과 한데 섞고 싶지 않아. 너희에게 솔직히 말하는데 하인들은 형편없어. 하지만, 늘 하는 말로, 너희는 무슨 일로 엘시노어에 온 거야?

로전크랜츠 왕자님 뵈려고요. 딴 목적은 없어요.

햄릿 가난뱅이지만 고맙단 말까지도 없구먼. 어쨌든 고마워, 이 친구들아. 내 고맙단 말은 반 푼이라도 너무 비싸. 가보라고 해서 온 거 아니야? 너희 마음이 움직인 거야? 진짜 오고 싶어 온 거야? 자, 나하고 솔직하게 터놓기다. 자, 자, 말해봐.

길던스턴 무슨 말을 해야 하죠, 왕자님?

햄릿 아무거나, 내키는 대로. 너흰 명령을 받고 왔어. 얼굴에 고백 같은 게 씌어 있거든. 아무리 점잖게 감추려 해도 숨길 재간이 없지. 훌륭하신 왕과 왕비께서 너희에게 가보라고 한 걸 알아.

로전크랜츠 무슨 목적으로요?

햄릿 그건 내게 알려줘야지. 그러나 우리 우정의 권리, 소싯적의 막역한 관계, 언제나 지속되는 사랑의 의무, 내가 보다 더 좋은 입장이라면 응당 요청할 수 있는 더 귀중한 거로 당부하는데, 시켜서 왔는지 안 그런지 나한테 솔직하고 정직하게 말하란 말이다.

로전크랜츠 [길던스턴에게 방백] 어떡하면 좋겠나?

햄릿 [방백] 내가 너희를 살피고 있어. 나를 진짜 사랑한다면 뒤로 빼지 마.

길던스턴 예, 부름 받고 왔습니다.

햄릿 왜 불렀는지 알려줄게. 너희가 알아내기 전에 내가 미리 앞질러 말해버리면 너희가 왕과 왕비와 몰래 짠 비밀이 감쪽같이 될 수 있지. 나는 요사이 —그 이유는 나도 몰라.—즐거움을 모두 잃고 운동하던 습관도 모두 잊어버렸어. 너무나 기분이 우울해서 이 멋진 구조물인 지구 자체가 바다로 뻗어나간 메마른 바위 조각 같아. 더없이 훌륭한 저 덮개, 대기 그 자체, 공중에 매달려 있는 화려한 저 궁창, 황금빛 불꽃들이 박혀 있는 저 웅장한 천장이 왜 그런지 나한테는 더럽고 불결하고 습한 기운을 뭉쳐놓은 것에 불과해. 인간이란 얼마나 정교한 조화인가! 이성은 얼마나 고귀하며 능력은 얼마나 무한하며 형상과 동작은 얼마나 올곧고 놀라우며 행동은 얼마나 천사 같으며 이해력은 얼마나 신 같은가!—요컨대 우주의 아름다움이요 뭇 생물의 최고 모범 아닌가! 그러나 이 흙 중의 흙이 내게 뭐란 말인가? 내게 인간은 즐겁지 않아. 물론 여자도 즐겁지 않아. 너희는 그럴 거라 웃는 것 같다만.

로전크랜츠 왕자님, 저는 머릿속에 절대로 그따위 생각이 들어 있지 않았습니다.

햄릿 그럼 왜 내가 "내게 인간은 즐겁지 않아"라고 하니까 히죽 웃었나?

로전크랜츠 인간이 즐겁지 않다면 저 유랑 극단이 아주 찬밥 신세구나 하고 생각했던 거지요. 저희가 오는 길에 그자들을 만났는데 왕자님께 볼거리를 드리려고 이리로 오고 있습니다.

햄릿 왕의 배역을 맡은 자를 환영하겠다. 왕에게는 특별 보수를 주겠다. 모험 기사에게 검과 방패 사용을 허락하겠고, 연인은 한숨짓는 대가를 받을 것이며, 괴팍한 인물도 조용히 배역을 끝내게 하겠고 어릿광대는 건드리기만 해도 허파 줄이 끊어질 만큼 웃기게끔 하겠고 아가씨는 제 속을 맘껏 터놓게 하겠다. 안 그러면 대사를 떠듬거릴 테지. 무슨 배우들인가?

로전크랜츠 왕자님이 좋아하시던 사람들입니다.—대도시의 비극배우들이죠.

햄릿 어떻게 순회하게 되었나? 명성과 수익이 둘 다 도시에서 더 좋았는데.

로전크랜츠 요즘 시끄러운 문제가 생겨서 공연을 금지당한 모양입니다.

햄릿 내가 도시에 갔을 때만큼 명성이 높은가? 여전히 인기가 대단한가?

17 영웅과 왕들은 한껏 야망에 불타니까 결국 한껏 길어진 그림자에 불과하고 야망이 전혀 없는 거지야말로 몸만 가지고 있으니 구체적인 실체가 있다는 말이 된다.

로전크랜츠 아닙니다. 그렇지 못합니다.

햄릿 왜 그런가? 녹이 슬었나?

로전크랜츠 아니요. 전과 마찬가지로 계속 노력 중에 있지만, 아이들 한 떼가, 다시 말해 어린 독수리 한 떼가 둥우리째[18] 이 논쟁에서 가장 목청을 높이고 있고 그 때문에 아주 귀 따갑게 박수를 받습니다. 현재 그 애들이 대유행이고 자기들의 말마따나 '대중 무대'를 마구 습격 중이라 칼을 찬 신사들도 깃털 붓이 무서워 대중 극장에 오지 못합니다.

햄릿 아이들 아닌가? 누가 먹여 살리는가? 어떻게 유지하는가? 변성기가 돼서 노래를 못 부를 때까지만 무대에 설 텐가? 나중에 자라서 배우가 되면 나중에 말할 것 아닌가? 그 이상 다른 밥벌이가 없다면 배우 될 게 뻔한데, 자신들의 장래 직업에 욕설을 퍼붓게 하다니 작가들이 자기들에게 못된 짓을 한다고 하지 않겠나?

로전크랜츠 맞습니다. 양측에서 많이 옥신각신했습니다. 그리고 일반 국민도 서로 싸우라고 부추기는 것을 잘못됐다고 보지도 않습니다. 얼마 동안은 그 문제로 작가와 배우가 치고받지 않으면 보통 이야기로는 돈을 받지 못했답니다.

햄릿 그럴 수 있나?

길던스턴 그래서 그 문제로 양측에서 이리저리 머리를 많이 굴렸던 겁니다.

햄릿 아이들이 이기는가?

로전크랜츠 예, 그렇습니다. 헤라클레스와 그의 일거리마저[19] 인수한 셈이지요.

햄릿 이상할 것도 없지. 지금 내 삼촌이 덴마크 왕인데, 아버지가 살아 계실 때 삼촌에게 입을 비죽거리던 자들이 그의 미니어처 초상화에 금화 20냥 40냥 50냥 100냥을 내놓거든. 그게 뭔지 과학으로 규명해보면 자연 이상의 무언가가 개재돼 있어.

[나팔들의 주악]

길던스턴 배우들이 왔군요.

햄릿 엘시노어에 온 걸 환영하오. 자, 악수해요. 요즘 환영은 제대로 격식을 갖추는 게 신식이고 예절인데 난 잘 알려진 구식 방식을 따르는 거요. 배우들에 대한 환영의 표시가 겉에 드러나야 하는데 당신들보다 연극적이란 말이오. [그들과 악수한다.] 당신들을 환영하오. 한데 우리 아저씨—아버지, 아주머니—어머니가[20] 잘못 알고 있군요.

길던스턴 무얼 잘못 아신단 말씀이죠?

햄릿 나는 단지 북북서로 미쳤어. 바람이 남쪽으로 불면 나도 매와 톱은 분간할 수 있어.

[폴로니어스 등장]

폴로니어스 안녕들 하세요?

햄릿 길던스턴, 그리고 당신도 잘 들어. 귀담아들으라고. 저기 있는 저 큰 아기가 아직도 기저귀를 떼지 못했거든.

로전크랜츠 혹시는 두 번째로 기저귀를 차게 됐는지도 모르죠. 노인은 두 번째 아기라니까요.

햄릿 배우들이 왔단 말을 하러 오는 거다. 내가 예언할 테니 들어봐.—당신 말이 맞아. 월요일 아침에 정말 그렇더라고.[21]

폴로니어스 왕자님, 새 소식 있습니다.

햄릿 대감, 새 소식이오. 로시우스[22]가 로마에서 배우 노릇을 할 때—

폴로니어스 배우들이 이곳에 왔습니다, 왕자님.

햄릿 시끄러워.

폴로니어스 저의 명예를 걸고—

햄릿 그때 배우마다 노새를 타고 왔고—[23]

폴로니어스 세계 최고 배우들입니다. 비극, 희극, 사극, 전원극, 전원극적 희극, 사극적 전원극, 비극적 사극, 비극적 희극적 사극적 전원극, 장면 구분 없는 극, 끝없는 극

18 둥우리에 들어 있는 새끼 매(독수리로 옮겼음)들과 같이, 1600년에 '아동 극단'이 생겨서 어른들의 대중 무대를 공격하였고 고객이었던 신사들도 차차 발을 끊었다는 것. 셰익스피어는 대중 무대 작가였다. 애초에 소년 배우들은 변성기 이전의 교회 소년 합창단에서 뽑혀와 젊은 여자 역과 노래꾼으로 분장했다가 차차 무대를 석권하기 시작했다.

19 헤라클레스가 어깨에 지구를 둘러메고 있는 모양이 셰익스피어가 관계하던 '글로브'(지구) 극장의 표시였다. 아동 극단이 성인 극단의 짐까지 지게 될 형편임을 암시하고 있다.

20 지금의 왕은 아저씨(uncle)지만 아버지가 되었으며 왕비는 아저씨의 부인이니 아주머니(aunt)지만 어머니다.

21 폴로니어스를 놀리려고 못 본 척하고 자기들끼리 뭔가 이야기하는 척한다.

22 기원전 1세기 로마의 명배우였다. 훗날 배우의 전형으로 추대되었다.

23 어떤 노랫가락의 1절인 듯. 여전히 딴전을 피운다.

등 무엇에나 능합니다. 세네카[24]의 비극도 너무 무겁지 않고 플라우투스[25]의 희극도 너무 가볍지 않습니다. 연극 규칙을 따르든 안 따르든 이 사람들이 끝내줍니다.

햄릿 오, 입다여,[26] 이스라엘의 사사여, 보물이 있었도다![27]

폴로니어스 보물이 뭐였는데요?

햄릿 몰라서 묻소?

“무남독녀 딸 하나,
너무도 사랑했다.”

폴로니어스 [방백] 아직도 내 딸 타령이야.

햄릿 늙은 입다여, 내 말이 옳지 않은가?

폴로니어스 왕자님이 저를 입다라고 하시면, 저는 너무도 사랑하는 딸애가 있습지요.

햄릿 아니지. 그런 말 아니야.

폴로니어스 그럼 어떻다는 말인가요?

햄릿 그다음엔

“운명이 그랬는지”

이고 그다음엔 알다시피

“아마도 이런 일이 생겼다”야.

복음 성가 첫 절을 보면 더 알 수 있소. 그런데 저 사람들 때문에 말을 줄여야겠소.

[너덧 배우들 등장]

잘들 왔다. 모두 환영이다.—당신 건강한 걸 보니 반갑다.—어서들 오라, 친구들.—오, 옛 친구! 마지막 본 뒤로 수염이 길어졌구먼. 나하고 수염 시합하려고 덴마크에 왔는가?—오, 우리 젊은 숙녀 아가씨[28] 아닌가? 확실히 지난번 봤을 때보다 아가씨께서 신발 뒤창만큼 하늘에 가까워졌구나. 통용되지 못하는 가짜 금화처럼 네 목소리가 변하지 않길 바란다.[29] 친구들, 모두 다 환영한다. 프랑스의 매잡이처럼 눈에 띄는 첫 물건에 덤벼들어라. 당장 대사 한 가락 들어보자. 당신네 실력의 맛을 조금만 보여달라. 자, 그럼 정열적 대사 한 가락 뽑아보라.

배우 1 무슨 대사로 할까요, 왕자님?

햄릿 당신이 전에 내게 대사 외우는 걸 들었어. 연기는 안 했는데, 했대도 한 번 이상은 안 했어. 내 기억에 그 연극이 대중의 기호에 맞지 않았거든. 일반인에겐 상어 알[30] 같은 거였지. 하지만 내가 봐도 그랬고 나보다 식견이 높은 사람이 봐도 우수한 연극이었어. 장면들을 잘 소화하고 재치와 통제력을 발휘해서 구성했던 작품이야. 누군가 한 말이 생각나는데, 글 가운데 내용을 톡 쏘게 만들 양념이 섞이지 않고 작가가 멋 부린다고 탓할 만한 구절이 없어서 담백한 방법이라고 하겠고, 달면서도 건전하고 찬란하기보다는 차분하다고 했지. 그중 내가 제일 좋아한 대사는 아이네이스가 디도에게 들려줬던 이야기인데 특히 프리아모스 왕의 죽음을 말하는 대목이 그랬어.[31] 내 기억에 그냥 남아 있다면 이런 말로 시작돼. 뭐더라? 뭐더라?—

“사나운 피로스, 허카니아[32] 범처럼”—

그게 아니지. 피로스로 시작되는데—

“사나운 피로스, 그의 검은 마음처럼
음흉한 목마 속에 검은 팔이 숨어들어
검은 밤을 닮았으니 시커먼 모습을
더더욱 무섭게 얼룩덜룩 칠했으며
머리에서 발끝까지 전신이 붉으니
아버지, 어머니, 아들과 딸의 피로
끔찍하게 물들이고 불타는 거리 열로

24 로마의 비극 작가로, 그의 피비린내 나는 비극이 셰익스피어 시대 비극에 영향을 끼쳤다.

25 로마의 희극 작가로, 셰익스피어 시대 희극에 큰 영향을 미쳤다.

26 이스라엘의 사사(판관. 영도자)의 한 사람. 적을 무찌르고 개선할 때 자기가 만나는 첫 사람을 희생 제물로 바치겠다고 여호와에게 맹세했는데 그를 처음 맞은 사람은 그의 무남독녀였다. 그는 맹세대로 할 수 없이 딸을 희생 제물로 바쳤다. 구약 「사사기」(판관기) 11장 34절 이하.

27 이 구절은 중세 연극의 한 대목인 듯. 이하도 같다.

28 여자 배역을 맡던, 변성기 전의 소년을 말한다.

29 반지에 금화가 박혀 있었는데 반지에 금이 가면 금화가 가치가 떨어져서 받아주지 않았듯이, 소년이 변성기가 되어 여자 역을 맡지 못하게 될까 염려하는 말이다.

30 당시 러시아 등지에서 수입되던 고급 요리 재료였다.

31 트로이전쟁 끝에 그리스 장군 피로스가 트로이 왕 프리아모스를 사정없이 칼로 베어 죽이는 모습을 달아나던 트로이 장군 아이네이스가 최후로 목격하고 부하들을 데리고 파괴된 트로이를 떠나 바다 건너 카르타고에 상륙해서 그곳의 과부 여왕 디도에게 사랑을 받고 그녀에게 트로이 최후의 이야기를 해주는 장면이 로마의 시인 베르길리우스의 『아이네이스』에 나온다. 이를 소재로 셰익스피어의 동시대 극작가 말로가 『카르타고의 여왕 디도의 비극』을 지었다.

32 지금의 카스피아 호수 근처로, 호랑이로 유명했다.

말라붙어 단단한 껍질이 되었으니,
악한 살육이 저주받을 폭력의 꼴을
띠어 있구나. 분노와 불길에 그슬리고
온몸에 끈끈한 피를 뒤집어쓰고
왕방울 같은 눈으로 지옥의 피로스가
늙은 노인 프리아모스를 찾아다닌다."
자, 당신이 계속해.

폴로니어스 야, 대사 정말 멋지십니다. 억양도 좋고
전달도 좋아요.

배우 1 "이윽고 발견하니
왕의 칼은 너무 약했다. 낡은 칼은
팔뚝을 거역하여 명령을 듣지 않고
떨어지고 말았으니 적수가 못 되었다.
피로스가 달려들어 사납게 휘두르니
잔인한 칼이 한번 바람을 가르자
맥없는 노인이 쓰러진다. 무심한 성도
칼날을 느끼는 듯, 불타는 지붕과 함께
바닥으로 내려앉고 무서운 굉음이
피로스의 귀를 사로잡는다. 오, 보라!
늙은 왕의 젖빛 머리에 내리던 칼이
얼어붙은 것처럼 공중에 멈춰 섰다.
그림 속 폭군같이 그처럼 피로스는
잠시 동안 자신의 의지와 목적에
무관심한 것처럼 망연히 서 있었다.
그러나 언제나 보듯, 폭풍이 불기 전에
하늘은 고요하고 구름은 멎어서며
거만한 바람은 잠잠하며 땅덩이도
죽음처럼 적막할 때 무서운 우레가
하늘을 찢듯, 잠시 멈칫한 후에
다시금 솟구치는 분노가 발동하자
피로스의 피 묻은 칼이 왕의 머리에
떨어지니, 군신의 영구한 갑옷을
만들기 위해 키클롭스[33]가 두드리는
쇠망치보다도 사정없는 것이었다.
없어져라, 창녀 같은 운수여! 신들이여,
회의에서 그녀의 권세를 박탈하고
그녀의 바퀴살과 바퀴 테를 깨뜨려서[34]
굴대를 하늘 언덕 아래로 굴려버려라.
지옥의 악귀들에게!"

폴로니어스 그거 너무 깁니다.

햄릿 당신 수염과 함께 이발소에 가야겠네.—자,
계속해. 저 사람은 코미디나 외설을 좋아하지.
안 그러면 잠이 들어. 계속해. 헤카베[35]까지.

배우 1 "그러나 아, 누가 머리 가린 왕비를 보았던가?"

햄릿 "머리 가린 왕비"라니?

폴로니어스 좋아요. "머리 가린 왕비"가 좋아요.

배우 1 "맨발로 이리 뛰고 저리 뛰며 눈먼 눈물로
불길을 끄려는 듯. 금관 쓰던 머리에
헝겊을 동이고 잦은 출산으로 지쳐버린
가는 허리에는 화려한 예복 대신
창졸간에 담요를 마구 잡아 둘렀으니
이 꼴을 본 자는 혓바닥에 독을 묻혀
운수의 권세에 반항하라 외치리라.
신들이 그녀를 바라보고 있노라니
피로스가 악독한 장난으로 눈앞에서
남편의 사지를 저미는 것을 보는 순간
내지른 외마디 소리를 들었다면—
인간의 일에 무심하면 모르되—
불타는 하늘의 눈들[36]로부터
측은한 눈물을 자아냈을 것이로다."

폴로니어스 저거 봐요. 얼굴빛이 변하고 눈에는
눈물이 고였네요.—자, 그만해요.

햄릿 [배우 1에게] 좋다. 나머지도 곧 듣겠다.
궁실 장관, 배우들이 편하게 묵을 데를 봐주겠소?
내 말 들어요? 저 사람들 대접 잘해요.
저들이야말로 시대의 요약이며 짧은 역사요.
당신이 죽은 뒤에 묘비명이 나빠도 살아 있는
동안에 저들의 나쁜 소리 듣는 것보단 낫소.

폴로니어스 저 사람들 자격에 따라 대접하겠습니다.

햄릿 그래서 돼요? 훨씬 잘 해줘야지. 모든 사람을 자격대로
대접하면 매 맞지 않을 자가 누구인가? 당신의 명예와
위엄에 따라 대접해. 자격이 모자라면 그만큼

33 그리스신화에 나오는 외눈박이 거인족이며 군신의 불패의 갑옷을 만들었다.
34 사랑을 자주 옮기는 변덕스러운 창녀 같은 운수의 여신(포르투나)은 운수의 물레바퀴를 이리저리 함부로 돌리는 권세를 가지고 있었는데, 여기서는 그 바퀴를 깡그리 부숴버리라는 말이다.
35 프리아모스의 왕비. 50명의 자녀를 트로이 전쟁에서 잃었다고 한다.
36 해, 달, 별들. 이들을 영원히 밝게 불타는 천체로 보았다.

당신 아량에 덕이 쌓이지. 안으로 데리고 가라.
폴로니어스 이리들 오시오.
햄릿 친구들, 따라가오. 내일 연극을 보겠소.
[폴로니어스와 다른 배우들이 뒤쪽으로 갈 때
그가 배우 1에게 서 있으라고 하고 그에게 방백으로
말한다.]
오랜 친구, 내 말 듣게. 「곤자고의 살해」를 공연할
수 있겠나?
배우 1 예, 왕자님.
햄릿 내일 밤 그걸 보겠다. 어떤 이유가 있어서 그러는데
내가 대사를 열두어 줄 내지 열대여섯 줄 써서 끼워
넣겠는데 외울 수 있지?
배우 1 예, 왕자님.
햄릿 잘됐다. 저 양반 따라가라. 그리고 그 사람을 놀리지
않도록 주의해라. [폴로니어스와 배우들 퇴장]
친구들, 밤까지 당신들과 떠나 있겠다. 엘시노어에
온 것을 환영한다.
로전크랜츠 그럼 안녕히. [로전크랜츠와 길던스턴 퇴장]
햄릿 그래, 잘들 가라. 이제야 혼자다.
얼마나 천하고 못된 노예 놈인가!
이 배우는 순전한 허구, 상상의 슬픔에
저처럼 맘속으로 영혼을 깊이 몰아
그로 인해 얼굴에 핏기가 가시고
눈물을 쏟고 넋이 빠져 목소리가 갈라지고,
온몸의 기능이 허구에 응하는데
나는 이런 꼴이니 한심치 않은가!
그 모든 것이 허구에 불과하거늘—
헤카베라니!
헤카베가 그에게, 그가 헤카베에게
무엇이기에 그녀 일로 우는 것인가?
나처럼 쓰린 이유와 요청이 있다면
어쨌을까? 눈물로 무대를 뒤덮고
참담한 말로 뭇사람의 귀를 찢어
죄 지은 자에게 미치며 죄 없는 자가 놀라며
모르는 자는 어안이 벙벙하리니
모든 눈, 모든 귀가 혼란에 빠지리라.
그러나 나는 굼뜬 바보—꿈에 젖어
우는 놈, 복수를 감행할 의지가 없어
아무 말도 못한다. 가장 귀중한 재산,
고귀한 목숨을 악랄하게 파멸당한
왕을 위해 한마디도 못한다. 겁쟁인가?
누가 나를 쌍놈이라 부르고 머리를 치며
수염을 뽑아 얼굴에 뿌리고
코를 잡아 비틀며 모가지는 물론이고
허파까지 거짓말로 꽉 찼다 욕하는가?
누가 그러는가? 마냥 참고 있구나.
확실히 간덩이가 비둘기[37]라 쓸개가 없어
폭력을 당해도 안 쓰구나. 그렇지 않다면
공중의 솔개들이 썩은 이놈 고기로
살이 쪘겠다. 피에 젖은 음탕한 악질!
잔인, 음흉, 음란한, 형제도 모르는 놈!
오오, 복수를!
아아, 얼마나 못났는가! 정말 놀고 있구나.
사랑하는 아버지를 살해당한 아들이
하늘과 지옥에게 복수를 사주 받고
창녀처럼 속마음을 말로만 풀어놓고
진짜 갈보같이 욕만 하고 앉았으니
천하디천한 놈! 이게 무슨 꼴이냐!
머리를 굴려보자. 죄 지은 놈들이
연극을 보다가 극중 장면의 기교로
마음이 깊이 찔린 나머지 그 당장에
자기네가 저지른 사악한 짓을
내불고 말더란 얘길 들었다. 살인은
입이 없지만 신기한 기관이 있어
발설하고야 만다. 배우들이 삼촌 앞에서
아버지 살해 비슷한 장면을 연출하게
시키겠다. 그자의 표정을 살피고
정통으로 파고들겠다. 조금만 움찔해도
일이 명백해진다. 내가 만난 유령이
마귀일지 모른다. 그럴싸한 모습을
마귀가 취할 수 있어. 맞아. 혹시 내가
쇠약하고 우울하여 나를 파멸시키려고
속일지 몰라. 그런 정신 상태를 다룰 만큼
강력한 놈이니까. 그것보다 적절한
근거가 필요한데, 연극이야말로
왕의 속심을 잡을 미끼가 된다. [퇴장]

37 평화의 상징인 비둘기에게는 간에 분노를 일으키는 쓸개가 없다고 믿었다.

## 3. 1

[클로디어스, 거트루드, 폴로니어스, 오필리아,
로전크랜츠, 길던스턴 등장]

클로디어스 그래, 너희는 말을 이리저리 둘러서
왜 그따위 혼란스런 언행을 취하여
거칠고 위험한 광태로 조용한 일상을
교란하는지 알아낼 수 없는가?

로전크랜츠 제정신이 아닌 것을 스스로 알리지만
무슨 까닭인지는 말씀하지 않습니다.

길던스턴 틈을 보일 만한 쪽으로는 가까이
가지 않으시며 왕자님의 속마음을
터놓게 하려고 유도할 때마다
교묘한 광태로 피하십니다.

거트루드 너희를 환영하더냐?

로전크랜츠 대단히 신사다웠습니다.

길던스턴 하지만 아주 내키시진 않은 듯했습니다.

로전크랜츠 먼저 말을 꺼내진 않으셨지만
질문에 거침없이 대답하셨습니다.

거트루드 무슨 소일거리라도 제안해봤어?

로전크랜츠 왕비님, 저희가 가던 중에 우연히
배우들을 만났는데, 그 말씀을 드렸더니
상당히 기뻐하시는 것 같았습니다.
배우들이 근처에 도착하여 있는데,
이미 오늘 밤 왕자님 앞에서
공연하란 주문을 하셨습니다.

폴로니어스 맞습니다. 두 분께서 연극을 보시도록
말씀을 드리라고 제게 당부하셨어요.

클로디어스 아무렴. 그렇게 흥미를 느낀다니
마음이 매우 흡족하구나.
너희가 왕자를 더더욱 부추겨서
그런 재미에 마음을 붙이게끔 몰아가라.

로전크랜츠 그러겠습니다. [로전크랜츠와 길던스턴 퇴장]

클로디어스 거트루드, 당신도 가요.
햄릿 혼자서 이리로 오라고 했소.
여기서 오필리아를 마치 우연인 듯
대면시킬 생각이오.
나와 그녀 부친은 합법적으로
자신들을 숨기고 저들을 엿봄으로
그들의 만남을 소상히 판단하고
왕자의 행동을 보아 그의 언행이
과연 사랑의 아픔인지 그 여부를
알아내겠소.

거트루드 분부대로 하겠어요.
오필리아, 너를 보니, 너의 어여쁨이
햄릿의 미친 짓의 행복한 원인이면
얼마나 좋겠니! 너의 착한 성품이
햄릿을 전처럼 정상으로 돌려놓아
두 사람의 명예가 되길 빈다.

오필리아 저도 좋겠어요.

[거트루드 퇴장]

폴로니어스 오필리아, 여길 왔다 갔다 해라.
—같이 숨어 계세요.—이 책 읽어라.
그런 참한 모습이 네가 혼자 있을 때
잘 어울릴 게다.—우린 이런 짓 자주 해요.
엄숙한 낯빛과 경건한 몸짓으로
마귀까지 사탕발림을 해놓는 짓이
너무 흔해요.

클로디어스 [방백] 아, 너무나 진실이다.
양심에게 얼마나 뼈아픈 채찍인가!
두터운 화장술로 꾸민 창녀의 뺨은
화장품 자체보다 추악하지만
덧칠한 말보다 내 짓이 추악하다.
오, 무거운 짐이여!

폴로니어스 오시는 소리 들립니다. 물러서세요.
[클로디어스와 폴로니어스가 벽걸이 뒤에 숨는다.
햄릿 등장]

햄릿 존재냐, 비존재냐[38]—그것이 문제다.
억울한 운명의 돌팔매와 화살을
마음속에 참는 것이 고귀한 일인가,
만난의 바다에 팔을 걷어붙이고
저항하여 끝내는 것이 고귀한 일인가?
죽음은 자는 것, 그뿐이다. 잠으로써
육체가 이어받는 아픔과 온갖 병을
끝낸다 할진대, 이는 진정 희구할
행복한 결말이다. 죽음은 잠자는 것.
잠은 혹시 꿈꾸는 것. 오, 문제는 그것.

38 '죽느냐, 사느냐'라기보다 이렇게 옮겨야 원문에 더 가깝다. 루터가 종교개혁을 부르짖은 비텐베르크 대학의 학생이던 햄릿이 근본적인 문제에 봉착한 것을 알 수 있다.

썩을 몸을 벗은 후에 죽음의 잠에
찾아올 꿈에 망설이는 것이다.
그 때문에 이토록 기나긴 인생을
고난의 연속으로 이어가는 것이다.
그 누가 참겠는가? 세상의 채찍과 모멸,
압제자의 횡포, 거만한 자의 거드름,
멸시받은 사랑의 아픔, 느려터진 법의 걸음,
관리들의 오만함, 인내하는 선한 자가
못난 자로부터 당하는 천대를?
작은 칼로 간단히 자신의 종말을
지을 수 있거늘.—누가 짐 지고
지친 삶에 신음하며 땀 흘릴 터인가?
죽음 뒤에 찾아올 그 무엇의 두려움,
미지의 그 나라, 그 지역에서
돌아온 길손 없어 의지를 교란하니
알지 못할 불행으로 달려가기보다는
차라리 당장의 불행을 참지 않는가?
이리하여 분별이란 물건은 모두를
겁쟁이로 만드나니, 결단의 붉은빛은
창백한 사색의 우울로 뒤덮이고
심각하고 중대한 결단의 계획들은
이런 생각 때문에 물길을 돌려
행동의 이름을 잃고 만다.—잠잠하라.
어여쁜 오필리아다.—선녀님, 기도 중에
내 모든 죄도 기억하시오.

오필리아 오, 왕자님,
이 여러 날 안녕하셨어요?

햄릿 예, 고마워요. 잘 지내고말고요.

오필리아 왕자님, 주셨던 선물들이 여기 있는데,
되돌려 드리려고 하던 거예요.
지금 받아 주셔요.

햄릿 아니오. 아무것도 당신에게 준 적 없어요.

오필리아 존경하는 왕자님, 제가 너무 잘 알아요.
꽃다운 말씀을 선물들에 곁들여서
더욱 값지게 되었지요. 향기가 가셨으니
도로 가져가셔요. 주신 분이 쌀쌀하면
귀한 마음엔 값진 것도 볼품없이 되어요.
자, 여기 있어요.

햄릿 허, 이런! 당신 정숙한가?

오필리아 네?

햄릿 당신 예쁜가?

오필리아 무슨 말씀인가요?

햄릿 당신이 정숙하고 예쁘다면, 그 정숙한 마음이
당신의 미모와 너무 친하게 수작하면 안 돼.

오필리아 미모가 정숙 이외에 더 친밀한 관계를
맺을 것이 있나요?

햄릿 물론이오. 정숙의 힘이 미모를 자신의 모습으로
만들기보다는 미모의 힘이 정숙의 본질을 변화시켜
뚜쟁이로 만들기가 훨씬 더 쉽지. 한때는 이 말이
궤변이었지만 지금은 온 세상이 그것을 증명해요.
나도 한때는 당신을 사랑했소.

오필리아 네. 그렇게 믿게 하셨지요.

햄릿 나를 믿지 말았어야지. 고매한 덕도 해묵은 남자
뿌리를 변화시키지 못하고 반드시 그 맛을 좋아하게
되거든.[39] 당신을 사랑하지 않았소.

오필리아 그런 만큼 더 속았군요.

햄릿 수녀원으로 가오. 뭣 때문에 죄인들을 낳겠다 하오?
나로 말하면 괜찮은 사내지만 어머니가 나를 낳지
않았다면 좋았겠다 싶은 짓을 저지른 걸 자백할
정도요. 나는 무척 오만하고 복수심이 강하고 야심이
가득하여 일일이 말로 표현하거나 상상으로 형상을
그려보거나 모두 그대로 행할 시간이 없을 정도로 많고
많은 죄악을 언제라도 지을 수 있소. 나 같은 놈이
하늘과 땅 사이에 기어 다녀 무슨 일을 하겠소? 우린
모두 형편없는 악당이오. 우리 말을 믿지 말아요.
수녀원을 찾아가요. 당신 아버지 어디 있죠?

오필리아 집에 계셔요.

햄릿 가두고 문을 잠가요. 어릿광대 노릇은 집 안에서만
하라고 해요. 그럼 잘 가요.

오필리아 오, 좋으신 하느님, 도와주소서!

햄릿 당신이 결혼하면 지참금으로 줄 재앙은, 얼음처럼
정결하고 눈처럼 순결해도 비방을 면치 못하는 거요.
수녀원으로 가요. 지금 가요. 잘 가요. 또는 기어이
결혼을 하겠다면 멍청이하고 결혼해요. 똑똑한 사내는
당신들이 자기들을 무슨 괴물로 만드는지[40] 너무 잘

39 타락한 아담과 하와의 후예인 인간은 아무리 덕을 쌓아도 그 죄악의 뿌리(욕정)를 잊지 못한다. 햄릿은 부왕이 살았을 때는 오필리아를 진정 사랑했지만 욕정에 이끌린 그 어머니의 자식이라 자기도 사랑 아닌 욕정을 품었음을 말하고 있다.

알죠. 수녀원으로 가요. 빨리 가라니까요. 잘 가요.
오필리아 오, 하늘의 권세여, 왕자님을 회복시켜 주소서!
햄릿 여자들이 두꺼운 화장을 한다는 말을 들었어. 하느님이
주신 얼굴인데 당신들은 또 다른 얼굴을 지어서 가져.
깡충깡충 달려가고 느릿느릿 다가가고 혀 짧은 소리
하고 하느님의 짐승들에 별명 붙이고[41] 망측한 짓
하고서도 몰라서 그랬다지. 그만둬. 더 이상은 싫어.
그래서 미쳤어. 더 이상 결혼은 없기로 한다.
이미 결혼한 자들은 한 놈 빼고는 살려두기로 한다.
나머지는 현 상태를 유지한다. 수녀원에 가라. [퇴장]
오필리아 아, 어찌나 고귀한 정신의 파멸인지!
궁정인과 군인과 학자의 눈과 혀와 칼,
훌륭한 나라의 기대주요 장미꽃이며
유행의 거울이요 행실의 모범이었던
존경의 초점이 완전히 무너졌어!
그래서 나는 여인 중 가장 불쌍한 여인,
그분의 음악 같은 맹세의 꿀을 마셨건만
고귀하고 위엄 있던 그분의 이성이
아름답던 종처럼 가락 잃고 거칠어져
활짝 핀 젊음의 비할 데 없던 모습이
광기로 망했구나. 오, 불행한 나 자신!
옛날을 보던 내가 현재를 본다.
[클로디어스와 폴로니어스 등장]
클로디어스 사랑? 저 사람 감정이 그쪽 아니다.
게다가 말이 조금 조리가 맞지 않아도
미친 것과는 달라. 마음에 뭐가 있어서
우울증이 암탉처럼 품고 있는 중이다.
알이 깨면 무슨 위험한 일이 생길 게
분명하다고. 그걸 예방하기 위해서
급히 결단해 다음같이 결정한다.
햄릿을 잉글랜드로 급히 보내서
늦어진 조공을 요청시킨다.
요행히 바닷길과 다른 여러 나라의
별다른 풍물들이 정신을 잡고 있는
그 어떤 집념을 쫓아낼지 모른다.
그게 머릿속에서 계속 울리는 바람에
정상을 벗어났지. 어떻게 생각하나?
폴로니어스 잘될 겁니다마는 저는 이 병통의
기원과 단초가 무시당한 사랑에서
생긴 거로 믿어요. 어떠냐, 오필리아.
왕자께서 뭐랬는지 말할 필요 없어.
우리가 모두 들었어. 뜻대로 하십시오.
하지만 괜찮으시면 연극이 끝난 뒤에
왕비께서 단독으로 왕자님의 속마음을
듣도록 하세요. 솔직히 대하셔야 합니다.
저는 두 분 말씀을 모두 들을 위치에
있겠어요. 왕비님이 못 찾으시면
잉글랜드로 보내든가 전하의 지혜로
적당한 데 가두세요.
클로디어스 그렇게 하겠다.
고위층의 광기에 무심해선 안 된다. [모두 퇴장]

## 3. 2

[햄릿과 배우 두셋 등장]
햄릿 내가 아까 당신들한테 낭송했던 것처럼 대사를 혀에 굴려
유창하게 말해라. 하지만 대다수 당신네 배우들같이
웅변조로 말한다면 읍내의 전령관한테 내 구절을 맡기는
게 낫겠다. 또 톱질하듯이 이렇게 손을 흔들어대지
말고 모든 걸 부드럽게 움직여라. 열정의 격류, 폭풍,
아마도 회오리바람이라고 할 만한 그 대목에다
유연성을 부여해서 자제력을 배우고 유지해야 돼.
가발을 쓰고 꽥꽥대는 녀석이 열정적인 대사를 갈가리
찢어서 누더기로 만들어 싸구려 입석 관객의 귀청 찢는
소리를 내면 속이 뒤집혀. 그런 관객은 뜻 모를
무언극이나 시끄러운 소리만 들을 줄 알지. 그런 놈은
이교도의 악마[42]보다 법석을 떠는 죄로 매질하겠다.
헤롯[43]보다 더하니까. 제발 그런 짓은 하지 마라.
배우 1 약속합니다, 왕자님.
햄릿 그렇다고 너무 얌전해선 못쓴다. 자신의 판단을
스승으로 삼아라. 행동을 말에 맞게, 말을 행동에 맞게
해라. 특히 자연의 중용을 넘어가지 않도록 조심해.
그런 과장은 연극의 목적에 반한다. 연극이란

40 부인이 간음하면 그 남편은 이마에 뿔이 돋는 괴물이 된다고 했다.
41 개를 '멍멍이', 고양이를 '나비'라고 부르는 여자들의 버릇을 비꼬는 말이다.
42 잉글랜드 민속극에서 과장된 연기와 시끄러운 대사로 악명 높은 인물이었다.
43 예수의 원수인 헤롯 왕은 중세 민속극에서 과장해서 떠들어대는 인물이었다.

처음이나 지금이나 과거나 현재나 비유컨대 자연에 거울을 갖다 대는 일인데, 선에게 그 모습을, 가소로운 것에게 그 꼴을, 오늘날의 시대와 상황에 그 형상과 진면목을 그대로 보여주는 거라고. 그런데 그게 너무 지나치거나 모자라면 무식한 자들에겐 웃음을 자아내도 식자들에겐 괴로울 뿐이야. 당신은 그런 지식인 한 사람의 견해라도 받아들여서 다른 모든 자들의 연극론보다 귀중히 여겨야 해. 그따위 배우들이 없지 않아. 안된 말이지만 기독교인의 말씨도 아니고, 기독교인도 이교도도 무슨 인간의 행동도 아닌 연기를 하는 걸 보았는데 딴 사람들은 극찬하더군. 그런 꼴로 꺼떡대고 소리를 질러대서 자연 자체가 아니라 자연의 심부름꾼이 사람을 만드는데 그것도 제대로 못 만든 게 아닌가 하고 의심할 정도였지. 그토록 구역질나게 인간을 모방한 거였어.

배우 1 그 점에 관해서는 저희가 상당히 잘 고친 것으로 믿고 싶습니다.

햄릿 오, 철저히 고쳐라. 그리고 어릿광대 역을 하는 자들은 정해진 대사만 말하게 해라. 개중에는 일부 골 빈 관객들을 웃기려고 자기부터 먼저 웃는 자들이 있다. 그래서 한참 지나서야 그 연극의 중요한 대목이 생각나는 거라고. 아주 못난 짓이야. 그런 짓 자행하는 멍청이는 창피한 공명심을 나타낼 뿐이지. 자, 그럼 가서 연극 할 준비해라. [배우들 퇴장]

[폴로니어스, 로전크랜츠, 길던스턴 등장]

웬일이오? 왕도 이 연극을 구경할 거요?

폴로니어스 왕비님도요. 곧 오십니다.

햄릿 배우들에게 서두르라고 하오. [폴로니어스 퇴장]

너희도 빨리 오게 돕겠나?

로전크랜츠와 길던스턴 그러겠습니다.

[로전크랜츠와 길던스턴 퇴장]

햄릿 오, 호레이쇼!

[호레이쇼 등장]

호레이쇼 친애하는 왕자님, 무엇이든 시키세요.

햄릿 호레이쇼, 너는 내가 사귄 사람 가운데
가장 균형 잡힌 온전한 사람이야.

호레이쇼 원, 무슨 말씀을—

햄릿 아첨이라 생각지 마라.
착한 기질밖에는 먹여주고 입혀줄
재산이 없는 너한테 무엇을 바라며
어째서 가난뱅이에게 아첨하겠나?
아니지. 달콤한 혓바닥은 허풍을 핥고
이득이 생길 데서 무릎의 관절을
녹신녹신 굽히라지. 알아듣겠어?
귀중한 내 영혼이 선택할 수 있어서
사람을 구별할 능력이 생긴 이래
너를 내 영혼의 소유로 점찍었으니,
만난을 당하면서 언짢아하지 않고
운수의 타격과 상급을 함께 받아들이며
감정과 이성이 알맞게 화합하고
운수의 피리가 아니어서 손가락이
놀리는 대로 소리 내지 않는 자는
축복된 사람이야. 감정의 지배를
벗은 사람이라면, 그런 이를 내 마음에,
마음속 깊숙이 지니고 있겠다.
바로 너처럼.—말이 너무 길어졌군.
오늘 밤 왕 앞에서 연극이 있어.
그중 한 장면이 네게 얘기한
아버지의 사망과 아주 비슷해.
부탁하는데 그 장면이 나올 때
정신 바짝 차리고 삼촌을 관찰해줘.
숨겼던 죄악이 한마디 말에라도
드러나지 않으면 우리가 봤던 건
확실히 저주받은 지옥의 악령이고
내 머릿속 상상은 대장간 신이라는
불카누스의 공방보다 더욱 시커매.
주의해서 살펴봐. 나도 그의 얼굴에서
눈을 떼지 않겠어. 두 의견을 합해서
삼촌의 반응을 판단하자.

호레이쇼 좋습니다.
연극에서 그 사람이 무엇이든 남몰래
훔치는 게 있다면 제가 값을 물어내죠.

햄릿 지금 오는 중이다. 미친 척해야겠다.
너도 자리를 잡아.

[덴마크식 행진곡. 나팔들의 주악. 클로디어스, 거트루드, 폴로니어스, 오필리아, 로전크랜츠, 길던스턴, 그 밖의 수행 귀족들이 횃불을 든 왕의 경호병들과 함께 등장]

클로디어스 조카는 어찌 지내는가?

햄릿 카멜레온 식사[44]라 최고입니다. 약속만 가득한 바람을 켜니까요. 육계라도 그렇게 처먹일 수 없겠죠.

클로디어스 그러한 대답과는 아무런 상관이 없다. 나는 그런 것을 물은 적 없다.

햄릿 그렇죠. 이젠 나와도 상관없으니까요. [폴로니어스에게] 당신도 한때 대학에서 연극을 했다죠?

폴로니어스 그렇습니다, 왕자님. 우수한 연기자란 평을 들었습니다.

햄릿 무슨 역 했소?

폴로니어스 줄리어스 시저 역을 했어요. 신전에서 살해당했죠. 브루투스가 나를 죽였어요.[45]

햄릿 거기서 그런 살진 송아지를 죽였다니 그 사람 몹쓸 역 맡았었군. — 배우들이 준비됐나?

로전크랜츠 예, 왕자님 허락만 기다립니다.

거트루드 얘, 햄릿, 이리 와. 내 옆에 앉으렴.

햄릿 아뇨, 어머니. 좀 더 강력한 자석이 여기 있네요.

[오필리아에게로 간다.]

폴로니어스 [클로디어스에게] 아하! 저걸 보십니까?

햄릿 아가씨, 무릎 새에 누워도 돼요?

오필리아 안 됩니다, 왕자님.

햄릿 무르팍에 머리를 기댄단 말이오.

오필리아 네, 그러셔요.

햄릿 내가 밭고랑의 그 짓을 말한 줄 알아요?

오필리아 전 그런 생각 안 해요.

햄릿 처녀의 다리 사이에 눕는 건 멋진 생각이죠.

오필리아 뭐가 그렇다고요?

햄릿 아무것도 아니오.

오필리아 농담 기분이시네요.

햄릿 누가? 내가?

오필리아 네, 왕자님.

햄릿 오, 나야말로 뒤풀이 놀이꾼이죠. 사람이 농치는 것 말고 할 짓이 뭐예요? 보다시피 우리 어머니가 얼마나 명랑한 표정이오? 그런데 아버지는 두 시간 전에 돌아가셨죠.

오필리아 아니어요. 넉 달이나 되었어요, 왕자님.

햄릿 그렇게 오래됐나요? 그렇다면 마귀는 상복을 입으래고, 나도 검정 밍크로 쫙 빼지요. 오, 하늘이여, 죽은 지 두 달이나 됐는데 아직도 잊지 못하다니! 그러니까 위인에 대한 기억이 죽은 지 반년은 살아남을 가망이 있어. 하지만 그 전에 여러 교회를 세웠어야지. 안 그러면 기억에서 사라져도 어쩔 수 없어. 춤 놀이의 말[46]하고도 같아. 말의 비명이 "에구머니, 에구머니. 말을 잊어먹었구나"야.

[오보에들이 연주한다. 무언극이 등장한다.]

왕과 왕비가 서로 무척 사랑하며 등장. 왕비가 왕에게, 왕이 왕비에게 키스한다. 그녀가 무릎을 꿇고 그에게 사랑을 맹세하듯이 행동한다. 그가 그녀를 일으켜 세우고 그녀 목에 자기 머리를 숙인다. 그는 꽃 핀 언덕에 몸을 눕힌다. 그가 잠든 것을 보자 그녀는 그를 떠난다. 곧이어 어떤 자가 들어와 그의 왕관을 벗겨 들고 거기다 키스하고 왕의 양쪽 귀에 독약을 부어 넣고 나간다. 왕비가 돌아와서 왕이 죽은 것을 발견하고 크게 슬퍼하는 시늉을 한다. 독살자가 벙어리 두셋과 함께 다시 들어와 그녀와 같이 슬퍼하는 척한다. 죽은 시체를 들어 내간다. 독살자가 선물들을 가지고 왕비에게 구애한다. 그녀는 얼마 동안은 싫어하고 내키지 않는 것 같다. 그러나 드디어 그의 사랑을 받아들인다. [무언극 퇴장]

오필리아 저게 무슨 뜻이에요?

햄릿 아, 그건 기회를 엿보는 악이란 거야. 못된 짓이란 말이지.

오필리아 저 무언극이 연극의 줄거린 것 같아요.

[해설자 등장]

햄릿 저 친구가 알려줄 거야. 배우들이란 비밀 지킬 줄 모르거든. 모두 불 테니까 두고 봐.

오필리아 무언극의 뜻이 뭔지 저 사람이 말할까요?

햄릿 물론. 또는 당신이 자기한테 보여줄 건 뭐든지 보여줄 거야. 절대로 부끄러워하지 말고 보여주라고. 그럼 그게 무슨 뜻인지 부끄러워하지 않고 말해줄 거야.

오필리아 어머, 왕자님, 나쁜 말, 나쁜 말 하시네. 전 연극만 보겠어요.

해설자
저희와 저희의 비극을 위해
여러분의 자비에 굽혀 절하며
참고 들어 주시길 바라옵니다. [퇴장]

햄릿 저게 프롤로그인가? 아니면 반지에 새긴 명문인가?

오필리아 아주 짧네요.

햄릿 여자의 사랑처럼.

[배우 왕과 배우 왕비 등장]

44 카멜레온은 공기만 마시고 사는 괴물이라고 했다. 이어서 햄릿은 왕세자라는 빈말만 있고 실제로는 이행이 안 되었기 때문에 실망하여 미친 것인 듯 둘러댄다.

45 브루투스 일당이 대신전(의사당으로 썼다)에서 줄리어스 시저를 살해하는 장면은 셰익스피어의 「줄리어스 시저」 3막 1장에 나온다.

46 당시의 한 민속놀이에서 말로 분장한 춤꾼이 겅중겅중 뛰는 춤을 추다 사라졌다.

배우 왕 만 30년 동안 태양신의 수레가
해신의 짠물과 지신의 땅을 돌고,
달님이 서른 열두 번 빌린 빛으로
세상을 열두 서른 번 비추는 동안
사랑은 우리 맘을, 결혼 신은 우리 손을
더없이 거룩한 유대로 맺어주셨소.

배우 왕비 사랑이 다하기 전에 해와 달이 또다시
그만큼 셀 수 있게 하시길 원해요.
하지만 슬퍼요. 요즘은 편찮으셔요.
건강치 못하시고 전과 같지 않으셔서
걱정되어요. 그러나 걱정이지만
전하께서 그 때문에 염려하지 마셔요.
여자의 근심과 사랑은 양이 똑같아
둘 다 아주 없거나 둘 다 너무 많지요.
내 사랑이 어떤지는 경험으로 아셔요.
내 사랑의 분량만큼 근심도 커요.

배우 왕 오, 나는 그대를 곧 떠나게 되어요.
이 몸의 활력이 기능을 멈추어가오.
당신은 아름다운 이 세상에 살아남아서
사랑과 존경을 받고 혹시는 착한 이를
남편으로 다시 만나—

배우 왕비 오, 그 뒤는 그만둬요!
그따위 사랑은 내 마음의 반역자요.
둘째 남편을 맞으면 저주받겠어요.
첫 남편 죽인 자만 둘째 남편을 얻지요.

햄릿 오, 쓰다, 써.

배우 왕비 두 번째 결혼을 부추기는 동기는
사랑 아니라 천박한 이해타산이죠.
딴 남편이 금침에서 내게 키스하면
남편을 두 번째로 죽이는 짓이어요.

배우 왕 당신의 확신을 말한다고 믿소.
하지만 우리는 결심을 자주 깨오.
목적은 기억의 노예일 따름이오.
생길 때는 거세지만 지구력은 약하오.
지금은 풋과일처럼 나무에 붙었지만
농익으면 흔들지 않아도 떨어지오.
자기에게 진 빚을 자기에게 갚는 걸
잊어버리는 것도 아주 필요하오.
열정 속에 자신에게 다짐한 것은
열정이 식으면 목적도 잃게 되오.
슬픔이나 기쁨의 격렬한 감정은
그것들이 사라지면 실천도 없어지오.
기쁨이 날뛰면 슬픔이 울부짖고
슬픔과 기쁨은 작은 일로 뒤바뀌오.
세상은 무상하여 우리의 사랑도
우리와 운수를 같이해도 당연하오.
사랑이 앞서는지 운수가 앞서는지
우리가 정답을 찾아야 할 문제요.
큰 인물이 죽으면 측근은 도망치고
낮은 자가 높아지면 원수도 친해지오.
이렇게 보면 사랑은 운수의 편이오.
친구가 없어 좋은 자는 친구가 많아지고
친구가 없는 자가 헛된 친구에게 의지하면
그런 자는 대번에 원수로 굳어지오.
그러나 이 말을 올바르게 끝내자면,
인간의 의지와 운명은 상반이므로,
인간의 계획은 깨어지기 마련이오.
생각은 내 것이나 결과는 안 그렇소.
당신은 딴 남편을 안 얻을 생각이지만
남편이 죽으면 그 생각도 함께 죽소.

배우 왕비 과부 된 이 몸이 다시 아내가 되면
하늘과 땅은 음식과 빛을 거절하고
밤과 낮은 휴식과 오락을 빼앗아가며
기쁜 얼굴을 흐리는 장애물마다
행복을 만났다가 망해버리며
이생과 내세에서 고난이 끝없어라!

햄릿 지금 저 맹세를 깨뜨리면 어떡하지!

배우 왕 맹세가 깊소. 여보, 잠시 혼자 있겠소.
기운이 진하여 지루한 이날을
잠으로 달래고 싶소.
[잠이 든다.]

배우 왕비 머리를 식히시길.
우리 사이에 어떤 불행도 틈타지 마라! [퇴장]

햄릿 어머니, 이 연극 어때요?

거트루드 여자가 너무 야단스러운 것 같구나.

햄릿 하지만 약속을 지킬 거예요.

클로디어스 줄거리를 들었나? 상스러운 내용이
들어 있진 않겠지?

햄릿 아니요, 아니요. 시늉만 하는 거요. 독살하는 척해요. 절대로 나쁜 짓 없어요.

클로디어스 연극의 제목이 무엇인가?

햄릿 "쥐덫"입니다. 왜냐? 비유적이죠. 이 연극은 비엔나에서 발생했던 살인의 재현이에요. 곤자고가 공작의 이름이고 그 아내는 밥티스타죠. 곧 보실 겁니다. 못된 놈에 관한 작품이죠. 하지만 상관있나요? 전하나 우리처럼 죄 없는 사람에겐 아무렇지 않아요. 안장에 비벼서 살갗이 벗겨진 말이나 지랄하래요.[47] 우리 잔등은 생생해요.

[배우 루시에이너스 등장]

저게 루시에이너스인데 왕의 조카죠.

오필리아 왕자님은 해설자 같으셔요.

햄릿 당신과 당신 애인 사이에서 통역해줄 수 있어요. 곡두들이 연애를 한다면 말이오.

오필리아 왕자님, 날카로운 풍자네요. 아주 날카로워요.

햄릿 내 칼날[48]이 무뎌지려면 당신이 신음깨나 해야 할걸.

오필리아 말솜씨는 좋지만 뜻은 저질이어요.

햄릿 그렇게 당신들은 남편을 모른 체하고 바꾸지.—시작해, 살인자. 젠장, 꼴사나운 낯짝은 치우고 시작하란 말이다. 자,—'까옥까옥 까마귀, 복수를 우짖는다.'

배우 루시에이너스 검은 생각, 잽싼 손, 알맞은 약, 적절한 때,
음모를 함께하는 순간이며, 볼 자도 없다.
마녀 왕이 세 번 저주하여 세 겹으로 병든
한밤중 독풀에서 모아놓은 맹렬한 즙,
네가 가진 마술과 무서운 능력으로
건강한 목숨을 지체 없이 빼앗아라.

[독약을 배우 왕의 양쪽 귀에 부어 넣는다.]

햄릿 왕의 자리와 재산을 뺏으려고 정원에서 왕을 살해하는 것이죠. 이름이 곤자고라고, 이야기가 있습니다. 우수한 이탈리아어로 씌어 있어요. 이제 곧 살인자가 왕비의 사랑을 얻는 걸 보시게 돼요.

오필리아 전하께서 일어나셔요.

햄릿 뭐, 공포탄에 겁이 나서?

거트루드 왜 그러세요?

폴로니어스 연극을 중단하라.

클로디어스 불을 밝혀라. 집어치워!

신하들 횃불, 횃불, 횃불! [햄릿과 호레이쇼 이외에 모두 퇴장]

햄릿 그러면 상처받은 암사슴은 울라고 하고
안 받은 수사슴은 놀라고 해라.
불침번이 있으면 자는 놈도 있는 법,
그렇게 세상만사 굴러간단다.
이거하고 산더미 같은 깃털[49]과—나머지 재수만
달아나지 않는다면—갈라진 내 신발에 외제 장미
장식[50]만 달아주면 나도 배우 패거리에 한몫
끼워주지 않겠나?

호레이쇼 반몫은 되시겠어요.

햄릿 옹근 한몫이겠지.
다정한 친구야, 너도 잘 알지.
이 나라가 제우스 자신을
뺏기고 난 뒤에 왕 노릇 하는 자는
진짜로 '파조크'[51]다.

호레이쇼 이왕이면 운까지 맞추십시오.

햄릿 호레이쇼, 유령의 말을 천만금을 주고도 사겠어. 너도 보았지?

호레이쇼 잘 보았습니다.

햄릿 독살한다는 대목에서?

호레이쇼 왕을 아주 자세히 보았습니다.

[로전크랜츠와 길던스턴 등장]

햄릿 아하! 음악 좀 울려. 피리들 좀 불어.
왕이 그 희극이 싫다고 하면
아마도 안 좋아하는 모양이지 뭐.
자, 음악 좀 울려.

길던스턴 왕자님께 한 말씀 드리려고 합니다. 허락하여 주십시오.

햄릿 긴 역사 전부라도 괜찮아.

길던스턴 전하께서—

햄릿 그래 어찌 됐단 말인가?

길던스턴 배우 불편하셔서 안에 드셨습니다.

햄릿 취해서 말인가?

길던스턴 아닙니다. 오히려 노하셔서요.

햄릿 이 사실을 왕의 의사한테 알리자면 너의 지혜를 좀 더 멋있게 발휘해야지. 내가 왕한테 나쁜 기운을 씻어내려면 아마 훨씬 더 심한 울화통에 처넣을 거야.

길던스턴 왕자님, 말씀을 좀 더 조리 있게 해주십시오. 제

47 제 발이 저린 자나 싫어할 연극이란 말이다.

48 여기서는 '강렬한 욕정'을 뜻한다. 그것을 식히려면 처녀가 순결을 잃는 아픔을 겪는다는 말이다.

49 배우들이 쓰던 소품. 극장가 근처에서 무더기로 놓고 팔았다.

50 배우들은 프랑스 남부 프로방스의 큰 장미를 본뜬 장식을 갈라진 신발 위에 달아 신었다. 햄릿은 자신이 배우 노릇을 썩 잘했노라고 한다.

51 '당나귀'나 '멍청이'나 '악질' 따위가 아니라 전혀 듣도 보도 못한 '파조크'는 당장 지어낸 말이다.

말 안 들으시고 그처럼 엉뚱하게 달아나지 마시고.

햄릿 나 얌전하다. 말해라.

길던스턴 왕비께서 대단히 염려되셔서 저에게 왕자님을 모셔 오라 하셨습니다.

햄릿 잘 왔어.

길던스턴 아닙니다. 왕자님의 인사치레는 바른 것이 아닙니다. 저에게 바른 대답을 해주신다면 왕비님의 명령을 이행하겠습니다. 아니시라면, 저를 내보내시고 제가 돌아가는 것으로 제 할 일은 끝이 납니다.

햄릿 못 하겠다.

길던스턴 무엇을요?

햄릿 바른 대답을 못 하겠단 말이다. 머리가 병들었어. 하지만 너나 또는 네가 말하듯 어머니가 나한테 할 수 있는 만큼 대답하라고 명령해봐라. 그럼 더 말하지 말고 본론으로 돌아가서, 어머니가—

로전크랜츠 이렇게 말씀하십니다. 왕자님 행동에 놀라움과 경악을 금치 못하신다고요.

햄릿 어머니를 그토록 놀라게 하다니 놀라운 아들이군! 그런데 어머니의 경악을 뒤따르는 속편이 없나? 말해라.

로전크랜츠 주무시러 가시기 전에 왕비님 방에서 말씀을 나누시길 원하십니다.

햄릿 열 곱절 내 어머니라 하여도 복종하겠다. 더 이상 나하고 할 일이 있나?

로전크랜츠 왕자님도 한때는 저를 사랑하셨습니다.

햄릿 아직도 사랑해. 손 걸고 맹세해.

로전크랜츠 왕자님, 마음의 병이 나신 이유가 무엇입니까? 불만 사항을 친구에게 알려주지 않으시면 자신의 자유의 문을 스스로 잠그시는 겁니다.

햄릿 나 출셋길 막혔어.

로전크랜츠 어찌 그럴 수 있습니까? 덴마크의 왕위 계승에 관하여 전하 자신의 찬동을 얻으시는 마당에?

햄릿 물론이지만, "풀이 자랄 동안에"—속담[52]이 좀 후졌군.

[한 사람이 피리를 들고 등장]

오, 피리. 어디 보자. [로전크랜츠와 길던스턴을 옆으로 데리고 가서] 너희와 따로 비켜서야겠어. 왜 나한테서 냄새를 맡으려고 안달인가? 마치 나를 그물 속에 몰아넣으려는 것 같구나.

길던스턴 오, 왕자님, 의무를 다함에 너무 지나쳤다면, 저의 충성심이 너무 무례했을 뿐입니다.

햄릿 내가 그걸 충분히 이해할 수 없다고. 너, 이 피리 불어 보겠나?

길던스턴 불 줄 모르는데요.

햄릿 불어 보라니까.

길던스턴 정말입니다. 불 줄 몰라요.

햄릿 부탁하는 거야.

길던스턴 만질 줄 몰라요, 왕자님.

햄릿 거짓말하기처럼 쉬워. 손가락과 엄지로 여기 이 구멍들을 조절하고 입으로 바람을 불어 넣으면 아주 멋들어진 가락을 연주한다고. 이것 봐. 이게 구멍들이야.

길던스턴 하지만 저에게 듣기 좋은 소리를 내라고 하시면 안 됩니다. 재주가 없어요.

햄릿 그러니까 너희가 나를 얼마나 시답지 않게 보냔 말이야. 날 가지고 놀려고 해. 내 소리 구멍을 알아내려고 하는 것 같아. 내 속의 비밀을 뜯어 내려고 해. 가장 낮은 소리에서 가장 높은 소리까지 내 깊이를 재려고 해. 이 작은 악기 속에 우수한 가락이 많이 들어 있지만, 너는 말을 시킬 줄 몰라. 내가 피리보다 연주하기가 쉬운 줄 알아? 나에게 무슨 악기라도 마음대로 불러도 좋아. 하지만 너희가 날 괴롭힐 순 있어도 가지고 놀 수는 없어.

[폴로니어스 등장]

이게 누구야!

폴로니어스 왕자님, 왕비님께서 왕자님과 지체 없이 말씀을 나누시고자 하십니다.

햄릿 당신 저기 저 하늘, 거의 낙타처럼 생긴 구름이 보이는가?

폴로니어스 참말 낙타 같습니다요.

햄릿 내가 보기엔 족제비 같아.

폴로니어스 잔등이 족제비 같네요.

햄릿 또는 고래 같지?

폴로니어스 무척 고래 같아요.

햄릿 그럼 금방 어머니에게 가겠소. [방백] 내가 갈 데까지 가는 데도 녀석들이 멍청이 짓을 계속 따라주는군.—금방 갈게요.

폴로니어스 그렇게 말씀드리죠.

52 "풀이 자랄 동안에 말이 굶어죽는다"는 속담이 있었다.

햄릿 '금방'이란 말은 쉽지. [폴로니어스 퇴장]
너희도 가라. [햄릿 이외에 모두 퇴장]
마녀들이 활동하기 알맞은 시간이다.
무덤들이 열리고 지옥이 세상에
더운 피 마시고 독기를 뿜을 때다.
대낮도 떨려서 보지 못할 잔혹한 짓을
저지르겠지. 진정하고 어머니께 가야지.
마음아, 본연을 잃지 마라. 네로의 혼이
이 모진 가슴에 들어오지 말게 하라.[53]
혹독하게 말하되 인간성을 잃지 마라.
말은 칼날 같으나 칼날은 쓰지 마라.
이 일에서 혀와 혼은 위선자가 되리라.
내 말에 어머니가 상처를 받는대도
영혼마저 그 말에 동의하진 않으리라. [퇴장]

## 3. 3

[클로디어스, 로전크랜츠, 길던스턴 등장]

클로디어스 그 사람, 나는 싫다. 미쳐 돌아다니도록
놓아두는 것은 안전하지 않으니,
준비하고 있어라. 곧 명령 내리겠다.
함께 잉글랜드로 떠나게 될 것이다.
국왕의 책임상 아무 때나 벌어지는
그의 미친 짓이 야기할 온갖 위험을
참을 수 없다.

길던스턴 여장을 꾸리겠습니다.
전하에게 의지하여 먹고사는 창생을
안전히 보호하는 일이야말로
가장 거룩하고 신심 깊은 염려입니다

로전크랜츠 각자의 사사로운 생활은 위험에서
자신을 지키기 위해 정신의 모든 힘과
방책에 싸여 있으나 많은 사람의
생명이 달려 있는 한 분의 정신은
훨씬 그러합니다. 국왕의 죽음은
개인의 죽음과 달리 소용돌이처럼
주변의 모든 것을 함께 끌어갑니다.
높이 서 있는 거대한 바퀴처럼
커다란 바퀴살에 수많은 바퀴들이
이어지고 붙어 있어, 그것이 쓰러지면
거기 달려 있던 작은 바퀴들마저
막대한 파멸을 당합니다. 왕의 한숨은
혼자가 아니라 만백성의 신음이지요.

클로디어스 곧 있을 뱃길에 준비를 갖춰라.
이 걱정거리에 족쇄를 채우겠다.
너무 마음대로 다니고 있다.

로전크랜츠와 길던스턴 서두르겠습니다.
[로전크랜츠와 길던스턴 퇴장]

[폴로니어스 등장]

폴로니어스 왕자께서 왕비님 방으로 가십니다.
벽걸이 뒤에 숨어서 엿듣겠습니다.
분명 왕비께서 단단히 꾸짖으실 겁니다.
전하의 말씀처럼 — 현철하신 처사시죠. —
어머니 이외에 딴 사람이 옆에서
듣는 것이 합당해요. 모자지간에 편애가
있으니까요. 전하, 안녕히 계십시오.
침소에 드시기 전 전하를 만나 뵙고
아는 바를 말씀드리겠어요.

클로디어스 고맙소. [폴로니어스 퇴장]
오, 내 죄가 코를 찌른다! 하늘까지 퍼지누나.
원초적인 저주[54]가 그 죄에 내려 있다.
형제의 살해 — 기도도 못 하겠다.
마음과 의지는 매우 열렬하지만
강렬한 죄책감이 강렬한 의지를 눌러
두 가지 직무를 동시에 맡은 자처럼
무엇부터 시작할지 주저하고 섰다가
두 가지를 다 잊는다. 저주받을 이 손이
형의 피가 묻어서 두꺼워진다 해도
눈처럼 희게 씻을 넉넉한 비가
선하신 하늘에 있지 않을까? 자비가
죄악을 정면에서 대결하지 않을까?
기도는 악에 빠지기 전에 막아 주거나
빠진 뒤에 용서하는[55] 두 가지 능력이

53 로마의 악명 높은 이 황제는 자기를 제위에 올려준 어머니마저 독살했다. 혀는 무서운 말을 해도 영혼은 어머니에 대한 사랑을 잃지 않겠다는 말이다. 그래서 아래에서 혀와 영혼에게 겉 다르고 속 다른 '위선자'가 되라고 한다.

54 구약 창세기 4장 3~8절을 보면 인류 최초로 형 가인은 아우 아벨을 시기하여 살해했다.

55 기독교인의 주기도문에 있는 "우리를 시험에 들게 하지 마옵시고 다만 악에서 구하옵소서"라는 구절을 가리킨다.

아니겠는가? 그렇다면 희망을 품자.
내 죄는 과거의 일이다. 그러나 무슨 기도가
나에게 맞는가? '살인을 용서하소서'?
그럴 수 없다. 살인을 범한 결과들이
아직도 내 손에 남아 있다. 왕관과 야심과
왕비를 가지고 있지. 용서를 받은 자가
죄의 결과 그대로를 가질 수 없나?
타락한 시류 속에 죄악의 황금 손이
법의 정의를 비껴가게 할 수 있겠지.
죄로 얻은 물건으로 법을 매수하는 것은
자주 보는 일이나, 하늘에선 불가해서,
핑계하지 못하고 행위가 노출되고
지은 죄의 진상과 마주치면서
나 자신이 범죄의 증거가 된다.
그러면 어쩔 것인가? 무엇이 남는가?
뉘우칠 만큼 뉘우치자. 무엇인들 못 하랴?
뉘우칠 수 없을 때는 무엇을 할 것인가?
오, 괴로움이여! 죽음처럼 검은 가슴!
올무에 묶인 영혼, 풀려나려 애쓸수록
죄어오누나! 천사여, 도우소서! 힘쓰소서.
고집 센 무릎들아, 굽혀라. 무쇠 심장아,
갓난아기 살결처럼 부드럽게 되어라.
모두 좋게 되리라. [무릎을 꿇는다.]
[햄릿 등장]
햄릿 마침 기도 중이니 쉬워지겠다.
지금 해치워야지.
[칼을 뽑는다.]
그럼 놈은 천국에 가고
복수는 끝나는데, 따져봐야 할 일이다.
악한이 아버지를 살해한다. 그 값으로
외아들이 이자를 천국으로 보내준다.
아, 이 짓은 아버지를 죽이게 하고
값을 주는 것이지, 복수가 아니다.
아버지의 온갖 죄가 5월처럼 만개하여
정욕에 빠지고 배부른 상태일 때
놈이 아버지를 살해했다. 그러니
아버지의 계산서[56]를 하늘 외에 누가 알랴?
하지만 인간의 제한된 생각으로는
적자가 가득하겠지. 제 영혼을 깨끗이 씻어
제대로 죽을 준비가 되어 있을 순간에
놈을 죽이는 것이 복수인가? 아니다.
[칼을 거둔다.]
칼아, 그만두고 더 무서운 기회를 찾아라.
곤드레로 취했거나 육욕에 빠졌거나
잠자리에서 간음의 쾌락에 탐닉하거나
욕질하며 노름할 때, 구원의 기미가 없는
무슨 짓을 저지를 때, 놈을 자빠뜨려
발뒤축이 천국을 차버리게 만들고
놈의 영혼이 찾아갈 지옥처럼 저주받아
새까맣게 만들겠다. 어머니가 기다린다.
이 약은 네가 앓는 기간을 연장시킬 뿐이다. [퇴장]
클로디어스 [일어서며] 말은 날아가지만 생각은 기어간다.
생각이 없는 말은 하늘에 오를 수 없지. [퇴장]

## 3. 4

[거트루드와 폴로니어스 등장]
폴로니어스 곧 오십니다. 핵심을 찌르세요.
난잡함이 지나쳐 못 참겠다 하시고
아들과 왕의 노여움을 막으셨다 하세요.
이거로 제 말을 마치겠어요.
반드시 왕자님께 솔직히 말하세요.
햄릿 [안에서] 어머니, 어머니, 어머니!
거트루드 그러겠어요. 내 걱정 마세요.
물러서요. 오는 소리가 들려요.
[폴로니어스가 벽걸이 뒤에 숨는다.
햄릿 등장]
햄릿 어머니, 무슨 일로 부르셨어요?
거트루드 햄릿, 너 때문에 아버님이 몹시 화를 내신다.
햄릿 어머니가 아버지를 몹시 화나게 하셨어요.
거트루드 얘, 얘, 너 장난으로 대답하누나.
햄릿 어머니, 어머니, 못된 혀로 물으시네요.
거트루드 지금 왜 이러니?
햄릿 지금 무슨 일이에요?
거트루드 나를 잊었냐?
햄릿 절대로 안 잊었죠.
왕비님이고 남편의 동생의 부인이시죠.

56 기독교의 기본 비유의 하나로, 사람이 죽은 뒤에 세상에서의 공과를 하늘에서 최후로 '계산'하는 것. 1막 5장 79행에도 나온다.

하지만—아니면 좋겠지만—내 어머니죠.

거트루드 정 그러면 네게 대거리할 자들을 붙이겠다.

햄릿 자, 와서 앉으세요. 꼼짝 말고 계세요.
어머님의 깊은 속을 보실 수 있는
거울을 비치기 전엔 못 가십니다.

거트루드 어떻게 할 거냐? 나를 죽일 테냐?
사람 살려, 사람 살려!

폴로니어스 [벽걸이 뒤에서]
게 누구 없느냐? 사람 살려! 사람 살려!

햄릿 뭐야, 쥐새낀가? 틀림없이 뒈졌다, 뒈졌어.
[벽걸이 속으로 칼을 찌른다.]

폴로니어스 아이쿠, 나 죽는다.

거트루드 오, 이게 무슨 짓이냐?

햄릿 나도 몰라요. 이게 왕이오?
[벽걸이를 들친다.]

거트루드 아, 이 무슨 경솔하고 끔찍한 짓이냐!

햄릿 끔찍한 짓?—어머니, 악하기로는
왕을 죽이고 동생과 결혼하는 것과 같아요.

거트루드 왕을 죽이는 것 같다고?

햄릿 예, 그렇게 말했어요.
너절하고 경솔하고 끼어드는 바보야, 잘 가라.
너의 상관인 줄 알았다. 네 운수소관이다.
너무 부산 떨면 위험한 줄 알겠지.—
손은 그만 쥐어짜고 가만 앉아 계세요.
심장을 쥐어짤 테니. 감각이 남았다면
정말 쥐어짤 테요. 못된 습관에 심장마저
놋쇠처럼 굳어져서 감각이 불통하는
철옹성이 안 됐다면 정말 쥐어짤 테요.

거트루드 내가 무슨 짓을 했기에 그처럼 무례하게
감히 혀를 놀리느냐?

햄릿 그런 행위는
정숙의 어여쁨과 수줍음을 더럽히며,
미덕을 위선자라 부르며, 순결한 사랑의
아리따운 이마에서 장미를 앗아가고
낙인 찍으며, 결혼의 서약을
노름꾼의 맹세처럼 거짓되게 하는 거요.
그따위 짓거리는 결혼이란 몸에서
영혼을 떼어내고 참다운 신의를
범벅으로 만들어요. 하늘도 낯 붉히고
이 굳은 땅덩이, 원소들을 뭉쳐놓은
슬픈 땅의 얼굴도, 심판 날이 두려워
그 짓에 속이 아파요.

거트루드 무슨 짓 말이냐?
이토록 서론부터 요란하게 울리는 게?

햄릿 이 그림 보세요. 그리고 이 그림도.
두 형제를 그려놓은 초상입니다.
이 얼굴에 들어 있는 우아함을 보세요.
태양신의 머리터럭, 제우스의 너른 이마.—
굴복이나 복종을 명령하는 군신의 눈,
하늘에 닿는 산정에 방금 내려선
헤르메스[57] 신 같은 당당한 풍채.—
과연 신들의 총합이며 모든 신들이
사나이란 확신을 세상에 주기 위해
승인의 인장을 찍어놓은 모습이었어요.
이분이 남편이었어요. 이젠 그다음을 보세요.
이게 지금 남편예요. 곰팡이 핀 이삭이
성한 형을 망치는 것 같아요. 눈이 있어요?
이 좋은 산을 버리고 이런 황무지에서
배를 불려요? 어머니, 눈이 있어요?
그건 사랑이라 할 수 없어요. 지금 나이면
혈기의 전성기가 수그러들어 겸손히
판단을 따르는데 그 어떤 판단이
여기서 이리로 넘어가겠어요? 무슨 마귀가
그처럼 치졸하게 어머니를 유혹했어요?
수치여, 붉어진 낯을 어디 뒀는가?
반란하는 육체가 기혼녀의 뼛속에
난동을 부린다면 불타는 젊은이는
저절로 윤리를 밀랍처럼 녹이리라.
서리도 불타고 이성은 욕망을 부추기니
충동의 열기가 마음껏 공격해도
수치가 아니리라.

거트루드 오, 햄릿, 그만해라.
네가 내 눈을 내 영혼 깊은 데로
돌려놓아서, 절대로 못 지울
시커먼 얼룩이 보이누나.

햄릿 개기름 도는
잠자리의 냄새나는 땀에 절고 썩어서
애인이니 뭐니 하고 욕정을 불태우며
더러운 돼지우리—

57 제우스의 전령. 영어식 이름으로는 머큐리.

거트루드 오, 말을 그쳐라.
네 말이 칼처럼 내 귀를 파고든다.
그만해라, 착한 햄릿.
햄릿 살인자며 악한예요.
어머니의 전남편에 20분의 1도 못 될
비열의 덩어리며 왕 중의 어릿광대,
제국과 권력을 가로챈 소매치기,
귀중한 왕관을 선반에서 훔쳐내어
주머니에 처넣고—
거트루드 그만해라.
햄릿 누더기 쪼가리 왕이랍시고—
[잠옷 차림의 유령 등장]
천사여, 구하소서! 날개로 감싸주소서!
—존경 드릴 모습이여, 무엇을 원하시오?
거트루드 아아, 미쳤구나!
햄릿 게으른 아들을 꾸짖으러 오셨나요?
때도 잃고 열도 식어 중대한 일을 행할
엄명을 흘려보내는 자식을? 말씀하시오!
유령 잊지 마라. 내가 온 것은 거의 무딘
네 의식을 날카롭게 하려 함이다.
그러나 보라. 어머니가 놀라신다.
어머니의 싸우는 영혼 앞에 막아서라!
상상은 약한 몸에 거칠게 작용한다.
어머니께 말하라, 햄릿.
햄릿 어머니, 괜찮으세요?
거트루드 아아, 너는 괜찮니?
허공을 똑바로 쳐다보면서
형체 없는 공기와 말을 주고받다니!
정신이 미친 듯 눈에 어른거리며
자다가 기습당한 병사들처럼
가라앉은 머리털이 주뼛주뼛 일어나
빳빳이 섰구나. 오, 착한 아들아,
너의 미친 정신의 뜨거운 불길에
인내의 물을 뿌려라. 무엇을 보느냐?
햄릿 그분을, 그분을! 창백한 눈빛을 보세요.
저 모습과 진실을 합하여 호소하면
돌들도 울 거예요.—저를 보지 마세요.
그 슬픈 표정에 저의 굳은 결심마저
녹을까 걱정돼요. 그렇게 되면 제 일도
본색을 잃고 피 대신 눈물을 흘릴 거예요.
거트루드 누구에게 그런 말 하냐?
햄릿 저기 아무것도 안 봬요?
거트루드 아무것도 없어. 뵈는 건 그게 다야.
햄릿 아무 말도 안 들려요?
거트루드 우리밖에 아무것도 안 들린다고.
햄릿 아, 저거 보세요. 사라지지 않아요?
아버님, 생존 때와 똑같은 옷차림!
지금 방금 문을 나서는데요. [유령 퇴장]
거트루드 네 머리가 지어낸 환상일 뿐이다.
실체 없는 창작을 정신착란이
능란하게 꾸며내지.
햄릿 정신착란?
나나 어머니나 맥박은 순조롭고
건강한 리듬으로 뛰고 있어요.
망상을 지껄인 게 아니에요. 시험하세요.
그대로 반복할게요. 정말로 미쳤다면
횡설수설하겠죠. 은총을 원하시면,
아첨의 기름을 양심에 발라 그걸
자기 죄가 아니라 저의 미친 소리라고
하시면 안 돼요. 겉만 가린 종양은
그사이에 부패가 속으로 파고들어
남몰래 퍼져요. 하늘에 자백하고
과거를 회개하고 미래를 피하세요.
잡초에 거름을 주어서 더욱 기승하게
만들지 마세요. 제 설교를 용서하고 들으세요.
이 풍족한 시대에 몹쓸 세태 속에서
선이 악에게 용서를 구해야 하고
악에게 베풀려고 해도 굽실거려야 해요.
거트루드 아, 내 마음을 두 쪽으로 갈라놨구나.
햄릿 그중 나쁜 걸 던져버리고
남은 반절과 함께 깨끗하게 사세요.
안녕히 주무세요. 하지만 삼촌의 침대엔
가지 마세요. 정숙하지 못하시면
흉내라도 내세요. 오늘 밤은 참으세요.
다음번 금욕이 상당히 쉬워져요.
또다시 한 번, 안녕히 주무세요.
축복을 원하신다면 제가 어머니에게
축복을 원할게요. 이 사람에 관해선
후회되지만, 하늘은 이 사람을 사용하여
저를 벌하고 이 사람은 제게 벌을 받아서
제가 하늘의 채찍 구실 한 거예요.
시신을 수습하고 제가 책임지지요.

그럼 다시 한 번, 안녕히 주무세요.
선해지기 위해서는 잔인해야 됩니다.
나쁜 일의 시작이라 나쁜 일이 따를 테죠.
어머니, 한마디 더—

거트루드 어쩌면 좋아.

햄릿 절대로 해서는 안 될 게 있어요.
살진 왕이 어머니를 침대로 유혹하고
빰을 꼬집고 귀여운 생쥐라며
냄새나는 키스를 몇 번씩 해주거나
못된 손으로 목을 쓸어준다고
이 모든 일들을 낱낱이 설명하고
미친 게 아니라 미친 체하는 거라고
말하지 마세요. 알려주면 될까요?
아름답고 현철한 왕비가 저 두꺼비,
박쥐, 수괭이한테서 그런 중요한 일을
숨기겠어요? 누가 그래요?
아니죠. 명백한 비밀임에도 불구하고
지붕에서 새장을 열어서 새를 놔준
속담의 원숭이처럼 어찌 되나 보려고
새장에 들어가서 목을 부러뜨리나요?[58]

거트루드 안심해라. 사람 말은 숨에서 나오고
숨은 목숨에서 나온다면 네 말을
숨으로 쉬어버릴 목숨이 없어.

햄릿 잉글랜드로 가야 돼요. 아세요?

거트루드 어머, 잊었었네. 그렇게 결정됐어.

햄릿 이 사람 때문에 서둘러 보내겠죠.
시신을 옆방으로 끌어다 놓겠어요.
안녕히 주무세요. 이 수다쟁이는
지금에야 잠잠하고 엄숙하군요.
생전에는 바보처럼 지껄이는 놈이었죠.
그럼 너하고 거래를 끝내러 가자.

[햄릿이 폴로니어스를 끌고 가며 퇴장]

## 4. 1

[클로디어스와 거트루드 등장]

클로디어스 그런 한숨과 깊은 탄식에 뜻이 있소.
해석을 해야 하오. 알아낼 필요 있소.
당신 아들 어디 있소?

거트루드 오, 여보, 오늘 밤 내가 뭘 봤나요!

클로디어스 오, 거트루드! 햄릿은 잘 있소?

거트루드 바다와 바람이 누구 힘이 더 강한지
다투듯 미쳤네요. 광기 발작 중에서
벽걸이 뒤에서 무엇이 움직이자
칼을 획 뽑더니 "쥐, 쥐." 하고 소리치며
정신이 나가서 숨어 있던 노인을
죽이고 말았어요.

클로디어스 오, 슬픈 일이오!
내가 거기 있었다면 당했을 테지.
그 애의 방종은 당신과 내게도,
누구에게도, 커다란 위협이 되오.
오, 끔찍한 이 일을 어떻게 수습하나?
우리에게 책임이 돌아오기 마련이오.
미친 그 애를 나다니지 못하게
손을 써야 했지만 사랑이 너무 커서
적절한 방법을 알려고 하지 않고
몹쓸 병의 임자처럼 남이 모르게
쉬쉬하다가 생명의 골수까지
갉아먹게 했구려. 어디로 갔소?

거트루드 자기가 죽인 시신을 치우러 갔어요.
그 사람을 보더니 저질 광석 사이의
노다지처럼 광증이 깨끗이 가셔
자기가 했던 짓을 슬퍼하고 있어요.

클로디어스 오, 거트루드, 우린 그만 갑시다!
해가 저 산에 비치기 무섭게
배에 태워 보내겠소. 이 악한 짓을
내 모든 위엄과 지략으로 대처하고
무마할 테요. 여기 보라, 길던스턴!
[로전크랜츠와 길던스턴 등장]
친구들과 협조할 사람들과 합세하라.
햄릿이 미쳐서 폴로니어스를 죽이고
모친의 방에서 시신을 끌어갔다.
햄릿을 찾아라. 좋은 말로 대하고
시신은 예배당에 모셔라. 서둘러라.

[로전크랜츠와 길던스턴 퇴장]

58 새를 담은 바구니를 지붕 위에 가지고 올라가 뚜껑을 열자 새들이 날아가는 것을 본 고양이가 자기도 날아가려고 바구니에 들어갔다가 지붕에서 떨어져서 목을 분질렀다는 이야기가 있었다.

거트루드, 현명한 친구들을 불러서
내 계획과 뜻밖에 생긴 일을
모두 알려주겠소. 자, 그만 갑시다!
갈등과 염려로 머리가 어지럽소. [둘 퇴장]

## 4. 2

[햄릿 등장]

햄릿 안전하게 처리했다.

신사들 [안에서] 왕자님! 햄릿 왕자님!

햄릿 무슨 소린가? 누가 날 불러? 아, 오누나.

[로전크랜츠, 길던스턴, 기타 등장]

로전크랜츠 시신을 어찌하셨습니까?

햄릿 흙과 섞었지. 흙과 친척 간이니까.

로전크랜츠 어디 있는지 알려주세요. 예배당으로 모셔 가게요.

햄릿 절대로 믿지 마라.

로전크랜츠 믿다니요?

햄릿 내가 너희 비밀은 지키고 내 비밀은 못 지킬 거라고 믿지 말란 말이다. 게다가 간신이 묻는 건데 왕의 아들이 어떻게 대답해야 돼?

로전크랜츠 왕자님, 저를 간신으로 보십니까?

햄릿 암. 왕의 얼굴과 보답과 권세를 빨아먹는 해면 같은 간신이지. 하지만 그런 일꾼이 결과적으론 왕에게 큰 도움이 돼. 원숭이가 사과를 우선 입안에 넣고 나중에 삼키려고 물고 있듯이 너희를 옆에 놔둬. 너희가 수집한 게 필요할 때는 너희를 짜기만 하면 되거든. 해면 같은 것들이라 다시 바짝 말라.

로전크랜츠 무슨 뜻인지 모르겠군요.

햄릿 그래서 잘됐다. 똑똑한 말은 멍청이의 귀에서 잠자는 법이지.

로전크랜츠 저희에게 시신이 어디 있는지 알려주시고 저희와 함께 전하께 가셔야 합니다.

햄릿 몸은 왕과 함께 있지만, 왕은 몸과 함께 있지 않아. 왕은 하나의 사물로서—

길던스턴 사물요?

햄릿 아무것도 아니다. 나를 왕한테 데려가라. 여우야, 숨어라. 모두들 따라가라. [햄릿 급히 퇴장. 나머지가 따라간다.]

## 4. 3

[클로디어스 등장]

클로디어스 왕자를 찾으라 했고 시신도 찾으라 했다.
마구 돌아다니니 몹시 위험하다.
그래서 강력히 국법을 행할 수 없다.
얼빠진 민중이 왕자를 사랑하여,
판단력을 거절하고 눈으로 사랑한다.
이런 상황에서는 범죄 아닌 징벌이
문제 된다. 공정을 가장하려면
심사숙고한 결과 이렇게 급파한다는
인상을 줘야 한다. 절망적인 질병은
절망적인 처방으로 치유하거나
진작부터 포기함이 당연지사다.

[로전크랜츠 등장]

로전크랜츠 시신을 두신 곳을 왕자님에게서
알아내지 못했습니다.

클로디어스 왕자는 어디 있는가?

로전크랜츠 경호 중에 밖에 있고 하명을 기다립니다.

클로디어스 내 앞으로 불러와라.

로전크랜츠 어이, 길던스턴, 모셔 들여라.

[햄릿과 길던스턴 등장]

클로디어스 얘, 햄릿, 폴로니어스가 어디 있냐?

햄릿 저녁상에요.

클로디어스 저녁? 어디서?

햄릿 먹는 게 아니라 먹히는 데요. 정략적인 벌레들이 한데 모여 지금 막 덤벼들고 있어요. 음식엔 벌레가 유일한 황제죠. 우리 몸을 살찌우기 위해서 온갖 짐승을 살찌게 해요. 살찐 왕과 여윈 거지는 코스가 다른 음식에 지나지 않죠. 두 가지 요리지만 한 식탁에 올라요. 이상 끝.

클로디어스 아아! 아아!

햄릿 왕의 살을 먹은 벌레로 고기를 낚을 수 있고 그 벌레를 먹은 고기를 먹을 수 있네요.

클로디어스 그게 무슨 뜻인가?

햄릿 아무것도 아니고 왕이 거지의 창자 속으로 위세 좋게 지나갈 수 있다는 것뿐이죠.

클로디어스 폴로니어스는 어디 있나?

햄릿 천국에요. 만나려면 거기로 사람을 보내세요. 거기서 전령이 못 찾으면 왕이 손수 다른 데서 찾아보세요. 하지만요, 이 달 안에 못 찾으면 복도로 올라가는 충계에서 그자의 냄새를 맡을 수 있어요.
클로디어스 [시종들에게] 거기서 찾아봐라.
햄릿 올 때까지 기다리겠다. [시종들 퇴장]
클로디어스 햄릿, 네가 저지른 이 일에 대해
내가 심히 근심하고 안타까이 여기는데
특별히 네 안전을 고려하여 너를 속히
보내야 한다. 그러니 준비해라.
배가 준비되었고 바람도 순풍이며
친구들도 기다리니 모두 잉글랜드로
떠날 채비가 돼 있다.
햄릿 잉글랜드요?
클로디어스 그렇다, 햄릿.
햄릿 좋아요.
클로디어스 물론이다, 네가 내 뜻을 이해한다면.—
햄릿 왕의 뜻을 살피는 천사가 뵈는군요. 그럼 잉글랜드로!
안녕히 계세요, 사랑하는 어머니.
클로디어스 사랑하는 아버지다, 햄릿.
햄릿 어머니죠. 아버지와 어머니는 남편과 아내인데
남편과 아내는 한 몸이죠. 따라서 어머니요.
그럼 잉글랜드로! [퇴장]
클로디어스 속히 따라가 승선을 유도해라.
지체 마라. 오늘 밤에 떠나는 것을 보겠다.
속히 가라. 관련된 모든 일이 확정되고
결정됐다. 서둘러 속히 하라. [클로디어스 외에 모두 퇴장]
잉글랜드여, 내 호의를 조금만 중시해도
막강한 내 힘을 의식하고 있을 테니,
덴마크의 칼을 맞은 너의 상처는
아직도 쓰리고 붉으며 두려움에서
나에게 복종하는 만큼, 내 명령을 무심히
지나치지 못하리라.[59] 분명히 밝혔으며
문자로써 그 시행을 엄히 요청한 대로
잉글랜드 왕, 햄릿을 즉석에서 처분하라.
놈은 나의 핏속에서 열병처럼 발호한다.
나의 병을 고쳐 달라. 그때까지는
운수가 어떻든 내 기쁨이 시작되지 못한다. [퇴장]

## 4. 4

[포틴브라스가 군대를 거느리고 등장[60]]
포틴브라스 부대장, 덴마크 왕에게 인사를 전하라.
허락에 따라 포틴브라스가 덴마크 영토 위로
약속된 행군을 향도하여줄 것을
요청한다고 일러라. 당신도 알고 있다.
왕이 나에게 볼일이 있다고 하면
내가 직접 만나서 인사드릴 터이다.
그렇게 알려라.
부대장 그리하겠습니다.
포틴브라스 겁내지 말고 가라. [모두 퇴장]

## 4. 5

[거트루드와 호레이쇼 등장]
거트루드 그 애하고는 말하지 않겠다.
호레이쇼 자꾸만 조릅니다.
정말 돌았어요. 가련한 상태지요.
거트루드 무얼 원하는데?
호레이쇼 아버지 얘기를 많이 하며 세상에
음모가 있단 말이 들린다며 중얼대고
가슴을 치며 걸핏하면 화를 내고
알쏭달쏭한 말을 지껄이지요.
하지만 조리 없는 말일지라도
듣는 사람 나름대로 말을 이어서
이럭저럭 말뜻을 짐작해 봐요.
눈짓, 몸짓, 고갯짓이 나타내는 말뜻은
확실치 않지만 무척 안 좋은 일이
있을 거란 느낌을 받게 되어요.
거트루드 말하는 게 좋겠어. 뭣이든 나쁘게 보는
자들한테 억측을 퍼뜨릴지 모르니까.
들어오라고 해.
[호레이쇼가 오필리아를 들어오게 하려고
무대 뒤쪽으로 간다.]
[방백] 병든 내 영혼이 죄악이 본시 그렇듯
작은 일도 큰 불행의 전조로 여겨.
죄책감은 남에 대한 불신을 못 감추고

59 9세기에 잉글랜드는 바이킹 강국인 덴마크에 조공을 바치는 나라였다.
60 2막 2장 76행 이하에서 젊은 포틴브라스가 폴란드를 공격하기 위해 덴마크 영토 위로 행군할 것을 허락받는다.

드러날까 겁을 내다가 저절로 드러낸다.

[오필리아가 루트를 연주하며 머리를 늘어뜨린 채 노래하며 등장]

오필리아 덴마크의 아름다운 왕비님은 어디 계셔요?

거트루드 어찌 지내냐, 오필리아?

오필리아 [노래한다]

당신의 진실한 사랑을 다른 사랑과
어떻게 구별할 수 있을까요?
조개껍질 모자와 지팡이와 샌들을 보면[61]
내 애인인 줄 알 수 있어요.

거트루드 아아, 예쁜 아가씨, 그 노래가 무슨 뜻이니?

오필리아 것도 몰라요? 그럼 자세히 들으셔요.

[노래한다.]

그분은 죽어서 가버렸어요.
죽어서 가버렸어요.
머리맡엔 파란 풀이 덮여 있고요.
발부리는 돌에 덮였죠.

[한숨을 쉰다.]

거트루드 하지만, 얘, 오필리아.

오필리아 잘 들어 보세요.

[노래한다.]

산 위의 눈처럼 새하얀 수의—

[클로디어스 등장]

거트루드 아아, 전하, 여기 보셔요.

오필리아 [노래한다.]

예쁜 꽃에 덮여서
진실한 사랑의 비를 쏟으며
무덤으로 가지 않았죠.

클로디어스 우리 예쁜이, 너 괜찮으냐?

오필리아 좋아요. 고마워요! 부엉이가 빵 굽는 사람의 딸이었다 하데요. 세상에. 우리가 뭔지 우린 알고 있지만 뭐가 될진 몰라요. 고맙게 먹겠어요!

클로디어스 아버지 생각을 하누나.

오필리아 우리 이런 얘기는 하지 말아요. 하지만 남들이 그게 무슨 뜻이냐고 물으면 이렇게 말하세요.

[노래한다.]

"내일은 거룩한 밸런타인데이여서
아침 일찍 일어나
당신의 밸런타인이 되려고 당신네 집
창가에 서 있는 처녀예요."
그랬더니 그이는 일어나 옷을 입고
방문을 열어젖히고
처녀를 불러들였는데 나올 때는
처녀가 아니었네요.

클로디어스 귀여운 오필리아—

오필리아 그럼 정말 얌전한 말씨로 끝내겠어요.

[노래한다.]

예수님과 거룩한 사랑에 걸어
아아, 창피한 일이에요!
기회만 생기면 젊은이는 그런대요.
정말이지 욕먹어 싸요.
그녀가 말하길 "나를 옆에 뉘기 전에
당신은 결혼을 약속했어요."
"해에 걸어 맹세코 정말 그랬을 거야.
네가 침대로 오지 않았다면."

클로디어스 언제부터 저렇게 됐나?

오필리아 모두 잘되길 빌어요. 당연히 참아야죠. 하지만 그분을 차가운 땅속에 묻었단 생각을 하면 울 수밖에 없어요. 오빠에게 알려야죠. 그래서 선생님이 말을 잘해 주셔서 고마워요. 자, 내 마차 가져와. 귀부인들, 안녕히 주무세요. 정다운 아씨들, 안녕히 주무세요. 안녕, 안녕. [퇴장]

클로디어스 바짝 따라가라. 감시 잘 해라. [호레이쇼 퇴장]
오, 이를 일러 깊은 슬픔의 독이라 하오.
모두가 아버지 죽음에서 생겨났구려.
슬픈 일이 생길 때는 전초병이 아니라
대군이 몰려와요. 처음엔 부친이 죽고
다음엔 광란의 주인공인 아들이 갔소.
자초한 추방이오. 판단이 모자란 민중은
폴로니어스의 죽음에 대해서
생각이 흐리고 불온하여 수군대는데
우리가 멋모르고 허겁지겁 묻었고
불쌍한 오필리아는 정신이 나갔소.
판단력을 잃으면 인형이나 짐승이오.
끝으로 이 모든 요인을 집결하듯이
그녀의 오빠가 비밀리에 돌아와
민중의 의심을 일으키며 칩거하는데
부친의 죽음에 관해 나쁜 소리로

61 당시 성지 순례를 마치고 돌아오는 이의 전형적 복장. 성지 순례자처럼 연인 '순례자'도 있는 것처럼 시에서 읊었다. 셰익스피어의 시 「열정의 순례자」 참조.

그의 귀를 전염시킬 소문이 적지 않소.
근거가 없으니 아무 제재도 없이
이 귀에서 저 귀로 내 욕을 하오.
오, 여보, 거트루드, 이 모든 일들이
산탄총처럼 여기저기 상처를 입혀
왕인 내가 조금씩 죽는 것 같소.
[안에서 소란. 전령 등장]
거트루드 어머, 이게 웬 소리야?
클로디어스 경호대 어디 있나? 문을 지키라 하라.
무슨 일인가?
전령 전하, 피하십시오.
방파제를 뛰어넘어 평지를 삼키는
바다보다 거세고 빠르게 리어티스가
난동자들 앞에 서서 전하의 부하들을
물리치며, 군중이 그를 전하라 하고
세상이 방금 시작된 듯이, 모든 말의
기준이며 기둥인 오랜 전통, 관습을
잊거나 모르는 듯, "우리가 택하자!
리어티스를 왕으로 삼자"라 외치고
"리어티스를 왕으로, 왕으로." 하며
모자와 손과 목청을 구름까지 뻗칩니다.
[안에서 소란한 소리]
거트루드 엉뚱한 쪽으로 열나게 짖고 따르네!
반대쪽이야, 덴마크에 반역하는 개들아!
클로디어스 문짝들이 부서졌소.
[리어티스가 추종자들과 함께 등장]
리어티스 왕 어디 있어? 모두 밖에 계시오.
추종자들 모두 우리도 들어가겠소.
리어티스 제발 나가 주시오.
추종자들 모두 나갑시다, 그럽시다.
리어티스 고맙소. 문을 지키시오. [추종자들 퇴장]
오, 너 악한 왕,
내 아버지 내놓아라.
거트루드 [리어티스를 말리며] 진정해라, 리어티스.
리어티스 내 피가 조용하면 나는 사생아고
아버지는 오쟁이 졌고[62] 어머니의
깨끗한 이마 바로 여기다 창녀라고
낙인찍는 짓이다.
클로디어스 리어티스, 이처럼
반역이 거창하니 무엇이 이유인가?
—놔둬요, 거트루드. 내 걱정 말아요.
신의 권능이 왕을 감싸고 있어서
반역이 일을 벌이려고 들여다보고
행하진 못해요.—리어티스, 말해라.
왜 이리 화내는지.—여보, 놔두라니까.—
자, 말해라.
리어티스 내 아버지 어디 계셔?
클로디어스 죽었다.
거트루드 하지만 왕이 하신 게 아니야.
클로디어스 속 시원히 물어보라고 해요.
리어티스 어떻게 죽으셨어? 속임수에 안 넘어가.
충성은 지옥에, 서약은 마귀에게 가라.
양심과 은총은 지옥 바닥에 떨어져라.
저주도 안 무섭다. 단단히 결심했다.
세상도 내세도 어떻게 되든 상관없어.
단지 아버지 원수를 철저히 갚겠다는
마음뿐이다.
클로디어스 누가 말려?
리어티스 내 의지뿐이다. 온 세상도 못 말려.
경제적 뒷받침은 잘 아껴 써서
작지만 오래 가게 할 테다.
클로디어스 착한 리어티스,
부친의 죽음에 대해 확실하게 알고 싶으면
노름에서 내 편 네 편 가리지 않듯
친구, 원수, 승자, 패자 안 가리겠다고
복수의 계획에 기록했나?
리어티스 원수뿐이다.
클로디어스 그러면 원수들을 알고 싶나?
리어티스 친구에겐 이렇게 팔을 넓게 벌리고
목숨을 연장시키는 펠리컨처럼[63]
피를 먹여 주겠소.
클로디어스 이제야 착한 아들,
올바른 신사처럼 말을 하누나.
내가 네 아버지 죽음과 무관하며
그 일로 매우 슬퍼한다는 사실이
햇빛이 네 눈을 찌르듯 네 판단을

62 부인이 간통하면 남편의 이마에 뿔이 돋는다는 (우리말로는 오쟁이 진다는) 우스갯말이 있었다.
63 펠리컨은 죽어가는 새끼에게 제 피를 먹여서 살릴 수도 있다는 말이 있었다.

똑바로 찌를 게다.

[안에서 소란한 소리]

목소리들 [안에서] 들여보내라.

[오필리아가 꽃들을 손에 들고 노래하며 등장]

리어티스 왜 그런가? 저게 무슨 소리지?
오, 분노! 내 골을 말려다오! 짜디짠 눈물이
눈의 감각 기능을 태워버려라!
아아, 미친 너에 대해 저울대가 이쪽으로
기울 때까지 무겁게 갚을 테다. 5월의 장미,
귀여운 처녀, 착한 누이, 꽃다운 오필리아!
아아, 가련하다, 젊디젊은 처녀의 정신이
노인의 목숨처럼 짧아야 하겠는가?
인간의 본성은 사랑할 때 어여쁘고
어여쁠 때 자신의 귀중한 일부를
사랑하는 사람에게 보낸다는데.—

오필리아 [노래한다.]
얼굴을 드러낸 채 영구에 실어 갔죠.
헤이 논 노니, 노니, 헤이 노니.[64]
그래서 무덤 위에 숱한 눈물 흘렸죠.
안녕히 가요, 내 비둘기.

리어티스 밝은 정신으로 복수를 부탁해도
설득이 이만큼 강할 수 없어.

오필리아 당신은 '아래로, 아래로'라고 불러야 해요. 그런데
당신은 '그를 아래로 불러'라고 해요.[65] 아, 후렴이
어울려요! 속 검은 청지기가 주인 딸을 훔쳤죠.

리어티스 뜻 없는 이 말이 진실 이상이오.

오필리아 [리어티스에게] 로즈메리예요. 기억을 뜻하죠.
사랑하는 분, 꼭 기억하세요. 그리고 팬지가 있어요.
생각을 뜻해요.

리어티스 미친 증세에 관한 교훈적 기록이오. 생각과 기억을
적절히 나타내오.

오필리아 회향은 당신 거예요. 그리고 매발톱[66]도요. 내가 가질
꽃도 좀 있네. '주일의 향초 은혜'라고 불러도 돼요. 오,
운향[67]은 좀 별다르게 달아야 해요. 구절초가 있네요.
당신한테는 제비꽃을 주고 싶은데 우리 아빠가 돌아가셨을
때 모두 시들었어요. 사람들이 말하길, 아빠는 임종이 아주
좋았다고 하데요.

[노래한다.]
어여쁜 로빈은 내 모든 기쁨.

리어티스 슬픔, 걱정, 괴로움, 지옥까지도
좋은 것, 예쁜 것으로 만드누나.

오필리아 [노래한다.]
그럼 그이는 다시 오지 않나요?
그럼 그이는 다시 오지 않나요?
못 와요, 죽었어요.
당신 죽을 자리에 가세요.
그이는 다시 오지 않아요.
그이 수염은 눈처럼 희고
머리는 백발투성이였죠.
갔어요, 갔어요.
한숨도 쓸데없어요.
하느님, 그 영혼에 자비를
모든 기독교인 영혼에 축복 내리길. 안녕. [퇴장]

리어티스 오, 하느님, 이 꼴을 보십니까?

클로디어스 리어티스, 네 슬픔에 동참하겠다.
허락하지 않으면 내 권리를 빼앗는 것이다.
똑똑한 친구 중에서 마음대로 골라서
너와 나의 말을 듣고 판단케 하라.
내가 직접적, 또는 간접적인 수단으로
연루된 사실이 밝혀지면, 내 왕국,
내 왕관, 내 목숨, 내 것이라 할 모든 것을
네게 주어 보상하지만, 그렇지 않다면
내게 너의 인내심만 빌려주면 끝나니
나는 너의 복수심과 힘을 합쳐 노력하여
합당한 만족을 주겠다.

리어티스 그렇게 해요.
어떻게 죽으시고 쉬쉬하며 묻었는지,
유해 위에 기념비와 검과 판석도 없고
장중한 의식, 엄숙한 장례식이 없었는지
하늘이 땅에 외치듯 의문이 생기니
물을 수밖에 없어요.

클로디어스 가르쳐 주겠다.
죄 있는 자에게 도끼를 내리찍자.
자, 나와 같이 가자. [둘 퇴장]

64 뜻 없는 후렴 가락. 이 슬픈 노래에는 어울리지 않는다.
65 역시 노랫가락.
66 회향(fennel)과 매발톱(columbine)의 꽃말은 "속이는 아첨꾼"이었다. 이 꽃들을 클로디어스에게 준다.
67 운향은 쓴맛의 약초로서 슬픔과 후회를 나타낸다. "주일의 향초 은혜"라고도 했다.

## 4. 6

[호레이쇼와 하인 등장]

호레이쇼 나와 말을 하겠다는 자들이 누구인가?

하인 선원들인데요, 선생께 오는 편지가 있답니다.

호레이쇼 들여보내라. [하인 퇴장]
왕자님이 아니라면 지상 어느 구석에서
그렇게 편지를 보낼는지 알 수 없지.

[선원들 등장]

선원 1 하느님께 복 받으세요.

호레이쇼 당신도 복 받으세요.

선원 1 하느님 뜻이라면 복을 내리시겠죠. 선생님께 편지가 있습니다. 잉글랜드로 가시던 대사님한테서 오는 겁니다. 성함이 호레이쇼라면 말입니다. 그렇게 알고 있습니다만.

호레이쇼 [편지를 읽는다.] “호레이쇼, 이 편지를 훑어본 다음에 이 사람들을 왕에게 데려가도록 하라. 이들은 왕에게 가는 편지를 가지고 있다. 우리가 바다에 나간 지 이틀이 되었을 때 매우 호전적인 장비를 갖춘 해적선이 우리를 추격했다. 우리 배가 너무 느리다는 것을 알고 우리는 용기를 낼 수밖에 없었다. 백병전 와중에서 나는 해적선에 뛰어올랐다. 그 순간 해적선은 우리 배와 떨어지게 되어서 나만 그들의 포로가 되었다. 그들은 자비로운 도둑인 양 나를 대했다. 내가 그들에게 좋게 보상하리라는 속셈이 있는 까닭이었다. 내가 보내는 편지를 왕에게 전해 달라. 그리고 너는 죽음에서 도망치듯 전속력으로 나에게 달려와라. 네 귀에 대고 해줄 말이 있다. 들으면 기가 막힐 것이다. 하지만 이 말은 사실의 중요성에 비추어 너무도 가벼운 말이다. 이 친구들이 너를 나 있는 데로 데려올 것이다. 로전크랜츠와 길던스턴은 잉글랜드로 가던 길을 계속 가는 중이다. 그들에 대해서 해줄 얘기가 많다. 잘 있어라.
네가 알 듯 너의 것인,
햄릿.”
이 편지 전할 길을 알리겠으니,
되도록 빨리 끝내고 이 편지 보낸 이에게
나를 인도해 가오. [모두 퇴장]

## 4. 7

[클로디어스와 리어티스 등장]

클로디어스 이제 너의 양심은 내 무죄를 확정하고
나를 너의 마음의 친구로 품어야 한다.
총명한 너의 귀로 고귀한 네 부친을
살해한 그자가 내 목숨도 노렸음을
알게 됐구나.

리어티스 확실합니다. 그러나
그처럼 악랄하여 죄질이 사형감인데
왜 그 짓을 고발하지 않으셨어요?
안전과 지혜와 기타 모든 면에서
무척 큰일을 당하셨는데.

클로디어스 오, 두 가지
특별한 이유가 있지. 네가 보면 대단히
미약할 수 있으나, 내게는 매우 강력해.
모친인 왕비는 아들의 눈치만 보며
사는 판인데, 나 자신은, 선인지 악인지
아무래도 좋지만, 왕비는 내 생명과 영혼에
직결됐으니만큼, 궤도를 떠나지 못하는 별처럼
그녀에게 매어 있다. 또 다른 이유는,
민중이 그를 몹시 사랑하여 공공연히
심판하는 자리에 못 간다는 사실이다.
그자는 모든 죄를 그들의 애정에 담가
나무를 돌멩이로 만드는 샘물처럼[68]
결함을 미덕으로 변화시킨다. 그래서
내 화살은 그처럼 세찬 바람 뚫기엔
너무나 가벼워서 겨냥한 대로 못 가고
다시 나의 활로 돌아오는 형국이었다.

리어티스 그래서 저는 귀하신 아버지를 잃었고
누이는 절망적인 상태로 밀려갔군요.
예전의 칭찬을 다시 쓰자면, 그 애는
모든 점이 완전하여 모든 세대 가운데
견줄 자가 없었어요. 복수할 텝니다.

클로디어스 그렇다고 자는 걸 설치지 마라.
나는 남이 겁 없이 수염을 잡아채도

68 석회암 지대인 잉글랜드는 샘물에 석회암이 녹아 있어 물속에 나무를 넣으면 그 표면에 석회 성분이 덮여 그 나무가 돌처럼 단단해진다고 한다.

장난으로 여길 만큼 천하고 우둔한
물건이 아니다. 곧 더 들려주겠다.
나도 네 부친을 사랑했고 나 자신을 사랑한다.
그만하면 너 역시 상상할 수 있겠지.
[전령이 편지들을 가지고 등장]
뭔가? 무슨 일인가?

전령 왕자님의 편집니다.
이것은 전하께, 이것은 왕비께 갑니다.

클로디어스 햄릿에게서? 누가 가져왔는가?

전령 선원이라고 합니다. 저는 만나지 못했습니다.
클로디오가 받아서 저에게 주었습니다.

클로디어스 리어티스, 네게도 들려주겠다.
그럼 가봐라. [전령 퇴장]
[읽는다.]
"높으시고 강력하신 전하, 저는 헐벗은 채 전하의
왕국에 놓인 것을 알려드립니다. 내일 전하의 위엄
높으신 안전에 뵈올 것을 간청하며, 그때에 먼저
전하께 용서를 빌고 겸하여 저의 돌연하고 그보다
더욱 기이한 귀환의 경위를 말씀드리겠습니다.
햄릿 배상."
이게 무슨 뜻인가? 모두 돌아왔는가?
또는 무슨 장난이라 전혀 사실무근인가?

리어티스 필체를 아십니까?

클로디어스 햄릿의 글씨다.
"헐벗은 채"라니.—
그리고 여기 추신에 "홀로"라 했다.
무엇인지 말할 수 있는가?

리어티스 감감합니다. 하지만 올 테면 오래요.
제가 살아서 그자의 면상에 대고
'네가 이렇게 했다'고 외칠 수 있다니
마음의 아픔이 뜨겁습니다.

클로디어스 그렇다면—
뜨거울 테지. 그럴 수밖에 없어.—
내 말대로 하겠나?

리어티스 저더러 화해하란 말씀만 안 하신다면.—

클로디어스 자신과의 화해다.—여행을 중지하고
돌아왔다면 여행을 계속할 뜻이 없으니
햄릿을 부추겨서 일을 벌이게 하겠다.
계획이 서 있다. 햄릿은 그 과정에서
죽을 수밖에 없어. 그 죽음에 대해서는
어떠한 비난의 입김도 나오지 못하고
모친도 속임수를 탓하지 않고
불의의 사고로 보겠지.—두어 달 전에
노르망디 신사가 여기 왔었다.
프랑스인들을 나도 봤고 시합도 했는데
본시 승마에 능하지만 이 기사는
마술사 같았어. 안장에서 돋아난 듯
말을 어찌나 잘 부리는지 용맹스러운
짐승과 한 몸이 되어 말의 성질을
절반쯤 가진 듯했지. 너무나 놀라워서
나 자신이 모양과 재주를 꾸며낸대도
그 솜씨에 못 미쳐.

리어티스 노르만인이었죠?

클로디어스 응, 노르만인.

리어티스 라모르가 확실해요.

클로디어스 바로 그 사람이야.

리어티스 제가 잘 압니다. 그 사람은 프랑스의
장식이고 보물이지요.

클로디어스 그가 너에 대해 솔직히 말하더라.
너의 검법 기술과 실제에 대하여
특히 너의 장검술에 대하여 대가로서
보던 것을 말하면서 누구든 너와
시합할 수 있으면 볼 만할 거라고
감탄하더라. 이 말 듣고 햄릿은
질투로 달아올라 자기와 시합을
벌이기 위해 네가 속히 돌아오길
애타게 고대할 뿐이라고 하더라.
자, 이런 형편이라—

리어티스 그래서요?

클로디어스 리어티스, 네게 부친이 귀중했는가?
또는 슬픔의 그림처럼 마음이 없는
얼굴뿐인가?

리어티스 어째서 물으시죠?

클로디어스 부친을 사랑하지 않은 게 아니라
환경에 따라 사랑이 생기니까
실제의 경험으로 미루어볼 때
환경이 사랑의 열기를 식힌다는 말이다.
햄릿이 돌아와. 단지 말이 아니고
행동으로 네가 아버지의 아들임을
어떻게 보이겠나?

리어티스 예배당에서 목을 따죠.

클로디어스 어떤 장소도 살인자를 보호하면 안 돼.

복수는 한계를 지킬 수 없어.
이렇게 하겠나? 집 안에 박혀 있어라.
돌아온 햄릿에게 너의 귀국을 알리겠다.
너의 검술을 찬양할 자들을 시켜서
프랑스인의 칭찬을 두 배로 부풀리겠다.
그래서 싸움을 붙여서 너희 머리로
내기 걸겠다. 조심성이 없는 데다가
대범하고 남의 계교를 의심치 않아
칼을 살피지 않을 테니, 네가 쉽게,
또는 눈속임으로, 무디지 않은 칼을
골라잡아라. 그래서 모략의 칼로
원수를 갚아라.

리어티스 그렇게 하겠습니다.
목적을 위해서 칼에 약을 바르죠.
돌팔이한테서 독약을 샀는데 그것은
매우 맹독성이라 그 속에 칼을 담갔다가
피만 나게 만들면, 달밤에 채집하여[69]
효력이 강해진 약초로 만든 약도
살릴 수 없을 만큼, 스치기만 해도
치명적인 독이에요. 거기에 칼을 댔다가
조그만 상처를 내기만 하면
죽게 되어요.

클로디어스 좀 더 생각해보자.
시간과 수단이 어떠해야 이로우며
우리 둘의 계획에 알맞은지 따져보자.
서툰 짓 때문에 실패하여 계획이
탄로 날 것이라면 안 하는 것만 못하다.
그러므로 이 계획은 시험 중 폭발 시
막을 조치가 필요하다. —가만있자.
네 검술에 엄숙히 내기 걸고. —됐다.
너희가 시합 중 덥고 목마를 때—
그렇게 되게끔 강하게 덤벼라.—
그가 마실 것을 달랄 때를 대비해서
잔을 놓아 두겠다. 마시기만 하면
혹시 독 묻은 너의 칼을 피했다 해도
그것으로 목적은 달성된다.
[거트루드가 울면서 등장]
왜 그러오?

거트루드 슬픔이 꼬리를 물고 닥치는군요.
너무 빨리 따르네요. 네 동생이 물에 빠졌다.

리어티스 물에 빠졌어요? 어딘데요?

거트루드 개울 위로 비스듬히 버들나무가 자라고
거울 같은 냇물에 흰 잎이 비추는 곳.
동자꽃, 쐐기풀, 구절초, 자운영,
—입이 건 목동들은 상스럽게 부르지만[70]
얌전한 처녀들은 송장 손가락이라고 해.—
그런 꽃을 엮어 만든 화관을 들고 와서
늘어진 가지에 걸려고 올라갔는데
심술궂은 가지가 부러지는 바람에
들꽃의 화관과 함께 눈물짓는 개울에
떨어지고 말았어. 옷이 넓게 퍼져서
한참이나 인어처럼 물에 떠 있는 동안
자신의 불행을 깨닫지 못하거나
물속에 살거나 물에 사는 기관을 가진
생물처럼 옛 노래 몇 구절을 불렀어.
하지만 오래지 않아 물 먹은 무거운 옷이
불쌍한 그 애를 즐거운 노래에서
감탕 속 죽음으로 끌어당겼어.

리어티스 오, 그럼 그 애는 물에 빠져 죽었군요.

거트루드 빠져 죽었어. 빠져 죽었어.

리어티스 불쌍한 오필리아, 물을 너무 마셨구나.
그래서 눈물을 삼킨다. 하지만
인간은 이렇고 자연은 버릇을 못 고친다.
부끄러워도 상관없다.
[그가 운다.]
눈물이 다하면
내 속의 여자도 없다. 안녕히 계십시오.
불꽃으로 타오를 불같은 말이 있지만
못난 눈물이 꺼뜨립니다. [퇴장]

클로디어스 여보, 따라갑시다.
성을 가라앉히느라고 무진 애를 썼다오!
이 일로 분노를 다시 일으키겠지.
그래서 따라갑시다. [둘 퇴장]

69 독초는 달밤에 채취해야 가장 강한 독성을 띤다고 믿었다.

70 이 꽃 이름들의 몇 가지는 옮긴이가 갖다 붙인 것이다. 우리의 '상스런' 이름 중에 '개불알꽃' '며느리 밑씻개' '아기똥풀' 따위가 있다.

## 5. 1

[어릿광대 둘 등장. 첫 사람은 삽과 곡괭이를 들고 있다.]

어릿광대 1 제멋대로 구원을 받으려는 여자를 기독교식으로 묻어도 돼?

어릿광대 2 그래야 하는 게 내 말이야. 그러니까 당장 무덤을 파라. 이 여자에 대해서 검시관이 자세히 조사했어. 그 결과 기독교식 장례도 된대.

어릿광대 1 어째서 그렇다지? 여자가 절개를 지키려고 물에 빠져 죽었다면 모르지만.

어릿광대 2 그렇게 됐다잖아.

어릿광대 1 확실히 '정당방위'야. 다른 게 될 수 없어. 요점은 바로 이거야. 내가 알면서 물에 빠져 죽는다면 행위를 저지른 걸 말하는데, 행위란 행동하기, 행하기, 수행하기 등 세 가지야. 그런고로 그녀는 알면서 물에 빠져 죽었단 말이야.

어릿광대 2 하지만 이것 봐. 농사꾼 델버가—

어릿광대 1 잠깐만. 여기 물이 있다고 하자. 좋아. 여기 사람이 섰다고 하자. 좋아. 그 사람이 이 물에 와서 제 발로 빠진다고 하면 싫든 좋든 그 사람은 가게 돼. 잘 알아둬. 하지만 물이 와서 그 사람을 빠뜨리면 그 사람은 자살하는 게 아니야. 그런고로, 자기 죽음의 책임이 없는 자는 자기 목숨을 끊는 게 아니란 말씀이야.

어릿광대 2 한데 그게 법이야?

어릿광대 1 아무렴 법이고말고. 검시관의 조사법이란 거야.

어릿광대 2 너, 이번 일의 내막을 알고 싶어? 만일에 이 여자가 귀부인이 아니었다면 기독교식 장례하곤 관계없이 묻게 되겠지.

어릿광대 1 오, 거 정말 바른말이다. 높은 사람들이 이 세상에서 물에 빠지거나 목매어서 죽을 때 보통 기독교인보다 특권을 누리니까 더욱 안된 일이야. 자, 삽 어디 있냐? 애초에 꽃나무 돌보고 도랑 치고 무덤 파는 사람밖에 신사 양반이 따로 있었냐? 보통 사람들만이 아담이 하던 일을 계속하는 거라고.

[땅을 판다.]

어릿광대 2 그 사람 신사였냐?

어릿광대 1 신사란 증명[71]을 처음 가졌던 사람이지.

어릿광대 2 무슨 소리. 그땐 신사 증명이 없었어.

어릿광대 1 어, 너 이교도 아니야? 성경을 어떻게 이해하는 거야? 성경 말씀 가로되, 아담이 땅을 팠다고 돼 있어. 팔 없이 땅을 팔 수 있어? 든든한 팔이 신사란 증명 아니야? 너한테 다른 거 물어보겠다. 제대로 대답하지 못하면 너 스스로 자백하길.—

어릿광대 2 집어치워.

어릿광대 1 석공이나 조선공이나 목수보다 든든하게 짓는 사람이 누군지 알아?

어릿광대 2 교수대 만드는 사람. 교수대 틀은 천 사람이 거쳐 가도 그냥 남아 있으니까.

어릿광대 1 네 머리도 괜찮게 좋네. 정말이다. 교수대란 대답이 아주 좋았어. 한데 교수대가 어떻게 일하지? 못난 짓 하는 놈에게 잘난 짓 하는 거야. 그런데 교수대가 교회보다 든든하게 지었다고 한다면 잘못된 말이야. 그런고로 교수대가 너한테 잘해줄 거야. 자, 다시 겨루자.

어릿광대 2 석공이나 조선공이나 목수보다 든든하게 짓는 사람이 누구야?

어릿광대 1 말해봐. 속 시원하게 풀어놔.

어릿광대 2 당장에 말할 수 있어.

어릿광대 1 그러라고.

어릿광대 2 어, 말할 수 없네.

[멀리 햄릿과 호레이쇼 등장]

어릿광대 1 그런 거 알려고 골치 썩지 마. 멍청이 노새 같은 네 머리는 두드려 맞아도 느린 건 못 고쳐. 다음에 이런 문제가 나오거든 '무덤 파는 사람'이라고 대답해. 그런 자가 짓는 집이야말로 최후의 심판까지 갈 테니 말이야. 주막에 가서 술 한 병 받아 와. [어릿광대 2 퇴장]

[땅을 파며 노래한다.]

청춘 시절 연애할 때, 연애할 때는
기쁘게도 빨리 흘러가는 시간이
무척이나 달콤하게 여겨졌다네.
오, 마땅한 게 조금도 없었지.[72]

햄릿 무덤을 파면서 노래를 부르다니, 이자는 자기가 하는 일에 아무런 감정이 없나?

호레이쇼 습관이 돼서 꺼림칙한 게 없어요.

햄릿 그런 거 같아. 일을 별로 하지 않는 손이 감각이 더 예민해.

71 원문에는 "arms"라고 씌어 있는데 이 말은 '팔'이라는 뜻과 '가문의 문장'이라는 뜻을 동시에 가지고 있다. 신사는 물론 팔이 있고 또한 가문의 문장(신사 신분이라는 증명)이 있다는, 서로 다른 두 뜻을 가지고 말장난을 치는데 우리말로는 제대로 옮길 수 없어 이렇게 꾸며 보았다.

72 당시 인기 있던 노랫말을 마구 갖다 붙여 만들어낸 것이다.

어릿광대 1 [노래한다.]

하지만 나이가 야금야금 다가와서
나를 손아귀에 움켜쥐고
땅속으로 나를 꿍쳐 집어넣었지.
아예 청춘을 모른 놈처럼.

[해골을 한 개 던져 올린다.]

햄릿 저 해골도 속에 혀가 있어서 한때는 노래를 부를 수도 있었겠지. 녀석이 처음 살인을 저지른 가인의 턱뼈인 듯 해골을 땅바닥에 동댕이치는 걸 봐. 지금 이 멍청이가 좌지우지하는 게 혹시 어떤 정치가의 머리통인지도 몰라. 하느님을 속이려 했던 놈일 수도 있지 않아?

호레이쇼 그럴지도 모르죠.

햄릿 또는 '안녕하십니까요, 다정하신 대감님? 어찌 지내시나요, 좋으신 대감님?' 하던 궁정인이었거나. 이게 모모 귀족의 말이 탐나서 그 말을 칭찬했다는 모모 귀족일 수도 있어. 안 그래?

호레이쇼 예, 그렇습니다.

햄릿 정말 그럴 거야. 지금은 '벌레 부인'의 차지가 돼서 얼굴도 없이 묘지기 삽에 머리통이 채여 다니지. 우리가 보는 능력만 있다면 멋진 변화야. 이런 뼈다귀들이 기껏 교육받았다는 게 저런 자들과 막대 던지기 놀이를 할 정도밖에 안 됐나? 그걸 생각하면 내 뼈가 쑤셔.

어릿광대 1 [노래한다.]

곡괭이와 삽자루, 삽 한 자루와
그리고 수의를 가져와라.
오, 흙구덩일 만들어야지,
그런 손님에게 어울리도록.

[다른 해골을 던져 올린다.]

햄릿 해골이 또 있군. 저게 변호사의 해골이 아니란 법이 있나? 교묘한 궤변, 말재간, 사건 수임, 재산권, 술수들은 다 어디 갔나? 지금 이런 무례한 녀석이 더러운 삽으로 머리통을 치고 굴려도 어째서 잠잠히 있으면서 구타 죄로 고발할 거라고 으르지 않는가? 음, 이자는 당시에 담보물, 차용증서, 합의서, 중복 영수증, 재산 반환 증명[73] 따위를 수단으로 하여서 막대한 토지를 얻었을지 몰라. 그래서 그 잘난 머리통에 고운 흙이 가득 찬 게 그자의 '우호적 합의'의 종말이며 토지 거래의 이득이란 말인가? 이제 그자의 영수증들이, 중복 영수증까지, 두 장의 계약서의 길이와 넓이만 한 무덤 이상 그자의 토지 매입을 증명할 수 있는가? 그자의 토지의 양도 문서 자체가 관 속에 들어 있지 않을 테고, 소유자 자신도 못 가질 테지. 안 그래?

호레이쇼 전혀 못 가질 테죠.

햄릿 양피지란 양가죽으로 만드는 거 아닌가?

호레이쇼 예. 송아지 가죽으로도 만듭니다.

햄릿 그따위에다 소유의 확실성을 두려는 자는 양이나 송아지와 마찬가지야. 이 녀석에게 말을 걸겠다. 이봐, 이게 누구 무덤인가?

어릿광대 1 제 겁니다요.

[노래한다.] 오, 진흙 구덩이를 만들어주소.
그러한 손님에게 알맞은 거요.

햄릿 과연 네 무덤이다. 지금 그 속에 있으니.

어릿광대 1 당신은 밖에 있으니까 당신 것이 아니오. 나는 이 속에서 거짓말을 안 하는데 확실히 내 거요.

햄릿 그 속에 있다고 제 거라고 하니까 거짓말이야. 그건 산 자 아닌 죽은 자를 위한 거지. 그러니 거짓말이야.

어릿광대 1 살아 있는 거짓말이오. 나한테서 당신한테 다시 날아갈 게요.

햄릿 어떤 남자 무덤인가?

어릿광대 1 남자 아니오.

햄릿 그럼 어떤 여잔가?

어릿광대 1 둘 다 아니오.

햄릿 묻힐 자가 누군데?

어릿광대 1 한때 여자였던 사람이죠. 하지만 죽었어요. 고이 잠들길.

햄릿 녀석, 아주 논리적인데! 말을 정확하게 해야겠어. 잘못했다간 알쏭달쏭한 말솜씨에 망신당할 판이야. 호레이쇼, 지난 3년간 눈여겨서 보았는데 세상이 어찌나 세련됐는지 농사꾼 발가락이 궁정인 발뒤축에 닿는 바람에 발뒤축 동상을 건드리는 판이야. —묘 파기 얼마나 오래 했나?

어릿광대 1 일 년 삼백 예순 날 중에 저번 우리 임금님 햄릿 왕이 포틴브라스에게 이기시던 바로 그날부터 시작했소.

햄릿 그게 얼마나 됐지?

어릿광대 1 그것도 모르슈? 바보도 그건 알아요. 햄릿 왕자가 내쳐지던 날이오.—미쳤기 때문에 잉글랜드로 보낸 사람 말이오.

햄릿 그렇구먼. 왜 잉글랜드로 보냈지?

73 이들 대차 관계를 나타내는 증서들은 우리말로 적절히 옮길 수 없다.

어릿광대 1 미쳤으니까 당연해요. 거기서 제정신이 들겠죠. 안
그래도 거기서는 별 문제 아니지만.

햄릿 어째서?

어릿광대 1 거기선 눈에 띄지 않으니까요. 거기 사람들은
모두 그만큼 미쳤으니까.

햄릿 어쩌다가 미쳤나?

어릿광대 1 아주 이상하게 그리됐다는군요.

햄릿 뭐가 그리 이상한가?

어릿광대 1 제정신을 잃었다는 거지요.

햄릿 그 이유가 어디 있나?

어릿광대 1 그야 물론 여기 덴마크죠. 여기서 아이 때부터
어른이 되기까지 30년이나 묘지기 했죠.

햄릿 사람은 얼마나 오래 묻히면 썩는가?

어릿광대 1 죽기 전부터 썩지 않았다면 말이죠.—요즘은
무덤에 성한 채 넣지 못할 만큼 문드러진 시체가
많으니까요.—아마 팔구 년 갈 겁니다. 피장이는
9년은 가요.

햄릿 왜 남보다 오래 가나?

어릿광대 1 그야 물론 직업상 살가죽 처리가 잘돼서
상당히 오랫동안 물을 막아내니까요. 물이야말로
그 망할 시체를 마구 썩히는 놈이죠. 지금 여기
해골이 있네요. 이십삼 년 동안 흙 속에 묻혔던
거요.

햄릿 누구 해골인가?

어릿광대 1 그 망할 미친 자식 거였죠. 누구 거라고
생각해요?

햄릿 모르겠는데.

어릿광대 1 그 미친 자식한테 염병이나 콱 씌어라! 언젠가
녀석이 내 머리에 포도주 한 병을 쏟아 부었죠.
이 해골은 말이요, 왕의 익살꾼 요릭의 해골이오.

햄릿 이게?

어릿광대 1 그래요.

햄릿 좀 보자. [해골을 받아든다.] 아, 불쌍한 요릭! 내가
알던 친구야, 호레이쇼. 무궁무진한 익살과 뛰어난
상상력이 있던 사람이지. 천 번이나 나를 업어줬어.
그런데 지금 나는 상상도 하기 싫어! 이걸 보니
토할 거 같아. 내가 수도 없이 키스하던 입술이
여기 붙어 있었지. 온 식탁에 요란한 폭소를
일으키곤 하던 너의 익살, 장난, 노래, 즐거운 재치가
지금은 어디 있어? 이제는 아무도 히죽히죽하는 네
얼굴을 놀리지 못해. 턱이 완전히 헤벌어졌나? 지금
귀부인 방에 가서 한 치나 분을 처발라도 이런 낯이
될 거라고 일러줘라. 그 소리 듣고 웃으라고 해.
호레이쇼, 내게 한 가지 말해줘.

호레이쇼 무엇을요?

햄릿 알렉산더 대왕이 땅속에서 이런 꼴이 됐다고
생각하는가?

호레이쇼 물론이죠.

햄릿 냄새도 그렇고? 휴!
[해골을 내던진다.]

호레이쇼 예, 물론입니다.

햄릿 우리가 아주 천한 용도로 되돌아갈 수도 있어,
호레이쇼. 알렉산더의 고귀한 유해가 술통 마개가
돼 있는 걸 상상으로 추적할 수 없겠나?

호레이쇼 그렇게 생각하는 건 너무 지나치겠죠.

햄릿 아니야, 절대 아니야. 거기까지 차분하게 가능성을
상상으로 추적할 수가 있어. 이렇게 말이야.
알렉산더가 죽었다. 알렉산더가 묻혔다. 알렉산더가
땅으로 돌아갔다. 땅은 흙이고 흙으로 반죽을 만들고
그래서 그가 반죽으로 변한 걸 가지고 술통 마개를
만들지 말란 법 있나?
시저 황제 죽어서 진흙이 되어
구멍 때워 바람막이 될지 모른다.
세상을 떨게 만든 그 흙덩이가
찬바람 막기 위해 벽을 땜질하다니.
입 다물고 옆에 서자.
[햄릿과 호레이쇼가 옆에 물러선다.
클로디어스, 거트루드, 리어티스, 기타 귀족들이
사제와 함께 모두 오필리아의 관을 뒤따른다.]
왕과 왕비와
신하들이 이리 온다. 누구를 따르는가?
검소한 장례인데, 따라가는 시체가
절망의 손으로 스스로의 목숨을
끊었다는 뜻이지. 지위는 높은 듯하다.
잠시 숨어서 보자.

리어티스 다른 예식은 없소?

햄릿 리어티스다. 고귀한 청년이지. 자세히 봐.

리어티스 다른 예식은 없나요?

사제 공적으로 허락되는 최대의 성의로
장례를 치르오. 그녀의 죽음은
문제가 있었소. 왕명으로 법규를
눌렀으니 망정이지 최후의 나팔[74]까지

허튼 땅에 묻히고 자비의 기도 대신
사금파리 돌조각을 시체에 뿌릴 거였소.
그러나 여기서는 처녀의 예식이 허락되오.
꽃으로 무덤을 덮고 종을 울려 그녀를
안식처에 뉘일 거요.

리어티스 그 이상은 안 되오?

사제 그 이상은 안 되오.
엄숙한 진혼곡 속에 평화롭게 간 이처럼
안식을 비는 것은 망자의 의식을
더럽히는 것이 되오.

리어티스 그녀를 뉘이시오.
그녀의 아름답고 깨끗한 살에서
제비꽃이 돋을 거요. 퉁명스러운 사제,
당신이 지옥에서 울부짖을 때
내 누이는 천사가 될 거요.

햄릿 오필리아가!

거트루드 [꽃을 뿌리며] 꽃다운 처녀에게 꽃을 뿌린다.
잘 가라. 햄릿의 아내가 됐으면 했다.
네 신방의 금침을 치장할 줄 알았지만
네 무덤에 꽃송이를 뿌릴 줄은 정말 몰랐구나.

리어티스 악랄한 짓으로 너무나도 총명하던
네 정신을 뺏어간 저주받은 그 머리에
세 겹의 재앙이 서른 곱절 떨어져라.
잠깐 흙을 멈춰요. 누이를 다시 안겠소.
[무덤 속에 뛰어든다.]
이제 죽은 자 산 자 위에 흙을 뿌려요.
우리를 펠리온이나 하늘에 맞닿은
푸른 올림포스보다[75] 더 높은 산으로
만들어요.

햄릿 [앞으로 나서며] 마술에 걸린 유성처럼
놀라움에 얼이 빠져 멍청히 서며
고뇌의 말투를 강렬히 뱉는 슬픔은
누구 것인가? 그것은 덴마크
햄릿의 슬픔이다.
[리어티스를 따라 뛰어든다.]

리어티스 [그와 맞붙으며] 마귀가 네 영혼 잡아가라!

햄릿 기도가 좋지 않다.
제발 내 목에서 손을 놓아라.
나는 본시 성급하고 경솔하지 않으나
내 속에도 위험한 요소가 들어 있으니
현명하면 피해라. 손을 치워라.

클로디어스 둘을 떼어 놓아라.

거트루드 햄릿, 햄릿!

귀족 전부 두 분!

호레이쇼 왕자님, 진정하세요.

햄릿 눈꺼풀이 닫힐 때까지 저 사람과
이 문제로 싸울 터이다.

거트루드 오, 얘야, 뭐가 문제냐?

햄릿 오필리아를 사랑했소. 4만 명의 오빠가
사랑을 모아놔도 내 사랑만큼은
되지 못한다. 그녀 위해 어쩌겠냐?

클로디어스 오, 리어티스, 저 사람 미쳤다.

거트루드 제발 네가 참아줘.

햄릿 자, 뭣을 할는지 내게 보여라.
울 테냐? 싸울 테냐? 굶을 테냐? 몸을 찢겠냐?
식초를 마실 테냐? 악어를 씹을 테냐?
나라면 그럴 테다. 울려고 여기 왔냐?
내게 도전하려고 여기 뛰어들었냐?
산 채로 묻힐 테냐? 나도 묻힐 테다.
산에게 어떻다고 지껄인다면 온 밭을
우리 위에 퍼붓자. 우리 무덤 꼭대기가
불타는 황도대에 그을리고 오사 산[76]이
점처럼 될 때까지. 네가 지껄인다면
나도 그만큼 떠들 테다.

클로디어스 완전히 미쳤다.
이렇게 얼마 동안 발작하겠다.
좀 있으면 노란 새끼 두 마리[77]가 깨날 때까지
비둘기 어미가 얌전히 앉아 있듯
침묵이 죽치고 앉을 것이다.

햄릿 이것 봐라.
나를 이렇게 대하다니 왜 그러는가?
언제나 너를 사랑했다. 하지만 부질없다.
헤라클레스가 무슨 짓 하든지 간에
고양이도 강아지도 할 짓을 한다. [퇴장]

74 기독교에서 최후의 심판 날에 우주의 사방에서 나팔 소리가 울린다고 하였다.

75 그리스 전설에서 거인들이 신들이 사는 올림포스 산을 정복하려고 싸울 때 펠리온 산 위에다 오사 산을 헐어 쌓았다.

76 앞의 주 75를 보라.

77 비둘기는 한 번에 새끼 두 마리씩을 부화시킨다.

클로디어스 착한 호레이쇼, 저 사람 살펴 달라. [호레이쇼 퇴장]
[리어티스에게] 지난밤 얘기했듯 인내심을 키워라.
당장에 이 일을 심판에 부치겠다.
여보, 거트루드, 아들을 감시하오.
살아 있는 기념비를 무덤에 세우겠다.
잠시 후 평온한 시간을 보내게 되니,
그때까지 행동을 인내 중에 가집시다. [모두 퇴장]

## 5. 2

[햄릿과 호레이쇼 등장]

햄릿 그건 이쯤 해두자. 이젠 다른 일 살피자.
모든 사실을 기억하겠지?
호레이쇼 기억하다마다요!
햄릿 일종의 갈등이 마음에 생겨
잠이 안 왔다. 족쇄에 묶인 난동자보다
괴롭게 누웠다가 순간적 충동으로—
이런 땐 충동이 고마워. 때로는
세밀한 계획이 무능할 때 무모한 짓이
일을 치러 주거든.—그래서 배울 것은
뒤끝을 맺어주는 거룩한 섭리가
존재한다는 거야. 우리가 함부로
아무렇게 계획해도 마찬가지다.
호레이쇼 명백한 사실입니다.
햄릿 선실에서 일어나
선원복을 몸에 감고 어둠 속에서
녀석들을 더듬다가 드디어 찾아내어
서류철을 빼 가지고 내 방에 돌아와
의심으로 인하여 예의를 저버리고
대담하게 명령서를 뜯어보니, 호레이쇼,
간사한 왕! 단호한 명령이었어.
덴마크와 잉글랜드의 안녕에 관해
이런저런 이유들로 포장하고는
내가 살아 있으면 갖가지로 위험하니
명령서를 읽자마자 여유를 두지 말고
도끼 갈 시간도 줄 것 없이 당장에
내 목을 치라는 거였어.
호레이쇼 그럴 수가!
햄릿 [그에게 문서를 주며]
명령서가 여기 있어. 시간 나면 읽어봐.
내가 어쨌나 들어보겠어?
호레이쇼 말씀하십시오.
햄릿 그처럼 악당들의 그물에 걸려들어
내 머리로 프롤로그를 짓기도 전에
놈들은 연극을 벌써 시작했었지.
자리에 앉자마자 명령서를 새로 꾸며
멋지게 썼어. 전에는 나도 정치인처럼
글씨를 잘 쓰는 걸 우습게 보고
잊으려고 무진 애를 썼던 것인데
이번에 충성된 봉사를 해준 셈이지.
뭐라고 썼는지 듣겠어?
호레이쇼 예, 왕자님.
햄릿 왕이 절실하게 요청하는 것인데,
잉글랜드는 충실한 조공국이며
양국 간 우의는 종려처럼 자라며
평화는 언제나 밀짚 화관[78] 차림으로
친밀한 양국 간에 서 있어야 한다는 둥,
여러 가지 중요한 조항을 늘어놓아
한눈에 보고는 내용을 알아차려
더 이상 이러니저러니 따지지 않고
참회의 시간도 주지 않고 전달자들을
당장 처형하라고 했지.
호레이쇼 어떻게 봉인했죠?
햄릿 그거 역시 하늘의 섭리였거든.
덴마크 국새와 똑같이 생긴
아버지의 반지가 주머니에 있었거든.
본래의 형식대로 문서를 접어
서명하고 인장 찍고 얌전히 갖다 두니
바뀐 걸 알 리 없지. 바로 이튿날
해전이 있었고, 그런 다음 생긴 일은
너도 이미 알고 있어.
호레이쇼 그래서 로전크랜츠, 길던스턴은 갔군요.
햄릿 녀석들은 그 일을 맡으려고 안달이었지.
양심상 꺼림칙하지도 않아. 스스로
끼어들어 죽음을 자초한 자들이니까.
강력한 적수들의 무서운 칼날이
왔다 갔다 하는데 천한 것이 끼어들면
위험하다고.

78 평화의 상징 중 하나였다.

호레이쇼 그런 자가 왕이라니!
햄릿 그러니까 이제 그건 내 책임 아니야?
왕을 죽이고 어머니를 겁탈하고
계승권과 나의 기대 사이에 끼어들고
내 목숨을 노리고 낚시를 던졌던 자.
그렇게 악한 속임수.—이 팔로
해치워도 완전히 양심적인 것 아니야?
벌레 같은 이 인간이 악행을 계속하게
내버려두는 건 벌 받을 짓 아니야?
호레이쇼 이제 곧 잉글랜드가 그자에게
결과를 알릴 겁니다.
햄릿 촉박하지만 그때까진 내 시간이다.
목숨은 '하나'를 세기조차 바쁘다.
그런데 호레이쇼, 리어티스와의 약속을
잊어버려 참말 안됐다. 내 일을 거울삼아
그의 사정을 살필 수 있어. 그가 가진
장점들을 생각해야지. 하지만 그가
자신의 슬픔을 과시하는 꼴을 보고
열이 올랐던 거야.
호레이쇼 가만. 누가 이리 오나?
[젊은 오스릭이 모자를 벗으며 등장]
오스릭 전하의 덴마크 귀환을 진심으로 환영합니다.
햄릿 지극히 감사한다.—물잠자리 같은
이자를 알아?
호레이쇼 모릅니다.
햄릿 그렇다면 네 영혼이 그만큼 깨끗해. 놈을 아는
게 죄이니까. 놈은 땅이 많은 데다 모두 옥토야.
짐승은 짐승들의 왕 노릇이나 하라지. 그렇게 하면
저놈의 여물통이 왕의 수라상이 되겠지. 촌놈이지만
더러운 소유지가 넓은 건 사실이야.
오스릭 다정하신 왕자님, 두 분 우정에 시간적 여유가
있으시면 전하의 한 말씀을 전해드려야겠습니다.
햄릿 온 정신을 부지런히 작동시켜 접수하겠다. 네 모자는
본래의 용도로 돌려라. 머리 위한 물건이다.
오스릭 감사합니다. 대단히 덥습니다.
햄릿 아니야. 확실히 매우 추워. 지금 바람이 북쪽에서
불고 있어.
오스릭 정말 꽤 춥습니다, 왕자님.
햄릿 내 체질엔 안 맞게 매우 덥고 뜨거운 날씨
같은데.
오스릭 매우 그렇습니다. 몹시 무더워서 마치, 저, 얼마나
더운지 말도 못 하겠네요. 그러나 왕자님, 전하께서
왕자님에게 대단한 내기를 걸으셨음을 왕자님께
통지하라 분부하셨습니다. 왕자님, 내용을 말씀드리면—
햄릿 잊지 말고 모자 쓰고—
[오스릭에게 모자를 쓰라고 손짓한다.]
오스릭 괜찮습니다. 왕자님. 이대로 좋습니다. 왕자님, 리어티스가
그의 무기 사용에 얼마나 우수한지 모르지 않으실
터이지요.
햄릿 무슨 무긴데?
오스릭 장검과 단검입니다.
햄릿 무기가 두 가지인데, 그래도 괜찮아.
오스릭 전하께서는 바바리 말 여섯 필을 내기에 거셨는데
거기에 맞서서 리어티스는 프랑스제 장검과 단검 6조와
혁대와 걸개 등의 부속품을 잡힌 거로 제가 이해하고
있어요. 검가 중의 3점은 환상적으로 화려하며
칼자루에 잘 어울립니다. 참말 정교한 검가인데요,
아낌없는 솜씨를 발휘한 물건이지요.
햄릿 무엇을 "검가"라고 하는가?
호레이쇼 [햄릿에게] 저 사람과 말을 마치시기 전에 여백에
적어놓은 주석으로 배우실 줄 알았거든요.
오스릭 검가라고 하는 건 칼 걸이를 뜻해요.
햄릿 옆구리에 대포를 차고 다니면 그 이름이 좀 더 사실에
어울리겠다. 그때까지는 그냥 칼 걸이라고 하면 좋지.
하지만 계속해라. 바바리 말 여섯 필 대 프랑스 검
여섯 자루와 그 부속품, 그리고 환상적인 칼 걸이
셋이라. 그게 덴마크식 대 프랑스식의 내기로구나.
그런데 어째서 그게 네 말대로 "잡힌" 거냐고?
오스릭 전하께서는 리어티스와 왕자님의 열두 번의 공방에서
그분이 왕자님을 세 번 이상 히트하지 못할 거라고
내기를 거신 거예요. 아홉 번에 대해서 열두 번을 거신
거예요.[79] 만일 왕자님이 거기다 즐겁게 대답하시면
곧 시합이 있게 될 예정이지요.
햄릿 만일 내가 대답하지 않으면?
오스릭 제 말씀은 왕자님이 직접 시합에서 맞서시는 걸 뜻해요.
햄릿 나는 여기 대청을 거닐겠다. 알고 싶으시다면 하루 중

79 모두 12회 접전에서 햄릿이 세 번 이상 히트하면 이기는 것으로 하는 것이니 햄릿이 매우 유리하다. 그렇게 함으로써 쉽게 햄릿을 시합에 끌어들이려는 속셈이다. 그러나 리어티스는 독이 묻은 날카로운 칼을 잡기로 되어 있어서 햄릿이 한 번만 맞아도 죽게 된다.

이때가 내가 운동하는 시간이라고. 상대 신사가 원하고
왕의 의사가 변하지 않는다면 되도록 이겨드리지.
이기지 못한다면 내가 얻을 건 수치와 히트 몇 번 더
맞는 거지.

오스릭 그걸 수락의 말씀으로 전해 올릴까요?

햄릿 네 버릇이 시키는 대로 한껏 멋을 부려서 그런 뜻을
전해라.

오스릭 왕자님 은덕에 충성하겠습니다.

햄릿 고맙다. 고맙다. [오스릭 퇴장]
제 말이 멋지다고 으쓱대니 잘하는 짓이야. 자기밖에는
그걸 칭찬할 사람이 없으니까.

호레이쇼 어린 물떼새는 알 껍질을 뒤집어쓴 채 달아난다지
않습니까?

햄릿 저자는 엄마 젖을 빨기 전에 젖꼭지에게 정중한 인사를
올렸을 게야. 그렇게 해서—이 너절한 세상이 좋아하는
그 비슷한 녀석들은 쌔고 쌨지.—일종의 거품 덩이 같은
유행적인 말투와 사교의 껍데기를 익히고 이리저리
부대껴서 쓸 만한 알맹이로 남아도는 의견들만
가지고 세상을 요령 좋게 타고 넘은 녀석이야. 하지만
바람이 불어서 시련이 닥치면 거품은 꺼져.

호레이쇼 왕자님, 이번 내기에 지실 거예요.

햄릿 그렇게는 생각지 않아. 저 사람이 프랑스로 간 뒤에
나는 계속해서 연습했거든. 그런데 여기 모든 사람이
내 정신에 대해 불안을 느끼는 걸 넌 알고 싶지
않겠다. 하지만 상관없어.

호레이쇼 아네요, 왕자님.

햄릿 못난 짓에 불과해. 혹시 여자한테나 걱정될지 모를
불안뿐이야.

호레이쇼 무엇이든 마음에 거리끼면 그만두세요. 그들이 오는
걸 미리 막고 아직 준비되지 않으셨다고해도 돼요.

햄릿 조금도 아니야. 예감쯤은 우습게 봐. 참새 한 마리가
떨어지는 것에도 특별한 섭리가 있어.[80] 죽음이 온다면 지금이
아니고, 죽음이 아닌가 하면 지금 올 수도 있어.
'준비돼 있는 것'이 전부야. 무엇을 남기는지 아무도
모르니 미리 떠난다는 게 뭔가? 그대로 둬.
[식탁이 준비된다. 나팔과 북과 방석을 든 관리들.
클로디어스, 거트루드, 리어티스, 오스릭, 귀족
전부와 시종들이 검과 쇠장갑들을 가지고 등장]

클로디어스 햄릿, 와서 내가 쥐어주는 이 손 잡아라.
[리어티스의 손을 햄릿의 손에 쥐어준다.]

햄릿 [리어티스에게]
용서해라. 네게 잘못을 저질렀구나.
그러나 신사답게 용서해다오.
내가 심한 정신착란으로 고생하는 걸
여기 모인 사람들이 다 알고 너도 들었지.
내가 저지른 짓은 네 감정과 명예와
혐오를 세게 일으킬 만한 건데
모두 광증 때문이라고 여기서 선언한다.
햄릿이 리어티스를 섭섭하게 했나?
절대 햄릿 아니야. 자신도 모르고
리어티스를 섭섭하게 했다면
햄릿 짓이 아니지. 햄릿이 부인해.
그럼 누구 짓이지? 그의 광증 짓이야.
그렇다면 햄릿도 피해자의 하나야.
광증은 가련한 햄릿의 원수지.
이 관중 앞에서
고의적 악행이 아니었다고 선언하니까,
지붕 너머 쏜 화살에 동생이 다치듯,
너그러운 마음으로 나의 죄과를
없던 일로 해다오.

리어티스 나로선 수긍하오.
이번 일은 복수심을 크게 자극할
이유가 충분하오. 그러나 명예에 대해
나는 계속 강경하며 이름에 피 묻지 않도록
명망 높은 선배들의 선례를 들어서
진술하기 전에는 화해를 원치 않소.
그러나 그때까지는 당신의 제의대로
사랑을 사랑으로 받아들이고
거스르지 않겠소.

햄릿 전적으로 받아들여
형제의 승부에 스스럼없이 임하겠다.
검을 이리로 가져와라.

리어티스 나도 하나 주시오.

햄릿 너를 돋보이게 하겠다. 나는 전혀 모르니까
캄캄한 밤하늘 별처럼 네 실력이
눈에 띄게 빛날 게다.

리어티스 나를 놀리는군요.

햄릿 절대 안 그렇다.

80 마태복음 10장 29절을 보면 "너희 아버지께서 허락지 아니 하시면 그[참새의] 하나라도 땅에 떨어지지 아니 하리라"라고 하였다.

클로디어스 검을 나눠 드려라, 오스릭. 햄릿 조카,
내기 건 거 알고 있지?
햄릿 잘 압니다.
전하께서 약자에게 내기를 거셨군요.
클로디어스 걱정 없다. 너희 둘을 모두 보았다.
한데 저쪽 실력이 늘었기에 가산점이 있다.
[햄릿과 리어티스가 검을 고른다.]
리어티스 이건 너무 무겁다. 다른 걸 보자.[81]
햄릿 이게 마음에 든다. 검의 길이가 모두들 같나?
오스릭 예, 왕자님.
[시합을 하려고 준비할 동안에 하인들이
술잔을 들여온다.]
클로디어스 술잔은 식탁 위에 놓아라.
햄릿이 첫 번 또는 두 번째 히트하거나
3차 공방에서 응수하여 득점하면
성루의 모든 대포들을 울려라.
나는 햄릿의 건승을 위해 잔을 들고
잔 속에 큼직한 진주를 넣겠다.
왕들이 덴마크 왕관에 4대에 걸쳐
달았던 진주보다 값진 것이다.
잔을 달라. 나팔에 맞춰 북을 울리고
밖의 대포에 맞춰 나팔을 울리고
대포는 하늘에, 하늘은 땅에 '이제 왕이
햄릿에게 축배한다.' 울려라. 시작해라.
[그러는 동안 나팔 소리]
그러면 심판관들은 면밀히 보아라.
햄릿 [리어티스에게] 자, 덤벼라.
리어티스 그럼, 왕자님.
[둘이 시합한다.]
햄릿 하나.
리어티스 아니오.
햄릿 [오스릭에게] 심판.
오스릭 히트요. 확실한 히트입니다.
리어티스 그럼 다시.
클로디어스 잠깐. 술을 달라. 햄릿, 진주는 네 거다.
너에게 건배한다.
[북과 나팔이 울리고 대포가 발사된다.]
왕자에게 잔을 건네라.
햄릿 먼저 이번 회전을 마치겠소. 잠시 놔둬요.
자—
[다시 시합한다.]
다시 히트다. 할 말이 있나?
리어티스 스쳤어요, 스쳤어요. 솔직히 말해서.
클로디어스 아들이 이기겠소.
거트루드 살이 올라 숨이 차요.
얘, 여기 수건 받아. 이마 닦아라.
왕비가 네 행운 위해서 건배한다.
햄릿 고맙습니다.
클로디어스 거트루드, 마시지 마오.
거트루드 마시겠어요. 미안해요.
[그녀가 마시고 잔을 햄릿에게 준다.]
클로디어스 [방백] 독약 넣은 잔인데. 너무 늦었어!
햄릿 아직 마실 수 없군요. 잠시 후에—
거트루드 이리 와. 네 얼굴 닦아줄게.
리어티스 [클로디어스에게]
지금 찌를 텝니다.
클로디어스 내 생각은 다른데.
리어티스 [방백] 하지만 몹시 양심에 거리껴.
햄릿 3회전 하자, 리어티스. 너는 그냥 노누나.
온 힘을 다해 공격하란 말이야.
나를 갖고 놀려고 하는 거 같아.
리어티스 그렇게 말하기요? 자, 덤벼요.
[시합한다.]
오스릭 양측 무득점.
리어티스 그럼 한 대 먹어요!
[리어티스가 햄릿에게 상처를 입힌다. 그러자,
둘이 맞붙어 싸우다 서로 상대의 검을 바꿔 쥐고,
햄릿이 리어티스에게 상처를 입힌다.]
클로디어스 둘을 떼어 놓아라. 피차 성났다.
햄릿 [리어티스에게] 아니다. 다시 덤벼라.
[거트루드가 쓰러진다.]
오스릭 왕비님 살피쇼! 시합 중지!
호레이쇼 양측 모두 피 흘리오. 어떠세요, 왕자님?
오스릭 어떠세요, 리어티스?
리어티스 내가 놓은 올무에 도요새 얽히듯,
자신의 모략에 마땅히 죽는 나다.
햄릿 왕비님 어떠신가?
클로디어스 피를 보고 기절했다.
거트루드 아니다, 아니다. 그 술, 그 술! 오, 햄릿,

81 이때 리어티스는 날을 세우고 독을 묻힌 검을 골라잡는다.

그 술, 그 술! 내가 독을 마셨어. [죽는다.]
햄릿 오, 반역이다! 어이, 문을 잠가라. [오스릭 퇴장]
반역이다! 찾아라.
리어티스 여기 있소, 햄릿. 당신 죽었소.
세상의 무슨 약도 효험 없겠소.
반시간의 목숨도 몸에 남지 않았소.
반역의 도구가 당신 손에 들려 있소.
예리하고 독이 묻었소. 악한 음모가
내게로 향했소. 나 여기 드러눕소.
다시는 못 일어나요. 왕비는 독살됐소.
말을 잇지 못해요. 왕이, 왕이, 꾸몄소.
햄릿 칼끝에 독약을? 그럼 독약아, 할 일을 해라.
[클로디어스를 찌른다.]
모든 신하들 반역! 반역이다!
클로디어스 친구들아, 보호해다오. 조금 다쳤다.
햄릿 간통하고 살인한, 저주받은 덴마크 왕.
독약을 마저 삼켜라.
[억지로 클로디어스에게 마시게 한다.]
이게 네 진주냐?
어머니를 따라가라.
[클로디어스가 죽는다.]
리어티스 첫값을 받은 거요.
자신이 조제한 독약이었소.
고귀한 햄릿, 서로 용서합시다.
나와 내 아버지와 당신의 죽음이
당신과 내 책임이 안 되기를 기도드리며! [죽는다.]
햄릿 하늘의 용서를! 나도 너를 따른다.
호레이쇼, 내가 죽는다. 불쌍한 왕비님 안녕!
이 돌발 사태에 하얗게 질린 여러분,
연극의 말없는 관객, 청중 여러분,
시간만 있다면 마저 말하겠지만—
무정한 저승은 집행에 엄격하니—
그만두자. 호레이쇼, 나는 죽고
너는 살아 있으니 놀라는 관중에게
나의 일을 바로 전해라.
호레이쇼 그리 믿지 마세요.
나는 이 나라보다 고대 로마 사람예요.
독약이 남아 있소.
햄릿 네가 사나이라면
잔을 이리 달라. 정말 내게 줘야겠다.
호레이쇼, 진실을 밝히지 않으면
나는 상처 입은 이름으로 남을 뿐이다!
네가 나를 마음에 품은 적이 있다면
잠시만 행복에서 너 자신을 멀리하고
괴로운 세상에서 고통 중에 숨을 쉬어
내 이야기를 전해다오.
[멀리서 행군악 소리. 안에서 포성]
웬 전쟁 소음인가?
[오스릭 등장]
오스릭 폴란드 정복에서 돌아오는 포틴브라스가
잉글랜드 대사들에게 전쟁 같은 포성을
이처럼 울립니다.
햄릿 나는 죽는다, 호레이쇼.
강력한 독약이 정신을 압박한다.
잉글랜드 소식을 못 듣고 죽누나.
하지만 포틴브라스에게 계승권이
주어질 걸 미리 알아. 죽으면서 그에게
가표 던진다. 크고 작은 사건들을
알려주고 왜 내가—나머진 침묵이다.
[긴 한숨을 쉬고 죽는다.]
호레이쇼 고귀한 심장이 갈라진다. 정다운 왕자님,
평안히 주무세요. 천사의 무리가
진혼곡 불러주길! 왜 북이 오는가?
[포틴브라스가 잉글랜드 대사들과
북과 깃발을 든 병사들과 함께 등장]
포틴브라스 볼 것이 어디 있소?
호레이쇼 보고 싶은 게 뭐요?
슬픔이나 경악이면 더 찾지 말아요.
포틴브라스 이런 떼죽음은 살육을 뜻한다. 오만한 죽음아,
영원한 굴속에서 웬 잔치를 벌였기에
저 많은 왕족을 한 번에 쏘아
저처럼 피바다를 이루는가?
잉글랜드 대사 끔찍스럽소.
잉글랜드의 업무가 늦게 도착했군요.
명령의 실시를 들으실 분의 귀가
감각이 없소.—로전크랜츠와
길던스턴이 죽었다는 소식이지요.
어디서 치사를 받아야 하오?
호레이쇼 그분은 아니오.
고맙다고 할 목숨이 있더라도요.
죽이라는 명령은 그분이 하지 않으셨소.
폴란드 전쟁과 잉글랜드에서 오신 분들,

여기 도착하셨으니 모두가 볼 수 있게
높은 단에 시신들을 올려놓게 하시오.
그러면 내가 궁금하신 분들에게
어찌하여 이 일이 생겼는지 말하겠소.
그리하면 여러분도 아시게 될 거요.
음탕하고 잔혹한 반인륜적 행위와
판단의 착오와 우연한 살인과
교활하고 간악하게 유인했던 살인과
이러한 결말로 그릇된 목적이
모반자의 머리에 떨어진 일들을
사실대로 전하겠소.

포틴브라스 속히 듣게 하오.
귀족들을 함께 불러 같이 듣게 하오.
나는 슬픔과 함께 행운을 받아들이오.
나는 이 나라에 기억도, 생생한 권리도 있소.
때마침 좋은 기회라 이를 주장하는 바이오.

호레이쇼 그 일에 관해서도 발언할 근거가 있소.
그분의 지지가 더 많은 표를 얻게 되오.
그러나 이 일은 모두가 우왕좌왕하는 동안
즉시 시행하시오. 모략과 일탈로 인해
더 이상의 불행이 생길까 염려스럽소.

포틴브라스 4인의 지휘관이 햄릿을 군인으로 모셔라.
일을 맡으셨으면 가장 제왕답게
행하셨을 분이다. 그분의 서거를 위해
군인의 주악과 전쟁의 의식을
크게 울려 드려라.
시신들을 옮겨라. 이러한 광경은
전쟁터에 알맞되 이곳에는 거슬린다.
병사들에게 포사격을 명령하라.

[장송곡. 시신들을 들고 모두 퇴장.
그 뒤에 포성이 울린다.]

# 오셀로

## *Othello*

## 연극의 인물들

오셀로 무어인(Moor)으로서 베니스 군의 사령관
브러밴쇼 데스데모나의 아버지, 베니스의 원로원 의원
캐시오 점잖은 부관, 오셀로 다음의 지휘관
이아고 악한, 오셀로의 기수
로더리고 멍청한 신사, 데스데모나의 구애자
베니스의 공작

몬태노 사이프러스의 총독
로도비코 ┐ 베니스의 귀족
그래시아노 브러밴쇼의 아우 ┘ 베니스의 귀족
어릿광대

데스데모나 오셀로의 아내, 브러밴쇼의 딸
에밀리아 이아고의 아내, 데스데모나의 시녀
비앙카 창녀, 캐시오의 정부(情婦)
원로원 의원들
선원
전령
의전관
치안관들
사이프러스의 신사들
악사들
시종들과 하인들

## 베니스의 무어인 오셀로의 비극

### 1. 1

[로더리고와 이아고 등장]

로더리고 관둬. 말도 마, 이아고. 내 지갑 끈이
마치 제 것인 것처럼 갖고 노는 네가
그걸 안다니 매우 섭섭해.
이아고 젠장, 내 말 안 듣네! 그따위 짓을
꿈이라도 꾸었다면 나는 개자식이다.
로더리고 그자를 미워한다고 제 입으로 말하고선.
이아고 안 그러면 날 멸시해. 날 부관 삼으라고,
이 도시 높은 귀족 세 사람이 청탁하고
모자 벗고 절했어. 사나이의 확신으로
나도 내 값 안다고. 그 이한 안 돼.
한데 그자는 잘난 맛에 생각대로
행하는 자라 전쟁 용어로 큰소리치고
잔뜩 부풀린 허풍으로 말을 돌려.
결론으로 말해서
내 후원자들을 거절하고 하는 말이,
"사실상 내 부관은 이미 정했소."
그게 누군지 알아?
기가 막혀서, 숫자에만 눈이 밝은
마이클 캐시오라는 자인데
피렌체 출신에 아내가 미인이라
망조가 들었고 전쟁터에 부대를
배치해본 적 없는 데다 책에 써논 이론밖에
노처녀만큼이나 배치를 몰라.
그따위는 평상복 입은 고관들마저
아는 척할 수 있어. 실제는 없이 단지
입으로 까는 것이 군인으로서의
그자의 전부인데, 그자가 선택되고
로도스, 사이프러스, 기독교, 이교 땅에서
제 눈으로 보고서도 내게서 바람 빼고
차변 대변 만작대는 놈한테 자리를 줬어.
주판알 튕기는 그자는 부관이 되고
나는 무어 장군 각하의 기수로 남았다고!
로더리고 나 같으면 그자의 사형집행인이 되겠다!
이아고 어쩔 수 없어. 군 생활의 저주야.
승진은 청탁 쪽지와 정실에 따라가고
뒷사람이 앞사람을 차례로 이어가는
서열이 아니야. 자, 네가 판단해봐.
어느 모로 보든지 내가 그 무어인을
좋아하게 됐냐고?
로더리고 나라면 안 따라가.
이아고 친구야, 걱정 마!
내가 따라다니는 건 내 속 차리기 위해서야.
모두가 주인이 될 수 없고 모두가 진심으로
주인을 따르지 않아. 너 자신도 보다시피
수많은 충복이 굽실대는 노예처럼
속박을 달게 여겨 주인의 나귀처럼
꼴이나 얻으려고 평생을 보내고
늙으면 팔리고 말아. 그따위 우직한 놈은
매 맞아 싸! 그와는 별다른 자도 있어.
충성의 모양과 얼굴을 꾸미지만
속으론 자기를 받들고 주인에겐
겉으로만 충실해서 그 덕에 잘살고
제 외투 안자락에 두둑이 감춰서
자기를 섬긴다고. 그런 자는 제정신이
들었다고 할 수 있지. 나도 그중 하나야.
야, 네가 확실히 로더리고인 것처럼
내가 무어인이면 이아고가 아닐 테지.
그자를 따르면서 나를 따를 뿐이야.
하늘도 알다시피 사랑과 충성 아닌
사적인 목적에서 그렇게 꾸며.
마음속 은밀한 행동과 계획이
내 겉의 행동에 빤하게 드러나면
얼마 되지 않아서 내 속을 손바닥에
꺼내놓고서 까마귀가 쪼아 먹게
버려두겠지. 나는 내가 아니야.
로더리고 입술 두꺼운 그놈이 성공하는 날이면
너무나 크게 땡잡아!
이아고 그녀 아비를
깨워 일으켜. 쫓아가서 즐거움에 초를 쳐.
거리에서 소리쳐. 친척의 화를 돋우고
놈이 벌써 옥토에다 뿌리를 박았지만
파리라도 들끓게 해! 지금은 즐겁지만
갖가지 괴로움을 즐거움에 덧씌워서
빛을 바래게 해.
로더리고 그녀 부친 집이다.
소리쳐 불러야지.

이아고 그래라. 밤중에 복잡한 도심지에
부주의로 치솟는 불길을 볼 때처럼
무섭고 겁나는 소리로 소리쳐라.
로더리고 여보쇼, 브러밴쇼, 브러밴쇼 의원님!
이아고 일어나쇼, 브러밴쇼! 도둑이오, 도둑!
집안과 딸과 돈 자루 살피쇼!
도둑이오, 도둑!
[브러밴쇼가 위쪽 창문에 나타난다.]
브러밴쇼 이렇게 무섭게 불러대는 소리는
무슨 연곤가? 거기 무슨 일인가?
로더리고 의원님, 가족 모두 집 안에 계신가요?
이아고 문들을 잠그셨어요?
브러밴쇼 왜? 그건 왜 물어?
이아고 도둑 맞으셨어요. 옷이나 걸치세요!
어르신 가슴이 뚫려 영혼의 반이 샜어요.
바로 이 순간 시커먼 늙은 수양이
어르신의 흰 암양을 올라타는 중예요!
일어나쇼! 종을 울려 잠에 빠진 시민을
깨우지 않으면 마귀 새낄 손주로 가지게 돼요.
일어나시라니까!
브러밴쇼 아니, 당신 돌았어?
로더리고 존경하옵는 의원님, 제 목소리 아십니까?
브러밴쇼 몰라. 당신 누구야?
로더리고 로더리고입니다.
브러밴쇼 더더욱 반갑지 않아!
내 집 문에 얼씬하지 말라고 일렀다.
솔직하고 명백하게 내 딸은 너한테
안 준다고 선언했다. 그런데 지금
저녁 잔뜩 처먹고 술에 취해 미쳐서
깡다구를 부리며 조용한 휴식을
깨려고 왔냐?
로더리고 저, 저—
브러밴쇼 확실히 알아둬라.
내 성질과 지위가 이따위 짓에 대해
네게 매운맛 보여줄 힘이 있다.
로더리고 진정하세요!
브러밴쇼 내가 무슨 도둑을 맞았다고? 여긴 베니스다.
내 집은 시골집 아니다.
로더리고 엄하신 의원님,
순수, 순결한 마음으로 왔사온데—
이아고 원 참. 마귀가 시키면 하느님도 섬기지 않을 그런
분이시군요. 의원님을 도와드리러 온 우리를
불한당으로 생각하시는 통에 따님이 바르바리 말[1]
아래 깔리게 됐습니다. 망아지 손자들이 의원님께
힝힝거릴 판이고 힘센 군마들은 사촌이요 작은
스페인 말은 가까운 친척이 될 처지란 말입니다!
브러밴쇼 아가리 더러운 너는 누구냐?
이아고 의원님 딸과 무어인이 지금 등이 두 개 붙은 괴물이
되고 있는 중이란 말을 전해 드리러 온 사람입니다.
브러밴쇼 너 쌍놈이구나!
이아고 댁은—의원이시오!
브러밴쇼 적절히 책임을 묻겠다. 로더리고, 너는 알아보겠다!
로더리고 뭐든 책임지겠어요. 하지만 들어주세요.
의원님의 뜻이며 현명하신 허락 하에,
—저도 약간 믿지만— 어여쁜 따님이
신새벽 야경꾼도 졸리는 이 시간에
잘났든 못났든 경호원이 아니라
막일꾼인 곤돌라 사공에게 이끌려서
음탕한 무어인의 억센 품에 안겼어요.
이 사실을 아시고 허락하신 일이라면
저희가 의원님께 주제넘게 굴었어요.
그러나 모르시면 예절에 비춰볼 때
부당한 꾸지람을 저희에게 하셨어요.
만 가지 합당한 행위에서 벗어나
어르신께 장난을 치려 함이 아닌 것을
믿으십시오. 다시 말씀 드리면
의원님의 허락이 없었다면 따님이
막중한 반항으로 책임과 어여쁨과
지혜와 운수를 여기저기 아무 데나
어지럽게 떠도는 이방인에게 맡긴 겁니다.
당장 확인하세요. 따님이 방이나
집 안에 계시다면 이렇게 속인 죄로
법을 적용하세요.
브러밴쇼 부싯돌 쳐라!
촛불을 이리 달라. 사람들을 깨워라.
사건이 내 꿈과 비슷하다. 벌써 그게

1 북아프리카 바르바리의 검정말은 마귀의 화신으로 힘이 세다고 믿었다. 오셀로는 힘센 흑인이었으므로 그를 바르바리 말로 비하하는 것이다. 따라서 브러밴쇼는 검정 "망아지"들을 손자로 맞게 된다는 험담이다.

사실이란 예감에 기가 막힌다.
불 켜, 불 켜! [위에서 퇴장]

이아고 그럼 안녕. 난 가야 해.
무어인에 반대하는 입장이 드러나면
합당치 않을뿐더러 내 자리도 불리해.
그냥 여기 있다간 그렇게 될 게 뻔해.
사정을 알겠다. 이 일로 약간은
견책할 수 있지만 해고했다간
나라가 위험해져. 그런 급한 이유로
그자는 벌써 전쟁에 휘말렸다고.
당장 전쟁이 났는데 자기들을 구해줄
그만한 지휘관을 도저히 구할 수 없어.
그래 나는 그자가 지옥처럼 밉지만
먹고살기 위해서 깃발을 흔들고
아양을 떨어야 돼. 진짜 겉발림이야.
기필코 찾으려면 '사지타리' 여관으로
수색대를 데려가. 나도 거기 있을 테니.
그럼 잘 있어. [퇴장]
[브러밴쇼가 실내복 차림으로 횃불을 쳐든
하인들과 함께 등장]

브러밴쇼 너무나 명백한 악이야. 없어졌어.
멸시받는 여생에서 내게 생길 건
비통뿐이다. 그런데 로더리고,
그녀를 어디서 봤다고?—가련한 것!—
무어인과 같이 있어?—누가 아비 되겠나!—
그 애란 걸 어떻게 알았어? 아아, 나를
감쪽같이 속였어!—뭐라던가?—촛불 더 가져와.—
친척들 모두 깨워.—결혼했겠나?

로더리고 확실히 그런 것 같습니다.

브러밴쇼 아이고, 어떻게 나갔지? 가문의 배반이야!
—아비들아, 앞으로는 행동만 가지고
딸년 속을 믿지 마라.—어린 처녀의
정신을 홀리는 요술이 있지 않은가?
로더리고, 너도 그 비슷한 얘기를
읽지 않았나?

로더리고 예, 읽었습니다.

브러밴쇼 아우를 불러라. 차라리 네게 줬더라면!
더러는 이리로, 더러는 저리로 가라.—
그녀와 무어인을 어디서 잡지?

로더리고 든든한 경호원과 저와 같이 가시면
그 사람을 찾을 수 있을 겁니다.

브러밴쇼 앞장서라. 집집마다 찾아보겠다.
대부분 내 명령이 통한다. 무기를 들어라!
특별 야경 순찰대를 불러와라.
가자, 착한 로더리고, 수고비는 주겠다. [모두 퇴장]

## 1. 2

[오셀로, 이아고, 횃불들을 쳐든 시종들 등장]

이아고 전쟁 수행 중에는 사람들을 죽였지만
음모에 의해서 살인하지 않는 것을
양심의 기본으로 삼습니다. 때로는
저를 도울 악한 뜻이 없어요. 놈의 여기
갈빗대 밑을 찌르고 싶은 생각이 굴뚝같았죠.

오셀로 그대로가 더 좋아.

이아고 하지만 그놈이
장군님에 대해서 치사하게 약 올리는
소리를 지껄이지 뭡니까!
그래서 비록 제가 신심은 적지만
정말 어렵사리 참아냈어요. 그런데
진짜 결혼하셨나요? 확실히 알아두세요.
대감은 시중에서 인기가 대단하고
공작님의 두 배만큼 발언권이 셉니다.
장군님을 이혼을 시키거나 법에 걸어
제재 또는 압력을 가할 거예요.
자기에게 주어진 온갖 힘을 다해서
법을 시행하겠죠.

오셀로 마음대로 하라지.
내가 이 정부에 공헌한 일들이
불평을 잠재우겠지. 저들은 아직 몰라.
자랑이 명예라면 공포할 터이나—
내 혈통과 출신도 왕가에서 연유하며
내 공적은 이번에 성취한 것과 같은
행운에 머리를 숙이지 않을 만큼
확실하다. 고귀한 데스데모나를
사랑하니 망정이지 온 바다의 보물을
모두 준다 하여도 집안에 매이지 않은
자유로운 생활을 제한과 속박에
몰아넣지 않겠다. 한데 저기 웬 불인가?
[캐시오가 촛불과 횃불을 든 치안관들과
함께 등장]

이아고 잠을 깬 아버지와 그 일행예요.
드시는 게 좋겠네요.

오셀로 아니다. 만나겠다.
나의 인격과 지위와 흠 없는 정신이
나를 올바로 보여주리라. 그들이 맞나?

이아고 야누스[2]에 걸어서, 아닌 것 같습니다.

오셀로 공작의 부하들? 그리고 내 부관인가?
당신들에게 좋은 밤이 내리길 빈다.
무슨 일인가?

캐시오 공작께서 문안하시며
지금 곧 장군께서 급히 출두하시길
요청하십니다.

오셀로 무슨 일인 듯한가?

캐시오 짐작컨대 사이프러스에서 무엇인가
중대한 업무가 당도했겠죠. 오늘 밤
배들이 꼬리를 물고 전령들을
보내왔으며 다수 의원이 기침하여
이미 공작 궁에 회집하였습니다.
화급히 장군님을 부르도록 했으나
숙소에서 찾지 못하여 원로원에서
사람을 세 패로 나누어 장군님을
찾는 중입니다.

오셀로 찾았으니 잘됐군.
여기 집에서 한두 마디 하고서
함께 가겠다. [퇴장]

캐시오 기수, 장군이 여기서 뭐하시나?

이아고 오늘 밤 육지의 보물선에 올라탔소.
합법적인 재물이면 평생 동안 수지맞소.

캐시오 무슨 말이지?

이아고 결혼했소.

캐시오 누구와?

이아고 그게 말이야—
[오셀로 등장]
가시겠어요?

오셀로 준비됐다.

캐시오 장군님 찾으려고 또 한 패가 오네요.
[브러밴쇼와 로더리고가 치안관들과 함께
횃불과 무기를 들고 등장]

이아고 브러밴쇼입니다. 조심하세요.
악감을 품고 오는 겁니다.

오셀로 거기 서라!

로더리고 대감, 무어인이오.

브러밴쇼 도둑놈 때려눕혀!
[쌍방이 칼을 뺀다.]

이아고 너, 로더리고, 이리 와. 상대해주마.

오셀로 번쩍이는 칼들을 거두시오. 밤이슬에
녹이 슬겠소. 대감, 무기보다는
나이로 명령하시오.

브러밴쇼 오, 너 몹쓸 도둑놈, 내 딸 어디 감췄냐?
저주받은 놈, 마술로 애를 홀렸지.
지각 있는 모든 자에게 물어보겠다.
마술의 족쇄에 매이지 않았다면
그처럼 착하고 예쁘고 행복한 애가
결혼을 싫어해서 이 나라의 돈 많은
고수머리 총각들을 마다하더니
망신살이 뻗쳐서 보호자의 품에서
달아나 너 같은 시커먼 가슴팍에
안길 수 있어? 기쁨이 아니라 겁이 날 텐데.
네가 그 애에게 간악한 마술을 걸어
혐오감을 줄이는 약이나 물질로
유약한 아이를 홀린 게 명백하지 않은지,
온 세상아, 판단하라. 조사를 시키겠다.
따지면 가능하고 확실한 사실이다.
그런고로 세상을 미혹하는 자이며
금지된 불법적 사술의 시행자로
너를 체포하여 행동을 제한한다.
저자를 체포하라. 만일에 저항하면
사정없이 제압하라.

오셀로 손들을 멈추시오.
내 편을 드는 쪽과 나머지 저쪽도
내가 싸울 계제라면 부추기지 않아도
알아차릴 것이오. 당신의 고발에
답하기 위해 어디로 가오?

브러밴쇼 감옥이다.
법이 정한 기간 동안 절차대로 심판할 때
답변을 요청할 때까지.

오셀로 내가 복종한다면?
그 일로 공작께서 기꺼워하시겠소?
국가의 무슨 일로 나를 데려가려고

2 로마신화에 나오는 두 얼굴을 가진 신. 남이 어두워서 보지 못하는 것을 볼 수 있는 신이다.

그의 전령들이 여기 내 옆에
당도했는데?

치안관 귀하신 대감님, 사실입니다.
공작께서 회의 중이시며, 대감께도
전령이 갔을 겁니다.

브러밴쇼 뭐야? 회의 중?
이런 밤 시간에? 저 사람 데려가라.
이건 보통 일 아니다. 공작 자신이나
나라의 동료 의원 누구라도 이 일을
자신들의 일처럼 느낄 수밖에 없다.
이따위 행위가 자유롭게 허용되면
노예와 이교도가 나라를 다스리게 돼. [모두 퇴장]

## 1. 3

[공작과 원로원 의원들이 횃불을 들고
치안관들이 시종들과 함께 등장. 식탁에 좌정]

공작 각종 보고서들이 일치하지 않아서
믿을 수 없소.

의원 1 과연 상호 불일치요.
내 편지엔 107척이라고 되어 있소.

공작 나는 140척이오.

의원 2 나는 200척인데.
그러나 정확한 개수에는 불일치하나—
어림하여 보고하는 이런 경우에
자주 있는 차이요.—모두 일치하는 것은
터키 함대가 사이프러스로 향한다는 것이오.

공작 충분히 가능한 일이라고 판단되오.
보고의 불일치에 안심하는 것이 아니라
일치점에 대하여 그 두려운 의미를
인정한다는 거요.

선원 [안에서] 계십니까? 계십니까?

[선원 등장]

관리 선단에서 전령이 도착하였습니다.

공작 지금? 무슨 일인가?

선원 터키 함대는 로도스로 향합니다.
앤젤로 각하께서 여기 정부에
그렇게 보고하라 하셨습니다.

공작 이 변화를 어떻게 보오?

의원 1 그럴 리 없소.
이치에 닿지 않소. 눈속임하려고
과시하는 것이오. 사이프러스가 터키에
얼마나 중요한지 생각하고 더군다나
그들에게는 그곳이 로도스보다
중요성이 더 큰데도 로도스에는
방어력이 전혀 없고 전투 준비가
안 된 상태이므로 적이 쉽게 그곳을
점령할 수 있다는 사실을 잊지 맙시다.
이 점을 고려할 때 터키가
제일의 관심사를 나중으로 돌리고
용이한 이득을 시도하지 않은 채
소득 없는 위험을 촉발할 만큼
어리석다고 생각해선 아니 됩니다.

공작 확실히 로도스가 목적이 아니오.

관리 보고가 또 있습니다.

[전령 등장]

전령 존엄하신 공작 각하, 오토만 터키 군은
로도스 섬으로 직행하다 거기서
후발 함대와 연합하였습니다.

의원 1 그게 내 생각이었소. 얼마나 되던가?

전령 30척이오. 그리하여 되돌아서
항해 중으로 사이프러스를 향하니
저들의 목적이 명백히 드러나오.
각하가 신임하는 용맹한 몬태노가
아낌없는 충성으로 이렇게 보고하며
직책을 면해주시길 청원 드리오.

공작 그러면 사이프러스가 확실하오.
루치코스가 지금 여기 있지 않소?

의원 1 현재 피렌체에 체류 중이오.

공작 내 말을 전하오. 최대한 급히 보내오.

의원 1 브러밴쇼와 용맹한 무어인이 오는군요.

[브러밴쇼, 오셀로, 캐시오, 이아고, 로더리고,
치안관들 등장]

공작 용맹한 오셀로, 만인의 적 오토만에 맞서서
곧바로 당신에게 일을 맡겨야겠소.
[브러밴쇼에게] 대감도 왔군. 어서 오오.
오늘 밤 당신 의견과 조언이 필요했소.

브러밴쇼 나는 공작의 조언이 필요했소. 용서하시오.
나의 직위나 업무에 관련된 소식에
자리에서 일어난 것도, 공공의 우려에
동참한 것도 아니오. 사사로운 슬픔이

격랑처럼 차고 넘치는 것이어서
다른 슬픔을 모두 꿀꺽 삼키고도
그대로 남아 있소.

공작 뭐요? 무슨 일이오?

브러밴쇼 딸년이, 딸년이!

의원 1 죽었소?

브러밴쇼 예, 내게는.—
무엇에 홀려서 유괴되어 망가졌소.
돌팔이의 주술과 약으로 그리됐소.
병신도, 맹인도, 저능아도 아닌데
본성이 그처럼 백팔십도 바뀐 것은
마술이 아니고는 불가능하오.

공작 그런 몹쓸 행위로 당신 딸의 얼을 빼고
당신에게서 딸을 뺏은 자가 누구이든
엄중한 법전을 냉혹한 문구대로
당신이 직접 읽고 당신의 뜻대로
해석하오. 내 아들이 대상이라
하여도 상관없소.

브러밴쇼 감사합니다.
저기 저 사람, 저 무어인이오. 보아하니
나라에 일이 있어 공작의 특명으로
데려온 것 같군요.

모두 매우 유감스럽소.

공작 [오셀로에게]
당신은 저 말에 어떻게 대답하오?

브러밴쇼 그게 사실이란 말뿐일 테지.

오셀로 강력하고 신중하며 존경스런 의원님들,
경험이 풍부하며 고귀하신 어르신들,
내가 이 어른의 딸을 데려간 것은
분명한 사실이며 그녀와 결혼하였소.
내 죄의 정수리와 얼굴은 이것에
불과하오. 내 말은 거칠고 평화 시의
부드러운 말씨는 타고나지 못했소.
내 팔에 일곱 살의 기운이 생긴 이후
아홉 달을 허송하고 현재에 오기까지
야영지에서 가장 귀하게 행동했으며
소란과 전투에 속한 일 이외에는
이 큰 세상에 대해서 할 말이 없소.
그런고로 자신을 변호하여 더 이상
내 입장을 꾸밀 수 없소. 그러하나
참고로 들어주시면, 사랑의 전 과정과
무슨 약, 무슨 술수, 무슨 주문, 무슨 마술로
—고발당한 혐의가 그런 것들이지요.—
그의 딸을 얻었는지 꾸밈없는 이야기를
털어놓겠소.

브러밴쇼 절대로 나대지 않는 아이로,
성격이 그다지도 차분하고 조용하여
마음의 동요조차 수줍어했소. 그런 애가
본성, 연령, 국적, 명성, 그 모두에 불구하고
보기만 해도 무섭던 자를 사랑하겠소?
온전한 정신이 그처럼 상식에서
완전히 탈선할 수 있다고 믿는 것은
몹시 병든 왜곡된 판단이니, 그 이유를
알기 위해 간악한 지옥의 술수를
찾을 수밖에 없소. 그래서 다시 주장하오.
욕망을 지배하는 강렬한 물질이나
그런 효과를 내게끔 요술을 부리는
무슨 약을 쓴 거요.

공작 주장이 증명은 아니오.
그를 고발하기 위해선 그런 상식적인
추측과 박약한 개연성보다
더 넓고 명백한 증거가 필요하오.

의원 1 하지만 오셀로, 말해보시오.
음흉하고 강압적인 방법으로 처녀의
애정을 병들게 하여 정복하였소?
또는 서로를 원해 영혼끼리 주고받는
정당한 대화로 얻어진 거요?

오셀로 여관에 기별하여 부인을 데려다가
부친 앞에서 말을 하게 해주시오.
그녀 말에서 내 악행을 발견하면
당신들이 내게 맡긴 직책과 신임을
회수할 뿐 아니라 내 목숨에 대해
사형선고를 하시오.

공작 데스데모나를 데려오라.

[두세 시종 퇴장]

오셀로 기수, 인도해라. 네가 그곳을 잘 안다.

[이아고 퇴장]

그녀가 올 때까지 감정이 지은 죄를
하늘께 진심으로 고백하듯 여러분의
엄숙한 귀에 내가 어떻게 아름다운
이 여인의 사랑을, 그녀는 어떻게 내 사랑을
얻었는지 성실히 말하겠소.

공작 말하오.

오셀로 그녀 부친이 나를 좋아하여 자주 불러
내 일생 이야기를 처음부터 차례차례
들려 달라 청했소. 내가 경험했던
백병전, 포위전, 그 결과들이었소.
나의 소년 시절부터 내가 말을 시작한
그 순간까지 일목요연하게 이야기했소.
몹시도 불우했던 경우들을 말하고
변화 많은 육지와 바다의 사건들,
성루의 파괴에서 긴급한 위기 탈출.
거만한 적에게 포로 되어 노예로
팔렸던 신세, 그로부터 얻은 해방,
고난의 삶에서의 태도와 처신,
광막한 동굴과 쓸모없는 사막들,
거친 돌산, 돌무더기, 하늘에 닿은
봉우리들. 이야기할 기회가 주어지자
그런 식으로 이야기를 펴나갔소.
또한 서로들 잡아먹는 식인종들,
머리가 어깨 밑에 달린 족속 이야기,—
내 얘기를 들으려고 데스데모나가
열심히 귀를 기울였지만 언제나
집안일로 자리를 떠야 했소. 그래서
일을 급히 마치고는 다시 돌아와
굶주린 듯 이야기를 삼켜대는 것이었소.
이를 눈치 챈 나는 적당한 때를 골라
그녀의 진지한 요청을 얻어낼
방법을 찾았던 거요. 부분적으로
들었을 뿐 계속하여 듣지 못한
내 모든 인생담을 들려 달라 하더군요.
나는 그에 동의하여, 젊은 시절 당했던
고난의 아픔을 이야기할 때 그녀는
자기도 모르게 눈물을 흘렸소.
이야기를 마치자 수고한 값으로
그녀는 무한히 한숨 쉬며 참말 놀랍다고,
너무나 놀랍다고, 슬프다고, 놀랍도록
슬프다 하고 듣지 말걸 그랬다 하면서도
하늘이 자기에게 그런 남자를
주셨으면 좋았겠다며 고맙다 하고
그녀를 사랑하는 친구에게 내 얘기 하는 법만
가르쳐주면 구애에 성공할 것이라 했소.
이에 나는 말했소. 내가 겪은 위험 때문에
그녀는 나를 사랑했고 그녀의 동정심 때문에
나는 그녀를 사랑했소. 마술은 이뿐이오.
여기 그녀가 오고 있소. 증언을 시키시오.
[데스데모나, 이아고, 시종들 등장]

공작 그 얘기를 들으면 내 딸도 끌리겠소.
브러밴쇼, 이왕 망친 사태를 되도록 좋게
받아들이오. 맨손보다는 부러진 창을
쓰는 법이오.

브러밴쇼 저 애 얘길 들읍시다.
딸애 자신이 구애자의 절반임을 자백하면,
내 못된 비난이 저자에게 내릴 경우
내 머리에 파멸이 떨어져도 괜찮소.
얌전한 처녀야, 이리 오너라. 네가 가장
복종할 사람이 우리 중에 있느냐?

데스데모나 아버님, 의무가 두 갈래로 갈리네요.
아버님께는 생명과 양육을 빚졌어요.
제 목숨과 교육은 아버님을 존경하라
가르쳐요. 아버님은 효성의 주인이셔요.
이제까진 딸이지만 여기 제 남편이 있어요.
어머님이 친부보다 아버님을 앞세우고
아버님께 자신의 충절을 바치셨듯이
무어인 제 주인께 충절 바칠 권리를
요청하는 것이어요.

브러밴쇼 잘 가라. 난 말 다했다.
공작 각하, 그럼 곧장 국사로 가십시다.
애를 낳기보다는 양자를 들이겠소.
무어인, 이리 와요. 온 마음으로
당신과 떼놓고 싶은 애를 온 마음으로
주는 거요. 벌써 가졌는지 모르지만.
애물아, 다른 애가 없는 게 참말로
다행이니 네 덕이다. 네가 도망치는 바람에
애들에게 족쇄 채운 폭군이 됐겠지.
끝났소, 공작 각하.

공작 나도 당신처럼 말해서 이 연인들이
당신의 호감을 다시 찾을 발판이 될
격언들을 늘어놓겠소.
희망을 걸었다가 최악을 목도하여
대안이 없을 때 슬픔은 끝나며
이미 지난 불행을 계속 슬퍼하는 것은
새로운 불행을 재촉하는 첩경이다.
보존할 수 없는 바를 운수가 가져가도

운수의 작간을 인내는 비웃는다.
빼앗기고 웃는 자는 도둑에게 빼앗으며,
쓸데없이 우는 자는 자기에게 도둑이다.

브러밴쇼 이렇게 터키가 사이프러스를 뺏어도,
우리가 웃는 한 뺏기지 않겠소.
격언이 제공하는 공짜 위로밖에는
참아낼 수 없는 자는 격언을 잘 들으나,
격언과 슬픔을 동시에 참는 자는
슬픔에게 갚으려고 인내에게 빚을 지오.
이러한 격언들은 단맛이나 쓴맛이나
양면으로 힘이 있어 무슨 뜻도 가능하나,
말은 말일 뿐이오. 상처 입은 마음이
귀를 통해 나았다고 들은 적은 없소.
국사로 나가기를 간절히 요청하오.

공작 터키 군이 강력히 준비하여 사이프러스로 향하고
있소. 오셀로, 그곳의 방비 상황을 당신이 가장
잘 알고 있는데, 지금 우리는 자타가 공인하는
능력자를 대리로 세웠으나 목적에 대해서는 최고의
주도자인 여론에 따르자면 더욱 큰 안전은 당신에게
있다는 중론이오. 그런고로 당신은 새로운 행복의
밝은 빛이 좀 더 거칠고 험난한 파병으로 인하여
흐려지게 되는 것을 감내해야 할 것이오.

오셀로 존엄하신 의원님들, 습관이란 폭군이
돌바닥과 무쇠 같은 전쟁터의 잠자리를
세 번이나 골라 만든 깃털 요가 되게 했소.
혹독한 곳에서도 몸에 밴 민첩성을
찾아내는 사람으로, 이번 오토만과의
전쟁을 책임질 터이오. 그러므로
내 아내를 적절히 처우해 주실 것을
각하에게 간곡히 청원하는 바입니다.
그녀의 지위에 합당한 대우와
소요 비용과 신분에 어울리는 거처와
말동무를 마련해 주시기 바랍니다.

공작 그야 부친 집이지.

브러밴쇼 원하지 않소.

오셀로 저도 같습니다.

데스데모나 거기 거처하면서
항상 눈에 띄어서 아버님의 화를 돋우며
살고 싶지 않습니다. 자혜로운 공작님,
좋으신 귀 기울여 제 마음을 들으셔요.
공작님 판단으로 저의 순수한 마음에
도움의 특권을 주셔요.

공작 무엇을 원하는가?

데스데모나 저 무어 사람과 같이 살기 위하여
그를 사랑한 것이 저의 명백한 결단이며
행운의 포기라고 알려져도 좋아요.
제 마음은 주인의 기질과 같아졌어요.
오셀로의 얼굴을 그 마음에서 본 저는
용맹한 능력과 명예에 제 영혼과
행복을 함께 맺었어요. 그러니만큼
저는 평화의 좀벌레로 후방에 남고
그이만 전쟁터에 나가면 그를 사랑할
권리를 빼앗기고 지루한 기간을
그의 애틋한 부재로 참아야 하겠지요.
저도 그이와 함께 가게 해주세요.

오셀로 허락하여 주십시오.
하늘에 맹세코, 욕망을 채우려고
청함이 아니며 내게서 사라진
욕정을 따르고 없어진 사사로운
만족을 위해서가 아니라 그녀의 마음에
관후한 마음씨를 보이려 함이니,
그녀와 함께할 때 막중한 일에
소홀할까 걱정하지 마시도록, 하늘이
당신들의 영혼을 보호하기 빕니다.
경박한 큐피드의 날갯짓이 피곤하여
눈과 몸의 기능을 잠자게 하고
향락이 내 직책을 타락시켜 더럽히면
부인들이 내 투구를 냄비로 삼으며
만 가지 창피와 비열한 불행이 일어
내 명성을 뭉개버려도 좋습니다.

공작 그녀가 가거나 머물거나 당신 자신이
정할 일이오. 사태가 긴박하니
급히 대응하시오.

의원 1 오늘 밤 떠나야 하오.

데스데모나 오늘 밤에요?

공작 이 밤에요.

오셀로 좋습니다.

공작 아침 아홉 시에 우리 다시 만납시다.
오셀로, 장교를 한 사람 뒤에 남기면
임명장을 전달할 것이며 그밖에
당신의 지위와 권한 등 관련 사실을
가져다줄 것이오.

오셀로 제 기수가 좋습니다.
정직하고 믿을 만한 사람입니다.
아내를 그의 호위에 맡기니 공작께서는
필요하다 생각되는 물품과 함께
뒤따라 보내십시오.

공작 그렇게 합시다.
모두 안녕히 주무시오. 그리고 대감,
아름다운 모습에 품격이 보인다면
당신 사위는 검기보다는 훨씬 하얗소.

의원 1 용감한 무어인, 잘 가시오. 부인께 잘하시오.

브러밴쇼 잘 봐둬, 무어인, 보는 눈이 있다면.
아비를 속였으니 당신도 속일 수 있어.

[공작, 브러밴쇼, 의원들, 치안관들, 시종들 퇴장]

오셀로 그녀의 진심에 목숨을 건다. 정직한 이아고,
데스데모나를 너에게 맡겨야겠다.
부탁한다. 네 아내가 시중을 들게 하고
좋은 기회가 생기는 대로 모시고 와라.
데스데모나, 세상일과 지시를 하느라고
함께 보낼 시간이 한 시간뿐이오.
시간에 복종하는 수밖에 없소.

[오셀로와 데스데모나 퇴장]

로더리고 이아고!

이아고 고상한 인간아, 무슨 말인가?

로더리고 이제 뭐하지?

이아고 물론 가서 자는 거지.

로더리고 당장 가서 물에 빠져 죽을 테야.

이아고 네가 그러면 후에 너를 절대로 사랑하지 않을 테다.
어리석은 신사 양반, 왜?

로더리고 사는 것이 괴로울 때 산다는 건 못난 짓이야.
그럴 땐 죽으라는 전통적 처방이 있어. 죽음이
인간의 의사이니까.

이아고 오, 망측해라! 내가 일곱의 네 곱절되는
해를 바라봤는데, 이익과 손해를 구분할 수 있게 된
이래, 자신을 사랑할 줄 아는 자를 발견하지 못했다.
내가 잘생긴 칠면조를 사랑하기 때문에 물에 빠져
죽겠다고 하는 날엔 내가 가진 인간성을 원숭이와
맞바꾸겠다.

로더리고 어쩌면 좋아? 이렇게 바보처럼 구는 게 창피한
걸 인정해. 하지만 그걸 고칠 정신력이 모자라.

이아고 정신력? 엿이나 먹어! 우리가 이렇고 저렇게 되는
건 나한테 달렸다고. 우리 몸은 정원이고 의지는
정원사 같아. 그래서 쐐기풀을 심거나 상추씨를
뿌리거나 약초를 심거나 향초를 마구 심거나 허브
한 종류만 심거나 여러 종류로 갈라 심거나 게을러서
소출이 없거나 부지런히 거름을 주거나—이렇게
통제하고 교정하는 권한은 우리 의지에 달려 있어.
우리 인생의 저울 중 육욕의 접시에 대해 균형을
맞추는 이성의 접시가 없다면 인간 본성의 저열한
혈기에 따라 우리는 혼란스럽기 짝이 없는 종말에
도달할 거야. 하지만 우리는 이성이란 게 있어서
거센 충동과 육체의 자극과 무제한의 욕정을 차갑게
식힐 수 있어. 네가 사랑이라 하는 것도 그 물건의
한 종자나 한 가닥이지.

로더리고 그럴 리 없어.

이아고 순전히 혈기의 욕정이며 의지가 허락한 것일
뿐이야. 사나이가 되라고! 물에 빠져 죽겠다고?
고양이나 눈먼 강아지나 물에 빠트려. 내가 너의
친구라고 지금까지 공언했고 끊지 못할 질긴
끈으로 네 인격과 나 자신을 세게 잡아맸다고
고백하는데, 지금보다 더 잘 도와줄 수도 없어.
주머니에 돈을 넣어둬. 전쟁터에 따라가. 가짜
수염으로 변장해. 데스데모나는 무어인과 오랫동안
사랑을 지속하지 못해.—주머니에 돈을 넣어둬.
그녀에 대해서 사내의 사랑도 오래 못 가. 그녀는
출발이 충동적인 것이라, 거기 딱 맞는 결말이
올 테니 두고 봐. 주머니에 돈을 넣어둬. 무어인은
변덕스러워.—주머니에 돈만 채워둬. 지금 그자한테
꿀처럼 단 음식은 머잖아 소태처럼 쓰게 될 거야.
그녀는 젊은이를 찾아 바꿀 게 틀림없어. 그의 육체를
실컷 맛보곤 진력이 나서 잘못 고른 걸 깨닫게 돼.
안 바꾸곤 못 배겨. 바꿔야 해. 그러니까 주머니에
돈을 넣어둬. 너 자신을 영원히 저주할 것이라면[3]
물에 빠져 죽는 것보단 좀 더 우아한 방법을 강구해.
최대한으로 돈을 마련해. 떠돌이 깜둥이 사내와 최고
색골 베니스 여자 사이의 거룩한 체하는 꼴과 허약한
혼인 서약이 내 머리와 온갖 지옥 족속에게 너무
어려운 게 아니라면 너는 그녀 맛을 보게 돼 있어.
그러니까 돈을 마련해. 물에 빠져 죽겠단 소린 집어치워!

3 자기 자신을 영원히 저주한다는 말은 '자살'한다는 말이다. 자살은 하느님의 엄벌을 받을 최악의 죄였다.

말도 안 돼. 물에 빠져 죽어서 그녀 맛을 못 보느니
차라리 여자 맛 즐기려고 교수형 당할 짓이나 해.

로더리고 내가 결과를 기다리고 있으면 네가 내 희망을 힘껏
밀어줄 거지?

이아고 날 믿어도 좋아.—가서 돈이나 마련해. 너한테 자주
말했지만 지금 다시 두 번 세 번 말한다. 나는 그
무어 놈이 싫어. 이유는 이 마음속에 박혀 있어. 너도
비슷한 이유가 있어. 우리 둘이 그놈에게 복수를 할
연합전선을 펴도록 하자. 네가 놈에게 오쟁일 지우면
넌 재미를 보고 난 구경을 하는 거지. 시간의 자궁
속엔 세상으로 나오려고 꿈틀대는 별별 일이 다 들어
있어. 빠른 동작, 앞으로 가! 돈을 마련해. 내일 이
얘기 더 하자. 안녕!

로더리고 아침에 어디서 만날까?

이아고 우리 집에서.

로더리고 너한테 일찍 갈게.

이아고 좋아. 잘 가.
내 말 들어, 로더리고.

로더리고 무슨 말인데?

이아고 물에 빠져 죽겠단 말 그만둬, 알았어?

로더리고 생각 바꿨어. 내 땅 모두 팔겠다.

이아고 좋아, 잘 가. 주머니에 돈 넉넉히 넣어둬.

[로더리고 퇴장]

이렇게 저 바보를 지갑으로 삼는단 말야.
장난과 이득이 아니라면 저런 바보와
시간을 보내는 건 애써 배운 지식을
더럽히는 짓이지. 무어 놈이 나는 싫어.
소문에는 그놈이 내 자리에 들어가
내 할 일 했다고 해. 가짜인진 모르지만
그런 의심만 있어도 확실한 듯
행동하겠어. 나를 잘 봐줘서
계획대로 행하기가 그만큼 쉬워졌어.
캐시오는 잘난 치야. 생각 좀 해보자.
양수겸장 흉계로 그 자리를 빼앗아서
나를 과시해야지. 어떻게 한다? 어디 보자.
얼마 후에 오셀로의 귀를 속여 그자가
제 아내와 지나치게 가깝다고 해야지.
미끈하게 생긴 데다 사교적인 성격이라
의심받을 만하고 여자들이 혹하겠지.
무어인은 솔직하고 순진한 성격이라
겉만 정직한 자를 진짜 정직한 거로 믿어.
그래서 나귀처럼 코를 꿰서 잡아끌면
얌전히 따를 테지.
됐다, 흉계가 잉태됐다! 지옥과 암흑이
세상 속에 이 괴물을 낳을 것이다.

[퇴장]

## 2. 1

[몬태노와 두 신사 등장]

몬태노 벼랑에서 바다의 무엇이 뵈던가요?

신사 1 아무것도 없었소. 거센 풍랑뿐이었소.
포구와 물 사이에 아무런 돛폭도
보지 못했소.

몬태노 육지에서 바람이 요란하게 외치는데,
그토록 성루를 흔드는 건 처음 보았소.
그처럼 바다에서 사납게 굴었으니
산 같은 파도가 뒤덮는데 참나무 널쪽
이음새가[4] 견뎌내겠소? 어찌 되겠소?

신사 2 터키 함대가 갈라졌단 소식이 있겠소.
거품 이는 바닷가에 서기만 해도
매 맞은 파도가 구름을 올려 치며
나부끼는 물결이 괴수의 갈기를 세워
불타는 소웅좌[5]에 물을 끼얹어
항상 밝은 북극성의 문지기를 꺼뜨리오.
거친 물결 위에서 그와 같은 재난을
본 적이 없소.

몬태노 터키 함대가 대피 항구에
들어가지 않았다면 모두 수장될 판이오.
견뎌내기 불가능하오.

[신사 3 등장]

신사 3 친구들, 희소식이오. 전쟁이 끝났소!
무서운 폭풍이 터키 군을 강타하여
작전이 중단됐소. 베니스의 큰 배가
그들 함대 대부분이 심하게 파손되고

4 당시 큰 배는 견고한 참나무 널판으로 만든 것이었다.

5 별을 보고 방향을 짐작하던 항해사에게 북쪽 하늘에 있는 소웅좌(小熊座, 작은곰자리)가 마치 문지기처럼 항상 빛나는 북극성의 위치를 알려주곤 했는데 물결에 휩싸인 소웅좌가 '불'이 꺼지는 듯하다는 말이다.

손실을 입은 것을 보았다 하오.
몬태노 뭐요? 정말이오?
신사 3 그 배가 이곳에 정박하였소.
베로나 배인데, 용맹한 무어인
오셀로의 부관인 마이클 캐시오가
상륙하였고, 아직 항해 중인 무어인은
이 지역의 전권을 위임받았다 하오.
몬태노 기쁜 일이오. 유능한 총독이시오.
신사 3 하지만 캐시오는 터키 군의 패퇴에
안도하면서도 무어인의 안전을
걱정하며 기도하오. 지독한 폭풍 중에
헤어졌다 하오.
몬태노 나도 안전을 기원하오.
휘하에 있었는데, 완벽한 무사로서
지휘하는 분이시오. 바닷가로 나갑시다.
조금 전에 도착한 배만 아니고
바다와 하늘이 맞닿는 점까지
용맹한 오셀로를 향하여 아득히
시선을 보냅시다.
신사 3 다들 그리합시다.
장군님이 언제라도 도착하실 것 같은
기대가 커지고 있소.
[캐시오 등장]
캐시오 고맙소. 최전방의 용맹한 분들이
장군님을 이처럼 칭찬하시니—
하늘이여, 자연의 위력에서 보호하시길!
위태로운 물 위에서 그분을 놓쳤소.
몬태노 좋은 배인가요?
캐시오 타신 배는 재목이 튼튼하고 항해사는
노련한 항해술로 인정받는 사람이오.
그래서 내 희망은 과도하지 아니하되
신념은 상존하오.
목소리 [안에서] 돛이다! 돛이다!
캐시오 웬 소린가?
신사 2 도시가 비었소. 바닷가 벼랑 위에
줄지어 서서 "돛이다!"를 외쳐요.
캐시오 희망으로 상상컨대, 사령관이시군.
[포성이 들려온다.]
신사 2 인사의 포성을 울리는군요.
어쨌든 우군이오.
캐시오 먼저 가서
누가 도착했는지 보고하시오.
신사 2 그러지요. [퇴장]
몬태노 그런데 부관, 장군이 결혼했소?
캐시오 아주 행복하게요. 묘사도 소문도
뛰어넘는 아가씨를 얻으셨는데,
찬양의 붓놀림을 능가하는 여인이며
창조의 본질인 영혼을 입히시며
창조주도 힘드셨소.
[신사 2 등장] 어찌 됐소? 누가 왔소?
신사 2 이아고란 사람이오. 장군의 기수요.
캐시오 아주 제 시간에 운 좋게 빨리 왔군.
폭풍과 높은 물과 울부짖는 바람과
깊이 파인 바위와 물속에 잠겨 있어
죄 없는 키를 잡는 높은 모래 둔덕은
어여쁨을 알아보는 감각이 있는 듯이
흉측한 성질을 잠시 멈추고
천사 같은 데스데모나를 고이 보내라!
몬태노 누군가요?
캐시오 방금 말한, 장군님의 아내요.
당찬 이아고가 호위를 맡았소.
그녀의 상륙은 일주일이 빠르군요.
위대한 주피터여, 오셀로를 지키시고
강력한 입김으로 돛폭을 부풀리고
높은 배의 입항으로 이 포구를 축복하며
아내의 품속에 사랑의 빠른 숨을 쉬게 하여
기진한 자들에게 다시금 불을 일궈
[데스데모나, 이아고, 로더리고,
에밀리아 등장]
온 섬을 위로하소서. 오, 보시오.
그 배의 보화들이 착륙하였소!
사이프러스 신사들, 무릎 굽혀 절하시오!
부인, 환영합니다. 하늘의 은총이
부인의 앞과 뒤와 모든 방면에서
둘러싸시길!
데스데모나 용맹한 캐시오, 고마워요.
주인에 대해선 무슨 소식 없으셔요?
캐시오 아직 미착이십니다. 무사하시며 곧
도착하실 것밖에는 아는 바 없습니다.
데스데모나 하지만 걱정되어요. 어떻게 헤어졌죠?
캐시오 바다와 하늘의 광대한 겨루기가
우리를 갈라놨어요.

[안에서 "돛이다! 돛이다!" 하고 외치는 소리]
아, 들립니다. 돛이랍니다.
[포성이 들려온다.]
신사 2 요새에 인사를 보내는군요.
역시 우군입니다.
캐시오 소식을 알아 오시오. [신사 2 퇴장]
유능한 기수, 잘 왔네. [에밀리아에게]
부인, 환영하오.
착한 이아고, 예절을 지키는 나에게
화내지 마라. 실례를 무릅쓰고
예의를 지킴은 신사 교육 때문이다.
[에밀리아에게 키스한다.[6]]
이아고 그녀가 당신에게 입술을 주는 만큼
나한테 굴려대는 혓바닥도[7] 준다면
염증 날 거요.
데스데모나 어머, 아무 말도 못 하네.
이아고 사실은 할 말이 너무나 많죠!
자고 싶은 때에도 좋알대니까.
마님이 보시는 앞에서는
혓바닥을 마음속에 잠깐 숨기고
생각으로 욕해요.
에밀리아 그런 말할 핑계가 없는데.
이아고 관둬, 관둬! 문밖에선 얌전한 그림이요,
거실에선 꽹과리요, 부엌에선 살쾡이요,
억울할 땐 성자요, 당한 때는 악마요,
집안일은 노라리요, 집안일로 바쁘기는
침대에서죠![8]
데스데모나 저런 욕쟁이, 그만둬요!
이아고 사실이라고요. 아니면 난 터키 놈이오.
극장 가러 일어나고 일하러 자리에 들죠.
에밀리아 내 칭찬은 안 쓰겠죠.
이아고 시키지도 마.
데스데모나 나를 칭찬할 거면 뭐라고 쓰겠어요?
이아고 오, 마님. 저한테 시키지 마세요.
비판이 아니면 말도 하지 않아요.
데스데모나 자, 말해요.—누가 부두로 갔어요?
이아고 예, 마님.
데스데모나 놀 기분은 아니지만 딴전을 피워서
속내를 다르게 보여줘야지.
자, 내 칭찬은 어떻게 하지?
이아고 생각하는 중인데 말재간이 천에 붙은
끈끈이처럼 머리에서 떨어지지 않네요.
골까지 따라 나와요. 하지만 영감이
끙끙 매다가 이렇게 나오네요.
금발이고 똑똑하면 미모와 지혜이니
전자는 쓰임 받고 후자는 쓰는 자라.
데스데모나 칭찬이 썩 좋군. 검은 머리에 똑똑하면?
이아고 머리가 검은데 지혜가 있으면
검은 데 어울리는 금발을 얻으리라.[9]
데스데모나 점점 나쁜 소리네.
에밀리아 금발의 멍청이는 어떻게 돼?
이아고 금발의 멍청이는 존재하지 않았다.
돈 많은 상속자가 멍청해도 데려갔다.
데스데모나 이런 소린 술집에서 바보들을 웃기는 낡아빠진
우스개 궤변들이야. 못생기고 멍청한 여자에겐
무슨 가련한 칭찬이 있어?
이아고 아무리 못생기고 미련한 여자라도
예쁘고 똑똑한 여자의 못된 짓은 잘하죠.
데스데모나 너무 심한 무식이야! 가장 못난 자를 가장 높이
칭찬하네. 하지만 정말 자격이 있는 여자를 어떻게
칭찬하지? 자신의 훌륭한 점을 권위의 근거로 삼아
악 자체의 맹세까지 겁 없이 상대하는 여자는?
이아고 언제나 아름답되 뽐내지 않으며
마음대로 입 놀리되 떠들지 않으며
돈이 많으나 결코 사치하지 않으며
욕망을 피하되 '그럴 수 있겠다' 하며
성났을 때 복수의 기회가 가까워도
억울함을 참고서 원수를 놓아주며
그녀의 지혜는 절대로 약하지 않아
대구 머리를 연어 꼬리와 바꾸지 않고
생각을 할 줄 알되 제 속을 안 밝혀
구혼자가 따라와도 뒤돌아보지 않는다.
그런 여자는, 그런 여자가 인간이라면—
데스데모나 어떻게 할 건데?

6 당시 잉글랜드 풍속에서 신사는 아랫사람의 아내에게 인사로 키스를 했다. 이아고는 캐시오보다 낮은 신분임을 알 수 있다.
7 아내가 자주 바가지를 긁는다는 말이다.
8 억울할 때는 짐짓 성자처럼 초연한 척하며 잠자리에선 집안일이 바쁘다고 핑계한다.
9 흑인 오셀로가 백인 금발인 데스데모나를 얻었다는 의미이다.

이아고 멍청이에게 젖 빨리고, 시시한 데 매이겠죠.
데시디모나 오, 정말 맥 빠지고 힘없는 결론이구나!
에밀리아, 남편이지만 저이한테 배우지 마.
캐시오, 저 사람 참말로 입 더럽게 마구 해대는
말쟁이 아니에요?
캐시오 정통을 찌르십니다. 하지만 학자보다는 군인으로
보시면 더 잘 아시게 됩니다.
이아고 [방백] 여자의 손바닥을 잡는군.—그래, 잘한다.
귓속말을 주고받네!—그런 쬐고만 거미줄로 캐시오
같은 왕파리를 옭아 넣겠다.—그래, 그녀한테
웃어라, 웃어! 너의 예절 족쇄를 네게 채워주겠다.
—옳은 말 하는군. 그래 맞아.—그런 짓 때문에
부관 자리 뺏긴다면 그처럼 뻔질나게 세 손가락에
키스를 해대지[10] 않을걸.—지금 다시 신사 노릇
잘하려고 또 그 짓이군. 아주 좋아.—키스 잘했어.
뛰어난 예절이야. 확실해!—한데 다시 손가락을
입술에 대? 밑구멍 관장하는 대롱[11]이면 좋겠다!
[안에서 나팔 소리가 난다.]
무어인이오! 나팔 신호요!
캐시오 과연 그렇다.
데스데모나 반갑게 맞으셔요.
캐시오 오, 저기 오시오!
[오셀로와 시종들 등장]
오셀로 아리따운 나의 천사!
데스데모나 사랑하는 오셀로!
오셀로 당신을 눈앞에 보니 기쁨과 함께
놀라움이 너무 크오. 내 영혼의 기쁨이여,
폭풍 후에 언제나 이토록 평화로우면
바람이 불어쳐서 죽음을 일깨우고
까불리는 조각배가 올림포스 산만큼
파도를 높이 탔다 하늘과 지옥이 멀 듯
깊숙이 꺼져도 좋소. 이제 내가 죽어도
가장 복된 순간이오. 더없는 기쁨을
영혼이 만끽하여 이 같은 평화는
미지의 운명 속에 또다시 생기지
못할 것이오.
데스데모나 하늘이여, 도우소서.
사랑과 기쁨이 날이 갈수록
늘어나게 하소서.
오셀로 착한 신령들이여,
아멘! 내 기쁨 이루 다 말할 수 없소.
여기서 말이 막히오. 기쁨이 너무 크오.
이것이, 이것이, 우리 두 마음의
[둘이 키스한다.]
가장 큰 불화여라!
이아고 [방백] 지금은 음이 맞아.
하지만 정직한 이 사람이 화음을 내는
조리개를 빼놓겠다.
오셀로 자, 궁성으로 갑시다.
[나머지 사람들에게]
친구들, 전쟁이 끝났소. 터키 군이 수장됐소.
이 섬의 옛 친구들, 어찌 지내오?—
여보, 당신은 이 섬에서 인기 높겠소.
서로 간에 사랑이 큰 것을 내가 보았소.
오, 여보, 나답지 않게 지껄이는군.
기쁨에만 정신을 쏟누나. 착한 이아고,
포구로 가서 내 짐들을 내려놓게.
선장을 요새로 데리고 와라.
유능한 자야. 능력이 대단하여
상당한 존경을 받을 만한 사람이다.
데스데모나, 사이프러스에서 다시금 환영하오.
[오셀로와 데스데모나 퇴장. 이아고와
로더리고를 제외한 모든 사람이 뒤따라 퇴장]
이아고 [떠나는 시종 중 하나에게] 잠시 뒤에 부두에서
나하고 만나자. [로더리고에게] 용감하면 이리 와.
하긴 못난 사내도 연애할 땐 원래 타고난 것보다
고상한 성격이 된다고 하지. 내 말 잘 들어. 오늘 밤
부관이 경비대의 당직이야. 우선 너한테 알려줘야
할 사실은, 데스데모나가 그자에게 완전히 반했다는
거야.
로더리고 그 사람에게? 그건 불가능해.
이아고 이렇게 손가락을 입에 대고 네 영혼이 깨우치게 해.
애초에 그녀가 무어인을 얼마나 격렬히 사랑했는지
생각해봐. 단지 제 자랑과 환상적인 거짓말만 듣고
그랬어. 그러니 앞으로도 그따위 나불대는 소리만
듣고 사랑하겠어? 똑똑한 정신으로 그런 생각은 싹
버려! 그녀한테는 눈요기가 필요해. 그런데 그런 마귀[12]를

10 당시 신사가 부인에게 예의를 표하기 위해 자기 손가락에 차례로 키스를 했다.
11 항문에 좌약을 삽입하는 데 쓰던 파이프 꼴의 대롱을 말한다. 여자가 뒷물하던 때도 썼다.

본댔자 뭐가 좋겠어? 장난을 치고 나서 욕정이
무뎌지면 다시 욕정을 불 질러 줄 (싫증나는 데다가
신선한 욕망을 불어넣을) 잘생긴 얼굴, 서로 동감할
수 있는 나이, 풍속, 그 밖의 온갖 좋은 것들이
필요해. 무어 놈은 그 모든 게 전부 모자라. 그래서
그런 필요 사항들이 없으니까 그녀의 섬세한 청춘이
속은 걸 깨닫고 이제껏 삼킨 게 메슥거리고 무어인에게
구역질을 느끼고 싫어하게 돼. 본능적으로 이 사실을
깨닫게 돼서 또 다른 걸 고를 수밖에 없어. 그걸
인정하면 (더할 바 없이 명백하며 자연스런 논리야.)
이런 행운의 서열에서 누가 캐시오보다 상위에 있어?
수다스런 놈인 데다 깊이 감추고 있는 음탕하고
걸렁한 욕심을 채우려고 학교 물 먹었다고 아는 척하며
겉모양만 꾸미지만 양심은 없어. 그 이상은 아니야.
아니고말고. 매끄럽고 영리한 놈으로 때를 잘
타는 놈이라 보는 눈이 있어서 기회를 만들어내고
꾸며내거든. (실제로 진짜 기회는 안 생기지만.) 마귀
같은 놈이지. 게다가 잘생기고 젊어서 멍청한 풋내기가
찾아다닐 조건들을 모두 갖추고 있어.—완벽한 독초 같은
녀석인데 여자가 벌써 점찍어놨어.

로더리고 그 여자가 그럴 거라고 도저히 못 믿겠어. 축복이
철철 넘치는 성격인데.

이아고 축복 좋아하네! 그 여자가 마시는 술도 포도로 만든
거야. 축복을 받았다면 애초에 무어인을 사랑하지
않았을 테지. 축복이고 나발이고! 여자가 사내 손바닥
만작거리는 거 보지 못했어? 그거 눈여겨보지도
않았어?

로더리고 그래, 봤어. 하지만 그건 예절에 지나지 않아.

이아고 맹세컨대 간음이야. 음욕과 더러운 생각에 관한
책의 목차요 은밀한 머리말이야. 입술들이 너무
가까이 접근해서 숨결끼리 껴안을 지경이었어.
못돼 먹은 생각이야, 로더리고. 그런 친밀감이 먼저
길을 인도하면 얼마 안 지나 바탕의 행동이 뒤따라
한 몸뚱이로 뭉치는 결말을 맺는 거라고. 쳇! 내가
시키는 대로 해. 내가 널 베니스에서 데려왔어.
오늘 밤 경비를 서. 당직 명령은 내게 맡겨. 캐시오는
너를 몰라. 내가 너한테서 멀리 떨어져 있지 않을
테니까 무슨 빌미로든지 캐시오를 화나게 만들어.
말소리를 크게 내든가, 그의 전술 능력을 흉본다거나,
뭐든지 그 당장 적당한 생각이 드는 대로 해.

로더리고 응, 그래서.

이아고 그자는 성을 내면 성질이 매우 급해져. 그래서
혹시는 지휘봉을 빼서 너한테 내리칠 거야. 그러게끔
약을 올리란 말이야. 바로 그 사태를 이용해서
사이프러스 사람들이 난동을 부리게 만들 테니까.
그들이 캐시오를 면직시켜야만 그자는 다시 진짜로 신뢰를
회복할 거야. 욕망으로 향하는 길이 짧아지게 하려면
그런 방법으로 내가 네 욕망을 밀어줘야 해. 그렇게
하면 아주 편하게 장애물이 제거돼. 그렇지 않으면
두 사람의 승리는 가망 없다고.

로더리고 그렇게 할 테야. 네가 무슨 기회라도 만들어 주기만
하면 괜찮아.

이아고 나를 믿어. 잠시 후에 요새에서 나하고 만나. 그자의
물건들을 내려놔야 하니까. 잘 있어.

로더리고 잘 가. [퇴장]

이아고 캐시오가 그녀를 사랑한다고 믿으며
그녀가 그자를 사랑한다고 믿겠어.
무어인은, 아무리 보기 싫다 해도
변함없이 사랑하며 고상한 성격이라
그녀에게 한없이 다정한 남편이
될 거라 믿어. 한데 나도 그녀가 좋아.
순전히 욕정은 아니지만 (혹시 나도
그만큼 큰 죄 짓는지 모르지만)
일부분은 복수심을 살찌우기 위해서
성욕 센 무어인이 내 자리에 들었다고
의심하고 싶어져. 그걸 생각만 해도
창자가 독약처럼 씹힌단 말이야.
아내는 아내로, 놈과 맞먹기까진
무엇도 내 영혼을 달래지 못해.
그렇지 못하면 적어도 녀석을
판단력도 못 고치는 극심한 질투 속에
몰아넣겠다. 그러기 위해 걸레 같은
베니스 녀석이 너무 급히 못 덤비게
억제하지만, 시키는 대로 하면
꼼짝달싹 못 하게 캐시오를 옭아놓고
음탕한 옷을 입혀 무어인한테 고해바쳐
—캐시오도 내 침대에 누웠을지 몰라.—
엉뚱하게 자기를 멍청이로 만들고
평화로운 마음을 미치게 만든 나한테

12 오셀로의 피부색이 시커멓다고 '마귀'라고 했다. 마귀는 시커먼 존재인 까닭이다.

고맙다면서 상 주게 해야지.
이 속에 들었는데,[13] 아직은 뒤섞였어.
악의 진짜 얼굴은 실행 전엔 안 보여. [퇴장]

## 2. 2

[오셀로의 의전관이 포고문을 가지고 등장]

의전관 [읽는다.] "고귀하시고 용맹하신 우리의 사령관
오셀로 장군의 뜻이다. 터키 함대의 전멸을 전하는
근착 소식에 따라 각자는 승리의 축전에 참예하라.
혹자는 춤추고 혹자는 봉화를 올림으로 각자의
기호에 따라 어떠한 놀이와 잔치를 벌여도 좋다.
이러한 기쁜 소식에 더하여 이 또한 장군 자신의
결혼 축하이기도 하다."—이상으로 장군의 뜻을
공포한다. 모든 주방은 개방되어 있다. 현재 시각
5시부터 종이 11시를 칠 때까지 잔치는 완전
자유다. 하늘이여! 사이프러스와 고귀하신 우리의
오셀로 장군을 축복하소서! [퇴장]

## 2. 3

[오셀로, 캐시오, 데스데모나 등장]

오셀로 캐시오, 오늘 밤 경비 상태를 살펴라.
적절한 한계를 넘지 않도록
명예로운 정지선을 스스로 지키자.

캐시오 이아고에게 할 일을 지시하였습니다.
그럼에도 불구하고 직접 제 눈으로
살피겠습니다.

오셀로 매우 정직한 사람이다.
캐시오, 잘 가라. 되도록 아침 일찍
만나서 얘기하자. 여보, 갑시다.
값을 모두 치렀으니 열매가 올 차례요.
당신과 나 사이에 이익이 아직 없소.
잘 자라. [오셀로와 데스데모나 퇴장]

[이아고 등장]

캐시오 잘 왔네, 이아고. 경비대에 가야겠다.

이아고 이 시간엔 맙시다, 부관. 아직 10시도 안 됐소.
장군이 데스데모나와의 사랑 때문에 우릴 이렇게
일찍 해산시킨 거요.—그렇다고 장군을 탓하진
맙시다. 아직 그녀와 신나는 밤을 보내지 못했으니.
게다가 그녀는 주피터가 데리고 놀 만한 여자예요.

캐시오 가장 완벽한 부인이지.

이아고 또한 틀림없이 연애하는 기분이 넘칠 터이죠.

캐시오 확실히 신선하고 섬세한 여인이지.

이아고 아, 그 눈은 또 어떻고! 항복을 권유하는 나팔을
불어대는 듯하죠.

캐시오 매력적인 눈이지. 하지만 매우 정숙해.

이아고 또한 말을 하면 사랑을 자극하는 경고 아네요?

캐시오 확실히 완벽하지.

이아고 그럼 둘의 금침에 행복이 깃들기를! 자, 부관 나리,
나한테 술 한 병 있소. 그리고 여기 바깥에
흑인 오셀로에게 건배를 하고 싶다는 사이프러스
청년 두엇이 와 있소.

캐시오 오늘 밤은 안 되겠어, 이아고. 난 술을 마시면 워낙
머리가 약해서 문제가 생겨. 사교 예절에 별다른
놀이 방식을 창안해주면 대단히 고맙겠어.

이아고 오, 모두 우리 친군데요. 딱 한 잔만 합시다. 당신에게
건배하겠소.

캐시오 오늘 밤 딱 한 잔만 마셨어. 그것도 교묘하게 물을
탄 거였어. 그런데 내 얼굴에 무슨 변화가 생겼는지
보란 말이야! 나는 불행히도 술에 약해. 그래서 내
약한 주량에 더 부담 지울 수 없다고.

이아고 원 사람도. 아, 잔칫날 밤이 아니오! 청년들이 그러길
바란단 말이오.

캐시오 어디들 있는데?

이아고 여기 문간에요. 불러들여요.

캐시오 그러긴 하겠지만 내키진 않아. [퇴장]

이아고 놈에게 한 잔만 더 씌울 수 있으면
오늘 밤 미리 마신 것과 합해서
젊은 계집의 삽살개마냥 화를 내고
덤벼들겠지. 그런데 상사병에 걸려서
거의 속이 뒤집힌 로더리고가
오늘 밤 데스데모나에게 연거푸
잔을 비워 건배하고 경비를 서는데
명예를 존중하고 자존심이 강하며
호전적인 이 섬의 핵심이 되는
사이프러스의 세 신사를 내가 오늘 밤

13 자기 머리를 가리키며 하는 말.

넘치는 술잔으로 달궈놨는데
역시 경비를 서. 주정꾼 한복판에
캐시오를 투입하여 섬사람의 화를 돋울
무슨 짓을 벌이도록 만들어야지.
[캐시오, 몬태노, 신사들 등장]
몰려오는군.
만약에 결말이 내 꿈을 따라주면
바람과 물결 따라 배는 순항하리라.
캐시오 정말이오. 벌써 나한테 큰 거 먹였소.
몬태노 작은 거요. 한 고뿌도 못 돼요. 군인으로
말하는 거요.
이아고 여기 술 좀 가져와!
[노래한다.]
양철 술잔 쩔렁쩔렁 두들기겠다.
양철 술잔 쩔렁이겠다.
군인도 사람이다.
인생은 고작 한 뼘.
그러니 군인도 마시게 하라!
얘들아, 술 좀 가져와!
캐시오 정말 멋진 노래야!
이아고 영국에서 배운 거요. 거기서는 정말로 술이
세더군요. 덴마크 놈, 독일 놈, 배가 나오다 못해
축 처진 네덜란드 놈도—자, 마셔요!—저
영국 놈한테는 어림없어요.[14]
캐시오 오, 영국인의 음주문화가 그처럼 완벽한가?
이아고 영국 놈은 덴마크 놈을 무척 쉽게 죽일 만큼
고주망태로 만들며, 땀 한 방울 안 흘리고 독일
놈을 거꾸러뜨리며, 네덜란드 놈이 다음 대폿잔을
채우기도 전에 게우게 해요.
캐시오 우리 장군님의 건승을 위하여!
몬태노 나도 마찬가지요, 부관. 같이 건배하겠소.
이아고 오, 정다운 영국이여!
[노래한다.]
스티븐 왕은 훌륭하신 분이었지.
바지는 닷 푼짜리였지만
반 푼이나 더 줬다고 투덜거렸네.
그래서 재단사를 못됐다 했네.
그자는 썩 유명한 사람이지만
네놈은 신분이 낮은 자로다.
나라가 기우는 건 사치 때문이란다.
그러니 낡은 옷을 입고 다녀라.
야, 술 좀 가져와!
캐시오 맹세컨대, 이것은 아까 부른 것보다 훨씬 멋진
노래였다!
이아고 다시 듣겠소?
캐시오 아니다. 그런 거 좋아하는 자는 자기 지위에
어울리지 못한다고 믿거든. 그런데, 모든 것 위에
하느님이 계시지만, 구원받을 영혼이 있고 구원받지
못할 영혼이 있기 마련이지.
이아고 옳은 말씀예요, 부관 나리.
캐시오 에, 나로 말하면—장군님이나 지체 높은 분들은
용서하시오만—구원받길 원한다.
이아고 나도 마찬가지요, 부관 나리.
캐시오 그렇다. 하지만, 실례지만, 내가 먼저다. 부관이
기수보다 먼저 구원받기로 돼 있단 말이다.
하느님, 우리 죄를 사하소서! 신사 여러분, 우리
직분을 보살핍시다. 신사 여러분, 내가 취했다고
생각하지 마시오. 이것은 우리 기수요, 이것이 내
오른손이고 이것이 내 왼손이오. 지금 내가 취한
것이 아니오. 제대로 일어서며 제대로 말도 하오.
신사들 썩 잘하십니다.
캐시오 아, 그럼 됐소. 그러니까 여러분은 내가 취했다고
생각지 마오. [퇴장]
몬태노 여러분, 포대로 갑시다. 경비를 섭시다.
이아고 방금 나간 친구를 다들 보셨죠?
시저의 옆에 서서 명령을 하달할
훌륭한 군인인데, 약점이 있소.
장점에 대해서 정확히 반대되오.
장단점이 꼭 같소. 참말로 유감이오.
오셀로가 그에게 신뢰를 두지만
그분이 약점을 보이는 순간에
섬이 흔들릴 거요.
몬태노 자주 이렇소?
이아고 언제나 자기 전의 전주곡이죠.
마신 술이 요람을 흔들지 않으면
시계가 두 바퀴 돌아도 끄떡없지만.
몬태노 장군님이 아시면 좋겠는데요.
모르시든지, 또는 관대한 성격이라

14 당시 덴마크, 독일, 네덜란드 사람들은 술이 세기로 유명했다. 하지만 영국인은 더 세다는 말이다.

캐시오의 덕성을 높이 사시고
약점은 보시지 않네요. 안 그렇소?
[로더리고 등장]
이아고 [로더리고에게 방백]
왜 그래, 로더리고?
부관 빨리 따라가! [로더리고 퇴장]
몬태노 존귀하신 장군께서 버금가는 지위를
그처럼 고질적인 병통을 가진 자로
위태롭게 하시다니 매우 안 된 일이오.
무어인께 사실을 알려드리는 것이
정직한 일이오.
이아고 이 섬을 다 줘도 싫소.
너무나도 캐시오를 사랑하는 판이라
고쳐주고 싶어요.
[안에서 "사람 살려! 사람 살려!" 외치는 소리]
한데 이거 웬 소린가?
[캐시오가 로더리고를 쫓아서 등장]
캐시오 쥐새끼 같은 놈! 좀팽이 녀석!
몬태노 부관, 무슨 일이오?
캐시오 못난이가 나한테 직책을 가르쳐? 저 새끼를
버들가지 소쿠리[15]가 되도록 때려주겠다.
로더리고 나를 때려?
캐시오 요놈, 주둥일 놀려?
몬태노 그만두시오, 착하신 부관! 그만두시라니까요.
손을 내리세요.
캐시오 이거 놔. 안 그러면 네 골통을 내리치겠어.
몬태노 자, 자, 취하셨군요.
캐시오 취했다고?
[둘이 싸운다.]
이아고 [로더리고에게 방백]
빨리 나가. 반란이 터졌다고 소리쳐. [로더리고 퇴장]
관두시오, 부관님! 제발 여러분
도와주시오! 부관님! 몬태노 님!
[몬태노가 부상 당한다.]
도와줘요, 여러분! 경비 참 꼴좋다.
[종이 울린다.]
종 치는 놈 누구야? 망할 것, 이봐요!
온 성이 깨겠다. 부관, 제발 참으쇼.
당신은 영원히 망신살이 뻗쳤소!
[오셀로와 무장한 시종들 등장]
오셀로 여기 무슨 일 났나?
몬태노 아이구, 피가 계속 나오는데.
치명상이다. [캐시오에게 달려들며]
너 죽어!
오셀로 그만. 목숨이 아깝거든!
이아고 멈추시오, 부관! 몬태노! 신사 여러분!
지위와 직책을 깡그리 잊으셨소?
멈추시오. 장군님 명령이오. 멈춰요!
오셀로 왜 이러는가? 무엇이 발단인가?
터키인이 되었는가? 하늘이 금한 짓을
그들도 금하는데 우리끼리 범하는가?
기독교인은 미개한 다툼을 그쳐라.
칼을 움직이는 자는 제 영혼을 가볍게
여기는 자니, 움직이면 죽으리라.
공포의 종을 멈춰라. 온 섬이 놀라
정신을 잃으리라. 어찌된 일인가?
정직한 이아고, 슬퍼 죽을상인데 말하라.
누가 시작했는가? 충성에 걸어 명한다.
이아고 저도 모릅니다. 방금까지 친구로서
우정과 말씨가 자려고 옷을 벗는
신랑 신부 같았는데, 그러다가 방금 전에
무슨 나쁜 별 기운에 얼빠진 듯 칼을 뽑고
피를 볼 원수처럼 서로의 가슴에
칼을 디밀었어요. 한심한 이 싸움이
어째서 생겼는지 말할 수가 없네요.
저를 끼어들게 만든 저의 두 다리를
명예로운 전투에서 잃었다면 좋겠어요!
오셀로 캐시오, 어찌하여 자기를 잊었는가?
캐시오 용서를 빕니다. 말씀드릴 수 없습니다.
오셀로 의젓한 몬태노, 언제나 점잖았다.
젊은 사람이지만 신중하고 차분함을
세상이 알아보고 당신의 이름을
현명한 이들이 입을 모아 칭찬했다.
이렇게 자신의 명성을 풀어놓고
풍부한 칭찬을 밤거리의 싸움질로
낭비하니, 어찌 된 일인가? 대답해라.
몬태노 존귀하신 오셀로, 위험한 부상이라,
말하기 힘듭니다. 저는 말을 삼가지만
제가 아는 모든 것을 부하인 이아고가

15 버들가지를 엮어 짠 병. 온몸에 버들가지 줄기 같은 매 자국이 생기도록 때리겠다는 것.

말씀드릴 것입니다. 폭력의 공격 중에
자신을 돌봄이 때로는 악이 되며
자신을 방어함이 죄가 되면 모르지만
오늘 밤 저의 말과 행동에는 조금도
잘못이 없다고 믿습니다.

오셀로 오, 이제부터
분노가 보다 안전한 이성을
이끌기 시작하며, 감정이 판단을 누르고
길을 인도하려 한다. 내가 한번 동하거나
이 팔을 들기만 하면 너희 중 잘난 자도
책망에 쓰러지리라. 추악한 소란이
어찌 시작되었으며 누가 부추겼는지
내게 말하라. 소란의 책임이 밝혀지면
나와 함께 태어난 쌍둥이라도
남남이 되리라. 아직도 불안정한
최전방의 백성들은 공포가 가득한데
동족 간에 사사로운 싸움을 벌이는가?
야간의 안전을 책임진 경비대에서?
무엄하다! 이아고, 누가 시작했는가?

몬태노 감정에 기울든가 직책상 동료로서
진실의 이상이나 이하를 말하면
너는 군인이 아니다.

이아고 그처럼 감정을
긁지 마시오. 캐시오가 해로우면
차라리 입안의 혓바닥을 자를 테요.
하지만 그에게 아무 해도 안 끼칠
진실을 말할 것을 확신하고 있어요.
이렇게 됐습니다. 저와 몬태노가
얘기하고 있는데 웬 사람이 살려달라고
외치며 달려오고 캐시오가 칼 들고
당장 죽일 서슬로 따라 들어왔는데,
이분이 막아서며 멈추라 했고
저는 소리치는 그 사람을 쫓아갔어요.
그 소동에 주민이 놀랄까 걱정했죠.
사실 그리됐지만요. 발 빠른 그자는
제게서 달아났고 저는 칼들이
부딪치고 내리치고 캐시오가 큰 소리로
욕하는 걸 들었기에 급히 돌아왔는데,
그런 욕은 제가 생전 못 해본 거였어요.
돌아와 보니까 잠깐 동안이었지만
둘은 마주 붙어서 치고받고 했습니다.
다시 붙었을 때 장군께서 떼놓으셨죠.
더 이상은 말씀드릴 수 없습니다.
그러나 인간은 인간이죠. 잘난 사람도
잊을 때가 있어요. 화난 사람이
자기한테 우호적인 사람을 때리듯
캐시오가 뭔가 약간 실수했지만
확실히 캐시오는 달아난 그자에게
모욕을 심히 당해 참을 수 없었겠죠.

오셀로 네 정직과 우정이 이 일을 호도하여
캐시오를 감싸려 한다. 캐시오, 너를
좋아한다만 이제부터 내 부관이 아니다.
[데스데모나가 시녀들과 함께 등장]
얌전한 내 사랑이 놀라 깨지 않았는가!
너를 본보기로 삼겠다.

데스데모나 무슨 일이죠?

오셀로 이제 모두 해결됐소.
자리로 갑시다. [몬태노에게] 당신 상처는
내가 의사에게 보내주겠소. 모시고 가라.
[몬태노가 부축되어 나간다.]
이아고, 읍내를 두루 살펴서
소동에 놀란 자들을 진정시켜라.
갑시다, 데스데모나. 싸움 때문에
단잠을 깨는 것이 군인의 삶이오.
[이아고와 캐시오 외에 모두 퇴장]

이아고 아니, 부관, 다쳤소?

캐시오 응. 무슨 의술도 소용없어.

이아고 아이구, 하느님 맙소사!

캐시오 명성, 명성, 명성! 오, 명성을 잃었단 말이다.
나 자신의 죽지 않을 영원한 부분을 잃어버리고
동물적인 것만 남았다. 오, 내 명성, 이아고,
내 명성!

이아고 정직한 인간으로서, 나는 당신이 무슨 육체적 상처를
입은 줄 알았소. 소위 명성이란 것보다 몸의 상처가
더욱 생생한 거요. 명성이란 헛것이며 가장 거짓된
짐이오. 가질 자격 없는 자가 가지며, 억울하게 잃는
때도 많소. 스스로 명성을 잃었다고 믿지 않는 한,
절대로 명성을 잃은 게 아니지요. 이거 봐요. 장군의
마음을 돌린 방법이 한둘이 아니오. 지금은 기분으로
당신을 내치신 거요. 악감이기보다는 정책적인
벌이오. 사나운 사자를 겁주려고 애매한 개를 때리듯.
다시 청원 드려요. 그러면 당신 편이 되시겠어요.

캐시오 이처럼 무능하고 술 취하고 무분별한 장교로서,
그처럼 훌륭하신 사령관을 속이기보다 차라리
경멸해 달라고 빌겠다. 취했어? 앵무새처럼 지껄여?
싸워? 다퉈? 욕질해? 자기 그림자하고 수작이야?
오, 너 보이지 않는 술의 정령아, 너한테 알맞은
이름이 없다면 네 이름은 마귀 그거다!
이아고 칼을 빼들고 따라가던 자는 누구였소? 그자가
당신한테 무슨 짓을 저질렀소?
캐시오 나도 몰라.
이아고 그럴 수 있소?
캐시오 여러 가지가 뒤섞여서 생각나지만 아무것도
확실치 않아. 싸웠지. 하지만 왜 그랬는지 몰라.
오, 하느님, 인간이 제정신을 훔쳐갈 원수를
입에 부어 넣다니! 기쁘게 즐겁게 흥이 나서
신나게 나 자신을 짐승이 되게 했다니!
이아고 하지만 지금 당신은 아주 멀쩡해요. 어떻게 이처럼
정신 차렸소?
캐시오 주정의 마귀가 분노의 마귀에게 자리를 양보했던
모양이지. 한 가지 불완전이 또 다른 불완전을
보여주었어. 나 자신을 한없이 경멸하라고.
이아고 관둬요. 당신은 자책이 너무 심해요. 이 나라의
시기와 장소와 상황에 미루어볼 때 이런 일이
일어나지 않았으면 정말 좋았겠지만 사실이
사실이다 보니 자신을 위해 바로잡도록 해요.
캐시오 지위를 다시 달라고 하면 나더러 주정뱅이라고
하시겠지. 내가 히드라[16]처럼 입이 많아도, 그
대답에 내 모든 입이 막혀 버릴 테지. 지금은
똑똑하다가 얼마 후엔 바보였다가 드디어 짐승이
되는 거지!—얼마나 황당한가! 절제할 줄 모르는
술잔마다 저주를 받았어. 술의 성분은 마귀야.
이아고 그런 말 말아요. 좋은 술은 잘만 사용하면 좋은
친구 같은 놈예요. 술 욕은 그만해요. 그런데 부관
양반, 내가 당신 사랑한다는 거 알고 있겠죠?
캐시오 내가 잘 알아봤어. 내가 취했었나?
이아고 당신이건 누구건 어느 때건 취할 수 있죠. 어떻게
해야 할지 알려드릴게. 장군님 부인이 지금은
장군님예요. 어째서 그러냐 하면, 장군님이 부인의
온갖 재주와 매력을 감상하고 주시하고 눈여겨보는
데에 온 정신을 팔고 계시거든요. 부인에게 터놓고
말하세요. 직위에 다시 오르도록 도움을 부탁해요.
부인은 속이 넓고 친절하고 동정심이 많으며 복된
성격이라 청탁받은 이상으로 해주지 못하면 죄로
여겨요. 당신과 그녀 남편 사이의 부러진 뼈마디를
싸매 달라고 애원해요. 그러면, 운수를 걸 만한
모든 자를 걸어서 장담하건대, 금 갔던 두 사람의
우정이 이전보다 더욱 단단해져요.[17]
캐시오 매우 좋은 충고다.
이아고 진솔한 우정과 정직한 애정으로 하는 말예요.
캐시오 내가 꺼릴 게 있겠나. 아침 일찍이 선하신 부인께
내 일을 봐달라고 부탁하겠어. 여기서 희망이
좌절되면 미래는 절망뿐이야.
이아고 옳은 말예요. 편안히 주무세요, 부관. 나는 경비
상황을 보러 가야겠어요.
캐시오 잘 가오, 정직한 이아고. [퇴장]
이아고 그러니 내가 악역을 한다는 자가 누구야?
내가 주는 이 충고는 솔직하고 정직하며,
이치가 그럴듯하고 무어인을 되돌릴
확실한 방법이 아냐? 도우려는 마음을 가진
그녀를 성실한 부탁으로 설득하긴
아주 쉬운 노릇이지. 공기나 물처럼
너그러운 마음씨를 타고난 데다가
남편 속을 되돌려 놓으려면—그의 영세와
속죄의 표시를 모두 부인하는 거라도[18]—
그녀의 사랑에 그의 영혼이 묶여 있어
그녀가 신처럼 그의 약한 마음을
마음대로 풀고 맬 수 있어. 그러니
캐시오를 곧장 좋은 데로 데려다 줄
이 방식을 알려주는 내가 왜 악당이야?
오, 지옥의 신이여! 마귀가 검은 죄를
씌울 때 처음에는 지금의 나처럼
천사 같은 모습을 보여줘. 고지식한
이 바보가 지위를 되찾으려 그녀한테
매달리고 그녀가 남편에게 그를 위해
변호할 때 나는 그녀가 욕정을 채우려고
그를 불러오기 위해 그런다는 독약을

16 그리스신화에 나오는, 아무리 잘라도 머리가 두 배로 한없이 돋아나오는 괴물.
17 부러진 뼈를 다시 붙이면 뼈가 더 튼튼하게 된다고 믿었다.
18 애초에 이슬람에서 태어난 오셀로는 기독교인으로 영세를 받고 속죄의 모든 예식을 거쳤다.

귀에 부어 넣겠다. 그녀가 캐시오에게
좋은 일을 해주려고 애쓰면 애쓸수록
무어인과의 신뢰는 깨지기 마련이다.
그리하여 그녀의 마음을 멍들게 하고
그녀의 선(善)을 그들을 모두 옭아 넣을
그물로 삼을 테다.
[로더리고 등장]
웬일인가, 로더리고?

로더리고 나는 사냥에서 사냥개처럼 짐승을 쫓아가는 게
아니라 괜히 소리나 질러대는 못난 개 같아. 돈은
거의 바닥이 났는데, 지난밤 멋들어지게 몽둥이
찜질을 받았어. 마지막 결론은 수고한 대가로
경험을 많이 쌓았다는 것일 테지. 그 과정에서
무일푼이 됐는데 정신은 그보다는 조금 남아
있어서 베니스로 돌아가려고 해.

이아고 참을성 없는 자는 얼마나 불쌍한가!
무슨 상처가 차차 낫지 않는다지?
알다시피 우리는 요술 아닌 머리로 해.
머리는 오랜 시간에 의존하는 법이야.
잘되고 있지 않아? 캐시오에게 맞았지만
네가 조금 맞은 덕에 그자를 쫓아냈어.
초목들은 해를 향해 곱게 자라나지만
꽃을 먼저 피우는 열매가 먼저 익거든.
잠시 참고 기다려. 젠장, 벌써 아침이네.
즐거움과 행동이 시간을 단축시켜.
지정된 숙소로 돌아가 있어.
빨리 가라니까. 나중에 더 말할게.
얼른 꺼져라. [로더리고 퇴장]
할 일이 두 가지다.
아내에게 캐시오 말을 꺼내라고 하겠다.
내가 부추기겠다.
그동안 무어인을 딴 데 끌어 놨다가
캐시오가 부인에게 애원하는 순간에
데려와야지. 됐다, 그렇게 하는 거다!
무성의와 늑장으로 계획을 망치지 마라! [퇴장]

## 3. 1

[캐시오가 악사들과 함께 등장]

캐시오 악사님들, 여기서 연주하쇼.—수고 값 드리겠소.—
짧은 거로. '장군님, 평안하세요?' 하시오.
[악사들 연주한다. 어릿광대 등장]

어릿광대 아이고, 악사님들, 악기들이 나폴리에 갔었나요?
그처럼 콧소릴 내는 걸 보니.[19]

악사 1 아니 왜요?

어릿광대 그것들이 목관악기란 거요?

악사 1 물론이오.

어릿광대 아하, 그래서 꼬랑지[20]가 달렸군.

악사 1 꼬랑지가 달렸다니?

어릿광대 내가 본 바로는 여러 목관악기가 그렇더군.
어쨌든 악사님들, 수고 값 예 있어요. 장군님이
당신네 음악을 너무도 좋아하셔서 제발 덕분에
소리를 더 내지 않았으면 하시네요.

악사 1 그럼 그만두지요.

어릿광대 안 들리는 음악이 있으면 그건 다시 하세요.
하지만 사람들 말처럼 장군님은 음악 듣는 걸
썩 즐기진 않으세요.

악사 1 그런 건 없어요.

어릿광대 그럼 악기들을 가방에 챙기세요. 나도 나갈
테니까. 어서 바람 속에 사라지세요. [악사들 퇴장]

캐시오 소박한 친구, 내 말 들어봐.

어릿광대 소박한 친구 말은 안 들리고 당신 말은 들리네요.

캐시오 말장난은 접어라.—자, 별거 아니지만 한 푼
받아둬.—장군님 부인께 시중드는 여자가
일어났으면 캐시오라고 하는 사람이 잠깐 말을
하겠다고 전해줘. 그래 주겠나?

어릿광대 그 여자 일어났어요.—이쪽으로 나타나면 알려주게
될 듯합니다.

캐시오 이 친구, 그렇게 해다오. [어릿광대 퇴장]
[이아고 등장]
마침 잘 왔네, 이아고.

이아고 아니 아직 자리에 안 두었소?

캐시오 그렇네. 가기 전에 날이 이미 밝았네.
실례를 무릅쓰고 당신 부인을
불러오라고 했어. 데스데모나에게
접근할 수 있게끔 당신 부인에게

19 당시 국제 항구 나폴리의 악명 높은 사창가에 드나드는 사람들은 매독에 걸려 코에 구멍이 생겨 콧소리를 냈다.
20 "꼬랑지"란 '남성 성기'를 뜻하는 은어였다.

부탁하려는 거야.
이아고 아내를 곧 내보내죠.
무어인을 딴 데로 데려갈 기회를
꾸며보지요. 그러면 말을 나누기가
좀 더 자유롭겠죠.
캐시오 진심으로 감사하네. [이아고 퇴장]
저이만큼 친절하고
정직한 피렌체[21] 사람은 처음 보겠다.
[에밀리아 등장]
에밀리아 부관님 안녕하세요? 장군님 눈에 나서
참 안됐네요. 하지만 모두 잘될 거예요.
장군님과 부인께서 그 말씀을 하시는데
마님이 부관님을 적극 대변하셔요.
부관께 상처 입은 신사는 사이프러스의
유명인사인 데다 친척들이 많다고
장군님이 말하셔요. 그래서 정책상
부관님을 거절해야 하신대요. 하지만
부관님을 좋아한다고 하시며 그것밖에
대변자가 필요 없고 안전한 기회에
다시 데려오신대요.
캐시오 하지만 괜찮으시면,
또는 성사되게끔, 데스데모나 마님과
짤막하게 단독으로 말할 기회를
만들어 주시오.
에밀리아 그럼 들어오세요.
터놓고 말씀할 시간을 가질 데로
부관님을 모시죠.
캐시오 너무도 고맙소. [둘 퇴장]

## 3. 2

[오셀로, 이아고, 신사들 등장]
오셀로 이아고, 이 편지는 도선사에게 건네고
그자 편에 내 인사를 의회에 전해라.
그런 후에 진지를 순찰할 터이니
그리로 와라.
이아고 예, 그리하겠습니다.
오셀로 귀공들, 요새를 순찰할까요?
신사 1 장군님을 모시겠습니다. [모두 퇴장]

## 3. 3

[데스데모나, 캐시오, 에밀리아 등장]
데스데모나 캐시오, 안심하세요. 당신을 위해
온 힘을 다하겠어요.
에밀리아 마님, 그래 주세요. 제 남편도 제 일인 양
걱정할 거예요.
데스데모나 정직한 사람이지. 캐시오, 염려 마세요.
주인이 전처럼 당신과 다정하게
되게끔 할 테니까.
캐시오 친절하신 부인,
저 캐시오에게 무슨 일이 생겨도
마님의 진실한 충복이 되렵니다.
데스데모나 알아요. 고마워요. 당신은 주인을
사랑하시죠. 오래 아셨으니까.
안심하세요. 정책적인 거리밖엔
더 멀리 모른 척은 안 하실 테니.
캐시오 하지만 그 정책이 오래 지속되거나
연하고 묽은 것만 그것에게 먹이거나
여러 가지 사태가 묘하게 변해서
저 아닌 딴 사람이 직위를 차지하면
제 사랑과 충성을 잊으시겠죠.
데스데모나 염려 마세요. 여기 에밀리아 앞에서
당신의 직위를 보장해요. 믿으세요.
우정을 맺으면 마지막 조항까지
이행하는 성미지요. 주인을 쉴 수 없게
만들겠어요. 내 말 들을 때까지
자지도 못하고 참지도 못하게
말하겠으며 잠자리는 교실처럼,
식탁은 고백성사처럼 될 터이며
매사에 캐시오를 개입시키겠어요.
그러니 기뻐해요. 당신의 변호인은
일을 포기하기보다는 죽을 거예요.
[오셀로와 이아고 등장]
에밀리아 마님, 저기 남편이 와요.
캐시오 마님, 물러갑니다.
데스데모나 그냥 있다가 내 말 들어요.

21 권모술수 정치사상으로 악명 높던
마키아벨리의 고향. 이아고의 말로는 캐시오의
고향이기도 하다.

캐시오 지금은 아닙니다. 속이 무척 떨려서요.
제 의사에 어울리지 않아요.
데시디모나 그럼 좋을 대로 하세요. [캐시오 퇴장]
이아고 허, 저거 안 좋은데.
오셀로 무슨 말인가?
이아고 아무것도 아닙니다. 한데 만일—모르겠군요.
오셀로 아내와 헤어진 것이 캐시오 아니었나?
이아고 캐시오요? 아닐 테죠. 장군님 오시는 걸 보자
그처럼 죄지은 듯 달아나다니,
도저히 생각조차 못 하겠어요.
오셀로 그 사람이 확실해.
데스데모나 어떠세요, 장군님?
방금 청원인과 말을 주고받았어요.
당신한테 미움 받아서 한숨짓는 분이어요.
오셀로 누구 말인가?
데스데모나 당신 부관 캐시오죠. 여보, 내가 당신을
움직일 자격이나 능력이 있다면,
당장에 그 사람과 화해하셔요.
알면서가 아니라 모르고 그랬으니,
그 사람의 사랑이 진실하지 않다면
내가 정직한 얼굴을 알아보지 못해요.
제발 다시 부르셔요.
오셀로 방금 여길 떠났나?
데스데모나 네. 정말 불쌍하네요. 그래서
자기 슬픔 일부를 내게 남겨 놓아서
슬픔을 같이하게 됐군요. 여보, 부르셔요.
오셀로 지금은 안 돼, 데스데모나. 다른 때 부를게.
데스데모나 하지만 곧 부를 테죠?
오셀로 당신 때문에 빨리할게.
데스데모나 오늘 저녁 때?
오셀로 오늘 밤은 안 돼.
데스데모나 그럼 내일 점심 때?
오셀로 집에서 안 먹어.
요새에서 지휘관들을 만날 거야.
데스데모나 그럼 내일 밤, 아니면 화요일 아침,
화요일 낮이나 밤, 수요일 아침—
시간을 말하세요. 하지만 사흘은
넘지 마세요. 그 사람 정말 뉘우쳐요.
한데 그의 실수는 상식으로 생각할 때—
전시에는 우수한 사람 중에서
본보기를 보여줘야 하는 거지만—
사적으로 견책 받을 실수도 못 돼요.
언제 오라고 할까요? 말하세요, 오셀로.
당신이 나한테 무엇을 요청하면
내가 거절하거나 주저할 게 있나요?
당신이 구애할 때 같이 왔던 사람인데?
내가 당신에 대해 안 좋게 말하니까
여러 번 당신 편을 들었던 사람을
들이지도 않다니요? 할 말이 많아요!
오셀로 제발 그만해. 오고 싶으면 오라고 해.
당신한테 무엇도 거절 안 해.
데스데모나 시혜가 아니죠.
장갑을 끼라든가, 영양가 높은 음식을
먹으라든가, 따뜻하게 입으라든가,
자기에게 이롭게 하라든가 하는 건
다 같은 말이에요. 내가 당신 사랑에
부담이 될 만큼 힘든 청을 한다면
당신은 어렵게 저울질 해보고도
허락하기 겁나겠죠.
오셀로 무엇도 거절 않겠소.
그러니 당신에게 이것만 허락하오.
잠깐 나한테 여유를 주시오.
데스데모나 당신 말을 왜 안 듣겠어요? 네. 그럼 잘 가요.
오셀로 그럼 안녕, 데스데모나. 금방 돌아오겠소.
데스데모나 에밀리아, 우리 가자. [오셀로에게]
마음대로 하셔요.
어떻게 하시든 복종할 뿐이에요.
[데스데모나와 에밀리아 퇴장]
오셀로 기막힌 여자! 너를 사랑하지 않으면
내 영혼을 저주하라! 너를 사랑 안 하면
혼돈이 다시 온다.[22]
이아고 존귀하신 장군님—
오셀로 무슨 말인가, 이아고?
이아고 장군께서 부인에게 구애하실 때
캐시오도 알았나요?
오셀로 응. 처음부터 끝까지.
그건 왜 묻나?
이아고 의문점을 따지려는 것일 뿐이죠.
그 이상은 아닙니다.

22 원초적 혼돈에서 사랑이 맨 처음 태어나 혼돈을 억눌렀다는 신화가 있다.

오셀로 의문이라니?
이아고 부인과 아는 사이인 줄 몰랐습니다.
오셀로 그랬다. 우리 사이를 자주 오갔다.
이아고 그래요?
오셀로 "그래요"라니? 그랬다. 이상한 점 있나?
그 사람 정직하지 않은가?
이아고 "정직"요?
오셀로 "정직?" 그래 정직.
이아고 장군님, 잘은 모르나—
오셀로 무얼 생각하는가?
이아고 생각요, 장군님?
오셀로 "생각요, 장군님?" 네 머릿속에
내놓기 끔찍한 괴물이 들은 듯이
내 말을 되뇌는데 뭔가 할 말이 있다.
캐시오가 아내와 헤어질 때 방금 네가
그거 안 좋다고 하던 말 들었다.
뭐가 안 좋던가? 그리고 내가 구애할 때
처음부터 끝까지 나에게 도움말을
주었다고 하니까 "그래요?" 하면서
뭔가 끔찍한 것을 머릿속에 감춘 듯이
이맛살을 찌푸렸지. 나를 사랑한다면
생각을 실토해라.
이아고 제가 장군님 사랑한다는 걸 아시는데.
오셀로 그런 줄 안다. 사랑과 정직이 충만하고
말하기 전에 말의 경중을 따지는 줄
알기 때문에 그처럼 말을 끊는 것이
더욱 의심스럽다. 그런 짓은 반역적인
악당에겐 버릇 같은 흉계일 것이나
올바른 사람에겐 감정에 끌리지 않는
마음으로부터 우러나는 비밀을
말하는 것이지.
이아고 캐시오로 말하자면
정직한 이라고 자신할 수 있습니다.
오셀로 나도 마찬가지다.
이아고 사람은 겉모습과 같아야죠.
그런 사람 아니면 겉모습도 안 그래야죠.
오셀로 옳다. 사람은 겉모습과 같아야 해.
이아고 그러니까 캐시오는 정직한 사람이겠죠.
오셀로 맞다. 그런데 네 말엔 뭔가 더 있다.
네가 생각하는 대로, 심사숙고하는 대로
최악의 생각을 최악의 말로써
말해도 좋다.
이아고 장군님, 용서하세요.
책임에 관련되어 모든 일에 매였지만
생각의 자유에는 노예들도 자유예요.
생각을 말해요? 악랄한 거짓이면
어쩌나요? 더러움이 침범하지 못하는
궁궐이 있나요? 순수한 생각으로
재판 날을 준수하여 올바른 마음으로
법정에 출두하는 깨끗한 마음을
가진 이가 누군가요?[23]
오셀로 친구가 부당하게 당했다고 확신하며
그의 귀와 네 생각이 남남으로 지내면
그에 대한 배신이다.
이아고 제 말 들어 보세요.
혹시는 제 짐작이 틀렸을지 모르나
—불의한 것을 보면 파헤치려 드는 것이
저의 못된 성미이고 못 참는 열성은
있지도 않은 결함을 만들 때도 많아요.—
현명하신 판단으로 못난 자의 생각을
무시하시고 불확실한 관찰의
파편들을 가지고 고민하지 마세요.
제 생각을 말해봤자 장군께는 아무런
평안과 이득이 안 되며 제 정직과
지혜에 도움이 안 됩니다.
오셀로 무슨 말이지?
이아고 경애하는 장군님, 남자, 여자의 명예는
그들의 영혼이 가진 보석 그 자체죠.
내 돈 훔치는 자는 쓰레기를 훔치며,
있다 없다 할 수 있는, 누구도 소유하는
수천만의 노예죠. 하지만 제 명예를
훔친 자는 부자가 되는 것도 아니면서
저를 가난하게 만들죠.
오셀로 네 속을 알아야겠다!
이아고 제 심장이 장군님 손안에 있어도 안 됩니다.
제가 소유하는 한, 못 하십니다.
오셀로 허!
이아고 장군님, 질투 조심하세요! 질투는

23 제법 양심적이라는 사람도 재산권에 관련된 지방 법정에 참석하여 이권을 챙기는 것을 비꼰다.

눈 퍼런 괴물로서 자기가 먹는 밥을
우습게 만들어요.[24] 제 운명을 잘 아는
음녀의 남편은 아내를 멸시하면 행복해도
사랑과 의심을 번갈아 하는 자는
참으로 속상한 시간을 보내요!

오셀로 오오, 비참하구나!

이아고 가난해도 만족하면 넉넉한 부자지만,
아무리 부자라도 가난하게 될지 몰라
전전긍긍하는 자는 겨울처럼 가난해요.
하느님, 제가 속한 가문의 영혼들을
질투에서 막으소서!

오셀로 왜? 왜 그런 말을 하는가?
너는 내가 평생을 질투 속에 살면서
변덕쟁이 달처럼 언제나 새 의심에
빠질 성싶냐? 아니다. 나는 한번 의심하면
당장에 끝낸다. 내 영혼을 그처럼
맹랑한 뜬소문에 기울여서 네 짐작을
따른다면 염소[25]와 나를 바꿔도 좋다.
아내가 예쁘다, 잘 먹는다, 사교적이다,
말투가 거침없다, 잘 놀고 노래하고
춤을 좋아한다 해도 질투는 안 생긴다.
마음만 바르면 그것들은 더 바르다.
나 자신의 부족을 빌미 삼아서
그녀의 배반을 걱정하거나
의심하지 않겠다. 그녀는 직접 보고
나를 택했다. 아니다, 이아고.
의심에 앞서 확인하고, 확인되면
사랑과 질투는 당장 버리고 끝내겠다.

이아고 그 말씀 들으니 기쁩니다. 더 솔직한
사랑과 충성을 장군님께 보여드릴
이유가 생겼어요. 그러니 저의 의무인
충성을 받으세요. 아직 증거는 아니지만
부인을 살피세요, 캐시오와 함께일 때
유의하며 의심도 안심도 아닌 눈을 가지세요.
소탈한 마음씨가 너그러움 때문에
속는 것을 못 보겠어요. 살피세요.
이 나라 사람들을 제가 잘 알죠.
베니스에서는 남편에게 감출 짓을
하느님께 보입니다.[26] 그들의 양심은
안 하는 게 아니라 모르게 하는 거죠.

오셀로 그렇게 보나?

이아고 장군님과 결혼할 때 아버지를 속였고
장군님의 외모에 겁나서 떠는 척하며
기분 좋아했거든요.

오셀로 하긴 그랬지.

이아고 그거예요.
그 나이에 그처럼 천연스레 꾸몄기에
아버지는 완전히 눈이 깜깜해져서
그것을 마술로 아셨어요. 하지만
제 잘못이 크지요. 장군님을 사랑하는
저의 죄를 용서하세요.

오셀로 네게 길이 빚졌다.

이아고 그래서 약간 기분이 상하셨군요.

오셀로 아니다, 안 그렇다.

이아고 그런 것 같아요.
제가 드린 말씀이 사랑에서 우러난 걸
잊지 마세요. 한데 기분이 언짢으세요.
간절히 바라기는 제 말을 확대해서
추잡한 결론이나 문제 삼지 마시고
의심하는 정도로 하세요.

오셀로 그러겠다.

이아고 장군께서 그러시면 본뜻과는 다르게
제 말에서 사악한 결과가 생기는데,
캐시오는 저의 좋은 친구거든요.—
기분 상하셨네요.

오셀로 아니, 별로 안 그래.
아내의 정숙함을 믿을 뿐이다.

이아고 평생 정숙하시고 평생 그리 믿으세요!

오셀로 하지만 인간이라 길을 잘못 들기도—

이아고 예, 바로 그겁니다! 솔직히 말해서
인간은 매사에 제 나라, 제 피부색,
제 신분을 택하는 그러한 혼담을
여러 번 거절했다니 그릇된 말씀이죠!
그런 심보는 추악한 편향성, 왜곡된

24 질투는 질투의 대상을 밥으로 삼으면서 놀려대며 우습게 만든다.

25 아내가 서방질하면 그 남편은 이마에 뿔이 난다는 속설이 있었는데 뿔이 난 염소는 그런 사내를 상징하며, 또한 염소는 성욕이 매우 강한 짐승으로 알려지고, 양에 비하여 천한 짐승으로 치부되었다.

26 남편 몰래 하는 짓을 하느님은 아신다는 말.

기질의 낌새를 드러내기 마련이죠.
하지만 용서하세요. 딱히 부인 얘기를
하는 건 아닙니다. 하지만 본래의
판단력을 되찾아 제 나라 사람들과
장군님을 비교하고 혹시는 후회할까
걱정되네요.

오셀로 그만하고 가봐라.
더 보는 게 있으면 내게 알려라.
네 처에게 보라고 해라. 가라, 이아고.

이아고 [가면서] 그럼 물러갑니다.

오셀로 결혼은 왜 했나? 정직한 저 친구가
말하는 것보다 훨씬 많이 보고 안다.

이아고 [돌아오면서]
장군님, 더 이상 캐지 마시라고
말하고 싶습니다. 시간에 맡기세요.
캐시오가 직위를 갖는 것이 옳은데
—분명 매우 유능하게 직책을 수행해요.—
하지만 잠시 동안 거리를 두시면
그 사람과 수단을 아시게 될 거예요.
부인께서 그 사람을 다시 임명하라고
열심히 조르는지 눈여겨보시면
많은 것을 아시게 돼요. 그러기까지는
제 걱정이 너무했다고 생각하시고
—걱정할 이유가 충분하니까요.—
부인을 놔두세요. 부탁합니다.

오셀로 잘할 테니 걱정 마라.

이아고 그럼 다시 물러가요. [퇴장]

오셀로 이자는 지극히 정직한 사내인 데다
인간관계의 온갖 면에 유식하다.
그녀가 야생 매 그대로라면
매의 끈이 내 염통의 힘줄이래도
휘파람 불어서 떠나라 하고
운수대로 살라고 하겠다[27]. 혹시 내가 흑인이고
규방 속 신사들의 얌전한 사교술을
못 가졌거나 나이의 골짜기로
기울어진 까닭에—별로 그렇지 않지만—
그녀가 갔다면 나는 속은 것이니
그녀에 대한 염오만이 위로가 되리라.
결혼의 저주여! 연약한 여자들을
우리 거라 하면서 그것들의 욕망은
못 가지다니! 토굴 속 습기로 숨쉬는
두꺼비가 될지언정, 내가 사랑하지만
남의 물건 한쪽을 붙들진 않겠다.
그러나 높은 자의 괴로움이 이것이니,
낮은 자의 특권이 없다. 죽음처럼
피하지 못할 운명!—우리의 잉태 순간
이마에 뿔 돋는[28] 운명도 함께 생겼다.
[데스데모나와 에밀리아 등장]
저 여자가 부정해? 오, 하늘이 스스로를
놀리누나! 못 믿겠다.

데스데모나 사랑하는 오셀로,
점심 잊지 마셔요. 초대를 받은
섬의 귀인들이 오시기를 기다려요.

오셀로 내 탓이오.

데스데모나 말소리가 어찌 그리 약하셔요?
편찮으셔요?

오셀로 여기 내 이마가 아프오.

데시디모나 밤을 새서 그래요. 없어질 거예요.
내가 꼭 매드리면 한 시간 안에
괜찮아질 거예요.

오셀로 손수건이 너무 작아.
[그녀가 손수건을 떨군다.]
내버려둬. 당신과 함께 들어갈게.

데스데모나 당신이 안 좋아서 너무나 속상해요.

[오셀로와 데스데모나 퇴장]

에밀리아 수건을 주웠으니 아주 잘됐다.
무어인이 첫 선물로 마님께 주신 거지.
심술궂은 남편이 나에게 백 번이나
그걸 훔쳐 오라고 졸라댔는데
장군님이 언제나 지니고 있으래서
마님이 그것을 너무나 아끼시고
갖고 다니며 키스하고 말을 거시지.
남편한테 줘야지. 뭘 하려는 건지
하늘이 알까? 난 모르지만.

27 그녀와의 관계를 당시 상류층에 유행하던 매와 매사냥꾼에 비유한다. 그녀가 길이 잘 든 보라매가 아닌 것이 밝혀지면 매의 발에 매어 매사냥꾼의 팔뚝에 매던 끈을 풀어 내보내서 마음대로 살라고 내버리듯이 그녀를 멋대로 살라고 하겠다는 말이다.

28 서방질하는 아내의 남편은 이마에 뿔이 돋는다고 하였다.

그저 남편의 변덕을 따를 뿐이야.
[이아고 등장]
이아고 웬일이야? 여기서 혼자 뭘 해?
에밀리아 욕하지 마. 줄 게 있다고.
이아고 나한테 줄 게 있어? 쌔고 쌘 게—
에밀리아 뭐라고?
이아고 못난 여편네지.
에밀리아 그게 다야? 그럼 내게 뭐 줄 테야?
손수건 값으로?
이아고 무슨 손수건인데?
에밀리아 무슨 손수건?
장군님이 마님한테 처음 준 거 말이야.
자꾸만 나에게 훔치라고 하던 거.
이아고 당신이 훔쳤어?
에밀리아 그럴 리 있나. 실수로 떨군 거야.
운 좋게 거기 있던 내가 주웠지.
봐, 여기 있어.
이아고 참말 용타. 나한테 줘.
[손수건을 낚아챈다.]
에밀리아 뭘 하려고 그래? 나에게 훔치라고
졸라대더니?
이아고 당신 무슨 상관이야?
에밀리아 무슨 중요한 목적이 아니라면
도로 줘. 불쌍한 마님, 없어진 걸 아시면
미치시겠다.
이아고 모른 척하라고.
필요 있어서 그래. 자, 가봐. [에밀리아 퇴장]
이 수건을 캐시오 숙소에 슬쩍 놓고
주우라고 꾸미겠다. 바람처럼 경미한 게
질투하는 자에겐 성경책 말씀처럼
확증되거든. 뭔가 일을 치를 테지.
벌써부터 무어인은 쥐약을 먹었어.
위험한 상상은 성질상 처음에는
역하지 않다가 피에다 약간만
재간을 부리면 유황처럼 타오르지.
[오셀로 등장]
내가 말했지? 저기 오는 거 봐.
양귀비도 산삼도 온 세상의 수면제도
어제까지 즐기던 달가운 잠을
네게 주지 않겠다.
오셀로 하, 나를 배반해?
이아고 장군님, 어떠세요? 그건 그쯤 해두세요.
오셀로 저리 꺼져! 네가 나를 고문대에 올려놨다.
조금 아는 것보다는 많이 속는 것이
훨씬 더 좋다.
이아고 왜 그러세요, 장군님?
오셀로 그녀가 훔친 욕정의 때를 느끼지 못했다.
보지도 생각지도 않았더니 상관없었지.
다음 밤도 잘 자고 잘 먹고 신났으며,
그녀의 입술에 캐시오의 키스는 없었다.
도둑맞은 사람이 잃은 것을 모르면
알리지 마라. 도둑맞지 않은 것과 마찬가지다.
이아고 듣기 민망한데요.
오셀로 내가 전혀 몰랐다면 부대의 말단까지
그녀의 달콤한 육체를 맛보았대도
행복하겠다. 이제부터 영원히
고요한 마음아, 잘 가라! 만족아, 잘 가라!
깃털 뽐내는 군단, 야심을 선으로 만드는
장쾌한 전쟁, 잘 가라! 오오, 잘 가라,
힝힝대는 말, 울리는 나팔, 신명 나는 북,
귀 뚫는 피리, 웅장한 깃발, 영광된 전쟁의
온갖 장쾌함, 화려함, 호사로움,
의식과 절차들! 그리고 오, 너희들,
거센 목청으로 영원한 주피터의
두려운 천둥을 모방하는 죽음 같은
대포들아, 잘 가라. 오셀로는 끝났다.
이아고 그럴 수 있어요, 장군님?
오셀로 못된 놈, 내 여인이 음녀임을 증명해라.
확증해라. 가시적 증거를 대라.
[그의 멱살을 잡는다.]
안 그러면 영원한 영혼을 걸고
나의 거센 분노에 맞서기보다
개라면 좋았겠다.
이아고 이렇게 되셨어요?
오셀로 보여 달란 말이다. 또는 적어도
의심을 걸 만한 돌쩌귀나 고리가 없는[29]
확증을 대라. 아니면 네 목숨이 불쌍하다!

29 의심의 여지가 전혀 없는 완전한 증거를 보이라는 말이다. 의심의 여지가 있는 것을 문짝을 지탱하는 돌쩌귀나 고리에 비유한 것이다.

이아고 존귀하신 장군님—
오셀로 그녀를 중상하고 나를 괴롭힌다면
기도하지 마라! 회개도 포기해라!
악행의 꼭대기에 악행을 더 쌓고
하늘이 울고 땅이 놀랄 악한 짓을 저질러도
그보다 독한 저주를 더할 수 없어.
이아고 오오, 은총, 오오, 하늘, 용서하소서!
장군님이 인간예요? 지각이 있으세요?
안녕히 계세요. 저를 내쫓으세요.
성실을 악으로 만들기 좋아하는
불쌍한 바보! 못된 세상! 세상아, 보라.
솔직하고, 정직하기가 안전치 않아.
교훈을 주셔서 고마워요. 이런 상처를
사랑이 주니 이후론 친구 사랑 그만두지요.
오셀로 아니다. 정직하게 행동해라.
이아고 현명해야 되지요. 정직은 바보라서
위해주던 대상을 잃고 말아요.
오셀로 아내의 정숙을 믿고도 안 믿는다.
네가 옳다고 믿으면서 아니라고 생각해.
증거가 필요하다. 다이애나 얼굴처럼
깨끗하던 그 이름이 지금은 나처럼
때 묻고 시커멓다. 밧줄이나 단도나
독약이나 불이나 숨통 막는 강물로도
견딜 수 없다. 확인이 필요해!
이아고 알겠어요. 감정에 사로잡히셨군요.
그렇게 해드린 걸 후회합니다.
확인을 바라세요?
오셀로 바란다고? 알아내겠다!
이아고 가능하죠. 하지만 어떻게요? 어떻게 확인하죠?
구경꾼이 되셔서 바라보시겠어요?
부인이 깔리는 걸 보시겠어요?
오셀로 죽음! 저주! 으흐!
이아고 둘에게 그 짓을 연출하게 만들려면
지루하고 힘들겠죠. 남의 침대 속에서
뒹구는 꼴을 눈으로 보시고
그때 저주하세요. 그러고는 어쩌시죠?
그다음엔 어떻게 하실 건가요?
제가 뭐라 말하죠? 무얼 확인하시죠?
발정한 염소와 원숭이와 늑대와
무지하게 술에 취한 멍청이래도
그런 꼴을 눈으로 직접 보지 못하죠.
하지만 진실의 문으로 곧장 이어줄
강력한 정황적 증거와 고발로
만족한다고 하시면 그런 건 가능해요.
오셀로 그녀의 부정을 생생히 보여 달라.
이아고 그런 일 하기가 싫어요. 하지만
어리석은 정직성과 사랑의 자극으로
이 일에 이만큼 깊이 들어왔으니
계속하지요. 요즘 캐시오와 같이 잤는데
이가 쏴서 잠이 오지 않았습니다.
개중에는 정신이 느슨해서 자면서
성관계를 중얼대는 부류가 있어요.
캐시오가 그런 부류인데 자면서
"사랑하는 데스데모나, 우리 서로 조심하여
사랑을 숨기자"고 하더니 제 손을 비틀며
"귀여운 것!" 하고 소리치며 제 입술에서
자라나는 키스를 뿌리째 뽑을 듯이
거세게 키스하고 자기 허벅지 위에
다리를 올려놓고 한숨짓고 키스하고
"무어인에게 너를 내준 운명을
저주한다!"고 외치는 거였어요.
오셀로 으흐, 끔찍해! 끔찍해!
이아고 꿈에 불과했어요.
오셀로 하지만 그런 것은 전에 했다는 뜻이다.
이아고 꿈에 지나지 않지만 강한 의심을
일으키는 동시에 미약한 증거들에
무게를 더합니다.
오셀로 그녀를 갈가리 찢겠다!
이아고 아직은 현명해야 하십니다. 보신 게 없어요.
부인은 아직 정숙할지 모릅니다. 하나만
말씀하세요. 딸기를 수놓은 손수건을
부인 손에서 보신 적 있으세요?
오셀로 그런 것을 주었어. 나의 첫 선물이었다.
이아고 그건 모릅니다만, 부인 것이 분명한데
오늘 캐시오가 그런 손수건으로
수염을 닦더군요.
오셀로 그게 맞다면—
이아고 그게 맞다면—어쨌거나 부인 거예요.
다른 증거들과 함께 부인에게 불리해요.
오셀로 오, 그년 목숨이 4만 개면 좋겠다!
한 개는 너무 적어. 복수하긴 너무 약해!
이제야 사실인 걸 알겠다. 봐, 이아고,

가소로운 사랑을 공중에 날려 보낸다!
시꺼먼 복수야, 광막한 지옥에서 솟구쳐라.
사랑아, 마음의 왕좌와 왕관을
사나운 증오에게 양보해라! 가슴아, 부풀어라.
독사의 이빨이 가득하다!

이아고 진정하세요!

오셀로 오, 피, 피, 피를! [오셀로가 무릎을 꿇는다.]

이아고 참으세요. 마음이 변하실 수 있어요.

오셀로 절대로 안 변해. 폰투스 바다의
거세고 찬 물살이 썰물이 되어
물러나지 않으며, 프로폰틱 바다와
헬레스폰트[30]로 계속 밀고 나가듯
잔혹한 이 결심은 뒤돌아보지 않고
굴종적인 사랑에 썰물처럼 밀리지 않고
광막한 복수로 모두 삼킬 때까지
맹렬히 달릴 테다. 이제 이 자리에서
저 대리석 하늘에 걸어 신성한 맹세의
예를 갖춰 서약한다.

이아고 일어서지 마십시오.
[이아고가 무릎을 꿇는다.]
영원히 불타는 저 위의 별들아,
우리를 둘러싼 원소들아, 증인이 돼라.
이 자리에서 이아고가 지혜와
손과 마음을 피해자 오셀로[31]를 위하여
바치기로 맹세하니 증인이 돼라!
어떠한 잔혹한 일이라도 명령하면
복종이 의무 돼라!

오셀로 그 사랑에 감사한다.
[두 사람이 일어선다.]
빈말이 아니라 고맙게 받아들여
당장 시험하겠다. 사흘 안에 캐시오가
살아 있지 않는다고 해.

이아고 그 친구는 죽었습니다.
요청하신 대로요. 하지만 여자는 살려주세요.

오셀로 망할 년, 음탕한 년! 저주하고 저주한다!
자, 가자. 어여쁜 마귀에게 빠른 죽음을
갖다 줄 방법을 홀로 강구하겠다.
이제부터 네가 나의 부관이 돼라.

이아고 영원히 장군님의 노복입니다. [둘 퇴장]

## 3. 4

[데스데모나, 에밀리아, 어릿광대 등장]

데스데모나 캐시오 부관이 어디 사는지 알아?

어릿광대 어디에 사신단 말은 못 하겠어요.

데스데모나 아니 왜?

어릿광대 그분은 군인이신데 제가 군인에게 사신단
말을 했다간 칼로 찌르는 셈이에요.[32]

데스데모나 농담은 그만두고, 거처가 어디야?

어릿광대 그분의 거처를 말씀드리면 제가 사는 데를
말하는 게 돼요.

데스데모나 그게 무슨 소리니?

어릿광대 어디 거처하시는지 저는 몰라요. 그래서 제가
거처를 꾸며내서 여기 사신다, 저기 사신다
하면 제 입으로 거짓말하는 게 돼요.

데스데모나 그럼 그분 거처를 수소문해서 정확한 정보를
알아내겠지?

어릿광대 온 세상을 상대로 교리문답을 하죠. 다시
말하면 질의응답 하는 거예요.

데스데모나 그분을 찾아서 이리 오시라고 해. 주인 마음을
돌려놨으니 모두 잘되길 바란다고 말씀드려.

어릿광대 이 일의 처리는 인간의 지혜 범위 안에 있군요.
따라서 이 일을 시도하겠습니다. [퇴장]

데스데모나 에밀리아, 내가 손수건을 어디서 잃었지?

에밀리아 저는 몰라요.

데스데모나 정말이지 차라리 돈이 가득한 주머니를
잃으면 좋겠어. 고상하신 주인님이
마음이 바르고 질투하는 자들의
천한 기질이 없으시니 망정이지
나쁜 생각을 품을 만해.

에밀리아 질투심이 없으세요?

30 폰투스는 흑해, 프로폰틱은 마르마라 바다, 헬레스폰트는 다르다넬 해협을 가리킨다. "폰트"라는 강렬한 발음이 강한 흐름이라는 의미에 어울린다.

31 '장군님'이라고 부르지 않고 직접 "오셀로"라고 부를 만큼 친구가 되었다.

32 원문에는 "lie"라고 되어 있어 '거처하다'와 '거짓말하다'라는 두 뜻을 나타낸다. 광대는 일부러 '거짓말하다'로 해석한다. 군인은 '거짓말쟁이'라는 욕을 가장 싫어하여 그 말을 들으면 결투를 한다.

데스데모나 누구? 그이? 나신 곳의 태양이 그런 기질을
모두 증발시킨 것 같아.
에밀리아 저기 오세요.
[오셀로 등장]
데스데모나 캐시오를 다시 부를 때까지
놔주지 않겠어. 장군님, 어떠세요?
오셀로 괜찮소, 착한 부인. [방백] 꾸며내기 어려워!
기분 괜찮소, 데스데모나?
데스데모나 좋아요.
오셀로 당신 손 좀 봅시다. 손이 축축하구려.
데스데모나 나이도 안 먹고 슬픔도 몰라서죠.
오셀로 그건 강한 애욕과 개방성을 말하지.
뜨겁고도 축축해. 당신 손은 자유에서
격리되어 금식과 기도와 많은 책망과
신앙적 단련이 필요해. 이 속에서
새파란 마귀가 땀을 흘리고 있어.
대개는 반항하지. 좋은 손이군.
솔직한 손이야.
데스데모나 참말로 그렇다고
할 수 있어요. 마음을 내줬거든요.
오셀로 인심이 좋군. 예전엔 마음이 손을 줬지만
요즘에는 마음이 아니고 손을 내주지.
데스데모나 뭔지 모를 말이네요. 자, 약속을 지키세요.
오셀로 귀여운 병아리, 무슨 약속 말인가?
데스데모나 당신과 말하라고 캐시오를 불렀어요.
오셀로 골치 아픈 코감기군. 당신 손수건
나 좀 빌려줘.
데스데모나 여기 있어요.
오셀로 내가 준 거 말이야.
데스데모나 지금 내게 없네요.
오셀로 없어?
데스데모나 정말 없어요.
오셀로 잘못된 일이야. 그 손수건은
어떤 이집트인이 어머니에게 준 건데,
사람들의 속생각을 거의 다 읽어내는
마술사였어. 그걸 갖고 있는 한
어머니는 매력으로 아버지를 완전히
굴복시키지만, 손수건을 잃거나
남에게 주면 아버지 눈 밖에 나서
미움을 받고 아버지는 딴 여자를
찾게 된다고 했어. 임종 시에 어머니가
나한테 주며 혹시 내가 결혼하면
아내에게 주라고 해서 당신에게 줬으니까,
조심히 다루고 눈동자처럼 귀중히 여겨.
잃거나 남에게 주면 말할 수 없는
재앙이 될 거야.
데스데모나 그럴 수 있어요?
오셀로 사실이야. 그 천에 마술이 들었어.
세상에서 태양이 이백 바퀴 도는 동안
생존했던 무녀가 신이 오른 순간에
천에다 수를 놨고 실을 잣은 누에도
신성했으며, 장인들이 처녀의 심장을
방부 처리해서 만든 미라 즙에 담가
물들였던 거라고.
데스데모나 그게 정말이에요?
오셀로 아주 확실해. 그러니까 잘 보관해.
데스데모나 그렇다면 그 물건은 보지도 말걸!
오셀로 허! 어째서?
데스데모나 왜 그리 서두르고 급하게 구셔요?
오셀로 잃었어? 없어졌어? 잃어버렸어?
데스데모나 아아, 맙소사!
오셀로 무슨 소리야?
데스데모나 잃은 건 아니지만—잃었으면 어때요?
오셀로 뭐라고?
데스데모나 잃은 건 아니에요.
오셀로 가져와. 보여줘.
데스데모나 그럴 수 있지만 지금은 아니에요.
제가 청하는 걸 피하려고 이러시죠?
부탁해요. 캐시오를 다시 받아들이세요.
오셀로 손수건 가져와. 의심스러워.
데스데모나 그보다 능력 있는 사람은 못 만나요.—
오셀로 손수건!
데스데모나 캐시오 얘기를 하세요.
오셀로 손수건!
데스데모나 그 사람은 당신 우정에
운수를 다 걸고 당신과 함께
위험도 겪었고—
오셀로 손수건!
데스데모나 당신의 잘못이에요.
오셀로 제기랄! [퇴장]
에밀리아 질투 아니에요?
데스데모나 이런 일 처음 보네.

분명히 손수건에 마술이 있나봐.
그걸 잃어서 참말로 속상해.
에밀리아 남자의 정체는 일이 년에 알 수가 없죠.
모두들 게걸들리고 우린 밥이죠.
우릴 마구 삼키지만 배가 부른 다음엔
게워 버린다고요.
[이아고와 캐시오 등장]
캐시오와 남편예요.
이아고 별다른 길이 없소. 부인이 해야 돼요.
마침 잘됐군! 어서 가서 졸라요.
데스데모나 오, 캐시오, 어떻게 지내세요?
캐시오 부인, 전에 부탁한 거 말씀입니다.
선하신 부인 덕분에 다시금 제가
직위를 찾고 저의 모든 진심으로
존경하는 그분 사랑의 한 식구가
되게 하여 주십시오. 더 늦출 수 없습니다.
제 실수가 그토록 심각한 것이어서
과거의 공적이나 현재의 후회나
미래의 결심도 그분의 사랑에
저를 다시 용납하지 못하신다 하여도
그리 아는 것만도 저에게는 득입니다.
저는 억지로라도 그것으로 만족하고
운명의 동정심을 찾아서 다른 길에
파묻히겠습니다.
데스데모나 아아, 점잖은 캐시오.
지금 내 변호가 가락이 안 맞아요.
주인은 주인이 아니세요. 그분의 기분처럼
모습마저 변했다면 알아보지 못하겠죠.
거룩하신 영령들이 모두 아실 테지만
온갖 힘을 다해서 당신을 두둔하고
거침없이 말했더니 그이의 노여움의
표적이 됐어요. 잠시 참고 계세요.
할 만큼 할 테니까요. 나 자신의 일보다
용기를 내겠어요. 그거로 만족하세요.
이아고 장군님이 화나셨나요?
데스데모나 방금 화나서 가셨는데,
심란한 모습이 확실했어요.
이아고 장군님이 성을 내시다니요?
대포가 부하들을 공중으로 날리고
마귀처럼 친아우를 자신의 팔에서
가루로 만드는 걸 보셨는데 성을 내세요?
무슨 일이 있겠죠. 가서 만나 뵙겠어요.
성내시면 확실히 무슨 일이 있어요.
데스데모나 꼭 그렇게 해주셔요. [이아고 퇴장]
분명히 베니스의
무슨 일이나 여기서 밝혀진
어떤 음모가 맑은 그분 정신을
흐려놓은 거예요. 이런 때 남자들은
큰일을 상대하고 사소한 일과
다투는 성질이죠. 틀림없어요.
손가락이 아프면 멀쩡한 사지들도
통증을 느껴요. 남자를 신처럼
여겨도 안 되고 결혼식 날처럼
남자가 받들기를 바라도 안 돼요.
에밀리아, 모두 내 잘못이야.
나는 서툰 병사라서 그이의 불친절을
진짜 나무랐거든. 하지만 이제 보니
내가 증인을 매수하고 그이는 억울하게
고소를 당했구나.
에밀리아 마님 생각하시듯
나랏일 때문이고 마님에 대한 망상이나
괜한 질투가 아니길 부디 빌어요.
데스데모나 속상하다! 그럴 만한 이유를 준 적 없다고.
에밀리아 질투하는 사람에겐 그런 답이 소용없죠.
이유가 있어서 질투하는 게 아니고
질투하기 때문에 질투하는 거예요.
스스로 잉태하고 태어나는 괴물이지요.
데스데모나 오셀로 마음이 그런 괴물 멀리하길!
에밀리아 아멘, 마님!
데스데모나 가서 찾아봐야지. 캐시오, 잠깐 여기 계세요.
괜찮은가 보아서 당신 말을 하겠어요.
최선을 다해서 노력해 보겠어요.
캐시오 진심으로 감사해요. [데스데모나와 에밀리아 퇴장]
[비앙카 등장]
비앙카 안녕, 캐시오!
캐시오 무슨 일로 나왔어?
요새 어떻게 지내, 예쁜이 비앙카?
사실은 네 집에 가던 길이야.
비앙카 나도 당신 하숙에 가던 길이에요.
한 주일이나 떠나 있어요? 일곱 밤낮을?
백칠십 시간을? 더군다나 애인들의 한 시간은
시계보다 더디 가서 이백 배나 된다고요!

오, 지겨운 헤아림!
캐시오 용서해줘, 비앙카.
그동안 무겁게 짓눌려 지냈어.
조금 더 중단 없이 계속해 찾아가서
못 간 때를 보상할게. 귀여운 비앙카,
이 수본 떠줘.
[데스데모나의 손수건을 그녀에게 준다.]
비앙카 어디서 생겼어요?
새 정부한테서 받은 선물이구나!
오지 않던 이유를 이제 짐작하겠어.
이렇게 됐어? 흥.
캐시오 싫으면 관둬.
못된 지레짐작은 마귀 입에 처넣어!
게서 얻은 거니까. 다른 여자한테서
선물로 받은 거로 질투하는데
절대로 아니야, 비앙카.
비앙카 그럼 누구 거야?
캐시오 나도 몰라. 우연히 내 방에서 주웠어.
무늬가 좋아서 임자가 나서기 전에
—나설 거 같아—본을 뜨려는 거야.
갖고 가서 본을 떠. 지금은 나를 떠나.
비앙카 떠나라고? 왜?
캐시오 여기서 장군님을 기다리는데 내가 여자와
같이 있는 걸 보시면 플러스도 안 되고
그러고 싶지도 않아.
비앙카 왜 그러는데?
캐시오 너를 사랑하지 않아서 그러는 게 아니야.
비앙카 나를 사랑하지 않는단 말이군요.
잠깐 나하고 같이 가면서 오늘 밤
당신을 만날 수 있는지 알려주어요.
캐시오 잠깐은 너하고 함께 걸어도 돼.
여기서 기다리니까. 곧 너와 만날게.
비앙카 좋아요. 사정을 봐줘야 하니깐. [둘 퇴장]

## 4. 1

[오셀로와 이아고 등장]
이아고 그리 생각하시겠죠?
오셀로 그리 생각하다니?
이아고 몰래 키스한다면?
오셀로 무허가 키스다!
이아고 아니면 친구와 발가벗고 침대에 누워
한 시간 넘도록 아무 짓도 안 하면?
오셀로 침대에서 발가벗고 아무 짓도 안 해?
그것은 마귀에게 거짓말을 하는 거니
나쁜 뜻이 아니래도 마귀의 유혹이며
하늘을 시험하는 못된 짓이야.[33]
이아고 아무 짓도 안 하면 용서받을 실수죠.
하지만 아내에게 손수건을 주었는데—
오셀로 그래서?
이아고 그럼 그녀 것이죠. 그러니까
다른 남자한테도 줄 수 있겠죠.
오셀로 여자는 자신의 정절도 지켜야 해.
그것마저 줘도 돼?
이아고 그녀의 명예란 안 뵈는 관념이죠.
그게 없는 사람도 가질 때가 많아요.
그런데 손수건은—
오셀로 아, 그건 정말 잊고 싶은 것인데!
네가 그 말 하니까 염병 앓는 지붕으로
불행을 예고하는 까마귀 날 듯
기억이 살아나. 그자가 갖고 있어.
이아고 그래서—어떻게 됐죠?
오셀로 이젠 별로 안 좋아.
이아고 그자가 장군님께 안 좋은 짓 하거나
안 좋은 말 하는 걸 들으면 어떡하죠?
세상엔 못된 놈도 있어서 자꾸 졸라
욕정을 채우거나 계집이 미쳐서
몸을 주기도 하는데, 그 소릴 나불대는
계집도 있거든요.
오셀로 놈이 뭐라 하던가?
이아고 예, 장군님. 하지만 확실히 아세요.
잡아뗄 뿐이에요.
오셀로 뭘 했는데?
이아고 그랬대요. 뭘 했는진 모르지만—
오셀로 뭐?
이아고 누웠다고.
오셀로 같이?
이아고 같이, 위에. 좋을 대로 생각하세요.

33 "주 너의 하느님을 시험하지 마라"(마태복음, 4장 7절).

오셀로 같이, 위에, 누웠어? 그녀에 대해 거짓말할 때
속인다고 해.[34] 같이 누워서? 아, 더러워!
손수건—자백—손수건? 자백하고 그 대가로
목 달아 죽일 놈? 목부터 먼저 달고 나중에
자백할 놈! 생각하니 떨리누나. 이런 음침한
감정에 휩싸일 때는 반드시 무언가 깨닫는 게
있겠다. 이렇게 떨리는 건 말 때문이 아니야.
천만에! 코, 귀, 입술![35] 그럴 수 있어? 자백해?
손수건? 아아, 마귀 놈! [기절하여 쓰러진다.]

이아고 계속해서 작용해라, 독약아. 이리하여
멍청한 바보를 잡고 정숙한 마님들도
아무 죄 없어도 욕을 당한다.—장군님!
내 말 들어, 오셀로?
[캐시오 등장]
웬일이오, 캐시오?

캐시오 무슨 일인가?

이아고 장군께서 기절하여 쓰러지셨소.
두 번째 발작이오. 어제도 발작했소.

캐시오 태양혈을 비벼드려.

이아고 가만두어요.
이 증세는 조용히 갈 데까지 가야 해요.
안 그러면 입에 거품 물고 잠시 뒤에
사납게 발광하거든요. 저거 봐요,
움직여요. 잠깐만 물러나 있어요.
금방 깨어날 테니. 장군이 간 다음
매우 중요한 일을 당신과 말하겠소. [캐시오 퇴장]
장군님, 어떠세요? 머리 안 다치셨어요?

오셀로 날 놀리는 거냐?

이아고 놀리다뇨? 천만에요!
사내답게 불운을 참으시기 바라요.

오셀로 머리에 뿔난 자는 괴물이고 짐승이야.

이아고 그렇다면 복잡한 도시엔 짐승이 많고
문화인 괴물도 수없이 많겠군요.

오셀로 놈이 자백하던가?

이아고 남자답게 처신하세요.
결혼이란 멍에를 멘 수염 난 사내는
장군님과 꼭 같이 짐을 끄는데
함께 쓰는 자리에 누우면서 그 자리는
저만 차지한다는 자가 부지기수예요.
장군님은 나으세요. 지옥의 장난이요
악마의 유희지요! 안전한 자리에서
화냥년을 키스하며 정숙한 걸 믿다니—
나 자신을 알기에 어찌 될지 뻔해요.

오셀로 현명하군. 확실히 그래.

이아고 잠깐 저기 계세요.
자제라는 울타리에 자기를 가두세요.
슬픔을 못 이겨서 쓰러져 계실 때—
장군께는 합당치 않은 상태였지요.—
캐시오가 왔었어요. 저쪽으로 데려가서
장군님의 기절에 그럴 듯이 핑계 대고
잠시 후에 돌아와 얘기하자 했더니
그러마고 했어요. 잠깐 숨어 계시면서
그 얼굴 도처에 깔려 있는 조롱과
분명한 경멸감을 눈여겨보세요.
어디서, 어떻게, 얼마나 자주, 얼마 전에,
장군님 부인과 관계했고 관계할지
또다시 말하도록 말 시킬 거예요.
몸짓만 보시면서 참으셔야 합니다.
그러지 못하시고 분에 사로잡히시면
남자답지 못하세요.

오셀로 내 말 들리나?
더없을 참을성을 보일 테지만
—내 말 들리나?—더없는 잔인성을 보이겠다.

이아고 괜찮지만, 자제하세요. 물러서세요.
[오셀로가 물러선다.]
캐시오에게 비앙카 얘기를 묻겠다.
욕정을 팔아서 빵과 옷을 사는데
캐시오한테는 미쳐버린 계집이야.
창녀의 병통이란 뭇 남자를 유혹하고
한 남자에게 빠진다는 사실이지.
그녀 얘기 들으면 캐시오는 폭소를
참을 수가 없거든. 여기 오는군.
[캐시오 등장]
그가 웃을 때마다 오셀로는 미칠 테지.
설익은 질투로 캐시오의 웃음과
몸짓과 경박한 짓거리를 정반대로
해석하게 만들겠지. 부관님, 어떠세요?

34 원문에 "lie"라고 되어 있는데 그 말은 '눕다' '거짓말하다'는 두 뜻이 있지만 번역할 수 없다.
35 애인끼리 서로 쓰다듬는 것. 또한 성기를 암시하는 기관들이다. 오셀로가 횡설수설한다.

캐시오 그 직함을 부르니까 더욱 고약하구나.
직함이 떨어져서 죽게 됐는데.
이아고 데스데모나에게 졸라요. 확실하니까.
[낮은 소리로] 이 청원을 비앙카가 맡았다면
빨리 이뤄질 건데!
캐시오 아, 그 불쌍한 것!
오셀로 [방백] 저것 봐. 벌써부터 웃누나!
이아고 그처럼 매달리는 여자는 처음 봐요.
캐시오 가련하게도 나를 정말 사랑해.
오셀로 [방백] 희미하게 부인하고 터놓고 웃어.
이아고 알겠소, 캐시오?
오셀로 [방백] 모두 얘기하라고
이아고가 얘기하래. 잘했다, 잘했어!
이아고 당신이 자기와 결혼할 거라고 떠벌려요.
그렇게 할 작정예요?
캐시오 하하하하!
오셀로 로마 놈,[36] 이겨서 신나?
캐시오 결혼을? 아, 내가 창녀하고 결혼해? 제발 내 머리를
조금은 동정적으로 봐다오. 그렇게 병든 거라고
생각지 말라고. 하하하하!
오셀로 [방백] 그래, 그래. 이긴 놈이 웃는 거야.
이아고 그녀와 결혼한단 소문이 파다해.
캐시오 제발 사실을 말해라.
이아고 아니면 난 개자식이오.
오셀로 [방백] 내게 한 방 먹였냐? 좋다.
캐시오 그 망할 게 퍼뜨린 소문이야. 내가 자기와
결혼할 거라고 저 혼자 믿는다고. 내가 약속한 게
아니고 혼자 사랑하고 혼자 좋아해.
오셀로 [방백] 이아고가 손짓한다. 이제 얘기 시작한다.
캐시오 방금 여기 왔었는데 어딜 가나 내 주위를 뱅뱅
돌고 있다고. 어제는 몇몇 베니스 사람들과
바닷가에서 말을 주고받는데 그 멍청이가 거기로
와서 정말 이렇게 내 목에 팔을 감고—
[캐시오가 이아고를 끌어안는다.]
오셀로 [방백] "오, 사랑하는 캐시오!"라고 했겠지. 몸짓을
보면 그런 뜻이야.
캐시오 그렇게 매달려서 응석을 부리며 붙잡고 울면서
나를 흔들고 끌지를 않나! 하하하하!
오셀로 [방백] 지금 그녀가 자기를 내 방으로 끌고 가던
얘기를 하누나. 오, 네 놈의 코빼기를 본다만
내겐 싹둑 잘라 던져줄 개가 없어.
캐시오 어쨌든 그녀와 헤어져야 하겠어.
이아고 어이구! 그 여자 와요!
[비앙카 등장]
캐시오 냄새 독한 족제비야. 향수 독에 빠진 거지.
왜 이렇게 날 자꾸 따라다녀?
비앙카 마귀 새끼와 마귀 어미가 당신 따라다녀라! 좀 전에 내게
줬던 손수건, 무슨 뜻이야? 그걸 덥석 받다니 내가
못난 맹꽁이였지. 나에게 수본을 떠달라고! 제
방에서 주웠는데 누가 떨궜는지 모른다는 그럴싸한
얘기였다고! 이거 웬 갈보가 준 선물일 거야. 한데
내가 그 수본을 떠? 자, 이거, 당신이 타고 노는
년한테 줘!
[그녀가 손수건을 내던진다.]
어디서 주웠든 간에 수본 뜨지 않겠어.
캐시오 왜 그래? 귀여운 우리 비앙카, 왜 그러지, 응, 왜
그러냐고?
오셀로 [방백] 아아, 저거 내 손수건이겠구나!
비앙카 오늘 밤 저녁 먹으러 오고 싶으면 와도 좋아요. 싫다면
다음에 오고 싶을 때 와요. [퇴장]
이아고 따라가요, 따라가!
캐시오 그래야겠는걸. 안 그랬다간 거리에서 욕질하겠어.
이아고 거기서 저녁 먹어요?
캐시오 그럴 생각이야.
이아고 음, 내가 당신과 만나게 될 테지. 정말 당신하고
말하고 싶은데.
캐시오 그럼 와. 오겠어?
이아고 관둬요. 말 그만해요. [캐시오 퇴장]
오셀로 [앞으로 나서며] 저자를 어떻게 죽일까, 이아고?
이아고 자기가 범한 죄를 말하면서 웃는 거 보셨죠?
오셀로 오, 이아고!
이아고 그리고 손수건도 보셨죠?
오셀로 그게 내 거였나?
이아고 확실히 장군님 거였어요. 장군님의 어리석은 부인을
얼마나 얕잡아 보던지요! 부인이 손수건을 그자에게
줬는데 그자는 자기 창녀에게 줬거든요.
오셀로 9년 동안 야금야금 죽이고 싶다. 잘난 여자, 예쁜
여자, 달콤한 여자!
이아고 아, 그런 건 잊으셔야 합니다.

36 승리하고 신나게 개선 행진하는 것이 로마인의 특징이었다.

오셀로 맞아. 오늘 밤 썩어서 저주받게 만들겠다. 살려두지
않겠다. 맞다. 내 가슴이 돌처럼 굳었어.
[자기 가슴을 친다.]
때리면 손이 아파. 아아, 온 세상에 그보다 귀여운
여자가 없어. 황제 옆에 누워서 황제에게 심부름
시킬 수 있어.
이아고 아니죠. 그건 장군님답지 않은 말씀이세요.
오셀로 망할 것. 단지 그녀가 어떤지 말할 뿐이야. 바느질
솜씨가 얼마나 섬세한가, 얼마나 놀라운 음악가인가!
노래를 부르면 곰도 사나운 성질을 내버려! 게다가
그토록 풍부한 지혜와 상상력!
이아고 그러니까 더더욱 나빠요.
오셀로 오, 천 배의 천 배나 나빠. 게다가 그처럼 부드러운
성격인데—
이아고 예, 지나치게 부드럽죠.
오셀로 맞아. 그게 확실해. 하지만 말이야, 너무나 애처로워,
이아고. 오, 너무나 애처로워, 이아고!
이아고 그녀의 죄악을 그처럼 측은해 하시면 죄지을 특허를
주시는 겁니다. 장군님께 괜찮다면 누구에게도 괜찮아요.
오셀로 조각조각 탕치겠다! 나한테 오쟁이 씌워?
이아고 아, 더러운 짓이에요.
오셀로 내 부하와!
이아고 더더욱 더러워.
오셀로 오늘 밤 독약 가져와, 이아고. 그녀하고 왈가왈부하지
않겠다. 그녀의 육체와 미모에 정신이 다시금 맥
빠질지 모르니까. 오늘 밤이다, 이아고.
이아고 독약은 관두고 침대에서 목을 조르세요. 그녀가 더럽힌
바로 그 침대에서요.
오셀로 좋다, 좋다. 정당한 징벌이라 만족스럽다. 매우 좋다!
이아고 그리고 캐시오는 제가 맡지요. 자정쯤 장군님께 좀 더
말씀드리죠.
오셀로 매우 좋다. [안에서 나팔 소리가 울린다.]
저게 무슨 나팔인가?
이아고 베니스에서 무슨 소식이 왔나봐요.
[로도비코, 그래시아노, 데스데모나, 수행원들 등장]
로도비코예요. 공작님이 보내셨군요.
보세요. 부인이 같이 있어요.
로도비코 훌륭한 장군, 신이 구원하시길![37]
오셀로 진심으로 빕니다.
로도비코 [오셀로에게 편지를 건네며]
베니스의 공작님과 의원들이 문안하시오.
오셀로 [편지를 입술에 대며]
그분들의 뜻이 적힌 서한에 키스하오.
[오셀로가 편지를 열어 읽는다.]
데스데모나 로도비코 사촌 오빠, 무슨 소식인가요?
이아고 어르신, 뵙게 되어 대단히 기쁩니다.
사이프러스에 오신 것을 환영합니다.
로도비코 고맙소. 캐시오 부관은 어떠하오?
이아고 살아 있습죠.
데스데모나 사촌 오빠, 남편과 그이가 이상하게 틀어졌지만
사촌 오빠가 모두가 잘되게 해주시겠죠.
오셀로 당신, 진짜 그거 믿어?
데스데모나 뭐라는 말씀인지?
오셀로 [읽는다.] "장군이 반드시 행하오. 그리고"—
로도비코 네게 한 소리 아니다. 서신에 골몰해 있어.
장군과 캐시오 사이에 불화가 있나?
데스데모나 무척 불행한 불화죠. 캐시오와 친한 제가
힘닿는 데까지 화해시키려 해요.
오셀로 불덩이 유황 벼락![38]
데스데모나 뭐요?
오셀로 당신 똑똑해?
데스데모나 어머, 화나셨나?
로도비코 내 짐작에 서신에
노한지 몰라. 당국에서 귀환을 명하고
캐시오를 총독으로 임명했거든.
데스데모나 참 잘됐네요.
오셀로 정말?
데스데모나 뭐라고요?
오셀로 미쳤다니 매우 기쁘군.
데스데모나 여보, 왜요?
오셀로 [그녀를 때리며] 이 마귀!
데스데모나 이럴 짓 안 했어요.
로도비코 베니스에선 도저히 믿지 못할 일이오.
내가 직접 보았다고 맹세해도 소용없겠소.
지나치오. 사과하오. 울지 않소?
오셀로 오, 마귀, 마귀!

37 기독교인의 점잖은 인사. 그런데 오셀로는 신의 구원이 절실히 필요하여 그렇게 대답한다.

38 성적으로 문란했던 소돔과 고모라에게 하느님이 비처럼 쏟아 부운 유황과 불을 가리킨다(창세기 19장 24절).

여자의 눈물에 온 땅에 풀이 나도
저 여자 눈물은 모두 악어 눈물이오.
저리 가라!

데스데모나 싫으시면 여기 있지 않겠어요.

로도비코 참말로 순종하는 부인이오.
장군, 다시 오라고 부르시오.

오셀로 이봐!

데스데모나 네?

오셀로 대감, 무얼 하시려는 겁니까?

로도비코 아, 나 말이오?

오셀로 그렇소. 다시 부르라 하지 않으셨소?
저 여자는 돌고 돌고 또 돌고 또다시
돌 수 있소. 울 수도 있소, 울 수도.
순종해요. 말씀하시듯 순종해요.
썩 잘 순종하지요.—계속 눈물 짜?
서신에 의하면—슬픈 척도 잘하네!
귀국하란 명이오.—저리 가 있어.
곧 부를 테니.—대감, 명에 따라
베니스로 가겠소.—저리 가. 빨리 꺼져!

[데스데모나 퇴장]

캐시오가 대신하오. 그러면 대감,
오늘 저녁식사를 같이 합시다.
오신 것을 환영하오.—염소! 원숭이![39] [퇴장]

로도비코 고귀한 무어인이 맞는가? 의회가
입을 모아 완벽하다는 그 사람인가?
감정에 흔들리지 않는다는 성격인가?
돌발적인 탄환과 화살이 스치지도, 뚫지도
못한다는 정신력인가?

이아고 많이 변했죠.

로도비코 정신이 건전한가? 들뜨지 않았는가?

이아고 보시는 대로입니다. 그럴 가능성에 대하여
의견을 말할 순 없죠. 그게 사실이 아니면
정말로 그렇다면 괜찮겠네요![40]

로도비코 아내를 때려?

이아고 잘못된 일이지요. 하지만 그거로
끝나면 좋겠네요.

로도비코 그것이 버릇인가?
아니면 편지에 감정이 흥분해서
처음 이런 짓을 행했는가?

이아고 아아!
제가 보고 아는 바를 말하는 것은
정직한 저 자신이 허락지 않습니다.
보시면 아시지요. 그분의 행동이
스스로 말할 테니 제 말을 줄입니다.
어찌 행동하는지 따라가 보십시오.

로도비코 사람을 잘못 봤으니 유감이로군. [둘 퇴장]

## 4. 2

[오셀로와 에밀리아 등장]

오셀로 아무것도 못 봤단 말인가?

에밀리아 듣지도, 의심치도 않았어요.

오셀로 어쨌든 캐시오와 같이 있는 걸 봤다.

에밀리아 하지만 잘못된 거 없었어요. 두 분이
하는 말을 한마디도 안 빼고 들었어요.

오셀로 그럼 둘이 속삭이지 않았어?

에밀리아 절대로요.

오셀로 너에게 나가라 하지도 않고?

에밀리아 절대로요.

오셀로 부채나 장갑이나 마스크[41]나 뭐든 가져오라는 말도?

에밀리아 절대로요.

오셀로 거 이상하군.

에밀리아 마님이 정숙하신 걸 제가 보증할게요.
제 영혼을 걸겠어요. 다르게 생각하시면
그런 생각 지우세요. 마음이 상하세요.
어떤 놈이 그런 걸 머리에 넣었으면
독사의 저주[42]가 하늘에서 내려라!
마님이 정숙하고 진실하지 않으시면
행복한 사내는 없어요. 지극히 순결한 아내도
욕처럼 더러워요.

오셀로 이리 오래라. [에밀리아 퇴장]
말은 썩 잘하지만 아무리 못난 뚜쟁이도
말이 그만 못하지 않아. 영악한 창녀라

39 오셀로 뇌리에 박혀 있는, 성적으로 가장 문란한 짐승들. 3막 3장 406행에도 나온다.
40 이아고는 일부러 알쏭달쏭한 말을 하고 있다. 오셀로가 미쳤다는 말을 하는 동시에 자기는 그렇지 않기를 바라는 것처럼 들린다.
41 베니스 부인들이 사육제(謝肉祭) 때 쓰던 가면.
42 하느님이 아담과 하와를 유혹한 뱀을 저주했다(창세기 3장 14절).

흉악한 비밀의 내실, 자물쇠, 열쇠거든.
한데 무릎 꿇고 기도는 해. 내가 보니 그러더군.
[데스데모나와 에밀리아 등장]
데스데모나 여보, 뭘 원하세요?
오셀로 병아리, 이리 와.
데스데모나 어떻게 해드려요?
오셀로 네 눈 좀 보자.
내 얼굴 쳐다봐.
데스데모나 무슨 끔찍한 장난이셔요?
오셀로 [에밀리아에게]
네가 으레 하는 일, 그대로 해.
연놈들을 혼자 두고 문이나 닫아.
누가 오면 기침이나 '에헴' 하라고.
그럼 일 봐, 일 보라고. 빨리빨리 해. [에밀리아 퇴장]
데스데모나 [무릎을 꿇으며]
무릎 꿇고 여쭈어요. 그게 무슨 말이에요?
무서운 기운이 말속에 있지만
뜻은 모르겠어요.
오셀로 그래? 네가 무엇이냐?
데스데모나 당신 아내—진실하고 충실한 아내예요.
오셀로 그렇다면 맹세하고 저주받아. 천사 같아서
마귀들도 널 잡아채기가 겁나겠다.
그러니 두 번 저주받도록[43] 정숙한 걸
맹세해!
데스데모나 확실히 하늘도 그리 아셔요.
오셀로 확실히 하늘도 지옥 같은 부정을 아셔.
데스데모나 누구에게, 누구와, 어떻게 부정해요?
오셀로 아, 데스데모나, 저리 가, 저리 가, 저리 가!
데스데모나 아아, 불행한 이날! 어째서 우셔요?
제가 그 눈물의 원인인가요?
혹여나 아버지가 당신의 소환을
뒤에서 꾸민 거로 의심하시면
저를 탓하지 마셔요. 아버지와 다르신 건
저도 마찬가지예요.
오셀로 하늘의 뜻이
내게 시련을 줘서 내 벗은 머리에
온갖 상처, 수치를 소나기처럼 쏟아놔도,
내 몸을 입술까지 가난 속에 빠뜨려도,
온 희망을 포로 신세로 내던진대도,
내 영혼 한구석에 한 방울의 인내심이
남아 있을 수 있으련만, 아아, 내 자신을
꼼짝달싹 못 하는 표적이 되어
멸시의 손가락을 온누리가 보내다니![44]
[그가 신음한다.]
하지만 그것도 참을 수 있다.
그러나 내 마음을 간직한 그곳,
내가 살아 있거나 목숨이 꺼질 그곳,
마실 물이 흐르거나 말라버릴 그 샘물,
거기서 내가 버림을 받았다니!
그 자리가 추잡한 두꺼비들이
교미하고 번식하는 웅덩이가 되다니!
인내여, 장밋빛 입술의 앳된 천사여,
얼굴빛을 바꿔라. 지옥처럼 무섭게 돼라!
데스데모나 정숙한 아내로 보시길 바라요.
오셀로 물론이다. 쉬슬기가 무섭게 생겨나는
푸줏간의 여름 파리 떼처럼. 시커먼 들꽃,
그 향기에 코가 아플 지경이다. 차라리
태어나지 않았다면 좋았을 것을!
데스데모나 아아, 제가 무슨 모를 죄를 저질렀나요?
오셀로 이 고운 백지, 이 좋은 책이 '창녀'라고
쓰라고 만든 것인가? 무얼 저질렀냐고!
저질렀냐고? 오, 너 거리의 매춘부!
네 짓을 내 입에 담으면 양쪽 뺨이
용광로로 변해서 수치심을 불태워
하얀 재로 만들겠다. 무얼 저질렀냐고!
하늘이 코를 막고 달님이 눈을 감고
누구와도 키스하는 음탕한 바람도
텅 빈 땅굴 속에서 입을 다물고
귀를 막는다. 무얼 저질렀냐고!
뻔뻔스런 매춘부!
데스데모나 참말로 억울해요.
오셀로 매춘부 아닌가?
데스데모나 믿는 자로서, 아니에요.
남편을 위해서 어떤 추악한
불륜의 접촉에서 몸을 지키는 게
매춘부가 아니라면, 저는 매춘부 아니에요.

43 십계명에 나오는 간음과 거짓 맹세.
44 세상의 평판은 자기를 꼼짝 못 하게 세워놓고 마치 시계의 시침처럼 천천히 움직이며 아내를 도둑맞은 자신에게 멸시의 손가락질을 할 것이라는 말이다.

오셀로 창녀 아니라고?
데스데모나 구원받을 자로서, 아니에요.
오셀로 그럴 수 있어?
데스데모나 주여, 저희를 용서하소서!
오셀로 아, 그럼 미안해.
[에밀리아 등장]
오셀로와 결혼한 영리한 베니스의
창녀인 줄 알았군. [에밀리아에게] 야! 색시,
베드로와 정반대의 직책[45]을 갖고
지옥문 지키는 여자, 너 말이다.—그래 너!
우리 일 끝났다. 이거 네 수고비야.
문 걸어 잠그고 이 일을 비밀로 해. [퇴장]
에밀리아 아아, 이 어른이 무슨 생각이신가?
마님, 어떠세요? 착한 마님, 괜찮으세요?
데스데모나 절반쯤 자는 것 같아.
에밀리아 마님, 주인께서 어찌 되신 거예요?
데스데모나 누구 말인가?
에밀리아 물론 주인 말씀이죠.
데스데모나 누가 네 주인인데?
에밀리아 마님 남편이시죠.
데스데모나 나는 남편이 없어. 나한테 말하지 마.
울 수도 없어. 눈물에 실어 보낼 대답밖엔
대답할 말도 없어. 오늘 밤 침대에는
신부 때 쓰던 홑청을 깔아줘. 잊지 마.
그리고 네 남편 불러와.
에밀리아 정말로 변하셨어! [퇴장]
데스데모나 이런 취급당한 게 마땅해. 정말 마땅해.
무슨 짓을 했기에 내 작은 실수에
그리도 엉뚱하게 짐작하실까?
[이아고와 에밀리아 등장]
이아고 부르셨어요? 괜찮으세요?
데스데모나 나도 몰라. 어린애를 가르치는 사람은
부드럽게 가르치고 가볍게 타일러.
나도 그렇게 꾸짖을 수 있었어. 꾸지람엔
나야말로 어린애야.
이아고 무슨 일이신데요?
에밀리아 주인께서 마님을 창녀라고 하시며
마님께 화내고 상소리를 퍼붓서
착한 사람들이 참을 수 없었어요.
데스데모나 내가 그런 이름인가?
이아고 무슨 이름인데요?
데스데모나 에밀리아 말대로 내게 붙인 그 이름.
에밀리아 창녀라고 하셨어요. 술 취한 거지도
제 여편네한테 그런 욕은 안 할걸.
이아고 왜 그러셨는데?
데스데모나 나도 몰라. 분명 나는 그런 게 아냐.
이아고 울지 마세요, 울지 마세요. 아아, 이런 일이!
에밀리아 그토록 굉장한 혼처를 마다하고
아버지와 조국과 친구들을 버렸는데
창녀라고 하다니? 누군들 안 울겠어?
데스데모나 못난 내 운수지.
이아고 장군님 잘못이야.
어떻게 그런 짓을?
데스데모나 하늘만이 아시지.
에밀리아 어떤 망할 악당이, 남의 일에 분주하게
끼어드는 악한이, 사기 치고 속여 먹는
악질 녀석이 한자리하려고 그런 모함
꾸민 게 분명해. 아니면 죽어도 좋아.
이아고 그런 놈이 어디 있어! 되지 않을 일이야.
데스데모나 그런 사람을 하늘이 용서하길!
에밀리아 교수대가 용서하고 지옥이 놈의 뼈를
갉아 먹어라! 마님을 창녀라 하다니,
누가 같이 있었고 언제, 어디, 어떻게?
될 턱이나 있어? 어떤 악질 놈한테
장군님이 속으셨어. 더럽고 치사한 악당.
오, 하느님, 그런 놈을 밝혀 드러내시고
올바른 사람 손에 채찍을 쥐여줘서
놈들을 발가벗겨 동쪽에서 서쪽까지
후려치게 하소서.
이아고 조용히 해. 남이 들어.
에밀리아 죽일 놈들! 당신 머리를 우습게
뒤집어놔서 나하고 무어인을
의심하게 만든 것도 그런 악질이었어.
이아고 이런 멍청이. 집어치워!
데스데모나 오, 이아고,
주인 마음 돌리려면 어떻게 해야 돼?
착한 친구, 장군께 가봐. 하늘에 맹세코
이유를 몰라.

45 베드로는 천국의 문을 지키는 반면 에밀리아는 창녀 집의 문지기 노릇을 한다고 조롱하는 것이다.

[무릎을 꿇는다.]

여기 무릎 꿇겠어.
내 마음이 말이나 생각이나 행동으로
그이의 사랑에 죄를 저질렀거나
눈이나 귀나 무슨 감각이든지
다른 사람한테서 즐거움을 느꼈거나
무일푼의 생과부로 쫓겨난다 하여도
지금도 사랑하고 과거에도 사랑했고
미래에도 열렬히 사랑하지 않는다면
위안아, 떠나라! 미움은 강력하여
그이의 미움은 내 목숨을 없애도
내 사랑을 흠잡을 수 없다. "창녀"란 말은
입에 담을 수 없다. 입 밖에 내고 보니
너무 역겹다. 그 이름 붙일 짓은
온 세상 사치를 다 준대도 못 하겠다.

이아고 [그녀를 일으키며]
걱정하지 마세요. 잠깐 화를 내셨어요.
나랏일 때문에 화가 나신 터이라
괜히 마님한테 시비 거는 거예요.

데스데모나 다른 일이 아니라면—

이아고 그뿐이죠. 확실해요.

[안에서 나팔 소리가 울린다.]

이아고 만찬을 알리는 나팔입니다.
베니스 대사들이 기다리고 계세요.
들어가세요. 울지 마시고. 모두 잘될 겁니다.

[데스데모나와 에밀리아 퇴장]

[로더리고 등장]

로더리고, 왜 그래?

로더리고 지금 보니까 네가 나한테 올바르게 거래하지 않아.

이아고 무엇이 불만이야?

로더리고 너는 매일 꾀를 써서 나를 차차 멀리하고, 지금 보니까 조금이라도 희망의 기미를 주기보다는 내게서 모든 기회를 빼앗아 가려는 것 같아. 정말 더 이상 참을 수 없어. 게다가 지금까지 바보처럼 당하기만 하던 걸 마냥 입 다물고 조용히 참겠단 마음도 없어졌어.

이아고 로더리고, 내 말 듣겠나?

로더리고 쳇, 너무 많이 들었어. 네 말과 실행은 서로 친한 짝이 아니야.

이아고 너무나 억울한 누명을 씌우는데.

로더리고 사실일 뿐이야. 내 모든 재산을 탕진했어. 데스데모나에게 줄 거라고 네가 나한테서 받아간 보석들 절반만 가지고도 수녀가 되겠다고 맹세한 여자도 홀렸을 거야. 그녀가 보석들을 받았으니 금방 호감을 주고 친하게 될 거라며 나한테 기대와 위안을 줬지만 난 아무것도 못 받았어.

이아고 좋아. 그만둬. 아주 좋아.

로더리고 "아주 좋아", "그만두라"니! 난 그만두지도 못하겠고 아주 좋지도 않아. 솔직히 말해서 몹시 더럽고 완전히 속았단 생각만 들어.

이아고 아주 좋아.

로더리고 다시금 말하지만 아주 좋지 않아! 데스데모나에게 직접 내가 왔다고 알릴 테야. 보석들을 돌려받으면 구애를 포기하고 부도덕한 연애를 졸라댄 걸 회개할 테야. 그게 안 되면 너한테서 받아내겠어.

이아고 할 말 다했군.

로더리고 그래. 내가 정말로 실행할 결심이 선 것만 너한테 말한 거야.

이아고 야, 이제 보니 너한테도 용기가 있어! 그래서 이 순간부터 예전 어느 때보다도 너에 대해 높은 평가를 내릴게. 자, 악수하자, 로더리고. 너는 나에 대해 매우 정당한 비난을 표명했어. 하지만 내가 매우 정직하게 네 일을 다뤘다는 걸 선언해.

로더리고 눈에 띄게 나타나지 않았어.

이아고 눈에 띄지 않은 건 인정하지. 따라서 네 의심에 합리성과 판단력이 없는 건 아니야. 하지만 로더리고, 그 어느 때보다도 지금 네가 지니고 있는 거로 믿어지는 그 정신, 다시 말해 결단, 용기, 대담성을 정말 갖고 있다면 바로 오늘 밤 그걸 발휘해. 그 다음날 밤에 데스데모나와 즐기지 못한다면 음모를 써서 나를 세상에서 제거하고 내 목숨 빼앗을 올가미를 마련해라.

로더리고 그렇다면 그게 뭐야? 이치에 닿고도 가능한 일이야?

이아고 베니스에서 특별 명령이 내려왔는데 오셀로 자리에 캐시오를 임명한다는 거야.

로더리고 그게 정말이야? 그럼 오셀로와 데스데모나는 베니스로 돌아가겠네.

이아고 오, 아니지. 오셀로는 모리타니아[46]로 어여쁜

46 북아프리카에 있는 무어인들의 본고장.

데스데모나를 데리고 가. 무슨 사태가 발생해서
이곳 체류가 길어지지 않으면 말이야. 캐시오를
제거하면 제일 확실하게 그런 상황이 돼.

로더리고 그자를 제거한다니 무슨 말이야?

이아고 아, 그야 오셀로의 자리를 차지하지 못하도록
꾸미는 거지. 골통을 깨놓는단 말이야.

로더리고 나더러 그 짓을 하라는 거야?

이아고 그래. 자기 이득과 권리를 챙길 용기가 있다면
말이야. 그자는 오늘 밤 창녀하고 저녁을 먹는데
거기 내가 가려고 해. 아직 자기가 그런 높은
자리에 앉게 된 걸 몰라. 너는 그자가 거기서
나오는 걸 지켜보다가—12시와 1시 사이에
나오게끔 꾸밀 테니까—마음대로 처분하란
말이야. 나도 가까이 있다가 거들게. 둘이 함께
넘어뜨리자. 자, 멍하게 섰지 말고 같이 가. 놈이
죽어야 할 이유를 설명하면 네가 놈을 죽일
수밖에 없단 생각이 들 거야. 지금 막 저녁 먹을
시간이야. 하루의 끝이 돼가. 움직여!

로더리고 이유를 더 들어야겠어.

이아고 속 시원히 해줄게. [둘 퇴장]

## 4. 3

[오셀로, 로도비코, 데스데모나, 에밀리아,
수행원들 등장]

로도비코 자, 더 멀리 나오지 마시오.

오셀로 용서하시오. 걷는 것이 제 건강에 좋습니다.

로도비코 부인, 안녕히 주무시게. 매우 고맙구려.

데스데모나 오셔서 기쁩니다.

오셀로 그럼 가실까요?—
데스데모나!

데스데모나 네?

오셀로 침대에 가 있어.
지금 당장. 금방 돌아올 테니.
시녀는 내보내. 그렇게 해놔.

[오셀로, 로도비코, 수행원들 퇴장]

데스데모나 그러죠.

에밀리아 웬일이지? 전보다 부드럽네요.

데스데모나 금방 돌아오신다고 하면서
나더러 자리에 누우라고 하시고
너를 내보내라고 하셨어.

에밀리아 나가 있으라고요?

데스데모나 그이 분부야. 그래서 에밀리아,
자리옷 갖다 주고 그만 나가봐.
지금 그이를 거스르지 않아야 해.

에밀리아 만나지 마실 걸 그랬네요.

데스데모나 난 안 그래. 내 사랑은 그이가 너무 좋아.
그이 고집, 꾸지람, 찌푸린 얼굴까지
—얘, 핀 좀 빼줘.— 멋있고 매력 있어.

에밀리아 분부하신 홑청을 침대에 깔았어요.

데스데모나 그렇구나. 마음은 참말 어리석어!
너보다 내가 먼저 죽거든 그 홑청으로
내 시체를 덮어다오.[47]

에밀리아 원, 괜한 말씀 하시네!

데스데모나 어머님께 바바리란 하녀가 있었는데
그 애가 사랑을 했어. 그런데 남자가 미쳐서
그 애를 버렸어. 그 애는 '버들' 노래를 알았는데
옛날 노래였지만 제 신세를 나타냈거든.
그 노래를 부르며 죽었어. 오늘 밤 그 노래가
내 머리를 안 떠나. 불쌍한 그 애처럼
한쪽으로 고개를 숙이고 그 노래를
불러야겠어. 얘, 좀 빨리 해.

에밀리아 잠옷 갖다 드려요?

데스데모나 아니.—여기 핀 빼줘.
로도비코란 사내는 멋진 사람이야.

에밀리아 아주 미남이세요.

데스데모나 말도 잘하고.

에밀리아 어떤 베니스 여자는 그분 입술에 키스하는
값으로 맨발로 성지까지 가겠다고 했대요.[48]

데스데모나 [노래한다.]

가련한 처녀는 뽕나무 옆에 한숨짓고 앉아서,
푸른 버들 다 같이 노래합시다.
가슴에 손을 얹고 무릎에 머리 묻고,
버들, 버들, 버들을 노래합시다.
맑은 냇물 옆에 흘러 한숨을 반복한다.
버들, 버들, 버들을 노래합시다.

47 여자가 죽으면 그녀의 신방 홑청을 수의로 삼는 관습이 있었다.

48 성지인 팔레스타인까지 맨발의 순례를 할 정도로 그의 키스를 갈망했다는 말이다.

짠 눈물이 흘러나와 돌멩이를 녹인다.
버들, 버들—
[말로 한다.] —이건 가져가.
[노래한다.] 버들을 노래합시다.
[말로 한다.] 빨리 나가라. 곧 오실 거다.
[노래한다.] 화관 만들 푸른 버들, 모두 노래합시다.
[말로 한다.] 아무도 탓하지 마. 나는 그이 경멸도 좋아.—
아니. 그게 아니야.—아, 누가 노크 하나?
에밀리아 바람이에요.
데스데모나 [노래한다.]
그이에게 '거짓'이라 했더니 뭐라던가요?
—버들, 버들, 버들을 노래합시다.
내가 여러 여자를 사랑하면 너는 여러 남자와 자겠지.
[말로 한다.] 그럼 빨리 나가라. 잘 자. 눈이 따갑네.
눈물 나올 징조인가?
에밀리아 이쪽저쪽 말짱해요.
데스데모나 그런 말 들었어. 오, 남자들, 남자들!
진심으로 그렇게 생각하니? 에밀리아,
그처럼 역겹게 남편을 속이는 여자가
있다고 믿어?
에밀리아 그런 여자 있는 건 틀림없죠.
데스데모나 온 세상을 준다면 그런 짓 할 테야?
에밀리아 마님은 안 그래요?
데스데모나 절대로. 하늘빛에 걸어서!
에밀리아 저도 아니에요, 밝은 하늘빛 속에선.—
하지만 깜깜한 데서는 그럴 수도 있어요.
데스데모나 온 세상을 준다면 그런 짓 하겠어?
에밀리아 세상은 무척 커요. 작은 죄의 대가로는
굉장한 값어치죠.
데스데모나 너도 확실히 안 그러겠지.
에밀리아 저는 확실히 그럴 것 같아요. 그런 다음에
취소하죠. 싸구려 반지나 고급 피륙 필이나
드레스나 속치마나 모자나 선물 나부랭이 받고선
그런 짓 안 하죠. 하지만 온 세상을 준다면?
어머나! 남편을 임금으로 만들기 위해서
오쟁이 지우지 않을 여자가 누구예요?
그러기 위해선 연옥[49]쯤 모험해도 좋아요.
데스데모나 온 세상 다 준대도 그런 짓 저지르면
저주받아 마땅해!
에밀리아 왜요? 잘못은 세상에서 한 짓인데 수고한 값으로
온 세상을 얻는다면 그 잘못도 자기가 가진 세상에
들어 있는 거니까 금방 옳다고 할 수 있지요.
데스데모나 그런 여자가 있을 리 없어.
에밀리아 얼마든지 있어요. 얻느라고 재미 본
이 세상 채우고도 남을 만큼 많아요.
하지만 아내들이 타락하면 그거는
남편들이 잘못한 까닭이에요.
남편들이 제 할 일을 게을리하는 통에
보물을 남의 무릎에 쏟아놓거나,
쩨쩨하게 질투심을 터뜨려서 우리를
누르거나 때리거나 이전까지 주던 걸
심술 내고 줄이면 우리도 쓸개가 있어요.
착하기도 하지만 앙심도 있다고요.
아내들도 감각이 있거든요. 보고 맡고
쓰고 단맛 볼 줄 아는 미각이 있죠.
남편들은 우리를 딴 여자와 바꿔쳐서
무슨 짓을 하나요? 재미 보나요?
그런 거 같아요. 나약해서 탈선해요?
그럴 테죠. 우리라고 욕망이 없나요?
놀고 싶지 않나요? 나약하지 않나요?
그러니까 우리한테 잘하라고 하세요.
아니면 우리의 못된 짓은 그들의 못된 짓을
보고 배운 것이란 걸 알라고 해요.
데스데모나 잘 자라. 하느님, 나쁜 데서 나쁜 것을
안 배우고 나쁜 것 보고 고치게 하소서. [둘 퇴장]

## 5. 1

[이아고와 로더리고 등장]
이아고 기둥 뒤에 서 있어. 그자가 곧 올 테니.
칼을 빼 들었다가 정통을 찔러.
빨리빨리. 겁내지 마. 내가 옆에 있을게.
우리가 흥하느냐, 망하느냐의 문제야.
그걸 생각하고 결심을 굳게 다져.
로더리고 가까이 있어줘. 실수할지도 몰라.
이아고 여기, 옆에 있을게. 대담하게 버텨 서.

49 가톨릭에서는 천국과 지옥 사이에 연옥이 있어서 가벼운 죄를 지은 사람은 여기서 죄를 씻고 나중에 천국으로 올라갈 수 있다고 믿는다.

[뒤로 물러선다.]

로더리고 이런 짓에 대해서 내키지는 않지만
만족스런 이유를 말한 건 사실이라고.
[큰 소리로]
한 사람 가는 거야. 나와라, 칼. 놈은 죽었다!

이아고 [방백] 어린 종기 문질러 신경을 건드려
성이 났구나. 녀석이 캐시오를 죽이거나
캐시오가 녀석을 죽이거나 둘이 서로 죽이거나
어찌됐든 내게 득이지. 로더리고가 살면
데스데모나에게 보내는 선물이라고
속여 먹은 돈과 보석을 모두 돌려 달라고
조르니 그럴 수 없지. 캐시오가 남아 있으면
녀석의 태도가 언제나 호감을 주니
나는 추하게 돼. 뿐만 아니라
무어인이 놈에게 내 정체를 밝힐지 몰라.
내가 아주 위험해져. 그래서 죽어야 돼.
그렇게 하자. 놈이 오는 소리 들려.
[캐시오 등장]

로더리고 발소리 알아. 그자야. [캐시오를 찌르며]
이놈, 죽었다!

캐시오 정말 그 공격이 원수가 될 뻔했지.
—네가 알기보다는 내 옷이 튼튼하다.
어디 네 옷도 시험해볼까?
[로더리고에게 상처를 입힌다.]

로더리고 오, 나 죽는다!
[이아고가 뒤에서 캐시오의 허벅지를 찌르고 퇴장]

캐시오 아이쿠, 평생 병신 됐다! 도와줘요! 살인이오, 살인!
[오셀로 등장]

오셀로 [방백] 캐시오 목소리야. 이아고가 약속대로 했어.

로더리고 아아, 내가 못된 놈이야!

오셀로 [방백] 과연 그렇지.

캐시오 사람 살려! 불 밝혀요! 의사를 불러줘요!

오셀로 [방백] 그자다. 용감한 이아고, 정직한 사람!
친구의 억울함을 이토록 느끼는 사람,
나를 훈계하누나! 요것아, 네 애인 죽었어.
저주의 운명이 다가왔다. 창녀야, 내가 간다.
매혹적인 네 눈이 마음속에 꺼지고
욕정에 찌든 네 침대가 욕정의 피로 물들겠다. [퇴장]
[로도비코와 그래시아노 등장]

캐시오 여봐요! 경비도 행인도 없소? 살인이오, 살인!

그래시아노 누가 당했나보다. 목소리가 끔찍하다.

캐시오 오, 도와주쇼!

로도비코 들어보오!

로더리고 아, 가련한 악당!

로도비코 두세 사람 신음이오. 몹시 흐린 밤이오.
가짜인지 모르오. 인원의 보강 없이
소리 나는 데로 간다는 건 안전하지 않겠소.

로더리고 아무도 없나? 그럼 난 피 흘려 죽겠구나.
[이아고가 불을 밝혀 칼을 빼들고 등장]

로도비코 들어보오!

그래시아노 누가 잠옷 바람으로 불과 칼을 가지고 오오.

이아고 거 누구요? 살인을 외치는 건 누구 소리요?

로도비코 우리는 모르오.

이아고 애원 소리 들으셨어요?

캐시오 여기요, 여기! 제발 도와주시오!

이아고 무슨 일이오?

그래시아노 이제 보니 오셀로의 기수로구먼.

로도비코 그 사람이오. 아주 용감한 자요.

이아고 그렇게 울부짖는 당신들은 누구요?

캐시오 이아고? 오, 죽게 됐다. 불한당에게 당했다.
도와주라.

이아고 오, 저런, 부관이군! 웬 놈들이 그랬소?

캐시오 그중 한 놈은 근처에 있을 거야.
도망칠 수 없을 테니.

이아고 비겁한 악당 놈들!
[로도비코와 그래시아노에게]
거기 누구요? 이리 와서 거드시오.

로더리고 도와주쇼!

캐시오 그중 하나요.

이아고 살인범이군!
야, 이 악질아!
[로더리고를 찌른다.]

로더리고 이아고, 망할 놈아! 사람 탈 쓴 개자식!
[로더리고가 신음한다.]

이아고 어둠 속의 살인이냐? 살인범들 어디 갔어?
너무나 조용해! 살인 났소! 살인 났소!
[로도비코와 그래시아노에게]
당신들 누구요? 양민이오, 도둑이오?

로도비코 신분을 알아보면 누구인지 알 거다.

이아고 로도비코 대감님?

로도비코 바로 그렇다.

이아고 실례했네요.—놈들에게 캐시오가 당했어요.

그래시아노 오, 캐시오가?

이아고 형님, 어떠하시오?

캐시오 다리가 토막 났다.

이아고 오오, 맙소사!

대감님들, 불 비춰 주세요. 제 옷으로 감겠어요.

[비앙카 등장]

비앙카 무슨 일 났어요? 누가 소리쳤어요?

이아고 누가 소리쳤냐고?

비앙카 오, 내 사랑 캐시오!

사랑하는 캐시오! 오, 캐시오, 캐시오!

이아고 유명한 창녀로군! 캐시오, 이렇게 심한

상처 준 놈들이 누군지 짐작해요?

캐시오 아니 몰라.

그래시아노 이런 것 보니 안됐소. 당신 찾던 중이오.

이아고 대님 하나 빌립시다. 됐어요.

[캐시오의 다리를 묶는다.]

교자[50] 없어요? 옮겨가야 할 텐데!

비앙카 어머, 기절하시네! 오, 캐시오, 캐시오!

이아고 여러 어르신, 제가 의심하건대

이 천한 여자도 이 일의 연루자요.

잠깐 참아요, 캐시오. [로도비코와 그래시아노에게]

자, 여기

불 비춰 주세요. [로더리고에게 가며]

알 만한 얼굴인가?

아이고! 내 친구, 우리 동포 로더리고!

그럴 리가! 정말이야! 맙소사, 로더리고!

그래시아노 뭐? 베니스 사람?

이아고 예. 아시는가요?

그래시아노 아느냐고? 그렇소.

이아고 그래시아노 대감님이세요? 용서하세요.

칼부림 사태로 몰라 뵙게 됐네요.

실례가 많아요.

그래시아노 만나서 반갑소.

이아고 어떠쇼, 캐시오? [소리치며]

교자! 교자!

그래시아노 로더리고?

이아고 예, 그 사람예요.

[시종들이 교자를 들고 등장]

잘됐네. 교자가 왔어!

몇 분이 조심해서 캐시오를 옮기세요.

장군님의 의사를 모셔 오겠어요. [비앙카에게] 당신은

수고할 거 없어. 캐시오, 여기 죽은 사람은

내 친한 친구였지요. 무슨 일로 다퉜나요?

캐시오 아무 일도 없는 데다 모르는 사람이야.

이아고 [비앙카에게]

아니, 얼굴 하얘져? [시종들에게]

바람 쐬지 말아요!

[로도비코와 그래시아노에게]

잠시 기다리세요.

[시종들이 캐시오를 교자에 태우고

로더리고의 시신을 들고 퇴장]

[비앙카에게] 얼굴이 하얘졌어?

[로도비코와 그래시아노에게]

저 여자 겁먹은 눈, 다들 보시죠?

[비앙카에게] 그렇게 노려보면 더 할 말 있겠는걸.

[로도비코와 그래시아노에게]

저 여자 유심히 살피세요. 잘 보세요.

어르신들, 보시지요? 혀를 쓰지 않아도

죄는 스스로 말을 하지요.

[에밀리아 등장]

에밀리아 어머, 무슨 일이에요? 여보, 무슨 일 났어요?

이아고 캐시오가 여기 어둑한 데서 로더리고와

달아난 짝패한테 습격을 당했어.

거의 죽게 됐는데, 로더리고는 죽었어.

에밀리아 어머나, 착한 분! 어머나, 캐시오!

이아고 계집질의 열매야. 에밀리아, 캐시오가

어디서 저녁을 먹었는지 물어봐.

[비앙카에게] 너 그 말 듣고 떨어?

비앙카 내 집에서 드셨지만 그래서 떠는 건 아니에요.

이아고 오, 그랬던가? 명령이다. 같이 가자.

에밀리아 에그 더러워, 창녀!

비앙카 나 창녀 아니야.

그렇게 욕질하는 너와 꼭 같이

정직하게 산다고!

에밀리아 나와 같이? 쳇, 더러운 것!

이아고 여러분, 캐시오 싸매는 거 보러 갑시다.

[비앙카에게]

이봐, 여자. 우리에게 다른 얘기 해야겠어.

50 여기서 말하는 '교자'(轎子)는 사람이 앉은 의자를 네 사람이 지도록 되어 있는 탈것이었다.

에밀리아, 요새로 달려가 장군님과 마님께
무슨 일 생겼는지 말씀을 드려. [에밀리아 퇴장]
[로도비코와 그래시아노에게]
먼저 가시지요. [방백] 이 밤이 나한테
승리 아니면 파멸을 갖다 줄 밤이다. [모두 퇴장]

## 5. 2

[오셀로, 등불을 들고 등장. 데스데모나는
침대에 누워 잠들어 있다.]
오셀로 그것이 원인이다. 그것이 원인이다, 나의 영혼아.—
이름은 말하지 않으련다. 정결한 별들아,
그것이 원인이다. 그러나 피를 흘리거나
눈보다 더 희고 무덤의 석고처럼
매끄러운 살결을 흠내지 않으련다.
그러나 죽어야 하니, 더 많은 사내를 속이리라.
이 불을 끄고, 다음에는 저 불도 끈다.—
불타는 촛불아, 내가 너를 껐다가
마음이 바뀌면 다시 네 빛을
회복할 수 있으리라. 그러나 네 빛을 끄면,
오, 자연을 능가하는 최우수 작품아!
너의 불을 다시 켤 프로메테우스[51] 불이
어디에 있는지 알 수 없구나. 장미를 꺾으면
다시는 살아서 자라게 할 수 없고
시들게 되리니, 덩굴에 달린 채 냄새 맡겠다.
[그녀에게 키스한다.]
오, 향긋한 입김, 정의의 칼을 꺾으라고
거의 설득하누나!—다시 한 번, 다시 한 번!
죽음 후에 이러거라. 너를 죽이고
그 후에 사랑하마.—다시 한 번. 이게 끝이다.
[그녀에게 키스한다.]
이처럼 어여쁘고 무서운 건 없었다.
울리라. 그러나 냉혹한 눈물이다.
사랑하는 자를 치는 하늘의 슬픔![52] 깨는구나.
데스데모나 누군가요? 오셀로?
오셀로 그렇다, 데스데모나.
데스데모나 주무시겠어요?
오셀로 오늘 밤 기도했나?
데스데모나 네, 기도했어요.
오셀로 아직까지 하늘과 은혜와 화해를
하지 못한 무슨 죄가 있는지 헤아리고
용서를 구해라.
데스데모나 어머, 그게 무슨 말씀이셔요?
오셀로 그리하라. 짧게 해라. 곁에서 걷는 동안.
준비되지 못한 혼을 죽이지 않으련다.
절대로 영혼은 죽이지 않으련다.
데스데모나 죽인다고 하시나요?
오셀로 그렇다.
데스데모나 그렇다면,
주여, 자비를 베푸소서!
오셀로 진심으로, 아멘.
데스데모나 그런 말씀 하시니 죽이지는 않겠죠.
오셀로 흠!
데스데모나 하지만 무서워요. 그런 눈을 치켜뜨면
죽음이 뒤따라요. 무서운 이유를 나도 몰라요.
죄가 없으니까요. 하지만 무서워요.
오셀로 네 죄를 생각해라.
데스데모나 당신을 사랑한 것뿐이어요.
오셀로 그렇다. 그래서 죽는 것이다.
데스데모나 사랑하기 때문에 죽이는 건 이상해요.
아아, 왜 그렇게 입술을 깨물지요?
무슨 잔인한 감정이 온몸을 흔드네요.
이것이 그 징조예요. 하지만, 하지만
저한테 향하는 건 아닐 테죠.
오셀로 입 다물고 잠잠해라.
데스데모나 그럴게요. 무슨 일이죠?
오셀로 내가 무척 아끼다 너에게 준 손수건을
캐시오에게 주었다.
데스데모나 절대로 아니에요.
불러다 물어보셔요.
오셀로 어여쁜 여자여, 조심해라.
거짓 증거 조심해라. 거기는 네가 죽을 곳이다.[53]
데스데모나 아직은 아니에요.
오셀로 곧 죽게 되리라.

51 그리스신화에 나오는 신으로서 프로메테우스는 인간에게 처음으로 불을 가져다 주었다.
52 "독생자 예수를 죽이신 하느님"이 기독교의 교리이기도 하다.
53 침대에서 나서 침대에서 자고 마지막에 침대에서 죽는 것이 인생이라는 말처럼 들린다.

그러므로 네 죄를 숨김없이 고백해라.
조목조목 맹세하며 부인을 하더라도
내 속에서 분출하는 강렬한 감정을
없애거나 누를 수 없다. 너는 죽는다.
데스데모나 그럼 주여, 자비를 베푸소서.
오셀로 아멘.
데스데모나 당신도 자비를 베푸셔요. 당신께 평생
죄를 짓지 않았고 캐시오를 사랑하지 않았어요.
하늘이 허락하신 호의를 보였을 뿐,
그에게 애정을 표한 적 없어요.
오셀로 그자의 손에서 손수건을 봤는데!
거짓 맹세하는 여자![54] 나의 가슴을
돌처럼 굳혀 제물로 드리려던 그 일을
살인이라 부르게끔 만드는구나!
내가 손수건을 보았다.
데스데모나 그렇다면 주웠겠죠.
저는 준 적 없어요. 이리 불러오세요.
사실대로 말하라고 하세요.
오셀로 자백했다.
데스데모나 뭐라고요?
오셀로 너를, 아아, 너를 이용했다고.
데스데모나 어떻게요? 나쁘게요?
오셀로 그렇다.
데스데모나 그럴 리 없어요.
오셀로 그럴 리 없다. 입을 막았으니까.
정직한 이아고가 그 일을 했다.
데스데모나 아, 불안이 밝혀져요! 그래서 죽었어요?
오셀로 머리털처럼 목숨이 많다 해도
모두 다 삼킬 만큼 복수심이 부풀었다.
데스데모나 오, 그 사람도 당하고 저도 파멸이에요.
오셀로 그쳐라, 창녀! 놈 때문에 내 앞에서 울어?
데스데모나 [애원하느라고 그를 붙잡으며]
오, 저를 내쫓고 죽이진 마셔요.
오셀로 자빠져, 창녀!
데스데모나 내일 죽여요. 오늘 밤은 살려줘요!
[그녀가 그에게 매달린다.]
오셀로 안 된다. 반항하면—
데스데모나 반시간만, 기도 한 번 할 시간만—
오셀로 너무 늦었다.
[그녀를 질식시킨다.]
일단 시작하면 중단은 없다.
데스데모나 오, 주여, 주여, 주여!
에밀리아 [안에서] 주인님, 주인님! 여보세요, 주인님!
오셀로 웬 소린가? 안 죽었나? 아직 죽지 않았나?
나는 잔인하지만 자비로운 사람이다.
고통 속에 머물지는 않게 해주지.
자, 자.
[그녀를 다시금 질식시킨다.]
에밀리아 [안에서] 여보세요, 주인님! 주인님!
오셀로 누군가?
에밀리아 [안에서] 오, 주인님, 한마디만 할 테에요.
오셀로 응—에밀리아—[소리치며] 잠깐!—죽었군.
캐시오가 죽었다고 전하러 오는 거지.
밖이 시끄러웠어. 음! 움직이지 않겠지?
무덤처럼 조용하군. 들어오랄까? 괜찮을까?
움직이듯 하는데—아니다. 어떻게 할까?
들어오면 분명히 아내에게 말할 텐데.
아내, 아내! 무슨 아내? 나는 아내가 없다.
오, 못 견디겠다! 속이 무너지누나!
해와 달의 엄청난 일식이 일어나
겁에 질린 땅덩이가 그러한 변화에
입을 크게 벌리겠지.
에밀리아 [안에서] 제발 들어 주세요.
말씀드리겠어요! 주인님! 주인님!
오셀로 잊고 있었군.—[소리치며] 들어와라, 에밀리아!
조용히.—[소리치며] 잠깐만! 커튼을 닫겠다.
[침대 커튼을 닫는다.]
[에밀리아에게] 어디 있나? 이 시간에 웬일인가?
[자물쇠를 연다. 에밀리아 등장]
에밀리아 아이고, 주인님, 흉악한 살인이에요!
오셀로 뭐? 지금?
에밀리아 조금 전에요.
오셀로 과연 달이 궤도를 벗어났구나.
여느 때보다 지구에 가까이 와서
머리가 돌았군.[55]
에밀리아 캐시오가 로더리고란
베니스 청년을 죽였어요.

54 거짓 맹세는 거짓말을 하고도 맹세코 안 했다고 하는 것이니 거듭 거짓말하는 큰 죄다. 십계명의 제9계명을 어기는 것이다.
55 달의 나쁜 기운을 쐬면 미친다고 믿었다.

오셀로 로더리고가 죽었어? 캐시오도 죽었고?
에밀리아 캐시오는 안 죽었어요.
오셀로 안 죽었어?
그럼 손발이 맞지 않아. 달콤한 복수가
사납게 되어가.
데스데모나 오, 억울하게, 억울하게 죽누나.
에밀리아 오, 주여, 그게 무슨 소리예요?
오셀로 그거? 뭐?
에밀리아 어머나! 마님 목소리였는데.
[침대 커튼을 젖힌다.]
사람 살려! 사람 살려! 오, 다시 말하세요!
다정하신 데스데모나 마님, 말하세요!
데스데모나 죄 없이 죽누나.
에밀리아 누가 이렇게 했어요?
데스데모나 누구도 아냐.—내가 그랬어. 잘 있어.—
착한 주인께 안부 전해줘.—오, 잘 있어! [죽는다.]
오셀로 어떻게 죽게 됐나?
에밀리아 누가 알아요?
오셀로 내가 아니라는 그녀 말을 너도 들었다.
에밀리아 그러셨어요. 사실대로 말하면 그래요.
오셀로 불타는 지옥에 빠진 거짓말쟁이 같다.
내가 죽였다.
에밀리아 오, 마님은 더욱 천사요 주인은 더욱 검은 마귀예요!
오셀로 못난 길로 빠졌지. 창녀였거든.
에밀리아 명예훼손 마세요! 당신 마귀야!
오셀로 물탕처럼 헐거웠지.
에밀리아 욕하는 당신은
불처럼 경솔해요. 마님은 천사처럼 진실했어요!
오셀로 캐시오와 붙었었다. 남편한테 물어봐.
제일 깊은 지옥에 떨어진대도
극형을 행한 건 정당한 근거에서
실시한 거라고. 네 남편이 모두 다 알아.
에밀리아 내 남편요?
오셀로 네 남편.
에밀리아 마님이 그랬대요?
오셀로 그렇지. 캐시오하고. 그녀가 진실했으면
완벽한 백옥의 세계를 하늘이 내게
만들어줘도 절대로 그녀와
안 바꿀 테야.
에밀리아 내 남편요?
오셀로 맞아. 처음으로 귀띔한 게 그 사람이지.
정직한 사람이야. 더러운 데 달라붙는
땟국을 미워해.
에밀리아 내 남편요?
오셀로 왜 그처럼 되뇌느냐? 그래, 네 남편이야.
에밀리아 아아, 마님! 악이 사랑에 장난쳤어요.
마님이 그랬다고 내 남편이 말해요?
오셀로 그래, 네 남편이지. 그 말 알아들었어?
내 친구, 네 남편, 정직, 또 정직한 이아고.
에밀리아 그런 소리 한다면 저주받을 영혼이
하루 반 푼씩 썩어져라! 말짱 거짓말!
마님은 더러운 결혼에 미쳐 계셨어!
오셀로 허!
에밀리아 어디 할 대로 해봐!
당신의 짓거리는 하늘에게만 아니고
마님에게도 부끄러워.
오셀로 조용해. 그래야 좋아!
에밀리아 제아무리 당신이 내게 해를 가해도
견뎌낼 수 있다고. 오, 밥통, 머저리,
흙처럼 무지한 것! 당신이 저지른 짓은—
[오셀로가 칼로 그녀를 위협한다.]
칼 따윈 무섭지 않아. 스무 번 목숨을 잃어도
폭로할 테다. 도와줘요, 도와줘요! 여기요, 여기!
무어인이 마님을 죽였어요! 살인이오! 살인!
[몬태노, 그래시아노, 이아고 등장]
몬태노 무슨 일이오? 장군, 어찌 된 거요?
에밀리아 오, 당신 왔어, 이아고? 일 참 잘했네.
당신 모가지에 살인죄를 들씌우니.
그래시아노 무슨 일이오?
에밀리아 당신이 사내라면 이자 말을 부인해요.
마님이 그랬다고 당신이 말했다며?
그럴 리 없지.—당신은 그런 악질 아니에요.
빨리 말해요. 속 터질 거 같아요.
이아고 내 생각 말해줬어. 그분 자신이
가능하고 옳다고 하는 것만 말해줬어.
에밀리아 하지만 마님이 그랬다고 한 적 있어?
이아고 응.
에밀리아 거짓말 했구나. 흉악한 거짓말을!
진짜 생판 거짓말, 악독한 거짓말을!
캐시오하고 그랬다고? 캐시오와 했다고?
이아고 그래. 캐시오하고.—관둬. 입 다물어.
에밀리아 입 다물지 않을 테야. 말해야겠어.

살해되신 마님이 여기 누워 계세요.
몬태노, 그래시아노, 이아고 오, 맙소사!
에밀리아 당신들의 전갈이 살인을 부추겼소.
오셀로 놀라지 마시오. 사실이 그렇소.
그래시아노 사실 치곤 해괴하군.
몬태노 끔찍한 짓이오!
에밀리아 비열한, 비열한, 비열한 짓! 이제 와서
생각하니까, 비열한 냄새가 나던 것 같아.
그런 생각이 났어. 슬퍼 자살하겠다!
아아, 비열한 짓, 비열한 짓!
이아고 미쳤어? 집에 가라니깐!
에밀리아 신사 여러분, 말 좀 하게 해주세요.
남편 말 들어야죠. 하지만 지금은 아니에요.
이아고, 아무래도 나 집에 못 갈 것 같아.
오셀로 오! 오! 오!
[침대 위에 쓰러진다.]
에밀리아 그래라. 쓰러져 울부짖어.
보던 사람 중에서 가장 아름다운 여인을
죄 없이 죽였어!
오셀로 [일어나며] 더러운 여자였어.
아, 삼촌 오셨군요. 조카딸 저기 있소.
방금 이 손으로 숨을 끊었소.
끔찍하고 무서운 짓인 줄 알고 있소.
그래시아노 불쌍한 것. 부친이 가셨으니 다행이다.
치명적인 네 결혼에 순전히 슬퍼서
명줄이 끊어졌지. 지금 살아 있다면
이 광경에 절망하여 수호천사를
저주하며 쫓아내고 배교할지 모른다.
오셀로 유감이지만, 수천 번 부끄러운 짓을
캐시오와 저지른 것을 이아고가 알고 있고
캐시오가 고백했소. 내가 처음 그녀에게
사랑의 약속으로 주었던 정표를
그자의 애무에 대한 값으로 주었소.
그자 손에 있는 것을 내가 보았소.
손수건이었소. 아버님이 어머님께
주셨던 오래된 정표요.
에밀리아 아이고 맙소사! 하느님 맙소사!
이아고 야, 입 닥쳐.
에밀리아 드러나요! 드러나요! 입 다물고 있으라고?
북풍처럼 마음껏 불어대겠어.
천국과 인간과 마귀가 떠들어도 좋아.
온 세상이 욕해도 말할 테야.
이아고 똑똑히 굴어. 집에 가.
에밀리아 안 가.
[이아고가 에밀리아를 찌르려 한다.]
그래시아노 여자에게 칼을 빼?
에밀리아 멍청한 무어인아! 그 손수건은
우연히 주워서 남편한테 줬어.
그런 작은 물건에 어울리지 않을 만큼
정색을 하고 간절히 그 물건
훔쳐 오랬어.
이아고 이 저질 갈보년!
에밀리아 캐시오한테 줬다고? 천만에 말씀.
내가 주워서 남편한테 줬던 거야.
이아고 쌍년, 거짓말 마!
에밀리아 맹세코 거짓말 아녜요, 거짓말 아녜요.
오, 살인자 멍청이. 저런 못난 밥통이
잘난 아내 얻어 뭘 해?
[오셀로가 이아고에게 달려드나 몬태노가
칼을 뺏는다. 이아고가 아내를 죽인다.]
오셀로 천둥에 쓸 것밖에
하늘에 불이 없어? 간악한 악질!
그래시아노 여자가 쓰러진다. 아내를 찔렀다.
에밀리아 그랬어요, 그랬어요. 마님 옆에 눕혀줘요. [이아고 퇴장]
그래시아노 도망쳤다. 아내는 죽었다.
몬태노 악당임이 확실하오. 이 칼을 잡으시오.
무어인에게서 압수한 것이오.
문밖에서 지키시오. 못 나가게 하시고
차라리 죽이시오. 나는 놈을 쫓아가겠소.
천하에 몹쓸 놈이오. [몬태노와 그래시아노 퇴장]
오셀로 내 용맹도 사라졌다.
새까만 졸병까지 내 칼을 쥐었구나.
하지만 명예가 정직보다 더 살아 무엇 하랴?
모두 가라.
에밀리아 마님의 노래가 무슨 뜻이죠?
내 소리 들려요? 백조처럼 노래 속에
죽음을 맞겠어요.[56] [노래한다.] 버들, 버들, 버들을.
—잔인한 무어인, 마님은 정결했죠, 사랑했죠.

56 백조(고니)는 죽을 때만 노래를 한다고 알려졌었다. '백조의 노래'는 마지막 노래란 뜻이다.

진실을 말하는 내 영혼, 낙원에 가길!
마음에 있는 그대로 말하면서 나는 죽어요.
[죽으면서 침대에 쓰러진다.]

오셀로 이 방에 칼이 또 있소. 스페인젠데
빙하가 녹은 물에 담금질했던 거요.
오, 여기 있군. 삼촌, 나가야겠소.

그래시아노 [안에서]
나오기를 시도하면 대가가 클 거요.
당신은 칼이 없소. 상할 수밖에 없소.

오셀로 그럼 나를 보시오. 같이 말로 합시다.
아니라면 벗은 채 공격할 테요.
[그래시아노 등장]

그래시아노 무슨 일이오?

오셀로 보시오. 나도 칼이 있소.
군인의 허리에 이보다 좋은 칼이
달렸던 적이 없소. 나의 짧은 팔과
이 좋은 칼로 당신의 방어보다
스무 배 격렬한 장애를 헤쳐 나갔소.
하지만 허망한 자랑—누가 제 운명을
통제하겠소? 지금은 그러지 못하오.
무기가 있다고 겁낼 것 없소.
여기가 내 인생의 종착역이요
항해의 끝이요 바다의 푯대요.
무서워 물러서요? 괜한 걱정 마시오.
오셀로 가슴에 지푸라기를 갖다 대도
물러나겠소. 오셀로가 어디 가겠소?
[침대로 간다.]
네 모습이 어떤가? 오, 불운의 여인!
속옷처럼 하얗구나. 심판 날에 만나면[57]
네 모습이 내 영혼을 지옥으로 동댕이쳐
악귀들이 삼키리라. 여인아, 몹시 찬가?
마치 너의 정절처럼. 망하고 망한 놈!
마귀들아, 채찍을 가해
하늘 같은 모습에서 나를 쫓아 버려라!
바람 속에 몰아치고 유황불에 지져라!
깊은 용암 수렁 속에 나를 담가라!
데스데모나! 죽은 데스데모나! 오, 오!
[로도비코, 몬태노, 관리들이 호송하는
이아고와 교자에 앉은 캐시오 등장]

로도비코 불행하고 경솔한 그 사람은 어디 있소?

오셀로 과거에 오셀로였던 자가 여기 있소.

로도비코 독사는 어디 있소? 놈을 앞에 세우시오.

오셀로 놈의 발을 보지만 얘기에 지나지 않아.[58]
네놈이 마귀면 죽일 수가 없겠지.
[이아고에게 상처를 입힌다.]

로도비코 칼을 뺏어라.

이아고 피만 나고 죽진 않았소.[59]

오셀로 실망치 않아. 널 살려 두겠다.
죽음이 차라리 행복일 테니.

로도비코 오, 당신 오셀로, 그리도 훌륭하더니
저주받은 악질의 흉계에 빠졌구려.
뭐라 하면 되겠소?

오셀로 뭐라고 해도 좋소.—
원하시면 명예로운 살인자라 하시오.
증오 아닌 명예 속에 행하였을 뿐이오.

로도비코 이 악질이 죄과를 일부분 자백했소.
캐시오의 살해를 둘이 모의하였소?

오셀로 그렇소.

캐시오 장군님, 그러실 이유를 드린 적 없습니다.

오셀로 그렇소. 그래서 용서를 구하오.
저 절반 마귀에게 어째서 내 혼과 몸을
그렇게 옭았던지 물으시겠소?

이아고 묻지 말아요. 당신이 아는 게 아는 거요.
지금부터 한마디도 말하지 않겠소.

로도비코 뭐, 기도도 안 드려?

그래시아노 고문하면 입 열 테지.

오셀로 말하는 게 좋을 게다.

로도비코 어찌 된 일인지 말씀하겠소.
당신은 모를 거요. 죽은 로더리고의
주머니에 들어 있던 편지가 여기 있소.
여기 또 있소. 그중 하나를 보면
캐시오의 살해는 로더리고가
맡기로 되어 있었소.

오셀로 오, 못된 놈!

57 최후의 심판에서 인간들의 영혼은 다시 만난다고 했다.
58 전설에 의하면 마귀는 소나 말처럼 쪽발이다. 또한 마귀는 아무리 죽이려고 해도 죽지 않는다. 이아고는 단순한 악인이 아니라 마귀와 꼭 같은 자다.
59 사람처럼 피는 나는데 진짜 마귀처럼 죽지는 않았다고 이죽거리는 것이다.

캐시오 가장 야만적이고 끔찍스럽소!
로도비코 여기 또 다른 불만의 편지를 역시
주머니 속에서 발견했소. 로더리고가
이 망할 놈에게 전하고자 했는데
아마도 그 순간에 이아고가 나타나
제 속대로 한 듯하오.
오셀로 오, 악독한 놈!
캐시오, 어떻게 아내의 손수건을
갖게 되었나?
캐시오 제 방에서 주웠습니다.
방금 전에 저자가 자백했는데,
흉계에 따라서 꾸며놓은 목적으로
방에다 떨궜답니다.
오셀로 오, 바보, 바보, 바보!
캐시오 그리고 편지에서 이아고에게 욕하기를,
나한테 싸움을 걸게 해서 그 때문에
제가 직위를 잃었다고 썼더군요.
방금 전에 죽어가던 그가 말하길,
이아고가 자기를 찔렀는데 자기를
부추겼다 하데요.
로도비코 [오셀로에게]
당신은 여기를 떠나 우리와 같이 가야 하겠소.
당신의 권한과 지휘권은 박탈되고
캐시오가 총독이오. 이자에게는
되도록 오랫동안 매우 고통스러운,
교묘하고 강력한 고문을 있는 대로
시행하겠소. 당신은 베니스에 죄과를
알리기까지 죄수로서 감금되오.
자, 그럼 데려가오!
오셀로 잠깐만. 가기 전에 한두 마디 하겠소.
국가에 나도 다소 공을 세웠소. 그들도 아오.
그건 그만합시다. 당신들의 편지에서
불행한 사건들을 이야기할 때
나를 있는 그대로 말하시오. 조금도
숨기거나 악의를 가지고 적지 마시오.
현명하지 못하되 지나치게 사랑한 자라
하시오. 쉽사리 질투하지 않으나
일단 흥분하면 극도로 격앙되며
천박한 토인처럼 자신의 족속보다
값진 진주를 제 손으로 버린 자요,
녹을 줄 모르던 두 눈이 풀이 죽어
효험 높은 진액을 쉬지 않고 흘리는
아라비아 나무[60]처럼 눈물을 쏟아내오.
이를 기록하고 겸하여 말하시오.
언젠가 알레포[61]에서 터번 감은 악독한
터키 놈이 베니스인을 때리고 우리를
조롱할 때 할례 받은[62] 그 녀석을
멱살을 잡고 쳤소. 이렇게!
[자신을 찌른다.]
로도비코 아, 피에 젖은 종말이다!
그래시아노 모든 말이 허사로다.
오셀로 죽이기 전에 키스했지. 다른 길 없어.
나를 죽이며 키스 위에 죽을 뿐이다.
[데스데모나에게 키스하고 침대에 쓰러져 죽는다.]
캐시오 자부심이 큰 분이라 이게 염려되었소만
무기가 없을 줄 알았소.
로도비코 [이아고에게] 스파르타의 개,[63]
고뇌와 굶주림과 바다보다 잔인한 놈,
침대에 실려 있는 비극을 봐라.
네 짓이다. 참상을 보니 눈이 아프오.
가리시오.
[사람들이 침대 커튼을 닫는다.]
그래시아노, 집을 몰수하시고,
무어인의 재산은 당신에게 승계되오.
차지하시오. [캐시오에게] 총독인 귀관에게
이 지옥 독종에 대한 심판 시기와
장소와 고문이 귀속되니 철저를 기하시오!
나는 즉시 승선하여 무거운 마음으로
참혹한 사실을 나라에 전하겠소. [모두 퇴장]

60 '몰약'의 원료가 된다는, 아라비아에서 나는 나무의 진액.
61 동서양 교역 중심지의 하나였던 시리아의 내륙 도시, 현재의 할랍.
62 유대인뿐 아니라 정통 이슬람 신봉자는 할례를 행한다.
63 '스파르타의 개'는 사나운 사냥개의 일종이었다.

# 리어 왕

*King Lear*

## 연극의 인물들

리어 브리튼의 왕
고네릴 그의 맏딸
리건 그의 둘째 딸
코델리아 그의 막내딸
올버니 공작 고네릴과 결혼한 리어의 첫째 사위
콘월 공작 리건과 결혼한 리어의 둘째 사위
프랑스 왕
버건디 공작
글로스터 백작
에드거 글로스터 백작의 맏아들
에드먼드 글로스터 백작의 서출, 작은아들
켄트 백작
광대 리어에게 시중듦
오스월드 고네릴의 집사
큐런 글로스터의 부하
노인 글로스터의 소작인
의전관, 지휘관, 장교, 의사,
기사들, 신사들, 시종들,
하인들, 전령들

# 리어 왕[1]

## 1. 1

[켄트, 글로스터, 에드먼드 등장]

켄트 전하께서 콘월 공작보다 올버니 공작을 선호하신
것 같더군요.

글로스터 언제나 그렇게 보이셨지만 지금 나라를 나누시며
공작들 가운데서 누굴 더 낫게 보시는지 모르겠소.
두 분의 자질들을 너무나 세밀하게 따지신 결과라
두 분 몫의 우열을 가늠할 수 없군요.

켄트 저 청년, 당신 아들 아니오?

글로스터 그 아이 양육비를 내가 부담했소. 저 애가 내
애란 사실을 시인하느라고 하도 낯을 붉혔더니
이제는 버릇이 돼서 아무렇지 않아요.

켄트 무슨 말인지 알아듣지 못하겠소.

글로스터 이 젊은 녀석 어머니는 알아들었죠. 그래서 배가
산만 하게 되더니 잠자리에 지아비가 생기기 전에
요람에 아들이 생겼던 거예요. 무슨 잘못된
냄새라도 나나요?

켄트 잘못을 취소하랠 수도 없군요. 결과가 저처럼
잘난 걸 보니.

글로스터 하지만 나는 법의 정한 바에 따라 친아들을
보았소. 얘보다 한 살쯤 위지만 내 눈엔 꼭 같이
소중해요. 이 녀석이 나오라고 하기 전에
좀 뻔뻔스레 세상에 나왔지만 엄마는 예뻤지요.
이놈 만드느라고 재미 많이 보았거든요. 그러니
이 녀석을 내 새끼로 인정해야죠. [에드먼드에게]
에드먼드, 이 어른 아느냐?

에드먼드 모릅니다.

글로스터 [에드먼드에게] 켄트 백작이시다. 앞으로 이
분을 내가 존경하는 친구로 기억해라.

에드먼드 [켄트에게] 받들어 모시겠습니다.

켄트 사랑할 수밖에 없군. 더욱 친해지기 바란다.

에드먼드 마음에 드시도록 노력하겠습니다.

글로스터 [켄트에게] 9년간 밖에 나가 있었는데 곧 다시
떠날 겁니다. 전하께서 오시는군.
[주악. 한 사람이 작은 왕관[2]을 들고 등장하고
뒤이어 리어, 올버니, 콘월, 고네릴, 리건,
코델리아, 시종들 등장]

리어 글로스터, 프랑스 왕과 버건디[3] 공을 안내하오.

글로스터 그리하겠습니다. [퇴장]

리어 그동안 내밀한 의중을 밝히겠다.
그 지도 가져와라. 내가 이 나라를
셋으로 나눴으니 그렇게 알아라.
온갖 염려와 일거리를 노후에서 떨어내어
젊은 힘에 넘겨주고 아무런 짐도 없이
슬그머니 죽음으로 향해서 가는 게
내 굳은 뜻이다. 내 사위 콘월,
꼭 같이 사랑하는 사위 올버니,
장래의 다툼을 막기 위해
확고한 뜻에 따라 지금 이 시간
딸들의 지참금을 정식으로 공포한다.
우수한 왕자들인 프랑스와 버건디가
막내딸을 사랑하는 우수한 경쟁자로
오랫동안 이 궁정에 체류했는데
확답을 들으려고 여기 와 있다. 딸들아,
영토의 소유와 통치와 국사들을
벗으려고 하는데 너희 중 누가
나를 가장 사랑한다고 말하겠는가?
생각과 실천이 갈등하는 딸에게
가장 큰 선물을 내릴까 하는데?
고네릴, 네가 먼저 났으니 먼저 말하렴.

고네릴 말할 수 없을 만큼 아버님을 사랑해요.
광활한 토지나 눈알보다 중하시며
값지거나 진귀한 무엇보다 귀하시며
은총, 건강, 미와 명예, 생명 그 자체이시며
자식이 사랑하고 아버지가 경험한
최상의 사랑으로, 숨과 말이 모자라고,
그 모두를 초월해서 아버님을 사랑해요.

코델리아 [방백]
코델리아는 어쩌지? 사랑하고 잠잠해라.

리어 이쪽에서 여기까지 이 지역 모두,

1 이 작품의 번역은 옥스퍼드 판을 따르지 않고 아든 3판(1997)을 따른다. 옥스퍼드 판에서는 더 길고 우리에게 알려지지 않는 부분이 첨가되어 있다.

2 이 작은 왕관은 리어가 극진히 사랑하던 막내딸 코델리아에게 주려던 것으로 추정된다.

3 프랑스어로는 부르고뉴. 프랑스 동부의 오래된 지방.

울창한 산림과 드넓은 초장을
너에게 준다. 너와 올버니의 후손이
영구히 소유해라. 둘째는 뭐라는가?
사랑하는 리건, 콘월의 아내, 말해라.

리건 아버님, 언니와 꼭 같은 살과 피라
제 값을 꼭 같이 매겨요. 알고 보니
제 사랑의 내용을 언니가 말하네요.
훨씬 모자라지만. 귀중한 감각으로
심신에 느껴지는 모든 기쁨은
저에게 원수라는 사실을 선언해요.
오로지 사랑하는 아버님의 사랑에만
기쁨이 있어요.

코델리아 [방백] 코델리아, 불쌍해!
하지만 아니지. 내 사랑은 분명히
가벼운 혀보다는 훨씬 무겁지.

리어 너와 네 후손에게 아름다운 내 나라의
넓은 3분의 1이 영구히 남으리라.
고네릴에게 준 데 비해 넓이나 가치나
즐거움이 적지 않아. [코델리아에게]
이제는 내 기쁨,
막내지만 결코 작지 않은 내 사랑을
차지하는 아이야, 젊은 너를 얻으려고
프랑스의 포도와 버건디의 우유가
경쟁하는데, 언니들보다 풍성한
3분의 1을 얻기 위해 뭐라 하느냐?

코델리아 할 말 없어요.

리어 할 말 없어?

코델리아 할 말 없어요.

리어 뭐? 없으면 갈 것도 없어. 다시 말해.

코델리아 저는 불행하게도 마음을 입으로
가져올 수 없어요. 도리에 따라
아버님을 사랑해요. 더도 덜도 아니어요.

리어 뭐라고, 코델리아? 말을 조금 바꿔라.
운수를 그르칠지 몰라.

코델리아 아버님께서
저를 낳고 기르시고 사랑해 주셨어요.
순종하고 사랑하고 더없는 섬김으로
그런 빚을 합당하게 돌려드려요.
언니들은 아버님만 사랑한다고 하면서
남편들은 왜 있어요? 혹시 제가 결혼하면
저와 언약할 분이 사랑의 반을,
관심과 책임의 반을 차지할 수 있어요.
확실히 저는 언니들처럼 아버님만
사랑하려고 결혼하지 않겠어요.

리어 하지만 이 말이 네 진심이냐?

코델리아 네, 아버님.

리어 어떻게 어린 게 그렇게 매몰차냐?

코델리아 그렇게 어린 것이 진실합니다.

리어 좋다. 그렇게 하자. 그럼 너의 '진실'로
지참금을 삼아라. 거룩한 태양과
헤카테[4]와 신령한 검은 밤의 의식과
우리의 생존과 사멸을 주장하는
별들의 기운에 걸어 이 자리에서
맹세하노니 아비의 보살핌과
혈육의 정을 끊고 이후로 영원히 너를
내 마음과 나 자신과 조금도 상관없는
남이 되겠다. 스키타이 야만인[5]이나
식욕을 채우기 위해 제 자식을
잡아먹는 놈들처럼, 예전 한때 내 딸이던
너에게 이웃은 물론이고 내 품의 동정과
위로를 거절하겠다.

켄트 그러나 전하—

리어 입 닥처라, 켄트.
용과 분노 사이에 끼어들지 말렷다!
누구보다 사랑하여 그녀의 보살핌에
안식하려 했더니. [코델리아에게]
얼씬도 하지 마라.
애에게서 아비 속을 떼어내고 무덤으로
안식처를 삼으리라. 프랑스 왕을 불러라.
게 누구 없느냐? 버건디 공을 불러라.
[시종들이 달려간다.]
콘월과 올버니, 두 딸 몫에 더하여
나머지도 소화해라. 그 애한테 '교만'에게
시집가라고 일러. 이른바 '솔직'이지.
둘에게 꼭 같이 권세와 지위와
왕권에 따르는 광대한 특권을 준다.

4 그리스신화에 나오는 달의 여신, 대지(大地)의 여신, 지하의 여신 등 세 여신이 한 몸이 된 여신으로서 「맥베스」에 직접 등장한다.

5 예전에 스키타이로 알려졌던 중국 북부와 몽골 지역에 살던 사람들. 그들을 야만인으로 간주했다.

너희들의 부담으로 기사 100명을 유지하고
달마다 차례로 너희 집에 머물겠다.
다만 나는 왕이라는 칭호와 함께
갖가지 명예를 보유하겠다.
그 밖의 권력과 재산과 정사는
친애하는 사위들, 너희 몫이다.
확증의 뜻으로 왕관을 나눠 가져라.

켄트 전하, 언제나 왕으로 섬겼으며
아버지로 사랑하고 주인으로 따랐으며
기도 중에 보호자로 기억했으며—

리어 이미 활을 당겼다. 화살에서 비켜나라.

켄트 오히려 쏘세요. 화살이 제 심장을
꿰뚫어도 좋아요. 리어 왕이 돌았다면
켄트도 막가요. 노인, 어쩔 셈이오?[6]
권세가 아첨에 굴복해서 충성이
입 열기를 겁낼 테요? 왕이 못나게 굴면
정직은 솔직하게 말할 수밖에 없어요.
권세를 유지하오. 심사숙고함으로
흉측한 경솔을 버리오. 목숨 걸고 말하는데
막내 공주가 왕을 제일 사랑하며
요란을 떨지 않는 나지막한 음성은
빈말이 아니오.

리어 목숨이 아까우면 그만해!

켄트 내 목숨은 오로지 왕의 적에게 맞서는
담보물일 뿐인데, 왕의 안전이 달렸으니
잃어도 두렵지 않소.

리어 내 앞에서 꺼져!

켄트 리어 왕, 똑바로 보고 당신 눈의
올바른 과녁으로 나를 남겨 두세요.

리어 아폴로[7]께 걸어서—

켄트 아폴로에 걸어서,
신을 걸어 맹세해도 허사요.

리어 못된 종놈!

올버니와 콘월 전하, 고정하세요.

켄트 때리쇼. 의사를 죽이고 치료비는
몹쓸 병에 주세요. 결정을 취소하세요.
안 그러면 목청이 있는 한 소리칠 테요.

리어 못된 놈아, 들어라. 서약대로 들어라!
네놈이 내 맹세를 깨려고 했다.
이건 내가 이제껏 안 했던 일인데
중뿔난 교만에서 결정과 권세 틈에
끼어드니 내 성질, 내 지위로 참지 못해서
강력한 권세에게 보답을 받아라.
닷새의 말미를 주니, 물자를 마련해서
세상의 불편을 덜어라. 엿새째 되는 날에
보기 싫은 네 등을 이 나라에서 돌려라.
만약 그 다음날 추방당한 네 몸이
내 땅에서 발견되면 너는 즉시 죽는다.
떠나라! 주피터에 걸어 맹세코
이 말은 취소하지 않겠다.

켄트 그럼 잘 있으세요. 이렇게 될 거라면
자유는 딴 데 있고 유배지가 여기요.
[코델리아에게]
아가씨, 신들이 안전한 데로 데려가시길!
올바른 생각이요 합당한 말이었죠.
[고네릴과 리건에게]
말은 크게 했는데 사랑의 말에서
선한 결과를 행동으로 보여주오.
공작님들, 켄트는 모두와 작별하오.
새 땅에서 오랜 길을 만들 터이오. [퇴장]

[주악. 글로스터가 프랑스 왕과 버건디 공작과
함께 등장]

콘월 전하, 프랑스 왕과 버건디 공이 왔습니다.

리어 버건디 공작,
먼저 당신에게 말하겠소. 내 딸을 놓고
이 왕과 겨뤘는데 당장 지참금으로
최소한 얼마를 요구하며 그게 아니면
구애를 포기하오.

버건디 높으신 전하께서
제의하신 것보다 더 원하지 아니하오.
줄이지는 않으시죠?

리어 존귀한 버건디 공,
그 애가 소중할 땐 그렇게 여겼소만,
이제 값이 떨어졌소. 저기 서 있소.
조그만 저것 속에 무엇이 들어 있든,
내 미움을 덧붙여서 그런 것 전부가

6 리어를 각성시키려고 켄트가 일부러 말을 놓는다. 두 사람은 함께 늙어가는 죽마고우다.
7 브리튼(Britain)이 기독교에 교화되기 이전의 세계임을 암시한다. 아폴로는 활의 신이기도 했다.

마음에 드는 경우, 저쪽에 있으니
가져가시오.

버건디 뭐라 할지 모르겠소.

리어 그런 흠이 있는 채 친구도 없고
미움도 새로 얻고 저주가 지참금 되고
남남이 되기로 맹세했는데
가지겠소, 버리겠소?

버건디 전하, 용서하시오.
그러한 조건에는 선택하지 못하오.

리어 그럼 버리쇼. 나를 지으신 조물주께 맹세코
그게 재산 전부요. [프랑스 왕에게]
위대한 프랑스 왕,
미운 애와 당신을 짝지우기 위하여
당신과의 우정을 버릴 생각이 없으니
아비조차 인정하기 곤란한 자식보다
당신의 애정을 보다 나은 쪽으로
옮겨가시오.

프랑스 왕 너무나 뜻밖이오.
이제까지 전하께서 가장 아끼셨으며,
칭찬의 주제이며 노년의 위안이요,
최고, 최선이더니 쌓아 올린 총애를
순식간에 허물 만큼 끔찍한 짓을
그녀가 저질렀군요.
공주께서 범한 죄가 과연 흉하여
기괴한 꼴이거나, 전하가 품으셨던
기왕의 애정에 잘못이 있었겠죠.
공주가 그랬다고 믿으려면 이성이
제 속에 그러한 믿음을 심는
기적이 있기 전에는 불가합니다.

코델리아 하지만 전하께 간청드려요.
입으로 말하면서 실천할 뜻은 없이
매끄럽게 기름 치는 재주가 없다면
—저는 말보다 먼저 좋은 뜻을 실행하지요.—
전하의 은총과 사랑을 잃은 것은
흠점이나 살인이나 추악한 꼴이나,
부정한 행동이나 수치가 아니라
저한테 없어서 오히려 풍족한 것,
언제나 바라는 눈길, 다행히도
제게 없는 혀—그래서 사랑을 잃었지만—
그걸 시인하셔요.

리어 괜한 소리 그만둬라.
불쾌감을 주기보다 나지 말았어야지.

프랑스 왕 그뿐입니까?—행하려는 이야기를
말만 하지 않으려고 주저하는 성격에
불과하지 않은가요? 버건디 공작,
공주에게 뭐라고 답하겠소? 사랑이
본질에서 벗어난 생각과 뒤섞일 때
그건 사랑 아니오. 공주를 택하겠소?
그 자신이 지참금이오.

버건디 리어 왕 전하,
자신이 제안하신 몫이라도 주시오.
그러시면 당장에 공주 손을 잡겠소.
버건디 공작 부인으로—

리어 한 푼도 없소. 맹세했소.

버건디 [코델리아에게]
그럼 안됐소. 부친을 잃는 바람에
남편 또한 잃었소.

코델리아 버건디에게 평화를!
체면과 재산이 저분의 사랑이니
저분의 아내는 안 되겠어요.

프랑스 왕 어여쁜 코델리아, 가난하여 부하며
버림받아 택함 받고 멸시받아 사랑받소.
당신과 당신 덕을 내가 당장 취하오.
버린 것을 주웠으니 법에도 맞소.
신들이여! 신들이여! 차가운 멸시에
존경으로 불타는 내 사랑이 놀랍소.
내게 던져진, 지참금 없는 딸이
내 왕비, 아름다운 프랑스의 왕비요.
돈 많은 버건디의 모든 공작님들도
값진 이 아가씨를 내게서 살 수 없소.
코델리아, 사랑 없는 이분들과 작별하시오.
이곳을 잃고 좋은 곳을 얻는 것이오.

리어 프랑스 왕, 그 애를 가졌으니 당신 소유요.
그런 딸은 내게 없소. 다시는 그 얼굴을
보지 않겠소. 그러므로 내 은총,
내 사랑, 내 축복 없이 그냥 가시오.
버건디 공, 갑시다.

[주악. 리어와 버건디, 콘월, 올버니,
글로스터, 에드먼드, 시종들 퇴장]

프랑스 왕 언니들에게 작별을 고하시오.

코델리아 아버님의 보석들, 눈물 닦은 눈으로
코델리아는 떠나요. 언니들이 누군지

잘 아는 동생으로 언니들의 심보를
세상 말로 부르긴 싫어요. 아버님께
잘해드려요. 사랑한다고 말하는
언니들께 맡기네요. 하지만 아아,
아버님의 사랑을 입는다면 더 좋은 데로
모실 테지만. 그럼 잘들 계셔요.
고네릴 이래라 저래라 하지 마.
리건 네 남편 속에 들
생각이나 먹어라. 동정의 대상으로
너를 택한 사람이지. 순종을 아낀 너야.
네가 원한 궁핍을 얻고도 남아.
코델리아 교묘히 숨긴 것을 시간이 드러내고,
가렸던 죄악을 수치로 조롱해요.
잘들 사세요.
프랑스 왕 갑시다, 어여쁜 코델리아.
[프랑스 왕과 코델리아 퇴장]
고네릴 얘, 우리 두 사람에게 아주 밀접하게 관련되는
일에 대해 할 말이 적지 않아. 오늘 밤 아버지가
여기를 떠날 거야.
리건 아주 확실해요. 언니하고 같이 가겠죠. 다음 달엔
우리하고 같이 있을 거고요.
고네릴 너도 알지만 나이가 들어서 변덕이 아주 심해.
우리가 그런 꼴 본 것만도 적지가 않아. 언제나
막내를 제일 귀여워했는데 정말 눈이 어두워서
걔를 내친 게 너무나도 뻔해.
리건 늙어서 노망하는 거예요. 하기는 평생 동안 자기가
무슨 소릴 하는지 자기도 잘 알지 못했다고요.
고네릴 제일 활발하고 건강한 때도 성질이 아주 급했어.
그러니까 그 나이가 되면 오랜 버릇으로 굳어진
불안한 정신뿐만 아니라 위약하고 성 잘 내는
나이가 돼서 그것이 갖다 주는 막돼먹은 심술까지
기대할 도리밖에 없어.
리건 이번 켄트의 추방 같은 예측할 수 없는 급작스런
노염을 당할지 몰라.
고네릴 프랑스 왕과 아버지 사이에 또다시 작별 인사
치레가 벌어지는군. 얘, 이봐, 우리 같이 짜자.
아버지가 지금 같은 성미대로 권위를 부린다면
좀 전에 왕권을 버린다고 했지만 우리한테는
해롭기만 할 거야.
리건 같이 더 생각하자고요.
고네릴 쇠뿔은 단김에 빼랬다고, 뭔가 해야 돼. [둘 퇴장]

## 1. 2

[사생아 에드먼드가 편지를 들고 등장]
에드먼드 자연아, 너는 내 여신,[8] 너의 법에
충실한 내가 어째서 악습에 매여
까다로운 세상에 권리를 빼앗기는가?
형보다 열두어 달 뒤에 났다고?
어째서 서자인가? 어째서 천한가?
체격도 꼭 같이 균형이 잡혔으며
마음도 꼭 같이 아량이 넓으며,
외모도 점잖은 부인의 자식처럼
잘나지 않았는가? 어째서 서출이란
낙인인가? 천한 서자? 과연 천한가?
원초적 욕망을 몰래 쏟은 까닭에
신체도 건장하고 성격도 활달하니,
맥 빠지고 침침하고 힘없는 자리에서
자지도 깨지도 못한 몽롱한 상태에서
못난이 한 떼를 낳기보다 훨씬 낫다.
그러니 적자 에드거, 네 땅을 내가
가져야겠다. 아버지는 서자나 적자나
꼭 같이 사랑한다. '적자'—멋진 말이다!
그럼 적자야, 이 편지가 성공해서
내 꾀가 이기면 천한 에드먼드는
적자 위에 올라서고 자라고 번성한다.
신들이여, 사생아를 위하여 궐기하라!
[글로스터 백작 등장]
글로스터 켄트가 추방됐어? 성난 프랑스 왕이 성내며 떠났어?
오늘 밤 왕이 가셨어? 권력을 이양하고
멋만 부리게 됐어? 이 모든 일이
갑자기 생겼어?—에드먼드, 웬일이냐?
에드먼드 [편지를 넣는다.] 아, 아무것도 아닙니다.
글로스터 그렇다면 어째서 그처럼 편지를 감추려고
쩔쩔매느냐?

8 여기에서 "자연"은 '동물적 본능'이라는 뜻이다. 윤리 의식과 관계가 없는 성욕, 식욕, 물욕, 생존을 위한 계교 등이 모두 '자연'의 속성이다. 그러나 '자연'은 또한 타고난 선한 '인간의 본성'이라는 뜻도 된다. 즉 당시에는 '성선설'과 '성악설'이라는 서로 모순되는 개념이 '자연'이라는 한 낱말 속에 들어 있었다(지금도 그렇지만).

에드먼드 아버님, 저 아무 소식 모릅니다.

글로스터 무슨 글귀를 읽고 있었는데?

에드먼드 아무것도 아닙니다.

글로스터 아니라고? 그럼 왜 그렇게 허겁지겁 주머니에 처넣을 필요가 있냐? 아무것도 아니라면 사물의 본질상 그렇게 숨길 필요가 없어. 좀 보자.— 아무것도 아니라면 안경이 필요 없겠지.

에드먼드 제발 용서하십시오. 형에게서 받은 편지인데 전부 읽지 못했습니다. 제가 읽은 데까지만 보면 아버님이 기뻐하실 내용이 아닙니다.

글로스터 그 편지 내게 다오.

에드먼드 드리든 안 드리든 제가 꾸중을 듣게 됐군요. 제가 아는 건 일부지만 내용이 너무 나빠요.

글로스터 어디 보자, 어디 보자.

에드먼드 형이 저의 효심을 시험하거나 알아보려고 이걸 쓴 거로 두둔하고 싶습니다.

글로스터 [읽는다.] "이처럼 노인 우대 정책은 한창때의 우리에게 세상을 역겹게 만들고 우리가 늙어서 즐길 수 없을 때까지 우리의 재산을 억류한다. 노인의 폭압에 불합리하고 어리석은 예속을 깨닫기 시작했다. 노인의 지배는 실력이 아니라 허용이다. 나에게 와라. 이에 관해 더 의논하자. 내가 깨울 때까지 아버지가 잠을 자면 너는 평생토록 수입의 절반을 가질 것이며 형에게 사랑받고 살게 되리라. 에드거." 흠! 음모로구나! "내가 깨울 때까지 잠을 자면 너는 평생토록 수입의 절반을 가지게 된다." —내 아들 에드거가 이렇게 쓸 손이 있었나? 이걸 꾸며낼 마음과 머리가 있었나? 이 편지 언제 왔냐? 가져온 게 누구냐?

에드먼드 누가 저한테 가져온 게 아닙니다. 그래서 교묘한 거지요. 제 방 창문 안에 던져져 있는 걸 우연히 발견한 겁니다.

글로스터 편지가 형의 글씨냐?

에드먼드 내용이 좋다면 그게 형의 글씨라고 맹세하겠습니다. 하지만 사실이 사실인 만큼 형의 글씨가 아니라면 좋겠습니다.

글로스터 형 글씨 맞지?

에드먼드 형의 글씨입니다. 하지만, 아버님, 형의 마음까지 내용 속에 들어 있지 않았으면 합니다.

글로스터 지금까지 그 애가 이 일에 관해 네 의중을 떠본 적이 없느냐?

에드먼드 절대로 없습니다. 하지만 형이 이따금 나이가 찬 아들과 노쇠한 아버지의 경우에 아버지는 아들의 보살핌을 받고 아들이 재산을 관리해야 한다고 했습니다.

글로스터 오, 몹쓸 놈, 몹쓸 놈. 편지에다 바로 제 생각을 썼구나! 끔찍한 악당, 불효막심한 짐승 같은 악당, 짐승보다 못한 놈! 얘, 가서 찾아라. 내가 잡겠다. 끔찍한 악당! 그놈 어디 있냐?

에드먼드 잘 모릅니다. 아버님께서 형에 대한 노여움을 잠시만 멈추시고 그 의도에 관해 형에게서 좀 더 정확한 증거를 잡으시면 확실한 근거를 가지고 차근차근 일하실 수 있지만 만일 아버님께서 형의 의도를 오해하셔서 성급하게 행동을 취하시면 아버님 명예에 커다란 흠을 남기시며 형의 효심을 산산조각 내시게 됩니다. 저는 형이 아버님에 대한 저의 사랑을 시험하는 것일 뿐, 그밖에 하등 위험한 뜻이 있다고는 제 목숨을 내걸고 부인하고 싶습니다.

글로스터 그렇게 생각하냐?

에드먼드 아버님께서 괜찮다고 하시면, 저희 둘이 이 일에 관해서 의논하는 것을 엿들으실 장소에 모시도록 하겠습니다. 직접 들으시고 확증을 얻으시고 의심을 푸세요. 더 끌 것 없이 오늘 저녁에 해드리죠.

글로스터 그런 괴물일 리가 없어.

에드먼드 절대로 아니지요.

글로스터 제 아비한테. 그토록 애지중지 사랑하는데. 아, 천지가 새까맣구나! 에드먼드, 그 애를 찾아가서 너한테 제 속을 터놓게끔 구슬려라. 네 뜻대로 일을 꾸며라. 부탁한다. 사실을 바로 알기 위해서는 지위와 재산을 버려도 괜찮다.

에드먼드 곧 형을 찾아서 방법이 떠오르는 대로 슬그머니 일을 진행시키고 아버님께 알려드리겠습니다.

글로스터 요즘 해와 달에 일식, 월식이 생기는데 좋은 징조가 아니다. 인간의 지혜로 이러쿵저러쿵 이유를 댈 수는 있지만 자연 자체는 그런 결과에 따라 재앙을 당하거든. 사랑이 식고 우정이 줄고 형제가 갈라지며, 도시엔 분쟁, 나라엔 불화, 궁궐엔 반역, 아비와 자식 간에 유대가 끊긴다. 이 악당도 여기 해당돼. 자식이 아비에게 대들다니. 왕이 타고난 성미대로 일을 그르쳤는데—거기선 아비가 자식에게 대들었지. 우리가 좋아하던 시절은 모두

지났어. 음모, 거짓, 배반 같은 온갖 파괴적인 악이
무덤에 이르도록 뒤숭숭하게 우리를 따라와. 악당을
찾아내라, 에드먼드. 너한테 손해가 생기지 않도록
해주겠다. 조심해서 해라.—그런데 그 고결하고
올바른 켄트가 추방을 당했어. 죄목이 정직이라니!
세월이 수상해, 참말 수상해! [퇴장]

에드먼드 이게 바로 세상이 멍청한 걸 말해주는 가장 적절한
실례이지. 불만스러운 운수가 있기만 하면, 대부분
우리가 너무나 욕심 부린 까닭인데도, 우리의 불행을
해와 달과 별의 탓으로 돌리거든. 마치 우리가 별수
없이 악당이 되고 하늘의 충동을 받아 바보가 되며
천체 궤도의 상승에 따라 깡패나 도둑이나 반역자가
되고 행성의 기운에 어쩔 수 없이 좌우되어 주정뱅이,
사기꾼, 놈팡이가 되고, 기타 등등, 하늘이 떠밀어서
악을 저지른단 소리지.[9] 계집질에 이골 난 녀석이
자신의 음탕한 기질을 별들의 탓으로 돌리다니 아주
영악한 책임 회피야! 아버지가 어머니하고 용의 꼬리[10]
아래서 관계했기 때문에 내가 출생한 건 큰곰자리
밑인데, 따라서 나는 거칠고 음탕하단 소리야. 쳇!
내가 사생아로 태어날 때 하늘에서 가장 깨끗한
처녀별이 빤짝거렸다고 해도 나는 지금의 나밖에
더 되지 않았을 테지?
[에드거 등장]
마침맞게 오는군. 고전 희극의 결말처럼.[11] 내가 맡은
배역은 우울한 악당이야. 수용소에 가둬놓은
정신병자처럼 한숨 쉬면서.—아, 저 일식, 월식이
분쟁의 징조구나. 파, 솔, 라, 미.

에드거 에드먼드, 무슨 일로 그러는가? 무슨 심각한 생각에
잠겨 있는가?

에드먼드 형, 저번 날 읽었던 예언이 생각나서 그래. 요즘 생긴
일식, 월식 다음에는 무슨 일이 생길까 하고.

에드거 아, 그런 일로 골치를 썩어?

에드먼드 그 사람이 글에서 얘기한 여러 가지 나쁜 징조가
생길 게 분명하거든. 예를 들면, 자식과 부모 간의
비정한 관계라든가, 죽음과 기근, 오래 묵은 우정의
파탄, 나라 안의 분쟁, 왕과 귀족들에 대한 위협과
저주, 불필요한 불신, 친구들의 추방, 군대의 해산,
결혼 관계의 와해, 그밖에 일일이 열거하지 못할
일이 생길 거라고.

에드거 너 언제부터 점성술의 신도가 됐냐?

에드먼드 그런데 말이야, 형, 아버지 언제 만났지?

에드거 바로 어젯밤.

에드먼드 같이 얘기했어?

에드거 응, 두 시간이나.

에드먼드 사이좋게 헤어졌어? 아버지 말이나 표정에 무슨
안 좋은 거 못 봤어?

에드거 전혀.

에드먼드 무슨 일로 아버지를 노엽게 했는지 자세히
생각해봐. 내가 간절히 권하는데 잠시만 아버지의
노여움이 식을 때까지 아버지 앞에 나타나지 마.
지금 당장은 너무도 화가 나서 형에게 상처를
줘도 노염이 줄어들지 않을 정도야.

에드거 어떤 악당 놈이 모함했구나.

에드먼드 그게 내 생각이야. 아버지 노여움이 점차
가라앉을 때까지 조용히 참고 있어. 그러니 내
방으로 가서 숨어 있어. 적당한 때에 아버지가
말하는 걸 듣게 해줄 테니까. 밖에 나다닐 땐
무장을 갖춰.

에드거 무장을 갖춰?

에드먼드 형에게 최선의 방책을 말하는 거야. 무장해.
아버지가 형에 대해 좋은 뜻을 가진 거라고는
절대로 안 믿어. 내가 보고 들은 걸 막연히
알려줬을 뿐이고 그 무시무시한 실상은 말하지
않았어. 형, 제발 여길 떠나. 빨리!

에드거 금방 말해주겠지?

에드먼드 이 일에서 형을 도울 뿐이야. [에드거 퇴장]
남의 말 신뢰하는 아버지와 고상한 형이
성격상 남에게 해를 끼치지 않고
의심하지 않으니 미련한 정직성을
나의 꾀가 쉽게 타고 간다. 앞이 환하다.
신분이 안 된다면 머리로 땅을 얻자.
모두 내게 맞도록 조작이 가능해. [퇴장]

9 중세의 점성술(중세적인 천문학)에서 사람의 성격과 행동은 전적으로 천체의 기운에 좌우된다고 가르쳤다. 동양의 팔자소관이라는 생각보다 강력했지만, 에드먼드처럼 그것을 미신으로 치부하는 '자연주의자'도 있었다.

10 해의 궤도가 지는 달의 궤도와 교차하는 상태. 이 상태에서 큰곰자리의 기운을 타고 태어나면 음탕한 기질을 갖게 된다고 점성술은 가르쳤다.

11 고전 희극, 즉 전통적인 희극에서 필요한 사건이나 인물이 매우 적절한 순간에 나타나 결말을 짓기 좋게 만든다는 것.

## 1. 3

[고네릴과 그녀의 집사 오스월드 등장]

고네릴 내 시종이 제 광대를 욕했다고 아버지가
때렸단 말인가?

오스월드 예, 마님.

고네릴 밤낮으로 문제를 일으켜. 시간마다
느닷없이 이런저런 사고를 쳐서
모두들 다투는데, 그냥 참지 않겠어.
아버지 기사들은 갈수록 거칠어지고
아버지는 사소한 일에도 우리를 욕해.
사냥에서 돌아오면 아무 말도 안 하겠다.
나 아프다 해라. 전처럼 받들지 말고
슬슬 빼도 괜찮아. 내가 책임질 테니.
[안에서 사냥 나팔 소리]

오스월드 돌아오십니다. 소리가 들려요.

고네릴 귀찮다는 표정을 꾸며대고 있어라.
너와 동료 하인 모두. 그래서 그게
문제 되면 좋겠다. 그런 게 싫다면
동생네 집에 가래. 그 애나 나나
똑같이 호락호락 넘길 수 없어.
하릴없는 늙은이, 포기한 권력을
계속 부리겠다니! 늙은 바보는 확실히
또다시 어린애야. 응석이 지나치면
받아준 만큼 야단도 쳐야 돼.
내 말 잊지 마.

오스월드 잘 알겠습니다.

고네릴 그리고 기사들에게도 전보다 냉대해라.
일이 생겨도 괜찮아. 동료한테 알려라.
구실을 만들겠어. 할 말은 해야지.
곧바로 동생에게 편지 써서 계획대로
밀고 나가야지. 저녁을 준비해라. [둘 퇴장]

## 1. 4

[켄트, 변장하고 등장]

켄트 말소리를 얼버무려 남의 말투를
흉내만 내면 내가 마음먹은 대로
변장의 목적을 완벽한 결말로
끌어갈 수 있겠다. 추방당한 켄트야,
위법으로 이 땅에서 섬길 수만 있다면
사랑하는 전하께서 지극한 네 정성을 보시게 된다.
[안에서 사냥 나팔 소리. 리어 왕과
시종들인 기사들 너덧이 등장]

리어 한순간도 저녁때를 안 놓칠 테다. 당장 준비해라.
[기사 1 퇴장]
[켄트에게] 한데 너는 누구냐?

켄트 사람이오.

리어 네 생업이 뭔가 말이다. 나한테 무슨 볼일이
있는가?

켄트 보시는 그대로입니다. 나를 믿어주는 사람을
진정으로 섬기며, 진솔한 사람을 사랑하며,
현철하되 말수가 적은 사람과 사귀며, 하늘의
심판을 두려워하며, 어쩔 수 없을 지경에는
싸우며, 물고기는 안 먹는 사람이올시다.[12]

리어 뭘 하는 사람이냐?

켄트 마음이 지극히 정직한 사람이며, 왕만큼 무일푼
가난뱅이요.

리어 왕인데도 가난한 만큼 백성인 네가 가난하다면
너야말로 가난뱅이다. 무엇을 원하는가?

켄트 하인 노릇이오.

리어 누구를 섬길 텐가?

켄트 당신이오.

리어 내가 누군지 아는가?

켄트 아니요. 하지만 외모를 보아하니 내가 주인으로
받들 만한 풍모가 있으시오.

리어 그게 무엇인데?

켄트 권위요.

리어 무슨 일 할 수 있는가?

켄트 합당한 비밀을 감출 줄 알며, 말 달리고 뛰며,
교묘한 이야기는 도중에 망치며, 명백한 소식을
그대로 전할 줄 알며 보통 사람한테 알맞은 일은
저도 할 줄 알아요. 저의 강점은 부지런이오.

리어 몇 살인가?

켄트 여자 노래 듣고서 사랑에 빠질 젊은이도 아니오.
괜한 이유를 붙여서 여자에 혹할 늙은이도 아니오.
마흔여덟의 나이를 등에 지고 있어요.

12 가톨릭 교인들은 예수의 죽음을 기억하기 위해 금요일에는 고기를 먹지 않는 전통이 있다. 그 대신 물고기를 먹는다.

리어 부하가 돼라. 저녁 먹은 후에도 네가 싫지 않으면
나를 섬겨도 좋다. 하지만 아직 너하고 헤어지고
싶지 않다. 밥, 얘들아, 밥 가져와! 광대 녀석[13]
어디 있어? 너 가서 광대 데려와라. [기사 2 퇴장]
[오스월드 등장]
야, 야, 내 딸 어디 있냐?

오스월드 실례합니다만— [퇴장]

리어 저 녀석 뭐라고 해? 저 멍청이 다시 불러.
[기사 3과 켄트 퇴장]
내 광대 어디 있어? 젠장, 온 세상이 잠든 것 같다.
[기사 3 등장]
뭐야? 그 개새끼 어디 갔어?

기사 3 전하, 따님이 아프시다고 그자가 말합니다.

리어 어째서 부르는 소리 듣고도 그 녀석이 돌아오지
않았어?

기사 3 전하, 돌아오지 않겠다고 무척이나 솔직하게
대답하였습니다.

리어 돌아오지 않겠다고?

기사 3 전하, 어찌된 영문인지 알 수 없으나 제가
판단하기로는 이전처럼 사랑의 예절을 갖추어
전하를 대접해 드리지 않는 것 같습니다. 공작님
자신은 물론이고 공주 따님 자신과 밑에 있는
집안 사람 전부가 친절을 크게 줄인 것 같아서
말씀드립니다.

리어 허, 그래?

기사 3 혹시 제가 잘못 보았다면 용서하십시오. 전하께서
부당한 대접을 받으신 것 같을 때 저의 책임상
입 다물고 있을 수가 없습니다.

리어 네 말을 들으니 내가 갖고 있던 느낌이 떠오르누나.
요즘 나도 아주 희미하게 푸대접을 느끼고
있었지만 내가 괜히 지나치게 의심했던 것으로
치부하고 진짜 불친절한 속내이며 표현이라고는
생각하지 않았다. 좀 더 살펴보겠다. 한데 광대는
어디 있나? 이틀이나 못 봤다.

기사 3 막내 공주님께서 프랑스로 가신 이래, 광대는 몹시
울적하게 지냈습니다.

리어 그 말은 더 하지 마라. 나도 봤다. 너는 가서
공주한테 나하고 말 좀 하자고 해. [기사 3 퇴장]
너는 가서 광대를 불러와라. [기사 4 퇴장]
[오스월드 등장]
야, 야, 너 말이다. 이리 와라. 내가 누구지?

오스월드 저의 마님 아버지요.

리어 마님의 아버지? 공작의 꼬붕, 못돼 먹은 개새끼,
종놈, 똥개 새끼!

오스월드 어르신, 저 그런 거 아닙니다. 실례지만 말씀을
삼가십시오.

리어 이 새끼, 노려보면 어쩔 테야. [그를 때린다.]

오스월드 맞고 싶지 않습니다.

켄트 [딴죽을 걸며] 걸려서 넘어지지 않겠단 말이지.
이 천한 공차개![14]

리어 [켄트에게] 야, 고맙다. 네가 도와주누나. 앞으로
내 맘에 들겠다.

켄트 [오스월드에게] 이리 와. 높은 분 어떻게 알아
모실지 가르쳐줄게. 뛰어, 뛰어. 네 몸통 얼마나
긴지 알고 싶으면 가만있고 똑똑하면 토껴.
[그를 떠밀어낸다.]

리어 어이, 이 친구, 고맙다. 자, 내 일 해주는 데 대한
계약금이다. [그에게 돈을 준다.]
[광대 등장]

광대 나도 저 녀석 고용하겠소. [켄트에게 모자를 내밀며]
닭 벼슬[15] 여기 있다.

리어 어떻게 지냈나, 귀염둥이, 괜찮냐?

광대 [켄트에게] 야, 너 내 닭 벼슬 쓰면 딱 맞아.

켄트 왜?

광대 신세 조진 사람한테 편들었으니 안 그래? 아무렴.
바람 부는 쪽을 따라 아양 떨 줄 모르면 금방 감기
걸릴 거야. 자, 닭 벼슬 써. 여기 이 작자가 딸 하나를
내쫓고 제 맘에 없는 딸 둘을 축복했거든.
—저 사람 따라다니려면 이 닭 벼슬은 네가 써야 돼.
[리어에게] 아저씨,[16] 어떠쇼? 나도 닭 벼슬 둘에다
딸 둘이 있으면 좋겠다.

리어 자식, 그건 왜?

광대 두 딸에게 밥그릇을 통째로 줘버릴 때 닭 벼슬은 그냥
갖고 있어야지. 이건 내 거야. 딸들한테 달라고 해.

13 중세 궁정에서 못난 짓을 하고 우스갯소리를 하여 왕을 웃기는 직업을 가졌던 광대(또는 '바보')가 있었다.

14 앞에서 귀족들의 놀이인 테니스를 암시했는데, 여기서는 발로 차고 딴죽을 거는 촌사람들의 경기인 축구에 비유한다.

15 광대는 닭의 벼슬처럼 생긴 모자를 썼다.

16 익살을 부리느라고 광대는 왕을 "아저씨"라고 부른다.

리어 이 녀석, 회초리[17] 조심해.

광대 '진실'이란 개는 개집으로 쫓겨날 개 팔자야. 암캐 '레이디'가 난롯가에서 냄새를 피우는데 진실은 내쫓길 판이라니.

리어 나한테 뼈아픈 쓸개로다!

광대 아저씨한테 말씀 하나 가르쳐줄게.

리어 그래봐.

광대 잘 들어, 아저씨.

보여주는 것보다 많이 가지고
알고 있는 것보다 적게 말하고
갖고 있는 것보다 적게 꿔 주고
걸어가기보다는 말을 더 타고
믿는 것보다는 더 많이 듣고
주사위 점수보다 돈을 덜 걸고
술잔과 계집을 멀리하면서
집 안에 죽치고 박혀 있으면
1파운드 20냥에 20전 이상
앉아 있는 자리에서 네 거가 된다.

리어 아무것도 아니구나.

광대 그럼 공짜 변호사의 헛바람처럼 아저씨가 나한테 아무것도 안 줬어. [리어에게] 아무것도 아닌 건 쓸데없나, 아저씨?

리어 물론. 아무것도 없으면 아무것도 만들지 못해.

광대 [켄트에게] 저 사람한테 자기 토지 수입이 얼마나 되나 말해줘라. 광대 바보는 믿지 못하니까.

리어 입에 쓴 광대로다.

광대 아저씨, 쓴 광대하고 달콤한 광대하고 뭐가 차이가 나는지 알아?

리어 모른다, 녀석아. 가르쳐다오.

광대 네 땅 내주라고 권유한 신하를
내 옆에 앉혀놓고 네가 그놈 대신해라.
쓰고 단 광대가 금방 나타나겠다.
광대처럼 차린 놈과 딴 바보가 나타난다.

리어 이놈, 나보고 바보라고 해?

광대 그 밖의 직함들을 내버리지 않았어? 날 때부터 타고난 직함들인데?

켄트 이자는 완전한 바보는 아니오.

광대 절대 안 그래. 대감님과 높은 분들이 못 그러게 해준다고. 내가 그걸 독점하면 자기들도 한몫 들겠대. 마나님들까지도 그러겠대. 나 혼자 바보짓을 독차지할 수 없게 한다는 거야. 뺏어갈 판이야. 아저씨, 달걀 한 개만 줘. 내가 대가리 둘 줄게.

리어 대가리가 둘이라니 뭣들인가?

리어 달걀을 절반 갈라 먹으면 껍질 두 쪽이 남는단 말씀이야. 아저씨 왕관을 절반 갈라서 두 쪽을 다 줘버렸으니 타고 갈 노새를 등에 지고 흙탕길을 걸어가는 셈이지. 제 머리의 금관을 남한테 넘겼을 때 아저씨 대머리에 정신이 없더라고. 내가 나처럼 이런 말을 한다면 그걸 바보 말로 듣는 첫 사람은 두드려 맞아야 돼.
[노래한다.]

똑똑한 사람이 멍청이가 됐으니
한동안 바보가 일이 없구나.
어떻게 바보짓을 할지 몰라서
단지 흉내만 내고 있구나.

리어 언제부터 그렇게 노래가 가득하냐?

광대 아저씨가 딸들을 엄마로 삼은 이래 줄곧 이랬어. 아저씨가 딸들한테 회초리를 갖다 주며 종아리를 걷었지 뭐야!
[노래한다.]

뜻밖의 행운이라 기뻐서 울고
나는 슬퍼 노래했소.
그러한 임금님이 술래잡기 하면서
바보 틈에 끼었다고.

아저씨, 바보 광대한테 거짓말하는 법을 가르칠 교사를 붙여줘. 거짓말 배우면 좋겠어.

리어 거짓말하면 매질하겠다.

광대 아저씨와 딸들이 무슨 인척 관계인지 놀랍기 그지없어. 딸들은 내가 참말을 한다고 때린다 하고 아저씨는 내가 거짓말한다고 때리고 어떤 때는 입 다물고 있다고 때리지. 바보 광대만 아니면 뭐든지 돼도 좋아. 하지만 아저씨는 되지 않을래. 아저씨 머리를 양쪽에서 잘라 먹어서 가운데는 아무것도 남지 않았어. 자른 조각 한쪽이 여기 오는데.
[고네릴 등장]

리어 왜 그러냐? 무슨 일로 얼굴을 찌푸렸어? 요즘 너무 주름살 못 펴는 것 같다.

광대 딸의 주름살을 걱정할 필요가 없을 땐 아저씨도 잘나가는 친구였지. 지금 아저씨는 숫자 없이 그냥

17 화난 주인은 회초리로 광대를 때리기도 하였다.

0이야. 나는 지금 아저씨보다 괜찮아. 바보 광대니까.
하지만 아저씬 아무것도 아니야. [고네릴에게] 예,
입을 다물지요. 얼굴을 보니 그런 명령이네요. 말은
안 하지만. 음, 음!
[노래 부른다.]
빵 껍질과 빵 조각을 챙겨두지 않으면
세상이 귀찮을 때 그런 것도 아쉽단다.
[리어를 가리키며] 이런 건 빈 콩깍지야.
고네릴 [리어에게]
제멋대로 마구 노는 광대뿐만 아니라
그 밖의 안하무인 아버지 부하들이
밤낮 없이 싸우고 다투고 시끄러워
도저히 참지 못할 소란을 피워대요.
이 사실을 아버지께 알려드려서
확실하게 고치려고 했는데 이제 와서
아버지 자신의 언행을 따져보니
아버지가 그 짓을 두둔하고 추킨다는
의심이 들어요. 만약 그게 사실이면
비난을 면치 못해, 나라의 안녕을
보호하는 차원에서 시정이 잠잘 수 없고
그럴 때 아버지가 섭섭할지 몰라요.
여느 때 그런다면 수치스럽겠지만,
필요상 합당한 조치라 하겠지요.
광대 아저씨도 알다시피,
울타리 참새가 뻐꾸기를 길렀더니
그 새끼가 참새 머리를 잘라버렸대.
그래서 불이 꺼져 우리는 어둠 속에 있게 되었지.
리어 너 내 딸 맞아?
고네릴 보세요, 아버지,
아버지의 지혜를 십분 발휘하세요.
지혜로 가득하지 않으세요? 그래서 요즘
아버지의 진면목을 바꿔버린 그런 짓을
멀리하세요.
광대 마차가 말을 끌면 노새가 모를까요?[18]
아서라, 이것아, 너를 사랑한단다.[19]
리어 여기 나 알 놈 있어? 이거 리어 아니다.
이렇게 걷고 이렇게 말해? 눈은 어디 있어?
머리가 줄었든지 판단력이 마비됐어.—제기랄!
도대체 자는 거야, 깬 거야? 확실히 안 그래?
내가 누군지 가르쳐줄 놈 있어?
광대 리어의 그림자.
리어 그런 게 알고 싶다. 이런 왕의 표시와 상식과
이치가 내게 딸들이 있었다는 허황된 믿음을
심어주누나.
광대 순종하는 아버지를 만들겠다 이거지.
리어 [고네릴에게] 어여쁜 아가씨, 이름이 뭔가?
고네릴 놀란 척하는 것은 요즘 새로 시작한
장난하고 너무 같아요. 제발 제 뜻을
바로 이해하셔요. 나이가 드셨으니
지혜롭게 되셔요. 아버지가 여기서
100명의 기사를 거느리고 계신데
너무나 질서 없고 버릇없고 건방져서
그자들 소행에 궁정이 탈이 나서
난장판 여관 같고 음탕한 놀이로
점잖은 대궐이 술집이나 창녀 집을
방불케 해요. 너무나 수치스러워
당장 시정해야겠어요. 다른 때 같으면
참을 수 있는 딸이 간청하는데
수행원을 조금만 줄여주셔요.
전처럼 거느리실 나머지 인원은
아버지 연세에 어울리며 사리를
분별할 줄 아는 자들로 구성하셔요.
리어 새까만 마귀들! 말들에 안장 얹어라!
내 사람 모두 불러! 네 신세 안 지겠다.
다른 딸이 남아 있다.
고네릴 아버지가 내 사람을 후려 때리고
패거리가 상전을 종으로 부려요.
[올버니 등장]
리어 뒤늦게 후회 마라!—어, 자네 왔나?
이게 자네 뜻인가?—내 말 준비해.
[기사 한 사람 퇴장]
목석같은 악귀 놈, 배은망덕아,
자식에게 씌우면 바다 괴물보다도
더 추잡하다.
올버니 고정하세요.
리어 [고네릴에게] 더러운 말똥가리, 거짓말 마라.
뛰어난 자질로 부하들을 뽑았기에
온갖 예절의 일점일획을 알고 있으며

18 마차가 말을 끌 듯 도리가 거꾸로 되면 아무리 바보(노새)라도 그걸 알아차린다는 것.
19 어떤 노래의 후렴 가사인 듯.

자신들의 명예를 매우 조심스럽게
지키는 자들이다. 지극히 작은 흠이
코델리아한테서는 몹시 추해 보였지!
그것이 고문처럼 본연의 틀을 눌러
가슴에 박혀 있던 사랑을 뜯어내어
마음의 비통을 더하누나. 오, 리어, 리어!
[자기 머리를 치며]
바보짓을 들여놓고 분별력을 내쫓은
이놈의 문을 부숴라. 얘들아, 가자.
[켄트, 기사들, 시종들 퇴장]

올버니 왜 성을 내시는지 저는 모를뿐더러
책임도 없습니다.

리어 그럴 수 있지.
들으소서, 자연이여. 들으소서, 여신이여.
이것에게 자식 복을 내리고자 하셨으면
당신의 생각을 멈춰주소서.
그녀의 자궁에 불임을 넣으시고
출산의 기관들을 바짝 말리고
타락한 그녀 몸이 어미란 명예를 줄
아기를 못 낳고, 낳는다 해도
몹쓸 자식을 주셔서 평생토록 어미에게
포악하고 불손한 아픔 되게 하소서.
젊디젊은 얼굴에 주름살을 박아 넣고
흐르는 눈물로 뺨에 골을 파시고
어미의 숱한 수고와 은덕이
코웃음과 멸시의 대상이 되어
은혜 잊은 자식이 독사의 이빨보다
더 아픈 걸 알게 하소서. 자, 가자!
[리어와 광대 퇴장]

올버니 도대체 어찌 된 일이오?

고네릴 고민을 더하려는 생각은 버리셔요.
성질 내키는 대로 노망 떨라고
내버려둬요.
[리어 등장. 광대가 뒤따른다.]

리어 단번에 부하 쉰 명을 자르라고?
겨우 보름 지났는데?

올버니 무슨 일예요?

리어 말해주지. [고네릴에게] 저주, 저주! 네가 이렇게
사내인 나를 흔들 힘이 있다니 창피스럽다.
막무가내 터지는 뜨거운 눈물이
너 때문이라니! 찬바람과 안개가 네게 내려라!
아비의 저주가 깊은 상처가 되어
네 몸을 속속들이 찔러대라.
바보 같은 늙은 눈아, 이것 때문에
다시금 질질 짜면 너희를 뽑아 던지고
너희 흘린 눈물에 진흙을 개겠다.
이 지경이 됐는가? 허! 그래도 좋다.
상냥하고 다정한 다른 딸이 남아 있지.
이 사실을 들으면 늑대 같은 네 낯짝을
손톱으로 긁어버리겠다. 두고 봐라.
내 위엄을 영원히 버린 거로 알겠지만
또다시 갖출 테다. 명심해라. 믿어도 좋아. [퇴장]

고네릴 여보, 그것 보셨죠?

올버니 고네릴, 내가 당신을 무척 사랑하지만
그렇다고 편파적인—

고네릴 그만하셔요.
제발 그만하셔요. 오스월드, 어디 있냐?
[광대에게] 광대이기보다는 악당인 너, 주인 따라가!

광대 리어 아저씨, 리어 아저씨, 잠깐만요. 광대를
데리고 가세요.
잡고 보니 여우더라.
그러한 딸인지라
모자 팔아 목줄 사면
도살장에 보내야지.
그래서 광대는 따라간다. [퇴장]

고네릴 노인이 고문관을 잘 뒀네.—백 명이라고!
무장한 백 명을 거느리면 현명하고
안전한 처사라고! 그렇지. 꿈마다,
소문마다, 환상마다, 불평마다, 혐오마다,
자기들 힘으로 노망을 보호하고
우리를 쩔쩔매게 하는 거지. 오스월드!

올버니 하지만 지나친 염려 아닌가?

고네릴 너무 믿는 것보단 안전해요.
염려되는 위험을 언제나 제거하여
언제나 염려하지 말아야죠. 아버지를
잘 알아요. 하신 말을 동생한테 써 보냈어요.
그 애가 틀린 걸 알려줬는데,
아버지와 100명을 부양한다면—
[오스월드 등장]

오스월드 여기 대령했습니다.

고네릴 왜 그러나, 오스월드? 동생에게 보낼 편지를
써놨나?

오스월드 예, 마님.
고네릴 몇 사람 데리고 빨리 말에 올라.
여러 가지 내 걱정을 동생에게 알리고
그걸 뒷받침할 그 밖의 이유를
네가 생각 잘 해서 더해라. 빨리 갔다
빨리 돌아와. [오스월드 퇴장]
안 돼요, 여보,
그렇게 순해 빠진 당신의 태도는
욕하지는 않겠지만—이해하고 들으셔요.—
해로운 온정 때문에 칭찬은 줄어들고
지혜가 적다는 비난이 엄청 커요.
올버니 당신의 투시력이 어떤지는 모르지만,
더 잘 만들려다가 좋은 걸 망치오.
고네릴 아니 그럼—
올버니 알았소, 알았소. 두고 봅시다. [둘 퇴장]

## 1. 5

[리어 왕, 변장한 켄트, 광대 등장]
리어 [켄트에게] 먼저 이 편질 가지고 글로스터에게
가라. 딸애가 편지를 읽은 다음, 묻는 것 말고는
네가 알고 있는 사실들은 그 이상 말하지 마라.
부지런히 달려가지 않으면 내가 먼저 거기
도착할지 모른다.
켄트 전하의 편지를 전달하기 전에는 자지 않고 계속
가겠습니다. [퇴장]
광대 발꿈치에 머리가 들어 있다면 동상 걸릴 위험이
있지 않을까?
리어 그렇지, 녀석아.
광대 그렇다면 기뻐해라. 아저씨는 발싸개로 감쌀 만한
머리도 없으니까.
리어 으하하하!
광대 아저씨 둘째딸이 친절하게 대해줄 거야. 사과와
능금이 서로 닮았듯 이 딸과 저 딸이 닮은꼴이지만.
그래도 난 알 건 알아.
리어 녀석, 무얼 안단 말이야?
광대 그 능금이 그 능금이듯 그 딸이나 이 딸이나 맛이
꼭 같을 게야. 코가 왜 얼굴 복판에 있는지, 아저씨
알아?
리어 몰라.
광대 거야 뻔하지. 눈알이 코 양쪽에 있어서 냄새 맡지
못하는 걸 잘 보라는 거야.
리어 그 애한테 잘못했어.
광대 굴이 어떻게 껍데기 만드는지 알아?
리어 몰라.
광대 나도 몰라. 하지만 달팽이가 왜 집이 있는지는 알아.
리어 왜 그래?
광대 머리 넣어두려고. 딸들에게 줘버려서 자기 뿔을
담아둘 데가 없어지면 안 되니까.
리어 아비의 애정을 잊어버려야지. 그만큼 자애로운
아비였는데! 말이 준비됐냐?
광대 멍청이들이 일 보러 나갔어. 북두칠성이 왜
칠성 이상이 아닌지 똘똘한 이유가 있지.
리어 팔성이 아니니까.
광대 잘도 맞추네. 훌륭한 광대가 되시겠어.
리어 다시 뺏을까.—끔찍스런 배은망덕!
광대 아저씨가 내 광대면 때가 되기 전에 늙은 죄로
볼기를 치겠다.
리어 그건 왜?
광대 똑똑해지기 전에 먼저 늙어 버렸으니 안됐다는
소리야.
리어 오, 자애로운 하늘이여, 미치지는, 미치지는 말게
해주시오! 미치지 않겠소.
정신을 차리고 미치지 않겠소.
[신사 등장]
어찌 됐나? 말이 준비됐나?
신사 준비됐습니다.
리어 [광대에게] 얘, 가자. [리어와 신사 퇴장]
광대 떠나는 나를 보고 지금 웃는 처녀는
그 물건[20] 자르기 전엔 처녀 구실 못 하리라. [퇴장]

## 2. 1

[서자 에드먼드와 큐런이 따로따로 등장]
에드먼드 잘 지냈길 바란다, 큐런.
큐런 도련님도 잘 지내셨겠죠. 부친 어르신을 뵙는

20 남자의 성기를 의미한다. 광대의 우스갯소리를 새겨듣지 못하는 처녀는 자기 정조를 지키지 못할 바보라는 말이다.

자리에서 콘월 공작님과 공작 부인 리건 공주께서
오늘 밤 이곳에 오셔서 부친 어르신과 함께하실
것이라고 말씀드렸습니다.
에드먼드 무슨 일인가?
큐런 저도 알지 못합니다. 항간에 떠도는 소문을 듣지
못하셨나요?—쉬쉬하는 입소문 말입니다. 아직은
귓속말로 떠도는 중인데요.
에드먼드 못 들었는데. 무슨 소문들인가?
큐런 앞으로 콘월 공작과 올버니 공작 사이에 전쟁이
임박했단 소문을 듣지 못하셨나요?
에드먼드 전혀 못 들었는데.
큐런 차차 들으실 겁니다. 안녕히 계십시오. [퇴장]
에드먼드 오늘 밤 공작이 와? 좋다.—최고다!
내 계획에 별수 없이 말려드누나.
아버지가 형에 대해 감시망을 깔았는데
불확실한 문제가 위태롭게 남아 있어
행동이 필요하다. 운수여, 움직여라!
형, 한마디 할 게 있어. 이리 내려와.
[에드거 등장]
아버지가 지키셔. 여기서 빠져나가!
형이 어디 숨었는지 정보가 샜어.
지금은 밤이라 형에게 유리해.
콘월 공작에게 나쁜 말 한 적 있어?
오늘 밤 여기 온대. 갑자기 오는 건데
리건도 같이 와. 그분을 편들어
올버니 공작을 배척한 적이 없어?
잘 생각해봐.
에드거 확실해. 전혀 없어.
에드먼드 아버지 오시는 소리가 들려.—용서해.
거짓으로 형한테 칼을 뺀 척해야 돼.
칼을 빼서 막는 척해. 그럼 잘 도망쳐.
[큰 소리로]
항복해라. 아버님께 나와라. 여기 밝혀라!
[에드거에게]
뛰어, 뛰어!
[큰 소리로] 횃불, 횃불!
[에드거에게] 잘 가, 잘 가. [에드거 퇴장]
내 몸에 피가 나면 맹렬히 싸웠다는
인상을 줄 테지. [팔에 상처를 낸다.]
주정꾼이 장난으로
더한 짓도 하더군. [자기 팔을 벤다.]
아버님, 아버님!
서라, 서라. 도울 사람 없는가?
[글로스터와 하인들이 횃불들을 들고 등장]
글로스터 어디 있냐?
에드먼드 어두운 이 자리에 칼을 들고 서서
흉측한 주문을 달을 향해 웅얼대며
여신 돼라 했는데요.
글로스터 그놈 어디 있냐?
에드먼드 보세요, 피 납니다.
글로스터 어디 있냐, 에드먼드?
에드먼드 이쪽으로 뛰었어요. 아무래도 안 되니까.—
글로스터 [하인들에게]
추격해라. 쫓아가라. [하인들이 달려간다.]
안 된다니, 뭔 말인가?
에드먼드 아버님의 살해를 설득하려 했거든요.
친부를 살해하면 복수의 신들이
분노의 번개를 모두 쏟아붓고
부친과 자식은 온갖 질긴 유대로
매였다고 했어요. 짧게 말씀드리면,
불효한 형의 뜻에 강력히 반발하니
무방비 상태인 저에게 칼을 빼어
사납게 덤벼들어 저의 팔을 잡았지만
경각심을 일으킨 의로운 제 정신이
옳은 일에 저항하는 모습을 보았거나
외치는 제 소리에 당황했거나,
분명히는 모르지만 황급히 거기서
달아났어요.
글로스터 멀리 달아나래라.
이 근처에 있다간 확실히 붙잡혀.
잡자마자 죽여버려! 나의 최고 주인이며
후견자인 공작께서 이 밤에 오시는데
그분의 권세에 의거하여 선포하리니
그놈을 발견하여 비겁한 살인마를
형틀로 끌고 오는 사람은 후사하겠고
그놈을 숨겨주는 자는 죽을 것이다!
에드먼드 흉계를 버리라고 말리고자 했으나
그 짓을 행하려고 마음을 굳혔기에
형을 폭로하겠다고 성난 말로 위협하니
"재산의 상속이 금지된 서자 놈,
내가 너를 반대하면 너한테 아무리
신임과 능력과 인품이 있대도

네 말 믿겠어? 내가 부인할 건데.
이번 일도 그러겠다. 네가 내 편지
보여줘도 네 음모, 네 흉계라고
돌려버릴 테니까. 온 세상을 바보로
만들기 전엔, 내가 죽는 경우에
너한테 이득이 돌아갈 게 뻔하니까
나를 죽일 생각이 없다면 오히려
이상하지." [안에서 나팔 주악]
글로스터 유례없는 악질이야!
편지를 부인한대? 내 자식 아니다!
—공작의 나팔이다. 왜 오는지 모르겠다.
문들을 봉쇄해서 못 나가게 만들겠다.
공작의 허락이 필요하다. 그리고 또
그놈의 화상을 여기저기 보내서
온 나라 전부가 알아보게 만들고
충성하는 효자 네가 땅을 물려받도록
조치하겠다.
[콘월 공작과 리건 등장]
콘월 백작 친구, 어떠시오? 방금 왔는데
이상한 소문이 들립니다.
리건 그 말이 사실이면 범인을 쫓아갈
어떤 벌도 모자라요. 안녕하세요?
글로스터 아아, 마님, 늙은이 가슴, 깨져버렸어요.
리건 아버님 대자[21]가 목숨을 노렸어요?
아버님이 작명하신 그 아들 에드거가?
글로스터 예, 마님, 마님. 창피해서 감추고 싶어요.
리건 그 사람이 아버님을 수행하는
난폭한 기사들과 어울리지 않아요?
글로스터 그건 몰라요. 너무 너무 속상해요.
에드먼드 예, 공주님, 같이 어울렸습니다.
리건 그러니 성격이 고약해도 놀랄 것 없죠.
그자들이 부친의 살해를 부추겼어요.
재산을 들어먹고 낭비하려 했던 거죠.
바로 오늘 저녁에 언니로부터
그자들에 관해서 자세히 들었는데
아버지 일행이 우리 집에 오기 전에
집을 비우래요.
콘월 리건, 나도 있겠소.
에드먼드, 부친에게 자식의 도리를
다했다고 들었소.
에드먼드 저의 책임이지요.
글로스터 [콘월에게]
그놈의 흉계를 폭로하고 잡으려다가
보시는 바와 같이 부상을 당했어요.
콘월 수색 중이오?
글로스터 예, 공작님.
콘월 일단 잡히면 해를 가할 위험이
전혀 없게 하겠소. 당신의 생각대로
내 권세를 이용하오. 에드먼드, 당신은
선행과 충성이 뛰어나니 당장에
부하로 삼을 터이오. 그처럼 깊숙이
신뢰할 사람이 매우 필요하던 차,
당신이 첫 사람이오.
에드먼드 어떠한 경우에도
충성으로 섬기겠습니다.
글로스터 [콘월에게] 제 아들 일에 감사합니다.
콘월 우리가 찾아온 이유를 백작은 모르시오?
리건 고귀한 글로스터, 이렇게 느닷없이
어두운 밤길을 더듬은 것은
모종의 중대사에 의견이 필요해서죠.
아버지도 언니도 뜻이 맞지 않는다고
편지를 보내셨는데, 내가 우리 집에서
답장 쓰지 않는 게 옳다고 여겼네요.
전령들이 분부를 기다리는 중이군요.
우리의 오랜 친구, 위로를 품으시고
바람직한 충고를 우리 일에 주셔요.
당장 필요하니까요.
글로스터 마님의 신하입니다.
두 분을 크게 환영합니다. [모두 퇴장]

## 2. 2

[변장한 켄트와 오스월드가 각기 등장]
오스월드 잘난 친구, 이른 새벽에 인사하오. 이 집에서
일하오?
켄트 그렇소.

21 가톨릭에서는 아기가 태어날 때 대모(代母), 대부(代父)가 있고 대개 그들이 대자(代子)의 이름을 짓는다. 리어 왕 이야기는 기독교가 들어오기 전의 이야기지만 이 극은 가톨릭의 흔적을 보이곤 한다.

오스월드 말은 어디에 매도 되오?
켄트 진흙탕에요.
오스월드 친한 사람끼린데, 알려주구려.
켄트 당신하고 안 친해.
오스월드 그렇다면 나도 당신과 상관없소.
켄트 당신이 '아가리'[22]에 붙잡혀 있으면 반드시
나하고 상관할 수밖에 없지.
오스월드 어째서 이처럼 대하는가? 모르는 사람인데.
켄트 이 작자, 나는 너를 잘 안다.
오스월드 내가 누구인 줄 아는가?
켄트 깡패, 양아치, 찌꺼기 먹는 놈, 천하고 거만하고
소견 좁고 거지 같고 옷 세 벌에 연봉 백 파운드,
더러운 털 바지[23] 녀석, 간덩이 허연 놈, 고소쟁이,[24]
갈보 새끼, 거울만 보는 놈, 한없이 곰살궂고
난 척하는 놈팡이, 바짓가랑이 한쪽밖에 물려받지
못할 놈, 충복이랍시고 뚜쟁이 노릇할 놈, 악질,
비렁뱅이, 겁쟁이, 뚜쟁이, 잡종 암캐 년의 새끼와
상속자를 모조리 합친 것밖에 아무것도 아닌 놈,
너한테 붙여준 여러 가지 호칭 중에 한마디라도
아니라고 부정하면 깨갱깨갱 요란하게 울부짖게
흠씬 패줄 터이다.
오스월드 도대체 당신은 무슨 괴팍한 인간이기에 내가
누군지도 모르며 당신을 모르는 사람에게 이러한
욕설을 퍼붓는가?
켄트 나를 모르다니 낯짝에 철판 깐 하인배로다!
바로 이틀 전에 전하 앞에서 너를 때리고 딴죽
걸어 넘어뜨리지 않았냐? 이 자식, 칼 빼라. 때는
밤이다만 달이 훤하다. [칼을 뺀다.] 네깐 놈,
달빛 속에 곤죽으로 만들어 놓겠다. 칼 빼. 이 갈보
새끼, 지렁이 같은 이발소쟁이,[25] 칼 빼!
오스월드 저리 가라. 당신과는 상관없다.
켄트 칼 빼라, 양아치야! 전하께 욕되는 편지를 가져왔다.
왕이신 아버님을 따돌리고 꼭두각시 '허영'에게 가서
붙은 놈. 칼 빼라, 이 새끼. 칼 빼지 않으면 네놈의
넓적다리를 잘디잘게 저미겠다. 칼 빼라, 양아치야.
자, 덤벼!
오스월드 사람 살려! 살인났소, 사람 살려!
켄트 종놈아, 치라니까. 양아치! 게 서라. 말쑥한 종놈.
치라니까! [그를 때린다.]
오스월드 사람 살려! 살인났소, 사람 살려!
에드먼드 왜 그러나? 웬일인가? 떨어져라.
켄트 [에드먼드에게] 젊은이, 당신이 원한다면 상대할게.
칼 쓰는 법 알려줄게, 젊으신 도련님.
글로스터 칼을? 무기를? 여기 무슨 일인가?
콘월 목숨이 아깝거든 조용히 해라. 다시 칼을 휘두르는
자는 죽으리라. 무슨 일인가?
리건 언니와 왕에게서 전령들이 왔군요.
콘월 [켄트에게] 두 사람은 무슨 일로 다투는가? 말하라.
오스월드 너무나 숨이 찹니다.
켄트 당연하지. 없는 용기를 한껏 몰아붙였거든. 겁쟁이
양아치 요놈. 자연은 너를 내버리고 그 대신
옷장수가 너를 만들었구나.
콘월 못 보던 녀석인데.—옷장수가 사람을 만들다니?
켄트 예, 옷장수요. 작업을 시작한 지 2년밖에 안 되는
조각가나 화가라면 저놈을 그처럼 구역질나게
만들지는 않았을 거요.
콘월 [오스월드에게] 말하라. 어찌하여 싸움이 시작됐는가?
오스월드 저 늙은 깡패가—저 허연 수염의 말없는 간청을
받아들여 목숨을 살려줬는데 말인데요.—
켄트 갈보 새끼 끝 글자,[26] 쓸모없는 글자 놈아! 공작님이
허락만 하시면 막 빚은 이 새끼를 발로 짓이겨
반죽을 만들어서 뒷간 벽에 처바를 테요. [오스월드
에게] 강아지 새끼 놈아, 수염 보고 봐줬다고?
콘월 조용해라. 짐승 같구나. 예의를 모르는가?
켄트 압니다만, 노여움은 권리가 있습니다.
콘월 성났는가?
켄트 이런 놈이 칼은 차되 정직은 전혀 없소.
이렇게 히죽대는 못난이가 쥐새끼처럼,
풀 수 없게 감겨 있는 신성한 매듭들을

22 '아가리'라는 장소는 없다. 자기 '입'이라는 말이니 켄트가 오스월드를 물어 죽이겠다는 것이다.
23 당시 귀족에 빌붙어 집사 노릇을 하는 자들은 일 년에 옷 세 벌에 몇 파운드(100파운드는 너무 많은 금액이다)의 연봉을 받고 바지(다리에 딱 붙는 홀대바지)는 비단 대신 굵은 털실로 짠 것을 입었다.
24 겁쟁이는 용기가 없어 간이 하얗다고 했으며 시비가 벌어졌을 때 결투하지 못하고 고발을 하곤 했다.
25 이발소에서 자주 이발과 면도를 하는, 멋 부리는 것을 즐기는 사람이라는 뜻.
26 영어 알파벳의 끝 글자 'Z'를 말한다. 당시의 사전은 Z자로 시작되는 낱말이 거의 없어 생략하기도 했다.

자꾸 갉아 끊어놓고 저들의 상전들이
느닷없이 터뜨리는 노여움에 아첨하고
타는 불에 기름 붓고 찬 기분에 얼음 더해,
주인의 변덕 따라 기다란 주둥이로
부정, 긍정 둘러대며, 뒤를 쫓아다니는
강아지처럼 무엇도 모르는 놈이오.
[오스월드에게] 지랄하는 네 낯짝에 염병 붙어라!
내가 마치 광대인 양 내 말에 웃는 거냐?
멍청한 거위 놈아, 새럼 벌판이라면[27]
캐멀럿까지 꽥꽥대고 쫓았을 게다.
콘월 아니, 늙은 것이 미쳤는가?
글로스터 어째서 다퉜는가? 그것부터 말하라.
켄트 아무리 다르대도 저놈과 나만큼
지독한 앙숙이 없을 거요.
콘월 어째서 놈이라고 하는가? 잘못이 무엇인가?
켄트 낯짝이 보기 싫소.
콘월 나나 그자나 그녀나 마찬가지 아닐까?
켄트 솔직한 언행이 내 직분이오.
보아하니 어깨들이 꺼떡대는데
모가지에 붙어 있는 어떤 낯짝보다도
더 멋진 얼굴들을 한때 내가 보았소.
콘월 이런 자는 솔직하단 칭찬을 받아,
무례한 체하면서 진실의 치장마저
억지로 벗기며, 아첨할 줄 모르며,
솔직한 성질이라 진실을 말하며,
들어주면 괜찮고 안 들어도 자기는
솔직하단 심보요. 이런 자를 내가 아오.
빠짐없이 직책대로 행하고자 쩔쩔매는
모자라는 아첨꾼 스물보다 간사하며
솔직하단 말 가운데 음흉한 목적을
감추고 있는 자요.
켄트 진정한 마음이나 진솔한 정신으로
공작님의 높으신 허락 하에 말씀드리니,
불타는 아폴로[28]의 찬란한 얼굴,
빛나는 화관처럼—
콘월 무슨 말이 그런가?
켄트 내 말투를 버리려는 소리요. 공작님이 몹시도
싫어하시니까요. 저는 아첨꾼이 아닙니다. 생뚱맞은
말투로 공작님을 속인 자는 생뚱맞은 악당이었죠.
저는 그런 놈은 안 되렵니다. 공작님이 그러라고
부탁할 만큼 공작님이 싫어하시면 안 되겠어요.
콘월 [오스월드에게] 저자에게 저지른 잘못이 무엇인가?
오스월드 전혀 없습니다.
근자에 저 사람이 섬기는 전하께서
오해하시고 저를 때리셨는데
저 사람이 전하께 아첨하기 위해서
뒤에서 딴죽을 걸어 제가 넘어지자
욕설을 퍼부으며 영웅처럼 뽐내며
저항하지 않는 저를 공격했는데
저 사람이 전하의 칭찬을 듣고는
그로 인해 거둬들인 첫 승리에 고무되어
재차 칼을 뽑더군요.
켄트 저따위 겁보들이
아이아스[29]를 바보로 삼죠.
콘월 형틀[30]을 내와라.
고집통이 늙다리, 늙은 떠버리,
가르쳐주지.
켄트 너무 늙어 못 배우겠소.
형틀을 내오지 마오. 전하의 시종인데
전하의 분부로 공작에게 가던 중이오.
그분의 전령을 형틀에 매는 것은
내가 섬기는 전하에게 경의가 부족하며
지나친 악의를 보이는 것이오.
콘월 형틀을 내와라!
목숨 걸고 저자를 대낮까지 앉히겠다.
리건 대낮까지? 밤까지, 새벽까지 하세요.
켄트 내가 마님 아버지의 개일지라도
그렇게 다루지 마시오.
리건 아버지 하인이라 그럴 테다.
[형틀을 내온다.]
콘월 처형이 말하던 그처럼 버릇없는
놈들 중 하나다. 형틀을 이리 가져와.

27 '뒤뚱대는 거위'는 멍청이의 대명사였다. 새럼 벌판은 잉글랜드 남부의 고대 유물이 있는 지역으로 근처에 아서 왕의 수도였던 캐멀럿이 있었다고 전해진다. 느닷없이 이런 역사적 언급이 튀어나온다.
28 아폴로는 태양의 신으로 그의 얼굴이 바로 빛나는 태양이었다.
29 몸집이 크고 힘이 세나 멍청이였던 그리스 장군. 몸집이 큰 콘월 공작을 슬쩍 빗대는 말.
30 죄인의 팔목과 발목을 끼워서 거리에 내어놓아 행인들의 조롱을 받게 하는 형구였다.

글로스터 공작님, 제발 그러지 마시오.
몹쓸 죄를 지었으니 주인이신 전하께서
단단히 꾸짖겠죠. 그런 천한 형벌은
좀도둑처럼 하찮은 죄를 범한
한없이 천하고 멸시받을 녀석들을
처벌하는 것이오.
주인이신 전하께서 자신의 전령을
그처럼 경홀히 대접하여 벌한 것을
좋지 않게 보시겠소.

콘월 내가 책임지겠소.

리건 언니는 시종이 심부름하다가
욕먹고 매 맞는 걸 보게 된다면
훨씬 성이 나겠죠. 발목을 채워요.
[켄트를 형틀에 넣는다.]

콘월 백작, 갑시다.
[글로스터와 켄트 외에 모두 퇴장]

글로스터 이 친구, 안됐지만, 공작님 뜻일세.
온 세상이 잘 알 듯, 그분의 성격은
돌리거나 멈추지 못해. 내가 말할게.

켄트 그만두세요. 안 자고 걸었네요.
한소끔 자고 나서 휘파람 불게요.
착한 사람의 운수는 뒤꿈치에서 난대요.[31]
좋은 아침 되세요.

글로스터 공작의 잘못이야. 안 좋게 보시겠다. [퇴장]

켄트 선하신 왕이여, "하늘의 축복으로
따뜻한 해에 이른다"[32]는 속담을
증명하실 입장이시오.
해야, 오라. 낮은 땅의 등불아, 오라.
위로의 빛으로 편지를 읽어보자.
비참 속에 빠진 자가 기적을 만나지.
코델리아의 편지인데, 다행스럽게도
내가 변장하고 다니는 걸 알게 되었지.
[편지를 읽는다]
"어지러운 이 나라의 불행을 시정할
기회를 찾기 위해 노력하는 중이오."
피곤하고 자지 못한 무거운 눈아,
부끄러운 이 집을 보지 않으려니
마침 잘됐다. 운수야, 잘 자라.
또다시 방긋 웃고 바퀴를 돌리렴.[33]
[잔다.]
[에드거 등장]

에드거 체포령이 내렸다지. 정말로 운 좋게
고목 속이 비어서 체포를 면했다.
성문마다 위태롭고 나를 붙잡겠다는
비상한 그물망과 경계심이 깔려 있다.
피할 수 있을 동안 목숨을 보존하고
인간의 멸시로 지독한 빈궁 중에
끝없이 천하고 누추한 꼴을 취해
짐승처럼 되겠다고 굳게 마음먹었다.
시커먼 숯검정을 얼굴에 처바르고
누더기를 두르고 머리털을 헝클고
알몸을 드러내어 하늘의 바람과
박해를 견디겠다. 이 나라에 증거와
선례가 있지. 정신병자 수용소의
비렁뱅이가 시끄럽게 고함치며
마비되어 벗은 팔에 바늘과 나무못과
향 가지를 꽂았거든. 그런 끔찍한 꼴로
가난한 마을이나 빈곤한 촌락이나
양 우리나 방앗간을 나와서
미친 저주 아니면 구제를 요청하지.
'불쌍한 털리곳, 불쌍한 톰'[34]은 역시
무엇은 되지만 에드거는 무엇도 아니다. [퇴장]
[리어 왕, 광대, 기사 등장]

리어 떠나면서 내 전령을 보내지 않았다니
괴이쩍은 일이다.

기사 제가 들은 바로는
그 전날 밤까지 그처럼 급하게
집 떠날 이유가 없었답니다.

켄트 [잠을 깬다.] 귀하신 전하, 안녕하세요!

리어 어? 창피한 그 꼴이 장난인가?

켄트 아녜요, 전하.

광대 으하하하! 거 참 몹쓸 대님을 맸구나! 말은 머리를
매고 개와 곰은 목을 매고 원숭이는 허리를 매는데
사람은 다리를 맨다 이거지. 사람이 다리 힘이 너무

31 형틀에 앉으면 발뒤꿈치를 내밀고 있어야 한다.
32 '고진감래'(苦盡甘來)라는 뜻, 즉 고생 끝에 즐거움이 온다는 속담.
33 눈먼 운수의 여신이 내키는 대로 운수의 수레바퀴를 이리저리 마구 돌리는데 거기 매달린 사람들은 그에 따라 운수가 들쭉날쭉하게 된다는 것이다. 운수가 웃으면서 바퀴를 돌려주면 사람에게 행운이 찾아온다.
34 당시 미친 거지들이 동냥할 때 쓰던 말.

세면 나무 양말을 신게 되는 법이니라.
리어 [켄트에게]
네 지위를 몰라본 자가 누구이기에
너를 여기 넣었는가?
켄트 남자 여자 두 분인데,
사위님과 따님이오.
리어 아니지.
켄트 맞습니다.
리어 아닐 테지.
켄트 맞습니다요.
리어 아니야, 그럴 리 없어.
켄트 그랬다고요.
리어 주피터에 걸어서, 맹세코 아니다.
켄트 주노[35]에 걸어서, 맹세코 맞아요.
리어 어디라고 그러는가. 그럴 수 없어.
그러지 않아.—죽이는 것보다 악랄해.
모셔야 할 어른에게 횡포를 가하다니.
네 죄가 무엇인지, 내가 보낸 사람을
이렇게 대접함이 어찌된 연고인지,
신속히 아뢰라.
켄트 그 댁에 도착해서
전하의 편지를 두 분께 올렸는데,
공손히 꿇은 무릎을 펴기도 전에
급한 땀에 푹 젖어 무럭무럭 김을 내며
고네릴의 전령이 숨이 반쯤 넘어가며
헐떡이며 달려와 절하고 제가 미처
대답을 듣기 전에 편지를 들이미니,
둘은 즉시 읽어보고 편지의 말대로
부하들을 부르고 곧장 말에 오르며
천천히 답할 테니 따라와서 기다리라
명하고는 차가운 시선을 던집디다.
여기서 그 전령을 또다시 만났는데
그자는 환영받고 저는 찬밥 신세요.
얼마 전 전하께 거들대던 녀석인데,
꾀보다는 성미가 앞서는 저인지라
칼을 뽑아 들었는데, 녀석은 겁쟁이라
비명을 질러대며 온 집 안을 깨웠어요.
따님과 사위는 그 죄가 지금 제가
당하는 창피에 맞는 거로 여겼네요.
광대 기러기가 날아가면 아직은 겨울이다.
누더기 걸쳐 입은 아비는
자식들의 눈들을 멀게 하며
돈주머니 움켜쥔 아비는
자식들의 애정을 보리라.
운수는 못돼 먹은 창녀여서
가난에게 문을 열지 않는다.
하지만 아무리 속상해도 아저씨가 한 해 동안
세어야 할 숱한 슬픔을 따님 덕에 얻게 되지.
리어 배에서 가슴까지 울화가 치미누나!
울컥대는 분통아, 가라앉아라.
네 세상은 밑이다. 딸년은 어디 갔냐?
켄트 백작과 함께 안에 있군요.
리어 따라오지 마라. 그 자리에 있어라. [퇴장]
기사 당신 말대로 그 이상의 죄는 없소?
켄트 그렇소. 그런데 어째서 전하의 수행원이 이렇게
줄었소?
광대 그따위 질문 때문에 형틀에 매였다면 그런 벌
받아 싸.
켄트 어째서?
광대 너를 개미한테 보내서 겨울철엔 수고할 게 없다는
교훈을 알려줘야 하겠다. 코가 끄는 방향으로 가는
자들은 장님만 빼놓고는 모두 눈이 가자고 하는
대로 가는데, 썩은 놈 냄새를 못 맡을 코는 스무 개
세어봐야 한 개도 없어. 언덕에서 굴러오는 큰 바퀴는
붙들지 마. 그거 따라가다가 모가지만 부러져. 하지만
그 바퀴가 언덕을 올라가면 그것에게 너를 끌어달래라.
어떤 현자가 이것보다 더 좋은 교훈을 너한테
가르쳐주면 내가 줬던 교훈은 되돌려 다오. 바보가
주는 거니 못된 놈만 따르라고 하겠다.
제 몫을 챙기려고 그대를 섬기고
겉으로만 따르는 하인은
비가 오기 시작하면 떠나버리고
비바람 가운데 그대를 내버리지.
하지만 남아 있겠다. 바보는 남아 있겠다.
똑똑한 사람은 달아나도 괜찮다.
달아나는 하인은 바보가 되거든.
확실히 바보는 못된 놈 아니야.
켄트 바보야, 그 소리 어디서 배웠니?
광대 형틀은 아니오.

35 주피터의 아내 주노는 고대 로마의 최고의 여신이다.

[리어와 글로스터 등장]
리어 나와 말을 않겠다고? 아프고 피곤해서?
밤새 말을 달렸다고? 순전한 회피다.
반항과 도주의 꼬락서니 그대로야.
조금 나은 대답을 가져와라.
글로스터 전하께서
불같은 공작의 성미를 아십니다.
일단 마음먹으면 움직일 수 없으며
요지부동이지요.
리어 복수! 염병! 죽음! 파멸! 뭐 불같다고?
성미가 어째? 글로스터, 글로스터,
콘월과 딸에게 말해주겠다.
글로스터 그렇게 말씀드렸는데요.
리어 말했다고? 도대체 당신이 말을 알아듣는가?
글로스터 예, 전하.
리어 왕이 콘월에게, 사랑하는 아비가
딸에게 말하련다. 모시기를 기다린다.
그렇게 말했나? 숨이 차고 피가 끓어!
불같다고? 불같은 공작, 열나는 공작에게
리어가—아직은 관두자. 아플지 몰라.
앓는 사람은 건강 중에 행할 일에
소홀할 수밖에 없지. 인간이란 아프면
몸을 생각하라고 마음한테 이르거든.
내가 참겠다. 병들어 아픈 자를
건강한 사람으로 잘못 알았군.
내 급한 성미와 결별한다. [켄트가 눈에 띈다.]
죽이누나!
왜 여기 앉았는가? 이를 미루어보면
공작과 딸이 집 비우고 떠난 건
계획에 지나지 않다. 내 사람 풀어줘라.
공작과 딸에게 말하겠다고 일러라.
지금 당장. 밖에 나와 들으라 해.
그러지 않으면 방에 대고 북을 쳐
아예 잠을 없앨 테다.
글로스터 양측 모두 잘 되게끔 해볼 텝니다. [퇴장]
리어 이 가슴! 치미는 가슴! 밑으로 내려가라!
광대 아저씨, 가슴에 대고 소리쳐. 겁쟁이 여편네가
꿈틀대는 뱀장어를 반죽에 집어넣고 막대기로
대가리를 때리면서 "요 장난꾼 놈들, 고개 숙여!
고개 숙여!" 하고 외치더래. 순전한 애정으로
건초에 버터 발라 말에게 먹인 건 오빠였다지.

[콘월, 리건, 글로스터, 하인들 등장]
리어 둘 다 잘 잤는가?
콘월 안녕을 빕니다.
[이때 켄트를 풀어준다.]
리건 전하를 뵈니 반갑습니다.
리어 리건도 반갑겠지. 그럴 뜻이 있거든.
반갑지 않다면 네 어미 무덤과
헤어져야지. 간음녀의 무덤일 테니.
[켄트에게] 오, 풀려났나? 그건 다른 때
할 얘기다.—얘, 리건, 언닌 글렀다.
오, 그 애가 독수리처럼 날카로운
불효의 송곳니를 여기 박았다.
[가슴에 손을 얹는다.]
네게 말도 못 하겠다. 어찌 몹쓸 성격인지
도저히 믿을 수 없어. 오, 리건!
리건 제발 참으셔요. 언니가 소홀했기보다는
언니의 가치를 아버님이 헤아릴 줄
모르시는 것 같아요.
리어 뭐? 뭐라고?
리건 언니가 조그만 책임도 잊을 거라곤
생각할 수 없어요. 혹시 언니가
부하들의 난동을 막았는지 몰라요.
그런 이유와 건전한 뜻이니
조금도 탓할 게 없어요.
리어 그 애를 저주해.
리건 아버님, 늙으셨군요.
아버님은 인생의 한계에 서 계셔요.
아버님 자신보다 아버님 처지를
잘 아는 사람에게 지시와 인도를
받으셔야 되겠네요. 그래서 하는 말인데
언니에게 가셔요. 미안하게 됐다고
말씀하세요.
리어 용서를 빌라고?
이 일로 집안 꼴이 어찌 될지 알겠냐?
[무릎을 꿇는다.]
착한 딸아, 솔직한 말로, 나는 늙었어.
늙은이는 쓸모없지. 무릎 꿇고 애원한다.
입을 거, 잘 데, 먹을 거를 허락해다오.
리건 아버님, 그만하셔요. 보기 흉한 짓이에요.
언니한테 돌아가세요.
리어 [일어선다.] 리건, 그건 절대 안 돼.

그년이 수행원을 절반으로 줄이고
나한테 눈을 빨며 진짜 독사처럼
혓바닥 날름대며 내 속을 쏘았지.
은혜를 모르는 그년의 대가리에
하늘의 저주가 남김없이 쏟아져라.
지독한 바람아, 그년이 낳는 애마다
뼈다귀를 오그려라!

콘월 원, 그런 말씀을!

리어 재빠른 번갯불아, 건방진 그년 눈에
불화살 던져라! 강렬한 햇빛에
썩은 물에 피어오른 습한 안개야,
반반한 그년 낯에 마구 떨어져
물집이 되게 해라.

리건 오, 하느님, 그런 말을!
수틀리면 제게도 그렇게 저주하시겠네요.

리어 아니다. 절대 너를 저주하지 않겠다.
너는 본시 마음씨가 착해서 매정스레
될 턱이 없다. 그년의 눈은 사납지만
네 눈은 부드럽고 살기가 전혀 없어.
그년은 내가 즐기는 걸 시기하고 수행원을 줄이고
성난 말을 내뱉고 물자도 안 아껴.
요컨대, 내가 들어오는데 문 잠글
성격이 아니야. 인간의 도리와
자식의 직분과 공손한 태도와
감사의 책임을 네가 훨씬 잘 알아.
나라의 절반을 갈라준 걸 잊지 않았어.

리건 그러면 아버님, 본론으로 돌아가요.
[안에서 나팔들의 주악]

리어 누가 내 시종을 형틀에 맸냐?

콘월 이거 무슨 나팔 소린가?
[오스월드 등장]

리건 알겠어요. 언니예요. 곧 이리 오겠다고
편지했어요. [오스월드에게] 마님이 오셨나?

리어 이 녀석이 손쉽게 얻어 입은 치장으로
여주인 변덕에 붙어사는 종놈이다.
요놈, 내 앞에 얼씬도 마라.

콘월 왜 그러시오?
[고네릴 등장]

리어 누가 내 하인을 형틀에 잡아맸냐?
리건, 모르기 바란다. 누가 왔냐? 오, 신들아!
늙은이를 사랑하면, 은혜로 다스려서
순종을 기뻐하면, 자기들도 늙었으면,
자기 일로 삼아라! 번개 치고 내 편이 돼라!
[고네릴에게] 이 수염 보니까 부끄럽지 않아?
오, 리건, 그년 손을 잡냐?

고네릴 왜 못 잡아요? 내 잘못이 뭐예요?
어지럽게 판단하고 노망으로 그런다고
모두 잘못은 아녜요.

리어 아, 옆구리, 너무 질기다!
견뎌내겠냐?[36]—내 사람 왜 잡아맸지?

콘월 제가 매놨는데요, 심하게 난폭해서
칭찬이 멀어졌죠.

리어 당신이? 정말 그랬어?

리건 아버님, 노약자면 노약자로 행동하세요.
돌아가서 언니와 한 달을 채우시고
수행원 절반을 내보내신 다음에
제게 오세요. 제가 지금 떠나 있는
형편이라 아버님 모시는 데 요긴한
물자가 없거든요.

리어 그년한테 돌아가? 쉰 명을 줄이라고?
못 한다. 차라리 지붕을 거절하고
원수 같은 바람과 맞서 싸우고
늑대와 올빼미와 친구 삼겠다.—
궁핍에게 꼬집히다니! 그년에게 돌아가?
지참금 없어도 막내를 데려간
열렬한 프랑스 왕 앞에 하인처럼
무릎 꿇고 천한 목숨 유지할
생계비를 빌겠다. 그년에게 돌아가?
차라리 이 더러운 녀석의 종이 되고
말이 되래라. [오스월드를 가리킨다.]

고네릴 마음대로 고르세요.

리어 얘야, 제발 나 미치게 하지 마라.
너한테 짐이 되지 않겠다. 잘 살아라.
다시는 안 만나고 보지도 말자.
하지만 너는 내 살, 내 피, 내 딸이며
내 살 속에 박혀 있어 내 거라고 해야 될
병이로구나. 너는 물집, 염병, 종기,

36 '분통'이 터진다는 말은 가슴을 싸고 있는 옆구리가 터진다는 말인데 딸의 말을 듣고도 터지지 않으니 제 옆구리가 너무 질기다는 말이다.

썩은 피에 부어오른 못된 혹이다.
하지만 탓하지 않겠다. 때가 되면
부끄럽겠지. 일부러 부르지 않겠다.
벼락을 내리라고 신에게 빌지 않고
심판 왕 주피터[37]에게 네 말도 안 하겠다.
뉘우칠 때 뉘우치고 천천히 착해져라.
내가 참겠다. 나와 일백 기사는
리건과 지내겠다.

리건 다 그런 건 아니에요.
아직 때도 안 됐고 올바로 맞아들일
준비도 안 됐어요. 언니 말 들으세요.
감정과 이성을 뒤섞는 것은
아버님이 늙으신 걸 말해주어요.
언니도 알고 하는 일이지요.

리어 말 다했냐?

리건 다짐할 수 있어요. 50명이라고요.
그 정도면 되잖아요? 더 이상 필요해요?
그쯤이면 되는데. 그처럼 큰 숫자와
비용과 위험이 상반되지 않아요?
어떻게 한집에서 두 주인 아래
사이좋게 지낼까요? 어려워요. 될 수 없어요.

고네릴 리건의 하인이나 저의 하인이
아버님께 시중들면 되지 않아요?

리건 어째서 안 되죠? 아버님께 소홀히 하면
저희가 단속하죠. 제게 오실 경우도,
—그럴 때가 걱정돼요.—스물다섯만
데려오세요. 그밖엔 자리도 물자도
못 주겠어요.

리어 너희한테 모두 주며—

리건 잘 주셨지요.

리어 —너희를 내 재산의 관리자로 삼으면서
그만한 숫자의 수행원을 두겠다는
조건을 붙여댔다. 리건, 그럼 내가
데려갈 자가 스물다섯이란 말이냐?

리건 다시 말씀드리는데 그 이상은 안 돼요.

리어 딴 놈이 더 못되면 못된 놈이 잘나 뵌다.
못된 놈들 가운데 최고가 아니라면
조금 칭찬한 게 돼. [고네릴에게] 너하고 가겠다.
50은 25의 두 배니까, 네 사랑이
리건의 두 배다.

고네릴 제 말 들어보셔요.
스물다섯이든 열이든 다섯이든 어째서
수행원이 필요해요? 두 곱절 하인들이
섬기는 집인데요?

리건 하나라도 필요해요?

리어 필요를 캐지 마라! 가장 천한 거지도
가장 못난 물건에는 넉넉하단다.
목숨에 필요한 걸 허락하지 않으면
인간도 짐승처럼 하잘것없어.
찬바람 막는 게 귀부인의 사치라면
화려한 네 옷은 추위를 못 막으니
전혀 필요 없겠지. 하늘이여, 참된 필요를—
인내심을 주시오. 인내심이 필요하오.
신들이여, 불쌍한 늙은이를 보고 있소.
나이만큼 슬픔이 가득하고 가련하오.
만일 당신들이 아비에게 대들라고
아이들을 부추기면 순한 멍청이처럼
참지 않겠소. 엄숙한 분노를
넣어다오. 아녀자의 무기인 눈물로
사내 뺨을 더럽히지 않게 해다오!
그렇다. 못돼 먹은 계집년들아,
복수할 테다. 세상을 뒤흔들 테다.
어떻게 할는지 아직은 모른다만
땅의 공포다! 울 줄 알았냐?
천만에. 안 울 테다. [폭풍우와 질풍 소리]
울 만한 이유가 쨌지만 울기 전에
이 가슴, 천만 개로 쪼개지겠다.
광대야, 확실히 내가 미쳐가누나!

[리어, 글로스터, 켄트, 기사, 광대 퇴장]

콘월 들어들 갑시다. 폭풍이 닥치겠소.

리건 집 안이 비좁아요. 늙은이와 수행원은
제대로 못 자요.

고네릴 제 잘못이야. 괜히 쉴 데를 떠났어.
못나게 굴었기에 맛을 봐야지.

리건 아버지 자신은 즐겁게 환영하지만
수행원은 하나도 안 돼요.

고네릴 나도 마찬가지야. 백작은 어디 갔나?

[글로스터 등장]

리건 노인 따라 나갔어요.—돌아오네요.

37 그리스신화의 제우스에 해당되는 신들의 왕 주피터는 못된 인간에게 벼락을 내리친다.

글로스터 굉장히 화나셨소.
콘월 어디로 가셨소?
글로스터 말을 불렀는데, 어디로 가시는지 몰라요.
콘월 내버려 두는 게 좋겠소. 내키는 대로 하오.
고네릴 [글로스터에게]
백작, 절대로 계시라고 하지 말아요.
글로스터 아아, 밤이 다가오는데 거친 바람이
맵게 붑니다. 주변 수십 리에
덤불 하나 없어요.
리건 고집쟁이는
자기 스스로 불러오는 고통을
교사로 삼아야죠. 대문을 잠가요.
난폭한 부하들이 따라가는데
그자들에게 무슨 짓을 시킬지, 흰소리에
솔깃한 귀라, 우린 정신을 차려야죠.
콘월 백작, 문들을 잠가요. 거친 밤이오.
리건 말이 옳아요. 바람을 피합시다. [모두 퇴장]

## 3. 1

[폭풍우 계속. 변장한 켄트와 신사가
각기 등장]
켄트 더러운 날씨 외에 또 누가 있소?
신사 날씨처럼 정신이 어지러운 사람이오.
켄트 아는 분이군. 왕은 어디 계시오?
신사 사나운 비바람과 겨루시는 중이오.
폭풍에 땅덩이가 바다로 밀려가고
물결이 땅에 넘쳐 조물들이 돌변하고
만물이 끝나라고 고함을 치시는데,
맹목의 광풍은 사납게 불어치며
나부끼는 흰머리를 완전히 무시하오.
인간이란 소우주가 서로 밀고 당기는
비바람의 싸움을 이기고자 하시오.
젖이 마른 암곰도 굴속에 웅크리고
굶주린 늑대와 사자도 거죽을 아낄
캄캄한 밤인데 맨머리로 달리시며
뭣이든 가지라고 외치시오.
켄트 누가 같이 있소?
신사 광대뿐이오. 가슴팍의 상처를
웃음으로 이기려고 애를 씁디다.

켄트 당신을 잘 아는 내가 살펴보았소.
그래서 중대한 사실을 말해주겠소.
올버니와 콘월이 알력을 빚고 있소.
아직은 서로 간에 교묘히 감추지만—
운수의 덕분으로 보좌에 앉은 자가
당연히 하인들을 거느리듯, 두 사람도
하인들이 있는데, 겉으로는 하인이나
이 나라의 정황을 살피고 보고하는
프랑스 첩자들로, 공작들이 벌이는
갈등과 계략, 또는 늙은 왕에 대하여
두 사람이 행한 짓 등을 탐지하는데,
그런 것은 더 큰 일의 전조일지 모르오.—
이제 말을 하겠소.
당신이 내 말을 전적으로 신뢰하여
급히 도버[38]로 달려가면 거기서
당신은 고마워하실 분을 만날 터이니
광증으로 몰아가는 딸들의 배신에서
전하의 슬픔이 생긴 것을 밝혀주시오.
나는 본시 가문 있고 교육받은 신사인데,
모종의 정보와 확신을 가지고
이 일을 당신에게 맡기는 거요.
신사 더 얘기하고 싶소.
켄트 아니오. 그만두오.
내가 외양보다 훨씬 높은 신분임을
알고 싶으면 이 자루를 열어서
내용물을 보시오. 코델리아를 만나면,
—틀림없이 만날 거요.—이 반지를 보이시오.
그리하면, 지금은 모르나, 내 정체를
깨닫게 될 거요.—폭풍우가 밉구나!
왕을 찾으려고 나서겠소.
신사 악수합시다.
더 할 말씀 없는가요?
켄트 몇 마디 안 되지만
무엇보다도 중요하오. 나는 이쪽으로,
당신은 저쪽으로, 왕을 찾으려고 가는데
먼저 찾은 사람이 외쳐 부릅시다. [둘 퇴장]

38 도버(Dover)는 잉글랜드 동남부에 있는, 도버 해협의 항구로서 프랑스와 마주하는 성읍이었다.

## 3. 2

[폭풍우 계속. 리어 왕과 광대 등장]

리어 불어라! 바람아! 볼따구니를 터쳐라!
지랄해라! 회오리야, 폭포야, 뿜어대라!
뾰족탑과 풍향계를 물에 묻어라!
골치 날려 버리는 유황불 번개들아,
참나무 빠개는 전위대 벼락들아,
하얀 머리를 태워라! 진동하는 우레야,
뚱뚱한 땅덩이를 납작하게 까부숴라.
자연의 틀을 깨뜨려 은혜를 잊어먹는
인간이란 종자를 모두 쏟아 버려라!

광대 아저씨, 마른 집 속에서 찔끔대는 성수[39]가
들판에 퍼붓는 장대비보다 나아. 착한 아저씨,
들어가자. 딸들한테 신세지자. 여기 밤은
똑똑한 놈 못난 놈을 가리지 않고 푸대접해.

리어 뱃심껏 짖어라! 불 튀기고 비 뿌려라!
비도 바람도 천둥도 번개도 내 딸 아니다.
은혜를 모른다고 욕하지도 않아.
나라도 안 주고 자식이라고 안 했다.
복종할 책임도 없어. 끔찍한 재미를
맘껏 누려라. 난 너희 노예야.
왜소하고 힘없고 내쫓긴 늙은이지.
하지만 너희도 비굴한 앞잡이야.
악랄한 딸년들과 한 덩이 돼서
하늘의 군대로 이토록 늙은 백발에게
전쟁을 벌이다니. 참 치사하구나!

광대 머리를 처넣을 집이 있는 녀석은 괜찮은 모자를
집어 쓴 놈이다.
머리를 넣을 집이 있기도 전에
거시기가 집 안에 들어가겠대.
그래서 거지들이 계집질해서
머리와 몸뚱이에 이가 들끓지.
마음이 마땅히 해야 할 일을
발가락[40]한테 시키는 녀석은
쓰라린 티눈이 생길 수밖에.
온밤을 뜬눈으로 밝혀야 하지.
세상에 예쁜 여자 치고 거울에 대고 아양 떨지 않은
여자는 하나도 없어.

[변장한 켄트 등장]

리어 그렇다. 인내의 모범이 되어야지.
아무 말도 안 하겠다.

켄트 거 누구요?

광대 왕하고 거시기가 여기 있어.—다시 말해 똑똑한
놈하고 멍청한 놈이야.

켄트 [리어에게]
아아, 이런 데서? 어둠을 즐기는 짐승들도
이런 밤은 싫다고 합니다. 성난 하늘은
밤눈 밝은 짐승마저 겁쟁이로 만들어
굴속에 처박습니다. 어른이 되고 나서
저런 번갯불, 저렇게 무서운 천둥,
저렇게 울부짖는 폭풍과 비는
들은 적 없습니다. 그런 고통, 그런 힘을
견딜 수 없습니다.

리어 저 하늘 위에서
무섭게 꾸짖는 강한 신들이
원수들을 찾는다. 못난 자야, 떨어라.
법의 채찍을 맞지 않고 네 죄를
은밀하게 감추누나! 피 흘린 손아, 숨어라.
맹세를 저버린 너는, 선한 척하는 너는
가족 간에 음란하다. 악한 놈아, 떨다 깨져라.
거짓된 가면 아래 웃는 낯으로
남의 목숨을 노리누나. 남몰래 감춘 죄와
숨은 속을 털어놓고 무서운 형리들에게
자비를 빌어라. 내가 죄를 짓기보다
남이 내게 죄를 지었다.

켄트 오, 맨머리로?
전하, 근처에 움막이 있습니다.
폭풍을 피하게끔 친절할 것입니다.
거기서 쉬실 동안 매정한 저 집에,
—집 지은 돌보다도 매정해서 제가 방금
전하 일을 물었더니 들이지도 않습디다.—
그 집에 되돌아가 저들이 무시하는
예절을 요청하지요.

리어 정신이 든다.
[광대에게] 얘, 이리 오너라. 괜찮으냐? 춥냐?
나도 춥다. [켄트에게] 이 친구, 짚이 어디 있나?

39 궁중에서 형식적으로 성수를 조금씩 뿌려주었다.

40 '발가락'은 '성기'의 은어였다. 그러니까 '티눈'은 성병이 된다.

필요의 연금술은 묘해서 못난 걸
보배로 만들지. 자, 움막에 들어가자.
불쌍한 광대 녀석, 내 마음 한구석에
불쌍히 보는 데가 남아 있단다.

광대 조금만 머리가 남은 사람은
헤이호,[41] 비바람이 불어치네.
운수에 만족할 줄 알아야 해요.
비바람은 언제나 불어친대요.

리어 맞아. 착한 녀석. [켄트에게] 움막에 데려다 다오.
[리어와 켄트 퇴장]

광대 창녀까지 춥게 만들 굉장한 밤이구나.
가기 전에 예언을 말하겠다.
사제들이 행동보다 말이 앞설 때
양조장이 맹물 섞어 술을 망칠 때
귀족들이 재단사의 스승이 될 때[42]
처녀들의 애인만이 뜨거운 불에 타고,[43]
법정에서 소송인은 자기만 옳고
빚 없는 지주 없고 돈 없는 기사 없고
욕설이 혓바닥에 살고 있지 않으며
군중 틈에 소매치기가 꾀어들지 않으며
대금업자가 들판에서 돈푼을 계산하며
창녀와 뚜쟁이가 예배당을 짓나니
잉글랜드 천지는
큰 혼란에 빠지리라.
남은 자는 볼 것이니, 때가 이르면
두 다리의 사용이 걷는 것이 되리라.
이 예언은 멀린이 말할 건데, 내가 그보다
먼저 살기 때문이야.[44] [퇴장]

## 3. 3

[글로스터 백작과 서자 에드먼드가 횃불을
들고 등장]

글로스터 오, 에드먼드. 그렇게 불효한 짓이 마음에
걸려. 전하를 보살펴 드리려고 떠나라고 했더니
내 집의 사용권을 내게서 빼앗고, 영원한 미움을
사지 않으려면 전하를 위해선 아무 소리도 하지
말고 빌지도 말며 무엇으로도 도와주지 말라고 했다.

에드먼드 말할 수 없이 잔인무도하군요.

글로스터 쉿. 아무 소리 내지 마라. 공작들이 갈라섰는데
그보다도 더한 일이 벌어지고 있어. 지난밤에
편지를 받았는데—말하기가 조심스럽군.—장 속에
집어넣고 자물쇠를 채워놨다. 지금 왕이 당하는
억울한 고통이 고스란히 보복을 당하게 돼. 군대의
일부가 이미 출동했어. 우리는 왕의 편이 돼야 해.
내가 몰래 나가서 직접 도와 드리겠다. 너는 공작하고
수작을 계속해서 그사이 내가 하는 일이 들키지
않게 해라. 누가 나를 부르거든 몸이 불편해서
누웠다고 해라. 그러다가 죽어도—그러면 죽을 거라
위협하지만—옛 주군 전하를 도와줘야 해. 깜짝 놀랄
사태가 벌어진다. 에드먼드, 제발 조심해. [퇴장]

에드먼드 당신에게 금지된 친절을 베푼 걸
공작이 알게 되고 편지도 알게 돼.
당연한 보답이지. 아버지가 잃는 걸
내가 받는 거라고. 덜도 아닌 전부야.
늙은이가 쓰러지고 젊은이가 일어선다. [퇴장]

## 3. 4

[리어, 변장한 켄트, 리어의 광대 등장]

켄트 이곳이 헛간인데 전하, 들어가십시오.
한데의 밤은 심술이 사나워서
견디실 수 없습니다.

리어 나를 상관하지 마라.

켄트 전하, 들어가십시오.

리어 내 속을 후벼놓겠냐?

켄트 차라리 제 속이나 후비지요. 들어가세요.

리어 날카로운 바람이 살에 스미지만
그런 게 대단한가? 네겐 그럴 테지만.
하지만 큰 상처가 뿌리박은 자리에는

41 별 뜻 없는 노랫가락의 후렴.
42 귀족들이 재단사에게 옷을 이렇게 저렇게 지으라고 일일이 지적할 만큼 옷차림에 관심이 깊은 병적인 현상을 꼬집는 말.
43 이단은 화형에 처했지만 근래에는 애인들만 속이 탄다는 농담이니, 종교 대신 연애가 판친다는 것.
44 멀린은 6세기경 아서왕 시절에 살았다는 전설적인 마술사이자 예언자이다. 광대는 '예언'을 한다면서 당시의 사회상을 꼬집으며 자기가 멀린보다 먼저 살았다고 넉살을 부린다.

조그만 상처는 없는 것 같아.
곰에게 쫓겨 가다가 바다가 막으면
입 벌리고 달려드는 곰한테 맞선다고.
마음이 편안하면 신체가 예민해지나,
내 안의 폭풍은 몸속의 감각을
모조리 빼어가서 느낌은 오직
가슴에 펄떡이는 자식들의 배반이지.
손이 밥을 떠준다고 입이 손을 뿌리치니
그게 무슨 꼴인가? 반드시 벌하겠다.
음, 더는 울지 않겠다. 더구나 이런 밤에
나를 내쫓아? 퍼부어라. 견디겠다.
이 같은 밤중에? 아아, 리건, 고네릴,
너그러운 아비가 남김없이 주었는데—
거기는 미칠 테니 피해 가겠다.
그 말은 그만두자.

켄트 전하, 들어가십시오.

리어 너나 들어가 편히 쉬어라.
편하단 생각은 고통만 더하니까
바람은 생각을 그치라고 해.
[광대에게] 네가 먼저 들어가. 집 없는 가난,
먼저 들어가거라. 기도하고 잘 테니. [광대 퇴장]
[무릎 꿇는다.]
헐벗은 인간들아, 어디 있든지,
냉혹한 바람이 후려치는 매를 참고
집 없는 머리와 굶주린 배로
구멍이 숭숭한 누더기 속에서
어찌 이런 날씨를 피하겠느냐?
오, 이런 사실을 너무도 몰랐구나!
왕들아, 이게 약이다. 불쌍한 자가
느끼는 일에 너희 몸을 드러내서
사치를 덜고 올바른 하늘을 보여줘.
[광대가 오두막에서 들어오듯이 등장]

에드거 [안에서] 한 길하고 반이다, 한 길하고 반이다.
불쌍한 톰!

광대 아저씨, 들어오지 마. 귀신이 있어. 사람 살려!
사람 살려!

켄트 내 손 잡아라. 안에 누가 있어?

광대 귀신이오, 귀신. 제 이름이 불쌍한 톰이래요.

켄트 짚 검불 속에서 웅얼대는데
누구냐? 나와라.
[에드거가 '불쌍한 톰'으로 변장하고 등장]

에드거 저리 가. 더러운 악귀가 나한테 붙어 다녀.
아가위 틈바귀로 찬바람이 불어친다. 부르르, 찬
이불에 찾아가서 몸을 덥혀라.

리어 네 재산 전부를 딸들한테 넘겨주고 너도 이 지경이
됐느냐?

에드거 누가 불쌍한 톰한테 뭐라도 주는가요? 더러운
악귀가 불쌍한 톰을 불과 불꽃 사이로 데려가고
나루와 소용돌이, 늪과 감탕으로 몰아가고 베개
밑에 칼을 놓고 예배당 자리에다 모가지 달아맬
밧줄을 갖다 놓고 죽 그릇 옆에 쥐약 놓고 까불대는
갈색 말 타고 교만한 맘으로 한 뼘밖에 안 되는
다리를 건너가게 했으며 제 그림자를 반역자라고
쫓아가라고 했대요. 정신에 복 내리길! 톰이 추워요.
아이구, 덜덜덜덜. 회오리바람과 나쁜 별 기운
안 받게끔 복 받아라. 불쌍한 톰에게 적선합쇼.
악귀가 괴롭혀요. 지금 요기서 잡을 수 있어요.
요기, 조기, 다시 요기 있네. [폭풍 계속]

리어 이 사람도 딸 때문에 이 꼴 됐는가?
조금도 안 남기고? 모두 다 줬어?

광대 담요는 갖고 있군. 그것마저 없었다면 모두가
창피할 뻔했다.

리어 [에드거에게]
죄악에 떨어뜨릴 오만 가지 염병을
바람이 몰아다가 딸들한테 떨궈!

켄트 저 사람은 딸이 없어요.

리어 역적 놈, 죽어라! 못된 딸이 아니면
저 지경이 되도록 몰아가지 못해.
버림받은 아비들이 저처럼 자기 살을
아끼지 않는 것이 유행이 됐나?
올바른 형벌이야. 바로 이 살이
펠리컨[45] 딸들을 낳았다고.

에드거 필리콕이 필리콕 둔덕에 앉았구나.
얼루, 얼루, 루, 루![46]

광대 추운 밤이라 모두 멍청이나 미친놈 되겠다.

에드거 더러운 악귀를 조심해라. 부모에게 순종하고 약속을

45 펠리컨의 새끼들은 어미의 피를 먹고 자란다는 속설이 있었다.

46 펠리컨과 소리가 비슷한 "필리콕"은 남자 '성기'의 은어, 필리콕 둔덕은 여자의 그것. "얼루, 얼루, 루, 루!"는 사냥개에게 짐승을 쫓아가라는 고함소리이다.

똑바로 지키고 욕하지 말고, 이웃집 결혼한
아내와 간음하지 마라. 너의 깨끗한 마음을
사치스런 옷치장에 두지 마라.—톰이 추워요.

리어 너 전에 뭘 했지?

에드거 제비족 시종이오. 마음과 정신이 사치해서 머리를
지지고 모자에 장갑 꽂고 마님 가슴속 욕정에
봉사해서 그 여자와 시커먼 짓을 했고 말 한마디 할
때마다 맹세했고 맑은 하늘 앞에서 맹세를
어겼고 욕정을 꿈꾸며 잠자고 그 짓
하려고 일어난 사람이오. 술을 아주 좋아했고
진심으로 도박을 사랑했고 터키의 술탄[47]보다 애인이
많았지요. 속은 거짓이며, 귀는 가볍고, 손은 잔인하고
게으름엔 돼지요, 도둑질엔 여우요, 탐욕엔 늑대요,
미친 짓은 개요, 잡아먹긴 사자요. 구둣발 소리나
비단 스치는 소리로 가련한 네 마음을 여자에게
알리지 마라. 네 발을 창녀 집에 들이지 말며 여자
치마 속에 손을 넣지 말며, 고리대금 장부에서 너의
붓을 멀리하며, 더러운 악귀에게 대항해라. 아가위
나무에 찬바람 항상 불며 하는 소리가 수움 문 논니.
얘야, 얘야, 돌핀아! 멎어라. 지내 보내자.[48] [폭풍 계속]

리어 맨몸으로 비바람의 발악을 견디기보다 차라리 무덤
속에 있는 게 나아. 인간이 이것에 불과해? 저
사람을 깊이 생각해. 너는 누에에게 비단을 빚지
지 않고 짐승에게 가죽을, 양에게 털을, 사향
고양이에게 향수[49]를 빚지지 않았어. 허! 여기 우리
셋만이 인간인데 너는 존재 그 자체야. 집 없는
사람은 너처럼 궁핍하고 헐벗고 다리 두 개 달린
짐승에 불과하지. 빌려 입은 옷들아, 저리 가라!
여기 단추를 풀어다오.
[옷을 찢으니까 켄트와 광대가 말린다.]
[글로스터가 횃불을 들고 등장]

광대 아저씨, 진정해. 더러운 밤이라 헤엄치긴 글렀어.
지금은 이 험한 들판에 쪼그만 불이 늙은 바람둥이
가슴[50] 같겠지. 불씨가 작으니 온몸이
차갑거든. 저 봐, 저기 불이 걸어와.

에드거 저게 필리버티지벳이란 못된 악귀야. 통행금지
때부터 첫닭이 울 때까지 나다녀. 안질을
일으키고 사팔뜨기를 만들고 언청이를 만들며
다 익은 밀에 곰팡이가 슬게 하고 땅에 사는
불쌍한 조물들을 앓게 만들지.
스윗올드[51]가 숲 속을 세 차례 걸은 다음
잠 귀신[52]과 그녀의 아홉 새끼를 만나서
말에서 내려놓고 결혼했구나.
그래서 없어져! 할멈아, 없어져!

켄트 전하, 괜찮으세요?

리어 저게 누군가?

켄트 [글로스터에게] 게 누구요? 무엇을 찾소?

글로스터 거기 누가 있소? 이름이 무엇이오?

에드거 불쌍한 톰이오. 헤엄치는 개구리, 두꺼비, 올챙이,
담벼락의 도마뱀, 물속의 도롱뇽을 잡아먹어요.
미친 지랄이 가슴에 치밀면, 더러운 악귀가 발광하면
나물 대신 쇠똥 먹고 늙은 쥐와 개천에 내버린 죽은
개를 삼키고 고인 늪에 떠다니는 퍼런 물때를 마셔요.
이 마을 저 마을로 매를 맞고 다니고 형틀에 매이고
옥에 갇혀요. 예전에는 겉옷이 세 벌, 속옷이 여섯 장
있었고,
말도 타고 칼도 차고 다녔습니다.
하지만 생쥐 같은 쬐고만 짐승들이
7년 동안 불쌍한 톰의 먹이였어요.
내게 붙어 다니는 놈을 조심하세요. 가만있어, 스멀킨,[53]
악귀야, 가만히 있으라고!

글로스터 아니 이런 무리밖에는 함께할 자가 없습니까?

에드거 어둠의 왕자[54]는 신사 양반이오. '모도'라고 부르며
'마후'라고도 하는 이오.

글로스터 [리어에게]
전하, 우리 살, 우리 피가 악하게 되어
우리가 낳아놓고 미워하게 됐습니다.

에드거 불쌍한 톰은 추워요.

글로스터 [리어에게]

47 터키의 왕 술탄은 수많은 여자를 하렘 안에 가둬놓고 혼자 즐겼다고 알려졌다.

48 '아가위' 운운하는 데부터 끝까지 여러 노랫가락을 아무렇게나 서로 이어놓은 것이다.

49 이 종류의 고양이는 향을 분비하는데 이것을 채취하여 향수를 만들었다.

50 한창때는 욕정이 뜨거운 바람둥이였지만 지금은 가슴이 미지근한 늙은이라는 말. 글로스터가 그런 사람이었다.

51 병을 잘 고쳐주는 민속의 성자.

52 잠잘 때 가슴을 타누르기하며 나쁜 꿈을 꾸게 한다는 귀신.

53 톰에게 붙어 다니는 작은 악귀의 이름. 미친 사람에게는 악귀가 붙어 있다고 믿었다.

54 마귀의 총사령관인 사탄. 뒤에 나오는 모도, 마후는 마귀들의 대장들.

같이 들어가십시다. 충성심을 누르고
따님들의 심한 말을 다 따를 수 없습니다.
문을 잠그라 명령하고 사나운 밤이
전하를 삼키라고 버려두라고 했으나
용기를 내어 나와 전하를 만났으니
음식과 불이 준비된 곳에 모시겠어요.

리어 먼저 이 철학자와 얘기하겠다.
[에드거에게] 천둥의 원인이 무엇인지 아는가?

켄트 전하, 이분 말 들으세요. 집에 들어가세요.

리어 이 유식한 테베인[55]과 한마디 나누겠다.
전공이 무엇인가?

에드거 마귀를 막고 해충을 죽이는 방법이오.

리어 남몰래 하나만 물어볼게.

켄트 [글로스터에게] 다시 한 번 가시자고 하세요.
광증의 시작이오.

글로스터 전하의 탓이오?
[폭풍 계속]
딸들이 죽이려 하오. 아! 선량한 켄트.
이렇게 될 거라 했지. 부당한 추방이야!
왕이 미쳐간다는데, 여보게 이 친구,
나도 거의 미쳤네. 아들이 있었지만
집에서 쫓아냈어. 내 목숨을 노렸거든.
최근 일이야. 사랑했지. 아비가 아들을
그렇게 사랑할 수 없다고. 솔직히 말해
슬퍼서 돌았어. 무슨 밤이 이래?
[리어에게] 전하, 제발—

리어 오, 미안해!
[에드거에게] 고매한 철학자, 우리 같이 있자.

에드거 불쌍한 톰이 추워요.

글로스터 움막에 들어가라. 몸을 덥혀라.

리어 자, 모두 들어가자.

켄트 이쪽으로 오세요.

리어 같이 있겠다. 철학자와 떨어지지 않겠다.

켄트 백작님, 기분 맞춰 드리세요. 같이 계시래요.

글로스터 저 사람을 맡으시오.

켄트 얘, 이리 와. 우리하고 같이 가자.

리어 가자, 현철한 아테네 사람.

글로스터 쉿, 말하지 마시오.

에드거 롤랑 왕자님[56]이 검정 탑에 왔는데
하는 말은 언제나 '파이 포 품',
브리튼 사람의 피 냄새 난다. [모두 퇴장]

## 3. 5

[콘월과 에드먼드 등장]

콘월 여기를 떠나기 전에 복수하겠다.

에드먼드 공작님, 이처럼 나라에 대한 충성에 부자의 정을 양보했다고 제가 무슨 욕을 먹을지 생각하면 조금 두렵습니다.

콘월 이제 보니 전적으로 당신 형의 못된 성격 때문에 아버지를 죽이려 한 게 아니고 당신 아버지가 본래부터 가지고 있던 못된 기질이 표면에 드러나서 스스로 자초한 거요.

에드먼드 정의를 행하고도 후회를 해야 하니 제 운수가 얼마나 궂은지요! 이것이 아버지가 말하던 편지인데 프랑스에 이로운 정보를 제공하는 쪽이라는 걸 입증합니다. 오, 하느님! 이런 반역이 없었다면, 제가 발견자가 아니라면, 얼마나 좋겠습니까!

콘월 공작 부인에게 같이 가세.

에드먼드 이 편지 내용이 확실하다면, 공작님은 큰일을 앞에 놓고 계시네요.

콘월 사실이든 아니든 당신은 이번 일로 글로스터 백작이 되었소. 당신 아버지가 어디 있는지 알아내오. 내가 체포하겠소.

에드먼드 [방백] 아버지가 왕을 돕는 현장을 보기만 하면 아버지의 혐의를 더욱 확실히 할 수 있지. [콘월에게] 국가에 대한 충성과 부친에 대한 애정이 갈등한다 하여도 충성의 대로를 힘써 가겠습니다.

콘월 당신에게 신뢰를 두겠소. 나의 사랑 속에서 더욱 다정한 아버지를 만날 것이오. [둘 퇴장]

## 3. 6

[변장한 켄트와 글로스터 등장]

글로스터 한데보단 여기가 괜찮아요. 고맙게 여기시오. 이것저것 더 가져다가 좀 더 안락하게 만들겠소.

55 현인 디오게네스의 제자가 살던 고대 그리스의 국가 테베 사람.

56 프랑스 왕 샬레망의 조카로, 중세 서사시 『롤랑의 노래』의 주인공. 다음에 나오는 구절은 다른 민요 가락을 마구 갖다 붙인 것.

오래 걸리지 않을 게요.

켄트 전하의 모든 판단력이 성급한 감정에 휩쓸리고 말았소. 당신의 마음씨에 신들의 보답을! [글로스터 퇴장]

[리어, 불쌍한 톰으로 변장한 에드거, 광대 등장]

에드거 프라터레토[57]가 나를 불러. 암흑의 호수에서 네로가 낚시질하고 있대. 순진한 자야, 기도해라. 더러운 악귀를 조심해라.

광대 아저씨, 미치광이가 신사인가, 부농인가? 나한테 말해주라.

리어 왕이다, 왕.

광대 아니야. 신사를 아들로 둔 부농이지. 자기보다 아들이 먼저 신사가 되는 걸 보는 놈은 미친 부농이거든.[58]

리어 시뻘겋게 달아오른 꼬챙이를 휘두르며
씩씩대고 달려드는 악귀 수천 놈!

에드거 더러운 악귀가 내 등을 깨물어요.

광대 양순한 늑대, 탈 없는 말, 10대의 사랑, 창녀의 맹세, 그따위를 믿는 자는 미친놈이지.

리어 그렇게 하겠다. 즉시 놈들을 심판하리라.
[에드거에게] 너는 여기 앉아라. 유식한 판사.
[광대에게] 현철한 너는 여기 앉아라. 암여우들은—

에드거 저기 서서 눈을 빠네요! 마님, 재판 때
구경꾼이 필요해요?
베시야, 개울 건너 내게 오렴.

광대 그녀의 배는 물이 새.
그래서 말하지 못해.
그녀가 왜 못 오나 알 만해.

에드거 더러운 악귀가 불쌍한 톰을 찾아와서 자꾸만 두견새 소리를 내. 호퍼단스가 하얀 청어 두 마리 달라고 불쌍한 톰의 배 속에서 요동을 쳐. 시커먼 천사야, 우짖지 마라. 네게 줄 밥은 없어.

켄트 괜찮으세요? 그렇게 멍하게 계시지 마세요. 베개를 베고 누우시겠습니까?

리어 먼저 재판을 보겠다. 증거를 가져와라.
[에드거에게] 법의를 입은 법관, 자리에 앉아라.
[광대에게] 그리고 너는 직위가 동일하니
그 옆에 앉아라. [켄트에게] 심판관을 명한다.
너도 앉아라.

에드거 공정히 다루기요.
즐거운 목동아, 자니, 깼니?
양 떼가 곡식밭에 들어갔다.
작은 입으로 한 곡조 부르면
네 양들은 아무 일 없어.
가랑가랑—고양이가 잿빛이네.[59]

리어 그 여자를 먼저 재판하시오. 고네릴이오. 엄숙하신
재판관들 앞에서 선서하는 바이오. 저 여자가
불쌍한 왕, 제 아비를 내쫓았소.

광대 여자는 앞으로 나와라. 이름이 고네릴인가?

리어 부인할 수 없겠소.

광대 오, 미안하오. 걸상인 줄 알았소.

리어 여기 또 한 년은 찌푸린 낯으로
제 속이 어떤지 빤히 드러내오.
저년이 달아난다! 칼, 칼! 불! 썩은 년!
거짓된 판사야, 어째서 버려뒀냐?

에드거 돌고 돌았어!

켄트 이 슬픔! 마음에 있다고 자랑하시던
인내심은 어디 가고 이러십니까?

에드거 [방백] 눈물도 왕의 편이 되는 바람에
변장까지 망친다.

리어 검둥이, 누렁이, 흰둥이,
별놈의 강아지가 나에게 짖어.

에드거 톰이 제 머리를 던져준대요. 똥개들아, 저리 가!
아가리가 하얗든지 꺼멓든지
물리면 퉁퉁 붓는 독 있는 이빨,
삽살개, 사냥개, 사나운 잡종,
큰 개, 작은 개, 땅개, 털북숭이,
꽁지가 짧든지 꽁지가 길든지
톰이 울리고 울부짖게 할 테요.
이렇게 머리를 까딱하니까
개들이 문을 넘어 내빼더군요.
덜덜덜덜. 이제 그만! 다들 초상집으로, 장터로,
시장으로 갑시다. 불쌍한 톰, 뿔잔이 말랐구나.

리어 다음으로 리건을 해부해서 그년 염통 주변에
뭐가 자라는지 보라고 해. 그처럼 매정한

57 그에게 붙었다는 또 다른 악귀. 폭군 네로는 지옥의 늪에서 낚시질을 한다고 한다.

58 큰 토지를 소유한 자작농은 '부농'이지만 나라에서 인정하는 '문장'(coat of arms)이 있어야 '신사'(gentleman)가 되었다. 셰익스피어는 상당한 돈을 내고 자신의 부친을 '문장'이 있는 '신사'로 만들어 드렸다.

59 '가랑가랑'이라는 고양이 꼴의 악귀. 고양이는 기분 좋을 때 '가랑가랑' 하는 소리를 낸다.

염통을 만드는 원인이 뭔가? [에드거에게]
너를 기사 100명 중 하나로 임명한다. 단지 그
모양은 보기가 안 좋아. 너 그걸 일러 페르시아
복장이라고 할 테지만. 어쨌든 바꿔.

켄트 전하, 여기 누워 좀 쉬세요.

리어 시끄럽다. 시끄럽다. 커튼 닫아라. 됐다. 됐다.
아침에 저녁 먹으러 가자. 됐다. 됐다. [잔다.]

광대 그럼 나는 대낮에 자러 갈 테다.

[글로스터 등장]

글로스터 친구, 이리 오시오. 전하 어디 계시오?

켄트 여기 계신데, 가만두시오. 실성하셨소.

글로스터 착한 친구, 당신이 전하를 안으시오.
전하를 죽이려는 음모를 엿들었소.
가마를 준비했소. 거기다 뉘시오.
도버로 달려가면 환영과 보호가
기다리고 있을 거요. 전하를 쳐드시오.
반시간만 지체해도 전하와 당신과
전하를 지키려고 나서는 자 모두가
빠짐없이 죽게 되오. 전하를 속히 안고
나를 따라오시오. 도움받을 곳으로
급히 인도하겠소.

켄트 지친 잠이 드셨군.
이렇게 쉬시면 망가진 신경이
가라앉겠지. 휴식으로 못 고치면
회복이 어려워. [광대에게] 같이 전하를 옮기자.
너도 뒤에 남으면 안 돼.

글로스터 빨리빨리.

[에드거 외에 켄트, 글로스터, 광대가 왕을 쳐들고 퇴장]

에드거 저런 고통을 윗사람이 참으니까
우리의 고통을 원수라 말하지 못해.
스스로 괴로운 자는 속으로 곪고
활달한 행동과 기쁜 빛을 버리지만,
슬픔과 인내에 친구가 생기면
수많은 아픔을 마음이 뛰어넘지.
나를 누르는 슬픔이 왕도 누르니
가볍고 견딜 만한 슬픔이구나.
왕은 자식, 나는 부친! 톰아, 빨리 뛰어라!
싸움이다, 시끄러운. 그릇된 오해가
누명을 씌웠지만 올바른 증거로
지위를 되찾으니 변장을 벗어라.
무슨 일이 있어도 무사히 탈출하시길!
숨어라, 숨어라! [퇴장]

## 3. 7

[콘월, 리건, 고네릴, 에드먼드, 하인들 등장]

콘월 [고네릴에게] 처형은 급히 공작님에게 달려가
이 편지를 보이시오. 프랑스 군이 상륙했소.
[하인들에게] 반역자 글로스터를 색출하라. [하인들 몇 퇴장]

리건 당장 달아매라.

고네릴 눈알을 뽑아라.

콘월 그자는 내게 맡기오. 에드먼드, 당신이 처형을
모시고 가시오. 당신의 반역자 아버지를 내가
처벌할 텐데 당신이 보는 게 적합지 않소.
공작을 만나면 급히 준비하라고 말씀드리오.
우리도 준비하고 있겠소. 우리 두 사람
사이에 신속한 정보가 오갈 것이오. 처형, 잘
가시오. 글로스터 백작, 잘 다녀오시오.
[오스월드 등장]
음, 왕이 어디 있는가?

오스월드 글로스터 백작이 빼돌렸습니다.
열심히 찾으며 좇아갔는데 왕의 기사
서른댓 명이 성문에서 만나더니
백작 부하 몇 사람과 합세하여
도버로 갔습니다. 무장을 넉넉히 갖춘
우군이 거기 있다고 자랑합니다.

콘월 처형께서 타실 말을 대령하라. [오스월드 퇴장]

고네릴 안녕히 계세요, 공작님. 리건, 안녕.

콘월 에드먼드, 잘 가오. [고네릴, 에드먼드 퇴장]
반역자를 수색하라.
도둑처럼 죽지를 묶어 내 앞에 대령하라.
[하인들이 떠난다.]
형식상 재판 없이 사형을 선고하면
모양새가 나쁘지만, 권력이 분노에
양보하기 마련이다. 비난을 하겠지만
고칠 수 없다. 누구냐? 반역자냐?
[글로스터가 하인 두세 명에게 이끌려 등장]

리건 은혜를 모르는 여우! 그놈이구나.

콘월 마른 팔을 단단히 묶어라.

글로스터 왜들 이러시나요?
착하신 친구분들, 제 손님 아니세요?

몹쓸 짓은 삼가세요.
콘월 놈을 묶으라니까.
[하인들이 그의 팔을 묶는다.]
리건 단단히, 단단히. 더러운 역적 놈!
글로스터 부인은 매정하되 나는 역적 아니오.
콘월 의자에 묶어라. 이놈, 맛 봐라.
[리건이 그의 수염을 잡아챈다.]
글로스터 선하신 신들께 걸어, 수염을 잡아채다니
너무 심하시오.
리건 머리가 허연 게 역적질이야?
글로스터 못된 여자야,
네가 내 턱에서 빼앗아 간 수염이
살아나서 고발할 게다. 내가 너를 맞아서
융숭하게 대했는데 강도의 손아귀로
이렇게 뭉개면 안 돼. 어쩔 셈이냐?
콘월 최근 프랑스에서 무슨 편지 받았나?
리건 똑바로 대답해. 다 아니까.
콘월 최근 이 나라에 상륙한 역적들과
어떻게 짰는가?
리건 얼빠진 미친 왕을
누구 손에 보냈지? 빨리 말해라.
글로스터 얼마 전 편지를 받았는데 중립적인 입장에서
짐작으로 쓴 거였다. 하지만 그 사람은
반대파는 아니었다.
콘월 간사하군.
리건 속이누나.
콘월 왕을 어디로 보냈지?
글로스터 도버로 보냈다.
리건 왜 도버로 보냈지? 죽는다고 했잖아.
콘월 왜 도버로 보냈지? 그것부터 대답해.
글로스터 곰처럼 묶였으니[60] 끝까지 가겠다.
리건 왜 도버로 보냈지?
글로스터 잔인한 손톱으로 불쌍한 늙은 왕의
눈알을 뽑아내고 고네릴이 기름 부은
왕의 몸을 멧돼지 이빨로 찢는 걸
안 보려고 그랬다. 밤중에 맨머리로
폭풍을 견뎠으니, 바닷물도 솟구쳐서
불타는 별들을 캄캄하게 껐을 테지.
하지만 불쌍한 노인이 하늘을 울렸다.
무서운 그 시간에 늑대가 울었대도
'문지기, 아무리 매정해도 문 열라고'
했을 테지. 하지만 복수의 천사가
그따위 자식들을 덮치는 걸 보겠다.
콘월 그러지 못하리라. 얘들아, 꽉 잡아라.
네놈 눈깔에 내 발 올려 놓겠다.
글로스터 늙도록 살고자 하는 자는 어떻게든
도와다오!—아, 잔인하다! 아, 신들아!
리건 한쪽이 놀릴 테니 다른 쪽도 밟으슈.
콘월 복수하는 걸 볼 거면—
하인 1 공작, 멈춰요.
나이 어릴 때부터 대감을 섬겼지만
지금 내가 멈추라고 외친 것이
가장 뛰어난 일이었소.
리건 개자식, 뭐가 어째?
하인 1 당신의 못된 턱에 수염이 났다면
그걸 잡아당기며 싸우겠소. 어쩔 테요?
콘월 요 촌놈이? [둘이 칼을 뽑아 싸운다.]
하인 1 그렇다면 덤벼라. 어느 놈이 죽나 보자.
[하인이 콘월에게 상처를 입힌다.]
리건 [다른 하인에게]
그 칼 나 달라. 촌것이 대들어?
[칼을 집어 들고 뒤에서 달려들어 하인을 죽인다.]
하인 1 아아, 죽는구나! 백작님, 한쪽은 남았으니
저자의 상처를 보시게 돼요. 아아! [죽는다.]
콘월 더 보지 못하도록 미리 막겠다.
꺼져라, 멀건 눈알. 이제 네 빛이 어디 갔냐?
글로스터 캄캄한 절망인가? 아들은 어디 갔냐?
에드먼드, 효도의 불꽃을 전부 밝혀
끔찍한 이 짓에 복수해라.
리건 나가라, 역적 놈!
자기를 증오하는 장본인을 부르누나.
네가 반역자라는 걸 그 사람이 알려줬다.
훌륭한 인물이라 너 따위는 동정하지 않아.
글로스터 아아, 내가 바보였다! 에드거가 속았어?
신들이여, 나를 용서하시고 그를 축복하소서!
리건 문밖으로 쫓아내라. 도버까지 냄새 맡고
가라고 해.—괜찮아요? 낯빛이 왜 그래요?
콘월 아까 칼에 맞았소. 여보, 따라오구려.

60 기둥에 매인 곰에게 개들을 풀어놓아 싸움을 시키던 당시의 볼거리를 말한다. 결국 곰은 죽기 마련이다.

[하인들에게]
눈 없는 저놈은 쫓아내고 이 종놈은
두엄 더미에 던져라. [하인들이 글로스터와 시신과 함께 퇴장]
리건, 출혈이 심하오.
재수 없게 다치다니. — 당신 팔에 기대겠소.
[콘월과 리건 퇴장]

하인 2 저런 놈이 잘된다면 제아무리 못된 짓도
사양하지 않겠다.

하인 3 저런 년이 오래 살아
수명을 다 누리고 편안히 죽는다면
여자들은 너나없이 짐승이 될 거다.

하인 2 우리 모두 연로하신 백작님을 따라가서
광기가 가는 대로 어르신을 모시자.
떠도는 광기라 아무 데나 갈 수 있어.

하인 3 먼저 가라. 피투성이 얼굴에 발라 드릴
솜과 계란 가져갈게. 하느님, 도우소서! [모두 퇴장]

## 4. 1

[불쌍한 톰으로 변장한 에드거 등장]

에드거 속으론 미워하며 겉으론 아첨하니,
천대받는 이런 꼴이 오히려 좋다.
운수조차 내버려서 가장 낮고 못난 놈이
희망 속에 살아가고 두려움이 전혀 없어.
최상의 행복은 슬픔으로 변하지만
최악의 불행은 웃음을 되찾는다.
그러므로 바람아, 네가 고맙다.
불쌍한 이 몸을 최악으로 불어치니
너에게 신세진 게 조금도 없어.
[글로스터가 웬 노인에게 이끌려 등장]
한데 저게 누군가? 아버지가? 저처럼
불쌍히 이끌려서? 세상아! 세상아!
뜻밖의 변화만 없다면 너도 안 밉고
인생도 세월에 굴복하지 않겠다.

노인 아아, 대감님! 지난 여든 해 동안 대감님과 대감님
아버님의 소작을 부쳤어요.

글로스터 이젠 저리 가, 착한 친구, 저리 가.
이제부터 네 위로가 소용없겠다.
놈들이 너를 해칠지 몰라.

노인 아이고, 길을 보지 못하시는데요.

글로스터 길이 없으니 눈은 없어도 돼.
눈 뜨고 넘어진걸. 늘 있는 일이야.
돈 있으면 안심하고 명백한 잘못도
우리한테 이롭거든. 착한 아들 에드거,
속은 아비 노여움의 밥이 됐구나.
살아서 네 몸을 만질 수 있다면
눈이 다시 생긴 거지.

노인 거 누구요?

에드거 [방백] 하느님! '이게 최악'이라 할 자 누군가?
'최악'이 이건데!

노인 [글로스터에게] 불쌍한 미친 톰이오.

에드거 [방백]
더 나쁠 수 있겠어. 이게 '최악'이라고
말할 수 있으면 아직 '최악'이 아니야.

노인 [에드거에게] 얘, 어디 가냐?

글로스터 거지 말인가?

노인 미친 데다 거지요.

글로스터 까닭이 있겠지. 그냥은 비럭질 못 해.
지난밤 폭풍 중에 그런 놈 보았는데,
인간은 벌레란 생각이 들더라고.
아들이 생각났지. 하지만 그때까진
그놈이 원수였어. — 나중에 알았지만.
장난꾼 애들이 파리 새끼 죽이듯
신들이 우릴 다뤄. 장난으로 죽이거든.

에드거 [방백] 어찌할까? 슬픔의 광대 짓은 더 못 하겠다.
저도 남도 괴롭지. [글로스터에게]
복 받으세요!

글로스터 헐벗은 자인가?

노인 예, 대감님.

글로스터 그럼 앞서 가라. 여기서 10여 리쯤
도버 길로 가다가 나를 따라잡으면
옛정을 생각해서 데려다주렴.
헐벗은 이자에게 입을 것 갖다 줘라.
이자에게 이끌어 달라고 부탁하겠다.

노인 미쳤는데요.

글로스터 미친놈이 장님을 이끄는 게
이런 때 징벌이지. 부탁대로 해주든가,
하고 싶은 대로 해. 어쨌든 빨리 가라.

노인 저의 제일 좋은 옷을 가져오겠습니다.
무슨 일이 생겨도 괜찮습니다. [퇴장]

글로스터 헐벗은 친구.

에드거 불쌍한 톰이 추워요. [방백] 더는 못 하겠는데—
글로스터 이리 와라.
에드거 [방백] 하지만 꾸며야지. [글로스터에게]
눈에서 피 나네요.
글로스터 도버로 가는 길 아나?
에드거 울타리도 대문도 마찻길도 오솔길도 훤합니다요.
불쌍한 톰이 겁에 질려 정신이 나갔어요. 착한
사람 아드님께 더러운 악귀가 안 붙으라고 빌어요!
불쌍한 톰한테 한꺼번에 악귀 다섯 놈이 들어왔는데,
음탕한 오비디컷, 어둠의 왕자 호비디덴스, 도둑질하는
마후, 사람 죽이는 모도, 찡그려 대는 플리버티지벳.
요즘은 하녀와 시녀 몸에 들어가지요. 그럼 어르신,
이만 줄이고, 복 받으세요!
글로스터 이 지갑 받아라. 하늘의 염병으로
고초 당하는 놈아, 내가 불행하니까
너는 행복하구나. 언제나 하늘 복을!
풍족이 넘치고 향락에 젖은 자는
교훈을 멸시하고 느낄 줄 모르기에
볼 줄도 모르니 너의 힘을 알게 하렴.
올바른 분배 따라 사치가 사라지고
각 사람은 넉넉히 가져. 도버를 아나?
에드거 예, 어르신.
글로스터 벼랑이 있는데 높이 숙인 바위가
해협을 무섭게 내려다보는 데다.
그 언저리 가까운 데로 데려다주면
무슨 값진 물건을 갖고 있다가
네 고통을 덜어주겠다. 거기부턴 인도자가
필요 없겠지.
에드거 이 손을 잡으세요.
불쌍한 톰이 인도할게요. [둘 퇴장]

## 4. 2

[고네릴과 에드먼드 등장. 오스월드가 뒤따른다.]
고네릴 백작님, 어서 오세요. 얌전한 남편이라
마중이 없네요. [오스월드에게] 주인님 어디 계셔?
오스월드 안에 계세요. 한데 그렇게 변하시다니요?
적군이 상륙한 걸 말씀드렸더니
빙그레 웃으시고, 마님이 오신다 하니
"더 나쁜군." 하시고 글로스터의 반역과
그 아들의 충성을 말씀했더니
저에게 바보라고 하시며 사실을
거꾸로 본다고 말씀하셨습니다.
싫어하실 사실을 좋아하시고
좋은 것을 싫다고 하십니다.
고네릴 [에드먼드에게] 그만 돌아가세요.
남편의 성격은 두려운 겁쟁이라
과단성이 없어요. 책임지는 일이라면
모욕도 모르지요.—우리가 나눈 소원은
실현할 수 있어요. 에드먼드, 돌아가서
급히 군을 소집하고 지휘하세요.
나도 집에서 이름을 바꾸고
물레는 남편이 맡아야죠. 이 시종이
두 사람 사이를 충실히 오갈 테니,
대담하게 나서면 머잖아 한 여인이
분부를 내리겠지요.—지니고 계세요.
[그의 목에 사슬을 걸어준다.]
입 다물고
이쪽으로 숙이세요. 내 키스가 말을 하면
당신의 용기는 하늘만큼 치솟겠죠.
잘 생각하세요. 그럼 안녕히—
에드먼드 죽음 앞에 서 있는 당신의 사나이요. [퇴장]
고네릴 에드먼드, 사랑해요! 남자와 남자가
저렇게 다르다니! 여자가 섬길 남자!
내 몸은 바보가 점령했어요.
오스월드 공작님이 오십니다. [퇴장]
[올버니 등장]
고네릴 좋은 척하더니.
올버니 고네릴, 당신은
무례한 바람이 얼굴에 날리는
먼지 값도 못 돼. 성미가 걱정이야.
자신의 근본을 경멸하는 성격은
제 분수를 확실히 지키지 못해.
양분의 공급처인 등걸을 내버리는
줄기나 가지는 반드시 시들고
죽음이란 종말에 이르고 말아.
고네릴 관둬요. 시시한 설교예요.
올버니 악한 자는 지혜와 선도 악하게 봐.
쓰레기는 쓰레기를 좋아해. 어떻게 했어?
딸 아닌 호랑이, 무슨 짓 했어?
아버지를, 늙으신 인자하신 노인을,

코 꿰인 암곰마저 핥아줄 어르신을,
미치게 만들었어! 잔인한 종자들!
착한 동서가 그 짓을 가만두겠어?
그분의 은덕을 그토록 입었는데?
그따위 악한 짓을 하늘이 벌하려고
복수의 신령들을 당장 보내지 않으면
내가 감히 예언하건대,
깊은 물의 괴물처럼 인간이 인간을
서로 잡아먹으리라.

고네릴 희멀건 간덩이,[61]
귀때기 맞을 뺨,[62] 괜한 매 맞을 머리,
얼굴엔 명예와 비굴을 분간할 눈이
박힐 수 없고, 못된 짓을 끝내기 전에
벌 받는 놈을 동정하는 인간은
바보라는 사실을 모르고 있지.
북은 어디 뒀어? 조용한 이 땅에
깃발과 투구를 뽐내면서 프랑스가
당신 나라를 위협해. 도덕군자 멍청이는
'왜 저러나?' 하고 앉아서 뇌까려.

올버니 마귀야, 네 꼴을 봐! 끔찍한 악마도
여자만큼 무섭지 못해.

고네릴 난 체하는 멍청이!

올버니 자기를 바꿔 인두겁을 뒤집어쓴 악마,
얼굴마저 괴물로 만들지 마라.
기분대로 이 손을 쓰기만 하면
네 살과 네 뼈를 찢어발기고 싶다.
너는 분명 악마지만 여자라는 모양이
너를 막아준다.

고네릴 그래도 남자라고.—야옹![63]
[전령 등장]

올버니 웬일인가?

전령 대감님, 콘월 공이 운명하셨습니다.
글로스터의 다른 눈을 빼려고 할 때
하인이 죽였습니다.

올버니 글로스터의 눈?

전령 손수 키운 하인이 참을 수 없어
그 일에 항거하여 높은 주인께
칼을 들이댔습니다. 격분한 주인이
달려들었고, 그 와중에 하인이 죽었으나
그분도 치명적 상처를 입고 있어서
뒤이어 가셨습니다.

올버니 심판의 신들이여,
땅 위의 죄악을 그처럼 속히 벌하시니
하늘에 계심을 깨닫습니다! 불쌍한 글로스터!
다른 눈도 잃었나?

전령 둘 다 잃었습니다.
[고네릴에게] 긴급히 답신을 요망합니다.
동생분이 보내셨어요.

고네릴 [방백] 한편으론 기쁘지만
젊은 백작과 과부가 같이 있으니
모든 공중누각이 지겨운 이 삶에
와르르 무너질 수 있거든. 한편으론
그리 나쁜 소식이 아니야. [전령에게]
읽고 대답하겠다. [퇴장]

올버니 눈을 뺄 때 아들은 어디 있었나?

전령 마님과 함께 왔습니다.

올버니 여기 없는데.

전령 맞습니다. 돌아가시는 것을 보았습니다.

올버니 그 사실을 알고 있던가?

전령 예. 그분이 부친을 밀고한 데다
부친을 사정없이 처벌하게끔
궁성을 일부러 떠난 것이죠.

올버니 글로스터,
당신이 왕께 바친 충성에 감사하며
당신의 두 눈을 위하여 복수하겠소.
이리 와라. 알고 있는 걸 더 말해라. [모두 퇴장]

## 4. 3

[변장한 켄트와 한 신사 등장]

켄트 어째서 프랑스 왕이 그처럼 급히 프랑스로
돌아갔는지 그 이유를 아시오?

신사 나라에 채 끝내지 않은 일이 있었던 까닭이오.

61 용기는 간에서 나오는데 비겁한 사내는 간이 하얗다고 했다.
62 "악한 자에게 대적하지 마라. 누구든지 네 오른편 뺨을 치거든 왼편도 돌려 대라"(마태복음 5장 39절)는 말씀에 대한 비아냥이다.
63 여자 같은 고양이 소리를 흉내 내어 부드러운 올버니 공작을 야유한다.

떠나온 후에야 생각났던 것이오. 나라에 대해
매우 근심되고 위험한 일이라 왕이 직접 가는
것이 매우 긴요하고 필요하였소.
켄트 누구를 사령관으로 남겨 두었소?
신사 프랑스 군의 원수 라파 장군이오.
켄트 당신이 전해 드린 편지를 읽으시고 왕비께서
속이 아파 슬퍼하신 기색이셨소?
신사 편지를 받으시자 제 앞에서 읽으시며
이따금 큰 눈물을 고운 볼에 흘리셨소.
그분은 왕비답게 슬픔을 누르시고
반항하는 슬픔이 왕비님을 점령하고
지배하려고 했소.
켄트 아, 그러면 움직이셨소?
신사 흥분하지 않으셨소. 인내와 슬픔이
왕비님의 참모습을 다퉈 드러냈소.
해와 비를 동시에 보신 적이 있으시죠.
왕비님의 웃음과 눈물이 꼭 같았지만
더 아름다웠소. 붉은 입의 미소는
눈에 있는 손님들을 모르는 듯했으며
목걸이의 진주처럼 눈과 작별했는데,
한마디로, 슬픔이 그토록 어여쁘면
한없이 사랑받는 보석이 되겠소.
켄트 왕비께서 직접 묻지 않으셨소?
신사 '아버지'란 이름에 가슴이 미어진 듯,
한두 번 숨이 차서 '아버지'를 부르셨죠.
"아, 언니들! 언니들! 여자의 수치구나!
오, 켄트! 아버지! 한밤중에 폭풍을?
동정심도 못 믿겠어!" 이렇게 외치시고
천사 같은 눈으로 거룩한 물을 뿌려
소요를 누르시고 슬픔을 이기고자
대청으로 나가셨소.
켄트 머리 위의 별들이
각자의 성격을 다스리지 않는다면
어떻게 한 부모가 저리 달리 낳았겠소?
아직 왕비님과 말씀을 나누지 않았소?
신사 예, 그렇소.
켄트 왕이 오시기 전의 일이오?
신사 아니, 그 후요.
켄트 정신이 바르지 않은 왕이 여기 계시오.
간혹 정신이 드시면 우리가 하는 일을
기억하시지만, 한사코 따님은
안 본다고 우기시오.
신사 왜 그러시나요?
켄트 너무도 부끄러워 주저하시는 거요.
따님께 축복하길 거부하고 이국땅에
될 대로 되라 하고 내치시고 사랑하는
따님의 권리를 짐승들에 주신 것이
마음을 심히 찔러 코델리아 공주님을
피하시는 것이지요.
신사 매우 민망스럽소.
켄트 올버니와 콘월의 형세는 못 들었소?
신사 들었소. 이동 중이오.
켄트 그러면 전하께 안내하겠소.
전하를 보좌하오. 그동안 나는
말 못 할 이유로 숨어 지낼 터이오.
내 정체가 밝혀지면 정보를 준 것이
손해가 되는 일은 없을 것이오.
그러면 같이 갑시다. [둘 퇴장]

## 4. 4

[코델리아, 신사, 지휘관들과 병사들이
북과 깃발과 함께 등장]
코델리아 오, 아버님이다! 조금 전만 해도
파도처럼 미치셔서 큰 소리로 노래하고
역한 소태, 바랭이, 독미나리, 엉겅퀴,
쇠비름, 가라지 등, 요긴한 곡식밭에
마구 크는 잡초들을 뒤집어쓰셨었는데.
[지휘관에게]
한 부대를 풀어서 무성한 들을 뒤져
전하를 모셔 와라. 무슨 인간 재주로
잃어버린 정신을 되찾을 수 있을까? 돕는
사람에게는 내 재산을 모두 주겠소.
[한 지휘관이 병사들과 함께 퇴장]
신사 왕비님, 방법이 있습니다.
자연을 대신할 어머니는 휴식인데요,
전하는 잠이 필요하세요. 잠을 부를
약초가 아주 많지만, 그 힘으로 아픈 눈을
감길 수 있어요.
코델리아 모든 복된 비밀아,
알려져 있지 않은 온 땅의 효험들아,

내 눈물에 싹터라! 아버님 슬픔에
도움이 되고 약이 돼라! 샅샅이 뒤져라.
목숨 지킬 수단이 없으신 아버님이
누를 수 없는 분노에 무너지실지 몰라.
[전령 등장]
전령 브리튼 군이 접근 중임을 보고합니다.
코델리아 이미 알고 있다. 그들을 맞이할
준비 돼 있다. 사랑하는 아버님!
아버님이 하실 일에 딸이 나섰습니다.
그로 인해 프랑스 왕까지 제 슬픔과
애타는 눈물을 동정했던 것이지요.
야심이 아니라, 오직 사랑, 귀한 사랑,
늙으신 아버님을 위해서 군대를
일으켰어요. 속히 듣고 뵈었으면! [모두 퇴장]

## 4. 5

[리건과 오스월드 등장]
리건 형부의 군대가 출발했는가?
오스월드 예, 마님.
리건 형부가 직접 오는가?
오스월드 예, 마지못해 오십니다. 보다 훌륭한 군인은
언니시지요.
리건 에드먼드 백작이 네 주인과 말을 주고받았지?
오스월드 예, 마님.
리건 언니의 편지에 무슨 말이 들었나?
오스월드 모르겠습니다.
리건 그분은 중대한 일로 급히 떠났다.
늙은이의 눈만 빼고 살려준 게 실수였어.
그놈 가는 데마다 사람들의 심정이
확 달라졌어. 에드먼드가 갔을 거야.
아비가 불쌍해서 깜깜한 그 목숨을
끝내려고 거기 갔어. 그 일에 겸해서
적군의 병력을 정탐하겠지.
오스월드 편지를 지니고 따라가겠습니다.
리건 내일 우리 군이 떠난다. 우리와 함께 있자.
가는 길이 위험해.
오스월드 그럴 수 없습니다.
마님께서 이번 일을 신신당부하셨어요.
리건 왜 에드먼드에게 편지를 보내지?
네가 직접 말로 하면 안 될까? 혹시는—
그게 뭔지, 나도 몰라.—너를 한껏 우대할게.
내가 뜯어 읽겠다.
오스월드 마님, 차라리 제가—
리건 네 여주인이 제 남편을 안 좋아해.
확실하지. 얼마 전 여기 왔을 때
에드먼드에게 이상한 눈짓과 뜻깊은
시선을 보내더라. 너 여주인의 심복이지?
오스월드 제가요?
리건 알고 하는 말이다. 모두 알고 있다고.
그래서 일러주는 말이니 자세히 들어.
내 남편이 죽었어. 나와 에드먼드가
뜻을 나누었으니 너의 마님보다는
나와 결혼하는 게 쉬운 일이야.
나머지는 짐작해. 그이를 만나거든
이 편지를 드리고, 너의 여주인에게는
그만큼 말하고 현명한 판단력을
되찾으라고 해. 그럼 잘 가라.
눈 없는 반역자의 행방을 알아내고
그를 없애는 자는 승진시켜 주겠다.
오스월드 그게 저의 일이 되길 고대합니다.
제가 어느 편인지 확증할 테니까요.
리건 잘 가라. [둘 퇴장]

## 4. 6

[글로스터와 농부처럼 차리고
지팡이를 든 에드거 등장]
글로스터 언제 그 언덕 위에 도착하겠나?
에드거 올라가는 중이에요. 힘들지 않으세요?
글로스터 평평한 바닥인데.
에드거 무서운 경사예요.
바다 소리 들리세요?
글로스터 아니, 못 들어.
에드거 두 눈이 탈이 나서 다른 여러 감각도
고장이 나는군요.
글로스터 정말 그런지 몰라.
네 음성도 달라지고 말투가 아까보다
분명해지고 내용도 있어.
에드거 오해가 크시군요. 저는 입은 옷 말고

변한 게 없어요.
글로스터 말투가 점잖아졌어.
에드거 이곳이 거깁니다. 가만히 서십시오.
밑을 보니 얼마나 무섭고 아찔한지요!
그 사이로 날아가는 까치와 까마귀가
풍뎅이만 하고요, 절벽 반쯤 아래에
향초 따는 사람이 겁나게 달렸는데
자기 머리보다도 작아 보이고
바닷가 어부는 생쥐같이 쪼그맣고
닻을 내린 높은 배는 쪽배만큼 작은데
조그만 쪽배는 뵐 듯 말 듯합니다.
투덜대는 파도는 수도 없이 뒹구는
자갈밭을 괴롭히나, 이런 높은 데에는
들리지 않아요. 머리가 핑핑 돌고
눈앞이 캄캄해서 곤두박질할까봐
더 보지 않겠어요.
글로스터 네가 선 데 세워다오.
에드거 손을 이리 주세요. 지금 벼랑 끝에서
한 자도 못 돼요. 온 세상을 다 준대도
곧추 뛰지 않을 테요.
글로스터 이 손 놔라.
이건 딴 지갑인데 가난한 사람이
가져도 좋을 값진 보석이 들어 있다.
신령들이 복 주시길! 멀찍이 가라.
나한테 작별해라. 너 가는 소리 듣겠다.
에드거 그럼 안녕히 가십시오.
글로스터 아무렴 그러겠다.
에드거 [방백] 아버님의 절망을 갖고 노는 건
고치려는 노력이지.
글로스터 [무릎 꿇으며] 위대한 신들이여!
이 세상을 버립니다. 당신들 눈앞에서
큰 고통을 참아내고, 떨어내서 버립니다.
더 이상 버티면서 당신들의 거역 못 할
막강한 뜻에 맞서 싸우지 않아도
구차한 촛불 같은 목숨이 다하겠어요.
에드거가 살았으면 축복하소서!
이 친구, 잘 가라. [쓰러진다.]
에드거 가셨군요. 잘 가세요.
[방백] 하지만 목숨 그 자체가 절망하면
상상만 해도 목숨이란 보물을
빼앗길지 모른다.[64] 아버님의 상상대로
죽음 중에 계시다면 지금쯤 그 생각도
옛일이 됐겠지. [글로스터에게]
사셨어요, 죽으셨어요?
여보세요, 노인 어른! 내 말 들어요? 말씀하세요!—
[방백] 이렇게 가실 수 있지. 그런데 깨신다.
어떠세요?
글로스터 저리 가. 죽게끔 버려둬.
에드거 솜털이나 깃털이나 공기가 아니시면
그렇게 수십 길을 곤두박질쳤으니
달걀마냥 산산조각 났을 텐데 숨도 쉬고
온전하고 피 한 방울 안 흘리고 말도 하고
생생하세요. 돛대 열 개도 어르신이
떨어진 높이는 못 되어요. 그 목숨이
기적이지요. 다시 말씀하세요.
글로스터 한데 내가 떨어졌냐, 안 떨어졌냐?
에드거 저 하얀 무서운 절벽에서 떨어지셨죠.
위를 쳐다보세요. 쫑알대는 종달새도
보이지도 들리지도 않지만 쳐다보세요.
글로스터 아이고, 나는 눈이 없다고.
불행이 어찌 큰지 죽음으로 끝장낼
권리까지 빼앗겼네! 하지만 내 불행이
폭군의 광란을 속이고 교만을 꺾어
조금은 위로가 돼.
에드거 제 손 잡고 일어서세요.
어떠세요? 다리 힘 있으세요? 서시네요.
글로스터 너무 좋아, 너무 좋아.
에드거 너무나도 놀랍군요.
절벽 꼭대기에서 어르신과 헤어진 게
누구였나요?
글로스터 불쌍한 거지였어.
에드거 아래에서 쳐다보니 그놈의 눈알은
보름달 같은데 놈의 코는 천 개고
파도처럼 주름지고 굽은 뿔이 난 것이
무슨 악귀였어요. 그러니 복된 어르신,
인간의 불가능을 영광으로 만드시는
눈 밝은 신들이 아버님을 살리셨어요.
글로스터 이제야 알겠구나. 앞으로는 고난이
'그만, 그만.' 할 때까지 참다가 죽겠다.

64 죽는다는 환상만으로 진짜 죽을 수도 있다는 말.

네가 말한 그놈이 사람인 줄 알았다.
이따금 '악귀, 악귀' 하더라니.
그놈이 나를 거기까지 데려갔다.

에드거 참아서 넓게 보세요.

[미친 리어 왕이 들꽃으로 만든 관을 쓰고 등장]

저기 누가 오는데?
아무리 정신이 똑바로 박혔대도
주인의 저 모습을 어떻게 받아들일까!

리어 안 되지. 나를 위폐범으로 다룰 수 없어. 내가
돈을 찍는 왕이 아닌가?

에드거 오, 가슴 터질 모습아!

리어 그 점에서 자연은 기술을 능가해. 이건 너의
복무 수당 선불이야. 저 녀석은 활을 다루는 게
허수아비 같구나. 포목점 자만큼 힘껏 당겨라.
저거 봐, 저거 봐. 생쥐다. 쉿, 쉿! 구운 치즈
조각 하나면 돼. 이게 내 도전장이야. 거인과
겨뤄야지. 창검 부대를 데려와. 보라매가 잘도
날아! 과녁으로! 과녁으로! 휘익! 암호 대라고!

에드거 박하.

리어 통과.

글로스터 낯익은 목소린데.

리어 하! 고네릴, 수염이 하얘? 놈들이 개처럼 나한테
알랑대며 내가 검은 수염이 나기도 전에 하얀
수염이 났었다고 말했거든. 내가 '옳다' '아니다'
고 하면 저들이 '옳습니다' '아닙니다'라고 하는
건 올바른 신학이 아니었어. 언젠가 비에 흠뻑
젖고 바람이 되게 불어서 이가 덜덜 떨리고 명령을
내려도 천둥이 안 멎을 때에도 놈들이 있다고.
냄새 나더라고. 믿지 못할 놈들이야. 내가 뭐든지
다 된대. 생거짓말. 고뿔도 못 이기는 처지인데.

글로스터 목소리가 기억에 생생하구나.
전하 아니신가요?

리어 음, 속속들이 왕이다.
내가 엄하게 노려보면 백성이 벌벌 떨지.
그자는 살려준다. 네 죄는 무엇인가?
간음이라?
절대로 죽지 않겠다.—간음으로 죽다니!
뱁새도 그 짓 하며 조그만 금파리도
내 앞에서 간음해. 짝짓기야, 왕성해라.
깨끗한 금침에서 내가 낳은 딸들보다
글로스터의 서자가 아비에게 효도했다.
군대가 모자라니 욕정아, 마구 해라!
선웃음을 지으면서 저 여자가 서 있다.
양다리 사이가 차갑다는 시늉이지.
정숙을 가장하고 쾌락이란 이름에
고개를 살래살래 내젓는 꼴이다.
그녀가 게걸스레 그 짓에 덤벼드는데, 족제비도
살진 말도 그녀만큼 덤벼들지 못하지. 허리 위는
여자지만 그 아래는 말이야. 그래서 허리까지만
신들이 차지하고 그 아래는 모든 게 다 마귀 차지며
지옥과 암흑과 유황불 구덩이야. 불타고 뜨겁고
냄새나고—드디어 사라지네! 더럽다, 더러워.
퉤퉤퉤퉤! 용한 의원아, 사향 한 냥만 다오.
내 상상에 향내를 더하겠다. 이 돈 받아라.

글로스터 아! 그 손에 키스합시다.

리어 먼저 씻어야지. 죽음의 냄새가 나.

글로스터 오, 자연의 일부가 무너졌구나!
광대한 우주도 무로 돌아가겠다.
저를 모르시나요?

리어 아주 괜찮게 네 눈이 생각난다. 나를 흘겨보는 거냐?
눈먼 큐피드,[65] 마음대로 행패해라. 다시는 사랑하지
않겠다. 이 도전장 읽어봐. 글씨만 봐도 멋져.

글로스터 글자가 모두 해라도 보지 못해요.

에드거 [방백] 귀로 들으면 믿을 수 없겠지만
사실이 그렇구나. 억장이 무너져.

리어 읽어.

글로스터 뭐요? 눈구멍으로?

리어 오라! 나하고 뜻이 같다고? 머리에는 눈이 없고
주머니에는 돈이 없단 말이지? 너의 눈은 형편이
불쌍하고 주머니는 가볍단 말이지? 하지만
세상이 어떻게 돌아가는지는 볼 줄 아누만.

글로스터 느낌으로 보는데요.

리어 뭐라고? 미쳤나? 세상이 어떻게 돌아가는지
눈이 없어도 볼 수가 있어. 귀로 보란 말이야.
저 재판관이 저 비천한 도둑에게 욕하는 꼴을
봐. 입장을 바꿔서 둘 가운데 마음대로
골라 가져. 누가 재판관이고 누가 도둑이야?
농갓집 개가 거지한테 짖는 거 봤어?

글로스터 옳습니다.

65 사랑은 맹목이라는 뜻으로 사랑의 신 큐피드는 눈이 멀었다.

리어 그래서 거지가 개를 피해서 도망치지? 그걸 보면
위대한 권위의 모습이 보이지. 높은 자리에
있는 개가 명령을 내려.
못된 포졸아, 피 묻은 손을 멈춰.
왜 창녀를 때려? 너의 등을 벗어라.
때리는 네가 그러고 싶어 안달이고
고리대금업자가 사기꾼을 달아매.
해진 옷 사이로 작은 죄가 드러나고
법의와 가죽옷은 큰 죄를 감추지.
죄악에 금칠하면 강력한 법의 칼도
맥없이 꺾여지고, 누더기로 덧씌우면
난쟁이의 갈대도 꿰뚫는 법이다.
누구도 죄 없다. 친구야, 들어둬.
내게 고발자의 입을 봉할 권세가 있지.
유리 눈을 박아라. 치사한 정객처럼
못 보고도 본 척해라. 아이구, 힘 빠져.
신발을 벗겨다오. 세게, 더 세게—됐어.

에드거 [방백] 의미와 무의미가 뒤섞였구나.
미쳤지만 지혜로워.

리어 내 운명을 보려거든 내 눈을 가져라.
너를 잘 알아. 이름이 글로스터지.
참아야 돼. 울면서 세상에 나왔어.
바깥 냄새 맡는 순간 우리는 모두
울고 보챈다. 설교하겠다. 들어둬.

글로스터 오, 저렇게 되시다니!

리어 이 커다란 바보들의 무대에 나왔다고
우는 거라고. 거 참 좋은 모자다!
말들에게 털신을 신기면 교묘한
전술이겠어. 한번 시험해 봐야지.
사위 놈들에게 살금살금 다가가서
죽여, 죽여, 죽여, 죽여, 죽여, 죽여!
[한 신사가 두 시종과 함께 등장]

신사 오, 여기 있구나. 즉시 체포해라.
당신이 가장 사랑하는 따님이—

리어 원병이 아니고? 뭐? 포로? 나야말로
운수의 노리개야. 나를 잘 대우해.
몸값 주겠다. 의사 불러와.
뇌까지 찢어졌다.

신사 뭐든지 드리지요.

리어 보조자 없이? 혼자서?
이런 때 사내는 눈물의 사내로서
화단 물뿌리개로 눈을 사용할 테지.
가을 먼지 재울 때도 써.

신사 어르신—

리어 멋지게 죽겠다. 잘 차린 신랑처럼.
그렇지? 쾌활하게 웃겠다. 얘들아,
내가 왕이다. 백성아, 알겠나?

신사 왕이시며 저희가 모십니다.

리어 그렇다면 희망이 있구나. 잡으려면
빨리 뛰어 잡아라. 이리 와, 이리 와!
[뛰어서 퇴장. 시종들이 따라간다.]

신사 왕은 고사하고 가장 천한 자라도
가장 흉한 꼴이구나! 두 딸이 불러들인
온 땅의 저주에서 인간성을 되살린
다른 딸이 있지요.

에드거 안녕하시오?

신사 신의 축복을.—왜 그러시오?

에드거 전쟁이 임박했단 소문이 없었소?

신사 확실하오. 누구나 그 소리요. 북소리를
분간할 수 있는 자는 모두 듣는 말이오.

에드거 실례지만, 저쪽은 얼마나 접근했소?

신사 가깝소. 재빠르게 움직이오. 이제 곧
주력군을 볼 수 있소.

에드거 고맙소. 그게 다요.

신사 왕비께서 특별한 사연이 있으시나
군대를 이끄시오.

에드거 고맙소, 신사 어른. [신사 퇴장]

글로스터 선한 신들이시여, 저의 숨을 거두소서.
마귀의 유혹으로 허락하신 시간 전에
죽지 않게 하소서.

에드거 좋은 기도입니다.

글로스터 도대체 당신 누구요?

에드거 몹시 가난한 자로, 가혹한 운수에 몰려
아프고 쓰라린 슬픔을 아는 까닭에
깊은 동정심을 품게 되었어요. 손잡아 드릴게요.
쉬실 데로 모셔 가지요.

글로스터 진심으로 고맙소.
하늘의 은혜와 축복을 겹겹으로
더하여 받으시오!
[오스월드 등장]

오스월드 현상 걸린 놈! 대박이다!
눈알 없는 네 머리가 내 행운의 바탕인

살덩이였다. 불행한 늙은이 반역자,
기도는 짧게 해라. 너를 죽일 칼을
내가 여기 뽑았다.

글로스터 친절한 너의 손으로
칼에다 힘을 보태라.

오스월드 건방진 촌 녀석,
공공연한 반역자를 어찌 도와주는가?
저리 가라. 저자의 흉한 운수가
너에게 씌울지 모른다. 그것 놓아라.

에드거 못 놓겄어유, 별다른 이유가 없으믄.[66]

오스월드 이놈, 놓으라니까. 안 놓으면 죽는다.

에드거 신사 양반, 가던 길 가구 가난헌 사람덜 댕기게
놔둬유. 센 말 듣구서 내 목숨 떨어져 나간대두,
넉넉잡구 보름은 걸릴 거유. 안 돼유. 노인헌티
가까이 오지 말아유. 비켜유. 미리 말씸 드리는디,
안 그라믄 임자 대갈통이 딴딴한가 내 몽뎅이가
딴딴한가 알아봐야 허겄수. 터놓구 말하는 거유.

오스월드 비켜라, 쓰레기! [칼을 뺀다. 둘이 싸운다.]

에드거 이빨 쑤셔디릴게유. 덤비우. 임자의 칼부림은
겁나지 않어유. [오스월드가 쓰러진다.]

오스월드 종놈아, 네가 나를 죽였다. 지갑 받아라.
네가 살게 되면 내 몸을 묻어다오.
내가 지닌 편지를 글로스터 백작님,
에드먼드 님에게 갖다 드려라.
잉글랜드 쪽에서 그분을 찾을 게다.
아아! 뜻밖에 죽는 것, 죽음이구나. [죽는다.]

에드거 네놈을 잘 안다. 곰살궂은 간신배.
악이 원하는 대로 여주인의 죄악에
충성하던 놈.

글로스터 죽었다는 말인가?

에드거 아버님, 앉으세요. 편하게 쉬세요.
주머니를 뒤집시다. 놈이 말한 편지가
도움이 될지 몰라요. 놈이 죽었는데
딴 형리가 없어서 섭섭할 뿐이죠.
봉인아, 떨어져라, 예의야, 실례한다.[67]
적의 속을 알기 위해 심장까지 찢는대요.
그보다는 편지가 합법적이죠.
[편지를 읽는다.] "우리 서로 맺은 맹세를 잊지
마셔요. 당신은 그자를 제거할 기회가 많아요.
당신의 의지가 부족하지 않다면 시간과 장소는
충분히 드리겠어요. 그자가 승전하여 돌아오면
나는 그자의 포로가 되고 그자의 침상은 감옥이
되어요. 그 역겨운 온기에서 나를 구해 주시고
수고하신 값으로 그 자리를 메우셔요. 당신의
(아내라고 말하고 싶은) 사랑하는 여종이며
만난을 무릅쓰고 당신이 차지할, 고네릴 올림."
여자의 욕정은 한이 없구나!
후덕한 남편의 목숨을 노리는 계략인데
상대는 아우다. 여기 이 모래밭에
너를 파묻어 음탕한 살인자의
저주받은 표를 삼고 적당한 때가 되면
편지를 보여주어 죽음을 면한 공작을
경악하게 만들겠다. 너의 흉계와 죽음을
알려줄 수 있으니 공작은 운이 좋다. [시체를 끌며 퇴장]

글로스터 전하가 미치셨다. 뻣뻣한 정신아,
왜 꼿꼿이 서서 한없는 슬픔을
그대로 느끼냐! 미치면 좋겠지.
그렇게 하면 슬픔과 생각이 분리되어
엉뚱한 환상을 탐닉하는 슬픔이
자신을 잊겠다. [멀리서 북소리가 울린다.]
[에드거 등장]

에드거 손을 이리 주세요.
멀리서 북소리가 들리는 것 같은데요.
아버님을 우리 편에 맡겨드리죠. [둘 퇴장]

## 4. 7

[코델리아, 변장한 켄트, 신사 등장]

코델리아 오, 켄트! 내가 어떻게 살고 일해야
당신에게 보답해요? 내 생이 너무 짧아
무얼 해도 모자라요.

켄트 인정받는 게 과람한 보답이죠.
저의 모든 말씀은 소박한 진실이며
더하지도 빼지도 않은 사실입니다.

코델리아 좋은 옷을 입으세요. 그런 복색은
불행의 추억이니 버리세요.

66 '촌놈'이 시골 사투리를 흉내 내는 것이다.
67 밀랍으로 봉인한 편지는 당사자가 아니면 떼지 않는 것이 상류층의 예의였다.

켄트 용서하세요.
제 정체가 알려지면 일이 빗나갑니다.
적당한 시기까지 모르고 계세요.
그러시면 감사하겠습니다.
코델리아 그럼 그렇게 해요. [신사에게] 전하께선 어떠세요?
신사 계속 주무십니다.
코델리아 선하신 신들이여,
괴로운 넋에 생긴 상처를 고쳐주소서!
자식들이 헝클어서 풀리고 틀어진
아버님의 정신을 바로잡아주소서.
신사 왕비님, 전하를 깨울까요? 오래 주무셨습니다.
코델리아 아는 대로 하시고 소견을 따르세요.
위엄 있는 복장을 하고 계시나요?
[리어 왕이 하인들이 운반하는 교자에 앉아 등장]
신사 예, 왕비님. 깊이 잠드셨을 때
새 옷으로 갈아입혀 드렸습니다.
저희가 깨울 때 곁에 계셔 주십시오.
진정하시리라고 믿습니다.
코델리아 좋습니다.
신사 가까이 오십시오. 연주를 크게 해라!
코델리아 오, 아버님! 제 입술에 치유의 약이
달려 있기를! 그리하여 이 키스가
나이 드신 아버님께 언니들이 쌓아놓은
몹쓸 상처를 고치기를!
켄트 선하신 공주님!
코델리아 그분들의 아버지가 아니었어도
저 흰머리에 동정심이 생겼겠어요.
이 얼굴로 그 바람에 대항할 수 있나요?
무서운 번개와 천둥에 맞서겠나요?
번쩍이는 번갯불의 무섭게 빠른
우레 속에? 가냘픈 머리를 투구 삼아
보초를 서다니요? 끔찍해요. 그런 밤에는
나를 문 원수의 개도 불을 쬐라고 하겠어요.
불쌍한 아버지, 움막에서 그나마 부족한
썩을 짚 위에서 집 없는 돼지와
부랑아와 함께 지내시다니! 오, 아버님!
목숨과 넋이 끝나지 않은 건
기적이에요. 깨어나세요. 말씀하세요.
신사 왕비님이 하십시오. 가장 맞으십니다.
코델리아 아버님, 어떠세요? 전하, 어떠신가요?
리어 무덤에서 끄집어내다니 네 잘못이다.
너는 축복받은 영혼이지만
불 바퀴에 묶인[68] 나는 흐르는 눈물이
끓는 납처럼 뜨거워.
코델리아 저를 아시겠어요?
리어 혼령이겠지. 어디서 죽었나?
코델리아 아직도 멀었어요.
신사 깨지 못하셨으니 한참 가만두세요.
리어 어디 있었지? 여기 어디야? 환한 낮인가?
환상이라고. 딴 사람이 이러면
불쌍해 죽겠지. 뭐랄지 모르겠어.
이게 내 손이라고 장담할 수 없다고.
어디 보자. 바늘로 찌르면 아프구나.
내 형편을 알고 싶다.
코델리아 [무릎을 꿇는다.] 오, 저를 보세요.
손을 펴서 제 머리에 축복하세요.
[무릎을 꿇고자 하는 왕을 말린다.]
안 돼요. 무릎 꿇지 마세요.
리어 놀리지 마오.
나는 무척 미련하고 노망하는 늙은이요.
팔십이 넘었소. 덜도 더도 아니오.
그리고 솔직한 말로 하자면
정신도 온전치 못한 것 같아요.
당신과 이 사람을 알 것 같은데
하지만 의심돼요. 여기가 어딘지
조금도 알지 못하고 아무리 생각해도
이 옷은 기억나지 않아요. 어젯밤
어디서 잤는지 몰라요. 웃지 말아요.
내가 사내이듯이 이 여인은 내 딸
코델리아 같은데.
코델리아 그래요, 그래요!
리어 눈물에 젖었냐? 그렇구나. 울지 마라.
너한테 독약이 있대도 내가 마시마.
네가 나를 좋아하지 않는 걸 알고 있어.
언니들이 나한테 못되게 굴었거든.
이유가 있지만 걔들은 없어.
코델리아 아무것도 없어요.
리어 여기가 프랑스야?

68 죄 많은 자의 영혼은 지옥에서 불타는 수레바퀴에 매달려 돌아가는 벌을 받는다. 리어는 자신이 지옥에 빠진 것으로 생각한다.

켄트 전하의 나라요.
리어 속이지 마.
의사 안심하세요. 심대한 광증은 보시듯
사라졌군요. 그러나 잃으신 시간을
메우게 하는 것은 아직 위험합니다.
안으로 모십시오. 좀 더 가라앉기까지
안정을 요합니다.
코델리아 전하, 산책하시는 게 어떨까요?
리어 네가 참아줘야겠다. 제발 모두 잊어버리고
용서해주렴. 나는 늙은 데다 미련하거든.
[켄트와 신사는 남고 모두 퇴장]
신사 여보시오, 콘월 공작이 살해당했다는 소문이
사실인가요?
켄트 확실합니다.
신사 그 사람 군대를 누가 지휘하나요?
켄트 사람들 말에 따르면 글로스터의 서자요.
신사 그분의 추방당한 친아들은 켄트 백작과 같이
독일에 있다던데요.
켄트 소문이란 변할 수도 있지요. 자세히 살필 때요.
브리튼 군대가 급히 접근 중이오.
신사 대결의 전투가 처참할 듯싶은데요. 그럼 안녕히
가시오. [퇴장]
켄트 지든지 이기든지, 오늘의 싸움으로
내 삶의 성취와 종말이 닥쳐오리라. [퇴장]

## 5. 1

[북과 깃발들과 함께 에드먼드, 리건, 신사들,
병사들 등장]
에드먼드 [한 신사에게]
공작의 지난번 결심이 살아 있는지,
그 후 어떤 이유로 계획을 바꿨는지
알아보도록 하라. 우왕좌왕하면서
자책하는 성격이다. 최종안을 알아오라. [신사 퇴장]
리건 언니 시종이 잘못된 게 확실해요.
에드먼드 염려스럽습니다.
리건 그런데 백작님,
당신에 대한 내 마음을 잘 아시지요?
진실을 말하세요. 정말로 진실로요.
언니를 사랑하시죠?
에드먼드 정직한 사랑이오.
리건 하지만 형부가 누리는 금단에는
간 적이 없으셔요?
에드먼드 부끄러운 생각이오.
리건 언니와 뜻이 맞아 가슴에 품은 때도
있겠죠. 끝장을 보는 데까지요.
에드먼드 명예에 걸어 맹세코 없습니다.
리건 언니를 참아줄 수 없어요. 백작님,
친하지 마세요.
에드먼드 걱정 마세요.—
[북과 깃발들과 함께 올버니, 고네릴,
병사들 등장]
언니와 그 남편 공작이군요.
고네릴 [방백] 저런 동생 때문에 그이와 내가
헤어지기보다는 차라리 지는 게 좋아.
올버니 매우 친한 처제, 잘 만났네요.
내가 들으니, 왕이 딸에게 갔다고 해요.
강력한 통치를 불평하던 자들과
함께 갔어요. 나는 옳지 않은 일에는
용감하지 않았지만 이번 일은 프랑스가
이 나라를 침범하여 나와 직접 관련되니,
왕이 기뻐할 일이 아니며, 같이하는 자들은
중차대한 명분에서 항거하리라 믿소.
에드먼드 고귀하신 말씀이오.
리건 왜 그렇죠?
고네릴 적군에 맞서서 다 같이 뭉칩시다.
여기서는 가족 간의 개인적인 갈등을
문제 삼지 맙시다.
올버니 그러면 우선 작전을 수행하기 위하여
경력자들을 정합시다.
에드먼드 잠시 후 공작님 막사에서 뵙겠습니다. [퇴장]
리건 언니, 우리와 같이 가시죠?
고네릴 아니.
리건 아주 좋을 텐데. 우리와 같이 가요.
고네릴 오오라. 수수께끼를 알겠다. 갈게.
[에드먼드, 리건, 고네릴, 두 군대 퇴장]
[올버니가 나갈 때 농부 옷을 입은 에드거 등장]
에드거 이처럼 천한 자와 말한 적이 있으시면
한마디만 들으십시오.
올버니 [자기 병사들에게] 따라갈게.
[에드거에게] 말하라.

에드거 싸우기 전에 이 편지를 보십시오.
승전하시면, 편지를 가져온 자를 위해
나팔을 부십시오. 저는 천한 꼴이지만
편지의 주장을 무술로 증거할 용사를
불러오겠습니다. 공작께서 지시면
공작님의 세상일도 그와 함께 끝나고
음모 역시 끝납니다. 행운을 빕니다!
올버니 다 읽을 때까지 기다려라.
에드거 아닙니다.
적절한 때에 예전관에게 이르십시오.
그럼 다시 오겠습니다. [퇴장]
올버니 그러면 잘 가라. 네 편지 읽겠다.
[에드먼드 등장]
에드먼드 적군이 보입니다. 군대를 배치하십시오.
[그에게 쪽지를 준다.]
긴밀히 살핀 결과, 저들의 실력과
병력의 대략입니다. 그러나 지금은
서두르시기 바랍니다.
올버니 때가 되길 기다린다. [퇴장]
에드먼드 자매에게 똑같이 사랑을 맹세했다.
독사에 물린 듯 둘이 서로 의심한다.
누구를 택할까? 둘 다? 하나만?
둘 다 버릴까? 둘이 살아 있으면
하나도 못 즐긴다. 과부를 택하면
고네릴이 화가 나서 미칠 터이지.
하지만 남편이 그냥 살아 있으면
내 욕심을 채우지 못할 터이니
전쟁에는 그자의 얼굴을 이용하고
전쟁이 끝나면 그자를 없애려는 고네릴이
제 남편을 속히 처분하겠지.
그자는 리어와 코델리아를 용서하려는데
그자들이 내 세력 안에 있으면
올버니의 자비를 얻지 못하게 하겠다.
이론이 아니고 싸움에 내 직책이 있다. [퇴장]

## 5. 2

[안에서 경계 신호. 북과 깃발들과 함께 리어,
코델리아, 그들의 군대가 등장하여 무대를
건너지르고 퇴장]
[농부 옷을 입은 에드거와 글로스터 등장]
에드거 아버님, 여기 나무 그늘을 객주로 삼아
정의가 승리하길 기도하세요.
제가 다시 아버님께 돌아올 때는
위로를 갖다드리죠.
글로스터 은총이 함께하길! [에드거 퇴장]
[안에서 경계 신호와 퇴각 신호. 에드거 등장]
에드거 뛰세요, 어르신! 제 손 잡고 뛰세요!
리어 왕이 패하셨어요. 딸과 함께 붙잡혔어요.
제 손을 잡으세요. 어서요!
글로스터 더 가지 않겠소. 여기서도 썩을 수 있소.
에드거 저런! 또 낙담하세요? 인간은 마땅히
세상에 올 때처럼 떠날 때도 참아야 해요.
익는 게 전부예요. 어서요.
글로스터 그것도 옳아. [둘 퇴장]

## 5. 3

[승전한 에드먼드가 북과 깃발들과 포로가 된
리어와 코델리아와 병사들과 지휘관과 함께 등장]
에드먼드 지휘관 몇이 저들을 데려가라.
저들을 심판할 윗분들의 의사를
알 때까지 감시해라.
코델리아 최선의 의도가
최악을 가져온 건 처음이 아니에요.
아버님 때문에 저도 낙심하지요.
혼자라면 궂은 운수를 이겨낼 수 있어요.
저 언니들, 저 딸들을 안 보실 거예요?
리어 아니, 아니, 아니, 아니! 감옥에 같이 가자.
조롱 속 새처럼 우리끼리 노래하자.
아비의 축복을 원하면 무릎을 꿇고
용서를 빌겠다. 그렇게 지내면서
기도하고 노래하고 옛이야기 서로 하고
예쁜 나비 보고 웃고 졸개들이 떠드는
궁정 소문 들으며 누가 지고 이겼으며
어떤 놈이 나가고 왔는지, 녀석들과
이야기도 나누자. 신의 정탐꾼처럼,
인간사의 신비를 안다고 해서
막힌 감옥 안에서 높은 녀석 파당의
밀물 썰물 다하도록 구경하자.

에드먼드 [병사들에게] 데려가라.
리어 코델리아, 이런 제물에 신들도 분향한다.
내가 너를 안았냐? [그녀를 포옹한다.]
우리를 떼놓는 자는
하늘에서 불이 내려 여우처럼 우리에서
달아나게 하겠다.[69] 눈물을 닦아라.
그것들의 살과 가죽을 해마다 삼켜
우리마저 울게 될 테지!
그것들이 굶어서 죽는 꼴을 볼 테다. 가자.
[리어와 코델리아가 호송되어 퇴장]
에드먼드 지휘관, 이리 와, 귀담아들어라.
이 쪽지를 받아라. 저들을 따라가.
한 계급 올려주겠다. 지시대로 행하면
굉장한 출셋길에 오른다. 인간은
시류에 따른다. 마음이 여린 자는
칼에 어울리지 않아. 네가 맡은 이 일은
물어볼 일이 아니야. 지시대로 하겠다고
대답하거나 출세의 앞길을
달리 찾아가.
지휘관 지시대로 하렵니다.
에드먼드 지체 마라. 끝내고 '행복'이라 적고.
'당장'이라고 했다. 내가 적어준 대로
순식간에 행하라.
지휘관 마차도 못 끌고 여물도 못 먹으니
사람 하는 일이면 하겠습니다. [퇴장]
[주악. 올버니, 고네릴, 리건,
병사들이 나팔수와 함께 등장]
올버니 백작, 오늘 용맹의 일단을 보였고
운도 따라 주었소. 금일 전투의 적수였던
포로들을 억류 중인데, 내게 넘기오.
그들의 죄와 우리의 안전을
적절히 고려하여 처리하겠소.
에드먼드 가련한 늙은 왕을 모처에 가두고
감시하는 것이 옳다고 생각했소.
늙은이는 일종의 마력이 있으며
왕이란 칭호는 더욱 그러하므로
백성의 마음을 저쪽으로 끌어가고
우리가 징집한 창끝을 명령자인
우리에게 돌려대오. 왕비도 함께
같은 이유로 보냈는데 내일 또는 이후에
공작께서 심판할 때 출두시킬 것이오.
지금 우리는 피와 땀을 흘리며,
전우는 전우를 잃었고, 아무리
좋은 명분이라도 싸우는 순간에는
괴로운 자들의 욕설이 당연하오.
코델리아와 그 아버지의 문제는
보다 적합한 장소가 필요하오.
올버니 참고 들으시오만, 나는 이 전투에서
당신을 동료 아닌 부하로 생각하오.
리건 그건 내가 대접하기 나름이에요.
그런 말하기 전에 내 뜻을 알아봤어야죠.
저이가 내 군대를 지휘했고 내 지위와
나 자신의 위임으로 나에게 버금이니
형부의 동료라고 하겠군요.
고네릴 열 내지 마!
그 자신의 자격이 네가 주는 칭호나
지위보다 훨씬 높다고.
리건 내가 주는
권리에 따라 누구와도 같거든.
올버니 처제의 남편이면 알맞겠구먼.
리건 농담이 진담일 때도 많아.
고네릴 관둬, 관둬!
그렇게 보는 눈이 되게 삐었어.
리건 언니, 속이 불편해. 그렇지만 않으면
속을 메운 분노로 대꾸해야지.
[에드먼드에게]
장군, 내 군대, 내 포로, 내 재산을
인수하고 처분해요. 이 성은 당신 거예요.[70]
당신이 주인인 걸 온 세상이 보는 데서
선포합니다.
고네릴 그럼 같이 잘 셈이야?
올버니 그런 월권은 마음대로 하지 못하오.
에드먼드 공작도 못 하오.
올버니 그렇다, 사생아.
리건 [에드먼드에게]
북을 쳐서 내 지위가 당신과 똑같다고 선언하세요.

69 굴 입구 어귀에 불을 지펴 굴속에 들어 있는 여우를 쫓아내듯이 하늘의 불이 내려 옥에 갇힌 그들을 떼쳐나가게 한다는 것.
70 에드먼드를 장군으로 삼아 자기 자신이라는 성을 그에게 내준다는 말이다.

올버니 잠시 말을 들어라. 에드먼드, 대역죄로
너를 체포한다. 너를 고발하고 동시에
이 꽃뱀을 고발한다. [고네릴을 가리킨다.]
[리건에게] 어여쁜 처제,
아내를 위해 네 권리를 저지한다.
이 여자는 이자에게 이미 약속됐기에
남편인 내가 네 선언에 이의를 제기한다.
결혼을 원한다면 나를 사랑해보라.
내 아내는 예약됐다.
고네릴 희극이군요!
올버니 백작, 무장하였군. 나팔을 울려라.
너의 악랄하고 명백한 갖가지 흉계를
네 몸에 증명할 자가 나타나지 않으면
내가 여기 도전한다. [쇠장갑을 던진다.[71]]
입을 빵에 대기 전에
내가 방금 선언한 너의 죄악을
네 염통에 알리겠다.
리건 아이고, 아파! 아파!
고네릴 [방백] 안 아프면 다시는 약을 믿지 않겠어.
에드먼드 내가 응답한다. [쇠장갑을 던진다.]
나를 반역자라고 하는 자는
세상에 누구든 가증한 거짓말을 하는 것이다.
나팔로 불러라. 감히 올 자 오라 해라.
그자냐? 너냐? 누구냐! 진실과 명예를
강력히 지키겠다.
올버니 예전관, 거기 없는가!
[예전관 등장]
[에드먼드에게]
너의 용맹에 의지해라. 내 이름으로
너의 군대를 동원했기에 내 이름으로
해산했다.
리건 고통이 조금씩 퍼지누나.
올버니 불편하구나. 내 막사로 모셔 가라.
[리건이 부축 받아 퇴장]
예전관, 이리 와라. 나팔을 불게 하고
이를 크게 읽어라. [나팔이 울린다.]
예전관 [읽는다.] 군대의 명단에 올라 있으며 일정한
신분과 지위를 소지한 사람으로서 가칭 글로스터
백작이 여러 가지로 반역자임을 그 몸에 증명할
자는 나팔이 세 번째 울릴 때 등장하라. 그는
자신을 방어하는 일에 용감하다. [첫 번째 나팔]
다시! [두 번째 나팔]
다시! [세 번째 나팔]
[안에서 나팔이 화답한다.]
[무장한 에드거 등장]
올버니 나팔의 부름에 왜 나타났는지,
그 목적을 물어라.
예전관 당신은 누구인가?
성명은? 신분은? 이 시간의 부름에
왜 응답했는가?
에드거 성명을 잃었소.
배신이 갉아먹고 벌레가 파먹었소.
그러나 상대해줄 적수와 동등한
귀족 신분이오.
올버니 적수가 누구인가?
에드거 글로스터 백작 에드먼드를 누가 대신하는가?
에드먼드 자신이다. 할 말이 무엇인가?
에드거 칼을 뽑아라.
내 말이 고귀한 정신에 누가 될진대
네 팔이 네 옳음을 증명하리라. [칼을 뽑는다.]
내 칼은 여기 있다. 보라. 이는 나의 명예와
서약이요 책임이다. 너의 힘과 젊음과
신분과 지위와 승리의 칼과
급조된 행운과 용기에도 불구하고
네가 반역하는 것임을 선언한다.
너는 신들을, 형을, 아버지를 배반하고
높으신 공작에 대하여 음모를 했으며
머리에서 발바닥 밑의 흙먼지까지
점박이 두꺼비 같은 반역자이다.
네가 이를 부인하면 이 칼이, 이 팔이,
이 용맹이 네 심장에 증명하리라.
그 심장을 향하여 너의 거짓을 외친다.
에드먼드 이름을 묻는 것이 현명한 처사이나
그처럼 외양이 어여쁘고 무사답고
말씨도 배운 데가 있는 듯하여
기사도에 따라서 규칙을 문제 삼아

71 반역자임을 주장하기 위해 중세의 무사들은 끼고 있던 갑옷 장갑을 상대의 발 앞에 던져 결투를 신청했다. 검술로 사생결단하는 것을 '몸에다 증거한다'고 했다. 여자나 노인은 대신 '용사'(챔피언)를 내세웠다.

지체할 수 있으나 이들을 무시한다.
네가 떠든 반역죄를 네 머리에 되돌리며
혐오스러운 거짓을 네 심장에 내던지니
나에게는 상관없이 비껴갈 뿐이다.
당장 내 칼로 네 심장에 길을 뚫어
거짓을 영원히 남기겠다. 나팔아, 불어라.
[경계 신호. 결투. 에드먼드가 쓰러진다.]

올버니 [에드거에게]
살려줘라, 살려줘라!

고네릴 순전한 음모예요.
당신은 규칙에 따라 익명의 적수에게
응하지 않을 수 있었어요. 진 게 아니라
속은 거예요.

올버니 부인, 입을 닫지 않으면
이 편지가 입을 막겠소.
[에드먼드에게] 잠깐만.
뭐라고 할지 모를 자, 네 악행을 읽어라.
[고네릴에게] 부인, 찢지 마시오. 알아보는군.

고네릴 그러면 어때? 법은 내 거야. 네 게 아냐.
누가 나를 고발해? [퇴장]

올버니 오! 심히 악하군!
[에드먼드에게]
이 편지 아나?

에드먼드 내게 묻지 마시오.

올버니 [고네릴을 쫓아가는 지휘관에게]
쫓아가라. 자포자기했다. 보살펴라.

에드먼드 당신의 고발을 과연 내가 행했소.
그 외에도 많고 많소. 때가 가면 밝혀지오.
지나간 일이오. 나 역시 지나갔소. [에드거에게]
이 운명을 가져온 당신은 누구요?
귀족이면 용서하오.

에드거 우애를 교환하자.
에드먼드, 내 혈통은 너와 마찬가지야.
더 높다면 네가 그만큼 내게 죄를 지었어.
내 이름은 에드거. 네 아버지 아들이야.
신들은 바르셔. 쾌락의 죄가
우리를 괴롭히는 도구가 돼.
너를 낳은 아버지의 캄캄한 악의 처소가
두 눈을 빼어갔어.

에드먼드 옳은 말이오. 사실이오.
바퀴가 다 돌아[72] 나는 여기로 떨어졌소.

올버니 [에드거에게]
당신의 태도에 고귀한 기품이
보이는 듯싶었소. 포옹할 수밖에 없소.
당신이나 부친을 미워한 적 있으면
슬픔으로 내 가슴이 갈라져도 좋겠소.

에드거 존귀하신 공작님, 그러신 줄 압니다.

올버니 어디 숨어 있었소?
부친의 불행을 어떻게 알았소?

에드거 그 불행을 앓았습니다. 짧게 말합니다.
얘기하자면 가슴이 터집니다!
저를 바짝 따르는 무서운 포고령을
피하기 위해—달콤한 사람 목숨!
당장 죽지 않고 죽음의 아픔을
매일처럼 죽다니!—미치광이 누더기로
개마저 멸시하는 모습을 취했지요.
그런 꼴로 아버지를 만났는데 아버지는
보석이 빠지고 피 흐르는 빈 반지만[73]
지니셨어요. 아버지의 길잡이로 비럭질하고
아버지의 절망을 물리치며 저 자신을
밝히지 않았으니 큰 잘못예요! 반시간 전에
무장하고 이 같은 승리를 바라면서
자신 없이 아버지의 축복을 원하고
제 편력의 자초지종을 얘기했습니다.
하지만 아버지의 갈라진 가슴은
격한 심정을 이기기엔 너무 약하여
기쁨과 슬픔의 극과 극에 끼어서
웃으며 터졌어요.

에드먼드 형의 말에 감동했소.
혹시 나도 좋은 일을 할지 모르오.
계속해서 말하시오. 남은 말이 있는 듯하오.

올버니 할 말이, 슬픈 말이 남았다면
보류해둬라. 얘기를 들은 나는
무너질 지경이다.

에드거 슬픔이 싫은 이에게
이 말이 극대치가 될 터이지만

72 '운수의 여신'이 계속 돌리고 있는 '물레바퀴.' 야망으로 높이 오르는 자는 반드시 다시 떨어진다.
73 반지에서 보석이 빠지듯 눈알이 빠진 빈 눈구멍만 있었다는 것.

다른 이의 슬픔으로 부풀린다면
슬픔이 너무 커서 극대치를 넘겠지요.
제가 크게 울 때에 어떤 분이 오셨다가
추레한 꼴을 보고 흉한 나를 피했어요.
그러나 누가 우는지를 알아보시곤
강한 팔로 내 목을 끌어안고 하늘을 깰 듯
큰 소리로 외치며 아버지께 몸을 던지고
가장 슬픈 리어 왕과 자신의 얘기를
털어놓으셨어요. 얘기를 하시면서
슬픔이 점점 더 거세지고 명줄이
끊기기 시작하고 나팔이 다시 울려
기절한 그분을 떠났어요.
올버니 그가 누구요?
에드거 켄트, 추방당한 켄트였지요. 변장하고
자기를 미워하는 왕을 따라다니며
노예도 마다할 천한 일을 했어요.
[한 신사가 피 묻은 칼을 들고 등장]
신사 도와주쇼, 도와주쇼!
에드거 돕다니요?
올버니 말해.
에드거 피 묻은 칼은 뭐요?
신사 덥습니다. 김이 나요.
이것이 꽂혔던 가슴은—죽으셨어요.
올버니 죽은 자가 누군가? 말해.
신사 마님, 마님이십니다. 마님이 동생을
독살하셨답니다. 고백하십니다.
에드먼드 두 분과 동시에 사랑을 약속했소.
셋이 함께 결혼하오.
에드거 켄트가 옵니다.
[켄트 등장]
올버니 죽었든 살았든 시신들을 가져오라.
[고네릴과 리건의 시신이 들려 온다.]
하늘의 심판이다. 우리는 떨리지만
동정심은 안 생긴다.—오, 그 사람이오?
경황이 없는 때라 마땅히 드릴 찬사도
드리지 못하오.
켄트 전하께 영이별을
고하기 위해 이곳에 왔소.
여기 안 계시오?
올버니 중대사를 잊었구나!
에드먼드, 말해. 왕은 어디 계신가?
코델리아는 어디 있고? 켄트, 이 모습 보시오?
켄트 아! 어째서 이런 일이?
에드먼드 하지만 에드먼드는
사랑받았소. 나 때문에 언니가 동생을 독살하고
자살했소.
올버니 그랬구나. 얼굴들을 덮어줘라.
에드먼드 숨이 가쁘오. 못된 성격이지만
무언가 착한 일을 하고 싶소. 궁성에 급히
사람을 보내시오. 아주 급히 보내시오.
리어와 코델리아를 죽이라고 지시했소.
늦기 전에 보내시오.
올버니 뛰어라, 뛰어라, 뛰어가라!
에드거 누구에게요? 책임자가 누구요? [에드먼드에게]
암살을 취소케 하여라.
에드먼드 잘하신 생각이오. 내 칼 갖고 가서
암살자에게 건네시오.
에드거 [신사에게] 죽을 듯 달려가시오. [신사 퇴장]
에드먼드 그자는 나와 당신 아내의 지시로
코델리아를 감옥에서 목을 매달아 죽이고
그녀가 절망해서 자살한 것으로 꾸며,
스스로에게 책임을 돌리게 꾸몄소.
올버니 신들의 가호를! 그를 잠시 치워라.
[에드먼드가 들려 나간다.]
[리어가 코델리아를 팔에 안고 등장.
신사가 뒤따른다]
리어 울어, 울어, 울어, 울어! 돌덩이 인간들아!
너희들 아가리, 눈깔이 내 거라면 하늘 천장을
쭉 갈라놨을 거다. 영영 가버렸구나.
사람이 죽었는지 살았는지 내가 잘 알아.
흙덩이처럼 죽었구나. [그녀를 내려놓는다.]
거울 하나 빌리자.
아이의 입김이 거울에 서리면 그야 물론
살았단 뜻이지.
켄트 약속된 종말이 이것인가?
에드거 아니면 공포의 모습인가?
올버니 하늘아, 무너져라!
리어 깃털이 움직인다. 살았구나! 그렇다면
지금껏 나를 울린 온갖 슬픔이
보상받을 때가 됐다.
켄트 선하신 주공 전하!
리어 비켜라!

에드거 전하의 친구 켄트 백작입니다.
리어 죄다 살인범, 반역자다. 염병할 놈들!
살릴 뻔했는데—이제는 영영 갔어!
코델리아, 코델리아, 잠깐 기다려. 허!
뭐라 했지? 언제나 목소리가 부드러웠어.
얌전하고 나직했어. 참말로 여자다운 점이지.
네 목 달던 녀석을 내가 죽였다.
지휘관 사실입니다. 죽이셨어요.
리어 내가 그랬지?
살 만큼 살았다. 날선 칼을 휘두르니
놈들이 깡충댔지. 이제는 늙어서
이런 일에 허둥댄다. [켄트에게] 네가 누구지?
눈이 시원치 않아. 당장 알려주겠다.
켄트 운수의 여신이 두 사람을 사랑하고
미워한 걸 자랑하면 그중 하나죠.
리어 눈이 침침하구나. 당신 켄트 아닌가?
켄트 맞습니다. 켄트예요. 하인은 어디 있죠?
리어 참말 잘난 녀석이지. 장담하겠어.
때릴 줄 알아. 아주 빨리.—썩어버렸어.
켄트 아닙니다. 제가 그 사람인데—
리어 금방 알아보겠다.
켄트 전하의 운이 기울 때부터 슬픈 걸음을
따랐습니다.
리어 여기 온 걸 환영한다.
켄트 제가 그 사람예요. 모두가 음울하고
생기가 없고. 두 따님은 목숨을 끊고
절망 중에 죽었지요.
리어 응, 그런 것 같아.
올버니 무슨 말을 하시는지 자신도 모르시오.
누구라 해도 소용없소.
에드거 전혀 소용없어요.
[전령 등장]
전령 [올버니에게] 에드먼드가 죽었습니다.
올버니 여기서는 하찮은 일이오.
고귀한 친구들, 의중을 말하겠소.
이처럼 막중한 손실을 위로할 일에
정성을 바치겠소. 나로 말하면,
연로하신 전하께서 생존하실 동안에
전권을 드리겠소.
[에드거와 켄트에게] 두 분에게는
복권과 동시에 뛰어난 공훈에 따라
직위를 더하겠소. 모든 친구는
미덕의 대가를 맛보고 모든 원수는
응분의 잔을 맛보겠소. 오, 보시오!
리어 불쌍한 바보가 죽었구나! 없어, 없어!
목숨이 없어! 개, 말, 쥐에게도 있는 목숨이
왜 네게 없느냐? 다시는 못 보겠다.
다시는, 다시는, 다시는, 다시는!
[에드거에게] 이 단추 풀어다오. 고맙다. 오오!
이거 보나? 얘 좀 봐. 입술을 봐.
저거 봐, 저거 봐! [죽는다.]
에드거 기절하셨소. 전하, 전하!
켄트 염통아, 터져라. 터져버려라!
에드거 전하, 눈을 뜨세요.
켄트 영혼을 괴롭히지 마오. 가시게 두오.
이 아픈 세상 고문대에 더 이상
붙잡아 두는 자를 미워하시오.
에드거 가셨습니다.
켄트 그토록 오래 견디신 것이 기적이지요.
훔치신 목숨이었소.
올버니 여기서 모셔 가라. 당장 할 일은
온 나라의 애도이다. [켄트와 에드거에게]
영혼의 친구들,
이곳을 다스리고 피 흘리는 나라를 지탱하시오.
켄트 나는 지금 즉시 떠날 길이 있소.
전하께서 부르시니 거절하지 못하오.
에드거 슬픔의 무게에 복종해야 합니다.
이유를 캐지 말고 느낌으로 말합시다.
가장 많이 견딘 이는 노인들이오.
우리 젊은 것들은 그렇게 겪을 수 없고
그렇게 늙도록 살 수도 없을 거요.
[장송곡과 함께 모두 퇴장]

# 맥베스
# *Macbeth*

## 연극의 인물들

마녀 1
마녀 2 ⎤ 마녀 자매들
마녀 3

헤카테 마녀들의 여신

다른 세 마녀 헤카테와 함께 노래하고 춤추는 마녀들

유령들

맥베스 글래미스의 성주, 다음에 코더의 성주, 나중에 왕

맥베스 부인

덩컨 스코틀랜드 왕

맬컴
도널베인 ⎤ 덩컨의 아들들

뱅코

플리언스 뱅코의 아들

맥더프 파이프의 성주

맥더프 부인

맥더프의 아들

레녹스

로스

앵거스

멘티스

케이스니스

지휘관 또는 상사

맥베스 궁의 문지기

노인

세 살인자 (뱅코를 죽인다)

귀족 (3막 6장에 등장하는 무명씨)

의사 (잉글랜드)

의사 (스코틀랜드)

시녀 (유모)

시턴 맥베스의 무기 책임자

시워드 노섬벌랜드 백작

젊은 시워드 그의 아들

여러 시종들, 전령들, 하인들, 연회 담당자, 맥더프 부인을 죽인 살인자들, 맬컴과 맥베스 두 군대의 병사들

## 1. 1

[천둥과 번개.
세 마녀 등장]
마녀 1 언제 우리 셋이 다시 만날까?
천둥 속, 번개 속, 또는 빗속에?
마녀 2 한바탕 소란이 모두 끝나고
이긴 편, 진 편이 정해진 뒤에.
마녀 3 해 지기 전이 되겠네.
마녀 1 어디서?
마녀 2 벌판에서.
마녀 3 맥베스와 만나러.
마녀 1 그래 간다, 고양이.[1]
마녀 2 두꺼비가 부르누나.
마녀 3 금방 가.
모두 맑은 건 더럽고 더러운 건 맑구나.
더러운 바람과 안개 속을 떠다니자. [모두 퇴장]

## 1. 2

[안에서 경계 나팔 소리.
덩컨 왕, 맬컴, 도널베인, 레녹스가 시종들과
함께 등장하여 피 흘리는 지휘관을 만난다.]
덩컨 피 흘리는 저 사람이 누구인가?
처참한 꼴을 보아 반란의 근황을
알릴 수 있겠다.
맬컴 충실한 병사로서
제가 붙잡히지 않도록 용감히 싸워준
지휘관이오. 용감한 친구, 잘 만났소.
당신이 떠날 때 전황이 어땠는지
왕께 말씀드리오.
지휘관 예측할 수 없었지요.
헤엄치던 두 사람이 힘이 다하여
서로에게 매달려 기량이 좌절되듯
온갖 악한 기질을 한곳에 모아놓은
철저한 반역자인 잔인한 맥도널드는
서부 제도[2]로부터 민병과 토호병의
지원을 받고, 악한 자의 난동에
운수의 여신[3]이 미소하여 그녀가
반역자의 창녀임이 드러났으나
용맹한 맥베스의 적수로는 미약하니,
장쾌한 그 이름!—맥베스는 운수를 경멸하며
김 솟는 칼을 휘둘러 피비린내 나는 터지는 살상으로
용맹의 총아인 양 앞길을 뚫고 나가
드디어 반역자와 맞섰습니다.
그러고는 인사말도 하지 않고 잘 가라는 말도 없이
배꼽에서 턱에까지 단칼에 갈랐으며
그 머리를 성루 위에 매달았습니다.
덩컨 용맹한 신하요 존귀한 신사다.
지휘관 태양이 되돌기 시작하는 춘분에서
난파의 폭풍과 두려운 우레가 치듯
위로가 올 듯하던 바로 그 원천에서
불안이 점증하니, 스코틀랜드 왕이여,
들으시오. 용맹으로 무장한 강한 정의가
달아나는 무리를 멀리 쫓아버리자
노르웨이 왕이 공백을 틈타
갈고 닦은 장비와 새로운 병력으로
새롭게 공격을 해왔습니다.
덩컨 맥베스와 뱅코가 놀라지 않던가?
지휘관 예.—참새가 독수리를, 토끼가 사자를,
겁주듯 하였지요. 사실대로 말하면
두 분은 포탄을 두 곱 실은 대포처럼
적에게 겹으로 공격을 배가하니,
김 서린 상처 속에 목욕하거나
또 다른 골고다[4]를 기념코자 함인지,
알 수 없으나—제가 힘이 없군요.
칼자국이 도와달라 소리칩니다.
덩컨 네 말과 상처가 서로에게 어울려서
명예를 알린다. 의사를 불러라.
[로스와 앵거스 등장]
누가 여기로 오나?
맬컴 귀한 로스 공이오.
레녹스 서두르는 눈빛이 역력하오. 놀라운 일을

1 "고양이"(Graymalkin)와 다음 줄에 나오는 "두꺼비"(Paddock)는 모두 마녀들이 부리는 '영매'(靈媒)들이다.
2 스코틀랜드 서북부의 헤비리디스 제도를 말한다. '미개한' 부족이 살던 데였다.
3 운수의 여신은 변덕이 심하다 하여 '창녀'라는 욕을 먹곤 했다.
4 예수가 십자가에 달린 예루살렘 근처의 언덕. 가장 참혹한 형벌이 가해진 곳이었다.

전할 이의 표정이오.

로스 만수무강하시길!

덩컨 어디서 오시오?

로스 파이프올시다.

노르웨이 깃발들이 하늘을 조롱하여
우리 백성이 추위를 느낍니다.
엄청난 인원을 거느린 노르웨이 왕이
가증한 반역자 코더 공의 협조로
끔찍한 전투를 개시했던바
벨로나의 신랑[5]이 철갑을 두르고
그자와 일대일 실력으로 맞닥뜨려
칼끝은 칼끝으로, 반역의 팔은 팔로 맞서
방자한 기운을 꺾었으니, 결론컨대,
승리는 우리에게 내렸으며—

덩컨 크나큰 복이다!

로스 노르웨이 왕
스위노는 휴전을 간청 중에 있으나
세인트콜름 섬[6]에서 우리 국고에
보상금 1만 달러를 납입할 때까지
그들을 묻는 것을 허락하지 않습니다.

덩컨 더 이상 코더 공이 심중의 신뢰를
기만하지 못하리라. 즉결 처분을 명하고,
그의 이전 칭호로 맥베스를 맞아라.

로스 그리하겠습니다.

덩컨 그자가 잃은 것을 맥베스가 얻었다. [모두 퇴장]

## 1. 3

[천둥.
세 마녀 등장]

마녀 1 얘, 어디서 무얼 했니?

마녀 2 암퇘지 죽였어.

마녀 3 얘, 너는?

마녀 1 선원의 여편네가 무르팍에 밤을 놓고
우물우물하길래, "나 좀 줘." 했더니
"썩 꺼져, 마녀야." 엉덩이 큰 쌍년이 소리치데.
'호랑이' 선장 남편이 알레포[7]에 갔는데
체를 타고 갈 테야.
꼬리 없는 쥐처럼
그럴 테야, 그럴 테야.

마녀 2 너한테 바람 보낼게.

마녀 1 고마운 애구나.

마녀 3 나도 보낼게.

마녀 1 나머지는 내게 있어.
포구마다 부는 바람,
나침판에 적혀 있는
지점마다 부는 바람.
밀짚처럼 바짝 말려
지붕처럼 기운 눈에
밤낮으로 자지 못해
저주 속에 살게 되지.
일곱 밤낮 여든한 배
졸아들고 기진하여
배는 가라앉지 않고
폭풍우에 시달린다.
내가 무얼 가졌게?

마녀 2 보여줘, 보여줘.

마녀 1 도선사의 엄지손,
집에 오다 파선했지.
[안에서 북소리]

마녀 3 북소리다, 북소리다.
맥베스가 오는구나.

모두 바다와 육지를 빨리 달리는
운명의 자매들이 손에 손잡고
이리저리 빙글빙글 돌고 돌아서
네게로 세 번, 내게로 세 번
다시 세 번 돌아서 아홉 번이다.
쉿, 조용히. 주문이 완성됐다.
[맥베스와 뱅코 등장]

맥베스 이토록 더럽고 맑은 날은 처음 보겠소.

뱅코 포리스[8]까지는 얼마나 멉니까?—뭣들인가?
저처럼 깡마르고 모양이 추잡하여
땅에 사는 자들이 아닌 듯한데
땅을 밟고 있나?—살았는가, 아니면

5 벨로나는 전쟁의 여신으로 그 짝이 되는 신랑은 맥베스다. 당시 정식으로 보고하는 사람은 이처럼 잘 꾸민 말을 하도록 수사법 교육을 받은 자였다.
6 스코틀랜드의 중동부 근해에 있는 섬.
7 현재 시리아의 중서부에 있는 상업 중심지.
8 당시 스코틀랜드의 왕궁이 있던 도시.

인간이 질문해도 되는가? 듣는 것 같군.
비틀린 손가락을 저마다 마른 입에
대는 걸 보니 여자인 듯하지만
수염이 났으니 너희가 여자라고
생각하면 틀리겠다.
맥베스 [마녀들에게] 말해라. 너희는 누구인가?
마녀 1 맥베스 만세! 글래미스[9] 성주 만세!
마녀 2 맥베스 만세! 코더의 성주 만세!
마녀 3 맥베스 만세! 훗날 왕이 되리라.
뱅코 장군, 왜 놀라시오? 그처럼 좋은 말을
겁내는 듯하시오?—진실로 묻노니,
너희는 환상인가? 아니면 보이는
그대로의 모습인가? 너희는 내 동료를
지금의 지위로 맞으며 고귀한 영지와
보좌의 꿈에 대한 위대한 예언을 해서
그분은 생각에 골몰하다. 내 말은 없었는데,
과연 너희가 시간의 씨앗을 살펴
자랄 싹, 못 자랄 싹을 알 수 있다면
내게 말하라. 나는 너희의 호의도 악의도
구하지 않으며 미움도 원치 않는다.
마녀 1 만세.
마녀 2 만세.
마녀 3 만세.
마녀 1 맥베스보다 작으나 크다.
마녀 2 그처럼 행복하지 못하나 더 행복하다.
마녀 3 왕은 되지 못하나 왕을 낳을 것이다.
따라서 맥베스와 뱅코 만세.
마녀 1 뱅코와 맥베스 만세.
맥베스 잠깐. 불완전한 말이다. 더 말하라.
아버님 별세로 글래미스 성주임은 알겠다만
코더의 성주라니? 그분은 생존하며
명망 높은 신사다. 왕이 된다는 것은
코더의 성주처럼 믿음의 시야에서
벗어나는 일이다. 괴상한 정보를
어디서 얻었는지, 왜 이런 황야에서
예언적인 호칭으로 우리 길을 막는지
바르게 말하라. 명령이다. 말하라.
[마녀들이 사라진다.]
뱅코 물처럼 땅에도 거품이 있소.
저게 그것들이오. 어디로 갔을까?
맥베스 공중이오. 몸을 갖춘 듯하더니 숨결처럼
바람 속에 녹아버렸소. 있으면 좋을 텐데.
뱅코 확실히 그것들이 여기 있었소?
또는 우리가 정신을 무력화시킨다는
그 어떤 독초의 뿌리를 먹은 거요?
맥베스 후손들이 왕이 되오.
뱅코 당신은 왕이 되오.
맥베스 그리고 코더의 영주요. 그런 말 아니었소?
뱅코 그런 가락, 그러한 노래였소. 누구들이오?
[로스와 앵거스 등장]
로스 맥베스, 왕께서 당신의 승전보를
기쁘게 받으셨소. 반란의 진압에서
당신의 활약을 다시금 생각하실 때
자신의 경탄과 당신에 대한 칭찬이
서로 경쟁하데요. 말문이 막혀
오늘 벌어진 일을 모두 살피시다가
강력한 노르웨이의 전열 중에 당신이
기괴한 죽음의 모양들을 빚어내면서
조금도 겁내지 않는 것을 보셨지요.
줄기찬 우박처럼 전령들이 줄지어
놀랍게 왕국을 방위한 그 칭찬을
전하 앞에 쏟아놓고 있어요.
앵거스 우리는 전하의 감사를 전하려고
파견되어, 당신을 모셔갈 뿐이며
대가를 갚는 건 절대 아니오.
로스 더 큰 영예를 보증하는 뜻으로
당신을 코더의 성주라 부르라 하셨어요.
그 칭호에 의해서, 위대한 코더 성주 만세!
당신의 성이오.
뱅코 마귀도 진실을 말하나?
맥베스 코더 공은 살아 있소. 어째서 내게
빌린 옷을 입히시오?
앵거스 성주였던 그자는 살아 있지만
무거운 심판 아래 목숨은 부지하나
목숨을 잃을 만한 죄를 지었어요.
노르웨이 군대와 연합했는지,
반란군에 남모를 원조와 이익을
제공했는지, 또는 그 두 세력과 함께
나라를 망치려 했는지는 알 수 없지만

9 맥베스 아버지의 영지. 아버지가 방금 별세하여 맥베스가 승계하기로 되어 있다.

자백과 증거로 확실해진 역모에
그가 넘어졌다오.

맥베스 [방백] 글래미스, 그리고 코더.
가장 큰 게 뒤에 있다.—수고에 감사하오.
[뱅코에게] 후손이 왕이 될 희망을 아오?
내게 코더를 예언한 자들이
당신 후손에게도 같이 약속했는데?

뱅코 그대로 믿으면 코더에 더해서
당신을 왕관까지 데려갈 게요. 그러나
괴이쩍소. 우리를 해치려는 어둠의 졸개들이
몇 가지 하찮은 사실로 유혹하여
깊디깊은 구덩이에 빠뜨리는 법이오.—
귀공들, 한마디만—

맥베스 [방백] 두 개의 진실은
왕관이란 주제가 절정으로 가기 위한
행복한 서곡이다.—귀공들, 고맙소.—
이러한 초자연적 유혹은 나쁠 수도
좋을 수도 없으리라. 나쁘면 어째서
성공의 보증금을 제공하여 사실로
시작했는가? 나는 코더의 성주다.
좋다면 어째서 그런 일에 굴복하고
끔찍한 그 장면에 머리를 헝클고
차분하던 심장이 평소와 달리
갈빗대를 치는가? 실제의 공포는
무서운 상상에 비할 수 없다.
살해의 상념은 환상에 불과하나
인간이란 내 존재를 송두리째 흔들어서
올바른 행동을 망상에 묻어버려
모두가 허상이다.

뱅코 동료가 생각에 잠겼소.

맥베스 [방백] 우연으로 왕이 되면 잠자코 있어도
왕이 될 수 있지.

뱅코 새로운 명예들이 몰려오니
처음 입는 옷처럼 습관이 되기까지
맞지 않아요.

맥베스 [방백] 무엇이든 상관없다.
혹독한 날에도 시간은 흘러.

뱅코 존귀한 맥베스, 서둘지 마시오.

맥베스 용서하시오. 둔한 머리가 잊은 것을
되살리려 하였소. 친절하신 귀공들,
당신들의 수고는 매일 책장 넘기는
머릿속에 기록되오. 전하에게 가십시다.
[뱅코에게] 오늘 일어난 일을 생각하시오.
심사숙고했다가 시간이 나면
서로의 의중을 터놓읍시다.

뱅코 좋습니다.

맥베스 그때까지 침묵이오.—친구들, 가십시다. [모두 퇴장]

## 1. 4

[주악.
덩컨 왕, 레녹스, 맬컴, 도널베인,
시종들 등장]

덩컨 코더를 처형했나? 또는 집행관들이
아직 돌아오지 않았나?

맬컴 전하, 아직 돌아오지 못했습니다.
그러나 그자의 죽음을 본 사람과
이야기를 나눴는데, 그자는 반역을
사실대로 고백하고 전하께 사죄하며
뉘우치는 마음을 깊이 나타냈으며
일생을 통하여 목숨을 버릴 때가
가장 자기다웠으며, 죽음을 철저히
준비한 사람처럼 가장 귀한 소유를
하찮은 물건인 양 버렸습니다.

덩컨 얼굴만 보아서는 마음을 알 수 없다.
그는 내가 전적인 신임을 쌓았던
신사였었다.
[맥베스, 뱅코, 로스, 앵거스 등장]
한없이 존귀한 친구!
감사하지 못했다는 죄책감이 지금도
마음을 짓누르오. 당신은 너무 앞서 있어서
보답의 날개를 아무리 빨리 쳐도
따라갈 수 없구려. 공훈이 덜하다면
감사와 보답을 어울리게 하겠지만
당신이 이룬 일은 무엇으로 보답해도
더없이 크다고 할 수 있을 뿐이오.

맥베스 저에게 주어진 직분이며 충성이며
그 일을 행함이 보답이며 전하의 직분은
저희의 충성을 받으시는 것이니,
저희는 보좌와 권위에 충성하고
전하의 사랑과 명예를 보위하는

자식이며 종복일 따름입니다.
덩컨 귀환을 환영하오. 당신을 나무처럼
가꾸기 시작했소. 완전히 자라도록
노력하겠소.—공훈이 못지않은
고귀한 뱅코, 당신의 공훈을
똑같이 선포하오. 당신을 끌어안아
가슴에 지니겠소.
뱅코 거기서 자라면
추수는 전하께 속하오.
덩컨 풍성한 기쁨이
충만하고 넘쳐서 슬픈 눈물방울에
숨어들려고 하오. 아들, 친족, 성주들,
또한 나의 자리에 가까운 이들이여,
알아두오. 맏아들 맬컴에게
왕위를 확정하여 컴벌랜드 왕세자[10]로
명명하는 바이오. 그러한 영예를
그만 홀로 누릴 수는 없을 것이라,
고귀한 명예가 별들처럼 공신들께
비출 것이오. 인버네스[11]로 갑시다.
가는 길에 당신에게 신세 지겠소.
맥베스 전하를 위하지 않는 일은 휴식이 아닙니다.
제가 전령이 되어 전하의 방문을
처에게 알려 기쁨을 주겠습니다.
그럼 물러갑니다.
덩컨 존귀한 코더 공.
맥베스 [방백] 컴벌랜드 왕세자—그게 내 앞을
가로막고 있으니 걸려 넘어지거나
넘어뛰어야 한다. 별들아, 숨어라.
나의 깊은 흑심을 엿볼 수 없게 해라.
눈은 손을 못 본 척하고, 일을 마친 후,
눈이 꺼리는 광경을 보게 해다오. [퇴장]
덩컨 뱅코, 옳은 말이오, 온전히 용맹하매
그가 이룬 공적을 만끽하게 되었소.
나에게는 향연이오. 그를 따라갑시다.
우리를 맞으려고 수고하러 떠났소.
견줄 데 없는 친족이오. [주악. 모두 퇴장]

## 1. 5

[맥베스 부인이 편지를 들고 홀로 등장]

맥베스 부인 "승전의 날에 그들이 나를 만났소. 가장 믿을
만한 말에 따르면 내가 알게 된 바는 그들이 인간
지식 이상을 알고 있다는 거요. 내가 계속 물으려는
열망으로 불타고 있을 때 그들은 바람으로 변하여
사라지고 말았소. 놀라운 그 일에 골몰하고 있을 때
왕으로부터 전령들이 당도했소. 그들은 나에게 코더의
성주라며 만세를 불렀소. 꼭 같은 칭호로 운명의
자매들이 나를 불렀던 것이오. 그리고 '훗날 왕이 될
분 만세'란 말로 그때가 올 것을 나에게 말했소. 나의
높은 지위의 사랑하는 동지인 당신에게 이 사실을
알림이 옳다고 생각했소. 어떤 높은 자리가 당신에게
기약되어 있는지를 모르지 않게 하려 함이오. 마음에
두시오. 이만 총총."
당신은 글래미스, 또한 코더, 그리고
예언대로 될 터예요. 그러나 당신의
성격이 걱정돼요. 짧은 길을 취하기엔
인정의 착한 젖이 너무나 가득해요.
큰 자리를 탐하는 야심도 없지 않되
악착같지 못해요. 열렬한 희구를
참되게 행하려 하며 못된 짓을 피하되
부당하게 얻으려 해요. 위대한 글래미스,
'갖고자 할진대 이렇게 하라'며
외치는 그것을 자신은 열망하되
없던 일로 하기보다 두려움에 지고 있어요.
속히 달려오세요. 당신 귀에 기를 붓고
내 혀의 용맹으로 당신의 금관에서
장애물을 모두 물리칠게요. 그것은
초자연의 도움과 운명이 씌워줄
왕관인 것 같아요.
[전령 등장]
전할 말 있는가?
전령 오늘 밤 전하께서 이곳에 오십니다.
맥베스 부인 미쳤구나. 주인과 함께 안 계시는가?
그렇다면 준비하라 일렀을 텐데.
전령 송구하나 사실입니다. 성주님도 오십니다.

10 잉글랜드의 왕세자를 웨일스 왕세자라고 하듯 스코틀랜드의 왕세자를 컴벌랜드 왕세자라고 일컬었다. 컴벌랜드는 잉글랜드 서북부의 지역.
11 당시 스코틀랜드의 수도로서 북동부에 있는 항구 도시.

저의 동료 하나가 앞서 달려왔는데
죽을 만큼 숨이 차서 제게 그 말만
전했습니다.
맥베스 부인 보살펴줘라.
굉장한 소식을 가져왔다. [전령 퇴장]
내 성루에
덩컨의 운명적인 입성을 고하는
까마귀[12]도 목이 쉬었다. 흉악한 뜻에
따라붙는 혼들아 오라, 내 인간[13]을 말살하라.
발끝에서 머리까지 잔인한 악으로
가득 채워라. 나의 피를 짙게 하여
연민의 길을 막고 양심이 찾아와
악한 뜻을 흔들거나 목적과 실천 간에
끼어들 수 없게 하라. 죽음의 사자들아,
남모르게 숨어서 인간성을 죽일 때를
어디서 기다릴지 모르나 나에게 오라.
가슴팍의 젖 대신 쓸개를 가져가라.
오라, 짙은 밤, 검은 지옥 연기로
너를 감싸서, 날 선 칼이 만드는 상처를
볼 수 없이 만들고 어둠의 장막 틈으로
하늘이 엿보며 '멈춰라, 멈춰라'를
외칠 수 없게 하라.
[맥베스 등장]
위대한 글래미스, 존귀한 코더,
훗날에 '만세'로 더욱 위대할 분이여,
당신의 편지가 무지한 오늘을 넘어
나를 데려가 줬어요. 따라서 지금 나는
미래를 피부로 느껴요.
맥베스 여보, 오늘 밤
덩컨이 여기 와요.
맥베스 부인 그래서 언제 가죠?
맥베스 내일로 예정해요.
맥베스 부인 오, 해는
그런 아침을 못 보게 되겠죠.
성주, 당신의 낯은 남들이 수상한 내용을
읽어낼 책이에요. 세상을 속이려면
세상과 같이 돼서 눈과 손과 혀에
환영의 빛을 띄우세요. 순진한 꽃과 같되
그 밑의 독사가 되세요. 오는 사람
접대를 준비하겠어요. 이 밤의 큰일은
내가 처리할 테니 내게 맡겨요.
우리의 모든 낮, 모든 밤에 절대 권력과
지배권을 갖다 줄 일이죠.
맥베스 뒤에 얘기합시다.
맥베스 부인 얼굴빛을 밝게 하세요.
얼굴빛이 어두우면 두려움을 뜻해요.
나머지는 나한테 모두 맡겨요. [둘 퇴장]

## 1. 6

[덩컨 왕, 맬컴, 도널베인, 뱅코, 레녹스,
맥더프, 로스, 앵거스, 시종들 등장]
덩컨 궁성이 상쾌한 데 자리 잡았소.
나의 연한 감각에 바람이 경쾌하고 감미롭소.
뱅코 교회당을 찾아오는 여름 손님 제비가
사랑의 둥지를 짓는 것을 볼 때면
하늘의 숨결이 여기를 품은 것을
얘기하는 것입니다. 창턱이나 버팀벽 등,
알맞은 구석마다 높이 달린 둥지와
새끼들이 가득한 요람을 지었어요.
제비가 찾아들고 번식하는 곳마다
공기가 맑은 것을 알 수 있지요.
[맥베스 부인 등장]
덩컨 경애하는 여주인이오.—나를 따르는 사랑이
간혹 짐이 되지만 언제나 그 사랑이
고마운 마음이오. 그러니 알 만한 일은,
당신의 수고를 하느님이 갚으시길
내가 기도한다는 사실이오.
맥베스 부인 저희의 일이란 어느 것 하나라도
두 번 세 번 거듭하고 다시금 거듭해도
저희 집에 내리시는 깊으시고 넓으신
영광에는 절대로 비할 수 없어요.
저희는 지난날과 최근에 더해주신
막중한 은혜를 언제나 축복하는

12 덩컨 왕이 맥베스 성(城)에 들를 것을 알리는 목쉰 전령을 인간의 죽음을 예고하는 불길한 새인 까마귀에 비유한다.
13 여기서의 '인간'이란 그녀의 여성으로서의 성(性)뿐 아니라 인정, 동정, 생식력 등 인간의 특성을 이루는 온갖 성질을 뜻한다. 즉 그녀는 인간성 자체를 없애기를 원하는 것이다.

기도인[14]이 되었어요.
덩컨 코더 공은 어디 있소?
금방 따라오면서 그 사람의 집사로서
도우려고 했는데. 말을 잘 타는 데다
박차처럼 날카로운 열성이 커서
먼저 도착하였소. 아름다운 여주인,
오늘 밤 손님이 나요.
맥베스 부인 전하의 종복은 항상
자신들과 자신들의 소유물 일체를
원하시는 때마다 회계할 처지여서
전하의 소유를 돌려드릴 뿐이지요.[15]
덩컨 손을 이리 주시고 주인에게 인도하오.
그를 매우 아끼오. 계속 사랑하겠소.
그럼 실례하겠소. [모두 퇴장]

## 1. 7

[오보에들. 횃불들.
식사 책임자와 여러 하인이 접시와 집기를 들고
무대 위를 지나간다.
이윽고 맥베스 등장]
맥베스 행동으로 끝난다면 빠를수록 더 좋다.
그의 암살이 결과를 틀어막고
그가 숨을 멈출 때 성공을 낚으며
한 번의 일격이 모두요 끝이면
시간의 여울 둔덕 여기 이 자리에서
내세 따윈 건너뛸 수 있지만, 이런 일은
세상에게 심판받고 잔인한 방법을
알려줄 뿐이며, 이를 배운 세상이
장본인을 징벌하며, 공평한 정의는
독약 잔을 우리 입에 들이댈 뿐이다.
겹겹의 신뢰로 왕이 여기 머문다.
첫째로 나는 친족이며 신하이니
그런 짓을 막아야 하며, 둘째로
손님을 맞은 주인으로 살해자에게
문을 단속할 입장이니 나 스스로
칼을 잡지 않아야 한다. 뿐만 아니라
덩컨은 권세를 어질게 행사하고
정사를 깨끗이 처리하였으므로
그의 온갖 덕성이 천사가 되어
나팔처럼 우렁차게 그분의 시해라는
저주받을 죄악을 고발할 터이며,[16]
맨몸의 아기나 어린 천사처럼
연민의 정은 안 보이는 바람결에
끔찍한 그 짓을 모든 눈에 흩뿌려
바람을 눈물로써 삼킬 터이지.[17]
열망의 옆구리를 찌르는 박차가 없이
솟구치는 야심뿐—너무 멀리 뛰어서
저쪽으로 뒹굴지만—
[맥베스 부인 등장]
어떻게 됐소?
맥베스 부인 저녁이 끝나가요. 왜 자릴 떴나요?
맥베스 나를 부릅디까?
맥베스 부인 그것도 몰라요?
맥베스 더 이상 이 일을 추진하지 맙시다.
최근 왕이 나에게 영광을 더했으며,
나는 사람들한테서 황금의 명성을
갖춰 입었소. 빛나는 새 옷을 입은 터라
금방 벗을 수 없소.
맥베스 부인 입었던 희망은
곤드레가 됐었나요? 그러곤 잤나요?
지금은 술이 깨어 함부로 떠든 걸
숙취로 돌리나요? 이후엔 당신 사랑도
그런 걸로 보겠어요. 당신이 욕망하듯
행동과 용기를 갖는 게 겁나요?
인생의 보람으로 확신하고 믿는 것을
바라마지 않으면서 자기가 보기에도
겁쟁이로 살아가며 속담의 고양이처럼[18]

14 남의 영혼을 위해 기도 드리는 일을 평생의 업으로 삼는 사람이 있었다.
15 왕과 신하는 지주와 소작인의 관계와 같다는 중세의 관념을 말하고 있다.
16 최후의 심판일에 천사들이 사방에서 나팔을 불어 죄인을 심판하리라는 신약의 「요한계시록」을 언급한다.
17 시해의 사실이 바람처럼 소문을 타고 퍼지면 바람에 이는 모래가 눈에 들어가 눈물을 자아내듯 아기 같은 연한 동정심이 주체할 수 없는 눈물을 자극하여 소문의 진원지마저 침몰시킬 것이라는 말.
18 "고양이는 물고기가 먹고 싶지만 물에 발을 적시기가 겁난다"는 속담이 있다. "정말 원하지만 감히 말을 못 한다"(固所願不敢請)는 한자 격언과 통한다.

'그러고 싶다'가 '그러기 겁난다'를
따라가야 하나요?
맥베스 그런 말 하지 마오.
사내가 하는 일은 무엇이든 할 수 있소.
나보다 대담한 자는 없소.
맥베스 부인 이 일을 나에게
말한 건 당신이 아니고 짐승이었죠?
대담하게 나설 때 당신은 사내였어요.
현재의 지위를 넘기 위해 더욱 사내가
되겠다 했어요. 그때는 시간과 장소가
들어맞지 않았지만 둘을 맞게 한다고 벼르더니,
이제 저절로 맞아떨어졌는데
겁이 나서 질렸네요. 젖 빠는 아기가
얼마나 귀여운지 젖을 물려보아서
잘 알아요. 하지만 당신처럼 다짐했다면
아기가 쳐다보며 웃을 때 이도 안 난
잇몸에서 젖꼭지를 잡아 빼고 동댕이쳐서
골을 쏟아 놓겠어요.
맥베스 실패하면 어떡하지?
맥베스 부인 실패해요?
용기의 화살을 끝까지 당겨요.
실패가 없어져요. 덩컨이 잠잘 때,
—종일토록 피곤하게 달렸으니 일찌감치
깊은 잠에 빠지게 돼요.—하인 두 놈을
술과 축배로 정신없이 만들겠어요.
두뇌를 지키는 기억력이 김이 되어서,
이성을 담을 그릇이 증류기가 돼
돼지처럼 잠들고 정신이 흠뻑 젖어
시체처럼 될 테니 경호가 없어진
덩컨에게 나와 당신이 무슨 짓을 못 해요?
거창한 살인죄를 우리 대신 짊어질
술 취한 하인배 놈들한테
무슨 죄를 못 씌워요?
맥베스 사내들만 낳아요.
당신의 기백은 사내밖에 만들지
못하니까. 왕과 한방에서 잠에 취한
두 놈에게 피 바르고 개들의 단도를
이용한다면, 사람들이 놈들의 짓으로
믿어주겠소?
맥베스 부인 누가 감히 딴소리해요?
왕의 죽음에 우리 둘이 슬픔과 탄식으로
울부짖는 마당에서?
맥베스 결심이 섰소.
온갖 몸의 힘줄을 이 일에 겨냥했소.
천연스런 낯으로 세상을 속입시다.
마음속 거짓을 낯으로 가립시다. [둘 퇴장]

## 2. 1

[뱅코와 횃불을 치켜든 플리언스 등장]
뱅코 얘, 밤이 얼마나 됐냐?
플리언스 달이 졌군요. 시계 소리 못 들었어요.
뱅코 열두 시에 달이 지는데.
플리언스 그 시간은 지난 듯해요.
뱅코 잠깐. 내 칼 들어라.—하늘이 절약해서[19]
촛불을 다 껐구나.—이것도 들어라.—
무거운 졸음이 납처럼 누르누나.
한데 잠이 안 와. 자비하신 신들이여,
잠자는 사람에게 찾아오는 망상들을
물리치소서.
[맥베스와 횃불을 쳐든 하인 등장]
—칼을 다시 다오.
거 누구요?
맥베스 친구요.
뱅코 아직 안 주무시오? 전하는 누우셨소.
전하께서 전에 없이 기뻐하시고
당신 권속들에게 큰 선물을 주셨소.
이 다이아몬드는 친절한 안주인이란
이름으로 부인에게 치하로 주시고
무한히 만족하여 방에 드셨소.
맥베스 준비가 없어
우리 뜻이 실수의 하인이 됐군요.[20]
마음껏 섬길 건데.
뱅코 모두가 훌륭했소.
지난밤 꿈에 운명의 세 자매를 보았소.

19 별은 하늘의 '촛불'인데 하늘이 '절약'하여 촛불을 껐으니 별도 없는 칠흑 같은 밤이란 말이다.
20 뜻은 있으나 어쩔 수 없이 실수를 따라야 하는 '종'의 처지가 되었다는 말.

당신에 관해서는 몇 가지 맞췄지요.
맥베스 생각도 하지 않소.—시간을 만들어
그 일에 관해서 몇 마디 나눌까요?
시간 난다면—
뱅코 편할 대로 하십시다.
맥베스 적당한 때에 내 의견에 따르시면
당신에게 명예가 돌아가겠소.
뱅코 그 일을 추진할 때 명예를 잃지 않고
거리낌 없으며 충성이 깨끗하면
의견을 듣겠소.
맥베스 그간 편히 쉬시오.
뱅코 고맙소. 당신도 평안하시오. [퇴장]
맥베스 마실 게 준비되면 마님께 종을
치시라고 해. 그럼 가서 자라. [하인 퇴장]
내 앞에 뵈는 이게 단도냐?
자루가 나의 손을 향하고 있는 이것이?
그럼 너를 잡겠다. 안 잡힌다. 하지만
여전히 보인다. 음흉한 모습아,
눈은 너를 보지만 손은 만질 수 없나?
정신이 만들어낸 단도에 불과해?
뜨거운 머리에서 생겨난 망상이냐?
아직도 뵌다. 지금 내가 빼어 든
이 칼처럼 내 손으로 잡을 것 같다.
내가 가던 그 길을 네가 안내하는데,
바로 그런 도구를 쓰려고 했지.
나머지 감각들이 눈을 조롱하거나
눈만이 기능대로 행동하누나.
아직도 너를 보고 있다. 칼날과 칼자루에 피!
조금 전엔 없었는데!—그런 것 없다.
살해할 일 때문에 내 눈에 그런 것이
보일 뿐이다. 이제 세상 절반에서
자연은 죽은 듯 고요하고 악한 꿈이
감은 눈의 잠을 괴롭힌다. 마술은 여왕에게
제물을 올리고, 굶주린 살인은
보초병인 늑대의 울부짖는 군호에 따라[21]
겁탈자 타퀸[22]의 걸음으로 이처럼 몰래
목적을 향해 유령처럼 다가선다.
굳은 땅아, 내가 어디 가는지 발소리를
듣지 마라. 돌멩이들이 내 행방을
지껄일까 두렵다. 그 짓 하기에
알맞은 이때에 두려움을 없애다오.
내가 위협할 동안 왕은 살아 있으니
뜨거운 행동에게 말은 너무 찬바람이다.
[종이 울린다.]
내가 가면 끝이 난다. 종이 나를 부른다.
덩컨, 듣지 마라. 너를 천국 또는
지옥으로 불러 가는 소리이다. [퇴장]

## 2. 2

[맥베스 부인 등장]
맥베스 부인 놈들을 취하게 만든 것이 용기를 주고
놈들의 불을 끈 것이 불을 일으켜준다.
쉿—올빼미 소리였군. 가장 음침한
밤 인사 건네는 죽음의 사자다.
그 짓 하는 중이겠지. 열린 문에 술에 취한
하인들은 코를 골며 직책을 비웃겠지.
밤참에 약을 넣어 죽음과 생명이
놈들이 죽을지 살지를 겨룰 터이지.
[맥베스 등장]
맥베스 거기 누구 있소?
맥베스 부인 에구머니, 놈들이 깼다!
그래 못 했어! 실행 아닌 시도가
우리를 파멸시켜. 쉿!—잘 뵈게 칼을 놨어.
못 볼 리 없어. 잠자는 모습이
내 아버지 같지 않았다면 내가 했을걸.—당신예요?
맥베스 일을 끝냈소. 무슨 소리 못 들었소?
맥베스 부인 올빼미가 소리치고 귀뚜라미가 울었죠.
무슨 소리 안 들려요?
맥베스 언제?
맥베스 부인 방금.
맥베스 내려올 때?

21 마녀의 여왕 헤카테는 달의 여왕이기도 했다. 휘영청 밝은 달 아래 굶주린 늑대가 울부짖으면 살인자가 그것을 보초가 보내는 신호로 받아들여 음침한 살인 계획을 시행한다는 말이다.
22 밤에 부하의 아름다운 부인을 겁탈하려고 달려간 타퀸(Tarquin, 타르퀴니우스)이라는 고대 로마의 왕. 그에 관해 셰익스피어가 「루크리스의 겁탈」이라는 장시를 썼다.

맥베스 부인 네.
맥베스 쉿, 옆방엔 누가 있소?
맥베스 부인 도널베인.
맥베스 끔찍한 꼴이오.
맥베스 부인 못난 생각 작작해요.
끔찍한 꼴이라니.
맥베스 누군가 자며 웃고
또 하나가 "살인이야!" 하곤 서로 깨웠소.
멈춰 서서 들으니 두 사람이 기도하고
다시 잠을 청했소.
맥베스 부인 두 놈이 같이 자요.
맥베스 피 묻은 내 손을 보기라도 하는 듯
한 놈이 "주여 복을!" 하니까 다른 놈이
"아멘!" 했소. 그놈이 "주여 복을!" 하는데도
겁에 질린 내 목에서 '아멘!'이 안 나왔소.
맥베스 부인 그렇게 심각하게 생각하지 말아요.
맥베스 왜 '아멘!'이 안 나왔던가?
나야말로 축복이 필요한데 '아멘'이 목에
걸리더란 말이오.
맥베스 부인 그런 식으로
생각할 게 아니에요. 그럼 둘 다 미쳐요.
맥베스 누군가의 목소리가 들리는 듯했소.
'더 자지 마라. 맥베스가 잠을 죽인다.
죄 없는 잠, 근심의 닳은 소매를 꿰매는 잠,
하루의 죽음, 고된 노동의 목욕,
상한 마음의 향유, 대자연의 또 다른 길,
인생의 잔치에 최고의 자양'—
맥베스 부인 무슨 소리지?
맥베스 온 집안에 계속하여 외치기를 '더 자지 마라.
글래미스가 잠을 죽여 코더는 잘 수 없고
다시는 맥베스가 잠을 자지 못하리라.'
맥베스 부인 누가 그런 말 했나? 귀한 성주님,
그런 병든 생각에 빠지다니 강한 정신이
느슨하게 된 거예요. 물을 조금 가져다가
손에서 지저분한 증거를 씻어 버려요.
왜 단도를 가져왔어요? 그 자리에
놔둬야 하는데. 칼을 다시 갖다 놓고
잠든 하인들한테 피를 발라 놓아요.
맥베스 다시는 안 가겠어. 생각만 해도 무서워.
다시 보지 않겠어.
맥베스 부인 의지가 약해요.
단도 이리 줘요. 자는 자, 죽은 자는
그림에 불과해요. 마귀 그림 보고서
무서워하는 건 아이들 눈이에요.
왕이 피를 흘리면 놈들 낯에 바르죠.
놈들의 짓으로 보일 테지. [퇴장]
[안에서 문 두드리는 소리]
맥베스 어디서 들리는가?
아무 소리에도 놀라니 내가 어찌 됐는가?
이게 누구 손인가? 눈알이 빠지누나.
해신의 큰 바다가 내 손에서 이 피를
씻어낼 수 있을까? 아니다, 도리어
무한한 바닷물을 빨갛게 물들여
푸른색이 질펀한 붉은색이 되게 하겠지.
[맥베스 부인 등장]
맥베스 부인 내 손도 당신 색과 같은 색이 됐지만
당신처럼 흰 심장은 창피해서 안 가져요.[23]
[문 두드리는 소리]
남쪽 문에서 소리가 나요. 침실로 갑시다.
물만 조금 있으면 깨끗이 없어져요.
얼마나 쉬워요! 단단한 마음이
당신을 떠났네요.
[문 두드리는 소리]
계속 두드리누나.
잠옷을 걸쳐요. 남이 찾는 경우에
우리가 자지 않고 깬 척해야죠.
그처럼 퀭한 꼴로 멍하게 있지 말아요.
맥베스 저지른 짓을 알기 위해 나를 잊지 말아야지.
[문 두드리는 소리]
덩컨을 깨워라. 그럼 좋겠다. [둘 퇴장]

## 2. 3

[문지기 등장. 안에서 문 두드리는 소리]
문지기 문소리 한번 요란하군! 지옥의 문지기가 계속 열쇠
돌리다가 늙어 죽을 판이다.
[문 두드리는 소리]

23 겁에 질린 사람은 심장이 붉지 못하고 희다고 했다.

쾅, 쾅, 쾅. 마귀 대장 바알세불[24] 이름으로 묻는데
거 누구냐? 풍년이 들게 돼서 망했다고 목을 매단
농부[25]가 왔겠다. 제때에 왔다. 수건 준비 톡톡히
해. 여기서 땀 좀 흘릴 테니.
[문 두드리는 소리]
쾅, 쾅. 다른 마귀 이름으로 묻는데, 누가 왔냐?
알쏭달쏭한 놈[26]이 분명하군. 법의 저울 두 접시[27]에
한꺼번에 맹세하는 놈이지. 하느님 위해서 역적질
꾸몄다며? 하지만 천국에 대해서는 알쏭달쏭하게
굴 수 없어. 들어와, 알쏭달쏭한 놈.
[문 두드리는 소리]
쾅, 쾅, 쾅. 누구냐? 잉글랜드 재단사가 온 게 확실해.
프랑스 바지 훔친 죄 때문에 왔구먼. 재단사, 들어와.
여기서 당신의 거위를 구워도 좋아.[28]
[문 두드리는 소리]
쾅, 쾅. 쉴 틈 없구나. 당신 누구야? 한데 여기는 너무
추워 지옥이 될 수 없다고. 지옥의 문지기는 관두겠다.
온갖 직종 가운데 영원히 꺼지지 않는 불 속으로
즐겁게 걸어가는 몇 가지를 지옥에 갖고 오려고 했는데.
[문 두드리는 소리]
가라, 가. 문지기를 제발 잊지 말아라. [문을 연다.]
[맥더프와 레녹스 등장]

맥더프 이 녀석, 이렇게 늦도록 누웠으니
자리에 늦게 든 게 아닌가?

문지기 사실입죠. 닭이 두 번 울 때까지 떠들며 마셔댔죠.
술이란 놈은 세 가질 만들어요.

맥더프 특별히 술이 만드는 세 가지가 무엇들인가?

문지기 다름 아닌 빨간 코, 졸음, 오줌이에요. 오입할
욕심을 일으켰다가 죽이거든요. 오입질 생각을
부추겼다가 실제론 못 하게 해요. 그래서 술을
많이 마시면 오입질이 알쏭달쏭하게 된다는
겁니다. 일으켜 줬다가 망쳐버리고 처음에는
시작을 시켰다가 기운을 죽이고 희망을 줬다가
낙심시키고 우뚝하게 세웠다가 꺼뜨린단 말예요.
결론으로 말하자면 속여서 잠에 곯아떨어지게
만드니까 괜히 허풍만 떠는 놈이라고 욕하고
가버린단 말씀이에요.

맥더프 지난밤 네가 술에 곯아떨어진 모양이군.

문지기 예, 맞습니다. 목구멍으로 완전히 속였어요.[29] 하지만
놈에게 앙갚음했네요. 놈보단 제가 기운이
훨씬 세거든요. 놈이 가끔 제 다릴 걸어서
넘어트리기도 했지만 결국엔 제가 그놈을 내던지게
됐거든요.
[맥베스 등장]

맥더프 주인이 일어나셨나?
문소리에 깨셨구나. 이리로 오신다.

레녹스 [맥베스에게]
대감, 안녕하시오?

맥베스 두 분 안녕하시오?

맥더프 전하께서 기침하셨소?

맥베스 아직 안 하셨소.

맥더프 나에게 일찍 오라고 명령하셨소.
늦을 뻔했지요.

맥베스 전하께 모셔다 드리죠.

맥더프 대감에게는 즐거운 수고가 될 테지만 어쨌든
수고로운 일이오.

맥베스 즐겁게 하는 일은 수고를 덜어주는 법이지요.
—여기가 문이오.

맥더프 외람되지만 들어가 뵙겠소. 그게 내게 주어진
직분이니까요. [맥더프 퇴장]

레녹스 전하께서 오늘 여길 떠나시나요?

맥베스 그러시오. 그렇게 정하셨소.

레녹스 지난밤 소란했소. 우리가 묵은 데서는
굴뚝들이 넘어지고 공중에 탄식과
괴이쩍게 죽어가는 비명이 들리고
난세에 생겨날 끔찍한 불길과
혼란한 사태를 무서운 음성으로

24 성경에 나오는 마귀의 이름.

25 흉년이 들 거라고 생각하고 사재기를 했다가 풍년이 들게 되어 망했다고 자살한 농부. 이어서, 지옥에 떨어질 테니까 지옥 문지기가 바쁘게 되었다는 소리다. 지옥은 뜨거워서 '땀 흘리는 데'이다.

26 당시 국왕을 살해하려는 가톨릭의 예수회 일당의 음모가 발각되었다. 그 주모자가 말을 교묘하게 바꾸었다.

27 서양에서 법의 공정성을 나타내는 표상(접시가 둘 달린 천칭저울).

28 하던 일을 그대로 해도 된다는 말이었다. 또한 거위는 '성병'을 뜻하는 은어도 되고 재단사의 다리미도 의미했다.

29 이 대목은 술이 씨름의 상대로 쓰이고 있다. 원문에는 '넘어지다'와 '속이다'가 같은 낱말(lie)로 되어 있어서 재미있는 말장난이 된다. '내던지다'라는 말은 (술을) '토하다'라는 말도 된다.

예언하더랍니다. 시커먼 새 올빼미가
밤새 울고 땅덩이가 열병으로
떨더라고 합디다.

맥베스 험난한 밤이었지요.

레녹스 젊은 나의 기억에는 거기에 짝할 게
전혀 없어요.

[맥더프 등장]

맥더프 오, 무서워, 무서워, 무서워!
혀도 마음도 생각도 말도 못 하겠다!

맥베스와 레녹스 무슨 일이오?

맥더프 지금 혼란이 극치를 이루었어요.
한없이 불경한 시해가 기름 부으신
주님의 성전[30]을 깨뜨리고 목숨을
훔쳐갔지요.

맥베스 목숨요? 무슨 말이오?

레녹스 전하 말씀이오?

맥더프 침실에 가 보고 새로운 고르곤[31]에게
눈을 망치세요. 내게 시키지 말고
직접 보고 말하세요. [맥베스와 레녹스 퇴장]
일어나요, 일어나요.
경종을 울려라. 시해와 반역이다.
뱅코, 도널베인,—맬컴, 일어나시오.
죽음의 그림 같은 곤한 잠을 떨치고
죽음을 보세요. 일어나요, 일어나요.
최후의 심판을 보세요. 맬컴, 뱅코,
무덤에서 일어나 혼령 같은 걸음으로
무서운 광경을 대하세요. 종을 울려라.

[종이 울린다.
맥베스 부인 등장]

맥베스 부인 무슨 일인가요? 끔찍한 저 나팔[32]이
잠자는 이들에게 말하자고 불러대니.
말씀하세요.

맥더프 오, 선하신 부인,
제가 드릴 말씀은 부인께서 들을 만한
말씀이 아닙니다. 부인 귀에 들리는 즉시
죽음이 되니까요.

[뱅코 등장]

아아, 뱅코, 뱅코.
전하께서 시해당하셨소.

맥베스 부인 아이고머니.
저희 집에서요?

뱅코 어디서든, 너무 끔찍합니다.
맥더프, 당신 말을 제발 취소하세요.
아니라고 하세요.

[맥베스와 레녹스 등장]

맥베스 내가 한 시간만 미리 죽었더라면
복된 삶이었겠소. 이 순간 이후에는
죽어버릴 인생은 조금도 중하지 않소.
모두가 부질없소. 명성과 덕이 죽었소.
생명의 술이 새 버려서 광막한 무덤[33]이
찌꺼기뿐 자랑할 게 남지 않았소.

[맬컴과 도널베인 등장]

도널베인 무엇이 잘못됐소?

맥베스 당신이 잘못된 걸 모르오.
당신 피의 원천이며 머리며 샘물이
멈췄소. 근원 자체가 멈췄소.

맥더프 부왕께서 시해당하셨소.

맬컴 누구 짓이오?

레녹스 침실 지킴이들이 그런 것 같소.
얼굴과 손이 온통 피범벅이었으며
씻지 않은 놈들의 피투성이 단도가
베개 위에 놓여 있소. 얼빠진 멍한 꼴이
누구의 목숨도 맡길 수 없었소.

맥베스 오, 내가 홧김에 놈들을 죽인 게
후회스럽소.

맥더프 왜 죽이셨소?

맥베스 동시에 놀라고 자제하고 격분할 수
있는 자가 누구요? 그러지 못하오.
격렬한 사랑이 급격히 발동하여
주저하는 이성을 뛰어넘었소.
누우신 하얀 몸은 황금 피로 얼룩지고
벌어진 칼자국은 파괴가 침입할

30 유대의 전통에 따라 중세 기독교 국가의 왕은 즉위할 때 머리에 기름 부음을 받았고, 왕의 몸은 신의 영(靈)이 머무는 거룩한 '성전'으로 간주되었다.

31 너무나 무섭게 생겨 얼굴만 쳐다봐도 돌이 된다는 마귀할멈.

32 굳게 닫힌 성문 앞에서 회담을 요청하는 나팔을 불어 성주를 불렀다. 최후의 심판 때도 천사들이 나팔을 분다고 했다.

33 세상을 하나의 큰 포도주 저장고로 보는 비유. 또한 지하 저장고는 무덤이 되기도 했다.

자연의 찢긴 틈새 같고 살인자들은
그들의 짓을 알리는 색깔에 젖어 있고
단도는 피로 물든 바지를 마구 걸치고 있으니,
사랑하는 마음과 용기를 지닌 자가
사랑의 표시를 어찌 참겠소?

맥베스 부인 나를 옮겨 주어요!

맥더프 부인을 살피시오.

맬컴 [도널베인에게 방백]
왜 입을 다물어? 이건 누구보다도
우리가 소리칠 일인데.

도널베인 [맬컴에게 방백]
무슨 말을 하겠소?
송곳에 숨은 운명이 갑자기 뛰쳐나와
우리를 덮쳐버릴 형국이오. 도망쳐요.
아직 눈물이 준비되지 않았소.

맬컴 [도널베인에게 방백]
격렬한 슬픔도 움직이지 않았어.

뱅코 부인을 살피시오. [맥베스 부인이 부축되어 퇴장]
공기가 싸늘하오. 벗은 몸을 가린 후
다시 모여 한없이 처참한 이 사건을
더 알아보기 위해 의문점을 따집시다.
두려움과 의혹으로 우리는 떨고 있소.
하느님의 위대하신 손안에 굳게 서서
숨어 있는 흉계에 대항하여 악한 반역과
싸우겠소.

맥더프 나도 싸우겠소.

모두 모두들 싸우겠소.

맥베스 신속히 완전무장을 갖추고
모두 함께 홀에서 만납시다.

모두 그럽시다.

[맬컴과 도널베인을 제외하고 모두 퇴장]

맬컴 어쩔 터인가? 우린 저들과 섞이지 말자.
있지 않은 슬픔을 뵈는 건 위선자가
쉽게 하는 짓이지. 나는 잉글랜드로 가겠다.

도널베인 난 아일랜드로 가요. 떨어져 있으면
두 사람이 안전해. 우리가 있는 데서
사람들 미소에 칼이 들었소. 친족일수록
위험해요.

맬컴 활을 떠난 무서운 화살이
아직 박히지 않았다. 가장 안전한 길은
과녁을 피하는 거지. 말에 올라
작별인사 따위는 집어치우고
슬그머니 달아나자. 목숨이 위태하면
자신을 훔치는 도둑질[34]도 정당해. [둘 퇴장]

## 2. 4

[로스가 노인과 함께 등장]

노인 지난 70년은 기억이 생생해서
끔찍한 시간과 괴상한 사건들을
보아왔지만 어젯밤에 비하면
어린애 장난이오.

로스 어르신도
인간에게 노하신 하늘이 핏빛 무대를
내릴 거로 보시네요. 시계로는 대낮인데
달리는 해를 캄캄한 밤이 질식시켜요.
살아 있는 햇빛이 땅과 입을 맞출 때
온 땅을 암흑이 무덤에 가둬서
밤의 승리거나 낮의 수치 아네요?

노인 괴이쩍소. 전에 생긴 못된 짓 같소.
지난 화요일엔 솟구치던 보라매가
낮게 나는 올빼미[35]에게 쫓기다가 죽었소.

로스 너무나 놀랍지만 확실한 사실인데,
잘생기고 재빨라서 귀염을 차지했던
덩컨 왕의 말들이 난폭하게 되어서
마구간을 뛰쳐나와 인간과 싸울 듯이
말을 듣지 않았소.

노인 서로 잡아먹었대요.

로스 그랬소. 그것을 목격한 내 눈알이
빠질 듯이 경악했소.
[맥더프 등장]
맥더프가 오시는군.
세상이 어떻게 돌아가오?

맥더프 모르시오?

로스 극악한 시해의 범인이 밝혀졌소?

맥더프 맥베스가 죽인 자들이오.

로스 오, 끔찍해라!

34 즉 몰래 도망치는 것.
35 꿩 잡는 보라매는 낮에 높이 날지만 쥐 잡는 올빼미는 밤에 낮게 난다.

무슨 잇속을 바랐다는 말이오?
맥더프 뇌물을 먹었다오. 맬컴과 도널베인이
몰래 달아났소. 그래서 범행의 의심이
그들에게 있는 거요.
로스 역시 천륜을 어겼소.
헛된 야망아, 제 목숨의 원천을
삼키는구나. 그러니까 왕권은
맥베스에게 돌아갈 가망이 매우 크오.
맥더프 이미 지명을 받고 즉위식을 위하여
스콘[36]으로 떠났소.
로스 왕의 시신은 어디 있소?
맥더프 콜름킬[37]로 모셔 갔소.
왕의 조상님들의 거룩한 납골당이
그분들 뼈의 안식처요.
로스 스콘에 가시겠소?
맥더프 파이프[38]로 가겠소.
로스 나는 그리 가겠소.
맥더프 모든 일이 잘되는지 보시오. 잘 가시오.
옛 옷이 새 옷보다 편할지 걱정이오.
로스 잘 가시오, 어르신.
노인 하느님 축복이 같이하시길. 악을 선으로,
적을 친구로 만드는 이들에게 축복 있기를! [모두 퇴장]

## 3. 1

[뱅코 등장]
뱅코 너는 이제 왕, 코더, 글래미스, 모두 됐다.
운명의 세 자매가 예언한 대로. 그래서
매우 추한 연극을 벌였지. 하지만
네 후손은 왕위를 계승하지 못하고
내가 많은 왕들의 뿌리가 되리라는
예언이었다. 맥베스, 네 경우에 적중했듯
그들의 예언이 사실이라, 그들의 말도
믿을 만하고, 네게 실현된 진실이
또한 나에 대한 예언이라, 희망을 품게
해주지 않겠는가? 그러나 입을 다물라.
[나팔 소리.
맥베스가 왕으로, 맥베스 부인이 왕비로 등장.
레녹스, 로스, 귀족들, 시종들 등장]
맥베스 주빈이 여기 있소.
맥베스 부인 그분을 잊었다면
우리 집 큰 잔치에 빈틈이 생겨
모든 게 어긋날 뻔했어요.
맥베스 [뱅코에게] 오늘 밤 공적인 만찬이 있소.
당신의 참석을 바라오.
뱅코 전하께서
명령만 하십시오. 저의 직분은
도저히 풀 수 없는 강력한 유대로
영원히 왕명에 매였습니다.
맥베스 오늘 오후 산책하시오?
뱅코 예, 전하.
맥베스 아니시면 고견을 물었겠지요.
오늘 회의에서도 신중하고 긍정적인
의견을 계속 내셨소.—그러나 내일 듣겠소.
멀리 가시오?
뱅코 이제부터 저녁까지 시간을 보낼 만큼
달립니다. 말이 빨리 달리지 못하면
한두 시간 밤을 빌려서 어둠 속을
달려야겠지요.
맥베스 반드시 참석하시오.
뱅코 예, 그리하겠습니다.
맥베스 잔인한 자식들이 잉글랜드와 아일랜드에
있다는데 부친의 살해를 고백하지 않으며
듣는 자들에게 이상한 말을 떠든다 하오.
그러나 그것은 다 함께 다뤄야 할
시급한 문제라 내일 얘기합시다.
빨리 말에 가시오. 밤에 돌아올 때까지
안전하기 바라오. 아들도 같이 가오?
뱅코 예, 전하. 갈 시간 됐습니다.
맥베스 말들이 빠르고 튼튼하기 바라며
당신들을 말 등에 맡기오.
잘 다녀오시오. [뱅코 퇴장]
오늘 밤 일곱 시까지 각기 자기 시간을
가지도록 합시다. 만날 때 더 반갑도록

36 스코틀랜드 왕들이 올라서서 대관식을 하던 거룩한 바위가 있던 수도원. 지금의 스코틀랜드 동부 해안 퍼스의 북쪽에 있다.
37 켈트족 기독교의 근거지였고 지금 북해의 헤브리디즈 제도의 하나로, 스코틀랜드 왕들의 묘지가 있다.
38 맥더프의 궁성이 있는 곳.

만찬까지 혼자 있겠소. 그 시간까지
잘들 지내시오.
[맥베스와 하인 이외에 모두 퇴장]
얘들아, 잠깐 보자. 그자들이 기다리는가?

하인 예. 대궐문 밖에 있습니다.

맥베스 앞으로 데려와라. [하인 퇴장]
단지 왕이 아니라
안전해야 되겠다. 뱅코에 대한 의심이
깊이 찌르는 데다 왕다운 풍모가 있어
두려워할 만하다. 야망도 매우 크며
대담한 기질에 더하여 용맹을
안전하게 이끄는 지혜도 있다.
내가 겁낼 존재는 그자뿐이다.
그 앞에서 내 영혼이 기가 죽는다.
안토니가 시저에게 기가 죽는다 했지.[39]
운명의 세 자매가 처음에 내게
왕이란 칭호를 붙일 때 뱅코는
그들을 꾸짖고 제게도 말하라 하니
예언자처럼 그들은 왕들의 조상으로
뱅코를 맞이했다. 열매 없는 왕관을
내 머리에 씌워놓고 불모의 홀을
내 손에 쥐었다가 왕통이 아닌 손이
빼어가고 내 아들이 후계자가 못 되면
그자의 자손을 위해 내 손을 더럽혀
인자한 덩컨을 살해하고 평강의 잔에
독약을 넣은 셈이다! 내 영원한 진주를
인류의 원수인 마귀에게 던져주고[40]
그자의 후손이 왕들이 되게 하니,
나는 단지 뱅코의 씨앗이 아닌가!
그러기에 앞서서 고하노니, 운명아,
결투장에 나와라. 최후의 순간까지
더불어 싸우자. 거기 누구 없는가?
[하인과 두 살인자 등장]
내가 부를 때까지 문간에 가 있어라. [하인 퇴장]
어제 함께 말하지 않았는가?

살인자들 예, 말씀하셨습니다.

맥베스 그렇다면 지금쯤 깊이 생각했겠다. 과거에
너희를 그토록 어렵게 만든 것은 그 사람이란
사실을 알아둬라. 너희는 나 때문에 생긴 일로
생각했지만 그 일과 나는 조금도 관계가 없다.
이런 사실은 지난번 만났을 때 분명히 밝혔다.
너희가 어떻게 속고 어떻게 당했는지, 누가
하수인이고 누가 그들의 공모자인지, 그밖에
모든 일을 일일이 증거와 함께 말했다. 반편과
얼치기도 뱅코가 그랬다고 끄덕일 정도였다.

살인자 1 저희에게 알려주셨습니다.

맥베스 그렇게 말했고—조금 더 말했다. 그래서 지금
두 번째다. 너희는 인내심이 대단하여 이 일을
그대로 넘겨버릴 셈인가? 그런 '선량한' 자와 그자의
후손을 위해 기도를 드릴 만큼 복음에 철저한가?[41]
그자들의 무거운 손이 무덤에 이르도록 너희를
억누르고 너희 가족을 영원히 거지가 되게 했는데?

살인자 1 전하, 저희도 인간이에요.

맥베스 그렇다. 인간의 목록을 보면 너희도
사람으로 통한다. 사냥개, 포인터,
청삽사리, 발바리, 셰퍼드, 스파니엘,
잡종 개 등 모두를 개라고 부르듯이.
—하지만 개의 특성 목록은 빠른 개,
느린 개, 꾀 많은 개, 집 보는 개,
사냥개 등, 풍성한 자연이 담아준
재질에 따라 구별하니까,
개들을 똑같이 취급하는 목록과 달리
특징이 첨가된다. 사람도 그와 같다.
너희도 인간의 대열에서 바닥이 아닌
상당한 수준에 이르는가? 말해보라.
내가 이번 일을 너희에게 맡기겠다.
그리하면 너희의 원수는 제거되고
내 마음과 사랑에 너희를 맺게 된다.
나는 그가 살아 있는 한 병든 것 같다.
그자가 죽어야 온전하다.

살인자 2 전하, 저는
세상의 온갖 몹쓸 시련과 부대낌에
한이 맺혀서 세상을 괴롭히는 짓이면

39 줄리어스 시저의 후계자인 안토니는 젊은 옥타비우스 시저(줄리어스의 양자)에게 기가 죽었다고 한다. 셰익스피어의 비극「줄리어스 시저」와「안토니와 클레오파트라」참조.

40 자신의 '영혼'이라는 진주('진정한 보석')를 만인의 원수인 마귀에게 내주는 것이다.

41 마태복음 5장 44절에 "너희 원수를 사랑하며 너희를 핍박하는 자를 위하여 기도하라"고 씌어 있다.

상관치 않습니다.

살인자 1 저도 똑같습니다.
재난에 지치고 운수에 시달려
아무런 일에라도 목숨을 내맡겨
흥하든 망하든 하렵니다.

맥베스 너희 둘은
뱅코가 원수임을 알고 있다.

살인자들 옳습니다.

맥베스 내 원수도 되는 자다. 피나는 투쟁이라
그의 존재가 매순간 내 생명 자체를
찔러대는 판이다. 권력을 발동하여
내 앞에서 쓸어내며 내 뜻이 그렇다고
선포할 수 있지만 그렇게는 할 수 없다.
나와 그가 잘 아는 친구들의 충성을
저버릴 수 없으며 그자의 죽음을
그들이 슬퍼할지 모른다. 그 때문에
너희에게 도움을 청하고, 여러 가지 중요한
이유 때문에 사회의 이목에서
사실을 감추려 한다.

살인자 2 전하의 명령을
행하겠습니다.

살인자 1 비록 저희 목숨이—

맥베스 정신이 빛난다. 늦어도 잠시 후
매복 장소를 지시하고 정확한 시간과
결정적 순간을 알려주겠다.
오늘 밤 반드시 수행할 일로
궁성에서 얼마쯤 떨어져 있는 장소다.
나는 항상 결백하다는 것을 절대 잊지 마라.
그의 아들 플리언스가 그와 동행하니
함부로 행하거나 그르치면 안 된다.
부친과 다름없이 그 아들의 죽음도
내게는 중요하다. 그자 역시 어둠 속에
동일한 운명을 맞게 된다. 결심해라.
너희에게 가겠다.

살인자들 굳게 결심합니다.

맥베스 곧 너희를 찾겠다. 안에 숨어 있어라.
뱅코, 네 영혼의 날갯짓이 결정되었다.
천국에 갈 것이면 오늘 밤에 찾아가라. [모두 퇴장]

## 3. 2

[왕비로서의 맥베스 부인과 하인 등장]

맥베스 부인 뱅코 공이 궁성을 떠나셨는가?

하인 예. 하지만 오늘 밤에 돌아오십니다.

맥베스 부인 전하께서 시간이 나시면 내가 몇 마디
할 테니 알려드려라.

하인 예, 그리하겠습니다. [퇴장]

맥베스 부인 별짓을 다했지만 얻은 것은 없다.
욕망을 성취해도 만족이 없으면 그래.
초조한 기쁨 속에 살아가는 살해자보다
살해를 당한 자가 오히려 안전해.
[맥베스 등장]
여보, 대왕, 어째서 당신은 홀로 지내며
슬프기 짝이 없는 환상으로 벗을 삼아
죽은 자와 더불어 죽어야 마땅한
생각들에 골몰하세요? 고칠 수 없는 것은
생각하지 마세요. 끝난 건 끝난 거예요.

맥베스 뱀을 건드렸지만 죽이진 못했소.
상처가 아물면 제 자신이 될 텐데,
어쭙잖은 우리는 뱀의 이전 이빨의
위험에 처해 있소. 하지만 하늘과 땅이
완전히 멸망하기 이전이지만
우리는 두려움 가운데서 밥을 먹고
밤마다 무서운 악몽 속에 잠을 자오.
한시도 쉴 새 없는 불안 가운데
정신의 고문대에 눕기보다는
우리의 안식을 위해 안식처로 보내준
죽은 자와 함께함이 훨씬 더 좋겠소.
무덤 속 덩컨은 덧없는 인생의
열병을 앓고 나서 고이 자는 중이오.
반역은 최악을 범했소. 칼도 독약도
내부의 음모도 외국의 군대도
무엇도 그 사람을 건드릴 수 없소.

맥베스 부인 착한 양반, 험악한 얼굴을 활짝 펴고
오늘 밤 손님들께 쾌활하게 대하셔요.

맥베스 그러겠소. 제발 당신도 그러시오.
뱅코에게 각별한 예의를 차리시오.
가장 높은 인사를 눈과 말로 보내시오.
당장은 불안하니 그처럼 아첨의 물에
우리의 명예를 깨끗이 씻어 얼굴을

가면 삼아 우리 속을 숨겨야 하오.

맥베스 부인 그런 생각을 버려야 해요.

맥베스 아, 여보, 마음속에 전갈이 들어찼소.
알다시피 뱅코와 아들이 살아 있소.

맥베스 부인 저들의 후손이 영원하진 않아요.

맥베스 아직은 공격이 가능해서 위안이 되오.
따라서 기뻐하오.—폐허의 박쥐가
날개를 치기 전에, 쇠똥의 풍뎅이가
마녀 왕의 호출에 졸리는 소리로
하품 짓는 밤의 종을 울리기 전에,
무서운 일이 생길 거요.

맥베스 부인 무엇이죠?

맥베스 귀여운 '병아리', 모르고 있으시오.
잘했다고 환호하기 전에는.—검은 밤아,
이리 와라, 인정 많은 낮의 눈을 가리고
잔인하되 볼 수 없는 네 손으로 나에게
겁을 주는 강력한 유대를 거절하여
산산이 깨뜨려라. 하늘빛이 짙어간다.
까마귀가 무리 짓는 숲으로 날갯짓하고
낮의 선한 만물이 잠들기 시작하고
밤의 검은 잡것들이 먹이 찾아 일어난다.
—내 말이 이상할 거요. 하지만 조용하오.
악으로 시작한 것은 악으로 강해지오.—
그럼 함께 갑시다. [둘 퇴장]

## 3. 3

[세 살인자 등장]

살인자 1 [살인자 3에게]
한데 누가 우리하고 섞이랬지?

살인자 3 맥베스 왕.

살인자 2 [살인자 1에게]
의심할 거 없다고. 우리가 하는 일을
같이할 뿐 아니라 똑같은 지시를
받은 게 확실해.

살인자 1 [살인자 3에게] 그럼 우리와 같이 있자.
아직 서쪽 빛살이 희미하게 비춘다.
지금 늦은 길손이 때맞춰 여관으로
박차를 가하는데 우리가 매복 중인
그자가 가까이 오고 있어.

살인자 3 쉿, 말발굽 소리 들려.

뱅코 [안에서] 얘, 횃불 가져와!

살인자 2 그럼 그자다.
초대자 명부에 올라 있는 나머지는
궁궐에 들어갔어.

살인자 1 말들을 걸리누나.

살인자 3 거의 1마일인데. 하지만 그는 그러려니 해.
누구나 그래. 여기서 궁성까지
걸어서 가.
[뱅코와 플리언스가 횃불을 들고 등장]

살인자 2 횃불이다, 횃불이다!

살인자 3 그자다.

살인자 1 준비해.

뱅코 오늘 밤 비 오겠군.

살인자 1 오라고 해라!
[그들이 뱅코를 공격한다. 살인자 1이
횃불을 쳐서 끈다.]

뱅코 오, 흉계다!
뛰어라, 플리언스, 뛰어라, 복수해라.
오, 못된 놈! [죽는다. 플리언스가 빠져나와 달아난다.]

살인자 3 횃불 누가 껐냐?

살인자 1 그러는 거 아냐?

살인자 3 하나만 쓰러졌다. 아들은 달아났다.

살인자 2 절반을 망쳤다.

살인자 1 할 수 없다. 그냥 가자.
무슨 일을 했는지 보고하자. [모두 퇴장]

## 3. 4

[차려진 잔칫상.
맥베스 왕, 왕비 차림의 맥베스 부인, 로스,
레녹스, 귀족들, 시종들 등장]

맥베스 귀공들, 각자 지위를 아시니 좌정하시오. 한마디로,
모두 진심으로 환영하오.

귀족들 전하, 감사합니다.

맥베스 나는 여러분 사이에 섞여 수수한 잔칫집 주인 노릇을
할 테요. 안주인은 위의를 갖추고 있지만, 적당한
때에 안주인에게 환영 인사를 시키겠소.

맥베스 부인 모든 친구분들께 저 대신 말씀하세요. 진심으로
모든 분을 환영하니까요.

[살인자 1 등장]
맥베스 [맥베스 부인에게]
모두들 진심으로 당신에게 건배하오.
양쪽 수가 똑같소. 나는 가운데 앉겠소.
마음껏 즐기시오. 내가 식탁 주변을
한 순배 돌겠소. [살인자 1에게]
얼굴에 피 묻었다.
살인자 1 그럼 뱅코 피군요.
맥베스 그자가 온 것보다 네가 온 게 반갑다.
그자를 처분했지?
살인자 1 그자의 목을 땄습니다.
제가 그랬습니다.
맥베스 우수한 목따개군.
그렇게 그 아들도 대접하면 매우 좋겠지.
네가 그리했다면 너야말로 최고수다.
살인자 1 가장 귀하신 전하님.—
아들은 내뺐어요.
맥베스 병이 다시 오누나.
발작만 없으면 완전할 왕일 텐데—
차돌처럼 완벽하고 바위처럼 튼튼하고
우릴 두른 대기처럼 활달할 테지만,
지금 나는 좁은 방에 요망한 의심과
공포에 잡혀 있다. 뱅코는 안전한가?
살인자 1 예, 전하. 안전하게 개천에 뉘었습니다.
머리에 스무 군데 칼자국이 생겼습니다.
작은 것 하나라도 치명적입니다.
맥베스 그거 고맙다. 어미 뱀은 죽었지만
달아난 새끼 뱀도 독 만들 힘이 있다.
당장은 이빨이 없지. 지금은 가라.
내일 다시 듣겠다. [살인자 1 퇴장]
맥베스 부인 존귀하신 전하께서
건배를 안 하셔요. 잔치하는 사이에
건배가 없으면 값을 내는 잔치예요.
환영하면 주는 거고—밥은 집에서 먹죠.
따라서 음식의 양념은 예절이에요.
예절 없는 모임은 삭막해요.
[뱅코의 유령이 등장하여 맥베스의 자리에
앉는다.]
아름다운 충고자—
맥베스 식욕과 소화가 동행하기 바라오.
양쪽 모두에 건배!
레녹스 전하도 앉으시지요.
맥베스 존경하는 뱅코 공이 이 자리를 빛내주면
이 나라 귀족이 한 지붕 아래 모이겠소.
사고에 대한 동정보다 불친절에 대하여
나무라겠소.
로스 여기에 오지 않은 것은
약속을 잘못한 탓입니다. 전하께서
저희와 어울리는 영광을 주십시오.
맥베스 좌석이 가득 찼소.
레녹스 여기 좌석이 준비돼 있습니다.
맥베스 어디?
레녹스 여깁니다, 전하. 왜 그러십니까?
맥베스 누가 이런 짓 했소?
귀족들 무엇 말씀인가요?
맥베스 [뱅코의 유령에게]
내가 그랬다고 말하지는 못 하겠지.
피투성이 머리를 내게 흔들지 마라.
로스 여러분, 일어납시다. 전하께서 불편하시오.
맥베스 부인 점잖은 친구들, 앉으세요. 이따금 저러셔요.
젊었을 때부터 그랬어요. 자, 앉아요.
발작이 짧아요. 금방 회복되셔요.
여러분이 너무 주시하시면 도리어
분노를 돋우고 격정이 길어져요.
잡수시며 모른 체해요. [맥베스에게 방백]
당신이 남자요?
맥베스 [맥베스 부인에게 방백]
물론 대담한 남자지. 마귀도 겁낼
저 꼴을 똑바로 볼 수 있어.
맥베스 부인 [맥베스에게 방백] 싱거운 소리!
두려움이 허깨비로 나타난 거예요.
당신을 덩컨에게 이끌어 갔다는
공중의 칼처럼. 갑자기 화를 내고—
모두 가짜 겁이에요. 겨울철 화롯가의
아낙네들 얘기고 자기 할머니한테
들었다고 할 소리예요. 정말 창피스럽소.
왜 그런 낯이에요? 아무리 보아도
빈 의자뿐인데.
맥베스 저것 보시오, 저거 봐요. 저게 뭐요?
[뱅코의 유령에게]
네놈이 고개를 꺼떡대고 말을 해도
나는 상관없다. 납골당과 무덤들이

파묻은 시체를 되돌려 보낸다면
말똥가리[42] 배 속이 무덤이 되겠다. [유령 퇴장]
맥베스 부인 얼빠진 겁쟁이가 되셨소?
맥베스 여기 내가 섰듯이, 그자를 봤소.
맥베스 부인 창피해요.
맥베스 [방백] 그 옛날 법이 인간의 사회에서
악을 없애기 전에도 피를 흘렸고,
그 후에도 차마 귀로 듣지 못할 살인들이
횡행하였다. 머리의 골수가 꺼지면
그자는 죽는 것이 예사였고 그자는
끝났는데 지금은 머리에 치명상이
스무 개가 되어도 다시 일어나
우리를 자리에서 밀어내누나.
암살보다 괴상하다.
맥베스 부인 존엄하신 전하,
친구들이 기다리고 있어요.
맥베스 잊었었군.
오, 귀한 친구들, 이상하게 보지 마오.
지병이 있는데, 나를 아는 이들에게는
별게 아니오. 모두의 우의와 건강을 비오.
그럼 앉겠소. 술을 달라. 가득 부어라.
[유령 등장]
만좌한 귀공들의 행복에, 그리고
여기 없는 귀한 친구 뱅코에게 건배하오.
있으면 좋으련만. 여러분과 그에게
잔을 비우오.
귀족들 충성과 맹세를 바칩니다.
맥베스 [유령에게]
가라, 눈앞에서 없어져라. 땅속에 갇혀 있어라.
네 뼈에는 골수가 없고 피도 차갑다.
눈은 번뜩이지만 그것으로 아무것도
보지 못한다.
맥베스 부인 귀공들, 이것을 하나의
습관으로 아세요. 다른 게 아니에요.
그때의 즐거움을 망칠 뿐이죠.
맥베스 사나이의 용기라면 내게도 있다.
험악한 러시아 곰, 철갑의 외뿔소,
히르카니아[43] 범도 좋다.—그 꼴만 아니면
무슨 꼴도 괜찮다. 강인한 내 정신이
절대로 떨지 않겠다. 또는 다시 살아나
황야에서 너의 칼로 대결로써 청해라.
그런데도 무서워서도 집에 박혀 있으면
나에게 꾀고만 계집애라고 해도 좋다.
꺼져라. 실체 없는 끔찍한 허깨비! [유령 퇴장]
없어지니 사내가 다시 됐군.—앉으시오.
맥베스 부인 흥들이 깨졌어요. 괴상하게 구니까
단란한 모임도 망쳤군요.
맥베스 그따위가
여름 먹구름처럼 내 위에 덮어 오니
놀라지 않겠소? 내 얼굴이 공포로
하얗게 질렸는데 여러분이 그 모습을
바라보면서 얼굴색이 변하지 않고
여전히 불그레하면 나의 정신 상태를
의심하게 되오.
로스 모습이라니요?
맥베스 부인 말하지 마세요. 점점 나빠지세요.
물으면 화를 내요. 안녕히들 가세요.
지위에 따르는 예절을 생략하고
한꺼번에 가세요.
레녹스 안녕히 계십시오.
전하의 건강을 기원합니다.
맥베스 부인 잘들 가세요.
[귀족들과 시종들 퇴장]
맥베스 피를 보겠다는군. 피는 피를 요구해.
바위가 움직이고 나무가 말해.
까치와 까마귀의 내장을 보아[44]
아무리 깊이 숨은 살인자라도
밝혀내지 않을 수 없다. 몇 시 됐소?
맥베스 부인 밤인지 새벽인지 분간 안 돼요.
맥베스 맥더프가 내 부름에 얼굴을 안 뵌 걸
어떻게 생각하오?
맥베스 부인 기별을 보냈나요?
맥베스 간접으로 들었지만 직접 보내겠소.
그 집 하인 치고 내가 매수하지
않은 자가 없소. 내일 가야지.—

42 시체를 뜯어 먹는 새.
43 지금의 카스피아 해안 남쪽 지역. 호랑이가 많았던 곳으로 알려졌었다.
44 마술사가 이런 불길한 새들의 내장 모양을 보고 점을 쳐서 사실을 알아낸다고 했다. 바위가 움직이고 나무가 말하는 것도 불길한 사실을 나타내는 기적이었다.

일찍 갈 테요.—운명의 자매에게.
말을 더 듣겠소. 이젠 최악의 수단으로
최악을 알아야 직성이 풀리겠소.
내게 득이 안 되면 무엇이든 제거하겠소.
이만큼 피를 밟아왔으니 그만둔대도
가는 거나 오는 거나 똑같이 힘들겠소.
언뜻 생각이 들자마자 그것이 손을 뻗어
살피기 전에 행동부터 해야 되오.
맥베스 부인 만물을 보존하는 잠이 모자라네요.
맥베스 그럼 자러 갑시다. 그 괴상한 환상은
초심자의 겁이었소. 단련이 필요하오.
확실히 우리는 아직 초보 단계요. [둘 퇴장]

## 3. 5

[우렛소리.
세 마녀가 등장하여 헤카테[45]를 만난다.]
마녀 1 헤카테 님, 무슨 일이죠? 화나신 것 같은데?
헤카테 할망구들 같으니. 화 안 나게 생겼냐?
주제넘고 건방지게 너희가 감히
수수께끼, 죽는 짓 등, 맥베스와
거래하기냐! 나는 마술의 주인으로
오만 가지 해악을 꾸며내는데
나의 일을 맡기거나 우리 마술의
명예를 뽐내라고 했었냐?
더욱이 나쁜 것은 너희가 한 짓은
고작해야 고집쟁이 한 놈이 대상이었다.
못되고 포악한 놈인데 딴 놈처럼
너희를 위해서가 아니라 자기 속만
차리는 놈이다. 하지만 이후로는
제대로 해라. 그럼 모두 가거라.
황천가 구렁에서 새벽에 만나자.
녀석이 운명을 알고 싶어서
거기에 올 게다. 도구와 주문을
마련해둬라. 그밖에 요술 등,
모든 걸 빠짐없이 갖춰놓아라.
나는 공중으로 날아가 밤새도록
무서운 운명의 종말을 준비하겠다.
중대한 일거리는 오전에 끝내야 돼.
달의 한쪽 끝머리에 위력이 대단한
안개 덩이 하나가 달려 있는데
땅에 떨어지기 전에 내가 잡겠다.
마술의 솜씨로 진수를 뽑아내면
교묘한 정령들을 불러 일으켜
허깨비의 힘으로 그자를 파멸로
끌어가거든. 운명을 비웃고
죽음을 경멸하며, 자신의 희망을
지혜, 은총, 두려움보다 위에 둘 테지.
너희 모두 알다시피 자신의 안전을
믿는 게 인간의 최고 원수다.
[음악.
구름이 나타난다.]
쉿. 나를 부른다. 작은 정령이
안개 낀 구름 위에 앉아 기다린다.
[안에서 정령들이 노래한다.]
정령 1 헤카테, 헤카테, 오세요, 오세요.
이리 오세요.
헤카테 간다. 간다. 내가 간다.
전속력을 내서 간다.
전속력을 내서 간다.
건초단[46]은 어디 있니?
정령 2 여기요.
헤카테 장난꾼은 어디 있니?
정령 3 여기요.
깡충이, 지옥 길도 여기 있어요.
여왕님만 없으세요. 여왕님만 없으세요.
여기로 오세요. 숫자를 채우세요.
헤카테 기름만 칠하면 솟아오르지.
기름만 칠하면 솟아오르지.
[고양이처럼 생긴 정령이 내려온다.
다른 세 정령이 위에 나타난다.]
정령 1 제 몫을 챙기려고 한 놈이 온다.
키스 한 번, 포옹 한 번, 핏물 한 모금.
왜 그리 지체하니? 야옹.
고양이[47] 야옹.

45 달의 여신으로서 마녀들의 여왕.
46 여기 나오는 '건초단', '장난꾼', '깡충이', '지옥 길' 등은 모두 헤카테가 부리는 정령들이다.
47 마녀들이 부리는 정령의 하나.

정령 1 공기가 하도 달고 좋아서.
헤카테 오, 너구나. 무슨 소식 있니?
고양이 무슨 소식?
정령 2 모든 게 우리가 좋게 되는 중이야.
여기 오든지 말든지 해.
고양이 난 싫어.
헤카테 이제는 날아갈 준비가 끝났다.
이제는 내가 간다. 날아서 간다.
정다운 정령인 나비와 내가.
[헤카테와 고양이가 올라간다.]
정령 3 휘영청 밝은 달에 공중을 날아가
먹고 마시고 노래하고 장난치고
키스하는 건 얼마나 재미있냐!
정령들의 합창 수풀과 봉우리와 산을 넘어서
바다와 안개 덮인 샘물을 날아
첨탑과 성탑과 성루를 넘어
정령 떼와 더불어 밤에 날아간다.
[위에서 헤카테와 고양이가 사라진다.]
종소리는 우리 귀에 들리지 않고
늑대와 사냥개가 짖는 소리도 없고
물결이 파도치는 소리도 없고
대포의 고함도 여긴 못 오지. [정령들 퇴장]
마녀 1 얘들아, 서두르자. 금세 돌아오실라. [모두 퇴장]

## 3. 6

[레녹스와 다른 귀족 등장]
레녹스 내가 앞서 말한 것이 당신 생각과
일치했을 뿐인데 깊이 알아봅시다.
이상하게 벌어진 일이지요. 맥베스가
덩컨 왕을 애도했고—왕은 돌아가셨소.—
용맹한 뱅코는 너무 늦게 나다녔소.
아들이 아비를 죽이고 달아났다
할 수 있소. 늦게 나다닐 게 아니오.
맬컴과 도널베인이 자혜로운 부친을
죽이다니 얼마나 추악한지 생각하지
않을 자 있겠소? 저주받을 짓이었소.
맥베스가 얼마나 슬퍼했소! 격한 나머지
당장에 태만한 자들을 죽여버렸소!
술의 노예와 잠의 포로였던 자들이오.
고귀한 행동 아니었소? 또한 현명하였소.
그자들이 부인하면 누구라도 격분할
경우였소. 그래서 결론을 말하자면
맥베스가 모든 일을 매우 잘 다뤄서
덩컨 왕의 아들들이 수하에 있다면—
하늘이 허락하여 그럴 리 없겠지만—
부친의 살해가 무엇인지 알았겠소.
플리언스도 같소. 그러나 입 다뭅시다.
말을 크게 했다가 또한 폭군의 연회에
불참한 죄로 맥더프가 눈 밖에 났다 하오.
귀공, 그 사람이 어디 있는지 아시오?
귀족 폭군에게 후계자의 권리를 찬탈당한
덩컨 왕의 아들이 잉글랜드 궁정에
머무는데, 신심 깊은 에드워드 왕[48]이
은혜롭게 맞아주어 운수의 악희가
전혀 그의 권위를 해하지 못하지요.
맥더프는 그리로 갔소. 노섬벌랜드와
용맹한 시워드[49]의 군대를 일으킬 때
거룩한 왕의 도움을 구하기 위해서요.
그들의 원조와 그 일을 허락하실
위에 계신 분의 도움으로 우리가 다시
식탁에 음식을, 밤에 단잠을 취하고
잔인한 칼날 없이 축제와 잔치를
진심으로 축하하고 자유롭게 예의를
받으려는 것인데, 지금은 모든 것이
그리울 뿐이오. 이 소식이 전해지자
노한 왕은 전쟁을 준비 중에 있다 하오.
레녹스 맥베스가 맥더프에게 전령을 보냈소?
귀족 그랬소. '안 간다'는 단호한 대답을 듣고
침울한 전령이 등을 돌리며
'이 답으로 나에게 애를 먹인 걸 후회하리라.'
하는 듯이 빈정댔소.
레녹스 그것을 보고
지혜가 알릴 만큼 멀리 가는 게
좋을 게요. 말해주시오. 맥더프의 도착 전에
거룩한 천사가 잉글랜드로 날아가

48 '고백자' 에드워드로 알려진 잉글랜드 왕(재위 1042~1066). 신앙이 깊어 성자로 추앙되었다.
49 둘 다 잉글랜드 북방, 스코틀랜드 접경 지역의 강력한 잉글랜드 귀족들.

저주받을 손에 눌린 괴로운 이 나라에
어서 속히 축복이 돌아오도록
기도합니다.

귀족 내 기도도 그와 함께 보내겠소. [둘 퇴장]

## 4. 1

[우렛소리.
세 마녀 등장]

마녀 1 얼룩빼기 고양이가 세 번 울었다.

마녀 2 세 번. 그리고 고슴도치가 한 번 울었어.

마녀 3 괴물 년이 부른다. 때가 됐다. 때가 됐다.

마녀 1 가마솥 둘레를 빙빙 돌아라.
독 오른 내장들을 던져 넣어라.
두꺼비야, 차가운 돌 밑에서
서른 하루 밤낮을 잠자면서
독을 만든 두꺼비, 너 먼저
요술 솥에서 부글부글 끓어라.

모두 두 겹, 두 겹, 힘들여서 일해라.
불아, 붙어라. 솥아, 끓어라.

마녀 2 감탕 묻은 뱀의 저민 살,
가마솥에 삶아 익히자.
도롱뇽 눈알, 개구리 발가락,
박쥐의 터럭, 개의 혓바닥,
독사의 어금니, 눈먼 벌레 눈,
도마뱀 허벅지, 올빼미 새끼 날개.
강력한 해를 끼칠 주문을 위해
지옥의 국처럼 삶고 끓이자.

모두 두 겹, 두 겹, 힘들여서 일을 해라.
불길아, 붙어라. 가마야, 끓어라.

마녀 3 용의 비늘, 늑대의 이빨,
마녀의 미라, 실컷 처먹은
짠물 바다 상어의 밥주머니,
밤중에 캔 독미나리 뿌리,
불경스런 유대인의 간덩이,
염소의 쓸개, 어두한 월식 때
잘게 자른 주목의 잔가지,
터키인 코, 달단인 입술,
갈보가 시궁창에 낳아서
목 졸라 죽인 아기 손가락.
걸쭉한 죽을 질게 만들고
거기다 범의 밸을 더하여
가마솥 잡탕을 만들어라.

모두 두 겹, 두 겹, 힘들여서 일을 해라.
불길아, 붙어라. 가마야, 끓어라.

마녀 2 성성이 피로 죽을 식혀라.
주문이 강하고 순조롭다.
[헤카테와 다른 세 마녀 등장]

헤카테 아주 잘했다. 노고를 치하한다.
누구나 이익의 몫을 받는다.
이젠 솥을 돌며 노랠 불러라.
요정과 선녀처럼 손에 손잡고.
집어넣은 모든 것에 마술을 걸자.
[음악. 그리고 노래]

마녀 4 깜장, 하양 정령들, 빨강, 잿빛 정령들,
섞일 수 있을 만큼 섞이고 섞여라.
찌찌야,[50] 띠띠야, 빳빳하게 버텨라.
불용아, 두꺼비야, 재수 좋게 만들어라.
잿빛아, 로빈아, 너희도 뛰어들어라.

마녀들의 합창 빙글 빙글 빙글 빙글 돌고 돌아라.
모든 악은 들어오고 모든 선은 나가라.

마녀 5 박쥐 피 여기 있다.

마녀 4 넣어라. 넣어라!

마녀 6 도마뱀 골 여기 있다.

마녀 4 조금만 넣어라!

마녀 5 두꺼비 즙, 독사의 기름,
젊은 놈을 미치게 하지.

마녀 4 넣어라. 다 끝났다. 냄새를 빼라.

마녀 6 아니다. 빨강머리 계집년의 살점이 있다.

마녀들의 합창 빙글 빙글 빙글 빙글 돌고 돌아라.
온갖 악은 들어오고 온갖 선은 나가라.

마녀 2 엄지손이 따끔대니
무슨 악한 물건이 이리 오누나.
누가 문을 두드리든 자물쇠야, 열어줘라.
[맥베스 등장]

맥베스 은밀하고 시커먼 심야의 할멈들아,
뭣들 하고 있냐?

마녀 전부 이름 없는 것이오.

50 정령의 이름. 다음의 오는 것들도 모두 같다.

너희 일에 걸어서 명하노니, 어떻게
아는지는 내가 알 바 아니고 대답만 해라.
바람을 풀어놓아 교회당에 맞서서
싸우게 하고 거품 이는 물결이
짐배들을 깨뜨리고 모두 삼켜버리고
갓 자란 곡식과 나무들을 쓰러뜨리고
경비병의 머리 위로 궁궐들이 무너지고
대궐과 피라미드가 머리를 바닥에
곤두박고, 파괴가 구역질할 때까지
자연의 온갖 조화의 보물 창고가
한꺼번에 무너져 내린대도
대답하라.

마녀 1 말하오.

마녀 2 물으오.

마녀 3 답하겠소.

마녀 1 우리 입에서 들을지 주인들에게 들을지
말하시오.

맥베스 주인들을 불러와. 만나겠다.

마녀 1 새끼 아홉 마리를 먹어치운 암퇘지의
진한 피를 부어 넣고, 살인범의 교수대가
뿜어낸 기름을 불에 던져라.

마녀들 모두 모두 와서
모습과 직분을 속히 보여라.
[우렛소리.
첫째 유령, 투구 쓴 머리]

맥베스 모르는 정령, 말하라.

마녀 1 당신 속을 아니까
듣기만 하고 말하지 마오.

유령 1 맥베스, 맥베스, 맥베스, 맥더프를 조심하라.
파이프를 조심하라. 이상이다. 보내다오. [내려간다.]

맥베스 누구인지 모르나 경고에 감사한다.
의심을 말했구나. 한마디 더하면—

마녀 1 명령을 듣지 않소. 처음보다 강력한
유령이 왔소.
[우렛소리.
둘째 유령, 피 묻은 아이]

유령 2 맥베스, 맥베스, 맥베스.

맥베스 귀가 세 개면 네 소리 듣겠다.

유령 2 잔인하고 용감하고 담대하라. 인간의 힘을
우습게 알라. 여자 몸이 낳은 자는
맥베스를 해하지 못하리라. [내려간다.]

맥베스 그렇다면 살아라, 맥더프.—겁날 게 없어!
하지만 겹으로 확실히 하기 위해
운명과 계약하겠다. 너는 살지 못하리라.
염통 허연 겁에게 거짓말 말라 하고
천둥에도 불구하고 잠만 자겠다.
[우렛소리.
셋째 유령, 손에 나무를 든, 왕관을 쓴 아이]
이게 뭔가?
왕자처럼 생긴 자가 올라오면서
아이 머리에 왕의 둥근 관을
쓰고 있구나.

마녀들 모두 듣기만 하고 말하지 마오.

유령 3 사자의 용기를 지키고 오만하며,
누가 안달하는지 누가 속이 상하는지
반역자가 어디 있는지 걱정을 마라.
맥베스는 절대로 패하지 않으리라.
울창한 버넘 숲이 던시네인 산으로
그에 맞서 오기 전엔. [내려간다.]

맥베스 그럴 리 없지.
누가 숲을 징발하여 흙 속의 뿌리를
뽑으라고 나무에게 명령하겠나?
듣기 좋은 예언이다. 죽은 반역자들아,
버넘 숲이 올 때까지 살아나지 말아라.
높이 앉은 맥베스는 수명만큼 살겠고
정한 만큼 숨 쉬고 죽을 때 죽겠다.
하지만 하나만 더 알고 싶다.
요술이 안다면—뱅코의 후손이
이 나라를 다스리겠나?

마녀들 전부 더 알려 하지 마오.

맥베스 알아야겠다. 너희가 거절하면
영원한 저주가 너희에게 내리리라. 알려달라.
[가마솥이 내려간다.]
어째서 내려가지? [오보에 소리]
저건 무슨 소린가?

마녀 1 보여줘라.

마녀 2 보여줘라.

마녀 3 보여줘라.

마녀들 모두 눈앞에 보여줘라. 마음을 괴롭혀라.
허깨비처럼 왔다가 허깨비처럼 사라져라.
[여덟 명의 왕—마지막 왕은 손에 거울을
들었다.[51]—그리고 뱅코의 모습이 나타난다.]

맥베스 뱅코의 혼령과 너무 닮았다. 내려가라.
네 왕관에 눈알이 쓰리다. 네 머리는
첫째와 똑같은 왕관을 쓰고 있구나.
셋째도 그렇구나. 치사한 할멈들아,
어째서 보여주느냐? 넷째도? 눈알 나온다!
최후의 심판까지 이어나갈 셈이냐?
또 있어? 일곱째? 더 보지 않겠다.
그런데도 여덟째가 나타나, 더 많은 왕을
비춰주는 거울을 들었구나. 그중 몇은
이중의 구와 삼중의 홀[52]을 들었구나.
무서운 광경이다.—이제야 알겠다.
머리가 피범벅인 뱅코가 웃으면서
후손들을 가리킨다. 그렇게 되는가? [왕들과 뱅코 퇴장]
헤카테 그렇다. 그렇게 된다. 한데 어째서
맥베스가 이처럼 정신이 빠졌나?
자매들아, 저 사람 기분을 돋우고
우리의 즐거움을 최고로 보여주자.
소리 내는 요술을 바람에 걸겠으니
기괴한 춤사위를 너희가 보여줘라.
우리가 환영의 인사를 드린 것을
위대한 왕께서 고마워하시겠다.
[음악. 마녀들이 춤추고 나서 헤카테와 함께
사라진다.]
맥베스 어디 있나? 사라졌나? 이 악한 시간이
영원히 저주받아 책력에 기록돼라.
밖에 있는 사람은 들어와라.
[레녹스 등장]
레녹스 왜 그러십니까?
맥베스 운명의 세 자매를 봤는가?
레녹스 못 봤습니다.
맥베스 지나가지 않았나?
레녹스 그런 일 없습니다.
맥베스 그년들이 타는 바람에 염병 들어라.
그년들을 믿는 자는 저주받아라.
말소리가 들렸는데 누가 왔는가?
레녹스 전하께 소식 전할 두세 사람입니다.
맥더프가 잉글랜드로 도주했습니다.
맥베스 잉글랜드로 도주했어?
레녹스 예, 전하.
맥베스 [방백] 무서운 행동이 한발 늦었다.
행동이 안 따르면 재빠른 목적도
성취할 수 없다. 이후로는 심중에
계획이 생긴 즉시 손부터 쓰겠다.
지금 곧 행동하여 계획을 끝내겠다.
생각이 행동 돼라. 맥더프의 궁성을
불시에 습격하여 파이프를 점령하고
아내와 자식들과 혈통을 같이하는
불행한 자 전부를 칼날에 부치리라.
이것은 바보의 자랑이 아니다.
생각이 식기 전에 이 일을 행하리라.
하지만 이제부터 허깨비는 보지 않는다.
어디 있는가? 그들에게 같이 가자. [둘 퇴장]

## 4. 2

[맥더프의 아내, 아들, 로스 등장]
맥더프 부인 무슨 짓을 했기에 이 땅에서 도망쳐요?
로스 참으셔야 합니다.
맥더프 부인 남편이 못 참아요.
도망치다니 미쳤어요. 행동은 안 그런데
괜히 겁을 먹으면 역적이 된다고요.
로스 지혜인지 겁인지 부인은 모르시오.
맥더프 부인 지혜라뇨? 스스로 무서워
아내와 아이들과 지위와 궁성과 재산을
그 자리에 버려두고 도망쳤는데?
우리를 사랑하지 않아요. 정이 없어요.
새 중에서 제일 작은 뱁새도 둥지 속에
새끼들이 있으면 올빼미에 맞서요.
겁만 있고 사랑은 조금도 없다고요.
아무런 이유 없이 도망친 건
지혜가 없단 뜻이에요.

51 뱅코의 아들 플리언스를 조상으로 시작해 셰익스피어 당시 제임스 왕(거울을 든 왕)까지 8대의 스튜어트 가문의 왕이 있었다. 지금의 엘리자베스 여왕도 딸 쪽으로 그의 후손이 된다.

52 '구'와 '홀'은 왕이 왕권을 나타내기 위하여 왼손에 드는 작은 공과 오른손에 드는 막대인데 제임스 1세는 잉글랜드와 스코틀랜드 두 왕국을 통합하여 이중의 구를 들었고, 잉글랜드에서 대관식 때 들었던 두 개의 홀과 스코틀랜드에서 대관식에서 들었던 홀을 합하여 삼중의 홀을 들었던 셈이다.

로스 친애하는 부인,
제발 진정하세요. 바깥양반께서는
고귀하고 현명하여 난폭한 이 시대를
너무나 잘 아시오. 말은 길게 못 하나
자신도 모르게 반역자가 되는 때는
잔인한 때요. 근심에서 생기는
소문에 솔깃해도 근심은 막연하여
거칠고 사나운 파도에 밀려
이리저리 떠돕니다. 안녕히 계십시오.
머지않아 여기 다시 오겠습니다.
가장 낮은 상태는 그것으로 끝나고
다시 이전 상태로 오른다는 뜻이지요.
[아이에게] 귀여운 아이야, 축복 있기를!

맥더프 부인 아버지가 낳았지만 아버지가 없어요.

로스 더 있으면 눈물을 보이고 부인도
불편하실 터이니 나야말로 바보요.
즉시 떠나오. [퇴장]

맥더프 부인 얘야, 아빠가 죽었으니 이제 난 어째야
좋지? 어떻게 살지?

아들 새처럼 살죠, 엄마.

맥더프 부인 뭐? 벌레랑 파리랑 잡아먹고?

아들 잡는 거 먹고 살죠. 새들도 그러니까.

맥더프 부인 불쌍한 새야. 넌 새그물도 끈끈이도 함정도,
올무도 걱정하지 않누나.

아들 왜 걱정해요, 엄마? 그런 것들은 불쌍한 새를
잡으려는 게 아니에요. 엄마가 뭐라고 해도 우리 아빤
안 죽었어요.

맥더프 부인 아니야 죽었어. 아빠가 없으면 어떻게 하려고
하니?

아들 그럼 엄마는 아빠 없으면 어떻게 할 건데요?

맥더프 부인 그야 아무 장터에서나 스무 명은 살 수 있지.

아들 그러니까 다시 팔려고 사는 거군요.

맥더프 부인 있는 재주 다해서 재깔대는데 참말이지 나이에
비해 아주 똑똑하구나.

아들 엄마, 아빠가 반역자예요?

맥더프 부인 맞아. 그렇단다.

아들 반역자가 뭔데요?

맥더프 부인 그야 맹세하고 거짓말하는 사람이지.

아들 그러는 사람은 모두 반역자예요?

맥더프 부인 그러는 사람은 모두 반역자여서 목매달려
죽는단다.

아들 맹세하고 거짓말하는 사람은 모두 목이 달려요?

맥더프 부인 누구나 그래.

아들 누가 목을 매달아요?

맥더프 부인 그야 좋은 사람이지.

아들 그럼 거짓말쟁이와 맹세하는 사람이 바보네요.
그 녀석들이 수가 많으니까 도리어 좋은 사람을
붙잡아서 목매달아 죽이면 되겠네요.

맥더프 부인 오, 하느님 도우시길! 가련한 원숭이 녀석!
하지만 아빠 없이 어떻게 해?

아들 아빠가 죽었다면 엄마가 울 테고, 엄마가 울지
않는다면 곧 새아빠가 생길 거라는 좋은
징조겠죠.

맥더프 부인 불쌍한 말쟁이! 별소릴 다하네!
[전령 등장]

전령 마님께 축복을! 저를 모르시지만
저는 마님의 지위를 잘 알고 있습니다.
무슨 큰 위험이 닥칠까 두렵습니다.
남루한 사람의 권고를 들으시고
여기 있지 마십시오. 아이들과 피하십시오.
놀라게 해드린 것은 몹쓸 짓이지만
그보다 심하면 잔인한 짓일 것입니다.
너무도 급합니다. 하늘의 보호를!
더 있지 못합니다. [퇴장]

맥더프 부인 어디로 달아나지?
못된 짓은 안 했는데. 하지만 생각하니
세상에 사는구나. 못되게 구는 게
칭찬받을 때가 많고 좋은 일하는 게
위험할 때도 있어. 그러니 어쩌자고
나쁜 짓 안 했다는 여자의 변명을
구구하게 내세우나?
[살인자들 등장]
웬 놈들이냐?

살인자 네 남편 어디 있냐?

맥더프 부인 너 같은 놈이 찾아낼 저주받을
장소엔 없겠다.

살인자 그자는 반역자다.

아들 거짓말 마. 털북숭이 악당 놈.

살인자 뭐야, 꼬맹이?
역적질의 새끼가! [아이를 죽인다.]

아들 엄마, 저놈이 찔렀어요.
빨리 달아나세요.

[맥더프 부인이 "살인이야." 하며 퇴장하고
살인자들이 뒤를 쫓는다.]

## 4. 3

[맬컴과 맥더프 등장]

맬컴 외딴 그늘을 찾아가 피차의
슬픈 속을 비웁시다.

맥더프 차라리
사내답게 죽음의 칼을 굳게 잡고
쓰러져 있는 권리를 보호합시다.
날마다 새 과부, 새 고아가 울부짖고
새 슬픔이 하늘의 얼굴을 치니
하늘은 이 땅과 슬픔을 같이하는 듯
그 소리에 반향하오.

맬컴 믿는 것을 슬퍼하고
아는 것을 믿소. 기회가 생기면
고칠 만한 것들은 고쳐볼까 하는데요.
당신이 말한 것은 맞을지도 몰라요.
이름만 대도 혓바늘 돋는 저런 폭군도
바르다고 생각해서 당신도 좋아했고
당신에겐 아직까지 손을 대지 않았소.
그자의 일면이 젊은 내게 있을 수 있고
노하신 하느님께 잘나게 보이려고
어린양을 바치려는 영리한 꾀도 있소.

맥더프 저는 반역자 아닙니다.

맬컴 맥베스는 반역자요.
선하고 유덕한 사람도 보좌를 탐해
변할 수 있소. 그러나 용서하오.
내 뜻대로 당신을 바꿀 수 없소.
가장 빛나는 천사가 타락하였소.
온갖 추한 것들이 선한 얼굴을 보여도
선은 언제나 선해야 하오.

맥더프 희망이 없군요.

맬컴 의심스런 사람에겐 희망이 없겠지요.
어째서 부인과 아이를 위험 중에 버려뒀소?
사랑의 매듭들인 정겨운 이들과
작별도 안 하고 떠났소? 대답하오.
내 의심을 당신의 불명예로 삼지 마오.
내 안위의 문제요. 내가 어찌 생각하든,
당신은 옳을 수 있소.

맥더프 불쌍한 조국아,
계속 피를 흘려라. 강력한 폭정아,
기반을 다져라. 선이 너를 못 막으니
그대로 지속하라. 폭정이 허락됐다.
잘 계시오. 폭군의 영토 전부와
부요한 동방까지 준대도 그런 악당은
안 되겠습니다.

맬컴 분개하지 마시오.
완전히 당신을 불신하는 말이 아니오.
나라가 멍에 아래 가라앉고 있으며
울며 피 흘리고 날마다 상처가
더하여 가오. 그 때문에 나를 위해
궐기한 손길이 있을 것이오.
자혜로운 이 나라 임금께서 수천 군을
제의하셨소. 그럼에도 불구하고
폭군의 머리를 짓밟거나 칼끝에
꽂는다고 해도 불쌍한 내 나라는 전보다
더 심한 횡포를 더 많이
겪게 되겠소. 후계가 될 자가
그러한 자요.

맥더프 누가 후계자인가요?

맬컴 나요. 온갖 종류의 악이
내 속에 박혀 있어 한번 열어 놓으면
무한한 악에 비해 시커먼 맥베스가
흰 눈처럼 순결하게 나타날 것이니,
불쌍한 백성은 그자를 양처럼
섬길 터이오.

맥더프 끔찍한 마귀 중에
악랄한 짓으로 맥베스를 앞지를
마귀가 없습니다.

맬컴 그자의 잔인함을
인정하오. 음탕하고 욕심 많고 간사하고
속이고 성급하고 악하여, 이름을 가진
온갖 죄를 모두 즐기지만 내 욕망은
한이 없어, 당신네 부인, 딸, 모친, 하녀,
모두가 내 음욕의 깊은 그릇을
채울 수 없소. 뿐만 아니라 내 욕정은
내 뜻에 거역하는 온갖 장애물들을
눌러버릴 터이오. 그런 자의 지배보다
맥베스가 낫소.

맥더프 한없는 무절제가
폭력이지요. 그로 인해 행복한 보좌가
불시에 비워지고 많은 왕이 추락했어요.
하지만 그의 권리를 겁내지 말고
취하세요. 남몰래 마음껏 재미 보고
깨끗한 체하세요. 세상의 이목을
그렇게 가리세요. 게다가 그런 걸
좋아할 여자도 얼마든지 있어요.
그런 기질을 알고는 왕에게
몸을 바칠 자들을 모두 삼킬 만큼
욕망은 없을 테죠.

맬컴 뿐 아니라
못돼 먹은 성격이라 욕심이 한이 없고,
내가 왕이 된다면 땅을 뺏기 위해서
귀족들을 죽이고, 이 사람 보석과
저 사람 집을 탐내서 재물이 늘수록
식욕을 자극하는 양념이 될 뿐이라
선한 자와 충성하는 자에게 터무니없는
재판을 꾸며내고 재산을 뺏으려고
그자들을 죽일 게요.

맥더프 그러한 탐욕은
뿌리가 깊고 여름 같은 욕정보다
악한 뿌리를 내려요. 왕들을 죽인
칼이었죠. 하지만 염려 마세요.
스코틀랜드는 당신 소유 재산으로
탐욕을 채울 수 있어요. 좋은 점을
생각하면 그런 건 참을 수 있어요.

맬컴 하지만 나는 좋은 점이 전혀 없소.
공정, 진실, 절제, 안정, 아량, 끈기, 자비, 겸손,
신심, 인내, 용기, 견인 등, 왕이 가질
덕성들엔 취미가 없고, 풍부한 죄악은
여러 가지로 나뉘어서 여러 길로 행동하오.
그뿐만 아니라 권력이 생기면
달콤한 화평의 젖을 지옥에 쏟아
온 세상의 평화를 혼란에 빠뜨리고
땅 위의 통일을 망쳐놓겠소.

맥더프 스코틀랜드, 스코틀랜드!

맬컴 그따위가 다스릴 자격 있소?
내가 말한 그대로요.

맥더프 다스릴 자격?
살 자격도 없소. 오, 불쌍한 나라!
피의 권력을 휘두르는 찬탈자 아래
언제 다시 건강한 날들을 보겠나?
스코틀랜드 왕좌의 진정한 후계자가
스스로를 부적격한 사람으로 고발하고
자신의 혈통을 모욕하는데? 부친은
거룩한 왕이셨소. 당신을 낳으신
왕비님은 서 있기보다 무릎을 꿇으시고
사시는 모든 날 죽으셨소.[53] 잘 있으시오.
스스로 인정하는 몹쓸 죄악 때문에
조국에서 쫓겨 왔소. 오오, 가슴아,
여기서 네 희망이 끝난다.

맬컴 맥더프,
당신의 분노와 성실한 그 열매가
어두운 의심을 영혼에서 씻어내고
당신의 충성과 내 마음을 화해시켰소.
악귀 같은 맥베스가 그러한 흉계들로
나를 옭아매려고 했소. 조심스러운 지혜가
성급한 신뢰에서 나를 막아주는 것이오.
—하느님이 두 사람을 다스리시길!—
이제부터 당신 의견에 따를 터이오.
나 자신을 고발한 내용을 취소하고,
내가 지닌 것으로 말했던 흠과 악은
나와 무관한 것을 밝히오. 나는 여자를 모르고
맹세를 어긴 일이 없고 내 것이 아닌 것을
탐한 일이 매우 적으며 나의 신의를
저버린 일이 없으며 마귀에게 마귀를
배반하지 않으며 진실을 목숨처럼
달게 여길 것이오. 그 말이 나에 대한
최초의 거짓이었소. 진실한 나 자신과
불쌍한 내 나라를 당신의 인도에 맡기오.
당신이 오기 전 연로한 시워드[54]가
1만의 용사들과 준비를 완료하고
출전하던 중이었소. 이제 합세합시다.
승리의 운수가 정당한 싸움과
함께하기를!—왜 말이 없소?

53 신심(信心)이 깊어 자기를 죽이고 금욕하였다는 것.
54 노섬벌랜드 백작이며 맬컴의 외조부. 이 작품에서는 외숙으로 나온다(5막 2장 2행 참조).

맥더프 좋은 것, 나쁜 것이 한꺼번에 닥쳐서
화해하기 어려워요.
[의사 등장]
맬컴 잠시 후에 말합시다.
전하께서 나오셨소?
의사 예. 불쌍한 무리가 몰려서 치유를
기다리오. 저들의 질병은 의술로
고칠 수 없으나 하늘이 그분 손에
거룩한 능력을 주셔서 그분의 안수로
즉시 낫습니다. [퇴장]
맬컴 고맙소, 의사 선생.
맥더프 무슨 병 말인가요?
맬컴 연주창[55]이오.
선하신 전하의 놀라운 기적이오.
내가 이 나라에 머무는 동안
자주 보았소. 어떻게 하늘께
기도하시는지 자신만 아시나
보기조차 민망하게 온통 붓고 곪아서
의술로는 절망적인 극심한 환자들을
거룩한 기도와 함께 목에 금화를
걸어주어 치유하고 대대손손 왕들에게
치유의 축복을 넘기신다고 하오.
놀라운 능력에 더해 거룩한 예언의
능력도 있으시며 그밖에 여러 축복이
보좌를 둘러싸며 은혜가 충만함을
말하고 있소.
[로스 등장]
맥더프 누가 옵니다.
맬컴 내 나라 사람이나 모르는 분이오.
맥더프 언제나 점잖은 친구, 어서 오시오.
맬컴 이제 알아보겠소. 하느님 은혜로
이 낯선 차림을 어서 벗기를!
로스 아멘.
맥더프 스코틀랜드는 여전하오?
로스 불쌍한 나라요,
자신을 알아보면 질겁할 지경이오.
모국이 아니라 무덤이라 하겠소.
아무것도 모르는 자밖에 웃는 자가 없으며
한숨과 신음과 바람 찢는 비명에도
거들떠보지 않고 미친 듯한 슬픔은
일상의 감정이라, 장례 종이 울려도
죽은 자가 누구인지 묻는 일이 없으며
양민의 목숨은 두건에 꽂은 꽃이
시들기 전에 사라지오.
맥더프 너무 시적이지만
진실한 말입니다.
맬컴 가장 최근 비보는 무엇이오?
로스 한 시간만 지나도 야유를 받아요. 매 분마다
새 사건이 생기거든요.
맥더프 내 아내는 어떻게 지내요?
로스 잘 지내세요.
맥더프 아이들은?
로스 같아요.
맥더프 폭군이 그들의 평안을 흔들어 놓지 않았소?
로스 내가 떠날 때 화평 중에 있었소.
맥더프 말을 너무 아끼지 마오. 형편이 어떻소?
로스 무거운 소식들을 전하고자 이곳에 올 때
수많은 인사가 반항하여 일어났다는
소문이 돌았는데, 폭군의 군대가
움직이는 것을 보고 확인하였습니다.
지금이 힘을 합할 시기요. 왕자께서
스코틀랜드에 나타나시면 군대가 생기고
여자들도 질곡을 벗기 위해 싸울 것이오.
맬컴 그리로 가는 중이라 위로가 되겠소.
잉글랜드 국왕께서 용맹한 시워드와
1만의 군대를 내어주셨소. 서방 세계에
그보다 노련한 군인은 없소.
로스 희소식에 대답할 희소식이 있다면
얼마나 좋겠소! 하지만 내 말은
누구도 듣지 못할 황량한 바람 속에
울부짖을 소리요.
맥더프 무슨 말이오?
나라 일이오? 아니면 개인에게
국한된 일이오?
로스 정직한 사람이면
얼마쯤 그 일을 같이 슬퍼하겠지만,

55 이 병을 '이블'(evil), 즉 '악'이라고 하였으니 왕이 악을 퇴치한다는 뜻이었다. 에드워드 왕은 안수의 능력이 있다 하여 이 병을 '킹스 이블'이라고 했다. 당시 국왕 제임스 1세도 그런 능력이 있다고 전해졌다.

핵심은 당신에게 국한된 일이오.
맥더프 내 일이면 숨김없이 속히 알려주시오.
로스 당신 귀가 내 혀를 영원히 저주하지 말아요.
지금까지 들은 것 중 가장 슬픈 소리를
듣게 될 테니.
맥더프 흠, 짐작이 가오.
로스 궁성이 습격되고 부인과 아이들이
무참히 살해됐소. 그 모습을 말하기란
그런 사냥 더미에 당신의 주검마저
더하는 꼴이 되오.
맬컴 하늘의 자비를!—
그렇다고 모자를 눌러 쓰지 마시오.
슬픔을 말하시오. 말 없는 슬픔은
곪은 가슴 터지라고 속삭이는 짓이오.
맥더프 아이들도?
로스 부인, 아이들, 하인들—
보이는 족족.
맥더프 그런데 나는 떠났었구나!
아내도 죽였소?
로스 말씀드렸소.
맬컴 진정하시오. 강렬한 복수심을 약으로 삼아
죽음 같은 슬픔을 치유합시다.
맥더프 그자는 아이가 없소. 귀여운 녀석들 모두?
모두라고? 오, 지옥의 솔개[56]가! 모두?
귀여운 병아리 떼 모두와 그 어미를
단박에 잔인하게 낚아챘다고?
맬컴 사내답게 말하시오.
맥더프 차차 그럴 겁니다.
하지만 또한 인간답게도 느껴야 해요.
더없이 소중했던 그이들을
기억해야 됩니다. 하늘이 보면서도
편들지 않았나? 죄 많은 맥더프,
모두 너 때문이다. 죄는 내가 지었다.
그들 탓이 아니라 바로 나 때문에
잔인하게 도살됐다.—안식 내려 주소서!
맬컴 이를 칼의 숫돌 삼아 슬픔을 분노로 바꿔
마음을 눅이지 말고 화를 한껏 돋우시오.
맥더프 눈으로는 여자처럼 시늉할 수 있으며
입으로는 큰소리치겠지만, 하늘이여,
어서 속히 스코틀랜드의 악마와 나 자신을
일대일로 마주 세워 칼 닿을 거리에
그자를 놓으소서! 그자가 벗어나면
하늘도 용서하소서.
맬컴 이제야 사내답소.
자, 왕께 갑시다. 군대가 기다리오.
왕께 출동 신고만 남았소. 맥베스는
흔들면 떨어질 열매요. 하늘의 천사들도
무장하였소. 대강 요기하시오.
밝아오지 않는 밤은 몹시 길어요. [모두 퇴장]

## 5. 1

[의사와 시녀 등장]
의사 당신과 함께 이틀 밤 간병했는데, 당신의 보고에는
믿을 만한 데가 없소. 왕비께서 마지막으로 걸으신
것이 언제인가요?
시녀 전하께서 전쟁에 나가신 후에 왕비님이 침대에서
일어나 실내복을 걸치시고 책장을 여시더니
종이를 꺼내서 접으시고 거기다 글을 쓰시고
읽으시고 봉인하시고 다시 침대로 가시더군요.
그런데 내내 깊은 잠이 드신 후였어요.
의사 수면의 효과를 취하는 동시에 깨어 있는 행동을
취하는 것은 마음에 커다란 동요가 있다는 것을
말합니다. 이처럼 걸으시며 여러 가지로 행동을
하시는 것 이외에 어느 때라도 말씀하시는 것을
들은 적 있어요?
시녀 왕비님께 누가 될지 몰라서 말하지 않겠어요.
의사 내게는 말해도 괜찮소. 말하는 것이 합당하오.
시녀 내 말을 확인할 증인이 없으면 선생님이든 누구든
말할 수 없어요.
[왕비 차림의 맥베스 부인이 촛불을 들고 등장]
보셔요. 저기 오세요. 바로 그 모습인데 분명 깊이
잠드셨어요. 자세히 보셔요. 숨어 계셔요.
의사 촛불은 어디서 났소?
시녀 옆에 있던 거예요. 언제나 옆에 촛불을 켜두고 계셔요.
명령이지요.
의사 저것 보시오. 눈을 뜨셨소.
시녀 네. 하지만 감각은 닫혀 있어요.

56 솔개는 공중에 떠돌다가 소리 없이 급강하하여
암탉의 병아리를 낚아채 간다.

의사 지금 무엇을 하시나요? 저것 보시오. 양손을 마주 비비시네요.

시녀 왕비님이 늘 하시는 행동이어요. 저렇게 손 씻는 시늉을 하셔요. 15분이나 계속 저러시는 걸 본 적이 있어요.

맥베스 부인 여기 아직 자국이 있어.

의사 쉿. 말씀을 하시오. 왕비께서 하시는 말을 기록해 놓겠소. 기억을 생생하게 해두려는 것이오.

맥베스 부인 망할 자국아, 없어져. 없어지라니까. 하나, 둘.[57] 응, 그럼 할 때가 됐어. 지옥은 어둡거든. 여보, 창피해. 군인이 겁이 나? 창피해. 왜 남이 알까봐 우리가 걱정해야 돼? 아무도 우리 권력을 시비하지 못하는데? 하지만 노인 몸속에 그처럼 피가 많을 줄 누가 알았겠어?

의사 저 말 귀담아들으시오?

맥베스 부인 파이프 영주, 아내가 있었지.—한데 지금 어디 있지? 도대체 이 손은 깨끗이 되지 못해? 여보, 이젠 그러지 말아요. 그러지 말라니까. 그렇게 놀라니까 만사를 그르쳐요.

의사 저런, 저런. 당신이 알아선 안 될 것을 알고 있었소.

시녀 해서는 안 될 말을 하신 거예요. 분명히 그래요. 왕비님이 아시는 걸 하느님만 아셔요.

맥베스 부인 피 냄새가 아직도 남아 있어. 천만 가지의 아라비아 향수도 이 조그만 손을 향기롭게 할 할 수 없어. 아아, 아아.

의사 처절한 한숨이오! 심장이 아픔으로 가득 찼소.

시녀 나는 저런 심장을 가슴에 지니지 않겠어요. 온몸의 존엄을 위해서예요.

의사 저런, 저런, 저런.

시녀 잘되시길 하느님께 빌어요.

의사 이 병은 내 의술의 범위를 벗어난 거요. 하지만 몽유병자이면서 자리에서 거룩하게 죽은 이들을 잘 알고 있소.

맥베스 부인 당신 손을 씻어요. 실내복을 입어요. 그렇게 창백한 꼴을 뵈지 말아요. 뱅코를 묻었다고 다시 말해요. 그자가 무덤에서 나오지 못해요.

의사 그렇던가?

맥베스 부인 침대로 가요, 침대로. 성문 두드리는 소리가 들려요. 빨리 빨리. 손 이리 줘요. 일단 행한 짓은 취소할 수 없어요. 침대로, 침대로, 얼른 침대로 가요. [퇴장]

의사 이제 침대로 가시는가요?

시녀 네, 곧장.

의사 나쁜 말이 돌고 있소. 비인간적인 행동이
비인간적인 고통을 낳소. 병든 마음은
말 못 하는 베개에 비밀을 털어놓소.
왕비는 의사보다 사제가 필요하오.
하느님, 저희 모두를 용서하소서.
살펴드리오. 위험한 물건은 치우고
눈을 떼지 마오. 안녕히 주무시오.
정신은 멍하고 눈은 놀랐소.
생각은 있으나 말은 못 하오.

시녀 안녕히 가세요, 어지신 의사 선생님. [둘 퇴장]

## 5. 2

[북과 군기들.
멘티스, 케이스니스, 앵거스, 레녹스, 병사들 등장]

멘티스 잉글랜드 군대가 가까이 있소. 맬컴과
그의 외숙 시워드와 맥더프가 지휘하오.
복수심이 불타오. 통렬한 투쟁으로
무서운 싸움과 피 흘림에 죽은 자마저
불러올 정도요.

앵거스 버넘 숲 근처에서
만나게 되오. 그쪽으로 올 터이니.

케이스니스 도널베인이 형과 같이 있을까요?

레녹스 확실히 아닙니다. 귀족들의 명단을
갖고 있는데 시워드의 아들과 지금 막
남자의 기미가 보이는 수염도 안 난
젊은이가 많아요.

멘티스 폭군은 어떻답니까?

케이스니스 던시네인을 견고하게 요새화했소.
미쳤다는 말도 있고, 증오가 덜한 자는
'용감한 광분'이라 하는데, 확실히
병든 명분을 질서의 띠로 묶지 못하오.

앵거스 이제부터 그자는 숨겼던 살인들이
손에 들러붙는 것을 느낄 터이오.

57 시계의 종소리다.

잦은 반란이 그자의 반역을 꾸짖으며
그자의 수하들도 명령만 따를 뿐,
충성심은 전혀 없소. 왕이란 칭호가
헐겁다는 사실이 느껴질 게요.
난쟁이 도둑이 거인 옷 입은 듯이.—

멘티스 그러니 누가 병든 그의 감각들이
갑자기 경기를 일으킨다고 탓하겠소?
그자의 모든 것이 그자에 속한 것을
꾸짖는 판인데?

케이스니스 자, 계속 전진하여
합당한 분에게 충성을 바칩시다.
앓는 이 나라의 약을 만나 그분과 함께
정화를 가져올 물을 마지막 방울까지
쏟읍시다.

레녹스 또는 왕의 꽃에 물을 주고
잡초를 죽일 만큼 물을 쏟아 놓읍시다.
그러면 버넘으로 전진합시다. [행진하며 퇴장]

## 5. 3

[맥베스, 의사, 시종들 등장]

맥베스 보고는 그만둬라. 갈 테면 가래라.
버넘 숲이 던시네인에 이르기 전에는
겁내지 않겠다. 애송이 맬컴?
여자가 안 낳았나? 인간의 죽음을
잘 아는 정령들이 내게 말하길,
"무서워하지 마라. 여자가 낳은 자는
맥베스를 이기지 못하리라." 성주들아,
달아나서 잉글랜드 미식가[58]와 어울려라.
내 머리는 의심으로 주눅 들지 않으며
내 심장이 공포로 떨지 않겠다.
[하인 등장]
젖처럼 허연 멍청아, 마귀가 새카매지게
저주해라. 그런 꼴 어디서 가져왔냐?

하인 1만의—

맥베스 멍청한 거위 떼?

하인 군대요.

맥베스 낯짝에 바늘 찔러 빨갛게 칠해라.
간덩이 허연 녀석, 웬 군대 말이냐?
영영 죽어 없어져라. 속옷처럼 허연 뺨이
겁먹으라 하누나. 뜨물 같은 낯짝 놈!

하인 황송하오나 잉글랜드 군대요.

맥베스 낯짝 치워라. [하인 퇴장]
시턴!—보기만 해도
속이 뒤집혀.—시턴, 듣냐? 이번 일이
나를 길이 앉히거나 밀어낼 싸움이다.
나도 살 만큼 살았다. 내 인생 앞길은
시들어 버렸다. 싯누런 낙엽이지.
노년을 같이할 명예, 사랑, 충성과
수많은 친구는 기대할 수 없는 대신,
귓속말로 주고받는 깊은 저주, 입바른 절,
가련한 심정이 부인하려 하지만
떨려서 못 하는 말뿐이다.—시턴!
[시턴 등장]

시턴 무슨 말씀인가요?

맥베스 딴 소식 있는가?

시턴 보고들이 사실로 확인되었습니다.

맥베스 싸우겠다. 뼈다귀 살점들이 다할 때까지.
갑옷 가져와라.

시턴 아직 필요 없습니다.

맥베스 입고 있겠다.
기병을 더 보내라. 주변을 뒤져라.
겁난다는 놈들은 죽여버려. 갑옷을 다오.
환자는 어떤가, 의사?

의사 그다지 편찮은 건
아니십니다. 자욱이 떠오르는
환상에 심란하여 쉬실 수 없습니다.

맥베스 그것을 고쳐라. 마음 병을 치료하고
뿌리 깊은 슬픔을 기억에서 뽑아내고
뇌 속에 쓰여 있는 고민을 지우고
달콤한 망각의 해독제를 사용하여
심장을 압박하는 위험한 독소를
미어진 가슴에서 씻어낼 수 없는가?

의사 그 일은 환자분 자신이 해야 합니다.

맥베스 약은 개한테 던져. 내게는 필요 없다.
갑옷을 입혀달라. 창을 가져와.
시턴, 내보내.—의사, 귀족들이 달아나.
빨리 해.—의사, 이 나라 소변을

58 당시 잉글랜드 귀족들은 음식 사치를 누렸다고 한다.

검사할 수 있다면 병통을 알아내서
건강하고 깨끗하게 정화시키면
거듭해서 울리는 메아리에게
당신을 칭찬하겠다.—이건 벗겨라.—
무슨 약초, 무슨 약물, 무슨 정화 물질이
잉글랜드 놈들을 몰아낼까? 말 들었나?

의사 예, 전하. 전쟁 준비하시니
들리는 말이 있어요.

맥베스 [시턴에게] 나중에 가져와.
버넘 숲이 던시네인에 오기 전에는
죽음도 파멸도 겁나지 않아. [맥베스와 시턴 퇴장]

의사 던시네인을 멀리 떠날 수만 있다면
돈 때문에 여기는 다시 오지 않겠다. [퇴장]

## 5. 4

[북과 군기들.
맬컴, 시워드, 맥더프, 시워드의 아들, 멘티스,
케이스니스, 앵거스, 병사들이 행진하며 등장]

맬컴 귀공들, 우리의 잠자리가 안전할 날이
가깝게 느껴지오.

멘티스 의심치 않습니다.

시워드 저 앞의 숲이 뭐요?

멘티스 버넘이란 숲입니다.

맬컴 병사마다 가지를 하나씩 잘라
몸 앞에 들라 하라. 그렇게 하여
우리 군의 수를 가려 수색군의 보고를
틀리게 해라.

병사 그리하겠습니다.

시워드 자신만만한 폭군이 소리 없이 던시네인에
처박혀 있어, 우리가 요새를 포위하길
기다린다 합니다.

맬컴 그자의 작전이오.
유리한 입장이 될 수도 있겠지만
상하의 백성들이 반란을 일으켰고
강제로 동원된 인원밖에 부하가 없고
마음도 떠나 있소.

맥더프 마지막 결판까지
판단을 미루고 군인의 임무에
힘을 냅시다.

시워드 말뿐인 자랑과
실제로 소유한 능력을 가리려는
심판의 순간이 가까이 닥쳐왔소.
순전한 관념은 불확실한 희망이나
확실한 결말은 창칼이 결정하오.
결전을 향하여 전군은 전진하라. [행진하며 모두 퇴장]

## 5. 5

[맥베스, 시턴, 병사들이 북과 군기들과
함께 등장]

맥베스 깃발들을 성벽에 걸어놓아라.
'적군이 온다'는 소리만 있다.
견고한 우리 성은 포위를 멸시한다.
굶주림과 추위가 삼킬 때까지
자빠져 있게 하라. 우리 편일 놈들이
합세하지 않았다면 일대일로 싸워서
쫓아버릴 것이다. 무슨 소린가?
[안에서 여인들이 우는 소리]

시턴 전하, 부인들의 울음소리입니다. [퇴장]

맥베스 공포의 쓰린 맛을 거의 잊었다.
밤중에 들려오는 비명 소리에
감각이 얼어붙는 때가 있었고
무서운 이야기에 머리털이 산 것처럼
주뼛했다. 공포의 만찬에 배부르고,
살육으로 가득한 생각에 친숙해서
조금도 놀랍지 않다.
[시턴 등장] 왜 울던가?

시턴 전하, 왕비께서 돌아가셨습니다.

맥베스 나중에 죽을 수도 있었을 텐데.
그런 말 들을 때가 있었을 게지.
내일과 내일과 내일이 매일처럼
기록된 시간의 마지막 순간까지
답답한 걸음으로 기어오누나.
우리의 수많은 어제들은 바보들을
티끌 같은 죽음 길로 데리고 갔다.
꺼져라, 꺼져라. 짧은 촛불아.
인생은 그림자놀이, 한동안 무대에서
우쭐대고 안달하다 다시는 소식 없는
불쌍한 광대. 소음과 광란이 가득하고

아무런 뜻 없는 바보 이야기.
[전령 등장]
혓바닥 쓰겠다. 빨리 말해.
전령 자혜로우신 전하,
제가 목격한 것을 보고해야겠지만,
어찌할지 모릅니다.
맥베스 그냥 말해.
전령 산 위에서 경비하는 중이었는데
버넘 쪽을 바라보니 갑자기 숲이
움직인 듯했어요.
맥베스 저질 거짓말이다.
전령 사실이 아니라면 노하셔도 좋습니다.
3마일 안으로 오는 걸 보십시오.
정말 숲이 움직입니다.
맥베스 거짓말이면
눈에 띄는 첫 나무에 네놈을 달아매어
굶겨 죽일 테다. 네 말이 사실이면
날 달아매도 상관없다. 나 자신도
결론을 유보하고 교묘하게 속이는
마귀의 말장난을 의심하기 시작했다.
"버넘 숲이 던시네인에 이르기 전에는
무서워 말라"고 했는데 지금 어떤 숲이
던시네인에 접근한다.—무장, 무장, 출동, 출동—
저놈 말대로 숲이 움직인다면
도망갈 수도 없고 기다릴 수도 없다.
해가 싫어지기 시작하누나.
세상의 기틀이 망가지면 좋겠다.
종을 쳐라. 바람아 불어라. 파멸아 오라.
죽을 때 죽어도 등에 갑옷 입겠다. [모두 퇴장]

## 5. 6

[북과 군기들.
맬컴, 시워드, 맥더프와 그들의 군대가
나뭇가지들을 들고 등장]
맬컴 충분한 거리다. 차폐물을 버리고
본래의 모습을 과시해라.—삼촌께선
내게 사촌이자 훌륭한 아들과 함께
선봉대를 이끄시오. 맥더프 공과 나는
계획에 따라 나머지 일들을
맡겠소.
시워드 잘하시길 기원하오.
오늘 밤 폭군의 군대를 찾기만 하면
싸우거나 차라리 지겠소.
맥더프 있는 힘껏 모든 나팔을 불어라.
피와 죽음을 크게 알리는 나팔을 불어라.— [모두 퇴장]
[경계 신호 계속]

## 5. 7

[맥베스 등장]
맥베스 기둥에 매여서 달아날 수 없다.
곰처럼 끝까지 싸워야 한다.[59]
하지만 여자가 낳지 않은 자 누군가?
그런 자만 피하겠다.
[젊은 시워드 등장]
젊은 시워드 이름이 무엇인가?
맥베스 들으면 떨리겠다.
젊은 시워드 지옥의 누구보다 뜨거운 이름을
말한다 해도 무섭지 않다.
맥베스 내 이름은 맥베스다.
젊은 시워드 그보다 증오할 이름을 마귀도
내 귀에 말하지 못한다.
맥베스 더한 이름은 없다.
젊은 시워드 치사한 폭군아, 거짓말하지 마라.
내 칼로 네 거짓을 증명하겠다.
[싸운다. 젊은 시워드가 죽는다.]
맥베스 네놈도 여자가 낳은 녀석이구나.
여자가 낳은 놈이 흔드는 칼은
웃길 뿐이다. 어떤 칼도 우습다. [퇴장]
[경계 신호.
맥더프 등장]
맥더프 저쪽에서 소리 난다. 폭군아, 얼굴 보자.
네가 죽되 내 손에 죽지 않는다면
아내와 아이 혼이 평생 나를 따르리라.
억지로 불려나와 막대기를 손에 잡은
불쌍한 민병들을 도저히 칠 수 없다.

59 곰을 기둥에 붙들어 매고 개들을 풀어 달려들게 했던, 당시 길거리 흥행에 대한 비유.

네놈이 아니면 생생한 칼날을
보람 없이 칼집에 꽂아야 한다.
저기 있다. 요란한 소리가 들리니
가장 높은 존재를 알리는 것 같다.
운수야, 찾아다오. 더 바라지 않는다. [퇴장]
[경계 신호.
맬컴과 시워드 등장]
시워드 그리하여 궁성은 얌전히 항복했소.
폭군의 백성이 양측에서 싸우고
고귀한 귀족들이 용맹을 발휘하오.
오늘의 승리는 왕자의 것이오.
일은 별로 안 남았소.
맬컴 일부러 헛치는
적군도 있었소.[60]
시워드 궁성에 드시지요. [둘 퇴장]
[경계 신호.
맥베스 등장]
맥베스 왜 내가 로마의 바보[61]를 흉내 내서
내 칼에 엎어져 죽어? 산 놈의 칼자국이
훨씬 더 보기 좋지.
[맥더프 등장]
맥더프 지옥의 개, 돌아서라.
맥베스 모든 놈 중에서 너는 피하려 했다.
하지만 돌아서라. 내 영혼은 이미
너의 집 피로 너무 무겁다.
맥더프 말은 않겠다.
목소린 칼 속에 있다. 어떤 이름으로도
부르지 못할 잔인한 악당.
[싸운다. 경계 신호]
맥베스 헛수고 마라.
날선 칼이 바람에 자국을 못 내듯
내게서 피를 보지 못할 것이다.
물렁한 머리에나 칼을 내리치거라.
내 목숨에는 마술이 걸려서 여자가 낳은
자에게는 질 수가 없다.
맥더프 마술에 절망해라!
네가 섬기는 마귀에게 들어봐.
맥더프는 어머니의 배를 가르고
벌써 나왔다.[62]
맥베스 그런 소리 하는 혓바닥에 저주 내리길!
사나이 용맹의 기를 꺾누나.
표리부동한 말로 인간을 농락하여
약속의 말을 귓속에 들려주고
기대를 깨뜨리는 교묘한 마귀들을
더 이상 믿지 마라. 너와 싸우겠다.
맥더프 그럼 항복해, 비겁한 놈.
살아서 세상의 볼거리가 돼.
희귀한 괴물처럼 기둥에 그려 붙여
'여기서 폭군 구경하시오.' 하고
그 아래에 써놓겠다.
맥베스 애송이 맬컴 발과
땅바닥에 입 맞추고 군중의 욕설에
놀림 당하려고 항복하지 않겠다.
버넘 숲이 던시네인에 옮겨오고
여자가 낳지 않은 너와 대적하지만
끝까지 해보겠다. 역전의 방패를
몸 앞에 받쳐 든다. 쳐라, 맥더프.
'그만!'이라고 외치는 자에게 저주 내려라. [싸우며 퇴장]
[경계 신호.
싸우며 다시 등장하여, 맥베스가 죽는다.
맥더프가 맥베스의 시신을 가지고 퇴장]
[퇴각 신호, 그리고 주악.
맬컴, 시워드, 로스, 귀족들, 병사들 등장]
맬컴 안 보이는 친구들의 안전을 기대하오.
시워드 몇 사람은 죽기 마련이오. 그러나 이들을 보니
오늘 같은 승리는 값싸게 얻었소.
맬컴 맥더프와 고귀한 아들이 보이지 않소.
로스 귀공의 아드님은 군인의 의무를 치렀소.
어른이 되기까지 살았다고 하겠소.
물러서지 않으며 싸우던 자리에서
자신의 용맹을 확인하는 그 순간
어른처럼 죽었소.
시워드 그렇다면 죽었소?

60 왕자와 조우했으나 일부러 칼이나 창을 헛치는 적군이 있었다는 말.
61 패전한 로마인은 제 칼에 엎어져 자살했다. 셰익스피어는 바로 그런 영웅 브루투스와 안토니를 보여주었다. 「줄리어스 시저」와 「안토니와 클레오파트라」 참조.
62 어머니가 낳는 것은 순산이고 어머니의 배를 가르고 나오는 것은 (당시에는 제왕절개 수술이 없었으니) 어머니를 죽이고 세상에 나타난 것이니 '낳는 것'이 아니다.

로스 전장에서 옮겨왔소. 당신의 슬픔은
아들의 가치로 측량할 수 없겠소.
끝이 없을 것이오.
시워드 상처가 앞에 있었소?
로스 이마에요.
시워드 그렇다면 하느님의 군인이오.
머리털만큼 아들이 많다 해도
그 이상 아름답게 죽기를 바라지 않소.
그러면 장례가 끝났소.
맬컴 그보다 애도할
가치가 남아 있소. 내가 애도하겠소.
시워드 그뿐이오.
잘 죽고 제 값을 치렀다니 주님께서 함께하시길!
새로운 위로가 저쪽에 오오.
[맥더프가 맥베스의 머리를 들고 등장]
맥더프 [맬컴에게]
전하 만세.—전하이시오. 찬탈자의
저주받은 머리요. 자유의 시대여서,
나라의 진주들이 전하를 둘러싸고
제가 외친 칭호를 속으로 외치오.
저와 함께 큰 소리로 소망을 외치시오.
스코틀랜드 왕 만세!
모두 스코틀랜드 왕 만세!
[주악]
맬컴 귀공들 각각의 충성을 헤아려
빚을 갚는 일에는 오랜 시간을
쓰지 않을 것이오. 귀족 및 친척들,
이제부터 백작이오. 이 나라 최초로
그 명예를 드리오.[63] 앞으로 차차
일이 생길 터인데, 그것은 예컨대 예리한
폭정의 감시의 덫을 피해서
외국에 망명 중인 친구들을 불러오는 것이며,
죽은 이 도살자와 스스로 난폭하게
목숨을 끊었다는 악귀 같은 그 아내의
잔인한 하수인을 색출하는 일이오.—
그밖에 눈길을 끄는 필요한 조치들을
하느님 은총으로 장소와 시기에 따라
적절히 행하겠소. 그러면 한꺼번에
모든 분께, 또한 각각에게 감사하며,
스콘[64]의 대관식에 초대하는 바이오. [모두 퇴장]
[주악]

63 셰익스피어가 참조한 책에 의하면 이때 스코틀랜드 최초로 '백작'('얼')이라는 작위를 사용했다.
64 스코틀랜드 왕이 즉위식을 하던 곳. 2막 4장 32행에서도 언급된다.

# 로미오와 줄리엣

*Romeo and Juliet*

## 연극의 인물들

해설자

로미오
몬테이그 그의 아버지
몬테이그의 아내
벤볼리오 몬테이그의 조카
에이브러햄 몬테이그의 하인
밸세이저 로미오의 하인

줄리엣
캐퓰릿 그녀의 아버지
캐퓰릿의 아내
타이볼트 그들의 조카
타이볼트의 시동
페트루치오
캐퓰릿의 사촌
줄리엣의 유모
피터 ┐
샘슨 │ 캐퓰릿 부부의 하인들
그레고리 ┘
우두머리 하인
기타 하인들
악사들

에스케일러스 베로나의 공작(군주)
머큐쇼 로미오의 친구 ┐ 공작의 친척들
패리스 백작 ┘
머큐쇼의 시동
패리스의 시동
보안관
시민들
로렌스 수사
존 수사
약사
경비대장
기타 경비 서는 시민들
가면무도자들, 손님들, 시녀들, 몬테이그와 캐퓰릿 파벌의 추종자들, 시종들.

# 가장 뛰어나며 애절한 로미오와 줄리엣의 비극

## 프롤로그

[해설자 등장]

해설자 연극이 벌어지는 아름다운 베로나에,
똑같이 지체 높은 두 집안이 있으니
해묵은 원한이 새롭게 더러워지오.
순수하던 인심이 피에 물드오.
불길한 별 아래 한 쌍의 연인이
원수들의 몸에서 태어났으나,
불행하고 애절한 두 사람의 죽음으로
양친들의 다툼도 함께 묻혀 버리오.
죽음이 점찍은 궂은 사랑 이야기와
자녀들의 죽음으로 비로소 멈춘
끈질긴 양친들의 맹렬한 증오는
이제 우리 무대에서 두 시간의 일거리요.
인내하는 마음으로 귀를 기울여주면
미흡한 점들은 힘써 고칠 터이오.[1] [퇴장]

## 1. 1

[캐퓰럿 집안의 샘슨과 그레고리가 칼과 방패를 들고 등장]

샘슨 그레고리, 절대로 숯은 갖고 다니지 말자.[2]

그레고리 그랬다간 숯쟁이가 될 게 뻔하지.

샘슨 우리 화나면 칼을 빼잔 말이다.

그레고리 암, 목숨이 붙었으면 목이나 빼.

샘슨 나도 화나면 빨리 친단 말이다.

그레고리 한데 너는 화내는 게 너무 느려.

샘슨 몬테이그 집안의 개만 봐도 화가 나.

그레고리 화나면 분개하고 용감하면 일어서는 법인데 너란 놈은 화나면 달아나버려.

샘슨 그 집 개만 봐도 화나서 일어서. 몬테이그 집안 사내나 계집을 보면 벽 쪽으로 가겠어.[3]

그레고리 그렇게 하면 너를 약해빠진 졸개로 볼 테지. 제일 약한 녀석이 벽에 붙거든.

샘슨 그 말이 맞아. 그래서 여자들이 약하니까 담에 밀어붙이자고 하는 거지. 그래서 몬테이그 집안 사내들을 벽에서 밀어내고 그 집 하녀들은 벽에다 밀어붙이겠어.

그레고리 패싸움은 주인들과 우리 같은 부하들이 벌이는 거지.

샘슨 마찬가지야. 내가 난폭하단 사실을 보여주겠어. 사내들과는 싸울 테야. 그러고는 계집들과 친하게 굴다가 따먹어야지.

그레고리 계집들의 대가리를?

샘슨 그래. 계집애 대가리나 처녀의 대가리.[4]—편한 대로 해석해.

그레고리 만져봐야 뜻을 풀겠는데.

샘슨 내 물건이 섰을 때 계집애에게 만져보라 하겠다. 내 몸이 괜찮은 거는 모두들 안다고.

그레고리 물고기가 아니니 다행이구나. 네가 물고기라면 마른 노가리겠지. 연장 빼라. 몬테이그 집안 놈이 오는 중이다.

[다른 하인 둘 등장]

샘슨 연장이 맨몸으로 나오셨다. 싸워라. 뒤를 받쳐줄게.

그레고리 뭐야? 뒤돌아 뛰겠다고?

샘슨 걱정 마.

그레고리 천만에. 네 걱정 왜 내가 해?

샘슨 우리, 법의 편이 되자.[5] 놈들부터 시작하래.

그레고리 지나가면서 얼굴을 찌푸릴게. 놈들이 제멋대로 해석하라지.

샘슨 그래, 놈들이 용감하면. 놈들한테 엄지손가락을 깨물어 보이겠다.[6] 그래도 참는다면 놈들의 창피지.

에이브러햄 형씨, 우리보고 엄지손가락 깨물었소?

샘슨 내 손가락 내가 깨무는 거요.

에이브러햄 우리한테 엄지손가락 깨무는 거요?

1 소네트(14행시) 형식을 따르는데, 셰익스피어가 소네트 시집을 낼 만큼 즐겨 썼다.
2 숯을 취급하면 온몸이 더러워지듯 남이 하는 욕을 참지 않겠다는 말.
3 좁은 골목길에서 벽 쪽이 마른 길이었고 가운데는 하수도였다. 그러나 "겁쟁이는 벽에 가서 붙는다"는 속담이 있었다.
4 영어로 숫처녀의 정조를 '메이든헤드'(maidenhead) 즉 '처녀 머리'라고 한다. 지저분한 말장난이다.
5 베로나 법률상 싸움을 먼저 시작하는 편이 죄인이 되었다.
6 엄지손가락 손톱을 소리 나게 물어뜯는 것이 상대방에게 도전한다는 표시였다.

샘슨 [그레고리에게] '그렇다.' 하면 법이 우리 편인가?
그레고리 아냐.
샘슨 [에이브러햄에게] 아니오. 형씨한테 손가락 깨무는
거 아니오.
그레고리 형씨, 싸움 걸기요?
에이브러햄 싸움? 아니오.
샘슨 하지만 싸울 거라면 상대해 주겠소. 형씨처럼
나도 높은 댁 사람이오.
에이브러햄 그 이상은 못 되는군.
샘슨 그렇다면—
[벤볼리오 등장]
그레고리 그 이상이라고 대답해. 주인댁 친척 하나가
여기 왔어.
샘슨 그렇다. 그 이상이다.
에이브러햄 헛소리 마라.
샘슨 사내라면 칼을 빼라. 그레고리, 칼 내려치는 거
잊어먹지 마.
[그들이 싸운다.]
벤볼리오 [칼을 빼며] 멍청이들, 떨어져라. 칼을 접어라.
무슨 짓인지 알지도 못하면서.
[타이볼트가 칼을 빼 들고 등장]
타이볼트 아니 이런 쓸개 빠진 촌닭들한테 칼을 빼?
벤볼리오, 돌아서라. 죽을 줄 알아라.
벤볼리오 싸움을 말릴 뿐이다. 칼을 치워라.
아니면 우리 함께 이자들을 떼어놓자.
타이볼트 흥, 칼 들고 평화 운운해? 지옥처럼
메스껍다. 몬테이그 놈들은 깡그리 싫다.
이 칼 받아라, 겁보야.
[둘이 싸운다.
곤봉이나 장창을 든 시민 서넛이 등장]
보안관 곤봉, 곡괭이, 장창들! 쳐라, 때려눕혀라!
타도하라, 캐퓰릿, 타도하라, 몬테이그!
[실내복 차림의 늙은 캐퓰릿과 그의 아내 등장]
캐퓰릿 왜 이리 시끄럽냐? 내 장검 가져와라.
캐퓰릿 부인 지팡이요, 지팡이. 칼 가지고 어쩌려고?
캐퓰릿 칼을 갖다 달라니까. 늙은 몬테이그가 왔다.
나 보라고 칼을 휘둘러.
[늙은 몬테이그와 그의 아내 등장]
몬테이그 캐퓰릿 못된 놈! [아내에게] 붙잡지 마라. 갈 테다.
몬테이그의 아내 원수 앞에 한 걸음도 못 가요.
[에스케일러스 공작이 수행원들과 함께 등장]

공작 난동하는 신복들아, 평화의 원수들아,
이웃이 흘린 피로 칼날을 더럽힌다.
들리지 않는가? 짐승 같은 자들아,
핏줄에서 솟아나는 붉은 샘물로
잔학한 분노의 불길을 끄는 자들아,
형벌이 무섭거든 피 묻은 손에서
흉악한 뜻에서 만든 칼을 버리고
노여운 군주의 심판을 들어라.
늙은 캐퓰릿과 늙은 몬테이그,
괜한 말로 시작된 세 차례 패싸움이
거리의 평화를 세 차례 교란했고,
베로나 어른에게 점잖게 어울리는
의관을 던져놓고 늙은 손에 창검을
휘두르게 만들었다. 병든 너희 증오를
떼어놓기 위하여 평화에 녹이 슨
옛 칼을 들었노라. 또다시 거리에서
소란을 일으키면, 평화를 교란한 죄를
목숨으로 갚으리라. 이번은 용서한다.
관련자는 흩어져라. 그러나 캐퓰릿,
지금 나를 따라와라. 몬테이그, 오늘 오후
법정에 출두해라. 이번 일에 관하여
판결을 밝히겠다. 다시금 말하노니,
죽음이 두렵거든 모두들 흩어져라.
[몬테이그와 그의 아내와 벤볼리오
이외에 모두 퇴장]
몬테이그 해묵은 싸움을 누가 다시 터뜨렸나?
조카, 싸움이 시작될 때 곁에 있었나?
벤볼리오 제가 접근하기 전에 여기서 저쪽 집과
숙부님 하인들이 맞붙어 싸웠어요.
떼놓으려 하는데 성미가 불같은
타이볼트가 칼을 들고 저의 귀에
으름장을 놓으면서 자기 머리 위쪽으로
칼을 마구 휘둘러 바람을 갈랐지만
다친 자는 없으나 소리는 요란했죠.
서로에게 찌르기를 주고받는 동안에
사람들이 모여들어 패싸움이 되었는데
공작님이 오셔서 떼 놓으셨어요.
몬테이그의 아내 로미오 어디 갔지? 너 오늘 보았니?
이 싸움에 그 애가 없어서 다행이구나.
벤볼리오 만민이 추앙하는 황금 태양이
빛나는 동쪽 창을 내다보기 전

마음이 울적하여 산책을 나섰는데,
이 도시 이쪽에서 서쪽으로 자라는
버짐나무 숲 속에 그토록 신새벽에
로미오가 거니는 걸 보았습니다.
그쪽으로 갔으나 나를 보지 못한 듯
후미진 숲 그늘로 사라지고 말더군요.
저 자신의 고민도 주체하기 어려워
아무도 보지 못할 장소를 찾던 터라
로미오의 감정을 나름대로 짐작하고
그의 기분 아니라 저 자신의 기분으로
피해 가는 로미오를 기꺼이 피했지요.

몬테이그 새벽녘에 여러 번 그곳에 나타나지.
신선한 이슬에 눈물방울 보태고
깊은 한숨 쉬어서 구름에 더하다가
천지에 기쁨을 던지는 태양이
머나먼 동쪽 하늘 오로라[7]의 침상에서
어두한 커튼을 젖혀놓을 무렵에
우울한 내 아들은 광명을 피하여
집으로 돌아와 제 방에 틀어박혀
창문을 닫아서 햇빛을 몰아내고
혼자만의 어두움을 만들곤 하지.
좋은 말로 원인을 제거하지 않으면
그 기분이 시커먼 우울증이 되겠다.

벤볼리오 원인을 아십니까?

몬테이그 나도 몰라. 도통 말이 없구나.

벤볼리오 이것저것 물어보셨습니까?

몬테이그 나도 묻고 친척들도 여러 번 물어봤어.
하지만 자신의 기분을 스스로 자신에게
충고하지 못하면—얼마나 진실한지
알 수 없지만—비밀로 삼는 통에
원인을 밝히고 찾아내기 어려우니,
꽃망울이 고운 잎을 대기 중에 펴거나
아름다운 자태를 뽐내기 전에
해로운 벌레에게 파 먹힌 것 같구나.
슬픔의 근원을 알 수만 있다면
줄 수 있는 도움은 남김없이 주겠다.

[로미오 등장]

벤볼리오 저기 오는 중입니다. 잠깐 비켜서세요.
원인을 확실히 알아낼게요.

몬테이그 진정한 고백을 듣게끔 너한테
행운이 오길 바란다. 여보, 우린 갑시다.

[몬테이그와 그의 아내 퇴장]

벤볼리오 잘 잤어, 사촌?

로미오 아직도 아침인가?

벤볼리오 방금 아홉 점 쳤어.

로미오 슬픈 시간은 더디 가.
급히 떠난 사람이 아버지였지?

벤볼리오 응. 무슨 슬픔 때문에 시간이 더뎌?

로미오 시간을 짧게 해줄 그 무엇이 없어서 그래.

벤볼리오 사랑하누나.

로미오 아니야.

벤볼리오 실연했구나.

로미오 사랑하는 그녀 마음에 들지 못해서.

벤볼리오 겉보기에 그토록 착한 사랑이
실제로는 그토록 횡포로구나.

로미오 아아, 항상 눈을 가린 사랑이건만[8]
눈 없이도 앞길은 볼 수 있구나.
어디서 아침 먹지? 소동이 있었니?
하지만 이야기를 들었으니 말할 건 없어.
미워할 게 많지만 사랑할 게 더 많아.
아아, 그렇다면 싸우는 사랑,
사랑하는 증오심, 태초의 없음에서
생겨난 있음, 무거운 가벼움, 심각한 허영,
깃털 같은 납덩이, 환한 연기, 차가운 불,
앓는 건강, 언제나 깨어 있는 잠이라서
잠자지 않으면서도 잠든 잠.[9] 이런 사랑
느끼는 내가 여기선 사랑을 못 느껴.
우습지 않아?

벤볼리오 아니. 도리어 눈물 난다.

로미오 친구야, 왜 그런데?

벤볼리오 네 마음의 아픔.

로미오 그거야말로 사랑의 죄악이다.
나 자신의 슬픔이 가슴을 메우는데
너의 슬픔까지도 내 가슴에 쏟아 부어
압박을 가하누나. 네가 말한 사랑이
주체 못 할 내 사랑에 슬픔을 더해.

7 새벽의 여신. 태양이 그녀가 누운 침상의 커튼을 걷자마자 잠이 깨어 새벽이 된다.
8 사랑의 신 큐피드는 눈을 멀게 하든가 눈을 가렸다. 즉 사랑은 '맹목'이다.
9 "깨어 있는 잠"처럼 서로 반대되는 양상들을 반복한다.

사랑은 탄식의 바람이 피운 연기다.
맑아지면 연인 눈에 빛나는 불꽃,
흐려지면 사랑의 눈물에 살찌는 바다.
그밖에 뭐겠어? 똑똑한 미친 짓,
숨 막히게 쓰디쓴 맛, 살리는 단맛.—
잘 가라, 사촌.

벤볼리오 잠깐. 나도 같이 갈게.
그렇게 떠나면 나를 박대하는 거야.

로미오 나도 나를 잃었어. 이건 내가 아니야.
로미오가 아니야. 딴 데 있나봐.

벤볼리오 진심으로 말해라. 누가 네 사랑이니?

로미오 나에게 신음하며 말하란 거니?

벤볼리오 신음? 그게 아니라 진짜로 말해.

로미오 환자가 진심으로 유언을 말하지만
위독한 환자에겐 잘못된 요구야.
사촌, 나는 진심으로 한 여인을 사랑한다.

벤볼리오 연애 중일 줄 알았어. 거의 맞췄어.

로미오 대단한 사수로군. 내 사랑 참말 예뻐.

벤볼리오 어여쁜 표적은 빨리 맞는 법이지.

로미오 사격이 빗나갔어. 큐피드의 화살을 맞지 않고
다이애나의 재치가 살아 있는 여인이지.[10]
어린애의 화살에는 까딱도 하지 않아.
사랑의 말로는 포위 불가능,
공격의 시선을 마주치려 하지 않고
황금의 유혹에도 무릎을 펴지 않아.
부유한 여인이지. 미모만 가난해서
그녀가 죽으면 미모도 죽어.[11]

벤볼리오 평생 동안 수절을 맹세하였나?

로미오 그러한 근검으로 손해가 막심하지.
냉혹한 단속에 굶주린 미모는
자손만대의 미모를 끊어버리지.
어여쁘게 현명하고 현명하게 어여쁘니
나의 절망 속에서 행복을 누리련다.
사랑하지 않겠다는 그녀 맹세 속에서
죽은 내가 살아서 그 말을 하누나.

벤볼리오 내 말 듣고 그녀를 생각에서 지워라.

로미오 생각하지 않는 법을 가르쳐다오!

벤볼리오 네 눈에 자유를 허락하여 다른 미인도
찾아보라 일러라.

로미오 그녀의 어여쁨을
자세히 살피라는 말일 뿐이다.
미인에게 키스하는 행복한 가면[12]은
가려진 흰 살결을 생각나게 해주며
갑자기 눈먼 이는 잃은 시력이라는
귀중한 보물을 결코 잊을 수 없어.
뛰어나게 예쁘다는 여자를 데려와라.
그녀의 어여쁨은 더 어여쁜 여인을
생각나게 만드는 비망록이 아닌가?
잘 가라. 잊는 법을 가르칠 수 없구나.

벤볼리오 가르칠 수 없다면 빚쟁이로 죽겠다. [둘 퇴장]

## 1. 2

[캐퓰릿, 패리스 백작, 하인 등장]

캐퓰릿 몬테이그도 나처럼 벌을 받아
손발이 묶여 있소. 우리 같은 노인들은
조용히 지내는 게 어렵지 않을 거요.

패리스 두 분은 명망 높은 어른이신데
그처럼 다투며 지내시니 유감이오.
한데 나의 청혼은 어찌 생각하시오?

캐퓰릿 조금 전에 한 말을 다시 말할 뿐이오.
우리 애는 아직도 세상을 모르오.
열네 해의 변화도 보지 못했소.
두 번의 여름이 더 익은 다음에야
신부가 될 만큼 성숙하게 될 게요.

패리스 더 어리고 행복한 어머니도 있지요.[13]

캐퓰릿 그런 어머니는 너무 일찍 망가지오.
그 애 밖의 내 소망은 땅이 모두 삼켰으니
나 같은 흙덩이의 희망은 그 애뿐이오.
하지만 패리스, 그 애 속을 잡으시오.

10 로미오가 짝사랑하는 여자는 처녀의 여신 다이애나의 재간이 있어서 사랑의 신 큐피드의 화살을 피할 수 있다는 말이다. 큐피드는 비너스의 어린 아들로서 눈을 가리고 사랑의 화살을 마구 쏘아댄다.

11 그녀의 미모는 결혼하여 예쁜 아이를 낳지 않고 죽으면 그녀 한 세대로 끝나는 만큼 그녀의 미모는 '가난하다.' 그 비슷한 주제를 셰익스피어는 소네트 1-17에서 계속 읊었다.

12 귀족의 청춘 남녀는 검은 마스크로 흰 얼굴을 가리고 가장무도회에서 만나곤 했다.

13 14세가 채 안 된 여자도 어머니가 될 수 있다는 말. 당시 귀족들은 조혼 풍습이 있었다.

내 마음은 그 애 뜻의 부분만이 되겠소.
아이가 동의하면 선택 범위 안에서
내 승낙과 동의에 효력이 생기오.
오늘 밤에 풍습대로 잔치를 벌이는데
좋아하는 손님들을 많이 초청했소.
당신도 귀빈 중 한 분으로 모시겠소.
쌍수로 환영하오. 손님이 늘어나오.
누추한 내 집에서 밤하늘을 밝게 하며
땅을 밟는 별들을 보게 될 게요.
신명난 젊은이가 절뚝이며 쫓겨 가는
겨울철의 뒤를 따라 다가오는 4월의
아름다운 모습을 맞이하는 기분으로
싱싱한 꽃망울들 사이에서 즐기시오.
모두를 들으시고 모두를 보시고
가장 잘난 아가씨를 가장 좋아하시오.
내 딸을 포함해서 여럿 중 하나를
눈여겨보시면 관심이 없다 해도
돋보일 게요. 그럼 같이 가십시다.
[하인에게]
얘, 아름다운 베로나를 돌아다니며
거기 적힌 여러분께 환영과 즐거움이
내 집에서 기다리는 중이라고 알려드려라.
[캐퓰릿과 패리스 퇴장]

하인 여기 이름 적힌 사람들을 찾아내란 말인데,
구두장이는 줄자를, 재단사는 구두 본을, 어부는
붓을, 화가는 그물을 돌보라고 적혀 있구나.[14]
그런데 여기 이름 적힌 사람들을 찾아내라며
나를 보냈는데 글 쓴 사람이 여기다 뭐라고
썼는지 도무지 알 수 없구나. 배운 사람한테
가야지. 마침 잘됐네.
[벤볼리오와 로미오 등장]

벤볼리오 이거 보라. 내 불이 남의 불을 태우며,
남의 고민 때문에 내 고민은 줄어들어.
돌다가 어지러우면 거꾸로 돌면 돼.
남의 심한 슬픔이 내 슬픔을 고치지.
네 눈에 눈병이 새로 생기면
옛날 병의 독기는 없어진다고.

로미오 그런 병엔 약초 잎이 제일이야.

벤볼리오 무슨 병인데?

로미오 너의 부러진 정강이뼈.

벤볼리오 무슨 소리야? 너 미쳤니?

로미오 미치진 않았는데 광인처럼 묶여 있어.[15]
감옥에 갇혀 있고 밥도 먹지 못하고
매 맞고 고문당해. 잘 가라, 친구.

하인 안녕합쇼? 글 읽을 줄 아시우?

로미오 불행한 내 운명은 읽을 수 있지.

하인 그따위는 책 없이도 배웠겠지만
무엇이든 보는 족족 읽으시겠죠?

로미오 내가 아는 글자와 말이라면 그렇지.

하인 솔직한 말씀이오. 안녕히 계세요.

로미오 잠깐. 나 읽을 줄 알아.
[편지를 읽는다.]
"마티노 선생과 부인과 따님들,
안셀미 백작과 아름다운 자매님들,
우트루비오 미망인 마나님,
플래신쇼 선생과 어여쁜 질녀님들,
머큐쇼와 그의 사촌 밸런타인,
캐퓰릿 숙부님과 숙모님과 따님들,
어여쁜 내 조카 로절린과 리비아,
밸런쇼 선생과 그의 사촌 타이볼트,
류시오와 명랑한 헬레나."
멋있는 모임이군. 어디로 가는데?

하인 저기요.

로미오 어디 가서 먹는데?

하인 우리 집이오.

로미오 누구 집인가?

하인 주인집이오.

로미오 그렇지. 그것부터 물어봤어야 했지.

하인 물어보지 않으셨지만 말씀드리죠. 우리 집주인은
높으신 부자 양반 캐퓰릿 어른이시죠. 몬테이그
편만 들지 않으면 와서 술 한잔 하시라고요.
잘 가세요. [퇴장]

벤볼리오 예로부터 내려오는 캐퓰릿 잔치에
베로나의 이름난 미인들과 더불어
너의 어여쁜 사랑 로절린도 식사한다.
거기서 딴 여자를 보여줄 테니

14 일부러 각 직종에 종사하는 사람들의 고유한 도구를 뒤죽박죽으로 만들고 있다. 귀족의 잔치에는 그런 평민을 청하지 않음을 비꼬고 있다.

15 광인을 묶어서 가두는 것은 그때나 지금이나 꼭 같다.

생생한 눈으로 비교해봐라.
너의 여인 백조가 까마귀로 보일 거다.
로미오 이 눈이 섬기는 진실한 신앙이
그런 죄가 있다면 눈물은 불이 돼라.
눈물에 빠졌으되 죽지 못할 내 눈은
이단임이 명백하니 불태워 죽여라.[16]
만물을 살피는 해도 천지개벽 이후로
그녀보다 더 어여쁜 짝을 찾지 못했다.
벤볼리오 딴 여자가 없어서 그녀만 예쁘다는군.
네 눈에 그녀는 하나뿐이었지만
오늘 밤 잔치에서 네게 보여줄 테니
눈부신 그 여자를 저울에 올려놓고
네 여자도 올려놓고 달아본다면
네 여자가 남달리 무겁지는 않겠다.[17]
로미오 그런 구경하려고 가는 게 아니고
우리 님의 광채를 만끽하려는 거다. [둘 퇴장]

## 1. 3

[캐퓰릿의 아내와 유모 등장]
캐퓰릿 부인 어멈, 우리 딸 어디 갔어? 불러와.
유모 열두 살 때 가졌던 처녀막에 맹세코
틀림없이 오랬어요. 요 얌전한 것이—
어머나! 어디 갔나? 얘야, 줄리엣!
[줄리엣 등장]
줄리엣 왜 그래요? 누가 불러요?
유모 어머님이.
줄리엣 엄마, 나 여기 있어요. 왜 그러세요?
캐퓰릿 부인 할 말이 있는데. 유모, 잠깐 비켜줘.
단둘이 말할 거야.—유모, 다시 이리 와.
생각해보니 유모도 들어야 돼.
자네도 알다시피 딸애가 나이가 찼어.
유모 저야말로 난 시까지 말할 수 있다고요.
캐퓰릿 부인 아직 열네 살이 안 됐어.
유모 이빨 열네 개라도 내놓겠어요. 그런데 안됐지만
네 개밖에 안 되네요. 하지만 확실히 열네 살이
거의 됐죠. 감사절[18]이 얼마 남았죠?
캐퓰릿 부인 보름 남짓 남았군.
유모 한 해에 며칠이 남은 거는 모르지만
감사절 전날 밤에 열네 살이 되어요.
수전과 동갑인데—모든 영혼 다 함께
주님 품에 쉬기를!—천국에 갔어요.
저에겐 과람했죠. 어쨌든 말했듯이
감사절 전날 밤에 열네 살이 된다고요.
생각이 뚜렷해요. 암, 그렇고 말고요.
그리고 열한 해 전에 지진이 났는데
그날 젖을 뗐어요. 잊을 수가 없어요.
하필이면 1년 중 바로 그날이었죠.
그때 제가 비둘기집 담 밑에 앉아
볕을 쬐며 젖꼭지에 쑥물을 발랐어요.
주인님과 마님은 만토바에 계실 때죠.
—이래 봬도 머리만은 괜찮다고요.
하지만 젖꼭지의 쑥물을 맛보더니
얼마나 쓰던지 고 가련한 것이
성을 바락 내면서 뿌리치데요!
비둘기집이 저한테 '뛰라'고 외쳤지만
뛰고 있는 저한테는 소용없었죠.
그 일이 있고 나서 열한 해가 됐네요.
그때는 줄리엣이 일어설 줄 알았고
실제로는 뛰놀 줄도 알았다고요.
바로 그 전날 이마를 깠거든요.
그때 우리 남편이—쾌활한 사내였죠.
하느님이 그 영혼과 함께하시길!—
애를 번쩍 들고서 "앞으로 넘어졌냐?
좀 더 똑똑해지면 뒤로 자빠질 테지.
안 그러냐?" 하니까 글쎄 고 예쁜이가
울음을 딱 그치고 "그래!" 하지 뭡니까!
그때 농담이 지금 실제가 되다니요!
확실히 제가 천 년을 더 산대도
정말 잊지 못해요. "안 그러냐?" 하니까
울음을 딱 그치고 "그래!" 했다니까요.

16 로절린은 자신이 섬기는 '신앙'이지만 다른 여자보다 어여쁘지 못하다는 '죄'가 있는 까닭에 사랑의 눈물에 젖어 있는 자기는 '이단'임이 틀림없으니 당시의 법에 따라 화형 당해 마땅하다는 말이다.

17 두 눈을 천칭 저울의 두 유리 접시에 비유한다. 양쪽 접시에 그 여자만 올려놓고 달아보면 같지만 다른 한 접시에 다른 여자를 올려놓고 달아보면 그가 사랑하는 여인이 기울 거란 말이다.

18 8월 1일이 감사절이었다. 그날 새로 빵은 밀가루로 빵을 구워 하느님께 바쳤다.

캐퓰릿 부인 그만하면 됐어. 제발 입 다물라고.
유모 그러죠. 하지만 우스워 죽겠네요.
울다가 그치고 "그래!" 했다니까요.
그런데 이마빡에 어린 수탉 불알만 한
혹이 났지 뭡니까! 되게 아픈 상처라서
마구 울어댔거든요. "앞으로 넘어졌냐?
나이가 차면 뒤로 자빠질 테지?
안 그래, 줄리엣?" 하고 남편이 물으니까
울다가 뚝 그치고 "그래!" 하더라고요.
줄리엣 유모도 뚝. 제발 그만해.
유모 그러죠, 그만하죠. 주님 고마우셔라!
제가 기른 아이 중에 아가씨가 제일 예뻤죠.
아가씨가 시집갈 때 제가 살아 있으면
소원 성취 하는 거죠.
캐퓰릿 부인 바로 그 얘길 하려던 참이야.
얘야, 줄리엣, 솔직히 말해라.
결혼 말이 있는데 생각이 어떠냐?
줄리엣 꿈도 못 꿀 영광이군요.
유모 영광! 내가 아가씨 유모가 아니었소?
젖과 함께 지혜도 빨았을 텐데.
캐퓰릿 부인 그러면 지금부터 결혼을 생각해라.
여기 베로나에선 너보다 나이 어린
귀한 집 부인들이 벌써 엄마가 됐다.
나만 해도 너하고 비슷한 나이에
네 엄마가 되었지. 그래 하는 말인데
멋진 남자 패리스가 너를 아내로 원한다.
유모 아가씨, 아가씨, 온 세상이 부러워할
남편감이지.—인형 같은 분이야.
캐퓰릿 부인 베로나의 여름에도 그런 꽃은 없단다.
유모 아무렴, 꽃이에요. 참말 꽃이라고요.
캐퓰릿 부인 얘야, 말해보아라, 사랑할 수 있겠지?
오늘 밤 잔치에서 그분을 보게 된다.
패리스의 얼굴을 책처럼 찬찬히 읽어
미모의 붓으로 쓴 즐거움을 찾으며
결혼의 면모들을 자세히 살펴보고
서로에게 어떤 기쁨을 주고 있는지,
잘생긴 책갈피에 무엇이 숨었는지,
눈자위엔 무엇이 씌었는지 찾아내어라.
이처럼 귀한 사랑의 책, 매임 없는 연인이
완성미를 갖추기엔 겉장만 모자란다.
물고기가 물에 살 듯, 아리따운 외면이
아리따운 내면을 감추는 건 자랑이지.
누가 봐도 그 책은 황금 같은 이야기를
황금으로 잠가놓은 광채로 빛나누나.
그분을 소유하면 그분 소유 전부를
나누어 가질 테니 너도 같이 커진다.
유모 암, 커지죠. 여자는 남자 땜에 커져요.
캐퓰릿 부인 짧게 답해라. 패리스의 사랑이 좋아지겠냐?
줄리엣 보다가 괜찮으면 좋은 척하죠.
하지만 어머님이 바라시는 만큼만
강렬한 눈길을 쏘아 보내죠.[19]
[하인 등장]
하인 마님, 손님들이 오셨고요, 잔칫상을 올렸고요, 마님을
찾으시고요, 아가씨를 부르시고요, 유모는 부엌에서
야단맞고요, 그래서 모든 것이 끝났습니다. 저는 가서
시중을 들어야 해요. 곧장 따라오세요. [퇴장]
캐퓰릿 부인 그래 갈게. 줄리엣, 백작이 기다린다.
유모 가봐, 아가씨. 복된 낮에 복된 밤이 오는 거야. [모두 퇴장]

## 1. 4

[로미오, 머큐쇼, 벤볼리오, 그밖에 오륙 명의
가면무도회 참가자와 횃불잡이 등장]
로미오 참석의 변명으로 이런 말도 괜찮을까?
아무런 변명 없이 그냥 들어갈 건가?
벤볼리오 요즘 최신 유행은 그처럼 길지 않아.
눈 가린 큐피드를 앞세우면 싱거워져.
오색의 연약한 달단 활을 가지고[20]
허깨비처럼 여자한테 겁주지 말고
자기들 편할 대로 짐작하라고 해.
우리는 춤만 추고 가버리면 그만이야.
로미오 횃불은 내게 줘라. 춤 생각이 없구나.
마냥 우울하니까 횃불이나 들겠어.
머큐쇼 안 돼, 로미오. 너도 춰야 해.
로미오 정말 그만두겠어. 너희는 경쾌한

19 처녀들은 멋진 신랑감에게 사랑의 화살처럼 강렬한 눈길을 쏘아 보냈다.
20 가면무도회에서, 달단(韃靼, 활 잘 쏘는 북방 터키계 종족)의 색동 칠한 장난감 활을 든 눈 가린 큐피드를 앞세우곤 하였다.

무도화를 신었지만 납덩이 영혼이
발을 땅에 박아서 움직이지 못하겠어.
머큐쇼 연애하는 중이군. 큐피드의 날개로
보통 사람 머리 위로 날아다니렴.
로미오 큐피드의 화살이 너무 깊어서
가벼운 깃털로는 발이 묶여 날지 못해.
무거운 슬픔 때문에 한 발도 뗄 수 없어.
사랑 짐에 눌려서 잠길 뿐이지.
머큐쇼 사랑에 잠기려면 짐을 사랑해야지.
연약한 자에게는 무거운 짐이지만.
로미오 연약한 사랑? 너무나 거칠고
사납고 난폭하고 가시처럼 찌르는데.
머큐쇼 사랑이 거칠면 사랑에게 거칠어라.
찌르는 사랑을 찌르면 사랑이 져.
내 얼굴 집어넣을 얼굴을 달아.
얼굴에 얼굴이다. 찌그러졌다며
남들이 뭐란다고 걱정이 뭔가?
풍뎅이 눈썹과 시뻘건 뺨이면 돼.
벤볼리오 그러면 노크해라. 들어가기 무섭게
각자는 저마다 알아서 뛰기다.
로미오 횃불 이리 줘. 유쾌한 장난꾼만
무심한 골풀[21]을 발꿈치로 간질이고
나는 옛날 노인의 격언에 따라
촛불을 받쳐 들고 구경이나 하겠다.[22]
노름감이 예뻤지. 나는 이제 끝났어.
머큐쇼 경찰관이 말하기를 생쥐가 끝났대.[23]
그 식으로 끝났다면 흙탕에서 건지든가,
노인에겐 실례지만, 귀까지 홀딱 빠진
사랑에서 꺼내줄게. 시간 낭비 그만하자!
로미오 그런 게 아니야.
머큐쇼 느리게 굴다가는
횃불만 스러진다. 낮은 저절로 환해.
말이나 새겨들어. 한번 귀로 듣지만
다섯 배는 짐작으로 새겨들어라.
로미오 좋은 뜻에서 무도회에 가지만
똑똑한 건 아닌데.
머큐쇼 어째서 그래?
로미오 지난밤 꿈꿨어.
머큐쇼 꿈이야 나도 꿨지.
로미오 무슨 꿈?
머큐쇼 몽상가는 거짓말을 자주 한대.
로미오 몽상가는 잘 때마다 사실을 꿈꾸지.
머큐쇼 그러니 맵 여왕[24]과 함께 있었군.
그녀는 요정 중 산파[25]인데 몸집이
시의원 가락지의 보석보다 조그맣고
쬐고만 말들에게 마차를 끌게 해서
자는 사람 콧등 위를 타고 다니지.
각다귀 다리로 바퀴살을 만들고
메뚜기 날개로 덮개를 지었으며
가느다란 거미줄로 봇줄을 만들고
희미한 달빛으로 목줄을 지었으며
귀뚜라미 뼈 채찍에, 채찍 줄은 연가시[26]며
마부는 회색빛의 작은 하루살이인데
게으른 계집애 손가락서 꼬집어낸
동그란 버러지[27]의 절반도 못 돼.
그녀의 마차는 속 빈 개암 열매며
다람쥐 목수나 늙은 벌레 솜씨인데
옛날부터 요정 마차 장인이었지.
연인들의 머릿속을 위엄 있게 지나가면
밤마다 연인들은 사랑 꿈을 꾸게 되고
궁정인의 무릎을 스치고 지나가면
절하는 꿈을 꾸며 변호사의 손가락을
스치며 지나가면 수임료를 꿈꾸며
입술을 스쳐 가면 키스를 꿈꾸는데,
여자들의 숨결이 사탕으로 더러우면
맵 여왕은 성이 나서 물집으로 괴롭히며
때로는 궁정인의 코앞을 지나가면
궁정인은 청탁 냄새 맡는 꿈을 꾸게 되며,
때로는 돼지 꼬리[28] 십일조를 가져다가

21 마른 골풀을 잘게 썰어 방바닥에 깔았다. 향기가 나고 먼지를 잠재웠다.
22 영국의 옛 격언에 "노름 못 할 사람은 촛불이나 들어라"라는 말이 있다.
23 영어로는 통하나 우리말로는 옮길 수 없는 말장난.
24 켈트의 신화에 나오는 마귀할멈이지만 여기서는 아주 작은 요정의 여왕으로 표현된다.
25 아이 낳는 것을 돕는 요정이 아니라 사람들의 공상을 낳게 해주는 요정이란 뜻이다.
26 가을 하늘에 쳐진 거미줄 같은 가는 줄을 시골에서는 '연가시'라고 한다.
27 계집아이가 게으르면 손가락에 작은 벌레가 생긴다는 속설이 있었다.
28 농부가 돼지의 꼬리를 소출의 10분의 1(십일조)이라고 교회에 바쳤다는 농담이다.

잠자는 사제의 콧구멍을 간질이면
사제는 딴 교회로 옮겨갈 꿈을 꾸며
군인의 목덜미로 마차를 몰아가면
군인은 외국군의 목을 따고 벽 뚫기와
매복전과 스페인 칼과 다섯 길 높이의
건배 잔과 뒤이어 북소리를 꿈꾸다가
벌떡 깨어 일어나 한두 마디 기도하고
다시 잠들지. 이런 게 맵 여왕이야.
남몰래 밤중에 말갈기를 꼬아놓고
지저분한 계집애의 머리칼을 떡처럼
마구 엉켜 놓는데 그걸 풀어 놓으면
큰 재앙이 내리려는 무서운 징조지.
처녀가 자빠져 누우면 타고 눌러서
처음 애를 배게 하는 귀신인지라
행실이 얌전한 여자가 되거든.
그녀가 바로—
로미오 그만, 그만, 머큐쇼.
허튼수작 그만해.
머큐쇼 맞아. 꿈 얘기니까.
꿈이란 하릴없는 대가리의 자식이라
허무한 망상에서 태어날 뿐이니
공기처럼 희박한 물질에 불과한데,
북방의 찬 가슴에 구애하는 바람보다
느닷없이 이랬다저랬다 하다가
화나면 거기를 차버리고 훌쩍 떠나서
이슬방울 내리는 남방으로 가버리지.
벤볼리오 바람의 진원지는 우리 자신들이야.
만찬이 끝났구나. 너무 늦었다.
로미오 너무 이른 것 같다. 별에 달린 결과가
어떻게 될는지 아직도 불안해.
잔치와 더불어 무서운 그날이
처참하게 시작되어 비명의 죽음이란
악한 벌을 받아서 가슴에 들어 있는
쓸데없는 목숨이 끝날 것 같다.
그러나 이 뱃길의 키를 잡은 그분이
내 소원 이끄시길! 흥겨운 친구들, 가자.
벤볼리오 북을 울려라.
[그들이 무대를 한 바퀴 돈다. 하인들이
냅킨을 들고 나온다.]
우두머리 하인 폿팬은 치울 때 거들지 않는데, 어디 간 거야?
쟁반을 나르나, 쟁반을 닦나?
하인 1 훌륭한 몸가짐이 기껏해야 한두 사람 손에
들어 있는 데다 그 손도 씻은 게 아니라면 참말
더러운 노릇이지.
우두머리 하인 저쪽 의자들을 치우고 이동식 찬장도 옮겨. 접시는
조심해서 다뤄. 야, 너 아몬드 과자 한 쪽만 내게
남겨줘. 너 나와 친해서 말하는데 문지기한테
수전 그라인드스톤, 넬, 안토니, 폿팬을 들여보내라고
말해.
하인 2 응, 됐어.
우두머리 하인 저쪽 큰방에서 너를 찾아 부르며 물어보며 왔다
갔다 하더구나.
하인 3 어떻게 한꺼번에 여기 있고 저기 있고 해?
얘들아, 잠시만 신나게 재빨리 움직이자. 오래 끄는
녀석이 모두 맡기다. [모두 퇴장]
[캐퓰릿, 시종들, 모든 손님과 시녀들이
가면무도자들과 마주 서서 등장]
캐퓰릿 잘 오셨소, 신사분들. 발가락에 굳은살이
안 박인 여인들이 여러분과 한 차례
돌아갈 게요. 숙녀 여러분,
누가 춤을 거절하죠? 얌전 빼는 분들은
굳은살이 박인 게요. 속이 뜨끔한가요?
잘 오셨소, 신사분들. 이 몸도 한때는
가면을 덮어쓰고 예쁜 여인 귓속에
좋음직한 이야기를 소곤거렸소.
하지만 가버렸소, 가버렸소, 가버렸소.
잘 오셨소. 신사분들. 악사들, 시작하오.
[음악이 연주되고 사람들이 춤춘다.]
비좁으니 비키시오. 시작해요, 아가씨들.
얘들아, 더 밝혀라. 식탁을 밀쳐놔라.
화덕의 불을 꺼라. 방이 너무 덥구나.
아, 여보게, 뜻밖의 놀이라서 아주 잘됐네.
좀 앉게, 앉으라고, 사촌.
자네나 나나 춤출 때는 지났네.
우리가 마지막으로 가면을 썼던 때가
언제였더라?
캐퓰릿의 사촌 벌써 서른 해구나.
캐퓰릿 이 사람, 그것도 몰라? 안 그래, 안 그래.
루센쇼 결혼식이 있고 난 뒤였어.
다음번 사순절이 아무리 빨라도
스물다섯 해거든.—그때 탈 쓰고 춤췄지.
캐퓰릿의 사촌 더 됐어, 더 됐어. 그 아들 나이가

서른이거든.
캐플릿 그런 소리 하지 마.
두 해 전에 그 아들이 성년이 아니었어.[29]
로미오 [하인에게]
저 신사와 춤추는 저 여인은 누구인가?
그녀가 잡은 손이 화려하게 빛나누나.
하인 모르는데요.
로미오 횃불에게 광채를 가르치누나!
흑인 귀에 매달린 고귀한 보석처럼
어둠의 볼에 달려 쓰기에는 값지고
땅에게는 너무 귀한 어여쁜 인간이다.
까마귀와 어울리는 하얀 비둘기처럼
뭇 여인 사이에서 돋보이누나.
한 곡이 끝났으니 자리를 보았다가
그녀의 손을 쥐어 험한 손에 복 주리라.
여태 사랑했는가? 눈이여, 부인하라.
진정한 어여쁨을 이 밤까지 못 보았다!
타이볼트 말소리 들어보니 몬테이그가 확실해.
얘, 내 칼 가져와. [시동 퇴장]
뭐야? 발칙한 놈이
괴상한 낯짝을 얻어 쓰고 찾아와
우리 집안 축제를 장난치고 놀려대?
명예로운 우리 가문 혈통을 걸어
놈을 때려죽여도 죄가 아니다.
캐플릿 조카, 어째서 그렇게 화를 내는가?
타이볼트 아저씨, 몬테이그요, 우리 원수요.
오늘 밤 이 잔치를 놀려대려고
일부러 찾아온 못된 놈이오.
캐플릿 로미오인가?
타이볼트 그렇소, 로미오 놈이오.
캐플릿 진정해, 조카. 그냥 놔둬라.
점잖은 신사로서 처신하는데,
사실대로 말하면 젊은이가 진실하며
신중한 사람이라 베로나가 칭찬한다.
이 도시 재산을 모두 준대도
내 집에서 그 청년을 해칠 뜻이 전혀 없다.
그러니 꾹 참고 못 본 척해라.
그런 게 내 뜻이다. 내 뜻을 존중하면
좋게 대해주고 찌푸린 낯을 펴라.
잔치에 합당치 아니한 모양새다.
타이볼트 저런 놈이 손님이면 합당한 모양새죠.
도저히 못 참겠소.
캐플릿 참아야 한다.
내 말대로 그냥 둬라. 가만히 있어라.
주인이 너냐, 나냐? 가만있으라니까!
참을 수 없다니, 아이고 맙소사,
손님들 가운데서 소란을 떨겠다고!
거름더미 병아리가 어른이 되겠다고!
타이볼트 창피한 일이오.
캐플릿 아서라, 아서.
애송이가 난 척하네. 그게 정말 창피냐?
못나게 굴다가 정말 되게 당한다.
나한테 대드는데—오, 때가 됐군요.—
[춤꾼들에게] 잘했소, 친구들.—[타이볼트에게]
난 체하는 애송이,
얌전히 굴어. 안 그러면,—[하인들에게]
횃불, 횃불, 더 밝혀.
[타이볼트에게]
잠잠하게 만들겠다. 저런! [춤꾼들에게]
신나게 추라니까!
타이볼트 강요된 인내가 분노와 만나니
저들의 맞대결에 부르르 살이 떤다.
내가 물러선다만 지금은 달콤한
너의 침입이 쓰디쓴 쓸개 되리라. [퇴장]
로미오 한없이 못난 손이 거룩한 성소[30]를
더럽힌다면 순례자의 수줍은 입의
부드러운 키스로 거친 손의 촉감을
부드럽게 하는 것이 착한 죄지요.
줄리엣 맘씨 고운 순례자가 손을 박대하지만
진실하고 예절 바른 성품이 보이네요.
성자들도 순례자가 만지는 손이 있죠.[31]
마주 잡은 손과 손이 순례자의 키스예요.
로미오 성자와 순례자는 입술이 없는가요?
줄리엣 순례자는 입술을 기도에 써야 해요.

29 남자는 만 21세에 성년이 되어 부친에게서 독립할 수 있었다.
30 줄리엣의 손을 거룩한 성전에 비유하고 있다. 로미오가 그녀의 손을 잡고 말하면서 키스를 하자고 하니 아래에서 그녀는 손을 잡은 것으로 됐다고 한다.
31 가톨릭교회에 세운 성자 상(像)의 손을 순례자들이 만진다.

로미오 성자님, 손의 일을 입술에게 시키세요.
기도는 믿음이 절망할까 걱정해요.
줄리엣 기도에는 응해도 움직이지 않아요.
로미오 기도를 거둘 테니 움직이지 마세요.
[그녀에게 키스한다.]
내 입술의 모든 죄가 그 입술에 씻겼어요.
줄리엣 그렇다면 내 입술에 그 죄가 묻었네요.
로미오 내 입술의 죄? 오, 귀여운 부추김!
내 죄를 돌려주세요.
[다시 그녀에게 키스한다.]
줄리엣 규칙에 따른 키스네요.
유모 아가씨, 어머님이 한마디 하신대요.
[줄리엣이 어머니에게 간다.]
로미오 어머니가 누구요?
유모 총각 양반아,
어머니는 이 집의 안주인이지.
착하고 현명하고 유덕한 부인이야.
당신과 수작한 이 집 딸을 내가 길렀어.
정말이지 아가씨를 잡는 사내는
돈방석에 올라앉지.
로미오 캐퓰릿 사람이라!
아아, 비싸다! 원수가 내 목숨 가졌구나.
벤볼리오 그만 가자. 놀이가 한창 무르익었다.
로미오 그래서 마음이 더욱 울렁거린다.
캐퓰릿 안 되오, 신사분들. 가실 생각 마시오.
변변치 못한 소찬이 나올 터인데.
[그들이 떠나야 한다고 캐퓰릿에게 시늉한다.]
그러시겠소? 그렇다면 여러분 고맙소이다.
고맙소. 점잖은 신사분들, 잘들 가시오.
[하인들에게]
여기 더 밝혀라.—자—그러곤 자러 가자.
오, 녀석아, 확실히 늦었구나.
자야겠다. [줄리엣과 유모 외에 모두 퇴장]
줄리엣 유모, 이리 와. 저 신사 누구지?
유모 타이베리오 노인의 아들이자 상속자야.
줄리엣 지금 문을 나서는 사람은 누구지?
유모 아, 그건 페트루치오 청년 같은데.
줄리엣 지금 따라 나가는, 춤추지 않겠다던 사람은?
유모 난 몰라.
줄리엣 가서 이름 알아봐.
[유모가 간다.]
이미 결혼했다면
내 무덤이 신혼 침대가 될지도 몰라.
유모 [돌아오면서]
이름은 로미오, 몬테이그 사람이고
아가씨네 최고 원수 외아들이래.
줄리엣 하나뿐인 미움에서 하나뿐인 사랑이 오고
너무 일찍 모르고 만나 너무 늦게 알게 됐네.
집안의 원수를 사랑해야 한다니
괴물 같은 사랑이 태어났구나.
유모 웬 소리? 웬 소리?
줄리엣 나와 같이 춤추던
사람한테 배운 노래야.
[안에서 누가 "줄리엣!" 하고 부른다.]
유모 가요, 가요!
우리도 가자. 손님들이 헤어졌어. [둘 퇴장]

## 2. 0

[해설자 등장]
해설자 이제 늙은 욕망은 임종 차 누워 있고
이때 젊은 열정은 상속자가 되려 한다.[32]
죽을 듯이 한숨짓고 사랑하던 그 여인은
줄리엣에 비하면 너무 곱지 못했다.
이제는 로미오가 사랑받고 사랑하니
눈길들의 매혹에 둘은 함께 빠졌으되
사내는 가상의 원수에게 하소연하고
여인은 사랑의 미끼를 훔쳐야 했다.
서로 원수 간이라 연인들이 다짐하는
사랑의 맹세를 속삭일 수 없었으며
사랑에 함께 빠진 줄리엣 아가씨는
새 연인을 만날 길이 더욱 막혀 있었으나
애정은 만날 힘을, 시간은 길을 주어
한없는 달가움이 아픔을 위로했다. [퇴장]

32 로미오가 사랑의 대상을 바꾸는 것을 욕심 많은 노인과 젊은 아들의 상속에 비유하고 있다.

## 2. 1

[로미오 홀로 등장]

로미오 마음이 여기 있어 밀고 나갈 것인가?
둔한 몸아, 되돌아서 중심을 찾아라.
[돌아서서 뒤로 물러선다.
벤볼리오가 머큐쇼와 같이 등장]

벤볼리오 로미오, 로미오 사촌, 로미오!

머큐쇼 똑똑한 친구라 슬그머니 집으로 자러 간 거야.
틀림없어.

벤볼리오 이쪽으로 뛰어오더니 정원 담을 넘었어.
불러봐, 머큐쇼.

머큐쇼 그럼 내가 불러낼게.
로미오! 변덕쟁이! 미친놈! 열정! 연애꾼!
한숨짓는 꼴과 함께 빨리빨리 나타나
한 가락 운만 떼라. 그럼 나는 만족이다.
'오오' '사랑' 하거나 '비둘기'[33]만 외쳐대라.
비너스 아줌마께 칭찬 한마디 하고
눈먼 아들한테는 아브라함 큐피드[34]라고
별명 하나 붙여줘라. 코페추어 임금님이
거지 처녀 사랑할 때[35] 정통으로 맞췄거든.
듣지도, 흔들지도, 움직이지도 않고
'원숭이'[36]가 죽었으니 혼을 불러내야지.[37]
로절린의 빛나는 눈, 훤칠한 이마,
빨간 입술, 섬세한 발, 쭉 뻗은 다리,
바르르 떠는 허벅지, 곁에 붙은
거시기 영역[38]으로 네 혼을 불러낸다.
그러니 네 모양 그대로 나타나거라.

벤볼리오 로미오가 들으면 화낼 소리다.

머큐쇼 어림도 없지. 낯선 자의 영혼을
자기 여자 영역 안에 불러냈다가
그녀가 눕히면서 꺼지라고 할 때까지
그냥 세워놓으면 그때에는 화를 내고
환장하겠지. 그의 애인 이름으로
혼을 불러내는 건 깨끗한 짓이야.
그를 일으키려고 불러낼 뿐이거든.

벤볼리오 로미오가 남몰래 나무 틈에 숨어들어
음습한 밤기운에 섞이려고 하누나.
사랑은 맹목이라 캄캄한 밤에 맞아.

머큐쇼 사랑에 눈이 멀면 목표에 빗나간다.
능금나무 밑에서 처녀들이 몰래 웃고
왜금[39]이라 부르는 묘한 열매 같다면
얼마나 좋을지 그려볼 테지.
로미오. 그녀가 짝 벌어진 능금이나
또는 네가 꼿꼿한 수세미면 정말 좋겠지.
로미오, 잘 자라. 나 잘 데로 나는 간다.
이런 야전 침대는 너무 추워 나는 싫다.
그럼 우리 갈까?

벤볼리오 가자. 숨겠다는 사람을
찾아봐야 헛수고다.

[벤볼리오와 머큐쇼 퇴장]

[로미오가 앞으로 나서고 줄리엣이 위에 등장]

로미오 상처도 없는데 자국부터 놀리누나.
쉿! 저 창문에 무슨 불이 비치는가?
저기는 동녘이고 줄리엣은 태양이다.
고운 해야 솟아나 질투의 달을 없애라.
달의 시녀[40]인 네가 저보다 예쁘다고
슬픔으로 핼쑥하고 벌써 병이 깊구나.
질투하는 달의 시녀가 되지 마라.
달 처녀의 사제복은 시퍼런 병색이라
바보들만 입는다. 벗어서 내던져라.
오오, 나의 아가씨, 나의 사랑이구나.
그녀가 내 사랑을 알아줬으면!
말소리가 안 들리네. 그러면 어때?
그녀 눈이 말하니까 내가 대답해야지.
내가 너무 나서네. 내게 말하는 게 아니고,
하늘에서 가장 예쁜 별 둘이 일 마치고

33 'love'(사랑)와 'dove'(비둘기)는 연애시에서 자주 쓰는 운(韻)이었다.
34 아브라함은 이스라엘 민족의 선조였으니 아주 늙은 분이란 뜻인데 큐피드는 비너스의 어린 아들이지만 '아브라함'이라고 하니 괴상한 별명이다. 당시 연애시에서 큐피드를 온갖 이름으로 부르던 관행을 비꼬는 것이다.
35 아프리카의 왕 코페추어가 거지 소녀를 사랑했다는 노래가 당시 널리 유행했다.
36 로미오를 귀여운 '원숭이'라고 부른다.
37 주문을 외워 죽은 자의 혼령을 불러내는 것을 뜻한다.
38 여자의 국부를 가리키는 장난스런 말이다. 머큐쇼는 성적인 말놀이에 능하다.
39 여기서 '왜금'으로 옮겼지만, 서양 능금 가운데 여자의 국부처럼 생긴 종류가 있었다.
40 처녀(줄리엣)는 달의 여신(다이애나)의 시녀인 셈이다.

돌아오는 때까지 그녀의 두 눈에게
자기들 자리에서 빛나라고 부탁하누나.
그녀 눈과 하늘 별이 자리들을 교환하면?
햇빛 속의 촛불처럼 그녀의 밝은 볼에
별들이 부끄럽지. 하늘의 그녀 눈이
대기를 통해서 너무나 밝게 흘러
새들이 노래하며 밤인 줄도 모를 테지.
그녀가 손으로 빰을 괴고 있구나!
오, 내가 그녀가 낀 장갑이라면
그녀 빰을 만지련만!

줄리엣 아아.

로미오 [방백] 말하누나.
빛나는 천사여, 다시 말하렴.
이 밤에 머리 위에 빛나는 너는
하늘 소식 전하는 날개 돋친 천사처럼
게으른 뭉게구름 굳세게 밟고
공중을 유유히 지나가는 모습을
깜짝 놀란 인간들이 말없이 바라볼 때
그들의 치켜 뜬 희멀건 눈자위에
하늘의 천사가 비쳐 보이지.

줄리엣 로미오, 로미오, 어째서 로미오니?
아버지를 부인하고 이름을 거절해라.
그것이 싫으면 사랑을 맹세해라.
그럼 나는 더 이상 캐퓰릿이 아니야.

로미오 [방백] 더 들을까? 이쯤에서 대꾸할까?

줄리엣 네 이름만 내 원수야. 몬테이그가
아니어도 너는 너 자신일 뿐이야.
몬테이그가 뭐야? 손도 발도 아니고
팔도 얼굴도, 어떤 데도 아니야.
아아, 제발 다른 이름이 되어줘!
이름에 뭐가 있어? 장미란 꽃은
이름이 달라도 향기는 다름없어.
로미오도 똑같아. 로미오라 안 해도
이름과는 상관없이 귀중한 완벽을
가지고 있어, 로미오, 이름을 버려.
너 자신의 일부가 못 되는 그 이름 대신
나를 전부 가지렴.

로미오 네 말대로 하겠어.
사랑이라 불러줘. 이름을 바꾸겠어.
지금부터 나는 로미오가 아니야.

줄리엣 누가 이렇게 밤의 장막 뒤에서
혼잣말에 끼어드니?

로미오 너한테 뭐라고
이름을 말할는지 나도 모른다.
아리따운 성자야, 내 이름이 나도 싫다.
너한테 원수이기 때문에 싫어지누나.
이름이 글자라면 찢어버렸을 테지.

줄리엣 입이 내는 소리는 백 마디도 내 귀에
들어오지 못했지만 소리는 알겠다.
로미오 아니니? 몬테이그 사람이지?

로미오 어여쁜 처녀야, 둘 다 싫으면 둘 다 아니다.

줄리엣 어떻게 여기 왔어? 어째서 왔어?
정원 담이 높아서 넘기 어려운 데다
친척 중 누구라도 여기서 너를 보면
출신 성분 생각하면 여기는 죽을 데야.

로미오 사랑의 날개로 가볍게 넘어왔어.
돌로 쌓은 담벼락도 사랑을 막지 못해.
사랑이 할 만한 건 사랑으로 모험하는 거지.
너희 집안사람도 막을 수 없어.

줄리엣 보기만 하면 죽일 텐데.

로미오 네 눈은 스무 개의 칼날보다 무섭지만,
내게 따뜻한 시선만 보내주면
친척들의 증오에 눈도 깜짝 않겠어.

줄리엣 절대로 여기서는 만나지 마.

로미오 어둠의 망토로 눈들을 가렸어.
네 사랑 못 받으면 잡혀도 상관없어.
사랑받지 못하고 미적대기보다는
친척들의 증오로 죽는 게 나아.

줄리엣 누가 알려주었기에 이곳을 찾아냈어?

로미오 사랑이지. 나한테 알아보라 했거든.
사랑은 알려주고 나는 눈을 빌려줬어.[41]
항해사는 아니지만 드넓은 바다 저편
아득한 해안처럼 네가 암만 멀어도
그런 보물이라면 모험해야 마땅하지.

줄리엣 밤이라는 가면이 가려줬기 망정이지
오늘 밤 너한테 말한 것이 부끄러워
처녀의 두 빰이 발갛게 달았겠지.
격식도 차리고 아까 내가 한 말도
부인하고 싶지만—격식아, 물러가라.—

41 사랑(큐피드)은 '맹목'이니 애인 자신이 눈으로 보아야 한다.

너 날 사랑해? '그래'라고 할 줄 알아.
그럼 네 말 믿겠어. 하지만 맹세하면
거짓말이 될지 몰라. 연인들의 맹세는
주피터도 웃는대. 아아, 귀한 로미오.
진짜 나를 사랑하면 진짜 털어놔.
너무 빨리 너한테 넘어갔다면
찡그리며 비죽대며 너를 거절할 테지만
그렇지 않다면 온 세상 다 줘도 안 그러겠어.
어여쁜 몬테이그, 정말 내가 반했어.
그 때문에 나더러 가볍다고 할지 몰라.
하지만 믿어줘, 젊은 신사, 난 척하며
얌전 빼는 여자보단 정숙할 자신 있어.
분명 좀 더 뺐어야 하는데 나 모르게
네 귀가 솔직한 내 사랑을 엿들은 거야.
그러니 용서해줘. 이렇게 진다고
경박한 사랑으로 오해하진 마.
어두운 밤이 내 사랑을 밝혀냈다고.

로미오 아가씨, 행복한 달에 걸고 맹세하노니,
과일나무 머리마다 은빛에 물들어.—

줄리엣 오, 달에 걸지 마. 자꾸만 변하는 달,
궤도 따라 돌면서 달마다 변하는 달.
그처럼 네 사랑도 변할지 몰라.

로미오 무엇으로 맹세하지?

줄리엣 아예 그만둬.
그래도 하고 싶으면 멋진 네 몸에 걸으렴.
그게 내가 숭배하는 우상이거든.
그러면 믿을 거야.

로미오 진실한 사랑으로—

줄리엣 맹세는 그만둬. 너 때문에 기쁘지만
오늘 밤의 약속은 기쁘지 않아.
너무 빠르고 즉흥적이고 뜻밖이어서
'번개 친다.' 하기 전에 없어져 버리는
번갯불 같아. 사랑아, 가서 잘 자.
다음번 만날 때 사랑의 꽃망울은
열매를 익혀주는 여름 입김에
아름답게 꽃필 거야. 안녕, 안녕. 내 가슴처럼
네 마음에 안식이 깃들기를 기도 드려.

로미오 이처럼 내 속을 태울 셈이니?

줄리엣 오늘 밤 무슨 속을 채울 수 있니?

로미오 진실한 네 맹세 내 맹세를 주고받는 거.

줄리엣 달라고 하기 전에 네게 줬는데,
하지만 되돌려주면 내가 좋겠다.

로미오 취소하고 싶으니? 어째서 그렇지?

줄리엣 풍족한 마음이라 다시 주려고.
하지만 이미 가진 것이라 가지고 싶어.
내 마음은 바다처럼 끝없이 넓고
사랑도 깊어. 네게 주면 줄수록
자꾸만 생겨. 우리 둘은 무한이야.
[안에서 유모가 부른다.]
안에서 누가 불러. 내 사랑, 잘 가.—
금방 갈게.—정다운 몬테이그, 진실해야 돼.
잠깐 기다려. 다시 올 테니. [퇴장]

로미오 복되고 복된 밤이여! 아아, 두렵다.
밤이어서 모든 것이 꿈이 아닐까.
진짜라고 하기엔 너무도 황홀하다.
[줄리엣 다시 등장]

줄리엣 로미오, 세 마디만. 그리곤 진짜 안녕.
네 사랑의 목적이 진실하고 순수해서
결혼을 바란다면 내일 소식 전해줘.
사람을 시켜서 너한테 보낼 테니
언제 어디서 결혼식을 올릴지 말해줘.
그러면 내 운명을 네 발 앞에 놓아두고
세상 어느 곳이든 남편을 따를 테야.

유모 [안에서] 아가씨!

줄리엣 금방 가!—하지만 생각이 틀리다면,
제발—

유모 [안에서] 아가씨!

줄리엣 잠깐만. 곧 가요!
수고를 그만두고 슬픔에게 나를 던져.
내일 사람 보낼게.

로미오 내 영혼의 구원을 걸고—

줄리엣 천 번만큼 안녕! [퇴장]

로미오 너의 빛이 없어지니 천 배나 어둡구나.
학교 파한 아이처럼 사랑에게 달려가고
학교 가는 아이처럼 사랑에서 멀어진다.[42]
[줄리엣 다시 등장]

줄리엣 로미오, 내 말 들어! 보라매 부르는

42 학교를 파하면 아이가 집에 달려가듯이 사랑은 사랑에게 달려가며, 학교에 가기 싫어하는 아이처럼 사랑은 사랑에서 떨어지기 싫어한다는 말.

매잡이 소리 같아.[43] 속박의 목소리는
거칠고 낮아서 말소리가 크지 못해.
그렇지만 않다면 메아리[44]를 뭉개놓고
바람 같은 소리로 '로미오'를 자꾸 외쳐
내 목소리보다도 쉬게 만들래.

로미오 내 이름 부르는 건 내 영혼이다.
연인의 목소리는 밤의 은방울이지.
기울이는 귀에는 부드러운 음악이야.

줄리엣 로미오!

로미오 나의 수지니?[45]

줄리엣 언제 너한테
사람 보낼까?

로미오 아홉 시.

줄리엣 틀림없이 그럴게. 그때까지 20년!
왜 너를 불렀는지 잊어먹었네.

로미오 생각해낼 때까지 여기 있을게.

줄리엣 너와 같이 있는 게 너무나 좋아.
네가 거기 있으라고 잊어먹겠어.

로미오 그럼 네가 잊으라고 여기 있을게.
이곳밖에 다른 집은 잊어먹겠어.

줄리엣 날이 거의 밝았어. 그럼 돌아가.
하지만 아이의 새보단 멀리 가지 마.
족쇄로 꽁꽁 묶인 불쌍한 포로처럼
조금만 제 손에서 풀어놨다가
금방 다시 명주실을 잡아당기지.
그토록 새의 자유를 사랑하고 인색해.

로미오 내가 너의 새라면 좋겠다.

줄리엣 나도 그래.
하지만 너무 사랑하다가 죽일지 몰라.
굿나잇, 굿나잇! 이별은 달콤한 슬픔.
내일이 될 때까지 '굿나잇' 할 테야. [퇴장]

로미오 눈에는 잠이, 가슴에는 평화가 있길!
내가 잠과 평화라면 달콤한 쉼을 주지.
거룩한 신부님의 골방에 찾아가
행운을 알리고 도움을 구하겠다. [퇴장]

## 2. 2

[로렌스 수사가 바구니를 들고 홀로 등장]

로렌스 수사 잿빛 눈의 아침이 찌푸린 밤에 웃음 짓고
동녘의 구름들에 오색 빛 수를 놓고,
얼룩진 어둠은 취객처럼 비틀대며
불타는 마차[46]와 해의 길을 피해 간다.
타오르는 해의 눈이 드높이 솟아올라
음습한 밤이슬을 말리기 전에
진기한 즙을 머금은 꽃과 풀로
여기 버들 바구니를 채워야 한다.
흙은 자연의 어머니요 무덤이며,
자연의 무덤인즉 자연의 자궁이다.
만물은 자연의 자궁에서 태어나며
자연의 품에 안겨 먹고 자란다.
효력이 뛰어난 물질이 많으니
효험은 각각이라 모두 서로 다르다.
나무와 풀과 돌과 그것들의 본성에는
매우 강한 효능이 숨어 있도다.
땅 위에 사는 것은 아무리 악하여도
나름대로 좋은 것을 흙에게 주며,
아무리 선하여도 그릇되게 사용하면
본성에 어긋나서 남용에 빠져든다.
선을 잘못 사용할 때 선 자체가 악이 되며
악도 간혹 결과로써 존중받는다.
[로미오 등장]
이 꽃은 연약하나 그 어린 껍질 속에
독성과 약효가 함께 들어 있으니,
냄새를 맡으면 온몸이 흥겹되
맛을 보면 온 감각과 심장이 멎는다.
사람도 약초 같아, 언제나 선과 악이
왕처럼 대적하여 진 치고 마주선다.
악이 승할 때에는 죽음의 버러지가
당장에 그 풀을 먹어치운다.

로미오 안녕하세요, 신부님.

로렌스 수사 강복을 빈다!
누구의 인사가 이처럼 상냥한가?

43 매잡이는 매를 자꾸 부르다가 목이 쉬어 낮게 말했다. 집에 매인 줄리엣도 그처럼 낮은 음성으로 말한다.
44 메아리는 깊은 산속 동굴에 숨어 살면서 소리를 흉내 내는 님프였다.
45 여기서는 아직 채 날 수 없는 어린 보라매.
46 태양의 신(아폴로)은 아침마다 불수레(해)를 타고 동쪽에서 서쪽으로 여행한다.

그리 일찍 잠자리에 작별을 고했으니
젊은이, 머리가 복잡하도다.
늙은이의 두 눈은 근심이 감시하며
근심이 있는 데는 잠이 오지 않으나,
상처도 없고 근심도 없는 젊은이가
몸을 눕히면 금쪽같은 잠에 빠진다.
따라서 이토록 일찍 일어난 것은
확실히 마음의 불편을 말하누나.
그렇지 않다면 금방 알아맞힐게.
지난밤 로미오가 자지 않았어.

로미오 뒷말은 맞습니다. 달콤한 잠이었죠.

로렌스 수사 주여, 용서하소서! 로절린과 지냈지?

로미오 로절린 말입니까? 절대로 아닙니다.
그 이름도 잊었고 고민도 잊었어요.

로렌스 수사 착한 젊은이구먼. 그럼 어디 있었나?

로미오 다시금 묻기 전에 대답부터 하지요.
얼마 전 원수들과 축제를 벌였는데
갑자기 누군가 저를 공격하기에
저 역시 꼭 같이 공격했어요.
부상자 두 사람을 신부님께서
거룩한 약으로 도와주세요.
신부님, 원수가 밉지 않아요.
그 원수도 내 부탁을 기대합니다.

로렌스 수사 젊은이, 보통 말로 하여라.
수수께끼 고백에는 수수께끼 속죄니라.

로미오 간단히 말하죠. 내 마음의 사랑은
캐퓰릿의 어여쁜 딸이란 걸 아세요.
모두 맺어졌는데 신부님이 예식으로
맺을 일만 남았어요. 언제 어디서
어떻게 만나 구애하고 어떻게 맹세를
교환했는지 가면서 말할게요.
하지만 부탁해요. 오늘 우리 두 사람을
결혼시켜 주실 것을 약속하세요.

로렌스 수사 성 프란체스코![47] 이게 무슨 조화냐!
그토록 사랑하던 로절린 아가씨를
그토록 빨리 버려? 젊은이의 사랑은
마음에 있지 않고 눈에 있단 말이구나.
예수 마리아! 얼마나 많은 짠물이
로절린 때문에 뺨을 씻어 내렸는가!
사랑을 간하려고 얼마나 많은 소금물을
낭비했기에 짠맛조차 없구나!
하늘 해는 네 한숨을 치우지 못했으며
늙은이 귀에는 네 신음이 쟁쟁하다.
저것 봐라. 아직도 씻지 않은 눈물 자국이
네 뺨에 고스란히 남아 있구나.
네가 너 자신이고 슬픔도 네 거라면
너도 네 슬픔도 로절린 때문이었지.
변했는가? 그렇다면 이 말을 따라 해라.
"남자가 맥없으면 여자도 쓰러진다."

로미오 로절린을 사랑한다고 야단치셨죠.

로렌스 수사 사랑이 아니라 미쳤기에 야단쳤다.

로미오 사랑을 묻으라고 하셨어요.

로렌스 수사 하나를 묻고
하나를 파내라고 하진 않았다.

로미오 야단치지 마세요. 지금 그 여자는
마음에 마음을, 사랑에 사랑을 주어요.
예전 여자는 안 그랬죠.

로렌스 수사 네 사랑은 무식해서
그냥 외고 있다는 걸 그 여자가 알았지.
어쨌든 변덕쟁이, 나하고 같이 가자.
한 가지 이유로 도와주겠다.
이번 너희 결합으로 두 집안의 증오가
순결한 사랑으로 변할지 모른다.

로미오 빨리 갑시다! 일 초가 급해요.

로렌스 수사 현명하고 차분하게. 빨리 뛰면 넘어진다.

[둘 퇴장]

## 2. 3

[벤볼리오와 머큐쇼 등장]

머큐쇼 도대체 로미오 자식 어디 간 거야? 밤에 집에
들어왔대?

벤볼리오 하인에게 물어보니 집에 안 왔대.

머큐쇼 목석처럼 핏기 없는 계집애 로절린이
그처럼 괴롭히니 정말 미칠 판이지.

벤볼리오 캐퓰릿 노인의 조카 타이볼트가
로미오의 부친에게 편지를 보냈다.

머큐쇼 분명 도전장이지.

47 놀라서 외치는 이 말에 로렌스 수사가 맨발에 삭발한 프란체스코 수도단 소속임이 나타난다.

벤볼리오 로미오가 답할 거야.

머큐쇼 글자 아는 놈이면 답장 쓸 테지.

벤볼리오 그런 말 아니고 편지 임자에게 맞설 거란 말이다. 싸움을 걸어오면 대판 싸울 게 확실해.

머큐쇼 아아, 로미오가 불쌍하다. 벌써 죽어버렸어. 새하얀 계집애의 새까만 눈동자에 팍 찔려 버렸어. 연애 노래에 귀가 뻥 뚫려 버렸어. 눈먼 활꾼[48]의 화살을 맞아 가슴 한복판이 쪼개지고 말았어. 한데 로미오가 타이볼트에 맞설 만한 사나인가?

벤볼리오 타이볼트가 누군데?

머큐쇼 고양이 왕자[49] 이상이지. 와, 용감하신 예법의 대장나리야. 높은 소리를 내면서 박자에 맞춰 적당히 거리를 유지하고 균형을 잡으며 칼을 휘둘러대지. 상대의 가슴팍에 첫째, 둘째, 셋째 쉼표에서 쉬며, 단추도 명중시키는 진짜 도살자니, 검객이다, 검객. 최우수의 제일, 제이 이유지.[50] 검술 학교 신사거든. 아아, 불멸의 앞으로 찌르기 '파사도', 뒤로 찌르기 '푼토 리베르소', 정통 찌르기 '하이!'[51]

벤볼리오 뭔 소리야?

머큐쇼 그따위 꼴값하는 혓바닥 굴리는 난 척하는 요괴들, 말소리 요상한 녀석들, 확 염병이나 들어라! "오우, 주여, 매우 좋은 칼이오, 키가 매우 크시오, 매우 우수한 갈보요." 노인장, 이거 유감스럽지 않소? 우리가 이렇게 외국 파리 떼한테, 유행꾼한테, "실례하오." 패거리에, 신식 예절을 존중한답시고 보통 의자엔 앉지도 못하는 작자들의 성화를 참아야 한다니. 그런 데 앉으면 뼈다귀가 쑤신다나!

[로미오 등장]

벤볼리오 로미오가 온다, 로미오가 와!

머큐쇼 이리 빠진 마른 청어 같다.[52] 에그, 홀쭉한 게 멸치 같구나. 이젠 페트라르카[53]의 연애시 읊을 단계야. 로미오의 여자에 비해 로라는 부엌데기고—잘난 시인이 그녀를 노래했지.—디도는 촌년이고, 클레오파트라는 깜둥이고, 헬렌과 히어로는 맹물이며 갈보고, 시스비는[54] 미녀 비슷하지만 여기엔 안 맞아. 로미오 선생, 봉주르![55] 네가 입은 프랑스식 통바지에 프랑스식으로 인사한다. 너 어젯밤 우리한테서 슬쩍했다.

로미오 두 사람 잘 잤어? 어제 내가 너희들한테 무얼 슬쩍했다는 거야?

머큐쇼 빠져나갔단 말이다. 무슨 말인지 몰라?

로미오 용서해라. 머큐쇼. 워낙 중요한 거라서. 그런 경우엔 약간 예절을 어겨도 돼.

머큐쇼 너 같은 경우에는 사내가 오금을 못 펴게 된다는[56] 말이나 마찬가지야.

로미오 허리 깊게 굽혀서 절한다는 말이군.

머큐쇼 제대로 맞췄어.

로미오 매우 예절 바른 설명이군.

머큐쇼 나야말로 예절의 '핑크'지.

로미오 '핑크'는 꽃이니까 '피크'라는 말이군.

머큐쇼 맞아.

로미오 그렇다면 내 신발 꽃무늬가 보기 좋단 말이군.

머큐쇼 말재간 좋은 친구, 신발이 닳아서 없어질 때까지 이런 말장난을 나한테 계속해라. 그래서 얄따란 바닥이 마저 닳은 뒤에도 말장난만 그대로 달랑 남겨라.

로미오 바닥만 남은 불쌍한 말장난! 닳아빠진 외겹 바닥!

머큐쇼 벤볼리오 이 친구, 둘 사이에 끼어들어. 말재간이 허덕댄다.

로미오 치고 찔러. 전속력으로 달려가. 그러지 않으면 '시합 끝!'을 외칠 테다.

머큐쇼 솔직히, 말재간으로 거위 쫓기 시합[57]을 벌이면 두 손 바짝 들었다. 확실히 내 다섯 감각 전부에

48 큐피드를 말한다.
49 옛이야기에 나오는 고양이의 이름이 타이벗-티보-타이볼트였다. 고양이처럼 사치스럽고 최신의 검술 예절을 지키는 검객이란 말이다.
50 당시의 결투의 제1이유는 상대가 죽을 만한 잘못을 저지른 것, 제2이유는 명예를 손상당한 것이다.
51 당시 검술 교본에 나와 있던 이탈리아 용어들.
52 청어 수놈이 이리(정액)를 다 쏟으면 볼품없어진다. 로미오가 그런 꼴이라고 놀린다.
53 중세 이탈리아의 계관시인(Francesco Petrarca, 1304~1374)으로 그를 거절하는 '로라'라는 여인에게 호소하는 연애시를 읊었다.
54 이 다섯 여자는 당시 시와 이야기에 나오던 이름난 미인들.
55 프랑스어로 '안녕하십니까?'라는 뜻의 낮 인사. 로미오는 전날 가면무도회 때 입었던, 우스꽝스런 통 넓은 프랑스식 바지를 아직도 입고 있다.
56 엉거주춤하는 꼴이니 허벅지를 펼 수 없을 정도로 성관계를 심하게 했을 거라는 농담이다.
57 선두가 마음대로 방향을 정하여 말을 달리면 그 뒤를 쫓는 사람들이 따라가야 하는 경기.

들어 있는 것보다 네 감각 한 개 안에 '거위'[58]가 더 많이 들어가 있어. 그러니까 '거위' 말씨름에선 너한테 비겼지?

로미오 네가 '거위' 노릇 안 할 때는 한 번도 나한테 비긴 적 없어.

머큐쇼 깨물고 싶을 만큼 그 농담 정말 일품이다.

로미오 거위야, 착하지? 깨물지 마.

머큐쇼 너의 말재간은 달콤하고 쌉쌀한 사과야. 아주 지독한 양념이지.

로미오 그러니까 달콤한 거위 고기에 잘 들어맞지?

머큐쇼 야, 이거 양가죽[59] 같은 재치다. 겨우 한 치 가지고 한 자나 널찍하게 늘리누나.

로미오 '널찍하다'는 말 때문에 늘리는 거야. 그 말을 거위에 붙이면 네가 '널찍한 거위'[60]란 말이거든.

머큐쇼 자, 이게 상사병으로 신음하는 것보단 낫지 않아? 이제야 너는 사교적이고 이제야 로미오고 이제야 선천적으로나 후천적으로나 네 모양 그대로야. 울며불며 하는 연애는 구멍에 장난감 숨기려고 혓바닥 빼물고 왔다 갔다 하는 멍청이거든.

벤볼리오 그만, 그만.

머큐쇼 더 하고 싶은데 네가 억지로 내 얘길 그만하게 만드누나.

벤볼리오 내가 아니었다면 그 얘기를 계속 끌어갔겠지.

머큐쇼 틀렸어. 일부러 얘기를 짤막하게 만든 거야. 제일 깊은 얘기 바닥까지 파고들어갔거든. 그래서 그 주제는 그만 다루기로 했던 거지.

로미오 거 괜찮은 농담인데.

[유모와 그녀의 하인 피터 등장]

돛이다, 돛![61]

머큐쇼 둘이야, 둘. 적삼하고 고쟁이야.[62]

유모 피터!

피터 예, 가요.

유모 부채 줘.[63]

머큐쇼 피터, 얼굴 가리려는 거야. 부채가 훨씬 예쁜 얼굴이거든.

유모 좋은 아침 되세요, 신사 양반들.

머큐쇼 좋은 오후 되세요! 부인 마님.

유모 지금이 오훈가요?

머큐쇼 아닐 수가 없지요. 음탕한 시계 손가락이 지금 정오 점에 딱 닿아 있는걸요.

유모 저리 가! 뭣 하는 자야?

로미오 부인, 자기를 망치라고 하느님이 만드신 사람입니다.

유모 말 참 잘했군. '자기를 망치라고!' 신사 양반들, 어디 가면 로미오 청년을 만날 수 있는지 알려줄 수 있겠소?

로미오 내가 알려줄게요. 하지만 젊은 로미오 청년은 부인이 찾을 때보다 조금은 더 늙었겠죠. 더 못난 이름도 없어서 내가 그런 이름 중에 제일 어려요.

유모 말을 잘하시네요.

머큐쇼 그럼 못난 게 좋은 거란 말이요? 아주 멋진 해석이군. 똑똑도 하셔라.

유모 당신이 로미오면 따로 할 말이 있어요.

벤볼리오 저녁 먹으러 오라고 초대할 테지.

머큐쇼 토끼다,[64] 토끼! 찾았다!

로미오 뭘 찾았어?

머큐쇼 토끼는 아냐. 사순절 파이[65]의 토끼면 몰라도. 먹다 남은 것이라 상했거나 허옇게 썩은 거지.

[노래한다.]

허연 늙은 토끼가, 늙은 허연 토끼가
　사순절엔 아주 좋은 고기라지만
허연 늙은 토끼는 그 값이면 비싸다.
　먹다가 남아서 허옇게 되면—

로미오, 너의 집에 가겠냐? 우리 같이 거기로 아침 먹으러 가자.

로미오 뒤따라갈게.

58 이때의 거위는 '바보'라는 뜻이다. 거위는 뒤뚱거리며 빨리 걷지 못한다.

59 새끼 양의 가죽은 신축성이 좋아서 넓게 늘릴 수 있다. 즉 작은 재치를 억지로 늘려서 쓴다는 공격적인 말.

60 '널찍한' 거위는 '확실한 바보'라는 뜻도 된다.

61 항구에서 먼 수평선에 보이는 돛을 보고 외치는 소리. 갑자기 나타난 두 사람을 보고 농담으로 하는 말.

62 남자와 여자의 속옷. 머큐쇼는 겉옷 아닌 속옷으로 남녀를 구별한다.

63 남자들 앞에서 부채로 얼굴을 가리는 것은 귀부인의 예절. 유모도 그 흉내를 낸다.

64 '뚜쟁이'라는 뜻이 있었다. 숨어 있는 토끼를 사냥꾼이 발견하고 '찾았다'라고 외친다.

65 그리스도의 수난절을 준비하는 사순절에 고기를 먹지 않으므로 사순절 파이에 토끼 고기가 들었을 리 없다. 또는 그 전에 먹다 남은 썩은 고기일지 모른다.

머큐쇼 안녕, 할머니 부인. 안녕, 부인. [노래한다.]
"부인 마님, 부인 마님." [머큐쇼와 벤볼리오 퇴장]
유모 입안에 상소리가 가득한 건방진 저 녀석은 도대체
누구요?
로미오 부인, 저 사람은 제 소리에 신이 나는 신사지요.
한 달도 지키지 못할 말을 1분 안에 마구
지껄여대는 사람이오.
유모 나한테 못된 수작을 하면 저놈보다 기운 센 놈
스무 놈이 온다 해도 모두 때려눕힐 작정이에요.
내가 하지 못하면 할 만한 사람들을 데려올게요.
더러운 자식! 나는 제깐 놈을 상대하는 쌍것도
깡패도 아니야. [피터에게] 그래, 너는 별놈이
나를 가지고 노는 걸 옆에서 보고만 섰냐?
피터 아무도 마님 가지고 노는 것을 보지 못했어요.
보기만 했다면 당장 칼을 뺐을 거예요. 진짜 싸움에서
법이 우리 편인 데다가 내가 화가 날 지경이 되면
누구에게도 지지 않게 용감하게 칼을 뽑는다고요.
유모 정말 화가 치밀어서 온몸이 구석구석 떨리누나.
더러운 자식! [로미오에게] 당신한테 한마디만
합시다. 아까 말한 것처럼 우리 아가씨가 당신을
찾아보라 했어요. 아가씨가 나더러 전하라고 시킨
말은 나 혼자 알겠군요. 하지만 먼저 당신한테
알려줄 테요. 만일 당신이 속담처럼 아가씨를 '바보의
천국'으로 데려간다면 속담처럼 진짜 못된
짓이에요. 아가씨는 아직 어리거든요. 그러니만큼
당신이 아가씨를 속여 먹으면 그건 어떤 여자한테도
참말로 못되고 죄짓는 짓이에요.
로미오 유모, 주인 아가씨에게 안부를 전하세요. 엄숙히
고백컨대—
유모 진실하고 확실하게 그렇게 전할게요. 어머나, 어머나,
아가씨는 행복한 여자가 되겠다!
로미오 아가씨에게 뭐라고 할 테요? 당신은 내가 뭐라는지
귀담아듣지 않는데.
유모 엄숙히 고백을 하더라고 아가씨에게 말하죠. 그런 게
신사 같은 말투 아니우?
로미오 오늘 저녁, 아가씨에게 고백성사 기회를
만들라고 하세요. 로렌스 수사 방에서
고백하고 결혼해요. 이거 받아요.[66]
유모 아녜요. 한 푼도 안 받아요.
로미오 그러지 말고 받아요.
유모 오늘 저녁에 그리로 나올 게요.
로미오 그럼 유모, 수도원 담 뒤로 와요.
잠시 후 내 사람이 당신과 만나
사다리로 엮은 줄을 건네줄 건데,
남모를 밤중에 그 물건이 내 몸을
환희의 돛대 위에 올라가게 할 거요.
잘 가요. 충실하면 수고비 줄게요.
잘 가요. 아가씨에게 안부 전해요.
유모 그럼 주님 축복을! 한마디 하겠는데.—
로미오 고마운 유모, 무엇이오?
유모 비밀 지킬 사람이오? 한 놈을 없애면
두 놈이 비밀을 지킨다잖아요?
로미오 보증해요. 강철같이 충실해요.
유모 우리 집 아가씨는 귀엽고도 귀여워요.
에그, 재잘대던 어릴 때를 생각하면!
패리스란 귀족이 읍내에 와서
한몫을 들겠다고 덤비지만 우리 아가씨는
두꺼비를 보는 듯이 그 사람이 싫대요.
패리스가 더 잘난 남자라고 하니까
나한테 아가씨가 화를 내곤 하지만
그때마다 아가씨는 온 세상 홑청처럼
핏기가 싹 가시고 사색이 되거든요.
'로즈메리'와 '로미오'는 첫 글자가
안 같아요?
로미오 같아요. 왜요? 둘 다 'ㄹ'로 시작되지만.
유모 장난 마세요. 개 이름[67] 아니에요? 'ㄹ'은 쌍소린데[68]
—관두자. 딴 글자가 맞을 게야. 아가씨는 그 말도
아주 예쁜 말로 바꿔 말하거든요. 당신과 로즈메리도
예쁜 말로 바꿔서 말하니까 참말 듣기 좋데요.
로미오 아가씨에게 안부 전해요.
유모 아무렴요, 천 번도 좋아요. 피터!
피터 곧 가요.
유모 빨리 앞서라. [모두 퇴장]

66 윗사람이 심부름한 사람에게 수고한 값을 주는 것. 이것이 팁의 기원이다.
67 'ㄹ' 소리는 개의 '으르르' 소리를 흉내 내는 것이다. 우리의 '멍멍이'처럼 개의 이름도 되었다.
68 'R'로 시작되는 '쌍소리'는 'rump', 즉 '엉덩이'란 말이다. 이 말을 신사 숙녀들은 다른 말로 바꿔 말했다.

## 2. 4

[줄리엣 등장]

줄리엣 유모가 떠날 때 아홉 시였어.
반시간 안에 온다고 약속했는데.
혹시 만나지 못했나? 그렇진 않아.
다리병신! 사랑은 '생각'이 전해야 돼.
'생각'은 햇빛보다 열 곱절 빨라
우울한 산 너머로 어둠을 쫓고
재빠른 비둘기[69]가 사랑을 실어가고
바람 같은 큐피드도 날개가 있지.
태양은 지금 여행 중 가장 높은
상상봉에 와 있는데, 열두 시까지는
세 시간이 남았지만 아직도 안 와.
뜨거운 젊은 피와 사랑을 지녔다면
날아가는 공처럼 재빨리 달리면서
내 말과 그이 말을 연락시켜 주었겠지.
노인들은 이따금 죽은 듯이 굴어서
굼뜨고 더디고 납처럼 핏기 없어.
[유모와 피터 등장]
아, 유모, 오누나! 어떻게 됐어?
그이 만났어? 저 사람 보내버려.

유모 피터, 문간서 기다려. [피터 퇴장]

줄리엣 그럼, 착한 유모—어머, 왜 슬픈 낯이야?
슬픈 소식이라도 말은 즐겁게 해.
그처럼 쓴 얼굴로 희소식을 연주하면
달콤한 음악을 망치는 거야.

유모 피곤해서 그러니까 조금만 쉬자.
뼈마디가 쑤시누나. 걷기 너무 힘들어!

줄리엣 내 뼈와 유모 말을 맞바꾸면 좋겠다.
당장 말해, 한없이 착한 유모, 빨리 말해.

유모 원, 급하긴! 잠시도 기다리지 못하니?
숨넘어가는 꼴을 봐도 모르겠니?

줄리엣 숨이 넘어간다고 말은 하면서
어째서 그 말은 못 하겠다는 거야?
느리게 구는 짓을 변명하지만
유모가 주워대는 변명이 훨씬 더 길어.
좋은 거야, 나쁜 거야? 거만 대답해.
뭐래도 좋아. 자세한 건 차차 듣겠어.
궁금증만 풀어줘. 좋은 거야, 나쁜 거야?

유모 음. 아가씨가 멍청하게 골라잡았어. 남자 고를 줄
몰라. 로미오? 아니야. 그 사람은 아니야.
얼굴은 누구보다 반반하지만. 게다가 다리는
누구보다 잘빠졌는데, 손과 발과 몸으로 말하면
말할 게 못 되고 누구와도 비할 수 없겠어.
예절의 꽃은 아니지만 확실히 양처럼 의젓하다
하겠어. 그러니 맘대로 해. 하느님 섬겨. 그래
집에서 점심 먹었어?

줄리엣 아니, 그런 거 말고. 그런 건 모두 알아.
우리 결혼 뭐라고 해? 뭐라고 해?

유모 에그, 골치가 왜 이리 아파. 유별난 골치로군!
스무 쪽이 날 듯이 지끈대누나.
등은—저쪽이야.—아이고 등이야!
죽을 똥 싸면서 이곳저곳 다니라고
심부름을 보내다니 아가씨도 너무해.

줄리엣 유모가 아프다니 참말 안됐어.
다정하고 다정한 유모, 그이가 뭐래?

유모 아가씨의 애인은—훌륭한 신사답게
예절 바르고 친절하며 잘생기고
확실히 행실 좋고—어머니 어디 계셔?

줄리엣 어머니? 물론 안에 계시지.
어디 계시겠어? 대답도 이상하네.
"아가씨의 애인은, 훌륭한 신사답게,
'어머니 어디 계셔?'"

유모 아이고 성모님.
그처럼 급해? 도대체 그럴 수 있나!
뼈마디 쑤시는 데 찜질약이 그따위야?
다음부턴 아가씨 심부름은 자기가 해.

줄리엣 어머, 괜히 야단이네! 로미오가 뭐래?

유모 오늘 고백성사에 가는 허락 받았어?

줄리엣 받았어.

유모 그럼 로렌스 수사 방에 빨리 가봐.
아가씨를 아내 삼을 남편이 기다려.
이 말에 아가씨 뺨에 더운 피가 도누나.
무슨 소식이라도 새빨갛게 될 테지만—
교회당에 속히 가. 난 갈 데가 있어.
사다리를 받으러 가는 길인데
깜깜할 때 그 사람이 새집에 올라가.
아가씨한테 좋으라고 힘든 일을 하는데,

69 사랑의 신 비너스는 비둘기들이 끄는 수레를 타고 다니며 그녀의 어린 아들 큐피드는 날개가 있다.

밤이 되면 아가씨도 짐짝에 눌릴 거야.[70]
나는 먹으러, 아가씨는 교회당에 달려가자.
줄리엣 행복으로 달려간다! 잘 있어, 착한 유모. [둘 퇴장]

## 2. 5

[로렌스 수사와 로미오 등장]
로렌스 수사 이 거룩한 일에 하늘이 미소하여
훗날이 슬픔으로 꾸짖지 않길 바란다.
로미오 아멘, 아멘! 어떠한 슬픔이 온다 해도
그녀 앞의 한순간이 저에게 주는
나눔의 기쁨을 이길 수가 없어요.
거룩한 말씀으로 저희 손을 맺으시면
사랑을 삼켜대는 죽음이 무슨 짓을 하여도
그녀를 제 것이라 하는 걸로 만족합니다.
로렌스 수사 난폭한 기쁨은 난폭하게 끝나니
절정의 순간에 불꽃과 화약처럼
입맞춤과 더불어 소멸하는 법이다.
너무 단 꿀은 그로 인해 역하여
단맛이 입맛을 파괴하나니,
사랑을 절제해라. 오랜 사랑은 절제한다.
너무나 느린 것이 너무나 빨리 온다.
[줄리엣 등장]
아가씨가 오누나. 그토록 가벼운 발에
영원한 돌바닥이 닳을 수 없으리라.[71]
연인은 활기찬 여름 공기 중에서
하늘대는 거미줄을 타고 논대도
추락하지 않으리라. 헛된 것은 가볍도다.
줄리엣 고백성사 신부님, 안녕하셔요?
로렌스 수사 우리 둘의 인사를 로미오가 전하리라.
줄리엣 답례가 안 같으면 저분 인사가 지나쳐요.[72]
로미오 오, 줄리엣, 너와 나의 기쁨이
산처럼 쌓였으니 그 기쁨 네 힘으로
아름답게 나타내면, 이 모든 대기는
네 숨결로 인하여 향기를 품을 테니
귀중한 만남으로 우리 서로 같이하는
상상 속의 행복을 음악으로 펼치렴.
줄리엣 빈말보다 풍요로운 깊은 마음이
화려한 치장보다 실속을 자랑하지.
가진 돈을 세는 자는 거지뿐이야.
진정한 내 사랑은 너무나 커서
내게 있는 재산을 반도 못 세지.
로렌스 수사 다함께 가자. 일을 짧게 마치겠다.
너희들이 괜찮다면 거룩한 교회가
둘을 합칠 때까지 떨어지면 안 된다. [모두 퇴장]

## 3. 1

[머큐쇼, 벤볼리오, 하인들 등장]
벤볼리오 자, 친구 머큐쇼, 그쯤하고 돌아가자.
날씨도 무덥고 캐퓰릿들이 나다닌다.
피차간 만나면 싸움을 면치 못해.
뜨거운 날씨에 미친 피가 솟구쳐.
머큐쇼 너는 말이야 술집에 들어서자마자 칼을 상에 털썩 내려놓고 "제발 네가 필요 없길 바란다"고 떠드는 놈과 꼭 같아. 그러고는 둘째 잔에 취기가 돌아 술 청지기한테 칼을 빼드는 녀석이지. 진짜로 그럴 필요가 없는데 말이야.
벤볼리오 내가 그런 놈 같아?
머큐쇼 너야말로 어떤 이탈리아 놈한테도 지지 않을 만큼 화나면 못 참아. 시비가 생기자마자 화내고, 화나면 시비를 걸거든.
벤볼리오 그래서?
머큐쇼 그런 놈이 둘이면 금방 한 놈도 안 남아. 한 놈이 딴 놈을 죽일 거니까. 너로 말하면 딴 놈이 너보다 수염이 한 개 많거나 적다는 이유로 싸울 놈이며, 어떤 놈이 호두를 까먹는다고 싸울 놈인데 유일한 이유는 네 눈알이 개암 색[73]이란 거지. 그런 눈이 아니면 그런 싸울 거리를 어떻게 찾아내겠어? 달걀에 먹을 것이 꽉 들어차듯 네 머리에 싸움이 꽉 들어찼어. 그래서 썩은 달걀처럼 싸우다 맞아서

70 결혼한 첫날밤에 짐짝 같은 남자 몸에 깔린다는 말이다.
71 오랜 교회당의 돌층계가 끊임없이 이어지는 순례자의 발걸음에 닳는다.
72 당시 신사 숙녀는 키스하는 것으로 만나는 인사를 했다. 로미오가 매우 열정적으로 키스한 모양이다.
73 흔히 서양인의 눈 빛깔은 회색인데 이를 '개암 색'이라고 한다. 그런데 개암은 호두처럼 깨먹는 견과이다.

성한 데 없거든. 너는 어떤 놈이 거리에서 기침
한다고 싸움질 했어. 그놈이 햇볕 쬐며 잠든 너의 개를
깨웠다는 이유지. 부활절 되기 전에 재단사가 새
저고리 입었다고[74] 그 녀석과 싸우지 않았어? 다른
재단사와는 새 구두에 헌 끈 맸다고 안 다퉜어?
그 주제에 나한테 싸우지 말라고 훈계를 하겠다니,
원, 기가 차서!

벤볼리오 내가 너처럼 언제든지 싸움판을 벌인다면 누구든지
나한테 1시간 15분만 내고도 내 목숨 전부를
사 가지겠다.

머큐쇼 전부? 형편없이 싸구나.

[타이볼트, 페트루치오, 그 밖의 사람들 등장]

벤볼리오 야, 캐퓰릿 패가 온다.

머큐쇼 젠장할 걱정도 팔자!

타이볼트 [자기 패에게]
나를 바짝 따르라. 놈들에게 말하겠다.
형씨들, 안녕하쇼. 하나하고 한마디 하겠소.

머큐쇼 한데 우리 중 하나하고 한마디만 하겠다고? 딴
거하고 합하쇼. 말에다 주먹질을 합하란 소리요.

타이볼트 당신이 그럴 만한 이유를 제공만 하면 얼마든지
그러할 마음인 걸 알게 될 거요.

머큐쇼 제공하지 않아도 그럴듯한 이유를 찾을 수
없을 테요?

타이볼트 머큐쇼, 당신은 로미오와 한패요.

머큐쇼 한패라고! 그래 우리를 떠돌이 패로 보는 거요?
우리를 떠돌이 패로 본다면 귀청 떨어질 소리나
들을 줄 아쇼. 이게 깡깡이 채요. 이걸로 당신을
깡충대게 만들겠소. 우리에게 '패'라고!

벤볼리오 남들이 보는 데서 시비 중인데
외딴 장소로 자리를 옮기든지,
서로 간의 감정을 냉정히 따지든지
헤지든지 합시다. 남의 눈이 보아요.

머큐쇼 눈깔은 보라고 만든 거야. 볼 테면 보래.
남들이 뭐랄까봐 피할 내가 아니다.

[로미오 등장]

타이볼트 당신들하고는 안녕. 내 사람 여기 왔소.

머큐쇼 그가 당신 사람[75]이면 내가 목을 달겠다.
들에 먼저 나가쇼. 저 사람이 따를 테니.
그래서 저 친구가 '내 사람'이란 말씀이군.

타이볼트 로미오, 너에 대해 내가 지닌 사랑은
'악당'이란 말만큼 좋은 말이 다시없다.

로미오 타이볼트, 당신을 사랑할 이유가 있어
그런 말이 일으키는 분노를 삭이고 남소.
나는 '악당' 아니오. 그러므로 잘 가시오.
보아하니 당신은 나를 알지 못하시오.

타이볼트 애송이, 네가 끼친 모욕을 이따위로
변명하진 못한다. 돌아서 칼을 빼라.

로미오 모욕한 적 없음을 분명히 말해두며,
오히려 나는 너를 사랑한다. 그 이유를
네가 알기 전에는 짐작도 못 한다.
그러니 점잖은 캐퓰릿, 그만두자.
내 이름만큼 그 이름이 나에게 소중하다.

머큐쇼 말 없고 창피하고 치사한 굴복이다!
현대식 검법이 승리를 가져간다.
타이볼트, 쥐 잡이,[76] 달아날 테냐?

타이볼트 볼일이 뭔가?

머큐쇼 고양이 왕, 네 목숨 아홉 개[77] 중 하나만 실례하고
싶단 말이다. 그리고 장차 네가 나를 어떻게
대하냐에 따라서 나머지 여덟 개를 피 내지 않고
두들겨 패겠다. 네 칼의 귀때기를 잡아 빼겠냐?
빨랑빨랑. 내 칼이 먼저 네 귀때기에 갈지 몰라.

타이볼트 상대해주지.

[둘이 싸운다.]

로미오 야, 머큐쇼. 칼을 접어.

머큐쇼 자, 파사도[78] 하시지.

로미오 벤볼리오, 칼을 빼서 칼을 내리쳐.
신사들, 이런 무모한 짓, 그만두시오.
타이볼트, 머큐쇼, 군주께서 분명히
베로나 거리에서 싸움을 금하셨소.
멈추시오, 타이볼트! 착한 머큐쇼!
[타이볼트가 로미오의 팔 아래로
머큐쇼를 찌른다.]

페트루치오 뛰어, 타이볼트! [타이볼트와 추종자들 퇴장]

머큐쇼 나 다쳤어.

74 새 옷은 부활절이 지나서 입는 것이다.
75 앞서 말한 '사람'은 기다리던 '상대'란 뜻이고 이때의 '사람'은 뒤를 따라다니는 '부하'라는 뜻이다.
76 옛날이야기에서 '타이볼트'는 고양이의 왕이었다. 앞의 주석 49 참조.
77 "고양이 목숨은 아홉 개"라는 속담이 지금도 유행한다.
78 검술에서 한 발을 내디디며 칼로 찌르기.

염병할 두 집안! 나는 지금 떠난다.
그놈 성한 채 토꼈어?
벤볼리오 저런, 다쳤구나?
머큐쇼 응, 긁힌 거야, 긁힌 거. 그거면 됐어.
내 시동 어디 있어? 자식, 의사 불러와. [시동 퇴장]
로미오 기운 내. 심한 상처 아닐 거야.
머큐쇼 그래. 우물처럼 안 깊고 교회 문처럼 안 넓다만
그거면 됐어. 일 치를 거야. 내일 나를 불러봐.
내가 '깊은 사람' 돼 있을 거야. 확실히 이 세상
살기엔 글러버렸어. 너희 두 집에 염병 들어라!
망할 놈의 개새끼, 쥐새끼, 생쥐새끼, 괭이새끼,
사람을 할퀴어 죽이다니! 숫자 노름 책에 따라
칼질하는 허풍쟁이 깡패 악당! 너 왜 사이에
끼어들었냐? 너의 팔 아래로 내가 찔렸다.
로미오 잘하는 줄 알았는데.
머큐쇼 벤볼리오, 나를 집에 데려다줘.
정신이 가물거려. 두 집 모두 폭삭해라!
그것들이 내 몸으로 벌레 밥 만들었어.
그것들 덕분에 이처럼 되게 당했어.
[머큐쇼가 벤볼리오와 함께 퇴장]
로미오 군주의 가까운 친척이며 절친한
내 친구 이 신사가 나 때문에
치명상을 입은 데다 타이볼트의 욕설이
내 명예를 더럽혔다. 타이볼트, 한 시간만
너는 내 친척이었다. 사랑하는 줄리엣,
너의 아름다움에 난 여자가 돼서
용기의 칼날을 무르게 만들었다.
[벤볼리오 등장]
벤볼리오 오, 로미오, 로미오, 머큐쇼가 죽었어.
용감한 그 정신, 구름으로 올라갔어.
너무도 일찍 세상을 버렸어.
로미오 이날 검은 운명이 많은 날을 위협한다.
숱한 슬픔들로 멈춰야 할 슬픔의 시작이다.
[타이볼트 등장]
벤볼리오 날뛰는 타이볼트가 다시 오누나.
로미오 저놈은 신났는데 머큐쇼는 죽었어?
인정 어린 마음은 하늘로 날아가라.
불같은 분노가 나의 길잡이 돼라.
타이볼트, 아까 내게 던졌던 '악당'을
되찾아가라. 머큐쇼의 영혼은
네 영혼과 길동무를 하려고 아직도
우리의 머리 위를 맴돌며 기다린다.
너나 나, 또는 둘이 그와 함께 가야 한다.
타이볼트 불쌍한 녀석, 그놈의 짝패이니
같이 가게 해주마.
로미오 이렇게 결정한다.
[둘이 싸운다. 타이볼트가 쓰러진다.]
벤볼리오 로미오, 달아나라. 재빨리 없어져라!
시민들이 일어났다. 타이볼트가 죽었다.
멍청히 섰지 마라. 잡히면 주군께서
사형 선고 내릴 거다. 도망쳐라. 사라져라!
로미오 오, 운명의 노리개!
벤볼리오 왜 그러고 있어?
[로미오 퇴장]
[시민들 등장]
시민 머큐쇼를 죽인 자가 어디로 달아났소?
살인자 타이볼트가 어디로 달아났소?
벤볼리오 타이볼트는 쓰러졌소.
시민 일어나라, 같이 가자.
공작님 이름으로 복종하길 명한다.
[공작, 늙은 몬테이그, 캐퓰릿,
그들의 아내들, 모두가 등장]
공작 이 싸움의 도발자가 어디 있는가?
벤볼리오 존엄하신 주군님, 치명적인 칼부림의
불행한 과정을 모두 밝힐 수 있습니다.
로미오가 죽인 자는 저기 있고 그자가
주군님의 친척인 머큐쇼를 죽였습니다.
캐퓰릿의 아내 타이볼트, 내 조카, 오빠의 아들!
오, 주군님, 오, 조카, 여보, 오, 그 애가
피를 흘렸소! 주군님, 진실한 분이시니
우리의 피 값으로 몬테이그 피를 흘려 주세요.
아아, 조카야, 조카야!
공작 벤볼리오, 누가 싸움을 시작했는가?
벤볼리오 죽은 타이볼트요. 로미오가 죽였는데,
로미오는 좋은 말로 이유가 사소하며
공작님의 걱정이 될 거라고 했습니다.
모든 것을 순한 말씨, 조용한 표정,
무릎을 낮게 굽혀 삼가 말을 했지만
평화에 귀먹은 저 사람의 성미와는
화해할 수 없었으며, 급기야 그 사람은
용맹한 머큐쇼에 날선 칼을 찔렀고,
머큐쇼도 화가 나서 치명적인 칼끝에

용사의 코웃음과 더불어 힘껏 맞서서
싸늘한 죽음을 한 손으로 물리치고
딴 손으로 상대에게 죽음을 보내니
상대는 능숙히 응수했고, 로미오가
"친구들아 떨어져라!" 크게 외치며
말보다 더 빠르게 험한 칼들을 억누르며
둘 사이에 뛰어들자 그가 뻗친 팔 아래로
타이볼트의 악랄한 칼끝이 머큐쇼의
목숨을 찔렀고, 타이볼트는 달아났다
얼마 후에 로미오에게 다시 돌아왔는데
드디어 로미오는 복수심에 불탔으며
두 사람은 번개처럼 달려들었고
둘을 떼놓기 전에 타이볼트는 죽었는데
그 사람이 넘어지자 로미오는 달아났습니다.
진실이 아니라면 벤볼리오를 죽이십시오.

캐퓰릿의 아내 저 사람은 몬테이그의 친척이어요.
팔이 안으로 굽는다고, 거짓말을 하네요.
이 싸움에 스무 명쯤 덤벼들었었는데
스무 명 전부가 한 사람만 죽였어요.
판결을 원합니다. 법대로 해주세요.
로미오가 조카를 죽였어요. 살려둬선 안 돼요.

공작 로미오는 그를 죽이고 그는 머큐쇼를 죽였소.
머큐쇼의 피 값은 누가 갚을 것이오?

몬테이그 머큐쇼의 친구였던 로미오는 아니오.
그의 죄는 법률이 종지부를 찍어야 할
타이볼트의 목숨을 끊은 것에 불과하오.

공작 그 죄로 당장 그를 추방하겠소.
당신들의 속셈에 나 역시 관련되오.
당신들의 싸움에 내 혈족이 죽었소.
그러나 당신들을 강력히 처벌하여
나의 피를 흘린 것을 뉘우치게 만들겠소.
호소와 변명에 귀를 막을 터이며
눈물과 간청도 위법을 살 수 없소.
그러므로 그럴 생각 마시오. 급히 로미오를
떠나보내시오. 발견 즉시 그의 최후요.
시체를 치운 후 명심하시오.
살인자를 용서하는 자비는 살인을 조장하오.

[모두 퇴장]

## 3. 2

[줄리엣 홀로 등장]

줄리엣 불타는 말들아, 아폴로의 집을 향해
급히 달려라. 파에톤[79] 같은 마차꾼이
너희들을 서녘으로 빨리 몰아가
구름 낀 밤하늘을 즉시 이리 데려와라.
사랑을 연출하는 밤이여, 네 커튼을
촘촘히 드리워 도망자의 눈을 가려
남몰래 로미오가 내 품 안에 뛰어들리라.
연인들은 자신들의 미모로 눈이 밝아
사랑을 즐기며, 사랑이 맹목이면
밤이야말로 어울린다. 정다운 밤이여,
검은 옷 두루 감은 현숙한 어머니여,
한 쌍의 깨끗한 동정을 다투는
이기는 싸움에서 지는 법[80]을 알려다오.
남자를 모르는 피와 떠는 뺨을 가려주면
낯선 사랑도 대담하여, 진실한 사랑은
순진한 정숙의 실천임을 알게 되리라.
밤이여 오라, 오라, 로미오, 밤의 해여,
까마귀 등의 숫눈보다 새하얀 너를
밤의 날개 위에 누이리라. 오라, 착한 밤,
얼굴 검은 사랑의 밤이여, 오라.
로미오를 데려와라. 내가 죽으면
그이를 잘라 조그만 별들로 만들어
하늘의 얼굴을 곱게 단장할 테니
온 세상이 검은 밤을 사랑하여서
번쩍이는 태양을 숭배하지 않으리라.
사랑의 저택을 샀지만 아직은 내가
점유하지 못했으며 이 몸은 팔렸으나
즐기지를 못했구나. 날이 어찌 지루한지
때때옷이 있어도 잔칫날 전날 밤에
입지 못해 안달하는 아이와 같다.
아, 유모가 온다. 소식을 갖고 온다.

[유모가 밧줄을 들고 등장]

79 아폴로의 태양 마차는 불의 말에 끌려 동쪽에서 서쪽으로 지나가는데 한번은 아폴로의 아들 파에톤이 마차를 몰았다(실패했지만).

80 로미오와 자기가 동정(童貞)을 잃는(지는) 것은 승리와 같다. 다시 말해 '지는 것이 이기는 것'이다.

소식 대신 로미오란 이름만 말해도
천국의 웅변이지. 유모, 어떻게 됐어?
갖고 온 게 무언데? 로미오가 유모한테
가져오랬던 밧줄인가?
유모 맞아, 그 밧줄이야.
줄리엣 그런데 웬일이야? 손은 왜 쥐어짜지?
유모 어쩌면 좋아! 죽었어, 죽었어, 죽었어!
아가씨, 우리 망했어, 우리 망했어!
아, 어떡해! 갔어, 죽었다구, 죽었다구!
줄리엣 하늘이 샘냈어?
유모 하늘은 못 해도
로미오가 그랬어. 오, 로미오, 로미오,
로미오가 그럴 줄 누군들 알았겠어?
줄리엣 유모는 마귀라서 나를 이리 괴롭혀?
무서운 지옥에서 울부짖을 고문이야.
로미오가 자살했어? '응'이라고만 해.
그럼 그 '응.' 소리가 쏘아보면 죽는다는
독사[81]보다 무서운 독기를 퍼뜨릴 거야.
그런 '내'가 있다면 나는 내가 아니거나
유모가 '응.' 하는 감긴 눈일 수도 없어.
죽었다면 '응', 아니면 '아니'라고 해.
외마디 소리가 복과 화의 갈림길이야.
유모 상처를 보았어. 이 눈으로 보았어.
그걸 낸들 어떡해! 여기 가슴팍에서.
불쌍한 시체, 피투성이 불쌍한 시체.
재처럼 창백하고 온통 피가 묻어서
피범벅이 되었지. 그걸 보고 기절했어.
줄리엣 파산 당한 가슴아, 당장 깨져 버려라.
눈아, 옥에 갇혀 해방을 바라지 마라.
역겨운 흙덩이는 흙이 되어 산 체하지 마.
로미오와 더불어 한 영구에 실려 가라.
유모 타이볼트, 타이볼트, 최고로 친한 친구.
상냥한 타이볼트, 점잖은 신사 양반,
당신의 죽음을 생전에 보다니!
줄리엣 웬 바람이 이처럼 정반대로 불어오지?
로미오가 죽었는데 타이볼트가 죽었어?
내 귀한 사촌과 더 귀한 내 남편이?
무서운 나팔이 심판[82]을 알린다면
그 둘이 갈 때는 누가 살아 있을까?
유모 타이볼트는 가고 로미오는 추방이야.
그를 죽인 로미오는 추방당했지.
줄리엣 맙소사! 로미오 손이 타이볼트의 피를 흘려?
유모 그랬어, 그랬어. 약속한 날! 그랬다고.
줄리엣 꽃 핀 낯에 숨어 있는 독사의 마음!
그처럼 예쁜 굴에 흉한 용이 살았을까?
아름다운 폭력배, 천사 같은 악마,
비둘기 깃의 까마귀, 늑대처럼 삼키는 양,
거룩한 겉모습의 추악한 실체,
유모가 하는 말과 정반대가 되는 말,
저주받을 성자님, 존경받을 악당 놈.
자연아, 지옥에서 네 할 일이 무엇이냐?
그토록 아름다운 살결의 천국 속에
마귀의 영혼을 숨기고 있었구나!
그처럼 더러운 내용을 담은 책이
겉장만 그토록 예쁠 수 있을까?
화려한 궁궐에 속임수가 사누나!
유모 남자는 믿음도, 진실도, 정직도 없어.
모두들 맹세 깨고 가짜고 사기꾼이지.
진실 남이 어디 있어? 독한 술 주렴.
이렇게 속상하고 슬퍼서 늙는다니까.
로미오, 창피 당해라!
줄리엣 그런 말한 유모는
혓바닥이 짓물러라! 창피당할 분이 아냐.
그 이마엔 창피가 부끄러워 앉지 못해.
온 세상 임금으로 명예가 왕관 쓰고
앉아 있을 보좌가 그 자리란 말이지.
그이를 나무란 나도 짐승 같았어!
유모 사촌을 죽인 자를 그렇게 칭찬해?
줄리엣 남편인 그이를 욕하게 됐어?
불쌍한 남편아, 세 시간 된 아내가
구겨진 그 이름을 무슨 혀로 바로 펴지?
나쁜 사람, 어째서 사촌을 죽였어?
그 나쁜 사촌이 남편을 죽이려 했어.
바보 같은 눈물아, 났던 데로 돌아가.

81 쏘아보면 죽는다는, 전설에 나오는 '코카트리스'(cockatrice) 또는 '바실리스크'(basilisk)라는 독사. 원문에는 "응"이 아니라 "아이"(I)로 되어 있는데 이는 '응'이란 뜻 외에 '나'라는 뜻도 있다. 줄리엣 자신이 독을 퍼뜨리겠다는 말이다.
82 기독교에 따르면 최후의 심판 날에 나팔이 울린다.

흘러나온 눈물은 슬픔에 속하는데
잘못 알고 눈물을 기쁨에게 바치누나.
타이볼트가 죽이려던 남편은 살아 있고
남편을 죽이려던 타이볼트는 죽었어.
모두 잘됐어. 한데 내가 왜 울지?
타이볼트의 죽음보다 더한 말이 있었지.
나를 죽인 그 말을 잊었으면 좋겠어.
하지만 기억 속에 밀치고 들어와.
저주받은 못된 짓이 죄인 속에 밀려들 듯—
"타이볼트는 죽고 로미오는 추방이다!"
'추방'이란 그 낱말, 그 낱말 한마디가
타이볼트 1만 명을 죽였어. 그 죽음이
그거로 끝났대도 엄청 큰 슬픔이고
또는 심술궂은 슬픔이 이웃을 좋아해서
다른 슬픈 일들과 어울리길 바랐다면
타이볼트가 죽을 때 아버지나 어머니나
또는 두 분이 함께 돌아가셨단 말을
어째서 안 했지? 그럼 그냥 울었을걸.
하지만 그의 죽음 뒤를 따른 후속 부대가
로미오의 추방이지.—그 말은 아버지,
어머니, 타이볼트, 로미오, 줄리엣이
다 죽었단 소리야. "로미오는 추방이다."—
죽음 같은 그 말엔 끝도, 한도, 한량도,
경계도 없어. 그 슬픔의 깊이는
무슨 말도 잴 수 없어. 부모님은 어디 계셔?

유모 타이볼트 시신 곁에서 울며 탄식하시지.
거기로 가겠어? 데려다줄게.

줄리엣 눈물로 상처 씻고 계신가? 내 눈물은
부모님 눈물이 말랐을 때 로미오의
추방에 쓰겠어. 유모, 밧줄 가져가.
불쌍한 것, 너와 내가 속았어. 추방이야.
너를 나의 침상에 올라갈 길로 삼았는데
나는 그만 처녀 과부가 되고 말았지.
밧줄과 유모가 어찌됐든 나는 신방에 갈 테야.
로미오 말고 죽음아, 내 처녀를 가져라.

유모 너의 방에 가거라. 로미오를 찾아다가
네 속 풀어주겠다. 어디 있는지 잘 알아.
오늘 밤 로미오가 여기 온단다.
빨리 가야지. 로렌스 골방에 숨었거든.

줄리엣 찾아봐. 우리 기사님에게 이 반지 주면서
마지막 작별하기 위해서 오라고 해. [둘 퇴장]

## 3. 3

[로렌스 수사와 로미오 등장]

로렌스 수사 로미오, 이리 와라, 겁에 질린 사람아.
네가 가진 자질을 고난이 탐낸다. 그러므로
그래서 너는 재난과 혼인했다.

로미오 [앞으로 나서며]
어떻게 됐어요? 공작이 뭐라 판결했어요?
내가 아직 모르는 어떤 슬픔이
서로 알고 지내자고 악수를 청하나요?

로렌스 수사 그토록 침울한 자들과 너무 친하군.
공작의 판결을 너에게 전하겠다.

로미오 공작의 판결이 죽음보다 못하지 않겠죠?

로렌스 수사 좀 더 순한 판결이 입에서 나오더군.
몸의 죽음 아니라 몸의 추방이로다.

로미오 추방이오? 자비롭게 '죽음'이라 하세요.
추방의 얼굴엔 공포가 더 커요.
죽음보다 훨씬 커요. '추방'은 말도 마세요.

로렌스 수사 여기 베로나에서 네가 추방되었다.
인내심을 가져라. 세상은 넓고 크다.

로미오 베로나 성 바깥은 연옥과 고문과
지옥 외에 딴 세상이 없어요.
이곳의 추방은 세상의 추방이요,
세상의 추방은 죽음이라, '추방'은
죽음의 오류예요. '추방'이란 이름으로
신부님은 금도끼로 내 머리를 자르시며
죽이는 그 일격에 미소를 지으세요.

로렌스 수사 오, 죽을죄요, 오, 몹쓸 배은이로다!
너의 죄는 우리 법이 죽음을 요청하나
공작께서 네 편들어 법을 밀어젖히고
'죽음'이란 검은 말을 '추방'으로 바꾸셨다.
귀하신 자비로다. 너는 그걸 모르지만.

로미오 자비 아닌 고문이오. 줄리엣이 살고 있는
이곳이 천국인데 고양이도 강아지도
작은 생쥐까지도 하찮은 모든 것이
여기 천국에 살며 그녀를 보는데
로미오는 못 보아요. 로미오보다
송장의 파리 떼가 부유하고 명예롭고
존귀하며, 귀중한 줄리엣의 꿈결 같은
하얀 손을 붙잡으며 그녀의 입술에서
영원한 행복을 훔칠 수도 있지만—

그녀의 두 입술은 맞붙음이 죄인 듯이
순결한 성처녀의 수줍음에 항시 붉은데—
추방당한 로미오는 그러지 못해요.
파리들은 괜찮아도 저는 달아나야 하며
저들은 자유롭되 저는 추방당했어요.
그런데도 추방은 죽음이 아닌가요?
저를 죽일 독약을 만들거나 칼을 갈거나
아무리 치사해도 '추방'이란 말밖에
급살 시킬 방법이 없었나요? '추방'이오?
신부님, 지옥에 빠진 자가 울부짖으며
쓰는 말예요. 어떻게 성직자가, 고백성사
맡으신 신부께서 죄를 씻어주시는 분이,
친구란 분이, '추방'이란 한마디로
차마 저를 짓이길 수 있으시나요?

로렌스 수사 어리석은 미친 자여, 잠시 내 말 들어라.

로미오 또다시 추방을 말씀하려 하시네요.

로렌스 수사 그 말을 물리칠 갑옷을 주겠다.
환란 중 젖처럼 달콤한 지혜가
추방을 당했어도 위로가 되리라.

로미오 또 '추방'예요? 지혜 따윈 일없어요.
지혜가 줄리엣을 만들고 성을 헐며
공작의 심판을 뒤집지 못하는 한
도움도 쓸데도 없어요. 그만두세요.

로렌스 수사 미친 자가 귀 없음을 알게 하누나.

로미오 현자가 못 보니 미친놈이 안 그래요?

로렌스 수사 네 처지를 나와 함께 의논해보자.

로미오 느낄 수 없는 것을 말씀하실 수 없어요.
저처럼 젊으시고 줄리엣이 애인이고
결혼한 지 한 시간 만에 타이볼트를 죽이고
저처럼 미치고 저처럼 추방되면
말씀할 수 있으시죠. 머리를 쥐어뜯고
지금 저처럼 땅바닥에 쓰러져서
무덤의 길이를 미리 재실 터이죠.
[안에서 문 두드리는 소리]

로렌스 수사 일어나라. 누가 왔다. 몸을 숨겨라.

로미오 아녜요. 애타는 신음이 안개처럼
저를 찾는 눈에서 저를 가려줄 거죠.
[안에서 문 두드리는 소리]

로렌스 수사 봐라, 자꾸 두드린다!—누구요?—로미오,
일어나라. 붙잡힌다.—기다리쇼!—일어나라.
[계속 문 두드리는 소리]
서재로 달아나라.—잠깐만!—도대체
무슨 미친 짓이냐?—갑니다! 가요!
[문 두드리는 소리]
누가 두드리는가? 어디서 왔소? 왜 그래요?
[유모 등장]

유모 들여보내 주세요. 용건을 말할 테니.
줄리엣이 보냈어요.

로렌스 수사 그럼 들어오시오.

유모 수사님, 수사님, 빨리 말해 주세요.
아가씨 남편 어딨죠? 로미오 어딨죠?

로렌스 수사 땅바닥에 누워 있소. 제 눈물에 취해 있소.

유모 오, 우리 아가씨와 똑같은 형편이네.
아주 같아요! 슬픔끼리 통하네요!
불쌍한 꼴이네요! 아가씨도 누웠어요.
울고불고 울고불고 눈물범벅이지요.
일어나요, 일어나. 남자라면 일어나요.
줄리엣을 생각해서 일어나세요.
왜 그런 한숨 속에 빠져 있나요?

로미오 [일어서며]
유모—

유모 이 양반아, 이 양반아, 죽으면 끝장나요.

로미오 줄리엣 얘긴가요? 어떡하고 있어요?
나를 막된 살인자로 생각하지 않나요?
단둘의 첫 기쁨을, 자기에게 무척이나
가까웠던 친척을 피로 더럽힌 놈이라고?
어디 있어요? 어떡하고 있어요?
남모를 아가씨가 끝나버린 사랑을 뭐라고 해요?

유모 아무 말도 안 하고 울기만 해요.
침대 위에 쓰러졌다 일어났다 하면서
타이볼트를 부르다가 로미오를 탓하다가
다시금 쓰러져요.

로미오 잔인한 총포가
그 이름을 쏘아 맞혀 그녀를 죽이고
저주스런 그 이름의 손으로 사촌을
살해한 것 같구나. 오, 수사님, 수사님,
너절한 이 몸의 어느 구석에
제 이름이 박혔나요? 역겨운 이 집을
부숴버리겠어요.
[로미오가 자신을 칼로 찌르려 한다.]

로렌스 수사 절망의 손을 멈춰라!
네가 진정 사나이인가? 형상은 그러하나

눈물은 여자로다. 너의 미친 행동은
이성이 전혀 없는 짐승의 광태로다.
겉모양은 사나이나 어쭙잖은 계집이며
외모로는 사람이나 꼴사나운 짐승이니
한심하도다. 거룩한 수사로서 맹세하건대,
자제심이 그보다는 나을 줄 알았도다.
타이볼트를 죽였다고? 자살하여 아내 또한
죽이겠는가? 자신에게 몹쓸 짓을 범하여
제 목숨에 달려 있는 아내마저 죽일 텐가?
어찌하여 출생과 하늘과 땅을 탓하는가?
출생과 하늘과 땅, 세 가지 모두가
네게서 만나는바, 한꺼번에 잃겠는가?
네 모습, 네 사랑, 네 지혜가 부끄럽도다.
고리대금업자[83]처럼 모두 풍족한데도
네 모습, 네 사랑, 네 지혜를 장식할
참된 일에 쓰지 않아 부끄럽구나.
고귀한 외모는 밀랍인형에 불과하여
사나이의 용맹에서 벗어났도다.
참사랑의 맹세는 공허한 거짓이라
간직을 약속했던 사랑을 죽이도다.
사랑과 외모의 장식이던 너의 지혜는
그 둘을 다스리지 못할 만큼 일그러뜨려
무능한 병정의 탄창 속 화약처럼
너의 무지 때문에 불이 붙어서
자신을 보호할 총포에 찢겨버린다.
일어나라, 사나이여! 줄리엣이 살아 있다.
소중한 그녀 위해 죽겠다고 하였는데
그녀가 살았으니 복이 되고 타이볼트가
너를 죽이려 했으나 그를 죽였으니 다행이다.
죽음을 위협하던 국법이 네 편이 되어
추방으로 변했으니 그 역시 복이로다.
축복의 뭉텅이가 너의 등에 올라앉아
어여쁜 모습으로 애교를 부리지만
말 안 듣는 고집통이 계집애처럼
행운과 사랑에 입을 비죽대도다.
조심해라, 그런 자는 처참하게 죽는다.
작정했던 그대로 사랑에게 달려가라.
신방으로 올라가 그녀를 위로해라.
그러나 야간경비 설 때까지 머물지 마라.
그때에는 만토바[84]로 돌아가지 못하리라.
그곳에 지내다가 결혼을 공개하고
두 가문 사이에 화해를 가져오고
공작께 사면을 청원하여, 드디어
너를 부르면 탄식하며 갈 때보다
천 배 만 배 기쁨 속에 돌아오리라.
그러므로 유모여, 아가씨에게 문안하고
속히 온 집안이 잠들라고 말하라.
깊은 슬픔 때문에 잠이 쉽게 들겠다.
로미오는 그리로 가게 되리라.

유모 오, 주여. 온밤을 여기서 지내며
말씀을 듣고 와요. 지식이란 놀랍죠!
로미오, 오신다고 아가씨에게 알리겠어요.

로미오 그러세요. 사랑의 꾸지람을 마련하래요.

유모 이건데요, 아가씨가 이 반지 주랬어요.
빨리빨리 가세요. 밤이 깊어 가는데.

로미오 이리하여 내 기쁨이 다시 살아납니다. [유모 퇴장]

로렌스 수사 잘 가라.—여기에 네 처지가 달렸으니,
야간경비 배치 전에 변장하고 떠나거나
밝을 때를 기다려서 이곳을 떠나
만토바에 머물러라. 네 사람을 찾겠다.
여기서 좋은 일이 생길 때마다
그를 통해 너에게 자주 소식 전하겠다.
자, 그럼 악수하자. 늦었다. 잘 가라.

로미오 넘쳐나는 기쁨이 안 부른다면
이처럼 간단히 헤어지면 섭섭하군요.
안녕히 계세요. [둘 퇴장]

## 3. 4

[캐퓰릿 노인, 그의 아내, 패리스 등장]

캐퓰릿 불행히도 급박한 일거리가 생겨서
딸애를 부추길 겨를이 없었군요.
타이볼트 사촌을 무척이나 좋아했고
나 역시 그랬소만, 우리는 죽으려고 태어났소.
몹시 늦었소. 애는 오늘 밤 내려오지 않을 거요.

83 당시 돈놀이 업자(점잖은 말로 대금업자)는 돈이 매우 풍족했다. 오늘날도 '돈놀이' 하는 사람은 알부자다.

84 이 일이 벌어지는 베로나에서 30km쯤 떨어진 곳이다.

당신이 없었다면 나도 한 시간 전에
자리에 들었겠소.
패리스 슬픔의 시간은 구애할 때가 아니지요.
부인, 평안히 주무세오. 따님께 안부합니다.
캐퓰릿 부인 예. 아침 일찍 딸애의 마음을
알아낼 테요. 이 밤은 슬픔 속에 갇혀 있어요.
캐퓰릿 패리스 백작, 내가 급히 딸애의 사랑을
약속하겠소. 모든 점에서 내 말을
순종할 게요. 그 이상이오. 의심치 않소.
여보, 자리에 가기 전에 애한테 가봐요.
우리 사위 패리스의 사랑을 알려주고
—당신 내 말 듣소?—다음 수요일에—
가만 있자. 오늘이 무슨 날이지?
패리스 월요일이오.
캐퓰릿 월요일이지! 그럼 수요일은 너무 일러.
목요일로 하지. 목요일에 백작님과
결혼하게 된다고 애에게 말해요.
준비되겠소? 빨라도 괜찮소?
성대하겐 안 하겠소. 친구나 한둘 하지.
방금 타이볼트가 죽어서 떠들썩한
잔치를 벌이면 우리 집 친척을
소홀히 대했다고 생각할지 몰라요.
그래서 친척이나 오륙 명 청하고
그걸로 끝내겠소. 목요일은 어떠시오?
패리스 어르신, 목요일이 내일이면 좋겠군요.
캐퓰릿 아, 그럼 됐소. 그렇다면 목요일로 합시다.
[아내에게] 자리에 들기 전에 딸애한테 가보고
결혼식에 대비해서 준비시켜요.
안녕히 주무시오. 내 방으로 불 밝혀라.
아이고, 밤이 몹시 늦었구나.
좀 있으면 새벽이라 하게 됐는데,
안녕히 주무시오. [모두 퇴장]

## 3. 5

[로미오와 줄리엣이 위에 등장]
줄리엣 갈 거야? 아직 새벽이 가깝지 않아.
두려운 너의 귀를 꿰뚫은 것은
종달새가 아니라 두견새였어.[85]
석류나무 위에서 밤마다 노래하지.
정말이야. 그것은 두견새였어.
로미오 아침을 예고하는 종달새였어.
두견새가 아니었어. 저 동편 하늘에
시샘하는 햇살은 헤진 구름 물들이고,
밤하늘 촛불들은[86] 남김없이 타버리고
안개 덮인 산마루에 기쁜 낮이 올라왔어.
가면 살고 있으면 죽는 거라고.
줄리엣 저건 햇빛 아니야. 내가 잘 알아.
오늘 밤 너한테 횃불 밝혀 주려고
햇살이 뿜어낸 혜성이겠지.[87]
만토바로 가는 길을 밝혀줄 거야.
그러니까 그냥 있어. 갈 필요 없어.
로미오 내가 붙잡혀서 사형을 당한대도
네가 그걸 원한다면 나도 만족해.
저 뿌연 빛살은 아침 눈이 아니라
달님 낯이 보내는 희미한 빛이고
머리 위 하늘의 높다란 궁창에서
노래를 울리는 건 종달새가 아니지.
가려는 생각보다 있고 싶은 심정이야.
어서 와라, 죽음아! 줄리엣이 원한다.
왜 그러니? 얘기하자. 새벽이 아니야.
줄리엣 새벽이야, 새벽! 가! 빨리 가!
종달새가 가락에 맞지 않게 노래 부른다.
거슬리는 불협화음과 높은 음을 억지로 내.
남들은 종달새가 화음을 낸다지만
저 소리는 아니야. 우릴 갈라놓는걸.
더러운 두꺼비가 종달새와 눈을 바꿨대.
오, 목소리도 바꿨으면 얼마나 좋아!
그 소리에 겁이 나서 우리는 팔을 풀고
너는 사냥 시작 소리에 쫓겨 가니까.
당장 떠나라! 낮이 점점 밝아와.
로미오 점점 밝아오는데 슬픔은 점점 어두워간다.
[유모 등장]
유모 아가씨.
줄리엣 유모?

85 종달새는 새벽에 노래하고
두견새(나이팅게일)는 밤중에 노래한다.
86 밤하늘을 밝히던 별들을 가리킨다.
87 혜성은 해가 내뿜은 기운으로 생기는 것이라고
믿었다.

유모 어머님이 이 방으로 오시고 있어요.
날이 샜네. 주의해요. 조심해요. [퇴장]
줄리엣 그럼 창문아, 낮을 맞고 생명을 내보내렴.
로미오 잘 있어, 잘 있어. 한번 키스하고 내려갈 테야.
[내려간다.]
줄리엣 가버렸니? 사랑, 주인, 그래, 남편, 애인!
매일 매시간 네 소식 들어야 돼.
1분 속에 여러 날이 들어 있다고.
오, 이렇게 세다간 로미오를 볼 때까진
몇 년이 걸릴지 몰라.
로미오 잘 있어.
사랑아, 소식 전할 기회를
안 놓칠 거야.
줄리엣 우리가 다시 만날 거라고 믿니?
로미오 의심치 않아. 그래서 이 슬픔 모두가
두고두고 즐거운 얘기가 될 거야.
줄리엣 오, 맙소사, 예감이 불길해!
지금 너를 보니까 너무나 낮아져서
무덤 바닥에 누운 자 같아.
내 눈이 잘못됐나? 넌 핏기가 없어.
로미오 너도 내 눈에 그렇게 보여.
슬픔이 목말라 우리 피를 마신다. 안녕, 안녕!
[퇴장]
줄리엣 오, 운명아, 운명아, 너더러 누구나
변덕쟁이래. 그렇다면 진심이 굳어서
이름 높은 그이를 어쩔 테니? 운명아,
변덕을 부리렴. 그럼 그이를 오래
붙들어 두지 않고 보내줄 테지.
[아래에 캐퓰릿의 아내 등장]
캐퓰릿 아내 얘, 너 깼냐?
줄리엣 누가 부르나? 어머니구나.
늦도록 안 주무셨나, 일찍 일어나셨나?
전에 없던 무슨 일로 이리 오시나?
[그녀가 아래로 내려와서 나온다.]
캐퓰릿의 아내 괜찮니, 줄리엣?
줄리엣 좀 안 좋아요.
캐퓰릿의 아내 사촌이 죽어서 마냥 울고 있느냐?
눈물로 무덤에서 씻어 내올 셈이냐?
그래도 살리진 못해. 그러니 그쳐라.
슬픔은 큰 사랑을 나타내지만
지나친 슬픔은 판단의 부족을 말해.
줄리엣 하지만 이처럼 쓰린 상실을 울게 놔둬요.
캐퓰릿의 아내 그럼 상실만 느낄 뿐이고 네가 우는
그 사람은 만질 수 없어.
줄리엣 상실을 느끼면서
그이 때문에 울 수밖에 없어요.
캐퓰릿의 아내 얘, 넌 사촌의 죽음보다는
그를 죽인 못된 놈을 위해 우는 셈이야.
줄리엣 누구 말씀이세요?
캐퓰릿의 아내 로미오 놈 말이다.
줄리엣 못된 자와 그이는 떨어져 있네요.
주님, 용서하소서. 나도 진정 용서해요.
하지만 그런 사람 때문에 슬픈 건 아니어요.
캐퓰릿의 아내 못된 그놈이 살아 있기 때문이야.
줄리엣 맞아요. 내 손이 닿을 데를 벗어나 있어요.
사촌의 죽음을 나 혼자 복수하면 좋겠어요.
캐퓰릿의 아내 복수는 우리 몫이다. 걱정 마라.
울지 마라. 만토바 사람에게 기별하겠다.
추방당한 도망자가 거기 사는데
희한한 독약을 놈에게 쓰겠다.
타이볼트와 머잖아 같이 있게 될 게다.
그리되면 너도 속이 후련하겠지.
줄리엣 축 처진 로미오를 보기 전에는
절대로 내 속이 후련할 수 없어요.
가련한 내 마음은 가족 일로 괴로워요.
독약을 가져갈 사람만 구하시면
내가 그걸 만들게요. 로미오가 받으면
금방 잠잠히 되고 말아요.
이름만 들어도 속이 마구 떨려요.
그런데도 사촌에게 보내던 사랑을
그를 죽인 그이 몸에 쏟아놓지 못하니까
마음만 아파와요.[88]
캐퓰릿의 아내 방법을 찾아봐라. 사람은 내가 구할게.
그런데 지금은 희소식을 전하겠다.
줄리엣 이처럼 기쁨이 필요할 때 잘됐네요.
어머니, 무슨 일이죠?
캐퓰릿의 아내 얘, 네 아버진 참말로 자상하시다.
너를 슬픔과 끊어놓으시려고
기쁜 날이 오게끔 갑자기 꾸미셨다.

88 여기까지 줄리엣은 마음과 정반대되는 뜻으로 말하고 있다.

너도 기대 못 하고 나도 생각 못 했다.
줄리엣 거 참 잘됐군요. 그날이 언제예요?
캐퓰릿의 아내 얘야, 다음 목요일 아침 일찍
씩씩한 젊은 귀족 패리스 백작이
성 베드로 성당에서 행복하게도 너를
기쁨에 넘치는 신부로 만들어줘.
줄리엣 성 베드로 성당과 베드로에게 맹세하고,
그분 때문에 기쁜 신부가 되다니요!
남편 될 사람이 구애하러 오기도 전에
이처럼 급하게 구는 것이 이상하네요.
어머니, 아버님께 전해주세요.
아직 결혼하지 않을 거예요. 결혼한다면
패리스보다는 차라리 로미오예요.
미워하는 거 아시죠? 정말 깜짝 소식이네요!
캐퓰릿의 아내 아버지가 오신다. 네가 직접 말씀드려.
반응이 어떠신지 알아보아라.
[캐퓰릿과 유모 등장]
캐퓰릿 해가 지면 지구가 이슬을 뿌리지만,
조카의 해가 지니 마구 퍼붓는구나.
분수 같은 너, 좀 어떠냐? 아직도 우냐?
계속 펑펑 쏟기냐? 쪼끄만 몸집에
배와 바다와 바람을 흉내 내누나.
바다라 해도 좋을 너의 눈에 계속해서
밀물, 썰물 흐르고 네 몸은 배인데
짠물에 항해하며 한숨은 바람 되어
눈물에 나부끼고 눈물은 한숨에 나부끼니
급히 가라앉지 않으면 폭풍에 시달린 몸이
뒤집힐 것이니라. 여보, 어떻게 했소?
내가 결정한 일을 애에게 전했소?
캐퓰릿의 아내 네. 한데 원치 않아요. 고맙다곤 하지만.
저 못난이가 무덤하고 결혼하면 좋겠네요!
캐퓰릿 조용히. 그게 무슨 소린가? 무슨 소린가?
뭐, 싫다고? 내게 고맙다면서?
자랑스럽지 않아? 복 받은 줄 몰라?
자격 미달이지만 그런 대단한 분이
신부로 삼도록 내가 애쓰지 않았어?
줄리엣 아버님 하신 일, 자랑스럽진 않아도
고마워요. 싫은 건 자랑할 수 없어도
사랑으로 하신 일은 싫어도 고마워요.
캐퓰릿 뭐? 뭐? 뭐? 알쏭달쏭하구나. 무슨 말이냐?
"자랑한다" "고맙다" "고맙지 않다"?
그러고도 "자랑스럽지 않다"니, 요것아.
고맙단 말, 자랑스럽단 말 내게 하지 마.
어쨌든 다음 목요일에 성 베드로 성당에
패리스와 같이 갈 차비를 단단히 해라.
안 그러면 사형수 마차로 끌어가겠다.
썩 꺼져! 싯누런 송장, 속 빈 맹꽁이,
핏기 빠진 낯짝!
캐퓰릿의 아내 저런, 저런, 당신 미쳤소?
줄리엣 [무릎 꿇으며] 아버님, 무릎 꿇고 빌어요.
한마디만 참으시고 들어주셔요.
캐퓰릿 저리 가, 요 맹꽁이, 말 안 듣는 못된 것!
내 말대로 해. 목요일에 성당에 가.
아니면 다시는 내 얼굴 보지 마.
말도 말고 대답도 말고 대꾸도 말아.
손가락이 가렵다. 여보, 하느님이
외동딸 주신 걸 축복으로 여길 새도 없이
이 년 하나만으로 주체스럽고
이 년 때문에 저주받은 것 같소.
썩 꺼져, 쓸데없는 것!
유모 하느님 축복을!
주인님, 아가씰 그렇게 욕하면 잘못이에요.
캐퓰릿 똑똑하신 여편네, 왜 그렇지? 입 닥쳐.
유덕하신 부인네, 가서 수다쟁이와 어울려.
유모 나쁜 말 하는 거 아네요.
캐퓰릿 어련하겠나!
유모 말도 못 하나요?
캐퓰릿 닥쳐, 꿍얼대는 멍청이!
엄숙한 말은 수다쟁이와 한잔하면서 해.
여기선 필요 없어.
캐퓰릿의 아내 너무 화를 내시네요.
캐퓰릿 망할 것 같으니! 내가 정말 미치겠어!
밤과 낮과 철과 때를 가리지 않고
일하나 노나 혼자거나 함께하거나
언제나 시집보낼 걱정만 했는데
이제 귀족 집안에 상당한 재산과
젊은 데다 귀족의 혈통이고 시쳇말로
온갖 고귀한 자질들로 그득하며
남자로서 바랄 데 없는 용모를
갖춘 이가 생겼는데, 아 어쩌자고
운수의 대박을 놓고 징징대는 못난이
찔끔대는 각시가 '시집 안 갈래요.

사랑 안 할래요. 너무 어려요. 용서해요.'
하다니. 시집 안 가면 용서도 없어!
맘대로 빌어먹어. 내 집에선 못 살아.
잘 생각해. 나는 본시 농담이 없어.
목요일이 가까이 왔다. 가슴에 손 얹고 생각해봐.
네가 내 딸이라면 친구에게 줄 테고
아니라면 거리에서 비럭질하다 굶어 죽어!
맹세코 너를 딸로 인정하지 않겠다.
가족 중 아무도 도와주지 못한다.
믿어두라고. 이 맹세 안 깨겠다. [퇴장]

줄리엣 저 구름 가운데는 슬픔의 바닥까지
뚫어보는 동정심이 있지 않나요?
사랑하는 어머니, 저를 버리지 마세요!
한 달만, 일주일만 결혼을 미루세요.
그럴 수 없으시면 타이볼트가 누워 있는
캄캄한 가족묘에 신방을 차리세요.

캐퓰릿의 아내 내게 말하지 마라. 한마디도 안 할 테다.
마음대로 해. 너하곤 끝났으니. [퇴장]

줄리엣 오, 하느님, 오, 유모, 어떻게 이걸 막지?
내 남편은 땅에 있고 내 서약은 하늘에 있어.
어떻게 그 서약이 땅에 다시 내려오나?
남편이 땅을 떠나 하늘에서 그것을
다시 보내주기 전엔? 위로해줘. 충고해줘.
아아, 나처럼 나약한 존재한테
하늘이 음모를 꾸미다니 이럴 수 있어?
어쩌면 좋겠어? 기쁜 말 전혀 못 해?
무슨 좋은 말 해봐.

유모 음, 내 말은 이래.
로미오는 추방됐어. 아무리 날고뛰어도
돌아와서 아가씨를 제 거라고 나서지 못해.
만일 그럴 거라면 몰래 와야지.
형편이 그렇게 된 지경이니까
백작과의 결혼이 제일 좋겠어.
아주 잘난 신사야! 그 사람에 비하면
로미오는 행주 걸레에 불과하다고.
패리스만큼 푸른 눈, 빠른 눈, 잘난 눈은
독수리한테도 없어. 아가씨는 정말로
이번 둘째 혼사에 참말 복을 받았어.
첫 번보다 훨씬 좋아. 그렇지 않아도
첫 남편은 죽었거나 죽은 거나 똑같아.
세상에 살았대도 아가씨한테 쓸모없어.

줄리엣 진심에서 우러나온 말이야?

유모 영혼에서 우러난 말이 아니면 둘 다 망해라!

줄리엣 아멘!

유모 뭐?

줄리엣 참말로 유모 말이 위로가 돼.
들어가서 엄마한테 갔다고 해줘.
아빠한테 화나게 해드려서 신부님께
고백하고 사면받으러 갔다고 해.

유모 그래. 그럴게. 똑똑한 짓이야. [퇴장]

줄리엣 저주받을 노인네! 흉측한 마귀할멈!
거짓말하는 것이 더 큰 죄인가,
수천 번 비할 데 없다고 칭찬하던
혓바닥으로 내 남편 흉보는 게
더 큰 죄인가? 마음 주던 유모야, 가라.
너하고 내 가슴은 지금부터 갈라섰어.
수사한테 몰래 가서 약을 알아봐야지.
모두가 실패래도 죽을 힘은 남아 있어. [퇴장]

## 4. 1

[로렌스 수사와 패리스 백작 등장]

로렌스 수사 목요일이오? 시일이 너무 짧소.

패리스 캐퓰릿 장인이 그렇게 원하시오.
나 자신도 늦출 뜻이 조금도 없소.

로렌스 수사 아가씨 마음을 알 수 없단 말이오?
험난한 과정이오. 내키지 아니하오.

패리스 타이볼트의 죽음으로 지나치게 울고 있소.
그래서 사랑을 말도 하지 못하오.
눈물의 집에서 비너스는 웃지 않소.
아가씨의 부친은 그처럼 슬픔에게
지배되는 상태를 위험스레 여기고
눈물의 홍수를 멈추기 원하여
지혜롭게 결혼식을 서두르는 것이오.
홀로 슬픈 일에 지나치게 쏠려 들면
부부의 생활까지 멀어질지 모르오.
이렇게 서두는 이유를 짐작하시오?

로렌스 수사 [방백] 왜 늦춰야 하는지 몰랐으면 좋겠구나.
보시오. 아가씨가 이리 오시오.
[줄리엣 등장]

패리스 내 여인, 내 아내, 마침 잘 만났군요.

줄리엣 제가 아내라면 아마 그럴 거예요.
패리스 다음 목요일 '아마'가 '확실히'가 될 거요.
줄리엣 '확실히'는 '반드시'인데.
로렌스 수사 정확한 격언이다.
패리스 고백성사 하러 왔소?
줄리엣 그 말에 대답하면 고백이 되겠네요.
패리스 나를 사랑한다고 신부님께 말하시오.
줄리엣 그를 사랑한다고 당신한테 고백하죠.
패리스 나를 사랑한다고 고백할 것이 확실하오.
줄리엣 그렇게 고백하면 값이 조금 비싸져요.
당신 앞이 아니라 등 뒤에서 고백하면.—
패리스 저런! 얼굴이 눈물에 많이 상했소.
줄리엣 눈물을 흘렸지만 소득은 적어요.
상처가 있기 전에 벌써 상했죠.
패리스 눈물보다 그 사실이 얼굴을 상하오.
줄리엣 진실은 결단코 상처가 아니에요.
내 말은 누구든지 들으라는 소리지요.
패리스 그 얼굴은 내 것인데 상처를 주셨군요.
줄리엣 그럴지 몰라요. 내 얼굴이 아니니까.—
신부님, 지금 시간 있으세요?
아니면 저녁 미사 때에 와서 뵐까요?
로렌스 수사 우울한 딸아, 지금 시간 괜찮다.
백작, 우리 둘의 시간을 가질 터이오.
패리스 물론이오! 기도에 방해가 되다니요!
줄리엣, 목요일 아침 일찍 깨워 드리겠소.
잘 있으시오! 거룩한 키스를 간직하시오. [퇴장]
줄리엣 오, 문을 닫아 주세요. 희망도 보호도
도움도 전혀 없는 저와 함께 우셔요.
로렌스 수사 오, 줄리엣, 전부터 네 슬픔 알고 있었다.
아무리 궁리해도 별도리 없다.
다음 목요일 네가 백작과 결혼하는데
그럴 듯이 꾸미는 짓은 결코 못 한다 했다.
줄리엣 신부님, 결혼식 얘기면 그만두시고
어떡해야 막을지 그 말씀만 하세요.
신부님의 지혜로도 도움되지 않으면
저 자신의 결심이 현명하다 하세요.
—당장에 이 칼로 도움을 얻겠어요.
하느님은 우리 마음, 신부님은 우리 손을
맺으셨는데, 로미오와 맺어주신 저의 손이
또 다른 혼약에 서명하거나
속마음이 배반하여 남한테 가기 전에
이것으로 그 둘을 함께 죽일 텝니다.
그러니까 신부님의 경험에 의지해
당장 알려 주세요. 그러지 않으시면
잔혹한 이 칼이 절망과 저 사이의
재판관이 되어서 평생의 학술도
영광된 결말을 가져오지 못했다고
판결할 테죠. 하지만 약이 아니면
긴 말은 마세요. 빨리 죽고 싶어요.
로렌스 수사 잠시만 참아라. 희망이 보인다.
막으려는 사태가 필사적인 까닭에
필사적인 행위가 반드시 필요하다.
차라리 백작과 결혼하기보다는
자신을 죽일 만한 의지가 굳세다면
수치를 쫓기 위해 죽음 같은 짓이라도
마다하지 않으며 결혼을 면키 위해
죽음에 마주해서 대결하고 있구나.
네가 대담하다면 약을 내어 주겠다.
줄리엣 패리스와 결혼하기보다는 차라리
성탑에서 뛰어내리라고 하시거나
도둑들이 들끓는 골목길로 다니라고 하시거나
독사들의 굴속에 잠복하라 하시거나
울부짖는 곰과 함께 붙들어 매시거나
캄캄한 납골당에 저를 숨겨 놓으시고
냄새나는 정강이와 턱이 빠진 해골들과
망자들의 딸각대는 뼈 속에 묻으시거나
새 무덤의 송장과 숨으라고 하세요.
얘기만 들어도 소름이 끼치지만
내 사랑 그이의 정결한 아내로서
공포나 주저 없이 해내겠어요.
로렌스 수사 그렇다면 돌아가 웃음 짓는 얼굴로
결혼을 승낙해라. 수요일이 내일이니
반드시 내일 밤은 혼자만 자고
유모는 네 방에서 함께 자지 마라.
이 병을 받아라. 자리에 누웠을 때,
달여 만든 이 약을 남김없이 마셔라.
그리하면 잠시 후 너의 모든 핏줄에
싸늘하고 졸리는 기운이 돌아
맥박은 가던 길을 멈출 터이며
몸도 숨도 네 생명을 증명할 수 없으니
장밋빛 입과 뺨은 잿빛으로 창백하며
생명의 밝은 낮을 죽음이 뒤덮듯이

네 눈의 창들도 죽음처럼 닫히리라.
사지는 유연성을 잃게 되어서
경직되고 싸늘해져 죽은 듯 보이겠다.
그처럼 모든 것이 잦아든 상태에서
마흔두 시간을 계속해서 누웠다가
단잠 자고 난 듯이 깨날 것이다.
그리하여 아침에 네 잠을 깨우려고
신랑이 왔을 때 너는 이미 죽었으니,
이 고장 풍속에 따라 화려한 옷을
너에게 입혀 덮지 않은 채로 영구에 실어
캐퓰릿 집안의 친족들이 누워 있는
지하의 무덤으로 옮겨 가리라.
그동안 나는 편지를 보내리니
네가 깨기 전 로미오가 이를 알고
베로나로 돌아와 네가 깨어나는 것을
나와 함께 지켜보다 그날 밤으로
너를 만토바로 데려갈 테니, 만일 네가
변덕을 부리거나 아녀자의 겁에 질려
그럴 만한 용기를 없애지 않으면
닥쳐올 수치를 물리치리라.

줄리엣 주세요, 주세요! 겁은 말하지도 마세요.

로렌스 수사 그만해라. 빨리 가라. 결심을 지켜
담대하며 복되어라. 수사를 구하여
편지 써서 만토바로 급히 보낼 터이다.

줄리엣 사랑은 힘을 주고 힘은 도움을 주겠네요.
신부님, 안녕히 계세요. [둘 퇴장]

## 4. 2

[캐퓰릿, 그의 아내, 유모, 하인 두셋 등장]

캐퓰릿 [한 하인에게] 여기에 적힌 대로 손님들을 모시거라.

[하인 퇴장]

[다른 하인에게]
솜씨 좋은 숙수 스물을 데려오너라.

하인 손가락만 빠는 놈[89]은 한 명도 못 옵니다. 자신 있는
놈들만 시험을 통해서 뽑을 테요.

캐퓰릿 어떻게 시험하시는가?

하인 그야 제 손가락 빨 줄 모르는 녀석은 못난 숙수죠.
그래서 자기 손가락 빨 줄도 모르는 놈은 뽑지 않는
거예요.

캐퓰릿 빨리 가라. 일 준비가 몹시 모자랄 것 같구나.

[하인 퇴장]

그래, 딸애가 로렌스 수사에게 갔는가?

유모 예, 맞아요.

캐퓰릿 음, 그 애한테 좋은 일 할 수가 있어.
애가 너무 꽁한 고집쟁이야.

[줄리엣 등장]

유모 보세요. 고백하고 기쁜 얼굴로 돌아와요.

캐퓰릿 어떠냐? 고집쟁이, 어디를 쏘다녔냐?

줄리엣 아버님과 아버님 명령에 순종치 않고
고집 부린 저의 죄를 회개할 길을
배우러 갔었어요. 로렌스 신부께서
이렇게 엎드려서 [무릎 꿇으며]
아버님께 용서를
빌라고 하셨어요. 용서해 주셔요.
앞으로는 언제든지 순종하겠습니다.

캐퓰릿 백작을 모셔 와라. 이 말을 해드려라.
내일 아침 혼사를 매듭짓겠다.

줄리엣 수사님 방에서 그분을 만나
정숙의 범위를 넘어서지 않으며
사랑에 알맞게 표시했어요.

캐퓰릿 그거 참말 좋구나. 잘했다. 일어나라.
암, 그래야 쓰지. 백작을 만나겠다.
얘야, 빨리 가라. 이리로 모셔 와라.
참말로 높으시고 거룩하신 수사님이
우리 모든 시민에게 큰 은혜를 끼치셨다.

줄리엣 유모, 지금 내 방에 같이 가서
내일 결혼 치장에 어울릴 옷가지를
고를 텐데 도와주겠어?

캐퓰릿의 아내 목요일 전엔 안 돼. 시간이 넉넉해.

캐퓰릿 가라, 유모. 같이 가라. 내일 성당에 간다.

[줄리엣과 유모 퇴장]

캐퓰릿의 아내 우리 준비가 모자랄 텐데요.
벌써 어두운걸요.

캐퓰릿 내가 부지런하면
모두 잘될 것이오. 걱정 말아요.
줄리엣에게 가서 치장 도와주어요.
나는 가지 않겠소. 혼자 있겠소.

89 '제 손가락 빠는 녀석'은 재간에 자신이 없는 놈이라는 속담이 있었다.

이번엔 내가 마님 행세할 테요. 얘들아!
모두들 나갔구나. 그럼 내가 직접
패리스 백작에게 가서 내일 일을
준비하라 하겠소. 고집통이 계집애가
마음을 고쳐서 속이 참말 가볍군. [둘 퇴장]

## 4. 3

[줄리엣과 유모 등장]

줄리엣 맞아. 그 옷이 제일 좋아. 한데 유모,
오늘 밤은 나 혼자 있을 테야.
하늘이 내 일에 미소를 보내도록
여러 가지 기도를 드려야 돼.
유모도 알다시피 못된 내가 죄로 넘쳐.
[캐퓰릿의 아내 등장]

캐퓰릿의 아내 얘, 분주하냐? 도움 필요하겠니?

줄리엣 아녜요. 내일 있을 예식에 필요한 것만
골라놨어요. 그러니까 염려 말고
지금은 저 혼자 있겠어요.
유모는 오늘 밤 어머니와 같이
지내도록 하셔요. 너무 급한 일이라
무척 분주하시겠죠.

캐퓰릿의 아내 잘 자라.
누워서 푹 쉬어라. 그래야 한다.
[캐퓰릿의 아내와 유모 퇴장]

줄리엣 안녕! 다시 만날 그때는 하느님만 아시지.
핏줄 속 생명의 온기를 식혀주는
차가운 공포가 짜릿하게 퍼지누나.
다시금 불러서 위로해 달래야지.
유모!—유모가 여기서 어쩔 수 있나?
끔찍한 그 장면을 혼자 연출해야 돼.
약병아, 오라.—효력이 없으면 어쩌나?
그래서 내일 아침 결혼을 해야 돼?
안 된다, 안 돼! 이 칼로 막을 테다.
저리 가라. [칼을 내려놓는다.]
—수사가 나와 로미오를
맺어놓은 까닭에 내가 다시 결혼하면
망신이니까 교묘히 죽이려고
독약 쓰는 거라면 어떻게 하지?
걱정스러워. 하지만 그렇지 않겠지.
거룩한 분이라는 이름이 높으시니까.
만일 내가 무덤 속에 누워 있다가
로미오가 도착해서 구하기 전에
깨어나면 어떡하지? 겁나는 일이구나.
그러다가 굴속에서 질식하면 어떡하지?
로미오가 오기 전에 더러운 입속,
깨끗한 공기가 스미지 못할 데서
숨이 막혀 죽는 것은 아닐까?
산다고 해도 죽음과 어둠이 주는
끔찍한 환상이 무덤의 공포와 함께,
오래 묵은 창고 같은 지하 동굴에,
수백 년 동안 조상의 유골들이
수북이 쌓여 있는 그 무덤 속에
방금 묻힌 피투성이 타이볼트가
수의에 칭칭 감겨 썩는 중이야.
밤중 어떤 시간에 귀신들이 모여들고
아아, 역한 냄새와 땅에서 뽑힌
맨드레익[90] 뿌리처럼 울부짖는 소리에
—그 소리에 산 사람도 미친다는데—
잠에서 깨어나면 끔찍한 그런 꼴에
둘러싸인 나 자신이 미치지나 않을까?
그래서 조상의 뼈마디를 갖고 놀면서
망가진 사촌을 수의에서 낚아채고
유명한 조상님 뼈다귀로 몽둥이처럼
머리를 두들겨 머리를 빠개서
골수를 쏟아놓지 않을까? 저거 봐!
타이볼트의 유령이 뵈는 것 같아.
자기 몸을 칼끝으로 꿰었던 로미오를
찾고 있는 중이야. 그만해, 타이볼트!
로미오! 로미오! 독배가 여기 있지. 너에게 축배 들어!
[커튼 안에서 자기 침상에 쓰러진다.]

## 4. 4

[캐퓰릿의 아내와 유모 등장]

캐퓰릿의 아내 이 열쇠 갖고 가서 향료 더 내와.

90 인삼처럼 사람의 벗은 몸 모양으로 생긴 이 풀을 뽑으면 그 풀이 비명을 지르고 그 소리를 들은 사람은 미친다고 했다.

유모 부엌에서 대추와 살구를 더 달랍니다.
[캐퓰릿 등장]
캐퓰릿 자, 뛰어라, 뛰어! 둘째 닭이 울었다.
통금 해제가 되었다. 지금 세 시다.
얌전한 앤젤리카, 파이 잘되나 봐.
돈 아끼지 마.
유모 남정네는 나가세요.
주무시러 가세요. 오늘 밤 새우시고
내일 앓으시겠죠.
캐퓰릿 절대로 안 그렇다. 이보다 작은 일에
밤을 샌 적 있지만 끄떡도 안 했다.
캐퓰릿의 아내 그렇죠. 젊을 때 여자를 따랐지만
지금은 그런 밤샘 못 할 줄 아세요.
[캐퓰릿의 아내와 유모 퇴장]
[하인 서넛이 쇠꼬챙이와 나무와
바구니를 들고 등장]
캐퓰릿 질투야, 질투! 한데 그건 뭔가?
하인 1 숙수한테 줄 건데요, 뭔지 몰라요.
캐퓰릿 빨리 해, 빨리 해.
[하인 1 퇴장]
야, 마른 나무 가져와.
피터 오래라. 마른 게 어딨는지 알려줄 테다.
하인 2 나무쯤은 이 머리로 찾을 줄 알아요.
그런 일로 성가시게 안 할 거예요. [하인 2 퇴장]
캐퓰릿 이야, 말 잘했어! 재밌는 말쟁이야!
'나무대장' 시켜줄게! 어이쿠, 밝았구나.
[안에서 음악 연주]
백작이 악단과 함께 금방 여기 오겠다.
그런다고 했어. 가까이 온 게 들려.
유모! 여보! 유모, 내 말 안 들려?
[유모 등장]
가서 줄리엣 깨워. 멋지게 단장해줘.
나는 가서 패리스를 맞이할게. 서둘러.
서둘라고! 신랑이 도착했어. 빨리빨리! [퇴장]
유모 아씨, 아씨! 줄리엣! 잠이 깊게 들었네.
어린 양, 아가씨! 느려빠진 잠꾸러기!
예쁜이, 아가씨 마님, 얌전이, 새색시!
아무 말 없어? 지금 한참 자두는군.
한 주일 자라. 내일 밤엔 패리스가
결판을 낼 테니까 아가씨는 별로 못 자.
용서해요, 하느님. 그 덕에 아멘!
아주 곤히 자는데. 깨워야겠어.
아가씨, 아가씨, 아가씨! 옳지. 백작에게
침대 속 아가씨를 잡으라고 하겠다.
그럼 놀라 깰 테지.—안 그래?
[커튼을 젖힌다.]
아니 옷을 차려 입고 다시 누웠나?
깨워야 되겠군. 아가씨, 아가씨, 아가씨!
에구머니! 빨리 와요! 아가씨가 죽었어요!
아이고 내 팔자야! 어째서 세상에 났나!
생명수 가져와요! 주인님! 마님!
[캐퓰릿의 아내 등장]
캐퓰릿의 아내 이거 무슨 소리야?
유모 세상에 이런 날이!
캐퓰릿의 아내 뭔 일이야?
유모 봐요! 봐요! 아, 이런 날이!
캐퓰릿의 아내 아이고, 내 아가, 하나뿐인 내 목숨!
살아라! 눈떠라! 그러지 않으면
같이 죽겠다. 도와줘요! 도와줘요!
[캐퓰릿 등장]
캐퓰릿 뭐야! 줄리엣 내보내! 신랑이 왔어.
유모 죽었어요. 갔어요. 죽었어요! 아이고야!
캐퓰릿의 아내 아이고, 죽었어요, 죽었어요, 죽었어!
캐퓰릿 뭐? 내가 봐야지. 어이쿠, 죽었어! 싸늘해!
피가 굳었어. 팔다리가 뻣뻣해.
생명과 입술이 오래전에 이별했어.
때 아닌 서리처럼 들에서 가장 예쁜
꽃송이 위에 죽음이 앉아 있어.
유모 아이고 원통해라!
캐퓰릿의 아내 아이고 기막혀라!
캐퓰릿 나를 울게 하려고 아이를 채간 죽음이
혓바닥을 옭아매어 말을 못 하겠구나.
[로렌스 수사와 패리스 백작 등장]
로렌스 수사 그럼 신부가 성당에 갈 준비가 됐소?
캐퓰릿 갈 준비는 됐지만 다시는 못 오게 됐소.
아아, 사위. 당신 결혼식 전날 밤에
죽음이 신부와 잤소. 저기 누워 있구려.
꽃송이였는데 죽음이 겁탈했소.
죽음이 사위요. 죽음이 상속자요.
그자가 내 딸과 결혼했소. 내가 죽어
다 넘기겠소. 목숨, 재산 모두가 그자 거요.
패리스 내가 이 아침 맞기를 그리도 기다렸나?

그런데 이런 꼴 보여주고 마는가?
캐퓰릿의 아내 저주스럽고 불행하고 불쌍하고
원수 같은 날! 순례하던 세월이
영원히 애쓴 끝에 겨우 만난 못된 날!
하나뿐인 불쌍한, 불쌍한 외동딸,
기쁨과 위안인 하나뿐인 자식인데
잔인한 죽음이 눈앞에서 빼어갔어.
유모 애고 애고 슬프다! 원통한 날이야!
참말로 평생에 처음으로 만나는
원통한 날이야! 구슬픈 날이야!
아아, 이런 날, 이렇게 미운 날이야!
오늘만큼 까만 날이 다시 있을까!
아아, 원통하고 원통한 날이로구나!
패리스 탈취, 이별, 능욕, 멸시, 죽임이구나!
혐오스런 죽음아, 네게 뺏겼다.
잔인하고 잔인한 네가 빼어갔다.
오, 사랑, 오, 삶, 삶이 아닌 죽음 속의 삶! 죽음 속의 사랑아!
캐퓰릿 경멸, 고통, 증오, 순교, 그리고 죽임!
요동치는 시간아, 너는 왜 지금 와서
예식을 죽이느냐? 어째서 죽이느냐?
오, 딸아, 오, 딸아! 자식 아닌 내 영혼아!
아아, 너는 죽었다. 내 자식이 죽었어!
딸과 함께 내 기쁨도 땅에 묻혔어.
로렌스 수사 조용하시오! 이러한 혼란 중에
통제는 불가하오. 어여쁜 아가씨는
하늘과 함께 당신의 몫이었는데
하늘이 독차지 하였으니 그만큼
처녀에게 잘된 일이오. 당신 몫은
죽음에서 구할 수 없었으나
하늘은 자기 몫을 영생 중에 보존하오.
딸의 높은 지위가 당신의 천국인데
구름 위 하늘만큼 높아졌으나
당신은 지금 울고 있지 않으시오?
그러한 애정으로 그릇되게 사랑하여
그녀의 복을 보면서도 환장할 지경이오.
결혼 생활 오래 하는 부인이 아니라
젊어서 죽는 부인이 결혼을 잘한 거요.
눈물을 닦으시오. 아름다운 이 시신에
로즈마리[91]를 꽂으시오. 관례에 따라
좋은 옷을 입혀서 성당으로 옮기시오.
인간의 감정상 슬퍼해야 하지만
감정의 눈물은 이성의 기쁨이오.[92]
캐퓰릿 잔치로 정했던 여러 가지 일들을
검정색 장례로 목적을 변경하라.
갖가지 악기는 구슬픈 조종으로,
결혼식 피로연은 장례식 음식으로
거룩한 찬송은 만가로 바꾸어라.
신부의 꽃들은 시신을 덮으니
만 가지가 정반대로 되어버린다.
로렌스 수사 들어가시오. 부인도 뒤따르시오.
백작도 가시오. 모두들 무덤으로
어여쁜 시신을 따를 채비하시오.
당신들이 지은 죄에 하늘도 찌푸리오.
하늘 뜻을 거역하여 노엽지 않게 하시오.
[유모 이외에 모두 퇴장]
[악사들 등장]
악사 1 우리도 나팔들 거둬서 꺼질까보다.
유모 점잖은 친구들, 거둬요, 거둬요.
알다시피 참말로 속 터질 일이에요.
악사 1 예, 이번 일은[93] 고칠 수 있네요. [유모 퇴장]
[피터 등장]
피터 악사들, 악사들, '속 시원히', '속 시원히!'
나를 살려주려면 '속 시원히' 연주해.
악사 1 왜 '속 시원히'지?
피터 악사들아, 내 속이 '내 마음 가득해'를
불러서 그런다. 나한테 위로가 될 무슨 즐거운
'비가'를 들려줘.
악사 1 어떤 비가도 안 해. 지금은 때가 아니야.
피터 그래서 관둘 테야?
악사 1 그래.
피터 걸쭉하게 한 방 쏠게.
악사 1 무얼 주려고?
피터 돈은 절대 아니고 농담이나 주겠다. 니들한테
'떠돌이'란 이름을 주지.
악사 1 그럼 우리는 너한테 굽실대는 종놈이라고 부르지.
피터 그럼 나는 종놈 칼을 니들 대갈통에 두들길 테야.

91 향기로운 이 풀은 '기억'을 상징한다.
92 감정은 사별을 슬퍼하나 이성으로 판단할 때 영혼이 천국에 갔으므로 기뻐한다는 것.
93 유모가 '노릇'이라고 하니까 늘 하는 악사 '노릇'은 더 잘할 수 있다고 너스레를 부린다.

난 너희 가락 안 따라. 치고받고 할 테야.
내 말 알아듣겠어?[94]

악사 1 치고받으려면 우리 가락 아는 거라고.

악사 2 제발 칼을 치우고 말솜씨 보자. 그러고 나서 내
솜씨나 먹어라.

피터 무쇠 같은 말솜씨로 납작하게 두들길게. 그러고 나서
무쇠 칼 치우겠다. 사내답게 대꾸해.
쓰라린 슬픔이 마음을 상할 때
그제서야 음악은 은 같은 소리로—
은 같은 소리? 어째서 음악이 은 같은 소린가?
사이몬 캐틀링,[95] 그게 무슨 말이지?

악사 1 그야 말할 거 없이 은이 아름다운 소리를 내기
때문이지.

피터 지껄이네. 휴 리벡, 넌 뭐라고 해?

악사 2 은 같은 소리란 악사들이 은화를 받으려고 연주
하기 때문이야.

피터 역시 지껄이네. 제임스 사운드포스트, 너는 뭐야?

악사 3 뭐랄지 몰라.

피터 와우, 미안 미안. 너는 가수지. 대신 내가 말할게.
'은 같은 소리'라 함은 음악을 연주해도
'금화'를 못 가져서 한탄하는 소리다.
그때에 음악은 은 같은 소리로
순식간에 위로를 보내준다네. [퇴장]

악사 1 진짜 귀찮은 자식이네!

악사 2 목매 죽일 망할 놈! 그럼 우리도 들어가서
문상객들 올 때까지 머물다가 밥이나 기다리자.
[모두 퇴장]

## 5. 1

[로미오 등장]

로미오 잠에서 소곤대는 아첨을 믿는다면
무슨 기쁜 소식이 가깝다는 꿈이었지.
이 가슴의 주인은 가볍게 앉아 있고
전에 없이 즐거운 기분이 종일토록
명랑한 생각으로 나를 들어올린다.
꿈속에서 내 아씨가 죽은 나를 찾아와—
죽은 내가 생각하다니 묘한 꿈이지!—
키스로써 입술에 생명을 불어넣어
나는 다시 살아나 황제가 됐었지.
사랑의 그림자도 이토록 큰 기쁨이니
품에 안은 사랑은 얼마나 달가울까!
[로미오의 하인 밸세이저 등장]
베로나 소식이다! 어떻게 되어가나?
신부님 편지를 가져오지 않았나?
어머님은 어떠시고 아버님은 어떠신가?
줄리엣 마님은? 마님 소식 두 번 묻네.
줄리엣만 잘 있다면 모두가 잘된 거지.

밸세이저 잘 계시니 안 된 것이 있을 수 없죠.
마님 몸은 캐퓰릿 무덤 속에 잠이 들었고
영원한 영혼은 천사들과 같이 살죠.
지하 문중 묘소에 누이는 걸 보았어요.
그러고는 곧바로 달려왔습니다.
나쁜 소식 전하는 저를 용서하세요.
도련님이 제게 주신 책임 때문입니다.

로미오 그리됐는가? 별들아, 항의한다![96]
내 집 잘 알지? 필기구 갖다 달라.
역마들을 빌려 와라. 오늘 밤 떠나겠다.

밸세이저 인내심을 가지세요. 안색이 창백하고
들떠 있어서 무슨 일을 그르칠까
염려됩니다.

로미오 허, 네가 잘못 알았어.
빨리 가라. 시킨 대로 하여라.
신부님 편지는 가져오지 않았는가?

밸세이저 안 가져왔어요.

로미오 상관없다. 가라.
말들을 빌려 와. 곧 너한테 가겠다.
[밸세이저 퇴장]
그럼 줄리엣, 오늘 밤 너와 함께 눕겠다.
방법을 찾아보자. 아, 몹쓸 생각아,
절망하는 머릿속에 빨리 침입하누나.
그 약사가 생각난다. 근처에 살고 있지.
얼마 전에 보니까 튀어나온 이마에
허름한 차림으로 약초를 고르더군.
남루한 주제에 지독한 궁핍으로

94 저들의 말장난을 우리말로 옮길 수 없다.
95 셰익스피어 당시에 악사로 활동하던 사람을 암시하는 듯. 다음에 나오는 사람들도 마찬가지.
96 별들이 좋은 운명을 지어준 것으로 믿었는데 이제 별들이 그 믿음을 저버렸다는 말이다.

뼈만 남았고 볼품없는 가게에
거북이 한 마리와 악어 박제와
흉물 같은 물고기의 껍질이 걸렸었고
여기저기 선반에는 빈 상자 몇 개와
퍼런 그릇, 오줌통, 곰팡이 핀 씨앗들,
쓰다 남은 노끈 오리, 뭉쳐놓은 장미꽃잎,
그것들이 진열장에 대강 널려 있었지.
그런 궁한 꼴을 보며 혼잣소리로,
“만토바에서 독약 팔면 당장 죽지만
지금 독약이 필요한 자 있다면
독약 팔아먹을 놈이 여기 있군.” 하였지.
아아, 이 생각이 그 필요를 예고했구나.
따라서 곤궁한 그자가 팔아야 한다.
오늘은 휴일이라 가게를 닫았구나.
여보쇼, 약사!
[약사 등장]
약사 누가 이리 불러대나?
로미오 이리 오쇼. 보아하니 어렵겠소.
자, 40더컷[97]이오. 독약 1회분만
내게 주시오. 핏줄 통해 온몸에 퍼질
즉효가 있는 물건으로 주시오.
그래서 삶에 지친 사용자가 쓰러져 죽어,
성급히 불 지른 화약이 살인적인
대포의 탄창에서 급히 작열하듯이
육체의 숨을 즉시로 내쫓게 해주시오.
약사 그처럼 험한 약이 있기는 합니다만
어떤 판매자라도 법에 따라 사형이오.
로미오 이렇게 궁하고 불우한 당신이
죽음이 무섭소? 얼굴에는 궁핍이 씌었고
눈에는 궁핍과 절박이 굶주려 있소.
등에는 멸시와 남루가 걸려 있으며,
세상도 법률도 당신 편이 아니며,
세상도 법도 당신을 부자 되게 할 수 없소.
곤궁을 피하고 법을 어길 이 돈 받아요.
약사 의지 아닌 궁핍이 이 짓에 동의하오.
로미오 의지 아닌 궁핍에게 요구하는 것이오.
약사 어떠한 액체든지 이걸 넣고 삼키시오.
그러면 남자 힘이 스무 배가 될지라도
당신의 목숨을 즉시 끝내줄 거요.
로미오 돈이오. 영혼에겐 더욱 몹쓸 독약이오.
치사한 이 세상은 당신이 팔지 못할
너절한 이 약보다 훨씬 많은 살인을 범하오.
독약을 파는 자는 나지 당신 아니오.
잘 있으오. 밥 사 먹고 살을 붙이오. [약사 퇴장]
독약 아닌 생명수야, 줄리엣의 무덤에
함께 가자. 거기서 너를 써야 하겠다. [퇴장]

## 5. 2

[존 수사 등장]
존 수사 거룩한 프란체스코 수사 형제!
[로렌스 수사 등장]
로렌스 수사 존 수사 목소리가 틀림없는데.
만토바에서 잘 왔소! 로미오가 뭐랍디까?
제 속을 글로 썼다면 편지를 주시오.
존 수사 이 읍내의 환자들을 심방하면서
우리 단체 소속 중에 나와 함께할
맨발의 수도사[98]를 수소문하여
찾기는 했지만 읍내 검시관들이
전염병이 창궐했던 어떤 집에 우리가
묵었다고 의심하여 문을 봉하고
우리를 보내주지 않았소. 그래서
만토바로 가는 길이 늦었던 거요.
로렌스 수사 그럼 내 편지는 누가 가지고 갔소?
존 수사 보낼 수가 없었소. 여기 그냥 있소.
형에게 전해줄 사람도 못 구했소.
병이 옮을까 그토록 걱정이 컸소.
로렌스 수사 불운이구나! 우리 교의에 맹세코,
사소한 편지가 아니라 매우 중요한
내용이었소. 그것을 소홀히 하면
큰 불행이 닥치오. 존 수사, 빨리 가서
지렛대를 구해서 속히 내 방으로
가져오시오.
존 수사 구해다 드리겠소. [퇴장]
로렌스 수사 이제는 나 혼자 무덤으로 가야겠다.
세 시간 지나면 줄리엣이 깨어난다.
그런 일도 모르고 있었다고 로미오가

97 당시 유럽에서 사용되던 금화.
98 로렌스 수사가 속했던 프란체스코 수도회의 수사들은 맨발로 다녔다.

나를 몹시도 원망하게 될 것이다.
하지만 편지를 만토바에 다시 보내
로미오가 올 때까지 내 방에 숨겨두면—
살아 있는 불쌍한 시신, 무덤에 갇혔구나. [퇴장]

## 5. 3

[패리스와 그의 시동 등장]

패리스 횃불은 나 주고 너는 저리 가 서라.
하지만 꺼야겠다. 눈에 띄고 싶지 않다.
저기 주목 아래에 바짝 엎드려
굴 뚫은 땅바닥에 귀를 대고 있어라.
그러다가 묘지에 누가 발을 디디면
무덤들을 팠으니 땅이 물러서
발소리가 들릴 거다. 그러면 내게
누가 온다는 신호로 휘파람을 불어라.
꽃은 내게 다오. 시킨 대로 빨리 해라.

시동 [방백] 이렇게 묘지에 혼자만 있으려니
조금은 떨리지만 그래봐야지.
[뒤로 물러선다.]

패리스 아름다운 꽃이여, 신방에 꽃을 뿌린다.
오, 슬프다. 흙과 돌이 덮개구나!
그 위에 밤마다 향수를 뿌리련다.
향수가 없으면 탄식의 눈물을.—
너를 위해 이어갈 추억의 제사는
밤마다 울어서 무덤을 적시는 일!
[시동이 휘파람을 분다.]
아이가 경고한다. 누가 오고 있구나.
이 밤에 어떤 발이 이쪽으로 배회하여
진실한 사랑의 예식을 거스르는가?
횃불까지 들고서? 어둠아, 잠시 숨자.
[로미오와 벨세이저 등장]

로미오 곡괭이와 지렛대를 나에게 다오.
이 편지는 가졌다가 내일 아침 일찍이
아버님께 드려라. 횃불은 내게 달라.
목숨을 담보하고 내 말에 따르라.
무엇을 보거나 듣거나 멀찍이 서서
내가 하는 이 일에 상관치 마라.
죽음의 잠자리로 내려가는 목적은
아내의 얼굴을 잠시 보고 나서는
그녀의 차가운 손가락에서
귀중한 반지를 빼어 귀중한 일에
쓰려는 것이다. 그러니 저리 가라.
하지만 너에게 의심이 생겨
내가 무얼 하는지 보려고 돌아오면
맹세코 네 몸을 갈가리 찢어
굶주린 묘지에 흩어버릴 터이다.
이때와 내 뜻이 거칠고도 맹렬하며
배고픈 호랑이나 포효하는 바다보다
훨씬 훨씬 사납고 잔인스럽다.

벨세이저 방해되지 않도록 멀리 가겠습니다.

로미오 좋은 일 해주는 것이니 이걸 받아라.[99]
행복하게 잘 살라. 잘 있어라, 착한 사람.

벨세이저 [방백] 어쨌든 가까이 숨어 있겠다.
눈빛이 수상하고 생각도 걱정된다.
[뒤로 물러선다.]
[로미오가 무덤을 연다.]

로미오 땅에서 가장 귀한 음식으로 배를 채운
끔찍한 밥주머니, 죽음의 자궁아,
너의 썩은 아가리를 이렇게 열어젖혀
음식을 더 많이 쑤셔 넣겠다.

패리스 이놈이 내 여인의 사촌을 죽인 죄로
내쫓긴 몬테이그다. 아리따운 그녀는
그로 인해 슬퍼서 죽은 거로 여겨진다.
그런데 시신들에 몹쓸 짓을 하려고
나타난 것이구나. 내가 놈을 잡겠다.
[앞으로 나선다.]
몬테이그 악당아! 무엄한 짓을 멈춰라.
죽음 후에 복수를 계속할 수 있는가?
사형받은 범죄자, 내 너를 체포한다.
순순히 동행해라. 너는 죽을 놈이다.

로미오 물론 죽을 몸이다. 그래서 돌아왔다.
얌전한 청년, 절망한 자를 건들지 마라.
나를 두고 달아나라. 죽은 자를 보고는
두려워하라. 부탁이다, 젊은이.
분노를 가함으로 내 머리 꼭대기에
또 다른 죄를 쌓게 하지 마라. 속히 가라!
진실로 너를 나보다 사랑한다.

99 돈을 준다. 주인이 하인에게 으레 하는 일이었다.

나 자신을 죽이기로 강력히 결심했다.
여기 있지 마라. 살아 있어라. 이 일 후에
미친 자의 자비로 달아났다 말하라.
패리스 너의 엄숙한 권고를 거절한다.
여기서 너를 범법자로 체포한다.
로미오 끝내 화를 돋우는가? 그럼 칼을 받아라!
[둘이 싸운다.]
시동 오, 둘이 싸우네. 경비를 불러야지. [퇴장]
패리스 아아, 죽누나. 진정 자비롭다면
무덤을 열고 줄리엣 옆에 눕게 해다오. [죽는다.]
로미오 그러겠다. 이자의 얼굴을 자세히 보자.
머큐쇼의 친척이며 패리스 백작이다!
하인이 뭐라 했지? 말 달려오느라고
정신이 혼란해서 잘 듣지 못했구나.
패리스가 줄리엣과 결혼했을 거라 했지.
그런 말 했지? 또는 꿈을 꾼 건가?
또는 내가 돌았나? 줄리엣 소리 듣고
그렇게 생각했나? 그럼 우리 악수하자.
쓰디쓴 불행의 책에 함께 기록됐구나.
화려한 무덤에 너를 묻어주겠다.
무덤에—오, 저런! 등불 밝혀! 죽은 젊은이!
줄리엣이 여기 있고, 그녀의 어여쁨이
이 토굴로 찬란한 연회장을 만들어.
죽음아, 죽은 자가 묻어주니 거기 누워라.
죽음을 앞에 둔 죄수들이 기뻐할 때가
어찌 그리 많은가! 간수들 말로는
죽음 앞의 번개라 하지. 나도 이것을
번개라 할 수 있어? 사랑아, 아내야,
달콤한 네 숨을 빨아 마신 죽음이
어여쁜 너에게 아직 힘을 못 쓰고
정복하지 못하여 어여쁨의 깃발이
입술과 두 뺨에 빨간 빛을 띠우며
창백한 죽음의 깃발이 그곳으로는
진출하지 못했다. 타이볼트여,
피 묻은 수의에 감겨 거기 누워 있는가?
젊은 너를 절단한 손으로 너의 젊은 원수를
절단하는 일밖에 해줄 것이 무엇인가?
사촌아, 용서해라. 오, 귀여운 줄리엣,
왜 그리 예쁘냐? 형체 없는 죽음이
사랑에 빠져 흉악한 아귀가
캄캄한 이곳에서 너를 애인 삼아서
가둔 거라 믿을까? 그것이 걱정되어
영원히 같이 남아 암흑 속의 침상을
절대로 떠나지 않게 되리라.
여기 이 자리에 너의 시녀들인
벌레들과 지내겠다. 오로지 이곳에
영원한 안식처를 마련할 테다.
인생에 지쳐버린 몸뚱이에서
불길한 별들의 멍에를 뿌리칠 테다.
눈이여, 최후로 보라. 팔이여, 최후로 포옹하라.
입술이여, 숨결의 문이여, 허기진 죽음에게
기한 없는 계약서에 합당한 키스로
인장을 찍어줘라. 오라, 슬픈 인도자,
오라, 미운 안내자, 절망의 길잡이,
바다에 지친 곤한 배를 벼랑에 부딪쳐라.
사랑을 위하여!
[독약을 마신다.]
오, 정직한 약사였다.
즉효구나. 이렇게 키스하며 나는 죽는다. [쓰러진다.]
[로렌스 수사가 등불, 지렛대, 삽을 들고 등장]
로렌스 수사 성 프란체스코! 이 밤에 늙은 발이
자꾸 무덤에 걸린다. 거 누구요?
밸세이저 아는 이요. 신부님이 잘 아는 분예요.
로렌스 수사 복 받으시오. 착한 친구, 저쪽에
웬 횃불이 눈알 없는 해골과 벌레에게
괜한 불을 비추지 않는가? 보아하니
캐퓰릿 묘지에서 비치는 것 같은데.
밸세이저 맞습니다, 신부님. 신부님이 아끼시는
제 주인이 있거든요.
로렌스 수사 누구인가?
밸세이저 로미오요.
로렌스 수사 얼마 동안 있었는데?
밸세이저 반시간 넘어요.
로렌스 수사 무덤에 같이 가자.
밸세어저 저는 갈 수 없습니다.
주인님은 제가 떠난 거로 아세요.
제가 거기서 주인님의 거동을 살피면
죽인다고 무섭게 위협하셨습니다.
로렌스 수사 그렇다면 혼자 가겠다. 걱정스럽다.
몹쓸 일이 생길까 걱정이 태산이다.
밸세이저 여기 주목 아래서 잠시 잠이 들었는데
꿈에 주인님이 누군가와 싸우셨어요.

그런데 주인님이 그 사람을 죽이시데요.
[로렌스 수사가 무덤으로 다가간다.]
로렌스 수사 로미오!—저런! 저런! 무덤 돌문에
피가 묻어 있으니 도대체 웬일인가?
피투성이 칼들이 임자도 없이
적막한 이곳에 변색되어 놓였구나!
로미오! 창백하다! 아니, 패리스도!
피에 젖어서? 아아, 어떤 악한 순간이
처절한 이 사태를 빚어내었나?
[줄리엣이 일어난다.]
여자가 움직인다.
줄리엣 위로의 신부님, 남편은 어디 있어요?
제가 어디 있을지는 너무도 확실해요.
무덤에 있는 거죠. 로미오는 어디 있죠?
로렌스 수사 무슨 소리 들린다. 얘, 줄리엣,
죽음, 역병, 몹쓸 잠의 소굴에서 나와라.
우리가 거역할 수 없는 광대한 힘이
우리 일을 좌절시켰다. 저리 가자.
죽은 너의 남편은 너의 품에 안겨 있어.
패리스도 죽었다.—그럼 너를
수녀회를 구하여 가입시켜 놓겠다.
질문은 이따 해라. 경비가 오고 있다.
가자, 줄리엣. 나는 더 있을 수 없다. [퇴장]
줄리엣 신부님은 가세요. 나는 가지 않아요.
이게 뭐지? 그이 손이 꽉 잡은 잔이다!
그렇구나. 때 이른 최후는 독약이었어.
나쁜 사람 같으니. 뒤에 오는 나를 도울
한 방울의 친절도 남김없이 마셨니?
네 입에 키스할래. 혹시나 독약이 묻어
생명수로 내 몸을 죽일지 몰라.
[그에게 키스한다.]
네 입술이 따스해.
[시동과 경비 등장]
경비대장 안내해라. 어느 쪽인가?
줄리엣 웬 소리야? 그럼 서둘러야지.
[로미오의 단도를 집는다.]
행복한 칼아,
이게 너의 집이다. 녹슬어 죽여다오.
[자기를 찌르고 쓰러진다.]
시동 여깁니다. 횃불이 비치는 데요.
경비대장 바닥이 피 천지다. 주변을 수색해라.
몇이 가라. 누구든 발견하면 체포해라.
[경비원 일부 퇴장]
처참한 광경이다! 백작이 죽었구나.
피 흘리는 줄리엣은 아직도 따뜻하니
조금 전에 죽었지만 매장은 이틀 됐다.
공작께 보고해라. 캐퓰릿에게 달려가라.
몬테이그를 일으켜라. 몇 사람은 수색해라.
[다른 경비원들 퇴장]
슬픈 이 일들의 원인은 확실하나
이 모든 참혹한 사태의 참 원인은
자세한 설명이 없는 한, 알 수가 없다.
[경비원들이 벨세이저를 데리고 등장]
경비원 2 로미오의 하인예요. 묘지에서 발견했소.
경비대장 공작님이 오실 때까지 철저히 감시해라.
[로렌스 수사와 다른 경비원 등장]
경비원 3 울며 떨며 한숨짓는 수사가 있소.
여기 묘지 옆에서 나오는 중이었소.
그자로부터 삽과 곡괭이를 압수했소.
경비대장 매우 수상하구나. 수사도 억류해라.
[공작이 여러 사람과 함께 등장]
공작 웬 사건이 이처럼 일찍이 발생하여
새벽의 단잠에서 나를 불러내는가?
[캐퓰릿과 그의 아내 등장]
캐퓰릿 무엇이 온 동네에 소동을 피우는가?
캐퓰릿의 아내 거리의 사람들이 더러는 "로미오",
더러는 "줄리엣", 더러는 "패리스" 하며
우리 집안 묘소로 왁자하게 달려가요.
공작 무엇이 당신들 귀에 공포를 주는가?
경비대장 공작님, 여기 백작이 죽어 있고
로미오도 죽었는데 전에 죽은 줄리엣이
방금 죽어 몸이 아직 따뜻합니다.
공작 끔찍한 살인의 원인을 규명해라.
경비대장 여기 있는 수사와 로미오의 부하가
죽은 자의 분묘를 파헤치기 적합한
여러 가지 도구를 소지하고 있습니다.
캐퓰릿 어이구, 여보! 우리 딸이 피 흘리며 쓰러졌소!
몬테이그 잔등이 비어 있으니
저 칼이 제 집을 잘못 찾아갔구려.
딸애의 가슴팍이 집인 줄 알고
엉뚱한 데 박혔구려.
캐퓰릿의 아내 아이고, 내 팔자야! 저러한 죽음은

늙은 나를 무덤으로 불러가는 경종이에요.
[몬테이그 등장]
공작 몬테이그, 일찍 죽은 아들이자 상속자를
만나기 위해 일찍 일어났는데.
몬테이그 아아, 공작님, 지난밤에 아내가 죽었어요.
아들의 추방을 슬퍼하다 갔지요.
늙은 저를 위협할 슬픔이 또 있을까요?
공작 보면 알게 될 거요.
몬테이그 못 배운 놈 같으니! 이게 무슨 버릇이냐?
아비에 앞서서 무덤으로 가다니!
공작 참혹한 무덤 입을 잠시 동안 봉하겠소.
불명한 점들을 밝혀 원인과 향방과
자세한 내력을 규명하고, 그런 후에
당신들의 슬픔을 주장하여 당신들을
이끌어갈 터이니, 그동안은 자제하여
불행으로 하여금 인내심의 종이 되게 하오.
용의자들을 내 앞에 대령해라.
로렌스 수사 용의는 가장 크고 변명은 가장 작되
시간과 장소가 가리키는 바와 같이
끔찍한 사건의 혐의가 매우 크오.
자신을 고발하는 동시에 무죄를
주장하기 위하여 이곳에 선 것이오.
공작 그러면 즉시 아는 바를 말해라.
로렌스 수사 간단히 말하겠소. 나의 짧은 목숨은
지루한 이야기처럼 길지 못하오.
저기 죽은 로미오는 줄리엣의 남편이며
여기 죽은 줄리엣은 로미오의 아내였소.
주례를 내가 했소. 남몰래 한 혼인날이
타이볼트의 최후였소. 뜻밖에 그가 죽어
새 신랑은 도시에서 추방당했고
줄리엣은 사촌 아닌 신랑 일로 울었던 거요.
당신은 딸을 슬픔의 포위에서 구해내려고
패리스 백작과의 결혼을 강요하였소.
그러자 줄리엣은 내게로 와서
미친 듯한 얼굴로 두 번째 결혼에서
벗어날 길을 구해달라고 간청하였소.
안 그러면 내 방에서 죽겠다고 하였소.
그래서 의술의 지식에 따라 그녀에게
자는 약을 주었더니, 꾸며낸 효력대로
죽은 듯했소. 그사이 로미오에게 편지하여
음침한 이 밤에 빌린 무덤 속에서
줄리엣을 내올 테니 도우라고 했는데,
그때쯤 약효가 끝나가고 있었소.
하지만 편지를 가져가던 존 수사가
사고로 인해 지체하여 어젯밤 내게
편지를 돌려줬소. 그래서 나 혼자
그녀가 깨어날 시간에 가족묘에서
그녀를 데려 내오기 위해 갔던 것이며
안전히 남편에게 보낼 때까지
내 방에 숨겨둘 작정이었소.
그러나 와서 보니 그녀가 깨어나기
몇 분 전에 뜻밖에도 고귀한 패리스와
진실한 로미오가 이곳에 죽어 있었소.
줄리엣이 일어나기에, 무덤 밖에 나가서
하늘이 하신 일을 참으라 했소.
그러자 소리가 들려 나는 뛰쳐나왔지만
한사코 그녀는 함께 가려 하지 않고
짐작컨대 자신에게 폭력을 가했소.
모든 일을 내가 아오. 두 사람의 결혼은
유모만 알고 있소. 무엇이든 나로 인해
잘못된 바 있으면 엄중한 법에 따라
이미 늙은 이 목숨을 조금 앞당겨
희생의 제물로 삼으시길 바라오.
공작 당신을 항상 거룩한 이로 알아왔소.
로미오의 하인은 어디 있는가? 뭐라 하는가?
밸세이저 저는 줄리엣의 죽음을 전했습니다.
그랬더니 주인은 만토바를 급히 떠나
이 자리에, 이 묘지에 당도하셨습니다.
급히 이 편지를 부친께 전하라 하시고
굴속으로 들어가며 저에게 위협하길
떠나지 않으면 죽인다고 하셨어요.
공작 편지를 달라. 읽어보겠다. 경비를 부른
백작의 시동은 어디 있는가?
주인은 무슨 일로 이곳에 왔었는가?
시동 아씨 무덤에 헌화하러 오셨어요.
떨어져 있으라고 하셨는데 그때 누가
무덤을 열려고 등불을 가져왔어요.
그러자 주인님이 칼을 빼시기에
경비를 부르려고 달려갔어요.
공작 편지를 보면 저들의 사랑의 경위와
줄리엣이 죽은 것 등 수사의 말을 입증한다.
곤궁한 약사에게 독약을 샀으며

이곳의 무덤에 죽기 위해 왔으며
줄리엣 옆에 눕겠다고 씌어 있다.
원수들이 어디 있나? 캐퓰릿, 몬테이그,
당신들의 증오에 무슨 벌이 내렸나 보라.
당신들의 자랑을 사랑으로 죽이는 법을
하늘이 알아냈다. 불화를 눈감아준 나도
친척 둘을 잃었다. 모두 벌을 받았다.

캐퓰릿 몬테이그 형제! 당신 손을 내미시오.
이것이 딸의 지참금이오. 그 이상은
바라지 않소.

몬테이그 나는 더 드릴 테요.
그녀의 동상을 순금으로 입히겠소.
베로나란 이름이 계속되는 그날까지
진실하고 열렬한 줄리엣의 동상만큼
값진 동상은 세울 수 없을 거요.

캐퓰릿 값진 로미오의 동상을 그 곁에 세우겠소.
우리 둘의 증오가 빚어낸 제물이오.

공작 이 아침 우울한 평화가 찾아오오.
해마저 슬퍼서 머리를 가렸소.
이 슬픈 일들을 가서 얘기합시다.
일부는 용서하고 일부는 벌할 테요.
줄리엣과 로미오의 이야기보다
더 슬픈 내력은 결코 없었소. [모두 퇴장]

# 타이터스 앤드로니커스

*Titus Andronicus*

## 연극의 인물들

새터니너스 로마의 황제 아들, 황제
배시에이너스 그의 아우
타이터스 앤드로니커스 로마의 장군, 고트족에게 승전함
마커스 앤드로니커스 그의 아우, 호민관
루키우스, 마셔스, 퀸터스, 뮤셔스 그의 아들들
라비니아 그의 딸
어린 루키우스 소년, 루키우스의 아들
퍼블리어스 마커스의 아들
셈프로니어스, 케이어스, 밸런타인 타이터스의 친척들
이밀리어스 로마의 귀족
태모라 고트족의 여왕, 나중에 로마의 황비
알라버스, 디미트리어스, 카이론 그녀의 아들들
에어론 무어인(Moor), 그녀의 애인
유모
어릿광대
전령
원로원 의원들, 호민관들, 로마 군인들, 시종들, 기타 로마인들, 고트인들

## 1. 1

[주악. 호민관들과 원로원 의원들이 위에 등장. 그러자
아래에 북과 깃발을 들고 한쪽 문으로 새터니너스와
그의 추종자들이, 다른 문으로 배시에이너스와 그의
추종자들이 등장]

새터니너스 [그의 추종자들에게]
존엄한 귀족들, 내 권리의 후견인들,
본인의 정당함을 무기로 방어하며,
또한 신민 여러분, 친애하는 추종자들,
본인의 계승권을 칼로 요청하시오.
나는 로마 제국의 왕관을 쓰셨던
지난번 황제의 장자요. 따라서
그분의 명예가 내 안에 살게 하여
이런 모욕으로 장자권을 손상치 마시오.

배시에이너스 [자기 추종자들에게]
로마인, 친구, 추종자, 내 권리의 옹호자들,
시저의 아들인 배시에이너스가
왕다운 로마의 눈에 은혜를 입었으면
의사당에 가는 길을 지켜주시오.
황제의 자리는 덕성과 정의와
절제와 고귀함에 바쳐진 자리니
거기에 불명예가 접근치 못하게 하고
깨끗한 선택으로 적격자를 빛내시오.
시민이여, 선택의 자유를 위해 싸우시오.
[마커스 앤드로니커스가 왕관과 함께 위에 등장]

마커스 세력과 황위를 놓고 동조자와 파당으로
야심차게 투쟁하는 왕자들이여,
우리는 평민의 특별한 대언자로,[1]
로마의 평민은 공동의 의견으로
제국의 계승자를 선출했는바,
앤드로니커스를 택했소. 로마에 대한
수많은 선행과 업적으로 인하여
'피우스'[2]라고 하는 경칭이 붙은 이오.
오늘날 그보다 고결하고 용맹한
투사가 없소. 고트와의 힘겨운 전쟁에서
원로원이 조국으로 소환한 그분은
적들이 겁내는 자제들과 더불어
싸움에 단련된 고트족을 진압했소.
로마를 위해서 그 일을 맡아
10년간 적의 힘을 힘으로써 응징했고
다섯 번 피 흘리며 로마에 귀환할 때
전쟁의 마당에서 용감한 자제들을
관 속에 담아 왔소.
마침내 명예로운 전리품을 가득 싣고
갸륵하고 이름난 앤드로니커스가
창검을 휘두르며 로마에 귀환하오.
그분의 명예로운 이름으로 탄원합시다.
그분이 황위를 계승하길 원하시니
여러분이 존중하며 받드는 의회와
원로원의 권한을 기리는 뜻에서
여러분은 물러가고 세력을 축소하며
추종자를 해산하고 올바른 청원자로
평화롭고 공손하게 여러분의 권리를
차근차근 진술하기 바라는 마음이오.

새터니너스 호민관의 좋은 말에 마음이 편하구나!

배시에이너스 마커스, 당신의 정직과 성실을
깊이 믿으며, 당신과 당신 가족,
고귀한 타이터스와 그의 아들들,
고개 숙여 존경하는 로마의 보물인
자혜로운 라비니아—그들을 존중하여
나의 귀한 친구들을 해산시키고
운수와 민의에 권리를 맡김으로써
저울에 달 수 있게 만들 터이오.
[그의 병사들과 추종자들 퇴장]

새터니너스 지금껏 내 권리를 주장한 친구들,
모두 고맙소. 다들 해산하시오.
내 나라의 사랑과 호의에, 나 자신과
이 몸과 권리를 함께 맡기오.
[그의 병사들과 추종자들 퇴장]
[호민관들과 의원들에게]
로마여, 너에게 충실하고 친밀하듯이
나에게 올바르며 자혜롭기 원한다.
성문을 열어서 나를 들어가게 하라.

배시에이너스 호민관들, 경쟁자인 약한 나도 들어가게 하라.
[주악. 새터니너스와 배시에이너스가
올라가서 원로원으로 들어간다.

1 호민관(tribunus plebis, 護民官)은 귀족들과 달리 평민의 이권을 대표하기 위해 선출되었다. 평민은 그들대로 투표권이 있었다.
2 Pius는 '경건한', '신심이 깊은'이라는 뜻.

지휘관 등장]

지휘관 로마인들, 비켜라. 위대한 타이터스,
도의의 보호자, 로마의 최고 용사,
싸우는 전투마다 승리한 그가
칼로써 적들을 굴레 속에 몰아넣어
저들을 복속시킨 변방으로부터
명예와 행운과 더불어 귀환하였다.
[북과 나팔들이 울리고 이윽고 타이터스의 두 아들
마셔스와 뮤셔스가 등장하고 그 뒤에 두 사람이
검은 천으로 덮은 관을 들고 등장한다. 그 뒤에 다른
두 아들 루시어스와 퀸터스가 등장하고, 타이터스
앤드로니커스가 전차를 타고 등장한다. 그 뒤에
고트족의 여왕 태모라와 그녀의 세 아들 알라버스,
카이론, 디미트리어스가 무어인 에어론과 그밖에
최대한 많은 사람들과 함께 등장. 그러자 관을
내려놓고 타이터스가 말한다.]

타이터스 상복 입고 승전을 구가하는 로마여!
보시오, 처음 닻을 올렸던 포구로
진귀한 보화를 실은 배가 돌아오듯이
앤드로니커스가 월계수를 감고[3] 돌아와
눈물로 다시금 조국을 반기니,
로마에의 귀환을 기뻐하는 눈물이오.
신전의 위대한 보호자 주피터여,
우리가 드리려는 제사를 흠향하소서.
로마인들이여, 프리아모스 왕의
자식들[4]의 절반인 스물다섯 용맹한
아들 중에 고작 남은 산 자와 죽은 자를
보기 바라오. 살아 있는 자식들에게
로마는 사랑으로 보답하고 고향 땅에
가져온 시신들은 조상들 사이에
묻게 하여 주시오. 고트족을 향한 칼은
마침내 여기서 거두어도 좋겠소.
자식에게 무정한 타이터스여,
아직도 묻지 못한 네 자식들을
어째서 황천 주변을 떠돌게 하는가?[5]
형제 옆에 누울 데를 마련해줘라.
[사람들이 무덤을 연다.]
죽은 자가 그러듯 말없이 인사하고
조국 위해 죽었으매 편히 잠들라.
나의 기쁨 가득 담은 거룩한 그릇이여,[6]
용맹과 고귀함의 아름다운 묘실이여,
내 아들을 몇이나 품고 있기에,
다시는 더 줄 뜻이 없을 터인가?

루시어스 고트족 중 가장 거만한 포로를 내주시오.
형제들의 뼈를 가둔 흙덩이 감옥[7] 앞에서
그자의 사지를 잘라 불더미 위에
그자의 살을 제물로 바쳐
그들의 혼백을 위로하고 우리도 세상에서
해괴한 일[8]로 심란치 않고자 하오.

타이터스 너에게 주는 이자는 가장 귀한 생존자요,
슬퍼하는 저 여왕의 맏아들이다.

태모라 [그녀의 아들들과 함께 무릎을 꿇고]
멈추세요, 로마의 형제들, 선한 정복자,
승전한 타이터스, 눈물에 동정하세요.
아들 위해 흘리는 엄마의 슬픔이에요.
당신의 아들이 당신에게 소중했다면
내 아들도 내게는 그처럼 소중해요.
개선을 빛내려고 로마로 끌려와
당신과 로마의 멍에를 지고
돌아가는 것으로 충분하지 않나요?
아들들이 나라 위해 용맹했던 값으로
거리에서 도륙을 당해야 되어요?
당신의 아들이 나라 위해 싸운 것이
옳은 일이면 내 자식도 같아요.
타이터스, 무덤을 피로 더럽히지 마세요.
신들의 마음씨에 가까워지고 싶으세요?
자비로운 마음으로 가까워지세요.
아름다운 자비는 진정한 고귀의 표죠.
고귀한 타이터스, 맏이를 살려주세요.

타이터스 부인, 마음을 진정하여 용서하시오.
살고 죽은 형제를 당신들도 보았듯이,
산 형제들이 죽어간 형제 위해

3 월계수 가지들을 엮어서 관을 만들어 승리자에게 주었다. 그것이 '월계관'이었다.
4 트로이 왕 프리아모스는 50명의 왕자를 두었다.
5 죽은 자의 영혼은 그 시신이 올바로 매장되기 전에는 황천 주변을 떠돈다고 하였다.
6 그에게 기쁨이었던 아들들의 시신을 묻은 무덤을 말한다(파묻지 않고 돌로 쌓은 묘실이었다).
7 죽으면 흙이 될 몸은 그들의 뼈를 가둔 감옥과 같다는 말이다.
8 사람이 억울하게 죽으면 무서운 징조들이 나타난다고 믿었다.

엄숙한 마음으로 제물을 요구하오.
이 일에 그 아들이 찍힌 것이니
혼백들을 달래려면 죽을 수밖에 없소.

루시어스 그자를 데려가서 즉시 불을 지피고
장작더미 위에서 날카로운 칼을 빼어
팔다리를 잘라서 깨끗이 태우자.

[타이터스의 아들들이 알라버스를 데리고 퇴장]

태모라 [아들들과 함께 일어서며]
잔인하고 야만적인 의식이구나!

카이론 스키타이[9]의 야만엔 반도 못 된다!

디미트리어스 스키타이를 교만한 로마에 비하지 마라.
알라버스는 안식을 찾고 우리들 산 자는
타이터스의 엄한 눈살 아래 떨어야 한다.
어머니, 굳게 서서 트로이 왕비[10]가
자기 막사 안에서 트라케 폭군에게
날카롭게 복수할 기회를 허락했던
신들의 은총을 기다리세요.
고트족이 구실하고 당신이 여왕일 때
—태모라, 당신은 그들의 여왕이셨소.—
잔혹한 원한을 원수에게 갚아야 돼요.

[앤드로니커스의 아들들이 다시 등장]

루시어스 보십시오, 아버님, 로마의 제식을
행했습니다. 알라버스의 사지를 베고
내장으로 제사의 불을 태워 그 연기는
향불처럼 하늘에다 향내를 더합니다.
이제는 형제를 묻는 일이 남았으니
종을 크게 울려서 로마에 맞이합시다.

타이터스 그리하라. 이렇게 하여 앤드로니커스는
마지막 작별을 혼령들께 고하리라.

[주악. 이윽고 나팔들이 울리고 무덤 속에 관을 내린다.]

아들들아, 평안과 명예 속에 여기 쉬어라.
거침없던 로마의 용사들아, 여기서 쉬어라.
세상의 우연과 불운에 흔들림 없이!
반역이 숨을 수 없고 시기가 없으며
독초가 자라지 못하며 폭풍도 없고
소란도 없고 적막과 영원한 잠만 있어라.
평화와 명예 속에 편히 쉬어라, 아들들아!

[라비니아 등장]

라비니아 존귀하신 아버님, 평화와 영예 속에
명성을 누리시며 오래오래 사세요!
오빠들의 장례를 위하는 뜻으로
드리는 눈물을 무덤에게 바치며
아버님의 귀환을 기뻐하는 눈물을
발 앞에 무릎 꿇고 땅 위에 뿌립니다.
승리의 손으로 축복해 주세요.
아버님의 행복을 시민들도 기려요.

타이터스 정겨운 로마여, 늙은이 마음을
기쁘게 만들 보약을 간직했구나!
라비니아, 아비보다 오래 살고 명성보다
영원하여 효녀라는 칭송을 받아라!

[라비니아가 일어선다.
마커스 앤드로니커스, 새터니너스, 배시에이너스,
호민관들, 기타 몇 사람이 위에 등장]

마커스 만세! 타이터스, 사랑하는 나의 형님,
로마의 눈앞에 은혜로운 개선장군!

타이터스 고맙소, 호민관, 귀한 아우 마커스.

마커스 이기고 돌아온 조카들아, 환영한다.
살아남은 자들과 명성 중에 자는 자들!
조국을 위하여 칼을 뽑은 그대들은
서로 닮은 운명을 하나같이 맞았으되
그중에서 평안한 승전은 장례식이라,
솔론이 설파한 행복[11]을 성취하고
영광의 자리에서 우연 넘어 승리했소.
타이터스 장군이여, 정의로운 일에서
언제나 로마의 친구인 당신에게
로마의 민중은 신뢰하는 호민관인
나를 통해 백색의 도포를 보내며
서거하신 황제의 두 아들과 더불어
황위의 후보자로 당신을 선택했소.
그러므로 후보자[12]로 도포를 걸치고

9 스키타이(Scythian)는 기원전 6~3세기경 남부 러시아의 초원지대에서 활약한 최초의 기마유목 민족으로서 매우 잔인하다고 알려졌다.

10 왕비 헤카베(Hekabe)는 막사에서 자기 아들을 죽인 트라케 왕의 눈을 찔렀다.

11 아테네의 위대한 입법자이자 시인이었던 솔론(Solon)은 "죽기 전엔 아무도 행복하다고 하지 마라"고 했다.

12 후보를 '칸디다투스'('캔디데이트')라고 하는데 이는 '흰 옷을 걸친 자'라는 뜻이다. 로마의 고위 관리 후보자는 흰 도포를 걸쳤다.

머리 없는 로마에 머릴 놓게 도우시오.

타이터스 늙고 쇠약하여 흔들리는 머리보다
영광의 몸에는 훌륭한 머리가 맞소.
어째서 이 옷으로 여러분을 괴롭히오?
오늘은 황제로 선출되어 선포하고
내일은 죽어서 황위를 비워서
모든 이에게 새 일을 시키기 위해?
로마여, 40년간 나는 너의 군인이 되어
내 나라의 군대를 성공리에 이끌며
용맹한 21명 자식들을 땅에 묻었소.
모두들 전장에서 기사가 되어
위대한 조국 위해 사내답게 죽었소.
세상을 다스릴 황제의 홀은 필요 없소.
늙은 나이 지탱할 명예의 지팡이를 주시오.
끝까지 쥐는 자가 곧바로 쥐는 자요.

마커스 원하기만 하시면 제위를 얻습니다.

새터니너스 야심찬 호민관, 어찌 아는가?

타이터스 염려 마시오.

새터니너스 로마인들, 내 권리 존중하고
귀족들, 칼을 빼어 새터니너스가
황제가 될 때까지 칼을 접지 마시오.
앤드로니커스, 민중을 뺏기보다
지옥으로 보내면 속이 후련하겠다.

루시어스 건방진 새터니너스, 고결한 타이터스가
네게 주려는 은덕을 거절하누나!

타이터스 왕자, 안심하시오. 민중의 마음을
당신께 돌려주어 생각을 바꿔놓겠소.

배시에이너스 앤드로니커스, 아첨이 아니오.
당신을 죽기까지 받들어 모시겠소.
당신의 친구들이 내 파와 결합하면
매우 감사하겠소. 고결한 분에 대해
감사하는 마음은 그 자체로 보답이오.

타이터스 로마의 민중과 여기 계신 호민관들,
여러분의 의사와 선거권을 원하오.
앤드로니커스에게 애정을 보이겠소?

호민관들 앤드로니커스의 소망에 따르며
안전한 귀환을 축하하는 뜻에서
민중은 그가 원하는 이를 승인하겠소.

타이터스 호민관들, 고맙소. 요청은 이러하오.
황제의 장자 새터니너스 공을 황제로
추대하시오. 햇볕이 지상에 내리듯
그의 인덕이 로마에 비추어 이 나라에
정의가 결실하기 바라오. 내 말대로
여러분이 택하시면 그에게 관 씌우고
'황제 폐하 만세'를 큰 소리로 외치시오.

마커스 귀족과 평민, 모든 계층의 의사와
찬동으로 우리는 새터니너스 공을
위대한 로마의 황제로 옹립하며,
'새터니너스 황제 만세'를 크게 외치오.
[모두 내려올 때까지 긴 주악]

새터니너스 타이터스 앤드로니커스, 오늘 나를
선출함에 당신이 보여준 호의를
당신의 공적의 하나로서 감사하며
당신의 고결함을 행동으로 갚겠소.
그 첫 시작으로 당신의 명성과
명예로운 가문을 높이기 위해
라비니아를 황비로 삼을 터이오.
로마와 내 마음의 여주인으로
거룩한 신전에서 예식을 올리겠소.
앤드로니커스, 내 뜻에 만족하오?

타이터스 예, 황제 폐하. 이 혼사로 말미암아
폐하의 은덕을 입었음에 감읍하며
로마의 눈들이 바라보는 이곳에서
이 나라의 왕이요 수령이며 세계의 황제
새터니너스 폐하께 저의 검, 전차, 포로,
모두를 바치오니 로마의 황제께
어울리는 진상품이 될 수 있을 터이오.
제가 드릴 찬하를 받아주시오.
폐하 앞에 엎드린 명예의 표시요.

새터니너스 고맙소, 타이터스, 내 생명의 아버지.
당신과 당신의 선물에 어찌 내가 뿌듯한지
로마는 기록하며, 말로 다할 수 없는
당신의 공훈을 추호라도 망각하면
로마여, 나에 대한 충성을 모두 잊어라.

타이터스 [태모라에게]
이제부터 당신은 황제의 포로요.
당신의 명예와 지위를 고려하여
일행을 귀하게 대하실 거요.

새터니너스 [방백] 멋있는 여자다. 내가 다시 고른다면
틀림없이 골라 가질 자색이 분명하다.—
여왕이여, 그늘진 얼굴을 밝게 하시오.
전쟁의 결과로 안색이 변했으나

멸시받기 위하여 여기 온 것이 아니오.
만사에 왕공의 예우를 받을 것이오.
내 말을 신뢰하여 근심으로 희망을
죽이지 마시오. 고트족의 여왕보다
높이 만들 사람이 위로하는 것이오.
라비니아, 이 말에 불쾌하지 않겠지?
라비니아 폐하, 아닙니다. 진정한 고귀함은
귀한 예를 베풀어 그 말씀을 뒷받침해요.
새터니너스 고맙소, 라비니아. 로마인들, 갑시다.
포로들을 몸값 없이 해방시키오.
나팔과 북으로 내 영광을 선포하라.
[주악]
배시에이너스 [라비니아를 붙들며]
타이터스, 실례지만 이 처녀는 내 사람이오.
타이터스 뭐요? 진정으로 하는 말이오?
배시에이너스 그렇소, 타이터스. 뿐만 아니라
그 이치, 그 권리를 누리기로 결심했소.
마커스 '제 몫은 제가'—이것이 로마의 정의요.
왕자는 정당하게 제 몫을 챙겼소.
루시어스 내가 살아 있는 한, 왕자가 그러겠소.
타이터스 반역자들, 꺼져라! 친위대 어디 있냐?
폐하, 반역이오! 라비니아를 탈취했소.
새터니너스 탈취? 누가?
배시에이너스 약혼자를 당당하게
세상의 어디로든 데려갈 사람이오.
[배시에이너스와 마커스가
라비니아를 데리고 퇴장]
뮤셔스 형제들, 누이를 데려가게 도와주오.
나는 칼로 문을 지키겠소.
[루시어스, 퀸터스, 마셔스 퇴장]
타이터스 따라오시오. 곧 데려오리다.
뮤셔스 못 나가십니다.
타이터스 이놈, 뭐라고?
로마에서 내 길을 막아?
뮤셔스 루시어스, 도와줘!
[타이터스가 그를 죽인다. 소동 중에 새터니너스,
태모라, 카이론, 디미트리어스, 에어론 퇴장]
[루시어스 등장]
루시어스 아버지, 부당해요. 너무도 부당해요.
그릇된 싸움에서 제 자식을 죽였어요.
타이터스 너도 그놈도 내 아들 아니다.
아들이면 그처럼 망신 주지 않을 게다.
반역자, 라비니아를 황제께 돌려드려라.
루시어스 죽이라면 죽이지만 황비는 안 됩니다.
타인의 법적인 약혼녀예요. [퇴장]
[황제가 태모라와 그녀의 두 아들 카이론과
디미트리어스와 무어인 에어론과 함께
위에 등장]
새터니너스 타이터스, 황제는 그녀가 필요 없다.
그녀도 너도 네 족속 누구도 필요 없다.
나를 한번 비웃은 자는 보아가며 믿겠으며
너와 너의 거만하고 반역적인 아들들은
나를 우습게 만들려는 패거리라 믿지 않겠다.
대로마 천지에 새터니너스밖에
우스개가 없는가? 타이터스, 이런 짓이
내가 너에게 제국을 구걸했단 너의 허풍과
너무나 아귀가 잘 맞아떨어진다.
타이터스 이럴 수가! 이 무슨 치욕적인 말이오?
새터니너스 하지만 갈 데로 가라. 변덕스런 계집은
칼질로 뺏어 간 놈에게 안겨주어라.
용감한 사위를 얻어서 매우 좋겠다.
무법자 아들들과 소란을 피우기에
알맞은 패거리라 휘젓고 다닐 테지.
타이터스 그 말씀은 상한 가슴을 저미는 면도날이오.
새터니너스 따라서 어여쁜 태모라, 고트의 여왕,
님프들에 둘러싸인 다이애나 여신처럼
로마 미인 가운데서 빛나는 여인이니
돌연한 내 선택을 반긴다 하면
태모라, 당신을 신부로 택정하여
로마의 황비로 삼고자 하오.
고트의 여왕이여, 이 선택에 찬동하오?
로마의 모든 신을 걸고서 맹세하오.
거룩한 물과 사제가 가까이 있고
황촉불이 빛나며 휘멘[13]을 위하여
모든 것이 갖춰 있소. 내가 여기서
혼인한 신부를 이끌지 않으면
로마의 거리를 다시 보지 않겠으며
결단코 궁궐에 오르지도 않겠소.
태모라 하늘이 보시는 여기서 맹세해요.

13 결혼을 주관하는 신으로서 동양의 '월하노인' 같은 존재.

고트의 여왕을 높여주시면
원하시는 모든 일에 여종이요 착한 유모요,
젊으신 당신에게 어머니가 되겠어요.[14]

새터니너스 어여쁜 여왕이여, 신전에 오르시오.
귀공들, 당신들의 황제와 하늘이 주신
아리따운 신부와 동행하시오.
그녀의 지혜가 악운을 물리쳤소.
신전에서 혼례식을 거행하겠소.

[타이터스 이외에 모두 퇴장]

타이터스 내게 신부를 수행하라 명하지 않으셨다.
타이터스여, 이토록 부끄럽게 누명을 쓰고
외로이 걸은 때가 또 있었던가?

[마커스와 타이터스의 아들들인 루시어스,
퀸터스, 마셔스 등장]

마커스 아아, 형님, 이게 무슨 짓이오?
못된 다툼에 착한 아들을 죽이셨소.

타이터스 아니다. 못난 호민관, 내 아들 아니다.
너도 싫다. 애들도 싫다. 우리 집안에
먹물을 뿌린 몹쓸 짓을 공모한 자들,
못난 아우, 못난 자식 녀석들!

루시어스 어쨌든 합당한 장례를 치릅시다.
형제들과 더불어 뮤셔스를 묻읍시다.

타이터스 역적들아, 저리 가라! 여기 묻지 못한다.
이곳의 가족묘는 500년이 되었는데
내가 다시 웅장하게 지은 곳이라,
로마의 종복과 군인 외에는
명성을 누리며 쉴 수 없고, 천한 짓으로 죽은 자는
아니 된다. 어디든 좋다만 여긴 안 된다.

마커스 형님, 그 일은 경건하지 못해요.
뮤셔스 조카의 공적이 호소하니,
형제와 함께 묻힘이 합당합니다.

마셔스 그러세요. 안 그러시면 우리도 죽겠습니다.

타이터스 '그러라'고? 어느 놈이 그러라 했냐?

마셔스 여기를 제외하고 어디서나 행할 자요.

타이터스 내 말을 어기고 그 아이를 묻을 테냐?

마커스 아닙니다. 하지만 형님께 간청합니다.
그 애를 용서하고 묻게 허락하십시오.

타이터스 마커스, 너 역시 내 머리에 칼질하고
이 애들과 더불어 내 명예를 손상했다.
너희들 모두를 적으로 간주한다.
그러니 잔말 말고 모두 꺼져라.

퀸터스 제정신이 아니시다. 우리 모두 물러가자.

마셔스 안 된다. 뮤셔스의 유해를 묻어야 해.

[마커스, 루시어스, 퀸터스, 마셔스가 무릎 꿇는다.]

마커스 형님, 가족으로 형님께 호소하기는—

마셔스 아버님, 가족으로 아버님께 호소하기는—

타이터스 너는 말을 그만둬라, 나머지가 말하려면—

마커스 고명한 타이터스, 나 자신의 반 이상인—

루시어스 사랑하는 아버님, 저희들의 영혼이며—

마커스 당신 아우 마커스가 충렬의 자리에
고귀한 조카를 묻게 해 주십시오.
라비니아 일로 인해 명예롭게 죽었소.
로마인이시니, 야만인이 되지 마시오.
그리스인들은 자살한 아이아스[15]를
숙고 끝에 매장했소. 오디세우스가
그 사람의 장례를 좋은 말로 호소했소.
그러므로 형님의 기쁨이던 뮤셔스가
여기 묻히는 것을 막지 마시오.

타이터스 일어서라.

[그들이 일어선다.]

이날은 나에게 가장 슬픈 날이다.
로마에서 자식들이 망신을 주다니.
그러면 묻어라. 다음은 나의 차례다.

[그들이 뮤셔스를 무덤 속에 내려놓는다.]

루시어스 뮤셔스, 가족과 함께 네 유해가 누워 있다.
다음에 네 무덤을 비석으로 꾸미겠다.

[타이터스 이외에 모두 무릎 꿇는다.]

마커스, 루시어스, 마셔스, 퀸터스 고귀한 뮤셔스로 인하여 울지 마라.
정의를 위해 죽은 자는 명성 속에 살리라.

[그들이 일어선다. 타이터스와 마커스 이외에
모두 옆으로 물러선다.]

마커스 형님, 슬픈 마음을 잠시 벗어납시다.
교활한 여왕이 갑자기 로마에서
어떻게 그토록 높아집니까?

14 새터니너스는 미혼의 청년이고 태모라는 장성한 아들들이 있는 여인이니 그의 어머니뻘이다.

15 자기를 모욕한 그리스 장군들을 양 떼로 오해하여 그 양 떼를 죽이고 부끄러워 자살한 그리스의 힘센 장군. 장군들은 그를 묻어주려고 하지 않다가 현명한 오디세우스의 말을 듣고 장례를 치러주었다.

타이터스 나 역시 모르나 사실이 그러하다.
계략인지 아닌지는 하늘이 아신다.
그러니 그처럼 높은 데에 오르게끔
그녀를 데려온 사람 덕이 아닌가?
그렇다. 그에게 융숭히 보답하리라.
[주악.
한쪽 문으로 황제와
태모라와 그녀의 두
아들이 무어인과 함께
등장.
다른 문으로
배시에이너스와
라비니아가 그 밖의
사람들과 함께 등장]
새터니너스 그래서 배시에이너스, 내기에 이겼구나.
예쁜 신부의 기쁨을 신이 주시길!
배시에이너스 황제도 신부의 기쁨을! 그만하지요.
덕담도 마칩니다. 그럼 안녕히—
새터니너스 반역자! 로마에 법이 있고 권력이 내게 있으면
너희 일당은 이번 탈취를 후회하리라.
배시에이너스 내가 내 것 가진 것을 '탈취'라 하오?
진정한 약혼녀요 지금의 아내인데?
하지만 로마법이 결정짓게 합시다.
그동안 나는 내 것을 누릴 테요.
새터니너스 좋다. 간단히 말하는데. 하지만
내게 숨이 붙어 있는 한, 간단히 대하겠다.
배시에이너스 폐하, 내 행동에 책임을 지고
최선을 다하며 생명까지 바치겠소.
폐하에게 알리고 싶은 사실이 있소.
로마가 요망하는 의무들로 맹세코
여기 선 고귀한 앤드로니커스가
명성과 명예의 타격을 입었소.
그 사람은 라비니아를 구출하는 와중에
폐하에 대한 충심에서 마음껏 충성을
바치지 못할 상황에 몹시 분하여
자기 막내아들을 제 손으로 죽였소.
그런 만큼 그에게 호의를 베푸시오.
그는 무슨 일에서나 폐하와 로마에게
아버지요 친구임을 과시하였소.
타이터스 왕자님, 내 일은 내가 아뢸 터이오.
당신과 저자들이 나를 망신시켰소.
내가 몹시 황제를 사랑하고 받드는 것을
의로운 하늘과 로마가 심판할 거요.
[그가 무릎 꿇는다.]
태모라 [새터니너스에게]
귀하신 황제 폐하, 일찍이 태모라가
높으신 폐하 눈에 은총을 입었으면
뉘에게나 중립적인 입장에서 아뢰겠어요.
청원을 들으시고 지난 일을 용서하세요.
새터니너스 오, 부인, 공공연히 수치를 당했음에도
보복도 안 하고 부끄럽게 참겠소?
태모라 아니어요.—로마의 신들께 비는 것은
폐하에게 불명예를 안 끼치는 것이지요.
좋으신 이 어른이 온갖 일에 무죄함을
제 명예를 걸고서 맹세하오며
꾸밈없는 분노는 슬픔을 말하므로
저의 소청 들으시고 자비를 베푸세요.
귀중한 친구를 짐작으로 잃지 말고
찌푸린 얼굴로 착한 이를 상하게 하지 마세요.
[새터니너스에게 방백]
시키는 대로 해요. 못 이긴 체하세요.
불쾌감과 불만을 말끔히 감추세요.
제위에 오른 지 얼마 되지 않았어요.
평민들은 물론이고 귀족들마저
깊이 따져보고는 타이터스 편을 들어
은혜 잊은 당신을 쫓아낼지 몰라요.
로마에선 배은이 가장 악한 죄라지요.
청원을 들으세요. 나머진 내게 맡기세요.
모두 몰살시키고 놈들 패와 일족과
잔인한 아비와 반역적인 자식들을
싹쓸이해버릴 그날을 엿보겠어요.
사랑하는 내 아들의 목숨을 빌었는데.
그래서 거리에서 여왕이 무릎을 꿇고
헛되게 자비를 구하는 게 어떤 것인지
알려줄 테요.—자, 폐하, 자, 타이터스
노인을 일으키세요. 노하신 폐하 낯의
폭풍에도 기죽는 마음을 위로하세요.
새터니너스 타이터스, 일어나오. 황비에게 내가 졌소.
타이터스 [일어나며] 폐하와 황비께 감사합니다.
그 말씀과 그 얼굴에 새 목숨이 생깁니다.
태모라 타이터스, 이 몸은 로마의 일부예요.
행복하게 귀화되어 로마인이 되었으니
황제께 이롭도록 말씀드릴 처지예요.
타이터스, 오늘로 분쟁이 끝이 났어요.
당신의 친구들과 당신과 내가
화해를 이룬 것을 영광으로 알겠어요.

배시에이너스 왕자님, 당신이 더욱
다정하고 온순하게 되시리라 믿어 황제께
다짐하고 약속했어요. 귀공들, 그리고
라비니아, 염려 마세요. 내 말에 따라
모두들 무릎 꿇고 황제 폐하께
용서를 구하도록 하세요.
[마커스, 라비니아, 루시어스, 퀸터스,
마셔스가 무릎 꿇는다.]
루시어스 용서를 구합니다. 하늘과 폐하께 맹세코,
폐하와 누이의 명예에 관한 만큼
되도록 조용히 처리하고자 했습니다.
마커스 제 명예를 걸고서 같은 말씀 드리오.
새터니너스 가시오. 듣기 싫소. 모두 귀찮소.
태모라 그러지 마세요, 폐하. 모두 친구 돼야죠.
호민관과 조카들이 무릎 꿇고 자비를 구해요.
거절하면 안 되어요. 제발 돌아보셔요.
새터니너스 마커스, 당신과 당신 형의 낯을 보아,
정겨운 태모라의 간청을 받아들여
젊은 이자들의 죄악을 눈감아준다.
일어나라. [그들이 일어선다.]
라비니아, 나를 촌놈인 양 버렸으나
나도 친구가 생겼다. 총각으로 떠나지 않겠다고
죽음처럼 강력하게 사제에게 맹세했지.
신부 둘을 황궁에서 대접할 수 있다면
라비니아, 너와 네 친구들은 내 손님이다.
태모라, 오늘은 기쁜 날이 되겠소.
타이터스 폐하께서 내일 저와 표범과 사슴을
사냥하기 원하시면 나팔과 사냥개로
폐하께 '봉주르'[16]를 외치겠어요.
새터니너스 그렇게 하지, 타이터스. 고맙구먼.
[나팔들이 울린다. 에어론 이외에 모두 퇴장]

## 2. 1

에어론 올림포스[17] 정상에 태모라가 올랐으니
운수의 화살이 미칠 수 없는 곳이다.
창백한 시기의 위협이 닿지 못하고
벼락도 번갯불도 건드리지 못한다.
황금빛 태양이 아침을 맞아
바다를 금빛으로 물들이면서
빛나는 마차로 황도대를 달리며
높다란 준령들을 내려다보듯,
태모라가 그렇다.
그녀의 지혜에는 명성이 뒤따르고
얼굴을 찌푸리면 도덕도 쩔쩔맨다.
그러니 에어론, 단단히 결심하고
애인 황비와 함께 오를 것을 생각하라.
그녀만큼 솟아라. 오랫동안 그녀를
애욕의 사슬로 묶어, 코카서스 꼭대기
프로메테우스[18]의 쇠줄보다 매혹적인
에어론의 눈길로, 개선 행진 포로처럼
끌고 다녔다. 종의 옷과 비굴한 태도를
던져버려라! 환하게 차리겠다.
진줏빛과 금빛으로 새 황비를 섬기겠다.
섬긴다고? 아니 놀아나겠다. 이 황비,
이 여신, 이 세미라미스,[19] 이 님프.[20]—
황제를 매혹할 사이렌[21]과 놀겠다.—
그리하여 황제와 나라가 파멸하리라.
어라, 이게 무슨 폭풍이야?
[카이론과 디미트리어스가 다투며 등장]
디미트리어스 카이론, 어려서 몰라. 지능이 무디고
예절이 모자라. 너도 인정하다시피
내가 대접받는 데서 사랑받긴 글렀어.
카이론 디미트리어스, 넌 뭐든지 잘난 척해.
이번 일도 위협으로 누르려고 하누나.
한두 살의 차이로 나는 더욱 못나고
너는 더욱 잘되는 건 아니란 말이다.
나도 너와 꼭 같이 그녀를 받들고
호감 받을 자격도 있고 능력도 있어.
그래서 이 칼로 네 몸에 증명하여

16 프랑스어로 '안녕'이라는 아침 인사.
17 올림포스의 정상은 제우스를 비롯한 그리스 신들의 거처였다.
18 제우스가 감추어 둔 불을 인간에게 가져다 준 벌로 제우스는 프로메테우스를 코카서스 꼭대기 바위 위에 끊을 수 없는 쇠사슬로 묶어놓고 독수리를 보내어 자꾸 삐져나오는 그의 간을 쪼아 먹게 했다.
19 아시리아의 전설적 여왕으로서 미모, 무력 정복, 음탕으로 이름 높았다.
20 물의 요정, 매우 아름다운 여인.
21 그리스신화에 나오는, 매혹하는 노래로 배꾼들의 넋을 빼놓아 난파시키는 마녀.

라비니아에 대한 내 사랑을 보여주겠다.
에어론 [방백] 야경꾼! 이리 와라.[22] 연인들이 평화롭지 못하군.
디미트리어스 야, 이 녀석아, 어머니가 얼결에
무도회의 장식 칼을 채워줬는데[23]
제 편까지 위협하니 막가자는 판이구나?
그만둬라. 다루는 법을 익힐 때까지
나무칼은 칼집 속에 아교풀로 붙여둬라.
카이론 그동안에 내 용맹을 보여줄 테다.
디미트리어스 어쭈. 용감해졌네!
[둘이 칼을 뺀다.]
에어론 무슨 짓이오?
황궁이 지척인데 감히 칼을 빼 들고
남들이 보는 데서 싸우겠단 말이오?
다투는 이유를 나는 잘 알아요.
하지만 당신들이 싸운다는 사실이
당사자 자신들께 알려지는 건
백만금을 준대도 원하지 않고,
훨씬 더 줘도 모친은 로마의 궁성에서
그러한 수치를 원치 않으시겠죠.
제발 칼을 치우세요.
디미트리어스 안 치우겠다.
먼저 저놈 가슴에 내 칼을 꽂고
나한테 창피를 주려고 지껄인 욕을
저놈 목구멍 속에 되박아 넣겠다.
카이론 그거라면 준비와 결심이 나도 돼 있다.
칼로는 아무것도 못할 녀석이
큰소리나 뻥뻥 치는 욕쟁이 겁보다.
에어론 그만두시라니까요!
용맹한 고트족의 신에 걸어 말하는데
이런 작은 시샘에 우리 모두 망하겠어요.
도련님들, 왕자의 권위를 범하는 게
얼마나 위험한지 생각하지 못하세요?
삼가거나 법도 없이, 보복당할 걱정 없이,
그녀의 사랑을 얻기 위해 싸우겠어요?
그래, 라비니아가 헌 계집이 되었거나
배시에이너스가 못난이가 됐나요?
도련님들, 조심하세요! 불화의 근거를
황비께서 아시면 안 좋아하실 거요.
카이론 알게 뭐람. 어머니와 온 세상이 모두 안대도
온 세상보다 내가 그녀를 사랑하는데.
디미트리어스 어린 것아, 그보다 낮은 것을 택해라.
라비니아는 형님의 희망이라고.
에어론 둘 다 미쳤어요? 아니면, 로마에선
사람들이 어찌나 사납고 급한지
사랑의 경쟁자를 못 참는 걸 모르세요?
솔직히 말해서 이런 짓 하다가는
죽음이나 고안하는 짓이에요.
카이론 그녀만 얻는다면 천만 번 죽는대도
죽음과 겨룰 테야.
에어론 얻겠다니, 어떻게요?
디미트리어스 어째서 그처럼 놀라는 표정인가?
그녀는 여자니까 구애가 가능하다.
그녀는 여자니까 획득이 가능하다.
그녀는 라비니아니까 사랑을 해야 한다.
안 그래? 방앗간 주인이 알기보다
더 많은 물이 방아 옆으로 흘러가.
커다란 빵에서 작은 조각 훔치기가
얼마나 쉬운지 우리는 알고 있어.
배시에이너스는 황제의 아우지만
그보다 잘난 놈도 뿔을 높이 달았거든.[24]
에어론 [방백] 맞아. 새터니너스 같은 놈도 그래.[25]
디미트리어스 그러니 말솜씨, 잘난 외모, 돈으로
연애할 줄 아는 놈이 절망은 왜 해?
암사슴을 넘어뜨려 주인의 코밑에서
교묘하게 슬쩍한 게 아주 많다고![26]
에어론 그러니까 한두 번 재빠르게 해치우면
시원하겠단 말이군요.
카이론 원만 풀면 시원하지.
디미트리어스 에어론, 그 말 잘했다.
에어론 잘들 하세요!

22 이웃들이 다투느라고 단잠을 방해하면 '야경꾼'을 불러서 조용하게 하라는 말이다.
23 귀족 소년에게 멋으로 칼을 채워주던 풍속을 비꼬고 있다.
24 사랑의 여신 비너스는 남편인 대장장이 불카누스 몰래 군신 마르스와 간통했다. 부인이 외간 남자와 정을 통하면 불쌍한 그 남편(오쟁이 진 남자)의 머리에 사슴이나 소처럼 뿔이 돋는다는 우스개가 유행했다.
25 황제 새터니너스의 부인 태모라와 자기가 정을 통하는 사이라는 것을 암시한다.
26 사냥터에서 주인 몰래 암사슴을 밀렵했다는 말에 빗대서 남편 몰래 그 아내와 간통했다는 말이다.

그러면 이런 일로 신경 쓰지 않을게요.
아, 글쎄 생각해봐요. 이런 일로 싸우다니
멍청이가 되셨나요? 두 분 모두 만족하면
뭐가 덧나요?
카이론 난 아냐.
디미트리어스 나도 안 그래.
에어론 제발 서로 연합하여 전선을 펴세요.
모략과 전술로 목적을 이루시며
뜻대로 성취할 수 없는 것들은
가능한 방법으로 관철해야 한다는 걸
다짐하세요. 내 말을 들어봐요.
루크리스[27]는 왕자의 애인인
라비니아보다는 열녀가 아니었죠.
속만 태우기보단 좀 더 빠른 길을
골라야 하는데 내가 길을 찾았어요.
도련님들, 사냥의 제사가 가까운데
로마의 미인들이 거기에 몰려들게요.
숲 속의 사냥터는 넓고도 광막하고
인적이 드믄 데도 적지 않으니
하늘 눈을 가린 채 욕정을 채우시고
아가씨의 보물을 만끽하세요.
카이론 야, 네 방법이 겁쟁이 냄새가 안 나.
디미트리어스 옳든 그르든 간에 욕정을 식힐
시냇물을 찾기까진 이 열을 차게 만들
마술이구나. 지금은 황천을 헤매고 있어. [모두 퇴장]

## 2. 2

[타이터스 앤드로니커스와 세 아들 루시어스,
퀸터스, 마셔스가 사냥개와 뿔나팔로 크게 소리를
내면서 마커스와 함께 등장]
타이터스 사냥이 시작됐다. 맑고 화창한 아침이다.
들판은 향기롭고 수풀은 푸르다.
개들을 풀어서 한꺼번에 짖게 하여
황제와 어여쁜 신부의 잠을 깨우고
왕자를 일으키고 사냥꾼의 화음[28]을
뿔나팔로 화답하여 온 궁성에 울리자.
얘들아, 황제를 조심스레 모셔라.
우리의 책임은 그것이니라.
지난밤 잠자리가 뒤숭숭하더니
동이 트자 다시금 안심이 된다.
[이때 사냥개들이 짖고 그에 화답하여 뿔나팔들이
울린다. 이윽고 새터니너스, 태모라, 배시에이너스,
라비니아, 카이론, 디미트리어스, 시종들 등장]
폐하께 끝없는 아침 인사드립니다.
황비께도 꼭 같이 인사를 드립니다.
약속한 바 있었지요.
새터니너스 그래서 당신들이 신나게 울려댔군.
새 색시들한테는 이른 감이 있지만.
배시네이어스 라비니아, 어떤가?
라비니아 저는 좋아요.
두 시간이 넘도록 활짝 깨어 있었어요.
새터니너스 그럼 됐다. 말과 전차를 타고
사냥을 시작하자. [태모라에게] 이제 우리 로마식
사냥을 보게 되오.
마커스 개를 데려왔습니다.
사냥 중에 매우 힘센 표범도 쫓아가고
아주 높은 봉우리도 오를 놈들입니다.
타이터스 짐승이 들판 위로 제비처럼 달아날 때
어디든 쫓아갈 말도 대령했습니다.
디미트리어스 [카이론에게]
우리는 말과 개로 사냥을 하지 않고
어여쁜 사슴을 땅에서 까발리겠다. [모두 퇴장]

## 2. 3

[에어론이 금화 자루를 들고 혼자 등장]
에어론 똑똑한 놈은 나를 멍청이라 하겠지.
이렇게 많은 돈을 나무 밑에 묻으면서
나중에 파갈 것을 생각도 안 한다니.
나를 그처럼 못난 자로 보는 놈은
이런 금덩이들이 전략을 꾸며내서

27 그녀는 남편이 부재중에 폭군 타르퀴니우스에게 겁탈당하고 남편에게 유서를 남기고 자결했다. 그러자 남편과 이웃들이 폭군을 몰아내고 로마에서 공화정치를 시작했다고 한다. 셰익스피어는 장시 「루크리스의 겁탈」에서 이를 다룬다.
28 사냥개들의 짖는 소리와 사냥 나팔 소리가 어우러진 '화음'을 중세 귀족들이 무척 즐겼다.

교묘하게 작용하면 너무나 멋들어진
악독한 작품을 낳을 테니 두고 봐라.
그런고로 황금아, 황비의 돈궤에서
푼돈 먹는 놈들이 평생 안달하도록
말없이 이곳에 묻혀 있어라.
[돈을 숨긴다.
태모라 홀로 무어인을 향하여 등장]

태모라 귀여운 에어론, 어째서 낯빛이 슬퍼?
모두가 즐겁고 신나는 때인데?
덤불마다 새들은 노래를 지저귀고
싱싱한 햇볕 속에 뱀들은 똬리 틀고
시원한 바람에 나부끼는 파란 잎은
아롱진 무늬를 땅 위에 던지는데,
달가운 그늘 아래 둘이 함께 앉아 있자.
귓맛 좋은 뿔피리에 재잘대는 메아리가
생생하게 응답하니, 두 패의 사냥이
동시에 들리는 듯, 개들을 놀리는데
우리는 앉아서 개 짖는 소리나 듣자.
언젠가 떠돌이 왕자와 디도 여왕이
갑자기 닥쳐온 비바람에 쫓겨서
비밀을 지켜주는 동굴 안에 들어가
몸싸움을 벌이며 서로 즐겼다는데,[29]
우리도 서로의 몸을 팔 안에 감고
즐거운 한때를 보내고 황금 같은
잠을 자자. 그사이 사냥개와 뿔나팔과
노래하는 새들은 아기를 재우려는
자장가 소리처럼 아련히 들리겠지.

에어론 황비님의 욕정은 비너스가 다스리나
내 욕정은 새턴의 지배하에 있어요.[30]
살인자의 눈동자, 말 없는 침묵,
찌푸린 우울, 그 어떤 죽음을 예고하며
똬리 푸는 독사처럼 이제서 풀리는
텁수룩한 머리털—이 모든 것들이
무엇을 뜻하나요? 황비님, 이들은
욕정의 표시가 아니에요. 내 속에는
원한이 솟구치고 손에는 죽음이 있어
피와 복수가 머릿속을 두드려요.
태모라, 내 영혼의 지배자, 들어봐요.
당신 속의 안식만이 천국일 뿐예요.
오늘 배시에이너스는 죽을 것이며
그자의 두견새는 혓바닥을 잃으며[31]
당신의 아들들이 정조를 짓밟으며
그자가 흘린 피에 손을 씻게 되어요.
[그가 편지를 내미니 태모라가 받는다.]
이 편지 보세요? 편지를 받으시고
죽음의 흉계를 황제에게 전하세요.
내게 묻지 마세요. 남들이 봐요.
목숨의 파멸을 겁내지 않고 있는
전리품 일부가 이리 오네요.
[배시에이너스와 라비니아 등장]

태모라 어여쁜 검둥이, 목숨보다 귀여워요!

에어론 황비, 그만하시고. 배시에이너스한테
화만 내세요. 아들들을 불러서
역성들게 할 테니까. 무슨 트집도 좋아요. [퇴장]

배시에이너스 저게 누군가? 로마의 황비께서
어울리는 시종들과 함께하지 않으시고?
아니면, 다이애나가 그러한 차림으로
이 숲에서 인간들의 사냥을 보시려고
거룩한 여신 숲을 떠나지 않으셨나?[32]

태모라 건방지게 사생활을 비판하누나.
나한테 다이애나의 능력이 있으면
악타이온처럼 단박 너의 이마에
높은 뿔이 돋아나고 변해버린 네 팔다리에
여러 마리 사냥개가 덤벼들 테지.
버릇없는 침입자 같으니라고!

라비니아 착하신 황비님, 참고 들어주세요.
뿔 만드는 재주가 용하다는데

29 트로이가 망하자 아이네이스는 부하들을 이끌고 바다를 방황하다 카르타고에 상륙하여 그곳의 여왕 디도와 거닐다가 폭풍이 몰려와 어느 동굴에서 열애를 벌인다.

30 사람들의 심성은 각기 탄생별의 지배를 받는데 태모라는 비너스(금성)의 지배를 받아 욕정이 넘치나 자신은 황제 새터니너스(새턴, 즉 토성의 성질을 띤 자)의 세력 아래 있어서 꼼짝할 수 없다는 말이다.

31 형부에게 겁탈당한 뒤 말하지 못하도록 혀가 잘렸다가 죽어서 두견새(나이팅게일)가 되었다는 그리스 전설을 비유하고 있다.

32 처녀 여신이자 달과 정절의 여신 다이애나(아르테미스)는 활로 사냥을 즐긴다. 이 대목에서 배시에이너스는 에어론을 다이애나가 목욕하는 모습을 엿본 죄로 사슴으로 변하여 사냥개들에게 물려 죽었다는 사내로 비유하고 있다.

무어인과 황비님이 실험을 하시려고
자신들을 택한 거라 짐작되네요.
주피터여, 황제님을 개에게서 지키소서!
사슴인 줄 알았다니 정말 유감이에요.
배시에이너스 황비님, 사실이오. 당신의 검둥이가
당신의 명예를 시커멓게 물들이오.
때 묻고 역하고 끔찍한 색이오.
어째서 당신은 시종들을 따돌리고
백설 같은 좋은 말을 버려두었소?
더러운 욕정에 끌리지 않았다면
어째서 야만족 무어인만 데리고
그윽한 이 장소로 찾아들었소?
라비니아 그래서 장난치다 우리한테 들키니까
고귀하신 내 낭군께 건방지단 욕지거리가
생긴 거군요. [배시에이너스에게]
우리 여길 떠나요.
까마귀 애인이나 즐기라고 두세요.
이 골짝은 그런 짓에 너무 알맞아요.
배시에이너스 내 형님 황제께 이 사실 알리겠소.
라비니아 그러세요. 오랫동안 이 일로 욕보셨어요.
착하신 폐하를 그토록 속이다니.
태모라 흥, 이따위는 얼마든지 견딜 수 있어.
[카이론과 디미트리어스 등장]
디미트리어스 황비님, 다정하신 어머님, 괜찮으세요?
왜 그리 창백하고 초췌하세요?
태모라 창백할 이유가 있지 않겠냐?
이 두 연놈이 나를 여기 유인했다.
보다시피 황량하고 음산한 골짜기다.
한여름에 나무들이 쓸쓸히 메마르고
해로운 겨우살이, 이끼로 뒤덮였다.
어둠 속 올빼미나 죽음의 까마귀뿐,
햇살은 들지 않고 아무것도 못 자란다.
이 무서운 구덩이를 나한테 보여주고
야밤중 이곳에는 무수한 악귀와
혓바닥 날름대는 독사들과
부어오른 두꺼비, 무수한 고슴도치가
어찌나 무섭게 와글대는지
산 사람이 들으면 당장에 미치거나
그 즉시 얼어져서 죽는다더라.
그처럼 지옥 같은 이야기를 하더니
여기 있는 음침한 주목나무 등걸에
나를 꽁꽁 묶어서 처참하게 죽기까지
내버려 두겠다고 으르더구나.
그러고는 나더러 더러운 간음녀,
음탕한 고트족 등, 인간의 귀에
지금껏 들린 욕을 모두 하더라.
기적처럼 너희가 나타나지 않았다면
그러한 보복을 나한테 행했겠지.
어미의 목숨을 아낀다니 복수해라.
아니면 앞으로는 내 자식 아니다.
디미트리어스 어머니 아들이란 증거가 이거요.
[배시에이너스를 찌른다.]
카이론 내 증거는 이거요. 정통을 찌릅니다.
[배시에이너스를 또 찌르니 그가 죽는다.
태모라가 라비니아를 위협한다.]
라비니아 옳거니, 세미라미스,[33] 아니지, 야만인,
그 성질에 그 이름이 어울리누나!
태모라 그 칼 내게 달라. 너희에게 배주겠다.
어미 손이 그런 누명 고쳐놓겠다.
디미트리어스 가만두세요. 아직 쓸모 있어요.
도리깨질 하고 나서 짚을 태우죠.
이 계집이 정절과 결혼의 서약과
충절을 내세우며 그럴싸한 허풍으로
막강한 어머니의 권세에 맞서는데
무덤까지 그런 걸 끌고 가라고 해?
카이론 그럼 나는 차라리 고자가 됐어야지.
후미진 구렁 속에 저놈을 끌어넣고
시체를 베개 삼아 욕심이나 채우자.
태모라 하지만 너희는 원하는 꿀을 뺏고
우리를 쏘는 벌은 살려두지 말아라.
카이론 물론예요, 어머니. 염려 없게 만들죠.
이년아, 이리와. 이제는 네가
애지중지 지키는 정절 맛을 봐야겠다.
라비니아 오, 태모라, 여자 얼굴 쓰고서—
태모라 저년 말 듣기 싫다. 데리고 가라!
라비니아 도련님들, 어머님께 한 말씀 하겠어요.
디미트리어스 [태모라에게]
어머니, 이게 울면 흥이 나시죠.

33 전설적인 아시리아의 여왕으로 미모와 음탕함과 잔인한 정복으로 악명 높았다. 2막 1장에도 나왔었다.

하지만 차돌에 떨어지는 빗방울처럼
어머니 마음을 모질게 잡수세요.
라비니아 범 새끼가 어미한테 가르친 적 있나?
표독한 걸 배웠으니 가르칠 필요 없어.
어미가 먹인 젖이 돌덩이가 됐구나.
젖꼭지를 물고도 폭군처럼 굴었겠지.
하지만 어미의 아들들이 꼭 같진 않아.
[카이론에게]
여자의 동정심을 보이라고 말하렴.
카이론 아니 그래, 나에게 사생아가 되라고?
라비니아 그렇지. 까마귀가 종달새를 낳을 수 없지.
하지만—그렇다면 오죽 좋을까!—
사자도 마음이 움직여 발톱을 모두
자르기까지 참았다고 하더라.
까마귀도 둥지의 새끼들이 굶주리는데
버림받은 아이들을 먹인다는 말도 있어.
목석같은 네 마음이 거절한대도
까마귀는 아니라도 동정심을 보여다오.
태모라 뭔지 모를 소리구나. 데리고 가라!
라비니아 내 아버지 때문에 가르쳐 주겠다.
죽일 수 있었는데 너를 살려 주셨어.
고집 피지 마. 막힌 귀를 열어봐.
태모라 네가 직접 내게 원수 진 적이 없대도
네 아비 때문에 동정심이 없어졌다.
얘들아, 잊지 마라. 너희의 형을
희생에서 구하려고 눈물을 쏟았건만
사나운 타이터스는 까딱도 안 했다.
그러니 데려다가 마음대로 다뤄라.
모질게 굴수록 더 사랑스럽지.
라비니아 [태모라의 무릎을 껴안으며]
오, 태모라, 선하신 황비님이 되세요.
당신 손이 여기서 나를 죽여주세요.
이제껏 구걸한 건 목숨이 아니에요.
남편이 죽었을 때 불쌍한 저도 죽었어요.
태모라 멍청한 년, 구걸한 게 무어냐? 이거 놔라.
라비니아 당장 죽는 거예요. 한 가지 더 있지만
여자로서 감히 입을 뗄 수 없어요.
아아, 죽음보다 흉악한 욕정에서
나를 구원하시고 사람 눈이 보지 못할
끔찍한 구렁 속에 이 몸을 던지셔요.
그래서 자비로운 살인자가 되시라고요.
태모라 정겨운 아들들의 수고 값을 빼앗으라고?
안 되지. 너한테 욕심을 채워야 해.
디미트리어스 우리 가자! 여기 너무 오래 있었다.
라비니아 여자다운 마음이 없어? 짐승 같은 년.
여자의 이름에 오점이며 원수구나!
파멸아, 떨어져라!—
카이론 아가리를 막아야지. [디미트리어스에게]
남편 녀석 가져와.
에어론이 녀석을 감추라던 구덩이지.
[디미트리어스가 배시에이너스의 시신을
구덩이에 던져 넣고 나뭇가지로 그 위를
덮는다. 그러고는 카이론과 디미트리어스가
라비니아를 끌고 퇴장]
태모라 잘 가라, 얘들아. 그년을 확실히 해둬.
타이터스 족속이 전멸하기 전에는
조그만 기쁨도 내 마음은 알지 마라.
그럼 나는 귀여운 검둥이를 찾아가고
음탕한 아들들은 계집년을 조져야지. [퇴장]
[에어론이 타이터스의 두 아들 퀸터스와
마셔스를 데리고 등장]
에어론 자, 나리님들, 빨리빨리 오세요.
음침한 구렁 속에 표범이 잠든 걸
봤는데요, 곧장 그리로 모셔다 드리죠.
퀸터스 왜 그런지 몰라도 눈이 아주 깜깜해.
마셔스 나도 마찬가지야. 창피만 안 당하면
사냥을 그만두고 한잠 자도 좋겠어.
[구덩이에 빠진다.]
퀸터스 어이쿠, 빠졌소? 교묘한 구덩이요.
마구 자란 덩굴로 아가리를 가려놨소.
꽃잎에 맺힌 아침 이슬처럼 방금 흘린
생생한 핏방울이 묻어 있는데?
대단히 위험한 장소 같구나.
형, 빠지면서 다치지 않았소?
마셔스 오, 아우야, 눈이 보면 가슴 미어질
끔찍한 꼴 보고 상하였구나.
에어론 [방백] 황제를 데려다가 놈들을 보여주어
저놈들이 배시에이너스를 죽였다고
짐작하게 해놓자. [퇴장]
마셔스 어째서 나한테 유감이란 말도 없이
피범벅 구렁에서 꺼내주지 않아?
퀸터스 갑자기 나타난 두려움에 휩싸여서

떨리는 뼈마디에 식은땀이 흘러요.
눈이 보는 것보다 마음의 짐작이 더 커요.

마셔스 사실을 알아낼 힘이 있는 걸 보이려면
너와 에어론이 구렁을 들여다보고
끔찍한 피와 죽음의 꼴을 봐라.

퀸터스 에어론이 없어졌소. 내 마음이 슬퍼서
짐작만 해도 겁나는 그 광경을
보라고 하지 못해요. 그게 누군지
말만 하세요. 나는 아직 어리지만
뭔지도 모를 것에 겁이 나긴 처음이오.

마셔스 배시에이너스가 피투성이가 돼 있다.
험하고 어둡고 피 말리는 구덩이 속에
도살당한 양처럼 쓰러져 있다.

퀸터스 어둡다면 그분인 걸 어떻게 알아요?

마셔스 피 흘리는 손가락에 구덩이 속을
환하게 밝히는 진귀한 반지를 끼고,
무덤 속 촛불처럼 죽은 사람의
파리한 뺨을 비추고 이 구덩이의
험상궂은 내부를 비춰주거든.
밤에 피라모스[34]가 처녀의 피에 젖어서
쓰러져 있을 때의 희미한 달빛 같다.
맥없는 손이라도 내밀어 나를 도와라.
겁이 나서 맥이 없니? 하긴 나도 그렇지.
연기 나는 지옥문처럼 끔찍스런
굶주린 아가리 밖으로 나를 꺼내라.

퀸터스 형, 손을 내밀어요. 끌어낼게요.
아니면 힘이 없어 도움이 못 되고
불쌍한 매형의 무덤인 구덩이의
굶주린 배 속으로 끌려들지 몰라요.
위에까지 끌어낼 힘이 없어요.

마셔스 네 도움 없이는 올라갈 수 없다.

퀸터스 손을 다시 내밀어요. 형이 올라오든지
내가 내려가든지, 놓지 않아요.—
올라오지 못하고 내가 내려가네요.
[그가 빠진다.]
[황제와 무어인 에어론 등장]

새터니너스 같이 가자! 여기 무슨 구덩이가 있나,
방금 뛰어든 놈이 누구인가 보겠다.
조금 전에 입 벌린 땅굴 속으로
뛰어든 너는 누군가? 내게 말하라.

마셔스 앤드로니커스의 불행한 아들들이오.
운이 몹시 사나운 때 여기 왔다가
황제님의 아우가 죽은 것을 봤습니다.

새터니너스 아우가 죽다니! 농담일 테지.
제 아내와 함께 즐거운 사냥터 북쪽에
마련한 쉼터에 있는 것을 보았는데.
나와 헤어진 것이 한 시간도 안 됐다.

마셔스 살아 계신 그분들과 헤어지신 장소를
저희는 모르지만, 여기 누워 계십니다.
[태모라가 시종들, 타이터스 앤드로니커스,
루시어스와 함께 등장]

태모라 폐하 어디 계시죠?

새터니너스 여기요, 태모라. 죽음의 슬픔에 빠졌소만.

태모라 배시에이너스 도련님은요?

새터니너스 내 상처를 바닥까지 찌르는구려.
가련한 그 사람은 살해되어 누워 있소.

태모라 그럼 이 운명의 쪽지가 너무 늦었어.
뜻하지 않은 이 비극의 흉계거든요.
웃는 낯에 그처럼 흉악한 살의를
숨길 수가 있다니 너무나 놀라워요.
[새터니너스에게 편지를 준다.]

새터니너스 [편지를 읽는다.]
"친절한 사냥꾼, 적당한 데서 그자, 즉
배시에이너스를 만나지 못할 경우
무덤이라도 파놓게. 무슨 뜻인지
알 수 있겠지. 배시에이너스를
파묻기로 작정한 구덩이 아가리를
뒤덮고 있는 딱총나무 근처 풀숲에서
수고비를 찾아가게. 이 일을 행함으로
우리는 영원한 친구가 되네."
오, 태모라, 이런 소리 들어봤소?
이것이 구덩이고 이게 딱총나무다.
여기서 배시네이어스를 살해한
사냥꾼을 찾겠는지 살펴보아라.

에어론 폐하, 여기 돈 자루가 있어요.

새터니너스 [타이터스에게]
네 아들 두 놈, 피에 주린 사나운 개들이

34 그리스신화에 나오는 티스베의 연인으로서 애인 티스베가 사자에게 물려 죽은 줄 알고 자살한 청년이다. 그 이야기는 셰익스피어의 「한여름 밤의 꿈」에 들어 있다.

여기서 내 아우 목숨을 빼어 갔다.
얘들아, 구덩이에서 놈들을 끌어내서
가둬라. 일찍이 듣지 못한 고문을
고안해낼 때까지 그 속에 처박아라.
[시종들이 퀸터스와 마셔스와 배시에이너스의
시체를 끌어낸다.]

태모라 저자들이 구덩이 속에서? 이럴 수가!
살인이 너무 쉽게 드러나누나!

타이터스 [무릎 꿇으며]
높으신 황제 폐하, 연약한 무릎을 꿇고
쉬 흘리지 아니하는 눈물로써 비오니,
저주받을 자식 놈들,—저들의 범행임이
판명되면 저주받아 마땅한 놈들이니—

새터니너스 판명되면? 불 보듯 빤해.
이 편지 누가 발견했소? 태모라, 당신이오?

태모라 타이터스 자신이 주웠어요.

타이터스 맞습니다만, 제가 보석합니다.
조상들의 존귀한 무덤에 맹세코
폐하의 명에 따라 저들은 목숨 걸고
혐의에 답변할 준비가 됐습니다.

새터니너스 보석을 허락하지 않는다. 따라와라.
일부는 시신을 가져오고 일부는
범인들을 데리고 오라. 무슨 말도 못 하게 해.
범행은 명백하다. 죽음보다 심한 벌을
놈들한테 내릴 테다.

태모라 앤드로니커스, 황제께 간청을 드리니
걱정하지 마세요. 모두 잘될 거예요.

타이터스 [일어서며]
루시어스, 가자. 그 애들과 말할 것 없다.
[마셔스와 퀸터스가 호송되어 퇴장.
시종들이 배시에이너스의 시신을 들고 퇴장]

## 2. 4

[황비의 두 아들 카이론과 디미트리어스가
양손과 혀를 잘리고 겁탈당한 라비니아를
끌고 등장]

디미트리어스 그럼 누가 혀 자르고 강간했는지
말할 수 있다면 말을 해.

카이론 그리고 손목으로 대신 쓸 수 있다면
네 속을 적어서 뜻을 전해라.

디미트리어스 무슨 시늉할 수 있나 어디 좀 보자.

카이론 집에 가서 향수를 얻어서 손을 씻어라.

디미트리어스 사람 부를 혀도 없고 씻을 손도 없으니까
말없이 걸으라고 내버려두자.

카이론 내가 그 꼴 당했다면 가서 목을 매겠다.

디미트리어스 밧줄 맬 손이 있어야 말이지.
[카이론과 디미트리어스 퇴장]

[뿔나팔이 울린다.]
[마커스가 사냥 나갔다 돌아오며 등장]

마커스 저게 누군가? 달아나는 조카딸 아닌가?
한마디 해라. 네 남편 어디 있냐?
이게 꿈이면 있는 것 모두 주고 깨야겠다!
이게 생시면 무슨 별에 급살 맞아
영원히 잠든다면 오히려 좋을 텐데!
착한 애야, 말하렴. 어떤 악독한 손이
네 몸의 두 지체를, 그 포근한 그늘에
왕들도 잠들기를 원했었지만
네 사랑의 행복을 절반도 얻지 못한
아늑한 그 가지를 잘라냈느냐?
어째서 나한테 말이 없느냐?
아, 더운 피의 주홍 강이 바람에 불려
펑펑 솟는 샘물처럼 붉은 입술 사이로
달콤한 입김 따라 커졌다 작아졌다
부글대누나. 분명 어떤 테레우스[35]가
네게 욕을 보이고 네 입을 막으려고
혓바닥을 잘랐구나. 부끄러워 얼굴을
돌리누나. 하지만 물구멍이 세 개 있는
샘물처럼 저런 피를 펑펑 쏟고
구름의 훼방에 낯 붉히는 태양처럼
두 볼은 빨갛게 달아 있구나.
내가 대신 말해줄까? 그렇다고 말해줄까?
네 마음도 잘 알고 그 짐승도 안다면
속이 후련하도록 욕을 퍼부으련만!
슬픔을 감추면 굴뚝 막힌 화덕처럼
속으로 마음만 타들어가 재가 된단다.

35 전설적인 폭군 테레우스가 처제 필로멜라를 겁탈하고 말을 못 하게 혀를 잘랐다. 그녀는 수를 놓아 그 사실을 폭로했다. 필로멜라는 죽어서 두견새가 되었다 한다(주 31 참조).

하지만 필로멜라는 혓바닥만 잃어서
무진 애를 쓴 끝에 제 속의 뜻을
수를 놓아 알렸지만, 귀여운 조카야,
손목마저 잘렸구나. 그보다 교활한
테레우스를 만났구나. 필로멜라보다도
분명한 수를 놓을 어여쁜 손가락을
남김없이 잘렸구나. 그 몹쓸 짐승이
백합 같은 네 손이 사시나무 잎처럼
루트에서 뛰놀고 비단 줄이 그 손을
즐겁게 키스하는 모습을 보았다면
죽어도 그 손을 건드리지 않았을 테지.
또는 너의 달가운 혀가 부르곤 하던
천사 같은 노래를 들었다면 칼을 놓고
잠들었겠지. 오르페우스 발부리에
지옥문 지키던 사나운 개가 잠들 듯[36]—
자, 가서 아버지의 두 눈을 멀게 만들자.
아비라면 그런 꼴에 눈이 멀겠지.
한 시간 폭우가 꽃 핀 들을 덮지만
아버지 눈물이 한 달인들 무얼 덮지?
물러서지 말아라. 너와 함께 슬퍼하마.
아, 우리 슬픔이 네 아픔을 줄여준다면! [함께 퇴장]

## 3. 1

[재판관들, 호민관들, 원로원 의원들이 타이터스의
아들 마셔스와 컨터스를 결박한 채 등장하여
무대를 건너 사형 집행 장소로 이동하고 타이터스가
그 앞에 가며 호소한다.]

타이터스 어르신들, 호민관들, 잠시 들어주시오.
여러분이 쉬실 동안 험난한 전쟁에
몸 바친 늙은이를 동정하시오.
로마 위한 전쟁에서 내가 흘린 모든 피와
자지 않고 깨어 지킨 서리 낀 모든 밤과
보다시피 늙은 뺨의 주름살을 가득 메운
쓰린 눈물 보시고 사형을 선고받은
저 애들을 불쌍히 여겨주시오.
저들의 영혼은 생각만큼 추하지 않소.
스물두 명 자식들은 명예의 자리에서
죽었으므로 나는 울지 않았으나,
[앤드로니커스는 엎드리고 재판관들은
그 옆으로 지나간다.]
호민관들, 자식들 위해 속의 깊은 시름과
영혼의 슬픈 땅에 눈물로 글을 쓰고
마른 땅의 갈증을 눈물로 적시오.
자식들의 맑은 피에 땅도 부끄럽겠소.
오, 땅아, 비를 쏟아 너하고 친하겠다.
[재판관 등이 죄수들과 함께 퇴장]
싱그러운 4월의 소나기보다
이 낡은 독에서 눈물을 짜내련다.
여름철 가뭄 때도 줄곧 비를 뿌리고
겨울에는 뜨거운 눈물로 눈을 녹여
네 얼굴에 영원한 봄을 유지하리니
자식들의 귀한 피는 마시지 말아다오.
[루시어스가 칼을 빼들고 등장]
존귀한 호민관들, 점잖은 노인들!
아이들을 풀어주고 형을 취소하시오.
울지 않던 이 사람이 말하는 거요.
흐르는 눈물이 변호인을 능가하오.

루시어스 존귀하신 아버님, 공연한 탄식예요.
호민관은 듣지 않고 곁에는 아무도 없소.
돌멩이에 슬픔을 토로하실 뿐예요.

타이터스 루시어스, 아우들을 위해서 호소하겠다.
엄숙하신 호민관들, 다시금 간청하오.—

루시어스 아버님, 그 어떤 호민관도 안 듣습니다.

타이터스 상관없다. 저들이 내 말을 들어도
거들떠보지 않고 나를 본다 하여도
동정하지 않지만 그래도 말하겠다.
쓸데없는 짓이지만.
그래서 이 슬픔을 돌멩이에 말하니
비록 나의 아픔에 응답하지 못하나
내 말을 안 끊으니 호민관들보다는
나은 데가 있구나. 내가 울면 돌멩이는
겸손히 눈물을 받아들여 나와 함께
내 발부리에서 우는 것 같다.
그래서 엄숙한 옷만 갖춰 입히면,

36 트라케의 시인 오르페우스의 루트 소리에 지옥문을 지키는 머리 셋 달린 사나운 개도 잠이 들었다. 루트는 오늘날의 기타처럼 르네상스 시대에 크게 유행한 현악기로서 비단으로 그 현을 만들었다.

돌멩이 같은 호민관이 없겠다.
돌은 밀랍처럼 부드럽고 호민관은 단단하다.
돌멩이는 말이 없어 아무런 해가 없고
호민관은 혀를 놀려 사형을 선고한다.
그런데 어째서 칼을 빼 들었느냐?
루시어스 죽음에서 두 아우를 구하려고요.
그 때문에 재판관은 저를 영원히
추방하는 선고를 내렸습니다.
타이터스 [일어서며]
오, 복된 사람아! 호감을 벌었구나.
멍청한 놈, 로마는 범들이 들끓는
밀림인 줄 모르느냐? 범은 약한 짐승을
잡아먹고 사는데 로마에는 내 자식과
나밖에는 약한 게 없다. 굶주린 자들이
너를 추방했다니 얼마나 행복하냐!
한데 누가 마커스와 함께 오는가?
[마커스가 라비니아와 함께 등장]
마커스 형님, 늙은 눈으로 우실 준비하세요.
아니면 고귀한 심장이 터지든가요.
늙은 나이를 끝내줄 슬픔을 가져와요.
타이터스 나를 끝내줄 텐가? 그렇다면 어디 보자.
마커스 이게 형님 딸이었소.
타이터스 과연 그렇다.
루시어스 [주저앉으며]
아아, 보고 죽으란 거구나!
타이터스 심장 약한 놈! 일어나 저 애를 봐.
[루시어스가 일어난다.]
라비니아, 말해라. 어떤 자의 몹쓸 손이
아비 앞에 손 없이 나타나게 했느냐?
어떤 바보가 바닷물을 더하고
활활 타는 트로이에 장작을 던졌느냐?
너 오기 전 내 슬픔이 극에 달했었는데
지금은 나일 강이 마구 넘쳐흐른다.
나에게 칼을 다오. 내 손도 자르겠다.
로마 위해 싸운 손이 헛일이 되고
남의 목숨 구한 것이 슬픔만 키웠다.
허망한 기도를 두 손 들어 드렸지만
나에게는 아무런 쓸모가 없었다.
이제 마지막으로 두 손에 바랄 일은
한 손이 다른 손을 자르는 것뿐이다.
라비니아, 차라리 손이 없어 잘됐다.
손으로 로마에 봉사해야 헛수고다.
루시어스 말해라, 누이, 누가 널 해쳤나?
마커스 아아, 혀는 속생각의 즐거운 도구여서
그토록 달갑게 재잘대던 저 애 혀가
어여쁜 큰 집에서 뜯겨진 거예요.
노래하는 귀여운 새처럼 변화무쌍한
가락으로 듣는 귀를 매혹했었지.
루시어스 대신 말씀하세요. 누가 그랬나요?
마커스 사냥터에서 저 꼴로 헤매는 걸 보았다.
다시는 낫지 못할 심하게 상처 입은
가련한 사슴처럼 숨으려고 하더라.
타이터스 나의 고명딸이었다. 그 애를 해친 자는
죽음보다 더 아프게 날 해치누나.
끝없는 바다에 둘러싸여서
돌덩이 벼랑에 서 있는 모양으로
밀려드는 밀물에 높아가는 물을 보며
악랄한 파도가 짜디짠 배 속으로
삼키기를 기다리는 사람 꼴이다.
이렇게 죽음으로 불쌍한 애들이 가고
남은 애는 추방당해 여기 서 있고
아우는 내 불행에 울며 서 있다.
하지만 내 혼보다 소중한 라비니아가
가장 심한 타격을 내 영혼에 안겨준다.
그런 꼴을 그림으로 본다고 해도
미쳐 환장하겠다. 살아 있는 네 몸이
그런 꼴이 된 걸 보니 어찌해야 되겠냐?
눈물 닦을 손도 없고 누가 너를 해쳤는지
말해줄 혀도 없다. 네 남편은 죽었는데
그 죽음에 연루되어 네 오라비들이
사형선고를 받았으니 지금쯤 죽었겠다.
마커스, 루시어스, 저 애를 좀 봐.
오라비 말을 듣고 새로운 눈물이
양쪽 뺨에 흐르는데, 시들어가는
꺾어진 백합에 이슬방울 같구나.
마커스 오빠들이 남편을 죽였다고 울지도,
오빠들이 죄 없다고 울지도 몰라요.
타이터스 [라비니아에게]
오빠들이 네 남편을 죽였다면 기뻐해라.
법률이 걔들한테 복수했어. 아니야,
그 애들이 그런 짓 했을 리 없어.
누이가 슬퍼하는 모습을 보면 알아.

착한 라비니아, 네 입술에 키스든지
무어든지 위로의 표시를 해야겠다.
네 삼촌과 오라비 루시어스와
너하고 나하고 샘가에 둘러앉아
홍수에 밀려온 진흙탕이 아직도
마르지 않은 풀밭처럼 우리 뺨에
뭐가 묻어 있는지 비추어볼까?
오랫동안 샘물을 내려다봐서
맑은 물의 단맛을 빼어버리고
짠 눈물로 샘물을 소금물로 만들까?
아니면 너처럼 손목을 자를까?
또는 혀를 깨물어 벙어리 시늉으로
지겨운 인생의 나머지를 보낼까?
어쩌면 좋겠냐? 혀를 가진 우리가
더욱 심한 불행을 꾸며내어서
두고두고 끔찍한 인간이 될까보다.

루시어스 아버님, 눈물을 멈추세요. 그 슬픔에
불쌍한 누이가 흐느껴 울어요.

마커스 참아라, 조카야. 형님, 눈물을 닦으세요.

타이터스 아, 마커스, 마커스! 자네의 손수건은
내 눈물 한 방울도 머금지 못하누나.
가련한 사람이 흠뻑 적셔놨다고.

루시어스 아, 라비니아, 네 뺨 내가 닦아줄게.

타이터스 마커스, 저것 보게. 저 시늉 알 만하네.
혀 가지고 말을 하면 자네한테 말한 걸
오빠에게 말해주고 싶어 하는군.
눈물에 흠뻑 젖은 손수건도
슬픈 자기 뺨에는 소용없단 말이군.
비탄의 공감대가 바로 이것이구나.
천국에서 황천같이 도움이 멀어!
[무어인 에어론이 홀로 등장]

에어론 타이터스 앤드로니커스, 황제께서
이 말씀을 보내시오. 아들들을 사랑하면
마커스, 루시어스, 또는 늙은
당신 중에 누구든지 손목을 잘라
황제께 보내시오. 황제는 그 값으로
두 아들을 살려서 보내준다 하셨소.
이 일로 그들이 사면받게 되는 거요.

타이터스 자비하신 황제 폐하! 선한 에어론!
까마귀가 그토록 종달새처럼
해돋이 소식을 노래한 적 없도다!
기꺼이 내 손을 폐하께 보내겠다.
에어론, 손목을 자를 테니 도와주겠나?

루시어스 잠깐만. 수많은 적을 넘어뜨리신
존귀한 그 손을 보내시면 안 됩니다.
제가 당해 내겠어요. 아버님보다는
젊은 제가 피 흘려도 괜찮습니다.
제 손이 아우들의 목숨을 살릴 겁니다.

마커스 당신들 중에서 로마를 방어하고
피 묻은 도끼를 높이 들어 적궁의
파멸을 기록하지 않은 손이 어디 있소?
두 분 모두 으뜸가는 공훈을 세우셨고
내 손은 놀았으니 죽음에서 두 조카를
구하는 데 씁시다. 그래야만 가치 있는
목적 위해 보존한 손이에요.

에어론 누구 손을 바칠지 합의하세요.
사면이 되기 전에 죽을까 걱정이오.

마커스 내 손을 보내겠소.

루시어스 천만에. 그럴 수 없소!

타이터스 다투지 마라. 이처럼 마른 풀이
뜯기 알맞아. 그러니까 내 손이지.

루시어스 아버님, 제가 아버님 아들이라고
생각하시면 아우들을 구하게 해주세요.

마커스 아버지의 은덕과 어머니의 사랑으로
아우의 사랑을 형님에게 보여야죠.

타이터스 둘이서 합의해라. 내 손은 아끼겠다.

루시어스 그럼 도끼를 가져오죠.

마커스 도끼는 내가 쓰겠다.
[루시어스와 마커스 퇴장]

타이터스 에어론, 이리 와라. 두 사람을 속이겠다.
손 좀 빌리자. 내 손 네게 줄 테니.

에어론 [방백] 그게 속임수라면 나는 정직해야지.
평생 동안 그처럼 속이지 않겠다.
하지만 다른 데서 너희를 속일 테니
반시간도 안 돼서 알게 될 거다.
[타이터스의 왼손을 자른다.[37]
루시어스와 마커스가 다시 등장]

타이터스 다툼을 그쳐라. 일이 끝났다.

37 지금도 그렇지만 당시 무대에서는 손이나 머리를 자르는 것처럼 보이는 눈속임을 연출했다.

착한 에어론, 폐하께 내 손 갖다드려라.
천 가지 위험에서 폐하를 보호한
손이라 해라. 묻어달라고 당부해라.
공적이 매우 커서 묻을 만하다.
헐값으로 아이들을 구입한 보물로
여긴다고 말씀드리되, 나 자신이
가지려고 샀으니 값진 것도 사실이다.
에어론 그럼 저는 갑니다. 당신 손 값으로
잠시 뒤에 아들들을 만나게 되십니다.
[방백] '머리들'이란 소리지. 생각만 해도
살이 팍팍 오르는 악한 짓이야!
[한쪽으로 가면서 웃는다.]
바보는 좋게 굴고 흰둥이는 자비를 구해라.
에어론은 낯짝처럼 검은 혼을 갖겠다. [퇴장]
타이터스 [무릎 꿇으며]
오, 하나 남은 제 손을 하늘로 쳐들고
쇠약한 병신 몸을 땅으로 숙입니다.
불쌍한 눈물을 동정하는 신이시면
그분께 외칩니다. [무릎 꿇는 라비니아에게] 너도 꿇겠냐?
그래라. 하늘은 이 기도를 들으시리라.
또는 한숨으로 하늘을 흐려놓고
입김으로 해를 가리자. 간혹 구름이
젖은 가슴에 태양을 품을 때처럼.—
마커스 오, 형님, 가능한 일을 말하시고
그런 깊은 극단으로 치닫지 마세요.
타이터스 내 슬픔은 바닥이 없으니 깊지 않겠나?
그러니 탄식도 바닥이 없어야지.
마커스 하지만 비탄을 이성으로 다스리시오.
타이터스 이런 슬픈 일들에 이유가 있다면
슬픔을 한계 안에 묶을 수 있겠지.
하늘이 울면 땅도 범람하지 않는가?
바람이 불어치면 바다도 미쳐 뛰며
부푼 얼굴로 하늘을 위협하지 않는가?
그러한 소란의 이유를 알고 싶은가?
내가 바다다. 바다의 탄식을 들어보라!
바다는 우는 하늘, 나는 땅, 그러니
내 바다는 자신의 탄식에 나부끼며
내 땅은 바다의 끝없는 눈물로 인해
홍수가 되어 범람하고 잠기리라.
내 마음이 슬픔을 감추지 못해
주정꾼처럼 토할 수밖에 없다.

말리지 마라. 패배자는 치미는 속을
통렬한 언어로 풀어야 하느니라.
[전령이 머리 두 개와 손 한 개를
가지고 등장]
전령 앤드로니커스. 당신이 황제께 보냈던
생생한 손에 대해 나쁜 보답이 왔소.
당신의 고귀한 두 아들의 머리와
당신 손이 멸시와 함께 돌아왔소.
당신의 슬픔은 저들의 장난이며
결단은 놀림감이라, 그 슬픔 생각하니
내 아버지의 죽음보다 훨씬 더 슬퍼요. [퇴장]
마커스 시실리의 에트나[38]는 식어버리고
이 가슴은 영원히 불타는 지옥이 돼라!
이런 슬픔은 인내를 넘어선다.
우는 자와 함께 울면 조금 위로되지만
조롱당한 슬픔은 두 번 죽는 죽음이지.
루시어스 아아, 이 모습이 깊은 상처를 주지만
쓸데없는 목숨은 꺼질 수 없다!
쓸모없는 목숨은 숨만 쉬는데
살았다는 이름을 지녔으니 너무하구나!
[라비니아가 타이터스에게 키스한다.]
마커스 아아, 불쌍한 것아, 그런 키스는
굶은 뱀이 찬물 켜듯 위안되지 않누나.
타이터스 무서운 이 잠이 언제 끝날까?
마커스 환상아, 가라. 형님, 죽으세요.
이건 꿈이 아녜요. 여기 두 아들 머리,
용맹했던 당신 손, 병신 된 딸이 있소.
처참한 이 꼴을 보고 하얗게 질려버린
추방당한 아들과 아우인 나는
석상처럼 차디차고 넋이 나갔소.
이젠 당신의 슬픔을 말리지 않을 테요.
흰머리 쥐어뜯고 남은 손 물어뜯어
끔찍한 그 광경을 보는 것으로
한없이 불행한 눈들을 닫읍시다.
지금은 광란할 때요. 왜 조용하세요?
타이터스 하하하하!
마커스 왜 웃소? 이런 때와 어울리지 않소.
타이터스 왜냐고? 더 흘릴 눈물도 없어.

38 이탈리아 시실리(시칠리아) 섬에 있는 화산.

게다가 이놈의 슬픔이 원수라서,
짠물이 그득한 두 눈을 점거하고
흐르는 눈물로 눈을 멀게 하겠다니
복수의 동굴을 어찌 찾는가?
저 머리 두 개가 나를 쳐다보면서
가해자의 목구멍에 이 모든 악행을
다시 쑤셔 넣기 전엔 결단코 내가
행복할 수 없다고 위협하는 것 같다.
그럼 내가 어떻게 행할지 생각해보자.
[그와 라비니아가 일어선다.]
슬퍼하는 자들아, 내 주위에 모여라.
너희를 둘러보고 각자 당한 억울을
바르게 고칠 것을 영혼에 맹세한다.
[마커스, 루시어스, 라비니아가 타이터스를
에워싼다. 그가 그들에게 서약한다.]
맹세했다. 그럼 아우, 머리를 하나 들어라.
나는 이 손으로 나머지를 들겠다.
그리고 라비니아, 네게도 일이 있다.
귀여운 애야, 네 이빨로 내 손을 물어라.
[루시어스에게]
너는 속히 내 앞에서 사라져라.
추방당한 자니까 있으면 안 돼.
고트족에 달려가서 군대를 일으켜라.
내가 믿거니와 네가 나를 사랑하면
키스하고 헤어지자. 할 일이 무척 많다.
[루시어스 외에 모두 퇴장]

루시어스 존귀하신 아버님, 안녕히 계십시오.
로마 시민 가운데서 가장 슬퍼하시는 분!
잘 있어라, 잘난 로마, 내가 다시 올 때까지!
나는 맹세를 목숨보다 사랑한다.
고귀한 누이 라비니아, 잘 있어라.
네가 전과 같다면 얼마나 좋으랴!
하지만 이제는 루시어스도 라비니아도
끔찍한 슬픔과 망각 속에 지낼 터이니
내가 살아 있으면 원수를 갚으리라.
황제와 황비가 타르퀴니우스와 왕비처럼[39]
성문에서 비럭질하게 만들어 놓겠다.
이제는 고트족에 달려가 군대를 일으켜
새터니너스와 로마에 복수하겠다. [루시어스 퇴장]

## 3. 2

[식탁. 타이터스 앤드로니커스, 마커스, 라비니아,
소년(루시어스의 아들) 등장]

타이터스 그러면 앉아 먹되 우리의 쓰라린
슬픔에 대해 복수할 기운을
유지할 정도만 먹어라. 마커스,
슬픔을 나타내는 팔짱을 풀게.
나와 너의 조카는 가련하게도
손이 없어, 팔짱 끼는 시늉으로
열 배나 심한 이 슬픔을 나타낼 길이
아예 없구나. 불쌍한 이 손만 남아
가슴을 친다. 이 몸의 공허한 옥에서
슬픔에 미친 심장이 펄떡거릴 때
이처럼 두드려서 진정시킨다.
[라비니아에게]
표정으로 말하는 슬픔의 초상화야,
불쌍한 심장이 거칠게 펄떡여도
나처럼 두드려서 누르지도 못한다.
한숨으로 때리고 신음으로 죽여라.
아니면 이빨로 작은 칼을 물어서
심장에 구멍을 뚫어 불쌍한 네 눈에서
쏟아지는 눈물이 그리로 스며들어
한숨짓는 내 딸을 바닷물처럼
짜디짠 눈물 속에 잠기게 하렴.

마커스 형님, 그만하세요! 그처럼 거친 손을
가녀린 목숨에 대라고 하지 마세요.

타이터스 뭐라고? 슬퍼하다가 망령이 들었어?
마커스, 미칠 자는 나밖에 없고,
어떻게 목숨에 거친 손을 대겠나?
아우는 어째서 손을 얘기하나?
트로이가 불타서 불행에 빠진 일을
아이네이스가 다시 해야 하나?[40]
손 얘긴 꺼내지 마. 우리가
손 없다는 사실을 생각나게 하지 마.

39 폭군 타르퀴니우스가 루크리스를 겁탈한 뒤 가족 전체와 함께 추방당한 고대 로마의 왕. 2막 1장 참조.

40 디도 여왕의 요청으로 아이네이스가 트로이의 파멸이라는 구슬픈 이야기를 또다시 할 수밖에 없었다.

아, 내가 미친 듯 억지 말 한다!
마커스가 손 얘기를 안 했다 해도
손 없다는 사실을 잊을 수 없지!
자, 그럼 먹자. 얘야, 이거 먹어라.
마실 게 없네! 마커스, 저 애 말 듣게.
—사라진 손짓을 내가 알아보거든.—
뺨에서 으깨어져 슬픔이 빚어낸 술,
눈물밖에 마실 것이 없단 말이군.
말없는 원망의 여자야, 네 속을 읽고
동냥중이 기도문을 끝까지 암송하듯
벙어리 몸짓을 온전히 익히겠다.
너의 한숨, 하늘을 향한 너의 두 팔목,
너의 눈짓, 고갯짓, 꿇은 무릎, 시늉에서
글자를 뜯어 읽고 부지런히 공부해서
말하려고 하는 뜻을 알아내겠다.
소년 할아버지, 쓰라린 탄식을 멈추시고
재밌는 이야기를 고모님께 해드려요.
마커스 아아, 어린아이가 슬픔이 복받쳐
할아버지 슬픔에 눈물 흘린다.
타이터스 아이야, 그만해라! 눈물투성이구나.
눈물이 목숨을 빨리 녹여버린다.
[마커스가 칼로 접시를 친다]
마커스, 무엇을 칼로 치나?
마커스 쳐서 죽였소.—파리요.
타이터스 몹쓸 살인자! 내 심장을 죽인다.
폭력은 보기만 해도 눈이 아리다.
죄 없는 자에게 죽음을 가한 것은
아우답지 못하다. 내 앞에 얼씬 마라.
나와 같이 있을 자가 되지 못한다.
마커스 아아, 형님. 파리를 죽였을 뿐이오.
타이터스 '뿐'이라고? 그것에 아비가 있다면 어쩌겠어?
연약한 금 날개를 늘어뜨리고
공중에서 붕붕대며 탄식하겠지!
죄 없는 불쌍한 파리,
붕붕대는 귀여운 노래로 우리에게
기쁨을 주기 위해 여기로 온 걸 죽였어!
마커스 용서하세요. 흉물처럼 시커먼 파리였소.
황비의 검둥이 같아서 죽였소.
타이터스 저런, 저런, 저런!
그럼 널 욕한 나를 용서해다오.
좋은 일이었구나. 네 칼 나 다오.
그놈을 놀리겠다. 그 무어 놈이
나를 독살하려는 흉계를 품고
이곳에 왔던 걸로 상상하겠다.
이건 네 몫, [파리를 친다.]
이건 태모라 몫. 요놈!
하지만 우리 둘이 숯처럼 새까만
껌둥이 같은 파리 새끼 한 마리를
죽일 만큼 타락한 건 아닐 테지.
마커스 아아, 가련한 분! 슬픔에 짓눌려
그림자를 실체로 오해하신다.
타이터스 그럼 상을 치워라. 라비니아, 함께 가자.
네 방으로 가겠다. 옛날에 일어났던
슬픈 이야기들을 같이 읽겠다.
얘, 너도 같이 가자. 너는 눈이 좋으니까
내 눈이 아물대면 네가 읽어라. [모두 퇴장]

## 4. 1

[루시어스의 아들과 라비니아 등장. 그녀가
그를 쫓아 뛰어간다. 소년은 옆구리에 책들을
끼고 그녀에게서 달아난다. 타이터스와 마커스
등장]
소년 할아버지, 도와줘요! 라비니아 고모가
어디든 따라와요. 이유는 몰라요.
작은할아버지, 쫓아오는 것 보세요.
아아, 고모, 도대체 왜 그러세요?
[책들을 떨군다.]
마커스 내 옆에 서라. 고모를 겁내지 마라.
타이터스 너를 무척 사랑하니 해치지 않을 게다.
소년 아버지가 로마에 계실 땐 사랑하셨죠.
마커스 라비니아, 왜 그러냐?
타이터스 겁내지 마라. 뭔가 말하고 싶어 해.
고모가 너를 얼마나 귀애하냐!
어딘가 같이 가자는 것 같다.
고모가 시세로의 『웅변론』[41]과 좋은 시를
열심히 가르치고 옛날 코르넬리아[42]가

41 이 책은 우리나라의 『명심보감』처럼 로마와 르네상스 시대에 가장 이름난 교훈적 문장 독본이었다.

아들들을 가르친 걸 훨씬 뛰어넘었지.
마커스 왜 그리 쫓아갔는지 짐작 안 되냐?
소년 정말 알 수 없어요. 발작이나 광증을
일으킨 게 아니라면 짐작조차 못 해요.
슬픔이 심해지면 사람이 미친다고
할아버님이 가끔 말씀하셨어요.
트로이의 헤카베[43]가 슬퍼서 미쳤다는
이야기를 읽은 이유로 겁이 났어요.
고귀하신 고모님이 어머니처럼 사랑하고
미치지 않았다면 어린 저를 놀라게 하지
않으셨겠죠. 그래서 책을 버리고
달아났던 거예요. 아마 괜히 그랬죠.
용서하세요, 사랑하는 고모님.
작은할아버지가 가시면 기꺼이 제가
고모님 시중을 들겠습니다.
마커스 아니다. 그건 내가 할 일이야.
[라비니아가 어린 루시어스가 떨군 책들을 뒤적인다.]
타이터스 왜 그러냐, 라비니아? 아우, 왜 그럴까?
저 애가 보려는 책이 있는 것 같아.
그중 어떤 책이냐?—루시어스, 펴봐라.—
하지만 네가 공부도 깊고 실력도 높지.
그러니 내 모든 서재를 뒤져보면서
이 짓을 꾸며낸 저주스런 몹쓸 놈을
하늘이 밝힐 때까지 슬픔을 잊어라.
왜 저렇게 연달아 두 팔 휘젓지?
마커스 그 짓에 하나 이상 짝패가 있었다는
뜻인 듯해요. 그래요. 그 이상예요.
또는 복수하라고 하늘에 팔을 쳐들어요.
타이터스 루시어스, 무슨 책을 저렇게 흔드냐?
소년 할아버지, 오비디우스의 『변신 이야기』[44]예요.
어머니가 주셨던 거죠.
마커스 죽은 남편 때문이다.
여럿 중에 그 책을 고른 것 같다.
타이터스 쉿! 부지런히 책장을 넘긴다!
도와줘라. 어디를 찾느냐? 라비니아,
읽어줄까? 구슬픈 필로멜라 사연이니,
너의 상처 뿌리가 겁탈인 것 같다.
마커스 형님, 보세요. 책장을 뒤지고 있어요.
타이터스 라비니아, 내 딸아, 필로멜라처럼
모질고 황량하고 음습한 숲 속에서
뜻밖의 습격으로 겁탈당했냐?
그렇구나. 사냥터에 그런 데 있지.
아, 거기서 사냥하지 말았어야지!
오비디우스의 시가 말하는 장면처럼
자연이 만든 살인과 겁탈의 장소야.
마커스 신들이 비극을 즐기지 않는다면
어째서 자연은 그런 데를 만드나요?
타이터스 딸아, 표시해라. 여긴 모두 네 편이다.
어떤 로마 귀족이 그런 짓을 했거나
루크리스를 더럽히려고 진지를 떠난
타르퀴니우스처럼[45] 황제가 어른대지 않았냐?
마커스 앉아라, 조카야. 형님은 옆에 앉으세요.
아폴로, 팔라스, 주피터, 머큐리여,[46]
흉계를 알아낼 영감을 주소서!
형님, 여기 보세요. 라비니아, 여기 봐라.
[그는 발과 입으로 지팡이를 움직여서
자기 이름을 쓴다.]
여기는 모래가 반반하다. 할 수 있으면
나처럼 지팡이를 움직여봐라.
손의 도움 안 받고 내 이름 적었어.
이런 짓을 해야 하니 그 심보에 저주를!
얘야, 복수할 테니 신이 아실 비밀을
여기 적어라. 하늘이 붓대를 인도해
네 슬픔을 분명히 또박또박 적어서
범인들과 사실을 알 수 있길 바란다.
[그녀가 지팡이를 입에 물고 손목으로
지팡이를 움직여 글자를 쓴다.]
아, 형님, 뭐라고 썼는지 읽으세요?
타이터스 "겁탈—카이론—디미트리어스."
마커스 뭐라고? 태모라의 음탕한 자식들이
그처럼 악한 짓을 저질렀다고?

42 이율곡을 길러낸 신사임당처럼 로마 최고의 호민관과 입법자가 된 그라쿠스 형제를 길러낸 이름난 어머니.
43 트로이의 마지막 왕 프리아모스의 아내. 50명 아들을 모두 잃고 슬퍼서 미쳐버렸다(주 10 참조).
44 로마 시인 오비디우스의 『변신 이야기』에 테레우스와 필로멜라 이야기가 들어 있다.
45 타르퀴니우스는 전쟁 중에 루크리스의 미모에 관해 듣고 남편이 없는 사이 그녀의 집에 몰래 찾아가서 그녀를 겁탈했다.
46 이들은 모두 예언의 능력이 있는 신들이었다.

타이터스 "위대한 하늘의 지배자 주피터시여,
죄의 말을 들으시며 보기만 하십니까?"[47]
마커스 형님, 진정하세요. 땅에 쓰인 게
온건한 생각에 반항을 일으키고
아기의 마음까지 강하게 자극하여
열렬한 반발을 자아낼 거지만—
형님, 무릎 꿇읍시다. 라비니아, 무릎 꿇자.
로마의 용사 루시어스의 희망, 너도 무릎 꿇어라.
[그들이 무릎을 꿇는다.]
다 같이 맹세하자. 옛날 브루투스가
겁탈당한 루크리스의 남편과 부친과 함께
그녀의 치욕에 복수를 다짐했듯,
치밀한 계획으로 간악한 고트족을
죽음으로 복수하여 피를 보지 못하면
수치를 안은 채 다 함께 죽자.
[그들이 일어선다.]
타이터스 너희가 방법을 안다면 확실하지만
그런 새끼 곰들은 조심스레 사냥해라.
냄새를 맡으면 어미가 잠을 깬다.
지금껏 사자와 관계가 깊어
드러누워 놀면서 사자를 어르다가
사자가 잠들면 하고 싶은 대로 한다.
마커스, 자네는 사냥에 미숙하니
가만 놔둬라. 내가 동판을 구해서
꼬챙이를 만들어 그 말을 새겼다가
매서운 북풍으로 이곳의 모래알을
시빌[48]의 예언처럼 널리 퍼뜨릴 테니,
배울 점이 무언가? 아이야, 대답해라.
소년 할아버지, 제가 대답하죠. 제가 어른이 되면
저들의 어미 침실은 로마의 노예들 때문에
안전을 보장할 수 없게 되지요.
마커스 그렇지! 장하다! 네 아버지가
은덕을 잊은 이 나라에 그런 일 했다.
소년 목숨 붙어 있는 한 그렇게 하겠습니다.
타이터스 루시어스, 우리 집 무기고에 함께 가자.
네게 필요한 물건을 내주겠다.
황비의 아들에게 선물을 보낼 텐데
네가 내 심부름으로 갖다 주어라.
같이 가자. 시키는 대로 할 테지?
소년 예. 놈들의 가슴에 칼을 박지요.
타이터스 얘야, 안 된다. 다른 길을 알려줄게.
라비니아, 함께 가자. 마커스, 집을 보게.
나와 루시어스가 궁정에서 연출한다.
정말 그렇게 하겠다. 무시하지 못할 게야.
[타이터스, 라비니아, 소년 퇴장]
마커스 하늘이여, 선한 이의 신음을 들으시고
아무 말 없으시고 동정하지 않으십니까?
마커스, 저 미친 사람을 보살펴줘라.
적의 칼이 방패에 남긴 자국들보다
훨씬 많은 상처를 가슴에 지녔지만
정직한 그 사람은 복수하지 않는다.
하늘이여, 타이터스의 원수를 갚아주소서! [퇴장]

## 4. 2

[에어론, 카이론, 디미트리어스가 한쪽 문으로,
어린 루시어스와 또 한 사람이 글귀가 적힌
무기 한 다발을 들고 다른 문으로 등장]
카이론 디미트리어스, 루시어스의 아들이
우리를 찾아왔다. 전할 말이 있다는데.
에어론 미친 할아버지의 미친 소릴 테지요.
소년 대감님들, 마음을 다하여 고개 숙여
앤드로니커스의 인사를 전해드립니다.
[방백] 로마의 신들이 너희 둘을 몰살시키길!
디미트리어스 고맙다, 귀여운 루시어스. 무슨 말인데?
소년 [방백] 흉악한 강간범인 너희 비밀이
탄로 났단 말이다.—괜찮다고 보시면,
할아버지가 생각 끝에 무기고 가운데서
가장 좋은 무기들을 저를 통해 보내시며
로마의 희망인 두 분의 영광된 젊음을
축하하는 말씀을 드리라 해서
그 말을 전하면서 선물을 드리오니
필요하실 때마다 무장을 갖추십시오.
그럼 물러갑니다.—[방백] 잔악한 놈들.
[시종과 함께 퇴장]

47 본래는 라틴어로 되어 있는 대목으로, 세네카의 비극 『히폴리투스』의 일부를 번안한 것.
48 그리스, 로마 신화에 나오는, 예언과 신탁을 전달하는 능력의 소유자, 열두 명의 여자 예언자들인 시빌(Sibyls)은 나뭇잎에 예언을 적어서 사람들이 읽기 전에 바람에 날려 보냈다.

디미트리어스 이게 뭔가? 두루마린데 글이 써 있군.
어디 보자.
"올바른 삶을 살며 죄가 없는 사람은
무어인의 활과 창이 필요하지 않도다."[49]
카이론 호라티우스 구절이다. 아주 잘 알아.
소싯적에 독본에서 배웠던 거야.
에어론 맞습니다. 그분의 글귀죠. 맞추셨어요.
[방백] 정말 한심한 멍청이로다!
멋진 말장난이야! 늙은이가 알아내서
녀석들이 모르는 촌철살인 문장으로
속뜻을 둘러싸서 무기를 보냈구나.
영리한 황비님이 마음대로 다니시면
늙은이가 숨긴 뜻을 칭찬했을 테지만
몸이 불편하시니 잠깐만 쉬시게 하자.—
그런데 왕자님들, 이방인 포로들을
로마로 인도하여 이처럼 높였으니
이게 과연 행운의 별이 아닌가요?
대궐 문 앞에서 아우 놈이 듣는 데서
호민관에 맞서시니 기분 좋네요.
디미트리어스 그런데 그런 높은 양반이 굽실대며
선물을 보냈다니 더욱 기분이 좋다.
에어론 왕자님, 그보다는 딴 이유가 없을까요?
무척 친절히 그분의 딸을 대접하셨죠?
디미트리어스 로마 여자 천 명을 그런 데 몰아넣고
차례차례 맛본다면 아주 삼삼하겠다.
카이론 사랑이 넘치니까 은혜로운 소원이다!
에어론 '아멘!' 하실 어머님만 안 계시군요.
카이론 이만 명이 넘는대도 '아멘!' 할 거야.
디미트리어스 자, 신전에 나아가 온갖 신에게
어머니의 진통을 그치라고 기도하자.
에어론 [방백] 신이 우릴 버렸으니 악귀에게 빌어라.
[나팔들이 울린다.]
디미트리어스 어째서 황제의 나팔이 울리는가?
카이론 아들을 보아서 기쁜가보지.
디미트리어스 가만. 누가 오는데?
[유모가 검둥이 아기를 안고 등장]
유모 안녕하세요?
그런데 무어인 에어론을 보셨나요?
에어론 이럭저럭 괜찮거나 흔적도 없어.
에어론은 여기 있지. 볼일이 뭔가?
유모 오, 착한 에어론, 우리 모두 망했네요.
당장 도와주거나 영영 슬퍼하세요!
에어론 어째서 이처럼 방정맞게 떠들어?
무얼 싸안고 안절부절못하나?
유모 하늘의 눈에서 숨기고 싶은 거예요.
황비님의 수치요 로마의 창피예요.
푸셨어요, 대감님들, 몸을 푸셨다고요.
에어론 몸은 왜?
유모 해산하셨단 말이에요.
에어론 신의 안식 있기를! 무얼 주셨는데?
유모 마귀요.
에어론 그럼 마귀 어미다. 행복한 열매구나.
유모 불행하고 끔찍하고 시커먼 열매예요.
여기 애가 있어요. 얼굴 하얀 우리나라
아기들 가운데서 두꺼비처럼 역겨워요.
황비께서 당신을 빼닮은 아기를 보내시며
당신 칼로 애 이름을 지으시래요.
에어론 망할 갈보 년들아! 검정빛이 그렇게 천해?
[아기에게]
귀여운 핏덩이! 분명히 예쁜 꽃송이야!
디미트리어스 악질 놈, 무슨 짓 했냐?
에어론 네가 돌려놓지 못할 일이지.
카이론 네가 어머니를 망쳐놨구나.
에어론 망할 놈, 내가 네 어머니와 재미 보았다.
디미트리어스 개새끼, 그래서 어머니를 망쳤구나.
정말 운이 나쁘다. 저따위를 골랐다니!
그런 추한 악귀의 새끼는 저주받아라!
카이론 살려두지 못해.
에어론 절대 못 죽여.
유모 에어론, 죽어야 해요. 어머님이 원하세요.
에어론 죽어야 해? 그럼 딴 사람 아닌 내가
내 살과 내 피를 사형에 처하겠다.
디미트리어스 올챙이 새끼 배를 내 칼에 꿰겠다.
유모, 이리 달라. 칼로 금방 해치우겠다.
에어론 [아기를 낚아채고 칼을 뽑으며]
먼저 이 칼이 네 배를 가르겠다.
꼼짝 마라, 살인범들. 동생을 죽일 테냐?
아이를 잉태할 때 밝게 빛나던
하늘의 불타는 촛불들에 맹세코

49 원문의 이 부분은 라틴어로 되어 있는데, 당시 라틴어 초급 교과서의 한 부분이었다.

나의 첫 상속자에게 손대는 놈은
시퍼런 언월도에 죽을 줄 알아라.
애송이들아, 신과 싸운 거인 왕이
사나운 족속들을 이끌고 덤벼도,
힘센 헤라클레스도, 전쟁의 신도
제 아비 손에서 아기를 못 뺏는다.
너희 희뿌연 겁쟁이 애새끼들,
허옇게 회 칠한 담, 술집 간판 같은 놈들![50]
까만빛은 다른 어떤 색깔도 띠지 않아
어떤 색깔보다도 우수한 색깔이다.
백조의 검은 발을 물속에서 쉬지 않고
씻는다 해도 온 세상 바닷물도
희게 빨지 못한다. 내 새끼 내가 챙길
나이가 됐다고 황비에게 전해라.
황비가 뭐라고 구슬려도 소용없어.

디미트리어스 고귀한 애인을 이렇게 배반하냐?

에어론 애인은 애인이고 아이는 나 자신,
젊은 내 힘이고 젊은 내 모습이야.
세상의 뭣보다도 아이가 소중해.
세상이 뭐라고 해도 아이를 지킬 테니
너희 중 몇 놈은 연기가 될 게다.

디미트리어스 이번 일로 우리 어머니가 영영 개망신이다.

카이론 창피하게 피했다고 로마가 멸시할 테지.

유모 노하신 황제께서 황비를 죽일 거예요.

카이론 창피를 생각하니 얼굴이 뜨겁다.

에어론 희뿌연 색깔이라 너희들 맘속의
흉계와 비밀이 벌겋게 나타난다!
여기 있는 아이는 낯빛부터 다르다.
새까만 요것이 "어르신, 나는 당신
아이요." 하는 듯 아비 보고 웃는다.
너희들아, 이 애는 너희들 동생이다.
너희한테 처음으로 목숨을 준
똑같은 핏줄이고 너희들을 가뒀던
똑같은 태를 벗고 햇빛을 본다.
내 화상이 애 얼굴에 찍혀 있지만
더 분명한 사실은 너희들의 동생이란 거다.

유모 에어론, 황비님께 뭐라고 말씀드려요?

디미트리어스 에어론, 어떻게 해야 할지 생각해봐.
우리가 모두 네 권고를 따르게 됐다.
모두 안전하다면 아이는 살려도 돼.

에어론 그럼 모두 앉아서 의논해봐라.
나와 아들은 멀리 앉아 들을 테니
거기 앉아 마음껏 안전을 의논해봐라.

디미트리어스 [유모에게]
아이를 본 여자가 몇 사람이냐?

에어론 잘나신 도련님들! 우리가 협력할 때
나는 어린 양이지만, 무어인에 대항하면
성난 곰도 산속의 암사자도 바닷물도
성난 에어론만큼 사납지 못하다.

디미트리어스 [유모에게] 아이를 본 자가 몇 명인지 말해라.

유모 산파 코넬리아와 나하고
해산하신 황비밖에 아무도 없어요.

에어론 황비와 산파와 당신뿐이라.
제삼자가 없으면 둘은 입을 막겠지.
황비에게 돌아가 내 말을 전해라.
[그가 그녀를 찔러 죽인다.]
'꿀꿀꿀꿀!' 통구이용 돼지가 그렇게 외쳐.

디미트리어스 에어론, 이게 무슨 짓이야? 왜 그랬나?

에어론 아, 너희들, 정략에 의한 행동이야.
우리 죄 발설할 여자를 살려둬?
재잘대는 수다꾼을? 안 될 소리야.
그럼 이제 계획을 모두 말씀드리지.
멀지 않은 곳에서 우리나라 사람이
어젯밤 아들을 봤는데 그 애가
어미를 닮아 당신들처럼 하얗단다.
그자와 짜고 어미에게 돈을 주고
자세한 내용을 그들에게 말해주고
그렇게 하면 아이가 출세하여
황제의 후계자로 인정받게 되어서
내 아이 자리에 대신 들어앉으면
궁정의 소용돌이를 잠재울 테니
황제는 그 아이를 제 아이로 귀애하겠지.
너희들 보아라. [유모를 가리키며]
여자가 약을 먹었다.
장례는 당신들이 치러줘야겠군.
묻을 들은 가까운데 당신들이 신사다.
일을 속히 마치고 시간을 끌지 말고
산파를 곧장 나한테 보내라.
산파와 유모를 적당히 처분하면

50 시골 술집 간판에 엉터리로 그려놓은 사람 모양.

여편네는 마음대로 지껄이래라.

카이론 에어론, 너는 바람에게도 비밀을
안 맡기겠어.

디미트리어스 어머니와 자식들이
너한테 매우 크게 빚졌다.

[카이론과 디미트리어스가
유모의 시신을 들고 퇴장]

에어론 제비처럼 재빨리 고트족에게 달려가
팔에 안은 보물을 고이 맡겨 놓고는
황비의 친족들을 남몰래 만나야지.
입술 두꺼운 녀석, 너를 데려가겠다.
너 때문에 이런 짓을 꾸미게 됐어.
산열매, 풀뿌리를 먹여 키우고
젖 국물 먹이고 염소젖 빨리고
토굴에 살게 해서 용사로 키워
부대를 지휘하도록 길러내야지. [퇴장]

## 4. 3

[타이터스, 늙은 마커스, 그의 아들 퍼블리어스,
어린 루시어스, 그 밖의 신사들(셈프로니어스,
케이어스)이 활을 들고 등장. 타이터스가 끝에
편지를 매단 화살들을 가지고 있다.]

타이터스 마커스, 이리 오게. 친족들, 이리로 가자.
아이야, 네 활솜씨를 내게 보여다오.
활을 힘껏 당겨라. 그래야 잘 맞아.
"정의는 땅을 떠났다."[51] 마커스, 잊지 말게.
정의는 사라졌어. 집안의 친족들아,
스스로 무장해라. 바닷속을 살펴보고
그물을 던져라.
바다에서 정의를 잡을는지 모르겠지만,
땅처럼 바다에도 정의를 볼 수가 없어.
그러니 퍼블리어스, 셈프로니어스,
괭이와 삽으로 너희가 파 내려가
땅덩이의 중심을 꿰뚫어야 하는데
마침내 플루토의 영역[52]에 도달하면
지하의 왕에게 이런 말로 진정시켜라.
정의와 도움을 간절히 구하면서
은혜를 잊은 로마에서 슬픔에 시달린
늙은 앤드로니커스가 아뢴다 해라.
나를 황제로 뽑은 민중의 표를
지금 나를 박해하는 그자에게 넘겼을 때,
아아, 로마! 너는 비참하게 됐다.
서둘러 빨리 가라. 모두들 조심해라.
함선이란 함선은 빠짐없이 수색해라.
악한 황제가 정의를 숨겼을지 모른다.
그런 때는 우리 일이 수포로 돌아가.

마커스 퍼블리어스, 고귀하신 백부께서
저리 실성하셨으니 슬픈 일 아닌가?

퍼블리어스 그러니까 여러분, 밤낮을 안 가리고
백부님을 정성껏 보살펴야 합니다.
보다 나은 치유법이 생길 때까지
그분 뜻을 되도록 거스르지 맙시다.

마커스 그분의 슬픔을 고칠 수는 없지만
고트족과 동맹하여 복수의 전쟁으로
은혜를 모르는 로마에 보복하고
배신자 새터니너스를 응징하자.

타이터스 퍼블리어스, 어떻게 됐나? 친족들,
어떻게 됐나? 정의의 여신을 만났나?

퍼블리어스 아니요. 하지만 플루토가 말하길
지옥의 복수를 원하시면 그렇게 한대요.
정의의 여신과 주피터는 지금
다른 일로 너무 바빠 백부님은 한동안
기다릴 도리밖에 없으시답니다.

타이터스 신이 지체하다니 부당한 처사다.
불타는 지옥 못에 자맥질해서
여신의 발목을 잡아채겠다.
마커스, 우리는 삼나무가 못 되고
덤불나무라, 뼈대 굵은 거인은 아니로되
뼛속까지 단단한 무쇠 덩이다.
그러나 참을 수 없을 만큼 억울한데
지상에도 지하에도 정의가 없으니
분함을 풀어줄 정의를 보내라고
하늘에 호소하고 신을 움직이겠다.
시작하자, 마커스. 자네는 명궁수야.
[그들에게 화살을 준다.]

51 오비디우스의 『변신 이야기』에 나오는 한 구절. 원문에는 라틴어로 되어 있다.
52 하데스의 후신(後身)인 플루토가 지배하는 지하 세계.

'주피터에게', 이건 네 거, 이건 '아폴로에게',[53]
이건 '군신에게', 즉 내 거다. 얘, 이건
'팔라스에게.' 이건 '머큐리에게.'
'새터니너스'가 아닌 '새턴에게'는
케이어스 거다. 그자에겐 허공에 쏘는 거나
마찬가지다. 얘, 활을 겨냥해.
마커스, 내가 신호할 테니 활을 쏴.
확실히 효과를 내게끔 글을 쓰고
빠짐없이 모든 신에게 호소 보냈다.

마커스 화살들을 남김없이 궁중에 대고 쏴라.
난 척하는 황제를 따끔하게 혼내자.

타이터스 그럼 활을 당겨라. 잘했다! 루시어스!
'처녀좌'에 앉았구나. '팔라스'에게 보내라.[54]

마커스 형님, 내가 쏜 화살이 달님을 넘어갔군요.
편지는 지금쯤 주피터에게 갔을 게요.

타이터스 으하하! 퍼블리어스, 그게 무슨 짓이야?
황소 뿔이 맞아서 떨어졌구나!

마커스 그래서 재미있어요. 퍼블리어스가 쏘니까
'황소'가 아파서 '숫양'을 받으니까[55]
숫양 뿔 두 개가 궁중에 떨어진 걸
황비의 종놈이 발견하지 않았나요!
그녀가 웃으면서 검둥이를 시켜서
지체 말고 주인에게 선물하라고 했어요.

타이터스 갈 데로 갔다. 황제가 즐기길!
[어릿광대가 바구니에 비둘기 두 마리를
담아 들고 등장]
하늘 소식 도착했다! 마커스, 전령이야.
무슨 소식들인가? 편지가 있나?
법대로 하겠나? 주피터가 뭐라데?

어릿광대 아, 그 교수대 세우는 놈 말예요? 그거 다시
뜯었다고 하데요. 다음 주까지는 그 사람 목을
달면 안 된다고 했대요.

타이터스 그런데 주피터가 뭐라고 했나?

어릿광대 아이구, '주비딴'지 뭔지 하는 작자 전혀 몰라요.
평생에 그런 놈과 술 마신 적 없어요.

타이터스 아니 너 편지 나르는 놈 아니야?

어릿광대 아뇨, 비둘기를 나르죠. 딴 건 안 해요.

타이터스 아니, 그럼 하늘에서 안 왔어?

어릿광대 하늘이오? 에구구! 게서 온 게 아녜요. 이런
젊은 나이에 하늘 문을 열겠다니 엄두도 못 내요.
지금 호민관 양반들한테 비둘기 갖고 가는 길인데
우리 아저씨하고 황제님의 부하 나리 사이에
송사가 생겨서 잘 봐달라고 부탁하는 거라고요.

마커스 [타이터스에게]
마침 잘됐네요. 형님의 변론을 대신하기에 아주
적당하겠어요. 형님이 보내는 거라 하며 비둘기를
황제에게 바치라고 하세요.

타이터스 이 사람, 의젓한 태도로 황제에게 변론할 수
있겠나?

어릿광대 못 해요. 평생 의젓하게 말한 적 없어요.

타이터스 이리로 와라. 잔소리 말고
비둘기 바쳐. 내가 보냈다 하면
황제가 직접 법을 시행할 게다.
잠깐만 기다려. 이건 네 수고비다.
펜과 잉크를 갖다다오.
[글을 쓴다.]
이 사람, 칼 있나? 어디 좀 보자.
[칼을 받아 마커스에게 준다.]
마커스, 진정서 밑에다 같이 넣게.
겸손한 민원인에 알맞은 민원이다.
황제에게 바친 후에 대문을 두드리고
황제가 뭐랬는지 나한테 말해라.

어릿광대 안녕히 계세요. 그렇게 할 텝니다. [퇴장]

타이터스 마커스, 가자. 퍼블리어스, 따라와라. [모두 퇴장]

## 4. 4

[황제, 황비, 그녀의 두 아들 카이론과 디미트리어스,
시종들 등장. 타이터스가 자기에게 쏜 화살들을
황제가 들고 있다.]

새터니너스 억울한 일들이라! 로마의 황제가
이렇게 시달린 적이 있나? 이렇게
괴롭히고 반항하고 시정을 요구하고

53 이처럼 타이터스는 이 일에 참여한 친족 모두에게 신의 이름을 붙인 화살을 주어 궁성 안으로 쏘게 한다.

54 '처녀좌'라는 별자리는 정의의 여신과 관련된다. '팔라스'는 처녀 여신 아테네다. 모두 처녀와 관계있다.

55 '황소'와 '숫양'은 별자리 이름이나 모두 뿔 달린 짐승이다. 그런데 뿔은 '오쟁이 진 남편' 머리에도 돋아난다.

이렇게 경멸적인 대접을 받았었는가?
신들도, 당신들도 잘 알다시피
내 마음을 뒤흔드는 불순분자가
백성의 귀에다 수군대고 있지만
늙은 앤드로니커스의 못된 아들놈들을
법에 따라 사형 집행했을 뿐이다.
그런데 슬퍼서 정신이 돌았으니
낸들 어쩌겠는가? 그 때문에 이처럼
그자의 복수심에, 광적인 발작에,
강렬한 원한에, 시달려야 하는가?
이건 머큐리, 이건 아폴로, 이건 군신,
신들에게 쏜 게군. 로마에 떠돌면
달콤하게 들릴 만한 글귀들이지!
원로원을 모독하며 내가 불의하다고
온 세상에 선포하는 행위 아닌가?
로마에는 법이 없다고 하는 말같이
난 체하는 심보가 아니겠는가?
내가 살아 있는 한 그의 거짓 광태를
이런 짓의 빌미가 될 수 없게 하겠다.
황제의 건재함에 법이 살아 있음을
그자들은 알 것이며, 내가 잠을 잔다면
당장 깨어 일어나 무섭게 진노하여
건방진 반역자를 잘라버릴 터이다.

태모라 자비로운 내 남편, 사랑하는 새터나인,
내 목숨의 주인이며 내 생각의 지배자,
고정하세요. 노인의 실수를 참으세요.
용맹한 자식들을 슬퍼하는 것이어요.
자식들을 잃어서 속이 깊이 상해서,
이처럼 불경한 행동을 했던 데 대해
못난 자 잘난 자를 상벌하기보다는
불쌍한 처지를 위로하세요.
[방백] 영리한 태모라가 늘 좋게 말하지.
타이터스, 네 목숨은 조금만 건드렸어.
에어론이 툭 치면 네 명줄이 끊어져.
그렇게 하면 안전하게 포구에 도착해.
[어릿광대 등장]
이 녀석, 왜 왔니? 우리에게 할 말 있어?

어릿광대 예.—당신이 황제 나리 각시라데요.

태모라 내가 황비다. 황제는 저기 앉아 계신다.

어릿광대 옳구먼요. 하느님과 스태파누스[56] 성인 덕에 편한 저녁
되세요. 여기 편지하고 비둘기 두 마리 갖고 왔네요.
[새터니너스가 편지를 읽는다.]

새터니너스 저놈 데려가 즉시 목매라.

어릿광대 돈은 얼마나 받게 돼요?

태모라 이놈, 목을 매야 되겠다.

어릿광대 목을 매다뇨? 아이고 성모님! 그렇다면 이 모가지
잘되라고 곱게 길렀군요. [호송되어 퇴장]

새터니너스 악한 욕이라 도저히 못 참겠다!
이런 못된 짓을 참을 수 있어?
이 짓의 진원지가 어딘지 알아.
참아야 해? 내 아우 죽인 죄로
반역도당 자식들이 법에 따라 죽었는데
내가 시켜 억울하게 죽은 거로 말한다.
가서 놈의 머리채를 여기로 끌고 와라.
나이도 명예도 특별한 대접도 없이
건방지게 놀린 값에 너를 말살하겠다.
권세를 일깨워준 교활한 미친놈,
로마와 황제를 지배할 속셈이구나.
[귀족 이밀리어스 등장]

새터니너스 웬일인가? 이밀리어스?

이밀리어스 귀공들, 무장하시오! 시급한 사태요.
고트족이 봉기하여 강력히 결집한
군세를 휘몰아 약탈에 눈이 뻘게
이리로 진격하고, 늙은 타이터스의
맏아들 루시어스의 지휘 하에
예전 코리올레이너스[57]가 그러했듯이
복수하겠다면서 위협합니다.

새터니너스 용맹한 루시어스가 고트족을 이끈다고?
이 말에 기가 죽어 서리 맞은 꽃이나
폭풍 맞은 풀처럼 고개가 떨어진다.
그렇다. 슬픔은 이제부터 닥쳐오누나.
평민이 그자를 너무나 좋아하지.
내가 평민 차림으로 나다니면서
사람들이 하는 말을 이따금 들어보니
루시어스 추방이 부당했다며
그자가 황제 되길 원한다 했지.

태모라 왜 걱정하세요? 강력한 로마 아녜요?

56 기독교 최초의 순교자로서 성자로 추앙받는다.
57 로마에서 추방당하자 적군의 사령관이 되어 로마 인근을 초토화한 군인. 셰익스피어가 마지막 비극 「코리올레이너스」에서 다루었다.

새터니너스 그렇소만 민중이 루시어스 편이라
내게 등을 돌리고 그자에게 붙겠소.
태모라 마음도 이름답게[58] 당당하세요.
해가 어두워지자 각다귀가 날뛰어요?
독수리는 참새의 노래에 관심 없고
그게 무슨 뜻이든 상관치 않아요.
큰 날개 그림자로 참새들의 노래를
언제든 멈출 수 있다는 걸 잘 알거든요.
얼치기 로마인을 그처럼 언제든지
억누를 수 있어요. 그런 형편이니까
기운 내세요. 폐하, 알고 계세요.
물고기에게 미끼나 양에게 토끼풀보다
매혹적이면서도 위태로운 말로
늙은 타이터스를 제가 녹일 겁니다.
미끼에 걸린 물고기는 꼼짝 못 하고
양 떼는 달콤한 꿀맛에 간이 썩지요.[59]
새터니너스 하지만 우릴 위해 아들한테 빌지 않을걸.
태모라 태모라가 원하면 그렇게 돼요.
황금 같은 약속을 늙은 귀에 채워주면
단단한 마음과 늙은 귀가 먹었어도
그자의 귀와 마음은 내 혀를 따라야죠.
[이밀리어스에게] 우리의 사신이니 앞서가라.
루시어스 장군에게 황제께서 회담을
청하신다고 일러라. 회담 장소를
앤드로니커스의 자택으로 정해라.
새터니너스 이밀리어스, 정중히 전해라.
안전을 위해서 볼모를 요구하면
무엇이든 마음대로 청하라고 해라.
이밀리어스 폐하의 명령을 수행할 터입니다. [퇴장]
태모라 이젠 늙은 앤드로니커스한테 가서
건방진 루시어스를 용맹한 고트족과
갈라서게끔, 재주껏 구슬러야지.
그러니까 사랑하는 황제님, 기뻐하세요.
천 가지 근심을 제 계교에 묻어놓으세요.
새터니너스 그럼 당장 가서 그자에게 호소해요. [모두 퇴장]

## 5. 1

[주악. 루시어스가 북들과 병사들과 더불어
고트족 군대와 함께 등장]

루시어스 역전의 용사들, 충실한 친구들,
저들의 황제를 얼마나 증오하며
우리 모습 보기를 얼마나 바라는지
위대한 로마가 편지를 보냈소.
그러므로 장수들, 칭호에 걸맞게
부당한 처사에 분과 노를 품고
로마가 당신들을 해한 일이 있으면
세 배를 갚으라고 요구하시오.
고트인 1 위대한 타이터스의 용맹한 아들,
두렵던 그 이름이 지금은 위안이오.
그의 높은 위업과 명예로운 공적을
은덕 잊은 로마가 치사하게 무시하나
우리를 믿으시오. 무더운 여름날
벌 떼가 꽃 핀 들로 왕벌을 따라가듯
당신의 지휘를 어디든지 따를 테며
저주받을 태모라에게 복수할 테요.
고트인 모두 저 사람 말에 우리 모두 동의하오.
루시어스 이분에게 감사하며 모두에게 감사하오.
한데 누가 건장한 고트인에게 끌려오는가?
[한 고트인이 아기를 팔에 안은 에어론을
끌고 등장]
고트인 2 고명한 루시어스, 내가 잠시 부대를 떠나
무너진 수도원을 둘러보기 위하여
유심히 폐허를 살피는데 담 밑에서
갑자기 애 우는 소리가 들려왔소.
그쪽으로 가보니 이렇게 아이를
달래는 말이 들렸소. "조용히 해라,
검둥아! 절반은 나요, 절반은 어미를
타고난 놈아! 피부색이 뉘 새낀지
알리지 않고 조화옹이 너한테
어미 꼴만 주었다면, 이놈아, 네가
황제 될지 모른다. 하지만 수소, 암소가
둘 다 희면 새까만 송아지는
낳지 않는 법이지. 조용해라, 이놈아!
믿음직한 고트에게 너를 데려가겠다.
네가 황비의 애라는 걸 알기만 하면

58 그의 이름이 '새터니너스'이니 신들의 아버지인 위엄 있는 '새턴'의 족속이라는 뜻이다.
59 붉은 토끼풀은 꿀이 많아 달콤하지만 양들이 많이 먹으면 해롭다고 한다.

네 어미 생각해서 귀애할 게다." 하고
어르는 거였소. 이 말을 듣고
칼을 빼 들고 놈에게로 뛰쳐나가
갑자기 덤벼들어 이리로 끌고 왔소.
장군님이 필요대로 다루도록 하시오.
루시어스 오, 장한 고트인! 이자야말로 그 악귀로
타이터스의 성한 손을 빼앗은 자며
당신네 왕비 눈이 반했던 흑진주며
아기는 불타는 욕정의 씨앗이오.
눈알 부라리는 종놈아, 네 낯짝 닮은
어린 것을 어디로 데려가겠냐?
왜 잠잠하냐? 말 못 하는 귀머거리냐?
올가미를 가져와라. 이 나무에 달아매라.
간통의 열매를 그 옆에 달아매라.
에어론 아기에게 손대지 마. 황제의 혈통이야.
루시어스 아비를 너무 닮아 순수하긴 글렀어.
아기를 먼저 매달아 꿈틀대는 아기 꼴을
보여주어라. 아비 얼을 빼놓을 광경이지.
사다리 가져와라.
[고트인들이 사다리를 가져다가 에어론을
올라가게 한다.]
에어론 루시어스, 아기를 살려
황비에게 보내라. 그렇게 해주면
놀라운 사실들을 알려주겠어.
들으면 아주 이로운 일이야.
거절한다면 무슨 일이 생겨도
'복수에 묻혀 썩으라'는 말밖에 없어.
루시어스 말해라. 듣기에 기분 좋은 소리라면
애를 살려서 기르게 하겠다.
에어론 흥, 기분 좋은 소리? 미리 말해 두지만
내 말 들으면 영혼이 쓰릴 거야.
살인, 강간, 집단 살해, 암흑한 밤의
온갖 행위들, 끔찍한 짓거리들,
차마 듣지 못할 해와 반역과
악행의 음모지만, 동정을 금치 못할
범행들인데 내가 죽으면 모두가 묻혀.
애를 살려준다고 맹세치 않으면—
루시어스 네 속을 터놔라. 애를 살려주겠다.
에어론 맹세해라. 그래야만 입을 열겠다.
루시어스 누굴 걸어 맹세하냐? 너는 믿는 신이 없어.
있다손 쳐도 네가 왜 맹세를 믿겠냐?
에어론 안 믿으면 어때서? 솔직히 안 믿어.
하지만 넌 신앙이 깊은 데다가
양심이라 하는 것을 갖고 있으며
스무 가지 가톨릭의 허례허식을
조심해서 지키는 걸 내가 봤으니까
맹세해라. 어릿광대도 쥐고 흔드는
막대기를 신으로 섬기고 거기에 걸어서
맹세한 걸 지키니까 그런 자에게도
맹세를 요구해. 그래서 네가
받들고 섬기는 신이 뭐든지 간에
그 신에 걸어 내 아들 먹이고
기를 걸 맹세해. 거절한다면
네게는 아무 말도 하지 않겠다.
루시어스 신에 걸어 그러기로 네게 맹세한다.
에어론 저 애는 내가 황비하고 낳았지.
루시어스 욕정에 굶주린 음탕한 여자!
에어론 첫! 루시어스, 이건 네가 금방 들을
얘기에 비하면 자선에 불과해.
그녀의 두 아들이 배시에이너스를 죽이고
네 누이 혓바닥을 잘라내고 강간한 다음
손목을 잘라 네가 보듯 다듬었지.
루시어스 추악한 놈! 그걸 다듬었다고 해?
에어론 깨끗이 씻고 자른 다음 다듬었으니
그 짓 범한 자들에겐 멋진 장난이었다.
루시어스 너처럼 짐승 같은 야만인 놈들!
에어론 사실은 내가 그자들을 가르친 교사였어.
한판 모두 쓸어가는 화투 패처럼
음탕한 장난기는 어미한테 얻었으며
머리를 물고 놓지 않는 충실한 개처럼
잔인한 정신은 내게서 배웠겠지.
내 업적이 내 가치를 가르쳐줘.
동생들을 유인해서 매부가 죽어 있는
교묘한 구덩이에 몰아넣었고
여왕과 두 아들과 몰래 짜고서
네 아비가 발견한 편지를 쓰고
편지가 말한 돈도 내가 숨겨놨었지.
네가 통탄할 일 가운데 내 솜씨를
발휘하지 않은 게 도대체 뭔가?
내가 네 아비를 속여서 손을 빼앗고
그 물건이 오자마자 나 혼자 밖에 나가
너무나 우스워서 가슴이 터질 뻔했다.

담벼락 틈으로 들여다보니
손 값으로 두 아들의 머리를 받아
눈물을 쏟는데 웃음이 터져 나와
네 아비처럼 눈에서 소나기가 내리더라.
왕비에게 이 장난을 들려줬더니
너무 재미있어서 기절할 지경이라
그 값으로 나한테 스무 번 키스했지.
한 고트인 이런 소리 지껄이며 낯도 안 붉혀?
에어론 그렇다. 속담의 검둥개처럼.[60]
루시어스 그런 못된 짓 저지르고 미안하지도 않아?
에어론 그렇지. 천만 번 못 해서 유감스러워.
지금도 저주할 건—내 저주의
범위 안에 드는 놈이 별로 없지만—
무언가 해악을 못 하고 보낸 날,
사람을 죽이든가, 죽음을 꾀하거나
여자를 따먹든가, 그 묘책을 꾸미거나
무고한 자를 고발하고 위증하거나
친구들 사이에 증오를 일으키거나
가난한 자의 소의 목을 분지르거나
밤중에 곳간과 건초에 불을 놓아
임자들이 눈물로 불을 끄게 하거나
이따금 무덤에서 시체를 파내다가
사랑하는 사람들의 문간에 세워놓고
저들의 슬픔이 거의 잊힐 무렵에
나무에 새기듯 시체의 살가죽에
"나는 비록 죽었으나 너희는 슬픔을
죽이지 마라"라고 칼끝으로 새겼어.
그렇게 수천 가지 끔찍한 짓을
파리 새끼 죽이듯 거침없이 행했지만
골백번 더 하지 못하는 것밖에는
정말 아무것도 슬프지 않아.
루시어스 [한 고트인에게]
저 악마를 내려보내. 즉결 처분 같은
달가운 죽음으로 죽이면 안 된다.
[에어론이 끌려서 내려온다.]
에어론 악마가 있다면 내가 악마면 좋겠어.
영원한 불 속에서 안 죽고 타며
지옥에서 너희와 함께 지내면서
독설로 괴롭히면 너무 좋겠지.
루시어스 수작하지 못하게 입을 막아라.
[에어론에게 재갈을 물린다.
이밀리어스 등장]
한 고트인 장군님, 로마에서 전령이 도착하여
장군님 안전에 뵙기 바랍니다.
루시어스 가까이 오라고 해라.
이밀리어스, 잘 왔네. 무슨 일인가?
이밀리어스 루시어스 장군, 고트의 귀인들,
로마의 황제께서 저를 통해 문안하시고
여러분이 작전 중인 사실을 아시므로
장군 부친 자택에서 회담을 원하시며
볼모를 요청해도 좋다 하시오.
즉시 볼모를 넘겨주실 것이오.
한 고트인 장군님은 어찌 생각하시오?
루시어스 이밀리어스, 황제의 볼모를
내 부친과 숙부에게 보내라 하오.
그리하면 가겠소. 계속하여 진군하라.
[주악. 모두 퇴장]

## 5. 2

[태모라가 '복수'로 변장하고 수레를 타고
두 아들 중 카이론은 '겁탈'로, 디미트리어스는
'살인'으로 변장하고 등장]
태모라 이렇게 괴상하고 음침한 차림으로
앤드로니커스를 대면하겠다.
그와 힘을 합해서 억울함을 풀어주려
지옥이 보내는 '복수'라고 하겠다.
그자의 서재 문을 두드리겠다.
무서운 복수의 기괴한 계획을 짜며
처박혀 있다지. '복수'가 합세하여
원수들의 파멸을 꾀한다 하자.
[그들이 문을 두드리니 위에서 타이터스가
서재의 문을 연다.]
타이터스 누가 나의 사색을 방해하는가?
서재 문을 열게 하여 심각한 법이
사라지게 만들어 나의 모든 연구를
효력 없게 하는 것이 너의 술수 아닌가?
네가 잘못 알았다. 내가 뜻하는 일은

60 검은 개는 낯을 붉혀도 보이지 않는다.

여기다 혈서로 적은 것이다.
기록한 사항들을 반드시 행하리라.

태모라 타이터스, 그대와 말하고자 찾아왔다.

타이터스 한마디도 못 하겠다. 나는 손이 없으니
어떻게 손짓으로 말을 꾸미겠는가?[61]
너에게 유리한 입장이라 그만두겠다.

태모라 내가 누군 줄 알면 말하고 싶을 텐데.

타이터스 나는 미친 자 아니다. 너를 잘 안다.
뭉뚝한 이 팔목, 시뻘건 이 글귀,
슬픔과 탄식으로 깊게 파인 주름살들,
피곤한 대낮과 한숨의 밤을 보라.
건방진 황비며 막강한 태모라다.
이 모든 슬픔을 네가 주었다.
이 손마저 빼앗으러 온 것 아닌가?

태모라 슬픈 자여, 나는 태모라 아니다.
그녀는 너의 원수, 나는 너의 친구니,
내 이름은 '복수'다. 너의 원수들에게
무섭게 복수하여 너의 속을 파먹는
독수리를 퇴치하려고 지하에서 왔다.
이리로 내려와 밝은 빛 속에서
나를 맞아라. 공허한 동굴, 음습한 장소,
광막한 어둠, 안개 덮인 골짜기,
피 흘리는 살인, 또는 역겨운 겁탈이
겁먹고 숨어드는 그 어디라도 찾아내어
저들 귓속에 무서운 '복수'라는
내 이름을 말하지 못할 데가 없으니
악랄한 범죄자도 그 말 듣고 떨리라.

타이터스 네 이름이 '복수'인가? 내 원수들을
괴롭히기 위하여 내게 왔는가?

태모라 그렇다. 그러니 내려와서 나를 맞아라.

타이터스 그러기 전에 부탁을 들어달라.
네 옆에 '겁탈'과 '살인'이 섰다.
네가 진정 '복수'라는 증거를 보여라.
두 놈을 찌르거나 차바퀴로 찢어라.
그러면 내려가 너의 마부가 되겠다.
너와 함께 온 세상을 휘젓고 다니며
검정 말 두 필을 네게 갖다 주어서
복수의 수레를 맹렬히 몰아
죄의 굴에 숨어 있는 범인들을 색출하고
놈들의 머리가 수레에 가득 차면
나는 수레를 내려 바퀴 옆에서
종일토록 일꾼처럼 걸어도 좋다.
동녘에 태양신이 떠오를 새벽부터
바닷속에 잠기는 땅거미까지
쉬지 않고 힘든 일을 마다 않겠다.
옆에 있는 '겁탈'과 '살인'을 죽인다면.

태모라 이들은 일꾼이라 함께 다닌다.

타이터스 일꾼들? 이름들이 무엇인가?

태모라 '겁탈'과 '살인'이다. 겁탈자와 살인자에게
복수를 가하므로 그렇게 부른다.

타이터스 놀랍다! 황비의 두 아들과 다름없고
너는 황비 같구나! 하지만 사람들은
보는 눈이 흐리고 미치고 잘못 본다.
오, 정다운 복수여, 너에게 간다.
외팔이의 포옹에 만족한다면
잠시 뒤에 그 팔로 너를 포옹하겠다. [위에서 퇴장]

태모라 저렇게 내 말 믿다니 확실히 미쳤어.
미친 넋 구슬리는 무슨 말 지어도
너희는 배역대로 맡은 말만 해.
저놈은 나를 '복수'로 믿고
얼빠진 생각에 홀딱 빠져 있으니
그놈 아들 루시어스를 불러오라고 해
잔치 자리에 붙잡아 앉혀놓고
때를 보아 교묘한 계교를 찾아내어
경박한 고트족을 흩트려 버리거나
못해도 저놈의 적으로 꾸며놔야지.
저기 내려오누나. 계획대로 하겠다.
[타이터스가 아래에 등장]

타이터스 오랫동안 외로워서 너만 그리웠어.
무서운 여신아, 쓸쓸한 내 집에 온 걸 환영한다.
겁탈과 살인, 너희도 환영한다.
황비와 두 아들과 영락없이 닮았어!
무어인만 있으면 구색이 잘 맞겠다.
지옥도 그 마귀를 제공하지 못하던가?
황비가 반드시 무어인 한 놈을
달고 다닌다는 것을 내가 아는데.
그러니까 황비 역을 바로 연출하려면
그런 마귀 구하는 게 좋을 듯싶다.
어쨌거나 환영한다. 뭐부터 시작할까?

61 당시 웅변에서는 손짓으로 말을 멋지게 꾸몄다.

태모라 앤드로니커스, 어떻게 해줄까?
디미트리어스 살인자를 보여다오. 내가 직접 다루겠다.
카이론 강간을 저지른 악질 놈을 보여다오.
복수를 위해서 내가 파견됐거든.
태모라 네게 악을 범한 자 천 명을 불러와도
그런 모든 놈한테 복수할 테다.
타이터스 [디미트리어스에게]
추악한 로마의 거리를 둘러보다가
너처럼 생긴 자를 만나면, '살인'아,
찔러 죽여라. 그자가 살인자다.
[카이론에게]
'살인'과 더불어 길을 가다가
우연히 너처럼 생긴 자를 본다면
찔러 죽여라. 그자가 겁탈자다.
[태모라에게]
그들과 함께 가라. 황제의 궁궐에
무어인이 시중드는 여왕이 있다.
네 모습에 비추어 알아볼 수 있겠다.
온몸이 너를 닮은 까닭이거든.
광폭한 죽음을 둘에게 선사해라.
나와 내 자식들에게 광폭했던 연고다.
태모라 우리를 잘 가르쳤다. 그렇게 하겠다.
그런데 타이터스, 용감한 네 아들,
루시어스 장군을 불러올 수 없는가?
고트의 용사들을 로마로 이끄는데
이리 와서 네 집에서 음식을 들라 하라.
그 사람이 여기서 엄숙히 식사할 때
내가 직접 황비와 두 아들과 황제와
원수들을 모두 데려올 테니, 그자들이
무릎 꿇고 허리 굽혀 자비를 구하면,
너는 그자들에게 슬픈 마음을
터뜨릴 수 있겠지. 생각이 어때?
타이터스 [외친다] 마커스 아우, 슬픈 형이 부른다.
[마커스 등장]
마커스, 루시어스 조카를 만나게.
고트 무리 가운데서 수소문하게.
나한테 오라 하고 올 때 고트의
높은 귀족 몇 사람을 데려오라고 하게.
군대는 지금 그 자리에 머물라 하고
황제와 황비도 내 집에서 잡수시니
그들도 다 함께 식사하라고 알리게.
아우는 형제애로 이 일을 행하고
아들은 아비를 생각해서 그래라 하게.
마커스 그러죠. 금방 돌아오겠어요.
태모라 그럼 나는 네 일로 여길 떠나고
부리는 일꾼들도 함께 가겠다.
타이터스 안 된다. '겁탈'과 '살인'은 남겨둬라.
그러지 않으면 아우를 불러오고
루시어스 외에는 복수도 관두겠다.
태모라 [그녀 아들들에게 방백]
어떻게 생각하냐? 놈과 같이 있겠냐?
그동안 나는 황제한테 계획대로 연극을
잘 끌어왔다는 걸 알려주겠다.
노인의 기분 맞춰주고 귀맛 좋게 얼러줘라.
내가 다시 올 때까지 같이 있어라.
타이터스 [방백] 내가 미친 걸로 알지만 놈들을 잘 안다.
망할 지옥 강아지 두 놈과 놈들의 어미—
그래서 제 꾀에 넘어가게 꾸며야지.
디미트리어스 우리 둘은 여기 두고 언제든지 가세요.
태모라 타이터스, 잘 있어라. '복수'는 지금
원수들을 빠뜨릴 함정을 파러 간다.
타이터스 알고 있다. 정다운 '복수', 잘 가라. [태모라 퇴장]
카이론 노인, 우리한테 시킬 일이 무엇이오?
타이터스 너희가 할 일은 쌔고도 쌨다.
퍼블리어스, 케이어스, 밸런타인, 이리 와라.
[퍼블리어스, 케이어스, 밸런타인 등장]
퍼블리어스 무얼 원하십니까?
타이터스 너희는 두 사람을 알아볼 수 있느냐?
퍼블리어스 황비의 두 아들 카이론과 디미트리어스요.
타이터스 그게 무슨 소리냐? 너무나 속았구나!
하나는 '살인'이고 하나는 '겁탈'이다.
그러니 퍼블리어스, 놈들을 묶어라.
케이어스, 밸런타인, 놈들을 잡아라.
이때를 바라던 내 말을 너희가 들어왔다.
드디어 때가 됐다. 그러니 힘껏 묶어라.
수작을 시작하면 입을 틀어막아라. [퇴장]
카이론 이놈들, 어딜 감히. 우리는 황비 아들들이다.
퍼블리어스 그래서 명령대로 행할 뿐이다.
아가리 틀어막아. 한마디도 못 하게 해.
잘 묶었어? 조심해서 단단히 묶어.
[타이터스가 칼을 들고 라비니아가 대야를
들고 등장]

타이터스 라비니아, 이리 와라. 원수들이 묶여 있다.
입을 막아라. 내게는 아무 말 못 해도
무서운 내 말은 들리게 해라.
카이론, 디미트리어스, 못된 놈들아,
너희가 흙탕 뿌린 맑은 샘이 여기 있다.
어여쁜 여름에다 겨울을 섞은 네놈들이
그녀 남편을 죽였지만, 그녀의 오빠들이
대신 누명을 쓰고 죽임을 당했으며
나는 손이 잘려서 놀림감이 되었고
이 애의 어여쁜 손과 혀와 그보다
훨씬 귀한 깨끗한 정절을, 짐승 같은
반역도당 너희가 완력으로 강탈했다.
너희를 그냥 두면 뭐라 했겠냐?
부끄러워 자비조차 구할 수 없을 테지.
너희를 망가뜨릴 방법이니 잘 들어라.
아직 남은 손으로 너희 목을 딸 텐데
라비니아가 손목으로 대야를 받쳐 들고
죄악이 들어찬 너희 피를 받겠다.
나와 식사하겠다는 너희 어미가
자칭 '복수'라면서 내가 미친 줄 안다.
놈들아, 들어라. 너희 뼈를 잘게 갈아
너희 피와 섞어서 반죽을 만들어
그걸 짓이겨서 만두피를 만들고
너희 대가리로는 파이 속을 만들어
지옥 어미 쌍것에게 마치 흙처럼
제가 낳은 자식들을 처먹이겠다.[62]
그 계집을 이 잔치에 초대했는데,
바로 이 요리를 실컷 먹겠지.
필로멜라[63]보다도 딸이 당했으니
프로크네보다도 세게 복수하겠다.
목들을 내밀어라. 라비니아, 이리 와서
피를 받아라. 놈들이 죽은 다음
놈들의 뼈다귀를 가루로 빻아
더러운 핏물로 반죽을 만들어
추악한 대가리를 집어넣고 굽겠다.
자, 그럼 모두들 잔칫상 차림에
열심히 해라. 반인반마[64]보다도
끔찍하고 잔인한 잔치를 벌이자.
[그들의 목을 자른다.]
손님을 맞이해라. 숙수는 내 몫이다.
놈들의 어미가 오기 전에 끝내라. [모두 퇴장]

## 5. 3

[루시어스, 마커스, 고트인들이 포로가 된
에어론과 시종의 팔에 안긴 아기와 함께 등장]

루시어스 마커스 숙부님, 아버님 뜻이니
두말없이 로마로 가겠습니다.

한 고트인 무슨 일이 생겨도 당신과 한뜻이오.

루시어스 숙부님, 짐승 같은 무어 놈, 굶은 호랑이,
저주받은 마귀를 안에 데려가세요.
황비 낯짝 앞에서 추악한 그 짓의
명백한 증거물로 제시되기 전에는
먹을 걸 주지 말고 묶어두세요.
—겹겹으로 우리를 매복하고 있군요.
황제가 우리에게 반감을 가진 듯해요.

에어론 어떤 마귀든 저주를 속삭여라.
내 속에 넘치는 악독한 심술을
이 혓바닥으로 말하게 해라.

루시어스 인간 아닌 개자식, 망할 종놈, 없어져라!
친구들, 저놈을 내가게 숙부님을 도와요.
[안에서 주악]
황제가 가까이 왔다는 나팔 소리다.
[고트인들이 에어론과 함께 퇴장]

[나팔 소리가 난다. 황제와 황비가 이밀리어스,
호민관들, 그 밖의 사람들과 함께 등장]

새터니너스 하늘에 하나 이상 태양이 있는가?

루시어스 자신을 태양이라 하는 게 쓸모 있소?

마커스 황제와 조카는 회담을 그치시오.
이 분쟁은 깊은 생각이 필요하오.
슬픈 타이터스가 진지한 목적에서
평화와 사랑과 결합과 로마를 위해
식사를 마련하여 준비되어 있습니다.
그러니 가까이 오셔서 좌정하시오.

62 흙은 온갖 식물을 생산했다가 다시 삼킨다. 제 자식을 길러서 먹는 셈이다.
63 폭군 테레우스가 처제 필로멜라를 겁탈하고 그녀의 혀를 자른 사실을 알게 된 그 언니 프로크네가 그와의 사이에서 낳은 아이들을 죽여서 요리하여 그에게 먹였다(주 31, 35 참조).
64 그리스신화에 나오는, 윗몸은 사람이고 아랫몸은 말인 이 괴물들(켄타우로스)은 결혼 피로연에서 피비린내 나는 싸움을 벌였다.

새터니너스 마커스, 말대로 하겠소.
[식탁이 들려 온다. 그들이 앉는다.
나팔이 울리는 가운데 숙수처럼 접시를 놓는
타이터스, 면사포로 얼굴을 가린 라비니아,
어린 루시어스, 그 밖의 사람들 등장]
타이터스 귀하신 폐하, 엄하신 황비, 환영하오.
고트의 용사들, 루시어스, 어서 오시오.
모두를 환영합니다. 차린 것은 적으나
요기는 되겠어요. 드시기 바라오.
새터니너스 앤드로니커스, 왜 그리 차렸소?
타이터스 폐하와 황비님을 대접하기 위함이고
모두 강건하기를 바라는 까닭이오.
태모라 앤드로니커스, 우리가 신세졌어요.
타이터스 제 마음을 아신다면 그러실 거요.
황제 폐하, 이 질문에 답하십시오.
성급한 버지니우스[65]가 강간당한
자기 딸이 정절을 잃어 더럽다고
제 손으로 죽인 것이 옳은 일이오?
새터니너스 그렇소, 타이터스.
타이터스 이유를 대라면?
새터니너스 왜냐하면 치욕당한 후에는 살 수 없으며
아비의 슬픔을 되살리기 때문이오.
타이터스 틀림없고 강력하고 적절한 이유요.
더없이 불행한 내가 그처럼 행할
모범이며 전례이며 생생한 보증이오.
죽어라, 라비니아. 치욕도 죽어라.
네 치욕과 더불어 내 슬픔도 죽는다.
[그녀를 죽인다.]
새터니너스 무슨 짓이오? 가족 간에 잔인하게?
타이터스 눈물로 눈멀어서 죽인 것이오.
버지니우스만큼이나 슬픈 까닭이었소.
이처럼 행할 이유가 천 배나 됐소.
이제는 그 일을 행한 것이오.
새터니너스 뭐라고? 겁탈을 당해? 누가 그랬소?
타이터스 잡수세요, 황비님. 잡수시지요.
태모라 당신의 외동딸을 왜 그렇게 죽였나요?
타이터스 나 아니라 카이론과 디미트리어스요.
그 둘이 딸애를 겁탈하고 혀를 잘랐소.
이 짓을 행한 것이 그 두 사람이오.
새터니너스 당장 가서 그들을 이리로 데려와라.
타이터스 오, 둘 다 여기 있소. 구워서 파이가 됐소.
모친께서 대단히 맛있게 자셨소.
자신이 낳아 기른 살코기를 즐기셨지요.
정말이오. 내 칼이 날카로운지 확인하시오.
[황비를 찌른다.]
새터니너스 죽어라, 미친 놈. 극악한 죗값이다.
[타이터스를 죽인다.]
루시어스 아들의 눈이 피 흘리는 아버지를 보고 섰는가?
눈은 눈, 이는 이, 죽음은 죽음이다.
[새터니너스를 죽인다. 굉장한 소란 중에
마커스와 루시어스가 위로 올라간다.]
마커스 슬픈 낯의 사람들, 로마의 아들들아,
강렬한 질풍에 흩어진 새 떼처럼
급격한 소란에 뿔뿔이 헤졌으나
흩어진 곡식을 한 단으로 다시 묶고
찢어진 사지를 하나의 몸으로
다시 엮을 방법을 알려드릴 터이오.
로마는 그 자신을 해쳐서는 안 되며
강성한 왕국들이 떠받드는 나라인데
버림받아 절망하는 고아와 같이
부끄럽게 스스로를 죽일 수 없소.
나의 허연 머리와 늙은 주름이
진정한 경험의 엄숙한 증거이며
당신들을 내 말로 이끌지 못하면.
[루시어스에게]
로마의 진실한 친구여, 말하라.
옛날 우리 조상[66]께서 엄숙한 입으로
사랑에 젖은 디도의 구슬픈 귀에 말하라.

65 로마의 군인 버지니우스가 강간당한 자기 딸을 모든 사람이 보는 앞에서 죽였다.
66 트로이가 망한 후 장군 아이네이스가 부하들을 이끌고 지중해를 방랑하다가 카르타고에 기착하여 그곳의 여왕 디도와 사랑하게 되었다. 그때 아이네이스는 그녀에게 트로이가 망하게 된 이야기를 들려주었다. 즉 그리스 군이 퇴각하는 척하며 큰 목마를 남겨놓았고 뒤에 버림을 당한 시논이라는 자가 그 목마를 끌어다 놓으면 행운이 온다고 거짓말로 속여 트로이 사람들이 성안으로 끌어다 놓았다가 밤중에 목마에서 나온 그리스 장수들이 트로이 성문을 열고 그리스 군을 불러들여 성을 불살랐다는 이야기였다. 훗날 아이네이스는 로마에 정착하여 로마의 시조가 되었다고 한다. 베르길리우스의 서사시 『아이네이스』 제2권에 나오는 대목이다.

교활한 그리스가 트로이를 기습하여
악한 불이 솟던 밤을 알려주듯 말하라.
어떤 시논이 우리 귀를 현혹하고
우리의 트로이에 내란의 상처를 준,
못된 것을 들인 자가 누구인지 말하라.
내 마음은 바위나 무쇠가 아니며
쓰라린 슬픔을 모두 말할 수 없으나
눈물의 홍수 속에 말이 파묻혀
당신들의 마음을 강력히 움직이고
당신들이 동정심을 보낼 때인데
말을 잇지 못하겠소. 함께 서 있는
젊은 로마 장군에게 말하라 하오.
그동안 나는 옆에서 울며 듣겠소.

루시어스 친애하는 청중, 여러분이 아실 것은
저주받을 카이론과 디미트리어스가
황제의 아우를 살해한 장본인이며
내 누이를 겁탈한 자들이란 사실이오.
그자들의 악행으로 아우들이 목을 잃고
그자들은 아버님의 눈물을 비웃고 멸시하여
나라 위한 싸움으로 적들을 무덤으로
몰아친 그 손을 비열하게 속여 뺐고
끝으로 억울하게 나 자신을 추방하고
성문을 걸어매고 우는 나를 쫓아냈소.
그런 나는 로마의 적들에게 구원을 청하였소.
그들은 진솔한 내 눈물에 적의를 접고
양팔을 활짝 벌려 나를 환영하였소.
알아두시오. 비록 추방당하였으나
로마의 안녕을 핏속에 간직하고
위험을 무릅쓰고 로마의 가슴에서
적들의 칼을 뽑아 나의 몸에 박았소.
당신들이 잘 알 듯 나의 자랑 아니오.
이 말이 확실하고 진실인 것을
말없는 상처들이 말하고 있소.
하지만 그치겠소. 쓸데없는 자랑을
너무 길게 늘어놨소. 용서하시오.
친구가 곁에 없으면 제 자랑을 하게 되오.

마커스 내가 말할 차례다. 저 애를 보시오.
[에어론의 아기를 가리킨다.]
태모라가 낳았으며 종교도 없는
무어인의 자식이오. 이 모든 슬픔을
빚어내고 꾸며낸 장본인이 그자인데
타이터스 저택에 붙잡혀 있소.
이 모든 일이 사실임을 그자가
증거할 터인데, 누구도 못 참으며
말 못 하게 억울한 이 일들에 관해서
보복할 이유가 충분한지 판단하오.
진실을 들었으니, 로마인들아,
어찌 생각하는가? 우리의 잘못인가?
잘못을 지적하오. 그러면 가련한
우리 집안 남은 자는 억울을 호소하는
이 자리에서 손잡고 몸을 던져
험한 돌바닥 위에 영혼들을 날리고
다 함께 이 가문을 폐쇄하겠소.
로마인들아, 당신들이 말하면
나와 루시어스는 뛰어내릴 터이오.

이밀리어스 가만 계시오. 존경하는 노인장,
황제의 손을 잡아 이끌어 오시오.
우리의 황제는 루시어스요. 온 백성이
환호하는 사실을 내가 잘 아오.

로마인들 로마의 황제 루시어스 만세!

마커스 [시종들에게]
타이터스 노인의 슬픈 집에 들어가
불신앙의 무어인을 끌어내 와라.
한없이 잔악한 생에 대한 형벌로
무서운 죽음을 선고하겠다.
[시종들 퇴장. 마커스와 루시어스가 아래로 내려온다.]

로마인들 은혜로운 통치자 루시어스 황제 만세!

루시어스 로마인들 고맙소. 나라의 상처와
슬픔을 씻어내는 통치를 하게 되길!
그런데 여러분, 잠시 도와 주시오.
인륜상 슬픈 일이 내게 남았소.
모두 비켜서시고 숙부님이 오셔서
슬픔의 눈물을 시신 위에 뿌리시오.
창백한 입술을 뜨겁게 맞춥니다.
[타이터스에게 키스한다.]
피 묻은 얼굴에 귀하게 된 아들이
효심의 눈물을 끝으로 드립니다.

마커스 [타이터스에게 키스하며]
눈물에 눈물을, 키스에 키스를
형님의 입술에 아우가 드립니다.
갚을 은덕이 무한대라 할지라도
이 몸이 그 모두를 갚겠습니다.

루시어스 [자기 아들에게]
얘야, 이리 와서 소나기 눈물을
쏟는 법을 배워라. 조부께서 너를 아껴
무릎에 앉히시고 춤을 추게 하셨으며
가슴을 베개 삼아 자장가로 재우시고
수많은 동화를 들려주시고 우리에게는
재미있는 이야기를 기억했다가
당신이 가신 뒤에 얘기하라 하셨지.
마커스 나의 못난 입술이 천 번 만 번을
형님의 입술에서 온기를 얻었소!
귀여운 얘야, 마지막 키스를 드려라.
잘 가시라 인사하고 무덤에 맡기자.
입술에 애정 남기고 영이별 하자.
소년 할아버지, 할아버지, 손자가 죽어서
되살아나신다면 저는 죽어도 좋아요!
눈물이 흘러서 말할 수가 없어요.
입을 열면 눈물에 목이 메어요.
[시종들이 에어론과 함께 등장]
이밀리어스 슬픈 집안사람들, 비탄을 그치시오.
이런 끔찍한 일을 만들어낸
말도 못 할 악질에게 선고하시오.
루시어스 가슴까지 흙에 묻고 굶겨 죽이고
선 채로 배고파 울부짖게 하는 거요.
이자를 돕거나 불쌍히 여기는 자는
죽을 것이오. 그렇게 판결하오.
몇 사람이 이자를 땅에 묻게 하시오.
에어론 어째서 분노가 잠잠할 수 있겠는가!
나는 아이가 아니다. 어리석은 기도로
악을 행한 사실을 뉘우치지 않겠다.
할 수만 있다면 지금까지 한 것보다
더 악한 짓을 만 번이나 행하겠다.
평생 한 번이라도 좋은 일 했다면
영혼 밑바닥에서 후회할 테다.
루시어스 착한 친구 몇 분이 황제를 옮겨
부친의 묘소에서 장례를 모셔라.
아버님과 라비니아는 가족묘에
즉시 안치하겠다.
굶주린 암범 태모라는 장례가 없으니
상복 입을 자가 전혀 없으며
매장의 조종도 울리지 않고
짐승과 새들이 먹게끔 내던지겠다.
살아서 짐승 같고 동정심이 없었으니
죽어서 새들이나 동정하게 내다 버리자.
[모두 퇴장]

# 줄리어스 시저
## *Julius Caesar*

## 연극의 인물들

줄리어스 시저

안토니(마르쿠스 안토니우스)
옥타비우스 시저
레피두스(마르쿠스 아이밀리우스 레피두스) — 줄리어스 시저 사후의 3거두(三巨頭)

마르쿠스 브루투스
카이우스 카시우스
카스카
데키우스 브루투스
킨나
메텔루스 심버
트레보니우스
카이우스 리가리우스 — 줄리어스 시저에 대한 모반자들

포시아 브루투스의 아내

캘푸니아 시저의 아내

플라비우스
매룰루스 — 평민의 호민관들

키케로
푸블리우스
포필리우스 리나 — 원로원 의원들

점쟁이

아테미도루스 수사학 교사

킨나(카이우스 헬비우스 킨나) 시인

또 다른 시인

루키우스 브루투스의 시종

루킬리우스
티티니우스
메살라
젊은 카토
볼룸니우스
스트라토 — 브루투스와 카시우스의 군대의 친구들이며 지지자들

바로
클라우디우스
클리투스 — 브루투스와 카시우스의 군대의 병사들

시저의 하인

안토니의 하인

옥타비우스의 하인

핀다루스 카시우스가 자유민으로 해방시킨 종

다르다니우스 브루투스 군대의 하인

목수
신기료장수 — 평민들

평민 1, 2, 3, 4, 5

브루투스의 군대의 병사들 1, 2, 3

안토니의 군대의 병사들 1, 2, 3

전령

라베오
플라비우스 — 브루투스 군대의 장교들

기타 원로원 의원들, 평민들, 병사들, 시종들

## 1. 1

[플라비우스, 매룰루스, 평민 몇 사람이—하나는 목수,
다른 하나는 신기료장수—등장하여 무대 위를 지나간다.]

플라비우스 가라! 집에 가라! 할 일 없는 녀석들,
오늘이 공휴일인가? 그것도 모르는가?
평일에 직공들은 직업복 차림으로
나다닐 수 없다는 걸 너희는 모르는가?[1]
네 직업이 뭔가? 무슨 직업인가?

목수 목수인뎁쇼.

매룰루스 가죽 치마, 줄자는 어디에 두었는가?
무슨 까닭에 좋은 옷 입고 나왔는가?
넌 직업이 뭔가?

신기료장수 솔직히 말하면, 솜씨 좋은 장인하고 비교한다면
혹시는 나리님 말씀처럼 손이 무디죠.

매룰루스 직종이 무엇인가? 한마디로 답해라.

신기료장수 편한 양심으로 할 만한 일이면 좋겠다 싶은
직업이죠. 다시 말해 나쁜 바닥 고치는 일입죠.

플라비우스 이놈, 직업이 뭔가? 못된 놈, 직업이 뭐야?

신기료장수 제발, 저한테 화내지 마세요. 아주
떨어지면 고쳐드릴 수는 있어요.

매룰루스 무슨 소리야? 건방진 녀석. 나를 고쳐?

신기료장수 꿰매드린단 말씀이오.

플라비우스 신기료장수구먼, 안 그래?

신기료장수 맞습니다. 먹고사는 수단은 바늘뿐이죠. 다른
남자 일에는 참견하지 않아요. 여자 일도 참견하지
않고요. 하지만 모두한테 참견하는 셈이죠. 나로
말하면 헌 신발 의사로서, 위독하면 회복시킨다는
말씀이에요. 송아지 가죽 밟아본 잘난 분치고 내
솜씨 안 밟은 사람은 하나도 없죠.[2]

플라비우스 한데 어째서 오늘 가게를 비웠는가?
어째서 이자들을 거리로 몰아가는가?

신기료장수 솔직히 말하면 저 사람들 신발을 닳게 해서
일감이 많이 생기란 건데, 솔직히 말하면 일을
쉬고 시저를 구경하고 개선할 때 기뻐하는 거라고요.

매룰루스 무엇이 기쁜가? 전리품이 무엇인가?
어떤 나라 왕들이 로마로 끌려오며
시저의 전차를 장식하는가?
멍청한 돌멩이들, 미물보다 못한 놈들!
인정머리 없는 놈들, 잔인한 로마 놈들,
폼페이우스[3]를 잊었는가? 너희가 만날
성벽, 보루, 성탑, 창문—그것뿐인가,
굴뚝 꼭대기까지 애들을 팔에 안고
하루 종일 앉아서 거리를 지나가는
위대한 폼페이우스를 놓치지 않으려고
끈질기게 참으며 기다리고 있다가
그분의 전차가 나타나기 무섭게
일제히 환호성을 질러대지 않았던가?
그래서 둑 아래 테베레[4]의 강물까지
강가에 움푹 파인 동굴들에 울리는
환호성의 메아리에 떨지 않았던가?
그래서 맵시 나게 새 옷을 입었구나.
그래서 하루를 공휴일로 삼았구나.
그래서 폼페이우스의 피를 밟고 개선하는
시저의 앞길에다 꽃들을 뿌리누나.
저리 가라!
집으로 달려가 무릎을 꿇고
이런 배은망덕에 역병[5]이 확실하니
신들께 빌어 물리쳐 달라 하라.

플라비우스 선량한 백성들아, 그런 죄를 지었으니
너희 같은 사람들을 한곳에 모아
테베레 강가로 데려가라. 그리하여
낮은 물이 높은 둑에 닿을 때까지
강물 속에 눈물을 흘리게 하라.

[평민들 모두 퇴장]

비열한 마음들이 찔린 게 분명하오.
가책을 받아서 소리 없이 사라졌소.
당신은 대신전[6] 쪽으로 내려가고

1 공휴일에는 직종별로 옷차림을 달리하도록 법으로 규제했다. 로마의 평민들이 줄리어스 시저의 개선 소식을 듣고 환호하며 거리로 나오는데 시저를 반대하는 공화주의자 호민관들은 그날이 공휴일이 아님을 강조한다.
2 송아지 가죽으로 구두를 만들었다.
3 스페인과 동방에서 혁혁한 전공을 이룬 로마 장군(기원전 106~48). 시저의 장인이었으나 시저와 권력을 다투다가 패하여 이집트로 갔다가 암살당했다. 이집트에서 클레오파트라의 정부가 되었었다.
4 로마 시내를 관통하여 흐르는 강.
5 그들이 찬양했던 폼페이우스를 무찌른 시저를 찬양하는 배은망덕한 짓에 신들이 노하여 역병을 돌게 할 거라는 말.
6 거대한 주피터 상을 세운 신전. 제사와 개선의 식전(式典)이 있곤 했다. 그곳 앞의 토론장은 의사당이 되었다.

나는 이리로 가겠소. 혹시 석상에
옷을 입혀 놓았으면 벗겨버리오.[7]
매룰루스 그래도 될까요?
루퍼컬[8] 축제인데요.
플라비우스 상관없소. 어떠한 석상도
시저의 트로피가 달려 있으면 안 되오.
내가 돌아다니며 군중을 쫓아내겠소.
당신도 놈들이 모여들면 그리하시오.
이처럼 시저의 날개에 자라는 깃을
미리 뽑으면 보통으로 날겠지만
안 그랬다가는 보이지 않게 날아올라
모두가 비굴하게 전전긍긍하게 되오. [둘 퇴장]

## 1. 2

[주악. 시저, 경기장을 달릴 안토니, 캘푸니아,
포시아, 데키우스, 키케로, 브루투스, 카시우스,
카스카, 점쟁이, 그들 뒤에 매룰루스와 플라비우스
등장. 시민들이 뒤를 따른다.]
시저 캘푸니아!
카스카 조용하라. 시저 말씀이시다.
시저 캘푸니아!
캘푸니아 저 여기 있어요.
시저 안토니가 경기장을 달릴 때
그 앞에 서 있어요. 안토니!
안토니 예, 장군님?
시저 안토니, 달리면서 잊지 말고
캘푸니아를 건드려. 노인들 말이
거룩한 경기장을 달릴 때 건드리면
불임의 저주가 없어진대.
안토니 기억하죠.
시저가 '이래라' 하면 그대로 됩니다.
시저 준비해라. 예식에 소홀함이 없게 해라.
[나팔들의 주악]
점쟁이 시저!
시저 허? 누가 부르나?
카스카 모두들 잠잠해라. 다시금 조용해라.
시저 군중 사이에서 부른 자가 누구인가?
모든 음악보다도 날카로운 목소리가
"시저!"라 했다. 말해라. 시저가 듣는다.
점쟁이 3월 15일을 조심하세요.
시저 저게 누군가?
브루투스 웬 점쟁이가 3월 15일을 조심하시랍니다.
시저 내 앞에 데려와라. 얼굴을 보겠다.
카시우스 군중 틈에서 나와 시저를 바라봐라.
시저 내게 할 말 있는가? 다시 말해라.
점쟁이 3월 보름 축제를 조심하세요.
시저 꿈꾸고 있군. 놔두고 지나가라.
[나팔들의 주악.
브루투스와 카시우스 이외에 모두 퇴장]
카시우스 경주의 진행을 전부 보러 가겠소?
브루투스 나는 싫소.
카시우스 제발 그러시오.
브루투스 워낙 놀 줄 모릅니다. 재빠른 안토니의
팔팔한 기질이 나는 약간 모자라오.
카시우스, 당신에게 방해되지 않겠소.
여기서 헤어집시다.
카시우스 브루투스, 요즈음 당신을 보니
전에 내게 보이던 사랑의 표시와
다정한 눈길을 만날 수 없구려.
자기를 아끼는 친구인 나에게
딱딱하고 서먹한 태도이시오.
브루투스 카시우스, 오해요. 표정을 숨겼다면
불편한 속을 혼자 갖고자 했던 것이오.
최근 모종 갈등으로 속이 괴롭소.
오로지 나에게만 관련된 문제들로,
혹시는 나의 그런 행동이 자라날
토양일지 모르오. 그로 인해 친구들이
염려하게 만드는 것은 안된 일이오.
카시우스, 당신은 친구 중 하나인데
가련한 브루투스가 심적인 갈등에서
사랑을 보이기를 잊었다는 사실밖에
나의 소홀을 확대하지 마시오.
카시우스 따라서 당신을 크게 오해하였소.
그런 까닭에 매우 값진 생각과
중대한 의견을 가슴속에 묻었던 거요.

7 시저의 추종자들이 그의 석상들에 월계관을 씌우고 황제의 복장을 입혀 놓았었다.
8 루퍼컬(Lupercal): 3월 15일에 벌어지던 다산(多産)을 기원하는 축제. 나체의 청년이 달리면서 때리면 맞은 여자는 잉태한다고 했다.

좋은 친구 브루투스, 당신 얼굴을 볼 수 있소?
브루투스 못 하오. 다른 곳에 비쳐야만 우리 눈은
비로소 그 자체를 보게 되오.
카시우스 당연한 사실이오.
그런데 브루투스, 당신이 갖고 있는
숨겨진 가치를 당신 눈에 보여주어
자신의 모습을 보게끔 만들어줄
거울이 없다는 사실은 몹시도
안타까운 일이오. 근자에 들으니
로마에서 가장 존경받는 분들이—
신 같은 시저는 빼고—이 시대의
질곡 아래 신음하며 당신을 말하며
고결한 브루투스가 눈뜨기를 고대하오.
브루투스 카시우스, 도대체 어떠한 위험으로
나를 몰아가겠소? 내 속에 없는 것을
찾아보라 하는데?
카시우스 그러니까 브루투스, 들을 채비 하시오.
거울이 없이는 자신을 보는 것이
불가능하므로 당신의 거울인 내가
스스로도 모르는 당신의 진면목을
여러 말 하지 않고 보여주겠소.
점잖은 브루투스, 불신하지 마시오.
내가 농담꾼처럼 만나는 사람마다
마구 붙잡고 우정을 떠벌려서
우정 그 자체를 헤프게 만들고
남에게 아첨하고 끌어안다가
나중에는 욕하며 잡배들에게
한턱내겠다고 떠들면 그때는 나를
위험한 인간으로 간주하시오.
[주악. 그리고 함성 소리]
브루투스 저게 무슨 소린가? 사람들이 시저를
왕으로 삼을까 걱정이오.
카시우스 그게 걱정이오?
당신도 그런 것을 바라지 않는군요.
브루투스 그렇소. 하지만 그 사람은 사랑하오.
그런데 어째서 한참 나를 붙드시오?
하시려는 말씀이 무엇인가요?
그것이 다수의 선을 위함이라면
한 눈엔 명예가, 다른 눈엔 죽음이 있어도
공정하게 볼 터이오. 죽음의 공포보다
명예의 이름을 사랑하는 나에게
신들의 도우심이 있을 것이오.
카시우스 당신의 외모를 내가 익히 알 듯이
그러한 품성을 지닌 것도 알고 있소.
다름 아닌 명예가 내 말의 주제요.
당신을 포함하여 인간들이 이 세상을
어떻게 보는지는 알 수 없으나
나와 다름없는 자를 무서워하며
살 생각은 전혀 없소. 나도 시저 못지않게
자유인으로 났으며 당신도 그러하오.
두 사람 똑같이 밥을 먹고 똑같이
겨울철 추위를 견딜 수 있소.
언젠가 바람 부는 쌀쌀한 날씨에
놀치는 테베레가 강변에 부딪힐 때
시저가 묻기를, "나와 같이 성난 물에
뛰어들어 저기까지 헤엄칠 수 있는가?"
하기에 무장한 채로 뛰어들며
따라오라 했더니 시저가 그리했소.
우짖는 물결을 강인한 팔뚝으로
치받고 젖히며 대결의 용기로
정면으로 돌파하여 밀치고 나아갔소.
하지만 목표점에 이르기 전에
시저가 외쳤소. "카시우스, 도와달라.
가라앉게 되었다!" 위대한 우리 조상
아이네이스가 트로이의 불 속에서
늙은 아버지를 업었던 것처럼[9]
지쳐버린 시저를 테베레 물결에서
등에 지고 나왔소. 그런데 이 사람은
지금 신이 되었고 카시우스는 볼품없는
인생이 되어, 시저가 건성으로
고개만 끄덕여도 허리를 굽혀야 하오.
스페인에 있을 때 그가 열병을 앓아
발작이 올 때마다 떠는 꼴을 보았소.
사실이오. 그 신이 떨더란 말이오!
겁에 질린 입술은 하얗게 빛을 잃고

9 트로이전쟁 마지막에 불타는 트로이 성에서 홀로 남은 트로이 장군 아이네이스가 늙은 아버지 안키세스를 업고 나와 부하들과 함께 배에 올라 항해하다가 결국에는 이탈리아 반도에 도착하여 로마를 개국했다는 전설이 있다. 따라서 로마의 모든 자유민은 그의 후손이 된다.

세상을 위압하는 그 사람 눈빛이
광채를 잃었소. 신음도 들렸소.
뿐만 아니라 로마인의 주의를 끌고
연설을 받아 적게 만들던 그 혓바닥이
"티티니우스,[10] 마실 것 좀 달라." 하고
앓는 계집애처럼 부르짖는 것이었소.
그처럼 기질이 나약한 사람이
웅장한 세계의 맨 앞에 서서
저 혼자 승리를 거머쥐다니!
[주악과 함성 소리]
브루투스 또다시 민중의 고함 소린가?
확실히 시저에게 갖다 안기는
무슨 새로운 칭호인 듯하오.
카시우스 저 사람은 콜로수스 거인[11]처럼 좁은 세상에
버티고 섰고 우리들 하찮은 무리는
그 다리 밑으로 지나가며 부끄러운
무덤이나 찾으려고 기웃거리오.
인간은 한때는 운명의 주인이오.
브루투스, 잘못은 우리 별이 아니라
바닥에 깔린 우리들 자신에 있소.
'시저'와 '브루투스'? '시저'에게 무엇이 있소?
그것이 당신보다 더 다를 이유가 되오?
이름을 써보면 '브루투스'도 멋있소.
발음하면 우리 입에 똑같이 어울리오.
무게도 똑같소. 주문으로 사용하면
'브루투스'나 '시저'나 똑같이 혼령을
부릴 수 있소. 모든 신의 이름으로 묻노니,
저 시저가 도대체 무슨 밥을 먹기에
저처럼 커졌소? 시대여, 부끄럽다!
로마여, 고귀한 피를 낳을 줄 모르누나!
대홍수[12] 이래, 그 어떤 시대가
단지 한 사람 때문에 유명했던가?
로마를 거론할 때 그 넓은 길이
한 사람만 수용함을 말한 적이 있는가?
분명 여긴 로마요. 공간도 넉넉하오.
그런데 로마에는 한 사람만 존재하오.
오, 나와 당신은 아버님들이 하시던
말씀을 기억하오. 브루투스[13]란 분이
영원한 마귀마저 쉽사리 왕으로
군림하지 못하도록 제지했다 하셨소.
브루투스 당신의 사랑을 의심하지 않으며,
설득코자 하는 일도 약간은 짐작되오.
이 사태와 시대를 어떻게 보는지
후에 말씀 드리겠소. 지금은 이 이상
말씀하지 마시기를, 사랑하는 마음으로
간청하고 싶소이다. 당신이 한 말을
깊이 생각하겠고 당신이 말할 것을
경청할 터이며, 그런 중한 일들을
듣고 답할 적절한 기회를 찾겠으니,
고결한 친구여, 거듭하여 되뇌시오.
브루투스는 이 시대가 씌우려는
매서운 질곡 아래 로마의 아들이란
이름을 얻기보다 촌부가 될 터이오.
카시우스 나의 미약한 말이 브루투스 마음에
이처럼 불꽃을 일으켜서 매우 기쁘오.
[시저와 그의 수행원들 등장]
브루투스 경기가 끝나서 시저가 돌아오오.
카시우스 저들이 지나갈 때 카스카의 소매를 끄시오.
오늘 무슨 볼 만한 일이 있었는지
특유의 독설로 이야기할 거요.
브루투스 그리하겠소. 그런데 카시우스,
시저 얼굴에 성난 빛이 역력하오.
모든 수행원들도 욕먹은 표정이오.
캘푸니아는 양쪽 볼이 핼쑥하고
신전에서 보던 대로 키케로는 회의 중에
몇몇 의원들에게 거슬리는 말을 듣고
족제비처럼 작은 눈에 불꽃이 튀오.
카시우스 무슨 일이 있었는지 카스카가 말할 거요.
시저 안토니!
안토니 예?
시저 주변에 살찐 사람, 머리를 빗은 사람,

10 카시우스와 절친한 친구로서 나중에 시저의 모살자 중 하나였다.
11 지중해의 로도스 섬에 있는, 아폴로 신에게 바쳐진 거대한 동상을 말한다. 세계 7대 불가사의였다.
12 성경의 노아 이야기처럼 그리스신화에서도 제우스가 한 사람만 남기고 악한 세상을 물로 덮어버린다.
13 기원전 6세기에 로마의 폭군 타르퀴니우스를 내쫓고 공화정치의 기틀을 마련한 '브루투스'라는 조상이 있었다. 이를 셰익스피어가 장시 「루크리스의 겁탈」에서 다뤘다.

밤에 자는 사람만 있게 해달라.
카시우스는 비쩍 말라 배고픈 꼴이다.
생각이 너무 많아. 저런 자는 위험해.

안토니 시저, 걱정 마세요. 위험하지 않아요.
고귀한 로마인예요. 태도 역시 좋거든요.

시저 살 좀 쪘으면 좋겠어! 하지만 겁나진 않아.
그래도 시저란 이름이 겁을 낸다면
저 깡마른 카시우스만큼 피하고 싶은
사람도 없을 거야. 책을 많이 읽으며
관찰력이 좋으며 사람들의 행동을
환하게 꿰뚫으며, 네가 무척 좋아하는
연극은 싫어하지. 음악을 듣지 않고,
웃는 적도 별로 없고, 웃는다 해도
스스로를 비웃고 어떠한 일에든지
웃음을 짓는 것은 자신의 정신을
경멸하는 것 같아. 그런 자는 저보다
큰 인물을 대하면 언제나 편하지 않아.
따라서 아주 위험하단 말이다.
내가 겁내기보다 겁내야 할 것을
너에게 말하노니, 나는 항상 시저로다.
오른쪽으로 와. 왼쪽 귀가 먹었어.
저자를 어떻게 보는지 내게 말해라.

[나팔 주악. 카스카를 제외하고 시저와
수행원들 퇴장]

카스카 소매를 끄는데, 나하고 할 말 있소?

브루투스 그렇소, 카스카. 무슨 일이 있었기에
시저의 표정이 그토록 어둡소?

카스카 당신도 같이 있지 않았소?

브루투스 그랬다면 당신에게 묻지 않았을 거요.

카스카 그 사람한테 왕관을 바치더란 말이오. 그랬더니
손등으로 밀어놓더라고요. 이렇게. 그랬더니
민중이 환호합디다.

브루투스 두 번째 함성은 무슨 까닭이었소?

카스카 아, 그것도 그 때문이오.

카시우스 세 번 소리쳤는데 마지막은 무슨 까닭이었소?

카스카 아, 그것도 그 때문이오.

브루투스 왕관을 세 번 바쳤소?

카스카 그렇소. 그랬던 거요. 세 번 그가 밀어놨는데
매번 차차 느려지데요. 그렇게 밀어놓을 때마다
선량하신 이웃분들이 고함을 질러댄 거요.

카시우스 누가 왕관을 바칩디까?

카스카 그야 물론 안토니요.

브루투스 카스카, 어떻게 바쳤는지 말해주시오.

카스카 그 꼴을 말하느니 목을 매겠소. 순전히 꼴사나운
연극이었소. 눈여겨보지 않았소. 내가 보니 안토니가
왕관을 바쳤는데—실은 왕관도 아니고 쬐고만
관이었소.—아까 말한 것처럼 한번 밀어놓더군요.
하지만 내가 보기엔 그걸 갖고 싶은 생각이 간절한 듯
하데요. 그랬더니 또다시 왕관을 바치니까, 또다시
밀어놓더군요. 하지만 거기서 손을 떼기가 무척
싫은 듯합디다. 그래서 세 번째 바치니까 세 번째도
밀어놓더군요. 거절할 때마다 어중이떠중이들이
외쳐대고 굳은살 박인 손바닥을 쳐대고 땀에 찌든
모자를 공중으로 던지고 시저가 왕관을 사양했다고
구린내 풀풀 나는 숨결을 마구 뱉는 바람에 시저도
질식할 지경이었소. 그 소리에 기절해서 쓰러지더
라고요. 나로 말하면 웃지도 못했소. 입을 벌리고
나쁜 공기를 들이마시기가 겁나데요.

카시우스 잠깐. 그래 시저가 기절했다고?

카스카 장터 바닥에 쓰러져서 입에 거품을 물고 아무 소리
못 했소.

브루투스 그럴 수 있소. 간질 증세가 있으니까.

카시우스 아니오. 시저가 아니라, 당신과 나나
솔직한 카스카가 간질을 앓는 거요.

카스카 그게 무슨 말인지 모르겠소만, 확실한 것은 시저가
쓰러졌단 사실이오. 관객이 극장 배우들에게 그러듯
어중이떠중이들이 시저를 좋아하고 싫어하는 데
따라 박수를 치고 야유를 던지데요. 그게 사실이
아니라면 내가 거짓말 하는 거요.

브루투스 정신이 들자 뭐라고 하던가요?

카스카 쓰러지기 전에 일반 백성 무리가 자기가 왕관을
사양했다고 기뻐하는 모양을 보고는 저고리 섶을
풀고 자기 목을 자르라고 내밉디다. 내가 보통 직공
중의 하나라면, 그 말을 액면 그대로 안 들었다면,
지옥 한복판 놈들 가운데 떨어진대도 상관없소.
그러고는 쓰러지더군. 다시 제정신이 드니까 자기가
그동안 무슨 잘못을 저질렀거나 잘못 말한 것이
있으면 제발 자기 병통 때문으로 생긴 것이니
봐달라고 합디다. 곁에 섰던 계집 서넛이 "어머나,
착하신 분!" 하며 진심으로 용서합디다. 하지만
그따위는 생각할 데가 전혀 없어요. 시저가 자기네
어머니를 칼로 찔렀대도 그랬을 거니까요.

브루투스 그러고 나서 저런 슬픈 기색으로 떠났소?
카스카 그렇소.
카시우스 키케로가 뭐라고 하지 않았소?
카스카 말을 했는데 그리스어였소.
카시우스 무슨 내용이었소?
카스카 모르오. 그걸 안다면 절대로 당신 얼굴을 마주 보지
않겠소. 하지만 알아들은 사람들은 서로 웃으며
고개를 저었소. 하지만 내겐 알 수 없는 말이었소.
소식을 좀 더 알리면, 매룰루스와 플라비우스는
시저의 석상에서 장식을 벗겨버린 죄로 직위 해제
당했소. 안녕히 가시오. 우스운 꼴이 더 있었지만
생각이 안 나네요.
카시우스 카스카, 오늘 밤 저녁 같이 하겠소?
카스카 아니오. 선약이 있소.
카시우스 내일 저녁은 괜찮겠소?
카스카 그러죠. 내가 살아 있으며 당신 기억이 남아 있고
당신 밥이 먹을 만하면.—
카시우스 좋소. 기다리겠소.
카스카 그러시오. 두 분 잘 가시오. [퇴장]
브루투스 참으로 직설적인 인간이 되었군!
학창 시절엔 정신이 재빨랐소.
카시우스 대담하고 고귀한 일을 벌일 때는
지금도 그러하오. 지금 저처럼
어눌하게 굴지만—저런 거친 말투는
날카로운 재치에 고명이 되므로
그의 말을 소화시킬 재미를 주어
더욱 좋은 입맛이 생기게 되오.
브루투스 옳은 말이오. 지금은 헤어지겠소.
내일 나와 말하고 싶은 일이 있으면
내가 당신 집에 가거나 또는 원하면
내 집에 오시오. 기다리겠소.
카시우스 그러겠소. 그때까지 세상을 보시오.
[브루투스 퇴장]
그렇다, 브루투스, 당신은 고결하다.
하지만 당신의 고귀한 인간성도
바뀔 수 있다. 그러므로 고귀한 자는
언제나 동류들과 어울리는 것이 마땅하다.
유혹할 수 없을 만큼 곧은 자가 누구인가?
시저는 나를 혐오하나 브루투스를 좋아한다.
내가 브루투스고 그가 카시우스라 해도
나는 시저에게 넘어가지 않겠다.
오늘 밤 서로 다른 필체로 쪽지를 써서
그의 집 창문에 던져 넣고 로마가
그 이름을 우러러본다는 말을 하며
은근히 시저의 야욕을 암시하겠다.
이후부터 시저는 안전을 조심하라.
흔들 터이니, 불행한 날을 겪어라. [퇴장]

## 1. 3

[우레와 번개. 칼을 빼 든 카스카와
키케로가 등장하여 만난다.]
키케로 안녕하시오, 카스카? 시저를 모셔다 드렸소?
왜 그리 숨이 차오? 무얼 그리 보시오?
카스카 심란하지 않으시오? 사물들의 질서가
나약한 듯 흔들리는데? 오, 키케로,
포효하는 바람이 뒤틀린 참나무를
쪼개는 폭풍도 보았으며 거센 바다가
위협하는 구름만큼 솟구치려고
부풀고 날뛰며 거품 치는 모습은
본 일이 있으나 지난밤과 이제까지
불덩이 쏟아놓은 폭풍은 겪은 바 없소.
하늘에 내란이 생겼거나 아니면
신들께 너무나도 거만한 세상에
파멸을 내리시게 하는 듯하오.
키케로 더욱 기괴한 일을 목격했단 말이오?
카스카 행색으로 알 수 있는 평범한 노예가
왼쪽 손을 들었는데 그 손에 불이 붙어
횃불 스무 개를 합친 것 같았소.
그런데도 그자는 불을 의식하지 못했고
손도 타지 않았소.—그 뒤로 나는
칼을 접지 않았소.—뿐만 아니라
대신전 앞에서 사자를 만났는데
나를 노려보더니 해코지하지 않고
슬그머니 지나갔고, 백여 명 여인들이
얼빠진 채 몰려들어 불타는 인간들이
거리를 왔다 갔다 하더라고 주장했으며,
어제는 대낮에 부엉이가 장터에 나와
버티고 앉아 음산하게 짖어댔소.
이러한 괴변이 한꺼번에 벌어질 때
'모두 이유가 있고 자연적인 현상'으로

그냥 넘길 수 없소. 이러한 일들은
그것들이 가리키는 어떠한 사태를
분명히 나타내는 징조라 믿소.
키케로 괴이쩍게 돌아가는 세태임이 확실하오.
그러나 인간은 사실들의 의도와는
전혀 달리 멋대로 해석할 수도 있소.
내일 시저가 신전에 오나요?
카스카 그렇소. 자기가 신전에 있을 테니
당신에게 전하라고 안토니에게 지시했소.
키케로 그럼 잘 가시오, 카스카. 이런 불순한 날씨엔
나다닐 때가 아니오.
카스카 잘 가시오, 키케로. [키케로 퇴장]
[카시우스 등장]
카시우스 누구요?
카스카 로마인이오.
카시우스 목소리가 카스카군.
카스카 귀가 밝소. 카시우스, 무슨 밤이 이렇소!
카시우스 정직한 사람에겐 매우 좋은 밤이오.
카스카 저처럼 위협적인 하늘을 누가 알았소?
카시우스 땅덩이가 결함투성이란 사실을
아는 사람이지요. 나는 험한 밤중에
거리를 활보하며 자신을 노출시켜
보다시피 이렇게 옷을 벗어던지고
천둥과 벼락에 가슴을 열어놨소.
그리하여 찢어진 시퍼런 번갯불이
하늘의 가슴을 여는 순간, 나 자신을
그 불길의 목표물로 제공했소.
카스카 하지만 어째서 그토록 하늘을 시험했소?
강력한 신들이 우리를 놀래려고
그처럼 무서운 전령을 보낼 때
두려워 떠는 것이 인간된 도리요.
카시우스 멍청하시군. 로마인이 가져야 할
생생한 불꽃을 가지지 않았거나
묻어두셨소. 하늘의 기이한
노염을 보고 창백하고 퀭한 눈에
겁을 먹고 경악에 빠진 듯한데,
하지만 이 모든 불꽃, 떠도는 유령,
새와 짐승, 그들의 성질과 본성,
늙은이, 멍청이, 아이들이 어째서
예언을 말하는지, 어째서 그것들이
일정한 길과 타고난 기능을 이탈하여
기괴한 상태로 변화를 입는지,
진정한 원인을 곰곰이 생각하면
모종의 괴이한 상황을 경고하는
도구로 삼으려고 하늘이 기운을
불어넣은 사실을 알게 될 거요.
카스카, 이제 내가 무서운 이 밤과
꼭 같은 사람의 이름을 말하겠소.
천둥 치고 번개 치고 무덤 열고
신전의 사자처럼 으르렁대고
개인적 행위로는 당신과 나보다
힘이 세지도 않은데 기괴한 현상처럼
굉장히 크고 두렵게 되어 있소.
카스카 시저 말이군. 안 그렇소?
카시우스 그렇다고 합시다. 지금 로마인들은
조상들과 똑같이 팔다리가 있지만
한탄스럽소! 아버지의 혼은 죽고
어머니의 온정에 지배를 받소.
우리의 멍에와 복종은 여자와 같소.
카스카 실제로 내일 원로원이 시저를
왕으로 추대할 거라 하데요.
그렇게 되면 이탈리아의 이곳을 제외하고
온 땅과 바다에서 왕관을 쓰게 되오.
카시우스 그때 내가 단도를 지닐 데를 알고 있소.
카시우스가 카시우스를 속박에서 구하겠소.
신들이여, 약한 자를 강하게 하시며
폭군들을 무력하게 만드시는 일입니다.
석탑도 철옹성도 바람 없는 토굴도
단단한 쇠사슬도 정신력 앞에서는
속박의 기능을 발휘하지 못하며,
생명은 세상의 속박에 지쳤을 때
언제나 자신을 해방시킬 힘이 있소.
이를 아는 동시에 온 세상을 알므로
지금 내가 당하는 폭력의 몫을
언제든 떨쳐버릴 수 있소.
[계속되는 우렛소리]
카스카 나도 그렇소.
그처럼 노예들도 자신의 속박을
취소할 힘을 자기 손에 쥐고 있소.
카시우스 그러니 어째서 시저가 폭군이오?
한심하오. 로마인이 양 떼임을 몰랐다면
그자도 늑대가 안 됐을 거요.

로마인이 사슴이 아니라면 사자가
됐을 리 없소. 큰 불을 붙이려면
약한 짚 검불로 시작하오. 시저같이
악한 자를 빛내려고 쏘시개로 구실하는
로마는 휴지요, 쓰레기요, 찌꺼기요!
오, 슬픔아, 나를 어디로 몰아갔는가?
혹시 고분고분한 노예 앞에서
이런 소리 지껄이지 않았는가? 그렇다면
말책임을 지겠구나. 하지만 무장했다.
나에게 위험은 아무렇지도 않다.
카스카 나는 카스카요. 나 같은 사람에게
그건 농담이 아니오. 자, 악수합시다.
모든 악을 바로잡을 분파를 만드시오.
가장 깊숙이 발을 들여놓는 사람만큼
내 발을 들여놓겠소.
카시우스 계약이 체결됐소.
그럼 알아두시오, 카스카. 내가 이미
명예롭되 위태로운 결과를 빚을 거사에
운명을 같이할 고귀한 로마인
몇 분을 움직여 놨으니 알고 계시오.
지금쯤 그들이 원형극장 입구에서
기다리고 있을 거요. 험난한 이 밤,
지금 거리에 인적이 그쳤고
하늘의 모습도 우리 일과 닮아서
핏빛으로 불타며 몹시 무섭소.
[킨나 등장]
카스카 잠시 조용하시오. 급히 오는 이가 있소.
카시우스 킨나요. 걸음걸이로 알 수 있소.
우리 동지요. 킨나, 어딜 급히 가시오?
킨나 당신 만나려고요. 거 누구요? 메텔루스요?
카시우스 아니오. 카스카요. 거사에 가담했소.
나를 기다리지 않던가요, 킨나?
킨나 잘됐군요. 무슨 밤이 이렇게 험하오!
우리 중 몇이 괴이한 걸 목격했소.
카시우스 나를 기다리지 않던가요?
킨나 기다리오.
오, 카시우스, 고상한 브루투스만
우리 당에 데리고 오면—
카시우스 안심하시오. 킨나, 이 쪽지를 받아서
집정관 좌석에다, 확실히 브루투스가
발견할 데 놓으시오. 그리고 이것은
그 집 창에 던지시오. 이것은 풀을 발라
옛 브루투스[14] 동상에 붙이고, 모두 끝내고
극장 입구에 오면 거기 우리가 있을 거요.
데키우스와 트레보니우스가 거기 있었소?
킨나 메텔루스 이외엔 모두 거기 있고요,
당신 집에 찾으러 갔는데, 나는 그럼
달려가서 지시대로 쪽지들을 처분하겠소.
카시우스 그 일 마치고 극장으로 오시오. [킨나 퇴장]
카스카, 당신과 나는 날 밝기 전에
브루투스를 집에서 만날 거요. 3분의 2는
이미 우리 편이오. 나머지 전부는
이번에 우리 쪽에 넘어올 거요.
카스카 오, 그 사람! 만백성 마음에 높이 앉았소.
그러므로 그의 얼굴은 연금술[15]처럼
반역 같은 우리 일에 도덕성을 부여하고
존귀한 모습으로 변화시킬 것이오.
카시우스 그와 그의 가치와 절실한 필요를
훌륭하게 말하셨소. 그럼 갑시다.
자정이 지났소. 밝기 전에 그를 깨워
확실히 포섭함이 옳은 일이오. [모두 퇴장]

## 2. 1

[브루투스가 정원에 등장]
브루투스 여봐, 루키우스!
새벽이 얼마나 가까운지 별들의 운행으론
짐작할 수 없구나. 루키우스! 듣는가?
깊은 잠에 빠진 것이 내 탓이면 좋겠다.
루키우스! 언제까지 이러고 있겠냐?
[루키우스 등장]
루키우스 부르셨습니까?
브루투스 등을 서재에 가져가라, 루키우스.
불을 켜고 돌아와 내게 알려라.
루키우스 그리하겠습니다. [퇴장]

14 그의 먼 조상인 브루투스라는 사람이 폭군 타르퀴니우스를 내쫓고 공화정치를 도입했다고 전한다.
15 연금술은 구리 같은 값싼 물질을 값진 황금으로 변화시키는 비법이었다.

브루투스 그는 죽어야 한다. 나 자신은
그를 미워할 사사로운 이유가 없지만
민중을 위해서다.—왕이 되려 하는데
성격이 어떻게 변할는지, 그게 문제다.
독사를 깨우는 것은 밝은 낮이니
조심해서 걸어야 한다. 왕관을 허락하면
그에게 독침을 주는 것이 되므로
제멋대로 위험을 범할 수 있다.
권력의 남용은 권력과 양심을
분리할 때 생기지만, 솔직히 말해
시저가 이성보다 감정에 쏠린 것을
본 적은 없다. 그러나 겸손이
새로운 야심의 사다리가 되는 것은
흔한 일이니, 출세를 꿈꾸는 자가
낯을 그리로 향하지만 정상에 도달하면
사다리를 차버리고 구름을 쳐다보며
자신이 밟고 오른 가름대를 멸시한다.
시저도 그럴 수 있다. 따라서 우리는
그 일을 예방한다. 그런데 쟁점은
그 사람의 실상을 밝힐 수 없으므로
이렇게 꾸미는 것이다. 지위가 높아지면
이런저런 극단으로 치닫게 될 터이니
그자를 독사의 알이라고 간주하고
깨어나면 본성대로 해롭게 굴 터이니
알 속에 있을 때 죽이자는 것이다.
[루키우스 등장]
루키우스 서재에서 촛불이 타오릅니다.
창에서 부싯돌을 찾다가 이 쪽지를
보았는데, 이렇게 봉함되어 있네요.
제가 자러 갈 때에는 확실히 없었어요.
[그에게 편지를 건넨다.]
브루투스 다시 자러 가라. 아직 밝지 않았다.
내일이 삼월 보름 축제 아니냐?
루키우스 모르겠어요.
브루투스 달력 보고 알려다오.
루키우스 그리하겠습니다. [퇴장]
브루투스 공중에 유성들이 날아다니며
환하게 비추니 글을 읽을 정도다.
[편지를 꺼내 읽는다.]
"브루투스, 깨어나 자신을 보라!
로마는… 운운. 말하라, 쳐라, 고쳐라!"
"브루투스, 당신은 자고 있다. 깨어나라!"
이런 선동 문구가 여기 자주 날아들어
내가 집어 들었는데,
"로마는… 운운." 꿰맞추면 이 말이다.
로마는 한 사람을 두려워할 것인가?
로마가 타퀸을 왕이라 불렀을 때
조상들이 로마에서 그자를 쫓아냈다.[16]
"말하라, 쳐라, 고쳐라!" 내게 말하며
치라는 말인가? 오, 로마여, 약속한다.
고칠 때가 닥치면 브루투스의 손에서
너의 모든 요청이 이뤄지리라.
[루키우스 등장]
루키우스 나리, 삼월 들어 열닷새가 되었습니다.
[안에서 문 두드리는 소리]
브루투스 좋다. 문에 가봐라. 문기척이 있구나.
[루키우스 퇴장]
카시우스가 시저에 관해서
부추긴 이래 내가 잠을 못 잤다.
무서운 그 일의 시초부터 결행까지
모두가 하나의 환상일 뿐이며
끔찍한 악몽이다. 그러는 동안에
정신과 육체의 기능들이 서로 간에
논쟁을 벌이므로 인간의 상황도
하나의 조그만 나라와 같아
내란의 상태에 빠지게 된다.
[루키우스 등장]
루키우스 카시우스 매부[17]께서 문간에 계십니다.
나리를 만나러 오셨습니다.
브루투스 혼자시던가?
루키우스 몇 분이 함께 계십니다.
브루투스 너도 알겠던가?
루키우스 아니요. 귀까지 모자를 눌러 쓰고
얼굴은 망토 속에 가려져 반만 남아
얼굴로는 절대로 알아볼 수
없습니다.
브루투스 들어오시라 해라. [루키우스 퇴장]
일당이구나. 음모여, 밤에도 너는

16 1막 2장 주 13 참조.
17 카시우스는 브루투스의 누이동생의 남편이니까 그의 매부였다.

위험한 얼굴을 내놓기를 꺼리는가?
악이 가장 발호하는 때인데? 그러나
그런 험악한 얼굴을 대낮에 감출
어두운 동굴을 어디서 찾으랴?
음모여, 찾지 마라. 웃는 얼굴을
상냥한 태도 속에 감추고 있어라.
너의 본래 모습대로 나다닌다면
지옥도 너를 숨길 만큼 어둡지 않다.
[카시우스, 카스카, 데키우스, 킨나, 메텔루스,
트레보니우스 등의 모반자들 등장]

카시우스 휴식 중에 무례를 범한 것 같소.
밤새 안녕하시오? 방해가 안 되오?

브루투스 일어나 있었소. 밤새 깨어 있었소.
동행한 분들은 내가 아는 이들이오?

카시우스 모두 아는 이들이오. 여기 모든 분들이
당신을 존경하며, 로마인 전부가
당신에 대해 지니는 존경심을
당신 역시 지니기를 열망하고 있소.
이분은 트레보니우스요.

브루투스 반갑소.

카시우스 이분은 데키우스요.

브루투스 역시 반갑소.

카시우스 이분들은 카스카, 킨나, 메텔루스요.

브루투스 모두 반갑소.
당신들의 눈과 밤에 무엇이 끼었기에
그런 근심 속에서 잠을 못 이루시오?

카시우스 한마디 해도 되겠소?
[브루투스와 카시우스가 따로 귓속말을 한다.]

데키우스 여기가 동쪽이지. 해가 이쪽에서 뜨나요?

카스카 아니오.

킨나 안됐지만 그렇소. 구름이 끼어 있는
저쪽 잿빛 능선이 밝은 낮의 전령이오.

카스카 두 분 모두 틀리셨소. 시인하시오.
내 칼이 가리키는 방향에서 해가 뜨며,
이 시절이 이 해의 새봄임을 감안할 때
지금 멀리 남쪽 하늘을 넓혀오는 중이오.[18]
두어 달 후에는 더 높이 북쪽 하늘로
먼저 불을 비출 테니, 따라서 동쪽 하늘은
바로 여기서 신전처럼 서 있게 되오.

브루투스 [앞으로 나서며]
모두 손을 내미시오. 한 분씩 잡읍시다.

카시우스 그리고 맹세로 결심합시다.

브루투스 맹세는 맙시다.[19] 풀 죽은 얼굴과
영혼의 고통과 시대의 악행이
미약한 이유라면 일찌감치 헤어지고
각자는 편안한 잠자리를 찾아가서
솔개처럼 높이 솟은 폭군이 각 사람을
제멋대로 낚아채도 방임합시다.
그러나 내가 굳게 믿기로 이분들은
비겁자를 불태우며 나약한 여인에게
강철 같은 용기를 불어넣을 분들이니,
대의명분 이외에 무슨 자극이 필요하오?
비밀을 약속한 로마인이 진솔함밖에
다른 어떤 약속이 필요하오?
'이렇게 하리라. 그러지 못할진대
죽으리라'고 말하며 정직이 정직에게
약속한 것 이외에 무슨 다짐이 필요하오?
사제와 비겁자, 신중론자, 나약한 송장,
분통을 마다않는 비굴한 자는 맹세하며
의심하는 자들은 그릇된 명분에
맹세하되, 우리의 목표, 또는 실천에
맹세의 필요성을 믿는다고 하는 것은
이 일의 순수성과 정신의 굽힘 없는
장한 혼을 더럽히는 짓임을 아시오.
고귀한 로마인 전부가 지닌
한 방울 피도 제 입으로 발설한
지극히 미미한 약속을 어긴다면
사생아의 오점을 말하는 것이오.

카시우스 하지만 키케로는 어쩌겠소? 떠볼까요?
우리에게 큰 힘이 될 거라 믿소.

카스카 빼놓지 맙시다.

킨나 물론 그렇소.

메텔루스 포함시켜 넣읍시다. 은화 같은 백발이
훌륭한 인상을 우리에게 사주며,
호의적인 여론을 우리 일에 사주어
그분의 판단이 우리 손을 다스린다고

18 3월 중순이므로 해가 남쪽을 점점 밝게 비치며, 동시에 시저가 해처럼 높이 솟을 것을 암시한다.
19 당시의 '맹세'는 신에게 드리는 종교적 행위였다. 브루투스는 맹세가 아니라 각자의 양심에서 우러나는 다짐임을 천명한다.

말할 터이니, 젊고 급한 우리 대신
그분의 신중한 인격이 나타나오.
브루투스 오, 말도 마시오. 알려서는 안 되오.
그 사람은 남이 시작한 일은
절대로 따르지 않아요.
카시우스 그렇다면 제외합시다.
카스카 확실히 적당치 않군요.
데키우스 시저만 건드리고 다른 자는 놔두기요?
카시우스 좋은 질문이오. 시저가 죽은 후에
시저가 그리도 아끼던 안토니가
산다는 것은 바람직하지 않소.
필경 영리한 수단꾼이 될 거요.
알다시피 그자가 재산을 잘 쓰면
우리 전부를 해할 만큼 넉넉하오.
그것을 일찌감치 차단하기 위하여
안토니와 시저를 함께 쓰러뜨립시다.
브루투스 홧김에 죽이고 악의까지 말하듯
머리를 자른 다음 사지까지 자르면
우리 일이 너무도 잔인하게 비칠 거요.
안토니는 시저의 팔다리에 불과하오.
제물을 드리되 도살자는 아니오.
우리 모두는 시저의 정신에 저항하오.
그런데 인간의 정신에는 피가 없소.
따라서 정신만 취하고 육체는 자르지
않아도 되오! 하지만 시저는 피를
흘릴 수밖에 없소. 그러므로 동지들,
담대하게 죽이되 분풀이는 맙시다.
신들에게 드릴 만한 제물을 만들되
개에게 줄 짐승처럼 난도질은 삼갑시다.
능숙한 주인처럼 몹쓸 일을 종에게
시킨 후에 나중에 꾸짖는 척합시다.
그리하면 우리의 목적이 시기 아닌
필요가 될 터이니 민중이 그렇게 보면
살인자가 아니라 정화인이 되는 거요.
안토니는 생각하지 마시오.
시저라는 머리가 없어지면 그의 팔은
더 이상 움직이지 못하오.
카시우스 하지만 걱정이오.
시저에 대한 사랑이 깊이 박혀서—
브루투스 오, 카시우스, 그자는 생각 마시오.
시저를 사랑해도 개인적인 일이오.
시저를 그리워하다가 죽을 뿐이오.
그만해도 대견하오. 그자는 놀기를 좋아하고
난장판을 벌이며 동류들과 어울리오.
트레보니우스 겁낼 게 없으니 살려둡시다.
나중에 이 일로 웃을 테니까.
[시계가 시간을 알린다.]
브루투스 쉿! 세어보시오.
카시우스 세 시를 쳤소.
트레보니우스 떠날 때요.
카시우스 하지만 오늘 과연
시저가 나올는지 의심스럽소.
최근에 부쩍 미신적이오.
환상이나 꿈이나 제식에 관하여
품고 있던 관점과는 무척 다르오.
지난밤 평소에 보지 못하던
두려운 괴변들이 나타난 것과
데리고 다니는 점쟁이에게 솔깃해서
오늘은 신전에 안 나올지 모르오.
데키우스 걱정 마시오. 결심이 단단해도
설득이 가능하오. 일각수는 나무로,
곰은 거울로, 코끼리는 함정으로,
사자는 그물로, 사람은 아첨으로
잡는다 하는 말을 매우 즐기나,
당신은 아첨꾼을 싫어한다고 말하면
그렇다고 답하는데, 그거야말로
아첨 중 아첨이오. 나에게 맡기시오.
시저의 기분이 가는 데로 놓아두어
신전으로 데려올 수 있겠소.
카시우스 아니오. 우리가 모두 가서 데려오겠소.
브루투스 여덟시까지. 그게 하한선이오?
킨나 하한선을 그것으로 정합시다. 늦지 말기요.
메텔루스 리가리우스가 시저에게 유감이 크오.
폼페이를 칭찬했다고 욕을 먹었소.
아무도 그 생각을 안 했다니 이상하오.
브루투스 그러면 메텔루스, 그의 집에 들르시오.
나를 좋아하는데, 그럴 만한 이유가 있소.
이리로 보내시면 우리 편을 만들겠소.
카시우스 새벽이 닥쳐오오. 우리는 떠나겠소.
동지들, 헤어지오. 자기 말을 잊지 말고
진정한 로마인임을 과시하시오.
브루투스 발랄하고 명랑한 표정을 보이시오.

우리 일을 얼굴에 드러내지 마시고
로마의 배우처럼 다함없는 기백과
변함없는 모습을 유지하시오.
그러면 모두에게 작별인사 드리오.
[브루투스 이외에 모두 퇴장]
루키우스! 잠자는가? 하지만 상관없다.
묵직한 꿀송이 같은 단잠을 즐겨라.
복잡한 근심이 머리에 그려놓는
험한 그림, 환상이 네게는 없다.
그래서 그처럼 잠이 깊구나.
[포시아 등장]

포시아 여보, 브루투스.

브루투스 포시아! 웬일이오? 왜 벌써 일어났소?
이처럼 쌀쌀한 아침 공기에
약한 몸을 내맡기면 건강에 안 좋소.

포시아 당신께도 안 좋아요. 당신은 무심하게
침대를 빠져나갔죠. 엊저녁엔 식사하다
갑자기 일어나 팔짱 끼고 생각에 잠겨
한숨 쉬며 왔다 갔다 서성였어요.
무슨 일인가 하고 물었더니 귀찮은 듯
나를 노려보더니, 자꾸 캐물으니까
머리를 긁으며 무척 성가신 듯이
발을 굴렀죠. 계속하여 물었더니
대답은 하지 않고 성이 나서 나가라고
손짓하기에 그 자리를 떠났어요.
지나치게 열에 들뜬 조급한 마음을
건드릴까 겁이 나서 기분상의 문제이길
바랐던 것이어요. 누구나 그럴 때가
있으니까요. 먹지도 않고 말도 없고
자지도 않으면 사람 꼴이 심하게
망가져요. 바로 그런 상태라
당신이 브루투스라는 사실마저
모를 지경이어요. 여보, 당신이
번민하는 이유가 도대체 무엇인지
내게 알려주셔요.

브루투스 건강이 좋지 않소. 그것뿐이오.

포시아 당신은 현명해요. 건강하지 못하면
건강을 회복할 방법을 찾을 터이죠.

브루투스 그러는 중이오. 포시아, 자리로 가요.

포시아 아프다며 제대로 옷도 안 입고
습한 새벽바람을 마시는 것이
건강에 좋은가요? 앓는 브루투스가
건전한 잠자리를 빠져나와서
밤의 몹쓸 공기에도 불구하고
습하고 더러운 공기에 노출되어
병을 도지게 해요? 아니어요, 브루투스.
무엇인지 마음에 문제가 있어요.
정당한 아내의 권리로 나도 그것을
알아야 해요. 그래서 무릎 꿇고,
[그녀가 무릎 꿇는다.]
예전 한때 이름 높던 나의 미모와
당신의 온갖 사랑의 맹세와 두 사람을
하나로 맺어준 저 커다란 맹세에 걸어,
당신의 자신, 당신의 절반인 나에게
왜 당신이 우울하며 누가 지난밤
왔었는지 자백하셔요. 예닐곱 사람이
이곳에 왔었는데 어둠 속이었지만
낯을 가렸더군요.

브루투스 일어서요, 포시아.
[그녀를 일으킨다.]

포시아 다정한 브루투스면 그럴 필요 없겠죠.
결혼의 약속대로 말해주셔요.
당신의 비밀은 몰라야 하는 것이
조건인가요? 나는 당신 자신이면서
식사 때와 잠자리의 위안과 이따금
말동무나 해주는 제한이 있나요?
당신의 마음의 교외에나 거주하는
신세인가요? 그 이상이 아니라면
포시아는 브루투스의 아내 아닌 창녀예요.

브루투스 당신은 진실하고 존경할 아내로서
나의 슬픈 심장을 찾아오는 피톨처럼
대단히 소중한 사람이오.

포시아 그것이 진실이면 나도 그걸 알겠어요.
솔직히 말해 나는 여자예요. 하지만
브루투스가 아내로 삼은 여자예요.
솔직히 말해 나는 여자예요. 하지만
카토[20]의 딸로서 이름 있는 여자예요.
그 아버지의 그 딸로, 그 남편의 그 아내로,
내가 보통 여자보다 강하지 못할까요?

20 폼페이 추종자로서 시저에게 저항하다가 자살한 꼿꼿한 정치인(BC 95~46).

비밀을 말해줘요. 누설하지 않을게요.
나는 일편단심의 강력한 증거로서
여기 내 허벅지에 스스로 상처를
만들었어요. 그것을 참아낸 내가
남편의 비밀을 못 지켜요?
브루투스 신들이여,
고귀한 아내에게 값할 자격 주소서!
[문 두드리는 소리가 들린다.]
누가 왔소, 포시아! 잠시 동안 들어가오.
당신 가슴이 내 가슴의 비밀을
차차 공유하게 될 거요.
나의 모든 약속을 당신에게 설명하고
나의 슬픈 얼굴의 뜻을 말해주겠소.
속히 이곳을 떠나요. [포시아 퇴장]
루키우스, 뉘신가?
루키우스 앓는 분인데 나리께 할 말이 있답니다.
브루투스 메텔루스가 말하던 리가리우스[21]군.
—물러가라.—리가리우스, 웬일이오? [루키우스 퇴장]
리가리우스 쇠약한 입으로 아침 인사 드리오.
브루투스 꿋꿋한 리가리우스, 하필 이런 때에
두건을 쓰다니! 건강을 비오!
리가리우스 명예에 맞는 일을 브루투스가 맡는다면
나는 이미 앓는 것이 아니오.
브루투스 리가리우스, 당신 귀가 들을 만큼
건강한지 모르나 내가 그걸 맡았소.
리가리우스 로마인이 섬기는 모든 신께 맹세코,
지금 당장 내 병을 내어던지오!
[두건을 풀어 던진다.] 로마의 혼,
용감한 아들, 갸륵한 혈통의 후예여,
귀신을 내쫓듯 죽어가던 내 정신을
되살려 놓으셨소. 뛰라고 하면 뛰고
불가능한 일이라도 끈질기게 붙들면
이길 수 있겠소. 무슨 일을 할까요?
브루투스 앓는 자의 건강을 회복하는 일이오.
리가리우스 건강한 자도 병을 옮길 수 있지 않소?
브루투스 그 일도 할 일이오. 그것이 무엇이며
누구에게 할 일인지 같이 가면서
말씀드릴 터이오.
앞서 가시오.
리가리우스 불타는 가슴으로 무엇인지 모를 일을
하기 위하여 당신을 따라가지만
브루투스가 인도하니 상관없겠소.
브루투스 그럼 따라오시오. [둘 퇴장]

## 2. 2

[우레와 번개. 잠옷 차림의 줄리어스 시저 등장]
시저 하늘도 땅도 오늘 밤 평화롭지 못하다.
잠든 캘푸니아가 세 번이나 외치길,
"시저를 죽여요!" 했다. 안에 누구 있느냐?
[하인 등장]
하인 예?
시저 사제에게 제물을 갈라보라고 하여서[22]
결과를 해석하여 내게 알려라.
하인 그리하겠습니다. [퇴장]
[캘푸니아 등장]
캘푸니아 왜 그래요, 시저? 나가려고요?
오늘은 집 밖에 얼씬하지 마세요.
시저 시저는 나가겠소. 나를 위협하는 것들은
나의 등만 보았소. 시저를 대면하면
사라지고 말 게요.
캘푸니아 시저, 나는 예언을 존중하지 않았어요.
하지만 이번엔 겁이 나요. 우리가 듣고
목격한 사실 외에도 야경꾼이 보았다는
무서운 광경을 전하는 자가 안에 있어요.
사자가 거리에서 새끼를 낳고
무덤들이 갈라져 죽은 자를 내어놓고
맹렬히 불타는 병사들이 전법에 따라
대열을 지어 구름 위에서 싸우며
신전 위에 핏방울을 흩뿌렸대요.
전투의 소음이 공중에 치달리고
말들이 울부짖고 죽는 자가 신음하며
거리에는 유령들이 웅얼댄대요.
오, 시저, 이런 일은 전혀 없던 거예요.
걱정되네요.

21 그는 폼페이를 지지했다가 시저에게 용서를 받았으나 끝끝내 시저를 미워했다.

22 당시 로마에서 예언자들이 희생 제물의 배를 갈라 내장의 모양을 보고 당사자의 길흉을 점쳤다.

시저 강대한 신들이
뜻하신 목적을 어찌 피할 수 있소?
하지만 시저는 나가겠소. 그런 예언은
시저뿐 아니라 누구에게나 해당되오.
캘푸니아 거지가 죽을 때는 혜성이 없어요.
왕들의 죽음은 하늘이 빛을 내요.
시저 비겁자는 죽기 전에 여러 번 죽고
용감한 자는 단 한 번 죽음을 맛보오.
여태껏 내가 들은 놀라운 일 가운데
가장 이상한 것은 겁이라는 물건이오.
필연적인 종말인 죽음은 때가 되면
오게 되오.
[하인 등장]
점쟁이가 뭐라던가?
하인 오늘은 나가지 마시랍니다.
제물의 내장을 뜯어 살피니
짐승에게 심장이 없더랍니다.
시저 비겁이 부끄러워 신들이 그리했소.
오늘 내가 무서워서 집에 있다면
시저는 심장 없는 짐승이란 의미요.
시저는 안 그러겠소. 위험 자체의
큰 위험이 시저라 함을 잘 알고 있소.
우리는 한날에 태어난 쌍둥이 사자인데
먼저 태어난 내가 더 무섭소. 그러므로
시저는 밖으로 나가겠소.
캘푸니아 아아, 여보,
넘치는 자신감에 판단력이 잠겼군요.
오늘은 삼가세요. 당신이 아니라
나의 근심 때문에 집에 있다 하세요.
안토니를 의회에 보내 당신이 오늘
건강이 안 좋다고 말하라고 합시다.
내 말 들을 때까지 무릎 꿇고 있겠어요.
[그녀가 무릎 꿇는다.]
시저 내 몸의 불편을 안토니가 말할 거요.
당신의 기분 따라 집에 있겠소.
[그녀를 일으킨다.
데키우스 등장]
데키우스가 오는군. 저자에게 시키겠소.
데키우스 시저, 안녕하시오? 좋은 아침 되십시오.
장군님을 의사당에 모시러 왔습니다.
시저 오, 아주 알맞게 오셨소. 의원들께
인사를 전하고 오늘은 못 간다고
말씀하시오. 못 간다 하는 말은
거짓말이고 용기가 없다 함은
더 큰 거짓말이오. 안 간다 하시오.
캘푸니아 아프다고 하세요.
시저 시저가 거짓말을?
늙은 영감들에게 거짓말을 하려고
그토록 전쟁에서 팔을 휘둘렀겠소?
데키우스, 시저는 안 간다고 하시오.
데키우스 위대한 시저여, 이유라도 압시다.
그렇게 말하면 웃음이나 삽니다.
시저 내 의지가 이유요. 나는 가지 않겠소.
원로원은 이로써 만족하기 충분하오.
하지만 당신을 좋아하는 까닭에
당신의 궁금증을 풀어주기 위하여
말을 하겠소. 아내 캘푸니아가
나를 붙잡는 거요. 지난밤 꿈에 보니
내 석상이 있는데 백 개의 물구멍이
분수처럼 피를 뿜고 여러 명의 건장한
로마인이 웃으면서 다가와 그 피에
손들을 씻더라오. 이를 경고의 징조로
임박한 불운으로 해석하고 무릎 꿇고
내가 오늘 집 안에 있기를 간청하였소.
데키우스 완전히 잘못된 해몽이군요.
좋고 길한 꿈인데. 여러 개의 구멍으로
피를 뿜는 석상에 수많은 로마인이
웃으며 손을 씻는다 함은 당신에게서
위대한 로마가 재생의 피를 마시며
순교의 피가 묻은 유물[23]을 구하려고
위인들이 몰려올 거라는 뜻이 되오.
캘푸니아의 꿈은 바로 그런 뜻이오.
시저 그런데 당신의 해몽이 그럴듯하군.
데키우스 내 말을 들으시면 그런 셈이오.
지금 알아두실 것은 이날에 원로원이
위대한 시저에게 왕관을 수여키로
결정한 사실이오. 안 간다 하시면

23 중세 때 성자의 피가 묻은 '유물'을 구하려고 순례자들이 몰려오듯, 시저를 '성인'으로 추모하는 위인들이 오리라는 것이니, 결국은 그가 순교자처럼 죽을 것이란 말이다.

생각이 바뀔 수 있소. 게다가 누가
'시저의 아내가 길몽을 꿀 때까지
의회를 해산하자'라고 말하면
십중팔구 우스개가 될 뿐이지요.
시저가 숨으면 '시저가 겁먹었다.'
하면서 수군대지 않겠소?
시저, 용서하시오. 당신의 승리를
너무나도 원하기에 이를 알려 드리니,
예의를 잊을 만큼 당신을 아끼오.

시저 캘푸니아, 얼마나 어리석은 근심이오!
내가 그런 근심에 양보한 게 부끄럽소.
예복을 갖다 주오. 나갈 터이오.
[브루투스, 리가리우스, 메텔루스, 카스카,
트레보니우스, 킨나, 푸블리우스 등장]
푸블리우스가 데리러 왔소.

푸블리우스 시저, 안녕하시오?

시저 어서 와요, 푸블리우스.
오, 브루투스도 이처럼 일찍 나다니오?
안녕하시오, 카스카? 오, 리가리우스,
당신에게 쇠약을 가져다준 학질만큼
나 시저가 당신 원수는 아니었소.
지금 몇 시요?

브루투스 여덟 시를 쳤소, 시저.

시저 당신들의 수고와 예의에 감사하오.
[안토니 등장]
보시오, 밤새껏 놀아나던 안토니도
일어났군요. 잘 지냈소, 안토니?

안토니 존귀하신 시저께 인사드리오.

시저 [캘푸니아에게]
준비하라 이르시오. 이렇게 기다리니
내 잘못이오. [캘푸니아 퇴장]
오, 킨나. 오, 메텔루스,
아, 트레보니우스! 한 시간은 당신에게
할 말이 있소. 잊지 말고 오시오.
당신이 생각나게 내 곁에 서시오.

트레보니우스 그러지요. [방백] 너무 바싹 붙어 있어
네 편은 떨어져 있기를 바랐을 거다.

시저 들어갑시다. 술 한잔 나누고
단짝들같이 곧장 함께 갑시다.

브루투스 [방백] 언제나 '같이'가 '같이'는 아니다.
브루투스의 마음은 네 생각으로 슬프다. [모두 퇴장]

## 2. 3

[아테미도루스가 쪽지를 읽으며 등장]

아테미도루스 "시저, 브루투스를 조심하시오. 카시우스를
경계하시오. 카스카 옆에 가지 마시오. 킨나를
살피시오. 트레보니우스를 믿지 마시오. 메텔루스를
주의하시오. 데키우스는 당신을 사랑하지 아니하오.
당신은 리가리우스를 박대하였소. 이자들은 한
마음으로 시저에 대하여 반감을 가졌소. 불멸하는
존재가 아닌 이상 주변을 살피시오. 지나친 자신감은
반역의 기회요. 위대한 신들이 당신을 보호하길!
당신을 사랑하는 아테미도루스."
시저가 지나갈 때 이 자리에 섰다가
민원인의 자격으로 쪽지를 건네겠다.
고결한 품성도 질투의 이빨을 피해
살 수 없어 마음이 괴롭다. 시저여,
이 글을 읽으면 살고 안 읽으면
운명도 반역당과 똑같이 음모한다. [퇴장]

## 2. 4

[포시아와 루키우스 등장]

포시아 얘, 의사당으로 빨리 뛰어가라.
대답도 할 것 없이 급히 달려라.
왜 그러고 섰니?

루키우스 심부름이 무엇이죠?

포시아 먼저 거기 갔다가 여기로 돌아오면
거기서 뭘 할지 알려줄 수 있겠어.
[방백] 결심아, 단단히 내 옆에 붙어 있고
마음과 혀 사이에 산더미를 놓으렴!
마음은 사내지만 힘은 여자야.
여자가 비밀을 지키기란 정말 어려워!
[루키우스에게] 아직도 여기 있냐?

루키우스 뭐하죠?
신전에 달려가서 아무 일도 안 해요?
그대로 마님께 돌아오란 말이에요?

포시아 주인의 안색이 좋으신지 알려다오.
앓으며 나가셨어. 그리고 시저가
뭘 하는지 자세히 봐. 무슨 민원인들이
몰려드는지.—얘, 저거 웬 소리냐?

루키우스 아무 소리 안 들려요.
포시아 잘 들어봐.
패싸움처럼 왁자한 소리가 들렸는데.
신전에서 바람에 불려오는 소리구나.
루키우스 정말이에요. 아무것도 안 들려요.
[점쟁이 등장]
포시아 이리 와라. 당신 어디 갔었나?
점쟁이 저의 집에요.
포시아 지금 몇 신데?
점쟁이 아홉 시쯤 됐어요.
포시아 시저가 신전에 도착하셨나?
점쟁이 아닙니다. 저도 자리 잡으러 가요.
신전으로 가시는 걸 보려고요.
포시아 시저에게 무슨 청이 있구나. 안 그런가?
점쟁이 맞아요. 제 말을 들으실 만큼
자신에게 이롭다고 생각하시면
자신을 아끼라고 말씀드릴 테예요.
포시아 시저에게 무슨 일이 있겠나?
점쟁이 아는 건 없고 걱정은 많아요.
안녕히 계세요. 여긴 길이 좁아요.
시저의 발꿈치를 따라가는 의원들,
심판관들, 민원인들 무리가 노약자를
밟아 죽일 정도로 몰려들어요.
빈 데를 찾아가서 위대한 시저가
지나가실 때 말씀드릴 테예요. [퇴장]
포시아 들어가야 되겠다. 아, 여자의 마음은
어찌나 여린가! 오, 브루투스,
하늘이 당신 일을 도와주시길!
—재가 내 말 들었어.—남편의 청원을
시저가 들어주지 않겠지.—오, 내가
아뜩해지네.—루키우스, 주인께 뛰어가
문안 전해라. 내가 쾌활하다 말씀드려.
돌아와서 주인 말씀 전해다오. [각기 퇴장]

## 3. 1

[주악. 시저, 브루투스, 카시우스, 카스카,
데키우스, 메텔루스 심버, 트레보니우스, 킨나,
안토니, 레피두스, 포필리우스 리나, 푸블리우스,
기타 의원들 등장. 점쟁이와 아테미도루스가
그들과 만나고 평민들이 뒤따른다.]
시저 [점쟁이에게] 삼월 보름이군.
점쟁이 예, 하지만 아직 안 갔습니다.
아테미도루스 안녕하십니까? 이 쪽지 보십시오.
데키우스 시간이 나시면, 트레보니우스가
공손한 민원을 훑으시길 원합니다.
아테미도루스 시저, 먼저 제 쪽지 읽으세요.
시저에게 긴밀히 관계되니 읽어보세요!
시저 내게 관계되는 것은 마지막에 다루겠소.
아테미도루스 지체하지 마시고 당장 읽으십시오!
시저 이자가 미쳤는가?
푸블리우스 여봐요, 비켜나요.
카시우스 거리에서 민원을 들이밀기요?
신전으로 오시오.
[시저와 뒤따르는 자들이 나아간다.
시저가 주재하려고 자리에 앉는다.]
포필리우스 [카시우스에게]
오늘 일이 잘 되기 바라오.
카시우스 포필리우스, 무엇 말이오?
포필리우스 [카시우스에게] 잘해보시오.
브루투스 포필리우스가 뭐라고 했소?
카시우스 오늘 우리 일이 잘되기 바란다 했소.
우리 계획이 발각된 것 같으오.
브루투스 시저에게 가고 있소. 잘 보시오.
[포필리우스가 따로 시저에게 말한다.]
카시우스 카스카,
신속히 하시오. 앞지를까 걱정이오.
브루투스, 어쩔까요? 발각이 됐다면
카시우스도 시저도 돌이키지 못하오.
나는 자결하겠소.
브루투스 카시우스, 진정하오.
저 사람이 말하는 건 그 얘기가 아니오.
보시오. 웃고 있소. 시저도 그대로요.
카시우스 트레보니우스가 자기 때를 알고 있소.
보시오, 브루투스. 안토니를 데려가오.
[트레보니우스가 안토니와 함께 퇴장]
데키우스 메텔루스는 어디 있소? 지금 나가
시저에게 민원을 제출하라 이르시오.
브루투스 준비가 되어 있소. 몰려가 거듭시다.
킨나 카스카, 당신이 먼저 손을 들기로 했소.
시저 모두 준비 되었소? 시저와 원로원이

시정할 사항이 무엇들이오?

메텔루스 [무릎을 꿇고]
가장 높고 강하며 권세 크신 시저여,
귀하신 보좌 앞에 메텔루스가
비천한 가슴을 던집니다.

시저 먼저 말하겠소.
이렇게 엎드리며 낮추는 행위는
평민의 피에 불을 질러 신들의 법과
근본적 율법을 아이들의 변덕으로
만들지 모르오. 시저의 핏줄 속에
못된 피가 흐르므로 바보들을 녹일 만큼
올바른 성품에서 벗어날 것이라는
못난 생각을 버리오. 달콤한 말이나
무릎 꿇고 절하기는 못난 개의 아첨이오.
당신 형은 법에 의해 추방되었소.
형 때문에 절하고 간청하고 아첨하면
당신을 개처럼 내 앞에서 쫓아내겠소.
시저는 부당함을 저지르지 않으며,
이유 없는 허락도 없소. 그리 아시오.

메텔루스 저보다 훌륭한 목소리가 없습니까?
위대한 시저의 귀에 곱게 들릴 소리로
추방당한 형님을 소환하지 못합니까?

브루투스 [무릎을 꿇고]
시저의 손에 입을 대나 아첨이 아니고
메텔루스의 형에게 석방의 자유를
즉시 허락하시길 원하는 바입니다.

시저 브루투스도?

카시우스 [무릎을 꿇고]
시저, 용서하시오!
메텔루스의 형에게 석방을 탄원하며
당신의 발치에 카시우스가 엎드리오.

시저 당신들 같으면 나마저 움직이겠소.
기도로 가능하면 기도가 나를
움직일 터이나, 나는 북극성처럼
변하지 않소. 그토록 영원한 불변은
하늘에 짝이 없소. 무수한 불꽃이
하늘 가운데 점점이 박혀 있소.
모두가 불타며 모두가 빛나되,
하나만이 제자리를 지키고 있소.
세상도 그러하오. 수많은 사람과
살과 피가 있으며 감각도 있으나
그 많은 사람 중에 오직 하나가
자신의 위치를 변함없이 지키며
흔들리지 아니하오. 내가 그 사람임을
일부 보일 터이니, 아래와 같소.
'그자의 추방을 변함없이 고수하며
그러한 결정을 변함없이 지키겠소.'

킨나 [무릎 꿇으며]
오, 시저—

시저 비키오! 올림포스[24]를 들겠소?

데키우스 [무릎 꿇으며]
위대한 시저—

시저 브루투스도 소용없었소.

카스카 손이여, 내 말은 네가 하라!
[그들이 시저를 칼로 찌른다. 카스카가 제일
먼저, 브루투스가 끝으로 찌른다.]

시저 브루투스, 너도?[25] 그러면 시저여, 쓰러져라! [죽는다.]

킨나 해방이다! 자유다! 폭군은 죽었다!
뛰어나가 선포하라. 거리마다 외쳐라!

카시우스 몇 사람은 달려가 군중의 연단에서
'해방, 자유, 속박의 철폐!'를 외치시오.
[구경꾼들이 경악하는 몸짓을 보인다.]

브루투스 민중과 의원 제위, 두려워 마시오.
뛰지 말고 서시오. 야심의 빚을 갚았소.

카스카 연단으로 가시오, 브루투스.

데키우스 카시우스도.

브루투스 푸블리우스는 어디 있소?

킨나 여기 있소. 소란으로 경악에 빠져 있소.

메텔루스 함께 뭉쳐 섭시다. 시저의 지지자가
혹시는—

브루투스 선다는 말은 하지 마오.—푸블리우스,
안심하시오. 당신은 물론 어떤 사람도
해할 뜻이 없으니, 그렇게 말하시오.

카시우스 그리고 비키시오. 민중이 달려들 때
당신 같은 노인은 다칠지 모르오.

브루투스 그러시오. 당사자 외에는 누구도

24 고대 그리스에서 가장 높은 산. 그 산을 들 수 없을 만큼 시저의 마음도 움직일 수 없다는 교만한 태도다.
25 이 유명한 구절은 라틴어로 "엣 투, 부루테?" (Et tu Brute)다.

이로 인한 피해가 없게 합시다.
[모반자들 이외에 모두 퇴장]
[트레보니우스 등장]
카시우스 안토니는 어디 있소?
트레보니우스 제 집으로 달아났소.
최후의 심판인 양, 놀란 남녀노소가
소리치며 달아나오.
브루투스 운명아, 네 속을 알고 싶다.
언젠가는 죽겠지만 인간이란 존재는
시간과 날짜를 써버리는 일이오.
카스카 인생의 20년을 버리는 자는
죽음의 공포를 그만큼 단축하오.
브루투스 그렇다면 죽음은 이로운 것이니
죽음의 두려움을 단축시킨 우리는
시저의 진정한 친구가 되오.
로마인들이여, 허리 굽혀 시저의 피에
팔목을 담그고 칼에 피를 묻히고
붉은 칼을 머리 위로 휘두르면서
광장으로 나아가 '평화, 자유, 해방'을
모두 함께 큰 소리로 소리칩시다.
카시우스 그러면 다 같이 몸 굽혀 씻읍시다.
숱한 세월이 지난 후, 고결한 이 장면이
먼 나라 낯선 말로 거듭 연출되겠지요!
브루투스 지금은 폼페이 석상 아래 티끌처럼
볼품없이 쓰러져 누운 시저가
얼마나 자주 무대에서 피를 흘릴 터인가![26]
카시우스 그 장면을 볼 때마다 우리 일행이
자신들의 조국에 해방을 선사한
인간들로 칭송이 자자할 거요.
데키우스 그러면 나설까요?
카시우스 예, 함께 갑시다.
브루투스가 앞서시오. 우리는 담대하고
곧은 로마인으로 그의 뒤를 빛냅시다.
[안토니의 하인 등장]
브루투스 잠깐! 누군가? 안토니의 하인이군.
하인 주인께서 이렇게 꿇으라고 하셨어요.
이렇게 안토니가 엎드리라 하시고
엎드린 채 이렇게 아뢰라 하셨어요.
"브루투스는 고귀하고 현명하고 용감하고
올바르고, 시저는 강력하고 대담하고
위엄 있고 친밀했소. 본인은 브루투스를
사랑하고 존경하며, 시저를 두려워하고
존경하고 사랑했소. 안토니가 안전하게
브루투스께 접근하여 어째서 시저가
죽을죄가 있는지 확인만 하면
안토니는 죽은 시저보다는 살아 있는
브루투스를 사랑하고, 정성을 다하여
불분명한 이 상황에 위험을 무릅쓰고
높은 분의 운명과 사업을 따를 터이오."
저의 주인 안토니는 이렇게 말씀하시오.
브루투스 네 주인은 현명하고 용감한 로마인으로,
그분을 그 이하로 생각한 일이 없다.
만일 그가 이곳에 오려고 한다면
내가 답을 드릴 테니 명예로 맹세코
안전하게 돌아갈 것이라 하라.
하인 곧 모셔 오겠습니다. [퇴장]
브루투스 좋은 우리 편이 될 거라 믿소.
카시우스 그러면 좋겠지만 나의 마음으로는
그를 무척 경계하오. 언제나 의구심은
뼈아픈 현실로 드러났소.
[안토니 등장]
브루투스 이리로 오고 있소.—어서 오시오, 안토니!
안토니 위대한 시저여! 그처럼 쓰러지셨소?
수많은 정복과 영광과 승리와 전리품이
이렇게 줄었소? 안녕히 가십시오.
여러분이 무슨 계획을 갖고 있는지
누가 피를 흘리고 칼침을 받을는지
모르겠지만 나라면 시저가 죽은
이때만큼 알맞은 시간은 다시없고
세상의 무슨 칼도 가장 귀한 피로써
귀하게 된 당신네 칼에 비해 절반도 안 되오.
나에 대해 감정이 있다면, 피에 젖은
당신들 손에 더운 김 솟는 이 순간에
속 시원히 푸시오. 천 년을 산다 해도
이처럼 죽고 싶은 생각은 없을 터이오.
이 시대의 빼어난 주도적 지성들인
여러분의 칼에 찍혀, 여기 시저 옆에서,
그런 죽음의 도구로—바랄 게 없소.

26 이 장면, 특히 셰익스피어의 이 장면이 세계 각처의 무대에서 자주 연출되었음을 암시하는 말이다.

브루투스 아, 안토니. 죽음을 원하다니!
지금은 우리의 손과 행위가
잔혹한 피를 보일는지 모르지만
당신은 오직 우리 손과 손이 행한
피 흘린 우리 일을 보고 있을 뿐이며,
우리의 가슴속을 보지 못하나,
연민에 가득한 마음이며 민중이 겪는
억울한 느낌이오. 불이 불을 몰아내듯
연민이 연민을 몰아내오. 그 때문에
시저에게 이 일을 거행하였소.
고귀한 안토니, 우리 칼은 무뎌졌소.
우리 팔은 적개심에 불타나 마음은
형제애를 느끼며 무한한 사랑과
존경으로 당신을 받아들이오.
카시우스 지위를 배당할 때 당신의 의견을
모든 사람과 동등하게 존중하겠소.
브루투스 군중이 겁에 질려 제정신이 아니오.
그들을 진정시킬 때까지 견디어 내오.
그러고 나서 시저를 공격할 때
그이를 사랑하는 내가 왜 이 방식을
취했는지 설명하겠소.
안토니 당신의 지혜를
의심치 않소. 피 묻은 손들을 내미시오.
먼저 브루투스, 당신과 악수하오.
다음으로 카시우스, 당신과 악수하오.
그리고 데키우스, 그리고 메텔루스,
킨나, 그리고 용감한 카스카, 손을 주시오.
마지막이되 결코 내 사랑의 끝이 아닌
트레보니우스.—모두가 점잖은 분들,
내가 뭐라고 하겠소? 위태로운 처지여서
여러분은 나더러 겁쟁이가 아니면
아첨꾼이라고 생각하기 십상이지요.
시저, 당신을 사랑한 건 사실입니다!
지금 당신의 영혼이 우리를 내려다보면
당신의 안토니가 적들의 피 엉긴
손가락을 흔들며, 오 존귀한 이여,
당신 시체 앞에서 화해하는 흉한 꼴이
자신의 죽음보다 더 슬프지 않습니까?
당신 몸의 상처만큼 눈이 여럿이라면
상처들이 피 흘리듯 눈물을 쏟는 것이
당신의 원수들과 우의를 맺기보다
나에게 더없이 어울릴 테죠. 시저,
용서하시오! 여기서 당하셨소, 용감한 사슴,[27]
여기서 쓰러지셨소. 사냥꾼들이 여기 서 있소.
난도질을 가하여 레테 강[28]을 물들였소.
아아, 세상아, 너는 이 사슴이 뛰놀던
숲이었으며 이곳이 너의 심장이었다!
고귀한 분들의 칼에 맞은 짐승처럼
여기 쓰러지셨다!
카시우스 마크 안토니—
안토니 용서하시오, 카시우스.
시저의 원수라도 이쯤은 말할 거요.
그러니 친구로서는 냉담한 말씀이오.
카시우스 시저에 대한 찬양은 탓하지 않으나
당신이 맺으려는 약조는 무엇이오?
동지의 일원으로 참가하겠소?
이 일을 우리끼리 계속할까요?
안토니 그래서 당신들과 악수했지만
시저를 보는 순간 마음이 흔들렸소.
나도 이쪽 편이오. 모두를 사랑하오.
다만 어째서 시저가 위험했는지
이유를 설명하기 바랄 뿐이오.
브루투스 설명이 없으면 이 광경은 야만이겠소.
우리의 명분은 너무도 명백하여
시저의 자식 같은 안토니 당신도
만족할 거요.
안토니 바라는 건 그뿐이오.
그에 더하여, 친구로서 합당하게
광장의 연단으로 시신을 모셔가고
장례식 조사를 허락하시오.
브루투스 그러시오, 안토니.
카시우스 브루투스, 한마디만.
[브루투스에게 방백]
모르고 하는 짓이오. 장례에서 안토니가
조사를 하는 것을 허락하지 마시오.
저자가 떠드는 말에 민중이 얼마나

27 사냥꾼들이 큰 사슴을 몰아다가 죽이고 난도질하는 의식에 비한다. 사냥꾼들은 저마다 피 묻은 가죽 조각을 베어 가졌다.
28 동양의 '황천'처럼, 죽은 자의 영혼이 건너가면 현실을 잊는다는 '망각의 강.'

동요할지 아시오?

브루투스 [카시우스에게 방백] 당신이 용납하면
내가 먼저 연단에 올라 우리의 시저가
죽어야 하는 이유를 설명하겠소.
안토니는 우리의 허락을 받아
조사를 말하는 것이라고 선포하고
시저에게 합당한 여러 가지 의식을
행하는 것을 허락한다고 말하면
우리 일에 해롭기보다 이로울 거요.

카시우스 [브루투스에게 방백]
무슨 일이 생길 것 같소.—내키지 않소.

브루투스 그럼 안토니, 시신을 가져가시오.
조사 중에 우리를 비난할 수 없으나
시저에 대해서는 능력껏 말하되
우리의 허락하에 그런다고 하시오.
그러지 않으면 장례에 관여하지 못하오.
이제 내가 연단에 나설 테니 당신은
내 말이 끝난 다음 말을 하시오.

안토니 그러겠소. 그 이상은 바라지 않소.

브루투스 그러면 시신을 거두고 따라오시오.

[안토니 이외에 모두 퇴장]

안토니 오, 나를 용서해라, 피 흘리는 흙덩이여,
저런 백정들에게 너무 굽실대누나!
세파 속에 살았던 뭇사람 중에
너야말로 가장 귀한 영웅의 폐허다.
값진 피를 흘린 손에 화 있을진저!
벙어리처럼 홍옥 같은 입을 벌려
이 혓바닥의 목소리를 간청하는
상처들을 굽어보며, 지금 예언한다.
사람들의 팔다리에 저주가 내리며,
맹렬한 내란과 분란의 회오리가
이탈리아 전역을 마비시키며,
피와 파괴가 예사로운 일이 되며
끔찍한 광경이 너무도 흔해지며
전쟁의 손아귀에 찢기는 젖먹이를
뻔히 쳐다보면서 늘 있는 잔인에
둔감해진 어미는 마냥 웃고 섰으며,
지옥에서 새로 나온 시저의 혼령은
복수하기 위하여 분쟁의 여신과 함께
이 땅 방방곡곡에서 제왕의 음성으로
'궤멸!'을 외치고 전쟁의 개들을
풀어놓을 것이니, 악랄한 이 행위가
묻어 달라 신음하는 송장과 함께
모든 땅 전역에 악취를 풍기리라.
[옥타비우스의 하인 등장]
옥타비우스의 하인인가?

하인 그렇습니다.

안토니 로마로 오라고 시저가 편지했다.

하인 편지를 받고 오시는 중이십니다.
장군께 직접 전하라 하셨어요.
아아, 시저!

안토니 슬픔이 넘치누나. 저기로 가서 울어라.
슬픔이 전염된다. 슬픔이 방울방울
맺히는 것을 보더니 내 눈에도 눈물이
고이기 시작한다. 주인이 오시는가?

하인 오늘 밤 로마에서 100리 안에 오십니다.

안토니 속히 돌아가 사태를 알려라.
이곳은 초상 중의 위험한 로마다.
네 주인은 아직 안전치 않다.
빨리 알려 드려라. 하지만 기다려라.
시신을 광장으로 옮긴 후에 떠나라.
연설을 통하여 저 잔악한 인간들이
저질러놓은 이 짓을 민중이
어찌 받아들이는지 살펴보겠다.
그 결과에 따라 너의 젊은 주인에게
이곳의 상황을 보고드려라.
손 좀 빌리자. [시저의 시신을 들고 둘 퇴장]

## 3. 2

[브루투스와 카시우스가 평민들과 함께 등장]

평민들 해명! 해명이 필요하오!

브루투스 그렇다면 따라와 내 말을 들으시오.
카시우스, 당신은 다른 길로 가서
군중을 줄입시다. 내 말 들을 분은
여기 남고 카시우스를 따라갈 분은
같이 가시오. 시저의 죽음에 관해
이유를 말하겠소.
[브루투스가 연단에 오른다.]

평민 1 브루투스한테 듣겠어.

평민 2 카시우스한테 들을 테야. 따로 듣고

두 사람의 해명을 비교해보자.

[카시우스가 평민의 일부와 함께 퇴장]

평민 3 고귀한 브루투스가 올라갔다. 조용하자!

브루투스 끝까지 참으시오.
로마인들, 신민들, 친구들, 이유를 말할 때 듣고
듣기 위해 조용하시오. 내 명예로 인하여 믿어주며
믿기 위해 내 명예를 존중하시오. 지혜에 의거하여
나를 판단하시며, 보다 훌륭한 판단을 위해 지각을
곤두세우시오. 여러분 중에 시저의 절친한 친구가
있다면, 그분에 대한 브루투스의 사랑이 그에게
뒤지지 않았음을 천명하며 어찌하여 브루투스가
시저에 맞섰는가 묻는다면 시저에 대한 사랑이 덜한
것이 아니라 로마에 대한 사랑이 더했다는 것이오.
시저가 살고 여러분은 노예로 죽기를 원하오?
시저가 죽고 자신들은 자유민이 되기를 원하오?
시저가 나를 사랑했기에 그를 위해 울며 그가
축복받았기에 기뻐하며 용감하였기에 높이며
야심이 가득했기에 죽였소. 그의 사랑에 울었고
행운에 기뻤고 야심에는 죽음이오. 노예가 되고자
하는 비열한 자가 있소? 있으면 말하시오. 그에게
잘못했소. 로마인이 아니고 싶은 야만인이 누구요?
있으면 말하시오. 그에게 잘못했소. 조국을
사랑하지 않고자 하는 악한 자가 누구요? 있으면
말하시오. 그에게 잘못했소. 대답을 기다리며 잠시
그치오.

평민들 모두 없소. 브루투스, 없소.

브루투스 그렇다면 아무에게도 잘못이 없소. 내가 시저에게
행한 것보다 여러분이 브루투스에게 행할 것이라고
생각지 않소. 그의 죽음의 전말은 신전에 기록되어
있소. 찬사에 합당한 그의 영광은 축소되지 않았으며
죽음을 가져온 과오들 역시 부각되지 않았소.
[안토니와 몇 사람이 시저의 시신을 들고 등장]
시신이 당도했소. 안토니가 상주요. 그의 죽음에
참여한 공이 없으나 그의 죽음으로 이롭게 되며
그 역시 공화국에서 지위를 얻을 것인데, 여러분 중에
누가 이롭지 않겠소? 이 말을 끝으로 나는 떠나오.
로마의 이익을 위해 내가 가장 사랑하는 사람을
죽였으므로 나의 조국이 나의 죽음을 요청할 때를
대비하여 바로 이 칼을 지니고 있소.

평민들 모두 살아 계시오! 브루투스, 살아 계시오!
[브루투스가 내려온다.]

평민 1 댁까지 개선 행진으로 모시자.

평민 4 그의 조상들과 함께 석상을 세워드리자.

평민 3 그를 시저처럼 받들자.

평민 5 시저의 장점으로
브루투스에게 왕관을 씌우자.

평민 1 환호를 외치며 댁으로 모셔 가자.

브루투스 국민이여—

평민 4 조용하라! 브루투스의 말이다!

평민 1 쉿! 조용히!

브루투스 선한 신민 여러분, 혼자 떠날 터이니
안토니를 위하여 남아 계시오.
시저의 시신에 예의를 표하고
시저의 공적을 안토니가 말할 때
귀를 기울이시오. 우리의 허락하에
연설하는 것이오. 끝날 때까지
나 외에 한 분도 떠나지 마시오. [퇴장]

평민 1 가만히 계시오! 안토니 말을 들읍시다.

평민 3 연석에 앉으라 합시다. 듣고 싶소.
존귀한 안토니, 연단에 오르시오.

안토니 브루투스 덕분에 여러분께 감사하오.
[연단에 오른다.]

평민 5 브루투스에 대해 뭐라고 해?

평민 3 그 덕분에
우리한테 감사한대.

평민 5 여기서 그분에 대해 나쁘게 말하면 안 될걸.

평민 1 시저는 폭군이었어.

평민 3 말할 게 있나.
로마에서 없앴으니 우리에겐 복이야.

평민 4 조용해! 안토니가 뭐라는지 들어보자.

안토니 점잖으신 로마인 여러분—

평민들 모두 들읍시다!

안토니 친구들, 로마인들, 신민들, 귀를 빌려 주시오.
시저를 묻고자 왔고 찬양코자 온 것 아니오.
사람이 행한 악은 죽은 뒤에 살아남되
잘한 일은 유해와 함께 묻히기 일쑤요.
시저도 그렇겠죠. 존귀한 브루투스는
시저가 야심이 많았다고 했는데,
그것이 사실이면 뼈아픈 잘못이며
시저는 뼈아픈 대가를 치렀소.
브루투스와 그 일행의 허락을 받아—
브루투스로 말하면 존경할 분이오.

모두가 꼭 같이 존경할 분들이오.—
조사를 드리고자 장례식에 참석했소.
시저는 내 친구로, 성실하고 정직하여—
브루투스는 그가 야심이 컸다 하오.
—물론 브루투스는 존경할 분이오.
수많은 포로를 로마에 데려왔고,
저들의 몸값으로 국고를 채웠소.
시저의 야심이 이것이라 생각하오?
가난한 자가 울면 시저도 울었는데
야심은 그보다는 엄격한 성질이오.
브루투스는 그가 야심이 컸다 하오.
물론 브루투스는 존경할 분이오.
여러분이 아시듯 루퍼컬[29] 축제에서
내가 세 번 왕관을 드렸지만 그는 세 번
거절했소. 이것이 야심이오? 그러나
브루투스는 그가 야심이 컸다 하오.
물론 브루투스는 존경할 분이오.
그분의 말을 반박할 뜻은 전혀 없으나
내가 아는 만큼만 말하고자 하오.
여러분도 한때는 시저를 사랑했고
이유도 있었는데 지금 무슨 이유가
그에 대한 슬픔을 막았소? 판단아, 너는
짐승에게 가버리고 인간은 너를 잃었다!
용서하시오. 내 마음은 시저와 더불어
관 속에 있소. 돌아올 때까지 멈춰야겠소.

평민 1 저 사람 말에도 일리가 많아.

평민 4 정확히 따져보면 시저가 억울하게
당한 바가 무척 많아.

평민 3 그게 정말이야?
더 큰 악질이 그 자리에 들어갈지 모르거든.

평민 5 자세히 들었지? 왕관을 거절했어.
그러니까 확실히 야심이 없었어.

평민 1 그게 사실이라면 누군가 혼나야지.

평민 4 참 안됐어. 울어서 눈이 빨개.

평민 3 로마엔 안토니보다 훌륭한 분이 없어.

평민 5 저기 봐. 말을 다시 시작해.

안토니 어제만 해도 시저의 한마디 말이
온 세상에 맞섰소. 지금 저기 누웠는데
아무리 천해도 그에게 절하지 않소.
친구들, 당신들의 마음을 충동하여
난동을 일으키면, 그것은 브루투스,
카시우스에게 부당한 짓을 하는 거요.
아시듯이 그들은 존경할 분들이라,
억울한 짓은 안 하겠소. 그분들이
억울하기보다는 차라리 죽은 자와
나와 당신들이 억울해야 되겠소.
그런데 여기 시저가 날인한 문서가 있소.
서재에서 찾았는데 그분의 유언이오.
평민들이 그 유언을 듣기만 하면—
실례지만 읽어드릴 생각이 없지만—
몰려들어 시저의 상처에 키스하고
그 거룩한 피에 손수건을 적시고
그렇지요, 기념으로 머리카락 한 개라도
요청하고, 유언장에 기록하고
자손에게 물려줄 값비싼 유산으로
그것을 남길 것이오.

평민 5 그 유언 들읍시다! 읽으시오, 안토니.

평민들 모두 유언! 유언! 그 유언 들읍시다.

안토니 친구들, 참으시오. 읽을 수 없소.
시저가 당신들을 얼마나 아꼈는지
알면 안 되오. 여러분은 목석 아닌
인간이오. 시저의 유언을 들으면
미친 듯 분개할 거요. 여러분이
상속자란 사실을 모르는 게 좋은데,
알게 되면, 오, 무슨 일이 벌어질까!

평민 5 유언을 읽으시오! 들읍시다, 안토니!
읽어야 됩니다. 시저의 유언이오!

안토니 진정하겠소? 잠깐 기다리겠소?
당신들한테 안 할 말을 했군요.
시저를 찔러 죽인 존경할 분들에게
누가 될까 걱정이오. 정말로 걱정이오.

평민 5 놈들은 반역자요. 흥, 존경한다고?

평민들 모두 유언! 유언장!

평민 4 놈들은 악당이오, 살인범들이오!
유언! 유언! 읽으시오!

안토니 유언을 읽으라고 떠미는 거요?
그렇다면 시저를 둘러싸고 서 계시오.
유언을 남긴 분을 보여드리겠소.
내려가요? 허락하시오?

29 1막 1장 주 8 참조.

평민들 전부 내려오시오.
평민 4 내려와요.
평민 3 괜찮아요.
[안토니가 내려선다.]
평민 5 둘러서요.
평민 1 물러서요. 시신에서 물러서요.
평민 4 존귀하신 안토니께 자리 내드려!
안토니 몰려들지 마시오. 멀찍이 서시오.
평민들 모두 물러서요! 물러서! 뒤로 물러서요!
안토니 눈물이 있으면 흘릴 준비 하시오.
이 웃옷 모두 알죠? 시저가 처음
이 옷을 입은 것을 확실히 기억하오.
어느 여름, 막사의 저녁이었소.
바로 그날 시저는 게르만에 승전했소.
—카시우스의 칼이 이리로 들어가고
이것은 심술궂은 카스카가 뚫은 데요.
사랑받은 브루투스가 여기를 찔렀는데,
저주스런 칼을 뺄 때 시저의 피가
뒤따라 나왔군요. 정말 브루투스가
그토록 매정스레 찔렀나, 안 찔렀나
확인차 문밖으로 나온 듯하오.
알다시피 브루투스는 시저의 천사였소.
신들은 판단하소서. 시저가 그 사람을
얼마나 사랑했나! 이것이 가장
섭섭한 타격이었소. 시저가 보셨소.
반역자의 팔보다 맹렬한 배반에
시저는 굴복했고 가슴이 터졌소.
그분은 옷으로 얼굴을 가리시고
언제나 피 흘리는 폼페이[30] 석상 아래
위대한 시저는 쓰러지신 것이오.
오, 동포여, 그 어떤 죽음이 그러하겠소!
나와 당신들, 우리 모두가 쓰러지고
잔악한 반역은 우리 위에 날뛰었소.
당신들이 우는군요. 동정의 뼈저림을
느끼는군요. 자애로운 눈물이오.
다정한 분들이여, 시저의 옷만 보고
이처럼 울지만, 여기를 보시오!
[웃옷을 치운다.]
그 자신이 여기 있소. 역적이 도륙했소.
평민 1 참혹한 모습!
평민 4 존귀한 시저!
평민 3 아, 슬픈 날이다!
평민 5 역적 놈들! 악당 놈들!
평민 1 끔찍한 모습이다!
평민 4 복수하자!
평민들 모두 복수! 가자! 불! 태워! 찔러! 죽여!
한 놈도 남기지 마라.
안토니 동포들, 잠깐만.
평민 1 조용히! 귀하신 안토니의 말씀이다.
평민 4 말씀 듣고 따라가고 함께 죽겠소.
안토니 선하고 정다운 친구들, 갑자기 떼 지어
일으킬 난동을 부추기지 마시오.
이런 짓 행한 자는 존경할 분들이오.
어떠한 원한에서 이 짓을 했는지
알 수 없지만, 현명하고 존경할 분들이라
틀림없이 알려줄 거요. 하지만 나는
여러분을 미혹하기 위해 온 것이 아니고
브루투스처럼 웅변가도 아니고,
모두들 알다시피 친구를 사랑하는
우직한 인간이오. 그에 관해 말하라고
허락한 분들도 그걸 잘 아오.
군중의 열정을 흥분시킬 지혜도
자격도 행동도 말주변도 웅변술도
없는 자로서, 아는 대로 말할 뿐이오.
당신들도 아는 바를 다시 말하며
사랑하는 그분의 상처들을, 말없는
불쌍한 입술들을 보여주면서,
나 대신 말하라고 합니다. 내가 브루투스고
그가 안토니라면 당신들을 불 질러서
시저의 상처마다 혓바닥을 달아
로마의 돌멩이들도 일어서게 했을 거요.
평민들 모두 반란 일으키자!
평민 1 브루투스, 놈 집을 태워버리자.
평민 3 가자, 가자! 반역자들을 찾아내자.
안토니 내 말을 들으시오. 내 말 들어요.
평민들 모두 쉿! 안토니, 고귀한 안토니가 말한다.
안토니 친구들, 어찌할지 모르고 달려만 가오.
어째서 당신들은 시저를 사랑하오?

30 살인자가 곁에 있으면 시체가 피를 흘린다는 미신이 있었다. 폼페이는 이집트에서 시저의 공격을 받아 죽었다.

모를 것이오. 그러면 알려주겠소.
아까 말한 유언을 잊고 있군요.
평민들 모두 맞아! 유언! 잠깐 서서 유언을 듣자.
안토니 유언장이 여기 있소. 시저가 봉인했소.
모든 로마 시민에게, 각자 모두에게
은화 75냥씩 준다고 씌어 있소.
평민 4 귀하신 시저! 죽음에 복수하자!
평민 3 아아, 황제 같은 시저!
안토니 참고 내 말 들으시오.
평민들 모두 쉿! 조용해!
안토니 그뿐만 아니라 정원 전부요.
테베레 이쪽의 정자들과 새로 심은
화원들을 여러분과 여러분의 후손에
영구히 남기셨소. 여러분의 휴식처,
공동의 놀이터로 사용하라는 것이오.
이런 분이 시저였소! 다른 분이 있겠소?
평민 1 결단코 없소! 갑시다, 갑시다!
거룩한 장소에서 시신을 화장하고
그 불로 반역자의 집들을 태웁시다.
시신을 받드시오.
평민 4 불씨 가져와!
평민 3 의자 뜯어내!
평민 5 걸상, 덧문, 뭐든 뜯어내!
[평민들이 시저의 시체를 들고 퇴장]
안토니 이제부터 작동하라! 악령아, 나섰구나!
가고 싶은 데로 가라.
[안토니의 하인 등장]
무슨 일이냐?
하인 옥타비우스가 로마에 왔습니다.
안토니 어디 있는데?
하인 레피두스와 함께 시저 댁에 있습니다.
안토니 그럼 곧장 그리로 가서 만나겠다.
소원대로 왔구나. 운수가 좋아하니
그 기분에 우리한테 뭐든지 주겠다.
하인 브루투스와 카시우스가 미친 듯이
로마 성문 밖으로 달아났다고 합니다.
안토니 아마도 내가 선동한 군중을 본 게로군.
옥타비우스에게 안내하라. [둘 퇴장]

## 3. 3

[시인 킨나[31] 등장. 뒤따라 평민들 등장]
킨나 지난밤 꿈에 시저와 함께 식사했는데
불길한 생각이 머리에 가득하군.
문밖에 나다닐 마음은 없지만
뭔가 나를 밖으로 끌어내누나.
평민 1 이름이 뭐요?
평민 2 어디 가요?
평민 3 어디 살아요?
평민 4 기혼이오, 미혼이오?
평민 2 각자에게 곧바로 대답해요.
평민 1 그렇소. 짧게 말하쇼.
평민 4 그렇소. 똑똑히.
평민 3 그렇소, 바르게. 그래야 하오.
킨나 이름이 뭐냐고요? 어디에 가냐고요? 어디에 사냐고요?
기혼이냐고요? 미혼이냐고요? 그럼 각자에게 곧바로
짧게, 똑똑하고, 바르게 대답하지요. 똑바로 말해서
나는 미혼이오.
평민 2 그 말은 기혼자는 바보라는 말이나 마찬가지야.
그 벌로 나한테 한 대 맞아도 참으란 말이오.
계속하오, 곧바로.
킨나 곧바로 시저의 장례식에 가는 중이오.
평민 1 친구요, 적이오?
킨나 친구요.
평민 2 그 문제는 곧바로 대답했소.
평민 4 사는 데는? 짧게 말하오.
킨나 짧게 말해 신전 옆이오.
평민 3 이름은? 바르게 하오.
킨나 바른대로, 킨나요.
평민 1 찢어 죽여. 반역자의 하나야!
킨나 시인 킨나요! 시인 킨나요!
평민 4 못난 시를 지은 죄로 찢어 죽여라! 못난 시를 쓴 이
새끼, 찢어 죽여라!
킨나 나는 반역자 킨나가 아니오.
평민 4 상관없어. 이름이 킨나야! 녀석 가슴팍에서
이름만 뜯어내고 보내줘라.
평민 3 찢어, 찢어!

31 모반자의 하나가 아닌 동명이인의 이류 시인.

[그들이 달려든다.]
불씨 가져와라, 불씨! 브루투스, 카시우스 집으로
가자! 홀딱 태워! 일부는 데키우스, 일부는 카스카,
일부는 리가리우스 집으로 달려가라. 가자! 가자!
[평민들이 킨나를 잡아끌며 퇴장]

## 4. 1

[안토니, 옥타비우스, 레피두스 등장]
안토니 이자들이 죽을 거요. 이름들을 찍었소.
옥타비우스 [레피두스에게]
당신 아우도 죽게 되오. 동의하시오?
레피두스 동의는 하는데—
옥타비우스 찍으시오, 안토니.
레피두스 조건이 있소, 안토니. 당신 누이 아들
푸블리우스도 죽는다는 조건이오.
안토니 죽게 되오. 보시오, 죽으라고 찍었소.
그런데 레피두스, 시저의 집에 가서
유언장을 가져오쇼. 유언의 일부를
어떻게 자를지 정해놓겠소.
레피두스 그럼 여기서 만날까요?
옥타비우스 이곳이 아니면 신전이오. [레피두스 퇴장]
안토니 하잘것없는 사람이오. 심부름시키기에
쓸모 있을 뿐이오. 세상을 3분해서
한쪽을 맡겨도 괜찮겠소?
옥타비우스 당신 생각이었소.
우리 사형 명령서에 누굴 찍을지
당신이 그자의 동의를 받았소.
안토니 여보시오, 당신보다 내가 더 오래 살았소.
여러 가지 지저분한 일에서 벗어나려고
그자에게 그런 명예를 안겼지만
황금 실은 노새처럼 일에 눌려서
우리가 가라는 데로 끌려가거나
끙끙대고 쫓기면서 땀이나 흘리고
원하는 곳으로 보물을 날라 오면
짐을 모두 내린 뒤에 내쫓는 거요.
빈털터리 노새처럼 귀를 흔들며
풀이나 뜯게 되오.
옥타비우스 뜻대로 하시오만,
경험이 풍부한 용맹한 군인이오.
안토니 내 말도 그렇소. 옥타비우스.
그래서 녀석에게 꼴을 많이 주어요.
싸움, 회전, 정지, 달리기를 말한테
가르칠 때 몸뚱이 동작을 내 뜻대로
다스리는 것인데, 레피두스라는 자도
비슷한 데가 있소. 가르치고 훈련하고
명령을 해야 되오. 창의력이 없는 자요.
볼거리, 장난감, 모조품을 좋아하고
남이 한물갔다고 내버린 것을
신식으로 취하니 물건짝 대하듯
언급하시오. 그런데 중대한 일이 있소.
브루투스와 카시우스가 집결 중이오.
우리도 즉시 진군해야 되겠소.
그리하여 동맹군을 하나로 합하고
이쪽 편을 만들고 물자를 늘리고
우리가 지체 없이 회의를 열어
숨겨진 사실들을 어떻게 밝히며
드러난 위험들에 어떻게 대처할지
확실한 대응책을 강구합시다.
옥타비우스 그럽시다. 묶여 있는 짐승처럼
무수한 적이 우리를 공격하는 중이오.
겉으로 웃는 자도 속으로는 오만 가지
악의를 품고 있소. [둘 퇴장]

## 4. 2

[북소리. 브루투스, 루킬리우스, 군대 등장.
티티니우스와 핀다루스가 그들과 만난다.]
브루투스 제자리 서!
루킬리우스 앞으로 전달! 제자리 서!
브루투스 루킬리우스, 카시우스가 근처에 있소?
루킬리우스 가까이 있습니다. 핀다루스가
도착하여 주인의 인사를 전합니다.
브루투스 유능한 전령이군. 너의 주인이
직접 명령했거나 막료들의 소행으로
안 해야 될 일이 생겨 염려가 됐다.
하지만 네 주인이 가까이 계시다니
이유를 묻겠다.
핀다루스 제가 굳게 믿기로는
존귀한 주인께서 깊으신 사려와

높으신 품성을 그대로 보이시겠죠.
브루투스 의심치 않는다. [방백] 루킬리우스, 한마디만.
당신을 대하는 태도가 어떠하였소?[32]
루킬리우스 상당히 예의롭고 정중했지만
예전처럼 친밀한 표시는 없었으며
자유롭고 흔쾌하고 다정한 말투도
없었습니다.
브루투스 뜨겁던 친구가
식어가는 모습이오. 루킬리우스,
병든 사랑이 시들기 시작하면
억지 예절을 꾸미는 법이오.
단순하고 소박한 신뢰는 꾸밈이 없소.
기운차던 말에서는 용맹과 기백을
기대할 수 있지만, 피투성이 박차를
[안에서 낮은 행진곡 소리]
견뎌낼 때가 되면 갈기를 내리고
꾀부리는 짐말처럼, 마음 없는 사람이 하면
힘들다고 주저앉소. 그의 군대가 오나요?
루킬리우스 오늘 밤 사르디스[33]에 주둔한다 합니다.
군대의 대부분과 주력인 기병대가
카시우스와 함께 옵니다.
브루투스 오, 도착했소.
[카시우스와 그의 군대 등장]
천천히 나아가 그를 맞이합시다.
카시우스 제자리 서!
브루투스 제자리 서! 뒤로 전달!
병사 1 제자리 서!
병사 2 제자리 서!
병사 3 제자리 서!
카시우스 귀하신 처남![34] 나에게 잘못하셨소.
브루투스 신들이 심판하길! 적에게도 잘못했소?
안 그렇다면 왜 매부에게 잘못했소?
카시우스 근엄한 말속에 잘못이 숨어 있소.
잘못을 숨길 때는—
브루투스 안심하시오.
나직하게 불평하시오. 내가 당신 잘 아오.
우리 둘이 양측 군대에게 사랑만
보여야 할 터인데, 그들의 눈앞에서
다퉈선 안 되오. 비키라고 명령하시오.
그런 후에 막사에서 당신의 불만을
자세히 말하시오. 경청하겠소.
카시우스 핀다루스, 지휘관들에게 명하여
부대를 조금 물리라 하라.
브루투스 루킬리우스, 당신도 그리하오.
회담을 마칠 때까지 접근을 금하오.
루킬리우스와 티티니우스는 문을 수비하오.
[브루투스와 카시우스 이외에 모두 퇴장]
카시우스 당신의 잘못이 다음에 나타나오.
당신은 펠라가 이곳 사람들에게서
뇌물 받은 것[35]으로 단죄하고 경고했소.
내가 그를 잘 알기에 편지를 보내
선처를 바랐으나 당신은 이를 무시했소.
브루투스 그럴 때 편지한 것이 잘못이었소.
카시우스 지금의 상황에서 사소한 허물까지
비판한다는 것은 합당치 않소.
브루투스 솔직히 말하리다. 당신 자신이
물욕이 많아 부적격한 자들에게
돈 받고 자리들을 거래한다는
물의가 다대하오.
카시우스 물욕이 많다니!
그따위로 말한 것이 당신이기 망정이지,
그 말을 한 자는 마지막이 됐겠소.
브루투스 당신의 이름이 이 추태를 감췄소.
그에 따라 응징도 머리를 숨겼소.
카시우스 응징?
브루투스 3월을, 3월 15일을 기억하시오.
정의 때문에 위대한 시저가 죽지 않았소?
무슨 악당이 그의 몸에 손을 댔소?
정의가 아니라면 누가 그를 찔렀소?
도둑을 두둔한 죄로 최고의 인간을
타도한 우리가 치사한 뇌물로
손가락을 더럽히고 이렇게 손에 잡을
쓰레기를 얻으려고 명예의 넓은 터를
팔겠다는 말이오? 그런 로마인보다는

32 브루투스와 카시우스는 군대 동원 문제로 서로 다퉜다.
33 오늘날 터키의 이즈미르 근처. 당시 리디아 왕국의 수도였다.
34 카시우스는 브루투스의 누이와 결혼했으니 이들은 처남 매부 관계였다.
35 귀족 펠라는 사르디스 사람들에게서 돈을 받았다.

차라리 개가 돼서 달을 보고 짖겠소.
카시우스 브루투스, 그만 화를 돋우시오.
참을 수 없소. 나를 몰아세우다니
제정신이 아니오. 나는 군인으로서
경험이 많고, 상황의 대처에
당신보다 능하오.
브루투스 쳇! 안 그렇소, 카시우스.
카시우스 사실이오.
브루투스 그렇지 않다니까.
카시우스 그만하쇼. 자제력에 한계가 있소.
안전을 돌아보고 위험을 삼가시오.
브루투스 보기 싫소! 같잖은 인간!
카시우스 이럴 수가?
브루투스 들으시오, 말할 테니.
당신의 성미에 양보하란 말이오?
미친 자가 노려본다고 떨라는 거요?
카시우스 오, 신들이여! 이걸 참아야 되나?
브루투스 이거? 물론 더 많지! 교만한 네 속이
터질 때까지 안달하렴! 종에게 성질내고
노예에게 겁줘라. 나에게 물러나라고?
비위를 맞추라고? 까다로운 성미에
설설 기라고? 신들에게 맹세코
네가 터져 죽어도 지독한 성미를
눌러야 해. 계속 성질부리면
오늘부터 재미있는 우스개로 너를
사용하겠다.
카시우스 이렇게 됐나?
브루투스 더 잘난 군인이라고 네 입으로 말했다.
잘나게 굴어봐. 자랑한 걸 실천해라.
감동스러울 테지. 고상한 분에게서
기꺼이 배우겠어.
카시우스 끝까지 나를 모욕한다, 브루투스.
경험이 많다 했지 잘났단 말은 안 했다.
언제 잘났다 했냐?
브루투스 그랬대도 상관없어.
카시우스 시저도 나를 이토록 자극하지 않았다.
브루투스 관둬, 관둬. 그럴 만한 용기가 없었지.
카시우스 용기가 없었다고?
브루투스 그럼.
카시우스 용기가 없었다고?
브루투스 찾으려 해도 못 찾았어.
카시우스 너무 내 우정에 기대지 마라.
후회할 일을 저지를지 몰라.
브루투스 후회할 짓은 네가 이미 저질렀어.
너의 위협 따위는 무섭지 않고
정직으로 강력히 무장했기에
거들떠보지도 않을 헛바람처럼
비껴갈 뿐이야. 불법이 아니고는
거둘 수 없는지라, 돈 얼마를
보내 달라 했더니 네가 거절했어.
그릇된 수단으로 굳은 농민 손에서
지저분한 푼돈을 짜내기보다는
차라리 심장으로 돈을 찍어서
핏방울로 금화를 만들겠다.
군대에게 급료를 주려고 청했더니
거절한 네가 카시우스다웠는가?
나라면 카시우스에게 그렇게 답하겠냐?
브루투스가 구두쇠가 되어서
친구한테 하찮은 푼돈을 꽁꽁 묶으면,
신들이여, 백 가지 번갯불을 내리쳐서
가루로 만드소서!
카시우스 거절하지 않았다.
브루투스 거절했다.
카시우스 아니다. 대답을 전한 놈이
멍청이였다. 브루투스, 내 가슴이 찢어진다.
친구는 친구의 약점을 참아줘야지.
한데 너는 그걸 더 크게 불린다.
브루투스 아니다, 네 약점을 내게 발휘하기 전에는.
카시우스 네가 나를 사랑하지 않아.
브루투스 그 결함이 안 좋다.
카시우스 친구의 눈은 결함을 보지 않아.
브루투스 올림포스 산처럼 크고 높은 결함도
아첨꾼의 눈에는 보이지 않아.
카시우스 안토니, 옥타비우스, 이리 와라.
카시우스한테만 마음껏 복수해라.
카시우스는 세상이 싫어졌단다.
아끼는 자에게 미움받고 도전받고
노예처럼 욕먹고 결함을 지적받고
비망록에 적어서 기억해 두었다가
눈앞에 들이대니, 울음으로 영혼마저
짜내면 좋겠다![36] 여기 칼이 있는데,
가슴을 풀었으니 플루토[37]의 금보다

귀중한 심장이 있다. 네가 로마인이면
끄집어내라. 돈을 거절했으니
심장을 내주겠다. 시저처럼 찔러라.
시저가 한없이 미울 때도 너는 나보다
시저를 사랑했어.

브루투스 칼을 거둬라.
화날 때는 화를 내. 그래야 풀려.
뭐라고 욕하든 한때의 감정일 테지.
카시우스는 부싯돌처럼 성났다가
금방 식어버리는 온순한 양이야.
한참 세게 부대끼면 잠시 불붙었다가
곧장 식어버려.

카시우스 슬픔과 감정으로 복받쳐서
하는 말인데 브루투스의 놀림감이 되려고
카시우스가 지금까지 살아왔던가?

브루투스 그런 말 했을 때 나 역시 감정에 치우쳤어.

카시우스 그랬다고 자백하나? 악수하자.

브루투스 내 가슴도 가져라.

카시우스 브루투스!

브루투스 왜 그러나?

카시우스 모친이 물려준 급한 성미 때문에
자제심을 잃었을 때 나를 참아줄
사랑이 없어?

브루투스 아니다. 카시우스. 이후로는
당신이 브루투스에게 너무 엄숙할 때에,
당신 모친이 그러신다 여기고 가만두겠어.
[한 시인이 루킬리우스와 티티니우스에게
다투며 등장. 루키우스가 뒤따른다.]

시인 장군들을 만나겠소. 들어갑시다!
둘 사이에 감정이 있소. 둘만 있게 해선
절대로 안 됩니다.

루킬리우스 들어가지 못하오.

시인 죽음만이 나를 제지할 거요.

카시우스 뭔가? 무슨 일인가?

시인 장군들, 이게 뭐요! 어쩌자고 이러시오?
당신네 두 사람은 친구라야 마땅하오.
두 분보다 더 오래 산 내가 하는 말이오.

카시우스 하하하! 견유파[38] 운문, 요상하구나!

브루투스 이 녀석, 저리 가라! 건방진 놈, 가라니까!

카시우스 참아주오, 브루투스. 버릇이 그러니까.

브루투스 때와 장소를 가린다면 응석을 받아주지.
이런 허튼 바보가 전쟁에 상관있나?
이 녀석, 비켜라!

카시우스 속히 꺼져라! [시인 퇴장]

브루투스 루킬리우스, 티티니우스, 지휘관들에게
오늘 밤 예하 부대의 숙영을 준비시키오.

카시우스 당신들은 메살라와 더불어 급히
우리에게 오시오. [루킬리우스와 티티니우스 퇴장]

브루투스 루키우스, 술 한 잔 갖다다오.

카시우스 당신이 그처럼 화를 낼 줄 몰랐소.

브루투스 카시우스, 온갖 슬픔에 속이 쓰리오.

카시우스 우연한 불행에 마음이 팔리다니
자신의 철학[39]이 도움이 안 되는군요.

브루투스 누구보다 참을성이 강한 나지만—포시아가 죽었소.

카시우스 아니? 포시아가?

브루투스 죽었소.

카시우스 그리도 당신 속을 썩인 나는 안 죽고?
아아, 도저히 참지 못할 쓰라린 상실이오!
무슨 탈이었소?

브루투스 나와의 별리를 못 참고
젊은 옥타비우스와 안토니가 그처럼
강성하게 되었을 때—아내의 사망과
그 소식이 함께 왔소.—우울증에 빠졌었소.
하인들이 없을 때 불덩이를 삼켰다오.

카시우스 그래서 죽었소?

브루투스 그렇소.

카시우스 불멸의 신들이여!
[시종(루키우스)이 술과 촛불을 들고 등장]

브루투스 그 얘긴 맙시다. 술 한 잔 달라.
섭섭하던 마음을 모두 묻어 버리오, 카시우스.
[마신다.]

카시우스 내 가슴도 고귀한 건배를 원하오.

36 당시 생리학으로는 자꾸 울면 영혼(생기)이 눈물과 함께 빠져나간다고 믿었다.

37 지하계의 신으로서 모든 금과 은의 신이기도 하였다.

38 '견유파'(犬儒派, Cynic)는 이름난 디오게네스처럼 극단적 금욕주의자로서 그 명칭이 암시하듯 '개 같은 패'라는 별명이 붙을 만큼 기성 사회의 멸시를 받았다.

39 브루투스는 견인주의(스토이시즘)를 따르는 사람으로서 셰익스피어가 꾸민 것이다. 견인주의자는 아무리 슬퍼도 내색하지 않고 참아 내는 사람이다.

부어라, 루키우스, 잔이 철철 넘치도록.
브루투스의 사랑은 아무리 마셔도 모자란다.
[마신다. 루키우스 퇴장]
[티티니우스와 메살라 등장]
브루투스 들어와요, 티티니우스, 잘 왔소, 메살라.
여기 촛불 주위에 가까이 둘러앉아
무엇들이 필요한지 논의합시다.
카시우스 [방백] 포시아가 떠나갔소?
브루투스 [방백] 제발 그만하시오.
메살라, 내가 받은 편지에 의하면
옥타비우스와 안토니가 막강한 병력으로
이쪽으로 온다 하오. 필리피를 향하여
진격 중이라오.
메살라 비슷한 편지를 저도 받았습니다.
브루투스 다른 소식은 없소?
메살라 불법 행위에 관한 법에 의해서
옥타비우스, 안토니, 레피두스가
백 명의 의원들을 죽였다고 합니다.
브루투스 편지들이 숫자에서 일치하지 않소.
내 편지에 의하면 70인이 죽였고
키케로가 그중의 하나라 하오.
카시우스 키케로가?
메살라 그가 죽었습니다.
그 법에 따랐지요. 부인으로부터
편지를 받으셨나요?
브루투스 아니오.[40]
메살라 그 편지에 부인 소식이 없습니까?
브루투스 그렇소.
메살라 정말 이상합니다.
브루투스 왜 묻소? 당신의 편지에는 다른 말 있소?
메살라 아, 아닙니다.
브루투스 로마인으로서 사실을 말하시오.
메살라 그렇다면 로마인으로서 들으십시오.
돌아가셨습니다. 이상한 방식으로요.
브루투스 그럼 포시아, 잘 가오. 모두가 죽소, 메살라.
어느 날 아내가 죽을 거라 생각했고
이제는 인내심이 생겨서 이겨내겠소.
메살라 그와 같이 큰 사람은 큰 상실을 참아야 합니다.
카시우스 나도 당신만큼 진실을 알면서도
타고난 본성으로 그렇게는 못 참소.
브루투스 살아 있는 우리는 일로 돌아갑시다.
즉시 필리피로 진격함이 어떻소?
카시우스 안 좋을 듯하오.
브루투스 이유는?
카시우스 적군이
우리를 찾으라고 놔두는 것이 좋소.
물자가 축나고 군사가 지치므로
손해를 입는 동안, 우리는 가만히 앉아
쉬면서 방어하면 기운이 넉넉하오.
브루투스 좋은 이유는 더 좋은 이유에
양보할 수밖에 없소. 필리피와 이곳에서
중간에 거주하는 백성은 인색하여
마지못해 우리 편이 되어 있소.
적군은 그자들을 지나쳐 오며
수가 크게 증가하여 힘을 얻어
늘어나고 용기마저 얻게 될 거요.
필리피에서 적군에 맞서면
그러한 백성을 뒤에 두는 것이니
유리한 입장을 끊게 되오.
카시우스 내 말도 좀—
브루투스 용서하시오. 또한 유의할 점은,
우리 편을 최대한 알았다는 것이오.
우리 군은 기운차고 사기도 넘치오.
적은 날로 증강하나 정점에 달한 우리는
기울어질 단계요. 사람의 일에는
흐름이 있어 밀물 때에 붙들면
행복에 이르지만 놓치면 삶의 길이
좌초되고 불행에 빠질 수밖에 없소.
그처럼 넘치는 바다에 떠 있는데,
기회가 손짓할 때 흐름을 못 타면
낭패를 보게 되오.
카시우스 그럼 뜻대로 하시오.
우리도 필리피에서 적군과 만날 테요.
브루투스 어느새 회담이 깊은 밤에 잠겼으니
우리 몸도 자연의 요구에 응해야 하오.
잠시만 눈을 붙여 자연을 달랩시다.
더 할 말 없소.
카시우스 없군요. 안녕히 주무시오.

40 여기부터 245행까지 고쳐 쓴 부분이다. 바로 앞(196행)에서 브루투스는 아내의 죽음을 말하고 있다.

아침 일찍 일어나 이곳을 떠납시다.
브루투스 루키우스!
[루키우스 등장]
잠옷 가져와라. [루키우스 퇴장]
잘 가오, 메살라.
잘 가오, 티티니우스, 고귀하신 카시우스!
잘 가시고 안녕히 주무시오.
카시우스 사랑하는 처남,
지난밤 시작은 매우 나빴소. 두 영혼에
다시는 그런 다툼이 없길 바라오!
당부하오, 브루투스.
[루키우스가 자리옷을 가지고 등장]
브루투스 모두가 잘됐소.
카시우스 장군, 안녕히 주무시오.
브루투스 매부, 안녕히 주무시오.
티티니우스와 메살라 안녕히 주무십시오.
브루투스 잘들 가시오.
[카시우스, 티티니우스, 메살라 퇴장]
잠옷을 다오. 악기는 어디 있냐?
루키우스 막사에 있습니다.
브루투스 졸리는 소린데?
가련한 것. 네 잘못이 아니다. 너무 못 잤다.
클라우디우스와 다른 사람을 불러와라.
막사 안 방석에서 자라고 하겠다.
루키우스 바로! 클라우디우스!
[바로와 클라우디우스 등장]
바로 부르셨습니까?
브루투스 너희는 내 막사 안에서 자라.
카시우스 매부에게 갈 일이 있어
얼마 뒤에 너희를 깨울 수 있다.
바로 분부를 기다리며 깨어 있겠습니다.
브루투스 그러고 싶지 않다. 얘들아, 누워라.
혹시 내가 생각을 바꿀지 몰라.
이거 봐, 루키우스, 찾던 책 여기 있어.
잠옷 주머니에 넣어뒀구나.
루키우스 분명히 저한테 주신 게 아니었어요.
브루투스 용서해라. 건망증이 심하구나.
무거운 눈을 잠시 뜨고 루트로
한두 곡조 탈 수 없겠냐?
루키우스 예. 원하신다면.
브루투스 듣고 싶구나.
너무 수고 끼친다만, 싫지 않구나.
루키우스 저의 책임입니다.
브루투스 네 능력 이상으로 책임을 물을 수 없어.
젊은 피도 휴식을 구해야 된다.
루키우스 저는 벌써 잤습니다.
브루투스 잘했다. 그러니 다시 자라.
오래 두지 않겠다. 내가 살아남으면
너에게 좋을 게다.
[루트 연주와 노래. 루키우스가 잠든다.]
졸음 오는 곡조로군. 살인적인 잠이여!
너에게 연주하는 이 아이를 몽둥이로
무겁게 누르는가? 착한 녀석, 잘 자라.
너를 깨울 못난 짓은 하지 않겠다.
꾸벅꾸벅 졸다가 악기를 깨뜨릴라.
살며시 치우겠다. 착한 아이, 잘 자라.
어디냐, 어디냐, 읽다가 그치고
접어놓지 않았던가? 여긴 것 같군.
[시저의 혼령 등장]
촛불이 꺼져간다! 아, 누가 오는가?
눈이 쇠약해져서 괴이한 허깨비를
만들어내는가 싶다. 내게로 오누나.
피가 얼어붙고 머리가 곤두서니
실체가 있는가? 무슨 신인가?
무슨 천사인가? 무슨 마귀인가?
정체를 말하라.
유령 시저의 악령이다.
브루투스 어째서 왔는가?
유령 필리피에서 나를 보리라.
브루투스 음, 그럼 다시 너를 보게 된다고?
유령 그렇다, 필리피에서.
브루투스 그러면 필리피에서 너를 보겠다. [유령 퇴장]
네가 사라지니 용기가 다시 생긴다.
악령아, 더 길게 말하고 싶었다.
루키우스! 바로! 클라우디우스! 일어나라.
클라우디우스!
루키우스 줄이 잘못됐어요.
브루투스 아직도 연주하는 중인 줄 아네.
루키우스, 일어나라!
루키우스 주인님?
브루투스 꿈을 꿨는가? 그렇게 외치더니.
루키우스 제가 외쳤는지 모르는데요.

브루투스 그랬다. 무얼 본 게 있는가?
루키우스 아무것도 없습니다.
브루투스 다시 자거라. 클라우디우스!
[바로에게] 일어나라!
바로 예?
클라우디우스 예?
브루투스 너희들 자면서 어째서 소리쳤지?
바로와 클라우디우스 저희가 소리쳤나요?
브루투스 응. 뭘 봤나?
바로 아니요. 아무것도 못 봤어요.
클라우디우스 저도요.
브루투스 가서 카시우스 매부에게 문안 전해라.
즉시 먼저 병력을 출동시키라 하라.
우린 뒤따르겠다.
바로와 클라우디우스 그리하겠습니다. [모두 퇴장]

## 5. 1

[옥타비우스와 안토니와 그들의 군대 등장]
옥타비우스 자, 안토니, 바라던 대로 됐소.
당신은 적군이 평지를 버리고
고지대를 장악할 거라 했는데 그렇지 않소.
저들의 부대들이 가까이 접근했소.
여기 필리피에서 싸우자는 말인데
요청도 하기 전에 대답부터 하는군요.
안토니 흥, 저들의 속내를 알겠군. 왜 그러는지
알 수도 있소. 장소가 다르대도
찾아올 게요. 속으로는 떨면서도
위세를 부려서 용감하단 인상을
우리 속에 심겠다는 수작이지만
그렇지 못하오.
[전령 등장]
전령 준비하십시오.
적군이 용맹한 위용으로 접근하면서
잔혹한 전투의 표시를 걸었으니[41]
긴급한 대처가 필요합니다.
안토니 옥타비우스, 평지의 좌측에서
조심해서 부대를 이끌어 가시오.
옥타비우스 우측에서 하겠소. 당신이 좌측이오.
안토니 이러한 상황에서 어째서 반대하오?
옥타비우스 반대하는 게 아니오. 하여간 우측이오.
[북이 행진을 알린다. 브루투스,
카시우스, 그들의 군대가 루킬리우스,
티티니우스, 메살라와 함께 등장]
브루투스 저들이 서서 회담을 제의하오.
카시우스 서시오, 티티니우스. 나서서 말해야겠소.
옥타비우스 안토니, 전투의 신호를 보낼까요?
안토니 아니요. 저들이 공격하면 응합시다.
나서시오. 장군들이 몇 마디 한다 하오.
옥타비우스 신호가 있기 전에 움직이지 마라.
브루투스 싸움 전에 말하는 게 아니오?
옥타비우스 당신처럼 말이 좋아서가 아니오.
브루투스 못난 타격보다 좋은 말이 낫소, 옥타비우스.
안토니 타격은 못났으되 말만은 훌륭하오.
'시저, 오래 사시오!'라고 외치면서
시저의 심장에 구멍 뚫은 당신이오.
카시우스 당신이 어디를 찌를지 알 수 없지만
말솜씨로 하자면 히블라의 꿀벌[42]한테
송두리째 꿀을 훔쳐 남은 것이 없겠소.
안토니 독침도 없을 테지?
브루투스 물론이오. 소리도 없소!
안토니, 당신은 소리까지 훔쳐서
쏘기 전에 위협하니 매우 똑똑하시오.
안토니 못된 놈들! 너희는 소리도 없이
시저의 옆구리를 악랄하게 찔러댔다.
원숭이처럼 이빨을 드러내고 개처럼 꼬리 치고
노예처럼 설설 기며 시저의 발을 핥더니.
그사이 똥개 같은 카스카는 뒤쪽에서
시저의 목을 쳤다. 썩은 아첨꾼들아!
카시우스 아첨꾼? 브루투스, 당신이 실수했소.
내 말을 따랐다면[43] 저자의 혓바닥이
오늘 같은 욕설을 못 담았을 것이오.
옥타비우스 본론으로 돌아가자. 말싸움이 땀방울을

41 전투 개시의 표시로 붉은 갑주를 사령관의 막사 앞에 내거는 것.
42 청산유수 같은 언변을 서양에서는 '꿀이 흐르듯 달콤한 말투'라고 한다. 안토니의 유명한 말재간은 3막 2장 73행 이하에서 확인할 수 있다.
43 2막 1장 156행 이하에서 카시우스가 시저를 살해하고 나서 안토니도 죽이자고 했을 때 브루투스는 살려두자고 했다.

만든다면 행동은 핏방울을 만든다.
반역자 무리에게 내 칼을 뽑았다.
이 칼을 거둘 때가 언제인지 아는가?
서른세 개 상처에 복수를 끝내거나
또 하나의 시저[44]가 반역의 칼에 찔려
죽은 자의 숫자를 늘릴 때이다.

브루투스 네 손으로 반역자를 붙잡기 전엔
반역자의 손에는 죽지 않는다.

옥타비우스 그렇다. 네놈 칼에 죽을 내가 아니다.

브루투스 너의 가문 중에서 네가 가장 귀해도
그보다 명예로운 죽음이 없겠다.

카시우스 놀이꾼, 주정꾼과 어울리는 애송이니
그러한 명예와는 담을 쌓고 사누나!

안토니 고리타분하다, 카시우스!

옥타비우스 갑시다, 안토니!
역적 놈들! 아가리에 도전장을 던진다.
용기가 있으면 전쟁터에 나와라.
싸우고 싶을 때는 언제든 상관없다.

[옥타비우스, 안토니, 그들의 군대 퇴장]

카시우스 바람 불고 파도치고 배는 달려라!
폭풍이 닥쳐왔다. 모두의 운명이 달렸다.

브루투스 루킬리우스, 한마디 할 게 있소.

루킬리우스 [앞으로 나서며] 예, 장군님.
[브루투스와 루킬리우스가 따로 말을 주고받는다.]

카시우스 메살라.

메살라 [앞으로 나서며] 무슨 말씀이오?

카시우스 메살라,
오늘이 내 생일이오. 정확히 이날에
카시우스가 태어났소. 손 주시오, 메살라.
폼페이의 경우처럼,[45] 의사에 반하여
어쩔 수 없이, 단 한 번의 싸움에
모든 자의 자유를 도박하게 되었소.
당신도 알다시피 나는 에피쿠로스[46]와
그의 사상을 열렬히 따랐으나 이제는
생각을 달리해 징조도 조금 믿소.
이리로 오는 길에 독수리 두 마리가
군기에 내려 앉아 병사들의 손에서
먹이를 받아먹고 여기까지 따라왔소.
오늘 아침 독수리는 날아가고 그 대신
까마귀와 솔개들이 머리 위를 날면서
병든 동물인 듯이 우리를 바라보오.
저들의 그림자는 죽음의 장막 같고
그 밑을 행진하는 우리 군대는
영혼과의 작별을 준비하는 듯하오.

메살라 그리 믿지 마십시오.

카시우스 조금 믿을 뿐이오.
기운이 넘치며 어떠한 위험과도
대결할 결심은 변함없이 강력하오.

브루투스 그러하오, 루킬리우스.
[브루투스가 카시우스에게 응답한다.]

카시우스 그러면 브루투스,
이날에 신들이 우리 편이 되어
화평한 두 친구가 같이 늙게 하시길!
그러나 인생은 항상 불확실하니
최악의 경우를 생각할 수밖에 없소.
이 싸움에 패하면 이것이 우리가
이야기를 같이 나눈 마지막이 될 것이오.
패배할 경우에는 어찌할 결심이오?

브루투스 카토가 자신에게 죽음을 가한 일을
―방법은 모르지만―내가 비난했는데
그러한 철학[47]으로 미래에 대한
두려움 때문에 삶을 끝내는 것은
비겁하고 그릇된 짓이라 믿소.
인내심을 발휘하여 자신을 무장하고
인간을 다스리는 신들의 섭리를
기다리는 것이오.

카시우스 따라서 패할 경우,
개선에 끼어 로마의 길거리로
끌려가도 좋단 말이오?

브루투스 아니요, 카시우스, 고결한 로마인.
결단코 브루투스는 묶인 채 로마로

44 옥타비우스는 줄리어스 시저의 양아들이었기에 또 하나의 시저는 바로 자신을 의미한다. 자기도 반역의 칼에 죽기까지 싸우겠다는 것이다.
45 기원전 48년에 폼페이는 시저와의 전투를 피하려고 했으나 미숙한 부하들의 주장으로 참전했다가 완패했다.
46 에피쿠로스 신봉자(소위 '쾌락주의자')는 본래 신들의 개입이나 예언이나 징조를 믿지 않았다. 카시우스는 에피쿠로스를 따랐고 브루투스는 스토아('견인주의')를 따랐다.
47 앞에서 언급했듯이 브루투스는 스토아학파, 즉 견인주의자이다.

끌려갈 것으로 생각하지 마시오.
정신이 또렷한 사람이오. 3월 보름
시작된 일을 이날에 끝내야 하며
언제 다시 만날는지 알 수 없구려.
그러므로 영원히 작별합시다.
영원히, 영원히 잘 가시오, 카시우스!
다시 만나면 물론 크게 웃지요.
못 만나면 이 작별이 잘한 작별이겠소.

카시우스 영원히, 영원히 잘 가시오, 브루투스!
다시 만나면 정말 함께 웃읍시다.
아니면 이 작별은 정말 잘한 작별이오.

브루투스 자, 그럼 앞서시오. 아아, 인간도
오늘 일의 결말을 미리 안다면!
하지만 확실히 하루는 끝이 나며
그때에 결말이 밝혀지오. 자, 갑시다! [모두 퇴장]

## 5. 2

[경계 신호. 브루투스와 메살라 등장]

브루투스 메살라, 저쪽 부대로 급히 달려
명령서를 전달하시오.
[크게 울리는 경계 신호]
즉시 공격하라 이르시오. 옥타비우스 측에
열의가 없소. 습격하면 무너지오.
빨리 달려가시오! 총공격을 명령하시오! [둘 퇴장]

## 5. 3

[경계 신호. 카시우스와 티티니우스 등장]

카시우스 보시오, 티티니우스! 저것들이 달아나오!
나 자신이 나에게 적이 되었소.
여기 섰던 기수도 등 돌려 뛰기에
그 겁쟁이를 죽이고 군기를 빼앗았소.

티티니우스 브루투스의 명령이 너무 일렀소.
옥타비우스에게 약간 유리해지자
너무 급히 덤볐소. 부하들이 전리품을
챙기는 사이 안토니가 포위했소.
[핀다루스 등장]

핀다루스 멀찍이 뛰세요! 장군님, 멀리 뛰세요!
장군님 막사에 안토니가 들어갔소.
귀하신 카시우스, 멀리 달아나세요!

카시우스 이 산이면 꽤 멀구먼. 티티니우스,
저기 불타는 것이 내 막사 아니오?

티티니우스 그렇군요.

카시우스 나를 사랑한다면
이 말에 올라타고 세차게 박차 가해
저 부대로 달려갔다 돌아오시오.
저쪽의 부대가 아군인지 적군인지
확실히 알아야만 내 속이 풀리겠소.

티티니우스 생각처럼 빠르게 돌아옵니다. [퇴장]

카시우스 핀다루스, 산 위로 더 높이 올라가라.
본시 눈이 나쁘니, 자세히 살펴보고
전황이 어떤지 내게 말해라.
[핀다루스가 위로 오른다.]
이날 내가 처음 숨을 쉬었지. 시간이
한 바퀴 돌아왔다. 시작한 날 끝내리라.
목숨이 다했다. [핀다루스에게]
어떻게 되어가나?

핀다루스 [위에서] 티티니우스가 달리는 기병들에
빙 둘러싸였지만—계속하여 달리는데
거의 잡혔는데요.—아, 티티니우스!
몇 사람이 내리고—자기도 내리네요.
잡혔군요! [고함 소리] 환호성이 들립니다!

카시우스 내려와라. 그만 봐라.
[위에서 핀다루스 퇴장]
아아, 비겁자! 이토록 오래 살아
친구가 눈앞에서 잡히는 걸 보다니!
[핀다루스 등장]
얘, 이리 와라.
네가 파르티아에서 포로가 됐을 때
목숨을 살려줬다. 그래서 명령하면
무엇이든 힘쓸 것을 내게 맹세했다.
이제 그 맹세를 실천에 옮기고
자유인이 되어라. 시저의 배를 찌른
예리한 이 칼로 내 가슴 헤집어라.
물을 것 없다. 칼자루를 잡아라.
그리고 얼굴을 가리면—지금처럼—
칼을 갖다 대라.
[핀다루스가 그를 찌른다.]
시저여, 복수했소.

당신을 죽인 바로 그 칼로. [죽는다.]

핀다루스 자유인이 되었구나. 하지만 내가
뜻대로 했다면 자유인이 못 됐지.
아아, 카시우스! 멀리 멀리 뛰겠소.
다시는 로마인이 못 볼 땅으로! [퇴장]

[월계관[48]을 쓴 티티니우스가
메살라와 함께 등장]

메살라 티티니우스, 이것이 운수요.
카시우스가 안토니에게 패했듯이
옥타비우스는 브루투스에게 패했소.

티티니우스 카시우스에게 위로가 되겠소.

메살라 어디서 헤어졌소?

티티니우스 심하게 낙담하여
이 언덕에 하인과 함께 있었소.

메살라 땅바닥에 쓰러진 저분 아니오?

티티니우스 산 사람이 아닌데—아아, 가슴아!

메살라 그분 아니오?

티티니우스 아니요, 메살라.
지금은 카시우스가 아니오. 저무는 해여,
붉은빛이 검은 밤에 가라앉듯이
붉은 피에 잠겨서 카시우스의 날이 진다.
로마의 해는 지고 우리의 낮도 갔다.
구름, 이슬, 위험아, 오라. 일이 끝났다.
승리를 의심하여 이런 일이 생겼구나.

메살라 승리를 의심하여 이런 일이 생겼소.
끔찍한 오해여, 우울이 낳은 자여,
너는 어찌하여 섣부른 짐작에
거짓으로 답하는가? 잉태는 빠르되
행복한 출산에 이를 수 없고
너를 낳은 어머니를 죽이는 오해여!

티티니우스 핀다루스! 어디 있는가?

메살라 찾아보시오. 나는 브루투스를 만나
이 얘기를 그의 귀에 꾸겨 넣겠소.
예리한 강철 칼도, 독 묻은 화살도,
이런 참상을 전할 만큼 그의 귀를
깊게 뚫지 못할 거라 생각하여
'꾸겨 넣는다'고 했소.

티티니우스 빨리 가시오.
그동안 나는 핀다루스를 찾겠소. [메살라 퇴장]
용맹한 카시우스, 어째서 나를 보냈소?
우군을 만났더니 그들이 내 머리에
승전의 월계관을 씌워주며 당신에게
전하라고 하지 않았소? 함성을 못 들었소?
아아, 당신이 모두 오해하였소.
—잠시만 계시오. 월계관은 당신 것이오.
당신 친구 브루투스가 전하라 했소.
브루투스, 속히 와서 내가 얼마나
카시우스를 존경했는지 직접 보시오.
신들이여, 이것이 로마인의 직분이오.
카시우스의 칼이여, 로마인의 가슴을 찾아라.

[스스로 찔러 죽는다.
경계 신호. 브루투스, 메살라, 젊은 카토,
스트라토, 볼룸니우스, 루킬리우스,
라베오, 플라비우스 등장]

브루투스 메살라, 시신이 어디 있소?

메살라 저기요. 그 옆에 티티니우스가 누워 있소.

브루투스 얼굴을 젖혔는데.

카토 돌아가셨소.

브루투스 줄리어스 시저여! 아직도 강력하오.
당신의 영혼이 나다니며 우리 칼을
자신들의 창자로 돌려놓소.

[낮은 경계 신호]

카토 용감한 티티니우스!
죽은 카시우스에게 월계관을 씌웠소.

브루투스 저러한 두 사람처럼 로마인이 살아 있는가?
마지막 로마인, 안녕히 가시오.
다시는 로마가 당신들의 버금을
낳지 못하오. 친구들, 나는 누구보다
죽은 이 사람에게 눈물의 빚이 있소.
카시우스, 나도 때를 찾겠소, 때를 찾겠소.
그러면 인근 섬에 시신을 보내시오.
낙심이 될까 하여, 진중에서 장례식을
거행하지 않겠소. 루킬리우스, 카토,
전투로 돌아가오. 라베오, 플라비우스,
병사들을 독려하오. 지금이 세 시요.
로마인들이여, 어두워지기 전에
두 번째 싸움에서 운명을 가리겠소.

[시체들을 들고 모두 퇴장]

48 승전을 뜻하는 '월계관'은 카시우스에게 줄 것이었다.

## 5. 4

[경계 신호. 양측의 병사들이 싸우며 등장.
뒤이어 브루투스, 메살라, 젊은 카토,
루킬리우스, 플라비우스 등장]

브루투스 로마의 신민이여! 머리를 높이 들어라!
[싸우며 퇴장. 메살라와 플라비우스가 뒤따른다.]

카토 어떤 후레자식이 고개를 떨구는가?
누가 같이 가겠는가? 카토의 아들[49]로서,
내 이름을 전쟁터에 선포하리라!
폭군의 원수요 조국의 친구다.
나는 마르쿠스 카토의 아들이다!
[병사가 더 많이 등장하여 싸운다.]

루킬리우스 나는 브루투스다. 마르쿠스 브루투스다!
나라의 친구 브루투스다! 내가 브루투스다!
[카토가 죽는다.]
존귀한 젊은이여, 쓰러졌는가?
너는 이제 티티니우스처럼 죽는다.
카토의 아들답게 명예를 얻으리라.
[루킬리우스가 잡힌다.]

병사 1 항복하지 않으면 죽는다.

루킬리우스 죽기 위해 항복한다.
[돈을 주며] 돈을 많이 줬으니 빨리 죽일 테지.
브루투스를 죽임으로 명예를 얻어라.

병사 1 그럴 수 없다.—굉장한 포로다!

병사 2 비켜라. 브루투스를 잡은 걸 알려드려라.

병사 1 내가 말씀드리겠다.
[안토니 등장]
안토니가 오신다.
브루투스요, 브루투스. 잡았습니다.

안토니 어디 있는데?

루킬리우스 안전한 장소요. 브루투스는 안전하오.
안토니, 확실한 말로, 존귀한 브루투스를
사로잡을 적군이 없을 겁니다.
신들이여, 그러한 치욕을 막으소서!
살거나 죽거나 브루투스를 발견하면
그분과 비슷한 사람이기 십상입니다.

안토니 브루투스는 아니지만 그자의 가치는
못지않게 중요하다. 안전하게 지켜라.
친절을 다하라. 이런 사람이라면
차라리 적이 아닌 친구가 되게 하겠다.
브루투스가 살았는지 죽었는지
계속 살펴라. 옥타비우스 막사로
모든 사실을 보고해라. [모두 퇴장]

## 5. 5

[브루투스, 다르다니우스, 클리투스,
스트라토, 볼룸니우스 등장]

브루투스 오라, 남은 친구들. 바위에서 쉬어 가자.

클리투스 스타틸리우스가 횃불을 들었지만
안 돌아왔습니다. 잡혔든가 죽든가 했겠지요.

브루투스 여기 앉아라. 죽이는 게 유행이다.
유행적인 행위지. 클리투스, 내 말 들어라.
[귓속말을 한다.]

클리투스 제가요? 세상을 다 준대도 싫어요.

브루투스 그럼 입 다물어라. 아무 말 말고.

클리투스 차라리 자살해요.

브루투스 이것 보라, 다르다니우스!
[귓속말을 한다.]

다르다니우스 제가 그런 짓을?

클리투스 아, 다르다니우스!

다르다니우스 아, 클리투스!

클리투스 너한테 뭘 해달라 하셨어?

다르다니우스 죽여달라고. 저 봐, 생각에 잠기셨어.

클리투스 존귀하신 저 몸에 슬픔이 가득하여
눈으로 넘쳐날 정도야.

브루투스 볼룸니우스, 이리 와서 한마디 들으오.

볼룸니우스 무슨 말씀인가요?

브루투스 별것 아니오.
밤에 두 번 시저의 혼령이 나타났소.
한 번은 사르디스에서, 지난밤엔 여기
필리피에 나타났소. 나의 때가 된 것을
자신도 알고 있소.

볼룸니우스 아닙니다.

브루투스 그렇소. 확실하오, 볼룸니우스.
세상이 어찌 되는지 당신도 아오.

49 문장가 카토가 아닌, 공화주의자 카토로서 포시아의 남동생이니 젊은 카토는 브루투스의 처남이었다.

적들이 우리를 땅속까지 몰아왔소.
[낮은 경계 신호]
남이 떠밀 때까지 기다리기보다는
먼저 뛰어드는 것이 명예스럽소.
알다시피 우리 둘은 학교를 함께 다녔소.
정분을 생각해서 이 칼의 손잡이를
잡아주시오. 그 위에 넘어지려오.

볼룸니우스 친구를 위한다면 할 짓이 아닙니다.
[계속하여 경계 신호]

클리투스 뛰세요, 뛰세요. 지체할 일 아녜요.

브루투스 잘 가라, 너도. 볼룸니우스, 당신도.
잠속에 빠져 있는 스트라토,
당신도 잘 가시오.—사랑하는 사람들,
평생토록 진실한 사람만 만났으니
진실로 기쁘오. 오늘의 패전으로
옥타비우스와 안토니가
치사한 승리로 그러쥔 영광보다
훨씬 더 큰 영광이 내게 생길 것이오.
모두에게 작별하오. 브루투스의 혓바닥은
인생의 이야기를 거의 끝냈소.
어둠이 눈에 매달리고 이 순간을 맞으려고
노심하던 뼈들은 쉬고자 하오.
[경계 신호. 안에서 "달아나라, 달아나라!"
하고 외치는 소리]

클리투스 주인님, 뛰세요, 뛰세요!

브루투스 빨리 가라! 뒤따라가겠다.
[클리투스, 다르다니우스, 볼룸니우스 퇴장]
스트라토, 당신은 곁에 남아 계시오.
당신은 명망이 고고하여 일평생을
상당히 명예롭게 살아온 사람이오.
내가 달려올 테니 이 칼을 잡고
얼굴을 돌리시오. 그래주겠소?

스트라토 먼저 악수합시다. 안녕히 가십시오.

브루투스 잘 가시오, 스트라토.—시저, 진정하시오.
당신을 찌를 때 이만큼 흔쾌하지 못하였소.
[자기 칼에 뛰어들어 죽는다.
경계 신호. 퇴각 신호. 안토니, 옥타비우스,
메살라, 루킬리우스,[50] 군대 등장]

옥타비우스 저게 누군가?

메살라 주인의 지지자요. 스트라토, 주인 어디 계시오?

스트라토 당신을 묶어놓은 속박에서 풀려났소.
정복자는 그분을 불태울 수 있지만
브루투스는 스스로 자신을 정복했소.
그를 죽인 영광은 아무도 가질 수 없소.

루킬리우스 그분의 참모습이오. 고맙소, 브루투스.
방금 내가 했던 말[51]이 사실임이 드러났소.

옥타비우스 브루투스의 지지자를 모두 받아들이오.
당신도 나와 함께 여생을 보내겠소?

스트라토 예. 메살라가 추천하면.

옥타비우스 그러시오, 메살라.

메살라 주인은 어찌 돌아가셨소?

스트라토 내가 붙잡은 칼에 달려드셨소.

메살라 옥타비우스, 저 사람을 거두시오.
끝까지 주인을 섬겼던 사람이오.

안토니 이분은 가장 고결한 로마인으로,
그를 제외한 반역자들 전부가
위대한 시저를 시기하여 범행했소.
이분만이 백성에 대한 올바른 뜻과
만인의 선을 위해 가담했던 것이오.
그의 삶은 순후하여 온갖 기질이
그의 인성 속에서 조화를 이루므로
자연은 '이것이 인간이다!' 할 수 있었소.

옥타비우스 장례의 예절과 절차를 빼지 말고
품격에 합당하게 대접해야 옳겠소.
최고의 군인으로 엄숙을 다하여
오늘 밤 내 막사에 유해를 안치하오.
그러면, 전쟁에 휴식을 명하고
복된 날의 영광을 나누기 위해 갑시다. [모두 퇴장]

50 메살라와 루킬리우스는 옥타비우스에게 투항하여 그의 부하가 되어 있었다.
51 위의 5막 4장 20행 이하에서 브루투스는 자결할 것이라고 하였다.

# 안토니와 클레오파트라

## *Antony and Cleopatra*

## 연극의 인물들

### [로마인들]

안토니(마르쿠스 안토니우스)
시저(옥타비우스 카이사르)
레피두스
— 로마의 3거두

디미트리오스

파일로

에노바르부스(도미티우스 에노바르부스) 로마의 장군

래니어스
루킬리우스
벤티디우스
실리우스
카니디우스
스카루스
에로스
데크레타스
— 안토니의 친구들이며 추종자들

대사 전에 안토니의 교사

옥타비아 시저의 누나

마에케나스
아그리파
타우루스
돌라벨라
티디아스
갈루스
— 시저의 친구이며 추종자들

프로쿨레이우스

폼페이(섹스투스 폼페이우스)

미네크라테스
메나스
바리우스
— 폼페이의 친구이며 추종자들

### [이집트인들]

차미안
이라스
알렉사
— 클레오파트라의 시녀들

마디안(환관)
디오메데스
— 클레오파트라의 친구들이자 추종자들

셀레우쿠스 클레오파트라의 재무 담당

점쟁이('램프리우스')

이집트인

어릿광대

소년 가수

경비병들

전령들

병사들

문지기들

노예들

궁정인, 시종, 장교, 하인들

# 안토니와 클레오파트라의 비극

## 1. 1

[디미트리오스와 파일로 등장]
파일로 확실히 장군의 미혹은 도를 넘었소.
전투에 임한 대열 위를 휩쓸던
그의 멋진 눈매는 무장한 군신[1]처럼
광채를 발하더니 이제는 한 여자의
가무잡잡한 낯에 정성 어린 눈길을
보낼 뿐이오. 장군다운 심장은
웅장한 전투 복판에서 갑주의 버클을
터뜨렸는데 지금은 자제심을 버리고
집시[2]의 욕정을 달래주는 풀무와
부채가 되어 있소.
[주악. 안토니, 클레오파트라, 그녀의 시녀들,
시종들, 그녀에게 부채질을 하는 환관들 등장]
저자들이 오고 있소.
눈여겨보시면 세상의 세 기둥[3] 중
한 분이 창녀의 노리개로
변한 것을 볼 수 있소. 보기만 하시오.
클레오파트라 그게 정말 사랑이면 얼마큼 되나 말해줘요.
안토니 셀 수 있는 사랑은 비럭질이오.
클레오파트라 얼마나 사랑할지 한계를 정할 테요.
안토니 그럼 당신은 새 하늘과 새 땅을 찾아야겠소.
[전령 등장]
전령 장군님, 로마에서 소식이 왔습니다.
안토니 귀찮은데—요점만 말해라!
클레오파트라 그러지 말고 들어봐요. 안토니,
혹시 당신 마누라[4]가 성이 났거나
수염도 나지 못한 시저[5]가 당신한테
강력한 명령을 보냈는지 누가 알아요?
'이래라, 저래라, 저 나라를 접수하라,
그 나라는 풀어줘라. 그대로 시행하라.
아니하면 죽으리라.'
안토니 귀염둥이, 웬 말이지?
클레오파트라 '혹시'라니 안 그래요? 틀림없어요.
여기 더 있지 못해요. 시저에게 쫓겨났어요.
그러니까 말 들어요. 풀비아, 아니 시전가?
둘의 소환장이 어디 있죠? 전령을 불러요.
이집트 여왕으로 말하는데, 당신 낯이
빨게져요. 당신 피는 시저의 종이거나
풀비아의 욕먹은 창피 값을 빰이 대신
치르게 돼요. 전령한테 오라고 해요!
안토니 테베레 강[6]에 로마가 녹고 제국의 교각이
무너져도 괜찮소! 여기가 내 세상이오.
나라들은 흙덩이지. 더러운 이 땅에서
짐승과 사람이 먹고사는데. 고귀한 삶은
이렇게 하는 거요. [클레오파트라를 안으며]
우리 같은 한 쌍이
이러고만 있다면—이제 엄숙히
세상에 명하노니, 견줄 자 없음을
분명히 알지어다.
클레오파트라 기막힌 위선이네!
풀비아와 결혼하고 사랑하지 않는다고?
나는 바보처럼 굴겠어. 안토니한테는
제구실 하래고.
안토니 클레오파트라가 일깨우면—
'사랑'과 '시간'[7]을 사랑하는 마음으로
다투는 데 시간을 낭비하면 안 돼.

1 로마신화에 나오는 군신(軍神) 마르스(Mars)를 의미한다. 그리스신화에서는 아레스(Ares)에 해당한다.
2 16세기에 영국에 나타난 '집시'들을 이집트에서 온 것으로 추정해서 이집트인이라는 뜻에서 '집시'(Gypsy)라고 했다. 클레오파트라가 이집트의 여왕이므로 '가무잡잡한 집시'라고 한 것이다. 당시 유럽인들은 집시가 음탕하다고 믿고 멸시했다. 실제의 집시는 중세에 인도 북부에서 유럽으로 이주한 유목민이었다.
3 줄리어스 시저 사후 서유럽과 중동과 북아프리카와 지중해 지역을 장악한 로마는 시저의 양아들 옥타비우스, 시저의 최고 장군 안토니, 전통적 장군이던 레피두스 등 3거두가 다스리는 대제국이었다.
4 로마에 살고 있던 그의 본처 풀비아는 내주장(內主張)이 강한 여자였다고 한다.
5 줄리어스 시저의 양아들로서 23세인 옥타비우스 시저. 안토니는 42세였다. (시저는 성이었지만 그의 양아들 옥타비우스가 황제가 된 후에 모든 로마 황제는 '시저'라는 성을 계승했다. 그 과정에서 '시저'는 '황제'라는 뜻이 되어 훗날에 유럽의 일부 왕들은 자신들을 '가이사', '카이사르', '차르'라고 불렀다. 그것은 암암리에 로마 제국의 황제라는 뜻이었다.)
6 로마의 가운데로 흐르는 강.

이제부턴 인생의 한순간도 즐거움 없이
지낼 수 없어. 오늘 밤은 무슨 놀인가?

클레오파트라 대사들 만나기.

안토니 이러지 마라.
당신은 무얼 해도, 욕해도, 웃어도,
울어도, 뭐든지 어울려. 모든 감정이
귀엽고 멋지려고 애쓰고 있어!
당신의 전령만 데리고 오늘 밤은
우리끼리 거리를 헤매며 민심을
엿보자고. 자, 내 왕비, 어젯밤 당신이
그러길 원했어. [전령에게] 무슨 말도 하지 마라.

[안토니와 클레오파트라가 수행원들과 함께 퇴장.
전령은 다른 문으로 퇴장]

디미트리오스 안토니가 시저를 저처럼 평가하오?

파일로 이따금 안토니가 자기답지 않을 때는
언제나 안토니가 보여줘야 마땅한
위대한 기품에 크게 모자라오.

디미트리오스 로마의 하찮은 소문을 확인하니
참말 안됐소. 하지만 내일은
좋은 말 들읍시다. 안녕히 가시오. [둘 퇴장]

## 1. 2

[한쪽 문으로 에노바르부스, 점쟁이('램프리우스'), 래니어스, 루킬리우스 등장. 다른 문으로 차미안, 이라스, 환관 마디안, 알렉사 등장]

차미안 알렉사, 다정한 알렉사, 무엇에나 최고인 알렉사,
거의 최고인 알렉사, 당신이 여왕님께
그리도 칭찬하던 점쟁이가 어디 있죠? 오, 그 남편감이
누군지 알면 얼마나 좋아! 당신 말이 그 사람은 화관과
뿔을 맞바꿔야 한다면서?

알렉사 점쟁이!

점쟁이 왜 부르시죠?

차미안 이 사람인가요? 당신이 여러 가지 세상일을 알아맞힌다는
사람이 맞아요?

점쟁이 자연의 무한한 비밀의 책을
조금은 읽을 줄 아오.

알렉사 [차미안에게] 손바닥을 보여줘.

에노바르부스 [소리친다.] 빨리 주안상을 들여와라. 클레오파트라
여왕에게 건배하게 넉넉히 술을 들여와라.

[하인들이 음식과 술을 들여오고 퇴장]

차미안 여보세요. 나한테 행운을 갖다 줘요.

점쟁이 되게 하는 게 아니고 예언할 뿐입니다.

차미안 그럼 내 미래를 예언하세요.

점쟁이 지금보다 훨씬 더 좋아질 게요.

차미안 살집이 늘 거란 말이지.

이라스 아냐. 너 늙으면 화장할 거란 말야.

차미안 주름살아, 얼씬 마라!

알렉사 저 사람 능력을 놀리지 말고 귀담아들어.

차미안 쉿!

점쟁이 사랑받기보다는 사랑하겠소.

차미안 차라리 술로 간덩이[8]를 덥힐까보다.

알렉사 그러지 말고 들어봐.

차미안 자, 그럼 좀 멋진 운을 말해줘요! 하루아침에
임금 셋하고 결혼하게 해주시고 모두들 홀아비가
되게 하세요. 쉰에 아이 낳아 유대 나라 헤롯
왕이 경배 오게 하세요. 내가 시저와 결혼할 운을
찾아주시고 주인마님과 친구가 되게 해주세요.

점쟁이 당신이 섬기는 부인보다 오래 살겠소.

차미안 오, 멋져! 난 오래 사는 게 무화과[9]보다 좋아.

점쟁이 당신은 앞으로 다가올 운수보다
더 좋은 운수를 이미 경험하였소.

차미안 그럼 내 애들은 후레자식이겠네.
내가 사내랑 계집애랑 몇이나 낳죠?

점쟁이 당신의 욕망마다 자궁이 있고
욕망마다 생산하면 백만 명이오.

차미안 저리 가, 멍청이! 그런 거는 고소감도 못 돼.

알렉사 남몰래 네 욕망을 알아차리는 잠자리 말고는
딴생각은 없단 말이지.

차미안 [점쟁이에게] 자, 그럼 이라스의 점을 보세요.

알렉사 저마다 제 운수를 알게 되겠다.

에노바르부스 내 운수는 물론이고, 오늘 밤 우리 대부분의
운수가 술 취해서 누울 거다.

이라스 [점쟁이에게 손을 보이며] 다른 건 몰라도 정절을
기약하는 손바닥이오.

7 '사랑'이란 여신 비너스이고 '시간'은 비너스의 시녀들이다.

8 사랑은 간의 열을 더한다고 생각되었다. 사랑 대신 술로 간을 덥히겠다는 비아냥이다.

9 무화과는 여자의 성기 비슷하게 생겼대서 상스러운 욕으로 썼다.

차미안 범람하는 나일 강이 흉년을 예고하는 듯하네요.[10]

이라스 관둬라 얘. 방정맞은 방 친구야. 점은 네가 치는
게 아니야.

차미안 손이 미끈거리면 애를 많이 낳을 표시야. 그렇지
않으면 내가 내 귀를 긁지 못해도 좋아. [점쟁이에게]
저 애한테는 보통 사람 운만 봐줘요.

점쟁이 당신 점도 모두 비슷하오.

이라스 어떻게요? 어떻게요? 구체적으로 말해요.

점쟁이 이미 말했소.

이라스 내 운이 저 애보다 한 치도 낫지 않단 말이에요?

차미안 그래 네가 나보다 한 치만 운이 좋다면, 그게
어디면 좋겠니?

이라스 남편 코[11]는 아니야.

차미안 아이고머니! 그 아래는 절대 안 돼! 알렉사—
저이 운수는? 저인 어때요? 오, 그거 안 되는
여자와 결혼하래요. 이시스[12] 여신님, 빕니다.
그러다가 죽어서 저이 운이 더 나쁘게 만드세요.
점점 나빠지다가 제일 나쁜 운이 웃으면서 저이를
무덤으로 몰아가지만 오쟁이를 오십 번 지우세요.
선하신 이시스님, 이 기도를 들어주세요. 그보다
중요한 일은 거절하셔도 좋아요.

이라스 아멘. 사랑하는 여신님, 만백성의 기도를 들어
주셔요. 잘생긴 남자가 헤픈 아내를 둔 걸 보기
민망해 하듯이 못돼 먹은 악당이 오쟁이 안 지는 꼴
보기는 정말 슬퍼요. 그러니 사랑하는 이시스님,
적절히 상을 주셔서 저이에게 알맞은 운을 주세요.

차미안 아멘.

알렉사 저거 봐. 저것들이 나한테 오쟁이 지울 실력이
있으니까 자기들도 원하기만 하면 스스로 창녀가
될 수 있단 말이지.

[클레오파트라 등장]

에노바르부스 쉿. 저기 안토니가 와.

차미안 아니, 여왕님이세요.

클레오파트라 장군 보셨소?

에노바르부스 아니요.

클레오파트라 여기 안 계셨나?

차미안 네, 여왕님.

클레오파트라 즐거운 기분이 드셨는데 갑자기
로마가 떠올랐어. 에노바르부스!

에노바르부스 예?

클레오파트라 찾아서 모셔 와. 알렉사는 어디 있나?

알렉사 여기 대령하고 있습니다. 장군님께서 오십니다.

[안토니가 전령과 함께 등장]

클레오파트라 못 본 척하겠다. 나하고 같이 가자.

[안토니와 전령 외에 모두 퇴장]

전령 풀비아 마님이 싸움터에 먼저 나오셨습니다.[13]

안토니 내 아우 루키우스에 대항해서?

전령 예.
그러나 싸움은 즉시 끝나 양측은
정략상 화해하여 시저에 맞섰으나
승기를 잡은 시저는 첫 접전에서
그들을 이탈리아 밖으로 몰아냈습니다.

안토니 그래서 결국은?

전령 나쁜 소식 전하는 자는 나쁜 자가 됩니다.

안토니 바보나 비겁자가 그렇지. 계속해라.
과거는 끝났다. 사실만 전한다면
그자의 말속에 죽음이 들었어도
내게는 아첨만큼 달콤하다.

전령 라비에누스[14]가—
궂은 소식입니다.—파르티아 군대로
아시아를 확장하고 유프라테스에서
정복의 깃발을 나부끼며 시리아에서
리디아로, 이오니아[15]로 진출했고 그동안—

안토니 '안토니' 어쩌고 하려던 거지?

전령 오, 장군님!

안토니 솔직히 말해라. 얼버무리지 마라.
로마에서 여왕에게 뭐라고 하든 그대로 말해라.
풀비아 말로 욕해라. 진실과 악의가
말할 수 있는 만큼 내 모든 잘못을
완전히 자유롭게 욕해라. 그렇다.

10 나일 강이 범람하면 풍년이 든다는 표시였다. 그녀의 말은 정반대다.
11 남자의 코는 성기를 암시했다.
12 이집트의 달과 땅의 여신이며 다산(多産)의 여신이었다.
13 안토니의 아내 풀비아는 여걸로서, 안토니의 아우 루시우스와 다투다가 둘이 투합하여 옥타비우스 시저를 공격했으나 이탈리아에서 쫓겨났다.
14 로마의 장군으로 지금의 이라크와 이란에 있던 파르티아 제국에 망명하여 그곳의 장군이 되었다.
15 리디아와 이오니아는 지금의 터키(당시에는 아시아)에 있던 나라들이었다.

바람이 없으면 잡초가 자란다.
잘못을 지적해야 밭을 간다. 잠시 나가라.

전령 분부대로 하겠습니다. [전령 퇴장]

[전령 2 등장]

안토니 시키온[16]은 어떤가? 말해라.

전령 2 시키온서 온 사람이—

안토니 그런 자가 있는가?

전령 2 기다리고 있습니다.

안토니 들어오라고 해라. [전령 2 퇴장]
강력한 이집트의 사슬을 안 깨면
미망 속에 나 자신을 잃어버린다.
[전령 3, 편지를 가지고 등장]
너는 누군가?

전령 3 풀비아 마님이 별세하셨습니다.

안토니 어디서?

전령 3 시키온에서입니다.
마님의 투병 기간과 장군께서 아셔야 할
중대한 사항들이 여기 적혀 있습니다.
[안토니에게 편지를 올린다.]

안토니 잠시 용서해라. 웅장한 투혼이 갔다.
그러기를 바랐지만—경멸하여 내친 것을
다시금 원할 때가 있다. 지금의 쾌락은
바닥으로 전락하여[17] 예전의 정반대가
되고 말았다. 가버리니 아쉽다.
떠밀던 이 손이 다시 잡고 싶구나.
여왕의 매혹에서 벗어나야 되겠다.
헤아리지 못할 만큼 천만 가지 죄악을
게으름이 낳고 있어.
[에노바르부스 등장]
오, 에노바르부스!

에노바르부스 무엇을 원하십니까?

안토니 빨리 여길 떠나겠다.

에노바르부스 그러시면 여자들을 모두 죽이는 거요. 정 없는
것이 얼마나 그들에게 죽음인지 잘 압니다. 우리가
떠나는 걸 여자들이 그냥 둔다면 그야말로 죽음입니다.

안토니 나는 가야 하겠다.

에노바르부스 피치 못할 경우라면 여자는 죽어야 해요. 하찮은
일로 여자를 차버리면 안된 일이나,—중대사와
여자 중에 여자는 미미한 존재로 봐야겠지만.
클레오파트라가 그러한 낌새라도 채는 날에는
당장 죽어요. 이보다 훨씬 가벼운 일에도 스무
번이나 죽는 걸 봤거든요. 확실히 죽음엔 어떠한
기운이 있는가 봐요. 그 힘이 애정으로 작용해서
그녀가 그처럼 재빨리 죽는 것 같아요.[18]

안토니 그녀는 우리 생각이 따를 수 없을 만큼 영악하다.

에노바르부스 오, 아닙니다. 그녀의 열정은 순수한 사랑 중의
가장 섬세한 요소로 되어 있어요. 그녀의 하소연과
눈물을 그냥 한숨, 눈물이라고 할 수 없어요.
월력에 표시된 어떤 폭풍, 폭우보다도 강력해요. 그걸
지어낸 거라고 할 수 없어요. 그걸 지어냈다면
주피터와 똑같이 그녀가 비를 폭우로 만드는 거죠.

안토니 그녀를 만나지 않았다면 오죽 좋겠나!

에노바르부스 오, 그러면 놀라운 자연의 걸작을 못 보시고
남겨두는 것이죠. 불행히도 그걸 보지 못하시면
장군님의 폭넓은 편력에 흠이 됐을 터입니다.

안토니 풀비아가 죽었어.

에노바르부스 예?

안토니 풀비아가 죽었어.

에노바르부스 마님이?

안토니 죽었어.

에노바르부스 오, 그렇다면 신들에게 감사의 제사를 드리세요.
신들의 뜻이 있어 사내에게서 그 아내를 데려가는
거라면 그건 바로 그에게 온 세상의 재단사를
보여주는 일이에요. 낡은 옷이 해어지면 새 옷을
지어 바칠 재단사가 있으니 위로가 돼요.
풀비아 마님밖에 여자가 없다면 그건 큰 타격이고
슬픈 일이 되겠지만, 이런 슬픔의 결말은 위로예요.
낡은 속곳이 새 속치마를 가져오는 겁니다.
이 슬픔에 눈물을 가져다줄 양파 속에는 벌써부터
눈물이 들어 있어요.

안토니 아내가 나라에 벌여놓은 일 때문에
내가 없을 수 없다.

에노바르부스 마찬가지로 여기 벌여 놓으신 일 때문에 반드시
계셔야 해요. 특히 클레오파트라와의 일 말입니다.
전적으로 장군님이 계시는 일에 달렸습니다.

안토니 농담은 그만둬라. 지휘관들에게

16 그리스 북방에 있던 도시.
17 쾌락이 언제나 계속되는 것은 아니어서 '운수의 바퀴'가 돌고 돌아 지금은 바닥으로 전락하였다는 말.
18 당시에 '죽는다'는 말은 오르가즘을 겪는다는 뜻도 있었다.

나의 뜻을 알려라. 급한 출정 이유를
여왕께 알려서 작별을 허락받겠다.
풀비아의 죽음이 긴급한 이유로
강력히 요청할 뿐 아니라 로마에서
공작 중인 수많은 친구들의 편지가
귀국을 재촉한다. 섹스터스 폼페이[19]가
시저에 도전하여 바다의 제국을 장악했다.
평민은 본성이 매끄러워
능력자의 공적이 지나간 다음에야
마음을 허락하니, 지금 그 부친의
칭호와 명예를 아들에게 던져주기
시작했는데, 타고난 기백과 활력에는
과분하나, 세상의 강자로 자처하여,
성공을 거듭하면 세상의 틀[20]이
깨질 수 있다. 교육이 매우 중요하니
물속에 넣은 말총같이 생명은 있지만
뱀의 독은 아직 없다.[21] 휘하 장병들에게
내 뜻을 알려라. 여기서 급히
떠나야 할 것을 알려라.
에노바르부스 그리하겠습니다.

## 1. 3

[클레오파트라, 차미안, 알렉사, 이라스 등장]
클레오파트라 어디 계신가?
차미안 죽 뵙지 못했어요.
클레오파트라 [알렉사에게]
누구와 함께 어디 있고 뭘 하는지 알아봐.
내가 보냈다고 하지 마. 슬픈 기색이면
내가 춤춘다고 해. 유쾌한 기분이면
내가 갑자기 아프다고 해. 빨리 갔다 와. [알렉사 퇴장]
차미안 그분을 진정으로 사랑하신다면서
똑같은 사랑을 얻어내는 방법은
모르시네요.
클레오파트라 내가 못하는 게 뭐지?
차미안 뭐이든 양보하시고 거스르지 마세요.
클레오파트라 바보처럼 가르치네.—그건 놓치는 수야.
차미안 몰아치지 마세요. 조금은 삼가세요.
자꾸 겁을 내는 건 미워지게 된다고요.
[안토니 등장]
여기 오시네요.
클레오파트라 아파서 기분이 안 좋다고 해.
안토니 안됐지만 내 뜻을 밝혀야겠소.
클레오파트라 차미안, 부축해줘. 쓰러지겠어.
이렇게 오래는 못 견뎌. 내 몸이
버틸 수 없어.
안토니 내 사랑 여왕—
클레오파트라 제발 가까이 오지 말아요.
안토니 무슨 일이오?
클레오파트라 눈빛을 보니 좋은 일이 있네요.
부인께서 당신한테 와도 된대요?
여기 가란 허락을 하지 말걸 그랬지!
당신을 잡아둔 건 내가 아니라고 하래요.
무슨 힘이 내게 있죠? 당신은 그녀 거예요.
안토니 신들도 아시지만—
클레오파트라 이처럼 여왕이
배반당한 적이 없어요! 처음부터
배반의 씨를 봤다고요.
안토니 클레오파트라—
클레오파트라 어째서 당신을 내 사람이 될 거라고
믿어야 하죠? 맹세로 신들을 뒤흔들지만
풀비아를 배반한 사람을? 입빠른 맹세,
맹세를 하면서 깨뜨리는 맹세에
얽히는 건 미친 거예요.
안토니 오, 귀여운 여왕!
클레오파트라 떠나는 핑계를 꾸밀 생각을 말고
그냥 작별하고 가세요. 남겠다고 했을 땐
말이 필요했어요. 그땐 간다는 말이 없었죠.
우리 입과 눈에는 영원이 깃들어 있고
굽은 눈썹엔 환희뿐, 모든 것이
천사 같았죠. 아직도 그래요.
아니면, 최고의 군인인 당신이
최고 거짓말쟁이가 됐군요.
안토니 왜 이래요?

19 줄리어스 시저에게 대항하다 죽은 해양의 강자 폼페이의 아들.
20 로마제국을 옥타비우스 시저, 안토니, 레피두스 등 3거두가 분할 통치하는 체제.
21 말총을 고인 물에 넣으면 어린 뱀장어나 독사로 변한다고 믿었다. 교육 배경에 따라 좋은 뱀장어 또는 못된 독사로 변한다는 말이다.

클레오파트라 당신만큼 키 크면 좋겠어.[22]
이집트에 사랑이 있다는 걸 알리고 싶어.
안토니 내 말 들어. 강력한 시국의 필요가
잠시 나를 불러 가. 하지만 내 마음 모두
여기 당신에게 맡겨놨어. 이탈리아가
내란의 창검으로 번뜩여. 폼페이가
로마의 외항으로 접근 중이야.
권력의 분할[23]이 작은 일에도
파당을 짓고 있어. 경멸할 자가
세력을 얻어 사랑받기 시작했어.
단죄 받은 폼페이가 부친의 후광으로
현 체제에 불만인 자들의 마음속을
급속히 파고들어 위협적인 수가 됐어.
게다가 태평한 세월에 싫증이 나서
무슨 수를 써서라도 쓸어버리라고 해.
내가 떠나는 건 특별히 당신에게
이유가 있어. 풀비아가 죽었어.
클레오파트라 나이 들어 바보짓은 면치 못해도
유치한 짓은 면할 수 있어. 풀비아도 죽을 줄 알아?
안토니 그녀가 죽었어, 내 여왕아!
[편지를 보여준다.]
그녀가 어떠한 소동을 일으켰는지,
시간 나면 읽어봐. 가장 멋진 소식은—
언제 어디서 죽었는지 봐.
클레오파트라 이런 몰염치!
눈물을 가득 담을 거룩한 병을
어디다 뒀어? 풀비아의 죽음을 봐서
내 죽음을 어떻게 다룰지 빤히 알겠어.
안토니 시비는 그만하고 내 계획을 들어볼
생각이나 해. 당신이 하라는 대로
버리든 시행하든 할 거야. 나일 강 개펄에
생명을 불어넣는 해[24]에 걸어 맹세컨대
당신의 군인 겸 종복으로 여기를 떠나
당신 뜻대로 전쟁이나 화평을 가져오겠어.
클레오파트라 얘, 이 가슴 띠 끊어.—아니 그냥 둬.
안토니가 사랑하면 병이 금방 도졌다
나았다 해.
안토니 귀한 내 여왕, 그러면 안 돼.
공정한 판결을 기다리는 내 사랑에
증인이 되렴.
클레오파트라 풀비아가 그런 말 했지.
옆으로 돌아서서 그녀 위해 울고 나서
작별하며 그 눈물이 이집트 여왕 거라고
말하지 그래? 좋아. 진짜처럼 뵈게끔
멋있게 연출해.
안토니 그만해! 열 올라.
클레오파트라 더 잘할 수 있는데. 그만하면 되겠어.
안토니 칼을 걸고—
클레오파트라 방패도 걸지. 계속 수정하는군.
한데 아직 최종판은 아니야. 얘, 차미안,
이 로마의 용사께서 분노의 역에
얼마나 잘 맞는지 보라고.
안토니 여왕, 나 떠나겠소.
클레오파트라 정중하신 장군님, 한마디 합시다.
두 사람은 헤져야 해. 하지만 그게 아냐.
두 사람은 사랑했어. 하지만 그게 아냐.
그건 당신도 알아. 원하는 게 있는데—
오, 이런 건망증, 정확히 당신 같아.
그래서 잊혔구나.
안토니 여왕이 다스리듯
이런 농지거리를 다스리길 망정이지
당신을 농지거리 자체로 여길 정도야.
클레오파트라 나처럼 농지거릴 속에 품고 있는 건
무척 힘든 일이야. 하지만 용서하우.
내 여러 변신들이 당신 눈에 밉게 뵈니.
당신 명예 때문에 여기를 떠난대지.
동정할 가치도 없는 내 수작에 귀를 막고
신들도 모두 데려가요. 승리의 월계관이
당신의 칼에 올라앉고 당신의 발 앞에
순조로운 성공이 뿌려지길 빌어요.
안토니 그럼 가겠소. 우리 이별은 여기 있으나
계속 움직이오. 당신은 나와 더불어
함께 가며 여기를 떠나는 나는
당신과 함께 여기 있소. 자, 가요. [모두 퇴장]

22 이 대목부터 아양을 떠는 어조로 말한다. 안토니도 그에 응한다.
23 앞의 주 20을 참조할 것.
24 상류에서 떠내려와 쌓인 개펄에 더운 해가 비추면 온갖 생물이 깨어나는 것을 말한다.

## 1. 4

[편지를 읽는 옥타비우스 시저, 레피두스,
수행원들 등장]

시저 레피두스, 보다시피 위대한 동역자를 혐오함이
시저의 탓이 아님을 알아두시오.
알렉산드리아[25]에서 소식이 왔는데,
낚시질, 술잔치로 등잔불을 낭비하여
클레오파트라보다 남자답지 못하고
프톨레마이오스 여왕[26]이 안토니보다 여자답지 못하오.
부하들을 만나지도 않으며 자기에게
동역자가 있음을 생각조차 안 하니,
뭇 사내의 비행들의 결정판이오.

레피두스 그의 모든 좋은 점을 먹칠할 악은
없다고 생각되오. 그의 결함은
하늘의 흑점같이 검은 밤에 대조되어
더욱 밝게 보이오. 후천적이 아니라
물려받은 것으로, 자의적이 아니니
스스로 고칠 수 없는 것이오.

시저 너무 잘 봐주오. 프톨레마이오스의 침대에서
뒹구는 짓이나 농담 값으로 나라를 주고
종놈과 마주 앉아 번갈아 주정하고
대낮에 거리에서 비틀대고 땀내 나는
녀석에게 얻어맞는 게 잘못이 아니고
그에게 어울린다 합시다.—그따위가
결함이 아니면 매우 드문 인간이지.
그러나 그 사람이 경박하게 구는 동안
우리 둘이 이처럼 무거운 짐을 지니
제 잘못을 변명할 방도는 없을 것이오.
음란한 짓거리로 소일하고 있으니
무절제 병통과 뼈마디의 노쇠가
그를 찾을 터이나, 못난 짓에 경고하며
우리의 직책을 일깨우는 이때를
헛되이 보냄은 욕먹을 만하오.
이는 세상을 알 만큼 다 큰 아이가
당장의 쾌락에 몸을 던져 도리를 어길 때
꾸짖는 것과 같소.

[전령 등장]

레피두스 소식이 또 오네.

전령 존귀하신 시저 공, 분부대로 했으며
시간마다 외부의 사정을 보고합니다.
폼페이는 해상에서 강력하며, 짐작컨대
시저를 겁내던 자들에게 인기가 높습니다.
불평분자 떼들이 포구로 몰려가고
항간에는 그자가 억울하게 당했다는
소문이 나돕니다.

시저 그건 내가 몰랐다.
애초부터 권력자가 권세를 잡기까지
민중은 그가 권력자가 되기를 기다린다.
진가를 인정받지 못해서 한물갔던 사람도
보이지 않게 되면 사랑을 받게 된다.
민중은 강물에 떠다니는 부평초처럼
이리저리 부유하며 드나드는 조수에
아부하다가 썩는다.

[두 번째 전령 등장]

전령 2 소식을 전합니다.
악명 높은 해적들인 미네크라테스와 메나스가
바다를 노예처럼 온갖 키로 갈아엎고
상처를 내며, 내륙을 무섭게 침략하여
연안 주민은 겁에 질려 생각조차 못 하며,
활기찬 젊은이는 그에 영합 중이며,
무슨 배도 출항 즉시 붙잡히는 형편이니,
폼페이란 이름이 그에 대한 저항보다
훨씬 강력합니다.

시저 안토니, 음란한 술잔치를 그만둬라!
당신이 집정관 허셔스와 팬저를 죽이고
모데나에서 패했을 때[27] 굶주림이 당신을
따라다녔다. 귀하게 자란 당신은
야만인도 어려워할 인내심을 발휘하여
굶주림과 싸웠으며, 말 오줌을 마시고
들짐승도 내뱉을 기름때 질편한
구정물을 들이켰다. 험한 덤불에 달린
지저분한 열매를 마다하지 않았고,

25 클레오파트라가 다스리고 있던 이집트의 수도.
26 줄리어스 시저는 이집트를 정복하고 클레오파트라를 자기 정부로 삼았다가 그녀를 그녀의 어린 남동생 프톨레마이오스와 결혼시켰다. 그래서 그녀를 '프톨레마이오스 왕비'라고 격하하는 것이다. 그녀는 남동생—남편을 독살하고 단독 여왕이 됐다고 전해진다.
27 안토니는 이탈리아 북부 이곳에서 옥타비우스에게 패하여 산중으로 도망쳤다가 다시 그와 화해했다.

온 들판이 하얗게 눈으로 덮였을 때
나무껍질을 사슴처럼 씹어 삼켰다.
알프스에선 괴상한 살코기를 먹었으며
그것을 보고 몇 사람이 죽었다는데,
당신의 명예는 내 말에 손상되나
당신은 군인답게 난관을 견뎌내어
당신의 얼굴은 축나지 않았었다.

레피두스 참으로 안됐소.

시저 수치심이 그 사람을 신속히 로마로
몰아오게 합시다. 우리 둘이 전쟁터에
나타날 때요. 즉시 그 일로
회의를 하십시다. 이럴 동안 폼페이가
기승을 부리오.

레피두스 명일 중으로
본인이 이 사태에 대응할 수 있는
육해군 병력을 귀공에게 정확히
알려드리겠소.

시저 전투 개시 전까지
내 일도 그것이오. 안녕히 가시오.

레피두스 안녕히 계시오. 그동안 외부 사정이
어찌 돌아가는지 아시는 대로
내게 알려주시오.

시저 염려 마시오.
그것이 나의 약속이었소. [각기 퇴장]

## 1. 5

[클레오파트라, 차미안, 이라스, 마디안 등장]

클레오파트라 차미안!

차미안 네?

클레오파트라 아아, 지겨워! 아편즙[28] 갖다 줘.

차미안 왜 그러시죠?

클레오파트라 안토니가 없는 동안 기나긴 시간을
잠 속에 보내려고.

차미안 그분을 너무 생각하시네요.

클레오파트라 오, 그거 반역이야.

차미안 안 그렇겠죠.

클레오파트라 환관 마디안!

마디안 대령하고 있습니다.

클레오파트라 노래는 듣고 싶지 않아. 환관의 물건은
아무것도 재미없어. 고자가 돼서
생각이 이집트를 벗어나지 못하니
너무 좋겠다. 너도 욕정이 있니?

마디안 예, 그렇습니다.

클레오파트라 정말?

마디안 행동으론 아니고요. 정말 정숙한
일 말고는 행할 수 없어요. 하지만
맹렬한 욕정이 있어서 비너스가
군신과 벌인 짓[29]을 머리로 상상해요.

클레오파트라 차미안, 지금쯤 그이가 어디 있을까?
섰나, 앉았나? 걸어가나, 말을 탔나?
행복한 말이구나, 그분이 몸을 실었으니!
말아, 잘해드려. 너를 탄 게 누군지 알아?
땅덩이의 반신인 아틀라스,[30] 억센 인간의
팔이요 정교한 투구야. 지금 말하거나
속삭일 테지. "늙은 나일 강의 꽃뱀[31]은
어디 있는가?" 하고 나를 불렀지.
지금 나는 달콤한 독약[32]을 마셔.
태양의 애욕으로 검게 물든 내 얼굴[33]에
세월의 주름살이 박히누나. 이마 넓던
시저가 이 땅에 생존할 때 내 몸은
제왕의 밥이었고 위대한 폼페이는
우뚝 서서 내 얼굴을 한참 바라보았어.[34]
거기다 시선을 고정하곤 제 목숨처럼
바라보며 죽겠다고 했어.
[알렉사 등장]

알렉사 이집트 전하!

클레오파트라 아아, 너는 안토니와 너무나 달라!

28 원문에는 '맨드라고라'라는 약초로 씌어 있지만, 아편즙이라고 옮겼다.
29 애욕의 여신 비너스가 군신 마르스와 열애를 벌였다.
30 그리스신화에 나오는 거인 신 아틀라스는 신들과의 전쟁에서 진 까닭에 땅덩이를 지고 있게 된다.
31 클레오파트라를 안토니가 그렇게 별명 지어 불렀다.
32 사랑을 '달콤한 독약'이라고 했다.
33 이집트의 강한 햇볕 속에 검게 그을린 자신의 얼굴빛을 말한다.
34 폼페이가 그녀의 첫 애인이었고 후에 시저가 그녀를 정부로 삼았으며 그 뒤에 안토니가 사랑했다.

하지만 그이는 위대한 약이시라
너한테는 황금 물이 덮여 있구나.
위대한 안토니는 어찌 지내시는가?
알렉사 여왕님, 끝으로, 빛나는 이 진주에
키스하셨습니다. 수많은 키스의
끝이었는데 말씀은 제 가슴에 맺혀 있어요.
클레오파트라 내 귀로 그 말씀을 잡아내겠다.
알렉사 "굳센 로마 장군이 이집트 여왕님께
진주를 보낸다 하라. 여왕님의 발 앞에
하찮은 선물에 더해서 풍성한 왕좌를
왕국들로 채우리라. 모든 동방 세계가
그녀를 주인으로 섬기리라." 고개를
끄떡하시고 유유히 군마에 오르시니
말이 크게 울어 제가 하고 싶던 말이
안 들리게 됐어요.
클레오파트라 슬프셨던가, 기쁘셨던가?
알렉사 추위와 더위가 반반인 계절처럼
슬프지도 기쁘지도 않으셨어요.
클레오파트라 중용의 성격이지! 알아둬, 차미안,
알아둬. 그분이야. 깊이 알아둬.
기쁜 건 그에 따라 표정을 바꾸는
사람들한테 빛나는 거고 슬픈 건
마음의 기쁨이 이집트에 있다는 걸
말하는 거니까 두 마음의 중간이지.
하늘 같은 화합이야! 슬프든 기쁘든
어떤 강한 열정도 그분에게 어울려.
그런 분이 없어. 내 전령들 만났니?
알렉사 예. 스물이나 만났어요. 그처럼 계속
보내셨나요?
클레오파트라 잊어먹고 그분에게
보내지 않은 날 태어난 녀석은
평생 빌어먹어라. 얘, 종이 가져와!
알렉사, 잘 왔어! 차미안, 내가 시저도
이만큼 사랑했니?
차미안 시저 참 멋지셨죠!
클레오파트라 그런 말 다시 하면 숨통 막혀라!
'멋진 안토니'라고 해.
차미안 용맹한 시저.
클레오파트라 여신님께 맹세코, 남자 중 남자인
내 남자를 또다시 시저에다 비하면
이빨에 피 날 줄 알아.
차미안 용서를 비나이다.
여왕님만 따라 해요.
클레오파트라 풋내기 시절에,
판단도 미숙하고 욕정도 차가울 때
내가 쓰던 말투를 네가 쓰누나.
어쨌든 빨리 잉크와 종이를 가져와라.
날마다 몇 번씩 편지를 안 쓰면
이집트 사람들을 모두 거기로 보낼 테다. [모두 퇴장]

## 2. 1

[폼페이, 미네크라테스, 메나스가
전투 태세로 등장]
폼페이 위대한 신들이 정의롭다면
정의로운 자들을 도울 거요.
미네크라테스 존귀한 폼페이,
신들이 더딘 것이 거절은 아니오.
폼페이 신들에게 호소하는 사이에 목적은
쇠하고 있소.
미네크라테스 우리는 자기를 몰라서
자신을 해치는 일을 구할 때가 많으나
현철한 신들이 우리 위해 거절하니
기도는 잃되 이익은 얻소.
폼페이 잘해내겠소.
민중이 환영하고 바다가 내 차지고,
세력이 점증하므로 예측하건대
정점에 이르겠소. 안토니는 이집트의
만찬에 앉아 문밖 전쟁에 나서지 않고
시저는 돈은 얻되 민심을 잃었고
레피두스 한 사람은 둘에게 아첨하고
둘은 으쓱하지만 둘을 모두 싫어하고
둘도 그를 싫어하오.
미네크라테스 시저와 레피두스가
전쟁터에 나와 있고 대군을 지휘하오.
폼페이 틀린 말인데 어디서 들었소?
미네크라테스 실비어스요.
폼페이 꿈꾸고 있군. 두 사람은 안토니를 기다리며
로마에 있소. 음탕한 클레오파트라,
애욕의 매혹으로 시든 입을 적셔라!
요술과 미모가 합친 것에 욕정을 더해

잔치하는 마당에 난봉꾼을 잡아매고
주정 속에 빠뜨려라! 미식의 요리사가
매끄러운 양념으로 입맛을 자극해라!
잠과 음식이 명예심을 계속 늦춰서
레테 강[35]에 데려가라.
[바리우스 등장]
바리우스, 무엇인가?
바리우스 드릴 말씀은 확실한 사실입니다.
안토니가 언제라도 로마에 도착할
예정인데요, 이집트를 떠났으니
그보다 먼 데라도 올 때가 됐습니다.
폼페이 그보다 못한 말에도 귀를 기울이겠소.
애욕에 빠진 자가 이런 작은 싸움에
투구를 쓸 거라고 생각지 않았소.
그자의 실력은 두 사람의 두 배라
우리가 높아지오. 우리의 움직임이
애욕에 탐닉하는 안토니를 이집트의
과부 품에서 끌어왔소.
메나스 시저와 안토니가
의좋게 만날는지 기대할 수 없소.
그의 죽은 아내는 시저에게 죄를 짓고
그 아우는 시저와 싸웠소. 안토니가
시킨 것은 아니겠지만.
폼페이 모르긴 해도
작은 원한은 큰 원한에 밀려날 수도 있소.
우리가 그들 전부에 맞서지 않으면
그들끼리 각축전을 벌일 것이 뻔하오.
칼을 뽑을 이유가 충분하오.
그러나 우리를 두려워하는 나머지
분쟁을 봉합하고 사소한 충돌을
조정할지 아직은 알지 못하오.
신의 뜻에 따르오. 우리 목숨은
어느 때 주력군을 쓰는가에 달렸소.
함께 가요, 메나스. [모두 퇴장]

## 2. 2

[에노바르부스와 레피두스 등장]
레피두스 에노바르부스, 장군에게 부드럽고
점잖은 말을 권하는 것이 좋은 일이고
당신에게도 적절하오.
에노바르부스 자기답게
응대하길 권하겠소. 시저가 자극하면
안토니는 시저 머리 저 너머를 바라보며
군신처럼 큰 소리로 외치라고 하겠소.
주피터께 맹세코, 안토니의 수염이 돋아나도
오늘은 내 얼굴에 면도하지 않겠소.[36]
레피두스 사사로운 반감을 가질 때가 아니오.
에노바르부스 일단 일이 벌어지면 때와는 상관없이
앙갚음할 수 있소.
레피두스 하지만 작은 일은 큰 일에 양보하오.
에노바르부스 작은 일이 먼저면 안 그렇소.
레피두스 그 말은
감정에 치우쳤소. 불씨는 살리지 마오.
존귀한 안토니가 오고 있소.
[한쪽 문으로 안토니, 벤티디우스 등장]
에노바르부스 시저도 오오.
[다른 문으로 시저, 마에케나스, 아그리파 등장]
안토니 [벤티디우스에게]
여기서 합의가 잘되면 파르티아로 가시오.
벤티디우스, 들으시오. [둘이 따로 말한다.]
시저 무엇인지 모르겠다.
마에케나스, 아그리파에게 물어봐라.
레피두스 [시저와 안토니에게] 친구들,
우리가 뭉친 것은 매우 큰 중대사니
사소한 언행으로 흩어지면 아니 되오.
잘못은 점잖게 들어주고, 큰 소리로
다툼을 벌이면, 상처를 고치다가
살인을 하게 되오. 그러므로 귀공들,
그래서 진정으로 호소하는 바인데,
아픈 문제일수록 부드럽게 다루시고
그릇된 감정을 중한 일에 더하지 마오.
안토니 훌륭한 말씀이오. 우리 군대 앞에서
다툴 거라면 이렇게 할 테요.
[안토니와 시저가 포옹한다. 주악]
시저 로마에 잘 오셨소.

35 죽은 사람의 영혼이 건너는 순간 모든 과거를 잊게 된다는 레테 강을 말한다.
36 수염 없는 애송이인 시저에게 수염을 잡아당겨 보라고 도전하겠다는 말.

안토니 고맙소.
시저 앉으시오.
안토니 앉으시죠.
시저 그러면—
[시저가 앉은 다음 안토니가 앉는다.]
안토니 사실이 아니거나 귀공과는 무관한 일을
그대로 받아들이신다죠.
시저 아무것도 아니거나
하찮은 일에 화를 내며 온 세상 중에
하필 당신에게 유감이 있다고 하면
남들이 비웃겠고 상관없는 사실에
한 번이라도 비난조로 당신 이름을
언급했다면 웃음거리가 됐을 뿐이오.
안토니 이집트에 있는 것이 당신에게 상관있소?
시저 내가 로마에 있는 것이 이집트에 있는
당신에게 별로 상관이 없겠지만,
거기서 음모를 꾸몄다면 당신이
이집트에 있는 것이 문제될 수 있소.
안토니 '음모'라니 무슨 뜻이오?
시저 여기서 내가 당한
일로 미루어 뜻을 짐작하시오. 당신 부인과
아우가 내게 싸움을 걸었소. 싸움의 빌미는
당신이었소. 당신이 싸움의 구호였소.
안토니 잘못 아시오. 내 아우는 이 일에서
나를 거론 안 했소. 나도 알아보았소.
당신 쪽의 사람들에게 내가 입수한
정확한 정보요. 오히려 아우가
내 권위를 깎아내렸을 뿐 아니라 당신과
목적이 동일한 나에게 거역하여
싸움을 일으키지 않았소? 이는 이미
편지로 해명했소. 문제를 꾸미려면
—문제를 꾸밀 만한 이유가 매우 많으나—
이것으로는 안 되오.
시저 판단의 결함을
내 탓으로 돌리고서 좋아하지만
변명을 꾸미오.
안토니 아니오, 아니오.
아우가 반대하는 체제에 대하여
당신의 파트너인 나 자신을 위협하는
그 전쟁을 곱게 볼 수 없는 사실을
당신이 모를 리 없다고 굳게 믿으오.
나의 아내? 다른 여자에게서 그런 성미를
당해보시오! 천하의 3분의 1이 당신 것이라
재갈을 물려 쉽사리 길들일 수 있으나
그런 아내는 어쩔 수 없소.
에노바르부스 모든 아내가 그러면 좋겠소.
남자가 여자와 함께 전쟁에 가겠으니.
안토니 그 여자의 소란은 멈추기 어려웠소.
급한 성질에 예리한 술수마저 없지 않아
당신에게 너무나 큰 불편을 끼친 것을
유감과 함께 시인하오. 나로서도 그 일은
어쩔 수 없었음을 인정하셔야겠소.
시저 편지를 보냈는데 알렉산드리아에서
술잔치를 벌이면서 편지를 구겨 넣고
내가 보낸 전령을 놀려대고 보지도 않고
내보냈소.
안토니 그때 그자는 절차를 밟지 않고
불쑥 내게 나타났소. 방금 세 왕과
연회를 마친 터라 오전과는 상황이 달랐소.
이튿날 대면했소. 실례를 구한 것과
마찬가지요. 그 사람을 논쟁의 구실로
삼지 맙시다. 우리 둘의 문제에서
깨끗이 지웁시다.
시저 당신은 자신이 정한
맹약의 조항을 위반했소. 나에 대해서
그와 같은 비난을 절대로 못 하오.
레피두스 그만하시오, 시저.
안토니 놔두시오, 레피두스. 말하게 하시오.
지금 그가 신성한 명예를 언급하는데
나는 그것이 없다고 하오. 시저, 계속하시오.
내가 정한 맹약이오?
시저 필요시 무기를 대여하고 돕기로 했는데
둘 다 거절했소.
안토니 그보다는 소홀했소.
게다가 독주에 취해서 나 자신도
몰라볼 형편이었소. 최대한 노력하여
당신에게 참회자가 되겠소. 그러나
정직성이 존엄성을 낮출 수 없고
권력이 손 놓고 있지 못하오. 실상은
풀비아가 이집트에서 나를 불러내려고
여기서 전쟁을 일으켰소. 나도 모르게
원인을 제공한 나 자신이 명예 범위 내에서

용서를 빌며 고개 숙이오.
레피두스 고귀한 말씀이오.
마에케나스 두 분이 그 이상 유감을 표명하지
않으시면, 그것을 완전히 잊어버리는 것이
두 분의 화해를 촉구하는 현실이 되는 것을
상기시킬 것입니다.
레피두스 옳은 말이오.
에노바르부스 또는 두 분께서 임시로 상대방의 우정을
빌리실 수 있다면, 폼페이 소식이 더 이상 들리지
않을 때 빌리신 것을 돌려드릴 수도 있습니다. 다른
일이 없을 때 다툴 만한 시간이 넉넉합니다.
안토니 당신은 군인에 불과해. 입 다물어.
에노바르부스 진실은 침묵해야 한다는 걸 잊을 뻔했군요.
안토니 여기가 무슨 자린지 모르는군. 입 다물어!
에노바르부스 알겠습니다. 똑똑한 비석이 되지요.
시저 내용은 괜찮으나 말투가 좋지 않소.
성격이 서로 달라 매우 다른 행동으로
나타나므로, 우정을 지속할 수 없소.
그러나 우리를 튼튼히 붙들어 맬
유대가 있으면 이 세상 끝까지
찾아다니겠소.
아그리파 말씀드려도 될까요?
시저 말해라, 아그리파.
아그리파 어머님 쪽으로 누님이 계시지요.
칭찬이 자자한 옥타비아 말입니다.
안토니 장군님은 지금 홀몸이시고.
시저 그런 말 하지 마라. 클레오파트라가 들으면
입빠른 말 값을 톡톡히 치르겠다.
안토니 결혼하지 않았소. 저 사람 말을
더 들어봅시다.
아그리파 영원한 우정 속에 두 분을 맺어주며
처남 매부가 되어 풀지 못할 매듭으로
두 마음을 묶도록 안토니 장군께서
옥타비아를 부인으로 맞으십시오.
아씨의 미모는 최고의 신랑을 맞을 만하며
성품과 자질은 말도 할 수 없을 만큼
뛰어납니다. 이러한 혼사로써
지금은 크게 보이는 작은 의혹과
위험을 안고 있는 온갖 염려는
사라집니다. 진실이 뜬소문 같고
뜬소문이 진실 같은 이런 때 그녀의 사랑은
두 분을 이어주고 뭇사람의 사랑을
두 분께 이어줄 것이지요. 제 말을
용서하십시오. 여기서 떠오른 게 아니라
신중히 곱씹은 겁니다.
안토니 시저는 뭐라고 하시오?
시저 이제 그 말에 대해 안토니의 느낌을
듣기 전엔 말할 수 없소.
안토니 내가 '그렇게 합시다'라고 한다면
이 일의 실현에 아그리파가
무슨 권한이 있소?
시저 시저의 권한이오.
누님에 대한 권한이오.
안토니 이처럼 아름다운
훌륭한 제의에 내가 꿈에라도 장애를
가져오면 안 되오. 자, 악수합시다.
이 은혜의 행동을 기리는 뜻이오.
지금부터 형제애가 다스려서 큰 계획을
다스리게 합시다.
시저 내 손을 잡으시오.
[안토니와 시저가 서로 손을 잡는다.]
누님을 당신에게 넘기오. 그토록 사랑하는
오라비도 없을 거요. 그녀로 인해
두 나라, 두 마음이 하나 되어 다시는
사랑이 사라지지 않게 되오.
레피두스 아멘, 아멘.
안토니 폼페이에게 칼을 뽑을 생각이 없었소.
최근 내게 뜻밖의 예의를 보였으니
고맙다고 해야겠소. 은덕을 모르는
사람이란 소리는 듣고 싶지 않소.
그런 다음 치시오.
레피두스 시일이 촉박하오.
당장에 폼페이를 찾아야겠소.
그렇지 않으면 그가 먼저 칠 거요.
안토니 어디 있소?
시저 미시나 산 근처요.
안토니 육군 병력이
얼마나 되오?
시저 강대하고 증가세며,
바다는 독무대요.
안토니 소문 또한 그렇소.
미리 의논했으면 좋았겠는데! 서두릅시다.

무장하기 전에 우리가 논의한 것을
실천에 옮깁시다.
시저 흔쾌히 그러겠소.
당신에게 누님을 보여드리겠소.
곧바로 모시겠소.
안토니 레피두스,
당신이 빠져서 되겠소?
레피두스 존귀한 안토니,
아무리 아파도 참석할 테요.
[주악. 에노바르부스, 아그리파,
마에케나스 이외에 모두 퇴장]
마에케나스 이집트에서 잘 오셨소.
에노바르부스 시저의 마음 절반을 차지하는 고귀한 마에케나스!
존경하는 내 친구 아그리파!
아그리파 호남아 에노바르부스!
마에케나스 사태가 이처럼 잘 풀렸으니 기뻐할 일이오.
당신은 이집트에서 멋지게 버텼소.
에노바르부스 그렇소. 낮을 잠으로 보내서 낮은 무색하게
되었고 밤은 술로 밝혔소.
마에케나스 조반에 멧돼지 여덟 마리를 통째로 구웠는데
먹는 사람은 열둘뿐이라—참말이오?
에노바르부스 그건 독수리 옆의 파리 격이오. 훨씬 더
굉장한 잔칫상이 벌어졌었소. 참으로 볼 만한
구경거리였지요.
마에케나스 소문이 사실이면 클레오파트라는 최고로
화려한 여인이겠소.
에노바르부스 그녀가 처음 안토니를 만났을 때 시드누스 강[37]
위에서 그분의 마음을 사로잡았답니다.
아그리파 그곳에 그녀는 개선한 장군처럼 나타났다오.
그게 아니면 내게 전한 자가 덧붙였겠지.
에노바르부스 말씀을 드리겠소.
그녀의 거룻배는 번쩍이는 옥좌처럼
물 위에서 불탔으며, 선실은 금박이요
돛은 자줏빛, 어찌나 향수를 뿌렸는지
바람마저 사랑에 겨웠고 은 삿대는
피리에 맞춰 물을 치며 저어 가니
얻어맞은 물결은 맞는 것이 좋은 듯
더욱 빨리 따라왔소. 그녀 자신은—
말로는 표현하지 못하겠소. 금실로 짠
천을 두른 누각에 비스듬히 누웠는데
화가의 상상으로 자연을 능가하는
그림의 비너스를 뛰어넘는 자태였소.[38]
양쪽에는 큐피드처럼 보조개를 지으며
웃는 미소년들이 채색 부채를 흔드는데
더위를 식히느라 예쁜 뺨이 달아올라
일하면서 그 일을 그르친 셈이었소.
아그리파 안토니가 놀랐겠죠!
에노바르부스 여왕의 시녀들은 바다의 요정인 양
인어 떼인 양, 가까이서 시중들고
우아한 몸매로 온 장면을 장식했소.
인어 같은 여인이 키를 잡고 비단 돛은
꽃 같은 손들이 재빨리 부풀렸소.
배에서는 기이한 향기가 남모르게
피어올라 근처의 물가에 부딪쳐 왔소.
온 도시가 그녀를 보기 위해 떨쳐나서고
안토니는 광장 한복판 왕좌에 홀로 앉아
공중에 휘파람을 불었는데 모든 것을
채우는 공기마저 구경을 나갔다면
자연에 빈틈이 생겼을 거요.[39]
아그리파 놀라운 여인!
에노바르부스 배가 닿자 안토니가 사람을 보내
만찬에 초대하니 그녀는 오히려 그가
손님이 되는 것이 좋겠다 하며
그러기를 청했소. 부인에게 '노'라고
말한 적 없는, 예절 바른 안토니는
열 번이나 얼굴을 다듬고 잔치에 나가
보통 식사 대신에 오로지 눈으로 먹는
음식 값에 마음을 내줬소.
아그리파 굉장한 여인!
위대한 시저의 칼을 잠재웠으며
시저는 그녀를 갈아 수확하였소.[40]

37 지금의 터키 동남부에 있는 강. 그리스와 중동 지역을 정복한 안토니가 이집트 여왕을 이곳으로 불렀다.
38 티치아노 등의 당시 화가들은 실제의(자연 상태의) 여자보다 아름다운 비너스를 그려냈는데 클레오파트라는 그런 그림보다도 더 아름다웠다는 말이다.
39 당시의 물리학에서 '자연은 빈틈을 싫어한다'고 하였다.
40 이집트를 정복한 줄리어스 시저는 젊은 이집트 여왕 클레오파트라와 관계하여 아들 시자리언을 낳았다.

에노바르부스 언젠가 그녀가 거리에서 사십 보를
달리는 것을 보았소. 숨을 헐떡였지만
흐트러졌음에도 완벽했소.
숨이 없어도 매력을 나타냈소.

마에케나스 이제 안토니와 완전히 결별해야죠.

에노바르부스 절대로 안 떠날 거요.
나이에 시들지 않고 한없이 다양해서
아무리 해도 물리지 않소. 다른 여자는
한참 지나면 지겨워지지만 그녀는
만족을 주면서도 허기를 더해주오.
추한 것도 그녀에겐 멋지게 어울리고
성스러운 사제들도 그녀의 음란을 축복하오.

마에케나스 미와 지혜와 정숙이 안토니의 마음을
가라앉힐 수 있다면 옥타비아는
그의 복된 상이오.

아그리파 그럼 같이 갑시다.
에노바르부스, 이곳에 있는 동안
내 집에서 묵으시오.

에노바르부스 머리 숙여 감사하오. [모두 퇴장]

## 2. 3

[안토니와 시저 등장. 두 사람 사이에 옥타비아가 있음]

안토니 막중한 직책과 세상일이 나와 당신을
갈라놓을 때가 있을 게요.

옥타비아 그동안 내내 신들 앞에 무릎 꿇고 당신을 위해서
기도 드리겠어요.

안토니 시저, 안녕히 주무시오.
옥타비아, 소문에 따라 내 흠을 보지 말아요.
행실이 바르진 못해도 앞으론
꼭 규범을 따라야죠. 잘 자요.
안녕히 주무시오.

시저 안녕히 주무시오.
[시저와 옥타비아 퇴장]

[점쟁이 등장]

안토니 야, 지금 이집트에 있고 싶어?

점쟁이 거기를 안 떠나야 했거든요. 장군님도
거기 안 가셔야 했어요.

안토니 어째서?

점쟁이 마음속엔 있지만 말하진 못해요.
어쨌든 속히 이집트로 가세요.

안토니 시저와 나와 누가 운이 좋나?

점쟁이 시저요. 그러니 옆에 있지 마세요.
장군님을 수호하는 신령한 영은
고귀하고 용감하여 견줄 데가 없지만
시저의 영은 그렇질 못해요. 하지만
그 옆에 있으면 장군님의 수호신이
눌린 듯이 겁에 질려요. 그래서
떨어져 계세요.

안토니 그런 말 하지 마.

점쟁이 장군께만, 장군님이 계실 때만 말해요.
무슨 내기라도 하시면 꼭 지시고
보통 재수에서도 엉뚱하게 그이가 이겨요.
그이가 빛나면 장군님 빛은 어두워져요.
다시 말씀드리면 장군님의 신령은
그 옆에서 장군님 돕는 걸 꺼리지만
그이가 없으면 힘이 세요.

안토니 물러가라.
벤티디우스에게 만나자고 전해.
파르티아로 가게 돼. [점쟁이 퇴장]
기술이든 우연이든,
그 말이 사실이다. 주사위도 그를 따르고
경기에서도 그의 재수에 내 우수한 실력도
허덕거리지. 제비를 뽑아도 그가 이기고
아무리 상대가 안 돼도 그의 투계들이
언제나 이기고, 내 메추리들이
좁은 우리 안에서 형편없이 지고 말아.[41]
이집트로 가야지. 평화를 위해 결혼하지만
즐거움은 동방에 있다.
[벤티디우스 등장]
어서 오게.
파르티아로 가야겠어. 사령장이 준비됐네.
날 따라와 받게. [둘 퇴장]

## 2. 4

[레피두스, 마에케나스, 아그리파 등장]

41 싸움닭들을 좁은 우리에 집어넣어 싸움을 시켰다.

레피두스 수고할 것 없소이다. 서둘러 장군들을
따라가시오.
아그리파 안토니 장군님이
부인과 키스만 마치시면 따라갑니다.
레피두스 전투복 차림이 당신들께 맞을 게요.
그런 모습 볼 때까지 잘들 가시오.
마에케나스 여정을 생각할 때 장군님보다 먼저
거기 도착할 것입니다.
레피두스 당신들의 여정이 짧소.
여기저기 둘러 가는 게 내 일이오.
당신들이 이틀 먼저 도착할 게요.
마에케나스와 아그리파 승리를 빕니다!
레피두스 잘들 가시오. [각기 퇴장]

## 2. 5

[클레오파트라, 차미안, 이라스,
알렉사 등장]
클레오파트라 음악 들려줘. 음악—사랑을 일삼는
기분을 돋우는 음식이지.
모두 야, 음악!
[환관 마디안 등장]
클레오파트라 그만둬. 당구 치자. 이리 와, 차미안.
차미안 팔이 아파서요. 마디안과 치세요.
클레오파트라 여자가 환관과 노는 건 여자끼리
노는 거나 마찬가지야. 나하고 놀겠어?
마디안 능력껏 해보지요.
클레오파트라 선의만 보이면 아무리 모자라도
용서를 빌 수 있지. 지금은 관두겠어.
낚싯대 갖다 줘. 우리 강으로 가자.
저 멀리 음악이 울리는 동안
금빛 고길 속일 테야. 굽은 낚시 바늘로
녀석들의 미끄러운 주둥이를 꿰어서
들어 올릴 때마다 안토니로 여기고
'아하! 내게 잡혔다'고 소리칠 테야.
차미안 낚시 내기 하실 때 잠수부가 그분 낚시에
저린 생선을 달았더니 그분이 열심히
당겼던 게 우스웠죠.
클레오파트라 언제였지? 세월이란!
너무 웃었더니 화를 냈지만
그날 밤 웃음으로 풀어주고 이튿날 아침
아홉 시도 되기 전에 술 먹여서 잠재우고
내 옷을 입혀놓고 그사이 나는
그의 보검을 찼지.
[전령 등장]
오, 이탈리아에서!
풍성한 네 소식을 내 귀에 넣어주렴.
오랫동안 적막했지.
전령 여왕님, 여왕님—
클레오파트라 안토니가 죽었구나! 그따위 소릴 하면
날 죽이는 거야. 하지만 건강하단
말을 전하면, 자, 여기 돈 있다. 그리고
새파란 내 핏줄에 키스해라. 왕들이
입을 대고 떨면서 키스했던 손이야.
전령 먼저, 잘 계십니다.
클레오파트라 그럼 돈 더 가져라! 하지만 말이다,
죽은 자도 잘 있다고 하거든. 그런 말이면
내가 너한테 주는 금화를 녹여서
못된 소리 지껄이는 목구멍에 처넣겠다.
전령 제 말 들으세요!
클레오파트라 응, 그래. 들을게.—하지만 안토니가
자유롭고 건강해도 네 얼굴엔 조금도
기쁜 빛이 없어. 그렇게 쓴 얼굴로
그렇게 좋은 소식을 알리다니! 건강하지 않다면
온전한 자가 아니라 머리에 뱀을
뒤집어쓴 악귀처럼 차리고 왔어야지.
전령 제 말 들으시겠어요?
클레오파트라 말하기 전에 너를 한 대 치고 싶어.
하지만 안토니가 살아 있다면 좋아.
시저와 친하다면, 그의 포로가 아니라면
금덩이를 소나기로 쏟아주고 진주알을
우박처럼 던져주겠다.
전령 잘 계십니다.
클레오파트라 말 잘했다.
전령 시저와 친하십니다.
클레오파트라 너 정직하다.
전령 언제보다도 두 분은 친하십니다.
클레오파트라 내게서 한 재산 받아 가라.
전령 그런데요—
클레오파트라 '그런데요'란 말 싫다. 먼저 나온
좋은 말을 기죽이지. 그런 말을 집어치워!

그 소린 극악한 죄수를 끌어내는
간수 같은 놈이야. 그러니까 이 작자야,
나쁜 말 좋은 말 한꺼번에 내 귀에
쏟아 넣어라. 시저와 사이가 좋댔고
건강하고 자유롭댔지.

전령 자유롭대요? 그런 말은 안 했는데요.
옥타비아에게 매이셨어요.

클레오파트라 무슨 일로?

전령 함께 자는 일로요.

클레오파트라 차미안, 나 어지러워.

전령 옥타비아와 결혼하셨습니다.

클레오파트라 제일 못된 염병이 너한테 씌워라!
[그를 때려 넘어뜨린다.]

전령 여왕님, 고정하세요!

클레오파트라 뭐라고?
[그를 때린다.]
꺼져.
끔찍한 악당. 안 그러면 네 눈깔을
공처럼 차버리고 머릴 홀랑 벗길 테다.
[그를 끌어 일으켰다 쓰러뜨렸다 한다.]
쇠줄로 때리고 소금에 절여서
조금씩 아리게 하겠다.

전령 여왕님,
전령인 제가 중매한 게 아닙니다.

클레오파트라 아니라고 해. 그럼 한 지방을 주어서
어엿한 부자로 만들어줄게. 매 맞은 거로
내 화를 돋운 걸 벌충하고 그밖에도
네가 원하는 선물을 더해주겠다.

전령 결혼하셨습니다.

클레오파트라 요놈, 너무 오래 살았어!
[단도를 뺀다.]

전령 그럼 달아나야겠네요. 왜 그러세요?
제 잘못이 아닌데요. [퇴장]

차미안 여왕님, 진정하세요. 저 사람은
죄가 없어요.

클레오파트라 죄 없는 바보도 벼락 맞아야 해.
이집트야, 나일 물에 녹아라! 착한 생물은
모두 독사가 돼라! 그놈 다시 불러와.
화가 났다만, 깨물진 않겠다. 불러와!

차미안 겁나서 못 와요.

클레오파트라 해하지 않겠다.
나보다 낮은 자를 때리다니
내 손이 천해졌어. 내가 원인을
만들고 이러네. 이리 와라.
[전령이 다시 등장]
충실해도 나쁜 소식을 전하는 건
좋지 않아. 반가운 소식은
떠들어야 하지만 나쁜 소식은
느낌으로 전해져.

전령 책임껏 했습니다.

클레오파트라 결혼했다고?
'예'라고 답해도 이 이상 너를
미워할 수 없어.

전령 결혼하셨습니다.

클레오파트라 콱 뒈져라! 아직도 그 소리야?

전령 거짓말 할까요?

클레오파트라 거짓말이면 오죽 좋아!
이집트 절반이 물에 잠기고
비늘 덮인 뱀의 굴이 된다면—썩 꺼져!
네 얼굴이 나르시스[42]였대도 내 눈엔
추악했겠지. 결혼했다고?

전령 용서하세요.

클레오파트라 결혼했냐고?

전령 일부러 그러지 않으니 화를 푸세요.
저에게 시키시곤 그 일로 벌하시면
너무 억울합니다. 옥타비아와 결혼했네요.

클레오파트라 넌 잘 알아도 너와 상관없는데
그이 죄가 널 나쁜 놈이 되게 해!
보기 싫다. 로마에서 가져온 물건은
내게는 너무 비싸. 그냥 손에 들고 있어.
그러다가 망해라! [전령 퇴장]

차미안 여왕님, 참으세요.

클레오파트라 안토니를 칭찬하며 시저를 욕했던가?

차미안 여러 번 그러셨어요.

클레오파트라 그 값을 받는 거야. 부축해다오.
어지럽다.—이라스, 차미안!—괜찮아.
알렉사, 그 녀석한테 가서 옥타비아의
생김새를 말하라고 해. 그 여자의 나이와

42 얼굴이 너무도 잘생겨서 개울에 비친 제 얼굴만 바라보다 빠져죽었다는 미남 청년(나르키소스).

취미 같은 거. 특히 머리 색은 빼놓지
말라고 해. 나한테 빨리 알려줘. [알렉사 퇴장]
영영 가래지 뭐—아냐, 가면 안 돼, 차미안!
한쪽은 골곤[43]처럼 그렸지만 딴 쪽은
틀림없이 군신이야. [마디안에게] 알렉사한테
그 여자 키가 얼만지 알아 오래라. 차미안,
속으로 동정하고 아무 말 마. 침실로 데려다줘.
[모두 퇴장]

## 2. 6

[주악. 한쪽 문으로 폼페이와 메나스가 고수와
나팔수를 데리고 등장. 다른 문으로 시저, 레피두스,
안토니, 에노바르부스, 마에케나스, 아그리파가 행진하는
병사들과 함께 등장]

폼페이 우리나 당신네나 볼모를 잡고 있소.
그러니 전투 전에 담판합시다.
시저 먼저 말로 하는 것이 합당하므로
앞서 문서로 의사를 전했는바
이를 당신이 숙고했으면 당신은
불만의 칼을 접고 한창때의 청춘을
다시 시실리로 가져가거나 여기서
죽을 것이오.
폼페이 이 넓은 세상을 전권으로 다스리며
신들을 대행하는 세 분에게 말하오.
아들과 우군이 있는 한, 내 아버지의
원수 갚아줄 자가 없을 수 있겠소?
전장에서 브루투스에게 혼령으로 나타났던
줄리어스 시저가 자신을 위해 당신들이
애쓰는 것을 목격하였소.[44] 어째서
창백한 카시우스가 모의했고, 어찌하여
추앙받는 고결한 로마인 브루투스가
어여쁜 자유의 수호자들과 무장하여 함께
의사당을 피로 적셨소? 한 사람을 잡고자 함이
아니었소? 그래서 나는 해군으로 무장했소.
노한 바다가 함대에 눌려 거품을 물고 있소.
고귀하신 아버지께 돌려댄 로마의
비정한 배은망덕을 벌하기 위해
일어선 것이오.
시저 천천히 말하시오.
안토니 당신의 돛배들에 겁나지 않소.
바다에서 상대해 주겠소. 알다시피
땅에서는 우리가 우세하오.
폼페이 분명 땅에서
당신들이 아버지의 재산을 차지하였소.
그러나 뻐꾸기는 집을 짓지 않으니[45]
살고 싶으면 사시오.
레피두스 답변을 바라오.
그런 것이 문제가 아니오. 우리의 제안을
어떻게 보시오?
시저 요점이오.
안토니 유화책은 아니지만 이를 수락한다면
그 이점이 어떨지 헤아려 보시오.
시저 그리고 뒤에 따라올 큰 행운을
바라보시오.
폼페이 나에게 시실리와
사르디니아를 준다 하며 그 대가로
전 해역의 해적들을 소탕하고 대량의 밀을
로마에 보내며—이 일에 합의하면
생생한 칼날과 자국 없는 방패와 함께[46]
떠나라는 것이오.
시저, 안토니, 레피두스 그것이 우리의 제안이오.
폼페이 그래서 그 제안을 수락할 사람으로
당신들 앞에 내가 왔소. 그런데 내가
안토니를 만나보니 더욱 그럴 마음이 드오.
사실대로 말하면 찬사가 줄겠으나
당신의 아우가 시저와 싸울 때
당신의 모친이 시실리에 오셨기에
극진히 대접했소.
안토니 폼페이, 내가 듣고

43 너무 무섭게 생겨서 보는 사람이 돌이 된다는 귀신. 양면을 이렇게 다르게 칠한 장난감이 있었다.
44 브루투스, 카시우스 등이 줄리어스 시저를 살해했다. 이 이야기는 셰익스피어가 「줄리어스 시저」에서 다뤘다.
45 시저, 안토니 등은 폼페이의 집을 몰수하고 안토니가 차지했는데 뻐꾸기는 제 집을 짓지 않고 몰래 다른 새의 둥지에 제 알을 낳는다. 뻐꾸기처럼 안토니는 집 도둑이란 말이다.
46 즉, 전쟁 없이 칼과 방패를 그대로 보존한 채 돌아간다는 말이다.

당신에게 빚진 바를 넉넉히 감사드릴
준비가 되어 있소.

폼페이 그럼 악수합시다.
여기서 만나리라 생각지 않았소.

안토니 동방의 잠자리가 부드럽소. 당신 덕에
생각보단 일찍 여기 오게 됐는데—
그래서 얻은 것이 있소.

시저 마지막 볼 때보다
변한 듯하오.

폼페이 글쎄요. 무정한 운수가
얼굴에 무슨 자국을 남겼는지 모르나,
결코 운수가 내 가슴에 들어와
내 속을 부릴 수 없소.

레피두스 잘 만났소!

폼페이 이렇게 합의했으니 만나길 잘했소.
합의를 문서화하여 당사자 간에
서명하기를 원하오.

시저 그것이 수순이오.

폼페이 헤어지기 전에 서로 초대합시다.
누가 먼저 할는지 제비를 뽑읍시다.

안토니 내가 하겠소, 폼페이.

폼페이 아니오, 제비뽑기요.
처음이든 끝이든 당신들의 이집트 요리가
유명하게 되겠소. 줄리어스 시저가
거기서 살이 쪘다 하오.

안토니 많이 들으셨소.

폼페이 좋은 뜻으로 말했소.

안토니 좋은 말도 골라 했소.

폼페이 그만큼 들었소. 그리고 아폴로도로스가
날라다 준 것이—

에노바르부스 그 얘긴 관둡시다. 그랬어요.

폼페이 무엇이오?

에노바르부스 포대기에 여왕을 싸서 시저에게 갖다 줬죠.[47]

폼페이 이제 알아보겠군. 군인, 어찌 지내나?

에노바르부스 잘 지내죠. 또한 잘 지낼 것 같고요.
잔치가 네 차례 다가오니까요.

폼페이 악수하세.
자네 미운 적 없네. 싸우는 거 봤는데
자네 활약이 부럽더군.

에노바르부스 나는 귀공을
좋아한 적이 없지만 내가 탄 말보다
귀공이 열 배쯤 잘했을 때는
칭찬을 했소이다.

폼페이 솔직한 말투를
버리지 말게. 자네에게 잘 맞아.
여러분을 내 배로 모두 초청합니다.
함께들 가실까요?

시저, 안토니, 레피두스 앞서가시오.

폼페이 오시오.

[에노바르부스와 메나스를 제외하고 모두 퇴장]

메나스 [방백] 폼페이, 당신 부친은 이런 조약을
절대 맺지 않았겠지.—우리 만난 적 있죠?

에노바르부스 바다에서죠, 아마.

메나스 그렇군요.

에노바르부스 물에서 잘하셨소.

메나스 당신은 뭍에서 잘하셨소.

에노바르부스 나를 칭찬하는 자는 누구나 칭찬할 거요.
물론 내가 뭍에서 한 일을 부인할 수 없지만.

메나스 내가 물에서 한 일도 그와 같소.

에노바르부스 그렇소. 당신 자신의 안전을 위해서는 부인할
만한 일이오. 당신은 물에서 큰 도둑이었소.

메나스 당신은 뭍에서였소.

에노바르부스 그래서 나는 나의 뭍 일을 부인하오.
하지만 악수합시다, 메나스. 우리 눈에 권력이
있다면 두 도둑이 키스할 때 체포하겠소.
[둘이 악수한다.]

메나스 모든 사람의 얼굴이 정직합니다. 손이야 어떻든
간에.

에노바르부스 하지만 예쁜 여자가 정직한 얼굴을 가진 예는
없단 말이오.

메나스 악담은 아니지만—여자는 마음을 훔쳐요.

에노바르부스 우리는 여기 당신들과 싸우려고 왔소.

메나스 나는 싸움이 술잔치로 변해서 유감스럽소.
오늘 폼페이는 웃어서 재수를 날려 보내오.

에노바르부스 그렇게 하면 울어서 재수를 불러오지 못하오.

메나스 맞는 말이오. 우리는 여기서 안토니를 만날 줄은

47 줄리어스 시저가 이집트를 정복하고 도망쳐 있던 클레오파트라를 몰래 부르니 아폴로도로스라는 신하가 포대기에 그녀를 싸서 지고 시저에게 갖다 주어 둘의 관계가 시작되었다고 한다.

몰랐소. 그가 클레오파트라와 결혼을 했소?

에노바르부스 시저의 누님은 옥타비아라 하오.

메나스 사실 그 여자는 마르켈루스[48]의 부인이었소.

에노바르부스 그러나 지금은 안토니의 부인이오.

메나스 정말이오?

에노바르부스 정말이오.

메나스 그러면 시저와 그 사람은 영원히 결속했소.

에노바르부스 이 결합에 관해서 점을 쳐야 한다면 그런 예언은
하지 않았을 게요.

메나스 그 결합 정략은 당사자의 사랑보다 결혼 자체에
있는 듯하오.

에노바르부스 내 생각도 그렇소. 둘의 우정을 묶는 듯한
그 유대가 그들의 우정을 질식시킬 물건이 될 것이니
두고 보시오. 옥타비아는 신심 깊고
차갑고 조용한 여자요.

메나스 자기 아내가 그러지 않기를 바라는 남자가 누구요?

에노바르부스 자신이 그렇지 않은 사내는 그렇지 않소. 안토니가
그러하오. 다시 이집트 요리로 돌아갈 거요. 그렇게
되면 옥타비아의 한숨이 시저의 불을 일으킬
것이니, 방금 말했듯이 두 사람의 우정의 힘이
되었던 바로 그것이 그들의 다툼의 원인이 될 것이라는
말이오. 안토니는 마음이 가 있는 데서 애정을 쏟을
것이오. 여기서 그는 사태와 결혼했을 뿐이오.

메나스 그럴 수 있소. 자, 배에 오르려오? 당신에게
건배하겠소.

에노바르부스 건배를 받겠소. 이집트에서 목 축이는 운동을
많이 하였소.

메나스 자, 갑시다. [둘 퇴장]

## 2. 7

[음악이 연주된다. 두세 하인이 주안상을 들고
등장]

하인 1 여기들 오실 거야. 그런데 그분들이 심은 나무 중에
벌써 뿌리를 잘못 내린 게 있어. 세상에서 제일
약한 바람만 불어도 쓰러질 판이야.

하인 2 레피두스가 거나한데.

하인 1 술 찌꺼기까지 마시게 했거든.

하인 2 성질나는 대로 서로 잡아 뜯으니까 그 양반이 "이제
그만!" 하고 소리치고 둘을 화해시키더니 자기는 또
다시 술을 마시더군.

하인 1 하지만 그 때문에 그 사람 몸과 마음 사이에 더 큰
전쟁이 벌어지는 판이야.

하인 2 바로 이게 굉장한 사람들과 사귀는 이름값을 한다는
거지. 나한테 별 볼 일 없는 갈대처럼 들지도 못할
언월도는 사양하겠어.

하인 1 무지무지하게 큰 세상에 불려와 가지고 꼼짝달싹도
못 하는데, 눈알이 박힐 눈구멍이 비어서 그래.[49]
그런 꼴이라 뺨따귀가 정말 불쌍해.
[행차 나팔 소리. 시저, 안토니, 폼페이, 레피두스,
아그리파, 마에케나스, 에노바르부스, 메나스, 기타
장교들과 소년 등장]

안토니 이렇게 하오. 피라미드의 표시로
나일 강의 수위를 측정하여서
저점과 평균을 알아내어 흉작 또는 풍작을
예측을 하오. 나일 강이 불어나면
풍년을 기약하고, 그때 물이 줄어들면
농부는 감탕에 씨앗을 뿌렸다가
잠시 뒤에 거두오.

레피두스 못 보던 독사도 있소?

안토니 그렇소, 레피두스.

레피두스 이집트의 독사는 그곳 태양의 작용으로 진흙에서
생겨나오. 거기 악어도 마찬가지요.

안토니 그래요.

폼페이 앉아요. 술 좀 더합시다. 레피두스에게 건배!
[앉아서 술을 마신다.]

레피두스 이러면 안 되는데, 몸이 별로 안 좋소.—
하지만 빠질 수 없지.

에노바르부스 한숨 주무실 때까지는 안 되실 거요. 그때까진
빠지셔야 할 거요.

레피두스 아냐. 듣자 하니 프톨레마이오스의 피라미드들이 아주
멋지다면서. 아무도 부인하지 않더군. 내가
들은 말이오.

메나스 [폼페이에게 방백]
장군님, 한마디만.

48 옥타비아의 전 남편의 이름.

49 최고의 지위에 올랐지만 미미한 존재라 마치 눈알이 없는 빈 눈구멍에 지나지 않아 눈알 빠진 얼굴이 볼썽사납다는 말이다. 당시 천문학에서 말하던 행성의 궤도에 대한 암시가 들어 있다.

폼페이 [메나스에게 방백] 귀에 대고 말해. 뭔가?
메나스 [폼페이에게 방백]
장군님, 제발 자리를 뜨셔서
한마디만 들으세요.
폼페이 [메나스에게 방백] 잠시만 참아주게.
[큰 소리로] 이 술은 레피두스에게 드리는 건배요.
[메나스가 폼페이의 귀에 속삭이기 시작한다.]
레피두스 당신네 악어란 어떤 생물인가요?
안토니 그 모양은 본시 생긴 대로요. 넓이로 말하면
넓이만큼 되고, 높이는 자기 높이만큼 되어요.
제 몸으로 움직여요. 먹이가 되는 것을 먹어요.
네 원소가 빠져나가면 딴 생물로 환생해요.[50]
레피두스 색깔은 어떤가요?
안토니 역시 제 색깔이오.
레피두스 이상한 뱀이오.
안토니 그래요. 놈의 눈물은 액체요.
시저 [안토니에게 방백] 그렇게 설명하면 저 사람이
알아듣겠소?
안토니 [시저에게 방백] 폼페이가 주는 건배에 속이
차겠소. 아니면 만족할 수 없는 폭식가요.
폼페이 [메나스에게 방백]
나가 죽어, 죽으라고! 그따위 소릴? 꺼져.
하라는 대로 해! [큰 소리로] 내 술잔 어디 있어?
메나스 [폼페이에게 방백]
나의 공을 생각해서 내 말을 들으시면
자리에서 일어나세요.
폼페이 [메나스에게 방백] 너 미쳤다.
[둘이 일어나서 옆으로 간다.]
뭐?
메나스 저는 언제나 장군님의 행운에 절했습니다.
폼페이 지금껏 내게 대단히 충성했다. 그밖에 할 말이
뭔가?
[큰 소리로] 귀공들, 즐기시오.
안토니 레피두스,
수렁을 피하시오. 가라앉소.
메나스 세상 주인이 되시고 싶지요?
폼페이 뭐?
메나스 전 세계 주인이 되시고 싶지요? 두 번째요.
폼페이 어떻게 하면 돼?
메나스 생각만 가지세요.
저를 하찮게 보시지만 제가 장군님께
온 세상 드립니다.
폼페이 너 취했나?
메나스 아니요, 장군님. 술잔을 멀리했어요.
용기만 있다면 장군님은 지상의 주피터요.
바다가 둘러싸고 하늘이 덮은 데가 모두
장군 차지가 될 수 있어요. 생각만 있다면—
폼페이 어떻게?
메나스 세상을 나눠 가진 3거두가
이 배에 있는데, 제가 밧줄을 끊을게요.
배가 일단 밖으로 나가면 목을 따겠소.
그럼 모두가 장군님 거요.
폼페이 허! 아무 말 않고
그냥 혼자 했어야지. 나로선 악한 짓이
너로선 잘한 짓이겠지. 명심해둬라.
내게는 이득이 명예를 끌지 않고
명예가 이득을 끌어가. 네 입으로
발설한 걸 후회해라. 몰래 했다면
나중에 잘했다고 할 수 있겠지만
지금은 꾸짖겠다. 관두고 술이나 마셔.
메나스 [방백] 이번 일로 더 이상 기울어진 네 운수를
안 따르겠다. 추구하던 행운이 올 때
안 잡으면 다시는 안 와.
폼페이 레피두스에게 건배!
안토니 [하인에게] 육지로 모셔 가라. 내가 대신 받겠소.
에노바르부스 메나스, 건배하오!
메나스 환영하오, 에노바르부스!
폼페이 잔이 안 뵐 만큼 가득 부어라!
에노바르부스 [레피두스를 옮겨 가는 하인을 가리키며]
저 친구 힘이 장사요, 메나스.
메나스 왜요?
에노바르부스 세상의 3분의 1을 들었소. 저거 못 봐요?
메나스 그럼 3분의 1이 취했군. 모두 취하면 좋겠소.
속히 바퀴 타고 굴러가게!
에노바르부스 마시오. 더 주정하시오.
메나스 자, 그럼.

50 생물을 구성하는 불, 공기, 물, 흙의 네 원소가 빠져나가 다른 생물로 환생한다는 당시 이집트의 관념. 술 취한 레피두스의 괜한 질문에 이렇게 놀리는 말로 대답하지만 레피두스는 연방 고개를 끄덕인다.

폼페이 알렉산드리아 잔치 되긴 아직 멀었소.
안토니 익어가는 중이오. 잔을 두드립시다!
시저에게 건배요.
시저 삼가는 것이 좋겠소.
머리가 어지럽게 되면 씻어내기
여간 힘들지 않소.
안토니 분위기에 따르시오.
시저 따르기보다 다스리는 것이 내 대답이오.
하지만 하루에 그처럼 마시기보다
차라리 나흘 굶겠소.
에노바르부스 [안토니에게] 훌륭하신 황제님!
이제는 이집트식 광란의 춤으로
술잔치를 축하할까요?
폼페이 그렇게 하세, 장한 군인.
안토니 자, 그럼 우리 모두 손에 손 잡고
정복하는 술 속에 정신을 담가서
포근한 망각의 강물에 잠겨듭시다.
에노바르부스 모두 손을 잡으시오. 요란한 음악이
귀청을 때릴 동안, 자리 정돈 하겠소.
그다음에 아이가 노래하고 각 사람은
가슴이 터져라 하고 후렴을 외치시오.
[음악이 연주된다. 에노바르부스가
서로 손을 잡게 한다.]
소년 [노래한다.]
오라, 그대 포도 넝쿨의 왕이여,
살진 바쿠스, 반쯤 감은 붉은 눈!
그대의 술통 속에 온 근심을 담고
그대의 포도로 우리 머리를 둘러라!
[모두 합창한다.]
세상이 돌 때까지 잔을 채워라.
세상이 돌 때까지 잔을 채워라!
시저 더 하시겠소? 폼페이, 안녕히 주무시오.
매부, 그만 떠납시다. 우리의 중대사가
경박한 이 짓에 낯 찌푸리오. 여러분,
헤어집시다. 뺨들이 붉게 타올랐소.
힘센 에노바르부스도 술보다 약하오.
나의 혀도 어눌하오. 이런 꼴로 변해서
우리 모두가 못난이가 되었소.
할 말 더 있소? 안녕히들 가시오.
안토니, 악수합시다.
폼페이 육지에서 겨룹시다.
안토니 그럽시다.—악수해요.
폼페이 오, 안토니,
나의 아버지 집을 차지하셨소. 하지만 우리는
친구 아니오? 배에 타시오.
에노바르부스 넘어질까 걱정이오.
[에노바르부스와 메나스 외에 모두 퇴장]
메나스, 육지에 안 가겠소.
메나스 그럼 내 선실로 갑시다.
북, 나팔, 피리, 맘대로 하라고 해.
해신이나 들으래. 위대하신 양반들과
큰 소리로 작별한다! 터지게 울리고 죽어라!
[북 치며 주악을 울린다.]
에노바르부스 와! 환호 소리. 모자 날린다.[51]
[에노바르부스가 공중에 모자를 던진다.]
메나스 와! 멋진 군인, 갑시다.
[둘 퇴장]

## 3. 1

[벤티디우스가 실리우스와 기타 로마 병사들과
함께 개선하듯이 등장. 그 앞에 파코루스[52]의
시신이 운구된다.]
벤티디우스 창 던지는 파르티아,[53] 이번엔 네가 맞았다.
행운의 덕으로 크라수스의 원수를
내가 갚았다.[54] 왕자의 시신을
군대 앞에 놓아라. 파르티아 왕, 네 아들이
크라수스의 값을 치른다.
실리우스 고귀한 벤티디우스,
당신 칼이 파르티아 피에 아직 더운데
패잔병이 뒤에 있소. 메소포타미아와
쫓기는 자들이 달아나는 은신처로
말을 재촉하시오. 위대한 영수 안토니가

51 와! 하고 환호하며 공중 높이 모자를 날리는 것(그러나 로마인들은 모자를 쓰지 않았다).
52 파르티아 왕자. 로마 군에 패하여 죽었다.
53 유명한 파르티아 기병은 단창을 던져 기선을 제압하고 돌아가며 뒤로 활을 쏘았다.
54 로마 장군으로 시리아의 총독이던 마르쿠스 크라수스는 파르티아와의 전쟁에서 전사했는데 물욕이 매우 크던 그의 입에 파르티아 왕이 금을 녹여 부었다고 한다.

개선하는 마차에 당신을 태우고
월계관을 씌우겠소.
벤티디우스 실리우스, 실리우스!
이만하면 충분하오. 하급자가 하는 일이
너무 클 수 있음을[55] 유념하시오. 실리우스,
알아두시오. 상관이 없을 때 너무 높은
명성을 얻기보다 그만하는 것이 낫소.
시저와 안토니는 언제나 자신들보다
부하들이 이겨줬소. 시리아에서 나와
지위가 같던 장군의 부관 소시우스가
시간마다 거둬들인 명성을 너무 빨리
쌓았다가 안토니의 호감을 잃어버렸소.
전쟁에서 상관보다 더 많이 거두는 자는
상관의 상관이 되오. 군인의 장점인
야망은 곤란을 가져오는 이익보다는
상실을 택하오. 안토니 장군에게
더해 드릴 수도 있지만 장군의 기분이
상할지도 모르며 그의 불쾌 속에서
내 일은 끝장을 보오.
실리우스 군인과 칼은
구분할 수 없는데 당신은 그 둘을
명확히 구분하오. 안토니에게 알리겠소?
벤티디우스 전쟁의 마술인 그분의 이름으로
우리가 행한 일을 겸손히 알리겠소.
군기와 급료를 받는 그의 병사들이
패전을 모르던 파르티아 기병을
전장에서 쫓아냈소.
실리우스 지금 어디 계시오?
벤티디우스 아테네로 오시오. 우리 짐들이
허락하는 데까지 서둘러 달려가
장군 앞에 보이겠소.—뒤따라가라! [모두 퇴장]

## 3. 2

[한쪽 문으로 아그리파, 다른 문으로
에노바르부스 등장]
아그리파 처남 매부가 헤어졌소?
에노바르부스 폼페이와는 헤어졌소. 그자는 가고
세 분은 약정을 맺고 있소. 옥타비아는
로마와의 작별이 슬퍼서 울고 시저는 우울하고
레피두스는 연회 후에 메나스 말마따나
'상사병'에 걸렸대요.
아그리파 고귀한 분이오.
에노바르부스 멋진 분이오. 시저를 어찌나 좋아하는지!
아그리파 그게 아니라 얼마나 안토니를 좋아해요!
에노바르부스 시저요? 인간 중의 주피터요!
아그리파 안토니는 무엇이고? 주피터의 신?
에노바르부스 시저 말이오? 견줄 데 없는 최고요!
아그리파 오, 안토니, 아라비아의 불사조!
에노바르부스 시저를 칭찬하고 싶소? '시저!'라고만 해요.
아그리파 확실히 두 분을 극구 칭찬하였소.
에노바르부스 시저를 가장 좋아하지만 안토니도 좋아해요.
오! 가슴, 혀, 비유, 학자, 가수, 시인도
안토니에 대한 그의 사랑은 생각도, 말도,
셈도, 쓰지도, 노래도, 읊지도 못할 거요.
하지만 시저는 무릎 꿇고 탄복만 해요!
아그리파 두 분 다 좋아해요.
에노바르부스 두 분은 날개고 자신은 쇠똥구리요.
[안에서 나팔 소리]
말 타라는 소리요. 안녕히 계시오, 아그리파.
아그리파 행운을 비오. 장한 군인, 안녕히 가시오.
[시저, 안토니, 레피두스, 옥타비아 등장]
안토니 [시저에게] 그만 나오시오.
시저 내게서 큰 쪽을 떼어가는 것이오.
잘 대접해 주시오. 누님, 내 생각대로,
또한 나의 엄숙한 보증이 될 것이라
좋은 아내가 돼요. 존경하는 안토니,
우리 둘의 우정을 튼튼히 할 접착제라,
둘 사이에 놓여 있는 정숙의 모범을
그 아성을 공격할 철퇴로 삼지 마시오.
양측이 모두 이를 싫어했다면
이 방식이 아니고 더 좋은 길을 찾아
우정을 다졌겠지요.
안토니 나를 불신함으로
내 기분을 상하게 하지 마시오.
시저 할 말이 그것이오.
안토니 아무리 봐도 염려하는 사실을

55 옥타비우스나 안토니보다도 그들의 부하 장수들이 직접 승리를 거두었다(언제나 그렇듯이).

찾지 못하오. 신들의 가호와
로마인이 진심으로 충성을 다하도록
인도하길 기원하오. 여기서 헤어집시다.

시저 사랑하는 내 누님, 안녕히 가시오.
자연의 모든 것이 누님과 친밀하며
언제나 즐겁게 해주길 비오. 잘 가오.

옥타비아 [울면서] 오, 귀한 동생!

안토니 그녀 눈에 4월이 있소. 사랑의 샘이며
사랑을 재촉할 소나기요. 기뻐하시오.

옥타비아 동생, 남편 집을 잘 보고, 그리고—

시저 뭔데요?

옥타비아 귓속말로 하겠어.
[시저의 귀에 대고 속삭인다.]

안토니 저 혀가 마음에게 복종하지 않으며
마음도 혀에게 말해주지 않는다.
밀물이 한창일 때 백조의 깃털이
어느 한쪽으로도 기울지 않듯.[56]

에노바르부스 [아그리파에게 방백]
시저가 울까요?

아그리파 [에노바르부스에게 방백]
얼굴에 잔뜩 구름이 끼었소.

에노바르부스 [아그리파에게 방백]
말이라면 그 때문에 나쁜 말이 되겠소.[57]
사람도 그렇소.

아그리파 [에노바르부스에게 방백] 에노바르부스,
줄리어스 시저가 죽은 걸 보고
안토니는 미친 듯 울어댔소. 그리고
브루투스가 죽은 걸 보고도 울었소.[58]

에노바르부스 [아그리파에게 방백]
바로 그 해에 안토니는 감기에 걸려
자기가 일부러 죽이고도 울었다오.
나도 울게 됐거든요.

시저 누님, 물론입니다.
늘 소식 전할게요. 시간이 아무리 빨라도
누님 생각을 앞지르지 못해요.

안토니 그만하오.
당신과 사랑의 힘내기를 해야겠소.
자, 내가 당신을 잡았소. [시저를 포옹하며]
이렇게 풀어주며
신들에게 맡기오.

시저 잘 가시오. 행복을 비오.

레피두스 하늘의 모든 별이 당신의 순탄한 길에
빛을 던지길.

시저 잘 가시오. 잘 가오.
[옥타비아에게 키스한다.]

안토니 안녕히 계시오.
[나팔들이 울린다. 각기 퇴장]

## 3. 3

[클레오파트라, 차미안, 이라스, 알렉사 등장]

클레오파트라 그 녀석 어디 있어?

알렉사 반쯤 무서워서 못 옵니다.

클레오파트라 저런, 저런. 이리 와.
[전령이 전처럼 등장]

알렉사 전하,
유대 나라 헤롯 왕[59]도 쳐다보지 못해요.
기분 좋으실 때만 빼고.

클레오파트라 그 헤롯의 머리를 갖고 싶다.[60] 그런데 지금
안토니가 없으니까 누구를 시켜?
[전령에게] 가까이 와.

전령 자혜로우신 전하.

클레오파트라 옥타비아를 봤어?

전령 예. 황공합니다.

클레오파트라 어디서?

전령 로마에서요.
얼굴을 봤습니다. 오라비와 장군님이
양쪽에서 데리고 가시더군요.

클레오파트라 키가 나만큼 크던?

전령 아니요.

클레오파트라 말소리 들어봤어? 높던가, 낮던가?

전령 들었는데요, 음성이 낮습니다.

56 그녀의 미련이 로마와 알렉산드리아 사이에서 주저하고 있음을 나타낸다.
57 말의 얼굴에 검은 점이 있으면 나쁜 징조로 생각됐다.
58 안토니는 줄리어스 시저를 죽인 브루투스를 필리피에서 죽였다.
59 악명 높은 폭군 헤롯은 시기적으로 클레오파트라보다 뒤에 나타난 사람이었다.
60 세례 요한의 머리를 자른 헤롯은 사실은 앞의 폭군 헤롯의 아들이었다.

클레오파트라 별로 안 좋아. 오래 좋아하지 않겠어.
차미안 좋아해요? 오, 맙소사, 불가능하죠!
클레오파트라 나도 그렇게 생각해. 낮은 음성에 난쟁이!
걸음이 당당하던? 기억을 되살려봐.
왕 같은 위엄을 봤다면—
전령 기어 다녀요.
움직이든 서 있든 마찬가지라고요.
생명체라기보다는 몸뚱이란 인상을 주고
사람이기보다는 석상입니다.
클레오파트라 확실해?
전령 아니면 보는 눈이 없어요.
차미안 잘 보는 자가
이집트에 셋도 안 돼요.
클레오파트라 아주 잘 아네.
잘 알겠어. 아직은 아무것도 아니야.
저 친구 판단력이 괜찮다.
차미안 우수해요.
클레오파트라 [전령에게]
그 여자 나이 짐작해봐.
전령 여왕님, 그 여자는
과부였는데[61]—
클레오파트라 과부? 차미안, 잘 들어.
전령 서른쯤 되네요.[62]
클레오파트라 그녀 얼굴 기억하니? 길던가, 둥글던가?
전령 동그랬어요, 흠이랄 만큼.
클레오파트라 대개 그런 여자는 멍청하거든.
머리는 무슨 빛이고?
전령 갈색예요. 이마는
바랄 만큼 좁았습니다.
클레오파트라 이 돈 받아라.
조금 전에 성낸 거, 나쁘게 생각지 마라.
다시 일을 맡길게. 지금 보니까
일이 아주 알맞아. 준비하고 있어라.
편지가 준비됐다. [전령 퇴장]
차미안 괜찮은 사람예요.
클레오파트라 정말 괜찮아. 그렇게 욕한 거
정말 후회돼. 그 사람 말 듣고 보니
그에게 대단치 않아.
차미안 아무것도 아니에요.
클레오파트라 왕의 위엄을 조금 봤다니 알 수 있겠지.
차미안 왕의 위엄을 봤다니오? 맙소사!
그렇게 오랫동안 여왕님을 모셨는데!
클레오파트라 차미안, 한 가지만 더 묻겠어.
아니 괜찮아. 내가 편지 쓰는 곳에
그자를 데려와. 모두가 잘될 거야.
차미안 반드시 그렇게 되겠어요, 여왕님. [둘 퇴장]

## 3. 4

[안토니와 옥타비아 등장]
안토니 그만둬요, 그만둬. 옥타비아. 뿐만 아니라—
그런 건 용서할 수도 있소. 비슷한 건
천 개도 괜찮소.—하지만 그가
새로이 폼페이와 싸움을 벌이고
유언장을 작성하여 공개리에 읽었소!
내 얘긴 거의 없고 마지못해 나에게
명예를 돌릴 때도 차갑고 열이 없고
나를 매우 인색하게 대접하였소.
암시를 해줘도 모른 척하거나
입발림뿐이오.
옥타비아 여보, 모두 믿지 말거나
믿어야 한다면 모든 걸 언짢게는
생각지 마세요. 분란이 일어나면
두 사람 새에 끼어 둘을 위해 기도하는
불행한 여자는 나 혼자예요.
'남편을 축복하소서!' 하고 기도하고
똑같은 소리로 '동생을 축복하소서!'
라고 하면 신들도 당장 나를 비웃겠죠.
남편도 이기고 동생도 이기라고
기도하니까 기도가 기도를 망쳐요.
양극단 사이에 중간이 없어요.
안토니 착한 옥타비아, 당신의 극진한 사랑을
가장 소중히 지켜줄 곳으로 가시오.
명예를 잃으면 나도 잃게 되오.
그렇게 당하느니 당신의 남편이
아니면 좋겠소. 하지만 원하는 대로
양쪽을 오가시오. 그사이 나는

61 남편이 죽고 자녀가 있었고 30세쯤 되었었다.
62 이때 클레오파트라는 38세였고 안토니는 42세였다. 옥타비우스는 22세였다.

그에게 치욕이 될 전쟁을 준비하겠소.
속히 서두르오. 원하던 대로요.
옥타비아 고마워요. 능력 많은 주피터 신이
약한 나를 화해자로 만드시기를!
두 분의 전쟁은 세상을 갈라놓고
죽은 이가 그 틈을 메우게 돼요.
안토니 이 일의 발단이 어디인지 보이면
당신의 유감을 그리로 향하시오.
두 사람의 잘못이 같을 수 없으므로
당신의 사랑도 똑같을 수 없겠소.
떠날 준비 하시오. 동행인을 정하고
비용은 계획에 따라 뜻대로 쓰시오. [둘 퇴장]

## 3. 5

[에노바르부스와 에로스가 만나며 등장]
에노바르부스 에로스, 이 친구, 무슨 일인가?
에로스 이상한 소식이 들리는데.
에노바르부스 뭔데?
에로스 시저와 레피두스가 폼페이를 쳤다더군.
에노바르부스 그건 옛날 얘기야. 그래서 어찌 됐대?
에로스 시저는 폼페이와의 전쟁에서 레피두스를 이용하고는
곧장 그의 파트너 자격을 박탈하고 전쟁의 영광에
끼어주길 거부했고, 그에 그치지 않고 전에 그가
폼페이에게 편지를 보냈다고 비난하면서 순전히
자의로 그를 체포했대. 그래서 가련한 3거두의
하나가 죽음이 풀어줄 때까지 옥에 갇혔다는군.
에노바르부스 그러면 세상아, 이젠 입이 둘뿐이라
네가 가진 모든 밥을 둘 사이에 던져라.
서로가 서로를 망칠 테지. 안토니는 어디 있나?
에로스 정원을 거닐어. 이렇게. [안토니 흉내를 낸다.]
깔린 골풀[63]에
발길질하고 "바보 레피두스!"라고 외치며
폼페이를 암살한 자기 부하[64] 목을 치는
시늉을 하데.
에노바르부스 해군이 준비를 끝냈어.
에로스 이탈리아와 시저를 겨냥하지. 그런데 장군이
당신을 즉시 보자고 해. 소식은 뒤에라도
말할 수 있었어.
에노바르부스 별게 아니겠지.
하여튼 장군에게 날 데리고 가.
에로스 가자. [둘 퇴장]

## 3. 6

[시저, 아그리파, 마에케나스 등장]
시저 알렉산드리아에서 로마를 멸시하고
이런 일과 그 밖의 작태를 보였는데,
광장에다 은으로 덮은 단을 놓고
뭇사람의 눈앞에서 클레오파트라와 함께
황금 보좌에 올랐소. 발부리에는
내 아버지의 자식이라는 시자리온[65]과
음욕의 소산인 사생아가 앉아 있었소.
그 여자에게 이집트의 전권을 주고
그녀를 시리아 남부와 키프로스와
리디아의 절대 군주로 만들었소.
마에케나스 모든 사람이 보는 데서요?
시저 체력을 단련하는 공공 광장이었소.
제 자식들을 왕 중의 왕들로 선포했소.
대메디아, 파르티아, 아르메니아를
알렉산더에게 갈라 주고, 프톨레마이오스에게는
시리아, 실리시아, 페니키아를 주었소.
그날 그 여자는 이시스 여신[66] 차림으로
나타났는데 전에도 그렇게 차리고
백성을 접견했다고 하오.
마에케나스 로마에 알리시오.
아그리파 로마는 이미 그자의 교만에 당혹한 터라

63 중세의 궁정이나 부잣집 방에 향기로운 마른 골풀을 깔아놓는 풍습이 있었다.
64 기록에 의하면 안토니가 부하를 시켜 폼페이를 암살하여 로마 시민의 비난을 받았지만 여기서는 안토니가 직접 시키지 않은 것처럼 셰익스피어가 꾸미고 있다. 되도록 안토니를 영웅으로 그리고자 한 것이다.
65 클레오파트라가 줄리어스 시저와 관계하여 낳았다는 아들. 훗날 시저의 양아들인 옥타비우스 시저가 죽였다.
66 이시스 여신은 변화무쌍한 생성의 원리를 나타내는 여신으로 클레오파트라는 그 현현으로 믿어졌다. 이시스의 남편 오시리스는 '시초'라는 한 원칙을 나타내는 신이므로 언제나 한 모습이었다.

모든 지지를 취소할 거요.

시저 민중이 알고 있소. 그리고 지금은
그의 비난을 알게 됐소.

아그리파 누굴 비난하지요?

시저 나 시저요. 시실리에서 폼페이를 공략하고
섬 일부를 자기에게 안 줬다는 것이며,
또한 내게 빌려준 선박과 물자를
돌려주지 않았다는 것이오. 끝으로
3거두의 레피두스가 권좌에서 물러남을
염려하며, 그래서 내가 그 재산 일체를
압류했다는 거요.

아그리파 답변이 필요해요.

시저 이미 대답하였소. 전령이 떠났소.
레피두스가 심히 포학하게 됐으며
자기 권력을 남용하여 변화를
자초했다고 했소. 내가 정복한 땅에 대해
일부 시인하지만, 아르메니아와 그 외의
그의 정복 국가들에 대해서도 나도 같이
요청하오.

마에케나스 양보하지 않지요.

시저 따라서 이 일에는 양보가 없겠소.
[옥타비아와 그녀의 시녀들 등장]

옥타비아 사랑하는 시저, 만수무강하기를!

시저 아, 누님, 소박맞은 여인이 되다니!

옥타비아 그렇게 된 적도, 이유도 없어.

시저 왜 이리 갑자기 나타났소? 시저의 누님답게
오시지 않고. 안토니의 부인은 대부대고
길 안내를 삼아서 도착보다 훨씬 앞서
말이 부르짖는 소리로 가까운 걸 알려야 하오.
길가의 나무에 사람들이 올라타고
기대가 무산되면 볼거리를 놓친 것을
한탄해야 하오. 누님의 대부대 때문에
먼지가 높은 하늘 지붕에 닿았어야 하오.
그러나 누님은 시장에 나온 하녀 꼴로
로마에 나타나, 나의 사랑 표시를
미리 막으셨소. 보이지 않는 사랑은
무관심의 대상이 되기 쉬운 일이오.
바다와 육지에서 누님을 맞이하고
역마다 환영의 도를 높여야 했소.

옥타비아 할 수 없이 이렇게 온 게 아니야.
스스로 택한 거야. 내 남편 안토니가
동생이 전쟁을 준비한단 말을 듣고
슬픈 내 귀에 전했고, 그래서 나는
귀국을 요청했어.

시저 그랬더니 대번에
승낙했군요. 제 욕정에 방해되니까.

옥타비아 그런 말 하지 마라.

시저 지켜보고 있소.
그의 모든 행동이 바람 타고 전해지오.
지금 어디 있소?

옥타비아 아테네에.

시저 아니오. 누님, 크게 속았소. 클레오파트라가
고개를 까딱해서 불러 갔소. 그자는
창녀에게 제국을 주고 전쟁을 벌이려 하오.
그녀는 온 세상 왕들을 불러 모으고,
안토니는 리비아 왕 보쿠스,
카파도키아의 아켈라우스 왕,
파플라고니아 왕 필라델포스,
트라키아 왕 아달라스, 아라비아의 마우쿠스 왕,
폰트의 왕, 유대의 헤롯, 코마게네 왕
미트리다테스, 메데와 리카오니아 왕들인
폴레몬과 아민타스 등을 집결시켰소.
기타 기나긴 왕들의 명단이 있소.

옥타비아 오, 나는 정말 비참하다.
서로들 다투는 두 가족 사이에서
가슴이 갈라졌어!

시저 오신 것을 환영하오.
누님의 편지를 받고 출동을 보류했다가
누님이 잘못 알고 우리가 소홀하여
위험에 처한 것을 깨달았소. 안심하오.
세상 걱정하지 마오. 누님 소망 무시하고
이러한 강수를 써야 할 현실이니
정해진 운명을 서러워하지 말고
결말에 이르게 하오. 로마에 잘 오셨소,
고귀하신 내 누님. 이루 말할 수 없이
이용만 당하셨소. 그 원한 풀기 위해
주피터 신이 누님과 나를 아끼는 이들을
대행자로 세우셨소. 큰 위안인 누님을
언제나 환영하오.

아그리파 잘 오셨습니다!

마에케나스 마님, 환영합니다!
로마인의 심정마다 마님을 사랑하고

동정합니다. 방탕한 안토니만이
마음껏 몹쓸 짓을 벌이며 마님께
등 돌리고 창녀에게 권력을 내어주니
그 소동이 우리에게 미칩니다.
옥타비아 그래요?
시저 확실하오. 다시금 환영하오. 하지만
인내를 버릇 삼으오, 귀중한 누님! [모두 퇴장]

## 3. 7

[클레오파트라와 에노바르부스 등장]
클레오파트라 당신한테 따질 테야. 말리지 마.
에노바르부스 도대체 뭡니까? 무슨 말씀이세요?
클레오파트라 나보고 이 전쟁에 끼지 말랬지?
어울리지 않는다며?
에노바르부스 그럼 어울리세요?
클레오파트라 나한테 선전포고 한 거 아니야?
내가 가면 왜 안 돼?
에노바르부스 [방백] 대답이야 할 수 있지.
수말과 암말을 동시에 부리다 보면
수말이 녹아버려. 암말이 군인과 수말을
떠메고 싶어 하니.
클레오파트라 대답이 뭐지?
에노바르부스 여왕님이 계시면 장군님이 어지러워요.
그분의 용기와 지능과 시간을 뺏으면
무엇이 남습니까? 이미 경박하다는
비난을 받으시며 로마에서는
환관과 시녀들이 전쟁을 다룬다는
말이 돕니다.
클레오파트라 욕질하는 혓바닥은
문드러지고 로마는 꺼져라! 이 전쟁의
비용을 분담하는 나라의 왕으로서
남자같이 나설 테야. 반대하지 마.
뒤에 남지 않겠어.
[안토니와 카니디우스 등장]
에노바르부스 이만하겠습니다.
황제께서 오십니다.
안토니 이상하지 않은가?
타렌툼에서 브룬디시움[67]까지 그처럼 속히
이오니아 해역[68]을 봉쇄하고 토리네를
점령했다니. 여보, 당신 들었지?
클레오파트라 게으른 사람은 언제나 재빨라서
칭찬을 듣는대요.
안토니 훌륭한 반격이오.
잘난 남자가 게으른 것을 꾸짖을 때
잘 들어맞겠소. 카니디우스, 바다에서
그자와 싸우겠소.
클레오파트라 바다 말고 어디죠?
카니디우스 왜 그러십니까?
안토니 바다로 도전해서.
에노바르부스 황제께서 단독으로 결투하길 제안하셨소.
카니디우스 그렇소. 파르살리아에서도 겨루자고 하셨소.
시저가 폼페이와 싸운 데요. 그러나
자기에게 불리한 싸움이라 거절했으니
황제께서도 그러십시오.
에노바르부스 인원이 부적당하오.
선원들은 노새 몰이, 농사꾼 등 급히 징집된
사람들이오. 시저의 함대에는 폼페이와
싸우던 사람들이 타고 있고 그들의 배는
날랜 데 비해 황제의 배는 무겁소.
육전을 준비했으니 해전을 거절해도
하등의 수치가 아닙니다.
안토니 해전이오, 해전.
에노바르부스 오, 장군님, 그것은 육전의 능력을
버리시는 것인데, 육전은 절대적이오.
전쟁에서 대다수가 훈련받은 육군에게
혼란을 주시며 고명하신 지략을
방치하시며, 확실함을 기약하는
옳은 길을 마다하고 확고하신 안전에서
전적으로 우연과 요행에 자신을
노출시키십니다.
안토니 바다에서 싸우겠소.
클레오파트라 내 60척 배는 시저한테 없거든.
안토니 남는 배와 물자는 불질러 버리겠소.
나머지만 완전히 무장하여 악티움[69]에서

67 오늘의 이탈리아 남단 타란토와 브린디시.
68 오늘의 이탈리아 남단과 그리스 사이의 바다로 지금의 아드리아 해의 남부. 토리네는 작은 그리스 마을.
69 동지중해의 한 지명. 여기서 둘은 결정적인 해전을 벌인다.

접근하는 시저를 치겠소. 패하면
그때 가서 육전을 해도 좋소.
[전령 등장]
무슨 일인가?
전령 정보가 맞습니다. 시저를 보았는데
토리네를 점령하였습니다.
안토니 몸소 거기 있다고? 불가능한데—
그곳에 군대가 있다니. 카니디우스,
19개 군단과 1만 2천 기병을
육지에 보유하라. 나는 함대로 가겠다.
갑시다. 나의 테티스![70]
[병사 스카루스 등장]
웬일인가, 장한 병사?
스카루스 존귀하신 황제 폐하, 해전은 마십시오.
썩은 널을 믿지 마십시오. 이 칼과
상처들을 못 믿으시오? 이집트인과
페니키아인은 헤엄쳐도 좋겠지만
우리는 땅에 서서 발에 발을 맞대고
싸우곤 했습니다.
안토니 됐다, 됐다. 그만 가라.
[안토니, 클레오파트라, 에노바르부스 퇴장]
스카루스 헤라클레스[71]에게 맹세코, 내 말이 옳아요!
카니디우스 병사, 맞는 말인데, 그분의 행위는
실력에서 오지 않아.—끌려다니는 거지.
우리는 여자들의 사내야.
스카루스 장군님은 육지에
군단과 기병을 전부 갖고 계시죠?
카니디우스 마르쿠스 옥타비우스, 마르쿠스 저스테이우스,
푸블리콜라, 카엘리우스는 바다로 가고
우리는 전부 육지에 있다. 시저의 속도는
도저히 믿을 수 없다.
스카루스 로마에 있을 때
병력을 조금씩 나누어 보내
정탐꾼을 속였죠.
카니디우스 누가 참모라던가?
스카루스 타우루스란 자랍니다.
카니디우스 음, 나도 알아.
[전령 등장]
전령 황제께서 장군님을 찾으십니다.
카니디우스 바야흐로 소식이 폭주할 때라
매분마다 소식이 쏟아져 들어온다. [모두 퇴장]

## 3. 8

[시저가 군대와 타우루스와 함께
행진하여 등장]
시저 타우루스!
타우루스 예?
시저 육전은 하지 마라.
해산하지 마라. 해전 종결 때까지
도전을 금한다. 여기 적은 지시를 어기지 마라.
[그에게 두루마리를 준다.]
우리의 승부는 이번 일에 달려 있다.
[시저와 그의 군대는 한쪽 문으로,
타우루스는 다른 문으로 퇴장]

## 3. 9

[안토니와 에노바르부스 등장]
안토니 저 언덕 측면에 소대들을 배치하여
시저의 진영을 마주 보고, 그 위치에서
함선의 숫자를 세고 그에 따라서
우리는 나아간다. [둘 퇴장]

## 3. 10

[카니디우스가 육군 부대와 함께 한쪽으로
무대를 건너지르고, 시저의 참모 타우루스가
육군 부대와 함께 다른 쪽으로 무대를 건너지른다.
그들이 퇴장한 다음, 해전의 소음이 들린다.
경계 신호. 에노바르부스 등장]
에노바르부스 망했다, 망했다! 한 척도 안 남았다.
이집트 기함 안토니호가 60척 전부와
키를 돌려 달아난다. 바라보는 내 눈이
아뜩하구나.

70 어떤 모습으로도 변할 수 있는 바다의 요정. 변화무쌍한 클레오파트라의 요염함과 변덕을 잘 나타낸다.
71 헤라클레스는 그리스신화의 최고 영웅으로 신이 되었다. 안토니는 그가 자기의 선조라며 섬겼다.

[스카루스 등장]

스카루스 남녀 모든 신들이여!
그들의 전부여!

에노바르부스 왜 그리 야단인가?

스카루스 순전히 무지 때문에 세상 큰 쪽이
무너져 버렸소. 모든 나라와 모든 지방을
입맞춤에 날렸소.

에노바르부스 전황이 어떤가?

스카루스 시커먼 흑사병 반점[72]처럼 우리 쪽은
죽음이 역력하오. 알락달락 치장한
문둥병에 문드러진 이집트 망아지
그년이 싸움 도중, 쌍둥이처럼
승산이 엇비슷한데, 오히려 우리 쪽이
형인 듯한 순간에 등에에 쏘인
유월의 암소처럼 돛을 펴고 달아났소!

에노바르부스 나도 그걸 보았다. 눈앞이 깜깜해서
더는 못 보겠더라.

스카루스 일단 그것이
뱃머리를 돌리자 그년의 요술에 걸려
망가진 안토니도 급히 닻을 올리고
얼빠진 수오리처럼 달아오른 전투를 두고
그년 뒤를 쫓더군요. 그런 창피한 꼴을
보지 못했소. 일찍이 경험, 용기, 명예가
그렇게 자해한 적이 없소.

에노바르부스 아아! 아아!

[카니디우스 등장]

카니디우스 바다의 운수는 목숨이 다하여
슬프게 가라앉는 중이오. 장군께서
본래대로 하셨으면 잘됐을 건데,
자신부터 달아나니 너무나 확실한
본보기가 되셨소.

에노바르부스 [방백] 그렇게 생각하누나.
그렇다면 이제는 끝이 났구나!

카니디우스 펠로폰네소스[73] 쪽으로 달아났소.

스카루스 가까운 거리요. 거기서 뒷일을
기다리겠소.

카니디우스 군단들과 기병들을
시저에게 넘기겠소.—이미 여섯 왕이
항복의 길을 텄소.

에노바르부스 그래도 나는
상처받은 안토니의 행운을 따르겠소.
이성은 냄새 맡고 바람맞이에 앉았지만.[74] [각기 퇴장]

## 3. 11

[안토니와 시종들 등장]

안토니 육지는 나에게 더 밟지 말라 하니
나를 수치로 여긴다. 친구들아, 이리 와라.
세상의 때늦은 길손이라 길을 잃었다.
나에게 배 한 척이 남아 있는데
황금이 실렸으니 나눠 갖고 달아나
시저와 화해해라.

모두 달아나요? 우리는 안 그러겠소.

안토니 나 자신이 달아나며 겁쟁이들에게
등 돌려 뛰라 했다. 친구들아, 가라.
내 갈 길을 스스로 결정하였다.
당신들이 필요 없는 길이다. 다들 가라.
보화가 포구에 있다. 나눠 가져라.
아아, 돌아보면 부끄러운 길이었다.
머리털도 반항한다. 흰 머리털은
검은 털의 경솔을 꾸짖고 검은 털은
흰 털의 겁과 노망을 탓한다. 친구들, 가라.
당신들의 앞길을 열어줄 친구들께
편지를 써주겠다. 슬픈 빛 띠지 말고
싫은 답도 하지 마라. 절망한 내가
공언하니 따르라. 자신을 버린 자를
버리고 가라. 바닷가로 속히 가라!
함선과 보화를 당신들께 주겠다.
잠시 나를 떠나라. 지금 당장 그리하라.
그리해달라. 아아, 명령권이 내게 없지.
그래서 부탁한다. 나중에 볼 터이다.
[시종들이 옆으로 물러선다.]
[안토니가 앉는다.
클레오파트라가 차미안, 이라스,
에로스에 이끌려 등장]

72 중세에 크게 유행한 흑사병은 문자 그대로 죽을 사람 몸에 죽음이 예고된 시커먼 반점들이 생겼다.
73 그리스 본토 남부를 구성하는 반도.
74 안토니는 사냥꾼에게 상처를 입어 죽을 짐승 같지만 그 냄새가 바람을 타고 날아온다.

에로스 착하신 여왕님, 가서 위로하세요.
이라스 그러세요, 사랑하는 여왕님.
차미안 그러세요! 그것밖에 없잖아요?
클레오파트라 좀 앉자꾸나. 오, 주노[75]여!
[클레오파트라가 앉는다.]
안토니 아니, 아니, 아니, 아니.
에로스 이쪽을 보십니까?
안토니 오, 안 돼, 안 돼, 안 돼!
차미안 여왕님!
이라스 여왕님, 오, 여황제님!
에로스 황제 폐하, 황제 폐하.
안토니 그렇소, 그렇소! 그는 필리피에서
춤꾼처럼 칼을 빼지 않았지만, 깡마르고
주름진 카시우스를 내리친 건 나였고,
미친 브루투스도 끝냈는데 그자는
부하들만 시켰고 멋진 전쟁터에서
실전을 못 해봤소.—부질없는 소리야.
클레오파트라 오, 도와줘!
에로스 폐하, 여왕님, 여왕님이!
이라스 황제께 가서 말씀하세요.
수치심 때문에 위엄이 가셨어요.
클레오파트라 [일어서며] 그럼 나를 부축해라. 오!
에로스 장군님, 일어나세요. 고개를 숙이시고
여왕께서 오십니다. 죽음이 휩쌀 거예요.
장군님 위로만이 되살릴 수 있어요.
안토니 명예를 더럽혔다. 한없이 천박한
도주의 작태였다.
에로스 여왕이십니다.
안토니 [일어서며]
오, 클레오파트라, 어디로 나를 끌어왔소?
당신의 눈에서 창피를 숨기려고
수치 속에 파멸되어 내버린 것을
돌아보는 꼴을 보오.
클레오파트라 오, 안토니.
겁에 질린 내 배를 용서하셔요!
따라올 줄 몰랐어요.
안토니 당신은 알고 있었소.
내 마음이 당신 키에 생명 줄로 매어 있어
내가 끌려갔으며 내 혼을 장악한
당신 손짓에 신들의 명령을 버리고
당신에게 가리란 걸 알고 있었소.
클레오파트라 오, 용서해줘요!
안토니 이제 나는
젊은이에게 비굴한 조항들을 보내고
굴복한 자로서 눈치나 보게 됐소.
한때는 세상의 절반을 마음대로 주물러
행복을 줬다 뺏었다 했건만. 나를 완전히
정복한 것을 당신은 알았으며
사랑에 약해진 내 칼이 언제나 사랑에
복종할 것을 알았소.
클레오파트라 용서해요, 용서해요!
안토니 눈물을 떨구지 마오. 당신 눈물 한 방울이
모든 성취와 상실과 맞먹소. 키스해주오.
[클레오파트라가 키스한다.]
보답은 이것으로 충분하겠소.
[시종에게] 선생을 보냈는데 돌아왔는가?
여보, 속이 무겁소. [외친다.] 술을 가져와라.
저기들, 먹을 것 내와라! 타격이 심할수록
멸시를 당한 것을 운수도 깨닫는다. [모두 퇴장]

## 3. 12

[시저, 아그리파, 돌라벨라, 티디아스,
기타 등장]
시저 안토니가 보낸 자를 들여보내라.
그를 아는가?
돌라벨라 시저, 그의 선생인데요,
그처럼 하찮은 날개깃을 보낸 것은
털이 모두 빠졌다는 뜻이 됩니다.
불과 몇 달 전에는 심부름으로
왕들을 보냈습니다.
[안토니의 대사 등장]
시저 가까이 와서 말하라.
대사 저는 안토니의 대사입니다.
저는 그의 큰 바다에 동백나무의 이슬처럼
최근까지 그분 일에 미미한 존재에
불과했지요.
시저 그렇다 하고 사명을 말하라.

75 주피터의 아내이자 여신들의 여왕.

대사 운명의 주인이신 대공께 인사드리오.
저는 이집트 거주를 바라는바, 불연이면
희망을 축소하여 아테네 천지간에
사사로이 숨 쉬게 해주시길 원합니다.
이상은 그분을 위함입니다. 다음으로,
클레오파트라는 대공님의 위대함을
고백하면서, 그 권세에 부복하며
대공님 은총에 달린 프톨레마이오스[76] 왕관을
자기 후손에게 허락하시길 간절히 원합니다.
시저 안토니의 희망을 들어줄 수 없다.
여왕이 패망한 그자를 이집트에서
내쫓거나 그자의 목숨을 취한다면
접견이 허락되어 소원을 이루리라.
이를 행하면
청원을 듣겠다. 그리 전하라.
대사 대공님의 행복을!
시저 부대 사이로 안내하라.
[대사가 호위되어 퇴장]
[티디아스에게] 당신의 웅변을 시험할 때가 왔소.
안토니에게서 클레오파트라를 속히 떼어내오.
내 이름으로 청원을 허락하고
호조건을 꾸며서 덧붙이오. 여자들은
호조건에 약하오. 순결한 여사제도
궁하면 파계하오. 계략을 쓰오.
당신이 보수를 임의로 정하면
반드시 치르겠소.
티디아스 그럼 가겠습니다.
시저 안토니가 패망을 어찌 감당하는지
그 모든 행동이 뜻하는 바를 살피오.
티디아스 그리하겠습니다. [모두 퇴장]

## 3. 13

[클레오파트라, 에노바르부스, 차미안, 이라스 등장]
클레오파트라 어쩌면 좋아, 에노바르부스?
에노바르부스 생각하고 죽으시오.
클레오파트라 안토니 잘못인가, 내 잘못인가?
에노바르부스 안토니요. 욕망을 판단의 주인으로 삼았소.
여왕은 엄청 큰 전쟁의 낯을 피해
달아났지만 왜 그마저 따라갔단 말이오?
그때 붙어 싸우던 함선들은 서로를
겁내고 있었소. 세상의 절반과 절반이
겨루는 순간, 자신이 문제의 발단인데
애욕의 발동으로 장군의 영도력을
버리다니요? 놀라는 해군을 버려두고
달아나는 여왕의 깃발을 쫓아갔는데
그에 못지않은 부끄러운 짓이었소.
클레오파트라 제발 그만하세요.
[안토니와 함께 대사 등장]
안토니 대답이 그렇던가?
대사 예, 폐하.
안토니 그래서 여왕이 나를 잡아 바치면
예우를 받는단 말이지.
대사 그 말입니다.
안토니 알려주지.
[클레오파트라에게]
그 애송이에게 허연 내 머리를 갖다 바치우.
그렇게 하면 여러 개의 나라들로 당신 소원을
가득 채워주겠소.
클레오파트라 당신 머리를?
안토니 [대사에게]
다시 그에게 가서 말하라. 그가 젊음의
장밋빛을 누리고 있으니 세상은 무슨
특별한 것을 기대할 터인데, 금화, 함선,
군단은 비겁한 자도 가질 수 있지만
애송이 밑에서도[77] 신복들은 쉽사리
시저의 휘하처럼 용감해질 수 있다.
그러므로 화려한 치장을 젖혀놓고
패배자의 칼에 칼로 단독으로 맞서기를
제안한다. 글로 쓰겠다. 따라와라. [안토니와 대사 퇴장]
에노바르부스 [방백] 흥, 뻔하지. 호위가 철통같은 시저가
드높은 영광을 벗어놓고 칼잡이와
한판 쇼를 벌이겠다고! 이제 보니
사람의 판단도 운이야. 외부 상황이
정신마저 끌어넣어 둘 다 망하지.
권력의 속성을 속속들이 알면서도

76 클레오파트라는 프톨레마이오스 왕가 출신이었다.
77 안토니는 옥타비우스의 젊음을 이렇게 폄하한다.

온전한 시저가 허세에 응하리라는
환상에 빠지다니! 시저, 당신은
그자의 판단도 정복했다.
[하인 등장]

하인 시저의 전령이오.

클레오파트라 아니, 이젠 예절도 없어? 얘들아,
봉오리에 무릎 꿇던 놈들이 시든 장미로
코를 틀어막누나. 들여보내라. [하인 퇴장]

에노바르부스 [방백] 내 명예와 나 자신이 싸우기 시작한다.
바보에게 충성을 바치면 충성은
바보짓이 된다. 그러나
추락한 주인을 충성으로 따르는 자는
주인을 이긴 자를 이겼으니 역사에
이름을 남긴다.
[티디아스 등장]

클레오파트라 시저가 뭐라고 해?

티디아스 따로 들으시죠.

클레오파트라 우리만 있어요, 터놓고 말해요.

티디아스 혹시 안토니 편이겠군요.

에노바르부스 안토니는 시저만큼 친구가 많거나
우리가 필요치 않소. 시저만 좋다면 주인은
대번 그의 친구가 되오. 알다시피 우리는
친구의 친구요. 다시 말해 시저 편이오.

티디아스 그렇군. 그럼 이렇소. 고명한 여왕이여,
당신이 어떠한 처지에 있든지
시저의 관대함을 잊지 않길 바라시오.

클레오파트라 계속하세요. 정말 너그럽군요.

티디아스 사랑 아닌 공포로 인하여 안토니를
포옹했던 사실을 그분은 아시오.

클레오파트라 어머!

티디아스 따라서 당신의 명예가 입은 상처는
어쩔 수 없는 흠이라 동정하시오.

클레오파트라 신처럼 진실을 아시네요. 내 명예는
바친 게 아니라 정복됐던 것이어요.

에노바르부스 [방백] 확인을 위해 장군에게 물어야지!
당신은 물이 새서 애인마저 떠나니
당신이 가라앉아 나도 떠나겠소.[78] [에노바르부스 퇴장]

티디아스 당신의 요청을 시저에게 알릴까요?
한편 그분은 요청받길 바라시오.
그분의 아량에서 당신의 지팡이를
얻게 되면 기뻐하실 것인데, 당신이
안토니를 떠나서 만천하의 주인이신
그분의 장막 안에 의탁한 걸 들으시면
매우 기뻐하시겠소.

클레오파트라 이름이 뭐죠?

티디아스 티디아스입니다.

클레오파트라 친절한 전령이네요.
위대한 시저에게 나 대신 말해줘요.
정복의 손에 키스하며 그분의 발치에
왕관을 내려놓고 만국이 복종하는
그분의 입이 이집트의 운명을 말하기까지
무릎을 꿇겠어요.

티디아스 가장 귀한 길입니다.
지혜와 운수가 서로 다툴 때
지혜가 능력을 발휘할 수 있으면
아무런 우연도 흔들 수 없습니다.
당신의 손에 충성을 남기고 싶습니다.
[그녀의 손에 키스한다.]

클레오파트라 시저의 아버지도 나라들을 정복하실
계획을 품으시며 못난 손에 비 오듯
키스하셨죠.
[안토니와 에노바르부스 등장]

안토니 친밀해? 천둥 신에 맹세코,
너 누구야?

티디아스 가장 완벽하시며 명령을 내리심에
뛰어나신 어른의 분부를 수행하는
사람일 뿐이오.

에노바르부스 매 맞아야 하겠어.

안토니 [하인들을 부르며]
이리 와라!—갈보 놈들! 염병할 것들!
권세가 떠난다. 패거리에 소리치면
얼마 전 애들처럼 왕들이 달려와서
"명령 하세요"라고 외치더니, 귀가 먹었냐?
나는 아직 안토니다.
[하인들 등장]
이놈을 끌어다 때려.

에노바르부스 [방백] 죽어가는 늙은 사자보다는
새끼 사자와 노는 게 나아.

안토니 달과 별에 맹세코,

78 낡아서 가라앉을 배는 쥐들이 먼저 알고 떠난다는 말이 있다.

매우 쳐라! 시저에게 굽실대는 큰 나라
스무 개도 그 여자의 손을 함부로
만지는 걸 보기만 하면—전엔
클레오파트라였는데 지금은 뭐더라?
얘들아, 때려 패라. 아이처럼 찡그리고
울면서 살려달라고 하도록. 끌어내라.

티디아스 안토니 님—

안토니 끌어가라! 때린 후에
다시 내게 데려와라. 시저의 종놈에게
심부름 시킬 게 있다.

[하인들이 티디아스와 함께 퇴장]

내가 너를 알기 전에 너는 반쯤 시들었지.
기가 막힌다! 베개를 로마에 두고,
최고의 여자와 자식 낳길 마다하고,
밥 먹여 주는 놈을 쳐다보는 여자에게
놀아나다니!

클레오파트라 이봐요, 여보.—

안토니 너는 언제나 요랬다조랬다 했어.
하지만 못된 짓에 버릇이 들면
—오, 비참하구나!—신들이 눈을 감겨
자기가 싼 똥에 판단을 떨어트리고
자기 잘못을 구가하며 파멸을 향해
꺼떡대며 자기를 비웃어.

클레오파트라 이렇게 됐나?

안토니 너를 보니 한입에 불과했다. 죽은 시저
접시 위에 식은 채 놓였었다.—아니지,
너는 폼페이[79]가 먹다 남긴 찌꺼기였다.
그밖에도 세상엔 안 알려졌지만
욕정에 불타서 골라잡은 놈도 있었지.
금욕이 어떤 건지 짐작은 하겠지만
너는 그게 뭔지 몰라.

클레오파트라 나한테 왜 이러지?

안토니 푼돈 받고 감지덕지하는 자에게
내 동무인 네 손을, 왕들의 표시며
고귀한 마음들을 맺어주는 그 손을
만지게 해? 난 아픈 이유 때문에
바산[80] 언덕의 뿔 달린 소 떼보다
큰 소리로 울고 싶다. 차분히 말하기란
올가미를 목에 건 사형수가 형리에게
능숙해서 고맙다고 말하는 것과 같다.
[하인이 티디아스와 함께 등장]
때렸냐?

하인 예, 단단히.

안토니 울부짖고 용서를 구했냐?

하인 봐달라고 했습니다.

안토니 [티디아스에게]
아비가 살았다면 네가 딸이 아닌 걸
후회하라고 하고, 시저의 개선을
뒤따라간 것을 뉘우쳐야 하겠다.
그 때문에 채찍을 맞았으니까.
이후론 귀부인의 흰 손만 봐도
열병을 심하게 앓고 여자 손만 봐도
부들부들 떨어라! 시저에게 돌아가
네가 받은 대접을 고해바쳐라.
내가 화내더라고, 잊지 말고 전해라.
예전 내가 아니고 지금 나를 뇌까려서
교만하고 방자해서 화가 치민다.
내 화를 돋우기엔 지금이 가장
쉬운 때다. 예전에 나를 인도하고
내 편 들던 별들이 궤도를 비우고
별빛을 지옥에 던져버렸다.
내 말과 행동이 싫다면 내가 풀어준
히파르쿠스[81]를 실컷 치고 고문해서
보복하래라. 그러기를 권고해라.
채찍 자국을 지닌 채 빨리 꺼져라! [티디아스 퇴장]

클레오파트라 끝났어요?

안토니 땅 위의 달님[82]이
기울어져서 안토니가 추락할
징조다.

클레오파트라 마지막까지 기다려야 해.

안토니 시저의 마음에 들려고 하인배와
눈을 맞춰?

클레오파트라 아직도 나를 몰라요?

안토니 내게 차가운 것?

79 역사적으로는 앞에 나온 폼페이의 아버지. 클레오파트라의 정부로 알려졌다.
80 갈릴리 호수 동쪽의 비옥한 초장. 구약 시편 22장 12절과 68장 15절에 나온다.
81 안토니가 좋아해서 노예의 신분에서 풀어주었는데 제일 먼저 시저 편으로 넘어간 자였다.
82 클레오파트라는 달의 여신 이시스의 현현으로 추앙되었다.

클레오파트라 어머, 그게 참말이면
차가운 내 속에 우박이 생겨나
시작부터 독을 섞어 그 첫 알맹이를
내 목구멍에 넣으래요. 그게 녹으면
내 숨결도 스러지고 그 담엔 아들을 때려
하나씩 하나씩 나의 태의 기억과
몰아치던 우박도 없어지고 말 거예요.
용감한 백성이 무덤 없이 뒹굴 때
나일 강의 파리와 각다귀가 먹으려고
진흙에 파묻겠죠.

안토니 잘 알아들었소.
시저가 알렉산드리아를 포위했소.
그자와 결판낼 테요. 육지에서
우리 군은 용감히 버텼고 해군도
다시 뭉쳐 떠다니며 매우 위협적이오.
여보, 어디 갔었소? 내 말 들리오?
다시 당신 입술에 키스하기 위하여
전투에서 돌아올 때 피에 젖어 있겠지.
나와 나의 칼이 청사에 빛날 거요.
희망이 남아 있소.

클레오파트라 역시 장한 장군이셔!

안토니 힘줄, 용기, 호흡을 세 곱절로 만들어
맹렬히 싸우겠소. 사치하고 한가할 때
우스운 액수로 몸값을 쳐줬소.
하지만 이제부터 이빨을 악물고
방해되는 일거리를 암흑으로 보낼 테다.
자, 우리 다시 멋진 밤을 보내자.
울적한 지휘관을 모두 불러 또다시 잔을 채워
어둠의 종을 비웃자.

클레오파트라 사실은 내 생일이야.
수수하게 보내려고 했는데 당신이 다시
안토니가 돼서 나도 클레오파트라가 될 테야.

안토니 우리 다시 잘하겠다.

클레오파트라 고귀한 지휘관을 모두 부르자!

안토니 그러자. 내가 분부하겠다. 오늘 밤 마신 술이
그들의 상처로 배어나올 판이다.
자, 나의 여왕, 나는 아직 살아 있다.
다음에 싸울 때는 죽음이 나를
좋아하게 만들어 낫을 휘두르겠다.
[에노바르부스를 제외하고 모두 퇴장]

에노바르부스 번갯불에 눈을 부릅뜨는군. 맹렬이란,
겁이 나서 겁이 없어지는 상태야.
그 기운에 비둘기가 매에게 덤벼들어.
판단력이 줄어서 용기가 솟는 게
보이거든. 용맹이 이성을 잠식하면
칼도 잡아먹어. 그를 떠날 방법을
찾아봐야지. [퇴장]

## 4. 1

[시저, 아그리파, 마에케나스가 군대와 함께
등장. 시저가 편지를 읽는다. 전령이
기다리고 있다.]

시저 나를 애라고 하며, 나를 이집트에서
쫓아낼 수 있다고 호령하며, 내 전령을
몽둥이로 때리고 나와 결투하잔다.
시저가 대답한다. 늙어빠진 깡패에게
내가 죽을 방법은 다른 것에도 있다고 하고
그런 도전을 웃어주자. [전령 퇴장]

마에케나스 아실 것은,
그 같은 위인이 날뛰기 시작하면
쓰러지기 전까지 달리는데, 숨 돌릴
새도 없이 그자의 미친 짓을 이용하시오.
분노는 자신을 보호할 수 없습니다.

시저 숱한 전투의 마지막을 내일 치를 터이니
참모진에 알리오. 우리 대열 중에
최근까지 안토니를 받들던 자가 많아
쉽게 생포하겠소. 그대로 시행하고
병사들을 잘 먹이오. 물자가 넉넉하니
한껏 즐겨도 좋소. 가련한 안토니! [모두 퇴장]

## 4. 2

[안토니, 클레오파트라, 에노바르부스, 차미안,
이라스, 알렉사, 기타 등장]

안토니 나와 안 싸운다고?

에노바르부스 예.

안토니 왜 안 싸운대?

에노바르부스 자신의 입장이 스무 배나 좋으니까
20대 1이라는 것입니다.

안토니 내일 봐라.
바다와 육지에서 싸울 테다. 내가 살든가
죽어가는 명예를 핏속에 목욕시켜
다시 살려내겠다. 잘 싸울 줄 알겠지?
에노바르부스 치면서 "다 먹어라." 하겠소.
안토니 멋진 말이다!
자, 그럼 하인들을 불러내라. 오늘 밤
잔치에 인심을 넉넉히 쓰자.
[종복들 등장]
손을 다오.
너 아주 정직했다. 너도 그랬다.
그리고 너도, 너도. 나를 잘도 섬겼다.
너희의 동료는 왕들이었다.
클레오파트라 [에노바르부스에게 방백] 왜 저러죠?
에노바르부스 [클레오파트라에게 방백]
슬플 때면 속에서 우러나는 기이한
행동 중의 하나죠.
안토니 너 또한 정직했다.
내가 너희처럼 여럿이 되고
너희는 다 함께 안토니가 되어서
너희가 나를 섬겼듯이 너희에게
잘해주고 싶구나.
종복들 그럴 수 있습니까!
안토니 친구들아, 오늘 밤 나와 함께 있어달라.
아낌없이 술 마시고 내게 맡겨라.
너희의 동료로서 내 제국이 명령대로
따르던 그 시절처럼.
클레오파트라 [에노바르부스에게 방백] 뭐라는 거지?
에노바르부스 [클레오파트라에게 방백]
추종자를 울리려는 거지요.
안토니 오늘 밤
내 곁에 있어라. 어쩌면 의무의
끝일 수 있다.—혹시 나를 못 보거나
망한 꼴을 보겠지. 혹시는 내일부터
다른 주인을 섬기겠지. 작별하는 심정으로
너희를 바라본다. 정직한 친구들아,
해고가 아니고 끝까지 잘하려는 주인이다.
내가 죽을 때까지 남아 있어라.
두 시간만 도와다오. 더 바라지 않는다.
신들이 보답하길!
에노바르부스 그들이 불안하오.
왜 그러시오? 보시오. 울고 있군요.
바보처럼 나도 양파 눈이오. 제발 우리를
여자로 만들지 마시오.
안토니 저런, 저런!
이런 뜻이었다면 혼이 빠져도 좋아!
눈물이 떨어진 곳에 은혜가 자라기를!
마음의 친구들아, 내 말을 너무 슬피
새긴다. 그것은 위로하는 말이고
이 밤을 횃불로 태우자는 말이다.
내일에 관해서는 희망을 가진다.
너희를 인도하여 죽음과 명예보다
승리의 삶을 기대한다. 저녁을 같이 들며
근심을 잠재우자. [모두 퇴장]

## 4. 3

[일단의 병사들 등장]
병사 1 이 친구, 잘 자. 내일이 그날이야.
병사 2 한쪽으로 결말이 나겠지. 잘 자라.
거리에서 이상한 말 듣지 못했어?
병사 1 아니, 무슨 소식 있어?
병사 2 뜬소문이겠지. 잘 자.
병사 1 응, 잘 자.
[다른 병사들이 그들과 만나며 등장]
병사 2 얘들아, 경비 잘 서.
병사 3 그럼 너희는 잘 자, 잘 자.
[각자 무대 여러 구석에 자리를 잡는다.]
병사 2 우린 여기다.
해군이 잘하면 육군이 버틸 걸
확실히 믿어.
병사 1 용감무쌍한 군대지.
사기도 충천하고.
[무대 밑에서 오보에들의 음악이 들린다.]
병사 2 가만, 무슨 소리지?
병사 1 들린다!
병사 2 조용히 들어!
병사 1 공중이다.
병사 3 땅 밑이야.
병사 4 좋은 징조 아냐?
병사 3 아니.

병사 1 조용해!
병사 1 이게 무슨 뜻일까?
병사 2 안토니가 사랑했던 헤라클레스가
지금 그를 떠나고 있어.[83]
병사 1 가서 다른 경비도
저 소리 듣는지 알아보자.
병사 2 친구들, 어때?
모두 [한목소리로 말하며]
어때? 이 소리 들려?
병사 1 응. 이상하지 않아?
병사 3 들려? 친구들, 들리냐고?
병사 1 책임 구역 끝까지 따라가보자.
끝이 어떤지 보자.
모두 응. 이상하지만! [모두 퇴장]

## 4. 4

[안토니와 클레오파트라가 차미안과 그 외에
몇 사람과 함께 등장]
안토니 [소리친다.] 에로스! 갑옷 달라.
클레오파트라 좀 자요.
안토니 아니야, 여보. 에로스, 갑옷 가져와라!
[에로스가 갑옷을 들고 등장]
자, 이 친구, 너도 갑옷 입어라.
오늘의 운수가 우리 것이 아니면
운수를 깔본 값이다. 자.
[에로스가 안토니에게 갑옷을 입히기 시작한다.]
클레오파트라 나도 거들겠어.
이건 뭐에 필요해?
[그녀가 에로스를 도우려 한다.]
안토니 오, 놔둬, 놔둬! 당신은
내 마음을 무장시켜. 틀렸어, 이거 틀렸어!
클레오파트라 도와줄게. 이렇게 해야겠군.
안토니 그래, 그래.
우리가 이길 거야. 알겠어, 이 친구?
가서 갑옷 입어.
에로스 잠깐만요.
클레오파트라 이거 잘 조였지?
안토니 훌륭해, 훌륭해.
내가 쉬려고 풀기 전에 이것을 푸는 놈은
호통을 당할 거다. 에로스, 손이 무디다.
이런 일은 시동처럼 여왕이 너보다
재빠르다. 빨리 해요. 오, 여보, 오늘은
싸우는 내 모습을 바라보면서
왕들의 직책이 어떤 건지 알아봐요.
내 솜씨를 보게 돼요.
[무장한 병사 등장]
잘 잤나? 어서 와라!
전투에 임하는 병사다워 보인다.
일찍 일어나 좋아하는 일로
기쁘게 나간다.
병사 이른 시간이지만
천 명의 병사가 단단히 무장하고
항구에서 장군님을 기다립니다.
[안에서 고함 소리. 나팔들의 주악]
[스카루스와 그 밖의 지휘관들과 병사들 등장]
스카루스 맑은 아침입니다. 장군님, 안녕하십니까?
병사들 장군님, 안녕하십니까?
안토니 나팔을 잘 불었다!
이 아침은 명성을 얻고자 하는
젊은이의 기상처럼 이르게 시작된다.
—됐어, 됐어. 나에게 다오. 여기로, 잘했다.
[클레오파트라와 에로스가 안토니의 무장을
끝낸다. 안토니가 여왕을 포옹한다.]
여보, 잘 있소. 내게 무슨 일이 생기든
이게 군인의 키스요.—이보다 좀 더
격식을 차리면 창피하게 욕먹어 싸.
철인처럼 당신을 떠나오. 싸울 자는
나를 바짝 따르라. 이끌겠다. 자, 안녕.
[클레오파트라와 차미안을 제외하고 모두 퇴장]
차미안 침실로 가시겠어요?
클레오파트라 부축해라.
용감하게 나서누나. 안토니와 시저가
일대일 결투로 싸움을 결정하면
안토니가—하지만 지금은—그냥 가자. [둘 퇴장]

83 안토니는 자기가 헤라클레스의 후손이라고 자부하고 섬겼는데 지금 그를 떠난다는 것이다.

## 4. 5

[나팔들이 울린다. 안토니, 스카루스, 에로스 등장]
스카루스 신들이 이날을 안토니의 기쁜 날로 만드시길!
안토니 네 상처를 보고 내가 육전을 벌였다면
좋았겠구나!
스카루스 그렇게만 하셨다면
등 돌린 왕들과 오늘 아침 장군님을
떠나간 군인이 장군님의 뒤꿈치를
따랐을 게요.
안토니 누가 오늘 아침에 떠났나?
스카루스 누구요? 가까이 있던 사람—에노바르부스를
부르세요. 장군님 목소리를 못 듣거나
시저의 진영에서 '당신 편 아니오'라고 할 겁니다.
안토니 무슨 소린가?
스카루스 시저와 같이 있죠.
에로스 사물함과 귀중품을 두고 갔어요.
안토니 갔는가?
스카루스 확실해요.
안토니 에로스, 가서
귀중품을 보내줘라. 한 점도 남기지 마라.
명령이다. 편지를 써라. 내가 서명하겠다.
점잖은 작별과 인사를 적고 다시는
주군을 바꿀 이유가 없길 바란다 하라.
오, 내가 불운해서 정직한 사람들이
타락했구나! 빨리 해라.—에노바르부스 가! [모두 퇴장]

## 4. 6

[주악. 시저와 아그리파가 에노바르부스와
돌라벨라와 함께 등장]
시저 아그리파, 나가서 전투를 개시하라.
안토니를 생포함이 나의 뜻이다.
그렇게 시달해라.
아그리파 그리하겠습니다. [퇴장]
시저 세계 평화 시대가 임박하였다.
이날이 길하면 세 쪽의 세계가
감람나무[84]를 마음껏 누리리라.
[전령 등장]
전령 안토니가 전쟁터에 나왔습니다.
시저 모든 투항자들을 전면에 세워
안토니가 발악하듯 보이도록
꾸밀 것을 아그리파에게 전하라.
[에노바르부스 이외에 모두 퇴장]
에노바르부스 알렉사가 탈출하여 안토니 일로
유대에 가서 헤롯에게 안토니를 버리고
시저 편을 들라고 설득했는데
그 값으로 시저는 그자를 죽였다.
카니디우스와 기타 배반자들은
급료를 받지만 명예로운 신뢰는
받지 못하니 못난 짓을 저질렀다.
너무나 가책이 되어 내가 다시는
기쁨을 모르리라.
[시저의 병사 등장]
병사 에노바르부스,
안토니가 당신의 귀중품 전부에
선물을 더하여 뒤따라 보냈소.
내가 경비 서는데 전령이 와서
당신의 막사에 노새 짐을 내리고 있소.
에노바르부스 너에게 준다.
병사 농담 마시오. 사실이오.
우리 진지 밖으로 전령을 안전하게
데려가시오. 나는 일을 봐야 하오.
그것만 아니면 내가 직접 했을 거요.
역시 당신 황제는 주피터가 맞소. [퇴장]
에노바르부스 천하의 악질은 나뿐이구나.
스스로 절실히 느껴진다. 오, 안토니,
아량의 화수분! 나의 비열한 짓에
금관을 씌운다. 내가 충성했다면
어떻게 보답했을까! 가슴을 친다.
빠른 슬픔이 쪼개지 못하면
더 빠른 방법이 슬픔을 치겠지.
슬픔이 쪼갤 테지. 당신과 싸워?
아니다. 시궁창 찾아가 죽고 말겠다.
추악 중 추악이 남은 삶에 어울린다. [퇴장]

84 평화의 상징.

## 4. 7

[경계 신호. 아그리파가 고수와 나팔수들과
함께 등장]
아그리파 퇴각하라! 너무 깊이 들어왔다.
시저 자신도 곤경에 빠져 있다.
우리가 당하는 압박이 예상 밖이다. [모두 퇴장]

## 4. 8

[경계 신호. 안토니와 부상당한 스카루스 등장]
스카루스 용맹하신 나의 황제, 싸움다운 싸움이오!
처음부터 그랬던들, 놈들은 머리에 혹을 단 채
제 집으로 쫓겼을 게요.
안토니 출혈이 심하다.
스카루스 이곳에 상처가 한 개였는데
지금은 두 개[85]가 되었군.
[멀리서 퇴각 신호가 울린다.]
안토니 퇴각이다.
스카루스 놈들을 오줌통에 박아 넣겠소.
상처받을 장소가 여섯 군데 남았소.
[에로스 등장]
에로스 놈들이 패했소. 우리의 유리한 입장이
승전을 기약하오.
스카루스 놈들의 등을 때려
뒤에서 토끼 잡듯 낚아챕시다.
뛰는 놈 때리기도 재미있죠.
안토니 네게 상을 주겠다.
활달한 말투에 한번, 그리고
용맹에 열 번. 가자.
스카루스 절뚝이며 따라가요. [둘 퇴장]

## 4. 9

[경계 신호. 안토니가 다시 행진하여 등장.
고수들, 나팔수들, 스카루스, 기타 등장]
안토니 적진까지 쫓아냈다. 누가 먼저 달려가
우리의 무훈을 여왕에게 알려라. [한 병사 퇴장]
내일은 해가 우리를 보기 전에
오늘을 피한 자들의 피를 보리라.
모두들 고맙다. 용맹한 무사여서
마지못해 하지 않고 각자가 제 일처럼
열심히 싸워서 모두가 헥토르[86]였다.
성내로 들어와 아내들과 친구들을
포옹하고 무훈을 얘기할 때, 그들은
기쁨의 눈물로 상처의 피를 씻고
키스로 칼자국을 치유하겠다.
[클레오파트라 등장]
[스카루스에게] 손을 다오.
위대한 여신에게 공적을 말하면
그녀의 감사가 너를 축복하겠다.
[클레오파트라에게]
우주의 태양아, 무장한 내 목을 감고
옷 입은 채 철갑을 뚫고 나의 품에 뛰어들어
뛰는 개선 마차에 올라라!
클레오파트라 왕 중의 왕!
무한한 용맹, 세상의 가장 큰 덫에
걸리지 않고 웃으며 오셔요?
안토니 나의 꾀꼬리,
놈들을 침상까지 몰아쳤소. 여전히 소녀요!
젊은 갈색 머리에 새치가 섞였지만
힘줄에 기운을 주는 두뇌가 있어
젊은이 못지않게 목적을 성취하오.
이 사람을 보시오. 그의 입술에
복된 손을 내미시오. 용사, 키스해라.
[스카루스가 클레오파트라 손에 키스한다.]
오늘 그가 싸울 때, 인간을 증오하여
파멸하는 신의 모습, 바로 그것이었소.
클레오파트라 황금 갑주를 주겠다. 어느 왕의 소유였지.
안토니 태양의 마차처럼 보석으로 꾸민 것을
받을 만한 공이 있소. 손을 내밀어라.
알렉산드리아를 기쁨으로 행진하며
칼자국 덮인 방패의 주인임을 보이자.
이 대궐이 군대를 모두 수용할 만큼

85 티(T)자 같은 상처가 에이치(H)자가 되었다고 한다. 즉 칼을 한 번 더 맞았다는 말인데 '에이치'는 아파서 내는 '아이쿠' 소리도 된다.
86 트로이의 왕자로 그리스 - 트로이 전쟁의 영웅. 영어식 이름은 헥터.

널찍하다면 우리 함께 잔치하여
왕들의 목숨 달린 내일의 운명에
건배하겠다. 나팔들아, 우렁찬
놋 소리로 온 도성의 귀청을 때리고
울리는 북소리와 하나로 어울리고
하늘과 땅은 그 소리를 메아리쳐서
우리의 개선을 찬양하라.
[북과 나팔들이 울린다. 모두 퇴장]

## 4. 10

[경비대장과 경비대 병사들과 멀찍이 에노바르부스가
뒤따르며 등장]

경비대장 이 시간 안으로 교대하지 않으면
경비대로 돌아가게 되겠다. 밤이 밝다.
새벽 두 시까지는 전투할 준비를
끝내야 한다.
경비병 1 어제는 우리에게
어려운 하루였소.
에노바르부스 밤이여, 증인이 돼라.
경비병 2 저 사람 누군가?
경비병 1 숨어서 엿듣는데.
에노바르부스 오, 복된 달이여, 증인이 돼라.
반역자는 기록 속에 증오의 기억으로
남지만, 가련한 에노바르부스는
네 앞에서 뉘우친다.
경비대장 에노바르부스?
경비병 2 쉿—
더 들어봅시다.
에노바르부스 오, 진정한 우수의 여왕이여,
독기 어린 습한 밤의 기운을 부어
마음의 적이 된 이 목숨을 더 이상
내 몸에 붙어 있지 못하게 하라.
돌처럼 굳은 죄에 내 심장을 던져라.
슬픔으로 바짝 말려 가루로 빻아
비루한 잡념들을 끝내버려라.
오, 안토니, 나의 반역이 추할수록
더더욱 존귀한 이여, 나를 용서하시되,
온 세상이 나를 주인을 저버리고
달아난 탈주자로 기록하게 하시오.
안토니, 안토니! [죽는다.]
경비병 1 말을 겁시다.
경비대장 말을 듣자. 그가 말하는 게
시저에 관한 건지 몰라.
경비병 2 그러죠. 그런데 자요.
경비대장 아니야. 기절했다. 그런 못된 기도는
잘 때 하는 게 아니야.
경비병 1 가 봐요.
경비병 2 일어나요. 말해요.
경비병 1 들려요?
경비대장 죽음의 손길이 갔다.
[멀리서 북소리]
북소리다.
자는 자를 엄숙히 깨우는 소리다.
경비대로 옮기자. 높은 분이다.
근무 시간이 끝났다.
경비병 2 옮겨 가자. 깨어날지 모른다. [시체와 함께 모두 퇴장]

## 4. 11

[안토니와 스카루스가 군대와 함께 등장]

안토니 적은 오늘 해전을 준비했다. 육전에서
우리에게 재미를 못 봤다.
스카루스 둘 다입니다.
안토니 적군이 불이나 공중에서 싸워도 좋다.
거기서도 싸울 테다. 이렇게 한다.
도시 주변 언덕에 포진한 육군은
나와 함께 남는다. 해군은 명령대로
항구를 출발했다. 그들의 의기가
가장 잘 나타나는 곳에서 보게 되겠다. [모두 퇴장]

## 4. 12

[시저와 그의 군대 등장]

시저 공격받기 전에는 육지에서 방어한다.
육전을 해야 한다. 적의 정예는
함선에 올라 있다. 골짜기로 진격하여
유리한 고지를 선점하라! [모두 퇴장]

## 4. 13

[해전에서 들리는 듯 멀리서 경계 신호.
안토니와 스카루스 등장]

안토니 아직 접전이 시작되지 않았다. 저 소나무
근처에서 알아내리라. 전황이 어떠한지
곧 알려주겠다. [퇴장]

스카루스 클레오파트라의 돛폭에
제비가 깃들었다. 점쟁이들이 모른다며,
말할 수 없다며, 얼굴을 찌푸리고
아는 것도 말 못 한다. 안토니는 용감하나
침울하다. 느닷없이 부침하는 운수는
자초한 것이라, 얻지 못한 것에 대해
희망과 공포를 동시에 준다.
[안토니 등장]

안토니 패배다!
더러운 이집트 년이 또다시 배반했다.
내 함대가 적에게 항복했다. 저쪽은
공중에 모자를 던지며 오래 못 보던
친구처럼 건배한다. 세 번이나 자빠진 창녀!
네가 나를 애송이에게 팔아넘겼다.
내가 너와 싸울 테니 모두들 도망하라.
나를 속인 마녀에게 복수하면 끝난다.
모두 뛰라고 하라. 빨리 가라! [스카루스 퇴장]
해야, 네가 솟는 모습을 다시 볼 수 없구나.
여기서 운수와 안토니는 헤어져 간다.
악수하고 작별한다. 이렇게 됐는가?
발꿈치 강아지처럼 아첨하던 무리들,
나에게 소원 빌던 자들이 모두 흩어져
새로 솟는 시저에게 단물을 녹여 주고
우뚝 섰던 소나무는 껍질이 벗겨졌다.
나는 배신당했다. 간사한 이집트 년!
흉악한 마녀! 그녀의 눈이 전쟁을 부추겼다.
그 가슴이 나의 왕관, 궁극의 목표였다.
진정한 집시[87]처럼 눈가림한 요술로
허망한 구덩이에 나를 몰아넣었다.
에로스! 에로스!
[클레오파트라 등장]
마녀야, 꺼져라!

클레오파트라 어째서 애인에게 화를 내세요?

안토니 안 비키면 네가 행한 짓값대로 해줘서
시저의 개선에 흠을 낼 수 있지만,[88]
너를 잡아 환호하는 군중에게 여자 중
가장 몹쓸 오점인 양 너를 보여주면서
개선 마차를 따르게 하여 가련한 난쟁이나
백치 같은 볼거리로 구경시킬 터이다.
오래 참은 옥타비아가 기다란 손톱으로
네 얼굴에 고랑을 파겠다. [클레오파트라 퇴장]
목숨이 아깝다면
나가길 잘했다.—하지만 내 분노의
표적이 됐다면 더 좋았을 게다.
한 죽음이 떼죽음을 막을 수 있었지.
에로스! 네소스의 속옷을 내가 입었어![89]
헤라클레스, 조상님! 당신의 분노를
가르쳐주오. 리카스를 달에 던지고
무거운 몽둥이를 움켜잡던 손아귀로
용맹한 나를 없애겠다. 마녀는 죽으리라!
로마 애송이에게 나를 팔았다.
간계에 내가 빠졌다. 그 값에 죽으리라. 에로스! [퇴장]

## 4. 14

[클레오파트라, 차미안, 이라스, 마디안 등장]

클레오파트라 얘들아, 도와줘! 오, 그이가 미쳤어.
방패 때문에 미쳤던 텔라몬[90]도 못 따라가.
테살리의 멧돼지[91]도 그러지 못해.

87 1막 1장 9행의 주 2 참조. 중세 유럽인들이 멸시했던 가무잡잡한 집시는 이집트에서 온 족속으로 여겼다. 다음 행에서는 못난 유럽인을 농락하던 집시들의 눈속임 마술을 언급한다.
88 장군이 화려한 마차를 타고 개선할 때 포로가 된 적의 왕을 마차 뒤에 끌고 오는 것이 관례였다. 클레오파트라를 미리 죽여서 개선 행진이 맥 빠지게 하겠다는 말이다.
89 영웅 헤라클레스는 질투하는 아내가 준 마술의 속옷을 입었다가 그것이 불타는 바람에 미쳐 날뛰며 그것을 갖다 준 하인 리카스를 달에 던지고 죽어서 신이 되었다. 그를 안토니가 조상으로 모셨다.
90 아킬레스가 죽으며 남긴 방패를 차지하는 경기에서 오디세우스에게 지자 미쳐서 날뛰다가 자살한 아이아스의 다른 이름.
91 다이애나 여신이 테살리에 재앙으로 보낸 사나운 멧돼지. 많은 영웅의 희생 끝에 죽었다.

차미안 무덤[92]에 들어가서 문 잠그고 죽었다고 하세요.
높은 이가 가실 땐 영혼과 육체가
갈라지게 되거든요.
클레오파트라 무덤으로 달아나자!
마디안, 가서 내가 자살했다고 해.
내가 끝에 말한 게 '안토니'였다고.
아주 슬프게 말해. 빨리 가, 마디안.
죽었단 말 어떻게 듣나 알려줘. 무덤으로 가자!

## 4. 15

[안토니와 에로스 등장]
안토니 에로스, 내가 보이나?
에로스 예, 전하.
안토니 어떤 때는 구름이 용처럼 생기고
어떤 때는 수증기가 곰이나 사자나
탑들이 솟은 성이나 아찔한 벼랑이나
험한 산과 푸른 곶이 세상에게 끄덕이고
우리 눈을 허공으로 미혹하는 나무들로
덮여 있는데, 그런 징조를 너도 봤겠다.
어두운 초저녁 모습이지.
에로스 그렇습니다.
안토니 조금 전에 말처럼 생겼던 게 금세
흩어져서 물에 물을 탄 것처럼
분간할 수 없게 돼.
에로스 예, 그렇습니다.
안토니 착한 에로스, 네 주인도 그런 몸이다.
지금은 안토니지만 계속 이 모습을
유지할 수 없다. 이집트와 여왕을 위해서
전쟁을 했다.—내 마음을 줬기에
여왕의 마음이 내 것인 줄 알았다.
내 마음이 내 것일 때 거기다 백만 개
넘게 더했었지. 지금은 남지 않았어.
여왕이 시저와 화투판을 벌이고
적의 개선 행진에 내 명예를 넘겼다.
울지 마라, 에로스. 우리를 끝낼 길은
아직 우리가 가졌다.
[마디안 등장]
악한 여자,
네 주인이 내 칼 빼앗았다.
마디안 아닙니다.
장군님을 사랑해서 자기의 운명을
장군님과 합하셨어요.
안토니 건방진 고자 놈!
입 다물라. 배반한 값으로 그녀를 죽이겠다.
마디안 사람은 죽어서 한 번 값을 치르는데
벌써 치르셨어요. 하고자 하신 일은
필요 없어요. 끝으로 하신 말씀은
"안토니, 가장 귀중한 안토니!"였고,
날카로운 비명 중에 안토니란 이름이
터져 나왔죠. 마음과 입술 사이에
갈라졌어요. 장군님 이름을 간직한 채
삶을 끝내셨어요.
안토니 죽었는가?
마디안 예.
안토니 에로스, 무장을 풀어다오. 하루 일이 끝났다.
자야 할 때다. [마디안에게]
네가 살아 떠나는 건
비싼 수고 값이다. 가라. [마디안 퇴장]
빨리 벗겨라!
[에로스가 안토니를 도와서 갑옷을 벗긴다.]
아이아스의 7겹 방패[93]도 심장의 박동을
멈출 수 없다. 가슴을 빠개라.
심장아, 너를 품은 가슴보다 한 번만 거세라.
약한 틀을 터뜨려라!—빨리 해라, 에로스!
이제는 군인이 아니다. 가라, 상한 조각들아.
내 몸 위에 당당했다.—잠시 나가 있어라. [에로스 퇴장]
클레오파트라, 너를 따라잡고 울면서
용서를 빌겠다. 그래야 한다. 지금 목숨은
끌수록 고문이다. 횃불이 꺼졌으니
주저앉아 떠돌지 말자. 이제는 무슨 일이든
하면 망칠 뿐이며 힘은 쓸수록
얽힐 뿐이다. 봉인하면 끝이다.
에로스!—여보, 가요.—에로스!—기다려요.
영혼들의 꽃에 누워 우리 손을 마주 잡자.
그 기쁜 모습에 혼령들이 놀라겠지.

92 '무덤'은 자기가 죽은 뒤에 안치될 건물의 지하에 있었다.
93 트로이 용사 아이아스의 방패는 여섯 겹 가죽 위에 놋쇠 판을 덧씌웠다.

아이네이아스와 디도[94]는 추종자가 없어지고
누구나 우릴 찾겠지.—에로스, 에로스!
[에로스 등장]
에로스 무슨 일이신가요?
안토니 클레오파트라가 죽었는데
수치스런 목숨을 이어가는 못난 내가
신들에게 역겹다. 칼로 천하를 가르고
푸른 해신의 등에 함선들로 도시를
이루던 나는 여자의 용기도 없고,
시저에게 '내가 나를 정복했다'고 외치고
죽음으로 말하는 그녀보다 기개도 낮다.
에로스, 너는 맹세했다. 필요한 때면,
피치 못할 수치와 치욕이 따를 것이
분명한 때—바로 이때다.—
명령에 따라 나를 죽이기로 약속했다.
그렇게 하라. 때가 왔다. 네가 나를
치는 것이 아니라 시저에게 패배를
안기는 일이다. 얼굴에 핏기를 올려라.
에로스 신들이여, 막으소서! 파르티아의 모든 창이
그들의 적인 장군님을 비껴간 일을
저지르란 말씀입니까?
안토니 에로스,
대도시 로마의 창문에서, 네 주인이
팔이 묶여 굴복하는 목을 숙여
찌르는 수치에 초췌한 낯빛으로
그 앞에 구르는, 승리한 시저의 차에
끌려가는 낙인찍힌 죄인의 꼴을
보고 싶은가?
에로스 보고 싶지 않습니다.
안토니 그러면,—상처를 치유해야 할 터이니—
정직한 칼을 빼라. 나라를 위해
쓰려고 찬 칼이다.
에로스 오, 용서하세요.
안토니 너를 해방시킬 때 내가 명하면
이 일을 하겠다고 맹세하지 않았는가?
곧 행하라. 안 하면 너의 지난 일들은
모두가 쓸모없다. 칼을 빼 들고 와라.
에로스 그러면 귀하신 얼굴을 돌리십시오.
온 세상 영광이 그 안에 있습니다.
안토니 [그에게서 돌아서며] 자, 그럼!
에로스 칼을 뽑았습니다.
안토니 그러면 곧
칼 뽑은 목적을 행하라.
에로스 사랑하는 주인님,
장군님, 황제님, 무서운 칼로 치기 전에
안녕히 가시란 말씀을 드립니다.
안토니 벌써 했다. 잘 있어라.
에로스 안녕히 가십시오,
존귀하신 장군님. 지금 칠까요?
안토니 그래라.
에로스 자, 그럼! [에로스가 자신을 찌른다.]
장군님의 죽음의 슬픔을
이렇게 피합니다. [에로스가 죽는다.]
안토니 나보다 세 배 귀하다.
용감한 에로스, 내가 하지 못한
내 일을 가르치누나. 여왕과 에로스가
용감한 교훈으로 고귀함의 기록에서
나에게 앞섰다. 하지만 나는 죽음으로
신랑이 되어 애인의 침상에 뛰어들 듯
죽음으로 달리련다. 자, 그럼, 에로스,
주인이 제자가 되어 죽는다. 네가 가르친
방식이다.
[자기 칼 위에 몸을 던진다.]
안 죽었나? 안 죽었나?
경비병! 속히 나를 끝내라!
[경비대 등장. 데크레타스가 뒤따른다.]
경비병 1 무슨 소린가?
안토니 친구들아, 내가 일을 잘못했다.
내가 시작한 일을 끝내다오.
경비병 2 큰 별이 떨어졌다.
경비병 1 시간의 종말이다.
경비병 모두 오, 슬픈 일이다.
안토니 나를 사랑하는 자는 나를 쳐서 죽여다오.
경비병 1 나는 아니야.
경비병 2 나도 아니야.
경비병 3 아무도 아니야. [경비병들 퇴장]
데크레타스 당신의 죽음과 운수가 추종자를 쫓아낸다.

94 방랑하던 트로이 용사 아이네이아스와 카르타고의 디도 여왕은 열애하여 그들을 따르던 무리가 앞으로는 자신들을 따를 것으로 믿었다.

[안토니의 칼을 잡는다.]
이 칼을 소식과 함께 시저에게 보이면
나는 출셋길에 오른다.
[디오메데스 등장]
디오메데스 장군은 어디 계시오?
데크레타스 저기요, 저기.
디오메데스 사셨는가? 대답하지 않는가?
[데크레타스 퇴장]
안토니 당신인가? 칼을 빼서 죽기 충분하도록
여러 번 찔러달라.
디오메데스 존귀하신 장군님,
여왕께서 장군께 저를 보내셨습니다.
안토니 언제 보냈나?
디오메데스 지금입니다.
안토니 어디 있는데?
디오메데스 무덤 속에 계십니다. 앞으로 생길 일을
두렵게 예감하셨죠. 사실이 아니지만—
시저와의 합의를 장군께서 의심하고
장군님의 분노가 없어지지 않으리라
짐작하시고 자기가 죽었다고 전하라
하셨어요. 그러나 결과가 걱정되어
저를 보내 진실을 알아오라 하셨는데
너무 늦게 왔군요.
안토니 너무 늦었다. 경비대를 불러다오.
디오메데스 황제의 경비대! 경비대, 듣는가?
폐하께서 부르신다.
[안토니의 경비병 네다섯이 등장]
안토니 착한 친구들, 클레오파트라 있는 데로
데려다 달라. 마지막 부탁이다.
경비병 1 아아, 슬픕니다. 진정한 부하들이
하나같이 죽는 걸 못 보시겠어요.
경비병 모두 오, 슬픔의 날!
안토니 착한 친구들아,
사나운 운명이 너희 슬픔을 좋아할 만큼
친하지 마라. 우리를 괴롭히러 오는 것을
받아들이면 가볍게 참아서 그것을
이길 수 있다. 나를 옮겨다오. 너희를 자주
인도했지만 지금은 나를 옮겨라. 모두 고맙다.
[모두가 에로스의 시체를 들고 안토니와 함께 퇴장]

## 4. 16

[클레오파트라와 시녀들이 차미안과 이라스와
함께 위에 등장]
클레오파트라 차미안, 절대로 여기서 안 나갈 거야.
차미안 안심하세요, 여왕님.
클레오파트라 아냐, 그럴 수 없어.
괴상하고 무서운 일이래도 좋아.
하지만 안심 따윈 싫어. 내 슬픔의 분량은
내 일에 비해서 이유가 크니까
커질 수밖에 없어.
[아래쪽에 디오메데스 등장]
그이가 죽었어?
디오메데스 죽음이 닥쳤지만 돌아가신 것은
아닙니다. 다른 쪽을 내다보세요.
경비병들이 거기로 모셨습니다.
[아래쪽에 경비병들에게 들려서 안토니 등장]
클레오파트라 태양이여,
큰 궤도를 불태워라. 온 세상 천지에
얼룩진 바닷가가 어둠에 묻혔구나!
안토니! 안토니! 도와다오, 차미안!
도와다오, 이라스! 저 아래 친구들아!
위에 모시자.
안토니 조용하라! 안토니의 패배는
시저의 용맹이 가져온 게 아니라
안토니의 용맹이 스스로를 이긴 거다.
클레오파트라 안토니가 안토니를 이길 수밖에 없어요.
하지만 그 때문에 내가 슬퍼요.
안토니 클레오파트라, 나는 죽소. 잠시만
참으라고 죽음에게 애원하고 있소.
수만 번 키스 중에 가련한 최후를
그 입술에 남길 때까지.
클레오파트라 무서워요.
여보, 용서하세요. 잡힐까봐 겁나요.
승리의 최고봉인 시저의 위세도
칼과 약과 독사가 날과 독과 힘이 있는 한,
화려한 치장이 될 수 없어요.
나를 염려하지 마세요. 당신의 아내
옥타비아가 얌전한 눈매와
말없는 비난을 내게 돌려도
칭찬 듣지 못해요. 안토니, 올라와요.

애들아, 도와다오. 당신을 들어야겠어요.
친구들아, 도와다오.
안토니 빠르지 않으면 내가 죽어!
클레오파트라 진짜 일이야! 몹시 무거워요!
온 힘이 무거움에 싸여 있어요.
그래서 무거워요. 주노의 권세라면
날갯짓 강력한 머큐리가 당신을 들어
주피터 옆에 갖다놓겠죠. 조금만 더.
희망은 바보라지. 조금만, 조금만.
[안토니를 클레오파트라에게 들어 올린다.]
잘 오셨소, 잘 오셨소! 다 살고 죽으세요.
키스로 살아나요! 내 입술에 그럴 힘이 있다면
이렇게 닳아도 좋아요.
이를 보는 모든 사람 오, 차마 못 보겠다!
안토니 여왕, 나는 죽어요, 죽어가오.
술 주오. 잠시 말하겠소.
클레오파트라 아니요, 내가 말하겠어요. 못된 운수[95]가
내 욕에 화나서 바퀴를 부술 만큼
큰 소리로 욕을 해댈 테요.
안토니 한마디만.
당신의 명예와 안전을 시저에게 구하오. 오!
클레오파트라 그 둘은 함께 못 가요.
안토니 내 말 들어요.
시저 주변에서 프로쿨레이우스만 믿어요.
클레오파트라 내 결심과 내 손만 믿을 거예요.
시저의 주변은 믿지 않아요.
안토니 내 최후의 처참한 변화를 한탄도
슬퍼도 하지 말고, 내가 세상의 최고며
가장 고귀한 왕으로 군림했던 그 영화를
기억하고 마음을 기쁘게 가지시오.
그래서 지금 비참하게 죽지 말고
내 투구를 비겁하게 내 나라 사람에게
벗겨주지 마시오. 로마인이 당당하게
로마인에게 졌소. 이제 영혼이 떠나오.
더 말하지 못하오.
클레오파트라 귀한 분, 아세요?
내 걱정은 안 하네요. 이 쓸쓸한 세상,
돼지우리만도 못 한 이곳에 당신 없이
내가 살아요? 오, 얘들아, 봐라.
세상의 왕관이 녹누나.
[안토니가 죽는다.]
여보?
오, 전쟁의 월계관이 시들고
군인의 북극성이 떨어지고, 애송이와
계집애가 어른과 똑같고 차이가 없어.
찾아오는 달 아래 놀라운 거라곤
하나도 안 남았어.
차미안 왕비님, 고정하세요!
[클레오파트라가 기절한다.]
이라스 여왕님도 돌아가셨어.
차미안 여왕님!
이라스 마님!
차미안 오, 마님, 마님, 마님!
이라스 이집트 여왕님, 여황제님!
차미안 조용해, 이라스!
클레오파트라 그냥 보통 여자야. 소젖 짜고 막일하는
처녀처럼 감정의 지배를 받아.
심술궂은 신들에게 왕권을 던져주고
자기네가 보석을 훔쳐가기 전에는
이 세상도 자기네 세상과 다름없었지.
모든 게 쓸데없어. 참을성은 멍청이고
안달은 미친개야. 죽음이 오기 전에
죽음이란 비밀 속에 뛰어드는 게
죄가 되는가? 얘들아, 왜 그러니?
기운 내라, 기운 내! 왜 그래, 차미안?
내 귀한 여인들아. 얘들아, 얘들아,
등불이 꺼졌구나. 병사들아, 힘내라.
묻어드리고 나서 용감하고 고귀하게
고상한 로마의 방식을 함께 따르자.[96]
죽음이 우리를 잡아간단 자랑을
못 하게 하자. 모두들 같이 가자.
위대한 정신을 담았던 몸이 식었다.
얘들아, 얘들아! 결단하자. 아주 짧은
끝밖에는 친구가 없어.
[모두 퇴장. 위에 있던 사람들이
안토니의 시체를 옮겨 간다.]

95 운수의 여신(Fortune)은 눈을 가린 채 인간사의 무상함을 상징하는 물레바퀴를 돌리고 있다.
96 자결한다는 말이다.

## 5. 1

[시저가 전쟁 참모들인 아그리파, 돌라벨라, 마에케나스,
갈루스, 프로쿨레이우스와 함께 등장]

시저 [돌라벨라에게 방백] 돌라벨라, 항복을 명령하라.
그처럼 꼼짝할 수 없으니 있어봤자
소용없다고 하라.

돌라벨라 그리하겠습니다. [퇴장]

[데크레타스가 안토니의 칼을 들고 등장]

시저 그게 뭔가? 이렇게 내 앞에 나서다니
너는 누군가?

데크레타스 데크레타스라고 합니다.
안토니를 섬겼는데, 그분 한창때에는
섬길 만했어요. 늠름히 서서
말씀하실 때에는 저의 주인이시며
제 목숨을 그분의 적에게 쏟아놓을
심산이었어요. 저를 받아주시면
그분처럼 섬기겠습니다. 싫으시면
목숨을 드립니다.

시저 무슨 말인가?

데크레타스 오, 시저, 안토니가 죽었어요.

시저 그처럼 중대한 소식은 보다 큰
진동이 있어야 한다. 세상이 흔들려
거리에 사자가 뛰고 백성이 사자 굴에
빠져야 한다. 안토니의 죽음은
개인의 파멸이 아니다. 그 이름에
천하의 절반이 달려 있었다.

데크레타스 죽었습니다.
법의 집행관도, 자객의 칼도 아니고
제 손으로, 자신이 이룬 공적의 명예를
기록한 손으로, 심장이 제공한
바로 그런 용기로, 심장을 갈랐군요.
이게 그의 칼입니다. 상처에서 그 칼을
빼 왔습니다. 고귀한 피가 묻은
칼을 보세요.

시저 친구들, 슬퍼하오?
신들이 나를 꾸짖소. 그러나 이 소식은
왕들의 눈을 적시겠소.

아그리파 이상할 일이오.
우리가 열렬히 추구하던 일인데
온정 속에 탄식하니.

마에케나스 결함과 명예가
그분 속에서 다퉜소.

아그리파 모든 인간 중에서
가장 귀한 정신이 다스리던 분이었소.
그러나 신들은 우리가 인간 되게
결함을 주시오.—시저는 상심했소.

마에케나스 큰 거울이 앞에 있어 자신을 보게 되오.

시저 오, 안토니, 여기까지 따라왔소.
우리 몸의 병든 데를 도려내듯이,
나의 해가 지는 것을 보여주지 않으면
당신의 해가 지는 것을 할 수 없이 봐야 했소.
이 세상에 우리 둘이 함께 살 수 없었소.
그러나 심장의 피처럼 거센 눈물로
슬퍼하겠소. 당신은 나의 형, 모든 계획의
최상층에서 동역자며 경쟁자며
제국의 동지며 최전선의 전우요 동료며,
내 몸의 팔다리며 그 마음이 내 마음을
불태운 용기요.—화해가 불가능한
두 사람의 별들이 대등한 두 사람을
이처럼 갈라놓은 상황을 슬퍼하오.
친구들, 들으시오.

[한 이집트인 등장]

다른 때에 말하겠소.
이 사람이 볼일이 있는가 싶소.
무엇인지 듣겠소. 어디서 오는가?

이집트인 천한 이집트인이오나 저의 여왕이
오직 하나인 무덤 안에 갇혀서
시저의 의향을 알기 원합니다.
시키시는 그대로 준수할 준비를
갖추고자 합니다.

시저 안심하라고 이르라.
그 여자에 대하여 내가 얼마나 정의롭고
자애롭게 결정할지는 내 사람들을 통해서
즉시 알게 되리라. 시저에게 친절은
생활의 철칙이다.

이집트인 신들의 가호를! [퇴장]

시저 프로쿨레이우스,[97] 이리로 와라. 내가 그 여자에게

97 4막 16장 50행에서 안토니는 이 사람만을 신뢰할 수가 있다고 했다. 그러나 그는 배반자였다.

수치를 가할 뜻이 없음을 말하라.
격한 슬픔에 필요한 위로를 모두 줘라.
신분이 높은 이가 치명적인 자해로
내 뜻을 그르칠까 염려된다. 로마에서
살아 있는 그 여자가 나의 개선에
불멸을 가져오리라. 속히 그 여자로부터
대답과 상황을 알아 와라.

프로쿨레이우스 그리하겠습니다. [퇴장]

시저 갈루스, 동행해라. [갈루스 퇴장]
돌라벨라, 어디 있는가?
프로쿨레이우스를 도울 것인데.

시저 외에 모두 돌라벨라!

시저 그냥 둬라. 이제야 생각난다.
할 일이 있다. 차차 준비하겠다.
함께 막사에 가자. 내가 얼마나
내키지 않는 이 전쟁에 끌려왔는지,
내가 항상 얼마나 조용하고 점잖게
편지를 썼는지 말하겠다. 함께 가자.
이 일에 관해서 보일 것이 있다. [모두 퇴장]

## 5. 2

[클레오파트라, 차미안, 이라스 등장]

클레오파트라 황폐한 입장이 차츰 좋아져.
시저 노릇 하기란 하찮은 것이야.
운수가 없고 운수의 종이고
하인일 뿐이지. 모든 일을 끝내고
우연을 잡아매고 변화를 속박하고
잠이 깊어서 더 이상 똥을 탐내지 않고,
비렁뱅이의 유모요 시저의 유모라서
그 일을 결행한 건 위대한 행동이야.[98]
[프로쿨레이우스 등장]

프로쿨레이우스 시저께서 이집트 여왕에게 인사하며
허락을 받기에 합당한 청원을
숙고하길 바라시오.

클레오파트라 이름이 뭐요?

프로쿨레이우스 프로쿨레이우스라 합니다.

클레오파트라 안토니가
당신을 말하면서 믿으라고 했지만
남을 믿을 필요가 없어서 속는 걸
크게 걱정 안 해요. 당신 주인이
여왕을 거지로 거느릴 생각이라면
권위를 위해 적어도 왕국 하나는
요청해야 한다는 걸 말씀드려요.
정복당한 이집트를 아들에게 넘기도록
내게 준다면 무릎 꿇어 감사할 만큼
내 것을 주는 게요.

프로쿨레이우스 안심하세요.
관대한 손에 오셨으니 걱정 마세요.
모든 것을 시저에게 온전히 맡기세요.
자애심이 가득하여 필요한 자에게
흘러넘치오. 어여쁜 순종의 태도를
보고하겠소. 만나보면 알겠지만
무릎 꿇고 자비를 구하는 자로부터
친절의 방법을 배우려는 정복자요.

클레오파트라 나는 그의 운수의 종이라고 말하세요.
그가 이룬 권좌를 인정하고
복종의 교훈을 끝없이 배워서
그를 기쁘게 쳐다볼 수 있어요.

프로쿨레이우스 이를 보고하겠소. 안심하세요.
이 일의 장본인 자신이 그 사정을
동정하시니까요.
[갈루스와 병사들이 다른 문을
부수고 등장]

갈루스 프로쿨레이우스,
보다시피 이처럼 습격이 쉽소.
시저가 올 때까지 감금하오. [갈루스 퇴장]

이라스 여왕님!

차미안 아, 클레오파트라, 붙잡혔어요!

클레오파트라 [단도를 꺼내며]
손아! 빨리, 빨리.

프로쿨레이우스 [단도를 빼앗으며] 여왕, 참아요!
이런 못난 짓을 마시오. 배신 아니고
구원받았소.

클레오파트라 죽음에서 구원을?
슬픈 개도 놓여나는 죽음인데?

98 운명에 이기기 위해서는 자유의지를 살려 자살하는 것이 가장 좋다는 스토아 사상(금욕주의)을 말하고 있다. 자연은 거지와 시저를 동시에 먹여주고 재워주는 '유모'이다.

프로쿨레이우스 클레오파트라,
자신을 죽임으로 주인님의 아량을
남용하지 마시오. 온 천하 만민이
고귀하신 행동을 보게 하시오.
당신의 죽음은 그 일을 차단하오.

클레오파트라 죽음아, 어디 있느냐? 여기로 와.
아기와 거지 대신 여왕을 데리고 가!

프로쿨레이우스 참으시오!

클레오파트라 먹지도 마시지도 않겠어.
한 번이라도 헛소리를 해야 한다면
자지도 않겠어! 시저가 어찌하든,
이 몸을 망칠 테야. 당신네 주인집에
묶인 채 기다리며 한 번이라도
답답한 옥타비아의 엄한 눈총에
벌 받지 않겠어. 나를 높이 세워놓고
욕설을 외쳐대는 로마의 군중에게
볼거리가 되라고? 차라리 이집트 시궁창이
점잖은 무덤이야! 나일 강 흙탕에
알몸으로 버려다오. 차라리 파리 떼가
구더기를 슬어놓은 끔찍한 꼴이 낫지!
차라리 내 나라의 높은 피라미드를
교수대로 삼아서 쇠사슬로 달아매!

프로쿨레이우스 그런 끔찍한 생각을 자꾸 불리시는데
시저를 만나보면 그런 생각 안 하시겠소.
[돌라벨라 등장]

돌라벨라 프로쿨레이우스, 당신이 한 일을
시저가 아시고 당신을 부르시오.
여왕은 내가 구금하겠소.

프로쿨레이우스 그러시오.
그럼 속이 편하겠소. 부드럽게 대하시오.
[클레오파트라에게]
나한테 시키면 당신한테 좋은 말을
시저에게 전하겠소.

클레오파트라 죽고 싶다고 해요. [프로쿨레이우스 퇴장]

돌라벨라 존귀하신 여황제님, 내가 누군지 아시죠?

클레오파트라 모르겠어.

돌라벨라 확실히 아실 텐데.

클레오파트라 들었든지 알든지 무슨 대순가.
아녀자의 꿈 얘기에 당신도 웃지?
당신의 버릇이지?

돌라벨라 무슨 말씀인지요?

클레오파트라 안토니 황제라 하는 분을 꿈에 보았어.
오, 그런 분 다시 보게 그런 꿈
또 꾸었으면!

돌라벨라 실례합니다만—

클레오파트라 얼굴은 하늘 같아 해와 달이 박혀 있어
궤도대로 운행하며 지구라는 작은 공을
비추고 있었어.

돌라벨라 존귀하신 여왕님—

클레오파트라 양다리는 바다 건너 우뚝 서고 쳐든 팔은
세상 위로 뻗쳤으며 목소리는 뭇 별들의
화음처럼 정다웠고, 땅덩이를 무섭게
뒤흔들 때는 울리는 천둥이었어.
넓은 마음은 언제나 겨울 없는 가을이라
추수하면 할수록 더욱 풍성하였지.
쾌활한 기질은 돌고래 같아서
그것들이 사는 물 위에 등을 보였어.[99]
작고 큰 왕관들이 그분의 종복이고
나라와 섬들은 주머니가 떨구는
은화 같았어.

돌라벨라 클레오파트라—

클레오파트라 내가 꿈에 본 사람이 실제로 있었다고,
있을 수 있다고 믿어요?

돌라벨라 아니에요, 여왕님.

클레오파트라 신들이 듣는 데서 거짓말하네!
그런 분이 있다면 꿈을 초월하는 거야.
자연과 상상이 형상 짓길 겨룰 때
재료가 없어도 안토니를 상상하고
상상을 뛰어넘는 자연의 걸작이지.[100]
허깨비를 완전히 우습게 했어.

돌라벨라 내 말 좀 들으세요. 자신을 버리는 것은
자신만큼 중대하고, 책임도 중대해요.
당신의 답을 듣고 마음을 꿰뚫는
슬픔을 못 느끼면 희구하는 성공을
놓쳐도 좋소!

클레오파트라 고마운 말이네요.

99 돌고래는 즐거울 때 물 밖으로 뛰어올라 등을 보이는데 이는 본래 주어진 세계를 초월하는 안토니의 기질을 나타낸다는 것이다.

100 자연과 상상은 형상의 창조에서 언제나 경쟁했다. 그러나 상상의 창조물은 '허깨비'라는 것이 약점이었다.

시저가 내게 무슨 짓을 하려는지 알아요?
돌라벨라 당신이 원하는 바를 말하기 싫소.
클레오파트라 그러지 말고, 자—
돌라벨라 고귀한 분이지만—
클레오파트라 그럼 개선 행진에 나를 끌고 가겠군요?
돌라벨라 그러실 게요. 확실히 알아요.
[주악. 시저, 프로쿨레이우스, 갈루스,
마에케나스, 기타 수행원들 등장]
모두 비켜서라! 시저 공이 가신다!
시저 누가 이집트 여왕인가?
돌라벨라 황제 폐하이시오. [클레오파트라가 무릎 꿇는다.]
시저 일어나시오! 부복하지 말 일이오.
일어나시오, 이집트 여왕.
클레오파트라 신들의 뜻입니다. 저의 주인께
복종해야겠지요.
시저 심한 생각을 삼가시오.
당신이 내게 행한 일의 기록이
피부에 기록되어 있으나 우연의 일로
기억하겠소.
클레오파트라 세상의 유일한 지배자시여,
저에 대한 변명을 말끔히 늘어놓아
흠 없게 만들 수는 없으나 고백드려요.
자주 저희 여성에게 수치를 가져온
나약한 결함들이 저에게도 있었습니다.
시저 클레오파트라, 따지기보다는
정상을 참작하겠소. 내 뜻을 용납하면
매우 순한 것이라 이득을 보게 되오.
그러나 안토니와 같은 길을 택한다면
잔혹한 행위를 저지를 수밖에 없어서
나의 좋은 의도를 잃을뿐더러
당신이 원한다면 보호를 베풀려던
당신의 자식들을 파멸로 끌어가오.
자, 나는 가려오.
클레오파트라 세상이 당신 거라 어디나 가시겠죠.
우리는 장식이며 정복의 표시이니
마음대로 걸으세요. 이 문서 받으세요.
[그에게 문서를 건넨다.]
시저 여왕에 대하여 모두에게 묻겠다.
클레오파트라 저에게 있는 돈과 기명과 보석의 목록이에요.
값을 쳐고 사소한 건 빼놨어요.
셀레우쿠스 어디 있나?
[셀레우쿠스 등장]
셀레우쿠스 여기 대령했습니다.
클레오파트라 저의 재무관리예요. 제 몫으로 아무것도
남기지 않았다는 사실을 목숨 걸고
말하라고 하세요.—진실대로 말씀드려.
셀레우쿠스 여왕님, 진실이 아닌 걸 목숨 걸고
말하기보다 차라리 입을 꿰매겠어요.
클레오파트라 내가 무얼 빼돌렸단 말이냐?
셀레우쿠스 밝히신 것을 다시 사실 만큼 돼요.
시저 부끄러워 마시오, 클레오파트라.
오히려 현명한 처사요.
클레오파트라 보셔요, 시저!
권세의 종말이 이래요! 제 집 것이
당신 것이 되니까 지위를 맞바꾸면
당신 것은 제 것이 돼요. 놈의 배신에
울화가 치미네요.—너 이놈, 창녀보다
못 믿을 놈! 물러서냐? 좋다. 물러가라.
하지만 네 눈깔에 날개가 달렸대도
잡아 뽑겠다! 종놈, 얼빠진 놈, 개자식!
희한하게 비열한 놈![101]
시저 여왕, 고정하시오.
클레오파트라 오, 시저, 정말 황당한 수치예요.
높으신 분께서 이곳까지 오셔서
이처럼 낮은 자에게 영광을 주시는데
집 안의 하인배가 악의까지 합하여
수치의 목록을 환하게 밝혔네요.
선하신 시저, 전혀 하잘것없는
여자들 노리개, 별것 아닌 장난감,
늘 보는 친구에게 인사로 건네는
하찮은 물건들을 남긴 거예요.
리비아 아씨[102]와 옥타비아 아씨에게
말을 잘해 달래려고 따로 뒀던 것인데
손수 기른 놈한테 들켜야 하나요?
신들도 무심하지! 엎친 데 덮쳤네요.
[셀레우쿠스에게]
썩 꺼져! 운수가 잿더미로 변했지만

101 미리 그와 짜고서 이렇게 분노를 과장하여 시저를 안심시키고 그사이에 기회를 잡아 자살하려는 것이다.
102 시저의 아내.

내 독한 기질의 불꽃을 그 속에서
보여줄 테다. 네가 진짜 사내라면
나를 동정했겠지.

시저 셀레우쿠스, 물러가라.

클레오파트라 지위 높은 우리는 남이 한 짓 때문에
오해받기 쉽지만, 우리가 패할 땐
남들의 과오까지 뒤집어써요.—
동정이 필요해요.

시저 클레오파트라,
당신이 유보한 것, 시인한 것 모두를
목록에 안 올리겠소. 계속해서 소유하고
임의로 처분하오. 시저는 상인들이
판 물건을 당신과 흥정하는 장사꾼이
아님을 믿으시오. 그러므로 안심하고
포로라 생각지 마오. 여왕, 그렇지 않소.
자신이 원하는 대로 대우하겠소.
잘 드시고 잘 주무시길 원하오.
변함없는 친구로서 관심과 동정심을
당신에게 보내오. 안녕히 계시오.

클레오파트라 주인으로 모셔요!

시저 아니오. 잘 있으시오.
[주악. 시저와 그의 수행원들 퇴장]

클레오파트라 얘들아, 괜한 말로 장난치누나.
자존심 버리래. 하지만 차미안.
[클레오파트라가 차미안에게 귓속말을 한다.]

이라스 끝내세요, 여왕님. 밝은 낮은 끝났어요.
어둠에 묻힐 때예요.

클레오파트라 [차미안에게] 다시 빨리 가봐라.
벌써 말해 두었다. 준비해놨다.
가서 속히 하래라.

차미안 그리하겠습니다.
[돌라벨라 등장]

돌라벨라 어디 계신가?

차미안 보세요.

클레오파트라 돌라벨라!

돌라벨라 여왕님, 명령대로 맹세한 바와 같이
(명령에 따름이 제 사랑의 신앙이오.[103])
말씀을 드립니다. 시저는 시리아로
여행하실 터인데, 3일 내에 여왕님과
자녀분을 먼저 보낼 것이니, 이 일을
적극 이용하십시오. 여왕님의 분부와
제 약속을 이행합니다.

클레오파트라 돌라벨라,
은혜를 평생 잊지 않겠소.

돌라벨라 평생 섬기겠습니다.
안녕히 계십시오. 시저를 수행해야 합니다.

클레오파트라 잘 가요. 고마워요. [돌라벨라 퇴장]
이라스, 어떠니?
너도 나처럼 이집트 곡두로 로마에서
볼거리가 될 거다. 직공들이 때 묻은 앞치마,
자막대, 망치로 우리를 올려 세울
높은 단을 만들겠지. 녀석들이 처먹어서
풍기는 역한 숨에 둘러싸이게 될 테니
마실 수밖에 없어.

이라스 오, 맙소사!

클레오파트라 틀림없어. 거만한 형리들이 우리를
창녀같이 다루고 서푼짜리 가객들은
가락도 안 맞게 우리를 노래하고
재빠른 배우들은 우리 얘기를 무대에 올리고
이집트식 잔치를 연출해서 안토니가
취한 꼴을 보여주고 빽빽대는 어린애
클레오파트라[104]가 여왕의 위엄을
창녀의 몸짓으로 바꿀 테지.

이라스 오, 맙소사!

클레오파트라 그렇고말고.

이라스 절대 보지 않겠어. 확실히 손톱이
눈알보다 단단해.

클레오파트라 그렇게 하는 게
그들의 준비를 망치고 우스꽝스런
계획에 이기는 방법이야.
[차미안 등장]
오, 차미안!

103 르네상스의 신사같이 돌라벨라는 클레오파트라를 경모하여 여자를 우러르는 언어를 사용하고 있다. 시저가 클레오파트라를 살려두어서 시리아를 통하여 로마에 개선할 때까지 '전리품'으로 사용할 계획임을 알린다.

104 당시 무대에서 여성 인물은 변성기 이전의("빽빽대는") 소년 배우가 맡았다. 바로 이 연극이 그랬으니 셰익스피어 스스로 당시 연극 관행을 비아냥거리고 있는 동시에 자기 극단의 소년 배우를 내세우고 있다.

얘들아, 나를 진짜 여왕답게 차려다오.
제일 멋진 옷을 내와라. 안토니를 만나러
시드누스[105]로 가는 거야. 이라스, 빨리 가.
고상한 차미안, 진짜 빨리 하자.
이 일만 끝내곤 최후의 심판까지
놀아도 돼. 왕관 일습을 모두 가져와.
[이라스 퇴장. 안에서 소음]
웬 소란이야?
[경비병 등장]

경비병 어떤 촌사람이 왔는데
여왕님을 뵙겠다고 실랑이를 벌입니다.
무화과를 가져왔군요.

클레오파트라 들여보내라. [경비병 퇴장]
비천한 도구라도
자유롭게 만들어주면 귀한 일에 얼마나
쓸모가 있겠어! 단단히 결심했어.
이젠 속에 여자가 없어. 머리에서 발끝까지
순수 대리석이야. 변하는 달은
내 별 아니야.[106]
[경비병과 바구니를 든 촌사람[107] 등장]

경비병 이 사람입니다.

클레오파트라 그 사람 두고 나가라. [경비병 퇴장]
예쁜 벌레 가져왔어?
안 아프게 죽여주는, 나일 강 벌레 말이야.

촌사람 확실히 갖고 왔지유. 하지만 여왕님더러 만져
보시라고 하는 패는 아니지유. 그놈이 깨물면
영원불멸[108]하니께유. 그놈 땜에 죽는 사람이
깨나는 걸 거의 절대루 보지 못했시유.

클레오파트라 그렇게 죽은 사람이 하나라도 생각나?

촌사람 아주 많어유. 여자두, 남자두유. 바로 어제 그중
하나 얘길 들었지유. 아주 착한 여잔데유, 여자는
몸단속헐 때 빼고는 그러믄 못쓰는디 거짓말허는
버릇이 조금 있긴 했지만유. 그거헌테 물렸더니
죽여준다며 어떻게 아픈지 말하데유.[109] 확실히
벌레에 관해 썩 좋은 부고를 했습지유. 하지만
그런 것들이 허는 소릴 다 믿는 사람은 그것들이
허는 짓의 절반도 구원받지 못하지유. 허지만 이거
아주 암담헌데유,[110] 이놈은 이상한 벌레유.

클레오파트라 그럼 나가봐. 잘 가라.

촌사람 벌레 재미 많이 보시길 빌어유.

클레오파트라 잘 가라.

촌사람 이거 보셔유. 벌레가 타구난 버릇대루 할 테니께
잘 알아두셔야 해유.

클레오파트라 그래, 그래. 잘 가.

촌사람 이거 보셔유. 벌레는 똑똑헌 사람만이 맡어서 다뤄야
해유. 확실히 말씀드리는디, 이 벌레란 놈은 착헌 디가
없구먼유.

클레오파트라 걱정 마라. 유의하겠다.

촌사람 좋습니다유. 놈헌테 아무것두 주지 마셔유. 밥 먹일
만헌 놈이 못 돼유.

클레오파트라 나도 먹지 않을까?

촌사람 지가 그래두 아주 무지몽매헌 놈은 아니유. 마귀두
여자는 안 먹는다는 걸 저두 알아유. 여자는 마귀가
요리를 해놓지 않으면 신들이 잡수시는 음식이 못
되지유. 허지만 확실히 저 망헐 마귀 놈들이 여자 가지고
신들에게 아주 못된 짓을 저지르지유. 열 명을 맨들어
놓으면 기중 다섯은 망치니께유.

클레오파트라 됐다. 나가봐. 잘 가라.

촌사람 예, 확실허게. 벌레 재미 보셔유. [바구니를 놓고 퇴장]
[이라스가 예복, 왕관, 기타 일습을 가지고 등장]

클레오파트라 예복을 입히고 관을 씌워라. 내 안에
불멸의 열망이 치솟는다. 이제 더 이상
이집트 포도즙을 입술에 안 대겠다.
이라스, 빨리빨리. 안토니가 부르는 소릴
듣는 것 같다. 내 고귀한 행동을 칭찬하려고
일어서고, 시저의 행운을 비웃는다.
행운이란 신들이 나중에 때리려는
구실일 뿐이지. 여보, 여보, 내가 가요!
내 용기가 이름값을 진짜 하게 되기를!
오, 나는 불과 바람![111] 물과 흙은 천한 것에

105 터키 동남부에 있는 이 강에서 안토니가 클레오파트라를 오라고 해서 만났다. 2막 2장에 만나는 장면이 묘사되어 있다.
106 그때까지 그녀는 달처럼 매일 변하는 이시스 여신의 현현이었다.
107 '촌사람'으로 분장한 인물은 으레 말장난으로 관객을 웃기는 어릿광대였다.
108 '촌사람' 어릿광대는 유식한 말을 틀리게 써서 으레 웃기는 말장난을 하곤 했는데 여기서는 '영원불멸'이란 말을 '치명적'이란 뜻으로 쓰고 있다.
109 남근을 '벌레', 성교하는 것을 '죽는다'는 뜻의 은어로 표현하는 우스개를 늘어놓고 있다.
110 '부고'는 '보고', '암담한'은 '틀림없는'을 뜻한다.

주고 말겠다. 그럼 이제 끝났니?
내 입술의 마지막 온기를 받아 가져라.
차미안, 이라스, 오래오래 잘 있어라.
[여왕이 그들에게 키스한다. 이라스가
쓰러져 죽는다.]
입술에 독사가 붙었나? 쓰러지다니?
너와 목숨이 그처럼 얌전히 헤어진다면
죽음의 타격이란 연인들의 꼬집기처럼
아파도 바람직해. 말없이 누워 있니?
이렇게 사라지면 세상은 작별할 가치도
없단 말이지.

차미안 짙은 구름아, 신들도 우신다고 하게
녹아서 비가 돼라.

클레오파트라 내가 비루한 거야.
걔가 먼저 멋진 남자 안토니를 만나면
안토니는 하늘 같은 키스를
걔한테 쏟을 테지.
[독사 한 마리를 젖가슴에 갖다 댄다.]
귀여운 저승사자,
이리 와서 복잡한 생명의 매듭을
단번에 풀어다오. 꼬마 독사 아가야,
성이 나서 빨리 해라. 오, 네가 말을 한다면
우쭐대는 시저에게 '정략도 모르는
멍청이!'라고 외치는 걸 듣고 싶구나.

차미안 오, 동방의 별!

클레오파트라 쉿! 아기가 젖 빠는 것 못 보니?
엄마 젖을 빨아서 잠재우는 아기인데?

차미안 아, 깨져라!

클레오파트라 향유처럼 바람처럼 부드럽게.
오, 안토니! 응, 너도 데리고 갈게.
[다른 독사를 팔에 갖다 댄다.]
무얼 기다려?— [그녀가 죽는다.]

차미안 이 못된 세상에서? 잘 가세요.
죽음아, 자랑해라. 견줄 데 없는 아가씨를
네가 차지했구나. 보드라운 창문아, 닫혀라.
그처럼 여왕다운 두 눈이 황금빛 해를
다시는 보지 못하리라. 왕관이 비스듬해요.
내가 고쳐 드릴게요. 그러고는 뛰놉시다.—
[경비병들이 수선스럽게 등장]

경비병 1 어디 계신가?

차미안 떠들지 마세요. 깨시겠어요.

경비병 1 시저가 보냈는데—

차미안 전령이 너무 느려요.
[그녀가 독사를 갖다 댄다.]
오, 빨리빨리. 반쯤 네가 느껴져.

경비병 1 가까이 와! 다 틀렸어. 시저를 속였어.

경비병 2 돌라벨라가 있다. 시저가 보냈다. 불러오자!
[경비병 한 사람 퇴장]

경비병 1 뭘 해, 차미안? 잘한 일이야?

차미안 잘한 일이지. 많은 왕의 후손인
왕녀에게 어울리는 일이거든.
오, 군인아! [차미안이 죽는다.]
[돌라벨라 등장]

돌라벨라 무슨 일인가?

경비병 2 모두 죽었소.

돌라벨라 시저, 당신은
이런 일을 염려했소. 그토록 당신이
피하려던 참혹한 꼴을 직접 보려고
오시는 중이오.
[시저와 모든 수행원들이 행진하여 등장]

모두 길을 내어라. 시저에게 길을 내어 드려라.

돌라벨라 너무나도 정확히 예언하셨습니다.
염려하셨던 그대로요.

시저 끝에 가서 용감했군.
내 의도가 좌절됐다. 여왕인지라
스스로 길을 갔다. 어떻게 죽었는가?
피 흔적이 없다.

돌라벨라 누가 끝에 있었는가?

경비병 1 순박한 촌사람이 무화과를 가져왔어요.
이게 그 바구니예요.

시저 그러면 독살이다.

경비병 1 오, 시저, 차미안이 살아서 말했습니다.
제가 보니 죽은 여왕 머리에 왕관을
바로잡고 있었어요. 떨며 서 있다가
갑자기 쓰러졌어요.

시저 갸륵한 배려다!
독약을 마셨다면 몸이 퉁퉁 부어서

111 고대에서부터 셰익스피어 시대에도 믿었던, 우주 만상은 불, 공기, 물, 흙의 4원소로 구성되어 있다는 관념. 죽으면 물과 흙의 몸을 버리고 불과 공기로 변한다고 하였다.

겉에 드러날 터인데, 자는 듯하다.
강력한 미모의 그물 속에 또 다른
안토니를 잡을 것 같다.

돌라벨라 가슴팍에
피 흔적이 있습니다. 조금 부었는데
팔에도 있군요.

경비병 1 독사의 자국인데 무화과 나뭇잎에
진흙이 묻었어요. 나일 강 동굴의
독사의 흔적이죠.

시저 그렇게 죽은 것이
확실하다. 주치의에 의하면 여왕이
쉽게 죽는 방법을 매우 여러 가지로
시험했다고 한다. 그 여자의 침대와
시녀들을 내가라. 안토니 옆에 묻겠다.
이토록 이름난 한 쌍을 지닌 무덤은
세상에 다시없겠다. 이러한 중대사는
그들에게는 혹독한 타격이나,
그들의 이야기는 그의 큰 영광만큼
종말도 탄식을 자아낸다. 우리 군은
위의를 갖추어 장례에 참례하고
뒤이어 로마로 갈 터이다. 돌라벨라,
엄숙한 식전에 최상의 질서를
유지시켜라.

[병사들이 침대에 누운 클레오파트라와
차미안과 이라스의 시체를 들고 모두 퇴장]

# 코리올라누스
# *Coriolanus*

## 연극의 인물들

카이우스 마르티우스 나중에 코리올라누스라고 부르게 됨
메네니우스 아그리파 그의 노인 친구
코미니우스 통령 겸 군사령관

타이투스 라르티우스 장군
볼룸니아 코리올라누스의 어머니
버질리아 그의 아내
어린 마르티우스 그의 아들
발레리아 로마의 정숙한 여인
(로마의 귀족들)

시시니우스 벨루투스 로마의 호민관
주니우스 브루투스 로마의 호민관
로마의 시민들
로마 군대의 병사들
(로마의 평민들)

툴루스 아우피디우스 볼스카의 장군
그의 부관
그의 하인들
아우피디우스와 함께한 음모자들
볼스카의 귀족들
볼스카의 시민들
볼스카 군의 병사들
아드리안 볼스카의 간첩
니카노르 로마의 반역자
로마의 의전관
전령들
로마 원로원의 관원들
보조원들(이딜리스)
부인, 안내원, 로마와 볼스카의 원로원 의원들과 귀족들, 로마 군의 지휘관들, 형리들

## 코리올라누스의 비극

### 1. 1

[봉기한 시민 한 떼가 막대기, 몽둥이, 기타 무기를 들고 등장]

시민 1 이 이상 더 나아가기 전에 내가 말할 테니 들어봐요.

모두 말해요, 말해요.

시민 1 모두 굶어 죽느니 차라리 죽을 결심이 돼 있소?

모두 돼 있소, 돼 있소.

시민 1 첫째로, 당신들은 카이우스 마르티우스가 민중에 대해 최고의 적이란 걸 알고 있소.

모두 알고 있소, 알고 있소.

시민 1 그자를 죽입시다. 그렇게 하면 우리가 부르는 값에 곡식을 살 수 있소. 그렇게 판결하오?

모두 더 말할 필요 없소. 그렇게 해요. 가요, 가요.

시민 2 시민들, 한마디만 들어요.

시민 1 우리는 가난한 시민이고 귀족들은 부자라고 하는데, 그들에게 남는 것만 가지고도 우리는 살 수 있소. 그렇게 남는 것을 상하기 전에 우리한테 준다면 그들은 인간적으로 우리를 살려준다고 하겠지만, 그들은 우리가 너무나 비싸다고 생각하오. 우리를 괴롭히는 수척한 꼴은 비참한 모습이지만 자기네 부를 헤아리는 주판알에 지나지 않고, 우리 고통은 그들의 소득이오. 모두가 갈퀴처럼 마르기 전에 곡괭이로 보복해요. 신들이 아시듯, 나는 복수에 목마른 게 아니라 빵 달라고 이렇게 말하는 거요.

시민 2 당신들은 특별히 카이우스 마르티우스를 골라서 그자에 대해 소송을 넣겠소?

모두 우선 그자요. 평민한테는 진짜 사나운 개요.

시민 2 당신은 그 사람이 제 나라 위해 무슨 일을 했는지 생각해봤소?

시민 1 물론이오. 그 점에 대해서는 좋은 점수를 줄 수 있소. 하지만 거만한 작태로 보상을 넉넉히 누리는 자요.

시민 2 하지만 악의를 갖고 말하지 말아요.

시민 1 당신에게 말하지만, 제 이름 날리며 행한 일은 명성이 목적이었던 거요. 속 편한 사람들은 조국을 위한 일이라고 하겠지만 자기 어머니에게 기쁨을 주려고 했던 일이고 한편으론 거만을 떨기 위한 짓이었소. 거만한 자요. 높이 용감한 만큼 높이 거만해요.

시민 2 어쩔 수 없이 타고난 성격인데 당신은 그걸 죄로 여겨요. 하지만 그 사람이 절대 욕심을 부렸다고 할 수 없소.

시민 1 그런 말 못 한대도 비난할 것이 적지 않소. 흠이 있는 자요. 굉장히 흠이 많소. 일일이 말하려면 지칠 정도요.

[안에서 고함 소리]

무슨 소동인가? 시내 저쪽이 들고일어났소. 왜 지껄이고 서 있소? 의사당으로 가요!

모두 갑시다, 갑시다!

[메네니우스 아그리파 등장]

시민 1 가만. 누가 여기 오는데?

시민 2 점잖은 메네니우스 아그리파요. 언제나 평민을 사랑하는 분이오.

시민 1 상당히 정직한 사람이오. 나머지 모두도 그랬으면 좋겠네요!

메네니우스 시민들, 웬일이오? 막대기, 몽둥일 들고 어딜 가요? 뭐요? 말해요.

시민 1 우리가 하는 일은 원로원[1]이 모르지 않아요. 우리가 어쩔는지 지난 보름 동안 의원들이 낌새채고 있었어요. 이제 우리는 행동으로 보이려고 해요. 가난한 민원인은 입만 세게 놀린다고 비웃는데, 팔뚝도 세다는 걸 알게 돼요.

메네니우스 여러 착한 친구들, 정직한 이웃들, 신세를 망쳐 버리겠다고 작정했어요?

시민 1 벌써 망쳐 버려서 더 망칠 수도 없어요.

메네니우스 바른대로 말해서 원로원 어른들은
당신들을 무척이나 염려하오.
기근이 괴롭다고 로마에 몽둥이를
치켜드는 행위는 하늘을 치는 짓과
마찬가지요. 로마는 정한 길로
나갈 것이니 당신들의 방해쯤은
만 곱절이 되더라도 까부술 것이오.
기근이란 재해는 원로원이 아니라
신들이 만드시니, 팔뚝 힘이 아니라

1 로마의 귀족들로 구성된 의회.

무릎 꿇고 비는 게 마땅한데, 오!
재난에 휩쓸려 당신들은 큰 재난이
도사린 난동으로 치닫고 국가란 배의
선장들을 욕하고 원수처럼 저주해도,
그들은 부모처럼 당신들을 보살펴요.

시민 1 보살펴요? 흥, 멋지군요! 그런데 아직껏 그런 적
없어요. 우리는 굶으라고 내버리고 자기네
곳간은 곡식으로 넘쳐나요. 대금업자를 두둔할
고리채 법을 만들고 부자들을 억제하기 위해서
만들었던 괜찮은 법령들을 날마다 취소하며,
빈민을 옥죄는 법률을 날마다 만들고 있어요.
전쟁이 우리를 삼키지 않는다면 그자들이 우리를
통째로 삼킬 테죠. 그들의 사랑이란 고작 그거요.

메네니우스 당신들은 악의가 유별나거나
어리석단 비웃음을 살 수밖에 없소.
적절한 이야기를 해드리겠소.
들은 이도 있겠지만 내 말의 요지를
썩 잘 나타내므로 묵은 이야기라도
한번 더해 보겠소.

시민 1 그렇다면 한번 들읍시다. 하지만 이야기 따위로
우리의 뼈아픈 사실을 은근슬쩍 넘겨버릴
생각은 마시오. 그게 아니면 얘기하시오.

메네니우스 한번은 온몸의 지체들이 위에게
항거하여 이렇게 비난했다오.
위는 소용돌이처럼 한복판을 차지하고
아무 일도 안 하고 빈둥거리며
언제나 먹을 것만 받아 챙기고
남들이 지는 짐을 나눠지지 않는데
그 밖의 장기들은 보고 듣고 생각하고
말하고 걸으며 지각하고 함께 일해
온몸의 공동적인 필요와 요구에
응한다고 했다 하오. 위가 대답하기를—

시민 1 그래 뭐라고 했대요?

메네니우스 얘기하겠소. 허파가 아니라
위에서 솟는 웃음과 함께—잘 들어요.—
위는 말할 뿐 아니라 웃기도 해요.—
불평하는 지체들이 먹기만 한다고
비난하는 기관들에게 한심하다는 듯이
위가 대답했대요. 당신들도 똑같이
원로들이 당신들과 같지 않다고
욕을 해요.

시민 1 위가 뭐라고 대답했죠?
왕으로서의 머리, 경계를 풀지 않는 눈,
참모 역인 심장, 우리의 군대인 팔,
군마인 다리, 신호 나팔인 우리의 혀,
이런 우리 조직의 기타 여러 가지
방어와 도움들이 만일—

메네니우스 그래서?
말을 잘하시는군! 그래서 어쩌죠?

시민 1 한없이 처먹는 배, 몸의 수챗구멍인
그 녀석을 제한하면—

메네니우스 그래서?

시민 1 앞에 말한 기관들이 불만을 일으키면
위가 뭐라고 할 거요?

메네니우스 말하겠소.
참을성을 조금만 발휘하면—당신은
그게 모자라지만—위의 답이 들릴 거요.

시민 1 답을 빙빙 돌리네요.

메네니우스 이것 보오, 좋은 친구.
위는 신중하여서 그처럼 경솔치 않아
생각이 깊은 터라 이렇게 대답했소.
"옳은 말이오, 우리 조직 동료들,
당신들이 먹고사는 음식을 내가 먼저
받는데, 내가 온몸의 창고이며
공장인 만큼 그것은 당연하오.
하지만 기억들 하는가? 당신네
핏줄을 통해 그것을 궁궐인 심장과
왕좌인 머리로 보내는 것인데,
복잡한 통로와 작업실을 통해서
강인한 힘줄과 작은 핏줄이
자연이 부여하는 기력을 공급받아
생명을 유지하는 것이오. 한꺼번에—
여러 친구들—위가 말하길—

시민 1 그럴 수 있죠.

메네니우스 "내가 각자에 주는 걸
모두가 동시에 알아보지 못해도
따져보면 모두가 가루를 가져가고
밀기울만 나한테 남긴다." 했소.
어떻게 생각하오?

시민 1 대답을 했군요. 그래, 어떻단 말이죠?

메네니우스 로마의 원로들은 그런 위와 같고
당신들은 불평하는 지체니, 그분들의

권고와 염려를 알아보고 공공의
이익을 생각하면 당신들이 향유하는
온갖 혜택은 당신들이 아니라고 한
그들에게서 온다는 것을 알 수 있소.
당신은 이 무리의 엄지발가락인데
어떻게 생각하오?
시민 1 내가 엄지발가락이오? 왜요?
메네니우스 똑똑한 난동에서 가장 낮고 천하고
볼품없는 자인데 맨 앞에 나섰거든.
쫓아가는 녀석 중에 제일 못난 똥개가
뭔가 득을 보려고 앞장섰구먼.
하지만 몽둥이와 방망이를 쳐들어요.
로마와 쥐새끼가 싸우려고 하는데
그중 한쪽이 지겠지.
[카이우스 마르티우스 등장]
잘 오셨소, 마르티우스!
마르티우스 고맙소.—웬일인가? 시끄러운 떼거리,
하잘것없는 자만심이 근질거려 긁어대니
부스럼이 됐다고?
시민 1 좋은 말만 듣는군요.
마르티우스 네게 듣기 좋은 말만 하는 자는
싫어할 데도 없다. 전쟁도 평화도
싫다는 개새끼들, 그래 무얼 달라고 해?
전쟁엔 겁내고 평화엔 건방져?
너희를 믿는 자는 사자가 아닌 토끼며,
여우 아닌 거위[2]란 걸 알 수가 있고
얼음 위에 피워놓은 숯불 같거나
햇볕 속 우박처럼 믿지 못할 놈들이다.
처벌받은 범죄자를 위대하게 만들고
그를 징벌한 법을 욕하는 게 자랑이다.
힘을 찬양할 자는 미움을 사고
병든 자의 입맛처럼 병을 악화시킬 것만
몹시 탐한다. 너희 뜻에 의존하면
납덩이 매달고 헤엄치는 짓이며
짚으로 참나무 베기다. 너희를 믿어?
매순간 변심해서 밉다던 자를
고귀하다고 찬양하고 화관처럼 받든 이를
못된 자라고 욕한다. 왜 그러는가?
존귀한 원로원을 사방에서 욕하는데
그분들은 신들의 위임으로 너희를
엄숙하게 다스린다. 그러지 않으면
서로 잡아먹겠다.
[메네니우스에게] 원하는 것이 무엇이오?
메네니우스 부르는 값으로 곡식을 달래요.
시내에 넉넉히 있다며.
마르티우스 망할 것들! 그 소리요?
화롯가에 둘러앉아 의회가 하는 일을
아는 척할 테지. 어떤 놈이 떠오르고
어떤 놈이 망하는지, 누구 편을 들어서
혼인을 맺어주어 파벌을 굳히고
자기가 싫어하는 자들을 끌어내려서
떨어진 신발로 밟거든. 곡식이 넉넉해?
원로원 양반들은 자비심을 제쳐놓고
나는 칼을 휘둘러 녀석들의 각을 떠서
창을 높이 던져야 닿을 만큼 무더길
높게 쌓겠소.
메네니우스 모두들 시내에 곡식이 넉넉하다고
믿고 있소. 조금도 신중하지 못한 데다
한없이 겁이 많소. 그런데 말이오,
다른 패는 뭐라고 하오?
마르티우스 흩어졌소. 망할 것들!
배들이 고프대요. 속담을 읊더군요.
굶으면 돌담도 무너진다, 개도 먹어야 산다,
음식은 먹으라고 생겼다, 곡식은 신들이
부자에게 주신 것은 아니라는 둥—
이런 군말 따위로 불평을 털어놓아
답변을 얻어내고 청원을 허락받았소.
청원인즉 괴상한데 귀족들을 까부수고
담대한 용기를 겁내게 하는 거요.
그랬더니 조각달에 걸릴 만큼 모자를 높이 던져
저마다 질세라 외칩디다.
메네니우스 무슨 허락이었소?
마르티우스 평민을 대변할 호민관[3] 다섯을
선출하는 것이오. 하나는 브루투스,
또 하나는 벨루투스, 나머지는 모르오.
잡것들이 도시의 지붕을 날리기 전엔

2 뒤뚱거리는 거위(기러기)를 어리석은 바보의 대명사로 사용했다.
3 당시 공화국이던 로마에서 평민의 권익을 위해 평민 중에서 선출되던 고위 관리. 훗날 줄리어스 시저도 호민관의 한 사람이었다.

나에게는 어림없소! 조금만 지나면
권력을 잠식하여 반란의 정당성을
외쳐대는 큰 소리로 시끌벅적하겠소.
메네니우스 괴이한 일이오.
마르티우스 [시민들에게] 오합지졸아, 집으로 가라.
[전령이 급히 등장]
전령 마르티우스, 어디 계시오?
마르티우스 여기다. 무슨 일인가?
전령 볼스카들이 일어났다는 소식예요.
마르티우스 기쁜 일이군. 썩어가는 찌꺼기를
버릴 데가 생겼소.
[시시니우스 벨루투스, 주니어스 브루투스,
코미니우스, 타이투스 라르티우스, 기타 의원들
등장]
최고 원로들일세!
의원 1 마르티우스, 당신이 하신 말이 옳았소.
볼스카들이 일어났소.
마르티우스 아우피디우스라 하는
저들의 지도자가 당신들을 시험할 건데,
고매한 그 사람을 질투하니 내 죄가 크오.
내 입장만 아니라면 그이처럼 되는 것이
내 소원이오.
코미니우스 당신은 그자와 싸웠소!
세상이 두 쪽 돼서 지독하게 싸울 때
그가 내 편이래도 그자와 싸우기 위해
반란도 불사하겠소. 내가 자랑스럽게
때려잡을 사자요.
의원 1 그렇다면 마르티우스,
코미니우스를 도와서 전쟁에 나가시오.
코미니우스 [마르티우스에게]
당신이 약속했소.
마르티우스 그렇소. 약속했소.
잊지 않았소. 라르티우스, 또다시 내가
그자의 뺨을 치는 것을 보여주겠소.
아직 빳빳하시오? 괜찮으시오?
라르티우스 아니지만,
뒷전에 남기보다는 한 발은 목발 짚고
다른 발로 싸울 테요.
메네니우스 진정한 투사요!
의원 1 의사당에 갑시다. 우수한 친구들이
기다리고 있소.
라르티우스 [코미니우스에게] 앞에 서시오.
[마르티우스에게] 저분을 따르시오. 우리는 당신을
따라야 하오. 으뜸이시니.
코미니우스 귀하신 분.
의원 1 [시민들에게]
집으로 돌아가요.
마르티우스 따라오라 합시다.
볼스카들은 곡식이 많으니 쥐 떼를 데려가서
곳간을 갉으라 하오. [시민들이 슬금슬금 빠져나간다.]
훌륭하신 난동꾼들,
제법 용감하구나. [의원들에게] 따라오시오.
[시시니우스와 브루투스 외에 모두 퇴장]
시시니우스 마르티우스보다 건방진 자가 어디 있겠소?
브루투스 버금갈 자가 없소.
시시니우스 우리가 평민의 호민관에 뽑혔을 때—
브루투스 그의 입과 눈을 봤소?
시시니우스 콧방귀만 들었소.
브루투스 성이 나면 서슴없이 신들을 비웃고—
시시니우스 얌전한 달님도 놀리오.
브루투스 이번 전쟁에 몰입하는 바람에
건방지게 되어서 용맹이 치솟았소.
시시니우스 그런 성격은 좋은 운에 신나서
한낮에 제 그림자를 짓밟고 경멸하오.
그 교만한 자가 코미니우스 밑에서
참을지 의심스럽소!
브루투스 그자가 바라는
찬란한 명성을 벌써 갖고 있는데
명성을 누리거나 명성을 더하기엔
둘째라는 지위가 더없이 좋소.
인간으로서의 최선을 다한대도
모든 잘못은 상관에게 돌아가오.
못난 판단은 '그분이 맡았다면!'
하고 그자를 추키겠소.
시시니우스 그뿐 아니라
마르티우스에게 쏠려 있는 여론은 코미니우스의
공적을 빼앗겠소.
브루투스 그러면 마르티우스는
공적이 없어도 명예의 절반은
그자에게 돌아가고 코미니우스의 잘못은
마르티우스의 공적으로 변하게 되오.
아무 공로가 없으나—

시시니우스 저리 가서
그자의 자만심 외에, 결말이 어떻고
행동이 어떤 꼴인지
들어봅시다.

브루투스 같이 갑시다. [둘 퇴장]

## 1. 2

[툴루스 아우피디우스가 코리올레스의 원로원
의원들과 함께 등장]

의원 1 아우피디우스, 그러면 당신 의견은
로마인들이 비밀을 탐지해서
우리 일을 안다는 거요.

아우피디우스 당신 의견 아니오?
여기서 실행키로 계획했던 일 치고
로마가 먼저 선수 치지 않은 게 있었소?
그쪽 소식 들은 것이 나흘도 안 됐소.
이런 말 합디다. 여기 편지가
있을 건데,—그렇군. 편지가 여기 있소.
[읽는다.] "군을 일으켰으나 동쪽인지 서쪽인지
분명치 않소. 기근이 혹심하여
민중이 일어났고, 소문에 의하면
코미니우스와 당신의 적수이며
로마인들이 당신보다 미워하는 마르티우스와
용맹한 라르티우스 등 3인이 지휘하나
행선지는 알 수 없소. 확실히 당신을
겨냥하니 그리 아시오."

의원 1 우리 군이
전쟁에 나가 있소. 로마가 우리에게
응전할 준비가 돼 있지 않을 거라고
생각지 않았소.

아우피디우스 우리의 작전을
숨기고 있다가 필요한 때가 되면
드러내려고 했는데 아직 모의 단계에서
로마에 알려진 것 같소. 그런 만큼
목적을 줄여야겠소. 우리의 움직임을
로마가 알기 전에 되도록 많은 성을
점령코자 했던 거요.

의원 2 고귀한 아우피디우스,
명령을 받고 부대로 달려가시고
코리올레스 방어는 우리에게 맡기시오.
우리가 포위되면 군대를 데려와
포위를 풀어주오. 그러나 로마는
우리에게 대비한 건 아닐 거요.

아우피디우스 틀림없소.
확실한 말이오. 뿐만 아니라
그들의 병력 일부가 이미 여기로
향하고 있소. 여기서 여러분과 작별하오.
우리 군과 마르티우스가 만나게 되면
두 사람 중 하나가 움직일 수 없기까지
상대방을 치기로 맹세했소.

의원들 전부 신들이 도우시길!

의원 1 당신들의 명예를 지키시길!

의원 2 잘 가시오.

모두 잘 계시오.
[아우피디우스는 한쪽 문으로, 의원들은
다른 문으로 퇴장]

## 1. 3

[마르티우스의 모친 볼룸니아와 그의 아내 버질리아 등장.
둘은 낮은 의자에 앉아 바느질을 하고 있다.]

볼룸니아 얘, 어미야, 노래를 부르든가 좀 더 기쁜 맘으로
속을 나타내어라. 아들이 내 남편이라면 그 사람이
강렬한 애정을 보여주는 침상의 포옹보다 집 밖에서
명예를 쌓으니까 남편이 나가고 없을 때 신바람
날 게다. 걔가 몸이 약골이고 외아들일 때
잘생긴 젊은이라 사람들의 눈길을 잡아끌고
왕들이 한 시간만 아들을 팔라고 간청해도
어미는 한 시간도 안 볼 수가 없다고 거절하던
시절에, 나는 그런 사내에게 명예가 어떻게
어울릴지 생각했다고.—활동이 없는 명성은
벽에 붙인 초상화나 다름없겠지.—내 아들이
명성을 얻을 만한 장소에서 위험한 일을 찾아
보라는 게 마음에 들었어. 잔혹한 전쟁터에
내보냈더니 이마에 참나무 관[4]을 두르고 왔지.
어미야, 솔직히 말해 처음 그 애가 청년이 됐단
말을 들은 것 못지않게 처음으로 사내구실을
했다는 걸 알고서 기뻐 뛰었다.

버질리아 하지만 어머님, 만일 그런 일을 하다가

죽었다면 어쩌겠어요?
볼룸니아 그때엔 그 애에 대한 멋있는 기록이 아들 노릇을
하겠지. 거기서 자식을 얻은 셈 치겠다. 진심에서
우러난 말이다. 내게 아들이 열둘이 있고 그 각각을
똑같이 사랑해서 모두가 너와 내가 사랑하는 마르티우스
이상으로 소중하대도, 그중 한 놈이 괜히 향락에
빠지기보다는 열하나가 나라를 위해 죽는 게 나아.
[시녀 등장]
시녀 [볼룸니아에게] 마님, 발레리아 부인께서 뵈러
오셨습니다.
버질리아 저는 물러가겠으니 허락하세요.
볼룸니아 그러면 안 되지.
네 남편의 북소리가 여기로 온다.
아우피디우스의 머리털을 낚아채어 떨구는데
볼스카인은 곰에게서 달아나는 애들과 같아.
그 애가 발 구르며 소리치기를,
"오라, 겁쟁이들아. 로마 출생이라도
비겁하게 생긴 것들!" 하면서, 피 묻은 낯을
철갑의 손으로 닦으며 나아가니까,
모두 베지 않으면 품삯을 못 받는
추수꾼 같다.
버질리아 피 묻은 낯? 맙소사, 피는 없어야죠!
볼룸니아 보기 싫다, 못난 것아! 승리의 기념탑엔
금박보다 피 얼룩이 사내한테 어울려.
헥토르에게 젖을 물린 헤카베[5]의 가슴보다
헥토르의 이마가 적의 칼에 멸시의 피를
뿜었을 때 더 고왔어.
[시녀에게] 발레리아에게
맞을 준비가 됐다고 해. [시녀 퇴장]
버질리아 하늘이여, 적장에게서 남편을 지키시길!
볼룸니아 그자의 머리를 무릎 밑에 떨구고
놈의 목을 밟겠다.
[발레리아가 안내인과 시녀와 함께 등장]
발레리아 두 분 마님, 좋은 하루 되세요.
볼룸니아 정다운 부인.
버질리아 마님을 뵈니 기쁩니다.
발레리아 두 분 어찌 지내세요? 확실히 두 분은 집안일에
충실하네요.
[볼룸니아에게] 무슨 바느질이죠? 오, 참말 예쁜
무늬군요.
[버질리아에게] 어린 아드님은 어떤가요?
버질리아 마님, 고맙습니다. 잘 지내고 있어요.
볼룸니아 학교 선생보다는 칼 보는 걸 좋아하고 북소리
듣는 걸 좋아해.
발레리아 확실히 그 아버지에 그 아들예요! 아주 잘난
아이가 틀림없어요! 정말이지, 지난 수요일에,
반시간 내내 그 아이를 쳐다봤어요. 아주 야무진
얼굴이에요! 알락달락한 나비를 쫓아가데요.
그걸 잡더니 다시 놔주고는 다시 따라가 끈질기게
쫓아가다 넘어졌다가 벌떡 일어나더니 다시 가서
잡더라고요. 넘어져서 화났는지 어쨌는지 이를
악물더니 나비를 찢어 버리더군요! 오, 갈기갈기
찢었어요!
볼룸니아 제 아비 성질 중 하나요.
발레리아 참말 기백이 있는 아이예요.
버질리아 말썽쟁이죠.
발레리아 자, 바느질은 놔두세요. 오늘 오후에는 나하고
빈둥거리는 아낙네 노릇이나 해봅시다.
버질리아 아니에요. 저는 밖에 안 나겠어요.
발레리아 밖에 안 나가요?
볼룸니아 나갈 거요, 나갈 거요.
버질리아 용서하셔요. 주인이 전쟁에서 돌아오실 때까지
문지방을 넘지 않겠어요.[6]
발레리아 저런. 너무 무리하게 자신을 억눌러요. 금방
해산할 부인을 찾아가 봐야 해요.
버질리아 속히 몸을 추스릴 걸 바라고 기도로 찾겠어요.
하지만 거기로 갈 수가 없어요.
볼룸니아 왜 그래?
버질리아 수고를 아끼거나 사랑이 없는 것이 아니에요.
발레리아 또 하나의 페넬로페[7]가 되려고 해요. 하지만 남편이
없는 동안 그녀가 짠 천은 이타카를 좀벌레로 가득
채웠을 뿐이래요. 부인의 세마포가 당신 손가락처럼

4 다른 시민의 목숨을 구해준 로마인에게 수여되던, 잎이 붙은 산 참나무 가지로 만든 화관. 그는 셰익스피어가 「루크리스의 겁탈」에서 다룬 폭군 타퀸을 물리치는 전쟁에 나갔었다.
5 전설에 따르면, 트로이 왕비 헤카베의 맏아들 헥토르는 로마인의 먼 조상이었다.
6 남편이 전쟁에 나가 있을 때 아내는 집 안에 칩거하는 것이 로마 귀족의 법도였다.
7 20여 년 동안 베를 짜며 수절한 율리시스의 아내.

감각이 예민하면 좋겠군요. 바늘에 찔리는 손가락이
불쌍해서 그만뒀으면 해요. 자, 우리와 함께 가요.

버질리아 아니에요, 마님. 용서하세요. 저 정말 나다니지
않겠어요.

발레리아 정말 우리하고 같이 가셔야 해요. 당신 남편에
대해서 아주 좋은 소식을 들려줄게요.

버질리아 마님, 아직은 좋은 소식이 있을 수 없어요.

발레리아 정말이에요. 당신하고 농담하는 거 아니에요.
어젯밤 그분한테서 소식이 왔다고요.

버질리아 정말이에요?

발레리아 진짜 정말이에요. 어떤 의원이 말하는 걸 들었는데,
이렇게 됐대요. 볼스카 사람들이 군대를 내보냈는데
거기에 맞서서 코미니우스 장군이 우리 로마 군의 일부를
데려갔대요. 당신 남편과 라르티우스가 볼스카의 도성
코리올레스 앞에 포진했대요. 승리를 의심치 않아
전쟁을 짧게 치르고 만대요. 이것은 명예를 걸고
정말이에요. 그러니까 우리하고 같이 가요.

버질리아 착하신 마님, 실례하겠어요. 이후론 무슨 일에나
마님 말씀대로 하겠어요.

볼룸니아 [발레리아에게] 그냥 둬요, 부인. 지금 형편
같아서는 우리의 흥만 깨겠소.

발레리아 정말 그럴 것 같군요. 그럼 잘 있어요. 자, 부인,
우리끼리 갑시다. 버질리아, 제발 엄숙한 태도를
문밖에 쫓아내고 우리와 같이 가요.

버질리아 안 돼요. 한마디로 거절해요. 정말 나갈 수 없어요.
두 분 재미 많이 보세요.

발레리아 그럼 잘 있어요.

[발레리아, 볼룸니아, 안내인이 한쪽 문으로,
버질리아, 시녀가 다른 문으로 퇴장]

## 1. 4

[마르티우스와 타이투스 라르티우스가 고수, 나팔수,
기수들과 함께 등장하고 지휘관들과 병사들이
성에 기어오를 사다리들을 들고 등장]

마르티우스 전령이 오오. 만났나 안 만났나 내기를 하오.

라르티우스 말로 하오. 안 만났소.

마르티우스 그리하오.

라르티우스 좋소.

마르티우스 [전령에게] 장군이 적과 만났는가?

전령 서로 마주 봅니다만 아직 붙지 않았습니다.

라르티우스 그래서 그 말이 내 것이오.

마르티우스 되사겠소.

라르티우스 안 되오. 팔지도 주지도 않겠소. 빌려주긴
하겠소. 50년 동안.
[나팔수에게] 도성에 고하라.

마르티우스 [전령에게]
두 군대가 어디 있나?

전령 여기서 1마일 반쯤 떨어진 데요.

마르티우스 양측의 경계 신호[8]가 들릴 정도다.
군신이여, 여기서 신속히 끝낸 다음
피 묻은 칼을 들고 전쟁의 아군을
도우러 가겠소.
[나팔수에게] 자, 불어제쳐라.
[그들이 회담을 요청한다. 두 원로원 의원이
그 밖의 몇 사람과 함께 코리올레스 성벽
위에 등장]
[의원들에게] 아우피디우스가 성안에 있소?

의원 1 없소. 당신을 겁내는 자도 없소.
없다 못해 전혀 없소.
[멀리서 북소리]
[볼스카인들에게] 들어보라. 우리 북소리에
젊은이들이 몰려온다. 갇혀 있기보다는
담벼락을 부수겠다. 아직 우리 성문들은
잠긴 듯하나 지푸라기로 잠갔으니
저절로 열리겠다.
[멀리서 경계 신호]
[로마 군에게] 들어라. 저 멀리
아우피디우스가 갈라진 군대에서
무엇을 하는지 들어라.

[볼스카인들이 성벽에서 퇴장]

마르티우스 오, 붙었구나!

라르티우스 저 소리가 명령이다. 사다리 가져와라!

[볼스카 군이 성문으로 등장]

마르티우스 우리를 겁내지 않고 몰려나온다.
가슴에 방패를 대고 방패보다 질긴
가슴으로 싸우자. 라르티우스, 나서시오.
우리를 한없이 경멸하는 저자들이

8 공격 개시 전에 군대에게 보내는 신호로, 이 극에서는 주로 북이 울린다.

성난 땀을 흘리게 만든다. 친구들,
전진하라! 물러서는 자들은 볼스카인이라
칼 맛을 보이겠다.
[경계 신호. 로마 군이 퇴각당해 그들의
참호로 퇴장. 볼스카인들이 쫓아간다.]

## 1. 5

[퇴각 중의 로마 병사들 등장. 마르티우스가 욕하며
뒤따른다.]

라르티우스 축축한 남풍에 염병이 걸려라,
로마의 창피들아! 너희 떼에 종기가
온몸을 잔뜩 덮어 사람마다 피하고
십 리 밖 역풍에도 너희끼리 옮아라!
사람의 탈 쓴 거위 놈들, 원숭이도 물리칠
못난이들한테서 도망치는 꼴이라니!
지옥에 처넣을 놈들! 등마다 칼 맞고
도망치며 겁에 질려 등은 뻘겋고
얼굴은 허옇다! 돌아서서 덤벼들어.
그러지 않으면 번갯불에 맹세코
적 대신 너희와 싸울 테니 명심해라!
그들이 우리를 참호로 몰아냈듯
그들을 여편네들에게로 몰아가겠다.
[또다시 경계 신호. 볼스카인들이 공격하려고
다시 등장, 마르티우스가 그들을 물리치고
성문까지 쫓아간다.]
성문이 열렸다. 내 뒤를 받쳐달라.
도망자가 아니라 추격자를 위하여
운수가 열어준다. 나를 보고 따라 해.
[그가 성문을 들어선다.]

병사 1 만용이다! 나는 안 한다.

병사 2 나도 안 한다.
[경계 신호가 계속된다. 성문이 닫히고
마르티우스가 속에 갇힌다.]

병사 1 저거 봐. 저 사람 갇혔다.

병사 2 틀림없이 끓는 물에 처넣을 거야.
[라르티우스가 사다리를 든 병사들과 함께 등장]

라르티우스 마르티우스가 어찌 됐나?

병사 3 틀림없이 죽었겠죠.

병사 1 달아나는 적군 뒤를 바짝 따라가다가
성문으로 들어갔소. 그런데 갑자기
문이 닫혔소. 혼자서 온 성을
상대하게 되었소.

라르티우스 고귀한 친구!
예민한 감각이 감각이 없는 칼보다 용감하여
칼이 고개를 숙일 때 굳게 섰구나!
오, 마르티우스, 당신을 끝내 잃었소!
당신만큼 거대한 루비도 그토록
값질 수 없소. 카토[9]가 그런 군인이었소.
칼에만 사납고 맹렬할 뿐 아니라
무서운 얼굴과 우레 같은 목소리로
마치 온 세상이 열병에 걸린 듯
적군이 떨었소.
[마르티우스가 적의 공격을 받아서 피 흘리며 등장]

병사 1 보십시오.

라르티우스 오, 마르티우스!
데리고 오거나 저처럼 버티자.
[그들이 싸우다가 모두 성안으로 들어간다.]

## 1. 6

[몇몇 로마인이 전리품을 가지고 등장]

로마인 1 이거 로마로 가져가겠어.

로마인 2 나는 이거.

로마인 3 제기랄! 난 이걸 은인 줄 알았지 뭐야.
[멀리서 계속하여 경계 신호. 피 흘리는
마르티우스와, 타이투스 라르티우스가 나팔수와
함께 등장]

마르티우스 금간 엽전 한 푼에 시간을 허비하는
일꾼들을 보시오! 이런 천한 놈들이
전투가 끝나기 전에 방석, 납 숟갈,
반 푼짜리 쇠붙이, 망나니가 사형수와
함께 묻을 저고리를 꿍쳐 넣고 있소.
때려 내쫓아! [로마인들이 전리품을 들고 퇴장]
사령관의 목소리다. 그리로 가자!
내 혼이 증오하는 아우피디우스가

9 로마 군의 용기를 칭찬한 사람으로서, 셰익스피어의 비극 「줄리어스 시저」에 등장하는 웅변가, 문장가인 카토와는 다른 사람이다.

로마인을 찌른다. 라르티우스, 적당한
인원을 인솔하여 성을 마저 진압하시오.
나는 속히 용감한 자들과 함께 가서
코미니우스를 돕겠소.

라르티우스 귀공, 피가 흐르오.
지금까지 활동이 너무 격해서
또 싸우지 못하시오.

마르티우스 칭찬하지 마시오.
아직도 신명나지 않았소. 잘 가시오.
내가 흘리는 피는 위험하기보다는
건강에 좋소.[10] 이 모양 이대로
아우피디우스와 싸우겠소.

라르티우스 운수의 여신이
당신을 사랑하여 막강한 주문으로
적의 칼이 비껴가게 하기를! 용감한 이여,
승리가 뒤따르길!

마르티우스 여신이 올려놓은
높은 자 이상으로 당신에게 친구가 되길!
안녕히 계시오.

라르티우스 존귀한 마르티우스! [마르티우스 퇴장]
광장 한복판에서 나팔을 크게 불어라.
도성의 관리들을 불러 모아라.
우리 뜻을 알리겠다. 모두 가자. [각기 퇴장]

## 1. 7

[코미니우스가 퇴각하는 듯, 병사들과 함께 등장]

코미니우스 숨 돌려라. 잘 싸웠다. 로마인답게
퇴각했다. 접전 시에 우둔하지 않았고
후퇴 시에 비겁하지 않았다. 적이 다시
공격하여 올 터인데 우리가 싸울 때
우리 편의 공격이 바람 속에 들려왔다.
로마의 신들이여, 우리 쪽의 소원처럼
저들의 승리를 이끄시어 양측의 군이
웃음 짓는 얼굴로 서로를 만나
감사제를 올리게 하소서!
[전령 등장]
어찌 됐는가?

전령 코리올레스 시민이 밖으로 몰려나와
라르티우스와 마르티우스께 싸움을 걸어왔고
우리 쪽이 참호까지 쫓기는 것을 보고
거길 떠났습니다.

코미니우스 사실인지 모르나
확실치 않다. 얼마 됐는가?

전령 한 시간 넘었습니다.

코미니우스 1마일이 안 된다. 방금 북이 울렸다.
어떻게 1마일에 한 시간을 소비하고
이렇게 늦었는가?

전령 수색대의 추격으로
할 수 없이 3, 4마일 돌아서 왔습니다.
그런 일만 없었다면 반시간 전에
보고했을 것입니다. [퇴장]
[마르티우스가 피투성이가 되어 등장]

코미니우스 저게 누군가?
살 거죽을 벗긴 꼴로 나타나다니?
오, 맙소사! 마르티우스의 몸짓이구나.
전에도 본 적 있소.

마르티우스 내가 너무 늦었소?

코미니우스 천둥과 북소리를 목동이 구별하듯
보통 사람 목소리와 마르티우스의 목소리를
나는 구별하지요.

마르티우스 내가 너무 늦었소?

코미니우스 그렇소. 뒤집어쓴 것이 당신 피가 아니고
남의 피라면.—

마르티우스 당신을 갑옷째 껴안겠소.
연애하던 시절처럼 온전하게 안겠소.
결혼식이 끝난 뒤 촛불이 금침으로
이끌 듯, 마음이 기쁘오.
[두 사람이 포옹한다.]

코미니우스 무사의 꽃이여! 라르티우스는 어찌 됐소?

마르티우스 법령을 내리느라 분주한 사람 같소.
더러는 사형하고 더러는 유배하고
몸값 받고 동정하고 위협을 가하며
로마의 이름으로 제압당한 이 성은
사냥개처럼 끈에 묶여 아양을 떨고,
그 사람은 마음대로 놓아주는 것이오.

코미니우스 당신들이 참호까지 쫓겼다고 한 녀석이
어디 갔나? 불러와라.

10 르네상스 시대에는 특히 다혈질 사람의 피를 뽑아주는 것이 치료의 방법이었다.

마르티우스 그냥 두시오.
사실을 말했소. 우리 쪽 사람들은—
평민 부대 말이오.—못난 것들! 흥, 호민관!
고양이 무섭다는 생쥐보다 더 못난 쥐 떼를
무섭다고 달아났소.
코미니우스 한데 어찌 이겼소?
마르티우스 얘기할 틈이 있소? 없는 듯하오.
적군이 어디 있소? 전쟁터를 장악했소?
장악하기 전이라면 어째서 쉬겠소?
코미니우스 우리는 불리한 처지에서 싸웠는데
목적을 달성코자 후퇴를 감행했소.
마르티우스 적의 배치가 어떠하오? 정예 부대가
어느 쪽에 있는지 알고 계시오?
코미니우스 짐작컨대 선봉대는 앤시엄[11] 부족이오.
신임이 매우 두텁소. 저들의 희망인
아우피디우스가 지휘하오.
마르티우스 부탁이오.
피차에 함께 싸운 모든 전투와
함께 흘린 모든 피와 우리 둘의 우정을
끝까지 지키기를 다짐한 맹세하에
아우피디우스와 그자의 부족 앞에
정면으로 나 자신을 세워주시오.
그리하면 지체 없이 칼과 창으로
대기를 가득 메워, 이 시간 즉시
실력을 겨루겠소.
코미니우스 따스한 목욕물로
당신을 데려가 향유를 발라줄
마음이지만 도저히 그 요청을
거절할 수 없소. 당신의 활약에
도움이 될 사람들을 선출하시오.
마르티우스 주저 없이 나서는 사람이오.—의심은
죄가 되오.—여기서 보듯 만일
몸에 칠한 이 얼룩을 좋아한다면
오명을 제 몸보다 두려워한다면
구차한 목숨보다 용감한 죽음을
귀중히 여긴다면, 자신보다 조국을
소중히 안다면, 그러한 사람과
그렇게 생각하는 사람들만 이렇게
손을 흔들어 마르티우스를 따르라.
[자기 칼을 흔든다. 모두가 고함치며
칼을 휘두르고 그를 팔에 떠메고
모자를 벗어서 높게 던진다.]
오, 나를 놓아라! 나를 칼로 삼는가?
이런 행동이 겉발림이 아니라면
볼스카인 네 명을 못 당할 자 누구이며
아우피디우스의 방패만큼 굳센 방패를
들이대지 않겠는가? 모두가 고맙지만
몇 사람을 골라야겠다. 나머지는
상황에 따라 또 다른 전투에서
할 일을 맡기겠다. 다함께 전진하자.
열성이 충만한 자들로 신속하게
특공대를 고르겠다.
코미니우스 친구들, 전진하자.
씩씩한 이 모습을 실천에 옮기면
모든 전리품들을 같이 나눌 터이다. [모두 퇴장]

## 1. 8

[타이투스 라르티우스가 코리올레스에 감시병을
세우고 고수와 나팔수와 함께 코미니우스와
카이우스 마르티우스를 향해 가면서 부관과 기타
병사들과 정찰병과 함께 등장]
라르티우스 [부관에게] 성문들을 감시하고 내가 지시한 대로
책임을 다하라. 사람을 보내면 우리를 돕도록
중대들을 보내달라. 나머지는 잠시 동안
지킬 터이다. 전투에 패하면
도성을 유지하지 못한다.
부관 걱정하지 마십시오.
라르티우스 가봐라. 우리가 나간 뒤에 성문을 잠가라. [부관 퇴장]
[정찰병에게]
안내자, 로마 군 진영으로 안내해달라. [모두 퇴장]

## 1. 9

[전투 중인 듯, 경계 신호. 마르티우스와 아우피디우스가
각기 다른 문으로 등장]
마르티우스 너하고만 싸우겠다. 약속 어긴 자보다

11 볼스카인들의 중심 도시로, 아우피디우스의 고향이다.

네가 더 밉다.
아우피디우스 나 역시 증오한다.
아프리카에도 너의 아니꼬운 명성보다
혐오스러운 뱀이 없다. 자리 잡아라.
마르티우스 먼저 피하는 자가 상대의 노예로 죽기다.
나중에 신들이 심판하리라.
아우피디우스 내가 달아나면
토끼 쫓듯 외쳐라.
마르티우스 지난 세 시간 동안을
당신네 성안에서 단신으로 싸우며
맘껏 일을 벌였다. 내 몸에 덮인 것은
내 피가 아니니, 복수하기 위하여
네 힘을 최대로 끌어 올려라.
아우피디우스 너희가 조상이라 자랑하는 헥토르[12]가
너라고 해도 내게서 벗어나지 못하리라.
[여기서 둘이 싸운다. 그때 몇몇 볼스카인이
아우피디우스를 도우려고 들어온다. 마르티우스가
덤벼들자 그들은 숨이 차서 쫓겨 들어가고
마르티우스가 뒤쫓는다.]
괜스레 덤비고 용맹은 뒷전이라
너희 못난 도움으로 내가 창피 당했다. [퇴장]

## 1. 10

[경계 신호. 퇴각 신호가 울린다. 주악.
한쪽 문으로 코미니우스가 로마인들과 함께
등장하고 다른 문으로 마르티우스가 왼팔을
수건으로 동이고 등장]
코미니우스 [마르티우스에게]
오늘의 당신 일을 당신에게 반복하면
자신도 제 공적을 안 믿을 것이로되,
의원들은 눈물과 웃음을 뒤섞으며
고관들은 들어보고 고개를 젓다가
마침내 예찬하며 부인들은 무서우나
기꺼이 전율하며 더 듣고자 할 것이며
우둔한 호민관도 너절한 평민과 함께
당신을 질투하나 마지못해 '저 용사를
로마에 준 신들이 고맙다'고 할 거요.
당신은 이미 드셨기에 조금만 드시려고
이 잔치에 오셨소.[13]
[라르티우스가 추격전을 벌이다가 군대와
함께 등장]
라르티우스 오, 장군, 보시오.
군마가 여기 있소. 우리는 장식이오.
당신도 보셨는지—
마르티우스 그만하시오.
어머님은 혈통을 자랑할 수 있으시나
나를 칭찬하시면 나 자신이 슬퍼지오.
당신처럼 행하였소. 할 수 있는 일이었소.
당신처럼 부름받아 나라 위해 한 일이오.
갸륵한 의지를 실천한 사람은
내가 행한 일보다 크게 성취하였소.
코미니우스 자신의 공적을 묻어서는 안 되오.
로마는 자신의 값어치를 알아야 하오.
당신의 공적을 숨기고 드높이 찬양해도
모자랄 일을 침묵 속에 묻어두는 짓은
도둑보다 악하고 욕설에 못지않소.
그러므로 공적에 보답함이 아니라
당신의 사람됨을 기리는 뜻에서
모든 군대 앞에서 내 말을 들으시오.
마르티우스 몇 군데 상처가 있는데 그것들을
건드리면 덧날 것이오.
코미니우스 건드리지 않으면
배은망덕이 되니, 곪아서 죽기 전엔
상처가 낫지 않소. 다량으로 포획한
우수한 마필과 전쟁터와 도성에서
노획한 모든 재물 중에서 당신에게
십일조를 부여하니, 일반 군인들에게
분배되기 이전에 당신이 스스로
고르시기 바라오.
마르티우스 고맙소, 장군.
하지만 칼에게 줄 뇌물을 받는 것은
마음에 거리끼오. 사양하겠소.
그 일에 함께 힘쓴 병사들과 똑같이
몫을 나눌 터이오.

12 로마인들은 트로이의 영웅인 헥토르가 자기네 조상이라고 자랑하였다.
13 이미 코리올레스 성을 정복한 '큰 잔치'를 즐겼으므로 이번의 승리는 '작은 잔치'에 불과하다는 것.

[긴 주악. 그들 모두 "마르티우스! 마르티우스!"를
외치며 모자와 창을 공중에 던진다.
코미니우스와 라르티우스는 모자를 벗은 채[14]
서 있다.]
여러분이 울리는 저 악기들이
다시는 울리지 않기를 바라오.
북과 나팔이 전쟁에서 아첨하면
궁정과 도시는 간사한 아양이오!
식객[15]의 비단처럼 철갑이 약해지면
그런 자는 전쟁의 박수를 받아도 좋소!
그만하오! 터진 코를 아직도 씻지 못하고
약골 몇 놈을 치지 못했소. 그런 일은
남모르게 해치울 사람이 허다하지만,
과장된 찬사로 떠들썩하게
나를 한껏 내세우니, 하찮은 내 일이
거짓으로 양념한 칭찬을 삼켜 먹고
살찌기를 바라는 심보와 다르지 않소.
코미니우스 너무 겸손하시오. 칭송하는 마음을
인정하기보다는 자신의 명성에
너무 가혹하시오. 자해할 자와 같이
당신이 자신에게 너무 화를 내시면
우리는 당신을 사슬에 묶어놓고
안전하게 말하겠소. 따라서 온 세상이
모두 알게 선포하여, 승리의 월계관은
마르티우스의 것이며, 그에 대한 표시로
이름 높은 내 준마를 치장과 함께 드리오.
코리올레스 앞에서 이룩한 공적을
기리는 마음으로 전군의 찬양과 함께
코리올라누스란 이름으로 부릅시다!
그 이름 영원히 높이 지니시기를!
[주악. 나팔과 북들이 울린다.]
모두 마르티우스 카이우스 코리올라누스![16]
마르티우스 씻으러 가겠소.
얼굴이 깨끗할 때 얼굴을 붉히는지
안 붉히는지 보시오. 어쨌든 감사하오.
[코미니우스에게] 당신의 준마를 타겠으며 언제나
훌륭한 별칭을 문장의 일부로 여겨
그에 합당하도록 힘쓰겠소.
코미니우스 그러면
막사에서 쉬는 동안 승전보를 기록하여
로마에 보내겠소. 타이투스 라르티우스,
코리올레스에 돌아가 우수한 자를 뽑아
로마에 보내시오. 조항들을 명시하여
우리와 저들의 이익을 말하겠소.
라르티우스 그러겠소.
마르티우스 신들이 나를 조롱하기 시작했소.
제왕의 선물을 거절한 내가
청원하게 됐군요.
코미니우스 당신 거요. 무엇이오?
마르티우스 내가 전에 코리올레스의 어떤 집에 묵었는데
주인이 가난해도 친절을 베풀었소.
그 사람이 외치기에 바라보니 포로였소.
그러나 때마침 아우피디우스가 눈에 띄어
분노가 동정심을 타고 눌렀소. 장군, 청컨대
불쌍한 그 사람을 놓아주시오.
코미니우스 오, 좋은 청원이오! 내 아들을 죽였대도
바람처럼 놔주겠소. 라르티우스, 풀어주시오.
라르티우스 마르티우스, 이름이 뭐요?
마르티우스 맙소사, 잊었어요!
지쳤소. 그래서 기억도 피곤하오.
여기 술 없소?
코미니우스 내 막사로 갑시다.
얼굴에 묻은 피가 말라가는데,
보살필 때가 됐소. 갑시다.
[코넷들의 주악. 모두 퇴장]

## 1. 11

[툴루스 아우피디우스가 피를 흘리며
두셋 병사와 함께 등장]
아우피디우스 도성이 함락됐다.
병사 조건이 좋으면 다시 내주겠지요.
아우피디우스 조건?
내가 로마인이면 좋겠지만 볼스카인인 만큼
나는 내가 돼야 한다. 조건이라고!

14 존경을 나타내기 위하여 모자를 벗고 섰다.
15 권력자에게 아첨하며 붙어먹고 사는 기생충 같은 자.
16 전투 참가자들이 그의 이름을 바꾸어 부른다. 아래 2막 1장 161행에서 칭호를 공식화한다.

죽여줍쇼 하는 편이 무슨 좋은 조건을
바라겠는가? 마르티우스, 다섯 번 너와 싸워
다섯 번 졌는데 우리가 만나면
식은 죽 먹듯이 네가 이길 것이다.
천지에 맹세코 다시금 두 사람의
수염끼리 부딪치면 그자든 나든
사생결단하리라! 전에는 칼과 칼,
일대일 겨루기로 명예롭게 그자를
이기려고 했지만 지금은 성이나
계략으로 교묘한 꼼수를 써서
그자를 잡겠다.

병사 그 사람 악마요.

아우피디우스 그런 꾀는 없지만 담력은 더 크다.
그자만 보면 내 용기는 주눅 들어서
옴짝달싹 못 한다. 휴식도 피난처도
맨몸도 앓는 몸도 신전도 의사당도
사제의 기도도 제사도, 마르티우스에 대한
나의 증오 앞에는 썩은 특권과 관습을
내어놓을 수 없다. 그자가 내 형제의
보호 중에 있어도 손님을 대접하는
관습을 어기고 그자의 염통 속에
사나운 내 손을 담그겠다. 성에 가서
동태를 살피고 로마로 끌려갈 자가
누구인지 알아보라.

병사 안 가실 겁니까?

아우피디우스 삼나무 숲에서 나를 기다린다.
저 남쪽, 도성의 방앗간이 있는 데다.
그리로 형세를 보고하라. 그에 따라
움직이겠다.

병사 그리하겠습니다.

[아우피디우스는 한쪽 문으로,
병사들은 다른 문으로 퇴장]

## 2. 1

[메네니우스가 평민의 호민관들인 시시니우스와
브루투스와 함께 등장]

메네니우스 점쟁이에 의하면 오늘 밤 우리가 소식을 접하게 된다는군요.

브루투스 좋은 거요, 나쁜 거요?

메네니우스 평민의 기도와는 일치하지 않는 거요. 평민은 마르티우스를 싫어하니까.

시시니우스 자연에 따라 짐승도 자기 편을 알아보오.

메네니우스 그럼 늑대가 누구를 좋아하오?

시시니우스 양이오.

메네니우스 물론. 잡아먹기 위해서요. 굶주린 평민들이 고귀한 마르티우스를 삼키려 하듯.

브루투스 곰처럼 '매애매애' 하는 양이 확실해요.[17]

메네니우스 확실히 양처럼 얌전한 곰이오. 당신 둘은 노인인데 한 가지 물을 테니 대답하시오.

시시니우스와 브루투스 뭔데요?

메네니우스 마르티우스의 결함 중에 당신네 두 사람이 안 가진 결함이 뭐요?

브루투스 한 가지 결함이 아니라 온갖 결함투성이요.

시시니우스 특히 거만이오.

브루투스 뭣보다도 자기를 자랑한다는 거요.

메네니우스 이제 보니 야릇하오. 당신 둘이 성내에서 뭐라고 비판받는지 아시오? 우리들 우익 행렬 계층[18]에게 말이오. 그거 아시오?

시시니우스와 브루투스 도대체 무슨 비판이오?

메네니우스 지금 당신들이 거만 운운해서 하는 말인데, 화내지 않겠소?

시시니우스와 브루투스 그래서요? 에, 그래서요?

메네니우스 화낸대도 별것 아니지. 하찮은 일이라고 그냥 두면 좀도둑이 자라서 당신네 인내심을 뺏어갈 큰 도둑이 될 테니. 당신들의 성격을 억제하고 재미를 억누르시오. 재미로 그런 기질 부리는 걸 그만두란 말이오. 마르티우스가 거만하다고 욕하는 거요?

브루투스 우리뿐만 아니오.

메네니우스 당신들 단독으로 하는 짓이 거의 없소. 지지층이 적어지면 당신네 행동은 매우 외롭고 미약하오. 당신네 능력은 무엇이든 단독으로 하기엔 너무나 유치하오. 거만 운운하는데, 당신네 시선을 당신들 속으로 돌려 알량한 자신들을 들여다본다면 얼마나 좋겠소! 그럴 수 있을는지

17 곰은 사나운 산짐승이고 양은 '매애매애' 하는 집짐승인데 마르티우스는 곰처럼 사나운 짐승이라는 말이다.
18 서양에서는 행렬의 오른쪽에 귀족들이 섰다. 군대에서도 오른쪽이 명예로운 행렬이었다. 여기서 '우익'이라는 말이 생겼다.

의문이지만!
시시니우스와 브루투스 그러면 어떻게 돼요?
메네니우스 오, 그럼 빤히 보게 돼요. 자격 없고
건방지고 사납고 성 잘 내는 재판관 한 쌍,
다른 말로는 로마에서 제일가는 멍청이 둘이오.
시시니우스 메네니우스, 당신도 매우 유명하오.
메네니우스 변덕스러운 귀족으로 유명하지. 테베레 강물[19]을
한 방울도 안 섞은 더운 술 한 잔을 좋아하는
자이며, 송사에서 첫째로 말하는 자를 두둔하니까
약간 불안하며, 너무나도 사소한 일에 성급하고
성 잘 내는 기질이란 말을 듣고, 아침의 이마보다
밤의 엉덩이와 친밀하게 지내는 자이며, 생각대로
말하고 입 기운으로 악감정을 내뿜어 없애는
자요. 당신들 같은 공인을 만났지만 당신들을
리쿠르구스[20]라고 부르지는 못하겠소. 당신네가
마시라고 준 술이 입에 역하면 얼굴을 찡그리오.
당신들의 말속에 돼먹지 않은 내용이 섞이면
대감들께서 말씀을 잘하셨다고 할 수 없소.
당신들은 나이 먹은 점잖은 분들이라, 말하는
사람들을 참을성 있게 들어줘야 할 테지만,
당신네 얼굴이 잘났다고 하는 자는 진짜 거짓말
하는 자요. 내 얼굴에 그런 심보가 빤히 드러
난대도 내가 유명해서 그렇단 말이 성립되오?
나도 제법 유명하다는데 이런 성격묘사[21]에
당신들의 멍청한 눈으로 해로운 데를 찾아내겠소?
브루투스 어쨌거나 우리는 당신을 매우 잘 알아요.
메네니우스 당신들은 나도, 자신들도, 그 무엇도 잘 아는
것이 없소. 당신들에게는 가난한 자들의 모자와
허리를 야심의 대상으로 삼고 있소. 당신들은 귤
장사 아낙네와 술독 마개 장사 간에 벌어진
송사를 들으면서 아까운 아침 녘을 다 잡아먹고
서푼짜리 송사를 다음날 듣겠다고 연기하오.
양쪽 소송인들의 진술을 들을 때 갑자기 속이
쓰리면 가면극 배우처럼 얼굴을 찡그리고 더 참지
못해 피 묻은 전투 신호를 내걸며 요강 가져
오라고 호통을 치며 당신들이 듣겠다는 바람에
얽혀버린 송사를 그대로 버려두오. 당신들이
양쪽을 화해시키는 유일한 방법은 양쪽을 싸잡아
나쁜 놈이라 하는 거요. 참 묘한 단짝이오.
브루투스 이거 봐요. 당신은 의사당에 필요한 의석을
차지한 의원이기보다는 식탁에서 입심 좋은
욕쟁이로 유명하단 사실을 알고 있어요.
메네니우스 당신들 같은 우스꽝스런 존재를 만나면 우리
사제들까지도 욕쟁이가 되겠소. 당신들이 무슨
주제에 대해서 열변을 토해도 당신네 턱수염을
흔들어댈 가치가 없는 것이니, 당신네 수염은
헌옷 수선공의 바늘집 속에 껴묻히거나 노새의
길마 속에 파묻힐 만큼도, 의젓한 무덤 자리 자격도
없소.[22] 한데 마르티우스가 거만하다고 해야만 직성이
풀릴 테지만, 그 사람은 적어도 듀칼리온[23] 이후에
생겨난 당신네 선배 전부와 맞먹소. 어쩌면 그중
제일 잘난 자들이 대대로 교수형 집행관이 됐겠지.[24]
잘 가오, 나리님들. 평민이란 짐승 떼를 돌보는
분들이라 당신들과 더 오래 얘기했다간 골치에 병이
옮겠소. 실례지만 당신들과 헤어지겠소.
[그가 브루투스와 시시니우스와 헤어진다. 두 사람이
옆으로 비켜선다. 볼룸니아, 버질리아, 발레리아 등장]
오, 귀하시며 어여쁘신 부인들—달님이 이 세상
사람이라도 그 이상 고귀할 수 없을 터인데—
어느 쪽으로 시선을 고착하고 가시는 중인가요?
볼룸니아 메네니우스 어른, 우리 아이 마르티우스가 가까이
와요. 주노[25]를 사랑하면 빨리들 가자.
메네니우스 허, 마르티우스가 돌아와요?
볼룸니아 그래요, 메네니우스 어른. 온 신민이 공인하는
성공을 거두고요.
메네니우스 [모자를 높이 던지며] 주피터여, 내 모자
받으십시오. 감사합니다! 오, 마르티우스가 돌아와요?
버질리아와 발레리아 그럼요, 사실이에요.

19 당시 흉년이 들어 영국에서 보리를 아끼기 위해 맥주에 물을 섞어 팔게 했다. 테베레 강은 로마를 관통하는 강인데 그것은 이 연극의 관객이 잘 아는 템스 강을 빗대는 말이다.
20 기원전 9세기 스파르타의 입법자. 르네상스 시대에 입법자의 모범으로 받들었다.
21 '성격묘사'는 당시 유행하던 문학적 유행의 하나였다.
22 수염이 몇 가닥 남지 않아서 작은 바늘집이나 길마에 채워 넣는 데도 쓰지 못할 것이라는 비아냥.
23 그리스신화에 나오는, 대홍수 다음에 인류의 조상이 된 자. 구약의 노아와 비슷하다.
24 매우 천한 낮은 관리. 우리말로 '망나니.' 귀족은 절대로 그런 관리가 되지 않았다.
25 주피터의 아내이며 신들의 여왕. 자신을 '주노'라고 말한다.

볼룸니아 보시오. 그 애가 보낸 편지가 여기 있어요.
나라에도 보냈고요. 제 아내도 받았고요. 당신도 집에
편지가 왔을 게요.
메네니우스 오늘 밤 우리 집이 술에 취해 비틀거릴 겁니다.
내게도 편지가 왔다고?
버질리아 그래요. 확실해요. 편지가 갔어요. 저도 봤어요.
메네니우스 내게 오는 편지요? 7년의 건강이란 재산을
받는 셈이오. 그동안 나는 의사를 놀려줄 테요.
갈레노스[26]한테서 제일가는 처방을 받더라도 맞든 틀리든
둘 중 하나라, 이런 보약에 비하면, 그따위는 말에게
먹이는 약이나 같아요. 부상당하지 않았나요? 부상당한
몸으로 돌아오곤 했는데요.
버질리아 아니요! 아니요!
볼룸니아 부상당했어요. 그래서 신들께 감사해요!
메네니우스 나도 감사해요, 너무 심하지 않다면. 주머니에
승리를 넣고 돌아온다면 상처가 어울려요.
볼룸니아 얼굴에 당했어요, 메네니우스. 참나무 화관 쓰고
오기는 이번이 세 번째예요.
메네니우스 아우피디우스를 단단히 닦아세웠어요?
볼룸니아 라르티우스의 편지를 보면 둘이 같이 싸웠다고 해요.
한데 아우피디우스가 달아났대요.
메네니우스 달아날 때가 됐던 거예요. 그게 틀림없어요.
그자가 옆에 그냥 있었다면 코리올레스의 모든
돈궤와 그 속에 든 금화를 모두 준대도 그처럼
맞고 서지 않았을 게요. 원로원이 아는가요?
볼룸니아 부인들, 갑시다. 예, 예, 원로원이 사령관의
편지를 받았어요. 사령관은 전쟁의 영광을 모두
아들에게 주었어요. 이번 활약에서 이전의 두 배나
공을 세웠거든요.
발레리아 그이에 대해서 기적 같은 얘기들이 떠돌아요.
메네니우스 그야 물론 기적 같아요. 하지만 진정한 공적도
없지 않았을 게요.
버질리아 소문이 사실이길 신들께 기도해요.
볼룸니아 사실? 웃기네.
메네니우스 사실? 확실히 사실이라고 맹세할 테요. 상처가
어디 생겼어요? [호민관들에게] 나리님들, 만수무강
하시오. 마르티우스가 돌아오는 중이오. 더욱 거만할
이유가 생겼소. [볼룸니아에게] 상처가 어디 있어요?
볼룸니아 그 애 어깨와 왼팔에요. 통령[27]으로 나설 때
평민에게 커다란 상처 자국들을 보여주게 됐는데요.
타퀸[28]을 내쫓을 땐 온몸에 일곱 군데 상처를
입었던 거예요.
메네니우스 목에 한 군데하고 허벅지에 두 군데하고—
내가 알기엔 몸에 아홉 군데 상처가 있어요.
볼룸니아 이번 전쟁 전에 스물다섯 군데에 상처 자국이
있었는데요.
메네니우스 그래서 지금 스물일곱 군데가 됐네요.
칼자국마다 적의 무덤이 되었지요.
[함성과 주악]
들어보시오. 나팔 소리요.
볼룸니아 마르티우스의 길잡이들이오. 앞에선
환성을 몰고 뒤에는 눈물이 남아요.
강인한 팔뚝에 시커먼 죽음이 있어
쳐들었다 떨구면 사람들이 죽어요.
[나팔의 주악. 사령관 코미니우스, 타이투스
라르티우스, 둘 사이에 참나무 관을 쓴
코리올라누스가 지휘관들, 병사들,
의전관과 함께 등장. 나팔들이 울린다.]
의전관 로마여, 기억하오. 마르티우스가 혈혈단신
코리올레스 성안에서 명예롭게 싸웠기에
카이우스 마르티우스에 칭호를 더해
'코리올라누스'라는 존칭이 붙여지오.
이름난 코리올라누스, 로마로의 귀환을 환영하오!
[주악이 울린다.]
모두 로마에 귀환한 것을 환영하오! 이름난 코리올라누스!
코리올라누스[29] 그만하시오. 마음에 껄끄럽소.
오, 그만하시오.
코미니우스 보시오, 모친이시오.
코리올라누스 [볼룸니아에게]
오! 어머님이 신들께 제가 승리하기를

26 기원후 2세기의 이름난 의사였지만 이 이야기는 기원전 5세기에 생긴 일이다. 이런 시대착오는 당시 작품에 흔하다.
27 로마의 최고 권력자로서 귀족 중에서 두 사람이 선출되었다. 평민이 선출한 '호민관'과 대립되었다.
28 로마의 마지막 왕으로, 기원전 496년에 파멸당했다. 그때 마르티우스가 돋보이게 활약했다. 그 후 로마는 공화국이 되었다가 기원전 1세기에 옥타비우스 시저가 황제가 되어 이후 제국으로 일관했다.
29 이때부터 카이우스 마르티우스는 '코리올레스의 정복자'라는 뜻인 '코리올라누스'라는 존칭으로 불렸다.

비신 것을 잘 압니다!
[무릎을 꿇는다.]

볼룸니아 장한 무사, 일어나라.
착한 아들 마르티우스, 존귀한 카이우스,
그리고 새로 부여된 공훈의 명예,
뭐라던가?—'코리올라누스'라고 하나?
[그가 일어선다.]
네 처도 있어!

코리올라누스 [버질리아에게] 어여쁜 침묵의 사람, 잘 있었소?
승전한 나를 보고 울다니, 관에 담겨
집에 돌아왔으면 웃었겠소? 아, 여보,
저쪽의 과부와 아들을 잃은 어머니가
그런 눈이오.

메네니우스 신들이 왕관을 씌우시길!

코리올라누스 아직 살아 계시오? [발레리아에게]
오, 부인, 실례했소.

볼룸니아 어디를 봐야 할지 모르지요. 잘 돌아왔다!
사령관, 환영해요. 모두 다 환영해요.

메네니우스 천 번 만 번 환영하오! 울고 웃고 하겠소.
기쁘고도 슬프오. 대환영이오!
당신을 보고도 기뻐하지 않는 자는
염통 속에 저주가 싹터라. 세 사람은
로마가 미치게 사랑할 분들이나
진실로 이 땅에는 당신들의 소원대로
접붙이길 원치 않는 낡은 능금나무가 있소.
어쨌든 환영하오! 엉겅퀴는 엉겅퀴며
멍청이의 잘못은 멍청할 뿐이오.

코미니우스 언제나 올바른 말씀이오.

코리올라누스 언제나 올바르오, 메네니우스.

의전관 비켜나요.

코리올라누스 [볼룸니아와 버질리아에게]
우리 악수합시다.
내 집에 들어가 쉬기 이전에
귀족 어르신들을 찾아뵙겠소.
축하뿐만 아니라 새로운 명예까지
나에게 주셨소.

볼룸니아 진정한 원과 꿈이
이뤄지는 사실을 볼 만큼 살았다.
한 가지가 모자라나 우리 로마가
너에게 줄 것을 의심하지 않는다.

코리올라누스 어머님, 아십시오. 저는 저의 식대로
일꾼이 되지, 그분들 식대로
군림하지 않겠어요.

코미니우스 의사당에 갑시다.
[코넷들의 주악. 전처럼 위의를 갖추어
브루투스와 시시니우스 이외에 모두 퇴장.
두 사람이 앞으로 나선다.]

브루투스 입마다 그 말이고 희뿌연 눈마저
돋보기를 꼈군요. 재잘대는 애보개도
애가 울다 경기를 일으켜도 그 얘기고
부엌데기마저도 땀에 찌든 목에다
베 나부랭이 여미고 성벽에 올라서며
가게, 좌판, 창턱에 구경꾼이 들어차고
지붕과 용마루에 잡것들이 걸터앉아
그자를 보기 위해 한뜻이 되어 있소.
좀처럼 볼 수 없던 사제들도 군중 속을
헤집으며 자리를 잡으려고 헐떡이고
너울 쓴 부인들도 내리쬐는 태양의
뜨거운 키스[30]를 열심히 피하더니
희고 붉은 싸움[31]을 양 볼에 내맡기오.
소란이 그러하니 어떤 신이 그자를
이끄는지 모르나 그자의 힘센 몸에
슬그머니 들어가 신과 같은 모습을
주는 것 같았소.

시시니우스 그러다가 갑자기
통령 될 게 확실해요.

브루투스 그자의 통치 중엔
우리가 하는 일은 낮잠이나 자는 거요.

시시니우스 명예를 순탄하게 지닐 줄을 모르니
어디서 시작하고 그칠지 몰라
제 편마저 잃겠지요.

브루투스 그래서 안심하오.

시시니우스 우리가 대변하는 평민은 반감이 깊어
이유가 작아도 그런 새 명예를
잊어버릴 겁니다. 그 거만한 자가
스스로 이유를 만들 테니까
의심할 게 조금도 없어요.

30 강렬한 햇볕에 피부가 그을리는 것을 무릅쓰고 얼굴을 내놓고 구경한다는 말이다.
31 여자의 낯빛은 하얀빛과 붉은빛의 '싸움'이라는 표현이 당시 연애시의 흔한 수사법이었다.

브루투스 그자가 맹세하길,
통령 후보가 되면 장터에 나오거나
낡은 옷을 걸치고 겸손을 보이거나
관습대로 민중에게 상처를 보여줘서
구린내 나는 지지표를 비럭질하지는
않겠다는 거였어요.
시시니우스 옳은 말이오.
브루투스 그자가 맹세했소. 상류층의 요청이나
귀족들의 요망이 없었다면 차라리
통령을 원치 않겠소.
시시니우스 그 뜻을 변치 않고
그대로 행한다면 더없이 좋겠소.
브루투스 그처럼 할 것이 거의 확실한데요.
시시니우스 우리의 이권이 바라듯 그렇게 하면
그자는 확실히 파멸당해요.
브루투스 안 그러면 우리 권력도 끝장이오.
그자가 늘 민중을 경멸했던 사실을
그들에게 말해주고, 제 힘 쓰는 노새처럼
민중을 부리고, 대변자의 입을 막고
자유를 박탈하고, 싸움에서 오로지
짐 나른 값으로 꼴을 먹일 뿐이고,
짐 지다 쓰러지면 호되게 얻어맞는
낙타처럼 인간의 행위와 능력에서
아무런 정신도 기운도 없는 거로
여긴다고 말할 테요.
시시니우스 당신 말처럼
그자의 교만이 민중을 건드릴 때—
꼬드기면 그럴 때가 생길 거니까
양 떼에다 개 풀어 놓기처럼 쉬워요.—
암시만 주면 민중이란 마른 짚에
불을 놓는 셈이며 그 불에 그자는
영영 검게 탈 거요.
[전령 등장]
브루투스 무슨 일인가?
전령 의사당으로 오시랍니다.
마르티우스가 통령이 될 거라고 합니다.
벙어리도 보러 가고 장님도 연설을
들으러 가더군요. 지나가는 그에게
아낙들은 장갑을 던져주고 귀부인들은
스카프와 손수건을 던지고 귀족들은
주피터의 신상인 듯 허리 굽혀 절하고
평민들은 모자와 환호의 비와 천둥을
이뤘는데 살아생전 처음 보는 겁니다.
브루투스 의사당으로 갑시다. 얼마 동안은
눈과 귀만 작동하고 우리들 속내는
결과만 기다려요.
시시니우스 동의합니다. [둘 퇴장]

## 2. 2

[두 관리가 등장하여 의사당 안인 듯이
방석들을 늘어놓는다.]
관리 1 빨리빨리. 거의 도착했어. 통령 후보에 몇 사람이 나섰어?
관리 2 셋이래. 하지만 누구나 코리올라누스가 이길 거라고 해.
관리 1 멋있는 사람이지. 하지만 지나치게 거만하고 평민을 좋아하지 않아.
관리 2 사실, 평민을 좋아하지 않으면서 아첨하는 높은 사람도 많았고 왜 좋아하는지도 모르면서 괜히 좋아하는 평민도 많아. 그래서 이유도 모르면서 좋아하는 사람은 똑같은 이유로 싫어하기도 해. 그러니까 코리올라누스가 평민이 좋아하든 싫어하든 상관하지 않는 건 그런 성질을 바로 안다는 뜻이야. 그래서 평민에 대해서 귀족다운 무관심을 나타내는 것을 평민이 스스로 알라는 거야.
관리 1 평민이 좋아하든 싫어하든 상관하지 않는다면 평민에게 선을 가져오든 해를 가져오든 상관하지 않고 행동했겠지. 하지만 평민이 그를 싫어하는 게 아니라 그 자신이 평민의 증오를 일으켜서 자기가 평민의 적이란 걸 나타내려고 온갖 수단을 다 써. 그래서 일부러 평민의 악감과 혐오를 구하는 짓은 자신에게 역겨운 평민의 환심을 사기 위해 아첨하는 것처럼 똑같이 나빠.
관리 2 그 사람은 나라에 충성한 뛰어난 공적이 있어. 평민에게 아양을 떨며 모자를 벗고 인사는 잘하면서 그 이상의 평민에게 인정받고 좋은 평을 받을 만한 공적이 조금도 없는 자처럼 명망이 높아진 건 쉬운 단계를 밟아서 된 게 아니야. 하지만 평민의 눈과 마음에 명예와 공적을 심었기에 평민의 입이 침묵해서 그 사실을 입 밖에 내지 않는다면 그건

일종의 배은망덕이란 상처를 주게 돼. 다른 말을
한다면 악의에 불과해서, 거짓말이 분명해.
그걸 듣는 사람마다 비난과 욕을 퍼붓게 돼.

관리 1 그 사람 말은 관두자. 훌륭한 분이지. 비키자.
그분들이 오고 있어.
[나팔들의 주악. 관원들을 앞세우고 원로원
의원들, 평민의 호민관인 시시니우스와 브루투스,
코리올라누스, 메네니우스, 통령인 코미니우스
등장. 귀족들이 좌석에 앉는다. 시시니우스와
브루투스는 자기들끼리 따로 앉는다.
코리올라누스가 일어선다.]

메네니우스 볼스카인에 대해서는 결정을 내렸고
라르티우스 장군에게 귀환을 명했으니
이번에 속개된 집회의 취지는
그처럼 나라 위해 굳세게 나섰던
고귀한 충성에 감사하기 위함이오.
그러므로 존경하는 엄숙한 어른들,
현재의 통령이며 최근의 사령관이
복된 승리 속에서 일부 보고하겠으니
카이우스 마르티우스 코리올라누스의
갸륵한 업적을 들으시기 바랍니다.
우리가 모인 것은 그에게 감사하고
합당한 영광을 시인하기 위함이오.
[코리올라누스가 앉는다.]

의원 1 코미니우스, 말하시오. 길다는 이유로
제외하지 말며, 늘이는 게 아니라
보답이 소홀하단 생각이 들게 하시오.
[호민관들에게]
평민의 지도자들, 경청을 바라며
여기서 통과된 사항에 대하여
평민의 동의가 있도록 힘써주시오.

시시니우스 우리는 기쁜 일로 여기 모였소.
이 회의 안건을 존중하며 지지할
의향이 있소.

브루투스 저분이 전과 달리
평민의 가치를 한층 우호적으로
생각하시면 우리는 보다 기꺼이
이 일에 임하겠소.

메네니우스 딴 문제요, 딴 문제.
도리어 아무 말도 없었으면 좋았겠소.
사령관 말을 듣겠소?

브루투스 물론이에요.
하지만 당신의 비난보다 내 염려가
적합하였소.

메네니우스 당신네 평민을
저이도 사랑하나, 동침을 강요하지 마시오.
코미니우스, 말하시오.
[코리올라누스가 일어나 가려고 한다.]
[코리올라누스에게] 그냥 앉아 계시오.

의원 1 앉으시오. 자신의 고귀한 업적에 대해
듣는 것을 부끄러워 마시오.

코리올라누스 용서하시오.
상처를 입게 된 이야기를 듣기보다
또다시 상처가 아무는 것이 좋겠소.

브루투스 내 말 듣고 일어선 것은 아니오?

코리올라누스 아니요.
하지만 싸울 때는 남아 있고 말은 피했소.
당신은 아첨하지 않았으니 상처도 없소.
평민은 제값만큼 아끼며—

메네니우스 앉아요.

코리올라누스 하찮은 과장을 앉아서 듣기보다
경계 신호가 울릴 때 차라리 누군가
햇볕에서 머리를 긁는 걸 원하오.[32] [퇴장]

메네니우스 평민의 지도자들, 어떻게 그 사람이
불어나는 떼[33]에 아첨하오? 천 대 일인데.
보다시피 듣기보다 명예를 위해
팔다리 다 바칠 사람 아니오? 계속하오.

코미니우스 나는 말이 모자라겠소. 그 공적은
미약한 소리로는 말하지 못하오.
용맹은 최고의 덕이며 당사자의 위엄을
높이는 것인데, 그러면 그분은
이 세상 그 누구도 견줄 수 없는 이요.
16세의 약관으로 타퀸[34]이 로마를
침노할 때 남이 따를 수 없이 싸웠고
내가 높이 존경하는 당시의 통령이 보니
수염 없는 턱[35]으로 수염 뻗친 입술들을

32 전투의 신호가 울릴 때 유치한 즐거움에 탐닉한다는 말이다.

33 라틴어로 '프롤레타리아'라는 말은 '(생계 수단이 없는) 많은 자식'이라는 말에서 나왔다.

34 로마의 공화정을 위협하던 폭군. 1막 3장 14행 주 4와 2막 1장 145행 주 28 참조.

몰아치고 있었소. 중과부적으로 쓰러진
로마인을 막아서서 통령의 눈앞에서
적들 셋을 죽였소. 타퀸을 만나자
그를 쳐서 무릎 꿇게 하였소. 그날의 활약에서
전쟁터의 아녀자처럼 굴 수도 있었으나
가장 뛰어난 어른임을 과시하여
그 공으로 이마에 참나무 관을 썼소.
이렇게 학동 나이에 어른 축에 들어서자
바다처럼 성장하여 그 후 열일곱 차례나
전투의 선두에서 모든 무사로부터
승리의 관을 뺏었소. 이번 코리올레스
성밖과 성안에서 보여준 무용은
말로 할 수 없는 거요. 도망자를 제지하고
놀라운 모범으로 비겁자의 공포를
놀이가 되게 했소. 달리는 배 앞의
수초와 같이 병사들은 복종하여
그의 이물 아래로 몰려오고, 그의 칼은
죽음의 인장처럼 겨냥하자마자 쳤으며,
온몸은 피범벅이고 일거수일투족은
죽어가는 절규와 동행했소. 단신으로
죽음의 성문에 들어서자 피할 길 없는
운명으로 피를 바르고, 도움 없이 빠져나와
돌연히 벼락처럼 코리올레스를 다시 쳤소.
전승을 거뒀소. 전쟁의 소음이
그의 강한 감각을 뚫기 시작했을 때
다시금 정신은 피로한 육체를
또다시 충전시켜 전투에 나타나니,
영원한 살육인 듯 사람들의 목숨에
더운 피를 흩뿌리며 계속하여 달리며
전쟁터와 도성이 우리의 차지라고
외칠 때까지 멈추지 않고 숨찬 가슴을
쉬지 않았소.

메네니우스 위대한 인간이오.

의원 1 우리가 주고자 하는 명예에
정확히 합당하오.

코미니우스 전리품을 차버리고
값비싼 재물을 널려 있는 진흙처럼
바라보았소. 궁핍함 자체보다
욕심이 없으며 행위를 그 자체의
보답으로 여기며 시간을 끝내려고
시간을 쓰는 일에 만족하는 사람이오.

메네니우스 오로지 고귀하오.
불러옵시다.

의원 1 코리올라누스를 부르시오.

관원 오십니다.

[코리올라누스 등장]

메네니우스 코리올라누스, 원로원은 기꺼이
당신을 통령으로 선출하오.

코리올라누스 목숨과 충성을
영원히 그분들께 빚졌소.

메네니우스 그렇다면
평민에게 연설만 남아 있소.

코리올라누스 부탁이오.
그러한 관습은 건너뛰게 해주시오.
겉옷만 입고 서서 상처를 보여주며
표를 달라고 구걸하지 않겠소.
그 일을 면하시오.

시시니우스 평민들이
투표를 해야 하오. 의식의 한 점도
줄일 수 없소.

메네니우스 [코리올라누스에게]
그러라고 하지 마세요.
제발 당신은 관습에 맞게 해서
당신의 전임자들처럼
그 영광을 받으세요.

코리올라누스 내가 빨건 낯으로
연출할 입장이라 평민은 그 연극을
보지 않아도 되겠소.

브루투스 [시시니우스에게] 저 소리 들으시오?

코리올라누스 '이렇게 했다'고 그들에게 자랑하고
오직 표를 얻기 위해 당한 것처럼
이제는 나아서 숨겨둘 상처들을
내 보이란 말이오?

메네니우스 그런 말은 그만두오.—
호민관들, 우리의 의사를 평민에게
전달하시오. 존귀하신 통령께
모든 기쁨과 영광이 있기 원합니다.

의원들 코리올라누스에게 모든 기쁨과 영광을!

35 '수염 없는 턱'은 소년이나 여자를 지칭하는 것이고, '수염이 빳빳한 입술이나 턱'은 남자 어른을 말한다.

[코넷들의 주악. 그러고는 시시니우스와 브루투스 이외에 모두 퇴장]

브루투스 그가 평민을 어떻게 대할지 뻔하오.

시시니우스 그 의도를 평민이 알아채길 바라오! 그자는 경멸적인 태도로 평민에게 표를 달라고 하겠소.

브루투스 여기서의 우리 일을 평민에게 알립시다. 광장에서 우리를 기다리고 있을 거요. [둘 퇴장]

## 2. 3

[시민 7, 8명 등장]

시민 1 일단 그 사람이 우리에게 투표하기를 원하면 우리는 거절하지 않아야 돼.

시민 2 우리가 원하면 거절해도 괜찮아.

시민 3 우리는 거절할 권리가 있어. 하지만 그건 행사하지 못할 권리야. 그 사람이 제 몸이 입은 상처들을 내보이고 공적을 말하면 우리는 그런 상처에 혓바닥을 붙여주는 입장이야. 그래서 그 사람이 고귀한 공적들을 얘기하면 우리도 고귀하게 그런 공적들을 받아준다고 해야 돼. 은혜를 잊는 것은 괴물 같은 짓인데, 군중이 은혜를 나 몰라라 하면 군중 자체가 괴물이 돼. 우리는 군중의 일부니까 우리도 괴물의 팔다리가 되거든.

시민 1 그러니 자칫하면 우리가 괴물에 지나지 않게 돼. 전에 우리가 곡식 때문에 일어났을 때 그 사람이 서슴지 않고 우리를 머리 여럿 달린 군중이랬어.

시민 3 그렇게 불렀던 자가 수없이 많아. 우리 머리가 누렇거나 검거나 노랑이나 대머리라고 그런 게 아니라 우리 생각이 그렇게 제각각이란 말이야. 확실히 우리 생각이 머리 한 개에서 한꺼번에 쏟아져 나온다면 동서남북으로 산지사방할 거야. 한 가지 목표에 동의를 얻기란 한꺼번에 나침판의 모든 방향으로 치달리는 거와 같아.

시민 2 당신 생각은 그쪽이야? 그럼 내 생각은 어떤 쪽에 갈 것 같아?

시민 3 그야 물론 당신 생각이 딴 사람 생각과 같은 순간 튀어나와서 한 덩어리 속에 파묻힐 테지. 하지만 그냥 놔두면 분명히 남쪽일 거야.

시민 2 왜 그쪽이야?

시민 3 습한 안개 속에 파묻힐 게 뻔하거든. 그래서 4분의 3은 썩은 이슬에 녹아버리고 4분의 1은 양심에 돌아와 당신한테 아내를 얻어줄 테지.

시민 2 당신은 언제나 농담을 하거든. 좋을 대로 해. 좋을 대로 해.

시민 3 당신들 모두 투표하겠어? 하지만 그것은 별문제 아니야. 다수결로 정하니까. 그 사람이 평민 쪽으로 기울어지기만 하면 지금까지 그보다 나은 사람도 없었어.

[코리올라누스가 '겸손의 옷'을 걸치고 모자를 쓰고 메네니우스와 함께 등장]

여기로 온다. 겸손의 옷을 입었어. 태도를 잘 봐. 우리 모두가 한꺼번에 안 가고 저 사람이 선 데로 하나씩 둘씩 셋씩 지나가기로 돼 있어. 저 사람이 각자에게 요청하면 우리 각자가 우리 입으로 우리 표를 던져서 개별적인 권리를 행사하기로 됐거든. 그러니까 따라와. 어떻게 저 사람 옆으로 지나갈지 알려줄게.

시민 모두 괜찮소, 괜찮소. [시민들 퇴장]

메네니우스 당신이 틀린 거요. 아주 잘난 분들도 그렇게 한 걸 몰라요?

코리올라누스 뭐라고 해요? '부탁한다'고? 망할 것. 그따위로 혓바닥을 굴릴 수 없소. '이 상처를 보시오. 나라 위해 싸우다 입었소. 당신네 동료 중엔 우리 편 북소리에 깜짝 놀라서 울며불며 달아난 자도 있소.' 할까요?

메네니우스 맙소사! 그런 소린 말아요. 봐달라고 부탁해요.

코리올라누스 봐달라고? 죽일 놈들! 사제들이 평민에게 설교해도 소용없듯 나를 아예 잊으면 편안하겠소.

메네니우스 모두 망칠 것 같소. 나는 가겠소. 제발 점잖게 말해요.

코리올라누스 얼굴 씻고 이빨이나 닦으래요. [메네니우스 퇴장]

[시민 세 명 등장]

여기 한 패 오는군. 내가 여기 선 이유를 당신들이 알고 있소.

시민 3 맞아요. 어떻게 여기까지 왔어요?

코리올라누스 나 자신의 공적이오.

시민 2 자기의 공적이오?

코리올라누스 그렇소. 하지만 나 자신의 욕구는 아니오.

시민 3 어째서 자신의 욕구가 아니오?

코리올라누스 가난한 자에게 구걸하여 그자를 괴롭히는
것이 나의 욕구였던 적이 없소.

시민 3 우리가 당신에게 뭔가 준다면 우리도 당신한테
뭔가 얻는 게 있어야지요.

코리올라누스 좋소. 그러면 통령 직의 값이 얼마요?

시민 1 직위를 공손하게 구하는 게 값이오.

코리올라누스 그러면 공손하게 직위를 사겠소. 당신에게
사적으로 보여줄 상처가 있소. [시민 2에게]
찬성표를 주시오. 어떻게 생각하오?

시민 2 훌륭한 분이라, 찬성표를 드리지요.

코리올라누스 서로 뜻이 통하오. 깨끗한 두 표를
구걸하였소. 시혜에 감사하오. 안녕히 가시오.

시민 3 [다른 시민들에게] 그런데 이거 좀 이상야릇하게
돌아가는데.

시민 2 다시 투표해야 한다면—하지만 상관없어.
[다른 시민 둘 등장]

코리올라누스 그럼 지금 내가 통령이 돼도 좋다는 것이
유권자 여러분의 의사와 일치하면, 관습에 따라
여기 내가 겉옷을 걸치고 섰소.

시민 4 당신은 조국에 대해 고귀한 업적을 쌓았으면서
자기를 고귀하게 처신하지 않았소.

코리올라누스 무슨 수수께끼요?

시민 4 나라의 적에게 채찍이 됐고 같은 순간에 이 나라
사람에게 몽둥이가 됐소. 솔직한 말로 당신은
보통 사람들을 사랑하지 않았소.

코리올라누스 내 사랑이 보통이 아니었으니 그만큼
내가 용감하다고 생각하시오. 나의 진정한 형제인
민중에게서 더 좋은 평을 받기 위해 아첨하겠소.
저들이 말하는 '귀족적'이라는 태도가 그것이오.
그리고 평민이 지혜를 발휘하여 선택한 것은
마음보다는 절을 받는 것이니 곰살궂게 고개
까딱하길 연습하고 매우 교묘하게도 모자를
벗어들겠소. 다시 말하면, 대중의 인기를 끄는
자의 행태를 모방하여 원하는 자들에게 넉넉히
드리겠소. 따라서 통령이 되게 하여주시오.

시민 5 우리 편이 되시기를 바라는 마음이오. 그래서
진심에서 우러나는 찬표를 드리오.

시민 4 당신은 우리의 조국을 위해서 수많은 상처를
입은 분이오.

코리올라누스 당신들이 아는 바를 상처를 통하여
확인해줄 뜻이 없소. 당신들의 투표권을
존중하여 더 이상 수고를 안 끼치겠소.

두 시민 신들이 기쁨 주시길 진심으로 빕니다!

코리올라누스 매우 상냥한 유권자들이오. [시민들 퇴장]
공적을 세운 뒤에 품삯을 달라기보다
죽는 것이 좋으며 배고픈 것이 좋겠다.
어째서 흉한 꼴로 여기에 서서
아무나 붙잡고 쓸데없는 허락을
구걸해야 하는가? 관습의 요청이다.
매사에 관습을 따라야 한다.
전통에 쌓여 있는 먼지는 여전하고
산 같은 잘못은 너무나 높게 쌓여
진실이 그 너머를 넘겨볼 수 없다.
못난 짓을 그만둔다. 고위직과 명예를
얻을 자는 그리해라. 절반이 끝났다.
전반은 당했지만 후반은 내 마음이다.
[세 시민이 더 등장]
유권자가 또 오는군.
표 주시오! 당신네 표 때문에 내가 싸웠고
표 때문에 경비했고 스물너덧 상처를
지녔으며 열여덟 전쟁을 보았거나
귀로 들었소. 크고 작은 여러 일을
표 때문에 벌였소. 표를 주시오!
통령이 되고 싶어 이러고 있소.

시민 6 업적이 고귀한 분이야. 그러니 정직한 양민이면
찬표를 던져야 해.

시민 7 따라서 통령을 시켜주자. 신들이 당신에게 기쁨
주시고 평민의 친구로 삼아주시길!

시민 모두 아멘, 아멘. 고귀한 통령 만세!

코리올라누스 훌륭한 유권자들. [시민들 퇴장]
[메네니우스가 브루투스와 시시니우스와
함께 등장]

메네니우스 당신은 끝까지 서 있었고 호민관들은
당신에게 평민 표를 주었소. 남은 일은
새 직책의 표시를 걸치고 즉시 원로원을
만나는 거요.

코리올라누스 이제 모두 끝났소?

시시니우스 찬성을 구하는 전통을 이행했소.

평민은 당신을 승인하며 즉시 이를
추인하기 위하여 소집되었소.
코리올라누스 어디요? 의사당이오?
시시니우스 그렇소.
코리올라누스 이 옷 갈아입을 수 있소?
시시니우스 그렇소.
코리올라누스 당장 갈아입겠소. 자신을 되찾은 다음
의사당에 가겠소.
메네니우스 친구해 드리죠. [호민관들에게]
같이 가지 않겠소?
브루투스 여기서 민중을 기다리오.
시시니우스 잘 가시오.
[코리올라누스와 메네니우스 퇴장]
드디어 성취했군. 표정을 보아하니
통령이 좋은가보오.
브루투스 거만한 마음으로
겸손의 옷을 입었소. 민중을 해산시킬 터이오?
[평민들 등장]
시시니우스 친구 여러분, 저 사람을 뽑았소?
시민 1 우리가 찬표를 던졌소.
브루투스 신들께 비는 것은 그자가 그 사랑에 보답하기를!
시민 2 아멘. 그런데 무식한 소견으론
우리 표를 구걸하며 비웃더군요.
시민 3 정말 그랬어. 대놓고 비웃었어.
시민 1 아냐. 말버릇이 그래. 비웃은 게 아니냐.
시민 2 당신만 빼고 우리 중 누구도 그 사람이 우리를
멸시하지 않았달 사람이 없어. 나라 위해 싸우다
생긴 상처를 보였어야지. 그게 공적의 표거든.
시시니우스 물론 그렇게 했지?
시민 모두 아뇨, 아뇨. 상처를 본 자가 없소.
시민 3 상처는 사적으로 보여줄 수 있다면서,
멸시하듯 이렇게 모자를 휘젓고
"통령이 되고 싶소. 당신들이 거절하면
낡은 법도 금지하오. 그러니 나에게
투표하시오." 하데요. 그랬더니
"표를 주어 고맙소. 친절한 유권자요.
당신들은 투표권 행사를 마쳤으니
더 상관 않겠소." 하니 그게 경멸 아뇨?
시시니우스 당신들이 무식해서 그걸 보지 못했거나
보면서도 순진한 친근감에 속아서
그에게 찬표를 던진 게 아니오?
브루투스 미리 일러줬던 대로 말하지 못했소?
그 사람은 국가의 미미한 종복으로
권력이 없을 때도 당신들의 적이었소.
당신들이 누리는 자유와 권리를
그 사람은 언제나 반대했는데
국가의 통치와 권력을 장악한 지금
악의를 품고 민중의 강적이 되면
당신들의 찬표가 스스로의 저주가
될 수 있지 않겠소? 그의 업적이
그가 원한 지위에 걸맞은 것이라면
찬표를 준 데 대해 감사하는 마음으로
당신들을 생각하여 악의를 사랑으로
바꾸어 품고 친밀한 상전이길
요청해야 옳았소.
시시니우스 미리 일러줬던 대로 말을 했다면
성질을 건드려서 속을 알아보고
호의적인 약속을 받아내어, 예전처럼
필요한 경우에 들이대거나, 아니면
무엇에나 자신을 옭아매는 조건으로
좀처럼 못 참는 그의 급한 성미를
자극할 수도 있소. 그처럼 성질을
역이용하여 선출되지 못하게
만들어야 했던 거요.
브루투스 당신들의 지지가
필요할 때도 경멸을 나타내며
찬표를 구하는 걸 보지 못했소?
그러니 압제할 권력이 생기면
그 경멸이 당신들과 마찰을 빚지 않겠소?
당신들 몸속에는 용기가 없소?
올바른 판단에 어긋나는 말뿐이오?
시시니우스 전에는 청원자를 거부하더니
이제는 청하기커녕 비웃는 자에게
요청하는 그대로 찬표를 던지기요?
시민 3 인준하기 전이라 거부할 수 있소.
시민 2 그럼 거부하겠소.
같은 의견 5백 표를 얻어 오겠소.
시민 1 나는 그 두 배에다 그 친구들도 합하겠소.
브루투스 친구들에게 빨리 가서 말하시오.
짖으라고 기르면서 짖는다고 때리는
개처럼, 자유를 빼앗아 발언권을
없애버릴 통령을 뽑았다고 하시오.

시시니우스 모이라고 하시오. 그리고 좀 더
신중히 생각하여 무식한 선출을
모두 취소하시오. 그자의 교만과
오래 묵은 증오를 강조하고, 그자는
경멸하는 태도로 겸손의 옷을 입고
청원하며 경멸을 보냈으나, 당신들은
사랑으로 그자의 공적만 생각해서
그러한 태도를 잊어버렸으나
그자는 당신들을 변함없이 증오하여
놀림 투로 기분대로 지어냈던 것이오.

브루투스 우리들 호민관의 탓으로 돌리시오.
당신들이 찬표를 던지게끔 우리가
유도했다고 하시오.

시시니우스 당신들 자신의
의사보다도 우리가 권해서
선택했다고 하고, 당신들의 마음은
자의보다는 의무감에 못 이겨
거리낌을 무릅쓰고 그자를 통령으로
선출했다고 하시오. 우리 탓을 하시오.

브루투스 사정없이 욕하시오. 당신들께 알려주길,
그자는 젊어서 충성을 시작하여
오래 계속하였고 고귀한 마르티우스의
가문에서 태어났고 같은 가문의 출신
누마의 외손인 안쿠스 마르티우스가
호스틸리우스에 이어 이곳의 왕이었소.
같은 가문의 푸블리우스와 퀸투스가
수도를 설치하여 좋은 물을 끌어왔소.
두 차례나 감찰관이 되었기에 귀한 칭호가
붙여졌던 켄소리누스는 그의 위대한
조상이었소.[36]

시시니우스 그런 가문인데다
고위직에 오를 만한 공적을 쌓았기에
기억을 되살리길 권고하였고
그자의 과거와 오늘날의 태도를
자세히 비교하여 그자가 당신들의
불변하는 적이라는 사실을 깨달아서
성급한 찬성을 취소한다 하시오.

브루투스 당신들은 찬성하지 않았는데 호민관들이
부추겼다 우기시오. 지지자를 규합하여
의사당에 가시오.

한 시민 그러겠소.

다른 시민 대다수가
찬성한 걸 후회하오. [평민들 퇴장]

브루투스 내버려 두시오.
이번 반란을 운수에 맡기시오.
확실히 큰 반란이 닥쳐올 거요.
그자가 버릇대로 평민의 거부에
분통을 터뜨리면 성난 짓의 그 점을
노렸다가 잡으시오.

시시니우스 의사당에 갑시다.
사람들 물결에 앞서야 하오.
저들 탓도 있지만 우리가 부추긴 거요.
자발적인 행동으로 꾸며야 하오. [둘 퇴장]

## 3. 1

[코넷들. 코리올라누스, 메네니우스, 귀족들
전부, 코미니우스, 타이투스 라르티우스, 기타
의원들 등장]

코리올라누스 그렇다면 아우피디우스가 군을 새로 일으켰소?

라르티우스 그 때문에 우리는 더욱 급히 저들과
강화를 맺었소.

코리올라누스 그러니까 볼스카 족은 먼저와 같이
기회를 엿보다가 다시금 우리를
침략할 태세요.

코미니우스 통령, 저들은 맥이 빠져
이 시대에 또다시 저들의 깃발을
보기 힘들 것이오.

코리올라누스 [라르티우스에게] 아우피디우스를 만났소?

라르티우스 회담의 원칙대로 안전히 왔다 갔소.
못난 볼스카 족속이 도성을 내줬다고
저주하였소. 안티움[37]으로 물러갔소.

코리올라누스 내 얘기 했소?

라르티우스 예.

코리올라누스 뭐라고요?

36 그러한 왕들의 후손이기에 은근히 평민들에게 반대한다는 인상을 심어주었다.

37 코리올레스 남쪽의 지중해 연안에 있던 도시. 그곳은 아우피디우스의 고향으로 이 극의 마지막 장면이 벌어진다.

라르티우스 두 사람은 여러 번 일대일로 맞섰고,
세상의 무엇보다 당신을 증오하고,
당신에게 이겼다는 명성만 얻는다면
도저히 회복할 수 없을 정도로
한꺼번에 제 운명을 걸겠다고 맹세했소.
코리올라누스 그자가 안티움에 살고 있소?
라르티우스 그렇소.
코리올라누스 찾아갈 계제가 생기면 좋겠소.
그자의 증오와 맞붙겠소. 잘 돌아오셨소. [라르티우스 퇴장]
[시시니우스와 브루투스 등장]
저것들이 평민의 호민관이며
만민의 입이오. 내가 무척 멸시하오.
귀족들이 도저히 참을 수 없을 만큼
거드름 빼면서 권세를 부리오.
시시니우스 그만 가시오.
코리올라누스 어, 왜 그러오?
브루투스 더 가면 위태롭소. 그만 가시오.
코리올라누스 왜 이리 변했소?
메네니우스 웬일이오?
코미니우스 귀족과 평민이 찬성하지 않았소?
브루투스 코미니우스, 아니오.
코리올라누스 애들 표를 안 받았소?
의원 1 호민관들, 비키시오. 광장으로 가실 거요.
브루투스 민중이 노했소.
시시니우스 서지 않으면
모두 싸움에 휩쓸릴 거요.
코리올라누스 당신네 떼가?
지금 당장 투표권을 행사할 저들이
금방 말을 뒤집기요? 당신네 직분이 뭐요?
저들의 입이면서 이빨은 안 보기요?
당신들이 부추겼소?
메네니우스 진정해요, 진정해요.
코리올라누스 계획된 짓이오. 귀족의 의사를
누르려는 흉계에서 생긴 짓이오.
그냥 두면 다스릴 줄 모르는 자와
다스릴 수 없는 자가 함께 살게 되오.
브루투스 흉계라고 하지 마시오. 민중이 외치길,
당신은 조롱하고 분배를 트집하고
민중의 대변자를 욕하고 그들을 일러
기회주의 아첨꾼, 귀족의 적이라 했소.
코리올라누스 다 아는 사실이오.
브루투스 다는 아니오.
코리올라누스 후에 당신이 알렸소?
브루투스 뭐? 알렸다고?
코리올라누스 그런 짓을 할 사람이오.
브루투스 당신보다
무엇이나 잘하기 위해 그럴 수 있소.
코리올라누스 그러면 어째서 내가 통령이 돼야 하오?
나도 당신처럼 못나게 굴어
호민관 동료가 되겠소.
시시니우스 당신 성격은
매우 심하게 민중을 자극하오.
목적지에 가려다가 길이 막히면
가는 길을 얌전히 물어야 하오.
아니면 통령같이 높이 되지 말거나
호민관의 짝이 되지 마시오.
메네니우스 진정합시다.
코미니우스 민중이 속았소. 선동을 받은 거요.
이런 짓은 로마에 어울리지 않고
코리올라누스도 이따위 방해를
당할 이유가 없소. 분명히 그의 공적을
가로막을 목적이었소.
코리올라누스 곡식 말이오?
내가 했던 말이오. 다시 그 말 하겠소.
메네니우스 지금 마세요, 지금 마세요.
코리올라누스 목숨이 있는 한 말을 하겠소.
나보다 높은 분들은 용서하시오.
이랬다저랬다 하는 냄새피우는 떼는
아첨할 줄 모르는 나를 거울로 삼아
자기 꼴을 보라고 하오. 다시금 말하건대
평민을 추어주면 분쟁과 무례의
잡초만 키워서 의회에 맞서오.
우리가 땅 갈아 씨 뿌리고 퍼뜨리고
우리들 사이에 그자들을 섞어놓았소.
고귀한 계층은 용기와 능력을
안 가진 것이 아니라 그것을 거지들에게
넘겨주었소.
메네니우스 자, 그만하시오.
의원 1 제발 그만하시오.
코리올라누스 그만하란 말이오?
조국을 위해서 외적의 세력에
겁내지 않고 피를 흘렸소.

그처럼 허파가 꺼질 때까지
욕설을 만들 테요. 우리를 괴롭히는
피부병처럼 놈들을 뽑아낼 테요.
브루투스 나약한 인간이 아니라 민중에게
벌주는 신인 듯이 말 하시오.
시시니우스 민중에게 알리시오.
메네니우스 성질이 급하다고?
코리올라누스 급하다고? 한밤의 잠처럼 조용해도
그게 내 신념이오.
시시니우스 그러한 신념은
남에게는 상관없되 당사자의 몸속에서
독이 될지라.[38]
코리올라누스 "독이 될지라"?
송사리 왕초가 하는 말 들었소?
'될지라'고 단정하오?
코미니우스 법에 위반되오.
코리올라누스 '될지라'? 착하되 멍청한 어른들,
신중하되 둔한 분들, 어찌하여 이런 자를
히드라[39]의 관리로 택하라 했소?
이자는 괴물의 요란한 입인데
단정하는 '될지라'로 당신들의 강물을
제 쪽으로 끌어가고 당신들의 물길을
제 소유로 삼겠다는 용기마저 있어서
권력만 가지면 무능한 당신들을
억압할 거요. 그렇지 않다면
위험한 유화책을 버리시오. 유식하면
멍청이가 되지 말며, 무식하면 저자들과
의석을 같이하오. 저자들이 의원이면
당신들은 평민이오. 양쪽의 목소리가
뒤섞일 경우에는 저것들이 의원이라
다수의 입맛을 따르게 되겠소.
평민이 선출한 저따위 판관이
그리스의 의회보다 엄숙한 자리에서
평민의 '될지라'를 함부로 뱉어내오.
그 말에 확실히 통령이 낮아지오.
대등한 두 힘이 맞서는 틈바귀에
혼란이 끼어들어 서로를 삼키니
내 영혼이 괴롭소.
코미니우스 광장으로 갑시다.
코리올라누스 그리스가 예전 한때 그랬다지만
창고의 곡식을 무료로 배분하는 안을
누가 냈든지 간에—
메네니우스 자, 자, 그만하오.
코리올라누스 거기서는 평민이 절대권을 가졌지만,—
저들이 불복의 기운을 북돋우고
나라의 파멸을 키웠소.
브루투스 어째서 평민이
자신들의 대변자를 내세우겠소?
코리올라누스 이유를 대겠소. 저들의 소리보다
올바른 거요. 곡식은 보답이 아니었소.
아무 일도 안 한 것을 저들도 알고 있소.
전쟁에 나갔지만 나라의 심장부가 위험해도
성문을 나서려 하지 않았소. 그런 태도는
곡식을 거저 얻을 자격이 없소.
반란과 소란에는 용맹을 뽐내더니
전쟁에 나가서는 찍소리도 못 했소.
근거 없는 비난을 원로원에 퍼붓지만
그와 같은 선물은 못 가져왔소.
그래서 어찌 됐소? 무수한 밥통들이
원로원의 친절을 어찌 소화하겠소?
저들의 행동을 말로 하면 이렇소.
'우리가 요청하니 표가 많은 우리라
저들은 겁이 나서 요청을 들었다.' 하오.
이처럼 우리는 의회의 격을 낮추고
군중은 우리의 염려를 공포라 하오.
급기야는 원로원의 자물쇠를 깨트려
문을 열어젖히고 까마귀를 불러들여
독수리를 쪼라 하겠소.
메네니우스 됐소. 그만하오.
브루투스 되고도 남소.
코리올라누스 아니오. 더 들어요.
신과 사람 모두가 맹세하고 내 결론을
시인하겠소! 이처럼 권위가 나뉘어

38 '될지라'(shall)는 법률에서 단정할 때 쓰는 표현이었다. 호민관은 민중을 대변하여 법률에 호소할 수는 있어도 법률을 제정할 권한은 없었다. 따라서 호민관 시시니우스가 그런 표현을 쓰는 것은 위법이었다.

39 머리를 자르면 그 자리에 머리 두 개가 또 생긴다는, 머리가 수없이 많은 괴물. 무질서한 군중을 상징한다. 신화에 따르면 이 괴물을 헤라클레스가 퇴치했는데, 코리올라누스는 자기를 헤라클레스라고 자처한다.

한쪽은 이유 있게 경멸하고 다른 쪽은
이유 없이 비난하며, 귀족, 지위, 지혜가
무식한 군중에 따라 정해지는 상황에서
진정한 필요에는 소홀하기 마련이며
그 대신 불확실하고 사소한 일에
길을 터주기 쉽소. 계획이 좌절되고
무슨 일도 성취하지 못하오. 부탁이오.
겁을 먹기보다는 신중히 행동하며
국가의 변혁보다 기본을 사랑하고
오래 살기보다는 고귀한 삶을 원하여
극약이 아니고는 확실히 죽을 몸에
과감히 그런 약을 쓰겠다는 당신들은
군중의 혓바닥[40]을 즉시 잘라서
저들의 독약인 단물을 빨아먹지
못하게 하시오. 당신들이 못나서
판단을 그르치며 나라에 있어야 할
온전한 기강을 와해하오. 그래서 악이
이 나라를 지배하여, 행하려 하는 선을
행할 힘이 없소.

브루투스 할 말 다했군.

시시니우스 반역자처럼 말했으니 반역자로
처벌하겠소.

코리올라누스 못난 녀석, 멸시 속에 묻혀라!
민중이 무지한 호민관과 무엇을 하랴?
이들에 의존하며 더 높은 원로원에
복종할 줄 모른다. 반란이란 비상시에
옳지 못한 편법을 피할 수 없어
이자들을 선출했다. 때가 좋아졌으니
옳은 일 행할 것을 널리 알리고
저들의 권력을 땅바닥에 던지자.

브루투스 명백한 반역이다.

시시니우스 이자가 통령인가?

브루투스 여봐라, 보조원![41]
[보조원 등장] 저자를 체포하라.

시시니우스 민중을 불러와라. [보조원 퇴장]
[코리올라누스에게] 민중의 이름으로
반역적 개혁자며 공동체의 적으로
그대를 체포한다. 복종을 명하노니
심문에 응하라.
[코리올라누스를 잡으려고 한다.]

코리올라누스 비켜라, 늙은 염소!

귀족들 전부 우리가 보석하겠소.

코미니우스 [시시니우스에게] 노인장, 놓으시오.

코리올라누스 [시시니우스에게]
저리 가라, 썩은 물건. 안 그러면 뼈다귀를
쏟아놓겠다.

시시니우스 시민들, 도와주오!
[보조원들과 함께 평민들 한 떼 등장]

메네니우스 양측은 좀 더 신중하시오.

시시니우스 당신의 권한을 뺏을 자가 여기 있다.

브루투스 보조원들, 체포하라!

시민 모두 때려 눕혀!—때려 눕혀!—

의원 2 칼!—칼!—칼!—
[모두들 코리올라누스 주변에 몰려든다.]

모두 호민관들!—귀족들!—시민들!—모여요!
시시니우스!—브루투스!—코리올라누스!—시민들!
진정해요!—진정해요!—멈춰요!—참아요!—진정해요!

메네니우스 무슨 일이 생기려나? 숨이 턱에 닿누나.
혼란이 닥쳐온다. 말이 안 나와. 호민관들,
민중에게 가시오! 코리올라누스, 참으세요!
시시니우스, 말하시오.

시시니우스 진정하고 들으시오.

시민 전부 호민관 말 듣자. 쉬! 말하쇼, 말하쇼!

시시니우스 자유를 잃어버릴 순간에 와 있소.
모든 것을 마르티우스가 빼앗을 작정인데,
얼마 전 당신들이 통령으로 뽑은 자요.

메네니우스 저런! 불 안 끄고 불붙이는 짓이야.

의원 1 도시를 파괴하고 뭉개려는 것이다.

시시니우스 도시란 민중이 아니고 무엇이오?

시민 모두 옳소. 민중이 도시요.

브루투스 만장일치로
우리는 민중의 집정관이 되었소.

시민 모두 지금 집정관이오.

메네니우스 계속 그럴 셈이군.

코리올라누스 그렇게 하면 도시를 납작하게 파괴하여
지붕과 주춧돌이 높낮이가 같아지고
모든 위계질서를 폐허의 무더기에
파묻는 것이오.

40 즉 대중을 대변하는 호민관을 가리킨다.
41 당시 호민관은 법 집행과 경호를 위해 '보조원'을 부릴 수 있었다.

시시니우스 사형감이다.
브루투스 이 때문에 우리는 권위를 지키거나
잃어버린다. 민중의 권리로
호민관이 된 우리는 민중의 편에서
마르티우스가 즉결처분 사형에 해당됨을
이 자리에서 선포한다.
시시니우스 그러므로 체포하여
타르페이아[42] 벼랑으로 데려가 밑으로 던져
파멸시켜라.
브루투스 보조원들, 체포하라.
시민 모두 항복하라, 마르티우스. 항복하라.
메네니우스 한마디만.
부탁이오, 호민관들. 한마디만 들으시오.
보조원들 조용하라! 조용하라!
메네니우스 [브루투스에게]
겉 아닌 속으로 진짜 애국하시오.
이렇게 폭력으로 다루려 하는 일을
온건히 다루시오.
브루투스 현명한 듯하지만
냉담한 방식은 증상이 격할 때
독약이 되오. 그자를 체포하여
벼랑으로 끌어가라.
[코리올라누스가 칼을 뺀다.]
코리올라누스 아니, 여기서 죽겠다.
너희 중 몇 사람은 내가 싸우는 것을 보았다.
하던 대로 할 테니 직접 맛봐라.
메네니우스 칼을 치워라! 호민관들, 잠시 물러나시오.
브루투스 저자를 체포하라.
메네니우스 마르티우스를 도와라!
귀족들은 노소를 불문하고 그를 도와라.
시민 모두 죽여라! 죽여라!
[이런 난동 중에서 호민관들과
보조원들과 군중이 쫓겨서 퇴장]
메네니우스 [코리올라누스에게]
집으로 가요. 빨리 가요! 안 가면
우리 모두 파멸이오.
의원 2 [코리올라누스에게] 빨리 가시오!
코리올라누스 맞서시오.
우리나 적은 동일한 수요.
메네니우스 그렇게 하겠소?
의원 1 그래선 안 되오!
[코리올라누스에게]
고귀한 친구, 댁에 가시오. 상처의 치유는
우리에게 맡기시오.
메네니우스 이것은 당신이
고칠 수 없는 우리의 상처요.
빨리 가시오. 부탁하오.
코미니우스 함께 갑시다.
코리올라누스 저들이 야만이면 좋겠소. 로마가 낳았지만
실제로는 야만이오. 의사당 문간에서
태어나도 로마인이 못 되오.
메네니우스 빨리 가요.
고상한 분노를 입에 담지 마시오.
갚을 때가 있을 거요.
코리올라누스 공평하게 싸우면
40명은 해내겠소.
메네니우스 나 자신도 저들 중
수괴라는 두 놈과 맞서 붙겠소.
그렇소, 호민관 두 놈 말이오!
코미니우스 하지만 저들은 수가 압도적이오.
쓰러지는 건물에 맞서는 건 용기 아닌
만용이라 부르오.
[코리올라누스에게] 패거리가 오기 전에
여길 뜨겠소? 그것들이 성이 나면
막혔던 물처럼 평시에 참고 있던
방죽을 타고 넘소.
메네니우스 [코리올라누스에게] 제발 가시오.
미련한 자들에게 늙은이의 지혜가
쓸모 있나 보겠소. 이번 이 일은
천 빛깔이 어떻든 봉합해야 하겠소.
코미니우스 자, 갑시다.
[코리올라누스와 코미니우스 퇴장]
한 귀족 저 사람이 제 운수를 스스로 망쳤소.
메네니우스 세상에 살기에는 너무나 고상하여,
해신의 삼지창과 주피터의 천둥[43]을
얻을 수 있다 해도 아첨은 안 하겠소.
그 마음이 그 입이오. 가슴에 생긴 말을

42 의사당 남쪽 언덕 위에 삐죽 뻗은 바위로, 반역자를 그 밑으로 던져 죽였다.
43 포세이돈의 삼지창과 주피터의 천둥은 권위를 상징하는 무서운 무기였다.

입 밖에 내야 직성이 풀리는 이오.
그래서 성이 나면 죽음이란 명사를
듣지도 못한 듯이 행동한다오.
[안에서 소란]
잘 논다!
한 귀족 그들이 잠들면 좋겠소!
메네니우스 강물에 처박히면 좋겠소! 참말이지
저 사람은 좋은 말을 못 하나?
[브루투스와 시시니우스가 또다시 군중과
함께 등장]
시시니우스 도시를 비우고 혼자만 사람이란
독사는 어디 있소?
메네니우스 점잖은 호민관들—
시시니우스 강력한 손아귀가 그자를 붙잡아
타르페이아 벼랑 아래로 던져버리겠소.
법에 저항했으니 그자가 경멸하는
준열한 공권력 외에 다른 재판은
생략하겠소.
시민 1 고귀한 호민관은
민중의 입이며 민중은 수족임을
알리겠소.
시민 모두 꼭 알리시오.
메네니우스 이봐요.
시시니우스 쉿!
메네니우스 조용한 영장으로 체포할 일이니
법석대지 마시오.
시시니우스 범인의 탈주를
어찌하여 방조하오?
메네니우스 내 말 들어보시오.
통령의 인품을 잘 아는 만큼
그분의 결점도 말할 수 있소.
시시니우스 통령? 통령이라니?
메네니우스 코리올라누스 통령 말이오.
브루투스 그자가 통령이오?
시민 모두 아니오, 아니오, 아니오, 아니오!
메네니우스 선량한 여러분과 호민관의 허락 하에
말을 들어주시면 한두 마디 하겠소.
시간만 지체할 뿐, 그 이상 여러분께
손해는 없을 거요.
시시니우스 그럼 짧게 하시오.
독사 같은 반역자를 사형에 처하기로
이미 확정하였소. 여기서 추방하면
우리가 위험하고 이곳에 가둬두면
우리가 죽게 되오. 그런고로 그자는
오늘 밤 사형이오.
메네니우스 신들이여, 막으소서!
훌륭한 신민에게 위대한 로마가
감사하는 정신이 주피터의 장부에도
기록되어 있는데, 매정한 어미처럼
제 자식을 먹겠다니!
시시니우스 그자는 잘라버릴 고질병이오.
메네니우스 그이는 병 앓는 지체에 지나지 않소.
쉽게 치료하려고 잘라내면 위태롭소.
무슨 짓을 로마에 했기에 죽어야 하오?
우리의 적을 죽이면서 그이가 잃은 피는
몸에 남은 피보다 훨씬 많을 것인데,
나라 위해 흘리고 남은 그 피를
나라가 뺏는 짓은 그이를 죽이고
방관하는 우리에게 세상의 최후까지
낙인으로 남겠소.
시시니우스 그것은 다른 문제요.
브루투스 순전한 왜곡이오. 그가 나라를 사랑할 때
나라는 그를 찬양했소.
시시니우스 발이 썩어 들어가면
전에 쓸 만했어도 지금은 그 발을
존중하지 못하오.
브루투스 더 듣고 싶지 않소.
[시민들에게] 집으로 따라가 끄집어내라.
그자의 고질은 전염성이 강해서
퍼질지 모른다.
메네니우스 한마디만 합시다!
범 같은 분노가 경솔의 해를 알고
뒤꿈치에 납덩이를 달아맨대도
때는 이미 늦었소. 절차를 따르시오.
패싸움이 벌어지면—그이도 편이 있소.—
위대한 로마를 로마인이 망치오.
브루투스 그러면 어떻소?
시시니우스 [메네니우스에게] 무슨 말을 하시는 거요?
이미 그의 '복종'을 맛보지 않았소?
보조원을 공격하고 우리에게 반항했소.
메네니우스 이걸 생각하시오. 칼 뺄 줄 알 때부터
전쟁 중에 자라서 말 고르는 방법을

배우지 못했소. 가루, 기울 안 가리고
마구 섞어 던지오. 내게 허락하시오.
바른 태도로 판결받게 하겠으니
—조용하지 않으면 엄벌에 처하시오.—
가서 데려오겠소.

의원 1 존귀한 호민관들,
그 길이 인간답소. 다른 길은
너무 잔혹하겠소. 그런 일의 종말은
애초엔 알 수 없소.

시시니우스 존귀한 메네니우스,
그렇다면 민중의 일꾼이 되시오.
[시민들에게]
무기를 놓으시오.

브루투스 돌아가지 마시오.

시시니우스 광장에서 만납시다. [메네니우스에게]
거기서 기다리겠소.
마르티우스를 데려오지 못하면 처음대로
진행할 테요.

메네니우스 그를 데려오겠소.
[의원들에게]
같이들 갑시다. 그가 오지 않으면
최악이 발생하오.

의원 1 같이 가겠소.

[한쪽 문으로 호민관들과 시민들 퇴장.
다른 문으로 귀족들 퇴장]

## 3. 2

[코리올라누스가 귀족들과 함께 등장]

코리올라누스 놈들이 귀 따갑게 바퀴에 달아
죽이거나 사나운 말굽으로 짓밟거나
타르페이아 벼랑 위에 산을 열 개 높이 쌓아
떨어지면 뵈지도 않을 데서 떨군다고
위협해도 언제나 놈들에게 이 마음은
변함없겠소.
[볼룸니아 등장]

한 귀족 더욱 고귀하시오.

코리올라누스 이제 나를 어머님이
좋지 않게 보시겠소. 어머님은 녀석들을
추잡한 쌍것들, 서푼짜리 장사치들,
회의에 들어와서 모자를 벗어들고,
귀족 친구 한 분이 전쟁이나 평화를
논하기 위해 일어서면 멍청하게 입 벌리고
아무것도 모르는 놈들이라고 하셨지요.
[볼룸니아에게] 어머님 이야기를 하고 있었소.
어째서 저더러 얌전하라고 하셨어요?
성격을 배반해요? 오히려 사내답게
행동하라고 하세요.

볼룸니아 오, 얘야, 얘야, 얘야,
권세가 낡기 전에 제대로 권세를
입으면 좋겠다.

코리올라누스 권세는 가라고 해요.

볼룸니아 일부러 애쓰지 않아도 네 진가를
충분히 보일 수 있었어. 저들이 너를
좌절시킬 세력이 있을 동안 네 성격이
어떤 건지 보여주지 않았다면
성격의 시련이 줄었을 게야.

코리올라누스 죽일 놈들.

볼룸니아 그렇다. 게다가 화형 당할 놈들이야.
[메네니우스가 의원들과 함께 등장]

메네니우스 [코리올라누스에게]
이봐요, 당신 너무 격했소. 조금 너무 격했소.
돌아가서 고치세요.

의원 1 별수가 없소.
그러지 않으면 자랑하는 로마가
중동이 갈라져서 파멸하겠소.

볼룸니아 [코리올라누스에게] 내 말 들어라.
너처럼 나도 양보할 줄 모른다.
하지만 분노를 보다 유리한 데로
데리고 갈 머리가 있어.

메네니우스 좋은 말씀이외다.
저이가 평민에게 양보하기 이전에
힘없는 내 몸도 무장했을 거요.
오늘의 못된 병이 나라의 건강을 위해
그런 양보를 요청했지만.

코리올라누스 어떻게 해야 되겠소?

메네니우스 호민관들에게 돌아가세요.

코리올라누스 그래서 어떻게 하오?

메네니우스 말을 잘못했다고 뉘우치는 거요.

코리올라누스 그자들한테? 신들께도 못 하는데
그자들한테?

볼룸니아 너무 외고집이다.
고귀한 네 성격이 그 일에 나타나도,
극단의 필요 외엔 삼가야 한다.
명예와 정략은 뗄 수 없는 단짝같이
전쟁에서 둘이 함께 자란다고 했는데,
명예와 정략이 평화 중에 잃는 게
뭔가? 말해라.

코리올라누스 그만둬요!

메네니우스 잘 물으셨어요.

볼룸니아 전쟁에서 네 자신을 숨기는 게
명예가 되고 그것을 목적해서
전략으로 택하면, 전쟁처럼 평화에도
명예와 전략이 어울려도 나쁘다거나
나빠진다 하겠냐? 둘 다 똑같이
필요한 건데.

코리올라누스 왜 강조하세요?

볼룸니아 네가 지금 민중을 향해서 말할
입장이기 때문이지. 너의 느낌이나
양심이 부추기는 사실들이 아니고,
입으로 달달 외는 말일 뿐이니,
속에 품은 진실과는 관계없는 빈말이야.
그런데 이번에는 점잖은 말을 써서
적군의 도시를 함락하는 경우처럼
네게 전혀 불명예가 되지 않을뿐더러
다른 길을 택했다면 운수에 의존하고
숱한 피 흘리는 사태가 벌어지겠지.
네 운수, 네 친구가 달린 처지라
본심을 명예롭게 숨겨야 할 입장이면
어미도 그러겠지. 네 아내, 네 아들,
의원들, 귀족들도 내 말에 동의한다.
한데 너는 저것들의 충성과 마음을
얻기 위해서 알은체도 하지 않고
찌푸린 얼굴이나 보일 뿐이니,
그런 게 없으면 망해.

메네니우스 고귀하신 부인!
[코리올라누스에게]
우리 같이 갑시다. 점잖게 말하세요.
위험한 처지뿐 아니라 지난 일도
막을 수 있어요.

볼룸니아 아들아, 부탁한다.
[그의 모자를 쳐든다.]
모자를 손에 들고 그들 앞에 나아가
이렇게 쑥 내밀고—원대로 해줘라.
돌바닥에 무릎을 꿇고—이런 일에는
행동이 웅변이지.—무식한 자의 눈은
귀보다 유식해.—머리를 조아려
거만한 마음이 건드리면 떨어져버릴
농익은 오디처럼 겸손히 됐다고
시늉하든가, 그자들의 군인인 네가
싸움판에서 자라 부드러운 말씨를
배우지 못했지만, 호의를 구할 때는
저들의 요청대로 말씨를 갖춰라.
하지만 앞으로는 권세와 체통을
지키는 한도에서 저들의 것이 돼서
너를 바꿔라.

메네니우스 [코리올라누스에게] 그렇게 하면
저들의 마음은 당신 게 돼서
무슨 말도 괜찮으니, 용서를 구하면
틀림없이 용서해요.

볼룸니아 자, 그럼 가서
하라는 대로 해. 안방에서 적에게
아양 떨기보다는 불타는 구덩이로
쫓아 들어갈 테지만.
[코미니우스 등장]
코미니우스가 오는군.

코미니우스 지금까지 광장에 나가 있었소.
강력한 파당을 만들거나, 침착이나 도피로
방비하시오. 모두들 성났소.

메네니우스 좋은 말만 하시오.

코미니우스 그러면 좋겠소.
마음을 고친다면—

볼룸니아 그래야 하고 그리할 게요.
그렇게 약속하고 그대로 해.

코리올라누스 그래서 맨머리를 보여줘요?[44]
못난 혀가 거짓말을 고귀한 내 마음에
부담시켜요?—음, 그리하겠소.
하지만 마르티우스는 몸뚱이만 잃는대도
저들의 그것을 가루가 되게 해서
바람에 날리겠소. 광장으로 갑시다.

44 모자를 벗어들고 절하는 것을 뜻한다.

당신들이 내게 맡긴 배역은 실제에선
절대로 없을 짓이오.
코미니우스 프롬프트해 주겠소.[45]
볼룸니아 착한 아들아, 처음에 내 칭찬 듣고서
군인이 됐다 했지. 그러니까 이 일에서
내 칭찬 들으려면 전에 맡지 못한 역을
맡아 하여라.
코리올라누스 그럴 수밖에 없군요.
성격아, 없어져라. 비렁뱅이 근성아,
내게 씌어라! 북소리에 노래하던
전쟁의 목소리여, 갓난아기 잠재우는
계집애나 고자처럼 세피리가 돼라!
못난이의 웃음이 두 뺨에 자리 잡고
학교 애들 눈물이 눈알을 점령해라!
거지의 혓바닥이 입술 새에 달리고
말 탈 때만 굽혔던 철갑의 무릎은
동냥하는 거지처럼 굽실거려라!
—안 해요. 나 자신의 진실을
존중하는 마음을 없앨까봐 걱정하고
육체의 행동이 근본적인 타락을
내 정신이 배울까봐 두려워요.
볼룸니아 맘대로 해!
네게 구걸하기가 네가 그것들한테
사죄하는 것보다 더 치욕스러워.
모두들 망해라. 위험한 네 고집을
걱정하기보다 네 교만이 껄끄러워.
나도 너만큼 죽음 따윈 경멸해.
하고 싶은 대로 해라. 네 용기는 내 거였어.
젖 빨면서 가져갔지. 하지만 교만은 네 거야.
코리올라누스 걱정 마세요. 광장으로 갑니다.
그만 야단치세요. 약장수가 속을 빼고
마음을 훔치듯 온갖 로마 잡류들의
충성심을 가져오죠. 보세요, 갑니다.
아내에게 말하세요. 통령이 되어 오죠.
안 그러면 다시는 제 혀를 믿지 말고
아침에는 졸병으로 아세요.
볼룸니아 맘대로 하렴. [퇴장]
코미니우스 갑시다! 호민관 어른들이 기다리오.
부드러운 대답으로 무장하시오.
지금껏 당신을 고발한 내용 중에
가장 심한 내용들을 준비했다고 하오.
코리올라누스 '부드럽다'[46]가 암호군요. 자, 갑시다.
꾸며낸 이야기로 고발하여도 좋소.
명예를 지키면서 답변하겠소.
메네니우스 좋소. 다만 부드럽게 하시오.
코리올라누스 부드럽게 하겠소, 부드럽게요! [모두 퇴장]

## 3. 3

[시시니우스와 브루투스 등장]
브루투스 독재권을 원한다고 직격탄을 날립시다.
만일 거기서 우리를 피해 가면
그자는 민중을 증오한다고 하고
안티움의 전리품이 분배되지 않았다고
공격합시다.
[보조원 등장]
그자가 온다던가?
보조원 오는 중입니다.
브루투스 누가 동행하는가?
보조원 메네니우스 노인과 언제나 편드는
의원들입니다.
시시니우스 우리가 끌어 모은
모든 표의 목록을 머릿수로 기록해서
갖고 있겠지?
보조원 예. 준비하고 있습니다.
시시니우스 부족별로 취합했나?
보조원 그렇게 했습니다.
시시니우스 즉시 민중을 모아 오라. 그러면 내가
'평민의 권력에 따라 사형, 또는 벌금, 또는
추방이 될지라'고 선언할 터이니
'벌금.' 하면 민중도 함께 '벌금!' 하고
'사형.' 하면 '사형!' 하고 외치게 하여
전통적인 권리와 이 조치가 정당함을
주장케 하라.
보조원 그렇게 알리겠습니다.

45 '배역' '프롬프트' 등은 그를 배우처럼 조종할 거란 말이다. 셰익스피어는 이처럼 '극중극'을 암시했다.
46 정찰병이 쓰는 암구호. 그가 군인인 까닭에 이런 비유를 쓴다.

브루투스 그래서 민중이 외치기 시작하면
그대로 계속하고 시끄럽게 떠들어
우리가 무엇을 선고하든 그 즉시로
집행을 요청케 하라.
보조원 잘 알겠습니다.
시시니우스 민중이 험악하여 암시를 받아들일
기분이 되게 하라.
브루투스 즉시 행하라. [보조원 퇴장]
[시시니우스에게] 그자를 즉시 분개하게 만드시오.
언제나 이기고 상대를 눌러야
직성을 푸는 자요. 일단 화를 돋우면
다시는 가라앉지 못하므로 제 속을
마구 털어놓는데 거기서 그 목을
꺾을 때를 잡게 되오.
시시니우스 저기 오는군.
[코리올라누스, 메네니우스, 코미니우스,
기타 의원들과 귀족들 등장]
메네니우스 [코리올라누스에게]
제발 침착하시오.
코리올라누스 [메네니우스에게]
그러죠. 돈푼을 받겠다고 무슨 욕도 참아내는
여관집 돌쇠처럼—[큰 소리로]
위대한 신들이여,
로마를 지키시며 재판의 자리들은
인물들로 채우시고 우리 중에 사랑을 심고
평화의 축제로 신전이 넘치고
거리에 싸움을 없애소서.
의원 1 아멘!
메네니우스 고귀한 기도요.
[보조원과 시민들 등장]
시시니우스 가까이들 오시오.
보조원 호민관 말씀이오!
조용하시오.
코리올라누스 먼저 말하겠소.
시시니우스와 브루투스 말하시오.—조용하오!
코리올라누스 지금 이 조항들이 고발의 전부요?
여기서 결정되오?
시시니우스 당신에게 요청하오.
민중에게 복종하고 대변자를 시인하고
당신에 대해 앞으로 입증될
과오들에 관해서 법적으로 처벌받을
용의가 있는지 말하시오.
코리올라누스 그렇소.
메네니우스 들으시오, 시민들, 그렇다고 했소.
전쟁의 공로를 기억하시오.
몸에 입은 상처들은 거룩한 무덤 같소.
잊지 마시오.
코리올라누스 가시에 긁힌 자국이라
우스운 생채기요.
메네니우스 그 사람 말투가
평민답지 않지만 군인다운 말투임을
또한 잊지 마시오.—그러한 말투를
악의 있는 소리로 듣지 마시고
여러분을 미워하는 말이 아니라
군인다운 말투로 이해하시오.
코미니우스 자, 그만하시오.
코리올라누스 어찌된 영문이오?
한소리로 통령으로 통과시키고
바로 그 시간에 명예를 빼앗고
다시 가져가기요?
시시니우스 우리 말에 답하시오.
코리올라누스 그러면 말할 테요!—그래야 하오.
시시니우스 당신이 로마에서 전통적인 직책을
모두 철폐하기로 획책하고 은밀하게
왕의 힘을 시도한 사실을 고발하오.
그래서 당신은 민중의 반역자요.
코리올라누스 뭐, 반역자?[47]
메네니우스 자중해요. 약속했어요.
코리올라누스 지옥의 불이 민중을 휩싸거라!
민중의 반역자? 호민관, 모욕이야!
네 눈깔에 죽음이 이만 개가 들었대도
네 손에 죽음이 이억 개가 들었대도
네 혀에 이억 수천만 개가 들었대도
기도드릴 때처럼 거침없는 소리로
거짓[48]이라고 하겠다.
시시니우스 민중들, 이 소리 듣소?
시민 모두 벼랑으로, 벼랑으로 끌어가라!

47 중세의 기사도에서 '반역자'는 가장 몹쓸 욕의 하나였다.
48 '거짓말쟁이' 역시 중세 기사도에서 가장 몹쓸 욕의 하나였다.

시시니우스 조용하오!
새 조항을 삽입할 필요가 없소.
당신들이 본 대로 들은 대로 당신들의
대변자를 때리고 당신들을 모욕하고
칼로 법에 맞서고 자기를 심판할
권세에 도전하오, 이것만 가져도
추악한 범죄요, 사형이 합당하고
극형에 해당되오.

브루투스 하지만 그 사람이
로마에 봉사하여—

코리올라누스 당신이 봉사 운운해?

브루투스 그것을 아는 이가 말하오.

코리올라누스 당신이?

메네니우스 당신이 모친에게 약속하지 않았소?

코미니우스 제발 알아들으시오.

코리올라누스 더 알고 싶지 않소.
타르페이아 사형, 떠돌이 유배, 껍질 벗기기,
낟알 하루 한 개 주고 죽을 때까지 가두기,
무슨 선고도 좋소. 한마디 좋은 말로
저들의 자비를 사지 않고 한번 고개를 숙여
주는 것을 받겠다고 내 성격을
억누르지 않겠소.

시시니우스 시시때때로
기회가 있는 대로 민중에 대하여
악의를 드러내고 그 권리를 박탈할
방도를 구하던 중, 드디어 이제
엄중한 법뿐 아니라 법을
집행하는 관헌에게 공격을 가했기에
민중의 이름과 호민관의 권세로
이제부터 우리의 도시에서 추방하니
다시는 이 성문에 들어오지 못하리라.
위반 시에는 타르페이아 벼랑에서 추락하리라.
민중의 이름으로 선고하노니,
그리될지라.

시민 모두 그리될지라! 그리될지라! 가라!
추방한다. 그리될지라!

코미니우스 내 말 들으시오. 평민 친구들.

시시니우스 선고했소. 들을 것 없소.

코미니우스 말할 테요.
내가 통령이었소. 로마의 적들이
내게 남긴 자국들을 뵈 줄 수 있고
국익을 아끼며 목숨보다 사랑하는
아내의 명성과 그녀의 태와
내 몸의 자식보다 귀중하오. 따라서
말하자면—

시시니우스 짐작되오. 그것이 뭐요?

브루투스 더할 말 없겠소. 민중의 적이요,
국가의 적을 추방한 것뿐이오.
그리될지라!

시민 모두 그리될지라! 그리될지라!

코리올라누스 짖어대는 똥개들아, 아가리 냄새는
시궁보다 역하고, 너희의 사랑은
내다버린 송장이라 공기만 더럽힌다.
너희를 추방한다! 불안과 더불어
남아 있어라. 작은 소문 하나에도
속이 떨려라. 적의 투구 바람에
절망으로 나부껴라. 너희의 보호자를
쫓아낼 힘을 늘 가지고 있어라.
마침내 네놈들의 무지 때문에
전쟁도 안 하고 너희를 정복한
다른 나라에 비루한 포로가 돼라!
이처럼 큰 성에 너희만 남아 있어
전쟁이 닥쳐와야 비로소 적을 아니
그게 무지다. 네놈들 때문에
여기를 멸시해서 등을 돌린다.
세상은 다른 데도 존재한다.
[코리올라누스가 코미니우스,
메네니우스, 기타 귀족들과 함께 퇴장]
[모든 시민이 소리치며 공중에 모자를 날린다.]

보조원 민중의 적이 사라졌소, 사라졌소.

시민 모두 우리 적이 추방됐다. 사라졌다! 아, 신난다!

시시니우스 성문을 나가는 꼴을 보고 그자가
그랬듯이 최상의 멸시와 함께
그자를 쫓아가라. 모욕을 받아 싸다.
거리에서 우리에게 호위병을 세워라.

시민 모두 가자. 성문을 나가는 꼴을 보자.
고귀한 호민관들을 신들이 지키기를! 가자. [모두 퇴장]

## 4. 1

[코리올라누스, 볼룸니아, 버질리아,
메네니우스, 코미니우스가 로마의 젊은
귀족들과 함께 등장]

코리올라누스 눈물을 거두시오. 짤막한 작별이오.
머리 많은 짐승이 나를 멀리 가라 하오.
어머니, 예전의 용기는 어디 갔어요?
위기는 정신의 시험이라고 하셨고
보통 사람도 보통 일은 참아내고
잔잔한 바다에서 모든 배는 동일하게
잘 뜬다고 하셨어요. 운수의 타격을
정통으로 맞은 자는 고귀한 상처를
엄숙히 요청해요. 갖가지 교훈을
내게 쌓으셔서 배우는 이의 마음에
불굴의 의지를 심어주신 어머니요.
버질리아 하늘이여! 하늘이여!
코리올라누스 여인이여, 그러지 마시오.
볼룸니아 로마의 거래들은 전염병[49]에 쓰러지고
일거리는 패망해라!
코리올라누스 됐어요, 됐어요.
떠난 뒤에 아쉽겠죠. 그만하세요.
헤라클레스의 아내가 어머니였다면
그분 일의 여섯[50]은 어머니가 가로맡아
남편의 수고를 덜어줬을 거라고
말씀하곤 하셨어요. 그 용기를 살려요.
코미니우스, 슬퍼 마시오. 편히 계시오.
어머니, 여보, 언제나 잘 지내겠소.
진실한 노인 메네니우스, 젊은이보다
짠 눈물이 독이 되겠소. 지난날의 장군님,
엄한 모습을 보이시고 끔찍한 광경도
자주 보신 분이니 슬픈 여인들에게
불가피한 불행을 한탄한다는 것은
웃는 짓과 다름없이 어리석다고 하시오.
어머니도 아시듯 언제나 내 위험은
분명코 어머니의 기쁨이 됐으니까
홀로 가는 몸이지만 어머니의 아들은
용보다 용 늪이 더 무서운 이야기듯
비범하지 않으면 교묘한 미끼로
잡히겠어요.
볼룸니아 나의 장한 아들아,
어디로 가려느냐? 잠시 코미니우스와
동행하여라. 너의 앞에 생기는
사태를 맞기보다 가는 길을 일정하게
정해놓아라.
버질리아 신이여! 신이여!
코미니우스 한 달 동안 동행하며 소식을 전하도록
당신이 머물 데를 의논해서 정합시다.
그래서 혹시 소환의 기회가 생기면
한 사람을 찾으려고 온 세상 두루두루
수소문하다가 기회를 놓치면
안 될 일이오. 당사자가 없으면
기회는 식어요.
코리올라누스 안녕히 계시오.
당신은 연로하고 전쟁은 싫도록
만끽했으니 생생한 젊은이와
방랑하지 마시고 성문께만 나오시오.
정다운 아내와 사랑하는 어머니,
귀한 귀족 친구들, 작별하는 나에게
미소하시오. 됐소. 그만하시오.
땅에 살아 있으면 언제나 내 소리를
들으실 텐데, 예전의 그 모습
그대로겠소.
메네니우스 누구도 감탄할
말씀이오. 우리 울지 맙시다.
이 늙은 팔과 다리에서 일곱 해만
떼낼 수 있다면 맹세코 당신과 함께
걸을 테요.
코리올라누스 자, 손잡아 봅시다. [모두 퇴장]

## 4. 2

[두 호민관인 시시니우스와 브루투스가
보조원과 함께 등장]

49 티푸스(장질부사)에 걸리면 온몸에 붉은 물집이 생긴다. 예전에는 가장 두려운 역병이었다. 거래나 일거리는 모두 평민들의 것이었다.

50 그리스신화의 최고의 영웅 헤라클레스는 신성을 증명하기 위하여 열두 가지 힘든 일을 행했다.

시시니우스 [보조원에게]
귀가를 명하라. 그자가 갔으니
우리도 그만한다. 귀족들이 화났소.
그자 편이오.
브루투스 우리 힘을 보였으니
일이 벌어질 때보다 완료된 지금
겸손의 빛을 띠어야 하오.
시시니우스 [보조원에게] 귀가를 명하라.
원수는 사라지고 평민은 옛 권세를
지키게 됐다고 하라.
브루투스 집으로 보내라. [보조원 퇴장]
모친이 온다.
[볼룸니아, 우는 버질리아, 메네니우스 등장]
시시니우스 만나지 맙시다.
브루투스 왜요?
시시니우스 미쳤다고 합디다.
브루투스 우리를 봤소. 그대로 갑시다.
볼룸니아 울지 않고 말로 하면 네가 들을 소리는—
음, 몇 마디 해야겠다. [시시니우스에게] 거저 가겠냐?
버질리아 [브루투스에게] 당신도 서요! 남편도 저처럼
서면 좋겠다!
시시니우스 [볼룸니아에게] 당신이 남자요?
볼룸니아 맞다, 바보야. 그게 창피냐? 바보야, 이것 봐.
아버지도 남자였다. 배은망덕한 놈아,
네가 떠든 소리보다 더 많이 로마 위해
칼 휘두른 사람을 쫓아낸 놈.
시시니우스 천만에요!
볼룸니아 네가 바른말 한 것보다 내 아들이
로마를 위해 귀한 칼을 훨씬 많이 휘둘렀어.
말해주랴?—그냥 가! 아니야, 서.
그 애가 날선 칼을 손에 쥔 채 광야에서
너희 떼를 만나면 좋겠다!
시시니우스 그래서요?
버질리아 그래서 어쩌냐고? 네 새끼를 끝장내지.
볼룸니아 몽땅 후레자식 놈들이야.
아, 로마 위해 몸에 지닌 상처투성이!
메네니우스 자, 자, 조용하세요.
시시니우스 나라에 대하여 처음처럼 계속하고
고귀한 관계를 단절하지 않았다면
괜찮았겠소.
브루투스 그러면 좋겠소.
볼룸니아 좋겠다고? 너희가 군중을 선동했어.
도둑괭이 같은 놈들! 하늘의 신비를
땅도 나도 모르듯 그 사람의 가치를
네놈들이 어떻게 헤아리겠나!
브루투스 [시시니우스에게] 자, 우리 갑시다.
볼룸니아 제발 당신들 가라.
잘난 짓 했군. 가기 전에 들어둬.
로마에서 가장 천한 오두막보다
의사당이 한없이 큰 만큼 내 아들이—
여기 이 부인 남편이다. 모르나?—
추방한 네놈들 전부보다 큰 사람이야.
브루투스 자, 우리 가겠소.
시시니우스 왜 여기 서서
미친 노파한테 욕을 봐? [호민관들 퇴장]
볼룸니아 내 저주도 가져가!
이 저주를 행하는 것밖에는 신들도
다른 일은 안 하면 좋겠다. 하루 한 번
저놈들을 만날 수만 있다면 내 속을
짓누르는 아픔을 풀겠다.
메네니우스 정통을 찌르셨소.
당당한 이유요. 저녁 같이 하실까요?
볼룸니아 분노가 음식이오. 자신을 먹으니까
먹을수록 굶어 죽겠소. [버질리아에게] 얘, 가자.
그렇게 울지 말고 나같이 주노처럼
성내며 한탄해. 자, 가자.
[볼럼니와와 버질리아 퇴장]
메네니우스 저런, 저런! [퇴장]

## 4. 3

[로마인 니카노르, 볼스카인 아드리안 등장]
니카노르 당신을 내가 잘 알고 당신도 나를 알아요. 당신 이름이 아마 아드리안이지.
아드리안 맞아요. 솔직히, 당신을 몰라요.
니카노르 나는 로마인이오. 당신과 마찬가지로 나는 로마인들에게 반역하고 있어요. 이젠 알겠어요?
아드리안 니카노르 아니오?
니카노르 바로 그 사람이오.
아드리안 전에 봤을 때는 수염이 더 많았는데. 하지만 목소리를 들으니까 얼굴이 분명해져요. 로마의

소식은 어떤 겁니까? 볼스카측에서 여기서
당신과 만나라는 지시가 내려왔어요. 내가 하루
발품 팔아야 될 일을 당신이 줄여줬군요.

니카노르 로마에 괴이한 반란들이 일어났어요. 평민들이
원로원, 고위층, 귀족들에 대항해서 일어났어요.

아드리안 일어났다니, 끝났다는 말이오? 이 나라에선
그렇지 않다고 보고 강력한 전쟁을 준비하고 있어요.
두 쪽이 갈라져서 한창 싸울 때 습격할 작정이오.

니카노르 큰 불길은 꺼졌지만 조금만 부추겨도 다시 불붙을
게요. 귀족들은 위대한 코리올라누스를 추방해서
몹시 속이 쓰려서 민중들한테서 모든 권리를
회수하고 저들의 호민관의 권력을 빼앗아버릴
태세가 무르익었어요. 이렇게 불씨가 이글거리니까
격렬하게 터질 때가 거의 다된 거라고 귀띔해
줄 수 있어요.

아드리안 코리올라누스를 추방했어요?

니카노르 추방했네요.

아드리안 니카노르, 우리 쪽 정보를 얻었으니까 그 값으로
환영받을 거예요.

니카노르 볼스카인들에게 아주 좋은 기회요. 남의 아내를
타락시킬 가장 알맞은 때는 남편과 다투고 떨어져
있을 때라고 해요. 당신들의 고귀한 아우피디우스는 위대한
적수 코리올라누스가 지금 자기 나라에서 필요한
자가 아니니까 이번 전쟁에 혼자 돋보이겠소.

아드리안 어쩔 수 없이 그렇게 됐어요. 이렇게 우연히 당신과
만나다니 정말 행운이오. 당신이 내 일을 끝내
줬어요. 기꺼이 댁까지 같이 가지요.

니카노르 지금부터 저녁때까지 아주 별난 로마 소식을 말하겠는데.
로마의 적들에겐 모두 이로운 소식이에요.
군대가 만반의 준비를 갖췄다지요?

아드리안 위세 높은 군대요. 부대장들과 장병들이
벌써 명부에 올라서 동원됐고 한 시간 안에 명령에
따라 행군할 게요.

니카노르 만반의 준비를 갖췄단 말을 들으니까 기뻐요. 나라면
당장 진군시키겠어요. 정말 잘 만났네요. 당신을 만나서
아주 반가웠어요.

아드리안 내가 드릴 말씀을 당신이 하는데요. 당신을
만난 게 더없이 기뻐요.

니카노르 그럼 같이 갑시다. [둘 퇴장]

## 4. 4

[코리올라누스가 남루한 차림으로 변장하고
수건으로 얼굴을 가리고 등장]

코리올라누스 안티움, 아주 좋은 도성이다. 도시여,
내가 너희 과부들을 만들었고 멋진 집의
수많은 상속자가 내 칼 맞아 신음하고
쓰러졌다. 그러니 나를 몰라봐라.
너의 아내, 아이들이 부젓가락, 돌멩이로
날 죽일지 모른다.
[한 시민 등장] 안녕하시오?

시민 안녕하시오?

코리올라누스 미안하지만 아우피디우스의
거처를 알려주시오. 안티움에 계시오?

시민 그렇소. 오늘 밤 댁에서 귀족들을
대접하시오.

코리올라누스 어디가 댁이오?

시민 여기 당신 앞이오.

코리올라누스 고맙소. 잘 가시오. [시민 퇴장]
세상아, 못 믿게 변하누나! 굳게 맺은 친구들이
가슴은 둘이나 마음은 하나요
시간도 잠자리도 음식도 운동도
언제나 함께하여 뗄 수 없는 사랑으로
쌍둥이 같지만 바로 한순간에
하잘것없는 일로 의견이 엇갈려
철천지원수가 된다. 그와 똑같이
증오와 흉계로 서로 잡아먹으려고
밤잠을 설치던 원수들이 우연히도
반 푼도 못 될 일로 친구가 되어
운명을 같이한다. 내가 그런 꼴이다.
내 고향을 증오하고 원수의 도시에
사랑을 쏟누나. 들어가겠다.
나를 죽여도 그로서는 정당하고
나의 뜻을 허락하면 그의 나라에
좋은 일을 해주겠다. [퇴장]

## 4. 5

[음악이 연주된다. 하인 1 등장]

하인 1 술! 술! 술! 날라 와라! 무슨 짓을 이렇게 꼼지락대?

녀석들이 모두 자는 것 같아. [퇴장]

[하인 2 등장]

하인 2 코투스 어디 있어? 주인이 부르시는데. 코투스! [퇴장]

[앞의 모습 그대로 코리올라누스 등장]

코리올라누스 멋있는 집이다. 잔치 냄새가 좋다. 하지만 난 손님 차림이 아니야.

[하인 1 등장]

하인 1 여보쇼, 왜 그래요? 어디서 왔소? 여긴 당신 같은 사람이 올 데 아니오. 문밖으로 나가요. [퇴장]

코리올라누스 코리올라누스란 사람이니 이 이상의 대접은 받지 못한다.

[하인 2 등장]

하인 2 당신, 어디서 왔소? 이따위 사람까지 집 안에 들이다니 문지기 눈깔이 제대로 박혔어? 제발 나가요.

코리올라누스 비켜!

하인 2 비켜? 당신이 비켜요.

코리올라누스 귀찮아지는데.

하인 2 그처럼 건방지게 굴기요? 당장에 일러바쳐 야단맞게 하겠소.

[하인 3 등장. 하인 1이 그와 만난다.]

하인 3 이 사람 누구야?

하인 1 내 생전 처음 보는 사람이야. 집에서 쫓아낼 수가 없어. 우리 주인님께 알려서 저 사람을 만나시라고 해. [물러선다.]

하인 3 여보쇼, 볼일이 뭐요? 제발 여기서 나가요.

코리올라누스 서 있게만 해주쇼. 난롯불은 건드리지 않겠소.

하인 3 뭘하는 사람이오?

코리올라누스 양반이오.

하인 3 너무도 가난한 양반이군.

코리올라누스 그렇소. 그렇게 됐소.

하인 3 가난한 양반 나리, 어디 다른 데 가보시지. 여긴 당신 있을 데가 아니오. 제발 나가요. 움직이쇼.

코리올라누스 볼일이나 보구려. 짬밥 먹고 살찌쇼.

[그를 밀어제친다.]

하인 3 안 가겠다 이건가? 이봐, 주인 나리께 괴상한 손님이 왔다고 말씀드려.

하인 2 내가 말씀 드릴게. [퇴장]

하인 3 당신 어디에 사오?

코리올라누스 창공 아래.

하인 3 창공 아래?

코리올라누스 그렇다.

하인 3 그런 데가 어디 있소?

코리올라누스 솔개와 까마귀의 도시에 있다.

하인 3 솔개와 까마귀의 도시? 참말로 멍청한 데가 아닌가! 그렇다면 갈까마귀하고도 같이 사나?

코리올라누스 아니다. 당신들 주인의 부하는 아니다.

하인 3 무슨 수작인가? 우리 주인님 일에 당신 따위가 상관하는가?

코리올라누스 그렇다. 당신네 안주인과 상관하기보다는 떳떳한 일이다. 당신 너무 말이 많다. 쟁반이나 날라 가라. 저리 가라!

[때려서 보낸다. 하인 3 퇴장.
아우피디우스, 하인 2와 같이 등장]

아우피디우스 그 사람 어디 있나?

하인 2 여기 있습니다. 안에 계신 어른들께 방해되기 때문에 녀석을 개 패듯 때렸습죠. [뒤로 물러선다.]

아우피디우스 어디서 왔는가? 무엇을 원하는가? 이름은? 왜 말이 없는가? 말하라. 이름이 무엇인가?

코리올라누스 [얼굴을 드러내며]
아우피디우스, 이래도 나를 못 알아보면,
보면서도 내 정체를 모른다면 스스로
이름을 말할 수밖에 없지.

아우피디우스 누구신지?

코리올라누스 볼스카인의 귀에는 달갑지 않은 이름,
당신 귀에는 거친 소리—

아우피디우스 이름이 뭐요?
모습이 무섭고 남모를 위엄이
얼굴에 풍기오. 비록 옷은 낡았으나
고귀한 기풍이오. 이름이 어찌 되오?

코리올라누스 찌푸릴 채비하오. 아직도 모르오?

아우피디우스 모르오. 이름이 무엇이오?

코리올라누스 카이우스 마르티우스요. 특히 당신과
모든 볼스카인에게 상처와 손해를 끼친
장본인이오. 코리올라누스란
칭호가 증거가 되오. 뼈를 깎는 고역과
극도의 위험과 고마움을 모르는
조국을 위하여 내가 흘린 핏방울은
그런 칭호로 보답했을 뿐이며
당신이 품고 있는 증오와 반감을

일깨우는 기억이라, 그 이름만 남았소.
겁쟁이 귀족들이 모두 나를 버리고
방관할 때 평민의 잔인과 증오가
그 외의 모든 것을 삼켜버리고
비루한 녀석들의 투표에 의하여
로마에서 나를 추방했소. 극단에 몰린 내가
당신의 화롯가를 찾아온 것이오.
—오해하지 마시오. 목숨을 구하려 하는
목적이 아니오. 죽음이 두렵다면
세상 모두보다도 당신을 피하겠소.
오직 나를 추방한 자들에게 철두철미
복수하기 위하여 당신 앞에 서 있소.
그러므로 당신이 복수의 일념으로
적개심을 갊아내고 당신 나라에
널리 퍼진 수치의 상흔을 메우겠다면
나의 슬픈 처지를 서둘러 유리하게
이용하시오. 복수하기 위해서
내가 벌이는 그 일을 이롭게 쓰시오.
온 지옥 마귀들의 심술로 병들어 썩은
내 나라를 상대하여 싸우겠으나,
당신이 그 일을 행할 용기가 없고
이 이상 운수를 시험하기 싫어하면
요컨대 나도 더 이상 살기가 싫어
당신의 해묵은 증오에 목을 내미오.
내 목을 못 자르면 당신은 어리석소.
적개심을 가지고 당신을 추격했고
당신 나라 가슴에서 피를 독으로 퍼냈으니
내 목숨 살려두고 이용하지 않으면
내내 부끄럽겠소.

아우피디우스 오, 마르티우스, 마르티우스!
한마디 한마디 당신 말이 내 가슴에서
해묵은 적개심의 뿌리를 뽑아냈소.
구름 속의 주피터가 거룩한 음성으로
'옳다'고 외치셔도, 고귀한 마르티우스여,
당신보다 더 깊게는 믿을 수 없겠소.
당신 몸을 안읍시다. 물푸레 곧은 창[51]이
백 번이나 꺾어져서 그 조각이 달까지
상처를 입혔었소. 나의 칼의 모루[52]인
[코리올라누스를 포옹한다.]
당신의 몸을 껴안소. 야심찬 힘으로
당신의 용맹과 싸우던 그때처럼
뜨겁고 고귀하게 당신의 사랑과
싸우고 있소. 먼저 알아두실 것은,
처녀 적 아내를 매우 사랑하여
누구보다도 진실한 한숨을 쉬었으나
고귀한 이여, 여기서 당신을 보니
문지방 넘어서는 새 아내를 볼 때보다
나의 황홀한 가슴이 더욱 뛰놀고 있소.
군신이여, 지금 우리 군대가 작전 중인데
당신의 팔뚝에서 방패를 자르거나
나의 팔을 잃어버릴 작정이었소.
당신은 열두 번 나를 이겼는데
그 후 나는 밤마다 당신과 내가
충돌하는 꿈을 꿨소. 꿈에서 당신과
맞잡고 뒹굴며 투구를 벗기고
멱살을 마주 잡고 반쯤 죽어 허망하게
깨나곤 했소. 마르티우스, 로마가 당신을
추방한 사실 외에 다른 이유가 없어도
열두 살에서 일흔 살까지 모두 모여서
도도한 홍수처럼 패덕하는 로마의
배 속까지 넘칩시다. 곧 들어오셔서
친절한 우리 원로들과 악수하시오.
조금 전에 나와 작별하고 있었소.
로마는 아니지만 당신들의 영토를
침공하려 하였소.

코리올라누스 신들의 축복이오.

아우피디우스 그러므로 가장 완벽한 영웅이여,
복수의 일념을 따르시려면
내 군대의 반을 맡아 당신 나라의
강점과 약점을 아시는 만큼
자신의 경험을 크게 살려 정하시오.
로마의 성문들을 직접 공격하든지
먼 곳을 무섭게 침공하여 파멸 직전

51 곧은 물푸레나무 가지로 만든 창 자루가 가장 강했다. 우리나라에서는 도끼 자루로 쓴다. 그런 창으로 찌르려 했으나 번번이 창 자루가 부러져 그 부러진 조각들이 달에게 상처를 줄 만큼 공중으로 날아갔다는 과장이다.

52 대장간에서 칼을 벼리기 위해서는 모루에 대고 오래 두드려야 하듯, 코리올라누스의 갑옷 입은 몸은 아우피디우스의 칼이 수없이 두드린 '모루'처럼 꿈쩍하지 않았다는 과장. 아우피디우스는 과장의 수사법에 능하다.

겁부터 주어도 좋소. 들어오시오.
당신을 승인할 분들에게 먼저 당신을
천거하겠소. 쌍수 들어 환영하오!
적이기 전에 친한 친구 이상이오.
하지만 대단했소! 손 주시오. 대환영이오.

[코리올라누스와 아우피디우스 퇴장]

[두 하인이 앞으로 나선다.]

하인 1 놀라운 변화야!

하인 2 정말이지 그자한테 몽둥이찜질을 하고 싶었어.
그런데 옷차림이 어딘가 그게 아니란 낌새가
뵈더라고.

하인 1 팔뚝 한번 대단하데! 마치 팽이를 세우듯이 첫
손가락과 엄지손가락으로 나를 핑그르르 돌려
놓더군.

하인 2 얼굴만 보고서도 속에 뭔가 들은 걸 알겠더라고.
내 생각엔 그 얼굴은 일종의—글쎄 뭐라 할지
말로 하기 어려워.

하인 1 뭐라고 할까, 그 인상이란, 말하자면 말이야—
젠장, 뒈져도 말이 안 나와. 하여간 내가 모를
뭔가가 있는 것 같았어.

하인 2 나도 그래. 정말이야. 한마디로, 온 세상에서
제일 보기 드문 사람이야.

하인 1 그런 거 같아. 그분보다 더 대단한 군인이야.
너도 아는 그분 말이야.

하인 2 누구? 우리 주인님?

하인 1 그따위 생각은 하지 마.

하인 2 여섯 배는 윗길이지.

하인 1 아니야, 그건 아니야. 하지만 확실히 그 사람이
군인으로는 훨씬 더 잘난 것 같아.

하인 2 확실히 그런 말은 어떻게 해야 옳을지 몰라.
도시의 방어전에 있어서는 우리 장군님이 매우
뛰어나시거든.

하인 1 맞아. 공격전에 있어서도 그래.

[하인 3 등장]

하인 3 야, 녀석들아, 새 소식 알려줄까? 새 소식이야,
녀석들아!

하인 1과 하인 2 뭐야, 뭐야, 뭐야? 우리도 한 다리
끼자.

하인 3 온 세상 나라 중에 로마 나라 놈은 안 되겠어.
사형선고 받은 놈이 차라리 나아.

하인 1과 하인 2 왜? 왜?

하인 3 아, 우리 장군님을 납작하게 만들던 그자가 여기
와 있어. 카이우스 마르티우스 말이야.

하인 1 왜 장군님을 납작하게 만들었대?

하인 3 장군님을 납작하게 만들었단 말이 아니야.
하지만 장군님은 언제나 그자의 좋은 상대였어.

하인 2 이제 우리 동료고 친구야. 그 사람에 대해서
장군님은 언제나 힘드셨어. 장군님 자신이
그런 말씀 하시는 거 들었어.

하인 1 솔직히 말해서, 그 사람은 장군님께 너무 과했어.
그대로 말하자면 코리올레스 앞에서 그 사람은
칼집 낸 불고기처럼 온몸이 상처투성이였어.

하인 2 그 사람이 식인종 버릇이 있었다면 숯불구이를
해서 먹었을 거야.

하인 1 하지만 네 소식 듣자.

하인 3 글쎄 말이야, 마치 그 사람이 군신의 아들이고
상속자인 양, 여기 궁궐 안에서 특별 대우를 받고
식탁에서 상석에 앉고 원로 중 누구도 그자에게
질문하지 않고 그자 앞에 맨머리로 서 있어.[53]
장군님도 그 사람을 여인처럼 받들고 그자의
손을 성물처럼 경건하게 만지고 그자가 말할 때
흰자위가 보이도록 눈을 뒤집어 깔아. 하지만 이 소식의
노른자위는 장군님이 반 토막이 되셨단 거야. 어제의
절반이지. 앉았던 모든 사람의 청원과 허락으로
상대쪽이 반을 차지했어. 로마 성문들의 귀때기를
잡아끌겠다는 게 그 사람이 하는 말이야. 앞길을
모두 베어 눕히고 가는 길을 넓디넓은 벌판으로
만들어 놓겠다는 장담이거든.

하인 2 누구보다도 그 사람이 그럴 것 같아.

하인 3 그럴 것 같아? 그러고 말걸. 이거 봐. 그 사람은
적이 많은 만큼 친구도 많아. 친구들은 용기가
모자라서 그 사람이 고립 무원 절망에 빠져 있을 때
시쳇말로 나서질 못했거든.

하인 1 "고립 무언"? 그게 뭔데?

하인 3 하지만 친구들은 그의 투구 깃털이 다시 치솟고
기운이 넘치는 걸 보고는 비 온 뒤의 토끼처럼
굴에서 나와 그자와 함께 잔치를 벌일 테지.

하인 1 한데 일이 언제 시작돼?

하인 3 오늘, 내일, 지금 당장. 오늘 오후에 진군할 북을

53 그에게 경의를 표하기 위해 모자를 벗고 서 있다는 말.

울리게 될 거야. 비유를 들어 말하면, 그게 그들
잔치의 일부분이고, 밥 먹고 입 닦기 전에
실행에 옮기겠지.

하인 2 그럼 또다시 세상이 떠들썩하겠네. 이런 평화는
쇠붙이에 녹이 슬고 양복점 수[54]를 늘리고 유행가
작가[55]를 만들 뿐이야.

하인 1 전쟁이 일어나면 나는 좋겠어. 밤에 비해 낮이 좋듯
평화보다 전쟁이 좋아. 신나게 움직이고 시끄럽고
피 냄새가 진동해. 평화는 어떻게 보면 혼수상태야.
멍하고 귀먹고 졸음 오고 무감각하고 전쟁은 사람을
죽이는 것보다 사생아를 많이 만들어.

하인 2 맞아. 전쟁이란 겁탈자라고 할 만한 데가 있어.
하지만 평화는 오쟁이 지는 남편을 대량생산
하는 걸 부인하지 못한다고.

하인 1 그렇다니까. 게다가 평화는 사람을 만들기보다
서로 상대를 미워하게 해.

하인 3 이유가 뭐냐 하면, 평화 시엔 사람끼리 필요가
줄어들지. 돈이 들어도 전쟁이 좋아! 로마 놈들이
볼스카 놈들만큼 싸구려면 좋겠다.
[안에서 소음]
나리들이 일어난다! 우리도 일어나자.

하인 1과 하인 2 들어가자, 들어가자. [모두 퇴장]

## 4. 6

[두 호민관 시시니우스와 브루투스 등장]

시시니우스 그자 말이 없으니 걱정도 필요 없고
사납게 야단하던 평민도 지금은
평화롭고 조용하고 그가 내심 바라던
보복도 잠잠하오. 천하가 태평하여
그자의 지지자들이 부끄럽게 됐소.
저들은 평민이 가게에서 흥얼대며
직업에 사이좋게 임하기보다는
거리를 메우며 시위하길 바라지요.
그래서 자기들만 곤란하게 되지만.

브루투스 적절하게 버텼지요.
[메네니우스 등장]
메네니우스 아닌가?

시시니우스 그자요, 그자. 최근 아주 싹싹해졌소.
[메네니우스에게] 안녕하시오?

메네니우스 두 분 안녕하시오?

시시니우스 당신네 코리올라누스는 친구들밖에
별로 기억하지 않소. 나라는 끄떡없소.
그가 더 화를 내도 끄떡하지 않겠소.

메네니우스 모두가 무사한데 그가 세상을 따랐다면
훨씬 좋을 뻔했소.

시시니우스 어디 있소? 들으셨소?

메네니우스 아무 소식 못 들었소.
모친과 부인도 기별 듣지 못했소.
[시민 서넛 등장]

시민 모두 [호민관들에게]
신들의 가호를!

시시니우스 이웃들, 좋은 저녁 되시오.

브루투스 모두 좋은 저녁 되시오! 좋은 저녁 되시오!

시민 1 저희와 저희 처자식들이 두 분 위해서
무릎 꿇어 기도해야죠.

시시니우스 복되게 사시오.

브루투스 이웃들, 잘 가시오. 코리올라누스가
우리처럼 당신들을 사랑하길 원했소.

시민 모두 신들이 두 분을 지키시길!

시시니우스 잘들 가시오. [시민들 퇴장]

시시니우스 저 친구들이 난동을 부리며
거리를 누빌 때보다 지금이 복되고
차분한 때요.

브루투스 카이우스 마르티우스는
전쟁에선 훌륭한 일꾼이었지만
건방지고 교만으로 꽉 차고 말할 수 없이
야심차고 이기적이며—

시시니우스 절대적인 권좌를
독차지하려 했소.

메네니우스 내 생각은 다르오.

시시니우스 그가 계속 통령으로 있었다면 지금쯤
왕이 됐을 터이고 모두 탄식했을 거요.

브루투스 신들이 막으셨소. 그래서 로마는
그 사람 없이 안전하고 평화롭소.

54 평화 시에는 창칼과 갑옷 같은 쇠붙이가 녹이 슬고 그 대신 옷을 해 입을 터이니 재단사가 늘어날 것이라는 말이다.

55 크고 작은 사건이 일어나면 반드시 노랫가락(밸러드)을 지어 파는 사람들이 생겼다.

[보조원 등장]
보조원 호민관 어르신들, 우리가 옥에 가둔
한 노예의 보고에 의하면 볼스카인
두 부대가 로마의 영토를 침범하여
극렬하고 잔인한 전쟁을 벌이면서
닥치는 대로 짓부순다고 합니다.
메네니우스 아우피디우스가 마르티우스의 추방을 듣고
다시 세상에 뿔을 들이대는 것이오.
마르티우스가 로마를 지킬 때는 움츠리고
내밀지 못했소.
시시니우스 웬 마르티우스 얘기요?
브루투스 [보조원에게]
소문낸 놈을 매우 쳐라. 어찌 감히 볼스카인이
협정을 위반할 텐가?
메네니우스 못 한다고?
얼마든지 위반한다는 기록이 있소.
내 평생 같은 일이 세 번 있었소.
그러니 처벌 전에 어디서 들었는지
예의 심문하시오. 정보의 원천을 치고
겁날 일을 미리 조심시키는 전령을
벌할지도 모르오.
시시니우스 내게는 그런 말 하지 마시오.
절대 그렇지 않소.
브루투스 불가능하오.
[전령 등장]
전령 귀족들이 심각한 얼굴로 의사당으로
몰려갑니다. 무슨 소식이 있는지
안색이 변했어요.
시시니우스 그런 건 그 노예가—
[보조원에게]
사람들 앞에서 매우 쳐라! 놈의 선동이고
별것 아니다.
전령 그런데 어르신, 노예의 말을
뒷받침하는 보고가 있고 더 무서운 일이
전해지고 있습니다.
시시니우스 무섭다니 무언가?
전령 여기저기 사람들이 떠드는 말인데요,
어디까지가 사실인지 모르지만 마르티우스가
아우피디우스와 연합해서 로마를 향해
군대를 이끌며 맹세하기를
늙은이 젊은이를 가리지 않고
복수하겠대요.
시시니우스 그럴싸한데!
브루투스 나약한 부류가 다시금 마르티우스를
불러오고 싶어서 지어낸 말이오.
시시니우스 뻔한 작간이오.
메네니우스 있을 수 없소.
그와 아우피디우스는 철저한 상극이니
서로 용납하지 못하오.
[전령 2 등장]
전령 2 두 분은 원로원으로 오시랍니다.
마르티우스가 아우피디우스와 합해서 이끄는
강한 군대가 우리 국경 안으로
침범했는데 이미 파죽지세로
앞에 놓인 재물을 모두다 약탈하고
불을 질렀습니다.
[코미니우스 등장]
코미니우스 [호민관들에게] 당신들, 아주 잘했소!
메네니우스 소식이 어때요? 소식이 어때요?
코미니우스 당신네 딸들이 겁탈당하고 머리에
끓는 납[56]을 붓게 한 건 당신들이야.
당신네 코앞에서 아내들이 욕보고—
메네니우스 소식이 어때요? 소식이 어때요?
코미니우스 당신네 신전들은 주초까지 타버리고
당신네 권력의 밑천인 투표권은
바늘귀처럼 작아졌소.
메네니우스 말해주오. 무슨 소식이오?
[호민관들에게]
당신들, 멋진 일 한 것 같소. [코미니우스에게]
알려주시오.
만일 마르티우스가 볼스카인과 합하면—
코미니우스 만일? 그는 이제 저들의 신이오.
사람을 만드는 특별한 신이
저들을 만든 듯이 이끌고 있소.
저들은 여름 나비 뒤쫓는 애들이나
푸줏간 파리 좇듯 자신만만하여서
우리 애송이들을 추격하오.
메네니우스 [호민관들에게] 잘하셨구나.
당신들과 직공들, 마늘 냄새 풍기는

56 적이 성을 공격할 때 방어자들은 납을 끓여 공격자의 머리에 부었다.

저들의 생업과 투표를 그토록 세차게
내세우더니!
코미니우스 그분이 이 로마를 귀에 대고 흔들겠소.
메네니우스 익은 과일을 흔들어 따는 헤라클레스처럼.[57]
당신들 좋은 일 했소!
브루투스 그럼 그게 사실이오?
코미니우스 그렇소. 사실이 아니라고 밝히기 전에
당신들의 낯짝부터 허옇게 질리겠소.
지방마다 웃으며 봉기하고 반대자는
용감한 무식쟁이, 충직한 멍청이로
놀림 속에 죽어가오. 누가 그를 탓하겠소?
당신들의 원수들과 그 사람의 원수들도
그에게서 무엇인가 보는 게 있소.
메네니우스 고귀한 그분이 자비롭지 않으면
모두가 끝장이오.
코미니우스 누가 호소하겠소?
부끄러운 호민관은 못 하고 평민들은
그에게서 동정을 구할 입장이 못 되니
늑대가 목동에게 동정하랄 수 없소.
'로마를 아끼라'고 친구들이 말하면
증오를 일으킨 자들과 같을 터이니
적과 마찬가지요.
메네니우스 옳은 말이오.
그이가 내 집을 모두 태울 불꽃을
가져다 대어도 그러지 말라고 할
체면이 없소. [호민관들에게]
당신들 아주 잘했소.
당신들과 직공들이 능란히 꾸몄소!
코미니우스 어떤 도움도 받지 못할 두려움을
로마로 가져왔소.
시시니우스와 브루투스 우리 탓이 아니오.
메네니우스 뭐요? 그럼 우리 탓이오?
우리는 그 사람을 사랑했지만
짐승처럼 겁 많은 귀족들이 당신네 패에
밀려났고 당신네는 그 사람을
로마에서 쫓아냈소.
코미니우스 자비를 울부짖어
다시 불러오겠지. 버금가는 사나이
아우피디우스는 그의 부관인 듯이,
그분의 명령을 그대로 따르니,
저들에게 대항할 전략, 세력, 방어는
오직 절망뿐이오.
[시민들 한 떼 등장]
메네니우스 패거리가 온다.
[시민들에게]
아우피디우스도 있던가? 그이를 쫓아낼 때
박수갈채로 땀 냄새 나는 모자를
높이 던져서 공기를 더럽힌 건 당신들이야.
그분이 돌아오면 군인들 머리털은
회초리가 되고, 모자 던진 바보들을
그분이 후려쳐서 투표 값을 치르겠다.
하지만 상관없다. 그분이 모두 태워
숯덩이를 만든대도 벌 받아 싸다.
시민 모두 참말로 겁나는 소문이 들리네요.
시민 1 한데 나는 말이야, "추방하라." 하면서도
안됐다고 했거든.
시민 2 나도 그랬어.
시민 3 나도 그랬어. 솔직한 말로 안됐다는 사람이
아주 많았어. 우리가 그랬던 건 잘되라고
한 거였어. 그래서 그 사람 추방할 때 모두
동의했지만 내키지 않았어.
코미니우스 잘났다, 유권자들.
메네니우스 시끄러운 당신들이
굉장히 잘했소!—의사당에 갈까요?
코미니우스 그러지요. 별수 있소?
[메네니우스와 코미니우스 퇴장]
시시니우스 시민들, 돌아가오. 무서워하지 마오.
저들은 걱정하는 척하면서 그것이
사실이길 바라는 패요. 집에 돌아가
겁난다는 흔적은 보이지 않기요.
시민 1 신들이 우리를 좋게 보시길! 친구들, 집에
갑시다. 그 사람 추방할 때 잘못하는
짓이라고 내가 줄곧 말했소.
시민 2 우리 모두 그랬어요. 어쨌든 돌아갑시다. [시민들 퇴장]
브루투스 찜찜한 소문이오.
시시니우스 나 역시 찜찜하오.
브루투스 의사당에 갑시다. 재산의 반이라도
헛소문 값으로 내놓겠소.
시시니우스 그럼 갑시다. [둘 퇴장]

57 헤라클레스는 용을 퇴치하고 '복된 자들의 섬'에서 황금 과일들을 따왔다.

## 4. 7

[아우피디우스가 부관과 함께 등장]
아우피디우스 아직도 저 로마 사람에게 가던가?
부관 무슨 마술인지 모르지만 장병들은
식사 전 기도와 식탁의 대화와
식사 후 감사할 때 그자를 부르니까
장군님은 이 싸움에 부하들에게서
빛을 못 보십니다.
아우피디우스 지금은 그래야 한다.
교묘한 수를 쓰면 우리 일의 발등을
찍을지 모른다. 처음 내가 그 사람을
맞아들일 때보다 나에게도 조금씩
건방져간다. 하지만 그자의 성격이
변한 것은 아니다. 고칠 수 없는 것은
용납해야 한다.
부관 그렇긴 하지만
장군님 자신이 걱정됩니다.
공동으로 지휘권을 위임받지 않으시고
전부 맡으시거나 그자에게 모든 것을
넘기셨다면 오히려 좋았을 테죠.
아우피디우스 네 말 알아듣겠다. 분명히 새겨둬라.
마지막 결산에서 내가 무얼 요구할지
그 사람은 깜깜하다. 겉으로 보기에는—
자신도 그리 믿고 보통 사람 눈에도
그리 보이겠으나—모든 일에 공정하고
볼스카인의 나라에 좋은 일을 행하고
용같이 싸우고, 칼을 빼면 이기지만
우리가 마지막 결산에 도달할 때
나 아니면 그 사람이 목을 잃게 될
한 가지는 빼놓고 있다.
부관 장군님, 그 사람이 로마를 정복할까요?
아우피디우스 그 사람이 앉기 전에 어디서나 항복했다.
로마의 젊은 층은 그 사람 편이고
원로원과 귀족들도 그 사람을 아낀다.
호민관은 군인이 되지 못하고,
평민이 경솔하게 그 사람을 내쫓듯이 서둘러서
쫓아낸 걸 취소할 테지. 자연이 부여한
물수리의 절대권에 물고기가 드러눕듯[58]
로마가 그렇다. 우선 그는 로마의
고귀한 충신이었다. 하지만 제 지위를
순탄하게 지킬 수 없었다. 언제나
호남아를 괴롭혀서 행운의 지속을
저해하는 교만 때문이거나, 아니면
판단의 결함으로 다스릴 기회들을
선용하지 못하거나, 고칠 수 없는
성격 때문에 투구에서 방석으로
옮겨갈 수 없어서[59] 전투를 지휘하던
엄격한 방식으로 평화를 호령했다.
그중 하나가—그런 것이 있었지만
전부는 아니다. 그만큼 면죄부를
주고 싶은데—위험으로 생각되어
미움을 받아서 쫓겨나고 말았지만
그 사람의 장점이 결함을 막아주며
우리 장점은 당시 평가에 의존하며
권세는 그 자체가 아무리 뛰어나도
권세의 공을 찬양할 자리는
오직 권세의 무덤일 뿐이다.
불이 불을 몰아내고 못이 못을 몰아내며
권리는 권리에, 힘은 힘에 눌린다.
자, 가자.—마르티우스여, 로마가 네 것일 때
너는 가장 가난하다. 너는 곧 내 것이다. [둘 퇴장]

## 5. 1

[메네니우스, 코미니우스, 두 호민관 시시니우스와
브루투스, 기타 등장]
메네니우스 나는 안 갈 테요! 그의 장군이었고
특히 그를 아끼던 이분이 한 말이오.
그 사람은 나에게 '아버지'라 했지만
그게 무슨 상관이오? [호민관들에게]
추방한 자가 가오.
그의 막사 십 리 앞에 무릎 꿇고 기어가
자비를 구하시오.—그 사람이 마지못해
이분 말을 듣는대도 나는 집에 있겠소.

58 수면에 떠오르는 물고기를 물수리가 낚아채는데 물수리는 자연의 위계상 최고위에 있으므로 일반 물고기는 물수리가 요구할 때 배를 보이며 드러눕는다고 하였다.
59 본시 무인(투구)인 그가 문인(원로원 자리에 깔린 방석)으로 쉽게 전환하지 못했다는 것.

코미니우스 나를 모른 체하겠소.
메네니우스 [호민관들에게] 들리오?
코미니우스 한번은 그가 내 이름을 불렀소.
서로 오래 안 것과 함께 피를 흘린 일을
이야기했지만, '코리올라누스'란 이름에는
대답하지 않았고 어떤 칭호도 거절했소.
로마의 불길로 이름을 새기기 전엔
자기는 아무것도 아니며 어떤 칭호도
없다는 것이었소.
메네니우스 [호민관들에게] 오, 그렇구먼. 아주 잘한 짓이오!
호민관 한 쌍이 숯 값을 내리려고
아름다운 로마를 불태웠소. 고귀한 역사요!
코미니우스 기대하지 않았던 용서를 베풀면
존귀한 일이라 했더니 그가 답하길
추방했던 자에게 자비를 구하다니
철면피라고 했소.
메네니우스 지당한 말씀이오.
그밖에 뭐라고 하겠소?
코미니우스 친밀한 사람들을 염려하게끔
마음을 돌리려고 했으나, 곰팡이 핀
쭉정이 더미에서 친구들을 골라낼
여유가 없다고 했소. 낟알 한두 개 때문에
불태우지 않고 악취를 참는 것은
멍청한 짓이라고 했소.
메네니우스 낟알 한두 개!
나도 그중 하나지. 모친, 부인, 아들과
용감한 이 친구도 낟알이구나.
[호민관들에게]
당신들은 곰팡이 핀 쭉정이야. 달 너머로[60]
냄새가 나. 그 덕에 우리도 불타게 돼.
시시니우스 참으시오. 이처럼 간절한 도움을
거절한대도 난처한 우리를
꾸짖지 마시오. 분명 당신이
나라의 변호인이 되려고 하면
우리가 급조한 군대보다 당신 말이
그 사람을 멈출 수 있소.
메네니우스 관여하지 않겠소.
시시니우스 제발 가 주시오.
메네니우스 어쩌란 말이오?
브루투스 마르티우스를 사랑하니 그 사랑이 로마 위해
무엇을 할 수 있는지 알아만 보시오.
메네니우스 코미니우스처럼 내 말을 듣지 않고
나를 돌려보내면 어찌하겠소?
그 매정한 말에 상처 입은 친구로서
돌아오란 말이오? 그러란 말이오?
시시니우스 당신 뜻이 좋았으니 로마의 감사를
받을 것이 확실하오.
메네니우스 내가 하겠소.
내 말은 들을 거요. 하지만 이분에게
입술을 깨물고 잠잠했다니 겁이 나오.
식사하기 전이라 때가 좋지 않았소.
핏줄이 가득하지 않으면 피도 차가워
아침 녘을 침울하게 바라보면서
베풀거나 용서하지 않을 기분이지만
배 속과 핏줄이 음식과 술로
가득히 채워지면 금식 중의 사제보다
마음이 유해지오. 그래서 식사 후에
청원하기 좋을 때를 노릴 터이오.
그때 공략할 테요.
브루투스 그의 마음속으로 가는 길을 아시니까
길 잃을 염려는 없소.
메네니우스 알아보겠소.
어떻게 되든지 성공의 여부를
금방 알겠소. [퇴장]
코미니우스 들은 척도 안 할걸.
시시니우스 뭐요?
코미니우스 옥좌에 높이 앉아 로마를 삼킬 듯
눈은 붉게 타오르고 모욕감은 연민을
가두었소. 그 앞에 무릎을 꿇었더니
매우 낮게 "서라"고 말하고 손짓으로
나가라고 했소. 나중에 편지로
장차 할 일 안 할 일을 분명히 적고
그런 조항들에 맹세를 덧붙였소.
그러므로 희망은 헛될 뿐이오.
듣자 하니 존귀한 모친과 부인이
이 나라를 불쌍히 보는 것을 탄원하오.
우리도 여기를 떠나 부인들에게
속히 가 보시라고 간청합니다. [모두 퇴장]

60 당시 우주론에 의하면, 달 너머의 세상은 변화가 없었다. 따라서 곰팡이도 피지 않았다.

## 5. 2

[메네니우스가 등장하여 보초병 또는 경호원과 만난다.]

보초병 1 정지. 어디서 오는가?

보초병 2 정지. 돌아가라.

메네니우스 사내다운 경비다. 아주 좋다. 보다시피 나는 고위직이다. 코리올라누스와 의논코자 여기 왔다.

보초병 1 어디서 왔소?

메네니우스 로마에서.

보초병 1 안 돼요. 돌아가요. 장군님은 그쪽 말은 안 들으시오.

보초병 2 당신이 장군께 말하기 전에 로마가 불길에 휩싸이오.

메네니우스 이 사람들, 장군이 로마와 친구를 말했다면 십중팔구 내 이름도 너희 귀에 생소하지 않겠다. 내가 메네니우스다.

보초병 1 어쨌든 돌아가시오. 여기선 그 이름이 통하지 않아요.

메네니우스 너에게 말하는데 장군은 내 친구다. 내가 그의 업적을 낱낱이 기록했고 뛰어난 그 명성을 멋지게 치장하여 전부가 읽었다. 나는 으레 친구들의 명성을 기리는데— 그중 그가 으뜸이지.—사실대로 말하면서 온갖 좋은 표현을 동원하되, 때로는 교묘한 바닥 위의 볼링공처럼 목표를 넘길 때도 있었으니, 나의 찬사가 거짓을 진실처럼 통하게 만들기도 했다. 그래서 이 사람아, 나를 들여보내라.

보초병 1 당신에 관한 말이 거짓인 만큼 장군님에 대해서 거짓말을 했다 해도 여기를 통과하지 못하시오.[61] 거짓말을 하는 것이 정결한 인생을 사는 듯이 올바른 일이라 해도 마찬가지지요. 그러니 돌아가시오.

메네니우스 이 사람아, 내 이름을 기억해. 내가 바로 메네니우스야. 언제나 장군 편을 드는 열성파야.

보초병 2 당신도 시인하듯이 장군님에 관해서 무슨 거짓말을 했는지 모르지만 장군님 밑에서 진실을 말하는 사람으로 통과시킬 수 없소. 그러니까 돌아가시오.

메네니우스 장군이 진지 드셨나? 그건 말할 수 있지? 식사 후에 말을 나눌 테니까.

보초병 1 당신이 로마인이오?

메네니우스 너의 장군처럼 나는 로마인이다.

보초병 1 그렇다면 그분처럼 로마를 미워하시오. 로마를 방어한 당사자를 문밖에 내쫓은 데다 사나운 군중의 무지 때문에 적에게 방패를 주어버린 당신들이, 노파들이 쉽게 뱉어내는 신음이나 처녀 딸들이 비는 손바닥이나 당신처럼 노망하는 노인의 얼빠진 소리로 복수심에 맞서겠단 말이오? 그따위 약한 숨결로 당신네 도시를 휘감을 불길을 끌 수 있겠소? 그러니까 당신네 로마로 돌아가시오. 그래서 교수형 당할 채비나 하시오. 당신들에게 사형선고를 내렸소. 장군님은 면책과 사면에서 당신네 전부를 제외시키겠다고 굳게 맹세하셨소.

메네니우스 이 사람아, 만일 너희 대장이 내가 여기 있는 걸 알면 정중히 나를 맞이하겠다.

보초병 1 우리 대장은 당신을 몰라요.

메네니우스 네 장군 말이야.

보초병 1 장군님은 당신 따윈 관심이 없으시오. 돌아가오. 안 돌아가면 한 줌밖에 안 되는 당신 피를 쏟을지 몰라요. 돌아서오! 마지막 말을 들어요, 돌아가오!

메네니우스 하지만 이 사람아—

[코리올라누스가 아우피디우스와 함께 등장]

코리올라누스 무슨 일인가?

메네니우스 [보초병 1에게] 야, 이 녀석, 네 보고는 내가 하겠다. 내가 존중할 대상이란 걸 알게 될 게다. 일개 보초병이 아들 같은 코리올라누스에게서 나를 밀어낼 수 없다는 걸 알게 되겠다. 내가 어떤 대접을 받는지 보기만 하고 네가 죽을 처지인지, 오랫동안 구경거리 구실을 하다가 더 심한 죽음을 맞을지 짐작만 해. 지금 당장 보고서 네게 닥쳐올 일을 짐작하고 기절해라. [코리올라누스에게] 영광의 신들이 당신의 복을 위해서 늘 의논하시고 당신의 늙은 아비 메네니우스를 아끼시듯 당신을 아끼시길 기원하오! 오, 아들이여,

61 '진실'은 거짓이며 정결하다는 여자는 '정숙'하지 못하다는 당시의 통념을 말하고 있다.

아들이여, 당신은 우리에게 불을 준비하고 있소.
이걸 보시오. 그 불에 끼얹을 물[62]이 여기 있소.
마지못해 당신에게 내가 왔소. 그러나 나밖에는
당신을 움직일 수 없다는 확신으로, 숱한 한숨에
불려서 성문을 나섰는데, 애원하는 동포와 로마를
용서하시오. 선한 신들이 당신의 분노를 진정시켜
그 나머지를 여기 이자에게 돌리시길 바라오.
이자는 절벽처럼 당신에게 가는 길을 가로막았소!

코리올라누스 비켜요!

메네니우스 뭐? 비키라고?

코리올라누스 아내도 어머니도 아들도 나는 모르오.
내 일은 다른 사람들에게 매인 것이오.
복수는 내 것이나 용서는 볼스타인 마음이오.
우리 둘은 친했으나 동정심이 우정을
일깨우기보다는 나를 버린 사실이
우정을 멸하오. 가시오. 군대를 막아선
당신네 성문보다 당신의 청원에 대해
나의 귀는 닫혀 있소. 하지만 한때는
사랑했기에 [그에게 편지를 준다.]
받으시오. 당신에게 적었소.
인편에 보내려 했소. 한마디 더하겠소.
당신 말은 안 듣겠소. 아우피디우스, 로마에서
사랑하던 사람이오. 잘 봐두시오.

아우피디우스 당신의 성품은 언제나 한결같소.

[보초병과 메네니우스는 남고,
코리올라누스와 아우피디우스 퇴장]

보초병 1 그럼 당신이 메네니우스요?

보초병 2 당신이 보듯 그분의 이름은 강한 주문이오.
돌아가는 길은 잘 아시겠지.

보초병 1 당신 같은 거물을 들이지 않았다고 우리가
욕먹는 것 보았소?

보초병 2 왜 내가 기절할 거라고 생각하였소?

메네니우스 세상이든 너희가 장군이든 이제는 상관없어.
초개 같은 너희는 있으나 없으나 뵈지도 않아.
그만큼 별 볼 일 없어. 스스로 죽으려고 하는 자는
남의 손에 죽을 걸 겁내지 않아. 장군에게
마음대로 하라고 해. 너희는 오래오래 살아서
늙을수록 괴로움도 점점 커져라. 내게 뱉은
말처럼 나도 너희에게 말한다. '비켜라!' [퇴장]

보초병 1 귀족인 게 분명해.

보초병 2 훌륭하신 인물은 장군님이지. 폭풍도
흔들지 못하는 바위고 참나무야. [둘 퇴장]

## 5. 3

[코리올라누스와 아우피디우스가 볼스카 병사들과
함께 등장. 코리올라누스가 보좌에 앉는다.]

코리올라누스 내일은 로마의 성벽 앞에 우리 군을
진주시키겠소. 동역자인 장군께서
볼스카 귀족들에게 본인이 투명하게
이 일에 임한 것을 보고하시오.

아우피디우스 오직 그분들의 목표를 존중하여
로마의 탄원에는 당신의 귀를 막았고
철석같이 믿고 있던 당신의 친구들도
사사로운 귓속말을 허락지 않으셨소.

코리올라누스 조금 전 그 노인은 찢어지는 마음으로
되돌려 보냈으나 아버지 이상으로
나를 사랑하면서 우상처럼 여긴 이요.
최후의 수단으로 노인을 보냈는데,
옛정을 생각해서—낯을 찡그렸으나—
처음의 조건들을 다시 제안했더니
이미 거절한 것을 승인할 수 없다고 했소.
더 잘할 수 있다는 노인의 신념에
만족감을 주었을 뿐 양보하지 않았소.
이후로는 새 제안과 청탁은 물론이고
공적이든 사적이든 친구들의 말에 귀를 막겠소.
[안에서 고함소리]
허, 웬 소린가? 맹세하는 순간에
맹세를 어기려는 유혹인가? 거부하겠다.
[버질리아, 볼룸니아, 발레리아, 어린
마르티우스가 시종들과 함께 등장]
아내가 앞에 서고 이 몸을 만드신
귀하신 모친께서 따르시며 손에는
손자를 잡으셨다. 그러나 정이여, 가라!
혈육의 유대와 권리는 모두 깨져라.
냉혹한 마음이 오히려 덕이 돼라.
[버질리아가 절한다.]
그 절이 무슨 값을 달라는가? 또는 신들을

62 즉, 그의 눈물.

현혹시킬 비둘기 눈매가? 내가 녹으니
보다 질긴 흙으로 빚은 것이 아니다.
[볼룸니아가 허리를 굽힌다.]
어머님이 절하신다. 마치 올림포스[63]가
두더지 둔덕에 간곡히 숙이는 듯.—
내 어린 아들이 인정 어린 얼굴로
'거절하지 마라'는 듯, 호소의 눈길을
내게 던진다. 볼스카인들아, 로마와
이탈리아를 파헤치고 진멸하라!
본능을 좇아가는 멍청이는 안 되겠다.
스스로 태어난 사람처럼 살붙이는
모른다고 하겠다.

버질리아 주인이며 남편이여!

코리올라누스 지금의 내 눈은 로마의 눈이 아니오.

버질리아 슬픔으로 인하여 우리가 다르게
뵈는 것예요.

코리올라누스 멍청한 배우처럼
대사를 잊어서 완전히 깜깜하고
망가졌구나. [일어서며] 살 중의 살이여,
몹쓸 짓을 용서하오. 그러나 로마인을
용서하란 말은 마오.
[버질리아가 그에게 키스한다.]
오, 그 키스는
추방처럼 오래되고 복수처럼 달콤하오!
질투하는 하늘의 여왕[64]에게 맹세코,
그 키스를 지녔으며, 나의 참된 입술이
정조를 지켰소. 쓸데없이 지껄이며
천하에 누구보다 존귀하신 어머님께
인사도 안 하다니! 무릎아, 꿇어라.
[무릎을 꿇는다.]
효성의 자국을 세속의 아들보다
더 깊게 보여드려라.

볼룸니아 행복하게 서 있어라.
포근한 방석 대신 차돌보다 굳은 땅에
네 앞에 무릎을 꿇어 도리에 맞지 않되
자식과 어미 간에 지금껏 잘못된
인사를 드린다.
[그녀가 무릎을 꿇는다.]

코리올라누스 이것이 무슨 짓이오?
무릎을 꿇으시다니! 꾸중 들은 아들에게?
[그가 일어선다.]
굶은 바다 조약돌이 별들을 때리며
난동하는 폭풍이 불타는 해 앞에서
우뚝 솟은 삼나무를 쓰러뜨리며
불가능을 없게 하고 간단하지 않은 일을
힘껏 이루십시오.
[그녀를 일으킨다.]

볼룸니아 너는 나의 군인이다.
너를 그렇게 만들었지. 이 부인을 아는가?

코리올라누스 푸블리콜라[65]의 고귀한 누이며
로마의 달님이며 순결한 눈이 만든
서릿발에 굳어진, 다이애나 신전의
고드름이오.—정다운 발레리아!

볼룸니아 [어린 마르티우스를 보여주며]
이 애는 너의 작은 축소판인데
때가 차면 내용을 충실히 하여
네 모양이 되겠다.

코리올라누스 [어린 마르티우스에게] 군인들의 신[66]께서,
주피터의 허락으로, 존귀로써 네 마음을
가득히 채우셔서 수치가 뚫지 못하고
바다의 벼랑처럼 싸움에서 우뚝 서고
어떤 돌풍도 끄떡없이 이기고
쳐다보는 눈길마다 구원하길 바란다!

볼룸니아 얘야, 무릎을 꿇어라.
[어린 마르티우스가 무릎을 꿇는다.]

코리올라누스 잘난 아들이다.

볼룸니아 저 애와 네 아내, 이 부인과 나까지
너에게 청원한다.

코리올라누스 그러지 마세요!
청원하시기 전에 먼저 알아두세요.
어떤 청원도 안 받을 결심이니
이걸 거절이라고 생각하지 마세요.
군대의 해산이나 로마의 직공들에게
또다시 굴복하라고 권하지 마세요.
가족도 모른다고 꾸짖지 마시고
차가운 논리로 분노와 복수심을

63 그리스신화에서 신들이 사는 높은 산(그 산자락에서 올림픽 경기가 시작되었다).
64 그리스신화에서 주피터의 아내이며 신들의 여왕인 주노는 질투심이 강했다.
65 기원전 509년경 초기의 로마 통령의 한 사람.
66 군신 마르스를 말한다.

줄이지 마세요.

볼룸니아 그만해라, 그만해!
아무것도 허락지 않겠다고 했는데
네가 이미 거절한 것 외에는 없다.
하지만 청원하겠다. 우리의 청원이
허사가 되더라도 매정한 너한테
욕이 돌아가겠지. 그래서 말할 테다.

코리올라누스 아우피디우스, 볼스카인들, 주목하시오.
로마의 일이라면 뭐든지 공적으로 듣겠소.
[앉으면서] 청원이 무어요?

볼룸니아 우리가 입 다물고 말하지 않아도
네가 추방당한 뒤에 어떤 꼴로 살았는지
우리 몸과 누더기가 말해줄 테지.
모든 여인 중에서 얼마나 우리가
처참한 형편인지 생각해봐.
너를 보면 기쁨의 눈물을 흘리며
가슴이 뛰겠지만 두려움과 슬픔에
울며 떨어야 해서, 어미, 아내, 아들이
아들, 남편, 아비가 제 나라 창자를
헤집어내는 꼴을 보게 됐으니,
불쌍한 우리를 네가 몹시 증오한다.
유일한 기쁨인 기도마저 막았으니
나라 위한 기도와 승리 위한 기도가
우리가 할 일이나 두 기도를 어찌 함께
드리겠느냐? 길러주신 조국이나
우리를 위로하는 너도 잃게 돼.
어느 쪽이 이기든 소원대로 되지만
불행하긴 똑같아. 적에 붙은 역적으로
족쇄를 짊어지고 거리로 끌려가거나
조국의 폐허를 짓밟은 승리자로
아내와 아이 피를 용감히 흘렸으니
그 공로로 월계관을 자랑하겠지.
아들아, 나 자신은 전쟁의 운명이
확정되는 날까지 기다리지 않으련다.
한쪽의 파멸을 구하기보다는
고귀한 은덕을 양쪽에 끼칠 것을
설득할 수 없다면, 차라리 세상에
너를 낳은 어미 배를 짓밟게 할지언정
이 이상 전진하여 너를 낳은 조국을
공격하지 말아라. 확실히 알아둬라.
절대로 안 된다.

버질리아 그럼요, 안 돼요.
당신의 이름 이어 나갈 이 애 어미도
밟고 지나가세요.

어린 마르티우스 나는 못 밟을 거야.
클 때까지 달아났다가 그 담에 싸울 테야.

코리올라누스 여자처럼 약해지지 않으려면
여자나 애 얼굴은 안 봐야 한다.
너무 오래 있었군.
[일어선다.]

볼룸니아 그러고 가면 안 돼.
우리가 요청해서 로마인이 살아나고
네가 섬겨 받드는 볼스카인이 패망하면
우리가 네 명예를 병들게 했다고
욕해도 좋겠지만, 네가 그 두 나라를
화해시키는 게 우리의 청원이다.
'자비를 베풀었다'고 볼스카인은 말하고
'자비를 얻었다'고 로마인은 말할 테니까,
모두 너를 기리고 '평화를 이룬 분께
축복 있어라!'고 외칠 게다. 잘난 아들아,
네가 알 듯, 전쟁의 끝은 확실치 않다.
이건 확실해. 로마를 정복하면
그 일 때문에 네가 얻을 이익은
악명뿐이다. 저주가 따라와서
'고귀한 성품을 끝에 와서 내버리고
조국을 망쳤으니, 후세에 그 이름은
치욕이 되었다'고 역사책에 쓰일 게야.
내게 말해라, 아들아! 네가 또한
조금도 어김없는 명예를 추구하고
신들의 능력을 그대로 모방하여
바람의 넓은 뺨을 천둥으로 찢었지만
참나무를 쪼개놓을 번개와 함께
유황불을 다졌어.[67] 왜 말이 없느냐?
고귀한 사내가 과거에 집착함이

67 바람의 신은 온 세상의 공기를 입안에 가득히 담아 두 빰이 넓게 부풀어 있다. 주피터는 그 빰을 쳐서 폭풍과 천둥을 일으킨다. 그러나 주피터는 세상을 지배하면서도 자비를 보여 단지 참나무나 쪼갤 만큼 번갯불을 줄여준다. 불화살은 유황을 폭발시켜 쏘는 번개다. 마르티우스는 그러한 주피터의 자비를 모방했다는 말이다.

명예라는 말이냐? 어멈아, 말로 해라.
네 울음을 싫어해. 어린것아, 말해라.
어른들의 이치보다 어린 네가 아비 속을
움직일 수 있어. 자기보다 어미에게
빚진 자가 없겠지만, 형틀에 매인 듯이
떠들라고 버려두지. 너는 평생 한 번도
사랑하는 어미에게 절하지 않았지만
불쌍한 암탉처럼 둘째를 원하지 않고
전쟁터에 보냈다가 명예를 가득 안고
무사히 돌아오라고 다독이곤 했는데
내 요청이 부당하면 나를 돌려세워라.
정당한 것이면 네가 부정직해.
어미에게 지켜야 할 책임을 거절하니까
신들이 벌하실 게야.—그냥 가누나!
여자들아, 무릎을 꿇어서 수치를 안겨주자.
'코리올라누스'란 저 사람 이름은
우리의 애원을 동정하기보다는
교만으로 가득찼다. 끝으로 무릎을 꿇자.
이게 끝이다!
[부인들과 어린 마르티우스가 무릎 꿇는다.]
로마로 돌아가
이웃들 사이에서 죽어야지. 우릴 봐라.
이 애는 무얼 청할지도 모르면서
우리처럼 무릎 꿇고 손을 치켜들지만
너무나 절실해서 네가 거절 못 하게
우리의 요청을 알리누나. 자, 가자.
[그들이 일어선다.]
이 사람은 볼스카족 여자가 어머니고
코리올레스에 아내가 있고 아마 아들도
이 애 비슷하겠지.—우리를 보내다오.
나는 우리 도시가 불탈 때까지
입을 다물었다가 조금씩 말하겠다.
[그가 말없이 어머니의 손을 잡는다.]

코리올라누스 [울면서]
어머니, 어머니! 어떻게 하셨어요?
하늘이 열리고 신들이 굽어보며
제 꼴을 비웃어요. 어머니, 어머니!
어머니는 로마에 승리를 주셨지만
어머니 아들은—믿으세요, 믿으세요,
너무나 위태롭게 아들을 이겼어요.
죽을지도 몰라요. 하지만 괜찮아요.
아우피디우스, 나는 이제 싸울 수 없으나
합당한 평화를 이루겠소. 만일 당신이
나 같은 입장이면 어머니의 청원을
그 이하로 들어주겠소?

아우피디우스 매우 감동하였소.

코리올라누스 분명 그랬을 거요.
내 눈이 연민의 눈물을 짓는 것이
작은 일이 아니오. 어떠한 평화를
도모할지 말하시오. 로마에 가지 않고
함께 돌아가겠소. 이 일에 관해서는
나를 지지하시오.—어머니!—여보!
[따로 떨어져서 그들과 말한다.]

아우피디우스 [방백] 자비와 명예가 네 속에서 싸우니까
매우 잘된 일이다. 예전처럼 거기서
행운을 얻겠다.

코리올라누스 [볼룸니아와 버질리아에게]
예, 차차 그럴게요.
하지만 뭘 좀 마십시다. 그런 다음
말보다 확실한 증서를 가져오면
동등한 조항들에 저희가 서명하지요.
같이 들어갑시다. 신전을 지어 바칠
부인들이시군요.[68] 이탈리아 전국의
창검과 무장을 모두 집결하여도
이런 평화를 이룰 수 없어요. [모두 퇴장]

## 5. 4

[메네니우스와 시시니우스 등장]

메네니우스 당신, 의사당 저쪽 모퉁이가 눈에 뵈오? 저기 모퉁이 주초 말이오.

시시니우스 그게 어때서요?

메네니우스 당신의 쬐고만 손가락으로 그걸 움직일 수 있다면 로마의 부인들이, 특히 그의 모친이, 그를 설득할 가망이 조금은 되오. 하지만 그럴 가망이 없다는 게 내 말이오. 우리 모가지들은 사형선고를 받은 터라 집행만 기다리오.

시시니우스 그토록 짧은 시간에 사람의 성격을 바꿀 수가

68 로마의 원로원은 여인들에게 감사하여 '행운의 신전'을 지어주었다고 한다.

있겠소?
메네니우스 버러지와 나비는 천양지판이지만 당신네 나비도
한때는 버러지였소. 마르티우스도 사람에서 용으로
변한 거요. 그래서 날개가 달려 있소. 더 이상
기는 짐승이 아니오.
시시니우스 모친을 몹시 사랑했소.
메네니우스 나도 무척 사랑했소. 한데 지금 8년 된 말처럼[69]
어머니를 기억하지 않고 있소. 찡그린 그의 낯은
농익은 포도마저 시게 만들 정도요. 그의 걸음걸이는
대포 같아서 그가 밟는 땅바닥이 움츠러들고 눈길로
갑옷을 꿰뚫을 수 있으며 음성은 장례식 종소리
같고 '으흠' 소리는 대포 소리요. 좌석에 앉은 모습은
알렉산더 대왕의 조각상 같소. 시키는 말은 무엇이든
명령과 동시에 끝나오. 보좌에 앉을 천국과 불멸을
제외하면 여느 신과 다름없소.
시시니우스 아니오. 사실대로 말하면 자비심이 없소.
메네니우스 나는 그의 성격을 묘사하는 중이오.[70] 그 모친이
어떤 자비를 가져오는지 두고 봅시다. 수컷 범이 젖이
없듯 그 사람은 자비심이 전혀 없소. 불쌍한 우리
로마가 그 사실을 알게 되오. 모두 당신 탓이오.
시시니우스 신들이 우리에게 자비하시길!
메네니우스 아니오. 이런 경우에 신들은 우리에게 자비롭지
않으시오. 우리가 그를 추방할 때 신들을 돌아보지
않았으니 그가 우리 목을 꺾으려고 돌아올 때에
신들은 우리를 돌아보지 않으실 거요.
[전령 등장]
전령 [시시니우스에게]
목숨을 아끼려면 집으로 달아나시오.
평민들이 당신 동료 호민관을 붙잡아
이리저리 끌고 다니며 부인들이
반가운 소식을 가져오지 않으면
조금씩 죽이겠다고 하오.[71]
[다른 전령 등장]
시시니우스 어찌 됐는가?
전령 2 희소식이오, 희소식이오. 부인들이 성공했소.
볼스카인은 진을 풀고 마르티우스는 물러갔소.
이보다 기쁜 날이 로마에 없었소.
타퀸[72]의 추방을 포함해서 여태 없었소.
시시니우스 이 사람아, 확실한가? 틀림없나?
전령 2 해가 불덩이이듯 확실합니다.
어디 숨어 계셨기에 의심하세요?
무리가 환호하며 성문을 나서는데
불어난 밀물도 그토록 교각 아래
밀려들 수 없어요.
[나팔, 오보에, 북이 모두 울린다.]
태평소, 나팔, 피리,
소고, 꽹과리, 로마인들 고함에
해가 춤춰요.
[안에서 고함]
들어봐요!
메네니우스 희소식이오.
부인들을 만나겠소. 볼룸니아 한 여인이
통령과 원로원과 귀족과 온 도시와
당신 같은 호민관, 넓은 바다, 육지 일을
혼자 해냈소. 당신 기도 잘하셨군.
이 아침에 당신 목 만 개를 준대도
나는 한 푼도 안 내겠소.
[고함과 아울러 환호성 계속]
얼마나 기쁜가!
시시니우스 [전령 2에게]
우선 소식 전한 당신에게 신들의 축복을!
그다음에 내가 감사하겠소.
전령 2 모두가 크게
감사드릴 이유가 있습니다.
시시니우스 가까이 오셨는가?
전령 2 입성하실 순간입니다.
시시니우스 부인들을 맞이하여
기쁨을 더해야 하오. [모두 퇴장]

## 5. 5

[의원 두 사람이 볼룸니아, 버질리아, 발레리아 등

69 8년 된 말은 제 어미를 알아보지 못한댔다.
70 셰익스피어 당시에 유행하던 문학 장르로서, 특정 부류의 성격을 풍자적으로 묘사한 산문이었다.
71 당장에 죽이지 않고 오래 두고 괴롭히다가 죽이는 것.
72 시민들이 일어나 로마의 폭군 타퀸을 추방했던 옛일을 말한다. 이 연극에서 여러 번 언급된다. 셰익스피어는 이 이야기를 장시 「루크리스의 겁탈」에서 다뤘다.

부인들과 등장하여 다른 귀족들과 함께 무대 위를
지나간다.]

의원 1 우리들의 어머니, 로마의 생명!
부족들을 모두 불러 신들을 찬양하고
승리의 봉화를 올리고, 그 앞에 꽃을 뿌려라.
마르티우스를 추방했던 잡음을 고함으로 취소하고
그 모친을 환영하고 그를 다시 불러라.
'부인들 만세'를 외쳐라.

모두 만세! 만세!

[북과 나팔들의 주악. 모두 퇴장]

## 5. 6

[툴루스 아우피디우스가 시종들과 함께 등장]
성의 귀족들에게 내가 여기 있다고 하라.
이 문서를 전하라. 저들이 읽은 후에
광장으로 오라고 하라. 내가 거기서
그들과 평민 귀에 일의 자초지종을
알려주겠다. 내가 고발할 자는
지금쯤 성문을 들어서서 평민 앞에
나서려고 하는데 자기 죄를 말로써
씻고자 한다. 즉시 행하라. [시종들 퇴장]
[아우피디우스 일파의 음모자 서넛 등장]
잘 왔다.

음모자 1 마르티우스 장군은 어떻게 됐습니까?

아우피디우스 자신의 자비로 독즙을 삼킨 자처럼
자기 덕에 죽었다.

음모자 2 존귀하신 장군님,
장군님의 수하로 저희를 부르실 때
그 뜻을 아직도 품으셨다면 장군님의
큰 위험을 없애겠습니다.

아우피디우스 무엇이라고 할 수 없다.
평민을 헤아리며 진행해야 한다.

음모자 3 두 분의 의견이 갈라지면 평민은
분명하지 않지만 하나가 쓰러지면
다른 자가 모두 차지합니다.

아우피디우스 그렇다.
그래서 핑계 좋게 공격할 수 있게 돼.
내가 그를 천거했고 그자의 진실에
내 명예가 걸렸는데, 그처럼 높아지자
말솜씨의 이슬로 새 나무에 물을 주어
다수의 내 사람을 유혹해 갔다.
이를 위해 그자는 성격까지 바꿨다.
전에는 고집 세고 자기만 알았는데.

음모자 3 통령에 나섰을 때 고집을 꺾지 않고
고개를 숙이지 않았으며, 그래서
실패했고—

아우피디우스 내가 말하려던 점이다.
그 때문에 쫓겨나서 내 집에 찾아와
내 칼에 목을 댔다. 내가 받아들여서
둘이 함께 공복으로, 하고 싶은 대로 하라고
내버려 두었고 자기 뜻을 펴라고
내 병사들 가운데서 우수하고 활기찬 자를
고르라고 했다. 내 이름으로 자기 계획을
추진하였고, 그렇게 모아들인 명성을
모두 자기 것으로 삼았고 나에게
그런 못난 짓을 자행하며 뽐내는 듯하더니
드디어 나는 동역자가 아니라
추종자가 된 듯했고, 마치 내가 용병인 듯이
멸시하는 빛이었다.

음모자 1 옳은 말씀입니다.
군대가 이상하게 여겼습니다. 마침내 그가
로마를 정복하여 우리는 전리품
못지않게 영예를 원하는데—

아우피디우스 그렇다.
그래서 그자에게 내 힘줄을 뻗치겠다.
여자 눈물 몇 방울에, 거짓처럼 값싼 것에
막중한 전쟁의 피와 땀을 팔았다.
따라서 죽으리라. 나는 그의 추락으로
되살아나겠다.
[평민의 고함과 함께 북과 나팔들이 울린다.]
그런데 들어라.

음모자 1 장군님은 전령처럼 고향에 오셔서
환영받지 못했는데 저 사람은 시끄럽게
바람을 가르며 옵니다.

음모자 2 용한 바보라,
제 새끼 죽인 자를 천한 목이 터지라고
환호한다니.

음모자 3 그래서 기회를 엿보다가
그자가 소감을 말하거나 무슨 말로
평민을 선동하기 전에 칼 맛을 보이세요.

우리가 뒤를 받치겠소. 죽어 넘어진 다음
그에 대해 뭐라 말씀하시든 이유 따윈
몸과 함께 묻혀버리오.

아우피디우스 그만해라.
귀족들이 오고 있다.
[성의 귀족들 등장]

귀족들 모두 장군의 귀향을 환영합니다.

아우피디우스 환영받을 자격이 없습니다만,
여러분께 보내드린 편지는 주의 깊게
읽으셨나요?

귀족들 모두 그렇소.

귀족 1 안타깝군요.
제가 생각하기에 그의 이전 잘못은
가벼운 벌칙의 대상이 됐지만,
시작에서 끝냄으로 군대를 동원한
큰 이득을 포기하고 큰 비용만 감당하며
항복 받을 입장에서 강화를 맺었다니
변명할 여지가 없소.

아우피디우스 저기 오니까 말을 들어보시오.
[코리올라누스가 북과 깃발과 함께
행진하여 등장. 평민들이 함께한다.]

코리올라누스 안녕하시오? 당신들의 군인으로 돌아왔소.
떠날 때와 똑같이 로마에 대한 사랑에
병들지 않고 당신들의 명령하에
계속 남아 있소. 노력에 성공하여
피나는 싸움으로 당신들의 군대를
로마의 성문까지 이끌어갔소.
가져온 전리품은 이번의 전쟁 비용을
세 배를 충당하고 남게 되었소.
우리가 체결한 강화는 로마에게
수치를 안긴 만큼 안티움[73]에는
명예를 가져왔소. 그러면 이 자리에서
그곳의 통령들과 귀족들이 서명하고
저들의 원로원이 봉인한 합의서를
제출하는 바이오.
[귀족들에게 두루마리를 넘기려 한다.]

아우피디우스 읽지 말고 도리어
이 반역자가 당신들의 권력을
매우 크게 남용했다고 하시오.

코리올라누스 반역자? 무슨 소리요?

아우피디우스 그렇다, 반역자다, 마르티우스.

코리올라누스 마르티우스?

아우피디우스 그렇다. 마르티우스. 카이우스 마르티우스.
코리올레스에서 '코리올라누스'란
훔친 이름으로 너를 빛내겠는가?
나라의 수장, 귀족들, 여러분의 사업을
악하게 배반하여 몇 방울 눈물에
로마와 이 도시를, 당신들의 이 도시를,
제 아내와 어머니에게 넘겨주었고,
참모들의 의견을 절대로 듣지 않고
맹세와 결심을 썩은 명주 타래처럼
끊어버리고 젖엄마의 눈물에 울며불며
여러분의 승리를 쫓아버렸으니
아이들은 창피하고 용감한 어른들은
마주 쳐다보았소.

코리올라누스 군신은 들으시오?

아우피디우스 군신은 빼라, 울보 애송이.[74]

코리올라누스 뭐?

아우피디우스 그만.

코리올라누스 턱없는 거짓말에 가슴이 울렁거려
더는 참지 못하겠다. "애송이?" 못된 놈!
여러분, 용서하시오. 내 평생 처음으로
입에 욕을 담았소. 엄정하신 판단으로
이자의 거짓이 밝혀지고 허튼 생각이
거짓임이 드러날 거요.—채찍 맞은 자국을
몸뚱이에 지녔다가 내 손맛을 무덤으로
가져갈 자요.

귀족 1 둘은 잠자코 내 말을 들으시오.

코리올라누스 볼스카인들, 어른, 아이 모두 나와 나를 찢고
피를 칼에 묻히오. 애송이?, 못된 개자식,
당신들이 역사를 정확히 썼다면
비둘기 집 독수리처럼 코리올레스에서
당신들을 놀라게 한 일이 적혀 있소.
혼자 했는데 "애송이"요?

73 아우피디우스의 고향. 지금의 장면이 벌어지는 곳이다.

74 '애송이'라는 말은 그에게는 예사로운 욕이 아니다. 그는 어른이 되어서도 그를 키운 모친에게 언제나 '아이'로 남아 있으며 그 사실이 그의 내면의 갈등적 요소가 된다. 그래서 이 비극은 '모자의 비극'이라고 할 수도 있다.

아우피디우스 존귀하신 여러분,
왜 당신들은 이 악한 떠버리가
순전한 행운과 당신들의 수치를
눈과 귀에 되살리게 하시오?
음모자 모두 그 죄로 죽입시다!
민중 모두 갈가리 찢어 죽여!—당장에 없애버려!—
저놈이 내 아들 죽였어!—내 딸 죽였어!—
내 사촌 마르쿠스 죽였어!—내 아버지 죽였어!
귀족 2 조용하오! 난동을 삼가오. 조용하오!
그 인간은 고귀하고 명성은 땅덩이를
두르고 있소. 우리에 대한 죄과는
심판을 받게 되오. 아우피디우스, 그만하오.
평화를 손상치 마오.
코리올라누스 [자기 칼을 뽑으며] 아, 저놈에게,
여섯이나 그 이상, 그놈의 일가 전부에게
법의 칼을 맛보였으면!
아우피디우스 건방진 놈!
음모자 전부 죽여, 죽여, 죽여!
[두 음모자가 칼을 빼어 마르티우스를 찌르니
그가 쓰러진다. 아우피디우스가 그를 밟고 선다.]
귀족들 멈춰라, 멈춰라!
아우피디우스 귀한 분들, 말할 테니 들으시오.
귀족 1 오, 당신이!
귀족 2 용맹이 통곡할 짓을 저질렀소.
귀족 3 밟지 마시오. 모두 조용하시오!
칼들을 거두시오.
아우피디우스 여러분, 이자가 일으킨 분노로
이자가 살아서 계획했던
크나큰 위험을 여러분께 알리면
이렇게 차단한 사실을 기뻐할 거요.
여러분의 원로원에 나를 소환하시면
나 자신이 충성된 종복임을 밝히거나
여러분의 엄중한 처벌을 감내할 테요.
귀족 1 시신을 옮기고 명복을 빕시다.
지금까지 의전관이 장례식[75]에 따라간
모든 시신 가운데서 가장 귀한 시신으로
예우합시다.
귀족 2 그의 급한 성미가
아우피디우스의 책임을 대폭 경감시키오.
최대한 잘 수습합시다.
아우피디우스 분노는 사라지고
슬픔이 찔러대오. 시신을 옮기시오.
높은 군인 세 사람이 도와주시오.
내가 그중 하나요. 슬픈 북을 두드려라.
창날을 땅에 끌어라.[76] 그가 이 도시에
과부들을 만들고 아들들을 빼앗아서
이제까지 그 아픔에 울며 지내나
그는 존귀한 명성을 얻겠다. 도와라.
[코리올라누스의 시신을 들고 모두 퇴장.
장송 행진곡이 울린다.]

75 당시에는 화장이 유행하여 귀족이 남긴 뼈는 '골호'에 담았다.
76 창날을 땅에 대고 끄는 것이 군인 장례의 관례였다.

# 아테네의 타이먼
*Timon of Athens*

## 연극의 인물들

엘키비아데스 아테네의 장군
아페만투스 심술궂은 철학자
아테네의 귀족들과 원로원 의원들
벤티디우스 타이먼의 나쁜 친구 중 하나

플라비우스 타이먼의 집사
플라미니우스 타이먼의 하인 중 하나
세르빌리우스 또 다른 하인
타이먼의 다른 하인들
어릿광대
시동

시인
화가
보석상
상인
직물상
루킬리우스 타이먼의 하인 중 하나
늙은 아테네 사람(노인)

루클루스, 루키우스 두 아첨꾼 귀족
루클루스의 하인
셈프로니우스 또 다른 아첨꾼 귀족
세 낯선 사람 둘째 사람은 호스틸리우스라고 부름

카피스 고리대금업자 의원의 하인
이지도어의 하인
바로의 하인 중 두 사람
타이투스, 호르텐시우스, 필로투스 고리대금업자들의 하인들

가면극에서 '큐피드'로 분장한 사람
가면극에서 '아마존'으로 분장한 여인들
프라이니아, 티만드라 엘키비아데스와 어울리는 창녀들

도둑들
엘키비아데스 군대의 병사
전령들
그 밖의 시종들과 병사들

## 아테네의 타이먼의 일생

### 1[1]

[한쪽 문으로 시인, 다른 문으로 그림을 든 화가가 등장.
그들을 따라 보석상, 상인, 직물상이 각각 여러 문으로
들어온다.]

시인 안녕하시오?

화가 신수가 훤해서 기뻐요.

시인 오래 못 봤군요. 형편이 어떠세요?

화가 낡아가며 닳아요.

시인 그야 잘 아는 거예요.
하지만 무슨 특별한 사실, 기이한 일,
여러 가지 기록과 별다른 일은 없나요?
—보라, 마술적 기량을. 이 모든 사람이
너의 힘에 끌리도다.

[상인과 보석상이 만난다. 직물상이
무대를 건너질러 퇴장]

나 저 상인 알아요.

화가 나는 둘 다 압니다. 저쪽은 보석상이죠.

상인 [보석상에게]
훌륭하신 분이오!

보석상 물론. 여부 있나요!

상인 비하건대 계속하여 지칠 줄 모르며
선심에 단련된, 견줄 데 없는 분이오.
따를 자 없소.

보석상 여기 보석을 가져왔소.

상인 좀 봅시다. 타이먼 대인께 파실 거요?

보석상 내정가를 맞추시는 경우라면. 그런데—

시인 [혼자 시구를 암송하며]
"보상을 바라고 악한 자를 예찬하면
당연히 선행을 노래할 시구의
영예를 더럽힌다."

상인 [보석을 보며] 모양이 좋소.

보석상 또한 값지오. 보시오, 물처럼 맑소.

화가 [시인에게]
작품을 짓느라고 골똘하시군.
대인께 바칠 거로군.

시인 그만 놓쳤어요.
시란 영양을 공급하는 원천에서
저절로 우러나는 생즙 같아요.
부싯돌은 때려야 불꽃이 피지만
시인의 불은 홀로 피어 거센 물처럼
장애를 뛰어넘지요. 당신 건 뭔가요?

화가 그림이오. 당신 책은 언제 나와요?

시인 대인께 바치는 즉시 나와요.
그 작품 좀 봅시다.

화가 [그림을 보여주며] 괜찮은 작품이오.

시인 그렇군요. 뛰어나게 잘 뽑았네요.

화가 보통이오.

시인 멋있어요. 자애로운 이 모습이
그분의 인격을 말해요! 눈의 총기는
정신력을 발휘하고, 웅장한 상상력이
입술에 동해요! 말없는 몸짓을
해석할 수 있겠군요.

화가 교묘히 현실을 옮겨놓은 거지요.
여기 이 터치, 잘됐지요?

시인 한마디로
자연을 가르친다 할 테요. 예술이
현실보다 사실처럼 살았어요.
[원로원 의원들 몇 사람 등장]

화가 대인을 따르는 사람이 아주 많아요!

시인 아테네의 의원님들—행복한 분들이오.

화가 봐요, 더 있어요. [의원들이 무대를 건너서 퇴장]

시인 인간의 홍수, 방문객의 물결이오.
[자기 시를 보이며]
이 못난 작품은 한 인간을 그리는데
이 세상이 최상의 호의로써 껴안고
포옹하는 사람이오. 자유분방한 내 시상은
한곳에 머물지 않고 넓은 먹물 바다에
마음껏 달리다가—내가 가는 길에는
아무에게도 조그만 악의가 없어요.—
독수리처럼 담대하게 비상하여
등 뒤에 발자취를 남기지 않아요.

1 초간본인 1623년판에는 막과 장의 구분이 없었다. 18세기 편찬자들이 이를 5막 극으로 나누어놓은 것을 훗날의 편찬자들이 그대로 따랐는데 옥스퍼드 판은 이를 거부하고 전체를 초간본에 따라 17개의 장으로 나누었다. 이 번역도 이를 따른다. 따라서 '1장'은 1. 1 (1막 1장)을 의미한다. 이하 동일하다.

화가 어떻게 당신 시를 이해하나요?
시인 내가 직접 빗장을 젖혀드리죠.
모든 사회 계층과 갖가지 성격의
매끄러운 사람이나 엄숙한 사람이나
타이먼 대인에게 굽실거려요.
호탕하고 관후한 성격에 달려 있는
큰 재산이 그이를 사랑하고 따르도록
여러 부류 사람들을 복속시켜서,
얼굴이 거울 같은 아첨꾼[2]에서
자기를 혐오하길 무척이나 즐기는
아페만투스[3]까지 제 사람을 만드는데,
이 괴짜도 무릎 꿇고 타이먼이 끄덕하면
최고의 보답인 듯 마음 편히 돌아가요.
화가 둘이 말하더군요.
시인 아름다운 높은 산에
운수의 여신이 앉은 걸 그렸는데,
산 밑에는 온갖 공을 쌓은 자가 몰려들어
운수의 가슴에서 행복을 늘이려고
애가 타는 군상이오. 막강한 여신에게
시선이 쏠리는데 그중의 하나를
타이먼 대인 역을 연출하게 만들었어요.
여신이 상아처럼 흰 손으로 그를 부르니
여신의 총애가 그의 적을 종복으로
만든다는 얘기예요.
화가 발상이 적절해요.
그 보좌, 그 여신, 그 산과 더불어
산 아래 군중에서 여신 눈에 든 사람이
행운에 오르려고 가파른 산에게
머리를 조아리면 인간이란 상황에서
잘 표현한 것이지요.
시인 좀 더 들어 보세요.
얼마 전만 해도 버금가던 사람들이
혹시는 그이보다 돈 많던 사람까지
그때부터 그를 좇고 문전성시를 이루고
호소의 목소리를 그이 귀에 속삭이며
등자마저 떠받들며 숨조차도 그일 통해
쉬고 있어요.
화가 물론이죠. 그런데요?
시인 그러자 여신의 기분이 돌변하면서
지금껏 아끼던 사람을 동댕이치면
그를 따라 꼭대기로 올라가던 자들도
미끄러지는 그 사람을 내버려서,
추락하는 사람과는 같이 가지 않아요.
화가 늘 있는 일이지요.
교훈이 되는 그림을 천 개나 그려서
운수의 화살을 말보단 뜻 깊게
보여줄 수 있지만 못난 눈이 머리 위에
그분 발이 놓인 걸[4] 봤다는 묘사는
아주 잘된 장면이오.
[나팔들이 울린다. 값진 보석 반지를 낀
타이먼 대인이 모든 문객들에게 정중히
인사하며 벤티디우스가 보낸 전령과
루킬리우스와 기타 하인들과 함께 등장]
타이먼 [전령에게] 옥에 갇혔다는 말인가?
전령 예, 그렇습니다. 빚이 5달란트[5]인데,
돈은 몹시 궁하고 몹시 박한 채권자요.
귀중하신 편지를 가둔 자에게 보내시길
간구합니다. 그게 되지 않으면
희망이 끝납니다.
타이먼 고귀한 벤티디우스!
나는 나를 필요로 하는 친구를 팽개치는
그런 부류가 아니다. 그 사람은
도움을 받을 만한 신사로 알고 있다.
도와주겠다. 빚을 갚아서 풀리게 하겠다.
전령 대인께 영원히 매이게 됐습니다.
타이먼 내 문안 전해라. 몸값을 보내겠다.
풀려나면 나에게 오시라고 해.
약한 자를 세우는 게 모자라.
뒤를 봐주어야지. 잘 가라.
전령 대인께 온갖 행복이 내리시기를! [퇴장]
[늙은 아테네 사람 등장]
노인 대인, 제 말 들으시오.

2 아첨꾼은 상대방의 기분과 생각을 언제나 그대로 반영하고 따르는 '거울' 같은 존재다.
3 그는 1장 181행에서 디오게네스처럼 세상을 비웃는 괴짜 철학자로 등장한다.
4 운수의 산을 기어오르는 자는 자기 머리 위에 다른 자의 발이 놓인 것을 보게 되는데, 못난 자의 눈이 볼 때 자기 머리 꼭대기에 타이먼의 발이 이미 놓인 것을 보게 된다는 말이다.
5 '1달란트'는 은(銀) 25킬로그램 이상이었으니 '5달란트'면 상당한 거액이다. 성경에 나오기 때문에 알려진 화폐 단위이다.

타이먼 어르신, 맘껏 말하세요.
노인 루킬리우스란 하인이 있으시죠?
타이먼 그래요. 그가 어때서요?
노인 귀하신 타이먼 대인, 그를 앞에 부르세요.
타이먼 여기 있나 없나? 루킬리우스!
루킬리우스 여기 대인께 대령하여 있습니다.
노인 대인, 여기 이 사람 대인의 식솔이
밤마다 내 집을 찾곤 하는데,
나는 본시 절약하는 버릇이 있어,
내 재산은 남의 집 심부름꾼보다는
괜찮은 사람이 상속할 만합니다.
타이먼 음, 더 할 말은?
노인 딸 하나만 두었는데
가진 걸 넘겨줄 친척도 없습니다.
예쁜 딸애가 방금 혼기가 됐는데요,
비싼 값 주고 최고로 가르쳤어요.
대인님 하인이 딸에게 구애합니다.
귀한 대인님, 그자와 딸애의 접근을
금지하시길 청해요. 저도 막을 테지만
혼자서는 말해야 소용없어요.
타이먼 그 사람 성실해요.
노인 그러니 정직하겠죠, 타이먼 대인.
정직한 것 자체가 보상이 되겠지만,
내 딸마저 가져가진 말아야 해요.
타이먼 딸이 저 사람을 사랑해요?
노인 어려서 혹했어요.
지난날의 열정을 되새겨보면
젊은 날의 경솔을 알겠군요.
타이먼 [루킬리우스에게] 처녀를 사랑하나?
루킬리우스 예, 주인님. 처녀도 저를 받아줍니다.
노인 딸의 결혼에 내 동의가 없으면
신들께 맹세코 세상 걸인 중에서
상속자를 고르고 그 애하고는
인연을 끊어야지요.
타이먼 지위가 같은 이와
짝지을 경우 얼마까지 생각해요?
노인 당장 3달란트 주고 후에 모두 주겠어요.
타이먼 이 사람은 오랫동안 나를 섬겼지요.
내가 조금 힘을 써서 재산을 불리겠소.
그게 인간 도리요. 그에게 딸을 주시오.
당신이 주는 만큼 금액을 맞추어서
처녀와 같아지게 만들지요.
노인 귀하신 대인,
명예를 걸으시면 딸애는 저 사람 거예요.
타이먼 악수합시다. 약속에 명예를 걸어요.
루킬리우스 주인님께 머리 숙여 감사합니다.
주인님께 빚지지 않은 지위나 행운이
제 소유가 되는 일은 절대 없겠습니다.
[노인과 함께 퇴장]
시인 [타이먼에게 시 한 편을 바치며]
저의 노작을 받으시고, 오래오래 사세요!
타이먼 고마워요. 곧 내 응답이 있겠어요.
가지 말아요. [화가에게] 친구, 그게 뭐요?
화가 그림입니다. 대인님이 받으시길
간절히 원합니다.
타이먼 그림을 환영해요.
그림은 사람 그 자체와 거의 같아요.
불명예는 사람의 본성에 관계되니까
사람은 외양일 뿐, 붓이 그린 인물은
뵈는 그대로요. 당신 작품이 좋아요.
그걸 보여주겠소. 뒤에 말하겠으니
기다려봐요.
화가 신들의 가호를!
타이먼 잘해요, 선생. 악수합시다.
같이 저녁 해야겠군요. [보석상에게]
당신의 보석은
어떤 칭찬보다 나아요.
보석상 그럼 흠잡을까요?
타이먼 칭찬이 너무 높아 체하겠어요.
칭찬만큼 높은 값을 치러준다면
거덜 나겠어요.
보석상 대인 어른,
파는 사람이 줄 만한 값입니다만,
같은 값의 물건도 임자에 따라
값이 달라진다는 걸 잘 아시지요.
대인이 끼시면 보석 값이 오르지요.
타이먼 말솜씨가 좋군요.
상인 아닙니다. 만민이 사용하는 공용어를
저희가 사용한 것뿐이죠.
[아페만투스 등장]
타이먼 누가 오나 보시오.
욕먹어도 괜찮아요?

보석상 어르신과 함께라면 견뎌내지요.
상인 누구의 사정도 봐주지 않을 게요.
타이먼 점잖은 아페만투스, 잘 지내요?
아페만투스 내가 점잖아질 때까지 인사는 기다리쇼.
당신이 개가 되고 이놈들이 정직하게
될 때까지 기다리란 말이오.
타이먼 왜 놈들이라고 해요? 모르는 이들인데.
아페만투스 아테네 주민 아니오?
타이먼 그래요.
아페만투스 그럼 후회하지 않을 테요.
보석상 아페만투스, 당신이 나를 알아요?
아페만투스 물론이오. 당신 이름을 불렀잖아요?
타이먼 아페만투스, 자부심이 대단한데!
아페만투스 타이먼과 똑같지 않다는 게 내 제일
큰 자부심이오.
타이먼 어디 가던 길이오?
아페만투스 양민이란 시민의 골통을 깨부수러 가겠소.
타이먼 그건 사형감인데.
아페만투스 맞아요. 빈둥빈둥 노는 게 사형감이면.
타이먼 이 그림 어때요?
아페만투스 솔직해서 최고요.
타이먼 화가가 일을 아주 잘했죠?
아페만투스 화가를 만든 분[6]이 더 잘하셨어요. 하지만
저 화가는 너절한 작품이에요.
화가 개 같은 녀석이군.
아페만투스 당신의 모친이 나와 같은 세대다. 내가 개면
당신 모친은 뭐 되겠나?
타이먼 아페만투스, 나와 같이 먹을까요?
아페만투스 싫어요. 나는 대감들을 먹지 않아요.
타이먼 그렇게 하면 부인들이 성내겠군요.
아페만투스 부인들은 대감들을 잡아먹어서 배가 나와요.
타이먼 음란한 생각인데.
아페만투스 그렇게 이해하는데, 노력한 대가로 지켜주어요.
타이먼 이 보석, 어떻게 봐요?
아페만투스 투명한 거래보단 못 하군. 그래 봤자 반 푼어치도
못 되지만.
타이먼 얼마짜리로 생각해요?
아페만투스 생각해볼 가치가 없어요.
시인은 얼마짜리요?
시인 철인이란 당신은?
아페만투스 거짓말쟁이요.
시인 당신은 아니라는 말이오?
아페만투스 나도 마찬가지요.
시인 그럼 나는 거짓말쟁이가 아니군.
아페만투스 당신, 시인 아닌가?
시인 시인이지.
아페만투스 그러니까 거짓말쟁이[7]야. 최근작을 보아하니
저 사람을 잘난 자로 꾸몄더군.
시인 꾸민 게 아니라 그것이 사실이오.
아페만투스 맞아. 당신 따위에 어울리는 사람이라 당신한테
수고비를 줄 만해. 아첨을 좋아하는 사람은
아첨꾼과 수준이 같아. 젠장, 내가 대감이면 좋겠다!
타이먼 그래서 뭐하려고?
아페만투스 지금 아페만투스가 하는 일이오.—어떤
대감을 진심으로 미워하는 거.
타이먼 그럼 당신 자신을?
아페만투스 그렇소.
타이먼 왜요?
아페만투스 대감이 됐다가는 분노하는 내 지성이 사라질지
모르니까. 당신 상인 아닌가?
상인 맞아, 아페만투스.
아페만투스 신들이 가만두면 장사하다 망해라!
상인 장사하다 망하면 그게 신들의 뜻이지.
아페만투스 장사가 당신 신인데, 그 신이 당신을 망쳐라!
[나팔들이 울린다. 전령 등장]
타이먼 거, 무슨 나팔 소린가?
전령 엘키비아데스와 말 탄 군인 20명이
부대를 이루어 당도하였습니다.
타이먼 맞아들여라. 내게로 인도해. [한두 시종 퇴장]
같이 식사 해야겠다.—사례하기 전에는
떠나지 마시오. [화가에게] 식사를 마친 후에
그림을 보여주오. [모두에게] 당신들 보니 반갑소.
[엘키비아데스가 기병들과 함께 등장. 그들이
타이먼에게 인사한다.]
아주 잘 오셨소!

6 즉 '신.' 신은 화가를 포함한 인간을 만든 '예술가'다. 시인은 말로 사람을 만드니까 신과 같은 존재다.
7 서양에서 '시인'(극작가 포함)과 '화가'는 없는 것을 꾸며내는 '허락받은 거짓말쟁이'(허구의 작가)라는 말이 유행했다. 실상 '창작'이라는 말은 '멋있게 거짓을 꾸며낸다'는 말이다.

아페만투스 [방백] 저 꼴을 봐라.
신경통아, 쑤셔라! 관절들아, 말라라!
이런 잘난 놈들과 이런 인사치레에
사랑이 없어! 사람 씨가 잔나비와
원숭이 가운데서 생겨났구나.
엘키비아데스 [타이먼에게]
만나고 싶던 내 마음이 이제야 풀려
굶주린 심정으로 당신을 쳐다보오.
타이먼 잘 오셨소! 만 가지 즐거움에 풍성한 시간을
나누다 헤어집시다. 자, 들어오시오.
[아페만투스 외에 모두 퇴장]
[두 귀족 등장]
귀족 1 지금 몇 신가, 아페만투스?
아페만투스 정직할 때다.
귀족 1 정직할 때가 따로 없지.
아페만투스 그걸 늘 빼먹으니 가장 저주받았군.
귀족 2 타이먼 대인 잔치에 가던 중인가?
아페만투스 술과 밥이 못난 놈 덥히고 속 채우는 꼴 보려고.
귀족 2 잘 가라. 잘 가라.
아페만투스 잘 가란 소리 두 번 하니 멍청이구먼.
귀족 2 어째서?
아페만투스 한 번은 제 몫으로 남겼어야지. 당신한테 잘
가란 소리는 없을 거니까.
귀족 1 나가 죽어라!
아페만투스 아니다. 당신 명령엔 아무 짓도 안 하겠다.
필요한 게 있으면 당신 친구한테나 말해.
귀족 2 저리 가. 괜히 시비 거는 개새끼 같으니. 비키지
않으면 걷어차겠다.
아페만투스 노새의 발을 피해 개처럼 달아난다. [퇴장]
귀족 1 저놈은 인간을 미워해. 들어가자.
타이먼 대인의 인심을 맛볼까?
친절 그 자체를 능가하는 사람이야.
귀족 2 마구 쏟아부어대. 황금의 신 플루토스도
청지기에 불과해. 무슨 선물이든지
일곱 배나 갚아줘. 무엇을 갖다 줘도
이자를 덧붙여서 넘을 만큼 보답을
받는 거지.
귀족 1 인간을 지배한 인간 중
지극히 고귀한 마음씨의 소유자야.
귀족 2 재산과 함께 길이 살기를! 들어갈까?
귀족 1 당신 동무해줄게. [둘 퇴장]

## 2

[요란한 음악을 연주하는 오보에들. 굉장한 주연상이
들어오고 집사와 하인들이 시중을 들고, 이윽고
타이먼 대인, 엘키비아데스, 원로원 의원들, 아테네
귀족들 등장. 그중에 루키우스와 타이먼이 감옥에서
꺼내준 벤티디우스가 있다. 그리고 모든 사람 뒤에
아페만투스가 언제나처럼 불만에 차서 들어온다.]
벤티디우스 지극히 존귀하신 타이먼 대인,
아버님의 연세를 기억하신 신들께서
영원한 안식으로 불러 가셨습니다.
그분은 기꺼이 가시며 큰 재산을
제게 남겨 주셔서, 대인의 관대함에
빚졌던 저는 감사하는 마음으로
자유를 가져다 준 대인의 큰돈을
고마움과 섬김을 합하여 드립니다.
타이먼 그럴 것 없소. 정직한 벤티디우스,
사랑을 오해했소. 그냥 드린 것이니
다시 돌려받으면 준다고 할 수 없소.[8]
높은 분의 놀이를 어찌 흉내 내겠소?
부자의 잘못은 잘못도 아니오.[9]
벤티디우스 고귀하신 마음씨요!
[귀족들이 예를 갖추어 선다.]
타이먼 오, 그만두시오. 애초에 예절이란
공연한 치레나 인사의 겉발림이라
보여주지 않으면 미안하지만
우정이 있는 곳에는 예절이 필요 없소.
앉으시오. 재산은 귀한 것이 아니니
여러분이 내 재산을 마음껏 누리시오.
[그들이 앉는다.]
귀족 1 대인, 우리는 언제나 그 사실을 고백하오.
아페만투스 고백해? 그래서 목 달려 죽지 않았어?[10]

8 "너희가 받기를 바라고 사람들에게 빌려주면 칭찬받을 것이 무엇이뇨?"(누가복음 6장 34절)라는 예수의 말에 대한 언급.
9 당시 일부 높은 귀족이 고리대금업을 하는 관행을 비꼬는 말이다. 따라서 '그 놀이'란 '돈놀이'라는 말이다.
10 "자백하고 목 달려 죽어라"라는 격언을 빗대는 말. 죄인이 고문 끝에 자백하면 그 죄로 교수형을 당한다.

타이먼 오, 아페만투스! 잘 왔소.

아페만투스 천만에. 나한테 잘 오란 말 하지 마오.
도리어 문밖으로 쫓아내란 말이오.

타이먼 심술궂은 촌놈 같군. 그런 비뚤어진 성격은
인간에게 맞지 않소. 욕먹어 싸지.
여러분, "분노는 짧은 광태"[11]라는데,
저 사람은 언제나 화가 나 있소.
저이에게 식탁을 따로 갖다 드려라.
남들과 어울리길 싫어할 뿐 아니라
남들과 맞지도 않아.

아페만투스 타이먼, 위험을 무릅쓰고 나를 그냥 두시오.
관찰차 온 거요. 일찌감치 경고하오.

타이먼 당신을 눈여겨보지 않소. 당신도 아테네 시민이라
그런 뜻에서 환영하오. 나 자신도 아무런 특권을
누리고 싶지 않소. 내 음식을 먹고 잠잠하시오.

아페만투스 당신 음식 따위는 우습게 보오. 목이나 멜 거요.
당신에게 아첨하지 않을 테니.[12] 오, 신들이여,
저마다 타이먼을 삼키는데 당사자는 그걸 몰라!
한 놈의 피에 음식을 찍어 먹는 꼴을 보니 속이 아파.
더욱 미칠 노릇은 당사자가 자꾸만 먹으라고 해.
인간이 자신을 인간에게 맡기다니.
남을 청하되 칼을 가져오지 말래야지.[13]
그래야 적당히 먹고 제 목숨도 안전해.
그런 예가 많거든. 저 사람 옆에 앉은 저 녀석은
지금 빵을 같이 떼 먹고 술을 같이 나누며 목숨을
맹세하나 제일 먼저 그를 죽일 채비가 돼 있어.[14]
이미 증명이 된 사실이야. 내가 높은 사람이면 식사
중에 술 마시길 삼가야 하는데.
내 목소리 약한 데를 남이 눈치챌까봐
높은 자는 목에다 갑옷 감고 마셔야 돼.

타이먼 대감, 진심이오. 돌아가며 축배합시다.

귀족 2 이쪽으로 흘러가게 합시다, 대인 어른.

아페만투스 "이쪽으로 흘러가?" 잘난 녀석이구나. 물결을
잘 타는데. 그런 축배가 당신과 당신 지위를 흉하게
만들 게다, 타이먼.
죄를 짓기 위해선 너무 약한 물질이
맑은 물이야. 인간을 흙탕에 안 빠뜨렸지.
물과 음식은 서로 같아 높낮이가 없지만
잔치는 거만해서 신들에게 고맙다고 하지 않아.
[아페만투스의 감사 기도]
신들이여, 재물은 구하지 않습니다.
나 외에 남 위해 기도하지 않습니다.
남의 맹세나 약속을 그냥 믿거나
눈물을 흘린다고 창녀를 믿거나
잠든 듯이 보이는 개를 믿거나
간수에게 자유를 내맡기거나
필요할 때 친구들을 믿음으로써
어리석지 않게 되길 원하나이다.
아멘. 그럼 먹자.
부자는 죄 짓고 난 뿌릴 먹는다.
맘껏 먹어 쳐, 아페만투스.
[그가 먹는다.]

타이먼 장군, 마음이 전쟁터에 있소.

엘키비아데스 내 마음은 언제나 대인께 있습니다.

타이먼 당신은 친구들과의 만찬보다 오히려 적과의
조반이 좋겠소.

엘키비아데스 적이 선혈을 흘리면 그보다 더 좋은 고기가
없소. 그런 잔치에 절친한 친구를 청하고 싶소.

아페만투스 저 아첨꾼들 전부가 당신의 적이면 좋겠소.
그럼 당신이 모두 죽이고 나를 청할 테니까.

귀족 1 [타이먼에게] 대인, 우리가 우리 진심의 일부라도
표할 수 있게끔 한번 우리 마음을 이용하시는
행운을 우리에게 허락하시면 우리는 영원히 바랄
것이 없겠소.

타이먼 오, 좋은 친구들, 그럴 거요. 그런데 당신들에게서
내가 많은 도움을 받도록 신들이 이미 조치하였소.
달리 내 친구가 됐을 리 있소? 당신들이 내 마음에
가득하지 않다면 수많은 사람들에서 어떻게 내가
사랑의 호칭을 얻겠소? 당신들이 겸손히 자신을
드러내기보다는 내가 내 자신에게 당신들 말을 더
많이 했소. 그래서 이렇게 확언하오. '오,
신들이여, 우리가 친구를 필요로 할 때가 없다면
친구를 가질 필요가 있습니까? 필요가 없다면

11 원문은 호라티우스의 라틴어 시구로 되어 있다.
12 "억지로 주는 음식을 먹는 사람은 목에 걸린다"는 속담이 있다. 아첨은 말에 '기름칠'을 했기에 잘 넘어간다.
13 '~지'로 끝나는 각운을 특히 강조하는 대목. 이 대사에서 아페만투스는 산문과 운문을 번갈아 쓴다.
14 빵을 떼어 먹고 술을 마시는 '최후의 만찬'에서 가룟 유다가 예수를 넘겨줄 생각을 하는 것과 같다.

세상에서 가장 불필요한 존재들일 겁니다. 그래서
갑에 넣어 걸어두어 소리를 감추고 있는 달콤한
악기와 같습니다.' 당신들께 가까이 가면 갈수록
내가 좀 더 가난하길 바라는 때도 많소. 인간은 덕을
서로 끼치도록 생겨났소. 우리 것이라 하면 마음에
좋거나 합당한 것은 친구의 재물 아니고 무엇이오?
서로 간의 재산을 마음대로 다루는 형제 같은 친구가
많다는 것은 무척 귀한 위안이지요! 기쁨이란
생기기 전에 사라지오. 눈물을 금할 수 없소.
눈의 실수를 잊기 위하여 여러분에게 건배하오.
[눈물을 흘리며 술을 마신다.]

아페만투스 타이먼, 술 먹게 하려고 우는구먼.

귀족 2 똑같이 우리 눈에 기쁨이 잉태하여
똑같은 순간에 아기처럼 태어났소.

아페만투스 허허, 애가 사생아라고 생각하니 우습다.

귀족 3 [타이먼에게]
솔직히 그 말씀에 무척 감동하였소.

아페만투스 "무척"이라!
[안에서 나팔들의 주악]

타이먼 웬 나팔 소린가?
[하인 등장]
뭔가?

하인 대인 어른, 웬 부인들이 들어오길 몹시 원하고
있습니다.

타이먼 부인들? 무엇을 바라는가?

하인 대인 어른, 의전관이 같이 옵니다. 부인들이 원하는
것을 보여드리는 일을 맡은 사람입니다.

타이먼 그러면 부인들을 맞아들여라.
[큐피드[15]로 차린 여자 등장]

큐피드 존귀한 타이먼, 또한 그의 넉넉한 인심을 맛보는
모든 분께 인사드려요! 인간의 5감각이 당신을
주인으로 섬기며, 당신의 풍족한 가슴을 찬양하기
위하여 즐겁게 왔습니다.
미각, 촉각 모두가 상에서 기뻐 일어나,
이제는 오직 당신 눈에 볼거리로 왔습니다.

타이먼 모두를 환영한다. 반갑게 맞아라.
주악으로 환영해라!

루키우스 보십시오. 주인님을 넘치도록 사랑하오.
[아마존[16]으로 차린 여자들이 손에 루트를 들고
춤추며 등장]

아페만투스 깜짝이야!
굉장한 허영의 춤사위가 오누나!
춤춘다고? 미친 여자들이야.
이승의 영화란 미친 짓이지.
약간의 기름과 풀뿌리[17]에 비해 보면
사치란 게 뚜렷해. 놀이에 끼어들면
스스로 멍청이가 되고, 축배를 들어 상대에게
온갖 아첨을 해도 그가 늙으면 다시 토해서
독살 같은 증오와 시기를 쏟아내.
누구나 타락한 놈, 타락시키는 놈 아냐?
죽는 놈 치고 친구의 욕설을 무덤까지
지니고 가지 않는 자가 누구야?
지금 내 앞에서 춤추는 자들이
언젠가는 내 몸을 밟겠지. 전에도 그랬어.
사람들은 지는 해에 문을 닫거든.
[귀족들이 일어나 타이먼에게 큰절을 하고
자신들의 우정을 표하기 위해 각기 아마존을
하나씩 골라 남자와 여자가 오보에에 맞추어
모두 춤추고 그친다.]

타이먼 미인들, 우리의 즐거움을 곱게 꾸미고
어여쁨과 정겨움이 절반도 못 될
우리의 잔칫상을 멋있게 장식하고
가치와 광채를 더해주었고
내가 꾸민 방식으로 즐겁게 해주었고,
내가 꾸민 방식으로 도와주었소.
고마움을 표해야지.

여인 1 대인 어른, 저희를 최고로 보시네요.

아페만투스 아무렴. 최하로 봐주면 더럽거든. 그래서
틀림없이 건드리지 못할 거야.[18]

타이먼 부인들, 간단한 요깃거리가 기다리오.
자유롭게 앉으시오.

여인들 모두 고맙습니다, 대인 어른. [큐피드와 여인들 퇴장]

15 사랑의 신(에로스). 눈멀고 벗은 몸에 날개가 돋치고 활과 화살을 든 아이. (소년 배우가 분장했다.)
16 고대 그리스 전설 속의 여전사로서 그녀는 활을 당길 때 편하려고 한쪽 젖가슴을 잘랐다고 한다.
17 기름 몇 방울과 무나 당근 같은 수수한 채식주의자의 식단.
18 이렇게 잔치 자리에 와서 노는 여자는 대개 창녀여서 성병을 보균하고 있어 상대하기조차 찜찜했다.

타이먼 플라비우스.
집사 예, 주인님.
타이먼 작은 상자를 이리로 가져와라.
집사 예, 주인님. [방백] 또 보석을 주실 건가?
주인의 기분을 거슬러서는 안 돼.
솔직한 말씀을 드려야 하겠는데.
모두 탕진한 뒤에 따돌림 당하신다.
낭비는 뒤통수에 눈이 없어 유감이다.
아량의 불행을 면할 수 있으련만. [퇴장]
귀족 1 하인들 어디 있나?
하인 여기 대령했습니다.
귀족 2 말들을 준비해라. [하인 한두 명 퇴장]
[집사 플라비우스가 상자를 들고 등장]
타이먼 오, 친구들,
한마디 할 게 있소. 선하신 대감,
이 보석을 눈에 띄게 차고 다녀서
내게 영광 주십사고 청해야겠소.
받아서 지니시오, 친절한 대감.
귀족 1 이미 당신의 선물을 많이 받았소.
귀족 모두 우리 모두가 그러하오.
[타이먼이 그들에게 보석을 준다.
한 하인 등장]
하인 주인님, 원로원 대감 몇 분이 방금 말에서 내리셔서
주인님을 찾아오셨습니다.
타이먼 그분들도 반갑게 맞아들여라. [하인 퇴장]
집사 간절히 청합니다. 한마디만 들으세요. 주인님께
매우 긴요한 일이에요.
타이먼 내게 긴요해? 그렇다면 다른 기회에 네 말 듣겠다.
지금은 저분들 대접할 준비나 해라.
집사 어떻게 대접할지 모르겠어요.
[다른 하인 등장]
하인 2 주인님께 알립니다. 루키우스 대감이
한량없는 사랑으로 은제 마구를 단
회색 백마 네 필을 주인님께 바칩니다.
타이먼 정중하게 받겠다. 선물들을 귀하게
간수해라. [하인 퇴장]
[세 번째 하인 등장]
무슨 일인가?
하인 3 주인님, 존귀한 신사 루클루스
대감이 내일 함께 사냥을 가시자고
청하면서 주인님께 사냥개 두 쌍을
보냈습니다.
타이먼 함께 사냥 가겠다. 사냥개를 받으니
넉넉히 보답해라. [하인 퇴장]
집사 [방백] 이게 얼마가 될까?
큰 선물을 마련해서 주라 하지만
모두 텅 빈 궤에서 주란 말이다.
주머니 사정을 알려고 하지 않고
빈털터리라는 걸 알리려 해도 안 듣지.
원하는 대로 할 힘은 없으면서도—
그분의 약속들은 분수를 뛰어넘어서
말은 모두 빚이고 한마디 한마디가
모두 채무지. 친절한 나머지 이젠
이자까지 갚고 있어. 토지는 이미
저들의 장부에 올라 있지. 쫓겨나기 전에
직책을 조용히 벗으면 편하겠다.
원수보다 더 못된 친구를 먹이기보다
친구가 없는 자가 훨씬 더 행복하다.
주인 때문에 속으로 피 흘려. [퇴장]
타이먼 [귀족들에게]
여러분은 자기 값을 너무나 낮추시오.
[귀족 2에게] 이것은 우정의 미미한 표시요.
귀족 2 보통 이상의 감사와 함께 받겠소.
귀족 3 오, 후한 마음씨 그 자체시오!
타이먼 [귀족 1에게] 지금 생각나는데 지난날 대감께서
내가 탄 갈색 말을 칭찬하셨소. 대감께서
그걸 좋아하셨으니 그 말은 대감 거요.
귀족 1 오, 그것은 없던 일로 합시다.
타이먼 사실이오. 자기가 좋아하지 않으면
진정으로 칭찬하지 않는 법이오.
친구의 욕구가 바로 내 욕구요.
내 말은 진심이오. 방문하겠소.
귀족들 모두 오, 뉘보다도 환영하오.
타이먼 여러분 모두와 각각의 방문이
마음 깊이 박혀서 선물로는 충분치 않소.
친구들 모두에게 왕국을 나눠줘도
싫지 않겠소. 엘키비아데스,
당신은 군인이라 넉넉할 수 없소.
[선물을 주며] 자선으로 주는 거요. 당신의 인생은
죽은 자 가운데 있고 당신의 토지는
싸움터에 있소.
엘키비아데스 예, 오염된 땅이오.

귀족 1 우리 모두 대인의 덕에 매였소.
타이먼 그처럼 여러분께 나도 매였소.
귀족 2 이렇게 한없이 신세지고—
타이먼 오히려 내가 신세졌소. 횃불! 더 가져와라!
귀족 1 최상의 행복과 존경과 행운이
타이먼 대감님과 같이하기를!
타이먼 친구들을 도와줄 준비가 돼 있소.
[타이먼과 아페만투스 외에 귀족들 모두 퇴장]
아페만투스 굉장히 법석을 떠누나.
까딱이는 고개와 뒤로 내민 엉덩이들!
굽실대는 다리는 받은 값을 하는지
의문이다. 우정은 찌꺼기로 꽉 찼다.
거짓된 자는 다리가 튼튼해선 못 쓴다.
멍청이는 겉치레에 재산을 낭비한다.
타이먼 아페만투스, 당신이 침울하지 않으면
당신을 좋게 대할 수 있는데.
아페만투스 아무것도 원치 않소. 나마저 뇌물을 먹으면
당신을 욕할 놈이 하나도 안 남소. 그러면 당신은
더 빨리 죄를 짓소. 하도 오랫동안 주기만 해서
머잖아 차용증서에 자신마저 넘겨줄까 걱정이오.
이런 잔치, 사치, 허영이 무슨 소용이오?
타이먼 당신이 또다시 사회를 욕하기 시작하면 당신을
본 척하지 않겠다고 결심했소. 잘 가오. 좀 더
듣기 좋은 소리를 가지고 오오. [퇴장]
아페만투스 그렇군. 지금은 내 말을 들으려 하지 않아.
그럼 들려주지 않겠다. 당신의 천국을 닫아걸겠다.
오, 인간의 귀는 충고에는 막히고
아첨에는 열리누나! [퇴장]

## 3

[원로원 의원이 차용증서들을 가지고 등장]
의원 최근에 5천이라. 바로와 이지도어에게
9천을 빚졌으니 내 빚을 합하면
2만 5천이 된다. 아직도 맹렬히
낭비 중이야! 못 당해, 당하지 못해.
돈이 필요할 때는 거지의 개를 훔쳐
타이먼에게 갖다 주면 개가 돈을 만들지.
말을 팔아 못난 말 스무 필을 사 가지고
그중 하나를 타이먼에게 갖다 주면
아무 소리 안 해도 대번에 그놈이
실한 새끼들을 낳거든. 문간에는 하인이
언제나 웃으며 행인을 불러들여.
못 당해. 바른 정신으로는 그의 형편을
안전하다고 못 해. 여봐라, 카피스!
카피스 있나?
[카피스 등장]
카피스 예. 무슨 일이신가요?
의원 겉옷을 입고 타이먼 대인께 달려가서
내 돈 달라고 졸라라. 가벼운 거절에
멈추지 말고 '주인께 문안한다'고 하고
이렇게 바른손으로 모자를 만지작거릴 때도
입 다물지 말고 내게 급한 용처가 생겨
생돈 쓰게 됐으니 계약일이 지나서
그가 어긴 날짜에 의존했던 내 신용이
금갔다고 해. 그를 아끼고 존경하나
그의 손가락 고치자고 내 등을 휘게 할 수 없어.
내가 너무 급해서, 갚겠다는 소리를
이리저리 굴리게 하지 말고, 당장 현금이
필요해서 그런다고 해. 빨리 가라.
조르는 몸짓과 단호한 낯을 지어라.
타이먼의 날개깃을 저마다 뽑아 가면
지금은 불사조처럼 반짝이지만
홀랑 벗은 새끼 새가 될 것 같아
걱정스럽다. 빨리 가라.
카피스 예, 갑니다.
의원 "예, 갑니다?" [차용증서들을 주며] 증서들을 갖고 가라.
날짜를 받아와라.
카피스 예. 그러죠.
의원 가라. [각기 퇴장]

## 4

[집사가 여러 가지 계산서를 가지고 등장]
집사 관심도 없고 멎지도 않아. 비용에 대해
의식이 없어 어떻게 지탱할지 몰라도
흥청망청 그치지 않고 재산이 어떻게
새는지, 나중에 무슨 일이 생길는지
생각이 전혀 없어. 그렇게 무지하고
인심 좋은 사람도 없지. 어떻게 하나?

피부로 느끼기 전에는 아무 말도 안 들어.
사냥에서 돌아오니 솔직히 말해야지.
쯧쯧쯧!
[카피스 등장. 그가 이지도어와 바로의
하인들과 만난다.]
카피스 안녕하쇼, 바로. 돈 받으러 왔소?
바로의 하인 당신 일도 그거 아뇨?
카피스 그렇소. 이지도어, 당신도?
이지도어의 하인 그렇소.
카피스 모두 잘되면 좋겠소.
바로의 하인 걱정이오.
카피스 오셨군.
[타이먼과 그 일행이 사냥에서 돌아온 듯 등장.
그중에 엘키비아데스가 있다.]
타이먼 엘키비아데스, 오찬을 마친 후에 다시 나가봅시다.
[카피스가 타이먼과 만난다.]
내게 볼일 있나? 뭔데?
카피스 대인 어른, 여기 요구서가 있습니다.
타이먼 요구서? 자네 어디서 왔나?
카피스 여기 아테네서요.
타이먼 집사에게 가라.
카피스 죄송합니다만, 이 달에도 그 사람이
여러 번 날짜를 미뤘습니다.
제 주인이 갑자기 큰 일이 생겨서
차용금을 회수하게 돼서 대인의
훌륭하신 성품에 따라 그분 요청에
응하시길 바라는데요.
타이먼 충실한 친구,
내일 아침 다시 나를 찾아와라.
카피스 안 됩니다, 대인 어른.
타이먼 이 사람아, 안심해.
바로의 하인 대인, 바로 씨의 하인입니다.
이지도어의 하인 [타이먼에게]
이지도어 씨가 보내셨는데 속히 지불하시랍니다.
카피스 [타이먼에게] 주인의 급한 사정을 아시면—
바로의 하인 [타이먼에게]
6주간 보증을 서신 건데 날짜가 지났습니다.
이지도어의 하인 [타이먼에게]
대인님의 집사가 저를 거절했습니다.
그러면서 대인께 직접 가라 했어요.
타이먼 숨 좀 돌리자.—여러분, 계속하시오.
금방 그리 가겠소.
[엘키비아데스와 타이먼의 일행 퇴장]
[집사에게] 이리 와봐라.
세상이 어찌 돌아가기에 이처럼 내가
명예를 손상하며 날짜 지난 차용증과
기한이 오래 지난 부채를 미뤘다는
시끄러운 독촉에 휩싸이니 어찌 된 건가?
집사 [하인들에게]
여러분, 이런 일에 알맞은 때가 아니오.
오찬을 마칠 때까지 청구를 삼가시오.
왜 아직 지불되지 않았는지 주인님께
말씀드리겠소.
타이먼 [하인들에게] 친구들, 그렇게 해.
[집사에게] 잘 대접해 주어라. [퇴장]
집사 [하인들에게] 이리들 와요. [퇴장]
[아페만투스와 광대 등장]
카피스 잠깐. 광대가 아페만투스와 같이 와요.
우리 저것들과 재미 좀 봅시다.
바로의 하인 엿 먹으라고 해. 우리 욕이나 할걸.
이지도어의 하인 망할 놈의 개자식!
바로의 하인 광대야, 어떻게 지내니?
아페만투스 그림자와 수작하나?
바로의 하인 당신한테 하는 말 아니오.
아페만투스 응, 혼잣말이군. [광대에게] 가자.
이지도어의 하인 [바로의 하인에게]
바보가 벌써 당신 등에 매달렸어.
아페만투스 아니야. 너 혼자 서 있고 달린 게 아니야.
카피스 [이지도어의 하인에게]
그럼 지금 광대가 어디 있어?
아페만투스 저놈이 방금 그렇게 물었다. 악질분자와
대금업자의 불쌍한 종놈들아. 돈과 궁핍 간의
뚜쟁이들아!
하인들 모두 우리가 뭐라고?
아페만투스 병신 노새들이다.
하인들 모두 어째서?
아페만투스 자기가 뭔지 내게 물어보니까. 그래서
자기들도 모르니까. 광대야, 쟤들한테 말해라.
광대 여러분, 안녕하쇼?
하인들 모두 고맙다, 착한 광대. 네 색시 잘 있냐?
광대 너희 같은 병아리들 털 벗기려고 물 올려놓고
데우는 중이다. 너희를 고린도[19]에서 만나면

삼삼하겠다.
아페만투스 잘했다. 고맙다.
[시동이 편지 두 개를 가지고 등장]
광대 오, 우리 주인의 시동이 온다.
시동 장군, 무슨 일이오? 이런 똑똑하신 어른 틈에서
무얼 하시오? 어떻게 지내시오, 아페만투스?
아페만투스 내 입에 막대기가 있으면 너한테 교훈의
회초리가 될 만한 말을 씨불일 텐데.
시동 아페만투스, 이 편지들 주소 좀 읽어줘요.
어느 게 누구 건지 몰라요.
아페만투스 읽을 줄 몰라?
시동 네.
아페만투스 그러니 네가 목 달려 죽는 날 무지가 조금
줄어들겠다. 이건 타이먼 대감, 이건 엘키비아데스에게
가는 거다. 넌 사생아로 태어나 뚜쟁이로 죽을 팔자다.
시동 당신은 강아지로 태어나 개로 굶어 죽겠어요.
대꾸하지 말아요. 난 벌써 갔으니까요. [퇴장]
아페만투스 맞아. 그래서 복을 놓쳤군. 광대야, 너하고 같이
타이먼 대인한테 가겠다.
광대 나를 내내 거기 두겠소?
아페만투스 타이먼이 집에 그냥 있으면. [하인들에게] 당신들
셋이 대금업자의 하인들이지?
하인들 모두 그렇소. 주인이 우리 하인이면 좋겠소.
아페만투스 나도 그런 하인이면 좋겠다. 형리가 목매 죽일
도둑놈한테 시중드는 것처럼 교묘하게 장난치지.
광대 당신들 셋이 대금업자의 하인이오?
하인들 모두 그렇다, 바보 광대야.
광대 대금업자 하인 중 하나는 반드시 바보야. 우리
색시도 대금업잔데 나는 그녀 바보야. 고객이 당신네
주인한테 돈을 꾸러 올 때는 슬프게 왔다가 기쁘게
가는데, 우리 주인집에 들어올 때는 기쁘게 왔다가
갈 때는 슬퍼. 뭣 땜에 그래?
바로의 하인 한 가지 말할 수 있어.
아페만투스 그럼 말해봐. 너를 창녀 포주인 동시에 악당으로
봐줄 테니. 그래도 너한테 주는 존경심은 줄어들지
않겠다.
바로의 하인 바보야, 포주가 뭔지 알아?
광대 멋진 옷 입은 바보지. 너하고 비슷해. 도깨비의 하난데,
어떤 때는 대감처럼 보이다가 어떤 때는 변호사처럼
보이다가 어떤 때는 연금술사 같은데 시금석이 하나
아닌 두 개라, 즉 불알 두 쪽이란 말이지.[20] 기사 같은
때가 아주 많아. 대개는 이 도깨비가 여든에서 열셋까지
보통 사람 꼴을 하고 여기저기 나다녀.
바로의 하인 너 완전히 바보는 아니다.
광대 너도 아주 똑똑한 사람은 못 돼. 내가 바보짓 하는
만큼 너도 머리가 모자라.
아페만투스 그 대답이야말로 내게 어울리겠다.
하인들 모두 비켜라, 비켜. 타이먼 대인님이 오신다.
[타이먼과 집사 등장]
광대 언제든지 연인, 형, 여자를[21] 받들지 않아. 어떤 땐
연금술사도 싫어. [아페만투스와 광대 퇴장]
집사 [하인들에게]
멀리 가지 말아요. 곧 함께 말할게요. [하인들 퇴장]
타이먼 어째서 네가 미리 나에게 내 형편을
충분히 밝히지 않았는지 이상하다.
그랬으면 여유가 있는 만큼 지출을
계산했을 터인데.
집사 제 말을 들으려 하지
않으셨어요. 틈 생길 때마다 말했지만요.
타이먼 그만둬라. 아마 내가 딴 생각 때문에
너를 물리치니까 그따위 일을
기회로 이용해서, 그런 걸 가지고
핑계로 삼았다.
집사 아닙니다, 주인님.
여러 번 장부를 갖고 들어가
대인 앞에 펴놨지만, 팽개쳐 버리시고
계산은 저를 믿고 맡긴다고 하셨어요.
하찮은 선물에 대해서 그처럼 크게
답례하시라고 해서 고개 젓고 울었어요.
손을 좀 더 옥죄시라고 예의를 어겨가며
말씀드렸어요. 재산의 썰물과

19 성경에 이런 지명으로 알려져 있는 그리스의 옛 도시(코린토스)로, 창녀가 비싸기로 악명 높았다. 광대가 관계하는 창녀 집의 이름인 듯하다.
20 중세와 르네상스 시대에 연금술사는 구리를 금으로 만드는 기묘한 돌(시금석)을 가지고 있었다고 하는데 고환을 '돌'이라고 했으므로 '돌'이 두 개씩 있는 사람이란 별 볼 일 없는 보통 사람이란 뜻이다.
21 이 세 부류는 똑똑하지 못한 것으로 알려져 있었다. 연금술사를 '철학자'라고 불렀지만 대개는 엉터리였다.

채무의 밀물을 알려드리고 여러 번
적지 않은 꾸지람도 참았습니다.
존경하는 주인님, 지금 너무 늦었지만
지금이라도 안 하는 것보단 낫습니다.
주인님의 총재산은 지금 빚을 갚기엔
절반이 모자라요.

타이먼 내 땅 모두 팔아라.

집사 모두 저당 잡혔고 얼마는 실권해서
잃어버렸고, 나머지는 당장 납부금의
입 막기도 벅차요. 미래는 빨리 와요.
그사이는 뭐로 막죠? 그리고 끝에는
계산이 어떻게 돼요?

타이먼 내 땅이 스파르타까지 뻗었었는데.

집사 주인님, 세상은 한마디에 불과해요.
주인님 소유가 단숨에 줄 거라면
금방 없어지니까요.

타이먼 네 말이 옳다.

집사 저의 재무 관리에 의심이 가신다면
까다로운 회계사 앞에 저를 세우고
청문회를 여세요. 신들이 축복하사,
저희 모든 작업을 덤벼드는 식객들이
밟아대고, 취객들이 엎지른 술에
술 창고가 울어대고, 방마다 불빛이
환하게 빛나고 백정들이 소란 떨 때
쏟아지는 술통의 꼭지로 저는 가서
눈물을 콱콱 쏟았죠.

타이먼 그만해라.

집사 저 혼자 하는 말이, "두려워라, 저 인심!
오늘 밤도 종들과 촌것들이 하고많은
부스러길 처먹누나! 모두 주인님 친구,
마음, 머리, 칼, 힘, 돈, 모두 주인님 재물!
위대하신 타이먼! 존귀하신 왕!"
아, 이런 찬양을 사던 돈이 없어지면
찬양을 외치던 호흡도 없어져요.
빗잔치는 금방 식고 차가운 소나기에
파리들은 숨어요.
[그가 운다.]

타이먼 설교를 그만해라.
못된 동기로 인심을 쓴 적 없다.
현명하진 못했으나 비루하진 않았다.
왜 우는가? 내가 친구 없을 거라고
걱정할 만큼 지각이 없나? 안심해.
우정의 창고를 열어 돈을 빌려 달래서
친구들의 진심을 시험한다면
사람과 재산을 내 것처럼 쓸 수 있지.
말해봐라.

집사 옳은 생각이시면 축복이지요!

타이먼 어떤 의미에서는 부족함이 귀중하여
축복이 될 수 있어. 이로 인해 친구를
알아보게 됐거든. 네가 얼마나 내 재산을
모르는지 알게 될 게다. 나는 친구가 있어서
부유하다. 플라미니우스, 세르빌리우스!
[플라미니우스, 세르빌리우스, 셋째
하인 등장]

하인들 모두 주인님, 주인님.

타이먼 너희를 각각 보내겠다. [세르빌리우스에게] 너는 루키우스
대감께 가고, [플라미니우스에게] 너는 루클루스 대감께
가고—오늘 그 양반과 사냥을 했지.—[셋째 하인에게]
너는 셈프로니우스에게 가라. 그들의 사랑에 내 인사 전해라.
—이런 말 하니까 자랑스럽군.—필요상 자금 공급에 그들을
활용할 기회가 생겼다고 해. 요청액은 50달란트다.[22]

플라미니우스 말씀대로 하겠습니다. [하인들 퇴장]

집사 루키우스 대감과 루클루스요? 흠!

타이먼 너는 의원들한테 가거라.
국가 안녕의 범위 안에서 내 말을 들을 만큼
내가 공헌하였다. 천 달란트를
즉시 보내라고 해라.

집사 실례를 무릅쓰고,
그게 관행인 걸 제가 잘 알아서
주인님의 인장과 성함을 보냈지만
그분들이 머리를 내저으셔서
빈손으로 돌아왔어요.

타이먼 그래? 그럴 리 있나?

집사 한소리로 답하시길, 경기가 저조하고
자금이 부족해서 할 일도 못 하시고
미안하시다면서 주인님을 존경하나
바라던 것은—뭐라고 할지 모르지만
—뭔가 잘못됐어요.—고귀한 인간도
곤란할 때가 있고, 모두가 잘되길 바라고

22 금이 1만 킬로그램(10톤)이니, 막대한 금액이다.

유감이라며, 다른 중요한 일들을 챙기더군요
싫은 눈빛과 냉담한 몇 마디 후에
반쯤 벗은 모자와 차가운 고갯짓에
제 입이 얼어붙었어요.

타이먼 신들이여, 복수를!
하지만 기운 내라. 그런 늙은 것들은
배은망덕을 조상에게 물려받았다.
저들의 피는 굳고 차서 흐를 수 없다.
저들의 불친절은 온기 부족 탓이다.
다시금 흙으로 돌아갈 인간은
무디고 무거운 여행길에 알맞다.
벤티디우스에게 가라. 슬퍼하지 말아라.
솔직히 말해 너는 진실하고 정직하다.
잘못이 조금도 없어. 최근 벤티디우스가
부친상을 당했는데 부친의 별세로
큰 재산을 상속했다. 그 사람이 가난해서
옥에 갇혀 있을 때, 친구가 없는 걸 알고 내가
5달란트로 석방시켰다. 내 인사를 전하면서
친구가 피치 못할 필요가 생겼으니
그 5달란트를 기억해 주기를
바란다고 해라. 독촉하는 자들에게
받은 돈을 당장 줘라. 친구들 사이에서
내 재산이 침몰할까 하는 말도, 걱정도 마라.

집사 그러면 좋겠어요. 걱정이 인심의 원수지요.
자기가 후하다고 남들도 후한 줄 알죠. [두 사람 각각 퇴장]

## 5

[플라미니우스가 외투 밑에 상자를 들고 등장.
어떤 귀족(루클루스)에게 말하려고 기다린다. 방금
주인과 헤어진 하인이 그에게 등장]

하인 주인님께 당신 얘기를 했소. 지금 당신 만나려고
내려오시는 중이오.

플라미니우스 고맙소.

[루클루스 등장]

하인 여기 오시는군요.

루클루스 [방백] 타이먼 대인의 하인이라고? 무슨 선물이겠지.
오, 사실이구나. 지난밤 꿈에 은 대야와 주전자를
보았거든. 플라미니우스, 충실한 플라미니우스,
너를 특별히 환영한다. [자기 하인에게] 나 술 한
잔 갖다 다오. [하인 퇴장]
그래서, 존경스럽고 완벽하고 마음씨 넓은 아테네
신사, 매우 인심 후하신 너의 선한 대감이며 주인은
안녕하신가?

플라미니우스 건강은 좋으십니다.

루클루스 건강이 좋으시다니 매우 기쁘다. 외투 밑에 무얼
가지고 있나, 착한 플라미니우스?

플라미니우스 그냥 빈 상자일 뿐입니다. 저의 주인님을
대신해서 대감님께 채워 주십사고 부탁하러 왔습니다.
주인님은 지금 당장 50달란트를 사용하실 큰일이
생기셔서 대감님께 부탁하러 저를 보내셨어요. 즉시
도와주실 걸 조금도 의심치 않으십니다.

루클루스 쯧쯧쯧! 조금도 의심치 않으신단 말인가? 오,
낭비 심한 분! 그런 굉장한 집만 유지하지
않는다면 훌륭하신 신사일 테지. 여러 번 그분과
오찬을 같이 하며 그런 말을 했고 일부러 만찬에 다시
와서 지출을 줄이라고 권했지만 그분은 어떤 충고도
안 듣고 내가 갔는데도 주의하지 않았지. 누구나
결함이 있지만 인심 좋은 게 그분 결함이야. 내가 그
얘기를 해줬지만 그 결함을 버리게는 못 했어.
[하인이 술을 가지고 등장]

하인 여기 술 가져왔습니다.

루클루스 플라미니우스, 언제 봐도 너는 똑똑해. [술을 마시며]
너에게 건배!

플라미니우스 친절한 말씀이세요.

루클루스 언제나 네가 기민하고 진취적인 기질인 걸 봐왔다.
받을 칭찬을 주는 게야. 그리고 넌 이치에 합당한 걸 아는
사람이지. 너에게 세월이 적당할 때는 세월을 탈 줄도
알아. [마시면서] 너의 여러 장점에 건배! [자기 하인에게]
너는 비켜라. [하인 퇴장]
충직한 플라미니우스, 가까이 와라. 네 주인은 인심이
후한 분이야. 하지만 너는 똑똑해서 너무나 잘 알아.
내게 오긴 했지만 지금이 돈을 꿔줄 때가 아니란 것을.
더더구나 담보 없이 단순한 우정만 가지고는—[동전 몇
잎을 주면서] 여기 너한테 동전 세 닢을 주니 받아라.
착한 친구, 눈감아 주렴. 나를 만나지 못했다고 해. 그럼
잘 가라.

플라미니우스 이렇게 세상이 달라질 수가 있나?
그래도 죽지 않고 살아 있어?
[루클루스에게 동전들을 되던진다.]
망할 것들아,

너희 숭배자에게 돌아가거라!

루클루스 허! 이제 보니 너도 바보구나. 그래서 주인과 죽이 맞겠다. [퇴장]

플라미니우스 저것들도 너를 달굴 지옥 불에 합쳐라.
동전들은 녹아서 영원한 벌이 돼라.
친구가 못 되고 친구에 붙은 염병아,
이틀 밤도 안 돼서 그렇게 변한다니
우정이란 나약하고 연약한 심보 아니냐?
신들이여, 주인의 슬픔을 알겠습니다.
이자는 이때까지 주인 밥을 먹었는데
놈은 독이 됐지만 어째서 밥은
저놈의 몸속에서 양분이 됐는가?
탈이나 생겨라. 그래서 저놈이
앓아서 죽게 될 때 주인님 덕분에
붙은 살은 병을 이길 힘이 되지 못하고
앓아눕는 시간만 길어지어라! [퇴장]

## 6

[루키우스가 낯선 사람 셋과 함께 등장]

루키우스 누구요? 타이먼 대인 말이오? 절친한 친구로, 존경할 만한 신사요.

낯선 사람 1 우리도 그렇게 알고 있소. 그가 알지 못하는 낯선 사람들이지만. 그런데 내가 한 가지 얘기해 드리겠소. 널리 퍼진 소문으로 들은 것이오. 지금 타이먼 대인의 행복한 시절은 끝나고 옛일이 됐소. 그 재산은 급속히 꺼지고 있다 하오.

루키우스 칫, 그럴 리가. 믿지 마시오. 돈이 부족하다니, 원!

낯선 사람 2 하지만 노형, 이거 믿으시오. 얼마 전 그의 하인 하나가 루클루스 대감께 가서 굉장한 양의 달란트를 꿔 달라고 했소. 뿐만 아니라 매우 긴급히 요청하고 필요한 이유도 설명했지만 거절당했다는 거요.

루키우스 뭐라고요?

낯선 사람 2 거절당했단 말이오.

루키우스 거 참 괴이쩍은 일이오! 정말이지 창피하오. 그런 존경스런 분에게 거절을 해요? 그따위 행동에는 존경할 데가 없소. 나 자신도 그분에게서 몇 차례 작은 우정의 표시를 받은 바 있음을 고백해야 하겠소. 돈, 접시, 보석 같은 자질구레한 것들인데 그 사람이 받은 것엔 비할 수 없소. 잘못 생각지 말고 내게 사람을 보냈다면 그 사람이 필요할 때 그만한 달란트는 거절하지 않았을 게요.

[세르빌리우스 등장]

세르빌리우스 [방백] 운수 좋게도 그분이 저기 계시군. 만나 뵈려고 땀깨나 흘렸다. [루키우스에게] 대감님!

루키우스 세르빌리우스! 만나서 반갑다. 그럼 잘 가라. 존경하는 훌륭하신 주인이요 나의 절친한 친구에게 문안 전해라.

[자리를 떠나려고 한다.]

세르빌리우스 실례지만, 주인님이 보내셔서—

루키우스 허! 무얼 보내셨나? 언제나 보내셔서 그분에게 너무나도 신세졌어. 어떻게 고마움을 표해야 하나? 한데 지금 무얼 보내셨나?

세르빌리우스 [쪽지를 내밀며] 이번에는 당장 필요하신 것만 적어 보내셨습니다. 곧 사용하실 수 있도록 거기 적은 만큼의 달란트를 보내시길 청하십니다.

루키우스 주인께서 내게 농담하시는 것 같다. 50달란트,
—[다시 읽으며] 5백 달란트나 필요할 수 없어.

세르빌리우스 당장엔 그보다 적어도 좋습니다.
그분의 필요가 덕스럽지 못하다면
제가 절반도 열 내지 않을 겁니다.

루키우스 심각하게 말하는가?

세르빌리우스 영혼을 걸어 맹세코 진정입니다.

루키우스 오, 내가 얼마나 못된 짐승이기에 돈을 없애서 나 자신도 훌륭한 인간임을 뵐 기회를 놓쳤구나! 바로 어제 작은 이득을 얻고 큰 영예를 잃자고 지출했으니 얼마나 불행한 일인가! 세르빌리우스, 신들 앞에 맹세코 지금은 그럴 수 없어. 그만큼 못난 짐승이지. 나 자신이 타이먼 대인께 돈을 빌리러 사람을 보낼 참이었어. 이분들도 보셨지. 하지만 아테네 재산 전부를 준대도 안 그랬길 다행이야. 선하신 대인께 넉넉히 인사를 전해다오. 지금은 친절을 보일 능력이 없지만 그분이 나를 매우 좋게 생각하시길 빈다. 그리고 그처럼 훌륭하신 어른을 기쁘게 해드리지 못한 걸 나의 가장 큰 아픔으로 여긴다고 말씀드려라. 착한 세르빌리우스, 내 말을 그대로 전할 만큼 내 친구 돼주겠나?

세르빌리우스 예, 그러겠습니다.

루키우스 네게 보답할 기회를 찾아보겠다. [세르빌리우스 퇴장]
당신들 말대로 타이먼이 꺼졌소.
일단 한번 꺼진 자는 살아나기 어렵소. [퇴장]

낯선 사람 1 호스틸리우스, 저거 보오?
낯선 사람 2 예, 너무 뚜렷하오.
낯선 사람 1 이것이 '세상의 영혼'이며 이것이
아첨꾼의 정신이오. 누가 같은 그릇에
손 넣는 자를 친구라 하겠소?[23] 내가 알기에
타이먼이 아버지처럼 제 주머닛돈으로
신용을 지켜주고 지위를 지탱케 했소.
그의 돈이 하인들 급료까지 지불했소.
그자가 술 마실 때마다 타이먼의 은잔이
그 입술을 누르는 거요. 하지만—
배은망덕한 꼬락서닐 드러낼 때면
흉물스런 인간이 빤히 보이오!—
거절하오. 그자의 재산을 생각할 때
선한 이가 거지에게 줄 만한 돈이오.
낯선 사람 3 믿음이 신음하오.
낯선 사람 1 나 자신은 일평생
대인 덕을 본 적이 없을뿐더러
그의 후한 인심이 내게 쌓여서
친구로 인정받은 일도 없지만
고귀한 그의 정신, 뛰어난 성품,
존경할 마음씨를 생각해볼 때
그의 필요 때문에 내게서 돈을 꾸면
내 재산을 내놓아 절반 이상이
그에게 넘어가도 괜찮다 하겠소.
그 마음을 그만큼 좋아하는데
계산이 양심을 누르고 앉았으니
이제 인간은 동정심을 버려야겠소. [모두 퇴장]

## 7

[타이먼의 세 번째 하인이 타이먼의
또 다른 친구인 셈프로니우스와 함께 등장]
셈프로니우스 다 두고 하필이면 내게 매달리는가?
흠! 루키우스나 루클루스를 알아볼 수 있는데.
그리고 지금은 벤티디우스도 부자야.
감옥에서 꺼내줬지. 그자들 재산은
모두 그분 덕이야.
하인 어르신, 모두
접근했는데 저질임이 밝혀졌어요.[24]
모두 거절했거든요.
셈프로니우스 아니, 거절하다니?
벤티디우스, 루클루스가 거절했어?
그래서 내게 왔어? 내가 셋째라? 흠!
분명 그 사람, 우정이나 판단이 부족해.
최후의 피난처가 나인가? 딴 친구들은
의사처럼 잘 벌면서 그를 포기하는데
치료를 내가 맡아? 매우 창피하구나.
화가 나는군. 내 입장을 알 사람인데.
뭔지는 모르지만 내게 처음 말했어야
이치가 아닌가. 양심대로 말해서
선물을 받은 것은 내가 처음이거든.
그런데 이제 나를 뒤쪽에 세워놓고
보답을 끝에 하라고? 안 될 말이지.
나머지 사람들의 웃음거리가 되고
귀족들 사이에서 멍청이로 치부된다.
호감 때문에라도 내게 먼저 보냈다면
그 액수의 세 배 이상 좋을 뻔했다.
하지만 돌아가서 맥 빠진 그 대답에
'명예를 깎은 자에게 돈은 주지 않는다'고
첨가하여라. [퇴장]
하인 훌륭하시군. 멋진 악당이로다. 마귀가 인간을
이기적인 녀석들로 만들면서 자기가 무슨 짓을
하는지를 몰랐구나. 자신마저 당했거든. 종국에는
인간악이 마귀를 깨끗하게 만들겠다. 저 귀족이
치사하게 보이려고 무진 애를 쓰면서, 악을 위해
선의 꼴을 취하니, 열성을 내세우며 천지를 불태우는
광신자구나. 겉발림 우정이란 바로 그런 꼴이다.
최고의 희망은 사라져 없고
신들만 남았다. 친구마저 죽었다.
자물쇠를 모르던 대문간들과
후하게 인심 쓰던 숱한 세월이
이제는 주인을 보호하게 됐구나.
후한 인심의 마지막 행로가 이것이라
재산을 못 지킨 자는 집에 틀어박힌다. [퇴장]

23 마태복음 26장 23절에서 예수는 한 그릇에 손 넣는 자가 자기를 배신할 것이라고 하였는데 바로 그가 가룟 유다였다.
24 연금술에서 진짜 금인지 알아보기 위해 '시금석'을 대어보니 구리나 놋 같은 저질 쇠붙이임이 드러나곤 했다.

8

[바로의 두 하인이 등장하여 모두 타이먼의 채권자들의 하인들을 만나 그가 나오기를 기다린다. 그때 루키우스의 하인과 타이투스와 호르텐시우스 등장]

바로의 하인 1 잘 만났다. 어떤가? 타이투스, 호르텐시우스?
타이투스 상냥한 바로, 잘 있나?
호르텐시우스 루키우스, 우리가 여기서 만나나?
루키우스의 하인 그래. 모두 한 가지 일인 것 같아.
나는 돈 관계 일이야.
타이투스 그들도, 우리도 같아.
[필로투스 등장]
루키우스의 하인 오, 필로투스도!
필로투스 모두에게 인사한다.
루키우스의 하인 잘 왔다, 착한 형제.
지금 몇 시 됐나?
필로투스 9시 거의 됐다.
루키우스의 하인 벌써?
필로투스 아직 안 나왔어?
루키우스의 하인 응, 아직.
필로투스 이상해. 7시면 으레 일어났는데.
루키우스의 하인 그래. 하지만 낮이 짧아지고 있어.
낭비하는 생활은 해하고 같다는 걸
알 필요 있지.
하지만 해처럼 회복하진 못한다.
타이먼의 주머니는 깊은 겨울이겠지.
손을 깊이 넣어도 잡히는 게 없을걸.
필로투스 그 점은 나와 생각이 같아.
타이투스 해괴한 사실을 보는 법을 알려줄게.
주인이 수금해 오라고 했지?
호르텐시우스 사실이야.
타이투스 타이먼이 준 보석을 주인이 꼈는데
내가 그 값을 받기로 돼 있어.
호르텐시우스 나라면 안 그래.
루키우스의 하인 얼마나 해괴한지 들어보아라.
타이먼은 빚보다 더 많게 갚아야 하고
값비싼 보석을 지닌 주인은
그 값을 받으려고 너를 보냈다.
호르텐시우스 신들도 아시지만 이 짓 하긴 정말 싫다.
내 주인도 타이먼의 재산을 축냈는데
배은망덕하다니 도둑보다 더 심해.
바로의 하인 1 그래. 내 주인은 3천 크라운인데
네 주인은 얼마야?
루키우스의 하인 5천 크라운이다.
바로의 하인 1 빚이 아주 많다. 액수로 따지면
네 주인 신용이 내 주인 신용보다 커.
아니면 같았을 게야.
[플라미니우스 등장]
타이투스 타이먼의 하인이다.
루키우스의 하인 플라미니우스! 한마디 하자.
대인이 나오냐?
플라미니우스 아니, 준비 안 됐다.
타이투스 기다리는 중이다. 그런다고 알려줘.
플라미니우스 필요 없다. 너희 열심을 잘 알아. [퇴장]
[집사가 외투로 얼굴을 가리고 등장]
루키우스의 하인 와! 대인의 집사가 변장하지 않았어?
얼굴을 가리고 가. 불러 세워.
타이투스 [집사에게] 내 말 들려요?
바로의 하인 2 [집사에게] 이거 봐요.
집사 이 친구, 왜 그러오?
타이투스 확실히 돈 받기를 기다리고 있소.
집사 그렇소. 당신들 기다리듯 돈이 확실하다면
참말로 그러겠소.
그런데 어째서 당신들의 못된 주인이
우리 주인의 밥을 먹고 계산서를 안 냈소?
그때는 그분 빚에 웃음 짓고 아양 떨며
게걸스런 배 속으로 이자 돈을 삼켜댔소.
내 화를 돋우면 당신들만 손해요.
조용히 지나가겠소.
주인과 나는 헤어지기로 했고. 그렇게 알아요.
나는 계산할 것도 없고 주인은 쓸 돈도 없소.
루키우스의 하인 하지만 그 대답은 쓸데가 없소.
집사 쓸데는 없지만 당신들처럼 저질은 아니오.
악당들이 당신들을 쓰는 거니까. [퇴장]
바로의 하인 1 뭐라고? 저 떨려난 집사 놈이 뭐라고
지껄여?
바로의 하인 2 무슨 상관이오? 이제 무일푼이니 그거로
넉넉히 복수한 셈이오. 제 머리 둘 집도 없는
자가 그보다 더한 소린 못 하겠소? 그런 자가
대궐 같은 집에 대고 떠들 수 있소.
[세르빌리우스 등장]

타이투스 세르빌리우스가 여기 왔다. 이제야 확답이 있을
것 같다.
세르빌리우스 신사 제위 여러분, 다른 때 오시기를 요망해도
된다고 하면 그것은 나에게 매우 이롭겠소.
영혼을 걸어 맹세코, 주인께서 극심한 우울증에
기울어 계시오. 활기찬 기운이 떠났소. 건강이
몹시 쇠하여 방에 칩거하시오.
루키우스의 하인 방에 박혀 있으면서 건강한 자도 많소.
건강이 아주 나쁘면 그만큼 빨리
빚 갚고 신들에게 가는 길을 정리하는 게
옳은 일이오.
세르빌리우스 선한 신들이여!
타이투스 그 말을 대답으로 간주할 수 없다.
플라미니우스 [안에서]
세르빌리우스, 도와다오! 주인님, 주인님!
[타이먼이 화를 내며 등장]
타이먼 아니! 내 문이 내 앞을 가로막아?
여기선 언제나 내 맘대로 했는데
내 집이 날 가둔 원수 같은 감옥이야?
잔치를 베풀던 여기가 이제는 깡그리
인간처럼 쇠 심장을 내고 있어?
루키우스의 하인 타이투스, 제출하오.
타이투스 대인, 청구서요.
루키우스의 하인 여기 내 거요.
호르텐시우스 내 거요.
바로의 하인 1, 2 우리 거요.
필로투스 모두 청구서요.
타이먼 나를 '청구서'로 때려눕혀 허리띠에 잡아매라.[25]
루키우스의 하인 오, 대인 어른.
타이먼 내 염통을 액수대로 찢어 가져라.
타이투스 제 것은 50달란트예요.
타이먼 내 핏방울을 끝까지 세라.
루키우스의 하인 5천 크라운이오, 대인.
타이먼 5천 방울이면 그거 갚는다. 네 거는? 네 거는?
바로의 하인 1 대인—
바로의 하인 2 대인—
타이먼 날 찢어 가져라. 신들이 너희한테 떨어져라! [퇴장]
호르텐시우스 우리 주인님들이 돈 때문에 모자 날리게[26] 됐군.
이런 빚을 일컬어 '결손 처분'이라는 거야. 빚 갚을
사람이 미쳐버렸어. [모두 퇴장]

## 9

[타이먼과 집사 등장]
타이먼 놈들이 숨까지 뺏어 갔다. 비루한 놈들.
채권자? 마귀 놈들!
집사 저 주인님—
타이먼 그렇게 하면 어떨까?
집사 주인님—
타이먼 그러겠다. 집사!
집사 저 여기 있습니다.
타이먼 바로 그거다! 친구들 모두 다시 불러와라.
루키우스, 루클루스, 셈프로니우스, 못된 것들.
그것들을 한 번 더 먹이겠다.
집사 오, 주인님,
혼란된 정신으로 말씀하실 뿐인데
수수한 밥상을 차릴 만한 먹거리도
남지 않았어요.
타이먼 그건 걱정 말아라.
가서 모두 청해라. 다시 한 번 악당들의
밀물을 들여보내라. 나와 숙수가 마련하겠다. [각기 퇴장]

## 10

[한쪽 문으로 세 의원이 시종들과 함께 등장.
엘키비아데스가 그들과 만난다.]
의원 1 [다른 의원에게]
대감 말에 찬동하오. 끔찍한 범행이오.
그런 자는 죽는 것이 마땅하오.
자비처럼 죄악을 부추기는 것이 없소.
의원 2 지당한 말씀이오. 법으로 분쇄해야 하오.
엘키비아데스 영광, 건강, 자비가 원로원에 있기를!
의원 1 오, 장군이군.
엘키비아데스 여러분의 선의에 호소하오.
동정은 법의 선량한 속성이오.

25 '청구'(bill)를 청구서가 아니라 도끼처럼 생긴, 허리에 차는 무기를 뜻하는 말로 일부러 바꾸어 해석한 것(우리말로 번역할 수 없다).
26 '모자 날린다'는 말은 할 수 없이 포기한다는 뜻이다.

폭군만이 법을 가혹히 이용하오.
나의 친구 한 사람이 때와 운이 좋지 않아
뜨거운 혈기로 법을 어겼소.
조심치 않고 뛰어드는 자에게
법은 무한히 깊은 수렁이 되오.
그것만 제외하면 나의 친구는
선한 사람이오.
비겁으로 그 사실을 더럽히지 않았소.
—그것은 죄를 말살하는 명예로운 특성이오.—
오히려 분노와 공명한 정신에서,
자신의 명예가 치명상을 입었으나
적에게 맞섰던 것이오.
그리고 신중하고 절제된 감정으로
분노를 발하기 전에 분노를 삭였소.
논점을 증명하듯 했던 것이오.

의원 1 당신은 명백한 역설을 주장하면서
추악한 범행을 미화코자 애쓰오.
당신 말은 살인의 정당화를 기도하며
싸움을 용맹의 범주에 넣고자 하오.
그것이야말로 그릇된 만용으로
파당과 파벌이 생길 때마다
세상에 새롭게 나타나는 것이오.
남들이 내뱉는 가장 악한 말이라도
현명하게 참아내고 억울함을 당해도
겉옷처럼 무심하게 입고 다니고
제가 입은 피해를 마음에 깊이 품어
위험을 자초하지 않는 자는 용감한 자요.
억울해서 살인이란 악을 행하면
악 때문에 생명을 도박함은 얼마나 어리석소!

엘키비아데스 대감—

의원 1 뻔한 죄를 무죄라 할 수 없소.
복수 아닌 인내가 참된 용기요.

엘키비아데스 그러면 실례를 무릅쓰고 군인으로
말씀드릴 터이니 용서하고 들으시오.
어리석은 인간이 전쟁에 노출되며
온갖 위험을 겪되 깊이 생각지 않으며
적이 쉽게 목을 따도 저항이 없다면
이상하지 않소? 인내가 용맹이면
우리는 전쟁에서 무슨 짓을 하오?
인내가 제일이면 집에 있는 여자가
용감하며 노새가 사자보다 우세하며,
인내가 지혜라면 고랑 찬 죄수가
판사보다 현명하오. 대감님들,
높으신 지위만큼 자비롭고 선하시오.
누가 경솔한 짓을 냉정히 정죄하지 않소?
살인은 가장 악한 폭력이지만,
자비의 눈이 보면 정당방위요.
성을 낸다는 것은 불손한 짓이나
성을 내지 않는 자가 누구요?
이 점을 고려하여 판단하시오.

의원 2 괜한 말이오.

엘키비아데스 괜한 말?
스파르타와 비잔티움에서 이룬 공적은
목숨 구할 값으로는 충분한데요.

의원 1 무슨 소리요?

엘키비아데스 공적이 크다는 말이오.
여러분의 적과 싸워 많이 죽였소.
지난번 접전에서 얼마나 활약하고
얼마나 상처를 주었던가요!

의원 2 너무 많은 상처를 주었다 하겠소.
형편없는 술꾼이라 범죄에 자주 빠져
용맹함 때문에 죄인이 되곤 하오.
적이 없다 하여도 그 짓으로 자신에게
패배를 가져오오. 짐승 같은 그 성미로
불법을 자행하고 짝패를 부추긴다는
소문이 있소. 생활이 추잡하고
술주정이 위험하다는 말이 들리오.

의원 1 사형이오.

엘키비아데스 가혹한 운명이오. 전사도 가능했소.
오른팔로 제 생명을 살릴 수 있었고
누구의 은덕도 입지 않을 테지만,
그의 잘난 점들이 싫으시다면
여러분의 마음을 돌리기 위해
저의 공을 그의 공에 합하시오.
연로하신 여러분은 안전을 원하시니
그의 개과천선에 나의 모든 승리와
명예를 대감들께 담보로 하오.
그 죄로 목숨이 법에 달려 있다면
전쟁으로 하여금 용맹의 피로 그 값을
받게 하시오. 전쟁도 법만큼 엄격하오.

의원 1 우리는 법의 편이오. 그자는 사형이오.
그만하오. 불쾌하오. 친구든 형제든 간에,

남의 피를 흘린 자는 자기 피를 잃게 되오.
엘키비아데스 그래야 하오? 그래서는 안 되오.
대감님들, 내가 누구요?
의원 2 그게 무슨 말이오?
엘키비아데스 기억을 더듬어 보시오.
의원 3 뭐라고?
엘키비아데스 노인이라 잊었소. 그렇지 않다면
평범한 자비를 구했는데 거절하다니
그만큼 내가 미미하게 됐단 말이오.
당신들을 보니 상처가 들쑤시오.
의원 1 감히 우리 화를 돋우는가? 말은 적되
뜻은 깊다. 너를 영원히 추방한다.
엘키비아데스 나를 추방해? 노망을 추방해라.
고리대금을 추방해라. 원로원이 추악하다.
의원 1 이틀이 밝은 뒤에도 아테네에 있으면
더욱 엄한 판결을 기다려라. 노여움이
커지기 전에 그자를 즉시 처형한다.
[엘키비아데스 이외에 모두 퇴장]
엘키비아데스 신들이 너희를 뼈다귀만 살려두어
아무도 그 꼴을 보려 하지 않으리라!
미쳐서 날뛰겠다. 내가 놈들의 적을
막는 동안 놈들은 돈냥을 세고
높은 이자로 돈을 놓고 나 자신은
상처만 늘어났다. 이런 꼴 되려고?
고리대금 원로원이 군인들의 상처에
부어주는 향유가 이것인가? 추방이라!
괜찮다. 추방이 아니면 도리어 싫다.
아테네를 공략할 불만과 분노에
걸맞은 동기다. 침통한 부대를 격려하고
용맹한 인사들을 만나게 되리라.
열방과의 다툼은 명예로운 일이다.
군인은 신처럼 억울을 못 참는다. [퇴장]

**11**

[각기 다른 문으로 타이먼의 여러 친구들 등장.
그중에 루클루스, 루키우스, 셈프로니우스, 벤티디우스,
기타 귀족들과 원로원 의원들이 있다.]
귀족 1 좋은 하루 되시오.
귀족 2 대감도 그러시오! 훌륭하신 대인께서 어제는
우리를 시험한 데 지나지 않을 거요.
귀족 1 바로 그런 생각에 골몰하던 차, 대감을 만났던
거요. 그의 여러 친구들을 시험키 위해 꾸몄던
것처럼 정말 그의 형편이 기울지 않길 바라오.
귀족 2 그럴 리 없소. 새로 잔치를 벌이는 걸 보아도
알 수 있소.
귀족 1 그렇소. 나에게 간곡한 초대장을 보냈는데 내가
여러 가지 급한 일거리가 생겨서 거절해야 했지만
그이가 일거리를 미루라고 설득하는 바람에
하는 수 없이 나타나게 되었소.
귀족 2 나 역시 마찬가지로 시급한 볼일에 매였으나
그가 변명을 들으려고 하지 않았소. 나에게 사람을
보내서 돈을 꾸어 달라고 했을 때 마침 자금이 떨어진
때라서 미안하게 되었소.
귀족 1 나도 같은 속병을 앓고 있소. 이제야 만사가
어찌 돌아가는지 알 만하오.
귀족 2 여기 오신 분들이 모두 그렇소. 당신에게 얼마를
꿔 달라고 하셨소?
귀족 1 1천 금화요.
귀족 2 1천 금화요?
귀족 1 대감은?
귀족 2 내게 사람을 보내서—
[큰 음악 소리]
여기 오시오.
[타이먼과 시종들 등장]
타이먼 진심으로 반갑소, 두 분 신사분. 어찌들 지내시오?
귀족 1 대인의 평강을 들어서 우리도 최고로 좋소.
귀족 2 제비가 여름을 아무리 즐겁게 따른다 해도 우리가
대인을 따르는 만큼이야 하겠소!
타이먼 [방백] 더욱 즐겁게 겨울을 피할 수 없겠지. 그런
여름 철새가 인간들이야.—신사 양반들, 우리
식사는 그렇게 오래 기다린 보람이 못 되겠소. 나팔
소리가 귀에 거슬릴지라도 잠시 동안 음악으로
여러분의 귓속을 채우시오. 곧 식사 시작하겠소.
귀족 1 대인께서 보내신 사람을 빈손으로 돌려보냈지만
섭섭한 마음이 남지 않길 바랍니다.
타이먼 오, 그런 걱정 마시오.
귀족 2 고귀하신 대인 어른—
타이먼 오, 좋으신 친구. 어찌 지내시오?
[잔칫상이 들어온다.]
귀족 2 존경하는 대인 어른, 아직도 부끄러워 속이 아프오.

지난날 대인께서 사람을 보내셨는데, 내가 그만
불행히도 무일푼 신세였소.
타이먼 그 생각은 마시오.
귀족 2 두 시간 전에만 보내셨다면—
타이먼 그 때문에 더 좋은 기억을 잃지 마시오.—
자, 모두 한꺼번에 들여오너라.
[하인들이 뚜껑을 덮은 접시들을 들고 등장]
귀족 2 접시를 모두 덮었군.
귀족 1 틀림없이 굉장한 산해진미요.
귀족 3 의심할 수 없소. 돈과 계절이 대령할 수 있는
음식이면.
귀족 1 어떻게 지내시오? 무슨 소식 있소?
귀족 3 엘키비아데스가 추방됐소. 그 얘기 들으셨소?
귀족 1, 2 그 사람이 추방됐소?
귀족 3 그렇소. 믿으시오.
귀족 1 어떻게요? 어떻게요?
귀족 2 무슨 죄목으로?
타이먼 훌륭하신 친구들, 가까이 오시겠소?
귀족 3 잠시 뒤에 알려드리겠소. 지금은 굉장한 잔치가
벌어질 판인데.
귀족 2 여전히 예전 그 사람이오.
귀족 3 계속 이럴까? 계속 이럴까?
귀족 2 지금은 그렇소만, 때가 되면, 그래서—
귀족 3 무엇인지 알 만하오.
타이먼 애인의 입술에 달려드는 열정으로 각자 자기 자리로
가시오. 음식은 누구의 자리나 똑같소. 평민들의
식사[27]가 되지 말게 하시오. 누가 상석에 앉을지
정하느라고 음식을 식히지 말란 말이오. 앉으시오, 앉으시오.
[사람들이 앉는다.]
신들에게 감사하는 기도가 필요하오.
은덕을 내리시는 크신 분들이여, 우리 모임에 감사의
마음을 뿌려주소서. 주시는 선물에 찬양을 받으소서.
그러나 뒤에 주실 것들을 남겨두소서. 그러지 않으시면
신들을 경홀히 여길지 모릅니다. 각자에게 넉넉히
빌려주시어 사람들끼리 빌려줄 필요가 없게 하소서.
신들이 사람에게 꾸실 경우에 사람은 신들을 버릴
것입니다. 음식을 제공하는 사람보다 음식 자체를
좋아하게 하소서. 스무 명 모인 곳에 악당 두 쾌가
없지 않게 하소서. 열두 여자가 식탁에 앉았으면 그중
한 다스는 그대로 여자이게 하소서.[28] 오, 신들이여,
그 밖의 신들의 원수, 다시 말하면 아테네 의원들과
오합지졸 평민들의 못된 점들을, 신들이여, 멸망하기
알맞게 만드소서. 지금 이곳에 있는 저 친구들은
저에게는 아무것도 아니오니 아무 일에도 복을 주지
마소서. 그래서 빈 그릇에 환영합니다.—
개새끼들아, 뚜껑 열고 핥아라.
[그릇 뚜껑을 벗기니 김 나는 맹물과 돌멩이가 가득
차 있다.]
몇몇 귀족 대인 뜻이 무엇이겠소?
다른 귀족들 모르겠소.
타이먼 이보다 좋은 잔치는 못 볼 것이다.
입으로만 친구 하는 놈들아, 김과 맹물이
너희 꼴이다. 이것이 최후의 만찬이다.
덕지덕지 붙어서 번들대던 아첨을 씻고
너희들 낯짝에 구린내 나는
악의 똥을 뿌린다.
[그들의 얼굴에다 물을 끼얹는다.]
욕먹으며 오래 살아라.
매끄럽게 해죽대는 역겨운 기생충들,
예절 바른 파괴자, 상냥한 늑대, 착한 곰,
운수의 노리개, 잔치 친구, 때의 똥파리,[29]
굽실대는 종놈들, 헛바람, 아첨꾼들!
사람과 짐승이 낫지 않는 피부병에
홀딱 덮여라!
[한 귀족이 가려고 한다.]
네놈이 떠나?
잠깐. 우선 약부터 받아라. 너도, 너도.
[그들에게 돌을 던진다.]
잠깐. 너한테 꿔주겠다. 빌리지 마라.
[귀족들이 모자와 외투를 놓아둔 채 퇴장]
저런, 모두 들썩이냐? 이후로는 악당이
환영받지 못할 때는 잔치도 없다.
집이여, 불타라! 아테네여, 침몰해라!
이후로 타이먼은 인류를 증오한다! [퇴장]
[의원들이 다른 귀족들과 함께 등장]
귀족 1 대감들, 어떻게 됐소?

27 귀족들과는 달리 도시의 평민들의 모임에서는 누가 더 높은지 자주 논쟁을 벌였다.
28 20명 남자 모두가 악당이며 12명 여자 모두가 '그냥 여자', 즉 본래부터 악한 여자라는 말이다.
29 좋은 때를 찾아 몰려드는 지저분한 존재들.

귀족 2 타이먼 대감이 노한 이유를 아시오?
귀족 3 젠장! 내 모자 봤소?
귀족 4 나는 외투를 잃었소.
귀족 1 실성한 귀족이오. 사나운 환상에 지배당할 뿐이오.
저번 날 나에게 보석을 주었는데 지금 모자를
두드려서 보석을 빼버렸소.
내 보석 보셨소?
귀족 3 내 모자 보셨소?
귀족 2 여기 있소.
귀족 4 내 외투 여기 있소.
귀족 1 더 있지 맙시다.
귀족 2 타이먼이 미쳤소.
귀족 3 직감으로 알겠소.
귀족 4 하루는 보석을 주더니 다음날엔 돌을 주오. [모두 퇴장]

## 12

[타이먼 등장]

타이먼 너를 다시 돌아보자. 늑대들을 감싸 안는
아테네 성벽아, 흙 속에 파묻히고
방어하기를 관둬라! 여자들아, 음탕해라.
아이들은 복종하지 마라! 노예와 백치들아,
주름 잡힌 원로들을 자리에서 끌어내고
놈들 대신 다스려라! 순결한 처녀들아,
당장에 변해서 아비 어미 앞에서
더러운 갈보가 돼라! 파산자야, 버텨라.
빚을 돌려주기보다 칼을 끄집어내서
빚쟁이의 목을 따라. 하인들아, 훔쳐라!
점잔 빼는 주인에게 큰 도둑이 들어라.
법에 따라 해먹는다. 하녀야, 주인에게 가라!
여주인은 창녀란다. 이팔청춘 아들놈아,
절뚝거리는 아비의 목발을 빼앗아서
골통을 박살내라! 경건과 경외,
신들에 대한 예배, 평화, 정의, 진실,
집안의 효도, 밤의 휴식, 친한 이웃 간,
어른의 교훈, 예절, 일의 비법, 갖가지 직업,
신분과 전통, 관습과 규범, 모두 뒤바뀌어서
스스로 몰락하는 파멸로 추락해서
혼돈이 지배해라! 때만 엿보는 염병들아,
곪아 터질 아테네에 강렬한 열을
높이 쌓아라! 차가운 좌골 신경통아,
의원들을 쏘아대서 놈들의 행태처럼
팔다리를 못 쓰게 해라! 음욕과 방종이
젊은 놈의 얼과 골수에 깊이 파고들어서
덕행의 물결을 거스르다 방탕 속에
빠져 죽게 해라! 종기와 물집이
아테네 가슴팍에 씨를 뿌려 온 세상에
문둥병이 생겨라. 숨끼리 병 옮겨서
친구뿐만 아니라 인간 사회 전체가
순전한 독이 돼라!
[옷을 찢어발긴다.]
맨몸밖에 너한테서
아무것도 안 가진다. 역겨운 도시야,
이것도 가져가라. 거듭거듭 저주한다.
타이먼은 숲에 가서 사나운 짐승이
사람보다 순하단 걸 알아내겠다.
신들이여, 아테네를 파멸하소서!
들으소서.—성의 안팎을 가리지 마소서.
타이먼은 늙을수록 높고 낮은 인간에게
큰 증오를 보내게 하소서.
아멘. [퇴장]

## 13

[집사가 하인 두셋과 함께 등장]

하인 1 집사 어른, 주인님 어디 계신지 들으셨어요?
우리는 망해서 쫓겨나고 아무것도 안 남았죠?
집사 오, 친구들. 무슨 말 할까?
기록에 남겨둬. 신들에게 맹세코,
나도 무일푼이야.
하인 1 대갓집이 무너지고
고귀한 주인도 망해? 모두 가고
불행한 그분의 팔을 부축해서 동행할
친구도 없어?
하인 2 친구를 무덤 속에
내던지고 등 돌리듯, 파묻힌 재산을
찾아오던 친구들이 슬금슬금 사라지고
도둑맞은 지갑같이 거짓말만 남았어.
그래서 대감님은 무일푼이 되시고
비바람에 맡겨진 걸인이 되셨으니

모두가 피하는 가난이란 병과 함께
멸시처럼 혼자 떠돌지. 친구들이 또 와.
[다른 하인들 등장]

집사 망한 집안 망가진 도구들이군.

하인 3 하지만 마음은 타이먼 집 제복이오.
얼굴 보면 알아요. 우린 아직 동료라
슬픔 속에 섬겨요. 우리 배에 물이 새어
가련한 선원들은 침몰하는 갑판에
파도의 위협을 듣는데, 우리 모두
비바람 치는 바다에서 헤어져야 해요.

집사 마지막 밑천을 당신들과 나누겠소.
어디서 만나든지 타이먼을 생각해서
동지로서 유지하자. 주인님 운수에
조종이 울리듯 고개를 젓고 말하자.
'예전엔 잘살았다'고 하면서
[그들에게 돈을 준다.]
조금씩 가져라.
모두 손을 내밀어. 아무 말도 하지 말고.
슬픔의 부자가 돼서 가난하게 헤어지자.
[서로 포옹하고 하인들은 여러 길로 헤어져 간다.]
영화가 가져오는 혹심한 불행!
재물의 최후가 비참과 멸시라면
부유를 면하기를 누가 원치 않겠나?
영화의 노리개가 될 자 누군가?
우정의 꿈에 살 뿐, 굉장한 위세,
거창한 위풍 모두가 번지레한
친구들처럼 색칠한 그림일 뿐이면?
불쌍한 주인어른, 후해서 몰락하고
선해서 망했구나! 기이한 드문 성격,
지나치게 선한 것이 큰 죄가 되다니!
그러니 절반이라도 선할 자 누군가?
신처럼 후한 덕이 인간을 망친다.
사랑하는 주인님, 복 받아 저주받고
부자 되어 비참하니 당신의 큰 행복이
큰 아픔이 되었어요. 오, 좋으신 분!
짐승 같은 친구들이 배신하는 자리에서
분노를 내뿜으며 자신을 버리셨다.
연명할 수단이 조금도 없으셔서
돈 한 푼 못 지닌 채 떠나가셨다.
즉시 내가 따라가 수소문해야지.
정성을 다해서 그분의 뜻을 받들겠다.
내게 돈이 있는 한 그분의 집사다. [퇴장]

## 14

[반쯤 맨몸이 된 타이먼이 삽을 들고 숲 속에 등장]

타이먼 오, 복된 성장의 해야, 땅에서
썩은 기운을 빨아올려 달 아래 바람에
염병을 퍼뜨려라. 한배가 낳은 쌍둥이가
잉태와 생장과 출생이 비슷해도
운수가 다르면 잘난 놈이 못난 놈을 멸시하며,
고난으로 둘러싸인 인간은
인간을 멸시해야 행복을 누린다.
이 거지를 높이고 저 귀족을 낮추면
귀족은 운명처럼 멸시를 참게 되고
거지는 운명처럼 존귀를 누린다.
거지도 먹으면 허리에 살이 찌고
귀족도 못 먹으면 비쩍 마른다.
순수한 인간으로 똑바로 서서
'이자는 아첨꾼'이라고 할 자 누군가?
하나가 그러면 모두가 그렇다.
행운의 단계마다 그 밑에 있는 자[30]가
기름을 바른다. 유식한 머리가
돈 있는 바보에게 굽실대니 잘못됐다.
저주받은 인간에게 곧은 것은 전혀 없고
뻔한 죄악뿐이다. 그래서 잔치와
모임과 웅성거리는 패들을 미워해라.
자기의 동류와 자기까지 경멸하지.
파멸아, 인간을 깨물어라. 흙아, 뿌리를 다오.
[땅을 판다.]
땅에서 이보다 좋은 걸 찾는 그 입에
맹렬한 독을 쳐라.
[금화를 발견한다.] 이게 무어냐?

30 행운(또는 운수)의 여신이 돌리는 물레바퀴의 각 단계마다 행운을 추구하는 사람이 바로 자기 위의 단계에 오르고자 매끄럽게 길을 닦는다(즉 자기보다 조금 나은 사람에게도 아첨을 한다).

금? 싯누런, 번쩍이는, 값비싼 금?
싫다, 신들아. 나는 못난 수도사 아니야.
맑은 하늘아, 뿌리를 달라. 그것만 주면
흑은 백, 추는 미, 오는 정, 천은 귀,
노년은 청춘이고 비겁은 용맹이다.
아, 신들아! 이따위가 도대체 어떤 거라고
사제와 하인들을 신들에게서 끌어가고
건장한 자의 머리에서 베개를 뺏느냐?
이 싯누런 노예가
신앙을 맺고 풀고 망한 자를 축복하며
희뿌연 문둥병을 경배하고 도둑에게
지위와 직위와 추앙을 얻게 하고
의원들의 인정을 받게 만들어준다.
닳아빠진 과부가 이 때문에 재혼한다.
중병 걸린 환자마저 내뱉을 여자를
이 물건이 향수와 양념이 돼서
4월로 만들어준다. 저주받은 흙덩이,
모든 나라 사이에서 분쟁을 일으키는
인간들의 창녀야, 오라. 네 본성을
발휘시켜 주겠다.
[멀리서 진군 신호]
북소리다! 빠르구나.
하지만 묻어놓자.
[금화를 묻는다.]
강력한 도둑아,
너를 가진 병신이 서지도 못할 때
너는 활동하겠지. [금화 일부를 가진다.]
너는 보증금이다.
[엘키비아데스가 북과 나팔 소리에 맞춰
전투태세로 행진하는 병사들과 함께
등장. 프라이니아와 티만드라 등장]

엘키비아데스 누구냐? 말해라.

타이먼 너처럼 짐승이다. 사람 눈을 다시 보게
했으니 염통에 벌레나 먹어라.

엘키비아데스 이름이 무엇인가? 저도 사람이면서
그렇게도 사람을 싫어하는가?

타이먼 나는 인간 혐오자다. 인간을 미워한다.
네놈이 개새끼면 좋겠다. 그러면
얼마쯤 좋아하겠다.

엘키비아데스 당신을 잘 아오.
하지만 당신의 신세는 전혀 모르오.

타이먼 나도 너를 잘 안다. 더 이상 너를
알고 싶지 않다. 북이나 따라가.
사람 피로 땅바닥을 시뻘겋게 칠해.
종교법과 사회법이 무자비하니까
하물며 전쟁이랴? 흉측한 갈보들이
천사처럼 보여도 네가 빼 든 칼보다
파괴력이 강력하다.

프라이니아 입이 썩어져라!

타이먼 너하고 키스 안 해. 그래서 매독이
네 입에 돌아간다.

엘키비아데스 고귀한 타이먼이 왜 이렇게 됐소?

타이먼 빛을 주고 싶은 달처럼 됐다.
하지만 달처럼 회복할 수 없다.
빛을 빌릴 해가 없다.

엘키비아데스 고귀한 타이먼, 어떻게 내 우정을 보일까요?

타이먼 내 뜻을 따르는 것뿐이다.

엘키비아데스 그게 뭔가요?

타이먼 우정은 약속하고 실천은 하지 마. 만일 네가
약속하면 천벌을 받아라. 너도 인간이다.
실천하지 않으려면 파멸해. 너는 인간이니까.

엘키비아데스 당신의 불운을 조금 들었소.

타이먼 내가 한창일 때 네가 그걸 보았지.

엘키비아데스 눈에 선하오. 그때가 행복한 시절이었소.

타이먼 지금 너처럼. 갈보 둘에게 매어서.

티만드라 이 사람이 아테네의 총아였나요?
온 세상이 존경하던?

타이먼 네가 티만드라냐?

티만드라 그래요.

타이먼 갈보 짓 계속해. 너를 이용하는 자가
사랑하지 않아. 욕정을 두는 놈에게
병을 옮겨라. 재미 보는 때를 이용해.
훈증과 열탕에 놈팡이를 담가놓고
젊은 놈도 금욕, 열탕, 마른 걸 먹여.[31]

티만드라 괴물아, 뒈져라!

엘키비아데스 용서해, 티만드라.
불행에 빠져서 넋이 허우적댄다.
용감한 타이먼, 지금 나는 돈이 없소.

31 당시 성병에 걸린 자는 더운 김을 쏘이고 뜨거운 물에 목욕하고 마른 먹거리만 먹는 것이 치료법이었다.

그래서 가난에 쪼들린 내 군대가
날마다 반항하오. 저주받을 아테네가
당신의 공적을 잊었다는 말을 듣고
속이 아팠소. 당신 칼과 재산이 아니었으면
이웃에게 짓밟혔을 놈들인데요.
타이먼 제발 북이나 치고 꺼져라.
엘키비아데스 타이먼, 나는 당신 친구요. 동정하오.
타이먼 괴롭히는 주제에 나를 동정한다고?
나 혼자 있고 싶다.
엘키비아데스 그럼 잘 있으시오.
여기 돈이 좀 있소.
타이먼 관둬라. 못 먹는 거다.
엘키비아데스 건방진 아테네를 폐허로 만든 뒤에—
타이먼 아테네와 싸우나?
엘키비아데스 그렇소. 이유가 있소.
타이먼 너의 정복 전쟁에서 신들이 전부를
멸망시키길! 그다음 너도 멸망시키길!
엘키비아데스 어째서 나요?
타이먼 너는 악당들을 죽이고 이 나라를 정복하려고
태어난 자니 말이다.
그 돈 치워라.
[엘키비아데스에게 금화를 내민다.]
계속해라. 여기 돈 있다.
악독한 도시를 뒤덮은 대기에
신이 독을 퍼뜨려 별 기운에 염병이 돌 듯,[32]
그런 역을 행해라. 한 놈도 빼지 마라.
수염 허연 노인도 돈놀이 하는 자라,
동정을 하지 마라. 음탕한 여자를 쳐라.
겉옷만 의젓하고 자신은 뚜쟁이다.
처녀 뺨만 보고서 날선 칼을 부드럽게
하지 마라. 옷 틈으로 젖꼭지를 드러내어
사내의 눈을 뀐다. 구원의 장부[33]에서
제외시키니까, 못된 배반자로 기록해라.
웃는 낯의 보조개로 바보들을 끌어내는
귀여운 아기들도 남겨놓지 말며,
신탁의 말이 알쏭달쏭할 때[34]
사생아로 단정해서 목을 따고 토막 쳐라.
항변 들어주지 않겠다고 맹세해라.
네 눈과 네 귀를 단단히 무장해서
어미와 처녀와 아기가 울부짖어도,
법의 걸친 사제가 피를 줄줄 흘려도,
뚫을 수 없게 해라. 군대에게 줄 돈 있다.
세상을 황폐하게 만들고 분을 삭인 후
너도 죽어라. 잔소리 말고 가.
엘키비아데스 [금화를 받으며]
아직 돈이 있으면 주는 대로 받겠소.
당신의 충고를 다 듣진 않겠지만—
타이먼 듣든 안 듣든, 네게 저주 내려라!
프라이니아와 티만드라 착한 타이먼, 우리도 줘요. 더 있소?
타이먼 갈보가 직업을 부인할 만큼 있고
뚜쟁이를 성하게 만들 만큼 있다.
쌍것들아, 앞치마 들어.
[앞치마에 금화를 던져 준다.]
맹세를 모르는
네년들의 맹세가, 맹렬한 맹세가,
강력한 지진을 일으켜 그걸 듣는
하늘의 신들까지 고뿔에 걸리겠다.
맹세를 아껴라. 그것 그대로 믿겠다.
갈보 짓 계속해라. 엄숙히 너희를
고치려 하는 자는 음욕이 강하겠다.
그런 자를 유혹해서 욕정을 일으켜라.
밑의 불[35]로 김을 빼라. 배신자가 되지 마라.
앓는 때가 지나가면 조금 남은 머리에
송장의 터럭을 써라.[36] 몇 놈은
사형수지만 상관없다. 그걸 쓰고 속여라.
갈보 짓을 그냥 해. 뛰던 말이 빠질 만큼
분을 처발라 주름살을 메워라!
프라이니아와 티만드라 그럼 돈 더 줘요.
그담엔 뭘 해? 돈만 주면 뭐든 하겠다.
타이먼 뼛속에 바람 들고 온갖 병이 파먹고

32 당시 점성술에 따라서 별의 나쁜 기운으로 해마다 무서운 역병이 돈다고 믿었다.
33 젖꼭지를 거의 다 내놓아 사내들이 멍하게 바라보게 하는 창녀들은 '최후의 심판'에서 구원의 책('생명록')에 기록되지 못하여 멸망할 것이다(요한 계시록, 20장 12절).
34 사람이 판단하기 어려울 때 델포스 섬에 있는 아폴로 신전에 가서 물으면 담당 사제가 대개 알쏭달쏭한 말로 신의 말씀(신탁)을 적어 주었다.
35 즉 뜨거운 여자의 성기. 다음에 나오는 "김"은 회개시키려는 허튼소리.
36 성병에 걸리면 머리가 빠지므로 송장의 머리털로 만든 가발을 쓰곤 했다.

무릎이 쑤셔대서 말타기[37]를 망쳐라.
변호사의 목청을 쉬게끔 만들어서[38]
위조된 소유권[39]을 변론하거나
째진 소리 말재간을 망쳐버려라.
욕욕을 욕하면서 자기도 믿지 않는
사제들 머리칼을 허옇게 만들며[40]
납작 코를 만들어라.[41] 사회의 안녕은
생각지 않고 제 이익에만 냄새 맡는
코를 없애라. 곱슬머리 무뢰한을
대머리로 만들고 전쟁을 기피한
겁쟁이 떠버리도 아픈 맛을 보게 해라.
모두에게 병을 줘서 사내들의 성욕을
뿌리부터 없애고 패망시켜라.
돈을 더 줄 테니까 남들을 망쳐놓고
너희도 망해라. 시궁창에 파묻혀라!

프라이니아와 티만드라 돈만 더 주면 설교는 더 해도 돼요.

타이먼 갈보 짓만 더 해라. 아까는 선금이다.

엘키비아데스 아테네를 향하여 북을 울려라.
잘 계시오, 타이먼. 승리하면 오겠소.

타이먼 바랄 대로 된다면 너를 보지 않겠다.

엘키비아데스 나는 당신을 해한 적 없소.

타이먼 그렇다. 나를 좋게 말했다.

엘키비아데스 그걸 해한 거라 하겠소?

타이먼 날마다 그 사실이 드러난다. 저리 가라.
암캐들도 데려가라.

엘키비아데스 화만 돋운다. 북을 쳐라!

[북이 울린다. 타이먼 이외에 모두 퇴장]

타이먼 [땅을 파면서]
인간의 이기심에 넌더리를 치면서도
몸뚱이는 배고파! 모든 자의 어머니,
당신의 한없는 태와 무한한 젖가슴은
생명이 우글대고 모든 자를 먹이지만
그 기운에서 교만한 인간이 돋아나서
시커먼 두꺼비와 시퍼런 독사와
황금빛 도롱뇽과 눈먼 벌레[42]가 생기고
맑은 하늘 아래는 태양의 생명이
비추는 곳마다 흉측한 생물이 생기는데,
인간들의 족속을 미워하는 내게
너의 풍성한 가슴에서 뿌리 한 개만 달라.
너의 풍요로운 다산의 태를 말려
은혜를 망각하는 인간을 더 이상 내지 마라.
호랑이와 용과 늑대와 곰을 잉태하여
저 하늘 신들의 대리석 궁전을 향해
얼굴을 쳐든 네가 보여주지 않았던
새로운 괴물들로 온 세상을 꽉 메워라.
[뿌리 한 개를 발견한다.]
오, 뿌리! 고맙다. 생즙과 덩굴과
이랑 진 들판을 말려버려라. 거기서
배은망덕한 인간이 술과 기름진
먹거리를 얻어서 순수한 맘을 더럽히고
이웃을 생각할 힘을 없앤다!
[아페만투스 등장]
사람이 또 와? 귀찮다, 귀찮아!

아페만투스 이리로 가라더군. 사람들 말이
당신이 내 흉내를 내면서 써 먹는대.

타이먼 그건 내가 흉내를 낼 개를
네가 안 기르기 때문이다. 염병 걸려라!

아페만투스 머리가 돌았다. 신세를 바꿨어.
여자처럼 시시한 우울증이 생겼군.
이런 삽, 이런 장소, 이런 노예 차림과
이런 빛이 웬일인가? 아첨하던 놈들은
비단 입고 술 마시고 좋은 데 눕고
병든 계집 품에 안고 그를 잊어먹었다.
독설가인 척해서 숲을 더럽히지 말고,
아첨꾼 돼서 너를 망친 물건으로
잘살려고 해봐라. 무릎을 구부리며
상전이 숨쉴 때 모자나 나부끼렴.
그자의 못된 점에 찬양을 퍼붓고
남들이 잘났다고 떠든다고 알랑대라.
술집 보이가 누구든지 환영하듯
어떤 놈이 하는 말도 귀 기울여 듣느라고
짐승처럼 말랐다.[43] 돈이 다시 생기면
놈들에게 주지 마라. 나를 흉내 내지 마라.

37 신사들의 스포츠인 말타기와 창녀 몸 타기를 동시에 말한다.
38 성병에 걸리면 목청이 헐어 말을 제대로 할 수 없게 된다.
39 악덕 변호사들은 변조된 소유권을 주장하여 재산을 불렸다.
40 성병에 걸리면 머리카락이 센다고 했다.
41 성병에 걸리면 콧날이 문드러져서 코가 납작하게 된다.
42 이들은 모두 독이 있는 동물로 여겼다.

타이먼 내가 너라면 나를 내버리겠다.
아페만투스 그따위 꼴이라서 이미 너를 내버렸다.
그동안 미쳤다가 지금은 바보다.
황량한 센 바람이 당신의 하인인데
속옷을 덥힐 텐가?[44] 독수리[45]보다
나이 많은 생나무가 따라다니다
네가 손짓하는 데로 달려갈 텐가?[46]
밤새껏 처먹어 씁쓸해진 아침 입을
얼음 덮인 찬 냇물이 가실 수 있나?
심술궂은 하늘 아래 알몸으로 살아가며
뒤엉킨 비바람에 맨몸이 노출된 채
자연에 순응하는 짐승들을 불러 모아
너에게 아첨하길 기대해보라.
네가 알게 될 것은—
타이먼 네가 바보란 거. 가라.
아페만투스 언제보다도 지금 네가 맘에 들어.
타이먼 나는 네가 더 미워.
아페만투스 왜?
타이먼 '가난'[47]에 아첨해서.
아페만투스 아첨 아니야. 네가 불쌍해서 그래.
타이먼 왜 나를 찾아냈어?
아페만투스 너를 놀려주려고.
타이먼 종놈이나 바보가 하는 짓이야.
그 짓 하면 기분 좋아?
아페만투스 그래.
타이먼 악당 짓도?
아페만투스 자신의 교만을 벌하기 위해서는
그런 험한 차림도 좋지만 할 수 없이 입었다.
거지가 아니면 다시 신사가
되는 걸 원해. 자기가 원하는 가난은
불확실한 영광보다 오래가고 승리해.
빈 독에 물 붓듯이 영광은 끝없지만
가난은 언제나 만족해. 최상이면서
만족하지 못하면 미치고 불행해.
그런데도 만족하면 최악 중의 최악이야.
당신은 가난하고 불행해서 죽고 싶어야 해.
타이먼 나보다 못난 놈 말 듣고 안 죽어.
행운의 여신이 감싸준 적이 없는
천박한 네놈이 여신의 개로 자랐다.
네 놈이 우리처럼 기저귀 찰 때부터
이 짧은 세상에서 굽실대는 종복들을
맘대로 시키는 사람들만 누리는
행운의 단계를 밟았다. 너는 어디나
난장판을 만들고 침대를 바꿔가며
음란으로 청춘을 불사르고 윗사람의
엄격한 훈계를 따르지 않고
눈앞의 달콤한 계집만 쫓아갔겠지.
하지만 온 세상이 과자 같던 나한테
하인들의 입과 혀와 눈과 마음 모든 걸
적당하게 일 시킬 수 없을 만큼
참나무 이파린 양 내게 붙어 있었으나
한 번 거센 찬비에 우수수 떨어져서
나는 벗은 몸뚱이로 폭풍이 불 때마다
몸으로 맞아.—좋은 것만 알던 내가
이런 걸 견디기가 조금은 짐스럽지.
너는 본시 고생으로 출발하여 평생토록
단련됐다. 그런데 어째서 미워해?
아첨을 안 했는데, 네가 무얼 주었지?
저주할 거라면 가난뱅이 네 아비를
저주해라. 홧김에 어떤 거지 년과
상관해서 너를 낳아 가난뱅이 떠돌이를
세습시켰다. 비켜나라. 꺼져라.
가장 천한 인간으로 태어나지 않았다면
너야말로 악질이자 아첨꾼이 됐을 게다.
아페만투스 아직도 교만해?
타이먼 맞다. 내가 네가 아니기 때문에.
아페만투스 예전 나는 낭비 안 했다.
타이먼 지금 나는 신나서 낭비해.[48]
내 재산 전부가 네 몸에 들어간 채로
네가 달려 죽어도 좋다. 비켜라.

43 '비쩍 말라 혼자 있는 사슴'이라는 뜻인 동시에 '악당'이라는 뜻인 말을 썼는데, 그냥 '짐승'으로 옮겼다. '짐승'은 못된 놈을 뜻하기도 하니까.
44 겨울에 속옷을 따뜻하게 덥혀주는 것이 하인의 일이었다.
45 모든 독수리는 매우 늙었다고 여겼다.
46 졸졸 따르며 시키는 일을 얼른 해치우는 것은 시동(侍童, page)인데 지금 그에게는 늙은 나무들밖에 없다.
47 즉 타이먼 자신이다. 자기를 비참한 가난의 화신으로 보고 있다.
48 이 말을 하면서 타이먼은 금덩이를 마구 던진다.

아테네 전체가 이거라면 좋겠다!
이렇게 질겅질겅 씹어 먹겠다.
[뿌리를 깨문다.]
아페만투스 [먹을 것을 주면서] 식사 잘 할게.
타이먼 먼저 너의 사교성을 좋게 해라. 너 없으면 그리된다.
아페만투스 네가 없으면 내 사교성이 좋아져.
타이먼 그래서 좋아져? 땜질에 지나지 않아.
그게 아니면 그렇게 되길 바라.
아페만투스 아테네에 전할 말은?
타이먼 네가 바람처럼 간다 해. 지금 내가
돈이 있다고 해도 돼. 이렇게 많다고.
아페만투스 여기는 돈이 필요 없어.
타이먼 좋은 팔자야.
여기서 자니까 못된 짓에 안 쓰인다.
아페만투스 타이먼, 밤에 어디서 자?
타이먼 몸 덮은 거 아래. 아페만투스, 요즘 어디서 먹고살아?
아페만투스 내 배가 먹을 걸 찾는 데에서, 또는
내가 뭐든 먹는 데서.
타이먼 독약이 말 잘 듣고 내 뜻 알면 좋겠지!
아페만투스 어디로 보내려고?
타이먼 네가 먹을 양념으로.
아페만투스 넌 사람의 가운데는 모르고 양쪽 끝만 알아.
네가 황금과 향수에 싸였을 때, 남들은 네가 너무
너무 사치스럽다고 비웃었지. 지금은 누더기를
걸치니까 너는 사치가 뭔지 몰라. 하지만 그래서
멸시를 받아. 이거 네게 주는 능금이야.[49] 먹어.
타이먼 싫은 건 안 먹어.
아페만투스 능금이 싫어?
타이먼 그렇다. 너같이 생겼지만.
아페만투스 조금 더 일찍 능금을 싫어했다면 지금보다는
자기를 사랑할 수 있었지. 재산을 탕진해서
가난뱅이 된 놈이 사랑받는 것 봤어?
타이먼 네가 말하듯 그처럼 큰 재산이 없는 자가 사랑받는
것 봤어?
아페만투스 바로 내가 그래.
타이먼 뭔 말인지 알겠다. 너도 개 한 마리 기를 재산은
있었으니까.
아페만투스 네 아첨꾼에 비하면, 세상의 무엇과 제일
비슷하달 수 있냐?
타이먼 여자와 매우 비슷해. 하지만 사내들이 바로
그런 물건들이지. 아페만투스, 만약 이 세상을 네
맘대로 주무를 수 있다면 어찌하겠냐?
아페만투스 짐승에게 줘서 사람들을 싹쓸이할 테다.
타이먼 사람들을 싹쓸이할 때 너도 쓸려 나가서 짐승들과 함께
짐승이 되겠냐?
아페만투스 물론이야, 타이먼.
타이먼 짐승 같은 야심이지. 네가 그걸 이루도록 신들이
허락하길 바라고 있다. 네가 사자라면 여우가 널 속일
게다. 네가 양이라면 여우가 너를 잡아먹겠다.
네가 여우라면 혹시 노새가 너를 고발할 때 사자가
널 의심하겠다. 네가 노새면 똑똑치 못해서
괴로울 테며, 언제나 늑대의 아침밥으로 살게 되겠다.
네가 늑대라면 너무 배가 고파서 저녁거리
구하려고 목숨을 내걸 판이다. 네가 무소라면 교만과
분노로 자기를 파멸하고, 너를 광폭의
대상으로 삼아서 정복하겠다. 네가 곰이라면 말이
너를 죽일 테고, 네가 말이라면 표범을 잡아
먹고, 네가 표범이라면 사자 사촌이라서 네
족속의 흑점[50]들이 네 목숨 노리는 배심원이 될
테니까 멀리 떨어져야 안전하겠다. 따라서
너를 변호하는 건 재판할 때 결석하는 것뿐이다. 너는
무슨 짐승이기에 다른 모든 짐승이 당하는 운명에
복종하지 않겠다고 야단이냐? 게다가 너는 그처럼
꼴이 변했는데도 무얼 잃었는지 모르다니 무슨
짐승이 그따위냐!
아페만투스 네 말이 내 흥미를 생기게 할 수 있다면 네가
바로 이 점에서 멋지게 할 수 있어. 아테네
공화국이 짐승의 정글이거든.
타이먼 어떻게 된 거야? 노새가 성벽을 부쉈나? 네가
성에서 나왔다는데.
아페만투스 저기 시인과 화가가 온다. 너한테 귀찮은
말상대나 자꾸 생겨라! 그런 귀찮은 일 생길까봐
나는 비켜서겠다. 정말 할 일 없으면 너를 다시
만나겠다.
타이먼 너밖에 산 물건이 없다면 너를 환영하겠다. 나는
차라리 거지의 개가 될지언정 아페만투스는

49 서양에서는 썩기 시작해야 먹을 수 있는 과일이다.
50 흑점이 가득한 표범은 사자의 죄악('흑점')에 연루되어 사자가 지은 죄까지 뒤집어쓰게 된다는 말이다.

안 되겠다.
아페만투스 너는 바보 중 으뜸이야.
타이먼 내가 침 뱉을 만큼 깨끗해져라.
아페만투스 염병에 걸려라! 너무나 못돼서 저주도 못 한다.
타이먼 네게 비하면 무슨 악당도 너보다 깨끗해.
아페만투스 네 소리 모두 문둥이 고름이야.
타이먼 네 말이 문둥이 고름이야. 패주고 싶지만
내 손에 문둥병 옮을까 걱정이다.
아페만투스 네 손이 내 말 듣고 썩으면 고소하겠다.
타이먼 꺼져라. 비루먹은 개새끼 놈!
네깐 놈이 살았다니 화나서 죽겠다.
너를 보면 기절하겠다.
아페만투스 네가 터져 버리면 기분 좋겠다!
타이먼 꺼지고 없어져라, 성가신 놈!
[아페만투스에게 돌을 던진다.]
너 때문에 돌멩이를 잃어서 유감이다.
아페만투스 짐승!
타이먼 종놈!
아페만투스 두꺼비!
타이먼 거지, 거지, 거지!
썩은 세상이 역겹다. 순전한 필요밖엔
모든 게 싫다. 그래서 타이먼아,
즉시 네 무덤을 마련해놔라.
바닷가의 가벼운 거품이 날마다
네 비석에 부딪치는 데 누워서 죽은 네가
산 녀석을 비웃게끔 묘비명 지어라.
[금덩이를 내려다본다.]
왕들을 죽이는 귀여운 암살자,
아비와 자식을 떼놓고 순결한 자리를
더럽혀놓고 번쩍거리고—용맹한 군신[51]이며
언제나 젊어서 사랑받는 어여쁜 연인!
너의 환한 빛을 받아서 다이애나[52]의 무릎에서
거룩한 눈이 녹는데, 보이는 신아,
불가능을 연합해서 입 맞추게 만들고
만 가지 목적을 온갖 말로 이루고,
진심의 시금석아, 네 노예 인간이
반항한다고 여겨서 네가 가진 힘으로
놈들과 싸우다가 깡그리 전멸시켜
짐승들이 제국을 판치게 해.
아페만투스 그럼 좋겠지.
하지만 나은 담에.—네게 돈 있다고 할 테다.
금방 몰려오겠지.
타이먼 몰려와?
아페만투스 물론이다.
타이먼 빨리 가라.
아페만투스 살아서 비참이나 즐거워해.
타이먼 그렇게 살고 그렇게 죽어. 그게 그거다.
[멀리서 도둑 떼 등장]
아페만투스 또 사람 같은 것들이야. 처먹고 놈들을 증오해.
[퇴장]
도둑 1 어디서 저런 금이 생겼나? 일부분에 지나지 않아.
남아 있는 큰 덩이가 작은 찌꺼기야. 순전히 금이
떨어져서 친구들이 떨어져 나가 저렇게 울적하게
돼버렸는데.
도둑 2 저 사람이 굉장한 보물을 갖고 있단 소문이야.
도둑 3 슬슬 구슬려보자. 금에 별로 관심이 없으면 우리한테
쉽사리 넘겨주겠지. 저 사람이 욕심을 내서 붙잡고
늘어지면 어떻게 금을 뺏지?
도둑 2 맞아. 몸에 지닌 게 아니야. 숨겨 뒀어.
도둑 1 저게 그 사람 아냐?
다른 도둑들 어디?
도둑 2 그 사람 모습이야.
도둑 3 그 사람 맞아. 내가 알아.
도둑들 모두 [앞으로 나서며] 타이먼, 안녕하쇼?
타이먼 허, 도둑들이군.
도둑들 모두 도둑이 아니라 군인이오.
타이먼 그게 그거지.
모두 여자요, 아들이고.
도둑들 모두 도둑이 아니라 빈궁한 인간이오.
타이먼 너희가 필요한 건 먹을 것뿐이다.
왜 굶나? 보아라, 땅에는 뿌리가 있다.
여기서 10리 안에 샘이 백 개다.
참나무도 찔레도 열매를 맺는데,
자연은 인심 좋은 아낙네라 덤불마다
넉넉하게 상을 차린다. 배고픈가? 왜?
도둑 1 짐승이나 물고기나 새처럼 풀과 열매와
물만 먹곤 못 살아요.

51 황금으로 치장한 군신이 사랑의 여신 비너스와 간통했다.
52 달의 여신(아르테미스)으로서, 순결을 맹세한 처녀의 여신도 된다.

타이먼 짐승과 물고기와 새만 아니라
사람도 먹어야 해. 하지만 너희 일이
도둑질인데, 거룩한 양으로
일하지 않으니까 고맙다 해야지.
법적인 직업에도 무수한 도둑질이
벌어지거든. [금덩이를 주면서]
도둑놈들아,
금덩이가 여기 있다. 포도 피를 빨아 먹고
열병[53]에 피가 끓어 거품처럼 되어서
교수형을 면해라. 의사를 믿지 마.
해독제는 독약이야. 너희 도둑질보다
의사가 더 죽여. 재물과 목숨을
함께 뺏어라. 놈들아, 그런 게 직업이니
장인답게 해. 실례를 봐 주겠다.
해는 도둑놈이야. 당기는 힘으로
바다에서 빼앗아 가. 달도 못된 도둑이지.
희뿌연 불빛을 해한테서 훔쳐가.
바다도 도둑이야. 파도를 일으켜
짠물로 달을 녹여. 땅도 도둑이야.
짐승들의 똥을 훔쳐 거름을 만들어
먹여주고 길러줘. 모든 게 도둑이야.
족쇄요 채찍인 법은 막강한 힘으로
도둑질이 무한해. 너를 사랑하지 마.
가. 서로 뺏어. 금덩이 더 있어.
목을 따라. 만나는 놈마다 도둑이야.
아테네에서 가게를 털어라. 너희가 훔치는 건
도둑놈이 잃는 거야. 내가 주는 금덩이가
도둑질을 줄여도 금 때문에 망해라. 아멘.

도둑 3 나에게 도둑질하라고 권하는 바람에 직업을
버릴 뻔했어.

도둑 1 이렇게 우리한테 충고하는 건 우리 사업을
잘하라는 게 아니라 인간이 미워서 하는 말이야.

도둑 2 저 사람 말을 원수 말 듣는 듯해서 직업을 버리진
않겠어.

도둑 1 먼저 아테네가 평화롭길 바라자. 아무리 세상이
비참해도 사람은 진실할 수 있어. [도둑들 퇴장]
[타이먼에게 집사 등장]

집사 오, 신들이여, 맙소사!
천대받고 망가진 저 사람이 주인인가?
한없이 쇠잔하고 병약한 이가? 오,
선행의 기념비가 푸대접이 웬 말인가!
얼마나 궁핍하면 위엄이 저렇게 돼!
고귀한 정신을 저 지경으로 몰아간
친구보다 악한 것이 세상에 또 있겠나!
원수를 사랑하길[54] 바라셨으나
이런 세상 현실에는 맞지 않누나!
해치는 행위보다 해칠 마음 품은 자를
사랑하고 좋아할까 걱정이구나!
주인이 보셨다. 솔직히 슬픔을 보니
내 목숨 다해서 조금도 변함없이
주인으로 섬기겠다.—사랑하는 주인님.

타이먼 비켜라! 누구야?

집사 저를 잊으셨어요?

타이먼 그건 왜 물어? 사람을 잊었으니
네가 사람이라면 너도 잊었다.

집사 주인님의 정직한 하인이오.

타이먼 그럼 몰라.
정직한 놈 곁에 없었어. 악당한테
나를 밥으로 갖다 바치는 놈뿐이었어.

집사 신들도 아시지만 저의 눈이 흘리는
눈물보다 진실하게 슬픔을 나타낸
불쌍한 집사는 없었습니다.
[그가 운다.]

타이먼 우는가? 그렇다면 가까이 와.
돌 같은 사내가 아닌 여자라서 좋다.
그것들은 욕정이 치솟거나 웃을 때만
눈물을 찔끔대. 동정심은 자빠져 자.
슬퍼서 울지 않고 웃어서 우는 괴상한 때야!

집사 주인님, 저를 알아보시고 제 슬픔을
받아주세요.
[자기 돈을 내민다.]
이 적은 돈이 버틸 때까지
언제나 저를 집사로 써주세요.

타이먼 그토록 진실하고 정의롭고 이제는
위안이 되는 집사가 내게 있었나?
위태로운 내 넋이 미쳐버릴 정도야.
얼굴 좀 보자. 확실히 이 사람도
여자가 낳았구나.
경솔하게 싸잡아 욕한 걸 용서하소서.

53 술을 마셔대는 바람에 피에 거품이 생겨 죽는 병.
54 예수의 교훈(마태복음 5장 45절).

영원히 근엄한 신들이여! 한 사람이,
오해하지 마십시오, 한 사람만이 진실한 것을
선언합니다. 그런데 집사입니다.
사람들을 모두 미워하려고 했는데
너 자신을 구했다! 하지만 너만 빼고
모든 자를 저주해서 꺼꾸러뜨리겠다.
현명하기보다는 정직한 듯하구나.
나를 밟고 배반하여 좀 더 일찍
다른 사람 섬길 데를 구할 수 있었어.
그처럼 첫 주인의 목을 밟고 둘째 주인
구하는 자가 많다. 솔직히 말해라.—
확실하지 않아도 언제나 미심쩍지.—
네 친절은 간사해서 고리채가 아니면
부자의 선물처럼 욕심을 부려서
스무 배의 보답을 바라는 게 아니야?

집사 아닙니다, 주인님. 오, 너무 늦게
의심을 가지십니다. 잔치를 베푸실 때
거짓된 세상을 아셔야 했습니다.
재산이 바닥나야 의심이 생깁니다.
하늘이 알 듯, 저는 순전히 사랑하며
한없는 아량과 음식과 생계를
주신 데 대한 충성과 열성입니다.
존경하는 주인님,
현재나 장래에 좋은 일이 생기면
한 가지 소원과 맞바꾸고 싶습니다.
부자가 되셔서 저에게 보답하실
힘과 부를 얻으시길 바랄 뿐입니다.

타이먼 봐라. 부자가 됐다. 유일하게 정직한 자,
[집사에게 금덩이를 준다.]
받아라. 비참한 나를 신들이 보시고
네게 보화를 보내셨어. 부자 돼서 잘살아.
다만 조건은 남과 떨어져서 집을 지어라.
모두 다 미워하고 저주하고 베풀지 마라.
굶주린 살이 뼈에서 벗겨지는 날까지
거지를 돕지 마라. 사람은 거절하고
개한테 줘라. 감옥은 사람을 삼켜
빚에 말려 죽이고 고목같이 만들고
못된 피를 빨아 마시는 병이 되어라.
잘 가서 잘살아.

집사 오, 제가 곁에 있어서 편히 모시겠어요.

타이먼 저주받기 싫으면 여기 있지 마.
복 받아 자유로울 동안에 달아나.
사람을 보지 마. 나도 널 안 보겠다.
[집사 퇴장. 타이먼이 동굴 속에 들어간다.]

[시인과 화가 등장]

화가 이곳을 유심히 둘러보니 타이먼이 사는 데가
멀지 않겠소.

시인 그 사람을 어떻게 봐야 하오? 그처럼 금덩이가
많다는 소문이 사실이오?

화가 확실하오. 엘키비아데스가 그런 말을 하고
프라이니아와 티만드라가 금화를 받았소. 또한
비렁뱅이 떠돌이 군대에게 돈을 많이 줘서 풍족하게
만들었소. 집사에게도 굉장한 돈을 주었다 하오.

시인 그렇다면 저번에 파산했다는 말은 친구들을 시험한
데에 불과하단 말이오?

화가 물론이오. 다시 아테네에서 종려나무처럼 우뚝 솟은
나무들과 휘날리는 모양을 보게 될 거요. 따라서
우리가 그처럼 불행을 가장하는 그에게 우정을
표하는 것이 잘하는 것이오. 우리가 정직하다는 것을 보여줄 뿐
아니라 우리가 애쓰는 바를 달성할 가능성이
매우 높소. 부자란 소문이 옳다면 말이오.

시인 지금 그에게 무엇을 바치려 하오?

화가 이번에는 방문 외에 아무것도 없소. 아주 우수한
작품을 약속만 하겠소.

시인 나도 그렇게 해드려야 하겠군. 그에게로 향하는
마음을 말씀드릴 터이오.

화가 그것이야말로 최고요. 요즘 유행은 약속이니까요.
기대의 눈을 열어놓게 하는 거요. 실행이란 행하고
나면 싱겁게 되지만 보다 솔직, 담백한 사람에게는
말의 실천은 유행이 지났소. 약속이야말로 신사답고
멋이 있소. 약속의 실행은 당사자의 판단이 몹시
병들어 있다는 것을 말하는 유언이나 최후의
진술 같소.
[둘이 못 보는 사이에 동굴로부터 타이먼 등장]

타이먼 [방백] 우수한 환쟁이, 너만큼 못돼 먹은 인간을
너도 못 그려.

시인 [화가에게] 그 사람을 위해서 무슨 계획을 궁리하는
중이오. 그 사람 자신에 대한 알레고리가 돼야
하는데, 풍요가 위약한 것을 풍자하는 글인데,
젊음과 부유에 따라붙는 한없는 아첨을 폭로하는
내용이 포함될 게요.

타이먼 [방백] 너 자신이 작품 속에 그런 악질 중의 하나로

등장해야 돼? 타인에게 의탁해서 네가 지은
죄에다 채찍을 가해? 그래라. 네게 줄 돈 있어.
시인 [화가에게] 자, 그 사람 찾아봅시다.
돈 벌 수 있는데 너무 늦게 간다는 건
자신의 이익에 죄짓는 짓이오.
화가 옳소.
검은 구석 수두룩한 밤이 되기 전,
자유로운 빛 속에서 원하는 것 찾기요.
갑시다.
타이먼 [방백]
모퉁이에서 만나겠다. 도대체 금이란
어떤 신이기에 돼지 집보다
누추한 신전에서 예배하는가!
네놈이 돛을 높여 물결을 갈라
천박한 놈의 숭배를 자아낸다.
예배 받을지어다. 경배하는 성도들은
영원히 너만 복종해서 염병으로
왕관을 써라. 놈들을 만나겠다.
[그들 앞으로 나선다.]
시인 대인, 안녕하시오!
화가 예전 주인어른!
타이먼 정직한 두 사람을 만난 적 있던가?
시인 대인의 아량을 자주 맛본 터인데도
은퇴의 소식 듣고 친구들이 떠났는데
배은망덕한 그 마음,—흉측한 그 심보,
하늘의 채찍도 충분치 않아요.—
쯧쯧, 대인께 그럴 수 있어요!
별 같은 고결함이 그들 인격 전체에
생명과 힘을 안 줬습니까! 기막힙니다.
무지하게 끔찍한 그런 배은망덕을
덮어줄 표현이 조금도 없어요.
타이먼 맨몸으로 그냥 둬라. 더 잘 보인다.
당신들은 정직해서 본래의 모양대로
놈들의 진면목을 드러내라.
화가 저희는
대인이 주신 선물의 소나기를 맞으며
흠뻑 향유했어요.
타이먼 당신들이 정직하군.
화가 대인을 도우려고 이리고 온 거예요.
타이먼 매우 정직해. 어떻게 보답하면 돼?
풀뿌리와 찬물 먹겠나? 안 되겠지.
시인과 화가 할 수 있는 모든 일로 섬기겠어요.
타이먼 정직하군. 금덩이가 생겼단 말 들었지?
그렇겠지. 진실대로 말해라. 정직한 자들이니.
화가 그런 소문이 있습니다만 그 때문에
이 친구나 제가 온 게 아닙니다.
타이먼 착하고 정직하군. [화가에게] 아테네 전체에서
당신이 초상화의 으뜸이라지.
눈속임을 썩 잘한다며.
화가 그저 그렇죠.
타이먼 내 말이 옳구먼. [시인에게] 당신의 허구는
섬세하고 매끈한 시상이 넘쳐흘러서
기교가 완전히 자연스럽다.
정직한 친구들, 그럼에도 불구하고
자그마한 결점을 지적해야지.
하지만 굉장한 건 아니야. 고치려고
애쓰는 걸 원치도 않아.
시인과 화가 부탁입니다.
말씀하십시오.
타이먼 고깝게 여길 게야.
시인과 화가 고마울 뿐이지요, 대인 어르신.
타이먼 정말 그럴까?
시인과 화가 의심치 마십시오, 귀하신 어른.
타이먼 본때 있게 속이는 놈을 믿을 자가
당신 중엔 없겠지.
시인과 화가 여부 있나요?
아무렴. 속이는 그놈이 아닌 체하고
빤한 짓 저질러도 사랑하고 먹이고
마음에 두지만, 철저한 악질인 걸
알고 있지요.
화가 그런 놈은 모릅니다.
시인 저도 몰라요.
타이먼 당신들을 사랑한다. 돈을 주겠다.
당신네 주변에서 그놈들을 쫓아내.
목매달아 죽이거나 찌르거나 시궁창에 던지거나
어떻게 해서든지 놈들을 없애버려.
넉넉히 줄 테니.
시인과 화가 이름을 대세요. 누구예요?
타이먼 당신이든, 당신이든,[55] 둘이 붙어 다니는데.

55 시인과 화가를 번갈아 가리키며 하는 말이다.

하나씩 떨어져서 혼자 있어도
최고의 악질이 같이 있거든.
[그중 하나에게]
당신이 있는 곳에 악당 둘이 없으려면
그놈 곁에 가지 마라. [다른 하나에게]
당신이 있는 곳에
악질이 있으면 그놈과 헤어져라.
꺼져! [돌을 던지며] 자, 금덩이다. 얻으러 왔구나.
너절한 놈들. [그중 하나에게] 작품을 만든다니, 자,
그 값이다. 썩 꺼져! [다른 자에게] 연금술사[56]라니
그거로 황금을 만들라. 나가라, 떠돌이 개새끼들아!
[시인과 화가 퇴장. 타이먼이 동굴 속에 들어간다.]
[집사와 두 의원 등장]

집사 타이먼과 말하고 싶으셔도 소용없어요.
워낙 혼자 계실 작정이시라
자신을 빼고는 사람처럼 생긴 것은
원수처럼 보셔요.

의원 1 동굴로 인도해라.
타이먼과 말하는 것은 우리의 몫이며
아테네 시민과의 약속이다.

의원 2 인간이란
똑같지 않다. 그분을 그처럼 만든 것은
그때의 아픔이었다. 시간은 더 고운 손으로
이전의 부귀를 가져다주고 예전처럼
만들어 주기도 한다. 우리를 인도해라.
어떻게 되든 좋다.

집사 여기가 동굴이오.
평화와 만족이 있기를! 타이먼 대인!
내다보시고 친구들과 말씀하세요.
시민들이 점잖은 두 분을 통해 문안합니다.
타이먼 대인, 두 분과 말씀하세요.
[타이먼이 동굴로부터 등장]

타이먼 위로의 해, 타올라라! 말하고 죽어라.
참말을 할 때마다 혓바닥에 바늘이 돋고
거짓말 할 때마다 혓바닥에 종기가 돋아
혓바닥이 타올라라!

의원 1 존귀한 타이먼—

타이먼 너나 나나 똑같은 놈들과 어울려.

의원 1 아테네 원로원이 당신에게 문안하오.

타이먼 고맙구먼. 염병을 돌려주면 좋겠어.
잡을 수만 있다면—

의원 1 오, 잊으시오.
우리도 당신의 일을 유감으로 여기오.
의원들이 사랑으로 목소리를 합하여
아테네에 돌아오길 간청하오.
숙의 끝에 당신이 마음대로 사용할
특별한 자리를 비워놨소.

의원 2 모두들
너무나 명백했던 배은망덕을 고백하오.
공공의 사회는 행한 일의 취소가
매우 드무나, 돕지 못한 자책감과
도움을 거부한 실수를 개탄하여
우리를 보내면서 유감의 빚을 갚고
자신들의 잘못으로 저울추가 안 기울게
충분한 보상을 해드리라 하였소.
뿐만 아니라 당신에 대한 자신들의
잘못을 없앨 만큼 사랑과 부귀를
높이 쌓아 드리고 자신들의 사랑을
당신 마음에 새겨 영원히 남게 하였소.

타이먼 매혹적인 말이오. 눈물겹게 감격하오.
존경하는 의원들, 바보의 마음과
여자의 눈을 빌려 눈물로 기쁨을 풀겠소.

의원 1 그러면 우리와 더불어 돌아가서
당신과 우리의 아테네를 영도하여
감사를 받고 절대권을 받으시오.
당신의 이름이 권세를 누릴 거요.
그리하여 우리는 엘키비아데스의
맹렬한 공격을 물리칠 수 있소.
그자는 사나운 멧돼지처럼
제 나라의 평화를 파헤치오.

의원 2 아테네 성벽에
위협의 칼을 휘두르오.

의원 1 그러면 타이먼—

타이먼 음, 그러겠소. 그래서 이러겠소.
엘키비아데스가 내 나라 사람을 죽여도
타이먼은 상관하지 않는다는 말을
전하오. 아름다운 아테네를

56 연금술사는 값싼 쇠붙이를 금으로 변화시키는 영험한 기술자로 자처했다. 마찬가지로 시인과 화가는 못난 인간을 영웅이나 천사로 꾸미는 능력(허구와 눈속임)이 있다고 자랑했다.

약탈하고 노인의 수염을 낚아채며
방자한 야수처럼 날뛰는 전쟁이
순결한 처녀에게 오점을 찍어도,
늙은이와 젊은이를 동정하지만
나 자신은 개의치 않는다는 말밖에
다른 말은 못 한다고 전하여 주오.
그리고, 나쁘게 해석해도 괜찮은데,
당신들의 모가지가 붙어 있는 한
저들의 칼에 나는 상관하지 않겠소.
아테네의 목보다 저들의 칼날이
사랑스럽소. 신들의 은총에
당신들을 맡기오, 형리에게 맡기듯.[57]

집사 [의원들에게] 섰지 말고 가세요. 부질없는 짓이오.

타이먼 나의 비명을 작성 중이었는데,
다음날 보게 되오. 건강과 삶이라는
오래 묵은 지병이 치유되기 시작했소.
모든 것이 한꺼번에 생기지 않소.
가서 길이 사시오. 엘키비아데스와
병을 주고받으며 오래 사시오.

의원 1 말해야 소용없군.

타이먼 나도 나라를 사랑하오.
떠도는 소문처럼 온 세상이 망하기를
기뻐할 자가 아니오.

의원 1 좋은 말씀이오.

타이먼 사랑하는 동포에게 문안을 전해주오.

의원 1 당신 입이 말해서 당신 입에 어울리오.

의원 2 그 때문에 군중이 성문에서 외치는
개선의 찬양 같소.

타이먼 문안하면서
그들의 슬픔과 적의 칼의 두려움,
아픔, 상실, 사랑의 고뇌, 생의 불확실한
뱃길 가운데 나약한 육체의 배가 겪는
온갖 괴로움을 벗겨줄 약간의 친절을
베풀 거라고 하오. 사나운 엘키비아데스의
분노를 막을 방법을 알려주겠소.

의원 1 [방백] 좋은 말이야. 다시 돌아오겠어.

타이먼 여기 있는 마당에 나무가 하나 있소.
필요한 까닭에 자르려고 하는데
빨리 베어야겠소. 친구들에게 말하오.
아테네에 알리오. 높은 지위에서
낮은 지위에 이르기까지 기꺼이
괴로움을 멈출 자는 급히 서둘러
나무가 도끼 맞기 전에 이곳에 와서
목매라고 하오. 내 문안 전하오.

집사 [의원들에게]
괴롭히지 마세요. 늘 그럴 겁니다.

타이먼 다시는 오지 말고, 아테네에 고하오.
타이먼이 짠물 모래밭가에
영원한 집을 지었다고 전하오.
밀물이 하루 한 번 부푼 거품으로
놀치는 파도를 덮을 거요. 거기 오면
내 비석이 당신들의 예언이 되겠소.
입술아, 네 마디만 말하고 입을 닫아라.
모자란 것은 염병에게 고치라고 해.
무덤만이 업적이고 얻는 것이 죽음이다.
해야, 빛을 가려라. 타이먼이 끝났다.
[동굴 속으로 퇴장]

의원 1 저 사람의 우울은 그의 성격에
뗄 수 없이 이어졌소.

의원 2 그에 대한 희망이 죽어버렸소.
돌아가서 심각한 위기에 남은 수단을
강구합시다.

의원 1 빠른 걸음이 필요하오. [둘 퇴장]

## 15

[다른 두 의원이 전령과 함께 등장]

의원 3 정찰에 수고했다. 그자의 군대가
보고만큼 강성한가?

전령 최소한의 짐작이오.
게다가 신속한 이동을 생각하면
즉시 공격 위치에 도착할 거요.

의원 4 타이먼을 데려오지 못하면 큰일이다.

전령 우연히 친구였던 전령을 만났는데
그와는 편이 달라 서로 적이 됐지만
개인 간에 옛 우정이 강하게 살아나
친구로 말을 서로 주고받았습니다.
엘키비아데스에게서 타이먼의 동굴로

57 당시 형리(간수)는 도둑에게 교수형을 행할 수 있었다.

요청의 편지를 전하려고 가던 중인데
아테네 전쟁에 타이먼이 동조하여
싸움은 일부분 그를 위한 것임을
알 수 있었습니다.
[다른 의원들 등장]
의원 3 동료들이 오는군.
의원 1 타이먼은 말도 마오. 기대하지도 마오.
적의 북이 들려오고 무서운 초토 작전에
먼지로 가득하오. 들어가 준비하오.
우리는 걸려들 짐승이고 적은 덫이오. [모두 퇴장]

## 16

[한 병사가 타이먼을 찾기 위해 숲 속에 등장]
병사 아무리 봐도 여기가 틀림없다.
누구 있소? 말하오! 대답이 없나?
[비명을 새긴 무덤을 발견한다.]
이게 뭐야? "타이먼은 죽었다. 너무 오래 살았다.
짐승이나 읽어라. 사람은 안 산다."
확실히 죽었군. 이게 무덤이야.
무덤 위에 있는 건 읽을 수 없어.
밀랍으로 탁본을 떠야지. 장군님은
무슨 글자든 알아보시지. 젊으신 나이에도
해독에는 노인이셔. 지금쯤 교만한 아테네 앞에
진 치셨겠다. 성을 함락하는 게 그분의 야심이다. [퇴장]

## 17

[나팔들이 울린다. 엘키비아데스가 군대를
거느리고 아테네 앞에 등장]
엘키비아데스 비겁하고 음란한 이 도시에게
우리의 무서운 접근을 알려라.
[회담 신호가 울린다. 의원들이 성벽 위에
나타난다.]
이제까지 너희는 계속 방종했으며
시간을 때우고 법을 주물렀다.
지금에 이르도록 나 역시 그랬으나
권력의 그늘 속에 말없던 자들은
팔을 접고 방황하며 우리의 슬픔을
헛되이 토로했다. 바야흐로 밀물 때라,
웅크렸던 골수가 그들 속에 강건하여
'못 참겠다'고 외치니 숨죽인 부정이
높은 안락의자에 헐떡이며 앉아 있고
살찐 교만은 공포에 질려 도망을 치다
기진맥진하리라.
의원 1 고귀한 젊은이,
처음 당신의 불만이 생각에 불과해서
힘을 얻었거나 걱정할 필요도
없기 전에, 당신의 분노를 능가하는
사랑과 함께, 배은망덕을 씻어버리려고
당신을 가라앉힐 약을 보냈소.
의원 2 겸허한 약속으로 변심한 타이먼이
아테네를 사랑하게 끌려고 했소.
우리들 모두가 못된 자는 아니며
전쟁의 참화를 입을 죄도 없소.
의원 1 이 성을 쌓은 손은 당신이 당한 불의를
저지르지 않았고, 위대한 탑과
기념비와 관공서가 몇 사람 죄 때문에
무너져도 안 되오.
의원 2 당신을 추방했던
장본인들이 생존하지도 않소.
심히 무지했다는 수치심으로
상심하여 죽었소. 고귀한 장군,
깃발을 펴고 성안으로 행군하시오.
열 명 중 한 명, 십일조[58]에 따라서,
당신의 복수심이 자연도 싫어하는
희생을 원한다면 운명대로 10분의 1을
취하시오. 제비에서 흑점을 뽑은 자가
죽게 되오.
의원 1 모두가 죄를 짓지 않았소.
죽은 자에게는 정당하지 못하고,
산 자에게는 복수요. 범죄는 토지처럼
상속되지 아니하오. 그러므로 동족이여,
군대는 들여오되 분노는 밖에 두오.
조국 아테네의 요람과 친지를 아끼시오.
당신의 거친 분노에 범죄자와 더불어
친지가 죽게 되오. 선한 목자처럼

58 고대에는 적의 성을 정복하고 십일조 세금처럼 제비를 뽑아 열 명의 주민 중 한 명을 죽였다.

양 떼에 접근하여 병든 양만 가려내되
전부는 죽이지 마오.

의원 2 의도가 무엇이든,
칼로 베기보다 웃음으로 하는 것이
훨씬 더 좋소.

의원 1 요새화된 성문이나
평화롭게 입성하는 뜻으로 먼저
따뜻한 마음을 보낸다고 하면
발만 올려 놓아도 열릴 것이오.

의원 2 장갑 또는 무엇이든 명예의 표시를
던지오.[59] 우리의 파멸이 아니고
명예 회복을 위해 전쟁을 사용하면
당신의 욕구가 충족되기까지
당신의 군대 전체가 아테네 성내에
주둔해도 좋소.

엘키비아데스 [장갑을 던지며] 자, 내 장갑이오.
공격하지 않겠으니 문을 여시오.
사형에 처하겠다고 한 자,
곧 나와 타이먼의 원수들은 죽을 것이되
그 이상은 아니오. 보다 높은 나의 뜻과
당신들의 염려를 화해시킬 터이니
누구도 제 영역을 넘어서거나
아테네 경내에서 정상적인 법질서를
거역하는 자는 법에 의해 매우 엄히
응징할 것이오.

두 의원 지당한 말씀이오.

엘키비아데스 내려와서 약속대로 실행하시오.
[나팔들이 울린다. 의원들이 성벽에서
퇴장했다가 아래로 등장]
[병사가 밀랍 판을 들고 등장]

병사 존귀하신 장군님, 타이먼이 죽어서
바닷가 가까이에 묻혔습니다.
비석에 이러한 문구가 새겨 있어서
밀랍으로 떠왔는데, 약한 탁본이지만
제 무식을 대신하여 말하고 있습니다.
[엘키비아데스가 비명을 읽는다.]

엘키비아데스 "가련한 시체가 가련한 영혼을 뺏기고 여기 누웠다.
내 이름을 찾지 마라. 남은 악질들아, 염병에 없어져라!
살아서 모든 산 놈들을 미워했던 타이먼이 여기 누웠다.
지나가며 싫도록 욕하되 그냥 가라. 멈추지 마라."
이 글이 당신의 끝을 말한다.
인간의 슬픔을 미워하고 우리 눈물과
인색한 쬐고만 물방울을 멸시했지만
당신의 풍성한 상상은 넓은 바다가
모든 죄를 용서받은 당신의 낮은 무덤을
영원히 슬퍼하게 만들어준다.
고귀한 타이먼이 죽었소. 그분의 추억을
나중에 더 얘기합시다. 나를 성내로
안내하시오. 칼과 감람[60]을 함께 쓰겠소.
전쟁이 평화를 낳고 평화가 전쟁을
그치게 하고 서로의 의사가 되어
처방하겠소. 북을 울려라. [북소리. 모두 퇴장]

59 중세의 기사들은 도전이나 확실한 약속의 증표로 갑주의 장갑을 당사자 발 앞에 던졌다.
60 평화의 상징. 노아가 40일 장마 끝에 비둘기를 내보냈더니 비둘기가 감람(올리브) 잎을 물고 돌아왔다.

# 희극
# COMEDY

# 오해 연발 코미디
# *The Comedy of Errors*

## 연극의 인물들

솔리누스 에베소의 공작

이지언 시러큐스의 상인, 안티폴루스 쌍둥이의 아버지

에베소의 안티폴루스 / 시러큐스의 안티폴루스 — 쌍둥이 형제, 이지언의 아들들

에베소의 드로미오 / 시러큐스의 드로미오 — 쌍둥이 형제, 안티폴루스 쌍둥이의 하인들

아드리아나 에베소의 안티폴루스의 아내

루시아나 그녀의 여동생

루스 아드리아나의 부엌 하녀

안젤로 금은방 주인

발타자르 상인

창녀

핀치 박사 교사이자 심령술사

상인 1 시러큐스의 안티폴루스를 친근하게 대하는 사람

상인 2 안젤로의 채권자

에밀리아 에베소의 수녀원장

간수, 급사, 교수형 집행인, 순검들, 기타 수행원들

# 오해 연발 코미디

## 1. 1

[에베소[1]의 공작 솔리누스가 시러큐스[2]의 상인
이지언, 간수, 기타 수행원들과 함께 등장]

이지언 솔리누스, 내 파멸을 연이어 획책해서
내 모든 슬픔을 죽음으로 끝내줘요.
공작 시러큐스의 상인, 더 이상 조르지 마라.
나는 법을 위반할 생각이 없다.
최근 너희의 공작이 폭력을 자행해서
정직하게 거래하는 우리 상인들에게
적대심과 불화를 일으켰는데,
목숨을 구제할 돈이 없는 자들이
가혹한 너희의 법에 따라서 피 흘려서
엄숙한 내 낯에서 동정심이 사라졌다.
반역적인 네 주민과 우리 주민 간에
격렬한 갈등이 발생한 이래[3]
시러큐스와 에베소의 양측 의회는
적대적인 두 도시의 상호 간 거래를
중단해버릴 걸 엄숙히 결의했다.
그것만이 아니라 에베소 출신이
시러큐스 시장에서 눈에 띄거나
마찬가지로 시러큐스 출신이
에베소 포구에 들어오면 죽을 거며
형벌을 면제받고 몸값으로 천 마르크를
마련하지 못하면 그자의 물품은
공작에게 몰수되어 처분키로 되어 있다.
네가 가진 물건은 최고가로 매긴대도
백 마르크도 못 된다. 그런 까닭으로
법에 따라 네게 사형을 선고한다.
이지언 당신 말이 끝나면 일몰과 함께
내 슬픔도 끝나는 게 위안이오.
공작 그런데 그대는 무슨 일로 인하여
고향을 떠났으며 이곳 에베소에
어째서 왔는지를 간단히 말하라.
이지언 말 못 할 내 슬픔을 말하는 것보다
더 힘든 명령은 없어요.
하지만 내 최후는 고의로 법을
어긴 게 아니라 인간성에 따라서
생긴 거라 이를 세상에 알리려고
슬픔이 허락할 정도는 말할 수 있소.
나는 시러큐스에서 태어났고
나 때문에 불운만 겪지 않았다면
나 때문에 행복했을 여인과 결혼했소.
희락 중에 같이 살며 에피담눔[4]으로
여러 차례 항해하여 이익을 보았는데,
대리인의 사망으로 상품을 처리코자
정다운 아내 품을 떠났던 거요.
떠난 지 여섯 달이 못 돼서 아내는
여자들이 당하는 행복한 아픔으로[5]
기절할 정도였소. 그러나 아내는
나를 따를 준비를 모두 갖추고
얼마 후 내가 있는 곳에 도착했소.
오래지 않아 아내는 두 아들의 행복한
어머니가 되었는데, 놀랍게도 두 녀석은
너무도 서로 닮아 이름으로밖에는
구별할 수 없었소. 바로 그 시간,
같은 여관 안에서 어떤 천한 여인도
서로 닮은 쌍둥이 아기들을 낳았는데,
아버지, 어머니가 몹시 가난하기에
나는 그 집 아기들을 사 가지고서
내 아이들 하인으로 기르게 되었소.
아내는 아들들이 매우 자랑스러워
매일처럼 고향에 가자고 졸라대어서
못내 동의했으나 너무 급한 것이었소!
포구에서 십여 리 항해할 때까지는
언제나 바람에 순종하던 너른 바다가
전혀 우리 비극을 예고하지 않았는데,
갑자기 우리는 모든 희망을 잃었소.

1 현재 터키의 이즈미르주에 있는 고대 그리스의 식민 도시
2 현재 이탈리아의 가장 큰 섬 시칠리아(영어로는 Sicily)에 있는 옛 도시로 이탈리아 원어로는 시라쿠사(Siracusa).
3 시칠리아(시실리) 동부의 항구 시러큐스와 터키 서부의 항구 에베소는 로마제국에 속하는 독립된 도시국가들로 각각의 의회와 국법이 있었다. (그래서 "격렬한 갈등"이라고 한 것)
4 이탈리아 동쪽에 있는 아드리아 바다 건너 발칸반도에 있던 항구.
5 '잉태'했다는 말.

하늘이 비추는 흐릿한 빛이
겁에 질린 우리에게 허락하는 것이라곤
닥쳐온 죽음의 공포 외에 없었소.
나는 기꺼이 죽음을 참고자 했으나,
오고야 말 일을 미리 내다보면서
하염없이 울부짖는 아내와 영문도
모르는 채 남들이 우니까 괜히 따라
울어대는 귀여운 애들의 울음소리에
가족의 몰살을 늦출 길을 찾았습니다.
선원들은 안전을 찾으려고 구명정으로
침몰하기 직전에 배를 두고 떠나고
배에 남은 내 가족은 별도리 없었어요.
조금 더 막내를 아끼던 아내는
폭풍에 대비해서 배꾼들이 마련했던
작은 돛대에 막내를 붙잡아 매고
쌍둥이 중 하나를 그 자리에 함께 매고,
나는 다른 두 아이를 큰 돛에 맸어요.
이렇게 애들을 잡아매고 나와 아내는
우리의 전부인 애들을 바라보며
돛대의 양쪽 끝에 우리 몸을 잡아매니
그 즉시 물 위에 뜬 우리들은 해류에 따라
코린트[6] 쪽으로 밀리는가 싶더군요.
드디어 지상을 굽어보던 태양이
우리 눈을 가렸던 안개를 흩어놔서
광명의 은덕을 고대하던 바다는
잠잠하고, 저 멀리 배 두 척이
힘차게 이쪽으로 오는 게 보였는데
코린트와 에피다우로[7]의 배들이었어요.
그러나 오기도 전에—말하기 싫어요!
이전 일을 미루어서 뒤의 일을 짐작해요.

공작 노인, 계속하라. 그렇게 끊지 마라.
용서는 못 한다만 동정은 할 수 있다.

이지언 신들이 그랬다면 저들이 우리에게
무자비하단 말은 안 했을 거요.
우리와의 거리가 30리쯤 되었을 때
우리는 커다란 암초를 만나서
우리의 돛대가 그 위에 세게 얹혀
의지하던 우리 배는 중동이 부러졌어요.
이렇게 부당하게 이별을 강요당해
우리 가족 두 패는 기쁜 일과 슬픈 일을
똑같이 맞이하는 운명을 겪게 됐어요.
가련한 그네들은 똑같이 슬펐지만
아마 좀 더 가벼운지 바람에 불려가
더욱 빨리 물 위로 떠내려가더니
코린트 어부들[8]에게 붙잡힌 듯했네요.
이윽고 다른 배가 우리를 구했는데,
그들은 우리가 누구인줄 알고 나서
난파당한 여객들을 한껏 환대했어요.
그들의 배가 느리지만 않았다면
코린트 어부들을 가로챘겠어요.
우리 배는 포구로 뱃머리를 돌렸는데,
이래서 내 신세는 행복에서 갈라섰고
불행에서 목숨이 연장돼서
나 자신에 관하여 구슬픈 이야기를
말하게끔 된 일을 알려 드렸어요.

공작 네가 못내 슬퍼하는 가족을 생각해서
지금까지 그들에게 일어난 일을
나에게 자세히 이야기하여 다오.

이지언 막내[9]는 내 사랑의 맏이가 됐는데
열여덟 살이 되자 형 소식이 궁금해서
내게 졸라대기를, 하인도 형을 잃고
이름을 안 바꿔 똑같은 경우라
형을 찾아다닐 때 동무할 수 있다고 했어요.
그 애를 보고 싶어 별 고생을 하느라고
사랑하는 애까지 잃을지도 몰라요.
그리스 오지에서 다섯 해를 보내고
아시아 변경을 모두 뒤져보고는
귀향하는 배편으로 에베소에 왔는데
희망은 없건마는 사람이 사는 데는
어디를 불문하고 찾지 않은 데가 없어요.
하지만 이제는 이야기를 끝내야겠어요.
이 모든 여행이 저들의 생존만 알면
때맞은 내 죽음도 행복하겠어요.

공작 불우한 이지언, 혹독한 불행을

6 그리스 동북부에 있는 항구.
7 에피담눔 북쪽에 있는 항구. 이탈리아 동쪽의 아드리아 바다 건너편, 지금의 크로아티아에 있었다.
8 여러 어부들은 서슴지 않고 해적질을 했다.
9 앞에서는 아내가 막내를 데려갔다고 했는데 여기서는 자신이 막내를 맡은 것으로 되어 있다. 셰익스피어의 대수롭지 않은 실수다.

견뎌야 하게끔 운명이 점찍은 자!
내 말을 믿어 달라. 위법이 아니면
—군주는 마음이 있어도 불가능하나—
내 왕관, 내 맹세, 내 위엄을 무릅쓰고
내 영혼이 너 자신을 변호하고 싶구나.
그러나 사형을 선고받은 죄인이라,
일단 내린 선고는 내 명예를 심각히
훼손하지 않는 한 취소할 수 없으나
내 권한 내에서 특혜를 베풀겠다.
그러므로 상인아, 오늘 하루 동안만
네게 도움 될 만한 일을 찾아 헤매라.
이 도시에 거주하는 친구들을 알아보아
구걸하든 차용하든 천 마르크를 만들어
목숨을 유지해라. 아니면 죽으리라.
간수, 이 사람을 맡기니 감호해라.
간수 그리하겠습니다.
이지언 희망도 도움도 없이 이지언은 가지만
목숨의 최후를 잠시 미룰 뿐이다. [모두 퇴장]

## 1. 2

[포구로부터 시러큐스의 안티폴루스, 상인 1,
시러큐스의 드로미오 등장]
상인 1 따라서 에피담눔에서 왔다 하시오.
그러지 않으면 물품이 곧장 몰수될 거요.
바로 오늘 시러큐스 상인 하나가
여기 왔다는 죄목으로 체포됐고,
목숨 값을 지불할 능력이 없어서
이 도시 법에 따라 피곤한 해가
서쪽 하늘에 지기 전에 죽게 됐소.
내가 맡아 두었던 그의 돈이 여기 있소.
시러큐스의 안티폴루스 [드로미오에게]
우리가 거처하는 '천마장'[10]에 가져가라.
드로미오, 내가 돌아올 때까지 거기 있어라.
한 시간 안쪽에 점심때가 되겠다.
그때까지 읍내의 물정을 살펴보고
상인들을 바라보고 건물들을 구경하고
여관에 돌아와 잠을 자겠다.
오랜 여행 끝이라 뻣뻣하고 피곤하다.
빨리 가라.
시러큐스의 드로미오 주인님 말씀을 사실로 곧이듣고
군자금이 넉넉하니 갈 자가 많겠군요. [퇴장]
시러큐스의 안티폴루스 믿을 만한 녀석이오. 내가 근심 걱정에
맥이 빠져 있을 때 유쾌한 농담으로
내 기분을 올릴 때가 아주 많아요.
그럼 나와 함께 읍내를 구경하고
여관에 같이 가서 점심 드실까요?
상인 1 내가 상인 몇 분에게 초대를 받았네요.
큰 이득을 주실 거로 희망하는 분들이죠.
용서해 주십시오. 잠시 뒤 다섯 시에
장터에서 당신과 만나도록 해요.
그 뒤엔 잘 때까지 같이 지내겠어요.
지금은 사업상 헤어져야 하겠군요.
시러큐스의 안티폴루스 그러면 그때까지 평안을 빕니다.
이리저리 다니며 읍내나 구경할게요.
상인 1 그러면 마음껏 즐기십시오. [퇴장]
시러큐스의 안티폴루스 나에게 마음껏 즐기라는 사람이
얻을 수 없는 걸 얻으라고 해.
나는 마치 바다에서 물방울을 찾으려는
또 하나의 물방울과 같은 존재지.
자기 짝을 끝끝내 찾지 못하고
속절없이 안달하다가 없어지거든.
그처럼 나도 어미와 아들을 찾으려다가
실패해서 나마저 없어지게 되었어.
[에베소의 드로미오 등장]
내 나이를 정확히 알려주는 책력이군.[11]
웬일로 이렇게 빨리 돌아왔냐?
에베소의 드로미오 빨리 돌아왔다고요? 외려 늦었는데요.
닭이 타고 통돼지가 떨어지게 됐습니다.
시계가 벌써 열두 점을 쳤는데
마님이 제 뺨에다 한 시를 치셨어요.
음식이 식었다고 화내신 거예요.
주인님이 안 오셔서 음식이 식었는데

10 '천마장'(天馬莊)은 'Centaur'를 우리말로 옮긴 이름. 이런 기이한 짐승을 외국의 여관 이름으로 사용하곤 하였다.

11 하인 드로미오를 보면 몇 년 전에 그 일이 시작되었는지 정확히 알 수 있다는 뜻. 실상은 쌍둥이 하인의 다른 짝이지만 이렇게 오해하고 있는 것이다. 여기서부터 '오해 연발 코미디'가 본격적으로 시작된다.

식욕 없는 주인님은 안 돌아오셨어요.
아침을 자셨기에 식욕이 없으신데,
금식 기도를 잘 아는 저희 하인들은
주인님의 금식을 뉘우치는 중이에요.[12]
시러큐스의 안티폴루스 허튼수작 그만두고, 이것만 말해.
내가 네게 준 돈은 어디다 두었냐?
에베소의 드로미오 아, 지난 수요일에 마님 고삐 값으로
마구장이한테 주라고 하신 여섯 냥이오?
마구장이가 가졌어요. 저는 안 가졌어요.
시러큐스의 안티폴루스 지금 농담할 기분이 아니다.
말해라, 장난 말고. 얻다 돈을 두었지?
우리는 외지인인데 그런 큰돈을
챙기지 않고 남에게 맡기면 되겠냐?
에베소의 드로미오 농담은 식탁에 앉으셔서 맘껏 하세요.
마님이 보내셔서 제가 급히 왔거든요.
제가 그냥 돌아가면 진짜 제 머리가
주인님 잘못을 기록하는 치부책이 될 테죠.
주인님도 저처럼 배가 시계라면 좋겠네요.
부르지 않아도 때가 되면 오시게요.
시러큐스의 안티폴루스 드로미오, 싱거운 농담은 치워놓고
지금보다 즐거운 때까지 보류해둬.
너한테 맡겼던 돈을 얻다 두었지?
에베소의 드로미오 저한테요? 맡기신 적 없는데요.
시러큐스의 안티폴루스 야, 이놈아, 멍청이 노릇은 관두고,
맡긴 돈을 어디 뒀는지 그것만 말해.
에베소의 드로미오 저 맡은 일은 시장에서 점심에 주인님을
'불사조'[13] 댁으로 모셔 오는 일이었죠.
마님과 처제께서 기다리고 계세요.
시러큐스의 안티폴루스 나 기독교인 맞지? 그런 만큼 옳게 대답해.
어떤 안전한 곳에다 돈을 뒀지?
대답하지 않으면 내가 그럴 생각이 없지만
장난치는 네 대가릴 빠개놓고 말겠다.
내가 준 천 마르크가 도대체 어디 있냐?
에베소의 드로미오 제 머리에 주인님은 꿀밤을 주셨고요,
어깨에는 마님이 자국을 주셨지만
둘을 합친 금액이 천 마르크는 못 됩니다.
주인님께 그것들을 다시 돌려드리면
말없이 참아내진 못 하실 테죠.
시러큐스의 안티폴루스 마님이 준 자국? 마님이 누구야?
에베소의 드로미오 '불사조'에 사시는 주인님 부인이시죠.
잡수시러 오기까지 굶으신 부인께서
빨리빨리 댁으로 오시길 바라세요.
시러큐스의 안티폴루스 이렇게 대놓고 장난을 치는 거냐?
그만두라 했는데? 이거나 먹어라, 망할 놈!
[드로미오를 때린다.]
에베소의 드로미오 왜 이러시죠? 제발 덕분, 가만 계세요!
가만히 안 계시면 제가 내빼죠! [퇴장]
시러큐스의 안티폴루스 이제 분명하다. 이런저런 꿍꿍이로
저놈이 내 돈을 홀딱 가로챘어.
이 읍내는 사기꾼이 득실댄대.
눈속임에 재빠른 요술쟁이들,
사람 속을 뒤바꾸는 음흉한 마술사들,
몸을 망치고 혼을 죽이는 못된 마녀들,
그럴듯한 협잡꾼들, 지껄이는 돌팔이들,
그런 죄쯤 대수롭게 보지도 않는 놈들.
이게 사실이면 일찌감치 떠나야지.
'천마장'에 돌아가서 녀석을 찾겠다.
그 돈의 안전에 대해 걱정이 태산 같다. [퇴장]

## 2. 1

['불사조'에서 에베소의 안티폴루스의 아내인
아드리아나가 여동생인 루시아나와 같이 등장]
아드리아나 남편도 하인도 돌아오지 않았어.
주인 찾아오라고 급히 내보냈는데.
루시아나, 확실히 두 시는 됐어.
루시아나 아마 무슨 상인이 초대했나봐.
그래서 시장에서 잡수러 가셨나봐.
언니야, 우리나 먹고 걱정 말자.
남자는 제 자유의 주인이라지.
시간이 그들의 주인이라 시간만 나면
가든 오든 마음대로지. 그러니까 속 풀어.
아드리아나 남자의 자유가 여자의 자유보다 왜 더 커야 해?

12 서양에서는 아침밥 먹는 것을 밤사이의 금식을 깨뜨린다는 뜻으로 '브렉퍼스트'(breakfast)라고 하는데, 아침밥을 먹은 주인은 점심 생각이 없겠지만 아침을 굶은 하인들은 괜히 금식 기도를 드리는 셈이라는 것이다.
13 그들이 살고 있는 주택의 이름. 저택에는 그런 칭호가 붙었다.

루시아나 남자의 볼일은 언제나 집 밖이니까.
아드리아나 내가 그리 다루면 싫어하는데.
루시아나 어쨌든 형부가 언니 마음의 고삐야.
아드리아나 노새나 그따위 고삐를 참아내.
루시아나 고집 피우는 자유는 슬픔으로 벌 받아.
해 아래 있는 건 뭐든지
땅과 바다와 공중에 한계가 있어.
짐승과 물고기, 날개 돋친 새들도
수놈에게 복종하고 지배받아.
거룩한 남자는 이 중에서 으뜸이며
넓은 세상, 황량한 바다의 주인으로
지적인 능력과 영혼을 갖고
물고기와 새보다 지위가 높고
여자의 주인이고 으뜸이 돼.
그래서 언니는 남편 뜻에 복종해.
아드리아나 그렇게 복종하니 결혼하긴 글렀지.
루시아나 그게 아니라 결혼이 문젯거리야.
아드리아나 하지만 결혼하면 복종을 참게 돼.
루시아나 사랑을 배우기 전 복종을 익히겠어.
아드리아나 네 남편이 딴 데서 시작하면 어쩌겠어?
루시아나 집에 다시 올 때까지 참고 있겠어.
아드리아나 변함없는 인내심! 결혼을 주저할 만해.
딴 이유가 없는 이는 얌전할 수 있겠지.
불행을 겪은 불쌍한 자가 우는 걸 보면
잠잠히 있으라고 타이를 테지만
그와 같은 슬픔에 자신들이 눌린다면
우리는 더 심하게 불행을 호소하지.
무정한 남편한테 속상하지 않는 너는
쓸모없는 인내로써 나를 돕겠대도
권리가 박탈되는 사실을 네가 보면
알량한 인내심만 네게 남아 있을걸.
루시아나 언젠가는 결혼하겠어. 시험 삼아서.
[에베소의 드로미오 등장]
언니, 하인이 와. 형부가 가까이 계셔.
아드리아나 느림보 주인이 가까이 오셨니?
에베소의 드로미오 아니요. 주인님이 저한테 양 손질을 하신 판이죠. 제 양쪽 귀가 그 증거예요.
아드리아나 주인께 말씀드렸냐? 아시고 계셔?
에베소의 드로미오 저요? 그럼요. 제 귀에 대고 말씀 하셨는걸요. 손이 어찌 매운지 알아듣지 못했지만.
루시아나 네 말이 알쏭달쏭해서 형부의 뜻을 느낄 수 없었구나?
에베소의 드로미오 예. 아주 확실하게 때리셨기 때문에 주인님의 따귀를 너무 잘 느낄 수 있었죠. 그리고 무섭게 치시는 바람에 이해하지 못할 정도였어요.
아드리아나 어쨌든 집으로 오시는 중이냐?
아내 마음에 들려고 매우 애쓰는 것 같구나.
에베소의 드로미오 마님, 확실히 주인님은 뿔나셨어요.[14]
아드리아나 이놈아, 뭐 뿔이 났다고?
에베소의 드로미오 이마에 뿔이 났단 말이 아니라 확실히 화가 나셨단 말입니다.
식사하러 집으로 가시자고 했더니
저한테 천 마르크를 내라고 하시데요.
'식사요.' 하니까 '내 돈.' 하시데요.
'음식이 타요.' 하니까 '내 돈.' 하시데요.
'집에 가시죠.' 하니까 '내 돈.' 하시데요.
'이놈, 천 마르크를 어디 뒀냐?' 하시기에,
'통돼지가 불에 타요.' 하니까 '내 돈.' 하시데요.
'마님께서—' 하니까 '집어치워라!'
'마님 따윈 모른다. 꺼지라고 해!' 하시데요.
루시아나 누가 그랬어?
에베소의 드로미오 주인님요.
'집도 아내도 마님도 모른다!'고 하시데요.
그래서 저의 일은 혓바닥의 책임이라
고맙다고 말씀드리고 혓바닥을 어깨에 졌죠.
요컨대 제 어깨를 때리셨단 말입니다.
아드리아나 이놈아, 되돌아가 주인을 모셔 와.
에베소의 드로미오 다시 가서 다시 맞고 집으로 오라고요?
제발 다른 사람한테 심부름을 시키세요.
아드리아나 이놈아, 돌아가지 않으면 머리를 빠갤 테다.
에베소의 드로미오 주인님이 십자가를 다시 축복하시면
두 분 사이 제 머리는 거룩하게 되겠네요.[15]
아드리아나 잔말 말고 빨리 가서 주인을 모셔 와.
[그녀가 드로미오를 때린다.]
에베소의 드로미오 저처럼 마님도 똑같이 솔직해서

14 아내가 서방질을 하면 그 남편은 이마에 뿔이 돋는다는 말이 있었다. 하인은 화났다는 말 대신에 '뿔났다'고 했지만 아드리아나는 자기가 서방질을 해서 남편 머리에 뿔이 났다는 말로 오해를 한다.

15 주인과 마님이 때리는 바람에 머리에 쌍십자가가 생길 거라는 우스갯말.

이렇게 공처럼 저를 차세요?
저를 차면 주인님이 저를 집으로 차실 텐데.
제가 살아남으면 가죽으로 씌우세요. [퇴장]

루시아나 [아드리아나에게]
언니가 화나서 낯 찌푸렸어!

아드리아나 기쁜 남편을 보려고 안달인데
같이 있는 여자들은 기분이 좋겠지.
집에서 늙은 뺨이 예쁜 걸 뺏었나?
그러면 남편이 내 미모를 탕진했지.
내 말도 재미없고 말솜씨도 바닥이야?
유창하고 날카로운 말재간이 망가지면
단단한 차돌보다도 차가워져.
화려한 옷차림이 남편 속을 꿰찼나?
그건 내 탓 아니야. 그가 내 주인인걸.
내 모든 것 중에 그가 망치지 않은 게
도대체 뭐야? 그러니 나를 망친 건
남편 그 사람이야. 시들어진 내 모습은
그의 빛을 받아서 금방 고쳐질 거야.
하지만 날뛰는 사슴은 울타리를 뛰어넘어
집 밖에서 풀을 뜯지. 불쌍한 나만 못난이야.

루시아나 속만 태우는 질투심! 쫓아버려!

아드리아나 멋모르는 멍청이는 그런 꼴을 참아내지.
남편은 딴 곳에다 한눈을 팔고 있어.
아니면 어째서 집에 안 와?
너도 알지만 금사슬을 주겠다고 약속했거든.
하지만 그런 건 안 줘도 괜찮아,
—제 잠자리만 충실히 지킨다면—
아주 곱게 채색한 고운 보석도
광채를 잃어. 남들이 건드려도
황금은 빛을 잃지 않지만 자꾸 만지면
황금도 닳아. 아무리 이름난 사내라도
거짓과 타락에 창피를 당해.
내 모습이 남편에게 즐거움을 못 줘서
남은 걸 눈물로 없애고 울다가 죽을래.

루시아나 수많은 바보들이 미친 질투를 따라!

['불사조' 안으로 퇴장]

## 2. 2

[시러큐스의 안티폴루스 등장]

시러큐스의 안티폴루스 내가 드로미오에게 줬던 돈은 '천마장'에
보관되어 있는데 용의주도한 녀석은
나를 찾으려고 밖으로 나갔어.
잘 따져봐서 주인 말을 들어보니까
애초에 장터에서 놈을 보낼 때부터
만나지를 못했어. 아, 저기 오누나.
[시러큐스의 드로미오 등장]
어떤가? 유쾌한 기질이 변했냐?
맞는 걸 좋아하니까 또다시 농담해봐.
'천마장' 모른다고? 돈 받은 적 없다고?
마님이 점심 같이 먹자고 집으로 부른다고?
내 집이 '불사조'에 있다고? 미쳤어?
그런 미친 소리로 대답하다니.

시러큐스의 드로미오 대답이오? 제가 언제 그런 말을 했나요?

시러큐스의 안티폴루스 방금 전 여기서. 30분도 안 됐어.

시러큐스의 드로미오 주신 돈을 가지고 '천마장'에 간 뒤로
주인님을 뵌 적이 전혀 없어요.

시러큐스의 안티폴루스 이놈아, 돈 받은 걸 부인하고
웬 여자와 식사 얘기 안 했어?
그래서 내가 화낸 걸 너도 알 거다.

시러큐스의 드로미오 장난칠 기분 드신 걸 보니까 저도 좋네요.
무슨 농담이시죠? 저도 조금 압시다.

시러큐스의 안티폴루스 너 나를 대놓고 놀려대냐?
이게 농담이라고? 이거, 이거나 먹어.
[드로미오를 때린다.]

시러큐스의 드로미오 제발 그만두세요. 농담이 진담예요!
무슨 계약 조건으로 저를 때리죠?

시러큐스의 안티폴루스 어떤 때는 내가 너를 친근하게 대하여
너를 광대[16] 삼고 너와 수작한다고 너는
건방지게 내 사랑에 장난을 치고
심각한 내 시간에 무시로 드나들어.
햇볕 속에 장난치던 못난 파리 새끼도
해가 볕을 거두면 틈바귀에 숨는다.
장난하고 싶으면 내 얼굴을 살펴보고
내 표정에 네 행실을 알맞게 조절해.

16 중세의 영주는 전속 어릿광대('바보')를 집 안에 두어 장난을 치게 했다.

안 그러면 머리통에 이 방식을 처넣겠다.

시러큐스의 드로미오 '머리통'이라 하셨나요? 주인님이 포사격을 멈추시게끔 이게 머리라면 좋겠군요. 그처럼 포사격을 계속하시면 머리를 감싸고 방벽도 둘러야겠어요. 안 그랬다간 못난 어깨로 궁리를 해야겠죠. 하지만 어째서 제가 매를 맞죠?

시러큐스의 안티폴루스 그것도 몰라?

시러큐스의 드로미오 아무것도 몰라요. 맞은 것밖엔.―

시러큐스의 안티폴루스 말해줄까?

시러큐스의 드로미오 예, 이유도 알고 싶어요. 속담에도 모든 이유는 까닭이 있다는데요.

시러큐스의 안티폴루스 첫째 이유는 날 놀린 거고, 다음으로는 두 번째로 놀린 거야.

시러큐스의 드로미오 이유와 까닭이 터무니없는데도 이렇게 엉뚱하게 맞은 놈이 있나요? 어쨌든 고마워요.

시러큐스의 안티폴루스 왜 고마워?

시러큐스의 드로미오 아무것도 드린 게 없는데 저한테 거저 주시니까요.

시러큐스의 안티폴루스 다음에 그걸 벌충하겠다. 네가 뭔가를 준대도 아무것도 안 줄 테야. 하지만 식사 시간이라고?

시러큐스의 드로미오 아닙니다, 주인님. 제가 겪을 일을 고기가 못 겪었어요.

시러큐스의 안티폴루스 적절한 때로군. 그게 뭔가?

시러큐스의 드로미오 두들기기요.[17]

시러큐스의 안티폴루스 그러면 뻣뻣해져.

시러큐스의 드로미오 그렇게 되면 잡숫지 마세요.

시러큐스의 안티폴루스 그 이유는?

시러큐스의 드로미오 그랬다간 주인님이 화가 치밀어 또다시 저를 두들기실 테니까요.

시러큐스의 안티폴루스 이놈아, 농담도 할 만할 때 하도록 해. 모든 게 때가 있단 말이다.

시러큐스의 드로미오 주인님이 그처럼 화내시기 전에 그걸 부인하고 싶었는데요.

시러큐스의 안티폴루스 무슨 논리지?

시러큐스의 드로미오 '늙은 시간' 어르신의 반반한 대머리[18]처럼 명백한 논리죠.

시러큐스의 안티폴루스 무언지 들어보자.

시러큐스의 드로미오 사람이 늙으면 빠지는 머리를 회복할 시간이 없다는 말씀이죠.

시러큐스의 안티폴루스 상속받은 재산을 마음대로 처분할 수 없다는 말인가?

시러큐스의 드로미오 그럴 수 있죠. 가발 값을 내고 남의 머리로 없어진 머리를 대신하면 되니까요.

시러큐스의 안티폴루스 '시간'은 왜 머리털을 그리도 아끼는가? 그토록 마구 자라 잘라버리는 건데.

시러큐스의 드로미오 왜냐하면 터럭은 짐승한테 내리는 축복이기 때문인데 사람에겐 털 주는 대신 지능을 준 거죠.

시러큐스의 안티폴루스 하지만 지능보다 머리털이 더 많은 자가 쌔고 쌨다.

시러큐스의 드로미오 머리털을 잃어버릴[19] 지능만 있을 뿐이죠.

시러큐스의 안티폴루스 한데 네가 내린 결론은 머리가 많은 사람이 지능은 없지만 정직하다고 했는데.

시러큐스의 드로미오 정직하게 굴면 굴수록 망가지기 십상이죠. 하지만 그런 자는 속셈이 있어요.

시러큐스의 안티폴루스 왜 그렇지?

시러큐스의 드로미오 두 가지 건전한 이유가 있죠.

시러큐스의 안티폴루스 아니, 건전한 건 말하지 마.

시러큐스의 드로미오 그럼 확실한 걸 말하죠.

시러큐스의 안티폴루스 아니야. 확실치 못한 가짜야.

시러큐스의 드로미오 그럼 분명한 거죠.

시러큐스의 안티폴루스 말해봐.

시러큐스의 드로미오 머리 모양에 비용을 아끼는 자, 그리고 식사 때 국그릇에 머리카락을 떨어뜨리지 않는 자, 그래서 둘이죠.

시러큐스의 안티폴루스 네가 길게 늘어놨지만 모든 일에 정한 때가 없다는 건 증명하진 못했다.

시러큐스의 드로미오 아, 벌써 했는데요. 다시 말하면, 저절로 빠진 머리는 회복할 시간이 없다는 거죠.

시러큐스의 안티폴루스 하지만 네가 말한 이유는 어째서 회복할 시간이 없는지 확실치 않아.

시러큐스의 드로미오 그럼 말을 바꾸죠. '시간'은 본시 대머리 노인이기 때문에 세상 끝날 때까지 대머리

17 생고기는 물을 뿌려놓아야 부드러워지는데(baste) 영어의 그 말은 '두들기다'라는 말과 같다.
18 '시간'은 대머리 노인으로 의인화되곤 했다.
19 무질서한 성생활로 매독에 걸리면 머리털이 홀랑 빠진다고 믿었다.

노인들이 따라갈 겁니다.
시러큐스의 안티폴루스 진작부터 네 결론이 싱거울
줄 알았다.
['불사조'에서 손짓하는 아드리아나와
루시아나 등장]
가만 좀 있어. 저기 누가 손짓 해?
아드리아나 마음껏 그러구려. 모르는 척 찡그리쇼.
웃는 당신 얼굴은 딴 여자 차지겠지.
나는 아드리아나도, 당신 처도 아니죠.
한때는 시키지도 않았는데 맹세하기를
내 말, 내 표정, 내 손길, 내 음식 아니면
무슨 말도 당신 귀에 음악이 아니고
아무것도 당신 눈에 즐겁지 않고
어떤 손도 당신 손에 반갑지 않고
무슨 음식도 당신 입에 안 맞는댔죠.
오, 내 남편, 지금 무슨 이유로
그처럼 자신과 낯설게 되셨어요?
이게 당신 자신이에요. 나눌 수 없이
한 몸 이뤄 당신 몸의 절반보다
더 가까운 나한테 낯선 척하세요.
오, 내게서 자신을 떼어내지 마세요.
여보, 파도치는 물결 속에 물방울을
떨어뜨렸다가 다시 그 물방울을
더하지도 덜하지도 않은 채
고스란히 끄집어낼 수 없듯이
나를 빼고 당신만을 갈라낼 수 없어요.
내가 혹시 행실이 문란하고
당신께 바친 몸이 사나운 욕정에
더러워졌단 말을 들으신다면
얼마나 기막힌 노릇이에요?
나한테 침 뱉고 경멸하고 내 얼굴에
'남편'이란 이름을 동댕이치고
나의 창녀 낯에서 추악한 살을 찢고
거짓된 손가락의 결혼반지를 뽑아
엄한 이혼 선언과 함께 반지를 깨뜨리겠죠?
그러실 수 있어요. 꼭 그러세요!
더러운 흠절이 나한테도 생겼어요.
욕정의 죄악이 내 피에 섞였어요.
우리는 한 몸인데 당신이 음란하면
당신한테 전염된 나도 창녀가 되어
당신 살이 내는 독을 마시게 되어요.
따라서 올바른 잠자리에 충실하시면
이 몸도 깨끗하고 당신도 올곧아요.
시러큐스의 안티폴루스 부인, 모르는 분인데 내게 호소하시오?
겨우 두 시간 전에 에베소에 왔으니
말씀이나 이곳이나 똑같이 생소하오.
아무리 부인 말을 생각해봐도
전혀 이해 안 되고 엉뚱할 뿐이오.
루시아나 어쩌면 형부! 세상이 완전히 변했군요!
전에 언제 이렇게 언니를 대하셨죠?
점심 들러 오시라고 드로미오를 보냈는데.
시러큐스의 안티폴루스 드로미오를?
시러큐스의 드로미오 저를요?
아드리아나 그럼 너지. 방금 전에 돌아와서
남편이 너를 때리고 너를 때리면서
이 집도 아내도 모른다고 했잖아!
시러큐스의 안티폴루스 네가 이 부인과 말을 주고받았냐?
너희들의 음모가 어디로 가고 있지?
시러큐스의 드로미오 저 말예요? 이 부인은 난생 처음 봐요.
시러큐스의 안티폴루스 못된 놈, 거짓말 마! 장터에서 나한테
그녀 말을 고대로 말하지 않았냐!
시러큐스의 드로미오 평생에 저 부인과 말한 적 없어요.
시러큐스의 안티폴루스 그럼 어떻게 저 부인이 우리 이름을 아냐?
갑자기 신통력이 생겼다면 모르겠지만.—
아드리아나 이렇게 하인과 빤한 짓을 꾸미면서
나를 속이고 화를 돋우라고 녀석을 사주하니까
점잖은 외양과는 진짜 맞지 않네요!
혹시 내게 잘못이 있을는지 모르지만
잘못에 잘못을 더해서 조롱하진 마세요.
자, 이렇게 당신 소매를 꽉 잡겠어요.
당신은 참나무고 나는 포도넝쿨이죠.
연약한 나는 튼튼한 당신과 맺어져서
당신 힘을 나눠 가져요. 그래서 당신이
딴 데 한눈팔아도 그건 쓰레기나
담쟁이나 찔레나 빈둥대는 이끼여서
잘리지 않은 채 당신을 침범해서
수액을 빨아먹고 말려버려요.
시러큐스의 안티폴루스 [방백]
내게 말을 하는데 나를 설득하려고 해.
내가 꿈속에서 저 여자와 결혼했나?
또는 지금 잠 속에서 저 소리를 듣나?
무슨 오해 때문에 눈과 귀가 잘못됐나?

명백한 불확실의 정체를 알기까지
주어진 환상을 그냥 따라가겠다.

루시아나 드로미오, 하인들한테 상을 보라고 해.

시러큐스의 드로미오 내 묵주 어디 갔나! 성호를 그어야지.
요지경이야. 괴상하고 괴이쩍다!
허깨비, 부엉이, 귀신과의 수작이야.
복종하지 않으면 우리 숨을 빼 먹거나
온몸을 검푸르게 꼬집을지 몰라.

루시아나 어째서 쭝얼대고 대답하지 않아?
드로미오, 드로미오, 멍청한 달팽이.

시러큐스의 드로미오 저 이상하게 변했죠?

시러큐스의 안티폴루스 정신이 돈 것 같다. 나 또한 돌았어.

시러큐스의 드로미오 주인님, 전 정신과 꼴이 변했어요.

시러큐스의 안티폴루스 꼴은 그대로인데.

시러큐스의 드로미오 아녜요, 원숭이죠.[20]

루시아나 네가 진짜 변했다면 노새가 된 거다.

시러큐스의 드로미오 그래요. 아씨가 저를 타니 풀이 먹고 싶네요.
맞아요. 제가 노새 아니면 어떻게 제가
아씨를 알아보고 아씨가 절 알아봐요?

아드리아나 더 이상 바보짓은 관두겠어.
주인과 하인이 내 슬픔을 비웃는데
손가락을 눈에 대고 울지 않겠어.
[안티폴루스에게]
식사하러 오세요. 드로미오, 문을 지켜.
오늘은 당신하고 침실에서 먹으면서
수천 가지 망상에서 벗어나게 해드리죠.
얘, 누가 와서 주인님을 부르걸랑
밖에서 잡수신다고 하고 들이지 마.
아우야, 가자. 드로미오, 문지기 잘해.

시러큐스의 안티폴루스 [방백]
이게 세상이야, 하늘이야, 지옥이야?
꿈이야, 생시야? 미쳤나? 온전해?
걔들은 나를 알고 나는 나를 몰라?
걔들처럼 말하고 그렇게 행동해서
오리무중 지경에 갈 데까지 가보겠다.

시러큐스의 드로미오 주인님, 제가 문지기 할까요?

아드리아나 누구라도 들어오면 네 머리를 빠갤 테야.

루시아나 자, 안티폴루스, 식사가 너무 늦었어요.

[모두 '불사조'로 퇴장]

## 3. 1

[에베소의 안티폴루스, 그의 하인 드로미오,
금은방 주인 안젤로, 상인 발타자르 등장]

에베소의 안티폴루스 안젤로 선생, 우릴 용서하시오.
시간을 안 지키면 아내가 야단이오.
아내의 금사슬을 만드는 걸 보느라고
당신의 가게에서 지체했다 하시고
내일 우리 집으로 배달한다 하시오.
그런데 장터에서 나와 만났다면서
자기를 때리고 천 마르크를 맡기고
아내와 내 집을 부인했다 하면서
빤히 내 앞에서 떠드는 자가 이놈이오.
주정뱅이 이놈아, 이게 무슨 짓이냐?

에베소의 드로미오 뭐라 해도 좋지만, 이건 확실해요.
장에서 때린 손자국이 아직 남아 있어요.
피부가 양피지고 손찌검이 먹물이면
주인님 글씨가 제 생각을 말하겠죠.

에베소의 안티폴루스 너는 바보 노새다.

에베소의 드로미오 그런 것 같아요.
억울하게 당한 일과 매 맞는 걸 생각하면—
발길에 채였으니 발길질을 해야겠죠.
그럼 제발 피하시고 노새 조심하세요.

에베소의 안티폴루스 근엄하신 발타자르 씨, 우리 집 대접이
내 호의를 보여주길 바라면서 환영해요.

발타자르 당신의 음식보다 환대가 좋아요.

에베소의 안티폴루스 오, 발타자르 씨, 쇠고기든 물고기든
환대가 넘치는 식탁이 요리를 능가하죠.

발타자르 좋은 요리란 누구나 베풀 수 있는 흔한 거예요.

에베소의 안티폴루스 환영은 더 흔해요. 말로 하는 거니까요.

발타자르 음식은 적고 환영이 크면 기쁜 잔치예요.

에베소의 안티폴루스 아끼는 집주인과 더 아끼는 손님이 그래요.
변변한 음식이 아니라도 선의로 드세요.
더 좋은 걸 드실 수 있겠지만 더 기쁘진 않으실 테죠.
그런데 문이 잠겨 있군요. [드로미오에게]
열라고 해라.

에베소의 드로미오 ['불사조' 문간에서 외친다.]
모드, 브리짓, 마리안, 시슬리, 질리안, 진!

20 자기가 자기를 흉내 내므로. (원숭이는 남의 흉내를 잘 낸다.)

[시러큐스의 드로미오가 '불사조' 안에 등장]

시러큐스의 드로미오 ['불사조' 안에서]

못난이, 병신 말, 수탉, 바보, 밥통, 광대!
문간에서 비키든가 울짱 옆에 앉아 있어.
계집들을 불러내냐? 한 년도 과한데
한 두름을 부르다니. 썩 꺼지지 못할까!

에베소의 드로미오 웬 병신이 문지기야? 주인님이 거리에서 기다리셔.

시러큐스의 드로미오 ['불사조' 안에서]

발에 감기 들까 걱정이니 왔던 데로 돌아가래.

에베소의 안티폴루스 누가 안에서 떠들어? 빨리 문 열어!

시러큐스의 드로미오 ['불사조' 안에서]

왜 그러는지 말씀하시면 언제 열지 말하죠.

에베소의 안티폴루스 왜냐고? 밥 먹으련다. 오늘 아직 안 먹었어.

시러큐스의 드로미오 ['불사조' 안에서]

오늘 여기서 잡숫긴 틀렸어요. 오랄 때 오세요.

에베소의 안티폴루스 네가 누구라고 내 집에 못 들어가게 해?

시러큐스의 드로미오 ['불사조' 안에서]

이번만 문지기요.[21] 이름은 드로미오요.

에베소의 드로미오 망할 놈! 내 일과 내 이름을 훔쳤어!
일거리는 볼품없고 이름은 되게 욕먹었다.
오늘 네가 드로미오라면 직분을 이름과 바꿨거나
멍청이와 이름을 바꿨을 테지.

['불사조' 안에 루스 등장]

루스 ['불사조' 안에서]

이거 웬 소동이야? 문간에 누가 왔어?

에베소의 드로미오 주인 들여보내라, 루스.

루스 ['불사조' 안에서] 못한다. 너무 늦었어.
주인한테 말해.

에베소의 드로미오 제기랄. 웃다 죽겠네.
속담처럼 '제 집도 허락받고 들어갈 형편이라.'

루스 ['불사조' 안에서]

다른 속담처럼 '어느 세월에 그럴 텐가?'

시러큐스의 드로미오 ['불사조' 안에서]

네가 루스라면 대답 한번 잘했다.

에베소의 안티폴루스 [루스에게]

얘, 너 착하지? 우리한테 열어줄 거지?

루스 ['불사조' 안에서]

당신한테 물어보려 했는데요.

시러큐스의 드로미오 ['불사조' 안에서]

안 된다셨죠.

에베소의 드로미오 그럼 와서 도와줘.

[그와 안티폴루스가 문을 세게 두드린다.]

잘 치셨소! 일대일 공격이오.

에베소의 안티폴루스 [루스에게]

이년아, 문 열어.

루스 ['불사조' 안에서] 누구 좋으라고요?

에베소의 드로미오 주인님, 문을 냅다 치세요.

루스 ['불사조' 안에서] 아플 때까지 치라지.

에베소의 안티폴루스 너 이년, 울게 될 거다, 문만 부수면—

루스 ['불사조' 안에서]

그럴 필요 있나요? 읍내에 족쇄[22]가 있는데.

['불사조' 안에 아드리아나 등장]

아드리아나 ['불사조' 안에서]

누가 문간에서 소란 떨어?

시러큐스의 드로미오 ['불사조' 안에서]

확실히 이 동네는 깡패들이 날뛰네요.

에베소의 안티폴루스 [아드리아나에게]

여보, 당신이오? 빨리 안 오고 뭐 했소?

아드리아나 ['불사조' 안에서]

'여보'라고? 못된 놈! 문간에서 썩 꺼져!

[아드리아나와 루스 퇴장]

에베소의 드로미오 [안티폴루스에게]

괴로우셨다면 바로 그 '못된 놈'이 아프시겠죠.

안젤로 [안티폴루스에게]

식사도 환대도 없군요. 그중 하나라도 좋을 텐데.

발타자르 뭐가 좋은지 말만 하다가 떠나게 됐소.

에베소의 드로미오 [안티폴루스에게]

문간에 서 있네요. 맞아들이라고 하세요.

에베소의 안티폴루스 우리가 못 들어갈 것 같은 바람이 불어.

에베소의 드로미오 주인님 옷이 얇다면 그런 말씀하시겠죠.
집 안방은 따뜻한데 여기 찬 데 서 계시니까.
서서 파는 사슴처럼 환장할 노릇이죠.

에베소의 안티폴루스 뭣 좀 갖다 줘. 문을 부숴 열겠어.

시러큐스의 드로미오 ['불사조' 안에서]

뭐든지 부수면 네 대가릴 부술 테야.

에베소의 드로미오 너와 말로 싸울 테야. 말이란 바람인데
얼굴에는 좋지만 엉덩이론 불지 마.[23]

21 문지기는 하인들 중에서 가장 낮은 자리였다.
22 소란을 떠는 자나 부랑자는 읍내 장터에서 차꼬를 채워 세워놓아 구경시키고 놀림을 받게 했다.

시러큐스의 드로미오 [‘불사조’ 안에서]
방귀 뀌고 싶구나. 꺼져라, 쌍놈아!
에베소의 드로미오 무지하게 ‘꺼졌다.’[24] 제발 좀 들어가자.
시러큐스의 드로미오 [‘불사조’ 안에서]
새에 깃털, 물고기에 지느러미 없을 때 보자.
에베소의 안티폴루스 부수고 들어가자. 지렛대 빌려 와.
에베소의 드로미오 깃털 없는 까마귀?[25] 그거 말예요?
지느러미 없는 물고기에 깃털 없는 새인데.
[시러큐스의 드로미오에게]
지렛대가 도와주면 까마귀 깃털 같이 뽑자.[26]
에베소의 안티폴루스 빨리 가봐. 쇠 지렛대 갖다 줘.
발타자르 선생, 고정하시오. 그러시면 안 되오!
그런 짓은 자신의 명예와의 싸움이며
당신 부인의 깨끗한 명예를
의심의 세계에 끌어들이는 일이오.
한마디로 하자면, 선생이 오래 경험한
부인의 지혜와 덕성과 연륜과 정숙이
선생도 모르는 무슨 이유를 말하고 있소.
어째서 부인이 문을 걸어 잠갔는지
족히 설명할 일을 의심하지 마시오.
내 말대로 하시오. 잠자코 물러나서
모두들 ‘호랑장’에 같이 가서 식사하고
저녁때쯤 선생 혼자 조용히 가서
이러한 괴변의 연유를 알아보시오.
한낮에 사람들이 분주히 나다닐 때
완력으로 문을 열고 들어가려 하시면
그것을 본 사람들이 뭐라고 할 테며
여태껏 깨끗한 선생의 명성에 대해
상스러운 군중들이 과장해서
더러운 오명이 선생의 무덤까지
침범하고 오래 남게 될지도 모르오.
근거 없는 욕설은 대를 잇고
점거한 데서 영원히 살아남소.
에베소의 안티폴루스 선생 말에 내가 졌소. 조용히 물러나서
기쁠 건 없지만 기쁘도록 힘쓰겠소.
상냥할 뿐 아니라 어여쁘고 똑똑하고
자유롭되 얌전한 여자를 아는데요,
게서 식사합시다.—그 여자에 대해서
내 아내는 참말 아무런 이유 없이
나를 자주 욕했지만—그녀의 집에 가서
식사를 하십시다. [안젤로에게]
집으로 가서
목걸이를 가져오시오. 지금쯤 끝났겠소.
‘고슴도치장’으로 가져오시오.
저기 그 집이오. 순전히 아내한테
분풀이하기 위해, 그 금사슬을,
그녀에게 주겠소. 빨리 가져오시오.
내 집 문이 주인을 들이기를 거부해서
딴 집 문을 두드려 멸시하나 보겠소.
안젤로 한 시간쯤 뒤에 거기서 뵈어요.
에베소의 안티폴루스 그러시오. [안젤로 퇴장]
이 장난에 비용이 약간 들겠다.
[‘불사조’ 안에서 시러큐스의 드로미오 퇴장.
나머지는 고슴도치장으로 퇴장]

## 3. 2

[‘불사조’ 안에서 루시아나가 시러큐스의
안티폴루스와 함께 등장]
루시아나 그래서 형부가 남편의 직분을
까맣게 잊었나요? 사랑의 봄철에
사랑의 어린 순이 말라야 하나요?
자라던 사랑이 죽어야 하나요?
돈 때문에 언니와 결혼을 하셨으면
그렇다면 더욱더 다정하게 대하세요.
또는 딴 데 마음이 있으면 몰래 하세요.
거짓된 사랑을 눈먼 듯이 숨기세요.
형부 눈을 언니가 못 읽게 하세요.
형부 입으로 그 수치를 말하지 마세요.
표정 좋고 말씨 곱고 충실을 가장하고,
착한 선의 천사처럼 악을 곱게 꾸미세요.
마음은 더러워도 잘나게 보이세요.
성자의 행동을 죄에게 가르치고

23 ‘엉덩이로 바람을 부는 짓’은 ‘방귀’를 뀐다는 말이다.
24 ‘보기 싫다, 꺼져라’(가라)라는 말을 받아 ‘배가 너무 꺼져 문제’(고프다)라고 응수하는 우스갯소리다.
25 ‘지렛대’와 ‘까마귀’는 영어로 모두 ‘crow’라고 한다. 이 동음이의어를 가지고 말장난을 친다.
26 ‘함께 까마귀 깃털을 뽑는다’는 말은 ‘함께 말싸움을 벌인다’는 뜻의 속담이었다.

남몰래 속이세요. 언니가 알 필요 없죠?
제 죄를 떠벌리는 도둑이 있나요?
잠자리에 소홀하고 식탁에서 표정이
드러나게 하는 건 이중의 잘못이죠.
수치도 잘만 하면 명성을 높여줘요.
못된 짓은 못된 말과 단짝을 이루지요.
여자들은 남자들을 믿게끔 돼 있으니
우리를 사랑함을 믿게만 해주세요.
팔은 남의 거지만 소매라도 보여줘요.
남자 힘에 따라 돌며 움직이는 여자예요.
그러니까 착한 형부, 다시 들어가세요.
언니를 위로하고 '여보'라고 부르세요.
달콤한 아첨이 싸움을 물리칠 때
조금 자랑하는 게 거룩한 장난이죠.

시러큐스의 안티폴루스 아름다운 아가씨, —나는 이름 모르지만
무슨 기적이신지 내 이름을 아시는데—
지혜와 어여쁨이 이 세상의 기적이며
거룩한 인간임을 보여주고 계십니다.
어떻게 생각하고 말할는지 알려주시오.
잘못에 짓눌려 맥없고 천박하니
우둔하고 조잡한 생각을 활짝 열어서
당신 말의 숨은 뜻을 알아듣게 하시오.
단순한 내 영혼이 알지 못하는 곳에
방황하게 하려는 의도가 무엇인가요?
신이시오? 나를 새로 지으려 하시나요?
그럼 나를 바꾸시오. 당신 힘에 항복하오.
한데 내가 나라면 우는 당신 언니는
내 아내가 아니며, 그녀의 잠자리에
충실할 의무도 없다는 걸 잘 알고 있소.
그보다는 훨씬 더 당신에게 끌립니다.
오, 인어 아가씨, 언니 눈물바다에
나를 빠뜨리려고 유혹하지 마시오.[27]
당신을 노래하면 내가 미쳐 버리겠소.
황금 머리카락을 은물결에 펴놓아요.
그걸 침대 삼아서 그 위에 눕겠어요.
그처럼 빛나는 환상 속에 그와 같이
죽는 건 행복이지요. 그녀가 잠길 때
사랑은 가벼워서 같이 잠길 거예요.

루시아나 그따위로 생각하다니 미치셨어요?

시러큐스의 안티폴루스 미치지 않고 놀랍니다. 이유는 모르지만.—

루시아나 형부 눈에 생겨난 착시 현상이에요.

시러큐스의 안티폴루스 아름다운 태양 빛을 바라보다 그렇게 됐소.

루시아나 볼 데를 보시면 눈이 맑아질 거예요.

시러큐스의 안티폴루스 사랑이여, 눈을 감건, 밤을 보건, 한가지요.

루시아나 나보고 '사랑'이라고 하세요? 언니한테 그러세요.

시러큐스의 안티폴루스 언니의 동생이오.

루시아나 내 언니요.

시러큐스의 안티폴루스 아뇨,
당신 자신 말이오. 내 자신의 절반이오.
내 눈의 밝은 눈, 내 마음의 귀한 마음,
내 자양분, 내 행복, 내 희망의 달가운 꿈,
내 땅의 유일한 하늘, 내 천국의 소망이오.

루시아나 그 모두가 언니예요. 또는 그렇게 해야 옳아요.

시러큐스의 안티폴루스 자신을 '언니'라고 부르시오. 내겐 당신뿐이오.
당신을 사랑하고 평생 같이 살겠소.
당신은 남편이 없고 나는 아내가 없소.
손을 주시오.

루시아나 암말 말고 가만 계세요.
언니를 데려와서 허락을 받겠어요. ['불사조'로 퇴장]

['불사조'에서 시러큐스의 드로미오 등장]

시러큐스의 안티폴루스 오, 드로미오구나! 어딜 그리
급히 달려가?

시러큐스의 드로미오 저를 아시죠? 제가 드로미오 맞지요?
주인님의 하인이죠? 제가 접니까?

시러큐스의 안티폴루스 네가 드로미오고 내 하인이고
그러니 네가 너지.

시러큐스의 드로미오 저는 바보 노새예요. 어떤 여자의
사내이며 저도 제정신이 아니에요.

시러큐스의 안티폴루스 어떤 여자의 사내냐? 어째서
네가 제정신이 아니냐?

시러큐스의 드로미오 제정신이 아니어서 어떤 여자한테
딸리게 됐는데, 그녀가 저를 자기 거라 하면서
자꾸만 저를 따라다니며 붙잡겠다고 하는데요.

시러큐스의 안티폴루스 네게 무슨 권리가 있다는 게냐?

시러큐스의 드로미오 자기가 타는 말에 대한 권리 같은
거예요. 저를 짐승으로 부리겠다 하는데—저를
짐승으로 부리는 게 아니라 자기가 진짜 짐승
같은 여자라서 저한테 권리가 있단 말이죠.

시러큐스의 안티폴루스 어떤 여잔데?

27 인어들이 어여쁜 노래로 뱃꾼들을 유혹해서 빠져 죽게 했다는 신화가 있다.

시러큐스의 드로미오 나이 먹은 여잔데요, '실례합니다.'
란 소리 안 하고는 말도 못 할 노파죠. 저는 결혼
상대자로는 재수 없는 사내지만 그녀는 엄청
부유한 색싯감이죠.
시러큐스의 안티폴루스 '부유한 색싯감'이라니 그게 무슨
소린가?
시러큐스의 드로미오 다름 아닌 부엌데기 여잔데요, 온통
기름때로 절었어요. 그녀를 등잔으로 삼아서 자기
기름으로 불태우는 것밖엔 어디에 쓸지 몰라요. 그녀
누더기에 묻은 기름으로 폴란드의 한겨울을 덥힐
만할 거예요. 그녀가 최후의 심판까지 살 거라면
온 세상이 망해도 한 주일은 더 탈걸요.
시러큐스의 안티폴루스 피부색이 어떤데?
시러큐스의 드로미오 제 신짝만큼 까맣지만 낯을 별로 안
씻는 것 같아요. 왜 그럴까요? 그녀가 땀을 흘리면
그 시꺼먼 땟국물에 사내가 발목까지 적시니까요.
시러큐스의 안티폴루스 그런 결함쯤은 물로 씻으면
고칠 수 있는 거다.
시러큐스의 드로미오 아닙니다. 본바탕이 그래요. 노아의
홍수도 어쩔 수 없어요.
시러큐스의 안티폴루스 여자 이름이 무언가?
시러큐스의 드로미오 '마'요. 하지만 그 이름 더하기 4분의
3, 즉 한 '마'[28]의 4분의 3을 가지고도 그 여자의
엉덩이 한쪽에서 다른 쪽까지 잴 수 없어요.
시러큐스의 안티폴루스 그러니까 폭이 얼마쯤 돼?
시러큐스의 드로미오 머리에서 발끝까지가 엉덩이 한쪽에서
다른 쪽만큼 길지 못해요. 땅덩이처럼 똥그랗죠.
그 여자 몸에서 여러 나라를 찾아낼 수 있어요.
시러큐스의 안티폴루스 아일랜드는 그 여자 몸의 어떤
부분에 있지?
시러큐스의 드로미오 그야 물론 그 여자 엉덩이에 있죠.
질척한 습지를 보고 알았어요.
시러큐스의 안티폴루스 스코틀랜드는 어디 있고?
시러큐스의 드로미오 찌든 걸로 알았는데 그 여자 손바닥은
굳은살이 박혀 있죠.
시러큐스의 안티폴루스 프랑스는 어디 있나?
시러큐스의 드로미오 그 여자 이마에 있죠. 무장하고
돌아서서 머리카락에 반기를 들었어요.[29]
시러큐스의 안티폴루스 잉글랜드는 어디 있나?
시러큐스의 드로미오 백악의 절벽을 찾아봤지만 하얀
빛깔은 볼 수 없어요. 하지만 그 여자 턱에
있는 것 같았어요. 프랑스와 턱 사이의 찝찔한
땀방울들을 보고 알았죠.
시러큐스의 안티폴루스 스페인은 어디 있나?
시러큐스의 드로미오 못 봤어요. 하지만 그 여자 숨결이
뜨거워서 그걸 느꼈죠.
시러큐스의 안티폴루스 아메리카 서인도제도는?
시러큐스의 드로미오 오, 여자 코에 있어요. 온통 루비,
홍보석, 청보석으로 치장하고 그 부유한 모습을
스페인의 뜨거운 숨에다는 거절했지만 스페인은
그 코에 맞먹도록 큰 상선 군단 전부를 보냈던
겁니다.[30]
시러큐스의 안티폴루스 벨기에, 즉 저지대 네덜란드는
어디 있던가?
시러큐스의 드로미오 오, 그렇게 낮은 데는 안 봤습니다.
짧게 말해서 이 부엌데기 또는 마녀가 저보고
자기 거라 하면서 저를 드로미오라고 부르며
자기와 약혼했다고 하면서 제 몸에 남모를 점들이
있다고, 어깨의 점, 목의 사마귀, 왼팔의 혹까지
말하는 바람에 놀라서 마귀할멈을 본 듯이 도망쳤어요.
믿음의 가슴, 강심장이 아니었다면
꽁지 잘린 개가 돼서 바퀴나 돌리겠죠.[31]
시러큐스의 안티폴루스 당장에 부두로 달려가봐.
육지에서 바람이 불기만 하면
오늘 밤 여기에 머물지 않겠다.
무슨 배라도 출항하면 장터로 와.
너 돌아올 때까지 걷고 있겠다.

28 원문에는 '넬'(Nell)이라고 되어 있는데, 우리말로 '마'(碼)로 옮겼다. 한 '마'(yd)는 요즘의 길이로는 90cm 정도 된다.
29 당시 신교도인 헨리 4세가 프랑스 왕으로 등극하자 구교도인 프랑스 귀족들이 반란을 일으켰다. 그런데 '머리카락'(hair)과 '왕위 상속권자'(heir)는 발음이 비슷해서 말장난을 하지만 우리말로는 옮길 수 없다. 머리카락이 '돌아섰다'는 말은 왕위 계승자에게 반항했다는 말이다. 또한 머리카락이 돌아섰다는 말은 머리가 매독에 걸려 빠지기 시작했다는 말인 듯하다.
30 여자의 콧잔등에 온갖 붉고 푸른 여드름이 나 있는 꼴을 '보석'으로 치장했다고 비꼬는 말. 그 보석들이 탐이 난 스페인이 대함대(아르마다)를 잉글랜드 해안에 이끌고 왔던 일을 이렇게 우습게 표현했다.
31 꼬리 잘린 개가 고기 굽는 꼬챙이 달린 쳇바퀴를 돌렸다.

남은 우릴 아는데 우린 몰라.
우리가 짐 싸들고 뜰 때가 됐다.

시러큐스의 드로미오 목숨을 구하러 곰한테서 도망치듯
아내가 되려는 여자한테서 도망쳐요.

[포구 쪽으로 퇴장]

시러큐스의 안티폴루스 여기 사는 자는 마귀할멈뿐이다.
따라서 내가 떠날 때가 됐다.
나에게 남편이라고 하는 여자는
생각조차 싫지만 예쁜 그녀 동생은
그렇게도 착하고 위엄 있고 예뻐서
매혹적인 자태와 말씨를 지녔기에
스스로 나 자신을 배반할 지경이다.
하지만 자해의 죄를 짓지 않으려고
인어의 노래에 귀를 막겠다.

[안젤로가 금사슬을 가지고 등장]

안젤로 안티폴루스 선생.

시러큐스의 안티폴루스 응, 그게 내 이름이오.

안젤로 잘 알고 있소. 자, 이게 금사슬이오.
'고슴도치'에서 만나고자 했소.
금사슬이 끝나지 않아 이렇게 늦었소.

시러큐스의 안티폴루스 [금사슬을 받으며]
이걸 어떻게 하라는 거요?

안젤로 마음대로 하시오. 선생 위해 만든 거요.

시러큐스의 안티폴루스 날 위해 만들었소? 주문한 적 없는데.

안젤로 한두 번이 아니라 스무 번은 말씀하셨소.
갖고 가서 부인에게 기쁨을 주시오.
이른 저녁때쯤에 가서 뵙지요.
금사슬 대금을 그때에 받겠소.

시러큐스의 안티폴루스 지금 당장 받으시오. 금사슬도, 대금도
다시는 못 보실 것 같군요.

안젤로 농담을 하시네. 그럼 살펴 가세요. [퇴장]

시러큐스의 안티폴루스 도대체 이게 뭔지 말할 수 없어.
하지만 이처럼 거저 주는 금사슬을
마다할 건방진 녀석은 없을 것 같다.
이런 값진 선물을 거리에서 만나다니
여기서는 근근이 살 필요가 없는 듯싶다.
장터에서 드로미오를 기다리겠다.
무슨 배라도 출항하면 당장 떠난다! [퇴장]

## 4. 1

[상인 2, 금은방 주인 안젤로, 순검 등장]

상인 2 [안젤로에게]
오순절 이래 갚을 돈을 당신도 아시오.
그래서 별로 채근하지 않았소.
지금도 채근하지 않겠지만
페르시아로 가게 돼서 여비가 필요하오.
그래서 당장에 채무를 갚으시오.
안 하면 순검에게 당신을 넘기겠소.

안젤로 당신에게 갚아야 될 바로 그 액수를
안티폴루스가 내게 빚지고 있소.
당신과 만나기 직전 그 사람이 내게서
금사슬을 받아 갔소. 5시 정각에
내가 그 값을 받기로 돼 있소.
그 사람 집으로 나와 같이 가시면
채무를 갚고 당신께 감사하겠소.

[에베소의 안티폴루스와 에베소의
드로미오가 창녀 집 '고슴도치장'에서 등장]

순검 그 수고 줄이세요. 그 사람이 저기 와요.

에베소의 안티폴루스 [드로미오에게]
내가 금은방에 가는 동안 너는 가서
노끈[32]을 사 와. 대낮에 날 내쫓고
문을 잠가놓은 죄로 아내와 패거리한테
매를 때리겠다. 그런데 가만 있자,
보석방 주인이 있구나. 하여간 넌 가서
노끈을 사 갖고 집으로 들고 가.

에베소의 드로미오 1년에 천 파운드 벌고 노끈을 사! [퇴장]

에베소의 안티폴루스 [안젤로에게]
당신을 믿다니 꼴 보기 좋게 됐군!
당신이 금사슬을 직접 들고 온댔는데
금사슬도 사람도 나타나지 않았소.
우리 둘이 사슬에 매이면 그 사랑이
너무 오래 갈 거라 걱정해서 안 왔군요.

안젤로 농담하는 기분은 이해하지만, 금사슬이
정확히 몇 돈쭝이며 황금의 순도와
세공에 관한 계산서가 여기 있소.
내가 이 신사에게 갚아야 할 금액보다

32 노끈 가닥을 여러 개 묶어 채찍을 만들려고 하는 것이다.

3더컷[33]이 더 많은 금액입니다.
이분께 대금을 지불하기 바랍니다.
뱃길 떠날 예정인데, 그래서 지체했소.
에베소의 안티폴루스 당장 그런 돈이 수중에 있지 않소.
게다가 시내에서 볼일이 있어요.
선생, 이 낯선 분을 내 집으로 데려가고
금사슬도 갖고 가서, 내 아내에게
사슬을 주고 그 대금을 달라고 하시오.
나도 아마 당신만큼 빨리 집에 갈 거요.
안젤로 그럼 직접 부인께 금사슬을 갖다 주시겠어요?
에베소의 안티폴루스 당신이 갖고 오시오. 나는 시간이 모자라겠소.
안젤로 그러지요. 그 사슬 지금 갖고 계시죠?
에베소의 안티폴루스 나한테 없다면 당신한테 있겠죠.
그렇지 않다면 돈 못 받고 가셔야 하오.
안젤로 그러지 마시고 금사슬을 돌려주시오.
바람과 밀물이 이 신사를 기다리오.
내 탓으로 이분이 너무 오래 지체했소.
에베소의 안티폴루스 이따위 능청으로 '고슴도치' 여관에서
만날 약속 어긴 걸 변명코자 해!
물건 안 가져온 걸 나무라야 하는데,
욕쟁이 여자처럼 먼저 싸움을 걸어.
상인 2 [안젤로에게]
시간이 갑니다, 속히 해 주세요.
안젤로 [안티폴루스에게]
재촉하는 거 보시죠? 금사슬을 주시오!
에베소의 안티폴루스 아내한테 갖다 주고 값을 받아 가시오.
안젤로 방금 전에 내가 준 걸 자신도 아시면서.
금사슬을 주시든가 인증서를 주시오.
에베소의 안티폴루스 허, 장난도 유분수지, 싱거워지오.
금사슬이 어디 있소? 나 좀 봅시다.
상인 2 내 일이 급해서 이 장난을 못 참겠소.
여보시오, 양단간에 대답하시오.
안 그러면 순검에게 넘기겠소.
에베소의 안티폴루스 내가 대답하라고? 뭐라고 대답하지?
안젤로 금사슬 값으로 내게 줄 돈 말이오.
에베소의 안티폴루스 금사슬 받기 전엔 한 푼도 못 주겠소.
안젤로 반 시간 전에 내가 준 걸 잘 아시면서.
에베소의 안티폴루스 준 적이 없소. 내게 누명 씌우는 거요.
안젤로 그걸 부인하다니 내게 더 큰 누명이오.
신용이 달려 있는 일이 아니오?
상인 2 그럼 순검, 내 고발에 따라서 저이를 체포하시오.
순검 [안젤로에게]
그러지요. 공작의 이름으로 복종하세요.
안젤로 [앤타이폴로스에게]
내 명성에 관련되는 일이오. 나 대신
그 돈을 갚겠다고 동의하지 않으면
순검에게 당신을 체포하라고 청하겠소.
에베소의 안티폴루스 안 받은 물건 값을 내는 데 동의하라고?
멍청한 순검 나리, 잡아가나 봅시다.
안젤로 [순검에게]
당신 받을 수수료요. 저자를 체포하쇼.
그렇게 빤히 나를 경멸하면
친형제라 할지라도 용서치 않아요.
순검 [안티폴루스에게]
당신을 체포해요. 고발 내용을 들으셨어요.
에베소의 안티폴루스 보석금을 낼 때까지 복종하겠소.
[안젤로에게]
하지만 당신 공방의 온갖 쇠붙이들이
갚아야 될 만큼 장난 값을 내게 될 거야.
안젤로 선생, 에베소 국법이 당신의 수치를
처분하게 만들겠소. 의심할 여지없소.
[시러큐스의 드로미오가 포구에서 등장]
시러큐스의 드로미오 주인님, 에피담눔의 배가 있는데
선주가 돌아와 타기만을 기다려요.
그리곤 떠난대요. 우리 짐 전부를
배에다 실어놓고 기름과 향유와
생명수도 사놨는데, 배는 언제라도
출항할 태세예요. 상쾌한 바람이
육지에서 불어와서, 선주와 선장과
주인님만 기다리고 있어요.
에베소의 안티폴루스 뭐? 미친놈 아냐? 우둔한 양 새끼.
무슨 에피담눔 배가 나를 기다려?
시러큐스의 드로미오 저를 보내지 않으셨나요? 뱃삯 내라고—
에베소의 안티폴루스 술 취한 쌍놈아, 노끈을 사 오랬다.
무엇에 쓰려고 그러는지 말했잖아.
시러큐스의 드로미오 목맬 노끈 사 오라고 보냈다고 하세요.
배편을 구하라고 부두로 보냈잖아요.
에베소의 안티폴루스 이 문제는 여유가 있을 때 따져보고
내 말에 좀 더 유의하라고 따귀를 치겠다.

33 당시 유럽 여러 나라에서 쓰던 금화 이름.

녀석, 마님께 달려가 이 열쇠를 드리고
터키제 양탄자를 덮어놓은 궤 속에
돈 자루가 있으니 나한테 보내라고 해.
내가 길거리에서 체포됐다고 말씀드려.
보석금에 쓸 거니까. 빨리 안 가고 뭐해!
순검, 돈이 올 때까지 감옥에 가요.
[시러큐스의 드로미오 외에 모두 퇴장]
시러큐스의 드로미오 마님한테? 점심 얻어먹은 데구나.
아줌마가 나에게 남편이라고 하던 집—
내가 안아보기엔 몸집이 너무 커.
내키지는 않지만 그 집으로 가야겠네.
하인은 주인 뜻을 따라야 하니까. [퇴장]

## 4. 2

['불사조'에서 아드리아나와 루시아나 등장]
아드리아나 루시아나, 그이가 그렇게 유혹하데?
진짜 그런지 안 그런지 자세히
그이 눈을 살펴보지 않았니? 얼굴빛이
붉은지 하얀지, 무거운지 가벼운지?
이번 일로 그 얼굴에 마음의 별똥들이
어찌 쏟아지는지 살펴보지 않았니?
루시아나 우선 언니가 자기한테 아무 권리도 없댔어.
아드리아나 내게 아무 권리도 없단 말이지. 속만 더 상해.
루시아나 그러곤 자기가 외국인이라고 주장했어.
아드리아나 주장은 그렇지만 거짓말이야.
루시아나 그래서 내가 언니를 변호했어.
아드리아나 그러니까 뭐라던?
루시아나 언니를 사랑해 달라는 만큼 자길 사랑해 달래.
아드리아나 뭐라고 너한테 사랑을 유혹해?
루시아나 깨끗한 구애라면 마음이 움직였지.
우선 내 미모를 칭찬하고 말씨를 칭찬했어.
아드리아나 얌전하게 말했니?
루시아나 좀 참아, 언니.
아드리아나 가만히 있을 수도, 그럴 마음도 없어.
마음은 아니어도 입으론 할 말 있어.
그 사람은 찌부러지고 늙은 데다 마르고
못생긴 낯짝, 더 못생긴 몸, 모든 게 볼품없고
사납고 무례하고 우매, 몽매, 잔인해서
외모는 꼴불견에 소가진 더 나빠.

루시아나 그런 사람 때문에 누가 질투해?
나쁜 게 없으면 슬퍼할 게 없어.
아드리아나 아, 하지만 말보단 좋아.
그래도 남의 눈이 더 나쁘면 좋아.
물떼새는 둥지에서 떨어져서 울부짖지.[34]
입으론 욕하지만 마음으론 기도드려.
[시러큐스의 드로미오가 뛰어서 등장]
시러큐스의 드로미오 자 여기, 궤와 자루요! 지금 당장 뛰세요!
루시아나 어째서 숨이 차지?
시러큐스의 드로미오 뛰어왔으니까요.
아드리아나 주인님은 어디 계셔? 괜찮으시냐?
시러큐스의 드로미오 아니요. 지옥보다 더 못된 옥에 갇혀 있어요.
영원한 제복 입은 마귀가 담당잔데
무정한 마음을 쇠 단추로 걸어맸죠.[35]
잔악하고 사나운 악귀요 도깨비요
늑대보다 악랄하고 소가죽 갑옷 입고
친구를 가장해서 등치는 순검으로
골목길, 실개천, 좁은 길목 틀어막고
냄새는 잘 못 맡되 발자국은 잘 찾고
최후 심판 전날까지 저승사자 노릇 해요.
아드리아나 도대체 어떻게 된 영문이야?
시러큐스의 드로미오 영문은 모르지만 하여간 체포됐어요.
아드리아나 체포됐어? 누가 고발했는데?
시러큐스의 드로미오 누구의 고발인지 잘 모르지만
체포한 순검은 갑옷 입은 자요.
보석금을 내시겠소? 궤 속의 돈 말이오.
아드리아나 얘, 그 돈 갖다 줘. [루시아나 퇴장]
이상하다.
그 사람이 나도 몰래 빚졌다니.
계약서 때문에 체포되셨니?
시러큐스의 드로미오 계약서가 아니라 단단한 물건예요.
사슬이라 하는 거요. 쩔렁 소리 안 들려요?
아드리아나 사슬이라니?
시러큐스의 드로미오 괘종 소리군. 갈 때가 됐소.
두 시에 떠났는데 지금 한 시를 쳤소.

34 물떼새는 짐승이나 다른 새가 자기 새끼나 알을 건드리지 못하도록 둥지에서 멀리 떨어져서 울부짖는다.
35 당시 간수의 제복을 묘사한 것. 표정이 사나운 간수를 지옥의 마귀로 묘사한 것이다.

아드리아나 시간이 거꾸로 가나! 처음 듣는 소리네.
시러큐스의 드로미오 그럼요, 시간이 순검 보면 무서워서 돌아가요.
아드리아나 시간이 빚을 져? 미친 소리 작작 해!
시러큐스의 드로미오 시간도 거덜 나서 사정 따라 빚을 지죠.
게다가 도둑질도 잘해요. 밤낮으로 시간이
몰래 다가온단 말을 못 들었어요?
빚을 진 도둑놈이 순검님을 만나면
하루에 한 시간쯤 돌아설 만해요?
['불사조'에서 루시아나가 돈을 가지고 등장]
아드리아나 드로미오, 돈이다. 당장에 갖고 가서
즉시로 주인님을 집으로 모셔 와라. [드로미오 퇴장]
루시아나, 지금 난 환상 속에 빠져 있어.
환상은 나한테 위로고 고통이야.
['불사조'로 모두 퇴장]

## 4. 3

[시러큐스의 안티폴루스가 금사슬을 목에 걸고 등장]
시러큐스의 안티폴루스 만나는 사람마다 잘 아는 친구처럼
나한테 인사하고 누구나 나를 보면
이름을 불러. 어떤 이는 돈을 주고
어떤 이는 초대하고 또 어떤 이는
친절에 고맙다고 나한테 인사하고
어떤 이는 물건을 사라고 내보이며,
방금도 재단사가 가게로 나를 불러
나를 위해 샀다는 비단을 보여주고
그러고는 내 몸의 치수를 쟀지.
분명코 이것들은 환상의 작간이야.
북방 마술사들이[36] 이곳에 살고 있어.
[시러큐스의 드로미오가 돈을 가지고 등장]
시러큐스의 드로미오 주인님, 저한테 가져오라 분부하신
돈이 여기 있습니다. 아니, 새 옷 입은 옛 아담
후손한테서[37] 석방되셨나요?
시러큐스의 안티폴루스 이게 웬 돈이냐? 아담이라니 누구 말이냐?
시러큐스의 드로미오 에덴동산 돌보던 아담은 아니고요
감옥을 돌보는 아담, 송아지 가죽 입고 다니는
사람 말입니다. 송아지는 탕자를 먹이려고 잡았던
거죠.[38] 악한 천사처럼 우리 뒤로 슬그머니
다가와서 자유를 포기하라고 말하는 사람이죠.[39]
시러큐스의 안티폴루스 무슨 소린지 모르겠다.
시러큐스의 드로미오 모르세요? 빤한 사실인데요. 가죽
케이스에 들어 있는 콘트라베이스처럼 뚜벅뚜벅
걷는 사람이죠. 점잖은 이가 지치면 한숨 돌리게
하고는 잡아가는 사람이며, 망가진 인생을 불쌍히
여겨 오래도록 공짜 옷을 입혀주는 사람이며
권위의 곤봉으로 무어인의 언월도보다 더 큰
일을 하겠다고 정성을 들이는 사람이죠.
시러큐스의 안티폴루스 그럼 순검 말이냐?
시러큐스의 드로미오 예, 족쇄 갖고 다니는 순검 말예요.
계약 위반자에게 책임을 추궁하는 사람이죠.
누구나 잠자리에 들 거라 믿고 '하느님이 편히
쉬게 해주시길!'[40] 하고 빌어주는 사람이죠.
시러큐스의 안티폴루스 자, 우스개는 그만하면 됐다.
오늘 밤 떠나는 배가 있나? 우리 여길 뜰 수
있겠어?
시러큐스의 드로미오 벌써 한 시간 전에 오늘 밤 '원정호'가
떠난다는 소식을 전해드렸는데, 그러자 순검 나리가
작은 배 '지체호'를 기다리래서 지체되셨는데요.
주인님을 구해내기 위하여 저를 보내 가져오라고
분부하신 천사 찍힌 금화가 여기 있어요.
시러큐스의 안티폴루스 녀석이 미쳤는데 나도 마찬가지다.
우리는 이곳에서 환상 가운데 떠돌아.
천사가 우리를 구해주시길!
['고슴도치장'에서 창녀 등장]
창녀 잘 만났네, 잘 만났네, 안티폴루스 씨.
이제야 금방 주인을 만나신 것 같아요.
그게 오늘 약속한 금사슬이죠?

36 핀란드의 북방 랍 족속의 마술사들이 악명 높았다.
37 '옛 아담'은 선악과를 따먹은 죄로 짐승의 가죽으로 옷을 지어 입었었는데, 소가죽 제복을 입은 (새 옷을 입은) 그 후예인 순검에게서 주인이 놓여났다고 (에베소의 안티폴루스인 줄로 오해하고) 놀라는 것이다.
38 누가복음 15장에 나오는 유명한 '탕자의 비유'에서 탕자가 방탕한 생활을 접고 고향 집에 돌아오자 아버지가 살진 송아지를 잡고 잔치를 벌였다. 드로미오는 성경의 이곳저곳을 되는 대로 주워섬긴다.
39 선한 천사와는 달리 사탄의 부하인 악한 천사가 슬그머니 사람의 뒤로 와서 영혼을 낚아채는 것처럼 당시 순검은 평민의 뒤로 몰래 다가와 덜미를 잡아 구속한다는 말이다.
40 형리가 사형수에게 상투적으로 하는 말이다.

시러큐스의 안티폴루스 사탄아, 물러가라! 유혹을 엄금한다!
시러큐스의 드로미오 주인님, 사탄 마누란가요?
시러큐스의 안티폴루스 마귀다.
시러큐스의 드로미오 그 정도가 아니에요. 마귀 어미죠.
여기선 노는계집이 돼 있네요. 그래서 개네들이
'하느님이 날 저주하길' 하는데 다시 말하면
'하느님이 날 노는계집으로 만드시길'이란 소리죠.
개네들이 사내 눈엔 빛의 천사 같다고[41] 적혀
있어요. 빛은 불의 효과인데 불은 뜨겁죠. 고로
계집들은 뜨거워요.[42] 가까이 가지 마세요.
창녀 선생님과 하인이 농담도 잘하셔.
같이 들어갈까요? 저녁을 끝내셔야지.
시러큐스의 드로미오 주인님, 들어가시면 유아식 드실
생각이나 하세요. 기다란 숟가락을 달라고 하세요.[43]
시러큐스의 안티폴루스 왜?
시러큐스의 드로미오 마귀와 같이 먹어야 하는 사람은
숟가락이 길어야 해요.
시러큐스의 안티폴루스 [창녀에게]
악귀야, 물러가라! 나더러 밥 먹으라고?
너를 포함해서 모두 마녀들이다.
명하노니 나를 떠나 물러가라.
창녀 식사 때 가져간 내 반지를 주거나
다이아몬드 값으로 약속한 사슬을 주면
당장에 물러가서 얼씬하지 않겠어요.
시러큐스의 드로미오 다른 마귀는 손톱 깎은 것, 지푸라기,
머리카락, 피 한 방울, 바늘, 개암, 버찌씨 따위만
달라는데 저건 욕심이 사나워 금사슬을 달라는데.
주인님, 조심하세요. 그걸 주시면 마귀가 쇠사슬을
흔들어대서 우리가 놀라 자빠질 거예요.
창녀 [안티폴루스에게]
내 반지 아니면 금사슬 주세요.
그처럼 나한테 사기 칠 건 아니죠?
시러큐스의 안티폴루스 꺼져, 마녀야! 드로미오, 빨리 가자.
시러큐스의 드로미오 공작새 왈, '교만아, 없어져라.'[44] 여자야, 알겠지?
[시러큐스의 안티폴루스와
시러큐스의 드로미오 퇴장]
창녀 안티폴루스는 확실히 돌았어.
그게 아니면 그토록 못나게 굴지 못해.
40냥 나가는 내 반지를 가져갔어.
그 값으로 금사슬을 준다고 약속했어.
그런데 지금 그거 두 가지를 다 거절해.
저 사람이 돌았다는 이유를 대자면,
지금 저런 미친 짓을 하는 것 말고도
오늘 식사 때 자기 집이 잠겨서
들어가지 못했다는 미친 소릴 했는데
그자의 증세를 잘 아는 그 아내가
일부러 문을 걸어 잠근 모양이야.
당장 그 집으로 가는 게 좋겠어.
미쳐서 우리 집에 달려 들어와서
반지를 강탈해 갔다고 일러야지.
그렇게 하는 게 그중 좋은 방법이야.
40냥은 잃기엔 너무나 큰돈이지. [퇴장]

## 4. 4

[에베소의 안티폴루스가 순검과 같이 등장]
에베소의 안티폴루스 순검, 걱정 마시오. 달아나지 않을 테니.
나를 체포한 금액만큼 보석금을
당신한테 주기 전엔 떠나지 않겠소.
오늘 내 아내는 심통을 부려서
하인을 쉽사리 안 믿을 거요.
내가 에베소 시내에서 체포된 게
아내의 귀에는 너무 생소하겠소.
[에베소의 드로미오가 노끈을 가지고 등장]
하인이 오는군. 돈을 가져왔겠지.
어떻게 됐나? 시킨 대로 가져왔어?
에베소의 드로미오 여기 가져왔습니다. 모두 갚을 겁니다.
에베소의 안티폴루스 한데 돈은 어디 있어?
에베소의 드로미오 그야 물론 노끈 값으로 돈을 줬죠.
에베소의 안티폴루스 노끈 한 오리에 500더컷이나 줘?
에베소의 드로미오 500더컷에 500개를 사오죠.
에베소의 안티폴루스 어째서 너한테 빨리 집에 가라 했지?

41 고린도후서 11장 14절에 "사탄도 자기를 광명의 천사로 가장하나니"라고 씌어 있다.
42 노는계집(창녀)은 불같이 뜨거운 성병을 옮긴다는 말이다.
43 지옥에서는 마귀들이 긴 숟가락을 쓴다는 말이 있다. '유아식'은 숟가락으로 떠먹이는 음식이다.
44 공작새는 '교만'의 대명사였다. 그런 공작새가 '교만'을 욕하는 것은 창녀가 자기들에게 사기꾼이라고 하는 말이나 같다는 말이다.

에베소의 드로미오 노끈을 사오라고요. 그래서 돌아온 겁니다.

에베소의 안티폴루스 그래서 이렇게 너를 환영하겠다.
[드로미오를 때린다.]

순검 선생, 참으세요.

에베소의 드로미오 아니에요. 참는 건 저예요. 전 지금 곤란한 처지거든요.

순검 제발 입 좀 다물어요.

에베소의 드로미오 그러지 말고 주인님에게 삿대질을 관두라고 하세요.

에베소의 안티폴루스 몹쓸 망종, 냉담한 놈!

에베소의 드로미오 진짜 냉담하면 좋겠네요. 주인님의 따귀도 느낄 수가 없을 테니.

에베소의 안티폴루스 따귀밖엔 아무것도 느끼지 못해. 노새가 그래.

에베소의 드로미오 정말로 노새가 됐어요. 기다란 귀만 봐도 아시겠죠. 태어나는 순간부터 이 순간까지 저분을 섬겼는데 도와드린 값으로 따귀밖엔 아무것도 못 받았어요. 추울 때는 때려서 저를 달구고 더울 땐 때려서 식히죠. 잘 때엔 때려서 깨우고 앉았을 땐 때려서 일으키며 집에서 나갈 땐 때려서 문밖으로 쫓아내며 돌아올 땐 때려서 맞아들이죠. 그래서 거지가 새끼를 업고 다니듯 어깨 위에 매를 지고 다니고, 내가 절뚝발이가 되면 매를 지고 다니며 이 집에서 저 집으로 비럭질을 하겠죠.
[아드리아나, 루시아나, 창녀, '핀치'라 하는 교사 등장]

에베소의 안티폴루스 따라와. 저기 아내가 와.

에베소의 드로미오 [아드리아나에게] 마님, '레스피케 피넴'[45]—즉 종말을 기억하세요. 또는 앵무새처럼 예언을 하자면, '노끈 조심하세요.'

에베소의 안티폴루스 아직도 지껄여?
[드로미오를 때린다.]

창녀 [아드리아나에게]
자, 어때요? 바깥주인이 안 미쳤어요?

아드리아나 몹쓸 게 구는 걸 보니 과연 그래요.
핀치 박사님, 심령술사시니까
올바른 정신으로 돌려놔 주세요.
값은 부르시는 그대로 전부 드리죠.

루시아나 어머나, 불같이 성내는 모습예요!

창녀 미쳐서 부들부들 떠는 꼴 좀 봐.

핀치 [안티폴루스에게]
손을 이리 주시오. 맥을 만져 보겠소.

에베소의 안티폴루스 이게 내 손인데 당신 뺨을 만지겠소.
[핀치를 때린다.]

핀치 이 사람 속에 들어 있는 사탄아, 명하노니,
거룩한 기도를 듣고 점거를 그만하고
흑암의 세계로 즉시 돌아갈지어다.
모든 천국 성자들의 이름으로 명하노라.

에베소의 안티폴루스 입 닥쳐, 못난 술사! 나 미친놈 아니다.

아드리아나 안 미쳤으면 오죽 좋을까! 불쌍한 사람!

에베소의 안티폴루스 이것아, 이자들이 네 고객들이냐?
오늘 우리 집에서 낯짝이 샛노란
이놈이 처먹고 마셨단 말이야?
그동안 죄지은 문들까지 잠가서
내가 내 집에 들어가지 못했어?

아드리아나 오, 여보, 집에서 잡숫지 않았어요?
거리에서 창피와 망신을 안 당하고
이제껏 집 안에 계셨으면 좋았을걸.

에베소의 안티폴루스 집에서 먹었다고? [드로미오에게]
이 녀석, 할 말 있어?

에베소의 드로미오 사실대로 말하면 집에서 안 자셨죠.

에베소의 안티폴루스 문이 죄다 잠겨서 못 들어갔잖아?

에베소의 드로미오 확실히 문이 잠겨서 못 들어가셨죠.

에베소의 안티폴루스 그리고 여편네가 나한테 욕했잖아?

에베소의 드로미오 솔직히 말씀드려, 마님이 욕하셨죠.

에베소의 안티폴루스 부엌데기까지도 욕하고 놀려댔잖아?

에베소의 드로미오 분명코 그랬죠. 부엌의 여사제도 욕해댔죠.

에베소의 안티폴루스 그래서 내가 화가 나서 거기를 안 떠났냐?

에베소의 드로미오 정확히 그러셨죠. 제 뼈가 증거예요.
주인님의 노한 맛을 톡톡히 봤거든요.

아드리아나 [핀치에게 방백]
저런 미친 소리를 그냥 둬도 좋아요?

핀치 [아드리아나에게 방백]
수치가 아니오. 하인이 맥박을 바로 짚어

45 라틴어로 '(인생의) 종말을 기억하라'(Respice finem)라는 뜻. 종말이라는 말을 조금 바꾸면 노끈이라는 말이 된다. 노끈으로 만든 채찍이라는 말이다. 신심 깊은 이들은 앵무새한테 그 말을 하게 했다고 한다.

미친 말에 기분을 잘 맞춰 줍니다.
에베소의 안티폴루스 [아드리아나에게]
금방 주인을 구워삶아서 나를 체포하랬지.
아드리아나 어머나! 보석금 치를 돈을 보냈어요.
돈 달라고 달려온 드로미오 편에요.
에베소의 드로미오 제 편에요? 마님은 그랬는지 모르지만
주인님, 한 푼도 안 보냈어요.
에베소의 안티폴루스 돈 자루 가지러 여편네한테 안 갔어?
아드리아나 나한테 왔더군요. 그래서 내줬죠.
루시아나 내가 언니의 증인이에요.
에베소의 드로미오 저에게 노끈만 사 오라고 보내신 건
하느님과 노끈 장수가 증인이에요.
핀치 [아드리아나에게 방백]
마님, 주인과 하인이 함께 미쳤소.
저들의 창백한 안색으로 알 수 있으니
결박해서 암실에 가두어야 하겠소.
에베소의 안티폴루스 [아드리아나에게]
왜 오늘 나한테 문 걸어 잠갔어?
[드로미오에게]
그리고 넌 왜 돈 자루를 안 가졌다고 해?
아드리아나 여보, 당신한테 문 걸지 않았어요.
에베소의 드로미오 그리고 전 돈 받지 않았어요.
하지만 둘이 함께 못 들어간 건 사실이죠.
아드리아나 못 믿을 녀석, 둘 다 거짓말이야.
에베소의 안티폴루스 못 믿을 화냥년, 온통 거짓말이다.
나를 추한 물건으로 만들려고
못돼 먹은 패거리와 몰래 짰어.
하지만 이런 추한 장난을 보려고 한
간사한 눈깔을 손톱으로 후비겠다.
[아드리아나에게 달려들려고 한다.]
아드리아나 오, 빨리 묶어요! 가까이 못 오게 해요!
[서넛이 들어와 묶으려 한다. 그가 뿌리친다.]
핀치 좀 더 와라! 속에 든 악귀가 힘이 세구나.
루시아나 아이고, 안됐네. 저 핼쑥한 얼굴 봐!
에베소의 안티폴루스 나를 죽일 작정인가?—순검, 순검, 이거 봐.
내가 당신 죄수 맞지? 나를 뺏어가도
그냥 둘 테야?
순검 여러분들, 가만 놔둬요.
내 죄수요. 당신들이 마음대로 못 해요.
핀치 하인도 묶으쇼. 그자도 미쳤소.
[그들이 드로미오를 묶는다.]
아드리아나 고집쟁이 순검 나리, 이제 어쩔 테요?
불쌍한 사람이 자기를 해하는 걸
구경하고 있으니 재미가 쏠쏠해요?
순검 저 사람은 내 죄수요. 내가 놔주면
저 사람 빚을 내가 물어야 해요.
아드리아나 떠나기 전에 내가 갚아요.
나를 채무자한테 데려다 주세요.
빚진 이유를 알아보고 갚을 거예요.
박사님, 저이를 집에까지 안전히
모셔 오세요. 아, 불행한 날이야!
에베소의 안티폴루스 아, 불행한 창녀야!
에베소의 드로미오 저는 주인님 인질로 잡혔네요.
에베소의 안티폴루스 이 망할 녀석아! 어째서 내 속을 긁어?
에베소의 드로미오 괜히 묶여도 좋아요? 주인님, 발악하고
'뒈져라!'고 외치세요.
루시아나 어머나, 불쌍해! 헛소릴 하는 거 봐!
아드리아나 저이를 데려가요. 얘, 나하고 같이 가자.
[핀치와 몇 사람이 에베소의 안티폴루스와
에베소의 드로미오를 붙잡고 '불사조' 안으로
퇴장. 순검, 아드리아나, 루시아나, 창녀는
남는다.]
[순검에게] 누구의 고발로 체포되었죠?
순검 안젤로란 금방 주인이오. 아시는가요?
아드리아나 나도 알아요. 빚진 돈이 얼마죠?
순검 200더컷이오.
아드리아나 무슨 값이죠?
순검 당신 남편이 받은 사슬 값이오.
아드리아나 내게 약속한 거지만 자기는 안 받았대요.
창녀 오늘 당신 남편이 화나서 우리 집에
들이닥쳐서 내 반지 뺏어 갔어요.
—방금 전에 손가락에 낀 걸 봤는데—
그러고 만났더니 사슬을 걸었데요.
아드리아나 그럴지 모르지만 나는 보지 못했어.
순검, 나를 금은방에 데려다 줘요.
사건의 앞과 뒤를 모두 알고 싶어요.
[사슬을 목에 건 시러큐스의 안티폴루스와
시러큐스의 드로미오가 칼을 빼 들고 등장]
루시아나 어머나, 무서워! 풀려났구나!
아드리아나 칼을 빼 들고 왔어. 사람들을 더 불러서
다시 결박해야겠다.
순검 뛰쇼! 찌를 거요!

[안티폴루스와 드로미오만 남겨두고
모두들 겁이 나서 신속히 퇴장]
시러큐스의 안티폴루스 보아하니 마녀들이 칼을 겁낸다.
시러큐스의 드로미오 마님이 되려던 여자도 달아나요.
시러큐스의 안티폴루스 '천마장'에 돌아가서 짐을 옮기자.
배에서 안전하고 온전하길 바란다.
시러큐스의 드로미오 오늘 밤은 여기서 지냅시다. 확실히
저들이 우릴 해치지 못할 거예요. 말도 점잖게
하고 돈도 주는 걸 보셨죠? 저와 결혼 약속을
했다고 우기는 미친, 산더미 같은 살덩이만 빼고
여기 사람들은 얌전한 족속이라 여기 남아서
마녀가 될 생각도 없지 않네요.
시러큐스의 안티폴루스 도시를 다 준대도 하룻밤도 안 묵겠다.
그러니 빨리 가. 배에 짐을 실어 놔. [둘 퇴장]

## 5. 1

[상인 2와 금은방 주인 안젤로 등장]
안젤로 지체시켜 드려서 죄송하지만
그 사람이 내게서 사슬을 받았소.
매우 부정직하게 그걸 부인하지만.—
상인 2 이 도시에서 평판이 어떤 사람이오?
안젤로 대단히 존경받는 사람이오.
한없는 신뢰와 드높은 기림으로
이 도시 사람 중 둘째가라면 서럽겠죠.
언제라도 약속하면 내 재산 다 걸겠소.
상인 2 음성을 낮추시오. 그가 저기 오는 듯하오.
[사슬을 목에 건 시러큐스의 안티폴루스와
시러큐스의 드로미오가 다시 등장]
안젤로 그렇군요. 한데 터무니없이 부인하던
바로 그 사슬도 목에 걸고 있소.
가까이 오네요. 말을 걸겠소.
안티폴루스 선생, 나를 이런 수치와
곤란에 빠뜨려서 너무나 놀랍소.
보란 듯이 걸고 있는 그 사슬을
온갖 변명과 맹세로써 부인하여
자신도 적잖게 치욕을 당하셨소.
비용과 수치와 투옥 이외에
점잖은 이분에게 손해를 끼쳤는데,
우리 일이 끝나기를 기다리지 않았으면
오늘 벌써 돛 달고 항해 중일 분이오.
그 사슬은 내게서 받으셨소. 부인하오?
시러큐스의 안티폴루스 그렇게 믿고 있소. 부인한 적이 없소.
상인 2 아니오, 부인했고 맹세까지 하셨소.
시러큐스의 안티폴루스 부인하고 맹세한 걸 누가 들었소?
상인 2 알다시피 이 귀로 직접 들었소.
가련하오! 정직한 사람의 종말의 길을
당신이 살아서 활보해서 한심하오.
시러큐스의 안티폴루스 그렇게 욕해서 넌 못된 놈이다.
당장 네게 내 명예와 정직성을
증명하겠다. 덤빌 테면 덤벼라.
상인 2 그래주지. 못된 놈은 네놈이다.
[안티폴루스와 상인이 칼을 뺀다.
아드리아나, 루시아나, 창녀, 기타
몇 사람이 '불사조'에서 등장]
아드리아나 멈추세요. 해치지 마세요. 미쳤어요.
누구 좀 가까이 가서 칼을 뺏어요.
드로미오도 묶어서 우리 집에 데려가요.
시러큐스의 드로미오 뛰세요, 뛰세요! 아무 집에나 들어가세요.
수녀원 같군요. 들어가요. 안 그럼 끝장나요.
[시러큐스의 안티폴루스와 시러큐스의
드로미오가 수녀원으로 퇴장]
[수녀원에서 수녀원장 등장]
수녀원장 조용들 하시오. 어찌하여 이곳에 모이셨소?
아드리아나 불쌍한 미친 남편을 데려가려고 하는데,
들여보내 주세요. 단단히 묶어서
회복할 수 있게끔 집에 옮겨 가겠어요.
안젤로 온전한 정신이 아닌 걸 나도 알았소.
상인 2 그에게 칼을 뺐다는 게 후회되오.
수녀원장 악령이 들은 게 얼마나 됐소?
아드리아나 요즘 내내 말없고 우울하고 침울해서
전에 비해 무척이나 딴 사람이 되었어요.
하지만 오늘 오후까지는 감정이 저토록
사납게 폭발하진 않았어요.
수녀원장 난파를 당해서 큰 손실을 안 보았소?
절친한 친구를 땅에 묻지 않았소?
금지된 사랑에 눈을 주지 않았소?
바라볼 자유를 두 눈에게 허용하는
청춘에게 만연하는 죄악 말이오.
이 가운데 무슨 아픔을 겪었소?
아드리아나 나중 것만 빼고는 어느 것도 아니에요.

어떤 여자 때문에 집을 자주 비웠어요.
수녀원장 남편을 그 일로 나무라야 했는데요.
아드리아나 그랬어요.
수녀원장 하지만 엄격하지 못했군요.
아드리아나 아내로서 할 만큼은 했었습니다.
수녀원장 사적일 테지.
아드리아나 공적으로도 그랬어요.
수녀원장 그래도 충분히는 못 했을 테지.
아드리아나 같이 있을 때에는 그게 주제였어요.
침대에선 자라고 해도 잠을 안 자고
밥상에선 권해도 먹지 않았죠.
단둘이 있을 때도 그게 주제였고
남들이 있을 때도 넌지시 암시했죠.
좋은 짓이 아니라고 언제나 일렀어요.
수녀원장 그래서 남편이 미치게 된 거요.
질투하는 여자의 독한 악다구니는
미친개의 이빨보다 더욱 독하오.
당신의 잔소리가 수면을 방해하여
남편의 머리가 돌아버린 거요.
욕설의 양념을 음식에다 뿌렸다니
시끄러운 식사는 소화에 안 좋소.
그로부터 더운 열이 불 일 듯 발생하니
열이란 광증이 아니면 무엇이오?
남편의 재미를 방해했다 하는데
즐거운 오락이 거부되면 별수 없이
어둡고 무거운 우울증이 생기는바,
이는 위로가 불가능한 절망의 단짝이라,
창백한 질환과 생명의 원수인 염병이
거대한 떼를 지어 몰려들지 않소?
휴식은 음식, 오락, 생명을 보전하오만
그 사실을 저해하면 인간도 짐승도 미치오.
결과적으로 당신의 의부증이
남편의 정신을 쫓아내었소.
루시아나 형부가 거칠고 무례하고 사나울 때
언니는 부드럽게 나무랐을 뿐이에요.
[아드리아나에게]
저런 소리 듣고도 왜 대답을 못 해?
아드리아나 자책하는 내 마음을 보여주셨어.
여러분, 들어가서 그 사람을 붙잡으셔요.
수녀원장 누구라도 내 집에 들어갈 수 없다.
아드리아나 그럼 원장님의 하인들이 끌어내게 하세요.
수녀원장 안 되오. 이곳을 피난처로 택했으니까
내가 그의 정신을 돌려놓거나
내 일이 실패로 돌아가기까지는
당신들 손을 벗어날 권리가 있소.
아드리아나 남편을 돌보고 유모 노릇을 하면서
먹는 것에 유의하죠. 그게 내 일이니까요.
나밖에 딴 사람은 쓰지 않아요.
그러니까 집으로 데려가게 해주세요.
수녀원장 참으시오. 진액과 약물과 거룩한 기도로
효험이 공인된 내 방식을 사용해서
그 사람을 정상으로 돌려놓기 전에는
그 사람은 데려가지 못하오.
그 일은 내 서약의 중요한 일부로서
수녀회가 짊어진 자선의 의무요.
그러므로 떠나시오. 그를 여기 놔두시오.
아드리아나 남편을 여기 두고 떠나지 않겠어요.
남편과 아내를 떨어뜨려 놓는 건
거룩한 원장님께 걸맞지도 않아요.
수녀원장 조용히 떠나시오. 그를 안 내놔요.
[수녀원 안으로 퇴장]
루시아나 [아드리아나에게]
억울한 이 일을 공작님께 진정해.
아드리아나 같이 가자. 공작님 발 앞에 엎드려서
눈물과 애원으로 공작님을 움직여
직접 오셔서 수녀원장한테서
남편을 빼주실 때까지 일어나지 않겠어.
안젤로 지금쯤 해시계가 다섯 시를 가리키오.
이제 곧 공작께서 여기를 지나서
우울의 골짜기[46]로 가실 거라 생각되오.
여기 수녀원 개울 뒤쪽에 있는
죽음의 장소로서 참혹한 형장이오.
상인 2 무엇 때문이오?
안젤로 점잖은 시러큐스 상인이
불행히도 이 포구에 들어왔는데
이 도시의 법을 어겨서
그 죄로 참수형을 당하는 걸 보시려고요.
상인 2 그들이 와요. 우리 구경합시다.
루시아나 수녀원을 지나기 전에 공작님께 무릎을 꿇어.

46 즉 사형을 집행할 장소.

[에베소 공작 솔리누스와 결박당한 맨머리인
시러큐스의 상인 이지언이 사형집행인과 기타
순검들과 함께 등장]

공작 다시금 선포하니, 그 어떤 친구라도
이 사람을 대신해서 그 금액을 지불하면
그는 죽지 않으리라. 그토록 동정한다.

아드리아나 [무릎 꿇으며]
지존하신 공작님, 수녀원장을 책하세요.

공작 원장은 유덕하고 점잖은 분이시다.
너에게 잘못을 저지를 리 없는데.

아드리아나 실례하오나, 제 남편 안티폴루스는
공작님의 끈질기신 편지들에 복종해서
제 모든 재산과 저의 주인이 됐는데
오늘의 불행으로 광증에 사로잡혀
똑같이 미쳐버린 하인과 함께
무작정 거리를 헤집고 다니며
여염집에 뛰어들어 반지, 보석, 뭐든지
미친 눈에 좋은 걸 함부로 뺏어
시민에게 불편을 끼쳤어요.
일단 그를 묶어서 집으로 보내고
광증이 저지른 잘못들을 보상하려고
이곳저곳을 찾아다녔사온데,
어찌 탈출했는지 알 수 없지만
지키던 자들한테서 빠져나와서
똑같이 미친 남편의 하인과 함께
맹렬한 기세로 칼을 빼 들고
저희를 만나자 사납게 덤벼들어
저희는 달아났어요. 더 많은 사람을 모아
두 사람을 묶으려고 다시 왔더니
수녀원 안으로 달아나기에
따라왔더니 원장님께서 문을 닫고는
그를 데려가는 걸 허락지 않고
데려가라고 내놓지도 않아요.
자비하신 공작님, 명령으로 내주시고
데리고 가서 치료하게 도와주세요.

공작 [아드리아나를 일으키며]
네 남편이 전쟁에서 나를 섬겨서
그를 네가 남편으로 맞아들이면
내 모든 호의를 그에게 베푼다는
군주의 약속을 네게 주었었다.
—몇이 가서 수녀원의 문을 두드려서
원장에게 내 앞에 나오라고 하라.
우선 이 일을 결정짓겠다.
['불사조'로부터 급사 등장]

급사 [아드리아나에게]
아, 마님, 마님, 속히 피신하세요!
주인님과 하인이 빠져나와서
하녀들을 모두 패고 박사님을 묶어놓고
불길로 그 수염을 그을렸는데
불길이 커지자 시궁창 물을 퍼서
박사에게 쏟아부어 터럭 불을 껐어요.
주인님이 인내심을 훈계하실 동안에
하인은 그 머리를 광대처럼 잘랐어요.
마님이 얼른 가서 도와주지 않으시면
두 사람 사이에서 박사님은 죽습니다.

아드리아나 입 닥쳐, 멍청아. 두 사람 여기 있어.
그러니 네 말은 거짓말이야.

급사 목숨 걸고 제 말은 참말입니다.
제가 그걸 본 게 숨도 쉬기 전인걸요.
혈안이 되신 주인님은 마님을 잡는 날엔
낯을 다져 뭉갠다고 벼르십니다.
['불사조'에서 고함 소리]
들으세요, 저 소리! 마님, 달아나세요!

공작 [아드리아나에게]
내 옆에 서. 겁내지 마. 창검으로 지켜.
[에베소의 안티폴루스와 에베소의
드로미오가 '불사조'에서 등장]

아드리아나 어머나, 남편이네! 똑똑히 보셔요.
투명한 인간으로 옮겨 다녀요.
방금 여기 수녀원에 들어갔는데
지금 저기 있으니까 이해할 수 없네요.

에베소의 안티폴루스 자비하신 공작님, 판결을 원합니다.
과거에 공작님 섬긴 걸 기억하세요.
전투에서 공작님 생명을 구하고
공작님을 막아서며 생채기가 났었는데,
그때 잃은 피값으로 판결을 원해요!

이지언 [방백] 죽음이 두려워서 얼빠진 게 아니면
내 아들 앤타이폴로스와 드로미오 아닌가?

에베소의 안티폴루스 공작님, 저 여자에게 판결을 행하십시오.
공작님이 제 아내로 주신 여자인데요,
온 마음, 온 힘으로 말도 못 할 해악으로
제게 욕을 퍼붓고 창피를 주었어요.

오늘 그녀가 뻔뻔스레 제게 던진
몹쓸 말은 상상을 초월합니다.
공작 밝혀 말하라. 내 정의를 알게 하라.
에베소의 안티폴루스 공작님, 오늘 저 여자가 패거리와
제 집에서 먹고 마시며 문을 잠갔습니다.
공작 중대한 잘못이다! 여자여, 그리했는가?
아드리아나 아녜요, 공작님. 저와 남편과 동생이
같이 식사 했어요. 영혼을 걸고 맹세코,
저이가 저한테 지우는 죄는 거짓말예요.
루시아나 언니가 순전한 진실을 말씀드리지 않으면
차라리 저는 낮에 보지 못하고 밤에 자지 않겠어요.
안젤로 [방백]
오, 거짓된 여인! 둘 다 거짓말이다.
이걸 봐도 미친 자의 공격이 옳아.
에베소의 안티폴루스 전하, 신중히 드리는 말씀입니다.
술기운에 정신이 혼란된 게 아니며
저보다 현명한 사람도 미칠 일이지만
경솔하게 화내어 덤비지도 않습니다.
오늘 이 여자가 식사 때 문을 잠갔습니다.
저기 금은방 주인도 한패가 아니라면
증인이 될 건데, 그때 같이 있다가
사슬을 가져오겠다고 저와 헤어지면서
'고슴도치' 여관으로 가겠다고 했습니다.
거기서 발타자르가 저와 함께 식사했고,
식사를 마친 후에 그가 오지 않아서
찾으러 가다가 거리에서 만났는데
저 사람과 더불어 있었다고요!
[상인 2를 가리킨다.]
그런데 이자가 버럭버럭 우기길
오늘 제가 사슬을 받았다는 거예요.
제가 보지 않은 걸 자신도 잘 아는데요.
그래서 순검에게 저를 넘긴 거예요.
순순히 복종한 저는 하인에게 집에 가서
얼마를 가져오랬는데 빈손으로 왔기에
좋은 말로 순검에게 직접 집에 가자고
말했습니다. 가다가 도중에
아내와 처제와 그밖에 못된 패와
마주쳤어요. 저들 중에 핀치란 자를
데려왔는데 굶주려 핼쑥한 악당으로
순전한 뼈다귀, 엉터리 돌팔이,
남루한 요술쟁이, 점쟁이, 가난뱅이
퀭한 눈, 보기에 더러운 녀석이며
산송장이죠. 그토록 못된 자가
심령술사를 자처하고 나서서
제 눈을 살펴보고 진맥을 하고
쪽박 같은 얼굴로 저를 훑어보더니
절 보고 미쳤다고 외쳐대니까
저한테 우르르 달려들어 저를 묶어
집에 있는 어둡고 습한 지하실로
떠메다 놓고 하인도 저와 같이
묶어놨지만, 이빨로 밧줄을 끊고
자유를 얻게 되어 당장에 이리로
공작님께 달려온 겁니다. 원컨대
이런 심한 수치와 막대한 수모에
충분한 보상을 해주시기 빕니다.
안젤로 공작님, 제가 증명합니다. 저분은 집에서
식사하지 않았으며 문은 잠겨 있었어요.
공작 네게서 사슬을 받았는가, 안 받았는가?
안젤로 사슬을 받았습니다. 저분이 뛰어들 때
사슬을 목에 건 걸 여럿이 봤습니다.
상인 2 [안티폴루스에게]
뿐만 아니라 사슬을 받았단 말을
내 귀로 확실히 들었는데
장터에서 처음에 그 사실을 부인해서
당신한테 내 칼을 뺐던 겁니다.
그러자 당신은 여기 수녀원으로
달아났는데, 무슨 조화인지 나와 있군요.
에베소의 안티폴루스 수녀원 담 안에 들어간 적도 없고
당신이 나한테 칼을 뺀 적도 없소.
하늘에 맹세코, 사슬을 본 적도 없으니
나한테 지우는 짐은 모두 다 거짓이오.
공작 이리저리 뒤얽힌 고소와 고발이로다!
하나같이 마녀의 술잔[47]을 마신 것 같다.
이곳으로 쫓겼다면 여기 있겠고
미쳤다면 그처럼 설명을 못 했겠지.
[아드리아나에게]
같이 식사 했다는데 금은방 주인은
그 사실을 부인한다. [드로미오에게]

47 마녀 서시(키르케)가 주는 술을 마시자 모든 사람이 돼지로 변했다는 이야기가 『오디세이아』에 나온다.

네 말은 어떠냐?

에베소의 드로미오 [창녀를 가리키며]

저 여자와 잡수셨습니다. '고슴도치'에서요.

창녀 그래요. 그리고 반지를 빼어 갔어요.

에베소의 안티폴루스 맞습니다. 저 여자한테서 얻은 겁니다.

공작 [창녀에게]

그 사람이 수녀원에 들어가던가?

창녀 공작님을 뵙듯이 확실합니다.

공작 참으로 이상하군. 원장을 불러와라.

모두 멍청하거나 완전히 돌았다.

[한 사람이 수녀원으로 퇴장]

이지언 [앞으로 나서며]

강대하신 공작님, 한마디 하겠어요.

아마 제 목숨을 구해줄 친구가 있어서

저를 살릴 큰돈을 치를지도 모릅니다.

공작 시러큐스 사람아, 기탄없이 말하라.

이지언 [안티폴루스에게]

이름이 안티폴루스 아니오?

또한 저 사람은 하인 드로미오 아니오?

에베소의 드로미오 조금 전까지는 저분의 몸종이었죠.

하지만 고맙게도 밧줄을 끊어줘서

몸종 드로미오가 풀려난 거죠.

이지언 둘은 내가 누군지 기억하겠지?

에베소의 안티폴루스 당신을 보고서 우리 꼴을 기억해요.

우리도 당신처럼 묶여 있었으니까.

핀치의 환자는 아니실 거죠?

이지언 왜 낯선 사람 보듯 하냐? 잘 알면서.

에베소의 안티폴루스 평생에 당신을 처음 보았소.

이지언 너와 헤어진 이래 슬픔으로 변했구나.

시간의 병신 손이 근심 어린 자국을

낯설도록 이 얼굴에 그려놨구나.

하지만 목소리는 알아듣지 않아?

에베소의 안티폴루스 그것도 아닌데요.

이지언 드로미오, 너도 아니냐?

에베소의 드로미오 아닙니다. 분명 저도 아닙니다.

이지언 네가 모를 거라곤 의심치 않아.

에베소의 드로미오 그건 당신 자유지만 저는 확실히

아닙니다. 상대가 무얼 부인하든지 당신은

그렇다고 믿어야 해요.

이지언 내 목소릴 모른다고? 그야말로 말세로다!

짧은 7년 동안에 시간이 혓바닥을

갈라놓아서 여기 내 외아들까지

조율이 되지 못한 희미한 가락을

모르겠단 말이지? 주름진 내 얼굴이

나부끼는 흰 눈 속에 수액은 말라가고

피가 돌던 혈관들이 모두 얼어붙어도

인생의 어둔 밤도 기억이 남아 있고

꺼져가는 등불도 가는 빛이 남아 있고

먹은 귀도 조금은 들을 수 있다는데.

그런 옛날 증인들이 네가 내 아들

안티폴루스라고 하는데, 틀릴 수 없어.

에베소의 안티폴루스 평생에 아버지를 본 적이 없소.

이지언 얘, 너도 알다시피 시러큐스에서

헤어진 지 7년밖에 안 됐다. 아들아,

곤란에 빠진 아비를 시인하기 싫겠지.

에베소의 안티폴루스 공작님과 나를 아는 시민 모두가

그렇지 않다는 걸 증언할 거요.

평생 시러큐스를 본 적도 없소.

공작 [이지언에게]

시러큐스인, 나는 지난 20년간

안티폴루스의 후견인이었는데

그동안 내내 그는 시러큐스를 본 적이 없어.

연로하고 위험 중이라 착각일지 모른다.

[수녀원으로부터 원장이 시러큐스의

안티폴루스와 시러큐스의 드로미오와

함께 등장]

수녀원장 강성하신 공작님, 수모당한 사람입니다.

[모두가 그들을 보려고 모여든다.]

아드리아나 남편이 둘예요. 아니면 눈이 속았어요.

공작 둘 중의 하나는 다른 자의 '정령'이다.

그러므로 어느 것이 흔히 보는 사람이며

어느 것이 정령인가? 누가 구별하겠나?

시러큐스의 드로미오 제가 드로미오요. 저자를 없어지라고 하세요.

에베소의 드로미오 제가 드로미오요. 저에게 있으라고 하세요.

시러큐스의 안티폴루스 어르신, 이지언 아니시오? 또는 혼령이거나.

시러큐스의 드로미오 오, 주인 어르신. 누가 묶어 놓았지요?

수녀원장 누가 매었던 간에 내가 풀어줘서

자유를 찾아주고 남편을 얻겠소.

늙은 이지언, 예전에 에밀리아란

아내가 있던 사람인지 말씀하세요.

한꺼번에 두 아들을 낳아줬지요.

오, 이지언이 맞다면 말씀하세요.

바로 그 에밀리아에게 말씀하세요.
공작 아침에 저 사람이 한 말이 사실이다.
안티폴루스 두 사람이 서로 같고
드로미오 두 사람도 서로 닮았다.
아내가 난파당했단 이야기를 했었다.—
이들은 아들들의 어버이인데
우연히 서로 만나게 되었다.
이지언 이게 꿈이 아니라면 당신은 에밀리아!
그게 당신이라면 운명의 그 돛대에
당신과 함께 떠나간 아들은 어디 있소?
수녀원장 에피담눔 사람들이 아들과 나를
드로미오 쌍둥이 짝과 함께 구출했어요.
그러자 코린트의 사나운 어부들이
드로미오와 아들을 강제로 뺏어 가고
에피담눔 어부들과 나를 남겨 놓았어요.
그 애들이 어떻게 됐는지 난 몰라요.
당신 보는 대로 이렇게 되었네요.
공작 [시러큐스의 안티폴루스에게]
안티폴루스, 너는 코린트에서 왔다고 했다.
시러큐스의 안티폴루스 아닙니다. 저는 시러큐스에서 왔어요.
공작 둘이 따로 서 있어라. 누가 누군지 모르겠다.
에베소의 안티폴루스 제가 코린트에서 왔어요, 자비하신 공작님.
에베소의 드로미오 저도 같이 왔습니다.
에베소의 안티폴루스 공작님의 고명하신 숙부시며 용사이신
메나폰 공작께서 저를 여기 데려오셨습니다.
아드리아나 아까 나와 점심 같이한 분이 누구시죠?
시러큐스의 안티폴루스 나요, 점잖은 부인.
아드리아나 내 남편 아니고요?
에베소의 안티폴루스 아닙니다. 확실히 아닙니다.
시러큐스의 안티폴루스 내가 그 사람이지만 부인이 나를 불렀고
부인의 동생인 아름다운 규수께서
나에게 형부라고 했소. [루시아나에게]
그때 내가 말한 걸
실천할 때가 오길 고대하는 마음이오.
내가 보고 듣는 게 꿈이 아니면.—
안젤로 이 사슬은 당신이 내게서 받으셨소.
시러큐스의 안티폴루스 그런 것 같소. 부인하지 않겠소.
에베소의 안티폴루스 [안젤로에게]
이 사슬 때문에 나를 가둬 두었소.
안젤로 그런 것 같소. 부인하지 않겠소.
아드리아나 [에베소의 안티폴루스에게]
드로미오 편으로 당신의 보석금을
보내드렸었는데 가져가지 않았군요.
에베소의 드로미오 아니에요. 그런 일이 없어요.
시러큐스의 안티폴루스 [아드리아나에게]
이 더컷 자루는 부인이 주신 건데
하인 드로미오가 내게 가져왔소.
우리 각자가 남의 하인을 만났었소.
내가 그를 잘못 보고 그는 나를 잘못 봤소.
그래서 오해가 연발되었소.
에베소의 안티폴루스 이 돈을 아버지의 몸값으로 냅니다.
공작 그럴 필요 없다. 네 아버지는 살아났다.
창녀 [에베소의 안티폴루스에게]
그 다이아 반지는 돌려주세요.
에베소의 안티폴루스 자, 받아요. 좋은 대접 받아서 매우 고맙소.
수녀원장 고명하신 공작님, 수고로우시겠지만
함께 여기 수녀원에 들어가셔서
여러 가지 이야기를 자세히 들으세요.
하루 동안 오해로 곤란을 겪었던
여기 계신 모든 분도 함께 오세요.
어떠한 궁금증도 풀어드리겠어요.
33년 동안을 너희 때문에
산고를 겪었구나. 이 순간이 오기까지
무거운 내 몸을 풀지 못했다.
공작님과 남편과 내 두 아들과
저들의 출생을 말해주는 두 사람은
대모의 잔치에 와서 함께 즐겨주세요.
그토록 긴 슬픔 끝에 그토록 큰 기쁨예요!
공작 그 잔치에 기꺼이 어울리겠다.
[두 드로미오와 두 안티폴루스를
제외하고 모두 수녀원 안으로 퇴장]
시러큐스의 드로미오 [에베소의 안티폴루스에게]
주인님, 배에서 짐들을 내릴까요?
에베소의 안티폴루스 드로미오, 물건 중 무얼 배에 실었나?
시러큐스의 드로미오 '천마장' 여관에 놔뒀던 물건이죠.
시러큐스의 안티폴루스 내게 하는 말이야. 내가 네 주인이다.
자, 같이 가자. 그 일은 차차 하겠다.
형제와 포옹해라. 같이 즐거워해라.
[안티폴루스 형제가 수녀원으로 퇴장]
시러큐스의 드로미오 네 주인 집 안에 뚱보가 있던데
오늘 점심때 부엌에서 나한테 밥을 줬어.
그러니까 아내가 아니라 제수씨야.

에베소의 드로미오 너는 내 거울이지 형이 아니야.
너를 보니까 나란 놈도 잘난 젊은이야.
시러큐스의 드로미오 아니야. 네가 형이야.
에베소의 드로미오 그게 문제야. 어떻게 알아봐?
시러큐스의 드로미오 누가 형인가 제비를 뽑자. 그때까진
네가 앞장서.
에베소의 드로미오 아니야, 이렇게 하자.
우리는 형제로 세상에 나왔으니까
이제는 앞뒤 없이 손잡고 가자.

[수녀원 안으로 둘 퇴장]

# 말괄량이 길들이기
## *The Taming of the Shrew*

## 연극의 인물들

캐서리나 미놀라 (캐서린, 케이트라고도 함) 만토바의 말괄량이
비안카 그녀의 여동생
뱁티스타 그녀의 아버지
페트루초 베로나 출신, 캐서리나의 구혼자, 나중에 그녀의 남편
그루미오 그의 하인
커티스, 내서닐, 필립, 조지프, 니콜러스, 피터, 그 외에 페트루초의 집안 하인들
그레미오 파도바의 돈 많은 노인, 비안카의 구혼자 중 하나
호텐쇼 다른 구혼자, 한동안 음악과 수학 교사 리시오로 변장
루센쇼 피사 출신의 더 젊은 구혼자, 끝에 가서 비안카의 남편, 교사 캠비오로 변장
트래뇨 그의 하인, 루센쇼인 척함
본델로 루센쇼의 다른 하인
빈센쇼 루센쇼의 아버지
교사 점잖아 보이는 노인, 만토바 출신, 트래뇨의 제안으로 빈센쇼인 척함
과부 호텐쇼의 아내가 됨
양복장이
모자장이
관리
루센쇼와 뱁티스타의 기타 하인들

[서막에서]
크리스토퍼 슬라이 (크리스토페로라고도 함) 술 취한 땜장이며 걸인
주모 아마도 윈콧의 메리앤 해킷인 듯
영주, 부하 사냥꾼들, 그의 시동, 하인들
유랑 극단 극중극의 인물들로 연기함

# 말괄량이 길들이기

## 서막 1

[걸인 크리스토퍼 슬라이와 주모 등장]
슬라이 진짜 혼날 줄 알아.
주모 이 오라질 놈, 빌어먹을 녀석아!
슬라이 형편없는 여편네! 슬라이 집안 치고 빌어먹는 놈
없다. 역사책 뒤져봐. 리처드 정복자[1]와 같이
왔다. 요컨대 세상은 될 대로 되래. 이상 무!
주모 네가 깨뜨린 유리잔 값 안 낼 셈이냐?
슬라이 한 푼도 안 낸다. 가만있어, 성 제로니미.[2]
차가운 자리 속에 들어가 몸이나 녹여.
주모 좋은 길 있지. 얼른 가서 순검 나부랭이라도
불러와야지. [퇴장]
슬라이 첫째 둘째 셋째 놈 불러와라. 법대로 대꾸할게.
한 치도 물러서지 않겠다. 오래라. 환영이다.
[그가 잠든다. 뿔나팔 소리가 들린다.
사냥터에서 수행원들을 데리고 영주 등장]
영주 사냥꾼, 개들을 정성껏 보살펴라.
메리먼[3]은 쉬게 하고—불쌍한 것, 숨이 차다.
소리 굵은 클루더는 다른 놈과 잡아매라.
실버가 낌새를 놓치더니 울타리
모퉁이에서 다시 찾는 거 너도 잘 봤지?
그놈은 20냥을 준대도 안 내놓겠다.
사냥꾼 1 아, 벨먼도 그만큼은 됩니다, 나리.
낌새가 싹 가시자 마구 짖어대더니
오늘은 두 번이나 희미한 냄새를
찾아낸걸요. 확실히 그놈이 낫습니다.
영주 이런 멍청이. 에코가 그만큼 빠르면
그런 개 열두 마리 값이 더 나가.
어쨌든 잘 먹이고 모두 잘 살펴줘라.
내일 다시 사냥 나갈 테니까.
사냥꾼 1 예, 그러죠.
영주 이게 뭔가? 죽었나, 취했나? 숨이 있나?
사냥꾼 2 숨이 있네요. 술기운이 아니면
차가운 바닥에서 잠들 수 있나요?
영주 끔찍한 짐승이군. 영락없는 돼지야!
음침한 죽음아, 네 꼴 참말 더럽다!
얘들아, 여기 술 취한 놈한테 장난치겠다.
침대에 갖다 누이고 좋은 잠옷을 입혀주고
손에 반지를 끼우고 침대 옆의 자리엔
맛있는 간식을 차려놓고 녀석이 깰 때쯤
잘 차린 시종들이 곁에 있으면
자기가 거지란 걸 모를 게 아닌가?
사냥꾼 1 물론이죠. 좋아서 거지 된 놈은 없으니까요.
사냥꾼 2 잠에서 깨어나면 이상할 테죠.
영주 기분 좋은 꿈이나 허무한 공상처럼.—
그러고는 데려다가 요령껏 장난치자.
제일 좋은 방으로 가만히 옮겨놓고
음탕한 그림을 사면에 걸어놓고
지저분한 머리에다 향수를 발라주고
향나무를 태워서 향기롭게 만들고
음악을 마련해서 잠에서 깨어날 때
달콤한 천상의 소리를 들려주어라.
그리고 이놈이 입을 열어 말할 때
얼른 준비했다가 공손하게 절하고
'어른께서 무엇을 명하세요?'라고 해라.
한 사람이 장미 물을 가득 담아서
꽃잎 띄운 은쟁반을 올려 드리고
한 사람은 물병을, 한 사람은 수건을
들고 섰다가 '손 씻으실까요?' 해라.
누군가는 값진 옷을 준비하고 있다가
무슨 옷을 입으실지 여쭈어봐라.
누군가는 영주님의 개와 말을 얘기하고
마님은 낭군님 병환으로 슬퍼하신다 해라.
정신병을 앓았다고 믿게끔 해라.
자기가 누구라고 하면 꿈꾼다고 말해라.
굉장하신 대공님일 뿐이시니 그렇다고 해.
너희들은 그리하되 천연스레 연기해라.
비할 데 전혀 없는 놀이가 되겠다.
차분히 차근차근 진행한다면.—
사냥꾼 1 대공님, 각자가 맡은 역을 착오 없이

1 13세기에 잉글랜드를 정복한 사람은 윌리엄이지 리처드가 아니었다. 부랑자로 다니면서 잘못 주워들은 소리다.
2 당시 유명했던 어떤 연극의 구절을 이렇게 함부로 인용하여 욕설로 쓴다.
3 다음에 나오는 클루더, 실버, 벨먼, 에코 등도 사냥개의 이름. 당시 영주들은 짖는 소리가 각양각색인 사냥개들을 즐겨 길렀다.

행할 텝니다. 조심하는 마음으로
저희 말을 믿게끔 꾸미겠습니다.
영주 가만히 들어다가 침대에 눕혀라.
깨어나면 각자는 제 위치로 가 있어라.
[슬라이를 옮겨 간다.]
[나팔들이 울린다.]
야, 너 가서 웬 나팔인지 알아봐. [하인 퇴장]
혹시 어떤 귀족이 여행을 갔다가
여기서 쉬어 갈 작정인지 모른다.
[하인 등장]
뭔가? 누군가?
하인 대공님, 유랑 극단인데요,
대공님께 보여드린답니다.
[배우들 등장]
영주 오라고 해라. 친구들, 어서들 와라.
배우들 감사합니다, 대공님.
영주 오늘 저녁 나하고 지내겠는가?
배우들 대공님께서 저희를 받아주시면.
영주 여부 있나! 이 친구는 생각나.
이전에 농부의 맏아들 역을 했지.
매우 능숙하게 여자한테 구애했어.
네 이름은 잊었다만 맡았던 역에
무척 잘 맞고 연기도 자연스러웠지.
배우 2 '소토' 역 말씀이군요.
영주 맞아, 그랬지. 그때 아주 잘했다.
그런데 너희들 알맞게 왔다.
지금 무슨 장난을 꾸미는 중인데
너희 재주가 크게 도움 되겠다.
오늘 밤 어떤 대감이 연극을 보는데
너희가 지나치게 조심할까 걱정된다.
그분의 이상한 행동을 보고 너희가
—연극을 보신 적이 처음이라서—
웃음을 터뜨리는 바람에 대감께서
화내실지 모른다. 미리 말해 두는데,
너희가 웃으면 점점 성을 내신다.
배우 1 이 세상 최고의 익살꾼이래도
웃음을 참을 테니 염려 마세요.
영주 [하인에게]
저 사람들을 술청으로 데리고 가서
모두가 흡족하게 대접해줘라.
내 집에 있는 거로 부족이 없게 해.
[배우들과 함께 하인 퇴장]
야, 너는 시동 바톨미한테 가서
귀부인처럼 차려입게 도와줘라.
그러고 나서 술꾼 방에 데리고 가서
시동한테 그에게 '마님'이라고 부르라 하고 절하라 해라.
내 맘에 들려면 시키는 대로 하고,
귀부인이 어떻게 낭군을 대하는지
봤을 테니 귀족에 어울리게
말씨와 몸짓을 꾸미라고 해.
그처럼 술 취한 녀석에게 예를 갖추고
은근한 음성과 공손한 태도로
'귀하신 분부가 무엇인가요?
대감의 부인이며 겸손한 아내가
충성과 사랑을 보이렵니다.' 하고는
따뜻한 포옹과 매혹적인 키스로
머리를 가슴에 묻고 지난 7년 동안
자신을 천하고 더러운 거지로 생각하던
귀하신 낭군께서 건강을 회복하여
너무나 기뻐 눈물을 흘린다고 해.
우는 척하면서 눈물을 쏟아놓는
여자의 재주가 시동한테 없으면
임시방편으로 양파도 괜찮아.
수건에 싸서 눈에 슬쩍 갖다 대면
억지 눈물을 짜낼 수 있을 테니까.
되도록 빨리 이 일을 수행해.
곧이어 조금 더 지시하겠다. [하인 2 퇴장]
시동이 귀부인의 우아한 몸가짐,
목소리, 걸음걸이, 행동을 흉내 낼 거다.
취한 놈을 '낭군'이라 하는 걸 듣고 싶다.
멍청한 촌놈한테 부하들이 굽실대며
웃음을 참느라고 무진 애를 쓰겠지!
들어가 충고하겠다. 혹시 내가 있으면
지나친 장난기가 줄어들 수 있거든.
그러지 않았다간 끝까지 가게 돼. [모두 퇴장]

## 서막 2

[술 취한 슬라이와 시종들(일부는 옷, 대야, 물병,
기타 기구들을 들었다)과 영주가 위에 등장]
슬라이 제발, 약한 거로 한 병 주쇼.

하인 1 대감마님, 백포도주 한잔 하실까요?

하인 2 대감마님, 꿀에 잰 과일 드실까요?

하인 3 대감마님, 오늘은 무슨 옷 입으실 건가요?

슬라이 나 크리스토퍼 슬라이야. 나더러 '대감'이나 '대감마님'이라고 하지 마. 내 평생에 백포도주는 마셔본 적이 없어. 나한테 줄 무슨 절임이 있다면 쇠고기 조림이나 줘. 무슨 옷 입을지는 절대로 묻지 마. 잔등 가릴 저고리도, 다리 껠 바지도 없단 말씀이야. 신발보다 벗은 발일 때가 많거든. 아니면 거죽으로 발가락이 빠끔히 내다뵈는 신발일 때거나.

영주 대공님의 헛된 기운, 없어지길 빕니다!
그토록 높은 가문, 훌륭하신 분이며
대단한 재산과 명망 높은 대인께서
그런 못된 악령이 들리시다니!

슬라이 왜 이래? 날 미친놈으로 몰려고 해? 나 크리스토퍼 슬라이 아냐? 버턴히스의 슬라이 노인의 아들, 날 때는 행상, 배운 건 털 고르개, 바꿔서 곰지기, 지금은 땜장이 아냐? 윈콧의 뚱보 주모 메리앤 해킷한테 물어봐. 나를 모른다면, 그년이 싸구려 술값으로 내가 14전 긋지 않았다 하면 기독교 천지에서 내가 최고 거짓말쟁이라고 욕해도 좋아. 뭐가 뭔지 모르겠다. 이건—

하인 3 그래서 마님께서 우시는 겁니다.

하인 2 그래서 하인들이 근심하는 겁니다.

영주 그래서 친척들이 대공님의 기이한
정신병에 쫓긴 듯 이 댁을 피해요.
귀하신 대공님, 가문을 생각해서
이전 혼을 추방에서 불러오시고
비천한 꿈일랑은 추방하세요.
대공님의 하인들이 대령하고 있어요.
손짓만 하시면 일할 채비입니다.
음악 들으실까요? [음악] 아폴로의 연주예요.
조롱 속 두견새 스무 마리가 노래해요.
주무실까요? 세미라미스[4]를 위해서 꾸민
호사로운 침대보다 훨씬 더 보드랍고
향기로운 침상으로 모셔 드리죠.
산책하실까요? 땅에 향초 뿌리죠.
승마하실까요? 일산을 씌우고
온통 금과 진주로 마구를 치장하죠.
매사냥 즐기세요? 새벽 종달새보다
높이 솟는 매가 있죠. 사냥을 하실까요?
개 짖는 소리에 하늘이 응답하고
땅속의 동굴들은 메아리를 울리겠죠.

하인 1 토끼 사냥 가시지요. 사냥개들은
기운 센 사슴만큼 빠르고 고라니보다 빨라요.

하인 2 그림 좋아하세요? 흐르는 시냇가의
아도니스와 왕골 밭에 숨어 있는
다이애나[5] 그림을 당장 갖다 드리죠.
끄덕이는 왕골이 바람과 장난칠 때
여신의 숨결과 희롱하는 듯해요.

영주 처녀 시절 이오[6]의 그림을 보여드리죠.
그녀가 느닷없이 당하는 장면인데,
벌어지는 그대로 나타낸 그림이죠.

하인 3 또는 처녀 다프네[7]가 험한 숲을 방황하다가
다리가 긁혀서 피가 난다니까
아폴로도 그걸 보고 울었지요,
피와 눈물을 그토록 잘 그렸죠.

영주 당신은 대공이며 영락없이 대공이오.
이 같은 말세에 누구보다 아름다운
귀부인을 아내로 두신 대공이시오.

하인 1 부인께서 대공 위해 흘리신 눈물이
어여쁜 그 얼굴을 심술궂은 홍수처럼
뒤덮기 전에는 절세미인이셨고
지금도 뉘에게도 뒤지지 않으시죠.

슬라이 내가 정말 대공이고 아내도 그러한가?
지금 이게 꿈인가? 옛날 일이 꿈이었나?
자는 건 아니다. 보고 듣고 말도 해.
좋은 냄새도 맡고 만지면 보드라워.
확실히 내가 진짜 대공이 맞아.
땜장이도 아니고 슬라이도 아니다.
그럼, 에헴, 부인을 이리로 모셔 와라.
그리고 겸해서 술 한잔 올려라.

하인 2 대공님, 혹시 손을 씻으실까요?
정신이 드신 걸 보니 한없이 기쁘네요!

4 고대 아시리아의 음탕하기로 악명 높았던 왕비.
5 미소년 아도니스를 비너스가 사랑했다는 이야기와 목동 엔디미온을 달의 여신 다이애나가 사랑했다는 이야기를 뒤섞고 있다.
6 제우스는 처녀 이오를 짙은 안개 속에 숨어서 겁탈했다.
7 큐피드의 사랑의 화살을 맞은 아폴로가 다프네를 쫓아갔으나 납 화살을 맞은 그녀는 한없이 달아나다가 월계수가 되었다.

자신이 뉘신지 아시기만 하시면!
지난 15년간 꿈속에 계셨어요.
깨셨다 해도 주무시듯 하셨어요.
슬라이 15년이나! 정말 한숨 잘 잤군.
한데 그동안 아무 말도 안 했나?
하인 1 말씀은 많으셨는데 엉뚱한 거였죠.
이렇게 넓은 방에 누워 계시면서도
문간에서 매 맞고 쫓겨났다 하시면서
술집 여주인에게 욕을 퍼부으시고
증서 없는 항아리를 가져왔다고
영주님 재판 때 고발한다 하셨어요.
어떤 때는 시슬리를 부르기도 하셨어요.
슬라이 아, 그건 그 집 하녀야.
하인 3 그런 술집도 그런 하녀도 모르시는데,
대공께서 되뇌시던 사내들도 모르십니다.
스티븐 슬라이, 그리스 존 냅스 노인,
피터 터프, 헨리 핌퍼넬,[8] 그밖에
그런 사내 스무 명은 족히 될 것이에요.
그런 자는 있지도 않고 본 적도 없어요.
슬라이 하느님, 고마워요. 인제는 나았네요.
모두 아멘.
[시동이 귀부인으로 변장하고 시종들과
함께 등장]
슬라이 고맙다. 절대로 손해 보지 않을 테다.
시동 귀하신 대공님, 어떠신가요?
슬라이 매우 좋다. 먹을 게 넉넉하다.
아내는 어디 있나?
시동 저 여기 있어요. 무얼 원하시나요?
슬라이 내 색신데 나한테 '여보'라고 안 하기야?
부하들한텐 '대공'이지만 나는 네 남편이야.
시동 남편 대공님, 대공님 남편, 저는
모든 일에 순종하는 당신의 아내예요.
슬라이 잘 알아. 뭐라고 부르지?
영주 '부인.'
슬라이 '앨리스 부인'인가 '존 부인'인가?
영주 그냥 '부인'이죠. 대공들은 그렇게 부릅니다.
슬라이 부인 여보, 내가 15년 넘게
꿈꾸면서 잤다고 말들을 하는데.
시동 맞아요. 저에게는 30년 되는 듯해요.
그동안 내내 함께 눕지도 못했어요.
슬라이 너무하군. 하인들, 우리만 남기고 가.
[영주와 하인들 퇴장]
부인, 옷 벗고 자리에 들어와.
시동 고귀하신 대공님, 간절히 원하오니
하루나 이틀만 용서하셔요.
그게 어려우시면 해가 질 무렵까지요.
의사들이 단단히 일러 가로되,
증세가 재발할 위험이 있으므로
대공님의 잠자리는 피하라고 했어요.
이만하면 변명의 이유가 될 테죠.
슬라이 그렇다만, 그때까지 기다리긴 힘들겠다.
하지만 그 꿈으로 돌아가긴 싫으니까
살과 피가 욱실대도 기다리겠다.
[하인 등장]
하인 대공님의 배우들이 회복에 즈음해서
명랑한 희극을 공연하러 왔습니다.
지나친 우울감이 대공님의 피를 굳혀
우울증이 광증의 모체인 걸 알고는
의사들도 대공께서 연극을 보시며
놀이와 즐거움에 생각을 맞추시면
온갖 병을 막으며 수명이 늘거라며
매우 좋게 여기어서 찬성하고 있습니다.
슬라이 좋아. 보겠어. 와서 놀라고 해. 오락 장난이나
크리스마스 놀이나 땅재주 아닌가?
시동 아니에요, 대공님. 더 재미있는 거예요.
슬라이 뭐야, 집안 놀인가?
시동 이야기의 하나죠.
슬라이 하여튼 보자. 이리 와, 부인 마누라. 옆에 앉아서
세상은 잊어버려. 암만해도 젊어지진 못하니까.

## 1. 1

[주악. 루센쇼와 그의 하인 트래뇨 등장]
루센쇼 트래뇨, 아름다운 학문의 요람인
파도바[9]를 무척이나 그리다가

8 이 사람들은 모두 셰익스피어의 고향 마을 인근 주민들이었다고 생각된다.
9 이탈리아 북동부에 있는 이 오래된 도시에 매우 유서 깊은 대학이 있다. 롬바르디아는 북부 전체를 가리킨다.

위대한 이탈리아의 즐거운 낙원,
풍성한 롬바르디아에 도착했구나.
아버님의 사랑과 승낙으로 후원을 받고
아버님의 좋은 뜻과 모든 일에 믿음직한
충실한 나의 하인 너를 벗 삼아
이곳에 자리 잡고 행복을 누리며
지혜로운 연구와 학문을 시작하련다.
엄숙한 시민들로 유명한 피사[10]에서
내가 태어났으며 온 세상에 알려진,
큰 사업의 상인이신 아버님 빈센쇼는
애초에 벤티볼리[11] 출신이셨지.
피렌체에서 성장한 그분의 자식이
올바르게 행동하고 자신의 행운을
아름답게 치장하여 그분의 염원에
이바지하는 것이 마땅한 일이다.
따라서 트래뇨, 공부하는 동안 나는
특별히 선행으로 성취하도록
행복한 삶을 다루는 철학 분야와
선에 매진하겠다. 얕은 늪을 떠나서
깊은 물에 뛰어들어 지겹도록 목마름을
끄려 하는 사람처럼 피사를 떠나서
파도바에 왔구나. 네 생각을 말해라.

트래뇨 '메 파르도나토',[12] 귀한 도련님,
저는 모든 일에 도련님과 꼭 같습니다.
이처럼 계속하여 달콤한 철학에서
단맛을 보시려는 결심이라 기쁩니다.
다만, 이런 선, 이런 덕의 가르침을
숭배하시되 금욕주의자나 목석은
되지 맙시다. 또는 오비디우스[13]를
전적으로 부정하여 추방할 만큼
아리스토텔레스[14]의 금기에는
기울지 마십시다. 친구들과 논리를
따지시고 일상적인 대화 가운데서도
수사법을 연습하며, 음악과 시로
머리에 생기를 불어넣으시고
수학과 형이상학은 기분 나는 만큼만
맛보도록 하세요. 즐거움이 없는 곳에
이익도 없어요. 한마디로 하자면,
가장 좋아하시는 걸 공부하세요.

루센쇼 고맙다, 트래뇨. 좋은 충고다.
본델로, 그만 상륙한다면
우리는 즉시 준비할 수 있어서
파도바에서 차츰 생길 친구들을
맞이하기 알맞은 거처를 구하겠다.
한데 잠깐 기다려. 어떤 사람들인가?

트래뇨 우리를 맞이하는 구경거리 같군요.
[뱁티스타가 두 딸 캐서리나와 비안카,
비안카의 구혼자인 호텐쇼,
그레미오와 함께 등장. 루센쇼와 트래뇨는
옆에 선다.]

뱁티스타 신사 양반들, 내게 그만 졸라요.
내 결심이 얼마나 단단한지 알잖아요!
맏딸의 남편감을 구하기 전에는
절대로 둘째 딸을 안 준다고 했어요.
당신들을 잘 알고 좋아하기 때문에
당신들 중 하나가 캐서린을 사랑하면
그 애한테 마음대로 구애해도 괜찮아요.

그레미오 차라리 잡아가지.[15] 내겐 너무 사나워.
이거 봐, 호텐쇼, 마누라 얻고 싶어?

캐서리나 [뱁티스타에게]
아버지, 내가 이런 '짝패들' 가운데서
놀림감이 되는 걸 바라시나요?

호텐쇼 '짝패'라니, 아가씨, 무슨 말이오?
좀 더 얌전해야만 '짝패'가 생기오.

캐서리나 정말이지 할아버진 걱정할 거 없어요.
결혼 따윈 절반도 마음에 없으니까.
마음에 있대도 마누라로서 내가 할 짓은
걸상 발로 대가리를 긁는 거고
얼굴에 피를 내어 광대마냥 부리는 거예요.

호텐쇼 주여, 그런 마귀에게서 구원하소서!

그레미오 저도 구원하소서!

트래뇨 [루센쇼에게 방백]

10 '기운 탑'(피사의 사탑)으로 유명한 이 중세 도시는 이탈리아 중부에 있다.
11 15세기에 이름 높던 가문.
12 '저를 용서하십시오', '실례합니다'라는 뜻의 이탈리아어. 유식하게 처신한다.
13 로마의 육감적인 이 시인의 『사랑의 방법』, 『변신 이야기』 등은 널리 알려졌었다.
14 인기 있던 그의 『니코마코스 윤리학』은 윤리적 행동의 강령을 나열하고 있다.
15 원문은 창녀를 마차로 끌고 가며 채찍으로 때리는 형벌을 뜻한다. 우리말에서 '때가는 것'은 '잡아가는 것'을 뜻했다.

가만 계세요, 도련님. 오락이 벌어져요.
저 계집은 미쳤거나 지독히 괴팍해요.

루센쇼 [트래뇨에게 방백]
하지만 다른 애는 조용해서 처녀다운
얌전한 태도와 마음씨가 보이누나.
조용해라, 트래뇨.

트래뇨 좋습니다, 도련님. 실컷 보세요.

뱁티스타 친구들, 방금 내가 말한 걸
실천에 옮길 테요.—비안카, 들어가.
실쭉하진 말아라, 착한 비안카.
그렇다고 내 사랑이 덜한 건 아니야.

캐서리나 귀여운 응석받이! 영리한 계집애면
자기 눈에 손가락을 쑤셔 넣겠지![16]

비안카 언니야, 내 불만에 만족하겠다.
아버님의 뜻에 말없이 순종해요.
책과 악기를 벗으로 삼겠어요.
혼자 읽고 혼자 연습하겠어요.

루센쇼 [트래뇨에게 방백]
들어봐. 미네르바[17]가 말하듯 해.

호텐쇼 뱁티스타 어르신, 그리 매정하시오?
우리들의 선의가 비안카에게 슬픔이 되니
참 안됐소.

그레미오 뱁티스타 어르신, 어째서
저런 악귀 때문에 비안카를 가둬놓아
그녀의 욕설을 참아내게 하세요?

뱁티스타 친구들, 알아둬요. 단단히 결심했소.
들어가, 비안카. [비안카 퇴장]
저 애가 음악과 악기와 시를
무척 좋아하는 걸 알기에
어린 사람 가르치기 알맞은 교사들을
집 안에 두겠소. 혹시 호텐쇼나
그레미오가 그런 이를 안다면
이리로 보내줘요. 재간 있는 사람이면
후하게 대접하고 우리 애들도
좋은 교육 받도록 풀어놓겠소.
잘들 가요.—캐서리나, 있어도 괜찮다.
비안카와 얘기할 게 남아 있는데. [퇴장]

캐서리나 그러니까 가도 된단 말이다. 안 그래? 그래서
시간표를 정해준단 말이지? 내가 무얼 택하고
무얼 버릴지 아무것도 모르는 천치 바본가? 흥! [퇴장]

그레미오 마귀 어미한테 가거라. 네 재간이 너무 좋아서
너 간다고 붙잡을 자는 없다.—호텐쇼, 아무리
여자를 사랑한대도 남자들이 다 함께 손가락
호호 불며 참으면 이겨낼 수 있겠소. 우리들의
반죽은 모두 설었소.[18] 잘 가소. 하지만 비안카를
사랑하는 마음에서 그녀가 좋아하는 걸 가르칠
자를 보기만 하면 그녀 부친에게 추천하겠소.

호텐쇼 나도 그러겠소. 한데 한마디 합시다. 경쟁하는
입장이라 우리 둘은 지금껏 서로를 용납하지
않았지만 곰곰이 생각하니 어여쁜 비안카에게
접근하여 그녀 사랑의 행복한 경쟁자가 되려면
특별히 이것 하나는 성취해야 한다는 게 우리
두 사람이 함께 걱정할 일이오.

그레미오 그게 뭐요?

호텐쇼 다름 아니라 언니에게 남편 구해주는 일이오.

그레미오 남편? 마귀요.

호텐쇼 남편 말이오.

그레미오 마귀 말이오. 호텐쇼, 그녀 아버지가 굉장한
부자이긴 하지만 지옥하고 결혼할 완벽한 바보가
어디 있겠소?

호텐쇼 그만두쇼, 그레미오. 당신이나 나나 그런 시끄러운
악다구니를 도저히 견뎌낼 수 없지만, 그런 갖가지
못된 성질에도 불구하고, 게다가 돈까지 넉넉한
판이라 잘 찾아보면 그녀를 데려갈 맘씨 좋은
사내가 세상에 있을 거요.

그레미오 난 모르겠소. 하지만 그런 짓은 매일 아침 광장
복판에서 십자가에 달려서 채찍 맞는단 조건으로
그녀의 지참금을 받는 거나 마찬가지요.

호텐쇼 썩은 사과 더미는 골라봐야 그게 그거라는 속담처럼
아버지의 선언으로 둘은 한편이 되었으니까 맏딸이
남편을 얻게끔 도와서 막내딸이 마음대로 남편을
얻기까지 우정을 계속하고 후에 다시 경쟁하지요.
어여쁜 비안카! 이기는 자에게 행복 있어라! 빨리
뛰는 사람이 반지 얻기요. 어때요, 그레미오 씨?

그레미오 같은 생각이에요. 끝까지 구애하고 결혼하고 동침하고
그녀를 그 집에서 몰아내는 사내한테 파도바에서

16 눈동자에 손가락이 닿으면 눈물이 나서 우는 척하게 된다.
17 미네르바는 로마신화에 나오는 '지혜의 여신'이다. 그리스신화의 아테나에 해당한다.
18 '반죽'이 모두 설었단 말은 비안카를 얻으려고 애쓴 보람 없이 모두가 실패했다는 뜻.

제일 좋은 말을 주어서 연애에 착수토록 만들겠어요.
그럼 갑시다. [그레미오와 호텐쇼 퇴장]

트래뇨 말씀 좀 하세요. 그처럼 갑자기
사랑에게 잡히는 게 가능해요?

루센쇼 트래뇨, 그런 게 사실인 걸 알기 전에는
그게 가능하단 걸 미처 몰랐다.
하지만 멍하니 바라보고 섰노라니
사랑의 힘이 그럴 때 찾아오누나.
그래서 너한테 솔직히 고백한다.
너는 내게 비밀스럽고 정다워서
디도 여왕[19]의 동생과 같은데,
얌전한 아가씨를 얻지 못하면
나는 타고 마르고 죽는다, 트래뇨.
어째야 할는지 말해다오. 너는 알겠지.
도와다오, 트래뇨. 도와줄 걸 믿어.

트래뇨 도련님, 지금은 타이를 때가 아니죠.
애정은 마음에서 쫓아낼 수 없어요.
사랑의 화살을 맞으면 어쩔 수 없죠.
"레디메 테 캅탐 콰 퀘아스 미니모."[20]

루센쇼 고맙다, 친구야. 진행해라. 맘에 든다.
튼튼한 충고여서 나머지는 안심한다.

트래뇨 도련님, 아가씨만 정신없이 쳐다보며
속사정은 눈치 채지 못하신 것 같은데요.

루센쇼 얼굴 속의 향긋한 어여쁨을 보았거든.
위대한 제우스가 사랑을 호소하며
크레타 바닷가에 무릎을 꿇게 했던
유로파[21] 아가씨와 닮은 데가 있었어.

트래뇨 그것만 보셨어요? 언니가 욕설로
풍파를 일으켜서 사람 귀가 그 소리를
견딜 수가 없는 걸 보지 못하셨어요?

루센쇼 그녀의 산호 같은 입술이 움직이고
향기를 퍼뜨리는 숨결을 보았다.
성스럽고 어여쁜 것들만 봤단 말이다.

트래뇨 [방백]
그렇다면 꿈에서 깨울 때가 되었구나.
제발 정신 차리세요. 진짜 사랑하면
처녀를 얻을 생각과 지혜를 짜내세요.
내막은 이러해요. 언니가 못된 말괄량이라
아버지가 그녀를 치우기 전엔
도련님 연인은 집 안 구석 처녀로
늙어야 해요. 그래서 구혼자가 못 붙게
그녀를 집 안에다 가둬놓은 거예요.

루센쇼 아, 트래뇨, 아버지가 무척 잔인하구나!
하지만 그녀를 가르칠 잘난 교사를
얻으려고 한다는 말을 듣지 못했냐?

트래뇨 듣고말고요. 벌써 계획을 짰습니다.

루센쇼 나도 짰어, 트래뇨.

트래뇨 그렇군요, 도련님.
두 사람의 계획이 맞아떨어지네요.

루센쇼 네 생각 먼저 말해라.

트래뇨 교사가 되셔서
처녀의 교육을 맡으신단 말입니다.
그게 도련님 계획이죠?

루센쇼 맞아. 괜찮을까?

트래뇨 안될 소리 마세요. 여기 파도바에서
빈센쇼의 아들 역은 누가 한대요?
누가 살림 하고 책 읽고 친구 맞고
동향인 찾아가며 음식 대접 하나요?

루센쇼 됐어, 됐어. 내가 모두 생각해놨어.
아직 어떤 집에도 나타나지 않았으니
얼굴만 보아서는 주인인지 하인인지
구별이 안 돼. 그러니 이렇게 하자.
트래뇨, 네가 나 대신 주인이 되어
위엄을 갖추고 집안과 하인을 다스리고
나는 피렌체나 나폴리 사람이나
좀 낮은 피사의 시민이 되겠어.
계획대로 하겠어. 트래뇨, 당장 옷 벗고
내 채색 모자와 외투를 입어라.
본델로가 도착하면 네게 시중들 건데
먼저 그 애 입부터 봉해놓겠다.

트래뇨 그럴 필요 있겠네요.
요컨대 도련님이 그럭하실 작정이고
제 책임이 복종할 입장인지라—

19 카르타고의 디도 여왕은 동생에게 모든 비밀을 털어놓을 만큼 서로 친밀하였다.

20 "가장 적은 값으로 그대의 속박에서 벗어나라"는 고대 로마 극작가 테렌티우스의 말. 조금 틀린 라틴어다.

21 아게노르 왕의 딸인 유로파를 사랑한 제우스가 잘생긴 황소로 변장하여 그녀에게 접근하자 그녀는 황소를 좋아하여 올라탔는데 황소가 들입다 뛰어 크레타 섬에 이르러 그녀는 아이들을 낳았다고 한다.

떠나올 때 부친께서 분부하시길
"아들의 손발이 돼라"고 하셨는데
그와는 딴 뜻으로 말씀하신 거지만—
기꺼이 루센쇼 노릇을 하겠습니다.
도련님을 무척이나 사랑하기 때문이죠.
[서로 옷을 바꾼다.]

루센쇼 트래뇨, 그래 다오. 내가 연애 중이라,
그녀를 얻으려면 노예가 돼도 좋다.
보자마자 눈이 상해 포로가 됐다.
[본델로 등장]
녀석이 오누나. 어디 가 있었냐?

본델로 어디라뇨? 어떻게 된 거예요? 도련님은 어디
계세요? 제 짝 트래뇨가 도련님 옷을 훔쳤어요?
도련님이 그놈 옷을 훔치셨나요? 또는 서로
훔친 건가요? 어떻게 됐죠?

루센쇼 이리 와라. 지금 장난칠 때가 아니다.
경우에 맞도록 버릇을 바꿔라.
트래뇨는 내 목숨 살리기 위해
내 옷과 내 모양을 취하기로 했고
나는 목숨 살리려고 그자 옷을 입었다.
여기 도착하자마자 싸움이 붙어서
사람을 죽였는데 누가 봤는지 몰라.
당연히 네가 저 친구를 섬기는 동안
나는 내 목숨 구하려고 없어지겠다.
뭔지 알겠냐?

본델로 저요? 하나도 몰라요.

루센쇼 그리고 트래뇨 소린 입에 담지도 마라.
트래뇨가 변해서 루센쇼가 됐으니까.

본델로 참 잘됐네요. 나도 그렇게 되면 좋겠다!

트래뇨 그다음에 딴 소원도 이루어져서 도련님이
뱁티스타 노인의 작은딸을 얻으면 좋겠다!
하지만 나 때문이 아니라 도련님을 위해서
모든 사람 앞에서는 말과 행동을 조심해라.
나 혼자 있을 때는 물론 트래뇨지만 딴
데서는 네 주인 루센쇼란 말이다.

루센쇼 트래뇨, 가자. 한 가지가 남았다. 네가
구혼자 축에 낀다는 거다. 왜냐는 의문이
생기면 중차대한 이유가 있다고만 알아둬. [모두 퇴장]
[앞의 서막 배우들이 말한다.]

하인 대공님, 조시네요. 연극을 안 보시니.

슬라이 아니야. 진짜로 보고 있어. 좋은 얘긴데,
좀 더 계속돼?

시동 [귀부인으로] 방금 시작한걸요.

슬라이 아주 잘된 작품이오. 부인 마나님.
끝나면 좋겠다! [앉아서 바라본다.]

## 1. 2

[페트루초와 하인 그루미오 등장]

페트루초 내 고향 베로나여, 얼마 동안 너를 떠나
파도바 친구들을 만나러 간다.
그중에서도 가장 아끼는 진짜 친구
호텐쇼가 보고 싶다. 여기가 그의 집이지?
그루미오, 대문을 두드려라.

그루미오 두들겨 패라고요? 누구 말예요? 어떤 놈이
주인님을 목욕했나요?[22]

페트루초 녀석아, 두드리라니까.

그루미오 여길 세게 두들겨요? 제가 무엇이기에 세게
두들겨 패드리죠?

페트루초 이 녀석, 문짝을 두드리란 말이다.
제대로 못 하면 대갈통을 빠갤 테다.

그루미오 점점 화를 내시네. 주인님을 두들기면
누가 결딴나는지 보나마나죠.

페트루초 시키는 거 안 할 테야?
네가 두드리지 않으면 내가 두드리겠다.
'도레미' 낼 줄 아나 어디 좀 보자.
[하인의 귀를 잡아 비튼다.]

그루미오 사람 살려! 사람 살려! 우리 주인 미쳤어요.

페트루초 시키면 두드려, 이놈아.
[호텐쇼 등장]

호텐쇼 와, 이 보오! 웬일이오? 옛날 친구 그루미오와
절친한 친구 페트루초 아니오? 베로나 친구들은
모두 잘 있소?

페트루초 호텐쇼, 싸움을 말리려고 나왔소?
'콘 투티 레 코레 베네 트로바토'[23]라고 하겠소.

호텐쇼 '알라 노스트라 카사 베네 베누토 몰토 호노라타
시뇨르 미오 페트루초.'[24]—일어서라, 그루미오.

22 '모욕했나요?'를 잘못 말한 것.
23 '진심으로 잘 만났다'라는 뜻의 좀 엉터리 이탈리아 말.

싸움을 말려줄게.
그루미오 관두세요. 주인님이 라틴어로 시부렁댄 건 별거
아니에요. 하인 노릇 그만두는 게 도리에 맞죠!
이것 보세요. 자기를 두들겨 패라고 하셨거든요.
하인이 주인을 그렇게 다루어도 되나요? 아무리
봐도 취했거나 머리가 제대로 돼 있지 않잖아요?
애초에 그 양반을 두들기면 좋았을걸.
그랬다면 이 내 몸도 망가지지 않았을 테죠.
페트루초 귀 잡수신 놈팡이오! 친구 호텐쇼,
녀석한테 대문을 두드리라고 했는데
아무리 말해도 들어줘야지.
그루미오 대문을 두드려요? 아이고 맙소사! "이놈아
여기를 두들겨라. 여기를 때려라. 잘 두들겨라.
단단히 두들겨라." 하지 않으셨어요? 그런데
지금은 "대문을 두드리라." 하시나요?
페트루초 이놈 저리 가든가 잠자코 있어.
호텐쇼 페트루초, 참아요. 저 사람 보증 설 테니.
두 사람 사이에 못된 일이 생겼구먼.
오래 묵고 듬직하고 쾌활한 하인인데!
그런데 선생, 무슨 바람이 불어서
정든 베로나에서 파도바에 오시었소?
페트루초 온 세상에 젊은이를 흩어놓는 바람이
고향을 멀리 떠나 행운을 찾게 해요.
거기는 경험할 게 별로 없어요. 호텐쇼 선생,
내가 처한 형편을 간단히 말하자면,
내 아버지 안토니오가 별세하셨어요.
그래서 아들을 방랑길로 몰아내신 거예요.
운 좋으면 아내 얻어 살라고 하시어—
주머니에 돈을 넣고 물건은 집에 두고
세상 구경하려고 밖으로 나온 거예요.
호텐쇼 페트루초, 그렇다면 솔직히 말할까요?
고약한 말괄량이 아내감을 소개할까요?
그러면 나한테 고마워하지 않겠지.
하지만 그 여자가 부자란 건 장담해요.
굉장한 부자요. 하지만 절친한 친구라
당신한테 만나라고 하지는 못해요.
페트루초 호텐쇼, 우리는 친구 간이니
말은 별로 필요 없어요. 그러니까 당신이 보기에
페트루초의 아내가 될 만큼 돈이 많다면
—나의 사랑 춤에는 돈이 기본 가락이오.—
색시가 민담에 나오는 추녀라 해도[25]
시빌[26]처럼 늙었거나 소크라테스의 마누라
크산티페[27]처럼 못됐거나 그녀보다 더해도
끄떡하지 않겠으며, 아드리아 바다[28]의
솟구치는 파도만큼 사납다고 해도
내 속의 욕망을 꺼뜨리지 못해요.
부자 색시 얻으려고 파도바에 왔으니까
돈 많은 데 장가들면 행운 아니오!
그루미오 조심해서 들으세요. 자기 속을 있는 그대로
말하는 거예요. 돈만 넉넉히 준다면 인형이나
노리개 같은 애송이나 이빨이 한 개도 없고
쉰두 마리 말이 지닌 온갖 병이 다 있는
노파와도 결혼하겠다네요. 그래도 돈만 갖고
온다면 문제될 게 없다는 말이군요.
호텐쇼 페트루초, 얘기가 이쯤 됐으니
농담으로 꺼낸 말을 계속할 테요.
돈 많고 젊고 예쁘고 귀부인에 알맞게
최상의 교육을 받아온 아가씨를
아내로 삼도록 주선해줄 수 있어요.
유일한 결함은—상당한 결함인데—
못 견디게 고약한 성격이란 말이오.
독설하고 심술궂어 말도 못 할 지경이라
지금보다 제아무리 내 형편이 못해져서
노다지를 준다 해도 결혼은 못 하겠어요.
페트루초 관둬요, 호텐쇼. 돈의 힘을 모르누만.
그녀의 아버지 이름만 알려주구려.
가을 구름 빼개는 우레처럼 욕설이
시끄럽대도 그녀를 눌러 타겠소.
호텐쇼 아버지는 뱁티스타 미놀라인데
다정하고 예의 바른 신사분이고,
여자 이름은 캐서리나 미놀라로,

24 '우리 집에 온 것을 환영한다. 매우 존귀한 나의 페트루초 선생'이라는 이탈리아 말이나 그루미오는 라틴어인 줄 안다.
25 한 기사가 자기 목숨이 걸린 수수께끼의 답을 어떤 추한 노파에게 묻자 자기와 결혼하면 답을 알려주겠다고 했는데 결혼을 하자 노파는 젊은 미녀로 변했다는 이야기가 있다.
26 죽지 않을 행운을 얻었으나 영원한 젊음을 원하는 것을 잊었기 때문에 계속하여 늙어간 무당.
27 악처로 이름난 소크라테스의 아내.
28 이탈리아 반도와 그리스 사이에 있는 험난한 바다.

파도바에서 욕쟁이로 유명해요.

페트루초 그 여자는 모르지만 그 부친은 나도 알고
그 어른은 별세하신 내 선친도 잘 아세요.
여자를 보기 전엔 잠자지 않겠어요.
그러니 당신에게 솔직히 말해요.
나와 함께 그 집으로 가지 않으면
이처럼 만났지만 작별할 테요.

그루미오 [호텐쇼에게] 성질을 부리시는 동안엔 그냥
그러시라고 놔두세요. 그녀가 저만큼 주인님을
안다면 아무리 욕을 해도 별로 효과 없다는 걸
알게 되겠죠. 그녀가 악질 깡패라고 열 번 불러도
끄떡도 안 해요. 하지만 일단 시작만 하면
수사법인가 뭔가로 욕을 해대고 조금만 대꾸해도
그녀 얼굴에 온갖 비유를 집어던져 묵사발을
만들어서 눈알까지 없어져서 괭이만큼도 보지
못할 겁니다. 정말 주인님을 모르시네요.

호텐쇼 기다려요, 페트루초, 나도 같이 가야 되오.
내 보물을 그 노인이 갖고 있어요.
내 목숨의 보석을 볼모로 잡았지요.
자신의 막내딸, 어여쁜 비안카를
나와 여럿이 못 보게 막아섰는데
모두들 경쟁자, 구혼자들뿐예요.
앞에서 이야기한 결함 때문에
언니 캐서리나한테 구혼자가 생기는 건
될 수 없는 일이라고 이미 말했소.
그래서 노인은 말괄량이 캐서리나가
남편을 얻기 전엔 아무도 비안카에게
얼씬하지 말라는 엄명을 내렸어요.

그루미오 '말괄량이 캐서리나!'
처녀의 이름 치곤 최고로 못쓰겠군.

호텐쇼 그럼 친구 페트루초, 제발 도와주시오.
점잖은 차림으로 뱁티스타 노인에게
비안카를 가르칠 유능한 음악 교사로
나서달란 말이오. 이런 방법으로
사랑을 호소할 기회뿐만 아니라
아버지 모르게 구애도 할 수 있어요.
[그레미오와 교사 캠비오로 변장한
루센쇼 등장]

그루미오 이런 건 속임수도 못 된다! 저것 봐. 노인들을
속이려고 젊은 것들이 머리를 맞대고 쑥덕인다!
도련님, 도련님, 둘러보세요. 저게 누구냐고요.

호텐쇼 조용해, 그루미오. 사랑의 경쟁자야.
페트루초, 잠시 물러서세요. [그들이 옆으로 물러선다.]

그루미오 [방백]
사랑에 홀딱 빠진 잘생긴 젊은이군!

그레미오 [루센쇼에게]
매우 좋소. 목록을 차근차근 읽어보았소.
모두 사랑에 관한 건데 아주 예쁘게
제본을 시킬 테요. 무슨 일이 있어도
절대로 딴 과목은 가르치지 마시오.
내 말 알아요? 뱁티스타 노인의
보수에 더해서 훨씬 많이 드리겠소.
당신이 작성한 쪽지도 가져가시오.
[루센쇼에게 쪽지를 주며]
책에다 향수를 듬뿍 뿌려 놓으시오.
책 받을 여인은 향수보다 향기롭소.
여인에게 뭘 가르치겠소?

루센쇼 뭘 가르치든, 후견인에게 하듯이
선생님을 위해서 호소할 테니
그 자리에 계신 듯이 안심하세요.
당신이 글공부를 했다면 모르지만
아마 내가 말을 좀 더 잘할 거예요.

그레미오 그놈의 공부! 도대체 그게 뭔데!

그루미오 [방백] 그놈의 바보! 도대체 무슨 밥통이 저래!

페트루초 [방백] 입 닥쳐!

호텐쇼 [방백]
쉿! 그루미오.—안녕하쇼, 그레미오 씨.

그레미오 잘 만났어요. 호텐쇼 씨. 내가 어디 가는지 아시오?
뱁티스타 미놀라에게 가는 중이오. 비안카 아가씨의
가정교사에 대해 잘 알아보겠다고 약속했는데 정말
다행히도 이 청년을 만나게 됐소. 학식과 태도가
그녀의 필요에 알맞으며 시와 기타 책들에—
확실히 건전한 책들인데—정통한 사람이오.

호텐쇼 잘됐군요. 나도 어떤 신사를 만났는데
교사 자리를 구해주겠다고 약속했어요.
아가씨를 가르칠 우수한 음악가요.
그러니 사랑하는 비안카를 위한 일에
내가 조금이라도 뒤처지면 돼요?

그레미오 내가 사랑하는 만큼 행동으로 보이겠죠.

그루미오 [방백] 돈 자루로 할 테지.

호텐쇼 지금은 사랑을 말할 때가 아니에요.
내 말 들어보세요. 말씀이 점잖으면

두 사람 모두에게 괜찮은 소식이오.
이 신사는 내가 우연히 만났는데
이분이 두 사람의 제의를 좋다고 여기면
말괄량이 캐서린에게 구애할 뿐 아니라
지참금이 마음에 들면 결혼까지할 거요.

그레미오 말씀대로 하신다면 매우 잘된 일이오.
그녀의 결함들을 모두 알려드렸소?

페트루초 시끄러운 욕쟁이란 이야기를 들었어요.
그게 전부라면 해로울 것 없네요.

그레미오 정말이오? 어디 출신이세요?

페트루초 베로나요. 안토니오 노인의 아들입니다.
별세했지만 내게는 유산이 살아 있어요.
좋은 날을 오래도록 누리고 싶어요.

그레미오 그런 아내, 그런 평생, 기이할 테요.
하지만 입맛이 동하면 그렇게 해보시오.
매사에 돕겠지만 그런 살쾡이한테
구애할 테요?

페트루초 내가 살아서 움직여요?

그루미오 구애한대요? 됐어요! 아니면 그녀 목을 매달죠!

페트루초 구애하지 않으려면 내가 여기 왜 왔어요?
쬐고만 소리에 내 귀가 주눅 들어요?
소싯적에 사자의 포효를 안 들었어요?
땀투성이가 돼서 화가 난 멧돼지처럼
바람에 부푼 바닷물을 안 봐요?
싸움터의 굉장한 대포 소리하고
구름 속에 울리는 우레를 안 들었어요?
격렬한 전투 중에 우렁찬 공격 신호,
말들의 콧김과 요란한 나팔 소릴 안 들었어요?
그런데 당신들이 여편네 혓바닥을 말해요?
농사꾼 모닥불에 밤알 튀는 소리의
절반도 못 되는데? 그만두쇼. 애들한테
도깨비로 겁이나 줘요!

그루미오 겁 없는 인간예요.

그레미오 호텐쇼, 내 말 들으쇼.
때마침 이분이 이곳에 온 까닭에
피차의 이익이 맞는 거라 생각하오.

호텐쇼 구애하는 동안에 비용이 생기면
우리 모두 부담키로 약속하였소.

그레미오 그럽시다. 단, 저분이 그녀를 얻는다는 조건이오.

그루미오 맛있는 식사처럼 확실하길 바라오.

[루센쇼로 멋지게 변장한 트래뇨와
본델로 등장]

트래뇨 여러분, 평강하시오. 실례지만 말씀 좀
물읍시다. 뱁티스타 미놀라 씨 댁까지
가장 빨리 가는 길이 어느 쪽이오?

본델로 어여쁜 두 따님이 있으신 분입니다.
—주인께서 말씀하시는 분이지요?

트래뇨 그렇다, 본델로.

그레미오 여보시오. 혹시 당신이 그 여자를—

트래뇨 그 남자든, 그 여자든, 무슨 상관이오?

페트루초 어쨌든 욕쟁이 여자는 아닐 테지?

트래뇨 난 욕쟁인 싫소. 본델로, 그냥 가자.

루센쇼 [트래뇨에게 방백] 시작이 좋다, 트래뇨.

호텐쇼 가시기 전에 한마디 합시다.
당신이 말하는 그 처녀의 구애자요?

트래뇨 그렇다 하면, 뭐 잘못된 거 있소?

그레미오 아니오. 두말없이 여길 떠나면—

트래뇨 여기 거리는 당신네와 다르게
내게는 자유롭지 않다는 거요?

그레미오 그녀만 빼고.

트래뇨 무슨 이유죠?

그레미오 정 알고 싶다면 이유인즉 이렇소.
그녀가 그레미오의 사랑이란 말이오.

호텐쇼 그녀가 호텐쇼의 사랑이란 말이오.

트래뇨 가만 계시오! 여러분이 신사라면
참고 들어줄 것을 요청하는 바이오.
뱁티스타는 점잖은 신사로서
내 아버지도 전적으로 모르지 않으셨어요.
그녀가 지금보다 더욱 아름답다면
구애자가 더욱 많고 나도 그중 하나요.
헬렌은 구애자가 천 명이나 있었으니까
어여쁜 비안카도 더 있을 수 있고
더 있어야 할 테요. 내가 그 사람인데
파리스[29]가 온대도 혼자 승리할 테요.

그레미오 이 양반 말재간에 우리 모두 지겠소!

루센쇼 내버려 두세요. 맥 빠진 말일 테니.

페트루초 호텐쇼, 뭣 땜에 이렇게 지껄여요?

호텐쇼 [트래뇨에게]
실례가 되지만 물어볼 테요.

29 스파르타의 왕비였던 헬렌을 유혹해낸 트로이의 잘생긴 왕자.

밥티스타의 따님을 본 적이 있어요?
트래뇨 없지만 들으니 딸이 둘이라는데
하나는 말투가 사납기로 유명하고
하나는 예쁘고 얌전해서 유명하대요.
페트루초 여보쇼, 맏딸은 내 거니까 그냥 두세요.
그레미오 아무렴! 헤라클레스[30]에게 맡길 일이오.
열두 가지 노역보다 어려울 게요.
페트루초 확실히 이 사실을 알아두세요.
당신이 열망하는 막내딸은 언니가
결혼하기 전에는 아버지가 가둬놓고
모든 구혼자들의 접근을 금하고
어느 누구에게도 약속하지 않아요.
그때까지 막내딸은 자유롭지 않아요.
트래뇨 당신이 우리들을 도와줄 수 있다면,
—나도 그중 하나인데— 이 과업의
첫 삽을 떠서, 맏딸과 결혼하고
막내딸을 풀어주어 우리가 자유롭게
접근할 수 있도록 만들어줘요.
그녀를 차지할 행운을 누가 얻든지
은혜를 잊을 자는 없을 테요.
호텐쇼 말씀도 잘하시고 의견도 좋으세요.
당신도 구혼자의 하나라고 공언하므로
우리처럼 이분에게 보답하세요.
우리들 모두가 신세지게 되었네요.
트래뇨 나도 뒤처지지 않아요. 그 표시로
이따가 오후에 한곳에 모여서
우리들 모두의 아가씨께 건배합시다.
소송의 상대처럼 피나게 싸우되
먹고 마시는 일에는 친구가 됩시다.
그루미오와 본델로 멋들어진 제안이오! 친구들, 갑시다.
호텐쇼 매우 좋은 제안이오. 그렇게 합시다.
페트루초, 내가 당신의 '베네 베누토'[31]가 되겠소. [모두 퇴장]

## 2. 1

[캐서리나와 양손이 묶인 비안카 등장]
비안카 언니, 나를 종과 노예로 만들어서
나나 언니 둘 다 창피하게 하지 마.
못난 짓이야. 하지만 그 물건들은
손만 풀어준다면 직접 내줄게.
그래, 내 옷 전부 다, 속치마까지.
또는 언니가 요구하는 모든 걸 줄게.
그 정도는 윗사람을 모실 줄 알아.
캐서리나 구혼자 가운데서 누가 제일 좋은가
솔직히 말해. 속이면 안 돼.
비안카 언니 이거 진짜야. 온 세상 남자 치고
딴 남자보다도 마음이 더 가는
특별한 남자는 여지껏 없었어.
캐서리나 요것아, 거짓말 마. 호텐쇼 아냐?
비안카 언니가 그 사람을 좋아한다면 내가 직접
애원해서 그 사람이 언니 것이 되게 해줄게.
캐서리나 그러니까 재물에 마음이 혹했구나.
그레미오를 골라서 멋을 부려라.
비안카 그래서 언니가 나를 미워해?
농담이겠지. 그동안 내내 언니가
나한테 장난친 게 분명해.
케이트 언니, 제발 내 손 풀어줘.
캐서리나 [그녀를 때리며]
그게 장난이면 이것도 장난이야.
[뱁티스타 등장]
뱁티스타 이런 여자 보았나? 무슨 못된 짓이냐?
—비안카, 비켜서라. 쯧쯧, 우누나.
수나 놓고, 언니한테 말대답 하지 마.
[캐서리나에게]
부끄럽지 않아? 마귀가 씌었다!
아무 말도 안 한 애를 왜 닦달해?
언제 너한테 못된 말로 대꾸했냐?
캐서리나 아무 말 안 해서 화나요. 혼내줘야죠.
[비안카에게 달려든다.]
뱁티스타 내가 보는 앞에서? 비안카, 들어가. [비안카 퇴장]
캐서리나 그러면 안 된단 거예요? 지금 보니까
걔는 아버지 보밴데, 남편이 있어야죠.
걔 결혼식 할 때 나는 맨발로 춤을 추고,[32]
아버지는 걔만 사랑하니까 나는 조카를

30 그리스신화의 이 영웅은 초인적인 힘으로 열두 가지 노역을 완수했는데 페트루초가 말괄량이 캐서리나를 아내로 삼는 일은 그보다도 어려운 일일 거란 말이다.
31 '환영한다'는 뜻의, 조금 틀린 이탈리아 말.
32 동생이 먼저 결혼하면 언니는 맨발로 춤을 추는 관습이 있었다.

지옥으로 몰아가요.[33] 아무 말도 마세요.
앉아서 울다가 혼내줄 때를 엿볼 테요. [퇴장]
뱁티스타 나처럼 속상한 사내가 또 있을까?
한데 저게 누구야?
[그레미오, 수수한 옷차림의 캠비오로 변장한
루센쇼, 페트루초, 리시오로 변장한 호텐쇼,
루센쇼로 변장한 트래뇨가 루트와 책들을
든 시동 본델로와 함께 등장]
그레미오 안녕하세요? 이웃 양반 뱁티스타 씨.
뱁티스타 안녕하세요? 이웃 양반 그레미오 씨.—신사 여러분,
모두 평강하세요.
페트루초 어르신도 평강하시고, 혹시 캐서리나라 하는
아름답고 착한 따님이 있으신가요?
뱁티스타 캐서리나라고 하는 딸이 있지요.
그레미오 너무 직설적이오. 공순하게 말하시오.
페트루초 미안하나, 쓸데없는 말이세요, 그레미오 씨.
나는 베로나의 양갓집 출신으로
따님의 미모와 명석한 머리와
다정한 마음과 수줍은 몸가짐과
놀라운 자질과 온화한 거동을 듣고
실례를 무릅쓰고 불쑥 이 댁에서
손님으로 들어가 자주 듣던 소문을
직접 눈으로 확인하려고 해요.
또한 접대에 대한 입장료로서
내 사람 하나를 소개하는데,
음악과 수학에 대단히 능숙해서
따님을 완벽히 가르칠 수 있는 사람인데,
따님도 그 과목을 모르지 않겠죠.
그를 쓰지 않으시면 섭섭히 여길 테요.
리시오라는 이름인데, 만토바 출신이오.
뱁티스타 환영해요. 함께 온 이도 환영해요.
그런데 캐서리나는 당신에게 맞지 않소.
그래서 내가 더욱 속이 상하오.
페트루초 따님과 헤어지기 싫다는 말이든가
내가 좋지 않다는 말씀이시오.
뱁티스타 오해하지 마세요. 그게 사실이에요.
어디서 오셨어요? 성함이 뭐요?
페트루초 이름은 페트루초, 안토니오의 아들이오.
이탈리아 전국에 알려졌었죠.
뱁티스타 잘 알지요. 그분을 생각해서 환영하오.
그레미오 페트루초, 당신 말은 존중하나, 우리처럼 가련한
구혼자도 말 좀 합시다. 물러나요! 당신은
놀랍게도 앞서가는 사람이오.
페트루초 오, 미안해요, 그레미오 씨. 앞서려던 참이오.
그레미오 물론 그럴 테지만, 괜히 구애한 걸 후회할 거요.
—여러 이웃 친구들, 이거 매우 고마운 선물이오.
확신해 마지않아요. [뱁티스타에게] 당신의 친절에
누구보다도 은덕을 크게 입은 내가 똑같은
친절을 표하기 위해 이 젊은 학자를 기쁘게 소개
합니다. 오랫동안 렘스에서 공부했고 그리스어,
라틴어, 그 밖의 언어는 물론, 음악과 수학에도
능통해요. 이름은 캠비오요. 고용하시기 바랍니다.
뱁티스타 천만 번 고마워요, 그레미오 씨. 환영하오, 캠비오.
[트래뇨에게] 그런데 이분은 외지인처럼 멀찍이
서 계시는 것 같아요. 혹시 여기 오신 이유를 물어봐도
실례되지 않아요?
트래뇨 용서하세요. 오히려 제가 실례했어요.
여기 이 도시에 낯선 사람이지만
어르신의 따님인 아름답고 유덕한
비안카의 구혼자로 나서고 있어요.
동생보다 언니를 앞세우려고 하시는
확고한 결심을 모르지 않아요.
저의 출신 가문을 아시고 나서
다른 모든 구혼자와 더불어 자유로운
접근과 대접을 허락해 주시기를
바라는 것이 제가 원하는 전부예요.
어르신의 따님들의 교육을 위해서
여기 간단한 악기와 그리스어와
라틴어 책의 작은 꾸러미를 드릴 테니
받아주시면 그 가치가 크게 돼요.
뱁티스타 이름이 루센쇼라고? 어디서 오셨죠?
트래뇨 피사요. 빈센쇼의 아들이에요.
뱁티스타 피사의 굉장한 분이라고 들었어요.
잘 아는 분이오. 매우 잘 오셨어요.
[호텐쇼에게]
루트를 받으세요. [루센쇼에게]
책들을 받으세요.
이제 곧 학생들을 만나게 돼요.
안에 누구 없느냐?

33 시집 못 간 언니는 괜히 조카들을 닦달해서 지옥 자식을 만든다는 말이 있었다.

[하인 등장]

이분들을 딸들한테
모시고 가서 선생님이시라고
일러드려라. 공손히 대하라고 해.

[하인, 호텐쇼, 루센쇼 퇴장]

잠깐 뜰에서 산보하신 다음에
같이 식사합시다. 모두들 대환영이오.
그럼 모두 마음을 굳게 준비하세요.

페트루초 뱁티스타 어르신, 저의 일이 급해요.
매일같이 구애하러 올 수 없어요.
아버님을 잘 아셨고 저도 아는 셈인데
제가 모든 토지와 재물을 상속해서
줄여놓기보다는 오히려 늘였습니다.
그러니까 따님의 사랑을 제가 얻어
아내로 삼으면 지참금은 무엇이죠?

뱁티스타 내가 죽은 다음에 내 토지 절반과
2만 크라운을 준다는 거요.

페트루초 거기에 응대해서 아내가 저보다
오래 산다면 토지 수입 전부를
아내에게 줄 것을 확실히 약속해요.
그러면 우리 둘의 계약서를 작성해서
양측의 계약들을 지키도록 하지요.

뱁티스타 좋소만, 별난 것을 얻어야 해요.
그 애 사랑 말이오. 그게 관건이니까.

페트루초 아, 그건 아무것도 아녜요, 장인어른.[34]
그녀가 도도한 만큼 제 성질도 급해요.
거센 불길 두 개가 서로 만나면
사나운 힘을 주던 물질은 타버리고
작은 불은 작은 바람 맞아서 점점 커지지만
굉장한 질풍은 불을 아예 꺼버려요.
저도 그럴 테니까 아내가 항복해요.
본시 거칠어서 애기처럼 구애하지 않아요.

뱁티스타 잘해보기 바라고 부디 성공하기를!
나쁜 소리 들을 테니 단단히 무장해요.

페트루초 예, 완전히 무장해요. 바람이 아무리
불어쳐도 끄떡없는 산봉우리 같을 겁니다.

[리시오로 변장한 호텐쇼가 머리가 깨진 채
등장]

뱁티스타 아니 이 친구, 왜 그리 사색이야?

호텐쇼 제가 사색이라면 겁에 질려서예요.

뱁티스타 딸애가 좋은 음악가가 될 수 있겠소?

호텐쇼 그보다는 군인이 될 것 같아요.
쇠붙이는 몰라도 루트는 아니에요.

뱁티스타 아, 그래 딸애를 루트에 길들이지 못했나요?

호텐쇼 천만에요. 제 머리에 루트를 결딴냈어요.
손가락을 바로 짚지 못했다고 지적하고
운지법을 가르치려고 그녀의 손을 굽혔는데
악마 같은 성질로 성을 버럭 내면서
"이런 게 눈금이야? 없애버릴 테다." 하며
냅다 저의 머리에 내리치니까
머리통이 악기를 뚫고 나와서
한동안 멍멍해서 루트를 목에 건 채
형틀에 매인 죄인처럼 서 있는 저한테
'놈팡이', '딴따라', '깡깡이쟁이' 등
스무 가지 욕지거릴 퍼붓더군요.
저를 골려주려고 작심한 것 같았어요.

페트루초 야, 거 진짜 활기찬 여자로구나.
전보다 열 곱절 사랑하게 되누나.
오, 그녀와 더불어 얘기하고 싶다!

뱁티스타 [호텐쇼에게]
자, 나하고 같이 가오. 그렇게 기죽지 말아요.
계속해서 막내딸을 가르쳐줘요.
그 애는 잘 배우고 고마워할 줄도 알아요.
—페트루초, 우리와 같이 갈 테요?
아니면 케이트를 당신한테 보내줄까요?

페트루초 들어가세요. 여기서 기다리죠.

[페트루초 이외에 모두 퇴장]

그녀가 나오면 야단스레 구애하겠다.
떠들어대면 꾀꼬리처럼 듣기 좋게
노래를 부른다고 또박또박 말해주지.
얼굴을 찌푸리면, 함초롬히 이슬에 젖은
아침 장미꽃처럼 해맑다고 할 테다.
입을 굳게 다물고 한마디도 없으면
말이 청산유수 같다고 칭찬을 해대고
폐부를 찌르는 웅변이라고 말하겠다.
당장 꺼지라고 하면 한 주일 동안이나
같이 있어 달라는 듯 감지덕지하겠다.

34 방금 구두로 혼인 '계약'을 마치고 아직 결혼식도 안 했는데 대뜸 '장인어른'이라고 말한다. 그가 일부러 성미가 급하고 괴팍하다는 인상을 과시한다.

결혼을 거절하면 예식을 올리고
성혼 선포하기만 기다린다고 할 테야.
저기 와. 그러면 페트루초, 말 걸어.
[캐서리나 등장]
잘 잤나, 케이트? 그게 당신의 이름이야?
캐서리나 듣기는 했는데 귀가 조금 어두워.
내 얘기를 하는 자는 캐서리나라고 해.
페트루초 거짓말이야. 그냥 케이트라고 하잖아.
상냥한 케이트, 간혹 못된 케이트.
하지만 케이트, 절세미인 케이트.
케이트 집 케이트, 곱디고운 내 케이트,
귀여운 건 모두 케이트, 그래서 케이트,
이거 받아줘. 마음의 위로 케이트.
어디서나 얌전하단 칭찬이 귀에 들리고
성품이 소문나고 미모는 널리 퍼져
—아직은 느낄 만큼 깊지 않지만—
당신을 아내로 삼으려고 구애하게 되었어.
캐서리나 구애하게 됐다고! 당신 데려온 자한테
데리고 나가래. 첫눈에 당신이
왔다 갔다 할 자란 걸 알아봤어.
페트루초 왔다 갔다 한다니 무슨 말이야?
캐서리나 의자 아니고 뭐지?[35]
페트루초 바로 맞혔어. 내 위에 타고 앉아.[36]
캐서리나 남을 태우는 건 노새야. 당신도 노새야.
페트루초 남을 태우는 건 여자야. 당신도 여자야.
캐서리나 당신 같은 병신이나 그래. 내가 아니고.
페트루초 오, 착한 케이트, 짐 되지 않을게.
당신이 어리고 가벼운 걸 내가 잘 알아.
캐서리나 당신 같은 머슴이 잡기엔 너무 빨라.
하지만 내가 누릴 지위만큼 당당하거든.
페트루초 '누릴 지위?' 흥!
캐서리나 말꼬리 잘 잡네, 솔개처럼—
페트루초 느려 빠진 비둘기, 솔개가 당신을 잡아?
캐서리나 맞아. 비둘기가 못난 벌레를[37] 잡듯이.
페트루초 그만해. 말벌 같으니. 성질이 너무 급해.
캐서리나 내가 말벌이라면 독침 조심해.
페트루초 그럼 고걸 빼버리면 되겠다.
캐서리나 그렇지. 멍청이가 그거 있는 델 알면.—
페트루초 독침이 있는 델 모르는 놈이 어디 있어?
밑에 있잖아!
캐서리나 혓바닥이야.
페트루초 누구 혓바닥?
캐서리나 당신 혓바닥. 옛날얘기 할 거면. 잘 가.
페트루초 내 혀가 당신 밑에 있다고? 다시 말해봐.
착한 케이트. 하나의 신사로서—
캐서리나 다시 할게.
[그녀가 그를 때린다.]
페트루초 다시 한 번 이러면 모가지 비틀겠어!
캐서리나 그랬다간 문장[38]이 없어질 거야.
나를 때리면 당신은 신사가 못 돼.
신사가 못 되면 문장도 없어.
페트루초 의전관이야, 케이트? 나도 명단에 올려줘!
캐서리나 당신 문장이 뭐야? 수탉의 벼슬이야?[39]
페트루초 얌전한 수탉이야. 케이트가 암탉이 되면.—
캐서리나 내 수탉은 못 돼. 울음소리가 너무 겁보야.
페트루초 그만하자, 케이트. 그렇게 찡그리면 못써.
캐서리나 설익은 과일 보면 찡그리는 게 버릇이야.
페트루초 그런 과일 여기 없어. 그러니 찡그리지 마.
캐서리나 있어, 있어.
페트루초 그럼 보여줘.
캐서리나 거울만 있으면 돼.
페트루초 내 얼굴 보고 그러는 거야?
캐서리나 저따위 어린 사내가 제대로 맞추네.
페트루초 정말이지 당신한텐 내가 너무 기운이 세.
캐서리나 한데 축 처졌어.
페트루초 걱정이 돼서.
캐서리나 난 관심 없어.
페트루초 그러지 마, 케이트. 그런 식으로 빠져나가지 마.
캐서리나 내가 있으면 당신이 화를 내. 그래서 가겠어.
페트루초 전혀 안 그래. 당신은 너무 얌전해.
소문엔 당신이 거칠고 건방지고
심술쟁이라지만 모조리 거짓말이야.

35 마구 만든 의자라 왜각대각하는 의자다.
36 두 사람이 서로 비꼬면서 말장난을 벌인다. 우리말로는 번역할 수 없다.
37 영어에서 '솔개'와 '벌레'는 동음이의어가 되어 이렇게 말싸움을 벌이지만 번역은 불가능하다. 이 대화는 내내 이런 말장난을 이어가는 말싸움이다.
38 '문장'은 신사(서양의 양반)의 가문의 방패(그리고 투구 꼭대기)에 있는 특수한 장식 문양이다. '팔'과 '문장'은 동음이의어이다. 의전관이 각 가문의 문장을 기록하였다.
39 어릿광대는 수탉의 벼슬 모양의 모자를 썼다.

재미있고 명랑하고 무척이나 싹싹하고
말도 느리지만 봄꽃처럼 향기롭고
찡그릴 줄 모르고 흘겨볼 줄 모르며
성난 계집들처럼 입술도 안 깨물고
괴팍한 말투를 즐기지 않고
온화하고 부드럽고 상냥한 대화로
자기의 구애자를 맞아주는 여자야.
세상은 어째서 케이트가 다리병신이라지?
오, 사악한 세상이야! 마치 개암나무처럼
꼿꼿하고 날씬하고 개암 같은 연갈색에
개암보다 고소해. 오, 나한테 보여줘.
한번 걸어봐. 절뚝발이가 아니야!
캐서리나 바보야, 꺼져. 하인한테 이래라저래라 해.
페트루초 이 방에서 케이트가 여왕처럼 걸어!
숲 속의 다이애나가 이처럼 멋있어?
당신은 다이애나, 그녀는 케이트, 그래서
케이트는 정숙하고 다이애나는 명랑해.
캐서리나 그런 멋진 말솜씨는 어디서 배웠어?
페트루초 즉흥으로 나온 거야. 타고난 머리에서.
캐서리나 엄마는 똑똑한데 아들은 멍청이야.
페트루초 똑똑한 나 아니야?
캐서리나 더운 건 알 만큼 똑똑해.
페트루초 바로 그거, 케이트. 당신의 침대 속!
그러니까 모든 잡담 제쳐놓고
직설적인 말로 하면, 당신의 아버지가
당신이 내 색시 되는 걸 허락했고
지참금도 합의가 돼서 싫든 좋든
당신은 내 색시야. 당신한테 알맞은
남편인 만큼, 당신의 미모를 비춰서
예쁘게 만드는 햇빛에게 맹세코,
당신은 나 이외 사내와 결혼할 수 없어.
[뱁티스타, 그레미오, 루센쇼로 변장한
트래뇨 등장]
케이트를 길들이기 위하여 태어난 내가
사나운 케이트를 여느 집 케이트처럼
나긋나긋한 케이트[40]로 바꿔놓겠어.
아버지가 저기 와. 절대로 싫다 하지 마.
캐서린과 결혼하여 아내로 삼을 테야.
뱁티스타 자, 페트루초 씨, 내 딸과는 얼마쯤 잘돼
나가오?
페트루초 어르신, 안 될 리 있어요? 안 될 리 있어요?
잘되지 못하다니 그럴 수 없어요.
뱁티스타 우리 딸 캐서리나, 어째서 울적하냐?
캐서리나 '딸'이라고 하세요? 아버지가 진짜로
애틋한 관심을 보이셨네요!
한 절반 정신병자, 미치광이 깡패 녀석,
입 더러운 양아치, 뭐든지 욕질로
엄벙뗑한 놈과 결혼하라라고!
페트루초 장인어른, 이러해요. 장인과 온 세상이
케이트를 잘못 알고 잘못 말한 겁니다.
말투가 고약한 건 일부러 그런 거요.
괴팍하지 않으며 비둘기같이 양순하고
화내지 않고 아침처럼 온화해요.
참을성으로 말하면 다른 그리젤다[41]요,
정숙으로 말하면 로마의 루크리스[42]요.
결론컨대 우리 둘은 너무나 뜻이 잘 맞아
요다음 일요일이 결혼식 날이에요.
캐서리나 먼저 네가 일요일에 목 달린 꼴 보겠다.
그레미오 못 들었나, 페트루초? 먼저 당신이 목이 달릴
거라는데.
트래뇨 이게 당신이 장담한 성공이오? 그럼 우리
희망도 물 건너갔어요!
페트루초 형씨들, 조용해요. 저 여자를 선택했어요.
우리 둘이 좋다는데 당신들이 웬 상관이오?
사람들 앞에서는 계속 욕질하기로
우리 둘만 있을 때 케이트가 약속했어요.
이 여자가 얼마나 나를 사랑하는지
당신들은 믿지 못해요. 오, 정다운 케이트,
내 목에 매달려 키스에 키스를 해대고
맹세에 맹세를 거듭하는 바람에
내 사랑도 순식간에 빼앗아 갔어요.
사랑의 풋내기들! 꼴들이 우스워요.
혼자 있는 남녀는 얼마나 맥 빠져요!

40 캐서리나의 애칭인 케이트는 '맛있는 과자'라는 뜻도 있다.

41 무슨 고초를 겪어도 아내로서의 도리를 다하는 그리젤다의 이야기는 초서의 『캔터베리 이야기들』 중 「학사의 이야기」로 더욱 잘 알려졌다.

42 남편의 상관에게 겁탈당하자 원수 갚아 달라는 편지를 남기고 자결했다는 로마의 전설적인 열부. 셰익스피어의 장시 「루크리스의 겁탈」에서 그 이야기를 다루었다.

겁쟁이 계집애가 악녀가 될 판이오.
케이트, 악수해요. 베니스로 달려가서
결혼식에 대비해 옷가지를 사겠어요.
장인어른, 잔치를 준비하고 손님들을 청하세요.
확실히 내 색시를 멋지게 만들겠어요.

밥티스타 뭐라 할진 몰라도 어쨌든 악수해요.
신이 기쁨 주시길. 페트루초, 약혼이오.

그레미오와 트래뇨 '아멘' 합니다. 우리가 증인이 돼요.

페트루초 장인어른, 내 아내, 신사들, 잘 계세요.
베니스로 갈 테요. 일요일이 다가와요.
반지 등등 멋진 치장들을 가져오겠소.
키스해줘요, 케이트. 일요일에 결혼해요.

[페트루초와 캐서리나가 각기 퇴장]

그레미오 그런 벼락치기 약혼이 있을 수 있어요?

밥티스타 내가 상인 노릇을 톡톡히 하고 있어요.
위험천만한 투기에 미친 듯 뛰어든 거요.

트래뇨 팔리지 않아서 애태우던 물건인데—
어르신께 이롭거나 난파당할 터이죠.

밥티스타 내가 바라는 이익은 얌전한 짝이오.

그레미오 확실히 저 사람은 얌전한 걸 잡았어.
자 그럼 밥티스타, 막내딸 말이오.
우리가 오래도록 기다리던 그날이 왔어요.
나는 당신 이웃으로 맨 먼저 구혼했어요.

트래뇨 무슨 말도 넘어서고 무슨 생각도
짐작할 수 없을 만큼 비안카를 사랑해요.

그레미오 젊은이, 나처럼 진지하게 사랑할 줄 몰라.

트래뇨 할아버지 사랑은 추워요.

그레미오 네 사랑은 끓다 말아.
젊은 치, 물러서. 밥 줄 자는 노인이야.

트래뇨 여자 눈에 빛나는 건 젊은인데요.

밥티스타 그만들 해요. 싸움을 해결 짓겠소.
실천이 상을 받소. 따라서 딸애한테
최고액의 지참금을 약조하는 사람이
비안카의 사랑을 얻을 거요.
그러면 그레미오, 얼마를 약속하오?

그레미오 잘 아시듯이 도시에 있는 내 집에는
금과 은의 그릇들과 섬섬옥수 담가줄
대야들과 물병들이 풍성하게 갖춰 있고
벽걸이는 모두가 티레[43]의 물품이며
상아 제품 돈궤에는 금화가 가득하며
삼나무 상자 속엔 아라스[44]의 침대 덮개,
값비싼 외출복, 침대 휘장, 침상 천개,
고운 속옷, 진주로 장식한 터키제 쿠션,
베니스 금실로 수를 놓은 테두리,
백동과 놋쇠, 살림에 필요한
온갖 것이 있으며, 다음으로 농장에는
우유 통에 우유 짜는 젖소 백 마리,
외양간엔 살진 황소 60여 마리,
그에 어울릴 만큼 모든 게 갖춰 있어요.
솔직히 고백해서 내 나이가 지긋한데,
내가 살아 있을 때 그녀가 오직 내 거라면
내일 내가 죽으면 그것들이 그녀 거요.

트래뇨 '오직'이란 말이 좋아요. 내 말을 들으세요.
나는 오직 하나뿐인 아들이며 상속자요.
따님을 아내로 삼게 된다면
그레미오 노인이 파도바에 갖고 있는
주택하고 견줄 만한 피사 성내
서너 채를 그녀에게 남겨줄 테요.
그밖에 해마다 농지에서 나오는
2천 더컷[45]을 내가 죽은 다음에
그녀가 상속하게 되어요. 왜 그러세요?
내 말에 찔리셨어요? 그레미오 씨?

그레미오 연간 토지 소출이 2천 더컷이라고?
[방백] 내 토지는 합쳐도 그만큼 되지 못해.
—나도 그만큼 주겠어요. 그밖에 무역선이
마르세유 항구로 달려오고 있어요.
[트래뇨에게] 왜요? 무역선 소리에 숨이 막혀요?

트래뇨 내 아버지 무역선이 세 척이나 된다는 건
알려져 있고 그 외에 범선 두 척,
탄탄한 배가 열둘이오. 이들을 약조했고,
당신이 무얼 내놓든, 나는 두 곱을 내놔요.

그레미오 모든 걸 내어놨어요. 그게 전부요.
온 재산 이상은 줄 수 없어요.
[밥티스타에게]
당신이 좋다면 나와 내 재산은 따님 거요.

트래뇨 당신의 약속대로 내가 저분에게 이겼으니까

43 지금의 레바논에 있던 고대의 무역과 상업의 중심지로, 최고급 벽걸이와 양탄자를 거래했다.

44 고급 직물로 유명했던 프랑스 북부 도시를 가리킨다.

45 중세 이탈리아의 금화. 「베니스의 상인」에 자주 나오는 화폐이다.

누가 뭐래도 아가씨는 내 거요.

밥티스타 당신의 금액이 더 높은 걸 인정해요.
당신의 아버지가 딸애에게 확약하면
그 애는 당신 거요. 안 그러면 미안해요.
당신이 아버지보다 먼저 죽으면 지참금은 어떻게 돼요?

트래뇨 괜한 트집 마세요. 아버진 늙고 나는 젊어요.

그레미오 젊은이도 노인처럼 죽을 수 있어요.

뱁티스타 그럼 신사 여러분,
이렇게 결정했소. 오는 일요일에는
맏딸 캐서리나의 결혼식이 거행돼요.
그다음 일요일엔 막내딸 비안카가
[트래뇨에게]
당신 신부가 될 거요. 다만 그런 약속을
맺는다는 조건이오. 아니면 그레미오요.
그럼 나는 가요. 둘 다 고마워요. [퇴장]

그레미오 잘 가세요, 착한 이웃.—나는 걱정 안 해.
젊은 도박꾼, 네 아버지가 너한테 모두 주고
노쇠한 나이에 네 밥상 아래쪽에
발을 들이민다면[46] 어리석다. 쯧쯧, 꿈 깨라.
늙은 여우가 그리 착하진 않아, 이런 애송이! [퇴장]

트래뇨 말라빠진 교활한 가죽에 천벌이 내려!
어쨌든 열 끗으로 장땡한테 이겼구나.
주인을 잘되게 할 계교가 나한테 있어.
아무래도 루센쇼한테 가짜 아버지가
있어야겠다. 가짜로 빈센쇼라 하자.
굉장한 기적이야. 보통은 아버지가
자식을 낳는데, 이 계교가 성공하면
이 경우엔 자식이 아버지를 낳누나. [퇴장]

## 3. 1

[캠비오로 변장한 루센쇼, 리시오로 변장한
호텐쇼, 비안카 등장]

루센쇼 풍각쟁이, 그만해라. 너무 설친다.
캐서리나의 대접이 어땠는지
그렇게 새까맣게 잊어버렸어?

호텐쇼 시끄러운 현학자, 하지만 이 처녀는
천상의 화음을 사랑하는 아가씨야.
그런고로 우선권은 내게 넘겨라.
그래서 한 시간을 보내고 나서
당신 교습 시간도 그만큼 끌어가.

루센쇼 못돼 먹은 노새로군. 어째서 음악을
받들게끔 되었는지 읽지 못했어!
공부를 끝내거나 일상의 수고 뒤에
정신에 활력을 주는 게 음악 아니야?
그래서 내가 철학을 논할 테니
나 쉬는 동안에 음악을 연주해라.

호텐쇼 야, 네깐 놈 수작에 참지 않겠다.

비안카 신사 양반들, 내가 정할 일을 놓고
두 사람이 다투는 건 잘못을 두 겹으로
저지르는 거예요. 나는 매 맞는
학생이 아니에요. 시간표에 매이지 않고
마음대로 공부해요. 여기 같이 앉아서
다투지 마세요. 그동안 당신은
연주나 하세요. 저 사람 강의는
당신이 조율하기 전에 끝날 거예요.

호텐쇼 줄 맞추면 저 사람의 강독에서 떠날 테요?

루센쇼 그럴 일은 없을 거다. 줄이나 맞춰.

비안카 지난번에 어디까지 했나요?

루센쇼 여기요, 아가씨.
[읽는다.]
"힉 이밧 시모에이스, 힉 에스트 시게이아 텔루스,
힉 스테테랏 프리아미 레기아 켈사 세니스."[47]

비안카 해석하세요.

루센쇼 '힉 이밧', 말씀드린 바와 같이 '시모에이스' 나는
루센쇼요. '힉 에스트', 피사의 빈센쇼의 아들이며
'시게이아 텔루스', 당신의 사랑을 얻기 위해 이렇게
변장하고, '힉 스테테랏', 그래서 루센쇼가 구애하려고
왔고, '프리아미', 내 사람이 트래뇨인데, '레기아',
내 시늉을 하고, '켈사 세니스', 그 늙은 꼴통을
속이려는 거요.

호텐쇼 아가씨, 줄을 다 맞췄어요.

비안카 들어봅시다. [그가 연주한다.] 에그, 고음이 엉겨!

루센쇼 구멍에 침을 뱉고[48] 다시 맞춰봐.

46 아들에게 빌붙어 산다는 말.
47 "여기에 시모에이스가 달렸으며 여기가 시게이아 땅이도다. 여기에 늙은 프라이엄의 높은 성이 서 있었도다." 오비드의 『헤로이데스』의 일절. 프라이엄(프리아모스)은 트로이의 왕.
48 루트 구멍에 침을 뱉어 조리개를 더 세게 박아 넣는 것을 말하지만 놀리는 말도 된다.

비안카 [루센쇼에게] 내가 새길 수 있는지 봅시다. '힉 이밧
시모에이스', 당신이 누군지 몰라요. '힉 에스트 시게이아
텔루스', 당신을 믿지 못해요. '힉 스테테랏 프리아미',
저 사람 못 듣게 해요. '레기아', 아는 척하지 마세요.
'켈사 세니스', 절망하지 마세요.
호텐쇼 아가씨, 이젠 다 맞췄어요.
[그가 다시 연주한다.]
루센쇼 저음 외엔 다 됐군.
호텐쇼 저음은 괜찮아. 저급한 놈이 말썽이지.
[방백] 교사란 녀석이 열정으로 나서는군!
확실히 저놈이 내 여인을 꼬시누나.
선생 나부랭이 놈, 조심해야 되겠다!
비안카 [루센쇼에게]
나중엔 몰라도 아직 믿지 못해요.
루센쇼 [비안카에게 방백]
의심하지 말아요.—[큰 소리로] 아이아키데스가
아이아스요.[49] 조부의 성명을 따랐어요.
비안카 선생님을 믿어야죠. 그렇지 않다면
계속해서 의문점을 따질 거예요.
그쯤 해두죠. 그럼 리시오 선생님,
두 분께 제가 짜증낸 것을
섭섭하게 여기지 마세요.
호텐쇼 [루센쇼에게]
그럼 산보하시오. 그동안 나는 실례하오.
내 음악 교습은 삼중창이 아니오.
루센쇼 그런 예절 지키세요? 기다릴 수밖에 없군요.
[방백] 지켜봐야지. 잘못 보지 않았으면
우리 멋진 음악가가 차츰 깊이 연애해.
[그가 옆으로 비켜선다.]
호텐쇼 아가씨, 운지의 순서를 배우려고
루트에 손가락을 대기에 앞서서
음악의 기초부터 시작해야 하겠어요.
다른 어떤 교사의 교습보다 간단하고
즐겁고 요령 있고 효과적으로
기본적인 음계를 가르치려고 하는데
글자로 자세히 적어놓았어요.
비안카 기본 되는 음계는 오래전에 뗐어요.
호텐쇼 하지만 호텐쇼의 음계를 읽어보세요.
비안카 [읽는다.]
'도, 모든 화음의 기본이 되어,
레, 호텐쇼의 사랑을 호소합니다.
미, 비안카, 그를 남편 삼으세요.
파, 마음 다해 당신을 사랑해요.
솔, 자리표는 하나지만 나는 음이 둘예요.
라, 불쌍히 여기지 않으면 나는 죽어요.'
이게 음계라고요? 칫, 마음에 안 드네요.
구식이 좋아요. 진짜를 내버리고
괴상한 걸 선호하는 신식은 싫어해요.
[하인 등장]
하인 어르신의 명령예요. 공부는 그만하시고
큰 아가씨 침실을 치우시라고 하십니다.
알다시피 내일은 결혼식 날이에요.
비안카 잘들 가세요, 두 분 선생님. 가야겠어요.
[비안카와 하인 퇴장]
루센쇼 그렇다면 아가씨, 나도 있지 않겠어요. [퇴장]
호텐쇼 하지만 저 학사를 면밀히 살펴봐야지.
연애하는 것 같아. 비안카, 네가 놈을 보고
멍청한 시선을 던질 만큼 저질이면
딴 녀석이 데려가도 상관하지 않겠다.
한 번만 한눈팔면 나는 너와 끝장이다. [퇴장]

## 3. 2

[뱁티스타, 그레미오, 루센쇼로 변장한 트래뇨,
캐서리나, 비안카, 캠비오로 변장한 루센쇼,
하인들 등장]
뱁티스타 [트래뇨에게]
루센쇼, 오늘이 캐서리나와 페트루초가
결혼식을 올리기로 정한 날인데,
아직껏 사위의 소식이 들리지 않아요.
신부님이 혼례식의 예문을 말하려고
기다리고 서셨는데 신랑이 없으면
무슨 말이 오갈 테니 이게 무슨 창피요?
루센쇼는 이런 일을 어떻게 보세요?
캐서리나 나만 부끄럽구나. 이제는 별수 없이
성질 급한 깡패 녀석, 변덕쟁이 그놈한테
손을 줘야 하는데, 진짜로 역겹구나.
구혼은 빨리 하고 예식은 늑장이니.

49 라틴 원문 다음 줄 첫 부분이다. 아이아스는 트로이전쟁 중의 그리스의 우직한 용사였다.

내가 그랬잖아요? 막돼먹은 행패 속에
몹쓸 장난 숨기는 정신 빠진 광대라고.
잘 노는 사내라는 이름을 날리려고
천 명에게 구혼하고 결혼 일자 정하고
친구들을 사귀고 청하고 선포해도[50]
구혼한 여자와는 결혼할 뜻이 없어.
이제 세상은 불쌍한 나를 가리키면서
'미친 페트루초의 신부인데 신랑이 와서
예식을 올리면 좋겠다'고 말할 테지.

트래뇨 참아요, 캐서리나. 어르신도 참으세요.
무슨 일로 이처럼 늦어지는지 몰라도
확실히 그 사람은 거짓말 안 해요.
말은 마구 해도 꽤 똑똑하고,
농담은 잘해도 꽤 점잖아요.

캐서리나 그자를 만나지 말았어야지! [울면서 퇴장]

뱁티스타 그래라. 지금 네가 우는 걸 탓하지 않아.
그런 상처를 받으면 성인도 속이 타.
너처럼 성미 급한 여자야 말할 게 있겠니?
[본델로 등장]

본델로 주인님, 주인님, 새 소식, 옛 소식예요. 이런 소식은
들으신 적이 없어요!

뱁티스타 새 소식이 옛 소식도 된단 말이냐? 뭔데 그래?

본델로 그렇다면 페트루초 도련님이 오신다는 소식이
새 소식 아닌가요?

뱁티스타 그자가 왔어?

본델로 오, 아닌데요.

뱁티스타 그럼 뭐야?

본델로 오시는 중예요.

뱁티스타 언제 여기 오는데?

본델로 제가 있는 요 자리에 와서 서 계신 어르신을 보는
그때 말이죠.

트래뇨 하지만 네가 말하는 옛 소식은 뭐냐?

본델로 페트루초 도련님이 새 모자 쓰고 헌 저고리 입고
오신단 말입니다. 낡은 바지를 세 번 뒤집어 입고
양초 토막 모아 두던 장화를 신었는데 한 짝은
버클 달고 한 짝은 끈을 매고 도시 무기고에서
얻어 찬 녹슨 헌 칼, 자루는 깨진 데다 칼집은
마개가 없고 칼끝은 두 쪽이고 말은 엉덩뼈가
어긋맞고, 벌레 먹은 낡은 안장, 제각각인
등자에다, 콧물 질질 흘리는 병을 앓고, 등은 썩어
굽어진 듯, 잇몸 헐어 끙끙대며, 종기가 돋았으며,
발목들은 늘어지고 말굽은 부어서 결딴나고
황달병은 끔찍하고, 귀밑 병은 가망 없고,
완전히 비틀대며, 채독벌레에 물어뜯기고, 등뼈는
처지고, 어깨뼈는 힘이 없고, 앞다리는 마주치고,
재갈은 반만 듣고, 헛짚지 말라고 잡아당기는
값싼 양가죽 고삐는 자꾸만 끊어져서 고쳐 맨
매듭 천지고, 배띠는 여섯 번째 이었고, 어떤
여자 벨벳을 갈라 만든 안장 줄은 그녀 이름
두 글자가 선명하게 박혔는데, 여기저기 노끈으로
묶어놓은 물건예요.

뱁티스타 누가 같이 오던가?

본델로 시동예요. 어느 모로 보아도 말과 같은 차림이고
한 다리는 면직 스타킹, 다른 다리는 양털 장화를
신고, 울긋불긋한 자투리를 대님으로 감았고, 헌
모자를 썼는데 마흔 가지 기발한 기분을 나타내는
장식을 깃털 대신 꽂으니까 옷차림의 괴물, 정말
괴물이지 크리스천 시동이나 신사의 시종은 아녜요.

트래뇨 괴팍한 변덕에서 그런 꼴을 취했군요.
하지만 보통 때는 수수하게 차려입어요.

뱁티스타 왔다니 기쁘구먼. 꼴이야 어떻든.

본델로 아니죠, 그분이 오신다는 건 아니에요.

뱁티스타 그자가 온다고 말하지 않았나?

본델로 누구요? 페트루초 말씀예요?

뱁티스타 그래. 페트루초가 왔다고.

본델로 아니에요. 그분의 말이 그분을 태워서 왔단
말씀이에요.

뱁티스타 그게 그거 아닌가?

본델로 맹세코 아녜요.
한 푼 걸까요?
말과 사람은
하나는 더 되지만
많지는 않아요.
[페트루초와 그루미오 등장]

페트루초 자, 멋진 활량들, 어디들 있나?
집에 누구 없는가?

뱁티스타 어서 오시게.

페트루초 내가 잘 오지 못했단 말씀이오?

뱁티스타 절지도 않는데.

50 '이 결혼에 이의가 있는가? 없으면 앞으로 영원히 잠잠할지니라!'라고 주례가 선포한다.

트래뇨 바라는 만큼은 잘 입지 못했네요.
페트루초 이 꼴로 들이닥치는 게 더 좋지 않아요?
케이트가 어디 있나? 예쁜 신부가 어디 있어?
장인어른 안녕하쇼? 당신들, 찌푸린 거 같은데,
어째서 점잖은 분들의 얼굴빛이
무슨 괴상한 비석이나 혜성이나
기이한 징조를 보는 거 같아요?
뱁티스타 알다시피 오늘이 결혼식 날이야.
처음엔 당신이 안 올까봐 걱정했는데
지금은 준비도 없이 와서 더 걱정이야.
그따위 옷은 벗어버려. 위신에 맞지 않아.
엄숙한 식전에 망측한 꼬락서니야!
트래뇨 무슨 일이 생겼기에 그토록 오랫동안
신부를 기다리게 했고 그처럼
괴상한 몰골로 오게 됐나요?
페트루초 말하기도 귀찮고 듣기도 힘들어요.
약속대로 왔다고만 말하고 맙시다.
딴 일 봐야 할 때도 있긴 했지만
그런 건 시간의 여유가 생길 때
당신들의 궁금증을 시원스레 풀 테요.
케이트는 어디 있어요? 너무 오래 지체했어요.
한낮이 되었는데, 교회당에 갔을 때요.
트래뇨 그런 추한 차림으로 신부를 보지 마세요.
내 방에 가서 내 옷 갈아입으세요.
페트루초 갈아입지 않겠어요. 이대로 만날 테요.
뱁티스타 하지만 그런 꼴로 식장에는 가지 않겠지?
페트루초 진짜 이대로요. 그러니 말은 그만하세요.
그녀는 옷이 아니라 나와 결혼하니까요.
내가 추한 옷을 바꿔 입듯 그녀가 내게
욕정을 발휘해도 몸에 기운이 생기면
케이트는 좋아지고 나는 훨씬 좋아져요.
하지만 신부한테 굿모닝을 말하고
사랑의 키스로 마감해줄 순간인데
당신들과 지껄이니 정말 내가 바보요! [퇴장]
트래뇨 저런 미친 차림으로 무언가 말해요.
그게 가능하다면 교회당에 가기 전에
좋은 옷을 입으라고 설득합시다.
뱁티스타 쫓아가서 어찌 되나 볼 생각이오.
[트래뇨와 루센쇼 외에 모두 퇴장]
트래뇨 그런데 주인님이 구애를 하시려면
그녀 부친의 호감이 필요할 텐데
그렇게 하시려면 말씀드린 바와 같이
사람을 하나쯤 구해둬야 합니다.
누구라도 괜찮아요. 적당히 꾸밀 테요.
피사의 빈센쇼처럼 행세하면서
제가 파도바에서 약조한 액수보다
더 많은 금액을 말한다는 거예요.
그래서 말없이 희망을 즐기며
예쁜 비안카와 결혼하는 겁니다.
루센쇼 동료 음악 교사가 비안카의 거동에
그토록 예민하게 신경 쓰지 않으면
둘이 몰래 결혼하면 훨씬 좋겠어.
일단 식을 마치면 세상이 뭐라고 해도,
온 세상이 덤빈대도 내 건 내가 지킬 테야.
트래뇨 조금씩 사태를 주시하면서
유리한 기회를 기다립시다.
늙은이 그레미오와 세심히 감시하는
아버지 미놀라와 교활한 음악 교사와
한창 바삐 연애하는 리시오를 속여요.
모두 다 루센쇼 주인님을 위해서예요.
[그레미오 등장]
그레미오, 교회에서 오는 길이오?
그레미오 하교하기 무섭게 뛰쳐나온 아이 같으오.
트래뇨 신랑 신부가 집에 오고 있어요?
그레미오 '신랑'이라니? 차라리 '구랑'이오.
투덜대는 '구랑'이오. 그녀도 알게 되오.
트래뇨 그녀보다 더해요? 그럴 수 없는데.
그레미오 그놈이 마귀요, 마귀. 진짜 악귀요.
트래뇨 그녀가 마귀요, 마귀. 마귀의 어미요.
그레미오 사내에 비해 여자는 양이며 비둘기요.
루센쇼 씨, 내가 말하죠. 사제가 묻기를
캐서리나를 아내로 삼겠는가 하니까
사내가 꽥 소리로 "아무렴!"이라고 했어요.
깜짝 놀란 사제가 책을 떨어뜨렸다가
허리를 굽혀서 책을 집으려니까
미친 신랑이 냅다 귀싸대길 올렸어요.
사제고 책이고 산지사방 떨어지자
"자, 누구든 하고 싶으면 세워놔!"라 하데요.
트래뇨 사제가 일어서니까 여자는 어쩝디까?
그레미오 부들부들 떨더군요. 사제가 자기를
속이려 해서 발을 구르고 욕을 했다죠.
아무튼 예식을 마치자 사내가

술을 가져오라고 하고는 "건배!"를 외치는데
뱃간에 타고서 폭풍이 지난 뒤에
배꾼들에게 술잔을 돌리듯이 법석대면서
포도주를 들이켜곤 술에 적신 안주를
교회 서기 얼굴에 끼얹더군요.
딴 이유도 아니고 수염이 듬성하고
굶은 꼴이라 안주 달라는 것 같더래요.
그러고는 신부 목을 끌어안고
쩍 소리가 나도록 키스하는데
입술을 떼니까 온 교회가 울리더군요.
그 꼴을 보고 창피해서 뛰쳐나왔죠.
내 뒤에 하객들이 몰려나올 거예요.
그런 미친 결혼식은 처음 봤어요.
들어보세요. 악단이 연주해요.

[음악이 연주된다.
페트루초, 캐서리나, 비안카, 호텐쇼,
뱁티스타, 그루미오, 하인들 등장]

페트루초 신사들, 친구들, 오시느라고 수고했어요.
오늘 나와 식사할 생각이었을 텐데,
따라서 굉장한 피로연도 준비했지만
사정이 이렇게 됐어요. 급한 일로 가야겠네요.
그럼 여기서 작별해요.

뱁티스타 오늘 밤에 떠난다니 그럴 수 있나?

페트루초 어둡기 전에 떠나야 해요.
이상할 것 없어요. 내 사업을 아신다면
머물 것 없이 떠나라고 하실 거예요.
그럼 신사 숙녀 여러분, 다소곳하고
상냥하고 착하기 그지없는 아내에게
내 몸 바치는 걸 봐줘서 고맙습니다.
장인어른과 잡수시고 축배를 들어주세요.
떠나야겠어요. 그럼 잘들 계세요.

트래뇨 식사는 마치고 떠나시죠.

페트루초 그럴 수 없어요.

그레미오 부탁합니다.

페트루초 못 해요.

캐서리나 내가 부탁해요.

페트루초 좋아요.

캐서리나 있겠단 말이죠?

페트루초 당신이 나더러 있으라니 좋단 소리고,
있겠단 말은 아니오, 암만 애원해도.—

캐서리나 나를 사랑한다면 있어주세요.

페트루초 그루미오, 내 말 챙겨.

그루미오 예, 준비가 됐습지요. 말먹이 귀리가 말들을
먹어치운 꼴이 됐네요.[51]

캐서리나 그럼 당신 맘대로 해. 난 오늘 안 가.
내일도 안 가. 내킬 때까지 절대 안 가.
문은 열려 있어. 당신 갈 길 저기야.
신발 떨어질 때까지 가고 싶으면 가.
나는 내킬 때까지 절대 가지 않겠어.
처음부터 제멋대로 결정하는 걸 보니까
시건방진 사내 될 게 확실해.

페트루초 오, 케이트, 그러지 마. 화내지 마.

캐서리나 화낼 테야. 당신이 무슨 상관이야?
아버지, 가만 계세요. 기다릴 거니까.

그레미오 아하, 일이 시작되누나!

캐서리나 여러분, 모두 피로연 장소로 가세요.
여자가 대항할 힘이 없으면
머저리가 될 수도 있다는 거예요.

페트루초 케이트의 명령에 하객들이 따르겠지.
하객 여러분, 신부의 말대로 하시오.
잔칫상에 나아가서 직사하게 처먹고
신부의 처녀막에 맘껏 건배하세요.
미친 지랄 안 할 거면 목이나 달아매요.
하지만 귀여운 케이트는 함께 가겠어요.
오, 흘기고 발 구르고 안달하지 마.
나는 내 것의 주인이 될 테야.
이 여자는 내 물건, 내 재산, 내 집,
내 세간, 내 전답, 내 창고, 내 말,
내 소, 내 당나귀, 내 모든 거야.
여자가 여기 있는데 어느 놈이 건드려!
파도바 가는 길을 말리는 자는
아무리 난 척해도 매운맛을 보게 돼.
그루미오, 칼을 빼라. 도둑 떼에 포위됐다.
네가 사내라면 마님을 구해라.
—걱정 마, 귀염둥이. 건드릴 놈 없다고.
백만이라도 맞서서 너를 보호하겠다.

[페트루초, 캐서리나, 그루미오 퇴장]

뱁티스타 그냥 가래라. 얌전한 부부니라.

51 귀리를 먹은 말들이 기운을 내는데 그와는 반대로 '귀리가 말을 먹을 만큼' 말들이 형편없다는 말.

그레미오 빨리 가니 망정이지 우스워 죽겠어요.

트래뇨 미친 혼인 치고서 저런 건 처음이에요.

루센쇼 아가씨, 언니를 어떻게 보세요?

비안카 자기도 미쳤으니까 미친 남편 얻었죠.

그레미오 분명 페트루초가 케이트의 짝이 됐어요.

뱁티스타 이웃들과 친구들, 비록 신랑 신부가
피로연 자리에는 없지만
잔칫상에 먹거리가 모자라지 않아요.
루센쇼, 당신이 신랑 자릴 채워 앉고
비안카는 언니 자리를 채워.

트래뇨 아리따운 비안카의 신부 연습인가요?

뱁티스타 그래요, 루센쇼. 자, 다들 가요. [모두 퇴장]

## 4. 1

[그루미오 등장]

그루미오 경칠 놈의 맥 빠진 말, 미친 주인, 못된 길,
모두 다 썩어져라! 사내가 이렇게 맞은 적 있어?
이렇게 추접스레 될 수 있어? 이렇게 지칠
수 있어? 나더러 먼저 가서 불을 때라 했는데,
따라와서 몸을 덥힌다 했는데, 작은 냄비라 금방
달궈지기 망정이지 내 몸 녹일 불 옆에 가기도 전에
이빨에 입술 얼어붙고 입천장에 혓바닥 얼어붙고
속에서 염통이 얼어붙을 지경이야. 아무튼 불
때면서 몸이나 녹여야지. 나보다 키가 큰 녀석도
감기 들겠다. 야, 커티스!
[커티스 등장]

커티스 누가 이렇게 죽는소리로 나를 부르냐?

그루미오 얼음 조각이다. 믿지 못하겠으면 어깨에서
발목까지 만질 것 없이 머리에서 목까지만 손을
대봐라.―너 불덩이구나, 착한 커티스.

커티스 주인과 마님이 오시는가?

그루미오 그래, 그래, 커티스. 그러니까 불, 불,―제발
물은 끼얹지 마.

커티스 소문만큼 지독한 말괄량이냐?

그루미오 이번에 얼기 전엔 말괄량이였거든. 하지만 너도
알다시피 겨울 추위에 남자나 여자나 짐승이나
모두 길이 들어. 그래서 우리 옛 주인도 새 마님도
나도 길이 들었어, 친구 커티스.

커티스 없어져, 세 치[52] 밥통아! 난 짐승 아니야.

그루미오 내가 세 치밖에 안 돼? 그럼 네 뿔이 한 자나 되니까
내 거시기가 적어도 그만큼은 되겠구나.[53] 아무튼
당장 불 피울 테냐, 또는 마님한테 일러야겠냐? 당장
마님 손맛을 보게 되겠다. 손 닿는 데 왔으니까.
불 피우는 일에 늑장 부린 값으로 매운 '위로' 되겠다.

커티스 착한 그루미오, 그러지 말고 세상이 어떻게 돌아가나
말이나 해줘.

그루미오 추운 세상이지, 네가 맡은 일 말곤.―그러니까 빨리
불이나 때. 너 할 일이나 하고 네 몫이나 챙겨.
주인님과 마님이 얼어 죽기 일보 전이야.

커티스 불은 벌써 피워놨어. 그러니까 착한 그루미오, 세상
얘기나 해줘.

그루미오 "재키야, 아이야, 여봐라, 아이야!"[54] 네가 원하는
만큼 세상 얘기가 쌔고 쌨다.

커티스 관둬. 넌 언제나 말장난뿐이야.

그루미오 그래서 불 피우라는 거야. 너무너무 추워서 그래.
숙수는 어디 있고, 저녁은 준비했고, 집 안은 치웠고,
향초는 깔았으며[55] 거미줄은 걷었으며 하인들은 새
제복과 흰 바지를 입었으며, 집사들은 예복을 입었어?
사내들은 속이 곱고 계집들은 겉이 곱고 식탁보는
깔았으며 모든 걸 정돈했어?

커티스 모두 준비됐으니까 제발 세상 얘기해다오.

그루미오 우선 첫째로, 내 말이 지쳤으며, 주인님과 마님이
떨어졌단 말이다.

커티스 어떻게?

그루미오 안장에서 흙탕으로 떨어졌단 말이지. 거기에 이야기가
걸려 있거든.

커티스 제발 얘기해다오, 착한 그루미오.

그루미오 귀를 가까이 대.

커티스 자.

그루미오 [따귀를 치며] 이거야.

52 그루미오가 키 작은 사람이라는 말. 셰익스피어는 자기가 잘 아는 배우 중에서 키 작은 친구에게 그루미오 역을 맡겼던 것이다.
53 아내가 서방질을 하면 그 남편은 머리에 뿔이 난다고 했는데 커티스의 뿔이 한 자라면 그 아내와 놀아난 그루미오의 그 물건이 적어도 한 자는 될 터이니, 키는 훨씬 더 클 거라는 말이다.
54 그루미오는 언제라도 노랫가락을 꺼낼 수 있다.
55 당시에 귀족 집 바닥에 향기로운 마른 골풀을 잘게 썰어 뿌렸다.

커티스 이건 얘기를 듣는 게 아니라 느끼는 건데.

그루미오 그래서 이런 걸 '감각적' 얘기라고 한단 말이다.
따귀를 때린 건 귓문을 두드려서 들으라는 소리야.
그럼 시작하지. 우선 첫째로, 우리는 진흙탕 길을
내려왔는데, 주인님이 마님 뒤에 타시고.—

커티스 말 하나에 둘이?

그루미오 너하고 무슨 상관이야?

커티스 말은 하난데.

그루미오 그럼 네가 얘기해. 하지만 네가 내 말에 끼어들지
않았다면 얘길 계속했겠지. 마님의 말이 쓰러져서
마님이 밑에 깔리고 땅이 질어서 마님이 흙탕을
뒤집어쓰고 주인님이 말에 깔린 마님을 그냥 둔
채 마님 말이 넘어졌다고 나를 때리고 마님이
진흙탕을 건너와서 내 말을 뺏어 타고 주인님이
고함을 질러대시고 마님은 평생 하시지 않던 기도를
드리고 나도 소리치고 말들은 달아나고 마님의
고삐가 끊어지고 나는 갖가지 좋은 추억이 담긴
안장 고삐를 잃었단 얘기를 했을 거란 말이다.
그런 추억도 망각 속에 사라질 테니 너는 그걸
깨닫지도 못한 채 무덤으로 가야 돼.

커티스 그걸 보면 주인님이 마님보다 고약하셔.

그루미오 맞아. 주인님이 집에 오시면 너하고 너희들 가운데서
제일 건방진 놈이 맛을 보게 될 거야. 한데
이런 소린 왜 해? 내서닐, 조지프, 니콜러스, 필립,
월터, 슈거솝, 그밖에 놈들 모두 불러와. 머리를
미끈하게 빗고 푸른 저고리를 솔질하고 대님은
수수하게 짠 거야 돼. 왼 다리로 절하고 자기네
손에다 먼저 키스하기 전에는 주인님 말 꼬리 털
하나라도 만지면 안 돼. 모두 준비됐겠지?

커티스 응, 그래.

그루미오 다들 나오라고 해.

커티스 내 말 들려? 우리 마님께 인사를 여쭈려면
주인님부터 뵈어야 돼.

그루미오 마님은 얼굴 없나?

커티스 누가 그거 몰라?

그루미오 네가 모르는 거 같아. 애들에게 마님한테 인사를
여쭈라고 하니까 말이야.

커티스 존경심을 나타내라고 나오라고 했어.
[하인 너덧 등장]

그루미오 마님은 너희들한테 아무것도 안 꿀 텐데.

내서닐 잘 왔다, 그루미오.

필립 어떠냐? 그루미오.

조지프 괜찮아?

니콜러스 친구야!

내서닐 어떤가, 노인네?

그루미오 너 반갑다!—너 재미 어때!—넌 어떠냐? 야,
친구! 자, 이거로 인사는 마치자. 멋진 친구들,
이제 만반의 준비가 됐냐? 모두 잘 차렸어?

내서닐 모두 준비가 됐어. 주인님은 어디까지 오셨어?

그루미오 아주 가까이. 지금쯤 내리셨을 거야. 그러니까
조용히—제기랄, 조용해. 주인님 소리가 들려.
[페트루초와 캐서리나 등장]

페트루초 녀석들 어디 있어? 아, 그래 문간에
등자나 말 붙들 놈팽이가 하나도 없어?
내서닐, 그레고리, 필립은 어디 갔어?

모든 하인 여기요, 여깄어요, 여깄습니다.

페트루초 여기요, 여깄어요, 여깄습니다?
대가리 쉬슨 지저분한 자식들!
뭐? 시중도, 인사도, 할 일도 몰라?
먼저 보낸 밥통 놈은 어디 있어?

그루미오 여깄어요. 예전하고 꼭 같은 밥통입지요.

페트루초 이 촌놈, 갈보 자식, 연자 맷돌 말 새끼,
이런 못난 놈들 데리고 사냥터에서
주인을 맞으라고 일러주지 않았냐?

그루미오 내서닐의 저고리가 끝이 나지 않았고
게브리얼 구두 굽이 물이 덜 들고
피터 모자에 칠할 검뎅이가 없었고
월터의 단도 집이 아직 오지 않았고
애덤과 랠프와 그레고리만 괜찮았고
그밖엔 모두 늙고 추접하고 거지 같았죠.
어쨌든 두 분한테 보이려고 나왔습니다.

페트루초 못난 녀석들, 빨리 저녁 들여와. [하인들 퇴장]
[노래 부르며] '이제껏 산 인생은 어디 갔나?
어디 갔나?'—앉아, 케이트. 잘 왔어.
[흥얼거리며] '휘, 휘, 휘, 휘.'
[하인들이 음식을 들고 등장]
이런 제기랄!—얌전한 케이트, 웃어봐!
장화 벗겨, 이 새끼들! 제기랄 병신들!
[노래 부르며] '회색 수도회[56]의 수도사였지.

56 성 프란체스코의 감화로 생긴 수사들의 조직.

하루는 가던 길을 가는 중인데—'
—새끼야, 저리 비켜! 발을 비트는구나!
이거 한 방 먹고 [하인을 발로 차며]
딴 쪽은 제대로 빼.
—웃어, 케이트.—여기 물 좀 가져와! 안 들려?
[하인이 물을 들고 등장]
내 강아지 어디 갔어? 야, 너 빨리 가서
퍼디낸드 사촌한테 여기로 오라고 해.
—케이트, 당신이 키스하고 사귈 친구야.
—내 실내화 어디 갔어? 여기 물 없어?
—자, 케이트. 손 씻어. 진심으로 환영해.
—이놈의 갈보 새끼, 그거 떨굴 작정이야?
캐서리나 좀 참아요. 일부러 그런 건 아닌데.
페트루초 갈보 새끼, 골빈당, 귀만 길어가지고![57]
—자, 케이트, 앉아. 시장한 거 잘 알아.
당신이 기도할래? 아니면 내가 할까?
—이게 뭐야? 양고기야?
하인 예.
페트루초 누가 가져왔어?
피터 저요.
페트루초 탔단 말이야. 고기가 죄다 탔어.
이런 개새끼들! 숙수 자식 어딨어?
이 새끼들아, 싫어하는 줄 알면서
어떻게 부엌에서 이따위를 가져와?
니들이나 처먹어. 접시, 술잔, 다 내가.
대가리 텅 비고, 무지한 밥통들!
뭐야, 불만이야? 곧장 니들 손보겠다. [하인들 퇴장]
캐서리나 여보, 그렇게 흥분하지 말아요.
고기는 좋았어요. 당신도 괜찮았다면—
페트루초 케이트, 타서 말라비틀어졌어.[58]
화를 돋우고 성을 심어준다고.
그런 거는 건드리지 말라는 거야.
그래서 우리 둘은 금식해야 좋겠어.
솔직하게 말해서 둘이 다혈질이라,
너무 태운 고기는 안 먹어야 돼.
좀 참아. 내일은 제대로 할 거야.
둘이 같이 친구 삼아 이 저녁엔 금식하자.
자, 그럼 당신을 신방으로 모셔 갈게. [둘 퇴장]
[하인들 각기 등장]
내서닐 피터, 이런 거 본 적 있어?
피터 마님 성미 따라서 마님을 죽이는군.
[커티스 등장]
그루미오 어디 갔어?
커티스 신방에서 금욕에 관해서 설교하는데,
꽥꽥대고 욕하는 바람에 불쌍한 마님은
어떻게 서려는지 보려는지 말할지 몰라서
방금 꿈에서 깬 것처럼 앉아 있어.
뛰어, 뛰어. 주인이 이쪽으로 와. [모두 퇴장]
[페트루초 등장]
페트루초 그리하여 정략적인 통치를 시작한 게
성공해서 내 꿈을 이뤘어.
지금쯤 보라매는 배가 고파 야단인데
땅에 내려오기 전에는 배가 차면 안 돼.[59]
그랬다간 미끼 따윈 쳐다보지 않거든.
또 다른 방법으로 매를 훈련시켜서
주인 말을 알아듣고 오게끔 만들겠다.
날개만 퍼덕대고 말 안 듣는 솔개와 달리
보라매는 잠들지 못하게 만들어야 돼.
오늘 굶은 아내한테 아무것도 안 주겠다.
지난밤에 못 잤지만 오늘 밤도 못 잔다.
고기를 탓했듯이 침대가 글렀다고
생트집을 잡겠다. 베개를 던지고
쿠션을 던지고, 이불이 잘못됐다
홑청이 잘못됐다 소동을 벌이겠다.
이런 야단법석을 벌이면서도
아내를 정중하게 대접하는 척하겠다.
한마디로 아내는 밤을 꼬박 새우고
조금만 졸아도 냅다 소릴 질러서
밤새도록 잠 못 자고 깨어 있게 하겠다.
이것이 애정으로 아내 죽이는 길이다.
그럭해서 미친 그녀 고집을 꺾어놓겠다.
말괄량이 길들이는 더 좋은 법을 알면
널리 알려라. 그 일이 우선이다. [퇴장]

57 귀가 긴 동물은 바보의 대명사인 노새나 당나귀다.
58 당시 의학은 뜨겁고 마른 것이 화를 돋운다고 하였다. 화를 잘 내는 기질을 '다혈질'이라고 했다.
59 어린 야생 매(보라매)를 잡아다가 굶겨서 잠을 안 재우고 미끼(꿩 털 속에 날고기 조각을 숨긴 것)를 보면 땅에 내려오도록 훈련시켜 매사냥에 쓴다.

## 4. 2

[루센쇼로 변장한 트래뇨, 리시오로 변장한 호텐쇼 등장]

트래뇨 리시오 친구, 비안카 아가씨가 루센쇼 말고 딴 사람을 좋아할 리 있어요? 솔직히 말하면 그녀가 나를 각별히 대해요.

호텐쇼 당신한테 말해준 걸 확인해줄 테니 옆에 몰래 서서 내가 어찌 가르치나 지켜보세요.

[둘이 옆으로 물러선다. 비안카와 캠비오로 변장한 루센쇼 등장]

루센쇼 아가씨, 책을 읽으면 교훈을 얻으시나요?

비안카 선생님, 무슨 책 보시죠? 그것부터 말하세요.

루센쇼 내 전공인 『사랑의 기술』[60]예요.

비안카 선생님, '기술'의 대가가 되시길 빌어요.

루센쇼 정다운 아가씨가 내 마음의 주인이 되시면.—

[둘이 다른 쪽으로 간다. 트래뇨와 호텐쇼가 앞으로 나온다.]

호텐쇼 [트래뇨에게] 너무 빠른 진급이오![61] 그럼 말해봐요. 당신 말에 따르면, 비안카 아가씨가 루센쇼만큼 사랑하는 사람은 없다고 했는데.

트래뇨 짓궂은 사랑이여! 갈대 같은 여자여! 리시오, 확실히 놀라운 일이오.

호텐쇼 이젠 그만둡시다. 난 리시오가 아니오. 음악을 아는 척했지만 음악가가 아니오. 이런 꼴로 변장하고 산다는 게 우스워요. 어엿한 신사를 마다하고 저따위 선생 나부랭이를 신으로 받들다니! 잘 들어 두세요. 내 이름은 호텐쇼요.

트래뇨 호텐쇼 씨, 비안카에 대해서 품고 있는 순수한 사랑을 자주 들어 알고 있어요. 그녀가 경박한 걸 눈으로 봤으니까, 괜찮다면 당신과 똑같이 나도 그녀에 대해서 사랑을 영원히 끊어요.

호텐쇼 저것 봐요. 입 맞추고 애무해요! 루센쇼 씨, 우리 악수합시다. 여기서 맹세합시다. 다시는 그녀에게 구애하지 않겠으며 못나게도 내가 바친 모든 찬사를 받을 자격 없는 여자로 낙인찍어요.

트래뇨 나도 이 자리에서 그녀가 애원해도 결혼하지 않을 것을 솔직하게 맹세해요. 짐승처럼 사내와 애무해서 끔찍스러워요!

호텐쇼 저놈 밖의 온 세상이 거절하면 시원해요! 확실히 나는 맹세를 지킬 거며 사흘 안에 돈 많은 과부와 결혼할 테요. 건방진 암컷에 미쳐 있는 동안에 나를 오래 사랑한 여인이 있어요. 안녕히 계세요, 루센쇼 선생. 아름다운 외모가 아니라 고운 마음이 내 사랑의 주인이오. 그럼 난 갑니다. 방금 맹세한 대로 굳게 결심했어요. [퇴장]

[루센쇼와 비안카가 다시 앞으로 나선다.]

트래뇨 비안카 님, 축복된 연인에 속하는 만 가지 은총의 축복을 받으세요. 착한 아가씨, 말씀을 엿들었어요. 호텐쇼와 더불어 사랑을 끊을 테요.

비안카 농담이겠죠.—둘이 그만뒀어요?

트래뇨 그래요, 아가씨.

루센쇼 리시오가 없어졌군.

트래뇨 지금쯤 함박 같은 과부와 같이 있겠죠. 하루 안에 연애하고 결혼할 여자예요.

비안카 부디 행복하기를!

트래뇨 예, 여자를 길들일 테죠.

비안카 그분의 말일 테죠.

트래뇨 길들이기 학교에 갔다고 해요.

비안카 길들이기 학교요? 그런 데도 있나요?

트래뇨 예, 아가씨. 페트루초가 선생인데 틀림없는 재간들을 알려주면서 쫑알대는 말괄량이 혓바닥을 길들여요.

[본델로 등장]

본델로 아이고, 주인어른, 얼마나 기다렸던지 완전히 녹초 됐어요. 하지만 드디어 언덕을 내려오는 노인을 만났는데 우리 일에 알맞아요.

트래뇨 어떤 사람인가?

본델로 주인어른, 그 사람이 상인인지 선생인지

60 로마 시인 오비디우스의 유명한 장시.

61 비안카가 '기술'의 '대가'(master)가 되길 바랐는데, 호텐쇼는 그 말을 바꾸어 1년 후에나 가능한 '석사'(역시 master)가 되었다고 비아냥거리는 것이다.

무엇인지 모르지만 옷차림이 점잖고
걸음과 태도가 확실히 아버지요.
루센쇼 무슨 일이오?
트래뇨 그 사람이 내 말 믿고 그대로 따라주면
빈센쇼 흉내를 멋지게 내라 해서
뱁티스타 노인한테 자기가 진짜
빈센쇼란 확신을 갖게 할 테요.
아가씨를 모셔 가요. 혼자 있겠어요.
[루센쇼와 비안카 퇴장]

[교사 등장]

교사 안녕하세요?
트래뇨 안녕하세요? 잘 오셨어요.
계속 멀리 가세요? 또는 끝에 당도하셨어요?
교사 한두 주일 동안은 끝에 당도했지만
멀리는 로마까지, 그래서 트리폴리[62]에
당도할 테요. 주님이 목숨을 주시면.—
트래뇨 어디서 오셨어요?
교사 만토바요.
트래뇨 만토바요? 아니 그럴 수 있어요?
목숨을 돌보지 않고 파도바에?
교사 목숨을? 왜요? 고된 게 목숨이오.
트래뇨 만토바 사람이 파도바에 온다는 건
죽는 거나 다름없어요. 이유를 아세요?
당신네 배가 베니스에 갔는데
당신네 공작과 베니스 공작이
사적으로 다툰 게 온 세상에 알려졌어요.
기이한 일이지만 새로 오셨기 때문에
유명한 그 일을 모르셨을 거예요.
교사 나는 그런 일보다 어려운 일이 있어요.
피렌체에서 어음을 받았는데
내가 여기서 전달해야 되어요.
트래뇨 그러시면 호의를 제공하지요.
그래 드릴 터이니 이렇게 하세요.
피사에 가신 적이 있으신가요?
교사 물론이오. 피사에 여러 번 갔어요.
근엄한 시민들로 이름난 데요.
트래뇨 그중에 빈센쇼라고 하는 분을 아세요?
교사 모릅니다만 얘기는 들었소.
재산이 굉장한 상인이세요.
트래뇨 저의 아버지세요. 사실대로 말하면
모습이 어딘가 당신과 닮으셨어요.
본델로 [방백] 사과와 굴이 서로 닮은 것만큼. 하지만
뭐가 문제야.
트래뇨 아버지를 닮으셔서 이런 극한 상황에서
당신을 도와 목숨을 구해드리죠.
아버지와 모습이 비슷하단 사실을
몹시 나쁜 운수로 생각지 말고,
아버지의 명성과 신망을 자처하면서
제 집에서 저와 함께 친하게 지내시되
당연히 책임 있게 행동하길 바랍니다.
제 말 알아들으시죠? 그래서 이곳에서
일을 마칠 때까지 머무르세요.
이 말이 도움되면 승낙하세요.
교사 아, 물론입니다. 영원히 당신을
목숨과 해방의 은인으로 알겠습니다.
트래뇨 그럼 같이 가셔서 계획대로 하십시다.
그런데 이것만은 알아두세요.
여기서 아버지를 매일 기다리는데
뱁티스트란 분의 딸과 저와의 혼인에서
제가 말한 지참금을 확약키로 되었어요.
자세한 사항들을 모두 알려드리죠.
어울리는 복장을 드릴 테니 같이 갑시다. [모두 퇴장]

## 4. 3

[캐서리나와 그루미오 등장]

그루미오 안 돼요, 안 돼요, 죽어도 못 해요.
캐서리나 당하면 당할수록 횡포가 심해.
나를 굶겨 죽이려고 나와 결혼했나?
친정집 문간에서 동냥하던 거지들도
애원하면 당장에 구제비를 얻거나
아니면 딴 데서 구원을 받았는데,
비럭질을 어떻게 하는지도 모르고
비럭질할 필요도 전혀 없던 여자가
밥이 없어 굶주리고 자지 못해 비틀대고,
고함소리에 잠 못 들고 욕설이 밥이 돼.
이런 것들보다도 더욱 괴로운 건
완벽한 사랑이란 명목으로 그러는 거야.

62 아프리카 북부 지중해 연안 리비아의 도시.

자거나 먹으면 죽을 병에 걸렸거나
당장 죽을 것처럼 소란을 떨어.
제발 가서 먹을 것 좀 갖다 줘.
깨끗한 음식이면 무어든 상관없어.
그루미오 도가니는 어때요?
캐서리나 너무도 좋지. 그거 먹겠다.
그루미오 고기가 너무 다혈질이 아닐까요?
잘 구운 기름진 곱창은 어떨까요?
캐서리나 아주 좋아해, 그루미오. 그거 갖다 줘.
그루미오 글쎄 뭐라 할지요. 다혈질이 아닐까요?
쇠고기 한 조각과 겨자는 어떨까요?
캐서리나 내가 너무나 잘 먹는 요리야.
그루미오 좋아요. 하지만 겨자가 조금 너무 매워요.
캐서리나 그럼 쇠고기만 가져오고 겨자는 빼.
그루미오 그럴 수는 없는데요. 겨자도 자셔야 해요.
아니면 곱창 얻어 자시긴 글렀습니다.
캐서리나 그럼 둘이든 하나든, 네 맘대로 해.
그루미오 아, 그럼 쇠고기 말고 겨자만 가져오죠.
캐서리나 썩 꺼져! 장난치는 종놈 새끼야! [그를 때린다.]
이름만 가지고 배를 채우라누나!
비참한 내 꼴 보고 이렇게 신나는
네놈들 모두 슬픔 속에 푹 빠져라!
얼른 꺼지라니까!
[페트루초와 호텐쇼가 음식을 가지고 등장]
페트루초 우리 케이트 어떤가? 오, 저런! 힘이 없어?
호텐쇼 마님, 어떠세요?
캐서리나 지긋지긋하게 추워요.
페트루초 힘을 내서 나를 명랑하게 쳐다봐.
당신이 보다시피 나는 무척 부지런해.
내가 직접 요리해서 갖고 오거든.
귀여운 케이트, 고맙다고 해야지.
한마디도 없기야? 그럼 싫단 말이군.
내 모든 수고가 물거품이 되누나.
얘들아, 이 음식 내가라.
캐서리나 그냥 놔둬요.
페트루초 형편없는 솜씨라도 고맙다는 말을 들어.
음식에 손대기 전에 고맙다고 해야지.
캐서리나 고마워요.
호텐쇼 페트루초 씨, 너무하시는군요.
케이트 마님, 내가 친구 해드려요.
페트루초 [호텐쇼에게 방백]
호텐쇼, 내가 좋다면 홀딱 먹어치우쇼.
[캐서리나에게]
착한 당신 마음에 영양분이 가득하길!
케이트, 빨리 먹어요. 꿀맛 같은 내 사랑,
그럼 지금 당신 아버지의 집으로 돌아갑시다.
비단 코트, 비단 모자, 금반지, 목깃, 소매 깃,
넓은 치마, 장식 따위, 스카프, 부채,
갈아입을 호화 치장, 두 벌로 장만하고,
호박 팔찌, 목걸이, 온갖 노리개,
번쩍이는 최일류로 멋 부리고 뽐내라고.
아니, 밥 다 먹었어요? 곱실곱실 치장으로
당신 몸 단장해줄 양복장이가 기다려요.
[양복장이 등장]
양복장이, 이리 와. 치장들을 구경하자.
[모자장이 등장]
치마폭을 펼쳐.—너는 무얼 가져왔냐?
모자장이 어른께서 주문하신 모자를 가져왔습니다.
페트루초 이런 건 죽사발에 맞춘 건데
벨벳 양푼 같은데. 쯧, 쯧—촌스럽고 더러워서
조개껍질 아니면 호두껍질 같구나.
노리개, 장난감, 어린애 모자들,
그따위는 집어치워. 좀 더 큰 거 보여줘라.
캐서리나 더 큰 건 싫어. 그게 유행에 맞아.
점잖은 집 부인들은 그런 모자 쓴다고.
페트루초 당신이 점잖으면 그런 모자 쓰게 돼.
그 전엔 안 돼.
호텐쇼 금방 되지 않을걸요.
캐서리나 나도 말할 권리가 당당하단 말이야.
그래서 말할 테야. 나는 애도 아기도 아냐.
당신보다 윗사람도 내 말 막지 않았어.
정 못 듣겠으면 귀 막는 게 가장 좋지.
치미는 내 성질, 혓바닥이 말할 거야.
암말 않고 참았다간 속 터지고 말 테지.
그렇게 되기 전에 속이 후련하도록
마음대로 외치겠어.
페트루초 당신 말이 맞았어. 같잖은 모자야.
관 같은 파이 껍질, 노리개, 비단 파이,
당신도 그게 싫다니까 당신이 예뻐.
캐서리나 내가 예쁘든 말든, 난 그 모자 좋아.
그것만 가질 거야. 딴 건 다 싫어.
페트루초 치마는 어때? 그럼 양복장이, 좀 보자.

[모자장이 퇴장]

어휴, 이건 무슨 가면무도 장치야!
이건 뭐야? 소매야? 작은 대포 같은데
사과 파이 모양으로 칼집투성이구나.[63]
자르고 조이고 베고 난도질 쳤네!
이발관에 모셔 놓은 향로처럼 생겼어.
양복장이, 도대체 이 물건을 뭐라고 해?
호텐쇼 [방백] 모자도 치마도 얻어 입긴 글렀군.
양복장이 나리의 말씀으론, 최신 유행에 따라서
정성껏 만들라고 분부하셨는데요.
페트루초 물론 그랬다. 한데 잊어먹었어?
영영 못쓰게 망치라곤 안 했어.
시궁창 곁에 있는 집에나 가.[64]
한 푼도 안 낼 테니 뛰기나 해.
무엇도 안 갖겠다. 꺼져라. 잘해봐.
캐서리나 더 잘 지은 치마를 본 적이 없어.
멋지고 우아하고 감탄스러운 건데.
나를 꼭두각시로 만들어놓을 작정이야?
페트루초 그럼. 당신을 각시처럼 만들려는 거라고.
양복장이 마님을 각시 대접하신다는 말씀이에요.
페트루초 아니 이런 시건방진 녀석 보았나!
거짓말이다. 실 토막, 골무, 옹골진 마,
마 갸웃, 반 마, 반의 반 마, 두 치 반,
벼룩이, 서캐, 겨울철 귀뚜라미, 요 녀석!
실타래 하나로 내 집에서 내게 맞서?
걸레 조각 자투리, 재빨리 안 꺼지면
숨이 붙어 있을 때 생각나서 쫑얼대게
잣대로 알맞추 때려놓겠다.
마님의 치마를 망쳐놨구나!
양복장이 잘못 알고 계시네요. 이런 치마는
제 주인이 주문대로 만든 거예요.
그루미오가 모양새를 말했다고요.
그루미오 천만 갖다 주었지 그런 말은 안 했어요.
양복장이 어떻게 만들지 말하지 않았나요?
그루미오 그야 물론 바늘과 실로 만들지요.
양복장이 하지만 옷감을 자르라고 안 했어요?
그루미오 그런데 이것저것 갖다 붙였군.
양복장이 그랬소.
그루미오 나한테 붙지 마. 여러 사람과 맞짱을 떴대도
나하고 맞짱 뜨지 마. 붙지도 맞짱도 마. 너한테
말하는데, 네 주인에게는 치마를 만들랬지
잘라달라고 하질 않았다. 그러니까 거짓말이야.
양복장이 무슨 모양 만들지 문서가 여기 있어요.
페트루초 읽어봐.
그루미오 내가 그런 소리를 했다면 문서가 틀린 거요.
양복장이 [읽는다.] "첫째로, 헐렁한 치마."[65]
그루미오 내가 '헐렁한 치마'란 소릴 했다면 그 옷에다
나를 꿰매놓고 싯누런 실꾸리로 때려죽여도
좋아요. 그냥 '치마'라고 했으니까요.
페트루초 [양복장이에게] 계속해.
양복장이 "자그마한 테두리를 지어 붙인다."
그루미오 테두리는 맞아요.
양복장이 "소매는 둥글넓적하게 만든다."
그루미오 소매가 둘인 건 맞아요.
양복장이 "소매는 미묘하게 자른다."
페트루초 그게 바로 장난이야.
그루미오 문서가 틀렸어! 문서가 틀렸단 말이다! 소매를
잘랐다가 다시 붙이라고 말했다. 그게 진짜란 걸
결투해서 밝히겠다. 네 쬐고만 손가락에 골무
갑옷을 입혔대도 무섭지 않아.
양복장이 내 말이 정말이다. 싸울 데만 있다면 너한테
따끔하게 말해줄 테다.
그루미오 당장 너하고 붙겠다. 너는 문서를 갖고 잣대는
내게 달라. 인정사정 보지 마.
호텐쇼 그래서 쓰겠나? 그루미오. 그렇게 되면 저 사람을
이길 수 없어.
페트루초 [양복장이에게]
요컨대 치마는 내 게 아니다.
그루미오 옳은 말씀이에요. 마님 거니까요.
페트루초 들고 가서 네 주인이 쓰라고 해.
그루미오 못된 놈, 죽고 싶냐? 우리 마님 치마를
네 주인 쓰라고 들어가다니?
페트루초 왜 그래? 그게 무슨 못된 생각이야?
그루미오 주인님, 보기보다 속마음이 흉측스러워요.
마님의 치마를 쳐들어서 자기네 주인한테

63 사과 파이 구울 때 김이 빠지라고 칼집들을 내는데 당시 그런 무늬를 넣은 여자 저고리 소매를 비꼰다.
64 서민이 살던 길거리는 진창투성이었다.
65 '헐렁하다'라는 말에는 창녀처럼 '헐렁한 여자'라는 뜻도 있다. 발음을 일부러 강조해서 낼 수 있다.

이용하게 한다고요? 아, 끔찍해, 끔찍해!

페트루초 [방백] 호텐쇼, 옷값 내주라고 해요.
[양복장이에게]
저 물건 갖고 나가. 잔소리 그만해.

호텐쇼 [양복장이에게 방백]
양복장이, 옷값은 내일 치를게.
홧김에 말한 거니까 고까워하지 마.
그냥 가. 주인한테 인사를 전해라. [양복장이 퇴장]

페트루초 그러면 케이트, 수수한 차림으로
당신 아버지 댁으로 같이 가자.
옷은 그 꼴이지만 주머니는 두둑해.
몸을 부자로 만드는 건 마음이니까.
검은 구름 헤치고 밝은 해가 빛나듯
남루한 옷을 뚫고 고매함이 엿보여.
어치 깃이 예쁘다고 종달새보다
귀하다고 할 수 있어? 알락달락한
독사뱀이 눈에 보기 좋다고
장어보다 좋다고 말할 수 있어?
안 그래, 케이트. 그처럼 가꾸고
수수하게 차렸어도 꿀릴 거 없어.
그게 부끄럽다면 내 탓으로 돌리라고.
그러니까 힘을 내. 당장 여길 떠나서
당신 친정집에서 진창 먹고 뛰놀자.
[그루미오에게]
내 사람들 불러와라. 곧장 거기로 가겠다.
말들은 롱 레인 끝에 갖다 놔라.
거기서 탈 테니. 거기까진 걷겠다.
보아하니 지금 일곱 시쯤 됐으니까
너끈히 점심때에 도착하겠다.

캐서리나 분명히 말하는데 거의 두 시 됐는데
도착하면 저녁때가 될 것 같은데.

페트루초 말 타러 갈 때까진 7시가 될 거다.
내 말, 내 행동, 내 계획을 똑똑히 봐.
언제나 트집이야. 얘들아, 그만두자.
나 오늘 안 간다. 내가 몇 시라 하면
그대로 따르기 전엔 가지 않겠다.

호텐쇼 [방백] 그래서 저 사람이 해도 다스리겠다. [모두 퇴장]

## 4. 4

[루센쇼로 변장한 트래뇨, 빈센쇼같이 차렸으나
여행 장화를 신은 교사 등장]

트래뇨 여기가 그 집이오. 불러도 될까요?

교사 별수 없잖아요? 그런데 모르긴 해도
뱁티스타가 나를 알아볼지 몰라요.
거의 이십 년 전에, 제노바에서
'페가수스' 여관에 함께 묵었어요.

트래뇨 괜찮아요. 맡은 역을 끝까지 잘하고
아버지의 위엄을 유지해줘요.
[본델로 등장]

교사 걱정 마세요. 한데 하인이 오는군.
어떻게 할는지 말해주면 좋아요.

트래뇨 저놈 걱정은 마세요. 야, 본델로,
할 일을 철저히 잘해라. 말해둔다.
진짜 빈센쇼인 듯이 머리로 상상해라.

본델로 걱정 말아요.

트래뇨 뱁티스타한테 제대로 전했어?

본델로 당신네 아버지가 베니스에 있다고 했고
오늘 파도바에서 만날 거라 했죠.

트래뇨 너 멋진 친구다. 이건 됐다 술값 해.
[본델로에게 돈을 준다.]
[교사에게]
뱁티스타가 저기 와요. 얼굴빛을 꾸미세요.
[뱁티스타, 캠비오로 변장한 루센쇼 등장.
교사가 모자를 벗은 채 서 있다.]
—뱁티스타 어르신, 잘 만났습니다.
—이분이 말씀드린 신사올시다.
이제부터 좋으신 아버지가 되세요.
비안카를 유산으로 저에게 주십시오.

교사 그만해요, 젊은이! 나로 말하면,
파도바에는 일부 채무 수금하러 왔는데
내 아들 루센쇼가 따님과 자기 사이에
애정이란 중차대한 사실이 생겼다고 해요.
선생에 대해서 좋은 말을 들었는데요,
그 애가 따님에 대해 사랑을 품었고
따님도 그렇다니까 너무 오래 기다리지
않아서 자상한 아비의 보호 아래
짝지어줄 생각이오. 같은 생각이시면
몇 가지 합의해서 따님에게 기꺼이

내 재산을 내줄 것을 전적으로
찬동한다는 사실을 아세요.
선생에게 지나치게 까다롭지 않아요.
선생에 대해서 좋은 말씀 많이 들었어요.

뱁티스타 혹시 내 말이 실례되면 용서하세요.
간단명료한 말씀이라 매우 기뻐요.
여기 선 아드님이 딸애를 사랑하고
그 애도 그 사람을 사랑함이 사실이에요.
아니면 애정을 깊숙이 가장해요.
따라서 이에 대해 더 말씀 안 하시고
부친답게 아드님을 대접하시고
충분한 지참금을 딸애에게 주시면
혼사는 성립되고 만사가 끝이 나요.
아드님께 딸애를 기꺼이 내주겠어요.

트래뇨 감사합니다. 그러면 어디서 정식으로
혼약을 맺고 양가의 합의에 따라서
확약의 차례를 가질 건가요?

뱁티스타 내 집에선 안 돼요, 루센쇼. 알다시피
벽에도 귀가 있고 하인들도 많아요.
게다가 늙은 그레미오가 언제나
엿듣고 있어서 방해될지 몰라요.

트래뇨 그럼 괜찮으시면 제 하숙에서 하시죠.
아버지도 그곳에 묵으시니 오늘 밤에
이 일을 우리끼리 처리하십시다.
시동에게 대서사를 당장 불러오라죠.
안된 말씀이지만 예기치 못한 일이라
음식 대접이 보잘것없을 겁니다.

뱁티스타 매우 좋아요. 캠비오, 빨리 가서
비안카에게 준비하라고 이르세요.
일이 어찌 됐는지 알려줘도 괜찮아요.
루센쇼의 아버지가 파도바에 오셨으니까
딸애가 루센쇼의 아내가 될 거라고 해요.

본델로 진심으로 신들께 그리되길 빕니다. [루센쇼 퇴장]

트래뇨 신들은 상관 말고 빨리 가기나 해.
뱁티스타 어르신, 제가 안내할까요?
가십시다! 대접이 소홀할 듯합니다.
나중에 피사에서 잘해드리죠.

뱁티스타 앞서가세요. [본델로 이외에 모두 퇴장]

[캠비오로 변장한 루센쇼 등장]

본델로 캠비오 선생!

루센쇼 이거 어떠냐? 본델로?

본델로 우리 주인 나리가 도련님에게 눈을 찡긋하면서
웃는 거 보셨어요?

루센쇼 그래서 어떻단 거야?

본델로 아무것도 아니지만 저를 여기 남기신 건 자신의
손짓, 몸짓의 뜻이나 교훈을 해석하란 말이에요.

루센쇼 교훈을 말해봐.

본델로 이런 거예요. 뱁티스타가 가짜 아들의 가짜
아버지와 이야기해도 안전하다는 말이에요.

루센쇼 그럼 아들은 어떻게 돼?

본델로 그분의 따님을 도련님이 저녁 식사 자리로 데리고
오신다는 말입니다.

루센쇼 그래서?

본델로 성 루가 교회의 늙은 사제가 도련님 명령을 내내
기다리고 있다는 말이에요.

루센쇼 그래서 모두 어떻게 돼?

본델로 저도 모르지만 단지 그 양반들이 가짜 확약 문제로
부산을 떨 테죠. 도련님은 아가씨한테 확약을
받으세요. '쿰 프레빌레기오 아드 임프레멘둠 솔렘.'[66]
도련님은 사제와 서기와 점잖은 증인 몇 분과 함께
교회로 가세요. 이럴 줄은 몰랐다고 하시면 더 할
말도 없을 테니까 아가씨와 영원히 작별하세요. [가려고 한다.]

루센쇼 내 말 들어봐, 본델로.

본델로 그럴 시간 없는데요. 어떤 여자애가 어느 날 오후
토끼 배 속에 양념으로 넣을 파슬리를 뜯으러
채마 밭에 갔다가 결혼을 했대요. 도련님도 그럴지
몰라요. 그럼 안녕히 가세요. 주인님이 저에게
분부하시길 성 루가 교회에 가서 사제에게 도련님과
신부가 갈 터이니 대비하고 있으라고 하셨거든요. [퇴장]

루센쇼 비안카가 좋다고 하면 그럴 수 있지.
그녀도 좋을 텐데 왜 내가 머뭇거려?
에라, 모르겠다. 다짜고짜 요청하자.
그녀와 함께 못 가면 창피한 노릇이다. [퇴장]

66 '인쇄에 대한 유일한 권리를 가지고'라는 다소 엉터리 라틴어. 당시의 인쇄업자 - 출판업자의 '인쇄 독점권'을 나타내는 법적 용어의 하나였다. 비안카를 '찍어낼 권한을 독점한다'라는 뜻으로 한 말이다.

## 4. 5

[페트루초, 캐서리나, 호텐쇼 등장]

페트루초 제기랄, 또다시 장인 집에 가보겠다.
아, 얼마나 밝고 보기 좋은 달이야!

캐서리나 달? 해야. 지금 달 뜬 밤이 아니야.

페트루초 저렇게 밝게 빛나는 건 달이야.

캐서리나 저렇게 밝게 빛나는 건 해야.

페트루초 어머니의 아들인 내가 선언하건대,
달이든 별이든 내가 마음먹기야!
그렇지 않으면 네 친정에 가나 봐라.
[호텐쇼에게]
가서 우리 말들을 도로 데려오세요.
생트집, 생트집, 생트집뿐이야!

호텐쇼 [캐서리나에게]
남편 말을 따르세요. 안 그러면 못 가요.

캐서리나 그냥 갑시다. 이만큼이나 왔으니까.
달이든 해든 마음대로 하세요.
당신이 호롱불이라고 하고 싶으면
지금부터 나한테도 호롱불이죠.

페트루초 저거 달이야.

캐서리나 저거 달이네요.

페트루초 거짓말 마. 저건 복된 해야.

캐서리나 그럼 신이 고맙네요! 복된 해군요.
하지만 당신이 아니라면 해도 아니죠.
당신의 마음처럼 달도 변해요.
당신이 부르고 싶은 이름대로죠.
캐서리나도 그렇게 부를게요.

호텐쇼 페트루초, 뜻대로 하세요. 당신이 이겼어요.

페트루초 그럼 앞으로, 앞으로, 공은 굴러야 해요.
바이어스 먹어서 삐딱하면 안 돼요.[67]
그런데 사람들이 이쪽으로 오는데.
[빈센쇼 등장]
[빈센쇼에게]
마님, 안녕하세요? 어디로 가세요?
—여보 케이트, 사실대로 말해요.
저이보다 청초한 귀부인을 본 적이 있어요?
흰 장미 붉은 장미, 두 볼에서 다투누나![68]
천사 같은 얼굴에 저 눈동자같이
무슨 별이 아름답게 하늘에 수놓나!
아리따운 아가씨, 다시 인사드려요.
여보, 케이트, 예쁘니 안아줘요.

호텐쇼 [방백] 그 말 듣고 노인이 미쳐 발광하겠다.
여자로 만들다니.

캐서리나 피어나는 숫처녀, 아리땁고 청초해요.
어디로 가셔요? 댁은 어디세요?
그토록 예쁜 딸 둔 부모는 행복도 하지.
착하신 별님들이 당신의 배필로
짝을 지을 남자는 더욱 행복하여라!

페트루초 아니, 케이트, 왜 그래? 미친 거 아냐?
이 노인은 볼품없이 비쩍 마른 남자야.
당신 말처럼 처녀가 아니야.

캐서리나 용서해요, 어르신. 햇살에 눈이 부셔서
제가 잘못 봤네요. 눈으로 보는 건
뭣이든 싱싱하게 보인답니다.
이제 보니 점잖으신 어르신이 맞아요.
용서해 주셔요. 제 눈이 돌았었어요.

페트루초 용서하세요, 할아버지. 어디로 가시는지
말씀하세요. 저희와 동행이시면
기꺼이 동무해 드리겠어요.

빈센쇼 신사 양반, 그리고 재미있는 부인,
기이한 인사에 너무도 놀랐지만,
나는 피사에 사는 빈센쇼라 하는데,
파도바에 가요. 오래도록 보지 못한
아들을 거기서 만날 거요.

페트루초 이름이 뭐요?

빈센쇼 루센쇼라고 합니다.

페트루초 잘 만났어요. 아들은 더더욱 잘됐어요.
연세도 그렇지만 법으로 보아도
어르신을 아버지로 모셔도 되겠어요.
내 아내인 이 여자의 동생이 지금쯤
어르신 아들하고 결혼했을 거예요.
놀라지 마시고 걱정도 마세요.
신부는 평판 좋고 지참금도 많고
집안도 훌륭해요. 모든 신사 양반들의
배필이 될 만해요. 빈센쇼 어르신,

67 여기서 공은 볼링공을 말한다. 볼링공이 똑바로 굴러가려면 바이어스(bias)를 먹이면 안 된다.

68 젊은 미인의 하얀 얼굴이 홍조를 띠는 모습을 흰 장미와 붉은 장미가 다투는 것으로 표현했다.

서로 포옹해요. 우리 함께 가서
정직한 아드님을 만납시다.
노인이 가시면 기쁨이 충만해요.

빈센쇼 정말이오? 재미로 그러는 거 아니오?
농지거리 좋아하는 나그네처럼
길에서 만난 사람한테 장난친 거 아뇨?

호텐쇼 아버님, 참말예요. 확실해요.

페트루초 함께 가서 사실인지 확인하세요.
처음에 농담을 드렸더니 의심하네요.
[호텐쇼 외에 모두 퇴장]

호텐쇼 아무렴! 페트루초. 용기가 솟소.
과부한테 가겠소. 그녀가 심술 내면
당신을 본떠 호텐쇼도 마구 놀겠소. [퇴장]

## 5. 1

[그레미오가 홀로 등장하여 비켜선다. 그다음
본델로, 루센쇼(이제는 변장하지 않았다),
비안카 등장]

본델로 조용히, 빨리빨리. 사제가 기다려요.

루센쇼 날아가는 중이야, 본델로. 혹시 집에서 널
찾을지 모르니까 너는 떠나라. [루센쇼와 비안카 퇴장]

본델로 안 돼. 도련님 등 뒤에 교회 문 닫히는 거
보고 나서 전속력으로 집에 가겠다. [퇴장]

그레미오 아직까지 캠비오가 안 뵈니까 이상하다.
[페트루초, 캐서리나, 빈센쇼, 그루미오가
하인들과 함께 등장]

페트루초 여기가 문인데, 루센쇼 거처예요.
장인 댁은 조금 더 시장 쪽에 있고요.
우리는 거기로 가야 하니까 떠나요.

빈센쇼 떠나기 전에 술 한잔 마셔야 해요.
여기서 당신을 대접해야 될 듯하오.
모르긴 해도 뭔가 드실 게 있을 거요.
[문을 두드린다.]

그레미오 안에서 분주해요. 좀 세게 두드리세요.
[교사가 창문으로 내다본다.]

교사 아예 문짝을 부수기라도 할 듯이 두드려대는
자가 누군가?

빈센쇼 루센쇼 선생이 안에 계세요?

교사 안에 있소만 누구와 말할 때가 아니오.

빈센쇼 누가 일이백 파운드를 가지고 와서 한바탕
즐겁게 쓴다고 해도요?

교사 그 일백 파운드는 그냥 갖고 계세요. 그 사람은
내가 살아 있는 한, 그런 돈이 필요 없어요.

페트루초 [빈센쇼에게] 아니에요. 아드님이 여기 파도바에서
인기가 높다고 말씀드렸는데요.—내 말 들으세요?
쓸데없는 소리는 그만하고 루센쇼 선생한테 피사에서
아버님이 오셔서 아들을 만나시려고 문간에 서 계신다고
전해요.

교사 거짓말 마쇼. 그 사람 아버지가 파도바[69]에서 와서
지금 여기 창문에서 내다보는 중이세요.

빈센쇼 당신이 그 사람 아버지요?

교사 그래요. 그 애 어미가 그러더군, 믿어도 된다면.—

페트루초 [빈센쇼에게] 아니, 노인, 이게 뭐요? 이건 순전히
야바위 짓이오. 딴 사람 이름을 도용하다니!

교사 놈을 붙드세요. 이 도시에서 내 이름으로 누구한테
사기 치려는 것 같아요.
[본델로 등장]

본델로 [방백] 교회에서 두 사람을 같이 봤으니 하느님이
복된 길 허락하시길! 그런데 이게 누구야? 우리
어르신 빈센쇼 주인님 아냐? 이젠 폭삭 망했다.
모두 수포로 돌아갔어.

빈센쇼 이리 와, 목 달아 죽일 놈.

본델로 갈는지 말는지는 제 맘에 달린 건데요.

빈센쇼 이리 와, 이 녀석. 아니 그래 네놈이 나를 잊어
버렸어?

본델로 잊어버렸다뇨? 아니죠. 잊을 수 있어요? 당신은
내 평생 처음 보는 분인데요.

빈센쇼 뭐라고? 극악무도한 쌍놈아! 네 주인의 아버지,
빈센쇼를 본 적도 없어?

본델로 뭐요? 연세 잡수신 어르신 말씀이오? 물론이오. 저기
창문에서 내다보시는 중이오.

빈센쇼 정말 그러냐?
[본델로를 때린다.]

본델로 사람 살려! 사람 살려! 여기 어떤 미치광이가 사람
죽이려고 해요. [퇴장]

교사 사람 살려, 아들아! 사람 살려, 뱁티스타 씨! [창문에서 떠난다.]

페트루초 여보, 케이트, 우리 곁에 서서 이 싸움이 어떻게

69 이곳이 '파도바'인데 '파도바에서' 왔다는 말은 교사가 거짓말한다는 것이 확실히 드러난다.

끝나는지 구경하자.
[교사가 집 밖으로 하인들과 함께 등장,
뱁티스타, 루센쇼로 변장한 트래뇨 등장]

트래뇨 여보쇼, 당신이 누구인데 내 하인을 때려요?

빈센쇼 내가 누구냐고? 도대체 넌 누구야? 아이고 맙소사,
영원한 신들이여! 멋진 악당이구나! 비단 저고리,
벨벳 바지, 주홍 외투, 높은 모자! 아이고, 나
망했다! 망했어! 고향에선 아끼느라고 애를 쓰는데
아들 놈, 하인 놈은 대학에서 모두 낭비해!

트래뇨 뭐요? 어찌 된 일이오?

뱁티스타 아니, 저 사람 미쳤나?

트래뇨 여보쇼. 차림새로 보아하니 똑똑한 노인 신사 같은데
말투를 들으니 미친 사람이군요. 아무렴, 내가
진주와 황금을 뒤집어썼대도 무슨 상관이에요? 내
아버지 덕분에 그만한 돈은 쓸 수 있어요.

빈센쇼 네 아버지? 야, 이놈아! 네 아비는 베르가모[70]에서
돛 만드는 직공이다.

뱁티스타 잘못 봤어요, 잘못 봤어요. 그렇다면 저 사람 이름이
뭔인 줄 알아요?

빈센쇼 저놈 이름이오? 아, 내가 저놈 이름도 모를 거
같아요? 세 살 때부터 저놈을 길렀어요. 저놈 이름은
트래뇨요.

교사 빨리 꺼져요. 미친 노새 같으니. 저 사람 이름은
루센쇼요. 내 외아들이오. 빈센쇼의 토지 전부를
상속할 사람이오.

빈센쇼 루센쇼? 아이고, 저놈이 제 주인을 죽였구나! 저놈
잡아라. 공작님 이름으로 명령한다! 아이고 내 아들!
내 아들! 요 악당 놈아, 내 아들 루센쇼는 어디
갔느냐?

트래뇨 순검 불러.
[순검 등장]
이 미친놈을 감방으로 데려가요. 뱁티스타 장인
어르신, 다음 재판 때 이놈을 출정시키세요.

빈센쇼 날 감방에 데려가?

그레미오 순검, 잠깐만. 감방으로 데려가면 안 돼요.

뱁티스타 말 마쇼, 그레미오 씨. 다시 말하거니와 감방으로
데려가야 해요.

그레미오 조심하세요, 뱁티스타 씨. 이 노름에서 속임수에
걸릴지 몰라요. 내 감히 맹세하는데 이분이
진짜 빈센쇼가 맞아요.

교사 감히 맹세할 테면 맹세하쇼.

그레미오 안 될 말씀이오. 감히 맹세하진 못해요.

트래뇨 그럼 내가 루센쇼가 아니라고 선포하세요.

그레미오 그렇죠. 당신이 루센쇼란 사실을 나도 알아요.

뱁티스타 저 치매 노인 데려가! 감방에 보내!
[본델로, 루센쇼, 비안카 등장]

빈센쇼 타지 사람을 이렇게 끌고 다니며 창피를 주겠다,
이거구먼. 망측스런 악질 놈!

본델로 에구, 우린 망했어요. 어르신이 저기 계셔! 모른다고
잡아떼요. 안 그랬다간 우리 모두 끝장나요.
[본델로, 트래뇨, 교사가 재빨리 퇴장]

루센쇼 [무릎 꿇으며]
용서하세요, 아버지.

빈센쇼 내 아들 맞느냐?

비안카 용서하셔요, 아버님.

뱁티스타 네가 무얼 잘못했냐?
루센쇼는 어디 있어?

루센쇼 진짜 빈센쇼 씨의 진짜 아들입니다.
따님과 결혼해서 아내로 삼았어요.
가짜들이 어르신을 눈속임했습니다.

그레미오 모두를 속여 먹은 음모가 확실합니다.

빈센쇼 망할 악질 트래뇨는 어디로 갔나?
그토록 뻔뻔스레 나한테 대들더니?

뱁티스타 아니 이 사람, 우리 캠비오 아니야?

비안카 캠비오가 루센쇼로 변했네요.

루센쇼 사랑이 이런 기적을 일으켰네요.
비안카를 사랑해서 트래뇨하고 바꿔서
그가 저의 신분으로 행세했는데
드디어 염원하던 행복의 포구에
닻을 내린 거예요. 트래뇨의 말투는
제가 시킨 겁니다. 사랑하는 아버지,
아들을 봐서라도 용서하세요.

빈센쇼 나를 감방으로 데려갈 뻔한 그놈의 코빼기를
베어놔야지.

뱁티스타 [루센쇼에게] 한데 말이야, 당신이 내 축복을
원하지 않고 딸애와 결혼해?

빈센쇼 뱁티스타 씨, 걱정 마세요. 해결해 드릴 테니.
하지만 이 못된 짓은 꼭 갚아줄 테다. [퇴장]

뱁티스타 나도 이 못된 음모의 내막을 캐내겠다. [퇴장]

70 이탈리아 북부의 내륙에 있는 도시. 따라서 돛 만드는 직종이 없으니 농담이다.

루센쇼 겁내지 마, 비안카. 아버님도 좋아하실 거야.
[루센쇼와 비안카 퇴장]

그레미오 확실히 글렀지만 나도 한몫 들어야지.
희망은 꺼졌지만 잔치 몫은 남았거든. [퇴장]

캐서리나 여봐요, 남편, 이 일이 어떻게 끝나는지
따라가서 구경해요.

페트루초 케이트, 먼저 내게 키스하고 따라가자.

캐서리나 어머! 길 복판에서?

페트루초 뭐야, 내가 창피해?

캐서리나 천만에요. 키스가 남부끄럽단 말이죠.

페트루초 아, 그럼 집으로 돌아가자. [그루미오에게] 야,
우리 되돌아가자.

캐서리나 아, 당신한테 키스할게. 여보, 제발 가지 말고
그냥 계셔요.

페트루초 잘된 일 아닌가? 내 사랑 케이트,
아예 관두는 것보다는 늦어도 좋아. [둘 퇴장]

## 5. 2

[뱁티스타, 빈센쇼, 그레미오, 교사, 비안카와 함께
루센쇼, 과부와 함께 호텐쇼, 트래뇨, 본델로,
그루미오 등장. 페트루초와 캐서리나가 뒤따라
등장. 하인들이 주안상을 들여온다.]

루센쇼 길었지만 마침내 불협화음은 끝나고
격렬한 전투 후에 위험했던 순간과
위기를 기억하고 웃을 때가 되었어요.
아리따운 비안카, 아버님께 절해요.
나도 같은 마음으로 아버님께 절합니다.
내 동서 페트루초, 내 처형 캐서리나,
정다운 과수댁과 함께하는 호텐쇼,
차린 음식 드세요. 오신 것을 환영해요.
피로연을 드셨으니 조촐한 주안으로
마감코자 합니다. 자리에 앉으세요.
이제는 잡수시며 얘기 나눌 시간예요.

페트루초 자꾸만 앉아서 자꾸만 먹긴가!

뱁티스타 파도바 인심일세, 페트루초 사위.

페트루초 파도바는 인심밖에 쓸 줄 몰라요.

호텐쇼 우리 둘은 그것이 정말이길 원해요.

페트루초 확실히 호텐쇼는 과수댁이 두려워요.

과부 하지만 난 안 그래요.

페트루초 너무 똑똑하세요. 내 말 오해하셨어요.
호텐쇼가 당신을 두려워한단 말이오.

과부 어지러운 사람은 세상이 도는 줄 알아요.

페트루초 기막힌 대답이야.

캐서리나 여보쇼, 무슨 말이죠?

과부 그렇게 들었어요.

페트루초 그렇게 들었어? 호텐쇼가 좋아해?

호텐쇼 과수댁은 그렇게 들었다고 하는데요.

페트루초 멋있게 고쳐놨어요. 과수댁, 그 때문에 키스해요.

캐서리나 '어지러운 사람은 세상이 도는 줄 안다.'—
그게 무슨 뜻인지 나도 알게 하세요.

과부 당신 남편이 말괄량이한테 당하니까
자기 일로 내 남편의 사정을 짐작한대요.
이제는 내 말을 알아듣겠죠.

캐서리나 아주 못된 뜻이네요.

과부 네, 당신을 뜻해요.

캐서리나 당신에 비해 못됐다는 말이군요.

페트루초 덤벼라, 케이트!

호텐쇼 덤벼라, 과수댁!

페트루초 100마르크 거오. 케이트가 누를 거요.

호텐쇼 누르는 건 내 일이오.[71]

페트루초 순검 같은 말인데, 친구, 한잔 합시다!
[호텐쇼에게 건배한다.]

뱁티스타 그레미오, 말에 능한 이네들을 어떻게 봐요?

그레미오 소처럼 이마를 서로 받아요.

비안카 머리와 이마? 머리 빠른 사람의
머리와 이마는 뿔 돋은 머릴 테죠.[72]

빈센쇼 맞다, 새아기. 그래서 화들짝 깼냐?

비안카 네. 하지만 무섭진 않아요. 그럼 다시 자겠어요.

페트루초 말을 시작했으니까 다시 자지 마세요.
멋진 농담 한두 개 날려드려요.

비안카 내가 당신 샌가요? 딴 나무로 옮길 테에요.
활을 잡아당기면서 나를 쫓아오세요.
모두 잘들 오셨어요. [비안카, 캐서리나, 과부 퇴장]

페트루초 먼저 달아나는군. 트래뇨, 당신이
겨냥은 했지만 맞히진 못한 새요.
그래서 못 맞힌 자 모두에게 건배합시다.

71 아내와 성교하겠다는 말.
72 당시 사람들은 아내가 서방질하면 그 남편의 이마에 뿔이 난다고 했다.

트래뇨 루센쇼가 사냥개처럼 빠져나갔어요.
혼자 가서 주인에게 잡은 걸 물어와요.
페트루초 재빠른 비유지만 개 같은 데가 있소.
트래뇨 혼자 사냥했으니 잘하셨네요.
쫓기던 사슴이 당신을 몰아가요.
뱁티스타 아, 페트루초! 트래뇨에게 맞았어!
루센쇼 트래뇨, 지원사격 해줘서 고마워.
호텐쇼 자백해요, 자백해요! 여기 맞지 않았어요?
페트루초 자백하지만, 여길 약간 스쳐서 쓰라린데,
나 맞고 빗나가며 당신네 두 사람을
모두 맞혀 십중팔구 병신이 됐을 거요.
뱁티스타 한데 사위 페트루초, 정색하고 말하는데
당신 진짜 말괄량이 아내를 얻었어.
페트루초 허, 아닌데요. 그러면 확인을 위해
우리들 각자가 아내를 부릅시다.
부르자마자 남편에게 순종해서
제일 먼저 달려오는 아내의 남편이
내기에 이기는 걸로 합시다.
호텐쇼 좋아요. 얼마 내기요?
루센쇼 20크라운요.
페트루초 20크라운?
사냥개나 매에다 걸 만한 액수요.
아내한테 스무 배는 걸어야겠어요.
루센쇼 그럼 100크라운요.
호텐쇼 좋아요.
페트루초 내기 끝났어요.
호텐쇼 누가 시작하겠어요?
루센쇼 내가 하겠어요.
본델로, 가서 마님에게 나한테 오시라고 해.
본델로 그럼 갑니다. [퇴장]
뱁티스타 [루센쇼에게] 사위, 내가 비안카에게 절반 걸게.
루센쇼 절반은 필요 없어요. 혼자 걸겠어요.
[본델로 등장]
어떻게 됐나?
본델로 마님께서 전하세요.
바빠서 못 오신대요.
페트루초 뭐라고? 바빠서 안 오시겠다고?
그게 대답이오?
그레미오 그래요, 게다가 친절해요.
당신 부인이 더 못되게 대답할까 걱정 돼요.
페트루초 더 멋있게 대답할 거요.
호텐쇼 그럼, 본델로, 달려가서 내 아내에게
빨리 오라고 요청해. [본델로 퇴장]
페트루초 흥, 요청하라고!
그러니 와야겠지.
호텐쇼 뭐라고 해도
당신 부인은 [본델로 등장] 안 올 겁니다.
내 아내 어디 갔나?
본델로 서방님이 멋있게 장난치는 모양이니까,
자기는 안 갈 테니 서방님이 오시래요.
페트루초 점점 나빠지누나. 안 온다고! 못된 것.
참을 수 없고 견딜 수 없구나!
얘, 그루미오, 마님한테 달려가서
내 명령에 따라서 나한테 오라고 해. [그루미오 퇴장]
호텐쇼 그 대답을 내가 아오.
페트루초 뭐요?
호텐쇼 안 온단 대답을.
페트루초 내 재수가 더 못됐소. 그러면 끝장나요.
[캐서리나 등장]
뱁티스타 성모님, 맙소사! 캐서리나 아냐!
캐서리나 저를 부르셨는데 무슨 일을 원하세요?
페트루초 당신 동생과 호텐쇼 부인이 어디 있어?
캐서리나 난롯가에 앉아서 얘기하고 있어요.
페트루초 개네들을 이리로 데려와. 거절하면
두들겨 패서 남편들한테 몰아와.
명령이야. 당장 이리로 끌어와. [캐서리나 퇴장]
루센쇼 기적이 있다면 저런 게 기적이오.
호텐쇼 그래요. 한데 무슨 뜻인지 알 수 없군요.
페트루초 평화와 사랑과 고요한 인생과
가장의 위엄과 위계를 뜻해요.
요컨대 정답고 행복한 온갖 거요.
뱁티스타 항상 행복하기를! 어진 사람 페트루초!
자네가 이겼소. 내기 돈에 더해서
내가 2만 크라운을 보태주겠네.
다른 집 딸에게 주는 지참금이네.
전과는 전혀 다른 딸애로 변했구먼.
페트루초 더 멋있게 내기에서 이길 텝니다.
아내의 순종을 좀 더 보여드리면,
새로운 부덕과 순종이라 하겠어요.
[캐서리나, 비안카, 과부 등장]
아내가 와요. 말 안 듣던 당신네 아내들이
여자의 설득에 포로들이 되었군요.

캐서리나, 그 모자 어울리지 않는데,
그런 못난 모자는 벗어서 짓밟아.
[그녀가 그렇게 한다.]
과부 맙소사! 저런 창피 당하기 전에
슬퍼할 이유가 생기지 않길!
비안카 칫! 이게 무슨 멍청한 부덕예요?
루센쇼 당신도 그처럼 멍청하면 좋아요!
예쁜 비안카, 당신이 똑똑해서
저녁 시간 다음에도 100크라운 썼어요.
비안카 내 부덕에 내기한 건 진짜 멍청해요.
페트루초 캐서리나, 고집스런 부인들에게
남편한테 어떻게 하는지 가르쳐줘라.
과부 농담은 그만해요. 훈계 따윈 싫다고요.
페트루초 그렇다면, 첫째로 저 부인과 시작해.
과부 안 될 건데요.
페트루초 그렇게 할 거요. '첫째로 저 부인과 시작해.'
캐서리나 못났네요. 불평하는 이맛살을 펴놓아요.
당신 주인, 임금님, 지배자에게 상처 주는
그런 눈의 비웃음을 거둬버려요.
서리 맞아 들꽃 죽듯 예쁜 게 시들고
폭풍이 망울 꺾듯 명성도 사라져서
사랑스럽다거나 착하다고 하지 못해요.
성내는 여자는 휘져놓은 샘물 같아
흙탕물로 더럽고 뿌옇고 곱지 않아서
그런 꼴이 이어지면 아무리 목말라도
한 방울도 건드릴 수 없을 거예요.
남편은 주인이며 생명이며 보호자며
머리며 통솔자로, 당신 위해 애쓰며
당신의 버팀목이며, 바다와 육지에서
뼈아픈 노고에 온몸을 바치며
밤낮으로 폭풍과 추위 속에 깨어 지킬 때
당신은 안전하고 따뜻한 집 안에 살고
사랑과 예쁜 용모, 진실한 순종밖에
또 다른 대가는 요구하지 않아요.
그처럼 큰 빚에 너무 적은 보답이죠.
백성들이 임금님께 지는 책임을
아내는 남편에게 지는 거지요.
아내가 심술궂고 고집 세고 침울하고
남편의 옳은 뜻에 안 따른다면
못된 여자들만이 대들어서 싸우며
사랑하는 남편의 반역자가 아네요?
무릎 꿇어 화해를 청할 처진데
싸움을 걸 만큼 막혀서 창피해요.
섬기고 사랑하고 순종할 입장인데
억누르고 지배하고 다스린다고 하다니!
어째서 우리 몸은 부드럽고 연약해서
이 세상 힘든 일에 어울리지 않고
여자의 연약한 성격과 마음은
여자의 체격에 어울리지 못해요?
심술은 남았지만 힘없는 벌레들아,
머리도 당신들 못지않게 교만했고
용맹도 그만하고 머리는 좀 더 좋아서,
말에는 말로, 눈살엔 눈살로 맞받았는데,
이제 보니 우리 창은 지푸라기에 지나지 않고
우리의 힘도 약해서 비교할 수 없고,
진짜로 약한 데 가장 센 척하는 거예요.
자부심을 낮추세요. 아무 소용없어요.
남편의 발밑에다 당신 손을 놓으세요.
남편이 좋아하면 그런 뜻을 펴세요.
손을 준비하니까 남편에게 기쁨 주길!
페트루초 멋있는 아내다! 키스해줘, 케이트.
루센쇼 잘됐구먼, 오랜 친구. 당신이 내기 돈 땄소.
빈센쇼 딸애들이 얌전하게 됐다니 듣기 좋구먼.
루센쇼 여자들이 심술 내면 듣기 거북할 테요.
페트루초 자, 케이트, 자러 가자.
셋이 결혼했는데 당신네 둘은 졌어요.
[루센쇼에게]
내기에 이긴 건 나지만 하얀 과녁[73]은
당신이 맞혔소. 승자로서 바라건대 잘들 쉬세요.
[페트루초와 캐서리나 퇴장]
호텐쇼 대단히 잘했어요. 몹쓸 말괄량이를 길들였어요.
루센쇼 그처럼 길들어서 기적이라고 하겠어요. [둘 퇴장]

73 본시 과녁은 하얀 원이지만 '비안카'는 이탈리아어로 '하얗다'라는 뜻이다.

# 베로나의 두 신사

## *The Two Gentlemen of Verona*

## 연극의 인물들

밀라노의 공작
실비아 그의 딸
프로튜스 베로나의 신사
랜스 그의 어릿광대 하인
밸런타인 베로나의 신사
스피드 그의 어릿광대 하인
슈리오 밸런타인의 멍청한 경쟁자
안토니오 프로튜스의 아버지
팬시노 그의 하인
줄리아 프로튜스가 사랑하는 여인
루세타 그녀의 시녀
여관 주인 줄리아가 거처하는 집의 주인
에글라무어 실비아의 탈출을 돕는 사람
도둑들
하인들, 악사들

# 베로나의 두 신사

## 1. 1

[밸런타인과 프로튜스 등장]
밸런타인 내 친구 프로튜스, 설득은 그만해라.
집에 박힌 젊은이는 언제나 재미없지.
아름다운 네 연인의 고운 눈길이
젊은 너의 나이를 붙잡는 게 아니면
놀라운 이 세상을 함께 구경하자고
내가 졸라댔겠지. 게으르게 뒹굴면서
꼴사나운 나태에 너의 청춘 전부를
써버리기보다는 그게 나을 테지만,
네가 계속 연애하고 성공하니까
나도 연애 시작하면 그러고 싶다.
프로튜스 가야겠니? 정다운 밸런타인, 잘 가라.
여행 중에 우연히 볼 만한 게 있으면
너의 친구 프로튜스를 생각해다오.
행운을 만날 때는 너의 행복에
나도 한몫 거들었다고 생각해주고
혹시라도 위험으로 다급해지면
네 고난을 내 기도에 맡겨놓으렴.
밸런타인, 내가 너의 기도인[1]이 돼주겠다.
밸런타인 사랑의 책에 손을 얹고 내 성공을 기도할 거지?
프로튜스 사랑하는 내 책에다 손을 얹고 기도할게.
밸런타인 깊은 사랑 다루면서 얕은 얘기뿐이지.
레이안드로스가 헬레스폰트를 건너간 얘기 따위.[2]
프로튜스 그건 무척 깊은 사랑 이야기지.
레이안드로스는 발목까지 사랑에 빠졌거든.
밸런타인 그래도 넌 무릎까지 사랑에 빠졌어도
헬레스폰트 바닷길을 헤엄치진 못했어.
프로튜스 무릎까지 빠졌다고? 놀리지 마.
밸런타인 안 그럴게. 소용없는 짓이야.
프로튜스 뭐라고?
밸런타인 사랑은 신음 값을 주고 경멸을 사고
쓰린 한숨 값으로 새침과 순간의 기쁨을 사며,
스무 날 잠 못 드는 곤해 빠진 밤이면서
우연히 얻는대도 불행한 승리이며
잃는다면 수고가 남는 짓이지.
이래저래 머리 값에 바보짓을 사거나
바보짓의 값으로 머리를 내준 거지.
프로튜스 요컨대 나를 일러 바보라는 소리군.
밸런타인 요컨대 너 자신이 바보가 되는 거야.
프로튜스 네가 '사랑'을 욕하는데 나는 '사랑' 아니다.
밸런타인 네 주인은 '사랑'이다. 그가 너를 지배한다.
그처럼 바보에게 얽매인 자는
똑똑한 자들 축에 못 들어가.
프로튜스 하지만 책을 보면 향기로운 봉오리를
벌레가 파먹듯, 어리석은 사랑이
똑똑한 머릿속에 집 짓고 살거든.
밸런타인 그래서 책을 보면 일찍 나온 봉오리를
피기도 전에 벌레가 파먹듯,
어리고 여린 머리가 사랑 때문에
못난이로 변해서 한창 시절에
봉오리째 시들고 푸르른 빛과
앞날에 성취할 희망까지 잃어버려.
하지만 못난 욕망의 신봉자에게
어째서 시간을 낭비해서 충고해?
그럼 다시 잘 있어. 내가 출항하는 걸
보시려고 아버님이 길에서 기다리셔.
프로튜스 거기까지 배웅할게, 밸런타인.
밸런타인 그만둬라, 프로튜스. 지금 서로 작별하자.
밀라노로 편지해라. 사랑의 성공을 들려주렴.
그밖에 네 친구가 없는 동안에
여기서 무슨 일이 생기는지 내게 알려라.
나도 내 소식으로 널 찾아가겠다.
프로튜스 밀라노의 행운이 모두 네게 내리길!
밸런타인 똑같은 행운이 네게 내리길! 잘 있어. [퇴장]
프로튜스 저 친구는 명예를, 난 사랑을 따라가.
저 친구는 친척, 친구 높이려고 그이들을 떠나지만
난 사랑으로 친구, 친척 모두와
자신까지 버린다. 줄리아, 네가 나를 바꿔놓아
공부를 저버리고 시간을 낭비하며
충고와 다투고 세상을 우습게 보나

1 묵주 알을 세면서 기도해주는 사람. (사람을 사서 기도를 시키기도 하였다.)
2 셰익스피어 당시의 시인이자 극작가인 말로의 장시 「헤로와 레이안드로스」는 레이안드로스라는 청년이 밤마다 헬레스폰트 해협을 헤엄쳐 건너가 달의 여사제인 헤로를 만나곤 했는데 어느 날 물에 빠져 죽었다는 이야기를 다룬다.

우울로 이성을, 고민으로 속을 병나게 했어.
[스피드 등장]
스피드 프로튜스 선생님, 제 주인 보셨어요?
프로튜스 밀라노에 가시려고 방금 여길 떠나셨다.
스피드 십중팔구 지금쯤 배에 오르셨겠죠.
주인님을 놓치다니 제가 바보였네요.
프로튜스 잠시 동안 목자가 자리를 비운 사이
양들이 길 잃을 확률이 높지.
스피드 그럼 제 주인은 목자시고 저는 양이 돼요?
프로튜스 맞아.
스피드 그럼 제가 자든 깨든 제 뿔은 주인님 뿔이네요.[3]
프로튜스 단순한 대답이야. 양한테 알맞은 대답이지.
스피드 그럼 제가 양 같은 바보[4]란 말씀이네요.
프로튜스 그렇다. 네 주인이 목자시거든.
스피드 아니죠. 그건 제가 논리로 부정할 수 있어요.
프로튜스 내가 다른 논리로 긍정할 수 없으면 우습겠지.
스피드 목자가 양을 찾지 양이 목자를 찾는 건 아니죠.
하지만 제가 주인을 찾는 거지 주인이 절 찾는
건 아니에요. 그래서 저는 양이 아니죠.
프로튜스 양은 꼴을 얻으려고 주인을 따르는 거지, 주인이
밥을 얻으려고 양을 따르는 게 아니야. 너는 급료를
받으려고 주인을 따르는 거지, 주인이 급료 때문에
널 따르는 게 아니다. 그래서 너는 양이야.
스피드 그런 증명 한번만 더하시면 제가 '매~' 하겠네요.
프로튜스 그런데 내 말 들어라. 내 편지 줄리아 아씨에게
전해드렸지?
스피드 예, 길 잃은 양인 제가 레이스 감은 아씨 양[5]에게
선생님 편지를 드렸는데, 레이스 감은 아씨 양이
길 잃은 양인 저한테 아무런 수고비도 안 주데요.
프로튜스 그렇게 양들이 쌔고 쌘데 이곳의 목초지는 너무도
좁아.
스피드 땅바닥이 꽉 차서 넘쳐나면 암양을 콱 찔러버리는
게 좋으실 텐데요.
프로튜스 닥쳐. 너야말로 길 잃은 양이구나. 너를 붙잡아
우리에 가두는 게 좋겠다.
스피드 아닙니다. 선생님 편지를 전한 값으로 1파운드
밑으로 해드릴 수 있어요.
프로튜스 못 알아듣는군. '우리' 말이다, 짐승 가두는 '우리.'[6]
스피드 '파운드'가 '우리'가 돼요? 몇 곱절 접어도
연애편지 보내기엔 몇 배나 모자라요.
프로튜스 어쨌든 그녀가 뭐라 하던가?
스피드 [머리를 끄덕인다.] 예.
프로튜스 끄덕이며 예라니, '바보'란 말이구나?
스피드 잘못 아셨네요. 아씨가 끄덕였다는데 선생님이
끄덕였냐고 물으셔서 제가 "예" 했거든요.
프로튜스 그래서 둘을 합치면 '바보'가 돼.[7]
스피드 둘을 합치느라고 선생님이 수고하셨네요.
수고비로 받으세요.
프로튜스 아냐, 아냐. 편지 전한 값으로 받아.
스피드 그럼 선생님 말씀을 '들어야겠군요.'
프로튜스 어떻게 '든다'는 말인가?
스피드 아주 성심껏 편지를 들어다 드린 거죠. 수고한
값으로 '바보'란 말밖에 못 들었지만.
프로튜스 하여간 말솜씨가 좋군.
스피드 그런데도 선생님의 느린 지갑은 따라잡지 못해요.
프로튜스 그러지 말고 터놓고 말해다오. 한마디로 아씨가
뭐라고 하던가?
스피드 지갑을 터놓으시죠. 당장에 돈과 말이 한번에
쏟아질 테니까요.
프로튜스 [그에게 동전 한 닢을 준다.] 그럼 자, 수고한
값이다. 아씨가 뭐라고 하던?
스피드 [동전을 살펴본다.] 솔직히 말씀드리면 선생님은
아씨 맘을 얻기 힘들 거예요.
프로튜스 어째서? 아씨가 그런 낌새를 보이던가?
스피드 실은 아무 낌새도 눈치채지 못했네요.
편지 전한 값으로 1더컷[8]도 못 받았죠.
뜻을 전한 저한테 그토록 매정하니
직접 말씀하셔도 똑같이 매정해요.
강철같이 단단해서 돌멩이나 주세요.
프로튜스 아씨가 뭐랬지? 아무 말도 안 했어?
스피드 수고비로 받으란 말도 안 하던데요.

3 아내가 외간 남자와 정을 통하면 그 남편은 머리에 뿔이 난다는 말이 돌았다. 스피드는 엉뚱한 말을 하고 있다.
4 '양'은 우둔한 멍청이를 뜻했다.
5 '레이스 감은 양'은 '창녀'라는 뜻이다.
6 영어로 '파운드'(pound)라는 말은 화폐 단위의 뜻뿐만 아니라 가축들의 '우리'라는 뜻으로도 쓰였다. 아래에서도 그 비슷한 말장난이 벌어진다.
7 '끄덕이다'(nod)와 '예'(ay)를 합치면 '노디'(noddy)가 되는데 이 말은 '바보'라는 뜻이다.
8 당시 이탈리아의 금화로 상당한 고액이었다.

선생님의 넓은 마음을 인정하는 뜻에서 감사
드리는데 닷 푼을 주셨어요. 앞으론 그 값으로
직접 전달하세요. 그럼 주인께 대신 문안드리죠. [퇴장]

## 1. 2

[줄리아와 루세타 등장]
줄리아 루세타, 지금 우리 둘만 있으니까
나한테 연애하라고 충고하겠니?
루세타 네, 아씨. 헛짚지만 않으시면.—
줄리아 매일 나를 찾아와서 말씨가 훌륭한
멋진 신사 중에서 네가 보기에
누가 제일 사랑받을 자격 있어?
루세타 아씨가 그분들 이름을 말씀하면
제 소박한 판단대로 말하죠.
줄리아 에글라무어 경은 어떻게 보니?
루세타 언변 좋고 단정하며 잘난 기사이지만
제가 아씨면 제 사람은 아녜요.
줄리아 부유한 머케이쇼는 어떻든?
루세타 재산은 대단해도 사람은 그저 그래요.
줄리아 문벌 좋은 프로튜스는 어떠니?
루세타 오, 맙소사! 제 마음이 쏠려요!
줄리아 왜지? 이름을 듣자마자 그리 흥분하다니.
루세타 아씨, 용서하셔요. 저처럼 천한 여자가
이렇게 훌륭한 신사들을 비판하다니
너무나 부끄러운 노릇이어요.
줄리아 모든 신사 중에서 왜 프로튜스를 빼놔?
루세타 그럼 말씀드리죠. 그중 그분이 제일이어요.
줄리아 왜?
루세타 여자의 이유밖에 없어요.
여자로서 보니까 제일인 거죠.
줄리아 그럼 그에게 사랑을 허락할까?
루세타 네. 하지만 사랑을 낭비하진 마세요.
줄리아 여러 사람 중에서 제일 마음이 안 가는데.
루세타 하지만 아씨를 제일 사랑하는 거 같은데요.
줄리아 말을 별로 안 하는 걸 보니까 사랑도 별로겠어.
루세타 숨긴 불이 오래 타죠.
줄리아 사랑을 안 보이면 사랑이 없는 거지.
루세타 사랑을 떠벌리면 사랑이 없는 거죠.
줄리아 그 사람 마음을 알면 좋겠다.
루세타 이 편지 읽어보셔요, 아씨. [그녀에게 편지를 준다.]
줄리아 "줄리아에게." 누가 보냈지?
루세타 읽어보면 아셔요.
줄리아 누가 너한테 주었지?
루세타 밸런타인의 하인인데 프로튜스가 보냈겠죠.
아씨에게 전할 건데 도중에 제가 있다가
아씨 이름으로 받았어요. 용서하셔요.
줄리아 얌전하게 말해서 능한 중매쟁이야!
감히 연애편지를 감추려고 하다니?
어린 나를 속이고 쑥덕이려고?
분명히 말해서 굉장한 일이거든.
너야말로 그 일에 알맞은 일꾼이야.
편지 도로 받아라. 돌려주기 전에는
다시 내 앞에 나타나지 마.
루세타 사랑의 변호는 미움보단 대접이 좋아요.
줄리아 안 가겠니?
루세타 생각하시라고요. [퇴장]
줄리아 하지만 편지를 읽어볼 걸 그랬구나.
그 애를 다시 불러 방금 꾸짖은 걸
돌이킨다는 건 부끄러운 일이지.
그 애도 바보야. 처녀인 내가 쉽게
편지를 볼 수 없다는 걸 알 텐데.
처녀는 얌전하게 '아니'라고 하지만
상대방이 '네'라고 해석하길 바라거든.
사랑이란 얼마나 변덕 많은 못난인가!
보채는 아기처럼 엄마 손을 할퀴다가
개가 금방 회초리에 꼼짝없이 키스해!
퉁명스레 루세타를 쫓아낸 내가
걔가 여기 있기를 애타게 바라다니!
얼마나 화내고 낯 찡그렸나?
속으론 기뻐서 마음에게 웃으랬지!
고행하는 뜻으로 루세타를 불러서
잘못의 용서를 구해야겠다.
얘, 루세타!
[루세타 등장]
루세타 아씨, 부르셨어요?
줄리아 식사 시간 됐니?
루세타 그러면 좋겠네요.
음식에 노염을 삭이시고 하녀는
놔두시길 바랍니다.
[편지를 떨어뜨렸다가 집는다.]

줄리아 그토록 조심스레 줍는 게 뭐니?
루세타 아무것도 아니에요.
줄리아 그러면 어째서 허리를 구부렸지?
루세타 떨어뜨린 종이를 집으려고요.
줄리아 그게 아무것도 아니야?
루세타 저하곤 아무 상관없어요.
줄리아 그러면 상관있는 사람이 주우라고 그냥 놔둬.
루세타 상관있는 사람에겐 거짓말 안 하겠죠.
일부러 틀리게 읽을진 모르지만.—
줄리아 네 애인이 운문으로 쓴 것 같구나.
루세타 곡조에 맞춰서 노래하란 말이죠.
첫 음만 내세요. 그다음은 아씨께서—
줄리아 그런 유치한 건 거들떠보지 않아.
「가벼운 사랑」[9] 곡에나 어울리겠다.
루세타 너무나 무거워서 가벼운 곡에 안 맞아요.
줄리아 무거워? 그럼 뭔가 누르는 게 있구나.
루세타 네. 아씨가 부르면 이쁜 곡이 될 거예요.
줄리아 넌 왜 안 되고?
루세타 그렇게 높일 수 없죠.
줄리아 네 노래 좀 보자. [편지를 붙잡는다.]
원 참, 계집애도!
루세타 그 음정 그대로 끝까지 부르세요.
하지만 전 그 음정이 안 좋아요.
줄리아 안 좋다고?
루세타 네. 너무 높아요.
줄리아 계집애가 너무 건방져.
루세타 안됐어요. 지금 너무 낮아요.
고음이 너무 거칠어서 화음이 깨져요.
노래를 맞추려면 중음이 필요해요.
줄리아 네 못난 베이스에 중음이 묻혀버려.
루세타 그럼 프로튜스에게 베이스를 시킬래요.
줄리아 앞으론 이런 말에 신경 쓰지 않겠어.
사랑이란 선언문에 문제가 생겼군. [편지를 찢는다.]
자, 넌 가봐. 종이쪽은 그냥 둬.
네가 종이 건드리면 내가 화내겠다.
루세타 [방백] 무관심한 체하지만 딴 편지 받고
그렇게 화내면서 아주 좋아할 테지. [퇴장]
줄리아 그런 편지 받고서 화나면 좋겠다.
못된 손이 사랑의 말씨를 찢어놨네!
악독한 말벌처럼 달콤한 꿀만 먹고
꿀 만드는 꿀벌은 독침으로 죽였어!
조각들에 키스해서 용서를 구하겠다.
아, 여기 "상냥한 줄리아"라 씌었네.
심술쟁이 줄리아! 그 심술에 복수해서
사나운 돌멩이에 네 이름을 내던지고
네 심보를 멸시해서 짓밟아 버릴 테야.
여기엔 "사랑의 상처 입은 프로튜스"라
씌었구나! 불쌍한 이름아, 상처가 모두
아물 때까지 침대처럼 내 품속에 머물러라.
이렇게 상처들에 키스해서 낫는데
'프로튜스' 이름자가 두세 번 씌었어.
바람아, 잠잠해라. 편지의 글자들을
모두 찾기 전에는 한 자라도 치우지 마.
하지만 내 이름은 회오리바람이
험하고 위태로운 벼랑으로 불어쳐서
노여운 바닷물에 던져버리렴.
오, 여기 한 줄에 그 이름이 두 번 씌었어.
"외로운 프로튜스, 열렬한 프로튜스가
상냥한 줄리아에게."—이건 찢어버려야지.
하지만 그냥 두겠어. 그처럼 이쁘게
슬퍼하는 이름들과 짝을 지어놨구나.
이렇게 한 조각에 한 조각씩 포개놓을게.
키스하든 포옹하든 다투든, 마음껏 해.
[루세타 등장]
루세타 저녁 준비됐어요. 아버님이 기다리셔요.
줄리아 그럼 같이 가자.
루세타 고자질하는 조각들을 그냥 두고요?
줄리아 중요한 거라면 네가 집으렴.
루세타 그런 거 떨군다고 꾸지람 들었어요.
그냥 둘 수 없어요. 감기 들지 몰라요.
[편지 조각들을 줍는다.]
줄리아 이제 보니 그런 걸 아끼는구나.
루세타 그럼요, 아씨. 뵈는 게 뭔지 말씀하시듯
나도 봐요. 눈감고 있는 줄로 아시겠지만.
줄리아 자, 그럼 같이 가겠니? [둘 퇴장]

9 '변덕스러운 사랑'에 대한 당시 유행가.

## 1. 3

[안토니오와 팬시노 등장]

안토니오 팬시노, 내 아우가 수도원에서
너한테 심각하게 말하던데 뭐였어?

팬시노 아드님인 프로튜스 조카 얘기였습죠.

안토니오 왜? 뭔 말인데?

팬시노 어르신이 아드님을
왜 집에서 청춘을 보내게 놔두시는지
모르겠다 하시데요. 신분 낮은 남들은
아들의 출세를 위해서 내보내는데.—
더러는 행운을 개척하러 전장에 가고
더러는 먼 섬을 발견하러 바다에 가고
더러는 공부에 힘쓰러 대학에 가죠.
아드님 프로튜스는 그 어떤 일에도
적합한 남자라고 말씀하시며
집에서 시간을 낭비하지 말도록
어르신께 조르라고 말씀하시더군요.
젊은 시절에 여행 경험을 안 쌓으면
노년에 매우 후회될 거라 하시데요.

안토니오 네가 그 일 때문에 내게 조를 필요 없어.
지금까지 한 달이나 그런 말을 계속했다.
그 애의 시간 낭비를 곰곰이 생각했지.
세상에 부대끼며 배우지 못하면
완전한 사람이 못 된다고 느꼈지.
경험은 근면으로 성취되는 것이며
시간이 급히 흘러 완성되는 것이니.
그렇다면 어디로 보내는 게 좋겠나?

팬시노 어르신께서는 아드님 친구 밸런타인이
황제 폐하 궁정에서 신하로 있는 걸
모르시지 않는다고 생각합니다.

안토니오 잘 안다.

팬시노 아드님을 그리로 보내시면 좋겠어요.
거기서 창술과 검술을 연마해서
즐거운 말을 듣고 귀족들과 사귀며
한창때와 고귀한 신분에 어울리게
갖가지 사물을 직접 보게 되겠죠.

안토니오 네 말이 좋다. 충고가 올바르다.
얼마나 네 충고를 좋게 보는지
그대로 실행하고 알릴 테니 두고 봐라.
최대한 급히 서둘러 아들을
황제의 궁정으로 보낼 테다.

팬시노 아실는지 모르는데 내일 돈 알폰소가
명망 높은 신사들과 더불어
황제 뜻에 충성을 바치려고 인사차
황제 폐하께 간다고 하네요.

안토니오 일행이 훌륭해. 프로튜스도 보낼 테야.

[프로튜스가 편지를 읽으며 등장]

마침 잘 왔군! 계획을 알리겠다.

프로튜스 달콤한 사랑, 달콤한 구절, 달콤한 삶!
그녀의 진심의 집사인 그녀 글씨,
그녀의 명예의 보증인 사랑 맹세!
자식의 사랑을 아버지도 기뻐하고
허락해서 자식의 행복을 확정키를!
오, 천국의 줄리아!

안토니오 왜 그러냐? 지금 무슨 편지 읽고 있냐?

프로튜스 아버님, 송구스럽습니다만, 밸런타인이
제게 보낸 한두 마디 인사인데,
거기서 온 친구가 가지고 온 것예요.

안토니오 그 편지 보여다오. 소식이 어떤지 알고 싶다.

프로튜스 새 소식은 없으나, 즐겁게 지내며
황제께서 무척 귀애하시고 매일같이
총애를 베푸셔서 저도 그와 함께
행운의 동참자가 되는 걸 소원해요.

안토니오 친구의 소원을 들어보니 어떠냐?

프로튜스 아버님 뜻에 의지하는 아들이라
친구의 소원에 달려 있지 않아요.

안토니오 나도 그의 소원에 얼마쯤은 동의해.
아비가 갑자기 그런다곤 생각지 마.
내 뜻대로 할 테니까 그만큼 해둬.
네가 밸런타인과 함께 얼마 동안
황제 궁에 머물 것을 결정했어.
그 친구의 친척들이 보내는 돈하고
같은 비용을 너한테 보내겠다.
당장 내일 떠날 테니 준비해라.
단단히 결심했어. 핑계 대지 마.

프로튜스 그렇게 급하게 준비하질 못해요.
하루나 이틀쯤 말미를 주세요.

안토니오 필요한 것들은 뒤딸려 보내겠다.
머뭇거릴 필요 없어. 내일 떠나라.
얘, 팬시노, 아들이 여행을 서둘도록
너한테 일거리를 만들어 놓겠다.

[안토니오와 팬시노 퇴장]

프로튜스 불에 델까 무서워 그렇게 피했더니
바닷물에 함빡 젖어 죽게 됐구나.
줄리아의 편지를 보여주지 않은 건
사랑을 꾸짖을까 겁나서 그랬는데.
변명하는 내 입장을 거꾸로 이용해서
언제나 내 사랑을 꾸짖으셨거든.
아, 내 사랑의 봄은 4월 어느 날
불안한 햇살과 너무도 비슷해!
지금은 해가 모든 광채를 보이지만
차차 짙은 구름이 모든 걸 뺏어 가지.
[팬시노 등장]

팬시노 프로튜스 도련님, 아버님이 부르세요.
어른이 급하시니까 가셔야겠어요.

프로튜스 그렇구나. 그 일에 마음이 쏠리지만
마음도 천 번 만 번 안 된다고 대답해. [둘 퇴장]

## 2. 1

[밸런타인과 스피드 등장]

스피드 장갑예요.

밸런타인 내 거 아니야. 장갑은 꼈어.

스피드 주인님 거겠죠. 한 짝뿐인데요.

밸런타인 뭐? 어디 보자. 응, 이리 줘. 내 거다.
거룩한 걸 덮어주는 아름다운 치장.
오, 실비아! 실비아!

스피드 [소리친다.] 실비아 아씨, 실비아 아씨!

밸런타인 왜 그래?

스피드 못 들으시니까요.

밸런타인 누가 너더러 부르랬냐?

스피드 주인님이오. 아니면 제가 잘못 들었군요.

밸런타인 넌 언제나 너무 앞서가.

스피드 하지만 방금 너무 느리다고 야단맞았어요.

밸런타인 그만둬. 너 실비아 아씨 알아?

스피드 주인님이 사랑하시는 아씨 말이죠?

밸런타인 내가 그녀를 사랑하는지 어떻게 알아?

스피드 예, 특별한 표시가 있거든요. 첫째로, 주인님은
프로튜스 경처럼 우울한 사람같이 팔을 꼬는
짓을 배우셨고요. 붉은 가슴 울새처럼 사랑의
노래를 즐기시며, 역병 걸린 사람처럼 외롭게
거니시며, 에이비시 독본을 잃어버린 아동처럼
한숨을 쉬시며, 할머니를 묻고 온 계집애처럼
눈물을 흘리시며, 식이요법 하는 사람처럼
굶으시며, 도둑을 겁내는 사람처럼 밤을 새시며,
만성절 거지처럼 죽는소리로 말하세요. 전에는
웃으실 때 수탉처럼 외치시고 사자처럼 당당히
걸으셨으며, 굶으실 때는 진지 드신 직후였고,
우울하실 때는 자금이 떨어졌을 때였죠. 그런데
지금 여자 때문에 완전히 변하셔서 제가 보아도
도저히 주인님으로 볼 수 없어요.

밸런타인 내게 그런 것들이 모두 나타나는가?

스피드 주인님 모습에 모두 나타납니다.

밸런타인 내가 없어도? 날 보지 못해.

스피드 안 계신다면? 물론이죠. 주인님이 그만큼 멍청하지
않으시면 아무도 못 볼 테죠. 하지만 그런 못난
데가 겉으로 나타나니까 그것들이 속에 들어 있어서
유리병에 담아놓은 오줌처럼 빤히 비쳐 뵈니까
주인님 보는 사람마다 의사가 돼서 주인님의 병통에
대해 한마디씩 하는 거죠.

밸런타인 한데 네가 실비아 아씨를 알아?

스피드 식탁에서 자꾸 쳐다보시는 아가씨 말씀인가요?

밸런타인 네가 그걸 눈치 챘어? 그 아가씨 맞다.

스피드 천만에요. 알지 못해요.[10]

밸런타인 내가 계속 쳐다봐서 그 아가씨를 안다고 해도
모른다고 하기냐?

스피드 잘생긴 얼굴은 아니죠?

밸런타인 매력적인 만큼은 예쁘지 않아.

스피드 그건 제가 잘 알아요.

밸런타인 무얼 안다는 거야?

스피드 예쁘진 못하지만 너무도 좋아하신다는 거예요.

밸런타인 그녀의 미모는 오밀조밀하면서도 매력은
무한하단 말이다.

스피드 그건 얼굴에 칠을 했기 때문이고 매력으로
말하면 셀 수 없기 때문이죠.

밸런타인 칠을 해? 셀 수 없어?

스피드 딴 게 아니고, 예뻐 보이려고 화장을 짙게 해서
그녀의 미모를 짐작할 수 없다는 거죠.

밸런타인 나를 어떻게 보는 거냐? 아가씨의 미모를

10 '알아봤다'는 말은 육체관계를 해봤다는 뜻도 된다.

요모조모 헤아려 본단 말이다.
스피드 아가씨가 병신이 된 이후에 진짜는 못 보셨어요.[11]
밸런타인 언제부터 그리됐지?
스피드 아가씨를 사랑하신 이후로 쭉 그렇게 됐죠.
밸런타인 아가씨를 보는 순간부터 사랑했는데, 그녀는
언제 봐도 아름답거든.
스피드 그녀를 사랑하면 그녀를 못 보시죠.
밸런타인 어째서?
스피드 '사랑'은 맹목이기 때문이죠. 제 눈을 가지시거나
프로튜스가 대님도 안 매고 다닌다고[12] 나무라실
때처럼 눈을 회복하세요.
밸런타인 그럼 무얼 보게 돼?
스피드 주인님의 어리석은 것과 그녀의 못난 꼴을 보시게
되죠. 사랑에 빠진 자는 자기 양말대님을 못 보지만
주인님은 양말 신을 줄도 모르세요.
밸런타인 너도 사랑에 빠진 것 같다. 저번 날 아침에 내
구두 닦는 걸 잊어먹었더구나.
스피드 맞습니다. 침대와 사랑에 빠졌었지요. 고맙습니다.
제가 사랑한다고 한 번 때리셨지만 주인님 사랑을
나무랄 만큼 제가 대담하게 됐거든요.
밸런타인 한마디로 하자면 그녀에 대한 사랑이 변치 않아.
스피드 사랑을 관둘 뜻을 굳게 가지세요.
밸런타인 어제 저녁 아가씨가 자기 애인에게 주겠다고
나한테 연애시를 써 달라더군.
스피드 그래서 쓰셨어요?
밸런타인 그랬지.
스피드 절름발이 시구였죠?
밸런타인 아니다. 최선을 다한 거였다.
[실비아 등장]
쉿, 그녀가 저기 와.
스피드 [방백] 멋지게 움직이네! 멋진 꼭두각시다![13]
지금부터 여자한테 움직이라고 할 테지.
밸런타인 아가씨, 일천 번 '좋은 아침'을 드립니다.
스피드 [방백] '좋은 밤'[14] 주시기를! 백만 개 인사말이
한자리에 모였군.
실비아 기사님과 하인에게 이천 번을 드려요.
스피드 [방백] 여자한테 이자를 줘야지. 저 여자가
이자까지 붙이는데.
밸런타인 분부하신 바와 같이 남몰래 갖고 계신
이름 모를 친구에게 편지를 썼습니다.
아가씨에 대하여 충실함이 없었으면
저로서는 무척이나 꺼릴 일이었지요. [그녀에게 편지를 준다.]
실비아 고마워요, 착한 일꾼. 유식하게 쓰셨군요.
밸런타인 아가씨, 참말로 힘들게 끝냈어요.
누구에게 갈 건지 모르는 터라
매우 불확실하게 마음대로 썼습니다.
실비아 혹시나 수고가 너무 크지 않았나요?
밸런타인 아닙니다. 도움이 되신다면 쓰겠어요.
명령만 하세요. 천 배도 괜찮아요.
하지만—
실비아 끝말이 예쁘네요. 다음 말이 짐작돼요.
하지만 말하진 않겠어요. 하지만 괜찮아요.
하지만 도로 가지세요. [그에게 편지를 내민다.]
하지만 고마워요.
또다시 수고는 끼치지 않겠어요.
스피드 [방백] 하지만 그럴 테지. 또다시 "하지만" 하고—
밸런타인 무슨 말씀이세요? 그 편지 싫으세요?
실비아 아니어요, 잘됐어요. 시가 아주 멋져요.
하지만 억지로 쓰셨다니 도로 가져가세요.
[편지를 다시 내민다.]
받으셔요.
밸런타인 아가씨에게 쓴 겁니다.
실비아 네, 그래요. 내가 원해서 쓰신 거죠.
하지만 내가 원하지 않아요. 기사님 것이에요.
좀 더 감동적인 글이면 좋을 테지만.
밸런타인 괜찮으시면 다른 걸 써 드리죠.
실비아 쓰신 후에 나를 생각하면서 읽어보세요.
흡족하면 좋겠죠. 안 그래도 좋아요.
밸런타인 내 맘에 든다면? 어떻게 하죠?
실비아 마음에 드시면 수고 값으로 가지세요.
그럼 하인 양반, 안녕히 계세요. [퇴장]
스피드 [방백] 얼굴의 코나 첨탑의 풍향계처럼
알 수 없고 뜻도 모를 장난질이군!
주인님이 학생처럼 여자한테 애원하고

11 밸런타인이 그녀를 실제보다 예쁘게 보았기 때문에 그녀는 말하자면 '병신'이 된 셈이다.
12 사랑에 열중한 남자는 긴 양말(바지 대신 입는 것)이 흘러내리는 걸 막는 대님을 잊어버리곤 한다.
13 밸런타인이 그녀의 사랑을 대변하는 까닭에 그녀는 그의 '꼭두각시'나 다름없다.
14 밤에 자는 것은 죽는다는 말이다. 이 하인은 귀족들의 '사랑'을 비웃는다.

여자는 자기한테 애원하라 가르친다.
교묘한 계교구나! 더 좋은 거 들어봤어?
필경사 주인이 자기한테 편지를 써?

밸런타인 왜 그러는가? 그래서 혼자 뭔가 뜻을
따져 묻고 있는가?

스피드 아니죠. 저는 운만 맞추고 뜻은 주인님이
갖고 계세요.[15]

밸런타인 무슨 뜻인가?

스피드 실비아 아가씨를 대변하실 분이죠.

밸런타인 누구한테?

스피드 주인님 자신이죠. 아가씨가 은근히 구애해요.

밸런타인 은근히?

스피드 솔직히 말해서 편지를 통해서죠.

밸런타인 나한테 편지한 적 없는데.

스피드 그럴 필요 있나요? 주인님이 자기에게 편지를
쓰시도록 꾸몄는데요. 그런 것도 모르세요?

밸런타인 모른다. 정말이다.

스피드 믿을 수 없네요. 하지만 아가씨의 속마음을
알지 못하셨어요?

밸런타인 성내는 말밖에는 아무 말도 안 했다.

스피드 아가씨가 편지를 드렸는데요.

밸런타인 그건 내가 그녀의 애인한테 썼던 편지야.

스피드 그걸 그녀가 주인님께 주었으니까 그럼 끝났죠.

밸런타인 그 이상이 아니면 좋겠구나.

스피드 정확히 말해서 잘된 겁니다.
편지들을 쓰셨지만 아가씨가 수줍거나
빈둥거릴 시간이 없어 답장을 못 썼거나
전령이 자기 속을 알아낼까 두려워
연인이 자기한테 편지를 쓰게 했죠.
제 말 모두 사실인 걸 책에서 읽었지요.
어째서 꿈꾸시죠? 식사 시간입니다.

밸런타인 벌써 먹었다.

스피드 맞아요. 하지만 들어보세요. 변모에 능한 사랑은
바람만 먹고도 살 수 있지만, 저는 밥을 먹어야
기운 내는 사람이라 먹고 싶어요. 여자처럼 되지
마세요. 저를 불쌍히 보시고 식사하러 가세요! [둘 퇴장]

## 2. 2

[프로튜스와 줄리아 등장]

프로튜스 얌전한 줄리아, 참아다오.

줄리아 어쩔 수가 없어서 참아야겠어.

프로튜스 할 수만 있으면 돌아오겠어.

줄리아 마음이 그대로면 속히 돌아오겠지.
줄리아를 생각해서 이걸 갖고 가.
[그에게 반지를 준다.]

프로튜스 그럼 서로 교환하자. 자, 이거 받아.
[그녀에게 반지를 준다.]

줄리아 거룩한 키스로 약속을 봉인하자. [둘이 키스한다.]

프로튜스 변함없는 진실을 이 손으로 대변한다.
줄리아, 하루 중 어떤 시간이라도
네 생각에 한숨 쉬지 않고 보내면
사랑을 잊은 죄로, 당장 닥칠 시간에
악랄한 불행이 괴롭혀도 상관없어.
아버님이 기다리셔. 대답하지 마.
지금이 밀물 때야.—눈물의 밀물을 치워.
그런 밀물엔 너무 지체하게 돼.
줄리아, 잘 있어. [줄리아 퇴장]
말도 없이 가버렸나?
그렇지. 진실한 사랑은 그럴 수밖에 없어. 말이
나오지 않아. 진실은 말보다 행동으로 보이지.
[팬시노 등장]

팬시노 프로튜스 경, 기다리고 계신데요.

프로튜스 그래 간다, 가.
이번 이별에 불쌍한 애인들은 말문이 막혔구나. [모두 퇴장]

## 2. 3

[랜스가 자기 개 크랩을 끌고 등장]

랜스 내가 울음을 그치기 전에 갈 시간이 될 게다. 우리
랜스 집안 전부가 그런 결점이 있거든. 탕자처럼
나도 몫을 받았어.[16] 그래서 프로튜스 경과
같이 황제의 궁정으로 가게 됐거든. 우리 개
크랩이 세상에서 제일가는 심술쟁이 개일 테지.

15 '운도, 뜻도 없다'는 속담. '전혀 알 수 없다'는 뜻.

16 누가복음 15장 11~32절에 나오는 '탕자의 비유'를 가리킨다. 탕자는 아버지 재산에서 분깃(몫)을 미리 받아 외지에서 탕진하고 돌아온다.

어머니도 흐느끼고 아버지도 소리치고 누나도 소리쳐 울고 식모도 울부짖고 고양이도 손을 쥐어짜서 온 집안이 일대 혼란에 빠졌는데 무심한 이 똥개는 눈물 한 방울 흘리지 않았어. 돌멩이나 조약돌 같아. 개새끼만큼도 동정심이 없어. 우리가 이별하는 꼴을 보고 유대인도 울었을 거야. 할머니까지도 눈이 없으면서도 내가 이별할 때는 눈이 멀도록 우셨어. 어떻게 됐는지 설명해줄게. 이 신발이 아버지야. 아니 왼쪽 신이 아버지야. 아니, 아니, 왼쪽 신이 어머니야. 아니. 둘 다 그럴 수 없어. 맞아. 그래. 그렇게 돼. 그 바닥이 더 해졌거든. 구멍 난 신짝이 어머니야. 그러니까 이게 아버지야. 제기랄. 이거 봐. 이 막대기가 누나야. 백합처럼 하얗고 버들처럼 날씬해. 이 모자가 식모 낸이야. 내가 개야. 아니, 개는 개야. 내가 개야. 개가 나야. 나는 나야. 그렇담 하자. 먼저 아버지한테 가서, '축복해 주세요.' 하니까 신발은 우느라고 한마디도 못 하지. 그래서 키스해드리니까 마냥 우시는 거야. 다음에 어머니한테 가니까 그제야 어머니는 말을 해. 미친 여자처럼! 그래서 키스해 드렸지. 이렇더라고. 어머니 숨결이 이렇게 오르락내리락하더라고. 그담엔 누나한테 갔어. 누나 한숨 소리 들어봐. 그런데 그동안 내내 개는 눈물 한 방울 안 흘리고 말도 한마디 안 했어. 하지만 나는 눈물로 마당 먼지를 재웠어.

[팬시노 등장]

팬시노 랜스, 빨리 가! 빨리! 배에 올라! 주인님은 벌써 배에 타셨어. 너 삿대 들고 달려가기로 했잖아. 웬일이니? 이런, 울고 섰구나! 빨리 가라, 맹추야. 머뭇거리다간 밀물을 놓쳐.

랜스 '미물'[17]을 놓친대도 상관없어. 사람이 매어 기른 짐승 가운데 제일 못된 '미물'이 이놈이야.

팬시노 제일 못된 밀물이 뭔데?

랜스 여기 매어 데리고 다니는 미물, 우리 개 크랩.

팬시노 그게 아니라 밀물을 놓칠 거란 말이다. 밀물을 놓치면 뱃길을 놓치고 뱃길을 놓치면 주인을 놓치고 주인을 놓치면 일자리를 놓친단 말이다. —아니, 어째서 내 입을 틀어막아?

랜스 네가 혓바닥 잃을까봐 그러는 거야.

팬시노 어디서 혓바닥을 잃어?

랜스 말하다가.

팬시노 엿 먹어라!

랜스 밀물을 놓치고 뱃길을 놓치고 주인을 놓치고 일자리를 놓치고 미물을 놓쳐? 야, 강물이 말라도 눈물로 돛을 채울 수 있고 바람이 자도 한숨으로 배를 몰 수 있어.

팬시노 자, 가자. 너를 불러오랬어.

랜스 자신 있으면 나를 불러 가.

팬시노 갈 테야?

랜스 음, 가겠다. [모두 퇴장]

## 2. 4

[밸런타인, 실비아, 슈리오, 스피드 등장]

실비아 하인![18]

밸런타인 예, 마님.

스피드 슈리오 경이 주인님께 낯을 찌푸리네요.

밸런타인 응. 좋아서 그래.

스피드 주인님은 아니세요.

밸런타인 그럼 주인마님 때문이지.

스피드 주인님이 때려주면 좋겠군요. [퇴장]

실비아 하인, 우울해요.

밸런타인 아가씨, 겉보기엔 우울한데요.

슈리오 당신 속이 당신 겉과 다르오?

밸런타인 그럴 수도 있소.

슈리오 위선자가 그렇소.

밸런타인 당신이 그렇소.

슈리오 내 속과 내 겉이 무엇에서 다르오?

밸런타인 현명한 거요.

슈리오 그것의 반대임을 어떻게 증명하오?

밸런타인 멍청하니까.

슈리오 어떻게 내가 멍청하단 말이오?

밸런타인 당신의 윗도리 보면 알겠소.

슈리오 내 윗도리는 정장의 외투요.

밸런타인 그럼 당신이 멍청한 걸 두 배로 하겠소.

17 '밀물'을 뜻하는 말(tide)과 '매었다'라는 영어 낱말(tied)이 소리가 같아서 하는 말장난. 우리말로 옮기기 불가능해서 이렇게 옮겨본다.

18 궁정 관습에서 아가씨, 또는 마님을 충성으로 섬기겠다고 맹세한 기사를 '하인'(servant)이라고 불렀다.

슈리오 뭐야?

실비아 화내세요, 슈리오 경? 낯빛이 변하다니?

밸런타인 그러라고 하세요, 아씨 마님. 일종의 카멜레온[19] 이거든요.

슈리오 당신의 바람만 마시고 살기보다는 당신의 피를 마시고 싶은 마음이 간절한 카멜레온이오.

밸런타인 하던 말 끝냈군요.

슈리오 그렇소. 게다가 지금은 끝냈소.

밸런타인 나도 잘 아오. 당신은 언제나 시작도 하기 전에 끝내요.

실비아 두 분 신사께서 서로를 향해 멋진 말 대포를 급히 쏘네요.

밸런타인 참말 그렇습니다. 원인을 주신 분이 고맙군요.

실비아 하인, 그게 누구예요?

밸런타인 어여쁜 아가씨 자신입니다. 아가씨가 불을 붙이셨어요. 슈리오 경은 아가씨 모습에서 말재주를 빌려서 아가씨 앞에서 그대로 씁니다.

슈리오 여보시오, 당신이 나와 일대일로 말싸움 벌인다면 당신 말재주를 파산시킬 테요.

밸런타인 내가 그걸 잘 알고 있소. 당신은 말 창고가 있지만, 보아하니 시종들한테 나눠줄 돈은 없어요. 저들의 너절한 제복을 보니 너절한 당신 말만 먹고 사는 것 같소.

[공작 등장]

실비아 그만하셔요, 신사 양반들, 그만하셔요. 아버님이 오셔요.

공작 실비아, 꼼짝없이 포위되었다.
밸런타인, 아버지가 건강하구나.
친지들한테서 좋은 소식 가득한
편지가 도착하면 어떻겠나?

밸런타인 공작님,
어떤 기쁜 전령도 여기 오면 고맙겠죠.

공작 당신 나라 사람인 안토니오를 아는가?

밸런타인 예, 공작님. 그 어른은 존귀한 분이며
명망이 높으며 그러한 명성을
받을 만한 것을 잘 알고 있습니다.

공작 아들이 있지 않은가?

밸런타인 예, 공작님. 충분히 그러한 부친의
존경과 명성을 받을 만한 아들이지요.

공작 잘 아는가?

밸런타인 자신처럼 잘 압니다. 어릴 적부터
함께 어울려 시간을 보냈지요.
저 자신은 게으른 학생이어서
꽃다운 시간의 혜택을 놓치고
천사 같은 젊음을 옷 입히지 못했지만
프로튜스 경은—이름이 그런데—
주어진 나날을 훌륭히 이용해서
나이는 젊지만 경험은 노련하고
머리는 검으나 판단은 성숙해요.
한마디로 하자면, 지금 제 칭찬들이
그의 옳은 가치에 미치지 못해요.
외모와 정신이 완전한 인간으로,
신사의 좋은 점을 모두 다 갖췄어요.

공작 오, 그런가? 그 모두가 사실이면
여왕의 사랑을 받을 뿐 아니고
황제의 고문으로 적절하겠다.
바로 그 신사가 대단한 고위층의
추천과 함께 지금 내게 와 있는데
여기서 얼마간 머물기로 작정했다.
당신에게 반갑지 않은 소식이 아니겠지.

밸런타인 소원이 있다면 바로 그 사람이죠.

공작 그러면 지위에 어울리게 대접해라.
실비아, 분부한다. 슈리오, 부탁한다.
밸런타인에게는 말할 필요도 없어.
이제 곧장 그 사람을 너희에게 보내겠다. [퇴장]

밸런타인 아가씨께 말씀드린 신사가 그분인데
그 사람의 연인이 수정 같은 눈으로
그의 눈을 붙잡지 않았다면 같이 왔죠.

실비아 아마도 그녀는 충성을 바칠 만한
또 다른 볼모를 잡고 눈은 풀었겠죠.

밸런타인 아니요. 눈은 아직 포로 신세요.

실비아 그럼 눈이 멀어서 앞을 못 보는데
어떻게 당신을 찾아서 먼 길을 왔어요?

밸런타인 아가씨, 사랑은 스무 쌍 눈이 돼요.

슈리오 사랑은 눈이 전혀 없다는데요.

밸런타인 당신 같은 연인을 보려니까 그렇소.
볼품없는 사람이면 사랑이 눈을 감소.

[프로튜스 등장]

실비아 그만해요, 그만해요. 그분이 오셔요.

19 몸 빛깔이 수시로 변하는 카멜레온은 공기만 마시고 산다는 말이 있었다.

밸런타인 프로튜스, 잘 왔다! 부탁합니다.
특별한 표시로 환영해 주세요.
실비아 그분의 인격이 환영을 보장해요.
당신이 소식을 고대하던 분이세요?
밸런타인 아가씨, 맞습니다. 예쁘신 아가씨,
내 동료 하인으로 받아주세요.
실비아 너무 높은 하인한테 너무 낮은 아가씨네.
프로튜스 아닙니다, 아가씨. 그토록 귀하신
아가씨를 뵙기에는 너무 낮은 하인이죠.
밸런타인 자격이 모자란단 말씀은 그만해요.
친절하신 아가씨, 하인으로 받으세요.
프로튜스 오로지 직분만을 자랑 삼겠습니다.
실비아 어떤 직분이든지 급료를 보답 받았네요.
그럼 하인, 변변치 못한 주인이 환영해요.
프로튜스 그따위로 말하는 자와 죽기까지 싸울 테요.
실비아 환영한단 말인가요?
프로튜스 변변치 않단 말씀예요.
[하인 등장]
하인 공작께서 아가씨와 말씀하길 원하세요.
실비아 뵙겠다고 여쭈어라. [하인 퇴장]
슈리오 경, 그럼
같이 갑시다.—새 하인도 환영해요.
두 분이 고향 얘기 나누도록 떠날 테니
얘기가 끝나면 우리도 들읍시다.
프로튜스 두 사람이 아가씨를 섬기겠습니다.
[실비아와 슈리오 퇴장]
밸런타인 알려다오. 고향의 모든 분이 잘 계셔?
프로튜스 친지들 잘 계시고 너한테 안부하셔.
밸런타인 너의 집은?
프로튜스 떠날 때 모든 분이 건강하셨어.
밸런타인 네 아가씬 어떠니? 네 사랑 잘돼가니?
프로튜스 사랑 얘길 할 때마다 넌 진력냈지.
사랑 얘기 안 즐기는 거 내가 잘 알아.
밸런타인 그랬지. 하지만 지금은 무척 변했어.
사랑을 멸시한 죄 때문에 고행했고
사랑은 폭군처럼 무서운 금식으로,
뉘우치는 신음으로, 밤이면 눈물과
낮이면 가슴 저린 한숨으로 벌을 줬어.
사랑을 경멸한 죄에 대한 보복으로
두 눈알을 옮아놓아 잠을 쪼아 먹고
이 가슴속 슬픔의 간수들이 돼버렸어.
아, 프로튜스, 사랑은 강력한 신이라서
내가 몹시 낮아져서 고백하는 말인데
사랑의 질책에는 고통이 없고
사랑의 섬김보다 큰 기쁨이 없거든.
지금부터 사랑이 아니면 얘기도 마.
이제 나는 순전히 사랑이란 이름으로
아침, 점심, 저녁 먹고, 잘 줄도 알아.
프로튜스 그만해라. 어떻게 됐는지 네 눈 보고 알겠다.
저분이 네가 그처럼 숭배하는 여신이지?
밸런타인 그래. 저분은 하늘나라 성녀 아니야?
프로튜스 아니야. 땅에 사는 미인이지.
밸런타인 거룩하다고 말해라.
프로튜스 아첨하기 싫겠다.
밸런타인 아첨은 나한테 해. 사랑은 칭찬받길 좋아해.
프로튜스 내가 사랑 앓을 때 너는 내게 쓴 약 줬어.
그래서 너한테 쓴 약 주겠어.
밸런타인 진실을 말해라. 거룩하지 않다면
땅의 온갖 피조물의 으뜸이 되는
천사 중 하나라고 고백하려마.
프로튜스 내 여인은 빼놔라.
밸런타인 아무도 안 뺀다.
내 여인을 빼놓으면 모르겠다만.—
프로튜스 내가 내 여인을 높이 세울 이유 없냐?
밸런타인 네 여인도 높아지게 너를 돕겠다.
내 여인이 끌고 가는 치마를 네 여자가
받드는 영광이면 명예가 높아져.[20]
천한 땅이 그 치마에 남몰래 키스하면
그런 큰 영광에 교만하게 되어서
여름 꽃의 뿌리를 소홀히 여기고
영영 추운 겨울을 불러올지 몰라.[21]
프로튜스 밸런타인, 도대체 그게 무슨 허풍이냐?
밸런타인 용서해라, 프로튜스. 내가 무얼 하든지
헛될 뿐이고 누구도 헛될 뿐이지.

20 왕비가 끄는 긴 치마를 시녀들이 뒤에서 받들었다. 그 일을 하는 시녀들은 그것을 큰 영광으로 여겼다.

21 부인의 치마가 땅에 닿는 것은 땅이 치마에 키스한 것과 같다. 그런데 치마에 몰래 키스한 천한 땅은 교만하게 되어서 튼실한 뿌리를 내리게 하는 여름 꽃 본래의 임무를 소홀히 할까봐 시녀들이 그녀의 긴 치마를 받들고 다닌다고 말한다. 이는 물론 시적인 과장이다.

그녀는 유일해.

프로튜스 그럼 그냥 놔둬라.

밸런타인 절대로 안 돼! 그녀는 내 아가씨야.
그런 보석 가진 나는 너무나 부유해서
스무 바다 모래가 모두 진주알이고
바닷물은 감로수, 바위는 황금 같지.
온 정신이 사랑 속에 홀딱 빠져서
네 생각만 안 하는 걸 용서해줘.
내 멍청한 경쟁자는 순전히 재산이
엄청 많단 이유로 그녀의 아버지가
좋아하는데, 그자가 따라붙는 바람에
내가 따라다녀야 해. 너도 알지만
사랑이란 질투심이 가득하거든.

프로튜스 하지만 그녀가 너를 사랑해?

밸런타인 물론. 결혼을 약속했어. 그뿐 아니라
도망칠 계획도 정해놓았어.
줄사다리 타고서 그녀의 창문으로
올라가게 되었으며, 행복하기 위하여
온갖 방법 짜내고 합의했다고.
좋은 친구 프로튜스, 내 방에 같이 가서
이런 일을 충고로써 도와주라.

프로튜스 너 먼저 가. 물어서 찾아갈게.
써야 할 물건을 내려놓기 위해서
포구에 가야 해. 그러고 나서
너한테 곧장 갈게.

밸런타인 빨리 하겠어?

프로튜스 그럴게. [밸런타인 퇴장]
더운 게 더운 걸 몰아내는 것처럼,
박힌 못을 못으로 몰아내듯이,
품고 있던 옛 사랑의 모든 기억은
새로운 사람을 보자마자 사라진다.
이처럼 그릇된 생각을 일으키는 건
내 눈인가? 밸런타인의 찬미인가?
그녀가 진실로 완벽한 까닭인가?
내 못된 죄인가? 그녀는 예쁘다.
사랑하는—사랑하던 줄리아도 예쁘다.
이제 내 사랑은 녹아버려 불에 쪼인
밀랍처럼 본래의 모습을 잃었다.
밸런타인에 대해서 우정도 식어서
그전처럼 사랑하지 않는다. 하지만 아,
나는 그의 여인을 너무너무 사랑해.
그래서 그 친구를 사랑할 수 없게 됐어.
그토록 분별없이 연애 속에 빠졌으니
어떻게 차분하게 사랑을 시작할까?
지금까지 그녀의 겉모습만 봤으니까
완벽한 그녀를 모두 보는 때면
틀림없이 내 눈은 멀 거야.
빗나간 사랑을 억제할 수 있으면
눌러버릴 테지만, 그게 불가능하면
그녀를 얻기 위해 재주를 부리겠다. [퇴장]

## 2. 5

[스피드와 함께 자기 개 크랩을 데리고 랜스 등장]

스피드 랜스, 솔직히 말해서 밀라노에 온 걸 환영해.

랜스 멋진 젊은 친구, 거짓말하지 마. 나를 환영한
게 아니거든. 언제나 아는 거지만, 사람은 목이
달려 죽기까지 망하지 않는다는 건 물론이고
술값 얼마 치르고 주모가 '어서 오세요'라 하지
않으면 절대로 환영받지 못하는 거야.

스피드 그러지 마, 험구야. 곧장 너와 술집으로 직행할게.
5전짜리 한 잔에 5천 번 환영받게 된다고.
그런데 말이야, 네 주인이 줄리아 아가씨와
어떻게 헤어지던?

랜스 얼싸안고 심각하게 숙덕대더니 마냥 웃어 젖히고
헤어지데.

스피드 하지만 그녀가 그와 결혼할 텐가?

랜스 아니.

스피드 왜? 그러면 그가 그녀와 결혼할 텐가?

랜스 둘 다 아니야.

스피드 그럼 둘이 깨졌냐?

랜스 아니. 둘이 모두 생선처럼 싱싱해.

스피드 그럼 둘이 어떻게 돼 있어?

랜스 이렇게 됐어. 남자한테 잘 맞으면 여자한테도
잘 맞아.

스피드 이런 멍청이! 뭔 소린지 모르겠다.

랜스 뭔 소린지 모르다니 이런 멍텅구리 보았나!
지팡이도 내 말 알아듣는다.

스피드 네가 하는 말을?

랜스 그럼. 내가 뭘 하는지도 알아. 이거 봐. 내가
기대기만 해도 지팡이는 알아차려.

스피드 정말 알아 받치누나.
랜스 알거나 받치거나 마찬가지다.
스피드 한데 진짜 말해라. 둘이 결혼할 건가?
랜스 개한테 물어봐. '응.' 하고 대답해도 결혼할 테고
'아니.' 하고 대답해도 결혼해. 꽁지만 흔들고
아무 말 안 해도 결혼할 거야.
스피드 그럼 결론은 결혼한다 말이군.
랜스 알쏭달쏭한 비유가 아니면 나한테서 그런 비밀은
절대 듣지 못한다.
스피드 그쯤만 들어도 잘된 일이네. 그런데 랜스, 우리
주인이 굉장한 연인이 되니까 어때?
랜스 안 그런 적 없지.
스피드 안 그렇다면?
랜스 굉장한 못난이지.—네 말 들으면—
스피드 이런 망할 놈 봤나! 잘못 들었어.
랜스 이 바보야, 누가 너래? 네 주인 말이지.
스피드 우리 주인이 열렬한 애인이 되셨거든.
랜스 나하곤 상관없어. 온몸이 사랑에 데어도 나는
몰라. 내키면 나하고 술집에 가자. 안 내키면
너는 히브리인, 유대인이다. 기독교인 이름으로
부를 만하지 못해.
스피드 어째서?
랜스 기독교인과 함께 술집에 갈 만큼 풍성한
사랑이 넘치지 못해서 그래. 갈래?
스피드 기쁘게 가지. [둘 퇴장]

## 2. 6

[프로튜스 홀로 등장]

프로튜스 줄리아를 버리면 맹세를 어기는 짓,
실비아를 사랑하면 맹세를 어기는 짓,
친구를 배반하면 크게 맹세 어기는 짓!
그런 맹세 처음 시킨 바로 그 힘이
이렇게 세 겹으로 거짓말을 하라 한다.
맹세하라던 사랑이 맹세를 어기라 해.
유혹적인 사랑이여, 이것이 네 탓이면
미혹된 나에게 변명을 알려달라.
처음에는 반짝이는 별을 사모했으나
지금은 천상의 태양을 숭배한다.
무책임한 맹세는 조심스레 어기며
나쁜 것을 버리고 좋은 것을 취하라고
머리에게 가르칠 의지가 없는 자는
지능이 모자란다.—오, 참담하구나,
몹쓸 혓바닥! 그토록 영혼에 다짐하여
수만 번 맹세한 높은 이를 나쁘다 하니!
사랑을 버릴 줄 몰라 계속 사랑해도
사랑해야 될 여자를 버리고 떠난다.
줄리아도 잃고 밸런타인도 잃는다.
둘을 모두 얻으면 나 자신을 잃게 된다.
둘을 모두 잃으면 밸런타인 대신 나 자신을,
줄리아 대신 실비아를 얻게 된다.
사랑은 언제나 그 자체로 귀중해서
나한테 나 자신은 친구보다 귀하며,
실비아를 예쁘게 만든 하늘이 증언하니,
그에 비해 줄리아는 에티오피아 여자다.[22]
줄리아에 대한 사랑이 죽은 걸 기억하고
그녀가 살고 있는 현실을 잊고
친구 밸런타인을 원수로 생각하고
실비아를 달가운 친구로 삼겠다.
그에게 무슨 음모를 꾸미지 않고는
내가 나답게 나 자신이 될 수 없다.
오늘 밤 사다리로 천사 같은 실비아의
침실 창문을 기어오를 거라고
경쟁자인 나한테 비밀을 말했다.
당장 그녀 부친에게 둘의 변장과
탈출 계획을 알리겠다. 노여운 부친이
밸런타인을 추방할 테지. 슈리오를
딸과 결혼시킬 생각이니까. 하지만
밸런타인이 없어지면 신속히 꾀를 써서
멍청한 슈리오의 구애를 막겠다.
사랑아, 내 목적에 날개를 빌려다오.
계략을 짜게끔 지혜를 주었듯이.— [퇴장]

## 2. 7

[줄리아와 루세타 등장]

줄리아 알려주렴, 루세타. 도와주렴, 착한 아이.

22 미인의 정형인 하얀 얼굴의 유럽 여자에 비해 줄리아는 얼굴색이 검다는 말이다.

똑같은 여자가 도움을 청하누나.
너는 내 생각을 낱낱이 볼 수 있게
또박또박 새겨 넣는 돌판과 같은데
어떻게 사랑하는 프로튜스한테로
아무런 탈도 없이 길을 갈 수 있는지,
좋은 수가 무언지 가르쳐주렴.

루세타 참말로 고달프고 먼 길이었죠.

줄리아 믿음 깊은 순례자의 약한 걸음이
여러 나라 지나가도 피곤치 않은데
사랑의 날개 달린 여자가 훨씬 빨리 가.
프로튜스 님과 같이 거룩하고 완벽한
사람을 향해서 날아갈 때는.—

루세타 프로튜스 님이 오실 때까지 참아야 해요.

줄리아 그 모습이 내 영혼의 음식인 줄 모르니?
그토록 오랫동안 그이를 보지 못해
아프게 굶었으니 불쌍히 보아다오.
속으로 파고드는 사랑을 네가 알면
빈말로 사랑의 불길을 끄려는 건
찬 눈으로 사랑을 태우려는 짓이야.

루세타 불타는 그 사랑을 끄려는 게 아니고
지나친 불길을 줄이려는 거예요.
이성의 한계를 넘어갈까 걱정이죠.

줄리아 막으면 막을수록 더욱 세게 타올라.
얌전하게 재잘대며 흐르는 개울은
막으면 거칠어진다는 걸 네가 알지만
차분한 물길을 방해하지 않으면
영롱한 조약돌과 즐겁게 노래하며
흘러가다 만나는 창포 잎마다
얌전한 키스를 남겨놓으며
수많은 산굽이와 골짜기를 흘러가며
즐거운 마음으로 바다에 이른단다.
그처럼 갈 테니까 앞길을 막지 마라.
고요한 냇물처럼 인내하고 참으며
마지막 걸음이 사랑한테 갈 때까지
피곤한 발걸음을 유희로 삼을 테야.
축복받은 영혼이 수많은 역경 끝에
천국에서 안식하듯 사랑 안에 쉬겠어.

루세타 하지만 어떻게 차리고 가시겠어요?

줄리아 여자 차림은 안 되지. 음탕한 사내들의
음흉한 접근을 미리 차단하겠어.
착한 루세타, 괜찮은 시동에게
어울릴 옷가지를 나한테 입혀줘.

루세타 그럼 아씨 머리를 잘라야 하겠군요.

줄리아 아니다. 비단 끈을 가지고 머리를 땋아
스무 가지 교묘한 매듭들을 지어 숨기겠다.
야단스러운 차림새가 되어야 나보다
호시절 누리는 젊은이에게 알맞겠지.

루세타 아씨, 바지는 어떤 거로 할까요?

줄리아 '주인 나리, 치마는 얼마 넓게 할까요?'
라고 묻는 거나 마찬가지야.
루세타, 네가 봐서 제일 좋은 거면 돼.

루세타 불룩한 '자루'[23]도 붙여야 되겠네요.

줄리아 그만둬, 루세타. 그건 보기 싫겠어.

루세타 핀으로 치장한 자루가 없으면
팽팽한 바지도 볼품이 없어요.

줄리아 나를 사랑한다니 네 눈으로 보기에
제일 점잖고 어울리게 차려라.
하지만 얘, 그토록 위험한 여행길에
나서는 나를 세상이 뭐라고 할까?
온갖 나쁜 소문이 붙어 다니겠지.

루세타 그런 생각이시면 집에 박혀 계세요.

줄리아 그러긴 싫어.

루세타 그럼 수치를 미리부터 겁내지 마세요.
아씨가 오신 걸 보고 프로튜스가 기뻐하면
아씨가 가신 걸 누가 화내도 상관없고,
하지만 그분이 좋아할지 걱정이죠.

줄리아 그런 건 조금도 걱정이 되지 않아.
천 가지 맹세와 눈물의 바다와
무한한 사랑의 만 가지 증거가
그이의 환대를 기약하거든.

루세타 그런 건 모두 속이는 사내의 심복이죠.

줄리아 못된 짓에 그걸 이용하는 못된 사내!
하지만 그분의 탄생별[24]은 진실했단다.
그이 말은 약속이고 맹세는 신탁이며
사랑은 성실하고 생각은 정결하며
눈물은 마음이 보낸 순결한 전령[25]이며

23 남근을 넣는 불룩한 부분을 남자 바지 사타구니에 붙이고 거기다 각색 핀들을 꽂아 장식했다.

24 당시 사람들은 자기들이 태어날 때 저마다 특정한 별이 있어 그 힘으로 평생을 보낸다고 믿었다.

가슴은 하늘과 땅이 멀 듯 거짓과 멀어.
루세타 아씨가 가시면 그래주길 빌겠어요.
줄리아 네가 나를 사랑하니 그분의 진실성을
그릇되게 생각 말고 네가 내 사랑에
보답하는 뜻으로 그이를 사랑해줘.
이제는 나와 함께 방으로 달려가서
그리운 먼 길에 무엇이 필요한지
하나하나 알아보고 자세히 점검하자.
내 재물, 내 토지, 내 명예까지,
내가 가진 모든 걸 너한테 맡겨.
그 값으로 날 빨리만 보내다오.
대답할 것 없으니까 당장 그렇게 하자.
이렇게 머뭇거려 내 속이 타들어가. [둘 퇴장]

## 3. 1

[공작, 슈리오, 프로튜스 등장]
공작 슈리오 경, 잠깐 자리를 비켜주어라.
우리 둘이 의논할 일이 있거든. [슈리오 퇴장]
그럼 프로튜스, 할 말이 무언가?
프로튜스 자애로운 공작님, 우정의 율법은
밝히려 하는 일을 숨길 걸 명령해도
자격이 없기에 저에게 베푸신
공작님의 은총을 다시금 기억할 때
충성심에 의거하여, 세상 어떤 이익도
유혹하지 못하는 진실을 말씀드려요.
존귀하신 공작님, 밸런타인 그 친구가
오늘 밤 따님을 빼내고자 하는데
저에게 그 계획을 몰래 알렸습니다.
공작께서 따님을 슈리오에게 주시기로
결정하신 사실을 저도 알고 있습니다.
얌전한 따님은 그분이 싫다지만
그처럼 남몰래 슬하를 벗어나면
노년에 무척 심란하시겠습니다.
이처럼 충성된 뜻에서 친구의 계략을
숨기지 않고 막을 것을 택했습니다.
공작님을 내리누를 슬픔의 무게가
뭉칠 수 없게 하렵니다. 미리 막지 않으면
때 아닌 무덤에 가시게 됩니다.
공작 프로튜스, 정직한 염려에 고맙다.
내 생전 무엇이든 요청하면 보답하겠다.
저들의 사랑을 나도 자주 보았다.
우연히 내가 잠든 줄 알고 그러곤 했다.
이따금 밸런타인을 딸애와 더불어 궁정에서
금족령을 내릴까도 생각했으나
내가 품은 의심이 잘못일 수 있으며
그에게 부당한 불명예를 안길 수 있어
—내가 항상 피하는 경솔한 짓이지.—
오히려 부드러운 눈길을 보내
네가 말한 사실을 알아내려 하였다.
이에 대한 염려를 너에게 알리니,
나이 어린 사람을 유혹하기 쉬우므로
밤마다 딸애를 높은 탑에 재우고
열쇠는 언제나 내 손안에 들어 있다.
그래서 딸애를 데려가지 못한다.
프로튜스 존귀하신 공작님, 그래서 사다리로
따님 방에 기어올라 데려 내올 계획을
짰던 겁니다. 그 일을 하기 위해
젊은 애인은 지금 그곳에 없지만
사다리를 가지고 금방 이리 올 테니
원하시면 막으실 수 있을 겁니다.
하지만 공작님, 능숙하게 하셔서
저에게 의심이 가지 않게 하십시오.
친구에 대한 미움이 아니라
공작님에 대한 사랑으로 말합니다.
공작 명예를 걸어서, 네가 조금이라도
귀띔한 걸 그자가 모르게 하겠다.
[밸런타인 등장]
프로튜스 안녕히 계십시오. 밸런타인이 옵니다. [퇴장]
공작 밸런타인 경, 그처럼 빨리 어딜 가나?
밸런타인 공작님, 가족에게 편지를 전할
전령이 기다리는 중이어서
그걸 갖다 주려고 가는 길입니다.
공작 매우 중요한 건가?
밸런타인 편지 내용은 제가 건강하다는 것과
공작님 궁정에서 즐겁게 지낸다는 것입니다.
공작 중요한 건 아니군. 잠시 나와 같이 있자.
내게 긴히 관계되는 사실을 너에게

25 그 사람의 속생각을 말하므로 '전령'과 같다.

밝히려고 하는데 비밀로 해라.
내 친구 슈리오 경과 딸애를
짝지우려 하는 것을 너도 모르지 않아.
밸런타인 잘 알고 있습니다. 확실히 두 분의 결합은
호사롭고 영광됩니다. 뿐만 아니라
그분은 어여쁜 따님에게 어울리도록
덕과 아량과 인격과 자질이 넘치는데
따님의 사랑을 설득할 수 없으십니까?
공작 맞아. 사실이야. 까다롭고 말 안 듣고
건방지고 고집 세고 효심이 모자라며
내 딸이란 사실도 안중에 없고
내가 아비란 사실도 경외하지 않아.
말해도 좋을지 모르나, 딸의 교만을
생각하니 사랑이 가신단 말이야.
그래서 내 여생을 그 애의 효심에
의탁하려 했으나 이제는 마음 돌려
새 아내 맞을 결심을 단단히 굳히고
그 애는 거둬줄 자에게 내쫓겠어.
그러면 예쁜 것만 지참금이 될 테지.
나와 내 재산을 본 척도 안 해.
밸런타인 이 일에서 제가 맡을 역할이 무엇이죠?
공작 이곳에 베로나의 아가씨가 사는데
내가 사랑한다만 너무나 수줍어서
나이 먹은 내 말을 들은 체도 안 한다.
그래서 이제 너를 교사로 삼겠는데,
구애하는 방식을 오래전에 잊었고,
게다가 유행도 많이 변했어.
어떻게 처신해야 해 같은 그녀 눈에
호감을 남길지 가르쳐다오.
밸런타인 그녀가 말씀을 귀담아듣지 않으면
선물로 마음을 사세요. 말없는 보석이
생경한 말보다 여자 마음을 움직여요.
공작 하지만 내가 보낸 선물을 무시하던데.
밸런타인 간혹 여자는 마음에 드는 걸 무시해요.
다른 걸 보내세요. 포기하지 마세요.
처음의 무시는 뒤의 사랑을 크게 만들죠.
낯을 찌푸린대도 싫어서가 아니라
외려 더 큰 사랑을 일으키려는 거죠.
몹쓸 말을 한대도 가라는 게 아니에요.
그래서 혼자 남는 바보는 미친놈이죠.
무슨 말을 한대도 물러나지 마세요.
'가라!'고 해도 정말 가라는 게 아니니
아부하고 칭찬하고 높이고 기리세요.
암만 까매도 천사의 얼굴이라 하세요.
자기 혀로 여자를 휘어잡지 못하면
그런 사내가 혀 있다고 말할 수 없죠.
공작 그런데 내가 말한 여자는 가족이 이미
젊고 잘난 신사에게 약속했기 때문에
사내들이 오는 것을 엄격히 금하여
낮에는 그녀에게 접근할 길이 없어.
밸런타인 저라면 밤중에 찾아갈 텝니다.
공작 하지만 문을 걸고 열쇠를 보관하여
아무도 밤중에는 그녀에게 못 간다.
밸런타인 창문으로 들어가면 누가 막아요?
공작 그녀의 침실은 바닥에서 높은 데다
튀어나와 있어서 목숨을 걸기 전엔
아무도 오르지 못할 곳이야.
밸런타인 밧줄로 교묘히 만든 사다리에
갈고리를 달아서 창턱에 걸면
헤로[26]의 높은 탑에 또다시 기어올라
대담한 레이안드로스가 모험을 벌일 테죠.
공작 한데 너는 혈통 있는 신사이니
그런 물건 구할 데를 가르쳐다오.
밸런타인 언제 쓰실 겁니까? 말씀만 하세요.
공작 바로 오늘 밤이다. 사랑이란 아이 같지.
얻을 수 있는 건 뭐든지 조르거든.
밸런타인 일곱 시에 그런 사다리를 구해 오죠.
공작 하지만 그녀에게 혼자 가겠다.
어떻게 그리로 사다리를 가져가나?
밸런타인 아직 밝을 테니까 조금 기다란
망토 안에 넣어 갖고 가세요.
공작 네가 입은 망토만큼 길면 되겠지?
밸런타인 예, 공작님.
공작 그럼 네 망토 좀 보자.
그만큼 기다란 망토를 구하겠다.
밸런타인 어떤 망토도 괜찮을 건데요.
공작 망토를 입으면 모양이 어찌 되나?
느낌이 어떠한지 네 망토 입어보자.

26 높은 탑에 살고 있던 헤로를 해협 건너편의 레이안드로스가 헤엄쳐 건너가 만나곤 했다(주석 2 참조).

[밸런타인의 망토를 벗기고 그 속에
감춰놨던 줄사다리와 편지를 발견한다.]
이게 무슨 편진가? 뭐라고? 실비아에게?
오, 여기 내 일에 알맞은 도구가 있구나.
이번에만 대담하게 봉인을 떼겠다.
[읽는다.]
"밤마다 상념들은 실비아와 머문다.
나는 나의 하인들을 실어 보낸다.
주인도 가볍게 오고 갈 수 있다면
무심한 저들이 가는 곳에 영영 살리라.
정결한 네 가슴에 전령들이 머물지만
저들의 왕인 나는 저들을 보내고도
정겹게 안겨 있는 행운을 저주하니
하인들의 행복을 못 누리는 까닭이다.
주인이 머물 곳에 머무르기에
하인들을 보낸 나를 한탄하누나."
이건 뭐야?
"실비아, 오늘 밤 널 해방시키겠다."
맞아. 이게 그 짓 벌일 사다리구나.
파에톤, 넌 메롭스[27]의 아들 아냐?
감히 하늘 수레를 몰겠다고 나서서
만용으로 온 세상을 태우려 해?
별들이 비춘다고 별에 오를 심사야?
천박한 침입자, 무엄하게 날뛰는 자,
너 같은 부류에게 비루하게 웃어라.
엄벌이 마땅하나 내가 참으니까
특권으로 생각하고 여기를 떠나라.
너에게 베풀어준 온갖 특혜보다도—
지금껏 너무 많이 베풀었지만—
이를 더욱 고맙게 여김이 마땅하리니
어서 속히 궁정을 떠나가거라.
그보다 더 오래 내 나라에 머무르면
맹세코 내 분노는 내 딸이나 너에 대해
품고 있던 사랑보다 훨씬 크게 될 거야.
떠나라. 쓸데없는 변명을 듣지 않겠다.
목숨이 아깝거든 빨리 떠나라. [퇴장]
밸런타인 죽는 것이 살아 있는 아픔보다 차라리 나아.
죽는 건 나로부터 추방당한 것인데
실비아가 나니까 그녀에게서 추방은
내가 나와 이별이라, 죽음 같은 추방이다.
그녀가 내 곁에 있다는 걸 느끼면서
완벽의 그림자[28]를 삼킨다면 몰라도,
실비아를 못 본다면 빛이 빛이야?
실비아가 없다면 기쁨이 기쁨이야?
밤중에 실비아가 곁에 있지 않으면
나이팅게일 소리도 노래가 못 되고
밝은 낮에 실비아를 보지 못하면
볼 수 있는 밝은 낮도 없어지겠다.
그녀는 본질이라 아리따운 그 힘에서
생장과 빛과 보호와 생명을 못 얻으면
내 목숨은 끝난다. 죽음을 피해서
죽음으로 뛰지 않고 이곳에 머물면
오로지 죽음을 기다릴 뿐이지만
여기를 떠나는 것은 목숨을 버리는 거야.
[프로튜스와 랜스 등장]
프로튜스 야, 뛰어, 뛰어. 그 사람 찾아.
랜스 여보세요! 여보세요!
프로튜스 뭐가 보이니?
랜스 우리가 찾는 사람예요. 머리카락 한 올마다
밸런타인이 분명해요.
프로튜스 밸런타인?
밸런타인 아니야.
프로튜스 그럼 누구요? 그 사람 혼이오?
밸런타인 그것도 아니야.
프로튜스 그럼 뭐요?
밸런타인 아무것도 아니야.
랜스 아무것도 아닌 게 말을 해요? 주인님, 때릴까요?
프로튜스 누구를 때려?
랜스 아무것도 아뇨를.
프로튜스 망할 자식, 그만둬.
랜스 아무것도 안 때려요. 한데 주인님—
프로튜스 그만두랬잖아! 친구 밸런타인, 한마디 하자.
밸런타인 귀가 막혀서 좋은 말도 못 들어.
내 귀를 나쁜 말이 차지했거든.

27 태양의 신 아폴로가 지상의 메롭스(Merops)라고 하는 사내의 아내를 사랑하여 낳은 자식이 파에톤이다. 젊은 파에톤은 아폴로의 불 수레를 땅에 너무 가깝게 몰아 땅이 불탔다고 한다.

28 실체(그녀의 완벽함)를 그림자(그녀의 겉모습)로만 떠올리는 것. 실체와 그림자로 양분하는 플라톤 철학의 기본 전제를 셰익스피어가 자주 언급했다.

프로튜스 그렇다면 내 말도 침묵 속에 파묻겠다.
귀에 거슬리는 안 좋은 말이니까.
밸런타인 실비아가 죽었어?
프로튜스 아니야, 밸런타인.
밸런타인 신성한 실비아에게 밸런타인은 없어.
나를 부인하던가?
프로튜스 아니야, 밸런타인.
밸런타인 실비아가 부인하면 밸런타인은 없어.
무슨 말을 할 텐가?
랜스 없어졌단 공고가 나왔는데요.
프로튜스 네가 추방됐단 말—여기서, 실비아한테서,
네 친구가 내게서.—그게 소식이야.
밸런타인 오, 그 아픔은 벌써 맛 봤어.
너무 많이 먹어서 체할 판이야.
내가 추방된 걸 실비아도 알아?
프로튜스 추방이 실행되어 효력이 생겨서
그녀는 바다같이 흐르는 진주알을 바쳤어.
사람들이 그걸 눈물이라고 해.
아버지의 정 없는 발에 눈물을 뿌리고
동시에 무릎 꿇고 자기를 드리고
손을 쥐어짜니까 손이 너무 창백해서
그 순간 슬픔으로 핏기가 없는 듯했어.
하지만 꿇은 무릎, 치켜든 하얀 손,
슬픈 한숨, 깊은 신음, 은빛 눈물도
무정한 아버지 마음을 뚫지 못했어.
밸런타인은 잡히면 사형될 거라고.
게다가 그녀가 너를 다시 부르라고
애원하니까 그 말에 더 성이 나서
그녀를 가두라고 엄명을 내리고
오래 가둘 거라고 두렵게 위협하데.
밸런타인 그만해. 다음 말이 내 목숨을 뺏어 갈
무슨 악한 힘을 가진 게 아니면.—
그렇다면 내 귀에 그 말을 속삭여봐.
한없는 슬픔 끝낼 장송곡으로 삼겠다.
프로튜스 할 수 없는 일이니 탄식을 멈추고
한탄을 헤쳐 나갈 방도를 강구해라.
모든 선의 어머니고 양육자가 시간이야.
여기 있다간 네 사랑을 볼 수 없고
그냥 남아 있는 것은 목숨의 끝이다.
희망은 연인의 지팡이라 여길 떠나
절망하는 생각들을 그거로 다스려.
네 편지가 왔을 테지. 네가 여길 떠나도
내게 보낸 편지를 그녀의 우윳빛 가슴에
전할게. 지금은 너무도 촉박해서
길게 말할 시간이 없단다.
성문을 나서도록 너와 같이 걸으면서
작별하기 전까지 네 사랑에 대해서
모든 걸 자세히 논의해보자.
실비아를 사랑하니 네가 아니더라도
네 위험을 생각해서 나를 생각해줘.
밸런타인 랜스, 내 시동 보면 빨리 서둘러
나하고 북문에서 만나자고 일러줘라.
프로튜스 빨리 가서 찾아봐. 밸런타인, 같이 가자.
밸런타인 사랑하는 실비아! 불행한 밸런타인!
[밸런타인과 프로튜스 퇴장]
랜스 보다시피 나는 어릿광대에 지나지 않아. 하지만
내 주인이 일종의 악당인 걸 알아차릴 머리는
있어. 하지만 다 같아. 악당 중 하나니까. 내가
연애한다는 걸 아는 놈 없지만 나도 연애하거든.
하지만 말 한 겨리가 잡아당겨도 말 안 해. 그게
누군지도 말 안 해. 하지만 여자야. 하지만 어떤
여잔지 나한테도 말 안 해. 하지만 젖 짜는
처녀야. 하지만 처녀는 아니야. 산파가 다녀갔어.
하지만 하녀야. 주인의 하녀야. 돈 받고 일해.
오리 사냥개보다 잘났거든. 헐벗은 기독교인으로는
상당한 거지. [종잇장을 꺼낸다.] 이게 그 계집의
장점 일람표야. [읽는다.] "첫째로, 물건을 가져오고
나를 줄 안다." 말도 그만큼은 할 수 있지. 하지만
말은 가져올 줄 모르고 나를 줄만 알아. 따라서
말보단 나아. 그렇지. "둘째로, 우유를 짤 줄 안다."
이것 봐. 양손이 깨끗한 처녀의 예쁜 성품이지.
[스피드 등장]
스피드 랜스 씨, 어떠신가? 당신 주인 나리는 어떻게
지내시나?
랜스 주인의 괴나리봇짐? 아, 그거야 바다에 떠 있지.
스피드 제 버릇 개 못 줬군. 말을 잘못 알아듣는다니.
종이에 무슨 소식 써 있나?
랜스 듣던 중 가장 새까만 소식이야.
스피드 왜 그래? 얼마나 새까매?
랜스 먹물처럼 새까맣다.
스피드 내가 읽을게.
랜스 웃기지 마, 밥통아. 읽을 줄 모르는 게.

스피드 거짓말 마. 읽을 줄 알아.

랜스 시험해 보겠다. 대답해. 누가 너를 낳았냐?

스피드 할아버지의 아들이다.

랜스 이런 게을러빠진 무식쟁이 봤나! 네 할머니의 아들이지. 이것만 봐도 문맹이란 게 확실해.

스피드 이 바보야, 그 종이에 쓴 걸 물어봐.

랜스 [그에게 종이를 준다.] 자, 그거다. 성 니콜라스[29]가 빨리 읽게 해주길 빈다.

스피드 "첫째, 그녀는 젖을 짤 줄 안다."

랜스 맞아. 젖 짤 줄 안다고.

스피드 "둘째, 그녀는 좋은 술 빚는다."

랜스 그래서 "참말로 행복하게, 너 좋은 술 빚었다"란 속담이 생기지.

스피드 "셋째, 바느질 할 줄 안다."

랜스 그건 "그런 짓 할 줄 아나?"란 말과 같아.

스피드 "넷째, 뜨개질을 할 줄 안다."

랜스 계집이 양말을 짜주는데 사내가 계집한테 무슨 지참금이 필요해?

스피드 "다섯째, 빨고 닦을 줄 안다."

랜스 특별한 장점이지. 그래서 그 계집은 몸을 빨고 닦지 않아도 되거든.

스피드 "여섯째, 물레질 할 줄 안다."

랜스 그럼 내가 한평생 쉽게 살 수 있겠다. 계집이 물레질로 먹고살 수 있으니까.

스피드 "일곱째, 여러 가지 이름 없는 재주가 있다."

랜스 그건 '사생아 재주'란 말이나 마찬가지다. 아비가 누군지 모르니까. 그래서 이름이 없다는 거지.

스피드 그다음에 여자의 결점이 적혀 있어.

랜스 장점에 바짝 이어졌구먼.

스피드 "첫째, 입 냄새 때문에 굶었을 때 키스하면 안 된다."

랜스 좋아. 그런 결점은 아침밥만 먹으면 고칠 수 있어. 계속해.

스피드 "둘째, 단것을 좋아한다."[30]

랜스 입 냄새가 고약해서 그게 그거야.

스피드 "셋째, 자면서 잠꼬대를 한다."

랜스 그건 문제가 안 돼. 말하다가 안 자면.

스피드 "넷째, 말이 느리다."

랜스 망할 놈! 그걸 그녀의 결점이라고 쓰다니! 말이 느린 게 여자의 단 한 가지 장점인데. 야, 그거 빼서 그녀의 최고 장점으로 갖다 놔.

스피드 "다섯째, 그녀는 건방지다."

랜스 그것도 빼. 그건 이브[31]의 유산이라 여자한테서 뺏을 수 없어.

스피드 "여섯째, 이빨이 없다."

랜스 그것도 상관없어. 나는 빵 껍질[32]을 좋아하니까.

스피드 "일곱째, 성질이 사납다."

랜스 아주 멋지게도 이빨이 없어서 못 깨물지.

스피드 "여덟째, 술맛을 자주 본다."

랜스 술이 좋으면 그럴 수 있지. 여자가 안 그러면 내가 그럴 테야. 좋은 건 알아봐야 하니까.

스피드 "아홉째, 너무 헤프다."

랜스 혓바닥은 헤프지 않아. 말이 느리다고 적혀 있거든. 주머니는 그러지 못해. 내가 늘 닫아 놓을 테니까. 그런데 딴 것[33]은 그럴지 몰라. 그건 나도 어쩔 수 없어. 그럼 계속해.

스피드 "열째, 머리보다 머리털이 더 많고 머리털보다 결점이 더 많으며 결점보다 돈이 더 많다."

랜스 그거로 끝내. 그 여자와 결혼하겠어. 마지막 조항에서 두세 번 내 거면서 내 거가 아니었어. 그거 다시 읽어봐.

스피드 "열째, 머리보다 머리털이 더 많고."

랜스 머리보다 머리칼이 더 많다고—그럴 수 있지. 내가 증명하지. 소금의 덮개가 소금을 가리니까 소금보다 위에 있지. 머리를 덮은 머리털이 머리 위에 있어. 큰 게 작은 걸 감추지. 다음은 뭐야?

스피드 "머리털보다 결점이 더 많으며."

랜스 그건 너무해. 그건 빼면 좋겠어!

스피드 "결점보다 돈이 더 많다."

랜스 오, 그 말 한마디에 결점들이 예쁘게 보이네. 좋아. 그녀와 결혼할 테야. 둘이서 합하면 세상에 불가능한 건 없으니까.—

스피드 그래서 어쩔 테야?

랜스 그래서 네 주인이 북문에서 너를 기다리고 있단

29 학자들의 수호 성자.
30 음탕하다는 뜻도 있었다.
31 인류의 어머니인 이브(원어는 '하와')는 교만 때문에 뱀의 유혹에 넘어갔다.
32 이빨이 없는 여자는 자연히 빵의 부드러운 속만 먹고 껍질을 남겨놓는다.
33 여자의 '딴 주머니'란 음문(陰門)을 뜻한다.

말을 전하는 거다.
스피드 나를 기다려?
랜스 너 말이니? 그렇다. 너 누구냐? 너보단 나은 자를
기다렸는데.
스피드 주인한테 가야 돼?
랜스 뛰어가야 돼. 네가 너무 오래 있는 바람에 걸어서
가면 아무짝에도 못 써.
스피드 왜 미리 말하지 않았냐? 네깐 놈 연애편지에 옴
붙어라! [퇴장]
랜스 내 편지 읽은 값으로 두들겨 맞아야지. 버르장머리
없는 쌍놈이구나. 남의 비밀에 코를 들이밀다니.
따라가자. 녀석이 매 맞는 걸 보고 좋아해야지. [퇴장]

## 3. 2

[공작과 슈리오 등장]
공작 슈리오 경, 밸런타인이 눈앞에 없으니
딸애의 사랑을 걱정하지 마라.
슈리오 그자가 추방되자 경멸이 심해지고
저를 거절하면서 욕설을 퍼부으니,
따님을 얻는 것은 절망적예요.
공작 그처럼 미약한 사랑의 흔적은
얼음에 새긴 형상처럼 한 시간쯤 데우면
녹아서 물이 되며 모양이 없어진다.
잠시만 있으면 얼음 같은 마음이 녹아
볼품없는 밸런타인을 잊어버린다.
[프로튜스 등장]
프로튜스 경, 추방령에 따라서
너의 동향 사람이 떠나갔는가?
프로튜스 갔습니다, 공작님.
공작 그자가 떠나서 딸애가 슬퍼한다.
프로튜스 잠시 기다리시면 슬픔이 가시겠죠.
공작 나도 그걸 믿지만 슈리오는 안 믿어.
프로튜스, 내가 너를 좋게 보는데—
요즘에 칭찬받을 표시를 보여줬지.
그래서 너와 의논하는 게 좋겠다.
프로튜스 충성하는 마음이 사라지는 순간부터
공작님을 뵙지 않게 저를 죽이십시오.
공작 딸애와 슈리오를 짝지으려고
내가 매우 애쓰는 걸 너도 알겠지?
프로튜스 압니다, 공작님.
공작 그리고 그 애가 내 뜻을 몹시
거역하는 사실도 모르지 않지?
프로튜스 밸런타인이 있을 때에 그랬습니다.
공작 맞아. 한데 심술궂은 고집을 마냥 부린다.
어떡하면 딸애가 밸런타인을 잊고서
슈리오 경을 사랑할텐가?
프로튜스 밸런타인을 배신자로, 비겁자로,
가문 낮은 인간으로 비방해야 합니다.
그 셋을 여자들이 매우 싫어하지요.
공작 옳지만, 미워서 그런다고 말하겠지.
프로튜스 경쟁자가 그런 말을 한다면 안 믿겠죠.
따라서 따님이 그자의 친구라고 믿는 자가
자세한 증거와 함께 그런 말 해야죠.
공작 그러니까 당신이 맡아야 할 일이구먼.
프로튜스 공작님, 저는 그런 일이 싫습니다.
신사가 할 만한 일이 아니거든요.
더군다나 친구를 거역하는 일입니다.
공작 그자에게 유리하게 좋은 말도 못 하고
그자에게 불리하게 나쁜 말도 못 한다.
친구 때문에 할 수 없이 불려와서
이건 좋지도, 나쁘지도 않은 일이야.
프로튜스 공작님 말씀 듣고 설득이 됐습니다.
친구를 비방해서 이런저런 말을 하면
따님의 사랑은 오래가지 못하겠죠.
하지만 그에 대한 사랑을 뿌리 뽑아도
저절로 슈리오를 사랑하지 않겠어요.
슈리오 그녀의 사랑을 그에게서 옮겨가되
아무 데도 못 쓸 만큼 헝클지 않도록
나한테 실패를 넘겨달란 말이오.
당신이 밸런타인을 깎아내리는 만큼
나한테 칭찬을 돌려야 하는 거요.
공작 프로튜스, 이 일에 내가 너를 믿는 건,
밸런타인이 하는 말에 의하면 너는 이미
열렬한 사랑의 신도라 한결같아
변절하지 않을 걸 알고 있기 때문이야.
그와 같은 확신에서 너하고 실비아가
자유롭게 말하도록 접근을 허락한다.
딸애는 기분이 저조하고 울적한데
친구를 생각해서 너를 반길 테니
설득력을 발휘하여 딸애를 타일러서

밸런타인을 싫어하고 슈리오를 사랑하게 해.
프로튜스 모든 힘을 다하며 노력하겠습니다.
그런데 슈리오 경, 재빠르지 못하신데,
그녀의 소망 잡을 그물을 치시고
슬픈 연애시에 어울리는 가락에
충성의 맹세를 가득 담으십시오.
공작 하늘에서 자라난 시의 힘이 강력하지.
프로튜스 그녀의 아리따운 제단 위에 눈물과
한숨과 마음을 바친다고 하세요.
잉크가 마를 때까지 글을 쓰고, 다시금
눈물 흘려 젖게 하고, 한결같은 마음을
나타낼 감동스러운 시를 쓰세요.
오르페우스[34]의 루트 줄은 시인의 힘줄이오.
황금 같은 그 소리에 돌덩이도 물러지고
호랑이도 순해지며, 엄청나게 커다란 고래가
깊은 물을 떠나서 모래에서 춤추었소.
애절하게 울부짖는 사랑 노래를 마친 다음,
어둠이 짙어지면, 아름다운 화음으로
아가씨의 침실 창을 찾아가 음악에 맞춰
슬픈 노래를 부르시오. 적막한 밤은
그처럼 달콤한 탄식에 어울려요.
그밖엔 아무것도 환심 사지 못합니다.
공작 그처럼 유식해서 사랑을 경험했어.
슈리오 당신의 권고를 이 밤 안에 행할 테요.
정다운 프로튜스, 나를 인도하는 이,
지금 당장 시내에 함께 나가서
음악에 재주 있는 사람들을 골라봐요.
시가 한 편 있는데 훌륭한 권고의
첫출발로 삼을 만한 물건이에요.
공작 악사들, 시작해!
프로튜스 석식까지 공작님을 모시고 있다가
그다음에 어쩔지 정할 텝니다.
공작 지금 곧 시작해라. 허락한다. [모두 퇴장]

## 4. 1

[밸런타인, 스피드, 몇 사람 도둑들 등장]
도둑 1 얘들아, 버텨 서라. 행인이 와.
도둑 2 열 놈도 떨지 말고 때려눕혀라.
도둑 3 거기 서라! 가진 물건, 여기 던져라.
안 그러면 앉혀놓고 한 놈씩 뒤지겠다.
스피드 주인님, 우린 끝났네요. 행인들이
그렇게도 겁내는 못된 놈들이죠.
밸런타인 친구들—
도둑 1 아니다. 우린 너희 원수야.
도둑 2 가만있어! 저 사람 말 들어보자.
도둑 3 응. 수염 걸어 맹세코, 들어보겠다. 괜찮은 거 같다.
밸런타인 그럼 나를 잃을 재물 없는 자로 알고 있어라.
나는 불운 가운데 걸려든 사람이라,
이렇게 추한 옷이 재물의 전부라서,
여기서 내 몸을 발가벗기면
내 모든 소유를 가지는 셈이다.
도둑 2 어디 가는 길이냐?
밸런타인 베로나.
도둑 1 어디서 오냐?
밸런타인 밀라노.
도둑 3 거기 오래 있었냐?
밸런타인 16개월쯤. 심술궂은 운명이
좌절을 안기지 않았으면 더 있었을 거야.
도둑 1 그럼 추방당했나?
밸런타인 그렇다.
도둑 2 무슨 죄로?
밸런타인 이야기를 하려니까 괴롭기 짝이 없다.
사람을 죽였는데 후회막급이지만
부당한 이점이나 비열한 술수 없이
사내답게 싸우다가 죽였던 거다.
도둑 1 그게 사실이면 후회하지 마.
하지만 그런 작은 죄 때문에 쫓겨났어?
밸런타인 그렇다. 그 판결을 기뻐서 받아들였다.
도둑 2 외국어 할 줄 알아?
밸런타인 그건 젊은 시절 여행이 행운이었어.
그렇지 않았으면 자주 힘들었겠지.
도둑 3 로빈 후드의 뚱보 사제[35] 머리에 걸고 말하는데,
이 친구는 우리 패의 왕이 될 만해.
도둑 1 그러자. 얘들아, 잠깐. [도둑들이 따로 의논한다.]

34 오르페우스의 현금 소리에 돌과 짐승이 춤을 추었다고 하는데, 문명을 처음 가져온 것은 '운율'이라고 해석했다.
35 숲 속의 의적 대장 로빈 후드의 부하였던 수사 터크를 말한다. 뚱뚱하고 힘이 센 엉터리 신부였다. 수사인 까닭에 탁발을 했다.

스피드 주인님, 가담하세요.
명예로운 도둑의 하나입니다.
밸런타인 그만둬, 이 녀석.
도둑 2 이것만 대답해요. 가진 거 있소?
밸런타인 내 운수밖엔 가진 게 없어.
도둑 3 우리 중 몇 사람은 신사들로서
무모한 청년기의 난폭한 행동으로
높은 분들 사회에서 쫓겨났어요.
나도 베로나에서 어떤 여인을
빼내려고 꾀했다가 추방당했소.
상속자인 그녀는 공작의 일가였소.
도둑 2 나도 만토바 출신인데, 홧김에
어떤 신사의 가슴을 찔렀소.
도둑 3 내 경우도 그처럼 사소한 죄였소.
본론으로 돌아가서, 우리 죄를 알린 건
도둑이 된 이 생활을 변명하는 거요.
또 한편 당신은 풍채가 늠름하고
스스로 말하기를 외국어를 안다 하니
그토록 완벽한 신사이므로
우리의 사업상 필요한 인물이라—
도둑 2 확실히 당신은 추방당한 사람이니
다른 무엇보다도 이렇게 제안하오.
우리들의 두목이 되어주겠소?
이러한 황야에서 우리와 함께,
궁핍으로 덕을 삼고 살아가겠소?
도둑 3 생각이 어떻소? 우리 패가 되겠소?
'예'라고 대답하고 두목이 되시오.
당신에게 복종하고 당신을 좇으며
장군이자 왕으로 모시겠소.
도둑 1 이 예의를 멸시하면 죽을 거요.
도둑 2 이 제안을 발설하면 못 살 거요.
밸런타인 제안을 받아들여 함께 살겠소.
다만, 순박한 여자나 가난한 길손에게
폭력을 행사하지 않는다는 조건이오.
도둑 3 그런 비열한 짓은 우리도 증오하오.
함께 가요. 우리 패에 모셔 가서
모아놓은 재물을 모두 보여주겠소.
우리와 함께 뜻대로 처분하시오. [모두 퇴장]

## 4. 2

[프로튜스 등장]
프로튜스 벌써 밸런타인을 배신했으니까
이번엔 슈리오를 속여 먹을 차례다.
그자를 칭찬한다는 빌미 덕분에
사랑을 진전시킬 기회가 생겼지만
너무나 아름답고 신성하고 참된 그녀를
하잘것없는 선물로 타락시킬 수 없지.
내가 참된 충심을 열렬히 외치면
그녀는 친구의 배신자로 날 욕하고
그녀가 예쁜 걸 맹세하면
사랑하던 줄리아를 배신한 내가
가증스런 배신자 아니냐고 욕질해.
느닷없는 독설이 아무리 작아도
연인의 희망을 죽게 할 수 있지만
그녀가 경멸하면 할수록 내 사랑은
더 커져서 강아지처럼 꼬리 쳐.
[슈리오와 악사들 등장]
슈리오가 저기 와. 창 아래 가서
그녀 귀에 밤의 음악을 들려줘야지.
슈리오 프로튜스, 우리보다 앞서서 스며들었어?
프로튜스 그렇소, 슈리오. 알다시피 사랑이란
충성을 위해선 못 갈 데도 스며들어요.
슈리오 하지만 여기서 사랑하진 않을 테지.
프로튜스 사랑하지 않는다면 여기 있지 않겠죠.
슈리오 누구를? 실비아를?
프로튜스 그렇소.—당신을 위해서요.
슈리오 수고해줘 고맙소. 그럼 악사들,
조율하고 잠시 동안 멋지게 연주합시다.
[여관 주인, 그리고 사내아이 옷 입고
세바스찬으로 변장한 줄리아 등장]
여관 주인 한데 젊은 손님, 보아하니 근심이 있는
듯한데, 왜 그러시오?
줄리아 그건 즐겁지 않아서요.
여관 주인 그럼 즐겁게 해드리겠소. 음악 들을 장소로
데려가겠소. 저기 보시오. 당신이 보고 싶다던
그 사람이오.
줄리아 그 사람의 말소리를 들을 수 있죠?
여관 주인 그렇소.
줄리아 연주하겠군요. [음악이 연주된다.]

여관 주인 들어보오!
줄리아 저 중에 있죠?
여관 주인 예, 하지만 조용해요. 들어봅시다.

노래

실비아가 누구지? 그녀가 누구기에
우리 고을 사내마다 그녀를 찬양하지?
거룩하고 어여쁘고 현명한 여인,
하늘은 그녀에게 어여쁨을 모두 내려
찬미를 받을 만큼 아름답구나.

어여쁜 얼굴만큼 마음도 착한가?
어여쁨과 착함은 같이 산다지.
사랑은 실비아의 눈에 달려가
멀었던 자기 눈을 낫게 하여
도움을 준 곳에 머물러 살지.[36]

그러면 실비아를 노래 부르자.
실비아가 으뜸이라 노래 부르자.
무지한 땅 위에 사는 자가
하나도 빠지지 않고 으뜸이란다.
그녀에게 화관을 갖다 드리자.

여관 주인 왜 그러오? 아까보다 슬퍼 뵈는데? 젊은이, 왜 그러오? 음악이 마음에 안 드는 것 같군요.
줄리아 아네요. 악사가 나를 싫어해요.
여관 주인 잘난 젊은이, 왜 그렇소?
줄리아 가락이 틀렸네요, 노인 양반.
여관 주인 줄을 잘못 골랐단 말씀이오?
줄리아 그런 게 아니고, 내 마음의 심금을 아프게 울릴 만큼 잘못됐네요.
여관 주인 귀가 매우 좋군요.
줄리아 네. 차라리 귀머거리면 좋겠어요. 귀가 너무 좋아서 심장이 멎게 됐어요.
여관 주인 보아하니 음악을 즐기지 않소.
줄리아 조금도 즐겁지 않아요. 저렇게 안 맞네요.
여관 주인 들어보오. 얼마나 변화무쌍한 음악인지!
줄리아 맞아요. 바로 그런 변화가 아픈 거지요.
여관 주인 그렇다면 한 소리만 낸대도 좋겠소?
줄리아 한 사람이 한 가락만 연주하면 좋을 텐데요. 그런데 주인, 프로튜스라는 그 사람이 저 아가씨에게 자주 와요?
여관 주인 그분 하인 랜스가 나한테 말하는데, 한없이 그 여자를 사랑한대요.
줄리아 랜스는 어디 갔어요?
여관 주인 강아지를 찾으러 갔을 거요. 주인의 명령으로 내일까지 자기 개를 저 아가씨한테 갖다 줘야 한대요.
줄리아 쉿! 비키세요. 사람들이 헤져 가요.
프로튜스 슈리오 경, 걱정 마세요. 교묘한 이 방법이 뛰어난 걸 당신도 인정하게 될 게요.
슈리오 어디서 만나겠소?
프로튜스 그레고리 샘가에서.
슈리오 잘 가시오.

[슈리오와 악사들 퇴장]

[실비아가 위에서 등장][37]

프로튜스 안녕하세요, 아가씨?
실비아 신사 여러분, 음악 잘 들었어요. 누가 말씀하시죠?
프로튜스 깨끗한 그 마음의 진실을 아시면 목소리만 들어도 알아볼 사람예요.
실비아 들어보니 프로튜스 경이네.
프로튜스 프로튜스인 동시에 아씨의 하인입니다.
실비아 의도가 뭔가?
프로튜스 아씨의 호감을 얻는 거요.
실비아 욕구는 속에 품고 지금 집에 돌아가
잠자리에 들라는 게 내 뜻이야.
교활하고 거짓되고 간사한 배신자,
내가 그처럼 천박하고 머리가 나빠
지금껏 사람들을 맹세로 속여 먹은
너 같은 자의 아첨에 넘어갈 줄 알아?
돌아가 네 여인에게 용서를 빌어.
창백하신 여왕님[38]께 맹세하는데
네 요구를 듣기는커녕 그처럼 못되게
요구하는 네놈을 한없이 멸시하고,
너한테 말한다고 시간을 허비해서
그 때문에 나 자신을 욕하고 싶어.
프로튜스 한 여인을 사랑한 건 사실이지만

36 눈먼 사랑의 신 큐피드는 그녀의 진정한 사랑으로 치유되어 그녀의 눈 속에 산다.
37 프로튜스는 어둠 속에 있는 줄리아를 못 본다.
38 처녀의 여신이며 달의 여신인 다이애나를 말한다.

그 여자는 죽었소.

줄리아 [방백] 내가 입만 벌리면
거짓말이 밝혀져. 안 묻힌 게 확실해.

실비아 죽었다고 치자. 하지만 네 친구 밸런타인은
살아 있어. 그와 내가 결혼을 약속한 걸
너도 아는데, 나한테 사랑을 조르다니,
친구를 배반하고 부끄럽지 않아?

프로튜스 나는 밸런타인도 죽었다고 들었소.

실비아 나도 죽었다고 해. 내 사랑도 그 무덤에
묻혔다는 사실을 확실히 알아둬.

프로튜스 어여쁜 아가씨, 땅에서 파낼 테요.

실비아 네 여인의 무덤에서 그녀의 사랑을 불러내.
그게 아니면 네 사랑을 그 무덤에 묻어.

줄리아 [방백] 들은 척도 안 해.

프로튜스 아가씨, 마음이 그처럼 냉담하면
아가씨의 초상화를 사랑하게 해주세요.
아가씨의 방에 걸린 그림 말예요.
그림에게 호소하고 한숨짓고 울겠소.
완벽한 실체를 남에게 주고
그림자에 불과한 나는 당신 그림자에게
진정한 내 사랑을 바치겠소.[39]

줄리아 [방백]
그게 실체라도 당신은 속여 먹고
그걸 나처럼 허깨비로 만들겠지.

실비아 나는 네 우상이 되고 싶지 않지만
거짓된 네게는 그림자와 허깨비를
숭배하는 흉한 꼴이 어울려.
내일 아침 사람을 보내면 내주겠다.
그럼 잘 자. [퇴장]

프로튜스 뜬눈으로 밤을 새고
아침에 당할 사형을 기다리는 죄수 같다. [퇴장]

줄리아 주인, 갈까요?

여관 주인 젠장. 곤히 잠들었구나.

줄리아 프로튜스가 묵는 집이 어딘지 알아요?

여관 주인 오, 우리 집이오. 지금 거의 날이 밝았소.

줄리아 아녜요. 지금껏 내가 안 자고 보낸
밤 중에서 제일 길고 슬픈 밤예요. [모두 퇴장]

## 4. 3

[에글라무어 등장]

에글라무어 지금 이 시간, 실비아 아가씨가
계획을 말할 테니 와 달라고 했다.
매우 중대한 일을 나한테 시킬 테지.
아가씨! 아가씨!
[실비아가 위에서 등장]

실비아 누군가?

에글라무어 하인이고 친구요.
아가씨의 명령을 기다리는 사람예요.

실비아 에글라무어 경, 천만 번 좋은 아침!

에글라무어 좋은 아침 그만큼을 아가씨께 드립니다.
아가씨의 명령 따라 제게 시킬 일을
알려 하는 마음으로 이처럼 일찍이
이곳에 나와, 대령하고 있습니다.

실비아 오, 에글라무어, 당신은 신사로서—
절대로 아부가 아니에요.—용감하고
현명하고 동정심 풍부한 교양인이죠.
추방된 밸런타인에게 내가 품은 마음을
모르지 않고, 몸서리치게 싫어하는
멍청한 슈리오와 나를 아버님이 강제로
결혼시키시려는 것도 아시고 계셔요.
당신도 사랑했던, 당신이 진심으로
사랑했던 여인이 죽은 때처럼
가슴을 후비던 슬픔이 없었다면서
그녀의 무덤에 순결을 맹세했죠.
에글라무어 경, 밸런타인을 찾아서
그가 산다는 만토바로 갈까 해요.
혼자 여행하기엔 워낙 길이 험하니
자상하신 동행인이 되어주세요.
당신의 신의와 명예를 믿어요.
아버님의 분노는 말씀 마시고

39 '실체'와 '그림자'(또는 허깨비)는 플라톤 사상의 기본으로서 당시 크게 유행했다. 초상화는 그 대상인 사람에 대해 '그림자'에 불과한데 프로튜스는 실비아 대신 그녀의 '그림자'인 초상화를 간직하겠다고 한다. 그러나 살아 있는 줄리아가 죽었다고 해서 그녀를 실체 아닌 그림자(허깨비)로 만들고 있다. 초상화나 조각을 숭배하는 것을 우상 숭배라고 한다.

한 여인의 슬픔을 생각하시고
추악한 결혼을 피해 여기를 탈출하는
내 바른 행동을 생각하세요.
하늘과 우연은 그런 결혼에 재난을 보내요.
바다의 모래처럼 가득한 슬픔으로
당신에게 빌어요. 길동무가 되어서
함께 가셔요. 원치 않으신다면
지금껏 제가 드린 말씀을 숨기세요.
혼자라도 모험을 떠나겠어요.

에글라무어 아가씨의 슬픔을 몹시 동정합니다.
순결한 사랑임을 알고 있기 때문에
더불어 가는 것에 동의합니다.
좋은 일이 생길 것을 바라는 만큼
내게 무슨 일이 생기든 상관없어요.
언제 가세요?

실비아 오늘 밤에요.

에글라무어 어디서 만날까요?

실비아 패트릭 신부[40] 골방,
고해성사를 드리려고요.

에글라무어 반드시 약속을 지키겠습니다.
그러면 아가씨, 안녕히 계십시오.

실비아 살펴 가세요, 친절하신 기사님. [둘 퇴장]

## 4. 4

[랜스가 자기 개 크랩을 데리고 등장]

랜스 하인이 주인한테 개새끼 노릇을 하면 곤란한 일이 많아. 이놈은 강아지 때부터 길렀는데, 물에 빠져 죽어가는 형제자매 서너 마리 중에서 구해준 놈이야. 정확히 '개는 이렇게 가르치는 법이다'라고 말할 정도로 가르쳤지. 우리 주인이 그놈을 실비아 아씨한테 선물로 갖다 바치라고 해서 데려갔는데 식당에 들어서자마자 대번에 아가씨 접시로 달려가 닭의 뒷다리를 냉큼 했지 뭐야. 개새끼가 모든 사람 앞에서 자제할 줄 모르면 얼마나 곤란하다고! 속담 말마따나 늙은 개 노릇하는 놈이라면 좋겠어. 만사에 영리한 놈이면 오죽 좋아? 그놈이 저지른 짓을 홀딱 뒤집어쓸 만큼 그놈과 똑같이 머리가 모자란 사람이라면 확실히 그런 놈은 목매달려 뒈졌을 거야. 분명코 엄벌을 받았을 테지. 당신들이 판결해봐. 그놈이 공작님 식탁 밑에 양반 같은 서너 마리 개 가운데 뛰어들더니, 아이고 맙소사, 눈 깜짝할 사이에 오줌을 깔기니까 식당 전부가 그 냄새야. 누군가 "개 끌어내." 하니까 딴 사람이 "뉘 집 똥개야?" 하고, 딴 사람이 "때려 내쫓아." 하니까 공작님이 "목 달아 죽여." 하더군. 나는 진작부터 그 냄새를 아는 터라 그게 크랩이란 걸 알고 개 때리는 녀석한테 가서 "친구, 개를 때릴 거야?" 하니까 녀석 왈, "물론 때리지." 하기에 "그건 개한테 잘못하는 짓이야. 알다시피 그건 내가 한 짓이거든." 했더니 녀석은 두말없이 그 방에서 나를 때려 내쫓더군. 주인 가운데 하인을 위해 그런 일 할 사람이 몇이나 될까? 이 말이 진짜인데, 주인이 훔친 순대 때문에 내가 칼 쓰고 앉았었다고. 내가 그러지 않았으면 주인은 사형감이지. 주인이 죽인 기러기 때문에 내가 형틀에 묶였었다고. 그러지 않았다면 따끔한 그 맛을 주인이 봤겠지. [크랩에게] 넌 지금 그런 생각하지 마. 내가 실비아 아가씨와 헤어질 때 나 보라고 네가 재주를 부렸지. 언제나 나를 잘 봐뒀다가 나 하는 대로 하라고 했잖아? 내가 부인 치마에 다리 하나 쳐들고 오줌 깔기는 거 봤니? 내가 그러는 거 봤냐고?

[프로튜스와 세바스찬으로 변장한 줄리아 등장]

프로튜스 이름이 세바스찬인가? 마음에 든다.
그런 만큼 즉시 일을 시킬 터이다.

줄리아 뜻대로 하십시오. 노력하겠습니다.

프로튜스 그러면 좋겠다. [랜스에게] 못난 촌것아,
이틀 동안 어디서 빈둥거렸냐?

랜스 딴 게 아니고 주인님 말씀대로 실비아 아씨한테 개를 데려갔습죠.

프로튜스 귀염둥이 개를 보고 뭐라 하시던가?

랜스 주인님 개가 똥개라고 하면서 그따위 선물에는 똥개 같은 대답이면 괜찮답니다.

프로튜스 하여간 강아지를 받으셨겠지?

랜스 아니요. 안 받았어요. 여기 다시 데리고 왔으니까, 자, 보세요.

40 원문에는 '수사'로 되어 있으나 우리에게 낯익은 '신부'로 옮긴다.

프로튜스 이걸 내가 보냈다고 드렸단 말이야?
랜스 다른 강아지는 장터에서 망할 놈들이 훔쳐갔고,
그 대신 제 개를 갖다 드렸는데요. 주인님의
강아지보다 열 배는 큰 개니까 그만큼 큰 선물을
드렸던 거죠.
프로튜스 당장 내 강아지 못 찾아오면
다시는 내 앞에 얼씬도 하지 마.
빨리 가라니까! 화내는 거 보겠냐?
언제나 너 때문에 창피하구나!
[랜스가 크랩을 데리고 퇴장]
세바스찬, 내가 너를 채용한 건
내 일을 괜찮게 할 젊은이가
필요한 까닭도 있어서 그랬었지만—
—저런 맹추한테는 맡길 수 없어.—
무엇보다도, 내 짐작이 옳다면,
네 용모와 태도가 좋은 교육과
신분과 마음씨를 말하기 때문이다.
그래서 채용하니 그렇게 알아둬라.
지금 곧 이 반지를 실비아 아씨에게
갖다 드려라. 나를 무척 사랑하던
어떤 여자가 내게 줬던 반지다.
줄리아 정표와 헤지다니 사랑이 없었네요.
여자가 죽었나보죠?
프로튜스 아니다, 산 것 같다.
줄리아 아아!
프로튜스 왜 "아아!" 하나?
줄리아 동정을 금할 수
없으니까요.
프로튜스 왜 동정하는가?
줄리아 실비아 아가씨를 사랑하시듯
그녀도 주인님을 사랑했겠죠.
자기를 잊은 분을 생각하겠죠.
주인님은 자신을 싫어하는 여자를
사랑하셔요. 그처럼 사랑이 어긋나서
생각하면 할수록 한숨이 나와요.
프로튜스 어쨌든 반지를 가져가고 겸하여
이 편지를 전해라. 저게 그녀 방이다.
약속대로 천사 같은 초상을 받아와.
일을 모두 끝내고 내 방으로 달려와.
나 혼자 슬픔에 젖어 있을 테니까. [퇴장]
줄리아 이런 짓 하는 여자가 세상에 또 있나?
불쌍한 프로튜스, 당신의 양 떼를
돌봐줄 양치기로 여우를 고용했어.
불쌍한 바보야, 자기 심정 속속들이
나를 멸시하는 자를 어째서 동정해?
그녀를 사랑해서 나를 멸시한다만
그이를 사랑해서 그이를 아껴야지.
우리가 작별할 때 나를 잊지 말라며
그이에게 이 반지를 드렸었는데
불행한 심부름을 지금 가는 중이다.
내가 못 가질 걸 주십사고 간청하고
거절하고 싶은 걸 갖고 가면서
욕해야 할 그 심보를 칭찬하게 되었구나!
주인이 맹세한 진정한 연인은 나야.
하지만 주인에게 진실하게 되려면
반드시 나 자신을 배반해야 돼.
주인을 위해서 냉담하게 구애하여
주인이 성공하지 못하게끔 만들겠다.
[실비아가 시녀들과 함께 등장]
아씨, 안녕하세요? 실비아 아씨와
말씀을 나눌 테니 도와주세요.
실비아 내가 혹시 그녀라면 원하는 게 뭐지?
줄리아 과연 그분이시면 저를 보낸 이의 말을
잠깐 들어주세요.
실비아 누군데?
줄리아 저의 주인 프로튜스 경입니다.
실비아 초상화를 달라고 보냈지?
실비아 예, 아가씨.
실비아 어슐라, 저기 내 초상화 가져와. [그녀가 가져온다.]
주인에게 갖다 줘라. 그의 방엔 이것보다
생각을 자꾸 바꾸다가 잊어버린
줄리아란 여자가 알맞을 거라고 해.
줄리아 아가씨, 이 편지 읽어보세요.
[그녀에게 편지를 준다.]
용서하세요. 제가 착각하여서
드리지 않을 편지를 드렸습니다.
이것이 아가씨께 드릴 편지입니다.
[편지를 도로 가지고 다른 편지를 준다.]
실비아 그 편지 다시 보자.
줄리아 안 됩니다, 아가씨. 용서하세요.
실비아 잠깐만.
너의 주인 글귀는 보지 않겠다.

사랑하니 어쩌니 하는 말로 채우고
새로 지은 맹세로 가득할 테지.
이 편지 찢듯이 쉽게 어길 건데. [편지를 찢는다.]
줄리아 아가씨, 이 반지도 보내십니다.
실비아 나한테 보내다니 더 창피하다.
그자가 떠날 때 줄리아가 주었다고
천 번이나 떠드는 걸 들었다고.
거짓스런 손가락이 더럽혔지만
나라면 그녀에게 그런 짓은 안 할 게다.
줄리아 그녀가 고맙다고 해요.
실비아 그게 무슨 말이냐?
줄리아 그녀를 염려해 주셔서 감사합니다.
불쌍한 아가씨, 주인이 너무 못됐어요.
실비아 너 그 여자 아니?
줄리아 거의 저 자신만큼 잘 압니다.
그녀의 불행을 생각하고 저 자신도
백 번이나 울었다고 솔직히 말합니다.
실비아 프로튜스가 여자를 버렸다고 믿는 것 같지?
줄리아 그런 것 같습니다. 그래서 슬퍼하는 겁니다.
실비아 아주 예쁜 여자야?
줄리아 지금보단 더 예쁜 여자였어요.
주인님의 사랑을 믿을 때에는
제가 보기엔 아가씨와 다름없이 예뻤어요.
하지만 거울을 멀리하고
햇볕을 차단하는 마스크를 벗으니
그녀 볼에 피던 장미는 시들었고
얼굴의 백합꽃을 메마르게 만들어
이제는 저처럼 까맣게 됐습니다.
실비아 키는 얼마큼 컸는데?
줄리아 제 키만 했죠. 오순절[41] 잔치에서
온갖 즐거운 가장행렬을 벌일 때
청년들이 저에게 여자로 꾸미래서
줄리아 아씨 옷으로 꾸미고 나섰더니
제가 입기 위해서 만든 옷처럼
저한테 맞는다고 모두들 말했어요.
그래서 키가 저와 비슷한 걸 알아요.
그리고 그 여자가 정말 울었어요.
제가 맡았던 역이 몹시 슬픈 거였죠.
테세우스가 맹세를 어기고 달아난 것을
아리아드네가 사무치게 원통해 하며[42]
눈물을 뿌리면서 생생하게 연출하니
격정을 못 이긴 아가씨도 통곡하셨죠.
아가씨의 슬픔을 제가 못 느꼈다면
차라리 죽는 것만 못할 거예요.
실비아 착한 젊은이, 그녀가 네게 빚졌다.
아아, 버림받아 외로운 불쌍한 여인!
네 말을 생각하니 눈물이 절로 난다.
이거 내 주머닌데, 상냥한 아가씨를
생각하는 마음에서 그녀를 사랑한
너에게 준다. 잘 가라. [실비아와 하인들 퇴장]
줄리아 당신이 안다면 그녀도 고마워한다.
얌전하고 아름답고 유덕한 여인이지.
그녀의 사랑을 아가씨가 존중해서
주인의 구애가 냉대받길 바란다.
사랑을 그처럼 우습게 여기다니!
그녀의 초상인데 어디 좀 보자.
나도 이런 옷을 입고 있다면
내 얼굴도 그녀만큼 어여쁠 텐데.
지나치게 나 자신을 높이는 게 아니라면
화가가 조금 아부했어. 그녀는 연한
금발이지만 나는 완전한 금발이야.
그래서 사랑에 차이가 생긴다면
그런 색의 가발을 쓰면 되겠다.
눈은 유리 같은 회색인데 나도 그렇고
이마는 낮은데 난 이마가 높아.[43]
어리석은 사랑이 눈먼 신[44]이 아니면
그녀의 어떤 점을 높이 봤나 모르지만
그만큼 나 자신도 높아질 수 있을 거야.
그림자야, 그림자야, 그림자[45]를 살펴봐라.
이게 네 경쟁자다. [초상화를 본다.]
감각 없는 형상아,

41 기독교의 부활절 이후 50일째 되는 날. 예수의 제자들이 '성령'을 받았다는 사도행전의 기사에서 시작된 축제. 이날 온갖 놀이와 잔치를 벌였다.
42 그리스신화에서 영웅 테세우스는 자기를 사랑하여 조국의 치명적 비밀을 알려준 아리아드네를 데리고 가다가 버리고 도망쳤다.
43 볼록한 이마는 당시 미인의 조건이었다.
44 큐피드는 '눈먼 신'이었다. 사랑은 '맹목'이니까(주 36 참조).
45 앞의 '그림자'는 남자로 변장하여 자기를 감춘 자신을 말하고 나중의 '그림자'는 그림을 말한다.

네게 절하고 키스하고 절하겠지.
그의 우상숭배에 이성이 있다면
너 대신 내 실체가 우상이 되겠지.
나에게 다정하던 네 주인을 생각해서
다정하게 대하겠다. 다정하지 않았다면
보지도 못하는 눈알들을 후벼 파서
주인이 싫어하게 만들어버릴 테다. [퇴장]

## 5. 1

[에글라무어 등장]

에글라무어 해가 서편 하늘을 물들이기 시작하니
실비아가 패트릭 신부의 골방에서
나를 만날 시간이다. 틀림없겠지.
연인들은 반드시 시간을 지키거든.
약속 시간보다도 먼저 오면 모를까.
그토록 급하게 서두르거든.
[실비아 등장]
저기 오누나. 아가씨, 복된 밤 되시기를!

실비아 아멘, 아멘! 갑시다, 에글라무어.
수도원 담 뒷문으로 같이 나가요.
누군가 나를 뒤따르는 것 같아요.

에글라무어 걱정 마세요. 십 리도 안 돼 숲입니다.
거기만 가시면 안전합니다. [모두 퇴장]

## 5. 2

[슈리오, 프로튜스, 세바스찬으로 변장한
줄리아 등장]

슈리오 프로튜스 경, 실비아가 뭐라고 합디까?

프로튜스 전보다 좀 더 부드러워졌더군요.
하지만 당신의 외모가 싫답니다.

슈리오 뭐요? 다리가 너무 길답디까?

프로튜스 아니죠. 너무 가늘죠.

슈리오 장화를 신어서 좀 더 굵게 보이겠소.

줄리아 [방백]
사랑이 싫다는 걸 억지로 못할 테지.

슈리오 얼굴에 대해선 뭐라던가요?

프로튜스 색깔이 하얗대요.

슈리오 틀렸소. 계집애의 거짓말이오. 까만색이오.

프로튜스 하지만 진주는 하얗죠. 속담에도
"예쁜 여자 눈에는 깜둥이도 진주"래요.

줄리아 [방백] 진주를 보면 여자는 눈이 멀지.
나 같으면 차라리 눈을 감겠다.

슈리오 내 말은 어떻대요?

프로튜스 싫대요, 당신이 전쟁을 얘기하면—

슈리오 그러나 사랑과 평화를 얘기하면 좋아하오.

줄리아 [방백] 하지만 입을 다물면 더 좋아하지.

슈리오 내 용기에 대해선 뭐라고 해요?

프로튜스 오, 그건 말할 것도 없대요.

줄리아 [방백] 겁쟁인 걸 아니까 말할 필요도 없지.

슈리오 가문은 어떻다고 하던가요?

프로튜스 잘 내려왔대요.

줄리아 [방백] 맞아. 신사에서 멍청이로 내려왔으니.

슈리오 내 재산도 따져보던가요?

프로튜스 오, 물론. 유감이라 하데요.

슈리오 왜요?

줄리아 [방백] 저따위 바보가 소유했다고.

프로튜스 모두 빌려줬다데요.[46]

[공작 등장]

줄리아 공작님이 오셨군.

공작 잘 있나, 프로튜스! 어떤가, 슈리오?
최근에 누가 에글라무어를 보았는가?

슈리오 못 봤는데요.

프로튜스 저도요.

공작 내 딸 보았나?

프로튜스 아니요.

공작 그럼 천한 밸런타인한테 달려가고
에글라무어도 함께 갔구나.
옳아. 패트릭 신부가 고해성사 하느라고
숲 속을 떠돌다가 두 사람을 만났는데
남자는 알아보고 여자가 내 딸인 걸
알았지만 가면을 써서 확실하진 않았대.
게다가 오늘 밤 패트릭의 골방에서
고해성사를 예정하곤 오지 않았어.
그런 걸 생각하면 도망친 게 분명해.
그러니까 너희들, 수작만 하지 말고

46 슈리오는 많은 돈을 가졌지만 인심을 쓴 게 아니라 모두 꾸어준 수전노다.

당장 나가 말에 올라 나하고 같이
산골짝을 넘어서 만토바로 향해 가자.
거기로 달아났다. 빨리 서둘러라.
정다운 신사들, 속히 나를 따라와. [퇴장]
슈리오 참말로 멍청한 계집애로군.
따라오는 행운을 뿌리치누나!
멋모르는 실비아의 사랑보다도
에글라무어에게 복수하러 따라가겠다. [퇴장]
프로튜스 나도 따라가야지. 함께 있는 에글라무어가
밉기보다 실비아를 사랑하기 때문이야. [퇴장]
줄리아 나도 따라가야지. 사랑 때문에 달아난
실비아가 밉기보다 내 사랑을 막으려고.— [퇴장]

## 5. 3

[실비아와 도둑들 등장]
도둑 1 그러지 말고 참아. 우리 두목에게 아가씨를
데려가야 하니까.
실비아 이보다 천 배나 더 아픈 시련을 통해
이런 일 참는 법을 잘 알게 배웠소.
도둑 2 자, 데려가자.
도둑 1 같이 있던 신사는 어디 갔는가?
도둑 3 우리보다 발이 빨라 먼저 뛰었지만
모이시스와 발레리우스가 쫓아갔어.
숲의 서쪽 끝으로 여자를 데려가.
두목이 거기 있어. 달아난 놈은 내가 쫓을게.
수풀에 둘러싸여 빠져나가지 못해. [도둑 2와 도둑 3 퇴장]
도둑 1 그럼 당신은 두목의 동굴로 가야 돼.
걱정 마. 두목은 마음이 착해서
여자를 함부로 대하지 않아.
실비아 오, 당신 때문에 이런 일을 겪어요. [모두 퇴장]

## 5. 4

[밸런타인 등장]
밸런타인 관습이 결국은 버릇이 되누나!
그늘진 황무지, 인적 드문 수풀이
사람들로 북적대는 도시보다 좋다.
남의 눈에 띄지 않고 혼자 앉아서
한 맺힌 두견이의 가락에 맞춰
아픔과 슬픔을 노래해도 괜찮다.
이 가슴에 살고 있는 내 사람아,
너무 오래 빈집으로 놔두지 마라.
조금씩 무너지다 폐가가 돼서
옛날의 기억조차 사라질까 두렵다.
실비아, 내 앞에 와서 회복시키고
얌전한 님프, 외로운 사내를 보듬어라.
[안에서 고함 소리]
오늘은 무슨 일로 이렇게 시끄럽나?
제멋대로 행동하는 무법한 패들이
재수 없는 행인을 추격하는 모양이다.
나는 추앙받지만 못된 짓 못 하도록
말리려고 무척 애를 써야 해.
[프로튜스, 실비아, 세바스찬으로 변장한
줄리아 등장]
밸런타인, 물러서라. [안으로 들어선다.]
누가 여기 오는가?
프로튜스 아가씨, 이 일은 제가 해드렸어요.
—하인이 하는 일엔 관심이 없으시나—
정절과 사랑을 뺏으려 한 자에게서
목숨을 내걸고 당신을 구했어요.
그 값으로 고운 눈빛 한번만 보내세요.
그 이하의 선물은 요청할 수 없고
그보다 못한 건 주실 수 없겠죠.
밸런타인 [방백] 듣고 보는 사실들이 꿈만 같아!
사랑아, 잠시만 참을 테니 잠잠해라.
실비아 아, 가련하게도 불행에 빠졌어!
프로튜스 제가 오기 전에는 불행하셨죠.
하지만 제가 와서 행복을 되찾으셨소.
실비아 네가 와서 한없이 불행하구나.
줄리아 [방백] 그이가 너한테 접근하면 어떻게 해?
실비아 가증한 프로튜스에게 구원을 받기보다
차라리 굶주린 사자에게 붙잡혀
짐승의 아침밥이 되겠다. 오, 하늘아,
밸런타인에 대한 내 사랑이 얼마나 커!
그이의 목숨은 내 혼만큼 귀중해!
그토록 한없이, 그 이상이 없을 만큼
거짓된 프로튜스를 미워하고 미워해!
그러니까 없어져라. 더 이상 조르지 마.
프로튜스 단 한 번 다정한 눈을 보내신다면

죽음의 위험인들 마다하겠습니까!
사랑받는 여인이 사랑하지 않을 때,
그것은 늘 있는 사랑의 저주예요.

실비아 네가 사랑받으면서 사랑하지 않는 때지.
지극한 첫사랑, 줄리아를 생각해라.
그녀와의 약속을 갈기갈기 찢어서
거짓말을 만들어 모두 내게 쏟아놨다.
이제는 조금도 남지 않은 약속이다.
두 가지 약속은 없느니만 못 해.
하나여도 지나쳐. 진실한 친구에게
너는 가짜야!

프로튜스 어떤 자가 사랑 앞에서
친구를 존중해요?

실비아 너만 빼고 모두 그래.

프로튜스 감동적인 말씨의 온순한 정신으로
너를 좀 더 순하게 만들 수 없다면
군인처럼 칼날로 너한테 구애하고
사랑을 어기면서 강제로 사랑하겠다.
[그녀를 붙잡는다.]

실비아 오, 하느님!

프로튜스 내 욕정에 굴복시킬 테다.

밸런타인 [앞으로 나선다.]
악한 녀석, 사나운 몹쓸 손 내려놔라.
못된 종자 친구로다!

프로튜스 밸런타인이구나!

밸런타인 치사한 친구, 의리도 사랑도 없어.
저따위가 친구라니! 거짓된 인간아,
내 희망을 속였어. 직접 보지 않았다면
도저히 안 믿겠지. 친구가 있단 말
이젠 말도 못 꺼내! 부인하려 하겠지.
오른손이 속속들이 배반하는 판인데
누구를 믿겠어? 프로튜스, 안됐지만
또다시 너를 믿을 수 없어.
너 때문에 이 세상을 낯선 데로 여긴다.
남모를 아픔이 너무나 깊어. 오, 악한 세상!
원수 중에 친구가 제일 못된 자라니!

프로튜스 수치와 죄책감이 나를 죽인다.
용서해라, 밸런타인. 마음속 깊이
뉘우치는 슬픔이 죄의 값이 된다면
그 값을 네게 준다. 저지른 죄만큼
아픈 것도 진실이다.

밸런타인 그러면 값이 됐다.
다시 너를 정직한 친구로 받겠다.
뉘우침에 만족하지 못하는 자는
기뻐하는 하늘과 땅에도 만족이 없어.
뉘우침은 하느님의 노여움도 가라앉혀.
거짓 없이 진솔한 사랑을 보이려고
실비아의 내 사랑도 모두 네게 넘긴다.

줄리아 오, 나는 불행해! [기절한다.]

프로튜스 저 앨 봐라!

밸런타인 야, 왜 그래?
젊은이, 왜 그러냐? 어떠니? 웬일이니? 쳐다봐.
말해라.

줄리아 오, 기사님. 주인님이 이 반지를 실비아 아가씨께
드리라고 주셨는데 제가 그만 잊었어요.

프로튜스 그 반지 어디 있어?

줄리아 여기 있어요. 이게 그 반지예요. [그에게 반지를 준다.]

프로튜스 뭔데? 어디 좀 보자.
이건 내가 줄리아에게 준 거 아니야?

줄리아 오, 용서하세요. 잘못 봤네요.
이게 실비아에게 보내신 반지예요.
[다른 반지를 보여준다.]

프로튜스 한데 이 반질 어떻게 얻었는가?
떠나면서 줄리아한테 줬던 건데.

줄리아 그런데 줄리아가 나한테 준 거예요.
그리고 줄리아가 이리 가져왔어요.
[자기 자신을 드러낸다.[47]]

프로튜스 오, 줄리아 아냐?

줄리아 당신의 수많은 맹세의 목표였고
당신 속에 숨어 있던 그 여인을 보세요.
당신의 배신으로 갈라진 뿌리가 많고 많지요!
오, 프로튜스, 이런 옷 입은 게 부끄럽겠죠.
제가 이렇게 창피한 옷을 주워 입은 걸
부끄러워하세요. 사랑 속에 부끄럼이
숨어 있다면.—얌전한 눈으로 보면,
생각을 바꾼 남자보다는
겉모양 바꾼 여자의 흠이 덜해요.

프로튜스 남자가 생각을 바꿨다고? 옳은 말이야.
한결같은 남자는 완벽한 존재라,

47 남자 모자를 벗고 긴 머리를 흔들어 내리고 여자 특유의 몸짓을 보인다.

그런 흠이 가득하면 어떤 죄도 저지르오.
변덕 많은 남자는 변심부터 시작하지.
한결같이 바라보면 실비아의 얼굴에서
줄리아의 얼굴에 없는 게 무언가?
밸런타인 잘되었소. 두 사람의 손으로
행복한 결말을 지은 나도 복 받읍시다.
이런 두 친구가 오랫동안 원수라니!
프로튜스 하늘아, 증인 돼라. 내 희망 영원히 이루었다!
줄리아 내 희망도 그래요.
[도둑들이 공작과 슈리오를 데리고 등장]
도둑들 큰 거요, 큰 거!
밸런타인 삼가라, 삼가라! 공작님이다!
못난 자가 공작님을 환영합니다.
추방된 밸런타인입니다.
공작 밸런타인 경!
슈리오 실비아가 있구나! 실비아는 내 거다.
밸런타인 슈리오, 물러서거나 죽음을 맞이하오.
내 분노의 범위 안에 들어오지 마시오.
실비아를 제 거라고 하지 마오. 또 그러면
베로나도 당신에겐 은신처가 될 수 없소.
실비아가 있으니 손 내밀고 가져보오.—
그럴 용기 있다면 내 연인에게 숨만 쉬오.
슈리오 밸런타인 씨, 나는 그녀 생각이 전혀 없어요.
자기를 사랑하지 않는 계집 때문에
제 몸을 위험에 빠뜨리는 건 바보죠.
권리를 포기해요. 저 여자는 당신 거요.
공작 그따위 식으로 딸애한테 알랑대고
사소한 이유로 그녀를 내버리니
그만큼 너는 덜떨어진 저질이야.
이제 내 오랜 가문의 영예를 걸고
밸런타인, 너의 그 정신을 칭찬하니,
여황제의 사랑까지 받을 수 있겠다.
그래서 나는 이전의 죄과들을 모두 잊고
노여움을 풀겠으며 추방령을 취소한다.
자격이 뛰어나니 새 지위를 가져가라.
내가 너를 인정한다. 밸런타인 경,
너는 신사다. 가문 또한 마땅하다.
실비아를 데려가라. 네 자격이 충분하다.
밸런타인 공작님께 감사하며, 그 선물로 행복합니다.
따님을 위하여 한 가지 여쭙는데
허락하여 주시길 간절히 원합니다.
공작 그게 어떤 것이든 너에게 승낙한다.
밸런타인 추방당한 이자들을 제가 거느렸는데,
훌륭한 자질을 가진 이들입니다.
이곳에서 지은 죄를 용서하시고
저들의 유배에서 다시 부르십시오.
위대하신 공작님, 저들은 교화되어
평화롭고 선량하여 큰일에 맞습니다.
공작 네가 이겼다. 너와 너희를 용서한다.
저들의 자질을 아는 네가 처리하라.
자, 가도록 하자. 각색 놀이, 즐거움,
엄숙한 예식으로 모든 다툼 끝내자.
밸런타인 함께 가는 도중에 공작님이 웃으실
이야기를 해드려도 되겠습니까?
공작님, 이 시동을 어떻게 보십니까?
공작 마음이 고운 듯하다. 수줍어하누나.
밸런타인 공작님, 확실히 소년보다 고운데요.
공작 그게 무슨 말인가?
밸런타인 실례지만 걸으면서 말씀드려요.
무슨 일이 생겼는지 들으시면 놀라시겠죠.
프로튜스, 네 사랑 행각을 폭로하는 이야기를
들어야만 하는 게 네 고해성사다.
그 뒤에 우리 결혼식이 너희 결혼식이다.
한 잔치, 한 집안, 한 가지 행복이지. [모두 퇴장]

# 사랑의 헛수고

## *Love's Labour's Lost*

## 연극의 인물들

페르디난드 나바르의 왕

비론
롱거빌
듀메인
— 왕을 섬기는 귀족들

프랑스의 공주

라절라인
마리아
캐서린
— 공주를 섬기는 시녀들

보이예 공주를 섬기는 프랑스 귀족

그밖에 프랑스 귀족 둘 역시 공주를 섬기는 사람들

므슈 마르카데 전령

돈 아드리아노 데 아마도 스페인에서 온 떠버리

모스 그의 시동

홀로퍼니스 교사

내서닐 보좌신부

덜 경찰관

코스터드 촌사람

자크네타 목장 일을 하는 여자

산지기

왕의 시종들

# 사랑의 헛수고

## 1. 1

[나바르 왕 페르디난드, 비론, 롱거빌,
듀메인 등장]

왕 누구나 평생에 추구하는 명성은
청동의 묘비에 생생히 기록되어
죽음의 치욕에서 우리를 빛내리니,
모든 것을 삼키는 시간에 대항하여
살아 있는 호흡으로 날 선 낫을 줄이고
우리를 영원의 상속자로 삼을 것이다.
용감한 정복자들,—말인즉 옳다!—
당신들은 자신의 욕구와 온 세상의
막강한 욕망에 대적하는 용사들로,
이번 나의 칙령은 강한 힘을 발하리니,
세상의 이목은 나바르에 집중되고
나의 궁정은 삶을 사는 방도를
고요히 사색하는 학원이 되리라.
당신들 세 사람 비론, 듀메인, 롱거빌은
3년 동안 나와 함께 한곳에 기거하며
나의 동료 학사로서, 여기 이 문서에
기록된 규칙들을 지키기로 서약했다.
이미 맹세했으니 지금 이에 서명하여
사소한 것 하나라도 어기는 자는
스스로 제 명예를 자르는 자 되리라.
서약에 따를 것을 마음에 새겼으니
엄숙한 맹세에 복종하며 준수하라.

롱거빌 결심했어요. 3년만 금욕하면 끝나요.
몸은 여위나 정신은 향연을 벌일 테니,
뱃살이 찌면 골통이 비고 잘 먹으면
갈빗대는 기름져도 머리는 깡통이죠.
[그가 서명한다.]

듀메인 전하, 듀메인은 감각이 죽었습니다.
잡스러운 세상의 모든 쾌락을
저열한 무리에게 던져주고 저 자신은
사랑, 부귀, 사치에 대해 죽고, 철학에서
진정한 사랑, 부귀, 사치를 살겠습니다.
[서명한다.]

비론 두 사람의 선언을 반복하는 것뿐이죠.
전하, 이미 그러기로 서약했군요.
3년간 여기 살며 공부하는 거예요.
그밖에 엄격한 규칙들이 있는데
그사이 여자를 안 본다는 조항은—
포함되지 않았으면 매우 좋을 테지만—
일주일에 하루는 음식에 손 안 대고
그밖에 매일은 한 끼만 먹는 거죠.
그 조항도 포함되지 않으면 좋겠고요,
그리고 밤에는 세 시간만 자고
종일토록 뜬눈으로 보낸단 건데요,
밤새껏 자도 해롭지 않다고 생각해서
낮의 절반을 어두운 밤으로 삼았는데
그 조항도 포함되지 않았으면 좋겠습니다.
여자 안 보고 공부하고 금식하고 안 자는 건
지겨운 과제라 지키기가 너무 힘들죠.

왕 당신은 그것들을 버릴 거라 서약했다.

비론 전하, 죄송하지만 저를 빼 주세요.
저는 단지 전하와 함께 연구하며
3년 동안 궁정에 머물겠다고 한 거예요.

롱거빌 비론, 그것만 아니고 나머지도 맹세했어.

비론 그때 맹세한 건 장난이었어요.
연구의 목적이 무엇이지요?

왕 모르는 걸 알려고 하는 게 아닌가?

비론 보통 사람 눈으론 볼 수 없는 건가요?

왕 그렇다. 그것이 연구의 거룩한 보답이야.

비론 잘됐네요. 금지된 사실을 알려고
열심히 연구할 걸 맹세합니다.
따라서 확실히 잔치가 금지될 때
  어디서 잘 먹을지 연구하거나
보통 사람 눈으론 여자를 못 볼 때
  어디서 여자를 만날지 연구하거나
지키기 어려운 맹세를 하고 나서
맹세는 깨되 신의는 안 깨길 연구해요.
이런 게 연구의 이득이라면
모르는 걸 아는 게 연구입니다.
그런 맹세를 거절할 수 있어요!

왕 그것들이 연구에 방해가 되고
허망한 쾌락으로 지성을 유혹한다.

비론 쾌락은 본시 헛되지만 고생해서 얻은 게
고생을 불러올 때 제일 헛돼요.
진리의 빛을 얻기 위해 고생해서 책 읽고,

그렇게 읽어서 얄궂은 진리가
그자의 시력을 뺏는 거와 같아요.
눈이 눈을 찾다가 눈을 잃는 거니까
암흑 속을 더듬어서 밝은 빛을 찾기 전에
시력을 잃어버려 밝던 눈이 어두워져요.
제 연구는 예쁜 눈을 바라보아서
우리 눈에 기쁨 주는 연구입니다.
눈부신 그 눈이 길잡이 돼서
멀어버린 그의 눈에 빛이 됩니다.
연구라고 하는 건 하늘의 해처럼
무엄한 눈으로 깊이 보지 못하고,
책에서 훔쳐낸 천박한 지식밖에
좀스러운 노력으로 얻는 게 적어요.
땅에 살면서 밤하늘 별들의 대부[1]로
모든 별 이름 짓는 천문의 대가들도
밤중에 다니면서 별이 뭔지 모르듯
밝은 밤하늘에서 이득을 얻지 못해요.
너무 많이 아는 건 명성을 뽐내는 거예요.
대부는 누구나 이름을 지을 수 있지요.

왕 독서 반대론을 말하니까 독서를 많이 했군.
듀메인 논리의 전개를 봉쇄하니까 논리를 멋지게 전개했군.
롱거빌 밀은 뽑고 잡초는 놔두는군.
비론 병아리 거위가 자라면 봄이 가깝소.
듀메인 왜 그렇소?
비론 때와 장소가 적당해요.
듀메인 이유가 없군.
비론 그럼 운이 맞아.[2]
왕 비론은 심술궂고 매서운 서리 같아.
봄철에 돋아나는 새싹을 죽이거든.
비론 그렇다 치고, 새들이 노래할 틈도 없이
건방진 여름이 어째서 으스대요?
이른 꽃을 좋아할 이유가 있어요?
화려한 오월에 눈발을 원치 않듯
크리스마스 절기에 장미를 원치 않고
제철에 피는 꽃이 제겐 좋데요.
작은 문을 열려고 집을 넘는 것처럼
지금 연구한다는 건 너무 늦은 일이에요.
왕 그러면 당신은 집에 가서 구경이나 해!
비론 아닙니다. 전하와 같이 있기로 맹세했어요.
전하께서 말씀하실 천상의 지식보다
무지의 편에서 떠들어댔지만
자신 있게 맹세를 지켜낼 테고
3년의 고행을 이겨내겠습니다.
문서를 주세요. 읽어보겠습니다.
규칙들이 엄격해도 서명하겠습니다.
왕 [문서를 건네며]
이처럼 굴복해서 창피를 면하게 됐어.
비론 [읽는다.] "하나. 어떤 여인도 이 궁정에서 1마일
이내에 들어오지 못한다."—선포하신 겁니까?
롱거빌 4일 전이오.
비론 벌칙을 봅시다. [읽는다.] "여인의 혀를 자르리라."
누가 이런 벌칙을 생각해냈소?
롱거빌 내가 했소.
비론 상냥한 양반, 왜 그랬소?
롱거빌 무서운 벌칙이니 근접하지 말라는 경고요.
비론 문명을 억압하는 위험한 규칙이오.
[읽는다.] "하나. 3년 이내에 어떤 남자든 어떤
여자와 말하는 것이 발각될 경우, 여타 궁정
인사들이 고안할 수 있는 최고의 방식으로
공개적 수치를 당하리라."
전하 자신께서 깨뜨리실 조항이군요.
아시는 바와 같이 프랑스 공주가
전하와 협의차 오시는 중입니다.
예의와 위엄이 완벽하신 규수로서
병환으로 누워 계신 부왕께 아키텐[3]을
넘겨주는 계획을 갖고 있으니,
그래서 이 조항은 공허하거나
고명하신 공주님의 헛걸음예요.
왕 어떻게 보는가? 완전히 잊었었군.
비론 그래서 학습은 목표를 넘어서요.
원하는 걸 얻으려고 학습한 끝에
반드시 해야 할 일거리를 잊어버려요.
열심히 추구하던 사물을 성취하나
불타는 성읍처럼 얻자마자 잃어요.
왕 별수 없이 이 조항은 차한에 부재한다.

1 가톨릭교회에서 아기의 이름은 대부(godfather)가 지어준다. 그와 마찬가지로 별들의 이름도 땅에 발붙이고 사는 천문학자들이 지어 붙인다.
2 '이유'(논리)와 '운'(시)은 서로 맞지 않는다는 영국 속담에 빗대는 말.
3 프랑스의 남서부 지방.

공주는 순전한 필요에 의해 체류해.
비론 필요에 의해 3년 동안 3천 번
우리 모두 맹세를 어길 거예요.
사람은 누구나 욕망을 타고나지만
특별한 은총으로 이겨낸다고요.[4]
"순전한 필요에 의해" 맹세를 어길 테니
조항 중의 하나가 저를 변호할 거예요.
따라서 모든 법규에 서명합니다.
조금이라도 법을 어기는 자는
영원한 수치를 얻을 거예요.
죄에 대한 유혹은 저와 남이 같지만,
반드시 믿으세요. 내키지 않는 듯해도
끝까지 맹세를 지킬 자는 저뿐이에요.
[그가 서명한다.]
한데 멋진 장난은 허락되지 않아요?
왕 음, 그런 게 있어. 알다시피 이 궁정에
세련된 스페인 여행자가 자주 올 텐데
세상 모든 유행에 뿌리 내린 사람으로
신식 문장 제조창이 머릿속에 들었으며,
자신의 허황된 혓바닥의 음악으로
매혹하는 가락처럼 황홀경에 들어가며,
능력 있는 사람이라, 옳은 자, 그른 자가
싸움의 심판자로 선택한 인간이다.
아마도를 가리켜 놀라운 자라 하는데
우리 학습 중간에 멋있는 말솜씨로
온 세상이 열망하는 전투에 열중한
검붉은[5] 기사들의 위업을 말하리라.
당신들이 어떤 것을 좋아할지 모르겠다만
나는 그의 거짓말이 무척 재미있어서
그자를 이야기쟁이로 삼겠다.
비론 아마도는 대단히 유명한 사람인데,
새로운 말 나불대는 유행의 기사예요.
롱거빌 코스터드 촌놈과 그자가 재미있어서
3년간의 학습도 짧아지겠소.
[경찰관 덜이 편지를 들고 코스터드와
함께 등장]
덜 어느 분이 전하신가요?
비론 이분이시다. 왜 그러는가?
덜 제가 직접 이자를 체포하였습니다. 저는 전하의
말단직의 경찰인데요, 진짜 전하를 직접 뵙고
싶어요.
비론 이분이시다.
덜 아마—아마—그분이 문안을 여쭙니다. 죄악이
만연합니다. 편지에 좀 더 적어놨어요.
코스터드 편지에 제 얘기도 나와요.
왕 화려한 웅변가 아마도의 편지로다.
비론 아무리 내용이 시시해도 말만큼은 드높기를
희망합니다.
롱거빌 하늘은 낮지만 희망은 드높지. 우리한테
하느님이 인내심을 주시길!
비론 참고 듣기 위해서요, 웃음을 참기 위해서요?
롱거빌 얌전히 듣거나 적당히 웃거나 또는 두 가지
모두 참으려는 겁니다.
비론 그자의 말투가 얼마나 우스운지 그 정도에
따라하면 될 거예요.
코스터드 저로 말씀드리면 자크네타에 관한 건데요,
어떻게 됐냐 하면 제가 그 짓을 하다가 들켰죠.
비론 무슨 짓인데?
코스터드 무슨 짓을 어떻게 했냐 하면 그 세 가지를
다 했네요. 지주 댁 걸상에 여자와 같이 앉아
있다가 들켰고 여자를 따라서 사냥터 숲으로
들어가다 들켰으니까 그 둘을 합치면 따라올 게
있어요. 한데 무슨 짓이냐 하면 남자가 여자한테
말했단 거고 어떻게 했냐 하면 걸상에서
그랬단 거예요.[6]
비론 따라올 게 있다고?
코스터드 제가 죗값을 치를 때 따라올 거란 말예요. 주여,
그 권리를 지켜주소서!
왕 이 편지 들어보겠나?
비론 신탁의 말씀처럼 듣겠습니다.
코스터드 본시 사람이란 멍청해서 몸뚱이의 유혹에 귀를
기울이게 돼요.
왕 [읽는다.] "위대하신 신의 대행자,[7] 하늘의 총독,

4 하느님의 특별한 은총이 없이는 사람 스스로 정욕을 이길 수 없다는 것이 기독교의 근본 가르침이다.
5 영국 기사와 달리 스페인 기사는 햇볕에 그을려 피부가 검붉었다.
6 무식한 하급 관리여서 자기도 모르는 법률 용어를 지껄이는데 우리말로 옮길 수 없는 말장난이 겹쳐 있어서 더욱 복잡하다. 내용인즉 그가 장원의 하녀인 자크네타와 연애하다가 들켰다는 것이다.

나바르의 유일하신 지배자, 제 영혼이 받드는
땅 위의 신, 제 몸을 먹이시는 후견인시며—"

코스터드 아직까지 코스터드는 한마디도 없어.

왕 "그것은 이렇게 됐사온데",—

코스터드 그렇게 될 수 있겠죠. 하지만 그분이 그렇다고
한다면 사실을 말하면서 그냥 그렇단 말이에요.

왕 가만있어라!

코스터드 저 가만 놔둬요! 싸울 맘 없는 자는 가만 놔둬요.

왕 말하지 마라!

코스터드 남의 비밀은 말하지 마세요, 제발 빌어요.

왕 "그것은 이렇게 됐사온데, 암흑한 우울에 잠겼던
저는 그 검은 억압의 기운을 건강을 주시는 전하의
공기라는 좋은 약에 맡기고, 신사로서 말하건대
산책을 했습니다. 언제였는가? 여섯 시경, 짐승이
풀을 제일 잘 뜯고 새가 제일 잘 쪼고 인간이
저녁밥의 영양을 공급하려고 식탁에 앉는 때였어요.
시간에 대해선 이상이에요. 이제는 장소에 대해서—
다시 말해 어디를 걸었는가를 말씀드려요. 거기는
임금님의 사냥터라고 일컫는 장소예요. 다음으로
어떤 데서—다시 말해 그 더럽고 천인공노할 그
사건을 목도한 데라고요. 그것은 백설처럼 흰
저의 붓으로부터 임금님이 보시는, 관찰하시는,
눈길을 보내시는, 검정 먹물을 끌어내고 있어요.
그러나 어디냐? 그건 교묘하게 얽혀 있는 전하의
정원 북북동, 서에서 동으로 난 귀퉁이에서 저 못난
촌사람, 전하께서도 웃으실 천한 피라미를 보셨으니까"—

코스터드 저 말인가요?

왕 "글을 모르며 아는 것이 적은 자로"—

코스터드 저요?

왕 "저 천박한 자를"—

코스터드 드디어 저요?

왕 "제가 기억하기에는 코스터드라고 하는데",

코스터드 와, 나구나!

왕 "전하께서 정하시고 선포하신 칙령과 육욕의
절제에 대한 법령을 어기고 짝과 어울렸으니
누구와 같이 했나? 오, 누구라고 말하려니 슬프다."

코스터드 계집하고요.

왕 "우리 조상 할머니 이브의 자식, 여자, 또는 좀 더
다정한 이해를 돕자면 여자와 그렇게 했습니다.
그자를 제가—언제나 존중하는 책임감에 자극되어서
—징벌의 보답을 받도록 다정하신 전하의 경찰관
앤소니 덜, 좋은 명성과 행동과 자세와 평판을 누리는
그 사람 편에 국왕께 보내드리는 바입니다."

덜 실렙니다만 접니다. 제가 앤소니 덜입니다.

왕 "자크네타를—이게 '연약한 그릇'[8]의 명칭인데
—전에 말한 그자와 함께 구금해서 국법의 위력을
담지한 그릇으로 구속하고 있기에 다정하신 전하의
의사를 듣는 즉시 재판에 회부하고자 합니다. 불타는
흉중의 정성과 충성으로 모든 찬사와 함께,
전하의 종복인 돈 아드리아노 데 아마도 올림"

비론 기대한 것보단 모자라지만 지금까지 들어본 것
중에는 최고인데요.

왕 그렇다. 최악 중 최고야.—한데 넌 편지에 대해
말할 게 있어?

코스터드 전하, 계집 얘긴 진짭니다.

왕 법령을 들었는가?

코스터드 진짜로 말씀드리면 많이 듣긴 했지만 자세히 보진
못했습죠.

왕 계집과 함께 있다가 체포되면 1년간 구속된다는 법이
선포됐다.

코스터드 계집과 함께 있다 잡힌 게 아니라요, '아가씨'와
같이 잡힌 겁니다.

왕 음, 아가씨라고 선포됐다.

코스터드 '아가씨'도 아니었단 말씀이에요. 그 여잔 그냥
'처녀'였으니까요.

왕 그런 여러 가지 구분도 포함돼 있다. 처녀라고
선포됐다.

코스터드 그럼 저는 그녀의 '처녀'를 부인해요.
'소녀'와 같이 있다 잡힌 거예요.

왕 '소녀'도 네게는 소용없겠다.

코스터드 이 '소녀'가 제게는 소용 있어요.

왕 너에게 선고한다. 일주일 동안 밀기울과 물만 먹는
금식에 처한다.

코스터드 차라리 한 달 동안 양고기와 죽을 먹는 게
낫겠는데요.

왕 그러면 돈 아마도가 너를 감시하겠다.

7 왕은 하느님의 '대리자'로서 지상의 왕국을 다스린다고 하였다. 그래서 왕을 '하늘의 총독'이라고도 했다.

8 '여자'를 가리키는 성경 구절(베드로 전서 3장 7절).

비론 공, 저자를 그에게 인도하라.
그리고 우리는 각자가 서로에게
강력히 서약한 바를 실천에 옮긴다.
[왕, 롱거빌, 듀메인 퇴장]
비론 이런 서약, 법령이 소용없다는 걸
농부의 모자에 목숨 걸고 말하겠다.[9]
이 녀석, 가자.
코스터드 진실 때문에 이 고생이에요. 자크네타와 같이
있다 잡힌 게 진실이고 그녀도 진실해요.
그래서 행운의 쓴 잔을 환영하지요!
한 날의 괴로움은 다시 웃을 날이 있으니까
그때까지 슬픔아, 가만히 앉아 있어라! [모두 퇴장]

## 1. 2

[아마도와 그의 시동 모스 등장]
아마도 모스, 정신이 웅장한 사나이가 우울해지는 건
어떤 징조인가?
모스 슬픈 표정을 지으려는 위대한 징조요.
아마도 사랑하는 꼬마야, 슬프거나 우울하거나 같은 게
아닌가?
모스 아니요, 아니요, 주인님, 절대 아녜요.
아마도 부드러운 소년아, 너는 슬픔과 우울을 어찌
구별하는가?
모스 질기신 주인님, 실제로 나타나는 모양을 보고
금방 알 수 있어요.
아마도 '질긴 주인'이라니? 왜 하필 '질긴 주인'인가?
모스 왜 '부드러운 소년'이죠? 왜 부드럽죠?
아마도 부드러운 소년아, 너의 어린 나이에 적합한
표현을 썼다. 그걸 부드럽다고 할 수 있지.
모스 그럼 질기신 주인님, 저는 주인님 연세에 적합한
표현을 쓴 거죠. 그걸 질기다고 할 수 있어요.
아마도 귀엽고 영리하구나.
모스 무슨 말씀이세요? 제가 영리하고 말이 귀엽단
말씀예요? 제가 귀엽고 말이 영리하단 말씀예요?
아마도 자그마해서 귀엽단 말이다.
모스 귀여운 게 적단 말씀이죠. 왜 영리해요?
아마도 재빠르기 때문에 멋있다.
모스 칭찬하는 말씀이죠?
아마도 자격이 충분하기에 칭찬하는 거라고.
모스 뱀장어도 똑같이 칭찬할 수 있겠네요.
아마도 뭐? 뱀장어가 영리해?
모스 재빠르니까요.
아마도 내 말은 네 대답이 재빠르단 말이다. 점점 더
부아를 돋운다.
모스 궁금증이 풀려요.
아마도 나는 말꼬투리 잡히는 걸 좋아하지 않아.
모스 [방백] 진짜를 정반대로 바꿔서 말해.—
'꼬투리'가 주인을 좋아하지 않아.[10]
아마도 나는 전하와 함께 3년 동안 학습할 걸
약속했다.
모스 한 시간에 끝낼 수 있어요.
아마도 되지 않을 말이다.
모스 하나의 세 곱이 몇이죠?
아마도 나는 계산엔 젬병이야. 그런 건 술 청지기[11]
기질에나 알맞은 거지.
모스 주인님은 신사이고 노름을 잘하세요.
아마도 솔직한 말로 다 맞는 말이지. 두 가지는 완벽한
사내가 갖출 자격증이야.
모스 그렇다면 주사위 노름에서 '듀스'와 '에이스'의
합[12]이 얼만지 아실 텐데요.
아마도 두 끗보다 한 끗 더 많은 거지.
모스 그걸 천박한 족속들이 세 끗이라고 해요.
아마도 그렇다.
모스 그게 무슨 대단한 학습이죠? 눈 세 번 깜빡이기도
전에 셋을 공부하셨는데, 그 '셋'이란 말에 '해'를
붙여서 단 두 마디로 '세 해' 학습하는 게 얼마나
쉬운 일인지, 춤추는 말[13]도 가르칠 수 있어요.
아마도 오, 아주 멋진 표현이구나!

9 '정말'이라고 맹세하는 말을 이렇게 돌려서 말한 것이다. 당시 부농은 모자를 쓸 만큼 점잔을 부렸다.
10 원문의 말장난을 옮길 수 없어서 '꼬투리'라는 말을 써봤다. 꼬투리는 '국물' 즉 '돈'이라는 말이다. 아마도가 돈을 탐하나 그의 수중에 돈이 들어오지 않는다.
11 술집에서 손님들이 마신 술값을 얼른얼른 계산하는 것이 유능한 술 청지기(오늘의 웨이터)다.
12 주사위 두 개를 굴려서 하나는 두 끗, 또 하나는 한 끗이 나오는 것. 도합 세 끗이다.
13 당시에 앞발을 두드려서 간단한 숫자를 계산해내는 놀라운 말이 있었다.

모스 [방백] 당신이 빵점이란 증명이지.

아마도 이제 내가 연애 중임을 고백하련다. 무사로서 사랑한다는 것은 천한 짓인데 천한 계집을 사랑하니까 나는 천한 자다. 실없는 감정을 칼로써 제압해서 그런 타락에서 나 자신을 구할 수 있으면, '욕망'을 생포하여 그 몸값으로 프랑스 궁정인의 최신식 인사법을 배우겠다.[14] 한숨을 경멸한다. 큐피드[15]를 거부해야 할 거다. 위로해다오. 사랑에 빠졌던 위인이 누구였더라?

모스 주인님, 헤라클레스요.

아마도 최고로 아름다운 헤라클레스! 좀 더 뒷받침이 필요하니 이름을 더 대라, 귀여운 아이야. 뛰어난 명성과 행위를 보였던 위인을 열거해라.

모스 주인님, 삼손[16]요. 멋있는 행동, 위대한 행동의 인간이었죠. 짐꾼처럼 등에 성문을 지고 날랐는데, 사랑에 빠졌었어요.

아마도 오, 체격이 탄탄하고 뼈마디가 강했던 삼손! 성문을 나르는 데는 나보다 힘이 강했지만 검술에는 내가 너보다 힘을 많이 써. 나도 사랑에 빠져 있지. 사랑하는 모스, 삼손의 애인이 누구였더라?

모스 주인님, 여자였어요.

아마도 기질[17]이 뭐였더라?

모스 네 가지 기질 전부였거나 넷 중의 셋이나 둘이나 하나였겠죠.

아마도 정확히 어떤 기질이었는지 알려다오.

모스 바닷물처럼 초록색예요.

아마도 네 가지 기질 중에 하나인가?

모스 제가 읽은 걸 따르면 제일 좋은 색깔이에요.

아마도 초록은 연인들의 색깔이니라. 하지만 그런 색깔을 사랑했으니 삼손은 판단이 모자랐던 거 같아. 삼손은 확실히 그녀의 똑똑한 두뇌를 사랑했겠지.

모스 그랬죠. 그녀의 두뇌는 연초록이었어요.

아마도 나의 사랑은 가장 순수한 희고 붉은색이다.[18]

모스 제일 불순한 계교가 그런 색깔 밑에 숨어 있는 법이에요.

아마도 설명해, 설명해. 공부 많이 한 얘야.

모스 아버지 두뇌와 어머니 말솜씨여, 도우소서!

아마도 소년의 아름다운 기원이다. 매우 예쁘고 감명 깊다!

모스
그녀의 색깔이 희고 붉은 빛이면
그녀의 흠집은 드러나지 않아요.
붉은 볼은 수줍어서 생기는 빛깔이며
두려움은 창백한 흰색이지만
겁이 너무 많거나 흠집이 있어도
얼굴만 봐서는 알 수 없어요.
그녀가 두 볼에 칠한 색깔은
본래의 색깔과 같으니까요.

주인님, 흰색, 붉은색만 가지고 판단한다는 건 위험하다는 노랫가락이에요.

아마도 아이야, '임금님과 거지 처녀'란 민요가 있지 않으냐?

모스 한 30년 전에 아주 창피하게도 그런 민요가 세상에 돌았는데 지금은 찾아볼 수 없을 거예요. 찾아낸대도 쓸 만 못 하고 곡조에도 맞지 않을 거예요.

아마도 그 얘기를 다시 쓰라고 하겠다. 훌륭한 전례가 생겨 내가 외도를 변명할 수 있어. 사냥터에서 똑똑한 촌놈 코스터드와 같이 있다가 붙잡힌 그 시골 계집애를 사랑하거든. 아주 괜찮은 여자야.

모스 [방백] 매 맞아 싼 여자지. 하지만 주인보다는 사랑해도 괜찮은 여자야.

아마도 아이야, 노래해라. 사랑에 빠진 기분이 무거워.

14 당시 프랑스 궁정인은 우아하게 인사하는 스타일의 최첨단을 보여준다고 알려졌다.

15 '사랑'의 신.

16 유대인 최고 역사(力士) 삼손의 이야기는 구약 사사기 13~16장에 나온다. 그가 적의 성문을 떼어내 등에 지고 옮겼다는 이야기는 사사기 16장 3절에 나온다. 그는 적국의 여인 델릴라(Delilah)를 미치게 사랑했다.

17 우리나라 한의학에서 사람의 체질을 네 가지로 나누어 설명하듯, 당시 서양인들은 사람의 기질(및 체질)을 다혈질(쾌활), 담즙질(분노), 점액질(냉담), 흑담즙질(우울)의 네 가지로 구분했다. 그 네 기질이 뒤섞여 있는 비례는 사람마다 달라서 각자의 성격으로 나타나는 것이다. 다혈질이 강한 사람은 낙천적이고 흑담즙질이 강한 사람은 우울하다는 것이다. 따라서 약을 쓰거나 생활 방식을 바꾸어 네 기질을 조화롭게 가져야 한다고 했다. 그러다가 '기질'이 차차 '안색'을 뜻하는 말로 바뀌었다. 모스는 일부러 '기질'을 '안색'이라는 뜻으로 말하고 있다.

18 젊은 여자의 얼굴은 흰 장미와 붉은 장미처럼 흰 바탕에 붉은 볼과 입술을 가졌다. 그러나 시동이 아래에서 하는 노래에서 시동은 얼굴의 흠을 감추기 위해 희고 붉은 색깔로 화장할 수도 있다고 말한다.

모스 [방백] 굉장한 기적이야. 가벼운 계집애를 사랑한다면서 저래.—

아마도 노래하라니까.

모스 저 사람들 갈 때까지 참고 계세요.

[코스터드, 덜, 자크네타 등장]

덜 [아마도에게] 전하께서는 당신이 코스터드를 잘 지키라 하셨소. 따라서 이자에게 무슨 쾌락도 재미도 허락지 말아야 하며 일주일 중 사흘 동안 금식을 시켜야 하오. 처녀는 사냥터에 두겠소. 목장 여자로 부리기로 돼 있소. 안녕히 계시오.

아마도 [방백] 얼굴을 붉히니 속내가 드러난다.—처녀.

자크네타 총각.[19]

아마도 움막으로 찾아가겠다.

자크네타 가까이 있죠.

아마도 나도 어딘지 알아.

자크네타 어머, 똑똑하시네!

아마도 너에게 재밌는 얘기해주지.

자크네타 정말?

아마도 나는 너를 사랑한다.

자크네타 그렇단 말 들었어요.

아마도 그럼 잘 가라.

자크네타 복 받으세요.

덜 자, 자크네타, 가자. [덜과 자크네타 퇴장]

아마도 이놈, 죗값으로 금식을 해야만 풀려날 줄 알아라.

코스터드 그렇다면 잔뜩 처먹어서 배부른 다음 금식하면 좋겠네요.

아마도 무거운 형벌을 너에게 내릴 테다.

코스터드 당신 집 하인들보다 더 큰 신세 지네요. 걔네들은 가벼운 보답밖에 받는 게 없어요.

아마도 이자를 데려가. 가둬버려.

모스 죄지은 종놈, 가자!

코스터드 가두지 마쇼. 풀어주면 금식하겠소.

모스 안 돼. 그건 속이라고 버려두는 짓이야. 감옥에 가야 돼.

코스터드 옛날에 누리던 즐거운 세월을 다시 보게 된다면, 볼 사람 있을 텐데.—

모스 뭐를 보게 돼?

코스터드 모스 씨, 아무것도 아니오, 그냥 보는 거요. 죄수는 말을 너무 안 해도 안 되니까 나는 아무 말도 안 할 테요. 하느님도 고맙지. 난 남처럼 참을성이 없다고요.[20] 그래서 입을 다물겠어요. [모스와 코스터드 퇴장]

아마도 그녀의 천한 발을 데리고 온 그녀의 천한 신발, 그 신발이 밟은 천한 땅바닥마저 내가 사랑한다. 내가 사랑한다면 맹세를 어기는 짓이다. 이는 명백한 거짓의 증거다. 몰래 하려는 그 짓이 어찌 진정한 사랑인가? 사랑은 악귀다. 사랑은 마귀다. 사랑 외엔 악마가 없다. 하지만 삼손은 유혹을 받았으나 뛰어나게 강했으며 솔로몬[21]도 유혹에 빠졌지만 지혜가 뛰어났다. 큐피드의 화살은 헤라클레스의 몽둥이로 막기에는 너무나 강력하다. 따라서 스페인 무사의 검으로는 너무나 승산이 없다. 첫째 둘째 이유는 도움이 안 된다.[22] 그자는 '찌르기'를 존중하지 않고 결투의 예절도 지키지 않는다. 그자의 수치는 애송이라고 불리는 것이지만 그자의 영광은 사나이를 이기는 것이다. 용기여, 잘 가거라. 검이여, 녹슬어라. 북이여, 조용하라. 주인이 사랑에 빠져서 연애하고 있다. 즉흥시의 신이여, 도와주오. 나는 연애시의 화신이 되리라. 상상이여, 창작하라. 펜이여, 적어라. 여러 책을 채우리라. [퇴장]

## 2. 1

[프랑스 공주와 모자를 쓴 라절라인과 흰옷을 입은 마리아와 캐서린과 보이예가 시중을 드는 신사 둘과 함께 등장]

보이예 그럼 공주님, 지혜를 유감없이 발휘하세요. 부왕께서 누구를 누구에게 보내시며 사명이 뭣인지 기억하세요. 온 세상이 귀하게 받드는 공주께서 인간에게 주어진 온갖 완벽을 홀로 받아 뛰어나신 나바르 왕과의 회담을 통해

19 '처녀'라니까 '총각'이라고 대꾸한다.

20 이 어릿광대의 우스개는 말을 정반대로 한다는 것이다.

21 지혜롭기로 이름난 유대 왕 솔로몬은 수백 명의 외국인 처첩을 거느렸다(열왕기 상 11장 1~3절).

22 신사는 첫째로 매우 심각한 비난과, 둘째로 자신의 명예에 관한 것이면 상대방에게 결투를 요청할 수 있었다.

왕비의 넉넉한 혼숫감인 아키텐을
요청하시는 중차대한 일이에요.
아름다운 능력을 모두 발휘하세요.
자연[23]은 온 세상을 헐벗게 하고
모든 아름다움을 희귀하게 만들어서
아낌없이 공주님께 모두 드렸죠.

공주 보이예 공, 내 모습은 말할 게 못 되기에
찬양의 덧칠은 필요 없어요.
아름다움은 눈이 알아 사는 거지
장사꾼의 천한 말로 팔 물건이 아니에요.
나에게 칭찬을 가하는 말솜씨로
자신의 능력을 뽐내려는 것이니
당신의 칭찬은 듣고 싶지 않아요.
그럼 일을 시켜드리죠. 보이예 공,
당신도 알다시피 나바르 왕이
뼈를 깎는 공부로 3년을 보내기까지
조용한 궁정에 어떤 여자의 접근도
금한다는 맹세가 세상에 나돌아요.
따라서 금단의 문에 들어서기 전
의향을 묻는 것이 필요한 절차라고
생각되어요. 그런 일에 능력을
확신하는 까닭에 설득력이 가장 강한
당신을 대변자로 선택합니다.
프랑스의 공주가 급한 처리를 요하는
중대한 일로 전하와 사적인 회담을
원한다고 하세요. 그동안 우리는
겸허한 청원자처럼 그분의 높은 뜻을
기다리고 있을 테니 급히 가서 전하세요.

보이예 맡은 일에 긍지 있게 기쁘게 갑니다.

공주 긍지란 기쁜 거죠. 당신도 그러해요. [보이예 퇴장]
친애하는 귀공들, 도덕군자 왕과 함께
맹세를 함께한 수도자는 누구인가요?

신하 1 롱거빌이 그중 하나요.

공주 아는 분예요?

마리아 제가 알아요. 노르망디에서 거행된
페리고드 공과 제이키스 포큰브리지의
어여쁜 상속녀의 결혼 피로연에서
바로 그 롱거빌을 보았는데요,
능력이 출중하고 뛰어난 분으로서
학식을 갖췄고 용명을 떨쳤으며,
하고자 하는 일이 그분에게 어울려요.
그분의 광채에 유일한 흠은—
광채에도 흠이 있다면 말입니다.—
예리한 두뇌를 안 쓰려는 마음인데
그분의 칼날은 베는 힘이 강하여
힘닿는 사람을 용서하지 않아요.

공주 비꼬기 잘하는 장난스런 귀족이지?

마리아 그분의 성질을 아는 이는 그리 말하죠.

공주 그런 짧은 재사는 자라면서 시든다.
그밖에 누가 있나?

캐서린 젊은 듀메인인데 학덕 갖춘 청년으로
덕의 애호자에게 덕 때문에 사랑받고
악을 알지 못하므로 악을 행할 힘이 크고
못생긴 외모를 머리가 보충하고
머리가 나빠도 호감을 살 외모지요.
앨런선 공작 댁에서 본 적 있어요.
훌륭한 점들에 비하면 저의 말은
제가 본 장점들의 극히 일부분이에요.

라절라인 제가 들은 소문이 사실이라면
그중에 비론이란 학생이 있었는데,
적당한 한계 안에 장난기를 억제해서,
저 자신은 한 시간도 그이만큼 유쾌하게
말을 주고받은 적이 전혀 없어요.
눈으로 보는 즉시 기회를 포착하여
눈에 잡히는 온갖 사물에 대해
웃음을 자아내는 우스개를 꾸며내면
말솜씨의 발표자인 능란한 그의 혀가
너무도 적절하고 멋스럽게 표현하여
늙은 귀도 그 사람 이야기에 솔깃해지고
젊은 귀는 황홀하여 미쳐버릴 정도지요.
그이 말은 그런 만큼 달콤하고 유창해요.

공주 너희가 걱정이다! 모두들 사랑에 빠져
각자가 그처럼 칭찬의 말로
자신의 연인을 치장하기냐?

신하 1 보이예가 옵니다.

[보이예 등장]

공주 대접이 어땠나요?

보이예 전하께선 공주님의 왕림을 아셨습니다.

23 '자연'은 모든 사람(또한 만물)을 빗어내는 '어머니'다. 동양에서는 '조화옹'(造化翁)이라는 노인이 그 일을 한다.

제가 오기 전, 왕과 함께 맹세하신
여러분이 공주님을 만날 준비가
돼 있었죠. 다음을 알아왔습니다.
전하께서는 맹세를 유보하여
빈 궁궐에 공주님을 모시기보다는
궁정을 포위코자 나타난 군대처럼
야외에 묵게 하실 계획입니다.
나바르 왕이 저기 오고 계세요.
[왕, 롱거빌, 듀메인, 비론 등장]

왕 아리따운 공주님, 나바르에 오신 것을 환영합니다.

공주 아리땁다는 말은 돌려드리죠. 아직은 환영받지 못했어요.
저 천장은 왕의 궁정이 되기엔 너무 높아요. 저의
궁정 되기엔 너무 낮은 광야에서 환영합니다.

왕 궁정 안에서 환영의 인사를 올리겠소.

공주 그럼 환영을 받기로 하죠. 그리로 인도하세요.

왕 공주, 내 말 들어보시오. 맹세를 했는데—

공주 성모님, 도우소서! 맹세를 깨려 하셔요!

왕 의지에 따르므로 결코 그렇지 않소.

공주 다름 아닌 의지가 맹세를 깨는 거죠.

왕 의지가 무엇인지 공주님은 모르시오.

공주 전하께서 모르시면 현명하신 거겠죠.
유식이 무식으로 판명될지 몰라요.
손님 접대 안 하기로 맹세하셨다죠?
그런 맹세 지키는 건 무서운 죄고
깨는 것도 죄예요.
하지만 용서하셔요. 너무 경솔했어요.
선생의 선생 되긴 알맞지 않네요.
저의 방문 목적을 읽어보시고
제가 드린 청원에 즉시 대답하셔요.
[왕에게 문서를 건넨다.]

왕 즉시 답변할 수 있다면 그리하겠소.

공주 제가 빨리 떠나도록 빨리 하시겠죠.
기다리게 하시면 맹세를 깨시게 돼요.
[왕이 문서를 자세히 읽는다.]

비론 [라절라인에게]
전에 브러밴트[24]에서 같이 춤추지 않았나요?

라절라인 전에 브러밴트에서 같이 춤추지 않았나요?

비론 그런 줄 압니다.

라절라인 그런데도 그런 쓸데없는
질문을 하다니요!

비론 그렇게 성낼 건 없소.

라절라인 그런 질문을 자극한 건 당신이에요.

비론 말이 너무 뜨겁고 너무 빨라서 맥 빠지겠죠.

라절라인 말 탄 사람을 먼저 흙탕에 빠뜨리겠죠.

비론 지금 몇 시죠?

라절라인 멍청이가 물어볼 시간이군요.

비론 쓰시는 가면에 행운이 깃들길!

라절라인 가면 쓴 얼굴에 행운이 깃들길!

비론 역시 애인들을 많이 보내주시길!

라절라인 아멘. 당신이 그중 하나가 아니길!

비론 그럼 이만 가겠소.
[그가 그녀에게서 떠난다.]

왕 [공주에게]
공주, 부왕의 서찰에 의하면,
10만 크라운을 지불한다 하시는데
내 아버님께서 부왕의 전쟁 비용으로
부담하신 금액의 절반에 불과하오.
그러나 아버님도 나도—두 사람 모두
그 돈을 못 받았고, 아직도 10만
크라운이 남아 있는데, 그 보증으로,
그 액수에 미치지 못하겠지만,
아키텐 일부가 나에게 속하여 있소.
따라서 부왕께서 아직도 못 갚으신
나머지 절반을 마저 내시면
아키텐의 권리를 취소하는 동시에
참다운 우정을 부왕과 나누게 되나
그분은 그런 뜻이 없는 듯하오.
여기를 보면 부왕은 10만 크라운을
갚았다고 주장하나, 10만 크라운을
마저 지불함으로 아키텐의 권리를
찾고자 하지 않소. 그 지역은 차라리
버리고 싶소. 핵심부를 떼어낸
아키텐보다 아버님이 빌려주신 금액을
되돌려 받는 것이 그에 비해 훨씬 좋소.
친애하는 공주님, 부왕의 요청이
그토록 상식을 벗어나지 않는다면
어여쁜 공주께서 상식에 맞지 않은 이유를
이 가슴에 남겨놓고 기꺼이 가시겠소.

공주 아버님 국왕을 너무 욕되게 하고

24 오늘날의 벨기에와 네덜란드에 걸쳐 있던 지역.

자신의 명성에 수치를 끼치네요.
그토록 충실하게 갚아드린 금액을
수령하신 사실을 인정하지 않으시니.
왕 내가 확언하건대 나는 금시초문이오.
그것을 증명하면 돈을 돌려 드리거나
아키텐을 내주겠소.
공주 그 약속 책임지세요.
보이예, 저분의 부친이신 찰스 공의
요원들이 발행한 그 금액의 영수증을
제시할 수 있겠죠?
왕 그렇게 해주시오.
보이예 전하, 죄송하오나 그 증서와 문서들을
꾸려놓은 행랑이 도착하지 못했는데,
내일은 보실 수가 있겠습니다.
왕 그리하면 되겠소. 그것을 본 뒤에
보편타당한 이치에 따를 터이오.
그동안 예의를 범치 않는 범위에서
나 자신의 예의로써 공주의 신분에
어울리도록 적절히 접대하겠소.
공주님은 궁성 안에 들어올 수 없으시나,
밖에서 환대를 받으시되 궁내에서
편안한 머무심이 거부된다 하여도
내 마음에 오신 듯이 여겨주시오.
좋게 보아 용납하시며, 편히 계시오.
내일 다시 공주님을 방문할 테요.
공주 좋은 건강, 고운 마음이 같이하길 원합니다.
왕 어디서나 소원을 이루시길 원합니다.
[왕, 롱거빌, 듀메인 퇴장]
비론 아가씨께 마음으로 인사드릴 터이오.
라절라인 인사 전해 주세요. 당신의 그 마음을 본다면
좋겠어요.
비론 내 마음의 아픔을 들으시면 좋겠어요.
라절라인 불쌍한 게 앓는가요?
비론 마음이 아픕니다.
라절라인 오, 그럼 피를 흘려요.
비론 그러면 나을까요?
라절라인 내 의학에 따르면 그게 맞다 하네요.
비론 당신의 눈길로 찔러주겠소?
라절라인 칼로 해도 안 되네요.
비론 이제는 하느님이 당신 목숨 보호하시길.
라절라인 당신 목숨도—오래 살지 못하도록.
비론 고맙다고 말할 틈이 나에게 없소. [퇴장]
[듀메인 등장]
듀메인 [보이예에게]
한마디 물읍시다. 저 아가씨가 누구요?
보이예 앨런선의 상속녀로 이름은 캐서린이오.
듀메인 멋있는 아가씨요! 귀공, 잘 있으시오. [퇴장]
[롱거빌 등장]
롱거빌 [보이예에게]
한마디 물읍시다. 흰옷 입은 저 여인은 누구요?
보이예 이따금씩 여자지요.—대낮에 보시면.
롱거빌 낮에 보면 경박하지. 이름을 알고 싶소.
보이예 그녀의 이름이오? 그걸 알겠다는 건 수치스럽소.
롱거빌 그러지 말고, 누구 딸이오?
보이예 어머니의 딸이라고 들었소이다.
롱거빌 그 수염에 신의 복이 내리시기를![25]
보이예 귀공, 화내지 마시오.
포큰브리지의 상속녀라오.
롱거빌 오, 화가 가라앉았소.
무척이나 사랑스런 여인이외다.
보이예 아마도 그렇게 될 듯합니다. [롱거빌 퇴장]
[비론 등장]
비론 저 모자 쓴 아가씨는 이름이 뭐요?
보이예 우연찮게도 라절라인이오.
비론 기혼이오, 미혼이오?
보이예 자신의 의지와 결혼했나 봅니다.
비론 실례하오. 잘 있으시오.
보이예 나는 잘 가고 당신은 잘 오시오. [비론 퇴장]
마리아 마지막이 비론인데, 농담꾼 귀족이죠.
무슨 말도 농담이죠.
보이예 그 농담은 말뿐이죠.
공주 그 사람 말을 받아친 건 잘한 일예요.
보이예 그 사람이 덤벼들면 맞붙을 참이었죠.
마리아 뿔 돋은 양 두 마리!
보이예 염소는 아닌가요?[26]
당신 입술에서 풀을 뜯지 않으면 양이 못 되죠.
마리아 당신은 양, 나는 풀. 그거로 농담 끝이죠?

25 수염이 긴 점잖은 신사가 말장난하는 것을 비꼬는 말.
26 말장난이 들어 있지만 번역이 불가능하여 이렇게 바꿔본다.

보이에 그럼 내게 풀 주시오.

[그가 그녀에게 키스하려 한다.]

마리아 안 돼요, 순한 짐승.

내 입술은 공동 초지 아니고 개인소유요.

보이에 누구 소윤데?

마리아 내 행운, 내 소유죠.

공주 말꾼들은 다투지만 서로 맘을 합하세요.

이러한 싸움은 왕과 그의 학생들을

상대해야 옳아요. 우리끼린 잘못이죠.

보이에 눈빛에 나타나는 마음의 웅변을

거의 확실히 알아채는 저의 관측이

이번에도 확실하면, 왕이 병에 걸렸군요.

공주 무슨 병?

보이에 우리의 연인들이 '상사병'이라 하는 거죠.

공주 무슨 이유죠?

보이에 그분의 행실들이 눈이 만든 궁정에서

그리움을 지니고서 내다봅니다.

그분의 마음은 공주님을 새긴 옥이

제 모습을 뽐내듯, 눈에 자랑 넘치며,

그분 혀는 말은 하나 보지는 못해

시력을 갖추려고 서두르다 넘어지니,

그분의 감각들은 두 눈에 몰려들어

미인 중 미인을 느끼고자 애쓰지요.

그분의 감각들은 눈에 몰려들었고,

임금이 살 만한 수정에 박은 것처럼

수정 속의 보석은 자기 값을 말하며

지나가는 공주님께 사시라고 호소하고,

얼굴 안의 여백에는 감탄사가 적혀 있어

정신없이 쳐다보는 눈을 볼 수 있었지요.

공주께서 저에게 키스 한 번 해주시면

그의 모든 재산과 아키텐을 드리지요.

공주 막사에 가자. 장난기가 들었구나.

보이에 왕의 눈 표정을 말로 했을 뿐입니다.

거짓말을 하지 않을 혀를 덧붙여

왕의 눈이 입이 되게 만들었던 겁니다.

라절라인 노련한 연애 중매라 말이 좋군요.

마리아 큐피드의 할아버지라 소식을 알아.

라절라인 비너스는 어머닐 닮았군. 아버지는 못생겼어.

보이에 말쟁이 아가씨들, 들어요?

마리아 아뇨.

보이에 그럼 봐요?

라절라인 갈 길이 보여요.

보이에 당신들이 지나치게 어려워요.

[모두 퇴장]

## 3. 1

[아마도와 모스 등장]

아마도 아이야, 꾀꼬리같이 노래해라. 내 청각에 열정을 불어넣어라.

모스 [노래 부른다.] '콩콜라이널.'[27]

아마도 달콤한 곡조로다! 나이 어린 아이야, 이 열쇠를 가지고 가서 그 촌사람을 석방하여 즉시 여기로 데리고 와라. 그를 통하여 연인에게 편지를 전하겠다.

모스 주인님, 프랑스식 게걸음 춤[28]으로 여자의 마음을 끄시는 게 어때요?

아마도 무슨 소리인가? 프랑스식으로 미친 지랄을 하라고?

모스 완전하신 주인님, 아니에요. 혀로는 지그 춤가락을 되풀이하고 발로는 빠른 춤을 추면서 눈을 뒤집고 기분을 내고 한숨과 노래를 번갈아 하지만 사랑 노래로 사랑을 삼키듯, 어떤 때는 목구멍으로 소리를 내고 어떤 때는 사랑을 냄새 맡아서 들이키듯 콧소리로 노래를 부르고 가겟방같이 두 눈 위의 천막처럼 모자를 눌러쓰고 꼬챙이에 꿰어놓은 토끼처럼 뱃살을 감춰주는 저고리 앞섶에 팔짱 끼거나 옛날 그림 속 사람처럼 주머니에 손을 찔러 넣거나, 같은 곡조를 너무 길게 끌지 말고 여기저기로 옮겨 가세요. 이런 것들이 신사 같은 교양이고 분위기고 그렇잖아도 넘어갈 놀아난 여자들을 꼬드겨내거든요. 그래서 우수한 사내가 되게 해주고—제 말 들으세요?— 모두들 그런 짓을 벌이고 있어요.

아마도 어떻게 그러한 경험을 얻었는가?

모스 한 푼어치 살펴본 덕이죠.

아마도 그러나 오, 오,—

모스 '목마는 잊혔도다!'[29]

27 노래 제목만 나와 있고 가사와 곡은 알 수 없다. '예쁜 처녀야, 노래하라'는 뜻의 아일랜드 민요인 듯하다.

28 게처럼 옆으로만 움직이는 프랑스식 춤. 아래에서 아마도가 잘못 알아듣는다. (원문과 달리 옮긴다.)

아마도 나의 애인을 '목마'라고 하는가?

모스 아니죠, 주인님. 목마는 망아지지만 주인님 애인은 빌려 타는 말일 거예요. 애인을 잊으셨어요?

아마도 거의 잊었다.

모스 게으른 학생이군요! 그녀를 정성껏 공부하세요.

아마도 아이야, 정성에서 받들고 정성으로 받들어.

모스 그리고 정성을 쏟으세요, 주인님. 그 세 가지 정성을 증명해 드리죠.

아마도 무엇을 증명하겠는가?

모스 자라면 어른이 된다는 건데요, "정성에서", "정성으로", "정성을"이란 말을 금방 증명하죠. "정성에서" 사랑한다는 건 아직 그녀를 못 가졌단 뜻이고, "정성으로" 사랑한다는 건 그녀를 마음으로만 사랑한다는 뜻이고, "정성을" 쏟는 건 모두 쏟아봤으니까 끝났단 말이죠.[30]

아마도 나는 그러한 세 가지가 모두 된다.

모스 그것뿐만 아니고 그 세 가지의 세 곱절이 되세요. [방백] 하지만 뭣도 못 돼.

아마도 촌놈을 여기로 데려와라. 그자가 내 편지를 전해야겠다.

모스 멋지게 들어맞는 편지가 될 거예요. 그래서 말이 노새[31]의 전령이란 소리예요.

아마도 오, 그것이 무슨 말인가?

모스 노새를 말에 태워 보내시란 말이죠. 느려 빠진 짐승이기 때문입니다. 자, 저는 가요.

아마도 먼 길이 아니니다. 빨리 가라!

모스 납덩이같이 빨리 가죠.

아마도 귀여운 꾀보 소년, 그것이 무슨 뜻인가? 무겁고 둔하고 느린 것이 납이 아닌가?

모스 점잖으신 주인님, 아녜요, 절대 아녜요.

아마도 납은 느리다.

모스 말씀이 너무 빨라요. 납으로 만든 총알[32]이 느리던가요?

아마도 멋있는 수사법의 낭비 아닌가!
나는 총, 자기는 총알이란 말이다.
촌놈에게 너를 쏜다.

모스 팡 하면 날아가요. [퇴장]

아마도 예민한 소년아, 재치 있고 매력 있고
어여쁜 하늘아, 네 얼굴에 한숨짓고,
사나운 우울아, 내 용기가 물러선다.
아이가 돌아왔다.

[모스가 코스터드와 함께 등장]

모스 주인님, 기적예요! 머리가 정강일 꺴네요.[33]

아마도 현묘 망측한 수수께끼다. 결론부터 고하라.

코스터드 '헨베'도 '마구칙'도 '수수깡'도 '겔론'도 '약 가방'도 '고약'도 싫소! 오, 나리, 파초, 순전히 파초만! '겔론'은 싫소. '고약'도 싫소. 파초만 주쇼.[34]

아마도 진실로 웃음을 일으키도다. 너의 소박한 생각이
폭소를 일으키도다. 나의 폐부에 가득한 바람이
조롱의 웃음을 자극하도다. 오, 나의 별들이여,
용서해라! 무식한 자는 고약을 결론으로, 결론을
고약으로 아는가?

모스 현명한 분은 생각이 다른가요? 결론이 고약 아녜요?

아마도 아니다, 아이야. 그것은 결론이거나 논술로서,
앞의 모호한 말을 밝히는 것이니라.
예를 들어 말하면,
여우와 원숭이, 호박벌이
셋뿐이라 언제나 홀수였다.[35]
그것이 교훈이니, 결론으로 말하면—

모스 결론은 제가 달지요. 교훈을 다시 말하세요.

아마도 여우와 원숭이, 호박벌이
셋뿐이라 언제나 다투었다.

모스 마침내 거위가 문에서 나와
넷이 되어 다툼은 멎었다.

29 지금은 전하지 않는 어떤 민요의 후렴인 듯한 구절. 「햄릿」 3막 2장에서도 인용된다. 오월절 놀이에서의 말처럼 분장한 춤꾼을 가리키지만 편의상 '목마'로 옮겼다. 그런데 돈만 내면 사람들이 올라타는 '목마'("hobby-horse")는 '창녀'라는 뜻도 가지고 있었다는 것이 다음 행에서 나타난다.

30 '증명하다'와 '되다'를 뜻하는 한 단어를 이용한 말장난과 영어의 전치사들을 가지고 하는 말장난인데 우리말로는 옮길 수 없어서 이렇게 꾸며본다.

31 '노새'는 바보를 뜻하기도 한다. '말' 역시 멍청한 짐승이라는 뜻도 있었다.

32 당시 총알은 납덩이였다.

33 '코스터드'(Costard)는 '머리통'이라는 뜻도 있었다.

34 정강이가 깨진 무식한 코스터드가 아마도가 하는 말을 무슨 약인 걸로 알아듣고는 그런 것은 다 싫고 파초만 갖다 달라는 것이다. 파초는 민간요법에서 아픈 상처에 붙이는 약이었다.

35 영어에서 '홀수'와 '다툼'은 같은 말("at odds")로 표현됐다. 민간의 말장난이다.

그럼 이제는 제가 교훈을 시작할 테니 주인님은
뒤따라 결론을 내리세요.
여우와 원숭이, 호박벌이
셋뿐이라 언제나 다투었다.

아마도 마침내 거위가 문에서 나와
넷이 되어 다툼은 멎었다.

모스 거위로 끝났으니 멋들어진 결론이에요. 그 이상
바랄 게 있나요?

코스터드 속임수로 거위를 팔았군요.[36] 확실합니다.
나리의 거위가 살쪘으면 아쉽지만 괜찮아요.
싸구려 팔아먹긴 눈 속이는 요술 같죠.
옳아, '겔론'이라. 그게 살찐 거위군요.

아마도 잠깐, 잠깐. 이 논의가 어떻게 시작되었나?

모스 머리통이 정강이를 깼다는 말에서요.
그래서 주인님이 결론을 요청했죠.

코스터드 맞아요. 저는 파초를 달랬고요. 그다음에는
나리의 '노니'가 끼어들었고 재가 살찐 '겔론',
다시 말해 나리가 돈 내고 산 거위를 들여왔죠.
그래서 장사를 망친 겁니다.[37]

아마도 그러나 머리가 어떻게 정강이를 깨는가?

모스 실감나게 설명하죠.

코스터드 모스, 넌 그거 직접 못 느껴. '겔론'은 내가
말하겠다.
집 안에서 별 탈 없던 코스터드가 뛰어나오다
문턱에 걸려서 정강이를 다쳤도다.

아마도 이 문제는 더 다루지 않으리라.

코스터드 정강이에 고름이 생기기 전에—

아마도 코스터드, 너를 석방하리라.

코스터드 오, 제발 프랜시스한테 장가보내 주세요! 어딘가
'겔론' 냄새, 거위 냄새가 나는데요.

아마도 영혼에 걸어 맹세코, 너를 해방시키고
너의 몸을 자유롭게 만들겠다. 지금 너는
갇혀 있고 구속되고 행동이 제한되었다.

코스터드 맞습니다, 맞아요. 그럼 이제 나리가 내 죄를
깨끗이 씻어주고 놔줄 거란 말씀이죠.

아마도 너에게 자유를 주며 너의 고통을 풀어주는바,
그 대가로 단지 이것을 너에게 부과한다.
[코스터드에게 편지를 준다.] 이 서찰을 이곳
처자 자크네타에게 가지고 가라. [그에게 돈을
준다.] 이것이 보수다. 나의 명예의 최선의 보루는
수하에게 보답함에 있도다. 모스, 따라와라. [퇴장]

모스 얘기의 계속이죠.—코스터드 씨, 잘 있어요. [퇴장]

코스터드 아이고, 귀한 내 살, 귀여운 몸뚱이!
그 양반의 보수를 살펴보자. '보수'라고!
아하, 서푼짜리 동전을 가리키는 라틴어구나.
서푼이라—보수라. '이 댕기 얼마유?' '닷
푼이유.' '아뇨. 보수를 주겠소.' 그렇게 해서
수지를 맞춘단 말씀이야. '보수!' 프랑스 금화보단
멋진 이름이야. 사고팔 때 반드시 이 말을
써먹어야지.
[비론 등장]

비론 오, 썩 잘 만났다, 맘씨 좋은 코스터드.

코스터드 하나 물어봅시다. '보수' 하나로 살색 댕기 몇
개나 사요?

비론 '보수'가 뭔데?

코스터드 아, 거야 반 푼짜리 동전이죠.

비론 그럼 서푼어치 비단이네.

코스터드 고맙습니다. 안녕히 가세요.

비론 녀석, 가만있어. 시킬 게 있다.
네가 나에게 잘 보이려면
내가 부탁하는 것 하나만 해라.

코스터드 언제 하실 건데요?

비론 오늘 오후.

코스터드 그러죠. 안녕히 가세요.

비론 넌 일이 뭔지도 몰라.

코스터드 하고 나면 알게 되죠.

비론 이 녀석, 먼저 알아야지.

코스터드 내일 아침 나리한테 가보죠.

비론 오늘 오후 중에 해야만 한다.
이 녀석, 잘 들어. 일인즉 이렇다.
공주님이 사냥터에 나오실 거다.
수행원들 가운데 귀부인이 계신데,
서로 정답게 말을 주고받을 때
라절라인이란 이름이 나올 거다.
그녀를 찾아가서 그녀의 하얀 손에
이 편지를 전해라.
[코스터드에게 편지를 준다.]

36 '거위를 속여 팔다'라는 말은 '멍청이를 만들다'라는 뜻이다.

37 "아낙네 셋과 거위 한 마리가 있으면 장이 선다"는 속담에 빗댄 말.

이거 보답이다. 가라.
[코스터에게 1실링을 준다.]
코스터드 보답, 오, 멋진 보답! 보수보단 더 좋군요.
열한 푼이 더 많아요. 멋들어진 보답예요! 예,
하죠. 어김없이 해내죠. 보답! 보수! [퇴장]
비론 내가 연애를 해? 연애의 채찍이던 내가?
연애의 한숨을 족치던 경찰이?
고발뿐 아니라 야경 돌던 순찰이며
큐피드를 다그치던 무서운 선생이며
세상 누구보다도 기세등등하던 내가?
눈 가리고 칭얼대는 고집스런 눈먼 아이,
늙은 소년, 거인 꼬마, 큐피드 어르신,
연애시의 지배자, 축 처진 머리의 왕,
애타게 한숨 쉬는 거룩한 절대자,
우수 속에 방황하는 인간들의 왕,
속치마와 바지춤을 호령하는 군주,
죄인들을 데려가는 관헌들의 황제,
위대하신 사령관님—아, 내 작은 가슴!
그분의 전쟁터에 하사관으로
곡예사의 횃대같이 깃발이나 날리겠지![38]
그래 내가 애걸해서 아내감을 구했나?
독일제 시계 같은 여자인 데다
맨날 수리 중이고 언제나 고장이 나고
바로 가지 못하고 시계라고 하면서도
시계 노릇 하는지 살펴봐야 하는데,
맹세를 깨는 게 제일 몹쓸 짓이고
셋 중에 제일 못된 여자를 사랑하고,
앞이마가 벨벳 같은 희멀쑥한 장난꾼에
까만 구슬 두 개가 눈이라고 박혀 있지.
분명하고 확실해. 환관 아르고스[39]가
그 여자를 지킨대도 그 짓을 해낼 테지.
그래도 내가 한숨짓고 밤을 새며
기도하다니? 제기랄! 내가 전능하고
무섭지만 쬐고만 세력을 무시했다고
나한테 큐피드가 내리는 재앙이라서
사랑하고 시 짓고 한숨 쉬고 빌겠다.
더러는 내 여인을, 더러는 촌년을 사랑할 테지. [퇴장]

## 4. 1

[공주, 보이예, 라절라인, 마리아, 캐서린과
산지기, 공주의 시종 등장]
공주 가파른 산을 향해 그처럼 자기 말에
박차를 가한 이가 왕이었던가?
보이예 모르긴 해도 아닌 것 같습니다.
공주 누구든 간에 의기충천했어요.
귀공들, 오늘은 모든 일을 끝맺고
토요일엔 프랑스로 가겠어요.
산지기 양반, 우리가 숨어들어
사슴을 쏠 덤불이 어디 있는가?
산지기 여기서 멀지 않은 저쪽 숲가에
공주님이 멋있게 쏘실 데가 있어요.
공주 예뻐서 잘됐어. 나는 예쁜 활잡이야.
그래서 네가 멋있게 쏠 거라 했지.
산지기 용서하세요. 그런 뜻이 아니었어요.
공주 뭐? 먼저는 칭찬하고 이번엔 부인해?
너무 짧은 영광이야! 안 예뻐? 슬프구나!
산지기 아니에요. 예쁘세요.
공주 아첨하지 말아라.
예쁘지 않으면 칭찬해도 예쁘지 않아.
정직한 거울아, 사실대로 말해줬다.
[그에게 돈을 조금 준다.]
나쁜 말에 좋은 값 주는 게 당연하거든.
산지기 공주님이 받으신 것 모두가 어여쁩니다.
공주 그러면 예쁜 게 행실로 구원받겠네!
예쁜 게 이단이라, 오늘날에 적합해![40]
주는 손이 더러워도 칭찬받게 돼.

38 장터에서 땅재주를 넘는 자(곡예사)가 둥그런 횃대에 오색 깃발을 두르고 재간을 부렸다.
39 그리스신화에 나오는, 눈이 여러 개가 달려서 감시를 철저히 한다는 괴물. 그가 환관이 되어 감시해도 로절린이 간통을 할 것이 분명하니 그렇게 되면 남편인 자기는 이마에 뿔이 돋는 우스운 꼴이 된다는 말이다.
40 가톨릭과 개신교의 기본 쟁점. 가톨릭은 선한 행실에 따라 구원받는다고 주장한 반면 개신교는 오직 믿음으로만 구원받는다고 주장했다. 두 종파는 서로를 '이단'이라고 비판했다. 공주는 돈을 줬기 때문에 예쁘단 말을 들었으니 결국 주는 행실 때문에 어여쁘다는 말을 들은 거라고 한다.

활을 다오. 자비심이 죽이러 가는데
잘 쏘는 게 악한 짓이 되거든.
그래서 쏘면서도 착하단 이름 지켜서
상하지 않을 테니 자비심이 막아주고,
상처를 입힌다면 내 재주를 과시해서
죽이는 것보다는 칭찬받길 원하지.
그걸 부인하지 못할 때가 있는데
명예욕은 자라서 악한 죄를 짓게 돼.
그럴 때 우리는 명성과 칭찬이란
겉치장을 위해서 그런 마음이 된다.
지금은 단지 칭찬을 받으려고
밉지도 않은 사슴의 피를 흘리려고 해.

보이예 말괄량이 아내들도 남편을 누르려 할 때
단지 칭찬 받으려고 그런 지배욕을
가지고 있지 않아요?

공주 단지 칭찬을 받으려는 거예요. 남편을 누르는
여인에게 칭찬을 안 아끼지요.
[코스터드 등장]

보이예 여기 민중 공화국의 국민이 와요.

코스터드 모두 좋은 날 되세요! 여러분 중에 누가
머리 되는 마님이세요?

공주 이 사람아, 머리 없는 몸뚱이를 보면 누군지
알 수 있다고.

코스터드 누가 제일 크고 높으신 마님이세요?

공주 제일 뚱뚱하고 키가 큰 사람이야.

코스터드 제일 뚱뚱하고 키가 큰 분. 그렇죠. 말 돼요.
마님의 허리가 제 머리만큼 홀쭉하면[41]
아씨들 대님이 마님 허리에 맞겠죠.
대장님 아니세요? 그중 제일 뚱뚱해요.

공주 왜 그러는가? 무슨 일인가?

코스터드 비론 씨가 라절라인이란 분께 보내는 편지요.

공주 그거 나 다오! 그 사람과 아주 친해.
[편지를 받는다.]
옆에 서 있어요. 보이예, 할 일이 생겼어요.
연애편지 뜯어봐요.

보이예 명령대로 해야지요.
[편지를 훑어본다.]
잘못 왔네요. 여기 계신 분과는 상관없어요.
자크네타에게 가고 있어요.

공주 꼭 읽어야 해요.
봉인을 뜯어요. 모두들 귀 기울여요.

보이예 [읽는다.] "하늘에 맹세코, 그대가 아리땁다는 것은
확실히 틀림없다. 그대가 아름답다는 사실은 진실이며
그대가 사랑스럽다는 사실은 진실 그 자체다.
아리따움보다 아리따우며, 아름다움보다 아름다우며,
진실 자체보다 진실한 이여, 그대의 영웅적인 종복을
불쌍히 여겨라. 웅대하고 고명한 코페처 왕[42]은
확실히 핍절한 거지 처녀 제널로폰에게 눈이 갔다.
'베니, 비디, 비키'[43]라고 말할 자는 바로 그이다.
그 말을 통속어로 해석하건대—천박한 통속어여!
—'그가 왔다, 보았다, 이겼다.' 첫째, 그가 왔다.
둘째, 보았다. 셋째, 이겼다. 누가 왔는가? 왕이.
왜 왔는가? 보려고. 왜 보았는가? 이기려고. 누구에게
왔는가? 거지에게. 무엇을 보았는가? 거지를. 누구를
이겼는가? 거지를. 결말은 승리다. 어느 편인가? 왕의
편. 포로는 부자가 되었다. 어느 편인가? 거지 편.
결말은 결혼이다. 어느 쪽인가? 왕의 쪽. 아니다.
양쪽이 하나, 또는 하나가 양쪽. 내가 왕이다. 비유는
그렇게 되어 있다. 그대가 거지다. 그대의 천한 신분이
이를 말한다. 내가 그대의 사랑을 명령할 것인가?
그럴 수 있다. 그대의 사랑을 강압할 것인가? 그럴
수 있다. 그대의 사랑을 간청할 것인가? 그리하리라.
그대의 누더기를 무엇으로 바꿀 것인가? 예복으로.
무명은? 이름 높은 칭호로. 그대의 몸값은? 나 자신.
이처럼 그대의 응답을 기다리며 그대의 발에 입술을,
그대의 자태에 눈을, 그대의 온몸에 심장을 더럽힌다.
가장 절절한 열심을 가진 그대의 것,
돈 아드리아노 데 아마도 씀.
이렇게 힘센 사자의 포효를 그대는 듣는다.
어린양 그대는 사자의 먹이가 될 처지다.
백수의 왕 발 앞에 굴복하여 쓰러지면
분노를 버리고 놀아줄 생각이다.
불쌍한 인간아, 버틴들 무엇하랴?
노여움의 밥이며 새끼들의 먹이로다."

41 어릿광대로 바보 노릇을 하는 만큼 자신의 머리(두뇌)는 아주 가늘다는 말이다.
42 당시 민요에 나오는 아프리카의 왕으로 제널로폰이라는 거지 처녀를 사랑하였다고 한다.
43 시저가 전쟁에 이기고 썼다는, 유명한 세 마디 말로 '왔다, 보았다, 이겼다'라는 뜻의 라틴어. (『플루타크 영웅전』에 나온다.)

공주 어떤 찬란한 깃털로[44] 이 편지를 썼을까요?
변덕쟁이 풍향계[45] 중 더 멋진 걸 볼 수 있어요?
보이예 암만해도 글투가 낯이 익네요.
공주 아니면 기억력이 나쁘든지. 방금 읽었는데.
보이예 아마도는 궁정에 와 있는 스페인 사람예요.
제 멋에 빠져 있는 과대 망상자로서 왕과 그의
책 친구들께 심심풀이죠.
공주 [코스터드에게] 얘, 물을 게 있다.
누가 너한테 이 편지 주던?
코스터드 말씀드렸죠. 주인님예요.
공주 누구한테 주는 거지?
코스터드 주인님에게서 아씨한테요.
공주 어떤 주인한테서 어떤 아씨한테?
코스터드 훌륭하신 제 주인님 비론 대공에게서
라절라인이라는 프랑스 아씨한테요.
공주 편지가 잘못 왔다. 귀공들, 우리 가요.
[라절라인에게]
얘, 이거 넣어 둬. 딴 날 네가 읽어봐.
[보이예, 라절라인, 마리아, 코스터드 외에 모두 퇴장]
보이예 활은 누가 쏴요? 누가?
라절라인 알려드릴까?
보이예 예, 어여쁜 우리 님.
라절라인 물론 활 가진 여자죠.
멋있게 피했어!
보이예 공주님은 뿔 달린 짐승을 쏘러 가지만
아가씨가 결혼할 때 뿔이 모자란다면
내가 목을 매겠소.[46]—한 방 먹였군!
라절라인 그럼 내가 활잡이네.
보이예 그럼 누가 사슴이오?
라절라인 뿔 보고 고른다면 당신은 오지 마요.
—정말 한 방 먹였군!
마리아 아직도 싸우는데 이마빡에 당했네요.
보이예 이 아씨는 밑에 한 방 먹었소. 바로 맞았죠?
라절라인 때려 박는 얘기[47]라면 프랑스 피핀 왕[48]이
쬐고만 아이 때에 이미 아저씨였던 옛말로
대꾸할까요?
보이예 그럼 나는 브리튼의 귀네비어 왕비[49]가 쬐고만
계집애일 때 벌써 아주머니였던 옛말로
대꾸할 테요.
라절라인 [노래한다.]
너는 못 해, 너는 못 해, 너는 못 해.
너는 할 수 없다고, 이 남자야.
보이예 [노래한다.]
내가 하지 못하면, 내가 하지 못하면
딴 남자가 할 수 있어. [라절라인 퇴장]
코스터드 야, 정말 재미있다! 둘이 척척 들어맞아!
마리아 아주 잘 쏜 화살이야. 둘 다 맞았어.
보이예 과녁![50] 과녁만 봐. 아씨가 이르되, 과녁!
과녁에 살이 박혀라. 할 만하면 겨냥해.
마리아 아주 빗나갔네요. 연습이 부족해요.
코스터드 맞아요. 가까이서 안 쏘면 정통을 못 맞혀요.
보이예 내가 연습 부족이면 너는 능한 모양이야.
코스터드 그럼 아씨가 정통을 때려서 우승하겠어요.
마리아 말이 느끼하다. 입이 더러워졌어.
코스터드 아씨가 활쏘기에 너무 세요. 볼링 시합 하세요.
보이예 비비는 데가 너무 많아. 잘 자라, 멍청이.
[보이예와 마리아 퇴장]
코스터드 나보고 촌사람, 멍청한 촌놈이라고!
나하고 마님들이 그 사람을 눌렀지!
우스개와 말싸움이 그렇게 기똥차고
어울리게 벌어지면 최고로 달콤해요.

44 오색 깃털처럼 겉만 화려한 자.
45 바람 부는 대로 움직이는 변덕스런 사람.
46 수사슴은 뿔이 난 짐승이다. 그런데 아내가 서방질을 하면 그 남편 이마에 뿔이 돋는다는 말이 크게 유행했다. 수소, 수양 등 뿔 난 짐승은 모두 아내가 서방질을 한 못난 남편의 표상이었다. 당시 남편들은 아내의 서방질로 (심리적으로, 또는 세상의 이목에) '뿔'이 돋을까봐 전전긍긍 했다고 한다(우리 사회에서도 그런 남편을 보고 '오쟁이 졌다'고 했다). 라절라인은 결혼하면 곧 남편의 이마에 뿔이 돋게 할 여자라고 보이예가 비꼬는 말에, 아래에서 라절라인은 '뿔' 달린 수사슴을 쏘는 활잡이가 되겠다고 응수한다.
47 당시에 유행하던 민요인 '너는 못 해, 할 수가 없어'라는 제목을 암시한다. 성 능력이 모자란다는 놀림으로 해석될 수 있다.
48 8세기 초의 프랑스 왕이니 아득한 옛날인데 더구나 그가 아이 때이니 더 오래된 까마득한 속담이라는 말이다.
49 프랑스의 피핀 왕보다도 더 오래전에 살았던 잉글랜드 왕비니까 자기 이야기는 더욱 오래되었다는 말이다.
50 남근(화살)의 표적이 되는 여근(과녁)을 암시한다.

또 한편 아마도는—정말 멋진 사람이오!
여자 앞에 걷는 모양, 부채 시중 하는 모양!
제 손에 키스하고 상냥하게 맹세해요!
한편 그분 시동은 말재간 보따리요!
진짜 속을 팍팍 끄는 꼬마라고요!
[안에서 외치는 소리]
빰빠라빠![51] [퇴장]

## 4. 2

[덜, 홀로퍼니스, 내서닐 등장]
내서닐 매우 높은 분들의 사냥인데요, 참으로 깨끗한
양심을 나타내면서 행하는 일이에요.
홀로퍼니스 당신도 알다시피, 그 사슴은 피, 즉 붉은
사과와 같이 농익은 '상귀스'[52]에 젖었었는데
이제 그것은 '카일룸'[53] 즉 창공, 궁창, 하늘의
귀에, 보석처럼 달려 있다가 이윽고 '테라'[54] 즉 땅,
흙, 지상에, 능금처럼 떨어지오.
내서닐 옳은 말이오, 홀로퍼니스 선생. 짧게 말해서
학자답게 동의어를 아름답게 나열하셨소. 그러나
짐승은 5년생 사슴이었소.
홀로퍼니스 내서닐 신부, '하우드 크레도.'[55]
덜 그건 '하도 커다란' 놈이 아니라 2년 됐던 놈이오.
홀로퍼니스 매우 무식한 개입이오! 그러나 이는 말하자면
설명을 '인 비아'[56] 즉 방도로 하여 일종의 교묘한
도입이니, 이는 말하자면 자신의 대답을 '파케레'[57]
만들고자 하는, 또는 말하자면 자신의 무형한, 무식한,
다듬지 않은, 교육이 없는, 더욱이 배우지 못한,
더더욱 일자무식 방식으로 '하우드 크레도'를
사슴으로 바꿀 '오스텐타레'[58] 즉 보이고자 함이오.
덜 내 말은 사슴이 '하도 커다란' 게 아니라 2년 된
놈이란 거였어요.
홀로퍼니스 겹치기로 멍청이군. '비스 콕투스!'[59]
오, 너 괴물 무식아, 네 형상이 흉하다!
내서닐 책에서 생겨나는 진미를 맛보지 못한 자요.[60]
말하자면 종이도 안 먹었고 먹물도 안 마셨소.
머리를 못 채워서 짐승에 불과하며 못난 것만 있으며,
저런 못된 초목이 앞에 있어서 고맙게도 우리는
맛도 알고 감각도 있으며, 결실의 기능도 있소.
내가 경솔하거나 바보가 되면 보기 흉하듯
저런 자가 학교에 다니면 학문에 흉한 딱지가 붙소.
그러나 '옴네 베네'[61]라, 오래전 조상님의 지혜요.
바람이 싫어도 날씨를 참아낼 수 있으니까요.
덜 당신네 두 사람은 학자들인데, 당신들의 머리로
가인[62]이 태어나 아직 다섯 주일이 안 됐을 때
한 달 된 게 뭐였는지 말할 수 있어요?
홀로퍼니스 '딕틴나'[63]요, 덜 친구. '딕틴나'요, 덜 친구.
덜 '딕틴나'가 뭐요?
내서닐 '포이베'의 명칭, '루나'[64] 즉 달에 대한 명칭이오.
홀로퍼니스 달이 한 달 됐을 때 아담도 그랬는데
아담이 100세일 때 달은 5주가 못 됐소.
이 수수께끼는 아담을 가인으로 바꿔도 되오.
덜 그렇군요. 알쏭달쏭한 말을 서로 바꿔도 말이
되네요.
홀로퍼니스 당신의 이해력에 신의 도움이 있기를! 내 말은
이름을 바꿔도 말장난이 성립된다는 거요.
덜 그런데 그처럼 바꿀 때 못된 장난을 친다고요.
달은 암만 늙어도 한 달밖에 안 돼요. 그리고
공주가 죽인 사슴은 2년 된 놈이오.
홀로퍼니스 내서닐 신부, 사슴의 죽음에 대한 즉흥 비문을
들어보겠소? 무식한 자를 추어주는 의미에서
공주가 죽인 사슴이 2년생이라고 합니다.
내서닐 '페르게',[65] 홀로퍼니스 선생, '페르게.' 단, 추한
말은 피하시길 바랍니다.
홀로퍼니스 얼마쯤 두운을 써야 말솜씨를 보일 수 있소.

51 사냥 나팔 소리의 흉내인 듯.
52 라틴어로 '피.'
53 라틴어로 '하늘.'
54 라틴어로 '땅.'
55 라틴어로 '나는 그것을 믿지 않소.'
56 라틴어로 '~을 이용하여.'
57 라틴어로 '만들다.'
58 라틴어로 '보여주다.'
59 라틴어로 '두 번 삶은 것.' 채소를 두 번 삶으면 형체가 없어진다. 형편없다는 말이다.
60 이들 '학자'들은 이른바 '14음절' 가락이라는 예스런 가락으로 말을 주고받는다. 긴 운문이다.
61 라틴어로 '모두 잘됐다.'
62 아담과 하와의 맏아들. 동생 아벨을 죽인 형.
63 '달의 여신'인데 별로 안 쓰는 명칭이다. 현학적인 교사가 일부러 쓴다.
64 달의 여신. 그녀를 그리스신화에서 '포이베'(Phoebe)라고 했다.
65 라틴어로 '계속하시오.'

공격의 공주님은 귀엽고 가여운 길짐승을 굴복시켰다.
4년생이란 설이 있으나 살 맞아 상처 입어 상하였다.
사냥개 심히 짖어 상처 더해 3년생이 숲에서 솟구쳤다.
2년생, 3년생, 상관없이 사람들이 살을 쏘기 시작했다.
사슴이 스러지면 상처 더해 3년생에 40군데 상처 심어,
10회만 더하면 사슴의 상처가 쉰 상처 될 사정이 생겨났다.

내서널 놀라운 재간이오!

덜 재간? 재간이 발톱이면 저 사람이 발톱으로 이 사람
잔등을 긁어주네요.

홀로퍼니스 나에게 있는 재간이오. 단순하고 단순하며 어리석고
엉뚱스러운 기분인데, 형식과 비유와 형상과 사물과
생각과 이해와 사색으로 가득합니다. 이것들이
기억의 복부에 잉태되어 '피아 마테르'[66]의 자궁에서
성장하여 적당한 때가 되면 출생을 고하지요. 그러나
이 재간은 예민한 자에게서 유효하므로, 나는 감사가
가득합니다.

내서널 선생으로 인하여 주께 찬미 드리며, 또한 나의
교구민들도 선생께서 그 아들들을 잘 가르치시고
그 딸들도 선생 밑에서 큰 득을 보니 주께 찬미
드릴 거요. 선생은 이 나라의 유위한 일꾼이오.

홀로퍼니스 '메헤르클레.'[67] 저들의 아들들이 똑똑하다면
교육이 필요 없고, 저들의 딸들에게 담을 능력이
있으면 내가 넣어 주겠소. 그러나 '비르 사핏 퀴
파우카 로퀴트르.'[68] 어떤 여인이 인사하오.
[자크네타가 편지를 들고 코스터드와 함께 등장]

자크네타 좋은 아침 되세요, 신부님.

홀로퍼니스 '신부님'이라. '콰시'[69] '신이 부'[70]한가? 신이
부하다면 누가 그리되는가?

코스터드 선생님, 그야 물론 술통을 너무 가까이하는
사람이겠죠.

홀로퍼니스 '술통이 가까우면 신장이 붓는다.'—흙덩이
속에 괜찮은 지혜의 빛, 부싯돌에 충분한 불,
돼지에 빛나는 진주요. 멋있는 표현, 잘한 말이오.

자크네타 선한 사제님. 이 편지 읽어주면 고맙겠어요.
코스터드가 나한테 줬는데 돈 아마도가 보낸
거예요. 부탁합니다. 읽어보세요.
[내서널 신부가 편지를 받아 읽는 동안
홀로퍼니스는 생각에 잠긴다.]

홀로퍼니스 '파우스테, 프레코르 겔리다 콴도 페쿠스 옴네
숩 움브라 루미낫'[71]—
이하 생략. 오, 옛사람 만투아누스! 여행자가
베니스에 관하여 말한 것처럼 그대에 관하여 말하겠소.
'베네티아, 베네티아,
퀴 논 티 베데, 논 티 프레티아.'[72]
옛사람 만투아누스, 만투아누스, 너를 모르는 자는
너를 좋아하지 않는다. [노래한다.] 도, 레, 솔,
라, 미, 파.—실례지만 내용이 어떤 것이오?
또는 호러스가—아, 내 정신, 무슨 구절이더라?

내서널 예, 맞습니다. 매우 유식한 말이오.

홀로퍼니스 한 문단, 한 절, 한 구절, 들어봅시다. '레게,
도미네.'[73]

내서널 [읽는다.]
"사랑 때문에 맹세를 어기면 어찌 사랑을 맹세하랴?
미인에게 맹세하지 않으면 진심은 지속할 수 없으리라!
자신과의 맹세는 어긴다 해도 그대에겐 굳건하리라.
나에게는 참나무 같았어도 그대에겐 버들 같아라.
즐기던 공부는 사라지고 그대의 눈이 책이 되니
그 속에 학문이 내포하는 즐거움이 모두 있다.
지식이 목표라면 그대를 아는 것으로 충분하리니,
그대를 기릴 줄 아는 혀는 학식이 넉넉하고,
그대를 보고도 경탄할 줄 모르면 무식하도다.
그대를 찬양하여 내 경탄도 칭찬받을 만하니,
그대 눈에 신의 번개가 있고 목소리에 우레가 있고
노여움이 아닐 때는 음악이요 고운 불길 되도다.
신 같은 그대여, 나의 못난 인간을 용서하시오.
이처럼 땅에 사는 입으로 하늘을 찬양하오."

홀로퍼니스 음절 생략 부호에 주의를 보내지 않아서 강세
음절을 빠뜨리셨소. 내가 대강 읽겠소. [편지를 가져간다.]
내서널 신부, 운율적으로 올바른 시행뿐이나 우아함,

66 라틴어로 '뇌막.'
67 라틴어로 '헤라클레스에게 걸어 맹세코.'
68 라틴어로 '많이 아는 사람이 말수가 적다.'
69 라틴어로 '마치 그러한 듯이.'
70 원문에는 '신부'가 '찌르다'라는 말과 발음이 비슷한 것을 이용해서 말장난을 하는 것으로 되어 있으나 번역에서 조금 바꿔서 말장난을 흉내 낸다. 요컨대 교사는 자신의 말장난 능력을 과시하려는 것이다.
71 "파우스트여, 당신의 모든 양 떼가 서늘한 그늘에서 여물을 반추하고 있으니 부탁컨대—"라는, 이탈리아 시인 만투아누스(1448~1516)의 라틴어 시의 일절.
72 "베니스, 베니스, 그대를 못 보는 자는 그대를 찬양하지 않는다"라는 이탈리아 격언.
73 라틴어로 '읽으세요, 신부님.'

유창함, 황금 같은 시의 격조는 '카렛'[74]이외다.
오비디우스 나소[75]가 모범이 되오. 하필이면
'나소'냐고요? 향기로운 상상의 꽃, 창작의 영감을
냄새 맡은 까닭이 아니오? '이미타리'[76]는 무가치하오.
개는 주인을, 원숭이도 주인을, 지친 말은 탄 사람을,
그처럼 알아보오. 그러나 처녀여, 이것이
너를 상대하는 것인가?

자크네타 네, 그래요.

홀로퍼니스 내가 훑어보겠소. [읽는다.] "무한히 아름다운
라절라인 아가씨의 백설 같은 손길에 드립니다."
편지의 대상이 되는 인물에게 집필한 측의 성명을
알기 위하여 편지의 서명을 다시 한 번 살피겠소.
"원하시는 온갖 일에 귀한 아가씨의 종복인 비론
올림." 내서닐 신부, 이 비론은 전하와 함께하는
수도인 가운데 한 분으로, 외국 공주의 수행원에게
이 편지를 작성했소. 오류에 의하여, 또는
전달 과정에서 잘못된 것이오. [자크네타에게] 착한
여인, 속히 가서 이 편지를 전하의 손에 전해드려라.
매우 중요할지 모른다. 인사할 것 없다. 그냥 가도
된다. 잘 가라.

자크네타 코스터드, 나하고 같이 가요. 그래서 하느님이
당신의 목숨을 구원하시길!

코스터드 같이 가주지. [코스터드와 자크네타 퇴장]

내서닐 선생, 하느님을 두려워하는 마음으로 이 일을 매우
경건하게 행하셨소. 어느 아버지가 말하듯—

홀로퍼니스 신부, 나에게 아버지 얘기는 하지 마시오.
그럴싸한 핑계가 있을까 두렵소. 그럼 다시 시로
돌아갑시다. 내서닐 신부, 좋습디까?

내서닐 글씨만큼은 매우 좋았소.

홀로퍼니스 오늘 어떤 학생의 아버지 집에서 저녁을 먹을 건데
음식 들기 전에 혹시 당신이 감사 기도로써 식탁을
빛나게 해주시면, 앞서 말한 그 아이, 또는 학동의
부모에 대하여 내가 누리는 특권에 따라 당신에게
'벤 베누토'[77]를 마련해 드리겠소. 그때 내가 그
시가 매우 무식하여 시성도, 발상도, 창의도 없음을
증명하여 보이겠소. 함께 있어주시오.

내서닐 도리어 고맙습니다. 성경에 이르되 교제는 인생의
기쁨이라고 했소.

홀로퍼니스 확실히 성경은 매우 강력하게 그렇게 단언할
것이오. [덜에게] 당신도 초대하오. 거절하지
마시오. '파우카 베르바.'[78] 갑시다. 양반들은
사냥이 한창이지만 우리는 식사하러 갈 테요. [모두 퇴장]

## 4. 3

[비론이 손에 종이를 들고 혼자 등장]

비론 왕은 사슴을 사냥하는 중이신데 나는 나를
사냥해. 그들은 덫을 놨는데 나도 끈끈한 덫에
걸려서 까만 물이 들었어.[79] 물이 들다니! 못된
말이야. 오, 슬픔아. 앉아 있어라. 바보가 그런다는데
내가 그러고 있으니 내가 바보지. 머리야,
증명이 멋있어! 참말로 내 사랑은 아이아스[80]만큼
미쳤어. 양 떼를 죽이고 나를 죽이지. 내가 양이야.
또다시 내 증명이 멋있어! 사랑하지 않겠다.
계속하면 목을 달아매겠다. 진짜 그만둘 테다. 하지만
그녀의 눈! 정말 그 눈만 아니면 사랑하지 않겠다.
눈 때문이야. 거짓말만 해. 순전히 거짓말이야.
정말 사랑해. 그래서 시를 짓고 우수에 잠겨.
[종잇장을 보이며] 이게 내 시의 일부야. [손으로
가슴을 누르며] 우수는 이 속에 들어 있지. 벌써
그녀는 소네트를 받았거든. 광대가 갖고 갔어. 바보가
보내고 아가씨가 받았어. 고마운 광대, 더 고마운
바보, 제일 고마운 아가씨! 세 사람 다 사랑에
빠졌대도 놀랍지 않아. 저기 웬 사람이 종잇장을
들고 오는데. 신음하는 소리가 제발 커다랗기를!
[그가 옆으로 물러선다.
왕이 종잇장을 들고 등장]

왕 오, 내 신세!

74 라틴어로 '없소.'
75 고대 로마의 유명한 이 시인의 성 '나소'(Naso)는 '큰 코'라는 뜻이다.
76 라틴어로 (창작이 아니라) '모방하는 것.'
77 라틴어로 '환영.'
78 '말이 적음', '말은 많이 안 할수록 좋다'는 격언의 일부.
79 그가 사랑하게 된 라절라인의 역청처럼 까만 눈에 잡혔다는 말이다. 역청은 새를 잡는 끈끈이로 사용됐다.
80 아가멤논이 죽은 아킬레스의 무장(武裝)을 오디세우스에게 수여하자 화가 나서 미친 아이아스는 양 떼를 마구 죽였다. 양은 멍청한 짐승으로 알려졌었다. 아이아스는 수치를 견디지 못하여 자살했다.

비론 [방백] 틀림없이 맞았어! 귀여운 큐피드,
계속해라. 왼쪽 가슴팍에 꼬마 화살을 맞았구나.
정말 비밀이야.
왕 [읽는다.]
"신선한 장미꽃 이슬에 황금빛 해가
어여쁘게 키스해도, 그대의 맑은 눈에
밤마다 흐르는 내 뺨의 이슬들이
아프게 부딪치듯 찬연하지 못하며
은빛 달이 깊은 물 투명한 가슴팍에
밝게 빛나나 그대 얼굴이 내 눈물 속에
빛나는 만큼은 반도 될 수 없으리라.
흐르는 방울방울 그대는 빛나며
방울마다 그대를 마차처럼 실어 가니
내 슬픔을 탄 그대는 의기양양하도다.
내 속에 북받치는 눈물만 바라보라.
그대의 영광이 슬픔 속에 보이리라.
그러나 자신을 사랑하지 말지니,
내 눈물을 거울 삼아 항상 나를 울리리라.
오, 여왕 중 여왕이여! 그대의 뛰어남을
인간은 말도 생각도 할 수 없을 것이다."
어찌 이런 슬픔을 알릴 텐가? 종잇장을 떨궈놓자.
종잇장들아, 못난 꼴을 감춰라. 누가 오는데?
[롱거빌이 종이들을 들고 등장. 왕이
옆으로 비켜선다.]
롱거빌이? 읽으면서! 귀야, 들어라!
비론 [방백]
이제 너 같은 바보가 또 하나 나타났다.
롱거빌 오, 내 신세! 맹세를 어겼어.
비론 [방백] 오는 꼴이 위증자같이 생겼어. 죄목을
알리는 종잇장을 몸에 붙이고서.[81]—
왕 [방백]
사랑일 테지. 창피의 짝패끼리 친밀하거든.
비론 [방백]
주정꾼이 딴 주정꾼을 좋아하지.
롱거빌 맹세를 어긴 게 내가 첫 사람이야?
비론 [방백]
내가 안심시켜줄게.—내가 알기엔 둘인데
널 합쳐서 3거두[82]—점잖은 삼각모[83]—
못난 놈 달아매는 사랑의 교수대[84]야.
롱거빌 이런 거친 시구는 감동력이 없겠어.
어여쁜 마리아, 내 사랑의 여왕아,
시를 찢어버리고 산문으로 쓸 테다.
비론 [방백]
운문은 난봉꾼 큐피드의 치장이니까
흥을 깨지 맙시다.
롱거빌 이 물건이 괜찮겠군.
[자기의 소네트를 읽는다.]
"하늘 같은 그대 눈의 웅변이 내 마음을
거짓말의 반역으로 설득하지 않았는가?
온 세상이 그에 맞서 쟁론할 수 없으니,
그대로 인해 깨진 맹세는 벌할 수 없다.
여자를 거절키로 맹세했던 것이니
여신인 그대를 거절하지 않았었다.
내 맹세는 세속이나 그대는 하늘의 사랑,
은총을 얻는 순간 수치는 사라진다.
맹세는 입김인데 입김이란 허공이라,
태양이여, 흙 같은 내 몸에 비춰
입김을 빨아들여 그대에게 가 있으니,
맹세를 어긴대도 내 잘못이 아니로다.
설사 내가 어겼대도 낙원을 얻기 위해
맹세를 어기지 않을 바보가 어디 있으랴!"
비론 [방백]
저런 게 연인 기질이지. 몸을 신격화해서
못난이를 여신으로 만들어. 순전한 우상숭배야.
주여, 고쳐주소서! 우리 너무 엇나갔어.
롱거빌 [방백]
누구 편에 보낼까?
[듀메인이 종잇장을 들고 등장]
누가 오나? 잠깐만.
[옆으로 물러선다.]
비론 [방백]
모두모두 숨었다. 아이들 장난이다.
나는 여기 하늘에 신처럼 앉아서
불쌍한 바보들의 비밀을 낱낱이 봐.
찧을 보리 자루가 또 있어! 아, 후련해!
듀메인이 변했어! 쟁반 한 개에 멧닭[85] 네 마리!

81 당시 위증자는 죄목을 적은 종이를 몸에 붙였다.
82 로마제국 초기에 권력을 나누어 가졌던 옥타비우스, 안토니우스, 레피두스를 말한다.
83 당시 성직자나 대학 관계자가 쓰던 모자.
84 세 개의 기둥으로 만들어져서 삼각형이었던 당시 그 지방의 교수대.

듀메인 오, 거룩한 캐서린!
비론 [방백] 오, 타락한 멍청이!
듀메인 하늘에 맹세코, 인간의 눈에 비친 기적이여!
비론 [방백]
땅에 맹세코, 기적 아닌 사람이야. 헛소리 마라.
듀메인 그녀의 금발에 호박이 칙칙해.[86]
비론 [방백]
호박색 까마귀를 잘도 보았어.
듀메인 삼나무처럼 꼿꼿하며,
비론 [방백] 사실은 굽었지.
애 밴 듯이 불룩해.
듀메인 대낮처럼 아름답고—
비론 [방백]
그럴 테지. 해 없는 흐린 날처럼.
듀메인 오, 내 소원 이뤄지기를!
롱거빌 [방백] 내 소원도 이뤄지기를!
왕 [방백] 오, 내 소원도 이뤄지기를!
비론 [방백] 아멘. 나도 같아! 멋진 말이야!
듀메인 잊어버리면 좋겠지만, 내 핏속에 그녀가
열병을 일으켜. 잊어버릴 수 없어.
비론 [방백]
핏속에 있어? 그러면 피를 뽑아
그녀를 담아라. 이거 멋진 해석이야!
듀메인 내가 쓴 연애시를 다시 읽겠다.
비론 [방백]
머리가 어떻게 됐는지 다시 보겠다.
듀메인 [자기가 지은 시를 읽는다.]
"어느 날,—오, 운명의 그날!
언제나 오월을 구가하는 사랑이
하늘대는 바람에 노닐고 있는
너무도 아름다운 꽃을 보았다.
바람결은 보드라운 이파리 사이
남모르게 그녀를 찾는 걸 보고
상사병에 죽어가는 연인 자신도
하늘의 숨결이 되고 싶었다.
바람아, 마음껏 불 수 있으니
나 역시 그처럼 신나고 싶다!
그러나 오, 나는 네 덩굴에서
너를 따지 않기로 맹세를 했다.
예쁜 꽃을 따 가질 청춘이거늘,
오, 청춘에 안 맞는 맹세였어라.
너 때문에 맹세를 깨뜨린대도
나더러 죄인이라 하지 말아라.
너를 보고 제우스가 주노 여왕을
검둥이 같다[87]고 맹세하면서
그대를 사랑해서 인간이 되어
제우스의 칭호를 내버리겠다."
이 시를 보내놓고 사랑의 굶주림을
분명히 말한 글을 따로 보낼 터이다.
왕, 비론, 롱거빌도 연인이면 좋겠다!
죄가 죄를 본받으면 이마에 붙은
위증자의 딱지가 없어지겠지.
못난이가 모두면 아무도 범인 아니다.
롱거빌 [앞으로 나서며]
듀메인, 네 사랑은 자비[88]와는 멀겠지만
사랑에 괴로워서 앓는 자가 필요해.
너도 낯이 허옇지만 네 말 엿들은 데다
그처럼 들켰으니, 나라면 낯붉히겠다.
왕 [앞으로 나서며]
너의 낯도 붉구나. 같은 입장이니까.
저 사람 욕하는 너는 범죄인의 곱절이다.
네가 마리아를 사랑하지 않는가?
롱거빌이 연인 위해 시를 짓지 않았고
뛰는 심장 달래려고 양팔을 가슴 위에
얹은 적이 없거든. 덤불에 몰래 숨어
두 사람을 살폈더니 모두가 부끄러운
뻘건 낯을 보았고 못된 시를 들었고
못난 짓을 보았고 한숨을 터뜨려서
김새는 모양을 구경하였고
열렬한 감정을 주시하였다.
'오, 내 신세!' 하니까 '오, 제우스!'라 부르짖네.

85 멧닭은 멍청한 새로 알려져 '바보'라는 뜻이 있었다.
86 노란 빛깔의 보석인 '호박'(琥珀)에 비유한 캐서린의 머리 색깔이 금발이었던 모양이다.
87 제우스의 아내인 주노는 물론 하얀 피부의 여성이지만 '그대'(캐서린)를 보면 주노를 검둥이라고 단정할 정도라는 말.
88 기독교에서 '세속적인 사랑'(love)과 '거룩한 사랑'(cherish)을 엄격히 구별했다. 이를 구별하기 위해 '자비'로 옮겼으나, 원래 '사랑'은 기독교적 개념이다. 원수를 사랑한다는 말과 이성을 사랑한다는 말은 완전히 다르다.

그녀는 금발이고 또 그녀는 수정 눈알이라지.
[롱거빌에게]
천국 때문에 진실과 맹세를 어기고,
[듀메인에게]
제우스도 그녀 보면 서약한 걸 어긴댔지.
그토록 열렬히 맹세하더니, 그토록
어긴 걸 비론이 들으면 뭐라 하겠냐?
얼마나 멸시하며 말재간을 부릴 건지!
얼마나 신나 하며 뛰놀면서 웃을 건지!
지금껏 내가 본 재물들을 모두 가져도
그만큼 나를 알게 하지 않겠다.

비론 [앞으로 나서며]
위선을 때리려고 이 앞에 나섭니다.
선하신 전하, 저를 용서하세요.
좋으신 전하, 사랑이 깊으신데
벌레들의 사랑을 꾸짖으니 무슨 권리요?
전하의 눈에는 마차가 뵈지 않고
공주께서 눈물 속에 안 보입니다.
맹세를 지키려고 애쓰시는데
소네트 짓는 걸 즐기는 게 노래쟁이뿐예요?[89]
부끄럽지 않으세요? 뛰는 놈 위에
나는 놈이 있으니 셋이 모두 부끄럽죠?
당신은 저분의 티를, 전하는 당신 티를 보셨는데
나는 세 분 눈에서 들보를 봐요.[90]
아, 얼마나 창피한 꼴이었던가!
한숨짓고 신음하고 슬퍼하고 괴로운 꼴!
한 나라의 왕이 각다귀로 변하는 꼴,
거인 헤라클레스가 팽이를 치는 꼴,
엄숙한 솔로몬[91]이 유행가 부르는 꼴,
네스토르[92]가 아이들과 구슬치기 하는 꼴,
매서운 타이먼[93]이 헛소리에 웃는 꼴,
참고 앉아 보기가 어찌나 힘들던지!
착한 듀메인, 말해요. 어디가 괴로워요?
의젓한 롱거빌, 어디가 아파요?
전하는 어디가 괴롭죠? 모두가 가슴이오.
미음을 쑤어 와요!

왕 농담이 너무 써.
당신 감시 눈앞에서 모두 들켰어?

비론 전하가 아니라 제가 배신당했죠.
스스로 맺은 맹세를 깨뜨리는 걸
고지식하게도 저는 죄로 여기고
전하 같은 분들과 어울리다가
불성실한 사람한테 배신당했죠.
제가 무슨 소리를 운문으로 쓰거나
촌 여자 때문에 신음하며, 잠시라도
몸단장을 꾸며요? 제가 언제
찬미했나요? 여자의 손과 발과
얼굴과 눈, 걸음과 자세와 가슴팍,
허리와 팔, 다리와—

왕 그만! 어디로 달려가?
그런 자는 양민이 아니면 도둑놈이야.

비론 사랑에서 도망쳐요, 연인이여, 보내주세요.
[자크네타가 편지를 들고 코스터드와 함께 등장]

자크네타 전하님께 복 내리시기를!

왕 무슨 문선가?

코스터드 일종의 반역인데요.

왕 어떠한 반역이란 말인가?

코스터드 아무 짓도 안 해요.

왕 아무 짓도 안 한다면
너와 반역은 조용히 물러가라.

자크네타 임금님, 이 편지 읽어보세요.
저는 믿지 않지만 저분은 죄라네요.

왕 비론, 읽어라.
[자크네타가 편지를 비론에게 주니 그가 읽어본다.]
[자크네타에게] 누가 편지를 주던가?

자크네타 코스터드요.

왕 [코스터드에게] 너는 누구에게서 받았는가?

89 당시에는 연애시를 써서 노래해주는 직업인(노래쟁이)이 있었다.
90 예수의 교훈. "어찌하여 형제의 눈 속에 있는 티는 보고 네 눈 속에 있는 들보는 깨닫지 못하느냐? 보라, 네 눈 속에 들보가 있는데 어찌하여 형제에게 말하기를 나에게 네 눈 속에 있는 티를 빼게 하라 하겠느냐? 외식하는 자여, 먼저 네 눈 속에서 들보를 빼어라. 그 후에야 밝히 보고 형제의 눈 속에서 티를 빼리라." (마태복음 7장 3~5절)
91 구약의 '잠언' '전도서' '아가' 등을 지은 기원전 10세기의 유대 왕으로서 현명한 사람의 전형.
92 트로이를 공격한 그리스 군에서 가장 나이 많고 현명했던 장군.
93 고대 그리스 아테네의 전설적인 인물로서 세상을 혹독히 비난한 사람. 셰익스피어가 「아테네의 타이먼」이라는 비극에서 주인공으로 다루었다.

코스터드 돈 아드리아노요, 돈 아드리아노요.
[비론이 편지를 찢는다.]
왕 아니 왜 그래? 어째서 찢어?
비론 전하, 장난입니다. 걱정하지 마세요.
롱거빌 읽고 흥분하던데, 들어봅시다.
듀메인 [조각들을 주우며]
비론의 글씨군요. 여기 이름 있습니다.
비론 [코스터드에게]
못난 놈, 내게 창피 주려고 태어났구나.
전하, 저도 유죄입니다! 자백해요, 자백해요.
왕 뭐를?
비론 한 식탁을 이루는 데 한 바보[94]가 모자랐죠.
히히히! 당신 둘과 전하와 제가
연애 소매치기요. 죽어 마땅합니다.
청중은 내보내요. 할 얘기가 남았어요.
듀메인 피장파장이군.
비론 맞아요. 우리 넷예요.
저 애인들 나가겠나?
왕 너희들 저리 가.
코스터드 양민들은 비켜나고 죄인들은 남으라지.
[코스터드와 자크네타 퇴장]
비론 정다운 벗님네들, 서로서로 껴안아요!
우리네는 어김없이 피와 살의 인간예요.
밀물 썰물 흐르고 하늘은 넓어요.
젊은 피는 낡은 법을 안 지킵니다.
우리의 근원을 어길 수 없으니
별수 없이 우리도 맹세를 깨요.
왕 여기 찢긴 구절들이 당신 사랑 얘기였나?
비론 그리 물으시는데, 라절라인을 보자마자
인도의 미개한 야만인이 이른 새벽에
화려한 동녘이 열리는 모습 보고
천한 머리 조아리며 눈이 부시듯
복종하는 가슴으로 땅에 입을 맞추며,
해를 마주 쳐다보는 거만한 인간도
감히 그녀 이마에서 하늘을 바라보고
찬란한 그 빛에 눈이 멀지 않겠어요?
왕 열렬한 열정으로 시정신이 깨어났군.
내 사랑은 그녀의 주인이라 달님이시고
그녀는 시중드는 별이라 보이지 않아.
비론 이 눈은 눈 아니고 저는 비론 아닌가요?
오, 그녀가 없으면 낮은 밤이 되어요.
멋들어진 얼굴빛만 시장판에 모여들 듯
그녀의 예쁜 볼에 모든 것이 모여 있어
갖가지 미모들이 완전미를 이루어
그 이상 바랄 것이 전혀 없어요.
고상한 미사여구를 쓸까 하는데—
수사학은 꺼져라! 그녀에겐 필요 없다.
장사치의 칭찬은 매물에나 붙여진다.
칭찬을 초월하니 모자라면 수치다.
백 살 먹어 늙어버린 비쩍 마른 수도사도
그녀의 눈을 보면 50년은 젊어진다.
미모는 아기처럼 나이에 빛을 주고
늙은이의 지팡이에 요람을 제공한다.
만물을 빛나게 하는 것은 태양이어라!
왕 당신의 애인은 흑단처럼 새까맣다.
비론 흑단[95]이 그래요? 거룩한 이름이죠!
흑단처럼 단단한 아내는 기쁨이에요.
누가 맹세할 테요? 성경책 어디 있죠?
미인이 그 눈에서 배우지 못하면
미가 미를 모른다고 맹세할 테요.
완전히 검지 못한 얼굴은 안 예뻐요.
왕 궤변이로다! 흑색은 지옥의 표시며
토굴의 색깔이며 어둔 밤의 학교다.
화려한 미의 빛이 별들에게 어울리지.
비론 마귀가 천사를 가장하면 유혹적이죠.
내 여인의 이마를 검은빛이 덮었다면
두꺼운 화장과 가발로 꾸민 낯이
연인을 홀리는 걸 슬퍼하는 거니까,[96]
검정을 예쁘게 만들려고 태어났대요.
그녀의 얼굴은 유행을 바꿔놔요.
타고난 붉은빛이 화장이라 생각돼서

94 당시 공식 연회에서 네 사람이 한 식탁에 앉곤 했다.
95 흑단(黑檀)은 빛이 검으나 단단하기 이를 데 없는 재목이다. 라절라인은 눈이 검고 머리가 검은 가무잡잡한 여인이다. 셰익스피어 자신의 애인도 '검은 여인'(dark lady)이었다. 북방계의 금발 미인과 남방계의 흑발 미인에 대한 논쟁이 한창이었다.
96 얼굴이 검다는 것은 화장과 가발로 금발 미인으로 꾸민 여자에게 남자들이 끌리는 사실을 조상하는 의미에서 상복을 입은 모습이라는 것이다.

조롱을 피하려고 붉은빛에 화장해서
그녀의 얼굴빛을 흉내 내곤 한대요.
듀메인 굴뚝청소부처럼 새까맣게 되는 거야.
롱거빌 그래서 그녀 이래 숯장수가 하얗게 됐어.
왕 그래서 아프리카 여인들이 예쁜 걸 뽐내.
듀메인 밤에도 촛불이 필요 없어. 어둠이 빛이니까.
비론 당신네 여인들은 비 올 때 못 나간다.
화장이 지워질까 걱정하거든.
왕 그녀가 씻으면 좋겠어. 솔직히 말해
씻지 않은 여자 중에 하얀 이도 있거든.
비론 그녀가 하얀 걸 못 밝히면 계속 말하렵니다.
왕 마귀라도 그녀만큼 무섭지 않겠다.[97]
듀메인 그처럼 역겨운 걸 그처럼 아끼는 건 처음 보겠다.
롱거빌 [자기 구두를 가리키며]
이게 네 여자야. 내 발과 그녀의 낯을 봐.
비론 네 눈알로 길바닥이 포장됐대도
섬세한 그녀의 발이 걸어가지 못해.
듀메인 더럽다! 그녀가 걸어서 지나갈 때
길바닥이 쳐다볼 그 물건이 삼삼하겠다!
왕 왜들 이러나? 모두들 연애하지 않아?
비론 정말 그렇죠. 그래서 맹세를 깼죠.
왕 잡담 치우고 비론, 우리의 사랑이
합법이고 맹세도 지켰다고 증명해봐.
듀메인 바로 그거야. 불법을 미화해.
롱거빌 변명을 전개할 근거를 말해봐.
마귀를 속여 먹을 논리, 술수 같은 거.
듀메인 불법에 쓸 만한 약.
비론 오, 뭣보다 필요해요.
사랑의 병사들, 그거라면 이렇거든.
우선 먼저 무엇을 서약했나 생각해요.
금식하고 공부하고 여자 안 보기나,
왕다운 청춘한테 정면으로 도전했소.
금식이 가능해요? 우리 배는 너무나 젊어
금식이 지나치면 병이 생겨요.
공부하겠다고 맹세했는데
그러면서 우리는 책들을 내버렸소.
예쁜 교사들이 매혹적인 눈길을 보내
영감 주지 않았다면, 전하나 듀메인이나
롱거빌이 우둔한 생각에서
열렬한 시구를 얻어낼 수 있었겠소?
무거운 학문들만 머릿속을 맴도는데
조금도 결실 없는 학자들이라
괴로운 수고 끝에 추수는 아주 적고
그래도 사랑은 여인의 눈에서 배워
머릿속에 갇힌 채로 혼자 있지 않아서
비바람 속도로 생각처럼 재빠르게
우리 모든 힘 가운데 뻗쳐 나가고
우리 가진 능력을 두 겹으로 늘리고
본래의 기능을 뛰어넘어서
고귀한 힘을 우리 눈에 더하여
연인이 쳐다보면 독수리도 눈멀고[98]
조심하는 도둑 귀가 못 들어도
연인 귀는 매우 작은 소리도 듣고
사랑의 촉각은 달팽이의 뿔보다도
부드럽고 섬세하게 느낄 수 있죠.
사랑의 혀에 비해 바쿠스[99]는 조잡하고
사랑에 대한 용맹은 헤스페리데스의
나무를 올라가는 헤라클레스 아녜요?[100]
스핑크스[101]처럼 기이하고 빛나는 아폴로가
머리털로 줄을 메운 수금처럼 화려하고
사랑의 말에 신들의 목청이 화답해서
그 가락에 하늘까지 잠이 들어요.
사랑의 한숨이 먹물과 섞이기 전엔
시인은 감히 붓을 건드리지 못해요.
비로소 시인은 야만의 귀를 홀리고
폭군의 마음속에 인정을 심어요.
여인의 눈에서 이런 교훈을 얻어요.
프로메테우스[102]의 불이 빛을 내기 때문이죠.

97 비론의 연인이 가무잡잡한 것을 무서운 마귀라고 놀린다. 지옥의 자식인 마귀는 시커멓다고 믿었다.
98 생명체 중에서 독수리만이 빛나는 태양을 마주 볼 수 있다고 믿었는데 그런 독수리도 연인이 빛나는 눈으로 바라보면 눈멀 거라는 말이다.
99 바쿠스는 술맛을 구별하는 미각의 신이지만 사랑의 혀에 비해 그의 미각은 조잡할 뿐이라는 말이며, 사랑의 혀는 여인의 입술 맛(키스)을 아는 기막힌 미각의 소유자라는 말이다.
100 헤라클레스의 열두 가지 과업 중에서 마지막 일은 헤스페리데스 동산에 있는 나무에서 황금사과를 따오는 것이었다. 사랑은 불가능하다는 일에 굴하지 않고 언제나 덤벼드는 영웅과도 같다.
101 보통 사람이 풀지 못할 현묘한 수수께끼를 말하는 괴물.

여인은 책이며 학문이며 학원으로서
온 세상을 보여주고 끌어안고 기르며
여자 없이 무슨 일도 잘되지 않죠.
여인들을 내버린 당신들이 바보였고
맹세대로 했다 하면 멍청이가 될 뻔했죠.
모두가 사랑하는 지혜를 위해서나
모두를 끌어가는 사랑을 위해서나
여자를 만들어낸 남자를 위해서나
남자를 남자로 낳은 여자를 위해서나
맹세를 깨트리고 자신들을 찾읍시다.
그러지 않으면 맹세 때문에 우리가 망해요.
이렇게 맹세를 깨는 게 믿음이 되고
사랑만이 율법을 이룬다고 하니까[103]
사랑과 연애를 나눌 자가 누구요?

왕 성 큐피드를 위하여! 용사들아, 싸움터로![104]

비론 깃발을 앞세워라! 귀공들, 달려들어!
육박전으로 눌러! 싸울 때 먼저
여자들 눈에서 빛을 뺏어라.

롱거빌 말장난은 그만두고 보통 말로 하세요.
프랑스 여자들에게 구애하세요?

왕 그럴 뿐만 아니라 성공해야지!
그들의 막사에서 재밌는 일을 꾸미자.

비론 먼저 사냥터에서 거기로 모셔 가죠.
각기 자기 여인의 손을 잡고 막사로
데려갑시다. 오후 시간을 이용해
짧은 시간 안에 꾸밀 수 있는
기발한 여흥으로 재미나게 만들어요.
잔치, 춤, 가면극들, 즐거운 시간이
사랑에 앞서가며 길에 꽃을 뿌려요.

왕 가자, 가자! 남아 있는 시간을
빠짐없이 적절하게 보내자.

비론 '알롱, 알롱!'[105] [왕, 롱거빌, 듀메인 퇴장]
잡초를 뿌리면 곡식을 못 거둬.
법이란 언제나 공평무사하거든.
경박한 계집은 못된 사내 벌이라
우리들 푼돈으론 나은 여자 못 산다. [퇴장]

## 5. 1

[홀로퍼니스, 내서닐, 덜 등장]

홀로퍼니스 '사티스 쿼드 수피킷.'[106]

내서닐 당신으로 인하여 하느님께 감사하오. 오찬에서의 당신의 논설은 예리하고 심중하였고, 상스럽지 않으면서 유쾌하였고, 현학적이지 않으면서 재치 있었고, 거만하지 않으면서 대담하였고, 완고하지 않으면서 유식하였고, 이단이 아니면서 기발하였소. 작일에는 전하의 친구로 호칭, 성명, 혹은 이름이 돈 아드리아노 데 아마도란 이와 말을 주고받았소.

홀로퍼니스 '노비 호미넴 탄콰 테.'[107] 그의 성격은 드높고 말투는 성급하며, 혀는 매끄럽고 눈은 야망에 차고 걸음은 당당하며, 행동 전반은 허영에 가득하고 가소롭고 건방지오. 지나치게 까다롭고 지나치게 멋 부리고 지나치게 난 척하고 지나치게 괴팍하고 솔직히 말해 지나치게 이국적이라 할 수 있겠소.

내서닐 매우 우수하고 적절한 형용사요.
[공책을 꺼낸다.]

홀로퍼니스 그자는 자기 논지의 요점보다는 가느다란 말의 실꾸리를 풀어내오. 나는 그런 터무니없이 미친 자, 더불어 말하지 못할, 현학적인 말쟁이, 맞춤법의 파괴자, 예컨대 '다웃트' 할 데서 '비'를 빼고[108]

102 불쌍한 인간에게 신들이 독점한 '불'을 훔쳐다 주었다는 신. 그의 불은 인간에게 행복을 주었다.

103 "남을 사랑하는 자는 율법을 다 이루었느니라"(로마서 13장 8절)라는 구절을 견강부회하는 말이다.

104 영국 군인들의 구호 '성 조지를 위하여! 용사들아, 전쟁터로!'에 대한 일종의 패러디다.

105 프랑스어로 '가자, 가자.'

106 라틴어로 '넉넉한 건 넉넉하다'라는 말로, 음식이 푸짐하면 잔치가 부럽지 않다는 뜻. 즉 잘 먹었다는 말이다.

107 라틴어로 '당신을 아는 만큼 그 사람을 압니다.' 즉, '나도 그 사람 아주 잘 알죠'라는 뜻.

108 영어의 'doubt'는 원래는 '다웁트'로 발음됐으나 훗날 철자는 그대로 남고 'b'가 탈락되어 발음은 '다우트'가 되었다. 현학적인 교사 홀로퍼니스는 전통적인 발음을 주장하나 현실은 차차 오늘날의 발음으로 변하고 있었다. 'debt' 역시 당시에는 '뎁트'로 발음됐으나 현실은 차차 '데트'로 발음되어갔다. 오늘날에는 물론 '데트'로 발음된다. 다음에 오는 '카프'(calf, 송아지), '네이버'(neighbour, 이웃), '니'(neigh, 말이 울다)도 마찬가지나, '어보미너블'(abominable, 가증스러운)의 경우에는 오히려 그의 현학적 주장이 틀린 것으로 드러난다.

'다우트' 하며, '디, 이, 티'가 아니라 '디, 이, 비, 티', 즉 '뎁트'를 '데트'라 하는 자를 혐오하오. 그런 자는 '칼프'를 '카프', '할프'를 '하프'라 하고 '네이그부어'는 '네이버'가 되고 '니이그'는 '니'로 줄어듭니다. 이는 '어브호미너블'이오. 그자는 '어보미너블'이라 할 거요. 이는 나를 '인사니레'요 '네 인텔리기스, 도미네?'[109] '미치게 만들다'라는 뜻이오.

내서닐 '라우스 데오, 보네 인텔리고.'[110]

홀로퍼니스 '보네'? '베네'[111] 대신 '보네'라! 프리시안 문법[112]을 조금 어겼소. 그래도 뜻은 통하오.

[아마도, 모스, 코스터드 등장]

내서닐 '비데스네 퀴스 베닛?'[113]

홀로퍼니스 '비데오 엣 가우데오.'[114]

아마도 '치라!'[115]

홀로퍼니스 '콰레',[116] '시라'가 아니고 '치라'인가?

아마도 평화 시의 인간들, 용히 만났소.

홀로퍼니스 군인다운 신사 양반, 인사드리오.

모스 [코스터드에게] 굉장한 외국어 잔치에 갔다가 찌꺼기를 훔친 녀석들이죠.

코스터드 [모스에게] 저것들은 남이 버린 말 찌꺼기를 먹고 오래 살았어. 네 주인이 말 한마디 때문에 너를 삼키지 않았다니 이상해. 머리까지 합해도 '호노리피카빌리투디니타티부스'[117]만큼도 길지 못한데. 소주에 띄운 대추보다 더 쉽게 삼킬걸.

모스 쉿! 종소리 시작돼.

아마도 [홀로퍼니스에게] 선생, 글을 아시오?

모스 물론이죠. 애들한테 독본을 가르쳐요. '에이'와 '비'를 거꾸로 쓰고 머리에 뿔 난 게 뭐예요?

홀로퍼니스 '바', '퀘리티아.'[118] 거기다 뿔을 더한 것이다.

모스 '바~' 아주 멍청한 뿔 난 양이죠.[119]—주인님, 저 사람 유식한 말 들으셨어요?

홀로퍼니스 요 자음 같은 놈, '퀴스, 퀴스?'[120]

모스 당신이 외우면 5모음[121]의 마지막이고 내가 외우면 제5모음이죠.

홀로퍼니스 전부 다 외우겠다. 아, 에, 이—

모스 양이란 말이군요. 나머지 둘로 끝나죠. 오, 우.[122]

아마도 지중해의 짠물에 맹세하건대, 기막힌 가격, 빠른 말솜씨, 주고받는 말대꾸, 적중하는 속전속결! 나의 지성에 희열을 준다. 진정한 말솜씨다!

모스 아이가 노인에게, 즉 낡은 머리에게 준 거죠.

홀로퍼니스 무슨 비유인가? 무슨 비유인가?

모스 뿔이란 말이죠.

홀로퍼니스 논변이 어린아이 같다. 나가서 팽이나 쳐라.

모스 팽이를 만들 테니 뿔 하나 빌립시다. '마누 키타'[123]로 당신의 창피를 후려치게요.

코스터드 나한테 땡전 한 푼이라도 있으면 너한테 과자 사 먹으라고 주겠다. 참, 네 주인한테서 '보수'를 받았지. 요 동전 지갑만한 꾀보, 비둘기 알만큼 쬐고만 모스! 오쟁이 진 사내 뿔로 만든 팽이! 재치꾼아, 하느님이 널 내 새끼로 점지하셨다면 아비로서 얼마나 좋겠냐! 너야말로 '아드 둥힐',[124] 시쳇말로 손가락 끝까지 재치가 있어.

홀로퍼니스 '운구엠'[125] 아니고 '둥힐'? 틀린 라틴어 냄새가 난다.

아마도 학자 양반, 앞서 걸어갑시다. 무지한 자들로부터 떨어져 있읍시다. 당신은 저 산 위에 있는 학교에서 아이들을 가르치지 않으시오?

109 라틴어로 '신부님, 이해하지 못하겠소?'
110 '하느님께 찬양을! 나도 잘 압니다'를 엉터리 라틴어로 말한 것.
111 내서닐 신부가 '베네'(잘) 대신 '보네'(좋게)를 쓴 것을 홀로퍼니스가 꼬집는다.
112 6세기에 현재 모로코 출신의 프리시안(프리스키아누스)이 저술한 라틴어 문법서. 르네상스 시대에 유행했다.
113 라틴어로 '누가 오는지 보시겠소?'
114 라틴어로 '나는 보면서 반가워하오.'
115 엉터리 라틴어로 '안녕하시오.'
116 라틴어로 '왜?' 왜 '시라'라고 하지 않고 '치라'라고 하느냐는데, '시라'는 윗사람이 아랫사람을 부르는 말이었다.
117 'honorificabilitudinitatibus.' 가장 길다는 장난스런 라틴어 낱말로, '명예로 가득하게 된 상태들로'의 뜻이다.
118 라틴어로 '아이'라는 뜻. '바'(ba)는 양이 우는 소리다. 우리말로는 '매~'로 표현할 것이다.
119 유식한 교사가 멋모르고 덤벼들다가 뿔 난 '양'이 된다. 뿔 난 사내는 오쟁이 진 남편이다.
120 자음은 모음이 있어야 음절을 이룬다. 즉 '자음'만 있으니 아무것도 못되는 놈이라는 말이다. 이어서 나오는 라틴어 발음은 '누구, 누구?'(가 양인가?)
121 5모음이란 아, 에, 이, 오, 우(a, e, I, o, u)를 가리킨다.
122 우, 즉 '유'(you)가 '뿔 난 양'이라는 말이다.
123 라틴어로 '기운 찬 손으로.'
124 무식한 코스터드가 당시 유행하던 라틴어 문구를 엉터리로 인용한다. '둥힐'(dunghill)은 거름 더미라는 뜻이다.
125 라틴어로 '손가락 끝까지.'

홀로퍼니스 환언하면 '몬스', 라틴어로, '산, 언덕'이라고 한 말, 즉 언덕입니다.

아마도 실례되지 않는다면 '산'이란 말이오.

홀로퍼니스 예, 그렇소이다. '상 케스티옹.'[126]

아마도 선생, 차일 후반부에, 다시 말씀드리면 무지몽매한 대중이 '오후'라 하는 시간대에, 전하께서 공주님을 그분의 막사에서 환대하시는 것이 전하의 아름다운 뜻이오.

홀로퍼니스 가장 귀하신 양반, 그날의 후반부, 즉 대퇴부는 오후에 어울리며 알맞으며 합치합니다. 바르게 고르신, 택하신, 아름다운, 적절한, 단어로서, 예, 확언하는 바입니다, 확언하는 바입니다.

아마도 선생, 전하께서는 고귀하신 신사이시며 본인과 절친하신, 확언하건대, 매우 좋은 친구가 되시오. 우리 사이 내밀한 사실은 말씀하지 않겠고—오, 괜찮습니다, 모자 쓰시오, 귀하 두부에 의상을 부착하시오. 기타 중차대하며 매우 심각한 의도 가운데, 또한 대단히 중요한 것은—그러나 그것은 논외로 합시다.—전하께서는 보잘것없는 나의 어깨에 이따금 기대시면서 자신의 존귀하신 손가락으로 이렇게 나의 끝초리, 나의 콧수염을 건드리시며, 그러나 친구여, 그것은 논외로 합시다. 온 세상을 걸어 맹세코, 이것은 지어낸 이야기가 아니오! 위대하신 전하께서 모종의 특별한 영광을, 군인이며 세상을 둘러본 견문 높은 여행자며—그러나 그것은 논외로 합시다.—나, 아마도에게 내리실 작정이시오. 요약하건대—그러나, 친구여, 비밀을 부탁하오.—전하께서 공주님께—귀여우신 아가씨께 모종의 좋은 구경, 쇼, 가장행렬, 괴기물, 또는 불꽃놀이를 보여드릴 것을 나에게 주문하셨소. 그런데, 사제와 나의 친밀한 친구인 당신이 그러한 돌발적인 구경거리, 즉 급작스러운 흥미의 폭발에 유능하심을 아는 까닭에 도움을 청하고자 알려드리오.

홀로퍼니스 선생, 공주님께 '9대 위인'[127]을 연출하도록 하시오. 내서닐 신부로 말하면, 시간을 보내기 위한 어떠한 일, 차일 후반부에 우리의 조력으로 제공될 어떠한 볼거리에 관해서라면 전하의 명령과 가장 영용한, 저명한, 또한 유식한, 신사로서, 공주님 앞에서, 9대 위인의 연출처럼 적합한 일은 다시없을 것이오.

내서닐 위인들을 연출할 만큼 훌륭한 사람들을 어디서 구하겠어요?

홀로퍼니스 여호수아는 당신이고 나는 유다 마카바이오이고 이 잘나신 신사는 헥토르요. 이 촌사람은 몸집이나 허우대가 크니만큼 폼페이 대왕으로 괜찮을 것이고, 이 아이는 헤라클레스로 괜찮을 것이오.

아마도 미안하지만, 틀리셨어요! 이 아이의 몸피는 그 위인의 엄지손가락도 될 수 없으며 그의 몽둥이 끝동만큼도 될 수 없소.

홀로퍼니스 내 말 들으시겠소? 이 아이에게 헤라클레스의 유아기를 연출시킬 터이오. 그의 등장과 퇴장은 뱀을 목 졸라 죽이는 광경뿐이오.[128] 그 까닭을 설명하는 대목을 내가 쓰려오.

모스 뛰어난 발상이에요! 그래서 청중 가운데 누구든 '씨!' 하고 흉보면 '잘했다, 헤라클레스, 당장 그 뱀을 목 졸라 죽여라!'[129]고 외칠 수 있거든요. 바로 이게 실수에 멋지게 대꾸하는 방법이지만 그 짓을 할 만큼 멋진 이가 드물죠.

아마도 그 외의 위인들은 어찌하겠소?

홀로퍼니스 내가 세 명을 연출하겠소.

모스 삼중으로 위대하신 신사이시군!

아마도 하나 이야기할까요?

홀로퍼니스 기다리시오.

아마도 그것이 잘못될 때는 괴기극이 되겠소. 청컨대 나를 따라오시오.

홀로퍼니스 '비아',[130] 이 사람, 덜! 지금까지 당신은 한 마디도 안 하였소.

126 프랑스어로 '틀림없이.'

127 당시 '9대 위인'은 트로이의 헥토르, 알렉산더 대왕, 줄리어스 시저 등 세 명의 이교도와, 여호수아, 다윗, 유다 마카베우스 등 세 명의 유대인과, 아서 왕, 샤를마뉴, 부이용의 곳프리 등 세 명의 기독교인을 가리켰다. 폼페이 대왕과 헤라클레스는 9대 위인 중에 포함되지 않았지만 아래에서 홀로퍼니스는 함부로 포함시키고 있다.

128 헤라클레스가 요람에 누운 아기일 때 그를 미워한 주노가 보낸 구렁이 두 마리를 양손으로 움켜잡아 목 졸라 죽였다고 한다.

129 뱀은 소리를 내지 못하지만 서양인들은 뱀이 혀를 날름대며 노려보면 '씨'(hiss) 소리를 낸다고 상상했는데 연극 등이 시시할 때 관객은 '씨' 소리로써 불만이나 조소를 나타냈으니 뱀이 내는 소리와 같다.

130 라틴어로 '기운을 내라.'

덜 한마디도 알아듣지 못했는데요.
홀로퍼니스 '알롱!'[131] 당신을 우리 쇼에 끼워 넣겠어.
덜 춤 같은 거라면 한몫 들죠. 그게 아니면
위인들한테 북을 칠 테니 강강술래나 추라죠.
홀로퍼니스 진실로 둔한 덜이며 고지식한 덜이오! 그러면
우리는 놀이판으로 빠르게 가자! [모두 퇴장]

## 5. 2

[공주, 마리아, 캐서린, 라절라인 등장]
공주 얘들아, 떠나기 전에 우리 모두 부자 되겠어.
이런 식으로 이별 선물이 들어온다면.—
여자를 아예 다이아몬드로 둘러싸는데!
사랑에 빠진 왕이 나한테 무얼 줬나 봐.
라절라인 공주님, 그밖에 또 뭐가 왔나요?
공주 이거뿐이냐고? 또 있지. 종잇장을
가득히 메워 쓴 연애시를 보내왔어.
종잇장 양면이 여백까지 들어차서
큐피드란 이름에 서명할 정도야.
라절라인 그렇게 하면 큐피드가 자랄 수 있죠.[132]
5천 년 동안이나 아이였어요.
캐서린 맞아. 못된 심술쟁이, 목매 죽일 놈이지.
라절라인 너와 그놈은 친할 수 없어. 네 언니 죽였잖아.
캐서린 그놈 때문에 언니가 우울하고 슬프더니
죽고 말았어. 너처럼 쾌활하고
명랑하고 재빠른 여자였다면
할머니가 될 때까지 살았을 테지.
가벼운 사람이 오래 살아. 너도 그래.
라절라인 그 가벼운 말의 숨은 뜻이 뭐야?[133]
캐서린 가무잡잡한 미인의 가벼운 성질이야.
라절라인 네 뜻을 알아내려면 환한 빛이 필요해.
캐서린 섣불리 다루다간 촛불까지 망치거든.[134]
그래서 내 말을 모르는 채 끝낼 거야.
라절라인 너는 무슨 일을 해도 어둠침침하더라.
캐서린 너는 안 그렇더라, 워낙 가벼운 애라.—
라절라인 너만큼 무겁지 않아 가벼운 거지.[135]
캐서린 귀중히 여기지 않아? 그래서 무시하누나.
라절라인 굉장한 이유다. 안 되는 건 안 되는 거야.
공주 주거니 받거니, 말재간 한 세트 아주 잘 쳤어.[136]
라절라인, 너도 연애 선물 받았어.
누가 보냈지? 내용이 뭐니?
라절라인 저도 알면 좋겠어요.
제 얼굴이 공주님처럼 새하얗다면
선물도 굉장하겠죠. 이것만 보셔요.
어머, 시도 있네요. 비론 덕분이에요.
운율은 정확한데 내용마저 옳으면
제가 지상 최고의 여신일 테죠.
저를 미인 2만 명과 비교한대요.
편지에 제 모습을 그대로 그렸군요!
공주 비슷한 데 있니?
라절라인 글자는 새까만데[137] 칭찬은 틀렸네요.
공주 먹물처럼 예쁘다고.—알맞은 결론이야.
캐서린 글씨본의 'ㄱ' 자처럼 새하얗구나.[138]
라절라인 화장 연필 조심해! 너한테 빚지곤 안 죽어.[139]
빨강색 주일 표시, 금색 글자다![140]
네 얼굴이 곰보 덩치가 아니면 좋겠어!
공주 그런 말 관둬! 입 더러운 여자는 싫어.
그런데 캐서린, 듀메인이 보낸 게 뭐야?
캐서린 이 장갑이에요.
공주 다른 짝은 안 보내고?
캐서린 물론 보냈죠. 진실한 연인이 쓴

131 프랑스어로 '가자.'
132 사랑의 신 큐피드는 '어린아이'였다. 큐피드를 키운다는 말은 성기를 크게 한다는 숨은 뜻도 있었다.
133 영어에서 '가볍다', '경박하다', '밝다', '빛'을 뜻하는 말은 모두 'light'인데, 이 말을 가지고 잽싼 여자들이 말장난을 벌인다. 우리말로는 옮길 수 없다.
134 촛불이 탈 때 심지를 적당히 잘라주지 않으면 촛불이 꺼지든가 탄내가 난다고 한다.
135 영어에서 '무게를 달다'(weigh)라는 말에서 '귀중히 여기다'라는 뜻이 나왔는데 이 뜻으로 말장난을 벌인다.
136 당시 귀족 사회에 유행하던 테니스 경기 한 세트에 비유한 말이다.
137 흰 종이에 쓴 검정색 글자가 그녀의 검은 머리, 검은 눈동자와 비슷하다는 말.
138 'ㄱ' 자는 '검다'의 첫 글자. 라절라인의 검은 머리, 검은 눈이 계속 놀림의 대상이 된다.
139 '화장할 때 쓰는 뾰족한 붓으로 찌를지 모르니 조심해라. 네가 모욕한 빚을 갚고야 말겠다'는 말대꾸.
140 캐서린은 얼굴이 붉은데 곰보투성이이고 머리는 금발이다. 달력에 주일은 빨간색으로 표기돼 있다.

천 줄쯤 되는 시를 더해놨네요.
위선을 슬쩍 가려 거짓말 무더기를
마구 쓸어 담아놓은 건방진 헛말이죠.
마리아 롱거빌은 편지와 진주들을 보냈는데요,
편지가 너무 길어 반 마일쯤 되어요.
공주 그럴 거야. 진주 목걸이가 조금 더 길고
편지는 더 짧으면 좋았을 테지?
마리아 맞아요. 아니면 내 손이 안 떨어진다거나.—
공주 이렇게 연인들을 놀리니까 우리가 똑똑해.
라절라인 그렇게 조롱을 청하니까 정말 못났죠.
가기 전에 비론을 마냥 골릴 텝니다.
올가미에 단단히 걸리기만 해봐!
간절하게 설설 기어 빌라고 하고
때가 오길 기다리고 규범들을 따르고
형편없는 시구에다 말재주를 다 쓰고
내가 시킨 일에 정성을 다 쏟고
내가 꾸민 장난을 자랑스레 실행하고
못난 짓을 하게 해서 재미를 보고.—
그자는 내 광대고 나는 그자의 운명이죠.
공주 현자가 바보 되면 꼼짝없이 붙들려.
지혜가 못난 짓을 시작한다면
지혜의 확신과 학문의 도움으로
유식한 바보가 멋지게 생겨나.
라절라인 근엄한 사람이 한번 놀아난다면
불타는 젊은 피도 그렇게 덥지 않아.
마리아 바보가 못난 짓 하는 건 똑똑했던 사람이
못나게 구는 만큼 꼴불견이 아니죠.
똑똑한 정신으로 힘을 다해서 못난 짓이
똑똑한 짓이라고 변명하겠죠.
[보이예 등장]
공주 보이예가 와. 안색이 환해.
보이예 우스워 죽겠어요! 공주님이 어디 계세요?
공주 무슨 일예요?
보이예 공주님, 대비하세요!
아가씨들, 무장하오! 평화를 깨려고
공격전이 마련됐소. 사랑이 변장해서
논설로 무장하고 접근하여 공격이 닥쳤소.
지혜를 한데 모아 방어에 나서거나
머리 싸맨 겁보처럼 달아나세요.
공주 성 드니가 성 큐피드에 맞서 있다![141]
누가 호흡을 쏘겠냐? 정찰병, 고해라.
보이예 서늘한 뽕나무 그늘에서 반시간쯤
눈 붙이고 편히 쉬려던 참에
안식할 의도를 깨려는 듯이
한쪽 그늘 속으로 왕과 그의 일행이
오는 것을 봤어요. 근처에 있는
숲으로 슬그머니 숨어서 저들의 말을
엿들었는데 그 내용을 말씀드려요.
조금 뒤에 그들이 변장하고 올 거요.
영악하고 예쁘장한 시동이 전령인데,
자기가 할 말을 잘 외우고 있어요.
'이렇게 말하라', '저렇게 하라.' 하고
아이에게 말과 몸짓을 가르칩니다.
공주님의 위엄 앞에 말을 잊을까
걱정이 태산 같았소. "네가 뵐 분은
천사지만, 겁먹지 말고 대담하게
말하라"고 왕이 말하니, 아이는
"천사는 악하지 않아요. 오히려
마귀라면 무섭겠죠." 하고 대답하였소.
그 말에 모두 웃고 어깨를 두드렸고
대담한 아이는 기고만장하였소.
한 남자가 팔꿈치를 쓸어주며 히쭉 웃고
처음 듣는 말이라고 감탄하니까
한 사람은 손가락을 튕기며 말하기를,
"비아",[142] 무슨 일이 생긴대도 그러오!
한 사람이 춤추며 "잘돼간다." 외치고
한 사람은 발꿈치로 섰다가 넘어지고
그와 함께 모두들 땅바닥에 뒹구는데
뱃속까지 얼마나 열심히 웃는지
허파 줄이 끊겨서 우스운 꼴이 되자
그들의 꼬락서니를 억누르려고
엄숙한 감정의 눈물까지 보였소.
공주 왜 그래요? 여기 온다고?
보이예 옵니다, 옵니다! 옷 입은 꼴이
모스크바 아니면 러시아 사람들 같아요.
그 사람들의 목적은 말하고 구애하고
춤춘다는 것인데, 각자 자기 여인에게

141 프랑스의 수호 성자인 성 드니가 맞서 있다는 말은 그가 했다는 뜻.
142 '힘을 내자!'라는 뜻의 라틴어. 5막 1장 140행에도 나온다. 홀로퍼니스의 말투다.

미리 보낸 선물들로 제 여인을 알아보고
사랑을 호소하겠답니다.

공주 그렇게 한대요? 사내들을 시험하겠어.
얘들아, 우리들은 가면을 쓸 거니까
사내들이 우리한테 아무리 애원해도
얼굴 보는 권리를 허용하지 않겠다.
라절라인, 내 선물과 네 선물을 바꿔서
비론이 나를 너라고 잘못 알게 만들자.
[라절라인과 선물을 바꾼다.]
[마리아와 캐서린에게]
너희도 선물들을 바꿔라. 애인들이
그걸 모르고 정반대로 구애할 테지.
[마리아와 캐서린이 선물들을 바꿔 지닌다.]

라절라인 잘됐다. 선물들을 돋보이게 만들어.

캐서린 이처럼 바꾸는 것에 무슨 뜻이 있어요?

공주 그들의 뜻을 꺾는 게 내 뜻이야.
그들은 오로지 장난치려 하지만
장난에 장난으로 맞서는 게 내 뜻이야.
각기 틀린 짝한테 비밀을 알리면
다음에 가면 벗고 서로 만나서
인사를 나누고 서로서로 얘기할 때
그거로 사내를 놀릴 수 있어.

라절라인 그들이 원하면 춤춰도 될까요?

공주 안 돼. 죽어도 한 발짝도 옮기지 마.
유독 잘 쓴 연설도 칭찬하기는커녕
모두들 연설 중에 외면해야 하겠다.

보이예 그처럼 박대하면 연설자는 낙담하고
연설문도 기억에서 사라지겠어요.

공주 그래서 그리해요. 그 사람만 끝장을 내면
나머지는 엄두도 낼 수 없어. 장난을
장난으로 이기는 게 으뜸이거든. 우리가
하는 장난은 그대로 남고 그들의 장난을
우리 거로 만들고, 그들을 놀려대며 우리는
남고 그들은 부끄럽게 물러나.
[나팔이 울린다.]

보이예 나팔입니다. 가면을 쓰세요. 그들이 오고 있어요.
[여인들이 가면을 쓴다.
흑인들이 음악을 연주하고, 모스가 연설문을
들고, 왕과 귀공들이 러시아 사람들처럼
차리고 등장]

모스 "안녕하시오! 지상에서 가장 값진 미인들이여!"

보이예 비단 가면만큼이나 비싼 미인들이오.

모스 "최고의 미인들의 거룩한 무리,
[여자들이 그에게 등을 돌린다.]
그들의—등을 인간을 향해 돌렸도다."

비론 "그들의 눈!" 이런 병신! "그들의 눈"이야!

모스 "그들의 눈을 인간을 향해 돌렸도다!
호의를 베풀어—"

보이예 맞아, 호의를 못 받았으니—

모스 "호의를 베풀어, 오, 천사들이여,
한번만 안 보시길"—

비론 "한번만 봐주시길"—이 병신아!

모스 "한번만 봐주시길, 해님 같은 눈길로—
해님 같은 눈길로"—

보이예 그따위 표현과는 어울리지 않아.
'따님 같은 눈길'이 훨씬 좋겠다.

모스 듣지도 않아요. 나도 말문이 막혀서—

비론 굉장하단 말재간이 이따위야? 꺼져라, 병신아! [모스 퇴장]

라절라인 [공주의 목소리로]
그들이 무얼 원해? 보이예, 알아봐요.
우리말을 안다면 솔직한 사람이
자기네 목적을 설명하거든.
원하는 걸 알아봐요.

보이예 무엇을 바라시오?

비론 예절 바른 방문과 선의를 바라오.

라절라인 무얼 바란다는 말이오?

보이예 오로지 선의와 방문뿐예요.

라절라인 그런 건 이미 허용했으니까 가라고 해요.

보이예 이미 허용했으니까 가도 좋다는 말씀이오.

왕 풀밭에서 공주님과 한 스텝을 밟으려고
몇 마일을 걸어왔다고 알리오.

보이예 풀밭에서 아가씨들과 한 스텝을 밟으려고
몇 마일을 걸어서 왔다고 합니다.

라절라인 그럴 리 없어요. 1마일이 몇 인치인지
물어봐요. 몇 마일을 걸어서 왔다고 하면
1마일이 몇 걸음인지 쉽게 알죠.

보이예 이곳에 오기 위하여 당신들이 몇 마일을
걸어왔다면 1마일이 몇 인치인지
공주님께 말씀드리오.

비론 지친 걸음으로 잰다고 해요.

보이예 공주께서 직접 들으세요.

라절라인 당신네가 걸어온

피곤한 길에서 1마일에 몇 걸음씩
피곤하게 옮겼는지 세어보았소?
비론 여러분을 위한 일은 세어보지 않았어요.
저희 직책은 풍성하고 무한해서
언제나 세지 않고 행할 수 있어요.
찬란한 얼굴의 광채를 보아요.
토인처럼 저희도 경배드릴 겁니다.
라절라인 내 얼굴은 달이지만 구름까지 덮었어요.[143]
왕 그러한 구름이면 축복된 구름이다.
밝은 달과 별들, 구름을 젖히게 하라.
눈물 어린 우리 눈에 비추게 하라.
라절라인 청원자가 헛돼요, 더 큰 걸 구하세요!
왕께선 물에 비춘 달뿐이어요.
왕 우리와 더불어 한 바퀴만 돕시다.
구하라 했는데 놀랍지 않소.
라절라인 그러면 음악을 연주하라! [음악이 연주된다.]
빨리 해라.
안 됐나? 춤 그만. 이렇게 달처럼 변한다.
왕 춤을 그만두는가? 왜 이렇게 낯설게 되는가?
라절라인 만월일 때 보셨는데 지금 벌써 변했네요.
왕 그러나 그 여자는 달이고 나는 남자요.
음악이 울리는데 조금 움직여요.
라절라인 귀로 들어요.
왕 그러나 다리도 움직여야 하오.
라절라인 외국인들로서 우연히 들렀으니까
격식을 치우고 손만 잡고 춤은 그만둡시다.
왕 그럼 손은 왜 잡소?
라절라인 친구들로 작별하려고.—
얘들아, 인사해.—그럼 춤이 끝났죠.
[음악이 그친다.]
왕 이 춤 좀 더 춥시다. 거절하지 마시오.
라절라인 이런 값에 더 출 수 없겠는데요.
왕 값을 말하오. 당신들 전부 값이 얼마요?
라절라인 당신만 없으면 돼요.
왕 그럴 수 없소.
라절라인 그럼 우릴 못 사요. 그럼 안녕히.—
가면에게 두 번 안녕, 당신에겐 반 번 안녕.
왕 춤을 거절한다면 이야기나 더 해요.
라절라인 그럼 단둘이.
왕 그 이상 좋을 수 없소.
[자기들끼리 말을 주고받는다.]
비론 [라절라인으로 잘못 알고 공주에게]
하얀 손의 아가씨, 달콤한 말 한마디를—
공주 꿀과 젖과 설탕,[144] 그런 세 가지군요.
비론 아닙니다. 그 식으로 따지면 세 곱절이라
꿀술, 밀술, 단술이오. 주사위야, 잘 굴렀다![145]
여섯 가지 단것이오.
공주 일곱 번째 단것은 안녕.
속임수 쓰니까 같이 놀지 않겠어요.
비론 몰래 한마디만.
공주 달콤한 건 빼고요.
비론 쓸개를 건드리네.
공주 쓸개는 써요!
비론 그래서 맞죠.
[자기들끼리 말을 주고받는다.]
듀메인 [캐서린으로 잘못 알고 마리아에게]
서로 말을 나눠도 괜찮을까요?
마리아 말하세요.
듀메인 어여쁜 아가씨—
마리아 그래요? 어여쁜 양반!
'어여쁜 아가씨' 값이에요.
듀메인 괜찮으시면
사사로이 얘기하고 떠날 겁니다.
[자기들끼리 말을 주고받는다.]
캐서린 뭐예요? 당신의 가면은 혀가 없어요?
롱거빌 [캐서린을 마리아로 잘못 알고]
물으시는 이유를 잘 알고 있어요.
캐서린 이유를 말하세요! 빨리요, 듣고 싶어요.
롱거빌 당신의 가면에는 혀가 두 개 들었는데,
말 못 하는 내 가면에 절반 줄 수 있군요.
캐서린 홀란드서 '빌'[146]이란 말이 송아지 아닌가요?
롱거빌 아가씨, 송아지요?
캐서린 송아지 신사, 아니에요.

143 자신은 해(공주)가 아니고 달이며 가면까지 썼다는 말인데 비론이 알아듣지 못한다.
144 전통적으로 그 세 가지가 '달콤한 맛'이었다.
145 주사위는 한 번에 두 개를 던져서 점수를 냈는데 한꺼번에 단것이 두 곱으로 세 가지 단맛의 술이 나왔다는 말.
146 네덜란드인은 영어의 'well'을 '빌'(veal)로 발음하는데 이는 '송아지'라는 뜻이다. '송아지'는 기운이나 생각이 모자라는 못난이를 뜻했다.

롱거빌 그 말 서로 나눕시다.
캐서린 당신의 반[147]은 안 돼요.
다 가져요. 젖 떼면 황소 될지 모르거든요.
롱거빌 놀리는 말만 하면 자기가 손해 봐요.
정숙한 아가씨, 뿔을 주겠어요?[148] 그러지 말아요.
캐서린 그럼 뿔이 크기 전에 송아지로 죽으세요.
롱거빌 죽기 전에 사사로이 한마디만 하겠어요.
캐서린 그럼 낮게 말하세요. 백정이 울음소리를 들어요.
[자기들끼리 말을 주고받는다.]
보이예 여자들의 놀려대는 말투가 보이지 않는
면도의 칼날처럼 날이 섰구나.
뵈지 않는 작은 털도 잘라버리지.
그들의 말소리는 하도 날카로워서
들을 수가 없으며 그들의 말재간은
화살과 총알과 바람보다 빠르구나.
라절라인 얘들아, 입 다물어. 관두자! 관두자!
비론 순전히 말에 맞아 떨어졌구나!
왕 미친 것들, 잘 있어라. 여자치곤 싱겁다.
[왕과 귀족들과 흑인들 퇴장]
[여인들이 가면을 벗는다.]
공주 빨리 가, 얼어붙은 모스크바 인간들!
저것들이 그렇게도 유명한 말쟁이 패야?
보이예 아가씨들 입김에 꺼진 촛불들예요.
라절라인 머리에 비계가 찼네요. 뒤룩뒤룩 살이 쪘어요.
공주 오, 빈곤한 머리, 빈곤한 왕의 욕설!
오늘 밤 목을 매어 자살할 것 같은데?
아니면, 가면 뒤에 얼굴을 감추겠지?
시건방진 비론은 체면 아주 잃었어.
라절라인 모두들 처량한 지경에 빠졌구먼요.
좋은 말 듣고 싶어 왕은 울상이었죠.
공주 비론은 맹세하다 사랑 전부 놓쳤어.
마리아 듀메인은 검과 함께 충복이 되겠대요.
"그만둬요." 하니까 잠잠하데요.
캐서린 롱거빌은 자기 속을 내가 점령했대요.
내게 뭐랬는지 아세요?
공주 "어지럽다." 했겠지.
캐서린 맞아요.
공주 저리 비켜. 너한테 옮겠다.
라절라인 똑똑한 자가 수수한 모자를 쓰기도 해요.
그런데 말이죠, 왕이 나를 열렬히 사랑해요.
공주 재빠른 비론은 진심을 바치더라.
캐서린 롱거빌은 날 때부터 나한테 충복이래요.
마리아 듀메인은 나무와 껍질처럼 나의 것이래.
보이예 공주님, 아가씨들, 귀를 기울이세요.
이제 금방 이리로 본래 모양 그대로
다시 돌아올 거예요. 아까 당한 수모를
도저히 참고 있지 못할 테니까.
공주 돌아올까?
보이예 옵니다. 틀림없어요.
맞아서 절뚝여도 기뻐 날뛸 겁니다.
그러니 얼굴을 바꾸세요. 그들이 오면
이 여름 바람에 장미처럼 피세요.
공주 피다니, 웬 말예요? 알아듣게 말해요.
보이예 가면을 쓴 아가씨는 피기 전 장밉니다.
가면을 벗어놓고 발그레한 빛을 띠면
구름 헤친 천사요 활짝 핀 장미예요.
공주 수수께낀 그만해요! 본래 모양 그대로
구애하러 몰려오면 어쩌면 좋겠어?
라절라인 공주님, 제가 말하는 대로 따라 하세요.
변장하든 안 하든 그자들을 놀립시다.
싱거운 바보들이 러시아 사람처럼
멋없이 변장하고 왔었다 하고,
그자들이 누군지, 무슨 목적에서
막사에 와서 천박한 연극과
저질 시와 글귀와 우습고 못난 짓을
벌였었는지 모르겠다고 하세요.
보이예 아가씨들, 피하세요. 기사들이 왔어요.
공주 너른 땅의 사슴처럼 막사로 달려가자!
[공주와 시녀들 퇴장]
[왕과 신하들이 본래의 차림으로 등장]
왕 잘 있나? 공주님은 어디 계신가?
보이예 막사로 가셨어요. 혹시 전하께서
전하실 말씀이 있으십니까?
왕 잠시 할 말이 있다. 보자고 해라.
보이예 예, 공주님도 보시려고 하겠습니다. [퇴장]
비론 이 작자는 비둘기가 콩알 주워 삼키듯

147 남녀의 서로 절반은 배우자 관계를 말한다. '아내'가 되고 싶지 않다는 말이다.
148 아내가 서방질을 하면 남편 머리에 뿔이 난다는 말이 있었다. 소, 양, 사슴 이야기가 나오면 으레 '뿔'이 언급될 지경이었다.

멋진 말을 외웠다가 마음대로 써먹네요.
말재간의 행상이라 제삿집, 잔칫집,
행사장, 시장판, 장터에서 파는데
우리 같은 도매상은 멋이 없어서
그런 구경거리로 멋있게 팔 줄 몰라도
이 사내는 여자들을 손에 쥐고 놀아요.
그가 아담이라면 이브를 유혹하겠죠.
매너도 말씨도 멋있고 인사를 하느라고
자기 손이 키스로 닳았다고 해요!
격식의 흉내쟁이, 형식 완벽주의자,
노름을 할 때도 점잖은 말씨로
주사위를 꾸짖고, 높지도 낮지도 않은
음성으로 노래하고 남을 안내할 때엔
흠잡을 데가 없죠. 여자들은 그를 일러
상냥하대요. 층계는 그의 발에 키스하고,
상아처럼 하얀 이를 보이기 위해
누구에게나 웃음 짓는 꽃과 같으며,
빚 없이 죽으려는 양심적인 사람들도
말 잘하는 보이예에게 경의를 표해요.
왕 능란한 혓바닥에 혓바늘이 돋아라!
아마도의 시동이 말을 잊게 했다고.
[공주, 마리아, 캐서린, 라절라인이
보이예의 안내로 등장]
비론 혓바닥이 와! 행태야, 저 인간이 안 빼주면
과거와 현재에도 네가 뭔지 알겠냐?
왕 한없이 환영하오! 어여쁜 공주, 좋은 날 되시오.
공주 '좋은 날' 되라면 안 좋다는 말이군요.
왕 나의 말을 좀 더 좋게 해석하시오.
공주 그러면 더 좋게 말하세요. 허락할 테니.
왕 방문차 왔었는데, 이제는 여러분을
궁정으로 모실 테니 허락하시오.
공주 나는 들에 있을 테니 맹세대로 하세요.
맹세를 어긴 자를 나도 신도 싫어해요.
왕 공주님이 만드신 걸 탓하지 마시오.
공주님의 눈빛 덕에 맹세를 깨뜨렸소.
공주 잘못 말씀하시네요. '덕'이 아닌 '악'이죠.
덕은 절대 인간의 맹세를 깨지 않아요.
티 없는 백합처럼 순결한 처녀로서
내 명예를 걸어서 맹세하는데,
온갖 아픈 고문을 당한다 해도
그 궁궐의 손님은 안 되겠어요.
거룩한 맹세를 깨뜨리게 만드는
이유가 되는 걸 바라지 않아요.
왕 공주님은 여기서 찾는 사람 하나 없이
쓸쓸히 지냈으니 우리의 큰 수치요.
공주 그렇지 않아요, 절대로 안 그래요.
여기서 우리끼리 즐겁게 놀았어요.
러시아인 네 사람이 방금 우릴 떠났어요.
왕 공주, 러시아인이오?
공주 네, 정말입니다.
단정한 신사들로, 예절과 위엄이 넘쳐요.
라절라인 공주님, 사실대로 말하셔요.—아니에요.
공주님은 오늘날의 유행을 따라서
예절에 대해 지나친 찬사를 보내셔요.
우리 넷은 이곳에서 러시아 옷을 입은
네 사람과 만났어요. 한 시간쯤 있었는데
빨리 지껄였지만 한 시간이 넘도록
그자들은 좋은 말 한마디도 안 남겼어요.
바보라고 할 순 없지만 분명한 것은
바보도 목마를 땐 마시고 싶어 하죠.
비론 걸렁한 농담이오. 얌전한 아가씨,
당신은 똑똑한 걸 멍청하게 만들어요.
두 눈을 부릅뜨고 하늘눈[149]을 쳐다보면
빛에 빛을 잃게 돼요. 당신의 능력이면
똑똑한 건 어리석고 풍부한 건 빈약해서
당신의 지능은 매우 우수합니다.
라절라인 자기가 똑똑하고 풍부하단 말이군요.
비론 나는 바보인 데다 빈약한 게 너무 많소.
라절라인 당신은 자기 것을 되받을 뿐이죠.
내가 이미 한 말을 훔쳐가면 잘못이어요.
비론 나는 당신 것이오. 내게 있는 모든 것도.—
라절라인 바보들도 내 거죠?
비론 그 이하는 못 주겠소.
라절라인 무슨 가면 썼었죠?
비론 언제? 어디서? 무슨 가면 말이오? 그건 왜 물어요?
라절라인 그때 거기 그 가면. 쓸데없는 가리개요.
못난 얼굴 가리고 잘난 얼굴 보여줬죠.
왕 [신하들에게 방백]
발각됐구나. 이제 우릴 놀리게 됐다.

149 태양.

듀메인 [왕에게 방백]
실토합시다. 장난으로 돌립시다.
공주 놀라셨나요? 왜 울상이셔요?
라절라인 머리를 받쳐! 혼절하실라! 왜 하얘지셔요?
모스크바 뱃길에서 멀미가 나셨어요.
비론 이처럼 위증자는 재앙을 받는다.
어떤 철면피가 버틸 수 있겠는가?
내가 여기 섰으니 화살을 보내시오.
경멸로 상처주고 멸시로 죽이시오.
예리한 말솜씨로 내 무식을 꿰뚫고
날카로운 말재주로 나를 찢어발기시오.
다시는 춤추자고 수작하지 않겠고
러시아 복색으로 얼쭝대지 않겠고
오, 다시는 연설문을 의심 없이 믿으며
아이의 말 능력을 믿지 않겠소.
다시는 가면 쓰고 연인에게 가지 않고
눈먼 하프 악사[150]처럼 연애시를 쓰지 않고
비단결 같은 문장, 비단처럼 예쁜 말,
엄청난 과장법, 번지레한 꾸밈새,
유식한 비유들,—이런 여름 파리 떼가
구더기만 가득하게 나에게 깔겼소.
모두들 내버리고 이 하얀 장갑으로
—얼마나 흰 손인지 하느님이 아시지만
여기서 맹세컨대 앞으로 내 구애는
소박한 '예' 아니면 순박한 '아니오'로
보여줄 마음이라, 처음으로 말하건대
하느님의 도움으로, 아가씨, 정말입니다!
당신에 대한 내 사랑은 틈과 흠이 없습니다!
라절라인 없단 말은 없게 해요.
비론 옛날 미친 기운이
아직 남아 있어요. 봐주세요. 병자예요.
차차 없어질 테죠.—잠깐. 저 세 사람한테는
"주여, 자비를"[151]이라고 써놓으세요.
저자들도 마음 깊이 상사병이 들었군요.
당신네 눈에서 염병이 옮았네요.
전염된 병이라 당신들도 걸렸어요.
주님의 표시[152]가 찍힌 걸 보겠네요.
공주 아니죠. 병을 옮긴 사람들은 생생한데요.
비론 체면을 잃었군요. 망치진 마세요.
라절라인 그렇지 않아요. 구애한다면서
체면을 잃었다니 정말일 수 있어요?
비론 관두시오. 당신과는 상관하지 않겠소.
라절라인 내 마음 같아선 보지도 않겠지만.—
비론 [동료들에게]
당신네 말은 당신들이 하시오. 나는 동났소.
왕 어여쁜 공주께서 우리의 무례를
변명하게 해주시오.
공주 실토가 제일 좋죠.
방금 전에 변장하고 여기 왔었죠?
왕 그랬습니다.
공주 제정신으로 그랬어요?
왕 예, 공주님.
공주 당신들이 왔을 때
자기 아가씨에게 뭐라고 속삭였죠?
왕 온 세상보다도 높인다고 말했어요.
공주 약속대로 하라면 그녀를 버릴 테죠.
왕 맹세코 아닙니다.
공주 그런 말 마세요!
한번은 어겼어요. 서슴지 않고 어기겠죠.
왕 이 맹세를 어기면 경멸해도 좋아요.
공주 내가 경멸할 테니 맹세를 지키세요.
라절라인, 러시아 사람이 뭐라고 했지?
라절라인 나를 눈동자처럼 소중히 여기고
온 세상보다도 존중한다 했어요.
뿐만 아니고 나와 결혼 못 하면
죽기까지 연인으로 남겠다고 했어요.
공주 하느님이 너한테 기쁨 주시길!
귀한 분이 맹세하고 약속대로 했어.
왕 그게 무슨 말이오? 목숨과 진심을 걸고
이 아가씨에게 그런 맹세 한 적이 없소.
라절라인 그대로여요! 확실한 증거라면서
이걸 내게 줬는데, 그럼 도로 가져가요.
왕 내 마음과 이 물건을 공주님께 드렸소.
소매에 달린 보석으로 내가 알아보았소.
공주 안됐지만 이 보석은 저 여자가 찼던 거죠.

150 당시 유랑 하프 연주자는 대개 맹인으로서 옛 민요를 연주했다.
151 염병(페스트) 환자가 있는 집 문간에 이 구절을 써 붙여서 외인들이 들어오지 않게 했다.
152 염병으로 죽게 된 사람 몸에 나타나는 검은 반점(그래서 흑사병이라고 했다)을 말한다.

고맙게도 비론 경이 내 남자가 됐어요.
나를 다시 원하거나 진주를 갖겠어요?
비론 둘 다 싫소. 모두 포기하겠소.
계교를 알겠소. 서로 짠 거요.
우리 장난 계획을 미리 알고 있다가
성탄절 놀이처럼 망친 거군요.
떠버리, 아첨꾼, 시시한 광대,
수다쟁이, 양반집 식객, 히죽 웃으면
주름투성이가 돼버리는 어떤 녀석이
아가씨가 웃고 싶을 때 웃게 만들 방법을
미리 알고 있다가, 귀띔해주니까
여인들은 얼굴을 바꿨지만 우리들은
표만 보고 거기에다 구애했군요.
생각도 판단도 죄를 다시 범했으니
우리 꼴이 더더욱 끔찍스럽게 됐소.
그렇게 된 거요. [보이예에게]
이 짓에 선수 쳐서
이런 죄를 짓도록 꾸며놓지 않았소?
공주님의 발 치수도 환하게 꿰지 않소?[153]
친숙하게 쳐다보며 농담을 하지 않소?
농지거릴 건네면서 아첨꾼의 자세로
공주님과 불길 사이 방패막이 되지 않소?
시동의 힘을 뺐소. 마음대로 하시오.
죽고 싶을 때 죽으면 속치마로 싸놓겠소.
나를 째려보기요? 무대용 칼[154] 같은
시선도 있소.
보이예 무척이나 신명나게
말 달리고 멋지게 다루는군요.
비론 즉시 창을 겨누지만, 나는 그만두겠소.
[코스터드 등장]
똑똑한 자, 환영한다. 멋진 싸움 멈췄다.
코스터드 대감님, 지금 위인 세 사람이
들어올지 말지를 알고 싶대요.
비론 단지 세 명뿐인가?
코스터드 아니에요. 매우 좋아요.
하나가 세 명이죠.
비론 삼삼은 구란 말이군.
코스터드 아니에요. 안됐지만 안 그러면 좋겠어요.
우리는 바보가 아니에요. 아는 건 알아요.
삼 곱하기 삼은, 바라기는—
비론 구 아닌가?
코스터드 미안합니다마는, 그게 얼마큼 되는지는 우리가
잘 알아요.
비론 삼삼은 구라고 알았었는데.
코스터드 에구, 신사 양반, 평생 먹고 살려고 셈을
해야 한다면 불쌍하지 않아요?
비론 그게 얼만데?
코스터드 아, 대감님. 그 사람들이, 다시 말해 배우들이
그게 얼마큼 되는지 알려주겠죠. 제가 맡은 역은
볼품없는 사내한테 굉장한 사람이 되는 건데
바로 폼피언[155] 대왕, 다시 말해 호박 대왕이죠.
비론 너도 위인 중 하난가?
코스터드 저분들은 제가 폼페이 대왕을 할 만하다고 보신
게요. 저로 말하면 그 위인의 계급은 모르지만
어쨌든 그 사람 역으로 놀아요.
비론 가서 준비 시켜라.
코스터드 멋지게 할 거요. 꽤 조심할 테니까요. [퇴장]
왕 비론, 창피할 거야. 오지 말라고 해.
비론 우린 철면피라 끄떡없어요. 우리보다
못난 꼴 보이는 게 상당히 똑똑해요.
왕 오지 말라고 해.
공주 아니어요. 전하를 거슬러야 하겠네요.
할 줄 모르는 놀이가 제일 재미있어요.
즐겁게 해주려고 열심히 하면 할수록
연기자의 열에 묻혀 내용이 죽고
굉장한 의욕이 산고 끝에 망가질 때
뒤죽박죽 돼버린 연극이 가장 즐겁죠.
비론 우리 놀이에 대한 알맞은 묘사입니다.
[아마도 등장]
아마도 기름 부음 받으신 이여, 전하의 달가운 숨결로써
몇 마디 말씀을 주시기를 앙망합니다.
[왕과 함께 비켜서서 말한다. 그가 왕에게
종잇장을 하나 준다.]
공주 이 사람도 하느님을 섬겨요?
비론 왜 물으시죠?
공주 하느님이 만드신 사람의 말이 아니군요.

153 여자의 발 치수를 안다는 것은 그녀의 발의 길이를 알 만큼 굽실대며 아첨한다는 말이다.
154 연한 납이나 나무로 만든 가짜 칼.
155 '폼페이우스'를 그렇게 이해하고 있다. '폼피언'(Pompion)은 호박이다.

아마도 모두 동일합니다. 아름답고 달콤하고 꿀 같으신
임금님. 언명컨대 학교 훈장은 너무도 괴팍하고
너무 너무 거만합니다마는 시쳇말처럼 '포르투나
델라 게라'[156]에 맡깁시다. 가장 존귀하신 두 분
전하의 마음의 평강을 비옵나이다. [퇴장]

왕 [종이에 쓴 것을 읽으며] 여기를 보면 대단하신
위인들이 함께할 것 같은데. 그자가 트로이의 헥토르,
어릿광대가 폼페이우스 대왕, 마을 사제가 알렉산더,
아마도의 시동이 헤라클레스, 학교 훈장이 유다
마카바이오야.
이 네 위인이 첫 무대에 성공한다면
의상을 바꿔 입고 다섯 명을 연출하지.

비론 첫 무대에 다섯인데요.

왕 잘못 알았어. 그렇지 않아.

비론 훈장과 떠버리와 무식한 사제와 광대와 아이요.
장땡만 빼고[157] 온 세상 다 뒤져도 그런 다섯은
구할 수 없어요. 저마다 한 가락씩 할 줄 알아요.

왕 배는 이미 떠나서 전속력으로 나아가고 있어.
[코스터드가 폼페이우스로 분장하고 등장]

코스터드 "나는 폼페이우스다."—

보이예 거짓말하지 마.

코스터드 "나는 폼페이우스다."—

보이예 표범 머리 무릎에 대고.[158]

비론 말 잘했소. 코웃음에 능란한 당신과 친구할 테요.

코스터드 "나는 폼페이우스다. 큰 왕이라고 이름난 폼페이우스—"

듀메인 "대왕."

코스터드 "대왕"이죠. "대왕이라고 이름난 폼페이우스다.
전장에서 큰 방패에 적군이 땀 흘리고
해안 따라 오다가 우연하게 만났으니
어여쁜 프랑스 처녀 발 앞에 무장을 바치노라."
"고맙소, 폼페이우스." 하시면 끝나요.

공주 대단히 고마워요, 대단하신 폼페이우스.

코스터드 대단한 건 못 되지만 하여튼 완전하면 좋겠네요.
'대왕'에서 얼마쯤 실수했네요.

비론 뭐든지 걸어서 내기하겠소. 폼페이우스가 제일
훌륭한 위인이군요.
[코스터드가 옆으로 비켜선다.
내서닐이 알렉산더로 분장하고 등장]

내서닐 "세상에 사는 동안 세상을 호령하며
동서와 남북으로 정복의 힘을 폈노라.
알렉산더란 사실을 방패[159]에 표하노라."

보이예 코를 보니까 아냐. 거짓말 마. 코가 너무 똑발라.[160]

비론 [보이예에게]
'아냐'를 냄새로 알아내니 예민한 코!

공주 정복자가 머쓱해. 계속해, 알렉산더.

내서닐 "세상에 사는 동안 세상을 호령했고—"

보이예 암, 그랬고말고. 그랬지, 알렉산더.

비론 [코스터드에게] 폼페이우스 대왕은—

코스터드 대감님의 하인이요 코스터드요.

비론 정복자 집어치워. 알렉산더 집어치워.

코스터드 [내서닐에게] 당신이 정복자 알렉산더를 때렸군요.
그거 때문에 당신은 색깔을 칠한 벽걸이에서 없어지게
됐네요. 당신의 사자는 똥통에 앉아 도끼를 들었는데[161]
에이잭스한테 줄 건데요, 그 사람이 아홉 번째 위인이 될
거예요. 정복자니까 말하기가 겁나요? 알렉산더,
창피하니까 달아나라고요.
[내서닐이 물러선다.]
자, 괜찮다면 잘 보세요. 못나고도 착한 사람, 얌전한
사람이 금방 작살난다고요. 저 사람은 무척 괜찮은
이웃인데, 아주 솜씨가 좋은 볼링쟁이예요. 하지만
알렉산더는 보다시피 배역이 조금 틀렸네요. 하지만
계속해서 위인들이 들어와서 저마다 별다르게 자기
속을 터놓을 거예요.

공주 착한 폼페이우스, 옆으로 비켜서라.
[홀로퍼니스가 유다 마카바이오로 분장하고 모스가
헤라클레스로 분장하여 등장]

홀로퍼니스 "거인 헤라클레스는 이 아이가 연출하고,
머리 셋인 케르베로스[162]를 몽둥이로 죽였고,

156 이탈리아어로 '전쟁의 운수.'
157 주사위 점수 중에 최고점인 것 같다.
158 폼페이의 문장은 표범인데 그가 쓰러지면 표범 머리 그림이 무릎에 오게 된다.
159 왕의 권세를 나타내는 방패 표면에 쓴 글.
160 알렉산더의 어깨가 비뚤어졌었다는 말이 있다.
161 중세에 알렉산더 대왕의 문장(紋章)은 전쟁 무기인 긴 도끼를 들고 왕좌에 앉아 있는 사자인데 이를 대갓집 벽걸이에 그려놓았었다. 코스터드는 왕좌를 요강이라고 부르고 알렉산더의 문장을 힘만 세고 머리가 모자라는 그리스 장수 에이잭스(아이아스)로 대치한다.
162 그리스신화에 나오는 케르베로스(Cerberus)는 지하계의 문을 지키는 머리가 셋 달린 개이다.

갓난아기, 젖먹이, 아기였을 때
독사들의 숨통을 손으로 질식시켰다.
유아기에 이러한 능력을 보여줬으니
이처럼 변명하며 등장하노라."
[모스에게] 조금씩 위엄스레 퇴장하고 사라져라.
[모스가 물러선다.]
"나는 유다이니라."—
듀메인 유다라니!
홀로퍼니스 가롯 유다[163]가 아닙니다.
"나는 유다이노라. 마카바이오라 칭하도다."—
듀메인 유다 마카바이오는 간단히 말하면 유다거든.
비론 입을 맞춘 배반자. 그래서 유다 아니야?
홀로퍼니스 "나는 유다이노라."—
듀메인 더 창피해, 유다야.
홀로퍼니스 무슨 말씀인지요?
보이예 유다한테 목매 죽으란 말이야.
홀로퍼니스 먼저 하십시오. 저보다 연장이시지요.
비론 대꾸 잘했다. 유다는 뽕나무에 목을 맸거든.
홀로퍼니스 제가 할 말 잊어먹으면 안 돼요.
비론 잊어먹을 대가리도 없을 거니까.
홀로퍼니스 그럼 이게 뭔가요?[164]
보이예 깡깡이 대가리.
듀메인 비녀 대가리.
비론 반지에 새긴 해골바가지.
롱거빌 거의 보지 못할 만큼 닳아빠진 로마 동전.
보이예 시저의 칼자루.
듀메인 화약통에 새긴 화상.
비론 배지에 새긴 성 조지 옆얼굴.
듀메인 맞아. 납으로 만든 배지.
비론 맞아. 이빨 빼는 돌팔이 치과 의사 모자에
달린 배지. 그럼 계속해라. 혼란이 없을 테니.
홀로퍼니스 저를 완전히 혼란 속에 빠뜨렸네요.
비론 거짓말 마라! 혼란에서 구해줬다!
홀로퍼니스 그래서 온통 망신살이 뻗쳤는데요.
비론 네가 사자였대도 그렇게 했을 거다.
보이예 그런데 노새에 불과하니 보내주죠.
잘 가라, 착한 유다. 아니, 왜 그래?
듀메인 자기 이름 끝 때문이야.
비론 '유다'에 붙는 거? 줘버려. 유다—놈, 가라!
홀로퍼니스 귀족도, 신사도, 친절도 아니시네요.
보이예 유다 선생께 불 밝혀! 어두워 가. 넘어지실라.
[홀로퍼니스가 물러선다.]
공주 불쌍한 마카바이오, 놀림만 받았어!
[아마도가 헥토르로 분장하고 등장]
비론 아킬레스, 머리 가려. 무장한 헥토르 납신다.
듀메인 놀림이 돌아와서 내게 떨어져도 지금 당장은
재미를 봐야겠다.
왕 여기에 비하면 헥토르는 보통 트로이 주민이었어.
보이예 한데 저게 헥토르요?
왕 진짜 헥토르도 저렇게 늠름하진 못했을 건데.
롱거빌 다리가 너무 굵어 헥토르가 따라오지 못해.
듀메인 확실히 종아리가 더 굵어.
보이예 아니지. 발목이 제일 잘났어.
비론 절대로 헥토르가 될 수 없어!
듀메인 얼굴을 꾸미니까 저 녀석은 신 아니면 화가야.[165]
아마도 "강력한 무력의 신, 전능한 창의 군신,
헥토르에게 주신 것은"—
듀메인 노른자 씌운 호두.
비론 레몬.
롱거빌 향초 박은 거.
듀메인 아니, 쪼갠 거.
아마도 조용하시오!
"강력한 무력의 신, 전능한 창의 군신,
헥토르에게 주셨으니 트로이의 후계자,
평소에 수련하여 아침부터 저녁까지
그의 막사 밖에서 싸울 수 있었다.
내가 그런 꽃이므로"—
듀메인 그런 박하.
롱거빌 그런 매 발톱.
아마도 정다우신 롱거빌 공, 혀를 삼가주시오.
롱거빌 도리어 혀에게 달리라고 해야겠다. 혀가 헥토르한테
날아가고 있거든.
듀메인 맞다. 헥토르가 빠른 건 사냥개 같은 거라고.

163 예수를 배반한 유다는 가룟 지방 출신이어서 언제나 '가룟 유다'라고 불렸다. 예수에게 키스를 하여(인사로 입 맞추어) 그가 예수임을 잡으러온 사람들에게 알렸다(마태복음 26장 48~50절). 유다는 그 대가로 은 30냥을 받았으나 뉘우치고 뽕나무에 목을 매어 자살했다고 한다.
164 자기 머리를 가리키며 하는 말.
165 '짓는 것'은 신이나 예술가만 할 수 있다. 아마도가 잔뜩 인상을 쓰고 있는 듯하다.

아마도 정다운 그 무인은 죽고 썩었소. 정다운 인생들,
묻힌 사람의 백골을 공격하지 마시오.
그분이 숨을 쉴 때에 진실로 남아였소. 그러나
대사를 계속하겠소. [공주에게] 정다우신
공주 전하, 저에게 청각을 기울여 주십시오.
[비론이 앞으로 나가 코스터드에게 귓속말을 한다.]
공주 용맹한 헥토르, 말하세요. 아주 재미있네요.
아마도 다정하신 공주 전하의 신발을 숭배합니다.
보이에 발 길이로 사랑해.
듀메인 팔 길이로 사랑하진 못해.
아마도 "헥토르는 한니발을 매우 능가했으나
그들은 가고 없어.—"
코스터드 헥토르 친구, 그 여자가 애를 뱄소. 벌써 두 달
됐군요.
아마도 그것이 무슨 말인가?
코스터드 정말이지, 당신이 착한 트로이 사람 구실을
안 하면 그 불쌍한 계집은 내버린 거요. 애를
뱄소. 벌써 배 속에서 야단을 쳐요. 당신 애요.
아마도 높은 분들 가운데서 내 명성에 오점을 가하는가?
너는 죽으리라.
코스터드 그러니까 헥토르는 자기 애를 가진 자크네타
때문에 매를 맞고 자기가 죽인 폼페이우스 때문에
목 달려 죽는구먼.
듀메인 한없이 놀라운 폼페이우스!
보이에 이름 높은 폼페이우스!
비론 '대왕'보다 위대해! 위대한, 위대한, 폼페이우스!
폼페이우스의 거인!
듀메인 헥토르가 부들부들 떨어.
비론 폼페이우스가 화났어. 화를 좀 더 돋워! 좀 더
돋워! 싸움 붙여! 싸움 붙여!
듀메인 헥토르가 도전장을 보낼 거야.
비론 맞아. 벼룩의 한 끼 밥도 못 될 정도로
배 속에 사내 피가 없으면 몰라도.—
아마도 북극에 걸어서 맹세하여, 너에게 도전한다.
코스터드 북쪽 지방 사람처럼 막대기 가지고 싸우지를
않겠소. 싹둑 잘라낼 테요. 칼로 하겠소.
아까 내가 가졌던 칼을 다시 빌려주오.
듀메인 성난 위인들한테 자리를 내줘라.
코스터드 속옷 바람으로 할 테요.
듀메인 결심이 단단한 폼페이우스로다!
모스 주인님, 윗도리 단추를 벗겨드리죠. 폼페이우스가
결투하려고 옷 벗는 거 안 보세요? 어떻게
하실 거예요? 명성을 잃으실 게 확실해요.
아마도 신사 여러분, 그리고 군인 여러분, 용서를
구하오. 나는 속옷 바람으로 싸우지 않겠소.
듀메인 당신은 거절할 입장이 아니야. 폼페이우스가
결투를 신청했다고.
아마도 정다운 젊은 분들, 거절할 수 있으면 거절하겠소.
비론 무슨 이윤가?
아마도 적나라한 이유인즉 내가 속옷이 없다는 것이오.
고행하기 위하여 털 잠방이를 입고 있소.
모스 그래요. 로마에서 속옷이 없어서 털 잠방이를
입게 됐대요. 그때 뒤엔 자크네타의 행주밖에는
입은 게 없다고요. 정표의 하나로 가슴팍에
입고 있어요.
[전령인 므슈 마르카데 등장]
마르카데 공주님, 평안을 빕니다.
공주 마르카데, 잘 왔소,
당신 때문에 우리 놀이가 중단됐지만.—
마르카데 황공하오나, 제가 전할 소식에
혀가 무겁습니다. 부왕께서—
공주 기어이 가셨구나!
마르카데 맞습니다. 이상입니다.
비론 위인들, 물러가라! 무대가 어두워지기 시작해.
아마도 저야말로 안도의 숨을 쉬겠습니다. 분별이라는
구멍을 통하여 수치의 밝은 빛을 보게 됐습니다.
저 자신을 군인답게 고쳐놓겠습니다. [위인들 퇴장]
왕 여왕 전하, 괜찮으시오?
여왕[166] 보이에, 준비하오. 이 밤에 떠나겠소.
왕 그러지 마세요. 계시기 바라요.
여왕 떠날 준비를 하라니까.—고마우신 여러분들,
온갖 일로 애쓴 것에 감사하면서
새로이 슬퍼하는 마음으로 청하는데,
넉넉한 지혜로써 내가 나의 멋대로
장난을 벌였으니 용서하고 덮으세요.
대화를 나누면서 지나친 무례를
범한 일이 있으면 여러분의 신사다운
탓이었지요. 그럼 전하, 안녕히 계세요!

166 지금까지는 왕위를 상속할 '공주'였다가 부친인 프랑스 왕이 죽자 그 당장에 '여왕'이 된 것이다. 왕은 그녀에게 '전하'라고 부른다.

무거운 마음이라 혀가 빨리 못 도는 걸
용서하세요. 중대한 소청[167]을 그처럼 쉽게
허락하셨는데 고마움이 턱없이 모자라요.
왕 긴박한 사태가 긴급을 요청할 때
모든 일을 급하게 몰아가기 일쑤며
오래도록 해결되지 않던 문제가
결정적인 순간에 풀릴 때가 많습니다.
친상당한 자손의 슬픔을 보고
웃음 짓는 사랑으로 정중히 말하려는
엄숙한 청원을 자제하게 되었소만,
애초부터 사랑이 주제였으니
슬픔의 구름이 그 목적을 밀어내선
안 됩니다. 잃은 이를 슬퍼함은
새로 얻은 친구를 기뻐함만큼
건강하지 못하고 이롭지 못합니다.
여왕 무슨 말씀이죠? 두 겹으로 슬퍼요.
비론 솔직한 말은 슬픈 귀를 잘 뚫는데
그러한 표시로 전하를 이해하세요.
어여쁘신 아가씨들 때문에 시간을 쓰고
맹세를 어겼고, 여러분의 어여쁨에
흉한 꼴이 됐으며, 우리 가진 정신을
생각과는 정반대로 망가뜨렸죠.
그래서 우리들이 우습게 보였으니—
사랑은 불합리한 충동이 지나치고
아이처럼 방종하고 가볍고 어리석고
눈으로 생겨나고, 따라서 눈처럼
괴상한 꼴과 몸짓과 몽상이 가득해서
눈알이 구르듯, 보이는 것마다
만 가지로 생각을 바꾸곤 하는데
천사 같은 여러분의 눈이 보기에
얼룩덜룩한 광대 옷[168]이 엄숙한 맹세와
체통에 어울리지 않았어도 그런 잘못을
꿰뚫어 본 하늘 같은 눈들이 암시한 거죠.
그래서 아가씨들, 우리들의 사랑은
당신들이 가진 거고 사랑의 잘못도
당신들이 가진 거요. 영원히 성실하려고
한번만 불성실을 저질러서 자신한테
성실하지 못해도 그런 짓을 가르친 건
어여쁜 여러분이죠. 불성실은 죄이지만
그와 같이 순화되어 선으로 변합니다.
여왕 사랑이 가득한 편지들을 받았고
사랑의 특사인 선물들도 받았는데,
처녀들이 논의한 결과 그런 것들을
시간을 때우려는 궁정 관습 예행과
즐거운 놀이와 예전으로 생각하고
그보다는 심각하게 생각지 않았어요.
그래서 여러분의 사랑에 그와 같이
장난의 한가지로 응수했던 것입니다.
듀메인 편지에는 농담보다 다른 말이 많았는데.
롱거빌 표정도 그랬고요.
라절라인 그렇게 보지 않았어요.
왕 그러면 이제, 이 시간의 마지막 1분 안에
사랑을 허락하세요.
여왕 무궁한 언약을 맺기에는
시간이 너무나 짧지 않아요?
전하, 안 되겠어요. 너무나 약속을 어기셨고
죄가 너무나 넘쳐요. 그럼 이렇게 해요.
내 사랑을 얻으려고—그럴 이유도 없지만—
무엇이든 하신다면 이렇게 하세요.
당신들의 맹세는 믿을 수 없어서
지금 당장 세상의 환락에서 멀리 떨어진
외지고 헐벗은 은둔처로 가세요.
황도대의 표시가 열두 번 바뀌어서
한 해를 갈무리할 때까지 거기 계세요.
그처럼 적막한 금욕적인 생활에도
혈기 중에 만들어낸 사랑이 안 변한다면,
서릿발과 금식과 불편한 침상과 얇은 옷이
화려한 사랑의 꽃을 꺾지 못하고
시련을 참아내고 사랑을 지속하면
그때야 비로소 1년이 모두 지나
저에게 도전하세요. 그 공으로 도전하면
당신하고 악수하는 처녀의 손을 걸고
당신의 아내가 되겠으며, 그때까지
슬픔의 집 안에 슬픈 나를 가둬놓고
아버님의 별세를 추념하는 마음에서
한탄의 눈물을 비 오듯 쏟겠어요.

167 아키텐 지방을 돌려달라는 프랑스 왕의 소청을 공주가 가지고 왔었다(1막 1장 참조).
168 어릿광대는 얼룩덜룩한 복장을 입었다. 왕과 그의 측근 신하들이 러시아인들로 변장하고 못난 수작을 했다.

이를 거절한다면 서로 손을 떼자고요.
서로의 마음에 아무런 권리가 없어요.

왕 이것보다 더한 것을 거절하고서
몸의 힘을 안락 속에 파묻는다면
급작스런 죽음의 손, 내 눈 감겨라!
그리하면 은둔자여, 내 마음은 네게 있다.
[왕과 여왕이 따로 말을 주고받는다.]

듀메인 [캐서린에게]
아가씨, 나는 뭐가 생기죠? 뭐가 생기죠?
아내요?

캐서린 털수염과 건강과 정직이죠.
세 겹의 사랑으로 세 가지를 구비해요.

듀메인 '고마워요, 얌전한 아내'라고 하면 될까요?

캐서린 아니죠. 열두 달하고 하루 동안
얼굴이 반반한 구애자 말은 안 듣겠어요.
전하께서 여왕님께 오실 때 함께 오셔요.
그때에 내가 사랑이 많으면 조금 드려요.

듀메인 진실과 성실로 그때까지 섬길 테요.

캐서린 맹세는 관두세요. 또다시 깨뜨릴까 겁나요.
[둘이 따로 말을 주고받는다.]

롱거빌 마리아는 뭐라나요?

마리아 열두 달이 끝날 때
진실한 연인 위해 상복을 벗겠어요.

롱거빌 인내심을 가지고 기다리겠소. 그래도 긴 시간이오.

마리아 당신 같아요. 젊으면서 키 큰 사람은 없으니까요.
[둘이 따로 말을 주고받는다.]

비론 [라절라인에게]
생각에 잠겼어요? 아가씨, 나를 봐요.
마음의 창문인 내 눈을 바라봐요.
겸손한 소원이 대답을 기다려요.
당신의 사랑 위해 일을 시켜 주어요.

라절라인 비론 씨, 당신 말은 자주 들었어요.
온 세상이 당신에게 비꼬는 말이
가득해서 넘치는 사람이라 하데요.
놀리는 비유와 매콤한 조롱이 넘쳐
어쩌다가 당신 눈에 띄기만 하면
높낮이를 막론하고 실력을 발휘한대요.
풍성한 머리에서 독버섯을 뽑아내요.
당신의 머리가 내 마음에 들려서—
이렇게 하지 않으면 안 될 일인데—
열두 달 동안에 하루도 안 빼고
말없는 병자들을 심방하고 언제든지
신음하는 환자들을 상대하면서
당신의 말재주를 열심히 발휘해서
힘없는 환자들을 웃기는 게 임무예요.

비론 죽음의 목구멍에 폭소를 일으켜요?
그럴 수 없죠. 되지 않을 일이오.
웃음은 괴로운 영혼을 움직일 수 없어요.

라절라인 그렇게 해서 꼬인 성질을 죽이는 거죠.
그러한 성격은 천한 자가 웃어서
바보한테 생기는 하찮은 멋에서 와요.
농담의 효과는 듣는 사람 귀에 있지
말하는 사람 혓바닥에 있지 않아요.
자기 신음 소리에 귀가 먹은 환자가
싱거운 당신 농담 듣겠다고 한다면
당신뿐만 아니라 결함까지 받는 거죠.
하지만 환자들이 싫다고 하면
그러한 성격은 내버리셔요.
그와 같은 결함이 없어진다면
당신의 재출발을 무척 기뻐하겠어요.

비론 열두 달을? 젠장, 될 대로 돼.
열두 달 동안 병원에서 농담하겠다.

여왕 [왕에게]
그럼, 다정하신 전하, 작별을 고합니다.

왕 아닙니다. 가시는 길에 동행하겠습니다.

비론 우리 구애는 전통극처럼 끝나지 못해,
총각과 처녀가 서로 얻지 못했소. 이분들이
친절했다면 우리 장난은 희극이 됐을 텐데.

왕 그만하라. 열두 달하고 하루가 필요하다.
그러곤 끝나는 거다.

비론 연극 치곤 너무 길죠.
[아마도 등장]

아마도 [왕에게] 다정하신 전하, 허락하여 주십시오.

여왕 저 사람 헥토르 아니었어?

듀메인 위대한 트로이 장수죠.

아마도 귀하신 전하 손가락에 키스하고 떠나가겠습니다.
저는 수도자입니다. 자크네타에게 맹세한 것은
그녀의 달콤한 사랑을 위해 3년간 쟁기를
잡겠다는 것입니다. 숭배하여 마지않는 위대하신
왕이시여, 그러나 학문 높은 두 사람이 부엉이와
뻐꾸기를 찬양하여 집필한 논의를 들으시렵니까?
저희 연극 끝에 뒤따라 나오기로 하였던 것입니다.

왕 빨리 불러와. 듣고 싶다.

아마도 여보시오, 들어오시오!

[아직까지 무대에 나오지 않은 사람들이 모두 등장]

이쪽은 '히엠스',[169] 즉 겨울, 저쪽은 '베르', 즉 봄으로서, 전자는 부엉이가, 후자는 뻐꾸기가, 각기 주장합니다. 베르, 시작해.

봄 [노래한다.]

알락달락 데이지꽃, 파란 제비꽃,
은가루 뒤집어쓴 하얀 냉이꽃,
노란 빛깔 쿠쿠 꽃 봉오리들이
기쁨으로 들판에 수를 놓으면
그때쯤 나무마다 뻐꾸기 새가
남편들을 놀려대며 노래 부른다.
"뻐꾹![170]
뻐꾹, 뻐꾹, 뻐뻐꾹!" 오, 무서운 소리!
아내 있는 남자 귀에 겁나는 소리!

목동들 보릿대로 피리를 불고,
즐거운 종달새는 농부의 시계,
비둘기, 갈까마귀, 짝들을 짓고
아가씨들 여름 치마 볕에 바래면
그때쯤 나무마다 뻐꾸기 새가
남편들을 놀려대며 노래 부른다.
"뻐꾹!
뻐꾹, 뻐꾹, 뻐뻐꾹!" 오, 무서운 소리!
아내 있는 남자 귀에 겁나는 소리!

겨울 [노래한다.]

담벼락에 주렁주렁 열린 고드름,
손가락 호호 부는 양치기 디크,[171]
통나무를 대청으로 들여오는 톰,
동이에 담겨 오는 꽁꽁 언 우유,
핏줄은 꼬집히고 길은 험할 때
밤마다 눈딱부리 부엉이 노래.
"부엉, 부엉!"
즐거운 가락!
기름때에 절은 조앤, 솥을 식히네.

시끄러운 바람은 사방에 불고
기침 속에 신부 설교 묻혀버리고
눈 속에 새들은 웅크려 앉고
메리앤의 코끝은 빨갛게 얼고
그릇 속에 볶은 능금 지글거릴 때
밤마다 눈딱부리 부엉이 노래.
"부엉, 부엉!"
즐거운 가락!
기름때에 절은 조앤, 솥을 식히네.

아마도 머큐리 말은 아폴로 노래 뒤에 거슬리오.
당신들은 저쪽, 우리는 이쪽으로, 퇴장합니다. [모두 퇴장]

169 라틴어로 '겨울.' '베르'는 봄이다.

170 '뻐꾸기'와 '오쟁이 진 남편'은 영어 발음이 비슷하대서 뻐꾸기 노래는 남편들을 놀리는 소리며 아내가 외도하면 남편 머리에 소, 사슴, 염소, 양처럼 뿔이 난다고 했다.

171 디크를 비롯해 아래에 나오는 톰, 조앤, 메리앤 등은 모두 당시 대갓집 머슴과 하녀들이다.

# 한여름 밤의 꿈
## *A Midsummer Night's Dream*

## 연극의 인물들

테세우스 아테네의 공작
히폴리타 아마존족의 여왕
이지우스 허미아의 아버지
허미아 이지우스의 딸, 라이샌더를 사랑함
라이샌더 허미아를 사랑하는 청년
디미트리우스 허미아의 구혼자
헬레나 디미트리우스를 사랑하는 처녀
필로스트레이트 테세우스의 신하 중 한 사람
그밖에 테세우스의 신하들

피터 퀸스 목수
닉 보텀 직조공
프랜시스 플룻 풍구 수선공
톰 스나웃 땜장이
스넉 가구장이
로빈 스타블링 재단사

오베론 요정들의 왕
티타니아 요정들의 여왕
로빈 굿펠로 장난꾼 요정
완두꽃
거미줄
티끌
겨자씨
티타니아의 또 다른 두 요정
그밖에 오베론의 요정들

# 한여름 밤의 꿈

## 1. 1

[테세우스, 히폴리타, 필로스트레이트가 그 밖의
사람들과 함께 등장]
테세우스 아리따운 히폴리타, 우리의 혼인날이
급속히 다가오오. 즐거운 나흘 뒤에
새 달이 뜨지만, 오호, 이우는 달이
너무 느리오! 마치 계모나 과부가
아들이 상속할 재산을 잠식시키듯
내 욕망을 자꾸만 미루고 있소.
히폴리타 나흘 낮은 밤 속에 금방 잠기고
나흘 밤은 꿈속에서 빨리 지나요.
저 달은 새로 당긴 활처럼 은빛으로
하늘 속에 빛을 뿌려 화촉의 밤을
굽어보겠죠.
테세우스 필로스트레이트, 어서 가서
아테네 청년들을 놀이하게 부추기고
발랄하고 경쾌한 기쁜 넋을 깨워주고,
우울은 돌려세워 장례식에 보내주오.
핏기 없는 그 친구는 즐거움과 상관없소.
[필로스트레이트 퇴장]
히폴리타, 당신을 칼로써 구애하고
상처를 입혀서 사랑을 쟁취했소.
그러나 결혼은 전혀 다른 가락이오.
화려한 축제와 잔치를 벌이겠소.
[이지우스와 그의 딸 허미아와
라이샌더와 디미트리우스 등장]
이지우스 고명하신 공작님의 행복을 빕니다!
테세우스 고맙소, 이지우스. 무슨 일이오?
이지우스 한없이 안타까운 심정으로 왔습니다.
저의 딸 허미아의 문젭니다. 디미트리우스,
앞으로 나서라. 존귀하신 공작님,
딸과의 결혼을 승낙받은 청년인데요,
라이샌더, 이리 와라. 자비하신 공작님,
이자가 딸아이 마음을 미혹했어요.
네놈이 그 애한테 연애시를 써 보내고
그 애와 정표들을 주고받았다.
달밤에 창가에서 지어먹은 목소리로
사랑을 꾸며대는 노래를 불렀으며,
머리카락 다발과 반지, 단추, 목걸이,
싸구려 장신구, 꽃다발, 과자 따위,
설익은 애들을 몰아가는 전령들로
꿈 많은 딸애의 공상을 뺏었습니다.
네놈이 술수로 딸애 마음 훔치고
내게 바칠 순종을 단단한 고집으로
바꿔놓았다. 그래서, 자비하신 공작님,
존전에서 딸애가 이 청년과의 결혼을
거절하면, 전통적인 특권을
요청합니다. 딸애는 제 소유라
제 뜻대로 처분할 수 있겠습니다.
그래서 디미트리우스에게 내주거나,
이런 일에 대비한 법에 따라서
묻지도 않고 죽이겠습니다.
테세우스 허미아, 어찌 생각하는가? 순종해라.
아버지는 너에게 신과 같은 존재다.
네 이목구비를 지었으니, 너야말로
아버지가 빚어놓은 밀랍 꼴에 불과하다.
네 형상을 찍은 것은 아버지니까
놔두거나 부수기는 그의 권리다.
디미트리우스는 훌륭한 사람이다.
허미아 라이샌더도 훌륭하죠.
테세우스 사람으론 그렇다만
네 부친이 찬성하지 않을 터이니
저 사람이 더 좋다고 말해야 된다.
허미아 아버님이 제 눈으로 보시면 좋겠어요.
테세우스 도리어 네 눈이 아버지 눈으로 판단해야지.
허미아 전하께 빌어요. 용서해 주세요.
무슨 힘을 믿고 이처럼 당돌하게
이러한 존전에서 뜻을 아뢰는 것이
순종하는 몸가짐에 어긋날지 모르나,
디미트리우스와 결혼하길 거부하면
제게 내릴 최악의 벌칙이 무엇인지
공작님의 말씀을 간청하여요.
테세우스 사형을 당하거나 남자들의 세계와
영원히 결별하는 것이다. 그러므로
허미아, 자신의 욕구를 스스로 묻고
젊음을 확인하고 감정을 따져봐라.
아버지의 선택을 따르지 않으면
수녀의 복장으로 어둑한 승원에

영구히 갇힌다. 불모의 수녀로
차가운 달님께 가냘픈 찬미를
평생 읊겠는가? 욕망을 억누르고
처녀로서 순례에 오른 자는 복을 누리나
처녀의 형극에 붙어살다 시들어
독신의 축복 속에 살다 죽는 것보다
꺾인 장미꽃으로 향기를 남기는 것이
속세의 행복이 된다.

허미아 저분의 명령에 처녀의 지위를
바치기보다 그렇게 자라서 그렇게 살고
그렇게 죽겠어요. 원치 않는 멍에에
주권을 이양하길 제 영혼이 거부해요.

테세우스 천천히 생각해라. 새 달이 돋을 때,
—나와 나의 사랑 간에 영원히 지속될
동반자의 계약을 서명하는 날인데—
그날까지 아버님 뜻을 거역한 죄로
죽을 채비를 하거나 디미트리우스의
소원에 따라서 그와 결혼하거나
다이애나의 제단에서 영원한 금욕과
독신의 생활을 서약해야 하리라.

디미트리우스 아름다운 허미아, 마음을 풀고, 라이샌더,
확실한 내 권리에 미친 소리를 그만해.

라이샌더 너는 그녀의 아버지의 사랑을 받지만
나는 허미아의 사랑을 받겠어. 그분과 결혼하렴.

이지우스 건방지다. 그렇다. 그 사람을 사랑한다.
내 사랑이 내 것을 그에게 주겠다.
저 애는 내 것이라서 내 모든 권리를
디미트리우스에게 넘겨주겠다.

라이샌더 [테세우스에게]
저는 저 사람과 똑같이 가문도 좋고
재산도 많지만 사랑은 더 큽니다.
저의 성취는 어느 모로나 저 사람보다
낫지 않으면 엇비슷한 수준입니다.
게다가 저는—이 모든 자랑보다도
앞서는 사실인데요.—아름다운 허미아의
사랑을 받습니다. 그러니까 제 권리를
내세우지 못할 이유가 있겠습니까?
저 사람은—맞대놓고 말하는데요.—네다르의 딸
헬레나에게 구애해서 사랑을 따냈지만,
착한 그녀는 저 못된 변덕쟁이를
신처럼 우상처럼 떠받듭니다.

테세우스 솔직히 그 말은 이미 들었다.
디미트리우스에게 말하려고 했다.
그러나 일이 너무 바빠서 잊고 있었다.
디미트리우스, 이지우스, 함께 가자.
당신들에게 사사로이 일러줄 말이 있다.
아름다운 허미아, 쓸데없는 정열을
아버지의 뜻에 맞출 준비를 해라.
그러지 않으면 아테네 법은
죽음이 아니면 독신의 서약으로
너를 넘길 것이니, 나는 결단코
아테네 국법을 완화하지 않겠다.
히폴리타, 내 사랑, 어째서 그러시오?
디미트리우스, 이지우스, 따라와라.
결혼식을 앞두고 당신들이 해야 할
일이 생겼다. 당신들도 관련된
모종의 일을 의논하고자 한다.

이지우스 의무뿐만 아니라 공작님을 기꺼이 따릅니다.

[라이샌더와 허미아 이외에 모두 퇴장]

라이샌더 내 사랑, 왜 그러지? 뺨에 핏기가 없어.
어째서 장밋빛이 그리 빨리 사라지나?

허미아 비가 안 와서 그런가봐. 눈물의 폭우로
흡족한 빗물을 만들 수 있는데.

라이샌더 오, 지금껏 내가 읽은 책이나
들은 얘기나 전설을 되짚어볼 때
진실한 사랑은 순탄한 길을 못 가고
신분이 안 맞거나—

허미아 아, 속상해! 낮은 자와 맺어지긴 너무 높아!

라이샌더 나이가 안 맞거나—

허미아 아, 야속해! 젊은이와 맺어지긴 너무 늙었어!

라이샌더 친척이 누구냐에 따라서 점수가 달렸거나—

허미아 아, 끔찍해! 딴 사람 눈으로 사랑을 골라!

라이샌더 아니면 선택에 배려가 있었대도
전쟁과 죽음과 질병이 그를 옭죄어서
소리처럼 순식간에 사라져 버리고
그림자처럼 빠르고 꿈처럼 짧고
시커먼 밤중에 '보라!'고 하기 전에
화난 듯이 하늘과 땅을 번쩍 비치고
어둠의 아가리에 묻혀버려서
느닷없고 빠르기가 번갯불 같아.
그처럼 밝은 건 금방 사라져.

허미아 진실한 연인들이 과연 불우했다면

운명의 철칙으로 정해진 일이라서
우리의 시련도 당연한 거야.
생각과 꿈과 한숨과 소원과 눈물과 같은
가련한 사랑의 시종들처럼
사랑의 몫이라서 참을 수밖에 없어.
라이샌더 뛰어난 논리구나. 그러니까 허미아,
내 말 들어봐. 내 과부 숙모님이
재산이 많으신 데도 자식은 없어.
여기서 먼 곳에 떨어져 사시는데
나를 외아들처럼 생각해주셔.
얘, 허미아, 거기서 결혼해도 되겠어.
아테네의 독한 법이 거기는 못 미쳐.
정말 사랑한다면 내일 밤 너의 집을
몰래 빠져나와. 읍내에서 십 리쯤
떨어진 숲에서 기다리고 있을게.
예전에 오월절 아침에 축제에 참여하려고
내가 너와 헬레나를 만났던 그 자리,
바로 그 숲 말이야.
허미아 오, 라이샌더,
너한테 맹세해. 큐피드의 강력한 활,
황금 촉을 장착한 진귀한 화살,
순진한 비너스의 하얀 비둘기,
두 혼을 묶어줘서 사랑을 기리는 힘,
배신한 트로이인의 떠나는 배를 보고
카르타고 여왕이 몸을 던진 그 불길,[1]
사내들이 깨뜨린 온갖 맹세들,
—여자들의 맹세는 그보단 훨씬 적어.—
이것들에 걸어서 진심으로 맹세해.
내일 바로 거기서 너하고 만나겠어.
라이샌더 약속을 꼭 지켜. 헬레나가 저기 와.
[헬레나 등장]
허미아 어서 와, 아름다운 헬레나. 어디로 가?
헬레나 내가 아름답다고? 그런 말은 취소해.
그이가 너를 예뻐해. 행복한 예쁜이!
네 눈은 별이고 네 말은 음악이니까
보리 싹이 파랗고 아가위가 망울질 때
목동들 귀에는 종달새보다 아름다워.
병은 전염되는데 예쁜 것도 그랬으면!
아름다운 허미아, 네 말을 배울 테야.
귀는 네 목소리를, 눈은 네 눈을,
혀는 네 혀의 달콤한 가락을 배우겠어.
온 세상이 내 거라면 디미트리우스만 빼고
전부 네게 주어서 네가 되게 할 테야.
어떻게 해야 예뻐져? 무슨 수로
그이의 마음을 움직일지 나한테 가르쳐줘.
허미아 얼굴을 찡그려도 여전히 사랑해.
헬레나 찡그린 네 얼굴을 내 웃음이 배웠으면!
허미아 아무리 싫다고 해도 나를 사랑하는걸.
헬레나 오, 내 기도로 그런 애정이 생긴다면!
허미아 내가 미워할수록 더욱 나를 따라와.
헬레나 내가 사랑할수록 더욱 나를 미워해.
허미아 그 사람이 못난 건 내 탓이 아니야.
헬레나 네가 예쁜 탓이지. 그게 내 탓이면 좋겠어!
허미아 안심해. 다시는 내 얼굴을 볼 수 없게 돼.
나하고 라이샌더가 여기서 도망칠 거야.
그이를 만나기 전엔 나한테는
아테네가 낙원 같았어. 아, 그러다가
사랑하는 그이 속에 무슨 일이 생겼다고
그이가 낙원을 지옥으로 바꿔놨어?
라이샌더 헬레나, 우리 속을 너한테 털어놓겠어.
내일 밤 달님이 잔물결을 거울 삼고
은빛의 얼굴을 비춰보고 긴 풀잎을
작은 진주 방울들로 꾸미는 동안
도망치는 연인들을 숨겨주는 그때에
우리 두 사람은 성문을 빠져나갈 작정이야.
허미아 그래서 라이샌더를 숲에서 만나
아테네를 뒤로 하고 새 친구들과
낯선 친구들을 찾아서 떠날 테야.
하얀 앵초 꽃밭에 같이 누워서
달콤한 마음속 비밀을 서로서로
털어놓던 그 숲 말이야.
잘 있어, 정든 친구, 우릴 위해 기도해줘.
행운이 너한테 디미트리우스를
허락해 주길 빌어!—그럼 라이샌더,
약속 꼭 지켜. 연인들의 밥이 없어
내일 밤 자정까진 우리의 눈이 굶어야 해.

1 카르타고의 디도 여왕은 트로이 장군 아이네이아스와 열애를 나누다가 아이네이아스가 떠나자 그가 탄 배가 바라보이는 바닷가에다 장작더미를 쌓고 그 불에 몸을 던진다. 사내들의 배신을 암시한다.

라이샌더 그럴게, 허미아. [허미아 퇴장]
헬레나, 잘 가.
디미트리우스도 너를 사랑해 주길 빌어. [퇴장]

헬레나 어떤 이는 어떤 이 때문에 행복해!
나도 저 애만큼 예쁘다지만
괜한 소리지. 그이가 아니라는데.
누구나 아는 걸 알려고 하지 않고
허미아 눈에 반해서 생각을 안 바꾸고
나도 그이 성품이 좋아서 생각을 안 바꿔.
사랑은 천하고 못나고 무가치한 걸
잘난 모습과 위엄으로 바꿔놓기 마련이야.
사랑은 눈이 아니고 마음으로 보는 거라고
날개가 돋친 큐피드를 장님으로 그려내.
사랑은 마음일 뿐, 눈이 없어 보지 못해.
눈은 없고 날개만 있어서 제멋대로 서둘러.
그래서 사랑은 '아이'라고 하는가봐.
상대자를 고르면서 틀릴 때가 많아서.
까불대는 애들이 장난칠 때 속이듯
큐피드 소년은 어디서나 거짓말이야.
허미아의 예쁜 눈을 그이가 보기 전엔
자기는 내 거라고 맹세를 퍼붓더니
허미아에게서 열을 조금 받자마자
우박 같던 맹세가 녹아서 사라졌어.
아름다운 허미아가 도망칠 걸 알려야지.
그러면 내일 밤 그이가 그녀를 따라서
숲으로 갈 테지. 알려준 값으로
고맙다고 말하면 아주 귀한 특권이야.
그이가 그리 갔다 오는 걸 본다는 건
내 아픔을 키우려고 하는 짓이야. [퇴장]

## 1. 2

[목수 퀸스, 가구장이 스넉, 직조공 보텀,
풍구 수선공 플룻, 땜장이 스나웃, 재단사
스타블링 등장]

퀸스 우리 패 다 모였어?

보텀 보편적으로[2] 하나씩 하나씩 쪽지에 따라 호명을
부르는 게 아주 높다란 방법일 거야.

퀸스 여기 각자의 이름을 적어놓은 명단이 있어. 온
아테네 성안에서 공작님과 부인 마님 결혼하시는
밤에 그 앞에서 막간극을 보여드릴 작정인데,
거기 출연할 만한 사람은 모두 적어놨어.

보텀 피터 퀸스, 우선 그 연극이 무엇을 다루느냐,
그것부터 말하라고. 그다음에 배역들의 이름을
읽어. 그래서 점차적으로 결론에 도달해.

퀸스 좋아. 우리 연극은 「피러머스와 시스비의 몹시
통탄스러운 희극이며 몹시 끔찍한 죽음」이야.

보텀 확실히 말하는데 아주 훌륭하고도 신나는
작품이야. 그럼 피터 퀸스, 명단에 따라 배역들을
불러봐. 친구들아, 좀 더 벌려 앉자고.

퀸스 호명하면 대답해. 직조공 닉 보텀!

보텀 여기 있어. 내가 맡을 배역이 뭔지 말하고 계속해.

퀸스 닉 보텀, 너는 피러머스로 정했어.

보텀 피러머스가 누군데? 연인인가, 폭군인가?

퀸스 연인인데 사랑 때문에 매우 용감하게 자살해.

보텀 그거 실감나게 연기하면 눈물깨나 짜겠다.
내가 그거 연기하면 관객더러 눈 조심하래.
폭풍을 일으킬 테니. 적당한 가락에 맞춰
탄식할 테야. 계속해.—하지만 기질상 나는
폭군에 맞아. 허클레스[3]식으로 멋지게 놀 줄도
알고 소란을 피워서 모든 걸 찢는 것도 좋아.
사나운 바위와
부서지는 파도가
감옥의 자물쇠를
부술 것이며,
아폴로의 수레가
멀리서 빛나며
어리석은 운명을
갖고 놀리라.
장엄한 가락이지. 그럼 나머지를 불러봐. 이건
허클레스식, 폭군식이야. 연인은 좀 더 애가 타.

퀸스 프랜시스 플룻, 풍구 수선공!

플룻 여기 있어, 피터 퀸스.

퀸스 플룻, 시스비는 네가 맡아야겠어.

플룻 시스비가 누구야? 편력 기산가?

2 유식한 말을 하려다가 이렇게 틀린 말을 하는 것이 보텀의 말버릇인데 번역에서 그 희극적 효과를 살리기 어렵다.

3 보텀이 '헤라클레스'를 이렇게 발음한다. 헤라클레스는 통속 무대에서 큰 소리 외치는 역이었다.

퀸스 피러머스가 사랑하는 아가씨야.

플룻 제발 나한테 여자 역은 시키지 마. 지금 막 턱수염이 나오고 있어.

퀸스 상관없어. 탈 쓰고 연기할 테니까. 그리고 말소리는 마음대로 가늘게 내도 좋아.

보텀 얼굴을 가린다면 시스비도 내가 할게. 무지무지 쪼그맣게 '티스니, 티스니!'[4] 할래.—'오, 피러머스, 정다운 애인, 그대의 시스비, 사랑하는 아가씨야요.'

퀸스 안 돼, 안 돼. 넌 피러머스 해야 돼. 그래서 플룻, 네가 시스비야.

보텀 됐어. 계속해.

퀸스 재단사 로빈 스타블링?

스타블링 여기 있어, 피터 퀸스.

퀸스 로빈 스타블링, 너는 시스비의 어머니 역을 맡아. 땜장이 톰 스나웃!

스나웃 여기 있어, 피터 퀸스.

퀸스 넌 피러머스의 아버지야. 난 시스비의 아버지고. 가구장이 스넉, 넌 사자 역이야. 그럼 이렇게 해서 연극의 배역을 다 정했어.

스넉 사자의 역을 적어놨어? 써놓은 거 있으면 나 줘. 난 외는 데 소질이 없어서 그래.

퀸스 그냥 생각나는 대로 해. 별것 아니고 단지 으르렁대는 거야.

보텀 나도 사자 역 할게. 내가 으르렁 하면 듣는 사람 모두가 속이 후련할 거니까. 내가 으르렁 하면 공작님이 '다시 으르렁 하래. 으르렁 하래.' 하실 만큼 멋지게 할 테니까.

퀸스 야, 만약에 그 소릴 너무 무섭게 질렀다가 부인 마님과 부인네들이 빽 하고 비명을 지르면 그 죄만 갖고도 우린 모두가 모가지감이야.

나머지 모두 어머니의 아들 전부[5] 모가지감이지.

보텀 니들 말이 맞아. 부인네들이 놀라서 얼이 홀딱 빠지면 우리를 목매는 거밖에 딴 생각이 안 날 거야. 하지만 목소리를 확장해서[6] 젖 빠는 비둘기 새끼처럼 얌전히 '으르렁' 할 테야. 꾀꼬리처럼 '으르렁' 할 테야.

퀸스 넌 피러머스 역만 해야 돼. 피러머스는 얼굴이 상큼한 사내야. 우리가 여름날 늘 보는 잘생긴 사람이야. 아주 사랑스럽고 신사 같은 남자야. 그래서 피러머스는 네가 맡아야 돼.

보텀 좋아. 내가 맡을게. 그 역을 제일 잘하려면 무슨 수염을 다는 게 좋아?

퀸스 그야 네 맘대로지.

보텀 밀짚 색깔 수염도 좋고 귤껍질 주황색 수염도 좋고 자줏빛 염색 수염도 괜찮고 프랑스 금화 색깔도 좋고 진짜 노랑 수염도 좋아. 뭐든 괜찮아.

퀸스 프랑스 대가리 중엔 터럭이 한 가닥도 안 난 게 있어서 곤란해.[7] 그럴 땐 맨숭맨숭한 얼굴로 무대에 서야 돼. 어쨌든 친구들아, 여기 각자의 대사가 적혀 있으니깐 내일 밤까지 다들 외우고 달밤에 성문 밖 5리쯤 되는 궁성 숲에서 만나자. 부탁하고 요청하고 원해. 거기서 연습할 테야. 읍내에서 모이면 졸졸 따라다니는 패거리가 생겨서 우리 계획이 탄로 나게 돼. 그동안 나는 이 연극에 필요한 소도구 목록을 작성할 테야. 약속 잘 지켜.

보텀 우리 다들 만나자. 거기서 아주 본때 있게 씩씩하게 연습할 수 있겠다. 그럼 수고들 해. 잘들 외우고. 잘들 가.

퀸스 '공작의 참나무'에서 만난다.

보텀 됐어. 버텨라, 아니면 활을 꺾어라.[8] [모두 퇴장]

## 2. 1

[한쪽 문으로 요정, 다른 문으로 로빈 굿펠로 등장]

로빈 얘, 요정, 어딜 돌아다녀?

요정
언덕 너머 골짝 너머
　덤불 사이 찔레 사이
사냥터 너머 울타리 너머
　물속 사이 불길 사이
달님 도는 길보다도 한참 빠르게
나는 어디서나 돌아다니지.
선녀들 여왕님의 시녀가 되어
풀밭의 가락지에 이슬 뿌리지.
여왕님 호위병은 키 큰 앵초꽃,

4 '시스비'를 예쁘게 발음하면 이렇게 되는 거로 알고 있다.
5 곧, 모든 사내.
6 '낮추어'라는 말을 몰라 정반대로 말한다.
7 매독으로 머리가 빠진 프랑스 신사가 많았다.
8 확실치 않으나 무슨 인용인 듯.

황금색 저고리에 빨강 점무늬,
여왕님 내려주신 루비 선물에
향기가 스며들어 숨 쉬고 있지.
여기서 이슬방울 찾아내어서
앵초 귀에 진주들을 걸어줘야지.
잘 있어. 못난 요정아, 나는 갈 테야.
여왕님과 요정들이 금방 여기 올 거야.

로빈 오늘 밤 임금님이 잔치를 베푸셔.
여왕님은 얼씬하지 못하시게 조심해야 돼.
오베론 임금님이 매우 노하셨거든.
인도의 왕한테서 훔쳐낸 예쁜 애를
여왕님이 몸종으로 삼으셨기 때문이야.
그처럼 귀여운 애는 여왕님도
처음 보신대. 질투가 매우 심한 임금님이신
오베론은 숲을 누빌 기사로 아이를
원하지만 여왕님은 귀여운 그 애를
고집스레 잡아두시고 화관을 씌우시고
유일한 낙을 삼으셔. 그래서 숲이나
풀밭이나 맑은 샘가, 밝은 별빛 속에서도
안 만나시고 서로 다투셔. 요정들은 겁나서
도토리 집 안에 들어가 숨어버렸어.

요정 네 꼴과 몰골을 잘못 보지 않았다면
너는 로빈 굿펠로, 장난치는 도깨비가
분명해서, 마을의 처녀들을 놀라게 하는
녀석 아니야? 우유에서 크림을 떠 내가고,
어떤 때는 거품기에 끼어들어서
아낙네가 숨차게 휘저어도 헛수고하고,[9]
감주가 삭는 걸 슬그머니 막아놓고,
밤길 가는 나그네를 헤매게 하고,
곤경에 빠진 이를 비웃는 놈이 아니야?
너를 꼬마 도깨비, '착한 퍽'이라 하는 놈은
너한테 도움을 받아서 재수가 좋다고 해.[10]
네가 그놈이 아니야?

로빈 옳은 말이야.
나야말로 유쾌한 밤의 방랑자야.
내가 바로 오베론 왕한테 장난치고
살찌게 먹인 말을 속여서 암말처럼
'히힝' 소릴 내는 때면 오베론도 웃음을 짓고,
수다쟁이 노파의 그릇 속에 숨어들어
볶아낸 능금[11] 꼴을 하고 있다가
노파가 마실 때 입술에 튀어 올라서
쭈그러진 목덜미에 맥주를 쏟아놓지.
똑똑한 아줌마가 슬픈 이야기를
쏟아놓고 내 몸을 의자로 잘못 알고
앉으려고 하는 순간 내가 살짝 빠지면
엉덩방아를 찧으면서 "에구, 내 꽁지!" 하며
기침을 시작하고 모여 있던 사람들이
허리를 쥐고 웃고 재미가 점점 커져
재채기하면서 그보다 재밌는 때가
없었다고 하였지.—물러서. 오베론이야.

요정 여왕님도 오시는데, 안 오면 좋겠다.
[한쪽 문으로 요정들의 왕 오베론이 부하들을
이끌고, 다른 문으로 여왕 티타니아가 자기
부하들을 이끌고 등장]

오베론 거만한 티타니아, 달밤에 잘못 만났다.

티타니아 질투쟁이 오베론, 뭐라고? 얘들아, 가자.
저놈과는 함께 있지 않겠다고 다짐했어.

오베론 가만있어, 경솔한 여자. 내가 남편 아냐?

티타니아 그럼 나는 네 아내가 돼야겠네.
하지만 너는 요정 나라를 빠져나가서
목동처럼 차리고 진종일 풀피리를
불어대고 여자 목동에게 사랑 노래를
지어냈어. 머나먼 인도 끝에서
네가 여기 온 건 다름이 아니고
씩씩한 아마존, 장화 신은 여전사,
네가 사모하는 용맹스러운 아가씨[12]가
테세우스와 결혼할 때 두 사람의 침상에
즐거움과 풍요를 주려는 거 아니야?

오베론 티타니아, 그녀에 대한 진솔한 내 마음을

9 거품이 일도록 우유를 휘저으면 크림이 모여 버터가 되는데 이 장난꾼 요정 도깨비가 크림을 미리 떠냈기 때문에 우유 젓는 아낙네가 헛수고만 하게 된다.
10 이 '도깨비'는 못된 장난만 하는 게 아니고 이렇게 좋은 일도 해준다. 우리나라 도깨비도 못된 짓은 물론, 좋은 일도 해주었다.
11 신 능금(사과 비슷한 작은 열매. 우리나라에서도 1950~1960년대까지는 서울 세검정에 밭이 있었다)을 볶아서 맥주에 넣어 먹었다. 당시에 볶은 능금은 흔한 시골 요리였다.
12 그리스신화에서 여성 무사들인 아마존들은 전투 복장을 하였다. 아테네의 용사 테세우스가 아마존을 정복하고 그들의 여왕 히폴리타와 결혼했다.

그렇게 비꼬기야? 네가 테세우스를
흠모한다는 걸 나도 무척 잘 알아.
페리곤[13]을 겁탈한 테세우스가 달아날 때
어두운 밤길을 인도하지 않았어?
그 사람이 아름다운 이글리스, 애리애드니,
앤타이오파[14]를 각각 배신하지 않았어?

티타니아 그따위는 뭔 얘기든 질투심이 꾸며냈어.
한여름이 시작된 뒤에 산이나 골짜기나
숲이나 들판이나 자갈 깔린 샘물이나
골풀 덮인 냇가나 바닷가나 자갈밭에서
함께 만나서 휘파람이 불어치는 바람에 맞춰서
둥글게 손잡고 춤춘 적 있어?
시끄러운 욕으로 놀이를 망쳤어.
피리를 불어도 소용없자 바람은 복수하듯이
병든 안개를 바다에서 몰아다가
땅을 적시니까 불어난 도랑물이
둔덕을 넘었어. 그래서 힘센 소가
쟁기를 끌었어도 헛일이 되고
농부는 땀 흘린 보람이 없고
푸르던 곡식은 나이를 먹어
수염도 나기 전에 썩어버렸어.
물이 덮인 들판에 이랑은 비어 있고
앓다가 죽은 양 떼로 까마귀는 배가 불러.
풀밭에 파서 놨던 놀이판은 흙이 메우고
무성한 풀섶 위에 생겨났던 샛길들도
걷는 사람이 없어서 묻혀버렸어.
겨울을 맞은 사람들은 기쁨이 없고
찬미나 노래가 울리는 밤도 없어.
그래서 썰물 밀물 다스리시는 달님도
파랗게 성이 나셔서 대기를 적셔서
눈물 콧물 감기가 세상에 가득해.
이처럼 자연의 조화가 깨어진 채로
계절들이 바뀌어, 머리가 허연 서릿발이
붉은 장미의 무릎에 누워버리고
차가운 겨울의 듬성한 머리에
예쁜 여름 꽃망울의 향기로운 화관이
놀리는 듯이 씌워져 있어. 봄과 여름과
열매 맺는 가을과 성난 겨울이
옷을 바꿔 입어선지, 세상은 놀라서
때아닌 열매를 보고 어리둥절해.
이런 나쁜 결과는 우리 둘의 다툼과
싸움에서 생긴 거야. 그것들의 어버이며
근원이 되는 건 바로 우리야.

오베론 그러면 네가 고쳐. 너한테 달려 있어.
어째서 네가 오베론을 거슬러?
나는 단지 너희가 훔쳐온 아이를
시동으로 삼겠다는 거야.

티타니아 그만둬.
나는 요정 나라에 아이를 팔지 않아.
애 엄마는 내 무리의 열렬한 신도라서
향기로운 인도의 대기 가운데
밤마다 옆에 앉아 수다를 떨고
바닷가 흰 모래에 나하고 같이 앉아
물 위를 달리는 상선들을 바라보며
난봉꾼 바람에 돛폭들이 잉태해서
잔뜩 배가 부푸는 걸 보고 웃었어.
그즈음 애를 배서 풍만해진 그녀는
귀엽게 헤엄치는 걸음으로 바람을 따라
진귀품을 가져오겠다고 모래펄을 쏘다니다가
바닷길을 끝마친 상선들처럼
물건들을 듬뿍 싣고 돌아오곤 했거든.
하지만 사람들이라, 해산 중에 죽었어.
그래서 그녀를 봐서 애를 길렀고
그녀를 봐서 절대 헤어지지 않을 거야.

오베론 얼마 동안 이 숲에 머무르겠어?

티타니아 테세우스의 결혼식이 끝날 때까지.
둘러서서 추는 춤에 얌전히 끼어서
달빛 속의 축제를 보고 싶으면 같이 가고
싫으면 떠나. 너 가는 덴 나도 안 가.

오베론 아이를 나한테 주면 너하고 같이 갈게.

티타니아 네 왕국을 다 줘도 난 싫어. 가자, 요정들아.
더 있다간 다툴라.

[티타니아와 그녀의 무리 퇴장]

오베론 맘대로 해. 이렇게 나를 괴롭힌 값으로
혼내주기 전에는 이 숲에서 못 나가.
착한 '퍽', 이리 와. 너 생각나?
한번은 내가 바닷가 벼랑에 앉았는데

13 페리곤(페리구나)의 아버지를 죽인 테세우스에게 페리곤은 몸을 허락했다.
14 이들은 모두 테세우스에게 배반당한 여자들이다.

어떤 인어 아가씨가 돌고래의 등에 타고
어찌나 달콤한 노래를 부르던지
사나운 바다가 그 소리에 얌전해지고
똑똑한 별들마저 그 노래를 들으려고
미친 듯 궤도를 벗어났어.

로빈 생각나요.

오베론 바로 그 순간, 너는 보지 못했지만
활을 멘 큐피드가 차가운 달과
땅 사이로 날아가는 걸 봤는데
서쪽에 앉아 있는 처녀를 겨냥해서
십만 개의 심장을 꿰뚫을 듯이
사랑의 화살을 날쌔게 쐈어.
하지만 소년 큐피드의 불화살은
정결한 달빛 속에 꺼져버리고,
담담한 여사제는 사랑을 마다하고
처녀의 사색 속에 잠겨 있었지.
하지만 내가 보니까 큐피드의 화살은
서방의 작은 꽃에 내려앉았어.
젖처럼 하얗던 게 사랑의 상처를 받아서
푸른 멍이 들었는데 처녀들이 '팬지'라고 해.
그 꽃을 갖고 와. 네게 한번 보여줬지.
잠자는 눈꺼풀에 꽃즙이 떨어지면
남자든 여자든 처음 보는 생물을
미친 듯 사랑하게 만들어놓지.
그 꽃을 가져오렴. 고래가 십 리를
채 가기 전에 이리로 돌아와.

로빈 40분 안에 지구를 한 바퀴
허리띠로 감겠어요. [퇴장]

오베론 일단 그걸 입수하면
티타니아가 잠들기를 기다렸다가
눈에다가 한 방울을 떨어뜨려 놓겠다.
잠에서 깨자마자 처음 보는 게
사자든, 곰이든, 늑대든, 황소든,
참견쟁이 원숭이든, 시끄러운 성성이든,
사랑에 홀딱 빠져서 쫓아갈 테지.
그녀 눈의 마법을 풀어주기 전에는
—다른 풀로 마법을 풀 수 있지만—
나한테 그 아이를 넘겨주게 할 테야.
한데 누가 와. 나는 눈에 안 뵌다.
저놈들이 말하는 걸 엿들어야지.
[디미트리우스 등장. 헬레나가 따라온다.]

디미트리우스 사랑하지 않으니까 따라오지 마.
라이샌더와 아름다운 허미아는 어디 있지?
그놈은 내가 죽일 테고 그녀는 나를 죽여.
이 숲에 숨을 거라고 네가 알려줘서
내가 여길 왔는데 허미아를 못 만나니
화나서 숲 속에서 미칠 거 같아.
저리 가. 따라오지 말라니까.

헬레나 무정한 지남철, 네가 나를 끌어당겨.
하지만 넌 무쇠를 안 끌어. 내 가슴은
무쇠처럼 진실해. 끄는 힘만 없으면
나도 널 따를 힘이 없을 거야.

디미트리우스 너를 유혹해? 말씨가 고와?
도리어 아주 분명하고 솔직하게
널 사랑하지도, 할 수도 없다지 않아?

헬레나 바로 그 때문에 널 더욱 사랑해.
나는 네 강아지야. 그래서, 디미트리우스,
네가 나를 때리면 때릴수록 아양을 부려.
나를 강아지로 대해줘. 내쫓고 때려줘.
돌보지 않고 잃어도 좋아. 못났지만
널 쫓아다니는 걸 허락만 해줘.
네 사랑의 서열에서 강아지 취급보다도
더 못한 지위를 바라도 돼?
그래도 나한테는 영광스러운 지위야.

디미트리우스 혐오하는 내 성미를 자극하지 마.
너를 보기만 해도 토할 거 같아.

헬레나 하지만 나는 널 안 보면 토할 거 같아.

디미트리우스 자기를 사랑하지도 않는 사람 손에
자기를 맡기려고 읍내를 떠다니면서
너무도 행실을 가볍게 여겨.
처녀라는 귀중한 보화를 지닌 채
어둠이 제공하는 기회를 믿고
황폐한 장소의 못된 말에 솔깃해서.

헬레나 네 좋은 성품이 내가 믿는 보호자야.
네 얼굴을 바라보면 밤도 어둡지 않아.
그래서 지금은 밤이 아니야.
게다가 이 숲엔 사람들이 쌔고 쌨어.
내 눈엔 네가 온 세상의 전부야.
그러니 왜 혼자라고 하겠어?
여기서 온 세상이 나를 바라보는데?

디미트리우스 너한테서 달아나서 풀숲에 숨어서
못된 짐승들의 자비에 널 내맡길 테야.

헬레나 사나운 짐승들이 네 속과 같을라고.
달아날 테면 달아나. 이야기를 뒤바꾸면
아폴로가 달아나고 다프네가 쫓는 거야.[15]
비둘기가 괴물을 쫓아가고 착한 사슴이
호랑이를 잡으려고 달려가. 빨라도 소용없어.
겁쟁이가 쫓아가서 용사가 달아나.
디미트리우스 네 소리 들으려고 오래 있지 않아.
나 혼자 갈 테야. 네가 나를 따라오면
숲에서 널 해칠 테니 그렇게 알아둬.
헬레나 맞아. 신전에서, 읍내에서, 들판에서
나한테 상처를 줘. 디미트리우스, 못됐어.
내가 이러는 건 못된 너 때문이야.
우리는 남자처럼 사랑 땜에 싸우지 않아.
구애를 받는 거지 구애를 하지 않아.
널 따라가서 지옥을 천국으로 만들겠어.
사랑하는 사람 손에 죽어도 좋아.
[디미트리우스 퇴장. 헬레나가 따라간다.]
오베론 잘 가, 아가씨. 남자가 숲을 떠나기 전에
넌 그에게서 달아나고 그는 네게 구애하겠어.
[로빈 굿펠로 등장]
잘 왔다, 방랑자. 그 꽃 가져 왔어?
로빈 예, 여기 있어요.
오베론 나한테 줘.
무성한 향초가 꽃 피는 데를 알아.
키 큰 앵초와 한들대는 제비꽃이 자라는 곳,
얼큰한 인동과 향기로운 덩굴장미,
꽃 덩굴이 온 하늘을 뒤덮은 거기서
즐겁게 춤추고 티타니아가 꽃 가운데서
밤 시간 얼마간 포근히 잠자고,
구렁이가 벗어놓은 영롱한 거죽은
요정을 감쌀 만큼 널찍한 홑청이지.
그러면 이 꽃물을 여자 눈에 발라놔서
끔찍스러운 환상으로 가득 채워 주겠어.
너도 조금 갖고 가서 숲을 뒤져.
귀여운 아테네 처녀가 싫다는 청년을
사랑한단다. 그자 눈에 발라줘.
하지만 그가 깨어서 처음 보는 사람이
그 아가씨가 되게끔 조심히 해.
아테네 옷을 입었으니 알아볼 수 있어.
사내가 여자보다 훨씬 더 미치게
사랑하게끔 특별히 유념해.
첫닭이 울 때 나를 만나.
로빈 걱정 마세요. 하인이 그럽니다. [각각 퇴장]

## 2. 2

[요정들의 여왕 티타니아가 시녀들과 함께 등장]
티타니아 그럼 지금 노래하며 둥그렇게 춤추고
20초 동안 우리 몇은 여길 떠나서
향기로운 장미꽃의 벌레를 죽이기,
우리 몇은 박쥐와 싸워서 작은 요정 외투 만들
가죽 날개 빼앗기, 또 몇은 밤마다 울어서
가냘픈 우리 넋에 겁주는 시끄러운 부엉이를
멀리 쫓아내기야. 자장가를 불러주고
각자는 일하러 가고 나는 쉬겠어.
[그녀가 눕는다. 요정들이 노래하고 춤춘다.]
요정 1 혓바닥이 갈라진 점박이 뱀,
가시가 돋친 고슴도치 얼씬도 마라.
도롱뇽, 도마뱀, 꼼짝도 마라.
요정 여왕 가까이 오지도 마라.
합창 고운 노래 부르는 나이팅게일,
달가운 자장가 함께 부르자.
자장, 자장, 자 - 장, 자장, 자 - 장.
어떤 위험도
주술도 요술도
예쁜 여왕 곁에 오지도 마라.
자장가를 듣고 잠이 들기를!
요정 1 실 잣는 거미야, 오지도 마라.
다리 긴 거미야, 물러가거라.
새까만 딱정벌레, 오지도 마라.
벌레도 달팽이도 못된 짓 마라.
합창 고운 노래 부르는 나이팅게일,
달가운 자장가 함께 부르자.
자장, 자장, 자 - 장, 자장, 자 - 장.
어떤 위험도
주술도 요술도
예쁜 여왕 곁에 오지도 마라.

15 아폴로가 다프네(Daphne)라는 요정을 보자 쫓아가고 다프네는 달아난다. 여기서는 그 반대의 장면이다.

자장가를 들으면서 잠이 드누나.

[티타니아가 잠든다.]

요정 2 우리는 비켜나자. 모두 잘됐다.
하나만 멀찍이 경비를 서자.

[티타니아와 경비 외에 모두 퇴장]

[오베론 등장. 티타니아 눈꺼풀에
즙을 떨어뜨린다.]

오베론 잠에서 깨자마자 네 눈에 뵈는 걸
진실한 애인으로 생각해!
그를 위해 사랑하고 괴로워해.
스라소니, 고양이, 몸집이 큰 곰,
표범이나 터럭이 빳빳한 멧돼지나,
네가 잠에서 깼을 때 눈에 뵈는 것,
그런 게 너한테 애인이 될 테니까
끔찍한 게 있을 때 잠에서 깨라. [퇴장]

[라이샌더와 허미아 등장]

라이샌더 사랑아, 헤매느라 피곤하구나.
솔직히 말해 나도 길을 잃었다.
허미아, 괜찮다면 쉬었다 가자.
해님의 위로를 기다려보자.

허미아 그러자, 라이샌더. 누울 곳을 찾아봐.
나는 여기 둔덕에 머리를 기대겠어.

[그녀가 눕는다.]

라이샌더 풀무더기 하나면 둘이 누울 베개야.
한 마음, 한 자리, 두 가슴, 한 사랑!

허미아 아니야, 라이샌더. 나를 위해서
멀찍이 떨어져. 가까이 오면 안 돼.

라이샌더 순수한 뜻이니 그리 알아줘!
연인끼리 말하면 바르게 알아.
내 마음이 네 마음에 매어 있어서
마음이 하나밖에 안 되는 거지.
두 가슴이 한 맹세로 묶여 있어서
두 가슴은 한 사랑이 되어버리지.
그러니까 네 곁을 거절하지 마.
그렇게 누우면 눕는 게 아냐.

허미아 라이샌더가 솜씨 좋게 재간 부리네.
네 말을 허미아가 믿지 못하면
건방진 그런 짓과 말투는 욕먹어야지.
하지만 친구야, 사랑과 예절을 위해
사람의 도리상 조금 멀리 떨어져.
착한 처녀 총각에게 알맞을 만큼
충분한 거리에 떨어져 있어.
잘 자라, 정겨운 이. 너의 귀한 목숨이
끝날 때까지 네 사랑 변하지 마!

라이샌더 어여쁜 그 기도에 거듭거듭 아멘, 아멘!
진심을 멈춘다면 내 목숨도 멈추어라.
여기가 내 자리야. 잠 속에 편히 쉬어!

[그가 떨어져서 눕는다.]

허미아 그 기원의 절반은 너의 눈에 내리기를!

[두 사람이 잠든다.
로빈 굿펠로 등장]

로빈 숲을 모두 헤집고 다녔는데도
아테네 사람은 찾을 수 없어
눈에 바르면 사랑하게 된다는
꽃물의 성능을 아직도 못 봤어.
적막한 밤중인데, 누가 여기 누웠지?
아테네 사람의 행색이다.
주인님이 말씀하신 그 사람인데
아테네 처녀를 멸시한다지.
그녀는 이쪽에 잠들었는데
더럽고 습한 땅에 누워 있어.
가여운 처녀는 사랑도 예절도
모르고 잠자는 못된 놈 곁에
눕지를 못하누나. 무지한 놈아,
주술의 온 힘을 네 눈에 뿌려.

[라이샌더의 눈꺼풀에 즙을 떨어뜨린다.]

네놈이 잠 깨면 사랑 때문에
다시는 눈꺼풀에 잠이 오지 않겠다.
그럼 내가 떠난 뒤에 잠에서 깨라.
오베론을 향해서 이제 나는 달려간다. [퇴장]

[디미트리우스와 헬레나가 뛰어서 등장]

헬레나 디미트리우스, 날 죽여도 좋아. 멈춰.

디미트리우스 저리 가. 이렇게 따라오지 마.

헬레나 나를 어둠 속에 팽개칠 거야? 그러지 마.

디미트리우스 죽든 말든 상관 안 해. 나만 가겠어. [퇴장]

헬레나 아, 못난 뜀박질에 숨 가빠 죽겠어.
기도를 드릴수록 받는 게 없어.
허미아는 좋겠다. 어디 있나 몰라도
그 애 눈은 복스럽고 매력이 넘쳐.
어쩌면 눈이 그처럼 맑지? 눈물이 아냐.
나는 더 자주 눈물로 눈을 씻어.
안 그래, 안 그래. 나야말로 곰같이 흉해.

만나는 짐승마다 무섭다고 달아나.
디미트리우스가 나를 보고 괴물인 듯
그렇게 달아나도 마찬가지.
무슨 간사한 거짓말쟁이 거울이
별 같은 그녀의 눈과 비교하랬어?
한데 이게 누구지? 맨바닥에 라이샌더?
죽었나? 자나? 피도 없고 상처도 없어.
라이샌더, 살았으면 일어나.

라이샌더 [잠을 깨며]
그래서 귀여운 널 위해 불 속을 달린다.
해맑은 헬레나, 네 가슴을 통해서
마음이 드러나서 자연의 조화이다.
디미트리우스는 어디 있어? 그 소리는
내 칼이 없애버릴 추악한 이름이야!

헬레나 그러지 마, 라이샌더, 그런 소리 하지 마.
그 사람도 허미아를 사랑하지 말란 법 있니?
하지만 허미아는 너를 사랑해. 만족해.

라이샌더 허미아로 만족해? 그녀와 함께 보낸
지겨운 시간들이 너무 후회돼.
허미아를 미워하고 헬레나를 사랑해.
누가 비둘기 대신 까마귀를 고르겠어?
인간의 의지를 다스리는 이성이
더 훌륭한 처녀는 너라고 선언해.
자라는 열매는 때가 돼야 무르익듯
나는 어려서 지금까지 몰랐어.
인간다운 분별력이 이제야 생겨서
이성이 의지를 명령하기에
네 눈앞에 인도돼서 읽어보니까
값나가는 사랑 책에 진실이 적혔어.

헬레나 어째서 내가 놀림감이 됐니?
언제부터 너한테 조롱받게 되었지?
놀리는 젊은이 디미트리우스한테서
따뜻한 시선을 받은 적도, 받을 수도 없는데
그거면, 그쯤이면, 충분하지 않아서
너마저 못난 나를 놀려대기야?
정말이지 너무해. 정말 너무해.
이렇게 놀리는 말투로 구애하니까.
하지만 잘 가. 솔직히 말해서
네가 좀 더 진실한 신사인 줄 알았어.
사내한테 거절당한 여자가 그 때문에
딴 사내한테서 놀림 받다니! [퇴장]

라이샌더 그녀가 너를 보지 못했어. 거기서 자.
다시는 내 곁에 얼씬도 마.
너무 달콤한 걸 너무 많이 먹으면
극심한 불쾌감이 배 속에 생기고,
이단에 속은 자가 내버린 이단을
최고로 미워하듯, 불쾌감과 이단의
장본인 너를 누구나 싫어하고
내가 누구보다도 제일 싫어할 테야.
내 모든 힘, 너한테 준 사랑과 힘을
헬레나의 기사가 되려고 다 바치겠어. [퇴장]

허미아 [잠에서 깨며]
도와줘, 라이샌더, 도와줘! 제발
꿈틀대는 이 뱀을 가슴에서 떼버려!
어머나, 끔찍해라! 무슨 꿈이 그래?
라이샌더, 나 떠는 거 봐.
웬 독사가 내 속을 파먹는 것 같았어.
한데 너는 그 꼴을 보고 웃고 앉았어.
라이샌더—어디 갔나? 라이샌더, 내 남편—
들리지 않을 만큼 멀리 갔어? 소리가 없네.
아, 어디 갔어? 들리면 대답해.
제발 대답해. 무서워서 기절하겠어.
뭐라고? 그럼 가까이 있지 않아.
너 아니면 즉시로 죽음을 찾을 테야. [퇴장]

## 3. 1

[어릿광대들인 퀸스, 스넉, 보텀, 플룻,
스나웃, 스타블링 등장]

보텀 모두 모였냐?

퀸스 빠짐없어. 연습할 장소로 기막히게 알맞은 데가 바로 여기야. 여기 이 풀밭은 우리 무대고 이 아가위 덤불은 탈의실이야. 공작님 앞에서 하듯이 실지로 연기를 해보자.

보텀 피터 퀸스!

퀸스 보텀 친구, 왜 그래?

보텀 이 피러머스와 시스비 희극에는 절대로 재미를 주지 못할 점들이 있어. 우선 첫째로 피러머스가 자살하려면 칼을 빼야 되는데, 그런 건 끔찍해서 마님들이 견뎌내지 못할 거야. 어떡할 거야?

스나웃 참말 걱정거리다.

스타블링 이것저것 따져봐도 자살하는 장면은 빼야만 돼.

보텀 천만의 말씀이야. 잘하는 방법이 있어. 나한테 '푸로로구' 하나 써줘. 거기서 아무도 칼로 해치지 않는다고 알려주고 피러머스가 정말 죽는 건 아니라고 하면 돼. 좀 더 안심시켜 주려고 피러머스가 피러머스가 아니라 직조공 보텀이라고 해. 그럭하면 무섭지 않을 거야.

퀸스 좋다. 그런 프롤로그를 넣기로 하자. 4.3.4.3조로 쓰겠어.

보텀 아니야. 하나씩 더 붙여. 4.4.4.4조가 되게끔 지으라고.

스나웃 마님들이 사자를 무서워하지 않을까?

스타블링 정말 그럴 거야.

보텀 얘들아, 스스로 곰곰이 생각해보자. 마님 사이에 —사자를 데려온다는 건—어이구, 안 돼! 너무 무서워. 산 사자보다 사나운 산짐승은 없단 말이야. 그 점 조심해야 돼.

스나웃 그러니까 다른 '푸로로구'에서 그게 진짜 사자가 아니라고 해야 돼.

보텀 그뿐만 아니라 이름도 대야 돼. 그리고 사자 모가지 사이로 얼굴 절반은 보여줘야 돼. 그리고 직접 이렇게 또는 이런 뜻으로 말해야 돼. '마님들', 또는 '아리따운 마님들, 바라옵기는', 또는 '요망 사항을 말씀드리면', 또는 '무서워하지 마시기를, 떨지 마시기를, 간청코자 합니다. 목숨 걸고 말합니다. 제가 사자로 나온다면 제 목숨이 불쌍해요. 아닙니다. 저는 그런 동물 아닙니다. 딴 사람과 똑같은 사람입니다.' 그러고는 이름을 말하고 분명한 소리로 마님들한테 자기는 가구장이 스넉이라고 말해.

퀸스 좋아. 그렇게 하겠어. 하지만 두 가지 어려운 점이 있어. 뭐냐면 방 안에 달빛 들여오는 거.—너희들이 알다시피 피러머스와 시스비는 달밤에 만나거든.

스나웃 우리가 공작님 앞에서 연극을 상연하는 그날 밤에 달이 있어?

보텀 달력 가져와, 달력. 절기를 찾아봐. 달 있는 날 찾아봐, 달 있는 날.

[로빈 굿펠로가 보이지 않게 등장]

퀸스 [책력을 뒤져보며] 맞아, 맞아. 그날 밤 달이 환하게 비쳐.

보텀 잘됐어. 우리가 연극하는 그 큰 방 창문을 열어놔도 된다 이거야. 그러면 창문으로 달이 환하게 비출 수 있어.

퀸스 그럴게야. 안 그러면 누군가 가시덤불과 초롱불을 갖고 들어와서 자기가 달빛의 화상인지 화신인지를 나타낸다고 말해야 돼.[16] 다음에도 문제가 있는데, 방 안에 벽이 있어야 돼. 이야기에 따르면 피러머스와 시스비가 담벼락 구멍으로 서로 말을 주고받는대.

스나웃 방 안에 담벼락을 갖다놓지 못해. 보텀, 어떻게 생각해?

보텀 누구라도 담벼락 역을 맡아야 돼. 그 사람한테 회반죽이나 찰흙이나 마무리 반죽을 몸에 바르고 자기가 담벼락이라는 걸 말하라고 해. 그러고는 이렇게 손가락을 벌리라고 해. 그 틈으로 피러머스와 시스비가 쏘곤대는 거라고.

퀸스 그거만 되면 모두가 잘돼. 그럼 어머니의 아들들은 모두 앉아서 각자 대사를 연습해. 피러머스, 네가 먼저 시작해. 대사를 마치고는 덤불 속에 들어가. 그러고는 각자 큐에 따르기야.

로빈 [방백]
웬 잠방이 촌것들이 여기서 떠들어?
요정 여왕 침실이 바로 요긴데.
뭐? 연극 한다고? 들어봐야지.
혹시라도 필요하면 배우 짓도 해줘야지.

퀸스 피러머스, 말해. 시스비, 앞으로 나와.

보텀 [피러머스 역으로]
시스비, 그악한 좋은 향기의 꽃이여.

퀸스 '그윽한', '그윽한'이야.

보텀 [피러머스 역으로]
그윽한 좋은 향기.
사랑하는 시스비, 네 숨결이 그렇구나.
그런데 웬 소리냐? 잠깐 여기 기다려라.
잠깐 뒤에 너한테 다시 오겠다. [퇴장]

로빈 [방백]
더 괴상한 피러머스가 방금 오겠어. [퇴장]

플룻 지금이 내 차례냐?

퀸스 맞아. 그래야 돼. 좀 전에 들은 건 웬 소린지

16 우리는 달의 계수나무 아래에서 토끼가 떡방아를 찧고 있다고 했는데, 서양에서는 달에서 사람이 개를 데리고 있다고 했다.

보려고 간 거니까 방금 돌아와.

플룻 [시스비 역으로]

빛나는 피러머스, 백합처럼 하얀 사람,

웅장한 덩굴 위의 새빨간 장미 빛깔,

수염 돋친 젊은이, 사랑스런 유대 사람,

피곤을 모르는 말같이 진실하다.

너하고 만나겠다. 니니[17] 무덤가에서.

퀸스 '니누스' 무덤이야, 이 사람아! 게다가 그 대사는

아직 말할 때가 안 됐어. 그건 네가 피러머스한테

대답하는 말이야. 너는 대사를 한꺼번에, 큐까지

모두 다 주워섬겨. 피러머스, 들어와. 큐가 벌써

지나갔어. 큐는 '피곤을 모르는'이란 말이야.

플룻 그래?

[시스비 역으로]

피곤을 모르는 말같이 진실하다.

[로빈 굿펠로가 노새 머리[18]를 쓴 보텀을

이끌고 등장]

보텀 [피러머스 역으로]

내가 아름답다면 나는 오로지 네 것이야.

퀸스 웬 도깨비냐! 망측해! 귀신이 씌었어! 얘들아,

기도해. 뛰어, 얘들아! 사람 살류! [어릿광대들 모두 퇴장]

로빈 너희를 따라가겠어. 감탕과 덤불과

찔레 덩굴 속으로 빵빵이를 돌려야지.

말이 됐다 개가 됐다 돼지가 됐다

대가리 없는 곰이 됐다 불길이 됐다

히힝대고 짖어대고 꿀꿀대고 으르렁대고

활활 타서 번갈아 말, 개, 곰, 불이 되게 하겠어. [퇴장]

[보텀이 노새 머리를 쓰고 다시 등장]

보텀 왜들 달아나는 거야? 나한테 겁주려고 녀석들이

짜고 하는 장난이야.

[스나웃 등장]

스나웃 오, 보텀, 너 한참 변했어. 머리에 생긴 게 도대체

뭐냐?

보텀 뭐가 보인다는 소리야? 내 머리가 노새 대가리가

됐단 말이냐? [스나웃 퇴장]

[퀸스 등장]

퀸스 참말 안됐어, 보텀, 참말 안됐어. 변했어. [퇴장]

보텀 장난치는 거 알겠어. 나를 바보로 만들려는 수작이야.

그럴 수만 있다면 나한테 겁을 주려는 거야. 하지만

녀석들이 뭐라고 해도 여기서 꼼짝 하나 봐라.

여기서 왔다 갔다 하면서 노래나 불러야지. 내가

겁내지 않는다는 걸 들려주겠어.

[노래한다.]

빛깔이 새까만 지빠귀 수놈,

부리는 밝은 주황색.

사랑 노래 부르는 착한 꾀꼬리,

깃털 짧은 굴뚝새.

티타니아 [잠에서 깨며]

어떤 천사가 꽃 침대에서 잠을 깨워?

보텀 [노래한다.]

멧새와 참새와 그리고 종달새,

소박하게 노래하는 잿빛 뻐꾸기,

그 소리에 사내들이 걱정하면서

아니라는 대꾸는 할 수 없단다.

하긴 누가 그런 멍청한 새한테 똑똑하게 대답해?

아무리 그놈이 '쿠쿠'[19]라고 외친들 도대체 누가

새한테 거짓말 말라고 대들겠어?

티타니아 오, 좋으신 인간, 다시 노래 불러줘요.

목소리에 내 귀가 너무도 반했어요.

당신의 모습에 내 눈이 황홀해요.

그래서 아리따운 당신을 보자마자

'사랑해요'라는 말로 맹세합니다.

보텀 그런 소리 할 만한 이유는 없는 거 같아요.

하지만 솔직히 말해 요즘엔 이유하고 사랑은 서로

친하지 않아요. 더러 점잖은 이웃도 그 두

가지를 서로 친구가 되게 하질 않으니 더욱이

유감천만이에요. 나도 때로는 비꼬기도 한대요.

티타니아 당신은 아리따우면서도 현철하셔요.

보텀 그렇지도 못한걸요. 내가 이 숲에서 빠져나갈

머리만 있다면 내 갈망은 할 만큼 똑똑한 거예요.

티타니아 이 숲에서 나갈 일은 생각하지 마셔요.

원하든 않든 여기 계셔야 해요.

17 피러머스와 시스비 이야기가 벌어지는 장소는 바빌론인데 바빌론은 니누스가 세운 나라였다. 그런데 니누스를 '니니'라고 하면 이는 '바보'라는 뜻이 된다.

18 노새는 '고집 센 바보'의 대명사였다.

19 봄에 뻐꾸기가 '쿠쿠'라고 외치는 소리는 영국인의 귀에 '쿠콜드'(cuckold)로 들렸는데, '쿠콜드'는 바람나서 서방질하는 아내를 둔 가련한 남편, 우리말로 '오쟁이 진 남편'을 뜻했다. 여러 작품에서 셰익스피어는 그와 관련된 우스개를 말했다.

나는 보통 정령이 아니어요.
여름은 언제나 나에게 시중들고
나는 당신을 사랑해요. 같이 가셔요.
요정들이 당신에게 시중들게 하겠어요.
요정들이 바닷속 보석을 갖다 드리고
꽃밭에 누워서 주무실 때 노래할 거예요.
당신의 살덩이를 말끔히 씻어서
바람 같은 정령이 되시게 하겠어요.
완두꽃, 거미줄, 티끌, 겨자씨!
[완두꽃, 거미줄, 티끌, 겨자씨 네 요정 등장]

한 요정 됐어요.

다른 이 저도요.

다른 이 저도요.

넷 모두 어디로 가죠?

티타니아 신사님을 친절하고 정중히 모셔.
발 앞에서 깡충대고 눈앞에서 뛰놀아.
산 살구, 검은 딸기, 자줏빛 머루,
파란 무화과, 오디를 잡숫게 하고
호박벌한테서는 꿀주머닐 훔쳐 오고
허벅지의 밀랍에서 밤을 밝힐 초를 얻고
반딧불이 눈에다 불을 붙여서
내 애인이 주무시고 깨시게 하며,
찬란한 나비의 날개를 끊어서
잠드신 눈앞에 달빛처럼 날리렴.
요정들아, 고개 숙여 인사를 드려.

한 요정 안녕하세요?

다른 이 안녕하세요?

다른 이 안녕하세요?

다른 이 안녕하세요?

보텀 선생님들한테 진심으로 사과를 드려요.—혹시 선생 성함을 물어도 돼요?

거미줄 거미줄예요.

보텀 앞으로 더 잘 알고 지내길 바라요, 거미줄 선생님. 손을 베면[20] 실례를 무릅쓰고 당신 덕을 보겠어요. 점잖으신 신사 양반, 이름은?

완두꽃 완두꽃예요.

보텀 선생 모친인 완두 꼬투리 여사님과 아버님인 완두 깍지 선생님에게 문안 전해 주세요. 완두꽃 선생님도 앞으로 서로 더 잘 알고 지내십시다. 성함이 어떻게 되세요?

겨자씨 겨자씨예요.

보텀 오, 겨자씨 선생님, 당신의 괴로움을 잘 알아요. 그놈의 겁쟁이 괴물 같은 쇠고기 덩어리가 당신 집안 양반을 많이들 집어삼켰죠. 조금 전만 해도 당신네 친척 때문에 눈물이 나더란 말이오. 당신도 서로 잘 알고 지냅시다, 점잖은 겨자씨 선생님.

티타니아 [요정들에게]
저분께 시중들고 침실로 안내해라.
젖은 눈의 달님이 내려다보신다.
달님이 우시면 눈물마다 꽃이 돼서,
처녀로 늙어갈 여자를 슬퍼해라.
저분의 혀를 잠재워서 말없이 모셔 와라. [모두 퇴장]

## 3. 2

[요정들의 왕 오베론 등장]

오베론 티타니아가 깨었는지 궁금해.
처음 눈에 보인 게 뭔지 몰라.
그런 데다 정신없이 미쳐야만 해.
[로빈 굿펠로 등장]
내 전령이 와. 장난꾼아, 어찌 됐니?
홀린 숲의 밤 장난이 지금은 어떻지?

로빈 여왕님이 웬 괴물과 연애 중인데,
외지고 신성한 침소 근방이에요.
졸린 여왕님이 잠드실 때가 됐는데
아테네 장터에서 밥벌이로 분주한
멍청하고 무식한 일꾼 한 떼가
테세우스 장군의 결혼식을 겨냥해서
연극 연습 하려고 모였던 겁니다.
돌대가리 가운데서 제일 둔한 녀석이
연극에서 맡은 게 피러머스 역인데
무대를 떠나서 덤불 안에 가기에
기회가 왔다 싶어 그 녀석을 골라서
노새의 대가리를 붙여놨는데
시스비에게 대답할 때가 되는 바람에
피러머스가 나타나자 그걸 본 녀석들은
기러기 한 떼가 살금살금 다가오는
사냥꾼을 본 듯이, 총소리에 깜짝 놀란

20 피가 나면 상처에 거미줄을 감는 것이 민간치료법이었다.

빨건 머리 갈까마귀 한 떼가 흩어져서
우짖으며 미친 듯 하늘을 휩쓸어 가듯이,
그 꼴을 바라보고 친구들이 달아나다
우리가 내는 발소리에 잇달아 넘어지고
한 녀석은 성내에 대고 "살인이야"라고 외치데요.
그처럼 우렁찬 두려움에 얼이 빠지고
뵈지 않는 물건들에 겁을 먹기 시작했죠.
가시와 덩굴들이 옷깃을 잡아채서,
소매며 모자를 겁보들이 팽개쳤죠.
겁먹어 얼빠진 녀석들을 끌어다 놓고
잘난 피러머스는 변한 채로 놔뒀는데
바로 그 순간 공교롭게도 티타니아가
잠을 깨어 곧바로 그 노새를 사랑했죠.
오베론 내가 억지로 하기보다 훨씬 잘했어.
그런데 말한 대로 아테네 청년의 눈에
사랑의 즙을 발랐냐?
로빈 잠들어 있더군요. 그 일도 끝냈습니다.
아테네 여자가 자기 옆에 있었으니까
잠에서 깨자마자 그 여자를 봤겠어요.
[디미트리우스와 허미아 등장]
오베론 몰래 엿보자. 아테네 사내가 맞아.
로빈 여자는 맞는데 남자는 아니에요.
[둘이 옆에 비켜선다.]
디미트리우스 이만큼 사랑하는 사람을 꾸짖기니?
그런 욕은 퍼부어라.
허미아 지금은 말로 해도, 더 독하게 다룰 테다.
욕의 원인을 제공한 건 너 자신이야.
잠자는 라이샌더를 네가 죽인 거라면
피 가운데 이미 발을 들여놨으니
깊숙하게 들어가서 나마저 죽이렴.
해님이 낮에게 아무리 진실해도
그이가 내게 진실한 만큼 되지는 못해.
잠자는 허미아를 두고 달아나겠어?
차라리 땅덩이에 구멍을 뚫고
달님이 기어나가 반대쪽 사람들에게
대낮의 해님이 불쾌하게 만들라지.[21]
네가 그일 죽인 게 너무도 확실해.
저렇게 음침하고 끔찍한 건 죽은 꼴이야.
디미트리우스 죽은 자가 그러니까 나 역시 그럴 거야.
냉혹한 네 매정에 가슴이 뚫려서 죽었어.
하지만 살인자 너는 하늘에 빛나는
비너스[22]처럼 환하게 비추고 있어.
허미아 그게 라이샌더와 무슨 상관이야?
그이가 어디 있어? 제발 돌려줘!
디미트리우스 그자의 시체를 개들한테 던지겠어.
허미아 개자식아, 꺼져. 처녀의 참을성을
깨뜨리고 마누나! 그래 네가 죽였냐?
앞으론 사내 축에 끼지 마. 오, 제발,
한번만 사실대로 말하렴. 나를 봐서도.—
그이가 깨어 있는 걸 쳐다보지도 못했어?
그래서 잠든 채로 죽였어? 멋진 칼질이구나!
뱀이나 독사도 그런 짓을 못 하겠냐?
독사가 그랬구나. 거짓된 독사라도
너같이 두 입 가진 독사는 없어.
디미트리우스 틀린 일을 가지고 화풀이를 하누나.
나는 라이샌더의 피에는 상관이 없어.
내가 보기엔 죽은 것도 아니야.
허미아 그렇다면 그이가 안전하다고 말해라.
디미트리우스 그런 말을 해주면 나한테 무얼 줄래?
허미아 다시는 나를 안 볼 특권을 너한테 주고
보기 싫은 너한테서 헤지는 걸 내가 얻어.
그이가 죽었든 살았든 다신 나를 보지 마. [퇴장]
디미트리우스 저렇게 화내는데 따라가지 못해.
그렇다면 잠시 여기 머무르겠어.
파산당한 나의 잠이 슬픔한테 갚을 빚에
슬픔의 무게가 점점 더해 가누나.
빚을 탕감 받으려고 여기서 잠깐 쉬면
조금이라도 그 빚이 줄어들겠지.
[그가 누워서 잠이 든다.]
오베론 [로빈에게]
어떻게 한 거냐? 사람을 잘못 봤어.
진실한 애인 눈에 사랑 즙을 발랐구나.
네 실수로 참사랑은 진실하지만
거짓된 사랑은 진실이 될 수 없어.
로빈 운명이라고 할 수 없죠. 하나가 진실하면
백만의 가짜가 거듭거듭 맹세를 깨요.

21 지구 중심에 구멍을 뚫어 달이 그리로 들어가 대낮에 지구 반대쪽을 어둡게 하여서 해가 그쪽에 사는 사람들에게 화를 내게 하겠다는 말. 그리스신화에서 해와 달은 남매였다.
22 초저녁에 뜨는 별 '금성'을 가리킨다. 금성인 비너스는 물론 사랑의 여신이다.

오베론 바람보다 빠르게 숲을 뒤져서
아테네의 헬레나를 찾아보아라.
사랑의 열병으로 귀하고 맑은 피를
사랑의 한숨으로 메말려서[23] 죽게 됐어.
환상을 보여줘서 이곳으로 데려와라.
그에 앞서 사내 눈에 요술을 걸어야지.
로빈 갑니다, 갑니다. 가는 걸 보세요.
달단인의 화살[24]보다 빨리 갑니다. [퇴장]
오베론 큐피드의 화살 맞아
자줏빛 물든 이 꽃,
눈동자에 파고들어라.
[디미트리우스의 눈꺼풀에 즙을 떨군다.]
애인을 보자마자
하늘의 비너스처럼
찬란하게 빛나라.
그녀 옆에서 잠을 깨면
살리라고 애원해.
[로빈 굿펠로 등장]
로빈 저희 요정 무리의 왕이시여,
이곳에 헬레나를 데려왔는데
제가 잘못 봤던 그 젊은이가
사랑의 대가를 애걸합니다.
우스운 연극을 구경할까요?
인간은 참말 못난 족속이에요!
오베론 비켜서라. 저들이 떠드는 소리에
디미트리우스가 잠에서 깰라.
로빈 둘이 한꺼번에 구애하겠지.
그것만 보아도 재미있겠지.
일이 뒤죽박죽될 때에
나한테는 정말로 재미있더라.
[둘이 물러선다.]
[헬레나 등장. 라이샌더가 그녀를 좇아온다.]
라이샌더 어째서 내 구애를 경멸이라고 생각해?
경멸과 놀림은 눈물과 함께 안 해.
맹세하며 울지 않아? 이러한 맹세는
울음에서 생기니까 진실뿐이야.
어째서 이런 게 경멸로 보여?
진실이란 징표를 갖고 있는데?
헬레나 자신의 잔꾀를 자꾸만 들이밀어.
진실끼리 죽이는 건[25] 마귀의 파괴야![26]
그녀에게 바친 맹세인데 그녀를 버리겠어?
맹세끼리 달아보면 네 말이 가벼워.
그녀와 내가 받은 맹세를 달아보면
무게가 똑같아서 거짓만큼 가벼워.
라이샌더 그녀에게 맹세할 때 제정신이 아니었어.
헬레나 그녀를 버리니 지금도 제정신이 아니야.
라이샌더 그 사내가 그녀를 사랑하고 너는 아니야.
디미트리우스 [잠을 깨며]
오, 헬레나, 완전하고 거룩한 여신 님프!
네 눈을 뭣에다 비할까? 수정은 너무 흐려.
무르익은 네 입술은 키스하는 앵두 알,
내 마음을 유혹해서 벌어지누나!
새하얀 살결, 코카서스[27] 산꼭대기
동풍에 불린 눈도 네가 손을 쳐들면
까마귀가 되누나.[28] 오, 순백의 공주,
희열의 약속에 키스하게 해다오!
헬레나 오, 치욕! 오, 지옥! 이제 보니까 너희 모두
작심하고 나한테 장난치누나.
너희가 문명인이면 예의를 알아서
이러한 상처는 나한테 안 줬을 거야.
나를 미워하는 걸 나도 알지만
한통속이 되어서 미워해도 되겠냐?
겉보기엔 사내지만 네가 진짜 사내라면
양순한 여자를 이처럼 대할 수 없어.
분명히 속으로는 미워하면서
맹세를 외치면서 한껏 나를 높이누나!
서로 경쟁하면서 허미아를 사랑하고
서로 경쟁하면서 헬레나를 놀리누나.
과연 서로 잘나고 사내다운 짓이구나!

23 당시 의학에서 한숨을 쉬면 맑은 피가 마른다고 가르쳤다.
24 오늘날 중앙아시아 초원의 유목민이던 달단인(타르타르인)은 활을 잘 쏘는 것으로 유명했다.
25 허미아에 대한 사랑과 헬레나를 사랑한다는 소리는 서로를 파괴한다는 말.
26 거룩한 맹세가 악마 같은 거짓 맹세에게 파괴당한다는 것.
27 원문에는 '토러스'라는 터키의 산으로 되어 있으나 터키 북방의 이름난 산으로 바꿨다.
28 허미아는 헬레나보다 살결이 가무잡잡하고 키 작은 처녀다. 하얀 살결은 미인의 조건이었다. 3막 2장 257행에서 허미아를 "깜둥이"라고 욕하는 대목이 나온다.

너희의 놀림으로 불쌍한 처녀 눈에
눈물을 자아내다니, 의젓한 신사라면
이렇게 놀이 삼아 처녀를 괴롭히고
가련한 아픔을 강요하지 않을 테지.
라이샌더 디미트리우스, 심술부리지 마.
네 사랑은 허미아야. 내가 알고 네가 알아.
이 자리에서 모든 선의와 진정을 다해서
허미아에 대한 내 사랑은 양보할 테니까
헬레나에 대한 네 사랑은 내게 넘겨라.
내 사랑은 헬레나다. 죽기까지 그래.
헬레나 놀림꾼들이 이처럼 허풍을 떨었나!
디미트리우스 허미아를 데려가렴. 내게는 필요 없어.
사랑한진 몰라도 지금은 없어졌어.
손님처럼 내 마음이 머물렀다가
지금은 헬레나한테 다시 돌아와
영영 거기 있겠어.
라이샌더 헬레나, 안 그래.
디미트리우스 자기가 모르는 진심을 욕하지 마.
값비싼 대가를 치를지 몰라.
[허미아 등장]
네 여자가 저기 와. 네 애인이야.
허미아 어두운 밤중에는 눈이 볼 수 없지만
귀는 더욱 똑똑히 알아듣게 돼.
시각의 기능이 힘을 쓰지 못할 때
청각은 두 배나 보상을 받아.
라이샌더, 눈은 너를 못 찾았지만
고맙게도 귀가 나를 데려다 줬어.
어째서 나를 두고 가버렸었지?
라이샌더 사랑이 부르는데 어떻게 그냥 있어?
허미아 무슨 사랑이 내 옆에서 너를 데려가?
라이샌더 품고 있던 사랑이야. 참을 수 없었어.
어여쁜 헬레나, 빛나는 별보다도
밤하늘을 금빛으로 밝히는 너야.
어째서 나를 찾지? 이쯤이면 알겠는데?
네가 보기 싫어서 버리고 갔다는 걸?
허미아 속내에 없는 말 하네. 그럴 리 없어.
헬레나 저것 봐. 허미아도 한통속이야.
지금 보니까 너희 셋이 모두들 짜고
이런 못된 장난질을 꾸며냈구나.
악독한 허미아, 몹쓸 처녀야,
한곳에 어울렸니? 치사한 조롱으로
나를 괴롭히려고 사내들과 쏙닥였지?
처녀끼리 서로 나눈 온갖 비밀과
의형제의 맹세와 두 처녀를 갈라놓을
발 빠른 시간을 탓하며 보낸
그 모든 때를, 아아, 너는 잊었니?
학생 때의 우정과 아이 때의 순진을?
허미아, 내 친구야, 솜씨 좋은 여신처럼
둘이 같이 바늘로 꽃 한 송이를
본을 따라 수놓으며 한 방석에서
한 노래를 한 높이로 함께 부르며
두 손과 옆구리와 목소리와 마음이
한 몸 된 듯했어. 그렇게 같이 자라서
쌍앵두처럼 나뉜 것 같았지만
둘이면서 한 몸 이뤄서 한 꼭지에
돋아난 탐스러운 두 열매였어.
두 몸에 마음은 하나가 되어
가문의 문장처럼 두 개의 색깔이
한데 어울려 하나의 정점이 됐지.[29]
친구를 놀려대는 사내들과 어울려서
오래 맺은 우정을 깨뜨리겠니?
친구도 처녀도 못할 짓이야.
세상 모든 여자가 욕할 짓이야.
아픈 건 나 혼자지만.
허미아 열변을 토하니까 너무도 놀라워.
나 아니고 네가 놀리는 것 같아.
헬레나 라이샌더를 시켜서 나를 좇아와서
내 눈, 내 얼굴을 칭찬하랬지?
다른 애인 디미트리우스한테는
—방금 나한테 발길질을 해댔는데—
나더러 여신이며 님프며 성스럽고
놀랍고 귀한 천사라고 말하랬잖아?
싫어하는 여자에게 그런 말은 왜 해?
네가 안 시켰다면, 허락하지 않았다면,
어째서 라이샌더가 영혼 속에 가득한
네 사랑을 부정하고 나한테 애정을

29 부계와 모계를 나타내는 상징, 즉 문장(紋章)은 양쪽에 색깔이 칠해져 있어서, 언급할 때는 하나를 먼저 말하지만 서로에게 속해 있으며 맨 꼭대기는 하나의 정점('crest')으로 결합되었다.

주는 척해? 너처럼 예쁘지도 못하고
사랑이 넉넉해서 즐겁지도 못하고
한없이 비참한 짝사랑뿐인데,
멸시보단 동정심을 보내야 해.
허미아 어째서 이러는지 전혀 알 수가 없어.
헬레나 알아보렴. 엄숙한 표정을 계속 꾸미렴.
내가 뒤로 돌아서면 입을 비죽대고
눈짓을 나누고 장난을 계속해.
이 장난을 잘 놀면 역사책에 오를 거야.
동정심과 착한 마음과 예절이 있다면
이렇게 갖고 놀지 않을 거야.
잘들 가. 내 잘못도 없지 않아.
내가 죽거나 없으면 금방 좋아져.
라이샌더 얌전한 헬레나, 잠깐. 내 말만.
내 사랑, 내 목숨, 예쁜 헬레나.
헬레나 흥, 놀고 있네!
허미아 [라이샌더에게] 그렇게 놀리지 마.
디미트리우스 [라이샌더에게]
그녀의 애원을 안 들으면 내가 듣게 하겠다.
라이샌더 애원도 약하지만 위협도 약해.
헬레나, 사랑해. 목숨 걸고 사랑해.
내 사랑을 부정하는 자가 배신자란 걸
목숨을 걸고 맹세코 증명할 테야.
디미트리우스 [헬레나에게]
내가 너를 저 녀석보다 더 사랑해.
라이샌더 그렇다면 저쪽에 가서 사랑을 증명해.
디미트리우스 가자.
허미아 라이샌더, 어떻게 되는 거야?
[그녀가 그를 붙잡는다.]
라이샌더 비켜, 깜둥이.[30]
디미트리우스 안 되겠다. 그만둬.
붙잡힌 걸 물리치고 오겠다는 시늉을 하지만
오질 못해. 저게 사낸가? 꺼져!
라이샌더 [허미아에게]
이거 놔, 암괭이, 엉겅퀴, 쌍년, 이거 놔.
안 놓으면 독사처럼 떨칠 테다.
허미아 왜 이렇게 거칠어졌어? 정다운 사랑,
왜 이렇게 변했어?
라이샌더 사랑? 새까만 달단 년, 꺼져!
비켜! 메스꺼운 약, 독약, 저리 썩 비켜.
허미아 이거 농담이지?
헬레나 진짜야. 네 말이 농담이야.
라이샌더 디미트리우스, 약속대로 할 테야.
디미트리우스 서약서 받을 걸 그랬다. 보아하니
약속이 약했다. 너를 어떻게 믿어?
라이샌더 그럼 해하고 때리고 죽이란 말이냐?
너를 미워하지만 해하고 싶진 않아.
허미아 미워하는 것보다 상처가 크니?
내가 싫어? 어째서? 오, 어째서 그렇지?
내가 허미아이고 너는 라이샌더가 아니야?
조금 전과 다름없이 지금도 예뻐.
밤새 사랑하더니 밤새 떠나버렸어.
왜 그래? 떠나다니. 오, 맙소사!
이거 정말이니?
라이샌더 목숨 걸고 정말이야.
너를 다시 볼 생각이 조금도 없었어.
따라서 희망도 의심도 지워버려.
참말 확실한 사실이야. 너는 싫고
헬레나가 좋다는 건 농담이 아니야.
허미아 [헬레나에게]
장난치는 계집애, 꽃 파먹은 벌레,
사랑 도둑년, 밤중에 몰래 와서
사랑을 훔쳤어?
헬레나 정말 잘됐어.
너는 얌전한 처녀의 수치심도
부끄럼의 흔적도 없니? 얌전한 입에서
참다못한 대답을 들어야겠니?
더럽다, 더러워. 거짓말 꼭두각시!
허미아 꼭두각시?[31] 왜? 알겠어. 장난질이
그쪽으로 가네. 키 재기 하는 걸
이제 알겠다. 제 키가 크다고,
신분이 더 높다고, 짧게 말해 키가 커서
그일 사로잡았어. 내가 난쟁인 데다가
신분이 낮아서 네가 그처럼
그이 눈에 높아졌니? 작으면 얼마나 작아?

30 살결이 희고 머리가 노란 여자를 선호하고 살결이 가무잡잡하고 머리가 검은 여자를 꺼렸다.

31 '꼭두각시'는 남의 조종에 따라 움직이는 존재라는 뜻 이외에 '조그만 인형'이라는 말도 된다. 당연히 키 작은 허미아가 그 말에 민감하게 반응한다.

똥 지른 막대기야, 얼마나 작아?
아무리 내가 작아도 네 눈깔에
내 손톱이 닿을 수 있어.

헬레나 너희 같은 신사들이 나를 놀리지만
제발 저 앨 말려다오. 나는 싸운 적 없어.
왈패와 닮은 성질은 타고나질 못했어.
겁쟁이기 때문에 그야말로 처녀지.
맞지 않게 해주려마. 저 애 키가 나보다
조금 작아서 내 상대가 될 거라고
짐작할지 모르지만.—

허미아 작다고? 저거 봐!

헬레나 허미아, 나한테 그렇게 화내지 마.
언제나 너를 사랑하고 비밀을 지켜주고
너한테 나쁜 짓은 한 적이 없지만
디미트리우스를 사랑하는 마음에서
네가 여기 숲으로 도망친 걸 말해줬어.
그가 너를 쫓아오고 나는 사랑 때문에
그를 쫓아왔는데 가라고 호통치고
차고 때리고 심지어 죽인다고 위협했어.
그럼 나를 말없이 가게 해주면
바보짓을 짊어지고 아테네로 돌아가서
너희들을 쫓아가지 않을게. 그냥 가겠어.
너희들이 보다시피 나는 바보야.

허미아 갈 테면 가. 누가 말린대?

헬레나 바보스런 마음을 여기 남겨두겠어.

허미아 라이샌더한테?

헬레나 디미트리우스한테.

라이샌더 걱정 마, 헬레나. 내가 있잖아?

디미트리우스 내가 막아주겠다. 네가 그녀의 편이지만.

헬레나 저 애가 화나면 지독한 왈패야.
학교에 다닐 때도 암여우 같았어.
그녀 키가 작지만 무섭게 맹렬해.

허미아 또 작단 소리야? 작고 낮단 말뿐이야?
저렇게 놀리는데 왜 가만 놔둬?
내가 덤벼들 테야.

라이샌더 난쟁이 비켜나.
남 크는 걸 방해하는 쬐고만 바랭이,[32]
염주 알, 도토리 알!

디미트리우스 네가 암만 충성해도
본 체도 하지 않는 여자한테 열심이야.
가만 놔둬. 헬레나 소리는 입밖에
내지 말고 편들지 마. 조금이라도
사랑하는 기미가 보이면 톡톡히 값을
치를 줄 알아.

라이샌더 이제야 그녀를 놓누나.
겁 없으면 따라와. 헬레나에 대해서
누구의 권리가 더 큰지 판가름하자.

디미트리우스 따라와? 천만에. 나란히 서서 갈 테야.
[라이샌더와 디미트리우스 퇴장]

허미아 이런 소동이 벌어진 건 너 때문이야.
물러서지 마.

헬레나 어째서 너를 믿어?
사나운 물건과는 함께 있지 않을 거야.
네 손이 내 손보다 공격하긴 빠르지만
뛰는 데는 내 다리가 좀 더 길어. [퇴장]

허미아 너무나 놀라워서 뭐라 할지 모르겠어. [퇴장]
[오베론과 로빈 굿펠로가 앞으로 나선다.]

오베론 이게 네 부주의야. 언제나 말썽이야.
아니면 일부러 장난친 거고.

로빈 그림자의 임금님, 제 착각이에요.
사내가 입은 아테네 차림으로
알아볼 수 있는 거로 말씀하셨죠?
아테네 사람 눈에 꽃의 즙을 바르니까
제가 행한 일에는 흠잡을 게 없어요.
그런데 그 결과가 저 꼴이라 재미있네요.
옥신각신하는 게 볼만해요.

오베론 연인들이 싸울 데를 찾는 중이니
얼른 가서 어두운 밤을 덮어놓아라.
지옥처럼 무겁고 시커먼 안개로
별들을 뒤덮고 악에 받친 연인들을
유인하되, 상대를 만날 수 없게 해.
어떤 때는 라이샌더 목소리로
디미트리우스가 버럭 화를 내게 하고
어떤 때는 디미트리우스처럼 욕해서,
죽음 같은 졸음이 납덩이 같은 다리와
박쥐 같은 날개로 눈꺼풀에 올 때까지
두 사람을 유인해서 서로 떼어 놓아서
라이샌더의 눈에다가 이 즙을 짜 넣으면

32 우리나라에 흔한 끈질긴 잡초인 '바랭이'로 옮겼다. 잔디 사이에 자라며 잔디를 죽이는 덩굴풀이다.

그릇된 환상이 모두 걷히고
눈알이 제대로 돌아가니까
안목을 다시 찾는 효력이 있지.
잠시 후 잠에서 깨어나면 이 모든 게
꿈같이 덧없고 환상과 같아서
연인들이 아테네로 되돌아갈 때
죽기까지 이어갈 우정을 맺게 되겠어.
이건 네게 맡기고 나는 왕비에게 가서
그 인도 아이를 달라고 하겠다.
그런 후에, 마술에 걸린 왕비의 눈을
그런 괴물한테서 놓아주겠어.
그럭하면 모두가 화평하게 될 거야.

로빈 요정들의 임금님, 서둘러야 하시겠어요.
빠른 밤의 용들이 구름장을 가르고
새벽의 전령인 샛별이 저 멀리 빛나요.
이리저리 떠돌던 유령들은 그 서슬에
무덤으로 몰려가고 네거리 옆이나
물속에 묻혀 있던[33] 저주받은 혼령들은
자기들의 수치가 드러날까 두려워서
벌레들이 우글대는 잠자리로 갔어요.
일부러 빛을 피해서 달아났으니까
얼굴 꺼먼 밤과 함께 짝을 짓게 돼요.

오베론 하지만 정령은 종류부터 달리해.
아침의 사랑과 내가 자주 놀면서
불처럼 붉은 동쪽 문이 바다를 향해
활짝 열리면 아름다운 축복의 빛살로
시퍼런 짠 물결이 황금으로 변할 때 난
사람처럼 수풀 속을 누빌 수 있어.
하지만 서두르고 지체하지 마.
밝기 전에 이 일을 끝내야 해. [퇴장]

로빈 이리로 저리로, 이리로 저리로
저것들을 이리저리 데려가겠다.
들에서 마을에서 나를 겁내지.
도깨비야, 이리저리 끌고 다녀라.
한 녀석이 와.
[라이샌더 등장]

라이샌더 건방진 놈, 어디 있냐? 당장 말해.

로빈 칼 들고 싸울 준비 되어 있어. 어디 있냐?

라이샌더 너 있는 데 가겠다.

로빈 그러면 따라와.
좀 더 평평한 데야. [라이샌더 퇴장]

[디미트리우스 등장]

디미트리우스 라이샌더, 다시 말해봐.
도망자, 겁쟁이, 다시 달아났어?
말해봐! 덤불에 있냐? 머릴 어디 처박았어?

로빈 [위치를 바꾸며]
겁쟁이, 별한테 큰소리 탕탕 치고
결투를 하겠다고 덤불들에 말하면서
나오진 않아? 겁쟁이, 와, 어린애, 와.
회초리로 때려줄게. 너한테 칼 뺄 자는
더러운 자식 놈이야.

디미트리우스 [위치를 바꾸며] 그럼 아직 거기 있냐?

로빈 [위치를 바꾸며]
날 따라와. 여기서 사내답길 겨루지 말자. [둘 퇴장]
[라이샌더 등장]

라이샌더 앞서가며 계속해서 싸우자고 해도
부른 데로 가보면 벌써 거길 떠났어.
그놈이 나보다 발이 훨씬 빨라서
빨리 따라갔지만 더 빨리 달아나네.
험하고 캄캄한 데 내가 떨어졌어.
여기서 쉬자.
[그가 드러눕는다.]
고마운 아침아, 오라.
희뿌연 네 빛이 나타나기만 하면
그놈을 찾아서 원수를 갚겠어. [잠이 든다.]
[로빈 굿펠로와 디미트리우스 등장]

로빈 [위치를 바꾸며]
야, 야, 야, 겁쟁이, 왜 오지 않아?

디미트리우스 용감하면 기다려. 네가 내 앞에서
달아나는 거 잘 알아. 자리를 바꿔 가며
내 앞에도 못 서고 내 얼굴도 못 봐.
지금은 어디 있냐?

로빈 [위치를 바꾸며] 이리 와. 나 여기 있어.

디미트리우스 그래서 놀리누나. 밝은 빛에 네 낯짝
보기만 하면 비싼 값을 치를 거야.
그럼 갈 데로 가. 힘이 빠져서
차가운 이 자리에 누워 있겠어.
[드러눕는다.]
햇살이 비치면 너를 찾아 나서겠지. [잠든다.]

33 투신자살한 자는 축복받지 못한 채 네거리나 물속에 묻혀 있었다.

[헬레나 등장]

헬레나 오, 피곤한 밤, 오, 길고 지루한 밤,
시간을 줄여다오. 동쪽에서 평강을 비쳐,
나와 함께 있는 것을 싫어하는 자를 떠나
햇빛 속에 아테네로 돌아가게 해주고
이따금 슬픔의 눈을 감기는 잠이
잠시나마 나 자신을 잊게 해다오.
[그녀가 드러누워 잠이 든다.]

로빈 아직 셋이야? 하나만 더 와.
같은 종류 한 쌍은 넷.
[허미아 등장]
여기 와. 성나서 찌푸린 채.
불쌍한 여자를 미치게 해서
큐피드는 고약한 장난꾼이야.

허미아 이렇게 피곤하고 슬픈 때가 없었지.
이슬에 몸이 젖고 가시에 살이 찢겨
더 이상 걷지도 기지도 못하겠어.
다리가 욕심대로 움직이지도 못해.
날이 밝을 때까지 여기서 쉴 테야.
[드러눕는다.]
진짜로 싸울 거면 하늘이 라이샌더를 보호하소서!
[그녀가 잠이 든다.]

로빈 땅바닥에서
고이 잠자라.
얌전한 연인
너의 눈 위에
약을 발라주겠다.
[라이샌더의 눈에 즙을 떨군다.]
잠에서 깨면
전날 애인의
눈을 보고서
진한 기쁨을
맛보게 되는 거라고.
그래서 잠에서 깨면 사내마다
자기 짝을 얻는다는 시골 얘기를
비로소 깨닫게 될 거라고.
사내인 잭은 처녀인 질을 얻게 되니까
누구도 불평하지 않고
사내는 제 암말을 다시 갖고
모두모두 잘 되리라. [퇴장]

## 4. 1

[요정들의 여왕 티타니아, 노새 머리를 한 보텀,
완두꽃, 거미줄, 티끌, 겨자씨 등 요정들 등장]

티타니아 [보텀에게]
꽃이 깔린 자리에 앉아 계셔요.
사랑스런 당신 뺨을 매만지면서
매끈한 머리에 들장미 꽂고
아름다운 큰 귀에 키스하지요.

보텀 완두꽃 어디 있소?

완두꽃 대령했사옵니다.

보텀 이 머리 긁어줘요, 완두꽃 씨. 거미줄 선생은
어디 있소?

거미줄 대령했습니다.

보텀 거미줄 선생, 착한 선생 나리. 손에 활을 들고
나가 엉거시 꼭대기에 앉아 있는 엉덩이 빨건
호박벌을 죽여주쇼. 그리고 선생, 그 꿀주머닐
나한테 갖다 주쇼. 거기 너무 신경 쓰지 마쇼.
그리고 착한 선생 나리, 그 주머닐 깨뜨리지
않게끔 조심하쇼. 선생, 꿀주머닐 뒤집어쓸까
걱정되네요. [거미줄 퇴장]
겨자씨 선생은 어디 있소?

겨자씨 대령했사옵니다.

보텀 나한테 주먹을 내미쇼, 겨자씨 선생. 오, 그렇게
절할 건 없소, 착한 선생 나리.

겨자씨 무엇을 원하시나요?

보텀 아무것도 없어요, 착한 선생. 하지만 완두꽃 신사
씨와 함께 가려운 데를 긁어주쇼. 선생 나리, 나
이발관에 가야겠소. 얼굴에 털이 매우 놀랍게
자란 것 같소. 머리털이 근질대기만 하면
긁어야 하다니, 나도 정말 약한 노새요.

티타니아 귀여운 분, 음악 좀 들으실까요?

보텀 음악 듣는 덴 괜찮게 좋은 귀가 있어요.
부젓가락과 쇠뼈다귀[34] 소리를 들읍시다.
[시골 음악]

티타니아 또는 자시고 싶은 게 뭐예요, 귀여우신 분?

보텀 솔직하게 여물 한 줌이면 좋겠소. 깨끗이 마른
호밀이 씹기 좋아요. 밀짚 한 단 생각이 간절하단

34 부젓가락 두드리고 쇠뼈를 부딪쳐 시골 가락을 울려냈다.

말이오. 좋은 밀짚, 달콤한 밀짚이 그중 최고요.

티타니아 저한테 용감한 요정이 있는데요,
다람쥐 굴을 찾아내서 햇밤 갖다 드리죠.

보텀 그보단 차라리 마른 완두 한두 줌 먹겠소.
하지만 나 땜에 부하들이 성가실 거요.
그만둬요. 졸음이 오는 것 같소.

티타니아 주무셔요. 팔을 감고 있을게요.
요정들아, 물러가서 가까이 오지 마. [요정들 퇴장]
이처럼 등나무는 향기로운 인동을
얌전히 얼싸안고, 여자 같은 담쟁이는
단단한 느릅나무 가지를 감아 올라.
얼마나 사랑하고 얼마나 애틋한지!

[둘이 잠든다.
로빈 굿펠로와 오베론이 만나며 등장]

오베론 잘 왔다, 로빈. 저 열렬한 꼴을 보는가?
저런 미친 사랑이 차차 불쌍해진다.
얼마 전 숲에서 저 망측한 밥통에게
아양을 떨고 있는 그녀와 맞닥뜨려
야단치고 싸우다가 헤어졌다고.
그때 그녀는 털북숭이의 머리에다가
향기로운 들꽃의 화관을 씌웠는데
이따금 꽃송이에 동그란 진주처럼
송알송알 매달리는 이슬방울이
자기들의 수치를 슬퍼하는 것처럼
예쁜 꽃망울에 눈물처럼 맺혔지.
속이 후련하도록 그녀를 놀려대고
제발 참아달라고 하소연해서
데리고 있는 아이를 달라고 했더니
두말없이 허락해서 시녀를 시켜서
요정 나라 내 방으로 데리고 왔다.
이제는 그 아이를 내가 차지했으니
그녀의 눈에서 끔찍한 걸 풀어줄 테니,
얌전한 퍽, 아테네 사내 머리에서
꼴사나운 머리를 벗겨줘라.
남들이 잠 깰 때 같이 일어나게 해
모두들 아테네로 되돌아가서
지난밤의 일들을 꿈으로 알고
더 이상 생각하지 않게끔 해라.
그러나 먼저 여왕을 풀어줘야지.
[티타니아의 눈꺼풀에 즙을 떨군다.]
제 모습을 되찾아라.
보던 눈으로 다시 보라.
큐피드 꽃에 다이애나 꽃이
그처럼 복된 효력이 있다.
자, 나의 여왕 티타니아, 잠에서 깨라.

티타니아 [잠을 깨며]
오, 오베론, 이상한 꿈을 꾸었어요!
노새한테 푹 빠진 것 같더라고요.

오베론 당신 애인이 저기에 있소.

티타니아 어떻게 그럴 수 있죠?
어머나, 저 꼴을 보니까 구역질이 올라와요!

오베론 잠시 조용하시오. 로빈, 저 머리를 치워.
내 여왕 티타니아, 음악을 울려서
다섯 감각의 죽음보다 깊은 잠을 깨워줘.

티타니아 음악을! 잠 깨우는 음악을 울려.
[조용한 음악]

로빈 [보텀의 노새 머리를 벗기며]
잠에서 깨어나서 바보의 눈으로 봐.

오베론 음악을 울려라.
[음악이 바뀐다.]
나의 여왕, 같이 손잡고
그들이 잠자는 땅을 울려라.
[오베론과 티타니아가 춤춘다.]
이제는 당신과 내가 다시금 친밀해져
내일 밤 테세우스 공작님 댁에서
엄숙하고 화려하게 춤추어서
언제나 아리따운 풍요를 축복하고
진실한 연인들이 공작님과 더불어
즐겁게 짝을 찾아 결혼하게 되겠소.

로빈 요정의 임금님, 들어보셔요.
아침의 종달새가 노래를 불러요.

오베론 그러면 내 여왕, 아무 말 없이
어둠의 장막을 따라가요.
길 가는 달님보다 더 빠르게
땅 한 바퀴를 달릴 수 있소.

티타니아 여보, 함께 날아가면서
지난밤 내가 어찌 되어서
여기 땅에서 저 사람들과
잠자게 되었는지 알려주셔요.

[잠든 자들은 여전히 누워 있고
오베론, 티타니아, 로빈 굿펠로 퇴장]

[안에서 나팔을 분다. 테세우스가 이지우스와

히폴리타와 모든 수행원들과 함께 등장]

테세우스 이제 우리는 축제를 마치니
누구든 한 사람 가서 산지기를 불러와.
우리가 첫 아침을 맞이하게 됐으니까
아내에게 사냥개의 음악[35]을 들려줄 테야.
서쪽 계곡에 풀어놓고 달리게 하라.
속히 가서 산지기를 찾아와. [한 사람 퇴장]
아름다운 여왕님, 우리는 산으로 올라가서
사냥개들의 합창과 메아리를
다 함께 혼성으로 들어봐요.

히폴리타 헤라클레스와 카드모스[36]가 크레타에서
스파르타 사냥개와 더불어 곰을 쫓을 때
함께 간 적이 있는데 그런 굉장한 소리는
처음 들었어요. 숲뿐만 아니고, 하늘도, 샘도,
인근 각처도 모두 서로 주고받는
음향이 되더군요. 소란한 그 화음,
달콤한 천둥은 들어본 적 없어요.

테세우스 내 사냥개들은 스파르타 품종이에요.
털이 크고 모래색에 귀가 길어서
이슬을 쓸고 다니고 무릎이 굽어서
테살리아[37]의 소처럼 목주름이 늘어지고
뛰는 건 느리지만 짝을 지어서 차임벨처럼
높낮이를 맞춰요. 그런 화음은
크레타나 스파르타나 테살리아에서
고함이나 나팔도 낸 적이 없어요.
들어보세요. 그런데 웬 님프들이오?

이지우스 공작님, 제 딸년이 잠자고 있어요.
이자는 라이샌더, 이자는 디미트리우스,
이 애는 헬레나, 니더 노인의 딸이에요.
모두 이 자리에 모여 있으니 놀라워요.

테세우스 오월절을 지키려고 일찍 일어났다가
우리의 계획을 전해 들어서 예식을 축하하러
이곳으로 온 것이 확실하군요.
그런데 이지우스, 허미아가 누구를
골랐는지 답할 날이 오늘 아니에요?

이지우스 그래요.

테세우스 엽사들이 나팔을 불어서 그들을 깨워라.
[안에서 "나팔 불라"는 고함소리. 연인들이
잠을 깬다. 나팔 소리. 모두 일어난다.]
친구들, 잘 잤나? 밸런타인[38]이 지나갔어.
숲 새들이 이제야 짝을 짓기 시작했나?

라이샌더 용서하세요.
[연인들이 무릎을 꿇는다.]

테세우스 모두 일어서라.
[연인들이 일어선다.]
[디미트리우스와 라이샌더에게]
너희 둘이 경쟁의 적수란 걸 내가 안다.
그런데 어떻게 그처럼 화합하여
적과 함께 자면서도 염려가 없을 만큼
증오와 불신이 멀어졌는가?

라이샌더 절반 깨고 절반 자는 얼떨떨한 대답을
할 수밖에 없습니다. 하지만 아직도 여기
어떻게 왔는지를 모릅니다만,
생각해보니—사실대로 말하려고 했는데
지금 생각납니다.—이처럼 됐습니다.
허미아하고 왔는데요, 저희 목적은
아테네를 벗어나서 아테네의 법이
위험하지 않을 데서—

이지우스 [테세우스에게]
그만하면 됐어요. 공작님, 들으셨어요?
저놈의 머리에 법을 내려주세요.
디미트리우스, 저놈들이 도망칠 뻔했어.
그래서 너와 내가 헛물을 켤 뻔했어.
넌 아내를, 난 허락을 뺏길 뻔했어.
쟤가 네 아내 삼을 허락을 뺏을 뻔했어.

디미트리우스 [테세우스에게]
공작님, 아름다운 헬레나가 그들의 도주와
숲에 오는 계획을 알려줘서
성난 저는 이리로 쫓아왔고
사랑에 정신없는 헬레나는 저를 쫓아왔습니다.
하지만 공작님, 무슨 힘이 미쳤는지,
—힘이란 게 분명해요.—허미아에 대한

35 짖는 소리가 각양각색인 사냥개들을 함께 기르는 것이 당시 부유한 귀족의 취미였다. 산지기가 그 일을 맡아 했다.
36 알파벳을 그리스에 전하고 고대 도시국가 테베를 세운 그리스신화의 영웅, 카드모스(Cadmus).
37 고대 그리스의 중동부 지역.
38 이날(2월 14일)에 새들은 짝짓기를 하고 사람은 짝을 정했고 여자가 처음 보는 남자와 결혼하는 척하는 장난을 치기도 했다. 그 후에 생긴 연인에게 선물을 주는 풍습을 현대의 우리도 받아들였다.

제 사랑은 눈처럼 사라지고 이제는
아이 때 팔다리를 못 쓰고 좋아하던
실없는 장식처럼 보일 만큼 됐고요.
제 모든 진정과 마음의 보람과
제 눈의 유일한 대상과 기쁨은
헬레나뿐입니다. 허미아를 보기 전엔
그녀와의 결혼을 약속했던 거예요.
하지만 병자처럼 그 음식이 싫어지고
건강을 되찾자 입맛이 돌아온 듯이
같은 걸 원하고 사랑하고 그리워하고
같은 것에 영원히 진실코자 합니다.

테세우스 정다운 연인들이 운 좋게 만났다.
그 얘기는 뒤에 다시 듣겠다.
이지우스, 자네의 의도를 무시하겠다.
잠시 후, 사원에서 우리와 나란히
이 두 쌍도 영원한 혼약을 맺게 된다.
그런데 지금은 아침도 한창이라
사냥하는 계획은 뒤로 제쳐놓겠다.
아테네에 함께 가자. 셋과 셋,
웅장한 예식으로 잔치를 베풀자.
히폴리타, 갑시다.

[테세우스 공작이 히폴리타,
이지우스, 모든 수행원들과 함께 퇴장]

디미트리우스 먼 산이 구름 되듯이 이런 일은
티끌과 같아서 그게 그거처럼 보여.

허미아 눈이 어릿어릿한 것 같아.
모든 게 두 개야.

헬레나 나도 마찬가지야.
그래서 디미트리우스가 보석 같아.
내 거면서 내 게 아냐.

디미트리우스 아직도 잠자면서
꿈꾸는 것 같아. 공작님이 여기서
따라오라고 하셨지?

허미아 맞아. 그리고 내 아버지도.

헬레나 히폴리타도.

라이샌더 우리에게 사원으로 오라고 하셨어.

디미트리우스 그럼 우리 깨어 있어. 따라가자.
가면서 꿈 이야길 서로 나누자. [연인들 퇴장]

[보텀이 잠을 깬다.]

보텀 내 차례가 돌아오면 불러다오. 대답할 테니까. 다음 대사는 "무쌍하게 아름다운 피러머스"다. 여 봐, 퀸스! 풍구장이 플룻! 땜장이 스나웃! 스타블링! 맙소사! 여기서 몰래 내뺐어. 잠든 나를 버리고? 한없이 놀라운 꿈 꿨는데. 그게 무슨 꿈인지 사람의 지혜로는 말도 못 할 꿈을 꿨는데. 이 꿈 해몽하러 덤비는 놈은 노새에 지나지 않아. 내가 꿈에 그랬던 거 같은데, 가졌던 거 같은데.— 하지만 내가 가졌던 거 같은 거를 말하겠다는 놈은 어릿광대 바보에 지나지 않아. 내가 무슨 꿈을 꿨는지 사람의 눈으론 듣지 못하고 사람의 귀로는 보지 못하고 사람의 손으론 맛보지 못하고 사람의 혀로는 생각지 못하고 사람의 마음으론 말도 못 해. 피터 퀸스한테 이런 꿈에 대해 노랫가락을 지으라고 하겠다. 제목을 '보텀의 꿈'이라고 해야지. 밑바닥이 없으니까.[39] 공작님 앞에서 연극 끝에 불러야지. 혹시는 좀 더 감동스럽게 만들려면 그녀가 죽을 때 불러야겠어. [퇴장]

## 4. 2

[퀸스, 플룻, 스나웃, 스타블링 등장]

퀸스 보텀네 집에 사람을 보내서 알아봤어? 아직 돌아오지 않았어?

스타블링 그 사람 소식을 통 알 수 없어. 귀신한테 홀려 간 게 확실해.

플룻 그치가 안 오면 연극은 망가진 거야. 앞으로 진행이 안 될 거니까. 안 그래?

퀸스 절대로 못 해. 아테네를 전부 뒤져도 그 사람밖에는 피러머스 역을 소화해낼 사람이 없어.

플룻 맞아. 그치야말로 아테네 기술자 중에 제일 머리가 똑똑한 사람이다.

퀸스 맞다. 게다가 아주 착한 사람이야. 그리고 목소리가 달콤해서 '파라머' 역엔 그만이야.

플룻 '파라건'이라고 해야 돼. '파라머'는 진짜 더러운 말이야.[40]

39 '보텀'은 밑바닥이라는 뜻인데 그의 꿈은 현실의 근거가 없다는 말이다.

40 '파라건'(모범)과 '파라머'(애인)는 당시 상층에서 쓰던 유식한 외국어지만 발음이 비슷해서 혼동되기도 했다.

[가구장이 스넉 등장]

스넉 친구들, 공작님이 사원에서 오시는 중인데 결혼식을 올린 귀족과 귀부인이 두세 명 더 있어. 우리 연극이 성공했다면 우리 모두 수지맞았을 거야.

플룻 아, 보텀 그 친구! 그래서 평생 동안 하루 6펜스[41]씩을 잃게 됐구나. 하루 최소 6펜스씩은 받았을 거야. 공작님이 피러머스에게 하루 6펜스씩 안 주셨다면 나를 죽여. 그만한 상은 받을 만하단 말이야. 피러머스 역한테 하루 6펜스는 틀림없어.

[보텀 등장]

보텀 애들이 어디 있어? 친구들 어디 있어?

퀸스 보텀! 오, 한없이 멋들어진 날, 한없이 행복한 시간이야!

보텀 친구들아, 이거 이상야릇한 이야기야. 하지만 뭐냐고 묻지는 마. 너희들한테 그걸 말하면 나는 아테네 사람이 아니야. 생긴 그대로 뭐든지 말할게.

퀸스 정다운 보텀, 들어보자.

보텀 한마디도 안 하겠어. 너희들한테 말해줄 건 공작님이 진지를 드셨단 거야. 모두 의상을 다 갖추고 든든한 실로 수염을 잡아매고 신발에 새 리본을 달아. 즉시 궁궐에 모여. 각자 배역을 훑어봐. 한마디로 하자면 우리 연극이 뽑혔다 이거야. 어쨌든 시스비는 깨끗한 속옷 입고, 사자 역 맡은 치는 손톱을 깎지 마. 사자 발톱 대신에 손톱을 삐죽하게 내밀어야 돼. 한데 말하는데, 사랑하는 배우들, 양파나 마늘은 먹지 마. 숨이 달콤해야 되니까. 그러면 손님들이 달콤한 희극이라고 할 건 의심할 나위가 없어. 이상 끝! 가, 빨리 가! [모두 퇴장]

## 5. 1

[테세우스, 히폴리타, 이지우스, 수행 귀족들 등장]

히폴리타 테세우스, 연인들이 하는 말이 이상해요.

테세우스 진실이기보다는 이상한 이야기요.
옛말이나 동화는 절대로 믿지 않소.
연인과 광인은 머리가 끓어올라
헛것이 어른거려 냉정한 이성으로
이해할 수 없는 일을 볼 수도 있소.
광인과 연인과 시인은 온 정신이
환상으로 가득하오. 광막한 지옥도
담을 수 없을 만큼 수많은 마귀를
보는 자가 광인이며, 연인도 그리 미쳐
집시[42]의 얼굴에서 헬렌을 보며,
시인의 눈은 황홀 중에 반짝이며
하늘에서 땅, 땅에서 하늘로 구르고,
상상의 힘으로 모르던 사물들에
몸을 입히고, 시인의 펜은 그들을
형상으로 바꿔놓아, 환상의 허깨비에
기거할 집과 이름을 제공하오.
강렬한 상상력은 기쁨을 느끼면서
그 기쁨 가져올 존재를 생각하며,
어두운 밤에 무서운 것을 상상하면
곰 같은 덤불을 얼마나 자주 보오!

히폴리타 하지만 지난밤 얘기와 그들의 넋이
그처럼 함께 변했던 걸 생각하면
허황된 환상이 아닌 게 확실하며
어딘가 커다란 일치점이 생겨요.
어쨌든 이상하고 놀라운 일이어요.

[라이샌더, 디미트리우스, 허미아, 헬레나 등 연인들 등장]

테세우스 기쁨에 넘치는 연인들이 온다.
친구들, 신선한 사랑과 기쁨의 나날들이
마음과 같이하기를!

라이샌더 그보다는 공작님의
활동과 식탁과 침상에 함께하기를!

테세우스 그러면, 후식과 취침 시간 사이에,
세 시간이란 긴 세월을 메워놓을
연극이나 춤과 같은 볼거리가 있는가?
우리 연예 담당자는 어디 갔는가?
흥행물이 없는가? 괴로운 시간의
고뇌를 줄여줄 연극은 없는가?
이지우스를 불러라.

이지우스 전하, 대령하였습니다.

테세우스 이 저녁 시간을 무엇으로 줄이겠소?
무슨 연극, 무슨 음악? 재미있지 않으면
더디 가는 시간을 무엇으로 보낼 수 있겠소?

41 당시 장인이나 기술자가 받던 하루 임금.

42 중세에 서북 인도에서 서유럽으로 이주한 이들(집시)을 당시 사람들은 이집트에서 건너온, 피부색이 검은 족속으로 믿었다.

이지우스 [라이샌더에게 문서를 건네며]
준비된 놀이들의 요약입니다.
무엇을 먼저 보실지 고르십시오.
라이샌더 [읽는다.]
"반인반마[43]들과의 전쟁 이야기.
아테네의 고자가 하프에 맞춰 읊음."
테세우스 나 그거 싫다. 친척 헤라클레스[44]를
찬양해서 아내에게 이야기하였다.
라이샌더 [읽는다.]
"바쿠스 축제에서 술 취한 패거리가
트라케의 소리꾼[45]을 찢어 죽이다."
테세우스 낡아 빠진 연극이다. 전에 내가 테베에서
승전하고 돌아왔을 때 공연한 것이다.
라이샌더 [읽는다.]
"최근 거지가 되어서 죽은 학문의 말로를
아홉 명의 뮤즈들[46]이 통곡함."
테세우스 날카롭고 비판적인 풍자겠다.
혼인 예식과는 어울리지 않겠다.
라이샌더 [읽는다.]
"젊은 피러머스와 그의 연인 시스비의
지루한 짧은 장면. 매우 비극적 희극."
테세우스 '희극'이며 '비극'이라? 지루하고 짧다고?
뜨거운 얼음이며 괴상하게 새까만 눈?
그러한 잡음에서 화음을 어떻게 찾을까?
이지우스 공작님, 길이가 열 마디 되는 연극인데요,
보던 중 제일 짧은 연극입니다.
하지만 열 마디가 너무나 길어요.
그래서 지루합니다. 연극 전체가
한마디도 한 인물도 맞지 않아요.
그런데도 불구하고 '비극적'이에요.
연극에서 피러머스가 자살을 해요.
연습을 보려니까 솔직히 말씀드려서
눈물이 났지만 너무나 우스워서
죽을 뻔한 눈물도 흘린 적이 없습니다.
테세우스 어떤 이들이 출연했소?
이지우스 아테네서 일하는 장인들이올시다.
정신노동은 여태까지 한 적이 없어요.
결혼식에 대비해서 연극을 하느라고
쓰지 않던 기억력을 혹사한 거예요.
테세우스 그래서 보겠소.
이지우스 그만두세요.
보실 게 못 됩니다. 제가 들어봤는데
아무것도 아닙니다, 아무것도 아니에요.
전하를 위해서 지극정성을 기울이고
외우느라고 지독하게 애쓴 걸
좋게 보신다면 모르지만.—
테세우스 그것을 보겠소.
소박하고 충직한 뜻에서 바치는 것은
잘못된 데가 있을 수 없소.
불러들여라. 부인들, 좌정하오. [이지우스 퇴장]
히폴리타 비천한 자가 힘든 짐에 눌리고
책임을 다하다가 죽는 건 싫어요.
테세우스 착한 여인, 그런 극은 보여주지 않겠소.
히폴리타 연극을 전혀 할 줄 모른다고 했어요.
테세우스 그런데도 고맙다 하면 친절한 거요.
못하는 것을 재미있게 구경합시다.
낮은 자가 충성만 가지고는 못 하는 일을
높은 자는 그 마음을 살피오.
내가 찾아갔더니 고명한 학자들이
준비된 환영사로 맞고자 했는데
부들부들 떨면서 낯빛이 허예지고
중간에 멈추면서 겁에 질려 더듬다가
연습한 말을 중단하고 환영 인사도
벙어리처럼 못 하고 맙디다.
하지만 진정한 환영의 말을
그들의 침묵에서 들을 수 있었소.
겁에 질린 충성심의 겸허로부터
건방지고 닳아빠진 혓바닥 못지않은
웅변을 들을 때가 허다하므로
소박하고 어눌하여 말을 적게 할수록
말을 많이 한다는 것이 내 판단이오.
[이지우스 등장]
이지우스 실례합니다. 해설자가 준비됐습니다.

43 윗몸은 활 쏘는 사람이고 아랫몸은 네 발 달린 말[馬]인 괴물.
44 그리스 최고의 영웅 헤라클레스는 모친 쪽으로 테세우스의 사촌뻘이 되었다.
45 술의 신 바쿠스의 여자 추종자들이 그리스 북방 트라케 출신의 오르페우스가 유리디케만 사랑한다 하여 그를 찢어 죽였다.
46 그리스신화에 나오는, 아폴론 신에게 시중을 드는 학예의 신(Muse/Mousa)은 비극, 희극, 역사, 천문학 등 아홉 명의 여신이었다.

테세우스 오라고 하오.

[나팔들의 주악. 해설자로 퀸스 등장]

퀸스 [해설자로]

불쾌감을 드린다면 저희의 선의[47]이며
선의로써 불쾌감을 드리려고 온 것이며,
생각하세요. 소박한 재주를 보이는 것이
저희들의 진정한 처음이요 끝입니다.
그래서 나쁜 생각을 갖고 왔습니다.
만족 드릴 생각으로 온 건 아닙니다.
저희는 다만 여러분의 즐거움 때문에
여기 있지 않습니다. 오신 일을 후회하지 않게
배우들이 와 있으니, 시늉을 보시면
알고 싶은 모든 일을 아시게 되십니다.

테세우스 구두점을 무시하고 말을 마구 뒤섞는다.

라이샌더 중뿔난 망아지처럼 해설을 주워섬겨. 쉴 데를
몰라요. 공작님, 좋은 교훈입니다. 말만 하면
다 되는 게 아니라 진실을 말해야 한다는 거예요.

히폴리타 어린애 피리 불 듯, 해설을 좍좍 외우네요. 소리는
내지만 곡조는 아니어요.

테세우스 저 친구의 대사는 뒤엉킨 사슬 같아. 고장 난 건
없는데 모두가 뒤죽박죽이오. 다음은 누구인가?

[나팔을 앞세우고 피러머스 역의 보텀, 시스비 역의
플룻, 담 역의 스나웃, 달빛 역의 스타블링,
사자 역의 스넉이 무언극을 하려고 등장]

퀸스 [해설자로]

혹시는 무언극이 궁금하실 터이나
진실이 밝혀지기 전에는 궁금하세요.
아시고 싶다면, 이 사람이 피러머스요.
이 어여쁜 아가씨는 분명히 시스비요.
회반죽을 처바른 이 사람이 뜻하는 건
연인들을 갈라놓은 못된 담예요.
가여운 연인들은 담벼락 틈을 통해
속삭일 뿐이니 이상할 게 없어요.
등과 개와 가시덤불[48] 들고 선 이 사람은
달빛을 뜻합니다. 왜 그런가 하면
나이너스 묘지에서 달빛 속에 만나서
사랑을 속삭임이 괜찮겠다 싶었어요.
이 잿빛 짐승은 이름이 '사자'인데
밤에 먼저 거기 왔던 충실한 시스비를
겁나게 했으며 달아나게 했어요.
그래서 도망치다 겉옷을 떨궜는데
사자가 피 묻은 입 자국을 냈어요.
이윽고 잘난 청년 피러머스가 도착해서
충실한 시스비의 죽은 겉옷을 보고
칼을 빼어, 죄 많고 끔찍한 칼을 빼어
피 끓는 제 가슴을 용감하게 찔렀어요.
뽕나무 그늘 안에 숨어 있던 시스비는
사내의 단도로 자살했어요. 나머지는
사자와 달빛과 담벼락과 두 연인이
여기 있는 동안에 자세히 말할 거예요.

[담장인 스나웃을 제외하고 어릿광대들 모두 퇴장]

테세우스 사자도 뭐라고 말할지 모르겠군.

디미트리우스 이상할 거 없습니다, 공작님. 수많은 노새가
말을 하는데 사자 한 마리가 말을 못 하려고요.

스나웃 [담장으로]

본명이 스나웃인 본인이 연극에서
담벼락을 나타내게 됐습니다.
그런데 담벼락엔 구멍, 또는
틈바귀가 있다는 걸 알고 계세요.
그걸 통해서 피러머스와 시스비란
두 연인이 이따금 남몰래 속삭였어요.
이 진흙, 이 회반죽, 이 돌이 제가
담이란 걸 말하는데, 그게 사실이에요.
양옆으로 나 있는 이게 그 틈인데
겁에 질린 애인들이 소곤대는 곳이죠.

테세우스 회반죽이 말을 좀 더 잘하면 좋지 않겠나?

디미트리우스 저것처럼 말 잘하는 똑똑한 담은 평생
처음 보는데요.

[보텀이 피러머스로 등장]

테세우스 피러머스가 담에 간다. 조용히 해라.

보텀 [피러머스로]

찌푸린 밤, 음산한 밤, 빛깔이 새까만 밤,
오, 낮이 없을 때 언제나 있는 밤,
오오, 밤, 오오, 밤! 속상하다, 아아, 아아!

47 원문에서는 구두점이 없어서 해설자의 말(프롤로그) 전체의 뜻이 정반대로 되어버린다. 번역으로는 불가능하므로 말을 뒤섞어 하는 까닭에 뜻이 뒤죽박죽이 된 것으로 옮긴다.

48 우리는 달에 사는 토끼가 계수나무 아래서 방아를 찧고 있다고 하는데, 서양에서는 그곳에 사내가 등불과 가시 떨기와 개를 데리고 있다고 한다.

시스비가 약속을 잊었는지 모른다.
그리고 담, 다정하고 정다운 우리 담아!
그녀 집과 우리 집을 막고 선 우리 담아,
오오, 담아, 다정하고 정다운 우리 담아,
눈으로 볼 수 있게 네 틈을 보여줘.
[담이 틈을 보여준다.]
착한 담아, 고맙다. 하느님의 보호를!
하지만 뭐가 뵈나? 시스비가 안 보여.
오, 못된 담! 네 틈으로 내 기쁨을 못 보누나.
이처럼 속인 죄로 저주받아라.

테세우스 감정이 있는 담이니만큼 대답해야 될 것 같은데.

보텀 [테세우스에게] 그러면 안 돼요. 안 되고말고요.
'속인 죄로'가 시스비의 큐예요. 지금 들어오기로
돼 있어요. 제가 틈으로 그녀를 보게 돼 있어요.
보세요. 말씀드린 거와 꼭 같이 할 테니까요.
[플룻이 시스비로서 등장]
저기 여자가 와요.

플룻 [시스비로]
오, 담아, 우리 임과 이 몸을 갈라놓아서
신음하는 내 소리를 자주자주 들었지.
회반죽에 털을 섞어 쌓아 올린 돌에다
앵두 같은 내 입술이 자주자주 키스했지.

보텀 [피러머스로]
목소리가 보인다. 벽 틈으로 가야겠다.
시스비가 낯을 드니 내가 볼 수 있겠지.[49]
시스비냐?

플룻 [시스비로] 내 사랑, 내 사랑 아냐?

보텀 [피러머스로]
뭐니 뭐니 하여도 나는 네 사랑이다.
리맨더[50]만큼이나 언제나 충실하다.

플룻 [시스비로]
그럼 나는 헬렌[51]이다, 명이 다할 때까지.

보텀 [피러머스로]
푸로쿨과 사팔루[52]가 나만큼 충실했나!

플룻 [시스비로]
푸로쿨과 사팔루만큼 나도 네게 충실하다.

보텀 못된 담을 통하여 나한테 키스해라.

플룻 [시스비로]
네 입술이 아니라 담 구멍에 키스한다.

보텀 [피러머스로]
니니[53]의 무덤에서 당장에 만나겠어?

플룻 [시스비로]
죽든 살든 지체 없이 만나러 달려갈게.
[보텀과 플룻이 각기 퇴장]

스나웃 [담장으로]
이렇게 담으로서 배역을 끝냈습니다.
일을 끝냈으니까 담은 물러갑니다. [퇴장]

테세우스 그래서 지금은 두 이웃의 담벼락이 없어졌단 말이군.

디미트리우스 공작님, 담들이 시도 때도 없이 말소리를 들을 만큼 똑똑하다면 별수 없겠습니다.

히폴리타 보던 중 가장 싱거운 물건이네요.

테세우스 뛰어난 연극도 헛것에 지나지 않아요. 아무리 못났어도 상상으로 메워주면 그게 그거요.

히폴리타 그러니까 저들의 상상력이 아니라 당신 상상 속에 들어 있는 거군요.

테세우스 자기네 스스로 자부하는 만큼 우리가 상상으로 인정하면 아주 멋진 사람들이 되는 거라오.
인간과 사자라는 고상한 짐승 둘이 와요.
[사자로서의 스넉과 등불, 가시덤불, 개를 가진 달빛 등장]

스넉 [사자로]
마루를 기어가는 작은 괴물 생쥐에도
겁을 내는 마음 여린 귀부인 여러분,
사나운 사자가 무섭게 짖어댈 때
혹시는 부들부들 떠실지 모릅니다.
그런데 이 사람은 가구장이 스넉예요.
사나운 사자지만 암사자는 아닙니다.
만약 제가 여기서 사자로 싸우려고
등장해서 나섰다면 제 목숨이 불쌍해요.

테세우스 매우 점잖은 짐승인 데다가 양심적이다.

디미트리우스 짐승 치곤 최고군요. 지금까지 본 것 중에

49 청각과 시각을 뒤바꾸어 웃음을 자아낸다.
50 연인으로 유명한 '레이안드로스'를 잘못 부른 것. 당시 이름 높던 시인 말로의 장시 「헤로와 레이안드로스」는 널리 알려져 있었다.
51 마찬가지로 말로의 '헤로'를 트로이의 '헬렌'과 혼동한 것.
52 서로에게 충실했던 전설적 부부인 프로크리스와 세팔러스를 잘못 발음한 것. 둘은 오해 때문에 슬픈 종말을 맞았다.
53 '나이너스'라고 해야 옳다.

최고입니다.

라이샌더 저 사자의 용맹이 여우의 교활 같아요.

테세우스 그렇군. 거위같이 똑똑하다.[54]

디미트리우스 그렇지 않아요. 용맹한 사자가 교활한 여우를 못 이기고, 거위는 여우가 낚아채요.

테세우스 여우의 교활이 사자의 용맹에 진단 말이다. 거위가 여우한테 이길 수 없어. 잘된 일이지. 잘하라고 놔두고 우리는 달님 얘기나 듣자.

스타블링 [달빛으로]

이 등불은 뿔 달린[55] 초승달을 나타내며—

디미트리우스 머리에 뿔을 달아야지.

테세우스 점점 커지는 초승달이 못 되는 모양이군.[56] 그래서 뿔이 안 보여.

스타블링 [달빛으로]

이 등불은 뿔 달린 초승달을 나타내며,
저 자신은 달 가운데 사내 같은 모양이며—

테세우스 이 연극에서 저것이 제일 잘못된 곳이다. 등불 속에 사내가 들어가 있구나. 그렇지 않다면 사람이 어떻게 달 속에 들어 있나?

디미트리우스 촛불이 겁나서 들어가지 못하겠어요. 저거 보세요. 벌써 화가 나서 어쩔 줄 몰라요.

히폴리타 저 달을 쳐다보기가 지겹네요. 좀 더 빨리 변하면 좋겠어요.

테세우스 빛이 작아지는 걸 보니 저물어 가는 것 같소. 하지만 예의를 지켜 끝날 때까지 기다리는 것이 도리에 맞소.

라이샌더 달, 계속해.

스타블링 여러분께 드릴 말씀은 이 등불이 달이며, 제가 달 속의 사람이며 이 덤불이 달 속의 가시덤불이며 이 개는 제 개라는 말뿐입니다.

디미트리우스 그럼 달 속에 있는 것들이라서 모두들 등불 속에 들어가야겠어요. 오, 시스비가 와요.

[플룻이 시스비로 등장]

플룻 [시스비로]

니니의 옛 무덤이다. 내 임은 어디 갔지?

스넉 [사자로] 어흥!

[사자가 으르렁댄다. 시스비가 겉옷을 버리고 달아난다.]

디미트리우스 사자, 어흥 소리 좋아.

테세우스 시스비, 잘 뛴다.

히폴리타 달, 잘 비춘다.—달이 확실히 참하고 얌전히 비추네요.

[사자가 시스비의 겉옷을 물어뜯는다.]

테세우스 사자, 생쥐를 잘 구슬렸다.

디미트리우스 그때에 피러머스가 등장했던 '거시였다.'

[보텀이 피러머스로 등장]

라이샌더 그리하여 사자는 사라진 '거시였다.' [사자 퇴장]

보텀 [피러머스로]

달아, 지금 해 같은 너의 빛이 고맙다.
이렇게 밝게 비추니까 밝은 달아, 고맙다.
자비로운 네 황금빛에서 나는 광채로
진실한 시스비의 모습을 보게 되리.
그러나 아, 슬프다!
가련한 기사를 보라.
이게 무슨 무서운 슬픔이냐?
눈들아, 보느냐?
그럴 수 있느냐?
귀여운 병아리, 오, 내 사랑!
생생하던 외투가
피범벅이 되었어?
사나운 잡것들아, 몰려와라.
운명아, 오라, 오라.
날줄, 씨줄 잘라라.[57]
죽이고 끝내고 멸하고 없애라.

테세우스 저러한 슬픈 탄식과 절친한 친구의 죽음으로 사나이도 슬픈 낯을 띄울 판이다.

히폴리타 참말 안됐어요. 저 사람이 불쌍해요.

보텀 [피러머스로]

오, 자연아, 어찌하여 사자를 내었느냐?
흉악한 사자가 내 애인을 망쳤으니.
살아서 사랑하고 좋아하고 명랑하던
아리따운, 아니 아리따웠던 처녀였지.
눈물아, 쏟아져라.
칼아, 이리 나와라.

54 사자는 용맹, 여우는 교활, 거위는 멍청함의 대명사였다. 사자(스넉)를 놀리는 말들이다.

55 초승달 양쪽의 뾰족한 부분을 '뿔'이라고 하였다. 그런데 '뿔'은 오쟁이 진 남편 머리에 난다고 하며 놀렸다.

56 '굶주린 녀석'이라는 뜻의 스타블링은 비쩍 마른 사내인 듯.

57 운명의 여신들이 가위로 각자의 명줄을 자른다고 상상했다.

피러머스 가슴을 찔러라.
그렇다, 왼 가슴팍,
심장이 뛰는 데를.
이렇게 죽는다. 이렇게, 이렇게.
[자기를 칼로 찌른다.]
지금 나는 죽었다.
지금 나는 날아간다.
내 영혼은 하늘에 올라갔다.
혀야, 빛을 잃어라.[58]
달아, 빨리 나가라.[59] [달빛 퇴장]
그럼 지금 죽어라, 죽어라. [그가 죽는다.]

디미트리우스 '죽'? 그럼 맨밥도 못 되네.

라이샌더 죽도 밥도 아니야.[60] 죽었으니까. 지금은 무엇도 아니야.

테세우스 의사가 도와주면 아직 살 수 있을지 몰라. 살아나면 자기가 노새란 걸 보여줄 거야.

히폴리타 왜 달빛이 가버렸어? 시스비가 돌아와서 애인을 찾기도 전에?

테세우스 별빛으로 찾겠지.
[플룻이 시스비 역으로 등장]
여기 오는군. 그녀의 비탄으로 연극이 끝난다.

히폴리타 그런 피러머스에 대해서 길게 탄식하지 않겠어. 짧았으면 좋겠어.

디미트리우스 피러머스가 잘했는지 시스비가 잘했는지, 터럭 한 개 차이예요. 안됐지만 피러머스는 남자 쪽이고 안됐지만 시스비는 여자 쪽이에요.

라이샌더 다정한 눈빛으로 여자가 벌써 남자가 오는 걸 눈치를 챘어.

디미트리우스 그래서 말하기를—

플룻 [시스비로]
내 사랑, 잠자냐?
아니, 뭐 죽었어?
오, 피러머스, 벌떡 일어나.
말해봐라, 벙어리냐?
죽었냐? 죽었냐?
맑은 눈을 무덤이 덮을 테지.
백합 같은 입술과
앵두 같은 콧날과
노랑 앵초 같은 향긋한 눈,
사라졌다, 사라졌다.
연인들아, 슬퍼해라.
두 눈은 부추처럼 새파랬다.
운명의 여신들아,
오너라, 내게 오너라.
젖빛처럼 하얀 손을 가져다가
빨간 피에 담가놓아라.
그의 비단 명줄을
가위로 싹둑 잘랐으니.
혓바닥아, 말하지 마라.
오너라, 충실한 칼아.
칼날아, 내 가슴 찔러라.
[그녀가 자신을 찌른다.]
동무들아, 잘 있어라.
시스비는 이렇게 간다.
잘 있어라, 잘 있어라, 잘 있어라. [그녀가 죽는다.]

테세우스 달빛과 사자가 남았는데 시체들을 묻겠다.

디미트리우스 맞습니다. 담장도 남았다고요.

보텀 아니에요. 바로 말씀드리면 두 아버지를 갈라놨던 담장은 무너졌고요. 에필로그를 보시겠어요? 또는 저희 패 둘이 추는 이탈리아 시골 춤을 들으시겠어요?
[보텀과 플룻이 일어선다.]

테세우스 에필로그는 그만둬라. 너희 연극은 변명이 필요 없다. 그런 건 하지 마라. 연기자들이 모두 죽으면 아무도 욕을 먹지 않는다. 연극을 쓴 사람이 피러머스 역을 하고, 시스비의 대님으로 목을 맸다고 해도 멋있는 비극이 된다. 아주 좋은 연극이고 연기도 좋아. 그럼 시골 춤 구경하자. 에필로그는 그만둬.
[보텀과 플룻이 시골 춤을 추고 퇴장]
자정의 무쇠 혀[61]가 열두 번 쳤다.
연인들, 자리에 들어라. 요정이 나돌 때야.
이 밤의 불침번을 너무 오래 섰던 만큼
돌아오는 아침에 못 깰 것 같다.
결말이 빤한 엉터리를 본다고
둔한 밤의 걸음을 잊었으니까 잠자러 가.
보름 동안 계속해서 혼례식을 행하고
밤마다 잔치하고 새 여흥을 즐기자. [모두 퇴장]

58 '혀'가 아니라 '눈'이어야 말이 된다.
59 '달빛'에게 퇴장하라는 큐다.
60 원문의 말장난을 그대로 옮길 수 없어 이렇게 꾸며본다.
61 무쇠로 만든 시계추.

[로빈 굿펠로가 빗자루를 들고 등장]

로빈 이제는 굶주린 사자가 으르렁대고
늑대가 달을 보고 울부짖으며
힘든 일에 지쳐버린 농사꾼들은
무겁게 코를 골며 잠이 들었다.
이제는 시뻘건 불씨가 사라져가며
음산한 올빼미가 시끄럽게 울어서
아파서 누워 있는 가련한 환자는
죽은 뒤 입게 될 수의를 생각한다.
이제는 한밤중의 시간이 되어
무덤들이 하나같이 입을 벌리고
저마다 혼령들을 세상으로 내어보내
무덤가 오솔길에 서성거린다.
우리네 요정들은 해님의 낯을 피해
용들이 끌어가는 달님의 수레 곁에
어둠 속을 꿈처럼 따르는 무리이다.
세 가지 이름을 달님이 가지셨다.[62]
지금은 즐거운 때다. 생쥐 한 놈도
거룩한 이 집에 얼씬하지 마라.
나를 먼저 보내어 빗자루 들고
문 뒤쪽 먼지를 쓸라 하셨다.

[요정의 왕 오베론과 왕비 티타니아가
모든 요정들을 거느리고 등장]

오베론 온 집들에 환한 빛을 비추게 하라.
꺼져가는 희미한 불씨마다
모든 요정은 가시덩굴 피하는
새처럼 가볍게 뛰어다니고
나를 따라 이 노래를 부르면서
깡충깡충 춤을 춰라.

티타니아 먼저 너희 노래를 되풀이해라.
한마디, 한마디, 예쁘게 내라.
귀엽게 둥글게 손을 맞잡고
노래하며 이곳에 복을 내리자.

[노래. 요정들이 춤춘다.]

오베론 이제 날이 밝기까지 우리 요정은
저마다 집들을 돌아보면서
가장 예쁜 신방을 찾아 들어가
우리 모두 다 함께 축복 드리자.
거기서 생겨나는 자손들에게
영원히 행복하게 복을 내리자.
그처럼 세 쌍의 부부가 모두
언제나 진실하게 사랑하면서
자연의 손이 주는 어떠한 흠도
자녀들한테는 나타나지 마라.
사마귀도, 언청이도, 흉터까지도
날 때부터 사람들이 멸시한다는
못된 것은 저이들의 자손들한테
조금도 나타나지 않게 하여라.
요정들이 걸으면서 발에 묻혀온
들 이슬을 궁궐 속 곳곳에 뿌려
평화로운 단잠을 축복하고서
신방마다 찾아가서 축복하여라.
특히 궁궐 주인은 축복 중에서
영원한 평강을 누리게 해라.
지체 말고 재빠르게 찾아가거라.
날이 새면 모두들 함께 만나자.

[로빈 굿펠로 이외에 모두 퇴장]

로빈 저희 허깨비들이 잘못한 게 있어도
이것만 알아두면 모든 것이 괜찮아요.
이런 허황된 장면이 나타날 때는
주무시면 그만이란 말씀입니다.
그러면 이런 하잘것없는 이야기가
꿈밖에는 아무것도 드릴 게 없군요.
여러분, 저희들을 욕하지 마세요.
용서하여 주시면 고치도록 하겠어요.
정직한 도깨비로 말씀드리면,
독사의 씩 소리[63]를 면할 수 있을 만큼
뜻밖의 행운을 얻게 된다면
다음번에 충분히 보답해 드리죠.
안 그러면 저한테 사기꾼이라고 하세요.
그러면 여러분들, 평안히 주무세요.
서로 간에 친구라면 박수를 부탁해요.
저 로빈이 만족하게 보답하겠습니다. [퇴장]

62 달의 여신은 지하에서는 헤카테, 땅에서는 다이애나, 천상에서는 루나나 신시아나 피비라는 세 이름으로 불렸다. 그 여신은 용들이 끄는 수레를 타고 밤하늘을 건너 달렸다.

63 독사는 혀를 날름대며 노려보면서 '씩' 소리를 낸다고 한다. 서양 관객들은 못난 연극을 보고서는 그런 독사처럼 '씨익!' 소리를 냈다고 한다. '집어치워!'라는 소리다.

# 베니스의 상인

*The Merchant of Venice*

## 연극의 인물들

베니스의 공작
포셔 벨몬트의 귀부인
네리사 그녀의 시녀
모로코의 왕자, 아라곤의 공작 — 포셔의 구혼자들
밸서저, 스테파노 — 포셔의 하인들
바사니오
레오나르도
안토니오 베니스의 상인, 바사니오의 친구
그라티아노 바사니오의 친구
로렌조 바사니오의 친구, 제시카와 연애 중
살레리오, 솔라니오 — 베니스의 신사들, 안토니오의 친구들
샤일록 유대인 대금업자
제시카 그의 딸, 로렌조와 연애 중
랜슬롯 고보 샤일록의 하인, 나중에 바사니오의 하인
고보 랜슬롯의 아버지
튜발 또 다른 유대인 대금업자
간수
귀족들, 악사들, 치안관들, 시종들

# 베니스의 상인

## 1. 1

[안토니오, 살레리오, 솔라니오 등장]
안토니오 왜 그리 우울한지 나도 알 수 없어요.
나도 지치고 당신들도 지쳤다고 하지요.
그러나 어떻게 걸리고 어떻게 만났는지,
실체가 뭔지, 어디서 온 건지
알 수 없어요.
이처럼 이유 없는 우울 때문에
나 자신을 알려고 무척 애써요.
살레리오 당신 속의 마음은 대양에서 뛰놀죠.
거기엔 큼직한 돛이 달린 당신의 상선들이
범람하는 양반들과 부유한 시민인 듯이,
바다의 파노라마를 화려하게 벌이는 듯이,
쬐고만 상선들을 굽어보는데
걔네들은 작은 돛을 팔락거리며
그 옆으로 지나가며 까딱까딱 절해요.
솔라니오 나도 그런 투기를 감행했다면
바다 밖에 나가 있는 희망과 함께
거의 모든 관심이 거기에 가 있겠죠.
풍향을 알려고 풀을 뜯어 날려보고[1]
지도에서 포구와 부두와 정박처를
면밀히 살펴서, 투기에 불행을 가져올
위험스러운 온갖 사정을 확인하려면
우울할 수밖에 없어요.
살레리오 큰 바람이 가져다 줄
손실들을 생각하면, 국물을 식히려고
입김을 불어도 오한이 일어나요.
모래시계를 보기만 해도 얕은 물과
모래톱이 생각나고, 재화를 가득 실은
앤드루 호가 모래에 걸려서 제 무덤에
키스하려고 제일 높은 돛대를 뱃전보다
더 낮게 숙이는 광경이 눈에 보이죠.
교회에 가서 거룩한 석조 건물을 쳐다보면
그 즉시로 위험한 바위가 떠올라요.
귀한 내 배 옆구리에 닿기만 하면
온갖 향료[2]를 물 위에 흩뿌리고
울부짖는 물결을 비단으로 덮을 테니
요컨대 좀 전까지 그리도 값지던 것이
그때엔 아무것도 아닙니다! 그런 걸
생각할 줄 아는 내가 그런 일이 생기면
우울을 피할 수 없다는 걸 모를 리 있소?
두말할 필요 없소. 안토니오 저 양반은
재화를 생각하며 우울 속에 잠겨 있소.
안토니오 확실히 안 그렇소. 내 행운에 감사한 건,
내 사업을 한 척 배에 투기하지 않았고
한 곳에 투입하지 않았으며 모든 재산이
금년 운에 달린 게 아니었소. 그러므로
내 물건 때문에 우울한 건 아니오.
솔라니오 아, 그럼 연애하시는 중이오.
안토니오 실없는 소리요!
솔라니오 연애도 아니라, 그러면 '즐겁지 않아서
우울하다' 해야겠죠. 웃고 뛰면서
우울하지 않으니까 즐겁다고 하는 것과
마찬가지요. 두 얼굴의 야누스[3]처럼
자연은 괴상한 인간들을 만들어 냈어요.
슬픈 피리 소리에도 웃는 앵무새처럼
언제나 실눈 짓고 키득대는 놈들이
있는가 하면 식초를 삼킨 듯한 낯으로,
웃을 만한 농담이라 네스토르[4]가 선언해도
웃는 이빨도 보이지 않는 놈들도 있어요.
[바사니오, 로렌조, 그라티아노 등장]
고귀한 당신 형제 바사니오, 그라티아노,
로렌조가 오는군요. 안녕히 계세요.
좀 더 좋은 말동무들께 당신을 맡겨요.
살레리오 나는 당신이 즐거움 찾기까지 있을 건데요,
나보다 훌륭한 친구들이 여기 왔군요.
안토니오 훌륭한 당신을 무척이나 존경해요.
볼일이 있어서 가는 거로 알겠어요.
때마침 떠날 일이 생길 만해요.

1 뱃길을 좌우하는 풍향을 알아보기 위하여 풀을 뜯어 날려보던 옛 방법을 말한다.
2 '향료'와 다음 행의 '비단'은 당시 가장 인기 있는 값비싼 상품이었다. 두 가지는 모두 동방에서 무역선에 실려 지중해의 험난한 뱃길을 통해 유럽에 전해졌다.
3 한쪽은 과거를 보며 찡그리는 얼굴을, 반대쪽은 미래를 바라보며 웃는 얼굴을 한 로마신화의 신.
4 트로이전쟁 때 그리스 군의 매우 현명한 늙은 장군. 현자의 대명사가 되었다.

살레리오 안녕하세요? 신사 양반들!
바사니오 두 분 양반, 우리 언제 웃을까요? 언제요?
너무들 서먹하게 되네요. 그래야 쓰겠어요?
살레리오 피차 한가할 때 뵙도록 해요. [살레리오와 솔라니오 퇴장]
로렌조 바사니오, 안토니오를 찾았으니까
우리 둘은 가겠어요. 하지만 이따 저녁에
우리들이 만날 데를 잊지 마세요.
바사니오 잊지 않겠어요.
그라티아노 안토니오, 얼굴빛이 좋지 않아요.
세상일에 너무나 걱정이 많아요.
걱정을 많이 하면 얻는 것도 잃게 돼요.
어이구, 저런! 너무도 변했네요.
안토니오 세상을 있는 대로 상대할 뿐이에요.
누구나 주어진 역을 맡은 무대인데
우울한 역이 내 거요.
그라티아노 어릿광댄 내가 맡죠.
장난과 웃음이 주름살과 같이 오고
뉘우치는 한숨으로 가슴을 식히기보다
도리어 술로 간을 덥게 달구겠죠.
몸속에 더운 피가 뭉클대는 사내가
조상님 석고상처럼 무릎 꿇고 앉아서
깨어도 잠이 들고 신경질만 살아서
황달이 생기면[5] 되겠죠? 자, 안토니오,
내 말 들어요. 당신을 아껴서
말해요. 물 고인 웅덩이처럼
얼굴빛이 뿌옇게 뜬 사람이 있어요.
그래서 짐짓 아무 말도 안 하고
지혜와 엄숙과 사색의 인간이란
명성으로 치장하길 꾀하는 자로,
'나는 신의 말씀이다. 내가 입을 열 때에
개들은 짖지 마라'고 하는 것 같아요.
오, 안토니오, 아무 말도 하지 않아
단지 그것 때문에 지혜롭단 자도 있죠.
분명한 건, 그런 자가 입을 열면
그 말을 들은 귀가 자신의 형제를
'바보'라고 말하게 된다는 거예요.[6]
이 말은 내가 다른 때 더 하겠어요.
어쨌든 이러한 우울로써 명성이란
멍청한 피라미는 잡을 생각 마세요.
로렌조, 갑시다. 그동안 잘 계세요.
이따 저녁 먹은 뒤에 훈계를 끝내겠소.
로렌조 그럼 저녁때까지 당신들과 헤어질 테요.
저 사람은 내게 말할 기회를 주지 않아서
벙어리 현자가 될 수밖에 없군요.
그라티아노 나와 함께 2년만 다니고 나면
자기 말도 알아듣지 못할 거예요.
안토니오 잘 가세요. 덕분에 나도 말쟁이가 될 테요.
그라티아노 참말 고마워요. 소의 말린 혀[7]와
시집 못 갈 처녀는 침묵으로선 쓸 만해요.
[그라티아노와 로렌조 퇴장]
안토니오 무슨 말인지 알아들어요?
바사니오 그라티아노는 내용 없는 소리를 한없이 늘어놓아요.
베니스 전체에서 둘째가라면 서운할 게요. 저 사람의
이치는 밀짚 두 단에 숨은 낟알 두 개도 못 되는 거예요.
하루 종일 걸려야 겨우 찾을 정도지만 찾았다고 해도
찾느라고 애쓴 값어치가 없는 거예요.
안토니오 자, 이제는 당신이 남몰래 순례의 길을
떠나려고 하는 그 여인이 누군지 말해줘요.
오늘 내게 알릴 걸 약속했어요.
바사니오 안토니오, 당신도 모르지 않지만
내 재산을 나 스스로 망쳐놓은 건
미약한 재정이 버텨내지 못할 만큼
값비싼 외양을 과시하기 때문이오.
그렇다고 이제 와서 그토록 참된 삶이
막히게 된 걸 한탄하지 않아도
지나치게 낭비하던 시절이 나한테 남은
걷잡을 수 없는 부채를 명예롭게 벗어날
일이야말로 내 주된 관심사예요.
안토니오, 당신에게 돈과 사랑을
너무 많이 빚졌지만, 그 사랑에 힘입어서
내 모든 빚을 어떻게 청산할지

5 석고상처럼 열정이 식은 노인은 신경질만 부려서 황달이 생긴다고 믿었다.
6 말을 하지 않는 것은 지혜가 있어서가 아니라 겉보기와는 달리 언변이 없기 때문인데, 만일 그런 자가 말을 하면 그 말을 들은 사람(귀)은 그자를 보고 '바보'라고 할 수밖에 없다. 그런데 예수는 "자기 형제나 자매를 바보라고 하는 사람은 누구든지 지옥의 불 속에 던져짐을 받을 것이다"(마태복음 5장 22절)라고 했다. 자신을 저주할 위험이 있으면서도 그자를 '바보'라고 할 수밖에 없다는 말이다.
7 소의 말린 혀는 별미의 하나로 꼽혔다. 동시에 정력 없는 늙은이의 남근을 뜻하기도 했다.

그 계획을 낱낱이 털어놓겠어요.
안토니오 착한 친구 바사니오, 나도 압시다.
언제나 그랬듯, 당신의 계획이
명예를 더럽히지 않는 한, 내 지갑,
나 자신, 내 모든 소유가 그런 필요에
언제나 열려 있다는 걸 확신하세요.
바사니오 어린 학생 시절에 화살을 잃으면
비슷한 거리만큼 날아갈 다른 화살을
그리로 쏘아서 잃은 걸 찾으려고
자세히 바라봤어요. 두 번을 쏴서
둘을 모두 찾은 때가 적지 않았어요.
그처럼 아이 때 경험을 말하는 건
그 결과가 순수하고 진솔했기 때문이죠.
당신에게 크게 빚을 진 데다가, 탕자처럼
내 재산도 잃었지만, 처음 가던 방향으로
활을 다시 쏘면 목표를 봐뒀다가
화살 둘을 확실하게 다시 찾아오거나
나중에 쏜 화살이라도 다시 찾아와서
첫 화살에 빚진 자로 감사하며 살겠어요.
안토니오 당신은 나를 잘 아는데, 내 사랑을 알려고
에둘러 말하는 건 시간만 낭비해요.
다할 것 없는 내 성의를 의심하는 건
내 소유 전부를 탕진하는 것보다
당장 나를 섭섭하게 하는 거라고,
당신이 판단하길 내가 할 수 있다면
어떻게 해야 할지 말만 해요.
그러면 되게 되오. 그러므로 말하시오.
바사니오 벨몬트에 굉장한 유산을 상속받은
아가씨가 있는데 아름다워요. 그보다도
뛰어나게 정숙해요. 그녀의 눈빛에서
말없는 사랑의 메시지를 받았어요.
이름은 포셔인데, 카토의 딸로서
브루투스의 아내였던 포셔[8]에 뒤지지 않았어요.
넓은 세상이 그녀를 모를 리 없어서
사방의 바람이 각처에서 이름 높은 구혼자를
구름처럼 부르는데, 빛나는 그녀의 머리는
황금의 양털처럼[9] 살짝 끝에 굽이치고,
벨몬트의 그녀 집은 콜키스가 되었으며
허다한 이아손들이 그녀를 찾아가요.
오, 내 안토니오, 그중 한 사람으로
겨룰 만한 자금이 나한테 있다면
틀림없이 승리해서 행운을 얻겠어요.
그런 예감이 마음속에 들어 있어요.
안토니오 알다시피 내 모든 재산이 바다에 있어요.
당장 거금을 동원할 돈도 물건도 없어요.
그래서 베니스에서 내 신용으로
무얼 할 수 있는지 알아보아요.
벨몬트의 아름다운 포셔에게 당신을
데려다줄 경비를 힘껏 마련할 테요.
즉시 나가서 어디에 돈이 있는지 알아보아요.
나도 알아보겠어요. 돈을 마련한다면
신용이든 우정이든 상관하지 않아요. [둘 퇴장]

## 1. 2

[포셔가 시녀 네리사와 함께 등장]
포셔 정말이지, 네리사, 작은 내 몸에 저 큰 세상이
지겨워져.
네리사 정겨운 아가씨, 아가씨의 아픈 사정이 굉장한
재산만큼 풍성하다면 지겨울 수 있겠죠. 하지만
아무리 따져봐도 너무 많이 먹어서 속이 불편한
자는 아무것도 못 먹어서 굶주리는 자처럼
탈이 난 거죠. 그러니까 어중간한 위치에 있다는
건 여간한 복이 아니에요. 지나친 부는 더 일찍이
백발을 갖다 주지만 자족하는 마음은 더 오래 살아가요.
포셔 훌륭한 교훈을 조리 있게 말하누나.
네리사 실천을 잘한다면 더욱 훌륭할 테죠.
포셔 실천에 옮기는 게 무엇을 실천하면 좋을지를 아는
것만큼 쉬운 일이면 기도실은 대성당이 됐을 거고
빈궁한 자의 오두막은 제왕의 궁궐이 됐겠지.
자신의 가르침을 따르는 성직자는 훌륭한 분이야.
스무 명에게 무얼 하면 좋은지를 가르치긴 쉬워도
스무 명 중에서 자신의 가르침을 따르는 한 사람이
있는 건 어려워. 인간의 뇌는 피를 다스리는 법을 만들
수는 있지만 뜨거운 피는 차가운 율법을 뛰어넘거든.

8 로마의 위인 브루투스의 아내 포셔는 고결한 호민관 카토의 딸이었다. 셰익스피어는 「줄리어스 시저」에서 이 인물을 다뤘다.
9 이아손과 그의 용사들이 흑해 연안의 콜키스에서 기적의 '황금 양털'을 탈취해 왔다는 그리스신화 이야기.

젊음은 미친 토끼 같아서 충고라는 절름발이의 올가미를 훌쩍훌쩍 뛰어넘어. 하지만 그처럼 이치는 잘 따져도 남편을 고르기엔 알맞지 않아. 어머나, '고르다'니! 내가 원하는 사람을 고를 수도 없고 싫어하는 사람을 거절할 수도 없어. 이렇게 사는 건 딸의 의지가 죽은 아버지의 의지에 억눌린 거야. 네리사, 내가 선택도 거절도 못 하다니 너무 하잖아?

네리사 아버님께선 언제나 유덕하셨죠. 거룩한 분들은 죽음에 임박해서 영감을 받으신대요. 그래서 여기 금, 은, 납의 세 상자로 제비를 만드셔서 자신의 뜻을 고르는 분이 아가씨를 고르도록 하셨는데, 틀림없이 아가씨가 진실로 사랑하실 분이 아니곤 누구도 바르게 고를 수 없을 거예요. 하지만 벌써 여기 구혼하러 와 있는 왕자들 중에서 아가씨의 따뜻한 마음이 향하는 분이 계시는가요?

포셔 네가 이름들을 죽 불러봐. 네가 이름을 대면 내가 그 사람을 묘사할 테다. 내 묘사에 따라서 내 마음을 가늠해봐.

네리사 제일 먼저 나폴리 왕자가 계시죠.

포셔 그렇지. 그 사람은 진짜 망아지야. 자기 말 이야기밖엔 아무것도 할 줄 몰라. 자기가 직접 말에게 편자를 박을 줄 안다는 걸 자기 능력에 대한 대단한 자랑거리로 삼아. 그 사람 어머니가 틀림없이 대장장이와 못된 짓을 했지 싶어.

네리사 다음으로 팔라틴 백작이 계신데요.

포셔 그 사람은 밤낮없이 얼굴을 찌푸리고 있어. 마치 '나를 갖고 싶거든 골라라.' 하는 것 같아. 우스운 이야기를 듣고도 웃지를 않아. 늙으면 울어대는 철학자가 되겠지. 젊었을 때 그토록 무례한 침울 속에 빠져 있거든. 그 두 사람보다는 차라리 뼈다귀를 물고 있는 해골하고 결혼하겠다. 오, 하느님, 그 두 사람에게서 저를 보호하소서!

네리사 저 프랑스 귀족, 므슈 르봉에 대해서는 무어라 말씀 하시죠?

포셔 하느님이 만드신 사람이라 사람으로 다루자. 솔직히 말해 조롱은 일종의 죄야. 하지만 그 사람! 그자는 나폴리 사람 말보다 자기 말이 더 좋대. 팔라틴 백작보다 더 찌푸리는 못난 버릇이 있어. 그자는 아무것도 아니면서 아무거나 다 돼. 지빠귀가 노래하면 대번에 춤이 나와. 제 그림자와도 칼부림을 할 거야. 내가 그자와 결혼하면 남편이 스무 명은 돼야 하겠어. 나를 멸시하면 내가 용서해야지. 그자가 나를 미친 듯이 사랑하면 일일이 보답하지 못할 테니까.

네리사 그럼 잉글랜드의 젊은 남작 포큰브리지에 대해선 뭐라 하시겠어요?

포셔 너도 알다시피 난 그 사람한테 아무 말도 하지 않아. 그 사람은 내 말을 알아듣지 못하고 나도 그 사람 말을 알아듣지 못해. 그 사람은 라틴어도 프랑스어도 이탈리어도 모르지만,[10] 그의 몇 마디 영어는 내가 알아들어. 네가 그걸 법정에서 선서해도 좋아. 그 사람은 잘생긴 남자의 초상화 같아. 하지만 누가 무언극과 말을 주고받겠어? 옷차림은 얼마나 괴상한지! 윗옷은 이탈리아에서, 패딩 레깅[11]은 프랑스에서, 모자는 독일에서, 몸짓은 여기저기서 모두 사 가졌나봐.[12]

네리사 그 사람 이웃에 사는 스코틀랜드 귀족에 대해선 어떻게 생각하세요?

포셔 이웃 간에 서로 돕는 착한 마음씨를 품고 있더군. 그 잉글랜드인한테서 귀뺨 한 대 얻어맞고 힘이 생기면 다시 갚겠다고 해서 하는 말이야. 아마 그 프랑스 사람이 지불보증을 서고 한 방 더 맞을 것도 보증 날인을 했나봐.

네리사 작센[13] 공작의 조카라는 젊은 독일 사람은 어떻게 보시죠?

포셔 아침에 술이 깨어 있을 땐 아주 몹쓸 인간이고 저녁에 술이 깨어 있을 때도 아주 몹쓸 인간이지. 제일 괜찮을 때에는 인간보다 좀 못하고 제일 몹쓸 때에는 짐승보다 나을 게 없어. 이왕에 몹쓸 게 아주 몹쓸 게 돼버리면 그런 사람 없이도 이럭저럭 살아갈 수 있을 거야.

네리사 그 사람이 제비뽑기를 하겠다고 나서면서 올바른 상자를 고를 때, 아가씨가 그 사람을 거절하시면 아버님의 유언을 거절하시는 거예요.

포셔 따라서 최악의 사태가 벌어질까 걱정이니까 틀린 상자 위에다 독일제 포도주를 깊숙한 잔에 부어서

10 오늘날의 한국 정치인들처럼 당시의 영국 귀족은 외국어 실력이 태부족이라고 늘 조롱받았다.

11 '졸대 바지'(호스) 하의이기에 다리가 가는 사람은 그 바지 속에 패딩을 넣어 입었다.

12 오늘날 한국의 부자들처럼 당시 잉글랜드 신사들은 온 세상의 '명품'들로 치장하였다.

13 독일 북서부 저지 독일 지방. 영어로는 색소니.

갖다놓아라. 속에 마귀가 들어 있고 밖에 그런 유혹이 있으면 그 사람이 그걸 고를 게 확실하거든. 네리사, 그자보단 걸레[14]와 결혼하겠다.

네리사 그런 귀족 중 누구와도 결혼할 걱정은 하실 필요 없으셔요. 모두들 저한테 결심을 말했거든요. 모두 제 집으로 돌아가고 구혼 따위로 더 이상 아가씨를 괴롭히지 않겠다는 거였어요. 상자들에 대해서 아버님 명령과는 사뭇 다르게 무슨 결정을 하신다면 모르겠지만.—

포셔 아버님 유언대로 선택받지 못하면 시빌라[15]처럼 오래오래 산다고 해도 다이애나처럼 정결한 몸으로 죽어버릴 테야. 저 구혼자 떼가 그만큼 머리가 좋다니 참말 기쁘구나. 각각 집에 가겠다니 얼마나 기쁜지! 내가 싫다고 할 자가 없어. 모두 무사히 떠나가길 하느님께 기도해.

네리사 아가씨, 아버님이 생존하실 때 베니스 사람으로, 학자이며 군인이던 분, 생각나지 않으세요? 몬페라 후작과 함께 오셨던 분?

포셔 맞아, 맞아. 바사니오였지.—그게 그 사람 이름인지 모르겠다만.—

네리사 맞아요, 아가씨. 어리석은 제 눈으로 본 사람 가운데서 아름다운 여인을 얻을 자격을 누구보다도 잘 갖춘 분이었어요.

포셔 나도 그분을 잘 기억해. 네 칭찬을 받을 만한 사람인 걸 알고 있어.

[하인 등장]

뭔가? 무슨 할 말 있나?

하인 네 분 외국 손님들께서 아가씨께 작별을 고하고자 찾으십니다. 그리고 다섯 번째 외국 손님으로 모로코 왕자께서 보내신 전령이 오늘 밤 이곳에 도착할 예정입니다.

포셔 다른 네 분한테 작별 인사 하는 만큼 다섯째 손님을 기쁘게 맞이할 수 있다면 그 사람이 가까이 온 걸 기뻐해야 되겠지. 그자가 성자의 성격과 마귀의 얼굴을 가졌다면[16] 난 차라리 결혼보단 고백성사를 드릴 테야. 네리사, 가자. [하인에게] 먼저 가라. 구혼자 하나에게 대문을 닫자마자 또 다른 구혼자가 대문을 두드린다. [모두 퇴장]

## 1. 3

[바사니오가 유대인 샤일록과 함께 등장]

샤일록 3천 더컷[17]이라, 흠.

바사니오 그렇소, 3개월이오.

샤일록 3개월이라, 흠.

바사니오 이미 말한 바와 같이 그 일에 대해서는 안토니오가 보증을 서게 되오.

샤일록 안토니오가 보증을 서게 된다, 흠.

바사니오 도와줄 수 있겠소? 내 말 들어줄 수 있겠소? 대답 들어볼 수 있겠소?

샤일록 3천 더컷을 3개월간, 안토니오가 보증을 선다는 말이군.

바사니오 그걸 대답하시오.

샤일록 안토니오—좋은 사람이오.

바사니오 그렇지 않다는 말 들은 적 있소?

샤일록 오, 아니요, 아니요, 아니요. 그가 좋은 사람이라고 하는 말은 지불 능력이 있다는 말로 새겨들으라는 거지요. 하지만 그 사람 재산은 허수에 불과해요. 지금 그의 선단 하나가 트리폴리[18]로 가는 중이고 또 하나는 서인도로 가고 있는데, 뿐만 아니라 리알토[19]에서 듣자 하니 세 번째 선단이 멕시코에 가 있고 네 번째가 잉글랜드로 가는 중이고, 그밖에도 여기저기 해외에 뿌려놨지요. 하지만 선박이란 널조각에 불과하고 선원이란 인간에 불과해요. 뭍에는 뭍쥐, 물에는 물쥐가 있고 물도둑, 뭍도둑이 있는데—해적이란 말이외다. 그것뿐인가. 물과 바람과 암초의 위험이 도사리고

14 걸레는 술을 포함한 모든 물기를 빨아먹는다. 그 독일인은 걸레보다도 더 게걸스럽다.

15 아폴로가 사랑하여 손에 쥔 모래알 숫자만큼이나 오래 살게 해줬다는 무당. 하지만 아폴로가 영원한 청춘을 보장하는 것을 잊었기 때문에 시빌라는 죽지 않고 한없이 늙어가기만 했다. 다음에 나오는 다이애나는 달의 여신으로 정결의 여신.

16 피부색이 검은 모로코 왕자이기 때문에 백인인 그녀에겐 '마귀'처럼 보일 것이다.

17 더컷(ducat)은 과거 유럽의 여러 국가들에서 사용된 금화로서, 3천 더커트는 괜찮은 일 년 수입에 해당되었다.

18 오늘날의 리비아 수도. 트리폴리는 당시 해상 무역의 중심지였다.

19 베니스 대운하의 다리 이름인데 금융 중심가를 뜻하였다.

있지요. 어쨌든 그 사람은 지불 능력이 있어요. 3천
더컷이라. 그 사람 보증은 받아도 될 듯해요.

바사니오 그럴 만하니 믿어주오.

샤일록 그럴 만하다고 믿겠으며 믿을 수 있게끔 생각해
보겠소. 안토니오와 내가 말할 수 있겠소?

바사니오 우리와 저녁을 같이하면 좋겠소.

샤일록 [방백] 음, 돼지고기 냄새를 맡으란 말이군. 너희
선지자 나사렛사람[20]이 마귀를 몰아넣은 그 마귀
집을 먹으란 말이지. 나는 너희와 사고팔고 말하고
걷고 따라다닐 테지만, 너희와는 먹지도 마시지도
예배도 안 하겠다.—리알토에 무슨 소식 있던가요?
누가 이리 오는가?
[안토니오 등장]

바사니오 안토니오 선생이오.
[바사니오와 안토니오가 따로 떨어져 말을 주고받는다.]

샤일록 [방백]
굽실대는 세리 꼴이 완연하구나.
기독교인이라서 녀석이 밉지만,
겸손하고 소박하게 공짜로 빌려줘서
여기 베니스에서 우리 대금 이자율을
낮춰놓기 때문에 더더욱 미운 녀석이다.
한 번만이라도 녀석을 넘어뜨리면
놈에 대한 해묵은 감정이 없어지겠다.
거룩한 내 민족을 증오할 뿐 아니라
상인들이 모인 데서 나와 내 거래와
내가 정당히 얻은 이익을 비방하며
'고리'라고 욕하는데 내가 놈을 용서하면
우리 가문에 저주 내려라!

바사니오 이봐요, 샤일록.

샤일록 내게 있는 현금을 헤아리는 중인데,
기억을 어림잡아 계산해보면
당장에 3천 더컷 전부를 한꺼번에
동원하진 못하겠소. 하지만 상관없소.
내 집안의 부유한 히브리인 튜발이
나를 도와주겠소. 그런데, 가만있자,
몇 개월 원하나요? [안토니오에게]
선생, 안녕하시오?
방금 선생 말씀을 하던 중이오.

안토니오 샤일록, 나는 이자를 받거나 주면서
돈을 꾸거나 꾸어주지 않지만
친구의 화급한 필요에 응하기 위해
습관을 깨는 거요. [바사니오에게]
얼마나 필요한지
이 사람이 알고 있소?

샤일록 예, 3천 더컷이오.

안토니오 3개월간.

샤일록 잊었었군. 3개월이오. [바사니오에게]
당신이 말했소.
그럼 보증서를 주시오. 생각 좀 하겠소.
돈을 꾸든 빌려주든 이자는 주고받지
않는다고 하셨지요?

안토니오 나 자신의 철칙이오.

샤일록 야곱이 외삼촌 라반의 양을 칠 때[21]—
거룩한 우리 조상 아브라함의 손자로
현명한 모친이 그를 위해 힘을 써서
가문을 물려받았소. 3대 조상님이오.

안토니오 그래서 어쨌소? 이자를 받았소?

샤일록 이자는 아니오.—당신네 말마따나
이자를 직접 받지 않았소. 어쨌냐 하면,
라반과 야곱은 줄이나 점이 박힌
양 새끼는 야곱의 품삯으로 하기로
계약을 맺었는데, 늦가을에 암컷들이
암내가 일어 수컷들과 어울려서
털북숭이 짐승 떼에 한창 번식이
벌어지고 있을 때 능한 우리 목자는
막대기를 깎았다가 짝짓기 순간에
새끼 밸 암컷에게 그것을 들이대니
그때에 새끼를 밴 암컷은 얼룩덜룩한
새끼들을 낳았는데, 모두 야곱 차지였소.
이것이 부자 되는 방도였으며,
그리고 야곱은 복을 받았소.
부는 축복이오, 도둑맞지 않는다면.—

20 마태복음 8장 28절 이하를 보면, 나사렛사람인 예수가 마귀 들린 사람(광인)의 희망에 따라 마귀를 쫓아내어 그 마귀를 이방인이 기르던 돼지 떼에 들어가게 하여 물에 빠져 죽게 했다. 마귀들이 점거했으니 돼지는 마귀의 집이 된 셈이다. 유대인은 예수를 선지자의 하나로만 생각한다.

21 구약 창세기 27~28장을 보면, 야곱이 어머니의 도움으로 형 에서에게서 장자의 권리를 빼앗고 형을 피해 외삼촌 라반에게로 가서 그의 양을 치는 자가 된다.

안토니오 그것은 야곱이 노력한 일거리였소.
자신의 힘으로 되는 일이 아니라
하늘 손이 다스리고 빚어주는 일이었소.
그런 자가 선하다고 말하려는 것이오?
또는 금과 은이 암양과 수양이란 말이오?
샤일록 나도 모르나 그만큼 빨리 새끼를 치게 하오.
그러나 선생, 내 말은—
안토니오 봐요, 바사니오,
마귀도 목적을 위해 성경을 인용하오.
거룩한 증거를 갖다 대는 악한 영은
얼굴에 웃음 짓는 악당 같아서
보기는 좋아도 속이 썩은 능금이오.
거짓의 겉모습이 얼마나 좋은가!
샤일록 3천 더컷이라. 상당한 금액이군.
일 년 중 석 달이라. 그럼 이율이—
안토니오 그러면 샤일록, 신세 져도 되겠소?
샤일록 안토니오 선생, 리알토에서 거듭거듭
선생은 내 돈과 대금업을 비방했지만
나는 언제나 움츠리고 참아냈소.
말없이 참는 것이 우리 민족 모두의
특징이오. 나더러 불신자라, 살인자라,
개새끼라 욕하면서 나의 유대 복장에
침을 뱉었소. 그 모두가 내가 내 걸
쓴다는 이유였소. 그런데 지금
내게서 도움이 필요하신 것 같으오.
우습군요. 내게 와서 하는 말이 '샤일록,
우린 돈이 필요하다.'—이러는데,
내 수염에 가래침을 몽땅 내뱉고
문밖으로 낯선 개를 내쫓듯 발로 차던
당신이 돈을 청한다는 말이로군요.
뭐라 할까요? '개가 어디 돈이 있소?
똥개가 3천 더컷을 꿔줄 수 있소?'
또는 농노처럼 굽실대며 숨을 죽이고
복지부동의 낮은 소리로 '대감님,
지난 수요일에는 제게 침을 뱉으셨고
아무 날엔 멸시하고 또 어떤 날에는
저를 개라 하셨는데, 그러한 대접에 대해
그러한 거금을 꿔드린다' 할까요?
안토니오 또다시 당신에게 그렇게 말하겠고
또다시 침 뱉고 멸시 역시 그러겠소.
돈 빌려준대도 친구에게 빌려주듯 하기를
원하지 않소. 비쩍 마른 쇠불이 값으로
친구에게 이자 받는 우정이 어디 있소?
차라리 원수에게 빌려주어서
날짜를 어기면 좀 더 떳떳이
벌을 요청할 수 있소.
샤일록 허, 괜히 화를 내시오!
당신과 친구해서 우정을 얻고
내게 끼친 모멸을 모두 뒤로 넘기고
당장의 필요에 응하고 내 돈에 대해
한 푼의 이자도 받지 않고 싶은데,
들으려 하지 않소. 친절을 주는 거요.
바사니오 더없는 친절이 되겠소.
샤일록 다음과 같이 친절을 베풀겠소.
나와 동행해 어느 공증인에게
차용증서에 서명하고 날인하여
일종의 장난으로, 계약에 명시된 바대로
아무 날 아무 데서 아무 금액을
당신이 나에게 못 갚는 경우에
내가 원하는 대로 당신 몸의 부위에서
정확히 1파운드를 떼어 내기로
정하자는 것이오.
안토니오 매우 좋소. 그러한 계약에 날인하고
유대인도 대단히 친절하다고 하겠소.
바사니오 나 때문에 그런 데다 날인하지 말아요.
차라리 곤궁한 형편으로 남을 테요.
안토니오 이 사람, 걱정도 많아! 어길 리 없어.
두 달 안에, 그러니까 계약일보다
한 달 전에, 이 계약의 세 배의
세 배 되는 이익이 기다리고 있어.
샤일록 아브라함 조상님, 한심한 기독교도요!
서로 간에 거래가 악착같아서 남의 생각을
의심하는군요. [바사니오에게]
말 좀 해보시오.
날짜를 어겨서 벌칙을 요구한들
도대체 내가 얻는 게 무엇이오?
몸에서 떼어 낸 사람 고기 1파운드,
양고기, 쇠고기, 염소고기만큼도
값나가지 못하고 이득도 없지만
호의로 인해 이런 친절을 베푸는 거요.
좋다면 좋고, 싫으면 잘 가시오.
나를 못된 놈이라곤 하지 마시오.

안토니오 그러겠소, 샤일록. 계약서에 날인하겠소.
샤일록 그럼 이따 공증인 사무소에서 만납시다.
흥미로운 계약서를 작성케 하시오.
나는 즉시 돌아가 돈을 준비하겠소.
집을 살펴봐야지.—칠칠치 못한 놈에게
맡겨 걱정되는데, 그런 다음 곧바로
당신들과 만나겠소. [퇴장]
안토니오 착한 유대인, 잘 가오.
저 히브리인이 기독교인 되겠소. 점점 착해 보이오.
바사니오 말은 좋은데 속이 나쁜 자는 싫소.
안토니오 걱정 마오. 이 일엔 실수가 있을 수 없소.
내 배들이 기일보다 한 달 전에 도착하오. [둘 퇴장]

## 2. 1

[코넷들의 주악. 온몸에 흰옷 걸친 검은 무어인 모로코 왕자와, 비슷한 차림과 같은 피부색의 수행원 서너 명이 포셔와 네리사와 그들의 시종들과 함께 등장]

모로코 얼굴빛 때문에 꺼려 하지 마시오.
불타는 태양의 검은 복장으로서,
가까운 이웃이 되어 성장했소.
태양 불도 고드름을 녹이지 못할
북녘에 태어난 절세미인을 불러주오.
당신의 사랑을 얻기 위해 우리끼리
누구 피가 더 붉은지 칼로 찔러볼 테요.
내 얼굴빛에 용맹한 자들이 겁내되,
사랑으로 맹세컨대 보는 눈이 가장 높은
우리 고장 처녀들이 사랑했던 얼굴이오.
존귀한 여왕이여, 당신의 마음을
사기 위함 아니면 이 색깔을 안 바꾸겠소.
포셔 제가 사람 고를 때 처녀의 눈이라는
까다로운 판단에만 의존하지 않아요.
그뿐만이 아니라 제 운명의 주사위는
저 자신의 선택권을 박탈했어요.
이미 말씀드렸듯, 아버님이 지혜로써
고안하신 방식대로 저를 얻는 분에게
아내가 돼야 해요. 하지만 저를
제한하지 않았다면 고명하신 왕자님도
이제껏 제가 만난 모든 분과 다름없이
자격이 있으셔요.
모로코 그 말에 감사하오.
그러면 상자들로 나를 인도하시오.
운수를 보겠소. 술레이만 술탄[22]을
전쟁에서 세 번 이긴 페르시아 왕자와
황제를 베어 죽인 이 칼로써 맹세코,
아무리 부릅뜬 눈이라도 맞바라보고
세상 가장 용맹한 용사도 싸워 이기며
암곰의 젖을 빠는 새끼도 낚아채고
굶주려 울부짖는 사자도 놀려대어
아가씨를 얻겠소. 그러나 아아!
헤라클레스와 하인이 주사위를 던져서
누가 더 잘났는지 시합을 하면
약한 손이 큰 점수를 따는 수가 있소.
그래서 헤라클레스가 자기 분에 쓰러졌소.[23]
그처럼 나도 눈먼 운수에 끌려서
못난 자가 얻을 수 있는 상급을 잃고
슬퍼서 죽을 수 있소.
포셔 운수를 알아보세요.
그럼 아예 고르기를 그만두거나
잘못 고르신다면 훗날에 결혼을
포기하시겠다고 고르기 전에
맹세하셔야 되니 깊이 생각하세요.
모로코 생각은 필요 없소. 운수나 알겠소.
포셔 먼저 교회에 가셔요. 운수는 만찬 후에
알아보셔요.
모로코 그러면 뭇사람 중에
복 받든 저주 받든, 행운이 내게 있길!
[코넷들의 주악. 모두 퇴장]

## 2. 2

[어릿광대 랜슬롯 고보 혼자 등장]

랜슬롯 주인 유대인에게서 도망치는 걸 확실히 양심이
도와줄 테지. 마귀가 옆에 찰싹 붙어서 나를 꼬인단

22 모로코는 터키의 유명한 왕(술탄) 술레이만과 연합하여 페르시아의 황제와 왕자를 죽였다고 한다.
23 헤라클레스는 제 분에 못 이겨 불에 타서 죽는다. (제우스가 그를 신으로 만들어주었다.)

말이야. '고보, 랜슬롯 고보, 착한 랜슬롯.' 또는 '착한 랜슬롯 고보, 다리를 이용해. 뛰기 시작해. 달아나버려.' 하거든. 그러면 양심이 하는 말이 '안 돼. 조심해. 정직한 랜슬롯. 조심해. 정직한 고보.' 하거나 앞서 말한 것처럼 '정직한 랜슬롯 고보. 달아나지 마. 도망을 우습게 여겨.' 하거든. 그런데 제일 대담한 마귀가 달아나래. '비아!'[24] 하고 '뛰어!' 하거든. '진짜 용기를 내서 뛰어'라고 마귀가 말해. 그런데 내 마음 모가지에 양심이 매달려서 너무나 똑똑하게 내게 말하길, '정직한 내 친구 랜슬롯',—나는 정직한 사내, 그보단 정직한 여자의 아들이니까—확실히 아버진 뭔가 맛을—뭔가 재미를—뭔가 입맛을 보셨거든.— 하여튼 양심이 '랜슬롯, 꼼짝 마.' 하면 마귀는 '꼼짝해'라고 하고 양심은 '꼼짝 마'라고 해. 나는 '양심아, 충고 고맙다.' 하고 나는 '마귀야, 충고 고맙다'고 한다고. 양심 말을 듣자면 유대인 주인과 같이 있어야 하는데 그자는 —용서하고 들으세요.—마귀하고 똑같은 종자야. 그래서 유대인한테서 도망치는 건 마귀 말을 따르는 건데, 그자는—실례해요.— 바로 마귀야. 확실히 그 유대인은 틀림없이 마귀가 변한 거야. 양심에 비춰볼 때 양심은 나에게 유대인과 같이 살라고 충고하려 덤비는 일종의 매정스러운 양심인데, 마귀가 조금 더 우정 어린 충고를 해줘. 마귀야, 달아날게. 내 두 다리는 네 명령만 따르겠다. 도망치겠다.

[눈먼 늙은 고보가 바구니를 가지고 등장]

고보 젊은이 양반, 길 좀 물읍시다. 유대인 선생 댁에 가는 길이 어딘가요?

랜슬롯 [방백] 어이구 저런! 나를 낳은 진짜 아버지구나. 절반 이상 눈이 멀어 나를 알지 못하누나. 어릿어릿하는지 알아보겠다.

고보 젊은 신사분, 길 좀 물읍시다. 유대인 선생 댁에 가는 길이 어딘가요?

랜슬롯 다음번 골목에서 오른쪽으로 도세요. 하지만 다음번 골목에선 여러 골목 중에서 왼쪽으로 도시는데, 그다음 골목에선 어느 쪽으로도 돌지 말고 가만 있으면 유대인 집에 들어가요.

고보 거룩한 성자님들, 맙소사! 제대로 찾아가기 어렵겠어요. 혹시 그분과 같이 지내는 랜슬롯이란 사람이 아직 그와 같이 지내는지 알려줄 수 있나요?

랜슬롯 젊은 랜슬롯 씨 말이오? [방백] 이제 나를 잘 보세요. 눈물이 터질 거요.—젊은 랜슬롯 씨 말이오?

고보 '씨'가 아니라 그냥 가난한 백성의 자식이에요. 내 입으로 말하긴 뭣하지만 걔 아비는 정직하고 꽤 가난한 사람인데요, 하느님 덕분에 괜찮게 살아요.

랜슬롯 그럼 아버지는 그냥 두고 우리들은 젊은 랜슬롯 씨에 관해서 얘기합시다.

고보 어르신의 친구이며 그냥 랜슬롯이오.

랜슬롯 그러나 당부컨대, 따라서 노인 어른, 따라서[25] 당부컨대, 젊은 랜슬롯 씨 이야긴가요?

고보 실례지만 그냥 랜슬롯이에요.

랜슬롯 따라서 랜슬롯 씨요. 노인 어른, 랜슬롯 씨 얘기는 그만두시오. 그 젊은 신사는 운명과 숙명과 그러한 괴상한 학설에 따르자면—운명의 세 자매 같은, 그 밖의 분야에 의하면, 확실히 운명했소. 또는, 당신들이 늘 쓰는 보통 말로 하자면 하늘나라에 갔다는 말이오.

고보 어이구, 맙소사! 그 애가 바로 이 늙은이의 지팡이요 의지였어요!

랜슬롯 [방백] 내가 몽둥이나 움막 기둥이나 막대기나 지팡이 꼴인가?—아버지, 저 아시겠어요?

고보 어이구, 내 팔자! 젊은 신사 양반, 몰라요. 하지만 제발 알려주시오. 내 아들이—하느님 품 안에서 쉬게 하시길!—죽었나요, 살았나요?

랜슬롯 아버지, 저 모르시겠어요?

고보 어이구, 난 절반 장님이오. 누군지 몰라요.

랜슬롯 그렇군요. 두 눈이 성해도 저를 알아보지 못할 거예요. 제 자식을 알아보는 사람은 똑똑한 아버지죠. 어르신, 아들 소식을 알려드리죠. [무릎 꿇는다.] 축복해 주세요.[26] 진실은 밝혀지기 마련이죠. 살인은 오래 숨길 수 없어요. 사람의 아들은 숨을 수는 있어도 끝내 진실이 밝혀져요.

고보 선생님, 일어나세요. 당신이 내 아들 랜슬롯이

24 이탈리아어로 '가라!'는 뜻.
25 유식한 논술에서 쓰던 상투적인 어법을 일부러 흉내 내고 있다.
26 오래 헤어지거나 오랜만에 만나는 자식에게 나이 든 어버이가 축복을 해주는 것이 관례였다.

아니란 건 분명하네요.
랜슬롯 싱거운 이 짓 그만하시고 저를 축복해 주세요.
제가 랜슬롯예요. 옛날의 그 아들, 지금의
그 아들, 장래의 그 아들이에요.
고보 당신이 내 아들이라고는 생각하지 못하겠소.
랜슬롯 그건 어떻게 생각할지 저도 모르겠네요. 하지만
제가 랜슬롯이고 유대인의 하인이에요. 아버지
아내 마저리가 제 어머니 맞지요?
고보 그 사람 이름이 마저리야. 확실하지. 맹세하고
말하는데 네가 랜슬롯이면 너야말로 내 피요 내
살이구나. [랜슬롯의 뒷머리를 만져보면서]
아이고,—하느님을 예배해라! 원, 너한테 이런
수염이 생기다니! 우리 마차 끄는 말 도빈[27]의
꼬랑지보다 턱에 털이 더 많구나.
랜슬롯 그럼 도빈의 꼬랑지가 거꾸로 자라는가 봅니다.
제가 마지막으로 봤을 때 제 얼굴보단 그 녀석
꼬랑지에 털이 더 많았어요.
고보 오, 주여! 네가 얼마나 변했는지 모르겠구나!
주인과는 어떻게 지내냐? 그분한테 선물을
가져왔다. 지금 주인과 어떻게 지내냐?
랜슬롯 글쎄요. 한데 저는 도망치는 데다 몽땅 걸어놔서
웬만큼 도망치기 전에는 멎지 않겠어요. 주인은
진짜 유대인이에요. 그런 놈한테 선물을 줘요?
차라리 목맬 올가미를 주세요. 그놈 하인 하느라고
굶어 죽게 됐어요. 제 갈빗대로 아버지 손가락을
하나하나 셀 수 있어요. 아버지, 마침 잘 오셨어요.
선물은 바사니오 선생이란 분께 드리세요. 저한테
진짜 멋진 새 제복[28]을 주실 분이죠. 그분 하인이
못 되면 하느님 만드신 세상 끝까지 달아날 테요.
[바사니오가 레오나르도와 하인 한두 사람과 함께
등장]
와, 참 잘됐네! 그분이 오시네요. 가서 만나세요,
아버지. 더 이상 유대 놈을 섬기면 제가 유대 놈이죠.
바사니오 [자기 수행원 중 하나에게] 그래도 좋지만 빨리
서둘러. 그래서 아무리 늦어도 다섯 시까지는
저녁 준비를 시켜. 이 편지들을 전하도록 하고,
제복을 만들게 하고 그라티아노에게 즉시 내
거처로 오시라고 말씀드려. [하인 한 사람 퇴장]
랜슬롯 가까이 가세요, 아버지.
고보 하느님이 나리를 축복하소서!
바사니오 감사합니다. 내게 무슨 볼일이 있으신가요?
고보 얘가 제 아들인데요, 가난한 아입니다만—
랜슬롯 가난한 아이가 아니라 부자 유대인의 하인인데,
아버지가 자세히 말씀드릴 테지만—
고보 시쳇말로 이 애가 대단히 섬기고 싶은 절망[29]을
품고 있는데요.—
랜슬롯 맞습니다. 요약해서 말씀드리면, 저는 유대인의
하인인데, 바라기는, 아버지가 말씀드릴 테지만—
고보 그 주인과 이 애가, 나리께 실례될지 모르나,
사이가 썩 좋질 못해서—
랜슬롯 요컨대, 사실 그대로 말씀드리면, 유대인이 저한테
못쓰게 굴어서 저로 하여금, 아버지가—바라기는
노인이라서—선생님께 말씀드릴 테지만—
고보 여기 비둘기 요리가 있는데요, 나리께 드리고자
합니다요. 한데 부탁드릴 말씀은—
랜슬롯 몹시 요컨대, 부탁 말씀은 저한테 유관되는[30]
것입니다. 나리께서 이 정직한 노인한테 들으시면
아실 테지만. 그리고 비록 제 말이지만, 비록
노인이지만, 가난한 제 아버지입니다.
바사니오 한 사람만 말하시오. 무엇을 원하시오?
랜슬롯 나리를 섬기고 싶습니다.
고보 그게 바로 결함입지요.[31]
바사니오 [랜슬롯에게]
내가 너를 잘 안다. 소원대로 해주겠다.
네 주인 샤일록이 오늘 나와 말하면서
너를 천거하더라. 부유한 유대인을 떠나
나처럼 가난한 신사를 따르는 걸
천거라고 할는지 모르겠다만—
랜슬롯 제 주인 샤일록과 나리께서 옛날 속담을 멋지게
나눠 가지셨어요. 나리는 하느님 은혜를 가지시고,
유대인은 너무 많이 가졌지요.[32]
바사니오 멋있게 말하누나. 어르신, 아들하고 가세요.
정식으로 옛 주인과 헤지고 나서

27 말의 이름. 늘 한 가족처럼 집에서 기르는 말에게 이름을 붙여주었다.
28 한 귀족의 하인들은 일정한 제복을 입어 그 귀족의 하인임을 과시했다.
29 '열망'이라는 말을 잘못 말한 것이다.
30 '관계되는'이라는 말을 잘못 말한 것이다.
31 '결론'이라는 말을 잘못 말한 것이다.
32 "하느님 은혜를 받은 자는 넉넉한 자다"라는 격언이 있었다. 샤일록과 바사니오가 이 격언을 두고 구분된다는 말이다.

내 거처에 찾아와라. [하인들 중 하나에게]
제복을 지급하되
반드시 남들보다 멋지게 치장해라.
랜슬롯 아버지, 들어가세요. 제가 일자리 구하지도 못하고
대가리에 혓바닥도 없는 거로 하자고요! [제 손바닥을
보면서] 자, 이탈리아 천하에 성경책에 얹어놓고
맹세하는 손 중에서 내 손의 손금보다 더 좋은 놈이
있다면 내 재수가 땡이다.[33] 제기랄, 이곳엔 명줄이
한 가닥 나 있고 이곳엔 쪼그만 색시 줄이 여러 갈래
나 있는데, 제기랄, 색시 열다섯은 별거 아니지. 과부
열하나에 처녀 아홉은 사내 하나한테 저절로 굴러 올
형편이거든. 그리고 물에 빠져 죽기를 세 번 면하고,
깃털 침대가에서 죽을지 몰라. 흠, 운수의 신이
여자라면 이런 일에 딱 맞는 계집이지. 아버지, 가세요.
눈 깜짝할 사이에 유대인한테 떠나겠다고 하겠어요.
[늙은 고보와 같이 퇴장]
바사니오 레오나르도, 이번 일을 잘해주길 당부해.
이들을 사 가지고 정리해 놓고
빨리 돌아와. 오늘 밤, 귀하게 모실
친구들을 대접할 테야. 서둘러 가.
레오나르도 이번 일에 최선을 다하겠어요.
[바사니오와 헤어진다. 그라티아노 등장]
그라티아노 주인 어디 계신가?
레오나르도 저기 걷고 있어요. [퇴장]
그라티아노 바사니오 선생!
바사니오 그라티아노!
그라티아노 청할 것이 있네.
바사니오 허락부터 하겠어.
그라티아노 거절하면 안 돼. 벨몬트에 같이 가야 돼.
바사니오 아, 그럼 가야겠어. 하지만 들어봐.
당신은 너무 거칠고 말투가 사나워. 지나쳐.
당신에겐 멋있게 알맞은 성격인지라
우리 눈이 보기엔 결함이 아니지만
당신을 모르는 곳에서는 너무 한 거로
여길는지 몰라. 수고스럽겠지만
발랄한 기질에 몇 방울 절제를 섞어서
식히는 게 좋겠어. 당신의 거친 짓에
내가 가는 그곳에서 오해를 받아서
희망을 놓칠까 염려되니까.
그라티아노 내 말 들어봐.
만일 내가 옷차림을 점잖게 하고
점잖게 말하고 욕도 이따금 하고
주머니에 기도서를 넣고 다니고
얌전한 낯빛으로, 기도할 때 이렇게
모자로 눈 가리고 한숨짓고 '아멘.' 하고
할머니 마음에 들려고 엄숙한 태도를
열심히 익힌 손자처럼 온갖 법을
안 지키면, 다시는 나를 믿지 마.
바사니오 그럼 당신 태도를 보기로 하겠어.
그라티아노 한데 오늘 밤은 예외야. 오늘 밤 행동으로
판단하지 마.
바사니오 오, 정말 안됐어.
도리어 제일 우스운 옷을 입으라고.
신나게 놀겠다는 친구들이 있구나.
하지만 지금은 편안히 가.
나는 무슨 일이 있으니까.
그라티아노 나도 로렌조와 그 일당에게 가봐야 해.
하지만 저녁때 찾아가겠다. [각기 퇴장]

## 2. 3

[제시카와 어릿광대 랜슬롯 등장]
제시카 그렇게 아버지를 떠난다니 섭섭하구나.
우리 집은 지옥이고 너는 거기 마귀라
지겨운 이 집 맛을 얼마쯤은 덜어줬지.
어쨌든 잘 가라. 너한테 1더컷 줄게.
한데 랜슬롯, 이따 저녁때 로렌조를
만날 텐데, 너의 새 주인의 손님이야.
그이에게 이 편지 전해줘. 몰래 해라.
그럼 잘 가. 내가 너와 말하는 걸
아버지한테 보이고 싶지 않아.
랜슬롯 잘 계세요. 저의 혀가 할 말을 눈물이 하네요.
아름다운 이교도, 아리따운 유대인! 어떤 기독교인
젊은이가 아가씨와 결혼하지 않는다면 아주 틀려
먹은 거예요. 어쨌든 잘 계세요. 못난 눈물방울이
저의 사내 기질을 얼마쯤 없애네요. 잘 계세요. [퇴장]
제시카 잘 가라, 착한 랜슬롯.

33 일부러 뒤죽박죽으로 말한다. 진짜 의미는 '내 손금보다 더 좋은 손금이 있다면 그는 최고로 재수 좋은 사람이다'이다.

오, 무슨 몹쓸 죄에 빠져 있을까?
아버지 자식인 게 부끄럽다니!
그렇지만 핏줄로는 그 사람의 딸이지만
성질은 안 닮았어. 오, 나의 로렌조,
약속만 지켜주면 이런 갈등 끝장내고
기독교로 개종하고 네 아내가 될 테야. [퇴장]

## 2. 4

[그라티아노, 로렌조, 살레리오, 솔라니오 등장]

로렌조 한참 저녁 먹을 때에 슬그머니 빠져나와
내 집에서 변장하고 한 시간 안에
모두 돌아오기야.[34]

그라티아노 아직도 제대로 준비하지 못했는데.

살레리오 횃불잡이[35]도 아직 얘기 안 했어.

솔라니오 치밀하지 않으면 모두가 엉망이야.
그럴 바엔 아예 그만두는 게 나아.

로렌조 이제 겨우 네 시야. 두 시간이 남았으니까
준비할 수 있다고.
[랜슬롯이 편지를 들고 등장]
랜슬롯, 웬일이야?

랜슬롯 봉인을 뜯어보실 생각이 있으시면 뭔가 뜻하는
바가 있을 겁니다.

로렌조 필체를 알아. 예쁜 손이지.
사연을 적어놓은 종이보다 하얀 것이
글을 쓴 예쁜 손이야.

그라티아노 연애편지구나.

랜슬롯 그럼 실례합니다.

로렌조 어디 가나?

랜슬롯 저의 옛 주인 유대인한테 저의 새 주인 기독교도와
저녁 같이 하시라고 알리려고 갑니다.

로렌조 잠깐. 이거 받아.[36] 어여쁜 제시카에게
약속대로 한다고 해. 몰래 말해. 자, 가라. [랜슬롯 퇴장]
친구들,
오늘 밤의 가면무도회를 준비할 건가?
나는 나의 횃불잡일 구해놨거든.

살레리오 당장 가서 구해야지.

솔라니오 나도 구하겠어.

로렌조 한 시간쯤 지나서 그라티아노 집에서
나하고 그라티아노를 만나라.

살레리오 그러는 게 좋아. [솔라니오와 함께 퇴장]

그라티아노 그게 어여쁜 제시카의 편지가 아니었어?

로렌조 모두 얘기해야겠군. 어떻게 자기를
아버지 집에서 빼낼는지 가르쳐줬어.
무슨 금은보석을 갖춰놓았고
무슨 사내 복장을 마련했는지
모두 적어놓았어. 그 아버지 유대인이
천국에 간다면 착한 딸 덕분이지.
그녀의 발길에 불행이 이른다면
그녀가 불신자 유대인의 딸이라는
단 한 가지 이유가 있을 뿐이야.
나하고 같이 가자. [그라티아노에게 편지를 주며]
가면서 읽어봐.
어여쁜 제시카가 횃불잡이가 될 거야. [두 사람 퇴장]

## 2. 5

[유대인 샤일록과 그의 하인이었던
어릿광대 랜슬롯 등장]

샤일록 으흠, 알게 되리라.—늙은 샤일록과
바사니오의 차이를 눈이 판단하리라.
—얘야, 제시카!—내 집에서 하였듯이
양껏 먹지 못하리라.—얘야, 제시카!—
코 골며 자고 꿰지게 옷 입지 못하리라.
—얘, 제시카, 못 듣느냐?

랜슬롯 제시카!

샤일록 누가 너더러 부르랬냐? 시키지 않았다.

랜슬롯 시키지 않으면 아무것도 못 한다고 늘 말씀하지
않으셨나요?
[제시카 등장]

제시카 부르셨어요? 무슨 일인데요?

샤일록 나더러 저녁을 같이 하자는구나.
자물쇠 꾸러미다.—하지만 왜 가냐?
좋아서 부른 건 아니고 아첨이지.

34 가면무도회에 참가할 계획을 짜고 있다. 이탈리아의 유명한 카니발이 시작되는 것이다.
35 가면무도회는 밤에 하는 것이기에 횃불잡이들이 필요했다.
36 심부름하는 하인에게 '팁'을 주는 것이 관례였다.

밉지만 가서 낭비하는 기독교인을
먹어줄 테다. 얘야, 제시카,
집단속 잘 해라. 정말 가기 싫구나.
근심되는 무슨 일이 생길 것 같다.
지난밤 돈 자루가 꿈에 뵀거든.
랜슬롯 자, 가시죠. 저의 젊은 주인이 어르신 오시기를
기다리세요.
샤일록 나도 마찬가지다.[37]
랜슬롯 그래서 두 사람이 몰래 짰던 겁니다. 어르신이
가면무도회를 보시게 될 거란 말은 아니에요.
하지만 보시게 되면 지난 '검은 월요일' 아침 여섯
시에 제 코에서 코피가 쏟아진 건 우연한 일이
아닙니다. 그 해엔 그게 '재의 수요일'이었는데
오후 4년이었죠.[38]
샤일록 가면무도회? 제시카, 잘 들어라.
문들을 걸어매고, 목을 빼고 꽥꽥대는
해괴한 피리와 북소리가 들리거든
창턱에 다가서지 말 것이며 낯짝에
색을 칠한 기독교 못난이들을 보려고
길거리에 머리를 내밀지 말며
이 집의 귀, 즉 창문들을 막아라.
점잖은 이 집에 천박한 소음을
들이지 마라. 야곱의 지팡이[39]에 맹세코
오늘 저녁 만찬에 가고 싶지 않구나.
하지만 가야겠다. 얘, 먼저 가서
내가 간다고 말해라.
랜슬롯 그럼 먼저 갑니다.
[제시카에게 방백]
아가씨, 뭐라고 해도 창을 내다보세요.
기독교인 하나가 지나갈 텐데
유대 여인 눈 안에 쏙 들 거예요. [퇴장]
샤일록 저 녀석이 하갈 자손[40]에 대해 뭐라고 하냐?
제시카 '안녕히 계세요'라네요. 딴 말 아니었어요.
샤일록 저 밥통은 속은 좋다만 너무 많이 처먹어.
배우는 덴 달팽이처럼 느려서 대낮에도
살쾡이보다 잠이 많아. 수개미[41]는
내 집에서 못 살아. 그래서 헤어졌고
빚진 돈의 낭비에 협력하라고
그자에게 넘겨줬다. 제시카, 들어가라.
금방 돌아올는지 모른다. 시킨 대로
들어가 문을 잠가라. "단단히 잠그면
금세 찾는다."—절약하는 정신에게
언제나 살아 있는 격언이니라. [퇴장]
제시카 안녕히 계세요. 내 운수가 어긋나지 않으면
당신은 딸을, 나는 아버지를 잃게 되어요. [퇴장]

## 2. 6

[가면무도에 참여한 그라티아노와 살레리오 등장]
그라티아노 로렌조가 우리에게 기다리길 당부했던
문간이 여기야.
살레리오 약속 시간이 됐는데.
그라티아노 제 시간을 넘기다니 이상한 일이군.
연인들은 언제나 시계보다 앞서는데.
살레리오 비너스의 비둘기[42]는 이미 맺은 약속을
잊어버리지 않기보다는 새로 맺은 사랑을
굳히려고 빨리 나는 법이야.
그라티아노 변함없는 진리지. 잔치에 앉을 때와
일어설 때 식욕이 같은 자가 어디 있겠냐?
첫걸음을 내딛던 열정을 바꾸지 않고
지루한 길을 돌아올 말이 어디 있겠냐?
세상의 온갖 일은 가만히 앉아
즐기기보다 열렬히 추구할 때가 좋아.
돈 많은 부자나 탕자와 같이

37 말장난이 개재되어 있지만 번역이 불가능하다.
38 꿈에 돈 자루를 보면 재수가 없다고 믿는 샤일록의 미신을 비웃느라고 코피가 나면 재수가 없다는 미신을 갖다 댄 것이다. '검은 월요일'은 1360년 부활절 주일 다음날로서 짙은 안개가 덮이고 우박이 내렸던 월요일을 가리키는데 월요일이 수요일로 될 수는 없다. '재의 수요일'은 부활절 40일 전에 머리에 재를 뿌리며 참회하는 날이다. 또한 '오후 4시'가 아니라 "오후 4년"이라는 말은 우스꽝스런 엉터리다.
39 유대인의 가장 중요한 조상의 하나인 야곱(아브라함의 손자)은 지팡이 하나에 의지하여 먼 길을 갔다가 부자가 되어 돌아왔다. '야곱의 지팡이'는 고난에 굴하지 않는 유대인의 상징이다.
40 유대인은 기독교인을 비롯한 모든 이방인을 아브라함의 첩이었던 하갈의 자손이라며 멸시했다.
41 일개미는 모두 암컷이다. 수개미는 일은 안 하고 놀고먹는 것으로 알려져 있다.
42 사랑의 여신인 비너스의 수레를 끄는 비둘기.

고향의 포구를 떠난 화려한 배는
창녀 같은 바람의 포옹에 휩싸이나
비바람에 시달려서 누더기 돛폭으로
돌아오는 그 꼴은 창녀 같은 바람에
비쩍 말라 해지고 거지가 되어버린
탕자와 너무나 흡사하단 말이다!
[로렌조 등장]
살레리오 로렌조 저기 온다. 그 얘긴 나중에 하자.
로렌조 친구들, 너무 오래 끌어서 미안하다.
나 말고 내 일이 기다리게 만들었다.
너희들이 아내 도둑 놀이를 하게 된다면
내가 그만큼 망을 봐줄게. 이리들 와.
내 장인 유대인이 여기 살아.—계세요?
[제시카가 사내아이 차림으로 위에 등장]
제시카 누구세요? 확인이 필요해요. 말씀하세요.
분명히 그 목소린 잘 알겠지만.
로렌조 로렌조, 네 사랑이다.
제시카 로렌조가 확실하고 내 사랑이 맞구나.
그처럼 내가 사랑할 사람이 누구겠어?
내가 너의 애인인 걸 너 말고 누가 알아?
로렌조 하늘과 네 마음이 알고 있는 사실이지.
제시카 이 상자 받아. 그럴 만한 가치 있어.
밤이라서 좋구나. 네가 나를 못 보니까.
변장한 내 꼴이 너무나 부끄러워.
하지만 사랑은 눈이 멀어 연인들끼리
자기들의 하찮은 못난 짓을 보지 못하지.
그걸 보면 큐피드도 내가 이렇게
사내 꼴을 한 걸 보고 부끄럽겠지.
로렌조 내려와. 네가 내 횃불잡이야.
제시카 뭐? 창피한 내 꼴에 횃불을 비추라고?
너무나 빤하고 경박스러운 꼴인데?
그런 건 남에게 보라는 짓이야.
모르게 해야 되는데.
로렌조 됐어, 제시카.
수수한 사내애 차림이라 남이 몰라봐.
하지만 빨리 가자.
은밀한 밤 시간은 급히 달리고
바사니오 만찬이 우릴 기다려.
제시카 문들을 잠그고 더컷을 더 갖고
금방 너한테 갈게. [위에서 퇴장]
그라티아노 내 외투에 맹세코,
유대인이 아니라 이방인이야.
로렌조 진정 사랑하지 않으면 내가 망할 놈이지.
내가 판단하기로는 현명한 여자이며
눈이 삐지 않았다면 어여쁜 여자이며
행동으로 보였듯이 진실한 여자라,
그토록 현명하고 어여쁘고 진실한 만큼
변함없는 영혼 속에 모셔놓을 작정이다.
[제시카 등장]
벌써 왔어? 친구들, 빨리 가자. 지금쯤
가면무도 패들이 기다리고 있을 거야.
[제시카와 함께 퇴장]
[안토니오 등장]
안토니오 거기 누구요?
그라티아노 안토니오 선생!
안토니오 뭘 해요, 그라티아노? 어디들 갔소?
지금 아홉 시요. 친구들이 기다리오.
무도회는 안 열려요. 바람이 부니까.
바사니오가 배를 급히 타게 되오.
당신을 찾기 위해 20명이나 보냈소.
그라티아노 거 참 잘됐소. 오늘 밤에 배 타고
떠나는 것보다도 기쁜 게 없소. [모두 퇴장]

## 2. 7

[코넷들의 주악. 포셔가 모로코 왕자와 함께
각기 수행원들을 거느리고 등장]
포셔 얼른 가서 휘장을 걷고 귀하신 왕자님께
상자들을 보여드려라.
[휘장을 젖히자 상자 셋이 보인다.]
그럼 선택하셔요.
모로코 첫째로 금 상자엔 이런 글이 쓰여 있다.
"나를 택하는 자는 다수가 원하는 바를 얻으리라."
둘째로 은 상자는 이런 약속을 지녔다.
"나를 택하는 자는 자신의 가치만큼 얻으리라."
셋째로 둔탁한 납 상자는 퉁명스러운 경고뿐이다.
"나를 택하는 자는 가진 것을 모두 주고 운명에 맡겨라."
[포셔에게] 내가 바로 택하는 걸 어떻게 알 수 있소?
포셔 그중 하나에 제 초상이 들어 있어요.
그걸 택하시면 저는 왕자님 몫이 되어요.
모로코 신이 판단을 인도하시길! 어디 보자.

글귀들을 다시 한 번 검토하겠다.
납 상자는 뭐라고 하는가?
“나를 택하는 자는 가진 것을 모두 주고 운명에 맡겨라.”
모두 줘? 뭣 때문에? 납을 위해? 납에 운명을 걸어?
위협이군. 모든 것을 운명에 맡기는 자는
풍성한 이득을 바라서 맡기는 거다.
황금 같은 정신은 천한 것에 안 굽힌다.
따라서 납에게는 주지도 맡기지도 않겠다.
은 상자는 처녀의 빛깔로 무슨 말을 하는가?
“나를 택하는 자는 자신의 가치만큼 얻으리라.”
자신만큼 얻는다니! 모로코여, 잠시 멈추고
자신의 가치를 공정하게 따져보라.
나 자신의 명성으로 평가를 받을진대
자격이 넉넉하다. 그러나 넉넉한 것이
아가씨에게는 도달하지 못할 수 있다.
그러나 내 자격을 의심한다 하는 건
스스로 나 자신을 욕하는 짓이다.
나의 자격 만큼이라.—그게 바로 아가씨다!
출생도 자격 있고, 재산에 있어서도,
인품에 있어서도, 교양에 있어서도.—
그러나 무엇보다 사랑에서 자격 있다.
더 이상 주저 말고 이것을 택할까?
다시 한 번 금에 새긴 글귀를 보자.
“나를 택하는 자는 다수가 원하는 바를 얻으리라.”
오, 그게 아가씨다! 온 세상이 원한다.
살아 있는 이 성자, 이 성물에 입 맞추고자[43]
땅덩이 사방에서 뭇사람이 몰려든다.
허카니아 사막과 넓은 아라비아의
광막한 황무지도 왕자들에게는
어여쁜 포셔를 보기 위한 대로가 되고,
거만한 머리를 들어 하늘에 침을 뱉는
바다의 왕국들도 용사들을 막아낼
벽이 못 될뿐더러 어여쁜 포셔를
보고자 하여 저들은 개울을 넘듯 한다.
세 상자 중 하나에 천사 같은 그녀의
초상이 들어 있다. 납 상자에 들었는가?
그런 천한 생각은 천벌 받을 짓이다.
컴컴한 무덤 안에 수의로 감는 건
너무나 끔찍하다. 은 상자 속에
갇힌 거로 생각할까? 순금의 값에
십 분의 일밖에 못 되는 물질인데?
오, 죄스런 생각이다! 그리 귀한 보물이
황금보다 값이 낮은 미천한 쇠붙이에
박힌 적 없다. 잉글랜드엔 천사를 찍은
금화가 있다지만 새긴 것에 불과하고
이 속에는 금 침상에 천사가 누워 있다.
열쇠를 주시오. 금 상자를 택하겠소.
아무쪼록 성공을 기원하겠소!

포셔 받으셔요, 왕자님. 제 초상이 있으면
저는 왕자님 것이어요.
[모로코가 금 상자를 연다.]

모로코 맙소사! 이게 뭔가?
썩은 해골바가지! 텅 빈 눈알 가운데
두루마리가 있는데, 읽어보겠다.
[읽는다.] 번쩍이는 모든 것이 금은 아니다.
이는 네가 자주 들은 말씀이니라.
나의 겉을 보기 위해 많은 사람이
자신의 목숨을 팔아넘겼다.
금칠한 무덤 안에 벌레가 있다.
그대가 대담하고 또 현명하며
사지에 기운 있고 판단에 익숙하면
이런 답이 적히지 않았으리라.
잘 가라. 그대의 청혼이 차도다.
정말로 차갑구나. 노력이 허사로다.
열정이여, 잘 가라. 서리여, 오너라!
포셔, 잘 있어요. 마음이 너무 아파
길게 작별 못 하오. 패자는 떠나오.
[코넷들의 주악. 그의 수행원들과 함께 퇴장]

포셔 조용히 제거됐다. 휘장을 치고 가자.
그런 자는 모두들 그렇게 택해! [모두 퇴장]

## 2. 8

[살레리오와 솔라니오 등장]

살레리오 내가 직접 바사니오가 배에 탄 걸 봤어.
그라티아노도 같이 갔는데, 로렌조가

43 중세 기독교인은 순례자가 되어 성자의 유적지(성지)를 찾아와 입을 맞추었는데 부유한 미인 포셔는 살아 있는 성자처럼 수많은 왕자들의 순례의 목적이 된다는 것.

그 배에 타지 않은 건 확실해.
솔라니오 유대 놈이 떠드는 통에 공작이 깨어
같이 가서 바사니오의 뱃간을 수색했거든.
살레리오 너무 늦게 도착해서 벌써 배가 떠났어.
하지만 로렌조와 걔 연인 제시카가
곤돌라에 같이 타고 가더란 말을
넌지시 공작님께 알리고, 게다가
안토니오가 자기 배엔 바사니오도
두 사람도 타지 않았다고 말씀드렸어.
솔라니오 그 유대 놈 개새끼가 거리 가운데에서
떠들어 댄 것처럼 뒤죽박죽 뒤섞이고
괴상하고 흉측한 각색 욕은 처음 들었어.
"내 딸년! 내 더컷! 아, 내 딸년!
교인하고 도망쳤어! 아, 내 교인 더컷!
정의를! 법률을! 내 더컷, 내 딸년!
봉해놨던 돈 자루, 봉해놨던 더컷 자루!
갑절짜리 더컷,[44] 딸년한테 도둑맞고!
보석을 두 개나, 비싸고 귀한 보석을
딸년이 훔쳐갔다! 계집년 찾아내라!
보석들을 가져갔다! 더컷도 가져갔다!"
살레리오 그래서 여기 애들 전부가 "내 보석,
내 딸년, 내 더컷"이라고 떠들면서 따라가.
솔라니오 안토니오한텐 기일 엄수 하래라.
안 그랬다간 톡톡히 당할 거야.
살레리오 말 잘했다. 어제 어떤 프랑스인과
얘길 주고받았는데 두 나라를 갈라놓은
좁다란 바다에서 값진 물품을 가득 실은
우리나라의 상선이 난파를 당했대.
그런 소리 들으려니 안토니오가 생각나서
그 사람 배가 아니길 속으로 빌었어.
솔라니오 그이한테 그 말을 알리는 게 좋겠어.
하지만 대뜸 말하지 마. 상심할지 모른다고.
살레리오 땅을 밟는 사람 중에 제일 좋은 사람이야.
안토니오와 바사니오가 헤지는 걸 보았어.
바사니오가 말하길 속히 돌아온다니까
"그러지 마시오. 나 때문에 대충대충
일 보지 말고 때가 무르익기까지
느긋이 기다려요. 유대인이 받아간 계약서가
사랑하는 마음에 끼어들지 않도록 해요.
태도를 명랑히 하고, 거기서 당신한테
어울리는 사랑의 말씨와 구애에
당신의 제일 중요한 생각들을 바쳐요"라고 했어.
그러면서 눈물이 가득히 고여서
얼굴을 돌리고 뒤로 손을 내밀어
그지없이 놀라운 애정을 보여주며
친구의 손을 쥐더군. 그렇게 헤어졌어.
솔라니오 오직 친구 때문에 세상이 있는 듯해.
우리 같이 가서 그 사람을 찾아보고
무슨 재밌는 걸로 그가 안은 슬픔에
생기를 불어넣자.
살레리오 그렇게 하자. [모두 퇴장]

## 2. 9

[네리사와 하인 등장]
네리사 빨리빨리. 속히 휘장 닫아라.
아라곤 공작이 선서를 마쳤어.
이제 금방 고르려고 여기 올 거야.
[하인이 휘장을 젖히자 세 개의 상자가 보인다.
코넷들의 주악. 아라곤 공작과 그의 수행원들과
포셔 등장]
포셔 보셔요, 공작님. 상자들이 놓여 있어요.
제 초상이 들어 있는 상자를 고르시면
그 즉시 우리의 결혼식이 거행되어요.
하지만 실패하시면 공작님은 말없이
그 즉시 떠나셔야 됩니다.
아라곤 세 가지를 지키기로 서약하였소.
첫째로, 내가 무슨 상자를 골랐는지
누구에게도 밝히지 않을 것. 다음으로,
바른 상자를 못 고를 경우, 평생토록
처녀에게 결혼 위해 구애하지 않을 것.
끝으로, 선택에서 행운을 얻지 못하면
그 즉시 아가씨를 떠난다는 거요.
포셔 하찮은 저를 위해 위험을 무릅쓰려
오시는 분 모두가 서약하는 조항이죠.
아라곤 그러기로 결심했소. 그러면 행운이여,
진심의 소망을! 금과 은과 천한 납—
"나를 택하는 자는 가진 것을 모두 주고 운명에 맡겨라."

44 보통 더컷의 두 배의 값어치가 있던 이탈리아의 금화.

내가 주든 말기든 너는 더 예쁘리라.
금 상자는 뭐라던가? 허, 어디 보자.
"나를 택하는 자는 다수가 원하는 바를 얻으리라."
"다수가 원하는 바!"—그 '다수'란
겉만 보고 고르는 못난 무릴 뜻하리니,
멍청한 눈은 보는 것밖에 알지 못하며
비바람 치는 외벽, 위험한 길목에
둥지 트는 제비처럼 속을 보지 못한다.
다수가 원하는 건 택하지 않을 테다.
통념에 따라 무지한 군중 속에
나 자신을 파묻고 싶지 않기 때문이다.
따라서 너, 은으로 만든 보석의 집,
무슨 글월 지녔는지 다시 말하라.
"나를 택하는 자는 자신의 가치만큼 얻으리라."
표현도 좋다. 그 누가 운명을 속이려고
요령을 부리며 자격의 인증도 없이
영광을 누릴 건가? 무자격한 자는
위엄을 부리지 못하게 하라.
신분과 지위와 직분을 비리에 의해
얻을 수 없게 하며, 빛나는 명예는
그 사람의 자격으로 얻게 된다면
지금의 맨머리가 모자를 쓰고
호령하는 사람이 호령을 받게 되고[45]
진정한 핏줄에서 천한 농사꾼으로
골라버릴 인생이 얼마나 되랴!
이 시대의 검불과 폐허에서 새롭게 빛날
명예를 얼마나 찾으랴! 이제 택한다.
"나를 택하는 자는 자신의 가치만큼 얻으리라."
나는 나의 가치를 자부한다. 이 상자의
열쇠를 주시오. 여기서 즉시
나의 행운을 열 것이오.
[그가 은 상자를 연다.]

포셔 속의 것을 위해서 너무 지체하셨네요.

아라곤 이게 뭔가? 두 눈을 껌뻑대는 바보의 그림이다.
두루마리를 내민다. 읽어보겠다.
포셔와 얼마나 달리 생긴 모습인가!
내 희망과 자격과는 얼마나 다른가!
"나를 택하는 자는 자신의 가치만큼 얻으리라."
바보의 머리밖에 값이 없단 말인가?
나의 상이 그뿐인가? 값이 그만큼인가?

포셔 과오와 판결은 서로 다른 일이고
성질이 정반대예요.

아라곤 이게 뭔가?
[읽는다.] 일곱 번 불에 달군 상자니라.
그 판결은 일곱 번 거듭하여
결코 잘못 택하지 않았도다.
그림자에 입 맞춘 자가 적지 않고
그림자의 기쁨만 얻으리라.
진실로 우매한 자는 꺼떡대고
이와 같이 은으로 칠하였도다.
원하는 여인을 아내로 삼되
내가 항상 그대의 머리 되리라.
그러니 잘 가라. 일은 끝났다.
오래도록 이곳에 머물러 있을 만큼
더욱 심한 바보로 보이겠구나.
바보 머리 한 개로 구애하러 왔는데
갈 때는 바보 머리 두 개로구나.
안녕히 계시오. 서약을 지키겠소.
인내로써 분노를 삭일 터이오.
[코넷들의 주악. 아라곤과 수행원들 퇴장]

포셔 이리하여 촛불은 불나방을 그슬렸어.
생각이 너무 깊은 바보들! 고를 때
잃을 걸 미리 궁리할 만큼 똑똑해!

네리사 "교수형과 결혼은 운명"이라는
해묵은 속담도 이단은 아니군요.

포셔 얘, 네리사, 휘장을 쳐라.
[네리사가 휘장을 친다.
전령 등장]

전령 마님 어디 계신가요?

포셔 여기 있다. 웬일이지?

전령 마님의 문간에 방금 도착한 건
베니스의 젊은인데 그 주인이 오는 걸
말씀드리기 위해 앞서 오면서
눈에 뵈는 물건들을 가져왔어요.
다시 말씀드리면, 정중한 말씀 외에
고가의 선물입니다. 저로서는 그와 같은
훌륭한 사랑의 특사는 처음입니다.
춘삼월 어떤 날도 풍성한 여름철을

45 모자를 쓴 높은 상전에게 절을 하느라고 아랫사람이 모자를 벗고 있는데 그 처지가 뒤바뀔 것이라는 말.

주인에 앞서 달려온 이 사람만큼
상쾌하게 예고한 일이 없겠습니다.

포셔 그만두어라. 좀 있으면 그 사람이
네 친척이 된다고 말할 정도다.
그 사람 칭찬에 멋진 말을 쓰누나.
네리사, 가자. 그렇게도 예절 높은
재빠른 큐피드의 전령을 보고 싶다.

네리사 바사니오! 사랑의 왕! 그대 뜻이면! [모두 퇴장]

## 3. 1

[솔라니오와 살레리오 등장]

솔라니오 그런데 리알토에 무슨 말이 나도는가?

살레리오 흠, 거기선 아직까지 안토니오의 값비싼 물품을
가득 실은 배가 그 좁은 바다에서 난파를 당했다는
소문이 부인되지 않은 채 나돌고 있어.—그 지역을
굿윈즈[46]라 한다는데.—매우 위태롭고 치명적인
모래톱인데 거기 굉장한 배들의 시체가 많이 묻혀
있다고 해. '뜬소문'이란 노파가 믿을 수 있는 만큼
정직한 아낙네라면 말이야.

솔라니오 그런 '뜬소문'이 생강 쪽을 우물우물 씹거나 세
번째 남편이 죽었을 때 울었다는 소리를 이웃들도
믿어주는 거짓말쟁이 노파이길 바랄 뿐이야.[47]
하지만 거짓말 하나도 안 보태고 직선적인
말로 하자면, 선량한 안토니오, 정직한 안토니오
—아아, 그 이름에 짝할 만큼 좋은 명칭이 있다면
얼마나 좋을까!—

살레리오 야, 그거로 끝내.

솔라니오 뭐! 거 무슨 소리야? 요컨대 그 사람이 배 한 척
잃었단 말이잖아?

살레리오 그게 그 사람 손실의 끝이면 좋겠어.

솔라니오 그럼 먼저 '아멘.' 할게. 마귀가 이 기도를 망치기
전에. 과연 그놈이 유대인 탈을 쓰고 여기 오누나.
[샤일록 등장]
아하, 샤일록! 상인들 사이에 무슨 말이 오가는
중이오?

샤일록 당신도 알아. 누구보다 잘 알아. 딸년이 달아난 걸
당신만큼 잘 알 사람이 없어.

살레리오 그런 게 분명해요. 그 딸한테 날개를 만들어준
재단사를 나도 조금 안다고요.

솔라니오 거기다 샤일록 당신도 새가 날 만큼 됐다는 걸
알고 있었소. 뿐만 아니라 어미를 떠나는 것이
모든 새끼의 본능이라오.

샤일록 그년은 그 죄로 저주받았소.

살레리오 그런 게 분명해요. 마귀가 그녀의 심판관이면.—

샤일록 내 피, 내 살이 배반하다니!

솔라니오 안 될 말 관둬요. 늙은 송장이 그 나이에 피와
살이 요동쳐요?[48]

샤일록 내 살, 내 피 받은 딸년이란 말이오.

살레리오 당신 살과 그녀 살은 역청과 상아보다 차이가
커다랗고 당신 피와 그녀 피는 적포도주와 라인
포도주[49]보다 차이가 크다오. 그런데 안토니오가
바다에서 손실을 보았는지 안 보았는지
말해주겠소?

샤일록 그거 역시 못난 계약이었소. 파산자며 낭비자로,
감히 리알토에 머리를 디밀지 못할 정도요. 그토록
멋 부리고 시중에 나오곤 하더니 이제는 거지요.
계약서나 챙기라고 하쇼. 나보고 고리대금업자라고
부르곤 했는데, 계약서나 잘 보라고 해요. 그 사람은
기독교 정신으로 돈을 빌려주곤 했는데, 자기
계약서나 똑바로 챙기라고 하쇼.

살레리오 계약을 어겨도 당신이 그 사람 살을 떼어내진
않을 거요. 그게 무슨 소용이오?

샤일록 낚시 미끼로 쓰죠. 딴 녀석이 안 먹겠다고 하면
내 복수심을 채워줄 테죠. 그자가 내게 창피 주고
50만 냥을 못 벌게끔 훼방을 놓았고 내 손실을
비웃고 내 이득을 조롱하고 내 민족을 멸시하고
내 계약을 방해하고 내 친구를 이간하고 내 원수를

46 잉글랜드 남동부 영국 해협에 있는 위험한 모래톱.

47 뜬소문과 잡담을 늘어놓는 것을 '가십'(gossip)이라고 하는데 '가십'은 바로 소문을 즐기는 '노파'라는 뜻이었다. 노파는 마른 생강 조각 씹기를 좋아한다는 통설이 있었으며 오래 살아 다시 결혼한 셋째 남편이 또 죽었으니 그 유산도 받게 되어 서러워할 게 없다는 것이다. 그런 뜬소문 즐기는 거짓말쟁이 노파처럼 안토니오의 배가 영국 해협에서 좌초됐다는 소문도 거짓이길 바란다는 말이다.

48 샤일록은 자신의 '골육'(骨肉)이라는 뜻으로 '피와 살'이라고 했는데 솔라니오는 짐짓 그것을 '육욕'(肉慾)으로 오해한다.

49 값싼 적포도주에 비해 라인 포도주는 무색투명한 고급 백포도주였다.

부추겼소. 그런데 이유가 뭐냐고요? 내가 유대인이란 것이오. 유대인은 눈이 없소? 유대인은 손과 이목구비, 팔다리, 감각, 느낌, 감정이 없소? 같은 밥 먹고 같은 무기에 다치고 같은 병에 걸리고 같은 약에 나으며 같은 겨울과 여름에 춥고 더운 건 기독교인과 같소. 당신이 바늘로 찌르면 우리는 피가 안 나요? 간질이면 안 웃나요? 독약을 먹이면 안 죽나요? 우리한테 해를 입히면 복수해선 안 되나요? 이런 여러 가지 일에서 당신들과 같다면 그런 일에도 같아지겠단 말이오. 유대인이 기독교인에게 해를 입히면 기독교인의 겸손은 뭐가 되오? 복수가 되오. 기독교인이 유대인에게 해를 입히면 유대인은 기독교인의 본을 따라 어떻게 참아요? 당연히 복수가 되오. 당신들이 가르치는 그런 짓을 행하겠소. 확실히 그게 더 좋은 교훈이오.

[안토니오가 보낸 하인 등장]

하인 신사 여러분, 제 주인 안토니오 선생께서 자택에서 두 분과 말씀하시길 원하십니다.

살레리오 그 사람 만나려고 여기저기 헤맸구나.

[튜발 등장]

솔라니오 같은 족속 또 한 놈이 오누나. 마귀 녀석 자신이 유대 놈이 되기 전엔 셋째 놈은 짝이 맞지 않겠어.

[솔라니오, 살레리오, 하인 퇴장]

샤일록 오, 반갑소, 튜발! 제노아 소식은 어떠하오? 내 딸 찾았소?

튜발 그 애 말이 들리는 데마다 거의 모두 찾았지만 찾질 못했소.

샤일록 오, 역시 그 말이군. 없어진 다이아몬드 한 개는 프랑크푸르트에서 2천 더컷이나 냈던 거요. 지금껏 우리 민족에 내린 건 저주도 아니오. 지금까지 내가 그걸 느끼질 못했소. 그 보석들, 귀하디귀한 보석들에 2천 더컷이 날아갔소. 내 발 앞에 딸년이, 귓구멍에 보석을 처박은 채 뒈졌으면 좋겠소! 내 발치에서 그년이 칠성판에 엎어지고 관 속에 더컷이 들었으면 좋겠소! 보석 소식은 없소? 음, 그렇군. 알아보느라고 얼마나 돈 썼는지 모르오. 엎친 데 덮친 손해요! 도둑이 훔쳐간 만큼 도둑 찾는 데 돈을 썼지만 속 시원한 일도 없고 복수도 못 하고 불운도 모두 내가 지고 한숨도 모두 내가 쉬고 눈물도 모두 내가 흘리오.

튜발 참으시오. 다른 사람들도 불운을 겪으오. 제노아에서 듣자 하니 안토니오도—

샤일록 뭐, 뭐, 뭐, 불운, 불운이라고?

튜발 큰 배가 깨졌다 하오.—트리폴리에서 오던 중에—

샤일록 신이 고맙소. 신이 고맙소. 사실이오? 사실이오?

튜발 난파선에서 살아난 선원 가운데 몇 사람과 더불어 얘기했소.

샤일록 고맙소, 착한 튜발. 좋은 소식, 좋은 소식이오! 하하하! 제노아에서 들었소?

튜발 제노아에서 당신 딸이 하룻저녁에 80더컷을 썼다더군요.

샤일록 당신 말이 내 몸을 칼로 찌르오. 다시는 내 금덩이를 못 보겠군요. 앉은자리에서 80더컷을 내버리다니!

튜발 안토니오의 채권자 여러 사람이 나와 같이 베니스로 함께 왔는데 모두들 안토니오가 파산을 면치 못할 거라 하더군요.

샤일록 매우 듣기 좋소. 그자를 괴롭히겠소, 애먹이겠소, 못살게 굴겠소, 꽤 듣기 좋소.

튜발 그중 한 사람은 당신 딸한테 원숭이 한 마리 주고 받았다는 반지를 보여줍디다.

샤일록 망할 계집년! 튜발, 당신이 나를 고문대에 올려 놓았소. 총각 시절에 아내 될 사람한테서 받았던 거요. 원숭이를 아무리 많이 준대도 그것과는 바꿀 수 없소.

튜발 하여간에 안토니오는 확실히 망했소.

샤일록 그렇소, 그게 사실이오, 사실이고말고요. 튜발, 가서 치안관 하나를 고용해주오. 보름 전에 먼저 약속 하시오. 기일을 어기면 그놈의 염통을 도려내겠소. 놈이 베니스에서 없어지면 장사를 마음대로 벌일 수 있소. 튜발, 가시오. 회당에서 만납시다. 가시오, 착한 튜발. 회당에서 만나자고요. [각기 퇴장]

## 3. 2

[바사니오, 포셔, 그라티아노, 네리사 및 그들의 수행원 모두 등장. 휘장이 젖혀지고 세 상자가 나타난다.]

포셔 [바사니오에게]
좀 더 오래 머무셔요. 선택을 하기 전에
하루 이틀 쉬셔요. 잘못 고르시면
저와 헤어지니까요. 잠시만 참으셔요.

무엇이 소곤대요.—사랑은 아니지만—
당신을 잃고 싶지 않다는데, 알다시피
미움은 그런 말로 소곤대지 않아요.
제 마음을 바로 알지 못하실까봐
—하지만 처녀는 입은 없고 생각뿐이죠.—
이곳에 한두 달 계시게 하고 나서
고르시게 하고 싶어요. 어떻게 고를지
알려드릴 수가 있지만, 서약을 어기게 돼요.
그럴 수 없죠. 그럼 저를 놓치셔요.
하지만 그러시면 서약을 어길 걸 하는
죄를 짓게 만드셔요. 당신 눈이 미워요.
저를 바라보시면서 저를 갈라 놓으셨어요.
절반은 당신 거고 나머지도 그렇지요.
내 거라 하고 싶지만 내 것은 당신 것,
그래서 모두 당신 거죠. 각박한 세상이라
소유자와 권리 간에 장벽을 쌓아요.
그래서 당신 건데 당신 거가 아니에요.
정말 그렇게 된다면 제가 아닌 운명을
저주해야죠. 말이 너무 길어졌지만
당신의 선택을 지연하려고
시간을 끌려는 거죠.

바사니오 지금 당장 고릅시다.
나는 지금 고문대에 놓여 있어요.

포셔 고문대라뇨? 그럼 자백하셔요.
당신 사랑에 무슨 반역이 섞여 있나요?

바사니오 의심이라는 추악한 반역뿐인데
사랑의 기쁨을 두려워하게 만듭니다.
눈과 불처럼, 반역과 애정 사이에
사랑과 생명이 있을 수 없습니다.

포셔 그래요, 하지만 고문대서 말씀하듯 하셔요.
고문받는 사람은 무슨 말도 하니까요.

바사니오 살라고 하시면 진실을 고백하겠소.

포셔 그럼 고백하고 사세요.

바사니오 '고백'과 '사랑'은
내 모든 고백의 전부가 될 겁니다.
오, 복된 고문! 나를 고문하시는 분이
구원의 정답을 가르쳐 주십니다!
운수와 상자에게 나를 데려가시오.

포셔 그럼 가시죠. 그중 하나에 제가 갇혀 있어요.
저를 사랑하시면 찾아내실 거예요.
네리사와 그 밖의 사람들은 멀찍이 서라.
고르시는 동안에 음악을 울려라.
만일 실패하시면 백조의 최후[50]처럼
음악 속에 사라진다. 알맞게 비유하면
내 눈은 그분에게 시내가 되고
무덤이 되겠다. 성공하실 경우에는
무슨 음악을 연주하나? 그런 때 음악은
등극하신 새 임금께 진실한 백성들이
경배하며 울려 드릴 주악이 되지.
새벽을 깨우는 달콤한 소리처럼
꿈에 젖은 신랑 귀를 파고들어가
혼례식에 데려가지. 가시는 그 모습은
트로이가 바다의 울부짖는 괴물에게
던져 넣은 처녀를 젊은 헤라클레스가
구원할 때처럼[51] 용맹하지만,
그분의 사랑은 훨씬 더 크지.
나는 그 제물, 둘러선 이들은
트로이의 아낙들. 모험의 결과를
알기 위해 바라보는 눈물 젖은 얼굴들.—
용사님, 가셔요. 당신이 살면 나도 살아요.
당신의 공격보다 초조하게 싸움을 봐요.
[바사니오 혼자서 상자들에 대하여
평가할 동안 음악과 노래가 흐른다.]

포셔의 수행원 중 한 사람
사랑은 어디서 생겨나나요?
마음속인가요, 머리인가요?
어떻게 낳고 어떻게 기르나요?

모두 대답하셔요, 대답하셔요.

포셔의 수행원 중 한 사람
사랑은 눈에서 생겨나서는
보는 것을 먹으면서 자라나다가
누워 있는 요람에서 죽는답니다.
사랑의 조종을 함께 울려요.
내가 먼저 시작하죠. 딩, 동, 벨.

모두 딩, 동, 벨.

50 백조는 울지 않다가 죽을 때에만 노래를 한다고 한다. 이를 '백조의 노래'(swan song)라고 한다.

51 영웅 헤라클레스는 트로이의 공주를 희생 제물로 요구하던 바다의 괴물을 퇴치했다. 그는 그 값으로 트로이 왕의 말들을 요구했다(그만큼 공주를 사랑하진 않았다).

바사니오 [금 상자를 바라보며]
그리하여 겉모습은 정반대가 될 수 있다.
세상은 언제나 겉치장에 속는다.
법에서는, 치사하고 더러운 핑계도
나직한 음성으로 귓맛을 좋게 하여
악한 꼴을 숨기지 않는가? 교회에선,
저주받을 죄악을 엄숙히 축복하고
성경 말로 옳다 하며, 흉측한 모습을
아름다운 치장으로 가려놓지 않는가?
단순한 악이라도 겉모양을 보기에는
어떤 선의 흔적이 저마다 갖춰 있다.
모래 쌓인 층계처럼 거짓으로 가득한
겁보들이 헤라클레스나 군신처럼
수염은 길렀으나 속을 들여다보면
저들의 간은 젖처럼 하얗지 않은가?
그런 자는 용맹의 수염만 과시하여
겁줄 뿐이다. 미모란 무엇인가?
무게대로 돈 주고 사는 것이다.[52]
많이 쓰고 바르면 경박하게 될 것이니,
그로 인해 자연에서 기적이 일어난다.
그처럼 뱀같이 꼬부라진 금발들이
거짓 미인 머리에서 바람에 날려
그토록 요상하게 나부끼지만
다른 여자 머리가 남긴 것이며,
그걸 기른 해골은 땅에 묻혔다.
그러므로 치장은 위태로운 바닷가요,
매혹하는 해안이며 인도 여인[53]을 숨기는
아름다운 너울에 불과하니, 요컨대
교활한 세상이 현명한 자 옭으려는
거짓된 겉옷이라, 반짝이는 황금아,
미다스의 딱딱한 빵[54]은 원치 않는다.
[은 상자에게]
너도 원치 않는다. 창백한 노예, 너는
사람마다 부린다. 못난 납, 너는
무엇을 약속하기보다는 위협적이다.
뿌연 네 빛깔이 웅변보다 감동적이니
너를 택한다. 그와 더불어 기쁨이 오라!
포셔 [방백]
다른 모든 걱정이 바람 속에 사라진다.
초조한 의심과 경솔하게 품었던 절망,
떨리는 공포, 시퍼런 눈의 질투!
오, 사랑, 참아라! 황홀을 줄여라!
기쁨을 단비로 내려서 흥분을 아껴라!
네가 주는 축복이 너무나도 사무쳐.
체할지 몰라.
바사니오 [납 상자를 열면서]
이게 무언가?—
포셔의 초상이다! 어떤 손이 이처럼
창조에 가까울까? 눈이 움직이는가?
내 눈에 움직이듯 하는가? 달콤한 숨에
반쯤 벌린 입술이라, 그처럼 정다운 벽이
정다운 이웃들을 갈라놔야지.
묵은 줄로 각다귀를 붙잡는 거미보다
화가는 더 단단하게 사내들을 잡아맬
금 그물을 짜놓았다. 그러나 그녀 눈들—
어떻게 그들을 그렸는가? 한 개를 그리자
두 눈이 없어지고 보는 힘이 빠져서
나머지 하나는 내버렸겠지.
그러나 찬양받는 본인에서 이런 그림은
무한하게 낮춘다. 그림자는 실체를
절름대며 따라온다.[55] 여기 두루마리의 글이
내 운명 담고 있는 요체이며 내용이다.
[읽는다.]
겉을 보고 고르지 아니한 자여,
진실을 고른 만큼 운이 좋구나!
행운이 왔으니
흡족하여 새로움을 구하지 마라.
이것으로 넉넉히 만족하여서
행운을 축복으로 여길 것이니
그대 여인 향하여 몸을 돌리어
사랑의 키스로 정복하여라.
훌륭한 말씀이다. 아름다운 아가씨여,
실례하오. 명령대로 주고받겠소.

52 여자를 예쁘게 만드는 화장품이란 예나 지금이나 무게대로 돈 주고 사는 것이다.
53 당시 잉글랜드인들은 인도의 미인이나 검은 피부의 여성을 예쁘다고 여기지 않았다.
54 그리스신화에 나오는 미다스(Midas) 왕은 자신의 손이 닿는 것마다 금이 되길 바랐는데 정작 그렇게 되자 음식마저도 금이 되어버렸다.
55 포셔 자체가 '실체'이며 그림은 '그림자'이다. 당시 유행하던 플라톤 사상이 말하던 실체와 그림자의 대비를 말하고 있다.

상을 놓고 겨루던 두 사람 중 하나가
뭇사람 보는 데서 잘했다고 믿으며
만장의 박수와 갈채를 들으면서
정신이 멍멍하여, 칭찬의 함성이
과연 자기 것인지 어리둥절하듯이
한없이 아름다운 아가씨여, 그처럼 나도
확인과 서명과 비준[56] 전에는
보이는 것이 사실인지 어리둥절합니다.

포셔 바사니오 주인님, 보시듯이 저는
이런 모양이어요. 저 자신을 위해서는
지금보다 더 이상 잘날 뜻이 없어요.
하지만 당신을 위하는 마음에서는
저 자신의 스무 배가 되고 싶으며
천 배 만 배 더 아름답고 풍부하여서
행실과 어여쁨과 재물과 친구들을
한없이 가져도 당신의 평가에서
저를 높이신다면 더 바랄 게 없어요.
하지만 저 자신을 한마디로 말하면,
못 배운 처녀이고 교육이 부족하고
실제를 모르지만, 너무 늙지 않아서
배울 수 있을 테니 다행스런 일이며
더욱 다행한 것은 머리가 안 나빠서
배울 수 있으며, 제일 다행한 건
얌전한 제 마음을 당신에게 맡겨서
주인이며 지배자며 임금님이신
당신의 지도를 받는다는 거예요.
이제는 저 자신과 저의 모든 소유가
당신과 당신의 소유가 되었습니다.
아름다운 이 집과 하인들의 주인이며
자신의 여왕이던 저는 이 순간부터
이 집과 하인들과 저 자신마저
주인이신 당신의 소유가 되었습니다.
이 반지와 더불어 모두 드려요.
반지를 뽑거나 잃거나 남에게 주면
사랑의 파멸을 예고하는 짓이며
당신을 고발할 기회가 될 것이에요.

바사니오 아가씨, 할 말을 모두 다 빼앗겼소.
혈관의 피만이 당신에게 말하오.
존경받는 군주가 멋진 연설을
마치자마자 기뻐서 웅성대는
군중 가운데 모든 일이 뒤섞여
바른 뜻을 전하든 말든 상관없이
기쁨 외엔 뜻 없는 소음이 되듯
내 속의 기운이 혼란을 일으키오.
하지만 반지가 손가락을 떠나는 날,
목숨도 손가락을 떠날 것이니,
그때에는 주저 없이 바사니오가 죽었다 하오.

네리사 주인님, 마님, 이제는 우리들 차례예요.
소원대로 되는 걸 바라보며 곁에서
'좋아요, 주인님, 마님!' 하고 외쳤답니다.

그라티아노 바사니오 선생, 착하신 부인,
바라시는 즐거움을 모두 축원합니다.
그것밖에 내게서 바랄 게 없겠죠.
두 분이 맺으신 서약의 예식을
행하시는 그 기회에 나도 그때에
결혼하게 해주시길 부탁합니다.

바사니오 물론이야. 아내를 구할 수만 있으면.—

그라티아노 고맙게도 아내를 구해주었군.
내 눈도 당신만큼 재빠를 줄 안다네.
당신은 부인을 보고 나는 시녀를 봤지.
당신이 사랑할 때 나도 사랑했으니까
나도 당신처럼 재빨랐던 것이지.
당신의 행운은 상자들에 달렸는데
내 운도 그 결과에 달려 있던 것이오.
땀을 쏟으며 구애하고 입이 타도록
사랑의 맹세를 되뇐 끝에 이 예쁜
여인에게서 사랑을 얻기로
약속을 받았는데,—오래가는 약속이면—
당신의 운이 자기 마님을 얻는다는
조건이었다오.

포셔 정말이냐, 네리사?

네리사 그래요, 마님. 그게 기쁘시다면.

바사니오 그럼 그라티아노, 맹세를 지킨단 말이지?

그라티아노 당연히. 진짜야.

바사니오 우리들의 잔치가 당신들의 결혼으로 매우 영광이오.

그라티아노 [네리사에게]
저 집과 우리 집이 누가 먼저 아들 낳나 천 더컷
내기하자.

네리사 그래서 걸어놨어?

56 이 용어들은 법률적 문서에서 정식으로 사용하는 형식이었다.

그라티아노 아니. 그걸 걸어놓고는 그 짓 못 이겨.[57]
한데 저게 누군가? 로렌조와 배교잔가?
베니스의 오랜 친구 살레리오 아닌가?
[로렌조, 제시카, 살레리오와 베니스에서 온
전령 등장]
바사니오 로렌조, 살레리오, 어서 오시오.
조금 전 이곳에서 새로 생긴 자격으로
당신들을 환영해도 괜찮겠소? [포셔에게] 실례지만
어여쁜 포셔, 절친한 친구들과
동향인들을 환영했어요.
포셔 제 마음도 같아요.
마음 다해 환영해요.
로렌조 명예롭고 고마워요. 저로 말하면,
여기서 당신을 볼 생각이 없었지만
오는 길에 우연히 살레리오를 만났더니
도저히 거절할 수 없을 만큼 간곡히
동행을 권하데요.
살레리오 사실입니다.
그럴 이유가 있었지요. 안토니오가
안부를 묻습디다.
[바사니오에게 편지를 건넨다.]
바사니오 편지를 뜯기 전에
내 친구가 어떻게 지내는지 알려주시오.
살레리오 마음이 아니라면 아픈 건 아니며,
마음이 아니라면 건강도 아니에요.
편지를 읽어보면 상태를 알겠군요.
[바사니오가 편지를 뜯어 혼자 읽는다.]
그라티아노 네리사, 저이한테 인사해. 환영해.
살레리오, 손 내밀어. 베니스는 어떻던가?
제왕다운 안토니오는 어떻게 됐나?
확실히 우리의 승리를 기뻐할 거야.
이아손[58]처럼 우리도 양털을 얻었거든.
살레리오 안토니오가 잃은 털을 자네가 얻길 원해.
포셔 무슨 나쁜 내용이 편지에 쓰였는지
바사니오 뺨에서 핏기가 사라져요.
절친한 친구가 죽은 게 아니면
세상 무슨 일에도 대범한 이의 얼굴빛을
저토록 무섭게 변하게 할 수 없어요.
더욱 심해지나요? 바사니오, 빌어요.
저는 당신 절반이니, 내용이 어떻거나
편지의 절반은 제 뜻대로 해도 되어요.
바사니오 오, 포셔! 종잇장을 더럽힌 글귀 중에서
제일 몹쓸 몇 마디가 적혀 있어요.
착한 여인, 내가 처음 사랑을 고백할 때
내 모든 재산이 핏줄 속에 있다는 걸
솔직하게 말하면서, 신사라고 했지만[59]
그건 진실이었어요. 하지만 부인,
무일푼인 내가 어떤 떠버리인지
당신도 알게 돼요. 그 사실을 말할 때
나는 무일푼이었어요. 하지만 무일푼도
못 된다는 사실은 말하지 않았어요.
그래서 절친한 친구를 찾아갔고,
악랄한 원수에게 그 친구의 보증으로
비용을 마련했소. 여기에 편지가 있소.
종이는 그 친구의 몸이라, 모든 말은
벌어진 상처같이 선혈을 뿜어내오.
—하지만 살레리오, 그것이 사실이오?
투자가 모두 실패요? 하나도 안 됐소?
트리폴리, 멕시코, 잉글랜드, 리스본,
바바리아, 인도에서 상선을 깨뜨리는
무서운 암초와의 격돌을 한 척도
못 피했단 말이오?
살레리오 하나도 못 피했소.
뿐만 아니라 지금 당장 유대인에게
갚아줄 돈이 있대도 그자가
안 받겠다는 것 같소. 사람 꼴을 하고도
사람을 망치려고 그토록 굶주리고
사나운 짐승은 난생 처음이에요.
밤낮을 가리지 않고 공작님을 찾아가
법대로 안 하면 국가의 자유를
문제로 삼겠다고 떠들어요. 상인 스무 명,
공작님 자신, 최고위 대공들, 모두가
설득을 시도했지만 계약의 만료,
법률의 준수, 보증에 관해 그자의

57 '(돈을) 걸다'는 뜻이지만 장난꾼인 그라티아노는 (그 물건을) '가두어 놓고는' 아기 낳기 시합에서 질 거라는 말로 성적인 농담을 한다.
58 놀라운 황금 양모를 탈취해 온 그리스의 영웅. 1막 1장의 주석 9 참조.
59 원래 '신사'라는 말은 혈통적으로 상류 계층에 속하는 성인 남성을 뜻했다. 바사니오는 그러한 '신사'였다.

악랄한 주장을 철회시킬 도리가 없어요.
제시카 제가 같이 지낼 때 들었는데 아버지는
같은 동포인 튜발과 처스에게
꾸어간 돈의 스무 배보단 차라리
안토니오의 살코기를 가지겠다고
맹세했어요. 그래서 제가 알기론
법과 권한과 권력이 거절하지 않는다면
불쌍한 안토니오는 어렵게 됐어요.
포셔 [바사니오에게]
그런 난관에 처한 이가 절친한 친구예요?
바사니오 가장 친한 친구요. 다정한 사람이며
베푸는 일에 누구보다 관대하며
지치지 않는 신사로서, 지금 살아 있는
이탈리아 사람들 가운데서 로마인의 풍모를
제일 많이 보여주는 사람이오.
포셔 대인에게 진 빚이 얼마죠?
바사니오 3천 더컷이오.
포셔 그것밖에 안 돼요?
6천 더컷을 주고 계약을 버려요.
6천을 두 곱하고 그걸 다시 세 곱해서,
그런 친구가 바사니오 탓으로
머리털 한 개라도 잃어서는 안 되어요.
먼저 같이 교회에 가서 저를 아내 삼은 뒤에
베니스의 친구에게 빨리 달려가셔요.
당신은 불안한 마음으로 포셔 옆에
누워서는 안 돼요. 그런 작은 빚 따위에
스무 배를 갚아버릴 자금을 드릴게요.
빚을 갚은 뒤, 진실한 그 친구를 데려오세요.
그동안 나와 네리사는 처녀 과부로
지내겠어요. 그럼 속히 서둘러요.
지금부터 당신들의 결혼 날이 되니까
친구들을 맞이하고 밝은 낯을 보이셔요.
비싼 값에 샀으니 값지게 사랑하죠.[60]
하지만 먼저 친구의 편지를 읽어주셔요.
바사니오 [읽는다.] "친애하는 바사니오, 내 모든 배가
잘못되어 채권자들은 날로 거세지고 내 상황은
곤란하며 유대인과의 계약은 시일이 지났소. 그
값을 치르면 내가 살 수 없으므로 죽을 때 당신을
볼 수 있을지 모르나 당신과 나 사이의 모든
채무는 청산이 되오. 어쨌든 뜻대로 하시오. 당신
우정이 가지 말라고 하면 내 편지도 뜯지 마시오."
포셔 모두 빨리 처리하고 빨리 가셔요!
바사니오 떠나라는 당신의 허락을 받았으므로
서두르겠소. 하지만 돌아올 때까지
어떤 침상에도 눕지 않을 것이며
어떤 휴식도 끼어들 수 없어요. [모두 퇴장]

## 3. 3

[유대인 샤일록, 솔라니오, 안토니오, 간수 등장]
샤일록 간수, 잘 봐둬. 자비란 말은 하지 마.
공짜로 돈을 빌려주는 멍청이야.
간수, 잘 봐둬.
안토니오 샤일록, 들어보오.
샤일록 계약대로 하겠소.
계약대로 하겠다고 맹세했소.
이유 없이 나더러 개라고 했는데
내가 개이니만큼 내 이빨을 조심해요.
공작은 법대로 할 거요. 못난이 간수,
이자가 원한다고 멍청하게도
함께 나다닌다니 수상하구먼.
안토니오 제발 내 말 들어요.
샤일록 계약대로 할 테요. 당신 말 안 들어요.
계약대로 할 테니 더 이상 말도 말아요.
기독교인 중재자에게 머리를 수그리고
용서하고 양보하고 온순하고 눈이 퀭한
멍청이는 안 될 테요. 따라오지 말아요.
당신 말 안 들어요. 계약대로 할 테요. [퇴장]
솔라니오 사람들과 함께 지낸 개새끼들 중에서
제일 귀먹은 똥개요.
안토니오 가만두어요.
쓸데없이 애원하며 따라가지 않겠소.
내 목숨을 원해요. 이유도 내가 알아요.
이따금 사람들이 내게 와서 호소하면
저 사람의 벌과금을 물어주곤 했소.

60 영어에서 'dear'라는 말은 '비싸다'와 '정답다'는 두 가지 뜻을 가진 동음이의어이다. 큰돈을 빚지고 온 바사니오의 빚을 갚아주었으니 더욱 사랑하겠다는 말이지만 여기서는 이렇게 옮겨본다.

그래서 미워해요.
솔라니오 분명한 것은
공작께서 벌과금을 허락할 수 없으세요.
안토니오 공작님도 법집행을 거부하지 못하세요.
베니스에서 외지인이 우리와 함께 누리는
상업상의 권리를 거부할 경우에
나라의 공정성을 크게 훼손할 게요.
이 도시의 상거래와 이익은 모든 국가에
의존하는 중이오. 그러므로 그냥 가요.
이러한 슬픔과 손실에 몸이 말라서
내일 저 피에 주린 채권자한테
한 근의 살도 주지 못할 정도요.
자, 간수, 가자. 제발 바사니오가 와서
내가 빚을 갚는 걸 보면 한이 없겠다! [모두 퇴장]

## 3. 4

[포셔, 네리사, 로렌조, 제시카, 포셔의 하인
밸서저 등장]
로렌조 부인, 직접 말씀드리기가 쑥스럽지만,
고상한 우정[61]에 대해 귀하고 진실하게
품으신 이해심이 부군의 부재를
그토록 참으시는 태도에 나타나는데,
존경을 보내시는 사람이 어떤 분이며
얼마나 충실한 신사를 돕는 일이며
친구에 대한 사랑이 얼마나 큰지를
아실 때에는 일상적인 자선보다
더욱 큰 자부심을 가지게 되십니다.
포셔 좋은 일 하고 나서 후회한 적이 없어요.
이 일도 후회하지 않아요. 함께 어울려
시간을 보내고 사랑의 멍에를
함께 메던 친구들은 몸가짐의 모습과
습관과 기질이 비슷할 수밖에
없으리라 생각되어요. 그러므로
안토니오라는 분이 남편의 절친한
친구인 만큼 필연코 남편과
비슷하겠죠. 사실이 그렇다면
제 영혼과 닮은 분을 지옥처럼 잔혹한
몹쓸 상황에서 건져드리기 위해서
내어놓는 비용으론 매우 적어요.
너무나 제 자랑이 되는 것 같군요.
그래서 더 말씀 안 드리겠어요.
다른 말을 할 테니까 들어주셔요.
로렌조, 남편이 돌아오실 때까지
이 집의 관리를 당신 손에 맡겨요.
저는 여기 네리사만 데리고
그녀 남편과 내 남편이 오실 때까지
기도하고 묵상하며 조용히 살겠다고
남모르게 하느님께 서원했어요.
십여 리 되는 곳에 수도원이 있는데
그곳에 머물러 있을게요. 이 직책을
거절하지 마시길 간곡히 빌어요.
내 사랑은 물론이고 다른 필요가 있어
부탁드려요.
로렌조 부인, 온 마음을 바쳐서
훌륭하신 분부들을 모두 따르겠습니다.
포셔 우리 집 사람들은 내 뜻을 알기에
바사니오 주인님과 나를 대신해서
당신과 제시카를 잘 알아 모실 테죠.
그럼 다시 만날 때까지 안녕히 계세요.
로렌조 아름다운 생각과 행복한 시간이 함께하길!
제시카 마님 마음 가득히 흡족하길 기원해요.
포셔 기원에 감사해요. 그 기원을 기꺼이
돌려드려요. 제시카, 잘 있어요.
[제시카와 로렌조 퇴장]
자, 밸서저,
지금까지 충실했으니 이번 일에도
충실하길 바란다. 이 편지를 가지고
사람으로 가능한 모든 힘을 기울여
파도바에 달려가라. 반드시 내 사촌
벨라리오 박사 손에 편지를 주고
그가 주는 문서와 복장을 빠짐없이 가져오되,
베니스를 왕래하는 배편을 이용하여
머릿속 생각만큼 빠르게 가라.
인사말에 시간을 허비하지 말고
급히 떠나라. 내가 앞서 가 있겠다.

61 플라톤 철학에서 말하는, 동성 친구들 사이의 열렬한 정신적 사랑을 뜻한다. 그들은 남녀 애인들이 쓰는 말들(연애, 사랑, 애정, 애인 따위)을 썼다.

밸서저 온갖 수단 강구하여 빨리 가겠습니다. [퇴장]

포셔 얘, 네리사. 너도 아직 모르지만
남편들이 꿈도 꾸기 전에 우리가
남편들을 보게 돼.

네리사 남편들도 우릴 봐요?

포셔 응, 네리사. 하지만 우리 몸에 없는 걸
가진 거로 믿게끔 다른 옷[62]을 입을 테다.
너하곤 얼마든지 내기해도 좋겠어.
우리들 두 여자가 사내처럼 변장하면
그중 내가 더 멋진 사내가 될 거야.
더욱 멋을 부리고 단도를 차고
어른이 되어가는 변성기의 소년처럼
쩨지는 소리 내고 얌전한 걸음을 바꿔
성큼성큼 내딛으며 떠벌리는 청년처럼
싸우던 얘기 하고 그럴싸한 거짓말로
점잖은 부인들이 나를 사랑하다가
거절당해 앓아서 죽었다고 하겠다.
어쩔 수가 없었거든. 그리곤 뉘우치며
그래도 죽게 하진 말걸 그랬다며
스무 가지 유치한 허풍들을 늘어놓아,
학교를 나온 지 열두 달은 지났다고
어른들이 감탄하지. 허풍 떠는 녀석들의
설익은 수작을 수천 가지 아니까
실천에 옮길 테다.

네리사 그래서 남자가 돼요?

포셔 원 참, 그게 무슨 질문이니?
무식한 통역관이 된 것 같구나!
하지만 내가 마차에 오르면
계획을 모두 네게 알려주겠다.
문간에 마차가 기다리고 있어.
그러니 서둘러라. 오늘 안에
20마일은 달려야 해. [둘 퇴장]

## 3. 5

[어릿광대 랜슬롯과 제시카 등장]

랜슬롯 예, 맞아요. 이거 보세요. 아비의 죄가 자식들한테 넘어갈 게요. 그래서 아가씨가 걱정이란 말씀이에요. 저는 언제나 아가씨한테 솔직했는데 그래서 지금도 말하면서 그걸 생각해요. 그러니까 안심하세요. 확실히 아가씨는 저주받았네요. 아가씨한테 도움이 될 희망은 오로지 하나예요. 한데 그 희망도 서자나 다름없는 희망이군요.

제시카 그래서 그게 무슨 희망이지?

랜슬롯 아가씨도 아버지가 나를 낳지 않았다면! 하고 유대인의 딸이 아니기를 얼마쯤은 바랄 겁니다.

제시카 정말 서자 같은 희망이야! 그래서 어머니의 죄가 나한테 내리겠다.

랜슬롯 그러니까 확실히 아가씨는 아버지와 어머니 어느 쪽이든 저주를 받은 것 같아요. 그래서 아버지란 암초를 피하면 어머니란 암초에 부딪치는 거죠. 그래서 양쪽으로 망하는 거예요.

제시카 남편 덕에 구원받게 되겠다. 그이가 나를 기독교인으로 만들어 줬거든.

랜슬롯 그래서 그 양반이 더 욕먹게 되었죠! 그렇잖아도 기독교인은 수가 넉넉하거든요. 부대끼며 살 만큼 많아요. 그렇게 기독교인을 만들어내면 돼지고기 값이 오를 거예요. 모두가 돼지고길 먹으면 돈을 줘도 숯불에 삼겹살 구워 먹기가 쉽지 않을 겁니다.

[로렌조 등장]

제시카 랜슬롯, 네 말 모두 남편한테 고해바칠 테야. 지금 여기로 왔는데.

로렌조 랜슬롯, 이처럼 아내를 구석으로 몰아가면 얼마 안 돼 의심이 생길지 몰라.

제시카 우리들 걱정은 필요 없어, 로렌조. 랜슬롯하고 나하고는 싸우고 있다고. 내가 유대인의 딸이라서 하느님이 나한테 베푸실 자비가 없으신 거로 단정한단 말이야. 게다가 당신은 국가의 유능한 구성원도 되지 못해. 유대인을 기독교인으로 개종시키면 돼지고기 값만 올리는 셈이야.

로렌조 [랜슬롯에게] 그런 건 내가 국가에 더욱 실하게 책임질 테다. 네가 검둥이 여자 배를 불룩하게 만든 것보다는—랜슬롯, 그 여자가 네 앨 뱄더라!

랜슬롯 그 깜둥이가 이유 없이 배가 부르면 아주 중대한 일이에요. 하지만 그 여자가 얌전하지 못하다면[63] 보던 것보단 잘난 여자란 게 확실해요.

62 여자 몸이 갖지 못한 것은 남자의 성기이니, 남자 옷으로 변장하겠다는 말이다.

63 정반대로 말하고 있다. 사실은 그 흑인 여인은 행실이 얌전한 여자라는 말이다.

로렌조 광대라서 말장난을 잘도 친다! 이제 조금
지나면 멋들어진 말재주도 침묵 속에 가라앉고
앵무새밖에는 잘된 연설도 찬사를 못 받게 될
판이다. 이 녀석, 들어가서 저녁 먹을 준비나
시켜라.

랜슬롯 벌써 돼 있는데요. 모두들 배 속이 비었거든요.

로렌조 어이구, 머리야. 남의 말 가로채기 선수구나!
그러면 저녁 식사를 준비시켜라.

랜슬롯 그것도 돼 있어요. 단지 '씌우라'고만 하세요.[64]

로렌조 그럼 씌우겠나?

랜슬롯 그건 아닌데요. 제가 하인이란 걸 잘 아니까요.

로렌조 꼬투리만 생기면 말장난을 친다니까! 네가 가진
말재간을 한꺼번에 발휘하겠단 말이냐? 평범한
사람을 평범한 뜻으로 이해해줘라. 동료들한테
가서 식탁에 식탁보를 씌우고 음식을 들여오라고
해. 그럼 식사하러 가겠다.

랜슬롯 식탁으로 말하면 안에 들여놓겠으며, 음식으로
말하면 뚜껑을 씌우겠으며, 두 분께서 식사에
오심으로 말하면, 두말할 것 없이 기분과 생각이
내키는 대로 하실 테죠. [퇴장]

로렌조 분별력이 치밀해서 척척 갖다 붙인다!
멋진 낱말 대부대를 속에 지닌 광대구나.
저처럼 말 준비를 해가지고 있으면서
더 높은 자리에 버티고 앉아 있는
허다한 광대가 알쏭달쏭한 말을
정반대 뜻으로 쓴다는 걸 내가 잘 알지.
기분이 어때? 제시카. 귀여운 사람,
생각대로 말해봐. 바사니오 부인 어때?

제시카 암말 못할 정도야. 바사니오 주인이
바른 삶을 산 게 아주 잘한 일이야.
부인 때문에 그러한 축복을 누리니까
천국의 기쁨을 세상에서 맛보게 돼.
그런 자격을 세상에서 못 얻으면
당연히 천국에는 갈 수 없을 거야.
천국에서 신들이 시합을 벌여서
세상의 두 여자를 내기에 걸었는데
그중의 한 여자가 포셔라면, 다른 여자는
뭔가 더해야 할 거야. 불쌍한 이 세상에
포셔의 짝은 없어.

로렌조 그녀가 그런 아내이듯
바로 그런 남편이 네 남편이다.

제시카 아니야. 그런 건 나한테 물어봐.

로렌조 금방 물을게. 우선 밥부터 먹자.

제시카 아니야. 식욕이 생길 때 널 칭찬할 테야.

로렌조 관두자. 밥 먹을 때 얘깃거리로 삼자.
그럭하면 네가 뭐래도 딴 것과 함께
소화하겠다.

제시카 좋아. 너를 추켜세울게. [둘 퇴장]

## 4. 1

[공작, 대관들, 안토니오, 바사니오, 살레리오,
그라티아노, 관원들과 궁정의 시종들 등장]

공작 안토니오 출석했나?

안토니오 전하, 대령하였습니다.

공작 딱하게 되었소. 당신은 돌처럼
비인간적이며 동정심이 불능하고
자비심이 조금도 없고 빈말뿐인 원수에게
응대코자 나와 있소.

안토니오 전하께서 저 사람의
강경한 태도를 완화시키시려고
수고가 크신 것을 잘 알고 있습니다.
그는 계속 완강하니 합법적인 수단으로
그자의 증오에서 구하실 수 없으므로
그자의 광분에게 인내심을 마주 세워
영혼의 화평으로 포학과 적개심을
당해내겠습니다.

공작 누가 밖에 나가서 유대인을 불러와라.

살레리오 문에 대기 중입니다. 지금 들어옵니다.
[샤일록 등장]

공작 자리를 내주어서 내 앞에 서게 하라.
샤일록, 온 세상이 믿으며 나도 믿기로는
너는 악의를 가장하고 형식으로
밤늦도록 소송을 이어가지만
일견 놀라운 잔혹보다 더 놀라운
자비심과 동정심을 베풀 자로 믿는다.
지금 너는 불쌍한 상인의 살을

64 식탁에 식탁보를 덮는다는 말이지만 머리를 씌우는 것(모자를 벗지 않는 것)은 하인이 주인 앞에서 할 수 없는 행동이다.

1파운드 떼어내는 벌칙을 요구하지만
이를 취하할뿐더러 인간적 온정과
사랑에 감동해서 원금의 일부를
탕감해주고 최근 한꺼번에 몰려와
등허리를 휘게 하는 그의 손실에
동정의 눈길을 보내리라 믿는다. 이것은
상업계의 제왕을 짓누르기 충분하며
놋쇠 같은 가슴과 돌 같은 심장에,
부드러운 인간미의 실행을 절대로
배우지 못한 터키인과 달단인 마음속에
그에 대한 동정심을 일으키기에 충분하다.
유대인, 온유한 답을 모두가 기대한다.

샤일록 공작님께 제 의사를 이미 말씀드렸습니다.
또한 우리 안식일에 걸어서 계약의
권리와 벌칙의 이행을 맹세하였습니다.
이를 거절하시면 전하의 헌장과
이 도시의 자유에 위험을 초래합니다.
왜 3천 더컷 대신 죽은 살 얼마를
가지고자 하는지 물으시겠죠. 그에 대해서
대답하지 않겠으며 기분이 그렇다고
하겠습니다. 이것으로 대답이 됐습니까?
집 안에 쥐가 있어서 귀찮을 경우에
쥐약으로 죽이는 데 1천 더컷을 쓴대도
제 마음 아닙니까? 이제는 답이 됐나요?
삶은 돼지 머리가 싫다는 자도 있고
고양이를 보면 발광하는 자도 있으며
깡깡이가 코맹맹이 소리를 내면
소변을 못 참는 자도 있으니까
인간을 지배하는 감정이 호불호의
기분을 일으키는 겁니다. 지금 답변하자면,
아가리 벌린 돼지를 왜 못 참는지,
무해하고 쓸모 있는 고양이를 왜 못 참는지,
배불뚝이 깡깡이에 어쩔 수 없이
자기만 아니라 남을 불쾌하게 만드는
피치 못할 수치를 왜 못 막는지,
그 이유를 확실하게 말하지 못하듯,
안토니오에 대해서 오래 품은 증오와
모종의 미움밖에 이처럼 밑지는 송사를
계속하는 이유를 말할 수가 없으며
말하지도 않겠네요. 대답이 됐어요?

바사니오 목석같은 인간아, 잔인한 네 속을
변명할 대답은 그런 게 아니야.

샤일록 대답으로 당신을 기쁘게 할 책임이 없어.

바사니오 좋아하지 않는다고 죽여야 돼?

샤일록 안 죽이고 싶은 걸 증오해?

바사니오 모든 죄가 애초부터 증오는 아니었어.

샤일록 그렇다면 독사가 두 번 물어도 좋아?

안토니오 그자와 다툰다는 사실을 잊지 마시오.
차라리 해변에서 몰려오는 밀물에게
높이를 줄이라고 말하는 게 좋겠소.
어미 양이 자기 새끼 때문에 우는 이유를
늑대한테 물어보는 짓이나 마찬가지요.
산 위의 소나무가 바람에 시달릴 때
머리를 휘지 말고 소리 내지 말라고
말하는 거나 똑같은 짓이오.
더 굳은 게 있을까만, 저자의 심장을
녹이려고 하는 건 제일 굳은 물질을
녹이는 거와 똑같소. 그러니까 더 이상
무슨 제안, 무슨 수단, 말하기를 그만두고
빠르고 간단하고 적절한 방식으로
나는 판결을 받고 유대인은 뜻을 이루라시오.

바사니오 [샤일록에게]
3천 더컷 대신 6천 더컷 받아.

샤일록 6천 더컷의 더컷 하나가 여섯 쪽이 나고
그 한쪽 한쪽이 더컷이 된다 해도
난 받지 않겠다. 계약대로 할 테다.

공작 자비를 베풀지 않으면서 어찌 자비를 원하는가?

샤일록 죄진 게 없으니 무슨 심판이 무서워요?
당신들은 수많은 노예를 사서
노새나 개나 나귀처럼 천한 일에 쓥니다.
왜냐하면 돈 주고 샀기 때문이에요.
내가 말하길, '저들을 놓아줘라.
자식들과 결혼시켜라. 왜 짐 지고 땀 흘려?
저들의 잠자리를 부드럽게 해주고
음식도 똑같이 맛있게 해줘라.' 하면
'저들은 우리의 노예라'고 대답할 테요.
내 대답도 그래요. 저자에게 요구하는
살 1파운드는 비싸게 주고 산 거예요.
내 거요. 갖겠어요. 만일 거절한다면
당신네 법은 쓰레기요! 베니스 법은
힘이 없어. 따라서 판결을 요청해요.
대답하십시오. 대답을 듣게 되어요?

공작 권한에 의해서 법정을 해산할 수 있지만,
이 문제를 결정짓기 위해서 초청한
박학한 전문가 벨라리오 박사가
이곳에 와 있다.
살레리오 전하, 지금 전령이
박사의 편지와 함께 밖에 기다립니다.
파도바에서 방금 도착하였습니다.
공작 편지를 가져와라! 전령을 들라고 하라! [살레리오 퇴장]
바사니오 안토니오, 기운을 내오. 아직 용기 잃지 마오!
나 때문에 당신이 피 한 방울 잃기 전에
내 살, 내 피, 내 뼈, 모두 유대인에게 줄 테요.
안토니오 나는 양 무리 가운데서 병이 든 양이오.
죽어야 마땅하오. 과일 중에 약한 게
제일 먼저 떨어지니까, 가만 놔두오.
바사니오, 살아서 내 비명을 쓰는 게
당신이 할 수 있는 제일 좋은 일이오.
[살레리오가 법률가의 서기처럼 차린 네리사와
함께 등장]
공작 파도바의 벨라리오로부터 왔는가?
네리사 맞습니다. [편지를 바치며]
박사님이 인사 여쭙습니다.
[샤일록이 구두에다 칼을 간다.]
바사니오 왜 그렇게 열심히 칼을 갈아?
샤일록 저 파산자에게 벌칙을 베어내려고 이런다.
그라티아노 구두 아니라 구원에다 칼을 가누나.
냉혈동물 유대 놈아! 어떤 쇠붙이도,
망나니의 도끼도, 날카로운 네 증오의
절반도 못 된다. 무슨 기도가 너를 뚫겠냐?
샤일록 네 머리가 애써 짜낸 기도로는 어림도 없다.
그라티아노 저주를 암만 해도 모자랄 개자식!
너를 살려두다니 법이 욕먹어 싸다!
짐승의 못된 혼이 사람 몸에 깃든다는
피타고라스의 주장[65]을 시인할 만큼
내가 믿는 기독교의 신심을 흔드는구나.
개 같은 네 정신은 사람을 물어 죽여서
목 달려 죽어버린 악독한 늑대 혼이
교수대를 벗어나자 저주받은 네 어미
배 속에 들어가서 네 몸으로 돌아왔다.
그만큼 네 욕심이 잔인하고 굶주리고
배고파서 삼켜대는 늑대 꼴이 됐구나.
샤일록 계약서의 날인을 욕설로는 못 지운다.
그렇게 떠들다간 허파만 아프겠다.
괜찮은 젊은 친구, 말재간 안 고치면
아주 망가지겠다. 나는 법의 편이야.
공작 벨라리오는 편지에서 우리 법정에
젊고 유식한 박사를 추천한다.
지금 어디 있는가?
네리사 가까이서 기다리며
부르심을 기다리고 있습니다.
공작 물론이다. 너희 중 서너 사람 나가서
이곳으로 정중히 모셔 들여라. [3, 4인 퇴장]
그동안 법정은 벨라리오의 말을 들어라.
[읽는다.] "각하께서 이 서찰을 받으실 때 제가 심히
병중임을 아시기 바랍니다. 각하의 전령이 도착한
그 시간에 로마의 한 젊은 법률 박사가 친밀히
저를 방문 중에 있었는바 성명은 밸서저입니다.
저는 그에게 유대인과 상인 안토니오 간의 송사를
말했습니다. 저희는 함께 많은 책을 뒤적였습니다.
그는 제 의견을 담지한 데 더하여 자신의 학식으로
이를 확충하였는데, 그의 학식은 제가 족히 찬사를
다할 수 없을 만큼 다대하여, 저 대신 각하의 요청에
응할 것을 간곡히 부탁한 끝에 그리로 가는 것이니,
연배가 낮다는 사실이 그로 하여금 낮은 평가를 받게
하는 장애가 되지 않게 하십시오. 그처럼 젊은 몸에
그처럼 노련한 머리가 있는 분은 일찍이 본 적이
없습니다. 각하의 너그러운 용납에 그를 맡기오니,
1차로 시험하시면 그의 자질이 더욱 드러날 것입니다."
[3, 4인이 법률학 박사 밸서저로 변장한 포셔와
함께 등장]
당신들은 박식한 벨라리오의 말을 들었다.
그런데 이곳에 박사가 온 듯하다.
악수하자. 벨라리오 노인이 보냈는가?
포셔 예, 각하.
공작 환영한다. 자리에 앉아라.
현재 법정에서 문제가 되고 있는
논란을 알고 있는가?

65 직각삼각형의 원리로 유명한 고대 그리스 철학자 피타고라스는 신비주의자로서 '영혼의 환생'(Metempsychosis)을 주장했다. 기독교가 부정하는 이 학설에 따라 사람 꼴을 한 샤일록 속에는 짐승의 혼이 들어 있다는 말이다.

포셔 그 발단을 자세히 들었습니다.
누가 상인이고 누가 유대인이오?
공작 안토니오와 샤일록 노인, 앞으로 오라.
포셔 당신이 샤일록이오?
샤일록 샤일록이 내 이름이오.
포셔 당신의 송사는 성격이 기이하지만,
당신의 행위는 베니스의 법이
막을 수 없는 적절한 절차를 밟고 있어요.
[안토니오에게]
저이의 위협하에 있지요? 아닌가요?
안토니오 예, 그렇답니다.
포셔 계약을 인정하시오?
안토니오 예.
포셔 그렇다면 유대인이 자비를 보여야겠소.
샤일록 뭣 땜에 그래야 해요? 들어봅시다.
포셔 자비의 본질은 강제가 아닙니다.
부드러운 비처럼 하늘에서 아래로
내려오는 것이라서 두 겹의 축복이니,
주는 자도 복 받고 받는 자도 복 받으며
가장 강한 자에게 가장 강한 힘이지요.
권좌의 제왕에게 왕관보다 어울려요.
왕의 홀은 땅 위의 권세를 보여주어
위엄과 존귀의 근본이 되며
왕에 대한 두려움이 거기 있으나
자비는 그러한 권세를 넘어섭니다.
자비는 제왕의 가슴 깊이 모셔 있으며,
자비는 하느님 자신의 속성이지요.
자비가 법에다 인간미를 더하면
하느님을 닮습니다. 따라서 유대인,
법을 주장하지만 생각하세요.
엄격히 법을 행하면 누구도 구원을
바랄 수 없어요. 우리는 자비를 구하는데
그런 소원을 통해서 자비로운 방식을
배우게 됩니다. 당신이 내세우는 법을
완화시키려고 이만큼 말했지만
굽히지 않는다면 엄격한 베니스의 법은
상인에게 불리한 판결을 피할 수 없어요.
샤일록 피값은 내 머리에 내려라![66] 법대로 하쇼.
계약을 위반한 벌을 원해요.
포셔 저 사람은 변제할 능력이 없습니까?
바사니오 아닙니다. 제가 법정에서 대신 냅니다.
원금의 두 배로요. 그것도 모자라면
내 손, 내 머리, 내 심장을 잡혀서
열 배로 갚을 걸 약속해도 좋아요.
그래도 모자라면 악의가 진심을
억압하는 거예요. 그래서 탄원해요.
한 번만 권력에 법을 굽혀 주세요.
큰 정의를 위해서 작은 부정을 행하세요.
마귀의 잔악한 의도를 꺾어주세요.
포셔 그럴 수 없어요. 확고한 법을 바꿀 수 있는
어떤 권력도 베니스엔 없습니다.
그건 하나의 전례로 기록되어서
그에 따라 나라 안에 허다한 범죄가
넘쳐나게 됩니다. 그럴 수 없어요.
샤일록 다니엘[67]이 오셨다! 명판관 다니엘이!
현철한 청년 재판관! 무한히 존경해요!
포셔 계약서를 보여주시오.
샤일록 이겁니다. 무한히 존경하는 박사님, 여기 있어요.
포셔 샤일록, 세 배를 준다는데.
샤일록 맹세요, 맹세! 하늘에 맹세했소.
내 영혼에 거짓 증거를[68] 하란 말이오?
베니스를 준대도 못 해요.
포셔 음, 계약을 위반했소.
이에 따라, 유대인은 합법적으로
살 1파운드를 요청할 수 있겠소.
상인의 심장에 가장 가까운 데서
자신이 잘라내기요. [샤일록에게]
자비를 베푸시오.
세 배로 받으시오. 계약서는 내가 찢겠소.
샤일록 명시된 대로 지불한 후에 그러시오.
훌륭한 재판관인 것 같은 분이라
법을 잘 알고, 법의 해석도
매우 건전한데요. 아주 유능한
법의 기둥인 당신에게 법에 따라서

66 유대인들이 로마 총독에게 예수를 죽이라고 다그치며 '그 피를 우리와 우리 자손에게' 돌리라고 외친다(마태복음 27장 25절).
67 구약 외경 다니엘 13장에 다니엘이 확실한 증거를 가지고 범죄자를 잡아낸 명재판관의 이야기가 있다(외경은 공동 번역 성서에 포함돼 있다).
68 십계명 제9조항은 '거짓 증거(위증) 하지 마라'는 것이다.

판결해줄 걸 요청합니다.
내 혼에 맹세코, 인간의 말로는
절대로 내 생각을 바꿀 수 없어요.
계약의 이행을 강력히 요구해요.
안토니오 법정이 판결을 내려주시길
진심으로 원합니다.
포셔 이렇게 판결합니다.
칼을 맞이하도록 가슴을 여시오.
샤일록 오, 고귀한 재판관! 오, 뛰어난 청년!
포셔 법의 취지와 목적은 계약서에
명시된 바와 같이 벌칙에 대하여
완전한 권리를 부여합니다.
샤일록 그렇고말고요. 오, 현철하고 곧은 재판관!
겉으로 보기보단 훨씬 노련하세요!
포셔 [안토니오에게]
따라서 가슴을 풀어 헤치시오.
샤일록 예, 가슴이죠.
계약서에 그렇게 돼 있죠, 안 그래요?
"심장에 가장 가깝게"—그렇게 쓰여 있죠.
포셔 그렇군요. 살을 달 저울이 여기 있소?
샤일록 미리 준비했습죠.
포셔 샤일록, 당신의 비용으로 상처 싸맬 의사를
곁에 있게 하세요. 출혈로 인해서 죽지 않도록.
샤일록 계약서에 그렇게 돼 있나요?
포셔 그런 말은 없지만 그러면 어떤가요?
자비를 위해서 그 정도는 하는 게 좋죠.
샤일록 그런 말은 없군요. 계약서에 없어요.
포셔 상인, 할 말 있는가요?
안토니오 별로 없습니다. 마음을 준비하고 있습니다.
바사니오, 손 잡아보오. 잘 있어요.
내가 당신 때문에 이 지경이 되었다고
슬퍼하지 마오. 운수의 여신이 딴 때보다
친절한 듯하오. 불행에 빠진 자가
전 재산을 탕진하고 살아남아서
퀭한 눈과 주름 많은 낯으로 궁한 노년을
겪게 만드는 게 여신의 버릇인데,
불행의 긴 고통에서 끊어주누나.
존경하는 부인에게 인사를 전해주오.
안토니오의 최후를 들려주고, 내가 죽은 뒤,
내가 당신을 사랑한 걸 자세하게 말해주오.
이야기를 마치고 바사니오가 한때
진정한 친구가 있었는지 판단하라오.
당신은 친구를 잃은 것만 후회하시오.
친구도 당신 빚 갚은 걸 후회하지 않소.
유대인이 깊숙이 베기만 하면
대번에 기꺼이 빚을 모두 갚거든.
바사니오 안토니오, 나는 결혼한 몸이라
목숨처럼 소중한 아내가 있지만
내 목숨, 내 아내, 세상의 어떤 것도
당신 목숨보다 나한테 귀하지 않소.
당신 구하기 위해서면 이 마귀한테
모든 걸 잃는대도 바칠 수 있겠소.
포셔 [방백]
당신의 아내가 곁에서 들었다면
그런 말을 고마워하지 않겠지.
그라티아노 나도 진짜 사랑하는 아내가 있는데
천국에 가면 좋겠소. 어떤 신에게
개 녀석을 변하게 하라고 애원하게끔.—
네리사 [방백]
그녀의 등 뒤에서 그런 말은 괜찮지만,
그 말에 온 집 안이 조용하지 못할걸요.
샤일록 [방백]
저것들이 기독교 남편들이다. 나도 딸이 있지만
기독교인보다는 바라바[69]의 후손 중에
아무라도 그 애의 남편이 돼도 좋다.
이건 시간 낭비요. 판결을 계속해요.
포셔 상인의 살 1파운드는 당신 소유요.
법정이 수여하고 법이 주는 거요.
샤일록 대단히 올바른 재판관이다!
포셔 당신은 그 사람의 가슴에서 살을 떼내오.
법이 허락하고 법정이 수여하오.
샤일록 유식한 재판관! 명판결이다! [안토니오에게]
자, 준비해라!
포셔 잠깐만. 할 말이 있소. 계약서에 의하면
당신에게 피는 조금도 준다고 하지 않았소.
명확히 "살 1파운드"라 되어 있소.

69 로마 총독이 수감 중이던 이 살인범과 예수 중 누구를 석방시키기를 원하는가 물었을 때 유대인 지도자들은 살인범을 석방시키고 예수를 죽이라고 요청했다(누가복음 23장 18~19절).

그러면 계약대로 하시오. 당신의 소유물인
살 1파운드를 베어내시오. 그러나 자를 때
기독교인의 피를 한 방울이라도 흘리면
베니스 법에 따라 당신의 토지와 기물은
베니스 국가에 몰수되는 것이오.

그라티아노 오, 올바른 재판관! 유대인, 봐라! 유식한 재판관!

샤일록 그게 법이오?

포셔 당신에게 보이겠소.
법을 강조한 만큼, 원하는 이상으로
법을 시행할 테니 염려하지 마시오.

그라티아노 오, 유식한 재판관! 유대인, 봐라! 유식한 재판관!

샤일록 그럼 제안을 수락해요. 원금을 세 배 내고
기독교인은 풀어주오.

바사니오 돈 여기 있소.

포셔 잠깐! 유대인은 끝까지 법을 원해요.
서두를 것 없어요! 벌칙물만 줄 테요.

그라티아노 오, 유대인! 올바른 재판관, 유식한 재판관!

포셔 그러면 살을 베어낼 준비를 하시오.
그러나 결코 피는 흘리지 말 거며,
많지도 적지도 않게 정확히
1파운드만 떼어내시오. 1파운드가
넘거나 모자라면 설령 그 무게가
한 냥의 20분의 1보다 많거나 적어도,
머리털 한 올만큼 저울대가 기울어도,
당신은 사형이며 당신의 전 재산은
몰수되는 것이오.

그라티아노 제2의 다니엘, 다니엘이다, 유대인!
그러니까 불신자, 넌 꼼짝 못 한다!

포셔 어째서 주저해요? 벌칙물을 가져가오.

샤일록 원금만 내게 주고 보내주세요.

바사니오 준비하고 있었다. 자, 여기 있다.

포셔 공개된 재판에서 돈을 거절했어요.
단지 법과 계약만을 가질 거요.

그라티아노 내 말대로 다니엘, 둘째 다니엘!
유대인, 이름을 알려줘서 참말 고맙다.

샤일록 원금만 받을 수 없겠어요?

포셔 벌칙물 외에는 가져갈 게 조금도 없되,
위험하게 될 거니까 각오해요, 유대인.

샤일록 그렇다면 악귀한테 잘 봐달라고 해!
그만두고 가겠소.

포셔 잠깐, 유대인.
당신은 또 다른 법을 어기고 있어요.
베니스 법의 세칙에 따르면
외국인이 직접 또는 간접으로
시민의 생명을 노린 게 입증되면
그런 음모의 대상이 된 자는
음모자의 재산의 절반을 취하고
나머지는 국가의 금고에 귀속하며,
범죄자의 생명은 다른 누구보다도
오로지 공작님의 자비에 달려 있어요.
그런 입장에 당신이 처해 있어요.
명백한 행위로 나타난 바와 같이
간접적으로 또한 직접적으로
피고인의 생명 그 자체를 노렸으며
그렇게 함으로써 앞에서 열거한
벌칙을 범하였고, 그러니 당신은
공작님께 엎드려서 자비를 구해요.

그라티아노 목 달아 죽겠다고 빌어봐라!
하지만 전 재산이 몰수됐으니까
한 오리 밧줄 값도 안 남았다고.
그래서 국비로 목매달게 됐구나.

공작 [샤일록에게]
내가 그런 사람이 아니라고 하는 것을 증명하도록
네가 애원하기 전에 네 목숨을 살려주겠다.
네 재산 절반을 안토니오가 소유한다.
나머지 절반은 국가의 소유인바,
행실이 겸손하면 벌금이 될 수 있다.

포셔 국가는 옳지만 안토니오에게는 그릇됩니다.

샤일록 목숨이고 뭐고 가져가요! 돈만 빼놓으세요!
받침목을 빼내면 집을 통째로 빼앗는 거요.
내가 사는 수단을 빼앗아 가면
내 목숨의 수단을 뺏어가는 짓이오.

포셔 안토니오, 어떤 자비를 주겠소?

그라티아노 공짜 올가미! 그밖엔 무엇도 주지 말아요!

안토니오 공작님과 법정이 허락하시면
저 사람 재산 절반에 대한 벌금을
면하셔도 좋습니다. 나머지 절반은
제가 맡고 있다가 그의 사후에,
얼마 전에 그의 딸을 몰래 데려간
신사에게 넘긴다는 조건입니다.
두 가지를 더합니다. 그러한 은덕에
보답하는 뜻에서 저 사람이 즉시

기독교로 개종하고, 또 하나는 죽을 때
전 재산을 사위 로렌조와 딸에게
준다고 하는 문서에 서명하는 것입니다.
공작 그리하겠다. 만일 이에 반대하면
방금 선언한 용서를 취소하겠다.
포셔 동의해요, 유대인? 이견이 있소?
샤일록 괜찮습니다.
포셔 [네리사에게] 서기, 기증서를 작성해라.
샤일록 제 집에 가게 해주세요.
속이 좋지 않아요. 문서는 뒤에 보내세요.
서명할 테니.
공작 가라. 그러나 서명해라.
그라티아노 [샤일록에게]
세례식 때 대부[70]가 두 명이지만
내가 재판관이면 열 명[71]이 더 필요해,
세례조 아닌 형틀에다 끌어가려면.— [샤일록 퇴장]
공작 박사, 집에 가서 저녁을 같이 하자.
포셔 진심으로 각하께 용서를 구합니다.
이 밤으로 파도바에 가야 합니다.
그래서 지금 곧 출발하겠습니다.
공작 시간의 여유가 없어 유감스럽다.
안토니오, 이 신사에게 보답하시오.
따져보니 당신이 크게 은덕을 입었소.
바사니오 [포셔에게]
훌륭한 신사 어른, 나와 나의 친구는
당신의 지혜로 참혹한 벌칙을
오늘 면했소. 그에 대한 보답으로
유대인한테 주려던 3천 더컷 전액을
정중한 수고비에 가름하겠습니다.
안토니오 또한 언제나 영원히 당신에게
사랑과 도움에 빚진 자로 남을 테요.
포셔 넉넉히 만족하면 넉넉한 보답이에요.
당신을 구한 거로 만족하니까
넉넉한 보답을 받은 거로 믿어요.
그 이상의 보상은 바라지 않았어요.
다시금 만나면 알은체나 하세요.
잘되시기 바라며, 나는 떠나요.
바사니오 박사님, 당신에게 무턱대고 권하는데,
보상 아닌 인사로, 기념 될 만한
뭐라도 받으세요. 둘만 허락하세요.
날 거절하지 말 것, 나를 용서해줄 것.—
포셔 너무도 권하니까 내가 양보하죠.
[안토니오에게]
그 장갑 저 주세요. 기념으로 끼겠어요.
[바사니오에게]
우정의 표시로 그 반지 저 주세요.
손을 빼지 마세요. 그거 아니면 싫습니다.
우정의 표시로 거절하지 않을 테죠!
바사니오 이 반지 말인가요? 아, 못난 물건입니다.
이런 걸 드리다니 부끄럽군요.
포셔 그 반지 아니면 안 받겠어요.
그런데 지금 보니 괜찮아 뵈네요.
바사니오 값보다는 뜻이 깊은 반지입니다.
베니스에서 가장 비싼 반지를 드리죠.
모두에게 광고해서 구하겠습니다.
이것만은 용납해 주셨으면 합니다.
포셔 이제 보니 말로만 인심을 쓰시는군요.
처음엔 요구만 하라더니 이제는
요구에 응하는 방법도 알려주네요.
바사니오 박사님, 이 반지는 아내가 준 건데
끼워주면서 절대로 팔거나 주거나
잃지 말라고 맹세시켰습니다.
포셔 그런 변명이 선물 아끼는 핑계랍니다.
당신 부인이 미친 여자가 아니어서
내가 이걸 받을 만큼 수고한 걸 안다면
당신이 나한테 반지를 주었다고
탓하진 않을 테죠. 안녕히 계세요!
[포셔와 네리사 퇴장]
안토니오 바사니오, 박사에게 반지를 내주오.
그 사람의 공적과 내 우정의 가격을
부인의 명령보다 비싼 값에 매기려 하지 마오.
바사니오 그라티아노, 속히 따라잡아라.
이 반지를 주면서 되도록 그 사람을
안토니오 거처로 데려와. 빨리 서둘러!
[그라티아노 퇴장]
당신과 나도 빨리 거기로 갑시다.
그리고 아침 일찍 우리들 두 사람은
벨몬트로 달려갑시다. 갑시다, 안토니오. [모두 퇴장]

70 새 신자가 세례조에서 세례명을 받을 때 그의 영적 성장을 도울 두 명의 '대부'가 입회했다.
71 재판에는 배심원 12인이 배석했다.

## 4. 2

[포셔와 네리사가 변장한 채로 등장]

포셔 유대인의 집을 찾아 문서를 주고
서명을 받아라. 오늘 밤 출발해서
남편들보다 하루 전에 집에 가 있자.
로렌조가 문서 보고 매우 기뻐할 테지.
[그라티아노 등장]

그라티아노 박사님, 금방 따라잡았군요.
바사니오 주인이 좀 더 생각하고서
반지를 보내시며 만찬을 같이 하시길
원하십니다.

포셔 그럴 수가 없네요.
반지는 아주 고맙게 받겠어요.
그렇게 전하세요. 겸해서 부탁인데,
샤일록 노인 집으로 내 서기를 안내하세요.

그라티아노 그러죠.

네리사 말씀드릴 게 있어요.
[포셔에게 방백]
제 남편 반지도 구할 수 있나 보겠어요.
영원히 지닐 걸 맹세시켰답니다.

포셔 [네리사에게 방백]
틀림없이 성공해. 남편들이 반지를
남자한테 주었다고 부득부득 우길 거야.
눈싸움 말싸움에 우리들이 이길 거야.
서둘러! 내가 어디 있을지 잘 알지? [퇴장]

네리사 그럼 갑시다. 그 집으로 안내하시죠. [모두 퇴장]

## 5. 1

[로렌조와 제시카 등장]

로렌조 달이 밝게 비추는데, 이런 밤에
부드러운 바람이 나무에게 키스해서
나무들은 고요한데, 이런 밤에
트로일로스는 성벽에 올라가
크레시다가 잠들어 있는 그리스 막사로
한숨에다 영혼을 실어 보냈지.[72]

제시카 이런 밤에 두렵게 이슬 밟던 시스비는
사자의 그림자를 눈앞에 보고
깜짝 놀라 달아났지.[73]

로렌조 이런 밤에
디도 여왕은 버들가지를 손에 들고
험한 벼랑 위에서 카르타고로 돌아오라며
애인에게 흔들었지.[74]

제시카 이런 밤에
메디아는 마법의 약초를 캐어서
아이손 노인을 회춘시켰지.[75]

로렌조 이런 밤에
제시카는 유대인 부잣집을 빠져나와
낭비쟁이 애인과 베니스에서 머나먼
벨몬트로 달아났지.

제시카 이런 밤에
젊은이 로렌조는 사랑을 맹세하며
무수한 약속으로 그녀 혼을 빼 갔지만
진실은 조금도 없지.

로렌조 이런 밤에
어여쁜 제시카는 작은 말괄량이처럼
연인을 욕했지만 연인은 용서했지.

제시카 아무도 안 온다면 '이런 밤'으로
네게 이길 테지만, 발소리가 들리누나.
[전령 스테파노 등장]

로렌조 밤의 정적을 뚫고 누가 급히 오는가?

스테파노 적이 아닌 친구요!

로렌조 친구라—무슨 친구? 누군가, 친구?

스테파노 스테파노요. 여주인께서 벨몬트에
날 새기 전에 도착하신다는 전갈예요.
거룩한 십자가마다 멈춰 서시고

72 트로이의 왕자 트로일로스는 그리스 군 진영에 있는 연인 크레시다를 그리워했다는 이야기를 셰익스피어가 비극 「트로일로스와 크레시다」에서 다뤘다. 작품집 8권에 수록돼 있다.

73 밤에 시스비가 연인 피라머스를 만나러 숲에 왔다가 사자를 보고 달아났으나 그녀가 떨군 겉옷을 본 피라머스는 연인이 사자에게 물려 죽은 줄 알고 자살한 이야기는 셰익스피어의 「한여름 밤의 꿈」에서 희화화 되었다.

74 카르타고의 여왕 디도는 트로이 멸망 후에 떠돌아다니던 트로이 장군 아이네이아스를 맞아 열렬히 사랑했으나 그가 신의 명령을 좇아 다시 떠나자 벼랑에 올라 그를 바라보다가 자살한다.

75 마술사인 메디아 공주는 국보인 황금 양털을 훔쳐 온 그리스 영웅 이아손을 도와주고 이아손의 부친인 아이손을 젊어지게 해주었다.

행복한 결혼 생활을 위하여 무릎 꿇고
기도드리십니다.
로렌조 누가 동행하는가?
스테파노 마님의 시녀와 거룩한 수도사입니다.
바사니오 주인님은 돌아오셨습니까?
로렌조 아니다. 여태껏 기별 듣지 못했다.
어쨌든 우리는 들어가자, 제시카.
이 집의 마나님을 맞이해드릴
성대한 환영식을 준비해놓자.
[어릿광대 랜슬롯 등장]
랜슬롯 빰빠라빠! 훠이! 훠이! 빰빠라빠![76]
로렌조 누가 부르나?
랜슬롯 빰빠라빠! 로렌조 씨 보았소? 로렌조 씨.
빰빠라빠!
로렌조 그만 소리쳐라. 나 여기 있다.
랜슬롯 빰빠라빠! [둘러보면서] 어디요, 어디?
로렌조 여기.
랜슬롯 우리 주인님한테서 전령이 왔다고
알려드리쇼. 나팔에 희소식 가득 담았어요.
주인님은 아침 전에 도착하신답니다. [퇴장]
로렌조 귀여운 내 사람, 들어가 오는 걸 기다리자.
하지만 상관없어. 왜 들어가야 하지?
우리 친구 스테파노, 집 안에 들어가서
마님이 오신다고 모두한테 알려주고
네 음악은 바깥으로 가져오너라. [스테파노 퇴장]
둔덕의 달빛이 고이 잠들었구나!
여기 앉은 우리 귀에 음악 소리가
스며들게 만들자. 부드러운 고요와
달콤한 음악의 연주가 서로 어울려.
제시카, 거기 앉아. 하늘의 장막을
빛나는 금박으로 짙게 치장했구나.
눈에 뵈는 작은 별은 하나도 빠짐없이
천사처럼 노래하고 운행하면서
눈 밝은 천사들에 화답하누나.
영원한 영혼들도 그처럼 화합하나
썩을 진흙 거죽으로 뒤덮여 있는 동안
인간은 그 소리를 들을 수 없지.[77]
[악사들 등장]
[악사들에게]
이리 와라! 음악으로 다이애나[78]를 깨워라.
아름다운 가락으로 마님 귀를 열어서
음악으로 그분을 집에까지 인도해라.
[음악을 연주한다.]
제시카 달가운 음악 소리에 명랑할 수가 없어.
로렌조 네 정신을 너무나 집중해서 그런 거야.
함부로 뛰노는 소 떼나 길이 안 든
망아지가 미친 듯 길길이 뛰며
뜨거운 혈기를 발휘하는 거니까
음매, 히힝 외치는 걸 보기만 해.
나팔이나 음악이 짐승의 귓바퀴를
스쳐만 가도 모두들 우뚝 서고
사나운 눈이 달가운 음악으로
순하게 되잖아? 그래서 시인은
오르페우스가 나무, 돌, 시냇물을
따라오게 했다고 지어낸 거라고.[79]
무정하고 단단하고 몹쓸 자라도
음악 듣는 동안에는 온순하게 돼.
정신 속에 음악을 갖고 있지 않거나
달콤한 화음에 감동되지 않는 자는
반역이나 모략이나 약탈에 어울려.
그런 자의 정신은 밤처럼 둔하고
그런 자의 감정은 지옥처럼 어두워.
그런 자는 못 믿을 자야.—음악이다.
[원래의 모습으로 포셔, 네리사가
등장하여 가까이 온다.]
포셔 저기 뵈는 저 불빛이 내 방에서 비추는데
자그마한 촛불이 멀리까지 반짝이네.
그처럼 착한 일은 세상에서 빛나거든.
네리사 달빛이 환할 때 촛불이 안 보였죠.
포셔 그처럼 큰 빛에 작은 빛은 어둡게 돼.
대행자가 왕처럼 밝은 빛을 내다가
왕이 곁에 있으면 위엄이 사라져.

76 역마차의 마부가 도착하며 울리는 나팔 소리와 매사냥할 때 매를 부르는 소리.
77 별들이 궤도를 돌면서 '천상의 음악'을 연주하지만 육체라는 거죽을 쓰고 있을 동안에는 들을 수 없다는 신비주의 사상이 깔려 있다.
78 정결의 여신이며 달의 여신.
79 그리스신화에서 오르페우스가 리라를 연주하니 나무와 돌과 시내가 춤추며 따라오더라고 하였는데 이를 로마 시인 오비드가 장시로 읊었다. 음악은 미개인을 개화하는 문명의 힘을 나타낸다고 했다.

바다에 흘러드는 육지의 개울물이
없어지듯이.—들어봐, 음악이야!

네리사 집에서 들려오는 마님의 음악이죠.

포셔 서로 상관없으면 무엇도 안 좋아.
음악은 낮보다 밤에 훨씬 달콤해.

네리사 음악을 달콤하게 만드는 건 정적이에요.

포셔 누구도 들어주지 않으면 까마귀도
종달새만큼 아름답게 노래하고
나이팅게일도 거위들이 꺽꺽대는
대낮에 노래하면 굴뚝새보다
뛰어난 노래꾼이 못 된다고 할 테지.
경우에 맞아야 칭찬을 받고
진가를 보이는 게 얼마나 많아!
[그녀가 로렌조와 제시카를 발견한다.]
조용해라! [음악이 그친다.]
엔디미온과 달님이 잠이 들어서[80]
깨울 수가 없구나.

로렌조 저건 영락없는
포셔의 목소리야.

포셔 맹인이 뻐꾸기를 알아듣듯 나를 아누나.
워낙 나쁜 목소리지.

로렌조 부인, 어서 오세요.

포셔 남편들이 잘되기를 기도하며 왔어요.
기도로 말미암아 더 잘되길 바라죠.
남편들이 왔나요?

로렌조 아직 안 오셨는데
전령이 미리 와서 오신다고 했습니다.

포셔 네리사, 집에 먼저 들어가 하인들한테
우리가 떠났었단 낌새를 조금도
눈치 채지 못하게 분부해 놓아라.
로렌조, 제시카, 그러는 척하세요.
[나팔 소리가 들린다.]

로렌조 바깥분이 오셨군요. 나팔 소리가 들려와요.
우리는 떠버리가 아니니까 걱정 마세요.

포셔 내 눈에 이 밤이 병든 햇빛 같구나.
조금 흐릴 뿐인데. 환한 대낮인데도
구름이 해를 가린 것 같구나.
[바사니오, 안토니오, 그라티아노, 그들의
하인들 등장. 그라티아노와 네리사가
서로 포옹하고 따로 가서 말을 나눈다.]

바사니오 해 없이 다니려면 지구 저쪽 사람들과
낮을 함께 지내야 해.[81]

포셔 환한 빛이 비추어도 경솔하진 않겠어요.[82]
아내가 경솔하면 남편이 우울해요.
바사니오는 절대로 그러지 않아야죠.
주님 뜻 이루소서!—잘 돌아오셨네요.

바사니오 고맙소, 부인. 친구에게 인사해요.
이 사람이오. 이 사람이 안토니오요.
한없는 은덕을 내게 끼친 사람이죠.

포셔 감사드릴 이유가 너무나 많으셔요.
그런 일로 고생이 크신 걸 들었어요.

안토니오 보상이 충분하여 괜찮습니다.[83]

포셔 저희 집에 오신 걸 환영해요.
말보다는 행동으로 모셔야 하죠.
그래서 말인사는 그만두어요.

그라티아노 [네리사에게]
달에 걸어 맹세코 억울하다고.
재판관 서기한테 주고 말았어.
반지를 가진 놈이 고자면 좋겠어.
당신이 그토록 아까워하니까.

포셔 벌써 부부싸움이네! 왜 그러는데?

그라티아노 쬐고만 금테가 문제요. 아내가 줬던
너절한 반진데, 세상 모든 장도칼에
써먹는 구절처럼 '나만을 사랑하고
떠나지 마라'는 문구를 새겼던 거죠.

네리사 문구와 값에 대해 그런 소리 하기야?
내가 당신한테 반지를 주니까
죽을 때까지 끼겠노라고 다짐하고
무덤에도 함께 묻히겠노라고 했어.
나 때문이 아니래도 그토록 강력히
맹세했으니까 조심스럽게 지녀야지.

80 달의 여신 다이애나가 미남 목동 엔디미온을 사랑하여 그를 동굴 속에 영원히 잠들게 하고는 보고 싶을 때마다 찾아갔다는 신화가 있다. 로렌조와 제시카가 얼싸안고 누워 있었을 것이라는 말이다.

81 당시의 천문학에 의하면 땅덩이 반대쪽에도 사람들이 사는데 그쪽이 낮이면 이쪽은 밤이 된다.

82 영어의 'light'는 '빛'이라는 뜻과 '가볍다'는 뜻을 가지고 있는 동음이의어이다. 우리말로 옮길 수 없다.

83 포셔와 바사니오의 환영을 받아 충분한 보상이 되었다는 말이다.

서기한테 주었다고! 아니야, 빤하지 뭐.
그걸 받은 작자는 수염이 안 났겠어.[84]
그라티아노 수염이 날 거야.—어른이 되면.
네리사 그럴 테지. 여자가 남자가 되면.—
그라티아노 또다시 맹세해. 젊은이한테 주었어.
애송이라고 할 테지. 크다가 멈춘 애,
당신보다 크지 않고, 법률가의 서기면서
수작 많은 아이인데 수고비로 달랬어.
차마 거절할 염치가 없었다고.
포셔 솔직히 말해서 당신 잘못이에요.
아내의 첫 선물에 그토록 소홀했어요.
그처럼 맹세하고 손가락에 끼면서
약속으로 살 속에 박아놓은 거라고요.
남편도 반지를 받아서 잃어버리지 않겠다고
다짐했는데, 마침 여기 서 있네요.
이 사람은 그러지 않을 거라고 장담해요.
온 세상 재물을 다 준대도 반지가
손가락을 안 떠나겠죠. 그라티아노,
너무나 아내를 슬프게 해요.
나 같으면 미치겠죠.
바사니오 [방백]
오, 차라리 이 왼손을 잘라버리고
반지를 지키다가 잃었다고 하는 게 낫지.
그라티아노 바사니오도 박사가 하도 졸라서
반지를 주고 말았죠. 반지를 받을 만큼
수고했고요. 그리고 서기 애가
기록하는 수고를 좀 했다고 내 반지를
달랬어요. 박사도 서기도 반지밖엔
아무것도 싫대요.
포셔 [바사니오에게] 무슨 반지 주셨어요?
나한테 받은 반지가 아닐 테죠?
바사니오 실수에 거짓까지 더할 수 있다면
부인하고 싶어지지만, 보는 바처럼,
손가락에 반지가 없소. 없어졌다오.
포셔 그렇게 당신 속도 진실이 없어요.
그 반지 보기 전엔 당신과 절대
함께 눕지 않겠어요.
네리사 [그라티아노에게] 나도 반지 보기 전엔
같이 눕지 않겠어요.
바사니오 여보, 포셔.
내가 반지 준 사람이 누군지 알면,
누구를 위해서 그 반질 줬는지 알면,
그 반지 왜 줬는지, 반지밖엔 아무것도
안 받는대서 얼마나 마지못해
반지와 헤어졌는지 당신이 이해하면
당신이 강렬한 불쾌감을 줄일 거요.
포셔 반지의 숨은 힘을 당신이 알았다면,
반지를 준 여자의 가치를 절반쯤 알았다면,
반지를 지킬 자신의 명예를 알았다면,
반지와는 절대로 헤어지지 않았겠죠.
조그만 열정으로 지킬 수 있었다면
귀중한 상징인 그 물건을 달라고 할
무지한 사람이 어디 있어요?
네리사의 말을 듣고 다시금 생각하니까
분명 어떤 여자가 반지를 가졌어요!
바사니오 아니요, 내 명예와 영혼으로 맹세해요.
여자가 아니라 민법학 박사였어요.
3천 더컷은 거절하면서
그 반지를 달라고 해서 거절했더니
시무룩해서 가기에 그냥 두었어요.
절친한 친구의 목숨을 살려준
그이 말이에요. 여보, 내가 뭐라고
해야 되었어요? 나는 별수 없어서
반지를 보냈지만 수치와 예절에 휩싸여서
내 명예에 조금이라도 배은의 때를
묻힐 수가 없었어요. 부인, 용서하세요.
저 복된 밤하늘 등불들에[85] 맹세코,
당신이 있었다면 내 손에서 반지를 빼어서
훌륭하신 박사님께 드리자고 했을 거예요.
포셔 그분에게 내 집 가까이 얼씬하지 말래요.
당신이 나를 위해 지니기로 맹세한
아끼던 보석을 그 사람이 가졌다니까
나도 당신처럼 환심을 보이겠네요.
뭐든지 그분한테 거절하지 않겠어요.
남편의 잠자리도 내 몸도 내주겠어요.
알아볼 뿐 아니라 알게 되겠죠.[86]

84 수염이 안 나는 사람은 여자다. 반지를 여자한테 주었다는 말인데, 말인즉 옳다.
85 별들. 밤하늘의 별은 영원불변의 존재들로 간주되었다.
86 '알다'는 말에는 물론 '성적인 능력을 알아보다'라는 뜻이 숨어 있다.

외박은 하룻밤도 하지 말고, 아르고스[87]처럼
나를 늘 지키세요. 내가 혼자 있게 되면
언제나 깨끗한 명예를 갖고 맹세컨대
그 박사와 잠자리를 같이할 테요.
네리사 그리고 나는 서기하고 자겠어. 그럼 조심해.
나 혼자 해결하게 혼자 두지 마.
그라티아노 맘대로 해. 하지만 잡아만 봐라.
애송이의 펜대[88]를 꺾어놓겠다.
안토니오 내가 이런 싸움에 불행한 주제군요.
포셔 걱정 마셔요. 어쨌든 환영합니다.
바사니오 포셔, 피치 못할 잘못을 용서해주오.
그리고 여러 친구 듣는 데서 다짐컨대
당신의 어여쁜 두 눈에 맹세하오.
내 모습이 눈에 비치오.
포셔 저거 보라니까요!
내 두 눈에 자기 꼴이 이중으로 보이거든요.
한 눈에 하나씩. 이중인격의 맹세니까
믿을 만하군요!
바사니오 제발 내 말 들어주오!
이번만 용서하면 내 영혼을 걸어서,
당신과의 맹세를 어기지 않겠소.
안토니오 이 몸을 잡히고 저 친구 돈을 마련했는데
남편의 반지를 가진 이가 없었다면
나는 결딴났을 거요. 영혼에 걸어서
내가 책임질 테니, 남편이 다시금
알면서 신의를 저버리지 않을 겁니다.
포셔 그럼 저이의 보증을 서세요. 이걸 주시고
저번보다 보관을 잘하라고 일러주세요.
안토니오 이거 받아요, 바사니오. 지킨다고 맹세해요.
바사니오 아, 이거 박사한테 줬던 거 아냐!
포셔 그분한테 받았어요. 용서해요, 바사니오.
박사가 그 반지 보여줘서 함께 잤어요.
네리사 착한 그라티아노, 나도 용서해줘라.
박사의 서기, 그 못난 애송이와
지난밤 반지 값으로 나하고 잤어.
그라티아노 이건 괜찮던 길을 여름에 괜히
고치는 짓이나 다를 거 없잖아!
기회도 없었는데 오쟁이부터 졌어?
포셔 못난 소리 말아요. 어리벙벙하시죠?
여기 편지 있어요. 시간 나면 읽으셔요.
파도바의 벨라리오가 보낸 거예요.
포셔가 박사이고 네리사가 서기인 걸
편지를 보면 알 거예요. 여기 로렌조한테
물어보세요. 당신들이 떠나자마자
우리도 떠났다가 방금 돌아왔어요.
아직 집에도 안 들어갔죠. 안토니오,
환영해요. 당신이 기대하는 것보다
좋은 소식을 가져왔어요. 이 편지를 당장
뜯어보세요. 당신의 선박 중에서 세 척이
뜻밖에도 보화를 가득 싣고 도착했어요.
어떻게 이 편지가 내 손에 닿았는지,
그 기이한 우연은 모르고 계세요.
안토니오 [편지를 읽는다.]
말문이 막히오!
바사니오 박사가 당신인 걸 내가 몰랐소?
그라티아노 내게 오쟁이 지울 뻔한 서기가 당신?
네리사 맞아. 하지만 그런 짓은 할 생각이 없는
서기라고. 자라서 남자가 되면 모르지만.
바사니오 귀여운 박사, 같이 잘 사람으로 삼겠소.
내가 없을 때 내 아내와 같이 자요.
안토니오 부인께서 목숨과 재산을 주시는군요.
배들이 안전히 정박했다는 소식이
여기 씌어 있어요.
포셔 이젠 로렌조!
당신한테도 줄 희소식을 서기가 갖고 있어요.
네리사 수고비 안 받고 전해드리죠.
당신과 제시카에게 부유한 유대인이
특별한 기증 문서를 보내줍니다.
그가 죽으면 남기는 모든 재산이죠.
로렌조 아름다운 마님들, 굶주린 백성 앞에
만나[89]가 떨어져요.
포셔 아침이 다 됐군요.
하지만 아직 이들에 관한 궁금증이
완전히 풀린 건 아니어요. 들어가서

87 그리스신화에 나오는, 눈이 백 개여서 처녀를 지키는 사명을 받았던 거인.
88 '펜'은 성기를 뜻하는 은어이기도 했다.
89 이집트를 탈출한 유대 민족이 시나이 광야를 방황할 때 여호와가 내려준 달콤한 과자 같은 것(출애굽기 16장 14~35절).

우리에게 의문점을 물어보시면
모든 걸 성실하게 답변할게요.[90]

그라티아노 그럽시다. 네리사가 선서하고
답할 첫 질문은, 다음 밤까지 기다릴까,
아니면 밝기까지 두 시간이 남았는데
지금 자러 가느냐 하는 거라고요.
하지만 낮이 되면 박사의 서기하고
누울 때까지 밤이 되길 바라겠죠.
어쨌든, 평생 동안 네리사의 반지[91]를
안전하게 지킬 것만 걱정해야지. [모두 퇴장]

90 일부러 법정의 언어를 쓴다.
91 '반지'는 여자의 성기를 뜻하는 은어이기도 했다.

# 윈저의 즐거운 아낙네들

## *The Merry Wives of Windsor*

## 연극의 인물들

조지 페이지 씨 윈저의 시민

마거릿 (멕) 페이지 부인 그의 아내

앤 (낸) 페이지 그들의 딸

윌리엄 페이지 그들의 아들, 초등학생

프랜시스 (프랭크) 포드 씨 윈저의 다른 시민

앨리스 포드 부인 그의 아내

존, 로버트 포드의 하인들

휴 에번스 웨일스 사람이며 사제

케이어스 의사 프랑스 사람이며 의사로서 앤 페이지의 구혼자

퀴클리 부인 케이어스 의사의 가정부

존 럭비 케이어스 의사의 하인

객줏집 여주인 가터 여관 주인

윈저의 몇 아이들

펜턴 씨 젊은 신사이며 앤 페이지의 구혼자

존 폴스타프 경

로빈 폴스타프의 시동

바돌프, 피스톨, 님 폴스타프의 추종자들

로버트 섈로 지방의 치안판사

에이브러햄 슬렌더 섈로의 조카이며 앤 페이지의 구혼자

피터 심플 슬렌더의 하인

# 윈저의 즐거운 아낙네들

## 1. 1

[섈로 판사, 슬렌더, 에번스 사제 등장]

섈로 에번스 신부, 나를 말리려고 하지 마시오. 그 일을 특별위원회[1]에 고발하겠소. 폴스타프 경이 스무 명이 있다고 해도 로버트 섈로 판사를 함부로 대할 수 없게 하겠소.

슬렌더 글로스터 지방의 치안판사님이죠.

섈로 그렇다, 슬렌더 조카. 또한 기록보존관이다.

슬렌더 예, 신부님, '기록보조원'[2]도 되시는데요, 날 때부터 신사님이시고, '아르미게로'[3]라고 적으세요. 증서나 영수증이나 계약서에다 '아르미게로'라고 쓰세요.

섈로 그렇다. 그렇게 쓴다. 지난 3백 년 동안 그렇게 썼다.

슬렌더 그보다 앞서간 후배들이 그렇게 했죠.[4] 그리고 그보다 뒤에 온 조상들도 전부 그럴 겁니다. 흰 물고기 열두 마리를 윗도리에 박을 수 있어요.[5]

섈로 오래된 윗도리다.

에번스 오래된 윗도리엔 그렇게 생긴 열두 마리가 어울려요. 걷는 모양이 아주 잘 어울리죠. 사람들한테 친숙한 벌레인 데다 사랑을 뜻하거든요.

섈로 흰 고기는 민물고기다. 소금에 절인 물고기는 오래된 윗도리가 아니란다.

슬렌더 백부님, 넷으로 나누죠.

섈로 결혼하면 그리돼.

에번스 넷으로 나누면 완전히 망치오.

섈로 절대 안 그렇소.

에번스 확실히 그러하오. 저 사람이 어르신의 윗도리의 4분의 1을 가지면 내 못난 짐작으로도 어르신에게는 세 부분만 남게 되오. 그러나 모두 마찬가지요. 폴스타프 경이 어르신을 비방했다면 교회의 성직자로서 나는 기꺼이 자선을 베풀어 여러분에게 화해와 타협을 가져오겠소.

섈로 특별위원회에 말하겠소. 이는 난동이오.

에번스 특별위원회에 난동을 말함은 적절하지 아니하오. 난동에는 하느님에 대한 두려움이 없소. 특별 위원회는 난동이 아니라 하느님을 두려워하는 이야기를 듣기 바랄 것이오. 그 점을 생각하시오.

섈로 아! 정말 내가 다시 젊어지면 그런 건 칼로 끝장내겠어.

에번스 친구들이 칼이 되어서 끝내는 게 더욱 좋소. 그리고 내 머리에 다른 계획이 있는데요, 모를 일이니 그것에 신중을 기하겠소. 페이지 선생의 딸 앤 페이지는 아름다운 처녀로서—

슬렌더 앤 페이지 아가씨요? 머리가 갈색이고 여자답게 목소리가 높은 분?

에번스 정확하게 그 사람이오. 당신이 바랄 수 있는 최고 가는 여인이오. 그리고 그 여자의 조부가 임종하는 자리에서—오, 하느님, 부활의 기쁨을 그에게 내리소서!—그 여자가 17세 되는 해에 7백 파운드의 현금과 금붙이와 은붙이를 준다고 하였소. 이제 이런 말과 저런 말로 다투지 않고 에이브러햄 총각과 앤 페이지 아가씨를 결혼 시키신다면 좋은 일이 될 것이오.

슬렌더 그 여자 할아버지가 7백 파운드를 남겨 줬단 말씀이오?

에번스 예, 그리고 그 여인의 부친도 조금 더 붙였다고 하오.

섈로 나도 그 처녀 아가씨를 아는 데요, 훌륭한 규수감예요.

에번스 7백 파운드에 더하여 상속할 재산도 있을 것이니 좋은 규수감이오.

섈로 자, 그러면 점잖은 페이지 씨를 만나보아요. 폴스타프가 거기에 있어요?

에번스 내가 거짓말을 할 것 같소? 나는 속이는 자나 거짓말하는 자나 진실하지 않은 자를 경멸하오. 폴스타프 기사께서 거기 계시오. 바라건대 당신에게 호의를 가진 이들의 뜻을 따르시오. 페이지 씨 댁의 문을 두드리겠소. [두드린다.]

1 왕과 일부 고위 귀족들이 국사범을 다루던 최고 심판부(Star Chamber)를 말한다.
2 무슨 말인지 확실히 몰라 이렇게 엉터리 말을 한다.
3 문서 끝에 '신사'라는 뜻의 이 라틴 문구를 슬렌더가 잘 모른다.
4 유식한 체하는 말을 한답시고 말을 마구 뒤바꾼다.
5 가문이 있는 집안의 정복 윗도리에 그 집안의 공식적 상징 형상을 수놓았다. 여기 '흰 물고기'는 놓어 비슷한 '루스'라는 육식 민물고기로 '루스'라는 가문의 문장에 나타내곤 했다.

계시오? 하느님이 당신 집에 복을 주시길!
[페이지 등장]

페이지 누구예요?

에번스 하느님의 복과 당신의 친구와 섈로 판사가 왔소.
그리고 슬렌더 총각이 왔는데 아마도 당신에게
별도의 이야기를 할 것이오. 당신이 바라는 쪽으로
일이 벌어진다면.—

페이지 여러분께서 건강하시니 기뻐요.
섈로 어르신, 사슴 고기를 주셔서 감사합니다.

섈로 페이지 씨, 만나서 기뻐요. 그 고기가 당신의
마음에 드시길! 그 사슴 고기가 더
넉넉하길 바랐는데 제대로 잡지 못했어요. 페이지
부인은 안녕하세요? 진심에서, 오, 진심에서
당신에게 항상 감사해요.

페이지 어르신, 감사해요.

섈로 감사해요. 진실로 감사해요.

페이지 반가워요, 슬렌더 씨.

슬렌더 어르신의 누런 사냥개는 잘 있어요? 토끼 사냥에서
졌다는 말이 들렸는데요.

페이지 판단할 수 없어요.

슬렌더 자백은 안 한다고, 안 한다고 말씀하시네.

섈로 그놈이 자백하지 않을 게다. [슬렌더에게 방백]
네 잘못이야, 네 잘못. [페이지에게] 좋은 개요.

페이지 잡종인데요.

섈로 좋은 개요, 잘생긴 개요. 무슨 말을 더 해요?
좋고도 잘생겼어요. 폴스타프 경이 여기 있어요?

페이지 안에 계세요. 내가 두 분 사이에 좋은 일 해드리면
좋겠어요.

에번스 크리스천다운 말씀이오.

섈로 페이지 씨, 그 사람이 내게 잘못을 저질렀어요.

페이지 그 사람도 얼마쯤은 인정을 하데요.

섈로 시인은 한다지만 보상은 안 했소. 페이지 씨, 그렇지
않아요? 내게 잘못을 저질렀어요. 섭섭해요. 한마디로,
내가 당했어요. 이거 믿어요. 나 로버트 섈로가 당했단
말이에요.
[존 폴스타프 경, 피스톨, 님, 바돌프 등장]

페이지 기사님이 오세요.

폴스타프 섈로 선생, 그래서 왕한테 나를 고발한다는
말이오?

섈로 기사 양반, 당신이 내 사람들을 때리고 내 사슴들을
죽였으며 내 사냥 초막에 침입했소.

폴스타프 당신네 사냥터지기 딸한테 키스는 안 했고?

섈로 입 닥쳐요! 그 짓에 대해서 책임을 묻겠소.

폴스타프 그 물음에 당장 대답하겠소. 내가 그 짓을 모두 했소.
자, 그럼, 내 대답은 이걸로 끝났소.

섈로 특별위원회에 이 사실을 알리겠소.

폴스타프 특별한 비밀로 해두면 당신한테 좋겠는데.
웃음거리가 될 게요.

에번스 '파우카 베르바',[6] 폴스타프 경. 좋은 말이오.

폴스타프 좋은 말? 좋은 무 대가리다! 슬렌더, 내가 네
대가리를 때렸다. 나한테 할 말이 있어?

슬렌더 당신한테 머리가 부서진 일도 있고 당신 부하
사기꾼 바돌프하고 님과 피스톨에 대해선
할 말이 많아요.

바돌프 밴버리 치즈 놈![7]

슬렌더 쓸데없는 수작이다.

피스톨 어쩔 테냐? 메피스토필러스?[8]

슬렌더 쓸데없는 수작이다.

님 잘라! '파우카, 파우카.'[9] 잘라! 그게 내 기분이다.

슬렌더 [섈로에게] 백부님, 제 하인 심플이 어디 갔는지
아세요?

에번스 제발 진정하시오. 우리 서로 이해해요. 내가
보기에 이 일에는 심판관이 세 사람이오.
페이지 씨, 즉 페이지 씨, 나, 즉 나 자신이
있으며, 제삼의 심판관은 끝으로 마지막으로
가터 객줏집의 여주인이오.

페이지 우리 셋이 그 말을 듣고 둘 사이에서 끝내는 거요.

에번스 매우 좋소. 공책 속에 짤막하게 적어두겠소.
그 이후에 최상의 노력을 경주하여 신중하게
그 원인을 고찰합니다. [글을 쓴다.]

폴스타프 피스톨!

피스톨 귓구멍이 열려 있소.

에번스 [방백] 그 마귀에 그 어미다! 그것이 무슨 뜻인가?

6 라틴어로, '말은 적을수록 (좋다)'는 뜻.
7 잉글랜드 중부의 마을 밴버리는 인심이 박해서 치즈도 얄팍했다. 키 작고 홀쭉한 슬렌더를 비웃는 말.
8 셰익스피어의 동시대 극작가 크리스토퍼 말로의 비극 『포스터스 박사』에 나오는 마귀. 포스터스는 훗날 괴테의 대작 『파우스트』 모델의 하나가 되었다.
9 에번스의 라틴어를 반복한다. 자기는 말보다는 칼로 해결하겠다는 말이다.

귓구멍이 열렸다니? 공연히 문자 쓰는 척하는군.
폴스타프 피스톨, 네가 슬렌더 총각의 주머니 땄냐?
슬렌더 맞아요. 이 장갑에 맹세코[10] 저 사람이 땄어요.
그러지 않았다면 다시는 내가 내 집 안방에 못
들어가도 좋아요. 반짝반짝하는 동전 2실링 4
펜스하고 예드 밀러한테서 2실링 2펜스씩 주고
산 쇼블보드[11]가 두 개예요.
폴스타프 피스톨, 그게 정말이야?
에번스 [방백] 아니야, 그럴 수 없어. 만약 소매치기면—
피스톨 뭐야? 외국서 온 산골 놈! 주인님 기사 어른,
저 못난 꼬챙이에게 결투를 신청하겠어요.
[슬렌더에게] 당장에 아가리 열고 아니라고 해!
아니라고 해! 거품 찌꺼기야, 거짓말하지 마!
슬렌더 [님을 가리키며]
이 장갑에 맹세코, 그럼 저 사람이다.
님 잘 생각해서 기분 좋게 말해. 순검한테 나를
이르겠다면 넌 톡톡히 값을 치러야 해.
이거 괜한 말 아니야.
슬렌더 이 모자에 맹세코, 그럼 얼굴 빨간 사람이 그걸
가져갔다. 네가 나한테 술을 먹여서 아무것도
생각나지 않지만 난 완전히 바보는 아니야.
폴스타프 야, 이 짝꿍들아, 뭐란 대답들이냐?
바돌프 내 입장을 말하라면, 저 녀석이 다섯 문장까지
망쳐버릴 만큼 취해 있었어요.
에번스 [방백] 문장이 아니라 '감각'이다. 아, 참말로
무식하도다!
바돌프 곤드레가 되어서 시쳇말로 술집에서 내쫓기고
돈도 없어졌던 거예요. 결과는 빤하지 않아요?
슬렌더 게다가 그때 당신은 라틴어로 지껄였소. 하지만
상관없소. 그런 야바위를 당했으니까 정직하고
점잖고 신실한 사람의 앞이 아니면 평생 절대로
술 취하지 않겠소. 마신다면 하느님을 두려워하는
분들과 마시지, 취한 녀석들과는 안 마시겠소.
에번스 하느님께 빌거니와, 그것이 바른 마음이오.
폴스타프 신사 양반들, 그런 못된 주장들을 부인하는 걸
들었소. 직접 들어 보았소. [바돌프, 피스톨, 님 퇴장]
[앤 페이지가 술을 들고 등장]
페이지 얘, 그러지 말고 술을 안으로 들여가. 우리
안에서 마셔. [앤 페이지 퇴장]
슬렌더 오, 하늘아, 저분이 앤 페이지 아가씨구나!
[포드 부인과 페이지 부인 등장]
페이지 안녕하세요, 포드 부인?
폴스타프 포드 부인, 정말 잘 만났소. 착하신 부인,
실례하지만.—
[그녀에게 키스한다.]
페이지 여보, 이 양반들한테 어서 오시라고 해요. 자,
우리 집 점심으로 더운 사슴 고기 파이가 있어요.
자, 여러분, 떨떠름한 기분은 모두 쓸어내립시다.
[슬렌더 이외에 모두 퇴장]
슬렌더 40실링보다도 『연애 시집』[12]이 여기 있으면
훨씬 좋겠다.
[심플 등장]
심플이구나. 너 어디 갔었냐? 내 시중은 내가
들라는 말이냐. 지금 네가 『수수께끼의 책』[13]을
갖고 있잖아?
심플 『수수께끼의 책』이오? 지나간 만성절[14]에 도련님이
앨리스 쇼트케이크한테 빌려주지 않았어요? 미카엘절[15]
보다 보름 앞서서요.
[섈로와 에번스 등장]
섈로 조카, 빨리 와. 우리가 기다려. [그를 옆으로
끌어가며] 나하고 말 좀 해. 조카, 이번 일은 실상
청혼과 같은 거다. 일종의 청혼이지. 여기 에번스
신부가 간접적으로 제안한 거야. 내 말 알아들었어?
슬렌더 예. 저도 세상 이치를 잘 아니까 두고 보세요.
그러니만큼 이치에 알맞게 처신할게요.
섈로 내 말 알아들으라니까.
슬렌더 물론이에요.
에번스 백부님 말씀을 귀담아서 들으시오. 슬렌더 총각,
설명하겠소. 들을 만한 능력이 있는지 모르지만.—
슬렌더 섈로 삼촌의 말씀대로 하겠어요. 용서해 주세요.
삼촌은 그 지방의 치안판사님이세요. 저는
보잘것없는 사람이지만.—
에번스 그것이 문제가 아니오. 문제는 당신의 결혼에

10 이 시골 청년은 당시 궁정 귀족들의 말투를 흉내 내고 있다.
11 반들반들하게 닳은 은화를 밀어서 점수를 내는 놀이판. 셔플 보드 비슷한 것.
12 16세기 중엽에 출판되어 판을 거듭한, 인기 높던 연애 시집. 젊은이들의 애독서였다.
13 역시 젊은 남녀가 즐겨 읽고 대화에 인용하던, 재밌는 재담을 모은 책.
14 11월 1일에 지키던 절기.
15 11월 29일에 지키던 절기.

관한 것인데—

섈로 그래요. 바로 그게 핵심이에요.

에번스 맞습니다, 그것이오. 그것이 핵심이오. 앤 페이지 아가씨와 결혼하는 것.—

슬렌더 오, 그렇다면, 무슨 합당한 요청이 있어도 그 아가씨와 결혼하겠어요.

에번스 그러나 그 여인에게 애정을 가질 수 있소? 당신 입으로, 또는 입술로—여러 철학자들이 입술을 입의 부분이라고 하기 때문에—분명히 말할 것을 요망하오. 그리하여서 정확히 묻는 것으로 처녀에게 당신의 참뜻을 전할 수 있소?

섈로 슬렌더 조카, 여자를 사랑할 수 있겠는가?

슬렌더 정신이 바로 박힌 사람한테 어울리는 만큼은 문제없어요.

에번스 그 말이 아니라, 하느님의 남자들과 여자들로 맹세하건대 당신 자신의 욕구를 여자에게 알릴 수가 있는지 분명하게 말하시오.

섈로 반드시 그 말을 해야 한다. 지참금만 좋다면 그 여자와 결혼하겠냐?

슬렌더 삼촌, 무슨 이유가 있든지 삼촌이 원하기만 하신다면 그보다 더한 일도 하겠습니다.

섈로 그게 아니라, 귀여운 조카야, 내 말 잘 들어. 네게 좋게 하고 싶어. 그 처녀를 사랑할 수 있니?

슬렌더 삼촌이 원하시니까 그 여자와 결혼하죠. 하지만 처음에는 사랑이 아주 크지 않아도 서로 좀 더 알고 나면 저희들이 결혼해서 서로 알아보는 시간이 많으면, 하늘이 사랑을 늘어나게 할 수 있겠죠. 서로 낯이 익으면 더 큰 경멸[16]을 만들 거라고 믿거든요. 어쨌든 삼촌이 결혼하라고 하시면 결혼하겠어요. 굳세게 결딴나고[17] 결심했네요.

에번스 대단히 현명한 대답이오. 다만 '결딴'이라고 하는 실수는 제외하오. 그것은 우리가 뜻하는 대로 하면 '결단'이오. 하여간 의도는 좋소.

섈로 그렇소. 조카의 의도는 좋았다고 믿소.

슬렌더 물론이죠. 아니라면 목매달려 죽어도 좋아요!

[앤 페이지 등장]

섈로 어여쁜 앤 아가씨가 나타났다. 앤 아가씨, 내가 청년이라면 얼마나 좋을까!

앤 식탁에 식사가 준비되어 있어요. 아버님이 여러분과 함께 자리하길 원하셔요.

섈로 같이 식사하겠소, 어여쁜 앤 아가씨.

에번스 하느님의 복된 뜻이 함께하시길! 은혜로운 그 자리에 내가 빠질 수 없어. [섈로와 에번스 퇴장]

앤 같이 들어가시죠.

슬렌더 아니오. 진심으로 감사합니다마는—이대로가 좋습니다.

앤 식사가 기다리는데요.

슬렌더 배고프지 않아요. 하여간 진심으로 감사하오. [심플에게] 너 들어가서 섈로 삼촌한테 시중들어라. 너는 내 부하지만.— [심플 퇴장] 치안판사도 어떤 때는 자기 친척 덕분에 하인을 부릴 수 있군요. 어머니가 돌아가시기 전에는 어른 셋과 시동 하나밖에 두지 못하지만 그게 무슨 문제인가요? 하지만 나는 가난하게 태어난 신사처럼 사는 거예요.

앤 모시고 들어가지 않으면 저도 들어갈 수 없어요. 가시기 전에는 저분들도 앉지 않으실 거예요.

슬렌더 정말 아무것도 안 먹겠어요. 먹은 거나 다름없이 아가씨께 감사드려요.

앤 제발 들어가셔요.

슬렌더 그냥 여기 거니는 게 좋은데요. 고마워요. 엊그제 검도 사범과 칼하고 단도와 함께 시합하다가, 찐 자두 한 접시 걸고 3회전하는 건데,[18] 정강이를 다쳐서, 그 뒤로 더운 음식 냄새는 견딜 수가 없어요. 아가씨 댁 개들이 왜 저렇게 짖어대죠? 마을에 곰이 왔나요?

앤 그런 것 같아요. 곰들이 왔단 말 들었어요.[19]

슬렌더 저도 곰 놀이를 좋아하는데 잉글랜드 사람 중에 누구 못지않게 구경하다 싸움을 벌이죠. 곰이 놓여난다면 겁이 나죠, 안 그래요?

앤 물론이죠.

슬렌더 이제는 나한테 밥이나 숭늉 같아요. 유명한 공원의 곰이 스무 번이나 놓여나온 걸 봤는데 내가 쇠줄로 붙들었죠. 하지만 확실히 말해서 곰이 지나갈 때

16 '친숙은 경멸을 낳는다'는 격언을 인용하나 이 경우에는 전혀 알맞지 않다.

17 '결심'이 아니고 '결딴'이라는 말을 쓴다. 잘못 쓴 것이다.

18 찐 자두는 본래 창녀집에서 내놓는 음식이었는데 슬렌더는 멋모르고 이런 말을 한다.

19 장터에서 곰을 쇠기둥의 짧은 줄에 매놓고 개들을 풀어놓아 덤벼들게 하는 구경 놀이.

여자들이 비명을 지르데요. 본시 여자들은 곰을 참지 못해요. 못생긴 데다 사납게 구니까요.

[페이지 등장]

페이지 슬렌더 총각, 들어와요. 우리가 기다리오.

슬렌더 아무것도 안 먹겠어요. 고맙습니다.

페이지 정말이지 이거 총각이 마음대로 좋다 싫다 할 수 없다오! 자, 들어와요.

슬렌더 그러면 앞서세요.

페이지 자, 가시죠.

슬렌더 앤 아가씨, 앞서가세요.

앤 아니어요. 먼저 가세요.

슬렌더 정말이에요. 제가 앞서지 않겠어요. 아가씨께 그런 실례를 끼치지 않아요.

앤 가시라니까요.

슬렌더 걱정을 끼치기보다 차라리 실례를 범해요. 아가씨는 일부러 손해를 봐요.

[모두 퇴장. 슬렌더가 먼저 가고 부녀가 뒤따른다.]

## 1. 2

[에번스와 심플 등장]

에번스 가서 케이어스 박사님 자택으로 가는 길을 알아보아라. 거기에 퀴클리 부인이라는 사람이 거처하는데, 그 부인이 박사의 유모, 또는 가정부, 또는 요리사, 또는 빨래꾼, 또는 빨래방, 또는 짜는 자라고 할 수 있다.

심플 [가면서] 압니다요.

에번스 아니다, 아직 말 안 끝났다. 그 부인에게 이 편지를 전해라. 그 여자는 앤 페이지 아가씨와 썩 잘 알고 지내는데 이 편지는 앤 페이지 아가씨에 대한 네 주인의 소원을 청구하려고 그 여자에게 청원하는 편지이다. [심플 퇴장] 그러면 나는 식사를 마친다. 사과와 치즈가 뒤따라 나오는 것이다. [퇴장]

## 1. 3

[폴스타프, 객줏집 여주인, 바돌프, 님, 피스톨, 로빈 등장]

폴스타프 가터 여주인—

객줏집 여주인 우리 뚱보 밥통이 무슨 말이 많죠? 학자처럼 유식하게 말해봐요.

폴스타프 여주인, 부하들 가운데 몇 사람을 내보내야 할까보오.

객줏집 여주인 뚱보 헤라클레스, 내버리고 내어 쫓고 떠나보내죠. 타박타박 걸어가겠죠.

폴스타프 나는 주당 10파운드씩을 내고 있소.

객줏집 여주인 당신은 황제야.—시저, 카이저, 피저,[20] 바돌프는 내가 쓰죠. 술통에서 술 따르는 일을 시킬 테요. 내 말 멋있죠? 뚱보 용사.

폴스타프 그렇게 하시게, 맘씨 좋은 여주인.

객줏집 여주인 약속했소. 날 따라서 오래요. [바돌프에게] 거품을 내고 횟가루 뿌리는 걸[21] 나한테 보여줘. 약속을 지킬게. [바돌프에게] 따라와. [퇴장]

폴스타프 바돌프, 따라가. 술지기는 괜찮은 직업이야. 낡은 윗도리가 변해서 새 조끼 돼. 늙어빠진 하인이 쌩쌩한 술지기라고. 잘 가거라.

바돌프 내가 원하던 인생이오. 성공하겠소. [퇴장]

피스톨 천박한 헝가리[22] 인간, 술통 꼭지 주무르겠니?

님 주정뱅이 아들로 태어났소. 내 말솜씨 어때요?

폴스타프 발끈 잘하는 그 녀석을 떼버려서 다행이야. 그 녀석 도둑질이 너무 빤했어. 훔치는 짓이 영 서툰 가수 같았어.—박자를 못 맞췄거든.

님 1분 안에 훔치는 게 요령인데.

피스톨 점잖은 사람은 '옮긴다'고 해. 훔치다니! 엿 먹을 소리 마!

폴스타프 얘들아, 나 거의 바닥났다.

20 로마제국의 황제는 모두 줄리어스 시저(로마어로는 율리우스 카이사르)의 후예라는 뜻으로 시저라는 성을 따랐고 중세의 신성 로마 황제가 된 독일 왕도 카이저(카이제르)로 자칭했다(러시아 황제는 '차르'라고 했다). 그런 과정을 통해 시저는 황제라는 뜻을 갖게 되었다. 그런데 여관 주인은 끝에 '피저'라는 말을 지어 붙였는데 아마 아랍 국가의 재상을 뜻하는 '비지어'에서 왔겠지만 여기서는 '박치기꾼'이라는 말일 것이다.

21 횟가루(산화칼슘)를 뿌리면 맥주의 떫은맛이 줄어든다.

22 '헝가리'라는 나라와 '헝그리'(hungry)한 상태는 이렇게 말장난거리가 되었다.

피스톨 그럴 때 동상 걸려요.

폴스타프 뾰족한 수가 없어. 사기를 쳐야겠다. 재간을
피워야겠어.

피스톨 까마귀 새끼들도 먹을 게 필요해요.

폴스타프 너희 중에서 누가 이 고을의 포드란 자를 아냐?

피스톨 내가 그 인간 알아요. 재산이 넉넉하죠.

폴스타프 착한 얘들아, 내 계획을 알려주마.

피스톨 그 커다란 배 속에 들어 있겠죠.

폴스타프 농담할 때가 아냐, 피스톨. 분명히 이 허리가
여섯 자쯤 되지만 지금은 낭비가 아니라 절약을
하려고 해. 짧게 말해서 포드 부인한테 연애를
걸려고 해. 그 여자 보니 나를 반기는 눈치였어.
말을 나누며 상냥히 굴고 오라는 눈짓을 던지거든.
다정한 태도를 보고 짐작하겠어. 그 여자의 몸짓을
매우 어렵게 해석한대도, 제대로 영어로 옮기면
'난 존 폴스타프 경의 여자예요'란 말이다.

피스톨 [님에게 방백] 저이가 여자의 속마음을 읽어보고
깨끗한 마음에서 영어로 옮긴 거라고.

님 [피스톨에게 방백] 닻이 깊이 박혔구나. 이런 게
멋들어진 말솜씨가 되겠는가?

폴스타프 그런데 소문에 따르면 마누라가 남편의 주머니를
좌지우지한다는 거야. 천사가 수두룩해.[23]

피스톨 그렇게 많은 마귀들을 데려다가 여자한테 가시구려!

님 기분이 상승하니까 좋은 징조요. 천사들을 구슬려요.

폴스타프 [편지들을 보여주며] 여기 여자한테 편지를 써놨고
여기 다른 편지도 페이지의 마누라한테 써놨는데,
아까 여자도 좋은 눈길을 나한테 보내주고 주도면밀한
눈으로 여러 부분들을 살펴보더라. 어떤 때는 눈빛이
내 발에 비추고 어떤 때는 내 부대한 배에 멈춰 서더라.

피스톨 [님에게 방백] 그래서 해는 거름 더미를 비추었지.

님 [피스톨에게 방백] 너의 그 우스개가 고맙다.

폴스타프 그 여자가 그처럼 욕정으로 가득차서 내 겉모양을
샅샅이 핥으니까 눈빛의 식욕이 볼록렌즈처럼 나를
불태우는 것 같더라. 이게 여자한테 보내는 편지라고.
그 여자가 주머니를 주무르지. 그 여자가 가이아나의
지역 중 하나야. 황금하고 풍요가 넘치지. 두 사람을
동시에 속여먹겠다. 두 명 모두 내 금고로 삼을 테다.
동인도와 서인도로 만들어서 둘과 거래하겠어.
[님에게] 너는 이 편지를 페이지 부인에게 전달하고
[피스톨에게] 너는 이걸 포드 부인에게 가져가라.
얘들아, 우리 모두 살게 됐다, 살게 됐구나.

피스톨 그래서 내가 트로이의 판다로스[24]가 될 판인데
철갑까지 둘러요? 그럼 악귀가 모두 가져라!
[편지를 돌려준다.]

님 난 천한 심부름 다니긴 싫소. 자, 이 망신스런
편지 도로 받아요. [편지를 돌려준다.]
점잖은 몸가짐을 계속 유지할 테요.

폴스타프 [로빈에게 편지들을 주며]
녀석아, 편지들을 단단히 간수해라.
쾌속정처럼 저 황금 해안에 달려가라. [로빈 퇴장]
녀석들, 빨리 꺼져! 우박처럼 사라져라!
터덜터덜 걸어가라! 잘 데 찾아 떠나가라!
폴스타프도 이 세상 버릇을 따라 하겠다.
녀석들, 프랑스식 경제. 달랑 시동뿐이다. [퇴장]

피스톨 말똥가리에게 창자나 뜯겨라! 야바위 주사위가
판치면서 부자 빈자 안 가린다.
네가 한 푼 없을 때 나는 돈 자루를 뽐내겠다.
비열한 터키 놈아!

님 복수 냄새가 물씬 나는 생각이 오간다.

피스톨 복수하겠냐?

님 하늘과 뭇별에 걸고!

피스톨 계교냐, 칼이냐?

님 둘 다 하겠다.
페이지한테 이 연애를 알려주겠다.

피스톨 그럼 나는 포드한테 폭로할 테다.
어떻게 저질 악질 폴스타프가
암탉을 범하고 금화를 빼내고
잠자리를 더럽힐지 알려줄 테다.

님 내 분한 마음을 식히지 않겠다. 페이지한테 독약을
쓰라고 부추기겠다. 질투심을 넣어주겠다. 나의
반발은 무서운 것이라 그게 진짜 내 기분이다.

피스톨 너는 불평불만이 넘치는 군신이다. 부관 노릇 내가
할게. 앞으로 계속 나아가라. [둘 퇴장]

23 당시 금화에는 '천사' 모양이 새겨져 있어 일반적으로 '천사'(angel)라고 불렀다.

24 트로이의 귀족 판다로스가 그의 조카딸 크레시다를 트로이의 왕자 트로일로스에게 소개한다. 후에 '판다로스'는 창녀를 알선하는 뚜쟁이의 대명사가 되었다. 철갑을 두른 군인인 피스톨이 뚜쟁이 노릇을 하게 된 것이다. 트로일로스와 크레시다의 이야기는 셰익스피어가 그 이름의 문제극에서 다루고 있다.

## 1. 4

[퀴클리 부인과 심플 등장]

퀴클리 부인 [외친다.] 존 럭비 있냐?

[럭비 등장]

창문에 가서 주인님 케이어스 박사께서 오시는지 내다봐라. 그분이 와서 집 안에 누구라도 있으면 하느님의 참을성과 임금님의 표준말을 죄다 망칠 욕설이 떨어지게 된단다.

럭비 가서 보죠.

퀴클리 부인 가봐라. 밤이 깊기 전에 석탄불 옆에서 따끈한 단술로 축배를 들자. [럭비 퇴장] 집 안에 데리고 있기 좋고 정직하고 고분고분하고 착한 하인이다. 그리고 확실히 소문 옮기고 말썽 피우는 녀석은 아니지. 제일 나쁜 버릇은 자꾸 기도를 드린다는 거야. 그쪽으로는 좀 별스러워. 하지만 결점 없는 사람이 있나. 그래도 괜찮아.—이름이 피터 심플이랬지?

심플 예, 더 나은 이름이 없어서요.

퀴클리 부인 그리고 슬렌더 총각이 주인이라지?

심플 예, 맞아요.

퀴클리 부인 가죽장이 칼처럼 커다랗고 둥그런 수염이 나지 않았니?

심플 아닌데요. 주인님 얼굴은 자그마하고 샛노란 수염이 조금 나 있어요. 가인[25] 색깔 수염인데요.

퀴클리 부인 성질이 온순한 사람이야. 안 그래?

심플 맞아요. 하지만 이 고장에선 알아주는 용감한 싸움꾼이죠. 토끼 사냥터 지키는 사람하고 싸운 적도 있어요.

퀴클리 부인 와, 정말 그러냐? 아, 이제야 생각나누나. 머리를 바짝 치켜들고 다니지 않냐? 그러고서 발걸음이 힘차지 않냐?

심플 예, 정말 그렇죠.

퀴클리 부인 오, 하느님, 앤에게 그보다 못한 행운은 내리지 마소서! 에번스 사제한테 네 주인을 위해 내 힘껏 애쓰겠다고 말씀드려라. 앤은 좋은 애야. 그래서—

럭비 [안에서] 어이구, 나가세요! 주인님이 오세요.

퀴클리 부인 모두 욕먹게 됐다. 착한 젊은이, 빨리 여기 들어가. 이 골방에 들어가라. 오래 안 계셔.

[심플을 골방에 넣고 문을 닫는다.]

존 럭비, 어디 있냐? 얘, 존, 어디 갔냐?

[럭비 등장]

[큰 소리로] 존, 가서 주인님 어떠신가 알아봐. [럭비 퇴장]

아무래도 편찮으신 것 같아. 집에도 안 오시니.

[노래한다.] 그러고는 앉아서, 앉아서 (운운)

[케이어스 박사 등장]

케이어스 그것이 무슨 노래인가? 그런 유치한 소리를 나는 좋아하지 않는다. 골방에 가서 '윈 봐트 앙베르'[26] 가져와라. 파란 상자다. 알아듣겠나? 푸른 상자다.

퀴클리 부인 네, 물론. 갖다 드리죠. [방백] 자기가 직접 안 가서 다행이구나. 젊은이를 발견하면 뿔같이 화를 낼 테지.

[골방으로 간다.]

케이어스 프 프 프 프! '마퐈, 일 패 포르 쇼드. 즈 망 베 잘라 쿠르.—라 그랑드 아 페르.'[27]

퀴클리 부인 이건가요?

[그에게 상자를 보여준다.]

케이어스 '위, 메텔 르 아마 포쉐트. 데페슈',[28] 빨리빨리. 럭비 녀석은 어딨는 거야?

퀴클리 부인 얘, 존 럭비! 존!

[럭비 등장]

럭비 여기 있어요.

케이어스 네가 존 럭비다. 그래서 네가 자크 럭비다. 그러면 칼을 가지고 내게 바짝 붙어서 궁정으로 가자꾸나.

럭비 여기 문간에 준비돼 있어요.

[칼을 가져온다.]

케이어스 아이고, 내가 너무 늦었구나. 큰일 났다! '케즈 우블리에?'[29] 골방에 약이 몇 가지 있다. 절대로 잊어버리면 안 된다.

25 옛 그림을 보면 동생 아벨을 죽인 가인의 수염은 노란 빛깔이었다.

26 프랑스어로 'une boite en vert'(파란색의 상자). 프랑스인이기 때문에 프랑스어를 섞어서 말하고 조금 이상한 영어로 말한다. (우리말로는 중국인이나 일본인이 한국어투를 흉내 내는 것으로 이해하면 될 듯하다.)

27 'Ma foi, il fait fort chaud. Je m'en vais a la cour la grande affaire'(아이고, 몹시 덥구나. 궁정으로 가는 중이다. 중요한 일이야).

28 'Oui, mettez-le a ma pochette. Depeche'(응. 그걸 내 주머니 속에 넣어줘. 빨리 해).

29 'Qu'ai-je oublie?'(내가 무얼 잊었지?)

[골방으로 간다.]

퀴클리 부인 [방백] 아이고 야단났네. 젊은이를 보면 지랄하겠지.

케이어스 오 디아블, 디아블![30] 골방 속에 무엇이 있는가? 망할 것들! '라롱!'[31]

[골방에서 심플을 끌어낸다.]

럭비, 내 칼 가져와라!

퀴클리 부인 박사님 고정하셔요.

케이어스 내가 어째서 고정하겠나?

퀴클리 부인 그 청년은 충직한 사람이어요.

케이어스 충직한 사람이 내 골방에서 무슨 짓을 하는가? 내 골방에 들어갈 충직한 사람은 없다.

퀴클리 부인 제발 그처럼 화내지 마세요. 어떻게 된 일인가 들어보세요. 에번스 사제님한테서 저에게 심부름 왔었어요.

케이어스 그리하여?

심플 예, 사실은 아주머니한테—

퀴클리 부인 가만 좀 있어.

케이어스 가만있어라. [심플에게] 네 말을 계속해라.

심플 어르신의 가정부인 이 부인한테 저의 주인의 혼사가 잘 되도록 앤 페이지 아가씨께 좋은 말을 해달라고 부탁하러 왔었어요.

퀴클리 부인 그게 전부라고요! 하지만 불 속에 괜히 손가락을 집어넣지 않을 텝니다.

케이어스 에번스 신부가 보냈다고? 럭비, 종이를 가져와라. [심플에게] 너는 잠깐 기다려라.

[럭비가 골방에서 종이를 가져온다. 케이어스가 글을 쓴다.]

퀴클리 부인 [심플에게 방백] 저이가 저처럼 조용해서 잘됐다. 머리끝까지 화가 치밀면 굉장히 꽥꽥대고 야단친단다. 하여간에 네 주인한테 되도록 좋게 해줄게. 싫든 좋든 간에 우리 주인 프랑스 의사는,—우리 주인이라고 해도 괜찮아. 이봐, 내가 저이 집안일을 꾸리고 빨고 짜고 술 담그고 설거지하고 먹을 것 마실 것 만들고 잠자리 정돈하고 뭐든지 하니까—

심플 [페이지 부인에게 방백] 남의 수하에 있다는 건 커다란 부담이에요.

퀴클리 부인 [심플에게 방백] 너도 그거 알겠냐? 진짜 힘든 일이야. 일찍 일어나야 되고 늦게 누워야 되거든. 하여간에—너한테만 귓속말로 알려줄게. 소문이 퍼지면 안 돼. 우리 주인도 앤 페이지를 사랑하고 있단다. 하여간에 나는 앤이 어떤 마음인지 잘 알고 있어. 하지만 뭐 상관없어.

케이어스 [심플에게 편지를 주며] 너 원숭이 새끼, 이 편지 에번스 신부에게 줘라. 이것은 도전장이다. 사냥터에서 그자의 목을 따서 더러운 원숭이 신부 놈이 간섭하지 못하도록 가르치겠다. 너는 가도 좋다. 여기 있으면 안 좋다. [심플 퇴장]

정말이지 그자의 불알 두 쪽 다 잘라 버리겠다. 정말이지 개한테 던져줄 불알도 안 남기겠다.

퀴클리 부인 오, 단지 친구를 위해서 말하는 건데요.

케이어스 그것은 상관없다. 앤 페이지가 내 차지가 될 것을 네가 내게 말하지 않았는가? 정말이지 그 신부 새끼 죽여버릴 터이다. 그래서 가터 여관 주인에게 우리 심판 보라고 정하였다. 정말이지 앤 페이지는 내 것으로 삼겠다.

퀴클리 부인 주인님, 그 처녀가 주인님을 사랑하니까 모두 잘될 거예요. 남들이 떠들라고 놔둬야 옳죠. 잘됐네요!

케이어스 럭비, 궁성으로 가자. [퀴클리 부인에게] 정말이지 앤 페이지가 내 것이 안 되면 너를 이 집에서 내쫓겠다.—럭비, 나를 바짝 따라와라.

퀴클리 부인 앤을 차지하게 하는 게— [케이어스와 럭비 퇴장]

—아니라, 천만에, 멍청이 대가리를 달아매어라. 앤의 속을 잘 안다. 윈저에 나보다 앤의 속을 더 잘 알거나 앤에게 더 잘해줄 여자가 있다면 나와 보라고 해. 하늘이 고맙지.

펜턴 [안에서] 안에 누구 계세요?

퀴클리 부인 도대체 저게 누굴까?—집 쪽으로 가까이 와 보세요.

[펜턴 등장]

펜턴 아주머니, 어떻게 지내세요?

퀴클리 부인 선생께서 직접으로 물으시니까 더욱 편히 지내지요.

펜턴 어찌 돼가요? 어여쁜 앤 아가씨는 잘 있소?

퀴클리 부인 정말로 예쁘고 바르고 착하고 선생님의

30 'O, diable, diable!'(아이고, 끔찍해라, 끔찍해라!) (직역하면 '오, 마귀, 마귀')
31 'Larron!'(도둑놈!)

친구예요. 그건 차차 말씀드리죠. 그 때문에 하느님께 찬미드려요.

펜턴 내게 무슨 좋은 일이 생기겠소? 이번 구혼이 실패하지 않을까요?

퀴클리 부인 참말로, 모든 것이 위에 계신 그분 손에 달려 있대요. 하여간에, 선생님, 성경책에 걸어서 그 처녀가 선생님을 사랑한다고 맹세해도 좋아요. 선생님 눈두덩에 사마귀가 있지 않아요?

펜턴 오, 그렇소. 그게 어때서요?

퀴클리 부인 거기에 이야기가 달려 있군요. 정말로 얌전한 처녀라고요.—하지만 하여간에 밥술 떠본 여자 중에 제일 정숙한 처녀예요. 그런 사마귀 갖고 그 애와 한 시간이나 얘기했단 말씀이죠. 나는 그 처녀하고 같이 있을 때만 웃어요. 하지만 요즘 그 애가 너무 우울하고 생각에 잠긴 것 같아요. 하지만 선생님은, 저—

펜턴 그럼 오늘 만나보죠. 잠깐, 당신한테 주는 돈이오. 나 대신 말을 잘해줘요. 나보다 먼저 그 처녀 만나면 내 문안 전하고.—

퀴클리 부인 그럴까요? 그렇게 하고말고요! 그리고 요다음에 두 사람만 있을 때 그 사마귀와 딴 구혼자들에 대해서 좀 더 말씀드릴게요.

펜턴 그럼 잘 있어요. 지금 내가 급해요. [펜턴 퇴장]

퀴클리 부인 확실히 의젓한 신사야. 하지만 앤이 사랑하지 않거든. 내가 누구보다도 앤의 속을 잘 알거든. 아이고머니! 그걸 잊어 먹다니! [퇴장]

## 2. 1

[페이지 부인이 편지를 들고 등장]

페이지 부인 내가 한창 예쁘던 시절에도 연애편지를 받아보지 못했는데 지금은 그런 편지의 대상이 되었는가? 어디 보자.

[읽는다.]

"왜 사랑하는지 이유를 묻지 마시오. 사랑은 이성을 엄한 인도자로 삼고 있지만 속을 털어놓을 존재는 아니오. 당신은 젊지 않고 나 역시 젊지 않소. 따라서 공감하는 데가 있소. 당신은 쾌활한데 나 역시 쾌활해요. 하하하. 그런 만큼 공감해요. 술을 좋아하는데, 나 역시 좋아하오. 좀 더 공감하길 원하시오? 페이지 부인, 최소한 군인의 사랑에 만족할 수 있다면 내가 당신을 사랑하는 것으로 만족하시오. 동정해달란 말은 안 하겠소. 군인답지 못한 말이오. 하지만 사랑해 달라는 말은 할 테요.

당신의 진정한 기사,
밤낮을 가리지 않고
어떠한 빛에서나
온 힘을 기울여
그대 위해 싸우는
존 폴스타프가."

유대 왕 헤롯[32]이 떠드는 소리구나! 악하고 악한 세상아! 늙어 빠져서 금방 누덕누덕 떨어져 나갈 놈팡이가 젊은이인 체 나서누나! 저런 네덜란드 주정뱅이[33]가 멋도 모르고—마귀의 이름과 함께!—내 언행을 보고 그런 꼴을 취해서 이따위 식으로 나한테 다가와? 나와 같이 있은 게 세 번도 안 돼. 뭐라고 쏴줄까? 그때 나는 즐겁지가 않았거든. 하느님, 용서하소서! 남자를 철폐하라고 의회에 청원서를 내야겠다. 어떻게 녀석에게 복수할까? 녀석의 창자가 밸로 만든 것인 만큼 확실하게 복수해야 되겠다.

[포드 부인 등장]

[페이지 부인이 편지를 감춘다.]

포드 부인 페이지 부인! 이거 정말이다. 일부러 당신 집에 오는 길이야.

페이지 부인 이것도 정말이다. 당신한테 가려고 했어. 얼굴빛이 몹시 안 좋아.

포드 부인 그 말 절대로 안 믿겠어. 그것과는 정반대로 보여줄 게 있거든.

페이지 부인 정말이야. 당신 안 좋아 보여.

포드 부인 그럼 그렇다고 해. 하지만 그 정반대를 보여줄 게 있다고. 페이지 부인, 말 좀 해라!

페이지 부인 아니 도대체 무슨 일이야?

포드 부인 이것 봐, 한 가지 사소한 점만 빼고 내가 이처럼 큰 영광을 받게 되누나!

32 유대의 헤롯 왕은 당시 민속극에서 난동을 부리는 악역으로 등장했으며, 예수를 잡아 죽인 악당의 대표였다.

33 당시 홀란드 지방 사내들은 술배가 불룩한 주정뱅이로 알려져 있었다.

페이지 부인 사소한 건 집어치우고 영광만 받아. 뭐야? 군더더긴 떼어 버려. 뭔데 그래?

포드 부인 영원한 찰나나 그쯤 되는 순간에 지옥에 가기만 하면 나는 기사가 된단 말이다.

페이지 부인 뭐? 거짓말 마! 앨리스 포드 경? 그런 기사는 난도질이나 치겠지. 단지 당신네 양반 신분을 변경하지 않는다면.—

포드 부인 시간 낭비 관둬라. 자, 이거 읽어봐, 읽어봐. 내가 어떻게 기사가 될는지 보라고.

[그녀가 편지를 꺼내서 페이지 부인에게 주니 그녀가 읽는다.]

내가 남자의 외모를 구별할 눈이 있는 한, 뚱뚱한 사내를 더 나쁘게 본다고. 남자로서 욕설도 안 하고 정숙한 여자한테 칭찬을 하고 온갖 못된 행실에 대해 바르고 점잖은 말로 곤란하다고 하면서 나도 그런 남자 성격과 언행이 똑같이 진실할 거라고 여겨 의심이 없어진다고 해도, 언행과 성격은 시편 백 편[34]이 「푸른 소매」 곡조에 맞지 않는 것처럼 서로 맞지도 않고 어울리지도 않아. 무슨 바람이 불어서 저 고래 배 속에 기름 몇 통을 처넣은 채 여기 윈저 바닷가에 몰려왔을까? 어떻게 보복해? 가장 멋있는 방법은 희망을 가질 만큼 녀석을 추켜세우다 못된 욕정의 불길이 제 기름 속에 녹아버리게 만드는 거다.—그런 소리 들어봤어?

페이지 부인 말도 똑같다. 단지 페이지하고 포드란 이름만 달라.

[그녀가 자기에게 온 편지를 쳐들어 보인다.]

그런 못된 소문난 괴이쩍은 일에서 너한테 큰 위로가 되는 건 내가 그 쌍둥이 편지를 받았단 거다. 네 편지를 맏이라 해라. 난 그거 원치 않아.

[그녀가 그 편지를 포드 부인에게 주니까 포드 부인이 둘을 비교한다.]

확실히 이런 편지 천 개는 갖고 있겠지. 딴 이름 적어 넣을 공란만 남겨두고. 물론 있을 테지. 이건 2천 번 우려먹은 편지 가운데 두 개야. 그자가 찍어낸 게 분명해. 인쇄기에 뭘 넣는지 관심 없을 놈이거든. 차라리 거인이 돼서 펠리온 산 밑에 깔릴 테야.[35] 정숙한 남자 하나 보려면 음란한 비둘기[36] 스무 마리는 봐야 한다고.

포드 부인 정말 똑같구나. 똑같은 필체고 똑같은 말이야. 우리를 뭐로 보고 그래?

페이지 부인 나도 몰라. 내 정절과 부딪혀서 싸움질할 지경이야. 나도 나를 알지 못할 물건처럼 대할 판이라고. 분명히 내 속에 나도 모르는 기묘한 가닥이 있는 걸 그자가 눈치채지 못했다면 이렇게 무지하게 맞서지를 못할 텐데.

포드 부인 그걸 맞댄다고 해? 확실히 녀석을 갑판에서 벗어나지 못하게 하겠어.[37]

페이지 부인 나도 그럴 테야. 녀석이 내 선실에 들어오기만 하면 나는 다시는 바다에 안 나가. 우리 복수하자. 녀석에게 만나자는 약속을 하고 안심하게끔 무얼 해주는 척하고 교묘한 미끼로 자꾸만 시간을 끌어서 마침내 여관 주인한테 말들을 저당 잡히게 하자.

포드 부인 조심해서 지켜온 내 정결한 심신에 흠이 생기지 않는다면 무슨 짓을 한대도 찬성하게 만들겠어. 남편이 보았다면! 남자의 질투심을 영원히 살려주는 영양소가 될 건데.

[포드가 피스톨과 함께, 페이지가 님과 함께 등장]

페이지 부인 아, 저기 네 남편이 와. 그리고 내 남편도 와. 내가 원인을 제공하지 않는 만큼 질투하고는 거리가 먼 사람이야. 바라기는 거리가 무한하면 좋을 거야.

포드 부인 그만큼 너는 행복한 여자야.

페이지 부인 이 기름덩이 기사한테 골탕 먹일 방법을 둘이 함께 의논하자. 이리 와.

[둘이 뒤로 물러선다.]

34 구약 성경 시편 백 편은 "온 땅이여, 여호와께 즐거이 부를지어다. 기쁨으로 여호와를 섬기며 노래하면서 그 앞에 나아갈지어다"로 시작되는 가장 인기 높은 시편이었고, 「푸른 소매」는 지금도 불리며 당시 가장 널리 알려진, 실연을 아파하는 작자 미상의 노래였다. 5막 5장 19행에도 언급된다.

35 그리스신화의 이야기로, 신들과 싸우던 거인들이 신들이 사는 올림포스 산에 올라가려고 그 옆에 '펠리온' 산을 쌓았는데 이를 본 제우스가 거인들을 펠리온 산 밑에 가두어 놓았다.

36 본래 비둘기는 정숙한 새의 표상이었다. 셰익스피어가 지은 시(詩) 「불사조와 비둘기」 참조.

37 적의 함선의 옆구리에 이쪽 함선을 맞대놓고 적을 섬멸하는 것이 당시의 전술이었다. 밀리게 된 적은 갑판을 버리고 물속에 뛰어들었다.

포드 허, 그게 사실 아니길 바라는데.
피스톨 어떤 짓의 희망은 꽁지 자른 개라오.
폴스타프가 당신 아내를 사랑합니다.
포드 허, 내 아내는 젊은 여자가 아니오.
피스톨 높은 자나 낮은 자나 있는 자나 없는 자나
늙은이나 젊은이나 한가지로 사랑해요.
모든 잡탕을 사랑해요. 포드, 조심하세요.
포드 내 아내를 사랑해?
피스톨 간덩이[38]가 뜨겁소. 예방하지 않으면
악타이온[39]처럼 멍멍개에게 쫓기게 돼요.
오, 그 이름, 듣기 싫어요!
포드 어떤 이름 말인가?
피스톨 뿔[40]이란 말예요. 안녕히 계세요.
조심해요. 눈을 떠요. 밤에 도둑 다녀요.
조심해요. 여름이 오기 전엔. 뻐꾹새 울기 전엔.
가자, 님 하사!
믿어요, 페이지. 뼈대 있는 말예요. [퇴장]
포드 [방백] 침착해야지. 사실을 알아낼 테다.
님 [페이지에게] 그게 사실예요. 나는 거짓말하는
심보가 싫어요. 그자가 어떤 심보로 내게 상처를
줬어요. 그런 심보가 담긴 편지를 내가 그녀에게
전했지만, 나는 칼이 있어요. 필요시엔 깨물겠어요.
그자가 당신의 아내를 사랑해요. 이게 전부예요. 내
이름은 님 하사요. 내가 말해요. 맹세코 진짜요.
폴스타프가 당신의 아내를 사랑해요. 잘 있어요.
빵과 치즈 먹는 짓이 나는 싫어요. 잘 있어요. [퇴장]
페이지 [방백] 그게 싫다는 심보라! 우리 말에 겁주어서
말의 넋을 빼 가는 녀석이야.
포드 [방백] 폴스타프를 찾아야지.
페이지 [방백] 그렇게 거드름을 빼고 난 척하는 녀석은 처음이야.
포드 [방백] 찾기만 하면—으흠.
페이지 [방백] 그런 되놈은 못 믿겠다. 읍내 교회 신부가
진실한 사람이라 칭찬한대도.
포드 [방백] 제법 똑똑한 녀석이었어.—으흠.
[페이지 부인과 포드 부인이 앞으로 나선다.]
페이지 무슨 일이야, 멕?
페이지 부인 어디 가요, 조지? 들어봐요.
[둘이 뒤로 물러서서 말한다.]
포드 부인 웬일이죠? 정다운 프랭크? 어째서 그렇게
울상을 지어요?
포드 울상을 짓는다고? 나 우울하지 않아요. 집에 가요,
집에 가요.
포드 부인 확실히 머릿속에 무슨 잡생각이 오락가락
하는가봐.—페이지 부인, 안 갈거야?
페이지 부인 같이 갈게.—여보, 저녁 먹으러 집에 올
거죠?
[퀴클리 부인 등장]
[포드 부인에게 방백] 저기 누가 오나봐. 그
너절한 기사한테 보낼 우리의 전령으로 써먹어야지.
포드 부인 [페이지 부인에게 방백] 나도 저 여자를
생각했거든. 꼭 들어맞아.
페이지 부인 우리 딸 앤을 보러 오는데?
퀴클리 부인 그러네요. 훌륭한 앤 아가씨는 요즘 어찌
지내시나요?
페이지 부인 우리와 함께 들어가서 보라고요. 우리도
당신한테 한 시간쯤 말할 게 있어요.
[페이지 부인, 포드 부인, 퀴클리 부인 퇴장]
페이지 어떠세요, 포드 선생님?
포드 그놈이 나한테 하는 말을 듣지 않았소?
페이지 들었어요. 다른 놈이 나한테 말한 것도 듣지 않았소?
포드 그놈들이 하는 말을 믿을 수 있소?
페이지 뒈질 놈들! 그 기사가 그런 소리 할 거라곤 미처
생각지 못했소. 놈들이 우리 아내들에 대해서
그자의 흑막을 까발리는데, 그자가 내버린
부하들이라, 진짜 양아치로 떠돌게 됐소.
포드 그자의 부하들이오?
페이지 물론이오.
포드 그거 아주 잘된 일이오. 그자가 가터 여관에
지낸답디까?
페이지 아, 그래요. 그자가 아내한테 뱃길을 돌린다면
그자에게 아내를 풀어놓겠어요. 그자가 매운 욕
이외에 얻는 것이 있으면 그런 것들 모두가

38 간(肝)은 사랑의 원천으로 생각되었다.
39 순결의 여신 다이애나가 목욕하는 것을 몰래 엿보다가 들켜서 사슴이 되어 달아나다가 자기 사냥개에게 물려 죽은 사내.
40 아내가 서방질을 하면 남편 머리에 뿔이 난다고 했다. 늦봄에 뻐꾸기가 뻐꾹뻐꾹 하는 것을 영어로는 '쿠쿠 쿠쿠' 한다는데 '쿠쿠'는 '오쟁이 진 남편'이라는 뜻의 'cuckold'와 소리가 비슷해서 봄에 뻐꾸기가 울면 아내가 바람이 난다는 말이 있었다. 셰익스피어는 자기 작품에서 이 말을 여러 번 사용했다.

내 머리에 떨어져도 상관없어요.[41]

포드 나는 내 아내를 걱정하지 않소. 하지만 두 사람을 바깥에 두기는 싫어지오. 사내란 너무도 자만하기 쉽소. 나는 내 머리에 무엇도 떨어지게 할 수 없소. 그렇게 해서는 속이 안 풀려요.

[여관 주인 등장]

페이지 떠버리 가터 여관 주인이 저기 오는군. 저처럼 신이 날 땐 머리통에 술기운이 들거나 주머니에 돈이 든 때죠. 어떠쇼, 여관 주인?

객줏집 여주인 어떠세요, 여관 주인? 신사 양반이시네.

[돌아서서 외친다.]

판사 양반 오신다!

[섈로 등장]

섈로 따라가오, 따라가오, 여관 주인을 따라가오. 페이지 씨, 안녕하쇼? 곱빼기로 안녕하쇼. 함께 가겠소? 재미있는 일이 있소.

객줏집 여주인 판사님, 알려줘요, 알려줘요.

섈로 따라가요, 따라가요. 웨일스 신부 에번스와 프랑스 의사 케이어스가 결투한대요.

포드 가터 주인, 한마디 하고 싶소.

객줏집 여주인 여보세요, 무슨 말 할 건가요?

[둘이 뒤로 물러나 말한다.]

섈로 [페이지에게] 우리와 함께 구경하러 가시겠소? 저 쾌활한 주인이 심판을 본다고 해요. 그래서 두 사람이 맞상대할 자리를 정해놨대요. 한데 말이오, 신부 솜씨가 장난이 아니래요. 자, 얼마나 재밌을지 따로 알려드리죠.

[둘이 뒤로 물러나 말한다.]

[포드와 여관 주인이 앞으로 나온다.]

객줏집 여주인 우리 기사님—우리 손님 기사님께 무슨 유감이 있어요?

포드 그런 거 없어요. 하지만 내게 그 사람을 만나게 해주고 내 이름이 그냥 장난으로 브룩이라고 하면 따끈히 데운 술 한 통 주겠소.

객줏집 여주인 그렇다면 악수해요. '그대에게 퇴거와 출석을 허락하며.'—말 잘했죠?—그리고 그대의 성명은 브룩이에요. 그분은 명랑한 기사랍니다. [섈로와 페이지에게] 신사님들, 가실까요?

섈로 주인, 물론이오.

페이지 그 프랑스 사람이 칼을 쓰는 솜씨가 괜찮다고 하더군요.

섈로 쳇, 그까짓 거 가지고 뭘 그러쇼? 요즘엔 거리, 찌르기, 후리기, 기타 등등이 중요하대요. 사실은 용기요, 페이지 씨, 용기란 말이오. 내 속에 있소. 나도 긴 칼 휘두르던 한창때가 있었소. 건장한 녀석 네 놈을 쥐새끼처럼 깡충대게 가지고 놀았단 말이오.

객줏집 여주인 여기요, 친구들, 여기요, 여기! 자, 갈까요?

페이지 같이 가죠. 그 사람들이 싸우는 것보다 욕하는 걸 들으면 더 좋겠소. [여관 주인, 섈로, 페이지 퇴장]

포드 페이지는 자신만만한 바보라서 연약한 제 아내를 턱 믿고 있지만 나는 생각을 그처럼 쉽게 떨쳐 버리지 못해. 아내가 페이지 집에서 그자와 같이 있었지. 거기서 뭘 했는지 몰라. 흠, 더 살펴봐야겠어. 그래서 폴스타프를 떠보려고 변성명을 한 거야. 아내가 정숙한 걸 확인하면 헛수고가 아니고 안 그렇다면 수고한 보람 있어.

[퇴장]

## 2. 2

[폴스타프와 피스톨 등장]

폴스타프 너한테 땡전 한 푼 안 꿔주겠다.

피스톨 그렇다면 온 세상은 내가 잡술 굴, 내 칼로 열어젖힐 생굴이로다.

폴스타프 한 푼도 안 돼. 네가 내 얼굴 팔아서 돈을 빌려 썼어도 가만 놔뒀다. 내 착한 친구들한테 싹싹 빌어서 너와 너의 짝꿍을 세 번이나 꺼내줬다. 안 그랬다면 쌍둥이 원숭이처럼 쇠창살 바깥을 내다볼 테지. 너희가 훌륭한 군인이며 용감한 인간이라고 할 양반들한테 서약을 하느라고 지옥에 떨어질 판이다. 그런 데다 브리짓 부인이 부채 자루를 잃어버렸을 때 내 명예를 걸고 네가 안 가졌다고 서약했거든.

피스톨 당신도 한몫 들지 않았소? 15펜스 안 가졌소?

폴스타프 따져봐라, 이놈아, 따져봐. 공짜로 내 영혼을

41 이 말은 '자기 책임으로 돌린다'라는 뜻인데, 오쟁이 진 남편 머리에 뿔이 돋는다는 말과 비슷하다. 아래에서 포드가 그런 뜻으로 해석한다.

위험에 빠트리겠냐! 한마디로 하자면, 나한테 더 이상 붙어 있지 마라. 난 네놈들 목맬 데가 아니라고. 짧은 칼 가지고 군중 틈에 섞여라. 이름난 창녀 집에 가라. 이놈아, 내 편지 전달하지 않겠단 소리냐? 네깐 놈이 명예를 지켜! 무지하게 천한 놈아, 이건 순수하게 내 명예를 지키려는 작디작은 일이야. 때로는 나도 필요에 따라 두려운 하느님을 왼손에 젖혀두고 내 명예도 숨겨놓고, 그래서 속이고 가리고 훔친다만, 네깐 놈들이 누더기, 살쾡이, 술집 떠버리, 소싸움 욕지거릴 명예라는 피난처에 숨길 거란 소리냐! 안 된다, 안 돼. 네깐 놈들이!

피스톨 후회스럽소. 사람한테 무얼 더 바라오?

[로빈 등장]

로빈 어떤 부인이 기사님께 드릴 말씀이 있답니다.

폴스타프 오라고 해라.

[퀴클리 부인 등장]

퀴클리 부인 기사님, 안녕하세요?

폴스타프 잘난 안댁, 안녕해요?

퀴클리 부인 실례지만 그런 거 아니에요.

폴스타프 그럼 잘난 처녀요?

퀴클리 부인 처녀예요. 진짜로 맹세해요. 내가 금방 태났을 때 엄마 같아요.[42]—

폴스타프 맹세하는 사람 말 믿소. 볼일이 뭐요?

퀴클리 부인 기사님께 한두 마디 긴히 말씀드려도 괜찮을까요?

폴스타프 어여쁜 여인, 2천 마디도 괜찮소. 그럼 당신 말 들어볼까?

퀴클리 부인 포드 부인이라고 하는 사람이 있네요. 조금만 이쪽으로 가까이 오세요. 저는 케이어스 박사님 댁에 사는데요.

폴스타프 흠, 계속해요. 포드 부인이라 했는데—

퀴클리 부인 기사님 말씀이 틀림없어요. 기사님, 조금만 이쪽으로 가까이 와보세요.

폴스타프 아무도 듣는 사람이 없소.—[피스톨과 로빈을 가리키며] 내 사람들이오, 내 사람들.

퀴클리 부인 그런가요? 하느님이 저분들을 축복하시고 하느님의 일꾼으로 삼아주소서!

폴스타프 한데 포드 부인이—어떻다는 말이오?

퀴클리 부인 물론 괜찮은 여자라고요. 주님, 주님, 기사님은 장난기가 많으셔요! 그래서 하늘이 기사님을 용서하고 모든 자를 용서하길 빌어요!

폴스타프 포드 부인은, 그래서 포드 부인은—

퀴클리 부인 여러 말 할 것 없이 이렇게 됐다고요. 기사님의 편지를 받고 그 여자는 너무나 취해서 몸이 달아올랐네요! 윈저에다 궁정을 차릴 때 최고의 궁정인도 그만큼 여자를 화끈 달아 오르게는 못 했을 게요! 하지만 마차들, 기사님들, 귀족님들, 신사님들, 참말로 마차와 마차, 편지와 편지, 선물과 선물이 줄지어 오는데 그만큼 모든 것이 향기롭고 사향내를 풍기고, 그처럼 참말로 치마끼리 스치는데 비단이고 황금이라 어찌나 멋들어지던지, 어찌나 최고급 술인 데다 술에 타는 설탕인지, 어떤 여자 마음도 끌 만하데요. 하지만 참말로 그런 거를 보고도 그 여자는 눈도 꿈쩍하지 않데요. 오늘 아침 내가 천사 박힌 스무 냥을 받아 가졌지만, 깨끗한 게 아니면 요즘 말로 생긴 꼴이 어떻든지, 천사들도 받지 않아요. 그리고 참말로 그중 제일 높은 사람과 술잔 함께하는 것도 싫다고 했죠. 그렇지만 백작들도 계셨으며 더구나 친위대도 있었지만 참말로 모두 그게 그거였대요.

폴스타프 하지만 그 여자가 나한테 뭐라 하오? 간단히 말해주오, 머큐리 여자.[43]

퀴클리 부인 그 여자가 기사님 편지를 받았는데요, 그래서 천 번이나 기사님께 고맙다고 해요. 그래서 10시와 11시 사이에 남편이 집에 없을 거라고 알려주라고 하더군요.

폴스타프 10시에서 11시 사이.

퀴클리 부인 네, 그래요. 그때쯤 기사님이 알고 계시는 그 그림을 보시러 와도 된다고 말하던데요. 부인의 남편 포드 씨는 집에 없대요. 쯧쯧, 맘씨 좋은 부인 남편하고 힘들게 살아나가요. 남편은 의심이 몹시 많은 남자예요. 그 여인은 남편과 무척이나 괴롭게 살아가지요. 불쌍한 여자예요.

폴스타프 10시와 11시 사이. 인사말을 전해주오. 반드시

42 '자기가 어머니 배 속에 있을 때처럼', 또는 '자기를 배기 이전의 어머니처럼'이라는 말을 잘못하는 것이다.

43 머큐리가 제우스의 전령이니까 퀴클리 부인은 포드 부인이 보낸 '여자 전령'인 셈이다.

그 자리에 있겠소.

퀴클리 부인 멋진 말씀이군요. 그런데 또다시 기사님께 전해드릴 말이 있어요. 페이지 부인도 진심에서 우러나온 인사를 드린대요. 귀에 대고 말씀드리죠. 그 부인도 꼭 같이 착하고 얌전한 아내인데요, 윈저의 누구보다 아침이나 저녁이나 절대로 기도를 안 빼먹어요. 그럴 사람 있을지도 의문이지만. 그런데 부인의 남편이 집을 나갈 때가 거의 없지만 그럴 때가 올 거라고 말씀을 드리래요. 그렇게 남자한테 돌아버린 여자는 처음 봤어요. 확실히 기사님은 매력 있네요! 네, 참말로.—

폴스타프 분명히 말하지만 그런 거 없소. 좋은 점만 빼고는 별로 다른 매력이 없소.

퀴클리 부인 그런 기사님 마음씨에 축복이 있길!

폴스타프 하지만 내게 알려주오. 포드의 아내와 페이지의 아내가 함께 나를 사랑하는 걸 서로 아시오?

퀴클리 부인 그거 정말 우습겠죠! 두 사람 모두 그렇게 못난 속이 없다고요. 참말 재밌겠는데! 하지만 페이지 부인은 기사님의 귀여운 시동을 보내주길 무척 기다려요. 그 집 남편은 계기가 너무 좋대요. 페이지 씨는 참말로 점잖은 분이라네요. 윈저의 어떤 아내도 부인이 사는 것보다 선해질 수 없어요. 뭐를 해도, 뭐를 하래도 척척 값을 내거든요. 자고 싶으면 자고 깨고 싶으면 깨고, 어떤 거나 맘먹기에 달렸군요. 참말 그럴 자격 있어요. 착한 여자 있다면 바로 그 여자예요. 그런 부인한테 시동을 보내세요. 별수 없어요.

폴스타프 물론 그러겠소.

퀴클리 부인 그렇게 하세요. 그러면 걔가 두 사람 사이를 왔다 갔다 할 수 있죠. 그러고 무슨 일에도 암호를 정해서 서로서로 속마음을 알려주세요. 그 애는 아무것도 알 필요 없게 하세요. 애들이 무슨 못된 짓이라도 알게 되면 안 좋을 테니까요. 나이 잡순 분들은 분별력이 있으며 세상을 안다 하지 않나요?

폴스타프 잘 가오. 두 부인에게 내 인사 전해요. 그래서 내 주머니라 해요. 아직은 당신에게 빚이 있지만. 얘야, 이 부인과 같이 가. [퀴클리 부인과 로빈 퇴장]

[방백] 이런 소리 들으니 정신 나갈 판이다.

피스톨 [방백] 저 갈보는 큐피드의 심부름꾼이다. 돛폭을 더 달아라. 쫓아가. 방벽을 높여. 쏴라! 배는 내 것, 아니면 바다가 삼켜라! [퇴장]

폴스타프 폴스타프, 그렇게 됐구나! 원하는 대로 해. 늙은 네 몸을 이전보다 소중히 알아주겠다. 여자들이 아직도 너를 둘러봐? 그렇게 숱한 돈을 낭비한 끝에 이제는 돈 버는 사람이 되겠는가? 잘난 몸아, 고맙다. 잘만 해주면 아무리 못생겨도 상관없겠다.

[바돌프가 술 한 병을 들고 등장]

바돌프 폴스타프 경, 브룩이란 사람이 저 아래 와서 기사님과 말하고 싶다는데요. 그러면서 아침 해장하시라고 술 한 병 보냈네요.

폴스타프 이름이 브룩이라고?

바돌프 예, 그렇네요.

폴스타프 들여보내. [바돌프 퇴장]

이런 술이 넘쳐나는 브룩[44]이라면 나한테는 환영이다. [마신다.] 크! 포드 부인, 페이지 부인, 내가 당신들을 사로잡았나? 어이구 좋다!

[바돌프가 브룩으로 변장한 포드와 함께 등장]

포드 하느님이 복 주시길!

폴스타프 당신께도 복 주시길! 나와 말하겠다고?

포드 아무런 예고 없이 이렇게 갑자기 불쑥 찾아왔습니다.

폴스타프 어서 오시오. 무얼 원해요? [바돌프에게] 술지기, 우리끼리 있겠다. [바돌프 퇴장]

포드 나는 이제껏 돈을 많이 쓴 사람이오. 내 이름은 브룩이오.

폴스타프 점잖은 브룩 선생, 좀 더 잘 알고 지내기를 원하는 바요.

포드 폴스타프 경, 나도 기사님과 사귀기를 원하는바, 부담이 되려 함은 아니오. 당신보다 내가 형편이 좋아 돈을 꿔 드릴 입장인 듯싶소. 그래서 다소 용기가 생겨나서 이렇게 불쑥 찾아오게 된 거요. 돈이 앞서면 모든 길이 열린다 해요.

폴스타프 돈은 우수한 군인이라 앞서 나가오.

포드 옳은 말이오. 그래서 귀찮은 돈 자루가 여기 있소.

[돈자루를 내려놓는다.]

기사 어른, 짐을 나눠 지실 것이면 절반을 가지시오. 전부도 좋소. 가지고 다니는 수고를 덜어주시오.

44 영어로 'Brook'은 '개천'이라는 뜻이 있다. 이름부터가 '술 개천'이라는 말이다.

폴스타프 선생, 내가 어떻게 선생의 짐꾼이 될 자격이 있는지를 몰라요.

포드 제가 말하는 것을 허락하시면 말씀드리겠어요.

폴스타프 말씀하시오, 브룩 선생. 기꺼이 선생의 일꾼이 되겠소.

포드 듣자 하니 기사님은 학식이 깊다지요. 짧게 말씀드리죠. 저는 기사님이 뉘신지 오래 알고 있었으나 뵙고 싶은 마음은 있되 좋은 기회가 없었지요. 제가 기사님께 비밀 하나를 알려 드리겠는데, 제 자신의 못난 점을 무척 많이 드러낼 수밖에 없는 거지요. 하지만 못난 짓을 고백할 때 한 눈으론 그걸 보시고 다른 눈으로 자신의 과거를 돌아보세요. 그러시면 제가 꾸지람을 다소 쉽게 면할 수 있겠어요. 그런 죄인 되기가 얼마나 쉬운지 아시지요.

폴스타프 좋아요. 계속하세요.

포드 성내에 어떤 여자 분이 있는데—남편의 이름은 포드라 해요.

폴스타프 그런데요?

포드 오랫동안 그 여인을 사랑했어요. 솔직히 말씀드려, 재산도 많이 넘겨주고 사랑의 눈길로 따라다녔고, 그 여인 만날 기회는 놓치지 않았으며 그 여인을 잠시라도 볼 수 있는 작은 핑계라도 돈 주고 살 지경이었고 선물도 많이 사 줬을 뿐 아니라 그 여인께 무얼 줄 수 있는지 알아내려고 많은 사람에게도 아낌없이 선물을 했어요. 짧게 말해, 저를 사랑이 쫓아다니듯 저는 여인을 쫓아다녔죠. 언제나 사랑이 날갯짓을 하니까요. 하지만 제가 마음으로나 행동으로나 무슨 정성을 쌓았는지 몰라도 아무런 보답을 못 받았어요. 엄청난 대가를 치르고 얻은 경험이 보물이라면 몰라도. 그래서 이런 말을 하게 된 거죠.
'돈을 쫓는 사랑은 그림자처럼 날아가서
나는 것을 쫓느라고 쫓던 것과 멀어진다.'

폴스타프 그 여인에게서 사랑의 만족을 약속받지 못했단 말이오?

포드 전혀.

폴스타프 그런 목적에서 그 여인에게 요구한 적이 없소?

포드 전혀.

폴스타프 그러면 당신의 사랑은 어떤 성격이었소?

포드 남의 땅에 좋은 집을 지은 것과 같아요. 그래서 집을 지은 장소를 잘못 아는 바람에 내 집을 잃은 것과 마찬가지요.

폴스타프 무슨 뜻에서 내게 그걸 말하시오?

포드 그것까지 말하면 내 말을 다하게 돼요. 그 여자가 나한테는 정숙한 것 같아도 딴 데서는 맘 놓고 웃고 떠들어대서 나쁘게 말하는 사람도 있다고 하데요. 폴스타프 경, 이게 내 말의 요점이지요. 기사님은 우수한 교육을 받으셨고 말씀을 잘 하시며 고위층 집 안에 드나드시고 지위와 인격이 점잖으시며 군인이요 궁정인이요 학식을 두루 갖춘 신사분이죠.

폴스타프 별말씀을!

포드 믿으세요. 자신도 아시잖아요. [자루를 가리키며] 돈이 있어요. 쓰세요, 쓰세요, 더 쓰세요. 제가 가진 걸 모두 쓰세요. 그 값으로 포드 아내의 정절을 사랑으로 포위하는 시간만 할애하세요. 구애의 기술을 사용해서 그 여자의 허락을 받아내세요. 인간의 능력으로 할 수 있는 일이라면 기사님이야 말로 쉽게 그 일을 해낼 수 있다고요.

폴스타프 당신이 즐길 것을 내가 얻어주는 것이 당신의 뜨거운 애정과 어울리겠소? 내가 보니까 당신은 자신에게 방도를 알리는 데 정반대의 처방을 하오.

포드 오, 내 뜻을 이해해 주세요. 그 여자는 자기의 정절에 자신만만하기에 어리석은 내 감정을 나타낼 틈도 없어요. 그 여자는 너무도 밝게 빛나서 똑바로 쳐다볼 수 없다고요. 내가 그 여자의 숨은 약점을 손에 쥐고 들이대면 비로소 내 욕망은 활개를 치게 돼요. 그렇게 되면 그 여자의 정조, 명성, 결혼 때의 서약, 그밖에 지금 내게 너무나 세게 저항하는 온갖 보호 장벽에서 그 여자를 몰아낼 수 있겠어요. 어떻게 생각하세요? 폴스타프 경?

폴스타프 브룩 선생, 우선 당신 돈부터 실례하겠소. [돈 자루를 받는다.] 다음으로 악수합시다. [포드의 손을 잡는다.] 끝으로 신사로서 하는 말인데 원한다면 포드의 아내를 즐길 수 있소.

포드 오, 고마우셔라!

폴스타프 확실히 그리되오.

포드 돈은 염려 마세요, 기사님. 절대 부족하지 않겠어요.

폴스타프 포드 부인은 염려 마시오, 브룩 선생. 절대로 부족하지 않겠소. 사실을 말하자면 그 여자의 약속으로 내가 만나게 되어 있소. 당신이 나에게 오는 그 시간에 그 여자의 대리인 또는 중매쟁이가 방금 내게서 떠나갔소. 10시와 11시 사이에 그 여자와 같이 있을 건데요, 그 시간에 의심 많고 악질적인 남편 녀석이 외출한대요. 어두울 때 내게 오시오. 내가 어쩌는지 보여주겠소.

포드 기사님을 알게 된 게 축복이군요. 기사님, 혹시 포드를 아세요?

폴스타프 나가 죽으라지. 오쟁이 질 불쌍한 녀석! 나는 그자 모르오. 그러나 그자를 불쌍하다고 한 것은 내 잘못이오. 의처증 심한 오쟁이 진 그 녀석이 돈을 산같이 쌓아놓고 있다고 해요. 그래서 그 마누라가 내게 예뻐 보이지요. 그 여자를 그 녀석 돈궤의 열쇠로 사용할 작정이오. 나의 창고니까.

포드 포드를 아시면 좋겠는데요. 그래야 그 사람을 보면 피할 수 있겠어요.

폴스타프 뒈지라고 해. 짠 버터에 맨 빵 씹는 천한 녀석! 내가 노려보는 것으로 얼을 빼겠소. 몽둥이로 겁주고 그자의 뿔 위에 꼬리별[45]을 매달아 놓겠소. 브룩 선생, 놈을 꼼짝 못 하게 해놓고 알릴 테요. 그러면 그자의 아내와 자게 된다오. 밤이 되면 곧장 내게 와요. 포드는 멍청인데 그 이름에 하나 더 붙이겠소. '오쟁이 진 멍청이'요. 그리 알아요. 어둡자마자 내게 와요. [퇴장]

포드 이거 정말 욕정이 넘치는 후레자식이구나! 화가 치밀어 가슴 터지기 직전이다. 누가 이걸 경솔한 질투라 했지? 마누라가 놈에게 연락을 취하고 시간을 정했으니 짝짜꿍이 맞은 거다. 누가 이걸 짐작이나 하겠어? 앙큼한 마누라 데리고 사는 지옥을 보라! 잠자리를 더럽히고 돈궤가 거덜 나고 명예가 구멍 난다. 억울하게 나쁜 일을 당할 뿐 아니라 끔찍스런 이름마저 얻게 됐는데 나한테 못된 짓 한 바로 그놈한테 그 이름을 얻게 됐다! 별명! 이름! 아메몬도 듣기 좋고, 루시퍼도, 바버슨[46]도 괜찮아. 하지만 모두 마귀 이름, 악귀 이름이야. 하지만 오쟁이 진 남편! 음녀의 서방, 오쟁이 진 놈! 마귀도 그런 이름은 없어. 페이지는 멍청이야, 뭣도 모르는 밥통이야. 마누라를 믿어 의심치 않아. 마누라를 혼자 놔두기보단 차라리 벨기에 사람한테 버터 맡기고 웨일스 사제한테 치즈 맡기고 아일랜드 사람한테 술 맡기고 도둑한테 잘 가는 말 맡기는 게 낫겠다.[47] 여편네는 꾀부리고 궁리하고 계교 꾸미지. 속에서 꾸며낸 걸 실행에 옮기지만 실행에 못 옮기면 속이 터져. 내 의심에 찬미를! 11시다. 먼저 선수를 쳐서 여편네에게 물 먹이고 폴스타프에게 복수하고 페이지 녀석을 비웃을 테다. 일을 시작해야지. 1분 늦기보다는 3시간 먼저 해라. 망할 놈, 망할 놈, 망할 놈! 오쟁이, 오쟁이, 오쟁이 진 남편! [퇴장]

## 2. 3

[케이어스와 럭비가 칼들을 들고 등장]

케이어스 존 럭비!

럭비 네.

케이어스 몇 신가, 존?

럭비 에번스 신부님이 만나자고 약속하신 시간이 지났는데요.

케이어스 참말로, 그자가 안 와서 그자의 영혼이 살게 됐구나. 존 럭비, 참말로, 그자가 왔다면 벌써 죽었다.

럭비 현명한 분이네요. 오기만 하면 주인님께서 자기를 죽이실 걸 알았던 거죠.

케이어스 참말로 내가 죽이면 청어 저려놓은 것보다 비참히 뒈져서 누웠겠지. [자기 칼을 뺀다.] 내가 그자를 어떻게 죽일 것인지 가르쳐줄게.

럭비 어이구, 저는 펜싱 못해요.

케이어스 못난 녀석, 칼을 잡아라.

럭비 그만두세요. 손님들이 오셨어요.

[케이어스가 칼을 칼집에 넣는다.]

[객줏집 여주인, 섈로, 슬렌더, 페이지 등장]

객줏집 여주인 복 받으세요, 박사 양반!

섈로 구원받으시오, 케이어스 박사!

페이지 오, 케이어스 박사!

슬렌더 좋은 아침 되시오!

45 혜성은 금방 닥칠 재앙의 표적이었다.

46 셋 다 '마귀'의 다른 이름들이다.

47 당시 벨기에 사람(Fleming)은 버터를 좋아하고 웨일스 사람(원문에는 에번스 신부)은 치즈를 좋아하고 아일랜드 사람은 술을 좋아한다고 했다.

케이어스 하나, 둘, 셋, 넷. 모두들 무슨 일로 오시오?

객줏집 여주인 박사님이 싸우는 거 찌르는 거 옆으로 비키는 거를 보려고요. 이리 왔다 저리 갔다 하는 거, 찌르기, 또 찌르기, 다시 찌르기, 뒷손질, 거리 유지, 치켜 찌르기를 구경하려고요. 그 깜둥이 죽었죠? 그 프랑스 놈 죽었죠? 그런가요, 박사? 아이스쿨라피우스,[48] 갈렌,[49] 단단한 참나무 심장, 어때요? 그놈 죽었죠? 오줌 조사 잘하는 박사, 그놈 죽었죠?

케이어스 참말로 천하에 둘도 없는 겁쟁이 돌팔이 사제요. 얼굴도 안 뵈더군.

객줏집 여주인 당신이야말로 카스틸리오네[50] 오줌 왕, 그리스의 헥토르[51]요, 젊은 친구!

케이어스 우리가 예닐곱 시간, 두세 시간 기다렸다는 증인이 돼주시오. 그런데도 안 왔소.

섈로 똑똑해서 그렇죠, 의사 선생. 그 사람은 영혼을 고치는 사람이고 당신은 육체를 고치는 사람이오. 당신이 싸우면 자기 직업에 반하는 것이오. 안 그래요, 페이지 씨?

페이지 섈로 씨, 당신도 한때는 대단한 싸움꾼이셨죠, 지금은 화평을 이끌어내는 분이지만.

섈로 정말이지, 페이지 씨, 지금은 내가 늙고 화평을 도모하는 사람이나 뽑은 칼을 보기만 하면 내 손가락도 칼이 되려고 근질거려요. 우리는 각각 치안판사, 의사, 성직자지만 젊은이 성질이 얼마쯤 남아 있소. 여자가 낳은 아들이오, 페이지 씨.

페이지 옳은 말씀이오, 섈로 씨.

섈로 그렇다는 게 드러날 게요, 페이지 씨. 케이어스 박사, 당신을 집에 데려다주러 왔소. 나는 화평을 맹세한 사람이오. 당신은 현명한 의사고 에번스 신부는 현명하고 깊이 참는 성직자란 것을 보여주었소. 의사 선생, 같이 갑시다.

객줏집 여주인 용서하세요, 판사 손님. [케이어스에게] 잠깐 봅시다, 후려치기 씨.

케이어스 후려치기? 그것이 무엇인가요?

객줏집 여주인 후려치기란 우리말로 용기란 뜻이죠.

케이어스 그렇다면 참말로 내가 어떤 잉글랜드인 못지않게 후려치기 뜻이 있소. 지저분한 수캐 신부! 귀때기를 잘라놓겠다.

객줏집 여주인 당신을 호되게 치고 할퀼 거요, 박사 양반.

케이어스 치고 할퀴다니, 그것이 무엇인가요?

객줏집 여주인 다시 말하면 당신한테 보상을 하겠단 말이죠.

케이어스 참말로 나를 치고 할퀴기를 기다릴 테요. 참말로 받아내고야 말겠소.

객줏집 여주인 그러도록 권하겠어요. 안 그러면 뒈지래요.

케이어스 그것이 고맙소.

객줏집 여주인 그리고 말이에요.—하지만 먼저 판사 손님과 페이지 씨, 또 슬렌더 선생, [방백] 읍내를 지나 프록모어로 가쇼.

페이지 [여관 주인에게 방백] 에번스가 거기 있소?

객줏집 여주인 [페이지에게 방백] 거기 있어요. 어떤 기분인지 보세요. 그럼 나는 의사를 들판으로 데려가겠어요. 잘되겠죠?

섈로 [여관 주인에게 방백] 그리할게요.

페이지, 섈로, 슬렌더 그럼 안녕히 가세요, 착하신 박사 선생님. [페이지, 섈로, 슬렌더 퇴장]

케이어스 정말이지, 그 신부 놈 죽여버릴 테다. 앤 페이지한테 멍청이를 권하는 놈이야.

객줏집 여주인 죽으라고 하죠. 노여움을 삭여요. 분한 마음에 찬물을 끼얹어요. 나하고 프록모어를 건너질러 들판에 가자고요. 앤 페이지 아가씨가 있는 데로 데려갈게요. 지금 어떤 농가 잔치에 가 있어요. 거기서 아가씨한테 구애하세요. 사냥 개시! 내 말 듣기 좋죠?

케이어스 참말로 고마운 말이오. 참말로 당신이 내 마음에 드는데요. 당신에게 좋은 손님을 구해주겠소.—백작, 기사, 귀족, 신사, 모두가 나의 환자요.

객줏집 여주인 그래서 내가 앤 페이지한테 당신의 적대자[52] 노릇을 해줄 거예요. 내 말 듣기 좋죠?

케이어스 참말로 좋소. 좋은 말이오.

객줏집 여주인 그럼 같이 갑시다.

케이어스 존 럭비, 그러면 나를 따라라. [모두 퇴장]

48 그리스신화에 나오는 의술의 신.

49 중국의 화타(華佗)처럼 2세기경의 위대한 고대 의사인 갈레노스.

50 이탈리아인으로서 당시 인기 높던 『궁정인』(1528, 영역판 1561)의 저자.

51 사실은 그리스에 대항한 트로이의 장군. 말 좋아하는 여관 주인이 마구 꾸며댄다.

52 '옹호자'라는 말 대신에 '적대자'라는 말을 쓰지만 상대는 알아듣지 못한다.

## 3. 1

[한 손에 성경을 들고 다른 손에 칼을 뽑아 든 에번스와 에번스의 가운을 가지고 가는 심플 등장]

에번스 이제 내가 청하노니, 슬렌더 선생의 하인이며 이름을 말하라면 친구 심플, 스스로 의학박사라 칭하는 케이어스 선생이 어느 방향으로 갔는지 잘 알아보았는가?

심플 그래서요, 페티[53] 쪽으로, 사냥터 쪽으로, 여러 쪽으로 모두 알아봤는데요. 읍내 길은 빼놓고요 윈저 쪽으로 알아봤네요.

에번스 그쪽 길도 빼지 않고 알아볼 것을 간절히 원하는 바이다.

심플 그러지요. [옆으로 비켜선다.]

에번스 예수여, 내 영혼을![54] 어째서 속에서 분노가 솟아나며 이렇게 마음이 떨리는가! 그자가 나를 속였다면 기뻐함이 마땅하거늘. 아, 얼마나 슬픈가! 기회가 생기면 그자의 오줌 병[55]을 머리통에 깨뜨리마. 아, 슬프다!

[노래한다.]

얕은 강이 흐르는데 즐거운 새들이
그 소리에 맞추어 연가를 노래할 때
우리는 장미꽃 침대를 만들어놓고
수천 가지 향기로운 꽃다발을 만들자.
얕은 강이—

내 신세가 가련하다! 너무나 울고 싶은 마음뿐이다.

[노래한다.] 즐거운 새들이 연가를 노래하며,

바빌론 강가에 내가 앉아 있는데
수천 가지 향기로운 꽃다발을 만들면—
얕은 강이 (운운)

심플 저기 옵니다. 에번스 신부님, 이리로 와요.

에번스 와도 좋다고.

[노래한다.] 얕은 강이 흐르는데 즐거운 새들이—

하늘은 옳은 자를 도우소서! 어떤 칼 가졌는가?

심플 아무 칼도 없는데요. 제 주인 섈로 판사님이 저기 오십니다. 그리고 또 한 분도, 프록모어에서, 울타리를 넘어서 이리 오세요.

에번스 얘, 그 가운 나 다오. 아니면 네 팔에 그냥 안고 있어라.

[성경을 펼쳐 읽는다.]

[페이지, 섈로, 슬렌더 등장]

섈로 안녕하세요? 신부님? 좋은 아침이오, 에번스 신부. 노름꾼은 주사위에서 떼어놓고 학자는 책에서 떼놓으라고 했소. 좋은 날씨요.

슬렌더 [방백] 아, 어여쁜 앤 페이지!

페이지 하느님의 구원을! 에번스 신부님!

에번스 자비하신 하느님이 모두에게 복 주시길!

섈로 칼과 성경이오? 신부님은 두 가지를 모두 함께 익히세요?

페이지 게다가 아직도 젊으세요. 이렇게 감기 들기 아주 좋게 찬 날씨에 맨저고리, 홑바지 차림이세요?

에번스 그렇게 할 만한 이유와 원인이 있소.

페이지 신부님, 우리는 신부님이 좋은 일 하시는 걸 보려고 왔습니다.

에번스 매우 좋소. 그것이 무엇이오?

페이지 저쪽에 매우 점잖은 신사가 있는데, 아마도 남에게 부당한 일을 겪고 나서, 자신의 위엄과 인내심을 그럴 수가 없을 만큼 심하게 꾸짖었소.

섈로 나도 팔십 넘게 살았으나, 그러한 지위와 위엄과 학식에서 그처럼 멀리 벗어난 것은 듣지 못했소.

에번스 그것이 누구요?

페이지 신부님도 아실 거요. 케이어스 박사라고, 유명한 프랑스 의사예요.

에번스 하느님 뜻이며 수난이며 내 속의 열정이오![56] 나에게 팥죽[57] 얘길 하는 것이나 마찬가지요.

페이지 어째서요?

에번스 그자는 히포크라테스나 갈렌에 대해서 알고 있지 못해요. 게다가 그자는 천한 놈이오. 당신들이 전혀 사귀고 싶지 않을 겁쟁이요.

페이지 [섈로에게] 확실히 이 사람이 케이어스와 싸울 사람이군요.

슬렌더 [방백] 오, 어여쁜 앤 페이지!

섈로 칼을 보니 그럴 것 같소.

[객줏집 여주인, 케이어스, 럭비 등장]

53 '작은 공원'이라는 말.
54 사제가 맹세할 때 '예수'라는 말을 입 밖에 내는 것이 금지됐지만, 홧김에 에번스가 내뱉는다.
55 당시 의사들은 유리로 만든 병을 가지고 다니며 환자의 오줌을 보고 병세를 판단했다.
56 신부가 던지는 이상한 맹세 말투.
57 창세기 25장을 보면, 사냥터에서 돌아온 시장한 에서가 동생 야곱이 쑨 팥죽에 맏아들로서의 자기 권리를 팔아넘긴다.

저 사람들 떼어 놔요. 케이어스가 달려들어요.

[에번스와 케이어스가 싸우려 한다.]

페이지 관두세요, 신부님. 칼을 거두세요.

섈로 당신도 거둬요, 의사 양반.

객줏집 여주인 칼을 뺏고 말로 따지라고 하지요. 팔다리를 온전하게 갖고 있고 우리 같은 잉글랜드 사람이나 난도질 하래죠.

[섈로와 페이지가 케이어스와 에번스의 칼을 거둔다.]

케이어스 당신의 귀에 대고 한마디 합시다. 어째서 나를 상대하지 않겠다는 것이오?

에번스 [케이어스에게 방백] 제발 참으라고요. [큰 소리로] 예, 아주 좋아요.

케이어스 당신은 확실히 겁쟁이요 수캐요 수원숭이요.

에번스 [케이어스에게 방백] 제발 남들 장난에 놀아나는 우스개가 되지 맙시다. 당신과 친구가 되고 싶소. 그래서 어떻게든 당신한테 보상을 하겠소. [큰 소리로] 못난 당신 대가리에다 오줌 병을 깨트릴 테다.

케이어스 오, 악마! 존 럭비, 가터 객줏집 여주인, 저놈을 죽이려고 기다리지 않았소? 내가 지정한 장소에서 기다리지 않았소?

에번스 하나의 기독교인으로서, 살펴보시오. 이곳이 지정된 장소임이 옳습니다. 가터 객줏집 여주인의 판단에 따르겠소.

객줏집 여주인 조용해요, 갈리아와 골,[58] 프랑스인과 웨일스인, 영혼 병의 치료자와 육체 병의 치료자.

케이어스 아주 좋은 말이오. '엑셀랑'![59]

객줏집 여주인 조용해요. 가터 객줏집 여주인 말을 들어요. 내가 정략적예요? 교묘해요? 마키아벨리[60]요? 내가 의사를 잃을 것 같아요? 아니죠. 나한테 약과 소화제를 주어요. 사제, 신부, 에번스 씨를 잃을 성싶어요? 나한테 격언과 지어낸 말을 알려 주어요. [케이어스에게] 땅에 속한 당신 손을 내게 주세요. 됐어요. [에번스에게] 하늘에 속한 당신의 손을 주세요. 됐어요. 학식 많은 친구들, 두 사람을 내가 모두 속였네요. 두 사람을 틀린 데로 인도했군요. 당신들 가슴은 힘이 있는데 피부는 말짱하니까 뜨거운 술로 마감합시다. [섈로와 페이지에게] 두 사람 칼은 저당이나 잡히고요. [케이어스와 에번스에게] 나를 따라와요. 화평의 친구들, 날 따라와요. [퇴장]

섈로 확실히 미친 주인이오. 모두 따라갑시다. 모두 따라 가자고요.

슬렌더 [방백] 오, 어여쁜 앤 페이지! [섈로, 슬렌더, 페이지 퇴장]

케이어스 하, 이제야 알았냐? 너희들이 우리를 병신으로 만들었어, 하?

에번스 잘된 꼬락서니요. 저자가 우리를 놀림감으로 삼았소. 나는 우리 서로가 친구가 되기를 바라는 마음이오. 우리 함께 머리를 짜내서 저 악질 좀도둑 야바위꾼 가터 객줏집 여주인에게 앙갚음을 합시다.

케이어스 참말로 온 마음을 다하겠소. 그자는 앤 페이지가 있는 데로 데려가겠다고 약속했소. 참말로 나도 속였소.

에번스 하여간 그자의 대갈통을 깨트리겠소. 나를 따라오시오.

[둘 퇴장]

## 3. 2

[로빈 등장. 페이지 부인이 뒤따른다.]

페이지 부인 꼬마야, 앞서가. 너는 늘 남의 뒤만 따랐는데 지금은 앞에서 인도하누나. 내 눈을 이끌어 가는 것과 주인의 뒤를 따르는 것 중에서 어떤 게 더 좋으냐?

로빈 난쟁이같이 주인님을 따라가는 것보다는 솔직한 말로 사내같이 마님 앞에 걷는 게 좋아요.

페이지 부인 우아, 아첨꾼 아이구나. 지금 보니 이담에 궁정인이 되겠다.

[포드 등장]

포드 페이지 부인, 잘 만났소. 어디 가던 중이오?

페이지 부인 당신 부인 만나려고요. 집에 있어요?

포드 그래요. 말동무가 없어서 심심해서 부스러질 정도예요. 자기 남편이 죽으면 당신하고 결혼할 거요.

페이지 부인 확실히 알아둬요. 또 다른 남편들이 생겨요.

58 역사적으로는 둘 다 프랑스를 뜻하지만 여기서 여관 주인은 '골'(Gaul)이 웨일스를 뜻하는 것으로 말한다. 본시 웨일스에는 앵글로색슨이 아닌 켈트족이 살았고 프랑스에도 게르만족이 점령하기 전에는 켈트족이 살았다.

59 프랑스어로 '뛰어나다'이지만 비꼬는 말로 썼다.

60 당시에 악명 높던 『군주론』을 지은 마키아벨리는 권모술수의 대명사였다.

포드 그처럼 귀여운 팔방미인을 어디서 찾아왔소?

페이지 부인 남편이 그자의 이름을 도대체 뭐라는지 나도 몰라요. 얘, 너 그 기사 이름이 무언지 알고 있냐?

로빈 존 폴스타프 경예요.

포드 [방백] 존 폴스타프 경!

페이지 부인 맞아, 맞아, 그 사람이야. 이름이 기억이 안 나더라. 우리 남편과 그분이 아주 친해요! 부인이 진짜 집에 있어요?

포드 예, 진짭니다.

페이지 부인 그럼 실례하겠어요. 안 보면 좀이 쑤셔요.

[로빈, 페이지 부인 퇴장]

포드 페이지가 머리가 있어? 도대체 눈이 있어? 생각이 있어? 분명히 자고 있군. 그것들이 쓸데없어. 대포 2백 방을 앞에 놓고 쏘아대듯 저 아이가 백 리 길도 쉽사리 편지를 갖다 줄 수 있어. 제 아내 욕정을 자기가 부추겨. 제 아내의 못난 짓에 날개와 기회를 줘. 그런데 지금 내 아내한테 폴스타프의 시동하고 같이 간대. 닥쳐올 소나기 노래가 바람 속에서 들려와. 그자의 시동과 함께 간다고! 교묘한 계교를 같이 짰구나. 우리를 배반한 아내들이 같이 저주받게 됐구나! 으흠, 그놈을 덮칠 테다. 그다음 아내를 족치고 얌전을 가장한 페이지 부인 낯에서 빌려서 쓴 정숙의 탈을 벗겨버리고 페이지 자신에게 뭣도 모르는 고집쟁이 악타이온[61]이라고 외칠 테다. 떠들어대는 소동을 동네 사람들이 모두 구경하겠지. [시계가 울린다.] 시계가 신호를 보내고 확신이 수색을 명한다. 폴스타프를 거기서 찾을 테다. 이 일에 놀림보다 칭찬을 받게 된다. 폴스타프가 거기 가 있다는 건 땅덩이가 단단한 것보다도 확실하다. 가겠다.

[페이지, 섈로, 슬렌더, 객줏집 여주인, 에번스, 케이어스, 럭비 등장]

섈로, 페이지 등 여러 사람 포드 씨, 잘 만났네요.

포드 훌륭한 일행이오. 우리 집에 괜찮은 소찬이 마련되어 있으니, 모두 같이 갑시다.

섈로 나는 실례해야 되겠소, 포드 씨.

슬렌더 저도 그래요. 우리는 앤 아가씨와 식사를 같이 하기로 약속했어요. 아무리 돈을 많이 준대도 그녀와 약속한 걸 어길 수 없군요.

섈로 앤 아가씨와 내 조카 슬렌더 사이의 혼담을 약간 미적거렸으나 오늘은 확답을 들을 거라고 믿어요.

슬렌더 페이지 아버님, 제게 생각을 기울이시길 바랍니다.

페이지 슬렌더 사위, 나는 전적으로 너의 편이다. [케이어스에게] 그러나 아내는 완전히 당신 편이오.

케이어스 예, 참말로 처녀는 나를 사랑합니다. 내 가정부 퀴클리가 그렇다고 말하데요.

객줏집 여주인 [페이지에게] 펜턴 청년에겐 뭐라 하세요? 그 사람 뛰뛰고 춤추고 청춘의 눈빛에다 연애시 쓰고 멋진 말 쓰고 사오월 향기가 풍겨나요. 그 남자가 이길 거요, 이길 거요, 단춧구멍 찾아가듯 분명히 이길 거요.

페이지 절대로 허락하지 않겠소. 그 사람은 조금도 가진 게 없소. 방탕한 왕자[62]하고 포인스와 어울리던 자요. 신분이 너무 높고 너무 많이 알아요. 안 돼요. 내 재산에 제 손가락 집어넣어 제 행운을 맺지 못하게 하겠소.[63] 내 딸을 갖겠다면 딸만 데려가래요. 내 재산은 내 승낙에 달렸는데 나는 그쪽이 아니오.

포드 진심으로 원합니다. 몇 분이라도 나와 같이 가서 식사를 합시다. 소찬 이외에도 재밌는 볼거리가 있어요. 괴물을 보여주겠소. 박사 선생, 같이 가요. 페이지 씨, 당신도, 에번스 신부도 같이 갑시다.

섈로 그럼 잘들 가시오. [슬렌더에게 방백] 페이지 씨 집에서 마음대로 구애할 수 있거든. [섈로와 슬렌더 퇴장]

케이어스 집으로 가라, 존 럭비. 나도 곧 갈게. [럭비 퇴장]

객줏집 여주인 친구들, 잘 가요. 나는 우리 점잖은 기사 폴스타프 경한테 가서 같이 포도주를 마시겠소. [퇴장]

포드 [방백] 먼저 놈과 함께 술통 깨나 족치겠다. 그놈이 깡충깡충 뛰게 해야지.[64]—자, 갈까요?

페이지와 케이어스와 에번스 그 괴물을 구경하러 우린 함께 가겠소. [모두 퇴장]

61 정숙의 여신 다이애나의 목욕 장면을 몰래 엿보다가 들켜 사슴으로 변하여 자기 사냥개들에게 물려 죽은 사나이. (주석 39 참조.)

62 헨리 5세를 말한다. 그는 젊은 시절에 포인스 등과 어울려 다녔다. 셰익스피어가 『헨리 5세』에서 다뤘다.

63 무일푼의 펜턴을 사위로는 삼지 않겠다는 말.

64 종아리를 맞으며 아파서 깡충깡충 뛴다는 말.

## 3. 3

[포드 부인과 페이지 부인 등장]

포드 부인 존! 로버트! 어디 갔냐?

페이지 부인 빨리빨리! 빨래 광주리—

포드 부인 틀림없어. 로버트, 들리느냐?

[존과 로버트이 커다란 빨래 광주리를 들고 등장]

페이지 부인 이리 와, 이리.

포드 부인 여기다 놔.

페이지 부인 당신 하인들한테 지시하라고. 재빨리
해치워야 돼.

포드 부인 아무렴. 먼저 말했던 것처럼 존과 로버트는
저기 양조장 주변에서 준비하고 있다가 내가
갑자기 너희를 부르면 달려 나와 거침없고
주저 없이 광주리를 어깨에 메란 말이다.
그러고 나서 전속력으로 그걸 날라다 대치트
벌판 표백 천 사이를 지나서 템스 강가 근처
흙탕 구렁에 던져 넣으란 말이다.

페이지 부인 [존과 로버트에게] 그럴 거지?

포드 부인 거듭거듭 일러뒀어. 할 일을 환히 알아.
—빨리 가라. 부르면 와. [존과 로버트 퇴장]

[로빈 등장]

페이지 부인 꼬맹이 로빈이군.

포드 부인 어떠니, 우리 참매 병아리?[65] 무슨 소식
가져왔어?

로빈 우리 주인님 폴스타프 경이 뒷문으로 들어
오셔서 포드 부인을 찾으십니다.

페이지 부인 요 쬐고만 꼭두각시야, 절대로
거짓말 아니지?

로빈 네, 맹세해요. 주인님은 페이지 부인께서 여기
계신 줄은 모르시는데, 제가 그 말만 하면
저를 영원히 자유롭게 만들겠다고 위협했어요.
저를 쫓아낸단 말씀이죠.

페이지 부인 넌 착한 아이다. 네가 비밀을 지키면
그게 너한테 양복쟁이가 되어서 새 바지
저고리를 만들어 줄 거다.—난 가서 숨겠어.

포드 부인 어서 그래. [페이지 부인 퇴장]
[로빈에게] 주인한테 내가 혼자 있다고 해.
[로빈 퇴장]
페이지 부인, 당신 신호 잊지 마.

페이지 부인 [안에서] 걱정 마. 내가 그대로 연기하지
못하면 두고두고 나를 놀려.

포드 부인 그럼 됐어.—이 지저분한 물컹이, 이 커다란
물호박을 다룰 때가 됐구나. 녀석에게 비둘기와
까마귀를 구분할 수 있을 만큼 가르쳐야지.

[폴스타프 등장]

폴스타프 내 하늘의 보화여, 이제야 내가 당신을 붙잡은
거요? 나는 죽어도 좋소. 살 만큼 살았소.
이것이 내 야망의 끝이오. 오, 복된 순간이여!

포드 부인 아, 그리워하던 폴스타프 경!

폴스타프 포드 부인, 나는 아양도 모르고 떠버릴 줄도
몰라요. 마음으로 죄를 짓겠소. 당신 남편이
죽었으면 좋겠구려. 가장 높으신 분 앞에서
선언하겠소. 당신을 내 여인으로 삼을 거라고.

포드 부인 기사님의 부인이 된다고요? 오, 나는 불쌍한
여인이 될 거예요.

폴스타프 프랑스 궁정에서 그런 여인을 보여 달라고
할 테요. 당신 눈이 다이아몬드와 겨루는 것을
내가 볼 수 있소. 당신 눈썹은 활처럼 알맞게
굽어 돛 장식[66] 한 찬란한 머리치장이 최신
베니스 유행에 어울려서 몹시도 아름답소.

포드 부인 기사님, 멋없는 스카프죠, 눈썹 색이 다른 것과
어울리지 않아요. 멋있게 어울리지 않아요.

폴스타프 그런 말을 하다니 확실히 당신은 폭군이오. 또한
완벽하게 궁정인 꼴이 잡혔으며, 그처럼 굳세게
다리를 짚었으니 넓은 반원 치마[67] 입고서 걸어가는
모습을 볼 수 있소. 지금은 '운수'가 당신의 원수지만
'자연'이 당신 편이 된다면 당신이 어떻게 될까,
내가 짐작하겠소. 당신도 그것을 숨길 수 없소.

포드 부인 솔직한 말로, 나한테 그런 거 없는데요.

폴스타프 무엇이 당신을 사랑하게 만들었소? 그래서 당신에게는
특별한 게 있다는 걸 믿으시오. 나는 거짓말을 못 하고
당신이 이렇고 저렇단 말도 안 하오. 혀 짧은 말을
하며, 수많은 봄철 봉오리들이[68] 남장한 여인처럼

65 참매 새끼(병아리)를 잡아다가 길들여서 꿩잡이 매로 훈련시킨다.

66 작은 돛을 모방하여 온갖 보석들로 치장한 머리 장식.

67 당시 귀부인들이 고급 연회에서 입은, 폭이 넓고 긴 치마. 엉덩이 쪽에 부챗살을 넣어 반원 꼴로 펴지게 했다.

68 봄철의 향기로운 아가위 꽃봉오리는 젊은 멋쟁이를 가리킨다.

쏘다니면서 약초 장이 서는 거리처럼 냄새를 피우지 않소. 나는 그러지 못하지만, 당신을, 오로지 당신을 사랑하오. 당신은 사랑받을 자격이 충분하오.

포드 부인 나를 속이지 마세요. 당신은 페이지 부인을 사랑하는 것 같아요.

폴스타프 당신 말은 내가 교도소 옆으로 지나다니길 좋아 한다는 말과 다름없소. 그 냄새는 횟가루 공장[69] 악취처럼 내게 역하오.

포드 부인 하여간 내가 얼마나 당신을 사랑하는지 하늘이 아셔요. 당신도 언젠가는 아실 거예요.

폴스타프 그 마음을 항상 품고 계시오. 나도 그에 값하겠소.

포드 부인 기사님도 그러셔야죠. 안 그러시면 내가 그 마음에 들어 있을 수가 없겠죠.

[로빈 등장]

로빈 포드 마님, 포드 마님! 문간에 페이지 마님이 와 계시는데 땀 흘리고 헐떡이며 미친 듯한 낯빛으로 급히 마님께 말씀을 해야 한대요.

폴스타프 그 부인이 나를 보면 안 된다. 벽걸이 뒤에 숨어 있을게.

포드 부인 그렇게 하세요. 페이지 부인은 남의 말을 잘하는 여자거든요.

[폴스타프가 벽걸이 뒤에 숨는다.

페이지 부인 등장]

무슨 일인데? 괜찮아?

페이지 부인 오, 포드 부인, 도대체 왜 그랬어? 네가 창피하게 됐구나. 망신살이 뻗쳤어. 신세를 영원히 조진 거야.

포드 부인 무슨 일인데 그래, 페이지 부인?

페이지 부인 아이고, 속상해라, 포드 부인. 점잖은 사람을 남편으로 두었는데 그에게 그런 의심거리를 안겨주다니!

포드 부인 무슨 의심거리를 안겨줬다는 거야?

페이지 부인 무슨 의심거리? 돼먹지 않은 여편네로군! 너를 너무 잘못 봤어!

포드 부인 어머머, 뭔데 그래?

페이지 부인 너의 남편이 이리 오는 중이야, 요 맹추야. 윈저의 순검을 모두 데리고 지금 이 집 안에 있다는 어떤 양반을 찾으러 오는 거야. 네가 허락하여서 남편이 없는 틈을 살짝 이용하려고 했다며. 너는 아주 신세 조졌어.

포드 부인 그런 게 아닐 테지.

페이지 부인 제발 네가 그런 남자를 숨기지 않길! 하여튼 네 남편이 그런 남자를 찾으려고 윈저 사람 절반을 데리고 온다는 건 확실해. 너한테 그 말 해주려고 먼저 온 거야. 네가 깨끗하다면 물론 내가 기쁘지. 하지만 애인이 집에 있으면 너는 얼른 밖에 나가. 멍하니 섰지 말고 제정신 바짝 차리고 네 이름을 지켜라. 그게 아니면 안락한 생활한테 영원한 작별을 고해라.

포드 부인 어쩌면 좋지? 정다운 친구야, 신사가 와 있어. 나 자신의 창피보다 그 사람 위험이 걱정스러워. 천 파운드 생기는 것보다 그 사람이 집 밖에 있는 게 더 좋겠다.

페이지 부인 그렇게 '무엇보다', '무엇보다' 하면서 시간 보내지 마. 네 남편이 지척에 와 있다고. 그 사람 밖에 내갈 궁리나 해. 집 안에 숨겨둘 수 없어. —네가 나를 감쪽같이 속였지!—아, 마침 여기 광주리가 있구나. 웬만한 키라면 이 안에 들어 가겠다. 더러운 홑이불을 덮어놔라. 빨래하러 가는 것처럼. 그게 아니면 천 바래는 철이니까 네 하인 둘한테 대치트 벌판으로 들고 가래라.

포드 부인 몸집이 너무 커서 거긴 안 돼. 어쩌면 좋아?

[폴스타프가 숨은 데서 뛰쳐나온다.]

폴스타프 나한테 보여줘요! 보여줘요! 보여줘요! 들어가요, 들어가요. 들어가요, 당신은 친구 말 따라요.

페이지 부인 어머나, 존 폴스타프 경 아냐! [그에게 방백] 이게 기사님 편지예요?

폴스타프 [페이지 부인에게 방백] 당신을, 오직 당신을 사랑해요. 도우시오. 여기 들어가겠소. 무조건.—

[광주리에 비집고 들어간다. 여인들이 그 위에 더러운 속옷들을 덮어놓는다.]

페이지 부인 [로빈에게] 얘, 주인님 덮어드려. 하인들 불러, 포드 부인. [폴스타프에게 방백] 거짓말쟁이 기사님! [로빈 퇴장]

포드 부인 존! 로버트! 존!

[존과 로버트 등장]

여기 속옷들을 빨리 들어 내가라. 장대가 어디 갔냐?

[존과 로버트이 장대를 끼운다.] 저렇게 꾸물댄다고!

69 시멘트가 나오기 전에는 석회석 가루를 빻아 가마에 넣고 고았는데 그 냄새가 매우 역겨웠다.

대치트 벌판 빨래 아주머니한테 빨리 날라가라.
꾸물대지 마.
[하인들이 광주리를 들어서 떠나려 한다.
포드, 페이지, 케이어스, 에번스 등장]

포드 [같이 온 사람들에게] 가까이들 와요. 내 의심이
근거가 없는 거라면 나를 놀려도 좋소. 그러는 게
당연해요.
[존과 로버트에게] 뭐야? 그거 어디로 날라가냐?

존 빨래 아줌마한테요.

포드 부인 재들이 그걸 어디로 가져가든 당신이 무슨
상관이우? 원, 빨래 가지고 간섭하다니!

포드 빨래? 그런 빨래면 나도 한번 합시다! 빨래, 빨래,
뿔[70] 나라고 빨래해라. 그래 뿔 빨래다. 진짜야,
뿔 빨래.—게다가 철이 돼서 뿔이 나겠지.
[존과 로버트가 광주리를 떠메고 퇴장]
지난밤 내가 꿈을 꾸었소. 꿈 얘기를 하겠소. 여기,
여기, 열쇠들이 여기 있소. 방마다 뒤지고 수색하고
찾아내요. 장담컨대 숨어 있던 여우가 뛰쳐나올
게요. 우선 내가 이쪽 길을 막겠소.
[문을 잠근다.]
자, 그럼 빠져나가라.

페이지 포드 씨, 그렇게 흥분하지 마세요. 자기 처지를
너무나 비참하게 만들고 있소.

포드 그렇소, 페이지 씨. 여러분, 준비하시오, 금방
짐승을 보시게 돼요. 나를 따라오세요. [퇴장]

에번스 이것을 심대한 망상이며 질투라 해요.

케이어스 참말로 이것은 프랑스식 아니오. 프랑스에는
질투가 없소.

페이지 하여간 따라갑시다. 저 사람이 수색한 결과를
보게 됩니다. [케이어스와 에번스 퇴장. 페이지가
뒤따른다.]

페이지 부인 이번 일이 두 곱으로 멋지지 않아?

포드 부인 뭐가 더 재밌는지 모르겠어. 남편을 속인
건지, 폴스타프를 속인 건지, 모르겠거든.

페이지 부인 얼마나 초조하면 네 남편이 광주리에
들은 게 뭐냐고 물었겠어!

포드 부인 얼마나 남편이 속았는지 절반은 걱정이
될 정도야. 그래서 물에 집어넣으면 크게
도움될 거야.

페이지 부인 거짓말쟁이 그놈은 뒈지라고 해!
그와 비슷한 놈들은 모두 그 꼴이면 기쁘겠어.

포드 부인 남편이 폴스타프가 여기 있을 거라고
의심할 데가 있던 것 같아. 지금껏 그토록
무섭게 의심하는 걸 본 적이 없어.

페이지 부인 그걸 알아볼 덫을 놓겠어. 폴스타프한테
조금 더 장난치자. 썩어 문드러진 그놈 병은
이 약이 거의 듣지 않아.

포드 부인 송장 같은 저 못난이 퀴클리를 그놈한테
보내서 별수 없이 물속에 처넣은 걸 사과하고
또다시 희망을 가지게끔 만들어서 다시 한 번
따끔하게 벌을 줄까?

페이지 부인 그러자. 모두 보상해줄 테니 내일 8시에
오라고 하자.
[포드, 페이지, 케이어스, 에번스 등장]

포드 그놈 찾지 못하겠다. 그 새끼가 제가 하지도
못할 짓을 하겠다고 허풍 깠나봐. 못 들었어?

포드 부인 포드 양반, 나를 마구 대하는 거 아니죠?

포드 물론 아니야.

포드 부인 하느님이 당신을 자신의 생각보다 선하게
만드시기를!

포드 아멘!

페이지 부인 포드 씨, 굉장한 잘못을 자신에게 행하는
중이네요.

페이지 포드 씨, 자신을 너무 나쁜 사람으로
낮추잡으시네요.

포드 맞아요, 맞아요. 그거 달게 받아야죠.

에번스 집 안에 누구든지 있다면, 방이나 뒤주나
찬장 안에 있다면 최후의 심판 날에
하느님이 내 죄를 용서하시길!

케이어스 참말로 나도 그렇소. 누구라도 그러하오.

페이지 안 될 말, 안 될 말! 포드 양반, 부끄럽지도 않소?
무슨 귀신, 악마가 그런 망상 넣어줬소? 윈저
궁성 재산을 다 준대도 나는 그런 바보 짓은
안 할 테요.

포드 내가 못난 탓이오, 페이지 씨. 그게 내 병이지요.

에번스 양심의 가책은 아픈 병이오. 당신 부인은

70 원문은 '빨래'라는 말과 '뿔난 사슴'이라는 말이 같아서 여기서 말장난을 치는데 우리말로는 옮길 수 없어 이렇게 꾸며본다. 여기서 뿔은 물론 오쟁이 진 남편 머리에 난다는 뿔을 말한다.

5백 명 아니라 5천 명 중에서도 내가 가장
원하는 정숙하신 여인이오.
케이어스 참말로 정숙한 여인인 것을 알 수 있소.
포드 어쨌든 여러분께 식사를 약속했소. 식사를
준비할 동안 정원을 거닙시다. 내가 왜 그렇게
했는지는 차차 말씀드리지요. 자, 여보, 자,
페이지 부인, 용서하세요. 용서하여 주시기를
진심으로 바랍니다.
페이지 [케이어스와 에번스에게] 같이 들어가시죠.
하지만 저 사람을 놀려댑시다. [포드, 케이어스,
에번스에게] 내일 아침 우리 조반에 당신들을
초대해요. 조반 후에 새 사냥 나갑시다. 덤불에
새 떼를 몰아갈 좋은 매가 있어요. 동의하시죠?
포드 무엇이든지 좋소.
에번스 하나가 있으면 나를 더해 둘이 되오.
케이어스 하나 또는 둘이 있으면 내가 세 번째요.
포드 페이지 선생, 먼저 가세요.
[에번스와 케이어스 외에 모두 퇴장]
에번스 그러면 절대로 잊지 마세요. 내일 그 더러운
못된 객줏집 여주인을—
케이어스 참말로 옳은 말이오. 진심으로 그러할 것이오.
에번스 더러운 이오. 그런 말, 그런 장난을 치다니!
[모두 퇴장]

## 3. 4

[펜턴과 앤 페이지 등장]
펜턴 아버지의 마음에 들 수 없군요.
그러면, 어여쁜 앤, 부친 생각 마세요.
앤 아, 그럼 어떡하죠?
펜턴 당신 자신이 되세요.
부친은 내 신분이 너무 높아 반대하고,
씀씀이로 인하여 손상된 내 재산을
자기 돈으로 벌충하신다는 겁니다.
그밖에 내 앞에다 늘어놓는 이유는
지난날의 방종과 거친 친구들이죠.
내가 당신을 재산으로밖에는
사랑하지 못한다고 말씀하시더군요.
앤 아버님 말씀이 옳을지 몰라요.
펜턴 아닙니다.—하느님, 내 장래를 도우소서!
당신에게 구애한 건 아버지의 재산이
동기가 됐다는 걸 고백하지만
구애할 때 금화나 자루 속 금괴보다
당신의 값어치를 더욱 알게 되었지요.
그래서 내 목표는 당신이라는
엄청난 부입니다.
앤 하지만 펜턴 씨,
아버님의 사랑을 받도록 애쓰세요.
기회가 생겨서 겸손히 말씀해도
이룰 수 없을 때는—이쪽으로 오세요.
[둘이 비켜서서 말한다.]
[섈로, 슬렌더, 퀴클리 부인 등장]
섈로 퀴클리 부인, 저 사람들 말하는 걸 막아줘요.
내 조카가 자기 말을 할 건데요.
슬렌더 결과야 어떻든 간에 아무런 상관없어. 젠장,
한번 해보는 거야.
섈로 겁내지 마라.
슬렌더 아니요. 여자한테 겁내지 않아요. 그건 상관
없는데, 걱정되네요.
퀴클리 부인 [앤에게] 얘, 내 말 들어. 슬렌더 도련님이
너한테 할 말 있대.
앤 가보죠. [펜턴에게 방백]
아버님이 점찍은 남자예요.
꼴사나운 결함이 무수하게 많아도
3백 파운드 연 수입이 예쁘게 꾸며주죠!
퀴클리 부인 펜턴 도련님, 그간 안녕하세요? 한 말씀
드릴 게 있어요.
[펜턴을 옆으로 끌어간다.]
섈로 아가씨가 가까이 온다. 얘야, 앞에 서거라.
아버지가 있었다고 해.
슬렌더 앤 아가씨, 아버님이 계셨어요. 내 삼촌이
아버님에 대해서 재미난 얘기 할 수 있죠.
백부님, 아버님이 우리에서 거위 두 놈 훔친
얘기를 앤 아가씨한테 해주세요.
섈로 앤 아가씨, 조카가 아가씨를 사랑해요.
슬렌더 정말 그래요. 글로스터 군에 사는 어떤 여자
못지않게 사랑할 테요.
섈로 아가씨를 귀부인처럼 지내도록 해줄 거라오.
슬렌더 정말 그리할 테요. 무슨 일이 있어도 지주
양반 같게요.
섈로 조카가 아가씨에게 연 일백오십 파운드를 양도

하겠소.
앤 섈로 어르신, 그만하시고 저이한테 구혼하라 하세요.
섈로 그래서 고맙소. 그처럼 안심되는 말을 해서
고맙소.—아가씨가 너를 불러. 나는 나가겠다.
[한쪽으로 비켜선다.]
앤 자, 슬렌더 씨.
슬렌더 자, 앤 아가씨.
앤 어머나! 무슨 말씀이세요?
슬렌더 '말씀'이오? 놀랍구려! 참말 귀여운 농담이네요!
고맙게도 아직까지 그 '말씀'을 남긴 적이 없어요.
그런 병쟁이가 아니라고요, 찬미 하느님!
앤 슬렌더 선생님, 그게 아니고 원하는 게 뭐냔 거예요.
슬렌더 솔직히 내 편에서 말하자면 당신에게 원하는 건
별로 없네요. 당신 아버지와 우리 삼촌이 혼삿말을
한 거예요. 행운이 내 거면 좋고 아니면 딴 사람
몫이에요! 나하곤 상관없이 세상이 잘 돌아
간대요. 아버지한테 물어봐요. 저기 오세요.
[페이지와 페이지 부인 등장]
페이지 오, 슬렌더 도령.—얘, 앤, 저 사람 사랑해라.—
어떻게 지내나? 뭘 하러 펜턴 씨가 여기 와 있지?
이렇게 뻔질나게 내 집을 찾는 건 잘못이야.
딸의 혼처를 이미 정해놨다고 하지 않았나?
펜턴 페이지 어르신, 화내지 마세요.
페이지 부인 펜턴 씨, 딸애한테 오지 마세요.
페이지 당신한테 맞지 않소.
펜턴 제 말을 들으시죠?
페이지 안 듣겠소, 펜턴.
자, 자, 섈로 씨, 슬렌더 도령, 들어오세요.
내 생각 알면서 괜히 그러지, 펜턴.
[페이지, 섈로, 슬렌더 퇴장]
퀴클리 부인 [펜턴에게] 페이지 부인께 말씀드려요.
펜턴 페이지 마님, 이처럼 제가 온갖 장애와
꾸짖음과 관습에도 불구하고 올바른 격식에
따라 따님을 사랑하는 까닭에 사랑의 기치를
계속 전진시키며 후퇴할 수 없습니다.
저에게 호의를 베푸십시오.
앤 엄마, 나를 저 바보한테 시집보내지 말아요.
페이지 부인 그럴 생각 없다. 더 좋은 남편을 고르고 있다.
퀴클리 부인 [앤에게 방백] 그게 바로 우리 주인님이야,
의사 선생님.
앤 [방백]
오, 차라리 산 채로 흙에 파묻혀
죽기까지 무와 함께 뒹굴었으면!
페이지 부인 자, 펜턴 씨, 걱정할 거 없어요.
나는 당신의 친구도 적도 아니에요.
딸애한테 얼마나 당신을 사랑하는지
물어보고서 나도 그렇게 쏠릴 거예요.
그때까지 잘 있어요. 들어가야 하니까요.
아빠가 화를 내요.
펜턴 마님, 안녕히 계세요. 앤, 잘 있어요.
[페이지 부인과 앤 퇴장]
퀴클리 부인 이거 내가 한 일이야. "안 돼요. 멍청이와
의사한테 귀한 딸을 던져버려요? 펜턴 씨를
보라고요."라고 했거든. 내가 한 일예요.
펜턴 고마워요. 오늘 밤 안에 어여쁜 앤에게
이 반지 전해줘요. 이건 수고 값예요.
[그녀에게 반지와 돈을 준다.]
퀴클리 부인 하느님이 당신한테 행운 갖다 주시길! [펜턴 퇴장]
마음씨 착하네. 여자는 모름지기 저런 착한
사람이면 물불을 안 가려. 하지만 의사 주인님이
앤 아가씨를 얻으면 좋겠다. 또는 솔직히
펜턴 씨가 그 애를 얻어도 좋아. 그 세 사람
모두에게 해줄 수 있는 만큼 해줘야지. 그렇게
약속을 지킬 테니까. 하지만 특별히 펜턴 씨한테
약속했거든. 약속대로 할 테야. 참, 두 마님께서
기사님께 전하라는 심부름이 한 가지 더 있지.
그걸 잊어 먹다니 나도 쌍년이야! [퇴장]

## 3. 5

[폴스타프 등장]
폴스타프 바돌프, 어디 있냐?
[바돌프 등장]
바돌프 여기 있어요.
폴스타프 술 한 통 갖다 다오. 토스트 한 쪽 넣어서. [바돌프 퇴장]
도살장의 찌꺼기 수레처럼 광주리에 담겨서 템스
강에 버려지려고 한평생 살아왔단 말인가? 음,
또다시 그런 장난에 놀아나면 골을 빼서 버터를
발라 개한테 새해 선물로 주겠다. 제기랄! 놈들이
아무런 미련 없이 나를 강물에 던졌어. 눈먼 암캐가
낳은 강아지 열다섯 마리를 물에 빠트려 죽이듯!

그런데 그놈들이 내 덩치를 보아 알다시피 나는 가라앉는 동작에는 재빠르단 말이야. 밑바닥이 지옥만큼 깊다고 해도 가라앉을 거였어. 틀림없이 물귀신이 됐을 건데 강가 경사가 완만하고 물이 얕아서 괜찮았지. 물에 빠져 죽는 건 내가 진짜 싫어해. 몸이 퉁퉁 불어난단 말이야. 내가 불어난다면 어떤 꼴이 됐을까! 산더미 같은 시체가 됐을 테지.

[바돌프가 포도주 두 잔을 들고 등장]

바돌프 퀴클리 부인이 왔는데요, 주인님께 할 말 있대요.

폴스타프 자, 템스 강물에 술을 좀 부어 넣자고. 콩팥을 식히려고 환약 먹고 눈덩이를 삼킨 것처럼 배 속이 차가워. [술을 들이킨다.] 들어오라고 그래.

바돌프 들어오세요.

[퀴클리 부인 등장]

[폴스타프는 술을 마신다.]

퀴클리 부인 실례합니다. 아, 용서하세요. 기사님께 아침 문안 드려요.

폴스타프 [바돌프에게] 이 잔들 치워. 가서 향이랑 섞어서 포도주를 따끈하게 데워 와라.

바돌프 계란 넣고요?

폴스타프 술만 가져와. 정력제로 술에 계란 섞는 거 싫어한다. [바돌프가 술잔들을 들고 퇴장] 무슨 일이오?

퀴클리 부인 포드 마님이 보내셔서 기사님을 만나 뵈러 온 거예요.

폴스타프 포드 부인? 포드라면 지긋지긋해. 덕분에 내가 물에 빠지지 않았소? 배 속에 템스 물이 꽉 찼소.

퀴클리 부인 어머나, 안됐네요. 한데 그건 마님 탓은 아니었어요. 마님이 하인들한테 화를 내시데요. 하인들이 일을 잘못 알았던 거죠.

폴스타프 나도 잘못 알았소. 멍청한 여자의 약속을 믿고 그대로 하다니!

퀴클리 부인 그래서 마님이 속상해 하시는 걸 기사님이 보셨으면 동정했을 거예요. 오늘 아침 바깥양반이 새 사냥을 나가는데 기사님이 또다시 8시와 9시 사이에 만나주시길 바라셔요. 빨리 알려드려야 해요. 틀림없이 보상을 잘하시겠죠.

폴스타프 음, 가기로 하죠. 이렇게 말하쇼. 남자란 어떤 존재인지 생각해 보라고요. 남자의 약점을 생각해 보고 나의 잘난 점을 판단하라고 하쇼.

퀴클리 부인 그렇게 말씀드리죠.

폴스타프 알았소. 9시와 10시 사이라고 했죠?

퀴클리 부인 8시와 9시 사이예요.

폴스타프 그럼 가쇼. 반드시 갈 테니까.

퀴클리 부인 안녕히 계세요. [퇴장]

폴스타프 브룩이 소식 없어 이상하구나. 안에 들어와 있겠다고 했는데. 녀석 돈이 좋거든.

[브룩으로 변장한 포드 등장]

오, 여기 오누만.

포드 하느님의 축복을!

폴스타프 그래서 브룩 선생, 나하고 포드 부인 사이에 무슨 일이 오갔는지 들으러 왔소?

포드 솔직히 그게 나의 관심사요.

폴스타프 브룩 선생, 거짓말 안 하겠소. 부인이 정해준 시간에 그 집에 갔었소.

포드 그래서 어떻게 되셨나요?

폴스타프 매우 꼴사납게 됐소, 브룩 선생.

포드 아니 왜요? 부인이 생각을 바꿨나요?

폴스타프 아니요, 브룩 선생. 그게 아니라 의처증을 달고 사는 그 오쟁이 진 꽁생원 남편이란 작자가 우리가 만나는 순간에 들어왔다 이거요. 그 전에 우리는 포옹하고 키스하고 열렬히 사랑을 말하고 비유컨대 우리 희극의 프롤로그를 연출하던 참이었소. 그자의 병통에 재미를 느낀 패거리가 함께 몰려들었소. 집 안을 뒤져 그자 마누라의 정부를 찾아낸다며 야단법석이었소.

포드 그렇다면 기사님이 계시는데요?

폴스타프 내가 뻔히 있는 데서요.

포드 그런데 기사님을 찾아다녀도 못 봤어요?

폴스타프 마저 들어요. 참말 다행스럽게도 페이지 부인이란 사람이 와서 포드가 오는 중이라고 알리는 거요. 포드 부인이 당황하던 와중에 그 여자의 기지로 나를 빨래 광주리에 넣어서 내갔다고요.

포드 빨래 광주리!

폴스타프 그렇소, 빨래 광주리! 더러운 속옷과 속치마와 양말, 더러운 스타킹과 기름때 절은 행주와 함께 나를 꾸겨 처넣었소. 이제껏 사람의 콧구멍을 괴롭힌 냄새 가운데 가장 고약한 냄새들을 모두 모은 거였소.

포드 얼마 동안 그렇게 하고 계셨나요?

폴스타프 브룩 선생, 당신 좋게 해주려고 그 여자를 못된 짓으로 끌어넣기 위해서 내가 어떻게 했는지 알려주겠소. 그렇게 나를 광주리에 처넣고는 포드의 하인 두 녀석을 불러서 더러운 옷이라며 강가 길로 내가라 했소. 녀석들이 나를 어깨에 떠메고 가다가 의처증에 시달리는 주인과 문간에서 마주쳤소. 그자가 광주리 안에 무엇이 들었냐고 두어 번 묻기에 나는 그 얼치기 녀석이 뒤질까봐 조마조마 했지만, 운명은 그자가 오쟁이를 져야 하는 거라며 그자의 손을 막았소. 그래서 그자는 집 안을 뒤지러 가고 나는 더러운 빨랫감이 되어 나갔소. 하지만 브룩 선생, 그래서 어떻게 됐나 들어보시오. 나는 죽음의 아픔을 세 번 겪었소. 첫째로, 병쟁이 수컷[71]에게 들킬지도 모른다는, 참지 못할 공포였소. 둘째로, 두 말 들이 통 속에 무쇠 칼처럼, 손잡이에서 칼끝까지, 발꿈치에서 머리까지 구부리고 갇혀 있던 거요. 셋째로, 기름때에 절어서 구역질나는 빨랫감 속에서 엄청나게 땀방울을 흘리며 묻혀 있던 거요. 생각해 보시오. 나는 체질이—생각해 보시오.—더위에는 버터와 마찬가지라—언제나 녹아서 흘러내려요. 질식을 면했으니 그게 기적이었소. 이 찜질방이 최고로 달아올라, 네덜란드 음식처럼 절반 넘게 튀겨내니까, 템스 강에 던진 편자처럼, 뜨겁게 달궜다가 찬물에 식힌 것과 다름없었소. 생각해봐요.—뜨겁게 달궜던 거요.—생각해 봐요, 브룩 선생!

포드 진심으로 말하는데, 어른이 나 때문에 이런 일을 당했으니 송구스럽소. 그러면 내 구애는 가망이 없다는 말씀이오? 그래서 어르신은 그 여자를 또다시 떠맡지 않겠다는 말씀인가요?

폴스타프 브룩 선생, 그 여자를 이렇게 떠나기보다 나를 템스 강에 던졌던 것처럼 그렇게 해도 좋겠소. 오늘 아침 그 남편이 새 사냥을 떠났소. 그 여인이 다시 만나자는 말을 보냈소. 선생, 8시와 9시 사이요.

포드 벌써 8시가 지났군요.

폴스타프 그래요? 그럼 만날 준비를 해야겠군. 당신 편리한 시간에 오시오. 내가 어쩌고 있는지 알려줄 테니. 결국에는 당신이 그 여인을 즐기는 것으로 대단원을 맺게 되오. 편히 가시오. 그 여인을 가지게 해주겠소. 브룩 선생, 포드 이마에 왕 뿔을 박으시오. [퇴장]

포드 허! 이게 환상인가? 이게 꿈인가? 내가 자고 있는가? 포드 씨, 잠을 깨라, 잠을 깨라, 포드 씨! 너의 가장 좋은 외출복에 구멍이 났다, 포드 씨! 이런 게 결혼 관계란 거다. 이런 게 빨랫감과 광주리가 있다는 거다! 음, 내가 어떤 놈이란 걸 드러내겠다. 이제 간통자를 잡아내겠다. 지금 내 집에 있다. 내게서 못 도망쳐. 도망은 불가능해. 반 푼짜리 지갑에도 못 들어가. 후추 통에도 못 들어가. 놈을 지도하는 마귀가 도와줄지 모르니까 전혀 불가능한 데도 뒤질 테다. 못난 꼴을 피할 수는 없지만 내가 원치 않는다고 점잖게 있을 수가 없어. 머리에 뿔이 나서 미쳐버린다면, 그 속담이 나한테 똑바로 어울린다.—뿔나게 미치는 거거든.[72] [퇴장]

## 4. 1

[페이지 부인, 퀴클리 부인, 윌리엄 등장]

페이지 부인 그자가 벌써 포드의 아내한테 갔을까? 그렇게 생각해?

퀴클리 부인 분명히 지금쯤 갔거나 방금 도착했겠죠. 하지만 물속에 처넣었다고 몹시 화를 내데요. 마님이 갑자기 들이닥치길 포드 집 마님도 바라시죠.

페이지 부인 곧장 포드 집 안주인과 만나겠다. 우리 애를 여기 학교에 데려다 주면 돼.

[에번스 등장]

저기 아이 선생님이 오신다. 아, 노는 날이구나. 에번스 신부님, 안녕하세요? 오늘 학교 쉬나요?

에번스 아니요. 슬렌더 선생이 애들에게 놀라고 하였소.

퀴클리 부인 복 받을 분이네!

페이지 부인 에번스 신부님, 남편 말이 우리 아들이 책에서 배우는 게 전혀 없다고 해요. 아이한테 몇 가지 라틴어 문법을 물어보세요.

에번스 이리 오너라, 윌리엄. 머리를 들어라. 옳지.

퀴클리 부인 얘, 말씀대로 해. 머리 들어. 선생님께 대답해. 무서워 말고.

71 원문에는 '수양'인데 우리말로는 '수컷'이 괜찮다. 이 '수컷'은 '의처증'을 앓고 있다.

72 '뿔나게 미친다'라는 속담은 몹시 화가 났다는 말이지만 그의 경우에는 아내가 외간 남자와 서방질을 해서 머리에 뿔이 났다는 말이니까 속담의 문자적 의미와 같다는 것이다.

에번스 윌리엄, 이름씨가 몇 개인가?

윌리엄 두 개요. 단수와 복수, 다시 말해 두 개요.

퀴클리 부인 오, 나는 한 개가 더 있는 줄 알았구나. 사람들이 '예수님 이름으로'라고 해서 말이야.

에번스 입을 다물라. '아름답다'가 무엇인가, 윌리엄?

윌리엄 '풀케르.'

퀴클리 부인 '풀죽'이라니! 확실히 세상엔 풀죽보단 예쁜 게 있어.

에번스 확실히 당신은 매우 단순한 여인이오. 입을 다물고 계시오.—윌리엄, '라피스'가 무엇인가?

윌리엄 돌예요.

에번스 윌리엄, 그러면 '돌'이 무엇인가?

윌리엄 돌멩이요.

에번스 아니다. '라피스'다. 머릿속에 기억해 둬라.

윌리엄 '라피스.'

에번스 현명한 윌리엄이다. 그렇다면 윌리엄, 관사를 차용하는 것은 무엇인가?[73]

윌리엄 관사는 대명사에서 차용합니다. 그리고 다음과 같이 어형 변화를 합니다. '싱굴라리테르, 노미나티보, 힉, 하엑, 혹.'

에번스 '노미나티보, 히그, 하에그, 호그.' 잘 알아 둘 것은, '게니티보, 후이우스'다. 그러면 목적격은 무엇인가?

윌리엄 '아쿠사티보, 힝크.'

에번스 아이야, 반드시 기억하기 바란다. '아쿠사티보, 홍, 항, 호그.'

퀴클리 부인 라틴어로 '홍—항—홍'이 돼지 삼겹살이란 소리란 게 틀림없어.

에번스 여인, 중얼대지 마라. 윌리엄, 호격이라는 것은 무엇인가?

윌리엄 어,—'보카티보'—어, 저—

에번스 기억해라, 윌리엄. '포카티브'는 '카렛'이다.

퀴클리 부인 그거 참 멋진 먹거리다.

에번스 여인이여, 조용하라.

페이지 부인 [퀴클리 부인에게] 입 다물어!

에번스 윌리엄, 그러면 소유격 복수는 무엇인가?

윌리엄 소유격요?

에번스 그렇다.

윌리엄 게니티보, 호룸, 하룸, 호룸.

퀴클리 부인 저년 씹구멍에 옴 붙어라! 천하의 쌍년! 그년이 갈보라면 입에 올리지 마.

에번스 여인이여, 부끄러움을 모르는가?

퀴클리 부인 아이한테 그런 말 배워주는 게 잘못이죠. [페이지 부인에게] 아이한테 해롱해롱하라고 가르치는데 안 그래도 빠르게 그렇게 될 거예요. 그리고 '하룸'[74]을 부르래요. [에번스에게] 나빠요!

에번스 여인이여, 정신이 나갔는가? 격 변화에 대하여 아무것도 모르는가? 성의 수도 모르는가? 내가 세상에서 가장 보기 싫은 것은 어리석은 크리스천이다.

페이지 부인 [퀴클리 부인에게] 제발 입 닥쳐.

에번스 그러면 윌리엄, 이번에는 대명사의 어형 변화 몇 가지를 말해라.

윌리엄 저—잊어 먹었는데요.

에번스 '퀴, 콰에, 쿼드'다. 알고 있어야 할 '퀴스'와 같다. '콰에'와 '쿼드'를 잊으면 종아리를 맞게 된다. 그러면 나가서 놀아라.

페이지 부인 내가 생각했던 것보다 상당히 괜찮은 학생이구나.

에번스 기억력이 훌륭한 학생이오. 페이지 부인, 안녕히 가십시오.

페이지 부인 신부님, 안녕히 가세요. [에번스 퇴장]
얘, 너 집에 가거라. [윌리엄 퇴장]
[퀴클리 부인에게] 가세. 너무 오래 지체했네. [둘 퇴장]

## 4. 2

[빨래 광주리를 내놓는다.]
[폴스타프와 포드 부인 등장]

폴스타프 포드 부인, 당신의 슬픔이 내 괴로움을 모두 삼켜버렸소. 당신이 정성을 다하여 사랑으로 날 섬기는 것을 털끝만큼도 모자라지 않도록 보답하겠소. 부인, 단순한 사랑의 행위뿐만 아니라 내 모든 복장과 그에 따르는 온갖 예절을 지키겠소. 그런데 지금 남편이 없는 것이 확실하오?

포드 부인 사랑하는 기사님, 남편은 새 사냥 갔어요.

73 이 라틴어 문법은 모두 당시 초등학교의 라틴어 교과서에서 그대로 인용한 것인데, 영어에 서툰 에번스가 오히려 라틴어 발음을 우습게 하고 있다.

74 퀴클리 부인은 '하렘'과 발음이 비슷한 '하룸'이 '창녀'를 뜻하는 줄 안다.

페이지 부인 [안에서] 얘, 친구, 나 왔어!

포드 부인 기사님, 방에 들어가세요. [폴스타프 퇴장]

[페이지 부인 등장]

페이지 부인 얘, 그동안 잘 있었니? 집에 너 말고 딴 사람이 누가 있니?

포드 부인 우리 하인들밖에 없어.

페이지 부인 정말?

포드 부인 정말이야. [그녀에게 방백] 더 크게 말해.

페이지 부인 집에 아무도 없어서 너무 좋구나.

포드 부인 왜?

페이지 부인 얘, 네 남편이 제 버릇 개한테 못 주고 또다시 미치지 않았니? 게다가 내 남편과 짝짜꿍이 되어서 결혼한 사람한테 욕을 해대고 깜둥이 흰둥이 가리지 않고 이브의 딸들을 싸잡아 저주하고 제 이마 두드리며 "나와라, 나와라!"[75] 하고 외치는 바람에 이젠 남편의 병에 비하면 지금껏 봤던 미친 지랄이 도리어 온순하고 얌전하고 참는 거나 꼭 같아. 퉁퉁한 기사님이 여기 계시지 않아서 다행이다.

포드 부인 얘, 네 남편이 기사님 얘기를 하디?

페이지 부인 언제나 그 얘기야. 지난번 네 남편이 집 안을 뒤질 때 기사님이 광주리에 담겨서 빠져나간 게 틀림없다면서 내 남편한테 그분이 지금 이 집 안에 있다면서 네 남편과 패거리한테 새 사냥 그만두고 제 의심을 다시 한 번 확인해 보라며 데리고 오는 중이야. 하지만 기사님이 여기 계시지 않아서 천만 다행이야. 본인이 우습다는 걸 알게 되겠지.

포드 부인 얘, 지금 얼마나 가까이 왔어?

페이지 부인 엎디면 코 닿을 거리야. 언제라도 들이닥칠 판이라고.

포드 부인 나는 망했다! 그분이 이 집에 계시거든!

페이지 부인 그럼 너는 완전히 망가지고 그분은 죽은 거나 마찬가지야. 무슨 여자가 그 꼴이니? 그 어른 빨리 치워! 빨리 치워! 살인보단 망신이 나아.

포드 부인 어쩌면 되겠니? 어디다 숨기니? 또다시 광주리 속에 넣을까?

[폴스타프 등장]

폴스타프 안 돼. 다시는 광주리에 안 들어가. 그 사람이 오기 전에 갈 수 없겠나?

페이지 부인 저를 어째! 포드 집안 형제 중 세 사람이 피스톨을 가지고 문간을 지키니까 아무도 나가지 못해요. 혹시는 남편이 오기 전에 몰래 나갈 수 있어요. [그에게 방백] 그런데 왜 여기 계세요?

폴스타프 어떡하면 좋겠나? 벽난로 굴뚝 속에 들어가겠다.

포드 부인 저 양반들이 언제나 벽난로를 향해서 새 잡는 총을 쏘곤 해요.

페이지 부인 화덕 아가리로 들어가세요.

폴스타프 어디 있는데?

포드 부인 거기도 틀림없이 뒤질 거예요. 찬장도, 뒤주도, 장롱도, 가방도, 우물도, 천장도, 모두 다 외우려고 일람표에서 빼놓지 않고 적은 대로 일일이 찾는다고요 .숨겨드릴 장소가 집 안에 없어요.

폴스타프 그럼 나갈게.

페이지 부인 그 모양 그대로 나가면 죽으셔요, 기사님. 변장하고 나간다면 혹시 모르죠.

포드 부인 어떻게 변장시킬까?

페이지 부인 아이고 나도 몰라. 저분한테 맞을 만큼 큼직한 치마가 없어. 그렇지만 않다면 모자 쓰고 목도리 감고 수건 쓰고 빠져나갈 수 있겠는데.

폴스타프 제발 덕분에 계교를 짜내요. 암만 꼴사나워도 직접 당하는 것보다는 좋소.

포드 부인 내 하녀의 아주머니가 이웃 마을에 사는 뚱보인데 그 여자 치마가 위에 있어.

페이지 부인 거 참 잘됐다. 잘 맞을 거야. 기사님처럼 뚱뚱하거든. 게다가 그 여자의 낡은 모자하고 목도리도 있어.—기사님, 빨리 올라가세요!

포드 부인 사랑하는 기사님, 빨리빨리요! 저이와 제가 기사님이 머리에 쓰실 속옷들을 찾아볼게요.

페이지 부인 빨리빨리! 둘이 금방 변장시킬 거예요. 그동안 치마 입으세요. [폴스타프 퇴장]

포드 부인 그런 꼴로 남편하고 맞닥뜨리면 좋겠어. 내 남편은 그 이웃 마을 노파를 못 참아 해. 그 늙은이를 마녀라고 하고, 우리 집에 얼씬도 하지 말라면서 패준다고 위협했어.

페이지 부인 하늘이 그놈을 네 남편의 몽둥이로 끌어가고 마귀가 그놈을 네 남편의 몽둥이에 끌어가라.

포드 부인 하지만 내 남편이 오고 있니?

페이지 부인 그럼. 진짜 엄숙해. 광주리 얘기도 해. 어떻게 아는지는 알 수 없지만.—

75 아내가 외간 남자와 바람피우면 그 남편 이마에 뿔이 돋는다니까 대놓고 뿔을 부르는 것이다.

포드 부인 알아보자. 또다시 하인들이 광주리를
떠메고 나가도록 꾸미겠다. 저번처럼 문간에서
남편과 만나게 할게.
페이지 부인 하여간 금방 올 거야. 저 녀석을 이웃 마을
마녀처럼 꾸며놓자.
포드 부인 먼저 내가 광주리로 뭐를 할지 하인들한테
말하겠다. 올라가봐. 난 속옷들을 갖고 올게.
페이지 부인 망할 녀석, 더러운 놈! 어떤 짓을 한대도
속이 안 풀려. [포드 부인 퇴장]
아내들이 즐거워도 정숙할 수 있다는 걸
우리들이 하는 일로 증명할 테다.
웃고 떠드는 여자는 그런 일을 못 한다.
'말 없는 돼지가 찌꺼기를 먹어 치운다.' [퇴장]
[포드 부인, 존, 로버트 등장]
포드 부인 얘들아, 광주리 다시 메고 와. 주인님이
문간에 들어서실 판이다. 너희들한테 그거 내려
놓으라고 하시면 내려놓아라. 빨리빨리! [퇴장]
존 자, 와서 들어.
로버트 또다시 기사님이 가득 차지 않기를!
존 그러지 않아야지. 차라리 납덩이를 들겠다.
[하인들이 광주리를 떠멘다.
포드, 페이지, 섈로, 케이어스, 에번스 등장]
포드 그렇소. 하지만, 페이지 선생, 당신 말이 옳다면
멍청한 것을 다시금 똑똑하게 만들 길이
있겠소? [존에게] 녀석아, 광주리 내려놔.
[존과 로버트가 광주리를 내려놓는다.]
내 여편네 불러와! 광주리 속 젊은 놈!
야, 뚜쟁이 녀석들! 나를 해칠 파당, 패거리,
짝패, 음모가 있다. 이제야말로 참말 하게 되었다.
여보, 내 말 들어! 이리 나와! 이렇게 깨끗한
옷가지를 햇빛에 바래려고 내오는 거 봐!
페이지 포드 선생, 너무해요, 포드 선생. 이젠 벗어나지
못해요. 꼼짝 못 하게 붙들어 매야지요.[76]
에번스 아, 이건 광증이오. 이건 미친개처럼 미친 거요.
섈로 저런, 포드 씨, 정말 안 좋게 됐소.
포드 나도 같은 말이오.
[포드 부인 등장]
이리 와요, 부인. 정숙한 여인이요, 얌전한 아내요,
유덕한 인간으로 의처증 심한 바보를 남편으로
섬기는 포드 부인! 여인이여, 내가 이유 없이
의심을 해요?
포드 부인 당신이 나에 대해서 조금이라도 부정하다고
의심한다면 그게 터무니없는 걸 하늘도 알아요.
포드 말 다했지? 뻔뻔한 것 같으니. 그대로 고집해봐.
이놈, 나와라!
[광주리를 열고 옷가지를 들어내기 시작한다.]
페이지 정도를 넘었어!
포드 부인 당신은 창피하지도 않아요? 옷가지 건드리지
말라고요.
포드 금방 찾아내고 말 테다.
에번스 불합리의 극치다. 당신 아내의 옷가지를
들어다 줄 작정이오? 이리 오오.
포드 [존과 로버트에게] 광주리 비워, 어서.
페이지 도대체 왜 그러시오?
포드 페이지 씨, 내가 남자이듯이 어제 어떤 남자가
이 광주리에 담겨서 내 집을 빠져나갔소.
이 속에 또다시 있지 말란 법이 있소? 분명히
그자가 이 집에 있소. 확실히 내가 알며 의심이
합당하오. [존과 로버트에게] 옷가지 모두 꺼내.
포드 부인 이 속에서 사내놈을 찾아낸다면 벼룩처럼
짓눌러서 죽여버리죠.
[존과 로버트가 광주리를 비운다.]
페이지 사내가 없군.
섈로 포드 선생, 믿음으로 맹세코, 이 일은 건전하지
못하오. 당신에게 망신이오.
에번스 포드 선생, 기도해야 되겠으며 당신의 상상을
따라가지 마시오. 이것이 의처증이오.
포드 흠, 내가 찾는 그자가 없다.
페이지 없소. 당신 머리 외에는 있을 데 없소.
포드 한 번만 내 집을 뒤지도록 도와주시오. 찾다가
못 찾으면 우스운 내 꼴을 용서하지 마시오. 나를
식탁의 영원한 놀림감으로 삼아도 좋소. 나에 대해
'아내의 애인을 찾으려고 텅 빈 호두까지 뒤진
포드처럼 의처증이 심하대'도 괜찮소. 다시 한 번
내 속을 편케 하여 주시오. 다시 한 번 찾아봐요.
[존과 로버트가 광주리를 다시 채우고 내간다.]
포드 부인 이것 봐! 페이지 부인! 당신하고 노파하고
아래층으로 내려와. 내 남편이 안방으로 들어갈
거래.

76 오늘날에도 그렇듯, 미친 사람은 팔을 붙들어 맸다.

포드 노파? 그게 누구야?

포드 부인 이웃 마을에 사는 내 하녀 아주머니예요.

포드 마귀할멈, 똥갈보, 돈 빼먹는 늙은 갈보로구나! 내 집에 얼씬하지 말랬잖아? 뚜쟁이질 하려고 왔지? 남자들이란 멍청해서 그년이 재수 보는 체하면서 뭔 짓하는지 몰라. 요술을 부리고 주문을 외우고 별자리를 본다는 둥, 그따위 거짓부리는 남자들은 알지 못해. 도무지 알 수 없어. [몽둥이를 집어 든다.] 이년, 마귀할멈아! 내려와라! 냉큼 내려 오라니까!

포드 부인 오, 여보 그러지 마셔요! 착하신 양반들, 남편이 저 노파 못 때리게 하세요.

페이지 부인 [안에서] 할머니, 어서요, 할머니 손을 어서 내게 주세요. 내 손 잡아요.

포드 그년 내가 때리겠다.

[페이지 부인이 노파로 변장한 폴스타프를 이끌며 등장.
포드가 폴스타프를 때린다.]

내 집에서 나가라. 마귀할멈, 누더기 자루, 갈보, 개 쌍년! 빨리 나가지 못해? 내가 요술을 걸고 재수 점을 봐줄 테다! [폴스타프 퇴장]

페이지 부인 창피하지 않아요? 불쌍한 그 노파를 당신이 죽인 것 같아요.

포드 부인 정말로 죽일 거예요. 당신한테는 자랑스러운 명예가 되겠군요.

포드 죽으라고 해, 마녀 같으니!

에번스 누가 뭐라고 하여도 그 여자는 마녀로 생각되오. 여자에게 긴 수염이 있으면 보기가 심히 안 좋소. 목도리 아래 긴 수염을 내가 보았소.

포드 여러분, 따라오겠소? 따라와서 의처증의 결말을 구경하시오. 아무런 냄새도 없는데 내가 짖으면[77] 내가 다시 짖을 때 결코 믿지 마시오.

페이지 우리 저 사람 기분을 조금만 더 맞춰줍시다. 자, 다들 갑시다.

[포드, 페이지, 섈로, 케이어스, 에번스 퇴장]

페이지 부인 저이가 사정없이 그자를 패줬어.

포드 부인 천만에! 안 그랬어. 사정 봐가며 살살 때리는 것 같았어.

페이지 부인 그 몽둥이를 성물로 받들어 제단 위에다 걸어놓으라고 할 거야. 공적이 크거든.

포드 부인 네 생각 어떠니? 우리가 여자라는 입장과 깨끗한 양심을 바탕 삼아 그자를 따라가 좀 더 보복할까?

페이지 부인 확실히 음탕한 성질은 쫓겨났겠지. 마귀가 그자를 기한도 없고 양도할 수도 없는 농민으로 잡아둔 게 아니라면 못돼 먹은 짓으로 다시는 우리를 넘보지 못할 거야.

포드 부인 그놈을 우리가 어떻게 해치웠나 남편들한테 말해줄까?

페이지 부인 아무렴. 네 남편 머리에서 그따위 망상을 지울 수만 있다면—하찮고 음탕한 뚱보 기사가 더 심하게 당해야 한다고 남편들이 느낀다면 우리 둘이 계속해서 형벌을 주지 뭐.

포드 부인 틀림없이 당국에서 공개적으로 그놈한테 창피 줄 거야. 공개적으로 그놈에게 망신 주지 않으면 그 우스갯소리가 없어지지 않을 거야.

페이지 부인 그러면 풀무질을 해서 모양을 빚어내자. 달궜던 것을 그대로 식히기 싫어. [둘 퇴장]

## 4. 3

[객줏집 여주인과 바돌프 등장]

바돌프 주인님, 독일인들이 주인님의 말 세 필을 달라고 합니다. 공작님도 내일 궁정에 오시는데 독일인들이 공작님을 뵐 거라고 하데요.

객줏집 여주인 그렇게 몰래 오는 양반이 무슨 공작이냐? 내가 궁정에서 그 사람 소린 들은 적이 없다. 독일인들을 만나보겠다. 영어 할 줄 알던가?

바돌프 예. 불러드리죠.

객줏집 여주인 말들을 내주겠지만 값을 톡톡히 받아내겠다. 값을 올려 받아야지. 그자들이 일주일이나 온 집을 전세 냈었어. 그래서 내가 딴 손님을 돌려 보냈어. 벌충을 해야 돼. 값을 올려 받겠다. 가자.

[모두 퇴장]

77 사냥개는 짐승의 냄새를 맡고 그 뒤를 따라간다. 그처럼 포드도 집 안에서 '사내' 냄새를 맡았다.

## 4. 4

[페이지, 포드, 페이지 부인, 포드 부인, 에번스 등장]

에번스 내가 이제껏 본 것 중에서 가장 우수한 여인의 판단 중의 하나요.

페이지 그럼 그자가 당신네 두 사람한테 동시에 그런 편지를 보냈단 말이오?

페이지 부인 15분 간격으로 보냈죠.

포드 부인, 나를 용서하고 마음대로 하구려.
당신이 욕정으로 뜨겁기보다
차라리 해가 차다고 의심하겠소.
당신의 정절은 불신했던 내 마음에
신앙처럼 굳게 섰소.

페이지 좋소, 좋소. 그만해요.
공격이나 항복이나 지나칠 게 없겠으며
계교나 계속 짜요. 아내들에게
또다시 모두가 즐거울 수 있게끔
늙어 빠진 뚱보하고 만나라고 합시다.
우리들이 붙잡아 망신 줄 테니.

포드 아내들이 얘기하던 계교가 으뜸이오.

페이지 밤중에 사냥터에서 만나자고 아내들이 편지를 보내는 거요? 절대로 안 돼요. 안 올 테니까.

에번스 강물 속에 처박혔고 노파가 되어 심하게 두들겨 맞았다니 뚱보 배 속에 공포가 들어가서 다시는 안 올 것 같아요. 몸뚱이가 벌을 받았다고 생각해요. 욕정이 없을 거요.

페이지 나도 그렇게 생각해요.

포드 부인 그놈이 오면 어떻게 다룰지 걱정하세요.
우리 둘은 그 녀석이 오도록 꾸밀 테니까.

페이지 부인 예전에 여기 윈저 숲의 산지기였던
사냥꾼의 이야기가 전해지고 있는데요.
겨울철 내내 자정마다 마구 난 뿔을 달고
참나무 주변을 빙글빙글 돌아가며
나무를 말려 죽이고 소들의 넋을 빼어
암소가 젖 대신 피를 내게 만들며
너무나 무섭게 쇠사슬을 흔든대요.
그런 귀신 이야기를 당신들도 들었는데
미신적인 미개한 옛 노인들이
사냥꾼 이야기를 사실로 믿고
오늘 우리 시대에 전한 것이죠.

페이지 밤중에 사냥꾼의 참나무를 지나가는 걸
겁내는 사람이 아직도 적지 않은데,
그런 게 어떻다고?

포드 부인 그게 우리 계교예요.
폴스타프가 그런 사냥꾼처럼 머리에
큰 뿔을 달고 우리들과 만나는 거죠.

페이지 그러니까 그놈이 틀림없이 올 거로군.
당신들이 그 녀석을 그런 꼴로 데려오면
놈을 어떻게 하오? 계교가 무엇이오?

페이지 부인 그것도 우리가 생각해뒀죠.
우리 딸 앤하고 작은 아들과
키가 고만한 아이 서넛이
요정처럼 초록색 흰색으로 차려 입고
머리에는 촛불들을 빙 둘러 달고서
손에는 방울들을 들고 있다가
폴스타프와 포드 부인과 내가 만날 때
어수선한 노래와 함께 갑자기
톱질 구덩이[78]에서 뛰어나오는 거예요.
그 모양을 본 우리는 놀라서 달아나고
아이들은 그놈을 둥그렇게 에워싸고
추악한 그 녀석을 요정처럼 꼬집으며
요정들이 나와 노는 그 시간에 어째서
더러운 그 꼴로 그토록 신성한 길을
걸어가려 했느냐고 묻는 거죠.

포드 부인 사실을 말하기까지
요정으로 변장한 애들이 세게 꼬집고
촛불로 지지는 거죠.

페이지 부인 사실이 밝혀지면
우리가 나타나 귀신의 뿔을 떼고
윈저까지 놀리며 데려오죠.

포드 아이들이
연습을 잘하지 않으면 안 되겠는데.

에번스 내가 아이들에게 행동을 교습하겠소. 그리고 나도 원숭이와 똑같이 행동하여 그 기사를 내 촛불로 지져주겠소.

포드 아주 멋이 있겠소. 애들의 가면은 내가 사겠소.

페이지 부인 우리 앤이 요정들의 여왕이 되죠.
하얀 옷을 멋지게 차려 입고서.—

78 숲 속에 있는 벌목장에서 톱질을 하는 큰 구덩이.

페이지 비단은 내가 사죠. [방백] 그러는 사이에
슬렌더 총각이 우리 앤을 몰래 빼돌려
강 건너에서 식을 올린다. [페이지 부인과
포드 부인에게] 폴스타프에게 어서 알려요.

포드 아니오. 나는 브룩이란 이름으로 가겠소. 자기
생각을 나한테 모두 말할 거요. 확실히 올 거요.

페이지 부인 그건 걱정 말아요. [페이지, 포드, 에번스에게]
우리 요정들에게 차려 줄
물건들과 옷가지를 구해 오세요.

에번스 그 일을 하기 위해 갑시다. 이것은 볼만한
놀이요, 매우 진실한 장난이오. [페이지, 포드, 에번스 퇴장]

페이지 부인 그럼 포드 부인, 폴스타프한테 사람을
보내서 생각을 알아봐. [포드 부인 퇴장]
나는 의사한테 가야겠어. 마음에 들어.
그 사람만 우리 딸과 결혼할 수 있겠어.
슬렌더는 토지가 많지만 바보 천치야.
그런데 남편은 그 사람을 제일 좋아해.
의사는 돈이 많고 친구들은 궁정에서
세력이 커. 그 사람만이 딸애를 얻어야 돼.
더 나은 자가 2만 명이 된다 해도 마찬가지야. [퇴장]

## 4. 5

[객줏집 여주인과 심플 등장]

객줏집 여주인 촌놈아, 뭘 바라는 거냐? 미련한 놈, 뭐냐?
말해, 불어, 지껄여. 간단히, 짧게, 빨리, 한마디로!

심플 다름이 아니라요, 슬렌더 도련님이 존 폴스타프
기사님께 전할 말씀이 있는데요.

객줏집 여주인 그 사람 방, 집, 궁궐, 큰 침대, 보조 침대, 저기
모두 다 있다. 벽에 탕자[79] 얘기가 새로 깨끗하게
그려 있다. 가서 문을 두드리고 불러라. 너한테
식인종처럼 대답할 거다. 그러고 섰지 말고 문을
두드려!

심플 어떤 늙은 여자가, —뚱뚱한 여자가 기사님 방으로
들어갔어요. 혹시 노파가 내려올 때까지 기다리면
안 될까요? 사실은 그 노파와 말하려고 왔는데요.

객줏집 여주인 뭐? 뚱뚱한 여자? 기사한테 도둑이 왔나보다.
불러야지. —어이, 기사! 폴스타프 경! 군인다운
허파로 말하구려. 당신 거기 있소? 객줏집 주인,
에베소[80] 사람이 부르고 있소.

폴스타프 [안에서] 주인, 뭐라고?

객줏집 여주인 여기 보헤미아 달단인[81]이 뚱뚱한 당신 여자를
기다리고 서 있소. 그 여자를 내려보내요. 어서
내려보내요. 여기 방들은 점잖은 데요. 쳇! 몰래
하는 짓이라고? 쳇!
[폴스타프 등장]

폴스타프 주인, 바로 조금 전까지 늙은 뚱보 여자가 나하고
같이 있었는데 지금은 갔소.

심플 혹시 그게 이웃 마을에 사는 점 잘 치는 여자가
아니었나요?

폴스타프 맞다, 그 여자 맞아, 조개껍질만한 녀석.
그 여자와 무슨 볼일이 있냐?

심플 제 주인님 슬렌더 도련님이 그 노파가 거리로
지나가는 걸 보고 금사슬을 속임수로 빼앗은
님이라는 사람이 그 사슬을 가지고 있는지
물어보라고 하세요.

폴스타프 그 노파와 그 얘기 했다.

심플 그 노파가 뭐라고 하던가요?

폴스타프 노파 말이, 슬렌더한테서 속임수로 금사슬을
훔쳐가진 님이란 사람을 자기가 속였다고 하더라.

심플 제가 직접 노파와 이야기를 했으면 좋았겠네요.
주인님이 딴것들도 노파한테 물어볼 게 있었는데.

폴스타프 뭣들인데? 우리도 알자.

객줏집 여주인 맞다. 빨리 말해!

심플 숨기면 안 되는데.[82]

객줏집 여주인 그럼 감춰. 그러지 않으면 죽어.

심플 그건요, 딴것 아니고요, 앤 페이지 아가씨에 관한
건데요, 우리 주인님이 그 아가씨와 결혼하게
될는지 안 될는지 물어보는 거였어요.

폴스타프 맞다. 그 사람 운수다.

심플 뭐라고요?

폴스타프 아가씨와 결혼할지 못 할지는 그 사람 운수다.
가서 그 노파가 나한테 그랬다고 해.

심플 그래도 될까요?

79 누가복음 15장에 나오는 예수의 탕자의 비유. 그림의 소재로 많이 쓰였다.
80 초대 교회가 있던 소아시아(지금의 터키)의 도시. 객줏집 여주인이 괜히 멋진 이름을 주워섬긴다.
81 역시 괜히 주워섬긴 멋진 이름.
82 어리벙벙하여 이렇게 정반대로 말한다.

폴스타프 그렇고말고, 최고로 용감하다면.

심플 고마워요, 어르신. 이런 소식을 전해드려서 주인님을 기쁘하게 할 테예요. [퇴장]

객줏집 여주인 당신 매우 매우 유식하오, 폴스타프 경. 점치는 노파가 당신과 같이 있었소?

폴스타프 그렇소. 주인, 여기 있었소. 평생에 그토록 나에게 지혜를 가르쳐준 사람이 없소. 그런데 내가 그 값을 한 푼도 치르지 않았으며 도리어 배운 값을 톡톡히 받았소.

[바돌프가 흙투성이로 등장]

바돌프 어이구, 어이구! 야바위, 순전히 야바위요!

객줏집 여주인 말들은 어디 있나? 짐승들을 칭찬해라.

바돌프 야바위꾼들과 달아났어요. 우리가 강 건너 마을에 가자마자 그중 한 놈이, 뒤로 두 놈이 나를 흙탕 속에 밀어 넣었소. 그러곤 박차를 가해 달아났소. 독일 악마 세 놈이나, 파우스트[83] 세 놈 같았소.

객줏집 여주인 녀석아, 공작을 만나러 갔을 뿐이다. 달아났다고 하지 마. 독일인들은 정직한 사람들이야.

[에번스 등장]

에번스 주인 어디 계신가?

객줏집 여주인 무슨 일이오?

에번스 손님맞이를 조심해서 하시오. 내 친구가 읍내에 와서 하는 말이 독일의 삼인조 사기단이 레딩, 메이든헤드, 콜른브룩의 모든 여관 주인한테서 말과 돈을 사기 쳤다고 해요. 좋은 뜻에서 알려주니 그리 아시오. 당신은 똑똑하고 농담 잘하고 비꼬는 투가 가득해서 사기를 당하는 게 적합지 않지만. 안녕히 계시오. [퇴장]

[케이어스 등장]

케이어스 객줏집 주인이 어디 계시오?

객줏집 여주인 여기 있소, 의사 선생. 혼란되고 의심되는 혼돈 중에 빠져 있소.

케이어스 그것이 무엇인지 모르겠소. 하지만 당신이 독일 공작을 위해 대대적 준비를 한다고 합니다. 하지만 확실히 공작이 왔다는 소식은 궁정에 없소. 좋은 뜻에서 말하는 거요. 잘 있으시오. [퇴장]

객줏집 여주인 [바돌프에게] 녀석아, 도둑 잡으라고 소리쳐! [폴스타프에게] 기사, 도와주시오. 나 망했다! [바돌프에게] 도둑 잡으라고 외쳐! 아이고, 망했다!

[객줏집 여주인과 바돌프가 따로따로 퇴장]

폴스타프 온 세상이 사기를 당하면 속이 후련하겠다. 나도 속은 데다 매까지 맞았어. 내가 무엇으로 변했던지, 그렇게 변한 꼴로 빨래와 몽둥이찜질을 얼마나 당했는지 궁정의 귀에 들어가면 방울방울 측은한 눈물로 내 뱃살을 녹여내어 고기잡이 장화에 기름을 먹이겠다. 말라빠진 돌배처럼 풀이 죽을 때까지 날카로운 말솜씨로 나를 후려칠 게 확실해. 내가 카드놀이에서 거짓말을 한 이래 잘된 일이 전혀 없어. 목숨이 웬만큼 남아 있으면 회개하겠다.

[퀴클리 부인이 편지를 들고 등장]

어디서 오시오?

퀴클리 부인 물론 두 사람 쪽에서죠.

폴스타프 한쪽은 마귀가 갖고 또 한쪽은 마귀 어미가 가져서 두 쪽 다 지옥에 살라고 해. 그년들 덕에 못난 인간의 근본적 약점이 견딜 수 없을 만큼 되게 당했소.

퀴클리 부인 여자들도 당하지 않았나요? 네, 정말이어요. 특별히 그중 한 사람, 포드 부인은 불쌍하게도 온통 꺼멓고 시퍼런 멍이 들게 맞았어요. 그래서 흰 데는 볼 수도 없을 지경이어요.

폴스타프 나한테 뭣 땜에 꺼멓고 퍼런색을 말하는 거요? 난 두들겨 맞아서 온갖 무지개 색깔로 멍이 들었소. 그런 데다 이웃 마을에 사는 요술 할멈으로 잡혀가는 줄 알았소. 놀라운 내 머리를 재빨리 굴려서 노파의 거동을 흉내 내어 살아났으니 망정이지 못된 순검이 나를 요술 할멈이라고 차꼬를, 그 천한 차꼬를 채워놨겠지.

퀴클리 부인 기사님 방에 가서 말씀드리겠어요. 세상이 어찌 돼 가는지 알려드리죠. 확실히 기분 좋은 이야기예요. 여기 이 편지가 더러 얘기할 테죠. 불쌍한 것들, 당신네를 한데 모으려고 얼마나 애쓰는지요! 확실히, 당신들 중 한 사람은 하늘을 잘 섬기지 않아서 기사님 일이 안 풀리는 거예요.

폴스타프 내 방으로 올라오쇼. [모두 퇴장]

83 셰익스피어의 동시대인 크리스토퍼 말로의 『포스터스 박사』는 파우스트 전설에서 취재한 이름난 비극으로서 주인공은 독일인이었다. 훗날 괴테가 독일의 명작 『파우스트』를 지었다.

## 4. 6

[편지를 든 펜턴과 객줏집 여주인 등장]

객줏집 여주인 펜턴 선생, 내게 말하지 마요. 마음이 무거워요.
당신 위해 하던 일을 모두 버리겠어요.

펜턴 하지만 내 말 듣고 내 일을 도와주오.
신사로서 맹세컨대 당신의 손실 위에
금화 일백 파운드를 보탤 터이오.

객줏집 여주인 펜턴 선생, 당신 말을 들어보죠. 어쨌거나
당신 말에 대해서는 함구할 테요.

펜턴 어여쁜 페이지 아가씨에게 품은 사랑을
이따금씩 당신에게 얘기했는데,
아가씨는 내 사랑에 응답하였고,
스스로 제 연인을 택하게끔 되었으니
소원대로 된 것이오. 그이가 보낸 편지에
당신도 깜짝 놀랄 내용이 들어 있소.
내 계획과 그 기쁨이 한가지로 어울려
하나라도 단독으로 실행할 수 없으며
반드시 동시에 실행할 수밖에 없소.
폴스타프가 굉장한 장면을 연출하오.
그 놀이의 광경이 편지에 적혀 있소.
오늘 밤 12시와 1시 사이에
'사냥꾼 참나무'에서 어여쁜 내 임이
요정의 여왕으로 나타나게 되었는데,
—편지에 그 이유가 적혀 있소.—놀이가
벌어질 무렵, 그 모양 그대로 슬렌더와
살그머니 빠져나와 강 건너에서 즉시
결혼식을 올리라고 아버지가 명령하고
아가씨는 동의했소. 언제나 그 결혼에
거세게 반대하던 아가씨의 어머니는
케어어스 박사를 지지하여, 사람들이
다른 놀이에 한눈팔고 있는 동안
아가씨를 살짝 데려가 사제가 기다리는
대성당 관저에서 즉시 식을 올리라 했소.
아가씨는 그 계교에 따르는 척하면서
박사에게도 약속하여, 사정이 그리됐소.
아버지는 아가씨에게 흰옷을 입게 하여
슬렌더가 때를 봐서 흰옷을 입은
여자의 손목을 잡아끌며 가자고 하면
가기로 되었는데, 모친은 모친대로
박사에게 아가씨를 돋보이게 하려고
—모두들 가면을 쓰기로 했으니까요.—
예쁜 초록 치마를 길게 늘이고
나부끼는 리본을 머리에 달아
박사가 때가 됐다 싶은 순간에
아가씨 손을 꼬집으면 그것을 신호로
처녀는 그와 함께 가기로 했소.

객줏집 여주인 처녀가 부모 중에 누구를 속일 건가요?

펜턴 두 사람 다 속이고 나와 함께 가게 되오.
부탁컨대 당신은 사제를 구하여
12시에서 1시 사이 성당에서 기다렸다가
합법적인 결혼으로 우리 둘의 마음에
결합의 예식을 베풀어주기 바라오.

객줏집 여주인 계획이나 마저 꾸미쇼. 사제한테 가겠어요.
처녀만 데려와요. 사제는 염려 마쇼.

펜턴 그러면 당신에게 영원히 빚진 자요.
그뿐 아니라 당장 보답을 드리겠소. [각기 퇴장]

## 5. 1

[폴스타프와 퀴클리 부인 등장]

폴스타프 제발 더 이상 재깔대지 말고 가쇼. 약속대로 할
테니. 벌써 세 번째요. 홀수니까 행운이 따르겠소.
빨리 가쇼! 출생이나 행운이나 죽음에는 홀수에
신령한 힘이 있다고 하오. 빨리 가쇼!

퀴클리 부인 쇠사슬을 갖다 드릴게요. 양쪽 이마에 뿔이
나도록 뭐든 도와드리죠.

폴스타프 빨리 가라니까요. 시간 없소. 앞만 보고 가시오.
[퀴클리 부인 퇴장]

[브룩으로 변장한 포드 등장]
오, 브룩 선생! 브룩 선생, 오늘 밤에 마지막
결판이 나오. 12시쯤에 '사냥꾼 참나무' 옆에
와 있으면 놀라운 광경을 보게 되오.

포드 어제 그 여자한테 가지 않았소? 만나자는 약속을
했다 하셨소.

폴스타프 브룩 선생, 보다시피 가련한 노인으로 그 부인을
찾아갔지만, 브룩 선생, 불쌍한 노파로 떠나왔단
말이오. 여자의 남편 포드란 놈이 의처증 마귀가
씌었소. 브룩 선생, 미친 지랄 다스리는 마귀
가운데 가장 심하게 미친 마귀요. 사실대로 말하면,
그자가 여자 꼴로 차린 나를 두들겨 팼소. 브룩

선생, 내가 남자 꼴이었다면 직조공 막대기 휘두르는
골리앗이 무섭지 않소. 인생도 북[84]과 같다는 걸 느끼오.
지금 급해요. 같이 갑시다. 모두 얘기하죠, 브룩
선생. 내가 애들처럼 거위를 놀리고 학교를 빼먹고
팽이치기를 했던 까닭에 최근까지 매 맞는 게 뭔지
몰랐소. 이 포드란 놈에 대해 괴상한 얘길 해드릴게.
오늘 밤 그놈한테 복수하겠소. 그리고 당신 손에
그 여편네를 넘겨주겠소. 굉장한 볼거리가 벌어지는
판이오. 브룩 선생! 날 따라와요. [모두 퇴장]

## 5. 2

[페이지, 섈로, 슬렌더 등장]

페이지 자 그럼, 저 궁성 해자 속에 요정들의 불빛이
보일 때까지 웅크리고 숨어 있자. 잊지 마라, 사위
슬렌더. 우리 딸이—

슬렌더 예, 물론이죠. 벌써 앤과 얘기했어요. 서로 누군지
알아볼 암호도 정해놨어요. 흰옷 입은 아가씨께
다가가서 내가 '돈' 하면 여자는 '지갑' 하는 거죠.
그것으로 서로를 알아본단 말씀이에요.

섈로 그것도 좋겠다. 하지만 네가 '돈' 하든가 여자가
'지갑' 할 필요 없잖나? 흰옷이면 여자를 충분히
알아보겠다. 벌써 10시 쳤구나.

페이지 밤이 어둡소. 유령과 유령 불이 알맞은 밤이오.
하늘이여, 우리 놀이를 번창시켜 주소서! 마귀를
빼고 인간의 악을 피하오. 우리가 뿔을 보아 그자를
알 수 있소. 자, 가요. 날 따라와요. [모두 퇴장]

## 5. 3

[페이지 부인, 포드 부인, 케이어스 등장]

페이지 부인 의사 양반, 내 딸은 푸른 옷을 입었어요.
적당한 때를 봐서 딸애의 손을 잡고 관저로
달려가서 급히 일을 치러요. 먼저 사냥터로
가세요. 우리 두 사람은 함께 가야 되어요.

케이어스 어떻게 할는지 알고 있소. 안녕히 가시오.

페이지 부인 잘 가요. [케이어스 퇴장]
내 남편은 폴스타프를 골탕 먹여 재미있기
보다는 의사가 우리 딸과 결혼해서 화가 나겠지.
하지만 상관없어. 속이 쓰라린 것보다는
욕먹는 게 훨씬 나아.

포드 부인 우리 딸과 요정들은 어디에 있나? 그리고
웨일스 마귀 에번스는 어디 있고?

페이지 부인 모두들 사냥꾼 참나무 옆 웅덩이에 엎드려
있어. 불빛을 숨겨 갖고. 그러다가 폴스타프와
우리가 만나는 순간에 한꺼번에 어둠을 환하게
밝히는 거야.

포드 부인 확실히 녀석이 놀라 자빠질 테지.

페이지 부인 놀라지 않아도 놀림을 받아. 진짜로 놀라면
이래저래 놀림을 받아.

포드 부인 그놈한테 우리가 멋있게 배반하자.

페이지 부인 그따위 음탕과 음란에 배반하자.
그런 놈을 폭로하는 건 배반 아니다.

포드 부인 시간이 거의 됐다. 참나무! 참나무로! [둘 퇴장]

## 5. 4

[변장한 에번스와 방울을 손에 든 요정으로
변장한 윌리엄 페이지와 여러 아이들 등장]

에번스 하나 둘, 하나 둘, 요정들아! 각자 자기 역을 잊지
마라. 나를 따라 구덩이로 들어와라. 내가 암호를
외치면 내가 시킨 대로 따라 해라. 자, 하나 둘!
하나 둘! [모두 퇴장]

## 5. 5

[폴스타프가 머리에 사슴뿔을 잡아매고 쇠사슬을
손에 들고 사냥꾼 유령으로 변장해 등장]

폴스타프 윈저 성의 종이 열두 번 쳤다. 시간이 거의 됐다.
뜨거운 피의 신들아, 나를 도와라! 주피터여, 기억하라.
그대는 유로파를 위하여 황소가 됐었다.[85] 사랑이

84 베틀의 북은 왔다 갔다 하는 물건이라 자기 운수도 좋은 일도 나쁜 일도 생기는 걸 알고 있다는 말.

85 유로파라는 지상의 여인을 사랑한 제우스는 잘생긴 황소로 변했는데 유로파는 그 등 위에 올라탔다. 황소는 그녀를 등에 실은 채 달려 지중해의 크레타 섬에 이르렀다.

그대에게 뿔을 달아주었다. 오, 강력한 사랑이여,
어떤 때는 짐승을 사람으로, 어떤 때는 사람을
짐승으로 만드누나! 또한 주피터 그대는 레다[86]의
사랑을 위해 백조가 되었었다! 오, 전능한 사랑아,
신이 얼마나 가까이 거위[87] 낯짝에 다가갔던가!
처음은 짐승 꼴로 저지른 짓. 오, 주피터, 추잡하다.
다음은 날짐승 꼴로 저지른 짓. 주피터, 생각하라,
더럽구나! 신들의 등골도 달아오르니 가련한 인간이
어찌하리오? 나는 여기 윈저의 사슴, 숲에서 가장
살찐 사슴 같구나! 주피터, 내게 후련한 교미의
시간을 달라. 아니면 기름을 오줌으로 싸버려도
누가 탓하랴? 누가 이리 오는가? 내 암사슴인가?
[포드 부인과 뒤이어 페이지 부인 등장]

포드 부인 기사님, 거기 계셔요? 나의 애인, 수사슴이 거기 계셔요?

폴스타프 나의 까만 꼬리 암사슴! 하늘에서 단감자가
쏟아지고 「푸른 소매」[88] 가락에 맞춰 천둥을 치며,
향기로운 과자가 우박으로 쏟아지며 둥굴레가 눈으로
내려라. 욕정의 폭풍이 불면 나는 여기 숨으리라.
[그녀를 껴안는다.]

포드 부인 여보, 페이지 부인도 같이 왔어요.

폴스타프 밀렵한 사슴처럼 나를 나눠 가져요. 각자 엉덩이
한 짝씩. 옆구리는 내 차지며 어깨는 이쪽 숲을 맡은
산지기 몫이며 뿔은 당신네 남편들한테 남겨줄게요.
내가 산지기 같지 않소? 말투가 사냥꾼 유령 같죠?
그러니까 큐피드는 양심적인 소년이오. 보상을 하니까.
나는 진짜 유령이오. 잘들 오셨소!
[안에서 방울 소리가 들린다.]

페이지 부인 아이고, 무슨 소리야?

포드 부인 하느님, 저희 죄를 용서하소서!

폴스타프 저게 뭔가?

포드 부인과 페이지 부인 빨리 달아나! [둘이서 달아난다.]

폴스타프 마귀가 나를 저주받은 채 버려두지 않겠지. 내
몸속에 들어 있는 기름에 지옥이 불날까 걱정되겠지.
그렇지 않다면야 이토록 나를 괴롭히겠나!
[앞서 말한 그대로 변장한 에번스와 윌리엄
페이지와 아이들이 촛불을 들고 등장. 동시에
요정의 여왕으로 변장한 퀴클리 부인[89]과
도깨비로 변장한 피스톨과 요정으로 변장한
앤 페이지 등장]

퀴클리 부인 [요정들의 여왕으로]
검은색, 회색, 푸른색, 흰색 요정들,
달빛 속에 뛰노는 어둠의 정령들,
정해놓은 운명의 부모 없는 상속자들,
각자 자기 직분대로 일거리를 맡아라.
전령관인 도깨비야, 요정들께 외쳐라.

피스톨 [도깨비로]
요정들아, 이름을 들어라. 정령들아, 조용해라.
귀뚜라미야, 윈저의 굴뚝으로 뛰어가서
불씨도 안 모으고 아궁이도 쓸지 않은 하녀들을
시커먼 오디 색깔로 꼬집어 줘라.
빛나는 여왕님은 게으른 여자들을 미워하신다.

폴스타프 [방백]
요정들이라 말을 거는 사람은 누구나 죽지.
눈 감고 수그리자. 저들이 하는 일을 보면 안 된다.
[주저앉아 얼굴을 가린다.]

에번스 묵주는 어디 있나? 자기 전에 기도문을
세 번 외우는 처녀가 있거든
좋은 꿈만 꾸도록 환상을 주어
걱정 없는 아기처럼 깊은 잠이 들게 하되,
지은 죄를 깨닫지 않고 잠이 든 자는
팔, 다리, 등, 어깨, 옆구리, 정강이를 꼬집어라.

퀴클리 부인 [요정들의 여왕으로]
빨리들 나와라!
요정들아, 윈저 성 안팎을 살펴보고
아이들아, 거룩한 방에는 행복을 뿌려,
궁성은 소유주[90]에 어울리게, 소유주는
궁성에 어울리게 하여 웅대한 위엄으로
최후의 심판까지 든든히 서게 하자.
지위에 따라 정렬해놓은 좌석들마다
박하즙과 귀한 꽃으로 닦아놓아라.

86 물놀이를 하고 있는 레다에게 제우스(주피터)는 백조로 변하여 접근하였다.
87 가장 멍청하고 둔한 새로 알려졌었다.
88 당시 널리 유행하던 민요. 2막 1장 58행에서도 언급된다.
89 여기서 '퀴클리 부인'은 무식한 수다꾼이 아니라 '여왕다운' 인물이다. 본시 그녀가 유능한 배우임을 잊지 않아야 한다. '피스톨'도 폴스타프를 추종하는 건달이 아니라 점잖은 신사다.
90 당시 엘리자베스 1세 여왕이 윈저 성의 소유주였다. 지금도 국왕인 엘리자베스 2세의 소유다.

멋있는 마구간, 문장과 투구 머리,
충성된 깃발이 항상 축복받기를!
풀밭의 요정들아, 가터[91]의 원처럼
둥그렇게 둘러서서 밤마다 노래해라.
너희들의 흔적으로 파란빛[92]을 남겨놓고
옥색 풀, 자줏빛, 파란빛, 하얀 꽃들로
"오니 소와 키 말 이 팡스"[93]라고 써라.
모든 들판보다도 싱그럽고 풍성하니,
그것은 청옥과 진주와 화려한 수틀과 같고,
훌륭한 기사의 굽은 무릎 아래에 둘러 있다.
요정은 꽃으로 글자를 쓰거든.
서둘러 흩어져라! 하지만 1시까지는
평소처럼 사냥꾼 참나무를 둘러싸고
춤추는 일거리를 잊지 마라.

에번스 손에 손을 잡아라. 줄을 맞춰라.
반딧불이 스무 개가 등불이 되어
참나무를 둘러싸고 춤을 인도하리라.
잠시 멈춰라! 땅 사람 냄새가 나누나!

폴스타프 [방백] 어이구 하느님! 저 웨일스 요정한테서
나를 보호해줘요! 저놈이 나를 치즈 조각으로[94]
만들어 버릴까봐 두려워요.

피스톨 [도깨비로서, 폴스타프에게]
버러지 같은 놈, 날 때부터 틀렸다고.

퀴클리 부인 [요정들의 여왕으로, 에번스에게]
저놈의 손끝을 불로 시험해 봐라.
무죄라면 불꽃이 뒷걸음을 칠 테니
조금도 안 아프겠지만, 저놈이 움찔하면
마음이 썩은 자의 육체이니라.

피스톨 [도깨비로서]
시험해보자!

에번스 이런 통나무에 불이 붙을까?
[에번스가 촛불로 폴스타프의 손가락을 지진다.]

폴스타프 아야야!

퀴클리 부인 [요정들의 여왕으로]
썩었구나, 썩었구나, 욕정으로 더럽구나!
얘들아, 둘러싸고 노래하며 놀려대어라.
박자에 맞춰서 계속해서 꼬집어라.
[요정들이 폴스타프를 돌아가며 춤추면서 꼬집는다.]

요정들 [노래한다.]
더러운 망상아, 물러가라.
욕정, 음욕 물러가라.
욕정은 피의 불이라,
부정한 욕망이 불붙인다.
마음에 자라는 뜨거운 불,
생각이 불어서 치솟는다.
얘들아, 다 함께 꼬집어라.
못된 짓에 대한 벌로 꼬집어라.
꼬집어라, 지져줘라, 온몸을 모두.
촛불과 별빛과 달빛이 질 때까지.
[요정들이 노래하는 동안 한쪽 문으로 케이어스가
들어와 푸른 옷을 입은 요정을 몰래 데려가고
다른 쪽 문으로 슬렌더가 들어와 하얀 옷을 입은
요정을 몰래 데려가고 펜턴이 들어와 앤
페이지를 몰래 데려간다. 노래가 끝나자
안에서 사냥 나팔 소리가 울려, 요정들이 황급히
물러간다. 폴스타프가 일어나 달아나려고 한다.]
[페이지와 페이지 부인, 포드와 포드 부인 등장]

페이지 도망치지 말아요. 비로소 당신을 본 것 같네요.
당신은 사냥꾼 유령하고만 어울려요?

페이지 부인 자, 이제 장난은 그만 칩시다.
폴스타프 경, 윈저의 아낙네가 어때요?
[뿔을 가리킨다.]
여보, 이 뿔 봐요? 반달 같은 이 뿔이
읍내보단 수풀 속에 어울리지 않아요?

포드 그럼 이제 누가 오쟁이 졌소? 브룩 선생,
폴스타프는 못난이요, 오쟁이 진 못난이요. 브룩
선생, 이게 이놈의 뿔이오. [폴스타프의 머리에서
뿔을 잡아뗀다.] 그리고 브룩 선생, 내 물건에서

91 윈저 궁궐 안에 있는 교회당에 '가터 기사단'(The Order of the Garter)의 좌석이 정렬해 있는데 이 최고 귀족 단체에 속해 있는 기사들은 그 표시로 푸른 리본을 무릎 아래에 대님(영어로 'garter')처럼 둘러매었다. 궁성 안에는 각 단원에게 배당된 작은 방(존귀한 방)들이 있었다. 지금도 '가터 기사단'이 있으며 처칠 총리도 나이 들어 가터 기사로 임명됐을 때 큰 영광이라고 했다.

92 밤중에 들판에서 요정들이 둥글게 서서 춤을 추고 사라지면 풀밭에 둥근 푸른 점이 생긴다고 했다.

93 "이를 나쁘게 생각하는 자에게 수치 있어라"라는 뜻의 프랑스어. 이 모토를 푸른 대님에 금실로 수를 놓았다.

94 웨일스인은 치즈를 좋아해서 언제나 치즈를 입에 달고 산다고 했다.

빨래 광주리와 몽둥이와 스무 파운드밖에 얻은 게 없소. 그 돈은 브룩 선생에게 갚게 되오. 따라서, 브룩 선생, 이 녀석의 말들이 압류되었소.

포드 부인 기사 어른, 우리가 재수가 없었군요. 다시는 만나지 못하겠죠. 다시는 당신을 애인 삼지 않겠어요. 하지만 당신을 언제나 내 사슴으로 생각할게요.

폴스타프 이제야 점점 내가 멍청한 노새가 된 걸 알겠구나.

포드 [뿔을 쳐들며] 게다가 황소도 됐지. 두 가지 증거가 모두 다 있어.

폴스타프 그래서 걔네가 요정들이 아니구나. 서너 번 요정일 수 없다고 생각하다가 내 마음의 가책이 생기고 판단력이 급격하게 떨어져서 터무니없는 장난을 확실한 믿음으로 바꿔놨었다. 온갖 빤한 상식에도 불구하고 걔네를 요정들이라고 믿었던 거야. 똑똑하다는 머리도 못된 짓에 쓴다면 만천하의 놀림감이 돼버리기 십상이야!

에번스 존 폴스타프 경, 하느님을 섬기고 모든 욕망을 버리시오. 그리하면 요정들이 꼬집지 않을 거요.

포드 좋은 말씀이오, 에번스 요정.

에번스 [포드에게] 그리고 당신도 의처증을 버리시오. 당신에게 부탁하오.

포드 당신이 똑바른 영어로 아내에게 구애할 수 있기까지 다시는 아내를 의심하지 않겠소.

폴스타프 내가 골을 꺼내서 햇볕에 바짝 말리지 않았다면 그따위 터무니없는 속임수를 막아낼 방도가 어째 없었겠어? 게다가 웨일스 염소까지 나를 갖고 놀아? 굵은 양털 모자[95]까지 내가 쓰게 됐어? 구운 치즈 조각으로 목구멍이 막힐 때가 됐구나.

에번스 치스를 빠다에 더하면 좋지가 않소. 당신 배는 빠다 덩어리요.

폴스타프 치스, 빠다? 영어를 짓이겨서 튀김을 해 먹는 웨일스 녀석의 놀림까지 당할 만큼 내가 오래 살았나? 이것만 가지고도 온 땅에 욕정과 밤늦게 쏘다니는 짓거리가 끝장을 보게 됐어.

페이지 부인 폴스타프 경, 설혹 우리가 진짜로 윤리 도덕을 내동댕이치고 지옥을 조금도 무서워하지 않고 우리 몸을 완전히 내버린대도 마귀란 놈이 우리가 당신 따위를 좋아하게 만들어줄 거라고 생각했단 말이오?

포드 뭐야? 오만 가지 처넣은 왕만두, 솜 보따리가?

페이지 부인 허풍선이?

페이지 늙고 식고 마르고 못 봐주게 배만 꽉 찬 거?

포드 사탄만큼 쌍욕이 입에 붙은 거?

페이지 욥[96]처럼 가련한 거?

포드 욥의 아내[97]처럼 못된 거?

에번스 음탕한 짓과 술집과 술과 포도주와 농주와 술타령과 욕설과 부릅뜬 눈과 이 소리 저 소리 지껄여대는 버릇?

폴스타프 음, 내가 놀림감이군. 유리한 고지를 당신들이 선점했어. 내가 납작해졌어. 웨일스 핫바지한테도 대꾸를 못 해. 푹 가라앉은 신세라, 납덩이처럼 무지한 촌놈도 나를 넘봐. 나를 맘껏 갖고 놀아.

포드 너를 윈저로 데려가서 브룩이란 사람과 대면을 시키겠다. 네가 20파운드를 사기 친 사람이야. 뚜쟁이 짓을 해줄 뻔했지. 네가 지금까지 멋지게 당했는데 설상가상으로 그 돈까지 갚자니 속이 너무 쓰라리겠다.

페이지 하지만 기사, 기뻐해라. 오늘 밤 너는 우리 집에서 구수한 술국을 먹게 돼. 그때 가서 지금 너를 비웃는 여편네를 비웃으라고. 슬렌더 총각이 여편네 딸과 결혼한 걸 말하기만 하면 돼.

페이지 부인 [방백] 의사들은 안 믿을걸. 앤 페이지가 진짜 내 딸이라면 케이어스 의사의 아내가 됐을 거야.

[슬렌더 등장]

슬렌더 장인어른! 장인어른! 어디 계세요?

페이지 사위, 왜 그래, 응? 왜 그래, 사위? 자네가 빠르게 해치웠는가?

슬렌더 해치우다니요? 글로스터 지방의 양반, 귀족들한테 전부 알리겠어요. 안 그러면 내 목 달아매세요!

페이지 뭔 말인가, 사위?

슬렌더 페이지 아가씨와 식을 올리려고 강 건너 마을에 갔는데요, 그게 커다란 촌놈이었단 말이에요. 예배당이 아니었다면 내가 후려 팼거나 그 녀석이 나를 후려 팼을 거예요. 그게 앤 페이지가 아닌 걸 알았더라면 내가 꼼짝하지 않았을 테죠! 그런데 그게 집배원의 아들 녀석이더라고요.

95 웨일스 광대가 쓰는, 우습게 생긴 조잡한 털모자.

96 구약성서에 나오는 욥은 부자였다가 하루아침에 무일푼이 되고 온몸에 종기가 난 사람이다.

97 욥의 아내는 욥에게 하느님을 저주하라고 했다.

페이지 그러니까 자네가 잘못 알았어.
슬렌더 나한테 그렇게 말할 수 있어요? 사내애를 계집애로
알았으니 그랬을 테죠. 내가 녀석과 결혼을 했대도
녀석이 여자 옷을 입는대도 같이 살진 않았겠죠.
페이지 이건 자네가 못나게 잘못한 거야. 내 딸을
옷 색깔로 알아볼 수 있다고 했잖아?
슬렌더 흰옷 입은 여자한테 가서 '돈' 하니까 그 사람이
'지갑' 했어요. 앤과 내가 약속했던 대로예요. 그런데
앤이 아니라 우편배달부 아들이었다고요. [퇴장]
페이지 부인 여보, 화내지 말아요. 당신 계획을 미리 알고
있었어요. 그래서 딸애한테 푸른 옷을 입혔어요.
그러니까 확실히 지금쯤 의사와 같이 성당 사택에
가서 식을 올렸을 거예요.
[케이어스 등장]
케이어스 페이지 부인 어디 있소? 참말로 내가 속았소.
내가 '가르송', 즉 소년, 참말로 '페이장',[98] 즉 촌놈과
결혼했소. 앤 페이지가 아니오. 참말로 속았소.
페이지 부인 왜요? 푸른 옷 입은 애를 데려가지 않았어요?
케이어스 데려갔소. 참말로 그것은 소년이었소. 참말로 온
윈저에 파다하게 알리겠소. [퇴장]
포드 참말 이상하구나. 누가 진짜 앤을 데려갔는가?
[펜턴과 앤 페이지 등장]
페이지 낌새가 좋지 않다. 펜턴 씨가 오는데.
웬일이오, 펜턴 씨?
앤 아버님, 용서하셔요. 어머님, 용서하셔요.
페이지 어째서 슬렌더와 같이 가지 않았니?
페이지 부인 어째서 의사와 같이 가지 않았니?
펜턴 앤이 겁먹었군요. 사실을 말씀드리죠.
몹시 수치스럽게도 두 분은 서로 간에
사랑이 전혀 없는 사람에게 따님을
결혼시키려 하셨어요. 사실을 말씀드리면
저희는 오랜 약속 끝에 단단히 맺어져서
어떤 것도 저희 둘을 갈라놓지 못합니다.
따님이 지은 죄는 신성한 것이어서
교활, 불순종, 불효의 오명을 벗어나며
강요된 결혼이 반드시 가지고 올
수많은 저주스런 불신앙의 시간들을
면할 수 있고 피할 수 있게 만듭니다.
포드 [페이지와 페이지 부인에게]
멍하게 서 있지 마세요. 별수 없어요.
사랑은 하느님이 인도하는 것이에요.
돈은 땅을 사고 운명은 아내를 팔아요.
폴스타프 [페이지와 페이지 부인에게] 당신들이 특별히
나를 겨냥해서 좋은 위치를 정했는데 화살이
살짝 빗나가는 바람에 나만 좋게 되었소.
페이지 흠, 별수 없어? 펜턴, 하늘이 기쁨을 내리시길!
피할 수 없는 것은 받아들여야 돼.
폴스타프 밤에 개가 뛰면 별의별 짐승이 모두 달아나.
페이지 부인 그래서 불평은 그만두겠어. 펜턴 젊은이,
수많은 기쁜 날을 하느님이 내리시길!
여보, 모두 집에 가서 시골 난롯가에서
이번 장난 얘기를 자꾸자꾸 합시다.
기사님도 같이 해요.
포드 그럽시다, 기사 양반.
브룩 선생하고 약속한 걸 지키겠군요.
오늘 밤 포드 부인과 같이 자게 되니까요. [모두 퇴장]

98 프랑스어로 '촌사람.'

# 괜히 소란 떨었네

# *Much Ado About Nothing*

## 연극의 인물들

돈 페드로 아라곤의 공작

파도바의 베네딕
플로렌스의 클라우디오 — 고관들, 돈 페드로의 친구들

밸서저 돈 페드로의 시종, 노래꾼

돈 존 돈 페드로의 서출 동생

보라치오
콘래드 — 돈 존의 추종자들

레오나토 메시나의 총독

헤로 그의 딸

베아트리체 고아, 그의 조카딸

안토니오 노인, 레오나토의 아우

마거릿
어슐라 — 헤로를 섬기는 시녀들

프랜시스 신부 수사

도그베리 야경을 담당한 순검

버지스 순검, 도그베리의 동료

교회의 사찰

소년, 야경단원, 시종들과 전령들

# 괜히 소란 떨었네

## 1. 1

[메시나의 총독 레오나토, 그의 딸 헤로, 그의 조카딸 베아트리체가 전령과 함께 등장]

레오나토 이 편지 보니까 아라곤의 돈 페드로가 오늘 밤 메시나에 온다는군.

전령 지금쯤 매우 가까이 계실 겁니다. 제가 떠날 때 10마일도 안 됐습니다.

레오나토 이번 전쟁에서 귀족들을 몇 분이나 잃었는가?

전령 높은 분은 거의 없고, 저명인사는 한 분도 안 계십니다.

레오나토 승리자가 전원을 무사히 귀환시키면 승리는 두 배가 된다. 편지를 보면 돈 페드로가 클라우디오라는 플로렌스 청년에게 굉장한 명예를 안겨줬구먼.

전령 칭찬을 받을 만한 큰일을 했으며 돈 페드로 역시 잊지 않으셨습니다. 나이에 비해 기대 이상으로 활약하여 양의 모습으로 사자의 공을 세웠지요. 지금 공작께서는 제가 그의 행적을 설명하는 걸 기대하실 테지만 그 사람은 기대를 넘었습니다.

레오나토 그의 삼촌이 여기 메시나에 있는데 그 얘기를 들으면 몹시 기뻐할 게다.

전령 제가 이미 그분에게 편지를 전해드렸는데, 기쁜 빛이 어찌나 역력하신지 슬픔의 표시인 눈물을 흘리지 않고서는 차분히 기쁨을 나타낼 수가 없었습니다.

레오나토 눈물을 터뜨리던가?

전령 많이 흘리셨습니다.

레오나토 자연스러운 가족애의 발로이지. 그렇게 씻은 얼굴보다 진실한 건 없어. 남이 울 때 기뻐하는 것보다 기뻐서 우는 게 얼마나 좋은가!

베아트리체 궁금해서 묻는데요, 몬탄토[1] 씨가 전쟁에서 돌아왔나요?

전령 그런 이름은 모르는데요. 지위 고하를 불문하고 군대에는 그런 이가 없었습니다.

레오나토 조카야, 네가 묻는 그 사람이 누구냐?

헤로 파도바의 베네딕 씨를 말하는 거예요.

전령 오, 그 사람 돌아왔어요. 언제나 그렇듯 변함없이 쾌활합니다.

베아트리체 여기 메시나에서 자기를 광고하고 큐피드에게 활쏘기 시합을 하자고 도전장을 던졌대요.[2] 우리 삼촌의 광대가 그 도전장을 보고서 새 쏘기 시합[3]을 하자고 했는데, 그 사람이 이번 전쟁에서 몇 명이나 죽이고 잡아먹었죠? 도대체 몇 명이나 죽였나요? 그 사람이 죽이는 건 내가 모조리 먹겠다고 약속했대요.

레오나토 얘, 너 베네딕 씨를 너무 심하게 몰아붙여. 하지만 틀림없이 너한테 앙갚음할 게다.

전령 아가씨, 이번 전쟁에서 그분은 혁혁한 공훈을 세우셨습니다.

베아트리체 당신들이 상한 걸 먹었어요. 게다가 그 사람이 먹여줬단 말이에요. 그 사람은 아무거나 잘 먹는 대식가예요. 식욕이 왕성해요.

전령 또한 유능한 군인이오, 아가씨.

베아트리체 여자한테는 유능한 군인이지만 다른 귀족한테는 뭐가 되나요?

전령 귀족에겐 귀족이요, 사나이에겐 사나이로서, 온갖 명예로운 품성이 들어찬 분입니다.

베아트리체 과연 그렇겠죠. 박제처럼 속이 찬 사람이죠. 무엇으로 채웠냐면—하긴 모두가 인간이에요.

레오나토 조카딸이 하는 말을 오해하지 마라. 그 애와 베네딕 사이엔 일종의 재미나는 전쟁이 벌어지는 중이다. 만나기만 하면 서로 아옹다옹 말씨름이 생기거든.

베아트리체 슬프게도 그 사람은 싸움에서 얻는 게 없죠. 지난번 싸움에서 다섯 기능[4] 중 네 개가 절뚝이며 갔으니까 지금은 온몸이 단 한 가지 기능으로 움직인대요. 그래서 자기 몸의 온기를 보존할 기능이 남으면 그거로 자기와 자기 말의 차이나 유지하래요. 그게 자기가 이성적인 존재란 걸

1 '뛰어오르는 남자'를 뜻하는 이탈리아어. 여자를 보면 우선 '뛰어오르는' 베네딕을 비꼬는 말이다.

2 '사랑의 화살'을 쏘는 큐피드에게 활쏘기를 겨룬다는 것은 자기가 '연애 박사'임을 공언한다는 말이다.

3 당시 귀족의 전속 광대는 작은 새를 잡는 데 쓰는 뭉뚝한 나무 화살을 장난으로 썼다. 그것은 사람에게는 치명적이지 않았다.

4 사람이 지닌 오감(五感).

알릴 수 있는 유일한 밑천이에요. 지금 그 사람 짝꿍이 누구죠? 달마다 새로운 의형제가 생기던데.

전령 그럴 수 있어요?

베아트리체 아주 쉬운 일이죠. 그 사람 의리는 유행하는 모자를 닮았다고요. 새로운 유행이 생기면 언제라도 변하니까요.

전령 아가씨, 이제 알겠습니다. 그분은 아가씨 책에 적혀 있지 않습니다.

베아트리체 맞아요. 만일 적혀 있다면 내 책을 모두 다 태워버릴 거예요. 그런데 그 사람하고 같이 다니는 자가 누구죠? 마귀한테라도 같이 따라가겠다는 젊은 녀석이 있지 않던가요?

전령 존귀하신 클라우디오 대감과 언제나 어울려 다닙니다.

베아트리체 아이고 저런! 그자는 무슨 병처럼 그 사람한테 달라붙어요. 염병보다 더 빠르게 전염되고 그 병에 걸린 사람은 그 즉시 미쳐 날뛰어요. 귀한 클라우디오를 주님이 도우소서! 베네딕이란 병에 걸린 거라면 치료비로 천 파운드는 써야 될 거예요.

전령 아가씨, 저는 계속 친구가 되렵니다.

베아트리체 그러세요, 좋은 친구.

레오나토 조카야, 너는 절대 안 미치겠다.

베아트리체 어림없죠. 1월이 덥기 전엔.—

전령 돈 페드로 공작께서 오십니다.

[돈 페드로, 클라우디오, 베네딕, 밸서저, 서자 돈 존 등장]

돈 페드로 레오나토 총독, 사서 고생하려고 오시나? 세상 사람들은 손해를 피하는 게 일인데, 당신은 일부러 뛰어드는군.

레오나토 공작께서 오실 때 어떠한 어려움도 제 집에 생긴 적이 없습니다. 어려움이 사라지고 희락만 남겠지요. 그러나 공작께서 떠나시면 슬픔이 살아나고 행복은 떠나가겠습니다.

돈 페드로 당신은 온갖 책임을 너무 기꺼이 받아들이네. 이 아가씨가 딸인 듯싶군.

레오나토 애 어머니가 제게 여러 번 같은 말 했어요.

베네딕 물어보셨다니, 의심이 생기던가요?

레오나토 아니오, 베네딕 공. 그때에 당신은 아직도 어린애였소.

돈 페드로 베네딕, 그 말에 기가 죽었어. 그거로 보아 당신이 뭔지 알겠어. 여자 따라다니는 사내야. 이 아가씨는 아버지가 누군지 확실해. 아가씨, 기뻐해. 영예로운 아버지를 빼닮았다고.

[레오나토와 따로 가서 말한다.]

베네딕 레오나토 총독이 그녀 아버지라면 메시나를 모두 줘도 목 위에 아버지 머리를 달고 다니지 않겠죠. 아버지를 빼닮았지만.—

베아트리체 아직도 할 말이 남았다니까 이상해요, 베네딕 씨. 아무도 당신 말을 안 듣고 있는데.

베네딕 오, 깜짝 놀랐다! 친애하는 '경멸 아가씨!' 아직 살아 있나요?

베아트리체 베네딕 씨처럼 좋은 밥이 있는데 '경멸'이 죽을 수 있어요? 당신 같은 사내가 경멸의 눈앞에 오면 예절 자체가 경멸로 변신해야 되겠네요.

베네딕 그렇다면 '예절'이 변절자군요. 하지만 당신만 빼고는 내가 여자들의 사랑을 받는 것은 확실해요. 내 속에는 매정한 심장이 없다는 사실을 알 수 있다면 얼마나 좋겠소! 나는 누구도 사랑하지 않아요.

베아트리체 그만큼 여자들이 행복하죠. 안 그랬다간 못된 구애자한테 곤욕당할 테니까요. 그 점에서 당신과 내가 성격이 같은 것을 하느님과 냉정한 내 피가 고마워하죠. 어떤 자가 나를 사랑한다 떠들기보다 차라리 내 강아지가 까마귀한테 짖어대면 좋겠어요.

베네딕 아가씨의 그 마음을 하느님이 유지시켜 주시길! 그래서 그 어떤 신사가 얼굴에 예정된 손톱자국을 면할 수 있기를!

베아트리체 당신 얼굴 같은 거라면 손톱자국이 생겨도 더 흉하게는 못 된다고요.

베네딕 당신은 희한한 앵무새 선생이오.[5]

베아트리체 나 같은 혀를 가진 새는 당신 같은 혀를 가진 짐승보다 훨씬 나아요.

베네딕 내가 타는 말이 당신 혀만큼 재빠르고 지구력도 그처럼 강하면 좋겠소. 어쨌든 간에 제 버릇 그대로 고집하시오. 할 말 다했소.

베아트리체 당신은 언제나 버릇 나쁜 말처럼 말을 끝내지.[6]

5 앵무새는 남의 말을 그대로 따라 한다. 베아트리체가 자기 말을 자꾸 따라 하는 걸 보고 하는 말이다.

6 그런 말은 가다가 우뚝 서서는 움직이지 않는다.

그 버릇 옛날부터 알고 있었죠.

돈 페드로 [레오나토와의 말을 끝내며] 레오나토, 요컨대
그게 요점이 돼.—클라우디오 씨, 베네딕 씨,
내 친한 친구 레오나토가 당신들 모두를 초대한다.
우리가 족히 한 달은 여기 머물 거라고 해도 이
사람은 무슨 일이 생겨서라도 좀 더 오래 지체하길
원한다고 해. 괜히 하는 소리가 아니라
진심에서 하는 말이란 걸 맹세코 확신해.

레오나토 그 맹세가 헛맹세로 돌아가진 않을 겁니다.
[돈 존에게] 대감께도 환영 인사를 올립니다.
형님이신 공작님과 화해하셨으니 마땅히 저의
모든 충성을 드려야지요.

돈 존 고맙소. 나는 본시 말수가 적은 사람이지만 어쨌든
고맙소.

레오나토 [돈 페드로에게] 앞서서 가시겠습니까?

돈 페드로 손을 달라, 레오나토. 같이 가자.

[베네딕과 클라우디오를 제외하고 모두 퇴장]

클라우디오 베네딕, 귀공이 아까 레오나토 씨의 딸을 눈여겨
보시던데?

베네딕 눈여겨보진 않았지만 보기는 했어.

클라우디오 참한 아가씨 아니야?

베네딕 점잖은 사람이 내 단순하고 진솔한 판단을
듣고자 묻는 거야? 또는 내가 널리
알려진 바와 같이 모든 여자에 대해 폭군적인
버릇에 따라 말하길 바라나?

클라우디오 아니야. 점잖은 판단을 들려달란 말이야.

베네딕 솔직히 말해 그녀는 키 크다고 하기엔 너무
땅딸하고, 해맑다고 하기엔 너무 가무잡잡하고
높이 칭찬하기에는 너무 작아. 고작 내가 할
수 있는 말은 지금 모습이 아니라도 잘생기진
못했단 평인데, 지금 모습이 저러니만큼 내
마음에 안 든다는 거야.

클라우디오 너는 내 말을 농담으로 여기는데, 그녀를
어떻게 보는지 정말로 말해봐.

베네딕 그녀에 대해서 묻는 걸 보니까 네가 그녀를 살
생각이 있나보군.

클라우디오 온 세상을 다 주고도 그런 보석 살 수 있어?

베네딕 물론이지. 케이스까지 덤으로 줄게. 당신 이 말
심각한 얼굴로 하는 거야? 아니면 말재간 능한
장난꾼으로 큐피드[7]가 눈 밝은 토끼 사냥꾼이고
불카누스가 용한 목공이란 소릴 하려는 거야? 어떤
가락으로 불러야 너와 화음을 맞추겠나?

클라우디오 내 눈에는 그녀가 내가 지금껏 본 여자 중에 가장
귀여운 아가씬데.

베네딕 난 아직 안경 없이 볼 수 있는데, 내가 아무리
봐도 안 그래. 그녀의 사촌은 급한 성미만
아니면 오월 초하루가 섣달 그믐날을 능가하듯
미모에 있어서는 그녀를 저리가라 해. 한데
네가 남편 될 생각은 없길 바라는데 어때?

클라우디오 헤로가 내 아내만 될 수 있다면 내가
결혼하지 않을 걸 맹세했대도 좋아.

베네딕 그 지경이 됐어? 수상한 모자를 안 눌러 쓸 사내가
세상에 하나도 없단 말이야?[8] 육십 된 총각은
아예 볼 수 없단 말이야? 젠장, 굴레 속에 네
목을 굳이 들여놓겠다면 뿔 자국을 내보이며
다니고 일요일은 한숨으로 보내라. 날 봐.
돈 페드로가 널 찾으려고 돌아왔어.
[돈 페드로 등장]

돈 페드로 레오나토 집으로 따라가질 않았지만 무슨
비밀이 있어서 여기 남아 있어?

베네딕 공작님이 저에게 이실직고하라고 요청하시면
좋겠어요.

돈 페드로 충성의 맹세에 따라 이를 명한다.

베네딕 클라우디오 백작, 알겠어? 나는 벙어리처럼 비밀을
지키는 사람이야. 그렇게 생각해주면 고맙겠어.
한데 저 사람, 연애 중예요! 충성의 맹세에
따라 정말예요. 상대가 누구냐? 그건 공작님
몫이죠. 저 사람 대답이 얼마나 짧은지 보세요.
바로 헤로, 레오나토의 키 작은 딸이라오.

클라우디오 그게 사실이면 그런 말도 할 수 있지.

베네딕 공작님, "그렇지 않아. 안 그렇지도 않아. 하지만
절대로 그래선 안 돼"[9]란 옛말도 있어요.

클라우디오 내 감정이 쉽사리 안 바뀐다면 절대로 안

7 큐피드는 '눈먼 아이'이니 숨은 토끼를 찾아내는 눈 밝은 사냥꾼이 못 되며, 다음 행의 불카누스는 대장장이이니 손재간 좋은 목공이 될 수 없다.

8 아내가 서방질을 하면 그 남편 머리에 뿔이 난다는 말이 있었다. 모자를 눌러 쓴 사내는 그런 뿔을 가리려는 거란 말이다. 신사는 거의 다 모자를 쓰는데 그것은 거의 모든 아내들은 서방질을 한다는 뜻이다.

9 도둑인 신랑이 약혼녀에게 자기 직업을 이런 말로 속이는 이야기가 있었다.

그렇진 않아야 돼.

돈 페드로 아멘, 당신이 그녀를 사랑하면. 그 아가씬 아주 좋은 규수야.

클라우디오 나를 유인하려고 그런 말씀을 하세요.

돈 페드로 정말로 내 생각을 말할 뿐이야.

클라우디오 저 역시 정말로 제 생각을 말했을 뿐이에요.

베네딕 저 역시 두 분께 향한 두 겹의 정말로 제 생각을 말했을 뿐이에요.

클라우디오 제가 그녀를 사랑한다는 걸 제 자신이 느껴요.

돈 페드로 훌륭한 규수란 걸 나도 잘 안다.

베네딕 그녀가 어떻게 사랑을 받을지 저는 느낄 수 없고 그녀가 어째서 훌륭한지 알 수 없단 관념은 뜨거운 불로도 제게서 녹여낼 수 없어요. 화형 틀에 매인 채 죽을 거예요.

돈 페드로 당신은 아름다운 여인을 멸시하여 언제나 고집스런 이단자였어.

클라우디오 오로지 고집의 힘이 아니곤 자신의 입장을 지킬 수도 없었죠.

베네딕 한 여자가 저를 잉태했다는 사실에 대해 그녀에게 감사해요. 저를 길러줬다는 것 역시 그녀에게 엎드려 감사해요. 하지만 이마에 돋은 뿔을 불어 사냥개를 부르든가 보이지 않는 허리띠에 나팔을 달고 다니진 않을 테니 모든 여인은 용서하세요.[10] 제가 어떤 여인도 믿지 않는다는 실례를 범하지 않으려고 모든 여인을 믿지 않을 권리를 가지려는 거예요. 결론적으로— 좀 더 자세히 말할 수도 있지만—총각으로 살겠습니다.

돈 페드로 나 죽기 전에 당신이 사랑으로 핼쑥한 꼴을 보겠다.

베네딕 사랑이 아니라 분노나 병이나 굶주림 때문이겠죠, 공작님. 제가 조금이라도 사랑 때문에 피가 마르면 술로써 다시 벌충하고도 남을 테니 두고 보세요. 눈먼 큐피드의 흔적이 보이기만 하면 연애시 짓는 펜으로 제 눈알을 후벼 내시거나 창녀 집 문간에 저의 목을 달아매셔도 좋아요.

돈 페드로 흐흠. 당신이 그런 장담에서 후퇴하는 날이 오면 굉장한 얘깃거리가 될 거야.

베네딕 만일 제가 그런다면 저를 고양이 새끼처럼 바구니에 담아 매달아서 쏘라고 하세요.[11] 저를 맞추는 사람은 그 어깨를 두드리고 '아담'이라고 불러주세요.[12]

돈 페드로 어쨌든, 두고 봐. "시간이 지나면 사나운 황소도 멍에를 멘다"고 했어.

베네딕 무지한 황소는 그럴 수 있겠지만 똑똑한 베네딕이 그런 짓을 한다면 황소의 뿔을 뽑아다가 제 이마에 박으시고 온몸에 흉측하게 칠하고 광고쟁이가 하듯 '여기 삯 받고 빌려줄 말이 있소.' 하고 큰 글자로 써 붙이고 뿔 아래에 '여기 보시는 것은 베네딕, 결혼한 남자'라고 써놓으세요.

클라우디오 실지로 그런 일이 생긴다면 당신이야말로 뿔 겨누고 돌진하는 성난 황소 같겠구먼.

돈 페드로 큐피드가 베니스에서 화살을 모두 써버리지 않았다면 당신은 이제 금방 그의 화살 앞에서 떨게 돼.

베네딕 그렇게 되면 대지진도 생겨나죠.

돈 페드로 아무튼 당신은 시간이 흐르면 세상과 화해할 거야. 그동안에는, 베네딕 씨, 레오나토네 집으로 가라고. 그 사람한테 인사를 드리고 내가 확실히 저녁 식사 때 참석할 거라고 말해줘. 정말 굉장한 준비를 했어.

베네딕 제가 그런 말씀 전해줄 줄 알 만큼 상당히 똑똑한 머리가 없지 않아요. 그럼 제가 공작님을—

클라우디오 하느님의 보호하심에 맡겨드려요. 제 집에서— 제게도 집이 있다면—

돈 페드로 칠월 육일. 당신이 사랑하는 친구인 베네딕이 몇 자 적음.

베네딕 그렇게 놀리지 말아요. 공작님 말의 몸뚱이는 천 조각으로 누덕누덕 치장한 건 데다가 바느질도 엉성해서 서로 붙어 있질 못해요. 낡아빠진 편지투를 비웃기 전에 자신의 양심을 들여다봐요. 그럼 전 떠나요. [퇴장]

클라우디오 공작님, 이젠 저를 도와주실 수 있어요.

돈 페드로 내 사랑은 당신의 것, 가르쳐만 다오.
도움이 된다면 어떤 힘든 일도 배울 테야.
내 사랑이 얼마나 열심인지 알게 될 거다.

클라우디오 레오나토에게 아들이 있어요?

돈 페드로 헤로밖에 없어. 그 애가 상속자야. 그 애를 좋아하지만, 클라우디오?

10 아내가 바람을 피우면 그 남편 이마에 뿔이 난다는 말이 있었는데, 남편은 그걸 숨기려고 사냥꾼으로 가장하고 뿔 나팔을 불든가 차고 다닌다는 것. 즉 아내라는 사람은 으레 바람을 피울 테니 자신은 절대로 결혼하지 않겠다는 말.

11 고양이를 바구니에 담아서 매달아 놓고 활쏘기 연습의 과녁으로 사용했다.

12 '아담 벨'은 당시 활쏘기의 명인이었다.

클라우디오 오, 공작님,
공작님이 현재 끝난 이 전쟁을 벌이실 때
전 군인의 눈으로 그녀를 봤어요.
좋아는 했지만 사랑이란 이름으로
몰고 가기보다는 당장의 일이 급했죠.
하지만 돌아와 보니 전투 생각은
자리를 비웠고 대신 그 자리에는
부드러운 그리움이 몰려들어와
얼마나 헤로가 예쁜지 속삭이면서
전쟁 전부터 제가 사랑했다고 해요.
돈 페드로 지금 당장 연인 행세를 하게 돼서
말의 홍수로 듣는 자를 곤혹스레 만들겠지.
그녀를 사랑한다면 속에 고이 간직해.
내가 그녀와 그 부친에게 말할 테니
당신은 그녀를 얻게 돼. 이 때문에
그 좋은 이야기를 비비 꼰 게 아니야?
클라우디오 안색을 봐서 사랑의 슬픔을 아시니까
공작님은 참으로 상사병을 치유하세요.
하지만 제 사랑이 너무 급하다 여겨질까
염려돼서 좀 더 긴 사설로 설명해야겠죠.
돈 페드로 다리가 강물보다 훨씬 더 넓어야 해?
최고의 선물은 선물에 대한 필요 자체야.
도움이 될 만한 건 옳은 법. 그뿐이지.
당신이 사랑하니 내가 약을 주겠다.
오늘 밤 우리가 연회를 벌이는데
내가 당신 모습으로 변장하고는
내가 클라우디오라고 헤로에게 말하겠다.
그녀 가슴에 내 마음을 열어놓아
사랑의 이야기로 강력히 공격해서
힘으로 그녀를 말에 취한 포로가 되게 하겠다.
그러고는 그녀 부친에게 말할 테니
결과적으로 그녀는 당신 것이 되겠다.
이제 곧 그 일을 실행에 옮기자. [둘 퇴장]

## 1. 2

[레오나토가 등장하여 그의 아우 안토니오 노인을
만난다.]
레오나토 아우, 아우의 아들, 내 조카 어디 있나? 그
아이가 음악을 준비했나?
안토니오 그 일로 아주 바빠요. 그런데 형님, 꿈도
못 꾼 이상한 소식을 말할 수 있어요.
레오나토 좋은 소식인가?
안토니오 결과가 어떻게 되나 봐야 알죠. 하지만 소식이
겉보기엔 썩 좋아요. 공작님과 클라우디오 백작이
울창한 우리 집 정원 길을 같이 거닐었는데
내 사람 중 하나가 이렇게 말하는 걸 엿들었대요.
공작님 왈 클라우디오가 내 조카, 즉 형님
딸을 사랑한다니 오늘 밤 무도회 중에
그걸 알릴 작정이랍디다. 만일 그 애가 응하면
당장 이 기회를 놓치지 말고 곧장 형님께 그걸
알리겠다데요.
레오나토 그 말을 해준 자가 정신이 바로 박혔나?
안토니오 매우 똘똘한 녀석예요. 그자를 불러올 테니까
형님이 직접 물어보세요.
레오나토 아니, 아니. 꿈이 현실로 드러나기 전엔 그냥
꿈으로 놔두지. 하지만 딸애한테 알려줄 테야.
혹시 그게 사실이면 대답할 말을 준비하고
있는 게 좋아. 아우가 가서 걔한테 알려줘.
[하인들 등장]
자네들, 무얼 할지 다들 알고 있지? 아이고, 이
친구, 용서해라. 나하고 같이 가자. 네 재간을
써먹어야겠다. 이 친구, 바쁜 이때 조심해.
[모두 퇴장]

## 1. 3

[서자 돈 존과 그의 단짝 콘래드 등장]
콘래드 도대체 어떻게 된 겁니까? 왜 이렇게 무한정
우울에 빠져 계세요?
돈 존 내 우울을 배태하는 이유가 무한해.
그래서 이 우울엔 한정이 없어.
콘래드 대감님은 충고를 들으셔야 해요.
돈 존 그걸 듣고 난다고 해서 무슨 좋은 일이 생기겠나?
콘래드 지금 당장 좋은 일이 생기지 않으면 적어도
인내심이라도 생기겠죠.
돈 존 네 말대로 자기가 토성 아래서 태어났다고,[13]
뼈아픈 상처에 도덕적인 약을 발라주려고 하는군.
내가 누군지를 숨길 수 없어. 이유가 있어서 우울할
수밖에 없어서 아무런 농담에도 웃지 않고 먹고
싶으면 먹고 누가 시간 날 때를 기다리지 않고

졸리면 자고 누구의 일거리도 거들지 않고, 좋으면 웃고 누구의 기분도 맞추지 않아.

콘래드 맞습니다만, 대감님은 그걸 완전히 드러내지 않으셔야 합니다, 마음껏 그러실 수 있기 전에는. 최근 대감님은 형님과 충돌하셨지만 형님께서 대감님을 새로이 받아들이셨는데 대감님 자신이 좋은 분위기를 조성하시는 것밖에는 형님의 은총에 진정한 뿌리를 내리시기 어려워요. 대감님 자신의 풍부한 수확을 위해서 때를 잘 맞추셔야 해요.

돈 존 형님 은총의 장미가 되기보다는 차라리 울타리의 찔레가 되겠어. 남한테서 사랑을 훔치려고 아양을 부리기보다는 모든 자의 멸시를 받는 게 성질에 맞아. 이 점에서 내가 곰살궂은 정직한 사람이라고는 할 수 없지만 솔직한 악당이란 사실을 부인할 수 없어. 신뢰를 받아도 입마개를 쓰고 있고 자유롭다 해도 족쇄를 차고 있어. 그래서 새장에 갇힌 채 노래 부르지 않겠다고 선언했어. 내가 자유롭다면 하고 싶은 대로 할 거야. 그때까지는 나를 그대로 놔두고 나를 바꾸려 하지 마.

콘래드 대감님의 불만을 사용할 수 없으시나요?

돈 존 항상 그걸 사용한다고. 그것밖에 사용할 것도 없으니까. 누가 여기 오나?

[보라치오 등장]

무슨 일이야, 보라치오?

보라치오 저기 성대한 만찬에서 오는 길입니다. 형님이신 공작께서 레오나토에게 굉장한 대접을 받고 계시는데, 곧 있을 결혼에 관한 소식을 대감님께 전해드릴까 합니다.

돈 존 훼방을 놓을 만한 토대로 쓸 만하겠나? 시끄러운 인생에 자신을 매려는 멍청이 녀석이 어떤 놈인가?

보라치오 다름 아닌 대감님 형님의 오른팔입니다.

돈 존 누구라고? 말쑥하기 이를 데 없는 클라우디오가?

보라치오 바로 그분입니다.

돈 존 깔끔한 청년이지. 그리고 상대는 누구야? 그자가 어느 쪽을 기웃거려?

보라치오 다름 아닌 헤로입니다. 레오나토의 딸이며 상속잡니다.

돈 존 아주 잽싼 삼월 병아리로군.[14] 어떻게 이 소식을 알게 됐나?

보라치오 제가 향을 피워드리게 되어서 곰팡내 나는 어떤 방에 연기를 피우고 있는데 공작님과 클라우디오가 손을 잡고 심각하게 의논하며 들어오데요. 즉시 방장 뒤에 숨어서 엿들으니까 공작님이 클라우디오 대신 헤로에게 구애하고 그녀의 허락을 받으면 클라우디오 백작에게 넘겨준다는 거였어요.

돈 존 자, 그럼 우리 그리로 가자. 내 불만에 자양분이 될지 몰라. 갑자기 출세한 젊은 놈이 내 파멸에서 모든 영광을 가로채고 있어. 조금이라도 그놈을 괴롭힐 수 있으면 나는 온 마음으로 쾌재를 불러. 너희 둘 다 확실해? 나를 돕겠냐?

콘래드 죽기까지죠, 대감님.

돈 존 그 성대한 만찬에 가자. 내가 저조해졌으니까 저들의 기분은 더욱 고조되었지. 요리사가 나와 동감이길 바란다. 무얼 할 수 있을지 가서 볼까?

보라치오 대감님께 시중들겠습니다. [모두 퇴장]

## 2. 1

[레오나토, 그의 아우 안토니오, 그의 딸 헤로, 그의 질녀 베아트리체 등장]

레오나토 존 대감님이 이 만찬에 참석하지 않았니?

안토니오 못 봤는데요.

베아트리체 그 양반 표정이 참 울적해. 그 사람 보기만 하면 한 시간 뒤에 명치끝이 탄단 말이야.

헤로 그분은 무척 우울한 성격이야.

베아트리체 그 사람하고 베네딕 중간이면 아주 훌륭한 사람이 됐을 거야. 그 사람은 너무나 석상 같아서 암말도 안 하고 베네딕은 너무나 과부 마님 맏아들 같아서 언제나 지껄여 대.

레오나토 그럼 베네딕 씨 혀의 절반만 존 대감님 입에 옮겨 가고 존 대감님의 우울증의 절반이

13 당시 유행하던 점성술에 의하면 토성(Saturn)이 승할 때 태어난 사람은 사색적이거나 우울한 성격이라 대체로 도덕철학에 기운다고 하였다. 서자인 돈 존은 전쟁에 져서 이복형에게 빌붙어 사는 '등외'의 사람이다.

14 일찍이 삼월에 깐 병아리는 조숙하다고 생각되었다. (졸부의 딸이란 뜻도 섞여 있다.)

베네딕 씨 얼굴에 옮겨 가면—

베아트리체 삼촌, 다리가 좋고 발이 좋은 데다 주머니 속에 돈이 넉넉하면, 그런 남자는 여자의 동의만 얻을 수 있다면 온 세상 어떤 여자도 얻을 수 있겠죠.

레오나토 정말이지, 조카야, 너의 혀가 그토록 사나워서 절대로 남편을 얻지 못해.

안토니오 확실히 너무 입이 사나워요.

베아트리체 너무 사나운 건 지나치게 사납단 말이니까 하느님의 선물을 그쪽으로 줄이죠. 하느님께서는 사나운 소한테 짧은 뿔을 보내시지만 너무 사나운 소한테는 아무 뿔도 안 보내신대요.

레오나토 그러니까, 너무 사납기 때문에 하느님이 너한테는 아무 뿔도 안 보내실 거란 말이구나.

베아트리체 올바르신 처사죠. 하느님이 저한테 아무 남편도 안 보내신다면. 그런 축복을 위해 저는 매일 아침저녁으로 무릎 꿇고 기도드려요. 맙소사. 저는 얼굴에 수염 난 남편을 참아낼 수 없어요. 차라리 터럭 뭉치[15] 속에 누워 자겠어요.

레오나토 너, 수염 없는 남편을 볼지도 몰라.

베아트리체 그런 남편을 어디다 써요? 내 옷 입혀 가지고 시녀나 삼을까요? 수염이 있는 사내는 청춘이 지난 사람이고 수염이 없는 사내는 어른이 채 되지 못한 사람이에요. 청춘이 지나간 사내는 나한테 맞지 않고 어른이 못 된 사람도 나하고 맞지 않아요. 그래서 곰 놀리는 사람한테 계약금 댓 푼이라도 받아서 그 사람 원숭이들을 지옥으로 몰아갈 테요.

레오나토 그럼 너도 지옥으로 가는 거냐?

베아트리체 아니죠. 대문에 가면 거기서 마귀가 오쟁이 진 늙은이처럼 머리에 뿔 달고 나를 만나 말하길, '베아트리체, 넌 천당에 가라. 천당에 가. 여긴 처녀가 있을 데가 못 돼.' 그래서 난 원숭이들을 넘겨주고 천국 문 앞의 베드로한테 가죠. 베드로는 독신들이 앉은 곳을 가리켜주고 그래서 우리는 진종일 즐겁게 사는 거죠.

안토니오 [헤로에게] 자, 그러니까 헤로, 네 아버지 말씀대로 할 거라 믿어.

베아트리체 당연하죠. 공손히 절하고 '아버님, 뜻대로 하셔요'라고 아뢰는 게 사촌 동생의 의무죠. 하지만 아무리 그래도 남자가 잘생긴 사내라면 좋겠어요. 안 그러면 얘가 다시 한 번 절하고 '아버님, 제 뜻대로 하겠어요'라고 말해야죠.

레오나토 어쨌거나 네가 어느 날 한 남편과 짝을 이루는 걸 보고 싶다.

베아트리체 하느님께서 흙 아닌 딴 물질로 남자를 지으시기 전엔 어림없죠. 여자가 씨근대는 흙덩이한테 억눌리고 사방에 널린 진흙덩이한테 인생을 맡겨야 한다니 여자가 억울하지 않겠어요? 싫어요, 삼촌, 싫다고요. 아담의 아들들은 제 오빠들인데 친척과 짝짓는 건 분명히 죄라고 생각해요.

레오나토 [헤로에게] 얘야, 너한테 일러준 걸 잊지 마라. 공작님이 너한테 그 일로 물으시면 어떻게 대답할지 알고 있겠지.

베아트리체 네가 알맞은 때에 청혼받지 못하면 박자가 틀려서 그럴 거야. 공작님이 너무 졸라대시면 모든 일에는 절도가 있다고 하고 춤처럼 대답을 길게 끌어. 헤로, 내 말 들어. 구혼, 결혼, 후회는 빠른 스코틀랜드 춤, 우아한 궁중무, 싱커페이스[16] 춤과 같다고. 첫 사랑은 스코틀랜드 지그 춤처럼 진짜 정신없이 뜨겁고 급하고, 결혼은 궁중무처럼 점잖고 의젓하여 웅장미와 전통미가 가득하고, 드디어 후회의 세월이 되어서 남자의 맥 빠진 다리가 점점 빠르게 싱커페이스에 빠져들다가 마침내 무덤 속으로 가라앉고 말아.

레오나토 조카야, 너는 생각이 지나치게 꼬였어.

베아트리체 삼촌, 저는 눈이 밝아요. 대낮에 예배당을 볼 수 있으니까요.

레오나토 [안토니오에게] 아우, 잔치 손님들이 들어오시는 중이다.
[다른 사람들에게 손짓으로 흩어져서 가면을 쓰라고 한다.]
자리를 널찍이 내드리라고.
[돈 페드로, 클라우디오, 베네딕, 밸서저, 마거릿, 어슐라가 모두 가면을 쓰고, 돈 존과 보라치오는

15 가난한 촌사람들은 홑청을 씌운 담요가 아니라 그냥 양털 뭉치 속에서 잠잤다.

16 당시 크게 유행하던, 다섯 스텝 다음에 한 번 훌쩍 뛰는 춤. '싱커페이스'라는 말은 '급속히 가라앉다'라는 뜻도 있다.

가면을 안 쓰고 등장, 시종들과 악사들 등장, 그중 하나는 고수]

돈 페드로 [헤로에게] 아가씨, 당신 친구와 한 바퀴 걸으실까요?

헤로 조용히 걸으시고 다정한 표정을 띠시고 아무 말씀도 안 하시면 걷는 거 좋아요. 특별히 제가 저쪽으로 걸어갈 때.

돈 페드로 당신과 함께 단둘이?

헤로 마음 내키면 그렇게 말할 수 있어요.

돈 페드로 그럼 언제 그렇게 말할 마음이 생기겠소?

헤로 당신 얼굴이 마음에 들 때. 악기가 케이스 같아서야 쓰겠어요?

돈 페드로 내 가면은 농부의 지붕이오.
집 안엔 신이 계시오.

헤로 그렇다면 당신 가면은 초가집이에요.

돈 페드로 사랑을 말한다면 낮은 소리로 해요.

[두 사람이 비켜선다.]

밸서저 [마거릿에게] 음, 당신이 나를 좋아하기를 바라요.

마거릿 당신 자신을 위해서 나는 그러지 않았으면 좋겠어요. 나쁜 버릇이 많으니까요.

밸서저 그중 하나는?

마거릿 큰 소리로 기도를 해요.

밸서저 더욱 당신을 사랑해요. 듣는 사람들이 '아멘'을 외칠 테니까요.

마거릿 하느님이 춤 잘 추는 사람과 짝지어 주시길!

밸서저 아멘.

마거릿 그리고 춤이 끝나면 그 사람을 눈앞에서 사라지게 해주시길! 대답해요, 교회 서기.

밸서저 이제 말은 그만둬요. 서기가 대답을 들었어요.

[두 사람이 비켜선다.]

어슐라 [안토니오에게] 당신을 잘 알아요. 당신 안토니오 씨이시죠.

안토니오 한마디로, 아니오.

어슐라 머리 흔드는 걸 봐서 안다고요.

안토니오 사실대로 말하면 그 사람인 척해요.

어슐라 그분이 아니면 그이 병통을 그처럼 흉내 잘 낼 수 없어요. 여기 손이 완전히 마른 걸 봐도 그분이 맞아요, 그분이 맞아요.

안토니오 한마디로, 아니라니까.

어슐라 자, 그러지 마세요. 뛰어난 말솜씨를 보면 당신인 줄 모를까봐서요? 좋은 성품이 안 드러나고 배겨요? 아무 말 마셔요. 좋은 점은 드러나기 마련이어요. 이거로 끝이어요.

[두 사람이 비켜선다.]

베아트리체 [베네딕에게] 누가 당신에게 그런 소릴 했는지 나한테 말하지 않겠어요?

베네딕 예. 그 점 용서하시오.

베아트리체 당신이 누군지 말하지 않을 건가요?

베네딕 지금은 아니오.

베아트리체 내가 비꼬기 잘한다고, 내가 "재미있는 이야기 백 편"에서 말솜씨를 빌려왔다고— 그런 소리한 건 베네딕 씨였거든요.

베네딕 그 사람이 누군데요?

베아트리체 확실히 당신은 그 사람 잘 알 거예요.

베네딕 아니요. 내 말 믿으세요.

베아트리체 그 사람 말에 웃은 적 없어요?

베네딕 도대체 그 사람이 누군데요?

베아트리체 공작님의 전속 장난꾼, 아주 싱거운 광댄데, 유일한 재주는 말도 안 되는 나쁜 소문을 지어내는 짓이죠. 건달들만 그를 좋다고 하는데 말솜씨가 아니라 못된 짓이 좋다는 거예요. 그자는 웃게도 만들고 성내게도 만들어서 사람들은 그자를 보고 웃다가 때려주어요. 분명히 춤꾼 중에 섞여 있어요. 그자와 맞상대하고 싶군요.

베네딕 내가 그 사람을 만나게 되면 아가씨가 하는 말을 알려주지요.

베아트리체 그러세요. 나에 대해 한두 가지 비교를 주워섬기겠는데, 아마 사람들의 이목을 끌거나 웃음을 자아내지도 못해서 그만 시무룩하게 될 테죠. 그래서 들닭 날갯죽지 한 개가 절약되는 거죠. 광대는 그날 저녁 굶을 테니까요.

[음악]

리드를 따라야겠군요.

베네딕 뭐든 좋은 거라면.

베아트리체 아니죠. 그들이 나쁜 데로 리드하면 다음번 회전에서 떠나겠어요.

[춤추면서 나간다. 돈 존, 보라치오, 클라우디오 이외에 모두 퇴장]

돈 존 [보라치오에게 방백] 확실히 우리 형이 헤로한테 마음이 있어. 그래서 그걸 말하려고 여자 아버지를 저쪽으로 데려고 갔어. 여자들은 그녀를 따라가고 가면 쓴 자는 하나만 남았어.

보라치오 [돈 존에게 방백] 그게 클라우디오입니다. 거동을
보면 알아요.

돈 존 [클라우디오에게 가까이 가며] 혹시 베네딕 선생
아니신가요?

클라우디오 잘 알아보시는군요. 내가 그 사람이오.

돈 존 선생, 당신은 형님과 아주 가깝소. 형님은 헤로를
사랑하오. 그러지 말라고 형님께 말씀드려 주시오.
그녀는 출신 성분상 형님과 맞지 않소. 이 일에서
당신은 충직한 역할을 할 수 있소.

클라우디오 무얼 보고 그가 그녀를 사랑한다고 할 수 있소?

돈 존 형님이 사랑을 맹세하는 걸 들었소.

보라치오 저도 들었습니다. 오늘 밤 그녀와 결혼할 거라고
맹세하셨습니다.

돈 존 자, 우리 간식 들러 갑시다.

[클라우디오 이외에 모두 퇴장]

클라우디오 이렇게 베네딕 이름으로 대답하지만
그 나쁜 소식을 클라우디오의 귀로 듣는다.
확실하다. 공작은 자신을 위해 구애한다.
우정은 다른 모든 일엔 한결같지만
사랑에 관한 일에서는 예외가 되니,
연애하는 자들은 자기 혀를 사용해.
모든 눈은 자신을 위해 판단하고
대리인을 믿지 마라. 미녀란 마녀라
그 미혹에 우정이 녹아 욕망이 돼.
이건 언제나 볼 수 있는 상황이나
내가 그만 몰랐다. 그럼 잘 가, 헤로.
[베네딕 등장]

베네딕 클라우디오 백작인가?

클라우디오 맞아. 그 사람이야.

베네딕 자, 나하고 같이 갈까?

클라우디오 어디로?

베네딕 저 버드나무로. 당신에 관한 일이야, 백작.
버들 다발[17]은 무슨 모양으로 만들어 걸 텐가?
목에 걸겠나? 고리대금업자의 금사슬처럼?
또는 옆구리에 차겠나? 부관의 계급 띠처럼?
어쨌든 차야 해. 공작이 당신의 헤로를
꿰찼으니까.

클라우디오 그녀를 데리고 재미 보라지.

베네딕 그건 잘나가는 소장수의 말투로군. 그런 식으로
황소를 팔지. 하지만 공작이 당신을 이렇게
대접할 줄 알았어?

클라우디오 제발 날 내버려둬.

베네딕 야, 이거 눈먼 장님처럼 주먹을 휘두르네.
당신 밥을 훔친 건 아이놈인데 당신은 괜히
기둥만 때려.

클라우디오 나를 내버려두지 않으면 내가 떠난다. [퇴장]

베네딕 오, 불쌍히 다친 오리. 이젠 풀숲으로 기어
들겠다. 그런데 베아트리체가 내 진가를
알아야 하는데 모르다니! 공작의 광대라! 흠,
내가 명랑하다고 그런 이름이 붙었나봐. 맞아.
하지만 나도 손해날 짓을 할 때가 많아.
나는 그런 사람 아니야! 베아트리체가 성격이
천하고 독해서 세상이 자기처럼 생각한다고
믿고 날 그렇게 선제공격한 거지. 음, 복수하겠다.
[돈 페드로 등장]

돈 페드로 한데, 베네딕, 백작 어디 있어? 당신 그 사람
봤어?

베네딕 솔직히 말해 제가 '소문 여사' 역을 맡았죠. 방금
여기 사냥터지기의 오두막처럼 울적하게 서 있는
걸 봤는데요. 제가 말해 줬죠. 사실을 말해줬다고
믿는데요. 공작님이 젊은 아가씨 마음을 얻으셨다고
했어요. 그래서 버드나무로 같이 가주겠다고 했죠.
버림을 받았으니까 버드나무 목걸이를 만들거나
맞을 만하니까 회초리를 만들거나 하려고요.

돈 페드로 맞을 만해? 무슨 짓을 저질렀는데?

베네딕 영락없는 어린 아이의 잘못이죠. 새집을 발견하곤
너무나 좋아서 자기 동무한테 보여줬는데, 걔가
그걸 훔쳐지 뭡니까!

돈 페드로 당신은 신뢰를 잘못이라고 할 텐가? 잘못은
훔친 놈한테 있어.

베네딕 회초리를 만들었대도 괜찮았겠죠. 버드나무
목걸이도 괜찮았을 겁니다. 버드나무 목걸이는
자기가 걸어도 됐고 회초리는 공작님에게 드려도
됐죠. 공작님이 그 사람의 새집을 훔치신 거로
아는데요.

돈 페드로 나는 단지 둘에게 노래하는 법을 가르치고
임자에게 돌려주려는 것뿐이야.

베네딕 둘의 노래가 공작님의 말씀과 일치하면 확실히

17 버들은 실연(失戀)을 나타냈다.

공작님의 말씀은 진실이군요.

돈 페드로 베아트리체 아가씨가 당신에게 앙심을 품고
있어. 그녀와 같이 춤추던 신사가 그녀한테 말해줬어.
그녀가 당신한테 단단히 당할 거라고.

베네딕 오, 그녀가 나한테 욕을 퍼붓는데 목석도 견디지
못할 정도였어요. 푸른 잎이 겨우 하나뿐인 어린
참나무가 그녀에게 어울리겠죠. 제 가면까지도
차차 피가 돌면서 그녀와 다퉜어요. 그게 나인지
모르고 제가 공작님의 어릿광대데 눈 녹을 때
집 안에 갇힌 것보다 더 심심하다면서 얼마나
재빨리 조롱에 조롱을 주워섬기는지 저는 군대
전부가 활을 쏴대는 과녁 옆의 심판처럼 우두커니
서 있었죠. 그녀는 말을 단도 던지듯 하는데
한마디 한마디가 콕콕 쑤셔요. 그녀 숨결이 그녀
말만큼 무서운 거라면 그녀 가까이엔 살 수가
없을 테죠. 북극성까지 병을 옮길 거니까. 아담이
타락 전에 가졌던 온 재산을 그녀가 상속했대도 전
그녀와 결혼하지 않겠어요. 그녀는 헤라클레스한테
석쇠 뒤집는 일이나 시키고 몽둥이는 쪼개서
불쏘시개나 했을 겁니다. 그녀는 잘 차리고 지옥에서
올라온 불화의 딸이란 걸 공작님도 아시게 될 거예요.
제발 어떤 학자분이 그녀한테 주술을 걸면
좋겠네요. 그녀가 이 세상에 있으면 남자는
지옥에서도 지성소처럼 조용히 살 거고, 사람들은
지옥에 가려고 일부러 죄를 지을 겁니다. 그럴
정도로 소동, 공포, 혼란이 그녀를 따라다녀요.
[클라우디오와 베아트리체 등장]

돈 페드로 좀 봐, 그녀가 와.

베네딕 저에게 세상 끝으로 가라는 명령을 내리세요.
공작님이 꾸며내실 수 있는 아주 하찮은
심부름이라도 시키면 지금 당장 지구 반대쪽
주민에게 달려가죠. 머나먼 아시아 땅끝에서
이쑤시개 한 개라도 갖다 드리고 전도자 존의 발
치수를 알아 오고 원나라 황제의 수염 한 오라기를
갖다 드리며 피그미에게 공작님 말씀을 전해드리는
게 저 독수리 같은 마녀와 말을 세 마디 주고
받기보다 나아요. 시키실 일 없으세요?

돈 페드로 같이 있어 달라는 것밖에 없어.

베네딕 맙소사. 제가 안 좋아하는 요리로군요. '혓바닥
부인'을 참아낼 수가 없어요. [퇴장]

돈 페드로 저런! 저런! 아가씨, 당신은 베네딕 씨한테
마음을 잃었더군.

베아트리체 그가 제게 마음을 잠시 빌려줬었는데 제가
이자를 줬죠. 한 마음에 대해 두 마음을 줬거든요.
전에 한번 주사위를 속여서 제게서 그걸 따갔죠.
그러니까 공작께서 제가 그걸 잃었다 하셔도
당연해요.

돈 페드로 아가씨가 그 사람을 내리눌렀어. 그 사람을
눌렀다고.

베아트리체 그 사람이 그렇게 저를 내리누르길 원치
않아요. 괜히 멍청이들의 엄마가 될지 모르니깐.
클라우디오 백작을 데려왔어요. 찾아오라고 하셨죠.

돈 페드로 백작, 왜 그래? 어째서 얼굴빛이 그처럼
울적해?

클라우디오 울적한 게 아니에요, 공작님.

돈 페드로 그럼 왜 그래? 아파?

클라우디오 그것도 아니에요.

베아트리체 백작은 울적하지도, 아프지도, 즐겁지도,
건강하지도 않고 엄숙한 백작이에요. 세비야
귤처럼 씁쓸하고 얼굴빛도 약간 노랗죠.

돈 페드로 확실히 아가씨 말이 사실인 것 같아. 저
사람이 정말 그렇다면 생각이 틀렸어. 이봐,
클라우디오, 당신 이름으로 구혼해서 그녀가
응낙했고, 그녀 아버지에게 그 이야길 했더니
그도 기꺼이 승낙했어.
[돈 페드로가 손짓을 하니 레오나토가
헤로와 같이 등장]
결혼 날짜를 정하세요. 하느님이 기쁨 주시길.

레오나토 백작, 내 딸을 데려가고 걔와 함께 내
재산도 받아 가요. 공작님이 혼사를 주선하셨소.
은혜의 주인 되시는 하느님이 아멘 하세요.

베아트리체 백작, 말하세요. 당신이 말할 차례예요.

클라우디오 침묵은 가장 완벽한 기쁨의 전령이에요. 얼마나
기쁜지 말할 수 있다면 내 행복은 작겠죠. [헤로에게]
아가씨가 내 것이듯 나는 당신 것이라고요.
당신한테 나를 모두 드리고 이 거래를 마냥 기뻐해요.

베아트리체 [헤로에게] 얘, 너도 말을 해. 말을 하지
못하겠으면 그의 입을 키스로 막아줘. 그래서
그이도 말을 못 하게 해.

돈 페드로 확실히 아가씨도 속으론 기뻐.

베아트리체 물론이죠. 그게 고마워요. 불쌍한 바보 같으니.
걱정의 바람막이 구실을 해줘요. 걔가 그의

귀에 대고 맘속에 그를 두고 있다고 하네요.

클라우디오 그러는군요, 사촌 언니.

베아트리체 얼마나 좋아요, 한 가족이니! 나만 빼고 온 세상이 결혼하는데 난 새까맣게 타서 한쪽에 앉아 '어디 남편감 없나?' 하고 탄식할 판이죠.

돈 페드로 베아트리체, 내가 하나 구해줄게.

베아트리체 공작님의 부친께서 낳으신 분이면 좋겠어요. 공작님과 비슷하게 생기신 동생분 없으세요? 공작님 부친께서는 훌륭한 남편들을 낳으셨어요, 처녀가 만날 수만 있다면.

돈 페드로 아가씨, 나도 괜찮아?

베아트리체 안 돼요, 공작님. 보통 때 같이 살 남편이 따로 있으면 몰라도. 공작님은 너무 비싸서 맨날 달고 다닐 순 없어요. 하지만 용서하셔요. 저는 태어나길 온통 농담뿐이고 실속 있는 말은 못 해요.

돈 페드로 당신이 조용하면 도리어 매우 걱정이 돼. 농담이 당신한테 잘 어울려. 의심의 여지없이 당신은 즐거운 시간에 태어났어.

베아트리체 안 그래요, 공작님. 어머니가 우셨거든요. 하지만 그때 별 하나가 춤췄는데 그 아래서 제가 태어났어요. [헤로와 클라우디오에게] 사촌들, 하느님이 기쁨 주시길!

레오나토 조카야, 너한테 말해준 몇 가지 일을 살펴보겠냐?

베아트리체 오, 삼촌, 용서하세요. [돈 페드로에게] 공작님, 실례합니다. [베아트리체 퇴장]

돈 페드로 확실히 성격이 쾌활한 아가씨야.

레오나토 공작, 저 애한텐 우울한 요소가 거의 없어요. 잠잘 때가 아니면 조용할 때가 없는데, 그때에도 우울한 적이 없죠. 자기 딸이 하는 말을 들으면 안 좋은 일을 꿈꿀 때도 많지만 웃느라고 잠에서 깬다는군요.

돈 페드로 저 아가씨는 남편 소리 듣는 걸 참지 못하는 성격이야.

레오나토 아, 물론이죠. 자기에게 구혼하는 남자마다 모두 놀려대서 구혼을 포기하게 만들어요.

돈 페드로 베네딕에게 아주 좋은 아내가 될 텐데.

레오나토 아이고! 공작, 결혼한 지 일주일만 돼도 서로 입씨름하느라고 미쳐버릴 거예요.

돈 페드로 클라우디오 백작, 언제 식을 올리러 교회에 갈 생각이야?

클라우디오 내일예요, 공작님. 사랑이 그 모든 예식을 행하는 동안, 시간은 쌍지팡이를 짚고 가요.

레오나토 사랑하는 사위, 월요일 전에는 안 돼. 오늘부터 일곱 밤에 불과해. 게다가 시일이 너무 촉박해서 모든 일을 내 뜻에 맞게 처리할 수가 없어.

돈 페드로 자, 그처럼 오래 기다린다는 말에 당신이 머릴 흔드는데 분명히 말해두지, 클라우디오. 우리가 그 시간을 심심하게 보내지 않겠어. 그동안 나는 헤라클레스의 사업 중 한 가지를 떠맡을 테야. 다른 게 아니라 베네딕 씨와 베아트리체 아씨를 서로 굉장히 사랑하게 만드는 사업이야. 내가 기꺼이 중매쟁이 노릇을 할 텐데, 다만 당신들 세 사람이 내가 지시하는 대로 도와만 주면 틀림없이 성사시킬 일이야.

레오나토 그 일을 돕겠어요. 열흘 밤을 꼬박 새는 일이라 해도.

클라우디오 저도 그러죠, 공작님.

돈 페드로 얌전한 헤로도 그러겠어?

헤로 사촌 언니에게 좋은 남편 얻어주는 거라면 정숙한 일은 뭐든지 하겠어요.

돈 페드로 게다가 베네딕은 가망성이 모자라는 남편감도 아니야. 그는 귀족인 데다가 자타가 공인하는 용기와 정직성을 가진 사람이라고 칭찬해줄 수 있어. 네 사촌 기분을 어떻게 맞춰주면 베네딕과 사랑에 빠지게 될지 방법을 가르쳐줄게. 그리고 나는 당신 둘이 도와주면 베네딕을 속여서 명석한 두뇌와 까다로운 성격이더라도 그가 그녀와 사랑에 빠지게 꾸미겠다. 이 일에 성공하면 큐피드는 더 이상 활잡이가 못 돼. 우리만이 사랑의 신이기 때문에 그의 영광은 우리 것이 되니까. 계획을 말해줄게.

[모두 퇴장]

## 2. 2

[돈 존과 보라치오 등장]

돈 존 그렇게 됐어. 클라우디오 백작이 레오나토의 딸하고 결혼하기로 돼 있어.

보라치오 맞아요, 대감. 하지만 제가 방해할 수 있죠.

돈 존 무슨 저해, 무슨 방해, 무슨 훼방도 내겐 좋은 약이 돼. 그자에 대한 역겨움 때문에 내가 아프다. 그래서 뭐든지 그자의 욕구를 거스르는 거면 내 욕구에는 상쾌해. 이번 결혼을 어떻게 방해하겠단 말이야?

보라치오 정당하게가 아니라 비밀리에 공작해서 저의 악한 속내는 드러나지 않게 하는 거죠.

돈 존 어떻게 할지 간단히 말해.

보라치오 1년 전부터 제가 헤로의 시녀로 있는 마거릿의 사랑을 받고 있다는 걸 대감님께 말씀드린 것 같아요.

돈 존 생각나.

보라치오 밤중에 아무리 늦은 시간에라도 주인 아가씨의 침실 창문을 감시하라고 그 애에게 지시할 수 있어요.

돈 존 그 사실에 무슨 생명이 있어 이번 결혼에 죽음을 초래하겠어?

보라치오 그걸 대감님께서 직접 독약으로 조제하시는 거죠. 형님이신 공작님께 가세요. 이름 높은 클라우디오를 —그 사람의 성과를 한껏 부풀리세요.—헤로 같은 썩어빠진 창녀한테 결혼을 시키다니 자기 명예를 더럽히신 거라고 거리낌 없이 말씀하세요.

돈 존 그에 관해 내가 무슨 증거를 대?

보라치오 공작을 속이고 클라우디오를 괴롭히고 헤로를 망치고 레오나토를 죽일 증거는 얼마든지 있죠. 그밖에 딴 결과를 바라세요?

돈 존 그놈들에게 상처를 주기 위해서면 난 뭐든지 할 생각이야.

보라치오 그럼 가세요. 돈 페드로와 클라우디오 백작이 따로 만날 적당한 기회만 만들어 주세요. 그들에게 헤로가 저를 사랑한다는 걸 아신다고 하세요. 공작과 클라우디오에게 아주 진실한 척 꾸미세요. 결혼을 중매하신 형님의 명예와 겉으로만 처녀 같은 여자에게 그처럼 속은 형님 부하의 명예를 위하는 척하면서 이런 사실을 발견했다고 하세요. 확인하지 않고는 믿지 않으려고 하겠죠. 증거를 봬주겠다고 하세요. 아주 그럴싸한 광경이 연출될 텐데요, 그자들은 제가 헤로의 침실 창가에 선 꼴을 보고, 제가 마거릿에게 헤로라고 부르고 마거릿이 제게 클라우디오라고 부르는 걸 듣게 되는 거예요. 바로 오늘 밤 결혼식 준비 전에 그자들을 데려다가 그걸 보여주세요. 그사이 저는 헤로가 방에 없도록 손을 쓰죠. 그래서 그녀의 그럴싸한 부도덕이 사실로 드러나서 의심은 확신이 돼버리고 모든 준비는 결딴나는 거죠.

돈 존 어떤 악한 결과가 생기든 간에 나는 이걸 실행에 옮기겠다. 일을 꾸미고 행할 때 교활하게 발휘해. 수고비는 천 더컷이야.

보라치오 대감께선 한결같이 고발을 고집하세요. 제가 교활한 건 저한테 수치를 가져오지 않는다는 거예요.

돈 존 그럼 나는 지금 당장 가서 저들의 결혼식 날짜를 알아보겠다. [모두 퇴장]

## 2. 3

[베네딕 등장]

베네딕 얘!

[소년 등장]

소년 네, 주인님?

베네딕 내 방 창가에 책이 놓여 있어. 정원에 나가 있을 테니 그걸 내다줘.

소년 벌써 여기 와 있는데요.

베네딕 몰라서 하는 소리가 아냐. 여기서 나갔다가 다시 이리 들어와. [소년 퇴장]

아주 이상하단 말이야. 어떤 사내가 모든 행동을 사랑에 바치는 걸 보고 멍청이라고 하면서 남들이 그런 뻔한 바보짓을 하는 걸 비웃었던 사내가 자신이 사랑에 빠져서 스스로 멸시의 대상이 되다니! 바로 그런 사내가 클라우디오야. 그 사람은 전쟁의 북과 피리밖엔 딴 음악이 없다더니 이젠 오히려 소고와 날라리 소리만 듣겠대. 한때는 좋은 갑옷 구경하러 10마일도 걸어서 가던 사람이 지금은 새 저고리 모양을 꾸미느라고 열 밤도 샐 판이야. 직선적인 사내로 군인답게 간단명료히 말하더니 지금은 변론가가 됐어. 말투가 무척 환상적인 잔치가 돼서 진기한 요리가 아주 많아. 나도 그렇게 변하면 그런 눈으로 보게 돼? 말할 수 없어. 안 그럴 거야. 사랑 때문에 내가 굴 껍질이 되지 않는 한 맹세코 안 그러겠어. 하지만 이렇게 맹세하지. 사랑 때문에 내가 굴 껍질이 되기 전엔 그런 바보는 안 되겠어. 어떤 여자가 예뻐. 하지만

난 아무렇지도 않아. 어떤 여자가 똑똑해. 하지만
난 아무렇지도 않아. 어떤 여자가 정숙해. 하지만
난 아무렇지도 않아. 그렇지만 여자가 좋은 점을
모두 갖추기 전엔 난 아무도 안 좋아해. 여자는
돈이 많아야 해. 그건 확실해. 여자는 똑똑해야
돼. 안 그러면 난 본 체도 안 해. 정숙해야 돼.
안 그러면 난 흥정도 안 해. 예뻐야 해. 안
그러면 난 쳐다보지도 않아. 얌전해야 돼. 안
그러면 내 곁에 오지도 마. 귀족 가문이라야 해.
아니면 난 천사도 싫어. 말에 조리가 있고 뛰어난
음악가이고, 머리 색깔은 아무래도 좋아. 저런!
사랑 공작, 사랑 씨! 나무 사이에 숨어야지.
[숨는다.]
[돈 페드로, 레오나토, 클라우디오 등장]

돈 페드로 자, 그 음악 들을 수 있어?
클라우디오 공작님, 물론이죠. 무척 조용한 저녁이군요.
음악이 잘 들리게 잠잠한 듯이.
돈 페드로 [방백]
당신 베네딕이 어디 숨어 있는지 알아?
클라우디오 [방백]
알고말고요, 공작님. 음악이 끝나면
숨은 여우한테 수고비를 줍시다.
[밸서저가 음악과 함께 등장]
돈 페드로 자, 밸서저, 그 노래 다시 듣자.
밸서저 오, 공작님, 나쁜 목소리를 너무 자주 시켜서
음악을 욕되게 하지 마세요. 한번이면 족해요.
돈 페드로 자신의 완벽한 능력을 모른 체하는 것은
언제나 우수성을 증명하는 행위다.
노래를 불러라. 다시 청하지 말게 해라.
밸서저 청한다는 말씀을 하시니 부르지요.
수많은 사내가 청혼을 시작하는데
자기가 여자에게 부족함을 알면서도
사랑한다고 맹세하죠.
돈 페드로 그쯤 해둬.
더 길게 할 말이 있으면
노래로 해.
밸서저 노래 전에 이걸 알아두세요.
들으실 만한 노래가 없다는 거예요.
돈 페드로 저자의 말이야말로 쓸데없는 소리야.
노래를 들으라니 아무것도 아니야!
[반주가 시작된다.]

베네딕 오, 거룩한 가락! 이제 저 사람 혼이 혹하겠지.
양의 창자[18]가 인간의 영혼을 뽑아 간다니까
이상하지 않아? 결국 따져보면은 돈을 들일
바엔 전쟁이나 사냥 나팔 소리가 낫지.
밸서저 [노래한다.]
한숨을 그쳐요, 아가씨들, 그만해요.
사내들은 언제나 거짓말쟁이.
한 발은 물에 두고, 한 발은 뭍에 두고
한 가지 일엔 한결같지 못해요.
그러니 한숨을 멈추고 보내버리고
당신네는 즐겁게 노래하세요.
구슬픈 소리는 모두모두 바꾸어
예쁘게 신나게 노래나 불러요.
그처럼 느리고 무거운 가락은
부르지 말아요. 그만두어요.
여름에 처음으로 잎이 무성할 때면
사내들의 거짓말은 항상 그랬죠.
그러니 한숨을 멈추고 보내버리고
당신네는 즐겁게 노래하세요.
구슬픈 소리는 모두모두 바꾸어
신나게 예쁘게 노래나 불러요.
돈 페드로 야, 정말 좋은 노래다.
밸서저 그런데 노래꾼은 별 볼 것 없죠.
돈 페드로 아니, 절대로 안 그래. 시간 때우기에는
노래가 아주 좋아.
베네딕 [방백] 저 녀석이 저따위로 짖어댄 개새끼라면
당장 목을 달아 죽일 테지. 제발 빌기엔
저놈의 못난 목소리가 무슨 작간을 암시하는 건
아니길 바라. 차라리 밤 까마귀 소릴 듣는
게 낫지.[19] 무슨 재난이 뒤따른대도.
돈 페드로 그렇다니까. 밸서저, 너 들어? 무슨 좋은
음악을 가져와. 부탁이야. 내일 저녁에
헤로 아가씨 침실 창문가에서 연주하고
싶으니까.
밸서저 제가 할 수 있는 최고로 하죠.
돈 페드로 그렇게 해. 잘 가. [밸서저 퇴장]

18 당시 현악기의 현(絃)은 양의 창자를 말려서 썼다. (고양이 창자를 쓰기도 했다.)
19 밤에 까마귀가 울면 큰 재난이 뒤따른다는 말이 있었다.

레오나토, 이리 와봐. 오늘 당신이 내게 뭐라고 했더라? 당신 조카딸 베아트리체가 베네딕을 사랑한다며?

클라우디오 [방백] 좋아, 좋아. 슬금슬금 다가가. 새가 앉아 있구나. [목소리를 높이며] 그 아가씨가 어떤 남자도 사랑할 것 같지 않았어요.

레오나토 저도 그럴 줄은 몰랐어요. 하지만 그녀가 베네딕을 그토록 미치게 사랑한다니 정말 놀라워요. 겉으로 보기엔 언제나 그 사람을 싫어하더니.

베네딕 [방백] 그럴 수 있어? 바람이 그쪽 구석에서 불고 있다고?

레오나토 공작님, 저는 도대체 그 일을 어떻게 봐야 할지 모르겠어요. 하지만 그 애가 그를 미친 듯 사랑한다는 건 요만치도 의심할 여지가 없어요.

돈 페드로 혹시 그녀가 꾸미는 건지도 몰라.

클라우디오 정말 그럴 수도 있어요.

레오나토 오, 맙소사! 꾸미다뇨? 꾸며낸 열정 치고 그 애가 겉으로 보이는 것처럼 진짜에 가까운 것도 없어요.

돈 페드로 열정 때문에 무슨 일이 생겨?

클라우디오 [방백] 미끼를 잘 달아. 이 고기는 물 거야.

레오나토 무슨 일이 생기냐고요? 떡하니 앉아서는— 딸애가 사촌이 어떻더라고 말해줬을 텐데.

클라우디오 정말 그랬어요.

돈 페드로 뭐라고 했는데? 당신 말 들으니 놀라워. 그녀의 정신은 어떤 사랑의 공격에도 끄떡하지 않을 거라 믿었을 건데.

레오나토 틀림없이 그럴 거라 저도 믿었어요. 더군다나 베네딕에 대해선.

베네딕 [방백] 수염 허연 사람이 그런 말을 하지 않았다면 이게 함정이라고 생각하겠다. 저런 점잖은 노인 속에 악한 심보가 숨을 리 없어.

클라우디오 [방백] 저 친구가 병이 들었군. 계속 그래라.

돈 페드로 그녀가 베네딕에게 자신의 마음을 알게 했어?

레오나토 아니에요. 절대로 알리지 않을 거라고 다짐해요. 그래서 고민해요.

클라우디오 그게 사실이에요. 따님이 이렇게 말하데요. "그렇게 여러 번 만나기만 하면 놀려대던 사람한테 사랑한다고 편지를 쓸까?" 하더래요.

레오나토 그 사람한테 편지를 쓰기 시작하면서 그런 말을 하는 거야. 하룻밤에 스무 번이나 일어나 앉아 속옷 바람으로 종이 한 장 다 써. 딸애가 모두 말하는 거야.

클라우디오 어르신이 종이 얘길 하시니까 따님이 들려준 재밌는 우스개가 생각나요.

레오나토 오, 그 애가 편지를 다 쓰고 나서 그걸 다시 읽어보니까 '베네딕'과 '베아트리체'가 호천 사이에 있다고 해.

클라우디오 그거예요.

레오나토 오, 그래서 편지를 천 조각처럼 찢어버리고 분명히 자기를 우습게 볼 사내한테 편지를 쓸 만큼 얌전하지 못했다고 자신을 욕하더래. "내 마음대로 그이를 재고 있어. 그이가 내게 편지를 쓰면 내가 그이를 우습게 볼 거야. 맞아, 그이를 사랑한대도 그럴 거야." 하더래.

클라우디오 그러고는 무릎을 꿇고 울고 흐느끼고 가슴을 치고 머리를 쥐어뜯고 기도하고 저주하고 "오, 착한 베네딕! 하느님, 인내심을 주소서." 하더래요.

레오나토 정말 그래요. 딸애가 그러데요. 그런데 그런 정신 상태가 그 애를 그토록 몰아치는 바람에 딸애는 그 애가 자신에게 험한 짓을 저지를까 걱정될 때가 있대요. 진짜 사실이에요.

돈 페드로 그녀가 그걸 발설하지 않으려고 한다면 누군가 베네딕에게 귀띔해주면 좋겠어.

클라우디오 무엇하게요? 그는 그걸 놀림감으로 삼을 뿐이고 가련한 아가씨를 더욱 괴롭힐 텐데요.

돈 페드로 정말 그런다면 그자를 교수형에 처해도 자선이겠군. 그녀는 대단히 귀여운 아가씨이고 의심할 여지없이 정숙해.

클라우디오 뿐만 아니라 아주 똑똑해요.

돈 페드로 베네딕을 사랑하는 것만 빼고는.

레오나토 오, 공작님. 지혜와 감정이 그렇게 연약한 몸속에서 서로 다투면 십중팔구 감정이 이긴다고 증명 돼 있어요. 그 애의 삼촌이자 보호자로서 말씀드리자면 그 애가 안됐군요.

돈 페드로 그녀가 그토록 진한 사랑을 내게 바쳤다면 온갖 고려 사항을 내버리고 그녀를 내 생의 반려자로 삼았을 거야. 베네딕에게 말해주고 그 사람이 뭐라는지 들어봐.

레오나토 좋은 말일까요?

클라우디오 헤로는 그녀가 분명 죽을 거라 하는데요.

그가 자기를 사랑하지 않으면 죽겠다고 하더래요. 버릇이 되어버린 독설의 한 치라도 줄이기보다는 차라리 사랑을 알리기 전에 죽을 거고 구애를 해오면 죽을 거래요.

돈 페드로 잘하는 짓이야. 만일 그녀가 사랑을 바치면 그가 그걸 멸시할 가능성이 매우 높아. 다들 알 듯이 그 사람은 경멸하는 기질이거든.

클라우디오 매우 잘생긴 남자인데요.

돈 페드로 확실히 외모는 보기 좋아.

클라우디오 제 생각엔 분명코 아주 똑똑해요.

돈 페드로 확실히 지능 비슷한 것이 번뜩이기도 해.

클라우디오 그리고 용맹스러운 사나이로 알아요.

돈 페드로 암, 헥토르[20]지, 헥토르. 언쟁을 다룰 때도 똑똑하다고 할 수 있어. 뛰어난 판단으로 회피하든가 매우 신앙적인 두려움을 가지고 임하니까.

레오나토 진실로 하느님을 두려워한다면 당연히 화평해야 할 거며 화평을 깨뜨리면 두려움과 떨림을 가지고 싸움에 임해야죠.

돈 페드로 그가 그렇네. 하느님을 두려워하니까. 당치않은 농담을 하는 걸 들으면 그런 믿음이 없는 것 같지만. 어쨌든 당신 조카딸이 안됐네. 베네딕을 찾아가서 그녀의 사랑을 말해줘?

클라우디오 말씀하지 마세요, 공작님. 잘 타일러서 차차 사랑을 죽여가게 하세요.

레오나토 그건 불가능해요. 그러기 전에 먼저 자신의 심장을 죽일지 몰라요.

돈 페드로 그럼 당신 딸한테서 그 얘길 좀 더 듣자고. 그동안 사랑은 식으라 하고. 내가 베네딕을 아주 좋아하기 때문에 그가 겸손히 자기를 돌아봐서 그처럼 훌륭한 규수에게 자기가 얼마나 부족한지 깨달으면 좋겠어.

레오나토 공작님, 걸으실까요? 만찬이 준비됐어요.

클라우디오 [방백] 이런 말을 듣고도 그녀를 사랑하지 않으면 다시는 내 예상을 믿지 않겠다.

돈 페드로 [방백] 그녀에게도 똑같은 그물을 쳐놓아야지. 그물은 당신 딸과 시녀들이 갖다 놔야 해. 그 사람의 사랑을 시녀들 모두가 믿는다는 게 장난의 묘미야. 물론 사랑이란 있지도 않은 거지만. 그게 내가 보고 싶은 장면이야. 순전히 무언극일 테지만. 당신 딸을 보내서 저녁 먹으러 오라고 해.

[돈 페드로, 클라우디오, 레오나토 퇴장]

베네딕 [앞으로 나서며] 이건 장난이 아니야. 심각한 대화였거든. 저 사람들은 헤로한테서 그걸 알았어. 베아트리체를 동정하는 눈치였어. 그녀 감정에 아주 큰 관심을 보였어. 나를 사랑해? 물론 보답해야지. 나를 비판하더군. 그녀의 사랑을 알아차리면 내가 자랑스러울 거라고 해. 그녀가 제 감정을 조금이라도 나타내기보다는 차라리 죽을 거라고도 해. 난 결혼할 생각이 조금도 없었어. 교만하다는 인상을 안 줘야지. 자기 결함에 대한 비난을 듣고 고치는 자는 복되어라. 아가씨가 예쁘댔어. 그건 진짜야. 내가 증언할 수 있어. 그리고 정숙하댔어. 맞아. 내가 부인할 수 없어. 그리고 똑똑하댔어. 나를 사랑하는 것만 빼고. 분명히 그건 그녀 지능에 플러스도 안 되고 어리석다는 증거도 못 돼. 내가 그녀하고 굉장한 사랑에 빠질 테니까. 내가 그토록 오랫동안 결혼에 대해 욕을 퍼붰기 땜에 낡은 농담이나 말싸움 찌꺼기를 나한테 던져도 좋아. 하지만 입맛도 변하지 않아? 젊을 때 좋아하던 음식을 늙어서는 못 견딜 수도 있어. 경구나 격언처럼 머리가 쏘는 글귀 총알이 겁나서 남자가 의지의 진로를 바꿀 수 있어? 아냐. 세상의 인구를 늘려야 돼. 죽을 때까지 총각으로 있겠다고 한 건 결혼할 때까지 살 것 같지 않아서 한 말이었어, 베아트리체가 저기 와.

[베아트리체 등장]

확실히 예쁜 아가씨야. 어딘가 사랑의 흔적이 보여.

베아트리체 마음엔 없지만 당신한테 저녁 들러 오라고 하라며 나를 보내데요.

베네딕 예쁜 베아트리체, 수고해줘서 고마워요.

베아트리체 당신이 나한테 고맙다고 말하는 수고보다 내가 더 수고한 건 아니죠. 수고스러웠다면 오지도 않았을 거요.

베네딕 그럼 전할 말이 즐거웠소?

베아트리체 암, 칼끝의 위협을 받고 즐거운 만큼, 시끄러운 까치 목을 짓누르지 못하고 즐거운 만큼. 배고프지

20 트로이 왕의 맏아들로서 용맹한 장군.

않아? 그럼 잘 있어. [퇴장]
베네딕 하! "마음엔 없지만 당신한테 저녁 들러 오라고
하라며 나를 보내데요." 여긴 이중의 의미가 있어.
"당신이 나한테 고맙다고 말하는 수고보다 내가 더
수고한 건 아니죠." 다시 말해 '당신을 위한
어떤 수고도 내겐 고맙다고 하는 것만큼 쉽다'는
말과 같아. 그녀를 불쌍히 여기지 않는다면 내가
악질이지. 사랑하지 않는다면 내가 유대인이야.
그녀의 초상을 구할 테다. [퇴장]

## 3. 1

[헤로와 시녀들인 마거릿과 어슐라 등장]
헤로 마거릿, 빨리 응접실로 달려가봐.
베아트리체 아가씨가 공작님과 클라우디오와
그 방에서 이야기 중인 걸 보게 될 건데
아가씨의 귀에 대고 나하고 어슐라가
정원을 거닐면서 우리가 순전히
그 아가씨 이야기만 하는 걸 엿들었다며
생나무 정자 안에 숨으라고 해.
거기는 무성한 인동 잎이
해를 가린 곳이라, 마치 아첨꾼들이
공작님의 은덕으로 교만해져서 그걸 기른
권세와는 반대되지. 아가씨가 거기 숨어
우리 얘길 들을 거야. 이게 네가 할 일이야.
잘해라. 우리는 가만히 있겠다.
마거릿 아가씨에게 오시라고 당장 말씀드리죠. [퇴장]
헤로 그래서 어슐라, 우리가 이쪽 길을
왔다 갔다 할 테니까 아가씨가 나타나면
우리는 베네딕 얘기만 하고 있어야 돼.
내가 베네딕 이름만 대면 너는 남자가
받을 만한 최고의 찬사를 늘어놓아라.
베네딕이 베아트리체에 대해서 사랑을 앓는다고
너한테 말할게. 큐피드의 교활한 화살은
이런 것들로 만들어진 거라서
뜬소문으로 상처를 줘.
[베아트리체 등장. 얼른 숨는다.]
헤로 자, 시작해.
베아트리체가 우리 얘길 들으려고
물떼새처럼 몸을 땅에 대고 달려가누나.
어슐라 제일 재미있는 낚시질은 물고기가
금 지느러미로 은 물살을 가르면서
게걸스럽게 미끼를 삼키는 걸 보는 거죠.
우리도 아가씨를 낚으려고 하는데
지금 바로 넝쿨 뒤에 숨었다고요.
이 연극에서 제 역은 걱정 마세요.
헤로 [어슐라에게 방백]
자, 좀 더 가까이 가자. 우리가 던져놓은
달콤한 미끼를 베아트리체의 귀가 놓치지 않게끔.
[베아트리체가 숨은 곳으로 가까이 가며]
솔직히 말해 언니는 너무 도도해.
언니 기질을 내가 잘 알아. 벼랑 위의 매처럼
거만하고 사나워.
어슐라 하지만 베네딕이
베아트리체를 무척 사랑한다고 믿으셔요?
헤로 공작님과 약혼자가 그러더구나.
어슐라 두 분이 아씨한테 알려주라 하셨군요?
헤로 그녀에게 알리라고 내게 당부하셨지만
참말로 베네딕을 아낀다면 혼자 애정과
씨름하게 놔두고 베아트리체한테는
절대로 알려주지 말라고 말씀드렸어.
어슐라 왜 그러셨죠? 베네딕은 베아트리체 아가씨가
편히 쉬고 풍성하고 복된 침상을
누릴 자격이 없는 걸로 믿어요?
헤로 오, 큐피드! 베네딕은 남자가 누릴 만한
모든 걸 누릴 수 있는 사내지만,
자연은 베아트리체만큼 거만한 기질로
여자의 마음을 만든 적이 없단다.
경멸과 멸시가 두 눈에 번쩍이고
보는 것마다 천시하고 자기 머리는
최고라고 자부해. 그래서 그녀 눈에는
모든 게 나약하고, 사랑할 줄 모르고
애정의 형상도, 본질도 모른다고.
자애심만 있으니까.
어슐라 저도 그렇게 생각해요.
그러니 그녀가 베네딕의 사랑을 아는 건
안 좋겠네요. 조롱할지 모르니까요.
헤로 아주 옳은 말이야. 아무리 똑똑하고 귀하고
잘생긴 남자라도 그녀는 반드시
거꾸로 보거든. 얼굴이 해맑으면
그런 남자는 제 여동생이 돼야 한대고

거무스름하면 자연이 괴물을 그리다가
먹물 떨군 것, 키가 크면 끝이 무딘 창,
키가 작으면 서툴게 만든 작은 인형,
말을 하면 바람 따라 돌아가는 풍향계,
말이 없으면 바람에 끄떡도 않는 통나무,
이렇게 모든 남자를 뒤집어 놓고
정직과 인격이 얻게 되는 품성을
진실과 선에게 허용하지 않았어.

어슐라 물론이죠. 그따위 트집을 좋게 볼 수 없죠.

헤로 그렇지. 베아트리체처럼 유별나고
관습을 어기는 걸 좋달 수 없어.
하지만 누가 감히 말해? 내가 말했다가는
여지없이 놀려대고 언니가 웃어대서
나는 그만 사라지고 그 말에 압살당해.
그래서 베네딕은 덮어놓은 숯불처럼
한숨 속에 사라지고 속 태우다 가라지.
놀림받아 죽기보단 그렇게 죽는 게 나아.
그런 건 간질여서 죽이는 거와 같아.

어슐라 그래도 말하세요. 뭐라는지 보세요.

헤로 아니야. 차라리 베네딕한테 찾아가서
자기 감정과 싸우라고 할 테야.
사실대로 말하면 가벼운 거짓말로
사촌한테 흠집을 내겠는데, 나쁜 말이
감정에게 얼마나 독이 될지 알 수 없어.

어슐라 아가씨의 사촌한테 그 짓 하지 마세요!
알려진 사실처럼 그토록 머리가
재빠르고 우수해서 베네딕 씨와 같이
멋있는 신사분을 거절할 만큼
올바른 판단력이 없을 수 없죠.

헤로 그 사람은 이 나라에 다시없을 남자야.
사랑하는 클라우디오를 언제나 아꼈거든.

어슐라 아가씨, 화내지 마시고 들어보세요.
제게 인상을 말하라면 베네딕 씨는
용모나 태도나 언변이나 용기가
이탈리아 전체에서 제일 이름 높아요.

헤로 맞아. 뛰어난 명성을 누리고 있어.

어슐라 뛰어나기 때문에 성취한 이름이죠.
아가씨, 언제 결혼하시죠?

헤로 내일 후엔 매일이야. 자, 들어가자.
몇 가지 옷을 보여주고 그중에 뭐가
제일 잘 맞는지 네 생각 물을게.

어슐라 [방백] 확실히 덫에 걸렸어요. 잡혔어요.

헤로 [방백] 그러니까 사랑이란 순전히 우연이야.
큐피드의 화살을 맞기도 하고 덫에도 걸려.

[헤로와 어슐라 퇴장]

베아트리체 [앞으로 나서며]
왜 이리 귀가 얇지? 사실일 수 있을까?
내 교만, 내 경멸이 그렇게 욕을 먹나?
멸시야, 잘 가라. 처녀의 교만아, 안녕.
그런 자의 훗날엔 영광은 없어.
베네딕, 사랑을 계속해라. 응답해줄게.
사나운 내 가슴을 네 손에 길들일게.
네가 날 사랑하면 내 마음이 널 부추겨
우리의 사랑을 거룩하게 맺도록 할게.
남들은 널 훌륭한 사내라고 하는데
난 뜬소문보다 확실히 그걸 믿어.[21] [퇴장]

## 3. 2

[돈 페드로, 클라우디오, 베네딕, 레오나토 등장]

돈 페드로 당신의 결혼식이 끝나기까지만 여기 머물러
있겠고 그러고는 아라곤에 돌아가겠다.

클라우디오 거기까지 공작님을 모시고 가겠습니다.
허락해 주신다면—

돈 페드로 안 돼. 그건 아이한테 새 옷을 보여주고 입지
말라는 것처럼 당신의 결혼이란 새로운 광채에
먹칠하는 짓이야. 베네딕한테만 같이 가자고
하겠다. 이 친구는 머리끝에서 발끝까지
재미나는 얘기가 가득하단 말이다. 두 번인가
세 번인가 큐피드의 활시위를 끊은 적이 있어서
그 쬐고만 장난꾼도 베네딕한테는 활을 감히
못 쏜다고. 이 친구의 마음은 종처럼 단단하고
혓바닥은 못생기고 생각과 같아서 생각이 떠오르자마자
혓바닥이 움직인다고.

베네딕 여러분들, 나는 과거의 내가 아니오.

레오나토 나도 그렇게 봐. 좀 더 심각해진 것 같아.

클라우디오 연애 중이면 좋겠다.

21 이 10행은 운까지 맞춘 정형시로 되어 있다. 베아트리체가 정식으로 베네딕의 사랑을 받아들인다는 표시다.

돈 페드로 못된 본성을 버리다니 못된 인간이다! 저 사람 몸엔 진정한 사랑이 들어갈 진짜 피는 한 방울도 없어. 심각한 건 돈이 없다는 표시야.

베네딕 이빨이 아파서요.

돈 페드로 빼 버려라.

베네딕 매달아야죠.[22]

클라우디오 먼저 실로 붙들어 매고 잡아당기게.

돈 페드로 그래 아픈 이빨 때문에 한숨 쉰다고?

레오나토 썩은 이빨 속에는 물이 괴거나 벌레만 있어.

베네딕 지금 당장 슬픈 사람만 빼면 누구나 슬픔을 이길 수 있죠.

클라우디오 역시 베네딕은 사랑에 빠졌어요.

돈 페드로 아무리 봐도 사랑이 나타나지 않아. 사랑을 교묘하게 위장했는지 몰라. 오늘은 네덜란드인이 됐다가 내일은 프랑스인이 됐다가 한꺼번에 두 나라 사람으로 차린 것 같아. 허리 아래는 헐렁한 바지만 입은 독일인이고 엉덩이 위는 웃옷을 안 입는 스페인 사람 같아. 이 친구가 그런 것에 정신이 팔렸다면—그런 것 같지만—당신이 말하듯이 사랑 때문에 바보짓은 안 한다는 말이다.

클라우디오 이 친구가 어떤 여자를 사랑하지 않는다면 전통적인 연인의 표시를 믿지 못하죠. 아침마다 모자에 솔질을 하는데 그게 무슨 뜻이죠?

돈 페드로 이발소에 가는 거 본 사람 있나?

클라우디오 없습니다. 하지만 이발소 사환과 같이 있는 건 봤죠. 그래서 뺨을 장식하던 예전 수염은 테니스 공 속에 벌써 들어갔군요.[23]

레오나토 과연 그렇군요. 수염이 없어지니 전보다도 젊어진 듯합니다.

돈 페드로 뿐만 아니라 온몸에 향수를 바르누나. 그걸로 연애 냄새를 맡을 수 있나?

클라우디오 그건 애정 어린 젊은이가 연애 중이라는 말과 꼭 같지요.

돈 페드로 가장 뚜렷한 표시는 우울증이야.

클라우디오 언제부터 이 친구가 얼굴을 씻기 시작했죠?

돈 페드로 게다가 화장을 시작한 건 무슨 일인가? 그 말은 소문으로 들었다.

클라우디오 뿐만 아니라 농담 잘하던 기질이 지금은 루트 줄에 기어들어 오리 발에 매었대요.

돈 페드로 과연 그렇다. 이 친구에 대해서 루트가 구슬픈 일을 말하고 있어. 결론으로 말하면, 연애 중이다.

클라우디오 게다가 저는 누가 이 친구를 사랑하는지 아는데요.

돈 페드로 나도 알고 싶은데. 확실히 이 사람을 모르는 여자일 테지.

클라우디오 아니죠. 못된 성격이란 것도 아는데, 온갖 악조건도 아랑곳하지 않고 죽자 하고 사랑해요.

돈 페드로 얼굴을 위로 하고 묻혀야겠군.[24]

베네딕 하지만 이런 말을 들었다고 아픈 이가 없어지는 게 아니죠. 어르신, 나하고 저쪽으로 가시죠. 저 사람들 익살꾼이 들어서는 안 되는 일여덟 마디 말을 어르신한테 하려고 생각했어요. [베네딕과 레오나토 퇴장]

돈 페드로 확실해. 저 친구가 노인한테 베아트리체 얘기를 하려고 해.

클라우디오 물론이죠. 지금쯤 헤로하고 마거릿이 맡은 역을 끝냈을 거예요. 그래서 두 마리 곰이 만난대도 서로 물어뜯지 않을 거예요.

[서자 돈 존 등장]

돈 존 공작이며 형님인 분 안녕하시오?

돈 페드로 아우, 건강한가?

돈 존 바쁘지 않으시면 공작께 몇 마디 드릴 말씀이 있습니다.

돈 페드로 사적으로?

돈 존 예, 괜찮으시면. 하지만 클라우디오 백작이 들어도 좋습니다. 드릴 말씀이 백작에게 관련되니까요.

돈 페드로 무슨 일인데?

돈 존 [클라우디오에게] 백작께서 내일 결혼하시기로 되어 있지요?

돈 페드로 너도 알지 않아?

돈 존 제가 무엇을 아는지 백작이 알면 저도 그 일을 모릅니다.

클라우디오 조금이라도 꺼림칙한 게 있으면 청컨대 밝혀 주시오.

돈 존 내가 당신을 아끼지 않는다고 생각할지 모르지만 그건 나중으로 미루고 내가 이제 발설할

22 옛날 이발관 문간에 앓던 이를 빼서 달아매어 이 빠는 광고를 했다. 당시 이발사는 이발, 면도뿐 아니라 수술, 발치 일도 했다.

23 당시 상류층에 유행하던 테니스의 공은 수염, 머리털 따위를 둥글게 감아서 둥근 가죽으로 감싸 만들었다.

24 '죽는다'는 말에는 성교를 한다는 뜻이 있었다. 성교할 때 여자의 체위는 보통 위를 향해 있다.

내용을 듣고 나를 좀 더 바르게 판단하시오. 형님께서 당신을 높이 보시고 진정한 사랑으로 다가오는 결혼을 성사시키시려고 도우셨는데,— 확실히 그릇된 노력이며 헛짚은 수고였어요.

돈 페드로 아니 뭐라고?

돈 존 말씀드리려고 여기 온 겁니다. 자세한 이야기는 생략하고—그녀는 너무도 오랫동안 입에 오르내렸죠.—아가씨가 부정해요.

클라우디오 누구, 헤로가?

돈 존 맞아요. 레오나토의 헤로, 당신의 헤로, 모든 남자의 헤로.

클라우디오 부정해?

돈 존 그 말은 그녀의 죄악을 옮겨놓기엔 너무 좋아요. 그녀의 악이 그 이상이라고 할 수 있으니까. 더 나쁜 걸 생각해봐요. 그녀를 거기 맞춰드릴 테니까. 좀 더 이야기를 들어보기 전에는 놀라지 말아요. 오늘 밤 같이 가서 보기만 해요. 결혼식 전날 밤에 그녀의 침실 창문이 뚫린 걸 보게 될 테니. 그래도 그녀를 사랑한다면 내일 결혼하시오. 하지만 생각을 바꾸는 게 자신의 명예에 도움이 될 거요.

클라우디오 그럴 수 있어요?

돈 페드로 생각조차 못 하겠어.

돈 존 눈으로 보는 걸 믿지 못한다면 안다고 자부하지 마시오. 나를 따라오면 넉넉히 보여드리리다. 더 많이 보고 더 많이 듣고 난 뒤에 그에 따라 행동을 취하시오.

클라우디오 오늘 밤 무엇이든 보기만 하면 내일 결혼을 하지 않고 하객들이 모인 데서 그녀를 망신시킬 생각이오.

돈 페드로 그리고 내가 당신을 위해 그녀에게 구혼을 했으니만큼 나도 같이 그녀에게 수치를 안기겠소.

돈 존 두 분이 저의 증인이 되시기 전엔 이 이상 그녀 말을 안 하겠습니다. 자정까지만 침착한 마음으로 참으시고 일이 과연 어찌 되나 두고 보시오.

돈 페드로 오, 불행으로 뒤바뀐 날이다!

클라우디오 오, 기이하게 뒤틀어놓은 운명의 장난!

돈 존 오, 때마침 막은 재앙! 그 뒤에 생기는 사태를 보신 다음엔 그렇게 말씀하실 거요. [모두 퇴장]

## 3. 3

[도그베리와 그의 동료 버지스가 야경단들과 함께 등장]

도그베리 당신들이 선량하고 믿을 만한 사람들이오?

버지스 물론이죠. 안 그렇다면 저 사람들 몸과 영혼이 구원[25]을 받게 되니까 불쌍해요.

도그베리 저런. 그만하면 너무나 가벼운 형벌이오. 공작님의 야경단으로 선택을 받았으니 조금이라도 충성심이 있다면 말이오.

버지스 그건 그렇고, 도그베리 동지, 그들에게 책임을 맡기쇼.

도그베리 우선에, 당신들 생각에 누가 순검 되기에 제일 무자격한 사람 같소?

야경단원 1 휴 오트케익이나 조지 시콜이오. 읽고 쓸 줄 아니까요.

도그베리 이리 와요, 시콜 동지. 하느님이 당신한테 좋은 이름 주셨구먼. 인물이 훤한 사람은 운수의 선물이오. 하지만 읽고 쓸 줄 아는 건 타고나는 거라고요.

야경단원 2 순검 나리, 그 두 가지 다—

도그베리 당신이 가졌구먼. 그게 당신 대답인 걸 미리 알고 있었어. 어쨌든, 당신 얼굴로 말하면, 하느님께 감사드리고 자랑은 마쇼. 그리고 쓰고 읽는 건 그런 헛된 거 필요 없을 때에만 보이쇼. 당신은 여기 야경단의 제일 무지하고 알맞은 대원으로 생각되니까 등불은 당신이 갖고 다니쇼. 당신 책임은 이렇소. 다시 말해 모든 부랑자를 체포하는 거요. 누구든지 공작 각하 이름으로 '서라'고 명령하쇼.

야경단원 2 그 사람이 안 서면 어떡하죠?

도그베리 아, 그럴 땐 그자를 못 본 체하고 그냥 보내고 곧 기타 야경단원 전부를 불러 모으쇼. 그러면 고맙게도 불한당 한 놈을 없애는 거요.

버지스 명령을 했는데도 서지 않으면 그자는 공작님의

25 '저주'라는 말 대신에 정반대의 용어를 쓰고 있다. 당시 순검들은 무식한 사람이었지만 유식한 말투를 흉내 내던 계층이었다. 무보수로 차출되던 동네 야경단은 정식 순검의 지시에 따라 야간 치안을 도왔다.

백성이 아니오.

도그베리 맞아요. 그래서 야경단원들은 공작님의 백성하고 상관하기로 되어 있어요. 그리고 또한 거리에서는 소리를 내지 않아야 돼요. 야경단원이 지껄대고 떠드는 건 가장 용납되지 않고 참을 수 없어요.

야경단원 1 우리는 말보단 잠을 자겠소. 야경단원에 따르는 일이 뭔지 우리가 잘 알아요.

도그베리 야, 경험이 풍부하고 조용한 야경꾼처럼 말을 잘하네. 자는 게 무슨 죄가 되는지 알 수 없다니까. 단지 창을 도둑맞지 않게끔 조심만 하쇼. 그럼 당신들은 술집마다 다니면서 술 취한 사람들에게 집에 가서 자라고 하쇼.

야경단원 2 안 간다고 한다면 어떻게 해요?

도그베리 그런 경우엔 정신이 들 때까지 내버려두쇼. 만약에 그것보다 더 좋은 대답을 할 수 없으면 당신이 생각했던 사람이 아니라고 해도 돼요.

야경단원 2 알았어요.

도그베리 만약에 도둑놈을 만나면 당신의 직책상 그 사람이 정직한 사람은 못 된다고 의심해도 괜찮아요. 그런 사람하고는 참견이나 상관을 하지 않을수록 당신이 올바르단 뜻이 되어요.

야경단원 2 그자가 도둑놈이란 걸 알았을 때는 그놈을 붙잡아야 되지 않아요?

도그베리 물론이오. 직책상 그럴 수 있어요. 하지만 먹을 가까이 하는 자는 꺼메지기 마련이오. 도둑놈을 잡았을 때 제일 말썽 없는 방법은 도둑놈 스스로 자기가 어떤 자인지 드러내게 하고 슬그머니 그자와 관계를 끊는 거요.

버지스 동역자 양반, 동네 사람들은 당신한테 언제나 자비로운 분이라고 했어요.

도그베리 솔직한 말로, 마음대로 할 수 있으면 개 한 마리도 목 달아 죽이지 않겠어요. 조금이라도 진실성이 엿보이는 사람을 죽이다뇨!

버지스 밤중에 애 우는 소리가 들리면 유모를 불러서 애를 달래라고 일러줘야 해요.

야경단원 2 유모가 잠자서 우리가 하는 말을 듣지 못하면 어떡해요?

도그베리 그럴 땐 암말 말고 떠나서 아기가 유모를 깨우게 놓아두쇼. 새끼가 우는 소리를 듣지 못하는 어미 양은 송아지가 울어대도 절대로 대답하지 않아요.

버지스 지당하신 말씀이오.

도그베리 이게 직책의 마지막이오. 순검, 당신은 공작님을 대신하는 거요. 밤중에 공작님을 만난다면 정지시킬 수도 있어요.

버지스 그런 일은 저 사람이 못할 텐데요.

도그베리 5대 1로 내기를 걸고 말하는 건데 법을 아는 사람은 저 양반이 공작님을 정지시킬 걸 알아요. 확실히 공작님이 원하시면 모르지만 야경단원은 누구한테도 실례를 범해선 안 되는데 남을 억지로 정지시키는 건 실례를 범하는 일이에요.

버지스 확실히 그래요. 나도 그렇게 믿어요.

도그베리 하하하하! 그럼 친구들, 밤새 잘 있으쇼. 무슨 중대사가 생기면 나를 부르쇼. 동료들의 의견과 자신의 의견을 잘 따르쇼. 그러면 잘 있으쇼. [버지스에게] 자, 갑시다.

야경단원 1 그럼 친구들, 우리가 할 일을 잘 들었어. 여기 교회 의자로 가서 2시까지 앉았다가 모두 자러 가자고.

도그베리 선한 이웃들, 한마디 더할 테요. 레오나토 대감 댁 문간을 잘 지키세요. 내일 거기서 결혼식이 있으니까 오늘 밤에 아주 북적거려요. 정신 바짝 차리고 지킬 걸 부탁드려요. [도그베리와 버지스 퇴장]

[보라치오와 콘래드 등장]

보라치오 야, 콘래드!

야경단원 2 [방백] 쉿! 가만있어.

보라치오 콘래드, 들려?

콘래드 여기야. 네 팔꿈치 옆에 있어.

보라치오 젠장. 팔꿈치가 가려우면 헌데 딱지가 생길 걸 알 수 있지.

콘래드 그에 대한 대답은 빚으로 남겨 둘 게다. 하지만 지금은 하던 말이나 계속해.

보라치오 그럼 이 처마 밑에 바싹 붙어. 부슬비가 내리니까. 진짜 주정뱅이처럼 너한테 모두 얘기할 테니.

야경단원 2 [방백] 친구들, 무슨 역모를 꾸미는 모양이야. 가만히 서 있어.

보라치오 그래서 내가 돈 존한테서 천 더컷을 받았단 걸 알고만 있어.

콘래드 세상에 무슨 못된 짓거리가 그렇게 비쌀 수 있어?

보라치오 도리어 무슨 못된 악질이 그렇게 돈이 많을 수

있느냐고 물어야 돼. 돈 많은 악당들이 가난한
악당들을 필요로 할 때는 가난한 놈들 맘대로
값을 매기는 거야.

콘래드 모를 소리야.

보라치오 그것만 봐도 넌 아직 경험이 부족해. 너도
알다시피 저고리나 모자나 외투 모양은 그
사람과는 상관이 없어.

콘래드 그래도 옷은 옷이지.

보라치오 내 말은 그 모양 말이야.

콘래드 모양은 모양이지 뭐.

보라치오 쳇. 바보는 바보란 말이나 같구나. 하지만
모양만 갖춘 그 도둑이 얼마나 망측스런
놈인지 몰라?

야경단원 1 [방백] 그 '망측스런 놈'을 내가 알아.
그놈은 지난 일곱 해나 악질 도둑이었어.
신사처럼 차리고 돌아다녀. 이름도 생각나.

보라치오 인기척 못 들었어?

콘래드 아니. 지붕 위의 풍향계야.

보라치오 유행이란 게 얼마나 망측스런 도둑인지 몰라?
그놈이 열네 살에서 서른다섯 살까지 온갖
뜨거운 피를 휘젓고 다니며 어떤 때는 글음
앉은 그림에 파라오 군대처럼,[26] 어떤 때는
낡은 교회 유리창에 벨 신의 사제처럼,[27] 어떤
때는 때 묻고 좀 먹은 벽걸이에 머리 깎은
헤라클레스가 자기 몽둥이만큼 커다란 불알
자루[28]를 흔들고 섰지 않아?

콘래드 뭔 말인지 나도 다 알아. 유행이 사람보다
옷을 더 빨리 해지게 한다는 걸 나도 알아.
하지만 너도 유행에 따라 홱 돌아서
화제를 바꿔 옷 유행 얘길 하는 거 아냐?

보라치오 둘 다 틀렸어. 오늘 밤 헤로 아가씨의 시녀
마거릿한테 헤로란 이름으로 구애를 했단
말이야. 아가씨는 침실 창문으로 내다보면서
천 번이나 나한테 작별 인사를 했거든. 이거
못된 뜻으로 말하는 거야. 공작과 클라우디오와
내 주인 돈 존이 미리 자리를 잡고 있었는데
주인 말을 완전히 믿었거든. 그래서 정원에서
멀찍이 떨어져서 사랑의 밀회를 봤단 말이다.

콘래드 그래서 마거릿을 헤로인 줄로 알았나?

보라치오 그중에 둘, 공작과 클라우디오가 그랬어. 하지만
우리 주인 마귀는 그게 마거릿인 줄 처음부터
알았어. 얼마쯤은 처음에 그자를 믿게 만든 맹세
때문에, 얼마쯤은 그자들을 속인 어두운 밤
때문에, 하지만 주로 간악한 내 짓 때문에
돈 존이 함부로 지어낸 거짓말을 진짜로 들은
클라우디오는 분통을 터뜨리며 돌아가면서
이튿날 아침 예정된 시간에 교회에서 여자를
만나 모든 축하객들 앞에서 밤에 본 걸
말해서 그 여자한테 망신을 주고 남편 없이
집으로 돌려보낼 거라고 힘차게 다짐했어.

야경단원 1 [앞으로 나서며] 공작의 이름으로
명하노니, 서라!

야경단원 2 순검 주임님을 모셔 오라고. 이 나라에서
처음 보는 가장 위험스런 역적모의 사건이
여기서 우리에게 발각되었다.

야경단원 1 그리고 '망측스러운 놈'이 그중 하나다.
그놈 내가 알아. 애교머리를 하고 있어.

콘래드 순검님, 순검님—

야경단원 1 '망측스러운 놈'을 앞에 데려 내오는 건
네가 할 일이다. 틀림없으렷다.

콘래드 순검님—

야경단원 1 말하지 마라. 명령이다. 순순히 복종해서
우리와 같이 가자.

보라치오 [콘래드에게] 이 사람들 창검에 붙잡혔으니까
우리가 괜찮은 물건짝이 될 판이야.

콘래드 문제 있는 물건이 될 게 뻔하지. [야경대에게]
그럼 순순히 따라가죠. [모두 퇴장]

## 3. 4

[헤로, 마거릿, 어슐라 등장]

헤로 얘, 어슐라, 내 사촌 베아트리체를 잠자리에서 깨워서

26 이집트(애급)의 왕(파라오 = 바로)의 군대가 홍해에서 수장당하는 그림을 술집의 낡은 그림에서 볼 수 있었다.

27 이방의 신 벨(바알)의 사제들을 페르시아 황제가 죽였다는 경외전의 기사가 있다. 그 광경을 교회 유리창에 스테인드글라스로 나타냈다.

28 당시 신사들은 다리에 꽉 끼는 바지(호스)를 입었는데 남근 자리는 '맵시 있게' 불룩하게 만들었다.

일어나라고 해.

어술라 그러죠, 아가씨.

헤로 그리고 이리 오시라고 해.

어술라 알았어요. [퇴장]

마거릿 다른 옷깃이 더 예뻤지 싶어요.

헤로 아냐, 괜찮아. 이거 달 테야.

마거릿 확실히 그만큼 좋지 않아요. 사촌 아가씨도 안 좋다고 하겠는데요.

헤로 언니가 뭘 알아. 너도 똑같아. 난 이것 말고 다른 건 달지 않겠어.

마거릿 안에 있는 새로운 머리 장식이 아주 좋아요. 색깔이 조금만 짙으면 더 좋겠지만. 그리고 아가씨 드레스는 정말 놀라운 커트예요. 칭찬이 자자한 밀라노 공작 부인을 저도 봤어요.

헤로 오, 비할 데 없다며?

마거릿 솔직히 말해 아씨 것에 비하면 홈드레스에 지나지 않아요. 금실 천에 군데군데 틈을 내고 은실 레이스로 장식하고 진주를 박고 좁은 소매, 넓은 소매, 연청색 반짝이로 돌아가며 떠받친 치마폭인데, 눈부시고 진기하고 우아하고 튀는 커트에 있어서는 아씨 거가 열 배는 더 멋져요.

헤로 하느님이 그걸 입는 기쁨 주시길! 내 가슴이 너무너무 무거워.

마거릿 조금 있으면 남자 몸무게에 눌려서 더욱 무거울 텐데요.

헤로 그만둬. 부끄럽지도 않니?

마거릿 뭐가 부끄러워요? 바른말 하는 게? 결혼은 거지에게도 올바른 일 아닌가요? 아씨 애인이 결혼하지 않고서 올바르지 않으셔요? 아마 아씨는 제가 '실례입니다만 남편분'이라고 말하길 바라시겠죠. 생각이 못돼서 솔직한 말을 비틀어 듣지 않는다면 아무도 제 말에 화내지 않아요. '남편 때문에 더 무겁다'는 말이 틀렸나요? 아니죠, 바른 남편, 바른 아내라면. 그렇지 않다면 가볍지, 무겁지 않아요. 베아트리체 아씨에게 물어보세요. 저기 오시네.

[베아트리체 등장]

헤로 안녕, 언니.

베아트리체 안녕, 정다운 헤로.

헤로 왜 그래? 말소리가 슬프게 들리는데?

베아트리체 다른 가락은 모두 고장 난 것 같아.

마거릿 손뼉 치면서 '가벼운 사랑'을 시작하세요. 베이스 없이 된다고요. 아씨가 부르면 제가 춤추죠.

베아트리체 너희나 가벼운 사랑 안고 춤추렴! 네 남편이 마구간이 넉넉하면 새끼 기를 데가 안 모자라겠다.

마거릿 오, 사생아 같은 해석이시네! 그 말 제가 뒷발질로 차버려요.

베아트리체 [헤로에게] 얘, 벌써 다섯 시가 다 됐어. 지금쯤 준비를 끝냈어야 해. 나 정말 속이 울렁대. 아휴!

마거릿 부르는 게 매인가요, 말인가요, 남편인가요?[29]

베아트리체 모두 소리쳐 부를 대상이 되지.

마거릿 하여튼 간에, 터키인으로 변하기 전엔[30] 북극성 보고 항해를 할 수가 없죠.

베아트리체 이 멍청이가 무슨 소릴 하는 거야?

마거릿 아무것도 아녜요. 하지만 하느님이 모든 사람의 깊은 소원을 들어주시길!

헤로 이 장갑은 백작께서 보내신 거야. 향수 냄새가 아주 좋아.

베아트리체 감기로 몸이 불편해서 냄새를 못 맡아.

마거릿 처녀가 가득 차서 불편하다니! 그거 감기 치곤 놀랍구먼.

베아트리체 아이고 머리야! 너 말쟁이로 데뷔한 지 얼마나 됐어?

마거릿 아가씨가 그만둔 뒤로요. 저한테 말재간이 아주 멋지게 어울리지 않아요?

베아트리체 아직 잘 보이지 않아. 모자에 달고 다녀야겠어.—나 정말 속이 안 좋아.

마거릿 '카르두스 베네딕투스'란 엉겅퀴 말린 걸 조금 갖다가 가슴에 대세요. 구역질엔 그게 최고예요.

헤로 엉겅퀴로 아가씨 가슴을 찔러대누나.

베아트리체 '베네딕투스?'[31] 어째서 베네딕투스지?

29 베아트리체의 한숨을 마거릿은 짐짓 매나 말이나 남편을 부르는 소리로 듣는 척한다.

30 터키인으로 변한다는 말은 배교자가 된다는 말이니, 농담은 그만하고 사랑 얘기를 하겠다는 것. (베아트리체마저 변할 수 있으니 북극성도 미덥지 않다는 말.)

31 라틴어 Benedictus는 '축복받은', '거룩한'이라는 뜻.

그 베네딕투스에 무슨 뜻이 있나봐.

마거릿 뜻이오? 없어요. 정말 아무 뜻도 없어요. 그냥 엉겅퀴란 말이에요. 혹시 제가 아가씨가 연애 중일 거라고 생각하지 않냐고 하셔도 좋아요. 물론이죠. 제멋대로 생각하는 바보는 아니지만, 생각할 수 있는 걸 생각하지 않는 것도 안 좋아하고, 아가씨가 연애 중이라, 앞으로 연애를 할 거라, 연애할 수 있다고 생각할 수 없는 것도 아니에요. 생각, 생각하다가 생각이 남아나지 않을지도 모르는데. 베네딕도 그런 사람이었는데 지금은 사람이 됐어요. 절대로 결혼하지 않겠다고 맹세했는데 지금은 사랑해도 군소리 없이 음식을 드셔요. 어떻게 해야 아가씨가 변할지 모르지만 딴 여자처럼 아가씨도 눈으로 보시겠죠.

베아트리체 네 혀처럼 뛰는 걸 무슨 걸음이라고 하지?

마거릿 가짜 걸음은 아니죠.

[어슐라 등장]

어슐라 [헤로에게] 아씨, 들어가 계셔요. 공작님, 백작님, 베네딕 씨, 돈 존, 그밖에 성내의 모든 신사가 아씨를 교회로 모셔 가려고 도착했네요.

헤로 착한 언니, 착한 마거릿, 착한 어슐라, 드레스 입는 거 도와줘. [모두 퇴장]

## 3. 5

[레오나토, 순검 도그베리, 마을 순검 버지스 등장]

레오나토 선량한 이웃, 내게 뭘 원하는가?

도그베리 어르신께 가까이 관련된 사실을 긴밀히 말씀 드릴까 하는데요.

레오나토 간단히 말하게. 보다시피 나는 지금 매우 바쁜 때야.

도그베리 다름 아니라 이겁니다.

버지스 맞습니다. 옳은 말입죠.

레오나토 그게 뭔가, 친구들?

도그베리 버지스 씨가 사실에서 조금 벗어난 말을 하는데요, 노인이라서 말주변이—하느님 도우시사.—제가 바라는 만큼 막히진 않지만 두 눈 사이의 주름처럼 정직한 사람이죠.

버지스 맞아요. 제가 딴 노인 못지않게 정직하고 저보다 정직한 사람도 없다는 걸 감사해요.

도그베리 비교란 건 틀려먹었죠. '팔라브라스',[32] 버지스 씨.

레오나토 이 친구들, 점점 지루해.

도그베리 어르신께서 그렇게 말씀하시니까 고맙지만, 저흰 공작님의 하급 관리예요. 하지만 솔직히 말해 제가 임금님만큼 지루하다면[33] 제 속의 '지루'를 모두 대감께 쏟아드리죠.

레오나토 지루한 소릴 내게 모두 털어놓겠다고?

도그베리 예. 지금보다 천 파운드가 더 나간다 해도요. 어르신이 성내 누구 못지않게 칭찬받으신 걸 들으며 저는 비록 가난한 백성이지만 그 말을 듣고 기뻐해요.

버지스 저도 그래요.

레오나토 무슨 말을 하려는지 듣고 싶구먼.

버지스 대감께 직접 말씀드려도 된다면, 지난밤 우리 야경대가 메시나에서 진짜 악질 두 놈을 체포했습니다.

도그베리 선량한 노인이에요. 말이 많아요. 사람들 하는 말이, 나이가 찾아들면 정신이 나간대요. 하느님 도우시사, 볼만한 꼴이죠. 버지스 씨, 말 참 잘했소. 하느님이 잘 봐주셨소. 둘이 한 말을 타면 하나는 뒤에 타야죠. 확실히 정직한 사람이죠. 밥숟갈 들어본 사람으론 확실히 그래요. 어쨌든 하느님께 경배드릴지어다. 아, 사람은 서로 같지 않다오, 착하신 이웃분.

레오나토 확실히 저 사람이 자네보다 짧아.

도그베리 하느님이 주시는 선물이에요!

레오나토 나 가봐야겠어.

도그베리 한 말씀만 드려요. 과연 우리 야경대가 거수자 두 사람을 피체했는데 금일 조조에 대감 각하 존전에서 조사하기를 바라고 있습니다.

레오나토 자네들끼리 직접 조사해서 그 보고서를

32 '(말을) 적게 하라'는 뜻으로 당시 관헌이 흔히 쓰던 문구.

33 도그베리는 '지루하다'는 말의 뜻을 전혀 모르고 도리어 '돈이 많다'는 뜻을 가진 말로 오해하고 있다.

내게 가져오게. 자네들도 보다시피 난 지금
매우 바빠.

도그베리 그걸로 충분해요.

레오나토 가기 전에 술 좀 마시게. 잘들 가라고.

[전령 등장]

전령 대감님, 따님을 남편에게 넘겨주시길
기다리십니다.

레오나토 그분들께 인사를 차려야지. 나 준비됐어.

[레오나토와 전령 퇴장]

도그베리 동역자, 빨리 프랜시스 시콜한테 달려가. 그
사람에게 펜과 잉크병을 감옥으로 갖고 오라고
해. 지금 우리가 그자들을 조사하러 가니까.

버지스 그래서 똑똑하게 해야 돼.

도그베리 장담하지만 우리 머리를 아낌없이 쓸 거야.
그중 몇 놈의 머리를 빙빙 돌게 만들어놓을
게 여기 있어. 단지 유식한 글쟁이한테 우리
문답을 적어놓게만 해. 나하고 감옥에서 만나.

[모두 퇴장]

## 4. 1

[공작 돈 페드로, 서자 돈 존, 레오나토, 신부
프랜시스, 클라우디오, 베네딕, 헤로,
베아트리체가 하객들과 시종들과
함께 등장]

레오나토 자, 프랜시스 신부, 짧게 하시오. 단지
간단한 결혼식 형식으로 직행하고 각자의
책임은 나중에 말하시오.

신부 [클라우디오에게] 백작님, 이 여인과 결혼하기
위해 여기 오셨는가요?

클라우디오 아니요.

레오나토 그녀와 결혼하기 위해, 신부, 당신이
그녀를 결혼시키기 위해 온 거요.

신부 [헤로에게] 여인이여, 이 백작과 결혼하기
위하여 여기 오셨습니까?

헤로 그렇습니다.

신부 만일 두 사람 중 하나가 둘이 결합할 수 없는
이유가 있어서 마음에 거리낀다면 두 사람의
영혼을 걸고 그것을 말하기를 명합니다.

클라우디오 그런 거 있어, 헤로?

헤로 없어요.

신부 백작, 있어요?

레오나토 감히 그의 대답을 하자면, 없어요.

클라우디오 오, 감히 못할 게 없어! 안 할 게 뭐야!
자기도 모르게 매일 무슨 짓을 해!

베네딕 저런! 괜한 간투사를 넣네! 간투사 중엔
'하하하 히히히!'처럼 웃는 소리도 있어.

클라우디오 신부, 옆에 계세요. [레오나토에게]
아버님이라 해도 돼요?
거침없고 깨끗한 양심을 가지시고
따님인 이 처녀를 저한테 주세요?

레오나토 하느님이 주신 그대로 딸을 주겠네, 사위.

클라우디오 그렇다면 무슨 값진 것을 드려야
이 귀한 선물에 보답해요?

돈 페드로 그런 건 없어. 그녀를 되돌려주지 않는 한.

클라우디오 다정하신 공작님, 고상한 방법을
가르쳐 주시네요. 레오나토, 그녀를
도로 데려가요. 친구에게 썩은 귤을
주지 말아요! 이 여잔 정절의 무늬만
있을 뿐이야. 여기서 처녀처럼
홍조 띤 꼴을 봐요. 간교한 죄악이
뻔뻔스럽게 진실을 가장한 거요!
그처럼 낯 붉히는 건 순수한 정절의
표시가 아니냐? 저 여자를 보시는 분은
겉모습만 보시고 처녀라고 하시겠죠?
하지만 저 여자는 처녀가 아닙니다.
음란한 잠자리의 열기를 안다고.
붉은 낯은 수줍음이 아니라 죄 때문이야.

레오나토 무슨 말이야, 백작?

클라우디오 파혼한단 말이오.
확인된 탕녀와 영혼을 안 맺겠단 말이오.

레오나토 친애하는 백작, 자신의 실력을 과시하려고
철없는 딸애의 저항을 물리치고
그녀의 처녀성을 정복했다면—

클라우디오 뭐라 할지 알고 있소. 만일 내가 그녀를
범했다면 나를 남편으로 받은 거니까
혼전의 간음죄가 경감된단 말이오.
아니지, 레오나토.
그녀를 음란한 말로 유혹한 일도 없고
오빠가 동생한테 하듯 수줍은 진심과
참한 사랑밖에 보여주지 않았소.

헤로 그럼 제가 다르게 보인 적 있어요?
클라우디오 가식 집어치워! 모든 사람 앞에 알릴 테다.
너는 겉보기에 궤도를 도는 달 같고
피기 전의 꽃봉오리처럼 더없이 순결해.
하지만 너는 불타는 욕정이
비너스보다 더하고 거친 음욕으로
미쳐 날뛰는 살찐 짐승보다도 세다.
헤로 그런 터무니없는 말을 하는데 정신이 온전해?
레오나토 다정하신 공작님, 왜 말이 없으세요?
돈 페드로 내가 뭐라고 할 수 있어? 나도 창피해.
친한 친구를 창녀와 맺어주려 했으니.
레오나토 내가 정말 들은 거요, 꿈꾸는 거요?
돈 존 대감, 들으신 거요. 그 모두가 사실이오.
베네딕 결혼식 같지가 않군.
헤로 그래? 오, 맙소사!
클라우디오 레오나토, 내가 여기 서 있소?
이분이 공작님이오? 이 사람이 그 아우요?
이게 헤로 얼굴이오? 우리 눈은 우리 거요?
레오나토 모두 다 옳아. 그래서 어쨌단 거야?
클라우디오 따님한테 한 가지만 묻겠으니
그녀에 대해서 친권자고 아버지로서
진실하게 대답하라고 명령해요.
레오나토 [헤로에게]
너는 자식으로서 진실하게 대답해.
헤로 오, 하느님, 막으소서! 포위됐어요!
이게 뭐라는 교리문답이야?
클라우디오 이름에 걸맞게 대답하게 하는 거다.[34]
헤로 헤로 아닌가? 공정한 비판으로
그 이름을 더럽힐 자 누구야?
클라우디오 헤로지.
그 이름이 헤로의 순결을 더럽힐 수 있어.
어젯밤 열두 시와 한 시 사이 네 창에서
너하고 이야기한 사내가 누구였지?
자, 네가 처녀면 이 물음에 대답해.
헤로 그 시간에 아무와도 말하지 않았어.
돈 페드로 그러니 넌 처녀 아니다. 레오나토,
안됐지만 말해야겠다. 명예를 걸고,
나하고 내 아우와 이 우울한 백작이
어젯밤 그 시간에 그녀의 침실 창에서
불량배와 말하는 걸 보고 들었고
그놈은 더없이 난잡한 악당으로
천 번이나 남몰래 밀회를 즐긴 걸
고백했다.
돈 존 에이 더러워, 더러워.
입에 올릴 수도, 말할 수도 없어요, 공작님.
그 말을 해도 역겹지 않을 만큼
정결한 언어는 없어요. 그래서 아가씨,
당신의 수없는 방종이 유감이에요.
클라우디오 오, 헤로! 예쁜 모습의 절반이라도
마음의 소리와 생각에 주어졌다면
얼마나 아름다운 헤로가 되었을까!
가장 더럽고 예쁜 여자여, 잘 가라.
잘 가라, 순전한 죄악, 죄악 그 자체,
너로 인해 사랑의 문[35]을 모두 잠그고,
눈꺼풀엔 의심이 매달려 모든 미모를
위험한 생각으로 변모시키고
다시는 아름답게 보지 않겠다.
레오나토 여기 나를 찔러 죽일 단도 없나?
[헤로가 땅바닥에 쓰러진다.]
베아트리체 왜 그래? 왜 쓰러지니?
돈 존 그럼 우린 떠납시다. 이렇게 사실이 밝혀져서
정신이 막힌 거요.
[돈 페드로, 돈 존, 클라우디오 퇴장]
베네딕 아가씨가 어떤가?
베아트리체 죽었겠죠. 삼촌, 도와주셔요.
헤로, 얘, 헤로! 삼촌, 베네딕, 신부.
레오나토 운명아, 무거운 네 손을 치우지 마라.
죽음은 그녀의 수치를 가려줄
제일 예쁜 덮개다.
베아트리체 얘, 어떠니? 헤로?
신부 고정하시오, 아가씨.
레오나토 하늘을 쳐다보나?
신부 그래요. 왜 안 그러겠어요?

34 셰익스피어의 동시대 시인이자 극작가인 크리스토퍼 말로의 미완성 장시 『헤로와 레이안드로스』(1598)의 여주인공과 그녀의 이름이 똑같은 만큼 그녀도 순결을 지키는 연인이 되라는 주문이다. 레이안드로스는 헬레스폰트 해협 건너편에 있는, 비너스 신전의 여사제인 헤로를 만나기 위해 밤마다 해협을 헤엄쳐 건너다가 하룻밤 물에 빠져 죽었다.
35 모든 감각, 특히 눈.

레오나토 왜냐고? 땅 위의 만물이 그녀에게
수치를 외치지 않소? 자신의 피에
박혀 있는 이야기를 여기서 부인해요?
헤로야, 살지 마라. 두 눈을 뜨지 마라.
네가 속히 죽으리라고 생각하지 않았거나
네 목숨이 수치보다 더 질기다고
생각하지 않았다면 꾸짖는 것에 뒤이어
네 목숨을 뺏었을 거다. 슬프게도 하나뿐.
그래서 아끼는 자연을 탓했나?
그 하나가 너무 많구나! 왜 하나뿐인가?
내 눈에 너는 왜 그토록 고왔던가?
왜 자비의 손을 뻗어 문간에서
거지의 자식을 거두지 않았던가?
이처럼 때가 묻어 수치의 늪에 빠졌을 때
'내 피가 조금도 안 섞였소. 이 못난 짓은
모르는 몸에서 온 것이오'라고 할 수도 있었는데.
하지만 내 자식, 사랑하고 칭찬하고
자랑으로 여기고, 너무도 내 자식이라
그 애 값을 높여서 나 자신도 내 것이
아니라 할 정도였지. 그 애가, 오, 그 애가
먹물 속에 빠졌구나. 드넓은 바다도
그 애를 깨끗이 씻을 몇 방울이 없으며,
더러움 물든 몸을 살려낼 소금도 없다.

베네딕 어르신, 참으세요. 저는 너무 놀라서
드릴 말씀이 없습니다.

베아트리체 모함이에요. 제 영혼을 걸고 맹세해요.

베네딕 아가씨, 어젯밤 그녀와 같이 잤어?

베아트리체 솔직히 말해 아니야, 어젯밤에는.
그 전 열두 달 동안 같이 잤지만.

레오나토 확실해졌어, 확실해졌어, 무쇠 틀로
막혔던 게 한층 더 튼튼해졌어.
두 분이 거짓말 하실까? 클라우디오가,
너무나 사랑해서 그 애의 더러움을
눈물로 닦던 이가? 죽으라고 버리고 가자.

신부 잠시 내 말 들으시오.
한참 동안 말없이 운명의 뒤바뀜을
곰곰이 생각하고 있었소. 아가씨를
유심히 바라보니 천 가지 붉은 유령이
얼굴에 나타났으나 흰옷의 천사 같은
천 가지 순진한 수줍음이 그들을
쫓아냈으며, 그녀의 두 눈에는
불길이 일어 진실한 처녀에 대해
두 분 공작께서 주장하신 죄과를
태우는 듯하였소. 귀여운 이 여인이
터무니없는 무슨 오해로 말미암아
죄 없이 여기 쓰러진 것이 아니라면
나를 바보라 하고 실제 경험에 의해
책의 가르침을 확인한 내 연구와
내 소견을 불신하여도 좋소.

레오나토 신부, 그럴 리 없소. 보시다시피
저 애가 남긴 선이란 건 영원한 저주에
거짓말의 죄를 더하지 않는다는 거요.
자신도 그걸 부인하지 않았소.
그러니 백일하에 드러난 사실을
왜 변명으로 덮으려고 하시오?

신부 아가씨, 혐의를 받는 사내가 누군가?

헤로 절 고발한 분들이 아셔요. 전 몰라요.
얌전한 처녀에게 허락되는 것 이상으로
어떤 남자라도 안다면
저의 모든 죄가 용서받지 못해도 좋아요.
오, 아버지, 제가 적당하지 못한 시간에
어떤 사내와 말을 했거나 어젯밤 누구와
말을 주고받았단 증거를 대시면
절 거절하고 미워하고 고문해서 죽이셔요.

신부 높은 분들이 무언가 이상하게 오해하고 계시오.

베네딕 두 분은 진실로 명예를 존중하니까,
이 일에서 지혜가 잘못됐다면
서자 존의 작간이 움직인다고 하겠소.
그의 기질은 악을 꾀하는 짓에 바빠요.

레오나토 모르겠소. 그들이 진실을 말한다면
이 손으로 딸년을 찢어놓겠소. 만일 무고하면
아무리 높은 자라도 톡톡히 맛을 보이겠소.
시간은 아직 내 피를 말리지 못했고
나이가 내 머리를 잠식하지 못했고,
운수가 내 재산을 파멸하지 못했고,
친구가 없을 만큼 박하게 살지 않았으니까
그들이 일어나는 모습을 볼 게고
팔뚝 힘을 휘두르고 지략을 발휘하고
재물의 위력과 우군의 선별을 갖고
그들을 완전히 없애겠소.

신부 잠깐만.
이 문제에 관해서 내 말을 들으시오.

그들은 당신 딸이 죽었다고 여기를 떠났소.
잠시 동안 그녀를 몰래 숨겨두시고
그녀가 정말 죽었다고 공고하시고
애도하는 척 겉으로 꾸미시고
오랜 가족 묘비에 슬픈 비명을
걸어놓으시고 장례에 속하는
온갖 의식을 모두 행하시오.

레오나토 그래서 어떻게 돼요? 무얼 이룰 거요?

신부 이 일을 잘만 하면 그녀에 대한 비난이
후회로 바뀔 거요. 그만해도 괜찮소만,
그 꿈 때문에 별난 이 짓을 하는 게 아니라
좀 더 큰 출산을 바라보며 진통 중이오.
고발을 당하자마자 죽은 따님은—
계속 그렇게 됐다고 꾸며야 해요.—
듣는 이마다 슬퍼하고 동정하고
용서할 거요. 우리가 즐기는 건
가치를 몰라보다가 없어졌을 때에는
한껏 값을 올리고, 갖고 있을 때엔
보이지 않던 효능을 비로소 보는 게
인지상정이오. 클라우디오도 마찬가지요.
자신의 말을 듣자 죽더란 말을 들으면
그녀의 숨결이 그의 상상 속으로
갈피갈피 달콤하게 스며들면서
살았을 때보다도 그녀의 생명의
귀여운 기능과 감각들이 더 활발하고
더 섬세하고 생동감이 넘쳐나는
귀한 옷을 걸치고 그의 영혼의 눈과
시야에 나타날 거요. 그의 간에 사랑이
조금이라도 소유권이 있다면[36]
그때 비로소 그는 슬퍼하면서
그처럼 비난한 걸 후회할 거요.
그걸 사실이라 믿어도 후회할 거요.
그렇게 되라고 놔두시오. 내가 직접
가능성을 점치기보다 후에 저절로
더 좋은 결과가 생길 걸 의심치 마시오.
다른 우리 소망들이 모두 좌절되어도
아가씨가 죽었다는 생각으로 말미암아
그녀의 수치에 대한 놀라움도 꺼지겠소.
뜻대로 안 되면 그녀의 상한 명예에
가장 어울리도록 모든 눈과 입과 생각과
욕설을 피해서 무슨 외딴 신앙 기관에
그녀를 숨어 있게 할 수도 있소.

베네딕 레오나토, 신부의 충고를 들어요.
아다시피 공작님과 클라우디오에 대해
친밀한 우정과 사랑을 가졌지만
내 명예를 걸고 당신 영혼과
육체처럼 이 일에 대해 비밀을 지키고
합당히 행할 걸 맹세해요.

레오나토 슬픔에 휩싸인 처지라 실오라기라도 잡겠다.

신부 잘 생각하셨소. 당장 여기를 떠납시다.
낯선 상처엔 낯선 약이 필요하오.
[헤로에게]
자, 아가씨, 살기 위해 죽으시오. 결혼 날짜는
아마 연기된 데 불과하오. 참고 기다리시오.

[베아트리체와 베네딕 외에 모두 퇴장]

베네딕 베아트리체 아가씨, 내내 울고 있었소?

베아트리체 그래요. 그리고 한참 더 울겠어요.

베네딕 그건 원치 않는데.

베아트리체 당신은 그럴 이유가 없죠. 난 저절로 눈물이
나와요.

베네딕 확실히 당신 사촌은 억울하게 당했다고 믿소.

베아트리체 아, 그녀를 위해 복수해줄 남자는 나한테
얼마나 존경받을까!

베네딕 그런 우정을 보여줄 길이 있소?

베아트리체 아주 곧바른 길이 있지만 그런 친구는 없죠.

베네딕 남자면 할 수 있소?

베아트리체 남자가 할 일이죠. 하지만 당신 일은 아니에요.

베네딕 내가 세상에서 당신만큼 사랑하는 게 없소.
이상한 소리 아니야?

베아트리체 내가 모르는 것만큼 이상해요. 마치 내가
당신만큼 사랑하는 게 없다고 하는 것 같아요.
하지만 내 말 믿지 말아요. 그래도 이건 거짓말이
아니에요. 실토하는 것도, 부인하는 것도
없어요. 사촌이 안됐을 뿐이에요.

베네딕 내 칼에 맹세코, 당신은 나를 사랑해.

베아트리체 칼에 걸어 맹세하고 칼을 삼키지 말아요.

베네딕 당신이 나를 사랑한다는 걸 칼에 걸어 맹세하고
그걸 부인하는 사내에게 칼을 삼키게 하겠소.

베아트리체 당신은 자기 말을 삼키지 않겠죠?

36 간(肝)은 사랑과 열정의 자리라고 믿었다.

베네딕 만들어낼 수 있는 온갖 양념 없이는. 맹세코
당신을 사랑해.

베아트리체 그렇다면 하느님, 저를 용서하셔요.

베네딕 무슨 잘못이오? 사랑하는 베아트리체?

베아트리체 당신은 운 좋은 시간에 먼저 말을 했어요.
나도 당신을 사랑한다고 말하려 했거든요.

베네딕 그럼 온 마음을 다해서 말해.

베아트리체 내 마음 전부 들여서 사랑하기 때문에
맹세할 게 남아 있지 않아요.

베네딕 자, 당신을 위해 뭐든지 하라고 명령해.

베아트리체 클라우디오를 죽여요.

베네딕 하! 온 세상을 준대도 못 해.

베아트리체 그걸 거절하다니 나를 죽이는군요. 잘 가요.

베네딕 [그녀를 막아서며]
기다려, 사랑하는 베아트리체.

베아트리체 나는 여기 있지만 이미 간 거예요. 당신한텐
사랑이 없어요.—비켜요. 가게 해줘요.

베네딕 베아트리체—

베아트리체 정말 갈 거예요.

베네딕 먼저 우리끼리 친구가 되자.

베아트리체 내 원수와 싸우기보다 감히 나하고 친구가
되는 게 쉬워요?

베네딕 클라우디오가 당신 원수야?

베아트리체 최고의 악질인 게 드러나지 않았어요? 내
사촌을 욕하고 멸시하고 창피 주지 않았어요?
오, 내가 남자면 좋겠다! 그래서 거짓말로 속인
끝에 약혼했다가 하객들 앞에서 고발하고
낯 뜨거운 욕설을 퍼붓고 마음껏 난동을 치다니.
오, 하느님, 내가 남자라면! 시장판에서 그자의
염통을 삼킬 테다.

베네딕 내 말 들어요, 베아트리체.

베아트리체 창가에서 어떤 사내와 말을 하더라고?—
그럴싸한 소리로군!

베네딕 그러지 말고, 베아트리체—

베아트리체 정다운 헤로! 억울하게 당했어. 모함
당했어. 파멸이야.

베네딕 베아트리체—

베아트리체 공작, 백작들 망해라! 확실히 공작다운 논설,
잘난 백작다운 이야기. 사탕발림 백작. 확실히
산뜻한 신사 양반. 오, 내가 그자 상대할 남자라면!
또는 나 대신 남자가 될 친구가 있다면! 하지만
남자다움은 예절로, 용기는 찬사로 녹아버렸고,
남자는 단지 입으로 변했고 게다가 매끄러워졌어.
거짓말만 지껄이고 맹세까지 하는 자가 지금은
헤라클레스만큼이나 용감하지. 내가 원한다고
남자가 되는 건 아냐. 슬퍼하다 여자로 죽을 테야.

베네딕 잠깐 기다려. 이 손을 들어 맹세코 나는 당신을
사랑해.

베아트리체 손을 들어 맹세하기보다는 내 사랑을 위해
손을 다른 일에 써보시지.

베네딕 클라우디오 백작이 헤로를 모함한 것이 정말
영혼이라고 믿소?

베아트리체 물론이죠. 내가 생각이나 영혼을 가진 것처럼.

베네딕 됐소. 약속해. 그에게 전할 테야. 당신 손에
키스하고 떠나겠소. 이 손에 걸어 맹세코
클라우디오는 값비싼 계산을 해야만 돼. 내 소식을
듣는 대로 나를 생각해. 가서 사촌을 위로해.
그녀가 죽었다고 해야지. 그럼 잘 있소. [모두 퇴장]

## 4. 2

[검은 법의를 걸친 도그베리, 버지스, 교회지기, 그리고
야경대가 콘래드와 보라치오를 데리고 등장]

도그베리 우리 전체 사람들이 출두했나?

버지스 교회지기[37]가 앉을 의자와 방석이 저쪽에 있소.

교회지기 [앉는다.] 누가 범법자들이오?

도그베리 아, 거야 나와 내 동료요.

버지스 그거 분명한 사실이오. 우리가 심문할
위임을 받았거든.

교회지기 하지만 심문 받을 범죄자가 누구들이오?
그자들을 순경님 앞에 세워요.

도그베리 옳은 말이오. 그자들을 내 앞에 서라고 하쇼.
친구, 이름이 뭔가?

보라치오 보라치오요.

도그베리 [교회지기에게] '보라치오'라 적으쇼. [콘래드에게]
이름이 뭐야?

37 한국의 개신교에서는 '사찰' 또는 '사찰 집사'라고 부른다. 그는 교회를 돌보고 종을 치고 무덤 파는 일을 하는데 예전에는 글자를 읽고 쓸 줄 아는 유일한 동네 사람이어서 검은 법의를 입고 재판에 참석했다.

콘래드 나 양반이오. 이름은 콘래드.

도그베리 '양반 콘래드 씨'라고 적으쇼.

콘래드와 보라치오 맞아요. 그러리라고 믿어요.

도그베리 하느님 받든다고 믿는다고 적으쇼. 그리고 '하느님'을 먼저 쓰쇼. 반드시 마땅히 하느님이 저런 악당들 앞에 오셔야 하니까. 당신들은 이미 벌써 간사한 놈팡이에 지나지 않는다는 사실이 증명됐으니 이제 금방 그 비슷하게 생각될 거다. 당신들 대답이 뭔가?

콘래드 우린 그런 자 아니오.

도그베리 아주 교묘하게 똑똑한 치가 분명하군. 하지만 내가 이자를 다뤄야겠어. 너 이리 와. 귀에 대고 한마디 하겠다. 너희한테 말하는데, 너희는 간사한 놈팡이라고 생각되어지고 있다.

보라치오 우린 그런 사람 아니라는 거요.

도그베리 자, 옆에 서 있어. 하느님 앞에서, 둘이 거짓말 한통속이야. 이자들이 '아니다.' 하고 썼소?

교회지기 순검님, 올바른 심문 방식을 제대로 따르지 않으시는군요. 저자들을 고발하는 야경단을 앞으로 나서게 하세요.

도그베리 맞아. 그게 가장 빠른 길이지. 야경단은 앞으로 나오시오. 형씨들, 공작님 이름으로 명하노니, 이자들을 고발하쇼.

야경단원 1 이 사람이 말하길, 공작님의 동생이신 돈 존이 악당이라고 했소.

도그베리 존 공작이 악당이라고 적으쇼. 거야말로 확실한 위증이다. 공작님의 동생을 악당이라고 하다니.

보라치오 순검님—

도그베리 친구, 입 좀 다물어. 확실히 나 당신 얼굴 보기 싫어.

교회지기 그밖에 무슨 말 하는 걸 들었소?

야경단원 2 헤로 아가씨를 거짓말로 고발하는 값으로 돈 존한테서 천 더컷을 받았다는 말이오.

도그베리 지금까지 도둑질 중 가장 확실한 도둑질이오.

버지스 맞아요. 미사에 걸어 맹세코 그래요.

교회지기 그밖에 딴 거는?

야경단원 1 그리고 클라우디오 백작이 전체 하객 앞에서 헤로한테 망신을 주고 그녀와 결혼하지 않겠다고 약속했대요.

도그베리 오, 악당! 이 죄로 너는 영원한 구원[38]으로 정죄받겠다.

교회지기 그밖에는?

야경단원 2 그게 다요.

교회지기 그리고 이 소식은 당신들이 부인할 수 없는 일이오. 오늘 새벽 돈 존이 몰래 달아났소. 그렇게 헤로는 고발당했고 바로 그렇게 거절당했고 그런 이유로 해서 슬퍼서 갑자기 죽은 거요. 순검님, 이놈들을 포박해서 레오나토 댁으로 압송하시오. 내가 먼저 가서 이놈들의 심문 결과를 보여드리겠소. [퇴장]

도그베리 그럼 놈들의 팔을 묶으쇼.

버지스 이놈들을—

[야경단원들이 콘래드와 보라치오를 붙잡는다.]

콘래드 저리 가, 멍청아!

도그베리 하느님 맙소사! 교회지기 어딨어? 공작님 관리를 멍청이라고 했다고 적으라고 해. 자, 놈들을 묶어. [반항하는 콘래드에게] 버릇없는 꼬붕 새끼!

콘래드 비켜, 이 노새 같은 놈아.

도그베리 내 지위를 의심하는 거야? 내 나이를 의심한단 말이야? 오, 그 사람만 있으면 내가 노새라고 적을 텐데! 하지만 야경단, 내가 노새란 걸 기억하쇼. 적어놓진 않았지만 내가 노새란 걸 잊지 말아요. 너 악당 놈, 경건한[39] 데가 너무 많아. 좋은 증거 때문에 증명될 거지만. 나는 똑똑한 사람인 데다 거기 더해서 관리이며, 거기 더해서 투표권이 있으며 거기 더해서 메시나에서 누구 못지않게 잘생긴 사람이며, 법률을 아는 사람이란 말이다. 그리고 돈도 꽤 많은 사람이며 몇 번 손해도 본 사람이며, 외투가 두 벌이나 있는 사람이며, 어디로 보나 보기 좋은 사람이다. —저놈을 데려가라. 오오, 내가 노새란 말을 적어놔야 하는데! [모두 퇴장]

38 "구원"이 아니라 '저주'라고 말했어야 하는데 유식하게 구느라고 교회에서 자주 쓰는 영원한 '구원'이라는 말을 쓰고 있다.

39 이 역시 '불경'한 데가 너무 많다는 말을 잘못 쓰고 있는 것이다.

## 5. 1

[레오나토와 그의 아우 안토니오 등장]

안토니오 이런 식으로 계속하면 자살할 거요.
이렇게 자신에 대해서 슬픈 걸 더 일으키면
지혜로운 게 못 돼요.

레오나토 제발 얘기 그만해.
체에 부은 물처럼 내 귀에는 쓸데없어.
나한테 교훈을 줄 생각 하지 마.
나하고 비슷한 일 당한 사람만
내 귀에 위로의 말을 들려주라고 해.
나만큼 딸 사랑한 아비를 데리고 와.
나만큼 딸의 기쁨이 난파당한 자한테
인내를 운운하라고 해.
그의 슬픔을 내 슬픔의 길이와 폭으로
재어보고 고통에 고통을 대보고
같은 것끼리, 아픔은 아픔끼리,
모든 윤곽, 가지, 모양, 형태끼리.
그런 자가 웃으면서 수염을 쓰다듬으면
'슬픔이여, 안녕.' 하고 신음 대신 '에헴.' 하고
격언으로 슬픔을 싸매고 쓸모없는 훈계로
불행을 잠재우는 자 있으면 내게 데려와.
그런 자한테서 참는 걸 얻겠어.
하지만 그런 자는 있지 않아. 그러나 아우,
인간은 자기가 느끼지 못하는 슬픔에
훈계를 하고 위로를 해. 하지만
당하고 나면 훈계는 감정이 돼.
전에는 광란에게 교훈의 약을 주고
거친 광태를 비단실로 묶고
바람과 빈말로 고통과 고민을 달래더니.
아니야. 슬픔에 짓눌려 으서지는 자에게
인내를 말하는 게 인간이 하는 짓이야.
하지만 자신이 같은 일을 당할 때
그처럼 도덕적이 되기란 인간의 성품도
능력도 아니야. 그러니까 훈계하지 마.
슬픔이 충고보다 소리가 커.

안토니오 그 점에선 어른과 아이가 다르지 않소.

레오나토 입 다물어. 난 피와 살의 인간이 되겠어.
지금껏 인내로 이앓이를 참아내는
철인은 없어. 그들이 아무리
신들의 지위를 성취했다고 하면서
우연과 고통을 저리 가라 했지만.

안토니오 하지만 모든 아픔을 형께 돌리지 말아요.
형께 아픔을 주는 자도 아프게 해요.

레오나토 일리 있는 말이다. 그렇게 하겠다.
헤로가 모함에 빠졌다고 영혼이 말해.
클라우디오가 알아야지. 공작님도 그렇고,
그 애를 망신시킨 모든 자에게 알려야지.

[돈 페드로 공작과 클라우디오 등장]

안토니오 공작님과 클라우디오가 급히 달려오시네요.

돈 페드로 잘 있나? 잘 있나?

클라우디오 두 분께 인사드려요.

레오나토 말씀 들어요!

돈 페드로 레오나토, 우리 좀 바빠.

레오나토 좀 바쁘시다고! 그럼 공작, 안녕히 가세요.
지금 그리 바쁘세요? 하긴 아무 상관없지요.

돈 페드로 우리에게 화내지 마시게, 노인장.

안토니오 화내서 제 일을 바로잡을 수 있다면
우리 중 몇은 쓰러집니다.

클라우디오 누구에게 당했소?

레오나토 너한테 당했다. 거짓말쟁이 놈아!
그만둬. 절대로 네 칼에 손대지 마.
너 따윈 안 무섭다.

클라우디오 당신 같은 노인에게
겁을 일으킨다면 내 손에 저주 있어라!
칼에 손이 갔지만 다른 뜻은 없었소.

레오나토 쯧쯧. 절대로 코웃음 치며 놀리지 마.
젊었을 때 어쨌고 나이 먹지 않았으면
어쩔 거라고 떠버릴 특권이 있는
늙다리나 밥통처럼 말하지 않아.
클라우디오, 분명히 알아둬.
순진한 애와 나를 심히 모욕했으니까
나는 체통을 제쳐놓고 흰머리와
해묵은 상처를 가지고 네게 결투로
도전하겠다. 죄 없는 내 딸을
네놈이 모함했다. 네 모함이 그 애 속을
속속들이 꿰뚫어서 그 애는 묻혀서
선조와 함께 누워 있다. 오, 그 무덤엔
네 악의가 만들어낸 모함 외에는
어떤 모함도 잠들어 있지 않다.

클라우디오 내 악의?

레오나토 네 악의 말이다, 클라우디오.

클라우디오 아, 바른말 아니야.
레오나토 공작님, 공작님.
저놈이 덤비면 그 몸에다 증명할 테요.
세련된 검술과 실전의 경험과
청춘의 오월과 기백의 꽃도 무섭지 않소.
클라우디오 비켜라. 늙은이하곤 상관하지 않겠다.
레오나토 그따위로 나를 제쳐? 네가 내 아이 죽였다.
네가 나를 죽이면 아이가 어른을 죽이는 거다.
안토니오 우리 둘을 죽이면 어른을 죽이는 거요.
하지만 상관없소. 먼저 하나 죽이라죠.
지는 놈이 기는 거다.[40] 나한테 붙어.
이렇게 해, 애송이야, 나처럼 해.
멋 부리기 칼잡이를 혼내줄 테니.
하나의 신사로서 반드시 그럴 테다.
레오나토 아우—
안토니오 가만 계시오. 조카를 정말 사랑했소.
악당들의 모함에 몰려서 끝내 죽었지만,
놈들은 내가 독사의 혀를 잡지 못하듯
행동으로 남자에게 답하지 못해요.
아이, 원숭이, 떠버리, 놈팡이, 겁쟁이들!
레오나토 안토니오—
안토니오 가만 계쇼. 알 만한 것들이오.
눈곱만한 것까지 저울질하는 놈들이오.
다투고 뻗대고 멋 부리는 애들이오.
속이고 놀리고 욕질하고 쑥덕거리고
요란한 옷차림, 끔찍스러운 겉차림에
정말 용기가 있다면 어떻게 원수들을
괴롭힐지 대엿 마디 위험한 말을 내뱉는데
그게 전부요.
레오나토 하지만 안토니오—
안토니오 아무것도 아니오.
돈 페드로 두 신사, 참으라고 하지는 않겠소.
당신 딸의 죽음에 내 마음도 아프오.
하지만 나의 명예를 걸고, 완벽한 증거와
사실에 근거하여 잘못을 말했던 거요.
레오나토 공작, 공작—
돈 페드로 안 듣겠소.
레오나토 거절하세요?
아우, 이리 와. 말씀드려야겠다.
안토니오 안 들으면 우리 중 몇은 피를 흘리오.
[레오나토와 안토니오 퇴장]

[베네딕 등장]
돈 페드로 저기 우리가 찾아다니던 사람이 와.
클라우디오 자, 어떻게 됐나?
베네딕 [돈 페드로에게] 안녕하세요, 공작님?
돈 페드로 어서 와. 거의 싸울 뻔할 때 당신이
와서 거의 말릴 뻔했어.
클라우디오 우리 두 사람 코가 이빨 없는 두 노인한테
잘릴 뻔했어.
돈 페드로 레오나토와 그 아우 말이야. 당신 어떻게
생각하나? 우리가 싸웠다면 노인들한테
우리가 너무 젊었을 거야.
베네딕 가짜 싸움에는 진짜 용기가 없죠. 제가 두
분을 찾아온 겁니다.
클라우디오 우리는 여기저기 당신을 찾아다녔어. 지금
우리가 최고조로 우울하거든. 그래서 그걸
쫓아버리면 좋겠어. 당신 말솜씨 써볼래?
베네딕 칼집 속에 들어 있어. 그거 뽑을까?
돈 페드로 말솜씨를 옆구리에 차고 다니나?
클라우디오 그런 사람은 없어. 하긴 말 못 하게 얼빠진
놈이 쌔고 쌨지만. 소리꾼한테 하듯 한번
뽑으라고 할 테다. 듣기 좋게 뽑아봐.
돈 페드로 솔직히 말해서, 저 사람 새파래졌어.
당신 아픈가? 화났나?
클라우디오 용기를 내, 이 사람아! 고양이가 근심 끝에
죽었다지만[41] 당신은 근심 죽일 용기가 있어.
베네딕 마상 격투에서 당신이 나한테 달려들면 당신
말솜씨를 만나주도록 하지. 하지만 화제를
딴 데로 돌려.
클라우디오 저 사람한테 다른 창을 갖다 줘. 지난번
창은 가운데가 부러졌어.
돈 페드로 확실히 저 사람 낯이 점점 더 변하는군.
정말 성난 것 같아.
클라우디오 성났대도 싸울 맘 없다고 표시할 줄 알아요.
베네딕 귀에 대고 한마디 할까?
클라우디오 도전은 아니기를, 하느님께 빕니다.
베네딕 [클라우디오에게 방백] 너 나쁜 놈이다. 이거 농담

40 "이긴 자는 진 자에게 뭐든지 시킬 수 있다"는 영국 속담을 이렇게 짧게 옮겨보았다.
41 "근심하면 고양이도 죽는다"는 영국 속담이 있다.

아니다. 어떻게, 무엇으로, 언제 네가 덤비든지 상대해주마. 도전을 받아들여 속을 풀어주지 않으면. 너를 겁쟁이로 광고하겠다. 너는 예쁜 아가씨를 죽였다. 그녀의 죽음이 너를 무겁게 짓누르리라. 대답해라.

클라우디오 [베네딕에게 방백] 좋아. 상대해줄게. 단지 재미만 있으면 돼.

돈 페드로 뭔가? 잔치? 잔치란 말인가?

클라우디오 정말로 고맙군요. 저를 송아지 머리와 살찐 수탉[42]으로 초대한대요. 제가 재주껏 살을 발라내지 못하면 제 칼이 못쓸 거라고 한다는군요. 들닭도 있을까요?

베네딕 당신 머리가 제법 잘 가네. 쉽게 달리네.

돈 페드로 저번에 베아트리체가 당신 머리를 칭찬하더군. 머리가 재빠르다 했더니, 그녀 왈, "옳아요. 귀엽고 쬐고맣죠." 그래서 "아니 대단한 머리"라고 하니까 "맞아요. 커다란 머리통"이라기에 "아니, 머리가 좋다"니까 "그렇죠. 아무도 안 다치죠." 하기에 "현명한 양반"이랬더니 "물론이죠. 똑똑한 양반이죠." 하기에 "몇 가지 말[43]을 한다"니까 "믿을 수 있네요. 월요일 밤에 약속한 걸 화요일 아침에 어기데요. 혀가 이중이어요. 혀가 둘이어요." 이렇게 한 시간이나 당신의 특별한 말재주를 바꿔놓더군. 하지만 끝에 가선 당신이 이탈리아 최고의 남자라고 한숨 섞어 말하데.

클라우디오 그 때문에 슬피 울면서 자기하곤 아무런 상관이 없다고 하데.

돈 페드로 맞아. 정말 그러더군. 하지만 아무리 그래도 그 사람을 지긋지긋하게 싫어하지 않으면 한없이 사랑할 거래. 노인의 딸이 다 말했어.

클라우디오 모두 다. 뿐만 아니라 그 사람이 정원에서 숨는 걸 하느님이 보셨거든.

돈 페드로 그럼 언제 우리가 민감한 베네딕 머리에 사나운 황소 뿔을 돋아나게 만들까?

클라우디오 그러죠. 그리고 그 밑에 '여기 결혼한 남자 베네딕이 거주하다'라고 써요.

베네딕 [클라우디오에게] 그럼 잘 있어, 소년. 당신 내 마음 알지? 이제 아낙네의 수다에 당신을 맡기고 떠나. 떠버리가 일부러 칼날을 무디게 하듯이 네 놀리는 말은, 고맙기도 해, 조금도 아프지 않아. [돈 페드로에게] 공작님, 여러 가지로 베풀어주신 은덕에 감사드려요. 함께해 드리지 못하겠군요. 공작님의 이복 아우가 메시나에서 도주했어요. 여러분 가운데 예쁘고 죄 없는 아가씨가 죽었네요. 저기 수염 없는 소년과는 다시 만날 겁니다. 그때까지 잘 있기를. [퇴장]

돈 페드로 진심을 말한 거야.

클라우디오 매우 깊은 진심이죠. 그리고 베아트리체의 사랑을 얻고자 하는 마음이 분명해요.

돈 페드로 그래서 당신한테 도전했나?

클라우디오 아주 엄숙하게요.

돈 페드로 저고리와 바지만 입은 사내가 딴 데 머리를 두고 있으면 얼마나 귀엽다고!

[도그베리, 버지스, 야경단, 콘래드, 보라치오 등장]

클라우디오 보통 때는 원숭이 앞에 영웅이지만 그때 그런 사람 앞에선 바보 원숭이가 박사님이죠.

돈 페드로 잠깐만. 생각 좀 하자. 마음아, 정신 차리고 심각해져라. 아우가 달아났다고 하지 않았나?

도그베리 [죄수 중 하나에게] 이리로 와. 법이 네놈을 길들이지 못하면 다시는 판결 이유를 저울에 달아보지 못할 거다.[44] 그렇고말고. 한마디로 네놈이 저주받을 위선자면 조사해야 되겠어.

돈 페드로 아니, 어째서 아우의 부하 둘이 묶여 있지? 그중에 보라치오가?

클라우디오 공작님, 죄과를 들어보세요.

돈 페드로 관원들, 이들이 무슨 죄를 저질렀나?

도그베리 공작님, 놈들이 틀린 소문을 퍼뜨렸어요. 게다가 거짓말을 했습지요. 둘째로 중상모략을 일삼는 자들예요. 여섯째 끝으로 놈들이 어떤 아가씨를 모함했고, 셋째, 몇 가지 몹쓸 짓을 시인했고요, 결론적으로, 놈들은 거짓말쟁이 악당들예요.

42 맛있는 요리에 쓰이는 이것들은 다음에 나오는 "들닭"과 더불어 겁쟁이나 멍청이라는 뜻도 있었다.

43 당시 유식한 사람은 히브리어, 그리스어, 라틴어를 구사했다. 외국 경험이 많은 사람은 프랑스어, 이탈리아어, 스페인어, 네덜란드어 등을 할 줄 알았다.

44 여인으로 의인화된 법률이 눈을 가리고 접시가 둘 있는 천칭을 쳐들고 있는 조각상이나 그림은 이제 세상에 흔하다.

돈 페드로 첫째로 이들이 무슨 짓을 했는지 묻는다.
셋째로 죄가 무엇인지 묻는다. 여섯째, 끝으로
어째서 그런 짓을 했는지 묻고, 결론적으로,
무슨 죄로 이들을 고발하는지 묻는다.

클라우디오 독특한 구분에 따라 올바르게 설명했군요.
제가 보니 한가지 뜻이 제대로 드러나요.

돈 페드로 [콘래드와 보라치오에게] 이렇게 답변해야만
하겠으니 누구에게 죄를 범했는가? 이 유식한
순검 어른은 너무나 지혜로워서 이해가 안 된다.
무슨 짓을 저질렀나?

보라치오 다정하신 공작님, 제 대답만 드리겠습니다. 제
말 들으시고 백작에게 저를 죽이라고 하십시오.
공작님의 눈까지도 제가 속였습니다. 공작님의
지혜로도 발견하지 못한 걸 이 무식한 놈들이
밝혀냈어요. 밤중에 제가 이 사람한테 말하는 걸
엿들은 거지요. 아우님인 돈 존이 헤로 아가씨를
모함하라고 해서 공작님을 정원으로 끌어들여서
제가 헤로의 옷을 입은 마거릿에게 구애하는
장면을 보여드리고 결혼시켜야 할 아가씨에게
창피를 주시게끔 했습니다. 저 사람들이 저의
죄악을 적어놨어요. 저의 수치를 되뇌기보단
죽음으로 적어놓은 걸 봉인하시길 바라요. 아가씨는
저와 제 주인의 거짓 고발을 받고 죽었어요.
한마디로 저는 악당의 보답밖에 바랄 게 없어요.

돈 페드로 [클라우디오에게]
이 말이 칼같이 당신 피를 안 베나?

클라우디오 그 말을 할 때 독약을 마셨죠.

돈 페드로 [보라치오에게]
한데 아우가 이 짓을 시켰단 말이야?

보라치오 예, 그리고 실행의 값을 톡톡히 주셨어요.

돈 페드로 그 인간은 음모로 만들어진 사람이야.
그래서 이 짓 때문에 도망쳤다.

클라우디오 그리운 헤로, 처음 내가 사랑한
놀라운 그 모습 그대로 나타나누나.

도그베리 그럼 원고[45]들을 데리고 가라. 지금쯤 우리
교회지기가 레오나토한테 이 사실을 하달했을
거다. 그리고 당신들, 시간과 장소가 맞으면
내가 노새란 걸 확실히 말하기를 잊어버리지 마.

버지스 아, 저기 레오나토 대감 나리와 교회지기도
오시네요.
[레오나토, 그의 아우 안토니오, 교회지기 등장]

레오나토 누가 그놈이냐? 놈의 눈깔을 보자.
그래서 그 비슷한 사람을 만나면
그런 자를 피해야지. 이 중에 누구야?

보라치오 해 끼친 자를 알고 싶으면 저를 보세요.

레오나토 입으로 죄 없는 딸애를 죽인 놈이
바로 너냐?

보라치오 그래요. 저 혼자 했어요.

레오나토 아니다, 이놈아. 저절로 모함한다.
여기 귀하신 두 분이 서 계시다.
일에 관련된 다른 자는 도주했다.
귀하신 분들, 덕분에 딸애가 죽었소.
고귀한 행동으로 이를 기록하시오.
되짚어 보시면 용감하게 하신 거요.

클라우디오 어르신의 인내를 바랄 수 없지만,
말을 해야죠. 복수 방식을 정하세요.
저의 죗값으로 어르신이 생각해내신
어떤 벌이라도 제게 부과하세요.
하지만 잘못 알고 저지른 죄뿐이오.

돈 페드로 영혼에 걸어 맹세코 나도 그렇지만
선량한 이 노인을 달래려면
명하는 짐 밑에서 허리가 휘어도 좋아.

레오나토 딸을 살려내라곤 할 수 없군요.
그건 불가능해요. 하지만 두 분은
메시나 백성에게 그 애가 죄 없이
죽었다고 알려주시고, 두 분의 사랑이
엄숙한 이야기를 지어낼 수 있다면
그녀의 무덤에 비명을 걸어놓고
유해를 향해서 읊고 오늘 밤도 읊으세요.
내일 아침 내 집으로 오세요.
당신은 친사위가 될 수 없어서
조카사위나 되세요. 아우 딸이 있는데
죽은 내 아이와 거의 닮은꼴이에요.
우리 두 사람의 하나만 남은 상속자요.
사촌에게 줘야 할 권리를 그 애한테 주세요.
복수는 그거로 끝나오.

클라우디오 오, 고결해!
너무도 따뜻한 온정에 눈물이 난다.
어르신의 제의를 받드나니

45 피고와 원고를 혼동하고 아래에서는 전달 대신에 하달이라는 말을 쓴다.

지금부턴 못난 저를 마음대로 다루세요.

레오나토 그럼 내일 당신이 오길 기다리겠다. 오늘 밤은 헤어진다. 이 못된 놈은 마거릿과 직접 대질시켜야겠다. 그녀도 돈 존에게 매수되어 이 모든 것에 연루됐겠다.

보라치오 아녜요. 영혼을 걸고 아니에요. 저에게 말하면서 무엇인지 몰랐어요. 제가 알기론 그녀는 무슨 일을 하든지 언제나 정직하고 선량했어요.

도그베리 [레오나토에게] 더욱이, 대감님, 실제론 적어놓지 않았지만 여기 이 원고, 즉 범인이 저에게 노새라고 했습니다. 처벌할 때 기억하시길 부탁합니다. 그리고 또 야경대가 들으니 놈들이 '망측스런' 누군가를 말하더래요. 듣자 하니 그놈은 귀에 열쇠를 달아매고 그 옆에 자물쇠를 달고 다니며 하느님 이름으로 돈을 꾼대요.[46] 오랫동안 그것을 써버리곤 절대 갚지 않아서 지금은 백성들의 마음이 굳어져서 아무것도 하느님 이름으로 꿔주지 않아요. 그 점도 조사 부탁드립니다.

레오나토 순박한 수고와 염려가 고맙군.

도그베리 대감님께선 몹시 고마워하는 점잖은 청년처럼 말씀하시네요. 대감님 주신 주님을 찬미합니다.

레오나토 [그에게 돈을 주며] 이거 수고한 값이다.

도그베리 하느님이 갚아주시길!

레오나토 가봐라. 너의 죄수를 인수한다. 너에게 감사한다.

도그베리 대감님께 고약한 악당을 맡겨드립니다. 대감님 자신께서 엄벌하셔서 다른 자들의 본보기로 삼으세요. 하느님이 대감님을 보호하시길. 대감님, 안녕히 계십시오. 하느님이 대감님을 건강하게 회복하시길. 이제 겸손히 떠날 것을 허락하는데 즐거운 만남을 원하신다면 하느님이 막아주시길. 갑시다, 동료. [도그베리와 버지스 퇴장]

레오나토 내일 아침까지 안녕히 계십시오.

안토니오 안녕히 가십시오. 내일 뵙겠습니다.

돈 페드로 반드시 가겠소.

클라우디오 오늘 밤은 헤로를 조문하겠소.

[돈 페드로와 클라우디오 퇴장]

레오나토 [야경단에게]

이 친구들 데려와. 마거릿과 말하겠다. 비열한 이놈과 어떻게 알게 됐는지. [모두 퇴장]

## 5. 2

[베네딕과 마거릿 등장]

베네딕 다정한 마거릿 아씨, 베아트리체가 뭐라고 말했는지 나한테 알려주면 괜찮은 수고비를 받을 수 있어.

마거릿 그럼 저의 아름다움을 찬양하는 짧은 시를 써줄 수 있으세요?

베네딕 마거릿, 아주 고상한 스타일이라 그 누구도 타고 넘을 수 없을 정도야. 가장 어여쁜 진실을 말하면 너는 그럴 자격이 있어.

마거릿 그 누구도 나를 타고 넘지 못한다고요? 그럼 난 언제나 계단 밑에 있어야 돼요?[47]

베네딕 네 말재주는 사냥개의 입과 똑같이 재빠르단 말이다. 잘 물거든.

마거릿 그리고 나리님 재치는 검도 선생 칼처럼 끝이 뭉툭하죠. 그래서 맞혀도 상처가 안 나죠.

베네딕 가장 남자다운 재치야, 마거릿. 여자는 안 건드려. 그럼 베아트리체를 불러다 줘. 방패는 네 차지다.[48]

마거릿 우리한테 칼을 줘요. 우린 우리대로 방패가 있거든요.[49]

베네딕 마거릿, 너희가 방패를 사용하려면 한복판에 창을 박아넣을 나사가 필요해. 그런데 그런 건 처녀한테 위험한 무기지.

마거릿 그럼 베아트리체 아씨를 불러드리죠. 아씨도 다리가 있으니까요. [퇴장]

베네딕 그래서 걸어서 오겠구나.

[노래 부른다.] 하늘에 있는

46 당시 자선 기관들이 그런 모습으로 항간에서 모금을 했는데 훗날에는 걸인들이 그 차림으로 동냥을 했다.

47 부잣집의 계단 밑은 하녀와 하인들이 기거하는 곳이다. 마거릿은 '계단 위'의 사람과 결혼하고 싶어 한다.

48 항복한다는 말.

49 칼은 남자의 성기, 방패는 여자의 성기를 뜻했다.

사랑의 신은
나를 잘 알지, 나를 잘 알지,
얼마나 내가 불쌍한지를.
나는 노래하면서 뜻을 나타내. 하지만 사랑에는—
멋진 수영 선수 레이안드로스,[50] 뚜쟁이의 최초 사용자인
트로일로스,[51] 그리고 한때 규방을 드나들던, 책을
가득히 메운 자들, 그 이름들이 운문이란 평탄한
길을 매끄럽게 달리는데—그자들도 가련한 나만큼
진정으로 골똘히 생각하질 못했다. 어쨌든 운문으론
나타내지 못하겠다. 나도 해보긴 했다. '아씨'는
'아기'밖에 운을 찾지 못하겠다.—순진한 운이야.
'경멸'은 '파멸', 딱딱한 운이고, '밥통'은 '먹통',
벙어리 운이지.[52] 재수 없는 끝소리야. 맞아. 나는
본시 시 짓는 별 아래 태어나지 못했고 경쾌한
축제의 말로 사랑을 속삭일 줄도 몰라.
[베아트리체 등장]
사랑하는 베아트리체, 부르면 오겠소?
베아트리체 네. 가라고 하면 가요.
베네딕 오, 그때까진 여기 있소.
베아트리체 '그때'라고 했어요. 그럼 지금 나는 가겠어요.
하지만 떠나기 전에 내가 온 이유에 대한 답을
듣고 가야죠. 다름 아니라 당신과 클라우디오
사이에 무슨 일이 있었는지 아는 거예요.
베네딕 나쁜 말만 오갔소. 그래서 답을 들은 당신에게
키스하겠소.
베아트리체 나쁜 말이란 나쁜 바람에 지나지 않고 나쁜
바람이란 나쁜 입김에 지나지 않고 나쁜 입김이란
몸에 해롭죠. 따라서 키스 없이 가겠어요.
베네딕 말이 당신에게 놀라서 뜻을 잃어버렸소. 그만큼
당신 재치는 위력이 있소. 하지만 보통 말로
해. 클라우디오가 내 도전을 받아들였소. 그래서
잠시 뒤에 그 사람한테서 아무 말도 없으면 그자를 겁쟁이로
선언할 테야. 그럼 지금 말하오. 나의 결함
중에서 무엇 때문에 처음 나를 사랑하게 되었소?
베아트리체 그 결함 모두 합친 거예요. 악의 상태를 어찌나
교묘히 유지했는지 어떤 좋은 점도 그 사이에 안
끼워주죠. 하지만 내 좋은 장점 중에서 무엇
때문에 처음 나에 대한 사랑을 앓으셨어요?
베네딕 '사랑을 앓다.'—좋은 표현이오. 나는 정말 사랑을
앓고 있소. 의지에도 아는 척하지 않고 당신을 사랑하니까.
베아트리체 마음에도 아는 척하지 않고 그러겠죠. 아아, 불쌍한
마음! 나 때문에 마음을 미워하면 당신 때문에 그걸
미워하겠어요. 애인이 미워하는 걸 절대 사랑하지
않을 테니까.
베네딕 당신과 나는 평화롭게 사랑하기엔 너무 이지적이오.
베아트리체 이 고백에는 지성이 보이지 않네요. 자화자찬
하는 자는 스무 명 중 하나도 현자가 못 되어요.
베네딕 베아트리체, 그건 아주 오래 묵은 화제인데, 인심
좋은 이웃들이 살던 시절에 떠돌던 거요. 오늘날에는
자기가 죽기 전에 자신의 묘비를 세워놓지 않으면
조종이 울리고 과부가 울자마자 그의 기억은
무덤 속에 남아 있질 못해.
베아트리체 그 기간이 얼마나 될 것 같아요?
베네딕 좋은 질문이오. 호곡하는 데 한 시간, 눈물 흘리는
데 십오 분. 그런고로 현명한 자는—벌레 나리가
양심의 반대에 봉착하지 않으면[53]—나처럼 자기
장점을 나팔 부는 게 제일 상책이오. 내가 자기를
칭찬하는 짓을 그만해라. 나는, 내가 증인이
되겠지만, 칭찬할 만한 사람이오. 그럼 말해요.
사촌은 어쩌고 있소?
베아트리체 몹시 아파요.
베네딕 그럼 당신은?
베아트리체 나도 몹시 아파요.
베네딕 하느님을 받들고 나를 사랑하고 병에서 나아요. 그쯤
하고 나도 떠나겠소. 누가 급히 달려오는데.
[어슐라 등장]
어슐라 아가씨, 삼촌께 가셔야겠어요. 저기서 지금 굉장한
소동이 벌어졌어요. 헤로 아가씨가 거짓말로
고발당하고 공작님과 클라우디오 백작이 한바탕
속으시고 돈 존이 그 모든 것을 꾸민 장본인인데

50 주석 34 참조. 밤마다 연인을 만나러 헬레스폰트 해협을 헤엄쳐 건너다 익사했다.
51 트로이의 왕자로 크레시다라는 여인을 사랑했으나 훗날 그녀가 변절했다. 그녀의 삼촌 판다로스가 두 사람이 밀회를 즐기게 주선했기 때문에 그를 '뚜쟁이'의 시초로 간주한다. 이 이야기를 다룬 셰익스피어의 「트로일로스와 크레시다」가 있다.
52 이 대목의 운(韻)들은 옮기면서 원문과는 다르게 우리말로 지어내는 수밖에 없었고 베네딕의 논평도 바꿨다.
53 속을 파먹는 벌레는 양심의 상징이었다. 양심에 저촉되지 않는 한 자신의 장점을 널리 알리라는 말이다. 이죽대느라고 "벌레 나리"라고 한다.

지금 도망가서 사라졌대요. 빨리 가시겠어요?
베아트리체 가서 이 소식 듣겠어요?
베네딕 나는 당신 가슴에 살고 당신 품에 죽고 당신 눈에
묻힐 거요. 뿐만 아니라 당신 삼촌 집에 당신과
같이 가오. [모두 퇴장]

## 5. 3

[모두 상복을 입은 클라우디오, 공작 돈 페드로,
촛불을 든 시종 서넛과, 밸서저와 악사들 등장]
클라우디오 이게 레오나토 가족 묘소요?
한 귀족 그렇습니다.
클라우디오 [두루마리를 보고 읽으며]
모함하는 입으로 죽음에 이른
헤로가 이곳에 누워 있다.
죽음은 그녀의 억울함을 보상하여
죽지 않을 이름을 그녀에게 주었다.
그리하여 수치 속에 죽었던 생명이
빛나는 이름으로 죽음 속에 살아 있다.
[그가 무덤 위에 비명을 걸어놓는다.]
그녀의 무덤 위에 걸려 있어라.
내 입이 잠잠할 때 찬양하여라.
지금 주악을 울리고 엄숙한 송가를 불러라.
[악사들이 연주한다.]
밸서저 [노래 부른다.]
밤의 여신이여, 당신의 처녀 기사를
살해한 자들을 용서하소서.
그 때문에 애달픈 노래와 함께
그녀의 무덤가에 맴을 돕니다.
어두운 밤아, 너도 울어라.
한숨으로 우리를 도와라,
슬프게, 슬프게.
무덤들아 열려서 죽은 자를 뱉어내라.
죽음이 할 말을 다할 때까지,
무겁게, 무겁게.
클라우디오 이제 그대 시신에 작별을 고한다.
해마다 이 의식을 지켜내겠다.
돈 페드로 아침이다, 친구들아. 횃불을 꺼라.
늑대들이 사냥을 끝냈다. 참한 햇빛이
아폴로의 마차 바퀴 앞을 떠돌며
졸음 겨운 동쪽을 잿빛으로 물들인다.
모두 고맙다. 여기를 떠나라. 잘들 가라.
클라우디오 친구들, 잘 가. 각기 흩어져 가.
돈 페드로 우리도 떠나자. 옷을 바꿔 입고
레오나토 집으로 함께 가자.
클라우디오 그럼 지금 우리가 애도한 이 일보다 더
행복한 결말을 갖고 결혼의 신이
우리를 향해서 달려와요. [모두 퇴장]

## 5. 4

[레오나토, 안토니오, 베네딕, 베아트리체,
마거릿, 어슐라, 프랜시스 신부, 헤로 등장]
신부 따님에게 죄가 없다고 내가 말하지 않았소?
레오나토 공작과 백작도 마찬가지요. 당신이
들은 것처럼 잘못 알고 고발했다오.
하지만 마거릿도 얼마쯤 책임 있어.
본의는 아니지만, 이 모든 사건들의
진상을 살피면 그게 드러나.
안토니오 어쨌든 모든 일이 잘되어서 기쁘군요.
베네딕 저도 그렇소. 맹세에 매어서 할 수 없이
클라우디오한테 결투를 신청했소.
레오나토 그럼, 얘야, 그리고 시녀들 전부,
너희끼리 딴 방에 들어가 있다가
내가 부르면 가면을 쓰고 여기로 와.
[베아트리체, 헤로, 마거릿, 어슐라 퇴장]
공작과 클라우디오가 지금쯤 우리 집에
오겠다고 약속했다. [안토니오에게]
아우, 뭘 할지 알아?
내 딸의 아버지 노릇을 해내고
그 애를 클라우디오에게 줘야 돼.
안토니오 시치미 떼고 그렇게 할 테요.
베네딕 신부님한테 수고를 끼쳐야겠군요.
신부 무슨 일인가요?
베네딕 나를 묶든가 풀든가, 둘 중 하나요.
레오나토 어르신, 진실입니다.
조카 따님이 저를 좋게 보아요.
레오나토 딸애가 빌려준 눈이라서 확실하겠어.
베네딕 저도 사랑의 눈으로 대답해요.
레오나토 그 눈은 나와 공작과 클라우디오한테서

얻어 갔겠지. 그럼 네 뜻이 뭔가?
베네딕 당신의 대답이 수수께끼 같아요.
내 마음은—내 마음은 당신의 뜻이
오늘 우리 뜻과 같아서 훌륭한 결혼으로
우리를 맺어주는 겁니다. 신부님이
결혼식을 도와주세요.
레오나토 당신의 사랑을 기뻐해라.
신부 나도 도울게요.
공작님과 클라우디오가 오십니다.
[돈 페드로와 클라우디오가 시종들과 함께 등장]
돈 페드로 안녕하쇼? 좋은 모임이오.
레오나토 공작님, 안녕하십니까? 클라우디오, 잘 지내?
여기서 두 사람을 기다려요. 당신은 아직도
오늘 아우의 딸과 결혼할 결심인가?
클라우디오 비록 검둥이라도 결심대로 할 테요.
레오나토 아우, 딸을 불러내. 신부님이 벌써 와 계시다.
[안토니오 퇴장]
돈 페드로 베네딕, 잘 있나? 아니 왜 그러지?
얼굴이 찌푸린 겨울이니 말이야.
서릿발과 폭풍과 구름이 가득한데?
클라우디오 사나운 황소나 곰곰이 생각하겠죠.
이 친구, 걱정 마. 뿔에 금박을 입혀줄게.
온 유럽이 당신을 보고 기뻐할 거야.
바람둥이 제우스가 황소 노릇할 때
유로파 공주가 기뻐했듯이.[54]
베네딕 제우스 황소의 목소리는 달콤했는데
그런 낯선 황소가 네 아비 암소에
올라타서 고상한 짓으로 너와 닮은
송아지를 낳아놓았지. '매—' 소리가 똑같아.
[안토니오가 헤로, 베아트리체, 마거릿,
어슐라와 함께 등장. 여인들은 가면을 썼다.]
클라우디오 앙갚음하겠다. 다른 일이 생겨나는군.
내가 붙들 아가씨가 누구인가요?
안토니오 이 아이요. 당신한테 드려요.
클라우디오 그럼 내 아낸데. 아가씨, 얼굴 좀 봐요.
레오나토 안 돼. 이 신부 앞에서 그 아이의 손잡고
결혼을 서약하기 전에는 안 돼.
클라우디오 [헤로에게]
거룩한 신부님 앞에서 손을 주오.
나를 좋아하니까 나는 당신 남편이오.
헤로 [가면을 벗으며]
내가 살았을 때 나는 당신의 다른 아내였고,
당신이 사랑할 때 당신은 내 다른 남편이었어요.
클라우디오 헤로가 둘이야!
헤로 더 분명할 수도 없어요.
헤로 하나는 수치 속에 죽었지만 나는 살아 있어요.
내가 살아 숨 쉬듯, 나는 처녀예요.
돈 페드로 예전의 헤로, 죽었던 헤로야!
레오나토 누명이 살아 있는 동안에만 죽었었다오.
신부 이 놀라운 일을 모두 내가 가라앉히겠습니다.
거룩한 예식을 끝내고
헤로의 죽음에 대해 충분히 말씀드리겠어요.
그때까진 놀라움을 일상사로 보시기 바랍니다.
그럼 곧 교회로 같이 가십시다.
베네딕 쉬엄쉬엄 하십시다. 신부, 누가 베아트리체요?
베아트리체 [가면을 벗으며]
그거 내 이름인데요. 왜 그러시죠?
베네딕 나를 사랑하지 않소?
베아트리체 물론이죠. 그럴 이유가 없죠.
베네딕 그럼 당신 삼촌과 공작님과 클라우디오도
속았소. 당신이 그런다고 맹세했소.
베아트리체 나를 사랑하지 않아요?
베네딕 물론. 그럴 이유 없소.
베아트리체 그럼 사촌과 마거릿과 어슐라가
무척 속았구나. 당신이 그런다고 맹세했는데.
베네딕 당신이 나 때문에 거의 죽게 됐다고 맹세했소.
베아트리체 당신이 나 때문에 거의 죽게 됐다고 맹세했어요.
베네딕 그런 게 아닌데. 그럼 날 사랑하지 않소?
베아트리체 정말 아니어요. 단지 친구로 주고받는 거죠.
레오나토 얘, 조카야, 네가 저 사람을 사랑한다고 확신해.
클라우디오 그가 그녀를 사랑한다고 거기 더해서 맹세하오.
여기 저 사람 필적의 글이 있다오.
그의 순수한 머리로 짜낸 서툰 시인데
베아트리체에게 보내는 거요.
헤로 여기 또 있어요.
베아트리체의 글씨인데 주머니에서 슬쩍한 거죠.
베네딕에 대한 애정을 담고 있어요.

54 제우스가 어여쁜 유로파 공주를 내려다보고 땅에 내려와 잘생긴 황소로 변신하여 그녀에게 접근하니 그녀는 그 황소에 올라탔다. 이후 그녀는 제우스의 아이들을 낳았다.

베네딕 기적이로군! 우리 마음과 어긋나는 손이 여기 있군요. 자, 당신을 받아들이겠소. 하지만 분명히 말해서 당신이 불쌍해서 그러는 거요.

베아트리체 거절하진 않겠어요. 하지만 분명히 말해서 무척 심사숙고한 끝에 양보하는 거예요. 당신 목숨을 구할 겸해서. 당신이 폐병에 걸렸다데요.

베네딕 [그녀에게 키스하며] 조용해요. 입을 막아야지.

돈 페드로 기분이 어떤가? '결혼한 남자 베네딕'?

베네딕 공작님, 어떤지 말씀을 드리지요. 한다하는 재사 한 떼가 놀려대도 내 행복한 기분을 쫓아낼 수 없어요. 제가 무슨 풍자나 농담을 거들떠나 보겠어요? 천만에요. 사내가 놀리는 말에 주눅이 들 거라면 변변한 옷 하나도 걸치지 못해요.[55] 요컨대 내가 결혼하려고 하는데 온 세상이 그걸 아무리 반대해도 끄떡도 않겠단 말입니다. 그러니까 과거에 내가 결혼을 반대했다고 해도 그 때문에 나를 놀리지 마시란 거예요. 사람이란 생각이 바뀌는 존재예요. 이게 내 결론이에요. 너 클라우디오로 말하면, 널 응징할 생각이었어. 하지만 네가 나와 인척이 될 것 같아서 다친 데 없이 살고 내 사촌 처제를 사랑해.

클라우디오 네가 베아트리체를 거절하면 몽둥이찜질을 해서라도 독신 생활에서 쫓아내 이중생활자[56]로 만들어놓을 희망에 부풀었었지. 내 사촌 처형이 매우 치밀하게 감시하지 않으면 틀림없이 그런 남편이 될 거니까.

베네딕 자, 우린 친구들이다. 결혼식 있기 전에 춤 추자고. 그래서 남편들의 마음과 아내들의 발꿈치를 가볍게 해줘야지.

레오나토 춤은 나중에 추게 돼.

베네딕 먼저 춰야죠! 그러니까 악사들, 시작해! [돈 페드로에게] 공작님, 엄숙하시군요. 아내를 얻으세요, 아내를 얻으시라고요. 뿔로 끝을 장식한 지휘봉보다 점잖은 것도 없어요.[57]

[전령 등장]

전령 공작님, 돈 존이 도망치다 체포되어 군인들이 메시나로 압송했습니다.

베네딕 내일까지 그자는 생각하지 맙시다. 심한 벌을 생각해내죠. 피리꾼들, 시작해.

[춤을 추고 모두 퇴장]

55 새 옷을 입고 나타나면 으레 놀려대는 것이 당시 상류층의 관습이었다.

56 '남편 노릇을 하면서 따로 정부를 둔 사람'이라는 농담. 아내들의 불륜을 개탄하는 남편들이 바람을 피운다는 것이 늘 하는 우스갯말이었다.

57 권위의 상징인 지휘봉을 쥐고 있는 것보다 아내가 외간 남자와 관계해서 '뿔'이 돋는 게 더 점잖다는 우스갯말이다.

# 좋으실 대로
## *As You Like It*

## 연극의 인물들

노 공작 찬탈당해 추방 중에 살고 있음
로절린드 그의 딸. 이후 가니메데스로 변장
아미앵, 제이퀴즈 그를 받드는 귀족들
두 시동
프레더릭 공작 찬탈자
셀리아 그의 딸
르 보 그를 받드는 궁정인
찰스 프레더릭 공작의 레슬링 선수
터치스톤 궁정의 어릿광대
올리버 롤런드 드 보이스 경의 맏아들
제이퀴즈 드 보이스, 올란도 그의 아우들
아담 롤런드 경의 옛 하인
데니스 올리버의 하인
코린 늙은 양치기
실비어스 피비를 사랑하는 젊은 양치기
피비 양치기 처녀
오드리 염소지기 처녀
윌리엄 오드리를 사랑하는 시골 사람
올리버 마텍스트 시골 사제
휘멘 결혼의 신
귀족들, 시동들, 그 밖의 시종들

# 좋으실 대로

## 1. 1

[올란도와 아담 등장]

올란도 아담, 내가 기억하듯이 유언에 따라 이런 식으로 겨우 천 크라운이 내 몫으로 돌아왔는데, 아버지께선 축복을 받고 싶으면 나를 잘 양육하라고 형에게 당부하셨다지. 거기서 내 불행이 시작됐다고. 제이퀴즈 형은 대학에 보내줘서 덕을 톡톡히 보고 있다는 소문이 들려. 그런데 나는 집구석에 처박아 뒀어. 더욱 정확하게 말하자면 아무렇게나 팽개쳐 놓은 거지. 외양간에 소를 가둬두는 거나 다름없는 이따위를 가지고 나처럼 신사로 태어난 사람을 양육한다고 하겠어? 형의 말들이 나보다 낫게 사육된다고. 잘 먹어서 보기 좋고 훈련도 잘 받아. 그래서 값비싼 조련사들도 고용했다고. 그런데 나는 동생인 데도 몸만 자랄 뿐이야. 거름더미 뒤지는 형의 짐승들만큼만 형한테 신세를 진다고. 형이 나한테 마음껏 펴 안기는 껍데기가 싫은 데다 형은 자연이 나한테 준 걸 뺏고 싶어 하는 눈치야. 하인들과 섞여서 먹으라 하고, 아우의 지위를 막는가 하면 온 힘을 다해 천하게 길러 귀족의 신분을 말살하려고 해. 아담, 그래서 슬픈 거라고. 아버님 정신이 내 안에 살아 있는 거로 믿는데, 그 정신이 천한 짓에 반항하기 시작했어. 더 이상 못 참아. 아직은 어떻게 피할지 모르겠지만.

[올리버 등장]

아담 도련님의 형님이자 제 주인이 오네요.

올란도 아담, 저리 가 있어. 형이 나를 어떻게 닦달하는지 듣게 될 거야.

[아담이 물러선다.]

올리버 야, 여기서 뭐하냐?

올란도 아무것도 안 해요. 아무것도 배운 게 없으니까요.

올리버 그럼 뭘 망가뜨리느냐?

올란도 하느님이 만드신 걸 망가뜨리는 짓거리에 형을 돕고 있네요. 못나고 불쌍한 형의 아우라는 직분을 빈둥대며 망가뜨려요.

올리버 녀석아, 좀 더 쓸 만한 일을 해라. 그때까진 내 눈에 뵈지 말아라.

올란도 형네 돼지들을 기르고 그놈들에 섞여서 찌꺼기나 먹을까요? 이렇게 쪼들리는 신세가 되다니, 내가 탕자 몫을 낭비했나요?[1]

올리버 너 어디 있는지 알고 있냐?

올란도 알고말고요. 형네 정원에 있죠.

올리버 뉘 앞인지 알고 있냐?

올란도 물론이죠. 내 앞에 선 사람이 아는 것보다 더 많이 알아요. 당신이 형이란 걸 알아요. 그러니까 둘이 똑같이 좋은 집에 태어난 걸 알아달란 말이죠. 여러 나라 예절에 따라 형이 맏이 되는 걸 인정해요. 하지만 그런 관습 때문에 내 피가 없어지진 않아요. 우리 둘 사이 형제가 스무 명이 있다 해도 마찬가지요. 형만큼 내 속에 아버님의 정신이 들어 있어요. 나보다 먼저 났다고 형이 아버님께 드려야 될 존경심도 받고 싶어 하지만—

올리버 [위협하면서] 자식, 뭐야?

올란도 [형의 멱살을 잡으며] 관둬요, 관둬, 형. 이런 짓 하기엔 형이 너무 어려요!

올리버 못된 놈! 내게 손찌검이냐?

올란도 나 무지렁이 아니오. 롤런드 드 보이스 경의 막내요. 그분이 아버님이오. 그 아버님이 무지렁일 낳았단 말을 하는 놈은 세 겹 못된 놈이오. 당신이 형만 아니면 그런 수작하는 혀를 딴 손으로 끄집어 내기 전에는 당신 목덜미에서 손을 놓지 않겠소.

아담 [앞으로 나서며] 착하신 도련님들, 참으세요. 아버님 생각을 해서라도 서로 화해하세요.

올리버 [올란도에게] 이거 놔라.

올란도 놓고 싶을 때까지 놓지 않겠소. 끝까지 들어요. 아버님이 유언으로 나한테 좋은 교육 시키라고 형에 분부하셨소. 한데 형은 농사꾼으로 나를 길러 귀족다운 자질을 모두 죽이고 막아놨소. 하지만 아버님 정신이 내 속에 강력히 자라고 있으니까 더 이상 못 참겠소. 그러므로 귀족 신분에 어울리는 일을 허락하거나 아버님이 유언으로 나한테 남겨주신 하찮은 몫이라도 넘기라고요. 그걸로 내 운명을 내가 개척하겠소.

올리버 그래서 뭘하겠냐? 그거 다 쓰고 비럭질 할 테냐?

1 신약 성서 누가복음 15장 16절 이하에 '탕자의 비유'가 나온다.

자, 들어가라. 너하고 오랫동안 승강이 안 하겠다. 아버지의 유언대로 네 몫을 얼마쯤 내주겠다. 제발 이거 놔다오.

올란도 나한테 좋은 일이 되면 더 이상 형을 괴롭힐 생각이 없소.

올리버 [아담에게] 저 애하고 꺼져버려, 늙은 개새끼.

아담 '늙은 개새끼'가 보답이오? 옳은 말이오. 나리 받드느라고 이빨이 모두 빠졌거든요. 하느님, 옛 주인과 함께하시길! 그런 욕은 안 하시겠죠.

[올란도와 아담 퇴장]

올리버 그렇게 됐나? 네가 나한테 기어오르기 시작했어? 네놈의 무성한 줄기에 약을 치겠다. 그리고 천 크라운도 주지 않겠다. 얘, 데니스!

[데니스 등장]

데니스 부르셨나요?

올리버 공작님의 레슬링 선수 찰스가 내게 얘기하겠다고 여기 오지 않았냐?

데니스 예, 그렇습니다. 문간에 와 있습니다. 나리를 뵙겠다고 기다립니다.

올리버 들어오라고 해. [데니스 퇴장]

그게 좋은 방법이지. 내일 레슬링 시합이 있어.

찰스 나리, 안녕하세요?

올리버 반갑소, 찰스 씨. 새로운 궁정에는 무슨 새로운 소식이 있소?

찰스 궁정에 새 소식은 없고 옛 소식뿐이죠. 다시 말해 늙은 공작이 젊은 아우, 새 공작에게 추방을 당했는데, 그를 사랑하던 서너 귀족이 자진해서 노인과 함께 유배지로 갔고요, 새 공작은 그들의 재산을 몰수하여 더욱 부자가 됐죠. 그래서 자기네 마음대로 갈 테면 가라고 버려둔 거랍니다.

올리버 공작의 딸인 로절린드도 아버지와 함께 추방되지 않았소?

찰스 아닙니다. 새 공작의 딸이 사촌 언니를 너무나도 사랑해요. 요람의 아기 때부터 함께 자라났거든요. 그래서 추방되는 언니를 따라가지 않으면 뒤에 남아 죽을 정도예요. 그녀가 지금 궁정에 와 있는데 삼촌이 조카를 자기 딸만큼이나 사랑해요. 그토록 서로 사랑하는 두 여자도 없을 거예요.

올리버 늙은 공작은 어디서 살게 됐소?

찰스 들리는 말에 의하면 노 공작은 벌써 아든[2] 숲에 가 있는데 유쾌한 사람들이 많이 가 있다고 해요. 잉글랜드의 로빈 후드[3]처럼 숲 속에서 산다고 해요. 소문에 따르면 젊은 귀족들이 매일같이 모여들어서 걱정 근심 안 하고 소일한대요. 전설의 황금시대처럼.

올리버 그건 그렇고, 내일 당신이 새 공작 앞에서 레슬링을 한다는데?

찰스 예, 맞아요. 그래서 나리한테 어떤 일을 알리려고 온 거라고요. 가만히 듣자니까 나리의 아우 올란도가 변장을 하고 나와서 시합할 작정이라고 하데요. 내일 나는 레슬링 선수의 명성을 위해 싸우는데 나한테 팔다리 꺾이지 않고 빠져나가는 사람은 제법 잘하는 거지요. 나리의 아우는 아직 어리고 약골입니다. 나리를 존경하기 때문에 그를 다치게 하기 싫군요. 그가 씨름판에 나오면 명예를 위해서도 안 그럴 수 없네요. 그래서 나리에 대한 의리를 생각해서 그 사실을 알려드려서, 아우의 마음을 돌리거나 그가 감수해야 할 수치를 막으시란 거예요. 그 사람 자신이 뻔히 알면서 가져온 짓이라서, 내 의도에 전적으로 반하는 거니까요.

올리버 찰스, 그처럼 나를 생각해줘서 고맙소. 추후 당신 호의에 정성껏 보답하겠소. 나도 레슬링 시합에 나가려는 그 애 계획을 알게 돼서 그러지 말라고 은근히 설득하려고 애쓰지만 워낙 결심이 단단해요. 찰스, 솔직히 말해 걔가 프랑스에서 제일 고집이 셀 거요. 야심이 가득한 데다 남의 잘난 데를 시기하며 친형인 나를 해치려고 흉계를 짜는 못된 놈이오. 그러니까 조심하오. 녀석의 손가락뿐만 아니라 모가지를 분지르면 좋겠소. 당신이 미리 알아두는 게 상책이오. 당신이 녀석한테 조금이라도 창피를 주든가 녀석이 당신한테서 크게 명예를 거두지 못하면 당신한테 독약을 쓰거나 무슨 치사한 계교에 몰아넣거나 해서 간접적인 수단을 써서라도 목숨을 뺏기 전엔 가만있지 않을 거요.—이런 말을 하려니까 눈물이 나오려 해요.—오늘날 그처럼 사악한 젊은 놈은 다시없겠소. 형으로서 말해요.

2 프랑스 남부 리옹과 보르도 중간에 아름다운 '아르덴'이 있다지만, 작품 속의 '아든'은 셰익스피어의 고향인 스트랫퍼드의 북쪽에 있던 숲의 이름이었다.

3 활쏘기의 달인으로, 외국 세력의 압제를 피하여 잉글랜드의 셔우드 숲에서 의적의 대장으로 즐겁게 살았다는 전설적인 민간 영웅.

확실히 말하는데, 그 애의 됨됨이를 자세히 말해야 한다면 나는 창피해서 울 수밖에 없고 당신은 하얗게 낯빛이 변해서 깜짝 놀라요.

찰스 당신한테 오기를 너무나 잘했네요. 내일 그가 오면 톡톡히 값을 치러주죠. 그가 혼자 또다시 걷는다면 나는 다시는 레슬링을 하지 않겠어요. 그럼 안녕히 계세요.

올리버 잘 가오, 착한 찰스. [찰스 퇴장]

이제는 저 레슬링 선수한테 바람을 잔뜩 넣어줘야지. 그 새끼 진짜 끝장나는 거 보고 싶다. 이유는 모르지만 그놈보다 미운 게 없어. 하지만 태도가 의젓하거든. 학교에 가본 적이 없지만 유식하고 귀족다운 생각이 가득하고 별것들이 미친 듯 좋아하고—그래서 온 세상이, 특히 녀석을 제일 잘 아는 내 사람들 마음에 쏙 들어서 나만 나쁜 놈이 돼. 하지만 오래는 못 가. 저 레슬링 선수가 말끔히 처리할 테니. 이 녀석을 시합장으로 부추기는 일만 남았어. 지금 시작해야지. [퇴장]

## 1. 2

[로절린드와 셀리아 등장]

셀리아 로절린드, 귀중한 내 사촌, 제발 명랑해지렴.

로절린드 정다운 셀리아, 보통 때보단 훨씬 명랑하다고. 오히려 네가 조금만 더 명랑하면 좋겠어. 특히 즐거웠던 일들을 기억하라고 말하는 것보단 추방된 아빠를 잊으라는 게 차라리 쉽겠지.

셀리아 그걸 봐도 네가 나만큼 온 마음 다해서 너를 사랑하는 게 아니란 걸 알겠어. 추방당한 네 아빠, 내 큰아빠가 네 삼촌인 내 아빠 공작을 추방했대도, 네가 나하고 같이 있는 한, 네 사랑을 다독여서 내 아빠를 네 아빠로 여기게 해줬을 거야. 내가 너를 사랑하듯 참다운 사랑을 바르게 맞췄다면 그렇게 됐을 거야.

로절린드 네 지위가 높아진 걸 기뻐해 주려고 현재의 내 지위를 잊으려고 애쓸게.

셀리아 너도 알다시피 내 아빠는 나밖에 자식이 없고 딴 자식이 생길 것 같지도 않아. 그리고 아빠가 돌아가시면 너를 상속자로 삼을 거야. 내 아빠가 네 아빠한테서 빼앗아온 걸 사랑하는 마음으로 돌려주겠어. 명예를 걸고 맹세해. 이 맹세 어기는 날엔 무슨 괴물이 돼도 좋아. 그러니까 정다운 로즈,[4] 사랑스런 내 로즈, 제발 명랑해져라.

로절린드 지금부터 명랑하려 노력할게. 그럼 재미난 놀이를 생각해 보자. 어디 보자. 사랑에 빠지는 거 어떠니?

셀리아 얘, 그래봐. 장난삼아서. 하지만 사내를 진짜로 사랑하진 마. 안전하게 여자답게 순결한 수치심으로 깨끗하게 빠져나올 수 있는 것 이상으로 연애 놀이를 해선 안 돼.

로절린드 그럼 우리 무슨 장난을 할까?

셀리아 우리 앉아서 부지런한 아낙네 운수의 여신[5]을 놀려대서 물레를 떠나게 하자. 앞으로는 선물을 공평하게 나눠주도록.—

로절린드 우리 힘으로 그렇게 하면 좋겠다. 그녀의 선물이 너무도 잘못됐어. 더구나 인심 좋다는 눈먼 아낙네가 여자한테 주는 선물이 잘못된 게 너무 많다고.

셀리아 맞아. 그녀가 예쁘게 만든 여자를 정숙하게 만드는 경우는 거의 없어. 게다가 정숙하게 만든 여자는 아주 못생겼거든.

로절린드 그런 말 마. 너 지금 운수의 직분에서 자연의 직분으로 넘어가고 있는데, 운수는 세상 사람 재능을 다스리지만 자연의 모양을 따라 다스리진 않아.

[어릿광대 터치스톤 등장]

셀리아 그래. 자연이 예쁜 인간을 만들어놔도 운수 때문에 불 속에 빠질 수도 있잖아? 자연은 운수를 멸시할 지능을 우리한테 줬지만 우리들의 논쟁을 멈추기 위해 운수는 저런 광대를 보내준 게 아니야?

로절린드 참말 그렇지. 운수가 자연이 낸 백치를 자연의 지능을 망칠 자로 삼는다면 그런 점에서 운수는 자연에게는 너무 강한 상대라고.

셀리아 그건 아마 운수의 작용이 아니라 자연의 작용일지 몰라. 자연은 우리 머리가 본래 너무 둔해서 그런 여신들을 논할 수 없다는 걸 알고 이런 바보 광대를 숫돌로 쓰라고 보냈나봐. 광대는 언제나 우리 머리를

4 '로절린드' 이름을 줄여 말하는 것이며 애칭이다.

5 운수의 여신(포튜나)은 부지런히 물레를 돌리는데 물레질을 하기에 '아낙네'다. 그런데 눈먼 그녀(맹목의 운수)가 마구 돌려대는 운수의 물레바퀴의 맨 꼭대기에 오르는 자는 선하든 악하든 부귀를 누리지만 오래 가지 못하고 반드시 추락하니 상벌을 나누어줌에 불공평하다는 것이다.

날카롭게 갈아주는 숫돌이거든. 머리야, 어디 있니? 지금 어디로 갔니?

터치스톤 아가씨, 아버님한테 가셔야겠습니다.

셀리아 네가 전령이 됐니?

터치스톤 아뇨. '자존심을 걸고' 아닙니다. 하지만 아가씨한테 가라는 명령을 받았네요.

로절린드 광대야, 그런 맹세는 어디서 배웠니?

터치스톤 그 빈대떡이 좋다고 '자존심을 걸고' 맹세하고는 그 겨자는 못쓰겠다고 '자존심을 걸고' 맹세한 어떤 기사님한테 배웠죠.[6] 그런데 저는 그 빈대떡은 못쓸 음식이고 겨자는 좋았다고 주장할 작정이에요. 하지만 기사님이 맹세를 어긴 건 아니죠.

셀리아 그렇게나 아는 게 많은 네 머리 가지고 그런 걸 어떻게 증명해?

로절린드 지금 네 지혜 보따리를 풀어봐.

터치스톤 두 분 앞으로 나오세요. 턱을 만져보시고 수염에 걸어서 제가 악한이라고 맹세하세요.

셀리아 수염에 걸어서—수염이 있다면—너는 악한이야.

터치스톤 못된 짓에 맹세코—제가 못된 놈이라면—제가 못된 놈이죠. 하지만 있지 않은 거로 맹세해도 맹세를 어기는 게 아니죠. 그 기사님도 마찬가지죠. 자존심을 걸어서 맹세했지만 자존심이 조금도 없죠. 그런 게 있었대도 빈대떡이나 겨자를 보기도 전에 맹세로 날려버렸을 거예요.

셀리아 한데 네가 말하는 게 누구야?

터치스톤 아가씨 아버지 프레더릭 노인이 사랑하는 분.

셀리아 내 아버지는 그 사람 좋아하고 존경하시니까 그만하면 됐어. 아버지 얘기는 그만해. 요즘 네가 함부로 지껄여서 매 맞게 됐어.

터치스톤 똑똑한 사람의 못난 짓에 대해서 못난 광대가 똑똑한 말을 못 하게 한다니 더 애석해요.

셀리아 정말 네 말이 맞아. 광대의 하찮은 재담을 엄금한 뒤에 똑똑한 자들의 하찮은 바보짓이 눈에 띄게 드러나. 저기 르 보 씨가 와.

[르 보 등장]

로절린드 입안 가득히 새 소식 담아 갖고—

셀리아 비둘기 새끼 먹이듯 우리한테 새 소식 먹일 테지.

로절린드 그래서 우리는 새 소식 먹고 배터질 거야.

셀리아 더 좋겠지. 시장에 내다 팔기가 더 좋을 테니. 봉주르, 므슈 르 보.[7] 무슨 소식 있어요?

르 보 아리따운 공주님, 좋은 구경을 놓치셨어요.

셀리아 구경? 성격이 어떤 건데?

르 보 성격이오? 뭐라고 대답할까요?

로절린드 지능과 운수에 따라서—

터치스톤 또는 운명의 여신들이 정한 대로—

셀리아 말 잘했어. 너무나 심하지만—

터치스톤 아니죠. 제가 신분을 벗어나면—

로절린드 고약한 냄새를 피우겠지.

르 보 이상한 말씀이세요. 멋진 레슬링 시합을 알리려고 했는데요, 그 광경을 놓치셨단 말씀이에요.

로절린드 그래도 레슬링이 어떻더라고 하세요.

르 보 시작을 말씀드리죠. 원하시면 종말을 보실 수도 있으세요. 진짜로 볼 건 아직 벌어지지 않았는데, 두 분이 계신 여기서 시합하려고 오는 중이죠.

셀리아 그럼 이미 죽어 땅에 묻힌 첫 시작부터 얘기하세요.

르 보 한 노인이 아들 셋을 데리고 같이 오는데—

셀리아 그렇게 시작하면 알맞은 옛말로 이어질 수 있어.

르 보 잘생긴 청년 세 분이었죠. 몸집도 아주 좋고 풍채도 잘났어요.

로절린드 '이 증서를 보는 사람 모두에게 고하노라'고 적은 패를 목에 걸었을 테지.

르 보 그 맏이가 공작님의 선수인 찰스와 레슬링을 했는데, 찰스가 대번에 그 사람을 넘어뜨리고 갈비뼈 세 개를 부러뜨려서 목숨이 붙어 있을 가망이 별로 없었는데요, 둘째도 그렇게 하고 셋째도 그랬어요. 저쪽에 세 사람이 쓰러져 있는데, 그들의 아버지란 가련한 노인이 어떻게나 슬프게 우는지 보는 사람 모두가 노인 편을 들어서 같이 울고 있어요.

로절린드 어머나!

터치스톤 한데 이 양반, 두 아가씨가 놓친 구경거리가 뭐란 말이오?

르 보 내가 말하는 그 사실이오.

터치스톤 이렇게 해서 사람은 날마다 점점 똑똑해진다는 말이오. 갈빗대 부러지는 게 귀한 아가씨들이 보실 만한 구경거리가 된단 말은 난생 처음 들었어요.

셀리아 나도 확실히 처음이야.

로절린드 자기 옆구리에서 터지는 소리를 듣고 싶어 하는

6 당시 널리 알려졌던 우스갯소리를 암시하는 듯하다. 서양식 빈대떡에 겨자를 뿌려 먹었던 모양이다.

7 프랑스어로 '안녕하세요?'

사람이 또 있을라고? 갈빗대 부러지는 걸 좋아할
사람도 있어? 얘, 우리 레슬링 구경할까?

르 보 그냥 여기 서 계시면 보시게 될 겁니다. 시합
장소로 정한 데가 여기거든요. 이제 금방 시합을
할 거예요.

셀리아 참말 저기 와. 그럼 우리는 여기 서 있다가
구경하자.

[주악. 프레더릭 공작, 귀족들, 올란도, 찰스,
시종들 등장]

프레더릭 공작 이리들 와. 저 청년은 말려도 안 들어.
힘만 믿고 덤비니까 위험을 부르는 거야.

로절린드 저기 저 사람이야?

르 보 맞습니다, 아가씨.

셀리아 아, 너무 어려. 하지만 이길 것 같아.

프레더릭 공작 오, 딸하고 조카구나. 너희도 레슬링 보려고
살금살금 이리로 나왔냐?

로절린드 네, 전하, 괜찮으시면—

프레더릭 공작 별로 재미없겠다. 확실해. 저 사람이 너무
기울어. 나이 어린 도전자가 불쌍해서 말리고
싶다마는 막무가내로 버티누나. 얘들아,
저 사람한테 말을 조금 해봐. 너희 말은
들을지 몰라.

셀리아 르 보 씨, 이리 데려오세요.

프레더릭 공작 그래라. 곁에 있지 않겠다.

[그가 비켜선다.]

르 보 [올란도에게] 도전자 므슈, 공주께서 당신을
부르고 계시오.

올란도 모든 경의와 충성으로 두 분을 모십니다.

로절린드 젊은 분, 당신이 레슬링 선수 찰스에게
도전했어요?

올란도 아니에요, 공주님. 그분은 누구에게나 도전을
걸어놓고 있어요. 저는 남과 함께 참가하는
겁니다. 그분과 젊은 힘을 겨루고 싶어요.

셀리아 젊은 신사, 나이에 비해 기개가 너무도
대담해요. 당신은 잔인한 이 사람의 힘을
봤어요. 당신이 제 눈으로 자기를 보거나
올바른 판단으로 자기를 돌아보면 이 모험의
엄청난 위험을 느끼고 좀 더 대등한 상대를
골랐을 테죠. 자기를 위해서 자기의 안전을
받아들이고 이 모험은 그만둬요.

로절린드 젊은이, 포기해요. 그렇다고 명예가 깎이는
건 아니에요. 시합을 진행시키지 마시라고
공작님께 말씀드리겠어요.

올란도 그렇게 무서운 예상으로 저에게 벌을 주지 마세요.
이처럼 아름답고 뛰어나신 아가씨들한테 거절하려니까
솔직히 말해서 죄스러워요. 하지만 두 분의
예쁜 눈빛과 착한 소망이 제 시합에 함께하길
기원해요. 제가 지면, 한 번도 사람 구실을 못 한 자가
수치를 겪는 거고, 죽으면 죽기를 바라는 자가
죽을 뿐이고, 친지들에게 누를 끼치는 것도 아니고,
저를 슬퍼할 친지가 없는 까닭이며, 세상에 해를
끼치는 것도 아니니까, 세상에 아무것도 가진 게
없기 때문이에요. 세상에 자리만 차지하고 있는데요,
자리를 비우면 더 좋은 사람이 채울 겁니다.

로절린드 내 작은 힘이라도 당신한테 주고 싶어요.

셀리아 그리고 내 힘도 언니 힘에 보태요.

로절린드 잘하세요. 진심으로 당신을 잘못 보기를!

셀리아 마음의 소망을 이루시기를!

찰스 자, 어머니 자연과 함께 눕기를 열망하는 젊은
용사는 어디 있소?

올란도 준비되어 있어요. 하지만 내 뜻은 더 겸손해서
지는 걸 바라고 있어요.

프레더릭 공작 한 번만 메쳐.

찰스 안 될 겁니다. 공작님이 첫 번째 메치는 걸 그렇게
말리신지라 두 번째 메치는 걸 아무리 간곡히
말리셔도 소용없을 거예요.

올란도 나중에 비웃을 생각이에요. 처음부터 비웃지
말았어야죠. 어쨌든 덤비세요.

로절린드 [올란도에게] 그러면, 젊은 분, 헤라클레스가
도와주길 빌어요!

셀리아 내가 투명인간이면 좋겠다. 저 힘센 사람의
다리를 붙들고 늘어지도록—

[찰스와 올란도가 레슬링을 시작한다.]

로절린드 아, 젊은 분, 너무 잘한다!

셀리아 갑자기 눈에 벼락불이 떨어져도 두 사람 중에
누가 넘어질는지 알겠다.

[올란도가 찰스를 넘어뜨린다. 함성]

프레더릭 공작 그만, 그만.

올란도 좋습니다, 공작님.
저는 아직 숨도 고르지 못했는데요.

프레더릭 공작 어떤가, 찰스?

르 보 말하지 못합니다, 전하.

프레더릭 공작 옮겨 가라.
[시종들이 찰스를 옮겨 간다.]
젊은이, 이름이 무엇인가?

올란도 올란도입니다, 전하. 롤런드 드 보이스 경의
막내아들입니다.

프레더릭 공작 다른 사람의 아들이면 좋을 뻔했다.
세상이 네 아버지를 존경했지만
나한테는 언제나 적이었거든.
네가 다른 집안 출신이라면
이번 일로 내가 더욱 기뻐했겠는데.
어쨌든 잘 가. 참말 잘난 청년이야.
딴 아버지 얘기라면 좋았겠지.
[프레더릭 공작, 르 보, 터치스톤, 귀족들, 시종들 퇴장]

셀리아 [로절린드에게] 얘, 내가 아빠면 저랬을까?

올란도 롤런드 경의 아들, 그분의 막내란 걸
자랑으로 여기고, 프레더릭 공작의
후계자가 된다 해도 이름을 안 바꾸겠소.

로절린드 아빠가 롤런드 경을 깊이 사랑하셨고
온 세상이 아빠 마음이었지. 이 젊은이가
그분의 아들인 걸 알았다면 이런 일에
나서기 전에 눈물로 간곡히 말렸을 거야.

셀리아 언니야, 가서 고맙다 하고 북돋아주자.
아빠의 거칠고 몹쓸 성질이
마음을 찌르누나.—참말 잘하셨어요.
사랑의 약속을 옳게만 지키시면
시합에서 예상을 뛰어넘은 것처럼
당신의 아가씨는 행복하겠죠.

로절린드 [목에서 목걸이를 풀어 주면서]
기념으로 걸으셔요. 더 드리고 싶지만
운수의 미움을 받아 가진 게 없어요.
얘, 우리 갈까?

셀리아 응.—안녕, 잘생기신 분.
[로절린드와 셀리아가 떠나려 한다.]

올란도 [방백] 고맙단 말도 못 해? 훌륭한 능력은
모두들 쓰러지고 이렇게 서 있는 건
허수아비—죽어버린 나무 조각뿐이야.

로절린드 [셀리아에게]
다시 우릴 부르네. 행운과 함께
자존심도 없어져서, 왜냐고 묻겠어.
부르셨나요? 레슬링 잘하시데요.
그래서 적수 외에 쓰러진 사람이 있어요.

셀리아 언니, 갈 거야?

로절린드 응, 갈게. [올란도에게] 안녕히 가셔요.
[로절린드와 셀리아 퇴장]

올란도 무슨 열정이 내 혀에 재갈을 물리는가?
말이 나오지 않아. 한데 말을 걸었어.
[르 보 등장]
오, 불쌍한 올란도! 쓰러졌구나!
찰스가 아니라면 약한 것에 눌렸어.

르 보 젊은이, 여기를 떠나길 친구로서
충고해요. 최고의 찬사와 박수와
호감을 받을 만한 자격이 있소만
공작님의 심기가 그렇고 그래서
당신이 행한 일을 달리 보세요.
공작님이 화나셨어요. 어떤 분이신지
내 말보단 당신의 짐작이 옳아요.

올란도 고맙소. 그런데 이것만 말해주시오.
아까 레슬링에 오셨던 두 분 중에서
누가 공작의 따님이오?

르 보 태도를 보아서는 둘 다 아니죠.
하지만 키 작은 분이 따님이시오.
다른 분은 추방당한 공작님 딸인데
찬탈자 삼촌이 딸의 친구 하라고
붙들어 두었어요. 친동기보다도
우애가 강렬해요. 한데 요즘 공작은
착한 조카딸에게 불편한 심기를
드러내요. 딴 이유가 아니라
백성들이 그녀의 미덕을 칭찬하고
선한 부친 때문에 동정하는 거예요.
하지만 그녀에 대해서 공작의 악감이
갑자기 터질 게 틀림없어요.
어쨌든 잘 가세요. 나중에 지금보단
더 좋은 세상에서 당신을 더 잘 알고
사랑하게 되기를 바랄 뿐이에요.

올란도 당신한테 큰 은덕을 입었소. 잘 가시오. [르 보 퇴장]
이렇게 연기에서 아궁이로 던져졌어.
모진 공작이 모진 형한테 던져놨어.
하지만 천사 같은 로절린드 아가씨! [퇴장]

## 1. 3

[셀리아와 로절린드 등장]

셀리아 왜 그래, 로절린드?—큐피드[8]여, 자비를! 한마디도 없기니?

로절린드 개에게 던질 말도 없어.

셀리아 그럴 테지. 네 말은 너무나 귀해 개에게 던질 수 없지. 몇 마디는 나한테 던지렴. 그럼 세게 던져서 네 이유에게 맞아서 나를 병신 되게 해.

로절린드 그러면 사촌 자매가 앓아눕게 돼. 한 자매는 이유가 있기 때문에 앓아눕고 딴 자매는 이유가 없기 때문에 미쳐서 앓아눕지.[9]

셀리아 그런데 이게 모두 네 아버지 때문이니?

로절린드 아니. 얼마쯤은 내 아이 아버지 될 사람 때문이야. 아, 지겨운 이 세상, 가시가 넘치누나!

셀리아 휴일에 너한테 장난으로 던지던 도깨비바늘에 지나지 않아. 언제나 우리가 다니던 길로 가지 않으면 속치마에 그런 게 붙을지 몰라.

로절린드 겉옷에 붙었다면 털어버릴 수 있지만 이번에는 도깨비바늘이 가슴속에 박혀 있어.

셀리아 기침을 세게 해서 뱉어버리렴.

로절린드 기침을 세게 해서 그이를 부른다면 그러겠어.

셀리아 그러지 말고 감정하고 씨름하렴.

로절린드 하지만 감정은 나보다 기운 센 씨름꾼과 한패야.

셀리아 오, 잘되길 빌어! 네가 져서 넘어진대도 차차 다시 해볼 수 있어. 하지만 이렇게 우스개로 수작만 하지 말고 진짜 심각하게 얘기하자. 그처럼 갑자기 예전 롤런드 경의 막내아들한테 그처럼 강렬한 사랑에 빠지다니 그럴 수 있냐?

로절린드 아버지 공작께서 그이의 아버지를 무척 좋아하셨어.

셀리아 그래서 그의 막내아들을 무척 좋아해야 돼? 그런 논리라면 내 아버지가 그의 아버지를 싫어했으니까 나도 그 사람을 싫어해야 되겠구나. 하지만 나도 올란도가 싫지 않거든.

로절린드 제발 그이를 싫어하지 마. 나를 봐서도—

셀리아 내가 왜 싫어해? 그 사람 자격이 충분하잖아?

[프레더릭 공작이 귀족들과 함께 등장]

로절린드 그래서 사랑하겠어. 내가 사랑하니까 너도 사랑해. 저기 공작님 오신다.

셀리아 눈에 노여움이 가득하구나.

프레더릭 공작 [로절린드에게]
얘, 안전하고 싶으면 되도록 속히
내 궁정을 떠나라.

로절린드 삼촌, 저 말씀이에요?

프레더릭 공작 조카, 너 말이다.
앞으로 열흘 안에 우리 궁정 가까이
20마일 안에서 눈에 띄면
너는 죽어.

로절린드 대공께 빌어요.
무슨 죄를 지었는지 알려주셔요.
제가 무슨 내밀한 생각을 하고 있다면,
제 마음을 저 스스로 알고 있다면,
이것이 꿈이라면, 또는 제가 미쳤다면,
—그렇진 않을 테죠.—사랑하는 숙부님,
대공님께 죄 될 것은 제 생각 속에서는
꿈도 꾸지 않았어요.

프레더릭 공작 모든 반역자가 그렇다.
무죄라는 증거가 말뿐이라면
하늘의 은혜만큼 순수하겠지.
너를 신뢰 못 하는 걸 알아둬.

로절린드 하지만 불신이 반역자를 만들 수 없죠.
어딜 보고 가능성을 보는지 말씀하세요.

프레더릭 공작 너는 네 아비의 딸이다. 그걸로 족해.

로절린드 대공께서 아버지의 공국을 접수할 때도,
아버지를 추방할 때도, 저는 아버지의
딸이었어요. 반역은 상속되지 않아요.
친척들이 반역을 배워준대도
저와 무슨 상관이죠? 아버지는 반역자가
아니셨어요. 그러니까 공작님,
제가 처한 가난이 반역이라고
제 처지를 그릇되게 생각하지 마세요.

셀리아 아버님께 말씀드려요.

프레더릭 공작 셀리아, 너 때문에 저 애를 남겨두었다.
지금쯤 제 아비와 떠돌 건데.

셀리아 언니를 놔두라고 애원하지 않았어요.
아버님의 뜻이고 동정심이었어요.

8 셀리아는 로절린드가 큐피드(사랑의 신)의 화살을 맞고 사랑에 빠져 아무 말도 못 하는 걸 눈치챘다.

9 머리에서 이유(또는 이성)가 빠져나가면 머릿속이 빈다. 즉 제정신을 잃는다.

그때는 어려서 언니를 몰랐지만
이제는 알아요. 언니가 반역자면
저도 반역자예요. 언제나 같이 자고
일어나고 공부하고 놀고 밥 먹어요.
어디를 가든지 주노의 백조[10]처럼
떼지 못할 짝이 되어 다녔어요.

프레더릭 공작 네게는 저 애가 너무 교활해.
매끄럽고 말없고 인내심이 강해서
말 없어도 전달돼서 사람들이 동정해.
맹추야, 저 애가 네 명성을 가로채.
저 애가 없으면 너는 빛이 더 나고
더 착해 뵈니까 입을 다물어.
저 아이에게 내가 내린 판결은 강력하고
취소하지 못해. 저 아이를 추방한다.

셀리아 그러면 그 판결을 저한테 내리세요.
함께 있지 않으면 못 살겠어요.

프레더릭 공작 이런 맹추!—얘, 조카, 준비해.
시간을 넘기면 내 명예에 걸어서
내 말의 권위로써, 너는 죽는다.

[프레더릭 공작이 귀족들과 함께 퇴장]

셀리아 아, 불쌍한 로절린드, 어디로 가나?
아버지를 바꿀까? 우리 아빠 너한테 줄게.
나보다 슬퍼하면 절대로 안 돼.

로절린드 내 이유가 더 커.

셀리아 그렇지 않아.
제발 좀 웃으렴. 공작이 제 딸을
추방한 거 몰라?

로절린드 안 그랬는데.

셀리아 안 그랬어? 그럼 로절린드는 너와 내가
하나라고 일러주는 사랑이 정말 없어.
갈라서겠냐? 정다운 계집애야, 헤어지겠냐?
안 돼. 아빠가 딴 상속자를 찾으시라지.
그러니까 나하고 어디로 갈지,
무얼 갖고 갈지, 도망칠 궁리 하자.
처지가 변한 걸 혼자 갖지 마.
나 빼놓고 슬픈 걸 참겠다고 하지 마.
우리의 슬픔으로 창백해진 하늘 아래
네가 뭐라고 해도 너와 같이 갈 거니까.

로절린드 도대체 어디로 가?

셀리아 아든 숲에 큰아버지 만나러 가.

로절린드 어머나! 처녀 둘이 그렇게 먼 길을
무작정 가는 게 얼마나 위험한데.
금보다 미모가 도둑을 부추겨.

셀리아 남루하고 협수룩한 옷차림으로
얼굴에 누런 흙을 처바르겠어.
너도 같이 그렇게 해. 그러고 길을 가면
덤빌 놈이 없을 거야.

로절린드 남보다 내가
키가 크니까 완전히 남자처럼 차리고
남자 행세하는 게 낫지 않을까?
허벅지엔 멋있는 단도를 차고
손에는 멧돼지 사냥하는 창을 잡고서.
겁 많은 여자는 속에 숨어 있으라지.
사내인 척 행세하는 겁쟁이처럼
꺼떡대는 싸움꾼의 모양을 꾸며서
가짜를 뽐내며 세상에 맞서겠어.

셀리아 네가 남자가 되면 뭐라고 불러?

로절린드 주피터의 시동은 돼야겠어.
따라서 나더러 가니메데스[11]라고 해.
너는 뭐라고 할래?

셀리아 내 신분을 가리키는 이름이면 돼.
셀리아가 아니고 에일리나[12]야.

로절린드 하지만 우리가 네 아버지 궁정에서
어릿광대를 빼내 오면 어떻겠니?
우리의 여행길에 위로가 되지 않겠니?

셀리아 나하고는 넓은 세상 어디든지 갈 사람이야.
내가 꼬일게. 나한테 맡겨. 그럼 가서
보석과 재물을 한데 모으고
제일 알맞은 때, 제일 안전하게
달아난 나를 쫓아오는 사람들로부터
숨을 데를 찾아보자. 뿌듯한 마음으로
추방 아닌 해방으로 둘이 떠나자. [둘 퇴장]

10 신들의 여왕인 주노(헤라)는 원래는 공작새와 관계가 있으나 백조와 연결되기도 했다.
11 주피터가 사랑하여 하늘로 데려가서 술잔 올리는 시동으로 삼았다는 지상의 미소년.
12 '셀리아'는 '하늘의 아가씨'라는 뜻인데 '에일리나'는 '이방 여자'라는 뜻이다.

## 2. 1

[노 공작, 아미앵, 산사람 차림의
두세 귀족 등장]

노 공작 추방당한 나의 친구, 나의 형제들,
몸에 밴 이 생활이 색칠한 권세보다
즐겁지 않은가? 질투 많은 궁정보다
이 숲이 위험에서 멀지 않은가?
여기서는 계절의 차이를 느끼지 않아
아담의 징벌[13]을 알 리 없거든.
그래서 칼바람의 못된 욕이 찬 이빨로
내 몸에 불어치고 내 살을 물어뜯고
움츠려도 그런 건 아첨이 아니라고
웃고 말하지, 그것들은 내가 누군지
살갑게 알려주는 충고자들이라고.
역경을 겪는 것은 달콤한 일이야.
역경이란 매섭고 독성이 있지만
보석이 들어 있는 두꺼비 같아.[14]
그래서 속세의 잡답을 피해서
나무에서 혀, 시내에서 책, 돌에서 설교,
어디서나 좋은 것을 찾을 수 있지.
아미앵 저도 이 생활을 바꾸지 않아요.
그처럼 불운을 평화롭고 달콤하게
바꾸실 수 있으니까 행복하신 분이세요.
노 공작 그럼 사냥해서 사슴 고길 먹을까?
하지만 불쌍한 얼룩무늬 멍청이들이
사람들이 안 사는 이 땅의 주민인데
자기네 영역에서 쌍촉 달린 화살로
살진 등에 피를 내니 속이 편치 않아.
귀족 1 우울한 제이퀴즈[15]가 그래서 슬퍼하며,
공작님을 추방한 동생보다
공작님의 찬탈이 심하다고 말해요.
오늘 저와 이 사람이 몰래 뒤로 가보니까
그 양반이 나무 아래 누워 있는데
숲을 따라 재잘대며 흘러가는 개울 위에
늙은 뿌리가 비죽 뻗은 참나무 밑에
무리에서 동떨어진 불쌍한 사슴 하나가
사냥꾼의 겨냥으로 상처를 입고
죽으려고 왔더군요. 가련한 그 짐승이
어찌나 쓰라린 신음에 쌓여 있던지
울부짖는 털가죽이 터지는 듯했고
커다란 눈물방울이 불쌍히 줄지어서
순진한 콧등 위에 연방 흘렀어요.
그처럼 멍청한 털북숭이 짐승을
우울한 제이퀴즈가 한참 바라보더니
급한 개울 물가에 바짝 다가서서는
흐르는 물결에 눈물을 더하데요.
노 공작 뭐라던가? 교훈을 끌어내지 않던가?
귀족 1 물론이죠. 천 가지 비유를 말하더군요.
첫째로, 하염없이 개울에 눈물을 뿌리고
"불쌍한 사슴아, 속물들이 그러듯,
가진 게 너무 많은 자에게 모든 걸
내준다는 유언을 남겼어."[16] 하고는,
털이 예쁜 암사슴이 버리고 달아나
홀몸이 돼버린 수사슴에게 말하기를,
"이처럼 불행은 친구들을 흩으니까
당연한 일이지!" 그때 초장 가득히
한가로운 사슴 떼가 옆을 지나면서
한 마리도 알은체를 하지 않으니까
"지금은 이러는 게 유행이란다.
살지고 기름진 이웃들아, 지나가라.
불쌍한 낙오자를 왜 바라보냐?"
시골, 도시, 궁정을 매섭게 공박하고
이곳의 생활까지 신랄하게 비판하고
짐승에게 점지된 이 땅의 원주민인
짐승들을 함부로 죽이니까, 우리야말로
찬탈자요 압제자며 더 나쁘다 하더군요.
노 공작 그런 사색 중의 그를 두고 떠났나?
귀족 2 예, 그랬습니다. 흐느끼는 사슴을 보고

13 인간의 시조 아담이 타락한 후 받은 벌의 하나는 계절의 바뀜에 따라 추위와 더위에 고통을 겪는 것이었다.
14 어떤 두꺼비는 독이 있는데 서양 중세에는 그런 두꺼비의 머릿속에 보석이 박혀 있다고 했다.
15 '제이퀴즈'는 멋진 프랑스어 이름이지만 그 발음은 당시 영어에서는 냄새나는 '변소'를 뜻했다.
16 이미 돈이 많은 늙은 부자를 자기의 상속자로 삼음으로써 그 부자가 먼저 죽으면서 자기를 상속자로 삼아주길 바라는 속물을 말한다. 셰익스피어의 경쟁자였던 벤 존슨의 풍자극 「볼포네」가 다룬 주제였다. 인간은 그렇지 않아도 부유한데 불쌍한 사슴마저 죽이는 것을 탓하는 것이다.

울며 뇌까립디다.
노 공작 어딘지 알려다오.
그 사람이 울적할 때 만나면 좋더라.
쓸 만한 생각이 넘쳐 있어.
귀족 1 곧 모셔 드리죠. [모두 퇴장]

## 2. 2

[프레더릭 공작이 귀족들과 함께 등장]
프레더릭 공작 본 자가 없다니 말이 돼?
그럴 리 없어. 궁정의 어떤 놈이
같이 짜고 못 본 척했어.
귀족 1 공주님을 본 자가 있단 말은 못 들었어요.
침실의 시녀들은 공주께서 누우신 걸
보았는데 일찍부터 공주님의 침대엔
보석처럼 귀한 몸이 없더라고 합니다.
귀족 2 전하께서 재밌다 하시던 어릿광대도
볼 수 없어요. 공주님의 시녀인
히스페리아가 남몰래 엿들으니까
전하의 따님과 사촌이 얼마 전에
강력한 찰스를 넘어뜨린 씨름꾼의
실력과 인격을 칭찬하더라고
고백하데요. 시녀가 믿기로는
두 분이 어디로 갔든 간에 그곳에
젊은이도 함께 있을 거래요.
프레더릭 공작 형한테 기별해서 동생을 데려오라고 해.
동생이 없으면 형을 나한테 데려와.
그자에게 찾아오게 시키겠다. 빨리 해.
못난 도망자들을 데려오게끔
수색과 탐문에서 실수를 엄금해. [모두 퇴장]

## 2. 3

[올란도와 아담이 각기 등장하여 만난다.]
올란도 거 누구요?
아담 아이고, 도련님! 오, 귀하신 주인님,
오, 사랑하는 주인님, 이전 롤런드 경의
비석과도 같은 분! 여기서 무얼 하세요?
왜 선한 사람들이 사랑해요?
왜 착하고 강하고 용감해요?
왜 그렇게 어리석게도
변덕스러운 공작의 힘 있는 선수를
이기셨어요? 도련님이 이 집에
닿기도 전에 칭찬이 너무 빨랐어요.
도련님, 모르세요? 어떤 사람한테는
착하신 게 적이란 걸 모르세요?
도련님도 같으세요. 주인님이 아름다운 건
거룩한 반역자가 되시는 거예요.
세상이 왜 이래요? 어여쁜 것이
그걸 지닌 이의 독이 되니까요!
올란도 아니 왜 그러는데?
아담 오, 불행한 젊은이,
문 안에 들어오시면 안 돼요. 이 지붕 밑에
도련님의 예쁜 것들의 원수가 살아요.
형님께서—형이라고 할 수 없어요.—아니 아들,
—아니 아들도 못 돼. 아들이라고 할 수 없어.
그자의 아버지라고 부르려던 사람의 아들이
도련님이 칭찬을 받더란 말을 듣고
오늘 밤 도련님이 잠드신 사이에
그 방에 불을 지를 작정이에요. 실패하면
그 밖의 수단으로 도련님을 죽인대요.
그 말과 흉계를 엿들었어요.
이건 집이 아니라 도살장이죠.
피하세요. 무서우니 들어오지 마세요.
올란도 그렇다면 아담, 내가 어딜 가면 좋겠어?
아담 여기만 아니라면 어디든지 좋아요.
올란도 그럼 내가 떠돌며 빌어먹든가
천박한 칼을 노상에서 휘둘러
도둑의 생활을 살아가란 말이야?
이 짓이 아니면 뭘 할지 모르겠어.
하지만 뭐를 하든 그 짓은 못 하겠어.
차라리 피를 바꾼 잔인한 형의
악랄한 심보에 굴복하겠어.
아담 그러지 말아요. 아버님 밑에서
삼십 년간 아껴 뒀던 오백 냥이 있어요.
늙은 팔다리에 일할 힘이 빠지고
볼품없는 노인이 구석으로 밀려날 때
나를 부양할 보호자로 모아놨던 거지요.
그걸 드릴게요. 까마귀를 먹이시고
참새를 살피시는 하느님의 섭리가

말년을 위로하실 게요. 자, 돈예요.
모두 가지시고 저를 하인으로 쓰세요.
늙은 것 같지만 아직은 튼튼하고
기운이 있어요. 젊었던 시절에
뜨겁고 매운 술을 피와 섞지 않았고
뻔뻔스러운 낯으로 약한 것과 힘없는 걸
가져오는 여자들을 사귄 적이 없어요.
그래서 나이는 신나는 겨울 같아서
차갑지만 다정해요. 같이 가게 해주세요.
도련님의 모든 일, 모든 필요에
젊은이의 일거리를 모두 할 거예요.

올란도 오, 선량한 노인, 당신은 그 옛날에
보수 아닌 책임으로 땀 흘려 일하던,
변함없이 섬기던 그 모습 그대로야!
시대의 풍조를 따르지 않아.
이롭지 않으면 땀 흘리지 않으며
이롭기만 하다면 이미 넉넉한데도
일거리를 도맡아 숨이 막힐 지경이야.
당신은 안 그래. 성한 노인 당신은
썩은 나물 가꾸니 암만 수고해도
꽃 한 송이 꽤주지도 못할 나무야.
어쨌든 뜻대로 해요. 같이 가자.
젊은 때의 저축을 다 쓰기 전에
겸손히 만족할 일을 얻게 되겠어.

아담 주인님, 앞서세요. 마지막 숨결까지
진실과 충성으로 도련님을 따르겠어요.
열일곱부터 지금까지 여든 가까이
예서 살아왔지만 이젠 여기 안 삽니다.
열일곱엔 많이들 출세를 꿈꾸지만
여든이 되면 때가 너무 늦은 거예요.
주인님께 빚지지 않고 잘 죽기보다
더 좋은 보답은 행운에게 없어요. [모두 퇴장]

## 2. 4

[가니메데스로 남장한 로절린드, 양치기 여인 에일리나로 변장한 셀리아, 어릿광대 터치스톤 등장]

로절린드 오, 주피터, 너무너무 기운 없어!

터치스톤 이 다리에 기운만 생생하면 기운 따윈 어찌 됐든
상관없어요.

로절린드 내가 입은 남자 옷이 창피할 만큼 여자처럼
울고 싶은 심정이라고. 하지만 여자란 연약한
그릇을 위로해야지. 저고리와 바지가 치마한테
용감하게 굴어야 해. 그러니까 용기를 내렴,
얌전한 에일리나!

셀리아 제발 참아줘. 한 발짝도 더 못 가.

터치스톤 저로 말할 것 같으면 아씨를 떠메고 가기보단
참는 게 낫겠소. 하지만 아씨를 떠메고 간대도
십자가는 지고[17] 가지 못하죠. 아가씨 주머니
속에 십자가 찍은 동전은 한 닢도 없을 테니요.

로절린드 여기가 아든 숲이야.

터치스톤 맞아요. 지금 여기가 아든이네요. 그러니까 저에게
바보래요. 집에 있을 땐 이보다 좋은 데 살았어요.
하지만 객지에 나온 놈이 만족할 줄 알아야죠.
[코린과 실비어스 등장]

로절린드 그럼, 만족해, 터치스톤. 저거 봐. 누군가 이리
오는데?—젊은이와 늙은이가 심각하게 말해.

코린 [실비어스에게] 그리하면 그녀가 계속 멸시할 거다.

실비어스 코린. 얼마나 내가 사랑하나 알아주세요!

코린 조금은 알아. 나도 전에 사랑했다.

실비어스 천만에요, 코린. 젊었을 땐 밤중에
베개에 대고 한숨 쉬던 연인인지 몰라도
지금은 늙어서 짐작도 못할 거요.
당신의 사랑이 내 사랑과 같았다면
—나만큼 사랑한 사내는 분명코 없겠지만—
애욕에 끌려가서 우스운 짓을
얼마나 저질렀단 말이오?

코린 모두 잊어버렸지만 천 번은 될 거야.

실비어스 그렇다면 당신은 사랑을 못 해봤소.
사랑 때문에 저지른 아주 쬐고만
못난 짓 하나도 생각나지 않으면
당신은 사랑하지 못한 거요.
또는 지금 나처럼 아가씨를 칭찬해서
상대의 귀청을 때리지 못하면

17 영어 bear는 '지다'와 '참다'라는 동음이의어여서 이런 말장난을 하는 것이며, 십자가를 진다는 말은 "자기 십자가를 지고 나를 좇지 않는 자는 내게 합당치 않다"(마태복음 10장 38절)는 예수의 말에 대한 언급인 동시에 십자 표시를 한 당시의 주화를 가리키기도 한다.

당신은 사랑하지 못한 거요.
열정에 지친 내가 가끔 그러듯이
갑자기 외톨이가 되지 않으면
당신은 사랑하지 못한 거요.
오오, 피비,[18] 피비, 피비! [퇴장]

로절린드 아아, 가련한 목동. 네 상처를 더듬다가,
잔혹한 운명이라 내 상처를 발견했네.

터치스톤 저도 상처를 발견했죠. 이제 생각나요. 제가
사랑에 빠졌을 땐 바위에 칼을 쳐서 부러뜨리고
밤에 제인 스마일 만나러 오는 값이라고 받으라고 했어요.
그녀의 버터 주걱과 터진 예쁜 손이 주물러서
젖을 짜던 암소의 젖꼭지에 키스했고, 그녀 대신
완두 깍지에 구애하고 깍지[19]를 두 개 얻어
그녀에게 돌려주고 울면서 "나를 생각해서 이걸
지녀요"라고 했죠. 우리처럼 진실한 연인은 이상한
춤을 춰요. 하지만 자연 만상은 죽기 마련이라서
사랑에 빠진 만상도 못나게 죽는 거예요.

로절린드 너는 네가 알기보다 똑똑한 말을 해.

터치스톤 아닙니다. 똑똑한 데 부딪쳐서 정강이가 깨지기
전엔 제가 똑똑하다는 걸 알 수 없어요.

로절린드 오오, 주피터, 이 목동의 열정이
나하고 매우 같아.

터치스톤 저하고도 같군요. 하지만 저한테 오면 어쩐지
조금 시시해져요.

셀리아 너희 중 한 사람이 저 사람한테
값을 낼 테니 먹을 걸 달래봐.
허기져 죽겠어.

터치스톤 [코린에게] 여보쇼, 촌사람!

로절린드 입 닥쳐, 광대야. 내 친척 아니야.

코린 누가 불렀나?

터치스톤 당신보다 높으신 양반들이오.

코린 하지만 형편이 매우 딱해요.

로절린드 [터치스톤에게] 가만있으라니까.
[코린에게] 안녕하세요?

코린 안녕하세요? 모두 안녕하세요?

로절린드 목자 어른, 황량한 두메산골에
돈이나 호의로 숙식을 살 수 있으면
먹고 쉴 데로 우릴 안내하세요.
여기 젊은 처녀가 먼 길에 지쳐서
구원하길 고대해요.

코린 처녀가 안됐어요.
저보다는 그녀를 위해서 가진 게 많아서
도와줄 수 있다면 매우 좋겠어요.
하지만 저도 남에게 매인 목자이고
제 양도 털을 깎지 못하고 있어요.
주인은 성격이 어찌나 고약한지
길손에게 친절을 베풀어줘서
하늘을 향해 가는 길을 찾을 줄 몰라요.
게다가 오두막과 양 떼와 초장은
팔려는 매물이라 우리 오두막에는
주인이 없어서 잡수실 게 없어요.
하지만 오셔서 뭐가 있나 보세요.
어쨌든 당신들이 매우 반가워요.

로절린드 양 떼와 초장을 살 사람이 누구예요?

코린 조금 전에 당신이 본 청년인데요,
무엇이든 사는 데는 관심이 없어요.

로절린드 공정한 거래가 이뤄진다면
우리가 대주는 돈으로 값을 치르고,
오두막과 초장과 양 떼를 당신이 사요.

셀리아 삯도 높여줄게요. 이곳이 맘에 들어.
여기서 시간을 즐겁게 보내겠어.

코린 확실히 이것들은 팔 물건이에요.
같이들 갑시다. 땅과 이익과
이 생활을 말할 테니 듣고 좋다면
제가 당신네 양을 충실히 기르지요.
그럼 당장 현금 내고 사세요. [모두 퇴장]

## 2. 5

[산지기 차림의 아미앵, 제이퀴즈,
그 밖의 귀족들 등장]

아미앵 [노래한다.]
푸른 숲 나무 아래
나하고 같이 누워

18 '빛나는 여신' 곧 '달'을 뜻한다. 그리스 원어로는 'Phoebe.' 다이애나, 루나, 아르테미스 등 다른 이름도 있다. 아직도 여자 이름으로 많이 쓴다. 오라비인 태양의 신 아폴로는 'Phoibos'라고 했다.
19 영어로 '콩깍지'라는 말은 사내의 '고환'이라는 은어도 되었다.

예쁜 새 목소리에
기쁜 가락 맞출 사람,
이리 오라, 이리 오라, 이리로 오라.
이곳엔 아무런
원수도 없고
오로지 겨울과 거친 날씨뿐이다.

제이퀴즈 더요, 더. 제발 좀 더요.

아미앵 더욱 우울하게 될 거요, 제이퀴즈 씨.

제이퀴즈 그게 고맙소. 더요, 더. 제발 좀 더요. 족제비가 새알 빨 듯 노래에서 우울을 빨아먹을 수 있소. 더요, 더. 제발 좀 더요.

아미앵 목소리가 거칠어요. 당신이 싫어할 거예요.

제이퀴즈 나를 즐겁게 해달라는 게 아니오. 노래를 불러 달라는 거요. 한 소절만 불러줘요. 그걸 '소절'이라고 하던가요?

아미앵 뭐라든 좋아요, 제이퀴즈 씨.

제이퀴즈 나는 명칭 따윈 상관치 않소. 나한테 아무 빚도 없으니. 노래하겠소?

아미앵 내가 좋아해서라기보다 당신이 요청하니까 불러요.

제이퀴즈 그럼, 내가 누구한테 고맙다고 한다면 당신한테 고맙다고 하겠소. 그런데 이른바 찬사라 하는 건 잔나비 두 마리가 만나는 것과 다름없소. 그래서 웬 사람이 내게 감지덕지하기에 한 푼 던져 주니까 거지처럼 고맙다고 하는 것 같소. 그럼 노래하세요. 노래 안 할 사람은 입 다물고 있어요.

아미앵 노래는 그만두죠. 그동안 상이나 차려요.
[귀족들이 식사와 음료를 벌여놓는다.]
공작님은 이 나무 아래서 마실 겁니다.
[제이퀴즈에게] 종일토록 당신을 찾으셨어요.

제이퀴즈 그런데 나는 종일 그분을 피해 다녔소. 그분은 같이 있기엔 너무나 논쟁을 즐기시오. 나는 그분만큼 여러 문제를 사색하나, 자랑하지 않는 것을 하늘께 감사하오. 그럼, 꾀꼬리, 노래하세요.

아미앵와 그 밖의 귀족들 [노래한다.]

출세를 피하여
햇빛 속에 살고 싶은 이,
먹을 밥 찾다가
얻으면 족한 이,
이리 오라, 이리 오라, 이리로 오라.
이곳엔 아무런
원수도 없고
오로지 겨울과 거친 날씨뿐이다.

제이퀴즈 내가 짓고도 창피하게 여기지만 그 곡조에 한 소절을 더 붙일 테요. 어제 지었소.

아미앵 그럼 내가 부르죠.

제이퀴즈 글귀가 이렇소.

사람이 노새 같은
바보로 돌변해서
욕심을 채우려고
안락을 버리면
덕데미, 덕데미, 덕덕데데미,[20]
여기서 자기 같은
바보들만 보리라.
만일 나한테 오고 싶다면.

아미앵 '덕데미'가 뭐예요?

제이퀴즈 바보들을 둥그렇게 불러 모으는 엉터리 주문이오. 잠이 오면 잠이나 자러 가겠소. 잠이 오지 않으면 처음 난 애급의 모든 자[21]를 향해서 욕하겠소.

아미앵 그럼 나는 공작님을 찾아봐요. 음식이 준비됐어요.

[모두 퇴장]

## 2. 6

[올란도와 아담 등장]

아담 아이고 도련님, 더는 못 가요. 배고파 죽겠어요. 여기 드러누워서 무덤의 길이나 잴 텝니다. 잘 가세요, 도련님.

올란도 왜 그래, 아담? 좀 더 용기를 내지 않고? 조금만 더 살아. 조금만 힘을 내고 조금만 기운을 내. 낯선 이 숲에서 어떤 사나운 짐승이 나타나든지 내가 그놈의 밥이 되거나 당신의 밥으로 가져올게. 당신의 기운보다 생각이 죽음에 가까워. 나를 봐서라도 기운을 내. 그동안 죽음은 팔 뻗은 만큼

20 아무 뜻 없는 우스갯소리. 염인주의자(厭人主義者)인 제이퀴즈가 일부러 놀리느라 지어낸 말이다.

21 애급의 왕 바로가 모세의 요청을 듣지 않자 애급의 처음 난 사람이나 짐승이 밤에 모두 죽어서 온 나라가 울음소리로 요란했다(출애굽기 12장 29~30절). 시끄러워 잠을 못 이루면 욕을 해대겠다는 말이다.

물려 놓고 기다려. 금방 이리 돌아올게. 무엇이든
먹을 걸 가져오지 못하면 그때엔 죽으라고 할게.
하지만 내가 돌아오기 전에 죽으면 내 수고를
비웃는 거야. 잘했어. 낯빛이 밝아. 금방 돌아올게.
그런데 있는 데가 한데야. 그럼 무슨 의지가 될
데로 데려갈게. 이 산골에 뭐든지 산 게 있을 테니
당신이 못 먹어서 죽지는 않아. 아담, 기운을 내.

[올란도가 아담을 업고 간다.]

## 2. 7

[노 공작, 아미앵, 그 밖의 귀족들이
산적처럼 차리고 등장]

노 공작 그 사람이 짐승으로 변했지 싶군.
어디에도 사람처럼 만날 수 없어.

귀족 1 공작님, 방금 전 여기를 떠났어요.
여기서 즐겁게 노래를 듣던데요.

노 공작 불협화한 사람이 음악을 좋아하면
조만간 천체 간에 불협화가 생기리라.[22]
가서 찾아라. 같이 말하고 싶다고 해.

[제이퀴즈 등장]

귀족 1 제 발로 와서 수고를 덜게 됐군.

노 공작 선생, 어찌 된 건가? 이게 무슨 인생인가?
불쌍한 친구들이 찾아다녀야 하니!
어, 즐거운 표정이네.

제이퀴즈 바보, 바보, 바보 광대, 숲 속에서 만났소,
어릿광대를!—비참한 세상이오!—
내가 먹고 살아가듯, 광대를 만났소!
털썩 주저앉더니 햇볕을 쏘이면서
운수의 여신께 멋지게 욕하데요.
말은 본때 있었지만 어릿광대요.
"광대, 잘 있나?" 했더니 "안 잘 있소.
하늘이 행운을 점지하기 전에는
광대라 하지 마소."[23] 그리곤 주머니의
시계를 꺼내 멀거니 보더니만
대단히 현명하게 말하길 "열 시다.
아홉 시 지나서 한 시간만 지났으니
열한 시까지는 한 시간이 남았구나.
그래서 인간은 시간마다 익어가며
동시에 시간마다 썩어가는 것.
거기에 이야기가 달려 있지." 하데요.
이렇게 광대가 시간에 대해
사색하는 소리를 듣고 몸속의 허파가
광대가 그토록 생각이 깊은가 하고
수탉처럼 우짖기 시작했던 거요.
녀석의 시계로 한 시간을 계속해서
웃어댔소. 고상하고 존경스러운 어릿광대.
모든 자가 광대처럼 차려야 하오.

노 공작 그게 어떤 광대던가?

제이퀴즈 존경스러운 어릿광대! 궁정에 있었는데
한다는 말이, "여자가 젊고 예쁘면
그걸 아는 재주도 있소." 그놈의 골통은
항해가 끝난 뒤에 남은 빵처럼
바짝 말라 버렸지만 묘한 세상에 대한
견문으로 가득해서 내뱉는 말이
뒤죽박죽입디다. 오, 내가 광대면 오죽 좋을까!
알락달락한 광대 옷을 입고 싶구나.

노 공작 한 벌 주지.

제이퀴즈 유일한 소청입니다.
전하의 생각 속에 제가 현명하단 관념이
마구 섞여 있는데 모두 제거한다는
단서가 붙습니다. 자유가 필요해요.
바람처럼 막힘없는 특권으로 불고 싶은
자에게 불겠습니다. 광대가 그러해요.
제 말에 제일 찔리는 자가 제일 많이
웃습니다. 어째서 그래야 하는가요?
예배당 길만큼 이유가 빤합니다.
광대한테 예리하게 찔린 사람은
아프기는 하지만 못 들은 척하느라고
못나게 굴어요. 그러지 않았다간
광대의 껌뻑이는 시선에 잘난 자의
못난 꼴이 낱낱이 밝혀지게 됩니다.
제가 입은 광대 복에 투자하세요.
속에 품은 생각을 터놓도록 하시면

22 당시 신비주의적 천문학에 의하면 지구를 감싸고 있는 8개의 궤도가 조화롭게 돌아가며 서로 마찰할 때 '천상의 음악'이 생겨난다고 했다. 오직 신비주의에 통달한 사람만이 그 음악을 듣는다고 했다.

23 "하느님이 광대에게 좋은 운수를 내리신다"는 속담이 있었다.

사람들이 제 약을 참고 받아먹으면
병든 세상 썩은 데를 말끔히 씻죠.
노 공작 집어치워. 당신이 뭘 할지 잘 안다.
제이퀴즈 좋은 게 아니면 무엇이겠소?
노 공작 죄를 욕하며 죄짓는 짓이 가장 더럽다.
본시 당신은 난봉꾼이었거든.
짐승 같은 욕정에 게걸이 들어,
마구 돌아다니다가 사방에서 얻어온
부어오른 종기와 딱지 앉은 헌데[24]를
온 세상 천지에 쏟겠다는 소리군.
제이퀴즈 어째서요? 성적인 문란을 욕하는 자가
개인을 공격하는 실례가 있는가요?
성욕은 바다처럼 거세게 흐르다가
그 짓도 지쳐서 가라앉지 않는가요?
저잣거리 여자가 천한 어깨에
값비싼 궁정 옷을 걸치고 있다고
제가 욕할 때 어떤 여잘 가리키죠?
제가 말한 여자가 자기 이웃이라고
말할 자가 누군가요? 또는 매우 천한
직업을 가진 자가 제 말이 자기를
가리킨다고 믿고 자신의 멋진 옷은
내 돈 내고 산 물건이 아니라고 우겨서
제 말뜻에 들어맞는 못난이가 누구예요?
무엇이, 어째서, 제가 자길 욕했는지
말해보래요. 제 말이 옳다면 그자의 잘못이고
그자가 죄 없다면 제 욕도 임자 없는
기러기처럼 공중으로 날아갑니다.
그런데 누가 이리로 오나?
[올란도가 칼을 빼들고 등장]
올란도 꼼짝 마. 먹지 마!
제이퀴즈 난 시작도 안 했는데.
올란도 필요한 사람이 먹기 전엔 먹지 마.
제이퀴즈 이거 어디서 나타난 수탉이야?
노 공작 궁핍한 나머지 만용을 부리는가?
아니면 그토록 못 배운 야만인처럼
예의를 무시하는 막된 자인가?
올란도 첫 마디가 내 상황을 바로 짚었소.
궁핍의 가시가 공손한 예절을
뺏어갔던 것이나 이 나라 사람으로
배운 게 더러 있소. 하지만 놔두시오.
나와 내 일을 해결하기 전에는
과일에 손대는 자는 죽을 것이오.
제이퀴즈 올바른 이유를 대답으로 듣기 전엔
죽는다 이거로군.
노 공작 무엇을 원하는가? 완력보다는
온건한 태도가 온건을 불러오지.
올란도 배고파 죽게 됐소. 먹을 걸 주시오.
노 공작 앉아 먹어라. 식탁에 환영한다.
올란도 온건히 말하십니까? 나를 용서하시오.
여기서는 모든 게 야만인 줄 알았소.
그래서 호령하는 사나운 태도를
취했던 겁니다. 그러나 황량한 여기,
아무도 오지 않을 이 산중에서
짙은 나무 그늘 아래 시간의 흐름을
잊어버린 당신들이 누구인지 모르나
좋은 세월을 보낸 적이 있다면,
종소리에 교회로 가본 적이 있다면,
선한 분의 잔칫상에 앉은 적이 있다면,
눈에서 눈물을 닦은 적이 있다면,
동정을 주고받음이 무엇인지 안다면,
온건한 말씨로 강력히 요청하오.
희망 중에 낯붉히며 칼을 감추오.
노 공작 좋은 세월이 있은 건 사실이다.
성스러운 종소리가 교회로 이끌었고
선한 이의 잔칫상에 앉은 적이 있으며
거룩한 동정심에 솟는 눈물을 닦았다.
그러므로 당신도 점잖게 앉아
필요를 채워줄 어떠한 도움도
당신이 청하는 만큼 들어주겠다.
올란도 잠시만 음식을 잡숫지 마시오.
그동안 수사슴처럼 암사슴을 찾아가
먹을 것을 주겠소. 순수한 사랑으로
오래 절뚝거리며 나를 따라 걸어온
불쌍한 노인이 있소. 굶주림과 나이라는
나약에게 눌린 노인이 배부르기 전에는
나는 조금도 건드리지 않겠소.
노 공작 데려와라. 돌아오기 전에는 먹지 않겠다.
올란도 고맙소. 당신의 친절에 복이 내리길! [퇴장]
노 공작 보다시피 불행한 건 우리만이 아니다.

24 문란한 성생활에서 얻은 성병의 증상들.

넓디넓은 세상이라고 하는 우리의 극장은
우리가 연기하는 장면보다도 슬픈
광경을 연출해.

제이퀴즈 온 세상은 무대이며,
모든 남자 여자는 배우에 불과하오.
저들 모두 퇴장과 등장이 있으니
한평생 한 사람이 여러 역을 맡는데,
막은 일곱 단계요. 처음은 갓난애로
유모의 품 안에서 칭얼대고 젖 게우고,
다음에는 징징대는 책가방 멘 아동이
얼굴은 멀끔한 채 가기 싫은 학교 향해
달팽이로 걸어가고, 그다음엔 연인이라,
풀무처럼 한숨짓고 아가씨의 눈썹 보고
구슬픈 시를 짓고, 다음에는 군인이라,
말끝마다 괴상한 욕, 표범처럼 뻗친 수염,
명예에 민감하고, 성미 급한 싸움질,
거품 같은 명성 찾아 대포의 아가리
속에도 뛰어들고, 다음에는 법관이라,
실한 닭에 살이 오른 둥그런 배를 안고
엄숙한 두 눈에 잘 다듬은 턱수염,
현명한 격언과 늘 듣던 판례들로
자기 역을 감당하오. 예순 살은 변하여
편한 신 질질 끄는 비쩍 마른 할아범,
콧잔등에 안경 끼고 허리에 쌈지 차고
젊을 때 입던 바지, 잘 챙겨 뒀었지만,
말라빠진 다리에 너무나 헐렁하고
우렁차던 목소리는 아이처럼 높은 소리,
휘파람을 부는구나. 마지막 장면은
기묘하고 기구한 이야기를 마치는데
두 번째 유아기요. 완전한 망각이라,
이도 눈도 입맛도 아무것도 없느니라.
[올란도가 아담을 지고 등장]

노 공작 어서 와라. 지고 온 노인을 내려놓고
음식을 먹여.

올란도 노인 일로 매우 고맙소.

아담 도련님도 굶으셨는데.
고맙다고 말씀드릴 힘도 없군요.

노 공작 어서 와요. 먹어요. 어찌된 영문인지
귀찮게 물어보지 않겠소.
음악을 듣자. 그럼 친구, 노래해.

아미앵 [노래한다.]
불어라, 불어라, 겨울바람아.
은혜 잊은 사람만큼
무정하진 않구나.
기운은 사납지만
눈에는 뵈지 않아
이빨도 날카롭지 않구나.
얼씨구절씨구, 노래하라, 푸르른 홀리.
인간의 우정은 거짓, 사랑은 헛것.
그럼 얼씨구, 홀리나무,
이런 삶이 좋고 좋다.
얼어라, 얼어라, 매운 하늘아.
잊어버린 은혜보다
물어뜯지 않누나.
물을 얼려 찌그러뜨리지만
친구를 잊어먹는 사람보다는
아프기가 덜하구나.
얼씨구절씨구, 노래하라, 푸르른 홀리.
인간의 우정은 거짓, 사랑은 헛것.
그럼 얼씨구, 홀리나무,
이런 삶이 좋고 좋다.

노 공작 [올란도에게]
네가 나한테 귓속말로 실토하고
얼굴에 그 사람 모습이 빼박은 듯
살아 있다는 걸 내 눈으로 보듯이
네가 롤런드 경의 아들이 맞다면
진심으로 환영한다. 나는 너의 부친을
사랑하던 공작이다. 나머지 이야기는
동굴에서 들려 달라. [아담에게] 선량한 노인,
주인을 환영하듯 당신을 환영한다.
[귀족들에게] 팔을 붙들어 줘라. [올란도에게]
내 손을 잡아라.
겪은 모든 일들을 나에게 말하라. [모두 퇴장]

## 3. 1

[프레더릭 공작, 귀족들, 올리버 등장]

프레더릭 공작 그 이후 못 봤다고? 쯧쯧. 그럴 수 있나.
내 속의 거반을 자비심이 채우기 망정이지
내 앞에 너를 두고 없어진 놈을 찾아서
복수할 생각은 없어. 하지만 유의해.

동생이 어디 있든지 간에 찾아내.
불을 밝혀서 찾아봐. 열두 달 안에
죽었든 살았든 잡아오지 않으면
이 땅에서 살 생각은 하지도 마.
네 땅과 네 거라고 하는 것 중
압수할 가치가 있는 모든 걸
몰수해 둬. 네 동생 입으로
혐의를 풀기 전엔 그렇게 하겠다.
올리버 아, 전하께서 속마음을 알아주세요!
평생토록 동생을 사랑한 적 없어요.
프레더릭 공작 더더욱 악질이야. [귀족들에게]
문밖으로 끌어내.
그리고 그런 일을 담당한 관리들은
저놈의 집과 땅을 몰수해라.
이 일을 빨리 해. 저놈은 쫓아내. [각기 퇴장]

## 3. 2

[올란도가 종이를 가지고 등장]
올란도 나의 시여, 사랑의 증거로 달려 있어라.
삼관의 밤 여왕[25]이여, 정결한 눈으로
저 하늘 희미한 궤도에서 살펴보시라,
내 목숨 뒤흔드는 그대의 사냥꾼을.
오, 로절린드, 나무들로 책을 삼고
내 마음을 껍질에 새기겠으니,
이 숲에서 눈을 들어 보는 자마다
그대의 찬사를 어디서나 보리로다.
올란도여, 속히 하라. 나무마다 새겨라,
아름답고 정결하고 형언 못 할 그녀를. [퇴장]
[코린과 어릿광대 터치스톤 등장]
코린 한데 터치스톤 씨, 이런 양치기 생활이
어때요?
터치스톤 양치기, 사실대로 말해서 이 생활도 나름으론
괜찮소. 하지만 양치기의 생활이란 점에서는
아무것도 아니오. 혼자라는 점에서는 나도 매우
좋아해요. 하지만 외톨이란 점에서는 아주 못된
생활이오. 그리고 들일이란 점에서는 나도 매우
좋아해요. 하지만 궁정 일이 아니라는 점에서는
지루해요. 검소한 생활이란 점에서는 내 기분에
잘 맞는단 말이오. 하지만 넉넉하질 못해요. 내
비위에 몹시 어긋나요. 양치기, 철학이 있소?
코린 딴 건 아니고 사람이 아프면 아플수록 편하지
않다는 건 잘 알며, 돈과 수단과 만족이 없는
사람은 좋은 친구 셋이 없다는 것과, 비의 성질은
젖게 하는 거고 불의 성질은 태우는 거며,
풀밭이 좋으면 양이 살찐다는 것, 밤의 가장 큰
원인은 해가 없다는 것, 본시 머리가 나쁘거나
배우질 못해 무식한 자는 좋은 교육을 못 받거나
아주 둔한 집안을 탓할 수 있다는 거예요.
터치스톤 그런 자는 자연에서 배우는 철학자요. 양치기,
궁정에 가본 적 있소?
코린 전혀 없어요.
터치스톤 그럼 당신은 저주받았소.
코린 그렇진 않겠죠.
터치스톤 당신 진짜 저주받았소. 잘못 지진 달걀처럼, 한
쪽만 지져서.
코린 궁정에 안 가봐서? 이유는?
터치스톤 전혀 궁정에 가본 적이 없다면 바른 예절을 본
적이 없다는 소리요. 바른 예절을 본 적이 없다면
평소 버릇이 악할 수밖에 없소. 악은 죄요. 죄는
저주요. 그러니까 양치기, 당신은 매우 위험한
처지에 놓여 있소.
코린 절대로 안 그렇소, 터치스톤. 궁정에서 소위 바른
예절이라 하는 건 시골에선 우스꽝스런 짓이라
시골 사람 하는 짓이 궁정에선 놀림감이 되는 거나
마찬가지요. 궁정에선 손에 입을 갖다 대야 인사
하는 거라면서요? 궁정 사람이 양치기라면 그런
예절은 더러운 게 되겠어요.
터치스톤 간단한 증거를 대요, 증거.
코린 아, 그야 우리는 양을 다루는데 알다시피 양털엔
기름이 묻었지 않소?
터치스톤 아니, 당신네 양치기는 손에 땀도 안 나나요?
게다가 양고기 기름은 사람의 땀만큼 깨끗한 것
아니오? 모자라요, 모자라. 좀 더 좋은 증거를 대요.
자, 말해 봐요.
코린 그뿐만 아니라 우리는 손이 거칠어요.

25 달의 여신 다이애나는 지상에서는 순결의 여신이자 여사냥꾼이며, 지하에서는 페르세포네이며, 하늘에서는 루나, 신시아(퀸티아), 또는 피비(포이베)였다.

터치스톤 당신네 입술이 먼저 알아차릴 거요. 아직도 모자라요. 좀 더 실한 예를 들어요. 자.

코린 그리고 우리 손은 양의 상처에 역청을 칠해요.[26] 그러니 우리한테 역청에 입을 맞추란 말이오? 궁정인은 손에다 사향[27]을 발랐는데.

터치스톤 형편없는 사람이야. 당신은 좋은 고깃점에 비하면 구더기가 슨 고기야. 똑똑한 사람한테 배워 알라고. 사향은 근본이 역청보다 천해. 그 물건은 고양이가 흘리는 더러운 액체야. 양치기, 예를 고쳐 말해요.

코린 궁정 지식이 너무 많아 못 당하겠소. 관두겠소.

터치스톤 저주받은 채 관둬? 모자라는 사람아, 불쌍하구나. 하느님이 당신 몸의 피를 빼시길![28] 너무 몰라.

코린 여보쇼, 나는 진짜 노동자요. 내 밥 내가 벌어 먹고 내 옷 내가 벌어 입소. 누굴 미워하지 않으며 남의 복을 부러워하지 않으며 남이 잘된 걸 기뻐하며 내 불운은 그냥 받아들여요. 가장 큰 보람은 어미 양이 풀 뜯고 새끼 양이 젖 빠는 거요.

터치스톤 그건 또 다른 당신의 우둔한 죄요. 수양과 암양을 한곳에 모아놓고 짐승들의 교미로 벌이를 하다니. 우두머리 수양[29]에게 뚜쟁이 노릇을 해서 열두 달 된 암양을 어울리는 짝들과 모두 떼어놓고 뿔 꾸부러진 늙다리 수양한테 넘겨주다니. 당신이 그 때문에 저주받지 않는다면 마귀도 양치기를 거절할 거요. 당신이 어떻게 빠져나갈 건지 나도 알 수 없구려.

코린 저기 가니메데스 도령이 오시는군. 우리 새 마님의 오빠지요.

[가니메데스로 변장한 로절린드 등장]

로절린드 [읽는다.]

동인도서 서인도에 이르기까지
로절린드 같은 보석, 찾지 못하리.
그 여자의 가치는 바람을 타고
온 세상에 퍼뜨린다, 로절린드를.
아무리 곱게 그린 그림이라도
로절린드한테는 검을 뿐이다.
로절린드밖에는 어떤 얼굴도
예쁘다고 기억하지 말아야 하리.

터치스톤 나도 아가씨한테 8년을 계속해서 시를 읊어 대겠어요. 단, 점심과 저녁과 잠잘 시간은 빼고요. 진짜 버터 장수 아낙네가 장터 가는 가락예요.

로절린드 관둬, 광대야.

터치스톤 맛만 보세요.

수사슴이 암사슴을 그리워하면
로절린드 그녀를 찾으라 해요.
고양이가 자기 짝을 구하려 하면
로절린드도 확실히 그럴 거예요.
겨울옷은 속에다 겹을 대듯이[30]
가냘픈 로절린드도 그래야 하죠.
추수하면 단으로 묶어야 하고
로절린드도 마차에 실어 가야죠.[31]
고소한 호두는 껍질이 쓴데,
로절린드는 그러한 호두랍니다.
향기로운 장미를 얻고자 하면
사랑의 가시와 로절린드죠.

이거야말로 삐걱대는 엉터리 운문예요. 왜 아가씨는 그따위에 속을 태우세요?

로절린드 조용해, 어릿광대. 나무에서 얻은 거야.

터치스톤 확실히 그 나무는 못된 열매를 맺어요.

로절린드 네게 접붙이겠다. 그러고는 거기다 돌배[32]를 접붙이면 이 나라에서 제일 일찍 익은 과일이 될 거다. 절반도 익기 전에 썩을 테니까. 그런데 그게 바로 돌배의 제맛이야.

터치스톤 말씀은 그래요. 하지만 똑똑한 말인지 아닌지는 수풀의 판단에 맡겨요.

[에일리나로 변장한 셀리아가 글이 씌어진 종이를 들고 등장]

로절린드 가만있어. 저기 동생이 읽으면서 와. 비켜서.

26 양털을 깎다가 양의 피부를 건드려 피가 나면 역청을 발라 지혈을 하고 소독하였다.
27 사향은 사향고양이나 사향노루의 사향샘을 건조시켜 얻는 향료로서 향기가 매우 강하다.
28 몸에 나쁜 피가 너무 많으면 지능이 떨어진다고 믿었다.
29 맨 앞에서 양 떼를 인도하는 우두머리 양. 몸집이 가장 큰 수양으로 목에 방울을 달고 있다.
30 '겹을 댄다'는 말은 남녀가 성교한다는 말이 된다.
31 몹쓸 여자를 묶어서 마차에 실어 사람들에게 구경시켰다.
32 서양의 돌배(medlar)는 썩기 시작해야 물렁거리며 제맛이 난다. 우리 돌배도 물러져야 씹을 수 있고 단맛이 나는 것이 있다. '문배술'은 문(무른) 배의 맛이 나는 독특한 향의 술이다.

셀리아 [읽는다.]

“왜 이곳은 황야가 되어야 하나?
　사람이 안 살아서? 그렇지 않아.
나무마다 말할 혀를 달아놓아서,
　문명인의 말씨를 보여주리라.
어떤 건 인생이 덧없이 흘러
　방황하는 순례 길을 빨리 달려서
일생의 전부를 한데 모아야
　한 뼘만큼 된다는 걸 이야기하고
어떤 건 친구와 친구 사이에
　깨어진 맹세를 얘기하리라.
가장 예쁜 가지마다 반드시 쓰고
　문장을 마치고서 반드시 쓸 건
‘로절린드’ 그 이름! 그렇게 하여
　읽는 사람 모두가 알 수 있도록
모든 영의 진수를 축소판으로
　하늘이 나타냄을 가르쳐준다.
그런고로 하늘은 자연에 명해
　세상에 두루 퍼진 모든 미모를
한 몸에 채워 담길 요망하였다.
　그 즉시 자연은 헬런의 볼을
취했으나 마음은 거절하였고,
　클레오파트라의 당당한 위세,
아탈란타[33] 아가씨의 보다 좋은 점,
　루크리스의 정숙을 총 집결했다.
이리하여 하늘의 의회가 모여
　모든 얼굴, 모든 눈, 마음들에서
더없이 귀중한 모든 특징을
　한데 모아 아가씨를 지으셨도다.
하늘은 그녀가 이런 천분을 갖게 하고
　내겐 사나 죽으나 종이 돼라 하셨다.”

로절린드 오, 선하신 주피터여! 그토록 지루한 사랑 설교로 세상의 인간들을 지치게 하면서도 어째서 ‘착한 백성들아, 참아라’고 외치진 않으셨나요?

셀리아 이것 봐라, 가짜 친구들 아냐? 양치기, 조금 물러서. 너도 같이 저리 가.

터치스톤 갑시다, 양치기. 우리는 명예롭게 후퇴합시다. 큰 짐과 짐짝은 못 되지만 자루와 주머니는 함께 갖고 갑시다. [코린과 함께 퇴장]

셀리아 그 시구 들었어?

로절린드 아, 그럼. 모두 들었어. 그 이상도 들은 바 있어. 어떤 구절은 운문 한 줄이 도저히 지탱할 수 없을 만큼 발이 많았어.[34]

셀리아 아무렴 어때? ‘발’이 운율을 떠받칠 수 있다면.

로절린드 맞아. 하지만 그런 ‘발’은 절뚝일 테고 운율이 없으면 스스로 지탱할 수도 없어. 그래서 운문 중간에 절뚝거리며 멈춰 서게 돼.

셀리아 그런데 어떻게 네 이름이 나무들에 달려 있고 새겨 있는지 놀라지도 않고 듣기만 했니?

로절린드 네가 오기 전에 아홉 날 중 일곱 날은 놀라고 있었지.[35] 여기 종려나무에 뭐가 있는지 좀 봐. [셀리아에게 시를 보여준다.] 내가 아일랜드의 쥐[36]가 됐던 피타고라스[37] 시대 이후 이렇게 시에 올라 있긴 처음이야. 하도 오랜 옛적이라서 아리송해.

셀리아 누가 이 짓 했는지 짐작이 가?

로절린드 남잔가?

셀리아 그리고 언젠가 네가 그 사람 목에 걸어준 목걸이도 생각나? 얼굴색 변하기니?

로절린드 누구 말인데?

셀리아 오, 주여! 친구들이 만나기란 어려운 일이지. 하지만 지진이 나면 산들도 옮길 수 있어. 서로 만나는 것도 가능해.

로절린드 도대체 누구 말이니?

셀리아 그럴 수 있어?

로절린드 이젠 진짜 애걸하며 강력하게 비는데, 그게 누군지 제발 말해줘.

셀리아 오, 놀라워라, 놀라워라, 한없이 놀랍고 놀라워라. 다시 한 번 놀라워라. 그러고도 아무리 외쳐대도

33 미모의 이 여자 사냥꾼은 매우 빨리 뛰었다. ‘보다 좋은 점’은 그녀의 아름다움이다.

34 모음의 강세와 약세의 반복을 기본으로 하는 영어의 운율에 올란도의 좀 못난 시는 잘 어울리지 않는다는 말이다. 운율의 최소 단위를 ‘발’(보격)이라고 하는데 4. 4조를 기본으로 하는 우리에겐 생소한 개념이다.

35 “놀라운 일은 아흐레 간다”는 속담이 있었는데 그녀는 그중 7일을 놀라워했고 아직도 놀랄 날이 이틀 남았다는 말이다.

36 아일랜드 사람들은 마술 운율을 읊어 쥐를 퇴치한다는 말이 있었다. 자기 이름이 자꾸 시에 올라 있으니 자기를 쫓아내려는 음모가 있는 것 같다는 우스갯소리.

37 고대 그리스 철학자 피타고라스는 기원전 6세기에 살았으니 그녀가 아일랜드의 쥐였던 적도 까마득한 옛적이라는 말.

한없이 놀라워라!

로절린드 여자 성미론 못 참아! 사내처럼 차렸지만 성질마저 웃통과 쫄바지를[38] 입은 줄 아니? 한 치라도 지연시키는 건 지리상 발견에서 인도양에 가 있는 것과 같아. 누군지 속히 가르쳐줘. 빠른 말로. 말을 더듬어도 괜찮아. 숨겨진 그 사람을 입 밖으로 쏟아놓게. 아가리 좁은 병에서 술이 쏟아지듯— 한 번에 너무 많이 나오거나 아주 안 나오지만. 제발 입의 마개를 열어. 네가 전하는 소식을 속 시원히 마시고 싶어.

셀리아 그래서 배 속에 사내를 배겠단 말이지.

로절린드 신이 만드신 그대로야? 어떻게 생긴 사람이야? 머리에 모자를 쓸 만해? 턱에 수염이 날 만해?

셀리아 아니. 턱수염은 조금밖에 안 났어.

로절린드 그야 신께서 더 보내주실 테지.—감사할 줄 안다면. 수염이 자라는 건 기다릴 수 있어. 그게 누구 턱인지 지체 없이 알려주기만 하면.

셀리아 올란도 청년이야. 레슬링 선수와 네 마음을 한꺼번에 나가떨어지게 만든 사람.

로절린드 그따위 놀리는 소린 마귀나 가지래. 정색하고 진실한 처녀로서 말해봐.

셀리아 정말이야, 언니. 그 사람이야.

로절린드 올란도?

셀리아 올란도.

로절린드 아이고, 어쩌면 좋아? 웃통과 바지는 어떻게 해! 그 사람 보니까 뭐 하고 있디? 뭐라고 하디? 얼굴빛은 어떻디? 어디로 들어가디? 여기서 뭘 하디? 나 어디 있냐고 묻디? 어디서 살디? 어떻게 헤졌지? 언제 다시 너하고 만나지? 한 마디로 대답해.

셀리아 먼저 나한테 가르강튀아[39] 같은 입을 빌려다 줘야겠어. 오늘날 입의 사이즈론 너무나 큰 한마디야. 그런 질문에 예, 아니요 하기는 교리문답에 대답하는 것보다 어려워.

로절린드 하지만 내가 이 숲에 있다는 거와 남자 옷 입고 있다는 걸 그이가 알아? 레슬링 하던 날처럼 기운 넘치디?

셀리아 연인을 시시콜콜 따져보기란 공기 가운데 티끌을 세는 것만큼 어려워. 하지만 내가 본 그대로 그 사람 맛보고 정신 똑바로 차리고 음미해. 떨어진 도토리처럼 나무 밑에서 봤는데—

로절린드 그런 열매를 떨군다면 주피터의 나무[40]라고 해도 괜찮겠어.

셀리아 내 말이나 잘 들어요, 착한 아가씨.

로절린드 계속해.

셀리아 거기 누워 있었어. 부상당한 기사처럼 길게 뻗어 있었는데—

로절린드 그런 모습 보기란 참혹하지만, 맨땅을 아름답게 꾸며.

셀리아 제발 혓바닥한테 '워'[41] 하라고. 쓸데없이 날름댄단 말이야.—사냥꾼처럼 차렸는데—

로절린드 아아 무서워.—내 심장 죽이려고 와.

셀리아 베이스 없이 노래하고 싶어. 네가 자꾸 내 가락에 훼방을 놓아.

로절린드 내가 여자란 걸 모르니? 생각이 떠오르면 금방 말을 해야 돼.—착하지, 말 계속해.

[올란도와 제이퀴즈 등장]

셀리아 할 말 잊어먹었지 뭐니. 쉿. 저기 오잖아?

로절린드 그이야. 옆으로 살짝 비켜서서 뭘 하나 보자.

[로절린드와 셀리아가 비켜선다.]

제이퀴즈 [올란도에게] 같이 있어줘서 고맙소. 하지만 솔직히 말해 혼자 있어도 좋겠소.

올란도 나도 마찬가지요. 하지만 관습에 따라 나 역시 같이 계신 걸 감사하는 바이오.

제이퀴즈 잘 가시오. 되도록 만나지 맙시다.

올란도 서로 모르고 지내기를 진정 바라오.

제이퀴즈 부탁하건대, 나무거죽에 연애시를 새김으로써 더 이상 나무들을 망치지 말기요.

올란도 찌푸린 낯으로 읽음으로써 더 이상 내 시를 망치지 마시길 부탁하오.

제이퀴즈 로절린드가 당신 애인 이름이오?

올란도 예, 정확히 그렇소.

제이퀴즈 그 이름이 싫소.

38 '웃통'과 '쫄바지'는 당시 신사 복장이었다. 거기다 옆구리에 작은 칼을 찼다.

39 중세 민담에 나오는 거인. 셰익스피어의 동시대인인 프랑스의 라블레가 풍자소설의 주인공으로 삼은 인물.

40 천한 도토리가 열리는 상수리나무를 다른 말로 '참나무'라고 했고 이를 '주피터의 나무'로 불렀다.

41 소에게 서라고 하는 소리. 즉 입 다물고 있으라는 것. ('이랴'는 가라는 소리.)

올란도 그녀가 세례명을 받을 때 당신 마음에 들 생각은 없었던 거요.

제이퀴즈 키가 얼마쯤 되는데?

올란도 바로 내 심장 높이오.

제이퀴즈 어여쁜 대답으로 가득하시군. 당신 금은방 주인 마누라들과 사귀어서 저들의 반지[42]에서 그런 글귀를 배운 거 아니오?

올란도 안 그렇소. 하지만 대번 대꾸하겠소. 그림 있는 천에서 그런 질문을 열심히 외워두셨소.[43]

제이퀴즈 말재간이 재빠르군. 그런 재간은 아탈란타의 발뒤축으로 만든 것 같소. 나와 같이 앉아 있겠소? 우리 둘이서 세상이라는 여편네와 온갖 치사한 처지를 욕하지 않겠소?

올란도 나 자신밖에는 온 세상 누구도 탓하지 않겠소. 가장 큰 잘못은 내게 있다는 것을 내가 잘 아오.

제이퀴즈 당신의 가장 큰 잘못은 연애를 한다는 거요.

올란도 당신의 가장 훌륭한 품성과도 바꾸지 않을 잘못이오. 당신이 싫어지오.

제이퀴즈 사실은 바보 광대를 찾던 중에 당신을 만났던 거요.

올란도 그자는 개울물에 빠져 있소. 들여다보기만 하시오. 거기서 보게 될 거요.[44]

제이퀴즈 내 얼굴이 보일 텐데.

올란도 바보 아니면 '0'[45]일 테요.

제이퀴즈 더 오래 당신과 있고 싶지 않소. 잘 있으시오, 연애 박사. [제이퀴즈 퇴장]

올란도 당신이 떠난다니 기분이 좋소. 잘 가시오, 우울 선생.

로절린드 [셀리아에게] 뻔뻔스러운 하인처럼 저 사람한테 말 걸겠어. 그런 모양으로 사내 행세 해낼 테야. [올란도에게] 산지기, 내 말 들리오?

올란도 잘 들려요. 무슨 일이오?

로절린드 지금 몇 시요?

올란도 오늘 때가 얼마 됐는지 물어보셔야 하오. 숲에는 시계가 없소.

로절린드 그럼 이 숲에 진실한 연인이 없군. 만일 있다면 매 분마다 한숨 쉬고 매 시간마다 신음하는 연인이 시간의 느린 걸음을 시계처럼 알 텐데.

올란도 그렇다면 어째서 시간의 빠른 걸음은 몰라요? 그거 역시 시간의 본성 아니오?

로절린드 어디가 그렇소? 시간은 다른 사람한테는 다른 걸음으로 달린다오. 시간이 누구하고 천천히 걷고 누구하고 빨리 걷고, 누구하고 냅다 뛰며 누구하고 마냥 서 있는지 알려드리죠.

올란도 그럼 누구와 종종걸음을 치오?

로절린드 그거로 말하면, 시간이 젊은 처녀와 함께 약혼과 결혼식 사이를 힘들게 달리는 때죠. 그 기간이 일곱 밤밖에 안 돼도 시간의 걸음이 너무나 느려서 칠 년이나 되는 것 같죠.

올란도 누구하고 천천히 걷는데?

로절린드 라틴어가 절벽인 사제와 통풍 없는 부자죠. 그런 사제는 공부할 줄 모르니까 잠을 쉽게 자고 그런 부자는 아픈 게 없으니까 즐겁게 살며, 그런 사제는 소득 없이 낭비적인 학문의 짐이 없고, 그런 부자는 무겁고 버거운 궁핍의 짐이 없죠. 이런 자들하고는 시간은 천천히 걷죠.

올란도 누구하고 냅다 달리는데?

로절린드 교수대로 끌려가는 도둑하고요. 되도록 느리게 발을 내딛지만 너무 속히 가는 거로 생각해요.

올란도 누구하고 그냥 서 있지?

로절린드 휴가 중의 법관하고요. 그 양반들은 개정 기간 사이에도 잠자니까요. 그런 때엔 시간 가는 줄도 몰라요.

올란도 잘생긴 젊은이, 어디 사시오?

로절린드 여기 이 양치기, 내 동생하고, 속치마에 붙어 있는 레이스처럼, 숲의 가장자리에 살죠.

올란도 이 고장 사람이오?

로절린드 보다시피 자기가 태어난 고장에서 줄곧 사는 토끼 같죠.

42 금반지 안쪽에 짧은 경구나 시구 등을 새기는 것이 관행이었다. 올란도가 짓는 시는 금은방 수준에 불과하고 그것도 금은방 주인의 아내들과 내밀한 관계를 맺었구나라는 욕설도 포함되어 있다. 더구나 '반지'는 여자의 성기를 뜻하는 은어이기도 했다.

43 값비싼 수직 벽걸이는 걸 수 없어서 그 대신 그림을 그려 넣은 값싼 벽걸이 천에 적힌 문구들을 열심히 외웠을 거라는 대답이다. 제이퀴즈에게 '말 펀치'를 날린 것이다.

44 개울물을 들여다보면 제이퀴즈 자신의 얼굴이 비쳐 보일 것이라는 말. 즉 제이퀴즈가 바보 광대란 말이다.

45 '바보 광대'를 찾으러 다니다가 자신이 바로 '바보'란 것을 알 것이며, '0'이니 백치의 텅 빈 얼굴이라는 말도 된다.

올란도 이렇게 멀리 떨어진 외딴곳에서 배운 것보다 말투가 상당히 세련됐소.

로절린드 나더러 그렇단 사람 많아요. 하지만 신심 깊은 늙은 우리 아저씨가 말을 가르치셨죠. 그분은 젊었을 때 도회지에 사셔서 거기서 사랑에 빠졌었기 때문에 구애하는 법을 너무도 잘 아셨죠. 사랑을 경계하는 여러 가지 설교를 읽으시는 걸 들었어요. 여자를 싸잡아 욕하신 것처럼 제가 그렇게 경박한 결함이 많은 여자가 아니란 걸 하느님께 감사해요.

올란도 그분이 여자의 책임으로 돌린 주요 결함 중에서 하나라도 기억하오?

로절린드 특별히 주요 결함이랄 건 없었어요. 모두가 서로 동전닢처럼 같았거든요. 결함마다 끔찍스러웠지만 다른 결함과 견주어보면 그게 그거였죠.

올란도 그중 몇 가지만 말해보시오.

로절린드 싫어요. 아픈 사람 이외에는 내가 가진 약을 내버리지 않겠어요. 나무껍질에 '로절린드'를 새기는 통에 어린 나무를 망치는 사람이 숲을 돌아다녀요. 아가위나무에 시구를 걸어놓고 엉겅퀴에 연가를 달아요. 모두 로절린드란 이름을 신으로 받드는 거죠. 그 연애꾼을 만나기만 하면 몇 가지 충고를 해주겠어요. 사랑의 학질을 앓는 것 같아서요.

올란도 내가 바로 그처럼 사랑에 전율하는 사람이오. 어쩌야 좋을지 알려주세요.

로절린드 당신은 아저씨 모습이 전혀 없어요. 사랑에 빠진 자를 알아보는 방법을 가르쳐 주셨는데, 당신은 확실히 지푸라기 우리[46]에 갇힌 사람은 아니에요.

올란도 그런 사람은 모습이 어때요?

로절린드 여윈 뺨인데 당신은 안 그렇고, 검은자위에 푹 꺼진 눈인데 당신은 안 그렇고, 물어도 대답 없는 기분인데 당신은 안 그렇고, 깎지 않은 수염인데 당신은 수염도 없어요.—하지만 그건 실례의 말씀. 당신의 수염이란 단지 장차 아우가 받기로 된 수입일 따름이죠.[47] 그리고 바지에는 대님을 감지 않고 모자에는 띠를 두르지 않고 소매는 단추를 채우지 않고 구두끈은 매지 않아서 행색 모두가 나 몰라라 하는 폐인 꼴이 돼야 하는데, 당신은 그런 사내가 아니에요. 도리어 당신은 옷차림이 단정해요. 남보다는 자신을 사랑하는 사람처럼.

올란도 잘난 젊은이, 내가 사랑한다는 사실을 당신이 믿게끔 하고 싶소.

로절린드 내가 그걸 믿어요? 당신이 사랑한다는 그녀가 믿게끔 하는 편이 쉬울걸요. 분명히 말하지만, 그녀는 사랑을 고백하기보다는 믿는 게 쉬울 거예요. 바로 그 점에서 여자들은 자기네 속마음을 속이는 거죠. 한데 정말 당신이 그처럼 로절린드를 찬양하는 시를 걸어놓는 사람이에요?

올란도 젊은이, 로절린드의 하얀 손에 걸어 맹세하오. 내가 바로 그 사람, 불행한 그 사람이오.

로절린드 하지만 당신의 시구가 말하듯이 그처럼 사랑에 빠져 있어요?

올란도 얼마나 사랑하는지는 시도 말도 이루 다 표현하지 못할 거요.

로절린드 사랑이란 순전히 미친 짓이에요. 그러니까 미친 사람처럼 캄캄한 집에 갇혀서 채찍 맛을 봐야 해요.[48] 그런데 저들이 그렇게 벌을 받고 치유가 되지 않는 이유는 그 미친 증세가 너무도 예사스러워서 매질하는 사람조차 사랑에 빠졌던 까닭이죠. 하지만 나는 좋은 말로 사랑을 고치는 전문가예요.

올란도 그렇게 해서 고친 적 있소?

로절린드 네, 한 사람. 이렇게 했죠. 나를 자기 애인으로 상상하는 겁니다. 그래서 매일같이 나한테 사랑을 호소하게 정해놓죠. 그때마다 나는 변덕스러운 아이에 지나지 않아서 한숨짓고 가냘프고 이랬다 저랬다 하고 그리워하고 좋아하고 뻗대고 환상에 들뜨고 흉내 내고 천박하고 쉽게 변하고 눈물 많고 웃음 많고, 무슨 감정이든 조금씩은 모두 가지고 있고 무슨 감정이든 진짜는 없죠. 사내애와 여자는 대부분 성질이 그런 동물이에요.—이제는 좋아하고 이제는 싫어하고, 이제는 반가워하고 이제는 모른다 하고, 이제는 위해 울고 이제는 침을 뱉어서, 연인으로 하여금 미친 사랑의 정신에서 진짜 미친 정신으로 몰아가니까 그건 너른 세상 흐름에서 순전히

46 사랑은 '지푸라기 우리'와 같아서 갇힌 새가 쉽게 부수고 나올 만큼 쉽게 깨뜨릴 수 있는 덧없는 약속이라는 말이다.

47 형이 나누어 주기로 되어 있는 수입이다. 그처럼 올란도의 수염은 앞으로 나오기로 되어 있다.

48 광인의 치료법의 하나였다. 셰익스피어의 「열이틀째 밤」에서 미친 사람을 치료한다며 암실에 가두는 일이 벌어진다.

수도원 같은 구석에 묻혀 사는 거였죠. 그렇게 해서 고쳐줬는데, 그 방법으로 당신의 간을 양의 심장만큼 깨끗하고 건전하게 씻어서 사랑의 흔적이 한 점도 안 남도록 책임지고 고쳐드리겠어요.

올란도 젊은이, 치유받기 원치 않소.

로절린드 나를 로절린드라고만 부르고 매일 우리 집에 와서 구애하면 고쳐드릴 텐데요.

올란도 그럼 내 사랑의 진실을 걸어 맹세코 그러겠소. 당신 집이 어딘지 알려주시오.

로절린드 나하고 같이 가요. 가르쳐줄 테니. 가는 길에 숲에서 어디 사는지 알려주세요. 그럼 갈까요?

올란도 아, 물론이오. 착한 젊은이.

로절린드 아니, 나더러 로절린드라고 해야 돼요. 얘, 가자. 안 가겠니? [모두 퇴장]

## 3. 3

[어릿광대 터치스톤과 오드리 등장. 뒤에 제이퀴즈가 따라온다.]

터치스톤 빨랑빨랑 와, 오드리. 너네 염소 떼는 내가 몰아올게, 오드리. 자 어때, 오드리. 내 남자 노릇 괜찮아? 두루뭉술한 내 꼴, 마음에 들어?

오드리 당신 꼴? 하느님 보호하세요.—무슨 꼴 말인가요?

터치스톤 가장 음탕하고 솔직한 시인 오비드가 고트족 가운데 있듯,[49] 여기 내가 너와 네 염소 떼하고 같이 있어.

제이퀴즈 [방백] 몹쓸 집에 들어 사는 지식이로다. 초가집에 사는 주피터보다 더 나쁘도다.

터치스톤 사내의 시구가 이해되지 못하고 사내의 말솜씨가 '이해'라는 발 빠른 아이의 찬동을 못 받으면 좁은 방 쓰고 비싼 값 계산하는 것보다 사내를 기죽이는 짓이야. 참말이지 신들이 너를 시적으로 만드셨으면 좋겠어!

오드리 '시적'이란 소리가 뭔지 몰라요. 그게 실지로나 말로나 괜찮은 건가요? 진실한 건가요?

터치스톤 아니야, 정말로. 제일 진실한 시는 제일 잘 꾸미는[50] 거니까. 연인은 시 좋아하는 버릇이 있어서, 시에서 하는 맹세는 연인으로 꾸미는 거라고 할 수 있어.

오드리 그럼 당신은 신들이 나를 시적으로 만들었으면 좋겠어요?

터치스톤 그럼, 정말로. 네가 나한테 스스로 순결한 여자라고 맹세했어. 그런데 네가 시인이면 꾸밀 줄도 알겠다는 희망을 가질 수도 있지만.

오드리 제가 순결하길 바라지 않으세요?

터치스톤 아니, 정말로. 네가 얼굴이 못생기면 모르지만. 순결과 미모가 합치는 건 설탕에 양념으로 꿀을 치는 것 같아.

제이퀴즈 [방백] 철학이 있는 바보 광대군.

오드리 그럼 저는 예쁘지 않으니까 신들이 저를 순결하게 만들어주길 빌어요.

터치스톤 정말로, 못생긴 쌍년한테 순결을 던져준다는 건 더러운 그릇에 좋은 고기 담는 거나 같지.

오드리 전 쌍년 아네요. 하지만 제가 못생긴 걸 신들에게 감사해요.

터치스톤 그래? 널 못생기게 내주신 신들을 찬양하자. 쌍년 짓은 이후에 생길 수도 있어. 하지만 어찌 됐거나 상관없어. 너하고 결혼할 테니까. 그 일로 이웃 동네 사제 올리버 마텍스트[51] 신부님하고 같이 있었어. 그이가 숲 속 이곳에서 나하고 만나 우리를 결혼시켜 준다고 약속했어.

제이퀴즈 [방백] 저것들이 만나는 걸 봐야지.

오드리 신들이 우리한테 기쁨을 주시길!

터치스톤 아멘.—마음에 걱정이 많은 사람이면 이런 일 하면서 사뭇 주저한다고. 여긴 성당도 없고 수풀 뿐이고 회중도 없고 뿔난 짐승[52]뿐이니까. 하지만 어때? 용기를 내. 뿔은 싫지만 어쩔 수 없어. 수많은 사람이 제 재산이 얼마나 되는지 모르고 있대. 맞아. 수많은 사람이 멋진 뿔을 가졌지만 얼마나 되는지 몰라. 그건 제 아내의 지참금이라 자기가 얻은 게

49 오드리는 무식해서 터치스톤의 박식한 말을 못 알아듣는다. 로마 시인 오비드는 음탕한 시를 쓴 죄로 변방의 고트족이 사는 데로 추방당했었다. 영어로 '염소'(goat)와 '고트족'(Goth)은 발음이 같다.

50 '시는 가장 잘 꾸며내는 것'이라는 말이 유행했다. '꾸며내다'는 '거짓말하다'를 뜻하는 동시에 '상상하다'를 뜻하기도 한다.

51 '마텍스트'는 무식해서 라틴어 '성경 말씀을 망가뜨리는 자'라는 뜻이다.

52 사슴, 염소, 양처럼 뿔이 있는 짐승을 가리키나 아내가 서방질을 하면 남자 이마에 뿔이 난다고 했으므로 궁정이나 여염이나 어디든지 뿔난 사내가 허다하다는 말. 즉 대부분의 아내는 서방질을 한다는 우스갯소리.

아니거든. 뿔? 바로 그거야. 가난한 사람들만? 절대 아니지. 위엄이 제일 높은 사슴이 꼴찌 사슴 만큼이나 큰 뿔을 가졌거든. 그러니까 독신이 행복하단 말인가? 아니지. 성으로 둘러싸인 도시가 보통 마을보다 위엄이 있듯이, 결혼한 남자 이마가 맨숭맨숭한 총각의 이마보다 더욱 존경스러워. 그러니까 도시의 방어가 아무 수단이 없는 것보다 유리하듯, 뿔이 있다는 건 없는 것보단 소중해.

[올리버 마텍스트 신부 등장]

올리버 신부가 오는군. 올리버 마텍스트 신부, 잘 만났소. 이 나무 아래서 속히 일 봐주겠소? 아니면 당신 교회당으로 같이 갈까요?

올리버 마텍스트 여인을 넘겨줄 사람이 여기 없소?

터치스톤 딴 남자가 넘겨주는 여자는 받지 않겠소.

올리버 마텍스트 여인을 넘겨줘야 하는 거요. 안 그러면 법적으로 그 결혼은 무효요.

제이퀴즈 [앞으로 나서며] 계속하시오. 내가 넘겨 주겠소.

터치스톤 안녕하시오? 모모[53] 씨. 잘 지내시나요? 무척 잘 오셨어요. 지난번 함께해 주셔서 매우 고마웠고요, 또 만나니 몹시 기뻐요. 바로 어쭙잖은 일을 벌이는 중이에요.

[제이퀴즈가 모자를 벗는다.]

아, 그러지 말고 쓰세요.

제이퀴즈 결혼하겠나, 바보 광대?

터치스톤 소는 멍에를 메고 말은 재갈을 물며, 매는 방울을 달 듯이 사내는 욕망이 있고 비둘기가 서로 부리로 쓰다듬듯이 결혼 생활은 서로 다독이고 싶어 해요.

제이퀴즈 교육받은 사람으로서 나무 아래에서 결혼하겠단 말인가? 거지처럼? 성당에 가서 결혼이 무엇인지 가르칠 수 있는 정식 사제에게 찾아가. 이자는 당신네를 무슨 널쪽처럼 붙여놓을 뿐이야. 그렇게 되면 당신들 중 하나가 줄어든 널쪽이란 사실이 드러나고 덜 마른 재목처럼 뒤틀리고 말 거야.

터치스톤 딴 사람보다는 이 사람이 결혼시켜 주는 게 좋겠다는 생각뿐이에요. 제대로 결혼시켜 줄 것 같지가 않아서예요. 나중에 내가 마누라를 내버릴 핑계가 될 테니까요.

제이퀴즈 나와 같이 가자. 좋은 말 해줄 테니.

터치스톤 사랑하는 오드리, 같이 가자.
결혼식을 해야 돼. 안 그러면 간음이야.
잘 있어요, 올리버 씨, 한데 말이오,
다정한 올리버,
멋있는 올리버,
나를 뒤에 두고 가지 말아요.
가 아니라
멀리 가요,
가란 말이오.
당신과는 결혼하지 않을 거예요.

올리버 마텍스트 [방백] 상관없어. 아무리 미친 지랄하는 녀석이라도 나를 직업에서 몰아낼 수 없다고. [모두 퇴장]

## 3. 4

[가니메데스로 변장한 로절린드와 에일리나로 변장한 셀리아 등장]

로절린드 나한테 암말도 하지 마. 울고 싶으니.

셀리아 제발 울어. 하지만 눈물은 사내한테 어울리지 않는다는 걸 똑똑히 알아.

로절린드 한데 내가 울 이유가 없어?

셀리아 최고로 바랄 만큼 좋은 이유가 있지. 그러니 울어.

로절린드 머리 색깔부터가 속이는 색깔이야.

셀리아 가룟 유다보다는 조금 더 붉어.[54] 그 사람 키스[55]는 유다의 자식이야.

로절린드 솔직히 말해서 그 사람 머리는 멋진 색깔이야.

셀리아 아주 좋은 색깔이야. 넌 언제나 밤색 머리만이 최고랬지.

로절린드 그리고 그이 키스는 거룩한 빵[56]의 촉감처럼 신성한 느낌으로 가득해.

셀리아 다이애나 여신이 내버린 입술[57]을 그 사람이 사 가졌어. 겨울 같은 수녀회의 수녀도 그렇게 신심 깊은 키스는 하지 못해. 정결의 얼음이

53 이름이 '변소'를 뜻하기 때문에 일부러 피한 것 같지만 사실은 그럼으로써 그 이름을 더욱 드러내는 효과가 있다.
54 그림을 보면 예수를 배반한 가룟 유다는 머리카락이 붉다. 지금도 악당은 붉은 머리칼로 나타내기 일쑤다.
55 유다는 겟세마네 동산에서 예수에게 키스를 하여 그가 예수임을 대제사장의 하인들에게 알렸다.
56 성찬식에 쓰는 빵. 곧 면병(麵餠).
57 정결의 여신인 다이애나(아르테미스)의 정결한 입술. 정결은 '얼음처럼 차가운' 것이다.

수녀들 속에 들어 있어.
로절린드 하지만 오늘 아침에 올 거라고 다짐하고선
왜 아직 안 오지?
셀리아 맞아, 확실해. 그 사람 전혀 믿을 수 없어.
로절린드 그렇게 생각해?
셀리아 응. 그 사람은 소매치기도 아니고 말 도둑도
아니지만 진정한 사랑에 있어서는 뚜껑 덮은
술잔처럼 속이 비었거나 벌레 먹은 호두라고
생각해.
로절린드 사랑엔 진실하지 못해?
셀리아 사랑할 땐 진실해. 한데 사랑하지 않는 것 같아.
로절린드 사랑한다고 맹세하는 걸 너도 들었어.
셀리아 '했다'는 '한다'가 아니야. 게다가 연인의 맹세는
술집 보이의 말보다 힘이 세지 못해. 두 사람 다
거짓 계산이 틀림없다지. 그 사람은 여기 숲에서
네 아버지 공작을 섬기고 있어.
로절린드 어제 그 공작을 만나서 그분께 여러 가지
궁금한 걸 물어보았어. 부모가 누구냐고 물으시기에
자기하고 똑같다고 대답했더니 웃으시면서 보내주셨어.
하지만 올란도 같은 사람이 있는데 뭣하러 우리가
아버지 얘기를 해?
셀리아 오, 그 사람 아주 멋져! 멋진 시를 쓰고 멋진 말을
하고, 멋지게 맹세를 하고 멋지게 맹세를 깨고,
연인의 가슴 너머로 아주 비스듬하게 창을 겨눠.[58]
한쪽으로 치우쳐서 말에 박차를 가하는 덜된 창술
선수가 창을 분지르는 것 같아. 못난 젊은 귀족들이
그러지. 하지만 젊음이 솟구쳐서 우습게 구는 자는
모두가 멋져. 한데 누가 오나?
[코린 등장]
코린 주인님, 마님. 자주 물으셨어요?
사랑을 탄식하던 목동이 어떻게 됐냐고.
저하고 풀밭에 앉은 걸 보셨어요.
콧대 높은 양치기 처녀를 찬양했는데
그게 자기 애인이었죠.
셀리아 그래 어떻게 됐지?
코린 진실한 사랑의 창백한 낯빛과
건방진 경멸의 빨건 열이 빚어내는
진솔한 광경을 보고 싶으시다면
저리 조금 가세요. 제가 안내할게요.
보시기만 하면 돼요.
로절린드 [셀리아에게] 그래 가보자.
연인들의 모습이 연인들을 북돋아.
[코린에게] 구경 시켜줘요. 저들의 연극에
나도 한몫 잘하는 배우가 될 테니. [모두 퇴장]

## 3. 5

[실비어스와 피비 등장]
실비어스 어여쁜 피비, 멸시하지 마, 피비.
사랑하지 않는대도 좋지만 아픈 말은
하지 마. 사형 집행 형리는 죽는 꼴
항상 봐서 무정해도, 용서를 빌고 나서
숙인 목에 도끼를 내려친단다.[59]
평생토록 피를 보며 살다가 죽는 형리보다
냉혹하게 되려니?
[가니메데스로 변장한 로절린드, 에일리나로
변장한 셀리아, 코린이 등장하여 옆에 선다.]
피비 [실비어스에게]
나는 네 형리가 되고 싶지 않아.
너한테 상처를 줄까봐 피하는 거야.
내 눈에 살기가 돈다고 하는데
제일 약하고 연한 게 눈이라서
티끌만 봐도 겁나서 문을 닫는데
폭군이라, 도살자라, 살인자라 하는 건
그럴싸하고도 그럴듯해.
눈한테 찔리면 온 힘을 다해서
너한테 찌푸리니 어디 죽어봐.
기절하는 척하고 당장 쓰러져.
그러질 못하면, 오오, 창피하게도
내 눈이 살인자란 거짓말 그만둬.
내 눈이 네게 입힌 상처를 보자.
바늘은 스치기만 해도 흔적이 남아.
갈대밭에 누우면 상처 같은 자국이
손바닥에 얼마 동안 남아 있게 돼.
하지만 지금 너를 쏘아본 내 눈이

58 창술 시합에서 상대의 가슴을 정면으로 찌르지 않고 비스듬히 찌르는 것은 기술이 모자라거나 비겁한 짓으로 간주되었다.
59 도끼로 사형수의 목을 내리치는 형리도 먼저 사형수에게 용서를 구하는 것이 관례였다.

네게 아무런 상처도 남기지 않았어.
상처를 입힐 힘이 눈에 없다는 게
이제 확실해졌어.
실비어스 오, 사랑하는 내 피비,
어떤 새 얼굴에서 거센 사랑을 만나면
—그런 게 가까이 있을 수 있어.—
날카로운 사랑의 화살이 만들어주는
안 보이는 상처를 너도 알게 될 거야.
피비 하지만 그때까진 가까이 오지 마.
그때가 되면 나를 놀리고 불쌍히 보지 마.
그때까진 나도 너를 불쌍히 보지 않겠어.
로절린드 [앞으로 나서며]
어째서 그러지? 어머니가 누구기에
불쌍한 사람을 모욕하고 뭉개기를
동시에 하다니? 예쁘지도 않은 것이.
—불도 안 밝힌 채 어둠 속에 침대로
더듬어 갈 여자밖에 되지 않는데[60]—
그런 꼴에 건방지고 매정해야 돼?
그런데 왜 그래? 왜 빤히 쳐다봐?
너 따윈 흔해 빠진 자연의 기성품에
지나지 않아. 어이구, 맙소사!
내 눈까지 옭으려고 그런 것 같아.
건방진 여자, 안 돼. 그따위 바라지 마.
꺼먼 눈썹, 꺼먼 머리, 시꺼먼 눈알,
희멀건 뺨으로 내 마음을 길들여서
너를 숭배하게끔 만들 수 없어.
[실비어스에게]
못난 목동, 왜 너는 비바람 뿜어놓는
안개 짙은 남풍처럼 여자를 쫓아다녀?
너는 저 여자보다 수천 배 잘났어.
너 같은 멍청이 때문에 온 세상 가득하게
낯 찌푸린 녀석들이 생긴다고.
한구석도 볼품없는 여잔데도
네가 예쁘대서 거울 아닌 네게
자기가 잘난 거로 본단 말이야.
[피비에게] 하지만 여자, 너를 알아라.
무릎을 꿇고 금식해서 착한 사내의 사랑에
감사해라. 팔 만한 때 팔라고 친구가
귓속말을 해야겠어. 늘 팔 건 아니야.
사내한테 용서를 빌고 사랑하고 받아들여.
못생긴 게 경멸하면 꼴이 제일 사나워.
그럼 목동, 그녀를 받아들여. 잘들 가라.
피비 정겨운 젊은 분, 일 년 내내 욕하세요.
이 남자의 구애보다 당신 욕이 더 좋아요.
로절린드 [피비에게] 저 남자는 못생긴 네 꼴에 사랑에
빠졌는데 [실비어스에게] 이 여자는 내 분노에
사랑에 빠지겠어. 정 그렇다면 찌푸린 눈살로
대답하는 것만큼 아픈 말로 빨리 다그쳐야지.
[피비에게] 왜 나를 그렇게 쳐다봐?
피비 나쁜 뜻이 있는 건 아니에요.
로절린드 제발 나를 사랑하지 마.
술김에 맺은 맹세보다 믿지 못할 사람이야.
게다가 난 네가 싫어. 우리가 사는 집은
여기 근처 올리브 숲 속에 있어.
[셀리아에게] 우리 갈까? [실비어스에게]
목동, 열심히 달라붙어.
가자, 아우야. [피비에게] 여자 목동, 좀 더 좋게 봐주고
거만 떨지 마. 온 세상이 볼 수 있듯,
저이처럼 겉모습에 넋이 빠진 자도 없어.
자, 양 떼한테 가자. [로절린드, 셀리아, 코린 퇴장]
피비 [방백]
죽은 목동아,[61] 너의 굳센 격언을 이제 알겠어.
"첫눈에 사랑하지 않은 자가 과연 누구냐?"
실비어스 내 사랑 피비—
피비 뭔 말이야, 실비어스?
실비어스 내 사랑 피비, 불쌍히 봐다오.
피비 착실한 실비어스, 참말 안됐어.
실비어스 슬픔이 있는 곳에 위로가 있겠지.
내 사랑의 슬픔을 네가 슬퍼하면
네 슬픔과 내 슬픔에 사랑이 주어져서
둘이 모두 사라지겠어.
피비 네가 나를 사랑하니까 그게 이웃 아니야?
실비어스 너를 갖고 싶은데.
피비 그게 바로 탐욕이지.

60 캄캄한 데를 더듬더듬 찾아갈 만큼 못생겼단 말이다.
61 1593년에 죽은 셰익스피어의 선배 시인, 극작가 크리스토퍼 말로를 가리킨다. 아래의 인용은 그의 장시 「헤로와 레이안드로스」에 나오는 유명한 구절이며, 그는 또한 「애인에게 주는 열정의 순례자」라는 시에서 목동과 여자 목동의 사랑을 노래했다.

실비어스, 전엔 네가 싫었어. 하지만 내가
너한테 사랑을 품은 건 절대 아니야.
사랑에 대해서 네가 말을 잘 못해서
너와 같이 있는 게 너무 지겨웠지만
이젠 참겠어. 너한테 심부름도 시킬 거야.
심부름 하게 돼서 기쁜 거 말고는
더 이상의 보답은 바라지 마.

실비어스 내 사랑은 너무도 거룩하고 완전하고
너무나도 친절에 굶주렸어.
그 사람이 추수를 모두 끝낸 다음
떨어진 이삭을 줍는 형편이어도
너무나 풍성한 수확이라고 생각하겠어.
이따금 웃음을 뿌려주면 그걸로 살겠어.

피비 조금 전에 나한테 말한 젊은이를 알고 있어?

실비어스 잘은 몰라. 하지만 자주 만났어.
칼롯 노인이 갖고 있던 가옥과 땅을
그 사람이 사들였어.

피비 그에 관해 물어도 사랑은 아니야.
성질이 급한 애송이야, 하지만 말은 잘해.
한데 말이 소용 있어? 하지만 듣는 사람을
기분 좋게 해주면 말이 효과 있어.
잘생긴 젊은이야.—아주 잘생긴 건 아냐.
확실히 교만해. 하지만 그런 게 어울려.
사내구실이 괜찮겠어. 아주 돋보이는 건
얼굴빛이야. 욕설을 뱉자마자
그의 눈이 재빠르게 고쳐놨어.
키가 크진 않아도 나이에 비해 큰 편이고
다리는 보통이지만 괜찮아 보여.
입술은 귀여운 예쁜 색이고
뺨에 섞인 것보다 좀 더 농익고
밝은 빛깔이었어. 전체가 붉은 장미와
붉은빛이 섞여 있는 장미의 차이였어.
실비어스, 나처럼 요모조모 유심히
살피면 사랑에 빠질 뻔한 여자도
있을 수 있어. 하지만 나는
그 사람을 사랑도, 미워도 하지 않아.
하지만 사랑보단 미워할 이유가 많아.
뭣 땜에 나한테 욕을 해댔지?
눈알이 까맣다고, 머리가 까맣다고 했어.
지금 와서 생각하니까 날 멸시한 거야.
왜 대꾸하지 않았는지 나도 몰라.
하지만 상관없어. 안 했다고 끝난 게 아냐.
몹시 해대는 편지를 써 보내겠어.
네가 갖다 줘. 그러겠어, 실비어스?

실비어스 암, 물론이야, 피비.

피비 당장 쓰겠어.
내용은 머리와 가슴에 들어와 있어.
세게 나가야지. 아주 짧게 쓸 테야.
같이 가자, 실비어스. [둘 퇴장]

## 4. 1

[가니메데스로 변장한 로절린드, 에일리나로
변장한 셀리아, 제이퀴즈 등장]

제이퀴즈 야, 귀여운 소년, 너하고 좀 더 친하게 사귀고 싶다.

로절린드 듣자 하니 당신은 우울한 사람이죠.

제이퀴즈 그렇다. 웃음보다 우울이 기분이 좋다.

로절린드 두 가지 모두가 지나친 사람은 아주 몹쓸 사람어서 사소한 트집에도 주정뱅이보다 사납게 성질을 부려요.

제이퀴즈 그러니까 엄숙히 아무 말도 안 하는 게 좋다.

로절린드 그럼 돌기둥이 된다면 좋겠네요.

제이퀴즈 나는 학자의 우울도 없어. 그건 질투심이야. 음악인의 우울도 없어. 그건 몽상이야. 궁정인의 우울도 없어. 그건 오만이야. 군인의 우울도 없어. 그건 야심이야. 법관의 우울도 없어. 그건 정략이야. 여자의 우울도 없어. 그건 신경질이야. 까다로운 연인의 우울도 없어. 그건 이런 거 전부야. 이건 나 자신의 우울이야. 여러 가지 요소를 합친 거야. 여러 가지 사물에서 추출하고 여행 중 여러 가지 사색의 결과야. 여행 중 자주 하는 사색 중에 심각한 기분에 휩싸이곤 해.

로절린드 여행이라! 확실히 심각할 이유가 생겼네요. 남의 땅을 보려고 당신 땅을 팔았군요. 그래서 많이 구경해서 가진 게 없으면 눈은 부유한데 손은 가난하단 뜻이 되네요.

제이퀴즈 맞아. 나는 경험이 많아.

[올란도 등장]

로절린드 그래서 경험 때문에 심각해요. 차라리 광대 때문에 웃는 게 낫지, 경험 때문에 심각해지긴 싫어요. 게다가 수고로운 여행까지 하면서!

올란도 나의 사랑 로절린드, 좋은 날과 행복을 빌어요!

제이퀴즈 운문으로 말하려면, 잘 가오.

로절린드 안녕히 가세요, 여행자 씨. 외국인처럼 말하고 외국 옷을 입으세요. 제 나라한테서 얻은 혜택들을 욕하세요. 당신이 난 걸 미워하세요. 당신 모양을 그렇게 만드신 하느님을 나무라세요. 안 그러면 곤돌라도 못 탄 거로 알겠어요.[62] [제이퀴즈 퇴장] 아, 올란도? 그동안 내내 어디에 있었어요? 당신이 연인이에요? 또다시 이렇게 장난하면 다시는 내 눈에 얼씬도 말아요.

올란도 어여쁜 로절린드, 약속했던 시간에서 한 시간 안에 왔소.

로절린드 사랑의 약속을 한 시간이나 어겨요? 1분을 크리스천으로 나누고 사랑에 관한 일에서 그 천 분의 1을 어긴다고 해도 큐피드가 그자의 어깨를 툭툭 치고 그만두고 말 거라고 하겠지만 나는 그런 사람은 깨끗이 잊어버리고 사랑을 비우겠어요.

올란도 용서해요, 내 사랑 로절린드.

로절린드 아녜요. 이렇게 느리게 굴려면 다시는 내 눈에 뵈지 말아요. 달팽이한테 구애를 받는 게 낫죠.

올란도 달팽이한테?

로절린드 네, 달팽이한테. 걸음은 느리지만 등에다 집을 지고 다녀요.—당신이 여자한테 약속하는 것보다 좋은 재산이에요. 뿐만 아니라 자신의 숙명[63]을 미리 갖고 와요.

올란도 그게 뭔데?

로절린드 그야 뿔이죠. 당신 같은 사내가 아내 덕분에 기꺼이 얻을 물건이에요. 하지만 운명에 대비하고 오니까 아내로 말미암아 생기는 창피를 미리 막는 거지요.

올란도 정숙은 뿔을 만들지 않아. 나의 로절린드는 정숙한 여인이야.

로절린드 그런데 당신의 로절린드는 바로 나예요.

셀리아 너를 그렇게 부르는 게 좋은가봐. 하지만 저이는 너보다 더 예쁜 로절린드가 있지.

로절린드 그럼 내게 사랑을 호소해요. 호소하란 말이에요. 지금 나는 놀 기분이 돼 있으니까 허락할지 몰라요. 내가 진짜, 진짜 당신의 로절린드라고 하면 뭐라고 하시겠어요?

올란도 말하기 전에 키스부터 하겠소.

로절린드 아뇨. 먼저 말하는 게 좋아요. 그러다가 할 말이 없어서 쩔쩔맬 때 그 기회를 이용해서 키스해도 좋아요. 대단한 웅변가도 말이 생각나지 않을 땐 침을 뱉죠. 연인들도 할 말이 없을 땐—그렇게 안 되길 하느님께 빌지만—그중 똑똑한 짓은 키스죠.

올란도 키스를 거절하면 어쩌지?

로절린드 그러면 당신에게 간청하란 말이에요. 그래서 새로운 이야기가 시작되는 거지요.

올란도 자기가 사랑하는 여자 앞에서 할 말이 없는 자가 누굴까?

로절린드 내가 당신 여자라면 당신이 그러겠죠. 아니면 내 순결이 재치보다 못된 거로 봐야죠.[64]

올란도 그럼 홀딱 벗으라고?

로절린드 나체가 된다는 말이 아니라 호소할 게 없어진다는 말이에요. 내가 당신의 로절린드 아닌가요?

올란도 그녀 얘길 하고 싶어 당신을 로절린드라고 하는 건 아주 즐거워져요.

로절린드 그녀를 대신해서 말하는데 나는 당신이 싫어요.

올란도 그럼 나는 죽어요.

로절린드 그럴 수 있어요? 대리로 죽으세요. 가련한 이 세상은 거의 6천 년이 됐는데[65] 그동안에 한 사람도 사랑 때문에 죽은 자는 없어요. 트로일로스[66]는 그리스 군의 몽둥이에 맞아서 골이 빠개졌지만 그전에 죽을 만한 짓을 했지만 그래도 사랑의 모범 중의 하나예요. 레이안드로스[67]는 헤로가 여사제였지만 한여름 무더운 날만 아니었다면 수십 년 좋은 세월을 살았을 건데 멋진 청년이라서 헬리스폰트에 헤엄치러 나갔다가 쥐가

62 당시 잉글랜드 사람들이 베니스를 비롯하여 각처로 외국 여행을 다녀와서 외국을 찬양하고 제 나라를 폄하하던 버릇을 비꼬는 말이다. (요즘 우리나라 사람들도 그런다.)

63 달팽이는 미리 '뿔'까지 달고 있으니 마누라가 서방질할 것을 숙명으로 미리 알고 있다는 말.

64 할 말이 없어진다는 말과 호소를 그만둔다는 말과 옷을 벗는다는 말이 서로 뜻이 같아지는 것을 가지고 여자가 재치를 부리고 있다. 우리말로는 옮길 수 없다.

65 중세 성경학자들은 하느님의 천지창조가 기원전 4004년에 발생했다고 했다.

66 트로이의 왕자인 그는 연인 크레시다에게 배신당해 전장에서 죽었다. 셰익스피어는 「트로일로스와 크레시다」에서 그 이야기를 다뤘다.

나서 익사했죠. 그런데 못난 그 시대의 역사가들이 세스토스의 헤로 때문이라고 했던 거예요. 모두 거짓말이죠. 시시때때로 사람은 죽어서 벌레 밥이 되지만 사랑 때문에 죽은 이는 없어요.

올란도 하지만 나는 로절린드를 가슴에서 떼어낼 수 없소. 그녀가 매섭게 쏘아보면 분명코 나는 죽소.

로절린드 단연코 파리 한 마리도 안 죽어요. 하지만 지금부터 좀 더 긍정적인 기분으로 당신의 로절린드가 되죠. 나한테 뭣이든 요청하세요. 모두 들어줄 테니.

올란도 그럼 나를 사랑해요, 로절린드.

로절린드 물론 그러죠. 금요일도 토요일[68]도 모두 언제나.

올란도 그럼 나를 받아주겠소?

로절린드 네, 당신 같은 사람은 스물이라도.

올란도 그게 무슨 말인데?

로절린드 당신 건강하셔요?

올란도 그게 내 희망이오.

로절린드 그렇다면 좋은 걸 너무 많이 바라면 안 돼요? [셀리아에게] 얘, 너 사제가 돼서 우리를 결혼시켜 주려마.—올란도, 내게 손을 주세요.—얘, 네 생각은 어떠니?

올란도 [셀리아에게] 우리를 결혼시켜 주세요.

셀리아 난 그 말 몰라.

로절린드 '올란도, 그대는—' 하고 시작해야 돼.

셀리아 그래라. 올란도, 그대는 이 로절린드를 아내로 맞겠는가?

올란도 예, 그러겠습니다.

로절린드 좋아요, 하지만 언제요?

올란도 지금 당장. 당신 동생이 우리를 결혼시켜 주는 즉시.

로절린드 그럼 당신은 '나는 그대 로절린드를 아내로 맞습니다'라고 해야 돼요.

올란도 나는 그대 로절린드를 아내로 맞습니다.

로절린드 무슨 권리로 이러는지 물어봐도 되겠지만, 나는 그대 올란도를 남편으로 맞습니다. 사제보다 앞서가는 여자도 있군요. 확실히 여자의 생각은 행동보다 앞서지요.

올란도 생각이란 다 그렇죠. 날개가 돋쳤으니.

로절린드 그럼 그녀와 결혼하고 얼마 동안 같이 지낼 생각예요?

올란도 영원하고도 하루.

로절린드 영원은 빼고 하루라고 하세요. 안 돼요, 올란도. 남자는 구애할 땐 사월이지만 결혼할 땐 십이월이에요. 여자는 처녀 때는 오월이지만 아내가 되면 하늘이 변한다고요. 나는 암비둘기 지키는 바버리[69] 수비둘기보다 더 시샘하겠고 비 오기 전 앵무새보다 더 시끄럽게 떠들겠고 성성이보다 새 물건에 더 미치겠고 원숭이보다 변덕이 더 심하겠어요. 당신이 기분 좋아지려 할 때는 분수 속의 다이애나[70]처럼 까닭 없이 울겠어요. 당신이 자고 싶어 할 때는 승냥이처럼 웃어댈 거예요.

올란도 하지만 나의 로절린드가 정말 그럴까?

로절린드 정말 나와 똑같이 굴 거예요.

올란도 하지만 그녀는 똑똑하다고.

로절린드 똑똑하지 못하면 그런 짓을 할 만한 재치[71]도 없을 테죠. 똑똑할수록 탈선을 잘하거든요. 여자의 '재치'를 걸어 잠그면 창문으로 새나가죠. 창문을 닫으면 열쇠 구멍으로 새나가요. 열쇠 구멍을 막으면 연기와 함께 굴뚝으로 빠져나가요.

올란도 한 남자의 아내가 그런 '재치'를 갖고 있다면 '재치야, 어딜 가려고 해?' 하고 물을 수 있소.

로절린드 아녜요. 그런 꾸지람은 참았다가 아내의 '재치'가 이웃 남자 잠자리로 가는 걸 만날 때 하는 거죠.

올란도 '재치'가 그걸 변명하려면 무슨 재치가 있어야죠?

로절린드 거기서 남편 만나러 왔다고 하는 거죠. 혓바닥 없는 아내를 얻으면 몰라도 대답이 궁한 아내는 절대로 못 얻어요. 오, 제 잘못을 남편 공격할 빌미로 바꿔칠 줄 모르는 여자는 제 아이를 직접 기르면 안 돼요. 바보로 키울 거니까.

67 헬리스폰트(지금의 터키에 있는 해협) 건너편에 살던 레이안드로스는 밤마다 세스토스의 여사제 헤로를 만나러 해협을 헤엄쳐 건너다 익사했다. 이 이야기는 말로가 「헤로와 레이안드로스」에서 다뤘다(위의 주 61 참조). 레이안드로스가 쥐가 나서 죽었다는 말이나 그리스의 맹장 아킬레스에게 죽은 트로일로스가 몽둥이에 맞아 죽었다고 한 말은 로절린드가 일부러 지어낸 것이다.

68 금요일, 토요일은 금식일. 곧 로절린드는 언제나 그를 사랑하겠다는 말이다.

69 지금의 북아프리카 지역.

70 분수 속에 서서 물을 맞고 서 있으니 운다고 할 수 있다. 다이애나는 결혼과 출산의 여신도 되었다.

71 영어의 재치(wit)이라는 말은 여자의 성욕, 또는 성기라는 뜻도 암시했다.

올란도 이제 두 시간 동안 떠나 있겠소, 로절린드.

로절린드 오, 내 사랑. 두 시간이나 당신 없인 못 살아요.

올란도 점심 때 공작님과 함께 있어야 해요. 두 시에 다시 당신과 같이 있겠소.

로절린드 좋아요. 맘대로 하라고요, 맘대로. 당신이 어떻게 될지 진작부터 알았어요. 친구들 말도 그랬고 내 생각도 그랬어요. 달콤한 당신 말에 내가 넘어갔군요. 여자 하나 버린 거죠. 그렇다면 죽음아, 오너라! 두 시랬죠?

올란도 그렇소. 내 사랑 로절린드.

로절린드 정말로, 진심으로, 하느님이 나를 더 좋게 만들어 주시길 빌며, 온갖 무해한 귀여운 말로 맹세하건대, 약속을 조금이라도 어기든가 1분이라도 늦어지면 나는 당신을 가장 처참한 위약자, 가장 무성의한 연인, 믿지 못할 사내들의 커다란 무리에서 골라낸 자 중에서도 로절린드라고 하는 여자에게 가장 맞지 않는 자라고 단정할 테요. 그러니까 내 심판을 잊어버리지 말고 약속을 지켜요.

올란도 당신이 진정한 나의 로절린드인 듯, 신앙 못지않게 지킬 거요. 그럼 안녕.

로절린드 '시간'은 그런 죄인 모두를 심판하는 노련한 재판관이죠. 그에게 심판을 맡겨요. 잘 가세요. [올란도 퇴장]

셀리아 사랑에 대한 논쟁에서 너는 끝까지 우리 여성을 비하했어. 너의 남자 저고리와 바지를 홀랑 벗기고 새가 자기 집에다 무슨 짓을 해댔는지 온 세상에 보여줘야 할 판이야.

로절린드 오, 애, 아우야, 귀여운 아우야. 내가 사랑 속에 몇 길이나 빠졌는지 네가 알면 좋겠어. 하지만 그 깊이를 잴 수 없어. 포르투갈 만[72]처럼 내 사랑은 바닥을 알 수 없어.

셀리아 아니면 바닥이 아예 없든지. 그래서 네가 사랑을 쏟아붓는 그대로 없어져버려.

로절린드 아니야. 비너스의 못된 사생아, 생각을 아버지로, 충동이 잉태해서, 광란에게 태어난 놈, 제 눈이 멀었다고 모든 사람의 눈까지 속여먹는 눈먼 아이 새끼한테 내가 얼마나 깊이 사랑에 빠졌는지 판단하래라. 에일리나, 솔직히 말해서 나는 올란도의 모습을 안 보고는 배길 수 없어. 그가 돌아올 때까지 그늘을 찾아가 한숨이나 쉬겠어.

셀리아 그럼 난 잠이나 자야지. [모두 퇴장]

## 4. 2

[제이퀴즈와 산지기처럼 차린 귀족들 등장]

제이퀴즈 사슴을 죽인 이가 누구요?

귀족 1 나요.

제이퀴즈 [다른 사람들에게] 로마의 정복자처럼 이분을 공작께 모셔 갑시다. 그리고 승리의 월계관으로 이분 머리에 사슴뿔을 달아주는 게 좋을 것 같아요. 산지기, 여기 알맞은 노래가 없소?

귀족 2 있지요.

제이퀴즈 불러요. 곡조가 맞든 안 맞든 상관없소. 소란하면 되니까.

[음악]

귀족들 [노래한다.]

사슴 죽인 자에게 무엇을 주나?
털가죽과 뿔들을 걸치라 하고,
노래하며 집으로 데리고 오고
나머지는 이렇게 메기라 하자.
머리에 뿔 다는 걸 거절치 마라.
네가 나기 전에도 솟아 있었다.
네 조부의 조부도 그걸 달았고
네 부친도 그것을 달고 있었다.
오, 저 뿔, 오, 저 뿔, 신나는 저 뿔,
웃어버릴 물건이 절대 아니오. [모두 퇴장]

## 4. 3

[가니메데스로 변장한 로절린드, 에일리나로 변장한 셀리아 등장]

로절린드 자, 어떠니? 두 시가 안 지났어? 그런데 여기 올란도가 쌔고 쐤구나.

셀리아 순결한 사랑과 복잡한 머리로 큐피드는 활과 화살을 집어 들고 나갔는데 낮잠 자러 간 게 분명해.

[실비어스 등장]

저기 누가 오는데.

실비어스 [로절린드에게]

72 포르투갈 해안에서 40마일 떨어진 해역. 당시에는 수심이 가장 깊은 곳으로 알려졌었다.

잘나신 젊은 분, 심부름을 왔소.
상냥한 피비가 전하라고 했소.
[로절린드에게 편지를 내미니까 그녀가 받아서
읽는다.]
내용은 모르지만 내 짐작에는
편지 쓸 때 그녀의 성난 얼굴과
화내던 몸짓으로 미루어보아
노여움이 들었습니다. 용서하시오.
나는 죄 없는 메신저일 뿐이오.

로절린드 이 편지를 읽으면 인내심도 놀라서
막된놈이 되겠다.[73] 이걸 참으면
못 참을 게 없겠다.—잘나지 못하고
무례하고 건방지며 불사조처럼
남자가 귀해도[74] 나는 사랑을 안 해.
맙소사! 그녀의 사랑은 내가 쫓는
토끼가 아닌데 왜 그런 소리를 썼어?
흠, 목동, 이 편지 당신이 꾸민 거야?

실비어스 절대로 아니에요. 나는 내용을 몰라요.
피비가 썼어요.

로절린드 하, 당신 멍청이야.
그래서 사랑의 극한점에 도달했어.
그녀의 손을 보니 가죽 같았어.
거무튀튀했어. 낡은 장갑을
낀 줄 알았다니까. 한데 맨손이었어.
아낙네의 험한 손.—하지만 상관없어.
그녀가 쓴 편지는 절대로 아니야.
사내가 지은 거야. 사내의 필체야.

실비어스 분명 그녀가 썼어요.

로절린드 거칠고 사나운 게, 결투를 신청하는
사내의 글투야. 나한테 싸움을 걸어.
터키인이 기독교인에게 그러듯.
얌전한 여자가 이렇게 사나운 글,
이렇게 시커먼 말, 더더욱 시커먼 뜻,
이런 건 꾸미지 못해. 들어보겠어?

실비어스 예, 괜찮으시면. 나는 아직 못 들었어요.
하지만 피비의 쏘는 말은 싫게 들었어요.

로절린드 나를 마구 대하는군. 폭군 말을 들어봐. [읽는다.]
"당신은 목동이 된 신이신가요?
처녀의 마음을 불태웠으니."
여자가 이런 욕을 할 수 있어?

실비어스 그걸 욕이라고 해요?

로절린드 [읽는다.]
"그대의 신성을 젖혀놓고서
왜 여자의 마음을 뒤흔드나요?"
이런 욕을 들은 적 있어?
"상처를 주지 않을 사람의 눈이
나에게 사랑을 호소했지만"
내가 짐승이라는 말이지.
"그대의 빛난 눈의 경멸의 빛이
이토록 사랑을 일으켰으니
온화한 낯빛은 내 마음 속에
어떠한 놀라움을 나타낼까요?
내가 사랑한다고 꾸짖었으니
그대가 구애하면 감격하겠죠!
그대에게 이 사랑을 전하는 자는
내 속의 이 사랑을 모르는 자니,
그대의 마음을 편지에 담아
그대의 젊음과 그대 성격이
진실한 내 마음과 내 모든 걸
받아줄 수 있는지 말해주거나
그를 통해 내 사랑을 거절하면
어떻게 죽을까 궁리할 테요."

실비어스 그걸 욕이라고 하시오?

셀리아 아아, 불쌍한 목동.

로절린드 얘, 이 사람을 동정하니? 동정할 나위가 없어. [실비어스에게] 그따위 여자를 사랑할 테야? 그래 당신을 도구로 사용하고 괜한 걱정을 끼치는데? —도저히 못 참겠어. 그녀한테 갈 테면 가. 이제 보니 사랑이 당신을 순한 뱀이 되게 했어. 가서 말해. 그녀가 나를 사랑한다면 당신을 사랑하라고 명령한다고. 그러지 않으면 당신이 그녀를 거저 가져가라고 빌어야만 그녀를 거두겠어. 진실한 연인이면 두말 말고 어서 가. 딴 사람이 오니까.

[실비어스 퇴장]

[올리버 등장]

올리버 잘생긴 분들, 안녕하시오?

73 인내심은 언제나 변함없이 다소곳한 태도지만 편지 내용이 너무도 터무니없어 막되게 굴겠다는 말.

74 '불사조'는 스스로 몸을 태워 다시 태어나는 새이니 세상에 단 하나뿐인 가장 희귀한 존재다.

이 수풀 변두리에 올리브가 둘러친
목자의 오막이 어디 있나 아시나요?

셀리아 여기서 서쪽, 근처 골짜기의 바닥이오.
소리를 내면서 흐르는 개울가의 갯버들을
지나서 가면 오른쪽이 거기예요.
하지만 이때쯤 집만 혼자 있어요.
아무도 안에 없어요.

올리버 들은 걸 눈으로 확인할 수 있으면
모습으로 당신들을 알 수 있어요.
그 차림, 그 나이요. "사내는 하얀데
여자처럼 생겼고 나이 든 언니처럼
행동하고, 여자는 키가 작고 오빠보다
가무잡잡하다"더군요. 당신들이
내가 찾는 그 집의 주인이 아니오?

셀리아 그렇다는 대답이 자랑은 아니겠죠.

올리버 올란도가 두 분께 인사하면서
로절린드라고 부르는 청년에게
피 묻은 이 수건을 보냅니다. 당신인가요?

로절린드 그래요. 도대체 어떻게 된 거예요?

올리버 조금은 내 수치도 됩니다. 내가 누구며
이 수건이 어떻게 어째서 어디서
피 묻은 걸 아시면.

셀리아 말씀하세요.

올리버 좀 전에 올란도가 두 분과 헤어지고
한 시간 안에 다시 돌아온다고
약속했는데, 숲 속을 걸어오고
사랑의 쓰고 단 맛을 반추하고 있으니까
오, 그 광경! 옆으로 눈을 돌렸을 때
무슨 광경이 벌어지고 있었는지!
늙은 참나무 아래, 묵은 가지 이끼 끼고
높다란 꼭대기는 오래되어 말랐는데
그 아래 남루한 가난뱅이 털북숭이가
자빠져 자고 있었어요. 그 사람의 목에는
알락달락한 독사가 똬리를 틀고
위협적이고 날렵한 대가리를 내두르며
그 사람 입으로 다가가다가 갑자기
올란도를 보고는 똬리를 풀고
덤불 속에 기어들어 사라졌는데
그 덤불 그늘엔 새끼들이 빨아 먹고,
젖꼭지가 바짝 마른 암사자 한 마리가
머리를 땅에 대고 잠든 사람이
몸을 뒤척일 순간을 고양이처럼
노리고 있던 겁니다. 사자는 왕답게도
죽은 듯한 짐승은 안 먹는 성질이오.
이를 안 올란도가 가까이 가서 보니
그 사람은 자기의 친형이었어요.

셀리아 그이가 형 이야길 하는 걸 들었어요.
그이 말에 의하면 사람 중에 그자보다
악한 자가 없을 거래요.

올리버 당연해요.
그의 악한 성질을 나도 압니다.

로절린드 하여튼 올란도 이야기를 계속하세요.
형을 두고 떠났나요? 사자 밥이 되라고?

올리버 그러려고 두 번이나 등을 돌렸지만
복수보다 언제나 고상한 우애와
상식적인 이유보다 강한 본성이
그로 하여금 암사자와 싸우게 했어요.
짐승은 재빨리 달려들었고 그 와중에
나는 끔찍한 잠에서 깨었습니다.

셀리아 당신이 형이세요?

로절린드 그이가 당신을 구하셨어요?

셀리아 자꾸 그일 죽이려 한 게 당신이세요?

올리버 전에는 그랬지만 지금은 아닙니다.
내가 누군지 말해도 부끄럽지 않아요.
자신을 되찾으니 뉘우침이 달아요.

로절린드 그런데 피 묻은 수건은?

올리버 차차 얘기해요.
내가 그런 황무지에 오게 된 이유 등,
주고받은 이야기로 처음부터 끝까지
뜨거운 사랑의 눈물바다였어요.
인자한 공작께 나를 데려가니까
새 옷과 음식을 내게 내려주시고
아우의 사랑에 나를 맡기셨어요.
즉시 나를 동굴로 데려간 아우가
웃옷을 벗으니까 암사자가 팔뚝의 여길
물었더군요. 그동안 내내 아우는
피를 흘렸던 거요. 그러자 기절하며
로절린드를 애타게 큰 소리로 불렀어요.
정신을 들게 하고 상처를 싸매니까
본시 강한 사람이라 금방 깨어나
낯선 사람이지만 나를 이리 보내서
이 말을 전해서 약속을 어긴 걸

용서해 달라고 하며 피 묻은 이 수건을 목동에게 주랬어요. 장난으로 그 청년을 로절린드 아가씨로 부른다데요.

[로절린드가 기절한다.]

셀리아 왜 그래, 가니메데스? 사랑하는 가니메데스!

올리버 허다한 사람이 피를 보고 기절해요.

셀리아 딴 이유가 있어요. 언니, 아니 가니메데스!

올리버 저 봐요, 정신이 들어요.

로절린드 집에 가고 싶어.

셀리아 우리가 데려다 줄게.

[올리버에게] 오빠 팔을 붙잡아 주실래요?

올리버 기운 내세요. 그러고도 남자요? 남자다운 정신이 부족하시군.

로절린드 그래요. 솔직히 그래요.—아, 여보세요, 누구든지 멋들어지게 꾸몄다지 않아요? 멋지게 꾸미더라고 아우한테 말하세요. 야, 재미있다!

올리버 지어낸 게 아니었어요. 솔직한 감정을 나타내는 거라는 증거가 너무나도 역력히 당신의 얼굴에 드러나요.

로절린드 정말 꾸몄소.

올리버 하여튼 마음을 단단히 먹고 씩씩한 남자인 척 꾸미세요.

로절린드 그렇게 마음을 다잡고 있어요. 하지만 본시 여자가 될 사람이오.

셀리아 자꾸만 자꾸만 핏기가 가셔. 집으로 가자. 여보세요, 같이 가요.

올리버 그러지요. 로절린드. 당신이 아우를 용서하는지 알고 가야 하니까요.

로절린드 뭔가 좀 지어낼 테요. 하지만 내가 기막히게 기절하는 척하더라고 말해주세요. 갈까요? [모두 퇴장]

## 5. 1

[어릿광대 터치스톤과 오드리 등장]

터치스톤 좋은 때가 올 거야, 오드리. 좀 참아. 얌전한 오드리.

오드리 사제님은 아주 좋은 분이었어요. 그 노인 신사가 뭐라고 씨불여대도.

터치스톤 순 악질 올리버 사제야, 오드리. 아주 못된 마텍스트야. 그런데 오드리, 여기 이 숲에 네가 자기 사람이라고 떠드는 젊은 놈이 있어.

오드리 네. 누군지 알아요. 온 세상이 나한테는 어떤 권리도 없어요. 당신이 말하는 그 사람이 와요.

[윌리엄 등장]

터치스톤 촌놈을 만나면 안주와 술이 나한테 생겨. 과연 우리처럼 머리가 똑똑한 사람은 책임이 막중해. 놀려대야 하니까. 참을 수 없어.

윌리엄 안녕, 오드리.

오드리 안녕하세요, 윌리엄.

윌리엄 [터치스톤에게] 안녕하세요?

터치스톤 잘 있나, 착한 친구? 모자 쓰게, 모자 써. 아, 그러지 말고 모자를 쓰라니까. 친구, 금년 나이가 어떻게 되나?

윌리엄 스물다섯예요.

터치스톤 좋은 나이야. 당신 이름이 윌리엄이야?

윌리엄 윌리엄 맞아요.

터치스톤 좋은 이름이야. 여기 숲에서 났나?

윌리엄 예. 하느님 은혜로.

터치스톤 하느님 은혜라—대답이 좋아. 돈이 많아?

윌리엄 솔직히, 그저 그래요.

터치스톤 그저 그런 거가 좋지. 매우 좋지. 엄청 좋지. 한데 아니야. 그저 그럴 뿐이지. 똑똑해?

윌리엄 예, 머리가 좋아요.

터치스톤 오, 말 잘하네. 속담이 생각나. "바보는 자기가 똑똑하다고 생각하지만 똑똑한 사람은 자기가 바보란 사실을 안다."[75] 그 이교도 철학자는 포도가 먹고 싶을 때 입안에 포도를 넣으면서 입술을 벌려. 그래서 포도란 먹기 위해 지은 거며 입술이란 열리라고 만든 거란 뜻을 말하는 거야. 당신이 이 처녀를 사랑해?

윌리엄 그렇습니다.

터치스톤 당신 손 이리 주게. 학교 다녔어?

윌리엄 아니요.

터치스톤 그럼 나한테 이거 배워. 가진다 하는 건 가지는 거야. 컵의 물을 잔에 따르면 물은 잔을 채움으로 컵을 비운다는 말씀이야. 글쟁이마다 '입세'[76]가 그 사람이라고 하거든. 그런데 당신은 '그 사람'이 아니고 내가 그 사람이야.

75 '이교도 철학자' 플라톤의 『소크라테스의 변명』에서 유래한 격언.

윌리엄 어떤 사람 말인가요?

터치스톤 이 여자와 결혼할 분 말이다. 그러니까 촌놈아, 이 '여성'과—잡된 말로 이 여자와 '교제'를—촌놈 말로 사귀기를 '포기하라'—속된 말로 그만두란 말인데, 모두 합쳐 말하면 이 여성과의 교제를 포기하란 말씀이다. 안 그러면 촌놈 너는 파멸한다. 좀 더 쉽게 말해 죽는다. 다시 말해 너를 죽이겠다. 없애겠다. 목숨을 죽음으로 바꿔 놓겠다. 자유를 속박하겠다는 말씀이다. 네게 독약을 쓰겠다. 몽둥이질을 하거나 칼질을 하겠다. 너와 패싸움을 벌이고 모략 속에 파묻겠다. 백오십 가지 방법으로 너를 죽이겠다. 따라서 와들와들 떨면서 꺼져버려라.

오드리 그래라, 얘. 착한 윌리엄.

윌리엄 그럼 즐겁게 지내세요. [퇴장]

[코린 등장]

코린 주인님과 마님이 당신을 찾으십니다. 빨리빨리 가십시다.

터치스톤 빨리 가자, 오드리. 빨리 가자, 오드리. [코린에게] 알았소, 알았소. [모두 퇴장]

## 5. 2

[올란도와 올리버 등장]

올란도 그렇게 잠시 만났는데 형이 그녀를 좋아하게 되었다니 그럴 수 있소? 보자마자 사랑했소? 사랑하자마자 구애했소? 구애하자마자 그녀가 응했소? 그래서 그녀와 끝까지 살겠소?

올리버 그처럼 졸속한 행동을 문제 삼지 마. 가난한 그녀의 형편,[77] 짧은 사귐, 급작스런 나의 구애, 급작스런 그녀의 허락 등을 묻지 말고 '나는 에일리나를 사랑한다'는 내 말과 그녀는 나를 사랑한다는 말에 동의한다고 말해. 둘이 같이 살게끔 우리 말에 동의해줘. 너한테 좋을 거야. 돌아가신 아버지 롤런드 경의 집과 모든 토지 수입을 너한테 넘기고 나는 여기서 양치기로 살다가 죽겠어.

[가니메데스로 변장한 로절린드 등장]

올란도 물론 승낙해. 내일 당장 형의 결혼식을 거행하자. 공작님과 즐겁게 따르는 사람들을 모두 다 초대할게. 형은 빨리 가서 에일리나한테 말해줘. 마침 나의 로절린드가 오네.

로절린드 잘 있어요, 오빠?

올리버 잘 있소, 누이?[78] [퇴장]

로절린드 오, 내 사랑 올란도, 가슴팍을 목도리로 싸맨 걸 보니 속이 아파요.

올란도 가슴 아니고 팔인데.

로절린드 당신의 가슴이 사자의 발톱에 찢겨서 다친 줄 알았어요.

올란도 가슴이 상한 건 사실이지만 어떤 여자 눈에 상했소.

로절린드 당신 형이 피 묻은 수건을 나한테 보여줬을 때 내가 기절하는 듯이 굴던 걸 얘기했나요?

올란도 그렇소. 훨씬 놀라운 말도 했소.

로절린드 오, 무슨 말인지 나도 알아요. 그게 사실이에요. 그처럼 빠르게 벌어진 일도 없죠. 두 마리 수양의 싸움이거나[79] "갔다, 봤다, 이겼다"[80]는 건방진 시저의 수작이면 모를까. 당신 형과 내 동생은 만나자마자 쳐다보고 쳐다보자마자 사랑하고 사랑하자마자 한숨 쉬고 한숨 쉬자마자 서로 이유를 묻고 이유를 알자마자 대책을 강구했죠. 이런 단계를 거쳐 두 사람은 결혼에의 층계를 만들었고 당장에 층계를 올라갈 참이죠. 그러지 못하면 결혼까지 못 참을 거예요. 사랑의 폭풍 속에 휩싸인 채로 같이 있겠다는 말이죠. 몽둥이로 때려도 떨어지지 않아요.

올란도 둘은 내일 결혼해요. 결혼식에 공작님을 초대할 생각이죠. 하지만 딴 사람의 눈을 통해서 행복의 모습을 봐야 하니 이 얼마나 쓰라린 운명이에요! 형이 마음에 바라던 여인을 얻게 됐다는 생각을 하면 할수록 나는 매일 더욱더욱 무거운 슬픔의 절정에 도달해요.

로절린드 그럼 내일 로절린드 대신에 내가 당신 소원을

76 '그 사람 자신'이라는 뜻의 라틴어. 일부러 어려운 말을 한다.
77 그는 에일리나가 프레더릭 공작의 딸인 줄을 모르고 가난한 여자 양치기로만 알고 있다.
78 이 둘이 서로를 오빠, 누이로 부르는 것은 연극적인 장난이다. 관객이 재밌어할 게 뻔하다.
79 주도권을 잡기 위해 수양끼리 갑자기 싸움을 벌인다.
80 매우 유명한 말. 줄리어스 시저의 저술 『갈리아 전쟁기』에 나온다.

못 들어준단 말인가요?

올란도 생각만 가지곤 더 이상 살 수 없소.

로절린드 그럼 더 이상 실없는 말로 괴롭히지 않겠어요.
내 생각을 말하죠.—지금 좀 더 심각한 말이니까
들어두세요.—당신은 이해력이 괜찮은 신사인 것
같아요. 내가 이런 말을 하는 이유는 내가 당신을
잘 안다고 해서 내 판단력을 높이 보라는 건 아니고,
명예를 높이려는 것도 아니고 다만 당신한테서
약간의 신뢰를 얻어서 당신에게 유익이 돌아가게 할
뿐이에요. 내가 기이한 일을 할 수 있다는 걸 믿어
주세요. 나는 세 살 때부터 학문이 매우 깊은
마술사한테 배웠는데 악한 잡술[81]이 아니었어요.
남 앞에서 떠들어대듯 당신이 로절린드를 가슴 깊이
사랑하면 당신의 형이 에일리나와 결혼할 그 시간에
당신도 로절린드와 결혼하게 될 거예요. 지금
그녀가 얼마나 쪼들리는 형편인지 내가 알아요.
당신은 마술을 나쁘게 볼 수도 있지만 내일 조금도
위험 없이 실물 그대로의 그녀를 당신 눈앞에
데려다 놓겠어요. 나로선 불가능할 일이 아녜요.

올란도 진정으로 말하는 거요?

로절린드 내가 무척 아끼는 목숨을 걸고 말해요. 스스로
마술사로 자처하지만요. 따라서 제일 좋은 옷으로
차려 입고서 친구들을 청하세요. 내일 결혼하시길
원하시면, 결혼할 거면, 원한다면 로절린드와
결혼하게 되실 거예요.
[실비어스와 피비 등장]
내 연인과 그녀의 연인이 와요.

피비 [로절린드에게]
젊은이, 내게 아주 못되게 굴었어요.
내가 보낸 편지를 보여주다니요.

로절린드 그래도 상관없소. 부러 애써서
당신한테 못되고 건방지게 굴었소.
충실한 목동이 당신을 따라요.
돌아보고 사랑해요. 신처럼 받드니까요.

피비 [실비어스에게]
사랑이 뭔지 청년에게 가르쳐줘요.

실비어스 사랑이란 한숨과 눈물로 가득하죠.
피비에게 내가 바로 그렇죠.

피비 나는 가니메데스에게요.

올란도 나는 로절린드에게요.

로절린드 나는 여자에겐 안 그래요.

실비어스 사랑이란 전적으로 진실과 섬김이죠.
내가 바로 피비에게 그렇죠.

피비 나는 가니메데스에게요.

올란도 나는 로절린드에게요.

로절린드 나는 여자에겐 안 그래요.

실비어스 사랑이란 전적으로 환상일 뿐이며
전적으로 열정이며 전적으로 소망이며
전적으로 예찬과 충성과 숭배이며
전적으로 굴종과 인내와 초조이며
전적으로 순결과 시련과 복종이며
나는 바로 피비에게 그렇죠.

피비 나는 가니메데스에게요.

올란도 나는 로절린드에게요.

로절린드 나는 여자에겐 안 그래요.

피비 [로절린드에게]
그럼 왜 당신을 사랑하지 말래요?

실비어스 그럼 왜 당신을 사랑하지 말래요?

올란도 그럼 왜 당신을 사랑하지 말래요?

로절린드 왜 당신도 "왜 당신을 사랑하지 말
래요?"라고 해요?

올란도 여기 있지 않고 듣지 못하는 그녀에게요.

로절린드 그런 타령을 마세요. 아일랜드의 늑대들이 달을 보고
짖는 듯해요. [실비어스에게] 도와줄 수 있으면
도와줄게요. [피비에게] 사랑할 수 있으면 사랑
할게요. 내일 모두 나를 만나요. [피비에게] 내가
여자와 결혼하면 당신과 결혼할게요. 한데 나는
내일 결혼해요. [올란도에게] 내가 남자에게 만족
한다면 당신에게 만족할게요. 한데 당신은 내일
결혼해요. [실비어스에게] 당신에게 기쁨 주는
데 만족하면 내가 당신에게 만족할게요.
한데 당신은 내일 결혼해요. [올란도에게] 로절린드를
사랑하니까 만나세요. [실비어스에게] 피비를 사랑하니까
만나세요. 나는 아무 여자도 사랑하지 않지만 나도
만날게요. 그럼 잘 가세요. 여러분에게 당부해요.

실비어스 목숨 붙어 있는 한 틀림없이 그러겠소.

81 당시 '마술'은 교회에서도 인정하는 '하얀 마술'과 마귀의 힘을 빌리는 '검은 마술'이 있었는데 자신은 '하얀 마술'을 배웠다는 말이다. '검은 마술사'는 발각 즉시 사형에 처해졌다.

피비 나도요.

올란도 나도요. [각기 퇴장]

## 5. 3

[어릿광대 터치스톤과 오드리 등장]

터치스톤 내일이 우리의 기쁜 날이야, 오드리. 내일 우리 결혼한다.

오드리 온통 결혼하고 싶어요. 세상 여자 되고 싶은 게 못된 욕망 아니었으면 좋겠네요. 저기 유배당한 공작님 시동 둘이 와요.

[시동 둘 등장]

시동 1 잘 만났소, 순박한 양반.

터치스톤 정말 잘 만났소. 자, 앉아요, 앉아. 노래나 한 곡 뽑지.

시동 2 하자는 대로 하죠. 가운데 앉으세요.

시동 1 주접떨지 말고 시작할까요? 헛기침하거나 가래침 뱉거나 목이 쉬었다고 하지 말고. 그런 건 으레 나쁜 목소리의 전주곡이죠.

시동 2 맞아, 맞아. 함께 제창하지. 말에 두 사람이 같이 탄 집시처럼.

시동들 [노래한다.]

그것은 연인과 아가씨였어.
헤이 호, 헤이 호, 헤이 노니노.[82]
새파란 밀밭 위를 사뿐 걸었어.
약혼반지 주고받는 봄철이었어.
새들은 노래하고, 헤이 딩어딩,
정다운 연인들은 봄을 사랑해.

널따란 호밀 밭 이랑 사이로
헤이 호, 헤이 호, 헤이 노니노.
어여쁜 시골 남녀 즐겨 거니는
약혼반지 주고받는 봄철이었어.
새들은 노래하고, 헤이 딩어딩,
정다운 연인들은 봄을 사랑해.

이때에 그들은 노래 불렀어.
헤이 호, 헤이 호, 헤이 노니노.
인생은 예쁜 꽃에 지나지 않아.
약혼반지 주고받는 봄철이지만.
새들은 노래하고, 헤이 딩어딩,
정다운 연인들은 봄을 사랑해.

그러므로 이때를 한껏 누려라.
헤이 호, 헤이 호, 헤이 노니노.
사랑이 청춘의 왕관을 쓰는
약혼반지 주고받는 봄철이어라.
새들은 노래하고, 헤이 딩어딩,
정다운 연인들은 봄을 사랑해.

터치스톤 젊은 신사 양반들, 정말이지, 가사는 굉장한 내용은 없지만 곡조만은 대단히—안 맞는 거요.

시동 1 잘못 아셨군요. 우리는 박자를 맞췄어요. 박자를 안 놓쳤어요.

터치스톤 솔직히 말해 놓쳤어요. 그따위 멍청한 노래를 듣는다는 건 시간 낭비요. 잘 가세요. 당신네 목소리가 좋아지면 좋아요. 가자, 오드리. [각기 퇴장]

## 5. 4

[노 공작, 아미앵, 제이퀴즈, 올란도, 올리버, 에일리나로 변장한 셀리아 등장]

노 공작 올란도, 그 청년이 약속한 모든 걸 그대로 행할 수 있다고 믿나?

올란도 믿는 때도 있지만 안 믿는 때도 있어요. 희망이 무산될까 겁내면서 희망해요.

[가니메데스로 변장한 로절린드가 실비어스와 피비와 함께 등장]

로절린드 다시금 말하지만 약속대로 참으세요. [공작에게] 따님 로절린드를 데리고 오면 여기 올란도에게 주실 거예요?

노 공작 그러겠다. 그 애와 함께 나라들을 넘겨줘도.

로절린드 [올란도에게]
만일 내가 그녀를 데려오면 결혼할래요?

올란도 그러겠소. 내가 모든 나라의 왕이래도.

로절린드 [피비에게]
내가 원하면 나하고 결혼할래요?

82 뜻 없는 메김소리.

피비 그래요. 한 시간 뒤에 죽는대도.
로절린드 하지만 나하고 결혼하길 거절할 때엔
충실한 이 목동과 결혼할 테요?
피비 그게 약속이에요.
로절린드 [실비어스에게]
피비가 원하면 결혼할 테요?
실비어스 결혼과 죽음이 하나가 되어도.
로절린드 모든 일의 해결을 내가 약속했어요.
공작님, 딸을 주실 약속을 지키세요.
올란도, 그녀를 받을 약속을 지켜요.
피비, 나하고 결혼할 걸 지키든가
거절할 때엔 이 목동과 결혼해야 돼요.
실비어스, 내가 거절하면 그녀와
결혼한단 약속을 지켜요. 그럼 나는
의문을 풀려고 잠깐 물러가요.
[로절린드와 셀리아 퇴장]
노 공작 저 목동을 보면 몇 가지 생생한
딸애 모습이 생각나.
올란도 공작님, 저도 그 사람을 처음 볼 때엔
따님의 오빠라는 생각이 들었어요.
하지만 공작님, 이 청년은 산골 태생으로
자기 삼촌한테서 여러 가지 위험한
마술의 초보를 배웠는데 그자는
굉장한 마술사로 이 숲에 묻혀서
이름 없이 지냈다고 하더군요.
[어릿광대 터치스톤과 오드리 등장]
제이퀴즈 확실히 홍수가 다시 닥치는 중이야. 그래서
저 짝도 방주로 오고 있어.[83] 여기 매우 괴상한
짐승의 쌍이 오는데 어디서나 '바보'라고 해.
터치스톤 모든 분께 인사하고 절해요.
제이퀴즈 [공작에게] 공작님, 잘 왔다고 하십시오. 제가
자주 숲에서 만난 다채로운 정신을 소유한 신사가 이
분입니다. 자기 말로는 궁정에 있었답니다.
터치스톤 누구든 의심나면 절 시험해서
누명을 벗게 해주세요. 저도 궁정 춤을 추었고
귀부인께 수작했고 친구에게 술수 썼고 적을
매끈하게 대했고 세 명의 재단사를 망쳤고[84]
네 번 말싸움을 벌였고 한 번 결투할 뻔했습죠.
제이퀴즈 그건 어떻게 해결했나?
터치스톤 둘이 만나서 따져봤더니 문제의 발단은 제7
원인[85]에 있다는 걸 발견했죠.
제이퀴즈 뭐? 제7 원인?—공작님, 이 친구를 괜찮게
봐주십시오.
노 공작 내가 무척 좋아해.
터치스톤 하느님의 복을 받으시길! 당신도 복 받길 빌어요.
제가 여기 산골에서 결혼 쌍쌍 파티에 끼어드는
건 결혼의 약속이나 혈기의 충동에 따라 서약하고
서약을 깨트리기 위해서죠. 이 처녀는 가난하고
못생긴 물건이지만 제 거예요. 딴 남자가 거들떠
보지 않는 물건을 갖는 게 제 어쭙잖은
변덕이죠. 넉넉히 정직하면 수전노처럼 누추한
집에 살아요. 지저분한 껍질 속의 진주 같아요.
노 공작 무척 민첩하고 격언을 잘 써.
터치스톤 광대는 아무 데나 쏘아대는 화살처럼
'달콤한' 병[86]에 걸리는 대로 하는 거예요.
제이퀴즈 하지만 제7 원인에 대해 설명해. 싸움의
원인을 어떻게 알아냈나?
터치스톤 일곱 단계를 거쳐 도달한 거짓말에서 찾았죠.—
오드리, 좀 더 몸가짐을 곱게 해.—이렇게 됐던
겁니다. 어떤 궁정인의 수염[87] 꼴이 보기 싫데요.
그 사람은 제가 그 수염이 잘못됐다고 했는지 딴
사람을 통해서 묻더군요. 이게 '정중한 대꾸'란 거죠.
다시 수염이 흉하다는 말을 보내면 자기가 좋아서
그랬다고 대답할 테죠. 이게 '점잖은 반격'이란
겁니다. 다시 수염이 잘못됐다고 하면 제 머리가
모자란다고 할 겁니다. 이게 '막된 대꾸'란 거죠.
다시 수염이 잘못됐다고 하면 제가 진실을 말하지

83 노아는 대홍수에 대비하여 그가 만든 방주에 온갖 짐승의 암수를 데려다 실었다(창세기 7장).
84 궁정인의 사치스런 옷을 재단해 주고 값을 못 받아 재단사가 세 명이나 파산했다는 말이다.
85 '맞대놓고 거짓말하기'를 뜻한다. 신사들은 상대에게 직접 '거짓말 마라'고 하지 않는다. 신사에게 '거짓말하지 말라'고 하면 가장 큰 모욕이었다. 그러나 싸움의 원인은 결국 서로가 거짓말쟁이라는 비난에 있었다는 것이다.
86 무질서한 성행위로 얻은 '달콤한 병', 즉 성병에 걸리는 것이다.
87 당시 영국에서는 귀족만이 콧수염과 턱수염을 기르고 그 수염을 멋있게 다듬을 권리가 있었다. 그것이 이발사의 본업이었다. 평민은 돈 많은 노인이 아니면 대체로 수염을 깨끗이 깎았다. 셰익스피어는 나중에 '점잖게 되어' 수염을 길렀다.

않았다고 할 겁니다. 이게 '대담한 반박'이죠. 다시
수염이 잘못됐다고 하면 제가 거짓말 한다고 할
겁니다. 이게 '시비조 반격'이죠. 그래서 '상황적인
거짓말'을 거쳐서 '직접적인 거짓말'로 가는 겁니다.

제이퀴즈 수염 잘못 깎았단 소릴 몇 번 했나?

터치스톤 '간접적인 거짓말'에서 더 나가지 못했고 상대도
저한테 '직접적인 거짓말'로 나가지는 못했죠.
그래서 서로 칼을 대보고는[88] 헤졌습니다.

제이퀴즈 그럼 이제 거짓말 단계를 요약할 수 있겠나?

터치스톤 아, 우리는 문자대로, 책에 따라 싸움을 벌이죠.
예법 책이 말하는 대로죠. 등급을 말하면 이렇습니다.
첫째는 '정중한 대답'이요, 둘째는 '점잖은 반격'이요,
셋째는 '막된 대꾸'요, 넷째는 '대담한 반박'이요,
다섯째는 '시비조 반격'이요, 여섯째는 '상황적인
거짓말'이요, 일곱째는 '직접적인 거짓말'이죠. 이 중
'직접적인 거짓말'만 빼고는 그 모든 대답은 피할 수
있어요. 그것도 '만약'을 써서 피할 수 있죠. 재판관
일곱 명이 한 가지 시비를 못 가리는 걸 봤습니다만,
당사자끼리 만나서 그중 하나가 "만약 당신 말이
그랬다면 내 말은 이랬소." 하듯이 어떤 '만약'을
생각해 내기만 하면 서로 악수하고 형제의 의를
맺을 겁니다. '만약'이야말로 유일한 화해자죠.
'만약'이란 말의 힘이 큽니다.

제이퀴즈 [공작에게] 참 놀라운 친구 아닌가요, 공작님?
뭐든 잘하는 녀석이지만 바보 광대요.

노 공작 못나게 말하는 게 사냥꾼이 말 곁에 몰래 숨어서
짐승에게 가까이 가는 것 같다. 그걸 이용해서
말 펀치를 날려.

[은은한 음악. 휘멘[89]이 제 모습 그대로의
로절린드와 셀리아를 데리고 등장]

휘멘 똑같이 창조된 땅의 족속이
서로를 용납할 때 하늘나라에
큰 기쁨이 있도다.
인자한 공작이여, 딸을 맞아라.
휘멘이 하늘에서 데려왔도다.
여기 데려왔노니,
진심을 품고 있는 이 청년에게
딸의 손을 그 손과 맺어주어라.

로절린드 [공작에게]
아버님께 바칩니다. 아버님 딸이어요.
[올란도에게] 당신에게 드려요. 당신의 아내예요.

노 공작 뵈는 게 사실이면 너는 내 딸이다.

올란도 뵈는 게 사실이면 당신은 로절린드!

피비 뵈는 것과 모습이 사실이라면
어쩔 수 없어. 내 사랑, 안녕!

로절린드 [공작에게]
아버님이 아니시면 나는 아버지가 없어요.
[올란도에게]
당신이 아니면 나는 남편이 없어요.
[피비에게]
네가 그녀 아니면 나는 여자와 결혼 못 해.

휘멘 모두들 잠잠하라. 혼란을 막겠노라.
내가 직접 나서서 괴이쩍은 이 일에
끝맺음을 주리라.
입의 말에 담긴 뜻이 진실한 내용이면
서로 손을 맞잡아 휘멘의 사슬을
함께 질 자 여덟이다.
[올란도와 로절린드에게]
만난도 너와 너를 갈라놓지 못하리라.
너와 너는 심장들이 뭉쳐 있도다.
[피비에게]
너는 그의 사랑을 받아들여라.
아니면 여자를 남편으로 삼으리라.
[터치스톤과 오드리에게]
너와 너는 겨울과 궂은 날처럼
언제나 확실히 같이 있게 되리라.
결혼 축하 노래를 부르는 동안
궁금증을 서로들 풀어주어서,
어떻게 만나고 이렇게 끝났는지
이유를 말해주면 놀라움이 줄리라.

[노래]

결혼은 주노[90]의 위대한 영광이요
식탁과 침대라는 축복의 멍에라.
휘멘이 마을마다 그득 채운다.
엄숙한 결혼을 찬미하여라.

88 칼의 길이가 서로 같다는 것을 확인하는 것. 비겼다는 표시가 되었다.
89 결혼의 신. 동양 신화의 '월하노인'(月下老人)처럼 결혼의 신은 의젓한 노인의 모습이다.
90 제우스의 아내이며 신들의 여왕인 주노는 결혼의 여신이기도 했다.

온 마을 신이 되는 휘멘에게
영광과 명예를 찬양하자.

노 공작 [셀리아에게]
사랑하는 조카딸, 참말로 환영한다.
친딸과 다름없이 너를 맞아들인다.

피비 [실비어스에게]
딴말하지 않겠어. 지금 너는 내 거야.
네 진심과 내 사랑이 너한테 합쳐 있어.
[둘째 형인 제이퀴즈 드 보이스 등장]

제이퀴즈 드 보이스 한두 마디 할 테니 들어주시오.
저는 예전 롤런드 경의 둘째 아들로
아름다운 이 모임에 소식을 전합니다.
프레더릭 공작은 높은 분이 매일같이
이 숲으로 찾아든단 소식을 듣고
대군을 일으켜 제 스스로 지휘해서
여기서 형을 잡아 처단할 목적으로
진군했던 것인데, 험한 이 숲 근처에
도착했을 때 신실한 노인을 만나
몇 마디 물어보고 마음을 돌이켜
전쟁과 세상을 모두 버리고
추방당한 형에게 왕관을 돌려주고
그와 함께 유배됐던 사람들의 전답마저
돌려주었습니다. 이 모두가 사실임을
목숨 걸고 말합니다.

노 공작 잘 왔다, 젊은이.
친형의 결혼식에 알맞은 선물이다.
하나는 뺏긴 땅, 하나는 큰 나라,
강력한 공국을 갖다 주는 선물이다.
일찍이 이 숲에서 멋지게 시작되어
멋지게 성장한 목적들을 이룬 후에,
매서운 밤낮을 나와 함께 참아낸
즐거운 무리에게 각자의 서열대로
돌려받은 내 행운을 나눠줄 테니,
그때까지는 그처럼 새로 얻은
지위 따위는 잊어버리고 산골식으로
즐겁게 잔치하자. 음악을 울리고,
너희 신랑 신부는 기쁨에 가득한
멋있는 춤 놀이를 의젓하게 보여라.

제이퀴즈 공작님, 잠깐만요. [제이퀴즈 드 보이스에게]
잘못 듣지 않았다면
현재의 공작이 수도자의 삶을 얻어
화려한 궁정을 버렸다는 말이오?

제이퀴즈 드 보이스 예, 그렇습니다.

제이퀴즈 그분에게 가겠어요. 그런 개종자에게
듣고 배울 소리가 무척 많아요.
[공작에게]
영광스러운 옛 생활에 다시 넘겨 드립니다.
인내와 인덕이 어울리게 커다랍니다.
[올란도에게]
진실한 가슴속의 사랑에 넘겨주며
[올리버에게]
재물과 사랑과 친지들께 넘겨주며
[실비어스에게]
오래 즐겨 마땅한 침대에 넘겨주며
[터치스톤에게]
말다툼에 넘기는데, 네 사랑의 여정은
두 달 양식뿐이다.—즐겁게들 보내세요.
나는 춤이 아니고 딴 볼일 있어요.

노 공작 제이퀴즈, 여기 있어라.

제이퀴즈 노는 건 질색예요. 무얼 원하시는지
공작님이 내버린 동굴에서 기다리죠. [퇴장]

노 공작 계속해라, 계속해! 끝날 때가 있겠다.
정말 즐겁게 잔치를 시작하자.
[모두 춤춘다.
그리고 로절린드 외에 모두 퇴장]

## 에필로그

로절린드 [관객에게] 여자가 에필로그 하는 건 예사롭지 않지만, 남자가 프롤로그 하는 것과 똑같이 흉하진 않습니다. 좋은 술에 넝쿨[91]이 필요 없다면 좋은 연극도 에필로그가 필요 없겠죠. 하지만 좋은 술에 좋은 넝쿨을 쓰기도 하니까 좋은 연극은 좋은 에필로그로 더욱 좋게 된다고요. 그런데 좋은 에필로그도 아닌 데다 좋은 연극을 대신해 여러분의 환심을 사지도 못하니 제 입장이 뭡니까? 옷차림이 거지 같지 못해서 비럭질은 안 맞아요. 유일한 방법은 호소뿐이죠. 그럼 먼저 여자들에게 호소해요.

91 술집 앞에 포도나 담쟁이 넝쿨을 걸어놓아 술집이라는 사실을 홍보했다.

여성 여러분, 남자를 사랑하는 마음만큼 소신껏 이 연극을 즐기세요. 그리고 남성 여러분, 여자를 사랑하는 마음으로,—여기서 보니까 모두 빙긋이 웃는데 아무도 여자를 싫어하지 않네요.— 여러분과 여자들 사이에 이 연극이 즐거움을 갖다 주길 바랍니다. 제가 여자라면 저를 즐겁게 해준 수염만큼, 저를 좋아한 얼굴만큼, 제가 물리치지 않은 숨결만큼 키스할 걸 약속합니다. 제가 확신하는 건, 멋있는 수염, 잘난 얼굴, 좋은 숨결을 막론하고 제 약속을 믿으시고, 인사드릴 때 박수를 부탁합니다. [퇴장]

# 열이틀째 밤
# *Twelfth Night*

## 연극의 인물들

오르시노 일리리아의 공작

큐리오 그의 시종

밸런타인 그의 부하

치안관 1

치안관 2

비올라 나중에 세자리오로 변장

선장

세바스찬 비올라의 쌍둥이 오빠

안토니오 또 다른 선장

올리비아 여성 백작

마리아 그녀의 시녀

토비 벨치 경 올리비아의 숙부

앤드루 에이규치크 경 토비 경의 친구

말볼리오 올리비아의 집사

파비안 올리비아 집안의 일원

페스티 그녀의 어릿광대

사제

올리비아의 하인

악사들, 선원들, 귀족들, 시종들

# 열이틀째 밤, 또는 당신이 원하는 것

## 1. 1

[음악. 일리리아의 공작 오르시노, 큐리오, 기타
귀족들 등장]

오르시노 음악이 사랑의 음식이라면 싫어질 때까지
쉬지 말고 연주해 달라. 음악에 체해
입맛이 시들다 못 해 꺼질 때까지.—
그 가락 다시 연주해라. 스러지는 곡이었다.
향기를 주고받는 제비꽃 둔덕 위로
살며시 불어오는 달콤한 음향처럼
귓가를 스치더라. 됐다, 그만해라.
지금은 아까만큼 달콤하지 못하구나.
[음악이 멈춘다.]
오, 사랑의 정신아, 날카롭고 허기진 것!
마실 배는 작아도 바다처럼 마셔대니,
아무리 값지고 보배롭다 하여도
네 속에 들어가는 그 순간부터
값이 떨어져 싸구려가 되고 만다!
그처럼 사랑은 환상으로 가득하며
유독 한없이 상상에 매어 있구나.

큐리오 사냥 나가실까요?

오르시노 무슨 사냥?

큐리오 사슴[1]요.

오르시노 사냥 중이잖나? 나의 가장 고귀한 것을.—
오, 이 눈이 올리비아를 처음 봤을 때
그녀는 병든 대기를 맑히는 듯하였다.
그 순간 나는 한 마리 사슴이 되었고
나의 욕구는 사나운 사냥개처럼
나를 쫓는 중이다.
[밸런타인 등장]
뭐라 하던가?

밸런타인 죄송합니다마는, 들어오라 하지 않고
하녀를 통해 대답을 보냈습니다.
일곱 해의 무더위를 보낼 때까지
하늘도 그 얼굴을 모두 보지 못하게
수녀처럼 너울 쓰고 하루에 한 번,
눈 아린 짠물을 방 안에 두루
뿌린답니다. 오로지 죽은 오빠 사랑을
보존코자 함인데, 구슬픈 추억 속에
오래도록 신선하게 간직한다는 거죠.

오르시노 오, 그토록 섬세한 마음을 지니고서
오빠에게 사랑 빚을 갚고자 하니
저 황금 화살[2]이 그녀 마음에 깃든
다른 모든 감정의 모든 새를 죽이고,
인간을 주장하는 간과 뇌와 심장[3]을
유일한 왕[4]이 점령하고 완벽한 성품으로
그녀를 채운다면 그 사랑 과연 어떻겠는가!
향기로운 꽃밭으로 나를 안내해 달라.
사랑의 상념은 꽃 아래 풍요롭다. [모두 퇴장]

## 1. 2

[비올라, 선장, 선원들 등장]

비올라 여기가 어딘가요?

선장 일리리아요.

비올라 일리리아에서 내가 뭘 하죠?
오빠는 천국에 갔어요. 혹시는
익사하지 않았을지 몰라요. 어떻게 생각해요?

선장 당신은 운이 좋아 목숨을 건졌소.

비올라 불쌍한 오빠! 오빠도 그런 운일지 몰라.

선장 그렇소. 당신을 운수로 위로하자면
우리 배가 난파한 뒤 당신과 함께
구명정에 매달려 구조된 몇 사람이
당신 오빠를 보았으니 안심하시오.
위험에 대비해서, 떠다니는 큰 돛대에
재빨리 제 몸을 잡아맵디다.
용기와 희망이 방법을 가르쳤죠.
돌고래 등에 탄 아리온[5]처럼

1 수사슴을 영어로 'hart'라고 하는데 이 발음은 '심장'(사랑)을 뜻하는 'heart'와 같다.
2 비너스의 아들인 사랑의 신 큐피드가 쏜 황금 화살을 맞으면 사랑에 빠진다고 하였다.
3 이 세 기관은 감정, 이성, 감성의 주체로 생각되었다.
4 사랑의 신 큐피드.
5 전설적인 그리스 음악가로 항해 중에 살해를 피하려고 바다에 뛰어들었는데 그의 노래에 반했던 어떤 돌고래가 그를 등에 태워 뭍에 데려다 주었다고 한다.

파도와 사귀는 걸 볼 수 있는 데까지
오래 바라보았소.
비올라 [돈을 주면서] 그 말 값으로 드려요.
나 자신의 탈출에 희망을 주고,
오빠도 그렇게 되길 비는 당신 말이
뒷받침을 하는군요. 이 나라를 아세요?
선장 예, 잘 알죠. 바로 여기서 세 시간도
안 되는 데서 나고 자랐거든요.
비올라 누가 다스리나요?
선장 공작님이오. 성격도 이름도 고귀하지요.
비올라 이름이 뭔데요?
선장 오르시노.
비올라 오르시노라. 아버지 말씀으로 들었어요.
그때는 미혼이었는데.
선장 지금도 미혼이오. 또는 최근까지는.
한 달 전에 여기를 떠났으니까.
그때 소문이 떠돌았소.—잘 아시듯이,
윗분들의 일들을 아랫것들이 수군대죠.—
올리비아 아씨에게 구애를 한다고.
비올라 그녀는 누군가요?
선장 유덕한 처녀데, 한 1년 전에 별세한
백작의 딸이지요. 그때 백작의 아들,
즉 그녀 오빠 보호에 딸을 맡겼었는데
그 사람도 얼마 안 돼 죽었소. 오빠에 대한
사랑 때문에 남자의 대면이나 교제를
거부한다더군요.
비올라 오, 내가 그 아가씨
하인이 되어 형편이 온전해질 때까지
내가 누군지 세상에 신분이 드러나지
않았으면 좋겠어요.
선장 그건 어렵겠네요.
그녀는 어떤 부탁도 받지 않으니까요.
공작님 부탁도 안 받는대요.
비올라 선장 양반, 언행이 올바른 것 같아요.
자연은 어여쁜 외모 속에 부패한 걸
감출 때가 많아도 당신에 관해선
올바른 태도와 겉모습에 어울리는
마음을 가진 이로 믿고 싶어요.
부탁해요. 넉넉한 수고비를 드리겠어요.
내 모습을 숨기고 내가 뜻하는 대로
변장시켜 주세요. 공작님을 섬길 테니
그분께 소개하며 고자라고 하세요.
수고한 보람이 있겠죠. 노래도 하고
여러 가지 노래로 이야기를 할 테니까
섬기는 가치가 아주 높을 거예요.
그 밖의 다른 일은 시간에 맡기죠.
당신은 나에 대해 침묵만 지키세요.
선장 당신은 그의 고자가 되고 나는 당신의
벙어리가 되겠소. 혓바닥이 나불대면
장님이 돼도 좋소.
비올라 고마워요. 안내하세요. [둘 퇴장]

## 1. 3

[토비 벨치 경과 마리아 등장]
토비 경 조카딸이 오라비 죽은 걸 저렇게 서러워하다니 무슨
경칠 짓이야? 확실히 걱정은 목숨의 원수다.
마리아 토비 님, 밤에 제발 좀 더 일찍 들어오세요. 저의
주인마님인 조카따님이 숙부님께서 늦게 다니는 걸
매우 못마땅하게 여기세요.
토비 경 마땅하거나 말거나 아무렴 어때.[6]
마리아 네, 하지만 숙부님도 적당히 질서의 제한을
지켜야 한다고요.
토비 경 제한? 지금의 나한테 이보다 큰 제한은 가할
생각이 없다. 이 옷으로 말하면 술 먹기 적당하고
신발도 마찬가지야. 아니면 제 끈에 목매달아
뒈지라고 해.
마리아 그렇게 마셔대면 몸이 망가지고 말아요. 어제 마님이
그 얘길 하시데요. 숙부님이 마님한테 구혼하라고
어느 날 밤 여기 데려온 멍청한 기사도 말하셨고요.
토비 경 누구? 앤드루 에이규치크 경 말인가?
마리아 네. 맞아요.
토비 경 일리리아에서 둘째가라면 서러울 용감한 사내야.
마리아 그러니 어쨌다는 거예요?
토비 경 연 수입이 3천 더컷[7]이나 돼.

6 원문의 말장난을 그대로 우리말로 옮기기는 불가능하다. 아래의 토비 경의 말도 거의 모두 말장난이다.
7 중세에 발행됐던 금화. 3천 더컷이면 큰돈이었다.

마리아 하지만 그 돈 전부 1년 안에 써버릴 건데요. 아주 멍청한 데다 낭비벽이 심해요.

토비 경 요망한 것! 그런 소릴 하다니! 비올 데 감보이[8]도 켜고, 책 보지 않고 서너 가지 외국어 단어도 말하고 온갖 좋은 천분을 다 타고났단 말이다.

마리아 맞는 말인데, 천분 아닌 천치에 가깝죠. 거기 더해 멍청이가 다투기도 잘해요. 한데 겁쟁이에게 으레 있는 능숙한 선물 공세로 다툼을 즐기는 취미를 억누르기 망정이지, 금방 무덤이란 선물이 찾아갔을 거라는 게 똑똑한 사람들의 생각이에요.

토비 경 맹세코 말하는데 그 사람에게 그런 말을 하다니 놈들은 깡패, 욕쟁이다. 어떤 놈들이야?

마리아 뿐만 아니라 숙부님하고 밤마다 곤드레가 된다는 말도 있어요.

토비 경 우리 조카딸에게 건배하느라고 그런 거지. 내 목에 구멍이 뚫려 있고 일리리아에 술이 남아 있는 한, 그 애한테 언제나 건배할 테다. 동네잔치 팽이처럼 대가리가 발가락에 물구나무 설 때까지 그 애한테 건배하지 않겠단 놈은 겁쟁이 병신 녀석이다. 저거 봐라. 호랑이도 제 말 하면 온다더니 앤드루 에이규 상판[9] 경이 오는구나.

[앤드루 에이규치크 경 등장]

앤드루 경 토비 벨치 경! 안녕하쇼, 토비 벨치 경!

토비 경 정다운 앤드루 경!

앤드루 경 [마리아에게] 신의 축복을, 어여쁜 암살쾡이![10]

마리아 기사님께도 축복을!

토비 경 다가서, 앤드루 경. 다가서.

앤드루 경 그게 뭔가?

토비 경 우리 조카딸 시녀야.

앤드루 경 착하신 '다가서' 아가씨, 앞으로 우리 서로 잘 사귀길 바랍니다.

마리아 제 이름은 '마리아'예요.

앤드루 경 마리아 다가서 아씨.

토비 경 오해했어, 기사. '다가서'란 말은 앞으로 가, 올라 타, 구애 해, 해치우란 말이야.

앤드루 경 아이고 참. 이렇게 남들 보는 앞에서 여자를 어떻게 할 순 없다고. 그게 '다가서'의 뜻인가?

마리아 두 분 안녕히 계세요.

토비 경 앤드루 경, 여자를 그렇게 떠나보내면, 앞으로 다시는 칼을 뽑지 마.

앤드루 경 아가씨, 그렇게 떠나시면 내가 다시는 칼을 뽑지 않게 될 거요. 어여쁜 아가씨, 멍청이를 가지고 노는 줄 아쇼?

마리아 기사님 가지고 노는 거 아닙니다.

앤드루 경 허, 거 안됐군. 갖고 놀게 해드릴게. 자, 내 손 잡고 노시오.

마리아 [그의 손을 잡으며] 누구나 생각은 자유예요. 손은 술 창고에 데리고 가서 마시라고 하세요.

앤드루 경 이유가 뭔가요, 아가씨? 아가씨 비유의 뜻이 무엇인지요?

마리아 손이 메마르시군.

앤드루 경 그야 그럴 테지. 나는 멍청이가 아니어서 손에 물을 안 묻히니까.

마리아 싱거운 농담이네요.

앤드루 경 농담 많이 알아요?

마리아 물론이죠. 지금 내 손에 쥐고 있는걸요.[11] 봐요, 지금 기사님 손을 놓으니까 아무것도 없네요. [퇴장]

토비 경 오, 기사, 당신 지금 포도주 한 잔 마셔야겠어. 그렇게 나가떨어진 걸 언제 봤더라?

앤드루 경 당신 평생 못 봤겠지. 내가 포도주 마시고 나가떨어질 때가 아니면. 어떤 때는 내가 기독교인, 즉 보통 사람만큼만 머리가 돌아간단 생각이 들기도 해. 그런데 나는 쇠고기를 아주 잘 먹어.[12] 그게 내 머리에 해로운가봐.

토비 경 당연하지.

앤드루 경 그 생각을 했으면 안 먹었을 거야. 토비 경, 나 내일 집에 갈 테야.

토비 경 '푸르콰'[13] 우리 기사님?

8 오늘날의 첼로 비슷한 악기로서 두 다리에 끼고 연주했다.

9 에이규치크(Aquecheek)와 발음이 비슷한 '에이크 칙'(ache cheek)은 '아픈 볼'이라는 뜻인데 '아픈 상판(낯)'이라고 바꿔 부르는 것이다.

10 암고양이는 귀엽지만 암살쾡이는 사납다. 앤드루는 말을 멋지게 하려 하지만 서툴다. (원문과 다르게 옮겼다.)

11 앤드루의 손을 잡고 있으니까 앤드루가 농담 같은 멍청이라는 뜻이다.

12 당시 의학에서는 쇠고기가 사람의 뇌를 둔화시킨다고 했다.

13 '왜?'(pourquoi)라는 뜻의 아주 초보적인 프랑스어. 바로 앞에서 책 안 보고도 외국어 서너 단어를 안다고 했다.

앤드루 경 '푸르콰'가 뭔가? 하란 말인가, 말란 말인가? 칼싸움, 춤, 곰 놀이[14]에 보냈던 시간을 꼬부랑말[15] 공부에 썼다면 좋았을걸. 오, 글공부를 했더라면 얼마나 좋았을까!

토비 경 그랬다면 꼬부랑 머리털이 아주 멋있었겠지.

앤드루 경 아니, 그럭하면 머리칼이 좋아지나?

토비 경 여부 있나! 당신도 알다시피 머리털이 날 때부터 저절로 꼬부라지지 않거든.

앤드루 경 하지만 나한테 썩 잘 어울리지, 안 그래?

토비 경 아주 멋져. 실패에 감아놓은 실처럼 축 늘어져 있어. 그래서 아낙네가 허벅지에 당신을 끼고 실을 풀어내는 꼴을 보고 싶단 말이야.[16]

앤드루 경 정말이지 내일 집에 가겠어. 당신 조카딸은 통 볼 수 없는 데다 본다고 해도 십중팔구 나 같은 건 상대도 안 할 거야. 이곳의 공작도 구애하는 중이야.

토비 경 공작도 싫대. 자기 신분보다 높게 결혼하지 않겠대. 재산이나, 나이나, 지능이나 자기 위로는 결혼하지 않겠다고 맹세하더란 말이야. 그러니 희망이 있어.

앤드루 경 한 달만 더 있을게. 나는 세상에서 제일로 마음이 이상한 인간이야. 어떤 때는 가면극과 잔치를 너무도 좋아한다고.

토비 경 기사, 그런 하찮은 것에 재간이 있어?

앤드루 경 일리리아의 누구한테도 지지 않아. 나보다 높은 사람 밑에 있는 사람이면 누구라도 괜찮아. 하지만 노련한 사람과는 비교하지 않겠어.

토비 경 기사, '갤리어드' 춤[17]에서 특별히 뭐를 잘해?

앤드루 경 나 깡충 뛸 줄 안다고.

토비 경 나는 거기 맞게 양고기 자를 줄 알지.[18]

앤드루 경 그리고 일리리아의 어느 누구 못지않게 뒷발질[19] 세게 할 수 있는 것 같아.

토비 경 왜 그런 걸 숨기고 있어? 어째서 그런 재주들에 커튼을 치고 있느냔 말이야? 몰 아가씨[20] 화상처럼 먼지나 뒤집어쓰라고? 갤리어드를 추면서 교회에 갔다가 왜 '코란토'[21]로 돌아오지 않는 거지? 보통 걸음 자체가 '지그'[22] 춤이 돼야 해. 오줌 눌 때도 '생크파스'[23]가 아니면 안 돼. 당신 어쩌자는 거야? 이 세상이 미덕을 감춰줄 텐가? 당신 다리가 아주 멋지게 빠진 걸 보고 갤리어드 별빛 받아[24] 그렇게 생겼다고 믿었다니까.

앤드루 경 맞아. 튼튼하니까. 그리고 알락달락한 스타킹도 상당히 잘 어울린다고. 우리 무슨 놀이나 할까?

토비 경 그거 말고 할 게 뭐야? 우리 황소자리[25] 아래서 태어나지 않았어?

앤드루 경 황소자리? 그거 옆구리와 심장 아니야?

토비 경 아닙니다요. 다리와 허벅집니다. 당신 뛰는 거 보자.
[앤드루 경이 껑충 뛴다.]
좀 더 높이! 하하, 잘한다! [둘 퇴장]

## 1. 4

[밸런타인과 남장을 한 비올라(세자리오로서) 등장]

밸런타인 공작님이 세자리오 너한테 계속해서 호의를 보이시면, 너는 굉장히 승진할 게 틀림없어. 아신 지가 겨우 사흘째인데 너는 벌써 낯선 사람이 아니야.

비올라 공작님의 호의가 계속될지 의심하는 걸 보니 당신은 그분 성격을 걱정하거나 내가 소홀할까봐 걱정이군요. 그분은 애정이 한결같지 않으신가요?

밸런타인 아니야. 내 말 믿어.
[오르시노 공작, 큐리오, 시종들 등장]

비올라 고마워요. 저기 공작님이 오시네요.

오르시노 누가 세자리오 보았나, 응?

14 야생 곰의 발을 묶어놓고 사냥개를 풀어놓아 싸움을 시키는 놀이.
15 외국어라는 말이다. 원문에는 외국어를 뜻하는 말과 머리칼 미용용 인두를 뜻하는 말의 발음이 같아서 아래에서 토비 경이 말장난을 한다.
16 서양에서 길쌈하는 아낙네는 실패를 허벅지에 끼고 실을 풀었다. 여기서는 성행위를 암시한다.
17 '파이브 스텝'의 경쾌한 춤으로 다섯째 스텝에서 깡충 뛰는 동작이다.
18 깡충 뛴다는 말과 양고기 양념에 쓰는 채소(caper)는 뜻은 전혀 다르나 발음은 같다.
19 깡충 뛰면서 뒷발질하는 동작. 성행위를 암시하기도 한다.
20 당시 악명 높던 어떤 부인에 대한 암시인 듯.
21 갤리어드보다 더 빠른 리듬의 춤.
22 아주 빠른 춤.
23 '파이브 스텝'과 같은 뜻의 프랑스어. 아주 빠른 춤.
24 사람의 성격이나 체질은 탄생할 때 힘을 발휘한 별의 영향이라고 믿었다.
25 황소자리 별자리는 목을 다스리는 까닭에 술고래를 낳는다고 하였다.

비올라 주인님, 여기 대령해 있습니다.
오르시노 [신하들에게]
당신들 잠시 저리 비키오. [비올라에게] 세자리오,
너는 전부 알고 있다. 내가 너에게
내밀한 영혼의 책까지 펼쳐 보였다.
그러니까 젊은이, 그녀에게로 발을 옮겨
접근 거부를 거절하고 문간에 서서
말을 들어줄 때까지 꿈쩍 않는 네 발이
뿌리를 내릴 거라 하라.
비올라 존귀하신 주인님,
소문에 떠돌 듯이 그녀가 그토록
슬픔에 빠졌다면 결코 만나주지 않겠죠.
오르시노 아무런 소득 없이 돌아오기보다는
마구 외쳐대고 온갖 예절을 어겨도 좋다.
비올라 그녀와 말한다고 해도요, 뭐라 할까요?
오르시노 오, 그러면 내 사랑의 열정을 펼쳐 보여라.
나의 진심을 토로하여 그녀를 습격해라.
너는 내 아픔을 연출함에 아주 알맞다.
태도가 엄숙한 전령관보다
젊은 너에게 관심을 가지리라.
비올라 안 그럴 텐데요.
오르시노 얘야, 그리 믿어라.
널 어른이라 하는 자는 너의 복된 나이를
잘못 아는 소리다. 다이애나[26]의 입술도
너처럼 부드럽고 붉지는 못해.
목소리는 처녀처럼 높으면서도
변성기 전이라 여자 역에 딱 맞는다.
너 태어난 별자리가 이번 이 일에
알맞다고 믿는다. [신하들에게]
너덧 명이 함께 가라.
원하면 다 가도 좋다. 사람이 적을수록
나 자신은 좋으니까. [비올라에게]
이 일에 성공하면
네 주인의 행운을 네 것이라 할 만큼
자유롭게 살게 하겠다.
비올라 힘껏 아가씨를
구애하겠습니다. [방백] 하지만 괴로운 갈등!
누구를 구애하든 내가 저분의 아내 되리라.
[각기 퇴장]

## 1. 5

[마리아와 어릿광대 페스티 등장]

마리아 안 돼. 어디 가 있었는지 말하지 않으면 나도 입을 다물어 터럭만큼 작은 네 핑계도 못 들어가게 하겠어. 네가 없어졌던 벌로 마님이 네 목 달아매실 거다.

페스티 그러시라죠. 이 세상에서 목 달려 잘 죽은 사람은 적을 무서워할 필요가 없거든요.

마리아 어디 증명해 봐.

페스티 무서워할 놈을 보지를 않으니까.

마리아 맞지만 빈약한 대답이군. '적을 무서워하지 않는다'는 문구가 어디서 왔는지 가르쳐줄 수 있어.

페스티 어디서 왔는데요, 마리아 아씨?

마리아 전쟁터에서 온 거야. 네가 못난 소리할 때 용감하게 굴라고 하는 소리야.

페스티 지혜 있는 사람에겐 신이 지혜 주시고 어릿광대는 가진 재주 잘 쓰길 기도합니다.

마리아 어쨌든 그토록 오래 안 보인 죄로 너는 목이 달리든가 쫓겨날 거야. 그게 너한테는 목 달리는 것이나 마찬가지 아니야?

페스티 목이 많이 달릴수록 못된 결혼이 줄어들죠. 쫓겨나는 신세로 말하면, 여름 더위가 참아내게 하라죠.

마리아 그럼 너 결심이 섰냐?

페스티 그런 것도 아니지만, 두 가지는 해결됐소.

마리아 하나가 끊어지면 다른 하나가 떠받치고 둘이 다 끊어지면 바지가 내려간단 말이지.

페스티 좋아요, 정말 썩 좋아요. 자, 가던 길 가세요. 토비 경이 술만 끊으면 아씨는 일리리아에서 누구 못지않게 똑똑한 이브의 살점[27]이 되겠소.

마리아 입 닥쳐. 이놈아. 그만하라고. 저기 마님이 오신다. 똑똑하게 변명을 해. 그러는 게 좋을 거야. [퇴장]

[올리비아가 말볼리오와 시종들과 함께 등장]

페스티 머리야, 네 뜻이 그렇다면 멋진 농담 하게 도와다오! 너를 가졌다고 믿는 재담꾼이 결국 멍청이로 들통 나는 때가 아주 흔하다. 분명 너를 못 가진 내가 똑똑한 자로 인정받길 원한다. 퀴나팰러스[28]가 뭐라고 했지? '멍청한

26 달의 여신이며 정숙한 처녀의 신.
27 즉 여자. 마리아가 재치 있게 말하는 것을 보고 직업적 익살꾸러기인 그가 이렇게 비아냥거린다.

재사보다 똑똑한 바보가 좋다.' [올리비아에게] 마님, 축복 받으소서!

올리비아 [시종들에게] 광대를 저리 치워.

페스티 녀석들아, 못 듣느냐? 마님을 데려가라.

올리비아 그만둬. 넌 골이 비었어. 너 같은 건 필요 없어. 게다가 거짓말이 늘어가.

페스티 마님, 두 가지 잘못인데 술과 충고로 고칠 수 있죠. 골 빈 광대한테 술을 주면 머리가 꽉 차고 정직하지 못하면 고치라고 하십쇼. 신기료장수한테 맡기세요. 수선한 것은 으레 땜질에 불과하죠. 착한 성품도 잘못을 저지르면 죄로 땜질하는 거고 죄도 고치면 착한 거로 땜질을 하는 거죠. 이런 간단한 삼단논법이 쓸 만하면 좋고요, 안 그래도 별수 있나요? 진짜 서방질은 불행밖에 없듯이 예쁜 여자는 꽃에 불과 하답니다.[29] 마님이 광대를 치우라고 하셨죠. 그래서 다시금 말하는데, 마님을 치워요.

올리비아 너를 데려가라고 한 거야.

페스티 최고의 오해로구먼! 마님, '가사를 걸쳤다고 중이 되지 않느니라.' 저도 머리에 광대 옷은 안 입힌단 말과 꼭 같단 말입니다. 마님, 마님이 멍청이란 걸 증명할까요?

올리비아 할 수 있어?

페스티 능숙히 할 수 있죠.

올리비아 증명해봐.

페스티 마님께 교리문답을 해야 합니다. 정절의 생쥐[30] 같은 어여쁘신 아씨 마님, 대답하세요.

올리비아 그럼 다른 소일거리도 없으니 너의 증명이나 참고 들어보겠다.

페스티 마님, 어째 슬퍼하시죠?

올리비아 오빠의 죽음 때문이지.

페스티 그분 영혼이 지옥에 있겠네요.

올리비아 이런 바보. 그의 영혼은 천국에 있어.

페스티 천국에 계시는 오빠의 영혼을 슬퍼하시다니 그만큼 마님은 멍청한 바보로군요. 여러분, 저 바보를 냉큼 데려 내가요.

올리비아 말볼리오, 당신은 이 광대를 어떻게 보나? 점점 더 괜찮아지지 않아?

말볼리오 예, 그렇게 되겠지요. 죽음의 단말마가 저자를 마구 흔들 때까지. 노쇠하면 현명한 사람은 수그러들지만 바보는 더욱더 바보짓을 잘하게 되죠.

페스티 당신의 바보짓이 더 늘어나게 노쇠가 빨리 찾아오길 신께 기원합니다. 내가 여우가 아니란 걸 토비 경도 확증할 터이지만 당신이 바보가 아니란 말은 두 푼을 줘도 맹세하지 않을 겁니다.

올리비아 말볼리오, 거기 뭐라 대답해?

말볼리오 저런 시시한 녀석을 재미있다 하시다니 놀라울 뿐입니다. 저번 날 저자가 돌멩이보다도 골이 빈 술집 광대와 같이 지내는 걸 보았어요. 저거 보세요. 벌써 밑천이 떨어졌군요. 마님께서 웃고 기회를 안 주시면 놈들의 입에 재갈이 물려요. 저런 억지 바보들에게 환성을 질러대는 똑똑한 사람들도 광대의 조역에 지나지 않는다고요.

올리비아 오, 말볼리오, 당신은 독선으로 병들고 입맛이 고장이 났어. 관대할 뿐 아니라 거리낌이 없으며 소탈한 성격은 당신이 대포알로 여기는 것을 뭉툭한 새 잡이 화살쯤으로 생각한다고. 허락받은 광대는 욕만 늘어놓아도 욕이 되지는 않아. 그와 마찬가지로 점잖은 사람이라 자타가 공인하는 사람이 꾸중만 한다 해도 욕하는 게 아니야.

페스티 머큐리 신[31]이 마님께 거짓말 기술을 주시길 빕니다. 어릿광대를 좋게 말씀하시니 말입니다.

[마리아 등장]

마리아 마님과 말을 하겠다고 조르는 사람이 문간에 와 있습니다.

올리비아 오르시노 공작에게서 왔지?

마리아 모르겠어요. 잘생긴 청년인데 같이 동행한 사람도 많아요.

올리비아 우리 집안사람 중에 누가 그를 막고 있지?

마리아 마님 친척 되시는 토비 경예요.

올리비아 제발 그를 멀리 떼어놔. 미친 소리만 하니까. 참말 귀찮은 존재야. [마리아 퇴장]

말볼리오, 가 봐. 공작의 구애면 내가 아프다

28 그가 지어낸 이름. 권위를 부여하기 위해 옛 사람 말을 인용하곤 하는 짓을 비꼬는 것이다.

29 광대의 말은 마구 주워섬기는 것 같으나 깊은 뜻이 숨어 있다. 올리비아처럼 불행을 붙들고 사는 것은 으레 마음이 변할 것(여자가 변심하는 것이 서방질이다)이라는 말이며, 여자의 미모는 꽃처럼 금방 시들 테니 빨리 시집가라는 말이다.

30 미키마우스처럼 '생쥐'는 서양인들이 귀여운 아가씨에게 붙이는 이름이다.

31 로마신화에 나오는 '메르쿠리우스'의 영어 이름인 머큐리는 상업의 신이자 거짓말의 신이기도 하다.

하거나 집에 없다고 해. 뭐든지 거절할 말을 해.
[말볼리오 퇴장]
자, 이것 봐. 너의 우스갯소리가 시시해져서
사람들이 싫어한다고.

페스티 마님, 우리를 대변해 주셨어요. 마님의 맏아들이
바보 광대나 되는 듯이. 그 사람 골통에 주피터가
속을 가득 채우시길.—봐요, 당사자가 오네요.
[토비 경 등장]
마님 친척 한 분인데 머리가 아주 떨떨해요.

올리비아 확실히 반쯤 취했어. 숙부님, 문간에 와 있는
사람이 누구죠?

토비 경 어떤 신사야.

올리비아 신사요? 뭐라는 신산데?

토비 경 신사가 찾아왔어. [트림을 한다.] 망할 놈의 저린
청어! [페스티에게] 주정뱅이 멍청이 놈, 어떠냐?

페스티 좋습니다, 토비 경.

올리비아 숙부님, 숙부님, 어떻게 이른 아침부터 이렇게
고주망태가 되셨죠?

토비 경 음란? 음란은 멸시한다. 문간에 누군가 와 있더라.

올리비아 그런데요, 그게 누구예요?

토비 경 마귀가 되고 싶으면 되라고 해. 나는 상관 안 해.
나한테 믿음[32]만 줘. 결국 다 마찬가지야. [퇴장]

올리비아 광대, 술 취한 사람이 뭐 같지?

페스티 물에 빠진 놈, 멍청이, 미친놈 같죠. 더운 기운
돌아갈 이상으로 한 번 마시면 멍청이가 되고
두 번째엔 미치고 세 번째엔 술독에 빠지죠.

올리비아 너 가서 장의사를 찾아다가 저 숙부님 자세히
조사하라고 해. 셋째 단계로 취했으니 술독에 푹
빠졌어. 가서 살펴봐.

페스티 아직은 미쳤을 뿐예요. 바보 광대가 미친 사람을
살펴드리죠. [퇴장]
[말볼리오 등장]

말볼리오 마님, 저기 젊은 친구가 기어이 마님과 말을
하겠다는군요. 마님이 편찮으시다고 하니까
그쪽은 벌써 알고 있다면서 마님과 말을 하겠다고
대드는군요. 마님이 주무신다니까 그것도 미리부터
알고 있다 하면서 마님과 말을 하겠다고 덤비는군요.
뭐라 대답할까요? 어떠한 거절도 물리칠 무장이
되어 있군요.

올리비아 나하곤 말할 수 없다고 해.

말볼리오 그렇게 말해줬는데요, 마님과 말하기 전엔 시장 댁
문간의 기둥처럼,[33] 의자의 다리처럼, 이 집 문간에
버티고 서 있겠다는군요.

올리비아 어떤 부류의 사람인가?

말볼리오 물론 보통 사람이죠.

올리비아 어떤 사람이냐 말이야.

말볼리오 태도가 나쁜 사람예요. 원하시든 말든 마님과 말을
하겠대요.

올리비아 외모는 어떻고 나이는 얼마쯤인가?

말볼리오 어른이라 하기엔 아직 어리고 아이라 하기엔 그렇게
어리지 않습니다. 완두콩이 채 되기 전의 콩깍지 같고
또는 거의 사과가 된 능금 같아요. 밀물 썰물이 뒤바뀔
때 서 있는 물처럼 어른과 아이의 중간입니다. 아주 잘
생겼는데 목소리가 여자처럼 무척 높아요. 겨우 엄마
젖을 뗐다 할 수 있겠죠.

올리비아 오라고 해. 내 시녀 불러와.

말볼리오 시녀 아씨, 마님이 부르시오. [퇴장]
[마리아 등장]

올리비아 내 베일 갖다가 얼굴 덮어줘.
다시 한 번 오르시노의 사자 말을 들어보자.
[세자리오로 변장한 비올라 등장]

비올라 존경하옵는 이 댁 마님이 누구신가요?[34]

올리비아 내게 말해요. 내가 대신 대답하죠. 용건을 말해요.

비올라 가장 빛나고 아름답고 비할 데 없는 미인이시여,
어느 분이 이 댁 마님이신지 알려주시기 바랍니다. 여태
뵌 적이 없어서요. 저의 변론을 낭비하길 원하지
않습니다. 우수한 글월일 뿐 아니라 제가 암기하느라
무진 애를 썼거든요. 뛰어나신 미인 여러분, 저로
하여금 멸시를 당하지 않게 해주십시오. 저는 조그만
박대의 기미에도 무척 민감합니다.

올리비아 어디서 오셨소?

비올라 제가 공부한 것 이상은 말을 할 수 없는데, 그
질문은 저의 대사 밖이군요. 착하신 이여, 당신이
이 댁의 마님이시면 저의 변론을 계속하도록 자그마한
표시라도 보내십시오.

올리비아 희극배운가요?

32 마귀가 나타나도 믿음만 있으면 문제없다는 것이 신교도의 주장이었다.
33 당시 시장의 권위를 보이기 위하여 문간에 화려한 기둥을 세웠다.
34 여인들이 조상(弔喪) 중이라 모두 검은 베일을 쓰고 손님을 맞고 있다.

비올라 절대로 아닙니다. 하지만 제 속에 있는 독한 이빨에 걸어 맹세하거니 제가 연기하는 인물과 저 자신은 다릅니다. 부인이 이 댁 마님이신가요?

올리비아 내가 나 자신을 가장하지 않는다면 그래요.

비올라 당신이 그분이면 확실히 당신은 부당하게 자신을 빼앗으시오. 남에게 줄 수 있는 당신 소유는 꿍쳐가질 소유물이 아닌 까닭이지요. 하지만 이것은 제가 맡은 바가 아닙니다. 부인을 예찬하는 웅변을 계속하여 말씀드리겠습니다. 그다음에 제가 전할 말의 핵심을 보여드리죠.

올리비아 요점을 말하세요. 예찬은 빼도 좋아요.

비올라 오오, 그걸 암기하느라고 아주 큰 고생을 했는데요. 뿐만 아니라 무척 시적입니다.

올리비아 그만큼 더욱 허구적일 테죠.[35] 제발 그건 그냥 머릿속에 간직하세요. 당신이 우리 집 문간에서 소란을 떨었다기에 당신 말을 듣기보다 누군가 보려고 오라고 한 거예요. 미친 사람 아니면 돌아가세요. 제정신이면 간단히 말하세요. 내가 이런 하찮은 대화에 한몫 거들 만큼 명청하지는 않거든요.

마리아 그럼 돛을 펴겠소?[36] 출구는 이쪽이오.

비올라 아니요, 청소부 선원. 나는 여기 좀 더 정박해 있겠소. [올리비아에게] 착하신 부인, 거인 경호원[37]을 좀 달래 주십시오. 의향을 밝히세요. 저는 말을 전하는 사람입니다.

올리비아 머리말이 그처럼 무시무시한 것을 보니 확실히 무슨 끔찍한 내용을 전하려 하는군요. 말하세요.

비올라 부인의 귀에만 관련이 되고 전쟁의 선포나 종속국의 조공을 요청함은 아닙니다. 제 손에 올리브 가지를 들고 있어요. 제 말은 내용과 같이 평화로 가득합니다.

올리비아 그런데 시작은 거칠게 했어요. 당신은 누군가요? 무엇을 원하세요?

비올라 지금껏 제가 보인 거친 언행은 제가 대접을 받은 대로 따랐던 겁니다. 제가 누구고 뭘 원하는지는 처녀막처럼 비밀스런 것이지요. 당신 귀에는 거룩한 말씀이고 남의 귀에는 세속의 말입니다.

올리비아 [마리아와 시녀들에게] 우리만 있게 해줘. 거룩한 그 말을 들어보겠어. [마리아와 시녀들 퇴장] 그럼 본문은 무엇이죠?

비올라 지극히 아리따운 부인이시여—

올리비아 위로가 되는 믿음의 가르침을 주시면 여러 가지로 그 말씀을 하게 되겠죠. 본문이 어디 있죠?

비올라 오르시노 공작님 가슴속에요.

올리비아 그분 가슴에? 가슴의 몇 장인가요?

비올라 그런 식으로 답하자면 그분 심장 제1장예요.

올리비아 오, 그거 읽어봤는데, 이단이어요. 그 이상 더 할 말이 있으세요?

비올라 부인, 얼굴을 보여주십시오.

올리비아 당신 주인한테서 내 얼굴과 협상하란 심부름을 받고 왔어요? 지금 본문에서 벗어났군요. 하지만 커튼을 젖히고 그림을 보여드리죠. [베일을 벗는다.] 자, 보세요. 방금 이런 모습이었단 말입니다. 잘된 그림 아닌가요?

비올라 우수한 그림예요. 전부 하느님이 그리셨다면.

올리비아 원래 타고난 거라 바람과 날씨를 견딜 거예요.

비올라 참말 조화로운 미모라 홍과 백의 색채를
자연의 오묘한 손이 솜씨를 보였군요.
아가씨, 세상에 닮은꼴을 남기지 않고
그러한 미모를 무덤으로 가져가면
가장 잔인한 여인이 되실 겁니다.

올리비아 오, 나는 그처럼 매정하지 않겠어요. 내 미모의 여러 가지 목록을 내놓겠어요. 일람표를 작성하고 갖가지 품목과 가재도구를 유언장에 덧붙여서, 예컨대, 일, 입술 두 개, 괜찮게 붉음, 일, 파란 눈 두 개, 눈꺼풀 있음, 일, 목 한 개, 턱 한 개, 기타 등등이죠. 나를 감정하라고 파견됐나요?

비올라 진면목을 보아하니 너무 교만하신데,[38]
당신이 마귀라도 아름다운 분이세요.
주인은 당신을 사랑하세요.
오, 그런 사랑은 당신이 미의 여왕이라도
보답을 받아야 해요.

올리비아 어떻게 사랑하는데?

비올라 지극한 경배와 풍성한 눈물과
사랑을 울부짖는 신음과 불같은 한숨으로.

35 시, 특히 연애시가 '허구적'이라는 생각은 '창조적'이라는 뜻을 가지면서도 '거짓'이라는 뜻이 강했다.

36 포구에 정박했던 배가 일이 끝나 떠나는 것에 비유한다. 일이 다 끝났으니 가란 말이다.

37 마리아의 키가 작은 것을 비꼬는 말. 귀족은 힘센 거인을 경호원으로 삼는다.

38 기독교에 따르면 최고의 악은 '교만'이다. '교만' 때문에 마귀의 대장 사탄(루시퍼)은 지옥에 떨어졌다.

올리비아 내 마음을 모르는군. 그분을 사랑하지 못한다고요.
유덕하다 믿으며 고귀하다 생각하며
재산 많고 깨끗하고 흠 없는 청년이며
평판 좋고 관대하며 유식하고 용맹하며
타고난 몸매와 외모에 있어서
우아한 분이지만 사랑할 순 없어요.
대답을 오래전에 들었을 텐데요.
비올라 내가 만일 주인님의 열정과
그 같은 괴로움, 죽음 같은 삶으로
당신을 사랑했다면 당신의 거절은
터무니없어 이해할 수 없겠지요.
올리비아 그럼 어떻게 할 건데요?
비올라 당신 집 앞에
버들로 막을 치고 안에 있는 당신을 불러
멸시당한 사랑의 한결같은 노래를 지어
적막한 밤중에 큰 소리로 노래하며
당신의 이름을 외쳐 산을 진동시키고
소곤대는 메아리에게 '올리비아!'를
외치게 할 거요. 오, 당신이 나를
불쌍히 안 보고는 하늘과 땅 사이
어디서나 쉬지 못할 거예요.
올리비아 차라리 당신을 불쌍히 여길 테죠.
부모님이 누구시죠?
비올라 내 형편보단 위이시나 내 신분도 괜찮아요.
신사니까요.
올리비아 주인께 돌아가세요.
사랑할 수 없어요. 다시 보내지 말래요.
당신이 혹시 그가 어떻게 용납하는지
말하러 온다면 몰라도.—잘 가세요.
수고해 줘서 고마워요. [돈주머니를 주며]
내 일에 쓰세요.
비올라 난 삯군 아닙니다. 넣어두세요.
보답은 나 아닌 주인이 필요하시죠.
큐피드가 당신이 사랑할 남자 마음을
돌로 만들고 당신 열정은 내 주인처럼
멸시받길 바랍니다. 무정한 미인, 잘 있으세요. [퇴장]
올리비아 "부모님이 누구시죠?"
"내 형편보단 위이시나 내 신분도 괜찮아요.
신사니까요." 정말 그리 믿겠어요.
당신의 말, 얼굴, 팔다리, 행동, 기백이
다섯 겹의 신사임을 보여주어요.[39]
너무 빨라. 진정해. 진정해. 주인이 오히려
하인이면 좋겠다.—내가 왜 이러지?
이처럼 급속히 사랑 병에 걸릴 수 있나?
저 청년의 완벽함이 살그머니 내 눈 속에
스미는 걸 느낄 수 있어.—내버려 두자.
말볼리오, 어디 있나?
[말볼리오 등장]
말볼리오 여기 대령했습니다.
올리비아 공작이 보낸 성미 급한 그 사람을 빨리
뒤쫓아 가라. 내가 싫든 좋든 상관없이
이 반지 놓고 갔는데 내가 원치 않는다 해라.
주인에게 아첨해서 괜한 희망을 가지지
말라고 해라. 나는 그분과는 안 맞아.
내일 그 청년이 이리로 오면
이유를 말하겠다. 빨리 가라, 말볼리오.
말볼리오 예, 그럽지요. [한쪽 문으로 퇴장]
올리비아 뭐가 뭔지 모르겠어. 내 마음이 보기에는
내 눈이 너무도 아첨하는지 몰라.
운명아, 실력을 발휘해라. 우린 자신을 모른다.
정한 대로 되겠지. 이 일도 그럴 테지. [다른 문으로 퇴장]

## 2. 1

[안토니오와 세바스찬 등장]
안토니오 당신 더 이상 안 머물겠소? 내가 같이 가는 것도
싫단 말이지?
세바스찬 미안하지만 그렇소. 내 별이 나를 어둡게 비치고
있소.[40] 혹시 내 운명의 나쁜 기운이 당신의 운명을
병들게 할지 몰라요. 그런 까닭에 내 불행은 혼자
당하게 해주시오. 내 불행의 한 가닥이 당신에게
미친다면 당신의 사랑에 대한 나쁜 보답이 될 거요.
안토니오 어디로 갈 건지, 그것만이라도 압시다.
세바스찬 안 됩니다. 정해진 여로라 해야 순전한 방랑인
걸요. 하지만 당신은 매우 정중한 데가 있어서

39 당시 '신사'는 우리의 '양반' 신분이며 신사의 표시로 가문을 나타내는 '문장'을 가질 수 있었다.
40 점성술에 의하면 각자가 세상에 날 때 운명으로 정해진 별이 있고 일생 동안 그 별의 영향을 받는다고 했다.

내가 숨기고 싶은 것을 억지로 알아낼 사람은
아니오. 그래서 내 속을 털어놓는 것이 예의가
되겠소. 그러면 안토니오, 사실대로 아실 것은 내
이름이 로데리고라고 했는데 실은 세바스찬이오.
부친은 당신도 들었으리라 믿는 바로 그 메설린의
세바스찬[41]이오. 나와 누이를 남기셨는데 둘은
한날한시에 태어났소. 하늘의 뜻이라면 우리가
그렇게 끝나야 하는 건데. 하지만 당신이 그걸
바꿔놓았소. 당신이 파도에서 나를 건지기 몇
시간 전에 누이는 익사했소.

안토니오 아아, 안됐군요!

세바스찬 나와 무척 닮았다고 했지만 많은 사람에게서
아름답다는 평을 받은 아가씨였소. 그러나
그런 찬사와 칭찬을 지나치게 믿을 수는 없지만
감히 공언할 것은, 그녀는 질투마저 어여쁘다고
실토하지 않을 수 없는 마음을 지녔단 거요. 이미
그녀는 짠물에 익사했소. 내가 다시금 또 다른
짠물[42]로 그녀의 추억을 익사시키는 것 같지만.

안토니오 용서하십시오. 대접이 소홀했습니다.

세바스찬 오, 정직한 안토니오, 수고 끼친 걸 용서하시오.

안토니오 저의 사랑 때문에 저를 죽일 작정이 아니시면
저를 하인으로 써주십시오.

세바스찬 당신이 저지른 일을 취소하지 않겠다면—다시
말해 당신이 살린 자를 죽이겠다면—그건 바라지
마시오. 곧 떠나가시오. 내 가슴에 정이 치솟아
어머니의 눈물 버릇에 가까워졌소. 까딱하면 내
속을 털어놓고야 말겠소. 오르시노 공작 궁에 갈
참이오. 그럼 잘 가시오. [퇴장]

안토니오 모든 신의 호의가 함께하기를!
그런데 나는 오르시노 궁정에 적이 많지.
그렇지만 않다면 금방 거기서 만날 터인데.
하지만 상관없다. 당신을 좋아하는 나머지
위험도 장난 같다. 그리로 가겠다. [퇴장]

## 2. 2

[세자리오로 변장한 비올라와 말볼리오가
각각 다른 문으로 등장]

말볼리오 방금 전까지 올리비아 백작 마님과 같이 있지
않으셨소?

비올라 방금 보통 걸음으로 여기까지 온 거요.

말볼리오 [반지를 주며] 마님이 반지를 돌려드리십니다.
당신 스스로 가지고 갔더라면 내 수고를 덜어줄
수 있었겠죠. 더불어서, 우리 마님이 당신 주인을
절대로 마다하신다는 사실을 확신시켜 드리라고
하시오. 그리고 한 가지 더 있소. 당신 주인이
그걸 어떻게 받아들이는지 알릴 목적이 아니면
그 일로 감히 다시는 오지 말라는 거요. 그럼
반지를 받으시오.

비올라 아가씨가 내게서 받으신 거요. 나는 안 받겠소.

말볼리오 이봐요, 당신이 성깔을 부려 마님께 반지를
던졌소. 그렇게 돌려주라는 것이 마님 뜻이오.
[반지를 바닥에 던진다.]
허리 굽혀 주울 만하면 거기 눈앞에 있소. 아니면
줍는 사람이 임자라고 합시다. [퇴장]

비올라 [반지를 주우며]
반지를 안 줬는데. 아가씨 뜻이 뭘까?
맙소사, 내 모습에 반해선 안 되는데!
나를 자세히 보더라니. 하도 그래서
눈이 말을 잊은 것을 대번에 알아챘어.
얼빠진 듯 이 말 저 말 불쑥불쑥 꺼내더군.
분명 나를 사랑해. 애정의 꾀를 써서
저 촌놈을 통하여 나한테 손짓을 해.
주인의 반지라니! 보낸 적이 없는데.
내가 사내로구나. 그렇다면—사실이 그래.—
가련한 여인, 차라리 꿈이나 사랑하지!
변장이여, 너는 흉악한 짓거리다.
음모에 능한 원수가 별짓을 다 한다.
잘난 바람둥이가 밀랍 같은 여자 맘에
제 형상을 찍어놓기 얼마나 쉬운가!
아아, 우리가 아니라 나약함이 원인이니,
우리는 약한 육체로 만들어진 약한 존재다.
어떻게 될 터인가? 주인은 무지 그녀를 사랑하고
가련한 괴물인 나는 똑같이 그에게 빠져 있지만
그녀는 엉뚱하게 나한테 미친 것 같아.
어찌 될 터인가? 지금 나는 사내이니

41 셰익스피어가 지어낸 것이라 어디의 누군지 알 수 없으나 등장인물들끼리는 알 만한 유명한 사람이다.

42 즉 눈물.

주인 사랑 받기란 절망적인 처지이며,
또한 여자인 만큼, 아아, 얄궂은 운명,
불쌍한 올리비아, 괜한 한숨만 쉬겠구나!
오, 시간아, 나 아닌 네가 풀어야겠다.
나로선 풀 수 없는 단단한 매듭이다. [퇴장]

## 2. 3

[토비 경과 앤드루 경 등장]

토비 경 앤드루 경, 이리 와. 자정이 지나서도 자리에 안 드는 건 일찍 일어난 거와 같아. 당신도 알다시피 '딜루쿨로 수르게레'[43]야.

앤드루 경 솔직히 말해 나 그거 몰라. 하지만 늦게 일어나는 건 늦게 일어나는 거라는 건 알아.

토비 경 틀려먹은 결론이야. 채우다 만 술잔처럼 구역질 나. 자정이 지나서 깨어 있다가 그다음에 자리에 드는 건 이른 거야. 그러니까 자정 뒤에 자리에 드는 건 일찍 자는 거라고. 인생은 4원소[44]로 돼 있지?

앤드루 경 그렇다더군. 하지만 난 인생이 먹고 마시는 거로 돼 있다고 보는데.

토비 경 당신은 학자야. 그러니까 우리 먹고 마시자. 꼬마 아씨 마리아, 술 한 병 가져와라.

[어릿광대 페스티 등장]

앤드루 경 저기 광대가 오네.

페스티 친구님들 어떠쇼? '우리 셋'[45]이란 그림을 본 적이 없는가요?

토비 경 노새야, 잘 왔다. 우리 돌림노래나 하자.

앤드루 경 정말이지, 광대가 목청이 아주 좋아. 저 광대처럼 저런 다리에다가 목청이 그렇게 좋다면 까짓 사십 실링쯤 줘도 아깝지 않겠어. 너 진짜 지난밤 광대 노릇을 아주 멋지게 했어. 네가 피그로그로미터스와 베이피안들이 큐버스의 적도를 지나가던 얘기를 할 때 말이야.[46] 정말 아주 좋았어. 네 애인 주라고 한 닢 보냈는데 받았어?

페스티 당신 선물을 주머니 속에 넣었소. 말볼리오의 콧대는 채찍 손잡이가 아니거든요. 마님은 손이 하얀데, 머미던은 싸구려 술집이 아니죠.[47]

앤드루 경 아주 멋져! 모두 따져 볼 때에 광대의 우스개론 최고야. 그럼 노래하자.

토비 경 [페스티에게] 자, 너한테 한 닢 준다. 우리 노래 하나 부르자.

앤드루 경 [페스티에게] 나도 한 닢 준다. 나 같은 기사님이 주시면—

페스티 연애 노래가 좋소? 멋진 인생 노래[48]가 좋소?

토비 경 연애 노래 연애 노래!

앤드루 경 그래그래. 난 좋은 인생 따윈 싫어.

페스티 [노래한다.]

오, 내 아가씨, 어딜 돌아다녀요?
오, 서서 들어요. 애인이 와요.
높고 낮게 노래를 부를 줄 알죠.
더 다니지 말아요, 어여쁜 아씨.
애인들이 만나면 방랑 끝이죠.
똑똑한 사람 아들이면 모두 알아요.[49]

앤드루 경 야, 정말 멋지다!

토비 경 좋다, 좋아.

페스티 사랑이란 무엇이냐? 나중이 아니다.
오늘의 기쁨이 오늘의 웃음이다.
미래는 언제나 불확실하다.
뒷날로 미뤄서 득될 게 없다.
그럼 내게 키스해라, 방년 이십 세.
청춘은 오래가지 못하는 물건.

앤드루 경 달콤한 목소리! 참된 기사로서 하는 말이다.

토비 경 전염성 강한 가락이야.

앤드루 경 확실히 달콤하고 전염성이 강하다.

43 당시 학교에서 외우던 라틴어 격언. '일찍 일어나는 것은 (건강에 매우 좋다)'의 앞부분.

44 세상은 흙, 물, 공기, 불의 4원소로 되어 있다는 학설. 그리스 시대부터 서양인들이 믿어왔다.

45 '노새 두 마리와 그것을 구경하는 사람'을 그린 그림. 광대의 말은 두 기사는 노새(멍청한 짐승)이고 자기는 구경꾼이라는 말이다. 토비 경이 아래에서 얼른 "노새야, 잘 왔다"고 대꾸하는 것은 자기가 사람이고 나머지 둘은 노새라는 말을 하는 것이다.

46 전혀 말이 되지 않는 엉터리 용어들이다.

47 광대의 주워섬기는 말들은 폭소를 자아내는 우스개들이었겠지만 우리에게는 거의 무의미하다. 머미던은 그리스의 용사 아킬레스의 충성스런 부하들인데 당시 유명한 술집이 '머메이딘'이어서 말장난이었기 쉽다.

48 '멋진 인생 노래'란 술 마시는 노래를 뜻하지만 앤드루는 인생에 대한 훈계의 시로 잘못 알고 있다.

49 '똑똑한 사람의 아들'은 대개 멍청이라는 말이 있었다.

토비 경 병든 공기를 코로 들으면 전염성도 달콤해. 그럼 우리 하늘마저 춤추게 할까? 직조공 한 놈한테서 영혼 셋을 빼내 올 돌림노래로 올빼미를 깨울까?[50] 그래 볼까?

앤드루 경 당신이 나를 사랑하면 그렇게 하자. 나 돌림노래엔 용한 개라고.[51]

페스티 얼씨구. 뉘 집 개는 돌림노래도 잘한다네.

앤드루 경 여부 있나? 돌림노래는 '이 새끼야'로 하자.

페스티 기사님, '아가리 닥쳐. 이 새끼야.' 별수 없이 기사님께 '이 새끼야' 해야겠네요.

앤드루 경 나더러 새끼라 부르게 한 게 처음이 아니야. 광대, 시작해라. 시작이 "아가리 닥쳐"지.

페스티 아가리 닥치면 시작할 수 없는데요.

앤드루 경 아주 괜찮다. 시작해라.

[돌림노래를 부른다.
마리아 등장]

마리아 아니 여기서 웬 소란을 피워요? 마님이 말볼리오 집사를 불러서 당신들을 문밖으로 쫓아내라고 하지 않으셨다면 다신 내 말 안 믿어도 좋아요.

토비 경 마님은 중국인, 우린 정략꾼, 말볼리오는 음탕한 년, "우리는 유쾌한 세 남자."[52] 나도 같은 혈족 아니냐? 그녀 혈족 아니냐고? 괜찮다, 마님! "바빌론에 한 사람이 살았더래요. 마님, 마나님."

페스티 오, 기사님이 멋지게 광대 짓을 벌이네요.

앤드루 경 그럼. 기분만 맞으면 썩 잘한다고. 나도 그렇고. 저 사람은 나보다 좀 더 멋을 부리지만, 나는 좀 더 자연스럽다고.

토비 경 "섣달 하고 열이틀 날."

마리아 제발 덕분, 조용해요.

[말볼리오 등장]

말볼리오 기사님들, 미쳤어요? 아니면 도대체 어찌 된 거요? 당신들, 정신도 없고 예의도 예절도 모르고 이 밤중에 주정뱅이 땜장이처럼 떠들어대는 거요? 목소리를 낮추거나 조심도 하지 않고 신기료장수 타령[53]을 꽥꽥 질러대다니 우리 마님의 집을 동네 목로 집으로 삼자는 거요? 당신들은 때와 장소와 사람을 구별할 줄도 몰라요?

토비 경 돌림노래 하면서 박자[54] 맞췄다. 아가리 닥쳐!

말볼리오 토비 경, 솔직히 말씀드려야겠군요. 주인마님께서 저에게 통고해 드리라고 하셨는데, 기사님이 친척으로 머무는 건 좋지만 기사님의 소란과는 친척 아니래요. 기사님이 안 좋은 행동을 버리시면 이 집은 기사님을 환영합니다. 그렇지가 않아서 기사님이 스스로 떠나 주시면 마님은 흔쾌히 작별하시겠대요.

토비 경 "이쁜아, 잘 있어라. 나는야 떠나야 한다."

마리아 안 돼요, 기사님.

페스티 "눈을 보니 죽을 날이 다 됐구나."

말볼리오 아, 그렇게 됐소?

토비 경 "하지만 나는 절대 안 죽어."

페스티 "기사님, 그것은 거짓말이오."

말볼리오 신용이 매우 높아지겠소.

토비 경 "그에게 가라고 할까?"

페스티 "정말 가면 어쩔래?"

토비 경 "가라고 하고 딱 잡아뗄까?"

페스티 "오, 못 해, 못 해, 당신은 못 해."

토비 경 곡조가 틀렸어. 그거 거짓말이야. [말볼리오에게] 너 집사 이상 뭐가 돼? 네가 거룩하게 군다고 과자와 술이 없어야 돼?[55]

페스티 맞아. 성 안나[56]에 걸어 맹세코, 술에 넣은 생강도 입에 알싸하겠다.

토비 경 네 말이 옳아. [말볼리오에게] 이봐, 빵 부스러기로 목줄이나 닦아라.[57] [마리아에게] 술 한 잔 다오.

말볼리오 마리아 아씨, 당신이 주인마님의 호의를 경멸 이상으로 치부한다면 이런 난장판에 기름을 부어서는

50 일하면서 찬송가를 부르던 청교도인 '직조공'에게 늘 자는 듯한 올빼미를 깨울 만한 돌림노래를 부르게 한다면 대성공이라는 말.
51 '능숙하다'는 뜻이지만 광대는 일부러 진짜 '개'로 들은 척한다.
52 노래의 한 구절. 아래에서 " " 안에 들어 있는 문구들도 모두 노래의 구절들이다.
53 땜장이나 신기료장수들은 떠돌아다니며 술에 취해 노래를 흥얼댔다. 그런데 청교도들은 일하면서 노래(주로 찬송가)를 불렀다. 귀족과 신사들은 청교도 평민과 땜장이, 신기료장수 등 하층민을 싸잡아 경멸했다. 말볼리오도 '엄숙한' 청교도이다.
54 영어로 '박자'와 '때'는 같은 말(time)이다.
55 말볼리오와 같은 개신교 청교도는 가톨릭교회의 잔치에서 쓰는 과자를 혐오했다. "과자와 술"은 영국 작가 서머싯 몸이 지은 소설의 제목이기도 하다. 남이 좋아하는 일상적 사물을 가리킨다.
56 아기 예수에 대해 예언한 여성 선지자(누가복음 2장 36절). 청교도는 가톨릭의 수많은 성자들을 싫어했다.
57 남의 집 하인임을 표시하는, 목에 건 쇠사슬.

안 될 겁니다. 맹세코 반드시 이 일을 마님께 알려드릴 터입니다. [퇴장]

마리아 노새처럼 귀나 흔들어대렴.

앤드루 경 술 마시는 건 누구에게 들판에서 싸우자고 일껏 약속 해놓고 약속을 안 지켜서 그자를 멍청이로 만드는 짓과 꼭 같아.

토비 경 기사, 그렇게 해봐. 도전장 써서 줄게. 아니면 당신이 화가 났다고 그자에게 직접 전할게.

마리아 착한 토비 경, 오늘 밤은 참으셔요. 오늘 공작의 청년이 다녀간 후로 마님은 심경이 무척 심란하셔요. 말볼리오 집사는 나한테 맡기셔요. 내가 그 사람 멍청한 소리 하게끔 속이지 못하거나 온 집안의 우스개로 만들지 못하면 내가 자리에 바로 누울 줄 모르는 맹꽁이로 여기셔요. 방법이 있다니까요.

토비 경 가르쳐줘, 가르쳐줘. 그 녀석 얘기 좀 해봐.

마리아 어떤 때는 일종의 청교도지요.

앤드루 경 오, 내가 그걸 알았다면 개처럼 팼을 텐데.

토비 경 청교도란 이유로? 어디 당신 알량하신 이유나 들어보자, 기사님.

앤드루 경 알량하신 이유는 없어. 하지만 상당히 괜찮은 이유는 있어.

마리아 마귀 같은 청교도, 아니면 저한테 유리할 때만 청교도죠. 잘난 척하는 노새인데 멋들어진 문장을 외워가지고 길게 한 가닥씩 뽑아내죠. 자길 최고라 확신하고 우수한 점으로 가득하다고 믿으며 자기를 보기만 하면 너나없이 자기를 사랑할 거라는 게 그자 신념의 바탕이죠. 바로 그 교만이 내가 복수 작업을 벌일 뚜렷한 근거가 된답니다.

토비 경 어떻게 할 건데?

마리아 그자가 다니는 길에 알쏭달쏭한 연애편지를 써서 떨구겠어요. 편지에 적힌 수염 색깔, 다리 모양, 걸음걸이, 눈 표정, 이마, 얼굴빛으로 미루어보아 그게 틀림없이 자기를 말한다고 믿게 될 거예요. 기사님의 조카따님, 즉 우리 마님과 거의 똑같이 글씨를 쓸 줄 알아요. 내용을 잊은 경우에는 둘의 필체를 분간하지 못하는걸요.

토비 경 멋져. 계교 냄새가 나.

앤드루 경 나도 코로 냄새를 맡아.

토비 경 네가 떨어뜨린 편지를 보고 그게 조카딸한테서 온 줄로 알고 조카딸이 자기에게 사랑에 빠진 줄로 생각할 거란 말이지.

마리아 내 계교는 바로 그런 빛깔의 말이올시다.

앤드루 경 그래서 당신 말이 녀석을 노새로 만들겠군.

마리아 틀림없이 노새죠.

앤드루 경 오, 멋들어지겠어!

마리아 확실히 제왕의 놀이죠. 내 약이 그자에게 잘 들을 거예요. 두 분을—광대까지 셋이군요.—그자가 편지를 발견하는 데다 숨겨드리죠. 그걸 어떻게 해석하나 자세히 살피세요. 오늘 밤은 주무시러 가시고 꿈에 결과를 보세요. 안녕히 주무세요. [퇴장]

토비 경 잘 자요, 여장부.

앤드루 경 확실히 잘난 여자야.

토비 경 자그마한 순종 사냥개야. 나를 아주 잘 따르지. 그래서 어떻단 거지?

앤드루 경 한때 나도 따르는 사람이 있었어.

토비 경 우리 자러 가자고. 기사, 당신 돈 더 보내달라고 할 필요 있어.

앤드루 경 당신 조카딸 얻지 못하면 나는 완전히 거덜 날 지경이야.

토비 경 기사, 돈 보내달라고 해. 끝에 가서 내 조카딸 얻지 못하면 나 그거 없는 놈이라고 해.

앤드루 경 내가 안 그러면 나 믿지 마. 당신이 내 말을 어떻게 해석해도 괜찮아.

토비 경 자, 그만. 나는 술이나 좀 데워야겠다. 지금 자러 가기엔 너무 늦었어. 이리 와. 기사, 이리 오라고.

[모두 퇴장]

## 2. 4

[오르시노 공작, 세자리오—비올라, 큐리오, 기타 등장]

오르시노 음악 좀 들려 달라. 친구들, 안녕한가?
그럼 세자리오, 그 노래 들어보자.
어젯밤 들어본 묘한 옛날 노래 말이다.
빠른 박자로 정신없이 돌아가는 요즘의
경박한 노래와 인공적인 가락보다
퍽이나 내 열정을 식혀주는 듯했다.
자, 1절만 불러라.

큐리오 죄송합니다만, 그 노래 부를 사람이 지금 여기 있지 않습니다.

오르시노 누구였지?

큐리오 광대 페스티였습니다. 올리비아 아가씨의 부친이
무척 좋아하던 광대지요. 지금 근처에 있습니다.

오르시노 찾아와라. 그동안 곡조를 연주해라. [큐리오 퇴장]
[음악을 연주한다.]
[비올라에게] 얘, 이리 오너라. 사랑을 하게 되면
그 달가운 아픔 중에 나를 기억해다오.
진실한 연인은 모두 나와 같단다.
언제나 사랑하는 여인의 모습 외엔
만사에 불안하고 경망스럽다.
이 가락이 네 마음에 괜찮게 들리는가?

비올라 사랑을 모시고 있는 마음자리에
메아리를 보내네요.

오르시노 말을 썩 잘하누나.
너는 아직 어리다만 확실히 네 눈은
사랑하는 얼굴을 하염없이 바라봤군.
안 그랬냐?

비올라 예, 약간. 죄송합니다.

오르시노 어떤 여잔가?

비올라 공작님과 얼굴빛이 같습니다.

오르시노 그럼 너한테 안 어울린다. 나이는?

비올라 공작님과 비슷해요.

오르시노 너무 늙었군. 여자는 저보다 나이든
남자를 택해서 맞춰나가야 해.
그래야 남편 마음에 계속해서 영향을
미칠 수 있지. 우리 같은 사내는
아무리 난 척해도 감정은 여자보다
들뜨고 불안하고 애태우고 흔들리고
쉽게 잃고 사라지지.

비올라 잘 알고 있습니다.

오르시노 그러니 너보다 젊은 연인을 구해라.
안 그러면 네 열정이 버티질 못해.
여자란 장미 같아 어여쁜 꽃송이는
한 번 세상에 뵈고는 그 즉시 진다.

비올라 정말 그래요. 아아, 그 운명이 가엾죠.
완성되는 순간에 죽어야 하니!
[큐리오와 광대 페스티 등장]

오르시노 [페스티에게]
이 친구, 어젯밤 듣던 노래를 불러라.
세자리오, 진솔한 옛 노래니 들어봐라.
햇볕 속에 길쌈과 뜨개질 하는 아낙네와
뼈바늘로 수를 놓는 쾌활한 처녀들이
흥얼대던 가락이지. 소박한 진실이야.
태곳적 세상처럼 순진한 사랑을
속 편히 다룬단다.

페스티 준비되셨습니까?

오르시노 그럼 노래해라.
[음악]

페스티 [노래한다.]
오라, 죽음아, 이리로 오라.
구슬픈 주목[58] 관에 나를 눕혀라.
가라, 목숨아, 저리 가라, 목숨아.
매정한 처녀가 나를 죽였다.
주목 잎 덮은 하얀 수의를
오, 내게 마련해다오.
나만큼 진실한 자가 죽음의 몫을
함께한 적이 없다.
나의 검은 관 위에 향기로운 꽃,
어여쁜 꽃일랑 뿌리지 마라.
가련한 내 시체 던져 넣을 데
친구는 하나도 오지를 마라.
천만 번 한숨을 아낄 수 있게
진실한 슬픈 연인이
울려고 찾아오지 못할 무덤에
오, 나를 눕혀다오.

오르시노 [돈을 주면서] 수고한 값이다.

페스티 수고가 아니죠. 노래하면 즐거워요.

오르시노 그럼 네 즐거움의 값을 내겠다.

페스티 확실히, 즐거움은 값을 치르게 되죠. 이제냐
저제냐 시간문제이지만.

오르시노 이제 너를 가라고 해야겠다.

페스티 그럼 우울한 신 새턴[59]이 공작님을 보호하며,
재단사가 변색하는 비단으로 웃옷을 지어 드리길
바랍니다. 공작님 마음은 영락없는 오팔이니까요.[60]

58 우리는 주목(사이프레스)을 정원에 심지만 서양에서는 그 검푸른 잎이 죽음을 암시한다고 여겨 묘지에 심는다.

59 신들의 아버지인 침울한 신.

60 보석 오팔(opal)은 보는 각도에 따라 색깔이 변한다. 고급 비단인 공단(貢緞) 중에는 보는 각도에 따라 색깔이 달라 보이는 것도 있다. 공작이 페스티의 노래를 듣고 싶다고 해서 불러줬더니 금방 싫증을 내는 걸 비아냥거리는 말이다.

그런 심보 가진 사람은 바다에 내보내고 싶군요.
무엇이든 할 일이 있고 어디든 볼일이 있으니까요.
바로 그게 쓸데없는 여행이지요. 안녕히 계십시오. [퇴장]
오르시노 모두 나가라. [큐리오와 그 밖의 사람들 퇴장]
세자리오, 다시 한 번
매정한 여왕께 가서 내 사랑을 말해라.
내 사랑은 세상보다 고귀하며 더러운 땅은
아무리 넓어도 초개처럼 멸시한다.
여신께서 그녀에게 부여한 재산 따위는
덧없는 행운으로 여긴다 하라.
조화옹이 황홀하게 꾸민 그 기적,
그 보석의 여왕께 내 혼이 끌린다 해라.
비올라 하지만 공작님을 사랑할 수 없다면요?
오르시노 그런 답은 안 듣겠다.
비올라 하지만 들으실 텐데요.
가령 어떤 여자가—그럴 수도 있거든요.—
아가씨에 대하여 품으신 사랑처럼
공작님에 대하여 속앓이를 하는데
사랑할 수 없다시면 대답이 되는가요?
오르시노 내 심장이 사랑으로 뛰는 것 같은
강렬한 열정을 버텨낼 여자는 없다.
여자의 심장은 그만큼 못 크고
담지도 못한다. 용량이 모자란다.
아아, 저들의 사랑은 욕망이라 할 수 있지.
근본은 가만있고 입맛만 작동해서,
포만감, 염증, 구역질이 생길 수 있어.
그러나 내 사랑은 바다같이 허기지고
그만큼 소화한다. 나에 대한 여자의 사랑을
올리비아 아씨에 대한 나의 사랑에
비하지 마라.
비올라 예, 하지만 제가 알기로—
오르시노 무얼 안다는 거냐?
비올라 여자가 남자에게 어떤 사랑을 품을지
너무도 잘 알아요. 우리만큼 진실해요.
제 부친의 딸이 한 남자를 사랑했죠.
제가 여자였다면 마치 제가 공작님을
사랑하듯 했다고요.
오르시노 그래서 어떻게 됐지?
비올라 공란이지요. 사랑을 입 밖에 내지 않았죠.
봉오리 속 벌레처럼 숨은 마음이
희고 붉은 그녀 뺨을 파먹었어요.
속으로만 고민하다 창백한 우울증에
'인내'의 석상처럼 앉아서 슬픔을 향해
미소 지었죠. 그게 진짜 사랑 아닌가요?
우리 남자는 말도, 맹세도 많이 하지만
속보단 겉이 크죠. 우리는 언제나
맹세는 요란하나 사랑은 적어요.
오르시노 그래서 네 누이는 사랑으로 죽었는가?
비올라 저는 아버지의 모든 딸인 동시에
모든 아들인데요, 그건 몰라요.
아가씨께 갈까요?
오르시노 그래. 그게 본론이었지.
빨리 가서 이 보석을 드리고 내 사랑은
양보가 없으며 거절을 못 참는다 해라.
[각기 퇴장]

## 2. 5

[토비 경, 앤드루 경, 파비안 등장]
토비 경 파비안 선생, 이리 오시오.
파비안 물론 가지요. 조금이라도 이 장난을 놓치면
우울증에 끓어서 죽어도 좋아요.[61]
토비 경 그 깍쟁이, 양아치, 색골 자식이 굉장하게
망신 당하는 꼴을 보면 좋지 않겠소?
파비안 기뻐 춤을 추지요. 아시다시피 그놈이 여기서
곰 놀이[62] 한다고 마님과 나를 이간질했소.
토비 경 그 자식 화나게 곰 놀이 다시 하고 실컷 놀려
먹을 테다. 안 그래, 앤드루 경?
앤드루 경 안 그러면 우리 인생이 불쌍해.
[마리아가 편지를 가지고 등장]
토비 경 꼬마 악당이 여기 납신다. 인도의 금덩어리,[63]
어떻게 돼가나?
마리아 세 사람 모두 회양목 덤불에 들어가 숨어요.
말볼리오가 이쪽으로 오는 중이라고요. 저기 햇볕

61 우울증을 찬 기운이라고 믿었으니까 "끓어서" 죽을 리 없다는 우스갯소리다.
62 야생 곰을 잡아다가 묶어놓고 개들을 풀어놓아 싸움을 시키는 놀이. 그 짓을 특히 청교도들이 비난했다.
63 인도는 황금이 즐비한 나라로 알려졌었다. 그가 마리아를 애지중지한다는 걸 알 수 있다.

속에서 반시간이나 제 그림자를 보면서 몸짓을 연습했어요. 진짜 장난을 좋아하면 자세히 보세요. 이 편지가 녀석을 심각한 멍청이로 만들 테니까. 장난의 이름으로 명하노니, 다들 숨어요!
[사내들이 숨는다. 마리아가 편지를 놓는다.]
너 거기 있어라. 살살 만져서 잡을 송어[64]가 지금 여기로 오고 있다. [퇴장]

[말볼리오 등장]

말볼리오 운수에 불과해. 모두가 운수 나름이야. 한번은 마리아가 마님이 나를 좋아한다고 했어. 그녀가 이렇게 가까이 와서 나를 사랑한다면 내 얼굴빛 때문이라고 했지. 뿐만 아니라 이 집 하인 가운데 나를 가장 높이 대우해줘. 그 사실을 어떻게 보아야 하지?

토비 경 분수를 모르는 악질이로군.

파비안 쉿. 생각에 잠긴 꼴이 영락없는 칠면조야. 깃을 잔뜩 세우고 우쭐대는 꼴이라니!

앤드루 경 죽일 놈. 악질 놈을 패주고 싶어.

토비 경 쉿. 조용히.

말볼리오 말볼리오 백작이라!

토비 경 저런 악질 보았나!

앤드루 경 쏴 죽여, 쏴 죽여.

토비 경 쉿, 쉿.

말볼리오 실례도 있어. 스트레이치 부인이 의복 관리인과 결혼을 했지.

앤드루 경 썩어질 이세벨 놈.[65]

파비안 조용히. 지금 깊이 빠져 있소. 저것 봐요, 잔뜩 환상에 취해 바람이 들었소.

말볼리오 그녀와 결혼한 지 석 달째가 되어서, 위의를 갖춰 의자에 앉아—

토비 경 새총이 있으면 눈깔을 맞힐 텐데.

말볼리오 잠든 올리비아를 낮잠용 침상에 남겨둔 채 나뭇가지 무늬로 수를 놓은 벨벳 망토를 걸치고 부하들을 주변에 불러 모아서—

토비 경 유황불이 떨어져라!

파비안 제발 조용히.

말볼리오 그러고는 높은 사람의 위엄 있는 태도를 취해 엄숙히 방 안을 둘러보고 그들이 자신들의 위치를 알아야 하듯 내가 나의 위치를 안다고 언명하고 친척 토비를 불러오라 명한다.

토비 경 사슬 족쇄 채울 놈!

파비안 아, 조용, 조용. 당장 지금.

말볼리오 내 수하 일곱 명이 급히 복종의 자세를 취해 그자를 찾으러 가고 나는 낯을 찌푸리고 혹시는 태엽을 감든가 이걸—값진 반지를 만지작거린다. 토비가 다가온다. 저쪽에서 나한테 허리 굽힌다.

토비 경 이 새낄 살려둬?

파비안 마차 두 대가 양쪽에서 우리를 잡아당겨도[66] 찍소리 안 해야 돼.

말볼리오 이렇게 그자에게 손을 내밀고 엄숙한 권위의 시선을 던지고 늘 보던 미소를 거두고—

토비 경 그런데도 토비가 네 놈의 주둥이를 냅다 갈기지 않던?

말볼리오 '친척 토비, 당신의 질녀를 나에게 던져준 운명이 이렇게 말할 특권을 부여한 까닭에'라 말하고—

토비 경 뭐, 뭐?

말볼리오 '당신 술주정 고쳐야 한다.'

토비 경 꺼져라, 헌데 딱지.

파비안 참아요. 우리 계획의 힘줄이 끊겨요.

말볼리오 '뿐만 아니라 당신은 멍청한 기사와 함께 귀중한 시간을 낭비하고 있는데—'

앤드루 경 저거 확실히 나야.

말볼리오 '앤드루 경이란 자로서'

앤드루 경 난 줄 알았어. 모두들 나보고 멍청이라 하거든.

말볼리오 [편지를 발견하고] 여기 무엇이 나로 하여금 일을 보게 하는고?

파비안 멧닭이 지금 올무에 접근했다.

토비 경 쉿. 저놈이 큰 소리로 편지를 읽게끔, 별난 짓 좋아하는 신이여, 부추기소서!

말볼리오 [편지를 주워 들며] 오, 확실히 마님의 필적이다. 이런 게 마님의 '시'자, '유'자, '티'자이고 대문자 '피'를 이렇게 쓰시지. 마님의 필적을 의심한다는 건 말도 안 된다.

앤드루 경 그녀의 '시'자, '유'자, '티'자라니?[67] 왜 그렇지?

64 송어는 얕은 물에서 손가락으로 몸을 살살 만져주면 낚아채도 처음엔 가만히 있는단다.

65 짙은 화장을 하고 유다의 용사를 유혹하려다가 죽은 못된 아합 왕의 과부(구약 열왕기 하 9장 30~37절). 앤드루는 이세벨의 이름만 조금 알 뿐이다.

66 마차 두 대가 죄수의 팔다리를 서로 반대 방향으로 잡아당겨 고문하는 것.

말볼리오 [읽는다.] "익명의 애인에게, 이 편지와 더불어
나의 축원을 드립니다." 그녀 문구 그대로야!
미안하지만, 밀랍아,[68]—말랑말랑한데 그녀의
루크리스[69] 봉인이군. 그거로 봉인을 하곤 하지.—
우리 마님이야. 누구에게 보내는 걸까?
[편지 봉투를 연다.]

파비안 저 자식, 간이고 뭐고 홀랑 잡았다.

말볼리오 "내 사랑을 신도 아신다.
그렇지만 누굴까?
입술아, 움직이면 안 된다.
누구도 알면 안 돼."
"누구도 알면 안 돼." 그 다음이 뭘까? 운율을
바꿨군. "누구도 알면 안 돼." 말볼리오, 만일 그게
너라면?

토비 경 목이나 매라. 오소리 새끼.

말볼리오 "사랑하는 사람을 부리는 나지만
루크리스 칼 같은 침묵이
피 없이 내 심장을 찔러대누나.
엠.오.에이.아이가 내 목숨을 지배한다."

파비안 걸렁한 수수께끼군.

토비 경 우수한 계집이야.

말볼리오 "엠.오.에이.아이가 내 목숨을 지배한다." 흠.
하지만 우선 좀 보자, 좀 보자, 좀 보자.

파비안 쥐약 넣은 음식을 만들어 줬구나!

토비 경 그래서 솔개가 날개 치며 맴돌고 있군!

말볼리오 "사랑하는 사람을 부리는 나지만." 그야 물론
그녀가 날 부리는 입장이지. 일을 해 드리니까. 내
마님이거든. 정상적인 사람에게 명확한 사실이야.
이에는 전혀 무리가 없어. 그런데 끝줄은—글자들
배열이 무엇을 뜻할까? 나 자신의 무엇과 비슷한
데를 찾기만 하면—가만있자, "엠.오.에이.아이."라.

토비 경 그렇다. 맞춰 봐. 지금 녀석이 냄새를 놓쳤어.

파비안 그래도 못난이 사냥개는 짖어대겠지. 냄새 고약한
여우가 지나간 듯이.

말볼리오 '엠.' 말볼리오. '엠'—내 이름 첫 자 아닌가!

파비안 이럭저럭 꾸며낼 거라고 내가 말했지? 저 똥개가
놓쳤던 냄새 되찾는 데 기막히게 재주가 좋아.

말볼리오 '엠.' 그런데 그다음엔 통하는 것이 없어. 시험을
해보면 어긋난단 말이야. '에이'[70]가 와야 하는데
'오'[71]가 오거든.

파비안 그래서 '오'로 끝나겠군.

토비 경 맞아. 안 그러면 몽둥이로 '오!'라고 외치게 만들겠다.

말볼리오 그다음엔 '아이'란 말이야.

파비안 맞아. '아이'[72]야. 뒤통수에도 눈이 있으면 앞에
있는 행운보다 뒤에 있을 망신을 더 잘 볼 텐데.

말볼리오 '엠.오.에이.아이.' 이 수수께끼는 처음 것과 다르군.
하지만 약간 찌그러뜨리면 고분고분하게 굴겠지.
글자 전부가 내 이름 속에 있거든. 가만있자. 여기
산문이 계속되누나. "이 편지가 당신 손에 들어가면
깊이 생각하세요. 내 탄생별은 당신보다 높지만
높은 신분을 겁내지 마세요. 날 때부터 높은 이가
있고 어떤 이는 그것을 성취하며 어떤 이에겐 저절로
주어져요. 당신의 운명이 손을 벌리니 당신의 피와
정신이 그것을 받아들여 도달하기 원하는 지위에
맞게 습관 들이고 비천한 껍질을 벗고 새로운 모습으로
나타나세요. 어떤 친척에게는 당당히 맞서시고
하인들에겐 엄숙하게 구세요. 말끝마다 국사를 논하며
튀게 처신하세요. 당신을 향해 한숨짓는 그녀가 충고
드려요. 누가 당신에게 노란색 스타킹[73]을 권했는지,
누가 대님을 언제나 엇가게 매라고 했는지 기억하세요.
잊지 말아요. 그리되기 원하면 당장 팔자 고쳐요. 안
그러면 언제나 집사로 남아 있고 하인들과 동급이며
행운의 손가락을 잡을 만한 사람이 못 돼요. 안녕.
당신과 섬김의 도리를 바꾸려 하는 여자,
행복하면서 불행한 사람 씀."

67 '시, 유, 티', 즉 '컷'(cut)은 여자의 '성기'를 뜻하는 은어였다.

68 당시에는 편지를 봉투에 넣고 밀랍을 녹여 바르고 반지 따위를 눌러 봉인을 했다. 남에게 가는 편지를 몰래 뜯어 보는 것은 형법에 걸리는 범죄였다.

69 로마의 전설적인 열녀. 그녀에 대해 셰익스피어는 「루크리스의 겁탈」이라는 장시를 썼다.

70 자기 이름이 말볼리오이니까 엠(M) 다음에 에이(A)가 와야 하는데 실망스럽게도 오(O)가 온다는 말이다.

71 말볼리오의 끝은 '오'(O)이다. 또한 맞고 아파서 신음하는 소리도 '오!'이다.

72 '아이'는 영어로 '예스'(yes)라는 뜻도 있다. 옳다는 말도 되고 우리말로 (매를) 맞아서 '아야' 했다는 말도 된다. (원문의 말장난을 이렇게 옮겨본다.) '눈'은 영어로 '아이'(eye)이다.

73 당시 젊은이들 사이에 유행하던 것. 열십자 꼴로 대님을 엇가게 매던 것도 신판 유행이었던 것 같다.

햇빛과 들판도 이 이상 빤하지 못해. 명약관화하단 말씀이야. 거만하게 굴어야지. 정치 서적을 읽고 토비 경에게 망신을 줘야지. 잡스런 친구들을 쓸어버리고 편지에 적힌 대로 정확히 행하겠다. 환상의 놀림을 받으려고 지금 바보 노릇 하는 게 아니다. 마님이 나를 사랑한다는 건 아무리 따져 봐도 맞는다. 얼마 전에 내 노란 스타킹을 좋다고 했고 엇가게 맨 대님을 칭찬했거든. 이걸 봐도 그녀가 나를 사랑한다는 걸 암시하며 일종의 명령으로 자기가 좋아하는 복장을 갖추게 하는 거지. 내 별님들께 감사해. 나는 행복해. 당장에 못 본 척하고 거드름 빼고 노란 스타킹 신고 대님을 엇가게 매겠다. 주피터와 별님들을 찬미합니다. 여기 추신이 있구나. "당신은 내가 누군지 알 수밖에 없어요. 만일 당신이 내 사랑을 받아들이면 미소로써 보이세요. 당신은 미소가 참 잘 어울려요. 그러므로 제 앞에서 언제나 미소를 띠세요. 사랑하는 이여, 부탁이어요." 주피터여, 감사합니다. 미소를 띠겠소. 당신이 나에게 하라는 것은 무엇이나 그대로 하겠소. [퇴장]

[토비 경, 앤드루 경, 파비안이 숨었던 데서 나온다.]

파비안 페르시아 왕이 손수 내리는 수천 냥 선물[74]하고 이 장난의 내 지분하고 맞바꾸지 않겠어.

토비 경 이 계교를 짠 계집을 아내로 삼아도 좋겠어.

앤드루 경 나도 그럴 수 있어.

토비 경 그리고 다른 지참금은 그만두고 이런 장난 한 번만 더 하면 되겠어.

[마리아 등장]

앤드루 경 나도 그래.

파비안 멍청이 골려 먹는 위대한 분이 오시네.

토비 경 [마리아에게] 너 발로 내 목을 밟을 수 있냐?

앤드루 경 [마리아에게] 아니면 내 목을?

토비 경 [마리아에게] 내가 주사위 셋에 자유를 걸고 네 몸종이 될까?[75]

앤드루 경 [마리아에게] 아니면 나라도?

토비 경 [마리아에게] 오, 저놈을 그런 꿈속에 빠뜨려 놨으니 그 허깨비가 사라지는 날이면 그놈은 틀림없이 미쳐서 날뛸 게다.

마리아 사실대로 말하세요. 그자한테 효과가 있어요?

토비 경 산파한테 독한 술처럼.[76]

마리아 그럼 이 장난의 결과를 보고 싶으면 그자가 처음 마님 앞에 나타나는 꼴을 보세요. 노란 스타킹 차림으로 마님께 갈 텐데 그건 마님이 싫어하시는 빛깔이고, 대님을 엇가게 맬 텐데 마님이 혐오하시는 유행이며, 마님께 히죽히죽 웃을 텐데 그건 지금 우울증에 사로잡힌 마님 기분에 전혀 어울리지 않으니까 그자는 소문난 경멸의 대상이 될 수밖에 없지요. 그걸 보고 싶으면 저를 따라오세요.

토비 경 지옥문에 가거라. 너는 최고로 우수하고 교활한 꾀의 마귀다!

앤드루 경 나도 그런 마귀가 되겠다. [모두 퇴장]

## 3. 1

[세자리오—비올라와 어릿광대 페스티가 피리와 북을 가지고 등장]

비올라 당신과 당신 음악에 신의 가호를! 북으로 살아가시는가요?

페스티 아니요. 예배당 곁에서 살아갑니다.

비올라 교역자인가요?

페스티 그런 게 아닙니다. 예배당 곁에 있는 내 집에서 살고 있어요. 우리 집이 예배당 근처에 있다는 말입니다.

비올라 그러니까 거지가 임금님 가까이 살고 있으면 임금님이 거지 곁에 산다고 할 수 있네요. 또는 당신 북이 예배당 가까이 있다면 예배당이 당신 북 가까이 있다고 할 수 있겠죠.

페스티 바로 말했소. 이 시대를 들여다보면 한심하죠! 말꾼에겐 문장이란 쉽사리 뒤집어 낄 수 있는 가죽 장갑에 불과해요. 속을 재빨리 밖으로 뒤집을 수 있거든요.

비올라 그 말 옳아요. 말 가지고 교묘하게 장난치는 자들은 말을 알쏭달쏭하게 만들 수 있어요.

페스티 그런 까닭에 내 누이가 이름이 없었으면 좋겠어요.

비올라 아니, 왜요?

페스티 이름이란 말의 하난데, 그걸로 장난을 치면 내 누이가 알쏭달쏭하게 될 거란 말입니다. 어쨌든, 계약 문서가 말을 천시한 이래[77] 말은 부랑자로 전락했죠.

74 당시 페르시아(오늘의 이란)를 방문했던 한 영국 귀족이 굉장한 선물을 받았다고 자랑했다.
75 청혼하는 장난 투의 말이다.
76 셰익스피어는 나이 든 산파나 유모가 독주에 취하는 꼴을 여러 번 묘사했다.
77 말로 약속하면 되던 시대가 사라지고 계약 문서의 시대가 도래했다는 말.

비올라 근거가 뭐죠?
페스티 솔직히 말해, 말 없인 근거를 대지 못하겠소.
말이 너무도 믿지 못할 것이 되어서 그걸 가지고
근거를 대기가 싫소.
비올라 확실히 당신은 명랑한 사람이오. 그래서 아무런
걱정도 없구려.
페스티 그렇지 않소. 사실 걱정되는 바가 있소. 그러나
솔직히 말해 당신 따윈 관심이 없소.[78] 그게 아무
걱정이 없는 거라면 당신이 눈에 안 뵈면 좋겠소.
비올라 당신 올리비아 아씨의 광대 바보 아니오?
페스티 절대로 아니오. 올리비아 아씨는 바보가 없소.
결혼하기 전에는 바보를 두지 않소. 광대 바보란
청어에 정어리요. 단지 남편이 더 크죠. 사실
나는 그녀의 어릿광대가 아니고 그녀의 말을
가지고 노는 자요.
비올라 얼마 전 오르시노 공작 댁에서 당신을 봤소.
페스티 어릿광대짓은 해처럼 지구 위를 돌아다니죠. 어디나
비추니까요. 광대가 우리 마님과 함께 있듯이
당신 주인과 늘 함께 못 있으면 안 될 노릇이오.
거기서 당신의 말재간을 본 것 같은데.
비올라 당신이 나한테 칼끝을 들이대면 더 이상 당신과
상종하지 않겠소. 잠깐. [돈을 주며] 비용으로 쓰시오.
페스티 그럼 다음번에 신께서 터럭을 내리실 때 당신한테
수염을 주시길 빌어요.
비올라 당신한테 속마음을 터놓는다면 누구 수염 때문에
아플 지경이오. 내 턱에 자라길 원하진 않지만.
아씨가 안에 계시오?
페스티 이 돈 한 쌍이면 새끼 치지 않을까요?
비올라 물론. 한데 모아 두었다가 유용하게 쓰면 그렇죠.
페스티 프리지아의 판다로스[79] 역을 하고 싶네요. 크레시다를
트로일로스에게 데려다 주게.
비올라 [돈을 주면서] 무슨 말인지 알겠소. 돈 우려내는
솜씨가 좋군요.
페스티 내가 달라는 것은 대단치도 않아요. 거지에게 돈
달라는 거니까. 마님 안에 계시오. 당신이 어디서
왔는지 알리겠소. 당신이 누군지, 당신이 무얼
원하는지는 내 하늘 밖의 일이오. ─ 내가 숨쉬는
대기 밖이라 해도 좋소. 닳아빠진 말이지만. [퇴장]
비올라 바보짓을 할 만큼 똑똑한 친구다.
그 짓을 잘하려면 지능이 필요하지.
우스개 대상의 기분과 성격과
시기를 살펴야 하고 새로 길든 매처럼
어른대는 깃털에도 화들짝 놀라지.
현자의 학문만큼 힘드는 기술이야.
그의 똑똑한 바보짓은 적절하지만
똑똑한 자가 바보짓에 빠지면 머리가 돌지.
[토비 경과 앤드루 경 등장]
토비 경 선생, 신의 가호를!
비올라 선생도.
앤드루 경 디외 부 가르드, 므시외.[80]
비올라 에 부 조시, 보트르 세르비퇴르.[81]
앤드루 경 그리되시고, 나 또한 그리되길 바라오.
토비 경 집을 해후하시겠소? 조카딸은 당신 사업이
자기에게 관련된 거라면 들어오길 원하오.
비올라 당신의 조카 따님께 가는 길예요. 다시 말해
그분이 내 항해의 목적지요.
토비 경 다리 맛을 보시죠. 다리를 작동하란 말이오.
비올라 다리 맛을 보라 하는데 무슨 말인지 알아듣기
보다는 다리가 내 말을 더 잘 알아듣는군요.
토비 경 걸으란 말이오, 들어가란 말이오.
비올라 걸어 들어감으로 대답을 대신하겠소.
[올리비아와 그녀의 시녀 마리아 등장]
하지만 먼저 나오시네요. [올리비아에게]
가장 뛰어나신 완벽한 부인,
하늘이 당신께 온갖 향기를 비처럼 내리시길.
앤드루 경 [토비 경에게] 저 청년, 굉장히 세련된 신사다.
'향기를 비처럼 내린다.' ─ 멋진데.
비올라 당신 자신의 가장 솔깃하며 주의 깊은 귀밖에는
제가 드릴 말씀은 소리가 없습니다.
앤드루 경 [토비 경에게] '향기', '솔깃하며 주의 깊은 귀'라.
그 세 가지를 언제나 외우고 있어야지.
올리비아 정원 문을 잠그도록 해라. 나 혼자 듣겠으니 다들

78 페스티는 비올라가 올리비아와 오르시노의 관심을 끄는 경쟁자로 인식한다.
79 전설의 인물 크레시다와 트로일로스를 맺어준 인물. '뚜쟁이'의 전형으로 되어 있다. 그들에 관해서는 셰익스피어가 「트로일로스와 크레시다」에서 다루었다. 프리지아는 트로이를 포함했던, 지금의 터키의 고대 국가.
80 프랑스어로 '신이 당신을 지켜주시길!'(당시 회화 책에 나와 있는 문구다).
81 프랑스어로 '당신도. (저는) 당신의 하인이오.' 정중한 대구다.

나가라. [토비 경, 앤드루 경, 마리아 퇴장]
내게 손을 주어요.
비올라 저의 책임과 겸허한 충성을 바칩니다.
올리비아 이름이 무엇이죠?
비올라 아리따운 공주님의 하인 이름은 세자리오입니다.
올리비아 내 하인? 겸손의 가장을 찬사라 한 때부터
세상은 즐거운 데가 못 돼. 젊은이,
당신은 오르시노 공작의 하인이에요.
비올라 그분은 당신의 하인이니 그분 것은
당신 것이 됩니다. 하인의 하인은
당신의 하인인 것이지요, 아가씨.
올리비아 그분은 생각 안 해요. 그분의 생각은
나로 가득하기보다 백지라면 좋겠어요.
비올라 그분을 위해 당신의 착한 생각을
부추기러 온 겁니다.
올리비아 오, 미안하군요.
다시는 그분 말을 꺼내지 말라 했죠.
하지만 당신이 다른 것을 요청하면
별들의 음악[82]보다 그 말을 듣겠어요.
비올라 아가씨—
올리비아 제발 용서하세요. 저번에 내가
당신에게 매혹당해 뒤따라 반지를
보냈었는데 나 자신과 하인을 속이고
겸하여 당신도 속인 것 같아요.
당신의 냉혹한 비판을 받게 됐어요.
당신 것이 아닌 것을 부끄러운 잔꾀로
억지로 떠맡겼어요. 뭐라 하시죠?
내 명예를 쇠기둥에 붙들어 매고
노여움에 치미는 생각들을 입도 안 막고
풀어놓지 않았나요?[83] 당신처럼 눈치 빠른
사람에겐 속이 보이죠. 가슴 아닌 베일이
내 마음을 가려요. 그럼 말씀하셔요.
비올라 동정합니다.
올리비아 그건 사랑의 단계지요.
비올라 단계가 아닙니다. 우리가 종종 적을
동정한다는 것은 흔한 일이죠.
올리비아 그렇다면 다시금 웃을 때가 되었네요.
오, 세상아, 없는 자가 교만하기 참말 쉽구나!
먹이가 될 거라면 늑대보다 사자 앞에
쓰러지는 운명이 얼마나 더 좋은가!
[시계가 종을 친다.]
시간 낭비 말라고 시계가 꾸짖누나.
젊은이, 걱정 말아요. 포기할 테니.
하지만 판단과 젊음이 무르익으면
당신의 아내는 잘난 이를 거둘 거예요.
출구는 서쪽이에요.
비올라 그러면 서쪽으로!
평강과 평화가 깃들기를 빕니다.
제 주인께 전할 말씀 없으신가요?
올리비아 잠깐만.
나를 어찌 보시는지 말해주세요.
비올라 당신은 당신이 아니라고 생각하시죠.
올리비아 그렇게 생각해요. 당신도 그렇고요.
비올라 그럼 옳다고 생각하세요. 나는 내가 아녜요.
올리비아 당신은 내가 바라는 대로 되면 좋겠어요.
비올라 지금의 나보다 더 좋을까요?
그러면 좋겠지요. 지금은 못난 꼴이 되었으니까.
올리비아 [방백] 오, 저 입술의 노염과 경멸 속에
굉장한 멸시가 어찌나 어여쁜가!
감추려 하는 사랑은 살인범보다
더 빨리 드러난다.[84] 사랑의 밤은 대낮이다.
[비올라에게]
세자리오, 봄 장미, 처녀 순정, 명예와 진실,
모두모두 걸고서 당신을 사랑해요.
당신의 교만에도 불구하고 판단력과 이성도
내 사랑을 못 숨겨요. 내가 사랑하니까
당신은 사랑하지 않겠다고 하지 마세요.
그런 억지 논리는 끌어내지 마시고
오히려 논리로써 논리를 잡아매셔요.
사랑의 응답도 좋지만 그냥 주는 사랑은
더욱 좋아요.
비올라 순진과 젊음에 걸어 맹세코
아무 여자에게도 준 적이 없고
나만 빼고 어떤 여자도 임자가 될 수 없는
한 마음, 한 가슴, 한 사랑을 갖고 있어요.
그럼 아가씨, 안녕히 계세요. 다시는

82 별들이 조화롭게 운행하며 소리 낸다는 천상의 음악. 인간이 가장 듣기 원하는 소리.
83 생각으로 자기를 한껏 욕하는 것을 입도 막지 않은 곰이 개들을 찢어 죽이는 데 비유한 것이다.
84 살인범은 제 발이 저려서 금방 드러난다는 것.

주인의 눈물을 호소하지 않겠어요.
올리비아 다시 오셔요. 지금은 싫지만 혹시 당신이
내 마음을 움직여 그분 사랑을 좋아할지 몰라요
[각기 퇴장]

## 3. 2

[토비 경, 앤드루 경, 파비안 등장]

앤드루 경 싫어. 1초도 더 있지 않겠어.
토비 경 이유는? 이 독종아, 이유를 대라고.
파비안 앤드루 경, 이유를 대셔야겠는데요.
앤드루 경 아, 글쎄 당신 조카딸이 나한테보다는 공작의
하인에게 호의를 베푸는 걸 보았단 말씀이야.
정원에서 보았어.
토비 경 늙은 친구, 그때 그녀가 당신도 보았나? 말해봐.
앤드루 경 지금 내가 당신 보듯 빤히 보았어.
파비안 기사님에 대한 마님의 사랑을 보여주는 뚜렷한
증겁니다.
앤드루 경 젠장, 나를 바보로 만들 거야?
파비안 판단과 이치에 걸어 맹세코, 내 말이 합당함을
증명하겠습니다.
토비 경 판단과 이치는 노아가 뱃사람 되기 이전부터
배심원 노릇을 했어.
파비안 마님이 기사님 보는 데서 청년에게 호의를 보인
것은 기사님이 화를 내게 하시려고, 잠든 용기를
깨우치고 마음에 불붙이고 간에 유황을 넣기 위해
하신 겁니다. 그때 마님을 정면으로 마주 보고 새로
만든 따끈따끈한 멋들어진 농담으로 청년에게 한
방 먹여 입을 봉해놔야 했던 거죠. 마님은 기사님
손에서 이를 기대하셨는데 그걸 회피했던 겁니다.
이런 겹겹이 황금 같은 기회가 물거품이 됐으니
이제 기사님은 마님 관심의 차가운 북방으로
밀려났어요. 따라서 무슨 놀라운 용맹이나 정략적
행위로 이를 만회하지 않는 한 기사님은 화란인
수염의 고드름처럼 찬 데 매달리게 됐습니다.
앤드루 경 어떻든 간에 용맹으로 해야 돼. 정략은 싫으니깐.
정략가보단 차라리 브라운 당[85]이 되겠어.
토비 경 아, 그럼 용맹을 발판 삼아 당신의 행운을 세워봐.
공작 청년에게 결투를 신청해서 그 녀석한테
열한 군데 상처를 입히라고. 조카딸이 그것을
눈여겨볼 거야. 확실히 알아둬. 세상에 용감하단
명성보다 여자에게 호감을 주는 사랑의 중매는
다시없거든.
파비안 그것밖에 방도가 없습니다, 앤드루 경.
앤드루 경 당신들 중 한 사람이 그자에게 나의 도전장을
전해 주겠소?
토비 경 가서 군대식 필체로 쓰라고. 사납고 짧게 써.
내용만 힘차고 알차면 말솜씨 같은 건 상관없어.
마음껏 먹물을 써서 놀려대라고. '그대'란 소릴
서너 번 뇌까려도 하나도 잘못될 게 없으니까.
종잇장에 들어갈 수 있는 만큼 거짓말 했다는
욕[86]을 써 넣어도 괜찮아. 웨어의 침대[87]를 덮을
정도로 당신 종이가 넓어도 좋아. 모두 적어.
당장 시작해. 먹물에 쓸개즙[88]을 흠뻑 섞어서.
거위 깃[89]으로 쓰겠지만 상관없어. 시작해.
앤드루 경 당신들 어디 있겠어?
토비 경 침실에서 부르게. 자, 가. [앤드루 경 퇴장]
파비안 저분은 기사님의 아주 귀중한 노리개군요.
토비 경 저자에게 나는 소중하다고. 그 친구한테 한 2천
냥 씌워 줬거든.
파비안 아주 희한한 편지를 써 가지고 오겠군요. 하지만
그걸 전하진 않으시겠죠?
토비 경 안 그러면 나 믿지 마. 그리고 무슨 수를 써서라도
청년의 응답을 얻어내겠어. 소달구지로 잡아당겨도
둘을 붙여놓지 못할걸. 앤드루의 배를 갈라 그 친구
간에서 벼룩의 발이 무거울 만큼 피[90]를 찾아낸다면
나머지 오장육부를 내가 먹어치울 테다.
파비안 그리고 맞수인 청년도 얼굴을 보아하니 별로 사나울
데가 없습디다.
[마리아 등장]

85 16세기 말 극단적인 청교도 선동가인 브라운의 추종 집단.
86 상대에게 '거짓말쟁이'라는 욕을 하면 결투를 신청한다는 말이 되었다. 그만큼 '거짓말'은 비신사적이어서 경멸의 대상이었다.
87 잉글랜드 중부의 작은 도시. 그곳에 있던 아주 큰 침대가 유명했다. 오늘날에도 박물관에 진열돼 있다.
88 매우 쓰디쓴, 검정 물질, 즉 욕설.
89 대개 거위의 꼬리 깃털에 먹물을 묻혀 글씨를 썼다. 그런데 거위는 겁쟁이의 대명사였다.
90 용기의 원천으로 간주되던 피, 앤드루는 완전한 겁쟁이라는 말이다.

토비 경 굴뚝새 아홉 자매 끝동이[91]가 오는구나.

마리아 당신들, 한바탕 웃고 싶으면, 몸뚱이가 뒤틀리게 웃고 싶으면 나를 따라오세요. 저기 말볼리오 멍청이가 이교도가 되었어요. 진짜 배교자예요. 바로 믿어서 구원을 받으려 하는 기독교인이면 그런 터무니없는 소리를 믿을 리 없죠. 게다가 노란색 스타킹을 신고 있지 뭐예요.

토비 경 그리고 대님을 엇가게 매고?

마리아 네, 끔찍할 정도로. 교회에서 학생을 가르치는 훈장처럼요. 청부 살인자처럼 따라가 보니 그자를 혼내려고 떨군 편지를 그대로 따르는 거예요. 요즘 동인도를 덧붙인 새 지도보다도 복잡한 금이 생길 정도로 얼굴에 웃음을 짓는데, 세상에 그런 건 생전 처음 볼 거예요. 그자에게 뭐든 던지고 싶은 걸 억지로 참았어요. 분명 마님이 때리실 텐데, 때려도 웃겠죠. 자기한테 대단한 호감을 보이는 거로 착각하고.

토비 경 데려다줘. 그놈 있는 데로 데려다줘. [모두 퇴장]

## 3. 3

[세바스찬과 안토니오 등장]

세바스찬 스스로는 어떤 폐도 끼치지 않을 텐데
당신이 수고를 기쁘게 여긴다니
더 이상 뭐라 하지 않을 터이오.

안토니오 뒤에 남아 있을 수 없었소. 날선 칼보다
더한 욕구가 부추겨서, 한시라도 당신을
보고 싶은 마음뿐 아니라—더 긴 여행도
마다하지 않을 만큼 사랑하는 마음이오.—
당신의 앞길에 무슨 일이 생길까
걱정이 됐소. 이곳을 모르는 데다
안내자도 친구도 없는 이방인에게
외국은 거칠고 불친절하기 일쑤요.
사랑하는 마음에 그런 염려가 생겨
속히 따라나셨소.

세바스찬 친절한 안토니오,
고맙다는 말밖에 보답을 못 하겠소.
은덕을 입고도 이런 쓸모없는 소리로
쉽게 넘겨버리죠. 하지만 내 재산이
마음만큼 넉넉하면 당신과의 거래가
좀 더 좋아지겠죠. 무얼 할까요?
이 성의 고적이나 둘러보러 갈까요?

안토니오 내일 합시다. 우선 거처를 구하는 게 급선무요.

세바스찬 피곤치 않은 데다 밤까진 오래 남았소.
우리 이 도시를 유명하게 만드는
기념물과 명소들을 구경합시다.

안토니오 용서해주시오. 여기 거릴 걷다가는
내가 위험해져요. 공작의 선단과의
해전에서 내가 돋보이게 활약했는데
여기서 잡히면 빠져나오기 어려워요.

세바스찬 그의 부하를 많이 죽인 것 같소.

안토니오 내 죄는 그러한 유혈은 아니었소.
그 시기와 논란의 경위는 피 흘릴
문제가 될 수도 있었지만요.
우리가 뺏은 것을 돌려주는 것으로
해결될 수 있었지요. 교역상의 이유로
우리 시가 그랬던 거요. 나만이 버텼으니
여기서 붙잡히면 그 대가를 톡톡히
치러야 해요.

세바스찬 그럼 나다니지 마시오.

안토니오 안 되겠소. 잠깐. 이거 내 지갑이오.
남쪽 교외에 있는 '코끼리장'이
그중 나은 숙소요. 당신이 소일하며
성내를 구경하고 지식을 쌓는 동안
나는 저녁을 시키죠. 거기서 만납시다.

세바스찬 지갑은 왜 주시오?

안토니오 하찮은 거지만 혹시 사고 싶은 것이
눈에 띌 수 있어요. 당신 가진 돈으론
사치품에 쓰기에 모자랄 거요.

세바스찬 당신 지갑을 보관하겠소. 한 시간만
떠나 있겠소.

안토니오 그럼 '코끼리'로.

세바스찬 잊지 않았소. [각기 퇴장]

## 3. 4

[올리비아와 마리아 등장]

91 제일 작은 새인 굴뚝새의 새끼들의 끝동이니까 그중에서도 가장 작은 새. 키 작은 그녀를 두고 하는 말.

올리비아 [방백] 오라고 했더니 온다고 했지.
어떻게 대접할까? 무엇을 줄까?
젊음은 애원이나 꾸기보단 사는 게 빨라.
내 말이 너무 크네.
[마리아에게]
말볼리오 어딨어? 엄숙하고 정중해서
내 지위에 썩 잘 맞는 하인이지.
말볼리오 어디 있나?

마리아 지금 오는 중인데요, 거동이 너무 괴상해요.
확실히 귀신에 씌었어요.

올리비아 왜? 무슨 일인데? 소리를 질러대나?

마리아 아니어요, 마님. 마냥 웃기만 해요. 그 사람이
오면 마님 주변에 무슨 경호원이 있어야 좋겠어요.
분명 머리가 어떻게 됐거든요.

올리비아 이리 오라고 해.
[마리아가 그를 부르러 가니, 말볼리오가 대님을
엇가게 매고 노란 스타킹을 신고 등장]
나도 꼭 같이 미쳤어.
슬프게 미친 것과 즐겁게 미친 것이
같은 거라면. 어떤가, 말볼리오?

말볼리오 귀여운 아가씨, 호호호!

올리비아 웃어? 심각한 일로 불렀는데.

말볼리오 심각이오, 아가씨? 심각할 수도 있죠. 이렇게
대님을 엇가게 매니까 피가 좀 안 통해요. 하지만
어때요? 그 누구의 눈에 들기만 하면 저 최고로
진실한 노래처럼 "한 사람만 좋으면 모두 좋지요."[92]

올리비아 아니 도대체 어떻게 된 거야? 당신 뭐가 어떻게
된 거 아니야?

말볼리오 마음에 시커먼 우울증은 없고요, 다리는 노랗지만.
그의 손에 편지가 들어왔죠. 명령대로 하겠습니다.
예쁜 로마 필체를 알아볼 것 같군요.

올리비아 말볼리오, 가서 눕지 그래.

말볼리오 "눕자고? 물론이다. 귀여운 애인아, 그럼 얼른
네게 가겠다."[93]
[자기 손에 키스한다.]

올리비아 하느님의 위로를! 왜 그처럼 히죽거리지? 그리고
왜 자꾸 손에다 키스를 하지?

마리아 어떻게 된 거요, 말볼리오?

말볼리오 너한테 대답을 해야 돼? 아무렴 나이팅게일도
까마귀한테 대답을 하지.

마리아 어째서 마님 앞에 이처럼 우스꽝스레, 뻔뻔스레
나서는 거지?

말볼리오 "높은 신분을 겁내지 마세요." 잘 쓴 글이죠.

올리비아 말볼리오, 그거 무슨 뜻이지?

말볼리오 "날 때부터 높은 이가 있고"—

올리비아 뭐?

말볼리오 "어떤 이는 그것을 성취하며"—

올리비아 무슨 소리야?

말볼리오 "어떤 이에겐 저절로 주어져요."

올리비아 하늘이 회복시켜 주시기를.

말볼리오 "누가 당신에게 노란색 스타킹을 권했는지",

올리비아 "노란색 스타킹을?"

말볼리오 "대님을 엇가게 맨 걸 보고 싶어 했는지.
잊지 말아요."

올리비아 대님을 엇가게 매?

말볼리오 "그리되기 원하면 당장 팔자 고쳐요."

올리비아 내가 팔자를 고쳐?

말볼리오 "안 그러면 당신은 언제나 하인으로 남아요."

올리비아 오, 이건 미쳐도 한참 미쳤어.
[하인 등장]

하인 마님, 오르시노 공작의 젊은 신사가 돌아왔습니다.
돌아오라고 하기가 어찌나 힘들던지요. 마님을
기다리고 있습니다.

올리비아 내가 가겠다. [하인 퇴장]
마리아, 이 친구 돌봐주도록 해라. 토비 숙부는
어디 있지? 우리 집 안 몇 사람이 특별히 잘
보살피도록 해. 내 지참금 절반이 든대도 그 사람
잘못되는 건 바라지 않아.
[올리비아와 마리아가 각기 퇴장]

말볼리오 오호! 비로소 내 말을 알아들었단 말이지? 적어도
토비 경이 나를 보살필 거란 말이군. 이건 편지하고
정확히 맞아떨어져. 일부러 그자를 내게 보내서
뻣뻣이 굴란 소리야. 편지에서 그러라 했거든.
"비천한 껍질을 벗고", "어떤 친척에게는 당당히
맞서시고 하인들에겐 엄숙하게 구세요. 말끝마다
국사를 논하고 튀게 처신하세요." 하고는 이어서
어떤 저명한 분의 습관을 따라 엄숙한 얼굴과
점잖은 몸가짐과 느린 말씨 등등을 적어놓았지.
내가 그녀를 사로잡은 거지만 주피터가 하신

92 매우 음탕한 당시 노래의 일부.
93 역시 음탕한 노래의 일부.

일이야. 그래서 감사해. 방금 가면서 "이 친구 돌봐주도록 해라." 친구라! 말볼리오나 내 직분이 아니고 '친구'라니. 그러니 모두 맞아떨어지니까 눈곱만한 의심도, 의심의 의심도, 하등의 장애도, 의심쩍거나 불안하거나—뭐라고 할까?—세상의 무엇도 나와 나의 희망의 완벽한 전망 사이에 끼어들 것이 전혀 없다. 맞다. 나 자신이 아니라 주피터께서 이 일을 꾸미셨다. 그분께 감사를 드려야 한다.

[토비 경, 파비안, 마리아 등장]

토비 경 그자가 도대체 어디 있다는 거야? 지옥 마귀가 모두 뭉쳐 요만하게 되어서 그자 속에 마귀 떼가 들었대도 내가 말을 걸겠다.

파비안 여기 있소. 여기 있소. [말볼리오에게] 어떻게 된 거요? 괜찮아요?

말볼리오 저리 가라. 당신을 멀리한다. 혼자 고독을 즐기련다. 저리 비켜라.

마리아 저 봐요. 마귀가 저 사람 속에서 큰 소리로 웅얼대요. 그렇다고 안 했어요? 토비 경, 마님께서 저 사람 돌보라고 당부하셨어요.

말볼리오 아하, 그러셨나?

토비 경 자, 자. 조용히, 조용히. 저 사람 조심해서 다뤄야 해. 나한테 맡겨. 괜찮은가, 말볼리오? 기분이 어때? 이봐, 마귀에게 맞서. 잊지 말라고. 그놈은 우리 인간의 원수야.

말볼리오 무슨 말을 하는지 알고나 하쇼?

마리아 저거 봐요. 당신이 마귀를 나쁘게 말하니까 기분 나빠하잖아요. 오, 하느님, 아주 돌진 말기를!

파비안 용한 무당에게 오줌을 갖다 줘.

마리아 아, 그건 내일 아침[94] 꼭 하도록 하죠. 마님은 내가 말하는 것보다 더 많이 준대도 저이를 잃을 수 없대요.

말볼리오 어떠신가, 아가씨?

마리아 오, 맙소사!

토비 경 가만히 있어. 그렇게 하면 안 돼. 당신이 말하면 저 사람 흥분하는 거 못 봐? 나한테 맡겨.

파비안 가만히 하는 것밖에 도리가 없소. 가만히, 가만히. 마귀는 사나우니 사납게 다루면 안 돼요.

토비 경 우리 귀한 아가야, 좀 어떠니? 기분이 어떠냐고? 귀염둥이야.

말볼리오 여보쇼!

토비 경 그래, 그래. 나하고 같이 가자. 원 참. 점잖은 사람이 마귀하고 앵두씨 놀이가 될 말인가! 제기랄. 더러운 광부 놈![95]

마리아 토비 기사님, 그 사람에게 기도 드리라 하세요. 기도하게 만드세요.

말볼리오 내가 기도를? 건방진 계집!

마리아 거 봐요. 거룩한 말씀은 들으려고도 안 해요.

말볼리오 모두들 나가 목매 죽어. 너희는 아무 쓸데가 없는 경박한 것들이야. 나는 너희하곤 차원이 달라. 나중에 더 알게 될 거다. [퇴장]

토비 경 저럴 수 있어?

파비안 저걸 지금 무대에서 공연을 하면 불가능한 허구라고 공격을 받겠어요.

토비 경 저 녀석 영혼 자체가 우리가 짠 계획에서 전염됐다고, 이 사람아.

마리아 지금 쫓아가세요. 그러지 않으면 우리 계획이 바람을 쏘여서 쉬어버려요.

파비안 그럼 저 사람 진짜 미치게 합시다.

마리아 집 안이 훨씬 조용해질 거예요.

토비 경 자, 우리 저놈 묶어서 캄캄한 방에 가두자. 벌써 우리 조카딸은 저놈이 미쳤다고 믿고 있어. 이런 식으로 우리는 재미를 보고 그놈은 고행을 계속하다 보면 마침내 우리 장난이 기진하여 숨이 차서 놈에게 자비를 베풀라고 할 거야. 그때쯤 해서 우리 계획을 공개하고 너를 미친놈 찾아낸 공로자로 추대할 거야. 한데 저거 봐, 저거.

[앤드루 경이 종잇장을 들고 등장]

파비안 오월 축제 아침 놀잇감이 또 생겼구나.

앤드루 경 이게 도전장이야. 읽어봐. 글에 확실히 식초와 고추가 들어 있어.

파비안 그렇게 시고 매워요?

앤드루 경 그렇고말고. 확실해. 읽어만 봐.

토비 경 나한테 줘.

[읽는다.] "젊은이, 그대가 무엇이든 간에 그대는 더러운 녀석이다."

파비안 좋아요. 용감해요.

토비 경 "내가 그대를 왜 그렇게 부르는지 마음에 이상하게 여기지 말며 놀라지 마라. 그 이유는 그대에게 밝히지 않겠다."

94 이른 아침에 요강을 비운다.

95 마귀는 광부처럼 시커멓고 지옥 굴에 산다.

파비안 좋은 단서 조항이오. 미리 법 집행을 면케 해주니.

토비 경 "그대는 올리비아 부인께 오는데 내가 보니 그녀가
그대를 친절히 대해준다. 그러나 그대는 크게 거짓말
한다. 그것이 내가 그대에게 도전하는 이유는 아니다."

파비안 아주 간결한 데다 무지하게 합리적이지 [방백]
않군.

토비 경 "그대가 돌아갈 때 매복하고 있겠다. 거기서 만약에
그대가 나를 죽이게 되면"—

파비안 좋아요.

토비 경 "그대는 깡패와 악당처럼 나를 살해하는 것이다."

파비안 여전히 법의 바람이 부는 쪽에 붙는군. 좋아요.

토비 경 "잘 있어라. 하느님이 우리 영혼 중 하나에게 자비를
베푸시기 바란다. 내 영혼에 자비를 베푸실지 모르지만,
그보다 좋게 되길 희망한다. 그런고로 조심해라.
그대의 대접에 따라 그대의 친구며 철천지원수인
앤드루 에이규치크."
이 편지가 분노를 못 일으키면 녀석의 다리도 줄행랑을
못 친다. 갖다 줘야지.

마리아 편지를 전할 절호의 기회가 있을 것 같아요. 그 사람
지금 마님과 무슨 말을 주고받고 있으니까 잠시 후에
떠날 거예요.

토비 경 앤드루 경, 가라고. 정원 모퉁이에서 몰래 다니는
포졸처럼 그놈을 노려. 그놈을 보자마자 칼을 빼고
칼을 빼면서 무시무시하게 욕을 해대. 큇소리를
크게 울려서 세게 엄포를 놓으면 무서운 욕설 한
마디가 실지로 결투를 해서 얻는 것보다 더 큰
믿음성을 사내에게 주는 일이 비일비재야. 자,
가봐.

앤드루 경 욕하는 건 내게 맡겨. [퇴장]

토비 경 그런데 저 사람 편지는 전하지 않겠어. 그 젊은
신사는 배운 것도 있고 교육도 잘 받은 것 같은
인상이거든. 제 주인과 우리 조카딸 사이를 오가는
것만 봐도 확실해. 그러니까 이처럼 뛰어나게
무지몽매한 편지는 청년에게 아무런 공포도 주지
못하지. 무슨 멍청이가 보내는 편지로 알 거야.
하지만 도전을 말로 전달하고 앤드루 경이 상당히
용맹하단 명성이 있다고 둘러대어서 그 신사가
그의 분노, 기술, 격분, 광폭성에 대해서 아주
끔찍한 선입견을 가지게끔 몰아가겠어.—젊기
때문에 쉽게 받아들일 거야.—이렇게 되면 둘이
동시에 겁이 나서, 노려보면 죽는다는 괴물처럼,[96]
서로 바라만 보고서도 죽을 거다.
[올리비아, 비올라—세자리오 등장]

파비안 저기 그 사람이 마님과 같이 오네요. 그자가
작별을 할 때까지 비켜섰다가 곧 뒤를 따릅시다.

토비 경 그동안 나는 도전으로 사용할 무시무시한 내용을
짜내고 있을게. [토비 경, 파비안, 마리아 퇴장]

올리비아 돌 같은 가슴에 너무 많이 지껄이고
너무 조심성 없이 명예를 내놨어요.
내 속에 무언가 잘못을 꾸짖어요.
하지만 너무도 고집스런 잘못이어서
꾸짖음을 비웃어요.

비올라 당신의 아픈 사랑이 지닌 모습을
제 주인의 슬픔이 지니고 있어요.

올리비아 [보석을 주며]
나를 위해 지니세요. 내 그림이에요.
거절하지 마세요. 괴롭힐 혀가 없어요.
그리고 내일 다시 오시길 바라요.
명예만 빼고 당신이 무엇을 요구하면
내가 거절할 수 있을까요?

비올라 이것뿐예요. 내 주인을 사랑해 달라는 것.

올리비아 당신에게 준 것을 어떻게 명예롭게
그분께 드리지요?

비올라 제가 돌려 드리죠.

올리비아 그럼 내일 또 오세요. 안녕히 가세요.
당신 같은 악마는 내 혼을 지옥에 데려갈 거요. [퇴장]
[토비 경과 파비안 등장]

토비 경 신사 양반, 안녕하쇼?

비올라 안녕하세요?

토비 경 당신의 방어 수단을 속히 갖추시오. 그분에게
무슨 잘못을 저질렀는지 알 순 없지만 당신을
노리는 사람은 노기가 등등하며 사냥꾼처럼 피를
잔뜩 묻히고 정원 끄트머리에서 기다리고 서 있소.
칼을 뽑아 들고 재빨리 준비하쇼. 당신의 적수는
급하며 능란하며 결사적이오.

비올라 사람을 잘못 보셨군요. 아무도 나와 시비를 할
사람은 없는 거로 알아요. 내 기억은 누구한테나
무슨 실수도 저지른 모습이 전무하며 깨끗합니다.

토비 경 확실히 안 그렇다는 걸 알게 될 거요. 그런고로

96 노려보면 그 대상이 죽는다는 전설의 괴물 '바실리스크.'

목숨을 조금이라도 귀중히 여긴다면 방어 자세를
취하시오. 당신의 적수는 젊은 패기와 힘과 기술과
분노가 줄 수 있는 모든 것을 갖추고 있소.

비올라 실례지만 그분이 누군가요?

토비 경 그 사람은 기사로서, 예전상의 이유로[97] 흠 없는
칼로 서품을 받았으나 사적인 싸움에는 악마이지요.
영혼과 육체를 세 번 갈라놨는데, 이 순간 그의
분노는 도저히 끌 수 없어 죽음의 고통과 무덤밖엔
어떤 것도 만족을 줄 수가 없소. '죽거나 죽이거나'가
그의 모토요. 목숨을 주거나 받으란 말이오.

비올라 다시 집에 들어가 부인에게서 안내인을 구하겠소.
나는 싸움꾼이 아니오. 어떤 사람은 제 용기를
시험하려고 일부러 남에게 싸움을 건다더군요. 혹시
이 사람도 그런 성격인지 모르겠소.

토비 경 절대 아니오. 그의 분노는 매우 충분한 근거가 되는
모욕감에서 온 거요. 따라서 각오하고 그의 욕구에
응하시오. 집으로는 못 돌아가오. 먼저 그와 겨루는
것과 동일한 위험을 안고 나하고 그 문제를 해결해야
되겠소. 그러므로 앞으로 가든가 당장 칼을 뽑으쇼.
결투를 해야 하오. 정해진 일이오. 아니면 쇠붙이를
지니지 않겠다고 맹세하든가.

비올라 이상할 뿐 아니라 야만적이오. 그 기사에게 내가
무슨 잘못이 있는지 알 수 있도록 친절을 베푸시길
당신에게 호소하오. 내가 혹시 소홀했던 일일 테고
절대로 고의가 아니었어요.

토비 경 그렇게 해보겠소. 파비안 선생, 내가 돌아올 때까지
이분 곁에 서 계시오. [퇴장]

비올라 실례지만 이 일을 아시나요?

파비안 그 기사가 당신에 대해 사생결단을 할 만큼 노한
것으로 알고 있소. 하지만 그 이상 자세한 경위는
모르오.

비올라 실례지만 어떤 종류의 사람인가요?

파비안 그의 외모로 보아서는 실지로 그의 용맹을 겪어볼
때와 같이 굉장한 기대를 가질 만하지 못하지요.
그러나 실제에 있어서는 가장 능란하고 잔혹하며
치명적인 적수로서 일리리아 일대에서 아마도 다시
찾기 힘들 거요. 그 사람 앞으로 가신다면 내가
할 수 있으면 화해시켜 드리겠소.

비올라 그래 주시면 무척 고맙겠어요. 나는 기사님보다는
사제님과 함께할 사람이에요. 누가 내 성질을 익히
알든 별로 관심 없어요. [둘 퇴장]

[토비 경과 앤드루 경 등장]

토비 경 이봐. 그 사람 악마 찜 쪄 먹는다고. 나 그런 쌈패는
처음 봤어. 그자와 칼, 칼집 모두 가지고 한번 겨뤄
보았는데 어찌나 무서운 몸짓으로 칼날을 들이대는지
피할 수가 없었어. 그리고 대응 공격을 하면 발이
땅바닥을 밟는 것처럼 정확하게 맞대응을 하더란
말이야. 페르시아 왕의 검객이었다는군.

앤드루 경 젠장. 그자와 결투 같은 건 안 하겠어.

토비 경 좋아. 하지만 지금 그 사람 진정시킬 수가 없어.
저기서 파비안이 가까스로 붙들고 있다고.

앤드루 경 제기랄. 그처럼 용맹하고 능숙한 검객인 걸
알았다면 결투 신청하기 전에 천벌 받아 뒈지는 걸
보았겠다. 사건을 그냥 흘려보내자고 해. 그럼 내
회색 말을 주겠어.

토비 경 내가 그렇게 제안할게. 여기 서서 늠름한 기세를
보이고 있으면 이 일은 영혼의 파멸 없이 끝나게 돼.
[방백] 내가 널 멍청이로 만들 듯이 네 말 내가 타겠다.
[파비안과 비올라—세자리오 등장]
[파비안에게 방백] 싸움을 말려주는 값으로 저 친구
말을 벌었어. 저 청년이 싸움의 악마라고 했거든.

파비안 [토비 경에게 방백] 저 사람도 우리 기사에 대해
무시무시한 환상에 젖어 사나운 곰이 바짝 따라오는
것처럼 사색이 되었어요.

토비 경 [비올라에게] 별수 없네요. 이미 맹세를 한 만큼
당신과 싸우겠대요. 싸움의 발단을 좀 더 자세히 따져
보니 지금은 얘기할 가치도 없는 거래요. 그러니까 저
사람의 맹세를 존중하는 뜻에서 칼을 빼시오.
당신한테 상처를 입히지 않겠다고 선언하네요.

비올라 [방백] 하느님, 저를 보호하소서. 내가 사내가
아니라는 건 쬐고만 물건이 알려줄 수 있는데.

파비안 [앤드루 경에게] 저 사람이 사납게 덤벼들면
뒤로 물러나시오.

토비 경 앤드루 경, 별도리 없어. 저 신사는 자기 명예
때문에 한판 겨뤄야 한대. 결투 법규상 피할 수
없다는 거야. 하지만 신사이며 군인으로서 당신한테
상처를 입히지 않겠다고 나와 약속했어. 그럼 자,
시작해.

앤드루 경 제발 하느님, 저 사람이 맹세대로 하기를!

97 전쟁에서 칼에 흠집을 내며 무공을 세운 이유로 기사 작위를 서품 받은 것은 아니라는 말이다.

[안토니오 등장]
비올라 [앤드루 경에게 방백]
분명히 말하지만 내가 하고 싶어 이러는 거 아니오.
[앤드루 경과 비올라가 칼을 뺀다.]
안토니오 [칼을 빼며 앤드루 경에게]
칼을 거두쇼. 이 젊은 신사가
잘못했다면 내가 책임지겠고
당신의 잘못이면 내가 대신 맞서겠소.
토비 경 당신이? 당신 도대체 누구요?
안토니오 자기가 당신한테 덤빌 테라 했겠지만
나는 사랑 때문에 더 세게 나서는 자다.
토비 경 [칼을 빼며] 남의 싸움 가로막고 나서는 자라면
내가 상대해주지.
[치안관들 등장]
파비안 오, 토비 경, 그만. 치안관들이 와요.
토비 경 [안토니오에게] 당장 상대해 주겠소.
비올라 [앤드루 경에게] 부탁입니다. 괜찮으시면 칼을
거두세요.
앤드루 경 아, 그러고말고요. 그리고 약속을 드렸듯이 내
말 그대로 지키겠소. 그놈은 당신을 쉽게 태우고
고삐 말을 잘 들어요.
[앤드루 경과 비올라가 칼을 칼집에 꽂는다.]
치안관 1 이게 그 사람이다. 직책을 수행하라.
치안관 2 안토니오, 오르시노 공작의 명령으로 당신을
체포한다.
안토니오 사람을 잘못 보았소.
치안관 1 천만에. 당신 얼굴을 너무 잘 안다.
지금 머리에 선원 모잘 안 썼지만.
[치안관 2에게]
데려가라. 내가 안다는 걸 자기도 안다.
안토니오 할 수 없군. [비올라에게]
당신 찾아다니다 당한 일이오.
별수 없이 나 자신이 책임을 져야지요.
이제 내가 필요해서 주머니를 달라는데
당신 어쩔 셈이오? 내가 당한 사태보다
당신을 돕지 못해 그것이 슬프군요.
놀라서 멍청히 서 있는데, 하지만
걱정하지 마시오.
치안관 2 자, 가자.
안토니오 [비올라에게]
그 돈의 일부를 달라고 해야겠소.
비올라 무슨 돈 말인가요?
여기서 내게 베푼 고마운 친절과
당신이 처해 있는 곤란을 생각해서
보잘것없이 미미한 내 밑천을
조금 나눠 드리죠. 가진 게 적어요.
있는 돈을 당신과 나누겠어요.
자, [돈을 주며] 가진 것의 절반이오.
안토니오 이제 모른다 하기요?
당신에 대한 내 봉사가 이처럼 설득력을
잃을 수 있소? 비참한 내 처지를
시험하지 마시오. 베풀어준 친절을
당신을 욕하는 데 쓸 만큼 부실한
놈으로 만들지 마쇼.
비올라 내가 모를 소리요.
목소리도 모습도 알아볼 수 없군요.
거짓말과 허풍과 시끄러운 주정이나
인간의 나약한 피에 박혀 강한 부패의
원천이 되는 죄악의 오점보다
나는 배은망덕을 더 미워합니다.
안토니오 오, 하늘이여, 하늘이여!
치안관 2 자, 가자.
안토니오 조금 더 말하겠소. 여기 이 청년은 내가
죽음의 아가리에서 반신을 꺼내주고
사랑의 정성을 다해 도와주었고
높이 받을 가치를 보인다 믿어
그 외모에 충성을 바쳤던 거요.
치안관 1 우리와 무슨 상관인가? 시간이 없다. 가자.
안토니오 그러나 얼마나 악한 우상인가!
세바스찬, 너의 외모가 창피하구나.
자연에는 마음밖에 결함이 없다.
병든 것은 매정밖에 없다 하겠다.
선은 아름답지만 아름다운 악은
마귀가 곱게 칠한 빈 상자일 뿐이다.
치안관 1 흥분하기 시작했다. 데려가라. 자, 가자.
안토니오 데려가라. [치안관들과 함께 퇴장]
비올라 [방백] 저이 말이 저처럼 열정에서 쏟아지니
믿어서 하는 말 같지만, 믿을 순 없어.
상상아, 진실이 돼라. 그리운 오빠, 지금
오빠로 오인된다. 오, 그게 진실이 돼라.
토비 경 기사, 이리 와라. 파비안, 이리 와라. 우리도 아주
의미심장한 격언 한두 구절 속삭이자.

[한쪽 곁에 모여 선다.]

비올라 세바스찬이라 했어. 거울 속엔 오빠가 아직도 살아 있어.[98] 오빠의 외모는 바로 이런 모습이지. 그리고 이런 의복, 이런 색깔, 치장도 이랬어. 내가 오빠를 흉내 내니까. 오, 이것이 사실이면 폭풍도 인정 있고 짠물도 사랑에 단물이 된다. [퇴장]

토비 경 [앤드루 경에게] 아주 치사하고 너절한 애송인 데다 토끼보다도 겁쟁이야. 치사하다는 건 여기서 친구가 도와달라는데 모른다고 등 돌린 걸 봐도 알아. 비겁한 건 파비안에게 물어봐.

파비안 겁쟁이요. 지극한 겁쟁이요. 겁을 예배할 정도요.

앤드루 경 이런 우라질! 다시 쫓아가 때려줄 테다.

토비 경 그래. 단단히 족치라고. 하지만 절대로 칼은 빼지 마.

앤드루 경 안 그러나 봐.— [퇴장]

파비안 어떻게 되나 봅시다.

토비 경 결국 별것 아닐 거야. 얼마든지 생돈 걸겠어.

[모두 퇴장]

## 4. 1

[세바스찬과 광대 페스티 등장]

페스티 내가 당신 데려오라는 심부름 받고 왔다는 걸 나 자신도 믿지 말란 말이오?

세바스찬 듣기 싫다. 당신 멍청한 사람이다. 네 앞에서 꺼져라.

페스티 시치미 잘 떼는군! 맞아. 내가 당신이 누군지 모르고, 마님이 당신에게 와서 같이 말하잔다고 나를 보내 알리지도 않았으며 당신 이름이 세자리오도 아니고 이게 내 코도 아니우. 사실이 사실이 아니우.

세바스찬 제발 당신 바보 소린 딴 데 가서 지껄여. 내가 누군지 모르면서.

페스티 바보 소릴 지껄여라! 어떤 높은 사람한테서 그 소리를 듣고 어릿광대한테 써먹는구먼. 바보 소릴 지껄여라! 이 커다란 세상이 쬐고만 어린애가 될까봐 걱정이다. 이젠 시치미 떼지 말고 내가 마님한테 뭐라고 '지껄일지' 말해주쇼. 당신이 온다고 마님한테 '지껄일까요?'

세바스찬 이 못난 녀석아, 제발 내게서 떠나. 자, 이 돈 받아라. 더 이상 얼쫑대면 보답이 나빠진다.

페스티 와, 확실히 당신 손이 크시우. 어릿광대에게 돈을 집어주는 똑똑한 사람은 명망이 높아지우.— 땅값만큼 넉넉히 줄 때엔.

[앤드루 경, 토비 경, 파비안 등장]

앤드루 경 [세바스찬에게] 야, 당신 다시 만났다. [그를 때리며] 한 방 먹어라.

세바스찬 [앤드루 경을 단도로 치며] 뭐야? 이거 당신 몫이다. 자, 자. 온 세상이 미쳤나?

토비 경 [세바스찬에게, 그를 제지하며] 멈춰라. 안 멈추면 당신 단도를 지붕 위로 던지겠다.

페스티 곧장 마님한테 알리겠다. 당신들 입은 저고리 몇 개는 두 푼 준대도 안 입겠다. [퇴장]

토비 경 신사, 참아요.

앤드루 경 그냥 둬. 그 사람하고는 다른 방식으로 일 처리를 할 테니까. 일리리아에 법이 살아 있다면 폭행죄로 고발하겠어. 내가 먼저 때렸지만 그런 건 상관없어.

세바스찬 손 치워요.

토비 경 안 놔주겠어. 이리 와, 젊은 군인 아저씨. 칼을 빼. 피를 봤으니 싸움은 시작됐어. 자, 덤벼.

세바스찬 [잡은 걸 떨쳐버리고] 떨어져 서야겠다. 이제 어쩔 터인가? 이 이상 성나게 하고 싶으면 칼을 뽑아라.

토비 경 뭐, 뭐라고? 그렇다면 너한테서 건방진 피를 한두 종지 뽑아야겠다.

[토비와 세바스찬이 칼을 뺀다. 올리비아 등장]

올리비아 토비, 살고 싶으면 멈춰요.

토비 경 질녀.

올리비아 언제나 이럴 거예요? 불손하고 비열한 사람, 예절은 한번도 배운 적 없고, 깊은 산, 야만인 동굴에나 알맞을 위인. 내 앞에서 꺼져요! 사랑하는 세자리오, 죄송해요. [토비 경에게] 무법자, 저리 가요. [토비 경, 앤드루 경, 파비안 퇴장] 부탁해요, 착하신 분.

98 거울에 비치는 자기 모습이 오빠와 똑같이 생겼다는 말. 매일 거울에서 본다는 말이 된다.

심려를 끼쳐드린 무지하고 부당한 폭행을
감정으로 마시고 해맑은 지혜로
다스리셔요. 함께 저의 집에 가셔서
저 무법자가 얼마나 쓸데없는 장난질을
꾸며냈는지 이야기를 들으시고
이번 일도 웃고 마세요. 꼭 가셔야 해요.
거절하지 마세요. 저 사람을 저주해요.
당신 속에 바꿔 넣은 내 가슴이 놀라네요.

세바스찬 어찌된 영문인가? 물이 어디로 흐르는가?
돌았거나 꿈이거나 둘 중의 하나구나.
환상아, 내 지각을 레테 강[99]에 담가라.
이것이 꿈이라면 잠에서 깨지 말자.

올리비아 오세요. 내 말대로 하시면 얼마나 좋아.

세바스찬 예, 그러지요.

올리비아 말한 대로 하세요.

[모두 퇴장]

## 4. 2

[가운과 가짜 수염을 든 마리아와 광대 페스티 등장]

마리아 당신이 이 가운 걸치고 이 수염 달고 토파스 사제라고 믿게끔 하란 말이야. 빨리 해. 그동안 나는 토비 경을 불러올게. [퇴장]

페스티 그럼 가운을 입고 사제인 척하죠. 그런 가운 차림으로 남을 속인 건 내가 처음 될 거요. [변장을 한다.] 사제 노릇 잘하기엔 키가 크지 못하고 좋은 학생이라고 하기엔 비쩍 마른 것도 아니지만 '괜찮은 사람이고 손님 접대 잘하는 사람'이란 말을 들으면 '성의껏 노력하고 열심히 공부하는 신학생'이란 말과 마찬가지지. 음모꾼들이 저기 들어오는군.

[토비 경과 마리아 등장]

토비 경 신의 축복을 빕니다, 신부님.

페스티 보노스 디에스,[100] 토비 경. 붓과 먹을 본 적도 없는 프라하의 늙은 은둔자가 고보둑 왕의 질녀에게 매우 현명하게 말한 바같이 '존재하는 것은 존재하는 것'이오.[101] 나는 신부인 만큼 신부요. '것'은 '것'이며 '존재'는 '존재'에 불과하지 않소?

토비 경 토파스 신부, 그자에게 갑시다.

페스티 여보시오! 옥 속에 평안 있기를.

[안에서 말볼리오]

말볼리오 누가 부르는 거요?

페스티 토파스 사제요. 실성한 말볼리오 집사를 만나러 오는 길이오.

말볼리오 토파스 신부, 토파스 신부, 착하신 토파스 신부, 우리 마님한테 가주시오.

페스티 썩 나가라, 거짓말 팡팡 해대는 악귀 놈.[102] 네가 이분을 얼마나 괴롭히느냐! 말끝마다 여자야?

토비 경 신부님, 말 잘했소.

말볼리오 토파스 신부, 어떤 사람도 이런 곤욕 치른 적 없소. 착한 신부님, 날 미쳤다고 생각지 마오. 놈들이 날 이런 끔찍한 어둠 속에 가둬놓았소.

페스티 듣기 싫다. 부정직한 사탄아. 이처럼 매우 점잖은 말로 너를 불러준다. 나는 마귀조차도 예절대로 대접하는 점잖은 사제 중의 하나다. 그 집이 캄캄하다니 무슨 말인고?

말볼리오 지옥 같소, 신부님.

페스티 별소리 다 하누나. 요새처럼 투명한 높은 창이 나 있으며 남북으로 죽 뻗은 꼭대기 창은 칠흑처럼 빛나는 집인데 그래도 너는 앞이 막혀 보이지 않는다고 불만이냐?

말볼리오 나는 안 미쳤소, 토파스 신부님. 확실히 말하지만 이 집은 캄캄하오.

페스티 미친 자야, 틀린 말이다. 내가 언명하거니와 무식밖에는 어둠이 없다. 너는 무식 속에 파묻혀 안개 속에 파묻힌 애급 사람들보다 허우적대누나.[103]

말볼리오 무식이 지옥처럼 깜깜하다면 확실히 이 집은 무식처럼 깜깜하오. 확실히 이렇게 억울하게 당한 사람도 없소. 나도 당신만큼 정신이 말짱해요.

99 그리스신화의 이야기로, 사람이 죽어 영혼이 건너기만 하면 이승의 모든 것을 잊는다는 망각의 강.
100 '안녕하십니까?'를 뜻하는 듯한 엉터리 라틴어.
101 학자들이 으레 고사성어를 인용하는 것을 이렇게 지어내서 말한다.
102 미친 사람은 악귀가 붙어서 딴소리를 한다고 믿었다.
103 출애굽기 10장 21~23절을 보면 '캄캄한 흑암이 3일 동안 애급 온 땅'을 덮었다.

이치에 맞으면 무슨 질문이든 물어봐요.

페스티 피타고라스[104]는 야생 조류에 대하여 어떻게 생각했는가?

말볼리오 우리 할머니의 영혼이 혹시는 새 속에 깃들 수 있다고 했소.

페스티 너는 그의 생각을 어떻게 보는가?

말볼리오 나는 영혼의 고귀성을 믿는 까닭에 절대로 그 사람 생각에 찬동할 수가 없소.

페스티 잘 있어라. 언제나 어둠 속에 잠겨 있어라. 네가 피타고라스의 사상에 찬동하여 멧닭을 죽이면 네 할머니의 영혼을 내쫓을까봐 겁을 내기 전에는 정신이 바르다고 할 수가 없다. 잘 있어라.

말볼리오 토파스 신부, 토파스 신부!

토비 경 지극히 똑똑하신 토파스 신부님!

페스티 보통이죠. 난 뭐든 할 수 있다고요.

마리아 수염과 가운 없이도 그 짓 할 수 있었어. 저자가 널 보지 못하니까.

토비 경 [페스티에게] 네 본래 목소리로 그놈이 어떻게 하고 있는지 알아보고 알려다오. 이 장난에서 우리 모두 탈 없이 벗어나고 싶구나. 녀석이 적당히 풀려날 수 있다면 그게 나도 좋겠는데, 지금 조카딸한테 잘못한 게 너무 많아 이 장난을 끝까지 몰아가면 위험하다. 나중에 내 방에 와라. [마리아와 같이 퇴장]

페스티 [노래한다.] '헤이 로빈, 즐거운 로빈.
아가씨의 안부를 내게 말하렴.'

말볼리오 광대!

페스티 '아가씨는 무정해. 참말로 그래.'

말볼리오 광대!

페스티 '오오, 어째서 그러실까?'

말볼리오 광대, 안 들려?

페스티 '딴 남자를 사랑해.'
누가 부르나?

말볼리오 착한 광대, 나한테 좋은 대접 받고 싶으면 촛불과 펜과 잉크와 종이를 갖다 달라. 한 신사로서 말하거니와 평생 네게 감사하겠다.

페스티 말볼리오 집사님이세요?

말볼리오 그렇다, 착한 광대.

페스티 오오, 어떻게 해서 실성을 하셨나요?

말볼리오 광대야, 일찍이 이런 수모를 당한 사람이 없다. 네 정신이 온전한 것처럼 내 정신도 온전하다.

페스티 나하고 같다고요? 그럼 정말 돌았군요. 광대보다 정신이 낫지를 못하다니.

말볼리오 놈들이 나를 물건짝처럼 여기 처넣고 암흑 속에 가둬놓고 멍청한 사제들을 보내서 정신을 빼려고 온갖 짓을 다했다.

페스티 말조심하세요. 여기 사제님이 오셨어요. [토파스 신부 목소리로] 말볼리오, 말볼리오, 하늘이 네 정신을 회복시켜 주시길! 잠을 자도록 힘써라. 중얼중얼 헛소리를 그쳐라.

말볼리오 토파스 신부.

페스티 [토파스 목소리로] 이 친구, 저 사람과 말하지 마라. [제 목소리로] 저요? 절대로 안 할게요. 하느님이 같이하시길, 신부님. [토파스 목소리로] 고맙네. 아멘. [제 목소리로] 아무렴요.

말볼리오 광대, 광대, 안 들려?

페스티 오오, 참으세요. 뭐라 말씀하시나요? 집사님께 말한다고 야단을 맞았어요.

말볼리오 착한 광대, 나에게 불빛과 종이를 갖다 달라. 내가 일리리아 나라의 누구라도 못지않게 정신이 온전한 걸 너한테 알린다.

페스티 그랬으면 오죽 좋아요!

말볼리오 맹세하거니 나는 온전하다. 착한 광대야, 잉크, 종이, 촛불을 갖다 주고 내가 쓴 걸 마님께 전해 드려라. 편지 전하는 심부름으론 최고의 보답을 받게 되리라.

페스티 그러시게 도와드리죠. 하지만 정말 대답하세요. 진짜로 도셨어요? 아니면 돈 척하세요?

말볼리오 날 믿어. 돈 척하는 거 아냐. 이거 진짜야.

페스티 아녜요. 미친놈 못 믿어요. 골을 빼게 보기 전엔. 촛불, 종이, 잉크를 갖다 드리죠.

말볼리오 광대야, 최상으로 보답해 줄게. 제발 빨리 갔다 와라.

페스티 [노래한다.] 나는야 갑니다.
금방 돌아올게요.
다시 같이 있을게요.
눈 깜짝할 사이에.
연극 속 악당[105]처럼
필요한 일 도울게요.

104 '피타고라스의 정리'로 유명한 이 고대 그리스 현인은 영혼의 끝없는 환생을 믿는 신비주의자였다.

나무칼을 차고서
성이 나서 마귀에게
'요놈!' 하고 으르대고,
미친 아들놈처럼
'아빠, 손톱 깎으세요.
착한 마귀, 잘 있어요.'[106] [퇴장]

## 4. 3

[세바스찬 등장]

세바스찬 이것은 공기이고 저것은 밝은 태양,
그녀가 준 이 진주를 보고 만진다.
이렇듯 놀라움에 둘러싸여 있지만
미친 것은 아니다. 안토니오는 어디 있나?
'코끼리 여관'에서 만나질 못했지만
그가 거기 왔었고 나 찾으러 성내를
돌아다니더란 말을 전해 들었다.
황금 같은 충고를 해줄 터인데.
이게 무슨 오해이고 미친 짓은 아니라고
내 영혼과 감각이 결론을 내리지만
이처럼 둘러싸는 우연한 행운은
일찍이 예도 없고 이치도 뛰어넘어
눈을 의심할 정도고 내가 안 미쳤다면
아가씨가 미쳤다고 할 수밖에 없다고
조리 있게 설명하는 내 이성과는
한바탕 다퉈야 할 판이로구나.
그녀가 미쳤다면 내가 보는 것처럼
그토록 능란하고 조리 있고 견실하게
집 안을 다스리고 하인들을 부릴 수
없을 터인데, 무언가 오해가 있다.
그런데 아가씨가 저기 오누나.
[올리비아와 사제 등장]

올리비아 제가 이렇게 급한 걸 용서하셔요.
뜻이 있으시다면 신부님과 저와 같이
교회로 가요. 거기서 이분 앞과
거룩한 지붕 아래서 당신의 진심을
확실하게 저에게 약속하셔서
너무도 초조하고 근심스런 내 영혼을
편안하게 해주셔요. 당신이 공개할 뜻이
생길 때까지 신부님은 잠잠하실 거예요.
그때 가서 제가 가진 신분에 따라
혼례식을 올려요. 생각이 어떠셔요?

세바스찬 이 어른을 따라서 당신과 같이 가서
진심을 약속하고 항상 진실하겠소.

올리비아 그럼 신부님, 앞서가세요. 하늘이 밝게 비쳐
저의 이 행동을 곱게 보아주시길! [모두 퇴장]

## 5. 1

[어릿광대 페스티와 파비안 등장]

파비안 당신 나 좋아하지? 그의 편지 좀 보자.

페스티 파비안 선생, 한 가지만 더 해주쇼.

파비안 뭐든지.

페스티 이 편지 보지 말아주시오.

파비안 이건 강아지를 주고선 그 값으로 강아지를
다시 달라는 거네.
[오르시노 공작, 세자리오—비올라, 큐리오,
기타 신하들 등장]

오르시노 너희들, 올리비아 부인께 속해 있는가?

페스티 예, 맞습니다. 우린 그분의 떨거지지요.

오르시노 너를 잘 알지. 그 사람, 어찌 지내나?

페스티 솔직히 말씀드려, 원수들이 보기엔 잘 지내고
친구들이 보기엔 잘 못 지내죠.

오르시노 정반대야. 네 친구들이 보기엔 잘 지내지.

페스티 아닙니다. 잘 못 지내요.

오르시노 어떻게 그럴 수 있지?

페스티 친구들을 칭찬한답시고 저를 바보로 만드는데,
원수들은 솔직하게 저에게 바보라고 하니까
원수들한테서 저 자신에 관한 지식을 얻게 되고
친구들한테는 기만을 당하죠. 그래서 키스처럼
결론을 내리건대, 네 번 부정이 두 번 긍정이[107]

105 주로 교훈적인 내용을 담고 있는 중세의 민속극에 으레 등장하던 희극적인 악당. 후기 연극에서는 마귀의 아들이다.

106 뜻 모를 노래이지만 중세 연극에 나오던 '마귀'가 손톱이 길어 나무칼로 깎아줘야 할 판이라는 소리인 듯.

107 여자에게 키스를 하자고 하면 '안 돼, 안 돼, 안 돼, 안 돼.' 하고 네 번 부정하는 것은 '그래, 그래.' 하고 두 번 긍정하는 것과 같다는 재담. 즉 부정은 긍정이고 친구는 원수가 되고 원수는 친구가 된다는 소리.

된다면, 당연히 친구들에겐 더 나쁘고 원수들에겐
더 좋단 말씀이죠.
오르시노 야, 거 멋지구나.
페스티 솔직히 말씀드려, 안 그렇습니다. 혹시 공작님께서
제 친구가 되신다 해도 마찬가지죠.
오르시노 [돈을 주면서]
나에겐 나빠지지 말아라. 이거 받아 둬.
페스티 두 번이면 좋겠는데, 공작님이 한 번만 더 하시면
참 좋겠군요.
오르시노 네가 나를 교묘히 유혹하누나.
페스티 다시 한번 주머니에 손을 집어넣으세요. 공작님의
피와 살이 제 말을 따르도록 놔두세요.
오르시노 음, 다시 한번 더하는 죄인이 되는 수밖에 없군.
[돈을 주며] 자, 또 받아.
페스티 한 번, 두 번, 세 번이 좋은 놀이죠. 옛말에도
'삼세번에 끝난다'는 말이 있죠. 아시다시피
삼박자는 춤추기 좋은 박자죠. 또는 성 베넷[108]
교회 종이 '하나, 둘, 셋'을 생각나게 해주죠.
오르시노 이번 돈내기에선 내게서 돈을 또 우려내지 못한다.
내가 말을 하려고 여기 와 있다고 네 마님에게
말씀드리고, 모시고 오면 혹시는 내 마음이 더
너그럽게 될지 모른다.
페스티 좋습니다. 제가 돌아올 때까지 공작님의 아량에
자장가를 부르십쇼. 자, 갑니다. 한데 제가 갖고자 한
것은 탐욕이 아니란 걸 알아두세요. 공작님 말씀처럼
공작님 아량을 잠깐 재워두세요. 곧 깨워드릴 테니. [퇴장]
[안토니오와 치안관들 등장]
비올라 저를 구해주신 분이 저기 오네요.
오르시노 저자의 얼굴을 내가 잘 안다만,
얼마 전엔 전쟁의 연기 속에서
불카누스[109]처럼 시커멓게 그을렸었지.
장난감 같은 배의 선장이었다.
얕은 물에 노니는 쬐고만 배였지만
우리 쪽 함대의 귀한 배에 덤벼들어
손상을 입힘으로 적개심과 손실의
목소리마저 저자에게 명성과 명예를
갖다 주었다. 어떻게 된 일인가?
치안관 1 공작님, 이자는 크레테[110]서 피닉스 호와
화물을 탈취한 안토니오 그자입니다.
그리고 타이거 호에 올라탔던 자로서
공작님의 조카가 다리를 잃었지요.
여기 길거리에서 수치와 처지를 잊은
사사로운 싸움에서 그를 체포했습니다.
비올라 저이가 도와주고 저 위해 칼을 뺐지만,
끝에 가서 이상한 말을 던지더군요.
미친 게 아니라면 뭔지 모르겠어요.
오르시노 [안토니오에게]
악명 높은 해적 놈, 짠물 도둑아,
무슨 못난 만용으로 그리도 잔혹하고
끔찍한 일이 있었기에 너의 원수가 된
사람들의 자비에 몸을 내맡겼느냐?
안토니오 공작, 내게 붙인 명칭을 부인하오.
충분한 근거와 이유에서 안토니오는
오르시노의 적이란 사실을 인정하지만
도둑도 해적도 된 적이 없소.
마술에 걸려서 이쪽으로 온 것인데,
당신 옆에 서 있는 배은망덕한 소년배를
거친 바다 거품 이는 성난 입에서
구해줬는데, 절망적인 상태였소.
목숨을 돌려주고 거기다 아낌이나
유보가 없는 사랑을 보태주었소.
전심으로 헌신했소. 그를 위해서
순전히 사랑 때문에 적지의 위험에
나 자신을 노출했고, 포위된 그를 보자
방어해 주기 위해 칼을 뽑았소.
내가 체포당하자 나와 함께 위험에
동참하려 하지 않고 간사한 꾀를 부려
뻔뻔스레 친구를 모른다 하고
잠깐인 데도 20년간 못 본 듯이 굴었고
쓰라고 맡긴 것이 반 시간도 안 됐는데
지갑을 달랬더니 거절하였소.
비올라 이럴 수가?
오르시노 언제 이 사람이 여기 왔는가?
안토니오 오늘이오. 그 이전 석 달 동안

108 글로브 극장 주변의 템스 강 건너편에 있던 교회.
109 고대 신화에 나오는 불을 다스리는 신이자 대장간의 신. 그리스신화에서는 헤파이스토스(Hephaistos)이다.
110 지중해에 있는 섬. 해상 무역의 중심지로 열강의 표적이 되었다.

조금도 중단 없이, 한시도 안 헤지고
밤낮으로 우리는 같이 지냈소.
[올리비아와 시종들 등장]
오르시노 부인이 오시니 땅에 하늘이 걷누나.
그런데 당신은—당신 말은 미친 소리다.
석 달 동안 이 청년은 내게 시중들었다.
그 일은 나중에 보겠다. 데려가라.
올리비아 공작님은 무슨 일을 해드리길 원하시나요?
드릴 수 없는 것은 제외하고 말입니다.
세자리오, 약속을 지키지 않는군요.
비올라 아가씨—
오르시노 아리따운 올리비아—
올리비아 할 말이 뭔가요, 세자리오? 공작님.—
비올라 공작님이 말하셔요. 저는 입을 닫아야죠.
올리비아 공작님, 여전히 그 가락이면
음악이 끝난 뒤 울부짖는 소리처럼
귀에 역하고 거슬려요.
오르시노 아직도 그처럼 매정한가?
올리비아 아직도 그처럼 한결같아요.
오르시노 한결같은 고집인가? 야만스런 아가씨,
은혜를 모르고 이득 없는 제단에
다함없는 정성으로 내 영혼의 신실한
기도를 올렸건만—이젠 어쩌지?
올리비아 공작님께 맞는 것을 하시는 거죠.
오르시노 마음만 먹는다면, 죽기 직전의
이집트 도둑[111]처럼 내가 아끼는 자를
죽여선 안 되는가? 고상한 맛까지 나는
맹렬한 질투다. 하지만 이 말을 들어라.
당신이 내 진정을 멸시하여 버리는데
당신의 마음에서 나를 밀어내는 자를
짐작하므로 당신은 돌 같은 가슴의
폭군으로 남아 있어라. 당신이 이 청년을
사랑하는 것을 알겠다. 당신의 애인을
하늘께 맹세하고 나도 무척 아낀다.
매정스런 눈동자 속의 왕좌에 앉아
주인을 괴롭히는 그자를 빼내 가겠다.
[비올라에게]
얘, 가자. 훼방하고 싶은 마음이 무르익었다.
비둘기의 까마귀 심보에 아픔을 주기 위해
사랑하는 어린양을 희생하겠다.
비올라 그럼 저는 즐겁고 기꺼이 당신께
평안을 드리기 위해 천 번 만 번 죽겠어요.
올리비아 세자리오, 어디 가요?
비올라 내 사랑을 따라서.
이 눈보다 목숨보다 아내를 사랑할
그 어떤 사랑보다 훨씬훨씬 사랑해요.
이것이 거짓이면 하늘의 증인들아,
사랑을 더럽힌 죄로 내 목숨을 벌하라.
올리비아 아아, 싫어졌구나! 내가 어찌 속았나!
비올라 누가 속였소? 누구한테 당했소?
올리비아 잊었어요? 얼마나 지났다고?
신부님 불러와라. [시종 한 사람 퇴장]
오르시노 [비올라에게] 가자.
올리비아 어디 가요? 세자리오, 내 남편, 서세요.
오르시노 남편?
올리비아 맞아요, 남편. 그걸 부정하나요?
오르시노 [비올라에게]
저 여자 남편인가?
비올라 아닙니다. 저는 아니에요.
올리비아 오오, 당신의 비열한 공포 때문에
자신의 정체를 억눌러 버리네요.
겁내지 말아요, 세자리오. 행운을 붙들고
스스로의 신분을 드러내시면
겁주는 상대만큼 높아져요.
[시종이 사제와 함께 등장]
잘 오셨어요.
신부님의 성직에 걸어 요청합니다.
아까는 밝히지 않기로 하였었지만
지금은 사정이 생겨 미리 알리는군요.
조금 전 이 청년과 나 사이에 생긴 일을
이 자리에서 아는 대로 밝혀주세요.
사제 사랑의 영원한 구속의 약조를
서로 손을 맞잡아 확인하였고
거룩한 입맞춤으로 증거했으며
가락지의 교환으로 단단히 하였고
둘의 합의에 관한 모든 예식을
성직자의 권위와 증언으로 봉인하였소.
시계를 보면 그 후 겨우 두 시간을

111 번역된 이야기책에 이집트의 도둑이 죽게 되자 자기가 사랑하는 포로를 죽이는 이야기가 들어 있다.

내 무덤을 향하여 여행하였소.[112]

오르시노 [비올라에게]
오, 너 간사한 애송이, 시간이 네 몸에
허연 털을 심었을 때 너는 뭐가 되겠는가?
또는 너의 잔꾀가 너무 빨리 자라서
제 꾀에 제가 걸려 넘어지지 않겠는가?
잘 가라. 그녀를 데려가되, 차후로
너와 내가 만나지 못할 데로 발을 옮겨라.

비올라 주인님, 맹세코—

올리비아 오, 맹세하지 말아요!
공포가 지나치나 작은 신의라도 붙드세요.

[앤드루 경 등장]

앤드루 경 제발 덕분 의사를—즉시 토비 경에게 의사를
보내시오.

올리비아 무슨 일인데요?

앤드루 경 그자가 내 머리를 쩍 갈라놓고 토비 경에게도
피투성이 모자를 씌웠다고요. 제발 도와주시오!
40파운드를 준대도 차라리 집 안에 박혀 있겠소.

올리비아 누가 그랬는데요, 앤드루 경?

앤드루 경 공작의 시종 세자리오라는 자요. 겁쟁인 줄
알았는데 인간의 탈을 쓴 마귀가 틀림없소.

오르시노 내 시종 세자리오?

앤드루 경 아이구머니, 여기 있군요. [비올라에게]
당신이 괜히 내 머리를 빠갰소. 내가 한 짓도 토비
경이 시켜서 했던 것이오.

비올라 왜 나한테 말하죠? 당신을 해친 적이 없어요.
당신이 이유 없이 내게 칼을 뽑았지만,
말을 공손히 하고 당신을 해치지 않았소.

[토비 경과 어릿광대 페스티 등장]

앤드루 경 피투성이 대가리가 상처라 하면 당신은 나한테
상처를 입혔소. 피투성이 대가리를 별것도 아니라고
생각하는군. 저기 토비 경이 절뚝이며 오니까, 더
자세히 들을 거요. 저 사람이 취하지만 않았다면
아까보단 다르게 당신을 손봤을 거요.

오르시노 [토비 경에게]
기사, 어떠시오? 어떠시오?

토비 경 그저 그렇죠. 내게 부상을 입혔소. 그거로 끝이오.
[페스티에게] 바보야, 딕 의사 만났어?

페스티 오, 그 사람 취했더군요. 한 시간 전에요. 두 눈이
아침 여덟 시에 맞춰 있고요.[113]

토비 경 그럼 그 녀석 못된 놈이고 비틀대는 춤꾼이군.
술 취한 못된 놈이 나는 싫더라.

올리비아 저분을 데려가! 누가 이런 끔찍한 짓을 저질렀어?

앤드루 경 토비 경, 내가 당신 도와줄게. 함께 상처 싸맬
테니까.

토비 경 당신이 돕겠다고?—노새 대가리, 멍청이, 놈팡이,
얼굴 허연 놈팡이, 밥통이?

올리비아 데려다 눕히고 상처를 보살펴 줘라.

[토비 경, 앤드루 경, 페스티, 파비안 퇴장]

[세바스찬 등장]

세바스찬 [올리비아에게]
부인, 미안하오. 친척분께 부상을 입혔소.
하지만 친형제라도 안전을 위해
그보다 덜하진 않았을 거요.
나에게 이상한 눈길을 보내는데
그 일로 당신이 화가 났군요.
사랑하는 여인이여, 용서하시오.
방금 전에 주고받은 맹세를 생각해서.

오르시노 얼굴, 음성, 옷차림은 하나인데 사람은 둘.
자연이 만든 착각, 사실이며 비사실!

세바스찬 안토니오! 사랑하는 안토니오!
당신을 잃자 시간이 얼마나 나를
괴롭히고 고문하던지!

안토니오 당신이 세바스찬이오?

세바스찬 아닐까봐 걱정이오, 안토니오?

안토니오 어떻게 자신을 둘로 갈랐소?
두 쪽으로 갈라놓은 사과도 저 둘처럼
쌍둥이는 못 될 거요. 누가 세바스찬이오?

올리비아 너무도 놀라워요!

세바스찬 [올리비아를 보고]
내가 저기 서 있나? 나는 형제가 없는데.
인간인 나에게 무소부재의 능력은
있을 수 없어. 누이가 있었지만
눈먼 물결과 파도가 삼켜버렸어.
당신은 나하고 무슨 관계가 있소?
국적, 성명이 무엇이며 부모는 뉘시오?

비올라 메살린 사람이고 부친은 세바스찬,

112 인생이라는 여행의 종착점은 죽음인데 그 종착점을 향하여 겨우 두 시간 살아왔다는 의미심장한 말.

113 눈의 모양새가 찌그러진 각도를 이뤘다는 것.

오빠도 똑같이 세바스찬이었어요.
그런 옷차림으로 수장을 당했지요.
혼령이 형상과 옷차림을 취한다면
우리를 놀래키려고 온 것이군요.
세바스찬 나야말로 홀린 게 분명하나 모태에서
살과 뼈를 갖추고 태어난 사람이오.
당신이 여자라면, 그밖에는 모두가
일치하는데, 당신 뺨에 눈물을 뿌리며
'잘 만났다, 빠져 죽은 비올라'라 하겠소.
비올라 아버지는 이마에 사마귀가 있었어요.
세바스찬 내 아버지도 그러셨소.
비올라 그리고 비올라가 태어난 지
열세 살 되던 날 돌아가셨죠.
세바스찬 오, 그 기억은 내 영혼에 생생해요.
누이가 열세 살 되던 바로 그날에
그분은 인간의 행동을 멈추셨지요.
비올라 우리의 행복을 가로막는 물건이
나를 감춘 남자 복장밖에 없다면,
때와 장소, 상황 등 모든 조건이
내가 비올라란 사실을 말하기 전엔
나를 안지 말아요. 이를 확인키 위해
이곳의 한 선장에게 데려갈 텐데
거기 내 여자 옷이 있어요. 그분의 도움으로
이 귀하신 공작님을 섬기게 되었어요.
그 후 내가 겪었던 모든 일들은
이 부인과 공작님 사이에 벌어졌어요.
세바스찬 [올리비아에게]
부인, 그래서 오해가 생겼었군요.
하지만 본성은 그리로 굴러갔네요.
당신은 처녀와 약혼할 뻔했지만
참말로 놀랍게도 틀리지 않았어요.
처녀와 총각에게 함께 약혼했군요.
오르시노 [올리비아에게]
놀랄 것 없소. 저이는 순수한 귀족이오.
여태까지 요지경이 사실로 드러나니
이것이 사실이면 행복한 난파에
나도 한몫 들겠소. [비올라에게]
애, 네가 천 번이나
나 같은 '여자'는 사랑할 수 없다 했지.
비올라 그리고 그 말을 거듭 맹세하겠으며
밤에서 낮을 지켜주는 저 불덩이처럼
그 모든 맹세를 영혼 속에 진실하게
간직하고 있겠어요.
오르시노 어디 손을 잡아보자.
그리고 여자의 차림으로 나타나렴.
비올라 처음 저를 뭍으로 데려온 선장이
제 옷을 갖고 있어요. 말볼리오가
일으킨 송사 때문에 지금 옥에 갇혔는데,
말볼리오는 마님의 시종이어요.
올리비아 놔주라고 하겠어요. 집사를 데려와라.
아, 그게 이제야 생각나네요.
가련히도 정신이 아주 돌았다는군요.
[편지를 든 광대 페스티와 파비안 등장]
나 자신의 일 때문에 허둥대다 보니까
그 일이 머리에서 사라졌던 거예요.
어떻게 됐나?
페스티 그런 경우 누구라도 그렇듯이 마귀와는 한길만큼
거리를 두고 있어요.[114] 그 사람이 마님께 쓴 편지가
여기 있어요. 오늘 아침 드렸어야 하는 건데. 하지만
미친 사람 편지란 복음서가 아니니까 언제 전해도
별로 상관없어요.
올리비아 뜯어 읽어라.
페스티 그럼 바보 광대가 미친놈 말을 전할 때 썩 좋은 소식을
기대하세요. [읽는다.] "주님을 걸어 맹세코[115]—
올리비아 아니 너 미쳤냐?
페스티 아니죠. 미친 소릴 읽을 뿐이죠. 마님께서 있는 그대로
듣길 원하시면 목소리도 허용하셔야죠.
올리비아 제발 제정신으로 읽어.
페스티 그러고 있어요. 하지만 그 사람의 제정신을 읽으려면
이렇게 읽는 거죠. 그런고로 기대하고 귀를 기울이시라.
올리비아 [파비안에게] 당신이 읽어.
[페스티가 편지를 파비안에게 준다.]
파비안 [읽는다.] "주님을 걸어 맹세코, 마님으로 인하여
저는 억울합니다. 이 일을 세상에 알리겠습니다. 저를
캄캄한 방에 가두시고 술 취한 친척에게 다루게
하셨지만 저는 마님과 똑같이 정신이 바릅니다.
저에게 그런 모습을 보이라 하신 마님의 편지를 가지고

114 마귀가 그를 덮치면 그는 정말 미치고 말 것이라는 말. 거의 미칠 판국이라는 것.
115 광대가 말볼리오의 편지를 미친 사람을 흉내 내어 읽는다.

있습니다. 그 편지가 저의 정당함을 크게 높이고 마님께는
큰 수치를 안겨드릴 것입니다. 저에 대해 마음대로
생각하십시오. 직분상 군말이 없어야 하나 약간 실례를
무릅쓰고 억울하여 말씀드립니다.
미친 자로 취급받은 말볼리오 올림."

올리비아 그거 그 사람이 썼나?

페스티 예, 마님.

오르시노 미쳤다는 느낌이 별로 없는데.

올리비아 그 사람 풀어줘라. 파비안, 이리 데려와라. [파비안 퇴장]
공작님, 이번 일을 좀 더 생각해볼 때,
저를 아내 대하듯 누이로 대해주세요.
어느 하루 그런 가족 관계를 저의 집에서
저의 부담으로 축하하면 어떨까요?

오르시노 부인의 제안을 한없이 기쁘게 받아들이오.
[비올라에게]
주인이 너를 풀어준다. 그동안 그처럼
착하고 얌전한 양육과는 거리가 멀고
여자에게 맞지 않는 일을 해주며
오랫동안 나에게 주인이라 했으니
여기 내 손 잡아라. 이제부터는
주인의 안주인이다.

올리비아 [비올라에게] 당신이 올케군요.
[말볼리오와 파비안 등장]

오르시노 이 사람이 광인인가?

올리비아 네. 이 사람이에요.
말볼리오, 좀 어떤가?

말볼리오 마님, 제게 잘못하셨소.
지탄받을 잘못예요.

올리비아 내가? 안 그런데.

말볼리오 [편지를 보여주며]
마님, 그러셨어요. 이거 읽어보세요.
지금 마님의 필체를 부인할 수 없습니다.
필체나 문체를 다르게 써 보세요.
봉인이 틀리다, 내 문장이 아니라,
말할 수 없으세요. 그건 그렇다 하고,
귀부인의 절제와 예의로써 말씀하세요.
어째서 제게 명백한 호감을 보이시고
웃음을 짓고 대님을 엇가게 매고 오라 하시고
노란색 스타킹을 신고서 토비 경과
아랫사람들에게 낯을 찌푸리라 하셨으며
희망을 품고서 분부대로 따랐을 때
어째서 저를 가두도록 버려두시고
캄캄한 방에 처넣어 사제가 찾아오고
가장 못된 장난질로 가장 못난 바보를
만드셨나요? 어째서 그랬는지 말씀하세요.

올리비아 아아, 말볼리오. 이건 내가 쓴 게 아니야.
솔직히 말해 글씨는 비슷하지만.
의심의 여지없이 마리아 글씨야.
이제 생각해보니 당신이 미쳤다고
처음 내게 말한 것이 그녀였다고.
그러자 당신이 웃음을 지으며
편지에 이른 대로 차리고 왔어. 그러니 참아.
당신에게 장난이 너무 심했어.
하지만 그 이유와 장본인을 알아내면
자신의 송사에 원고와 동시에
재판관이 되라고.

파비안 제 말씀 들으시고
어떠한 다툼이나 싸움으로 제가 내내
놀라고 있는 지금 이 시간의 행복을
더럽히지 않게끔 살펴 주십시오.
솔직히 고백하면, 저하고 토비가
여기 말볼리오에게 장난을 친 것인데
건방지고 뻣뻣한 데가 있다고 여겨
반감을 품었던 거죠. 토비 경이
하도 졸라 마리아가 편지를 썼고,
그 보답으로 그녀와 결혼을 했죠.
양쪽이 서로 주고받은 상처를
공평하게 따질 때 장난스런 기분에서
행한 짓이라 앙갚음보다는
한바탕 폭소를 자아냅니다.

올리비아 [말볼리오에게]
아아, 불쌍한 바보. 몹시도 당했구나!

페스티 뭐랬더라? "날 때부터 높은 사람이 있고 높은 지위를
성취하는 사람이 있으며 어떤 이는 높은 지위가 그냥
주어지기도 해요." 이번 막간극에서 나도 한몫했는데
토파스란 신부였어요. 하지만 뭐 상관있나요? "주님께 걸어
맹세코, 나는 안 미쳤어." 하지만 생각나죠? "마님, 저런
골빈 놈에게 왜 웃어주시죠? 안 웃으면 저놈은 말이
막혀요." 그래서 시간은 돌고 돌아 앙갚음이 된 거요.

말볼리오 너희 패거리 전부에게 복수하겠다. [퇴장]

올리비아 너무 지독하게 욕을 봤어.

오르시노 뒤쫓아 가서 화해를 청해라.

아직 그 선장에 대해선 말을 안 했다. [파비안 퇴장]
그 일이 알려진 후 좋은 때를 잡아서
우리의 영혼들이 거룩한 화합으로
맺어지리라. 친애하는 처남댁,
그동안 우리는 여기를 안 떠나겠소.
이리 와라, 세자리오.—남자인 동안에는
세자리오이니까.—하지만 다른
차림으로 나타나면 오르시노의 안주인,
그의 사랑의 여왕이 된다. [페스티 이외에 모두 퇴장]

페스티 [노래한다.]
내가 한때 조그만 아이였을 때
　휘휘 사납게 불어치는 비바람
어리석은 그 물건은 한낱 장난감.
　비란 놈은 매일같이 죽죽 내리지.

하지만 다 자라 어른 됐을 때
　휘휘 사납게 불어치는 비바람
불한당 도둑에게 문을 잠갔지.
　비란 놈은 매일같이 죽죽 내리지.

하지만 아이고 마누라가 생겼을 때
　휘휘 사납게 불어치는 비바람
엄포만 가지고는 살 수 없었지.
　비란 놈은 매일같이 죽죽 내리지.

하지만 아무 데나 쓰러져 잠이 들면
　휘휘 사납게 불어치는 비바람
주정꾼과 언제나 머릴 맞댔지.
　비란 놈은 매일같이 죽죽 내리지.

까마득한 옛날에 개벽된 세상,
　휘휘 사납게 불어치는 비바람
하지만 어쨌거나 연극은 끝났어.
　매일같이 즐거움을 선사하겠소. [퇴장]

# 문제극
# PROBLEM PLAYS

# 트로일로스와 크레시다

## *Troilus and Cressida*

## 연극의 인물들

프롤로그 무장한 사람

### 트로이 사람들

프리아모스 트로이의 왕

헥토르, 데이포보스, 헬레노스 사제, 파리스, 트로일로스, 마르가렐론 사생아 — 그의 아들들

카산드라 그의 딸, 예언자

안드로마케 헥토르의 아내

아이네이아스, 안테노르 — 지휘관들

판다로스 귀인

크레시다 그의 조카딸

칼카스 그녀의 아버지로, 그리스 군에 합류한 사람

헬렌 메넬라오스의 전 부인, 현재 파리스의 아내로 살고 있음

알렉산더 크레시다의 하인

트로일로스 및 파리스의 하인들

병사들

시종들

### 그리스 사람들

아가멤논 그리스 연맹군의 총사령관

메넬라오스 그의 아우

네스토르 그리스의 노장(老將)

율리시스 그리스의 지장(智將)

아킬레스

디오메데스

아이아스

파트로클로스, 테르시테스, 뮈르미돈 병사들 — 아킬레스의 병사들

디오메데스의 하인들

병사들

# 트로일로스와 크레시다 이야기

## 프롤로그

[무장을 한 프롤로그 등장]

프롤로그 장면은 트로이. 그리스 열도에서
오만한 왕자들이 기세가 등등하여
잔혹한 전쟁의 인원과 장비를
가득 실은 함선을 아테네로 보내고
왕관을 쓴 예순아홉 왕들이
아테네 만에서 프리기아[1]로 쳐들어가며
트로이를 말살키로 맹세했는바,
그 철옹성 안에 메넬라오스의 왕비,
빼앗긴 헬렌이 음탕한 파리스와
잠들었으니, 그것이 싸움의 시초였다.
테네도스[2]에 왕들이 모두 도착하여서,
무거운 배들이 실어온 병사들을
풀어놓으니 트로이 벌판에 팔팔한
그리스 군이 화려한 막사들을 세운다.
프리아모스[3] 도성의 여섯 성문은 다던,
팀브리아, 헬라스, 체터스, 트로이언,
앤티노리디스.—커다란 고리들과
거기에 빈틈없이 알맞은 빗장들이
트로이의 아들들을 막아주었다.
이제 기대감이 트로이, 그리스 양측에
명랑한 기운을 북돋우며, 모든 것을
운수에 내맡긴다. 나는 '프롤로그'로서,
무장하고 나와 있되 작가의 붓이나
배우의 목소리를 믿지 않고 주제에 따라
모습을 달리하여, 현명하신 여러분께
이 연극은 전쟁의 선포와 첫 시작을
뛰어넘어 중도에서 시작하여[4] 거기서
연극으로 소화할 수 있는 결말까지
진행됨을 미리 알린다. 여러분 뜻대로
칭찬하거나 비판하되, 좋거나 나쁘거나
전쟁은 싸워봐야 알 뿐이다. [퇴장]

## 1. 1

[판다로스와 트로일로스 등장]

트로일로스 몸종을 불러주오. 다시 갑옷 벗겠소.
안에서도 이렇게 사납게 싸우는데
왜 내가 트로이 성 밖에서 싸워야 하오?
제 속을 갖고 있는 트로이 사람에게
전쟁에 나가래. 아아, 나는 그게 없소.[5]

판다로스 이 일을 바르게 고칠 순 없소?

트로일로스 저들은 힘이 세고 거기 더해 무술에 능하오.
무술에 더해 맹렬하고 맹렬에 더해 용감하오.
하지만 나는 여자의 눈물보다 약하고
자는 것보다 활기가 없고 무식보다 어리석고
밤중의 처녀보다 용감하지 못하며
경험 없는 아이보다 재주가 없소.

판다로스 당신한테 이런 얘긴 몇 번이나 해드렸소. 나는
더 이상 참견하지 않겠소. 밀을 보고 빵을 먹겠다고
하는 자는 가루 빻을 때까진 기다려야죠.

트로일로스 내가 기다리지 않았소?

판다로스 그래요. 가루 빻을 때까진. 하지만 체질할 때까지는
기다려야죠.

트로일로스 내가 기다리지 않았소?

판다로스 그래요. 체질할 때까지는. 하지만 누룩이 퍼져 부풀
때까진 기다려야죠.

트로일로스 언제나 기다렸소.

판다로스 그래요. 부풀 때까지는. 하지만 기다린단 말에는
후속 작업들, 반죽하고 빵을 빚고 화덕을 덥히고
굽는 일이 남아 있죠. 뿐만 아니라 빵이 식기를
기다려야죠. 안 그랬다가는 입을 델지 몰라요.

트로일로스 '인내'라는 여신이 누군지 모르지만
나만큼 참아내고 속 태우지 않았소.
프리아모스의 엄숙한 식탁에 앉을 때

1 지금의 터키 서북방에 있던 나라. 트로이(트로야)가 그 수도였다.
2 트로이 근처에 있던 섬.
3 트로이의 왕.
4 '중도에 시작하기(뛰어들기)' 수법은 서양의 서사문학, 특히 연극의 정석으로 굳었다. 이에 반해 민속의 이야기나 동양의 서사문학은 대개 이야기의 발단에서 끝까지 일직선으로 진행한다.
5 '마음'을 이미 크레시다에게 주었다는 말이다.

아름다운 그녀가 머릿속에 떠올라요.
못된 놈!—언제 와? 떠난 적 없는데?
판다로스 어젯밤엔 그 애가 어느 때보다, 어떤 여자보다
더 예쁘더군요.
트로일로스 당신한테 말하려 했소. 가슴은 한숨에
틈이 벌어져 두 쪽이 나는 듯했소.
헥토르[6]나 아버지가 눈치챌까봐
태양이 비웃으며 비칠 때처럼,
찡그린 웃음 속에 한숨을 숨겼지만,
기뻐하는 표정 뒤에 숨겨진 슬픔은
슬픔으로 돌변하는 기쁨과 같소.
판다로스 그 애 머리가 헬렌의 머리보다 조금 덜 검었다면—
별 상관없지만—두 여자를 비교조차 할 수가 없을
거요. 한데 그 애가 내 일가인 만큼, 드러내놓고
칭찬은 할 수 없지만, 어제 나처럼 그 애가 말하는
걸 딴 사람도 들었으면 매우 좋았을 테지. 당신
누이 카산드라[7]의 지능을 폄하하려는 것은 아니지만—
트로일로스 오, 판다로스!—당신한테 말할게.—
내 희망이 거기서 익사했다면
몇 길이나 빠졌는지 대답하지 마시오.
내가 그녀 사랑에 미쳤다고 하니까
당신은 그녀가 예쁘다고 대답하고
아린 가슴 상처에 그녀의 눈, 머리, 뺨,
걸음걸이, 음성까지 쏟아 넣고는
그녀의 손까지 말하는구려. 아아, 그 손!
그에 비해 하얀 것은 모두 자신의
수치를 말하는 먹물일 뿐. 그 촉감에 대면
백조의 솜털도 거칠고 감각 그 자체도
농부의 손바닥처럼 딱딱하오! 그녀를
사랑한다고 할 때마다 당신은 그걸 말하오.
진실이지만. 한데 그런 말을 하면서
향유나 연고 대신 사랑의 칼로 저민
상처에 바로 그 칼을 갖다 댄다오.
판다로스 나는 진실 이상은 말하지 않소.
트로일로스 당신 말은 그만큼 완벽하지 못하오.
판다로스 젠장. 난 상관 안 하겠소. 그냥 그녀대로
있으라죠. 예쁘다면 그만큼 좋고, 예쁘지
않다면 예쁘게 하는 방법도 있소.
트로일로스 제발 판다로스, 그러지 마오, 판다로스!
판다로스 수고를 했지만 그냥 수고로 끝나는군. 그 애도
잘못 알고 당신도 잘못 알았소. 둘 사이를 왔다 갔다
했지만 수고해줘서 고맙단 말은 별로 없군요.
트로일로스 성났소, 판다로스? 나한테 성났소?
판다로스 내 일가이기 때문에 헬렌만큼 예쁘단 말은 못 하오.
일가가 아니라면 헬렌이 일요일[8]에 예쁘다면 그 애는
금요일[9]에 예쁘다고 하겠소. 하지만 무슨 상관이오?
그 애가 깜둥이라도 상관없소. 내겐 한가지니까.
트로일로스 내가 그녀가 예쁘지 않다고 했소?
판다로스 당신이 그러든 말든 나는 상관없소. 자기 아비가
떠났는데 뒤에 남았으니 바보요.[10] 그리스 군으로
가라지. 다음에 만나면 그러라고 할게요. 이 일에
더 이상 상관하지 않겠소.
트로일로스 판다로스—
판다로스 상관하지 않아요.
트로일로스 다정한 판다로스—
판다로스 제발 나한테 더 말하지 마쇼. 모든 걸 처음 상태로
놔두겠소. 이것으로 끝이오. [퇴장]
[경계 신호]
트로일로스 그쳐라, 역겨운 소란! 그쳐라, 거친 소리!
양쪽의 바보들. 헬렌은 예쁠 수밖에 없다.
너희의 붉은 피로 매일같이 칠해주니.
나는 그런 문제로는 싸울 수 없다.
칼을 빼기엔 너무도 초라한 주제다.
하지만 판다로스—신들도 너무하다!
그자를 통해야만 그녀에게 가겠지만
너무 성을 잘 내서 부탁하기 어렵고
그녀는 모든 구애에 고집스레 차갑다.
아폴로여, 말해달라. 다프네[11]를 생각해서.—
크레시다, 판다로스, 또한 우린 무엇인가?

6 프리아모스의 맏아들로 트로이 군의 사령관. 그의 맏형이다.
7 트로이의 공주로, 예언하는 능력이 있지만 예언의 신인 아폴로를 거절한 죄로 그녀의 예언은 아무도 믿어주지 않는다.
8 교회에 가는 날인 일요일에 사람들은 가장 좋은 옷을 차려입었다.
9 금요일은 금식일이어서 옷을 수수하게 입었다.
10 그녀의 아버지 칼카스는 트로이의 예언자였다. 그리스 군에 패망할 것을 예언했으나 트로이 사람들에게 조롱과 핍박을 받아 딸을 뒤에 남겨 두고 그리스 군으로 달아났다.
11 태양의 신 아폴로가 열렬히 사랑한 요정. 그녀는 아폴로에게 쫓겨 스스로 계수나무로 변했다.

그녀는 인도에 있고 그곳의 진주[12]다.
트로이 궁성과 그녀가 사는 데는
험한 물결 넘실대는 바다가 있으니
나 자신은 상인인데 배꾼 판다로스가
못 믿을 희망이며 안내자요, 우리 배다.
[경계 신호. 아이네이아스[13] 등장]
아이네이아스 트로일로스 왕자! 어째서 싸움터에 안 나갔소?
트로일로스 안 나갔기 때문이지. 여자의 답이 맞아.[14]
싸움터를 멀리해야 여자다운 행동이지.
오늘은 거기에 무슨 소식이 있소?
아이네이아스 파리스[15]가 귀국했고, 다쳤다는 소식이오.
트로일로스 누구한테?
아이네이아스 메넬라오스[16]에게요.
트로일로스 그냥 놔둬. 멸시에 비하면 긁힌 것에 불과하니.
메넬라오스의 뿔에 파리스가 찔린 거야.[17]
[경계 신호]
아이네이아스 성 밖에서 오늘 무슨 큰 경기가 벌어지나!
트로일로스 하고 싶은 대로 해도 좋다면 집에 있겠어.
하지만 경기장에 나가지. 당신 거기 갈 거요?
아이네이아스 달려가는 중이오.
트로일로스 그럼 같이 갑시다. [모두 퇴장]

## 1. 2

[크레시다와 알렉산더 등장]
크레시다 지나간 게 누구지?
알렉산더 헤카베[18] 왕비와 헬렌예요.
크레시다 어디 가는데?
알렉산더 싸움 구경하려고요.
동탑으로 올라가요. 높은 데라 온 계곡을
내려다볼 수 있죠. 헥토르의 인내심은
불변하는 성품인데, 오늘은 화가 나서
아내를 꾸짖고 하인을 때렸어요.
전쟁에도 아끼는 게 있다는 듯, 일출 전에
가볍게 무장하고 들판으로 나갔는데[19],
거기 있던 꽃들은 예언자처럼
헥토르의 노여움에 어떤 운명이 있을지 아는 듯
눈물을 흘리데요.
크레시다 어째서 화냈지?
알렉산더 그리스 군에는 트로이 혈통이며
헥토르와 사촌 간인 군주가 있는데
아이아스[20]라 해요.
크레시다 으흠, 그래서?
알렉산더 그 양반은 독불장군이래요.
혼자 우뚝하거든요.
크레시다 그거야 취하거나 아프거나 다리가 없거나
그러면 누구나 그래.
알렉산더 이 양반이 짐승들의 특징을 많이 갖고 있어서,
사자처럼 용감하고 곰처럼 우직하고 코끼리처럼
느려요. 자연이 그의 속에 별의별 성질을 마구
섞는 바람에 용맹이 짓눌려 우둔이 됐는데, 그
우둔엔 분별력이 조금 들어 있죠. 남의 장점이라면
작은 흔적이나마 안 가진 게 없으며 남의 결함은
제 결함이 아닌 게 없어요. 까닭 없이 우울하고
기쁠 때가 아닌데 기뻐하고 뭐든지 어울리고 뭐든지
안 어울리고, 백수의 거인[21]이 병든 것처럼 손은
많지만 쓸모가 없고 온몸에 눈이 박힌 거인이
눈먼 것처럼 온통 눈이면서도 못 보는 거죠.
크레시다 하지만 얘기만 들어도 웃음이 나오는 그 사람이
어떻게 헥토르를 화나게 해?

12 가까이 있는 크레시다를 머나먼 환상의 나라 인도의 진주로 여기고 있다.
13 트로이의 장군. 아이네이아스는 트로이가 멸망한 후 늙은 아버지와 부하들을 이끌고 탈출하여 이탈리아에서 로마를 건설했다는 신화적인 인물이다.
14 여자들은 매사에 '~ 때문'이라고 둘러대는 버릇이 있다고 했다.
15 그리스의 스파르타의 왕 메넬라오스의 아내 헬레나를 트로이로 빼돌린 왕자. 트로일로스의 형.
16 위의 주 참조.
17 아내가 서방질을 하면 그 남편의 머리에 뿔이 난다는 말이 있는데 파리스가 메넬라오스의 창에 찔려 피를 흘린 것은 그의 뿔에 찔린 것과 같다는 우스갯소리.
18 프리아모스 왕의 아내이자 헥토르, 파리스, 트로일로스, 카산드라 등의 어머니. 자녀를 50명이나 낳았다 한다.
19 '절약'을 아는 농부가 해 뜨기 전에 일찍 밭에 나가듯 헥토르도 일찍 전장으로 나갔다는 것.
20 그리스신화에 나오는 트로이전쟁의 영웅으로서 기운은 세지만 우둔한 용사의 대명사였다.
21 손이 백 개나 있는 거인 브리아레우스(Briareus)를 말한다.

알렉산더 듣자 하니 어제 전투에서 아이아스가 헥토르와 한판 하면서 헥토르를 때려눕혔대요. 그게 분하고 창피해서 헥토르가 내내 굶고 잠을 못 잤답니다.

크레시다 누가 저기 오나?

알렉산더 마님의 숙부 판다로스요.

[판다로스 등장]

크레시다 헥토르는 참말 용맹한 사람이야.

알렉산더 세상에 그런 분 다시없겠죠.

판다로스 무슨 말인가? 무슨 말?

크레시다 안녕하세요, 판다로스 숙부님.

판다로스 크레시다 조카, 잘 있나? 무슨 말을 하는 거냐? 잘 있나, 알렉산더? 조카, 잘 지내? 언제 일리움[22] 궁성에 갔었지?

크레시다 오늘 아침에요, 숙부님.

판다로스 내가 올 때 너희가 무슨 얘길 했었니? 너희가 여기 오기 전에 헥토르가 무장하고 떠났니? 헬렌은 아직 일어나지 않았겠지, 안 그래?

크레시다 헥토르는 벌써 떠나고 헬렌은 일어나지 않았어요.

판다로스 그랬구먼. 헥토르는 일찌감치 일어났어?

크레시다 우리는 그 얘길 했고 헥토르가 화냈단 말도 했어요.

판다로스 그 사람이 화났어?

크레시다 여기 알렉산더가 그러네요.

판다로스 맞아. 화냈지. 그 이유도 난 알아. 오늘 맹렬히 싸울 거야. 적군에게 말할 수 있어. 그리고 트로일로스도 별로 안 뒤지고 갈 거야. 트로일로스를 조심하라고 해.
그 말도 해줄 수 있어.

크레시다 그 사람도 화났어요?

판다로스 누구? 트로일로스 말이냐? 두 사람 중에서 트로일로스가 좀 더 나은 사람이지.

크레시다 아, 제우스! 비교하지 못해요.

판다로스 오, 트로일로스와 헥토르 말이냐? 너 남자를 보면 구별할 줄 알아?

크레시다 물론이죠. 만나고 나서 알아보면 돼요.

판다로스 하여간 트로일로스는 트로일로스다.

크레시다 제 말이 그 말이에요. 그 사람이 헥토르가 아니란 건 확실하네요.

판다로스 맞지만 어떤 점에선 헥토르가 트로일로스는 아냐.

크레시다 각각이 나름이죠. 그 사람이 그 자신예요.

판다로스 그 자신? 가련한 트로일로스! 제 자신이면 좋겠다.

크레시다 그런데요.

판다로스 그럼 내가 맨발로 인도까지 순례를 갔을 거야.

크레시다 그이는 헥토르가 아니에요.

판다로스 그 자신? 아니지, 그 자신이 아니야. 그렇다면 오죽 좋아! 신들이 위에 계셔. 시간이 편들어주거나 끝장을 내야 해. 아아, 트로일로스. 내 심장이 그의 몸에 박혔으면 좋겠다! 맞아. 헥토르는 더 나은 사람은 못 돼.

크레시다 실례지만 안 그래요.

판다로스 나이가 더 많아.

크레시다 실례해요, 실례해요.

판다로스 저쪽은 아직 나이가 안 찼어. 그 사람이 너한테 괜찮아지면 너는 딴소리 할 거야. 한동안은 헥토르가 지능을 발휘하지 못할 거야.

크레시다 지능이 자기 거면 그럴 필요 없겠죠.

판다로스 그런 자질도 없어.

크레시다 상관없어요.

판다로스 그만큼 준수한 용모도 아니고.

크레시다 그분에게 어울리지 않겠죠. 그분 용모가 더 좋아요.

판다로스 얘, 너는 안목이 없다. 헬렌 자신이 엊그제 맹세하길 트로일로스가 검은 얼굴 때문에,—[방백] 솔직히 말해 사실이 그렇거든.—단지 검은 것도 아니지만—

크레시다 아니지만 검지요.

판다로스 맞아. 사실을 말하자면 검지만 검지 않아.

크레시다 사실을 말하자면 사실이면서 사실이 아니죠.

판다로스 헬렌이 그 사람 얼굴을 파리스 얼굴보다 칭찬했다.

크레시다 그럼요. 파리스도 색깔이 있는데요.

판다로스 그건 그렇지.

크레시다 그러니까 트로일로스가 너무 검단 말이군요. 그녀가 트로일로스를 더 높이 칭찬했다면 파리스도 검은데 그 사람은 더 검다는 말이니까 얼굴빛이 진하다는 칭찬 치곤 너무나 대단한 찬사군요. 헬렌이 황금 같은 말솜씨로 트로일로스의 빨건 코[23]도 칭찬하면 좋겠네요.

판다로스 내가 장담하는데 헬렌이 파리스보다 트로일로스를 더 사랑해.

크레시다 그렇다면 그녀야말로 잘 노는 그리스 사람이네요.

판다로스 확실해. 그녀가 그 사람 사랑해. 저번 날 그녀가 트로일로스의 큰 창문가로 와서—너도 알다시피 그

22 트로이 성안에 있는 왕궁. 여기서 '일리아드'(Iliad)라는 호메로스의 서사시의 제목이 나왔다.

23 술을 많이 마셔 빨갛게 된 '딸기코.'

사람은 턱에 수염이 서너 가닥밖에 안 났거든.—

크레시다 술집 보이의 산술로도 그런 자잘한 항목들은 금방 합계를 내겠군요.

판다로스 그 사람 아주 젊단 말이지. 그래도 자기 형 헥토르만큼서 근까진 들어 올려.[24]

크레시다 그런 애송이가 그렇게 노련하게 들고 뛰어요?[25]

판다로스 어쨌든 헬렌이 그를 사랑한다는 걸 증명하겠다. 그녀가 와서 하얀 손을 그의 예쁘게 갈라진 턱에 대고—

크레시다 어머나! 어떻게 돼서 갈라졌어요?

판다로스 아, 그건 보조개가 있단 말이지. 그 사람 웃으면 온 프리기아 천지에서 그만큼 보기 좋은 사람이 없다.

크레시다 오, 용감하게 웃지요.

판다로스 안 그러냐?

크레시다 그럼요. 마치 가을 하늘 구름처럼.[26]

판다로스 그럼 그만둬! 하지만 헬렌이 트로일로스를 사랑한다는 걸 증명하려는데—

크레시다 증명을 통과하겠죠. 숙부님이 그러길 원한다면.

판다로스 트로일로스! 그 사람은 그녀 보기를 내가 썩은 달걀 보듯 한다고.

크레시다 아저씨가 하릴없는 사람 좋아하듯 썩은 달걀 좋아하면 껍질 속에 든 병아리를 잡숫겠네요.

판다로스 헬렌이 트로일로스의 턱을 만지작거린 걸 생각하면 웃음이 절로 나와. 그 여자 확실히 손이 참 하얘. 솔직히 자백해야겠어.

크레시다 고문을 안 받아도.

판다로스 그러고는 트로일로스의 턱에서 새치를 찾아내겠다고 하더라고.

크레시다 오, 턱이 불쌍하네! 사마귀가 훨씬 값진데.

판다로스 하지만 모두들 웃음을 터뜨렸지! 헤카베 왕비 눈도 넘쳐흘렀어.

크레시다 눈물 아닌 맷돌이겠죠.[27]

판다로스 카산드라도 웃었다고.

크레시다 하지만 그녀 눈물 가마 밑의 불은 좀 서늘했겠죠. 그녀 눈도 넘치던가요?

판다로스 그리고 헥토르도 웃었어.

크레시다 그런데 뭣 땜에 모두 웃었죠?

판다로스 아, 그건 헬렌이 트로일로스 턱에서 발견한 흰 털 때문이었지.

크레시다 그게 새파란 털이었다면 나도 웃었을 거예요.

판다로스 사람들이 웃은 건 그 털보다는 트로일로스의 멋진 대답 때문이었어.

크레시다 뭐라 대답했는데요?

판다로스 "당신 턱엔 털이 쉰두 개밖에 안 되는데 그중 한 개는 하얘."

크레시다 그건 그녀 질문이죠.

판다로스 맞아. 그건 문제가 안 돼. "털이 쉰두 개요."[28] 하고 그가 대답하는 거야. "그리고 한 개는 하얗죠. 그 하얀 털이 우리 아버지요. 나머지는 모두 그분 아들이오." 하니까 "어머나! 이 털 가운데 우리 남편 파리스는 어떤 거예요?" 하고 그녀가 물으니까, "갈라진 거요. 뽑아서 갖다 주세요." 하고 대답하니까 웃음보가 터지고 헬렌은 얼굴이 빨개지고 파리스는 버럭 화를 냈지만 나머지 모두는 죽으라고 웃었어.

크레시다 이제 그만하면 됐어요. 이야기가 엄청 지루하게 질질 끄네요.

판다로스 그럼 얘, 조카야, 어제 내가 한 가지 말해줬는데 그거 생각해봐라.

크레시다 그래요.

판다로스 그거 맹세코 사실이다. 장마철에 태어난 사람마냥 그 사람 펑펑 울 거다.

크레시다 그럼 나는 트로일로스 눈물에 오뉴월 쐐기풀처럼 무성히 자라날 테요.

[퇴각 신호가 울린다.]

판다로스 저 소리! 전쟁터에서 돌아들 오는군. 우리 여기 서서 궁성을 향해 지나갈 때 구경할까? 얘, 착한 조카야, 그러자, 예쁜 조카 크레시다.

크레시다 좋으실 대로.

판다로스 여기다, 여기. 여기가 아주 좋은 데야. 여기서 제일 잘 볼 수 있어. 지나갈 때 용사 이름을 모두 말해줄게.

24 음경이 서면 세 근이나 되는 무게를 걸 수 있다는 성적인 농담, 즉 칭찬이다.

25 영어에서 '들어 올린다'(lift)라는 말은 '(가게에서 물건을) 훔친다'는 뜻도 있다. 판다로스는 트로일로스의 성적인 능력이 굉장하다고 추켜세우고 남성 편력이 대단한 크레시다는 시큰둥하게 받아 넘기고 있다.

26 맑은 하늘에 낀 구름은 폭풍을 예고한다. 그런 구름 사이로 해가 비추려고 '용감하게' 기를 쓰는 형국이다.

27 무정한 사람은 눈물 아닌 '맷돌'을 흘린다고 비아냥대는 말이 있었다.

28 프리아모스와 헤카베는 슬하에 50명의 자녀를 두었다고 한다. 52개라니 프리아모스는 두 사람 몫이라는 계산이다.

하지만 누구보다도 트로일로스를 눈여겨봐.

크레시다 그렇게 크게 말하지 마세요.

[아이네이아스가 무대 위를 지나간다.]

판다로스 저게 아이네이아스다. 저 사람 멋지지 않니? 트로이의
꽃 중 하나지. 확실히 장담할 수 있어. 하지만
트로일로스를 눈여겨봐. 곧 보게 될 거야.

[안테노르가 지나간다.]

크레시다 저건 누구예요?

판다로스 안테노르야. 입담이 아주 날카롭다고 할 수 있지.
하지만 아주 선량한 사람이야. 트로이에서 판단력이
가장 건전한 사람 중 하나고 잘생긴 사내지.
트로일로스는 언제 오나? 곧 트로일로스를 가리켜줄게.
나에게 고개를 끄덕이는 걸 보게 될 거다.

크레시다 아저씨에게 고개를 끄덕여요?

판다로스 보게 될 거다.

크레시다 정말 그런다면 바보가 더욱 바보스럽게 되겠네요.

[헥토르가 지나간다.]

판다로스 저게 헥토르다. 저거, 저거, 잘 봐라. 저거다. 참 멋진
친구다! 장하다, 헥토르! 조카야, 참말 멋진 사람이다.
오, 용맹한 헥토르! 저 모습 봐! 참말 늠름한 태도다!
멋진 사람 아니냐?

크레시다 오, 멋지군요!

판다로스 안 그러니? 보기만 해도 속이 시원하다. 저 투구의
무수한 칼자국을 보아라. 저기를 봐. 보이니? 저기를
봐. 척하는 게 아니다. 부인 못할 틀림없는 사실이다.
진짜 칼자국들이야!

크레시다 칼로 내리친 건가요?

판다로스 칼이건 뭐건 상관치 않아. 마귀가 온다 해도 저
사람에겐 매한가지지. 확실히 저런 걸 보면 속이
후련해져. 저기 파리스가 오는군.

[파리스가 지나간다.]

조카야, 저길 봐라. 저 사람도 잘난 사내 아니냐, 응?
확실히 멋진 쇼다. 오늘 저 사람이 부상당해 왔다고
한 자가 누구야? 다치지 않았구먼. 지금 헬렌이 보면
속이 시원하겠지. 이젠 트로일로스를 보면 좋겠는데.
곧 그 사람을 보게 될 거다.

[헬레노스[29]가 지나간다.]

크레시다 저건 누구예요?

판다로스 헬레노스야. 트로일로스가 어디 있는지 모르겠네. 저건
헬레노스는데. 오늘 나가지 않았었나보다. 저건 헬레노스고.

크레시다 헬레노스도 싸울 줄 알아요, 숙부님?

판다로스 헬레노스? 아니—그래. 괜찮게 싸워. 트로일로스가
어디 있는지 모르겠네. [멀리서 고함 소리] 저 봐! 백성들이
"트로일로스"라고 외치는 거 들리니? 헬레노스는 사제야.

크레시다 저기 우물쭈물 오는 자는 누군가요?

[트로일로스가 지나간다.]

판다로스 어디? 저기? 그건 데이포보스야. 아니 트로일로스다!
사내다운 사내지, 조카야! 으흠! 용맹한 트로일로스,
기사도의 왕자!

크레시다 조용해요. 남부끄러워요!

판다로스 눈여겨보고 점찍어 놔. 오, 용맹한 트로일로스! 조카야,
잘 보라고. 칼에 얼마나 많은 피가 묻었는지, 그 사람 투구가
헥토르 투구보다도 얼마나 칼자국이 심한지, 그 모습이
어떤지, 걸음걸이가 어떤지 보란 말이다! 오, 놀라운 청년!
스물셋도 안 됐다. 장하다, 트로일로스, 장하다! 누이가
우아미[30]의 하나거나 딸이 여신 중 하나래도 저 사람에게
마음대로 고르라고 하겠어. 오, 놀라운 사람! 파리스?
그에 대면 파리스는 흙덩이에 불과해. 헬렌이 바꾸자면
덤으로 눈알까지 빼주겠다.

[사병들이 지나간다.]

크레시다 저기 더 오네요.

판다로스 노새, 멍청이, 바보들! 겨와 쭉정이, 겨와 쭉정이야!
고기 먹고 난 뒤에 국 같은 것들! 난 트로일로스의
눈앞에서 살고 죽겠어. 보지 마, 보지 마. 독수리들이
지나갔다. 나머지는 까마귀, 까치, 까마귀, 까치들이야!
나는 아가멤논과 그리스 전부보다 트로일로스 같은
사람이 되고 싶다.

크레시다 그리스 사람 중에 아킬레스가 있어요. 트로일로스보다
뛰어난 사람이죠.

판다로스 아킬레스!—마부, 짐꾼, 진짜 낙타지.

크레시다 그럴까요?

판다로스 그럴까요! 아니 너 분별력 있냐? 눈이 있어? 남자가
무언지 알기나 해? 출생, 미모, 잘난 몸집, 말솜씨,
사내다움, 학식, 좋은 집안, 덕성, 젊은 나이, 아량,
기타 등등이 남자의 맛을 내는 양념이며 소금 아니냐?

크레시다 그렇죠. 잘게 썰어놓은 사람이죠. 그러고는 알짜는
안 넣고 구운 파이죠. 알짜 맛이 간 거니까.

29 트로일로스의 형 중의 하나. 예언의 능력이 있었다.

30 그리스신화에서 미, 매력, 기쁨을 상징하는 세 여신.

판다로스 너 같은 여자는 남자가 어떻게 다뤄야 할지 몰라.
네가 어떤 방어 자세를 취하는지 알 수가 없어.[31]

크레시다 배를 보호하기 위해서는 등을 기대고 꾀를 보호하기
위해서는 머리에 의존하고 명예를 보호하기 위해서는
비밀에 의존하고 얼굴을 보호하기 위해서는 마스크에
의존하고 모든 걸 보호하기 위해서는 숙부님께 의존하죠.
이런 방어 자세를 모두 취하고 천 가지나 경계하죠.

판다로스 그중 한 가지만 말해봐.

크레시다 안 돼요. 숙부님을 경계해야죠. 그게 가장 중요한 것
중 하나예요. 내가 맞고 싶지 않은 걸[32] 막아낼 순
없어도 어떻게 그 공격을 막을 수 있었는지 아저씨가
말하는 건 막을 수 있어요. 숨기지 못할 만큼 불어나기
전이라면. 그때엔 경계해도 소용이 없죠.

판다로스 너도 별수 없는 여자구나!

[트로일로스의 시동 등장]

시동 대감님, 주인께서 즉시 말씀하자고 하셔요.

판다로스 어디서?

시동 대감 댁예요. 주인이 거기서 무장을 벗으셔요.

판다로스 좋다. 간다고 해라. [시동 퇴장]
다쳤나보다. 잘 있어라, 착한 조카.

크레시다 숙부님, 안녕.

판다로스 잠시 후에 너한테 오겠다.

크레시다 갖고 온단 말이죠, 숙부님?

판다로스 그래. 트로일로스한테서 선물을 갖고 오지.

크레시다 그것만 봐도 숙부님은 뚜쟁이야. [판다로스 퇴장]
말, 맹세, 선물, 눈물, 전적인 사랑의 희생,
그런 것을 아저씨가 남의 일에 바치고 있어.
아저씨가 사용하는 찬사의 거울보다
트로일로스 자신에서 천 배나 보겠지만
아닌 척하지. 구애받는 여자는 천사지만
넘어가면 끝이지. 행동이 곧 기쁨이야.
사랑받는 여자가 그걸 모르면 무엇도 몰라.
남자들은 얻기 전의 물건을 더 높이 보아.
애원하는 욕망에게 사랑이 달다는 걸
깨닫는 여자가 세상에 없기에,
'달성은 명령이요 미달성은 애원'이란,
경험에서 우러나온 격언을 가르친다.
마음은 굳은 사랑을 품고 있지만
내 눈에 그 기미는 나타내지 않으리라.

[크레시다와 알렉산더 퇴장]

## 1. 3

[나팔 신호. 아가멤논, 네스토르, 율리시스, 디오메데스,
메넬라오스, 기타 등장]

아가멤논[33] 왕공들, 웬 근심으로 얼굴에 황달이 생겼소?
땅에서 시작될 온갖 계획에 따라
희망은 거대한 목표를 세워놓지만
기약했던 큰일은 달성하지 못하지요.
웅대한 계획을 행하던 중 정체와
돌발적인 재난이 생겨, 흐르던 수액이
한데 몰려 옹이가 되어 건강한 소나무를
병들게 하고 그 결을 찌그러트려
자연스런 성장을 왜곡함과 같소이다.
왕공들, 우리 기대가 이토록 어긋나서
7년간의 포위에도 트로이는 건재하오.
기록에 남아 있는 과거의 행동들을
검토해보면 그처럼 빗나가고 좌절되어
머릿속에 환상을 보여주던 목적을
실현하지 못하였소. 그런고로 왕공들,
어찌하여 우리 업적에 대해 낯붉히고
바라보며 부끄럽다 하는 거요?
위대한 제우스가 집요한 인간의
끈질김을 보고자 하시는 오랜 시련에
불과한 것 아니오? 단련된 강인성은
행운의 미소에서 찾을 수 없으니,
그렇게 되면 용맹한 자와 비겁한 자,
현자와 우자, 지식인과 무식한 자,
굳센 자와 약한 자가 한가지로 될 터이나
찌푸린 운수가 비바람 속에
강력한 부채질로 모든 자를 까부를 때
둘로 갈라지리니 쭉정이는 날아가고
스스로의 무게나 질량을 지닌 자는
우수한 알곡으로 값지게 남을 거요.

네스토르[34] 위대한 아가멤논, 당신의 거룩한 보좌에

31 검술의 공격과 방어의 자세를 남녀의 성관계에 대한 비유로 삼고 있다.
32 즉 그녀의 처녀성.
33 그리스 연맹군의 총사령관으로 헬레나를 빼앗긴 메넬라오스의 형.
34 그리스의 노장으로 오랜 경험과 지혜로 존경을 받았다.

합당한 존경을 보내며, 당신의 웅변에
네스토르가 덧붙이오. 운수가 타격할 때
진정한 인간이 드러나오. 바다가 잔잔할 때
장난감 같은 배들이 그 인자한 품에
감히 돛을 펴고 웅장한 함선과 함께
항해를 하는 예가 얼마나 많습니까!
그러나 거친 하늬바람이 잠자는 테티스[35]를
깨우는 그 순간, 가름대 튼튼한 배는
산 같은 물을 뚫고 바다와 대기 사이로
페르세우스의 말[36]처럼 천방지축 달리지요.
그때 건방지던 작은 배는 어디 있는가?
조금 전만 하여도 약해빠진 선체로
큰 배와 겨뤘거늘. 포구로 피했거나
해신의 밥이 되었을 터. 바로 그처럼
운수의 폭풍 속에 용기의 가식과 진면목이
갈라서지요. 운수가 환히 빛날 때
양 떼는 호랑이보다 등에한테 괴롭힘을
받습니다. 그러나 불어치는 바람에
옹이 진 참나무가 무릎을 꿇고
날파리가 그늘로 달아날 때, 그때서야
용감한 자는 분노에 잠을 깬 듯,
분노와 한마음 되어 더불어 목청을 높여
운수의 공격에 응수하지요.

율리시스[37] 아가멤논,
위대한 사령관, 그리스의 중추이며
우리 군의 심장이요 영혼이며 유일한 정신,
모든 자의 심사를 뭉쳐 가질 분이여,
율리시스가 하는 말을 들어보시오.
[아가멤논에게] 지위와 권세가 가장 높은 분,
[네스토르에게] 기나긴 연륜으로 가장 존경받는 분,
두 분의 웅변에 찬사와 찬동을 보내오.
그리스의 모든 손이 청동에 새겨
추켜올릴 아가멤논, 또한 은실로
흰머리를 새긴 듯한 네스토르 어른,
하늘의 회전축[38]같이 강력한 입김의
경험 많은 그 말로 그리스의 모든 귀를
사로잡은 분, 위대하고 현철한 두 분,
율리시스가 하는 말을 들어주시오.

아가멤논 말하시오, 이타카의 맹주, 율리시스여,
추악한 테르시테스[39]가 썩은 입을 벌릴 때
음악과 지혜와 신탁을 기대하지 않았으나
당신 입이 열리면 불필요하고
무의미한 말은 기대하지 않소이다.

율리시스 트로이가 아직도 안 무너지고 건재하며
위대한 헥토르의 칼이 주인이 있음은
다음의 몇 가지 이유가 있으니,
명령의 질서가 소홀히 되었소.
저 들판에 수많은 그리스 군 막사가
하릴없이 파당 지어 하릴없이 서 있소!
장군이 벌집의 중심과 같지 않아
모든 일벌이 돌아오지 않는다면
무슨 꿀을 기대하오? 서열에 가면을 씌우면
아무리 못난 자도 멋있게 보이오.
천체들도, 행성과 이 땅덩이도
서열과 선후 관계, 지위와 항구성,
궤도와 균형과 시기와 형식,
직책과 관습을 질서 있게 준수하오.
그 까닭에 빛나는 행성 태양도
다른 행성 사이에 높이 앉아서
궤도를 지키며 치유하는 눈으로
악한 별들의 기운을 바르게 하며
제왕의 명령처럼 거침없이 선과 악에
달려가지만, 행성들이 악과 뒤섞여
질서 없이 방황할 때, 무수한 질병과
흉조와 다툼과 바다의 풍랑과
땅덩이의 지진과 요동치는 바람과
놀라움과 권세의 변동과 공포가
나라의 통일과 조화로운 평온을
단단한 기초에서 밀어내고 까부수며
뜯고 뽑지 않은가요! 오, 온갖 거룩한
계획의 사다리인 서열이 흔들릴 때

35 바다의 여신.
36 그리스신화에 나오는 영웅. 그가 탄 말은 하늘을 자유롭게 날아다니는 날개 돋친 말이었다.
37 그리스의 지장으로 이타카(Ithaca)의 왕. 그리스어로는 오디세우스. 꾀로써 트로이를 함락한 뒤 10년이나 방랑한 끝에 귀향하는 이야기가 호메로스의 서사시 『오디세이』의 내용이다.
38 고대인들은 하늘이 지구와 연결된 거대한 축에 매여 회전한다고 믿었다.
39 그리스 군에서 가장 못생기고 지휘관들에게 욕설을 늘어놓는 인물.

사업은 병이 깊소! 모든 마을들과
학자 간의 서열과 시중 상인 연합과
먼 해안에서의 평화로운 무역과
장자의 권리와 출생의 몫과
연령, 왕관, 홀, 월계관이 어떻게
서열에 의하지 않고 권위를 지키겠소?
서열을 제거하여 화음을 흩뜨릴 때
따라오는 불협화음을 들어보시오.
만물은 만물의 적이 되오. 가뒀던 물은
물가보다 더 높이 수위를 높여
단단한 땅덩이를 곤죽으로 만들며
완력이 나약의 제왕이 될 터이며
패륜아가 제 아비를 패 죽일 거요.
힘이 정의가 되거나 정의와 불의는
끝없는 갈등 중에 법률은 주저앉고
시비는 명색을 잃고 법마저 명색을 잃소.
그렇게 되면 일체가 권력에 함몰되고
권력은 의지에, 의지는 욕망에 파묻히니
욕망은 세상에 두루 퍼진 늑대라
욕심과 권력이란 양 날개의 힘을 받아
온 세상을 밥으로 여기게 되고
마침내 자신까지 잡아먹소. 위대한 아가멤논,
서열이 질식되어 숨통이 막히면
그러한 혼돈이 뒤따라 생기오.
그런데 이처럼 서열을 무시함은
거슬러 오르려는 속셈이 있되
한 걸음 한 걸음 퇴보하는 것이오.
사령관은 밑에 있는 자에게 거부당하고
그자는 밑에 있는 자에게 거부당하여
지위마다 상관을 거부한 처음을 본떠,
피 없는 싸움인 질투라는 열병으로
번지게 되오. 바로 이런 병통으로 인하여
트로이가 존속하오. 트로이의 힘이 아니오.
요컨대 트로이는 자체의 힘이 아니라
우리 자신의 약점을 딛고 서 있소.

네스토르 매우 현명하게 율리시스가
전군이 앓고 있는 병통을 지적했소.

아가멤논 율리시스, 병통의 성질을 알아냈으니
무엇으로 치유하오?

율리시스 위대한 아킬레스가 우리 군의 힘줄이며
오른손임을 일반의 여론이 떠받들어서
그의 귀는 명성으로 넘치는데, 그는 차차
제 능력을 아끼면서 막사에 처박혀
작전을 비웃고 있소. 파트로클로스[40]가
함께하며 게으른 침대에서 허구한 날
지저분한 농담이나 지껄이오. 뿐만 아니라
우스꽝스런 못난 짓으로 우리를 흉내 내고
당치 않게 그 짓을 '모방'이라 한다지요.[41]
위대한 아가멤논, 때로는 최고 통수자인
당신을 흉내 내며, 상상력은 없으면서
다리의 힘만 믿고 우쭐대는 배우가
큰 걸음과 무대가 마주치는 소리가
매우 듣기 좋다고 믿는 것처럼
그런 가련하고 터무니없는 시늉으로
당신의 위대함을 흉내 내며, 말할 때는
고장 난 차임벨처럼 부적절한 말투여서
으르렁대는 티폰[42]이 내뱉는대도
우스운 과장이 될 것이오. 그런 싱거운 짓에
우람한 아킬레스가 침대에 뭉개고 누워
깊은 허파로부터 칭찬의 폭소를 터뜨리며
외치기를, "멋지다! 아가멤논 그대로다!
이번엔 네스토르를 흉내 내라. 에헴! 하며
수염을 쓰다듬고 웅변하러 나설 때다." 하오.
평행선의 두 끝이 가까운 만큼,[43] 또는
불카누스와 그 아내가 닮은 만큼 흉내 내니
신 같은 아킬레스 이르되, "훌륭하다!
네스토르 그대로다!"를 연발하고 "파트로클로스,
이번엔 그 노인이 밤중에 걸린 비상에
무장하는 모습을 연출해 보라." 하오.

40 아킬레스의 친구.
41 파트로클로스는 무장(武將)임에도 불구하고 키득거리며 아가멤논 등 다른 장수들을 흉내 내는 연극배우 노릇을 한다는 것. 셰익스피어는 '모방'을 예술, 특히 연극의 본질로 믿었다. 배우는 당연히 '모방' 예술가였다. 그 자신도 상상이 풍부한 배우 겸 극작가로서 무대만 쾅쾅 밟고 다니면서 우쭐대는 배우를 비웃었다.
42 그리스신화에 나오는, 지진과 화산을 일으키는 괴물.
43 평행선은 서로 가까워지지 않고, 대장간의 신 불카누스(헤파이스토스)와 그의 아내인 사랑의 여신 비너스(아프로디테)는 서로 닮은 데가 전혀 없다. 즉 파트로클로스의 연기는 전혀 볼품이 없다는 말이다.

그러자 쇠약한 노인의 결함이
소극의 장면이 되어, 기침하고 침 뱉고
떨리는 손으로 목 갑옷[44]을 더듬으며
나사못을 끼웠다 뺐다 하니 그 흉내에
장군이 우스워 죽겠다며 외치기를
"오, 그만하거나 철 갈비를 갖다 달라![45]
허파 줄 끊어진다." 이런 식으로
우리 모두의 능력과 성격과 모습과
개인이나 전체가 지닌 뛰어난 점,
업적과 작전, 명령과 방어 전략,
전쟁터를 향한 흥분, 휴전에 대한 요청,
승리나 실패, 실제나 허구 일체가
이자들이 뒤집어 놓을 대상이 되오.

네스토르 율리시스의 말처럼, 여론에 의해
절대적인 권위가 주어진 그 두 사람을
흉내 내는 병통에 여럿이 걸려 있소.
아이아스는 고집이 세어지고
고삐를 거부하는 말처럼 머리를 뻗대며
거만한 아킬레스만큼이나 지위를 내세우며
파당을 불러 먹이며 신탁처럼 대담하게
우리 작전을 비난하니, 돈 찍듯 욕설을
뿜어내는 테르시테스 그자는 우리를
흙덩이에 견주며, 어떤 위험에 싸였는지
개의치 않고 우리가 직면한 상황을
약화시키고 의심을 일으키오.

율리시스 저들은 우리 정략을 비겁이라 부르며
지혜를 전술의 일부로 생각지 않고
예측을 방해하며 완력이 아니면
어떤 일도 멸시하오. 얼마나 큰 병력이
공격할는지, 언제가 적절한 시기인지,
적의 능력을 열심히 관찰하고
측정하는 우리의 말없는 계산을
손가락만 한 가치도 없다고 하며
그것을 식은 죽 먹기며, 지도를 그리기며,
밀실 전쟁이라 부르며, 막강한 힘과
강력한 충격으로 성벽을 부수는
공성구[46]를 그것을 제작한 장인이나
치밀한 두뇌로써 그 사용을 적절히
지휘하는 사람보다 앞에다 놓소.

네스토르 그렇다 치면 아킬레스가 타는 말[47]이
많은 아킬레스를 만들겠소.

[나팔 소리]

아가멤논 무슨 소리인가?
메넬라오스, 알아봐라.

메넬라오스 트로이에서 왔군.

[아이네이아스와 나팔수 등장]

아가멤논 우리 막사 앞에서 무엇을 원하시오?

아이네이아스 여기가 아가멤논 대왕의 막사인가요?

아가멤논 그렇소.

아이네이아스 전령이며 왕자로서 대왕의 귀에
온당한 말씀을 전해도 되겠는지요?

아가멤논 그리스 군 앞에서 아킬레스의 완력보다
강력히 안전을 보장하오. 그리스 군은 한소리로
아가멤논을 수장이며 사령관이라 부르오.

아이네이아스 온당한 허락이며 폭넓은 보장이오.
사령관의 눈을 본 적 없는 사람이
범인의 눈과 어찌 구별할까요?

아가멤논 어찌?

아이네이아스 예. 존경심을 일으켜 제 뺨으로 하여금
청순한 눈으로 젊은 해님을 바라보는
새벽과 같이, 얌전한 홍조를 준비토록
명하고자 합니다.
뭇사람을 지휘하는 일하시는 신,
높고 위대한 아가멤논이 누구신가요?

아가멤논 이 트로이인이 우리를 우습게 보거나
저들 전부가 예절 바른 궁정인이군.

아이네이아스 인사하는 천사처럼 너그럽고 우아하며
비무장의 궁정인.—평화 때의 명성이오.
그러나 군인임을 과시할 때 모욕을 못 참으며
튼튼한 팔, 강한 마디, 충실한 칼, 신의 뜻에
누구보다 용감하오. 그러나 잠잠하라.
잠잠하라, 아이네이아스, 손가락을 입에 대라.
칭찬을 받은 자가 칭찬을 일으키면
칭찬의 가치가 낮아지는 법이니라.

44 목에 대는 갑옷.
45 옆구리가 터질 정도로 웃음이 나오니 배가 터지지 않도록 갈비뼈가 강철로 되었으면 좋겠다는 말.
46 거대한 몽둥이인 공성구(攻城具)는 수십, 수백 명의 군사가 일제히 들고 성벽에 부딪혀 성을 부수는 중세의 무기.
47 유명한 명마(名馬)였다.

패한 적의 찬사는 명성의 바람을 타니
순수한 그 칭찬이 영원한 것이오.
아가멤논 트로이 사람, 이름이 아이네이아스요?
아이네이아스 그렇소, 그리스인. 그게 내 이름이오.
아가멤논 볼일이 뭐요?
아이네이아스 실례하오. 아가멤논이 들을 거요.
아가멤논 트로이의 무슨 말도 사적으로 듣지 않소.
아이네이아스 트로이가 보낸 나도 속삭이려 하지 않소.
그의 귀를 깨우려고 나팔수를 대동했소.
청각의 주의력을 환기시킨 다음에
말할 것이오.
아가멤논 바람처럼 자유롭게 말하시오.
지금 아가멤논이 잠잘 때가 아니오.
트로이인, 그가 깨어 있음을 알리기 위해
그 자신이 말하오.
아이네이아스 나팔을 크게 울려라.
게으른 막사마다 너의 놋쇠 소리를 울려
모든 용감한 그리스인이 알 수 있도록
트로이가 뜻하는 바를 크게 말하라.
[나팔이 울린다.]
위대한 아가멤논, 여기 트로이 성에
헥토르라 하는 왕자 있으니, 프리아모스의 아들로서
이처럼 지루하게 지속되는 휴전을
못 참게 되어 나에게 나팔수를 대동하여
이렇게 말하라 했소. "왕, 왕자, 대공들,
그리스의 영웅 중에 안락보다 명예를
높이 받들고, 위험을 겁내기보다
칭찬을 구하며, 용기는 알되 겁을 모르며
사랑하는 여인의 입술에 헛된 맹세로
사랑을 고백하기보다 여자의 팔이 아닌
군인의 팔로써 그녀의 미와 덕을
높이 내세울 용사가 있으면
그에게 이 도전장을 보내는 바요.
헥토르가 트로이와 그리스의 눈앞에서
도전을 행하거나 최선을 다하리니,
그의 아내는 일찍이 그리스인이
안아보지 못한 만큼 현숙하고 진실하오.
당신네 막사들과 트로이 성 중간에서
내일 나팔을 불어 진정한 사랑을 아는
그리스인을 깨우겠소. 오는 이가 있으면
헥토르는 그를 존중할 터이며, 없으면
트로이로 돌아가서 그리스 여인들은
햇볕에 검게 타서[48] 창을 분지를 만한
가치가 없소." 이상 말하오.[49]
아가멤논 이를 우리 연인들께 알리겠소, 아이네이아스 공.
이런 일에 기백이 없는 자는 모두 집에
남겨 뒀소. 그러나 우리는 군인이오.
사랑을 뜻하거나 하였거나 하는 자가 아니면
그따위 군인은 무척 비겁자일 것이오.
사랑했거나 사랑하거나 사랑할 자는
헥토르에 맞설 거요. 없으면 내가 그 사람이오.
네스토르 네스토르를 말하시오. 헥토르의 조부가
젖 빨던 때 어른이었소. 지금은 늙었으나
우리 그리스 군에 자기 사랑을 위해 나설
고귀한 불꽃의 사나이가 없다면
황금 면갑[50]에 은 수염을 숨기고
이 마른 힘줄을 팔 갑옷에 감추고
그에 맞서 내 여인이 그의 조모보다
아름다웠고 세상 누구보다도 정숙했다고
선언할 터임을 그에게 전하시오.
세 방울 피를 흘려 청춘의 혈기가
왕성한 그에게 이를 증명할 터이오.
아이네이아스 오오, 맙소사! 이처럼 청년이 드물다니!
율리시스 아멘!
아가멤논 훌륭하신 아이네이아스, 손을 만져봅시다.
나의 막사로 먼저 당신을 인도하겠소.
아킬레스에게 이를 전달하겠으며
그리스 장군들의 막사마다 알리겠소.
떠나기에 앞서서 함께 음식 드시고
정중한 적의 환영을 맛보시기 바라오.
[율리시스와 네스토르 외에 모두 퇴장]
율리시스 네스토르!
네스토르 무슨 말이오, 율리시스?
율리시스 새로운 생각이 머리에 떠올랐소.
형상을 이루도록 시간이 돼주시오.[51]

48 햇볕에 검게 탄 것은 백설 같은 귀부인에게 어울리지 않는다.
49 자기가 사랑하는 여인의 이름으로 이렇게 마상 창술 시합에 도전하는 것은 중세의 기사도였지 고대의 결투는 아니었다. 아이네이아스는 매우 중세적인 기사로 멋을 부려 말한다.
50 얼굴을 보호하기 위한 투구의 일부, 일종의 탈.

네스토르 무엇인데요?
율리시스 바로 이거요.
뭉툭한 쐐기가 굳은 옹이를 쪼개오.
교만의 씨가 이토록 여물었으니
무성한 아킬레스를 지금 곧 안 자르면
씨앗을 퍼뜨려, 같은 악의 종자를 길러
우릴 밀어낼 거요.
네스토르 그렇다면 방법은?
율리시스 용감한 헥토르가 보내는 이 도전은
일반적인 이름으로 호도했지만
단지 아킬레스를 목표로 하고 있소.
네스토르 그렇소. 그 목표는 눈에 뵈듯 명백하여
그 크기를 작은 숫자로 나타낸 것이라,
아킬레스의 머리가 리비아의 사막처럼
메마르다 하여도,—하기는 아폴로[52]도
잘 아시듯 메마른 게 사실이나—
재빠른 판단으로 대단히 신속하게
헥토르의 의도가 자기를 겨냥한 걸
알아차릴 것이오.
율리시스 그를 부추겨 대응시킨단 말씀이죠?
네스토르 그야 당연하지요. 아킬레스가 아니면
누굴 내세워 헥토르로부터 그 명예를
탈취하겠소? 일종의 경기 같은 싸움이지만
막중한 명예가 이 시합에 달려 있소.
트로이는 민감한 혀로 우리의 명예를
맛보고 있소. 내 말을 믿으시오, 율리시스.
경솔한 이 짓에서 우리의 명성은
불리한 처지에 있소. 결과는 개인의 것이나
우리 모두 우열의 표본이 될 거요.
그런 짧은 목차는 뒤에 오는 큰 책의
작은 점에 불과하나 앞으로 올 커다란
글 뭉치의 축소판을 보여주는 것이오.
헥토르와 대결할 자는 우리가 택한 선수로
간주되는바, 우리 모두의 정신적 행위인
선택은 실력을 근거로 삼는 것이니
결국 우리 모두로부터 나온 것으로
우리 힘을 대표하는 개인인 만큼,
그가 패할 경우에, 그로부터 그 누가
승리자의 입장을 취해 자신들에 대하여
강력한 자부심을 굳게 만들 것이오?
이런 자신감에서 팔다리는 도구이며
팔다리가 부리는 칼과 활에 못지않은
역할을 하오.
율리시스 용서하고 들으시오. 그래서 아킬레스가
헥토르를 만나서는 안 된다 하는 거요.
장사치처럼 우선 못난 상품을 보여주고
팔리는가 봅시다. 팔리지 않는다면
못난 것을 먼저 보여 잘난 것이 빛나겠죠.
헥토르와 아킬레스가 만나게 해서는
안 됩니다. 그리되면 우리의 명예와
수치 두 가지 모두에 괴이쩍은 이름이
따라붙게 됩니다.
네스토르 늙은 눈엔 안 보이오. 무엇들이오?
율리시스 아킬레스가 헥토르로부터 얻는 명예는
그가 교만하지 않다면 우리들 모두가
나눌 터이나, 이미 지나치게 오만하오.
그가 요행으로 헥토르를 이기면 그 시선의
교만과 짜고 쓴 멸시보다 차라리
아프리카 땡볕에 타는 것이 나을 거요.
그가 패하면 우리 최고 선수의 수치에
우리의 명성도 구겨지오. 제비를 뽑아
멍청한 아이아스가 헥토르와 싸우게 꾸미고
그가 더 낫다고 우리끼리 추켜주면
시끄러운 칭찬에 묻힌 위대한 용사는
기가 꺾여서 무지개보다 찬란하게
휘어진 투구 깃이 가라앉고 말겠지요.
지둔한 아이아스가 탈 없이 귀환하면
환호성을 울려대고 진다고 해도
우리 쪽 용사들이 잘났다는 평판은
그대로 지속되오. 어찌 되든 이 계획은
아이아스를 내세워 아킬레스의 깃털을
끌어내리는 것을 핵심으로 삼고 있소.
네스토르 율리시스,
이제야 그 계획을 음미하게 되는구려.
곧 아가멤논 왕에게 그 맛을 보이겠소.
당장 같이 갑시다. 두 마리 개가
서로를 길들이지요. 오직 자만심만이
뼈다귀처럼 맹견들을 부추길 거요. [모두 퇴장]

51 시간을 가지고 자신의 생각을 도와달라는 말이다.
52 아폴로는 '지식의 신'이기도 했다.

## 2. 1

[아이아스와 테르시테스 등장]

아이아스 테르시테스!

테르시테스 아가멤논이 종기가 나서, 온몸에 속속들이
종기가 퍼진다면 어떨까?

아이아스 테르시테스!

테르시테스 그리고 종기에서 진물이 흐른다면? 그럼 장군도
흘리지 않을까? 그자가 곪은 종기의 근이 아닌가?

아이아스 개새끼!

테르시테스 그쯤 되면 그자한테서 무언가 나오겠지. 지금은
아무것도 안 나와.

아이아스 이 암늑대 새끼! 사람 소리 못 들어? 그럼 따끔한
맛을 봐라.

[그를 때린다.]

테르시테스 그리스 역병이나 콱 올라라! 똥개 새끼 멍텅구리
양반 놈아!

아이아스 그럼 말을 해. 곯아 빠진 누룩 놈! 말하라니까! 때려서
얌전하게 만들어줄게!

테르시테스 먼저 너한테 욕질을 해대서 똑똑하고 거룩하게
만들어주지. 네깐 놈이 기도문을 외기 전에 네가 탄
말이 먼저 연설을 욀 거다. 너 사람 때릴 줄 알지, 안
그래? 못난 망아지 같은 놈, 염병이나 걸려라.

아이아스 이 독버섯 놈아, 포고문이나 알려달라.

테르시테스 내가 아파할 줄 모를 것 같아? 그래서 이렇게
때리는 거야?

아이아스 포고문은?

테르시테스 네가 바보라는 말이겠지.

아이아스 이 고슴도치야, 아가리 닥쳐. 손가락이 근질댄다.

테르시테스 발에서 머리까지 근질대면 좋겠군. 내가 전부
긁어대게. 그렇게 하면 네가 그리스 천하에서 가장
메스꺼운 종기쟁이가 될 거다. 기습 공격에 네가
끼면 누구보다도 느려 빠져.

아이아스 포고문이 뭐냐니까?

테르시테스 너는 시도 때도 없이 아킬레스에 대해 투덜대고
욕질하고 지옥 개가 프로세르피나[53]의 미모를 질투하듯
너는 위대한 아킬레스에 대해 질투로 꽉 찼다.
그래서 그에게 짖어대는 것이지.

아이아스 테르시테스 할망구!

테르시테스 그 사람 때려보지 그래.

아이아스 막 빚은 찐빵!

테르시테스 그 사람이 주먹으로 너를 치면 산산조각이 나겠다.
배꾼이 마른 빵[54] 부수듯.

아이아스 이 갈보 개새끼!

[그를 때린다.]

테르시테스 더 때려, 더 때려. 마녀가 타고 앉을 똥통 같으니!
그래, 더 때려, 더 때려. 대가리 물 먹은 양반아! 머리라곤
내 팔꿈치보다도 없어. 당나귀 새끼도 네게 선생 하겠다.
치사하게 으스대는 노새 놈! 단지 트로이 놈들 때리라고
너를 여기 데려왔어. 그러니까 머리 좀 쓰는 사람들이
야만족 노예처럼 사고팔 물건이야. 나를 계속 때리면 네
발꿈치에서 시작해서 한 치씩 네가 뭔지 떠들어대겠다.
인정 없는 물건짝 같으니!

아이아스 이 개새끼야!

테르시테스 이 더러운 양반아!

아이아스 이 똥개야!

[그를 때린다.]

테르시테스 군신의 바보! 더 때려, 야만, 더 때려. 낙타,[55] 더 때려!

[아킬레스와 파트로클로스 등장]

아킬레스 안녕하쇼? 아이아스! 왜들 그러시오?
오, 잘 있나? 테르시테스! 무슨 일인가?

테르시테스 저기 저 사람 보시죠, 안 그래요?

아킬레스 물론. 무슨 일인데?

테르시테스 아니, 자세히 봐요.

아킬레스 그러지. 무슨 일인데?

테르시테스 그러지 말고 잘 보시라고요.

아킬레스 '잘' 보라고? 그래 잘 본다.

테르시테스 하지만 아직도 저 사람을 잘 보지 못하는군.
저 사람을 누구로 보든 간에 저 사람은 아이아스요.

아킬레스 나도 알아, 이 바보야.

테르시테스 하지만 저 바보는 자기가 누군질 몰라요.

아이아스 그래서 너를 때리는 거야.

테르시테스 쯧쯧쯧. 머리가 모자란 걸 드러내누먼! 말을
바꾸느라고 귀가 당나귀만큼 길지. 저 사람이 내
뼈다귀를 때린 것보다 내가 저 머리를 더 두들겼소.
한 푼 주면 참새 아홉 마리 사겠는데 저 사람 머리는

53 지하 세계(하데스)의 여왕 프로세르피나는 가장 아름답고 지옥 개(세르베루스)는 가장 추하다.

54 오랜 항해를 하는 배꾼들은 바싹 마른 빵(비스킷)을 식량으로 휴대했다.

55 낙타는 미련하고 고집 센 동물로 간주되었다.

참새 한 마리를 구분하지도 못해요. 아킬레스, 이
아이아스 양반이 머리는 배에 있고 밸이 머리에 든
사람인데 그 사람에 대한 강평을 들어봐요.
아킬레스 뭔데?
테르시테스 이 아이아스로 말하면—
[아이아스가 그를 위협한다.]
아킬레스 참아요, 아이아스.
테르시테스 머리가 모자라서—
아킬레스 그만해. 막아야겠다.
테르시테스 헬렌의 바늘귀도 막을 수 없죠. 그녀를 위해
싸우러 왔지만요.
아킬레스 조용해, 이 바보.
테르시테스 나도 조용하고 잠잠하면 좋겠어요. 하지만 바보가
가만있지 않네요. 저기 저 사람, 저길 보세요!
아이아스 망할 놈의 똥개 새끼! 내가 그냥—
아킬레스 당신 머리로 바보 머리와 상대하고 싶은가?
테르시테스 천만에요. 바보 머리와 상대하면 창피하게
되니까요.[56]
파트로클로스 대답이 좋군, 테르시테스.
아킬레스 무엇 때문에 다투는 거요?
아이아스 저 못된 올빼미한테 포고문의 내용을 알아 오랬더니
내게 욕을 해대는 거요.
테르시테스 나는 당신 종이 아니야.
아이아스 자, 관두자, 관둬.
테르시테스 자원해서 하는 거요.
아킬레스 아까 보니 일방적으로 당하는 거고 자원은 아니었어.
자원해서 매 맞는 사람은 없어. 여기 아이아스는
자원한 거고 당신은 징집된 거야.
테르시테스 정확히 그렇소. 당신 머리의 대부분도 당신 근육에
들어 있소. 아니라면 거짓말쟁이가 널려 있소. 헥토르가
당신들 골통을 부수면 대단한 걸 얻을 거요. 알맹이가
없는 썩은 호두를 까는 거나 매한가지지.
아킬레스 뭐? 나도 그렇다고?
테르시테스 율리시스와 늙은 네스토르의 말이오.—그 노인의
머리는 당신네 할아버지가 발가락에 발톱이 나기도
전에 쉬가 슬었었는데—당신들을 짐 끄는 소처럼
멍에를 메어서 전쟁터를 갈라고 하지요.
아킬레스 뭐? 뭐?
테르시테스 정말이오. 이랴, 아킬레스! 이랴, 아이아스!
아이아스 네놈의 혓바닥을 잘라내겠다.
테르시테스 상관없어. 그런 뒤에도 당신만큼 똑똑하게 말을 할
테니까.
파트로클로스 입 다물어, 테르시테스. 가만히 있어!
테르시테스 아킬레스의 졸개가 나한테 이래라 저래라 하면
입을 다물어야 하나?
아킬레스 한 방 맞았구먼, 파트로클로스.
테르시테스 당신들이 돌대가리처럼 목이 달리는 걸 보기 전엔
다신 당신네 막사를 찾아오지 않겠다. 머리가 살아
숨 쉬는 데만 가 있고 바보 짝패는 버리고 가겠다. [퇴장]
파트로클로스 잘 떨어져 갔군.
아킬레스 [아이아스에게]
우리 군대 전부에게 이렇게 공포됐소.
헥토르가 내일 오전 열한 시에 우리 막사와
트로이 사이에 나팔수와 같이 와서
배짱 있는 기사와, 뭐라든가? 그걸 감히
주장할 자를 결투로 불러낸다는 거요.
하잘것없는 소리요. 잘 있으시오.
아이아스 잘 가시오. 누가 나선답디까?
아킬레스 모르오. 제비를 뽑는답디다. 안 그랬다면
그자가 누구를 노리는지 내가 아오.
[파트로클로스와 함께 퇴장]
아이아스 자기란 말이지. 좀 더 알아보겠다. [퇴장]

## 2. 2

[프리아모스, 헥토르, 트로일로스, 파리스,
헬레노스 등장]
프리아모스 그리도 많은 시간과 목숨과 말을 했지만
그리스의 네스토르가 또다시 말하누나.
“헬렌을 돌려달라. 그리하면 명예, 시간,
수고, 비용, 부상, 친구, 그밖에
삼켜대는 이 전쟁이 뜨거운 배 속에서
소화해버린 귀중한 모든 일의 손실을
없던 일로 하리라.” 헥토르, 어떻게 생각하나?
헥토르 저에 관한 일이라면 저만큼 그리스인을
겁내지 않는 자는 없으나, 지엄하신 아버님,
어떤 여인도 헥토르만큼 여린 속과

56 “미련한 자의 어리석은 것을 따라 대답하지 마라. 두렵건대 네가 그와 같을까 하노라”(구약 잠언 26장 4절)에 대한 언급.

두려움을 가득히 품고 초조하게
'그러면 어찌할까'를 되뇌지 못하지요.
평화의 역기능은 안전의 허상을
과신하는 것이지만, 적당한 의심은
현자의 등대이며 상처 밑을 살펴보는
도구입니다. 헬렌을 보냅시다.
이 일로 첫 번 칼을 뽑은 이래로
전쟁의 제물이 된 수만 명의 영혼들,
—우리 편 말이지요.—하나하나가
헬렌만큼 소중하며, 우리 것도 아니며
우리에게 무가치한 것을 지키기 위해
그토록 허다한 목숨을 잃은 것이며
그것이 우리의 것이고 우리 중의
하나의 값이 된대도, 그 때문에 그녀를
내주지 않는 것이 무슨 소용 있습니까?

트로일로스 형, 안 될 말이오. 지엄하신 아버님같이
크신 왕의 명예를 흔한 저울에 달기요?
비교가 불가능한 무한하신 권위를
산가지[57]로 계산하고 걱정하는 이유처럼
몇 뼘과 몇 치로 측량하지 못할 것을
축소시킬 참이오? 하늘이 부끄럽소!

헬레노스 형이 이유를 그토록 짓밟는 게 당연하오.
이유조차 없으니까요. 그런 말 하는 형이
아무런 이유가 없으니 아버님이 정사를
위엄 중에 이유 있게 처리하지 않으시겠소?

트로일로스 형은 사제처럼 꿈과 잠의 편이시오.
이유에 이유를 덧대는데, 이유라 하는 건
우리를 해하려는 적군의 의도를 알고
뽑은 칼이 위험한 걸 안다는 거예요.
그런데 이유는 위험한 건 피해요.
그러니 헬레노스가 그리스인의 칼을 보자
제우스의 꾸중에 머큐리처럼 발뒤축에
이유를 달아서 뛰거나[58] 궤도를 벗어난
별똥처럼 도망을 쳐도 누가 뭐래요?
이유를 댈 거라면 문 닫고 잠이나 자요.
명예와 사내다움이 이유란 물건으로
머리만 살찌우면 토끼 간[59]이 되어요.
이유와 조심에 간덩이는 하얗게 되고
온몸의 활기가 죽어버려요.

헥토르 아우, 그 여자는 지닐 만한 가치가 없어.

트로일로스 사물의 가치란 매기는 대로 되잖아요?

헥토르 하지만 가치는 특정한 개인의 욕망에
좌우되지 않는다. 스스로 가치와
위엄을 지니며 남에게 인정받고
스스로 값진 것이다. 신보다도 예배를
중시하는 건 미친 우상숭배다.
무가치한 대상을 아랑곳하지 않고
좋아하는 가치를 병적으로 더한다면
그런 자는 정신이 온전하지 못하다.

트로일로스 오늘 내가 아내를 취한다고 합시다.
욕구에 따라서 선택한 거예요.
눈과 귀가 욕구를 생기게 했죠.
눈과 귀는 욕구와 판단이란 험한 해안을
솜씨 좋게 운항하는데, 선택한 여인을
욕구가 싫다 하면 어떻게 아내를
피할 수 있을까요? 이 문제를 회피하며
명예를 지킬 묘안은 없어요.
일단 더럽혀진 비단은 상인에게
되돌리지 못하며, 배불리 먹었다고
남은 것을 함부로 수채에 버리지 않죠.
파리스가 그리스에 어떠한 보복[60]을
감행할 거로 믿어 형의 전적인
찬성의 바람에 그의 돛이 부풀었고
해묵은 원수들인 바람과 바다도
도움을 주어, 바라던 포구에 도착했고,
그리스가 인질로 잡아간 늙은 고모 대신에
그리스의 왕비를 데려오니, 싱그러운 그 젊음은
아폴로와 새벽을 무색하게 만들었죠.
어째서 잡아두나? 그리스가 고모를
잡아두었죠. 그럴 가치가 있는가?
그녀는 일천 척 넘는 배를 띄우게 한
값진 진주며, 왕들을 장사치로 만들었죠.[61]

57 산가지(算가지)는 수효를 계산하는 데에 쓰던 막대기이다. 서양에서는 동전 같은 토큰을 쓴다.

58 제우스의 전령인 머큐리(헤르메스)는 발뒤축에 날개를 달고 달린다.

59 토끼는 겁이 많은 짐승이고 간은 용기의 바탕으로 생각되었다. 겁쟁이의 간은 하얗다고 믿었다.

60 예전에 프리아모스 왕의 여동생을 그리스인이 데려간 것에 대하여 파리스가 그 보복으로 그리스에서 메넬라오스의 왕비 헬레나를 빼냈다.

파리스가 간 것을 지혜롭다 칭찬했고
—모두들 가라고 했으니 갈 수밖에 없었죠.—
대단한 전리품을 가져온 걸 인정하면
—모두들 손뼉 치며 "최고!"라 외쳤으니
그도 인정해야죠. 그런데 어째서 이제
자신들의 판단의 결과를 깎아내리며
운수의 여신도 하지 않는 짓을 하며
바다나 땅보다 귀하게 여긴 것을
폄하하고 있어요? 아, 비열한 도둑질,
갖고 있기 겁나는 걸 훔쳐왔군요!
그러나 훔친 것을 즐기지 못하는
도둑들처럼 그 나라에 수치를 안겨주고도
제 나라에선 인정하길 겁내다니요!

카산드라 [안에서]
울어라, 트로이 사람들아!

프리아모스 웬 비명이냐?

트로일로스 미친 누이요. 목소리 들으면 알아요.

카산드라 [안에서] 울어라, 울어라, 트로이 사람들아!

헥토르 카산드라요.
[카산드라가 머리를 귓가로 흐트러뜨리고
발광하며 등장]

카산드라 울어라, 트로이 사람들아! 천 개의 눈이라도
예언의 눈물로 모두 가득 채우리라.

헥토르 진정해, 얘야. 진정하라고!

카산드라 처녀, 총각, 중년, 그리고 주름진 노인,
우는 것밖에 아무것도 못 하는 아기,
내 울음에 합해라! 앞으로 생길
큰 통곡 중 우리의 몫을 미리 치르자.
울어라, 트로이 사람들아! 눈물을 연습하자.
트로이는 없어지고 화려한 일리움도 주저앉겠다.
불씨가 된 파리스가 우리를 모두 태운다.
울어라, 트로이 사람들아! 헬렌이 화근이다!
울어라, 트로이가 불탄다. 아니면 헬렌을 보내라. [퇴장]

헥토르 어린 동생 트로일로스, 누이의 굉장한
예언의 말에 일말의 의심이
생기지 않느냐? 아니면 너의 피가
미칠 만큼 뜨거워서, 이성의 타이름도,
나쁜 핑계가 가져올 나쁜 결말의 두려움도
네 생각을 고칠 수 없느냐?

트로일로스 헥토르 형,
행위의 정당성을 그 결말이 알리는
그대로만 생각해선 안 될뿐더러
카산드라가 미쳤다고 우리의 기백을
잠시라도 죽이면 안 됩니다. 그녀의
미친 말에 우리가 모두 명예로써 이룩한
싸움의 정당성이 역겹게 되도록
버려둘 수 없어요. 개인적인 말인데요,
왕자들에게 특히 관련된 건 아니지만
우리 형제 가운데서 싸워서 지킬 용기가
가장 적은 자에게도 아픔 줄 일은
절대로 해서는 안 된다는 것이지요.

파리스 그렇게 하면 온 세상이 형제들의 권고나
내 행위를 경솔한 짓으로 비난할 겁니다.
하지만 신들이 아시죠. 모두의 동의가
내 의지에 날개를 달아 무서운 그 계획에
뒤따르는 공포를 없애버렸죠.
아아, 나 혼자의 손으로 무얼 하겠소?
이로 인해 흥분할 자들의 공격과
적개심에 맞서기에 일개인의 용기 속에
무슨 힘이 있겠소? 하지만 감히 말하오.
나 홀로 난관을 극복해야만 하고
의지만큼 강한 힘이 있다면 파리스는
자기가 한 일을 결코 후회하지 않으며
그 일에서 힘을 놓지 않겠소.

프리아모스 파리스,
그건 너처럼 즐거움에 취한 소리다.
너는 꿀이 있지만 형제에겐 쓸개다.
그런 식의 용기는 칭찬이 못 돼.

파리스 그런 미인이 가져오는 즐거움을
나 혼자 차지하려는 것은 아니며
그녀를 명예롭게 지킴으로써
미녀를 탈취했단 오욕을 씻겠습니다.
비열한 강압이란 이유를 들어
그녀를 포기함은 빼앗아온 왕비에게
크나큰 배신이며 여러분 명예의 먹칠이며
나의 수치요! 그런 타락의 기운이
고상한 가슴들에 잠시라도 비쳤나요?
헬렌을 방어할 때 용기가 없거나
칼을 못 뽑을 저열한 자는 우리 중에

61 귀한 진주를 사려고 모여든 장사치처럼 왕들이 덤벼들었다는 것이다.

결코 있지 않으며, 헬렌으로 인하여
헛되이 목숨을 잃거나 이름 없이
죽어간 귀족도 없소. 그러므로 우리는
드넓은 이 세상도 그녀와 비할 수 없음을
잘 알고 있기에, 그녀를 위해 우리가
싸우는 것이 옳다는 말입니다.

헥토르 파리스와 트로일로스, 둘 다 말을 잘했는데,
원인과 문제점을 논했지만 피상적이라,
젊은이와 비슷한 데가 없지 않다.
아리스토텔레스에 의하면 젊은이는
윤리학을 듣는 것이 부적합하다.[62]
너희가 주장하는 이유들은 편견 없는
시시비비의 결론으로 이끌기보다는
병든 혈기의 뜨거운 감정을 유발하여
쾌락과 복수는 귀머거리 독사[63]처럼
참된 결단의 소리를 들을 귀가 없다.
자연의 법칙은 모든 채무를
그 주인에게 돌려줄 걸 요청한다.
모든 인간 사회에서 남편에게 아내보다
더 절실한 채무가 무엇이 있겠는가?
만일에 이 법이 감정으로 타락하고
신분 높은 사람이 마비된 의지로
제 잘못에 눈이 멀고 그 법을 어기면,
질서 잡힌 나라에는 그러한 불복종과
맹렬한 욕정이란 반항을 억누르는
법률이 있으므로 헬렌이 알려진 대로
스파르타 임금의 아내라면 그와 같은
자연법과 국법이 그녀의 반환을
크게 외친다. 이런 불법의 지속은
불법의 연장일 뿐 아니라 불법을
훨씬 더 무겁게 하는 짓이다.
헥토르는 정의에 대해 그렇게 생각한다.
하지만 씩씩한 아우들아, 나도 너희 쪽에
마음이 기울어 헬렌을 그대로
여기 남게 하겠다는 결심이 섰다.
이 일은 모두의 존엄과 각자의
존엄이 달린, 결코 사소한 일이 아니다.

트로일로스 오, 형은 우리 생각의 정곡을 찔렀소.
우리가 원하는 것이 명예가 아니고
치미는 증오를 발산하는 것이라면
그녀의 방어에 트로이 사람 피가
한 방울도 흐르지 않길 바라오. 위대한 형님,
헬렌은 명예와 명성의 근원이 되며
용감한 영웅적 행동을 자극시키며
그로 인해 오늘의 용맹이 적을 물리쳐
내일의 명성이 우리를 영화롭게 할 거요.
드넓은 세상의 명성을 얻기 위해
그러한 행동의 첫머리를 빛내주기로
이미 기약된 풍성한 영광의 기회를
용맹한 헥토르가 놓칠 리 없다고 믿소.

헥토르 너와 같은 생각이다. 위대한 왕의 용감한 아들.
파쟁에 기진한 그리스 귀족들에게
조롱하는 도전장을 보냈으므로
졸리는 저들에게 경악을 안기리라.
저들의 군대 내에 경쟁심이 끼어들고
그동안 사령관은 잔다고 들었다.
내 도전을 받으면 깨어날 거다. [모두 퇴장]

## 2. 3

[테르시테스 등장]

테르시테스 어떤가, 테르시테스! 뭐? 자기 분노의 미로 속에
갇혀 있다고? 그래 아이아스란 코끼리가 명예를 가져?
놈은 나를 때리고 나는 놈에게 욕을 하지. 오, 참말
시원하다! 정반대면 좋겠다.—내가 놈을 때리고 놈이
내게 욕을 하면. 젠장, 악에 받친 저주의 결과를 볼 수
있다면 심령술을 배워서 마귀들을 불러내도 괜찮겠다.
그리고 아킬레스가 있지. 땅굴 파는 재간이 용해. 두
놈이 성 밑에 땅굴을 파기 전엔 트로이가 떨어지지
않는다면 성벽은 저절로 무너질 때까지 마냥 섰겠지.
오, 벼락불 던지는 올림포스의 위대한 자여, 두 놈의
쬐고만 머리, 머리랄 것도 못 되는 그것들을—그따윈
하찮은 무식쟁이도 매우 드물다는 걸 잘 알지.—마저

62 아리스토텔레스는 『니코마코스 윤리학』 1, 3에서 청년은 감정적이라 정치 윤리학을 듣기에 부적합하다고 말했다. 물론 아리스토텔레스는 트로이전쟁 때보다 4~5백 년 후에 태어난 사람이었다. 이런 시대착오는 당시 문학에 흔하다.

63 구약 시편 58장 4~5절에 "귀를 틀어막은 귀머거리 독사처럼"이라는 구절이 나온다.

빼지 않으면. 당신이 제우스임을 잊어버리고 머큐리는 뱀 감긴 요술 지팡이를 잃어버려라.[64] 녀석들은 무거운 칼을 빼서 거미줄을 베는 것밖엔 거미한테서 파리를 구해줄 꾀가 없다. 그담엔 군대 전부에 살육이 벌어져라. 그보다는 뼛골 쑤시는 나폴리 병[65]이 더 좋지. 그게 계집년 고쟁이 때문에 쌈질하는 놈들에게 떨어질 저주가 돼라. 그럼 기도 마쳤으니 '증오'가 '아멘' 하라. 여보쇼, 아킬레스 대감 있소?

파트로클로스 [안에서] 거 누군가? 테르시테슨가? 점잖은 테르시테스, 들어와 욕이나 해라.

테르시테스 금도금한 가짜 돈을 기억할 수 있었다면 네가 내 생각을 벗어나지 못했겠지. 하지만 상관없어. 네가 너란 사실이 저주 중의 저주다! 인간의 공통된 저주인 우둔과 무식이 너의 풍성한 재산이 돼라! 선생이 없는 축복이 하늘에서 내리길! 죽을 때까지 감정의 지배를 받아라! 너를 묻을 준비를 하는 계집이 너보고 건강한 시체라고 한다면 그년은 한평생 문둥이만 염했다고 맹세코 거듭 맹세코 선언하겠다. 아멘.

[파트로클로스 등장]

아킬레스 어디 있나?

파트로클로스 신심이 대단한가? 기도하고 있었는가?

테르시테스 물론. 하늘이 내 말을 듣지.

파트로클로스 아멘.

아킬레스 거기 누군가?

파트로클로스 테르시테스요, 대감.

[아킬레스 등장]

아킬레스 어디, 어디, 아, 어디? 당신이 왔나? 저런, 내 치즈, 내 소화제.[66] 왜 내 식탁에 자주 와서 밥을 먹지 않았나? 그래 아가멤논이 누군가?

테르시테스 당신의 상관이오, 아킬레스. 그럼 나한테 말하시오, 파트로클로스. 아킬레스가 누구요?

파트로클로스 당신 상관이지, 테르시테스. 그럼 나한테 말하라. 테르시테스가 누군가?

테르시테스 당신을 아는 사람이지, 파트로클로스. 그럼 나한테 말해라. 당신이 누군가?

파트로클로스 잘 안다는 당신이 말해야지.

아킬레스 오, 말하라, 말하라.

테르시테스 모든 질문을 풀어나가죠. 아가멤논은 아킬레스의 상관이고, 아킬레스는 내 상관이고, 나는 파트로클로스를 아는 자고 파트로클로스는 바보요.

파트로클로스 망할 자식!

테르시테스 가만있어, 바보야. 아직 안 끝났다.

아킬레스 저놈은 면책특권이 있다. 계속해라, 테르시테스.

테르시테스 아가멤논은 바보다. 아킬레스는 바보다. 테르시테스는 바보다. 그리고 아까 말한 것처럼 파트로클로스는 바보다.

아킬레스 그럼 설명하라.

테르시테스 아가멤논은 아킬레스의 상관이 되겠다니 바보다. 아킬레스는 아가멤논의 명령을 받으니 바보다. 테르시테스는 그런 바보의 명령을 받으니 바보다. 그런데 파트로클로스는 근본이 바보다.

파트로클로스 내가 왜 바본가?

테르시테스 당신 만든 조물주한테 물어봐라. 나한텐 당신이 바보란 거로 족하다. 한데 누가 이리로 오나?

아킬레스 파트로클로스, 나는 누구와도 말을 안 한다. 테르시테스, 같이 들어가자. [퇴장]

테르시테스 지금 이런 장난, 이런 속임수, 이런 못된 짓이 벌어진다니! 모든 화제는 요컨대 창녀와 오쟁이 진 녀석인데—서로 잘났다고 다투며 피 터져 죽을 만한 쌈거리다! 이제 그따위 화제에 마른버짐이나 퍼지고 전쟁과 간통에 모두 망해라! [퇴장]

[아가멤논, 율리시스, 네스토르, 디오메데스 아이아스 등장]

아가멤논 아킬레스 어디 계신가?

파트로클로스 막사 안에 계신데, 몸이 불편하세요.

아가멤논 우리가 여기 왔다고 알려라.
나의 전령관들을 박대했기에
권위를 제쳐놓고 내가 직접 찾아왔다.
그 사실을 알려라. 내가 감히 권위를
주장하지 못하거나 지위를 모를 거라는
오해가 없게 하라.

파트로클로스 그렇게 말하지요. [퇴장]

율리시스 막사 문에 있는 걸 우리가 보았소. 아프지 않아요.

아이아스 맞습니다. 사자의 병, 교만한 마음의 병이오. 그 사람에게 호의를 가질 때에는 그것을 우울증이라고

64 그리스 북부 올림포스 산정에서 제우스는 노할 때 투창처럼 번갯불을 던지며, 그의 전령 머큐리는 날개 돋친 신을 신고 두 마리 뱀이 감고 있는 요술 지팡이를 들고 다닌다.

65 당시 분주한 국제 무역항이던 이탈리아 나폴리는 뼛속까지 쑤시는 매독이 창궐했다.

66 치즈가 소화를 돕는다고 했다.

할 수 있지만, 확실히 그것은 교만이오. 하지만 왜?
무엇 때문에? 이유를 대라고 합시다. 한마디만—
[아가멤논을 옆으로 데려간다.]

네스토르 어째서 아이아스가 아킬레스를 저렇게 짓씹지요?

율리시스 아킬레스가 저 사람의 어릿광대를 빼 갔대요.

네스토르 누구? 테르시테스를?

율리시스 그자요.

네스토르 그럼 아이아스가 할 소리가 없어지는군. 이야깃거릴
잃어버렸으니까.

율리시스 아니오. 보시는 대로 저 사람은 제 나름의 화제가
있소. 바로 아킬레스 자신이오.

네스토르 더욱 잘됐소. 두 사람의 파쟁이 두 사람의 파당보다
우리가 원하는 바요. 하지만 어릿광대가 떼어놓을 수
있었다니 강력한 연합체였소!

율리시스 지혜가 맺어주지 않은 우정은 우둔이 쉽게 풀 수
있는 것이지요.
[파트로클로스 등장]
파트로클로스가 오는군.

네스토르 아킬레스는 없는데.

율리시스 코끼리는 뼈마디는 있지만 무릎은 없다지요.[67]
필요상 다리는 있지만 굽히진 못한답니다.

파트로클로스 대왕님 자신과 높으신 대표들이
심심풀이로 찾아오신 것이라면
아킬레스가 매우 미안하단 말씀을
올리라고 합니다. 대왕의 건강과
소화를 위함이며 식사 후의 산책에
불과하길 바란답니다.

아가멤논 파트로클로스,
들어라. 그런 말은 너무나 귀에 익다.
그처럼 빠른 경멸의 날개가 달린
그의 회피도 우리 염려를 앞지르지 못한다.
그는 막중한 명예를 누리며 이를 우리가
수긍하는 이유도 많으나 제 능력을
선하게 지키지 못할 때 그의 모든 능력도
우리 눈에서 빛을 잃기 시작하니,
더러운 접시 위의 빛 좋은 과일처럼
만지지 않은 채 썩기 쉽다. 가서 알리되,
같이 말하러 왔다 하라. 과도히 교만하고
솔직하지 못하며, 객관적 판단보다
그가 자신을 높게 본다는 것이 우리의 생각임을
당신이 비판해도 큰 잘못은 아니다.
그 자신보다 높은 이들이 그의 모른 체하는
무례한 작태를 참고 기다리고 섰으며
신성한 권위를 감추고 지금 그를 지배하는
기괴한 심사를 한껏 존중해주며,
이 전쟁의 모든 것이 그의 기분에
따르는 듯, 심술궂은 억지와 변덕을
예의 주시한다. 가서 이를 말하라.
그토록 높이 자신의 값을 매기면
우리도 그가 필요치 않다 하라.
운반이 불가능한 장비처럼 "이 물건은
전쟁에 못 가니 전쟁을 이리로
가져와라. 잠자는 거인보다 깨어 있는
난장이가 쓸모가 있다"는 말에
그 사람도 해당된다. 그리 말하라.

파트로클로스 그러지요. 속히 답을 가져오겠습니다. [퇴장]

아가멤논 대리인을 통한 대답은 듣지 않겠소.
그와 말하러 온 거요. 율리시스, 들어가시오.
[율리시스 퇴장]

아이아스 다른 사람보다 나은 게 뭡니까?

아가멤논 제 멋대로 생각하는 정도에 지나지 않소.

아이아스 그처럼 대단한가요? 나보다 잘났다고 생각하지
않나요?

아가멤논 물을 것도 없소.

아이아스 총사령관도 그 사람 생각에 동의하여 그리 보시오?

아가멤논 아니오, 고귀한 아이아스. 당신도 똑같이 힘세고
용감하고 현명하며, 그에 못지않은 귀족이되 훨씬
더 교양이 있고 전적으로 고분고분하시오.

아이아스 사람이 어째서 교만할 수 있는가요? 교만은 어떻게
자라는 물건이지요? 나는 교만이 무언지 몰라요.

아가멤논 아이아스, 당신 마음은 더 깨끗하며, 당신의 덕은
더 맑소. 교만한 자는 자신을 먹어 삼키오. 교만은
자신의 거울이요 자신의 나팔이며 자신의 일대기요.
자신의 행적이 찬양받는 것이 아니라 제 말로 자기를
찬양하는 자는 찬양 중에 그 행적을 삼키는 거요.
[율리시스 등장]

아이아스 나는 교미하는 두꺼비만큼이나 참말로 교만한 자를
미워합니다.

네스토르 [방백]

67 코끼리는 무릎이 없다는 틀린 속설. 그래서 무릎 꿇어 절하지 못한다는 말이다.

그런데 저자도 자신을 사랑하지. 이상하지 않아?
율리시스 아킬레스는 내일도 전장에 안 나간다 합니다.
아가멤논 핑계가 무언데요?
율리시스 아무런 핑계도 없고
제 성미가 가는 대로 따를 뿐이며
누가 있건 말건 상관이 없이
고집대로 속 편하게 할 거랍니다.
아가멤논 정중한 요청에도 불구하고 어찌하여
막사를 나와서 바람을 안 쏘이는가?
율리시스 사소한 일이지만 오직 요청받았다는 이유로
중요하게 여기고 자신의 위대함에 취하여
제 말조차 꺼리는 교만이 아니면
혼잣말도 하지 않소. 자신의 값에 대한
허상에 사로잡혀 그 감정에 부풀어 올라
열띤 주장을 담고 있어 뜻과 행동 사이에서
아킬레스 '왕국'은 난동으로 요란하여
제 자신을 격살하오. 무슨 말을 하겠소?
교만의 병이 하도 깊어 죽을 증상이
'회복 불가능'을 외치오.
아가멤논 아이아스를 보냅시다.
친애하는 귀공, 막사로 가서 인사하시오.
당신을 존경하니 당신이 요청하면
자신을 조금은 벗어날 거요.
율리시스 오, 아가멤논, 그리하지 마시오!
아킬레스와는 상관을 하지 않는 아이아스의
발걸음을 오히려 존중해야 할 거요.
자신의 오만을 자신의 기름에 볶고
자신을 맴돌고 반추하는 것 말고는
세상의 어떤 일도 머리에 안 들이는
그자가 우리가 더 높은 우상으로
받드는 분의 예배를 받는단 말이오?
안 됩니다. 존귀하고 용맹한 이분이
귀하게 얻은 종려나무[68]를 그처럼 천하게
쓸 수 없으며, 그에게 직접 감으로
아킬레스 못지않게 충분한 자격이 있는
자신의 존엄을 낮추는 것을 나부터
허락지 못하오. 이미 기름진 교만에
기름을 치고 하지에 다다른 강한 해에
뜨거운 숯불을 더해주는 격이 되오.
이분이 가다니요? 제우스여, 막으시고
'아킬레스가 가라'고 우레로 말하소서.
네스토르 [방백] 잘되어 간다. 저자를 긁는군.
디오메데스 [방백]
말이 없는 걸 보니 칭찬에 취했구먼!
아이아스 가기만 하면 장갑 낀 주먹으로 얼굴을
묵사발로 만들겠소.
아가멤논 오, 가서는 아니 되오.
아이아스 내게 방정을 떨면 교만을 끝장내죠.
나를 보내 주시오.
율리시스 이 전쟁의 온갖 희생을 보상한대도 그럴 수 없소.
아이아스 하잘것없는 놈이 시건방지게!
네스토르 [방백] 제 자신을 잘도 묘사하는군!
아이아스 그자는 남과 어울릴 줄 모르나요?
율리시스 [방백] 까마귀가 깜장색을 욕하는군.
아이아스 그자의 혈기를 줄여놓겠소.[69]
아가멤논 [방백] 환자가 될 녀석이 도리어 의사가
되겠다고 날뛰는군.
아이아스 온 세상 사람이 내 속 같다면—
율리시스 [방백] 머리를 쓰는 짓이 우습게 되겠지.
아이아스 마음을 그렇게 먹어선 안 돼. 먼저 칼 맛을 봐야 해.
건방지면 다야?
네스토르 [방백] 그자가 그렇다면 너도 절반은 돼.
율리시스 [방백] 저자에게 전부를 주겠소. 저자를 반죽해서
말랑말랑하게 만들겠소. 아직 다 부풀지 않았소.
네스토르 [방백] 칭찬을 처넣어요. 자꾸자꾸 처넣어요. 아직
야심이 메말라 있소.
율리시스 [아가멤논에게]
꿈쩍 하지 않는 아킬레스를 너무 심각히 여기시네요.
네스토르 귀하신 장군, 그러지 마시오.
디오메데스 아킬레스 없이도 싸울 태세를 갖춰야죠.
율리시스 그자를 들먹이니 그자가 해롭게 됐소.
여기 이 사람은—면전이라 곤란하군.
가만있겠소.
네스토르 그럴 필요 있나요?
아킬레스처럼 질투심이 없는 이요.
율리시스 세상이 알 것은 똑같이 용감하다는 거요.
아이아스 개새끼. 이렇게 우릴 갖고 놀기야!

68 승리의 상징.
69 어떤 기질이 너무 승할 때에는 피를 뽑아 주어서 그것을 가라앉히는 것이 당시의 외과 처방이었다. 즉 그의 피를 보겠다는 말이다.

트로이 놈이면 좋겠다!
네스토르 지금 아이아스가 지금 그런 악을 품는다면—
율리시스 교만하다면—
디오메데스 또는 칭찬을 탐한다면—
율리시스 또는 퉁명스럽다면—
디오메데스 또는 난 척하고 거만하면!
율리시스 고맙게도 당신은 성질이 온화하니
낳고 기르신 부친과 모친을 찬양하며
스승은 명망 높고 타고난 능력은
모든 학식보다도 한없이 이름 높소!
그러나 당신 팔에 무예를 가르친 자는
군신께서 영원을 둘로 나누어
그에게 반을 주시길! 당신의 기운은
황소를 짊어진 장사[70]가 힘센 당신께
영예를 양도하길! 당신의 지혜는
찬양하지 않겠소. 경계, 울타리, 해안처럼
폭넓은 당신의 능력을 제한할 뿐이오.
오랜 세월 동안에 지식을 쌓은 네스토르는
현명할 수밖에 없소. 그러나 어르신,
용서하시오. 당신이 저이처럼 청춘이며
머리가 차분해도 저이보다 뛰어나진
못하지만 비슷할 거요.
아이아스 아버지라 부를까요?
네스토르 그러시오, 착한 아들.
디오메데스 그분 말을 좇으시오.
율리시스 여기서 지체해선 안 되오. 아킬레스란
사슴이 풀숲에 숨어 있소. 사령관께서
작전 회의에 모두 소집하시오.
왕들이 새로이 트로이에 도착했소.
우리 전군은 강력히 버텨야 하오.
여기 용사가 있소. 각처에서 몰려든 무사가
꽃을 딸 터인데 아이아스는 최고와 겨룰 거요.
아가멤논 회의에 갑시다. 아킬레스는 자라고 둡시다.
큰 배는 깊은 물을 바라나 작은 배는 빨리 가오.

[모두 퇴장]

## 3. 1

[판다로스와 하인 등장. 안에서 음악이 울린다.]

판다로스 이거 봐, 한마디 하겠다. 젊은 파리스 왕자를
따르지 않는가?
하인 예. 그분이 앞서 걸으실 때는.
판다로스 그이한테 의지하느냔 말이다.
하인 저는 주님께 의지합니다.
판다로스 대단한 신사에게 의존하는군. 나 역시 그분을
칭찬하지 않을 수 없어.
하인 주님께 찬양을!
판다로스 너, 나 알지? 안 그래?
하인 솔직히 겉으로만 압니다.
판다로스 이봐, 나를 좀 더 잘 알아라. 내가 판다로스야.
하인 대감님을 좀 더 잘 알게 되기를 바랍니다.
판다로스 그러길 바라네.
하인 은혜 안에 거하십니까?[71]
판다로스 '은혜'의 작위? 그렇진 않아. '귀공', '대감'이 내
지위야. 저거 무슨 음악인가?
하인 저도 부분적으로 압니다. 사부 음악이군요.
판다로스 악사들을 아는가?
하인 모두 다 알죠.
판다로스 누구에게 연주하나?
하인 듣는 사람들이죠.
판다로스 누가 좋아하라고?
하인 저를 포함해서 음악 좋아하는 사람이죠.
판다로스 시킨 사람이 누구냔 말이야.
하인 제가 누굴 시켜요?
판다로스 이 친구. 우리 서로 말이 안 통해. 나는 너무
점잖고 너는 너무 꾀를 부려. 누구의 요청에 의해
악사들이 연주하는가?
하인 요점이 그거군요. 그야 제 주인 파리스 왕자님
요청에 따른 거죠. 그분이 거기에 직접 가 계시고
그분과 함께 인간 중의 비너스요, 미의 생명이며,
보이지 않는 사랑의 영혼이며—
판다로스 누구 말인가? 내 조카 크레시다 말인가?
하인 천만에요. 헬렌이죠. 그녀의 속성들을 들으시고
알아채지 못하세요?

70 마일로(밀로)라는 장사가 황소를 어깨에 둘러멨다고 한다.

71 당시 신교도의 말투. '은혜 중에 거하는 자'는 하나님의 은혜로 돈이 많아 자선을 베풀 수 있는 사람이므로 이 하인은 판다로스에게 은근히 돈을 달라는 말을 한다. 그러나 '은혜'(grace)라는 말은 공작이나 왕자의 칭호도 되는 까닭에 판다로스를 단지 그러한 지위로만 이해하고 있다.

판다로스 이 친구, 넌 크레시다 아가씨를 여태 못 본 것 같구먼. 나는 트로일로스 왕자님의 말씀을 파리스 왕자님께 드리려고 오는 길이야. 일이 급해서 그분께 인사말부터 해야겠어.

하인 푹 삶은 일이군! 정말 흠뻑 쪄 낸 말투야.[72]

[파리스와 헬렌이 시종들과 함께 등장]

판다로스 왕자님, 어여쁨이 함께하시길! 또한 모든 어여쁜 분과 함께하시길! 어여쁜 욕구가 넘치도록 어여쁘게 이분들을 어여쁘게 인도하시길! 특히나 어여쁘신 왕비님, 어여쁜 상념을 어여쁜 베개로 삼으시길!

헬렌 대감, 어여쁜 말씨로 가득하네요.

판다로스 어여쁜 뜻을 말씀하시는군요, 다정하신 왕비님. 어여쁘신 왕자님, 여기 각종 악기의 좋은 음악이 있어요.

파리스 당신 때문에 중단됐소. 다시 이어 놔야겠소. 본인이 노래해서 전체를 바로잡아 놔야지. 여보, 헬렌, 저 사람은 음악이 넘치는 사람이오.

판다로스 오, 정말 못해요, 왕비님.

헬렌 부탁해요!

판다로스 솔직히 못났죠. 솔직히 말씀드려 아주 못난 거예요.

파리스 말 잘하셨소! 박자에 맞춰서 말을 하는군.

판다로스 왕비님, 왕자님께 볼일이 있어서요. 왕자님, 제가 한 말씀 드려도 되겠습니까?

헬렌 안 돼요. 그런 식으로 빠져나가지 못해요. 당신 노랠 듣고야 말겠어요.

판다로스 정다우신 왕비님, 제게 농을 거시네요.—그런데요, 말인즉 이래요. 친애하옵는 왕자님, 제가 가장 존경하는 친구님, 트로일로스 아우께서—

헬렌 판다로스 대감님, 꿀처럼 정다운 분—

판다로스 그만하세요. 정다우신 왕비님, 그만하시라니까요.—형님께 지극히 깊은 사랑과 함께 인사를 여쭈시며—

헬렌 우리가 들을 노래를 은근슬쩍 사기 치면 안 돼요. 그렇게 하는 날엔 모든 우리 우울증이 당신 머리에 쏟아져라!

판다로스 다정하신 왕비님, 다정하신 왕비님, 참으로 다정하신 왕비님이시며—

헬렌 정다운 여인을 슬프게 하는 것은 짜고 매운 범죄예요.

판다로스 안 됩니다. 그런 말씀을 해도 소용없어요. 진짜 소용없어요. 그런 말씀하신다고 상관하지 않아요. 그렇고 말고요. 자, 왕자님, 아우님의 부탁인데, 식사 때 왕께서 자신을 부르시면 왕자님이 잘 말씀해 주시라고요.

헬렌 판다로스 대감—

판다로스 정다우신 왕비님이, 무척이나 정다우신 왕비님께서 무슨 말씀 하시나요?

파리스 무슨 꿍꿍이속인가? 오늘 밤 그 사람이 어디서 저녁 먹소?

헬렌 그게 아니고, 대감—

판다로스 정다우신 왕비께서 뭐라 하시는가요? 파리스 왕자님이 왕비님과 다투실지 몰라요.

헬렌 [파리스에게] 어디서 저녁 드시는지 알면 안 돼요.

파리스 분명하군. 그 잘 노는 아가씨 크레시다와 같이 하겠지.

판다로스 아뇨, 아뇨, 그런 거 아닙니다. 잘못 아셨어요. 그 잘 노는 아가씨가 아프다고요.

파리스 하여간 잘 말해주지.

판다로스 좋습니다, 왕자님. 크레시다 얘기가 왜 필요해요? 안 되죠. 그 여자 아프다고요.

파리스 뭔 말인지 알겠다.

판다로스 아시다니요? 무얼 아시는데요? 자, 저한테 무슨 악기든 주세요. 그럼, 정다우신 왕비님.

헬렌 오, 친절도 하셔라!

판다로스 제 조카딸년이 정다우신 왕비께서 가지신 그 무엇을 굉장히 탐낸대요.

헬렌 그녀한테 줄 테요. 우리 주인 파리스만 아니라면.

판다로스 저분? 아닙니다. 싫대요. 서로 같은 데가 없거든요.

헬렌 싸우고 헤졌다가 다시 합하면 세 사람이 될 수 있죠.[73]

판다로스 자, 이 소린 더 듣고 싶지 않아요. 이제 왕비님께 노랠 불러드리죠.

헬렌 좋아요, 좋아요. 당장 불러요. 솔직히 말해서, 정다운 대감, 이마가 참말 잘생겼어요.

판다로스 마음껏 놀리세요.

헬렌 사랑 노래로 해요. '이 사랑에 우리가 결딴날 거다.' 오, 큐피드, 큐피드, 큐피드!

판다로스 사랑이오? 예, 그렇게 합죠.

파리스 그러시오. '사랑, 사랑, 오로지 사랑.'

판다로스 정말 그렇게 시작되죠.

[노래한다.]

사랑, 사랑, 오로지 사랑. 더욱 사랑, 더더욱 사랑!
오, 사랑의 활이
암수 사슴을 쏘니

72 '열 나는' 급한 일이라 푹 삶아졌을 거라는 우스갯소리. (삶거나 쪄 낸다는 말은 당시 창녀의 성병을 치료하던 훈증 요법을 가리키기도 한다.)

73 연인들이 싸우고 헤졌다가 다시 합하면 아기를 낳아 셋이 된다는 말.

화살을 맞은 자는
죽지를 않고
아픈 데가 자꾸만 근질근질 대누나.
연인들이 외치길, '오오, 숨넘어간다.'
하지만 죽일 것 같던 그 물건이
오오!를 하하!로 바꿔놓는다.
그래서 숨넘어간 사랑이 아직도 산다.
오오!는 잠깐이고 하하하하하!
'오오!' 하는 신음은 '하하하'를 부른다.
아이고, 맙소사!

헬렌 정말로 코끝까지 사랑에 빠졌구나.

파리스 저 사람은 비둘기만 먹어. 그게 뜨거운 피를 만들고
뜨거운 피가 뜨거운 생각을 만들고 뜨거운 생각이
뜨거운 행위를 만드는데 뜨거운 행위가 사랑이야.

판다로스 그게 사랑의 족보인가요? 뜨거운 피, 뜨거운 생각,
뜨거운 행위가? 도리어 독사들이죠. 사랑은 독사의
족보인가요? 정다우신 왕자님, 오늘 누가 싸움에 나가죠?

파리스 헥토르, 데이포보스, 헬레노스, 안테노르, 기타 트로이의 모든
용사들. 오늘 나도 무장을 하고 싶었는데 우리 헬렌이
그러지 말래. 그런데 무슨 일로 트로일로스 아우가
나가지 않았지?

헬렌 무엇엔가 심사가 틀린 모양이어요. 판다로스 대감,
뭐든지 다 아시죠?

판다로스 아닙니다, 꿀처럼 정다우신 왕비님. 오늘 그분들이
어쩌셨는지 듣고 싶군요. 아우님 일을 잊지 마세요.

파리스 손톱만큼도 안 빠뜨려.

판다로스 그럼 정다우신 왕비님, 안녕히 계세요.

헬렌 조카딸한테 문안 전해요.

판다로스 그러겠습니다, 정다우신 왕비님. [퇴장]

[퇴각 나팔]

파리스 싸움에서 돌아왔군. 용사들을 맞이하러
왕궁의 홀로 가자. 정다운 헬렌,
헥토르 무장 벗기는 데 나 좀 도와줘.
그의 강한 버클은 그리스의 완력이나
칼보다 당신의 하얀 매혹의 손가락에
쉽게 복종할 거야. 섬나라 왕들보다
더 잘하겠지.— 헥토르의 무장을 푸는 일은.

헬렌 파리스, 그분의 일을 하면 자랑스럽죠.
제가 마땅히 드려야 할 걸 받으시면
저의 미모보다도 큰 영광을 주셔요.
참말로 저보다 빛이 나셔요.

파리스 여보, 측량할 수 없을 만큼 당신을 사랑해요. [둘 퇴장]

## 3. 2

[판다로스와 트로일로스의 시종이 서로 만나며 등장]

판다로스 잘 있나? 주인 어디 계신가? 내 조카 크레시다의
집에 계신가?

시종 아닙니다. 대감께서 그리로 안내하길 기다리세요.

[트로일로스 등장]

판다로스 오, 여기 오는군. 어떠시오? 어떠시오?

트로일로스 너는 저리 가. [시종 퇴장]

판다로스 내 조카딸 보셨소?

트로일로스 아뇨, 판다로스. 문 앞에서 서성거리오.
황천가 둔덕에서 나룻배 기다리는
서먹한 혼백처럼. 오, 당신이 사공 되어[74]
상 줄 자에게 약속된 백합 밭에 뒹굴도록
나를 속히 그 들판에 실어다 주오!
오, 착한 판다로스, 큐피드 어깨에서
아롱진 날개를 빼앗아서 나와 함께
크레시다한테로 날아가면 좋겠구려!

판다로스 여기 정원을 거니세요. 속히 데려올 테니. [퇴장]

트로일로스 어지럽다. 기대감에 정신이 빙빙 도누나.
상상으로 보는 맛이 너무도 감미로워
감각조차 황홀하다. 군침 도는 입맛이
진하디진한 사랑의 감로를 맛보면
어떻게 될까? 죽음 또는 혼절의 소멸,
또는 나의 엉성한 힘이 담기엔
너무도 섬세하고 너무도 강한 희열,
너무도 아리게 달콤한 조화겠지.
너무나 두렵구나. 서로 다른 기쁨을
구별할 능력마저 잃을까 걱정이다.
마치 군대가 달아나는 적군을
무차별로 도륙하듯.

[판다로스 등장]

판다로스 준비를 하고 있소. 금방 이리 나올 거요. 이제부턴

74 고대 신화에 따르면, 착한 자가 죽으면 그 혼령은 스틱스라는 강에 도달하여 카론이라는 사공이 젓는 배를 타고 엘리지움이라는 평화로운 동산으로 가게 된다.

정신 바짝 차리고 말을 잘해야 해요. 조카가 너무도
부끄러워하고 숨이 차서 마치 귀신에 놀란 것 같소.
내가 데려오리다. 아주 귀엽게 생긴 애요. 갓 잡은
참새처럼 숨을 할딱거려요. [퇴장]

트로일로스 똑같은 감정을 이 가슴이 품고 있다.
열병 앓는 맥박보다 가슴이 더 뛰누나.
나의 모든 기능이 움직일 줄 모른다.
뜻밖에 대왕 전하의 눈과 마주친
비천한 백성처럼.
[판다로스와 베일을 쓴 크레시다 등장]

판다로스 자, 그러지 말고. 부끄러워할 필요 있어? 어린애처럼
부끄러워하긴. [트로일로스에게] 자, 여기 왔소. 나한테
한 것 같은 맹세를 저 애한테 하시오. [크레시다에게]
아니 그렇게 다시 빼느냐? 보라매처럼 길들기 전엔 못
자게 해야 하냐?[75] 이리 따라와. 네가 자꾸 뒤로 빼면
달구질 메어야 할까보다. [트로일로스에게] 왜 아무 말
없소? 자, 커튼을 열고 그림을 보여주오.[76] 아아, 낮이라
안됐어. 낮이 섭섭할까봐 조심하는군! 어둡다면 더 빨리
가까워졌을 것인데. 그래, 그래, 마주쳐봐. 작은 공과
부딪쳐 봐.[77] 저게 뭐야? 무한 임대 계약이군! 목수,
거기다 집을 지어. 공기가 좋아. 끝까지 사랑싸움을 한
뒤에야 내가 떼어 놓겠군. 암매가 수매만큼 열렬하지.
강의 물오리를 다 걸고 내기를 해도 좋아. 저런, 저런.

트로일로스 아가씨, 내게서 모든 말을 빼앗았소.

판다로스 말은 빚을 못 갚아요. 그녀에게 행동으로 보이세요.
하지만 그녀가 당신 실력을 문제 삼을 땐 당신의
행동도 빼앗을 거요. 아니 다시 입질인가? 자, '두
사람 공동의 증인으로서.'[78] 들어와요, 들어와요.
가서 불을 지피겠소. [퇴장]

크레시다 들어오시겠어요?

트로일로스 오, 크레시다. 내가 얼마나 이러길 원했는지!

크레시다 원하셨어요? 신들이 허락하시면—오, 왕자님!

트로일로스 무얼 허락한다는 거요? 그처럼 귀엽게 말을
끊는 이유가 뭐요? 사랑하는 아가씨, 우리 사랑
샘에서 무슨 작은 찌꺼기가 눈에 띄어요?

크레시다 두려움이 본다면 물보단 찌꺼기가 많아요.

트로일로스 두려움은 천사를 마귀로 만들죠. 진실을 못
보거든요.

크레시다 눈먼 두려움이 눈뜬 이성을 인도하는데 눈먼
이성이 두려움 없이 길을 더듬기보다 안전히 디딜
데를 찾아요. 최악에 대한 두려움이 최악을 막죠.

트로일로스 오, 내 아가씨는 두려움을 갖지 말아요. 큐피드의
가장행렬[79]엔 괴물은 안 들어 있거든요.

크레시다 괴상한 건 하나도 없다는 말인가요?

트로일로스 눈물로 바다를 이루고 불 속에 살며 바위를 씹고
호랑이를 길들이겠다고 우리가 맹세할 때 우리는 감히
그 일에 뛰어들 뿐이오. 아가씨들이 아무리 어려운
과제를 꾸며낸대도 우리가 겪어내지 못할 어려움은
없을 거라 믿어요. 아가씨, 의욕은 무한하나 실행은
제한된 것, 욕망은 한없으나 실행은 한계의 노예라는
것.—이를 일러 괴물 같은 사랑이라 하는 겁니다.

크레시다 모든 연인은 실제의 능력보다 더 해낼 수 있다고
맹세하지만 절대로 행치 않는 능력을 유보하는데
열 사람이 완성할 일 이상을 맹세하지만 한 사람의
십분의 일 이하만 실천한대요. 사자의 목소리를
가졌으면서 행동은 토끼 같다면 그런 사람은 괴물이
아닌가요?

트로일로스 그런 자가 있나요? 우린 그렇지 않소. 시험해보고
칭찬해요. 증명할 기회를 줘요. 자격의 왕관을 쓸 때까지
맨머리로 다니겠소. 미래의 완성은 현재에게 칭찬받지
못하오. 출생 전의 공적에 작명을 하지 말며 출생 후의
칭호도 겸손해야죠. 진실은 말이 적어요. 시기가 아무리
악담을 해도 트로일로스의 진실을 놀릴 뿐이고 진실
자체도 트로일로스보다 더 진실한 진실을 말하지 못할
만큼 트로일로스는 크레시다에게 진실하겠소.

크레시다 들어오시겠어요?
[판다로스 등장]

판다로스 아니, 아직도 부끄러워하냐? 아직 서로 이야기가
끝나지 않았냐?

크레시다 그럼 제가 무슨 짓을 저질러도 숙부님께 돌릴 테요.

판다로스 거 고맙구나. 왕자님이 너한테서 사내애를 보시면
애를 나한테 주렴. 왕자님께 진실해라. 혹시 왕자님이

75 갓 잡은 보라매는 잠을 재우지 않아야 길을 들일 수 있다.

76 당시에는 그림 앞에 커튼을 쳤다. 즉 크레시다의 베일을 벗기고 그녀의 얼굴을 보라는 말이다.

77 남녀가 키스하는 것을 당시의 볼링에 비유하고 있다.

78 결혼식 주례의 성혼 선언의 일부를 인용하고 있다.

79 당시 민속놀이나 궁정에서 '연애'를 상징하는 형상들의 가장행렬을 벌였다.

좀 모자라시면 나를 탓해라.
트로일로스 이제 아가씨는 볼모를 알고 있소. 당신 숙부의
말과 나의 끄떡없는 진심이오.
판다로스 나도 저 애에 대해 맹세하겠소. 우리 집안사람은
구애할 때엔 오래 걸리나 일단 마음을 준 후에는
변함이 없소. 도깨비바늘 같아서, 던져진 자리에 꽉
달라붙어 안 떨어져요.
크레시다 이제 용기가 생겨 대담하게 되네요.
트로일로스 왕자님, 지루한 몇 달 동안
밤낮을 안 가리고 당신을 사랑했어요.
트로일로스 한데 크레시다 얻기가 왜 그리 힘들었소?
크레시다 그런 척하기가 힘들었어요. 하지만 진짜
첫눈에 마음을 뺏겼어요. 용서하셔요.
너무 많이 고백하면 폭군이 되실 테죠.
이제는 당신을 사랑해요. 하지만 지금까진
사랑을 이겼어요. 하지만 거짓말이죠!
내 속은 엄마도 말리지 못할
고집통이 아이 같았죠. 참말 바보죠?
내가 왜 지껄이지? 자신의 비밀을 못 지키니
누가 우리에게 진실할 수 있겠어요?
하지만 사랑은 하면서도 구애하진 않았어요.
그런데도 남자가 되거나 여자보다
먼저 말하는 남자의 특권이 부러웠죠.
저에게 입 다물라 하셔요. 이런 황홀한
상태에서 뒤에 후회될 말을 할 거예요.
저거 봐요. 당신의 침묵이 교활해요.
내 약점을 이용해서 비밀의 뿌리까지
뽑아가네요! 입을 막아주셔요.
트로일로스 그러지요. 달콤한 음악이 쏟아지지만.
[그녀에게 키스한다.]
판다로스 아, 정말 귀엽구나!
크레시다 왕자님, 제발 저를 용서하셔요.
이렇게 키스를 구걸할 뜻은 아니었어요.
어머, 부끄러워라! 이게 무슨 짓이야?
오늘은 이만, 왕자님과 헤지겠어요.
트로일로스 사랑스런 크레시다, 헤지다니?
판다로스 헤져? 내일 아침까지 헤진다면—
크레시다 제발 화내지 마셔요.
트로일로스 무엇이 잘못됐소?
크레시다 저 자신이 거북해요.
트로일로스 자신을 피할 순 없소.
크레시다 나를 놓아주시면 노력해보죠.
나의 다른 자신이 당신과 함께 있고
다른 못난 자신은 자신을 버리고
남의 종이 되려 해요. 없어지고 싶어요.
정신이 어디 갔나? 함부로 지껄이네.
트로일로스 그런 똑똑한 말은 아는 자만 할 수 있죠.
크레시다 어쩌면 사랑보다 말재주를 과시하고
당신 생각 낚으려고 온 마음을 숨김없이
털어놨군요. 하지만 당신은 현명해서
사랑하지 않겠죠. 현명과 사랑을 함께하는 건
인간을 벗어나요. 신들이나 가능하죠.
트로일로스 사랑의 불꽃을 영원히 태우며
한번 맺은 정절을 늘 젊게 가꾸며
시드는 열정보다 마음을 더 빨리
새롭게 하여 겉모습보다 오래갈
여인이 있을 거라 생각지 못했소.
그게 가능하다면 당신이야말로 그럴 거요.
또는 당신에 대한 내 진실, 내 진심이
그처럼 쭉정이 없는 순수한 사랑의 짝,
무게가 똑같은 내 짝을 만났다는
설득과 함께 확신만 생기면 얼마나
기뻐 뛰겠소! 하지만 아아, 나는
순수함 자체의 진실처럼 진실하며,
갓 태어난 진실보다 순수하오!
크레시다 그건 당신과 겨루겠어요.
트로일로스 오, 옳은 싸움,
누가 가장 옳은지 옳음끼리 다투는 것!
미래 세상에서는 사랑하는 사내들이
트로일로스를 표준 삼아 진심을 밝힐 거요.
호소, 맹세, 굉장한 비교로 가득 차 있는
저들의 시구에 알맞은 비유가 없어,
'강철처럼 진실하며, 초목이 달에게처럼,
해가 낮에게처럼, 비둘기가 짝에게처럼,
쇠가 자석에게처럼, 지구가 중심에게처럼'—
이렇게 되풀이되는 피곤한 진실 게임—
하지만 진실에 대한 온갖 비유 중
'트로일로스처럼 진실하다'는 비유만이
그 시를 드높이고 신성하게 만들 거요.
크레시다 예언이 되겠네요! 제가 거짓되거나
머리카락만큼이라도 진실에서 벗어나면,
시간이 늙어 자기를 잊고, 물방울이

트로이의 돌을 뚫고, 눈먼 망각이
성읍들을 삼키고 커다란 나라들이
흔적 없이 닳아서 진토가 되었을 때
기억은 남아, 연애하는 거짓된 여자끼리
내가 거짓되었다고 욕해도 좋아요!
'공기처럼, 물처럼, 바람처럼, 모래처럼,
양에게 여우처럼, 송아지에게 늑대처럼,
사슴에게 표범처럼, 아들에게 계모처럼'
그러고는 거짓의 과녁을 찌르듯이
'크레시다처럼 거짓되다.' 해도 좋아요.

판다로스 됐소. 계약이 성립됐소. 인장을 찍어요. 내가 증인
되겠소. 자, 이렇게 왕자님 손을 잡고, 여기 조카의
손이 있소. 두 사람을 짝짓느라고 내가 무진 애를
썼으니까 언제라도 서로에게 거짓되면 모든 가련한
중매쟁이는 세상의 끝 날까지 내 이름을 따서 '팬더'라
해도 좋소.[80] 변심을 하지 않는 모든 사내는
트로일로스라 하고 모든 거짓된 여자는 크레시다라
하기요! '아멘' 하시오.

트로일로스 아멘.

크레시다 아멘.

판다로스 아멘. 그럼 이제 침대가 있는 방으로 인도하겠소.
그 침대는 두 사람의 즐거운 만남을 발설하지 않을
테니, 망가지도록 눌러대시오. 자, 가요.

[트로일로스와 크레시다 퇴장]

이제 큐피드가 말없는 처녀에 대한 벌로
침대, 방, 뚜쟁이, 전부를 마련해주길! [퇴장]

## 3. 3

[주악. 아가멤논, 율리시스, 네스토르, 디오메데스,
아이아스, 메넬라오스, 칼카스 등장]

칼카스 그러면 왕공님들, 마침 때가 적당하여
제가 해드린 일에 대해 큰 소리로 보상을
요청하는 바이오. 미래를 내다보고
트로이를 버리고 재산을 팽개치고
배신자란 오명을 얻고 확실한 안전과
재산의 안락에서 의심쩍은 운수에
자신을 노출시켜, 시간과 교제와
관습과 지위가 내 성격에 가장 친숙히
길들여놓은 일체를 앗아간 사실을
유념하시는가요? 그래서 이곳에
당신들을 돕느라고 갓 태어난 듯이
아무도 모르는 낯선 자가 되었소.
청컨대 여러 약정 중에서 이제
나에게 작은 것이나마 허락하여
맛이라도 봬주시오. 당신들 말은
약속의 이행만이 남았다 했소.

아가멤논 트로이인, 무엇을 원하는가? 요청하라.

칼카스 어제 안테노르란 트로이 포로를 잡았소.
트로이가 매우 중히 여기는 사람이오.
내 딸 크레시다를 중요한 포로와
바꾸겠다 하셨는데 지금껏 성사되지 못했지만
이 사람은 저들 작전의 기본이라
그의 통제 없이는 군대 간의 조화가
지연되기 마련이오. 그와의 교환을 위해
왕의 적자, 프리아모스의 친아들까지
내줄 정도요. 왕공들, 그를 보내면
내 딸 값이 될 거요. 그 애가 오면
나 자신이 원해서 취한 수고의 값이
모두 변제됩니다.

아가멤논 디오메데스, 데려가고
데려오시오. 칼카스의 요청을 들어주겠소.
디오메데스, 이번의 교환을 위해
마땅히 준비를 갖추시오. 동시에 내일
헥토르의 도전에 응할 것을 알리시오.
아이아스가 기다리오.

디오메데스 그렇게 하겠소. 이 일은 내가
자랑스레 감당할 책임이오.

[디오메데스와 칼카스 퇴장]

[아킬레스와 파트로클로스가 그들 막사
입구에 등장]

율리시스 아킬레스가 자기 막사 입구에 섰소.
장군은 그를 잊은 듯 모른 척하고
지나가시오. 그리고 왕공들도 모두들
우연인 듯 흘낏 보시오. 맨 뒤에
내가 가겠소. 왜 그처럼 흘겨보느냐,
하고 내게 물을 거요. 그렇게 되면,

80 영어에서 '뚜쟁이'를 'pander'라고 하는데 이는 바로 '판다로스'라는 인명에서 나온 말이다.

당신들의 냉랭한 태도와 그의 교만을
중재해줄 조롱의 약을 마련했으니
스스로 마시고 싶은 마음이 들게 하겠소.
약효가 좋을 거요. 교만은 교만밖에
제 꼴을 보여줄 거울이 없고 굽힌 무릎은
오만을 길러주나 교만의 보답이오.

아가멤논 당신 계획에 따라 지나가면서
모른 척하는 태도를 취할 터이오.
각자 그리하시오. 인사를 안 하고
멸시하듯 대하면 보지 않는 것보다
충격이 클 거요. 내가 앞서 가리다.

아킬레스 [파트로클로스에게]
장군이 나와 말하려고 오는가?
당신도 알지. 난 트로이와는 안 싸워.

아가멤논 [네스토르에게]
아킬레스가 뭐래요? 우리와 볼일이 있소?

네스토르 대감, 장군님과 볼일이 있소?

아킬레스 아니오.

네스토르 없답니다.

아가멤논 다행이군. [아가멤논과 네스토르 퇴장]

아킬레스 [메넬라오스에게] 안녕하쇼? 안녕하쇼?

메넬라오스 어떠쇼? 어떠쇼? [퇴장]

아킬레스 흠, 오쟁이 진 녀석이 나를 비웃어?

아이아스 재미 어떤가? 파트로클로스!

아킬레스 안녕하쇼? 아이아스.

아이아스 허!

아킬레스 안녕하쇼?

아이아스 예. 내일도 잘 있으시오. [퇴장]

아킬레스 이자들이 왜 이래? 아킬레스를 몰라봐?

파트로클로스 뻣뻣이 지나가오. 마냥 굽실대고
아킬레스에게 미소를 먼저 보내고
거룩한 제단으로 기어오듯 겸손하게
굴곤 했는데.

아킬레스 내가 갑자기 가난해졌나?
높은 자와 운수가 사이가 벌어지면
남들과도 그렇게 되지. 추락이 무언지는
자신의 느낌뿐 아니라 남의 눈빛에서도
금방 읽을 수 있어. 사람이란 나비처럼
분 바른 날개를 여름에만 보여주며
사람은 단지 사람이란 이유로
명예가 생기지 않고, 명예, 부, 특혜처럼
자격에 못지않게 우연의 선물인
외부의 명예들에 주어지는 것으로,
미끄러운 자리에 서 있던 만큼
거기 의존했던 호의도 똑같이 미끄러워
서로 붙들고 추락하여 그 와중에서
같이 죽는 것이지만 나는 다르다.
운수와 나는 사이가 좋아 모든 소유를
한껏 즐기지. 저들의 표정은 예외로군.
전에는 늘 존경의 시선을 보내더니
지금은 내게 무언가 보지 못할 게
있는 것 같다. 율리시스가 오는군.
글 읽는 걸 중단시키겠다.
안녕하쇼, 율리시스!

율리시스 오, 여신의 아들![81]

아킬레스 무얼 읽으시오?

율리시스 이 이상한 자에 의하면
사람이 제 아무리 재주를 타고나고
아무리 안팎으로 가진 것이 많아도,
남에게 반영되지 않고는 가진 걸
가졌노라 자랑도, 깨닫지도 못한다 하오.
그가 가진 미덕이 남들에게 비추어서
그들이 열을 받아 다시금 본인에게
되비추는 것이오.

아킬레스 이상할 것도 없소.
제 얼굴의 미모는 당사자는 모르되
남들의 눈에서 칭찬을 자아내오.
감각들 중에서 가장 순수한 눈은
자기를 떠나지 않는 한 스스로를
못 보지만 눈과 눈이 마주보며
상대방의 모습을 기뻐하며 반기지요.
시각은 자신을 볼 수 있는 데에서
제 모습을 보기 전엔 자신의 모습을
보지 못하오. 조금도 놀랍지 않소.

율리시스 늘 듣는 소리라 그 말이 심오하진
않지만, 의도가 수상하오.
이 사람이 명백히 밝히는 것은
혼자서는 좋은 점이 많다고 해도

81 아킬레스는 인간인 아버지와 물의 요정 테티스(바다의 여신 테티스와 혼동되곤 함)의 아들이었다.

그 능력을 남들에게 전하지 못할 경우
그 무엇의 주인도 될 수 없으며
그 혜택을 입은 남들의 칭찬 속에
나타나는 그 모습을 보기 전에는
저 자신은 그것들을 모른다 하니, 그런 장점은
건물의 아치처럼 메아리치거나
햇빛 속의 철문처럼 그 모습과 더운 열을
반사하지요. 이를 곰곰이 생각하다
바로 떠오른 것이 무명의 아이아스요.
옳거니! 놀라운 사람이 있구나!
자신의 진가를 모르는 명마로구나!
자연이여! 극히 천해 보여도 실제로는
귀중한 것이며, 사람 눈에 귀중해도
실제로는 하찮것없으니, 아이아스가
명예를 얻는 것을 내일 목도하리로다!
순전한 우연이 그에게 준 기회로다.
오, 하늘이여, 어떤 자가 버려둔 일을
어떤 자는 행하도다! 어떤 자는 변덕스런
운수의 전당 안에 슬그머니 기어들고
어떤 자는 운수 앞에 멍청이가 되누나!
게으른 자의 교만이 굶주릴 동안
다른 자가 그자의 명예를 파먹는다!
그리스 장군들의 못난 꼴! 벌써부터
바보 아이아스의 어깨를 두드려준다,
그의 발이 용맹한 헥토르의 가슴을 밟아
위대한 트로이가 비명을 질러댄다는 듯이.

아킬레스 정말이군. 구두쇠가 거지 옆을 지나가듯
옆으로 지나가며 좋은 말도 시선도
내게 주지 않았소. 공적을 잊었는가?

율리시스 장군, 시간은 배낭을 지고 있는데
잊힐 공적들이 그 속에 들어 있소.
배은망덕이라는 거대한 괴물이오.
그것의 찌꺼기는 지난날의 선행인데
행하는 즉시 삼켜버려 잊히기 마련이오.
친애하는 장군이여, 오래 참는 인내는
명예를 빛내주나 과거의 공적은
녹이 슨 갑옷처럼 놀리는 비석 위에
볼품없이 걸려 있소.[82] 빠른 길을 택하시오.
두 사람이 빠져나갈 좁은 길을 명예가
달리고 있소. 그러니 길을 따라가시오.
경쟁이란 수많은 사나이가 꼬리 물고
추격하는 것이오. 당신이 비키거나
곧바른 길에서 옆으로 벗어나면
둑을 넘은 밀물처럼 모두들 몰려들어
당신을 맨 뒤로 뒤처지게 하거나
선두를 달리다 쓰러진 준마처럼
못난 꼴찌가 짓밟는 길바닥이오.
따라서 과거에는 당신에게 뒤졌었지만
현재에 하는 일로 당신을 능가할 거요.
약삭빠른 여관집 주인처럼 시간은
떠나는 손님을 대강 악수해 보내고
오는 손님 놓칠세라 양팔을 벌려
붙드는 거요. 환영은 언제나 웃고
작별은 한숨 속에 떠나니, 아아, 덕성은
과거에 대한 보상을 요구하지 못하오.
아름다운 모습이나 지적인 능력이나
귀한 가문, 뼈대의 힘, 나라에 대한 공훈,
사랑, 우정, 자선—이 모든 것들이
시기하고 중상하는 시간의 대상이오.
인정은 묘해서 온 세상이 하나처럼
옛것들을 합쳐서 만든 것이라 해도
새로 나온 물건이면 한소리로 칭찬하고
먼지 앉은 금박보다 금빛이 조금 도는
먼지 부스러길 찬양하는 법이오.
오늘의 눈은 오늘의 대상을 칭찬하니,
완벽한 위인이여, 모든 그리스인이
아이아스 떠받드는 사실에 놀랄 것 없소.
서 있는 사물보다 움직이는 사물이
눈을 끄는 법이오. 한때는 환호했고
아직 그럴지 모르며 다시금 그럴 수 있소.
살아 있는 당신이 무덤 속에 안 묻히고
명성을 막사 속에 안 가두면 말이오.
당신의 화려한 무공은 최근까지
전장에서 신 가운데 경쟁심을 유발하여
위대한 군신까지 패싸움에 휘말렸소.[83]

아킬레스 나의 칩거는 분명한 이유가 있소.

82 쓰지 않아 녹이 슨 갑옷을 잊힌 행적의 기념물 위에 걸어두어 놀림감을 삼는 것.

83 신들도 사람들 틈에 섞여 그리스나 트로이 편이 되어 싸웠는데, 군신(마르스)은 트로이 편이 되어 사람 꼴을 하고 싸우다 다치기도 했다.

율리시스 하지만 이유인즉, 개인적인 문제보다
강하고 영웅적이오. 프리아모스의 딸 하나[84]를
사랑한단 말이 있소.
아킬레스 허! 그런 말이?
율리시스 당연하오.
사물의 핵심에는 소문이 결코
간섭하지 못하는 신비가 숨어 있어
말이나 글에 의한 표현을 초월하는
신성한 힘이 작용하여, 당신이
트로이와 벌이는 거래 일체가
당신과 똑같이 우리가 아는 바니,
폴리크세네보다는 헥토르를 눕히는 것이
아킬레스에게 잘 어울릴 터이나
소문이 우리 섬들에 나발을 불어대고
그리스 처녀들이 춤추며 노래하길,
'아킬레스는 위대한 헥토르의 여동생을 얻었으나
위대한 아이아스가 그를 넘어뜨렸다'고 할 터이니
고향에 있는 당신 아들 피로스[85]가 상심할 거요.
잘 있으시오. 친구로서 말하오.
당신이 깨트릴 얼음판을 멍청이는 스칠 뿐이오. [퇴장]
파트로클로스 내가 이미 그런 뜻을 귀띔해줬소.
사내처럼 되어서 젠체하는 여자도
행동의 순간에 여자 같은 남자보다
욕을 덜 먹죠. 내가 욕을 먹는 것은
내가 전쟁을 싫어하고 당신이 너무
나를 좋아해 전쟁을 피한다는 것이오.
대감, 일어나요. 나약한 장난꾼 큐피드가
당신의 목에서 사랑의 팔을 풀고
사자의 갈기에서 이슬방울 떨어지듯
공중에 흩어지겠소.
아킬레스 아이아스가 싸울 텐가?
파트로클로스 그렇소. 그로 인해 명예를 드높일 거요.
아킬레스 내 명성이 달린 걸 느낄 수 있다.
내 이름이 깊이 찔렸다.
파트로클로스 그럼 조심하시오.
자신에게 가한 상처는 잘 낫지 않아요.
필요한 일인데도 소홀히 하는 것은
위험에게 백지 수표를 주는 격이오.
위험은 열병처럼 햇볕 속에 한가롭게
앉았을 때도 교묘히 곪아들죠.
아킬레스 테르시테스를 이리로 불러와라.
그 광대를 아이아스에게 보내 시합 후에
적의 장수들에게 우리의 벗은 몸을
보여주겠다. 아이 밴 여자의 변덕처럼
속 쑤시는 욕망이 꿈틀거린다.
평상복 차림의 위대한 헥토르를 보고
더불어 이야기하고 얼굴 전부를
정면으로 보고 싶다.
[테르시테스 등장]
수고를 덜게 됐군!
테르시테스 놀라운 일이오!
아킬레스 무슨 일인데?
테르시테스 아이아스가 전쟁터를 오르내리며 일 볼 데를
찾아다니오.
아킬레스 왜 그러지?
테르시테스 내일 그 사람이 헥토르와 일대일로 붙게 됐는데
영웅 같은 몽둥이질에 미리부터 자신이 만만하여
허튼수작을 내뱉고 있소.
아킬레스 어째 그럴 수 있나?
테르시테스 아, 그 사람이 공작새처럼 폼 잡고 왔다 갔다,
섰다 걷다 하면서, 계산밖에 할 줄 모르는 골 빈 객줏집
아낙처럼 생각에 잠겨 눈을 부릅뜨고 입술을 깨문
꼴이 '머릿속의 지혜가 나와만 봐라'는 둔데 과연
그렇소. 하지만 부싯돌의 불처럼 너무 차게 잠겨 있어
때리기 전엔 나타나질 않아요. 그자 볼 장 다 봤소.
헥토르가 시합에서 그자 목을 분지르지 않으면 저 혼자
우쭐해서 제 목을 분지를 판이오. 나를 몰라보데요.
"안녕하소, 아이아스!" 하니까 "고맙소, 아가멤논"이
대답이데요. 나를 사령관으로 알고 있는 그자를 어찌
보시오? 육지에 사는 물고기가 되었소. 말도 모르는
괴물이오. 염병할 놈의 평판! 가죽조끼처럼 안팎으로
뒤집어 입을 수 있는 못된 거요![86]
아킬레스 당신이 그에게 내 말 전하러 가야겠다.
테르시테스 누구, 나요? 그자는 아무한테도 대답하지 않아요.
직분이 무대답이오. 말은 거지가 하는 거죠. 칼에 혀가
있는 자요. 흉내를 낼 테니, 파트로클로스가 나한테

84 '폴리크세네'라는 공주를 아킬레스가 사랑하였다.
85 아킬레스의 어린 아들로서 훗날 트로이전쟁에 참가했다.
86 안팎이 따로 없어 뒤집어 입을 수 있는 가죽조끼처럼 아이아스에 대한 평가가 멍청이에서 영웅으로 뒤바뀐 것을 풍자한다.

뭐든지 청하면 아이아스가 어쩌는지 보여드리죠.

아킬레스 파트로클로스, 그에게 가라. 용맹한 아이아스에게
용감한 헥토르를 무장 없이 막사로 초대하고 싶다고
내가 공손히 아뢴다 하고, 가장 도량이 크고 저명하며
예닐곱 번 경하를 받았으며 그리스 군의 총사령관인
아가멤논으로부터 그의 신병의 안전을 보장할 것을
허락받을 것이라 하라. 그렇게 해보라.

파트로클로스 제우스여, 위대한 아이아스를 축복하소서!

테르시테스 "에헴!"

파트로클로스 존엄한 아킬레스가 보내서 왔소.

테르시테스 "흠!"

파트로클로스 아이아스 장군께서 자신의 막사로 헥토르를 초대해
주시길 공손히 청하오며—

테르시테스 "에헴!"

파트로클로스 또한 아가멤논으로부터 안전 보장을 얻어주시길
원하옵니다.

테르시테스 "아가멤논?"

파트로클로스 예.

테르시테스 "흠!"

파트로클로스 어찌 생각하십니까?

테르시테스 "잘 가라. 진심이다."

파트로클로스 대답이 무엇인가요?

테르시테스 "내일이 맑게 개면, 열한 시까지는 이리 되든
저리 되든 끝장이 날 거다. 어떻게 되든 그 사람이
내게 이기기 전에 내게 값을 치러야 한다."

파트로클로스 대답이 무엇인가요?

테르시테스 "잘 가라. 진심이다."

아킬레스 허, 저 사람 성질이 그게 아닌데. 안 그런가?

테르시테스 예. 하지만 성질이 저렇게 뒤바뀐 거죠. 헥토르가
대갈통을 부숴버리면 무슨 소리가 날지 모르지만
확실히 아무 소리도 없을 겁니다. 풍각쟁이 아폴로가
저 사람의 힘줄로 깡깡이 줄[87]을 만들면 모르겠지만.

아킬레스 즉시 저 사람에게 내 편지를 전달하라.

테르시테스 저 사람 말에게 딴 편지 갖다 주라 하시오.
그 짐승이 저 사람보다 똑똑하니까요.

아킬레스 휘저은 샘처럼 내 마음이 일렁댄다.
나 자신도 그 바닥을 볼 수 없구나.

[아킬레스와 파트로클로스 퇴장]

테르시테스 당신 마음의 샘물이 다시금 맑아져서 내 노새에게
샘물을 먹일 수 있으면 좋겠군! 저따위 기운 센
무식쟁이보다 차라리 양털에 박힌 진드기가 되겠다! [퇴장]

## 4. 1

[한쪽 문으로 아이네이아스와 횃불을 쳐든 사람 등장.
다른 쪽 문으로 파리스, 데이포보스, 안테노르,
디오메데스, 기타 여럿이 횃불들을 들고 등장]

파리스 여보시오! 거기 누구요?

데이포보스 아이네이아스 대감이오.

아이네이아스 왕자도 직접 이리 오셨소?
파리스 왕자, 당신처럼 오랫동안
뒹굴 만한 핑계가 있으면 좋겠소.
신의 일 아니라면 함께 자는 사람을
그처럼 쉽게 떠나지 않을 테죠.

디오메데스 내 생각도 그렇소. 아이네이아스, 안녕하시오?

파리스 용맹한 그리스인과 악수하시오.
이 양반이 싸움터에서 일주일 내내
자기를 따라다닌다고 뇌까렸는데,
장본인을 보시오.

아이네이아스 용맹한 이, 회담에서
모든 일을 논의할 때 강건하기 원하나,
무장 중에 만난다면 마음이 계획하거나
용기가 행할 만큼 새카만 악감을 보여주겠소.

디오메데스 그 마음, 그 용기, 모두 받아들이오.
지금 우리 혈기가 가라앉아 있으니
그동안 강건하오! 그러나 싸울 때면
당신 목숨 노리는 사냥꾼이 되어서
모든 힘과 지략으로 추격하겠소.

아이네이아스 그때에는 사자 쫓는 형국인데,
사자는 뒤를 보며 달리오. 인간의 정으로
트로이에 오신 것을 환영하오! 부친의 명을 걸고
진심으로 환영하오! 비너스[88]의 손으로
맹세하여, 자기가 죽일 자를 이처럼
지극하게 사랑하는 사람은 다시없겠소.

디오메데스 두 사람 뜻이 같소. 제우스여, 이분을 살려두어,

87 바이올린 같은 악기의 현을 고양이 창자로 만들었다. 아폴로는 현악기를 연주하는 '음악의 신'이기도 했다.

88 아이네이아스의 부친은 안키세스라는 인간이었고 모친은 비너스 여신이었다. 효성이 지극한 아이네이아스는 트로이가 멸망한 후에 늙은 부친을 업고 피난길을 떠났다. 훗날 로마를 건국했다는 신화적 효자 영웅이다.

그 운명이 내 칼에 영광을 못 주면
태양이 일천 번 공회전해라!
적에게 이긴 명예를 위해 뼈마디마다
상처 입혀 내일 그를 죽이게 하소서.
아이네이아스 우리 서로 잘 알고 있소.
디오메데스 그렇소. 서로의 불행을 원하고 있소.
파리스 가장 적대적—신사적 인사이면서
듣던 중 가장 고상한—험악한 우정이오.
이토록 일찍이 무슨 일이오?
아이네이아스 왕에게 오라는 명인데, 이유는 모르오.
파리스 내가 그 뜻 알려주겠소. 이 그리스 장군을
칼카스 집에 인도하여 안테노르를 놔준 값으로
어여쁜 크레시다를 넘겨주려는 것이오.
우리와 함께 가거나, 원하면 먼저
거기로 달려가오. [아이네이아스에게 방백]
내 짐작이 그러하오.
짐작이 아니라 확실한 일로 알고 있소.
트로일로스가 오늘 밤 거기서 지내오.
그를 깨워 우리가 온다고 알려주고
그 이유를 다 말하시오. 우리가 몹시
반갑지 않을 거요.
아이네이아스 [파리스에게 방백] 물론이오. 트로일로스는
트로이에서 크레시다를 가져가는 것보다
그리스가 트로이를 가져가길 원할 거요.
파리스 [아이네이아스에게 방백]
어쩔 수 없소. 형편상 그럴 수밖에 없는
처지요. 먼저 가시오. 뒤따르겠소.
아이네이아스 모두 편히 오시오. [횃불 든 하인과 함께 퇴장]
파리스 디오메데스, 말하시오. 진심으로,
건실한 우정의 정신으로 말해주시오.
당신이 보기에 누가 헬렌을 가질 자격이 있소?
나요, 메넬라오스요?
디오메데스 둘이 똑같소.
그녀의 오점을 조금도 개의치 않고
그런 지옥 같은 고난과 비용을 마다 않고
그녀를 원하는 자는 자격이 있소.
그녀를 방어하는 당신도 숱한 재물,
친구를 잃으면서도 그녀의 수치를
전혀 안 느끼니 그러한 자격이 있소.
바람맞은 그자는 김빠진 술찌끼라도
먹겠다고 보채는데 바람둥이 당신은
화냥년의 몸에서 대 이을 자손을
기꺼이 얻겠다고 나서고 있소.
둘의 공과를 달아보니 무게는 같되
그자가 화냥년 값에 비해 좀 더 무겁소.
파리스 제 나라 여인에게 너무 가혹하시오.
디오메데스 조국의 독약이오. 내 말 들어보시오.
그녀의 음탕한 핏방울 한 개마다
그리스 사람의 목숨이 스러지고
그녀의 썩어빠진 몸뚱이 조각마다
트로이 사람이 죽었소. 그녀 평생에
그리스인과 트로이인이 죽은 만큼
좋은 말을 뱉어내지 못하였소.
파리스 디오메데스, 하는 말이 장사치 같소.
사려는 물건을 욕하니 말이오.
하지만 우리는 묵묵히 칭찬을 삼가오.
우리가 팔려는 것을 떠벌리지 않지요.
이쪽으로 갑시다. [모두 퇴장]

## 4. 2

[트로일로스와 크레시다 등장]
트로일로스 여보, 일어나지 말아요. 아침 공기가 차요.
크레시다 그럼, 여보, 숙부를 오시라 해서
대문을 열어 달래요.
트로일로스 폐가 되어요.
자리로 가요! 저 예쁜 눈들을 잠으로 감겨
아무런 생각 없는 아기처럼 당신의 넋을
살짝 가두면 좋겠소!
크레시다 그럼 조심해 가셔요.
트로일로스 자리로 가자니까요!
크레시다 내가 싫어지셨죠?
트로일로스 오, 크레시다! 종달새 소리에 잠을 깬
수선스런 태양이 시끄러운 까마귀를
깨우지 않고 꿈꾸는 밤이 이 기쁨을
숨기는 동안 당신을 안 떠나겠소.
크레시다 밤이 너무 짧았어요.
트로일로스 밤이란 마녀가 밉소!
악한 음모꾼들에겐 지옥처럼 길지만
사랑의 팔에서는 순식간에 달아나요.
감기가 들면 나를 탓하겠어요.

크레시다 잠깐만 기다려요. 당신네 남정들은
기다릴 줄 모르더라. 오, 못난 크레시다!
그냥 버틸걸. 그럼 당신도 기다렸겠지.
쉿! 누군가 일어났어요.
판다로스 [안에서] 왜 문이 열렸지?
트로일로스 당신 숙부요.
크레시다 노인이 주책이야! 이제 나를 놀려댈 거요.
인생이 귀찮아질 테지.
[판다로스 등장]
판다로스 저런! 저런! 쯧쯧쯧, 처녀 값이 얼마나 되나?
저기 저 처녀! 우리 크레시다 어디 있나?[89]
크레시다 그만둬요! 놀려대는 못된 숙부님!
그러라고 하고는—놀려대는 거예요?
판다로스 뭘 하랬어? 뭘 하랬어? 대답해보지 그래. 내가
너한테 뭘 하랬어?
크레시다 그만둬요. 엉큼한 양반! 착한 사람 되긴 다
틀렸고, 딴 사람도 그런 줄 알아요.
판다로스 하하하! 오오, 불쌍하구나! 불쌍한 밥통이야!
간밤에 자질 못했나? 장난 심한 사내가 자질
못하게 했나? 그런 놈은 도깨비가 채가라!
크레시다 말하지 않던가요? 죽으면 좋았을걸!
[안에서 문 두드리는 소리]
문에 누가 왔나요? 숙부님, 가보세요.
당신은 다시 내 방에 들어가요.
딴짓하나 보다 하고 웃고 놀리는군요.
트로일로스 하하하하!
크레시다 잘못 아셨어요. 그런 생각 없다고요.
[안에서 문 두드리는 소리]
다급히 두드리네! 들어가 계셔요.
트로이 절반을 줘도 당신이 있는 걸
알리지 않겠어요. [트로일로스와 크레시다 퇴장]
판다로스 누가 왔나? 웬일인가?
문을 부술 작정인가? 어라, 무슨 일이오?
[아이네이아스 등장]
아이네이아스 안녕하쇼? 대감, 안녕하쇼?
판다로스 이게 누구요? 아이네이아스 대감이군! 정말이지
당신인 줄 몰랐소. 이렇게 일찍 웬일이오?
아이네이아스 트로일로스가 여기 있지 않소?
판다로스 여기? 뭘 하게요?
아이네이아스 여기 있소. 없다 하지 마시오.
나를 만나는 것이 아주 몹시 긴요하오.
판다로스 여기 있단 말씀이오? 나도 모를 일이오. 맹세코
정말이오. 나로 말하면 뒤늦게 왔소. 무슨 일로
그 사람이 여기 있겠소?
아이네이아스 그런 소리 그만두쇼! 당신은 모르지만 그에게
해를 끼치는 짓이오. 그를 배반하는 만큼 그에게
충성하는 일이 되오. 당신은 그에 대해 모른다고
합시다. 하지만 어쨌든 그분을 데려와요. 자, 어서.
[트로일로스 등장]
트로일로스 무슨 일인데 그러시오?
아이네이아스 왕자님, 인사드릴 여유조차 없군요.
일이 너무 급해서요. 형님이신 파리스와
데이포보스, 그리스 군의 디오메데스,
그리고 풀려난 우리 안테노르가 지척에
와 있는데 그 사람 풀어준 값으로
첫 제사 올리기 전 이 시간 안에
크레시다 아가씨를 디오메데스 손에
넘겨야 하오.
트로일로스 누가 그렇게 결정했소?
아이네이아스 프리아모스 왕과 트로이 추밀원이오.
그들이 지척에 있소. 곧 실행에 옮길 거요.
트로일로스 성취를 하자마자 조롱을 받누나!
가서 만날 테니 우리가 우연히 만났다 하고
여기서 나를 봤다고 하지 마시오.
아이네이아스 좋습니다, 왕자님. 자연의 비밀은
침묵이 가장 좋은 재주가 되오.
[트로일로스와 아이네이아스 퇴장]
판다로스 이럴 수 있어? 얻자마자 잃긴가?
안테노르 놈, 마귀가 떼 가라! 왕자가 미치겠다.
염병할 안테노르 놈! 모가질 분지르지 않고!
[크레시다 등장]
크레시다 무슨 일인가요? 누가 여기 왔었지요?
판다로스 아아, 아아!
크레시다 왜 그런 한숨이죠? 서방님 어딨어요?
갔나요? 숙부님, 도대체 무슨 일이죠?
판다로스 지금은 땅을 밟고 섰지만 땅에 깊이 묻히면
오죽 좋겠니!
크레시다 오, 하느님! 무슨 일이 났어요?
판다로스 제발 들어가 있어라. 네가 나지 않았다면 좋을

89 크레시다가 이제 처녀가 아니라고 몰라보는 척한다.

뻔했다! 너 때문에 그 사람이 죽을 거란 사실을
미리 알았다. 아아, 가련한 사람! 망할 안테노르!

크레시다 다정한 숙부님, 제발 빌어요. 무릎 꿇고 빌어요.
도대체 무슨 일이어요?

판다로스 이것아, 가야 해. 네가 가야 한다고. 안테노르와
맞바꾸게 됐다고. 아비한테 가야 해. 트로일로스와
헤져야 돼. 그 일로 그 사람이 죽고 말 거야.
치명적인 독약이 될 거야. 못 참을 거야.

크레시다 오, 불멸의 신들이여! 나 안 갈래요.

판다로스 가야만 해.

크레시다 안 갈래요, 숙부님. 나 아빠 잊었어요.
혈통 따위는 알지 못해요.
트로일로스만큼 가까운 친척도, 혈육도,
인간도 없어요. 오, 거룩한 신들이여!
내가 트로일로스를 저버리면 내 이름을
배신의 본보기로 삼으소서! 시간, 폭력,
죽음아, 너희가 아무리 이 몸을 괴롭혀도
굳건한 바탕에 굳게 세운 내 사랑은
모든 것을 끌어당기는 땅덩이의
중심 같구나. 들어가 울겠어요.

판다로스 그래라, 그래라.

크레시다 금빛 머리 쥐어뜯고 고운 뺨 할퀴고
맑은 음성 울어 쉬고 '트로일로스' 부르느라
가슴을 쪼갤 테요. 트로이를 안 떠나요. [두 사람 퇴장]

## 4. 3

[파리스, 트로일로스, 아이네이아스, 데이포보스,
안테노르, 디오메데스 등장]

파리스 해가 중천에 있소. 이 용맹한 그리스인에게
그녀를 넘기기로 예정한 시간이
다가오는 중이오. 착한 아우 트로일로스,
어떻게 할는지 아가씨에게 알리고
서두르라고 일러라.

트로일로스 그녀 집에 들어가시오.
금방 그리스인에게 데려오겠소.
그 사람 손에 그녀를 넘겨줄 때
형은 그 손을 제단으로 생각하고
아우는 제 심장을 도려내어 바치는
사제로 생각하시오. [퇴장]

파리스 [방백] 사랑이 무엇인지 나도 잘 안다.
동정을 하는 만큼 돕고 싶구나.
자, 같이 들어갑시다. [모두 퇴장]

## 4. 4

[판다로스와 크레시다 등장]

판다로스 참아라, 얘야. 참으라고.

크레시다 어째서 나더러 참으라고 하세요?
내가 맛보는 이 슬픔, 너무나 순수하고
완벽하며, 그것의 원인만큼 맹렬하고
매섭게 찔러대요. 어떻게 참아요?
스스로 감정을 달래거나 보다 약한
성격에 알맞도록 물을 탈 수 있다면
그런 물 타기를 이 슬픔에 적용할 테지만
이물질의 혼합을 내 사랑은 거절해요.
그토록 귀한 상실에 내 슬픔도 거절해요.
[트로일로스 등장]

판다로스 여기 그가 오누나. 아아, 원앙 한 쌍!

크레시다 트로일로스! 트로일로스!
[그녀가 그를 껴안는다.]

판다로스 아, 기막힌 두 사람의 모습이구나! 나도 껴안아
보자. "오, 가슴아!"라는 좋은 시구가 있지.
오, 가슴아, 슬픈 가슴아,
어째서 쉴 새 없이 한숨 쉬느냐?
그러니까 대답하길,
우정이나 말로는 네 아픈 속을
조금도 달랠 수가 없어.
이보다 진실한 노래가 없었구나. 아무것도 버릴 게
없어. 사노라면 그런 노랫가락도 필요할 때가 있어.
아무렴 그렇고말고. 그럼 어린양들아!

트로일로스 크레시다, 내 사랑이 너무나 순수해서
차가운 입술들이 읊조리는 기도보다
더 뜨겁게 빛나는 내 사랑에 신들마저
분개한 듯 너를 내게서 앗아가누나.

크레시다 신들도 질투하나?

판다로스 그래, 그래, 너무도 빤한 일이다.

크레시다 내가 트로이를 떠나야 한다는 게 사실이어요?

트로일로스 싫지만 사실이오.

크레시다 그럼 당신에게서도 떠나야 해요?

트로일로스 트로이도 트로일로스도 떠나야 하오.
크레시다 그럴 수 있어요?
트로일로스 그것도 지금 당장.—우연의 칼날은
작별을 밀쳐놓고 쉴 틈을 안 주며
헤집고 지나가고, 두 입술의 재회를
사납게 강탈하며, 우리 둘의 포옹을
우악스레 점거하여 사랑의 맹세를
타고 눌러, 진통의 숨결이 막혀 있소.
수만 번의 한숨으로 서로를 산 우리,
이제 당장 매정한 한 번의 한숨으로
우리 자신을 밑지고 팔아야 하오.
난폭한 시간은 강도처럼 성급하게
훔친 보화를 마구 쓸어 담누나.
하늘의 별처럼 수도 없는 작별을
하나하나 한숨과 키스에 담아
엉성한 고별의 보따리로 꾸리누나.
흐느끼는 눈물의 소금으로 맛이 바뀐
단 한 번의 굶주린 키스만 허락하누나.
아이네이아스 [안에서] 왕자님, 아가씨가 준비했소?
트로일로스 들어보오! 당신을 부르오. 수호신이 '오라!' 하면
당장에 그 사람이 죽는다 하오.
[아이네이아스에게] 참으라 하오. 금방 갈 테니.
판다로스 내 눈물 어디 갔나? 이 바람 재우게 쏟아 내어라.
안 그러면 이 가슴이 송두리째 터지겠다. [퇴장]
크레시다 그러면 그리스 군에게 가야 해요?
트로일로스 별수 없소.
크레시다 즐거운 그리스 사람 중의 구슬픈 크레시다!
언제 다시 만나죠?
트로일로스 내 말 들어보오. 당신 마음이 진실하면.—
크레시다 내가 진실하라고! 이게 무슨 음모죠?
트로일로스 아니오. 서로 간에 착한 말을 써야 하는데
우리에게서 그 희망이 사라져가고 있소.
당신이 걱정되어 '진실'이란 말을 한 게 아니오.
당신 마음속에는 어떤 흠도 없다고,
죽음의 자신에게 도전장을 던질 테요.
하지만 내가 '진실'하라고 하는 건
내가 당신 뒤에 따르는 맹세의 시초요.
진실해요. 당신을 반드시 만날 터이오.
크레시다 당신은 무한하고 직접적인 위험들에
노출되겠죠! 하지만 나는 진실할 테요.
트로일로스 그럼 나는 위험과 친해지겠소. 이 소매[90] 지녀요.
크레시다 당신은 이 장갑을 지니세요. 당신을 언제 만나죠?
트로일로스 그리스 보초들을 뇌물로 타락시켜
밤마다 당신을 찾아갈 테요.
어쨌든 진실하시오.
크레시다 맙소사! 또 '진실'이란 말이네요!
트로일로스 내가 그 말 하는 이유를 들어보아요.
그리스 젊은이는 습관이 우수하여,
타고난 재간에게 사랑이 어울리오.
그리고 학문의 실천이 넘쳐흐르오.
새 사실, 새 인물이 마음을 움직이겠소.
오, 일종의 거룩한 질투[91]인데 당신은
그걸 일러 죄 될 것이 없다 하여 내가 두렵소.
크레시다 오, 하느님! 나를 사랑하지 않아요!
트로일로스 그러면 나는 악한으로 죽어도 좋소!
여기서 당신의 진실을 문제 삼기보다는
내 힘을 말할 뿐이오. 노래도 못 하고
유행 춤도 못 추고 달콤한 말도 못 하고
기발한 놀이도 못 하오. 모두 멋진 재간이오.
그런 일에 그자들은 재빠르고 능란하오.
하지만 그런 멋진 재간 뒤의 침묵 속에
설득하는 마귀가 대단히 교묘하게
꾀는 중이오. 유혹에 빠지지 마오.
크레시다 내가 그럴 것 같아요?
트로일로스 아니오. 하지만 원하지 않는 일이 생길 수
있소. 어떤 때는 우리가 자신에게 마귀가 되오.
변할 수 있다는 걸 알고 있으면서도
나약한 우리 힘을 시험하면 그렇게 되오.
아이네이아스 [안에서] 자, 그럼 왕자님!
트로일로스 키스하고 헤어지오.
파리스 [안에서] 트로일로스!
트로일로스 예, 형님. 이리 오세요.
아이네이아스와 그리스 사람을 데려오세요.

90 셔츠의 소매는 따로 분리될 수 있었는데(지금도 그런 소매가 있다) 소매와 장갑을 사랑의 정표로 주고받았다.
91 '거룩한 질투'는 실상 모순어법이지만, 이는 고린도 후서 11장 2절에서 바울이 "나는 하느님께서 질투하심과 같이 여러분을 두고 질투합니다. 나는 여러분을 순결한 처녀로 오직 한 남편인 그리스도에게 바치려고, 그리스도와 정혼을 시켰습니다"라는 구절에 대한 암시이다.

크레시다 진실할 테죠?
트로일로스 누구, 나요? 진실이 내 결함, 내 결점이오!
남들은 교묘하게 명성을 낚는데
나는 진실로 순진을 낚을 뿐이오.
남들은 교묘하게 구리 관에 금칠 해도
내 머리는 진실과 소박 외에 장식이 없소.
내 진실을 걱정 마오. 내 지혜의 요점은
소박과 진실이오. 그게 전부요.
[아이네이아스, 파리스, 안테노르, 데이포보스,
디오메데스 등장]
어서 오시오, 디오메데스, 안테노르 대신에
넘겨드릴 아가씨가 여기 있소. 성문에서
당신 손에 넘기겠소. 도중에 그녀에 관해
알려드릴 터이오. 대접 잘해주시오.
좋은 그리스인, 혹시 당신 목숨이
내 칼의 자비에 달렸을 때 크레시다란
이름만 대면 당신의 목숨은 일리움의
프리아모스 왕처럼 안전하겠소.
디오메데스 아가씨, 왕자가 기대하는 고맙단 말을
줄이시오. 눈의 광채와 뺨의 천국이
잘 모시길 요망하오. 디오메데스의
여주인이 되시어 전적으로 부리시오.
트로일로스 그리스인, 나를 정중히 대하지 않소.
그녀를 찬양하여 열렬한 내 부탁을
부끄럽게 만드오. 그리스 장군이여,
그녀는 당신의 찬사보다 더 높게 날며
당신은 그녀의 머슴조차 되지 못하오.
그녀를 극진히 모실 것을 요청하오.
엄격한 플루토[92]에 맹세코, 안 그런다면,
우람한 아킬레스가 당신을 경호해도
당신 목을 베겠소.
디오메데스 왕자, 성내지 마오.
특사의 자격으로 자유롭게 발언하는
특권을 내게 주오. 일단 여길 떠나면
마음대로 하겠소. 잊지 마시오.
나는 무슨 청도 따르지 않소. 그녀의
값에 따라 대접하겠소. 당신이 '이래라' 하면
나는 뱃심과 명예를 걸고 '안 된다!' 하겠소.
트로일로스 포구로 가는데, 장군, 잘 들으시오.
그런 허세 때문에 머리를 숨길 때가 많아지겠소.
아가씨, 당신 손을 붙들겠소. 가면서
우리끼리 필요한 얘기만 같이 할 테요.
[트로일로스, 크레시다, 디오메데스 퇴장]
[나팔이 울린다.]
파리스 오, 헥토르의 나팔이다!
아이네이아스 이 아침을 다 보냈군!
게으르고 굼뜨다고 생각하시겠군.
왕자님보다 앞서겠다고 맹세했는데.
파리스 트로일로스 탓이오. 형님과 같이 싸움터로 갑시다.
데이포보스 곧바로 준비합시다.
아이네이아스 옳습니다. 재빠른 신랑의 신선한 걸음으로
헥토르의 뒤꿈치를 가까이 따릅시다.
오늘 우리 트로이의 영광은 그분의
훌륭함과 일대일 결투에 달렸습니다. [모두 퇴장]

## 4. 5

[무장한 아이아스, 아가멤논, 아킬레스, 파트로클로스,
율리시스, 메넬라오스, 네스토르, 기타 등장]
아가멤논 당신은 미리 나와 산뜻한 차림으로
결투의 개시를 용맹스레 기다리오.
무서운 아이아스, 트로이에 큰 소리로
나팔을 울려, 겁먹은 바람으로
강력한 적수의 머리를 꿰뚫어
여기로 불러내오.
아이아스 나팔수, 내 지갑이다.[93]
허파를 터트리고 놋쇠 관을 깨트려라.
녀석아, 한쪽 볼을 힘껏 부풀려
한참 부푼 북풍을 이겨내게 불어라.
가슴을 한껏 펴고 눈이 피를 뿌려라.
헥토르를 불러내는 나팔을 울려라.
[나팔이 울린다.]
율리시스 대답이 없소.
아킬레스 아직 너무 이르오.
아가멤논 디오메데스 아니오? 칼카스 딸과 함께 있소.
율리시스 그렇소. 걸음걸이로 알아보겠소.

92 지하계(하데스)의 신.
93 하인에게 일을 시키고 주인이 돈(팁)을 주는 것이 관습이었다. 아이아스는 자기 나팔수에게 아예 돈주머니를 내준다.

발꿈치로 걸어가며 기백이 넘쳐서
땅에서 야망으로 솟구치지요.
[디오메데스가 크레시다와 함께 등장]
아가멤논 이 여인이 크레시다 아가씨요?
디오메데스 그렇소.
아가멤논 아가씨, 그리스 군에 온 것을 진심으로 환영하오.
[그녀에게 키스한다.]
네스토르 우리 사령관께서 키스로 환영하시오.
율리시스 그러나 그 인사는 사사로운 것인데,
모두가 돌아가며 키스하면 좋겠군요.
네스토르 신사다운 제안이오. 내가 시작하겠소.
[그녀에게 키스한다.]
네스토르는 그만하면 되겠소.
아킬레스 그 겨울[94]을 아가씨 입에서 떼어놓겠소.
아킬레스가 당신을 환영하오.
[그녀에게 키스한다.]
메넬라오스 나도 한때는 키스할 이유가 있었소.
파트로클로스 그러나 지금은 키스할 이유가 없소.
이렇게 대담하게 파리스가 뛰어들어
이렇게 당신과 이유를 갈라놓았소.
[그녀에게 키스한다.]
율리시스 아, 쓰디쓰다! 우리들 모두의 창피한 얘기!
그자의 뿔[95]에 금박을 입히려고 머리들을 잃고 있어.
파트로클로스 처음 것은 메넬라오스의 키스였고
이건 내 거요. 파트로클로스가 키스하오.
[그가 다시 그녀에게 키스한다.]
메넬라오스 멋있구나!
파트로클로스 파리스와 나는 언제나 메넬라오스 대신 키스하오.
메넬라오스 내 몫은 내가 챙길 테요. 아가씨, 괜찮다면—
크레시다 키스할 때 주는가요, 받는가요?
메넬라오스 주고받는 것이오.
크레시다 목숨 걸고 말하는데,
주는 키스보다 받는 키스가 더 좋아요.
그래서 키스가 없는 거예요.
메넬라오스 덤으로 더 주겠소. 한 번 주면 세 번 주오.
크레시다 홀수만 고집하네요. 짝수를 주시든지 그만두세요.
메넬라오스 혼자라고? 인간은 누구나 혼자요.
크레시다 파리스는 아니에요. 당신이 혼자란 걸
자신도 아시는데, 파리스도 당신처럼 유별나지요.
메넬라오스 머리에 한 방 맞았네.
크레시다 절대로 안 그래요.
율리시스 아가씨의 손톱으론 저분 뿔을 못 당하오.
어여쁜 아가씨, 키스를 청해도 되오?
크레시다 그러세요.
율리시스 소원이오.
크레시다 그러면 청하세요.
율리시스 그래서 비너스를 위하여, 헬렌이 정결하게
저분에게 돌아올 때 키스해주오.
크레시다 제가 빚을 졌네요. 때가 되면 청하세요.
율리시스 그럴 날은 없을 게요. 당신의 키스도 없을 터이고.
디오메데스 아가씨, 잠시만. 부친에게 인도하겠소.
[디오메데스와 크레시다 퇴장]
네스토르 재치 있는 여자요.
율리시스 가증한 여자요!
눈과 뺨과 입술들이 말할 뿐 아니라,
발까지도 말하오. 몸짓과 마디마다
음란한 기운을 뿜어내고 있다오.
혓바닥 굴리는 뻔뻔스런 계집들,
미리부터 환호성을 질러대며 달려들어
근질대는 녀석에게 제 속을 활짝
열어 뵈는 쌍것이오! 때도 없이 맞닥뜨릴
지저분한 물건이며 놀음의 딸들이오.
그리 아시오.
[안에서 나팔 소리]
모두 헥토르의 나팔이오.
아가멤논 병사들이 저기 오오.
[주악. 무장한 헥토르, 아이네이아스, 트로일로스,
기타 트로이 사람들이 시종들과 함께 등장]
아이네이아스 그리스의 총사령관, 안녕하시오!
승리하는 사람에게 어찌하겠소?
승리하는 사람을 가려내야 하겠소?
당신들 무사들은 결투의 끝까지
서로 추격하거나 규정에 따르거나
심판의 명에 따라 갈라서게 되는 거요?
헥토르가 물으라 했소.
아가멤논 헥토르는 무얼 원하오?

94 네스토르는 매우 늙어서 열정이 없어 겨울처럼 차갑다는 말.
95 간통한 아내의 남편은 머리에 뿔이 난다고 하는데, 헬레나를 되찾기 위해 그리스 군이 목숨을 잃는다는 것은 메넬라오스의 뿔에 금칠을 하는 짓이나 같다는 야유이다.

아이네이아스 상관없다 하시며 정한 것을 따르겠다 하셨소.
아가멤논 과연 헥토르요.
아킬레스 너무 자신만만하오.
상당히 건방지며, 적수를 대단히
잘못 봤군요.
아이네이아스 아킬레스가 아니면
당신은 누구요?
아킬레스 아킬레스가 아니면
아무것도 아니오.
아이네이아스 그렇다면 아킬레스요.
아무튼 알아두오. 대와 소가 다르듯이
헥토르는 용맹과 자부심이 뛰어나나
사실상 용맹은 무한하다 할 수 있되
자만심은 전혀 없소. 잘 알아보오.
자만처럼 뵈는 것은 예절뿐이오.
아이아스는 헥토르와 피를 나눠 가졌으니[96]
헥토르의 절반은 댁에 있으며,
마음과 팔뚝에서 헥토르의 절반이
트로이와 그리스의 절반인 무사를 찾아왔소.
아킬레스 그러면 피 없는 싸움이오? 잘 알겠소.
[디오메데스 등장]
아가멤논 디오메데스가 돌아왔소. 점잖은 무사,
아이아스 곁에 서시오. 아이네이아스,
결투의 진행에 대하여 합의할 동안
끝까지 싸우거나 운동 삼아 겨루시오.
싸움의 당사자가 친척 간이라
공격이 있기 전에 벌써 반이 끝났소.
[아이아스와 헥토르가 시합장에 들어선다.]
율리시스 벌써 마주 섰소.
아가멤논 저처럼 울적한 트로이 사람이 누구요?
율리시스 프리아모스의 막내인데 진정한 무사요.
다 크지는 않았으나 신의는 매우 높고
행동으로 말하며 말수는 적고,
노여움은 더디되 노하면 진정이 더디고,
마음과 손은 크고 열려 있으며
가진 것을 나눠주며, 속생각을 내보이되
판단이 아량을 어기기 전에는 주지 않으며,
시답지 못한 생각은 입에 담지 않으며,
헥토르처럼 사내답되 조금 더 위험하오.
헥토르는 분노의 불 속에서 나약을 보고
마음을 눅이나, 이 사람은 행동 중에
사랑의 질투보다 악감에 사무치오.
트로일로스라 하는데 헥토르만큼
강건한 두 번째 희망을 형께 두었소.
속속들이 그 청년을 잘 알고 있는
아이네이아스의 말인데, 일리움 궁성에서
내게 직접 들려준 이야기라오.
[경계 신호. 헥토르와 아이아스가 싸운다.]
아가멤논 두 사람의 싸움이오.
네스토르 아이아스, 기운 내시오!
트로일로스 헥토르, 자고 있소. 깨시오!
아가멤논 정확한 타격이오. 그럼, 아이아스!
[나팔들이 멈춘다.]
디오메데스 더 이상은 안 되오.
아이네이아스 그만하면 되겠소.
아이아스 아직 시작도 안 했소. 다시 하기요.
디오메데스 헥토르가 원하면.
헥토르 자, 그만하겠소.
당신은 아버지의 누이의 아들이므로
프리아모스의 혈육이니 내 사촌이오.
혈통의 책임상 우리들 두 사람의
피 흘리는 싸움은 금지되오. 당신은
그토록 그리스와 트로이가 섞여 있어서,
'이 손은 그리스, 이 손은 트로이,
이 다리는 그리스, 이 다리는 트로이,
모친의 피는 오른 뺨에 흐르고
왼 뺨은 부친의 피를 담았다'고 할 터이지만
전능한 신께 맹세코, 이 맹렬한 싸움에서
내 칼의 흔적 없는 그리스인의 팔다리를
절대로 못 가져가나, 정의로운 신들은
당신의 모친이자 나의 고모님께서
당신에게 주신 피를 이 무서운 칼로
한 방울도 흘리지 말라 하시오!
아이아스, 당신과 포옹하겠소.
천둥의 신[97]께 걸어, 팔뚝이 우람하오!
그것들이 헥토르 위에 쏟아지면 좋겠소.
사촌, 모든 명예는 당신 거요!

96 아이아스는 프리아모스의 누이인 헤시어니의 아들로 생각되니 둘은 사촌 사이였다. 1막 2장 13행과 2막 2장 76행 참조.
97 제우스를 뜻한다.

아이아스 고맙소, 헥토르.
당신은 매우 신사답고 관대하오.
당신을 죽이고 당신의 죽음으로
명성의 획을 더하고자 왔던 거요.
헥토르 네오프톨레무스[98]도 그만큼 놀랍지 않았소.
빛나는 방패 위에 '이 사람이 그'라 하며
'명성'이 크게 외치나— 헥토르로부터
명예를 빼앗아 더할 생각은 못 했을 거요.
아이네이아스 당신들이 어찌하려 하는지 양측은
궁금히 여기오.
헥토르 우리가 답하겠소.
결론은 포옹이오. [둘이 포옹한다.]
아이아스, 잘 가시오.
아이아스 그러할 기회가 적으나, 내 소원이
이뤄질 수 있다면 이름난 사촌을
그리스 진영에 모시고 싶소.
디오메데스 아가멤논의 소원이오. 아킬레스도
무장을 벗은 용맹한 헥토르를 보기 원하오.
헥토르 아이네이아스, 트로일로스를 불러주고
트로이 쪽에서 기다리는 이들에게
우정의 만남을 알리고, 돌아가라 하시오.
사촌, 내게 손을 주시오. 가서 함께
먹고 마시고 당신네 무사들을 만나겠소.
[아가멤논과 기타 그리스인들이 다가온다.]
아이아스 아가멤논 사령관이 우리를 만나려고 오시오.
헥토르 높은 분들은 이름을 불러주시오.
그러나 아킬레스는 눈으로 보아서
위엄 있고 우람한 몸집으로 알 수 있겠소.
아가멤논 무술의 모범이여! 그러한 적수가
제거되기 바랄 만큼 환영하오.
그러나 이는 환영이 못 되니 좀 더 분명히
말씀드리오. 과거와 미래는 형체도 모를
망각의 파멸과 쭉정이가 널려 있되
현존하는 이 순간에 진정과 진실이
공허한 거짓들을 깨끗이 걸러내고
거룩한 신실로써 진심의 진심에서
진심으로 환영하오, 위대한 헥토르.
헥토르 엄숙한 아가멤논, 고맙소.
아가멤논 [트로일로스에게]
고명한 트로이 왕자, 서로 같은 마음이오.
메넬라오스 높은 형님 인사를 다시금 확인하오.
용맹한 무사 형제, 오신 것을 환영하오.
헥토르 뉘신가요?
아이네이아스 귀하신 메넬라오스요.
헥토르 오, 귀공! 군신의 철갑[99]으로 감사하오!
꾸밈없는 내 맹세를 멸시하지 마시오.
당신의 이전 처는 비너스 장갑에 맹세코
잘 지내나, 인사를 전하라는 부탁이 없었소.
메넬라오스 그녀는 언급 마시오. 죽음의 원인이오.
헥토르 용서하시오. 언짢은 말이오.
네스토르 트로이 용사, 당신을 자주 보았소.
운명 위해 수고하여 그리스 젊은이의
대열 가운데 잔혹한 길을 내고 있었소.
급한 페르세우스[100]처럼 프리기아[101] 말을 몰고
숱하게 죽은 자와 패한 자를 무시하며
쓰러진 자를 치지 않고 공중에 번쩍
칼을 높이 치켜든 당신을 목격하고
"생명을 나눠주는 제우스가 저기 있다!"
곁에 섰던 사람에게 그리 말했소.
그리스 군 한 떼가 당신을 에워쌀 때
올림포스 역사처럼 잠시 숨을 고르되
얼굴은 언제나 무쇠 속에 갇혀 있어
지금처럼 얼굴을 보기는 처음이며,
당신의 조부를 알고 싸운 적도 있으며
훌륭한 군인이되, 모든 자의 수령인
군신에게 맹세하여, 당신과 같지 않았소.
오, 노인도 당신을 안아보게 하시오.
용사가 우리 막사에 온 것을 환영하오.
아이네이아스 나이 많은 네스토르요.
헥토르 선한 옛 기록의 보존자, 포옹합시다.
시간의 손을 잡고 그토록 오래 걸은
존경하는 네스토르, 기꺼이 포옹합니다.

98 아킬레스의 아들로서, 헥토르도 알 만큼 훗날에 트로이를 멸망시킬 것이라고 예언됐었다.
99 원문에는 무사가 손에 끼던 '무쇠 장갑'을 말하는데 여기서는 이를 던져 도전의 표시로 삼았다.
100 제우스와 다나에의 아들로서 그리스신화에 나오는 영웅. 괴물 메두사의 목을 베어 죽이고 귀국하면서 바다의 괴물로부터 안드로메다를 구출하여 아내로 삼았다.
101 트로이가 수도인 왕국. 지금의 터키 서쪽에 있었다고 전해진다.

네스토르 예절에서 당신과 겨루듯이 나의 팔이
싸움에서 맞수가 된다면 흡족하겠소.
헥토르 그럴 수 있으면 좋겠소.
네스토르 호! 흰 수염으로 맹세코, 내일 싸우고 싶소.
어쨌거나 환영하오! 나도 때가 있었소.
율리시스 우리 옆에 기초와 기둥이 와 있는데
저 성이 어떻게 서 있는지 모르겠군요.
헥토르 율리시스, 당신의 모습을 잘 아오.
오, 허다한 그리스인, 트로이인이 죽었는데
디오메데스와 함께 사신으로 왔을 때[102]
일리움 궁성에서 당신을 처음 보았소.
율리시스 무슨 일이 생길는지 그때 알려드렸소.
아직은 내 예언이 절반만 실현됐소.
구름과 희롱하는 누각들과 성읍 앞에
거만하게 버티고 서 있는 성벽들이
자기 발에 입 맞출 거요.
헥토르 믿을 수 없소.
아직도 건재하오. 점잖게 말해
저 성의 돌마다 그리스인의 핏방울을
요구할 거요. 최후가 왕관의 임자요.
만인의 심판자인 늙은 '시간'이
어느 하루 끝을 낼 거요.
율리시스 시간에 맡기오.
고귀하고 용맹한 헥토르, 환영하오.
사령관 다음에는 나를 만나고
내 막사에서 식사하시기 바라오.
아킬레스 율리시스, 당신보다 내가 먼저요!
헥토르, 당신에게서 내 눈을 떼지 않고
자세히 바라보며 당신의 팔다리를
관찰하였소.
헥토르 말한 이가 아킬레스요?
아킬레스 내가 아킬레스요.
헥토르 똑바로 서시오. 바라보겠소.
아킬레스 실컷 보시오.
헥토르 벌써 다 보았소.
아킬레스 너무나 짧소. 당신을 살 사람처럼 두 번째로
당신의 팔다리를 하나하나 살필 테요.
헥토르 사냥 안내 책자처럼 나를 거듭 읽어보오.
그러나 알 수 있는 것보다 더 많이 들어 있소.
어째서 그런 눈으로 나를 압박하고 있소?
아킬레스 신들이여, 저 몸의 어느 쪽으로
그를 죽게 할까요? 여기요? 저기요?
그리하여 그 상처에 이름을 남겨
헥토르의 위대한 영혼이 나갈 틈을
확정하려 합니다. 신들이여, 답하세요!
헥토르 거만한 자여, 그런 물음에 대답한다면
복된 신들도 믿을 수 없소. 일어나오.
그토록 가볍게 내 목숨을 붙잡아서
정확한 짐작으로 어딜 쳐서 죽일지
미리 말을 하는 거요?
아킬레스 바로 말해 그렇소.
헥토르 당신이 바르게 말하는 신탁이라도
내가 믿지 않겠소. 앞으로 몸조심하오.
당신을 여기서나 저기서나 죽이지 않고
군신의 투구를 주조한 풀무에 걸어
당신을 어디서나 거듭하여 죽일 터이오.
똑똑한 그리스인들, 이런 소리 용서하오.
저자가 거만하여 못난 말을 뱉어냈소.
내 말에 내 행동을 일치시킬 터이오.
그러지 않으면—
아이아스 사촌, 화내지 마오.
아킬레스, 당신도 우연이나 의도가
당신을 그 일로 가져가기 전에는
위협을 삼가시오. 입맛이 당기면
언제라도 헥토르를 볼 수 있고, 사령부도
당신이 그와 다투는 것을 원치 않겠소.
헥토르 싸움터에서 만나기 원하오.
당신이 그리스의 명분을 부인한 이래
우리는 장난으로 싸웠소.
아킬레스 싸우자는 말을 하오?
내일 죽음처럼 무섭게 당신을 만나겠소.
오늘 밤은 친구요.
헥토르 악수로 약속하오.
아가멤논 그리스 대공들, 우선 내 막사에서
실컷 주연을 즐깁시다. 그러고 나서
헥토르의 여유와 당신들의 배포가
서로 일치할 때에 각자 대접하시오.

102 트로이전쟁 초기에 트로이가 영유하는 섬을 점령한 그리스 군이 그 두 사람을 사신으로 보내 헬레나를 되돌려 달라고 하였지만 트로이가 거절했었다.

위대한 용사가 환영을 느끼도록
소고를 크게 치고 나팔을 불어라.
[주악. 트로일로스와 율리시스 이외에 모두 퇴장]
트로일로스 율리시스, 말하시오. 간절히 부탁하오.
이 들판 어디에서 칼카스가 묵나요?
율리시스 존귀한 트로일로스, 메넬라오스의 막사요.
오늘 밤 디오메데스가 저녁을 같이 하오.
그 사람은 하늘과 땅은 아랑곳없이
다만 어여쁜 크레시다에게만
사랑의 눈길을 보내고 있소.
트로일로스 대공, 아가멤논 막사에서 나온 후에
나를 그리로 데려다주면 대공에게
큰 은혜를 입게 되오.
율리시스 요청해도 괜찮소.
차분하게 알려주오. 크레시다가 트로이에서
평판이 어떠했소? 그녀가 사라져서
슬퍼하는 연인은 없소?
트로일로스 오, 자신의 상처를 과시하는 사람은
조롱받아 마땅하오. 함께 걷겠소?
그녀는 사랑받고 그녀를 사랑했고 오늘도 같소.
하지만 달콤한 사랑은 운수의 입에 맞소. [둘 퇴장]

## 5. 1

[아킬레스와 파트로클로스 등장]
아킬레스 오늘 밤 그의 피를 우리 술로 달궜다가
내일은 나의 칼로 그의 피를 식히겠다.
파트로클로스, 정수리까지 퍼 먹이자.
파트로클로스 테르시테스가 오는군요.
[테르시테스 등장]
아킬레스 시기심의 뿌리야,
온 세상의 뾰루지야, 무슨 일로 왔느냐?
테르시테스 겉보기만 그럴듯한 그림자야, 바보 숭배에 흠뻑
빠진 녀석들의 우상인 당신한테 편지 왔다.
아킬레스 이 찌꺼기야, 어디서 왔냐?
테르시테스 바보가 듬뿍 담긴 접시야, 트로이에서 왔다.
[아킬레스가 편지를 읽는다.]
파트로클로스 그러면 막사는 누가 지키나?
테르시테스 의원의 약통, 또는 환자의 상처야.
파트로클로스 뒤집는 말이구나! 그따위 말장난은
어째서 하냐?[103]
테르시테스 애송이, 아가리 좀 닥쳐라. 너하고 수작해야
생길 게 없어. 네가 아킬레스의 사내 하인이라며?
파트로클로스 사내 하인?[104] 망할 녀석! 그게 무슨 말이야?
테르시테스 그자의 남자 갈보란 말이다. 남방의 매독, 복통,
탈장, 비염, 콩팥에 돌 박혀 등골 쑤시는 병, 뇌졸중,
팔다리 마비, 속눈썹 찔려서 쓰라린 눈알, 개흙처럼
문드러진 간, 헐떡이는 해수병, 종양이 들어찬 방광,
요통, 따끔대는 손바닥 버짐, 낫지 않는 뼛골 통증,
오그라든 살가죽의 만성 피부병, 해괴하고 망측한
짓거리[105]를 온 천하에 까발려라!
파트로클로스 야 이놈, 망할 놈의 시기심 보따리, 그런 욕질
해대는 이유가 뭐냐?
테르시테스 내 욕질 귀담아듣냐?
파트로클로스 천만에. 망가진 술통아. 꼴도 보기 싫은 갈보 똥개,
절대 듣지 않는다.
테르시테스 아니야? 그럼 어째서 화 내냐? 하찮고 쓸데없는
명주실 뭉치, 병난 눈에 덮어놓은 시퍼런 명주 조각,
탕자의 돈주머니 끄나풀 같은 놈아, 네가 화를 내?
아, 가련한 이 세상에 저런 하루살이, 싸라기 같은
것들이 들끓는단 말이야!
파트로클로스 쓸개야, 꺼져.
테르시테스 새알 같으니!
아킬레스 정다운 파트로클로스, 내일 있을 전투의
커다란 목적을 버릴 수밖에 없다.
헤카베 왕비의 편지가 있으며
사랑하는 공주의 정표도 있는데
내 맹세를 지키라고 두 사람이 엄숙히
경고하지만, 나는 맹세대로 하겠다.
그리스가 망하든, 명성이 사라지든,
명예가 없어지든, 맹세는 그것이다.
그러겠다. 테르시테스, 막사를 정리해라.
오늘 밤 내내 잔치로 보내겠다.
가자, 파트로클로스! [아킬레스와 파트로클로스 퇴장]
테르시테스 혈기는 너무 세고 골은 너무 비었으니 저 두 놈이

103 우리말로 번역이 불가능한 말장난이 오고 간다.
104 '사내 하인'은 동성애의 상대역을 하는 남자를 뜻하기도 했다.
105 남자끼리 성행위를 하는 짓.

미칠지 몰라. 하지만 골이 너무 꽉 차고 혈기가 너무
모자라서 미치면 내가 미친놈 고치는 사람이 되지.
아가멤논은 꽤 괜찮은 녀석이고 여자를 밝히지만 골은
귀지만큼도 없어. 그리고 변신한 제우스[106]인 그 아우는
뿔난 황소, 오쟁이 진 것들의 본보기 동상이요 간접적인
기념비며, 짠돌이의 쇠줄에 맨 구둣주걱[107]처럼 형의
가랑이를 붙들고 늘어지는데, 지금 저 꼴 말고
독살스런 말재간, 한껏 재간 부린 독설로 저 녀석을
무슨 꼴로 바꿔야할지 모르겠다. '노새'라면 아무것도
아닐 테니 노새며 황소다. 그냥 '황소'라면 아무것도
아닐 테지. 노새며 황소야. 개, 나귀, 고양이, 족제비,
두꺼비, 도마뱀, 올빼미, 솔개, 이리 빠진 청어, 뭐든
좋아. 하지만 메넬라오스가 되라면, 오, 운명에 반항할
음모를 꾸밀 테다! 테르시테스가 아니면 내가 뭐가
될지 묻지 마. 메넬라오스만 아니면 문둥이의 이가
돼도 상관없어. 앗, 깜짝이야! 귀신과 도깨비불!
[헥토르, 아이아스, 트로일로스, 아가멤논, 율리시스,
네스토르, 메넬라오스, 디오메데스가 횃불을
들고 등장]

아가멤논 길을 잘못 들었소.

아이아스 아니오, 바로 저기.
불빛이 뵈는군요.

헥토르 수고 끼쳐드리오.

아이아스 오, 아니오.
[아킬레스 등장]

율리시스 안내하려고 직접 오오.

아킬레스 용맹한 헥토르, 환영하오. 대공들, 반갑소.

아가멤논 그러면, 트로이 왕자, 편히 가시오.
아이아스가 당신을 경비대로 모시라 하오.

헥토르 고맙소. 그럼 그리스 사령관과 헤어지오.

메넬라오스 편히 가시오.

헥토르 친절하신 메넬라오스, 잘 있으오.

테르시테스 [방백] 친절하신 똥통이라고 하누나! 친절하신
수챗구멍, 향기로운 구정물!

아킬레스 편히 가시고, 또한 어서 오시오.
가는 분, 오는 분, 한꺼번에 인사하오.

아가멤논 안녕히 계시오. [아가멤논과 메넬라오스 퇴장]

아킬레스 네스토르 노인은 머무시오. 디오메데스,
당신도 헥토르와 한두 시간 지내구려.

디오메데스 그러지 못하겠소. 긴한 일이 있소이다.
지금이 바로 그럴 때요. 잘 계시오, 헥토르.

헥토르 악수합시다.

율리시스 [트로일로스에게 방백]
횃불을 따라가오. 칼카스의 막사로 향해 가오.
같이 가겠소.

트로일로스 친절하시니 영광스럽소.

헥토르 그럼 안녕히 가시오.
[디오메데스 퇴장. 율리시스와 트로일로스가 뒤따른다.]

아킬레스 자, 들어오시오.
[아킬레스, 헥토르, 아이아스, 네스토르 퇴장]

테르시테스 저 디오메데스란 녀석은 간사한 악당, 최고로 못된
놈이야. 저놈이 힐끔거릴 때에는 씩씩대는 독사보다도
믿을 수 없어. 허풍 떠는 사냥개처럼 아가리 찢어져라
약속을 해대지만 실지로 행할지는 천문학자가 예언해.
무슨 징조가 나타나고 뭔가 변동이 생기기 마련이거든.
디오메데스가 약속을 지키면 해가 달에서 빛을 빌려와.
헥토르를 놔두고 그놈을 끈질기게 따라다니겠다.
그놈이 반역자 칼카스의 막사에 트로이 창녀를 갖다
뒀다는데 가봐야겠다. 온통 계집질뿐이야! 죄다 밑이
근질거려 못 견디는 놈팡이들이야! [퇴장]

## 5. 2

[디오메데스 등장]

디오메데스 여봐요, 일어났소? 말해요.

칼카스 [안에서] 누가 부르시오?

디오메데스 디오메데스요. 칼카스로군. 딸은 어디 있소?

칼카스 [안에서] 나가는 중이오.
[멀리서 트로일로스와 율리시스 등장.
조금 뒤에 테르시테스 등장]

율리시스 횃불에 비치지 않을 데 섭시다.
[크레시다 등장]

106 제우스는 유로파라는 지상의 여자를 보고는 욕정이 생겨 황소로 변신해서 그녀를 등에 태우고 달아났는데, 바로 그처럼 아가멤논의 아우 메넬라오스도 뿔난 황소가 되었다는 비아냥이다. 아내가 간통하면 그 남편은 머리에 뿔이 난다고 했다.

107 하인을 시켜 구두를 신지 않고 돈 아끼느라고 구둣주걱을 쇠줄에 매어 갖고 다니는 구두쇠처럼 메넬라오스는 형을 늘 따라다닌다고 비웃는다.

트로일로스 그자 앞에 나와요.
디오메데스 오, 내가 맡은 분!
크레시다 정다운 보호자! 한 말씀 드릴게요.
[그녀가 속삭인다.]
트로일로스 아, 저렇게 친밀하구나.
율리시스 어떤 남자도 첫눈에 알아볼 여자요.
테르시테스 어떤 남자도 주무를 수 있는 여자요. 이미 가락이
있으니까 그런 거만 알면 돼요.
디오메데스 잊지 않겠소?
크레시다 잊지 말라고요? 네, 물론이죠.
디오메데스 그러면 실행으로 옮겨요.
마음의 말이 서로 이어져야 해요.
트로일로스 무엇을 잊지 않을까?
율리시스 들어봐요.
크레시다 친밀한 분, 못난 짓으로 더 이상 유혹 마셔요.
테르시테스 순전한 사기야!
디오메데스 그렇다면—
크레시다 뭔지 말하죠.
디오메데스 관둬요! 아무 소리 말아요. 약속을 뒤집네요.
크레시다 약속이라니? 나더러 어쩌라는 것이죠?
테르시테스 요술쟁이 노름이군. 몰래 열려 있구먼.
디오메데스 당신이 내게 뭘 주겠다고 약속했소?
크레시다 제발 저를 약속에 잡아매지 마세요.
다정한 분, 그거만 빼고 뭐든지 시키세요.
디오메데스 잘 있어요.
트로일로스 오, 참아라!
율리시스 어떻소, 트로이 왕자?
크레시다 디오메데스—
디오메데스 그만둬요. 잘 지내요. 바보짓은 그만해요.
트로일로스 너보다 나은 놈이 못난 바보다.
크레시다 귓속말로 할게요.
트로일로스 미쳐 지랄하겠다!
율리시스 왕자, 흥분하셨소. 우리 갑시다.
불쾌감이 커져서 분통을 터뜨릴까
걱정스럽소. 여기는 위험한 데요.
때도 매우 위태롭소. 제발 갑시다.
트로일로스 저것 좀 봐요.
율리시스 그만하고 가시오.
자제심을 잃고 있소. 자, 갑시다.
트로일로스 더 봅시다.
율리시스 참을성이 없소. 갑시다.
트로일로스 더 봅시다. 지옥의 고초에 맹세코
한마디도 안 하겠소.
디오메데스 그럼 잘 있어요.
크레시다 화나서 가시네요.
트로일로스 그래서 속상해?
시들어버린 진심이여!
율리시스 왜 이러시오?
트로일로스 맹세코 참겠소.
크레시다 보호자님! 그리스 신사님!
디오메데스 관둬! 잘 있어! 뭔 말인지 모르겠소.
크레시다 오, 그런 거 아녜요. 한 번 더 이리 오세요.
율리시스 무엇엔가 떠는데, 당신 갈 테요?
폭발하겠소.
트로일로스 뺨을 만진다!
율리시스 자, 가요, 가요.
트로일로스 그냥 봅시다. 맹세코 말 한마디 안 할 테요.
내 의지와 모든 죄악 사이에 인내라는
보호자가 버티고 있소. 잠시 더 보자고요.
테르시테스 음탕이란 마귀가 살찐 엉덩이와 감자 손[108]으로
두 연놈을 근질근질 달구누나! 음탕아, 볶아라!
디오메데스 그럼 그럭하겠소?
크레시다 정말로 그럴게요. 아니면 다시는 나를 믿지 말아요.
디오메데스 보증으로 무슨 정표를 주시오.
크레시다 갖다 줄게요. [퇴장]
율리시스 참겠다고 하셨소.
트로일로스 걱정 마시오.
나 자신을 잊겠소. 보고 듣는 것들을
의식하지 않을 테요. 인내심 그 자체요.
[크레시다 등장]
테르시테스 정표를 줄 때다. 지금, 지금 이 순간!
크레시다 디오메데스, 이 소매를 가지세요.
[그에게 소매를 준다.]
트로일로스 여자여, 진심이 어디 있소?
율리시스 여보시오.—
트로일로스 참을 테요. 겉으로 참겠소.
크레시다 소매를 보시네요. 잘 봐두세요.
그분이 사랑했지.—거짓된 계집!—다시 줘요.
[소매를 다시 가져간다.]

108 당시 유럽에 도입된 감자는 최음제로 생각되었다.

디오메데스 누구 거였소?
크레시다 이걸 다시 가졌으니 상관없어요.
내일 밤 당신과 만나지 않겠어요.
디오메데스, 다시는 찾아오지 마세요.
테르시테스 칼을 가누나. 숫돌아, 잘했다!
디오메데스 그거 나 줘요.
크레시다 뭐요? 이거요?
디오메데스 응, 그거.
크레시다 오, 신이여! 어여쁜, 어여쁜 정표!
지금 너의 주인은 너와 나를 생각하며
침상에서 한숨 쉬며, 내 장갑을 꺼내서
달콤한 추억의 키스를 퍼부을 테지.
내가 네게 키스하듯.
[그녀가 소매에다 키스한다. 디오메데스가
소매를 낚아챈다.]
오, 뺏지 마세요.
그걸 뺏는 사람은 내 마음도 빼앗아요.
디오메데스 당신 마음은 벌써 내 거고 이것은 따라왔소.
트로일로스 참겠다고 맹세했소.
크레시다 가지면 안 돼요. 절대로 못 가져요.
다른 걸 줄게요.
디오메데스 이거 갖겠소. 누구 거였지?
크레시다 몰라도 돼요.
디오메데스 누구 거였는지 말하오.
크레시다 당신보다 나를 더 사랑한 분이었죠.
하지만 당신이 가졌으니 됐어요.
디오메데스 누구 거였소?
크레시다 달님의 시녀들[109]과 달님께 맹세코,
누구 거였는지 말하지 않겠어요.
디오메데스 내일 투구에 이걸 달겠소.
제 거라고 나서지 못하고 혼자 울겠지.
트로일로스 뿔[110]에 그걸 달고 있는 악귀라 해도
반드시 임자가 나설 것이다.
크레시다 다 끝난 옛일이지요.—하지만 아니에요.
약속을 잊으세요.
디오메데스 그래요? 그럼 잘 있소.
디오메데스는 두 번 다시 속지 않소.
크레시다 가지 마세요. 말하기가 무섭게
딴 쪽으로 가시네요.
디오메데스 이런 짓은 질색이다.
트로일로스 플루토[111]에 맹세코 나도 같다만,
너 싫은 게 내겐 좋다.
디오메데스 그럼 올까? 몇 시쯤?
크레시다 네, 오세요. 아, 꼭 오세요! 나 못 살아요.
디오메데스 그때까지 잘 있어요.
크레시다 잘 가세요. 꼭 오세요.
[디오메데스 퇴장]
잘 가요, 트로일로스! 한 눈은 아직도 당신을 보아요.
그러나 마음은 딴 눈으로 보아요.
가련한 여자! 여자의 결함이 보여요.
방황하는 우리 눈이 마음을 이끌어요.
방황은 잘못에 빠지기 마련이라,
마음을 눈이 지배하면 비열이 가득해요. [퇴장]
테르시테스 그것보다 강력한 증거는 있을 수 없어.
'내 마음은 창녀가 됐단' 말은 빼먹었지만.—
율리시스 모두 끝났소.
트로일로스 그렇소.
율리시스 그러면 왜 여기 있소?
트로일로스 여기서 내가 들은 한마디 한마디를
영혼에 기록해 두려 하오. 그러나 내가
두 사람의 행동을 그대로 말해도
거짓말을 한다고 믿지 않겠소?
그러나 내 속에는 믿는 구석이 있어
끈질기고 강한 희망으로 눈과 귀의 증거를
뒤집어놓고 있소. 마치 눈과 귀가
남 욕하게 만들어진 헛된 기능만
있는 듯하오. 과연 크레시다가
여기 있었소?
율리시스 나는 심령술을 모르오.[112]
트로일로스 분명 여기 없었소.
율리시스 분명 여기 있었소.
트로일로스 부인하는 내 말에 미친 기미가 없소.
율리시스 나도 마찬가지요. 방금 그녀가 여기 있었소.
트로일로스 여인을 위해서 믿지 못할 말이오!
우리도 어머니가 있었소. 근거 없이
욕하는 완고한 논객이 그녀를 잣대 삼아

109 달의 '시녀들'인 하늘의 모든 별들.
110 마귀는 머리에 뿔이 달렸다고 믿었다.
111 지하계의 왕. 여기서는 '마귀의 대왕'이라는 뜻이다.
112 심령술사는 없는 사람의 꼴을 보여줄 수 있다고 믿었다.

여인들을 가름할 빌미를 줘선 안 되오.
저게 크레시다가 아니라고 생각합시다.
율리시스 그녀가 어쨌기에 어머니가 더러워지오?
트로일로스 저게 그녀 아니면 아무 짓도 안 했소.
테르시테스 자기 눈으로 보고도 허풍을 떠나?
트로일로스 그녀라고? 아니다. 디오메데스의 크레시다야.
미모가 영혼이 있으면 저건 그녀 아니다.
영혼이 맹세를 낳으면, 맹세가 거룩하면,
거룩한 것을 신들이 즐거워하면,
일치 그 자체에 법칙이 있으면
저건 그녀 아니다.—오, 논리의 광란이
자신을 긍정하고 부정하누나!
갈라진 근본이라, 이성이 반발해도
없어지지 않으며, 피해를 당한대도
합당하다고 보누나! 크레시다이면서
크레시다가 아니다. 내 영혼 속에서
괴상한 싸움이 생겨, 하늘과 땅처럼
나뉘면 안 될 것이 너무 멀지만
그렇게 갈라진 넓은 공간 사이에
찢긴 거미줄처럼 가느다란 실오리를
들여보낼 정도로 작은 틈도 없거든.
플루토의 문짝처럼[113] 강한 증거, 증거를 다오!
하늘이 맺어준 짝, 크레시다는 내 것이다!
하늘처럼 강한 증거, 오, 증거를 다오!
하늘의 매듭도 풀리고 헐거워져서
악귀가 또 다른 매듭으로 붙잡아 매고,
진심의 조가리들, 사랑의 찌꺼기들,
닳고 닳은 사랑 때에 찌든 유물들과
먹다 남긴 진심을 그자에게 주었지.
율리시스 고상한 트로일로스가 감정을 나타내니
절반은 그녀에게 끌린다고 할 테요?
트로일로스 그렇소, 그리스인. 비너스에게 반한
군신의 심장[114]처럼 새빨간 글자들로
그렇다고 고백하오. 젊은이가 그토록
영원한 영혼으로 사랑한 적이 없소.
내가 크레시다를 사랑하는 그만큼
그녀의 디오메데스를 한없이 증오하오.
그자가 투구에 매어 달 소매가 내 거요.
헤파이스토스[115]가 만든 투구일지라도
내 칼이 먹어들겠소. 전능한 태양이
거대하게 뭉쳐놓는 엄청난 물기둥을
용트림이라고 하는데, 그것이 떨어져서
해신의 귀청을 먹먹하게 칠 때보다
훨씬 더한 굉음으로 그자의 머리 위에
칼을 내리치겠소.
테르시테스 욕정 때문에 칼질을 하겠다고.
트로일로스 오, 크레시다! 거짓된 크레시다! 거짓된 여자!
그런 추한 이름 옆에 거짓들이 서 있으면
그것들이 빛날 테지.
율리시스 오, 왕자, 진정하시오.
당신의 흥분에 남의 귀가 쏠리겠소.
[아이네이아스 등장]
아이네이아스 이제껏 당신을 찾아다녔소. 지금쯤
헥토르는 트로이에서 무장 중에 있을 게요.
아이아스가 당신을 데려오길 기다리오.
트로일로스 곧 따라가겠소. 점잖은 분, 잘 있으시오.
배반한 여인아, 잘 가라. 디오메데스,
쇠로 만든 투구 쓰고 단단히 서라!
율리시스 성문까지 바래다드리겠소.
트로일로스 경황없이 고맙다고 말하오.
[트로일로스, 아이네이아스, 율리시스 퇴장]
테르시테스 디오메데스란 놈팡이를 만나면 좋겠구나!
까마귀처럼 짖고 싶다. 불길한 소리를 내고 싶다.
파트로클로스는 나한테 뭐든지 주고라도 이 갈보에
대해서 알고 싶겠지. 앵무새가 살구씨 좋아하는
것보다 그자는 헤픈 갈보를 더 좋아하거든. 음란,
음란이다! 전쟁과 음란은 따라다닌다! 다른 건
유행하지 않아. 마귀가 모두 불타는 데로 데려가라! [퇴장]

## 5. 3

[헥토르와 안드로마케 등장]
안드로마케 언제 당신 성질이 그렇게 사나우니
권하는 말에 귀를 막으신 적 있어요?

113 지하계의 신 플루토의 신전 대문은 웅대하였다.
114 군신 마르스는 비너스(아프로디테)의 애인이 되어 둘은 열렬히 사랑하다가 비너스의 남편에게 들켰다.
115 비너스의 남편인 불카누스(헤파이스토스)는 신들의 무기를 만드는 대장장이 신이었다.

무장을 벗으세요. 오늘은 싸우지 마세요.

헥토르 당신이 성내라고 권해요. 들어가요.
영원한 신들께 맹세코 나는 갈 테요!

안드로마케 꿈에서 분명히 오늘은 불길하대요.

헥토르 그만둬요.

[카산드라 등장]

카산드라 헥토르 오빠 어디 있죠?

안드로마케 여기요. 무장하고 살기가 넘쳐요.
나하고 큰 소리로 간곡히 청원해요.
무릎 꿇고 따라가요. 끔찍한 소동을
꿈에 봤어요. 밤새껏 살육의 모습과
형상만이 어른댔어요.

카산드라 오, 그게 사실이에요.

헥토르 나팔 불어라!

카산드라 오빠, 제발 공격 신호를 보내지 마세요.

헥토르 저리 가라니까. 신들이 내 맹세를 들었다.

카산드라 열에 뜬 우둔한 맹세는 듣지 않아요.
그따위는 썩은 거라 병든 간보다
싫어하는 제물이에요.

안드로마케 오, 들어주세요! 정의를 지킨다고
남들을 해하는 짓을 거룩하게 보지 마세요.
그것은 못된 강도짓을 괜찮다 하고
남 주려는 도둑질도 된다 하는 논리예요.

카산드라 목적은 맹세를 강하게 만들지만
모든 맹세가 신성불가침은 아녜요.
오빠, 무장 풀어요.

헥토르 맹세는 지켜야 된다.
내 명예는 운명의 바람을 따르고 있다.
누구나 목숨이 귀중하나 귀중한 자는
목숨보다 명예를 귀하고 중히 여긴다.

[트로일로스 등장]

오, 젊은이! 오늘 싸울 생각인가?

안드로마케 카산드라, 아버님께 말리시라고 해요. [카산드라 퇴장]

헥토르 안 된다, 젊은이. 무장을 풀어라.
나는 오늘 싸우고 싶은 기분이 든다.
근육이 자라서 힘줄이 세질 때까지 기다려라.
아직은 전쟁의 위험을 얕보지 마라.
무장을 풀어라. 용감한 젊은이, 나와 너와
트로이를 위하여 오늘 확실히 싸울 테다.

트로일로스 형님은 자비라는 결함이 있소.
그것은 사람보다 사자에게 어울리오.

헥토르 그게 무슨 결함인가? 나를 비판해다오.

트로일로스 형님이 휘두르는 날선 칼의 바람 속에
가련한 그리스인이 쓰러지는 때마다
형님은 일어서라 하면서 살려주어요.

헥토르 공정한 일일 뿐이다.

트로일로스 바보짓이오.

헥토르 저런, 무슨 소리냐!

트로일로스 뭐니 뭐니 하여도,
은둔자 동정심은 어머님께 맡기고
우리는 갑옷을 단단히 조여 매고
독 오른 복수심을 칼날에 태워
무자비에 치달아서 자비를 눌러야죠.

헥토르 야만인아, 관둬라!

트로일로스 형님, 이게 전쟁이오.

헥토르 트로일로스, 너 오늘 싸우지 않아야겠다.

트로일로스 누가 나를 말리겠소? 운명도, 복종도,
군신이 불같은 언월도로 나한테
물러나라 손짓해도, 두 눈이 아리도록
눈물 좍좍 흘리시며 아버지, 어머니가
무릎 꿇고 간청해도, 형님 자신이
충직한 칼을 빼어 내가 가지 못하게
막아선다 하여도, 나를 죽이기 전엔
나의 길을 막을 수 없소.

[프리아모스와 카산드라 등장]

카산드라 아버지, 오빠를 잡으세요. 단단히 붙드세요.
오빠는 아버지가 의지하는 지팡이며
트로이 전체는 아버지께 달렸는데
지금 그걸 잃으면 모두가 쓰러져요.

프리아모스 헥토르, 돌아와라. 네 아내가 꿈을 꾸고
어머니가 환상을 보고 카산드라가 예언하고
나도 갑자기 신이 오른 예언자처럼
오늘이 불길한 걸 네게 알린다.
그러니 돌아서라.

헥토르 아이네이아스가 나가 있고
저도 여러 그리스 대공들과 약속했으며
무사의 명예로써 이 아침 그들 앞에
나설 거라 했습니다.

프리아모스 하지만 가면 안 된다.

헥토르 신의를 저버릴 수 없어요. 아시는 대로
저는 효성을 다해요. 그러므로 아버지,
효성을 더럽히지 않게 하시고

허락하여 주셔서 말리시는 그 길을
가게 하여 주십시오, 프리아모스 대왕님.
카산드라 오, 아버지, 지지 마세요.
안드로마케 오, 아버님, 지지 마세요.
헥토르 안드로마케, 당신 때문에 언짢소.
나를 사랑한다면 집 안에 들어가오. [안드로마케 퇴장]
트로일로스 터무니없는 꿈을 꾸는 미신적인 여자가
이따위 흉조를 꾸미지.
카산드라 정다운 오빠, 잘 가요!
오빠가 죽는 모습! 흐려지는 저 눈빛!
수많은 상처에서 솟구치는 오빠 피!
부르짖는 트로이! 울부짖는 어머니!
슬픔에 소리치는 불쌍한 올케언니!
저 혼란, 저 광기, 저 경악을 보아라.
얼빠진 광대처럼 서로 만나 외치길,
'헥토르, 헥토르가 죽었다, 아, 헥토르가!'
트로일로스 저리 가, 저리 가!
카산드라 잘 가요. 하지만 큰오빠, 잠깐! 나는 가요.
큰오빠는 스스로와 트로이를 속이는군요. [퇴장]
헥토르 저 애의 목소리에 놀라셨군요. 드셔서
성안에 활기를 돋우세요. 저희는 나가 싸워
칭찬받을 일을 하고 밤에 말씀드리지요.
프리아모스 잘 가라. 신들이 너희를 안전으로 감싸시길!
[프리아모스와 헥토르가 각기 퇴장]
[경계 신호]
트로일로스 저 소리! 싸움이다! 건방진 디오메데스,
네 손이 아니면 네 소매를 뺏겠다.
[판다로스 등장]
판다로스 내 말 들리오? 내 말 들리오?
트로일로스 무슨 말이오?
판다로스 불쌍한 계집애가 보낸 편지요.
트로일로스 읽어보겠소.
판다로스 [방백] 제기랄 해수병, 그 쌍놈 해수병이 이렇게
나를 괴롭히고 그 계집애의 얼빠진 운수가 이렇게
애먹이누나! 이래저래 가까운 장래에 내가 떠나게
돼. 게다가 눈에 뿌연 물기가 돌고 뼈마디가
쑤시고 아파서, 되게 저주를 받은 게 아니라면
도대체 그걸 뭐라고 해야 할지 모르겠소.—
그 애가 편지에서 뭐라고 했소?
트로일로스 말, 말, 말뿐이오. 진심에서 나오는 말이 없소.
정반대의 효력만을 가질 뿐이오.
[편지를 찢는다.]
바람아, 바람에게 날아가서 함께 변해라.
그녀는 빈말과 거짓말로 사랑을 떠들어도
자신의 행동으로 그자에게 알려준다. [각기 퇴장]

## 5. 4

[경계 신호. 공격 신호. 테르시테스 등장]
테르시테스 놈들은 지금 치고받는 중이다. 가서 구경이나
하겠다. 저 악질 사기꾼 놈 디오메데스가 치사한
멍청이 바보 같은 어린 트로이 놈팡이의 소매를
투구에 매달고 있지. 그 두 놈이 만나는 걸 보면
좋겠다. 저기 갈보년을 좋아하는 어린 트로이
멍청이가 소매를 가진 갈보집의 포주 같은 그리스
놈팡이를 안 그런 척하는 음탕한 쌍년한테 소매를
빼앗아 돌려주면 좋겠다. 한편으론 사기성 짙게
맹세하는 악질들, 저 늙은이, 쥐 뜯어먹은 깡마른 치즈,
네스토르와 저 수여우 율리시스는 까마중 한 알 값도
못 되는 게 드러났다. 놈들이 정책적으로 잡종 똥개
아이아스를 같은 똥개 아킬레스에게 맞붙였는데, 지금
아이아스 똥개가 아킬레스 똥개보다 거만을 떤다.
그래서 오늘은 무장하지 않을 거란다. 그랬더니 그리스
쪽이 야만이 되겠다고 떠들어대고 정략은 못난 소문이
돼버린다. 가만있자. 저기 소매와 상대가 오누나.
[디오메데스 등장. 트로일로스가 뒤따른다.]
트로일로스 달아나지 마라. 황천을 건넌대도
헤엄쳐 가겠다.
디오메데스 후퇴를 도망인 줄 아는데,
이건 도망이 아니다. 중과부적이라서
기회를 포착하여 작전상 후퇴한다.
한 방 맞았지!
테르시테스 그리스 놈아, 네 계집 지켜! 트로이 놈아, 이번엔
네 계집 지켜! 이번엔 소매, 소매 지켜!
[트로일로스와 디오메데스가 싸우면서 퇴장]
[헥토르 등장]
헥토르 그리스인, 넌 누군가? 내 상대 되는가?
혈통과 명예가 있는가?
테르시테스 아뇨, 아뇨. 꼴찌올시다. 너절한 욕쟁이 녀석,
아주 더러운 놈이라고요.
헥토르 그 말 믿겠다. 살아라. [퇴장]

테르시테스 고맙구나, 내 말을 믿겠다니. 하지만 나를 놀라게 만든 값으로 염병에 모가지 부러져라! 계집질하는 놈들은 어떻게 됐나? 서로가 서로를 삼켰을 테지. 그런 묘한 꼴을 보면 웃음부터 나온다. 그런데 한편 음탕은 음탕을 먹고 살아. 놈들을 찾아보자. [퇴장]

## 5. 5

[디오메데스와 하인 등장]

디오메데스 빨리 가서 트로일로스의 말을 끌어다 멋진 그 마필을 크레시다에게 갖다 줘라. 어여쁜 그녀에게 내 힘을 바친다 하라. 사랑에 빠진 트로이 놈을 징벌했으니 내가 그녀 기사란 걸 증명했다.

하인 예, 가요. [퇴장]

[아가멤논 등장]

아가멤논 공격, 공격, 다시 공격! 맹렬한 폴리다마스가 메논을 때려눕히고 서자 마르가렐론은 도레우스를 사로잡고 에피스트로푸스와 세디우스 두 왕의 망가진 시체를 밟고 창대를 휘두르며 콜로수스[116]처럼 우뚝 섰다. 폴릭세네스는 죽었고 암피마쿠스와 토아스는 치명상을 입었고 파트로클로스는 잡혔거나 죽었으며, 팔라메데스는 부상이 심하며, 무서운 활잡이 괴물들[117]에게 우리 군은 혼비백산하였다. 디오메데스, 달려가 도와주자. 안 그러면 다 죽는다. [퇴장]

[네스토르와 그 외에 여러 그리스인 등장]

네스토르 파트로클로스의 시신을 아킬레스에게 가져가고 달팽이처럼 굼뜬 아이아스에게 무장하라 이르시오. [몇 사람 퇴장]

헥토르 천 사람이 전쟁터에 나와 있소. 갈라테[118]에 높이 타고 여기서는 싸우고 저기서는 일이 끝나 금방 다가서더니, 물 뿜는 고래 앞에 물고기 무리처럼 안 뛰면 죽으며, 다음 순간 저쪽에 가서 밀짚 같은 그리스 군은 칼에 잘려 그 앞에 쓰러지니 추수꾼의 낫질 같소. 동에 번쩍, 서에 번쩍, 베고 또 베니, 손재주가 속생각을 너무 잘 따라 마음대로 행하니, 하는 일이 너무 많고 눈으로 보면서도 믿을 수 없소.

[율리시스 등장]

율리시스 용기를 내오! 위대한 아킬레스가 무장을 하고 있소. 울면서 저주하며 복수를 맹세하오. 파트로클로스의 상처가 자던 피를 깨우고 코와 손이 잘리고 터지고 깨진 부하들이 헥토르를 욕하며 주인에게 돌아왔소. 아이아스도 친구를 잃고 거품 물고 무장하고 달려 나가 싸우며 트로일로스를 부르오. 이 젊은 왕자는 오늘 하루 미친 듯이 환상적인 무술로 맞붙어 싸우다가 위험에서 빠지는데 무심한 듯 강력하고 힘없는 듯 예리하여 운수 여신 자신이 적의 능력을 무시하고 모두에게 이기라고 한 것 같으오.

[아이아스 등장]

아이아스 트로일로스! 비겁한 놈아! [퇴장]

디오메데스 저기 있소! [퇴장]

네스토르 그래서 모두 합치오.

[아킬레스 등장]

아킬레스 헥토르 놈 어디 있냐? 어린 사람[119] 죽인 놈, 얼굴 좀 보자. 아킬레스의 분노를 당하는 게 어떤지 맛을 봐라. 헥토르! 어디 있냐? 그놈만 원한다.

[모두 퇴장]

## 5. 6

[아이아스 등장]

아이아스 트로일로스, 비겁한 놈, 머릴 바쳐라!

[디오메데스 등장]

116 그리스 동남부에 있는 도서 지역인 로도스 항구를 건너질러 서 있던 거대한 아폴로 동상.

117 상체는 사람, 하체는 말인, 활을 잘 쏘는 괴물들(켄타우로스)이 트로이를 위해 싸웠다.

118 헥토르가 타고 다닌 명마(名馬)의 이름.

119 파트로클로스는 아킬레스가 아끼는 '어린 사람'이었다. 소년을 죽이는 것은 무사가 하는 짓이 아니었다.

디오메데스 트로일로스가 어디 있소?

아이아스 왜 그러오?

디오메데스 야단치려고요.

아이아스 내가 사령관일지라도 야단치기보다는
내 일을 가로채기가 쉬울 게요. 트로일로스!

[트로일로스 등장]

트로일로스 아, 배신자! 간사한 낯을 여기로 돌려.
내 말 죽인 값으로 네 목숨 바쳐.

디오메데스 오! 저기 있구나.

아이아스 나 혼자 싸우겠소. 디오메데스, 가만 계시오.

디오메데스 내 몫이오. 구경만 하지 않겠소.

트로일로스 그리스 사기꾼들, 모두 덤벼! [싸우면서 모두 퇴장]

[헥토르 등장]

헥토르 됐다, 트로일로스! 막내야, 잘 싸웠다!

[아킬레스 등장]

아킬레스 이제야 만났다. 헥토르, 내 칼 받아라!

[둘이 싸운다.][120]

헥토르 원한다면 잠시 쉬자.

아킬레스 건방진 트로이인, 네 예의를 경멸한다.
내 팔을 못 쓰는 걸 복으로 여겨라.
내가 오래 쉰 것이 너한테 득이 됐다.
하지만 내 말을 금방 다시 들을 게다.
그때까지 운수 따라다녀라. [퇴장]

헥토르 잘 가라.
너를 만날 줄 알았다면 내가 훨씬 더
팔팔했을 것인데.

[트로일로스 등장]

오, 막내로구나!

트로일로스 아이아스가 아이네이아스를 붙잡았소. 그냥 두면
안 돼요. 저 하늘 불덩이에 맹세하여,
그럴 수 없소. 내가 잡혀가거나
데려오겠소. 운명아, 내 말을 들어라.
네가 오늘 내 명줄을 끊어도 좋다. [퇴장]

[어떤 사람이 화려한 갑옷을 입고 등장]

헥토르 그리스인, 거기 서라. 멋들어진 표적이다.
안 서겠다고? 그 갑옷이 맘에 들어.
그걸 모두 부수고 이음새도 다 풀겠다.[121]
하지만 임자는 나다. [그리스인 퇴장]
못난 녀석, 안 서겠냐?
그럼 달아나라. 네놈을 사냥해서
네 가죽 가질 테다. [퇴장]

## 5. 7

[아킬레스가 뮈르미돈[122] 병사들과 함께 등장]

아킬레스 뮈르미돈 병사들, 내 주위에 모여라.
내가 몸을 돌리면 따라오되 가격하지 말고 숨을 아껴 두었다가
피에 젖은 헥토르를 찾아냈을 때
창칼을 겨누면서 주위를 에워싸고
몹시 잔인하게 무기를 써라.
나를 따르라. 내 행동을 주시하라.
위대한 헥토르는 죽어야 할 운명이다. [모두 퇴장]

[싸우는 메넬라오스와 파리스, 테르시테스 등장]

테르시테스 오쟁이 진 놈과 그거 지게 한 놈이 한창 일을
벌인다. 이번엔 황소! 이번엔 똥개! 그럼 파리스,
물어라 쉿! 그럼 뿔 두 개 난 스파르타 놈, 받아라,
쉿! 파리스, 물어라. 쉿! 황소가 이기네. 뿔 조심해!

[파리스와 메넬라오스 퇴장]

[마르가렐론 등장]

마르가렐론 돌아서라, 이놈. 덤벼라.

테르시테스 너 누구냐?

마르가렐론 프리아모스의 서자다.

테르시테스 나도 서자야. 서자가 좋아. 나는 서자로 태어
나고 서자로 배우고 정신적으로 서자고 용기가
서자고 어떤 일이나 정통이 아니야. 곰은 곰을
물지 않아. 어째서 서자가 서자를 물어? 알아둬.
이 싸움이 우리한테 배주는 게 아주 많아.
갈보 자식이 갈보 때문에 싸우는 건 심판을
부르는 짓이야. 첩의 아들아, 잘 가라. [퇴장]

마르가렐론 겁쟁이! 마귀가 너를 잡아가겠다. [퇴장]

## 5. 8

[헥토르 등장]

헥토르 썩어빠진 속이지만 겉은 아주 멋지구나.

120 이때 아킬레스가 팔에 칼을 맞고 칼을 떨군다. 신사적인 헥토르가 공격을 멈춘다.

121 적의 갑옷을 벗겨 연결 장치를 모두 풀고 부수어 그 쇳덩이를 팔면 상당한 금액을 받을 수 있었다.

122 아킬레스에게 충성스러운 부하들. 죽어서 개미들이 되었다고 한다.

너의 멋진 갑옷이 네 목숨의 값이 됐다.
하루 일이 끝났으니 한참 숨을 돌리련다.
칼아, 쉬어라. 너는 피와 죽음을 만끽하였다.
[무장을 푼다.]
[아킬레스와 뮈르미돈 병사들이 등장]
아킬레스 헥토르, 보라. 해는 저물어가고
못된 밤이 해의 발에 숨을 내쉰다.
낮의 문을 닫기 위해 해가 지면서
어두워간다. 헥토르의 목숨이 끝났다.
헥토르 나는 무장 안 했다. 악용하지 마라.
아킬레스 얘들아, 쳐라! 쳐라! 내가 찾던 그자다.
[그들이 헥토르를 쳐서 쓰러뜨린다.]
일리움, 다음은 네 차례다! 트로이, 꺼져라!
네 심장, 네 힘줄, 네 뼈가 여기 누웠다.
뮈르미돈들아, '아킬레스가 강력한 헥토르를
죽였다'고 한껏 크게 외쳐라. [퇴각 신호가 울린다.]
들어라! 그리스 군의 퇴각 신호다.
뮈르미돈 중 하나 트로이 신호도 똑같습니다.
아킬레스 어둠의 용의 날개가 땅을 덮으며
양쪽의 군대를 심판처럼 갈라놓는다.
솔직히 더 먹고 싶은 내 칼도 반만 먹고
좋은 요리로 만족하고 잠자러 간다.
[칼집에 칼을 넣는다.]
그자의 시체를 내 말의 꼬리에 달아라.
싸움터에 이 시체를 끌고 가겠다. [모두 퇴장]

## 5. 9

[퇴각 신호가 울린다. 멀리서 함성. 아가멤논,
아이아스, 메넬라오스, 네스토르, 디오메데스,
그 밖의 여럿이 북소리에 맞춰서 행진하여 등장]
아가멤논 들어라! 들어! 저게 무슨 고함인가?
네스토르 북들은 조용하라!
병사들 [안에서] 아킬레스! 아킬레스! 헥토르를 죽였다!
아킬레스!
디오메데스 아킬레스가 헥토르를 죽였다는 고함이오.
아이아스 그렇다 할지라도 자랑하지 않기요.
위대한 헥토르는 그 사람에 대등했소.
아가멤논 차분히 행진하오. 사람을 보내서
아킬레스에게 내 막사에서 만나자 하오.
그의 죽음으로 신들이 우리 편이 된다면
트로이는 우리의 것, 아픈 싸움은 끝났소. [모두 퇴장]

## 5. 10

[아이네이아스, 파리스, 안테노르, 데이포보스 등장]
아이네이아스 제자리에 서! 지금 우리는 전쟁터의 주인이오.
[트로일로스 등장]
트로일로스 집에 갈 생각을 마시고 여기서 찬 밤을 보냅시다.
헥토르가 죽었소.
모두 헥토르가! 도대체 그럴 수가!
트로일로스 그 사람이 죽었소. 살해자의 말 꼬리에
수치스러운 들판에 짐승처럼 끌려갔소.
하늘아, 찌푸려라. 분노를 급히 터뜨려라!
신들아, 보좌에 앉아 트로이를 비웃어라.
자비를 베풀어 이 아픔을 짧게 하고
확실한 파멸을 길게 끌지 마라!
아이네이아스 왕자께서 모든 자를 불안하게 만드시오.
트로일로스 그런 말을 하다니 알아듣지 못하는군요.
내 말은 도주 같은 죽음의 공포가 아니라
신들과 인간들이 위험에 대비하여
임박한 고난에 맞선다는 것이오. 헥토르가 없소.
전하나 왕비에게 누가 그 말 하겠소?
영원히 불길한 올빼미라 불릴 자만
트로이에 들어가 '헥토르가 죽었다.' 하오.
프리아모스를 돌덩이로 굳혀버릴 말이며
처녀와 아내는 샘물과 니오베[123] 되고
젊은이는 차디찬 석상이 될 터이니
트로이는 정신없을 것이오. 그러나 가오.
헥토르가 죽었소. 할 말이 없소.
하지만 서시오. 가증한 막사들아,
프리기아 들판에 건방지게 섰구나.
해가 일어날 테면 일찍 일어나래라.
몸집만 큰 겁쟁이야,[124] 너와는 끝장이다!
땅 위의 무슨 터도 우리 둘의 증오를
떼어놓지 않을 테며, 쓰라린 양심처럼

123 그리스신화에 나오는, 아홉 아들을 모두 잃고 한없이 운 여인.
124 아킬레스를 일컫는다.

언제나 너를 찾아갈 테니, 네 속은
광란처럼 재빠른 귀신들로 가득하겠다.
트로이로 행진하라! 진정하고 가시오.
복수의 희망이 속의 슬픔을 감추겠소.
[트로일로스 외에 모두 퇴장]

[판다로스 등장]

판다로스 하지만 내 말 들어요. 내 말!

트로일로스 뚜쟁이, 저리 가라. 창피와 수치가 평생 따르고
네 이름[125]과 영원히 함께 살아라. [퇴장]

판다로스 쑤셔대는 뼈다귀에 알맞은 약이구나!
오, 세상아! 세상아! 불쌍한 중매자는 이렇게 멸시
당하지. 반역자와 뚜쟁이들, 얼마나 열성껏 일을
꾸미고 얼마나 부당하게 보답을 받나! 어째서 우리
일은 그토록 원하면서 성사가 되면 그러한 멸시를
받아야 하나? 그런 노래가 있었던가? 어디 보자.
호박벌은 즐겁게 노래하다가
꿀과 침을 한꺼번에 모두 잃었다.
무장했던 꽁지[126]에서 힘이 빠지자
달콤한 꿀과 노래도 같이 갔구나.
잘난 인육시장의 장사꾼들아, 벽걸이에 이렇게 써라.
뚜쟁이 회관에 모여든 사람들이
절반쯤 눈멀어 뚜쟁이의 몰락을 운다.
울 수가 없다면 신음이라도 뱉어내라.
나 위해 울지 말고 뼈다귀가 쑤신다 해라.
형제들아, 접객업소의 자매들아,[127]
둬 달 뒤 여기서 유언장을 쓰겠다.
지금 써야 할 텐데 윈체스터 멍청이[128]가
오금이 아파서 짖어댈까 겁나누나.
그때까진 땀 빼고[129] 약 처방서 찾아보고
그때쯤 당신들한테 병을 옮겨주겠다.[130] [퇴장]

125 주석 80 참조.
126 바람둥이의 성기를 뜻하기도 했다.
127 매춘 알선업자와 창녀를 말한다.
128 런던 남부의 사창가는 윈체스터 주교의 관할하에 있었다. 멍청이가 성병에 걸려 아파서 부르짖는 소리를 연극이 시시하다고 떠드는 소리에 비유한 것이다.
129 뜨거운 통 속에 들어가 땀을 빼는 것이 성병 치료 방법의 하나였다.
130 이렇게 바람둥이가 성병을 앓아 끙끙대는 것을 작가가 창작의 고뇌를 겪는 일에 비유한 것이다. 두어 달 후에 또 다른 작품을 보여주겠다는 말이다.

# 끝이 좋으면 모두가 좋다

## *All's Well That Ends Well*

## 연극의 인물들

버트럼 로실론 백작
로실론 백작 부인 그의 모친
헬레나 백작 부인이 보호하는 고아, 버트럼을 사랑한다.
집사(리날도) ┐ 백작 부인의 하인들
어릿광대(라바츠) ┘
파롤레스 버트럼의 친구
프랑스의 왕
라퓨 늙은 신하
귀족 1(듀메인) ┐ 형제, 나중에 피렌체 군대의 지휘관들
귀족 2(듀메인) ┘
병사 1 통역관
프랑스 궁정의 신사
피렌체의 공작
피렌체의 과부
다이애나 그녀의 딸
마리아나 그녀의 친구
귀족들, 시종들, 병사들, 에필로그, 피렌체의 시민들

# 끝이 좋으면 모두가 좋다

## 1. 1

[로실론 백작인 젊은 버트럼, 그의 모친 백작 부인, 헬레나, 라퓨 공이 모두 상복 차림으로 등장]

백작 부인 내게서 아들이 떠나가니까 남편을 두 번이나 묻는 거예요.

버트럼 그래서 저는 떠나가면서 아버지의 죽음을 다시 울게 되었어요. 하지만 저는 전하의 명령을 따라야 해요. 지금 전하께서는 제 후견인이 되셨어요. 언제나 전하께 복종해야죠.

라퓨 부인께서는 전하에게서 남편을 보시며, 백작님은 부친을 보시지요. 그처럼 항상 모든 이에게 틀림없이 계속해서 당신을 잘 봐주실 것이오. 당신이 지닌 높은 인격은 좋은 성품이 가득한 데서 없는 걸 찾기 위해 애쓰기보단 좋은 성품이 없는 데서 그것이 자라게끔 돕는 거지요.

백작 부인 전하께서 건강을 되찾으실 가망은 있는가요?

라퓨 부인, 전하께서는 의사들을 포기하셨어요. 그들의 전문적 처방을 믿고 왕께서는 희망을 가지고 기나긴 때를 괴롭게 보내셨는데 그 과정에서 별다른 진전이 없으시고 그저 시간만 경과하자 희망의 상실만 얻으셨지요.

백작 부인 이 젊은 처녀도 부친이 있었어요.—“있었다.” 하니 정말 슬픈 과거예요.—그의 의술은 정직성과 함께 뛰어났었죠. 그 의술이 멀리 뻗어나갔더라면 자연은 죽음을 모르고 죽음은 일이 없어 빈둥거릴 형편이 됐을 거예요. 전하를 위해 그분이 살아 있다면 얼마나 좋을까요! 전하의 병 자체가 죽을 거라 믿어요.

라퓨 부인이 말씀하시는 그 사람 이름이 뭐였지요?

백작 부인 의술로 유명했죠. 위대한 전문가라 그처럼 유명한 건 당연한 권리였죠. 제러드 나르본, 그 사람예요.

라퓨 참말 뛰어났었죠. 아주 최근에 전하께서 그 사람 말씀을 하셨는데 칭찬하시며 슬퍼하시더군요. 인간의 지식이 죽음에 맞설 수 있다면 그는 지금도 살아 있었을 만큼 의술이 탁월했지요.

버트럼 어르신, 전하께서 오래 앓으시는 병환이 무엇이지요?

라퓨 직장의 염증예요.

버트럼 처음 듣는데요.

라퓨 악성이 아니기만 바라요.—이 처녀가 제러드 나르본의 딸인가요?

백작 부인 무남독녀인데 뒤를 보아달라고 나한테 맡겼어요. 아름다운 선천적 성품을 한층 더 아름답게 만들어주는 후천적 교육이 더해져서 자못 기대되는 이 아이의 덕성에 큰 희망을 품고 있어요. 본시 더러운 바탕이 여러 가지 좋은 교육을 받은 경우, 칭찬과 아쉬움이 뒤섞여요. 그래서 덕성인 동시에 배반자도 되어요. 저 아이 경우는 그런 게 섞이지 않아서 훨씬 잘 배웠다고 하겠어요. 정직성은 타고났고 착한 언행은 노력의 결과지요.

라퓨 부인, 칭찬하시는 말씀을 듣고 저 처자가 눈물을 흘립니다그려.

백작 부인 저 눈물이야말로 처녀가 받는 칭찬을 오래 저장할 수 있는 최고 양질의 소금물이죠. 저 애 가슴에 아버지에 대한 추억이 생기기만 하면 슬픔은 저 애 뺨에서 모든 생기를 빼앗아가요.—얘, 헬레나, 그만해라. 그만하라니까. 남에게 보이려고 슬퍼하는 거라고 오해할까봐 겁이 나지만—

헬레나 밖으로 내보이며 슬퍼하지만 속에 슬픔이 있기도 해요.

라퓨 적당한 슬픔은 죽은 자가 받아야 할 권리요. 지나친 슬픔은 산 자의 원수지만.

백작 부인 산 자가 슬픔의 원수가 된다면 지나친 슬픔은 산 자를 머지않아 죽음에 이르게 해요.

버트럼 어머님, 거룩한 축원을 해주십시오.

라퓨 그게 무슨 말인가?

백작 부인 버트럼, 축복받아라. 외모는 물론 태도도
아버지를 따라라. 네 속에서 혈통과 교육이
왕권을 다투며 너의 미덕을 너의 신분과
함께 나눠라. 누구나 사랑하되 소수만 믿고
누구도 해하지 마라. 적에게는 행동보다
능력을 보여주며 친구는 생명의 자물쇠로
잠가놓아라. 침묵에 대해 꾸중을 듣되
말은 욕먹지 마라. 하늘이 더 주실 것은
네게 더함이 되고 내 기도로 끌어당겨
네 머리에 내리리라. [라퓨에게]
어르신, 살펴 가세요.
아직 설익은 신사예요. 선한 어르신,
충고하셔요.

라퓨 그의 사랑을 따라다닐
최고의 충고가 모자라지 않을 거요.

백작 부인 하늘 복을 받아라. 잘 가라, 버트럼.
버트럼 어머님 심중이 빚어낼 최고의 축원이
어머님의 충복이 되길 빕니다. [백작 부인 퇴장]
[헬레나에게] 나의 어머님이며 당신의 여주인을
위로하고 잘 받들어 드리오.
라퓨 어여쁜 처자, 잘 있어요. 아버지가 누렸던 신망을
당신도 지녀야 할 거요. [버트럼과 라퓨 퇴장]
헬레나 그뿐이면 좋겠어! 아버지 생각은 안 해.
이 큰 눈물방울은 아버지의 죽음보다
그에 대한 기념이야. 어떤 모습이었지?
잊어버렸어. 나의 상상 속에는
버트럼의 얼굴만 담겨져 있어.
난 이제 그만이야. 버트럼이 없으면
사는 게 아니야. 빛나는 별을 사랑하며
그 별과의 결혼을 꿈꾸는 거와 같아.
그만큼 나보다 높은 데 있어
그이의 광채를 따르는 빛에
위안을 얻고 그이 궤도는 돌 수가 없어.[1]
이처럼 사랑의 야심은 홀로 괴로워.
사자와 짝짓기를 원하는 사슴은
사랑 때문에 죽어야 해. 언제나 그를 보며,
둥근 눈썹, 매의 눈, 곱슬머리를
마음 판에 그리는 건 괴로워도 즐거웠어.
사랑스런 그 얼굴의 윤곽과 표정을
모두 담을 드넓은 마음 판.—하지만
떠났으니 우상을 숭배하는 내 사랑은
유물만 모셔야 해.[2] 오는 게 누구지?
[파롤레스 등장]
같이 다니는 사람이군. 그이 때문에
좋아는 하지만 악명 높은 허풍쟁이지.
굉장한 어릿광대, 순전한 겁쟁이야.
그런 못난 점들이 썩 잘 어울려
환영받는데, 무쇠 같은 덕의 뼈대는
찬바람 속에 쓸쓸해. 차가운 지혜가
번지레한 바보에게 굽실대는 때가 많아.
파롤레스 아리따운 여왕님,[3] 안녕하시오?
헬레나 임금님도요.
파롤레스 아니오.
헬레나 저도 아녜요.
파롤레스 처녀성에 대해 생각 중이신가요?
헬레나 네. 당신은 군인의 흔적을 조금 갖고 있어요.
한 가지 묻겠어요. 남자는 처녀의 원수예요.
방벽을 어떻게 쌓아야 남자를 막지요?
파롤레스 남자를 들이지 마시오.
헬레나 하지만 공격을 해요. 한데 우리 처녀성은 방어에
용감하지만 그래도 약해요. 전술적인
저항법을 알려주세요.
파롤레스 그런 거 없습니다. 남자는 여자 앞에 버티고
서서 밑으로는 땅굴을 파서 폭파시켜 버리죠.
헬레나 땅굴 파는 자들과 폭파시키는 자들에게서 우리
불쌍한 처녀성을 지켜주소서. 처녀가 사내를
폭발시키는 전략은 없는가요?
파롤레스 일단 처녀성이 폭파되면 사내는 더 빨리 폭발하죠.
그자를 다시 떨어뜨리면 뚫어진 틈바귀로 당신네
성을 잃는 겁니다. 자연 공화국에선 처녀성의 고집은
좋은 정책이 못 돼요. 처녀성의 상실은 이익의 합리적
증대를 뜻하는데, 먼저 처녀성을 잃기 전엔 처녀를
낳을 수가 없거든요. 당신네 몸을 구성하는 것이
처녀 만드는 재료예요. 한 번 처녀성을 잃으면 열
번이라도 다시 만들 수 있죠.[4] 영원히 유지하면
영원히 손해예요. 그 물건은 너무나 차가운 짝이니
얼른 떼 버리세요.
헬레나 아직은 얼마 동안 그걸 지키겠어요. 그러다가
처녀로 죽을지는 몰라도.
파롤레스 그걸 변호할 말은 별로 없어요. 그것은 자연법칙에
어긋나는 겁니다. 처녀성을 두둔한다는 것은 당신네
어머니를 욕하는 거예요. 그거야말로 가장 명백한
불순종이오. 제 목을 매어 죽는 자는 처녀와 같으니,
처녀성은 스스로를 죽이는 자로서 자연에 대해서
절망하는 죄인이라 모든 거룩한 경내에서 쫓겨나
길 복판에 묻혀야 돼요.[5] 처녀성은 치즈와 매우

1 당시 천문학에서는 빛나는 천체들은 각기 정해진 궤도가 있고 그보다 낮은 천체는 그 빛을 받으며 자기에게 주어진 궤도를 돈다고 했다. 그처럼 그녀는 귀족이 못 되고 평민 출신 의사의 딸이라 젊은 백작 버트럼을 사랑하나 그와 결혼할 엄두를 못 낸다.
2 중세 기독교에서 성자의 유물과 유적을 매우 높이 숭상하는 것을 '우상숭배'라고 비난했다.
3 트로이의 헬레나와 이름이 비슷해서 하는 농담인 듯.
4 여자가 '한 번(일단) 처녀성(정조)을 잃으면 처녀를 열 명이라도 낳을 수 있다'는 말이다.
5 자살한 자는 거룩한 교회 묘지에 묻히지 못했다.

흡사해서 좀벌레가 생기며 껍데기까지 파먹어서,
교만한 제 속을 먹고 죽어버리죠. 뿐만 아니라,
처녀성은 성질이 급하고 건방지고 게으르며 이기심
덩어리죠. 율법에서 가장 금기하는 죄악입니다.
그런 걸 간직하지 마세요. 틀림없이 그 때문에 손해
볼 거요. 내놓으세요! 십 년 안짝에 둘로 늘어날
테니 괜찮은 이익이오. 그리고 원금 자체도 별로
손상을 안 입어요. 얼른 버리세요!

헬레나 자기도 좋아하는 방식으로 그걸 잃으려면 어떻게
해야 하나요?

파롤레스 어디 봅시다. 오, 절대로 그걸 안 좋아하는 사람을
좋아한다면 아주 곤란해요. 가만히 놔두면 빛바랠
상품이오. 오래 갖고 있을수록 값이 떨어져요. 팔
수 있을 동안에 처분하세요. 아직 수요가 있을
동안에 응하세요. 처녀성이란 늙은 신사 같아서
유행이 지날 때까지 옛 모자를 쓰지요. 멋지게
맞췄던 거지만 어울리지 않아요. 오늘날 유행에 뒤진
브로치나 이쑤시개[6]와 똑같아요. 붉은색은 당신네
뺨보다는 파이나 죽에 들어 있는 익은 과일 같아요.
당신네 처녀성은,—낡아빠진 처녀성 말이오.—
말라붙은 프랑스 배와 같소. 꼴도 흉하고 지푸라기
씹는 것 같은 것 말이오. 시들어빠진 배예요. 그거
뭣에 쓰겠소?

헬레나 내 처녀성은 아직은 안 그래요.—
당신 주인께 천 가지 사랑이 될 수 있죠.
어머니요, 애인이요, 친구요, 불사조요,
상관이요, 적군이요, 인도자요, 여신이요,
임금이요, 충고자요, 반역자요, 연인이요,
겸손한 야망이요, 교만한 겸손이요,
불협화의 화음이요, 귀 아픈 멜로디요,
진심이며 달콤한 불행예요. 눈 가린
큐피드가 대부가 되어 귀엽고 어리석은
별명으로 지어대는 이름이 한 아름이오.[7]
이제 그이가—그이가 무엇을 할지
나도 몰라요. 신께서 무사히 보내주시길!
궁정은 교육의 장인데, 그이는—

파롤레스 솔직히 무엇이오?

헬레나 잘 계시길 바라는 분이어요.—안됐네요.

파롤레스 뭐가요?

헬레나 잘 계시길 바라지만 만질 수 있는
실체가 없다는 것, 낮은 별을 타고난
신분 낮은 우리는 소망에 갇혀 있어,
별들의 힘을 빌려 친구들을 따라가
속에 품은 응어리를 보일 수는 있다는 것.
고맙단 대답은 아예 없지만.
[시동 등장]

시동 파롤레스 선생님, 주인께서 부르셔요. [퇴장]

파롤레스 귀여운 헬레나, 잘 있어요. 생각이 나면
궁정에서 당신 생각 하겠소.

헬레나 파롤레스 씨, 당신은 인자한 별 아래서 태어난
분이어요.

파롤레스 군신의 별 화성 아래서 났는데요.

헬레나 나는 특별히 화성 '아래'를 생각해요.

파롤레스 어째서 화성 '아래'죠?

헬레나 언제나 전쟁에서 밑에 깔렸으니까 화성 아래서
났을 수밖에 없죠.

파롤레스 화성의 힘이 한껏 올랐을 때요.

헬레나 오히려 힘이 빠질 때지요.

파롤레스 왜 그렇게 생각해요?

헬레나 싸울 때 뒷걸음칠 때가 하도 많아서요.

파롤레스 그건 유리한 지점을 확보하려는 거요.

헬레나 그게 내빼는 거죠. 그때 비겁이 안전을 속삭이죠.
하지만 당신 속에서 용맹과 비겁이 뒤섞여서
잽싼 날개라는 힘 좋은 물건이 생겼는데 그
모습이 마음에 들어요.

파롤레스 지금 할 일이 너무 많아 날카롭게 응수하지
못하겠소. 완벽한 궁정인이 되어 돌아와, 나의
가르침으로 당신을 자연 친화적으로 길들인다면
당신은 궁정인의 권고를 들을 줄 알게 되고
당신한테 던져진 충고를 모두 이해하게 될 거요.
안 그러면 당신은 고마움을 모르고 죽을 것이며
무지가 당신을 쫓아버릴 것이오. 잘 있으시오.
시간이 있으면 기도를 드리고 시간이 없으면
친구들을 기억하시오. 좋은 남편 구하시오. 그가
당신을 대하듯 그를 대해주시오. 그러면 안녕. [퇴장]

6 장식이 달린 이쑤시개를 휴대하는 것이 당시의 유행이었다.

7 당시 유행하던 연애시에 나오는, 사랑하는 여인에 대한 온갖 칭호들. 눈먼 사랑의 신 큐피드(그래서 사랑은 '맹목'이다)가 교회에서 세례명을 줄 때 입회하는 '대부'처럼 여러 가지 별명을 지어준다.

헬레나 우리가 하늘에 구하는 대응책은
대개 마음속에 들어 있어. 운명의 하늘은
자유를 허락하고 우둔할 경우에만
굼뜬 생각들에서 우리를 잡아당겨.
무슨 힘이 내 사랑을 이토록 높이기에
보기는 하면서도 눈은 허기가 지지?
자연의 조화는 막강한 신분을 넘어
끼리끼리 맺어주고 입 맞추게 해주지만
고생을 따져보고 실례를 부정하는
자들에게는 비상한 시도는 불가능하지.
사랑의 실패자가 그녀를 찬양키 위해
애쓴 적 있을까? 전하의 병환은—
내 꾀에 스스로 속을지는 몰라도
내 뜻은 확고하여 나를 놓지 않는다. [퇴장]

## 1. 2

[코넷들이 주악을 울린다. 편지를 든 프랑스 왕,[8]
신하 1, 신하 2, 여러 시종들 등장]

왕 피렌체와 시에나가 각축을 벌이며
비등하게 싸웠는데 지금도 서로
대적 중이오.
신하 1 소문은 그렇습니다.
왕 아니오. 확실하오. 오스트리아의 내 친구
왕으로부터 분명한 전갈을 받았는데,
피렌체가 급히 원조를 청할 거란
경고를 하고 있소. 절친한 그 친구는
이 일을 예견하고 내가 거절하기를
바라는 것 같소.
신하 1 전하께서도 인정하시는
그분의 사랑과 지혜가 큰 신뢰를
낳을 수 있죠.
왕 내 답에 힘을 실어주었소.
피렌체는 오기도 전에 거절하오.
하지만 이탈리아 군에서 복무하길 바라는
우리 쪽 신사들은 어느 편에 서든지
자유롭게 택하시오.
신하 2 우리 쪽 귀족들의
교육의 장이 될 수 있죠. 저들은
운동이 모자라 안달입니다.
왕 누가 오는가?

[버트럼, 라퓨, 파롤레스 등장]

신하 1 전하, 로실론 백작, 젊은 버트럼입니다.
왕 젊은이, 부친의 모습을 빼닮았구나.
조급보단 조심스런 관대한 성격이라
너를 잘 만들었다. 부친의 덕성마저
계승하길 바란다! 여기 온 걸 환영한다.
버트럼 제 감사와 봉사는 전하의 것입니다.
왕 나와 너의 부친이 친구가 되어
군인 노릇 처음으로 시험해 볼 때처럼
내 몸도 튼튼하면 참말 좋겠다.
그 사람은 당시 군사에 통달하였고
용맹한 자들의 귀감으로 장수했으나
마녀 같은 나이가 야금야금 다가와
우리 힘을 앗아갔다. 부친을 얘기하니
한결 기분 좋구나. 그 사람도 한창때는
오늘날 청년처럼 말솜씨가 좋았지만,
그네들은 자신들의 경박한 언행을
명예로써 보상할 수 있기도 전에
그 농담이 되돌아온다는 걸 모르고 있어.
그 사람은 진정한 궁정 신사라
자부심과 기민함에 교만도 악의도
안 섞였으며, 그렇다 해도 동료들이
일깨워 주었고, 자존심은 시계처럼
반대 의사를 표명할 시각을 가리켰고
그 순간 그의 혀는 시계에 복종했지.[9]
아랫사람을 윗사람 대하듯 하여,
저들의 낮은 지위에 높은 머리를 숙여
저들은 그의 겸손을 자랑으로 여기고
낮은 자들의 찬양에 겸손하였지.
이런 분은 젊은이 세대에 지침이 되어,
이것을 잘 따르면 요즘의 사람들이
뒷걸음칠 뿐임을 보여주리라.
버트럼 부친에 대한 기억은 부친의 무덤보다
전하의 마음속에 더욱 풍성합니다.
부친의 비문에는 전하의 말씀만큼
생생한 증언은 적혀 있지 못합니다.

8 병중이므로 교자(轎子)를 타고 있다.
9 그의 자존심이 반대 의사를 말할 때를 정확히 알려주었다는 것.

왕 같이 있으면 참말 좋겠다! 늘 말하길—
듣는 것 같구나. 그의 찬사는
귓가에 흘린 게 아니라 접이 붙어
자라서 열매를 맺었지. "안 살아야지."—
즐거운 시간이 끝나자 뒤이어
가벼운 한숨이 시작되곤 하였지.
"—안 살아야지. 등잔 기름이 떨어져서
젊은이의 장애가 되지는 말아야지.
새것이 아니면 무엇이든 경멸하며
옷차림을 낳는 데만 판단력을 사용하나
유행이 가기 전에 없어질 뿐"이라고
개탄하며 죽고 싶다고 했어.
나도 뒤이어 그와 같은 소원을 품으며
밀랍도 꿀도 모아 올 능력이 없으매
속히 벌통을 내놓고 사그라져서
일벌에게 양보해야지.

신하 2 사랑받으시는데요.
가장 인색한 자도 전하의 부재를
가장 크게 느낄 테죠.

왕 자리나 채우고 있어.
—부친의 의사가 죽은 지 얼마 됐나?
아주 유명했는데.

버트럼 6개월쯤 됐습니다.

왕 아직 생존한다면 봐달라고 할 텐데.
—팔 좀 빌리자.—의사들이 저마다
치료를 하니 맥이 없구나. 몸과 병이
한껏 다투고 있어.—백작, 잘 왔다.
친아들보다 반갑다.

버트럼 고맙습니다. [주악. 모두 퇴장]

## 1. 3

[백작 부인, 집사, 뒤따라 어릿광대 등장]

백작 부인 이제는 네 말 들어 보겠다. 그 여인에 대해서
네 생각은 어떠냐?

집사 마님, 제가 마님 마음에 꼭 들게끔 성의껏
노력하였사온데 그 노력이 이제까지의 노력의
기록에서 발견되길 원합니다. 저희 스스로가
그 일을 떠벌리면 저희의 겸손을 손상시키며
저희의 깨끗한 공적을 더럽힐 수 있어요.

백작 부인 이 못난 녀석은 여기서 뭘 하고 있나? [광대에게]
야, 저리 가라. 너에 대해 여러 가지 나쁜 말 들었지만
다 믿진 않는다. 나는 남의 말 더디 믿는 성격이다.
네가 그런 짓을 저지를 만큼 멍청하지 않으며 그런
못된 짓을 할 만큼 머리가 있다는 것도 안다.

어릿광대 마님, 제가 가난한 놈이란 걸 마님도 모르지
않으세요.

백작 부인 좋다. 그래서?

어릿광대 아닙니다. 제가 가난하단 사실은 좋지가 않아요.
대다수 부자가 욕을 먹지만요. 하지만 마님께서
제가 세상에 나가는 걸 후원해 주신다면 하녀
이스벨과 저는 이럭저럭 꾸려나갈 터입니다.

백작 부인 거지가 돼야겠나?

어릿광대 이 일에 마님의 후원이 필요합니다.

백작 부인 무슨 일 말인가?

어릿광대 이스벨과 저 자신의 일이지요. 하인의 직분은
세습이 아닙니다. 그래서 제가 자식을 보기 전엔
하느님의 축복을 못 받을 거로 압니다.—자식들이
축복이라 하더군요.

백작 부인 왜 결혼해야 하는지 이유를 말해라.

어릿광대 마님, 저의 가련한 몸이 결혼을 하겠대요. 육체에
끌려다니는 몸이니까요. 마귀가 끌어당기는 자는
마귀에게 가는 수밖에 없죠.

백작 부인 그게 '귀하신 몸'의 이유의 전부인가?

어릿광대 마님, 솔직히 말씀드리면, 그밖에도 이런저런
거룩한 이유들이 있습지요.

백작 부인 보통 사람이 알아도 되나?

어릿광대 마님, 저는 못난 죄인이었습니다. 마님을 포함해서
피와 살을 가진 모든 인간이 그렇지요. 그래서 진짜
회개하려고 결혼하는 겁니다.

백작 부인 죄보다는 결혼이 먼저구먼.

어릿광대 마님, 저는 친구가 없습니다. 제 아내를 위해서
친구가 생기면 좋겠습니다.

백작 부인 못된 놈, 그런 친구는 원수다.[10]

어릿광대 마님께선 좋은 친구의 깊은 뜻을 모르시네요.
못된 놈들이 제가 이젠 싫증이 난 그 짓을 저 대신
해주러 오는 겁니다. 제 밭을 갈아주는 사람은 소가

10 '아내를 위해 친구가 필요하다'는 말은 그런 친구가 그의 아내를 가로채니 원수가 된다는 말이다.

할 일을 덜어주고 소출을 거두게 해주는 거죠. 그놈이 서방질을 해준다면 그놈은 저의 막일꾼이 되는 거죠. 아내를 즐겁게 해주는 놈은 제 피와 살을 길러주는 놈이며, 저의 피와 살을 길러주는 자야말로 저의 친구죠. 그런고로 아내와 키스를 하는 자는 저의 친구입니다. 인간이 본시 생긴 그대로 만족한다면 결혼 생활에 아무 걱정이 없겠죠. 젊은 개신교도 셰어본[11]이나 늙은 구교도 포어선이 종교 문제로 아무리 마음이 갈라져 있다 해도 머리 꼴은 서로들 똑같습니다. 무리 가운데 수사슴처럼 서로 뿔을 맞부딪칠 테니까요.[12]

백작 부인 너는 입 더러운 못돼 먹은 욕쟁이 녀석으로 항상 남아 있겠냐?

어릿광대 마님, 저는 선지자예요. 그래서 진실을 안 꾸미고 곧장 말해요.

[노래한다.] 그 노래 거듭거듭 반복하리니,
참말로 진실임을 모두 알리라.
당신의 결혼은 운명을 따르고
뻐꾹새는 본능 따라 노래 부른다.[13]

백작 부인 저리 가 있어. 잠시 뒤에 더 얘기하겠다.

집사 마님, 헬레나에게 마님을 뵈러 오라고 저 사람에게 말해도 괜찮을까요? 그녀에 대해 말씀드릴 일이 있습니다.

백작 부인 이 녀석, 같이 말하고 싶다고 시녀에게 전해라. 헬레나 말이다.

어릿광대 [노래한다.] 그녀가 말하길, "저 예쁜 얼굴 때문에
그리스가 트로이를 멸망시켰나?[14]
어리석다, 어리석다.
저게 프리아모스의 기쁨이었나?"
그러면서 그녀는 서서 한숨을 쉬고,
그러면서 그녀는 서서 한숨을 쉬고
이렇게 결론지었네.
"나쁜 사람 아홉 중에 하나가 착하면,
나쁜 사람 아홉 중에 하나가 착하면,
열 가운데 하나는 착한 사람이지."

백작 부인 뭐라고? 열 사람 중에 하나만 착해? 이놈, 노래를 나쁜 말로 바꾸누나.

어릿광대 열 가운데 한 여자란 말입니다, 마님. 그 노래를 그런 식으로 순화시키는 거죠. 하느님께서 일 년 내내 세상을 그렇게 해주시면 얼마나 좋아요! 제가 교구 신부라면 그 열 번째 여자는 탓할 게 없겠지요. 열 가운데 하나요? 살별이 굉장히 빛나거나 큰 지진이 날 때만 좋은 여자가 생긴다 해도 결혼이란 도박을 훌륭하게 고치는 거죠. 남자가 딴 심장을 따먹기 전에 자기 심장부터 꺼내서 보여줄 수 있거든요.

백작 부인 이 녀석, 잔소리하지 말고 당장 가서 내가 시키는 대로 해!

어릿광대 남자는 여자 명령에 따라야 하며 그래도 아무 손해도 안 생긴단 말씀이죠! 정직이 청교도는 아니지만 아무런 해가 없습죠. 커다란 심장을 덮은 검정 가운 위에 겸손의 사제복을 입고 있단 말입니다.[15] 그럼 이제 진짜로 갑니다. 제가 할 일은 헬레나에게 이리로 오라고 말하는 거죠. [퇴장]

백작 부인 됐다. 그래서?

집사 마님께서 데리고 계신 시녀분을 온전히 사랑하신다는 사실을 잘 알고 있어요.

백작 부인 정말 그렇다. 그 애 아버지가 내게 그 애를 맡겼다. 그리고 그 애도 다른 유리한 조건이 붙지 않아도 지금처럼 큰 사랑을 받을 만한 자격이 넉넉하다. 그 애한테 주는 것보다 갚아야 할 게 더 많아. 그 애가 달라는 것보다 더 많이 갚아줄 작정이다.

집사 마님, 제가 아주 최근에 아마 그녀가 원하는 것보다 그녀 가까이에 있었습니다. 혼자였는데, 혼자서 말을

11 개신교도는 금요일에 고기(셰어 = 셰르)를 먹고 구교도는 물고기(포어선 = 푸와송)를 먹는 자라는 것이다.

12 아내가 간통하면 그 남편의 머리에 뿔이 난다고 했는데, 신교도나 구교도나 똑같이 그런 꼴이 된다는 말이다.

13 봄에 본능에 따라 뻐꾹새(영어로 쿠쿠)가 뻐꾹 뻐꾹(쿠쿠 쿠쿠) 하고 울면 옛날 영국인들은 그 소리를 '쿠콜드 쿠콜드'(오쟁이 진 남편, 즉 서방질하는 아내를 둔 남편)라고 놀리는 소리로 들었다. 봄에 뻐꾸기가 울 듯 아내는 바람을 피운다는 것이 농담이었다.

14 트로이의 왕자 파리스가 그리스의 왕비 헬레나를 빼내왔기 때문에 그리스가 10년 동안 싸운 끝에 트로이를 멸망시켰다. 다음 행에 나오는 트로이의 프리아모스 왕은 새 며느리 헬레나를 좋아했다. 이 이야기는 셰익스피어가 「트로일로스와 크레시다」에서 다뤘다.

15 당시 신교와 구교의 투쟁을 암시하는 이 대목에서 청교도(급진 신교도) 목사는 사제가 화려한 사제복을 입는 것에 반대하여 수수한 검정색 가운을 입었다. 여기서 청교도들이 늘 내세우던 '정직'이라는 덕목은 속은 청교도이나 겉은 구교도의 표시를 하고 있다는 말이다.

주고받더군요. 자기 말을 자기 귀가 들으라고 했는데
절대로 남이 못 들을 거라고 믿는 것 같았어요. 제가
맹세할 수도 있습니다. 내용인즉, 자기가 마님의
아드님을 사랑한다는 거였어요. 신분 사이에 그러한
차별을 만들어놓은 '운수'는 여신이 못 되며, 동등한
자질을 가진 사람에게 힘을 발휘하지 못하는 '사랑'도
신이 못 되며, 그녀의 불쌍한 기사가 아무런 구원병
없이 첫 습격을 당하거나 후에 몸값을 낼 수 없을
정도로 첫 습격을 받게 내버려둘 '다이애나'[16]도
처녀들의 여왕이 못 된다는 말이었어요. 지금껏 들어본
처녀의 절규로는 가장 쓰라린 슬픈 가락을 토로한
건데, 이를 즉시 마님께 알려드리는 것이 제 의무로
생각됐어요. 그로 인해 생길지 모를 손실에 대해
마님도 아셔야 할 일이기 때문이죠.

백작 부인 이 일을 정직하게 수행했다. 혼자만 알고 있어라.
전에 이에 관해서 여러 번 내게 귀띔이 있었지만,
저울 위에서 이리저리 흔들기만 해서 믿을지 말지
했다. 그럼 가봐라. 이 사실을 가슴에 묻어둬라.
너의 정직한 관심에 대해 감사한다. 곧 너와 다시
더 얘기하겠다. [집사 퇴장]

[헬레나 등장]

백작 부인 [방백] 내가 한창 젊던 때도 그와 같았지.
자연의 조물이라 그럴 수밖에 없어.
청춘의 장미에 가시가 있기 마련.
우리의 핏속에 저절로 생기는 것.
자연의 진면목을 보여주는 표적으로
사나운 열정이 청춘에게 박혀 있지.
지난날을 돌아보면 같은 짓을 범했지만
그때에는 잘못으로 여기지 않았어.
저 애 눈이 아프구나. 지금 보니 알겠다.

헬레나 무슨 일이신가요?

백작 부인 너도 알다시피
나는 네 어미다.

헬레나 귀한 마님이시죠.

백작 부인 아니다. 어머니다.
어머니는 안 되냐? '어머니'라 했더니
뱀 본 듯이 놀라누나. '어머니'란 말 속에
뭐가 있어 그러느냐? 너의 어머니로서
낳은 자식 목록에 너를 포함시켰다.
양자녀가 친자녀와 구별 못 할 때도 많고
우리 혈통 밖에서 접을 골라 잘 붙이면
그 혈통의 한 부분이 되는 법이다.
너는 어미 진통으로 날 아프게 안 했지만
어미의 사랑을 너에게 준다.
참말로 놀랍다, 얘야! 어미란 말에
몸의 피가 엉기느냐? 왜 그러느냐?
불순한 젖은 날을 예고하는 물방울,
오색의 무지개가 눈동자를 에워싸느냐?
왜? 네가 내 딸이라서?

헬레나 그렇지 못하기 때문이죠.

백작 부인 내가 네 어머니다.

헬레나 마님, 용서하셔요.
로실론 백작은 제 오빠가 못 되셔요.
저는 천하고 그분은 귀한 가문이시며,
제 부모는 평범하나 그분은 참으로 귀하셔요.
저의 주인, 지극히 친애하는 주인이시며,
저는 그분의 하녀로 살고 종으로 죽겠어요.
제 오빠는 못 되셔요.

백작 부인 나도 네 어미가 못 되냐?

헬레나 마님은 제 어머니세요. 아드님이 제 오빠가
못 되신대도 마님은 정말로 어머님이
되시면 좋겠어요! 또는 마님이 우리 둘의
어머니가 되셔도 제가 그의 누이만 안 되면
천국이 따로 없지요. 제가 마님 딸이면
그분은 제 오빠가 되셔야만 하나요?

백작 부인 그렇다. 네가 며느리가 될 수도 있어.
그런 생각은 아예 마라. '딸'과 '어머니'에
너무 흥분하누나! 저런, 얼굴이 다시
하얗게 되느냐? 걱정대로 엉뚱한 네 속이
드러나누나. 네가 따로 도는 이유와
짠 눈물의 근원을 이제야 알 수 있다.
누가 봐도 뻔하다. 내 아들 사랑하지?
감정을 말한다며 아니라고 부정해도
부끄러운 거짓이니, 진실을 말하되
그렇다고 말해라. 저 봐라. 두 뺨이
서로에게 고백하며 네 행동에 너무도
잘 드러나 두 눈은 눈물로 말하는데,
죄와 지옥 고집만이 네 혀를 묶어놓아
진실은 짐작밖에 못 하겠구나.

16 달의 신으로 처녀들의 기도를 들어주는 처녀 여신.

말을 해라. 그렇게 된 거냐?
만일 그게 사실이면 네가 좋은 실타래를
헝클어 놓았구나. 아니면 부인해라.
어쨌든, 하늘이 네게 좋게 내 속에서
움직이실 터인데 네게 명한다.
사실대로 말해라.

헬레나 선하신 마님, 용서하셔요.

백작 부인 너 내 아들 사랑하지?

헬레나 용서하셔요, 귀하신 마나님.

백작 부인 내 아들 사랑해?

헬레나 그분을 사랑하지 않으셔요?

백작 부인 둘러대지 마라. 내 사랑은 세상이 다 아는
모자 관계다. 자, 네 마음을
털어놓아라. 너의 사랑의 열정을
낱낱이 고발해야 하니까.

헬레나 그럼 여기서
높은 하늘과 마님 앞에 무릎을 꿇고
먼저 마님께, 다음은 높은 하늘께
아드님 사랑함을 고백합니다.
집안은 가난하나 정직해요. 제 사랑도 그래요.
성내지 마셔요. 제가 사랑한다고
그분께 해가 되진 않아요. 주제넘게
사랑을 표시하며 좇아다니지 않으며
자격이 있기 전엔 나서지도 않겠어요.
하지만 어찌해야 그리될지 알 수 없어요.
헛되이 사랑하고 가망 없이 애만 써요.
하지만 넓고도 밑 빠진 이 체에
저의 사랑의 물을 끊임없이 붓지만
아무리 새 나가도 모자라지 않아요.
토인처럼 제 잘못에 정성을 쏟아
해님을 예배하나 해님은 내려다볼 뿐,
기억도 안 하셔요. 너무도 소중한 마님,
사랑하시는 분을 저도 사랑하니까
마님의 미움과 제 사랑이 부딪치면 안 되죠.
지긋한 연세시라 착한 젊음 아시니
마님도 한때 진실한 사랑의 불이 일어
다이애나 여신이 처녀이며 '사랑'이길
순결하게 원하시고 심히 바라셨다면,
오오, 그럼 잃을 것이 분명한 이에게
줄 수밖에 없는 처지를 동정하셔요.
원하는 목적을 추구하지 아니하고
죽으면서 곱게 사는 수수께끼 같아요.

백작 부인 얼마 전에 파리에 가겠다고 안 했냐?
사실대로 말해라.

헬레나 그랬어요.

백작 부인 왜지? 말해라.

헬레나 사실대로 말하죠. 은혜를 걸고 맹세해요.[17]
아시다시피 아버지는 두루 쓰시기 위해
독서와 갖가지 실험으로 수집하신,
효능이 확실하고 희귀한 처방을
제게 남기셨어요. 보기보다 실속 있는
처방들인데 되도록 아끼라고 하셨어요.
그중에는 불치의 병으로 포기한
전하의 병환처럼 무망하게 오래 끄는
질병들을 치료할 수 있도록 적어놓은
확실한 처방들도 있어요.

백작 부인 그래서 파리에 가겠다 했냐? 말해라.

헬레나 아드님이 저한테 그걸 생각해 보라고
하셨어요. 아마 그 말씀이 없었다면
파리든 약이든 전하이든 제 생각의
갈피에 흔적도 없었겠죠.

백작 부인 하지만 헬레나,
혹시 너의 처방 약을 드린다 해도
전하가 받으시겠냐? 전하와 시의들은
생각이 똑같은데 전하는 시의들이,
시의들은 전하를 못 고친다 하는데,
못 배운 여염집 처녀를 어찌 믿겠냐?
박사들이 있는 지식 모두 다 쏟고
포기하고 말았는데?

헬레나 의약계의 태두였던
아버지의 기술을 능가하는 그 무엇이
거기 들어 있는데, 가장 복된 별들이
제게 주신 그 유산을 우수한 처방으로
축복 내릴 것이어요. 마님께서 저에게
어찌 될지 시험할 허락만 주신다면
버려도 아깝지 않을 저의 목숨을
하루만, 한 시간만 전하의 치유에
바쳐보겠습니다.

17 기독교인은 오직 하느님의 은혜로 죽음에서 구원을 받는다고 믿는데 바로 그 구원의 은혜를 걸고 맹세한다는 말이다.

백작 부인 그걸 네가 믿느냐?
헬레나 네, 알고 하는 말이에요.
백작 부인 아무렴, 헬레나. 허락도 사랑도 자금도
시종도, 궁정에 있는 내 친지들에게
반가운 인사도 네게 준다. 나는 집에서
네 일에 하느님의 도움을 기도하겠다.
내일 당장 떠나라. 도울 수 있는 일은
아쉽지 않게 할 테니 믿어도 좋다. [모두 퇴장]

## 2. 1

[코넷들의 주악. 피렌체 전쟁으로 떠나는
젊은 귀족 여러 사람, 버트럼, 파롤레스와 함께
왕 등장]
왕 젊은이들, 잘 가오. 전쟁의 원칙을
버리지 마오. 당신들도 잘 가오.[18]
권고를 서로 나누오. 양측이 모두 얻으면
내가 주는 선물은 받는 만큼 늘어나서
모두에게 넉넉하겠소.
귀족 1 저희의 소망은
훌륭히 군인으로 입신하고 돌아와
건강하신 전하를 뵙는 일입니다.
왕 아니오, 그럴 수 없소. 그러나 내 마음은
목숨을 포위한 질병을 인정치 않소.
젊은이들, 잘 가오. 내가 살든 죽든 간에
훌륭한 부친들의 아들이 되오.
옛 제국의 멸망을 이어갈 뿐인
멍청한 이탈리아 귀족들에게
명예와 연애 아닌 결혼을 위해
당신들이 온 것을 과시하기 바라오.[19]
용감한 구혼자도 겁을 낸다오.
소원을 이뤄 이름을 높이오. 잘 가오.
귀족 2 전하께서 바라신 만큼 건강하시길!
왕 이탈리아 여인들을 각별히 조심하오.
프랑스 언어에는 저들의 요청에
거절할 말이 없다 하니, 싸우기 전에
포로가 되지 마오.
귀족 1, 2 명심하겠습니다.
왕 무운을 비오. [몇 귀족에게] 이리 오오.
[귀족들이 옆에 선다.]
귀족 1 [버트럼에게]
오, 백작, 당신이 뒤에 남는단 말인가!
파롤레스 젊은 분의 잘못이 아니죠.[20]
귀족 2 멋진 전쟁인데요.
파롤레스 굉장하오. 그런 전쟁 나도 보았소.
버트럼 남으라는 명령이오. 그래서 '너무 어려',
'내년에', '너무 일러' 같은 소동이 일어나네요.
파롤레스 마음이 있다면 용감히 빠져나갈 터인데.
버트럼 여자의 말[21]이 돼서 뒤에 남아 있을 테요.
매끈한 바닥에 구두 소릴 내면서
명예는 돈으로 사고 칼은 멋으로
춤출 때 써요. 꼭 빠져나갈 거예요!
귀족 1 모르게 하는 것이 명예롭소.
파롤레스 그러시오, 백작.
귀족 2 나도 도와 주겠소. 그럼 잘 있으오.
버트럼 당신들과 한 몸이라 떨어지니 찢어져요.
귀족 1 대위, 잘 있으오.
귀족 2 친애하는 파롤레스!
파롤레스 고귀하신 영웅들, 내 칼과 당신네 칼은 형제이며
불꽃이며 빛나오. 한마디로, 우수한 쇠붙이요.
이탈리아 연대에 스퓨리오 대위[22]란 자가 있을
터인데 여기 왼쪽 뺨에 전쟁의 표인 흉터가 있소.
바로 이 칼로 파놓았소. 내가 살아 있다 말하고
내 소식 듣고 뭐라는지 잘 들어두시오.
귀족 1 그러겠소, 고귀한 대위.
파롤레스 군신께서 새내기 당신들을 귀애하시길! [귀족 1, 2 퇴장]
[버트럼에게] 어쩌겠소?
버트럼 왕과 같이 있을 테요.
파롤레스 귀하신 분들에게 예절 갖춘 말씨를 좀 더 넉넉히
쓰시오. 너무 차가운 작별의 울타리를 벗어나지

18 파리의 젊은 귀족들이 무술의 연마를 위해 일부는 피렌체, 일부는 시에나 편으로 참전하게 되어 왕은 그 양측에게 권고하는 것이다.
19 단지 '연애'하고 헤질 것이 아니라 아예 평생 '결혼'하여 살려고 한다는 것.
20 파롤레스는 자기에게 한 말이 아닌데 나서서 대꾸하곤 한다.
21 여자가 방울과 댕기를 단 조랑말을 몰고 그 뒤를 다른 말들이 따랐다. 평화로울 때 궁정의 풍경이었다.
22 '가짜'라는 말이다. 즉 파롤레스의 말은 허풍이라는 암시다.

못하셨소. 그분들께 좀 더 감정을 표하시오. 그분들은
최첨단 유행을 휘둘러 감으셨소. 그에 더하여 올바른
군대식 보행을 사용하시오. 가장 인기 높은 별의
영향권 내에서 먹고 말하고 행동하시오. 장단을 이끄는
것이 마귀라 할지라도 그 장단을 따라야 하오. 저들을
따라가 좀 더 길게 고별의 말을 하시오.

버트럼 그러겠소.

파롤레스 훌륭한 친구들이라 누구보다도 강인한 검객들이
될 것 같으오. [둘 퇴장]

라퓨 [무릎을 꿇으며]
전하, 저와 저의 말을 용서해 주십시오.

왕 당신에게 돈 주면서 일어서라고 말할 판이오.

라퓨 [일어서며]
그래서 용서를 산 사람이 서 있습니다.
전하께서 무릎 꿇고 자비를 구하시면
제가 말씀드릴 때 서 계실 수 있으시죠.

왕 그리하면 좋겠다. 당신의 머리를 깨고
용서 구하면 된다고.

라퓨 빗나가셨네요!
그런데 전하, 병환에서
나으시기 원하세요?

왕 아니다.

라퓨 그렇다면
왕 여우님, 포도를 안 잡수실 테요?
여우님 손이 닿기만 하면 고귀한 포도님을
잡술 텐데요.[23] 제가 어떤 약을 만났는데
돌멩이에 생명을 불어넣고 바윗돌을
약동시켜 불나게 돌아가는 춤사위로
춤추게 하며 만지기만 하여도
피펜 왕[24]을 일으키고 찰스 대제[25]의 손에
붓대를 쥐게 하여 그녀에게 연애시를
쓰게 할 재간이 있다더군요.

왕 '그녀'라니 누군가?

라퓨 여의사예요.—전하, 한 사람 왔어요.
—보시겠다면, 신임과 명예로 맹세하고,
제가 농담 삼아 드린 말씀이지만
제 뜻을 심각하게 전해드리면,
여자로서 나이나 의술이나 지혜나
끈기가 저의 나약한 걸 탓하기에는
너무나 놀라워요. 일단 만나실까요?
그녀도 바라는데—무엇인지 보세요.
그러고 나서 맘껏 놀리세요.

왕 라퓨,
놀라운 자를 데려오시게. 당신과 함께
놀라거나 당신이 왜 그리 놀랐는지
놀라워하며 놀라움을 벗겨주겠다.

라퓨 그래드리죠. 종일 걸릴 일도 아니에요. [문으로 간다.]

왕 저 사람이 아무것도 아니라는 건 으레 이렇게 시작돼.

라퓨 자, 여기로 와라.
[변장한 헬레나 등장]

왕 이번엔 날개 돋친 듯 빠르군.

라퓨 [헬레나에게] 이리로 와.
이분이 전하시다. 솔직히 말씀드려.
얼굴빛이 반역자야. 하지만 반역자쯤
겁내지 않으셔. 두 사람 붙여놓는 내가
크레시다 삼촌 같구나.[26] 잘 해봐라.
[왕과 헬레나 외에 모두 퇴장]

왕 예쁜이, 네 일이 나에 관한 것인가?

헬레나 네, 전하.
제러드 나르본이 제 선친예요.
의사로서 실력이 대단했죠.

왕 내가 잘 안다.

헬레나 아버지 찬사는 생략해도 되겠네요.
아시는 거로 충분해요. 임종의 자리에서
처방들을 주셨는데 그것은 특히 선친 의술의
가장 귀한 소산이었어요. 그것을 오랜 경험의
가장 귀한 아들처럼 한 가지 처방을
두 눈보다 조심해서 셋째 눈처럼
간직하라 하셔서, 더 중히 여기던 차,
전하의 못된 병의 소식을 들었는데
그것은 아버님이 제게 주신 그 처방이

23 굶주린 여우가 높이 달린 포도를 따려다가 안 되니까 "설어서 실 거야." 하며 포기하더라는 이솝 우화에 빗대어, 앓는 왕이 무슨 약을 써도 안 되니까 아예 병 낫기를 포기하려고 한다고 비꼬는 말이다.

24 8세기 프랑스의 왕.

25 피핀의 아들인 샤를르망(742~814). 그의 위대한 행적은 「롤랑의 노래」라는 서사시의 주제가 되었다.

26 미녀 크레시다를 트로이 왕자 트로일로스에게 소개한 그녀의 숙부 판다로스. 셰익스피어가 「트로일로스와 크레시다」에서 다뤘다.

가장 큰 효능을 나타내는 병이에요.
마땅히 겸손을 다해 약을 올려드리고
치료하러 왔습니다.

왕 처녀, 고맙지만
치유는 별로 믿을 수가 없을 듯하다.
천하에 박식한 의사들도 포기했으며
의사 단체도 사람의 기술로 애써봤자
자연에게 몸값을 주어도 안 될 만한
상태라며 구할 수 없다고 결론지었다.
낫지 못할 질환을 돌팔이에게 맡길 만큼
판단력을 흐리거나 희망을 타락시켜
도움받을 생각은 말아야 하니
불합리한 도움에 의지함으로
권위와 신망을 갈라놓지 않으련다.

헬레나 책임을 다한 것이 수고의 값이지요.
전하께 치료를 강요하지 않겠어요.
높으신 사려에 겸손히 구하오니
괜찮다는 대답을 안고 돌아가겠습니다.

왕 고마움을 안다면 그 정도는 돼야지.
돕겠다고 했는데 내가 살길 원하니
죽음이 임박한 사람으로 감사하지만,
내가 잘 아는 일을 너는 조금도 모르고
나는 죽음을 아는데 너는 의술을 모른다.

헬레나 저의 일을 해드려도 해롭지 않아요.
전하께선 치유와는 담쌓고 지내셔요.
굉장한 사업을 하는 이는 미약한 자를
일꾼으로 삼아서 그 일을 끝내지요.
그래서 성경에도 판관들이 어렸을 때
판단력을 보인 일을 기억하지요.[27]
작은 샘이 큰물이 되었으며 대왕이
기적을 부인할 때 큰 바다가 말랐어요.[28]
소망이 클 때 기대는 무너지기 쉬워요.
하지만 희망이 몹시도 침체돼
절망이 당연할 때, 맞을 때도 많아요.

왕 네 말을 안 듣겠다. 착한 처녀, 잘 가라.
수고는 안 빌렸으니 너 자신이 보상이며,
받지 않은 선물은 고맙단 말이 값이 된다.

헬레나 신이 주신 능력이 사람 말에 막히네요.
겉만 보고 짐작하는 인간과 달리
전능하신 하느님은 그러지 않으셔요.
하늘의 도움을 인간의 행위로 보면
너무나도 그릇된 일이라고요.
오, 전하, 소녀의 노력을 허락하세요.
저 아닌 하늘을 시험하세요.
목표를 명중시키겠다고 떠들어대는
사기꾼이 아니에요. 알아만 주세요.
확신해요. 제 의술은 능력이 있고
전하께선 치유가 불가능하지 않으세요.

왕 그렇게 자신 있나? 얼마 지나면
치유될 것 같은가?

헬레나 큰 은혜가 내려서,
해의 말들이 불타는 횃불[29]을
하룻길에 두 번씩 데리고 오기 전에,
어둑한 서녘에서 물에 젖은 저녁 별[30]이
졸음 오는 등불을 두 번씩 끄기 전에,
도둑 같은 시간이 얼마나 흘렀는지
뱃사람 시계에게 스물네 번 알리기 전에[31]
온전한 데들이 병든 데를 몰아내고
건강은 살아나고 병은 죽어버려라.

왕 너의 확신과 자신감에 감히 무엇을
걸 수 있는가?

헬레나 건방지다는 욕설,
창녀의 대담성, 드러낸 수치,
놀리는 노랫가락, 처녀의 이름에 찍힌
추악한 낙인, 창피보다 더한 창피,
고문대에 길게 뻗쳐 죽이라 하세요.

왕 네 속의 선한 영이 말하는 것 같다.
연약한 몸속에 힘찬 소리가 들어 있다.
불가능한 일이라고 상식은 물리치나

27 예수는 "이것을 슬기 있는 자들에게 숨기고 아이들에게 나타내심을 감사하나이다"(마태복음 11장 25절)라고 하였다.

28 모세가 바로 왕으로부터 이스라엘 민족을 이끌어내어 마른 홍해를 건넌 기적을 말한다(출애굽기 14장).

29 하루 종일("하룻길") '불붙는 마차'를 탄 해의 신 아폴로를 뜻한다. 헬레나는 주문을 외운다.

30 저녁 별(금성)은 서쪽 바닷속으로 가라앉아서 '물에 젖은 별'이 됐다. 동방에서는 새벽에 보여서 '샛별'이라고 한다.

31 이때 시계는 모래시계다. 모래가 한 번 흐르는 것이 1시간이다. 스물네 번 흐르는 것은 하루가 된다. 무엇이든지 한 번에 되라고 하는 주문이다.

이성적인 판단은 다른 데서 살려낸다.
생명이란 이름을 가질 만한 목숨들을
소중히 여기므로 네 목숨은 값지며,
젊음과 미모, 지혜와 용기, 그 모두를
행운과 청춘이 행복이라 부르는데,
이 모두를 거는 것은 무한한 능력을
남모르게 지녔거나 무서운 절망이지.
귀여운 여의사, 내가 죽을 경우에
네 죽음을 가져올 네 약을 써보련다.

헬레나 시일을 어기거나 저의 말과 틀리다면
용서 없이 죽겠어요. 당연한 일이에요.
도와드리지 못하면 죽음이 값이지요.
하지만 도움이 된다면 약속이 뭐죠?

왕 요청해라.

헬레나 요청대로 하시겠어요?

왕 그러마. 홀과 천국의 소망으로 맹세한다.

헬레나 그러면, 전하의 힘이 미치는 한,
제가 말하는 신랑을 주셔야 해요.
프랑스 왕가에서 택한다는 교만은
저한테서 빼내고, 비천한 이름으로
전하께서 지니신 위엄의 곁가지나
모습을 불리려는 생각은 전혀 없어요.
전하의 신복인 제가 자유롭게 구하고
전하께서 자유롭게 허락하실 사람이에요.

왕 손들어 맹세한다. 조건을 알았으니
나 자신은 실행하고 너 자신은 성취한다.
그러면 네가 시일을 선택해라.
네 환자로 결정돼서 네게 의지하겠다.
네게 더 묻고 더 알아야 되겠지만
더 안다고 신뢰가 더해지지 않는다.
네 가문과 교육을 알아볼 수 있으나
묻지 않아도 좋고 의문이 없어도 복이다.
—어이구, 도와다오!—네 말처럼 의술이 놀랍다면
내 보답이 너의 일에 알맞게 하겠다. [주악. 둘 퇴장]

## 2. 2

[백작 부인과 어릿광대 등장]

백작 부인 이리 오너라. 이제는 네가 얼마나 교육 받았는지를 알아보겠다.

어릿광대 밥은 높이 처먹고 교육은 낮게 받은 걸 보여드리죠. 제가 하는 짓은 기껏 궁정에나 가는 거로 아는데요.

백작 부인 '궁정'이라니! "궁정에나" 가는 거라고 못마땅하게 내뱉으니 그래, 네가 특별한 대접을 받을 데가 어디란 말이냐?

어릿광대 하느님이 진짜로 어떤 사람한테 예절을 가르쳐 주셨다면 그 사람은 궁정에서 쉽게 잘나갈 수 있어요. 하지만 절할 줄도, 모자 벗을 줄도, 제 손에 키스할 줄도, 암말 않고 서 있을 줄도 모르는 놈은 무릎도, 손도, 입도, 모자도 없는 놈이에요. 그따위 녀석은 정확히 말해 궁정에 어울리지 않아요. 그렇지만 저로 말하면, 누구나 써먹을 대답을 안다고요.

백작 부인 무슨 질문에나 들어맞는 대답이면 그거 참 폭넓은 대답이구나.

어릿광대 누구의 엉덩이에도 잘 맞는 이발소 의자 같아요. 꼬챙이 엉덩이, 맷돌 엉덩이, 물렁살 엉덩이, 어떤 엉덩이든지 다 들어맞아요.

백작 부인 네 대답이 무슨 질문에나 다 맞는다고?

어릿광대 얼마나 잘 맞냐면 변호사 손바닥의 은화 열 냥[32] 같고 비단 휘감은 창녀에게 준 프랑스 은화 같고, 톰의 손가락에 팁의 꽃반지[33] 같고, 화요일 고백의 팬케이크[34] 같고, 오월절의 모리스 춤[35] 같고, 대못의 구멍 같고, 오쟁이 진 놈의 뿔 같고, 쌈꾼 놈팡이의 갈보 같고, 수사의 입에 수녀의 입술 같아, 요컨대 탱탱한 순대에 꽉 찬 속 같아요.

백작 부인 그래 무슨 문제에나 그처럼 잘 맞는 대답이 있단 소리냐?

어릿광대 공작님 아래로부터 나졸 나리 밑에까지 무슨 질문에도 척척박사죠.

백작 부인 어떤 문제에도 들어맞아야 하니 엄청나게 폭넓은 대답이겠다.

어릿광대 정반대로 쬐고만 놈이에요. 유식한 분이 사실대로 말하면 그렇다고요. 자, 거기 따르는 것 모두 합쳐서

32 당시 변호사 선임 비용이었다.
33 톰은 시골 사내, 팁은 시골 계집애의 이름. 골풀로 꽃반지를 만들어 사내 손가락에 끼워 줬다.
34 사순절 직전의 화요일은 고백성사의 날인데, 이날 조반에 팬케이크를 먹는 것이 관습이었다.
35 오월절(5월 1일, 메이데이)에 여럿이 벌이는 일종의 가면무(假面舞). 셰익스피어 희곡 「두 왕족 사촌 형제」에 이 놀이가 자세히 소개된다.

이런 거예요. 저한테 궁정 신사냐고 물어보세요. 배워서 손해날 게 없어요.

백작 부인 될 수 있으면 다시 젊어지는 거란다. 내가 질문에 멍청이가 돼도 좋아. 네 대답 때문에 좀 똑똑해지고 싶다고. 너 궁정인인가?

어릿광대 오, 주여![36] 그냥 간단히 척하면 돼요. 질문을 더 하세요. 백 개도 괜찮아요.

백작 부인 이 사람아, 나는 말이다, 너의 가련한 친구인데 너를 좋아한단다.

어릿광대 오, 주여! 말씀 계속 하세요! 사정없이요!

백작 부인 보아하니 너는 우리 집 음식을 먹지 못하는 것 같은데?

어릿광대 오, 주여! 저한테 줘만 보세요. 장담합니다요.

백작 부인 얼마 전에 회초리 맞았어, 아냐?

어릿광대 오, 주여! 사정없이요.

백작 부인 맞으면서도 "오, 주여!" "사정없이요." 하고 외칠 테냐? 하긴 "오, 주여!"란 소리는 매 맞고 나자마자 나오는 말이다. 네가 맞을 수밖에 없을 때엔 아주 멋진 대답일 테지.

어릿광대 '오, 주여!' 하고 외치곤 평생 그때만큼 재수 나쁜 적이 없어요. 오래는 쓸 테지만 영원히는 안 쓰겠네요.

백작 부인 이렇게 멍청이 광대와 재미있게 노닥거리다니, 잘난 여편네 노릇이라고.

어릿광대 오, 주여! 거 봐요, 또다시 써먹죠?

백작 부인 관두고 일 봐. [편지를 준다.]
헬레나한테 갖다 주고
그 애의 답장을 빨리 받아 와.
친척들과 아들에게 문안 전해라.
너무 큰 일거리는 아니다.

어릿광대 너무 큰 문안이 아니라고요.

백작 부인 네게 너무 큰 일거리 아니야. 알아듣겠지?

어릿광대 아주 너끈한데요. 제 발보다 거기 먼저 있을게요.

백작 부인 빨리 돌아와! [각기 퇴장]

## 2. 3

[버트럼, 라퓨, 파롤레스 등장]

라퓨 기적의 시대는 지나갔다고 하지만 우리 중에서 철학하는 사람들은 매일같이 벌어지는 낯익은 일이 초자연적이며 원인을 알 수 없다고 해요. 그것의 반대급부로 우리는 무서운 일을 우스개로 여기고 사이비 지식에 안주하기도 하지만 알 수 없는 것이 주는 두려움에 승복해야 옳아요.

파롤레스 그거야말로 요즘 우리 시대에 갑자기 나타난 매우 진귀한 경이의 문제지요.

버트럼 정말 그래요.

라퓨 의사들도 포기하고 말았거든요.

파롤레스 내 말이 그 말이오. 갈렌과 파라켈수스[37]도—

라퓨 모든 박식한 의사, 진실한 의사들도—

파롤레스 그렇소. 내 말이 그 말이오.

라퓨 치료 불가능이라고 돌려놨는데—

파롤레스 바로 그렇소. 내 말이 그 말이오.

라퓨 도움을 드릴 수 없어요.

파롤레스 그렇소. 확신이 드는 것 같소.

라퓨 불확실한 삶이요, 확실한 죽음이오.

파롤레스 옳습니다. 말씀을 잘하시오. 나도 그리 말하려 했소.

라퓨 정말 세상에서 처음 보는 신기한 일이에요.

파롤레스 과연 그렇소. 읽고 싶으면, 무엇이라 하던가? 거기서 읽을 수 있겠소.

라퓨 [읽는다.] *세상의 일꾼을 통해서 거룩한 효과를 나타낸 일.*

파롤레스 그거요. 바로 그 말을 하고자 했소.

라퓨 돌고래도 그만큼은 활발하지 못해요. 정말이지, 내가 말하려고 하는 건—

파롤레스 참말로 신기하오. 무척이나 신기하고 놀랍소. 요컨대 이 말은 그 일의 처음과 끝, 자초지종이오. 그리고 그자는 명명백백히 그릇된 인간으로, 이 사실을 시인코자 하지 않으나, 이는—

라퓨 하늘의 손이오.

파롤레스 예. 내 말이 그 말이오.

라퓨 매우 섬약하며—

파롤레스 나약한 기술자로되 위대한 능력, 위대한 우월적, 기술적 지식으로서, 확실히 전하의 치유에 한해서 이용되지 아니하고 좀 더 널리 우리 모두에게 베풀어야 할 것으로서—

라퓨 모두들 감사해야죠.

36 당시 궁정인들이 대답이 궁할 때 입버릇처럼 쓰던 뜻 없는 소리. 어디나 통하는 대답이다.

37 둘 다 이름났던 의사들. 갈렌은 고대 그리스, 파라켈수스는 16세기 초의 스위스의 의사.

[왕, 헬레나, 시종들 등장]

파롤레스 내가 방금 하고자 했던 말이오. 말씀 잘하셨소. 저기
전하께서 오시오.

라퓨 독일 사람 말처럼 '루스티크'[38] 하시오. 나는 입에 이빨이
남아 있는 동안엔 처녀와 연애할 생각이오. 저것 봐.
전하께서 저 처녀를 끌어가며 코란토 춤[39]을 추실 게요.

파롤레스 모르 듀 비네그르![40] 오, 헬레나 아니오?

라퓨 확실히 그런 것 같소.

왕 모든 궁정 신하들을 내 앞에 오라 하라. [시종 퇴장]
내 목숨의 보존자, 환자 옆에 앉아라.
쫓겨났던 기능을 네가 다시 불렀으니
건강해진 이 손으로 약속했던 선물을
재차 확인하는데 다시 한 번 받아라.
네가 지명하기만을 기다리고 서 있다.
[네 귀족 등장]
처녀, 눈을 들어 바라봐라. 이 귀족
총각들은 내가 결혼시킬 입장이다.[41]
이들에게 어버이와 왕의 권리를
행할 수 있다. 자유로이 선택하라.
선택권은 네게 있되 거부권은 저들에게 없다.

헬레나 사랑이 허락하면 한 분만 빼고 모두
아름답고 덕스러운 여인과 결혼하세요.

라퓨 [방백] 마구와 함께 밤색 말을 준다고 해도
재들처럼 길이 안 들어 고삐가 필요 없고
턱수염도 안 났다면 좋겠다.[42]

왕 자세히 봐라.
부친들이 모두 다 귀족이었다.
[헬레나가 귀족 중 하나를 바라다본다.]

헬레나 귀인 여러분, 전하의 건강을
하늘이 저를 통해 되찾게 했습니다.

궁정 귀족들 알고 있소. 당신을 보낸 하늘에게 감사하오.

헬레나 저는 단순한 처녀예요. 단순히 처녀라고
말할 수 있어서 매우 부유하지요.
전하, 드릴 말씀이 벌써 끝이 났어요.
저의 빰이 빨개져서 이렇게 속삭여요.—
'선택하는 처지라 빨갛지만, 거절당하면
하얀 죽음이 네 빰에 언제나 머물고
빨간빛이 다시는 오지 않으리.'

왕 선택하라. 네 사랑을 피하는 자는 내 사랑도 없으리라.

헬레나 다이애나[43] 여신님, 당신의 제단을 떠나
지고하신 신이며 지엄하신 큐피드께
한숨을 부우세요. [한 귀족에게]
제 구혼 들어볼래요?

궁정 신하 1 들을 뿐 아니라 받아들이오.

헬레나 고마워요. 더 말할 게 없어요.

라퓨 [방백] 내 평생 주사위 놀이에 꼴찌만 나와도
저렇게 선택되면 얼마나 좋을까!

헬레나 [다른 귀족에게]
아름다운 당신 눈에 불타는 자존심이
말도 꺼내기 전에 엄숙히 대답하네요.
큐피드께서 제 축원과 비천한 사랑보다
당신의 행복을 스무 배 더하시길 빌어요.

궁정 신하 2 당신 이상 바라지 않소.

헬레나 제 축원 받으세요.
위대한 큐피드가 허락하시길! 그럼 갈 테요.

라퓨 [방백] 녀석들 모두가 거절해?[44] 내 새끼들이면
매질을 하거나 터키 왕한테 보내서 고자로 만들겠다.

헬레나 [다른 귀족에게]
제가 당신 손을 잡을까 염려하지 마셔요.
당신께 절대로 누가 되지 않겠어요.
당신의 서약에 축복 있기를. 결혼하면
당신의 잠자리에 더 큰 행운 있기를!

라퓨 [방백] 저것들은 냉혈동물들이야. 아무도 그녀를
원하지 않아. 확실히 잉글랜드 놈들의 사생아야.
프랑스 사람이 낳은 놈들이 아니야.

헬레나 [다른 귀족에게]

38 독일어로 '생기발랄하다'(lustig)라는 뜻.
39 매우 빠른 경쾌한 춤.
40 프랑스어로 '식초의 죽음!'(Mort du vinaigre!)이지만 무슨 뜻의 맹세인지 알 수 없다.
41 이들은 모두 아버지를 잃은 귀족의 자식들로 백작 부인이 헬레나를 돌보고 있는 것과 같이 왕이 돌보고 있다.
42 늙은 라퓨가 자랑할 건 화려한 마구를 단 자기의 밤색 말이지만 그것을 내기에 걸더라도 젊은 귀족들은 아직 고삐도 물리지 않은 망아지같이 싱싱하며 턱에는 수염도 별로 나지 않았으니 마냥 부럽다는 말이다.
43 앞에서도 언급했던 달의 여신으로 순결과 처녀의 여신. 따라서 사랑의 신(큐피드)이나 사랑의 여신(비너스)의 반대 입장이다.
44 이 노인은 젊은이들의 대거리를 정반대로 이해하고 있다. 실제로는 헬레나가 우회적으로 거절한다.

너무나 젊고 행복하고 착하시니
제 몸에서 아들 보실 생각은 없으시겠죠.
궁정 신하 4 아리따운 아가씨, 그렇지 않습니다.
라퓨 [방백] 아직 진짜 포도 한 알이 남아 있지.[45] 확실히
네 아비가 취했던 모양이다. 네가 밥통 아니면 나는
열네 살 먹은 애송이다. 진작 너를 알아봤다.
헬레나 [버트럼에게]
당신을 택한다고 말하지는 못해요.
하지만 평생토록 저와 저의 정성을
당신의 다스림에 바쳐드려요.—이분이에요.
왕 아, 그럼 버트럼, 그녀를 데려가라. 네 아내다.
버트럼 제 아내요? 전하! 이런 일에는
제 눈의 도움을 받을 수 있게끔
허락해 주십시오.
왕 모르느냐? 나를 위해
그녀가 무슨 일을 했는지?
버트럼 압니다. 하지만
왜 그녀와 결혼해야 하는지는 모르겠군요.
왕 나를 병석에서 일으킨 걸 너도 잘 안다.
버트럼 하지만 전하께서 일어나신 대가를
제가 낮아져서 치러야 돼요?
잘 아는 여잔데, 아버지의 비용으로
교육을 받았어요. 가난한 의사 딸이 아내라니!
차라리 멸시가 저를 영원히 망치래요!
왕 네가 경멸하는 건 이름뿐인데
그런 건 내가 만들 수 있다. 이상하게도
피와 피부색, 체중, 체온을 합쳐놓으면
구별이 불가능한데 그처럼 강력한
차별을 낳누나. 그녀가 좋은 걸
모두 갖고 있다면—네가 싫어하는
'가난한 의사 딸'은 빼고—너는 이름 때문에
좋은 걸 싫어해. 그러지 말아라.
비천한 자리에서 선한 일이 생기면
그 사람의 행위로 그런 데가 귀하게 돼.
직함이 큼직해도 덕이 없으면
텅 빈 명예뿐이다. 오직 선만이
이름 없이 선하니라! 악도 그렇다.
꾸미지 않은 내면의 질을 보아야 한다.
이름이 아니야. 젊고 예쁘고 똑똑하니
이 점에서 그녀는 자연의 직계니라.
여기서 고귀함이 생겨나니라.
고귀성은 타고난다고 떠들어대지만
조상을 못 닮는 건 욕 돌리는 짓이야.
조상보단 행동에서 고귀함이 생겨 자라며
말은 단지 노예라서 무덤마다 나붙는 게
그릇되며 묘비마다 하는 게 거짓말이나
먼지와 망각이 진정한 고귀함을
묻어버린 일도 많아. 뭐라고 하겠나?
만일 네가 이 여자를 사랑할 수 있다면
나머진 내가 만들 수 있어. 선과 자신이
그녀의 재산이고, 이름과 부는 내가 준다고.
버트럼 사랑할 수 없으며 애쓰지도 않겠어요.
왕 손해 보누나. 거절할 생각이니.
헬레나 전하께서 회복이 되셔서 기쁩니다.
그밖에는 없던 일로 하길 바라요.
왕 명예가 걸린 일이다. 저자에게 이기려고
권력을 써야겠다. 그녀의 손을 잡아라.
그 좋은 선물을 받지 못할 교만한 자,
내 사랑과 그녀의 공적을 못된 오류에
가둬놨구나. 그녀의 기울어진 저울에
내 무게를 더해서 너를 천장에
닿게 할 수 있다는 걸 모르누나.
내가 네 명예를 심어 어디든 자라게 할
권세가 있는 걸 모르누나. 경멸을 거둬라.
내 뜻에 복종해라. 네게 좋게 하겠다.
경멸을 믿지 말고 자신의 행운에
복종의 의무를 즉시 행해라.
네 책임과 내 권력이 동시에 요청한다.
그렇지 않으면 나의 보살핌에서 무지와
다리 병과 철없는 젊음에 너를 영원히
내버릴 테니, 동정의 여지없이
내 보복과 증오가 국법의 이름으로
네게 쏟아질 테니, 대답해봐라.
버트럼 인자하신 전하, 용서하세요. 제 생각을
전하 눈에 내맡깁니다. 전하의 명령대로
지위와 명예가 생기는 걸 생각하면
저의 귀족 관념에서 천했던 그녀가
전하의 칭찬으로 지금은 귀하게 되어
귀족으로 태어난 것과 다름없어요.

45 짓이겨서 술을 만들지 않은 진짜 포도 알맹이는 버트럼을 가리킨다.

왕 그녀의 손을 잡고 네 여자라 말해라.
네 지위에 어울리지 않으면 무게를
더해줄 걸 약속한다.

버트럼 그녀의 손을 잡습니다.

왕 이 혼약 위에 큰 행운과 왕의 호의가
미소 짓기 바란다. 방금 이룬 계약대로
결혼식은 이 밤에 즉시 행하는 게
옳을 듯하다. 엄숙한 잔치는
이 자리에 있지 않은 친지를 기다려
훗날에 좀 더 준비할 테다.
네가 그녀를 사랑하므로 네 사랑은
나에 대한 충성이다. 아니라면 잘못이지.
[파롤레스와 라퓨 외에 모두 퇴장. 두 사람은
이 결혼에 대해서 뒤에 남아 논평한다.]

라퓨 여봐요, 선생. 나하고 한마디 합시다.

파롤레스 좋도록 하시오.

라퓨 당신 주인 양반이 자기가 한 말을 취소한 거,
정말 잘했소.

파롤레스 취소? 주인? 양반?

라퓨 그렇다. 내 말이 말 같지 않아?

파롤레스 몹시 사나운 말이오. 피 보는 일로 계속되지
않으면 이해할 수 없겠소. '주인'이라니!

라퓨 당신 로실론 백작의 똘마니 아냐?

파롤레스 무슨 백작, 모든 백작, 어떤 사람과도 친구요.

라퓨 백작 집 사람의 친구란 말이지. 백작의 주인은
별다른 사람이야.

파롤레스 당신 너무 늙었소. 이 말 듣고 속 차리쇼. 당신
너무 늙었소.

라퓨 이봐, 한마디 해야겠어. 나도 사내야. 암만 나일
먹어도 그 이름엔 당신 따윈 근처에도 못 와.

파롤레스 너무 쉬운 일이나 내 감히 그러지 못하오.

라퓨 두 번 같이 밥 먹을 땐 당신을 꽤 똑똑한 치로 알았어.
여행한 얘기를 괜찮게 털어놨거든. 그만하면 됐다고.
하지만 당신이 온몸에 휘감은 스카프[46]와 깃발들을
보아하니 여러 면에서 너무 큰 짐을 실을 만한 배는
못 된다고 생각해. 이제 당신을 바로 알았어. 당신을
다시 놓쳐도 상관없어. 길에 떨어진 동전처럼
주워 갖는 것밖에 아무짝에도 쓸데없는 인간이라고.
하긴 주울 가치도 없지만—

파롤레스 당신이 나이를 먹었다는 특권만 가지지 않았다면
내가 그대로—

라퓨 그렇게 너무 깊은 분노에 제 자신을 빠뜨리지 마.
그러다가 실지로 해보라면 어쩌려고 그래? 그랬다간—
암탉 같은 당신한테 주님의 자비를!—그럼, 속이
빤한 유리창, 잘해보라고. 당신 창은 열 필요도
없어. 빤히 들여다보이니까. 악수하고 헤지자.

파롤레스 여보시오, 당신은 나에게 가장 터무니없는 분개심을
던지고 계시오.

라퓨 맞아. 진심으로 주는 거야. 당신은 그런 거 받아 가질
자격이 있어.

파롤레스 여보시오, 나는 이런 대접 받을 사람 아니오.

라퓨 천만의 말씀. 말끝마다 이런 대접 받게 굴었어.
조금도 덜해주지 않을 테야.

파롤레스 음, 앞으로 말상대가 누군지 좀 더 조심해야지.

라퓨 그럴 수 있는 지금 당장 그래봐. 정반대로 못난
제 꼴 한번 멋지게 맛볼 테니. 스카프에 감긴 채
얻어터지면 그렇게 휘감고 다니는 게 아주 멋진
꼴이란 걸 실감하겠다. 당신과 알고 지내면 좋겠다.
아니, 아주 잘 알고 싶어. 그래야 당신이 쓰러지면
'저 사람 내가 잘 알아.' 할 수 있겠지.

파롤레스 노인장, 지금 당신은 나에게 지극히 참기 힘든
분노를 자극하는 중이오.

라퓨 당신을 위해서, 또한 힘 빠진 내 기운을 위해서,
그게 지옥 고통이면 더욱 좋겠다. 기운 쓸 나이는
지났지만 당신한테 노인이 할 짓은 모두 하겠다. [퇴장]

파롤레스 당신의 아들이 내게서 이 치욕을 벗기게 하겠다.
더러운, 늙어빠진, 지저분한, 더러운 귀족! 할 수
없다. 참아야지. 권세를 속박할 수 없어. 사소한
기회가 생기는 대로 그자와 맞닥뜨리면 이중 사중
귀족이라 하여도 맹세코 때려주겠다. 늙은 나이를
봐주지 않겠다. 마치, 뭐라던가—다시 만나기만
해봐라. 흠씬 두들겨 패줄 테니.
[라퓨 등장]

라퓨 이 녀석, 네 상전이며 주인이 결혼했구나.
너에게 희소식이지. 너한테 여주인이 새로 생겼어.

파롤레스 제가 잘못 드린 말씀을 감춰주시길 숨김없이
나리께 당부합니다. 그분은 저의 후원자시며
제가 섬기는 분이 저의 주인 되시죠.

라퓨 누구? 하느님?

46 당시 허풍을 떠는 멋쟁이는 온몸에 형형색색의 스카프를 감고 다녔다.

파롤레스 예. 나리.
라퓨 네 주인은 바로 마귀 그놈이다. 왜 그런 식으로 팔에
대님을 감았냐? 옷소매를 바짓가랑이로 만들 테냐?
딴 집 하인들도 그렇게 하디? 정 그러고 싶으면
가운뎃다리를 코에 갖다 붙이면 될 게 아니냐?
나의 명예를 걸고, 내가 두 시간만 젊대도 너를
패주겠다. 보아하니 너는 모든 사람들에게 공해가
되는 놈이다. 따라서 누구나 패줘야 한다. 사람들이
네 몸에다 치는 연습을 하라고 태어난 놈 같다.
파롤레스 나리, 이건 너무나 무정하고 당치않은 대접인 듯
합니다.
라퓨 관둬라. 너는 이탈리아에서 석류에서 씨를 골라낸다고
얻어터진 놈이다. 너는 주거 부정 부랑자지, 진짜로
인가 받은 여행자가 못 돼. 너는 출신이나 인품이 주는
신사의 명칭도 지니지 못한 채, 주워 가진 지위
이상으로 귀족들과 고귀한 인물들과 뻔뻔스레 섞이는
놈팡이야. 너한테 딴소리할 가치도 없어. 혹시 양아치란
소리면 모를까. 이게 끝이다. [퇴장]
파롤레스 좋다, 좋다. 그럼 그렇게 하자. 좋다, 좋다. 한동안은
숨겨두자.
[버트럼 등장]
버트럼 망했다! 영원한 근심에 빠지게 됐다!
파롤레스 무슨 일이오, 친구?
버트럼 엄숙한 사제 앞에 서약을 했지만
그녀하고 안 자겠소.
파롤레스 뭐요? 뭐라고요?
버트럼 파롤레스! 강제로 결혼 당한 몸이오!
전쟁에 나가겠소. 그녀하고 안 자겠소.
파롤레스 프랑스는 개차반이오. 사나이가 디딜 만한
땅이 못 되오. 전쟁터로 갑시다!
버트럼 어머니가 보내신 편지가 있소.
내용이 무언지 아직 모르오.
파롤레스 그건 차차 알 일이오. 친구여, 전쟁터로!
여기서 집에서 마누라나 껴안는 자는
미지의 궤짝 속에 명예를 숨겨두고
군신의 불같이 뛰는 말을 견뎌내는
사나이의 골수를 여자 품에 낭비하오.
나갑시다! 프랑스는 마구간, 우린 병든 말,
그러니 우리는 전쟁터에 갑시다!
버트럼 가겠소. 여자를 집으로 보내고
그녀에 대한 혐오와 도피의 이유를
어머니에게 말씀드리고 전하에게는
말로 할 수 없는 것을 써 보내겠소.
방금 주신 선물로 친구들이 달리는
전쟁에 갈 장비를 갖출 텐데, 어둑한 방,
역겨운 아내에 비해 전쟁은 싸움도 못 되오.
파롤레스 기발한 그 생각이 확실히 지속되오?
버트럼 내 방에 같이 가서 충언을 해주오.
곧바로 여자를 보낼 테요. 여자는 혼자
울라고 하고, 내일 나는 전쟁터에 가겠소.
파롤레스 당신의 공이 튕기고 그 소리가 들리오.
힘든 일이오. 결혼한 청년은 신세를 망쳤소.
그러니 떠납시다. 용감히 여자를 떠납시다.
왕께서 잘못하셨소. 하지만 입을 다뭅시다. [둘 퇴장]

## 2. 4

[편지를 읽는 헬레나와 어릿광대 등장]
헬레나 어머님이 다정하게 문안하시네. 잘 지내시는가?
어릿광대 잘 지내시진 못하지만 건강하세요. 매우
즐거우시지만 잘 지내시진 못하세요. 하지만
고맙게도 아주 잘 지내시며 세상에 바랄 것이
없으세요. 하지만 잘 지내시진 못하세요.
헬레나 아주 잘 지내신다면서 아주 잘 지내진 못하신다니
무슨 병환이신가?
어릿광대 사실을 말씀드리면, 확실히 잘 지내십니다. 단지
두 가지만 빼고는—
헬레나 뭐가 그 두 가진데?
어릿광대 하나는 천국에 안 계신 것. 하느님이 마님을 속히
거기로 보내시길! 다른 하나는 마님이 땅에 계신 것.
하느님이 마님을 여기서 속히 내보내시길!
[파롤레스 등장]
파롤레스 행운이신 부인에게 복이 내리길!
헬레나 제가 이런 행운을 얻은 것에 대해 선생님이 호의로
대하시길 바라요.
파롤레스 부인의 행운을 이끄시기를 내가 기도했으며 또한
지속시켜 주시기를 내가 내내 기도하오. 오, 너구나.
연로하신 마님께서 안녕하신가?
어릿광대 마님의 주름살은 선생이 물려받고 나는 마님 돈을
물려받아 마님이 선생 말처럼 되신다면 좋겠는데요.[47]
파롤레스 난 아무 말 안 하는데.

어릿광대 아무렴요. 선생은 더 똑똑하단 말씀예요. 숱한 혓바닥들이 주인이 망하라고 날름대거든요. 아무 말도 안 하고 아무 일도 안 하고 아무것도 모르고 아무것도 가진 게 없다는 게 선생 이력의 가장 멋진 부분예요. 딴 말로 하자면 아무것도 아니란 말과 매우 가깝죠.

파롤레스 비켜라, 못된 놈.

어릿광대 '못된 놈 앞에 못된 놈'이라 해야죠. 딴 말로 하자면 '정말 너는 못된 놈'이란 뜻이랍니다. 그 말이 진짜였을 거라고요.[48]

파롤레스 야, 너 똑똑한 어릿광대다. 이제야 알아냈다.

어릿광대 당신 속에 내가 있더란 말인가요? 아니면 남의 말 듣고 알아냈단 말인가요?

파롤레스 내가 스스로 찾아냈다.

어릿광대 그렇게 찾아다닌 게 수지맞았네요. 선생 속에서 어릿광대를 자꾸 찾아내세요. 그래서 온 세상이 즐거워지고 웃을 일이 늘어난대요.

파롤레스 확실히 난놈이야. 든 것 없이 살만 찌누나.
부인, 백작께서 오늘 밤 떠나십니다.
매우 중차대한 일이 생겼습니다.
때가 때인 만큼 부인이 바라시는
사랑의 특권과 의식을 백작님도
시인하시나, 강요된 인내심에
복종하여 미루십니다. 기다림과 지연에
꽃이 피어서 어려운 이때에
향기를 발산하니 기쁨의 앞날은
즐거운 잔에 넘칠 겁니다.

헬레나 다른 말씀은?

파롤레스 부인은 즉시 전하에게 하직하고
자신을 위한 일인 만큼 급히 서둘러
그럴듯한 이유를 꾸며내어 변명을
보강하라 하셨소.

헬레나 그밖에 다른 분부는?

파롤레스 윤허를 받는 즉시, 백작의 지시를
기다리라 하셨소.

헬레나 무슨 일에나 그이 뜻에 따라요.

파롤레스 그렇게 보고하겠소. [퇴장]

헬레나 그러세요. 얘, 가자.

[헬레나와 어릿광대 퇴장]

## 2. 5

[라퓨와 버트럼 등장]

라퓨 하지만 백작은 그 사람을 군인으로 생각하지 마세요.

버트럼 군인이오. 게다가 아주 용감하단 평이 있소.

라퓨 그자가 스스로 하는 말을 들으셨군요.

버트럼 그리고 그 외에 분명한 증언이 있소.

라퓨 그렇다면 내 나침판이 틀려요. 나는 저 잘난 종달새가 못난 멧새인 줄 알았지요.

버트럼 내가 장담하는데, 그분이 매우 유식하고 거기에 걸맞게 매우 용감해요.

라퓨 그럼 내가 그의 경력에 죄를 짓고 그의 용맹에 잘못을 저질렀군요. 그래서 내 마음이 그쪽으로 밀어 가면 위험하겠죠. 아직 내 속에서 회개할 기미를 찾지 못했다고요. 여기 오는군. 우릴 화해시켜 주세요. 우정을 따라갈 테요.

[파롤레스 등장]

파롤레스 [버트럼에게] 이러한 일들이 처리를 기다리오.

라퓨 실례지만 백작의 재단사가 누구요?

파롤레스 여보쇼!

라퓨 내가 잘 알죠. 맞아요, '여보쇼!' 그 사람 일 잘하는 사람이오. 매우 우수한 재단사요.

버트럼 [파롤레스에게 방백] 그녀가 전하께 갔소?

파롤레스 그렇소.

버트럼 그녀가 오늘 밤 떠날 테죠?

파롤레스 백작이 원하는 대로.—

버트럼 편지는 써놨고 귀중품은 담아놨고
말들은 대기시켜 두라 했으니
오늘 밤 신부를 취해야 되는데
시작도 하기 전에 끝장내겠소.

라퓨 경험이 풍부한 여행자는 만찬의 끝 무렵에 끼어드는 존재로서, 3분의 2는 거짓말이고 다 아는 사실 한 가지로 천 가지 헛소리를 퍼트리며, 한 번은 듣고 세 번은 맞아야 할

47 허풍쟁이 파롤레스가 어릿광대에게 "너"라고 하며 마님을 "연로하신" 운운하는 데 화가 나서 그를 놀려대는 장면인데 우리말로 옮기기가 불가능한 말장난이 많이 들어 있다.

48 번역하기 불가능한 말장난이다.

놈이오.—대위, 신이 보호하시길!

버트럼 저 어른과 당신 사이에 혹시 무슨 불편한 일이 있소?

파롤레스 내가 어떻게 해서 저 어른의 심기에 불편을 끼치게 되었는지 모르오.

라퓨 당신이 장화와 박차를 신은 채 내 심기에 뛰어들 동작을 취했소. 모른 척하고 떡함지에 엎어진 못난이처럼.[49] 그러고는 거기는 왜 왔냐고 묻기도 전에 다시 내빼요.

버트럼 어르신이 사람을 잘못 보실 수도 있어요.

라퓨 언제라도 그렇게 '잘못' 보겠소. 저자가 기도 중에 있대도 그럴 테요. 잘 다녀오세요, 백작. 내가 하는 말, 믿어도 좋아요. 저 가벼운 호두 알은 속이 비었어요. 저자의 본질은 옷차림이오. 중요한 일에는 저자를 믿지 말아요. 집 안에 저런 자를 둬봐서 저들의 본성을 잘 안다고요. 잘 가요, 선생. 내가 손을 보거나 앞으로 손봐야 할 일이 많지만 당신을 좋게 말해주었소. 하지만 악에게 선을 베풀어야죠. [퇴장]

파롤레스 분명코 할 일 없는 인간이오.

버트럼 나는 그렇게 안 보는데요.

파롤레스 그러면 그 사람을 모르시오?

버트럼 아주 잘 아오. 훌륭한 분으로 알려져 있소. 저기 '족쇄'가 오오.

[헬레나 등장]

헬레나 당신의 분부대로 전하를 찾아뵙고
즉시 떠나라는 허락을 받았어요.
전하께선 당신과 사사로이 만나시길
원하세요.

버트럼 전하 뜻에 따르겠소.
헬레나, 내 행동을 이상하게 보지 마오.
시의에 맞지 않고 신랑의 행위와
요구의 이행에도 걸맞지 않소.
그런 일에 미리 준비가 안 돼서
무척 당혹스럽소. 그래서 당신에게
지금 당장 집으로 가라는 거요.
어째서 내가 그러는지 묻기보다는
차라리 깊이 따져보시오.
내 생각이 보기보다 신중하기 때문이오.
그게 무슨 일인지 당신은 모르지만
첫눈에 보기보다 필요성이 매우 큰
일이라오. [그녀에게 편지를 주며]
이것은 어머니께 드리오.
이틀 뒤에 볼 터이니 그동안 당신은
지혜롭게 행동하오.

헬레나 따로 드릴 말은 없고
단지 당신의 분부를 그대로 좇아가며—

버트럼 그건 그만하오.

헬레나 —언제나 변함없이
참되게 살핌으로 큰 행복에 값하려고
저의 미천한 별이 미치지 못한 일을
힘써 보충하겠어요.

버트럼 그 말은 하지 마오.
매우 급하오. 잘 가오. 급히 집에 가오.

헬레나 용서하셔요.

버트럼 음, 무슨 말이오?

헬레나 저는 부를 누릴 자격이 없을뿐더러
제 거라 하기도 겁나지만 저의 소유라,
겁 많은 도둑처럼 법률이 허락하는
제 물건을 훔치고 싶어요.

버트럼 뭘 원하오?

헬레나 그것은, 대단치도 않아요. 아무것도 아니죠.
제가 원하는 것을 말하기가 그렇네요.
정말이어요. 낯선 이와 원수는
헤지면서 키스를 하지 않아요.

버트럼 머뭇거리지 말고 빨리 가서 말을 타요.

헬레나 백작님의 명령을 어기지 않겠어요.
—딴 하인은 어디 있나? [파롤레스에게]
안녕히 가세요. [퇴장]

버트럼 너는 집으로 가라. 내 칼을 휘두르고
북소리 듣는 동안 나는 집에 안 간다.
가자, 우리의 탈출을 위해!

파롤레스 용감히. 코라지오![50]

[둘 퇴장]

49 축제 때 광대 같은 장난꾼이 범벅 그릇에 뛰어들어 웃음을 자아내게 하는 관습이 있었다.
50 '용기'라는 뜻의 이탈리아어.

## 3. 1

[주악. 피렌체 공작과 두 프랑스 귀족이
한 떼의 병사와 함께 등장]

공작 그리하여 당신들은 이번 전쟁의
근본 취지를 조목조목 들었소.
그 중대한 결정은 많은 피를 흘렸고
더 많은 피에 굶주렸소.

귀족 1 각하 편에서 볼 때
이 싸움은 거룩하되 반대편은 시커멓고
악독하오.

공작 그런고로 우리는 이웃의 프랑스가
원조를 요청해도 이처럼 옳은 일에
마음을 닫고 있어 몹시 놀랍소.

귀족 2 국사에 대해 추밀원이 계획하는
큰 그림을 저는 일반 국외자처럼
미약한 능력으로밖에는 짐작할 수
없습니다. 따라서 개인적인 생각을
말할 수는 없습니다. 확실치 않은
근거를 가지고 짐작을 할 때마다
실수하곤 했거든요.

공작 마음대로 해도 좋소.

귀족 1 그러나 안락한 생활에 염증이 난
이 나라 젊은 층이 운동 삼아 매일같이
여기 올 게 확실하오.

공작 누구나 환영하며
내가 줄 수 있는 명예는 그들에게 주겠소.
하지만 당신들은 제자리를 알고 있으니
좋은 데가 생기면 당신들 몫이 되오.
내일 전장으로 갑시다. [주악. 모두 퇴장]

## 3. 2

[백작 부인이 편지를 들고 어릿광대와 함께 등장]

백작 부인 모두가 내 뜻대로 되었다. 단지 아들이 며느리와
같이 오지 않을 뿐이지.

어릿광대 젊은 백작님이 매우 우울하신 분이라고 믿어
의심치 않습죠.

백작 부인 무얼 보고 그러느냐?

어릿광대 구두를 보시다가 노래하시고 옷깃을 여미다가
노래하시고 물어보시다가 노래하시고 이빨 쑤시다가
노래하시죠. 어떤 분은 그처럼 우울 증세를 보이면서
악보를 사려고 좋은 별장을 팔던데요.[51]

백작 부인 그 사람이 뭐라고 썼는지 보자. 그리고 언제쯤 올
건지 보자.
[그녀가 편지를 읽는다.]

어릿광대 궁정에 갔다 온 뒤로 전 이스벨이 별로예요. 우리네
저린 대구와 시골구석 이스벨은 양반네 저린 대구와
궁정의 이스벨과는 같은 데가 없지요. 저의 큐피드
골통이 한 방 맞고 깨져서 늙은이가 돈 사랑하듯 요즘
제가 밥주머니도 없이 사랑을 시작했습죠.[52]

백작 부인 이게 뭔가?

어릿광대 마님이 들고 계신 것이죠. [퇴장]

백작 부인 [읽는다.] "어머님께 며느리를 보내드립니다. 그 여자가
전하를 회복시키고 저를 망쳐놨습니다. 결혼식은 올렸지만
동침하지 않았으며, 동침하지 않겠다는 결심을 영원히
지키기로 맹세했습니다. 제가 도망쳤다는 소식을 들으실
겁니다. 소문이 가기 전에 미리 알아 두십시오. 이 세상에
먼 거리가 있을 수 있는 만큼 멀리 떨어져 있겠습니다.
어머님께 효성을 올립니다.
어머님의 불행한 아들
버트럼 올림"
안 좋은 일이구나. 경솔하고 방종한 놈,
그처럼 선한 왕의 호의를 마다하여
그분의 노여움을 제 머리에 불러오며
너무나 착해서 황제도 눈에 안 찰
처녀를 멸시하다니.
[어릿광대 등장]

어릿광대 마님, 저 안에 참말 안된 소식이 있습니다요. 군인
둘과 젊은 마님 사이에 벌어진 일이에요.

백작 부인 무슨 일인가?

어릿광대 그 소식 들으니 조금 위로가 되네요, 위로가
돼요. 도련님은 제가 생각했던 만큼은 속히
죽진 않으시겠어요.

백작 부인 왜 죽는다는 거지?

어릿광대 들리는 소문대로 백작님이 달아나시면 죽지

51 우울증에 걸리면 괜히 노래를 부른다는 설이 있었다. 「햄릿」에 나오는 오필리아가 그랬다.
52 짭짤한 건대구와 큐피드와 밥주머니(위장)는 성욕이 발동한 남근이라는 말이다.

않는다는 말입니다. 진짜 위험은 뻣뻣하게 서는
데 있어요. 그게 자손 낳는 길이지만 남자가
목숨을 뺏기는 짓이에요. 저 사람들이 와서
자세히 말할 겁니다. 저는 단지 도련님이
달아나셨단 소리만 들었어요. [퇴장]

[편지를 가진 헬레나와 두 프랑스 귀족 등장]

귀족 2 마님, 안녕하세요?

헬레나 어머님, 남편이 갔어요, 영영 갔어요.

귀족 1 그런 말 하지 마오.

백작 부인 부디 인내를 잃지 마라.—두 양반,
기쁨과 슬픔의 충격을 너무 받아서
처음 듣는 어떤 일도 내게서 눈물을
짜내지 못해. 내 아들 어디 있소?

귀족 1 피렌체 공작을 도우려고 갔어요.
그리로 가는 그를 만났는데, 우리는
오고 있었죠. 궁정에서 볼일을 마치고
다시금 거기로 갈 터입니다.

헬레나 그이 편지 보세요. 이게 저의 여권이어요.
[그녀가 편지를 읽는다.]
"내 손가락에서 절대로 빠지지 않을 반지를 그대가
가지며, 내가 아비인 아이를 그대 몸에서 낳아 내게
보여준다면 그때 비로소 나를 남편이라 불러라.
그러나 '그때'라는 말에 '절대 불가능'이라고 쓴다."
이건 무서운 선고예요.

백작 부인 당신들이 이 편지를 가져왔소?

귀족 1 예, 마님.
내용이 좋지 않아서 수고한 우리가 멋쩍네요.

백작 부인 얘, 아가, 좀 더 밝게 보아라.
모든 슬픔을 혼자만 독차지하면
내 몫을 뺏는 거라고. 그 애는 내 아들이나
걔 이름을 내 피에서 씻어버린다.
네가 내 아이 전부다. 피렌체로 간댔소?

귀족 1 예, 마님.

백작 부인 군인이 되겠다고?

귀족 1 그것이 그의 고귀한 목적이며, 공작은
모든 적절한 명예를 그에게 줄 것이니
믿으세요.

백작 부인 당신들도 거기로 돌아가오?

귀족 2 예, 마님. 가장 빠른 날개로 갈 터입니다.

헬레나 "아내가 있는 한 프랑스엔 할 일이 없습니다."—
쓰라린 말이에요.

백작 부인 그렇게 썼냐?

헬레나 네, 어머님.

귀족 2 진심은 그런 말은 안 할 테지만
팔뚝이 불끈거려 그러는 것 같습니다.

백작 부인 아내가 있는 한 프랑스엔 할 일이 없다고!
제 아내를 빼고는 그 애한테 과람한 건
여기 없다고. 며느리는 귀족의 배필로서
그런 못난 애송이 스무 명이 섬기고, 언제나
마님이라고 불러야 해. 누가 같이 있었소?

귀족 1 하인은 하나뿐이고 웬 신사가 있었는데
면식 있던 분입니다.

백작 부인 파롤레스 아니었소?

귀족 2 예, 마님. 그 사람 맞습니다.

백작 부인 몹시 때 묻은 자인데 악으로 가득하다.
아들이 그자의 유혹으로 좋은 성격을
더럽히고 있어요.

귀족 2 확실히 그자는
유혹의 능력이 너무나 대단해서
톡톡히 잇속을 챙겨요.

백작 부인 잘들 오셨소.
내 아들 만나면 걔가 놓친 명예를
칼로 얻지 못한다고 말해주시오.
나머지는 편지에 모두 쓸 테니
전해주시오.

귀족 1 그 일뿐만 아니라
마님의 훌륭하신 모든 일을 돕겠습니다.

백작 부인 그러지 마시고 서로 예를 나눕시다.
가까이들 오시겠소? [백작 부인과 귀족들 퇴장]

헬레나 "아내가 있는 한 프랑스엔 할 일이 없습니다."
프랑스엔 할 일이 없다, 아내가 있는 한—
없어질게요, 백작님. 프랑스에 없을게요.
그러면 모두 다시 생기겠죠. 가련한 분,
당신을 조국에서 쫓아내어 용서 없는 전쟁에
연약한 팔다리를 노출시킨 게 저인가요?
어여쁜 눈길들의 표적인 당신을
즐거운 궁정에서 연기를 내뿜는
총탄의 표적으로 몰아낸 게 저인가요?
오, 너희 납덩이들,[53] 매서운 속도의
불길을 타고 달리는 전령들아,
표적을 잘못 알아라. 뚫려서 노래하고
다시금 메워지는 대기를 갈라놓되

내 님을 다치게 하지 마라. 그를 향해 쏘는 자를
내가 서게 하였고 최전선의 가슴팍을
공격하는 자를 못된 내가 부추겼다.
죽이는 건 아니어도 죽음을 초래한 건
바로 나였다. 굶주림을 못 이겨
울부짖는 사자를 만나면 좋겠다.
자연이 소유한 온갖 고통이
한꺼번에 내 것이 되면 너무 좋겠지.
안 돼요, 백작님. 집에 돌아오세요,
명예는 위험에서 상처만 얻고
모두를 잃기 쉬워요. 제가 없어질게요.
제가 있으면 당신을 멀리 쫓는 거예요.
그래라 하고 있을까요? 아니죠, 아니죠.
집안에 낙원의 훈풍이 불고 천사들이
섬긴대도 제가 가죠. 제가 급하게
떠났단 말, 측은한 소문이 당신 귀에
위로가 되겠죠. 밤아, 오너라. 낮아, 없어라.
불쌍한 도둑처럼 어둠 속에 몰래 가리. [퇴장]

## 3. 3

[주악. 피렌체의 공작, 버트럼, 고수와
나팔수, 병사들, 파롤레스 등장]

공작 [버트럼에게]
당신은 우리의 기병대의 사령관이오.
기대를 크게 걸고 드높은 사랑과 신뢰를
당신의 희망찬 행운에 맡겨드리오.

버트럼 제 능력에 부치는 직책이지만
존귀하신 공작님의 권위를 위해
위험의 한계까지 감당하겠습니다.

공작 그럼 전진하시오. 승리의 투구 위에
행운의 여신이 당신을 도와 힘쓰시길!

버트럼 위대한 군신, 오늘 당신 대열에
참여할 테니, 소원을 들어주면
북소리의 애인이며 사랑의 적이 되겠소. [모두 퇴장]

## 3. 4

[백작 부인과 편지를 든 집사 등장]

백작 부인 오, 그녀의 편지를 그렇게 받는가?
전에도 편지를 보내며 그러했듯이
이번에도 그러리라 짐작 못 하나? 다시 읽어라.

집사 [편지를 읽는다.]
"제이키스 성인[54]의 순례자로 떠납니다.
주제넘은 사랑이 죄를 범하였기에
거룩한 맹세로 잘못을 고치려 하여
벗은 발로 찬 땅을 밟고 갑니다.
사랑하는 제 남편과 귀한 아들이
싸움터를 떠나도록 자꾸 편지하세요.
집에서 평화롭게 그를 축복하실 때
멀리서 열렬히 그 이름에 빌겠어요.
저 때문에 고생하니 용서하라 하셔요.
심술궂은 주노처럼,[55] 궁정 친구들에게
내몰려서 죽음과 위험이 귀한 발길에
도사리는 싸움터의 적과 함께 살게 하니,
저와 죽음한테는 너무 좋고 어여쁜 이,
그가 놓여나도록 죽음을 맞겠어요."[56]

백작 부인 부드러운 말 속에 아픈 가시가 있어!
집사, 너는 그녀를 보낼 만큼 그토록
판단이 모자란 적이 없다. 나라면
그녀의 마음을 돌려놓았지.
그런데 선수를 쳤다.

집사 용서하세요.
그 전날 저녁에 편지를 드렸다면
따라잡을 수 있었겠어요. 하지만
따라와도 소용없다 하시네요.

백작 부인 어떤 천사가 저 못난 남편을 축복하겠냐?
하늘이 기뻐 듣고 응답하는 그 기도가
크신 분의 노염을 면해주지 않으면
녀석이 잘될 수 없다. 그런 아내를

53 당시의 총탄은 납덩이였다. 인간 중에 가장 빨리 달리는 것은 역마를 갈아타고 달리는 전령이었는데 납 탄환은 불을 타고 달리며 죽음을 알리는 '전령'이었다.
54 에스파냐 서북부에 있던 성 야고보 대인 유적지에 순례자가 많았다.
55 신들의 여왕 주노(헤라)가 심술을 부려 영웅 헤라클레스에게 고생스런 일을 시켰다.
56 이 부분은 '소네트'(14행 시)의 형식으로 되어 있다. 셰익스피어는 백 수십 편의 소네트를 남겼다.

가질 자격이 없는 남편에게 편지해라.
그 애가 너무도 가볍게 취급하는
자기 가치를 글자마다 무겁게 만들어라.
그 녀석은 내 슬픔을 못 느끼지만
뼈아프게 적어라. 알맞은 전령을 보내라.
혹시 그녀가 떠났단 말을 듣고
돌아올지 모른다. 그래서 그녀가
그 소식 듣고 순수한 사랑에 끌려
이리로 달려오길 바란다. 두 사람 모두
나한테 소중해서 구별할 수 없겠다.
전령을 구해다오. 가슴은 무겁고
늙음은 힘없고 슬픔은 눈물을 청하고
설움은 내게 말을 시킨다. [둘 퇴장]

## 3. 5

[멀리서 나팔 신호. 피렌체의 늙은 과부,
그녀의 딸 다이애나, 마리아나, 그 밖의
시민들이 함께 등장]

과부 자, 이리 오너라. 군대가 우리 성에 너무 가까이
오면 모든 구경거리를 모두 놓치게 돼.

다이애나 그 프랑스 백작이 최고로 영예로운 공적을
세웠다고 하데요.

과부 그 사람이 적의 최고사령관을 포로로 잡았다는
말이 있어. 게다가 제 손으로 그쪽 공작 아우를
죽였다고 하더라고.
[나팔 신호]
괜히 수고했구나. 군인들이 반대편으로 갔어.
들어봐. 나팔 소리 들으면 알 수 있다고.

마리아나 그럼 돌아갑시다. 소식을 들었으니 됐어요.
그러니까, 다이애나, 그 프랑스 백작 조심해.
처녀의 명예는 이름에 있어. 아무리 큰 재산을
물려받아도 정절보다 값진 게 없어.

과부 [다이애나에게] 백작의 친구 되는 어떤 신사가
자꾸 너를 찾아와 조르는 걸 이웃한테 얘기했다.

마리아나 그 녀석 나도 알아. 죽일 놈이지! 파롤레스라는
잔데 그 젊은 백작한테 그런 나쁜 짓을 꾸며주는
더러운 뚜쟁이야. 다이애나, 그런 놈들 조심해.
그놈들 약속, 유혹, 맹세, 정표, 그 밖의 온갖
야욕의 수단이 위장이 아냐. 그런 유혹에 수많은
처녀가 넘어갔어. 몸 망친 처녀의 끔찍한 꼴을
실지로 보면서도 그런 게 끊이지 않아. 하지만
그런 유혹이 끈끈이 바른 장대[57]처럼 처녀들을
위협해. 너한테 더 이상 조심하라고 말해줄 필요
없어. 네가 누리는 은혜가 너 있는 자리에서 너를
고이 지켜 주시길 바라. 그런 짓 때문에 순결을
잃는 것보다 더 위험한[58] 짓이 없을 테지만—

다이애나 저 때문에 염려하지 마세요.
[헬레나가 순례자 차림으로 등장]

과부 그러기 바란다.— 웬 순례자가 오는데. 이 집에
묵을 게 뻔해. 순례자마다 이 집으로 보내주거든.
물어봐야지.
안녕하세요, 순례자님. 어디로 가세요?

헬레나 성 제이키스 르 그란드로요.
순례자들이 어디서 묵는지 물어봐도 될까요?

과부 여기 항구 옆에 있는 성 프랜시스요.

헬레나 이 길로 가나요?
[멀리서 행진곡]

과부 네, 그래요. 저거 봐요. 여기로 오네요.
순례자님, 군대가 지나갈 때까지만
잠시 동안 기다려 주시면
묵으실 데로 안내해 드릴 게요.
그 여주인을 나 자신만큼이나
잘 알거든요.

헬레나 당신 자신인가요?

과부 순례자님, 그래서 마음에 드신다면—

헬레나 고마워요. 기다려 드리죠.

과부 프랑스에서 오셨죠?

헬레나 그래요.

과부 당신 나라 사람을 보게 될 거요.
큰 공적 세웠어요.

헬레나 이름이 뭐죠?

다이애나 로실론 백작. 그분 아세요?

헬레나 들었을 뿐이죠. 매우 고귀하시다죠.
얼굴을 몰라요.

다이애나 누군지 모르지만

57 가늘고 긴 나뭇가지에 끈끈이를 발라 새들이 모인 데다 슬쩍 들이밀면 끈끈이에 깃털이 붙어 날아가지 못하는 새는 잡힌다.
58 아기를 배는 것을 뜻한다.

굉장한 인기예요. 프랑스 나라에서
도망쳐 왔다는데, 싫다고 하는데도
왕이 결혼 시켰대요. 그게 사실인가요?

헬레나 네, 사실이어요. 내가 부인을 알아요.

다이애나 백작에게 시중드는 신사가 있는데
그녀를 멸시해요.

헬레나 이름이 뭔가요?

다이애나 파롤레스 선생.

헬레나 믿을 만한 분이죠.
칭찬을 한다거나, 위대한 백작님께
너무 천한 여자라, 그녀의 이름조차
되뇔 수 없어요. 그녀의 자격이란
순결을 지키는 것뿐이라고요.
그런 게 문제가 된 적이 없다고 해요.

다이애나 불쌍하다. 싫어하는 남편의 아내가 되는 건
쓰라린 속박이죠.

과부 어디 있는지 모르지만 그 착한 부인이
몹시 속상하겠어요. 그 어린 처녀가
맘만 먹으면 나쁜 짓 할 수 있어요.

헬레나 무슨 말이죠? 혹시 애욕에 찬 백작이
못된 욕망 가지고 조르는가요?

과부 네, 그래요. 연약한 처녀의 순결을
더럽히려는 온갖 말로 유혹하지만
이 애는 튼튼하게 무장하고 있어서
순결의 방어를 계속하고 있어요.
[고수와 깃발들과 함께 버트럼,
파롤레스, 전군이 등장]

마리아나 하느님이 지키시길!

과부 야, 이제 오누나!
저 사람이 안토니오, 공작의 맏아들,
저 사람은 에스칼루스.

헬레나 누가 프랑스인이죠?

다이애나 깃털 날리는 저분. 용감한 분이죠.
아내를 사랑하면 좋겠어요. 조금 더
순결하면 훨씬 좋은 분이 되는데요.
잘생기지 않았어요?

헬레나 마음에 들어요.

다이애나 순결하지 못한 게 유감이지요.
저자가 그런 데 끌고 다니는 놈이에요.
내가 그 아내라면 독살할 놈예요.

헬레나 누구 말이죠?

다이애나 스카프 휘감은 저 원숭이. 왜 힘이 없어?

헬레나 혹시 다친 거 아니에요?

파롤레스 북을 뺏겨? 내 참!

마리아나 뭔가에 무척 화가 났군.
[파롤레스가 그들에게 절을 한다.]
저 봐! 우릴 봤다!

과부 [파롤레스에게]
이놈아, 나가 뒈져!

마리아나 [파롤레스에게] 절은 뚜쟁이한테 해라.
[버트럼, 파롤레스, 군대 퇴장]

과부 군대가 지나갔어요. 순례자님, 오세요.
숙소에 데려다 드리죠. 참회를 서원하고
제이키스 성지로 가는 대여섯 분이
벌써 우리 집에 와 있어요.

헬레나 고마워요.
이 아가씨와 얌전한 처녀는
나와 저녁 같이 하시죠. 비용과 고마움은
내 몫이어요. 좀 더 부탁드리면
이 처녀에게 몇 가지 일러주고 싶군요.

다이애나와 마리아나 호의를 고맙게 받습니다. [모두 퇴장]

## 3. 6

[버트럼과 프랑스 귀족들이 처음 본 듯이 등장]

귀족 2 백작님, 그 사람한테 그러라고 하세요. 마음대로
하라고 내버려 두세요.

귀족 1 그자를 쓸모없는 자로 보지 않으시면 나를
존중하지 않으셔도 좋아요.

귀족 2 확실히 허풍선이오.

버트럼 지금껏 내가 그자에게 속은 거란 말이오?

귀족 2 백작님, 믿으세요. 저의 솔직한 판단에 따라,
아무런 악의 없이 제 친척처럼 말한다면,
그자는 매우 명백한 겁쟁이요, 무한히 끝없이
거짓말하는 자며, 시시각각 약속을 어기는
자요, 백작님 수하에 거두어둘 만한 데가
조금도 없는 자입니다.

귀족 1 그자의 정체를 아시는 게 좋겠네요. 그자에게
있지도 않은 용기에 지나치게 의존하셨다면
몹시 위급한 상황에서 무슨 중대한 일을
맡기셨다가 낭패를 보실까봐 염려스럽습니다.

버트럼 무슨 특별한 일로 그자를 시험할 수 있는지 알면 좋겠소.

귀족 1 북을 다시 탈취해 오라는 것이 가장 좋은 방법이 될 거예요. 그러겠다고 자신만만하게 떠드는 걸 백작님도 들으셨지요.

귀족 2 제가 피렌체 군인들 한 떼를 데리고 가서 갑자기 그자를 습격할 테요. 그자가 적에게서 구별할 수 없는 사람들만 데리고 가겠습니다. 그자를 잡아매서 눈을 가리고 우리 편 막사로 데리고 오면서, 적의 진영으로 끌려간다는 생각이 들게 하는 겁니다. 백작님은 그자를 심문할 때 입회만 하세요. 목숨을 살려주겠단 약속을 듣기 무섭게, 그자는 비열한 공포에 한없이 떨며 백작님을 배반하고 백작님에 대해 자기가 아는 모든 정보를 일러바치면서 그 죄로 천국에서 제 영혼을 영원히 잃어도 좋다고 맹세할 거예요. 그러지 않으면 무슨 일에서든지 제 판단을 믿지 않으셔도 좋아요.

귀족 1 재밌는 웃음거리가 생기도록 그자에게 북을 찾아 오라고 합시다. 그자는 북을 찾을 작전이 있다는데, 백작님은 그자가 얼마나 성공하는지 밑바닥까지 보시고 겉만 번들거리는 이 가짜 금덩이가 녹으면 어떤 쇠붙이가 되는지 확인하시고 난 뒤에 그자에게 동네북 대접을 해주지 않으시면 백작님의 편애는 확고부동한 것이죠.

[파롤레스 등장]

귀족 2 [방백] 제발 재밌는 웃음거리가 생기게끔, 저자의 계획이 가진 명성을 방해하지 말아라. 무슨 짓을 해서라도 북을 가져오게 만들자.

버트럼 선생, 기분이 어떻소? 그 북이 아픈 가시처럼 당신 마음을 찔러대는데.

귀족 1 까짓것 내버리지요. 하찮은 북 가지고.

파롤레스 하찮은 북이라니. 하찮은 북에 불과하오? 그처럼 빼앗겼는데! 명령이 가관이었소. 우리 기병에게 아군의 측면을 공격하여 아군의 병사들을 무찌르라고 하다니요!

귀족 1 군대의 작전을 위한 명령으로는 나무랄 데가 없었소. 그것은 전쟁이 가져오는 불운의 하나로서, 줄리어스 시저 자신이 거기서 지휘를 했더라도 미리 막을 수 없었을 거요.

버트럼 하지만 그 결과를 너무 욕할 건 없소. 북을 잃어서 얼마쯤 불명예를 얻은 것은 사실이오. 하지만 북을 찾아올 수 없게 되었소.

파롤레스 되찾을 수 있던 것이오.

버트럼 그럴 수 있었지만 지금은 불가능하오.

파롤레스 되찾을 수 있는 거요. 일의 공적이 실제로 그 일을 한 장본인에게 바로 돌아가기만 하면 나 자신이 북 아니라 무엇이든지 도로 가져올 터이며, 그러지 못하면 '히크 야켓'[59]이오.

버트럼 아, 그럴 배짱이 있다면 그래보오, 선생! 교묘한 전략에 의해 명예가 달린 그 북을 다시금 본래의 장소에 갖다놓을 수 있다고 자신한다면 소신껏 일에 착수하오. 나는 그 의도 자체를 훌륭한 업적으로 갸륵하게 여기겠소. 그 일에 성공을 거두면 공작께서 당신을 언급하시고 겸하여 당신 능력의 일점일획도 빼놓지 않으시고 자신의 높은 지위에 걸맞은 상으로 높여주실 것이오.

파롤레스 군인의 손으로 맹세코, 그 일을 책임지겠소.

버트럼 그러므로 그 일을 소홀히 할 수 없소.

파롤레스 오늘 밤 행동을 취하겠소. 지금 곧 몇 가지 방도를 적어놓고 확실한 것으로 마음에 다짐하고 사생결단의 준비를 하겠으며, 자정 무렵에 내 소식을 들을 것을 기대하시오.

버트럼 공작님께 당신이 그 일로 갔다는 것을 알려드려도 괜찮소?

파롤레스 백작, 결말이 어찌 될지 나 자신도 모르오. 그러나 노력할 것을 맹세하오.

버트럼 당신의 용맹을 알고 있소. 당신의 군인다운 능력을 인정하오. 잘 가시오.

파롤레스 나는 여러 말을 싫어하오. [퇴장]

귀족 2 물고기가 물이 싫다는 것과 같아요. 백작님, 하지 못할 짓이란 걸 뻔히 알면서 그처럼 자신 있게 나서는 척하다니 정말 기막힌 놈 아니오? 그 일을 하겠다고 자신을 죽을 데 집어넣지만, 차라리 그런 짓 하다가 죽겠다는 놈 아니오?

귀족 1 백작님은 우리만큼 저자를 잘 알지 못하세요. 틀림없이 저자는 어떤 사람 마음에 슬그머니 기어들어 일주일쯤 대체로 발각되지 않고 지낼 거예요. 그자의 정체를 알아내고도 계속해서 그자와 어울리는 것이죠.

59 '여기에 쓰러져 있다'라는 뜻의 라틴어 문구. 즉 북을 찾아오지 못하면 죽어도 좋다는 말이다.

버트럼 이 모든 일에 그자가 그토록 심각히 대처할 채비를 하고 있는데 당신들은 그자가 아무런 공도 못 세울 거로 생각하시오?

귀족 2 온 세상이 보지 못할 공일 테죠. 거짓말을 꾸며서 돌아와 백작님께 두세 가지 그럴싸한 이유를 안길 거지만, 우리는 그자가 거의 쓰러질 때까지 추격했어요. 오늘 밤 그자가 꼬꾸라지는 꼴을 보실 겁니다. 확실히 백작님의 존경을 받을 만한 인물이 되지 못해요.

귀족 1 깝질을 벗기기 전에 그 여우와 놀이하게 해드리죠. 애초에 나이 드신 라퓨 양반이 여우 굴속에 연기를 피워서 쫓아내셨어요.[60] 그자의 변장과 알몸이 분리된 뒤에 얼마나 보잘것없는 피라민지 아시게 될 거예요. 바로 오늘 밤 구경하실 겁니다.

귀족 2 나는 끈끈이 묻힌 장대를 살펴야 돼요. 반드시 잡을 겁니다.

버트럼 [귀족 1에게] 당신 아우와 같이 갈 테니 당신은 먼저 가시오.

귀족 1 마음대로 하세요. 그럼 먼저 갑니다. [퇴장]

버트럼 그러면 당신을 그 집에 데리고 가서 내가 말한 여자애를 보여주겠소.

귀족 2 정숙한 여자라면—

버트럼 그게 흠이오.
한번 말해봤는데 몹시 차가웠소.
우리가 냄새 맡은 그자를 통해
정표와 편지를 보냈지만 돌려보냈소.
그게 전부요.—아리따운 처녀요.
가서 보겠소?

귀족 2 기꺼이 가보죠. [둘 퇴장]

## 3. 7

[헬레나와 과부 등장]

헬레나 당신이 내가 그 여자가 아니라고 의심하면
더 이상 어떻게 확신을 줄지 몰라요.
그러다가 내가 하는 일의 근본을 잃게 돼요.

과부 신세는 이 꼴이지만 점잖은 집에 나서
그런 일은 전혀 알지 못하는데, 이제 와서
조금이라도 내 이름을 더럽힐 짓을
하지 않아요.

헬레나 그런 일은 바라지 않아요.
우선 백작이 내 남편이란 걸 믿어주세요.
비밀을 약속해서 당신한테 말해준 건
모두 사실이에요. 그러니까 당신한테서
내가 빌린 도움 때문에 당신이
잘못하는 건 없어요.

과부 믿어야겠네요.
당신이 부자란 걸 말하는 증거를
보여줬군요.

헬레나 이 돈 주머니 받으세요.
우선 이 정도로 친절한 도움을 사고
계속해서 친절하면 몇 배를 주고
또 줄게요. 백작이 당신 딸을 사랑해서
못된 짓을 결심하고 어여쁜 그녀 앞에
포위망을 펴놨어요. 끝에 가서 어찌할지
그녀에게 말한 대로 허락하라 하세요.
백작은 사랑에 미쳐 그녀의 요청을
무엇이나 들어줘요. 백작이 낀 반지는
집안이 4, 5대를 물려받은 거예요.
백작은 반지를 매우 중히 여기지만
미친 불에 싸인 야욕 앞에선
아주 값진 건 아니라고 볼 테지요.
나중에 아무리 후회한대도—

과부 계교의 밑바닥을 이제야 알겠네요.

헬레나 보다시피 법에도 어긋나지 않아요.
당신 딸이 넘어간 듯 꾸미기 전에
반지를 얻어내고 밀회를 약속하여,
그래서 나한테 기회를 넘기고
자기는 순결을 지키게 돼요.
그녀가 결혼할 땐 이미 건넨 돈에다
3천 냥을 더할게요.

과부 내가 양보할 테요.
합법으로 보이는 이 계교에 알맞게
시간과 장소를 딸애한테 알려주어
조심시켜 주세요. 그분은 온갖 음악과
손수 지은 시를 들고 미천한 그 애에게
밤마다 오시는데, 처마 끝이 떠나라고
야단을 쳐도 소용없어요. 목숨이 달린 듯
끈질기게 오세요.

60 사냥꾼이 매운 연기를 피워 굴속에 숨어 있는 여우를 쫓아내는 방법은 동서양이 같다.

헬레나 그러면 오늘 밤 계교대로 하자고요. 그게 잘되면 법적인 행위 안에 못된 뜻이 숨어 있고 못된 행위 안에는 법적인 뜻이 있죠. 둘 다 죄가 아니면서 죄스런 사실예요. 어쨌든 시작해요. [둘 퇴장]

## 4. 1

[귀족 1이 잠복 중인 병사들 5, 6명과 함께 등장]

귀족 1 그자는 이 울타리 모퉁이 외에 다른 길로는 갈 수 없다. 그자에게 덤벼들며 무엇이든 험상궂은 소리로 떠들어대라. 너희가 모르는 소리어도 상관없다. 우리 중 하나가 통역하지 않으면 그자가 하는 말을 알아듣지 못하는 체하겠다. 한 사람을 통역으로 내세워야겠다.

병사 1 대장님, 제가 통역할게요.

귀족 1 그자와 알고 지내지 않는가? 그자가 네 목소리를 모르는가?

병사 1 예, 확실해요.

귀족 1 하지만 네가 무슨 엉터리 말을 알기에 다시 우리에게 말하나?

병사 1 나리님이 저한테 말씀하는 만큼은 하는데요.

귀족 1 우리가 적군의 용병인 외국 사람들이라고 짐작하게 만들어야 돼. 그런데 그자는 이 근처 모든 나라의 말을 조금씩은 모두 알고 있어. 그렇기 때문에 너희는 서로 주고받는 말을 모르고 있어야 돼. 그래서 각자가 제멋대로 말을 꾸며서 해야 돼. 그런 소리를 알아듣는 척만 하면 이 계획은 성공이야. 까마귀 한 떼가 지껄여대듯, 떠들기만 해. 통역, 너는 아주 외교적으로 행동해야 돼. 모두 모두 숨어! 저기 온다. 두 시간 동안 잠자다가 돌아와서 자기가 꾸며낸 거짓말을 정말이라고 떠들어대겠지.

[그들이 옆으로 비켜선다. 파롤레스 등장]

파롤레스 10시가 됐군. 세 시간 남았으니 숙소로 돌아갈 시간은 넉넉해. 무얼 했다고 할까? 매우 그럴싸한 얘기라야 통할 터인데. 녀석들이 나를 떠보길 시작한 데다 최근 창피한 일들이 너무 자주 내 문을 두드렸거든. 이 혓바닥이 너무도 난 척한 듯해. 하지만 이 염통은 먼저 마르스[61]에 대한 공포와 그의 졸개들 앞에 숨어야지. 혓바닥 떠드는 대로 할 수가 없어.

귀족 1 [방백] 네놈의 혓바닥이 생전 처음 저지르는 진실이라고.

파롤레스 도대체 무슨 귀신이 붙어서 북을 탈환해 오겠다고 했나? 불가능하다는 걸 잘 알면서? 그럴 생각도 없으면서? 몸에다 무슨 상처를 내고 작전 중에 당했다고 해야지. 하지만 가벼운 상처로는 통하지 않을 거야. '그렇게 조그만 부상을 입고서 도망쳐 왔나?'고 할 테지. 하지만 겁이 나서 커다란 상처는 만들 수 없어. 그럼 뭐로 증거를 삼아? 혓바닥아, 아무래도 너를 버터 장수 아줌마[62] 아가리에 처박아 넣고 네가 지껄인 덕에 나를 이런 위험 속에 빠트렸으니 나도 터키 놈 벙어리[63]를 사야 되겠다.

귀족 1 [방백] 자기가 어떤 놈인지 잘 알면서 그런 놈으로 남아 있다니 놀랍지 않아?

파롤레스 옷에 칼자국을 내든가 내 스페인 칼을 부러뜨려 통할 수 있으면 좋겠군.

귀족 1 [방백] 그런 짓은 그냥 둘 수 없는데.

파롤레스 또는 수염을 빡빡 밀고 작전으로 그렇게 한 거라고 하든가—

귀족 1 [방백] 그거론 안 될 텐데.

파롤레스 또는 옷을 모두 물속에 처넣고, 붙잡혀서 옷을 홀랑 벗김 당했다고 하든가—

귀족 1 [방백] 안 될걸.

파롤레스 적군의 보루 창문에서 뛰어내렸다고 맹세하면 어떨는지—

귀족 1 [방백] 얼마나 깊어?

파롤레스 서른 길이야.

귀족 1 [방백] 굉장한 맹세를 세 번 했지만 믿을 사람은 별로 없어.

파롤레스 무슨 북도 괜찮아. 적의 북만 얻으면 좋아. 그걸 내가 찾아왔다고 맹세할 텐데.

61 로마신화에 나오는 군신(軍神).
62 버터를 팔러 다니는 아낙네는 말이 많았다.
63 터키의 평민은 아무 말도 못 하는 '혀 없는' 백성이었다.

귀족 1 [방백] 지금 북소리를 듣게 된다.
파롤레스 지금 적의 북이라도—
[안에서 경계 신호]
귀족 1 트로카 모부수스, 카르고, 카르고, 카르고.
병사들 카르고, 카르고, 카르고, 빌리안다 파르 코르보, 카르고.
[그들이 파롤레스를 붙잡아 눈을 가린다.]
파롤레스 몸값 드릴게요, 몸값! 눈은 가리지 말아요.
병사 1 보스코스 트로물도 보스코스.
파롤레스 당신들이 모스코 부대란 걸 알겠는데
언어가 불통해서 목숨을 잃게 됐소.
여기 독일이나 덴마크나 저지대 더치[64]나
이탈리아나 프랑스인 있으면 말하시오.
피렌체를 파멸시킬 방법을 알려주겠소.
병사 1 '보스코스 바우바도.' 네 말 알아듣고 네 말을
할 줄 안다. '케렐리본토.' 네 믿음 따라서 기도해.
단도 열일곱 개가 네 가슴을 노리고 있어.
파롤레스 어이구!
병사 1 야, 기도해, 기도해, 기도해! '만카 레바니아
둘체?'
귀족 1 '오스코르비둘코스 볼리보르코.'
병사 1 사령관이 아직은 너를 살려놓는다.
너한테서 정보를 캐내려고 눈을 가린 채
데려가겠다. 목숨을 살려줄 정보를
제공할 수 있으렷다.
파롤레스 살려만 주면
우리 진영 비밀을 모두 털어놓겠소.
병력과 작전 모두요. 그뿐 아니라
놀라운 일도 말하겠소.
병사 1 바로 불겠나?
파롤레스 안 그러면 개새끼요.
병사 1 '악코르도 린타.'
이리 와라. 너에게 시간을 주겠다.
[파롤레스를 데리고 함께 퇴장]
[안에서 짧은 경계 신호]
귀족 1 가서 로실론 백작과 내 아우에게
산닭을 잡았다 하고 지시가 있기까지
놈의 입을 틀어막겠다 하라.
병사 2 그리하겠습니다.
귀족 1 저놈이 우리한테 우리를 배반할 거다.
그것을 알려드려라.
병사 2 그리하겠습니다.
귀족 1 그때까지 컴컴한 데 안전히 가둬놓겠다. [각기 퇴장]

## 4. 2

[버트럼과 다이애나 등장]
버트럼 당신 이름이 폰티벨이라 하더군요.
다이애나 아니요, 다이애나요.
버트럼 여신의 이름이오.
그 이름도 모자라오. 그러나 어여쁜 사람,
당신의 모습 속에 사랑은 없소?
젊음의 거센 불이 마음을 안 비추면
당신은 처녀 아닌 비석이지요.
당신은 죽어도 지금의 당신 같아
차갑고 냉담하나, 당신을 잉태할 때
당신의 모친처럼 되어야 하오.
다이애나 그때 어머니는 정숙하셨죠.
버트럼 그래야 하오.
다이애나 아니에요. 어머니는 의무대로 하셨어요.
백작님이 부인에게 책임지듯이.
버트럼 그 말은 마오!
서약을 어기게끔 떠밀지 마오.
강제로 그녀에게 끌려갔지만
지금은 달콤한 사랑에 끌려왔으며
영원히 사랑의 정성으로 받들 터이오.
다이애나 남자는 여자를 필요할 때까지는
받들겠지만, 장미꽃을 따고는
우리를 찌를 가시도 남기지 않고
헐벗은 우리를 놀려요.
버트럼 얼마나 자주 맹세했소!
다이애나 맹세의 수가 아니고 진실하게 맹세한
순수한 맹세 하나가 진실이 돼요.
우리는 반드시 거룩한 이름을 걸고
높은 분을 증인으로 맹세하는데
신의 크신 이름으로 백작님을 사랑한다고
맹세하고도 백작님을 잘못 사랑한다면
제 맹세를 믿겠어요? 사랑을 맹세하고
어긋나게 행동하면 그런 건 효력이 없죠.

64 더치(Dutch)는 지금의 네덜란드 북부 지역. 잉글랜드와 왕래가 빈번했다.

따라서 백작님의 맹세는 말뿐이에요.
적어도 제가 생각하기엔 서명도 없는
하찮은 조항이죠.

버트럼 생각을 바꿔줘요.
거룩하되 매정하지 말아요. 사랑은 거룩해요.
당신이 말하는 남자의 술책을
내 진심은 몰라요. 멀찍이 서 있지 말고
이 아픈 그리움을 감싸주어요.
그러면 살아나요. 내 것이라 말해주면
내 사랑은 시작과 함께 영원히 지속돼요.

다이애나 —남자란 이런 때 으레 그러지.
우리가 질 거라고.—그 반지 저 주세요.

버트럼 빌려드리죠, 아가씨. 남에게 줄 권리는
내게 없어요.

다이애나 못 주신단 말씀이죠?

버트럼 가문에 속하는 명예의 표시로서
조상 대대로 물려온 것인데
내가 잃어버리면 온 세상 최악의
불명예가 될 거요.

다이애나 저의 순결 같군요.
저의 순결은 우리 집안 보배로서
많은 조상님들이 물려주신 것인데
제가 잃어버리면 온 세상 최악의
불명예가 될 거예요. 이처럼 백작님의
헛된 공격에 맞서 자신의 지혜가
제 명예를 지켜줄 용사를 불러요.

버트럼 자, 반지 받아요. 가문, 명예, 목숨까지
당신 거요. 당신의 명령에 따르겠소.

다이애나 자정이 되면 제 창문을 두드리셔요.
어머니가 못 듣게끔 해놓겠어요.
이제 진실의 맹세에 걸어 백작님께
명령해요. 저의 처녀의 잠자리를 정복하고
한 시간만 그 자리에 말없이 계셔요.
그 이유가 대단히 중요한데, 이 반지를
다시 돌려드릴 때 아시게 되어요.
밤중에 백작님 손가락에 다른 반지를
끼워드릴 터이니 무슨 일이 생기든지
과거의 우리 일을 알려줄 표가 되겠죠.
그때까지 잘 계셔요. 틀림없이 하셔요.
저를 아내로 삼으셔도 저는 희망 안 해요.

버트럼 당신한테 구애하여 땅 위에서 천국을 얻었소. [퇴장]

다이애나 그래서 오래 살아 저와 천국에
감사하세요. 결국은 그리하실 테지만.
어머니가 그의 속에 앉아 계신 듯
그의 구애 방식을 그대로 말하셨지.
모든 남자가 똑같이 맹세한다 하셨어.
아내가 죽으면 나와 결혼한댔으니
내가 땅에 묻혀야 그와 같이 누울 테지.
프랑스인은 그처럼 교활해. 결혼할 자는
결혼하래. 나는 처녀로 살다 죽겠어.
부정하게 얻으려고 애쓰는 그 사람을
이렇게 속이는 건 죄가 아니야. [퇴장]

## 4. 3

[두 프랑스 귀족과 두서너 병사 등장]

귀족 1 모친께서 보내신 편지를 아직 그분에게 드리지 않았나?

귀족 2 한 시간 전에 드렸소. 편지에 뭔가 그를 아프게 찌르는 데가 있는 모양이오. 편지를 읽자 거의 다른 사람으로 변하더군요.

귀족 1 그처럼 훌륭한 아내이며 사랑스러운 부인을 떨쳐버리다니 욕먹을 데가 많아.

귀족 2 특히 전하의 영원한 불쾌를 샀소. 왕은 자신의 아량을 적절히 조절하여 그의 행복을 구가하실 정도였어요. 한 가질 형님께 말해드리오. 하지만 아무한테도 말하지 않아야 해요.

귀족 1 네가 그게 죽었다고 말하면 내가 그것의 무덤이 되겠다.

귀족 2 그 사람이 여기 피렌체에서 순결하기로 이름 높은 어떤 아가씨를 유혹했는데, 오늘 밤 그녀의 정절을 따먹어서 욕망의 배를 채운다는 거예요. 그녀에게 가문의 반지를 주고 그런 부정한 약조로 진정한 사나이가 되었다고 자부한다는 것이죠.

귀족 1 오, 하느님, 우리의 육욕을 막으소서! 인간으로 버려져 있을 때 우리는 어떤 존재가 되나!

귀족 2 자신의 반역자가 될 뿐이오. 그래서 모든 반역의 행태가 그렇듯이 저들은 자기 의도를 떠벌리다가 마침내 못된 목적을 이루는 걸 늘 보게 되오. 이번 일로 자신의 귀족 체통에 위배되게 행동하는 백작은 자기 욕망의 물결에 휩쓸려서 제 속을 드러낸 거요.

귀족 1 자신의 못된 의도를 떠벌리는 짓은 저주받을 죄란 뜻이 아닌가? 그런 의미에서 오늘 밤 그 사람과 만나지 말아야 하지 않나?

귀족 2 자정을 넘겨서는 안 되오. 백작은 그 시간까지로 만나는 약속을 제한하였소.

귀족 1 그때가 다가오네. 같이 어울려 다니는 자를 제 눈으로 똑똑히 보라고 해주고 싶네. 그렇게 하면 자신이 그런 가짜를 그처럼 귀하게 만들어놓은 자신의 판단력을 알아보겠지.

귀족 2 그자가 올 때까지 백작 개인의 일에는 간섭하지 맙시다. 백작이 있어야 그자를 때릴 채찍이 생기거든요.

귀족 1 그런데 말이야, 이번 전쟁에 관해서 너는 무슨 소식을 듣고 있나?

귀족 2 강화의 조짐이 있다는 말이 들리데요.

귀족 1 아니야. 확실히 강화조약이 타결됐어.

귀족 2 그럼 로실론 백작은 무얼 하오? 좀 더 여행을 하오? 또는 프랑스로 돌아가오?

귀족 1 그렇게 묻는 걸 보니 너는 전적으로 그 사람 내막을 아는 게 아니군.

귀족 2 천만의 말씀이오. 그렇다면 나도 그 사람 행위에 한몫 단단히 낄 거요.

귀족 1 그의 아내가 한 두어 달 전에 집에서 뛰쳐나왔다는군. 성 제이키스 르 그란드로 순례를 하는 게 목적이었어. 거룩한 그 일을 매우 거룩하게 수행한 다음, 그곳에 머물고 있었는데 본시 성격이 연약한 분이라 슬픔에 희생이 되었다는군. 간단히 말해서, 마지막 숨을 거뒀다는 말이네. 그래서 지금 천국에서 찬송을 부르고 있다고 하네.

귀족 2 그것을 어떻게 확인하오?

귀족 1 보다 강력한 증거는 그녀 자신의 편지야. 편지에 의하면 그녀에 관한 이야기가 그녀가 죽는 순간까지 확실하대. 자신의 죽음이 임박한 것은 그녀 자신이 말할 수 없는 사태이지만 그곳의 책임자가 성실하게 확인했대.

귀족 2 그 모든 걸 백작이 알고 있소?

귀족 1 그렇네. 관련된 사람들 각자를 자세히 확인하여 그 사실을 의심할 여지가 없게 했네.

귀족 2 백작이 이 사실을 기쁘게 받아들일 것을 진심으로 슬프게 여깁니다.

귀족 1 우리 인간은 자신의 손실을 커다란 위안으로 삼는 때도 있는 게 아니네!

귀족 2 뿐만 아니라 우리 인간은 우리 자신의 이익을 눈물 속에 깊이 파묻는 때도 있지요! 그의 용맹이 여기서 거둔 위대한 명망도 고국에 가서는 그에 맞먹는 큰 수치에 봉착할 게요.

귀족 1 우리 인생은 혼방사로 짜인 천이야. 선과 악이 한데 섞였어. 우리의 선은 우리의 악이 때리지 않으면 교만해지고 우리의 죄는 우리의 선이 보듬지 않으면 절망하게 되네.

[하인 등장]

무슨 일인가? 주인은 어디 계신가?

하인 거리에서 공작님과 만나셔서 공작님께 정중히 작별을 고하셨습니다. 백작님은 내일 아침 프랑스로 가십니다. 공작께서는 전하에게 보내시는 칭송의 서한을 백작께 주셨습니다.

귀족 2 실제보다 부풀려진 칭송이라 해도 백작님이 프랑스에 필요하신 만큼은 못 되시겠다.

[버트럼 등장]

귀족 1 칭송이 아무리 달콤하여도 왕의 쓴맛을 이길 수 없지. 여기 백작님이 오셨군. 어떠시오, 백작님? 자정이 넘지 않았나요?

버트럼 지난밤 한 가지에 한 달씩 걸릴 일거리를 열여섯 가지나 처리했소. 연달아 이어진 사무의 대략을 말하면, 공작께 작별을 고했으며 그분의 측근들과 작별 인사를 나눴으며, 아내를 묻었으며, 그녀를 조상했으며, 어머님께 내 귀국을 기별하였고, 내 수행원들을 대접했으며, 그러한 주요 사업 중간 중간에 기타 자질구레한 일들을 수행하였소. 마지막 일이 가장 중요하지만 아직도 끝나지 않았소.

귀족 2 보실 일이 다소간 어려우시고 이 아침에 여기서 떠나실 예정이시면 백작님이 급하게 서두르셔야 되겠습니다.

버트럼 그 일에 대하여는 차후에 들을 일이 생길 것 같아[65] 아직 끝나지 않았다고 할 수 있소. 하지만 그 어릿광대와 군인이 벌이는 막간극을 구경할 수 있겠소? 자, 그 전형적인 가짜 군인을 데려오시오. 알쏭달쏭한 점쟁이처럼 나를 속였소.

귀족 2 놈을 데려 내와라. [병사들 퇴장]

밤새 차꼬 차고 있었어요. 가련한 멋쟁이 악당이오.

65 다이애나가 정식으로 결혼할 것을 요청할지도 모른다는 말이다.

버트럼 상관없소. 발뒤축에 너무나 오래 박차를 달고 있었으니 차꼬를 찰 만하오. 태도가 어떻소?

귀족 2 이미 말씀드렸어요. 차꼬에 눌려 있지요. 하지만 백작님이 아시도록 대답하자면, 그자는 우유를 엎지른 계집애처럼 훌쩍이고 있어요. 저희 집 사람 모건한테 모든 걸 고백했는데 녀석은 모건을 사제인 줄 알거든요. 생각나는 때로부터 시작해서 차꼬를 차게 된 현재에 이르기까지 모든 걸 고백했어요. 그런데 백작님, 뭐라고 고백했는지 아세요?

버트럼 나에 관련된 건 아니겠지?

귀족 2 그자의 고백을 적어 놓았습니다. 그자의 면전에서 읽겠습니다. 그 속에 백작님이 들어 계시면, 그게 확실하지만, 꾹 참고 들으셔야 합니다.

[파롤레스가 눈을 가린 채 호송되어 통역인 병사 1과 함께 등장]

버트럼 망할 녀석 같으니! 눈을 가렸군! 나에 관해 아무 말도 할 게 없어.

귀족 1 [버트럼에게 방백] 조용하세요. 조용하세요. 술래 입장이오. [큰 소리로] '포르토타르타로사.'

병사 1 [파롤레스에게] 고문 기구를 대령하라신다. 고문을 받지 않고 무슨 말을 하겠나?

파롤레스 시키지 않아도 아는 건 모두 자백하겠어요. 나를 곤죽처럼 쥐어뜯으면 더 이상 아무 말도 못 해요.

병사 1 '보스코 치무르초?'

귀족 1 '보블리빈도 치쿠르부르코.'

병사 1 장군님은 자비로우시군요. 우리 장군님이 물으시는 질문에 대답하라신다. 내가 적은 걸 보면서 너한테 묻겠다.

파롤레스 살고자 하는 만큼 사실만 대답하겠습니다.

병사 1 "첫째로, 공작에게 기마병이 얼마나 있는지 물어보라." 대답이 무엇인가?

파롤레스 오륙천쯤 되지만 매우 약하여 쓸모가 없습니다. 군대는 모두 흩어져 있고 지휘관들은 무척 하잘것없는 녀석들이오. 저의 명성과 신뢰를 걸고 말씀드리며, 또한 살고자 하기에 말씀을 드립니다.

병사 1 네 대답을 그렇게 적을까?

파롤레스 그러십시오. 제 대답에 대해서는 원하시는 방식에 따라 거룩한 맹세의 예를 행하겠습니다.

버트럼 [방백] 어떻게 하든 저놈에겐 마찬가지다. 참말로 구제 불능의 악질이야!

귀족 1 [방백] 백작님, 잘못 아셨소. 이게 바로 파롤레스 선생으로, 용맹한 전략가이며—그 자신이 사용한 용어랍니다.—전쟁에 관한 모든 이론을 그의 스카프에, 또한 그 실천을 단도 버클에 달아맨 사람입니다.

귀족 2 [방백] 자기 칼을 깨끗이 간수하는 자를 다시는 신뢰하지 않을 터이며 옷치장을 단정히 한다고 해서 그 사람을 믿지 않겠소.

병사 1 음, 그렇게 적었다.

파롤레스 오륙천의 기병이라 했습니다. 사실을 말하렵니다. '또는 그 정도'라고 적으세요. 사실을 말하렵니다.

귀족 1 [방백] 이 점에 대해선 상당히 사실에 가까워요.

버트럼 [방백] 하지만 그 말이 고맙다곤 하지 않겠소. 그 말하는 태도를 보아서는—

파롤레스 '하잘것없는 녀석들'이라고 하세요.

병사 1 음, 그렇게 적었다.

파롤레스 대단히 감사합니다. 사실은 사실이죠. 그자들은 매우 추잡합니다.

병사 1 "그자에게 지금 동원된 병력이 얼마나 되는지 물어보라." 이 질문에는 뭐라고 대답하는가?

파롤레스 지금 이 시간만 목숨이 붙어 있대도 맹세코 진실을 말하겠습니다. 어디 봅시다. 스퓨리오가 150명, 세바스찬이 같은 수, 코람버스도 같은 수, 제이퀴즈도 같은 수, 길션, 코스모, 로도윅, 그라티가 각각 250명, 저 자신의 중대와, 치토퍼, 바우몬드, 벤티가 각각 250명. 그러니까, 총동원 인원은 병든 자 건강한 자 모두 합해 단연코 1만 5천이 못 됩니다. 그중 절반은 외투 자락에서 눈을 흔들어서 떨어뜨리지 못해요. 자기들 몸이 부스러질까 겁이 난대요.

버트럼 [방백] 저놈을 어떻게 할까?

귀족 1 [방백] 고맙단 말만 듣게 하세요. 내 위치가 어떤지 물어봐라. 내가 공작님께 얼마나 신뢰받고 있는지 물어보라고.

병사 1 여기 적혀 있군요. "그에게 듀메인이란 중대장이 야전군 진영에 있는지 물어보라. 공작에게 어떻게 인정을 받으며 전쟁에 있어서 그의 용기와 정직성과 능력이 어떤지 알아보라. 또는 상당한 양의 금화로 반역하게끔 그를 타락시킬 수 있는지 알아보라." 이 질문에 어떻게 대답하는가? 그 사실을 어떻게 보는가?

파롤레스 여러 질문에 한 가지씩 대답하게 해주세요. 따로따로 물어보세요.

병사 1 듀메인 중대장이란 자를 아는가?

파롤레스 잘 압니다. 그자는 파리에서 구두나 옷 깁는 자의 도제였는데 그러다가 경찰부장이 담당한 못난이한테 애를 배게 하는 바람에 매 맞고 쫓겨났죠. 못난이는 멍청한 백치라 거절하지 못했어요.

[귀족 1이 파롤레스에게 달려들어 때리려 한다.]

버트럼 [귀족 1에게 방백] 아서요. 미안하지만 손찌검은 됐다 해요.—하기는 저놈의 골통 내용물은 다음 기왓장 떨어질 때 쏟아질 게 확실해.

병사 1 그 중대장이 피렌체 공작의 야전군 진영에 있는가?

파롤레스 제가 알고 있는 한 그렇습니다. 그런데 그 사람은 몹시 더럽습니다.

귀족 1 [방백] 그러지 마시오. 날 쳐다보지 마시라니까요. 백작님 얘기도 이제 금방 듣게 돼요.

병사 1 공작은 그자를 어떻게 보는가?

파롤레스 공작은 그자를 저의 가난한 장교 이상으로 알고 있지 않아요. 바로 전날 우리 부대에서 쫓아내라고 저한테 편지를 보냈거든요. 공작의 편지가 제 주머니 안에 있는 거로 아는데요.

병사 1 잘됐군. 찾아봐야지.

파롤레스 정말 유감스럽게 저도 몰라요. 주머니 안에 있든지 또는 저의 막사 안에 공작의 다른 편지들과 함께 서류철에 들어 있을 겁니다.

병사 1 여기 있구나. 종이쪽지가 하나 있어. 너한테 읽어 줄까?

파롤레스 그게 그 편진지 아닌지 저도 몰라요.

버트럼 [방백] 우리 통역이 썩 잘하누나.

귀족 1 [방백] 매우 우수합니다.

병사 1 [읽는다.] "다이애나, 백작은 바보이며 돈 많은 부자요."

파롤레스 그것은 공작의 편지가 아니에요. 그건 다이애나라는 얌전한 피렌체 처녀에게 보내는 충고인데 로실론이란 백작의 유혹을 조심하라는 거였어요. 그자는 어리석고 빈둥대는 애송이지만 그럼에도 불구하고 몹시 음탕한 자예요. 제발 그건 다시 접어두세요.

병사 1 아니다, 안됐지만 먼저 내가 읽겠다.

파롤레스 그걸 쓴 목적은 제가 그 처녀를 위해서 아주 솔직히 말하는 겁니다. 나는 젊은 백작이 위험하고 음탕한 애송이란 사실을 잘 알고 있었거든요. 백작은 모든 처녀들에게 수염고래 같아서 작은 고기 새끼들을 눈에 띄는 대로 꿀꺽한다고요.

버트럼 [방백] 한 입으로 두 말 하는 못돼 먹은 놈이구나!

병사 1 [읽는다.]

"그가 욕질 할 때는 돈을 내라고 하고 받아라.
물건을 가져가곤 값을 안 내는 자다.
절반이면 멋있는 계약이다. 멋지게 갚아줘라.
빚을 절대로 안 갚으니 먼저 받아라.
다이애나, 어떤 병사가 알려주더라고 해.
어른과는 어울려도 애하고는 키스하지 마.
명심해라. 내가 알 듯 백작은 멍청이어서
돈은 먼저 낸다지만 돈 있을 땐 안 낸다고.
귀에 대고 맹세했듯, 그대의 것인
파롤레스."

버트럼 [방백] 그 시구를 이마에다 붙이고 회초리를 맞으면서 군대 한복판을 지나가야 되겠다.

귀족 2 [방백] 이자가 백작의 충실한 친구인데, 여러 나라 말을 하며 능력이 출중한 군인이에요.

버트럼 [방백] 고양이만 빼고는 누구 앞에서 무엇이든 견딜 수 있는데, 내겐 이제 저놈이 고양이요.

병사 1 사령관님의 표정을 살펴보니 우리가 흔쾌히 너를 교수형에 처하게 됐다.

파롤레스 어쨌거나 목숨만은 살려주세요! 죽는 게 두렵지는 않아도 워낙 죄가 많아서 명이 다할 때까지 모두 모두 회개하기 위해서 그렇다고요. 살려만 주세요. 토굴도, 차꼬도, 어디든지 괜찮아요. 살 수만 있다면—

병사 1 네가 남김없이 자백하면 어떻게 할지 생각하겠다. 그럼 또다시 듀메인 중대장 얘기로 돌아가자. 그가 공작에게서 어떤 평가를 받는지, 그의 용기에 대해서 대답했는데, 정직성은 어떠한가?

파롤레스 수도원에서 계란을 훔칠 인간이오. 강간과 겁탈에는 네소스[66]와 막상막하요. 맹세는 안 지킨다는 게 그자의 삶의 철칙으로, 맹세를 깨는 데는 헤라클레스보다 강해요. 하도 유창하게 거짓말을 잘해서 진실이 바보가 아닌가 하고 생각될 정도예요. 술 취하는 게 그의 최고 미덕이어서 돼지처럼 곤드레가 되곤 하며, 잘 때에는 주위의

66 헤라클레스의 아내를 겁탈하려 했던 음탕한 반인반마(半人半馬).

이부자리만 빼고 별로 해롭지 않아서 그 버릇을
아는 사람들이 짚더미에 눕혀 놓아요. 그의
정직성에 대해서 좀 더 얘기하자면, 정직한 사람이
가져선 안 될 것을 모두 갖고 있으며 정직한
사람이 갖고 있을 그 무엇도 안 갖고 있어요.

귀족 1 [방백] 저 소리 들으니 저놈이 좋아지기 시작해요.

버트럼 [방백] 당신의 정직성에 관한 것 말이오? 망할 놈,
내게는 점점 더 고양이가 돼가는데!

병사 1 그의 전투 실력에 대하여 어떻게 생각하나?

파롤레스 정말이지 그자는 잉글랜드의 비극 배우 앞에서
북 치던 녀석이오. 그자의 전력을 숨기지 않겠지만
군인의 행적은 더 이상은 몰라요. 단지 그 나라의
마일엔드[67]라는 곳에서 장교라는 영광을 얻게 되어
종대를 횡대로 바꾸는 정도의 구령을 배웠어요.
그자의 명예를 되도록 높여주고 싶지만 그 점에
관해서는 확실히 아는 게 없어요.

귀족 1 [방백] 추종을 불허하는 거짓말을 하는 자라,
너무도 희귀해서 살려둬야겠는걸.

버트럼 [방백] 망할 것 같으니, 그놈은 아직도 고양이야.

병사 1 바탕이 아주 값싼 놈이라 돈 주고 타락해서 역적질
하라고 요청할 필요도 없어.

파롤레스 군인 어른, '카르데퀴'[68] 하나만 받고서도 자신의
영혼을 구원할 밑천까지 팔아먹고 그 상속권과 남은
후손 모두의 영원한 상속권을 대대로 영원히 팔아
버릴 거라고요.

병사 1 그자의 아우는 어떤가? 또 다른 중대장 듀메인
말이다.

귀족 2 [방백] 왜 나에 관해 물어보나?

병사 1 그자는 어떤가?

파롤레스 똑같이 한 둥지 까마귀요. 선에 있어서는 첫
녀석만큼 대단하달 수가 없지만 악에 있어서는
훨씬 더 대단해요. 겁쟁이로서는 형보다 뛰어난데
형이 세상에서 가장 우수한 겁쟁이 중의 하나라고
명성이 높다고요. 내빼는 데는 어떤 심부름꾼보다도
재빠르지만 진격할 때는 발에 쥐가 나는 놈이에요!

병사 1 네 목숨을 살려주면 피렌체 공작을 배반할 수
있겠나?

파롤레스 예, 뿐만 아니라 공작의 기마군 부대장 로실론
백작도 배반하지요.

병사 1 우리의 장군님께 귓속말로 의논을 해서 그분의
의사를 알아보겠다.

파롤레스 저는 더 이상 북쟁이 짓은 안 하렵니다. 북이란
북은 모두 다 옴 붙어라! 남의 눈에 잘나 뵈려고
음탕한 애송이 백작에게 가짜 인상 남기려고 이런
위험에 빠져버린 거예요. 제가 붙잡힌 거기에서
매복될 줄은 누가 알았겠어요?

병사 1 별도리 없으니 너는 죽어야겠다. 장군님 말씀이,
네가 그처럼 반역적으로 자기 군의 비밀을 폭로했을
뿐 아니라 대단히 존귀하게 받드는 사람들에 대해서
그처럼 악한 말을 하고 있으니 너란 놈은 세상에서
온당하게 쓸데가 없다. 그런고로 죽어야 마땅하다.
그러면, 도부수들아, 놈의 머리를 쳐라.

파롤레스 오, 주여! 제발 살려주세요! 아니면 제 눈으로
제가 죽는 꼴이라도 보게 하여 주세요!

병사 1 그 일은 그렇게 해주겠다. 그러니까 너의 모든
친구들한테 작별을 고해라.
[파롤레스의 안대를 풀어준다.]
이제는 둘러봐라. 누구라도 아는 사람 여기 있는가?

버트럼 고귀한 대위, 안녕하오?

귀족 2 파롤레스 대위, 하느님의 축복을!

귀족 1 존귀한 대위, 하느님의 구원을!

귀족 2 대위 어른, 라퓨 어른께 어떤 인사를 전해드릴까?
나는 프랑스에 가는데요.

귀족 1 선한 대위, 로실론 백작님을 대신해서 다이애나에게
써 보낸 시를 내게도 한 장 복사해 주겠소? 내가
겁쟁이만 아니면 당신한테 강제로 시킬 수도 있지만.—
여하튼 잘 있으오.

[파롤레스와 병사 1을 제외하고 모두 퇴장]

병사 1 대위, 쫄딱 망했소. 스카프만 빼고는 모두 망했소.
그건 아직도 매듭이 붙어 있소.

파롤레스 짜고 덤벼드는 데는 누군들 안 당하겠소?

병사 1 여자들만 그런 창피를 당하는 나라를 찾아갈 수
있다면 당신은 창피를 모르는 백성의 시조가 될 수
있겠소. 잘해봐요. 나도 프랑스로 가요. 거기서
우리는 당신 얘기를 할게요. [퇴장]

파롤레스 하지만 고맙다. 내 심장이 크다면
지금쯤 터졌겠다. 군인 짓은 그만하고

67 런던의 민병대 훈련장으로 민병대는 웃음거리가 되었다.

68 프랑스의 은화(quart d'ecu)로 별로 가치가 없었다.

장교처럼 배부르고 푹신한 자리에서
잠을 자겠다. 생긴 대로 그냥 살면
그럭저럭 살겠지. 허풍을 떠는 자는
나를 보고 겁을 내라. 모든 허풍쟁이는
멍청이란 사실이 발각될 게 뻔하다.
내 칼아, 녹슬어라. 창피야, 식어라.
수치 속에 안전히, 잘 살아라, 파롤레스.
광대 꼴이 됐으니 광대 짓에 살아라.
누구나 제자리와 밥벌이가 있단다.
저분들을 따라가자. [퇴장]

## 4. 4

[헬레나, 과부, 다이애나 등장]

**헬레나** 당신에게 어떤 해도 끼치지 않을 것을
잘 아실 테죠. 기독교 대국 중의 하나가
나를 보증한다고요. 내 계획을 이루기 전,
그분 앞에 무릎을 꿇어야 해요.
생명처럼 중한 일을 해드렸어요.
그 일의 고마움은 돌 같은 달단인의
가슴을 뚫고 고마워할 정도예요.
때마침 전하께서 마르세유에 계시다는
소식을 접했는데, 교통편이 생겼어요.
나는 죽은 거로 됐다는 걸 잊지 말아요.
군대가 해산되어 남편이 고향으로
돌아가는데 하늘의 도우심과
전하의 허락으로 남편보다 내가 먼저
집에 가 있어야죠.

**과부** 착하신 마님,
저보다 기꺼이 그 일을 맡을 자를
못 보실 게요.

**헬레나** 부인도 나처럼
친절에 답하려고 진심으로 애쓰는
친구는 못 봤을 게요. 하늘이 나를 보내
따님의 지참금을 맡은 사실을
의심하지 말아요. 그와 같이 그녀도
남편 일에 도구와 도움이 돼준 것은
하늘의 운명예요. 하지만 오, 남자란
이상해요. 번연히 속았어도 그냥 믿고
어둔 밤을 더럽히며 자기들도 싫은 것을
그토록 사랑하니! 그리하여 욕정은
역겨워하는 것을 그리워해요.
이 얘긴 됐다 해요. 다이애나 아가씨,
못난 계획 때문에 대신 고생하겠네.

**다이애나** 죽음과 순결이 계획과 함께하면
오로지 마님 뜻을 받들겠어요.

**헬레나** 하지만 부탁해. 시간이 가면 여름이 오듯
들장미는 잎과 함께 가시가 있어
찌르면서 향기로워. 우리는 떠나야겠어.
마차가 준비됐어. 때가 우릴 되살릴 거야.
끝이 좋으면 모두가 좋아. 늘 끝이 최고야.
과정은 어떻든지 모두 끝에 달렸어. [모두 퇴장]

## 4. 5

[어릿광대, 백작 부인, 라퓨 등장]

**라퓨** 아뇨, 아뇨, 아뇨. 당신 아들은 거기서 비단 오리 칭칭 감은 놈의 꾐에 빠졌소. 그놈의 악질적인 노랑 물감이 설익은 반죽 같은 한 나라의 젊은이 모두를 그 색깔로 물들일 지경이었소. 그놈만 없었다면 당신의 며느리는 지금 이 시간에 살아 있을 터이고 당신의 아들은 내가 말하는 그 빨간 꽁지 달린 호박벌보단 전하에게 쫓겨서 고향 집으로 돌아왔겠소.

**백작 부인** 차라리 아들놈이 없으면 좋겠네요. 자연의 조화가 만들어낸 여인 중에서 가장 높이 칭찬받던 여자이며 너무나도 유덕한 여인의 죽음이었죠. 그 애가 내 몸 한 부분으로 자라나 엄마 몸에 몹시 아픈 진통을 주었다고 해도 이보다 더 깊게 뿌리박은 사랑을 느낄 수가 없을 거예요.

**라퓨** 좋으신 부인이셨소. 참 좋으신 부인이셨소. 그런 약초를 다시 찾아내려면 천 가지 나물을 뜯어봐야 할 게요.

**어릿광대** 맞아요. 그분은 나물 중에서도 마저럼이셨어요.[69] 아니 차라리 은혜의 약초라는 운향이셨어요.

**라퓨** 야, 이놈아, 그런 건 나물감이 아니라 냄새만 좋은 약초들이야.

**어릿광대** 저로 말하면 굉장한 느부갓네살[70]은 되지 못해요.

69 마저럼(marjoram)은 흔히 말려서 쓰는 식물로서 연보라색 꽃을 피운다.

풀에 관해 아는 건 별로 없어요.

라퓨 너는 망나니냐, 또는 바보짓 하는 어릿광대냐? 직분이 뭐야?

어릿광대 여자를 섬기는 바보 광대며, 남자를 섬기는 망나니지요.

라퓨 어떻게 구별되는가?

어릿광대 남자한테서 그 아내를 슬쩍 빼앗아 남자 구실을 해드리는 겁니다.

라퓨 그래서 정말 남자를 돕는 망나니가 되겠구나.

어릿광대 그리고 그 아내한테도 제 물건을 주어서 그녀를 도와주는 겁니다.

라퓨 내가 보증을 서도 되겠다. 너야말로 간사한 놈인 데다 바보 광대로다.

어릿광대 어르신을 도와드리죠.

라퓨 관둬, 관둬, 관둬.

어릿광대 왜요? 어르신을 도와드리지 못한대도 어르신만큼 높으신 왕자님도 도와드릴 수 있다고요.

라퓨 그게 누군가? 프랑스 사람인가?

어릿광대 확실히 잉글랜드 풍채인데 그분 얼굴 생김새는 여기보다 프랑스에서 더 새빨개졌어요.[71]

라퓨 어느 왕자 말인가?

어릿광대 '검은 왕자' 말예요. 다른 이름으로는 '암흑의 왕자', 또 다른 이름으론 '마귀'요.

라퓨 그만해. 옜다, 내 지갑이다. 이 돈 너한테 주는 건 네가 말하는 네 주인한테서 너를 빼 내오기 위해 주는 게 아니다. 계속 그분을 도와드려라.

어릿광대 저는 촌놈이어서 언제나 활활 타는 큰 불을 좋아하는데, 제가 말씀드린 저의 주인님은 언제나 좋은 불을 태우세요. 하지만 확실히 그분은 세상에 속한 왕자님[72]이라 고귀한 성품이어서 언제나 그분 궁성에 계셔야 해요. 저는 '좁은 문'이 달린 집에 가려고 하는데 너무 좁은 문이라 위풍당당한 왕자님은 들어가지 못하세요. 자기를 낮추는 몇 분은 들어갈지 몰라도 대부분은 너무도 열이 없고 몸이 약해서 넓은 문과 큰 불로 가는 꽃길을 선택하겠죠.

라퓨 너 하고 싶은 대로 해라. 네가 점점 싫어지누나. 너하고 시비하고 싶지 않아서 너한테 이 말을 미리 해둔다. 마음대로 해라. 말들이나 잘 보아라. 장난 치지 말아라.

어릿광대 제가 말에게 장난친다면 말들이 엉덩이에 뿔이 날 테죠. 자연의 법칙상, 그런 것이 저들의 엄연한 권리라고요. [퇴장]

라퓨 뼈대 있는 말솜씬데 즐겁지 못하오.

백작 부인 그래요. 돌아가신 우리 주인이 그 녀석한테서 재미 많이 보셨어요. 그분 덕에 아직까지 여기 있는데 그것을 함부로 말하는 특권인 줄 알아요. 그래서 엉덩이에 뿔 난 말처럼 제 맘대로 굴어요.

라퓨 그 녀석을 내가 좋아해요. 괜찮습니다. 말하려던 참인데, 착한 며느님은 돌아가시고 댁의 아드님이 귀가하셨단 말을 듣고 제 딸년 얘기를 해주십사고 전하께 말씀드렸습니다. 두 젊은이가 아직 어렸을 당시 은혜롭게도 전하께서 스스로 기억하시고 먼저 제안하셨던 일이지요. 전하께서 그렇게 하시겠다고 제게 약속하셨는데, 전하가 아드님에 대해 품으셨던 불쾌한 감정을 해소하시기에 이보다 더 좋은 기회는 없을 거예요. 마님께선 어떻게 생각하시나요?

백작 부인 무척이나 만족해요. 그래서 행복하게 성사되길 바라고 있어요.

라퓨 전하께서 마르세유에서 급히 달려오십니다. 삼십 때처럼 건장하세요. 내일이면 도착하실 거예요. 그렇지 않으면 제게 그런 소식을 거의 안 틀리고 전하는 사람에게 속은 것이죠.

백작 부인 바라던 대로 죽기 전에 그 애를 볼 수 있다니 너무 기뻐요. 오늘 밤 걔가 집에 도착한다는 기별이 왔어요. 전하와 그 애가 만날 때까지 어르신께서 저와 함께 계셔주길 부탁드려요.

라퓨 부인, 제가 무슨 자격으로 욕먹지 않고 마님 댁에 묵을지 생각해 봤습니다.

백작 부인 어르신께서는 다만 귀족으로서의 특권을 말씀하시기만 하면 돼요.

라퓨 부인, 그에 관해서는 제가 이미 대담한 특권을

70 포르투갈어로 Nabucodo-nossor. 바빌론의 대왕으로, 미쳐서 소처럼 풀을 먹고 다시 정신이 돌아왔다. (구약 다니엘 4장 25~34절)

71 잉글랜드가 프랑스와의 전쟁마다 승리해서 큰 자랑거리인 '검은 왕자'(블랙 프린스, 잉글랜드 왕 에드워드 3세의 아들. 왕이 되기 전에 죽었다)를 말한다. '새빨갛다'는 말은 전쟁에서 일으킨 불을 뜻하지만 또한 성병 때문에 빨갛게 부어서 따갑다는 뜻도 암시한다. 그래서 은근슬쩍 '암흑의 왕자' 즉 '마귀'로 옮아간다.

72 물론 '마귀'를 뜻한다.

발휘했어요. 고맙게도 그게 아직 유효하군요.
[어릿광대 등장]
어릿광대 어이구, 마님. 저쪽에 도련님이 벨벳 조각을 얼굴에
대고 와 계세요.[73] 그 조각 뒤에 상처가 있는지
없는지는 벨벳만 알지만, 하여튼 아주 멋진 벨벳
조각이에요. 왼쪽 뺨은 두 필 하고도 반이지만 오른쪽
뺨은 맨송맨송하데요.
라퓨 고귀하게 얻은 상처, 다시 말해 고귀한 상처는 멋진
명예의 제복이야. 그래서 아마 그런 거겠지.
어릿광대 하지만 수술 칼 자국인데요.
라퓨 같이 가서 아드님을 만나봅시다. 귀한 젊은 군인과
서로 말을 주고받고 싶군요.
어릿광대 정말로 그런 분이 열두 명쯤 돼요. 모두들 멋진
모자를 썼는데 아주 정중한 깃털이 달려서 만나는
사람마다 머리를 숙이고 고개를 끄덕이데요. [모두 퇴장]

## 5. 1

[헬레나, 과부, 다이애나가 두 시종과 함께 등장]
헬레나 하지만 이렇게 밤낮으로 달렸으니
기운이 없을 테죠. 어쩔 수 없어요.
그러나 아가씨가 밤낮을 안 가리고
나 때문에 약한 몸이 몹시 지쳤지만,
보답하는 내 마음에 깊이 박혀서
아무것도 뽑을 수가 없으니까 안심하세요.
[낯선 신사 등장]
마침 잘됐네! 이분이 힘만 쓰면
전하께 말할 수 있어. 안녕하세요?
신사 안녕하십니까?
헬레나 프랑스 궁정에서 뵌 적 있어요.
신사 가끔 거기 간 적이 있소.
헬레나 좋은 분이란 명망을 잃지 않으셨겠죠.
그래서 말씀드려요. 번거로운 예절을
잠시 제쳐 놓겠어요. 몹시 급한 상황이라
선생님의 선하신 마음씨를
써주시길 부탁해요. 그 일에 대해
항상 감사하겠어요.
신사 무엇을 원하시오?
헬레나 [그에게 문서를 보이며]
실례지만 전하께 이 천한 탄원서를
올려드리고 영향력을 발휘하여
저를 존전에 데려다 주세요.
신사 여기 안 계시오.
헬레나 안 계셔요?
신사 그렇소.
지난밤에 떠나셨소. 여느 때 없이
서두르셨소.
과부 맙소사! 헛수고구나!
헬레나 끝이 좋으면 모두가 좋다고요.
때도 몹시 어긋나고 방법도 안 맞지만—
어디로 가셨나요? 제발 알려주세요.
신사 내가 알기론 로실론으로 가셨소.
나도 그리로 가오.
헬레나 부탁드려요.
저에 앞서 전하를 뵐 것 같으니
이 문서를 전하 손에 전해주세요.
선생님께 아무 누도 끼치지 않겠으며,
그러길 잘했다고 하실 거예요.
저희 가진 것으로 모든 수단 강구해서
되도록 빠르게 뒤쫓아 가겠어요.
신사 [헬레나에게서 문서를 받으며]
부인을 위해서 이 일을 하오.
헬레나 충분히 사례하겠어요. 일이 더 생겨도
상관없어요. 말한테 돌아가야 되겠죠.
[시종들에게] 빨리 가서 준비해라. [각기 퇴장]

## 5. 2

[어릿광대와 파롤레스 등장]
파롤레스 착한 라바츠 씨, 라퓨 공에게 이 편지를 전해주오.
내가 얼마 전에는 당신에게 더 잘 알려졌었소.
그때엔 나도 더 멋진 옷들과 친숙하게 지냈소.
하지만 지금은 운수의 여신이 화내는 바람에
흙투성이가 되어서 그녀의 강한 불쾌감의 냄새를

73 전쟁에서 얻은 얼굴의 상처 자국을 벨벳 조각으로 가렸다. 그런데 성병으로 인한 헌데도 벨벳으로 가렸다고 한다. 그래서 그 아래에서 어릿광대가 '수술 칼'을 댔던 자국이라고 대꾸한다.

강하게 풍기고 있소.

어릿광대 정말이지 당신 말대로 그 여신의 불쾌감이 그런 악취를 풍기면 일하기 싫어하는 계집 같아요. 앞으론 그 여신이 버터를 발라놓은 생선은 절대로 먹지 말아요. 제발 바람이 통하게 하라고요.

파롤레스 괜찮소. 코 막을 필요가 없소. 단지 비유로 말했던 거요.

어릿광대 정말이지 당신 비유가 악취를 피운다면 코를 막겠소. 어떤 놈의 비유도 마찬가지지요. 제발 더 멀찍이 서라고요.

파롤레스 이 편지 전해주오. 부탁이오.

어릿광대 어이쿠, 냄새! 제발 더 멀리 서요. 운수의 여신의 요강이 보내는 거니까 귀하신 양반한테 전하라고요! 저거 봐요. 그 양반이 제 발로 와요.

[라퓨 등장]

여기 운수의 여신의 '야옹이', 즉 여신의 고양이가 —사향고양이[74]는 아니고—그녀의 불쾌감이라고 하는 더러운 양어장에 빠졌는데 본인 말로는 흙투성이가 됐대요. 붕어[75]는 마음대로 다뤄요. 처량하고 썩고 꾀 많고 멍청하고 양아치 같은 녀석이에요. 녀석의 불행을 위로의 웃음으로 동정해서 어르신께 맡깁니다. [퇴장]

파롤레스 어르신, 저는 운수의 여신께 잔혹하게 할퀴 당한 사람입니다.

라퓨 그래서 나한테 무얼 어쩌겠다는 건가? 지금 여신의 손톱을 깎아드리긴 너무 늦었어. 네가 여신에게 무슨 못된 짓을 했기에 너를 할퀴었겠냐? 여신은 착한 분이라 못된 놈들이 제 밑에서 승승장구하지 못하게 하시는데? 너한테 카르데퀴 줄게. 재판관 나리가 너와 운수님을 화해시켜 주시고, 나는 딴 볼일 있다.

파롤레스 제발 부탁이에요. 어르신, 저의 말 한마디만 들어주세요.

라퓨 한 푼만 더 달라고 해. 그럼 이거 가져라. 말을 아껴.

파롤레스 어르신, 저 파롤레스라고요.

라퓨 그렇다면 한마디 이상 비럭질한다. 아이고, 난 또 누구라고! 손 잡아보자. 북은 어떻게 됐나?

파롤레스 오, 어르신, 제 정체를 처음 알아본 분은 대공 어르신이세요.

라퓨 내가 정말 알아봤나? 그래서 내가 너를 잃어버린 첫 사람이 됐구나.

파롤레스 저를 무슨 은혜 가운데 두시는 일은 어르신의 책임이에요. 저를 폭로하신 게 어르신이니까요.

라퓨 못된 놈! 나한테 하느님과 마귀의 사업을 동시에 떠맡기냐? 한 분은 은혜 가운데 너를 거두시고 한 놈은 너를 폭로했단 말이구나.

[나팔들이 울린다.]

전하께서 오신다. 나팔 소리 들으면 알아. 이 녀석, 나중에 나를 찾아와. 어젯밤 네 얘기 했다. 네놈은 못난이고 악질이지만 밥은 먹게 해주겠다. 망할 놈, 따라와. [퇴장]

파롤레스 어르신 때문에 하느님을 찬미해요. [퇴장]

## 5. 3

[주악. 왕, 백작 부인, 라퓨, 프랑스 귀족 둘이 시종들과 함께 등장]

왕 그녀라 하는 보배를 잃은 까닭에
나의 값도 폭락했소. 한데 부인의 아들은
못난 짓에 미친 듯, 그녀의 값어치를
알아볼 지각이 없었소.

백작 부인 지나간 일이에요.
미숙한 젊은이의 자연스러운 반항으로
보아주시길 간곡히 말씀드려요.
그 시절엔 이성의 힘도 어쩔 수 없어
기름과 불길에 눌려서 타오르지요.

왕 존경하는 부인, 그에 대한 분노가
치솟아 올라 기회를 살폈으나
모두 잊고 용서했소.

라퓨 말씀드려야겠어요.
먼저 용서를 구해요. 젊은 백작은
전하와 모친과 아내에게 중한 죄를
저질렀으나, 막중한 죄를 자기한테
저질렀어요. 아들이 잃은 아내는
경험 많은 눈들을 경탄케 한 미인이며

74 고양이 중에 사향노루나 사향 쥐처럼 향내를 발산하는 샘을 가진 종류가 있어 향수의 원료로 쓴다.
75 서양에서는 웅덩이에 사는 붕어를 지저분한 물고기로 취급한다.

그녀가 하는 말은 귀를 모두 사로잡고
남을 우습게 알던 자도 완벽한 그녀를
여주인으로 삼아 겸손히 고백하였습니다.
왕 잃은 것의 찬미는 달콤한 추억이다.
아들을 불러라. 서로 간에 화해했다.
만나자마자 과거는 불문하니, 용서를
빌 것 없다. 큰 죄의 근원이 죽었으니
분향에 싸인 추억도 망각보다 더 깊게
파묻게 된다. 죄인이 아니라
처음 보는 사람처럼 가까이 오라 하라.
내 뜻이 그렇다 하라.
시종 그리하겠습니다. [퇴장]
왕 당신 딸에 대해서는 뭐라고 하오? 말해봤소?
라퓨 자신의 모든 일을 전하께 맡겼답니다.
왕 그럼 짝을 맞춰야겠군. 편지가 왔는데
칭찬이 대단하오.
[버트럼 등장]
라퓨 멋있게 어울려요.
왕 나는 철에 맞는 날씨가 되지 못하오.
내게서 햇빛과 우박을 동시에
볼 수 있지만, 밝은 빛이 비추면
궂은 구름은 비켜나오. 앞에 나와라.
때가 다시 좋아졌다.
버트럼 크게 뉘우칩니다.
제 죄를 용서해 주십시오.
왕 모든 게 좋아졌다. 지난 때는 접어둬라.
이 기회의 앞머리를 당장 붙잡자.[76]
나도 늙은 까닭에 몹시 빠른 명령도
효력을 내기 전에, 소리 없는 시간이
야금야금 다가온다. 이 귀족의 딸을
기억하는가?
버트럼 예, 전하, 예찬의 마음으로 기억합니다.
제 마음이 제 혀를 대담한 전령으로
삼을 수 있기 전에 그녀에게 점을 찍고
그녀의 인상이 눈에 깊이 박혔으니,
경멸은 멸시의 요지경을 제게 주어서,
다른 얼굴 모양들은 찌그러들었으며
흰 얼굴을 놀리거나 칠한 거로 알았고
온갖 이목구비를 늘이거나 줄여서
괴물 같은 모양으로 만든 거로 알았지요.
그래서 마침내 사람들이 칭찬하고
그녀를 잃은 후에, 저 자신도 사랑을
금하지 못할 그 여자는 저의 눈에 따가운
먼지가 됐네요.
왕 멋지게 변명했다.
그녀를 사랑했다니 많은 벌점 중에서
몇 점 제해준다만, 너무 늦은 사랑이란
사형수가 불쌍해서 허락하신 사면이
너무 늦게 오듯이, 명령하신 분에게
'좋은 자가 죽었다'고 떠들어서
역겨운 죄악이 되어버린다.
높은 분은 사람들을 하찮게 여겨
그들의 무덤을 보기 전엔 모르다가
우리의 불쾌감이 스스로도 부당하여
친구를 죽인 후에 시체를 보고 울며,
어리석은 미움은 잠으로 낮을 보내나
자지 않는 사랑은 행한 것에 눈물지으니,
헬레나를 잊으라는 종소리 삼자.[77]
어여쁜 마들린에게 정표를 보내라.
두 사람의 동의를 받았으니 이제 나는
홀아비의 두 번째 혼례식을 구경하겠다.
백작 부인 하느님, 처음보다 더 큰 복을 내리소서!
목숨아, 같은 운명 만나기 전에 멈춰 서라!
라퓨 사위, 이리 와라. 우리 가문 이름이
네 안에 섞여야겠다. 내 딸의 마음속에
환하게 빛날 정표를 나한테 다오.
마음이 속히 쏠리게 해라.
[버트럼이 라퓨에게 반지를 한 개 준다.]
이 늙은 털과
수염을 걸어 맹세하여 죽은 헬레나는
정다운 인간이었다. 이런 반지를
지난번 궁정에서 헤어질 적에
그녀의 손가락에서 봤었다.
버트럼 그녀 것이 아니었죠.
왕 나도 좀 보자. 나도 너와 말할 때
그걸 자주 보았다.

76 시간, 또는 기회는 '뒷머리카락'은 없고 '앞머리카락'만 있으므로 지나가기 전에 얼른 잡아야 한다.
77 이를 '사람의 죽음을 알리는 종소리[弔鐘]'로 삼자는 말이다.

[라퓨가 왕에게 반지를 준다.]
이건 내 거였는데 헬레나에게 주면서
무슨 일이 생겨서 도움이 필요하면
이 표를 보고 내가 돕겠다고 했다.
그녀가 도움 받을 표를 뺏을 만큼
재주가 좋았던가?

버트럼 은혜로우신 전하,
그렇게 보신다니 할 수 없지만
그 반지는 그녀 것이 아니었어요.

백작 부인 나도 확실히 걔가 낀 걸 보았다.
목숨처럼 아끼더라.

라퓨 나도 봤다오.

버트럼 잘못 보셨소. 헬레나도 절대 못 봤소.
피렌체에서 종이에 싸서 창문으로
내게 던져 준 건데 던진 여자 이름이
적혀 있었죠. 그녀는 저를
미혼으로 오해했어요. 하지만
제 처지를 밝혀주고 그녀의 제의에
정직하게 응할 수 없다는 걸
충분하게 알렸더니 그녀는 슬프게
그걸 받아들이고 반지를 돌려받지
않으려 했죠.

왕 플루토스[78] 자신이
금덩이를 만들고 불리는 약을 알고
자연의 비밀을 알지만, 그 반지는
내가 아는 한 그게 아니다.
누가 네게 줬던 간에 그건 내 거였고
헬레나 거였다. 네 정신이 똑바르면
그게 그녀 것이며 어떻게 뺏었는지 자백해라.
그녀가 성인들을 증인으로 맹세하고
잠자리에서 너한테 빼주기 전엔
절대로 손가락에서 안 뺀다고 했다.
너는 그 잠자리에 간 적이 없다.
헬레나가 큰 곤경 가운데서 내게 보냈을 거다.

버트럼 헬레나는 절대로 안 봤는데요.

왕 내가 내 명예 사랑하는 만큼 네 말은 거짓이다.
그 까닭에 원치 않는 의심이 일어난다.
네가 그리 매정하면—그렇지 않겠다만
내가 알지 못한다.—네가 몹시 싫어하던
그녀가 죽었다. 나 자신이 그녀 눈을
감기기 전엔 이 반지를 보듯이
도저히 믿을 수 없다.—저자를 데려가라.
어떻게 밝혀지든 나의 모든 증거들이
거짓이 아니라는 심증을 주게 되리라.
좀 전에는 내 염려가 너무 적었다.
데려가라. 더 따지고 물어보겠다.

버트럼 그 반지가 그녀 거라고 증명하시면
제가 피렌체에서 그녀와 잤다고
증명하시는 것이나 꼭 같은데요,
그녀가 거기로 갔던 적이 전혀 없어요. [호송되어 퇴장]

[신사가 문서를 가지고 등장]

왕 예감이 불안한데.

신사 은혜로우신 전하,
잘하는 짓인지 확실히는 모르지만
제가 어떤 부인의 탄원서를 가져왔어요.
너덧 번[79] 뒤에 오는 그분이 직접
말씀드릴 겁니다. 가련한 태도와
말씨에 감동해서 이 일을 맡았는데,
지금쯤 도착해서 기다리고 있겠지요.
그 일은 몹시 긴급한 듯했으며,
상냥하게 요약해서 제게 알려주기를
전하와 자신에게 관련된 일이라고
말하더군요.

왕 [문서를 읽는다.] "부인이 죽으면 저와 결혼하겠다고
거듭 다짐했는데, 말씀드리기 부끄러우나 제가 졌어요.
이제 로실론 백작은 홀아비가 됐으며 저에게 준 맹세는
무효가 되고 저는 정조를 바쳤습니다. 그이는 작별의
말도 없이 피렌체를 몰래 떠나고, 저는 정의를 찾아
그이의 나라까지 따라왔어요. 오, 전하, 정의를
베푸세요. 정의는 전하께 달려 있어요. 그러지 않으시면
유혹자는 승리하고 불쌍한 처녀는 파멸이어요.
다이애나 카필렛 올림."

라퓨 차라리 장터에서 사위를 살 텝니다. 지금쯤 그 때문에
세금이나 내겠지요. 저런 놈 필요 없어요.

왕 라퓨, 하늘이 당신을 어여삐 보고
발견토록 해주었소.—탄원인을 찾아와라.

78 그리스신화에 나오는 플루토스는 온갖 보화의 신인데, 중세에는 마술적인 약품으로 값싼 쇠붙이를 황금으로 만들고 황금을 증식시키는 약을 가진 연금술사와 동일시되었다.

79 예전에는 전령이 말을 타고 왔는데, 너덧 차례 말을 바꿔 타고 먼 거리를 달려왔다는 말이다.

속히 가서 백작을 다시 데려와. [신사와 시종 한두 명 퇴장]
부인, 나는 헬레나가 살해된 듯하여
목숨이 걱정되오.

백작 부인 범인에게 정의를!

[버트럼이 호송되어 등장]

왕 아내가 괴물처럼 보인다고 서약을
끝내자마자 도망친 네가 다시금
결혼하기 원하니 수상하다.

[과부와 다이애나 등장]

저 여자 누군가?

다이애나 저는 피렌체의 오래된 집안인
카필렛에 속하는 불쌍한 여인이어요.
전하께 제가 탄원한 것을 아실 거라 믿으며
저를 동정하시리라 믿습니다.

과부 저는 저 애의 어미로 제 나이와 자존심이
저희들의 탄원으로 수난을 당해요.
고쳐주지 않으시면 두 사람이 끝장나요.

왕 백작, 이리 오라. 부인들을 아는가?

버트럼 전하, 제가 안다는 것을 부인할 수 없으며
부인하고 싶지 않습니다. 죄가 그뿐입니까?

다이애나 자기 아내를 어째서 그리 모른 척해요?

버트럼 전하, 제 아내 아닙니다.

다이애나 결혼한다면
그 손을 내주는데 그건 제 거라고요.
하늘에 맹세하는데 그건 제 거라고요.
제 몸을 내놓는데 그건 제 몸이에요.
제 몸은 서약으로 당신 몸과 합쳐 있어
당신과 결혼하는 여자는 저와 결혼하게 되어요.
두 번 결혼하거나 둘 다 아네요.

라퓨 [버트럼에게] 당신 이름을 들어보니 딸애에게
너무 모자라. 그 애 남편이 될 수 없다고.

버트럼 [왕에게]
전하, 저 사람은 전에 같이 웃고 지내던
미련하고 방정맞은 인간입니다.
저를 여기서 끄지 마시고
제 명예를 조금만 더 존중해 주십시오.

왕 네가 옳게 행하여 호감을 얻기 전에는
내 마음은 너하고 친하지 않다.
내 마음에 네 명예가 더 맑아야 한다.

다이애나 전하, 저분이 제 정조를 안 가졌냐고
물으시고 대답하라고 하세요.

왕 네 대답이 무엇인가?

버트럼 부끄러운 걸 모르고
부대에 드나드는 흔한 창녀였어요.

다이애나 전하, 억울해요. 제가 정말 그랬다면
저 사람이 제 몸을 싼값에 샀을 테죠.
믿지 마세요. 이 반지를 보세요.
드높은 내력과 물건의 값어치로
비할 데가 없어요. 그럼에도 불구하고
제가 정말 창녀라면 부대의 창녀에게
이걸 줄 수 있나요!

백작 부인 얼굴이 빨게진다.
정확히 맞혔다. 그 보석은 6대 동안
조상의 유언으로 상속인이 물려받아
지녔어요. 이 여자가 그 애 아내요.
그 반지가 1천 명의 증인이지요.

왕 여기 있는 사람이 증언해도 된다 했지?

다이애나 그래요. 하지만 그처럼 못된 증인을
불러오기 싫어요. 파롤레스 그자예요.

라퓨 그게 그놈이면 오늘 제가 봤군요.

왕 그자를 찾아오라.

[시종 퇴장]

버트럼 뭐하시려고요?
그자는 못돼 먹은 거짓말쟁이요,
세상의 온갖 죄악으로 욕을 처먹고
진실한 말을 하지만 메스꺼운 성질이오.
뭐든지 주워대는 그자의 말에 따라
제가 이런 놈 저런 놈이 돼야 합니까?

왕 저 여자가 네 반지를 가진 듯하다.

버트럼 그런 것 같아요. 저 여자가 좋아서
젊은 한때 놀이 삼아 접촉한 게 사실이죠.
그녀는 신분의 차이를 알면서 저를 유혹했고
사랑의 장애가 사랑을 불 지르듯이,
안 된다고 하면서 제 열정을 불태웠어요.
마침내 흔한 매력과 무한한 기교로
저를 자기처럼 값싸게 깎아내리고
반지를 가졌으며 자기는 보통 사람이
장터 값에 살 물건을 가진 거예요.

다이애나 저는 참아야 돼요. 그처럼 고귀하신
첫 부인을 거절한 분이시라면
저를 거절할 수 있으실 테죠. 하지만
법도를 모르시니 저도 남편을 잃겠어요.

반지를 가져오세요. 임자에게 돌려드리죠.
제 건 돌려주세요.
버트럼 내게 없는데.
왕 네 반지가 어떤 거였나?
다이애나 전하께서
끼고 계신 반지와 매우 비슷하지요.
왕 이 반지 아는가? 최근까지 저 사람 거였다.
다이애나 제가 준 반지예요, 잠자리에서요.
왕 그렇다면 네가 창문으로 던졌다는 말은
거짓말이 되는가?
다이애나 저의 말은 진실이에요.
[파롤레스 등장]
버트럼 전하, 고백합니다. 반지는 그녀 겁니다.
왕 교묘한 발뺌이다. 깃털 보고 놀라는군.
—네가 말하던 그자인가?
다이애나 네, 전하.
왕 얘기해라. 진실을 말해라. 명령이다.
네 주인의 불쾌를 두려워하지 마라.
네 언행이 똑바르면 내가 막아주겠다.
여기 있는 두 사람에 대해서 무얼 아는가?
파롤레스 전하, 들으시고 용서하세요. 제 주인은
점잖은 신사분이었습니다. 신사들이 그렇듯이
장난기가 있었네요.
왕 자, 여러 말 말고 요점을 말해라! 저 사람이
이 여자를 사랑했나?
파롤레스 예. 정말 사랑했어요. 하지만 어떻게요?
왕 어떻게라고? 말해봐라.
파롤레스 그녀를 사랑했는데, 신사가 여자를 사랑하듯
사랑했지요.
왕 어쨌다는 말인가?
파롤레스 그녀를 사랑하고 사랑하지 않았단 말입니다.[80]
왕 못된 놈이면서 못된 놈이 아닌 것처럼—수작이
알쏭달쏭한 놈이구나!
파롤레스 저는 보잘것없는 사람인데요, 전하의 명령대로
움직입니다.
라퓨 저 녀석은 아주 좋은 북이지요. 하지만 못된
말쟁이예요.
다이애나 저이가 내게 결혼을 약속한 걸 당신이 알아요?
파롤레스 저는 제가 말하는 것보단 아는 게 많아요.
왕 하지만 아는 것 전부를 말하지 않겠는가?
파롤레스 예, 말씀드리죠. 방금 말씀드렸듯 제가 두 사람
사이를 오갔는데요, 하지만 저 사람은 그 이상으로
그녀를 사랑했어요. 사실상 그녀에 대해서 미칠
지경이라 사탄이니, 연옥이니, 복수의 여신이니,
알 수 없는 것들을 마구잡이로 말했는데, 그때 저는
그분들과 알고 지내던 터라 그분들이 동침하며
그녀에게 결혼을 약속하는 등등의 말이란 걸 잘
알았지만 지금 말하면 반감 살 수 있어요. 따라서
아는 걸 말하지 않겠습니다.
왕 네가 벌써 모두 말했다. 혹시 저들이 결혼했단 말만
할 수 있다면. 하지만 네 증언이 너무나 자세하다.
그러니 비켜서라.
—이 반지가 네 거라는 말인가?
다이애나 네, 전하.
왕 어디서 샀는가? 또는 누가 줬는가?
다이애나 누가 준 것도 아니고 제가 산 것도 아닙니다.
왕 누가 빌려줬는가?
다이애나 빌린 것도 아닙니다.
왕 그러면 어디서 주웠는가?
다이애나 주운 것도 아닙니다.
왕 그러한 방법이 아니고도 네 것이 되었다면
어떻게 그에게 줬는가?
다이애나 준 적 없어요.
라퓨 전하, 이 여자는 헐거운 장갑 같아요. 마음대로
끼웠다 벗었다 하네요.
왕 이 반지는 내 거였다. 저 사람 첫 부인에게 줬었다.
다이애나 아무리 생각해도, 전하의 거든가 그녀의 거겠죠.
왕 [시종들에게]
여자를 데려가라. 지금은 보기 싫다.
옥으로 데려가라. 저놈도 데려가라.
—어디서 얻었는지 말하지 않으면
당장 죽는다.
다이애나 절대로 말하지 않겠어요.
왕 여자를 데려가라.
다이애나 보증인이 있어요.
왕 네가 흔한 창녀란 걸 이제 알겠다.
다이애나 맹세코, 제가 남자를 알았다면 전하뿐이세요.
왕 그렇다면 어째서 그자를 계속 고발했는가?
다이애나 그에게 죄가 있기도 하고 없기도 한 까닭입니다.

80 마음으로만 사랑하고 육체관계는 하지 않았다는 말이다.

그이는 제가 처녀가 아니란 걸 맹세하겠죠.
저는 맹세코 처녀예요. 한데 그이는 몰라요.
높으신 전하, 저는 절대로 창녀가 아니에요.
제가 처녀가 아니면 이 노인의 아내입니다.

왕 귀를 어지럽힌다. 옥으로 데려가라.

다이애나 어머니, 보증인을 부르세요. [과부 퇴장]
잠깐만요.
반지의 임자인 보석상을 불러올게요.
그이가 보증을 설 거예요. 하지만 백작님은
자신도 알 듯이 저를 모욕했지만
아직은 해치지 않았으니 풀어주세요.
자신도 알 듯이 제 침상을 범하면서
아내에게 아기를 잉태시켜 놨어요.
그녀는 죽었지만 아기가 배 속에서
발길질을 합니다. 이게 저의 수수께끼죠.
죽었는데 살았어요. 해답을 보세요.
[헬레나와 과부 등장]

왕 눈들이 할 일을 속이는 심령술사인가?
보이는 게 사실인가?

헬레나 전하, 아닙니다.
보시는 건 아내의 그림자, 이름뿐이고
실체는 아니어요.

버트럼 둘 다요. 용서하오!

헬레나 오, 백작님, 제가 이 처녀와 비슷할 때는
너무나도 정다웠어요. 그건 당신 반지고
이건 당신 편지예요. 편지에 쓰기를,
"내 손가락에서 이 반지를 뽑아가고
내 애를 잉태하면" 했는데 그대로 됐어요.
지금 겹으로 졌어요. 제 거가 될 테죠?

버트럼 전하, 그녀가 저한테 확실하게 알려주면
영원히, 영원히 사랑할 터입니다.

헬레나 그 말이 확실치 않고 거짓으로 밝혀지면
죽음 같은 이별이 당신과 저를 갈라놔도 좋아요.
—오, 어머님, 살아 계시는군요!

라퓨 [파롤레스에게]
파 냄새가 눈에 끼친다. 눈물 나겠다.
북쟁이 톰, 손수건 빌려다오.
됐다, 고맙다. 집에서 내게 시중들어라. 너하고
장난치겠다. 인사는 집어치워라. 네 인사는 언제나
더러우니까.

왕 [헬레나에게]
한 점 한 점 짚어가며 얘기를 들려줘서
평범한 진실도 유쾌히 흐르게 해라.
[다이애나에게]
네가 아직 꺾이지 않은 신선한 꽃이면
남편을 골라라. 지참금은 내가 낼게.
내가 짐작하기에, 너의 성실한 도움으로
한 아내를 지키고 자신의 처녀를 지켰지.
그 이야기와 크고 작은 과정들은
조금 더 여유롭게 궁금증을 해소시킨다.
이처럼 끝이 좋으면 모두가 좋게 뵌다.
과거가 쓰면 단맛은 더욱 반갑다.
[주악]

에필로그 연극이 끝났으니 왕도 빈털터리요.
만족을 표하시길 바랐는데 그대로 되면
모두가 잘됐군요. 매일 더욱 여러분을
즐겁게 해드려서 그에 보답할 테요.
여러분의 차례이니 우리는 조용하죠.
박수 부탁 드려요. 우리 마음 가지세요. [모두 퇴장]

# 눈은 눈으로, 이는 이로[1]

## *Measure for Measure*

1 이 작품의 원명 *Measure for Measure*는 마태복음 7장 2절의 "with what measure ye mete, it shall be measured to you again"이라는 구절에서 나온 격언으로, 우리말 성경에는 "심판을 받지 않으려거든 남을 심판하지 마라"고 번역되어 있으며, 여기에서 연유한 영국의 옛 격언은 "눈은 눈으로, 이는 이로" 앙갚음한다는 뜻이었다(구약 출애굽기 21장 24절, 레위기 24장 20절에 나오는 문구). 「헨리 6세 3부」 2막 6장 55행에도 "Measure for measure"라는 구절이 나온다. 따라서 일본과 한국의 예전 번역에서 "이척보척"(以尺補尺), 즉 '자로써 자를 보충한다'로 되어 있는 것은 명백한 오역이다.

## 연극의 인물들

공작 빈센티오
안젤로 공작 대리
에스칼루스 늙은 신하
클라우디오 젊은 신사
루치오 엉뚱한 짓을 하는 사람
두 신사 서로 비슷한 신사들
검찰관
토마스 수사, 피터 수사 사제
엘보 멍청한 순검
프로스 미련한 신사
폼페이 어릿광대, 뚜쟁이
아브호르손 망나니[2]
바나딘 막돼먹은 죄수
이사벨라 클라우디오의 누이동생
마리아나 안젤로의 약혼녀
줄리에타 클라우디오의 약혼녀
프란시스카 수녀
오버던 부인 포주
재판관[3]
바리우스 공작의 친구
소년 마리아나의 하인

신하들, 시종들, 순검들, 하인들, 시민들

장소: 비엔나

2 '망나니'는 원래 죄수의 목을 베는 천한 사람이라는 뜻이었는데 오늘날에는 행동이 못된 자를 뜻한다. 잉글랜드에서는 죄수의 목을 매달아 죽이는 천한 관리를 뜻했다. 우리말의 옛 뜻을 살려본다.
3 재판관과 바리우스는 원래 연극의 인물들에는 빠져 있으나 실제로 이 연극에 등장한다.

# 눈은 눈으로, 이는 이로

## 1. 1

[공작, 에스칼루스, 신하들, 시종들 등장]

공작 에스칼루스!

에스칼루스 예, 전하.

공작 정치의 원칙들을 밝힌다 하는 것은
내가 말과 논의를 즐기는 듯하지만
당신의 지식은 당신에게 줄 수 있는
내 모든 충고의 목록들을 뛰어넘소.
따라서 지금 우리에게 남은 일은
당신의 넉넉한 능력에
우월한 지식의 힘을 더해서
일 시키는 것뿐이오. 백성들의 기질과
이 도시의 제도들과 일반적인 법들을
당신이 잘 알며 이론과 실천으로
다져 있으니 당신은 누구보다 능통하오.
이게 내 위임장이오.
어긋나지 마시오.
[에스칼루스에게 문서를 준다.]
이리로 불러오라.
안젤로에게 내 앞에 오라고 해. [시종 하나 퇴장]
어떤 모습을 내가 취할 것 같소?
혼신을 기울여 심사숙고한 끝에 나의 부재를
충당할 사람으로 그를 선택하여서
위엄을 빌려주고 자비의 옷을 입혀
나를 대신하여서 내 권력의 수단들을
사용케 하겠소. 어떻게 생각하오?

에스칼루스 그와 같은 은혜와 명예를 받을 만한
사람이 비엔나에 있다면 그것은 바로
안젤로 공입니다.
[안젤로 등장]

공작 저기 오오.

안젤로 언제나 전하 뜻에 복종하는 마음으로
부르신 이유를 알고자 왔습니다.

공작 안젤로, 당신의 생활 태도는 보는 이에게
당신의 내력을 소상히 알려주는
일종의 문자요. 당신 자신과 재능은
당신 개인의 것이 아니기에 자신을
당신 능력에, 능력을 당신 자신에게
낭비해선 안 되오. 우리가 횃불을 쓰듯
하늘은 우리를 쓰시되 횃불을 위해
횃불을 쓰시지 않소. 능력이 겉으로
나타나지 않으면 없는 것과 같소.
정신은 심오한 문제가 아니면
민감한 반응이 없으며, 자연은
극히 적은 능력을 빌려주되 반드시
고리대금 여신처럼 채권자의 명예를
자신에게 부여하여 치하와 이자를
스스로 결정하오. 그런데 당신은
직접 내 역할을 널리 알릴 사람이오.
그러면 안젤로, 이것을 받으시오.
[안젤로에게 문서를 내민다.]
내가 없는 동안에 완전히 내가 되시오.
비엔나에서 엄격한 죽음과 용서의 자비가
당신 입과 가슴에 살아 있게 하시오.
에스칼루스 노인을 먼저 고려했으나
당신 아래 두었소. 위임장을 받으시오.

안젤로 전하, 그처럼 존엄하고 중한 직함을
내리시기에 앞서 좀 더 저의 성격을
시험해 보십시오.

공작 회피하지 마시오.
이미 심사숙고하고 당신을 택하여
행한 일이니 명예를 받으시오.
[안젤로가 위임장을 받는다.]
속히 여기를 떠남이 긴급하고
최우선인 까닭에 중대한 사무들을
미결로 남겨두오. 사태와 관심사가
내게 요청할 경우 내가 어찌 지내는지
이곳의 당신에게 무슨 일이 생기는지
알고자 할 때마다 편지를 쓰겠소.
그럼 잘 있으시오. 당신에게 위임된
업무에 기대를 걸고 있소.

안젤로 전하,
잠시 배웅하기를 허락하여 주십시오.

공작 내가 급히 가므로 허락하지 못하오.
그럴 필요 없음을 거리끼지 않고 밝히오.
나와 마찬가지로 자유롭게 행동하여
옳다는 생각대로 국법을 집행하고
조절하시오. 악수하고 모르게 떠나겠소.

백성을 사랑하나 남 보라고 우쭐대기
원하지 않소. 합당한 일이나
저들의 요란한 박수와 갈채를
즐기지 않으며 판단이 건전한 이는
그런 것을 즐기지 않으오.
거듭, 잘 있으시오.

안젤로 전하의 뜻에 하늘이 안전을 주시길!

에스칼루스 전하를 인도하사 복되게 돌아오시길!

공작 고맙소. 잘 있으시오. [퇴장]

에스칼루스 앞으로 귀공과 자유롭게 말하도록
허락해 주십시오. 제 직책의 한계를
아는 것이 중요하오. 권한은 있지만
범위와 성격이 무엇인지는
아직 알지 못합니다.

안젤로 나도 마찬가지요. 같이 가십시다.
그 문제에 관하여 머잖아 해답을
얻게 되겠소.

에스칼루스 귀공을 모시겠습니다. [둘 퇴장]

## 1. 2

[루치오와 다른 두 신사 등장]

루치오 우리 공작께서 다른 공작들과 함께 헝가리 왕과
강화하지 않으면 모든 공작들이 왕에게 덤벼들 게
뻔하다고.

신사 1 하늘이 우리에게 평화를 내리시되 헝가리 왕에겐
안 내리시길!

신사 2 아멘!

루치오 당신은 거룩한 척하던 해적 놈과 같이 "아멘"을
외치는데, 그놈이 십계명을 가지고 바다로 갔는데
그중 하나를 긁어버렸대.

신사 2 "도둑질 하지 말라"는 말?

루치오 맞아. 그걸 지웠어.

신사 1 아, 그건 부대장과 휘하의 장병들한테 본 직업을
버리라는 계명이라고. 그자들은 도둑질을 작정하고
나서는 거야. 식사 전에 감사 기도 드릴 때 우리
중의 어떤 군인도 '평화를 내리소서.' 하는 기원은
좋아하지 않거든.

신사 2 평화가 싫다는 군인의 말은 못 들었는데.

루치오 당신 말이 맞을 거야. 감사 기도 드리는 데는 생전
가본 적이 없을 테니까.

신사 2 뭐? 적어도 여남은 번은 돼.

신사 1 건성으로 외우는 운문 기도 말인가?

루치오 어떤 형식이나 언어에도 불구하고—

신사 1 또는 종교에도 불구하고—

루치오 맞아. 왜 안 그래? 온갖 논쟁에도 불구하고 기도는
기도야. 예컨대, 모든 기도에도 불구하고 당신
자신은 악질이거든.

신사 1 그래 봤자 우리는 같은 가위로 마름질한 같은
천인데 뭐.

루치오 그렇다고 할 수 있지. 끝자락과 벨벳을 잘라놓은
건지도 몰라. 끝자락은 당신이야.

신사 1 그러면 당신은 벨벳이야. 좋은 벨벳이라고. 세
겹으로 보풀 진 천이라고. 당신이 프랑스 벨벳으로
행세하려고 보풀을 두껍게 만든 만큼[4] 나는 거친
잉글랜드 모직의 끝자락이라도 좋아. 내 말 죽이지?

루치오 그런 것 같은데. 정말 아파 죽을 것처럼 말이
엉기누나.[5] 당신이 직접 고백했으니까 당신한테
건배할 때 내가 먼저 마실 테야. 하지만 내가 살아
있는 동안에는 당신 마신 잔으론 안 마시겠다.

신사 1 나한테 손해날 짓을 나 스스로 한 것 같은데.
안 그래?

신사 2 맞아. 당신 스스로 그렇게 됐어. 병이 났든
말짱하든 마찬가지야.

[오버던 부인 등장]

루치오 차렷! 차렷! '달래주기' 부인께서 납신다! 부인 댁
지붕 아래 내 돈 내고 온갖 병을 사 가졌는데,
그래서 보니까—

신사 2 어떻게 됐지?

루치오 1년에 3천 달러[6] 되더군.

신사 1 그 이상이지.

루치오 프랑스 대머리만큼.[7]

신사 1 당신은 언제나 내가 무슨 병이 있는 걸로 상상한단

4 루치오의 낡은 벨벳 옷이 털이 빠져 얇아진 것을 비아냥거리는 말이다. 성병으로 생긴 얼굴 종기에 벨벳 조각을 붙이기도 했다.
5 성병으로 입안에 종기가 나서 말을 억지로 한다고 놀린다.
6 영어에서 '달러'(dollar)는 '슬픔'(dolour)이라는 말과 발음이 거의 같다.
7 프랑스 금화를 뜻하면서 동시에 매독(성병)으로 머리가 홀랑 벗어진 꼴을 뜻하기도 한다.

말이야. 한데 언제나 틀려. 나는 띵띵하다고.

루치오 아니지. 건강하다곤 할 수 없어. 속빈 게 '띵띵' 소리가 나. 당신 뼈다귀 속이 텅 비었어. 온갖 죄들이 당신을 잡수셨어.

신사 1 [오버던 부인에게] 재미 어떤가? 당신 볼기짝 중 어느 쪽의 신경통이 제일 심한가?

오버던 부인 허튼소리 작작해. 저기서 어떤 사람이 잡혀갔는데 당신들 따위는 5천 명 값을 할 사람이란 말이야.

신사 2 그게 누군데?

오버던 부인 누군고 하니, 클라우디오 그 사람이지. 클라우디오 선생이라고.

신사 1 클라우디오가 옥에 갔어? 아닐 테지.

오버던 부인 맞아. 그 사람이란 걸 내가 잘 알아. 체포돼서 끌려가는 꼴을 내가 봤다고. 그뿐 아니라 사흘 안에 머리가 떨어질 판이야.

루치오 그런 못난 장난을 내가 다 했지만 내 머리가 그 신세가 될 수는 없지. 확실히 알고 하는 소리야?

오버던 부인 너무도 확실해. 줄리에타 아가씨한테 애를 배게 한 죄야.

루치오 정말인가봐. 그럴 수 있어. 나와 만나자고 약속한 지 두 시간 됐어. 언제나 약속을 칼같이 지키던 친구인데.

신사 2 그것만 아니라 우리가 수작하던 내용과 엔간히 비슷해지고 있어.

신사 1 하지만 어떤 사실보다도 포고령의 내용과도 일치하거든.

루치오 그게 사실인지 가서 알아보자. [루치오와 두 신사 퇴장]

오버던 부인 이렇게 전쟁 때문에, 찜통 치료[8] 때문에, 교수형 때문에, 가난 때문에, 나는 손님이 꽤 줄어버렸어.

[폼페이 등장]

뭐야? 무슨 소식이라도 있어?

폼페이 저기 저 사람이 옥에 끌려가네요.

오버던 부인 무슨 짓 저질렀대?

폼페이 여자요.

오버던 부인 한데 뭐가 잘못이래?

폼페이 남의 집 개천에서 송어를 더듬었죠.[9]

오버던 부인 뭐라고? 그 사내의 애를 가진 처녀가 있단 소리야?

폼페이 그게 아니고 그 사람이 애를 배게 한 여자가 있다는 말이죠. 포고문 못 들었어요?

오버던 부인 무슨 포고문 말이야?

폼페이 비엔나 교외 지역에 있는 집이란 집은 모조리 헐린다는 거예요.[10]

오버던 부인 그럼 문안에 있는 집들은 어떻게 된다는 말이야?

폼페이 씨받이로 놔둔대요. 어떤 똑똑한 시민이 나섰으니 망정이지 그 집들도 헐릴 뻔했다고요.

오버던 부인 하지만 교외 지역에 있는 우리 휴게실은 모두가 헐린단 말이지?

폼페이 전부 폭삭 헐려요, 아주머니.

오버던 부인 애고머니! 여기 이 나라가 정말 천지개벽하는구나! 나는 어떻게 돼?

폼페이 그건 걱정 마세요. 남을 도와주는 착한 사람한테는 손님이 없을 수 없다고요. 장소를 바꿔도 장사까지 바꿀 필요는 없어요. 나는 계속 아주머니 술 청지기 할 거예요. 용기를 내세요. 동정하는 사람이 있을 겁니다. 좋은 일 하느라고 아주머니 눈까지 침침하게 됐으니까 특별히 봐줄 거예요.

[검찰관과 순검들이 클라우디오와 줄리에타를 데리고 등장]

오버던 부인 술 청지기 사내, 여기서 우리 뭐하고 있지? 물러서 있자.

폼페이 저기 검찰관이 클라우디오 씨를 옥으로 데려가고 있네요. 줄리에타 아가씨도 있군요.

[오버던 부인과 폼페이 퇴장]

클라우디오 이 친구, 왜 이렇게 온 세상에 나를 보여줘? 나를 가둘 옥으로 데리고 가라.

검찰관 내가 속이 나빠서 이러는 게 아니고 안젤로 대감의 특명에 따르는 거요.

클라우디오 이렇게 권력이란 신 같은 존재는
우리의 죗값을 무게대로 거둔다.
하느님 가라사대 불쌍한 자 불쌍히 보고
아닌 자는 보지 마라.[11] 바른말이다.

8 성병의 치료 중에 '훈증 요법'(찜통 요법)이라는 것이 있었는데 그 치료를 하다가 많이 죽었다.

9 슬그머니 송어의 배를 만져 잡곤 했는데, 그처럼 남의 집 마누라와 간통했다는 말.

10 당시 대부분의 사창가는 런던시의 행정력을 벗어난 런던 교외 지역에 있었는데 그것을 가리킨다.

[루치오와 두 신사 등장]

루치오 클라우디오, 어째서 잡혀가나?

클라우디오 루치오, 지나친 방종, 그 때문이다.
포식이 오랜 금식의 아버지 되듯
무절제한 자유의 남용은 언제나
속박이지. 인간의 본성은
스스로 독약을 삼키는 쥐들처럼
악행을 탐하다가 마시면 죽어.

루치오 구금된 상태에서 현자처럼 그렇게 말한다면
빚쟁이 몇 놈을 불러오지. 하지만 솔직히
말해서 옥의 도덕보다는 자유의 못난 짓을
즐겁게 하겠다. 죄목이 뭔가?

클라우디오 말만 해도 다시 죄가 되는 거라고.

루치오 그럼 살인인가?

클라우디오 아니다.

루치오 음란죄?

클라우디오 그렇다 하자.

검찰관 자, 갑시다. 가야 되오.

클라우디오 [검찰관에게]
좋은 양반, 한마디만. 루치오, 할 말 있어.

루치오 도움이 된다면 백 마디도 상관없어. 그 정도로
음란죄를 단속해?

클라우디오 사정이 이렇다고. 진실한 약조에 따라
줄리에타의 잠자리를 차지했는데,
당신도 그 아가씨 알아. 공적인 예식으로
서약하지 않았지만 확실히 내 아내야.
이런 일을 벌이는 건 그녀의 친척들이
돈궤 속에 모아둔 그녀의 지참금을
빼내려는 게 아니야. 우리 편이 될 때까지
그들의 눈에서 두 사람의 사랑을
숨기는 게 옳다고 생각했다고.
하지만 우리 둘이 몰래 나눈 즐거움이
줄리에타 몸 위에 너무도 큰 글자로 쓰이게 됐어.

루치오 임신했단 말이니?

클라우디오 불행히도 그리됐어.
이제부터 공작님의 새로운 대행자가—
새롭다고 반짝 하는 잘못이든지,
온 백성이 통치자의 선포가 되어
안장에 새로 앉은 그 사람이 명령하며
곧바로 박차 맛이 느껴지는 순간에
그 사람의 지위에서 독재가 오는 건지
거기 앉은 엄숙한 정신에서 오는 건지
그 당장에 말할 수가 없는 거지만—
이 신임 통치자는 기록된 온갖 벌을
부활시켜 보거든. 벽에만 걸어두고
닦지 않은 갑주처럼 황도대가 열아홉 번
돌만큼 아무도 쓰지 않은 법이야.
처박아 뒀던 잠자는 법을 명성 때문에
새삼스레 나한테 씌웠다는 말이야.
순전히 명성, 그 때문이야.

루치오 확실히 그래. 네 머리가 어깨 위에 너무나
위태롭게 놓여서 사랑에 빠진 여자 목동이
한숨 쉬면 날아갈 정도야. 공작님께 사람 보내서 호소해봐.

클라우디오 벌써 그랬는데 공작님을 못 찾겠어.
루치오, 부탁이다, 내가 할 일 대신해줘.
오늘 누이동생이 수녀원에 들어가서
수련을 받아. 위태로운 내 형편을
그녀에게 알리고 내가 직접 부탁하듯
저 엄한 통치자와 사귀라 하고
직접 공략하라고 해. 나는 그 일에
기대를 걸고 있어. 젊은 그녀에게는
남자를 움직이는 말없이 강력한
웅변이 있어. 게다가 이치와 논리를
휘두를 때는 논쟁에서 이기는
재주가 있고 설득력이 아주 강해.

루치오 그래주면 기쁘겠다. 네가 살아 있는 기쁨을 누리기
위해서만 아니라 네 사랑과 같은 사랑을 권하기
위해서야. 그러지 않으면 사랑은 잔혹한 형벌 아래
깔려 있지. 네가 '구멍 막기 게임'[12]에서 그렇게
우습게 지면 너무 안됐어. 네 여동생한테 가겠어.

클라우디오 좋은 친구 루치오, 고맙다.

루치오 두 시간 안에 갈게.

클라우디오 순검, 그럼 갑시다. [모두 퇴장]

## 1. 3

[공작과 토마스 수사 등장]

11 신약 로마인서 9장 15절("내가 [……] 불쌍히 여길 자를 불쌍히 여기리라")에 대한 언급.
12 일종의 구식 게임인데 성행위도 암시한다.

공작 아니오, 사제. 그런 생각은 버리오.
약한 사랑의 화살이 완벽한 가슴을
뚫을 수 있다고는 믿지 않기 바라오.
나에게 은신처를 빌려달라는 말은
불타는 젊음보다 노인다운 성숙한
의도가 있기 때문이오.
수사 말씀해 주십시오.
공작 사제, 내가 항상 외딴 삶을 즐기고
젊음과 낭비가 멋 부리는 모임에
찾아가는 걸 무가치하게 여긴 것을
당신이 잘 아오. 엄격한 극기와
꼿꼿한 금욕자인 안젤로 공에게
비엔나 도성의 나의 절대 권세와
지위를 맡기었소. 그러나 그는 내가
폴란드로 여행을 갔다고 믿고 있소.
사람들 귀에 내가 그런 말을 뿌려서
그렇게 알고 있소. 신실한 사제,
나에게 그 이유를 물어도 좋소.
수사 예, 전하, 묻습니다.
공작 우리는 엄격한 법과 혹독한 규제와
못된 잡배를 다스릴 자갈이 있어도
지난 14년 동안 느슨히 적용하여
사냥을 가지 않고 굴에서 자란
사자같이 되었소. 못난 아버지들이
자작나무 가지를 묶어 위협하는
회초리로 쓰지 않고 자식들 앞에서
겁주는 과시만 하면, 얼마 후에
두려움보다는 놀림감이 되듯이,
법을 시행치 않으면 사문이 되고
방종은 법관의 수염을 잡으며
어린애가 유모를 때려서 모든 예절들이
뒤죽박죽이 되오.
수사 공작님의 자유가
그처럼 엄한 법을 한껏 풀었습니다.
안젤로 공보다는 공작님이 행하시면
더 두려워할 거예요.
공작 너무나 두렵겠소.
백성에게 자유를 준 것이 잘못이오.
하라고 시켜놓고 치고 때리면
폭압이 되오. 악행을 방임하고
징벌이 없다면 권하는 것과 같소.
사제, 그 이유로 안젤로 공에게
그 일을 맡겼으니, 내 이름 뒤에 숨어
대상자를 칠 터이나 그 이유로 나 자신이
욕을 먹지 않겠소. 그의 통치 형식을
보기 위해 당신네 수도회의 일원처럼
대공들과 백성들을 찾을 것이라,
제복을 지급하여 실제의 수사처럼
행동할 수 있도록 가르쳐주오.
시간이 허락하면 이 일에 관해서
이보다 자세하게 설명하겠소.
한 가지 말하겠소. 안젤로가 확고하며
예리하게 조심하며 핏줄이 흐르는지
돌보다 빵을 원하는지[13] 난 모르오.
그리하여 권력이 태도를 바꾸는지,
외모의 실체가 어떤지 보고자 하오.

## 1. 4

[이사벨라와 프란시스카 수녀 등장]
이사벨라 그럼 수녀는 다른 특권이 없나요?
수녀 그만하면 넉넉하지 않아요?
이사벨라 넉넉해요. 더 원한단 말이 아니고
성 클라라 수녀회[14]의 단원들에게
보다 엄격한 금욕을 원한다는 말이지요.
루치오 [안에서]
계십니까? 이곳에 평화를!
이사벨라 [프란시스카에게] 누가 왔나?
수녀 남자의 소리요. 이사벨라 아가씨,
열쇠를 돌려서 웬일인가 알아보세요.

13 보통 사람은 물론 돌 아닌 빵을 원하지만 안젤로는 보통 인간이 아닌 듯하다. 마태복음 4장 3행을 보면, "이 돌들에게 빵이 되라고 말해 보아라." 하고 사탄이 시험할 때 예수는 "사람이 빵으로만 살 것이 아니라 하느님의 입에서 나오는 모든 말씀으로 살 것이라"라고 대답하여 이를 이기는데 이처럼 돌과 빵(이전 번역에는 '떡'으로 되어 있음)의 대비는 성경으로부터의 인용이다.

14 아시시의 성 프랜시스를 따르던 여자 성자 클라라(1194~1253)가 결성한 매우 금욕적인 수녀회.

나는 못 해요. 당신은 아직 서약을
안 했어요. 그 후엔 원장님이 입회하지
않으시면 남자와 말하면 안 돼요.
말할 때도 얼굴을 보여선 안 되고
얼굴을 보일 때는 말을 해선 안 돼요.
[안에서 루치오가 부른다.]
다시 불러요. 아가씨가 대답해요.

이사벨라 [문을 열며]
평화와 행복을! 누가 부르시나요?
[루치오 등장]

루치오 안녕, 처녀. 처녀라면 말이죠.—장밋빛 볼이
그렇다고 말하네요. 나를 도와주어서
이사벨라를 만나게 안내할 수 있소?
그녀는 여기 수행자로, 불행한 오빠
클라우디오의 어여쁜 여동생이오.

이사벨라 왜 '불행한 오빠'인지 물어봅시다.
내가 바로 여동생 이사벨라라는 걸
알려야 하니까 물을 만해요.

루치오 착하고 예쁜 사람, 오빠가 문안해요.
간단히 말해서, 그 사람은 옥에 있죠.

이사벨라 어머나, 뭣 땜에요?

루치오 내가 재판관이었다면 벌을 받아 주어서
고맙다고 할 일을 저질렀기 때문이죠.
애인이 애를 배게 해놨거든요.

이사벨라 여보세요, 지어내지 마세요.

루치오 정말이오.
처녀를 보면 혀와 진심을 떼고
물떼새처럼 우짖고[15] 장난치는 게
내 흔한 죄이지만 모든 처녀와 그러진 않아요.
당신은 하늘의 성자요 세상을 버림으로써
영원한 영혼을 얻은 이로, 성자를 대하듯
성실히 말씀드릴 분으로, 내가 알아 모셔요.

이사벨라 나를 놀리는 말로 착한 이를 모독해요.

루치오 천만에요. 간단히 사실을 말하면,
아가씨의 오빠와 애인이 포옹했죠.
먹은 자가 배부르듯, 꽃 피는 시절에
씨 뿌린 밭이 풍성한 수확을 맺듯,
그녀의 풍만한 태에 그의 충실한 경작과
농사일이 겉으로 드러났단 말이오.

이사벨라 애를 배게 했다고요? 사촌 줄리에타에게?

루치오 아가씨의 사촌인가요?

이사벨라 의자매요. 친구들끼리 이름을 주고받아요.
어리지만 소녀답게 사랑스럽죠.

루치오 맞아요.

이사벨라 결혼하면 되겠네요!

루치오 그게 문제라고요.
공작님이 돌연히 여길 떠나셨어요.
나도 그중 하나인데 모든 자가 속았고
뭔가 하실 줄 알았어요. 국가의 최고위를
잘 아는 이에게서 들은 바에 의하면
공작님의 말씀들은 자신의 의중과는
거리가 무한히 멀다고 하더라고요.
공작님의 지위에서 공작님의 권력으로
통치하는 안젤로는 피가 얼음물 같아
감각의 자극과 충동을 전혀 알 수 없고,
정신을 함양해서 본능의 칼날을
무디게 하고 연구하고 금식해요.
사자 곁의 생쥐처럼, 무서운 법 옆에서
오랫동안 마구 놀던 습관과 방종에
공포를 주려고 법령을 찾아냈어요.
엄격한 뜻에 따라 오빠의 목숨은
끊어지게 됐네요. 법에 의해 잡혀갔고
가혹한 법조항을 그대로 적용하여
본을 보여 준대요. 아가씨의 기도로
안젤로를 돌려놓는 은혜가 있기 전엔
희망이 없다고요. 이게 아가씨와
아가씨의 오빠 틈에 내가 맡은
일거리예요.

이사벨라 안젤로가 오빠의 목숨을
그렇게 원해요?

루치오 이미 선고됐네요.
내가 들으니 검찰관이 사형 집행할
명령서를 벌써 받았다고 해요.

이사벨라 오, 내게 무슨 힘이 있어서
도움이 되어요?

루치오 있는 힘을 쓰세요.

이사벨라 오, 내 힘을 의심해요.

15 물떼새는 큰 새이지만 짐승이 자기 새끼들 가까이 가면 멀찍이서 시끄럽게 짖어대어 시선을 자기 쪽으로 끌어간다. 시끄러운 작은 새로 이름이 높다.

루치오 의심은 반역자요.
노력을 두려워하면 생길 수 있는 선도
잃게 돼요. 안젤로 공에게 가세요.
처녀가 호소하면 남자는 신처럼
허락한다는 사실을 알려주세요.
처녀들이 울면서 무릎 꿇으면
저들은 청원을 자신들의 소유인 듯 마음껏 하게 돼요.
이사벨라 어쩌는지 보겠어요.
루치오 빨리 하세요!
이사벨라 금방 시작할게요.
내가 맡은 일을 지체 없이 원장님께
알리겠어요. 참말로 고마워요.
오빠에게 인사 전해요. 내 일이
어떻게 돼가는지 저녁때 알릴게요.
루치오 그럼 나는 가겠소.
이사벨라 안녕히 가세요. [모두 퇴장]

## 2. 1

[안젤로, 에스칼루스, 재판관, 하인들 등장]
안젤로 법을 허수아비로 만들 수 없소.
사나운 새들을 쫓기 위해 세웠던 게
변함없는 허수아비 꼴이라 관례가 된
그것들이 겁 없이 앉게 할 수 없소.
에스칼루스 칼날은 날카롭되 내리쳐서 죽기까지
상하게는 맙시다. 아, 이 신사를
살려주고 싶어요, 그 사람의 부친은
매우 높은 귀족이었죠. 귀공의 도덕심이
투철하다 믿지만, 자세히 살피시면,
귀공에게 욕정이 일어나는 경우에
때와 장소나 장소와 욕망이 합할 때
귀공이 욕망대로 행하신다면
자신의 목적을 달성하게 될 텐데,
귀공이 어느 한때, 지금 그를 단죄하는
것처럼 실수하여 자신에게
법의 제재를 초래할 일이 없으시겠소?
안젤로 유혹을 받음과 유혹에 빠짐은
다르오. 죄인에게 사형을 선고키로
맹세한 12인 중 죄인들보다
더 못된 도둑이 하나둘 섞이는 걸
부인치 않소. 법에 명시된 것을
판결이 다루오. 도둑이 도둑에게
판결함을 법이 어찌 알겠소?
눈에 띄는 보석이 눈에 뵈는 까닭에
손 내밀어 줍는 일은 당연한 설명이나
못 본 것은 밟고 가며 생각지 않소.
나도 그런 결함이 있을 수 있다 하여
그의 죄를 완화할 수 없소. 도리어
심판하는 나 자신이 그런 죄를 범하면
내 판결로 내 죽음의 본보기로 삼으며
불편부당해야 되오. 그자는 죽어야 하오.
[검찰관 등장]
에스칼루스 지혜대로 행하시오.
안젤로 검찰관 어디 있소?
검찰관 귀공, 여기 있습니다.
안젤로 죄인 클라우디오를
내일 오전 9시에 처형하라.
고백 사제를 데려오고 그자의 순례의
마지막 목적지를 향하여 준비 시켜라. [검찰관 퇴장]
에스칼루스 [방백]
하느님, 그와 우리 모두 용서하소서!
죄로 흥하는 자와 덕으로 망하는 자가 있고
죄의 제재를 피해 죗값을 안 갚는 자가 있고
단 한 번 지은 죄로 죽는 자가 있구나.
[엘보와 순검들이 프로스와 폼페이를 데리고 등장]
엘보 놈들을 끌어와. 갈보 집에서 못된 짓밖에 아무 짓도
안 하는 놈들을 양민이라 한다면 법이 무언지 나도
모른다. 놈들을 끌어와.
안젤로 무슨 일인가? 네 이름이 무엇인가? 또한 무슨 일로
이러는가?
엘보 나리님께 말씀을 드리면, 저는 하잘것없는 공작님[16]의
순검으로서, 이름은 엘보라 합니다. 법에 빌붙어서
선하신 나리님 존전에 두 저명한 선행자를 끌어옵니다.
안젤로 선행자? 그러면 어떠한 선행을 행하였는가?
악행자가 아닌가?
엘보 실례하지만 저도 이것들이 무언지 잘은 몰라요.
하지만 정확한[17] 악한들입니다. 확신합니다. 선한

16 형용사를 잘못 말한 것. 이처럼 이 순검은 유식한 체하면서 말을 잘못하거나 틀린 말을 쓰는 일종의 '어릿광대'이다.

기독교인이라면 마땅히 누려야 할 이 세상의
모든 수치를 감하는 중이에요.[18]

에스칼루스 곧잘 변론하는데, 똑똑한 순검이군.

안젤로 [엘보에게] 그만하라. 저들의 직업이 무엇인가?
네가 엘보인가? 엘보, 왜 말이 없는가?

폼페이 말을 못 하죠. 엘보, 즉 팔꿈치가 나갔으니까요.

안젤로 너는 누군가?

엘보 저 사람요? 술 청지기인데 시간제 펌프죠. 못된
여자 일을 해주는데 그녀 집이 성 밖에 있다가
요즘 말로 철거당했죠. 그래서 지금은 찜질방을
한다는데 그것도 역시 아주 못된 집이에요.

에스칼루스 네가 어떻게 그걸 아는가?

엘보 하늘과 나리님 앞에 맹세코 혐오하는[19] 제 안사람이
하는 말을 들으면—

에스칼루스 뭐라고? 네 아내가?

엘보 예, 맞아요. 하느님이 고맙게도 그 여자는 아직도
깨끗한 여편네인데—

에스칼루스 그래서 '혐오'한단 말인가?

엘보 저 자신도 '혐오'하며 그녀도 '혐오'하여 맹세하건대
그 집이 창녀 집이 아니라면 그녀한테 목숨 달고
있다는 게 불쌍하지요. 못된 집이라고요.

에스칼루스 순검, 어떻게 그걸 아는가?

엘보 아내한테 들었어요. 몸의 버릇이 배어 있는 여자라면
거기서 간음, 간통같이 온갖 더러운 욕을 먹었을 테죠.

에스칼루스 그 여자가 부추겨서?

엘보 예, 맞아요. 오버던 부인이 부추긴 거예요. 하지만
상판대기에 침을 뱉어 주었죠. 남자한테 덤볐대요.

폼페이 실례지만 그렇지 않아요.

엘보 여기 계신 이 작자들 존전에서 증명해봐.
저명한 놈아, 증명해봐.

에스칼루스 [안젤로에게] 말을 잘못 쓰는 걸 들으시오?

폼페이 나리님, 그 여편네가 배가 잔뜩 불러서, 실례지만,
찐 자두[20]가 먹고 싶다며 들어왔더군요. 그런데
온 집 안에 두 개밖에 없었어요. 그것들이 그 시절에
과일 접시라는 물건에, 서 푼짜리 접시에 담겨
있었죠. 나리님들도 그런 접시를 보셨겠지요.
도자기는 못 되지만 아주 좋은 접시인데—

에스칼루스 그만해라. 접시는 중요치 않다.

폼페이 그렇죠. 반 푼짜리도 못 돼요. 옳은 말씀이죠.
하지만 본론으로 돌아가서, 그 엘보 여편네가 애를
배서 배가 산만 해 갖고 말씀드렸듯
자두가 먹고 싶다고 했는데, 말씀드렸듯
접시엔 두 개밖에 없었는데, 이 프로스 씨 이 양반이
모두 잡숴 버렸는데, 말씀드렸듯 몹시 바르게
값을 치러 줬는데,—프로스 씨, 당신도 알다시피 내가
세 푼을 거슬러 줄 수 없었던 거예요.

프로스 맞아요.

폼페이 썩 잘됐네요! 그래서, 생각나는지 모르지만, 당신이
아까 말한 그 자두 씨를 깨트리고 있었는데—

프로스 맞아요. 정말 그랬군요.

폼페이 썩 잘됐네요! 그래서, 생각나는지 모르지만, 내가
이런저런 사람은 먹는 거를 아주 조심 안 하면
당신이 잘 아는 그 병에서 낫기는 글렀다고
알려줬어요. 당신에게 말해준 거와 같이—

프로스 모두가 진짜예요.

폼페이 그럼 썩 잘됐네요.

에스칼루스 따분한 멍청이군. 요점을 말해라. 엘보의
마누라한테 무슨 짓을 했기에 엘보가 고발하나?
그 여자한테 무슨 짓을 했는지 말하라.

폼페이 대공님은 아직도 거기까진 못 가셨어요.

에스칼루스 물론이다. 게다가 그런 말도 아니다.

폼페이 실례합니다마는 대공님도 거기 가실 때가 올 거예요.
그리고 부탁드리는데요, 여기 프로스 씨를 보세요.
1년에 80파운드 버는 사람이에요. 이 양반 아버지가
만성절[21]에 돌아가셨죠. 프로스 씨, 만성절이 맞아요?

프로스 만성절 전날 밤이오.

폼페이 오, 썩 잘됐네요. 여기선 진실만 말하는 거예요.
그래서 저 양반이 낮은 의자에 앉아 있었다고요.
'포도송이 방'에서 생긴 일이죠. 당신은 거기 앉아
있는 걸 좋아해요. 안 그래요?

프로스 맞아요. 사람들이 드나드는 방인 데다 특히 겨울철에
좋기 때문이에요.

폼페이 그럼 썩 잘됐네요. 진실만 말하기예요.

안젤로 이렇게 하다간 밤이 가장 길다는

17 '정말 확실하게'라는 말을 잘못한 것이다.
18 말뜻은 짐작할 수 있으나 힘든 낱말들이 뒤죽박죽으로 쓰인 문장이다.
19 '무척 사랑하는'이라는 말을 문자를 써서 고상하게 하느라고 이렇게 정반대의 말을 부정확하게 발음한다.
20 창녀 집에서 '찐 자두'를 간식으로 놔두곤 했다.
21 모든 성인을 추모하는 날인 11월 1일.

러시아 밤도 새겠소. 나는 갈 테니
고발 이유 듣는 건 당신한테 맡기는데,
녀석들을 때릴 만한 이유를 찾아보시오.

에스칼루스 저도 그리 봅니다. 안녕히 가십시오. [안젤로 퇴장]
그럼 다시 한 번 말해봐라. 엘보의 아내에게
무슨 일을 저질렀나?

폼페이 한 번요? 그녀한테 한 번 한 적 없는데요.

엘보 부탁이에요. 이 녀석이 제 아내한테 무슨 짓을
했는지 물어보세요.

폼페이 나리님, 부탁이에요. 제게 물어보세요.

에스칼루스 그래서 이 신사가 그녀에게 어찌했는가?

폼페이 부탁이에요. 이 신사의 얼굴을 살펴보세요.
프로스 씨, 나리님을 쳐다보세요. 착한 뜻이
있다고요. 나리님이 저 얼굴을 살피시나요?

에스칼루스 음, 그렇지.

폼페이 나리님도 저 사람 얼굴에서 못된 거를 보시나요?

에스칼루스 그렇다니까.

폼페이 저 얼굴에서 못된 거를 보세요?

에스칼루스 아니다.

폼페이 성경책에 손 얹어 맹세코, 저 얼굴은 저 사람의
온몸에서 제일 못된 거예요. 그럼 됐네요. 저
얼굴이 제일 못된 거라면 프로스 씨가 어떻게 순검
마누라한테 무슨 못된 짓을 하겠어요? 나리님의
말씀을 듣고 싶어요.

에스칼루스 순검, 저 사람 말이 옳다. 어떻게 생각하나?

엘보 우선 첫째로, 그 집은 수상한 집이라고요. 다음 둘째로,
이 사람은 수상한 자며, 같이 다니는 여자도 수상한
사람이에요.

폼페이 손들어 맹세코, 저 사람 마누라는 우리 누구보다도
수상한 사람예요.

엘보 쌍놈아, 거짓말 마. 거짓말 작작 해, 악질 쌍놈아! 우리
마누라가 남자나 여자나 아이하고 아직까지 수상한
짓 한 적 없다.

폼페이 나리님, 저 사람이 그녀하고 혼인하기 전에는 그자하고
수상하게 굴었거든요.

에스칼루스 여기서 보는 대로 법과 죄 중에서 무엇이 더
현명한가? 그 말이 사실인가?

엘보 오, 고얀 놈! 오, 쌍놈, 오, 악질 한니발![22] 내가 혼인
전에 여편네와 수상한 짓을 했다고? 만일 내가
그녀하고 수상하게 굴었거나 그녀가 나하고
수상하게 굴었다면 나리님은 저를 하잘것없는
공작님의 순검으로 보지 마세요. 악질 한니발,
증명해라. 그렇지 않으면 너한테 포문을 열겠다.

에스칼루스 저자에게 따귀를 날리면 명예훼손으로
고발하는 게 되겠구나.

엘보 오, 나리님이 그렇게 말하시니 고맙네요. 이런
악질 범인 놈한테 어떻게 해주면 나리님 속이
편하게 되나요?

에스칼루스 순검, 할 수 있으면 네가 찾아내고자 하는
못된 짓을 저자가 숨기고 있으니까 그게 뭔지
찾아낼 때까지 그 짓을 계속하게 가만 놔둬라.

엘보 오, 나리님이 그렇게 말씀해서 고맙습니다.
[폼페이에게] 너 악질 쌍놈, 이제 알았지? 네게
무슨 일이 닥쳤는지? 쌍놈아, 이제 네놈은 그게
뭔지 지속해야 돼.[23] 지속해야 돼.

에스칼루스 [프로스에게] 어디서 출생했나?

프로스 여기 비엔나요.

에스칼루스 네 1년 수입이 80파운드인가?

프로스 예, 그렇습니다.

에스칼루스 [폼페이에게] 직업이 무엇인가?

폼페이 술 청지기요. 가난한 과부의 술 청지기올시다.

에스칼루스 여주인의 이름은?

폼페이 오버던 부인예요.

에스칼루스 남편이 하나 이상 있었는가?

폼페이 아홉 명예요. 마지막 남편이 오버던이죠.

에스칼루스 아홉 명! [프로스에게] 프로스 씨, 이리 와라.
프로스 씨, 술 청지기 따위와 어울리지 않는 게
좋겠다. 그것들이 술통 짜내듯 너를 짜낼 게다.
그럼 너는 놈들을 목매달아 죽일 테지. 다들 가라.
다시는 너희 말을 듣지 않겠다.

프로스 나리님, 고마워요. 장차 저는 억지로 끌려오기
전에는 술집의 어떤 방이나 안 들어가겠어요.

에스칼루스 그런 소리 그만둬. 프로스 씨, 잘 가라. [프로스 퇴장]
술 청지기 씨, 이리 와라. 이름이 뭔가?

폼페이 폼페이요.

에스칼루스 그리고 또?

22 영어로 '식인종'이라는 뜻의 '캐니발'(cannibal)을 잘못 발음하여 '한니발'(Hannibal)이라고 말한 것. 한니발은 로마를 공략한 카르타고의 명장이다.
23 '지속하다'라는 말의 뜻을 모르고 막연히 '구속되다'라는 뜻으로 쓰고 있다.

폼페이 엉덩이요.

에스칼루스 그렇다. 엉덩이야말로 네게서 가장 큰 물건이다.
그래서 아주 흉측한 뜻으로 네가 '폼페이 장군'[24]이지.
폼페이, 네가 아무리 술 청지기라고 덧칠한대도
뚜쟁이 짓도 겸하는 놈이다. 아니냐? 사실대로
말해라. 그래야 몸에 좋다.

폼페이 솔직히 저도 먹고살려는 가난한 놈이에요.

에스칼루스 폼페이, 어떻게 살려는가? 뚜쟁이로? 폼페이,
그런 직업을 어떻게 보는가? 그 짓이 법적으로
문제가 없는가?

폼페이 법이 허락한다면—

에스칼루스 그러나 폼페이, 법이 허락하지 않으며
더욱이 비엔나에선 용납할 수 없다.

폼페이 그렇다면 나리님은 이 도시 젊은이 모두한테서
불알 까고 자궁을 들어내려고 하세요?

에스칼루스 아니다, 폼페이.

폼페이 솔직한 말로 제 무식한 소견으로는 그 짓 하려고
모두 몰려오겠네요. 나리님이 창녀들과 녀석들을
살펴주시면 뚜쟁이 걱정은 안 하셔도 되겠군요.

에스칼루스 분명히 말하는데 재미있는 명령이 나오는
판이다. 목 베고 달아매는 일거리뿐이지.

폼페이 10년 동안 그 일로 죄짓는 놈들을 모두 목 베고
달아매다간 머리를 더 많이 생산하라고 명령하길
좋아하시겠네요. 비엔나에서 그 법이 10년 동안
시행되면 저는 비엔나에서 제일 멋진 집을 한 칸에
서푼 주고 빌릴 텝니다. 그런 꼴을 보실 만큼 살아
계시면 폼페이가 그러더라고 말씀하세요.

에스칼루스 장한 폼페이, 고맙다. 네 예언에 보답하는
뜻으로 말할 테니 자세히 들어라. 앞으로 무슨
고발이든지 다시는 내 앞에 얼씬대지 말아라. 네가
어디 살든지 상관이 없다. 내 눈에 띄는 날엔
너를 막사로 쫓아버리고 매운 시저 맛을 보여주겠다.[25]
보통 말로 하자면, 회초리로 너를 때리게 하겠다.
폼페이, 그럼 이번엔 잘 가라.

폼페이 나리님, 좋은 충고 해주셔서 고맙습니다.
[방백] 하지만 나는 몸뚱이와 돈벌이가 알맞게
정하는 대로 따라가겠다.
나를 때려? 안 되지. 마부가 제 말 때려.
용감한 자는 맞아도 직업을 안 버려. [퇴장]

에스칼루스 자, 엘보 씨, 나한테 가까이 와. 순검 씨,
가까이 오라고. 이런 순검 자리에 있은 지 얼마
되었나?

엘보 7년 반 됐습니다.

에스칼루스 자기 일을 신속히 처리하는 걸 보니까
꽤 오래 그 자리에 있은 걸 알았다. 다 합해서
7년이라 했던가?

엘보 그러고도 반년예요.

에스칼루스 아하, 너한테 커다란 고생이었다. 그처럼
자주 너한테 일을 맡겨놨으니 너무 부당하구나.
네가 속한 부서에서 그 일을 할 자가 없나?

엘보 솔직한 말로 그런 머릴 가진 자가 전혀 없어요.
뽑아서 보내는데 자기들 대신 대뜸 저를 뽑아줘요.
돈 좀 받고 제가 하죠. 무슨 일도 다 해요.

에스칼루스 네가 있는 교구에서 신분과 능력이 가장
나은 사람 중 예닐곱의 명단을 가지고 와라.

엘보 나리님 댁으로요?

에스칼루스 내 집으로. 잘 가라. [엘보와 순검들 퇴장]
지금 몇 시 됐을까?

재판관 11시입니다.

에스칼루스 나하고 집에 가서 같이 식사합시다.

재판관 감사합니다.

에스칼루스 클라우디오가 죽게 돼서 속이 언짢군.
하지만 도리 없소.

재판관 안젤로 공이 엄격하시죠.

에스칼루스 그럴 수밖에 없소.
자비 같아 보이나 자비 아닐 때가 많소.
용서는 항상 또 다른 불행의 모태요.
하지만—불쌍한 클라우디오! 별도리 없소.
자, 갑시다. [모두 퇴장]

## 2. 2

[검찰관과 하인 등장]

하인 송사를 듣는 중이시니 곧 오실 겁니다.
나리 말씀을 드리죠.

24 기원전 1세기에 줄리어스 시저와 로마의 패권을 다투던 장군으로, 시저에게 몰려서 자신의 막사로 도망쳤다.

25 앞의 주 참조. 줄리어스 시저가 결정타를 가하니 패한 폼페이는 막사로 쫓겨 갔다.

검찰관 그래다오. [하인 퇴장]
그분의 뜻을
알아보겠다. 마음을 풀지 몰라. 아!
클라우디오는 꿈속에서 죄지은 듯하구나!
각계각층 노소 없이 이런 죄를 짓는데
그 사람이 죽어야 하니!
[안젤로 등장]
안젤로 무슨 일이오?
검찰관 내일 클라우디오의 죽음이 대공님의 뜻입니까?
안젤로 그렇다 하지 않았소? 명령받지 않았소?
어째서 다시 묻소?
검찰관 너무 성급할까 두렵습니다.
제 말이 틀렸으면 고쳐주십시오.
심판관이 처형 후에 판결을 후회하는 걸
보았습니다.
안젤로 그만두오. 그건 나의 일이오.
직무를 수행하거나 자리를 내놓으시오.
당신이 없어도 좋소.
검찰관 용서를 빕니다.
진통 중의 줄리에타는 어찌할까요?
해산이 임박합니다.
안젤로 적당한 장소로
옮겨 놓으시오.[26] 급히 처리하시오.
[하인 등장]
하인 사형이 선고된 분의 누이동생이
뵙기를 원합니다.
안젤로 그자의 누이가 있나?
검찰관 예, 대공님. 매우 정숙한 처녀로서
곧 수녀원에 들어가려 합니다.
이미 들어갔는지 모르나—
안젤로 들라 하라. [하인 퇴장]
당신이 그 음녀를 치우도록 하시오.
사치품은 그만두고 필수품만 갖게 하겠소.
그에 대한 명령을 내리겠소.
[루치오와 이사벨라 등장]
검찰관 실례합니다.
안젤로 잠시 기다리오. [이사벨라에게]
어서 오오. 무슨 일이오?
이사벨라 대공님께 진정하는 속 아픈 여자예요.
말씀 들어주셔요.
안젤로 진정 내용이 뭐요?
이사벨라 제가 가장 미워하는 악행이 있는데요,
법의 처단을 제가 가장 원해요.
변호하고 싶진 않지만 그래야겠네요.
변호해선 안 되지만 그럴까 말까
그 틈에서 투쟁해요.
안젤로 음, 요컨대?
이사벨라 사형을 선고받은 오빠가 있어요.
오빠 말고 오빠 죄를 사형에 처하세요.
검찰관 [방백] 감동의 은혜를 하늘이 내리시길!
안젤로 죄를 벌하고 행위자는 놔두란 말인가?
모든 죄는 짓기 전에 이미 선고받았소.
벌금을 물리고 금액을 기록한 뒤
행위자를 풀어주면 내 직책은 전적으로
무의미하게 되오.
이사벨라 당연해도 냉혹한 법이죠!
저도 한때 오빠가 있었죠. 안녕히 계세요.
루치오 [이사벨라에게 방백]
그렇게 포기하지 말아요. 다시 가서 애원해요.
그 앞에 무릎 꿇고 옷자락 잡고 늘어져요.
너무 미지근해요. 바늘이 필요해도
그것보다 힘없이 달라고 하진 못해요.
다시 말해요.
이사벨라 죽어야 하나요?
안젤로 아가씨, 별도리 없소.
이사벨라 있어요. 용서할 수 있다고요. 하늘도 사람도
그러한 자비를 슬퍼하지 않아요.
안젤로 용서하지 않겠소.
이사벨라 하려면 할 수 있죠?
안젤로 하고 싶지 않은 것은 하지 못하오.
이사벨라 하지만 세상에 아무런 해도 없고
저처럼 오빠에게 동정심만 생기면
할 수도 있죠?
안젤로 선고했소. 너무 늦었소.
루치오 [이사벨라에게 방백]
너무 미지근해요.
이사벨라 늦었다고요? 아니죠. 제가 하는 무슨 말도
취소할 수 있어요. 이걸 믿어주세요.
높은 분께 속하는 어떤 의전 절차도

26 당시 법에서 임부와 산모는 사형을 면제하였다.

제왕의 면류관도, 대리에게 준 칼도
사령관의 지휘봉도, 재판관의 법의도
자비심에 비하면 그 아름다움에
절반도 못 돼요.
오빠가 당신이고 당신이 오빠라면
당신도 오빠처럼 실수했을 테지만
당신처럼 엄격하진 않았겠죠.

안젤로 그냥 가오.

이사벨라 권력이 내 것이고 이사벨라가 당신이면
좋았겠어요. 그러면 이렇게 됐을까요?
안 그렇죠. 재판관이 무엇이고
죄수가 무엇인지 구별할 수 있었겠죠.

루치오 [이사벨라에게 방백]
잘했소. 찔러대요. 거기가 정통이오.

안젤로 당신의 오빠는 법의 선고를 받았소.
말만 허비하오.

이사벨라 오, 슬프구나!
한때 모든 영혼이 사형선고를 받았는데,
그 기회를 이용해도 좋으실 주님께서
길을 찾아내셨네요.[27] 최고의 심판자가
당신을 있는 그대로 심판하시면
어떻게 되겠어요? 그걸 생각하세요.
거듭난 사람처럼[28] 당신 입에
자비가 숨 쉴 거예요.

안젤로 아리따운 아가씨,
알아두오. 선고는 나 아닌 법이 했소.
내 친척, 친형제, 아들이라 해도
같을 것이오. 내일 죽어야 하오.

이사벨라 내일? 급하네요.—오, 살려주세요!
죽을 준비가 안 됐어요. 우리 부엌에서도
때가 돼야 닭을 잡아요. 몸보신보다
하늘 섬기는 일에 소홀할 수 있어요?
선하신 대공님, 생각해 보셔요.
이 죄 때문에 죽은 자가 누군가요?
수많은 자가 같은 죄를 지었어요.

루치오 [이사벨라에게 방백] 잘했소.

안젤로 법은 죽지 않았소. 잠자고 있었으나—
법을 어긴 첫 사람이 그 죄에 대해
형벌을 받았다면 그와 같이 다수인이
범행하지 못했겠소. 이제는 그 법이
잠을 깨어 현실을 보고 예언자처럼
장차 무슨 죄가 지금 또는 새롭게
태만으로 잉태되어 껍질을 깨고
세상에 나올는지 거울에서 읽어보고
그것들이 점차 늘어나지 못하게
미리 자르려 하오.

이사벨라 하지만 조금이라도
동정하세요.

안젤로 나는 심판에서 큰 동정심을 보이는데
알지 못하는 자를 동정하기 때문이오.
벌 받지 않고 놓인 자는 훗날 문제가 되는데
한번 지은 죄의 값을 치른 자가 살아서
다른 죄를 범치 않게 대우하는 것이오.
그런 줄 아시오. 오빠는 내일 죽소.

이사벨라 따라서 당신은 처음으로 이렇게 판결하고
오빠가 처음으로 당하네요. 거인의 힘을
가지는 건 대단하지만, 거인처럼 힘을 쓰면
폭군의 짓이지요.

루치오 [이사벨라에게 방백] 그 말 잘했소.

이사벨라 높은 분이 천둥을 치면,
제우스는 가만있지 않을 거예요.
하찮은 관리들도 하늘을 천둥으로,
오로지 천둥으로 사용하겠죠!
자비로우신 하느님,
부드러운 오동보다 쐐기도 들지 않는
옹이진 참나무를 날카로운 유황불로
쪼개시죠! 하지만 교만한 인간이
부질없는 권세를 잠시 덧입고
유리처럼 나약한 실존을 전혀 모르고
성난 원숭이처럼 높은 하늘 앞에서
망측스런 장난으로 천사들을 울려요.
천사들도 사람처럼 허파 줄이 있다면
웃느라고 인간들이 될지 몰라요.

루치오 [이사벨라에게 방백]

27 원죄로 말미암아 죽을 수밖에 없는 인간을 예수 그리스도가 대신 죽음으로써 모든 영혼을 살렸다는 기독교의 기본 교리를 말하고 있다. 그냥 죽도록 내버려 두었다면 원죄를 지은 인간을 벌할 수 있었다는 말이다.

28 그리스도의 희생으로 사람은 '새로 지음 받아서' 거듭난다는 것이 기독교의 중심 교리다.

계속 따라붙어요. 마음을 풀 거예요.
속이 동하는 눈치요.
검찰관 [방백] 하느님, 이기게 하소서!
이사벨라 자신들과 형제를 비교할 수 없어요.
높은 분은 성인들에 대해서 농담해요.
말재간일 테지만 평민한텐 죄가 돼요.[29]
루치오 [이사벨라에게 방백]
아가씨, 바로 그거요. 그 말 더 해요.
이사벨라 지휘관의 입에는 성난 말에 불과해도
졸병에겐 완전한 신성모독이라고요.
루치오 [이사벨라에게 방백]
그런 말도 알아요? 그 말 더 해요.
안젤로 그런 말을 내게 하오?
이사벨라 권력 있는 사람은 남처럼 잘못해도
겉의 악을 덮어주는 고약 같은 물건을
갖고 있죠. 자신의 가슴을 찾아가
두드려보고, 오빠 죄와 비슷한 걸
아시는지 마음에 물어보세요.
그 비슷한 성질을 고백한다면
오빠의 목숨을 끊겠다는 생각을
입에 두지 마세요.
안젤로 [방백] 그녀 말을 들으니
생각이 생기누나. [그녀에게]
그럼 잘 가오.
이사벨라 대공님, 돌아서세요.
안젤로 생각해 보겠소. 내일 다시 오시오.
이사벨라 무슨 뇌물일는지 들어보세요.
돌아서세요.
안젤로 뭐? 내게 뇌물을 써?
이사벨라 네. 하늘도 함께 나눌 선물이에요.
루치오 [이사벨라에게 방백]
그 말을 안 했으면 다 망칠 뻔했소.
이사벨라 어리석은 순금의 금화가 아니며
변덕에 따라 값이 오르내리는
보석이 아니라, 해 뜨기 전 하늘에 올라
그 문에 들어갈 진실한 기도이며
때 묻지 않은 영혼의 기도예요.
이 세상 무엇에도 집착이 없는
금욕하는 처녀들의 기도이지요.
안젤로 내일 다시 오오.
루치오 [이사벨라에게 방백]
됐소. 잘됐소. 가요.
이사벨라 하늘께서 대공님을 지켜주시길!
안젤로 [방백]
아멘.
기도들이 충돌하는 지점을 향해
나를 유혹으로 이끌어간다.
이사벨라 제가 몇 시에 대공님을 뵐까요?
안젤로 오전 중 언제라도.
이사벨라 주님 보호하시길! [안젤로 외에 모두 퇴장]
안젤로 바로 너의 정절을 보호하시길!
이게 뭔가? 그녀의 잘못인가, 내 잘못인가?
유혹자와 피유혹자, 누구 죄가 더 큰가?
아니다, 그녀가 유혹한 게 아니다.
양지바른 꽃 옆에 앉아 있던 나 자신이
선한 계절 속에서 꽃 아닌 시체인 양,
썩어가누나. 음란한 여자보다
정결한 여자가 욕정을 일으키나?
황무지가 많은데도 성역을 파괴하여
배설할 장소로 삼겠는가? 오, 더럽다!
안젤로, 무슨 짓, 어떤 놈인가?
그녀의 정결을 더럽힐 심보인가?
오라비를 살려주자! 재판관 자신이
도둑질하면 도둑들은 도둑질할
권리가 있다. 목소리를 다시 듣고
눈을 다시 보고 싶어 안달하는가?
네가 그녀를 사랑하는가?
나의 꿈이 무엇인가? 간사한 마귀,
너는 성인을 낚기 위해 성인을
미끼로 삼누나! 선에 대한 사랑으로
죄악을 부추기는 유혹이야말로
가장 위험스럽다. 그 어떤 창녀도
힘과 몸과 꾸며낸 교태로
나를 흔들 수 없었으나 정결한 이 처녀가
나를 완전히 정복했다. 지금껏 나는
못난 남자 보면서 괴상하다 여겼지. [퇴장]

29 당시 귀족들은 성자에 대해 말장난을 할 수도 있었지만 평민들은 언제나 경건했다.

## 2. 3

[수사로 변장한 공작과 검찰관 등장]
공작 안녕하쇼, 검찰관.—검찰관인 듯한데.
검찰관 맞소, 검찰관이오. 수사, 왜 그러시오?
공작 자선의 책임과 복된 우리 수도회의
의무에 따라 여기 옥에 갇혀 있는
괴로운 영혼들을 찾아왔어요.
일반인의 권리대로 저들을 보여주어
각자 죄의 성격을 알 수 있게 해주시오.
그래야만 적절하게 도와줄 수 있어요.
검찰관 더 필요하시면 더 해드릴 수 있겠소.
[줄리에타 등장]
한 분이 오고 있소. 내가 맡은 여인인데
청춘의 폭풍 맞아 이름에 금이 갔소.
아기를 가졌는데 그렇게 만든 사내는
사형선고를 받았소. 이런 일에 죽기보단
다시금 그런 죄를 저지를 만한
젊은 사람이오.
공작 죽을 때가 언제요?
검찰관 내가 알기론 내일이오.
[그녀에게] 필요한 걸 준비했소. 잠깐 기다리시오.
안내해 드리지요.
공작 여인이여, 배 안에 들은 죄를 뉘우치는가?
줄리에타 네. 힘을 내어 수치를 참고 있어요.
공작 양심을 책하고, 참회가 진실인지
불성실한 가식인지 시험할 방도를
가르치겠다.
줄리에타 기쁘게 배우겠어요.
공작 너를 죄에 빠뜨린 자를 사랑하는가?
줄리에타 네. 자기를 죄에 빠뜨린 저를 그가 사랑하듯이.
공작 그러니까 너희들의 가장 큰 죄는
서로서로 범했구나.
줄리에타 네, 서로서로죠.
공작 그렇다면 그보다 너의 죄가 크도다.
줄리에타 그렇다고 고백해요. 뉘우쳐요, 신부님.
공작 딸아, 그것이 옳다. 하지만 죄로 인해
네가 이런 수치를 당하므로 그 아픔은
하느님이 아니라 항상 우리 인간을
향해 있어 하느님을 사랑하는 까닭으로
죄를 억누름이 아니라 그분의 벌이
두려운 까닭에—
줄리에타 그것이 죄악인 까닭에 뉘우치며
수치를 기쁘게 받아들여요.
공작 그 마음을 견지하라. 네 상대는 내일
죽을 거라 들었다. 그를 교훈하겠다.
은총이 함께하길! '베네디키테!'[30] [퇴장]
줄리에타 내일 죽게 된다고? 아, 못된 법이다.
내 목숨을 연장해도[31] 그 위로가
죽이는 공포구나!
검찰관 몹시 안됐소. [모두 퇴장]

## 2. 4

[안젤로 등장]
안젤로 기도하고 생각하고자 할 때 생각과 기도가
다른 데로 향한다. 천국은 빈말이고
생각은 나를 복종치 않고 그녀에게
집착한다. 하늘은 내가 그 이름만
씹는 듯이 입속에 들어 있고 마음에는
내가 만든 강한 악이 넘치고 있다.
연구했던 국정은 너무 자주 읽어서
메말라 버리고 지루하게 되었다.
내가 몰래 자랑하는 엄숙한 태도를
—누구도 듣지 마라.—바람에 나부끼는
허영의 깃털과 바꾸어 갖는 것이
오히려 좋겠다. 지위여! 형식이여!
겉치레와 차림새가 바보의 숭배를
이끌어내고 너의 헛된 모습에
똑똑한 인간을 잡아매누나!
피는 피다.[32] 마귀 뿔에 '천사'라 쓰면
마귀 뿔이 아니다.
[하인 등장]
밖에 누가 왔는가?
하인 이사벨라라는 수녀가 뵙고자 합니다.

30 '네게 복이 내리시길!'이라는 뜻의 라틴어 문구.
31 아기를 밴 여인은 그 아기가 태어날 때까지 사형을 연기해 주었다.
32 더운 피는 뜨거운 욕정을 뜻한다. 1막 3장 50행과 4장 56행에서도 그의 피는 흐르지 않는 얼음물이라고 했다.

안젤로 안내해 드려라. [하인 퇴장]
오, 하늘이여,
어찌하여 내 피가 가슴팍에 몰려들며
스스로 제 기능을 마비시키고
다른 모든 기관의 필요한 기능들을
빼앗아 가는가?
그와 같이 미련한 군중이 기절한 자를
돕겠다고 몰려들어 그 사람을 살려낼
바람을 막아서고, 그처럼 왕을
사랑하는 백성들이 제 위치를 잊고서
나름의 충성으로 왕 앞에 몰려드니,
무지한 사랑은 필연코 무례하게
보이게 된다.
[이사벨라 등장]
어여쁜 처녀, 무슨 일인가?
이사벨라 대공님의 생각을 알고자 왔습니다.
안젤로 [방백]
내게 묻지 않고도 네가 알 수 있다면
얼마나 좋을까만—[그녀에게]
당신 오빠는 못 살겠소.
이사벨라 그렇군요. 하늘이 대공님을 지키시길.
안젤로 하지만 얼마 동안 살 수도 있소. 당신과
나만큼 살 수 있소. 하지만 죽어야 하오.
이사벨라 대공님의 선고로?
안젤로 그렇소.
이사벨라 언제가 될까요? 길든 짧든 생존 시에
오빠의 영혼이 절망하지 않게끔
준비해야 되어요.
안젤로 허! 그 더러운 죄악! 창조된 인간을
자연에서 훔친 자[33]를 용서함은
하느님의 형상[34]을 금지된 틀에서
찍어내는 자들의 무엄한 음행과
다르지 않소. 법적으로 낳은 생명을
속여 뺏는 짓이나, 위폐를 만들려고
금지된 기구에 쇠를 녹여 붓는 거나,
모두가 똑같이 쉬운 짓이오.
이사벨라 하늘에선 그렇지만 땅에서는 아니에요.
안젤로 그렇게 말하기요? 그럼 곧장 묻겠소.
엄격한 법이 당장 오빠 목숨을
취하는 것과 오빠를 살리기 위해
그가 더럽힌 여자처럼 불결한 향락으로
몸을 버리는 것 중에서 무엇을 택하겠소?
이사벨라 영혼보다 몸을 버리겠어요.
안젤로 당신 영혼을 말하는 게 아니오. 강요된 죄는
기록은 되지만 심판은 받지 않소.
이사벨라 어째서 그렇죠?
안젤로 주장하는 게 아니오.
나 자신이 내 말을 반박할 수 있겠소.
이 말에 답하시오. 명시된 법의 음성으로
당신 오빠 목숨에 사형을 선고하오.
이 목숨을 구하기 위해 죄 중에 자비가
있지 못하오?
이사벨라 그렇게 정하시면
그것은 죄 아니고 자비라는 걸
영혼의 위험을 무릅쓰고 받아요.
안젤로 영혼의 위험을 무릅쓰고 그럭하면
죄의 무게와 자비의 무게가 같아지오.
이사벨라 오빠의 목숨을 애원하는 게 죄라면
제가 그 값을 지겠어요. 제 청원을
들어주시는 게 죄라면 그것을
대공님이 아니라 저의 죄에 더하시길
새벽마다 빌겠어요.
안젤로 내 말을 들으시오.
그것은 당신의 오해요. 당신이 모르거나
교묘히 꾸미오. 그것은 좋지 않소.
이사벨라 상관없어요. 주님의 은총으로
제 무지를 알기만 해도 좋아요.
안젤로 이렇게 지혜가 스스로를 욕할 때
가장 빛이 나기를 바라고 있소.
민낯보다 검은 가면이 숨은 미모를
열 배나 요란하게 말하는 것과 같소.
하지만 들으시오. 확실히 알아듣게
솔직하게 말하겠소. 오빠는 죽을 거요.

33 이미 대자연의 모태에 들어 있는 인간을 남녀의 성행위를 통해 여자의 자궁으로 가져온다는 것이 당시의 신비주의적 사상이었다.

34 십계명에 "(신을 나타내는) 어떤 형상도 만들지 마라"고 되어 있다. 당시 주화(금화, 은화, 동전 등)에는 왕의 형상이 찍혀 있어 위폐범들은 몰래 이를 틀에 찍어냈다. 음란 행위로 사람을 낳는 행위는 위폐범이 몰래 거푸집에 쇳물을 부어 위폐를 만드는 짓과 같다는 말이다.

이사벨라 그렇군요.
안젤로 그의 죄가 분명히 그런 만큼
법에 따라 그에 대해 벌을 받소.
이사벨라 맞아요.
안젤로 목숨을 구할 길은—이 방법, 또는
무슨 방법이든 옳다는 건 아니오.—
송사에 패했으니 누이인 당신이
재판관과 통하는 이나 자신의 높은
지위로 만민을 묶는 사슬에서
그를 꺼낼 이가 당신을 원하며,
그래서 당신 몸의 보화를 이 가상의
인물에게 내려놓거나, 별수 없이
오빠가 죽도록 버려두는 것밖에
세상에 다른 길이 없음을 알았을 때
당신은 어쩌겠소?
이사벨라 불쌍한 오빠는 저 자신과 같아요.
다시 말해 제가 사형선고를 받았다면
제 몸을 수치에게 내주기보다
아픈 채찍 자국을 루비처럼 여기고
애타게 기다리던 금침처럼 제 몸을
죽음에게 벗어던져 주겠어요.
안젤로 그렇다면 오빠는 죽어야겠소.
이사벨라 그게 좀 더 쉬운 길이 될 테죠.
오빠를 살리면서 누이가 영원히
죽기보다는 그가 한번 죽는 게
낫겠죠.
안젤로 그렇다면 비난해 마지않던 판결만큼
당신 자신도 잔혹한 것 아니오?
이사벨라 부끄러운 돈으로 산 자유와 흔쾌한 용서는
가문부터 달라요. 합법적인 자비는
더러운 몸값과는 한집안이 아니에요.
안젤로 아까는 국법을 폭군으로 보듯 하며
오빠의 실수를 죄악이기보다는
장난이라 하더니—
이사벨라 용서하셔요. 원하는 걸 얻으려고
속뜻을 말하지 않을 때가 있어요.
지극히 사랑하는 오빠를 살리려고
몹쓸 말을 했으니 조금 잘못됐어요.
안젤로 인간은 나약하오.
이사벨라 안 그러면 오빠도
죽어야 해요. 공통되지 않고서
오빠만 그처럼 나약하다면—
안젤로 그러하오. 여자도 나약하오.
이사벨라 그래요. 여자는 자기를 비춰보고
쉽게 모양내고 쉽게 깨지는 거울 같아요.
여자요? 오, 하느님! 남자는 여자를
이용해서 우월한 모습을 망쳐요.
열 배나 여자가 약하다지만, 몸 아니라
성질도 약해서, 거짓 모습에 쉽게 속아요.
안젤로 나도 그리 생각하오. 여인들의 증언에서
죄악에 흔들리지 않을 만큼 우리는
강하지 못하게 지어진 걸 믿으므로
언명컨대 당신 말을 받아들이오.
당신 자신, 즉 여자가 되시오. 그 이상은
여자가 아니오. 모든 외모에 나타나듯
당신이 여자이면 약한 자의 옷을 입어
여자임을 보이시오.
이사벨라 저는 말이 하나예요. 선하신 대공님,
조금 전에 하던 대로 말씀드려요.
안젤로 분명히 들으시오. 나는 당신을 사랑하오.
이사벨라 오빠는 줄리에타를 사랑했어요.
그런데 그 때문에 죽어야 해요.
안젤로 당신이 날 사랑하면 죽지 않을 것이오.
이사벨라 대공님의 도덕은 자유자재예요.
남이 속을 터놓게끔 하시니 보기보단
조금은 치사한 것 같아요.
안젤로 명예에 맹세코,
내 말은 진심이오. 믿기 바라오.
이사벨라 어머나! 많이도 믿을 작은 명예와
악한 진심이군요. 가식, 가식뿐이죠!
안젤로, 폭로해요. 두고 봐요.
당장 오빠의 사면장에 서명해요.
안 한다면 당신이 어떤 자인지 세상에
소리 높여 외칠 테요.
안젤로 누가 너를 믿겠는가?
정결한 나의 명성, 엄격한 생활,
너에 대한 나의 반론, 나라의 내 지위가
네가 고발하는 내용을 내리눌러서
너는 제 말에 질식되고 중상모략의
냄새를 피우게 돼. 이왕 시작했으니
이제부터 욕정이 마음대로 솟구친다.
매운 나의 욕구에 너의 뜻을 맞춰라.

얌전한 듯 머뭇대는 부끄러운 너의 낯이
네 청원을 몰아낸다. 모두 집어던져라.
네 몸을 내 욕정에 고스란히 바침으로
네 오빠를 살려내라. 그러지 않으면
그자는 죽을 뿐만 아니라 너 때문에
죽음을 길게 끌어 괴로움을 더하리라.
내일 답이 없으면 지금 내 기분대로
무섭게 다루겠다. 마음껏 말해도 좋다.
내 허위가 네 진실을 억누르리라. [퇴장]

이사벨라 누구에게 사정할까? 이 말을 해도
누가 믿지? 오, 위험한 입,
그 안의 혓바닥은 욕하든 칭찬하든
한 개밖에 안 되나 법에게 호령해서
자기 뜻에 굴종시켜, 선악을 불문하고
욕망이 가자는 대로 끌려간다.
오빠에게 가야겠다. 열정에 져서
실수해도 명예를 귀중히 여기는
정신이 있기에 스무 개의 단두대에
몸값 치를 머리가 스무 개라면
누이동생이 그런 끔찍한 치욕에
몸을 버리기 전에 머리를 내려놓겠지.
그러면 이사벨라, 정결히 살아라.
그러면 오빠, 죽어. 여자의 정결은
오빠보다 귀중해. 안젤로의 요구를
오빠에게 알리고 영혼의 안식으로
죽음을 준비시켜 주겠다. [퇴장]

## 3. 1

[수사로 변장한 공작과 검찰관이 클라우디오와
함께 등장]

공작 그래서 그대는 안젤로 공의 사면을 희망하나?

클라우디오 가련한 자는 희망밖에 무슨 약도
없습니다.
살겠다는 희망과 함께 죽을 준비도 됐습니다.

공작 죽음을 각오하면 죽음이든 삶이든
더욱 달콤하리라. 삶에게 말할 것은,
내가 너를 잃으면 바보들이 잡는 것을
잃을 뿐이라. 너는 하나의 숨결이니,
온갖 하늘 기운이 좌지우지하면서
그대가 깃들어 사는 집을 끝없이
괴롭힌다. 그대는 죽음의 노리개니,
그대가 그를 피해 달아나려 할지라도
그를 향해 가도다. 그대는 천한 자라,
그대의 옷과 치장도 근본이 천하며,
용감하지 못하니, 못난 뱀의 약한 혀를
겁내며, 최고의 안식은 잠이라,
그대가 자주 청하나 잠 같은 죽음을
어리석게 겁내도다. 그대는 하나가 아니니,
흙에서 나오는 천만 개 알갱이에
생존이 달렸도다. 그대는 불행하니
없어서 안달하나 가진 것을 잊도다.
그대는 믿을 수 없으니, 그대의 성미는
달처럼 기괴하게 변하여, 부유해도
가난하니, 금괴에 등이 휘는 노새처럼
버거운 재물을 한 행보 나르면
죽음이 짐을 내려놓도다. 친구도 없으니
그대를 아비라 부르는 자식들이
그대 몸의 순전한 소산이라 하여도
저들은 그대를 속히 끝낼 수 없는
통풍과 옴과 해수병을 욕하도다.
그대는 젊음도 노년도 못 누리고
식후에 잠들어 그것들을 꿈꾸나니,
그대의 행복한 젊음은 늙어버려,
중풍 앓는 노인에게 동냥을 빌며,
그대가 돈 많은 노인이라 할지라도
즐길 열과 정과 몸과 꼴이 없어
그 속에 생명이라 할 것이 무엇인가?
그 속에도 무수한 죽음이 숨었도다.
그럼에도 우리는 모든 차이를 없애는
죽음을 겁내도다.

클라우디오 매우 고맙습니다.
살고자 함이 죽고자 함임을 깨달으며
죽고자 함에서 삶을 발견합니다.
죽음도 좋습니다.

이사벨라 [안에서] 계셔요? 화평과 은혜와 친교를!

검찰관 누구요? 들어와요. 기원만 해도 반갑소.

공작 [클라우디오에게] 잠시 뒤에 오겠소.

클라우디오 거룩하신 사제님, 고맙습니다.

[이사벨라 등장]

이사벨라 오빠와 한두 마디만 하면 돼요.

검찰관 참 잘 오셨소. 선생, 동생이 왔소.
공작 [검찰관에게 방백] 검찰관, 한마디 합시다.
검찰관 말씀이 길어도 좋습니다.
공작 저 사람들 말하는 걸 몰래 엿들을 수 있는 데로
나를 데려다 주쇼. [공작과 검찰관 퇴장]
클라우디오 무슨 위로될 말이 있냐?
이사벨라 그야 물론,
모든 위로가 그렇듯, 아주 좋은 위로죠.
안젤로 공은 하늘의 일을 행하며
오빠를 긴급히 대사로 보낸대요.
오빠는 영원히 거기 주재하겠죠.
그러니 속히 잘 준비하셔요.
내일 출발하니까.
클라우디오 별도리 없어?
이사벨라 없죠. 혹시 머리를 구하려고
심장을 두 쪽을 낸다면 모를까.[35]
클라우디오 그래 전혀 없어?
이사벨라 있어요, 오빠. 살 수 있어요.
심판관은 마귀 같은 자비가 있어요.
오빠가 애원하면 풀려날 수 있지만
죽기까지 묶여요.
클라우디오 종신형이니?
이사벨라 네, 바로 종신형이죠. 온 천지를
모두 소유해도 제한된 자유에
매이는 거죠.
클라우디오 한데 어떤 종류니?
이사벨라 오빠가 그 일에 동의한다면
오빠의 등걸에서 명예를 박탈해서
맨몸이 되는 거죠.
클라우디오 요컨대 뭐니?
이사벨라 오빠, 걱정돼요. 영원한 명예보다
열병에 시달리는 목숨을 중히 여겨
예닐곱 번 찬 겨울을 원하지나 않는지
염려돼요. 용감히 죽을 수 있죠?
죽음의 아픔은 예상할 때 가장 커요.
우리가 발로 밟는 하찮은 벌레도
거인이 죽는 때와 다르지 않게
아프거든요.
클라우디오 어째서 나한테 이런
창피를 주는 거냐? 번지레한 말만 듣고
결심이 생기니? 죽어야 한다면
암흑을 만나되 신부처럼 당당히 만나
내 품안에 안겠다.
이사벨라 과연 오빠다워요. 아빠의 무덤에서
들려오는 소리예요. 그래요, 죽어야 해요.
천박한 수단으로 목숨을 아끼기엔
너무나 고결해요. 겉만 엄한 집정관은
얼굴빛도 안 바꾸고 근엄하게 말하지만
매가 꿩 머리 따듯 젊은이의 머릴 따고
음란에 탐닉하니 영락없는 마귀예요.
썩은 물을 다 퍼내면 지옥처럼 깊숙한
웅덩이가 보이겠죠.
클라우디오 엄숙한 안젤로가?
이사벨라 오, 그건 고관의 화려한 치장으로
한없이 저주스런 몸을 덮고 감싸줄
지옥의 복장이죠! 내가 그자에게
몸을 주면 오빠가 석방될 것 같아요?
클라우디오 오오, 맙소사! 그럴 수 없어.
이사벨라 맞아요. 석방시켜 줄 거예요. 이 짓을
계속해서 지으려고요. 입에 담지 못할
그 짓을 해야 할 때가 오늘 밤이에요.
안 그러면 오빠는 내일 죽어요.
클라우디오 너한테 그 짓 안 시켜.
이사벨라 그게 목숨에 지나지 않다면
오빠를 살리려고 바늘과 실처럼
기꺼이 내놓겠어요.
클라우디오 고맙다, 이사벨라.
이사벨라 클라우디오, 다음날 죽을 걸 준비해야죠.
클라우디오 음. 그자가 강력히 시행할 법이야.
그렇게 법의 코를 물어뜯을 정도로
욕정이 심한가? 분명 죄가 아니거나
7대 죄악[36] 중에서 가장 작은 거겠지.
이사벨라 뭐가 제일 작아요?
클라우디오 그따위가 저주받을 죄라면 그토록 약은 자가
한순간의 쾌락을 얻으려고 어째서
영원한 벌 받을까? 오, 이사벨라—

35 목을 자르지 않고 심장을 두 쪽 내도 죽기는 마찬가지다.
36 중세 기독교에서 인간의 7대 악을 '교만, 탐욕, 음란, 분노, 탐식, 시기, 나태'로 여겼는데 그중 '음란'을 가장 작은 것으로 보는 경향이 있었다.

이사벨라 오빠 말이 뭐지?

클라우디오 죽음이란 무서운 거야.

이사벨라 창피한 목숨은 밉다는 게 사실이죠.

클라우디오 맞아, 하지만 죽는다는 것,
어딘지 모를 데로 간다는 것,
싸늘한 흙 속에서 썩는다는 것,
따스한 감각이 진흙에 섞인다는 것,
즐거운 영혼이 불붙는 물속에
파묻히거나 살을 에는 두툼한
동토 속에서, 느닷없는 바람 속에서,
떠도는 세상에서 바람에게 불리거나,
성서엔 없지만 불확실한 환상에서
울부짖게 된다는 연옥[37]보다 끔찍한 게
너무나 무섭다. 노쇠와 고통과
가난과 감옥이 육체에 가하는
가장 괴롭고 역겨운 세상살이도
죽음의 공포에 비하면 천국이지.

이사벨라 오, 맙소사!

클라우디오 사랑하는 누이야, 오빠를 살려다오.
내 목숨 구하려고 짓는 네 죄를
가족의 온정이 용서하니까
도리어 선행이지.

이사벨라 짐승이구나!
믿지 못할 겁쟁이, 부끄러운 못난이!
내가 죄에 빠진 대가로 사람이 되겠다고?
친누이의 수치에서 목숨 얻는 게
근친상간 아냐? 뭐라고 해야 돼?
어머니가 아버지께 결백했길 기도해.
그처럼 비뚤어진 잡초 같은 물건이
그 핏줄에서 나올 리 없어. 너와는 절교해.
죽어라, 없어져라! 무릎 꿇고 기도해서
운명에서 너를 구원한다면 그럴 테며
네 죽음을 위해서 천만 번 기도하겠지만
너를 살려낼 말은 한마디도 안 하겠다.

클라우디오 그러지 말고 내 말 들어줘, 이사벨라.

이사벨라 더럽다, 더러워! 네 죄는 우연 아닌
직분이야. 너한테 자비를 베풀면
뚜쟁이가 되는 거야. 속히 죽는 게 나아.

클라우디오 내 말 들어줘, 이사벨라.
[수사로 변장한 공작 등장]

공작 젊은 수녀여, 한마디만 합시다.

이사벨라 무슨 말씀인데요?

공작 잠시만 시간을 내주면 몇 마디 말을 할 수 있겠소. 내 요청을 들어주면 당신에게도 이로울 게요.

이사벨라 시간이 없어요. 잠시 틈내는 것도 다른 일들에서 빼내는 거예요. 어쨌든 잠깐 말씀을 듣죠.

공작 [클라우디오를 옆으로 데리고 가서] 아들이여, 그대와 그대 누이 사이에 오가는 말을 엿들었소. 안젤로는 절대로 그녀를 더럽힐 의도가 없었소. 단지 그녀의 곧은 절개를 시험코자 한 것이며 각자의 인간성에 대하여 자신이 판단한 바를 실천에 옮겼을 뿐이오. 그녀는 정결의 심지를 지킴으로써 그를 올바르게 거부했기 때문에 그는 매우 기뻐하오. 나는 안젤로의 고백 신부로 그 일이 사실임을 알고 있소. 그런고로 당신은 죽을 준비를 하시오. 믿지 못할 희망으로 그 결심을 달래지 마시오. 내일 당신은 죽어야 하오. 무릎 꿇고 준비하시오.

클라우디오 누이에게 용서를 빌겠습니다. 이제는 목숨이 아주 싫어지기 때문에 그것을 없애달라고 청하겠습니다.

공작 그 마음을 그대로 유지하시오. 잘 있으시오. [클라우디오 퇴장] 검찰관, 당신과 한마디 하겠소.
[검찰관 등장]

검찰관 신부님, 무슨 말씀인가요?

공작 당신은 차라리 없는 것이 좋겠소. 잠시 처녀와 같이 있겠소. 내 의도에 이런 차림이 걸맞아서 둘이 만나면 나쁜 인상은 안 줄 것이라 믿소.

검찰관 좋습니다. [퇴장]

공작 당신을 아름답게 지으신 손이 당신을 선하게 지으셨소. 미가 지닌 값싼 선은 미의 선을 짧게 하나, 당신이 가진 인격의 진수는 모두 하느님이 주신 뛰어난 덕이오. 그러므로 그 실체를 영원히 간직하게 되겠소. 안젤로가 당신에게 가한 공격을 내가 우연히 알게 되었소. 그가 보인 약점에 대해 비슷한 타락의 예가 있으니 망정이지 나도 안젤로를 보고 경악했을 것이오. 당신을 대신할 여성으로 하여금 그에게

37 중세 가톨릭에서는 지옥과 천국 사이에 '연옥'이라는 공간을 상정했는데 이는 물론 율법에도 없고 확실한 근거도 없지만 그곳에서 죄지은 영혼들이 죄를 씻으려고 아프게 울부짖는다고 하였다.

욕망을 채우게 하여 오라비를 구하면 어떠하겠소?

이사벨라 지금 그자에게 대답할 작정이에요. 제가 불법으로 아이를 낳기보단 오히려 오빠가 법에 따라 죽는 게 나아요. 하지만, 아아, 안젤로에게 선하신 공작님이 얼마나 속으셨나요! 그분이 돌아오실 때 제가 말씀드릴 입장이 되어 입을 열어도, 그자의 통치를 적나라하게 폭로해도, 헛수고일 뿐이겠죠.

공작 별로 틀리지 않을 거요. 하지만 현재의 상황으로는 당신의 고발을 반박할 거요. 단지 당신을 시험코자 그랬다고 할 테니. 그러므로 내가 이제 말해줄 계획에 귀를 기울이시오. 내가 좋은 일 하기를 즐기는 까닭에 방책이 저절로 떠올랐소. 반드시 내 말을 믿어야 되겠소. 가련하게도 억울한 대접을 받고 있는 한 여인이 정당한 이익을 얻게끔 매우 떳떳이 도와주며, 무서운 법에서 오빠를 구출하며, 아름다운 당신에게 흠이 안 되며, 부재중인 공작이 돌아와 이를 들으면 크게 기뻐할 것을 믿으라는 것이오.

이사벨라 더 말씀하세요. 제 영혼의 진실에 비추어보아 더럽지 않은 것은 무엇이든 행할 용기가 있어요.

공작 덕은 무척 대담하고 선은 결코 겁이 없소. 위대한 군인 프레더릭의 여동생 마리아나 이야기를 듣지 못했소? 그 사람은 바다에서 사고로 인해 죽었소.

이사벨라 그녀에 관한 이야기를 들었어요. 그녀의 이름에 대해 좋은 말이 오가더군요.

공작 그녀는 안젤로와 결혼하게 되어 있었소. 굳게 결혼을 맹세했고 혼례 날도 정했었소. 약혼과 혼례식 날짜 사이에 그녀의 오빠 프레더릭이 바다에서 난파하며 가라앉은 그 배 안에 여동생의 지참금이 실려 있었소. 그런데 그 일이 가련한 그녀에게 어떠한 불행을 가져왔는지 들어보시오. 그 일로 인해 그녀는 고귀하고 이름 높은 오빠를 잃었으며, 언제나 그녀에게 지극히 다정했던 오빠와 함께 그녀의 지참금인 재산의 주요 분깃을 잃었으며 그것과 함께 그녀의 약혼자, 겉으로만 번드레한 안젤로를 잃었던 것이오.

이사벨라 그럴 수 있어요? 그처럼 안젤로가 내버렸어요?

공작 우는 그녀를 두고 떠났소. 위로의 말로 눈물 한 방울도 말려주지 않았소. 맹세를 완전히 삼켜버린 채, 그녀의 부끄러운 과거를 알아낸 체하였소. 요컨대, 그녀를 슬픔과 결혼시킨 셈이라 그녀는 그자를 위해 상복같이 눈물을 흘리나 그 눈물로 돌 같은 그자는 씻김을 받고서도 마음을 안 돌리오.

이사벨라 가련한 그 처녀를 세상에서 데려가는 죽음이 얼마나 잘하는 짓이에요! 그런 자를 살려두는 삶이라 하는 건 얼마나 썩었어요! 하지만 그녀가 그러한 처지에서 어떻게 득을 볼 수 있나요?

공작 당신이 쉽게 고칠 수 있는 곪은 상처인데 그것을 낫게 하면 당신의 오빠를 구할 뿐만 아니라 당신도 그런 짓의 수치를 면할 수 있소.

이사벨라 좋으신 신부님, 방법을 알려주세요.

공작 아까 말한 그 처녀는 애초에 주었던 사랑을 계속 품고 있소. 그의 부당한 몰인정은 아무리 봐도 그녀의 사랑을 꺼뜨렸을 터이지만 급히 흐르는 물결 속의 장애물처럼 그녀의 사랑을 더욱 사납고 격렬하게 만들 뿐이오. 안젤로에게 가서 그의 요구에 그럴듯이 응하는 체하면서 자세한 일까지 하자는 대로 하시오. 첫째로, 그와 같이 있는 시간은 길어서는 안 되며, 모든 장소는 어둡고 조용해야 하며, 시간은 당신에게 편한 때에 맞아야 하오. 이에 차례로 합의하면 드디어 본론이 오게 되오. 억울한 그 처녀를 당신 자리에 대신 들여보내는 것이오. 나중에 이 만남이 저절로 드러나게 되는 그때에, 그는 그녀에게 보상하지 않을 수 없게 되오. 이렇게 하여 당신의 오빠는 구출되며, 당신의 정절은 때 묻지 않으며 불쌍한 마리아나는 덕을 입으며, 타락한 집정관은 저울질을 당하게 되오. 처녀에게는 내가 말을 잘해서 그의 행동에 대비시켜 놓겠소. 당신이 이 계획에 동의하고 능력껏 따라주면 두 겹으로 이로워서, 속임수가 비난을 막아주겠소. 어찌 생각하시오?

이사벨라 그 일을 상상만 해도 벌써 만족되어요. 확실히 매우 좋은 결과를 맺을 거라고 믿어요.

공작 당신의 연기에 성공 여부가 달린 것과 같소. 속히 안젤로에게 가오. 오늘 밤 당신에게 자기 침상으로 오라고 하면 욕구를 들어주겠다고 약속하시오. 나는 세인트 루크 성당에 가 있겠소. 거기 해자로 둘러싸인 농원에 슬픈 마리아나가 살고 있소. 거기서 날 부르시오. 속히 안젤로와 약속해요. 서두르시오.

이사벨라 이런 위로에 감사드려요. 안녕히 계세요, 좋으신 신부님. [퇴장]

[엘보와 순검들이 폼페이를 데리고 등장]

엘보 이놈아, 별도리 없어서 짐승처럼 남자 여자를 사고팔아야 한다면, 온 세상이 꺼먼 술 흰 술을 마실 판이겠다.

공작 아하, 저런! 이것이 무슨 일인가?

폼페이 둘 가운데 제일 재밌는 고리대금[38]이 금지되고서
세상이 옛날처럼 재밌지 못해요. 더구나 부자가 춥지
말라고 털외투를 입어도 된다고 법이 허락했으니 더
나빠요. 그것도 양가죽에 여우 털을 댄 거라 순진하기
보다는 돈이 많아서 겉을 꾸미는 재주를 뽀주거든요.[39]

엘보 이리로 따라와. 복 받아요, 좋은 신부 수사님.

공작 당신도 복 받으오, 좋은 형제 신부님.[40] 이 사람이 당신에게
무슨 죄를 지었소?

엘보 내가 아니라 법에게 지은 죄요. 그런데 이자를
도둑으로 데려가는 길이에요. 이자의 몸에서
수상한 열쇠[41]를 찾아냈단 말씀이오. 그래서
집정관 나리께 그걸 보내드렸죠.

공작 치사하다, 뚜쟁이, 못된 뚜쟁이!
네놈이 부추겨서 행해지는 죄악이
너의 생계 수단이로다. 그런 추한 악으로
처먹고 입는 것이 과연 무슨 짓인지
생각 좀 해보고 속으로 말해봐라.
'끔찍한 저들의 짐승 같은 교접으로
이 몸이 먹고 마시고 옷을 입는다.'
네 삶이 그토록 썩은 짓에 달려 있는
생이라 함을 모르느냐? 얼른 바꿔라.

폼페이 확실히 약간은 썩은 내가 납니다만, 그래도
여보시오, 핑계를 대자면—

공작 마귀가 너에게 핑계를 알려주면
그것은 마귀의 핑계다. 순검, 그자를
옥에 넣어라. 못된 짐승이 이롭기 전
교정과 교훈이 할 일을 해야 한다.

엘보 먼저 집정관 나리님께 가야 돼요. 나리님이 이놈한테
경고하셨죠. 집정관님은 포주를 절대로 용납하지
않으세요. 이놈이 매춘업자로 그분 앞에 갈 거라면
남의 심부름으로 십 리를 달리는 게 나을 뻔했죠.[42]

공작 누구처럼 꾸미되 우리 모두 죄가 없고
죄를 짓되 누구처럼 솔직하기를![43]

엘보 이놈 목이 수사님 허리만큼 길겠죠.—밧줄만큼요.
[루치오 등장]

폼페이 구원자가 오누나. 보증인이오, 보증인! 여기 신사
한 분 오셨소. 내 친구요.

루치오 귀하신 폼페이 장군, 무슨 일인가? 아, 시저의
바퀴 옆[44]에 계시구먼? 개선 행진에 끌려가나?
새로운 여자가 된 피그말리온[45]의 조각이 어디 없나?
주머니에 손을 넣어 한 움큼 돈을 꺼내 살 수 있는데.
뭐라고 답변하는가? 흠! 이 문제, 사실, 방법에 대해서
뭐라고 말하는가? 지난번 비에 잠기지 않았는가? 흠!
뭐라고 말하는가? 할망구야! 세상이 옛날과 같단 말인가?
어떤 쪽인가? 슬퍼서 말할 게 없단 말인가? 어떻단
건가? 내 말투 어떤가?

공작 자꾸 말을 만들어낸다. 점점 못돼 가누나!

루치오 귀염둥이 마누라는 어떻게 지내시나? 아직도 손님을
불러들이나?

폼페이 솔직히 말해 자기 밥을 모두 먹어버렸죠. 그래서 자기
훈증 통 속에 들어가 있어요.[46]

루치오 오, 그거 좋은데. 잘하는 짓이야. 그래야 하지. 항상
새파랗던 창녀가 덕지덕지 약을 바른 늙다리 포주가
되는데, 피치 못할 결과야. 그럴 수밖에 없어. 폼페이,
지금 옥에 가는 길인가?

폼페이 예, 그렇구먼요.

루치오 그럼 폼페이, 잘못된 게 아니구나. 잘 가라. 가서 내가
그리 보내더라고 해. 빚 때문인가? 아니면?—

38 '돈 받고 빌려주어 새끼(이자)를 치는 것'은 물론 고리대금을 뜻하지만 또한 '매춘'을 뜻하기도 한다. 당시 법은 매춘을 금하고 고리대금은 이자율을 제한했다.

39 순진을 상징하는 양의 털가죽 위에 교활을 상징하는 여우의 털을 앞섶에 댄 부자의 겨울 옷차림을 비난한다.

40 서로 웃기는 말투를 사용한다.

41 열쇠를 갖고 다니니 도둑인 줄 아는데 원래는 뚜쟁이라 여자의 정조대 자물쇠를 갖고 다니는 것이다.

42 엄벌을 받을 테니 다른 일을 하고 있었다면 좋았을 거란 말이다.

43 안젤로는 무죄를 꾸미고 폼페이는 솔직하게 죄를 인정한다는 것을 (수도사로 변장한) 공작이 암시한다.

44 폼페이가 시저에게 패하여 그의 개선 행진 때 포로로 붙잡혀 갔다는 말이다.

45 전설의 왕인 피그말리온이 상아로 만든 아름다운 여인 조각상을 못내 사랑하자 비너스가 그것을 진짜 여인으로 만들어 주었다는 이야기처럼 새로 창녀가 된 매끈한 여자를 선뜻 주머니에 손을 넣어 돈다발을 꺼내 주고 사곤 했다는 말이다.

46 뚜쟁이 마누라의 밥이란 거느리고 있는 창녀들인데 창녀들이 없어져서 자기가 그 짓을 하다가 성병 치료차 훈증 통(당시의 치료 방법)에 들어가 있다는 말이다.

엘보 포주란 죄요, 포주.

루치오 그렇다면 옥에 가둬요. 옥살이가 포주의 몫이라면 그게 그놈 권리죠. 녀석이 포주라는 사실이 의심할 게 없을 뿐만 아니라 포주의 아들이니 애초부터 포주요. 잘 가라, 착한 폼페이. 옥한테 문안한다, 폼페이. 지금부터 좋은 남편이 되겠다. 집에 처박혀 있을 테니.

폼페이 나리께서 제 보증을 서실 거로 믿습니다.

루치오 아니다. 분명히 말하는데 안 그러겠어, 폼페이. 요즘 유행이 아니야. 폼페이, 구속 기간이 오래가라고 기도 드리겠다. 얌전히 참지 않으면 족쇄만 늘어. 믿음 좋은 폼페이, 잘 가라. 복 받으세요, 수사님.

공작 당신도 복 받으오!

루치오 브리짓이 아직도 화장해?

엘보 [폼페이에게] 이쪽으로 와, 이쪽으로. 으흠.

폼페이 [루치오에게] 그럼 보증을 안 서신단 말씀이죠?

루치오 이제나 그제나 다름없다, 폼페이. 수사, 지금 세상에 무슨 말이 돌아다니오?

엘보 이쪽으로 와, 이쪽으로. 으흠.

루치오 개집에나 가거라, 폼페이, 가란 말이다.

[엘보와 순검들이 폼페이와 함께 퇴장]

수사, 공작에 대해서는 아무 소식도 없소?

공작 전혀 없소. 무엇인가 전해드릴 말씀이 있소?

루치오 러시아 황제와 같이 계시다는 사람도 있고 로마에 계시다는 사람도 있지만 어디 계시다고 생각하오?

공작 어디 계시는지 모르오. 하지만 어디 계시든지 안녕하시길 바라오.

루치오 그 어른이 나라에서 몰래 빠져나가서 출생 신분과는 전혀 상관없는 동냥질에 끼었으니, 괴상망측한 미친 장난이셨죠. 안젤로 공이 그분 없는 동안에 공작 노릇을 썩 잘해서 죄짓는 자를 괴롭히는 중이오.

공작 잘하는 일이오.

루치오 간음에 대해서 조금만 부드러워도 그분께 해로울 게 없겠는데, 그쪽으로 지나치게 엄격해요, 수사.

공작 너무 퍼진 죄악이라 엄격해야 치유되오.

루치오 맞아요. 확실히 그 죄악은 대가족이라, 서로 연결이 잘돼 있지요. 하지만 그걸 아주 뿌리 뽑기란 먹고 마시는 일을 금하기 전엔 불가능해요, 수사. 안젤로란 사람은 남자와 여자가 정상적으로 만들어낸 사람이 아니란 말도 있어요. 그게 사실일까요?

공작 그렇다면 어떻게 만들었겠소?

루치오 인어가 까놓은 새끼란 말도 있고 마른 대구 두 마리 사이에서 생겨났단 말도 있어요. 어쨌든 그 사람이 오줌 쌀 때 딱딱한 얼음을 싼다는 게 확실해요. 그게 사실인 걸 내가 알아요. 게다가 성생활에 있어서는 죽은 꼭두각시요. 틀림없어요.

공작 농담이구먼. 괜한 소리 지껄이오.

루치오 글쎄 가운뎃다리가 반란을 일으켰다고 사람 목숨을 뺏어 간다니, 참말로 무자비한 심보를 지니지 않았소? 부재중인 공작이 그런 짓 할까요? 사생아 백 명을 낳았다고 한 사람을 목 달아 죽이기 전에 천 명을 양육할 비용을 냈을 거예요. 그 양반은 그런 장난에 대해서 이해심이 있었으며 그것의 역할도 아셨다고요. 그래서 자비를 베푸실 마음이 생겨났겠죠.

공작 부재중인 공작이 여색을 밝히더란 소리는 전혀 듣지 못했소. 그러한 성격이 아니셨소.

루치오 오, 잘못 아시네.

공작 절대로 가능하지 않소.

루치오 누구요? 공작님이오? 맞아요. 쉰 살 먹은 거지 여자였어요. 그 어른이 그녀 동냥 바가지에 금화 떨궈주는 게 버릇이었죠. 게다가 술에 취할 때도 있었는데요, 당신한테 알려주는 거예요.

공작 분명히 공작을 중상하는 말이오.

루치오 수사, 내가 그 양반의 가까운 친구였는데, 부끄럼 잘 타는 인간이었죠. 그래서 그 양반이 몰래 떠난 이유를 안다고 자부할 수 있어요.

공작 도대체 이유가 뭐요?

루치오 실례지만 말할 수 없어요. 이빨과 입술 안쪽에 잠가 놓을 비밀이죠. 하지만 당신한테 이 사실을 이해시켜 줄 수 있어요. 대다수 백성은 공작이 현명하다고 믿었죠.

공작 현명하다고? 아무렴, 의심 못할 사실이오.

루치오 매우 경박하고 무식하고 소갈머리 없는 자였어요.

공작 당신이 시기하거나 어리석거나 오해하는 것이오. 구태여 변명이 필요하다면 그분의 생활 태도 자체와 아울러 이끌던 정사가 그분의 명성을 훨씬 좋게 말해요. 그 자신의 성과물로 평가하자면 시기하는 자들에게 학자로, 정치가로, 군인으로 비칠 것이오. 그런고로 당신의 말은 무식을 드러낼 뿐이오. 또는 다소 지식이 있다고 해도 악의 때문에 매우 시커멓게 물든 것이오.

루치오 그 양반을 내가 알고 사랑해요.

공작 사랑은 좀 더 정확한 지식으로 말하고, 지식은 좀 더 다정한 사랑을 품고 말하는 법이오.

루치오 여봐요, 나도 알고 하는 말이오.

공작 도저히 믿지 못할 말이오. 당신도 무슨 말을 하는지
자신도 모르고 있소. 하지만 우리가 기도하는 바와
같이 돌아만 오시면 당신이 그 앞에서 답변하시오.
당신 말이 진실하면 그 말을 주장할 용기가 있다고
하겠소. 당신 말을 입증하도록 당신을 소환해야
할 터이오. 성명을 말하시오.

루치오 내 이름은 루치오요. 공작이 잘 알고 있소.

공작 더 잘 알게 되시겠소. 내가 그때까지 살아서 당신에
대해서 보고할 수 있다면—

루치오 걱정하지 않겠소.

공작 오, 당신은 공작이 돌아오지 않기를 바라오. 또는
내가 너무 약한 상대라고 낮춰 보오. 그러나 내가
대들 수 없소. 당신 말을 취소하지 않겠소?

루치오 먼저 목을 매겠소. 수사, 나를 잘못 보았소. 하지만
이런 말은 그만둡시다. 클라우디오가 내일 죽는지 안
죽는지 말할 수 있소?

공작 어째서 죽어야 하오?

루치오 어째서? 깔때기로 병 속에다 물을 채웠기 때문이오.
공작이 돌아오길 원해요. 불알 없는 집행관이
금욕으로 여기 인구를 전멸시킬 작정이오. 참새도
음란해서[47] 그 집 처마에 둥지를 틀지 못해요. 그런데
공작은 시커먼 짓을 시커멓게 처리했는데, 절대로
공개적인 재판을 하지 않았죠. 공작이 돌아오면
무척 좋겠네! 클라우디오가 아랫도리를 벗었다고
사형선고를 내렸거든요. 잘 가요, 수사. 날 위해
기도해줘요. 다시 말해주지만, 공작은 금요일에
양고기를 먹어요.[48] 지금은 그럴 때도 지났지만—
다시 당신한테 말하는데—계집 거지가 흑빵 냄새,
마늘 냄새를 피워도 입을 쩍쩍 맞추곤 했죠. 내가
그러더라고 고자질해요. 잘 있어요. [퇴장]

공작 본시 인간은 권력도 높은 덕도
욕을 면치 못하며, 등 찌르는 모략이
하얀 선도 공격한다. 강력한 왕이라도
쓰디쓴 욕설의 혀를 잡아맬 수 있겠는가?
그런데 누가 여기 오는가?
[에스칼루스, 검찰관, 순검들이 오버던
부인과 함께 등장]

에스칼루스 그녀를 옥으로 데리고 가라.

오버던 부인 좋으신 나리님, 저를 좋게 봐주세요. 나리께선
자비로운 분으로 알려지셨어요. 좋으신 나리님!

에스칼루스 두 번 세 번 훈방했는데 또다시 같은 죄로
처벌받는가? 이쯤 되면 자비 자체가 연극의
폭군[49]처럼 상스럽게 욕을 해대겠구나.

검찰관 대공님께 알려드려도 좋다면, 지난 11년 동안
저 여자는 포주 짓을 계속하였습니다.

오버던 부인 나리님, 이건 루치오란 놈이 고자질한 거예요.
공작님 계실 때 케잇 킵다운 아가씨가 그놈의
애를 가졌다고요. 그녀와 결혼할 거라고 약속했던
거죠. 걔가 다음 오월절이면 1년 3개월이 되는데,
제가 거두어 길렀네요. 그런데도 그놈이 제 욕을
하면서 돌아다니는 꼴을 보세요.

에스칼루스 그 녀석은 몹시 함부로 구는 자다. 내 앞에
그놈을 대령하라. 여자는 옥으로 데리고 가라. 그만.
말을 더 하지 마라. [순검들이 오버던 부인과 함께 퇴장]
검찰관, 대리인 안젤로 공의 마음이 변치 않으니 내일
클라우디오가 죽게 되었소. 신부님들을 모셔다 드리고
자비로운 준비를 모두 하게 하시오. 대리인이 나만큼
동정심을 가지고 처리했다면 저렇게 되지 않았겠소.

검찰관 보십시오. 이 수사가 클라우디오와 함께 있고 죽음을
기꺼이 용납하게끔 권했습니다.

에스칼루스 선하신 신부님, 안녕하시오?

공작 희락과 선이 당신에게 있기를!

에스칼루스 어디서 오셨어요?

공작 이 나라는 아니나 지금은 당분간
이곳에 머무르오. 은혜로운 수도회의
수사가 되어, 법왕께서 내리신
특별한 일로 법왕청에서 근래에 왔소.

에스칼루스 무슨 소문이 세상에 떠돌던가요?

공작 아무 말도 없습디다. 다만 선이 너무 심히 앓아서
아주 없어져야만 낫는 게 될 거요. 단지 새것만
구하니, 일관된 태도를 지니는 것은 위험하며
무슨 일에서나 변덕을 부려야 덕이 된다오. 안전한
사회를 만들어줄 진실은 거의 살지 못하나 오히려
친구들을 저주스럽게 만들어놓을 방심은
널리 퍼져 있소. 이런 역설에 이 세상 지혜의 큰

47 참새는 '음란한' 새로 알려졌었다.
48 금요일에 고기를 먹지 않는 것이 가톨릭의 관습이었다. 또한 '양고기'는 '창녀'를 뜻하는 은어이기도 했다.
49 초기 연극에 등장하는 폭군은 으레 시끄럽게 떠들어대고 엄포를 놓곤 했다.

목이 달려요. 이 소식은 이미 낡은 것이지만 매일
듣는 말이오. 그런데 공작의 성격은 어떠하였소?
에스칼루스 온갖 노력 중에서도 특히 자신을 알고자
노력하셨소.
공작 무슨 오락을 즐기셨소?
에스칼루스 그분께 즐거움을 드리고자 하여 마련된 어떤
사물도 즐기시기보다는 남이 즐기는 걸 보시기를
즐기셨지요. 모든 기질을 골고루 갖춘 신사셨어요.
하지만 나는 좋게 끝내시길 기도드리며 모든 일의
결과에 그분을 맡겨드려요. 그런데 당신이 보기에
클라우디오가 무슨 마음을 준비하고 있는지 알고
싶어요. 당신이 그 사람을 심방한 것을 알아요.
공작 심판관이 내린 벌이 부당하다고 불평하지 않고
법의 판결에 매우 순순히 복종합디다. 하지만
역시 약한 인간인지라 여러 가지로 살아날
헛된 약속을 혼자 만들어 가지고 있더군요.
그래서 차근차근 그게 허망하다는 것을 일깨워
주었더니 지금은 죽을 각오가 되어 있어요.
에스칼루스 당신이 가진 직분을 하느님께 갚으시고
죄수에게는 당신이 가진 사명의 빚을 치르셨어요.
내게 주어진 권한의 끝까지 불쌍한 그 사람
위해서 애썼지만 동역자인 심판관이 대단히
엄격해서 그분이야말로 법 그 자체라고 말하지
않을 수 없더군요.
공작 그 자신의 생활이 그의 엄격한 일처리와 일치한다면
썩 잘 어울리겠죠. 혹시 그렇지 못할 경우가 생겨
난다면 자신에게 사형을 선고한 셈이오.
에스칼루스 죄수를 만나러 가겠어요. 안녕히 계세요.
공작 평강이 함께하기를! [에스칼루스와 검찰관 퇴장]
하늘의 칼날을 소유할 자는
엄격과 신심을 함께 가져라.
도덕률에 비추어 올곧은 선과
올곧은 행함은 하늘의 은혜.
자신의 잘못을 반성함으로
남들을 그 이상 단죄치 마라.
자신도 탐닉하는 죄악 때문에
남 죽이는 가혹한 자는 부끄럽구나.
안젤로는 두 겹 세 겹 부끄럽구나.
내 잘못 뽑으려다 기른 제 잘못!
겉모양은 천사라도 제 속에 있는
흉한 꼴을 어떻게 숨기겠는가!
죄악으로 빚어진 닮은 겉모습,
세상의 이목을 우롱하도다.
하찮은 거미줄로 가장 무겁고
막중한 사물을 끌고자 한다!
계교로 악에게 응수하겠다.
안젤로는 오늘 밤에 전에 팽개친
약혼녀와 한자리에 누울 것이다.
변장이 변장에게 위장술로써
위장의 대가를 치르게 하여
전날의 혼약을 행하게 한다. [퇴장]

## 4. 1

[마리아나와 노래 부르는 소년 등장]
소년 [노래한다.]
오, 그 입술, 치워요, 치워주세요.
그리도 달콤하게 저버린 입술!
동트는 아침 같은 그대의 눈은
오로라도 속이는 두 줄기 광채,
하지만 키스는 돌려줘요, 돌려주세요.
사랑의 봉인이나 허망한 봉인, 허망한 봉인!
[수사로 변장한 공작 등장]
마리아나 노래를 멈추고 속히 물러가거라.
위로의 말씀을 하실 분이 오신다.
소란한 내 속을 가라앉혀 주셨지. [소년 퇴장]
죄송해요, 신부님. 제가 이런 곳에서
노래에 취한 것을 안 보시면 좋겠어요.
변명을 들으시고 믿으세요. 이 노래는
기쁨을 억누르고 슬픔을 더했어요.
공작 좋소. 음악은 악을 선하게 만들고
선에게 악을 부추길 힘도 가지고 있소.
오늘 여기서 누가 나를 찾지 않던가요?
지금쯤 여기서 만나자고 약속했는데.
마리아나 아무도 신부님을 찾은 분이 안 계셔요.
오늘 종일토록 여기 앉아 있었는데.
[이사벨라 등장]
공작 당신 말이 확실하오. 약속했던 시간이오.
자리를 잠시 비켜주시오. 혹시 당신에게 무슨 이로운
일이 생겨서 금방 당신을 부르지 모르오.
마리아나 언제나 신부님께 신세 지네요. [퇴장]

공작 매우 잘 만났소. 어서 오시오.
선한 집정관에 관하여 무슨 소식 들었소?
이사벨라 그 사람의 정원은 벽돌담을 둘렀는데
그 서쪽에는 포도원이 붙어 있고
포도원 입구엔 널문이 달렸어요.
그 문은 이 열쇠로 열 수 있으며
다른 이 열쇠로는 포도원에서 정원으로
들어가는 작은 문을 열 수 있어요.
거기서 깊은 밤에 서로 만나자고
약속했어요.
공작 하지만 당신 혼자 길을 찾을 수 있겠소?
이사벨라 제가 적절히 조심스레 봐뒀어요.
그 사람도 음모자의 세밀함과
귓속말로 그 길을 저에게 두 번이나
반복했어요.
공작 그밖에 그녀가 지킬
절차에 관해 합의한 신호가 없소?
이사벨라 없어요. 어둠 속에 간다는 것뿐이에요.
그리고 아무리 길어도 잠시 동안
머문다고 다짐했어요. 그 사람은
오빠 일로 제가 거기 왔다고 믿고
하인이 따라올 거라고 말했거든요.
공작 우리가 꾸몄던 대로 돼가고 있소.
이 일에 대해서 마리아나에게는
아무 말도 안 했소. 안에 누구 계시오?
[마리아나 등장]
이 처녀와 서로 알고 지내기 바라오.
좋은 일 해주러 왔소.
이사벨라 저도 같아요.
공작 [마리아나에게]
내가 아가씨를 높이 보는 걸 믿겠지?
마리아나 수사님, 믿을 뿐만 아니라 믿게 하셨어요.
공작 그러면 새 친구의 손을 잡으오.
당신에게 들려줄 얘기가 있소.
기다리고 있겠소. 하지만 서두르오.
습한 밤이 다가오오.
마리아나 [이사벨라에게]
저리로 가실까요? [마리아나와 이사벨라 퇴장]
공작 오, 지위와 권세여, 수백만의 간사한 눈이
네 위에 쏠린다. 네 일에 관해서
숱한 소문이 거짓되고 소란하게 짖어대고
천 가지 재담들이 터져 나와, 너를 저들의
무책임한 환상의 원천으로 삼아서
마음대로 왜곡하라.
[마리아나와 이사벨라 등장]
음, 뭐라고 합의했소?
이사벨라 신부님이 권하시면 계획대로 하겠대요.
공작 허락할 뿐 아니라 간청도 되오.
이사벨라 그이와 헤어질 때 낮은 소리로
'오빠를 잊지 마세요'라고만
말씀하세요.
마리아나 제 걱정은 마세요.
공작 착한 딸이여, 당신도 걱정할 게 조금도 없소.
그 사람은 이미 혼약한 당신 남편이오.
이렇게 둘을 합하는 건 죄가 아니오.
그에 대한 당신 권리가 그런 눈속임을
미화하기 때문이오. 자, 그럼 갑시다.
곡식을 거두려면 밭에 씨를 뿌려야지. [모두 퇴장]

## 4. 2

[검찰관과 폼페이 등장]
검찰관 야, 이놈, 이리 와. 너 칼로 사람 머리를
자를 수 있느냐?
폼페이 그 사람이 총각이면 자를 수 있죠. 하지만 결혼한 사람이면 자기 마누라의 머리가 돼요. 그래서 부인네 머리는 절대로 자르지 못해요.
검찰관 이 녀석, 농담은 그만하고 곧장 내 말에 대답해. 내일 아침 클라우디오와 바나딘이 죽게 돼 있다. 여기 우리 옥에는 정식 사형집행인이 있는데 직무를 수행하는 데는 조수가 필요하다. 그 일을 네가 맡아 도와주면 네 차꼬를 풀어줄 수 있겠다. 그렇지 않으면 수감 기일을 다 채워야 하고 풀려날 때 사정없는 채찍질을 당하게 된다. 너야말로 악명 높은 뚜쟁이였다.
폼페이 까마득한 옛날 한때 불법적인 뚜쟁이 짓을 한 적 있지만, 지금은 합법적인 사형집행인의 조수가 돼도 괜찮겠어요. 동업자한테서 몇 가지 지시를 받으면 좋겠는데요.
검찰관 아브호르손![50] 아브호르손이 어디 있나?
[아브호르손 등장]

아브호르손 부르셨나요?

검찰관 내일 사형을 집행할 때 널 도와줄 자가 여기 있다. 괜찮으면 연봉 얼마로 계약하고 여기 너와 같이 있어라. 싫다고 하면 이번 일에만 쓰고 말아라. 그런 일을 하기에는 자기 신분이 높다고 내세우지 못한다. 뚜쟁이였으니까.

아브호르손 뚜쟁이라고요? 나가 뒈지래요. 우리 기술에 불명예가 될 거예요.

검찰관 예끼, 그만둬. 둘의 무게가 똑같단 말이다. 한쪽에 깃털만 얹어도 저울이 기울 거다. [검찰관 퇴장]

폼페이 얼굴을 맞대고 이런 말 하기는 뭣하지만—아주 잘 생기셨군요.—어딘가 목 달아매는 인상을 주시는데요. 당신 직업을 '기술'이라 하시나요?

아브호르손 그렇소. 기술의 한 가지요.

폼페이 페인트칠이 기술이란 말은 들어보았소. 그리고 갈보들도 나와 동업자인데, 페인트를 사용하니 실상 내 직업도 기술이란 증명이 되는데, 하지만 목 달아 죽이는 데 무슨 기술이 필요한지 내 목 달아 죽여도 생각나지 않겠소.

아브호르손 기술이라고요.

폼페이 증거를 대요.

아브호르손 양민이 입는 옷은 도둑놈한테도 맞아서—

폼페이 옷이 도둑놈한테 너무 작아도 양민은 너끈하다고 생각하고 도둑놈한테 너무 커도 도둑놈은 너무 작다고 생각해요. 그러니까 양민의 옷은 이래저래 모두가 도둑놈한테 맞는다고요.

[검찰관 등장]

검찰관 합의됐는가?

폼페이 저는 저 사람 하인이 되겠습니다. 망나니가 뚜쟁이보다는 좀 더 회개하는 직종이란 걸 경험으로 알아요. 저 사람이 좀 더 자주 용서를 빌거든요.[51]

검찰관 그러면 당신, 내일 새벽 4시에 단두대와 도끼를 준비해 둬라.

아브호르손 그러면 뚜쟁이, 이리 와. 내 기술을 설명해줄게. 날 따라와.

폼페이 배우고 싶은데요. 그래서 만일 내가 당신 목을 따야 할 입장이 돼서 나를 사용하게 된다면 만반의 준비가 돼 있기를 바라요. 당신의 친절에 진심으로 걸맞게 보답해야 되니까요.

검찰관 바나딘과 클라우디오를 불러와라.[아브호르손과 폼페이 퇴장]
하나는 동정하나, 딴 놈은 살인자라,
아우라 해도 조금도 동정하지 않겠다.

[클라우디오 등장]

클라우디오, 사형 집행 영장이 있소.
지금 12시인데 내일 아침 8시에
영원한 혼이 돼야 하오. 바나딘은 어디 있소?

클라우디오 일꾼들의 뼈마디에 뻣뻣하게 누워 있는
무죄한 일처럼 잠 속에 들어 있소.
깨우려 하지 않소.

검찰관 누가 깨워주겠나?
당신은 준비하오. [안에서 문 두드리는 소리]
저게 무슨 소린가?
하늘이 당신의 영혼을 위로하시길! [클라우디오 퇴장]
[안에서 문 두드리는 소리]
잠깐만요! 얌전한 클라우디오의
사면이나 집행유예면 좋을 텐데.
[수사로 변장한 공작 등장]
어서 오시오.

공작 착한 검찰관, 맑고도 깨끗한 밤기운이
당신을 둘러싸길! 찾아온 사람 없소?

검찰관 통행 제한 종이 울린 뒤 아무도 없었어요.

공작 이사벨라도?

검찰관 예.

공작 그럼 시방 오겠군.

검찰관 클라우디오에게 좋은 소식 있나요?

공작 다소 희망이 있소.

검찰관 매우 냉혹한 대리인이오.

공작 아니오, 아니오. 그의 생활 자체가
법의 엄격한 집행과 나란히 가오.
권력을 사용하여 남의 충동을 통제하며
자신 속의 충동은 엄숙한 금욕으로
억제하고 있다오. 교정받는 자가 볼 때
당사자가 때 묻으면 독재자가 되겠지만
그러지 않으니 정당하오. [안에서 문 두드리는 소리]
이제야 왔군. [검찰관 퇴장]

50 영어로 '아주 싫어하다'와 '창녀 아들'이라는 말을 붙여 만든 말로 사형수의 목을 매달아 죽이는 하급 관리의 이름으로 제격이다. 우리나라에서는 그런 일을 하는 사람을 '망나니'라고 했다.

51 사형집행인은 사형수에게 먼저 정중하게 용서를 구하고 나서 사형을 집행했다.

좋은 검찰관이다. 인정 없는 간수는
사람들의 친구 되는 경우가 매우 드물어.
[검찰관 등장. 안에서 문 두드리는 소리]
뭐요? 웬 소리요? 잠긴 문을 저렇게
두들겨 부수는 자는 급해서 미쳤다오.

검찰관 관리가 일어나서 문을 열기 전에는
기다려야 하지요. 일어나라고 했는데요.

공작 클라우디오의 사형을 철회한단 말이 아직 안 왔소?
내일 죽게 돼요?

검찰관 안 왔어요, 안 왔다고요.

공작 검찰관, 지금은 새벽이 가까운데
해 뜨기 전에 듣게 되오.

검찰관 혹시 뭔가 아시는 것 같은데요.
철회가 안 와요. 그런 예가 없거든요.
더군다나 안젤로 공은 심판석에서
온 백성이 들으라고 정반대의 견해를
공표했지요.
[전령 등장]
집정관의 부하입니다.

공작 클라우디오의 사면이 이제야 오는군.

전령 [검찰관에게 편지를 주며] 주인께서 이 편지를
당신에게 보내셨소. 또한 나를 통해 명하신 것은
시간, 내용, 기타 세목에 있어서 일점일획도
벗어나지 말라는 거요. 좋은 아침 되시오.
보아하니 거의 아침이오.

검찰관 명령대로 하겠소. [전령 퇴장]

공작 [방백]
저게 사면장이군. 사면하는 당사자가
저지른 값을 치른 사면장이다.
그 때문에 권력이 죄악을 비호하면
죄악은 신속하게 자행되기 마련이다.
죄악이 자비를 베풀면 자비는 확대되어
죄에 대한 사랑으로 죄인과 친해진다.
무슨 소식이 왔나요?

검찰관 이미 말씀드렸죠. 안젤로 공은 제가 직책을 수행할
때 소홀할까 염려하시는 듯, 전에 없이 이렇게
일깨워 주시는 것이 이상해요. 전에는 그런 적이
없으셨는데.

공작 좀 들어봅시다.

검찰관 [읽는다.] "당신이 정반대의 말을 들을지 모르나,
정각 오전 4시에 클라우디오를 처형하고 오후에
바나딘을 처형하라. 내가 확인할 수 있도록 정각
5시에 클라우디오의 머리를 나에게 보내라. 이를
반드시 수행하되 내가 당분간 말 못 할 사항이
이에 달려 있음을 알라. 그런고로 책임을 엄중히
물을 것이니 직무 수행에 결코 착오가 없게 하라."
수사님, 이거 어떻게 생각하세요?

공작 오후에 사형이 집행될 바나딘이란 인간은 어떤
사람이오?

검찰관 태생은 보헤미아 사람이지만 여기서 자란 자로
9년이나 죄수로 있던 사람이지요.

공작 부재중인 공작이 어째서 그 사람을 석방하거나
처형하지 않았나요? 언제나 그처럼 과감하게
일을 처리하는 분이라고 들었는데요.

검찰관 친지들이 사형 집행 연기를 계속 얻어냈는데,
그의 범행에 관해서는 안젤로 공의 행정부에
최근까지 확실한 증거가 없었습니다.

공작 지금은 확실하오?

검찰관 확실합니다. 당사자도 부인하지 않아요.

공작 옥 안에서 뉘우치는 태도를 보이던가요? 그런
말 듣고 감정의 변화가 있는 듯하오?

검찰관 죽음이란 술에 취해 잠잘 정도로 두려워하지
않는 사람이라 과거나 현재나 미래에 대해
무관심하고 개의치 않으며 겁내지 않습니다.
죽음에 대해 무감각하며 반드시 죽을 사람예요.

공작 권고가 필요하오.

검찰관 아무 말도 듣지 않을 거예요. 옥에서는 언제나
자유롭게 다니라고 허락되었고 이곳을 빠져나갈
기회를 줘도 꿈쩍 안 해요. 며칠 동안 계속해서
취해 있지 않으면 하루에도 여러 번 취해 있어요.
그자를 깨워서 형장으로 데려갈 듯 가짜 영장을
보여준 적도 허다하지만 조금도 반응이 없어요.

공작 그에 대해 나중에 더 듣기로 하고, 검찰관, 당신
얼굴에 정직과 지조가 씌어 있소. 내가 제대로
읽지 못하면 나의 오랜 지식이 나를 속이는 거요.
하지만 내 지식을 과감히 믿고 나를 위험 중에
들여놓겠소. 당신이 조금 전 처형하라고 명령받은
클라우디오는 사형을 선고한 안젤로보다 더 심하게
범법한 것이 아니오. 이 일에 관해 명백한 결과를
알게 될 테니 나흘간의 말미를 내게 주시오.
급하고 위험한 친절을 나에게 베풀게 되오.

검찰관 무슨 일 말인가요?

공작 사형을 지연시키라는 거요.

검찰관 어이구, 어떻게 그럴 수 있어요? 시간이 정해진 데다 안젤로 눈앞에 클라우디오의 머리를 대령하라는 엄명이며 어기면 벌을 각오하라는데요? 조금이라도 어겼다가는 제가 클라우디오의 꼴이 되는데요.

공작 내가 속한 수도회의 맹세에 따라 당신의 안전을 보장하겠소. 지시대로 해주면, 오늘 아침 바나딘을 처형하고 그 머리를 안젤로에게 보내요.

검찰관 안젤로가 두 사람을 보았는데요, 그래서 얼굴을 알아볼 수 있어요.

공작 죽음은 굉장한 변장사요. 뿐만 아니라 당신이 더할 수도 있어요. 머리털을 박박 밀고 수염을 한데 묶고 죄수가 뉘우치고 죽기 전에 그렇게 말끔하길 원했다고 해요. 알다시피 그런 일은 항상 있는 일이오. 이 때문에 당신에게 감사와 보상이 돌아오지 않으면 내가 섬기는 성인의 이름으로 목숨 걸고 호소할 테요.

검찰관 신부님, 용서하십시오. 그건 저의 서약에 위반됩니다.

공작 당신이 서약한 건 공작이오, 대리인이오?

검찰관 공작님과 공작님의 대리인들입니다.

공작 공작이 당신의 일을 옳다고 인정하면 당신의 죄가 아니라고 믿겠소?

검찰관 하지만 그게 가능할까요?

공작 가능할 뿐 아니라 확실하오. 하지만 보아하니 복장이나 진실이나 말이 당신을 쉽사리 설득하지 못해서 겁내는 것 같은데, 본래의 의도와는 다르지만 내가 좀 더 앞으로 나서죠. 봐요. 여기 공작의 필체와 봉인이 있소. [편지를 보여주며] 당신이 그분 글씨를 알아본다고 굳게 믿소. 이건 당신이 처음 보는 인장이 아니오.

검찰관 둘 다 압니다.

공작 편지의 내용인즉, 공작이 돌아왔다는 거요. 시간 나면 나중에 훑어보오. 이틀 안에 공작이 올 거라고 씌어 있소. 이것은 안젤로가 모르는 일이오. 바로 오늘 그 사람은 이상한 편지를 받을 것이오. 혹시는 공작의 사망 소식이거나, 혹시는 어떤 수도원에 들어갔단 말이겠지만 정작 공작은 편지의 내용과는 상관없을 것이오. 들어보오. 양 떼를 풀어놓을 새벽별이 목동을 부르는 소리요. 어떻게 이런 일이 생길 수 있는지 놀라지 마오. 일단 밝혀지면 모든 어려움이 쉬운 일이 될 거요. 사형 집행인을 불러서 바나딘의 머리를 잘라요. 금방 고해성사를 마치고 좋은 데로 인도할 겁니다. 어안이 벙벙하구먼. 하지만 편지가 의문을 완전히 해소해 줄 거요. 그럼 가오. 환한 새벽이 거의 다 됐소. [모두 퇴장]

## 4. 3

[폼페이 등장]

폼페이 우리 영업집에 있을 때와 똑같이 여기도 알 만한 사람이 수두룩해. 오버던 부인 집으로 생각될 지경이지. 그녀의 오랜 고객이 쌔고도 쌨어. 우선, 여기 '경솔' 씨가 있는데, 썩은 마분지와 묵은 생강 값[52] 때문에 여기 있다고. 1백 97파운드에서 현찰로 겨우 3파운드 반만 받았어. 그런 데다가 생강 사겠다는 사람도 별로 없었어. 노파들이 모두들 죽었으니까.[53] 그리고 '춤꾼' 씨란 사람이 여기 있는데, 옷감 장수 '세 필'[54] 씨가 복숭아 빛깔 공단 옷 네 벌 값 때문에 고발했다고. 지금은 빌어먹는 거지라고 고발당했지. 그리곤 여기 젊은 '어찔한 정신' 씨, 젊은 '깊은 맹세'[55] 씨, '놋쇠 박차'[56] 씨, 칼과 단도 잘 쓰는 '굶은 하인' 씨, 뚱뚱한 푸딩을 찔러 죽인 젊은 '상속자 살해' 씨, 창술에 능한 '목표 직행' 씨, 먼 길 잘도 다니는 '구두끈' 씨, 대폿잔 찔러 죽인 사나운 '반 잔' 씨 등 40명이 더 돼. 모두들 우리 사업에 굉장한 고객들인데 지금은 '제발 적선하십쇼!'란 신세가 됐어.

[아브호르손 등장]

52 그 당시 고리대금업자에게 가면 돈의 일부를 받고 나머지는 포장용으로 쓰는 값싼 마분지나 오래된 생강을 값을 엄청나게 쳐서 내주었다. 돈 빌린 사람은 그런 물건을 팔아야 했는데 부채를 갚지 못하면 옥에 갇혔다.

53 노파들이 생강을 좋아한다고 알려져 있었는데, 아마도 흑사병이 크게 창궐하던 1603년에 많은 노파들은 죽음을 면하지 못했다.

54 두꺼운 옷감 세 필이니 아주 고급스런 주단을 말한다.

55 애인에게 절대 변심하지 않겠다고 굳게 맹세한 청년인 듯하다.

56 당시 돈 많은 기사는 장화 뒤축에 금이나 은으로 만든 박차를 붙였는데, 값싼 놋으로 만든 박차를 붙인 가난한 기사, 또는 기사를 흉내 내는 사람으로 추정된다.

아브호르손 야, 바나딘 데려와.

폼페이 바나딘 씨, 일어나야 돼요. 머리가 달아나게 됐네요.
바나딘 씨!

아브호르손 뭐하냐? 바나딘!

바나딘 [안에서] 너희 목청에 옴 붙어라! 거기 어떤 놈이
시끄럽게 구느냐? 도대체 누구야?

폼페이 당신의 친구들, 사형집행인이오. 자, 얌전히 일어나서
사형을 받으세요.

바나딘 [안에서] 없어져, 새끼, 없어져. 졸리단 말이다.

아브호르손 일어나야 한다고, 빨리 굴라고 말해.

폼페이 바나딘 씨, 제발 사형당할 때까지만 깨어 있으세요.
그런 뒤에 주무세요.

아브호르손 안에 들어가 끌어내.

폼페이 오는 중이오. 오는 중이오. 거적때기가 서걱대는
소리가 들려요.
[바나딘 등장]

아브호르손 단두대에 도끼 갖다 놨어?

폼페이 만반의 준비가 돼 있습니다.

바나딘 아브호르손, 뭔데 이 야단이야? 네가 무슨 소식
가져왔냐?

아브호르손 솔직한 말로, 얼른 기도 시작하란 말이다.
봐라. 명령서가 왔다고.

바나딘 이 새끼야, 밤새껏 술을 마셨단 말이다. 목이
잘리기엔 적당치 않아.

폼페이 더 좋지 뭡니까! 밤새껏 술 마시고 이튿날 아침
일찍 목이 잘리는 자는 다음날 온종일 깊은 잠에
빠질 수 있다고요.
[수사로 변장한 공작 등장]

아브호르손 이거 봐. 여기 너를 봐줄 신부님이 오셨다.
지금 농지거리 할 때냐?

공작 당신이 이제 곧 떠날 때가 됐다는 말을 듣고
자비심에 이끌려서 당신에게 권고하고 위로하고
함께 기도하려고 찾아왔소.

바나딘 수사, 나는 아니오. 밤새껏 술을 퍼마셨으니
마음을 준비하려면 시간이 더 많이 필요하거나,
차라리 장작개비로 내 골통을 부숴버리라 해요.
오늘 죽는 거 동의하지 않겠소. 확고한 사실이오.

공작 아, 그렇게 됐소? 그 때문에 가야 할 먼 길을
바라보는 것을 바라는 마음이오.

바나딘 누가 무슨 말을 해도 오늘은 안 죽겠다고
맹세해요.

공작 하지만 내 말 들어보시오.

바나딘 한마디도 더 말하지 않기요. 무슨 할 말 있으면
내 감방에 와요. 오늘 거기서 꼼짝하지 않겠소. [퇴장]
[검찰관 등장]

공작 삶도 죽음도 옳지 않구나. 오, 자갈 같은 마음이야!

검찰관 친구들, 그자를 따라가 단두대로 데려가라.
[아브호르손과 폼페이 퇴장]
그 죄수 어때요?

공작 준비되지 않아서 죽음이 온당치 않소.
지금 정신 상태로 다른 곳에 보내는 것은
몹쓸 짓이오.

검찰관 오늘 아침 옥에서
혹독한 열병으로 라고진이란 자가 죽었는데
악명이 매우 높은 해적이었죠. 클라우디오와
나이가 비슷하고 수염과 머리가
같은 색이었어요. 저 녀석이 마음을
고쳐먹을 때까지, 잠시만 제쳐두고
클라우디오와 비슷한 라고진의 얼굴을
집정관께 보이는 게 어떻겠어요?

공작 그야말로 하늘이 주신 우연이오.
당장 서두르오. 안젤로가 못 박은
시간이 닥쳤소. 금방 그렇게
명령대로 하는 동안, 불쌍한 저 녀석을
순순히 죽어가게 내가 설복하겠소.

검찰관 수사님, 금방 이 일을 행할 거지만
바나딘은 오늘 오후 죽어야 해요.
그러면 어떻게 클라우디오를 살려둬요?
그분이 살아 있는 게 알려진다면
제가 위험에 빠질 수 있는데요?

공작 바나딘과 클라우디오를 밀실에 숨깁시다.
그리하여 태양이 바깥세상에
새날의 인사를 두 번 보낼 때까지,
당신의 안전을 확실하게 만들겠소.

검찰관 모든 일을 수사님께 맡깁니다.

공작 서두르오. 안젤로에게 머리를 보내요. [검찰관 퇴장]
이제는 안젤로에게 편지를 써서
검찰관 편에 보내야겠다. 편지에서
내가 가까이 왔음을 알리겠다.
이미 내가 지시한 대로 공적으로
입성할 테니 읍내에서 십여 리 되는
거룩한 샘가에서 만나자고 하겠다.

거기서 위엄 있게 평정한 모습으로
안젤로와 더불어 함께 가겠다.
[검찰관이 라고진의 머리를 들고 등장]

검찰관 이게 그 머리예요. 제가 들고 가지요.

공작 그것이 편하오. 속히 돌아오시오.
오직 당신 귀에 들려줄 것들을
함께 의논하겠소.

검찰관 금방 돌아옵니다. [퇴장]

이사벨라 [안에서]
이곳에 평화가 있기를 빌어요!

공작 이사벨라 목소리다. 오빠의 사면장이
도착했는지 알기 위해 저기 왔다.
그러나 자신의 복됨을 모르게 하여
절망이 변하여 기대하지 않았던
천국의 위로가 되게끔 만들겠다.
[이사벨라 등장]

이사벨라 실례합니다!

공작 예쁜 딸, 잘 있소?

이사벨라 거룩한 분의 인사라서 더 기뻐요.
집정관이 오빠의 사면장을 보냈나요?

공작 이사벨라, 오빠가 세상에서 해방됐소.
머리를 잘라 안젤로에게 보냈소.

이사벨라 안 그렇겠죠!

공작 그렇게 됐소.
남모를 인내로 지혜를 보여주오.

이사벨라 그자한테 달려가서 눈을 후빌 테요.

공작 그분 앞에 들어가지 못하는데.

이사벨라 불행한 클라우디오, 불쌍한 이사벨라,
사악한 세상, 저주받을 안젤로!

공작 그래봤자 그자는 옳지 않으며
당신에게 조금도 득 되지 않아서
인내하고 하늘에게 호소하시오.
내 말은 모두가 진실이니 잘 들으오.
내일 공작이 돌아오오.—눈물을 닦으오.
우리 수도원 소속으로 공작의 고백 사제가
이미 에스칼루스와 안젤로에게
통고했단 말을 들려주셨소.
두 사람은 성문에서 공작님을 만나서
권력의 양도를 준비하는 중이오.
지혜롭게 행동해서 바람직한 좋은 길을
차분히 따라가면, 공작님의 도움으로
속이 후련하게끔 악한 자에게 복수해서
만인이 칭찬할 테요.

이사벨라 말씀대로 하겠어요.

공작 수사 피터 신부에게 이 편지 전해주오.
공작의 귀환을 나에게 기별했소.
오늘 밤 마리아나 집에서 만나자고
이 표시를 보이면서 알리시오.
그녀와 당신 일을 그에게 알리면
당신을 공작에게 데려갈 테니
안젤로를 면전에서 직접 고발하오.
나처럼 미미한 자는 서약에 묶여
그 자리에 있지 않겠소. [그녀에게 편지를 주며]
갖고 가오.
가벼운 마음으로 짠 눈물이 눈에서
없어지라 하오. 당신을 그릇되게 인도하면
내 수도회를 믿지 마오. 이게 누군가?
[루치오 등장]

루치오 안녕하세요? 수사. 검찰관 어디 있소?

공작 여기 없소.

루치오 아리따운 이사벨라, 당신의 빨간 눈을 보면
가슴이 덜컹 내려앉아요. 참아야 해요. 맹물하고
밀기울 빵만 먹어도 좋아요. 머리를 잃을까봐 감히
배를 못 채우지만 한번 양껏 먹으면 그 일에 나설
수 있어요. 내일 공작이 여기 온다고들 하던데요. 정말
나는 당신 오빠를 사랑했어요. 어둑한 구석을 찾는
괴상한 노인 공작이 있었다면 오빠는 살았겠지요.
[이사벨라 퇴장]

공작 여보쇼, 공작은 당신 말을 별로 고맙다고 하지
않을 테지만 아주 다행히 당신 말과는 상관없소.

루치오 수사, 당신은 나만큼 공작을 알지 못해요. 당신이
알기보다는 공작은 우수한 사냥꾼이오.[57]

공작 장차 그 말에 책임져야 할 거요. 잘 있으쇼.

루치오 기다려요. 당신과 함께 갈 테요. 공작에 대해서
재밌는 얘기를 해줄 수 있겠소.

공작 공작에 대해서 벌써 너무 많이 말했소. 사실인지
모르나—사실이 아니라면 암만 해도 모자라요.

루치오 내가 어떤 계집애를 임신시킨 죄 때문에 공작 앞에
간 적이 있어요.

57 사냥꾼이 짐승을 쫓아다니듯 공작이 여자를 쫓아다닌다는 말이다.

공작 그런 짓 했다고요?

루치오 그럼요. 내가 그랬죠. 하지만 딱 잡아뗐어요. 안 그랬다면 나를 그 썩은 능금과 결혼시켰을 테죠.

공작 여보쇼, 당신과 같이 수작하자니 점잖기보단 재미있구려. 잘 있으오.

루치오 정말로 당신과 같이 골목 끝까지 가겠어요. 여자 얘기가 싫다면 그 소린 아주 조금만 할게요. 혼자 가지 말아요. 깔쭉대는 풀처럼 붙어 다니죠. [모두 퇴장]

## 4. 4

[안젤로와 에스칼루스 등장]

에스칼루스 쓰시는 편지마다 이전 걸 부인하세요.

안젤로 뿐만 아니라 정신없이 들쭉날쭉하오. 모든 행동이 광증에 매우 가까운 듯하오. 그분의 지혜가 손상되지 않기를 하느님께 기도하오. 그런데 어째서 성문에서 만나서 권리를 이양하게 되오?

에스칼루스 짐작되지 않아요.

안젤로 그리고 입성 한 시간 전에 누구든지 불만을 시정하길 요구하면 거리에서 공개적으로 청원할 걸 공포하라는 거요?

에스칼루스 공작님이 그 이유를 보이십니다. 불만을 빨리 다뤄 훗날 우리를 떠받칠 권세가 사라질 때, 우리를 궁하게 만들 길을 미리 차단하려고 하시는 일입니다.

안젤로 아무튼 아침 일찍 공포하도록 하시오. 내가 당신 집을 찾아가겠소. 그분을 만날 고위층과 하인들에게 그 사실을 알리시오.

에스칼루스 그리하겠습니다. 안녕히 계십시오.

안젤로 편히 가시오. [에스칼루스 퇴장]

그래서 내가 완전히 무너지고 모든 일에
굼뜨고 멍하다. 몸을 망친 처녀,
그뿐 아니고 그를 엄금한 높은 자가
저질렀다! 민감한 수치심 때문에
정조를 잃은 것을 말할 수 없지만
처녀가 나를 얼마나 욕하겠는가!
하지만 이치가 감히 그러지 못하게 해.
내 권위가 막강한 신뢰를 얻어서
개인의 비난이 내게 미칠 수 없고
말한 자를 깔아뭉갠다. 살려줄 수 있었지만
위험한 성향의 사나운 젊은이라
부끄러운 몸값으로 구차한 목숨을
건진 것을 이후에 복수할지 모른다.
그러나 살았다면! 한번 선을 잊으면
좋은 일이 없다. 원이로되 못하도다![58] [퇴장]

## 4. 5

[본래 모습의 공작과 수사 피터 등장]

공작 [그에게 편지를 건네며]
적당한 기회에 이 편지를 내게 주오.
우리의 목적과 계획을 검찰관이 알고 있소.
일이 진행 중이니 시킨 대로 할 것이며
시시때때 언제나 내 의도를 따르시오.
상황이 발생하면 여기서 저기로
가끔 말을 바꾸오. 플라비어스를 찾아가
내가 어디 있는지 알리고 같은 정보를
발렌티어스, 로우랜드, 크라서스에게도 주어
성문에 나팔을 가져오라 이르되, 우선
플라비어스를 내게 보내시오.

수사 피터 속히 그러겠습니다. [퇴장]

[바리우스 등장]

공작 고맙다, 바리우스. 빨리 왔구나.
그러면 같이 걷자. 잠시 후 여기로
다른 사람들도 올 거다. 충실한 바리우스! [모두 퇴장]

## 4. 6

[이사벨라와 마리아나 등장]

이사벨라 그렇게 에둘러 말하기 싫어요.
솔직히 말하고 싶어요. 말해도 욕은
당신의 몫인데도 의도를 감추려고
나에게 그러라고 하셔요.

마리아나 말씀대로 하세요.

이사벨라 게다가 공작께서 나에 대해 나쁜 말 하셔도
이상하게 여기지 말라고 하셨어요.
달콤한 목적을 위한 쓴 약이죠.

58 "원함은 내게 있으나 선을 행하는 것은 내게 없노라"(로마인서 7장 18절)를 조금 바꿨다.

마리아나 수사 피터가—
[수사 피터 등장]
이사벨라 조용해요. 수사님이 오셨어요.
수사 피터 당신들이 서 있을 가장 알맞은 데를 봐뒀소.
공작님 눈에 띄어 그냥 가지 않으실 곳이오.
나팔이 두 번 울렸소. 지체 높은 엄숙한 시민이
성문을 차지했는데, 공작님 입성이 매우 가까우니
빨리 여기를 떠나시오! [모두 퇴장]

## 5. 1

[주악. 본래 모습의 공작, 바리우스, 검찰관,
관리들, 귀족들, 안젤로, 에스칼루스, 루치오,
시민들이 각기 여러 문으로 등장]
공작 [안젤로에게]
매우 귀한 내 동역인, 기쁘게 만나오.
[에스칼루스에게] 오랜 충성된 친구, 만나서 반갑소.
안젤로와 에스칼루스 행복한 귀환이시길 빕니다.
공작 두 분에게 거듭거듭 진심으로 감사하오.
당신들에 관하여 알아봤는데
당신들의 판단이 매우 훌륭하여서
만인 앞에 진정으로 감사해야 되겠소.
더 많은 보답이 차후에 계속되오.
안젤로 저의 책임을 더 크게 하십니다.
공작 당신의 공적이 크게 외치오.
가슴속 감방 안에 가두는 것이 잘못이오.
시간의 어금니와 망각에 저항하여
청동의 문자라는 강력한 요새로써
계속함이 마땅하오. 두 분 손 주시오.
외적인 치례로 속에 있는 마음을
나타낸다 하는 것을 백성들께 보입시다.
에스칼루스, 다른 손 옆에 걷으시오.
두 분은 훌륭한 기둥들이오.
[수사 피터와 이사벨라 등장]
수사 피터 지금이 기회요. 앞에서 무릎 꿇고 크게 말하오.
이사벨라 공작님, 억울해요! 치욕당한—'처녀'라면
얼마나 좋아요!—'여자'를 보셔요.
귀하신 공작님, 간절한 호소를 들으시고
다른 곳에 눈길을 던지시는 것으로
눈에게 불명예를 가져오지 마시고
억울하고 억울해요! 먼저 해결하셔요!
공작 누구에게 무슨 일을 당했는가 말하라.
짧게 하라. 안젤로 공이 해결해준다.
이분에게 설명하라.
이사벨라 귀하신 공작님.
마귀에게 구원을 청하라고 하셔요.
직접 말씀 들으셔요. 말씀드릴 내용이
믿어지지 않으시면 저를 벌하시든가
보상을 원할 테요. 지금 들어주셔요!
안젤로 공작님, 온전한 정신이 아닌 듯합니다.
그녀의 오빠 일로 제게 청원했는바
법에 따라 죽었지요.
이사벨라 법에 따랐다고요?
안젤로 말투가 매우 사납고 괴상합니다.
이사벨라 매우 괴상하지만 매우 진실해요.
안젤로가 속이다니 괴상하지 않아요?
안젤로가 살인자니 괴상하지 않아요?
안젤로가 음탕한 도둑이며 위선자로
처녀를 범하는 자라 하는 사실은
괴상하고 괴상하지 않아요?
공작 열 번이나 괴상하다.
이사벨라 저 사람이 안젤로란 사실이 사실이듯
모든 게 괴상하며 사실이에요.
열 번이나 사실이죠. 최후의 심판까지
진실은 진실이죠.
공작 여자를 데려가라.
불쌍하다. 온전하지 않아서 그런 말 한다.
이사벨라 공작님, 간청해요. 이 세상 외에
또 다른 위로가 있는 걸 믿으시면
제 정신이 미쳤다고 생각하시며
저를 물리치지 마세요. 불가능해 보여도
불가능하다고 확정하지 마세요.
아주 못된 악인이 얌전하고 엄숙하고
공평하고 완전하게 꾸며낼 수 있어요.
안젤로가 그래요. 그처럼 안젤로는
온갖 훈장, 표시, 칭호, 의식에도 불구하고
악당의 괴수일 수 있어요. 믿으셔요.
그 이하면 괜찮지만 그 이상이라고요.
더 나쁜 말을 몰라도.
공작 진심으로 말한다.
저 여자가 미친 것이 확실하지만

놀랍게도 말씨는 아귀가 들어맞고
이 사실과 저 사실이 맞물려 있다.
그렇게 미친 것을 들어보지 못했다.
이사벨라 자비하신 공작님, 그런 말씀 마세요.
제 말이 틀린다고 이치를 버리지 말고
이치의 도움으로 숨은 진실을 밝히시고
진실 같은 거짓을 밝혀내세요.
공작 성한 자도 이성이 흐릴 때 있지. 할 말 있나?
이사벨라 저는 클라우디오란 사람의 동생이에요.
그 사람은 간음죄로 머리를 잃게 됐고
안젤로가 사형을 선고했어요.
저는 수녀원의 수련을 받고 있는데
오빠가 사람을 보냈어요. 루치오란 이가
심부름을 왔었는데—
루치오 실례지만 접니다.
클라우디오가 가라 해서 불쌍한 오빠의
사면을 위해 안젤로 공께 행운을
알아보라 했어요.
이사벨라 맞는 말이에요.
공작 [루치오에게]
말하라 하지 않았다.
루치오 예, 옳습니다만,
입 다물란 말씀도 없었어요.
공작 그럼 말하라.
어떠한 말이든지 조심해서 할 것이며
자신에게 관련되면 하늘에 맹세코
정확히 해라.
루치오 공작님께 약속해요.
공작 약속은 네 자신을 위해서다. 명심하라.
이사벨라 이분이 제 사연의 일부를 말했어요.
루치오 옳습니다.
공작 옳을지 모르나 제 차례가 아닌데
말하니 틀렸어. [이사벨라에게] 계속해라.
이사벨라 못돼 먹은 집정관한테 갔는데—
공작 약간 미친 소리야.
이사벨라 용서하세요.
내용은 옳아요.
공작 그럼 됐다. 요점을 말하고 계속해.
이사벨라 불필요한 과정을 젖혀 놓으면—
—어떻게 호소하고 빌고 무릎을 꿇었나,
어떻게 거절하고 어떻게 대답했나
말씀드리면 아주 길어요.
이제는 슬픔과 수치를 느끼면서
못된 결과를 말하기 시작하고
끝없이 불타는 욕정으로 정결한 제 몸을
바치지 않으면 오빠를 놔줄 수 없댔어요.
한참 말이 오간 끝에 누이의 동정심에
제가 져서 몸을 허락했어요. 하지만
이튿날 새벽, 저 사람은 배불러서
오빠의 머리를 가져오란 영장을 보냈어요.
공작 믿을 만하군!
이사벨라 진실인 만큼 믿을 만하면 좋겠네요.
공작 어리석은 여인아, 네 말을 모르거나
음모로 말미암아 이분의 명예를
손상코자 뇌물 받았다. 우선 이분의 정직성이
흠이 없고, 다음으로 그처럼 강력히
죄를 추구한다는 것은 전혀 이치에
닿지 않아. 설사 그런 죄를 범했대도
네 오빠와 제 자신을 비교했을 것이다.
누군가 널 사주했다. 진실을 자백해.
누구의 사주를 받아서 여기 와서
청원하는지 말해.
이사벨라 이런 게 끝이에요?
오, 그럼 하늘에 계신 복된 천사들,
인내심을 주시고 그때가 되면
권력의 그늘 속에 숨은 악을 밝히세요!
하느님이 공작님을 불행에서 막으시길!
억울한 저는 믿어줄 이가 없어 가버려요.
공작 거저 간다면 좋을 텐데. 순검 없나?
옥으로 데려가라.
[이사벨라가 체포된다.]
나의 최측근에게
이처럼 신랄한 모략의 욕이 닥쳐도
상관없는가? 분명히 음모다.
네가 여기 온 것과 네 속셈을 누가 아는가?
이사벨라 계셨으면 좋을 분—로도윅 수사예요.
[순검들과 함께 퇴장]
공작 어떤 사제겠지. 누가 로도윅을 아는가?
루치오 제가 아는데, 음모를 즐기는 수사예요.
저도 싫어요. 그자가 일반인이면
공작님 부재중에 나쁜 말 해서
직사하게 팼을 테죠.

공작 나쁜 말 했나? 잘난 수사 같은데.
집정관에 대해서 가련한 저 여자를
부추겼다니! 그 수사를 찾아서 데려와라.
루치오 어젯밤에도 그녀와 수사를
옥에서 봤습니다. 난 체하는 수사인데
하찮은 녀석이죠.
수사 피터 공작님께 축복을!
공작님 귀가 속는 걸 곁에서 제가
들었어요. 우선 부당하게 그녀가
집정관을 욕했는데, 나지도 않은 여자처럼
그분은 전혀 그 여자와 접촉도 관계도
안 했습니다.
공작 나도 그리 믿었소.
그녀가 말하는 로도윅 수사를 아오?
수사 피터 거룩하고 신실한 분으로 알며,
이분이 말하듯 세상일에 참견하는
하찮은 분이 아닙니다. 확실히 믿기로,
저분의 말처럼 아직까지 공작님을
나쁘게 말한 적이 전혀 없습니다.
루치오 공작님, 몹시 고약했어요. 확실합니다.
수사 피터 아무튼 때가 되면 밝혀지겠죠.
한데 지금 그분은 드문 병에 걸려서
누워 있어요. 안젤로 공에 대해서
고발이 제기될 걸 미리 알고서
그분의 요청으로 제가 이곳에 와서
그가 직접 말하는 듯, 진실과 허위를
저 아는 만큼 말하고, 언제든지
부르시면 모든 증거와 맹세로
완전히 밝힐 것을 알리고자 합니다.
그처럼 공적으로 사적으로 공격당한
귀하신 그분을 변호하기 위하여
그녀가 자백할 때까지 그녀 앞에서
반박하겠습니다.
공작 수사, 듣겠소. [수사 피터 퇴장]
안젤로 공, 우스운 말 아니오?
한심하다! 구차한 바보들의 허영심!
자리 몇 개 가져와라.
[의자를 두 개 들여온다.]
친구 안젤로, 앉아요.
나는 누구 편도 아니오. 자신의 문제를
자신이 판단하오.
[공작과 안젤로가 앉는다.
수사 피터와 면사포로 얼굴을 가린 마리아나 등장]
수사, 그 사람이 증인이오?
먼저 얼굴을 보인 후에 말을 시키오.
마리아나 용서하셔요. 남편이 시키기 전엔
얼굴을 봬드릴 수 없어요.
공작 결혼했단 말인가?
마리아나 아닙니다.
공작 처녀인가?
마리아나 아닙니다, 공작님.
공작 그럼 과부인가?
마리아나 그것도 아니어요, 공작님.
공작 그럼 아무것도 아니구먼. 처녀도, 과부도, 아내도
아니라는 말인가?
루치오 공작님, 저 여자가 창녀인지 몰라요. 그런 것들
대부분이 처녀도 과부도 아내도 아니거든요.
공작 저자 입 막아라. 저 혼자 지껄이게 무슨 고발
당하면 괜찮겠다.
루치오 알았어요, 공작님.
마리아나 공작님, 고백해요. 결혼하지 않았어요.
그렇다고 처녀도 아니란 걸 고백합니다.
저 자신은 남편과 동침했으나
남편은 저하고 동침한 걸 알지 못해요.
루치오 그렇다면 남편이 술 취했네요. 틀림없어요.
공작 침묵을 위해서 너도 취했으면 좋겠다.
루치오 알았어요, 공작님.
공작 이 여자는 안젤로 공의 증인이 못 된다.
마리아나 공작님, 지금 말씀드려요.
그이의 간음을 고발하는 여인이
동시에 제 남편을 고발하는데,
확실히 제가 남편을 팔에 안고
사랑의 즐거움을 만끽하던 그 순간에
그 짓을 했다고 그이를 공격해요.
안젤로 나 이외에 다른 사람도 고발하는가?
마리아나 그건 몰라요.
공작 몰라? 자기 남편이라고 하면서—
마리아나 네, 맞아요. 남편이 안젤로예요.
이사벨라와 동침한 줄 알면서
저하곤 동침하지 않은 줄 알아요.
안젤로 해괴한 속임수다. 네 얼굴 보자.
마리아나 남편의 명령이라 베일을 벗겠어요.

[그녀가 면사포를 벗는다.]
무정한 안젤로, 이게 그 얼굴이에요.
한때는 당신이 탐스럽다 하셨어요.
이게 그 손이에요. 굳게 맺은 서약으로
당신 손이 잡았어요. 이게 그 몸이에요.
이사벨라한테서 침상을 물려받아
그녀로 상상하게 만들어 그 농원에서
당신의 욕구를 채워 드렸어요.

공작 [안젤로에게]
이 여자를 아시오?

루치오 육적으로 알아봤단 말이군요.

공작 입 닥쳐!

루치오 됐습니다, 공작님.

안젤로 이 여자를 안다고 고백합니다.
5년 전에 저와 그녀 사이에
결혼 말이 오갔는데 파혼한 건
약속된 지참금이 합의된 만큼
못된 것도 사실이나, 무엇보다도
경박하단 소문이 있었기 때문예요.
진심과 명예를 걸고 말씀드리면,
그 후 5년간 서로 말을 안 했으며
보지도 듣지도 않았어요.

마리아나 [무릎을 꿇고] 존귀하신 공작님,
하늘에서 빛이 오고 호흡에서 말이 오며
진실에 지혜 있고 진심에 진실 있듯
말로 할 수 있는 가장 강한 서약으로
저는 이분의 아내로 정혼한 여자예요.
그래서 이분은 지난 화요일 밤 농원에서
저를 아내로 대접했어요. 이것이 진실이면
무릎을 마음껏 펴라고 하시거나
그게 아니면 여기서 영원히 굳어버린
석상으로 삼으세요.

안젤로 지금껏 웃었지만
이제는 심판의 자유를 주십시오.
인내심이 극에 달했습니다. 가련하고
엉뚱한 이 여자들은 저들을 부추기는
강력한 주체의 손발에 불과합니다.
음모를 파헤칠 터이니, 공작께서
허락해 주십시오.

공작 [일어서며] 전적으로 찬성하오.
만족을 느낄 만큼 저들을 벌하시오.
못난 수사, 그리고 너 악한 여자,
끌려간 여자와 한통속이 되어서
네 맹세로 성인들을 낱낱이 불러와도
확증된 이분의 존엄과 신뢰를
떨어트릴 증거가 될 거라고 믿는가?
에스칼루스 공, 동역자와 함께 앉아
음모의 출처를 캐는 일을 도우시오.
저들을 사주한 다른 수사가 있소.
그자를 데려오라.

수사 피터 그 어른이 여기 있으면 좋겠는데요.
그 사람이 이들에게 그러라고 했거든요.
그자의 거처를 검찰관이 아니까
데려올 수 있어요.

공작 당장 데리고 오오. [수사 피터 퇴장]
권한을 위임받은 존귀한 당신은
이 사실을 끝까지 청문하게 되었으니
상처를 입은 것에 대해서 어떤 벌도
흡족히 과하시오. 나는 잠시 떠나지만
명예를 훼손한 이자들을 속 시원히
판결하기 전에는 자리를 뜨지 마오.

에스칼루스 철저히 하겠습니다. [공작 퇴장]
[에스칼루스가 공작 자리에 앉는다.]
루치오, 로도윅 수사가 부정직한 사람인 걸
안다지 않았소?

루치오 '쿠쿨루스 논 파킷 모나쿰.'[59] 복장 외에는 전혀
정직한 데가 없고 공작님에 대해서 가장 악질적인
말을 뱉은 인간입니다.

에스칼루스 그자가 올 때까지 여기 남아 있다가
그 말을 반증으로 들이대시오. 그자가 악랄한
수사라는 사실이 밝혀질 거요.

루치오 언명컨대 비엔나에서 둘째라면 섭섭해요.

에스칼루스 이사벨라도 다시 여기 불러와라. 그녀와
할 말이 있다. [순검 퇴장]
어른, 내가 심문하는 것을 허락하시오. 그 여자를
어떻게 다루는지 보여주겠소.

루치오 [방백] 그녀 말에 따르면 비슷하겠지.[60]

59 "두건을 썼다고 수사가 되는 건 아니다"라는 뜻의 라틴어 격언.
60 '다룬다'는 에스칼루스의 앞의 말을 '엉큼하게 만진다'는 뜻으로 우스갯소리를 한다.

에스칼루스 무엇이라고?
루치오 다른 말씀 아니고, 은근히 다루셔야 좀 더 빨리
자백한단 말씀이죠. 공개적으로 다루시면
아마도 부끄러워할 거예요.
[이사벨라가 순검과 함께 등장]
에스칼루스 수수께끼 같은 말로 접근하겠소.
루치오 그래야죠. 여자란 수수께끼 같은 밤에 밝아지니까.
에스칼루스 이리 와라. 네가 한 말 전부를 부인하는
여자가 여기 있다.
[수사로 변장한 공작이 검찰관과 함께 등장]
루치오 어르신, 아까 제가 말한 악당 놈이 검찰관과 함께
여기로 와요!
에스칼루스 때마침 잘 왔다. 내가 시키기 전엔 그자에게
아무 말도 하지 마라.
루치오 음.[61]
에스칼루스 [공작에게] 안젤로 공의 명예를 훼손하라고
여자들을 사주했소? 당신이 그랬다고 여자들이
자백했소.
공작 허위요.
에스칼루스 뭐라고? 여기가 어딘지 알아?
공작 고귀하신 지위에 경의를 표해요.
불붙는 보좌 위의 마귀를 존경할 때도 있지요.
공작님은 어디 계세요? 드릴 말씀이 있는데.
에스칼루스 우리에게 말하시오. 공작님을 대신하오.
바른말을 하도록 조심하시오.
공작 최소한 담대하게 말하지요. 하지만 오,
못난 인간들아, 여우한테 양을 찾아요?
판결은 물 건너갔죠! 공작님도 가셨나요?
당신네 근거도 갔어요. 명백한 송사를
이렇게 팽개치고, 당신들이 여기서
고발코자 하는 일을 악당의 입에다
판결을 맡기다니 공작님이 나쁘세요.
루치오 이놈이 악당이오. 내가 말한 그놈이오!
에스칼루스 불경하고 세속적인 수사 당신이
점잖은 어른을 욕하도록 여자들을
사주하고 그것으로 족하지 않아서
더러운 입으로 당사자가 듣는 데서
악당이라 외치며, 은근히 공작님이
부당하다고 비난하지 않는가?
끌어내라. 고문대로 데리고 가라!
주리를 틀어서 훈계를 알아내겠다.
부당하다고?
공작 흥분하지 마세요.
공작님은 자신의 손가락을 비틀 수 없듯
여기 내 손가락도 잡아 빼지 못하세요.
나는 그의 백성도, 지방민도 아니고
여기 비엔나에서 구경꾼 되는 게
하는 일인데, 타락상이 끓어올라
넘치는 걸 보았어요. 모든 죄에 대해서
법이 마련됐지만 관헌들이 눈 감아서
강한 법이 이발소의 벌점[62]처럼
장난 같은 경고가 돼버렸군요.
에스칼루스 나라에 대한 모독이다! 옥에 가둬라.
안젤로 루치오 씨, 저자에 대해 어떻게 말하겠소?
당신이 말하던 그 사람이오?
루치오 그 사람 맞아요, 대감나리. 이리 와라. 민대가리
양반아. 날 알아보겠나?
공작 목소리 들으니 생각나는군. 공작이 없을 때
옥에서 당신을 봤네요.
루치오 오, 그랬던가? 그럼 그때 당신이 공작님에
대해서 뭐랬는지 생각나오?
공작 아주 뚜렷한데요.
루치오 그렇단 말이지? 그래서 공작이 창녀 뚜쟁이며
멍청이며 겁쟁이라 하지 않았소?
공작 그런 소리 하기 전에 나하고 입장을 바꿔야 할
판이오. 실제로 당신은 공작에 대해 그런 말을 했을 뿐
만 아니라 훨씬 더 많이 더 나쁜 소리도 했어요.
루치오 오, 이런 망할 놈 봤나! 그따위 소릴 지껄이는
네놈의 콧대를 쥐어뜯지 않아야 하나?
공작 내가 내 몸 사랑하듯 공작님을 사랑해요.
안젤로 저것 보시오. 이제 끝맺으려고 저러고 있소.
반역적인 욕설을 한참이나 퍼붓더니—
에스칼루스 저런 녀석하고는 더불어 말할 수 없소.
옥으로 데려가라. 검찰관 어디 있나? 옥으로
데려가라. 족쇄를 너끈히 채워라. 더 이상 말하지
못하게 해. 음탕한 여자들도 데리고 가라. 그리고
저 공범자도 데리고 가라.

61 입을 다물었다는 표시로 내는 소리.
62 이발소에서 기다리는 손님들이 시끄럽게 굴면 벌금을 받거나 차례를 뒤로 물리는 등의 벌점을 주는 관행이 있었다.

[마리아나를 무릎 꿇리고 체포한다.
검찰관이 공작을 붙잡는다.]
공작 잠깐, 잠깐 멈추시오.
안젤로 반항하는가? 루치오, 검찰관을 도으쇼.
루치오 그러지 말고, 그러지 말고. 그래서 쓰나! 민대가리
거짓말쟁이 악당 친구, 두건을 써야만 해, 응?
악질 놈 낯짝이나 좀 보자. 염병할 놈 같으니.
양 무리의 도둑개 같은 낯짝 좀 보자. 그러고 나서
한 시간만 달려 있어라. 벗지 않겠어?
[수사의 두건을 벗기자 공작이 나타난다.
안젤로와 에스칼루스가 일어선다.]
공작 공작을 처음으로 만들어낸 자가 너다.
검찰관, 양민들을 먼저 구출하겠다.
[루치오에게] 내빼지 마라. 즉시 너와 수사에게
할 말이 있다. 저자를 잡아라.
[루치오가 붙잡힌다.]
루치오 [방백] 교수형보다 심한 벌이 이거면 괜찮아.
공작 [에스칼루스에게]
당신 말은 모두 다 용서하오. 앉으시오.
저 사람 자리를 빌려야겠군. [안젤로에게] 실례하오.
[안젤로의 자리를 차지한다.]
당신을 도와줄 말이나 꾀나 면피가
아직도 남아 있나? 그런 것이 있으면
내가 하는 말을 듣고 그에 따라
뻗대지 말고 항복하라.
안젤로 두려우신 공작님!
전능하신 신처럼 전하께서 제 행동을
바라보고 계셨는데 눈에 띄지 않으리라
믿고 있던 저의 죄가 제가 지은 죄보다
더 죄스러우니, 선하신 공작님,
저 때문에 재판을 계속하지 마시고
제 자백을 심판으로 삼으십시오.
즉결 심판 하십시오. 지체 없는 죽음만이
제가 바라는 은혜입니다.
공작 마리아나, 이리 와라.
[안젤로에게] 이 여자와 약혼한 적 있는가?
안젤로 예, 공작님.
공작 그녀를 데려가서 즉시 결혼하라.
수사, 예식을 행하고 끝마친 뒤,
다시 이리 데려오라. 검찰관, 동행하라.
[안젤로와 마리아나가 수사 피터와 검찰관과
함께 퇴장]
에스칼루스 공작님, 해괴한 이 일보다 저 사람의
수치가 더 놀랍네요.
공작 이사벨라, 이리 와라.
그때 네 수사가 이제 네 공작이다.
그때 내가 네 일을 귀담아들은 성직자로,
복장은 바꿨으나 마음은 그대로니
아직도 네 일을 돕고자 한다.
이사벨라 용서하셔요. 백성에 불과한 제가
전하를 몰라 뵙고 고생시켜 드렸어요.
공작 이사벨라, 용서한다. 귀여운 처녀야,
지금부터 내게도 마음을 열어라.
오빠의 죽음이 마음을 누르겠지.
그를 구해내려고 애쓴다면서
어째서 내가 자신을 숨기고
오빠가 죽기 전에 내 숨은 권력을
내보이지 않았는지 이상하게 여길 테지.
다정한 처녀야, 죽음이 너무 빨랐다.
느린 걸음으로 천천히 오는 줄 알았지.
그래서 계획이 틀어졌구나.
그 영혼에 평강을! 두려운 삶보다
죽음의 공포가 없는 삶이 복되다.
오빠는 복스러우니 위로 삼아라.
이사벨라 그러겠어요.
[안젤로와 마리아나가 수사 피터와
검찰관과 함께 등장]
공작 방금 결혼한 저 사람이 오는데,
음란한 상상으로 네가 지킨 정절을
자기가 범한 거로 믿으나 마리아나를
생각해서 용서해라. 그러나 오빠를
죽였으니 성스러운 정절을 범하고
오빠 목숨이 달렸던 약속을 어김으로
이중의 죄를 범한 죄인인 까닭에
법의 자비마저 입 벌려 크게 외치되,
'클라우디오는 안젤로로, 죽음은 죽음으로,
신속은 신속으로, 지연은 지연으로,
눈은 눈으로, 이는 이로' 값을 낸다.
안젤로, 이처럼 네 죄가 명백하므로
부인코자 해도 기댈 곳이 전혀 없다.
클라우디오가 고개 숙여 죽은 단두대에
너를 보내니, 똑같이 처단하리라.

데려가라.
마리아나 오, 자비하신 공작님,
남편을 가지고 저를 놀리세요.
공작 네 남편이 남편으로 너를 놀렸다.
정절을 지킨 너를 가상히 여겨서
네 결혼을 좋게 봐도 그런 게 아니면
그가 너와 관계했단 사실이 네 평생
욕이 되어 장차 네 행복을 막으리라.
그의 재산을 몰수하여 네게 주는데
과부의 몫으로 네 소유가 되리니
더 좋은 남편을 사라.
마리아나 오, 공작님,
다른 남편도, 더 좋은 사람도, 싫어요.
공작 저 사람은 안 된다. 최종의 결정이다.
마리아나 [무릎을 꿇고]
선하신 공작님—
공작 헛수고일 뿐이다.
단두대로 끌고 가라. [루치오에게]
다음은 네 차례다.
마리아나 공작님! 정다운 이사벨라, 내 편을 들어주어요.
무릎을 빌려주면 평생토록 아가씨를
섬기겠어요.
공작 전혀 당치 않게 그녀에게 조르누나.
이 일로 그녀가 무릎을 꿇으면
오빠의 혼백이 무덤 돌을 깨고 나와
그녀를 무섭게 잡아가리라.
마리아나 이사벨라,
정다운 이사벨라, 무릎만 꿇어줘요.
손만 들고 아무 소리 말아요. 말은 내가 할게요.
잘났단 사람도 결함 뭉치라는데
대부분은 나쁘다가 좋아진대요.
남편도 그럴 테죠. 오, 이사벨라,
나한테 무릎을 빌려주지 않을래요?
공작 네 남편은 클라우디오를 죽인 벌로 죽게 된다.
이사벨라 [무릎 꿇고]
관대하신 공작님, 마치 저의 오빠가
사는 것처럼 죽게 된 이 사람을 살피세요.
저를 보기 전에는 저이도 성실하게
처신했단 생각이 조금은 든답니다.
그런 만큼 그이를 죽게 하지 마셔요.
오빠는 죽을죄를 지어서 벌 받았죠.
안젤로에 대해서 제가 말을 한다면,
그의 나쁜 의도는 행동이 안 되고
도중에 묻혔어요. 생각은 백성이 아니고
의도는 생각이죠.[63]
마리아나 저도 그 말뿐예요.
공작 너희의 청원은 소용없다. 일어나라.
[마리아나와 이사벨라가 일어선다.]
다른 죄가 생각난다. 검찰관, 어째서
클라우디오를 유별나게 일찌감치
처형했는가?
검찰관 그렇게 하라는 명령이 있었습니다.
공작 그에 대해 특별한 영장이 있었는가?
검찰관 아닙니다. 비밀 통고였습니다.
공작 그 일로 너를 해고한다.
열쇠를 내놓아라.
검찰관 용서해 주십시오.
잘못인 듯했지만 확실치 않아서
좀 더 생각하고는 마음을 바꿨습니다.
그 일에 관하여 증거를 삼기 위해
비밀의 명령에 따라 죽게 된 사람을
살려두었습니다.
공작 누군가?
검찰관 바나딘입니다.
공작 클라우디오를 살렸다면 좋았을 것인데.
여기로 데려오라. 내가 보겠다. [검찰관 퇴장]
에스칼루스 안젤로 공, 당신처럼 그토록
항상 유식하고 현명하게 뵈던 이가
뜨거운 욕정과 판단의 결여로
끔찍한 실수를 범해서 큰 유감이오.
안젤로 그러한 슬픔을 가져와서 죄송합니다.
뉘우치는 가슴에 슬픔이 깊이 박혀
자비보다 죽음을 갈망합니다.
죽을죄를 지었으니 죽음을 원합니다.
[검찰관이 바나딘과 얼굴을 가린 클라우디오와
줄리에타와 함께 등장]
공작 바나딘이란 자가 누군가?
검찰관 이 사람입니다.
공작 이자의 내력을 어느 수사가 내게 말했다.

63 생각은 백성처럼 왕이 좌지우지할 수 없는데, 의도는 생각의 일종이니 명령할 수 없다는 말.

너는 성질이 완악하여 이 세상밖에
다른 세상은 알지 못하며 인생을 그렇게
산다고 했다. 너는 사형수지만
세속의 잘못을 모두 용서해주니,
이 자비를 기회로 삼아 장차 나은 삶을
꾸려가기 바란다. 수사, 권고하오.
당신 손에 맡기오. 얼굴을 가린 자는 누군가?

검찰관 제가 살려둔 다른 죄수입니다.
클라우디오의 목을 벨 때 죽을 자인데,
생김새가 클라우디오와 매우 흡사합니다.
[클라우디오를 보여준다.]

공작 [이사벨라에게]
저 사람이 네 오빠와 비슷하다면
그로 인해 용서한다. 그리고 어여쁜 아가씨,
내게 손을 주고 내 사람이 되겠다 하라.
저 사람은 처남이 된다. 그러나 그 말은
조금 더 적당한 기회를 살피자.
안젤로는 살게 된 것을 아는 듯하다.
눈에 생기가 돈다. 안젤로, 너의 악은
매우 좋게 보답됐으니 아내를 사랑하라.
그녀와 너의 값어치는 서로 똑같다.
마음으로는 사면하고 싶으나
용서하지 못할 자가 여기 있구나.
[루치오에게]
너는 나를 멍청이, 겁쟁이, 음란한 자,
노새, 미치광이로 알았는데, 네가 나를
이토록 찬양하니 내가 네게 무엇을
해줬기에 그리하는가?

루치오 솔직히 말씀드려 그런 게 저의 말버릇이죠. 그 죄로
저를 목 달아 죽이셔도 괜찮아요. 하지만 그보다
저한테 매를 때리시는 게 좋겠습니다.

공작 먼저 매질하고 그 후에 목을 달겠다.
검찰관, 그 사실을 성내에 공포하라.
음탕한 이자에게 당한 여자가 있다면—
제 입으로 임신시킨 여자가 있다고
떠드는 걸 들었거든.—앞에 나서게 하라.
그녀와 결혼시키겠다. 식이 끝난 뒤
매질하고 달아매겠다.

루치오 전하께 빕니다. 저를 창녀와 결혼시키지 마세요.
방금 말씀하셨는데요. 제가 공작님을 만들어
드렸다고요. 선하신 공작님, 제게 오쟁이
지우는 거로 보답하지 마세요.

공작 너는 반드시 그녀와 결혼해야 한다.
네 비방을 용서하며 또한 다른 죄들을
사면한다. 저자를 옥으로 데려가라.
거기서 명령대로 시행하여라.

루치오 공작님, 창녀를 아내로 삼는다는 건 압살형,[64]
매질형, 교수형과 똑같습니다.

공작 공작을 비방한 대가다.
[순검들이 루치오와 함께 퇴장]
클라우디오, 임신시킨 그녀를 되살려라.
마리아나, 기뻐해라. 안젤로, 사랑하라.
그녀의 고백을 들으니 신실하다.
고맙소, 에스칼루스, 매우 선한 내 친구.
더 많은 감사의 표시가 뒤따르오.
검찰관, 비밀을 지키고 살펴주어 고맙다.
좀 더 높은 자리를 너에게 주겠다.
안젤로, 클라우디오의 머리 대신
라고진의 머리를 가져온 자를 용서하라.
저절로 용서받을 짓이다. 아리따운 이사벨라,
네게 매우 이로운 제안이 있다.
귀 기울여 들으면 내 것이 네 것이며
네 것이 내 것이 된다는 말이다.
그러면 이제는 궁궐로 안내하라.
당신들이 알고 싶은 나머지를 말하겠다. [모두 퇴장]

64 사형수를 무거운 물건으로 눌러 죽이는 형벌.

# 로맨스극
# ROMANCE PLAYS

# 페리클레스

## *Pericles, Prince of Tyre*

## 연극의 인물들

존 가워 해설자
페리클레스 티루스의 공작

[안티오크에서]
안티오쿠스 왕
그의 딸
탈리아드 한 신하
전령

[티루스에서]
헬리카누스, 에스카네스 — 티루스의 두 근엄한 신하들
세 신하들

[타르수스에서]
클레온 총독
디오니자 그의 아내
레오니네 그녀의 하인
신하
마리나 페리클레스의 딸
세 해적들

[펜타폴리스에서]
시모니데스 왕
타이사 그의 딸
세 어부들 그의 백성들
다섯 기사들 타이사의 구혼자들
의전관
두 신하들
두 신사들
시동들
리초리다 타이사의 유모

[배 위에서]
선장
선원

[에페수스에서]
세리몬 귀족
필레몬 그의 하인
다른 두 하인들
두 신사들

[미틸레네에서]
뤼시마코스 총독
뚜쟁이
포주 그의 아내
불트 그들의 하인
두 신사들
티루스의 선원
미틸레네의 선원
티루스의 신사
미틸레네의 귀족
하녀 마리나의 친구

다이애나 순결의 여신

# 티루스의 공작 페리클레스

## 1[1]

[가워[2] 등장]

가워 옛날에 불렸던 노래를 부르기 위해
늙은 가워가 무덤에서 나와서
연약한 사람 몸으로 다시 옷 입고
여러분의 이목을 즐겁게 하려 하오.
이것은 축제와 금식 전야제와
교회의 잔치 때 부르던 노래이며
삶에 지친 선남선녀 양반들마저
기운 내는 보약으로 읽기도 했소.
사람을 영예롭게 하는 것이 그 효력이오.
옛말에도 "좋은 건 묵을수록 좋다." 했으니,
인지가 발달한 오늘날에 태어난
여러분이 내 이야기 좋게 여기고
늙은이가 부르는 노래를 듣는 것이
여러분의 소원대로 즐거움을 준다면,
나는 다시 살아나 촛불과 같이
여러분을 위하여 끝까지 타도 좋소.
여기가 안티오크, 안티오쿠스 대왕[3]이
자기의 도성으로 이 도시를 세웠는데
여러 가지 책에서 전하는 말에 따르면
시리아 천하에 가장 아름다운 곳이오.
이 왕이 왕비를 맞아 같이 살다가
그녀가 죽으면서 무남독녀 남겼는데
생기발랄하고 쾌활하며 함박꽃 얼굴뿐 아니라
하늘이 예쁜 것을 모두 준 듯하였소.
딸에게 그 아비가 색정을 품고
그녀에게 부녀의 간음을 부추겼소.
못된 딸, 더 못된 아비, 제가 낳은 자식을
죄악으로 꾀는 짓을 범할 자 없으련만,
한 번 시작한 이 짓이 습관이 되어,
오래 지나면서 죄악도 아니었소.
죄 많은 아가씨는 미모가 이름나서
수많은 왕자들이 그 나라에 찾아와
그녀를 잠자리 함께할 배필이자
삶의 기쁨 같이 나눌 반려자로 원하니,
그것을 막고 딸을 마냥 제 것 삼고
뭇 남자 겁주려고 법을 제정하였으니,
그녀를 아내로 맞고자 하는 자는
"이 수수께끼를 못 풀면 죽으리라." 하였소.
그리하여 참혹한 저 꼴들이 말해주듯이,
[커튼이 열리며 청혼했던 자들의 머리들이 보인다.]
그 때문에 많은 사람이 죽임 당했소.
아래에서 이야기의 진실을 바로 확인할
여러분 눈의 판단에 이 주제를 맡기오. [퇴장]

[주악. 안티오쿠스 왕, 페리클레스 공작, 시종들 등장]

안티오쿠스 티루스의 젊은 공작,[4] 당신이 뛰어든
이 일의 위험을 당신은 자세히 들으셨소.
페리클레스 그렇소, 대왕. 따님에게 주어지는
칭찬의 광채에 용기를 얻어서
이 모험의 죽을 위험을 겁내지 않소.
안티오쿠스 주악을 울려라!
[주악이 울린다.]
공주를 모셔 와라. 제우스 신 자신이
품에 안아 좋을 만큼 신부처럼 차려라.
그 모친의 잉태에서 세상 빛 보기까지
기쁨을 전하라고 자연이 준 미모요.
별들의 원로원이 모두 한데 모여서
최고의 완성품을 만들었던 것이오.
[안티오쿠스의 딸 등장]
페리클레스 오, 봄님처럼 단장한 공주님이 오신다.

1 초간본인 1608년판에는 장 이외에 막과 장의 구분이 없었다. 18세기 편찬자들이 이를 5막극으로 나누어놓은 것을 훗날의 편찬자들이 그대로 따랐는데 옥스퍼드 판은 이를 거부하고 전체를 초간본에 따라 22개의 장으로 나누었다. 이 번역도 이를 따른다. 따라서 '1'(1장)은 1. 1(1막 1장)을 의미한다. 이하 동일하다.
2 잉글랜드 시인(John Gower, 1325?~1408). 셰익스피어 당시에도 인기 있던 그의 이야기 시 모음 『연인의 고백』 중에 이 연극의 줄거리가 들어 있다.
3 알렉산더 대왕 부하의 후손(기원전 223~187)으로 시리아 제국을 통치했다.
4 '공작'(公爵)은 한 도시나 작은 국가의 실질적인 왕으로서, 안티오쿠스 왕처럼 당시 제국의 왕과 구별해서 그렇게 불렀다. '공작'은 대개 그러한 왕의 세력 아래 있었다. 티루스는 지금의 레바논 지중해 근처에 있던 고대 항구 도시로, 성경에는 '두로'(튀로스)로 나온다.

가지가지 매력은 그 백성이요 그 마음은
칭찬을 가져오는 온갖 덕의 왕이로다.
그 얼굴엔 찬미의 책, 아기자기한
즐거움이 가득 씌어 있으니
슬픔은 애초부터 지워져 없고
노여움은 상냥한 마음씨의 짝이 못 된다.
나를 남자로 만들어서 사랑으로
지배하는 신들이여, 저 천상 나무의
열매를 맛보거나 모험 중에 죽이시려고
이 가슴에 욕망의 불길을 지르셨으니
당신들의 아들이며 종인 나를 도우소서.
저처럼 한없는 행복을 성취하도록!

안티오쿠스 페리클레스 공작—

페리클레스 대왕의 사위가 되려는 사람이오.

안티오쿠스 당신 앞에 선 어여쁜 헤스페리데스,[5]
황금 열매가 열렸으나 죽음 같은 괴물들이
무섭게 덤벼드니 만지면 위태롭소.
하늘 같은 그녀 얼굴, 무한한 광채로
당신 눈을 매혹하니 자격이 되면
얻을 것이나 자격 없이 눈으로만 보고서
감히 손을 내밀면 온몸이 죽는 거요.
저기 한때 당신처럼 이름 높던 왕자들이
소문에 욕심이 생겨 목숨을 걸었다가
말없는 혓바닥, 핏기 없는 얼굴로,
별 하늘 밑 맨머리로 큐피드[6]의 싸움에서
순교자로 서 있음을 당신에게 고백하며,
죽음의 덫을 밟지 말길 죽은 빰이 만류하나
뉘라서 그 유혹을 뿌리칠 수 있으리오!

페리클레스 대왕, 연약한 내 목숨의 한계를 깨닫고
저 무서운 모습들을 목격하면서
이 몸도 저들처럼 죽어야 할 운명에
미리 대비케 하시니 감사합니다.
목숨은 한갓 숨결이니, 그를 믿는 것은
잘못임을, 죽음은 거울처럼 일깨웁니다.
그러므로 저의 유언을 남기지요.
천국을 본 환자는 인생고를 잘 알기에
전처럼 세상맛에 집착하지 않습니다.
왕자로서 마땅히 착한 사람들에게
내 모든 행복과 평화를 넘겨주며
땅에서 얻은 재물은 땅에 돌려줍니다.
[공주에게] 깨끗한 사랑의 불길을 드립니다.
[안티오쿠스에게] 이처럼 생과 사의 갈림길에서
날카로운 일격을 기다리오, 안티오쿠스.

안티오쿠스 충고를 안 듣는군. 수수께끼를 읽어보오.
[화가 나서 수수께끼를 던져 준다.]
읽고서 못 풀면 정해진 법에 따라
앞에 달린 저들처럼 당신도 피 흘릴 거요.

공주 [페리클레스에게] 이제껏 누구보다 당신이 성공하길!
누구보다 당신에게 행운을 빌어요.

페리클레스 용감한 용사답게 시합장에 들어서며
오로지 믿음과 용기만을 가지고
어떠한 생각에도 기울지 않습니다.
[수수께끼를 들어 크게 읽는다.]
나는 독사가 아니로되
나를 낳은 어머니의 살을 먹고[7]
남편을 구하려고 찾아다니다
아버지에게서 그 사랑을 얻었다.
그는 아버지며 아들이며 자상한 남편.
나는 어머니며 아내면서 그이의 자식.
어찌 여럿이며 둘이 될 수 있을까?
목숨이 아깝거든 이 문제를 풀어라.
마지막이 극약이다. [방백] 오, 무수한 하늘의 눈으로
온갖 인간 행동을 감시하는 신들이여,
이것이 사실이면 왜 인간의 눈을 안 가려
그것을 읽은 나를 두렵게 하시오?
[공주를 바라본다.]
고운 빛의 유리잔, 사랑하겠소, 계속 사랑하겠소.
화려한 그릇 속에 악이 들지 않았다면.—
하지만 내 마음이 반발하니 말하겠소.
안의 죄악을 알면서 문에 손을 대는 것은
완전을 추구하는 자가 할 짓이 아니오.
당신은 어여쁜 비올라요 감각은 현이라,
이를 튕겨 남자의 바른 음악을 만들면
세상에 천국을 끌어와 신들도 듣게 되오.

5 그리스신화에 나오는 '저녁의 딸들'로, 사나운 용의 도움을 받아 황금 사과가 열리는 헤스페리스(Hesperis)의 과수원을 지키는 처녀들이다.
6 사랑의 신.
7 새끼 독사가 어미 배 속을 갉아먹고 세상에 나온다는 속설이 있었다. 한자의 뜻대로, '살모사'(殺母蛇)도 그렇다는 말이 있다.

그러나 너무 일찍 손맛이 들어
황폐한 그 소리에 악귀들만 춤추겠소.
[공주에게 향한다.]
솔직히 당신에게 관심이 없소.

안티오쿠스 페리클레스 공작, 목숨이 아까우면
건드리지 마시오. 그것 역시 우리 법의
엄격한 조항이오. 시간이 다 되었으니
지금 답을 대거나 선고를 받으오.

페리클레스 위대하신 왕이여, 사람이면 누구나
죄는 즐겨 저지르되 말 듣기는 싫어하오.
정면에서 말하기엔 왕께 너무 가깝소.
왕의 온갖 행위를 적은 책을 가진 자는
뚜껑을 열지 않고 덮어둬야 안전하오.
소문난 죄악은 느닷없는 바람 같아
퍼질 때는 남의 눈에 먼지를 날리나,
끝에 가서 비싼 대가를 치를 때가 오게 되오.
바람이 멎어 아리던 눈이 맑아지면
몹쓸 바람도 멈추오. 눈먼 미물 두더지도
하늘 높이 흙을 쌓아, 인간의 압제가
가득함을 알리며 죽음을 불사하오.
왕은 세상의 신이라, 악행이 저들의 법이오.
제우스가 잘못해도 누가 감히 가리키오?
아는 것으로 족하오. 더욱 널리 알려지면
더욱 난처해지니 덮어둬야 좋을 게요.
누구나 자기가 태어난 모태를 사랑하니
내 혀도 내 머리를 아끼게 해주시오.

안티오쿠스 [방백] 아, 놈의 머릴 잘랐으면! 알아챘구나.
하지만 둘러대자.—티루스의 젊은 공작,
당신의 해석이 잘못됐으니
우리의 엄격한 국법에 의해서
당신 목숨 끊는 일을 집행할 수 있으나
당신처럼 훌륭한 나무에서 후손 보는 생각에
내가 마음을 달리 먹게 되는데,
당신에게 40일의 말미를 줄 터이니
그때까지 수수께끼를 풀기만 하면
이 특혜가 잘난 사위를 얻는 기쁨이 되니
그날까지 내 지위와 당신의 신분에 맞는
융숭한 대접을 해주도록 하겠소.
[주악. 페리클레스 이외에 모두 퇴장]

페리클레스 예절로써 죄악을 감추려고 애쓰지만,
이미 저지른 짓은 겉보기만 좋을 뿐인
위선자와 조금도 다를 바 없다!
만일 나의 해석이 틀렸다 하면
너는 더러운 부녀간의 상간으로
영혼을 썩힐 만큼 악인은 아니지만,
지금 너는 자식과의 추악한 관계로
동시에 아비면서 아들이 됐으니
그 쾌락은 아비 아닌 지아비의 몫이며
그녀 또한 제 어미의 잠자리를 더럽혀서
어미의 살을 파먹는 괴물이구나.
둘 다 독사 같아 향기로운 꽃을 먹되
배 속에서 만드는 건 독즙뿐이다.
안티오크, 잘 있어라! 지혜의 눈으로 보니,
밤보다 검은 짓을 서슴지 않는 자들이
빛을 피할 길이라면 가리지 않누나.
죄악이 또다시 죄악을 부추긴다.
불 때면 연기 나듯, 음욕엔 살인이 따른다.
독살과 배신은 죄의 하수인이며,
오직 수치를 피하려는 방패막이다.
네가 모면하려고 내 목 벨까 두려워
재빨리 도망하여 위험을 피하겠다. [퇴장]
[안티오쿠스 등장]

안티오쿠스 저놈이 그 뜻을 알아냈거든.
그래서 온 천하에 내 수치를 떠들지 않게
그놈의 머리를 잘라버릴 생각이다.
안티오쿠스가 저지르는 추악한 죄를
세상에 알릴 수 없게 손을 쓰겠다.
그래서 공작을 즉결 처분해야겠다.
그놈이 죽어야 내 명예가 살 수 있다.
게 누구 없느냐?
[탈리아드 등장]

탈리아드 부르셨습니까?
탈리아드, 너는 나의 궁실지기라,
심중의 계획을 너에게 말하니 비밀로 해라.
충성의 보답으로 승진시켜 주겠다.
탈리아드, 이것은 독약이고 이건 금이다.
티루스의 공작이 미우니 그를 죽여라.
이유는 네가 물을 바 아니다. 왜냐고?
나의 명령이니까. 그리하렷다!

탈리아드 전하, 그리하겠습니다.
[전령이 급히 등장]

안티오쿠스 그럼 됐다.—급한 이유를 대면서

숨을 가라앉혀라.

전령 전하, 페리클레스 공작이 도주하였습니다. [퇴장]

안티오쿠스 [탈리아드에게] 살고 싶으면 빨리 쫓아가. 능숙한
궁사가 쏜 화살이 겨냥한 목표물을 명중시키듯
페리클레스 공작이 죽었다고 하기 전에는 절대로
돌아올 생각을 하지 마라.

탈리아드 전하, 그자가 저의 피스톨[8] 사정거리에 들어오기만
하면 안전하게 해놓겠습니다. 그러면 전하, 안녕히
계십시오. [퇴장]

안티오쿠스 잘 가라, 탈리아드. 페리클레스가 죽기 전엔
마음의 불안으로 머리의 안정을 찾을 수 없다. [퇴장]
[머리들을 치운다.]

## 2

[심란한 페리클레스가 신하들과 함께 등장]

페리클레스 혼자 있겠소.

[신하들 퇴장]

왜 이리 뒤숭숭한 생각들과
눈빛 흐린 우울증, 그 슬픈 친구가
늘 오는 손님이 돼서 밝은 해의 길이나
고요한 밤이 슬픔을 잠재우는 무덤이 못 되고
왜 내게 한시도 평화를 못 주는가?
눈앞에 아롱대는 즐거움을 마다하며
겁나던 위험은 안티오크에 남아 있고
그들의 팔이 짧아서 못 미치겠지만
그 어떤 즐거움도 내 기분을 못 돋우고
근심의 원인이 멀리 있어도 불안하다.
이유인즉 이렇다. 마음속의 동요는
처음에 공포로 잉태되고 근심에게
양육되어 몸이 자라나 애초에는 어찌할까
걱정만 하던 것이 이제는 발전하여
그것을 막고자 궁리한다. 내가 그렇지.
강력한 안티오쿠스와 싸우기에는
내가 너무 약하고 그자는 강력하여
마음먹은 그대로 행동하니, 내가 침묵을
맹세해도 발설할 것이라고 넘겨짚고
제 수치를 말할 것이라고 의심한다면
존경한다고 아뢰어도 소용없으며,
발각되면 창피를 안겨줄 그 통로를
알려지지 않게끔 막아버릴 것이다.
무서운 군대를 온 땅에 쫙 깔아
전쟁을 빙자하고 위세를 과시하면
온 나라가 겁에 질려 용기가 죽고
군대는 저항도 하기 전에 패배하며,
죄 없는 백성들은 징벌을 받게 된다.
내가 아니라 그들의 안위가 걱정이다.
나는 다만 나무의 꼭대기처럼
떠받치는 뿌리를 보호할 뿐이다.
내 몸과 영혼이 근심으로 시들고
적보다 먼저 내가 나 자신을 괴롭힌다.
[늙은 헬리카누스를 비롯한 모든 신하가
페리클레스 앞에 등장]

신하 1 거룩하신 가슴에 기쁨과 평안을!

신하 2 평화와 평안 속에 내내 계시길!

헬리카누스 조용히들 하시오. 경험의 말을 들으시오.
[페리클레스에게] 이처럼 자신을 괴롭히시며[9]
슬픔으로 자기 몸을 축내심은 옳지 못하오.
전하의 평강에 이 나라의 목숨과
번영이 모두 달려 있습니다.
왕께서 그러심은 잘못된 일이며
반대하지 않는 신하 역시 잘못입니다.
왕께 아첨하는 자는 왕을 망치며,
아첨은 죄악을 부추기는 풍구입니다.
아첨의 대상은 불꽃에 불과하나
바람을 불게 하면 열을 내며 강해집니다.
그와 반대로, 공손하고 올바른 책망은
실수가 없지 않을 왕에게 합당합니다.
아첨꾼이 평안을 기원하면 겉발림이요,
왕의 목숨에 위해를 가하는 짓이지요.
[무릎 꿇는다.]
전하, 용납하시든 때리시든 좋습니다.
무릎보다 많이 낮춰 굽히지를 못합니다.

페리클레스 우리를 제외하고 모두 가시오.
어떤 배에 무엇을 싣는지 알아보시오.

8 물론 아득한 그 옛날에 피스톨(pistol), 즉 권총은 없었지만 르네상스 문학에는 이런 시대착오가 자주 나타난다.

9 37~42행은 옥스퍼드 판이 윌킨스의 소설에 기초하여 덧붙인 부분이다.

그러고는 돌아오시오. [신하들 퇴장]
헬리카누스,
당신 말에 감동했소. 내 표정이 어떻소?
헬리카누스 두려우신 전하, 노하신 낯빛이오.
페리클레스 찌푸린 왕의 낯은 화살을 쏜다는데
내 앞에서 어찌 감히 화를 돋울 말을 하시오?
헬리카누스 초목이 어찌 감히 하늘을 쳐다보나요?
생명의 근원인 하늘인데요?
페리클레스 내게 죽일 권세가 있다는 걸 알면서?
헬리카누스 제가 도끼날을 갈았으니 치기만 하십시오.
페리클레스 [그를 일으키며]
일어나 앉으시오. 당신은 아첨꾼이 아니오.
고맙소. 왕들이 자기들의 잘못을
감출 말만 듣는다면 하늘이 노할 일이오.
왕의 바른 충고자요 충복인 당신은
왕을 지혜의 충복으로 삼는 자요.
이제 내가 어찌하면 좋겠소?
헬리카누스 스스로
짊어지신 괴로움을 참아내십시오.
페리클레스 의사가 말하듯 하오, 헬리카누스.
자기는 무서워서 삼키지 못하면서
내게 독한 약을 권하고 있으니—
그러면 들으시오. 안티오크에 갔었소.
당신도 알다시피 죽음을 무릅쓰고
눈부신 아름다움을 얻고자 했소.
그래서 자손을 볼까 했는데, 자손이란
하늘의 축복이요 부모의 사랑이요
왕에게는 무기요 백성에겐 기쁨이오.
그녀의 얼굴은 내 눈에 너무도 놀랍지만—
나머지는 귓속말로 들으시오. 시커먼 음란—
그것을 내가 알아내자 극악한 그 아비는
성내지 않고 웃었는데, 잘 알 듯이,
폭군이 키스하면 경계해야 할 때요.
경계심이 점점 커져 이리로 도망했소.
고마운 야음을 틈탔던 것이오.
밤이 나의 보호자였소. 이리로 와서
지난 일과 장차 일을 곰곰이 생각했소.
그자는 폭군이오. 폭군의 의심은
줄지 않고 세월보다 더 빨리 자라나오.
그러므로 반드시 의심할 거고
얼마나 많은 왕자들이 피 흘렸는지
솔깃한 바람결에 소문낼 걸 의심할 게요.
그 침상의 흑막을 열지 못하게
의심을 단절코자 이 땅을 군대로 채워
내 죄를 응징하려는 척할 것이오.
그것이 내 잘못이면, 그 때문에 모두가
무고한 자를 안 가리는 전쟁의 아픔을
겪어야 하니 온 백성을 사랑하여—
날 꾸짖는 당신도 그중 하나요.—
헬리카누스 황공합니다!
페리클레스 눈에는 잠이 없고 얼굴엔 핏기 없고
가슴엔 근심이오. 폭풍이 오기 전에
어떻게 막을까 천만 가질 생각하오.
하지만 백성을 구할 길이 별로 안 보여
걱정만 하는 것이 임금의 사랑인 듯했소.
헬리카누스 전하, 저더러 말하라고 하시니
터놓고 말합니다. 안티오쿠스가 걱정인데
전하가 당연히 두려워할 폭군이지요.
그자는 전쟁이나 남모를 흉계로
전하의 목숨을 노릴 것이 분명합니다.
그러니 잠시 동안 멀리 떠나 계십시오.
그자의 노여움이 잊히거나
운명이 명줄을 끊기까지요.
나랏일을 뉘에게라도 맡기시되, 제게라면
낮이 빛을 섬기기보다 충실하겠습니다.
페리클레스 당신을 믿어 의심치 않소만,
나 없을 때 내 권한을 그가 침해한다면?
헬리카누스 우리 모두 목숨과 삶의 근원인
우리 흙에 우리 피를 섞겠습니다.
페리클레스 티루스, 그럼 이제 당신을 떠나가오.
타르수스[10]로 향하니 그리로 기별하시오.
당신 편지에 따라서 행동을 취하겠소.
왕으로서 내가 책임지던 백성들의 안위는
당신에게 맡기니 지혜롭게 감당할 게요.
당신 말을 신뢰하여 맹세는 안 시키겠소.
약속을 어기는 자는 맹세마저 깰 자요.
우리의 궤도를 안전하게 따라 돌면
마지막에 우리 마음이 흠 잡힐 데 없을 테니
신하와 군주의 빛나는 본보기요. [둘 퇴장]

10 지금의 터키 남동부에 있던 고대 도시. 성경에 나오는 다소, 즉 사도 바울의 고향이다.

## 3

[탈리아드 홀로 등장]

탈리아드 그러니까 여기가 티루스고, 여기가 궁정이군. 여기서 페리클레스 왕을 죽여야 한다. 그러다가 잡히면 이 타국에서 목 달려 죽을 게 뻔하고, 못 죽이고 돌아가도 목 달려 죽을 게 확실하다. 위태롭구나. 그런데, 그는 눈치가 빨라 왕에게 원하는 것을 말하라고 하니까 왕의 비밀은 하나도 알고 싶지 않다고 했거든. 이제 보니 그가 뭔가 그럴 만한 이유가 있었겠다. 만일 왕이 누구에게 악당이 되라고 명령하면 백성으로서의 맹세에 따라 악당이 되는 수밖에 없어. 쉿! 저기 티루스의 신하들이 오누나.

[헬리카누스, 에스카네스, 기타 신하들 등장]

헬리카누스 티루스의 동료 귀족 여러분, 이 이상 더
왕의 출국 이유를 물을 필요 없을 거요.
왕께서 봉인하여 맡기신 위임장에
여행 가신 사연이 충분히 적혀 있소.

탈리아드 [방백] 뭐? 왕이 없다고?

헬리카누스 하지만 여러분의 다정한 허락 없이
왜 그처럼 떠났는지 좀 더 알고 싶다면
얼마쯤은 밝혀드릴 수 있소.
안티오크에 계실 때—

탈리아드 [방백] 안티오크에 무슨 일이?

헬리카누스 안티오쿠스 왕이 어찌된 까닭인지
그를 싫어하였소. 또는 그렇다고 생각되었소.
그래서 무엇을 잘못했는지 걱정하시며
사죄하는 마음을 보이시려고
뱃사람이 되어서 고생하시려는 것이오.
뱃일이란 시시각각 생사의 기로요.

탈리아드 [방백] 흠, 이젠 죽고 싶어도 죽지는 않겠구나.
하지만 그가 없으니 왕의 귀엔 희소식이다.
바다에서 죽으려고 육지를 떠났다니—
앞으로 나서자.—티루스 어른들께 평화를!

헬리카누스 안티오크의 탈리아드 공, 어서 오시오!

탈리아드 대왕으로부터 오는 길이오.
페리클레스 공작님께 전해드릴 말씀이 있소.
그런데 이곳에 상륙하여 듣자 하니
주군께서 어디론가 여행을 가셨대요?
그러니 말씀은 왔던 데로 돌아가야겠군요.

헬리카누스 우리 아닌 주군께 보낸 것이니
우리가 보자고 할 이유가 없지요.
그러나 공이 가시기 전, 안티오크의 친구로서
다 함께 티루스에서 잔치를 벌입시다. [모두 퇴장]

## 4

[타르수스의 총독 클레온이 아내 디오니자와 시종들과 함께 등장]

클레온 디오니자, 여기서 우리 잠시 쉴까요?
남들이 당한 슬픔을 이야기하면
우리 슬픔이 잊히나 어디 봅시다.

디오니자 불을 끈답시고 불어대는 짓과 같아요.
높은 데 서겠다고 산을 파내는 사람은
한쪽을 낮춰서 딴 쪽을 높일 뿐이에요.
아, 고민하는 당신, 우리 슬픔도 그것 같아요.
단지 모기 눈으로 보고 느낄 뿐이지만
덤불처럼 가지를 치면 더 높이 자라요.

클레온 오, 디오니자,
배고픈 사람이 배고프다 하지 않고
굶어 죽을 때까지 감추고 있겠소?
슬픔은 혀에게 공중에 아픔을 토하고
눈에게 울라고 해서 허파에 숨을 몰아
더 크게 호소하여 피조물이 굶는데
하느님이 주무시면 깨워서 도우시고
위로를 내리시게 해야 하는 것이오.
그래서 오래 견딘 이 슬픔을 토로하겠소.
숨차서 못하는 말은 눈물로 도와주오.

디오니자 좋을 대로 하세요.

클레온 내가 통치하는 여기 이 타르수스는
풍요가 손을 벌려 넉넉한 도시였소.
거리에도 재화가 흩뿌려 있고
첨탑들의 솟은 머리가 구름과 입 맞추고,
외국인들이 와서 보고 놀랄 뿐이고
남자 여자 몸치장에 뽐내는 걸음들이
서로를 멋 내는 거울로 삼았으며
식탁은 눈요깃감으로 가득히 넘쳐
먹기보다 즐기는 도락이었소.
가난을 우습게 알고 사치가 심했으니
도움이란 두 글자는 입에 담길 꺼렸소.

디오니자 오, 너무도 사실이에요.

클레온 하지만 변한 이 신세는 하늘의 위력이오.

얼마 전만 하여도 땅과 바다와 공중이
풍성한 산물을 주었으나 너무 적다고
불평하고 만족하지 못했던 입들이오.
오래 쓰지 않은 집들이 퇴락하듯이
씹지 못한 입들이 오그라들었소.
두 해 전만 하여도 입맛을 즐길
새 요리가 아니면 싫다던 혓바닥이
이제는 맨빵조차 달갑다고 구걸하오.
엄마들은 육아에 불만투성이더니
지금은 사랑하는 귀여운 아기들을
잡아먹을 판이오. 굶주림의 이빨이
그토록 날카로워 부부가 제비를 뽑아
상대를 살리려고 먼저 죽겠다 하오.
이 양반이 울고 섰고 저 마님이 죽어가오.
죽는 사람은 많지만 뻔히 보면서
땅 파고 묻어줄 기운조차 거의 없소.
이것이 현실 아니오?

디오니자 움푹 파인 뺨과 눈이 그 사실의 증거예요.

클레온 오, 풍요의 잔에서 한껏 부를 누리면서
낭비에 탐닉하는 도시들아, 이 눈물을 보라!
타르수스의 비참이 너희 것이 될 수 있다.
[타르수스의 한 지친 신하가 느린 걸음으로 등장]

신하 총독님 어디 계세요?

클레온 여기 있소.
다급히 가져오는 비보를 전하시오.
위안은 너무 멀어 기대할 수 없으니.

신하 근처 우리 해안에 돛에 바람 가득 싣고
한 선단이 오는 것을 탐지하였습니다.

클레온 그러할 것이라 짐작했소.
한 슬픔이 지나면 그 자식이 뒤따라
상속자가 되어서 그 뒤를 잇는 거요.
우리도 그 꼴이오. 어떤 이웃 나라가
우리의 비참한 형편을 틈타서
빈 배에 군대를 가득 실어서
이미 뭉개진 우리를 또다시 뭉개어서
불쌍한 인간들을 정복하러 오는 게지.
이겨봤자 아무런 영광도 얻지 못할 곳인데.

신하 그럴 염려가 없습니다. 흰 깃발을 나부끼니
평화를 가지고 온다는 뜻이겠지요.
적이 아니라 원조자로 온답니다.

클레온 격언도 모르는 사람처럼 말을 하오.
겉모양을 꾸밀수록 속이는 법이오.
하지만 마음대로 하라지. 뭐가 겁나?
우리는 이미 깊은 무덤에 절반이 들어 있소.
저쪽 장수에게 여기서 기다린다 하시오.
왜 오는지 어디서 오는지 뭘 원하는지
듣겠다고 하시오.

신하 그럼 가겠습니다. [퇴장]

클레온 평화를 원한다면 그야 물론 환영하고
전쟁을 원한다면 저항은 불가능하오.
[신하가 페리클레스와 시종들을 인도하여 다시 등장]

페리클레스 총독 귀하, 당신이 총독이라 들었소.
우리 배와 우리 인원이 봉홧불처럼
당신 눈을 놀라게 하지 않기를 바라오.
티루스까지 당신네 궁핍이 알려졌고
잠그지 않은 대문들을 들어서면서
과부 같은 거리의 참상을 목격하였소.
마음에 슬픔을 더하려고 오지 않고
무거운 짐을 덜어주려고 온 것이오.
배에 가득 실은 것은 혹시 의심하듯이
트로이의 목마같이 피에 목말라
파멸을 노리는 자들이 아니라
반쯤 굶어 죽은 듯한 백성에게 목숨을 줄
요긴한 빵을 만들어줄 곡식들이오.

타르수스 사람들 전부 신들의 가호를 위해 기도할 테요!
[클레온, 디오니자, 신하들이 무릎 꿇는다.]

페리클레스 일어나시오. 일어나시오.
추앙이 아니라 우정을 구하며
나와 배와 부하들이 있을 데를 구하오.

클레온 조금이라도 이 일의 고마움을 잊거나
생각만으로 당신께 배은망덕할 때는
우리 아내, 우리 자식, 우리 자신도
하늘과 사람에게 내내 저주 받을지어다!
절대로 그럴 때가 오지 않길 바라며
그때까지 왕께서 이곳에 계심을 환영하오.

페리클레스 환영에 감사하오. 여기서 잠시 동안
찌푸린 별들이 웃기까지 머물겠소. [모두 퇴장]

## 5

[가워 등장]

가워 강력한 임금이 자기 딸을
음란으로 꾄 것을 보았소.
또한 잘나고 선한 군주의
언행의 위엄을 보았소.
그런고로 우리는 그의 고난이
지날 때까지 잠잠해야 할 것이오.
고난을 겪는 자를 보여주리니
티끌을 잃고 태산을 얻은 자요.
내가 축복을 내려주고자 하는
행위가 올바른 그 사람이
그때까지 타르수스에 머무르니,
그의 말을 진리로 존중하며
또한 그 행적을 기념하여
동상을 세워서 찬양하였소.
그러나 불행한 소식이 있어
보여드리오. 말이 필요 없소.

[무언극. 한쪽 문으로 페리클레스가 클레온과 말하며 등장. 모든 수행원들이 그들과 함께 등장. 다른 문으로 한 신사가 페리클레스에게 줄 편지를 들고 등장. 페리클레스가 편지를 클레온에게 보여준다. 페리클레스가 전령에게 사례한다. 페리클레스가 한쪽 문으로 퇴장. 클레온이 다른 문으로 퇴장]

헬리카누스는 고국에 남아
수벌처럼 남들이 수고한 꿀을
축내지 않고 악한 자를 멸하고
선한 자를 살리려고 애씀으로써
왕의 뜻을 따르려고 노력했으며
티루스의 소식을 전달하기를,
탈리아드가 흉계를 감추고
공작을 죽이려고 그곳에 왔었으니
타르수스에 더 오래 머무는 것이
상책이 아니라고 통고하였소.
이를 옳게 여겨서 다시 바다에 나서니,
사람이 있는 곳에 평안은 없어라.
그때에 바람이 일어나기 시작하여
위에는 천둥, 밑에는 깊은 물이
그 사람을 안전하게 태워갈 배를
요란하게 뒤흔들다 난파시켰소.
선량한 임금은 모든 걸 잃고
이리로 저리로 물결에 실려
부하를 모두 잃고 재물도 잃고
몸만 남고 모두가 없어졌는데
운명도 심술이 싫증났던지
다행히도 육지에 그를 던졌소.
여기 그가 오는군. 다음 얘기는
—늙은 가워는 실례하오.—극본에 속하오. [퇴장]

[페리클레스가 젖은 채 등장. 우레와 번개]

페리클레스 하늘의 성난 별들아, 분노를 그쳐라!
비와 바람과 천둥아, 땅 위의 인간은
너희에게 꼼짝 못 할 존재임을 기억하라.
피조물인 이 몸도 너희에게 복종한다.
아, 바다가 나를 바윗돌에 던지고
이 바닷가, 저 바닷가로 휩쓸어 가며
목숨만 붙여놓아 죽을 생각만 했다.
너희의 위력으로 한 임금의 모든 것을
뺏어 간 것으로 만족하여 그쳐다오.
물속의 무덤에서 육지로 던졌으니
여기서 조용히 죽는 것이 내 소원이다.

[두 어부 등장. 하나는 선장이고 다른 하나는 일꾼이다.]

선장 [외친다.] 뭐해, 가죽 잠방이!

어부 2 [외친다.] 어이, 와서 그물 날라!

선장 [외친다.] 뭐해, 누더기 바지! 안 들려?

[또 다른 어부가 말려서 수선할 그물을 들고 등장]

어부 3 선장, 뭐라고요?

선장 원 저렇게 꾸물대다니! 빨리 오라니까. 안 그러면 한 방 먹여서 끌어올 테다.

어부 3 선장, 사실은요, 방금 전에 바로 우리 눈앞에서 파도에 휩쓸려 배에서 떨어져나간 불쌍한 사람들이 생각나서 그래요.

선장 어이쿠, 불쌍하구나. 우리한테 도와달라고 비명 지르던 소리, 정말 듣기 안됐데. 아, 끔찍해. 우리도 죽을 둥 살 둥 했지만.

어부 3 봐요, 선장, 내가 안 그랬소? 돌고래가 뛰어올라 공중제비 한다고 하지 않았소? 절반은 물고기고 절반은 짐승이래요. 망할 것들, 그놈들이 나타나면 난 물에 함빡 젖는단 말이야. 선장, 물고기가 바다 속에서 어찌 사는가 모르겠소.

선장 그야 땅에서 사람이 사는 거와 같지. 큰 놈이 작은 놈을 삼키거든. 돈 많은 구두쇠는 꼭 고래 같아. 그놈이 넘실대고 지랄 치며 고기 새끼들을 몰아다가 한입에 꿀꺽한단 말씀이야. 그런 고래 놈들이 온

나라에 우글거린다는데 온 교구하며 예배당하며
첨탑하며 종하며, 모두 삼키기 전에는 벌린 아가리를
다물지 않는다더군.

페리클레스 [방백] 멋진 교훈이다.

어부 3 한데 선장, 내가 종지기라면 그날 내가 종탑에
있다면 좋겠네요.

선장 그건 왜?

어부 3 왜냐면 나까지 삼킬 거니까요. 그래서 일단 내가
그놈의 배 속에 들어가서 종을 시끄럽게 울려대면
놈이 그만 귀찮아 종, 첨탑, 예배당, 교구를 다시
뱉어버릴 거예요. 하지만 선하신 시모니데스 임금님도
내 생각과 같으시면—

페리클레스 [방백] 시모니데스?

어부 3 일벌들이 모아놓은 꿀을 뺏어 먹는 그놈의 수벌들을
싹쓸이하고 싶네요.

페리클레스 [방백] 바다의 백성들인 물고기에 빗대서
어부들이 인간의 병통을 말하고 있어.
물속 나라 사실에서 진실을 수집하니
수긍 또는 폭로할 일들뿐이다.
[앞으로 나서며] 순박한 어부들, 하는 일에 평화를!

어부 2 "순박"해? 이 친구야, 거 무슨 소리야? 오늘이 네
꼬락서니에 딱 어울리는 날이면 이날을 달력에서
지워버려서 아무도 이날을 찾지 않게 하라고.

페리클레스 보다시피 당신네 바닷가에 던져져서—

어부 2 우리한테 던지다니, 바다란 놈이 얼마나
주정이 심했나!

페리클레스 물과 바람이 넓은 정구장에서
공처럼 갖고 놀다 버린 사람을
불쌍히 여겨주길 여러분께 부탁하오.
비럭질 안 하던 사람이 비는 것이오.

선장 아니, 이 친구, 비럭질 할 줄 몰라?
그리스 나라[11]에는 일해서 버는 것보다
비럭질로 엄청 많이 버는 놈들도 있어.

어부 2 그럼 고기 낚을 줄 알아요?

페리클레스 해본 적 없소.

어부 2 그렇다면 굶어 죽을 수밖에 없겠군. 오늘날
여기서는 낚아채지 않으면 도무지 얻을 것이
없다오.

페리클레스 내가 누구였는지는 다 잊었으나
지금의 곤란한 처지는 알아야겠소.
추위에 웅크린 몸, 핏줄이 얼어붙어
끝나가는 목숨이라, 겨우 혀만 움직여
도와달란 말을 할 기운만 남아 있소.
끝내 거절한다면, 이 몸이 죽거든
나도 사람이었으니 묻어주기 바라오.
[쓰러진다.]

선장 죽는다고 했나? 그럴 수 있지! 여기 옷이 있소!
[페리클레스에게 말하며 땅에서 일으킨다.] 자,
입어요. 추위를 막아요. 야, 진짜 잘난 친구네!
자, 우리 집에 가자고. 축제날에는 고기를 먹고
금식일엔 물고기 먹어요. 게다가 순대하고
부침도 있소. 환영하오.

페리클레스 고맙소.

어부 2 이 친구, 들어봐요. 아까는 빌 줄 모른다고
했잖소?

페리클레스 간청했을 뿐이오.

어부 2 간청했을 뿐이오? 그럼 나도 간청해야겠구나.
그래야 매 맞지 않지.

페리클레스 아니 그럼 여기선 걸인에게 매질을 하오?

어부 2 오, 모두 그러진 않소. 친구. 모두 그러진 않아요.
거지마다 모두 매를 맞는다면 나는 포졸이나 되면
제일 좋겠지. 자, 선장, 내 가서 나머지 그물
끌어올릴게요. [어부 3과 같이 퇴장]

페리클레스 [방백] 순박한 농담이 하는 일에 어울리네!

선장 여보쇼, 여기가 어딘지 알아요?

페리클레스 잘 모르오.

선장 아, 그래요? 알려드리죠. 여기는 펜타폴리스란 데고,
우리 임금님은 선하신 시모니데스요.

페리클레스 '선하신 시모니데스'요?

선장 그래요. 평화로운 통치와 좋은 정치를 베푸시는
까닭에 그렇게 불러드릴 만해요.

페리클레스 정치를 잘해서 백성에게서
선하다는 말을 들으니 행복한 왕이오.
여기서 궁정까지 얼마나 되오?

선장 허, 한나절 길은 족히 되오. 한데 얘기할 게 있소.
왕에게 예쁜 딸이 있소. 내일이 생일인데 그 아가씨의
사랑을 차지하려고 세상 곳곳의 왕자와 기사들이

11 페리클레스가 표류한 펜타폴리스는 아프리카 북단, 지금의 리비아에 있던 나라지만 당시 보통 사람들은 고대 그리스의 한곳쯤으로 알고 있었다.

와서 무술 시합을 벌인다 하오.
페리클레스 내 운수와 소망이 서로 맞으면
나도 거기 한몫 끼길 바라오.
선장 아, 세상만사 될 대로 되는 거 아니오? 사내가 얻지
못할 물건은 여편네 혼을 팔아 합법적으로 구할 수
있는 판이오.[12]
[두 어부가 그물을 끌며 등장]
어부 2 도와주소, 선장, 도와주소! 그물에 고기가 매달리는데
가난뱅이 송사가 법정에서 낮잠 자듯 요지부동이오.
하, 제기랄 것, 이제야 나오는군. 어럽쇼, 그놈이 녹슨
갑옷으로 둔갑했구나.
페리클레스 친구들, 갑옷이오? 나 좀 봅시다.
운명이여, 감사하오. 자꾸만 꼬이더니
보상할 방도를 조금 허락하신다.
아버님이 물려주신 유산의 일부로
내 소유가 되었지만 돌아가시기 전,
"아들아, 간수해라. 죽음과 나 사이에
방패가 됐더니라." 엄히 당부하시고
팔 갑옷을 가리키며, "내 목숨을 구했으니
나처럼 필요할 때 구해주길 바란다.
신들의 보호 속에 그럴 일 없기를!"
내가 매우 좋아하여 언제나 지녔는데
인정사정 보지 않는 사나운 바다가
빼앗아 갔다가 순순히 돌려준다.
바다야, 고맙다. 이젠 난파도 괜찮다.
아버님 물려주신 물건이 여기 있구나.
선장 무슨 말이오?
페리클레스 착한 친구들, 이 갑옷을 달라는 거요.
한때는 왕의 몸을 보호하던 거였소.
표시가 되어 있소. 나를 사랑하셨소.
그분을 기념하여 가지고 싶소.
그리고 궁정으로 안내해 주시오.
갑옷 입고 신사의 차림으로 나타나겠소.
처지가 좋아지면 은혜를 갚겠소.
그때까진 여러분께 빚을 진 사람이오.
선장 그럼 아가씨 얻으려고 시합에 나가겠소?
페리클레스 평소에 닦은 무술 실력을 보여주겠소.
선장 그럼 가지시오. 신들이 좋은 결과 주시길!
어부 2 옳소. 그런데 여봐요, 친구, 사나운 물결 주름살
가운데서 이 옷을 건져낸 게 우리란 말이오.
세상엔 몫이란 것도 있고 개평이란 것도 있소.
일이 잘되면 어디서 그 물건 얻었는지 잊지 말기
바랍니다요.
페리클레스 믿으시오. 꼭 그리할 테요.
당신들 도움으로 철갑을 입게 됐소.
바다가 미친 듯이 요동쳤대도
팔뚝에 이 보석이 제자리에 남아 있소.
너를 내고 그 값으로 말을 구해 탈 테니
씩씩한 군마의 경쾌한 발걸음에
구경하는 사람들이 즐거워하겠소.
그런데 친구, 한 가지가 모자라오.
갑옷 아래 걸쳐 입을 덮개가 없소.
어부 2 꼭 구해 드릴게요. 내 제일 좋은 겉옷을 드릴
테니 갑옷 아래 덮개로 쓰세요. 그리고 내가 직접
당신을 궁궐에 데려갈게요.
페리클레스 그러면 명예여, 내 소망대로 돼라!
오늘 서지 못하면 불행 위에 불행이다. [모두 퇴장]

## 6

[주악. 시모니데스와 타이사가 신하와 시종들과
함께 등장. 각기 왕좌에 앉는다.]
시모니데스 기사들이 경기할 채비가 됐는가?
신하 1 그렇습니다, 전하.
자기소개 하고자 전하를 기다립니다.
시모니데스 우리는 준비됐다 일러라. 공주는
생일 축하로 벌이는 이 행사에서
과연 미의 딸이로다. 자연이 공주를 내어
뭇 남자가 바라보고 경탄케 하였도다. [신하 한 사람 퇴장]
타이사 존귀하신 아버님, 높이 칭찬하시고
기뻐하시지만, 저는 자격이 모자라요.
시모니데스 칭찬이 당연하지. 왕들은
하늘이 하늘처럼 만든 모범들이다.
보석을 버려두면 광채를 잃듯
존경을 잃은 왕은 이름마저 잃는다.
딸아, 이제 기사마다 상징을 제시할 때
그 수고에 답례함이 네 명예로운 직책이다.
타이사 그렇게 하여 제 직책을 다하겠어요.

12 '아내의 혼을 판다'는 말은 아내에게 매춘부 일을 시켜 돈을 번다는 뜻.

[주악. 첫 기사가 화려하게 무장하여 지나가고,
그의 시종이 주군의 상징을 그린 방패를 들고
그에 앞에 가다가 타이사 공주에게 바친다.]
시모니데스 첫째로 나선 사람은 어디서 온 누구인가?
타이사 고명하신 아버님, 스파르타의 기사예요.
그분의 방패에 그려진 상징은
태양에 손 뻗는 에티오피아의 흑인인데
"너의 빛은 나의 생명"이라 쓰여 있어요.
[시종이 왕에게 방패를 올린다.]
시모니데스 생명이 네게 달렸으니 너를 참말 사랑한다.
[시동이 첫째 기사와 함께 퇴장]
[주악. 둘째 기사가 앞의 기사처럼 지나간다.]
둘째로 나서는 사람은 누구인가?
타이사 마케도니아의 왕자예요. 존엄하신 아버님,
그분의 방패에 그려진 상징은
여인에게 정복당한 무장한 기사군요.
표어는 "힘보다는 부드러움"이어요.
시모니데스 힘보다는 온유로 그를 이긴다는 말이다.
[주악. 셋째 기사가 전처럼 지나간다.]
그럼 셋째는 누구인가?
타이사 안티오크에서 왔고
방패의 상징은 기사도의 화환인데
표어는 "영광의 최고봉이 나를 끌었다"고요.
시모니데스 명성의 욕구를 나타냈구나.
그것이 이 모험에 그를 끌어들였어.
[주악. 넷째 기사가 전처럼 지나간다.]
넷째는 누구인가?
타이사 아테네의 기사인데
불타는 횃불을 거꾸로 들었군요.
"나를 먹여주면서 나를 죽인다"는 표어예요.
시모니데스 아름다움이 힘과 의지를 지녔다는 말이니
불을 붙이기도, 끄기도 한다는 말이다.
[주악. 다섯째 기사가 전과 같이 지나간다.]
다섯째는 누구인가?
타이사 코린토스의 왕자인데
구름에 휩싸인 손을 보여주는데,
시금석으로 인증한 순금을 내밀어요.
"이처럼 진심을 깊이 살피라"는 표어예요.
시모니데스 진심은 그처럼 살펴봐야지.
[주악. 여섯째 기사 페리클레스가
녹슨 갑옷을 입고 시동과 방패 없이
타이사 공주에게 상징을 바친다.]
그러면 마지막 여섯째는 누구인데
그처럼 똑바른 예절을 보이는가?
타이사 낯선 분 같아요. 그런데 준 것은
시들은 가지인데 위만 푸르고
"그 희망에 산다"네요.
시모니데스 "그 희망에 산다."—
지금은 절망 속에 빠져 있어도
너를 통해 운수가 피기를 기대하누나.
신하 1 조금이라도 제 진가를 나타내려면
차림새가 저 꼴보단 나아야지요.
녹슨 차림 봐서는 창칼보다는
말채찍 휘두르던 사람 같아요.
신하 2 정중한 식전에 괴상한 차림새니,
확실히 이방인이 분명합니다.
신하 3 그래서 오늘까지 갑옷을 일부러
녹슬게 놔뒀다가 흙먼지에 굴렸구먼.
시모니데스 사람의 생각이란 멍청이에 불과해서
겉만 보고 속사람을 판단하거든.
[주악]
하지만 기다려라. 기사들이 오누나.
우리 잠시 관중석에 가 있자.
[시모니데스와 타이사가 무술 시합을 보려고
관중석으로 퇴장]
[크게 소리치고 모두 외친다. "가난한 기사!"]

## 7

[굉장한 잔칫상이 들어온다. 위에서 시모니데스와
타이사가 등장. 무술 시합에 페리클레스와 기타
기사들을 안내하는 의전관이 기사들을 만난다.]
시모니데스 기사들,
굳이 환영사를 말할 필요가 없소.
당신들의 실력을 공적부의 겉표지에
광고하듯 새삼스레 밝히는 것은
당신들의 생각 밖이거나 합당치 않소.
각자의 능력은 행동에 나타나오.
즐길 채비나 하오. 즐거워야 잔치요.
왕공들인 당신들이 나의 손님들이오.
타이사 [페리클레스에게]

하지만 제 기사며 손님이신 당신에게
승리를 뜻하는 이 화관을 드려
이날의 즐거움의 왕으로 추대합니다.

페리클레스 실력이기보다는 운수가 좋았어요.

시모니데스 뭐라고 해도 당신은 오늘의 승자요.
그걸 시비할 자가 여기 없을 거외다.
기술의 신께서 기술자를 내실 때
보통 기술자와 뛰어난 기술자를 내시는데
당신은 신이 직접 공들이신 기술자요.
[타이사에게] 딸아, 잔치의 여왕이니 여기 앉아라.
[의전관에게] 다른 분들은 등수에 따라 모시오.

기사들 선하신 전하, 저희 모두 영광입니다.

시모니데스 노인을 기쁘게 하시는군. 나는 예의를 존중하오.
예의를 미워하는 자는 신까지 미워하오.

의전관 [페리클레스에게]
귀공 자리는 저쪽이오.

페리클레스 다른 데가 더 좋겠소.

기사 1 사양하지 마시오. 우리는 신사로서
속으로나 겉으로나 높은 사람 질투하고
낮은 사람 멸시하는 못난 짓을 하지 않소.

페리클레스 참 점잖으신 분들이오.

시모니데스 앉아요, 앉아.

[의전관이 왕과 타이사 맞은편에 페리클레스를 앉히나
그는 아무것도 먹지 않는다.]

[방백] 신들의 왕이신 제우스께 맹세코,
저이를 생각하니 음식이 안 받누나.

타이사 [방백] 결혼의 여왕이신 헤라께 맹세코,
입에 넣는 음식마다 맛이 없어지고
저분에게 주고 싶으니 이상한 일이다.
[왕에게] 확실히 잘나신 분이에요.

시모니데스 시골 신사에 불과하다.
다른 기사들만큼만 했을 뿐이지.
창 한두 대 분질렀다. 그만해둬라.

타이사 [방백] 내가 보기엔 유리와 다이아몬드 차이다.

페리클레스 [방백] 저 왕은 영락없는 내 아버지 모습이다.
저분도 한때는 그런 영광 누렸겠지.
옥좌의 주변에서 왕공들이 별무리처럼
아버님을 태양같이 모두가 우러렀지.
쳐다보는 자마다 작은 별인 듯
그분의 권위에 왕관들을 수그렸지.
그런데 그 아들은 밤중의 반디처럼
어둘 때만 비추고 낮엔 뵈지 않는다.
시간은 인간의 제왕인 게 분명해서
인간의 어버이며 또한 그의 무덤이라,
인간의 소망을 무시하고 제 뜻대로 베푼다.

시모니데스 자, 기사들, 즐거우신가?

다른 기사들 대왕 앞에서 안 그럴 자 누구입니까?

시모니데스 자, 여기, 철철 넘게 잔에 부어
당신들의 여인의 입술에 한껏 채우듯,
당신들께 축배하오!

다른 기사들 전하, 감사합니다.

시모니데스 잠깐. 저 기사는 너무나 쓸쓸히 앉아 있소.
이 궁궐의 대접이 시원치 않고
자기의 위엄에 걸맞는 게 없는 것 같아.
타이사, 너 못 보냐?

타이사 저와 무슨 상관이에요?

시모니데스 오, 딸아, 잘 들어라. 세상의 왕들도
하늘의 신들처럼 살아야 하는데,
존경을 표하는 자들에게 아낌없이 주느니라.
그럴 줄 모르는 왕은 각다귀 같아서
소리는 크지만 죽으면 흔적도 없어.
그러니 그를 더 즐겁게 하는 뜻에서
이 큰 잔을 그에게 갖다 주어라.

타이사 오, 아버님, 제가 감히 어떻게
낯선 분에게 그처럼 나서겠어요?
제 축배를 언짢아할지도 모르잖아요.
여자의 선물을 주제넘다고 하니까요.

시모니데스 뭐? 시킨 대로 해. 안 하면 화내겠다!

타이사 [방백] 정말로 저이는 내게 너무 좋구나.

시모니데스 또한 그에게 어디서 왔으며
성명과 가문을 내가 알고 싶다 해라.
[타이사가 페리클레스에게 잔을 가져간다.]

타이사 아버님께서 당신께 건배를 하셨어요.
마시는 만큼 생명의 피가 되기를 바라셔요.

페리클레스 두 분께 감사하오. 무한히 축배 합니다.

타이사 그리고 어디서 오셨는지, 성함과
가문이 어떠신지 알고 싶어 하세요.

페리클레스 티루스의 신사로서, 이름은 페리클레스며,
글과 무술을 배웠습니다.
모험을 찾아서 세상에 나왔다가
거친 바다에게 배와 부하를 잃고
난파당해 이 해안에 휩쓸려 왔네요.

타이사 페리클레스라 하는데 아버님께 감사하며,
티루스의 신사로, 쓰라린 불행으로
부하와 배를 잃고 이 해안에 표류했대요.
시모니데스 그가 당한 불행을 진심으로 동정하여
우울을 벗도록 일깨워주련다.
당신들, 우리 너무도 무료하게 앉아 있소.
시간만 보내지 말고 다른 놀이 찾아보오.
갑옷을 입었으니 그 차림대로
팔다리가 칼춤에 어울리겠소.
'시끄러운 음악에 여자들이 어지럽다.' 하면서
사양하는 말들은 안 듣겠소. 여자는
무장한 사내와 침대를 똑같이 좋아하오.
[기사들이 춤춘다.]
춤추라 하길 잘했군. 썩 잘 추는데.
이보오. 운동이 필요한 여자가 여기 있소.
[페리클레스에게] 내가 들으니, 티루스의 기사들은
여자들을 춤추게끔 아주 잘 이끌며
스스로도 춤에 아주 능하다더군.
페리클레스 할 줄 아는 사람들만 그렇습니다.
시모니데스 오, 그 말은 자신의 기량을
보이고 싶지 않다는 점잖은 말이오.
[그들이 춤춘다.]
그만, 그만, 손을 놓아요!
기사들, 모두 고맙소. 모두들 잘하셨소.
[페리클레스에게] 당신이 제일 잘했소. 시동들,
불 밝혀서 기사들을 각방으로 모셔라!
당신은 내 옆방에 묵게끔 일러두었소.
페리클레스 언제나 전하 뜻에 따르렵니다.
시모니데스 귀공들, 사랑 타령하기에는 너무 늦었소.
그 이야기 하려는 걸 내가 눈치챘소.
그러니까 각자는 쉬러 가시오.
내일은 승리를 위해 최선을 다 하시오.
[각자 뿔뿔이 퇴장]

## 8

[헬리카누스와 에스카네스 등장]
헬리카누스 아니오, 에스카네스, 알려드려요.
안티오쿠스가 부녀 상간을 못 버리자
지고하신 신들이 준비하신 징벌을
더 이상 늦추지 않으셨던 것이지요.
극악무도한 죄악으로 인하여
온갖 영화를 한껏 자랑하던 시기에
말할 수 없이 사치스런 수레에다
보석을 잔뜩 박은 옷을 입고서
딸과 함께 타고 갈 때 하늘로부터
불이 떨어져 끔찍하게 타죽었어요.
저들의 몸뚱이 냄새가 너무 역해서
이전에 높이 떠받들던 자들까지도
저들을 묻기조차 싫었다 해요.
에스카네스 참말로 놀랍네요.
헬리카누스 그리고 공평해요.
왕은 강력했지만 그 큰 세력도
하늘의 화살을 못 막고 죗값을 치렀어요.
에스카네스 지당한 말씀이오.
[신하 셋 등장]
신하 1 보시오. 저분 외에는 개별 면담에서나
회의에서나 왕의 신임을 받지 못하오.
신하 2 항의하지 않고는 더 견디지 못하오.
신하 3 동의하지 않는 자는 저주받아요.
신하 1 그럼 나를 따르시오.—대감, 좀 봅시다.
헬리카누스 나요? 잘들 오셨소. 좋은 날 되시오.
신하 1 우리의 불만이 올 데까지 다 왔소.
이제 드디어 방죽을 넘으려 하오.
헬리카누스 무슨 불만이오? 왕께 누를 끼치지 마오.
신하 1 그러면 대감에게 불만 없게 해주시오.
왕이 살아 계시면 만나 뵙게 해주거나
그분이 밟는 복된 땅이 어딘지 알려주면
우리를 다스리러 오실 터라 안심하겠소.
돌아가셨다면 장례를 모시게 해주고
우리가 왕을 선출할 테니 허락하시오.
신하 2 판단컨대 돌아가신 것이 확실시되오.
이 사실을 아는 이상, 머리 없는 나라는
큰 집에서 지붕이 날아가 듯이
금시 멸망하므로, 고귀하신 대감께서
통치와 정치를 가장 잘 아시니,
우리 모두 차제에 왕으로 받듭니다.
모두 [무릎을 꿇고] 존귀하신 헬리카누스 왕 만세.
헬리카누스 도리에 호소하오. 후계자 선출을 삼가시오!
페리클레스를 사랑하면 삼가시오.
[신하들이 일어선다.]

그런 생각을 따른다면, 물에 뛰어들 듯이
잠시 쉬기 위해서 오래 고생하는 것이오.
여러분이 내 말에 설득되지 않는다면
앞으로 열두 달만 왕의 부재를
참아주시오. 간절한 부탁이오.
그때가 지나도록 돌아오지 않으시면
늙은이의 인내로써 멍에를 지겠소.
고귀한 신하답게 고귀하신 왕을 찾아
모험심을 발휘하시오. 그분을 찾아
돌아오시도록 설득하면 여러분은
왕관 둘레에 보석처럼 앉게 되겠소.

신하 1 이 말을 따르지 않으면 지혜가 없는 자요.
헬리카누스 대감의 분부이니
우리는 열심히 왕을 찾아다니겠소.
세상에 살아 계신다면 찾아내겠소.
무덤 속에 계신대도 거기 가서 뵙겠소.

헬리카누스 우리 서로 사랑하니 손을 맞잡읍시다.
이처럼 귀족들이 뭉치면 나라는 든든하오. [모두 퇴장]

## 8-1[13]

[페리클레스와 신사들이 횃불을 들고 등장]

신사 1 여기가 귀공 숙소요.

페리클레스 혼자 있고 싶습니다.
단지 내 마음을 달래고 싶으니
유쾌한 악기 하나 주시면 고맙겠소.
예전에 연습도 했으니 지루한 밤을
보내려는 것이지요. 하기는 자는 것이
더 좋겠지만.—

신사 1 금방 갖다 드리지요. [신사 1 퇴장]

신사 2 모두 뜻대로 해드리겠어요.
왕께서 무엇이든 거절하지 말라고 하셨어요.
[신사 1이 현악기 하나를 들고 등장]

페리클레스 고맙습니다. 그럼 잠자리로 가셔서
고요한 휴식의 자양분을 취하십시오. [신사들 퇴장]
[페리클레스가 연주하며 노래한다.]
언제나 밤의 제국을 젖혀 버릴 권세를
발휘하는 낮, 지금은 잠시 동안
밤이 침범했으나 아침을 불러온다.
아침이면 당연히 전하께
아침 인사를 드려야지. [악기를 들고 퇴장]

## 9

[시모니데스 왕이 편지를 읽으며 한쪽 문으로 등장하고
다른 문으로 기사들이 등장하여 그를 만난다.]

기사 1 선하신 전하, 안녕하십니까!

시모니데스 기사 제위, 딸애가 당신들에게 알리오.
앞으로 열두 달 동안, 결혼을 하지 않고
지내겠다고 하오. 이유는 혼자만 알겠다니
누구도 알 수 없소.

기사 2 저희가 공주님을 뵐 수 있을까요?

시모니데스 절대로 안 되오. 제 방에 틀어박혀
꼼짝하지 않으니 불가능하오.
만 열두 달 다이애나[14]의 사제복 입을 것을
여신님 눈에 걸어 맹세하였소.
처녀의 명예를 걸고 지킬 거라오.

기사 3 작별을 고하기 싫으나 저희는 물러갑니다.
[기사들 퇴장]

시모니데스 이렇게 떼버렸으니 편지를 마저 읽자.
낯선 그 기사와 결혼하지 않으면
낮과 빛을 안 보겠다고 하는데,
마음에 들어. 매우 단호하구나.
좋아할지 싫어할지 내 의사는 젖혀놓고!
얘, 너 잘했다. 네 선택을 칭찬한다.
그러니 더 지체할 이유가 없다.
[페리클레스 등장]
쉿! 그가 온다. 마음을 정했지만
겉으로는 아닌 척해야겠다.

페리클레스 선하신 왕께 모든 행운을 빕니다!

시모니데스 당신도 행복하길! 지난밤에 고마웠소.
당신이 연주한 아름다운 그 음악,
내 귀가 그토록 달콤한 소리에
흡족하기론 그것이 처음이었소.

13 이 장면 전체(8 - 1)는 옥스퍼드 판에서 셰익스피어와 합작한 것으로 추정되는 윌킨스의 소설을 바탕으로 재구성한 부분이다.
14 달의 여신이며 처녀의 여신. 그녀의 사제복을 입는다는 것은 처녀로 남아 있음을 뜻한다.

페리클레스 제가 잘한 것이 아니라 전하께서 기꺼이
남을 칭찬하시지요.
시모니데스 당신은 스승이오.
페리클레스 가장 못난 학생일 뿐이지요.
시모니데스 한 가지 묻겠소. 내 딸 어떻다고 생각하오?
페리클레스 가장 정숙한 공주님이시죠.
시모니데스 그리고 예쁘오. 안 그러오?
페리클레스 맑은 여름날처럼 놀랍게 예쁘세요.
시모니데스 딸애가 당신을 아주 좋게 생각하오.
사실은 그 애가 너무나 좋아하니
스승과 제자가 되어야겠소.
그러니 유념해 두시오.
페리클레스 따님의 교사가 될 자격이 없습니다.
시모니데스 딸애 생각은 안 그렇소. 이 편지 보오.
[왕이 페리클레스에게 편지를 주어 그가 읽는다.]
페리클레스 [방백] 이게 뭣인가? 티루스의 기사를 사랑한다고?
내 목숨을 뺏으려는 왕의 술책이구나.
[왕의 발 앞에 엎드린다.]
오, 전하, 저를 옭으려 하지 마십시오.
이방인인 데다가 불우한 신사로서
따님 사랑은 엄두도 못 냈습니다.
따님을 정성껏 받들었을 뿐입니다.
따님의 사랑이나 전하의 노여움을
일으킬 무슨 짓도 꾀하지 않았으며
무슨 일도 시작하지 않았습니다.
시모니데스 반역자 같은 거짓말이다.
페리클레스 반역자요?
시모니데스 그래, 반역자다. 그렇게 변장하고
내 궁정에 잠입하여 요술을 부려
어린 딸의 가녀린 넋을 홀렸다.
페리클레스 [일어서며] 전하가 아니시면 저에게 반역자라
하는 자의 가슴팍에 '거짓'이라 새길 텝니다.
시모니데스 [방백] 참으로 그 기개는 칭찬할 만하다.
페리클레스 제 행동과 혈통은 똑같이 고결하며
천한 가문의 흔적은 절대로 없습니다.
명예를 구하려 이 궁정에 온 것이고
반역자가 되려고 온 것이 아닙니다.
저에 대해 다른 말 하는 자가 있다면
명예의 원수임을 이 칼로 증명할 테요.
시모니데스 그 반대임을 증명할 테다. 네 속임수와
그 애의 동의가 글씨를 보면 확실하다.
그 애가 직접 증인이 될 것이다.
[타이사 등장]
페리클레스 [타이사에게] 아름답고 정숙하신 아가씨로서
하늘에의 소망이나 세상에서 이루기를
바라시는 지고한 염원을 다하여
노하신 아버님을 안심시켜 드리시오.
내가 언제 일언반구 말로나 글로나
당신에게 구애한 적이 있소?
타이사 그랬으면 어때요? 내가 들으면
기뻐할 일인데 누가 뭐래요?
시모니데스 아니, 요것아, 그토록 고집하느냐?
[방백] 그렇다니 기쁘구나.—이게 잘된 혼사냐?
어디서 났는지 알 수 없는 떠돌이를,
가문도 공적도 없는 자를, 네가 바라거나
그런 자가 너의 완벽함을 한 치라도
얻겠다고 나서다니 될 뻔이나 한 말이냐!
타이사 [무릎을 꿇고] 저분 출생이 미천하다고 해도[15]
그이의 실제 행동이 미천하지 않다면
모든 고귀함의 기본인 덕이 있어서
귀족이 되기에 부족한 게 없어요.
저의 사랑을 기억해 주세요.
탄원해요. 아버님의 의지로는
사랑의 힘을 속박할 수 없어요.
존귀하신 아버님, 남몰래 붓으로 썼던
제 고백을 제 입으로 이렇게 선언해요.
그분 사랑 밖에선 제 목숨이 없으며
그분 인품 밖에선 제 존재가 없다고요.
시모니데스 동류는 동류끼리, 선은 선끼리 어울린다.
너희는 그렇지 않다. 네 감정의 불씨가
갑자기 타오르니 다시 꺼야 하겠다.
아니면 내 분노를 사게 된다. 먼저 너를
궁정에서 추방하니 그리 알라. 그러나
내가 그토록 천하게 노하기 싫다.
야심을 품은 죄로 네 목숨을 빼앗겠다.
타이사 [페리클레스에게] 당신이 흘리는 핏방울마다
아버님의 외동딸도 핏방울을 흘리겠어요.
시모니데스 옳다. 너를 길들여 굴복시킬 터이다.
내 허락받지 않고 사랑과 애정을

15 79~96행은 옥스퍼드 판에서 윌킨스의 소설을 바탕으로 재구성한 부분이다.

생판 낯선 자에게 내줄 셈이냐?
[방백] 아무리 봐도 나와 마찬가지로
고귀한 가문의 사람임이 분명하다.
그렇지 않다고는 생각할 수 없다.—
그런고로 딸아, 잘 알아들어라.
네 뜻을 내 뜻에 맞추거나, 당신이
내가 시키는 그대로 하여야 한다.
아니면 둘을
[둘의 손을 맞잡게 한다.]
남편과 아내로 만들겠다.
자, 그럼 서로 손과 입술로 봉인해야지.
[페리클레스와 타이사가 키스한다.]
자, 이렇게 결합했는데, 이제는 이렇게
떼어놓아 너희 희망을 망가뜨린다.
[둘을 떼어놓는다.]
슬픔에 슬픔을 더하도록—신의 기쁨 내리길!
어떠냐? 기쁘냐?

타이사 네, [페리클레스에게] 저를 사랑한다면.

페리클레스 내 생명이 그 바탕인 피를 사랑하는 것과 같소.

시모니데스 그럼 둘의 뜻이 맞느냐?

페리클레스와 타이사 예. 전하께서 원하시면.

시모니데스 원하다마다. 결혼식을 보고 싶다.
그러니 얼른얼른 잠자리로 가거라. [모두 퇴장]

## 10

[가워 등장]

가워 이제 모든 사람들이 잠이 들어
집 안에 두루 코 고는 소리뿐이오.
너무나 굉장하던 혼인 잔치라
너무 먹어 코골이가 더 요란하오.
고양이는 숯불같이 눈 부릅뜨고
쥐구멍 앞에서 웅크리고 엎드리고
화롯가의 귀뚜라미가 목이 갈하여
더더욱 즐겁게 노래 부르오.
휘멘[16]이 신부를 데리고 오니
처녀막이 터지면서 아기가 하나
수태되오. 조심해서 들어보시오.
그토록 빠르게 지나간 시간이지만
능력껏 상상 속에 부풀리시오.
무언극을 말로 해서 설명하겠소.
[무언극. 페리클레스와 시모니데스가 시종들과 함께 한쪽 문으로 등장. 전령이 그들과 만나자 무릎 꿇고 페리클레스에게 편지를 올린다. 그것을 시모니데스에게 보인다. 신하들이 그에게 무릎 꿇는다. 페리클레스가 전령을 기사로 서품한다. 그때 임신한 타이사가 유모 리초리다와 같이 등장. 왕이 그녀에게 편지를 보여준다. 그녀가 기뻐한다. 그녀와 페리클레스는 아버지와 작별하고 리초리다와 그들의 시종들과 함께 한쪽 문으로 퇴장한다. 그다음에 시모니데스와 시종들이 다른 문으로 퇴장]
캄캄하고 괴로운 수천 리 길을
페리클레스를 찾아서 애써 다녔고,
이 세상이 하나로 이어주지만
끝과 끝에 자리한 네 구석에서
말과 돛을 이용하며 열정을 쏟고
온갖 비용을 아끼지 않고
추적을 벌였으니, 소문이 멀리멀리
돌고 돌아서 티루스에서
시모니데스의 궁정에 이르러
편지가 도착하니 내용은 이러했소.
안티오쿠스 부녀가 마침내 죽고,
티루스 백성이 씌우려던 왕관을
헬리카누스가 거절했으며
백성들의 반발을 급히 무마시키고
그들에게 말하기를, 페리클레스 왕이
1년이 지나도록 돌아오지 않으면
백성들이 결정하는 바에 따라서
왕이 될 것을 약속했다고.
이 말이 펜타폴리스에 전하여지자
주위의 모든 자가 한없이 기뻐하고
누구나 박수하며 소리치기를,
“우리의 계승자가 왕이시라네!
어느 누가 꿈꾸고 생각했던 일인가!”
짧게 줄여 말하면, 페리클레스는
티루스로 떠나오. 아기 가진 왕비도
함께 따라 나섰으니 막을 자 누구리오?
눈물의 이별 이야기는 여기서 빼고,
유모 리초리다는 데리고 가오.

16 로마신화에 나오는 결혼의 신. ‘휘멘’은 처녀막을 뜻하기도 한다.

바닷길에 나섰으나 해신의 파도가
그 배를 흔들고 까불어대니,
키가 반쪽 갈라져 떠가고 말았소.
운명의 심술은 변덕스러워
흉포한 하늬바람 폭풍을 토해
목숨을 피하여 자맥질하는 오리처럼
불쌍하오. 우리 배는 오르고 내리고 하여
왕비가 안타까이 부르짖으며
두려움에 쓰러져 진통을 시작하오.
잔혹한 폭풍 속에 일어난 일은
스스로 사실들을 보일 것이니
말로 하지 않겠소. 내가 못 할 얘기를
연극이 모두 편리하게 들려주겠소.
여러분의 상상으로 이 무대가 배라고
가정하시오. 배의 갑판 위에서
지친 페리클레스가 이렇게 말하오. [퇴장]

## 11

[천둥 번개. 페리클레스가 갑판에 등장]
페리클레스 대양의 신이여, 파도를 꾸짖으시오.
하늘과 지옥을 한꺼번에 적시고 있소.
바람의 신이여, 심해에서 불러 올린
저 폭풍을 놋쇠 줄로 동여매시오!
귀 때리는 천둥을 그치게 하고
날쌘 유황불 번개를 잠잠히 꺼주시오.
—오, 리초리다, 왕비가 어떠하오?—
독을 품고 날뛰니 모두 뱉어버릴 건가?
선원의 호각은 죽음한테 안 들리는
속삭임에 불과하다.—리초리다!—오, 루키나![17]
거룩한 수호신, 밤중에 울부짖는 자의
자애로운 산파여, 까불리는 이 배에
신령을 내리시어 아내의 진통을
빨리 끝내 주시오!—아, 리초리다!
[리초리다가 아기를 안고 등장]
리초리다 이런 험한 데 있기엔 너무나 어린것—
물정을 안다면 죽어버릴 거예요.
나도 죽을 판예요. 돌아가신 왕비님의
살덩이를 안으세요.
페리클레스 리초리다, 뭐라고?
리초리다 참으세요, 임금님, 폭풍이나 돕지 마요.
왕비님이 남긴 생명은 이것이 전부예요.
조그만 공주님—아기를 위해서도
남자답게 위안을 삼으세요.
페리클레스 오, 신들이여!
어째서 우리에게 선물을 주셨다가
금방 빼앗으시오? 남에게 베풀고는
빼앗지 않는 인간은 그 점에 있어
신들과 명예를 다투오.
리초리다 전하, 참으세요.
아기를 생각하셔서.
[그에게 아기를 건넨다.]
페리클레스 순탄한 생을 살기를!
이보다 험난한 출생이 다시 있을까.
화평하고 온유한 삶이 되기를!
너보다 더 거칠게 이 세상이 맞아들인
왕의 자식은 없다. 앞날은 행복하길!
네 몸을 자궁 밖으로 내오느라고,
불과 공기와 물과 흙과 하늘이 합작한
소란스런 출생이었다. 조그만 살덩이!
생의 첫날 잃은 것을 평생 애써도
세상의 무엇으로 보상할 수 있겠냐!
신들이 축복의 눈길을 보내주시길!
[선장과 선원이 등장]
선장 용기를 잃지 않으셨어요? 신의 가호를!
페리클레스 용기는 넉넉하다. 폭풍쯤은 안 무섭다.
이보다 몹쓸 짓은 이제 없을 터이니.
하지만 이 불쌍한 것, 이 갓 난 항해자,
이 애를 위해서 잠잠하길 바란다.
선장 [외친다.] 거기 밧줄 늦춰라! 그냥 서 있을 거야?
바람아, 불어라, 불어 터져라.
선원 암초 사이에 틈만 조금 생기면 짠물과 구름 같은
파도가 달과 입 맞춘대도 상관하지 않겠다.
선장 [페리클레스에게] 전하, 왕비님 시신을 배 밖으로 던져야
해요. 파도가 높이 일고 바람 소리가 굉장한데 배에서
시신을 안 치우면 잠잠해지지 않아요.
페리클레스 그것은 미신일 뿐이다.
선장 용서하세요. 우리 바다 사람들은 언제나 그렇게 해요.

17 순결의 여신인 다이애나가 여자의 출산을 도울 때의 이름.

관습을 철저히 지켜야지요. 그러니만큼 속히 시신을 내놓으세요. 곧장 배 밖으로 던져야 해요.

페리클레스 좋도록 해. 불쌍한 왕비!

리초리다 여기 누워 계세요.

[그녀가 커튼을 밀어 침대에 누운 타이사의 시체를 보여준다. 페리클레스가 리초리다에게 아기를 건넨다.]

페리클레스 [타이사에게] 당신이 지독한 산욕을 겪었어요.
불도 없고 빛도 없이—무정한 비바람은
당신을 아주 잊고, 나마저 여유 없어
경건하게 무덤 속에 묻지 못하고
제대로 관도 없이 감탕에 던져야 하오.
당신 뼈가 묻힌 곳에 비석은 고사하고
장명등 대신 물 뿜는 고래와
웅웅대는 물결이 시신을 덮어
빈 조개와 함께 누울 테지. 오, 리초리다!
네스토르에게 향과 먹과 종이와 보석 상자를
가져오라 이르고 니칸더에게는
비단 상자를 가져오라고 하게. 베개 위에
아기를 누이게. 빨리 서둘러. 그동안 나는
기도로 아내와 작별하겠네. 빨리 해!

[리초리다 퇴장]

선원 갑판 아래 관이 하나 있는데 틈을 잘 막고 역청을 먹여뒀어요.

페리클레스 고맙네. [선장에게] 선장, 여기가 어느 해안인가?

선장 타르수스 근처입니다.

페리클레스 그리로 가자, 착실한 선장.
티루스에서 뱃길을 돌려라. 언제 닿겠나?

선장 동틀 무렵이에요, 바람만 자면—

페리클레스 아, 타르수스로 가자!
거기서 클레온을 만나겠다. 아기가
티루스까지는 버틸 수 없겠다.
거기다 아기를 맡기고 잘 봐달라 하겠다.
자, 일 봐라. 곧 시신을 가져올게.

[선장은 한쪽 문으로, 선원은 갑판 밑으로 퇴장. 페리클레스가 커튼을 닫고 타이사와 함께 퇴장]

## 12

[세리몬 공이 두 하인과 함께 등장]

세리몬 얘, 필레몬!

[필레몬 등장]

필레몬 부르셨어요?

세리몬 불쌍한 이들에게 불과 음식을 가져다 줘라. [필레몬 퇴장]
비바람 불어치는 사나운 밤이었다.

하인 1 별의별 밤 다 겪었지만 이런 밤 겪기는
난생 처음이에요.

세리몬 [하인 1에게] 네가 도착하기 전에 주인이 죽겠다.
그를 치유할 약은 자연계에는
없는 것 같다. [하인 2에게] 이건 약사에게 주고
결과를 내게 알려라. [하인들 퇴장]

[두 신사 등장]

신사 1 안녕하시오?

신사 2 대감, 안녕하시오?

세리몬 신사들께서
이처럼 일찍이 무슨 일이오?

신사 1 대감,
우리 집이 곧바로 바다와 마주해서
지진 난 듯 흔들렸어요. 대들보가
빠개져 엎어질 것 같았지요. 순전히
놀라고 겁나서 집을 뛰쳐나왔네요.

신사 2 그래서 일찍이 수고 끼쳐드려요.
부지런이 아니지요.

세리몬 말씀을 잘하시오.

신사 1 그런데 대감께서 성공을 하시고
이렇게 일찍부터 황금 같은 휴식을
마다하시니 참말 감탄스럽소.
그런데 무척 기이한 것은,
의무가 아닌데 천성이 남의 고통에
익숙하신 것 같아요.

세리몬 내가 항상 믿기로는
도덕과 지식이 신분과 재산보다
더 큰 밑천이지요. 후손을 잘못 두면
신분과 재산에 먹칠하고 낭비하나
도덕과 지식에는 불멸이 뒤따르니
사람이 신처럼 되오. 나는 항상
의술을 연구하고 권위서를 뒤적여
그 비법과 실제의 경험을 통하여
식물, 광물, 암석에 축복처럼 들어 있는
약효를 익히 알아 도움을 받으며
자연에 생기는 고장뿐만 아니라

자연의 치유법을 설명할 수 있소.
그래서 위태로운 명예를 탐하거나
비단보에 보화를 꽁꽁 싸매 두어서
멍청이나 죽음에게 기쁨을 주기보다
진정 기쁜 삶에 훨씬 만족하지요.

신사 2 에페수스[18] 온 지역에 자선을 베푸시어
병에서 회복된 수천 수백 사람들이
자신들을 대감님의 자식이라 칭합니다.
지식과 수고만이 아니라 언제나
주머니가 열려 있어 대감님의 명성을
드높이니 세월이 간들—
[필레몬과 한두 하인이 큰 상자를 맞들고 등장]

필레몬 자, 거기 들어.

세리몬 그것이 무엇인가?

하인 1 조금 전에
이 상자가 파도에 밀려 해안에 닿았어요.
난파되어 온 듯해요.

세리몬 내려놓게. 나 좀 보세.

신사 2 관 같은데요.

세리몬 무엇인지 모르나
몹시 무겁군. 바다에 실려 왔다고?

필레몬 그렇게 크고 지독한 파도는
난생 처음 봤어요.

세리몬 어서 열게.
[하인들이 뜯기 시작한다.]
바다의 배 속에 황금이 가득 차서
할 수 없이 여기 와서 토해 내다니
우리 운수 대통이네.

신사 2 대감, 그러합니다.

세리몬 틈도 잘 막고 역청 칠도 잘했네!
[억지로 뚜껑을 연다.]
가만!
아주 좋은 냄새인데.

신사 2 향기롭군요.

세리몬 코로 맡은 냄새 중 최고요. 마저 젖히게.
[뚜껑을 열어젖힌다.]
오, 강한 신들이여! 이게 뭔가, 시체?

신사 1 놀랍소!

세리몬 왕가의 옷을 입혀 왕관을 씌웠는데
방부 처리를 하고 향료로 귀하게 모셨구나!
신분 문서도 있구나!
[관에서 문서를 꺼낸다.]
아폴로[19]여, 글씨를 알아보게 하소서!
모든 이에게 알리노라.
이 관이 육지에 닿으면
나, 티루스의 왕 페리클레스가
온 세상보다 귀중한 왕비를 잃었으니
발견한 사람은 묻어주기 바라노라.
이분은 왕의 따님이셨다.
수고한 값으로 이 보화 외에
그 선한 그 일에 신들이 상 주시기를!
페리클레스, 살아 있다면 당신 마음이
슬픔에 터질 게요. 지난밤에 그랬구먼.

신사 2 그런 것 같습니다.

세리몬 확실히 그러하오.
얼굴빛이 생생하오. 지나치게 성급히
바다에 던졌군요. 안에 불을 피우고,
약장의 상자를 모두 이리 가져오게. [필레몬 퇴장]
죽음이 여러 시간 자연을 범해도
생명의 불꽃이 또다시 피어올라
눌린 기를 살리오. 어떤 이집트인이
아홉 시간이나 죽어 있다가
좋은 약 기운에 되살아났다 하오.
[필레몬이 수건들과 불을 가지고 등장]
잘했다, 잘했다, 불과 수건들—
악사들에게 거칠고 슬픈 음악을
연주시키게. 약병을 다시 이리 주게.
원 느리긴! 멍청이! 거기 연주해!
[음악이 연주된다.]
바람을 쏘이도록 해주오. 여러분들,
이 왕비가 살겠소. 생명이 깨어나오.
따뜻한 숨결이 새 나오오. 기절한 지
다섯 시간이 안 됐소. 보시오.
생명의 꽃으로 피어나기 시작하오!

신사 1 하늘이 대감을 통해 기적을 연출하여
대감의 명성을 영원히 드높이오.

18 지금의 터키 서해안에 있던 고대 그리스 도시. 성경에 나오는 '에베소'이다. 지금도 거대한 다이애나(아르테미스) 여신을 모셨던 신전이 남아 있다.
19 아폴로는 글과 의술의 신이기도 했다.

세리몬 살아 있소! 보시오! 페리클레스가 잃은
하늘 보석 상자 같은 저 눈꺼풀이
황금빛 솔기를 벌리기 시작했소.
눈부신 광채의 다이아몬드가
세상을 두 배나 값지게 만드오.
희대의 미인이여, 소생하여 말하시오.
당신의 사연을 듣고 눈물을 흘리겠소.
[그녀가 움직인다.]
타이사 어머나, 다이애나님! 여기가 어디예요?
남편은 어디 있어요? 여기는 어떤 세상인가요?
신사 2 놀랍지 않소?
신사 1 기이하오.
세리몬 조용하오, 점잖은 분들!
좀 거들어 주시오. 옆방으로 모십시다.
홑청을 가져오게. 세심히 살펴야겠소.
다시 꺼지면 그만이오. 자, 자.
아스클레피오스[20]여, 우리를 인도하소서!
[타이사를 들고 모두 퇴장]

## 13

[타르수스에서 페리클레스와 클레온과 디오니자가
아기를 안은 리초리다와 함께 등장]
페리클레스 존경하는 클레온, 나는 가야 하겠소.
열두 달이 끝나서 티루스 나라는
평화 중에 다투고 있소. 두 분에게는
감사의 마음을 모두 내어 드리오!
나머지는 신들이 보상하시길!
클레온 전하께서 심한 운명의 타격을 입으셨으나
그 모든 아픔을 저희도 느낍니다.
디오니자 아, 왕비님을
엄격한 운명의 허락으로 이리로 모셨다면
그분을 뵙는 행복을 누릴 터인데!
페리클레스 위에 계신 신들께 순종해야 하오.
그녀가 묻힌 바다처럼 내가 울부짖어도
달라질 게 없겠지요. 착한 아기 마리나,[21]
바다에서 났다 해서 그렇게 부르는데
두 분 사랑에 맡기니, 돌봐주시오.
공주답게 가르치고 훈육하시어
신분에 알맞게 해주시오.
클레온 염려 마시오.
생각해 보시오. 백성들을 먹이신 은덕!
백성들이 언제나 감사 기도를 드립니다.
아기를 볼 때마다 생각이 날 것입니다.
우리가 소홀해서 잘못을 저지르면
은덕 입은 백성들이 들고일어나
우리에게 책임을 추궁할 것입니다.
그러나 내가 그런 자극이 필요하게 되면
이 세상 최후까지 신들이 나와 내 자손을
징벌하셔도 좋습니다!
페리클레스 당신을 믿소.
맹세하지 않아도 당신의 명예와 선이
믿음을 주오. 우리가 모시는 여신께서
아이를 결혼시켜 주시는 날까지
나는 나의 머리카락을 자르지 않겠소.
꼴이 우습겠지만—이만 떠나야겠소.
부인, 아이를 잘 길러 주시어
내가 축복받게 해주시오.
디오니자 저에게도 아이가 있어요. 그 아이와
따님을 똑같이 소중히 대하겠어요.
페리클레스 부인, 감사와 함께 기도를 드립니다.
클레온 전하를 해안까지 배웅하고 돛 단 해신과
가장 순한 바람에 의탁하겠습니다.
페리클레스 그 마음에 감사하오.—자, 착하신 부인—
오, 눈물 거두게. 리초리다, 눈물 거두라니까.
작은 아씨를 보살피게. 훗날 그 애의 호의에
덕을 입을 것이오. 자, 대감, 가십시다. [모두 퇴장]

## 14

[세리몬과 타이사가 등장]
세리몬 부인, 이 편지와 보석 몇 가지가
관 속에 함께 있었소. 부인이 마음대로
처분하시오. 글씨를 아시겠소?
타이사 주인의 글씨예요. 제가 배에 탔던 일은

20 고대 그리스의 전설적인 의사로 훗날 의술의 신이 되었다.
21 '바다의 아가씨'라는 이름의 뜻이 처음 밝혀지는 대목이다.

소상히 기억하고 해산 때도 기억해요.
하지만 아기를 정말 낳았는지
정확히 뭐라 할 수 없군요. 내 남편
페리클레스 왕을 다시는 못 볼 테니
여사제의 복장을 입겠습니다.
그래서 행복과의 인연을 끊겠어요.
세리몬 부인, 말씀대로 하시려면
다이애나 신전이 멀지 않아서
생을 마칠 때까지 거기 계실 수 있소.
게다가 내 질녀가 거기 있으니
원하시면 부인께 시중들 거요.
타이사 제 보답은 감사하단 말뿐이에요.
드리기는 적지만 마음은 커다래요. [모두 퇴장]

## 15

[가워 등장]
가워 티루스에 도착한 페리클레스를 그려보시오.
반갑게 만나고 뜻한 대로 안정됐소.
에페수스에 남겨진 슬픈 왕비는
다이애나 여신의 사제가 되었소.
이제 마리나에게 생각을 돌리시오.
장면이 빨리 지나 성장한 그녀를
타르수스에서 보게 되오. 클레온에게
음악을 공부하고 교육을 받아
온갖 교양을 모두 배워 갖추니
뭇사람의 경탄의 대상이 됐소.
그러나 슬프도다! 괴물 같은 시기심이
간혹 당연한 칭찬을 해쳐
배신의 칼날로 마리나의 목숨을
뺏으려 하니 그 사정은 이러하오.
클레온은 딸이 하나 있는데
다 자란 그 딸을 시집을 보낼
나이가 되었소. 이 처녀는
이름이 필로텐이며, 이야기에
확실히 적혀 있는 그대로 하면
마리나와 언제나 함께 지냈고
길고 가는 우윳빛 손가락으로
명주실을 엮어서 비단을 짜거나
뾰족한 바늘을 모시에다 찔러서
상처를 내어 더 튼튼히 만들거나[22]
현금에 맞춰서 노래를 불러
슬프게 노래하는 밤꾀꼬리를
잠잠하게 하거나, 끊임없이 풍성하게
흐르는 펜으로 다이애나 여신에게
찬미를 드리면서 필로텐은 완벽한
마리나와 언제나 재주를 겨뤘으나
비너스의 하얀 비둘기와 까마귀가
누구 깃이 더 하얀지 겨룰 수 있을까.
마리나가 칭찬을 독차지하니
뭇사람의 칭찬은 베푼 것이 아니라
빚진 것을 되돌린 것, 그뿐이었소.
필로텐의 잘난 데가 다 흐려지니
클레온의 아내는 시기심에 불타서
경쟁자인 저의 딸이 돋뵈도록
얌전한 마리나를 없애기로 마음먹고
당장에 죽여 없앨 준비를 했는데
악독한 그 생각을 충동질하듯
유모 리초리다가 그만 죽었소.
그래서 악랄한 디오니자는
흉계를 저지를 수단을 강구했소.
앞으로 일어날 사태에 대해서는
연극에서 보시고 즐기시길 바라오.
나는 다만 날개 치는 빠른 시간을
절름발이 시에 실어 급히 보낼 뿐,
여러분의 생각이 함께 가지 않으면
이야기를 전달할 수 없게 되오.
[디오니자가 레오니네와 함께 등장]
디오니자가 살인자인
레오니네와 같이 오오. [퇴장]
디오니자 맹세를 기억해라. 그러기로 서약했다.
아무도 모르게 단칼에 끝낼 일이다.
세상에서 그처럼 빠르게 해치우고
그 큰돈을 벌 수가 없을 테니
차가운 양심이나 뜨거운 사랑이
마음을 사로잡지 않도록 해라.
여자들도 내버린 동정심에 녹지 말고
목적을 위해 군인이 돼.

22 얇은 천에 바늘을 찔러 튼튼하게 바느질을 했다는 뜻이다.

레오니네 그럴게요.
하지만 그녀는 잘생긴 여자예요.
디오니자 그러니 신들이 데려가야 더 좋지.
저기 유모가 죽었다고 울면서 온다.
너 결심했지?
레오니네 예, 결심했어요.
[마리나가 꽃바구니를 들고 등장]
마리나 아녜요. 텔루스 여신[23]의 옷을 벗겨서
누우신 자리에 파란 꽃을 뿌려요.
노랑 꽃, 푸른 꽃, 제비꽃, 금잔화를
여름 내내 가도록 카펫처럼 무덤 위에
얹어놓아요. 아, 나는 불쌍한 처녀,
어머니가 죽을 때 폭풍 속에 태어났지.
세상은 끝없는 바람의 연속,
정다운 이들을 휩쓸어가네.
디오니자 마리나, 좀 어떠니? 왜 혼자 있지?
어째서 우리 딸과 같이 안 있니?
슬픔으로 네 피를 없애지 마라.
나를 유모 삼으렴! 어머나, 네 얼굴,
쓸데없는 슬픔으로 아주 변했어!
자, 꽃은 내게 주고 레오니네와 같이
바닷가를 거닐어라. 신선한 공기가
피부에 스며들어 입맛을 돋운단다.
자, 레오니네, 팔을 잡고 함께 걸어.
마리나 아니에요. 마님의 하인을 가로채지 않겠어요.
디오니자 자, 자, 네 아버님과 너에 대한 사랑이
동기하고 같단다. 우리는 매일같이
오실 것을 기다려. 그분이 오셔서
세상에 소문난 예쁜이가 시든 걸 보고
너무 멀리 오신 것을 후회하시고
우리 부부가 네게 가장 좋게끔
보살피지 못했다고 꾸짖지 않을까 몰라.
자, 가서 산책으로 다시 명랑해지렴.
젊은이, 늙은이, 온갖 사람 시선 끌던
좋은 혈색을 회복해라. 내 걱정 마라,
나 혼자 갈 수 있다.
마리나 그럼 가겠어요.
하지만 생각이 없네요.
디오니자 아니다. 너한테 좋을 게다. 레오니네,
못해도 반 시간은 걷도록 해. 내가 한 말
잊지 말고.
레오니네 마님, 걱정 마세요.
디오니자 [마리나에게] 우리 예쁜이, 잠시 너와 헤지겠다.
조용히 걸어라. 피를 달구지 마라.
아무렴! 내가 너를 돌봐야지.
마리나 좋으신 마님, 고마워요.
[디오니자 퇴장]
지금 부는 바람이 서풍인가요?
레오니네 남서풍예요.
마리나 내가 날 때 바람은 북풍이었죠.
레오니네 그래요?
마리나 유모 말씀이 아버님은 겁을 안 내시고
선원들에게 "장한 선원들!"이라 외치시며,
손의 물집을 마다 않고 밧줄을 당기셨대요.
거의 갑판을 깨뜨리는 파도를 견디시며
돛대를 붙드셨대요.
레오니네 언제 얘기요?
마리나 내가 태어날 때예요.
그처럼 사나운 파도와 바람이 없었대요.
한 선원이 사다리를 오르다가 쓸려 가니까
"야, 떠나고 싶어?" 하고 누가 소리치고 비에 젖어
이리 뛰고 저리 뛰고, 갑판장은 호각을 불고
선장이 소리쳐서 더욱 수라장이었대요.
레오니네 자, 기도 드리오.[24]
마리나 무슨 말씀이지요?
레오니네 기도 드릴 시간이 필요하다면
허락하겠소. 기도 드리오. 하지만 짧게 하오.
신들은 귀가 밝소. 게다가 나는
일을 급히 마치기로 맹세했소.
마리나 왜 나를 죽이려 해요?
레오니네 마님 뜻이오.
마리나 왜 나를 죽여 없애시려나?
아무리 생각해도 평생 한번도
마님께 상처 드린 일이 없는데.
살아 있는 생물에게 나쁜 말 한마디도,
못되게 대한 일도 없어요. 믿으세요.
생쥐 하나, 파리 하나 안 죽였어요.
어쩔 수 없어서 벌레를 밟았으면

23 로마신화에 나오는 흙의 여신.
24 죽기 전에 마지막으로 기도하라는 말은 대개 사형집행인이 사형수에게 하는 말이다.

눈물을 흘렸어요. 무슨 짓을 했기에
내 죽음이 마님께 이로워요?
또는 내 생명이 마님께 위험해요?

레오니네 설명이 아니라 실행이 내 일이오.

마리나 온 세상을 다 줘도 안 그럴 거죠?
얼굴도 잘나시고 표정도 좋으시니
마음씨도 착하겠죠. 저번에 보니까
싸우는 두 사람을 떼어놓다 다치셨어요.
참말 좋게 보였어요. 지금도 그러세요.
마님이 내 목숨을 노리시니 중간에서
불쌍한 약자를 구해주세요.

레오니네 [칼을 뽑는다.] 맹세했소.
그래서 빨리 해치우겠소.

[해적들이 등장]

해적 1 이놈, 꼼짝 마라!

[레오니네가 도망친다.]

해적 2 수지맞았다! 수지맞았다!

해적 3 똑같이 나누자, 똑같이 나누자! 자, 빨리
여자를 배에 태우자. [해적들이 마리나를 데리고 퇴장]

[레오니네가 다시 몰래 들어온다.]

레오니네 도둑들은 해적 왕 발데스의 부하다.
마리나를 데려갔으니 내버려두자.
돌아올 가망이 없다. 죽여서 바다에
버렸다고 하겠지만, 좀 더 살피자.
놈들이 그녀에게 야욕만 채우고
배에 안 태울지 모른다. 살아 있다면
겁탈당한 그녀를 내가 마저 죽일 테다. [퇴장]

## 16

[뚜쟁이와 포주와 하인 볼트가 등장]

포주 볼트!

볼트 예?

뚜쟁이 장터를 잘 살펴. 미틸레네[25]에 쌘 게 난봉꾼이야. 우리 집에 계집애들이 없어서 이번 영업 기간에 돈을 너무 많이 잃었어.

포주 이번처럼 색시 년들 없이 지내긴 처음이다. 못난 물건 겨우 셋밖에 없으니 그것들이 그보다 더 해낼 수도 없는 형편이다. 게다가 그냥 연속으로 하면 썩은 거나 진배없지.

뚜쟁이 그러니까 싱싱한 걸 얻자고. 아무리 돈이 들어도 어떤 장사든지 양심적으로 하지 않으면 돈을 못 번단 말씀이야.

포주 옳은 말이야. 불쌍한 사생아 기르는 건 내놓고—나도 열하난가 키운 것 같은데.

볼트 맞아요. 열한 살까지 키워서 다시 자리에 뉘었죠. 그럼 내가 장터를 뒤질까요?

포주 안 그러면 뭘 할 거야? 우리 물건들은 바람만 세게 불어도 박살 날 정도로 형편없이 녹았다고.

뚜쟁이 사실이야. 양심적으로 말해서, 년들의 병이 너무 심해. 그 불쌍한 북국 놈이 죽었어. 작은 갈보하고 자곤 하던 녀석 말이야.

볼트 그래요. 금방 녀석의 진을 뺐죠. 벌레들이 먹어댈 찜을 만들어 놨으니까요. 그럼 내가 장터를 둘러볼게요. [퇴장]

뚜쟁이 한 삼사천 냥이면 조용히 살 만큼 괜찮은 돈이야. 그럼 물러날 수 있을 텐데.

포주 왜 물러나겠단 소리야? 대답 좀 해봐. 나이 먹어 돈 버는 게 창피한가?

뚜쟁이 이봐, 평판이란 건 팔 물건처럼 생기는 게 아니야. 게다가 아무런 손해 없이 이익이 나는 것도 아니라고. 그러니까 한창 시절에 괜찮은 재산을 거머쥘 수 있으면 문 걸어 잠그는 것도 나쁘지는 않다 이거야. 게다가 신들과 껄끄러운 관계에 있으니까 사업에서 물러나는 것도 썩 좋은 구실이야.

포주 그러지 마. 딴 놈들도 우리처럼 몹쓸 짓을 하거든.

뚜쟁이 우리처럼? 물론, 우리보단 잘하지. 우린 못하고. 이 짓은 사업이랄 것도 못 되고 천직도 아니야. 한데 저기 볼트가 돌아오네.

[볼트, 해적들과 마리나와 같이 등장]

볼트 [해적들에게] 형씨들 이리 오쇼. 당신들 말이, 저 애가 처녀라고 했소?

해적 1 물론이오. 의심할 여지없소.

볼트 [뚜쟁이에게] 주인, 보다시피 이 물건 흥정하느라고 애썼소. 좋다면 좋고, 안 좋다면 내 보증금만 날렸소.

포주 볼트, 쟤가 무슨 재간이라도 있나?

볼트 얼굴이 예쁘장하고 말 잘하고 참말로 멋들어진 옷을 입고 있는데, 그밖에 저 애를 마다할 이유가 뭐가 있나요?

25 현재 터키 서해안에 있는 섬의 옛 항구. 성경의 사도행전에 나오는 무둘레네라는 곳.

포주 값이 얼만가, 볼트?

볼트 천 냥서 한 푼도 깎을 수 없어요.

뚜쟁이 [해적들에게] 그럼, 형씨들, 날 따라와요. 곧장 돈을 내줄 테니. [포주에게] 여보, 저 애를 데리고 들어가요. 할 일을 가르쳐서 손님 맞을 때 뻣뻣하게 굴지 않게 만들어야지. [뚜쟁이와 해적들이 퇴장]

포주 볼트, 자네 잰 머리, 얼굴, 키, 나이 같은 특징들을 외워가지고 처녀라고 보증하면서 '돈 제일 많이 내는 사람이 먼저 차지하기요.' 하고 광고하고 다니라고. 사내들이 전과 같다면 그런 처녀는 싸구려가 아니지. 내가 시키는 대로 해.

볼트 곧 실천에 옮길 테요. [퇴장]

마리나 레오니네가 그렇게 꾸물대고 느리더니! 말없이 찔렀어야지. 또는 이 해적들이 더 흉악했다면 나를 물에 내던져서 어머니를 찾아가게 했을 것인데!

포주 예쁜이, 어째서 한숨 쉬냐?

마리나 예뻐서요.

포주 얘, 신들이 너한테 잘해주셨어.

마리나 신들을 탓하는 게 아니에요.

포주 내 손에 굴러 들어왔으니 너는 여기서 살게 될 것 같다.

마리나 그만큼 내 탓이지요. 죽일 수 있던 손을 벗어났거든요.

포주 아니다. 쾌락 속에 살게 된다.

마리나 아니에요.

포주 그렇게 된다니까. 각양각색 신사 맛을 보게 된단다. 잘 지내게 될 게야. 별의별 인종 맛을 보게 된다고. 아니, 귀를 틀어막아?

마리나 당신, 여자 맞아요?

포주 내가 여자 아니라면 뭐로 본다는 게야?

마리나 정숙한 여자가 아니면 여자도 아녜요.

포주 아이고, 한심한 영계! 너 땜에 아무래도 무슨 일 생길 것 같다. 넌 멍청한 어린 풋내기니까 쓸 만하게 길을 들여야겠다.

마리나 신들이여, 지켜주소서!

포주 신들이 사내들을 시켜서 너를 지켜줄 거라면, 사내들이 너를 즐겁게 해주고 사내들이 너를 먹이고 사내들이 너를 흥분시켜 줘야겠다.

[볼트 등장]

볼트가 돌아왔다. 그래 네가 온통 장터를 쏘다니면서 재를 선전했냐?

볼트 거의 재 머리카락만큼 떠들어댔어요. 내 말로 재 얼굴을 그려서 보여줬어요.

포주 그래 사람들이, 그중에도 젊은 축이 어떻게 기울이데? 얘기 좀 해라.

볼트 기가 막혀서. 내 말 듣기를 저네 아비 유언 듣듯 합디다. 한 스페인 녀석은 입에서 군침을 질질 흘리더니 저 애가 어찌어찌 생겼다는 내 말만 듣고 그대로 잠자리로 직행하데요.

포주 내일 그 녀석 제일 좋은 깃을 높여 달고 우리 집에 찾아올게 확실해.

볼트 오늘 밤예요, 오늘 밤. 한데, 마님, 사타구니 움츠리고 다니는 프랑스 기사 아시죠?

포주 누구? 베롤레스 씨 말인가?

볼트 예, 그 사람요. 내 광고를 듣더니 그 자리에서 깡충깡충 춤추려고 합디다. 하지만 그러다가 끙끙 하고 말데요. 그러면서 내일 재를 보러 온대요.

포주 그렇구나. 그자가 앓으면서 여기 왔었지. 여기서 재발했을 뿐이야. 우리 집 그늘 속에 들어와서 햇살 같은 금돈을 뿌려놓겠지.

볼트 자, 이 세상 모든 나라의 손님이 와도 우리 여관 표시 아래 재우면 돼요.

포주 [마리나에게] 얘, 너 잠깐 이리 와라. 너한테 굉장한 돈이 쏟아질 판이다. 내 말 잘 들어. 네가 좋아서 하는 짓이지만 겁나는 척해야 돼. 아주 수지맞아도 돈을 무시하는 척해라. 네 처지가 처량하다고 울면 네 애인들이 동정하게 된다. 그렇게 동정하면 대개 너를 잘 봐주거든. 바로 그렇게 봐주는 게 그대로 모두 돈이 돼.

마리나 무슨 말인지 몰라요.

볼트 [포주에게] 에이, 알게 해줘요, 마님, 알게끔 해주라니까요. 부끄러워 낯이 빨개진 건 당장에 손을 봐서 꺼뜨려야 일이 돼요.

포주 네 말이 맞아. 정말 그래야 되겠다. 원래 떳떳이 허락받고 하기로 돼 있는 그 짓을 새색시들이 남부끄러워하는 법이거든.

볼트 사실 더러는 그렇고 더러는 안 그래요. 하지만, 마님, 내가 이 고깃덩이 들여오는 데에 한몫을 한 만큼—

포주 너도 고기 한 꼬치 뜯어 먹어.

볼트 그래도 돼요?

포주 누가 아니래? [마리나에게] 얘, 젊은것아, 네 옷 모양새가 참말 좋구나.

볼트 정말 그래요. 아직 옷을 바꿔 입히지 마세요.

포주 [돈을 주면서] 볼트, 이건 읍내 가서 쓰라고. 우리 집에 누가 와 있는지 소문내라. 손님이 많아서 손해날 건 없어. 자연이 이 물건 낼 때 너 잘되라고 한 거야. 그러니까 재가 얼마나 기막힌 여잔지 말해줘라. 그럭하면 자기가 퍼뜨린 말에서 돈을 쓸어 담는 셈이지.

볼트 마님, 내가 퍼뜨린 저 애가 예쁘단 소문에 음탕한 녀석들이 불끈 꼴려서 천둥소리에 갯바닥 뱀장어 일어나는 것보다 더 세게 일어날 테니 두고 보세요. 오늘 밤 몇 놈 데려올 테요. [퇴장]

포주 얘, 이리 따라와.

마리나 불이 뜨겁고 칼이 날카롭고 물이 깊다면
놓이기만 하는 날엔 처녀를 지켜야지.
다이애나 여신님, 제 뜻을 도와주소서!

포주 다이애나와 우리가 무슨 상관이야? 얘, 너 나하고 같이 안 가겠냐? [모두 퇴장]

## 17

[클레온과 디오니자가 상복 차림으로 등장]

디오니자 왜 못나게 굴어요? 되돌릴 수 없잖아요?

클레온 오, 디오니자, 그런 참혹한 살인은
일찍이 해와 달도 보지 못했소!

디오니자 당신은 다시 어린애가 되겠네요.

클레온 이 넓은 천지의 주인이 된다 해도
물릴 수만 있다면 모든 걸 내주겠소.
혈통보다도 높은 성품, 그러면서도
공정히 비교하면 세상 어느 왕에게도
뒤지지 않을 공주님! 나쁜 놈 레오니네!
게다가 당신이 그놈을 독살했지!
당신마저 독배를 마셨다면 잘 어울릴
고마운 짓이겠어. 뭐라고 할 텐가,
페리클레스가 딸을 내놓으라고 하면?

디오니자 죽었다고 하지요. 보호자가 운명이오?
양육은 죽지 않게 하는 게 아니에요.
밤에 죽었다 하죠. 누가 다른 말 해요?
당신이 엄숙하게 나는 모른다면서
정직하단 말을 들으려고 '살해당했다'고
떠들지만 않는다면.

클레온 관두오, 관두오.
하늘 아래 온갖 죄악 가운데서
신들이 이런 짓을 가장 미워하오.

디오니자 타르수스의 쬐고만 굴뚝새가 날아가
페리클레스에게 이를까봐 겁을 내는구려.
혈통은 대단히 고귀한데 왜 그리
겁쟁인지 창피스럽소.

클레온 처음부터
그런 짓에 동의하지 않았어도
나중에 동의하면 그런 자는 본시
고귀한 혈통이 못 되오.

디오니자 그렇다고 해요.
당신밖엔 그녀가 죽은 내력을 모르고
레오니네도 없으니까 아무도 몰라요.
내 딸을 무색하게 만들고 거기 끼어서
혼처도 놓쳤어요. 아무도 거들떠보지 않고
마리나의 낯짝만 멍청히 바라볼 뿐,
딸년은 해 아래 나설 자격도 없는
천덕꾸러기여서 그게 가슴에 사무쳤어요.
당신은 자기 딸을 사랑하지 않아서
내 해결 방법이 잔인하다 하지만
나로서는 당신의 외동딸을 위하는
사랑의 행위라고 자부합니다.

클레온 하늘이여, 용서하소서!

디오니자 페리클레스라도 뭐라고 하겠어요?
우리는 영구를 따라가며 내내 울었고
아직도 슬퍼해요. 그 애의 비석이
거의 완성되었고 번쩍이는 금자로 된
비문에는 아낌없는 칭찬과 우리 둘의
마음을 나타냈는데 그 모든 비용은
우리가 부담했어요.

클레온 괴물 하피[26] 같소.
속이려고 천사처럼 웃는 얼굴로 와서
독수리 발톱으로 낚아채는 것들이오.

디오니자 당신은 겨울철에 파리가 죽었다고
신들에게 항의하는 미친 사람 같아요.
하지만 당신도 시키는 대로 할 테죠. [둘 퇴장]

26 그리스신화에 나오는, 여자 얼굴에 독수리 날개가 달려 날아다니면서 잔칫상의 음식을 마구 먹어치우는 괴물.

## 18

[가워 등장]

가워 이처럼 시간을 건너뛰고 먼 거리를 단축하며
조개껍질로 항해하고 가고 싶은 데 가보고
상상 속에 이곳저곳 옮겨 다니고
이런 땅 저런 땅 마음대로 넘나들고
여러분의 양해 하에, 장면이 펼쳐질 때
각 지방의 말씨가 다를지라도
한 말씨를 쓰는 것이 흠이 아니오.
이야기 대목마다 내가 서 있을 테니
부탁컨대 여러분은 나에게서 들으시오.
페리클레스는 다수의 귀족과 기사를 거느리고
심술궂은 바다를 또다시 제어하며
유일한 삶의 기쁨, 딸을 찾아가고 있소.
헬리카누스도 따라가고, 혹시 기억할는지,
에스카네스 노인은 뒤에 남아 다스리오.
얼마 전에 헬리카누스가 승진시켜서
크고 높은 지위를 부여했었소.
잘 달리는 돛배에 바람 또한 풍성하여
생각처럼 빠르게 왕이 타르수스에 이르니,
여러분도 생각으로 빨리 따라가 보오.
딸을 데리러 왔으나 그녀는 먼저 갔소.
티끌처럼 아득한 그들을 잠시 보면
여러분의 눈과 귀를 내가 맞춰놓겠소.
[무언극. 한쪽 문으로 페리클레스가 수행원을
모두 데리고 등장. 다른 문으로 클레온과 디오니자가
상복 차림으로 등장. 클레온이 커튼을 열고
페리클레스에게 무덤을 보여주니 페리클레스가
탄식하며 베옷을 입고 격한 슬픔 중에 떠나고
수행원들이 뒤따른다. 클레온과 디오니자가
다른 문으로 퇴장]
보시오, 믿음이 거짓에게 당하는 꼴을!
꾸민 애도가 진실한 슬픔을 대신하오.
페리클레스는 슬픔에 젖어들어
비명 같은 한숨과 소나기 같은 눈물 속에
타르수스를 떠나려고 다시 배에 오르며 결코
얼굴 안 씻고 머리 안 자르겠다 맹세하오.
베옷 입고 바다에 나서 폭풍을 참아내니
연약한 그의 몸이 갈가리 찢기지만
끝까지 견뎌내오. 모두 알아두시오.
아래의 비문은 흉악한 디오니자가
마리나를 위하여 지은 것이오.
[마리나의 비석에 쓰인 비문을 읽는다.]
"가장 아름답고 정숙하고 착한 이가 누웠으니
인생의 청춘에 시들었도다.[27]
자연의 동산의 꽃봉오리였으나
으뜸가는 꽃이요 선한 아가씨였다."
부드럽고 나긋한 아첨보다 검은 흉악에
더 잘 어울리는 얼굴이 없소.
페리클레스는 딸의 죽음을 의심치 않고
운명이 끄는 대로 따라가는데
이 장면은 지옥 같은 짓에 몰린 그의 딸의
슬픔과 무거운 한숨을 연출할 수밖에 없소.
그런고로 잠시 동안 참아주시고
미틸레네에 와 있다고 상상하시오. [퇴장]

## 19

[두 신사 등장]

신사 1 일찍이 그런 말을 들어보셨소?
신사 2 아니요. 그녀가 여기를 떠나면 다시는 이런 곳에서
들을 수 없는 말이오.
신사 1 하지만 그런 데서 거룩한 설교를 하다니—이런
일을 꿈이라도 꾸셨소?
신사 2 절대로 아니오. 자, 나는 더 이상 창녀 집을 찾지
않겠소. 우리 여사제들의 찬송을 들으러 갈까요?
신사 1 이제 나는 선한 일은 뭐이든지 할 작정이오. 간음의
길에서 영원히 벗어났소. [둘 퇴장]

27 종전의 대본에는 36행 이하에 다음의 내용이 들어있는데, 옥스퍼드 판에서는 셰익스피어의 솜씨를 전혀 보이지 못하는 이 부분을 과감히 삭제했다. "티루스 왕의 딸로서 / 추악한 죽음이 이런 살육을 범하였다. / 마리나라 불렸는데 그녀가 태어날 때 / 자랑에 찬 테티스(바다의 여신)가 땅의 한쪽을 삼켰다. / 그래서 땅은 범람을 두려워하여 / 테티스의 갓난아기를 하늘에 주어버렸다. / 그리하여 테티스는 단단한 바위 해안에 / 성난 공격 퍼붓기를 마지않으리라 다짐하도다." 여기 옮긴 짧은 4행의 비문은 윌킨스의 소설에 나온다.

[뚜쟁이와 포주와 볼트가 등장]

뚜쟁이 그 애가 이곳에 안 왔다면 그 애 값의 두 배 이상 벌었을 게야.

포주 망할 쌍년! 그년이 프리아포스 신까지 꽁꽁 얼어붙게 만들어서 한 세대 전부 씨가 마를 정도야. 그년을 강간당하게 하거나 치워버려야 쓰겠어. 손님들에게 책임량만큼 일을 해서 우리 영업에 도움이 돼야 하는데 주접을 떨어대고 이치가 어떻고 대원칙이 어떻고 하면서 기도하고 무릎을 꿇어대니 제 아무리 마귀라도 그년과 키스 값을 흥정하다간 청교도가 돼버릴 판이야.

볼트 아무래도 내가 강간해야 되겠네요. 까딱하다간 우리 기사들이 전멸하고 말씨 험한 손님들이 사제가 되겠어요.

뚜쟁이 저 빈혈증 풋내기에 매독이나 씌어라!

포주 정말이지 매독에 걸리는 것밖에 그 짓을 떼어버릴 도리가 없어.

[뤼시마코스 등장]

뤼시마코스 대감님이 변장하고 오세요.

볼트 까다로운 계집년이 손님이 하자는 대로 하면 대감님 아니라 잡놈까지 모두 올 건데.

뤼시마코스 자, 값이 얼마냐? 처녀 열두 마리 얼마 해?

포주 신들이 대감님을 축복하시길!

볼트 건강하신 것을 보니 기쁩니다요.

뤼시마코스 그럴 테지. 고객들이 든든한 두 다리로 서서 다녀야 당신들한테 이로울 테니까. 한, 깨끗한 오입거리 있나? 사내가 관계를 하고도 의사한테 저리 가라 할 수 있게 말이야.

포주 여기 하나 있습니다요, 걔가 하겠다고만 하면—미틸레네에 걔 같은 게 온 적이 없어요.

뤼시마코스 너희들 말마따나 그것이 그런 컴컴한 짓을 하겠다면 말이다.

포주 대감님도 뭐라 할지 잘 아시잖아요.

뤼시마코스 그럼 불러내라, 불러내라. [뚜쟁이 퇴장]

볼트 살과 피를 보시면, 즉 하얗고 빨간빛을 보시면, 장미꽃인 줄 아실 텐데—걔가 정말 장미꽃이면. 단지 저—

뤼시마코스 뭔가?

볼트 오, 저도 점잖을 줄 안다고요.

뤼시마코스 그럴 줄 알면 뚜쟁이의 위신이 높아져. 그 물건이 깨끗하면 세상 평판이 좋아지는 것과 같아.

[포주가 마리나를 데리고 등장]

포주 굵은 줄기가 되려고 지금 한참 자라는 가지가 옵니다. 아직 아무도 안 꺾었어요. 보증합니다. 참 예쁜 계집 아니에요?

뤼시마코스 정말이지 바다를 오랫동안 항해한 끝이니 쓸 만하겠다. 자, 이거 받아라. 우리만 두고 비켜라.

[포주에게 돈을 준다.]

포주 대감님, 잠깐 실례하겠어요. 한마디만 할게요. 금방 끝낼게요.

뤼시마코스 아, 그러라고.

포주 [마리나에게 방백] 첫째로, 잘 알아 모셔라. 이분은 귀하신 분이시다.

마리나 귀하신 분인지 확인하고 싶어요. 그래야만 제가 존경하고 모시지요.

포주 다음으로, 이분은 이 나라의 총독이시다. 내가 신세 지는 분이시지.

마리나 이 나라의 총독이시면, 과연 마님은 그분께 신세 지시네요. 하지만 얼마나 정직하신지는 몰라요.

포주 처녀니 뭐니 주접은 떨지 말고 저분에게 상냥하게 대하겠니? 네 앞치마에 황금을 깔아주실 게야.

마리나 그분이 신사답게 주시는 것이면 저도 감사한 마음으로 받겠어요.

뤼시마코스 [포주에게] 다 끝났나?

포주 대감님, 저 애가 아직 길이 덜 들었어요. 아이를 뜻대로 다루시려면 수고 좀 하셔야겠네요. [볼트와 뚜쟁이에게] 자, 대감님은 저 애와 같이 계시라 하고, 우리는 자리를 뜨자고. 저리들 가라. [포주와 뚜쟁이와 볼트 퇴장]

뤼시마코스 자, 예쁜 아가씨, 네가 이 일에 나선 지가 얼마나 오래 됐지?

마리나 일이라뇨?

뤼시마코스 저런. 사실대로 말하면 네가 창피할 텐데.

마리나 제가 하는 일이라면 창피하게 여기지 않아요. 그대로 말씀하세요.

뤼시마코스 이 일에 종사한 지가 얼마나 됐냐고.

마리나 아득한 옛날부터요.

뤼시마코스 그렇게 어릴 적부터 그 일을 했다고? 다섯 살, 일곱 살 때도 노는 아이였나?

마리나 더 어릴 때도요. 지금도 그럴 줄 안다면 그래요.[28]

뤼시마코스 네가 살고 있는 이 집은 너를 팔 물건이라고 광고하는 데야.

마리나 이 집이 그런 일 하는 데인 줄 알면서도 들어오신 거예요?

28 '처녀'가 마리나의 평생 '직업'인 것이다.

대감님은 귀한 성품을 가지신 분이며 이곳의 총독이시라는
말을 들었는데요.

뤼시마코스 아니 그럼, 네 주인이 내가 누구인지 가르쳐 주었다는
말이냐?

마리나 누가 제 주인인데요?

뤼시마코스 그야 네 약초 파는 부인이지. 수치와 죄악의 씨와
뿌리를 가꾸는 여자 말이다.
[마리나가 운다.]
오, 네가 내 권력 얘기를 조금 듣고서
좀 더 엄숙하게 구애하라고 빼는 거구나.
하지만 예쁜이, 솔직하게 말하면[29]
내가 여기 총독이다. 내 권위로 잘못을
눈감아주고 친절히 봐줄 수가 있지만,
불쾌하면 마음대로 벌할 수도 있으니까,
네가 암만 예뻐도 내 기분이 상하면
너도 벌을 면치 못하며 이 이상 버티고
시간을 끌어도 나를 여기 데려온
내 욕망이 줄어들지 않는다.
자, 어디 조용한 데로 안내해라. 어서.

마리나 대감님, 제 말씀 좀 들어주세요.
대감께서 총독이라 말씀하시는데
남을 다스릴 때 쓰시는 그 권세를
자신을 그릇되게 인도하는 수단으로
삼으시지 않게끔 조심하세요.
존귀하게 나셨으면 존귀함을 보이시고,
남들이 존귀한 자리를 준 것이라면
그들의 판단이 옳았음을 증명하세요.

뤼시마코스 뭐, 뭐라고? 할 말 더 있으면 똑똑히 굴어.

마리나 모든 자에게 군림하는 총독님께서
한 사람을 망치시면 총독님의 법률은
원칙이 무엇이죠? 제 정절을 빼앗으면
금단의 지역에 발을 들여 놓음으로
많은 사람이 뒤따르게 하는 짓이니
그들의 죄의 책임을 모두 다 지셔야 돼요.
제 목숨은 아직까지 때 묻지 않았고
생각조차 정조를 더럽히지 않았어요.
그러므로 죄의 방종을 위해서가 아니라
선을 위해 하늘이 공들여 지으신
이 몸을 총독님의 폭력으로 더럽힌다면
자신의 명예를 죽이며, 법을 망치며
저를 불쌍하게 만드는 짓이에요.

뤼시마코스 네가 사는 이 집은 모든 사람의
죄를 담는 그릇이며 죄악의 온상이다.
그러니 그 안에 사는 너는 아무것도
못 되지 않는가?

마리나 인자하신 대감님,
제 앞에 불이 있다고 당장에 뛰어들어
타죽어야 하나요? 만약에 이 집이—
너무 많은 사람이 이런 집을 기억하듯—
의사의 재산이며 의원의 밥벌이래도
돈을 벌어 주려고 제 몸이 병들어야 하나요?
선하신 대감님, 저를 더럽히지 마시고
죽여주세요. 마음껏 벌하시되 제 정절은
아껴주세요. 신들이 점지하고 세상이
남겨놓은 저의 유일한 혼수 밑천이에요.
빼앗지 마세요. 저를 하녀로 삼으셔요.
기꺼이 복종하겠어요. 노예로 삼으세요.
자유로 알겠어요. 가장 천한 것이 되어도
순결만 지킬 수 있다면 만족이어요.
또는 저의 그런 처지가 너무 행복하다
느끼신다면 지금 당장 이 순간에
[무릎 꿇는다.]
죽여주세요. 그러면 저의 죽음을
저의 출생보다 행복으로 여기겠어요.

뤼시마코스 [그녀를 일으키며]
오, 분명 이것은 정숙의 모습이다.
아니다. 하늘에서 잠시 동안 내려보내서
세상을 다스리고 가르칠 정숙 자체다!
네가 이처럼 말을 잘할 줄은 몰랐으며
꿈도 꾸지 않았다.
이곳에 올 때는 방종한 내 마음이
추하고 일그러졌었지만, 네가 열심히
깨끗이 빨아 이제는 하얗게 됐다.
내가 여기 올 때는 너의 처녀 값으로
금화 한 닢을 치르려 했는데
네 정절을 구할 값인 20냥을 받아라.
네가 가는 깨끗한 길을 굳게 지켜라.
신들이 너에게 힘 주시길 기원한다.

29 94~156행은 옥스퍼드 판에서 윌킨스의 운율적인 소설을 극의 원본과 합하여 재구성한 것이다.

마리나 선하신 신들이 대감님을 지켜주시길!
뤼시마코스 이제 내게는 저 문과 창문들이
악취를 풍긴다. 잘 있어라. 너야말로
정절의 표본이며 자연의 걸작이다.
분명히 너는 고귀한 교육을 받았다.
네 정절을 뺏는 자는 저주받고
도둑처럼 죽기를 원한다. 잠깐, 돈이
더 있다. 내게서 무슨 말이 있으면
너를 위한 것인 줄로 알아라.
[뤼시마코스가 떠날 때 문간에 기다리고 선
볼트가 보인다.]
볼트 대감님, 저도 한 푼 주세요.
뤼시마코스 저리 가라, 망할 문지기 녀석!
이 처녀가 네 집을 떠받치지 않으면
폭삭 주저앉아 너를 깔아뭉갤 게다. 없어져! [퇴장]
볼트 도대체 어떻게 된 거야? 너한테 다른 조치를 취해야겠다.
천하에 제일 싸구려 나라에서도 아침밥 한 끼 값도 못
되는 네 년의 까다로운 정절이란 게 집 안 전체를 망칠
판이라면 차라리 내가 애완견처럼 불알을 따도 좋다.
이리 와.
마리나 어딜 데려가려는 거예요?
볼트 내가 네 처녀를 따먹어야 되겠다. 아니면 여느 망나니가
그럴 거다. 이리 와. 더 이상 신사 양반들을 쫓아버려선
안 되겠다. 이리 오라니까!
[포주 등장]
포주 아니 무슨 일이야?
볼트 점점 더 골칫거리요, 마님. 방금 저년이 뤼시마코스
대감님께 거룩한 말씀을 했다고요.
포주 아이고 끔찍해라!
볼트 바로 신들의 면전에서 우리 영업을 쿠린내 나는 짓으로
꾸며대는 거지요.
포주 망할 년, 영 목 달아맬 년!
볼트 대감님이 여느 나리들처럼 저년을 다뤘을 건데 저년이
그분을 눈덩이처럼 차갑게 만들어 보냈지 뭐요! 게다가
기도까지 올리며 가셨네요.
포주 볼트, 데리고 가. 네 마음대로 주물러. 저년 처녀막을
유리처럼 깨뜨려서 나머지 모두 말랑말랑하게 만들어줘.
볼트 저년이 지금보다 더 험한 가시밭이라고 해도 모두 갈아
엎을 테요.
마리나 신들이여, 들으소서, 들으소서!
포주 신을 부르누나. 빨리 데려가! 우리 집에 안 들였더라면
오죽 좋을까! 쌍년, 모가지 매달려라! 우리를 망치려고
태어난 년이다. 넌 여자들 가는 길을 안 가겠다 이거지?
망할 년, 이리 와. 박하, 황기 따위로 곱게 치장한 정절
접시 같으니라고! [포주 퇴장]
볼트 야, 이것아, 나하고 가자니까.
마리나 어딜 데려가려고요?
볼트 그렇게 비싸게 꼬불쳐 가진 네 보석을 뺏으련다.
마리나 제발 먼저 하나만 말해줘요.
볼트 그래, 그 하나가 뭐냐?
마리나 당신 원수가 누구라면 좋겠어요?
볼트 그야 원수가 주인이라면 좋겠지, 더 좋게 되려면
주인마님이든지.
마리나 그 두 사람 모두 다 당신보다 나아요.
명령하는 입장이라 당신보다 높아요.
당신의 자리는 혹독히 벌 받는 지옥 악마도
창피해서 바꾸지 않겠다고 할 거예요.
창녀를 찾아 드나드는 천한 인간들에게
문지기 노릇 하는 저주받은 존재예요.
건달들의 성급한 주먹질에 당신 따귀는
언제라도 맞을 테고, 문드러진 허파에서
트림하듯 내뱉는 욕설이 당신 밥이에요.
볼트 나더러 어쩌란 거야? 군대나 가란 거야?
7년이나 복무한 값으로 다리 한 개 없어지고
마지막엔 나무다리 살 돈도 없는 신세가
되란 말이야?
마리나 지금 하는 짓 말고는 뭐든지 하세요.
폐물 상자나 하수도 쓰레기 치우기나
망나니[30]의 도제로 일을 돕거나
어떠한 일이라도 지금보단 나아요.
당신이 지금 하는 일은 원숭이라도
말만 할 줄 안다면 창피하다 할 거예요.
이 돈 받아요. 주인이 수입을 원한다면
내가 노래도 길쌈도 바느질도 춤도 춘다 해요.
그밖에 여러 가지—자랑 같아 그만둬요.
그래서 이런 일을 가르쳐줄 수 있어요.
이 도시엔 사람이 많아 수강생도 많을 테니
틀림없어요.
볼트 네가 말한 그런 걸 모두 가르쳐줄 수 있다고?

30 '망나니'는 우리가 쓰던 말로, 죄수를 사형에 처할 때 그 일을 맡는 아주 천한 직업이었다.

마리나 못 하는가 두고 봐요. 나를 다시 데려다가
당신 집에 자주 오는 제일 못난 사내에게
팔아봐요.
볼트 음, 그럼 내가 해줄 만한 일이 있는지 생각해 보겠다.
자리를 얻어줄 수 있다면 그렇게 해주지.
마리나 하지만 점잖은 부인들이라야 해요.
볼트 솔직히 그런 여자들과는 별로 알고 지내질 않아서—
하지만 우리 주인과 마님이 너를 샀으니까 그분들이
허락하지 않으면 갈 수 없겠어. 그러니까 내가
주인들께 네 생각을 전할게. 그러면 틀림없이 귀가
솔깃할 거야. 자, 내가 할 수 있는 만큼은 네게 해줄게.
이리 오라고. [둘 퇴장]

## 20

[가워 등장]
가워 이리하여 마리나는 매음굴을 벗어나
점잖은 집 안에 들어갔다는 이야기요.
신처럼 노래하고 사람들이 감탄하는
노래에 맞춰 여신처럼 춤을 췄소.
학식 깊은 학자들도 잠잠케 하고
바늘로 꽃, 새, 열매, 자연을 그려내니
그 재주는 자연의 장미와 자매간이오.
아마실로 비단에 빨간 앵두를 그려내니
양반 집안 제자가 끊이지 않았소.
그녀에게 넉넉한 돈이 쏟아져 들어오나
못된 포주에게 고스란히 넘어가오.
그녀를 여기 두고, 바다 위에 남겨둔
그녀 아버지에게로 돌아갑시다.
바다에서 길 잃고 바람에 불려
자기 딸이 사는 곳에 이르렀으니
이 해안에 정박했다 상상하시오.
이 도시는 해마다 해신제를 벌이는데
그때 뤼시마코스가 티루스의 배를 보니,
검은 기를 띄우고 호화롭게 차린 배라
그리로 열심히 거룻배를 몰아 갔소.
이제 다시 상상의 눈으로 바라보시오.
여기가 슬퍼하는 페리클레스의 배이니
연기로 보여줄 일을 되도록 많이
여러분께 보일 테니 앉아서 들으시오. [퇴장]

## 21

[헬리카누스 등장. 그에게 티루스 선원과
미틸레네 선원 등장]
티루스 선원 [미틸레네 선원에게]
헬리카누스 대감께서 대답해 주실 거요.[31]
[헬리카누스에게] 대감님, 미틸레네에서 배 한 척이 왔는데
뤼시마코스 총독이 타고 계세요.
승선을 원하는데 의향이 어떠세요?
헬리카누스 원하는 대로 하시라지. [미틸레네 선원 퇴장]
신사들을 오시래라.
티루스 선원 여러분, 대감께서 부르시오.
[신사 두셋 등장]
신사 1 무슨 일인가요?
헬리카누스 여러분, 어떤 높은 분이 승선을 원하오.
정중하게 맞으시오.
[뤼시마코스가 미틸레네 선원과 귀족들과 함께 등장]
미틸레네 선원 [뤼시마코스에게]
이분이 무엇이든 답변하실 분입니다.
뤼시마코스 [헬리카누스에게]
안녕하십니까, 어르신! 신들의 가호를!
헬리카누스 나보다 오래 살게 지켜주시길!
그리고 내가 바라듯 임종하시길!
뤼시마코스 좋은 기원이오.
저는 미틸레네의 총독이올시다.
바닷가에서 해신제를 벌이던 중에
훌륭한 이 배가 우리 앞을 지나기에
어디서 오시는지 알고자 온 것이오.
헬리카누스 우리 배는 티루스 배인데 왕이 타셨소.
석 달 동안 아무와도 말 한마디 않으시고
슬픔을 연장시킬 목적으로밖에는
아무것도 안 자셨소.
뤼시마코스 무슨 일로 이런 변이 생기셨소?
헬리카누스 모두 다 되뇌기는 너무나 길군요.
하지만 슬픔의 주요 원인은
사랑하는 딸과 아내를 잃으신 거요.
뤼시마코스 뵐 수 없을까요?

31 21장의 53행까지는 옥스퍼드 판에서 윌킨스의 소설과 원전을 바탕으로 재구성한 것이다.

헬리카누스 보셔도 괜찮소.
하지만 아무 소용없을 거요. 누구와도
말씀을 안 하시니.
뤼시마코스 어쨌든 만나 뵙게 해주시오.
헬리카누스 보시오.
[헬리카누스가 커튼을 젖히니 페리클레스가
침상에 누운 것이 보인다.]
풍채 좋은 분이셨소.
운명의 그 밤이 저분을 저처럼
몰아가기 전에는.
뤼시마코스 [페리클레스에게] 전하 만세! 만세, 전하!
[페리클레스가 베개 속에 웅크린다.]
헬리카누스 소용없소. 말씀을 안 하신다오.
미틸레네 신하 미틸레네에 아가씨가 있는데 틀림없이
말씀을 이끌어낼 겁니다.
뤼시마코스 마침맞은 생각이오.
의심할 바 없이 아름다운 음악과
그 밖의 빼어난 매력으로 기습하여
꽉 막힌 성문을 포탄으로 부수듯
절반쯤 막혀 있는 왕의 귀를 뚫을 거요.
무엇에나 재간 있고 누구보다 아름답소.
지금 자기 동무들과 인접한 숲에
거주하고 있소이다. 가서 데려오시오. [신하 퇴장]
헬리카누스 모두 부질없겠지요. 하지만 회복이란
얘기만 들어가도 빼놓지 않으려오.
그런데 이만큼 신세를 지는 김에
보급품을 사게끔 허락하시오.
식품이 모자라서 그러는 건 아니지만
오래돼서 질렸소이다.
뤼시마코스 오, 그처럼 당연한
예의를 거절한다면 정의로운 신들이
새싹마다 벌레를 붙여 이 지방 전부를
벌하셔도 좋소이다. 그런데 왕께서
슬퍼하시는 이유를 좀 더 자세히
들었으면 합니다.
헬리카누스 말씀드리지요.
[신하가 마리나와 다른 처녀와 함께 등장]
한데 말하기 전에 오는군요.
뤼시마코스 오, 내가 부르러 보냈던 그 아가씨요.
잘 왔소. 아리따운 아가씨.—참 잘생겼지요?
헬리카누스 아주 멋진 아가씨요.
뤼시마코스 참 좋은 규수요, 점잖은 집안이나
귀족의 가문이란 확증만 있으면
최고의 배필이니 잘한 결혼이겠지요.
아름다운 여인이여, 아낌없는 아량이 베풀
온갖 선물을 기대하시오. 여기 계신
왕께서 편찮으신데, 효력이 있는 능숙한
솜씨로 한마디 말이라도 이끌어내면
그대의 거룩한 의술이 원하는 대로
온갖 대가를 받을 것이오.
마리나 그분의 회복에
온 힘을 쏟겠어요. 다만 부탁하는 것은
저하고 제 동무 이외에는 누구도
그분에게 가까이 오지 마셔요.
[페리클레스의 침상을 앞으로 내온다. 사람들이
옆으로 비켜선다.]
[마리나의 노래[32]]
뤼시마코스 [앞으로 나서며]
왕이 노래 들으셨소?
마리나 아뇨. 보지도 않으셔요.
뤼시마코스 [사람들에게로 돌아오며]
저 봐요. 말을 붙이려 해요. 혼자 있게 합시다.
신들이 그녀에게 치유의 힘을 주시길!
[페리클레스와 마리나 이외에 모두 퇴장]
마리나 안녕! 임금님, 말씀을 들으셔요.
페리클레스 흠, 허! [그녀를 밀친다.]
마리나 임금님, 저는요,
사람 앞에 불리어 나서기만 하면

32 어느 판본에도 전하지 않지만 이 작품의 원천의 하나인 트와인의 이야기책에 다음의 노래가 전해진다. "더러운 창녀 틈에 살고 있지만 / 나는 창녀가 아니에요. / 장미는 가시 틈에 살고 있지만 그렇다고 상하지 않아요. / 나를 납치한 도둑은 확실히 / 제 명대로 살지 못해요. / 포주가 나를 샀지만 나는 / 육체의 죄로 더럽히지 않았어요. / 친부모를 아는 것보다 / 더 기쁜 일은 없겠죠. / 나는 왕의 자식이에요. / 내 혈통은 왕가의 것이에요. / 때가 되면 하늘이 내 신세를 고치고 / 좋은 날을 보내주실 거예요. / 슬픔은 마음의 아픔만을 더할 뿐 / 조금도 도움되지 못해요. / 얼굴에 기쁜 빛을 띠어요. / 명랑한 눈길을 높이 던져요. / 태초에 무에서 천지를 지으신 / 하느님이 살아 계시니까요."

혜성이 나타난 듯 쳐다보는 처녀인데요,
임금님과 제 슬픔의 무게를 달아보면
제가 겪은 슬픔과 같을 거예요.
변덕스런 운수가 심술을 부렸지만
강성한 왕들과 어깨를 견주셨던
훌륭하신 조상들의 후손이지요.
하지만 세월이 제 출생을 말살했으며
매정한 세상과 기구한 신세로
노역에 매였어요. [방백] 그만두고 말까보다.
하지만 내 뺨에 더운 김이 느껴오고,
'입을 여실 때까지 기다리라'고 속삭여.
페리클레스 운수라, 출생이라, 훌륭한 조상이라,
나와 꼭 같다고? 그런 말 아니었냐, 응?
마리나 제 말은, 왕께서 제 출생을 아셨다면
저에게 함부로 안 하실 거라고 했어요.
페리클레스 그렇겠지. 나를 쳐다보아라.
누구와 비슷한데—어느 나라 여잔가?
여기 해안 사람인가?
마리나 아녜요, 이 해안은 아니지만
이 세상 사람으로 태어난 건 사실이고,
보시는 그대로예요.
페리클레스 슬픔이 가득 차서 울어야 풀리겠다.
사랑하던 아내가 이 처녀와 비슷했지.
딸도 비슷했겠지. 아내의 넓은 이마,
키는 똑같아. 깃대처럼 곧았지.
은방울 목소리도, 보석 같은 두 눈도
화사한 속눈썹도, 주노[33] 같은 걸음도,
목소리는 들을수록 귀가 더욱 굶주리고
허기가 더하지. 아가씨, 어디 사나?
마리나 이방인일 뿐이에요. 갑판에서 보시면
찾으실 수 있어요.
페리클레스 어디서 자랐는가?
재간들은 어떻게 배웠는가? 네가 익혀서
더욱 풍성하게 되었는데.
마리나 제 내력을 말하면
거짓말 같아서 들으시다가
웃으실 거예요.
페리클레스 말해보라고.
너에게서 거짓말이 나올 리 없어.
너는 정의처럼 겸손하며 왕관을 쓴 진실이
거주하는 궁전 같아. 네 말 믿겠다.
불가능한 것 같은 일도 눈과 귀가
네 말 믿게 하겠다. 너야말로 예전에
내가 정말 사랑하던 그 사람 같구나.
친척이 누구지? 너를 처음 보고서
내가 밀치니까 좋은 가문에서 났다고
하지 않았나?
마리나 그랬어요.
페리클레스 출생을 알려다오. 억울한 처지에서
더욱이나 억울하게 되었다고 말했지.
둘의 내력을 들추면 네 슬픔이 내 슬픔과
같을 거라고도 했지.
마리나 그 비슷이 말했어요.
저의 내력 중에서 믿을 만한 것만 골라
말씀드렸지요.
페리클레스 네 얘기를 들려다오.
네 얘기가 내 아픔의 천 분의 일만 되어도
네가 사내고 나는 계집애다.[34]
너는 왕의 무덤을 내려다보는
인고의 석상처럼 미소로 극한상황을
무력하게 만들어. 친척이 누구였나?
어떻게 헤어졌나? 착한 처녀, 이름이 뭐지?
말해다오, 부탁이다. 옆에 와서 앉아라.
[그녀가 앉는다.]
마리나 제 이름은 마리나예요.
페리클레스 아, 나를 놀리는구나.
어떤 성난 신이 너를 이리 보내서
나를 세상의 놀림감이 되게 하누나.
마리나 참으세요.
아니면 그치겠어요.
페리클레스 그래, 참고 있겠다.
네 이름이 마리나라고 했을 때
내가 얼마나 놀랐는지 너는 전혀 모를 게다.
마리나 그 이름은 세력이 있으시던 제 아버님이
주신 거예요. 왕이셨지요.
페리클레스 뭐, 왕의 딸이라고?
그리고 마리나라고?

33 제우스의 아내(헤라)이자 신들의 여왕.
34 자기가 당한 슬픔의 천분의 일만 되어도 그것을 참아낸 소녀는 사내고 자기는 여자란 말이니, 그만큼 자기 슬픔은 크다는 말이다.

마리나 제 말을 믿겠다고 하셨어요.
임금님 마음을 뒤흔들지 않도록
여기서 그치겠어요.
페리클레스 네가 진짜 사람이냐?
핏줄이 펄떡이고 요정이 아니라고?
몸도 움직이느냐? 계속해라. 난 데가 어디지?
왜 마리나라고 했지?
마리나 마리나라 한 것은
바다에서 났기 때문이죠.
페리클레스 바다라고! 그럼 어머니는?
마리나 어머님은 임금님의 따님이셨죠.
저를 낳으시며 돌아가셨어요. 착한 유모
리초리다가 울며 자주 말했어요.
페리클레스 잠깐 멈춰라! [방백] 이건 멍청히 잠든
슬픈 바보 놀려대는 희한한 꿈이야.
땅에 묻힌 내 딸일 리가 없어. 하지만—
어디서 자랐지? 네 얘기를 속속들이
들어야겠다. 절대로 말참견 안 할게.
마리나 안 믿으실 거예요. 그만두는 게 좋겠어요.
페리클레스 네 말 한마디 한마디 모두 믿겠다.
하지만 하나만 묻겠으니 용서해다오.
여기는 어떻게 왔니? 어디서 자라났니?
마리나 아버지 임금님이 저를 타르수스에 두셨는데,
잔인한 클레온이 악독한 아내와
제 목숨을 노리고 못된 자를 꾀어서
그 짓을 시켰는데 칼을 빼서 찌를 순간
해적 떼가 나타나서 저를 빼앗아
미틸레네로 끌고 왔어요. 그런데 임금님,
무엇을 원하세요? 왜 우세요? 혹시 저를
사기꾼으로 보시나요? 참말이에요,
저는 페리클레스 왕의 딸입니다.
선하신 페리클레스 왕이 생존하시면—
페리클레스 [일어서며] 이 보오, 헬리카누스!
[헬리카누스와 뤼시마코스와 시종들이 등장]
헬리카누스 전하, 부르셨습니까?
페리클레스 당신은 신중하고 고매한 신하이며
모든 일에 현명하오. 그러니 얘기하오.
이 처녀가 누구인가, 또는 누가 될 것 같은가?
이토록 나를 울리니.
헬리카누스 모르겠습니다.
하지만 미틸레네 총독이 여기 있는데
그녀를 매우 높이 봅니다.
뤼시마코스 절대로
부모를 말하려 하지 않았으며, 물으면
말없이 앉아서 울기만 했습니다.
페리클레스 오, 헬리카누스, 점잖은 사람, 나를 때리오!
칼로 베오, 당장 아프게 해주오.
기쁨이 바닷물처럼 나에게 몰려들어
목숨의 바닷가를 덮어버려서
희열 속에 익사할까 겁나는구려! [마리나에게] 오, 오너라.
내가 너를 낳았더니 네가 나를 낳누나!
바다에서 너를 낳고, 타르수스에 묻었다가
바다에서 되찾았다! 오, 헬리카누스,
무릎 꿇으오! 천둥처럼 큰 소리로
거룩하신 신들께 감사하오. 이 애가 마리나요!
[마리나에게] 어머니 이름이 뭐니? 그 말만 해라.
의심이 아무리 깊은 잠에 빠졌대도
진실은 확인하고 확인해도 모자라누나.
마리나 먼저 말씀하세요. 지위가 어찌 되세요?
페리클레스 나는 페리클레스, 티루스의 왕이다.
그럼 물속에 묻힌 왕비의 이름을 대라.
그밖에 내 모든 말이 신처럼 완벽하니
그것만 바로 대면 너는 바로 내 딸이며,
왕국들의 상속자요 네 아비 페리클레스의
또 하나의 생명이다.
마리나 [무릎을 꿇고] 어머니 이름만 대면
임금님의 딸이 돼요? 어머니는 타이사요
제가 시작하면서 끝나셨어요.
페리클레스 축복 있어라! 일어서라. 넌 내 딸이다.
[마리나가 일어선다. 그가 딸에게 키스한다.]
[시종들에게] 새 옷을 갖다 주오. 내 딸이오, 헬리카누스!
잔악한 클레온에게 당할 뻔했다가
죽질 않았소. 당신이 무릎 꿇어
저 애가 당신의 공주임을 시인한다면
일체 말을 할 게요. 이 사람은 누구요?
헬리카누스 전하, 이분은 미틸레네 총독인데,
전하께서 울적하시다는 말을 듣고
뵈러 온 것입니다.
페리클레스 [뤼시마코스에게] 포옹으로 환영하오.
내 겉옷을 가져다 주시오.
[그에게 새 겉옷을 입힌다.]
내 꼴이 사납지.

하늘이여, 딸에게 축복을! 웬 음악인가?
마리나, 헬리카누스에게 일일이 짚어서
분명히 네가 내 딸임을 말해주어라.
아직도 의심하는 듯하다. 웬 음악인가?
헬리카누스 전하, 제게는 들리지 않는데요.
페리클레스 안 들리나? 하늘의 음악이야. 마리나, 들어봐라.
뤼시마코스 거스르면 안 좋아요. 뜻대로 하시라고 합시다.
페리클레스 놀라운 소리다! 안 들리는가?
뤼시마코스 음악 말씀인가요, 전하? 들립니다.
페리클레스 지극한 천상의 음악이오!
안 듣곤 못 배기겠다. 무거운 잠 귀신이
눈꺼풀에 매달린다. 조금 쉬어야겠다.
[잠든다.]
뤼시마코스 베개를 가져오시오.
[마리나와 여러 사람들에게] 동료 친구 여러분,
제가 옳게 믿는 바와 같이 성사가 되면
여러분을 기억하겠소. 자, 여길 뜹시다.
[페리클레스 이외에 모두 퇴장]
[다이애나 여신이 하늘에서 내려온다.]
다이애나 에페수스의 내 신전[35]에 급히 달려가,
나의 제단 위에다 제사 드려라.
거기 내 처녀 사제들이 모여 있을 때
기구한 너의 삶을 자세히 말하라.
모든 백성 앞에서 큰 목소리로
바다에서 아내를 잃은 사연을 말하라.
사제들을 불러 놓고 생생하게 말하여
너와 딸의 고초를 슬퍼하게 만들라.
내 활[36]에 맹세코 내 명령을 안 따르면
영영 슬플 것이로되, 따르면 행복하리라!
일어나라. 너의 꿈을 이야기해라.
[다이애나가 하늘로 올라간다.]
페리클레스 천상의 다이애나여! 은빛의 여신이여!
명을 따르겠나이다. [외친다.] 헬리카누스!
[헬리카누스, 뤼시마코스, 마리나 등장]
헬리카누스 예?
페리클레스 내 당초 목표는 타르수스로 가서
몰인정한 클레온을 치는 것이었는데
먼저 할 일이 있소. 바람 찬 돛폭들을
에페수스로 돌립시다. 이유는 곧 말할 테요.
[헬리카누스 퇴장]
당신네 해안에서 기운을 좀 차린 후,
값을 드릴 터이니 필요한 물자를
주실 수 있겠지요?
뤼시마코스 여부가 있습니까!
뭍에 오르시면 드릴 말씀이 있습니다.
페리클레스 딸을 달라 해도 양보할 수밖에 없겠소.
그 애에게 귀한 예의를 보이신 것 같군요.
뤼시마코스 전하, 저의 팔에 기대십시오.
페리클레스 가자, 마리나.
[페리클레스의 한 팔을 뤼시마코스가,
다른 팔을 마리나가 부축하여 퇴장]

## 22

[가워 등장]
가워 우리 모래시계가 거의 다 흘렀소.
잠시 뒤에는 잠잠하게 될 것이오.
마지막의 내 청을 들어주시오.
볼거리나 땅재주나 광대놀이나,
노래나 앙증맞은 풍악들이나
미틸레네 총독이 왕을 맞이해서
어떻게 벌였겠는지 적당히 상상하여
친절히 내 수고를 덜어주시오.
그리하여 대성공을 거두어서
아름다운 마리나를 약속받았소.
그러나 다이애나의 명에 따라서
제사 드리기 전에는 범접하지 못했소.
거기로 향하는 데 걸린 시간을
우리는 없는 것으로 치부하오.
날개 돋친 듯 바람은 돛폭에 차고
뜻하던 그대로 이루어졌소.
에페수스 신전에 와 있는
[제단이 있고 타이사와 그 밖의 여사제들이
보인다. 세리몬이 그곳에 있다.]
우리 왕과 그분의 부하들을 보시오.

35 이 도시(성경에는 에베소)에는 다이애나(아르테미스) 석상을 모신 큰 신전이 있었다.
36 처녀 여신 다이애나는 은으로 만든 활을 메고 다니는 사냥의 여신이기도 했다.

그처럼 빠르게 여기 온 것은
여러분의 상상의 덕택이라오. [퇴장]

[페리클레스와 마리나와 뤼시마코스와
헬리카누스와 시종들이 등장]

페리클레스 다이애나 여신이여! 옳으신 명에 따라
나 여기서 티루스의 왕임을 밝힙니다.
황급히 나라를 떠나 펜타폴리스에 이르러
아름다운 타이사와 [타이사가 놀란다.] 결혼하였습니다.
바다에서 해산 중에 그녀는 죽고
마리나라 이름 지은 딸을 하나 낳았는데,
여신이여, 딸은 아직 여신님을 따릅니다.[37]
타르수스의 클레온에게 양육 받아 열네 살 되던 해에
그자가 살해하려 했으나 행운으로
미틸레네에 왔으며 우리 배가 도착할 때
행운이 그녀를 우리 배에 오게 하여
분명한 기억으로 본인이 내 딸임을
밝혔던 것입니다.

타이사 저 목소리, 저 얼굴!
당신은, 당신은, 페리클레스 왕!
[기절하여 쓰러진다.]

페리클레스 여사제가 왜 저러는가? 죽누나! 도와주오!

세리몬 존귀하신 전하,
제단에서 하신 말씀이 진실이라면
이분이 부인이시오.

페리클레스 어르신, 아니외다.
이 팔로 그녀를 뱃전 너머로 던졌소.

세리몬 확실히 이 해안이었나요?

페리클레스 분명하오.

세리몬 부인을 보살피세요. 너무 기뻐 그런 거요.
폭풍이 심하던 어느 이른 아침에,
부인이 해안에 실려 오셨소. 관을 여니
값진 보석들이 있었소. 소생시켜서
여기 신전에 계시게 했소.

페리클레스 보석들을 볼 수 있소?

세리몬 전하, 내 집으로 가져오게 하겠으니
그리로 가시지요. 보시오, 타이사가
회복되셨소.

타이사 오, 그이를 보게 해주세요!
내 남편이 아니라면, 거룩한 여사제로서
내 눈이 하는 말을 함부로 믿지 않고
눈으로 보는 것을 거부할 테요. 아, 당신은
페리클레스 아닌가요? 말소리가 그이였고
모습도 그래요. 폭풍 얘길 하셨죠?
해산과 죽음도?

페리클레스 죽은 타이사 목소리다!

타이사 그 타이사가 바로 저예요.
죽었다고 생각되어 물 위에 던져졌는데.

페리클레스 [타이사의 손을 잡으며]
불멸의 다이애나 여신!

타이사 이제 더 잘 알겠어요.
우리가 눈물 속에서 펜타폴리스를 떠날 때
내 아버지 임금님이 그런 반지 주셨어요.

페리클레스 이건, 이건. 신들이여, 이제는 그만! 이 은총 속에
과거의 온갖 불행이 한낱 장난 같습니다.
저 입술에 내 입술을 대자마자 내가 없어진대도
신들은 정당하실 뿐입니다. 이리 와요,
다시금 내 품속에 파묻히구려!
[둘이 포옹하고 키스한다.]

마리나 [타이사에게 무릎을 꿇고]
이 가슴이 엄마 품에 안기려고 뛰놀아요.

페리클레스 봐요, 누가 무릎을 꿇나. 당신의 살 중의 살,
바다에서 당신의 짐, 바다에서 났다고
마리나라고 한다오.

타이사 [마리나를 안으며] 복돼라, 내 딸아!

헬리카누스 [타이사에게 무릎을 꿇고]
왕비님, 인사드리오!

타이사 모르는 분인데.

페리클레스 티루스에서 도망할 때 나이 든 대리인을
뒤에 남겨 두었다고 말해주었소.
누구라고 했는지 생각나시오?
자주 입에 올렸는데.

타이사 헬리카누스였지요.

페리클레스 또 하나의 증거로군!
인사하오, 타이사. 이분이 그이요.
이제는 당신이 발견된 경위를 듣고 싶소.
어떻게 목숨을 구했고 이 큰 기적을
신 이외에 누구에게 감사할지 알고 싶구려.

타이사 여보, 세리몬 대감님, 바로 이분이세요.

37 처녀 여신 다이애나를 따른다 함은 그녀가 아직 미혼이라는 뜻이다.

이분을 통해서 신들이 신통력을 쓰셨는데,
자초지종을 말씀하실 거예요.

페리클레스 [세리몬에게] 어르신,
신들이 인간의 일꾼을 쓰실 때
당신만큼 신을 닮은 이를 찾지 못할 겁니다.
죽었던 왕비가 되살아난 얘기를 하실 거예요?

세리몬 그러지요. 먼저 제 집으로 가십시다.
부인과 함께 발견된 일체를 보여드리죠.
어떻게 이 신전에 오시게 되었는지
필요한 모든 사실을 빼놓지 않겠어요.

페리클레스 순결하신 다이애나 여신,
환상을 보내셔서 축복하며,
밤마다 제사를 올리고자 합니다.
타이사, 이 왕자는 우리 딸의 약혼자요.
펜타폴리스에서 식을 올릴 터이오.
[마리나에게] 그런데 이 수염과 머리는
험상궂어 뵈니까 멋지게 깎겠다.
지난 열네 해 면도를 대지 않은 이 얼굴을
결혼식 날 기쁘도록 보기 좋게 다듬겠다.

타이사 세리몬 대감이 펜타폴리스에서 보낸
편지를 받으셨어요. 아버님이 돌아가셨대요.

페리클레스 하늘이여, 그분을 별이 되게 하소서!
어쨌든 거기 가서 혼례식을 올립시다.
그리고 여생을 거기서 보냅시다.
티루스는 딸과 사위가 다스리게 합시다.
세리몬 대감, 아직 말씀 안 하신 나머지를
듣고 싶어 기다립니다. 안내하세요. [모두 퇴장]

## 에필로그

[가워 등장]

가워 안티오쿠스와 그 딸의 얘기에서
짐승 같은 음욕에 대한 벌을 알았소.
페리클레스와 그 아내와 그 딸은
사나운 운명에 시달렸으나
덕성으로 파멸의 폭풍을 벗어나고
하늘의 인도로 기쁨의 관을 썼소.
헬리카누스는 진실, 믿음, 충성의
화신임을 여실히 보여줬으며
경건한 세리몬은 학덕과 자선의
영원한 가치를 돋보이게 나타냈소.
간악한 클레온 부부가 존경받는
페리클레스에게 몹쓸 짓을 저질렀다는
말이 퍼지자 온 성이 들고일어나
궁성에 불 질러 온 가족을 몰살했소.
신들은 살인이 미수에 그쳤어도
그처럼 살인죄로 징벌하셨소.
이제껏 여러분의 참을성에 의존했으니,
새 기쁨 맞으시오! 이제 연극이 끝났소. [퇴장]

# 심벨린
## *Cymbeline*

## 연극의 인물들

심벨린 브리튼의 왕
왕비 그의 두 번째 부인
이노젠[1] 첫 번째 왕비가 낳은 딸. 나중에 시동 피델로 변장함
포스추머스 레오나터스 그녀의 남편
클로튼 지금의 왕비가 첫 남편과의 사이에 낳은 아들
피사니오 포스추머스의 하인
코넬리어스 의사
헬렌 이노젠의 시녀
두 귀족 클로튼의 수행원들
두 신사
두 브리튼 장교
두 간수

필라리오 로마에 있는 포스추머스의 집주인
자코모[2] 이탈리아 신사. 필라리오의 친구
프랑스인, 네덜란드인, 스페인인 필라리오의 친구들

카이우스 루키우스 로마의 대사. 뒤에서는 로마 군의 사령관
필하모너스 예언자
두 로마 원로원 의원
로마 호민관들
로마 장교

벨라리어스 추방당한 귀족. 모건이라는 이름으로 웨일스의 밀포드 포구 근처에 살고 있음
귀데리어스 심벨린의 아들이나 벨라리어스가 몰래 데려와 아들(폴리도어)로 삼음
아비라거스 귀데리어스의 동생. 귀데리어스와 함께 벨라리어스가 데려와 아들(캐드월)로 삼음

주피터 신들의 왕
시실리어스 레오나터스 포스추머스의 아버지. 환상으로 나타남
어머니 포스추머스의 어머니
포스추머스의 두 형

귀족들, 귀부인들, 악사들, 전령들, 군인들

1 1623년에 셰익스피어 작품집을 낼 때 이 여주인공의 이름이 (아마도 식자공의 잘못으로) '이모젠'(Imogen)이 된 이래 근래까지 그렇게 불리었으나 공연 당시의 믿을 만한 기록과 기타 정황으로 보아 '이노젠'(Innogen)이 맞는다고 주장하는 옥스퍼드 판을 따른다. 물론, "이모젠"이라고 해도 무방하다.
2 종래의 대부분의 판본에서는 '자키모'로 되어 있으나 '자코모'(Gaicomo)가 더 바른 이탈리아식 인명이다.

## 1. 1

[두 신사 등장]

신사 1 만나는 사람마다 찌푸린 낯이니
신하들의 감정이 별에 좌우되기보다는[3]
왕의 기분에 달린 것 같소.
신사 2 무슨 일인데요?
신사 1 왕께서는 왕위 계승권자인 공주님을
왕비의 아들에게 주려고 하시는데
—왕이 최근에 과부였던 부인과 재혼하셨소.—
공주님은 가난하나 훌륭한 신사와
이미 결혼한 몸이지만 남편은 추방되고
자신은 연금을 당해 모두 슬픈 기색이고
왕은 깊이 상심하신 것 같소.
신사 2 왕만 그러신가요?
신사 1 그녀를 놓쳐버린 사내도 그렇고요
그 혼사를 가장 원한 왕비도 그렇지요.
그러나 신하들은 하나도 빠짐없이
왕의 표정을 따라 얼굴빛을 꾸미지만
찡그리면서도 내심 좋아해요.
신사 2 아니, 왜요?
신사 1 공주를 뺏긴 자는 나쁜 소문보다도
더 나쁜 녀석이오. 그런데 그녀를 얻은 사람,
즉 그녀와 결혼한 좋은 사람은, 아아,
그 까닭에 추방당했소. 그런 이를 구하려고
세상 구석구석 두루 찾아보아도
그와 비교하면 뭔가 모자랄 거요.
그처럼 잘난 외모에 속조차 그렇게
잘 갖춘 사람은 아마 없을 것이오.
신사 2 칭찬이 과하시군.
신사 1 그의 근본 자질을
칭찬한 것뿐이오. 그의 실제를 전부
말한 것이 아니고 한껏 축소한 거요.
신사 2 이름과 출신이 뭔데요?
신사 1 뿌리까지 캘 수는 없소.
아버지는 시실리어스라 하는데 카시벨란과
로마 군에 대항하여 명예를 더하였고
테난티우스[4] 왕에게 작위를 받고
명성과 승리로써 그를 받들어
레오나터스란 성씨를 하사받았소.
이 아들 외에 두 아들이 있었는데
둘은 당시 전투에서 칼을 손에 쥔 채
전사하니, 이미 늙은 아버지는
자식을 사랑하여 슬퍼하던 나머지
이승을 등졌으며 그의 어진 부인은
지금의 이 아들이 만삭일 때
그를 낳고 죽었소. 왕이 아기를 거두어
포스추머스 레오나터스라 이름 짓고
자기 궁실의 시동으로 삼아서 당시
아이가 배울 것은 모두 배우게 했소.
소년은 공기를 숨쉬듯 배우는 족족
받아들여 이미 봄에 추수를 했소.
평민으로 드물게 궁중에서 자랐고,
누구보다 칭찬받고 사랑받았소.
소년에겐 본보기요 청장년에게는
행실의 거울이요 노인에게는
멍한 늙은이를 인도하는 아들이었소.
그의 아내 때문에 추방을 당했지만
공주가 지위를 포기할 만큼 그를 높이
존경함을 알 수 있으며 공주의 선택이
그의 됨됨이를 말해주오.
신사 2 당신 말만 들어도
칭찬을 하겠소만 좀 더 말해주시오.
공주가 왕의 유일한 혈육이오?
신사 1 무남독녀요.
왕자가 둘 있었소. 들을 만한 이야기면
들어두시오. 맏이가 세 살 때였고
둘째는 강보에 싸였을 때 육아실에서
둘 다 도둑을 맞았소. 이날 이때까지
행방을 모르오.
신사 2 얼마나 된 일이오?
신사 1 한 이십 년 됐소.
신사 2 임금의 아이들을 그처럼 도둑맞고
허술히 지키고 수소문이 느려서
행방을 모르다니!
신사 1 아무리 이상해도,
아무리 소홀한 부주의를 비웃어도

3 점성술에 의하면 사람들이 별들의 기운에 좌우된다는 것이 당시의 통념이었다.
4 이 세 사람은 홀린셰드의 『연대기』(1577)라는 책에 고대 브리튼의 전설적인 왕으로 적혀 있다.

사실이 그렇소.

신사 2 그대로 믿겠소.

신사 1 말을 그칩시다. 그 신사가 오는군요.
왕비와 공주도 함께 와요. [둘 퇴장]
[포스추머스, 왕비, 이노젠 등장]

왕비 아니지, 딸아, 대다수 계모가 욕을 먹어도
나는 네게 미운 눈길을 안 보낼 테니
그 점 안심하여라. 너는 내 죄인이다만
간수가 너를 가두어두는 방 열쇠를
네게 줄 거다. 너 포스추머스는
내가 전하의 화를 풀어드리면
내가 너를 감싼다는 것을 알게 되겠지.
하지만 지금은 노염에 불타시니
지혜롭게 인내하며 왕명에 복종함이
좋을 것이다.

포스추머스 왕비님, 저는 오늘로
여기를 뜨겠습니다.

왕비 위험을 알겠지.
나는 정원을 한 바퀴 산책하면서,
금지된 사랑의 아픔을 슬퍼하겠다.
둘이 말을 주고받는 것을 금하셨지만. [퇴장]

이노젠 오, 친절의 가식! 이 간사한 권력자가
병 주고 약을 주네! 사랑하는 내 남편,
아버지의 노염이 나도 조금 무섭지만,
신실한 효심을 늘 지키니 노염이 내게
무슨 대수겠어요? 당신은 떠나야 해요.
나는 여기 남아서 항상 성난 눈초리를
견뎌야 하겠지요. 살아 있을 위로라곤
세상에 오직 당신이란 보배가 남아 있어
다시 볼 수 있다는 거죠.

포스추머스 나의 여왕, 나의 아내!
그만 울어요. 내가 사나이답지 않게
마음이 무른 것이 아닌가 하는 의심을
받지 않게 해줘요. 혼약을 굳게 맺은
가장 충실한 남편으로 일관하겠소.
로마의 거처는 필라리오의 집인데
아버지의 친구였고 나하고는 편지로만
알고 지내요. 거기로 편지를 보내요.
당신의 잉크가 쓸개즙일지라도
눈으로 당신 글을 마시겠소.
[왕비 등장]

왕비 짧게 해라.
왕이 오시면 내게 얼마나 화내실지
나도 몰라. [방백] 하지만 이리 오게끔
왕을 유인해야지. 아무리 못되게 굴어도
환심을 사려고 내 악행을 다 사주고
값을 톡톡히 쳐주거든. [퇴장]

포스추머스 남은 한평생
헤어져 있을 거라면 떠나기 싫은 마음이
자꾸 커질 것이오. 잘 있어요!

이노젠 아니, 잠시만 더.
잠깐 바람 쐬러 나가는 것이라도
이런 작별로는 모자라요. 이봐요, 여보,
이 다이아몬드는 엄마 거였는데 받으셔요.
[그에게 반지를 준다.]
이노젠이 죽은 뒤 다른 여자에게 구애할 때까지
고이 간직하셔요.

포스추머스 뭐라고? 다른 여자?
인자한 신들이여, 내겐 이 아내만 주소서.
다른 여자 못 안도록 죽음의 족쇄로
내 팔을 묶으소서. 촉감이 남아 있는 한,
[반지를 낀다.]
너는 영영 여기 있어라. 가장 사랑스런 여인이여,
가난한 나 자신을 당신과 맞바꾸어
한없는 손해를 입었는데 작은 것까지
나는 얻기만 하오. 나 대신 이걸 지녀요.
[그녀에게 팔찌를 준다.]
사랑의 수갑이오. 가장 아름다운 수인에게
채워주는 것이오.

이노젠 아아, 신들이여!
언제 다시 만나게 되나요?
[심벨린과 신하들 등장]

포스추머스 어이구, 전하!

심벨린 더없이 천한 놈! 썩 꺼지지 못할까!
내 명령 후에도 천한 몰골로
궁정을 더럽히면 죽을 줄 알라! 썩 꺼져.
너는 내 핏줄에 독약이다.

포스추머스 신의 가호를!
궁정에 남으신 분들께 축복 있기를!
저는 떠나갑니다. [퇴장]

이노젠 날카로운 죽음이
이보다 더 아플까!

심벨린 불효한 것,
나에게 젊음을 갖다 줘야 할 것이
도리어 내 나이에 한 해를 더하누나.
이노젠 제발 노여움으로 몸을 해치지 마셔요.
아버님 노염은 안 느껴져요. 제 슬픔이
모든 아픔, 두려움보다 더하니까요.
심벨린 효심과 순종마저?
이노젠 희망은 없고 절망뿐이니 은총도 없어요.
심벨린 왕비의 외아들과 결혼할 수 있었는데.
이노젠 그렇게 안 됐으니 얼마나 복이어요!
솔개를 피하고 독수리를 택했어요.
심벨린 무일푼 거지를 택했다. 내 왕좌를
천한 자리로 만들 뻔했다.
이노젠 아니에요.
광채를 더했어요.
심벨린 못된 것!
이노젠 아버님,
포스추머스를 사랑한 건 아버님 탓이어요.
아버님이 제 친구로 그이를 기르셨어요.
어떤 여자에게도 과분해서 그이 값은
제 값어치의 두 배쯤 돼요.
심벨린 너 미쳤냐?
이노젠 거의 그래요. 하늘이여, 회복시켜 주소서!
제가 소치기 딸이고 레오나터스는
이웃 양치기 아들이면 좋겠어요!
[왕비 등장]
심벨린 멍청한 것.
[왕비에게] 둘이 다시 만났소. 당신은 내 명령을
따르지 않았구려. 저 애를 데려다가,
가둬버려요.
왕비 제발 참으셔요. 진정해라,
사랑하는 딸아, 진정해. 다정하신 임금님,
우리 둘만 있겠으니, 깊이 통촉하시고
위안을 삼으셔요.
심벨린 아니야. 저 애는
하루 한 방울씩 피가 말라 늙어서
이 못난 짓 때문에 죽어야 돼. [신하들과 함께 퇴장]
왕비 양보하시라니까.
[피사니오 등장]
여기 네 하인이 왔군. 무슨 소식 있나?
피사니오 아드님이 주인께 칼을 뽑으셨어요.
왕비 저런!
해 끼치진 않았겠지?
피사니오 그럴 뻔했네요.
주인께선 싸움보단 장난을 치셨고요,
성을 내지 않았어요. 근처에 있던
신사들이 말렸지요.
왕비 거 다행이구나.
이노젠 아버님 편이라고, 추방당한 사람에게
칼을 뽑아대다니. 용감하구나!
둘이 함께 아프리카에 가 있고 나도 곁에
바늘 들고 있었다면, 물러서는 자에게
찔렀을 테지. [피사니오에게]
왜 주인을 떠나 돌아왔나?
피사니오 시키셔서요. 제가 포구까지 모시는 걸
마다하시고, 아씨께서 무어든 시키시면
제가 따라야 할 것을 이 쪽지에 적어서
남기셨어요.
왕비 이 사람이 너를 충실히
섬겼으니 앞으로도 충실히 섬길 거라
굳게 믿는다.
피사니오 매우 감사합니다.
왕비 잠깐 산보나 해라.
이노젠 한 삼십 분 뒤에 말을 나누자.
너는 내 남편이 떠나는 걸 보기라도 할 수 있어.
지금은 혼자 있겠다.
[왕비와 이노젠이 한쪽 문으로, 피사니오는
다른 문으로 퇴장]

## 1. 2

[클로튼과 두 신하 등장]
신하 1 웃옷을 갈아입으시지요. 왕자께서는 격렬한 격투로
희생 제물처럼 김이 납니다. 기운이 나간 구멍으로
기운이 들어오지요. 왕자께서 뿜으시는 김보다 더
싱그러운 것은 세상에 없습니다.
클로튼 내 웃옷이 피투성이가 되면 그때 갈아입으러 가야지.
내가 놈에게 상처를 입혔냐?
신하 2 [방백] 천만에. 그보다는 그분의 인내심을 건드렸지.
신하 1 상처요? 상처가 안 났다면 그 몸뚱인 진짜 송장이죠.
상처가 안 났다면 칼날이 다닐 만한 큰길이 났죠.

신하 2 [방백] 저 녀석 칼은 빚진 놈처럼 읍내 뒷골목으로만 피해 다녔어.

클로튼 자식이 나한테 맞서려 하지 않데.

신하 2 [방백] 물론. 그래서 계속 앞으로만 달려들더군. 네놈 낯짝 향해서—

신하 1 맞서다니요? 왕자님은 안 그래도 지역이 넉넉했는데, 그자가 왕자님께 더해드렸죠. 약간 물러났거든요.

신하 2 [방백] 네가 바다만큼 물러났다면 그이는 한 치만큼 물러났을 뿐이다. 멍청이들!

클로튼 우리를 말리지 않았다면 좋았을 텐데.

신하 2 [방백] 나도 그래. 네가 땅바닥에 쭉 뻗으면 몇 자나 되는 밥통인지 알았을 텐데.

클로튼 그런데도 여자가 놈을 좋아하고 나는 싫다 이거지!

신하 2 [방백] 올바른 선택이 죄가 된다면 그녀는 몹쓸 저주를 받은 셈이야.

신하 1 제가 늘 말씀드린 바와 같이 그녀의 미모와 두뇌는 서로 엇박자예요. 겉보기는 좋지만 머리마저 좋다는 흔적은 별로 보지 못했네요.

신하 2 [방백] 밥통들에게는 빛을 발하지 않는다. 그러다가 반사광에 다치면 손해나니까.

클로튼 자, 나는 방에 갈란다. 무슨 상처라도 조금 생겼다면 좋을 텐데.

신하 2 [방백] 난 안 그런데. 노새 새끼[5] 넘어지는 꼴을 빼고는. 그래봤자 큰 상처도 안 되지만.

클로튼 [신하 2에게] 우리와 같이 안 가?

신하 1 왕자님을 모시지요.

클로튼 그럼 같이 가자.

신하 2 그러지요. [모두 퇴장]

## 1. 3

[이노젠과 피사니오 등장]

이노젠 네가 포구에서 나무처럼 뿌리박고
배마다 물었으면 좋겠어. 그이 편지를
받지 못하면, 제때에 못 받은 면죄부처럼
상실한 편지가 되겠지.[6] 그이가 네게
마지막 한 말이 뭐였지?

피사니오 "내 여왕, 내 여왕"이었죠.

이노젠 그러곤 손수건을 흔들고?

피사니오 그리고 거기에 키스했어요.

이노젠 무심한 천 조각, 그래서 나보다 행복하구나!
그리고 그게 전분가?

피사니오 아니지요, 공주님. 오랫동안
눈과 귀로 그분을 알아볼 수 있기까지,
갑판에 서서 오가는 감정의 흐름에 따라
자기 영혼은 너무 느리게, 타신 배는
너무 빨리 가는 것을 진솔히 보이시려고
장갑이든 모자든 손수건이든
계속 흔드셨어요.

이노젠 조그만 까마귀보다도
아득하게 될 때까지 너는 볼 수 있었고
그러곤 그쳤겠지.

피사니오 공주님, 그랬습니다.

이노젠 나는 그이 모습이 줄어들어 바늘 끝같이
작은 점이 되는 것을 바라보다가
시신경이 끊어져 결딴나고 말았겠지.
아니, 그게 아니고, 그냥 그를 좇아가다
모기처럼 작은 게 공중에서 사라질 때
그제서 눈을 돌려 울었겠지. 하지만 피사니오,
언제 그이 소식 듣게 돼?

피사니오 안심하세요, 공주님.
기회가 닿는 대로 속히 보내십니다.

이노젠 나하고 그이하고 직접 작별을 못 했어.
무척이나 사랑스런 사연들이 있었건만.
몇 시에는 그이의 무엇을 생각하고
이런저런 생각을 할 거라고 하기도 전에,
내 이익과 제 명예를 이탈리아 여자에게
배반하지 않겠다는 맹세를 시키거나
6시와 정오와 자정의 기도 중에
나는 그이 위해 천국에 있을 테니
그때 서로 만나자고 하기도 전에,
예쁜 두 마디 말 사이에 이별 키스를
끼우려고 했는데 그러기 전에
아버님이 들어와서 매서운 북풍처럼
꽃망울을 흔들어 움츠리고 말았지.

5 "노새"는 바보의 대명사 같은 짐승. 클로튼이 넘어질 때 상처가 생겼대도 대수롭지 않을 거라는 비아냥이다.

6 회개한 죄인에게 내려주는 면죄부가 너무 늦게 도착하여 죄인은 그 혜택을 받지 못하고 사형을 받는 상황에 비유하고 있다.

[시녀 등장]

시녀 왕비님께서 공주님이 오시길 원하십니다.

이노젠 [피사니오에게]
내가 시킨 일들을 속히 행해라. 왕비께 가겠다.

피사니오 그리하겠습니다.

[이노젠과 시녀가 한쪽 문으로, 피사니오가 다른 문으로 퇴장]

## 1. 4

[필라리오, 자코모, 프랑스인, 네덜란드인, 스페인인 등장]

자코모 사실이오. 브리튼에서 그를 봤소. 그때 그는 한참 뜨던 중이었소. 그 후 오늘날 저러한 명성을 누리게 되었듯이, 그때도 장차 진면목을 보일 거라 촉망받고 있었소. 하지만 나는 그때 크게 놀라지 않고 그를 바라볼 수 있었소. 그 옆에 그의 자질들의 목록이 붙어 있어서 나한테 항목별로 따져보라고 했대도 별로 흥미 없었을 거요.

필라리오 지금 그의 외면과 내면을 이루고 있는 여러 미덕들이 아직 다 갖춰지지 않았을 당시의 그 사람 말씀이군요.

프랑스인 프랑스에서 그를 보았소. 그에 못지않게 강한 시선으로 태양을 바라볼 수 있는 사람들이[7] 거기도 많았소.

자코모 그리고 자기 왕의 딸과 결혼하였다는 사실에 대해서는 그 자신의 자질이라기보다 그녀의 높은 지위를 감안해야 할 것이오. 바로 그 사실이 그의 명성을 실제보다 큼직하게 부풀렸단 생각이 들어요.

프랑스인 그리고 그가 추방됐단 사실도 그래요.

자코모 맞아요. 공주 편에 서서 그 슬픈 이별을 같이 울고 있는 사람들은 그녀의 선택이 옳았다고 지지할 뿐이라도 그들의 칭찬으로 그의 가치는 엄청 과장되었소. 그런 것이 아니라면 별로 자격도 없는 거지를 택한 것이라 간단한 공격에도 납작하게 무너질 방어벽이오. 그런데 그가 어떻게 당신과 같이 지내게 됐소? 어떻게 슬그머니 알게 됐소?

필라리오 그의 부친과 내가 군인 노릇을 같이 했소. 다름 아닌 나 자신의 목숨을 여러 번 구해준 은인이오.
[포스추머스 등장]
여기 그 브리튼 사람이 오는군요. 그러한 점잖은 인격을 지닌 외국인을 당신들처럼 세상 물정에 밝은 신사들에 어울리게 정중히 대해 주시오. 모두들 이 신사와 좀 더 잘 알고 지내시길 당부하오. 오, 여러분께 이분을 나의 고귀한 친구로 소개하는 바이오. 얼마나 훌륭한 분인지는 당사자가 듣는 데서 직접 말하기보다는 차차 저절로 드러나게 될 것이오.

프랑스인 [포스추머스에게] 귀공, 우리가 오를레앙[8]에서 서로 알고 지냈지요.

포스추머스 그 이후 내내 소생은 귀공의 친절에 빚진 자로 남아 있으니 항상 갚고 또 갚아야겠지요.

프랑스인 귀공, 보잘것없던 나의 친절을 과대평가하시는군요. 내 나라 사람과 귀공을 화해시킬 수 있어서 기뻤소이다. 그때 두 분이 그처럼 하찮고 사소한 문제를 가지고 서로 독한 마음으로 결투를 벌였다면 참으로 유감스러울 뻔했어요.

포스추머스 실례입니다만, 당시 저는 어린 여행객이라, 남들의 경험을 좇아 저의 모든 행동을 따르기보다는 제가 들은 바를 좇으려 하지 않았던 것이지요. 그러나 저의 판단을 수정하긴 했지만—수정이란 말에 어폐가 없다면 말입니다. —저의 도전의 이유가 전적으로 하찮은 것은 아니었습니다.

프랑스인 아, 그럼요. 칼의 판결에 맡기는 것, 그래서 틀림없이 두 사람 중 하나가 상대를 죽이거나 둘 다 쓰러지거나 하는 것이었지요.

자코모 실례가 안 된다면, 싸움의 원인이 무엇이었는지 물어도 되겠습니까?

프랑스인 물론입니다. 여러 사람이 모인 데서 벌어졌던 언쟁이라 논란의 여지없이 그대로 전달할 수 있는 거지요. 어젯밤 벌어졌던 논쟁과 아주 흡사하지요. 우리 각자가 자기 나라에 있는 제 여인을 자랑하게 됐는데, 그때 이 신사가 그것을 피 흘려 주장하겠노라 선언했던 겁니다. 우리 프랑스의 가장 뛰어난 여인보다도 자기 여인이 더 아름답고 유덕하고 현철하고 정숙하고 곧고 완벽하고 어떠한 유혹에도 끄떡없다는 거였지요.

자코모 그 여인은 지금 살아 있지 않거나 지금쯤 이 신사 양반 생각도 지나갔을 거예요.

포스추머스 그녀의 덕성도 그대로요 내 생각도 그대로요.

자코모 우리 이탈리아 여인들보다 그녀를 너무 앞세우면 곤란하오.

포스추머스 프랑스에 있을 때처럼 도전을 받았으니 그녀의 가치를 조금도 낮출 생각이 없소. 나는 그녀의 애인이 아니라

7 새들의 왕이라는 독수리만이 빛나는 태양을 직접 바라볼 수 있다고 믿었다.
8 프랑스 남부의 옛 도시.

숭배자로 자처하오만.

자코모 아름다운 만큼 선하다는 것은 비교하여 동등하다는 뜻인데 브리튼 여인으로서는 너무 아름답고 너무 선하다는 말이 되는 듯하오. 당신의 다이아몬드가 지금까지 내가 본 여러 다이아몬드보다 광택이 있는데, 그처럼 그녀가 내가 본 여인들에 앞선다면 그녀가 여러 여자 중에 으뜸일 것이라고 믿을 수 있겠지만 나는 세상에서 가장 진귀한 다이아몬드를 본 적이 없고 당신도 그런 여자를 본 적이 없소.

포스추머스 내가 평가하는 만큼 칭찬한 거요. 내 보석도 그렇소.

자코모 그 보석 값을 얼마로 치오?

포스추머스 온 세상의 값보다 더 높이 쳐요.

자코모 견줄 데 없다는 당신의 여인은 죽었거나 하찮은 물건보다 값어치가 떨어져요.

포스추머스 잘못 아셨소. 그중 하나는 팔거나 줄 수 있는 것이오. 살 만한 돈이 넉넉하거나 선물로 받을 만한 자격이 있어야 하겠지요. 그러나 다른 하나는 팔 물건이 아니오. 오로지 신들만이 주실 수 있는 선물이지요.

자코모 그걸 신들이 당신에게 주었다는 말씀이오?

포스추머스 그것을 신들의 은혜로 지키겠단 말이오.

자코모 당신은 법적 권리에 의하여 그녀를 소유할 수 있되, 알다시피 낯선 새가 이웃집 연못에 내려앉기도 하오. 당신 반지도 도둑맞을 수 있소. 마찬가지로 당신이 무한한 가치를 부여하는 그 둘을 다 잃을 수도 있다는 거요. 하나는 나약하고 다른 하나는 사고를 당할 수 있소. 교묘한 도둑이나 그 방면에 능한 궁정 신사가 첫째 둘째 다 얻으려고 모험할 수 있단 말이오.

포스추머스 당신네 이탈리아에는 내 여인의 정절을 꺾을 재간이 있는 궁정 신사가 없소. 내 여인이 정절을 지키고 잃는 일에 나약하다는 것이 당신 말이오? 당신 나라에 도둑이 수두룩하다는 것은 조금도 의심치 않으나 내 반지 걱정은 하지 않소.

필라리오 신사 양반들, 이쯤으로 끝냅시다.

포스추머스 예, 전적으로 동의하오. 이 점잖으신 신사에게 감사하오. 이분이 나를 낯선 사람으로 대하지 않아서 처음부터 서로 친숙하군요.

자코모 지금까지 대화의 다섯 배만 더하면 내가 아름다운 당신 부인의 진지를 점거하고 그녀가 물러나 항복하게도 할 수 있소.[9] 내가 만일 그녀의 친구로서 교제를 터서 기회를 얻게 된다면—

포스추머스 절대로 그렇지 않소.

자코모 그렇다면 당신 반지에다 내 재산의 절반을 걸겠소. 좀 과대평가돼 있는 듯해서 그렇게 말하오. 그러나 그녀의 명성보다는 당신의 신념에 내기 걸 테요. 이 일에서 당신 개인의 감정을 상하지 않게 하기 위해 세상 모든 여자에 대하여 감히 그렇게 시도하겠다는 말이오.

포스추머스 당신은 지나치게 대담한 견해를 가지셨는데 매우 잘못 알고 있소. 그런 시도에서 당신이 받을 만한 보답을 꼭 받을 것이라 의심치 않소.

자코모 그것이 뭐요?

포스추머스 걷어채는 것이오. 하지만 당신 말대로 그런 시도는 그 이상의 보답, 즉 벌 받아 마땅하다는 거요.

필라리오 신사 양반들, 이거로 족하오. 너무 갑자기 그런 화제가 끼어들었소. 갑자기 생겼던 만큼 속히 없던 것으로 하고 두 분은 서로 더 잘 사귀시오.

자코모 내 말이 옳다는 것을 입증하기 위하여 내 재산과 저분 재산을 다 걸면 좋겠소.

포스추머스 어느 여인을 공략할 셈이오?

자코모 당신 부인이오. 그녀의 정절을 당신은 아주 안전하다고 믿고 있소. 당신 반지에 1만 더컷[10]을 걸겠소. 당신 여인이 있는 궁정에 나를 소개하는 편지를 써주시오. 단 두 번째 만나는 기회 이상도 필요 없소. 그렇게 해서 당신이 그처럼 단단히 지키고 있다고 믿는 그녀의 정절을 따 가지고 오겠소.

포스추머스 당신 금화에 나도 금화로 내기 걸겠소. 내 반지는 손가락과 똑같이 소중한 거요. 손가락의 일부요.

자코모 겁나시는군. 그런 만큼 더 현명하신 거지요. 여인의 살점 하나하나를 백만금씩 주고 산다고 해도 여인의 몸을 오염에서 구할 수는 없지요. 한데 두려워하시는 걸 보니, 무슨 종교적 거리낌이 있으신 모양인데.

포스추머스 그런 식으로 하는 말은 당신의 말버릇일 뿐이오. 좀 더 깊은 목적이 있으실 테지.

자코모 나는 내 말을 완전히 통제하는 사람이오. 따라서 한 말은 그대로 실천하는 사람이오. 맹세하오.

포스추머스 그러실 테요? 그럼 나는 당신이 돌아올 때까지만 내 다이아몬드를 빌려드릴 뿐이오. 우리 둘의 정식 합의문을 작성합시다. 내 여인의 정숙함은 당신의 터무니없는 주장을 뛰어넘소. 내 감히 이 시합에 당신에게 도전하오. 내 반지 여기 있소.

9 신사의 스포츠라는 검술의 용어를 쓰면서 성적인 정복을 암시하고 있다.

10 당시의 금화. 1만 더컷이면 당시 이탈리아 신사의 1년 수입쯤 됐다.

필라리오 나로서는 이 내기를 허락지 않소.

자코모 신들에게 맹세코 이것은 내기요. 당신 부인 몸의 가장 소중한 부분을 즐겼다는 충분한 증거를 가져오지 못하면 내 1만 더컷은 당신 것이고 당신의 다이아몬드도 그대로 당신 것이오. 만일 당신이 신뢰하는 대로 그녀를 정숙한 상태 그대로 두고 내가 돌아온다면 당신의 보석인 그녀와 당신의 이 보석과 내 금화는 당신 거란 말이오. 다만, 나를 좀 더 마음 놓고 대하도록 당신이 소개장을 써줘야 하오.

포스추머스 그러한 조건들을 수락하오. 우리 서로 합의의 조목들을 정해놔요. 당신은 단지 다음같이 하기만 하면 돼요. 당신이 그녀에게 뱃길을 열었을 경우에, 당신이 뜻을 달성했다고 내게 그대로만 알려주시오. 그러면 나는 그 순간부터 당신의 적이 아니오. 그녀는 우리가 왈가왈부할 가치도 없소. 만일 그녀가 유혹에 넘어가지 않고 당신도 다른 말을 하지 않으면 그녀의 정절에 대하여 당신이 그릇된 주장을 펴고 공격을 시도한 책임으로 나에게 칼로 답해야 하오.

자코모 악수합시다. 합의가 됐군요. 이 사항들을 정식 법률에 따라 적어놓도록 합시다. 그리고 나는 이 계약이 감기 들어 죽기 전에[11] 곧장 브리튼으로 출발하겠소. 금화를 가져오겠소. 그리고 우리 둘의 내기 내용을 문서로 남기겠소.

포스추머스 동의하오. [자코모와 함께 퇴장]

프랑스인 이게 실현되겠소?

필라리오 자코모 선생은 포기하지 않을 겁니다. 우리 저 두 사람을 따라갑시다. [둘 퇴장]

## 1. 5

[왕비, 시녀들, 코넬리어스 등장]

왕비 이슬이 아직 땅에 있을 때 꽃을 따라.
서둘러라. 누가 꽃 목록 가졌지?

시녀 1 저요.

왕비 빨리 해라. [시녀들 퇴장]
그런데 박사, 약을 가져왔소?

코넬리어스 예, 왕비님. 여기 있습니다.
[그녀에게 상자를 건넨다.] 그런데
언짢게 생각지 마시기 바라며, 양심상
안 여쭐 수 없어요. 어떠한 목적에서
이런 극약을 가져오라 하셨는지요?
천천히 죽게 하는 기운이 있어서
느리긴 하지만 치명적인 약입니다.

왕비 박사, 그런 질문을 하다니 이상하네요.
내가 제자 노릇한 지 오래되지 않았소?
향수를 만들고 증류하고 보존하고—
그래서 왕께서도 내가 만든 향수로
자주 내게 끌리지 않으시나요?
이만큼 내 기술이 발전했으니
나를 마녀로 보지 않는 한, 다른 실험으로
내 지식을 넓히는 게 당연치 않소?
당신의 극약을 목매 죽일 가치 없는
사람 아닌 짐승에게 그 효력을 시험하고
그것을 해독시킬 약품들을 써보아서
그 각각이 갖고 있는 효능과 효과를
알아보려는 것뿐이오.

코넬리어스 왕비님은 이 실험으로
오로지 마음만 독하게 되십니다.
뿐만 아니라 그 효과를 보시는 것은
역겨우며 건강에도 해로워요.

왕비 걱정 말아요.
[피사니오 등장]
[방백] 아첨꾼 녀석이 오누나. 먼저 이놈에게
시험하겠다. 제 주인 끄나풀이니
내 아들 원수렷다.—재미 어떤가, 피사니오?
박사, 오늘 부탁할 일은 모두 끝났소.
가서 일 보시오.

코넬리어스 [방백] 당신이 의심스러워.
하지만 해악은 못 끼칠걸.

왕비 [피사니오에게] 이봐, 할 말 있어.

코넬리어스 [방백]
난 저 여자 싫다. 천천히 작용하는 독약을
입수한 줄 알겠지. 그녀 본성을 내가 잘 알아.
저런 악한 여자에게 그처럼 무서운 약을
덥석 내줄 수 없지. 그녀에게 내준 약은
잠시 동안 감각을 마비시키는 건데
아마 우선 고양이나 개에게 시험해보고
점점 더 대상을 높여가겠지. 하지만 한동안
정신을 마비시킬 뿐, 죽은 듯한 상태가
해롭지 않고 깨어나면 힘이 더 넘쳐.
그녀는 가짜 효과를 보고 속을 테지만

11 자존심 대결로써 말한 것이지만 이미 약속한 만큼 무를 수 없음을 확고히 해두려는 것이다.

그처럼 속이는 내가 그만큼 더 진실해.
왕비 다시 부를 때까지 당신은 할 일 없소.
코넬리어스 그럼 가보겠습니다. [퇴장]
왕비 [피사니오에게]
아직도 울고 있어? 시간이 지나도
안 그치고 쓸데없는 생각이 꽉 들어차
타일러도 안 들어? 노력해 보라고.
공주가 내 아들을 사랑한다는 말을
전하자마자 너는 네 주인만큼 높아진다.
아니 더욱 높아져. 그의 재산 모두가
말없이 널려 있고 그의 명성마저도
순간에 달려 있어. 돌아오긴 글렀고
한곳에 있지도 못해. 옮길 때마다
불행에서 불행으로 바꿀 뿐이니
하루 가면 하루만큼 목숨이 줄어들지.
쓰러지는 기둥 잡고 무얼 바라니?
새로 세울 수도 없고 조금이라도 떠받쳐줄
친구도 없는데.
[그녀가 상자를 떨군다. 그가 그것을 집어 든다.]
뭔지도 모르면서
집어 드는군. 수고한 값으로 가져.
내가 만든 것인데 다섯 번이나 왕을
죽음에서 살려냈다. 그보다 더 강력한
강심제는 또 없어. 아니, 가지라니까.
앞으로 너에게 더 잘해 주겠다는
계약금인 셈이지. 공주에게 제 입장이
어떤 건지 알려줘. 네 생각처럼 말하라고.
편만 바꾸면 출셋길이 트이는 거야.
여주인은 그대로고 내 아들만 섬기면
너를 잘 봐주겠어. 왕께 말씀드려서
어떤 형태로든 네 원대로 승진시킬게.
그리고 이런 상을 받게끔 끌어준 내가
누구보다도 너에게 한껏 보답하겠다.
시녀들을 불러다오. 내 말 새겨둬. [피사니오 퇴장]
교활하고 한결같아 흔들리지 않거든.
제 주인 끄나풀인 데다가 그녀에게
자꾸만 혼약을 기억시키는 자야.
놈에게 약을 주었으니 마시기만 하면
그넌 남편의 충성 분자는 모두가 제거된다.
다음에는 그넌이 고집을 안 꺾으면
역시 그 맛을 보여주겠다.
[피사니오와 시녀들 등장]
잘했다, 잘했어.
제비꽃, 노랑 앵초, 달맞이꽃은
내 방으로 가져가라. 잘 가라, 피사니오.
내 말 잘 생각해봐.
피사니오 그러겠습니다.
[왕비와 시녀들 퇴장]
그러나 착하신 주인께 불충하면
목을 매겠소. 해드릴 건 이뿐이오. [퇴장]

## 1. 6

[이노젠 홀로 등장]
이노젠 매정한 아버지, 앙큼한 계모,
추방당한 남편과 결혼한 부인에게
치근대는 바보 구혼자. 오, 남편은
슬픔의 절정이며 계속하여 반복되는
슬픔의 시달림. 나도 두 오빠처럼
도둑맞았더라면 행복하겠지.
높은 자의 소망은 몹시 불행해.
소원이 소박한 신분 낮은 사람은
위로에 맛을 더해 오히려 행복해.
저게 누굴까? 싫은데!
[피사니오와 자코모 등장]
피사니오 공주님, 로마의 귀한 신사 한 분이
주인님 편지를 갖고 오셨습니다.
자코모 안색이 변하시네요. 고귀한 레오나터스는
안녕하시며 공주님께 문안드리십니다.
[그녀에게 편지를 전한다.]
이노젠 고맙습니다. 어서 오세요.
[그녀가 편지를 읽는다.]
자코모 [방백] 그녀 외모 전체가 최상으로 값지다!
그렇게 놀라운 마음마저 갖췄다면
오로지 그녀만이 아라비아 불사조[12]라
내가 졌구나. 용기야, 내 편이 돼서
머리에서 발끝까지 무장하거나

12 아라비아의 불사조(피닉스)는 오직 하나만이 존재하며 스스로를 태워 그 재에서 다시 태어난다고 한다.

파르티아 사람처럼 달아나며 싸울 테다.[13]
차라리 당장 달아나겠다.

이노젠 [소리 내어 읽는다.] "그분은 가장 명성 높은 분의
하나로 그의 친절에 내가 크게 빚졌소. 당신은 신뢰를
중히 여기는 사람이니 그에게 잘해 드리오.
레오나터스."
[자코모에게] 여기까지 소리 내어 읽었어요.
하지만 나머지 사연에 제 마음이
뜨거워져요. 감사히 받아들입니다.
할 수 있는 모든 말로 환영합니다.
제가 할 수 있는 여러 가지 일에서도
그러겠어요.

자코모 고맙습니다, 아리따운 부인.
[방백] 아, 사람들은 미쳤나? 자연이 준 눈으로
높은 궁창, 풍성한 바다, 땅의 소산,
하늘의 불타는 천체들과, 바닷가에
무수히 널린 하나같은 자갈들을
구별할 줄 알면서도 눈이라는 귀중한
안경을 가지고도 미와 추를 구별할 줄
모르지 않는가?

이노젠 왜 그리 놀라세요?

자코모 [방백] 눈 때문이 아니다. 원숭이도 성성이도
여자들을 구별하여 이게 좋다 지껄이고
저게 밉다 찌푸리고, 판단력도 아니다.
멍청이도 미인 고를 때에는 똑똑하게
정하거든. 욕정도 아니다. 천한 계집도
저런 단정하고 우수한 여성 앞에 세우면
게걸스런 생각이 없어져서 빈속까지
토해낸단 말이다.

이노젠 정말 무슨 일인가요?

자코모 [방백] 역겹도록 배부른 욕망,
실컷 먹고 나서도 다 차지 않은 욕정,
밑 빠진 독처럼 어린 양을 삼키다가
나중엔 찌꺼기도 탐한다.

이노젠 무슨 생각에
정신 파시죠? 괜찮으세요?

자코모 괜찮습니다. 고마워요. [피사니오에게] 부탁 하나 하세.
내 사람에게 있는 데서 기다리라 이르게.
외국인인 데다 성질이 급해서.

피사니오 인사하러
가려던 참입니다. [퇴장]

이노젠 남편은 여전한가요?
건강은 어떤가요?

자코모 좋습니다, 부인.

이노젠 명랑하던가요? 그러길 바라는데.

자코모 아주 쾌활하지요. 외국인 같지 않아요.
아주 명랑하고 잘 놉니다. 브리튼 노름꾼이란
별명이 붙었어요.

이노젠 여기 있을 때에는
근엄한 편이어서, 이따금 까닭 없이
심각하곤 했어요.

자코모 근엄한 걸 못 봤어요.
프랑스인과 단짝인데, 퍽 고귀한 신사지요.
그 사람이 고향에 있는 프랑스 아가씨를
몹시 사랑하는 모양이라, 용광로 연기처럼
짙은 탄식을 내뿜는데 부인의 남편인
쾌활한 브리튼인은 거침없는 허파로
웃어젖히며 "우스워 죽겠네. 얘기, 소문,
경험으로 여자가 뭔지 아는 사내가
여자란 별수 없는 존재란 걸 알면서도
꼼짝없이 매여서 모처럼 얻은 자유를
저버리다니!" 하더군요.

이노젠 남편이 그래요?

자코모 예, 부인. 웃느라고 눈물이 가득합디다.
그 옆에서 프랑스인 놀리는 걸 듣는 것이
일종의 오락이지요.
하지만 어떤 사내가 못된 짓 하는지는
하늘이 아시지요.

이노젠 그 사람은 아니겠죠.

자코모 아니죠. 하지만 하늘이 내려주신 은혜를
좀 더 감사하며 써야겠죠. 큰 자질을 받았지만
그의 소유인 부인은 비할 수 없는 선물이죠.
저로서는 놀라움을 금할 수 없는 한편
동정 또한 금할 수 없습니다.

이노젠 무얼 동정하세요?

자코모 두 사람을 깊이 동정합니다.

이노젠 나도 그중 하난가요?
나를 보세요. 내게 무슨 망가진 게 있어서
동정하나요?

13 이란 북부의 파르티아 사람들은 작전상 후퇴하면서 뒤쪽으로 활을 쏘는 전법을 썼다.

자코모 통탄스럽소!
빛나는 태양에서 자신을 숨겨 토굴 속
희미한 촛불[14]에서 안락을 찾다니!
이노젠 제발 내 질문에 더 솔직히 답하세요.
왜 나를 동정하시죠?
자코모 딴 여자들이 부인의—[15]
좋아한단 말을 하려 했는데, 그런 것은
신들이 벌하실 일이고 나 같은 사람이
뭐라고 할 일은 아니죠.
이노젠 나에 대해, 또는
나에 관한 무슨 일을 아시는 듯한데요,
일이 나빠지지 않을까 걱정하는 그것이
정말 나빠진 것을 확인하는 것보다
더 해로워요. 확정된 건 고칠 수가 없지만
제때에 미리 알면 대책이 생겨요. 시작하고
멈추신 걸 밝히셔요.
자코모 [방백] 저 볼이 내 거라면
내 입술을 파묻고, 저 손의 촉감을
느끼는 영혼마다 충성을 맹세케 하고
저 모습은 마구 구르던 내 눈을
포로로 잡아 이 마음을 뜨겁게 달구는데
저주받은 이 몸은 신전의 층계처럼
닳아빠진 입술들[16]과 키스를 하겠는가!
시간마다 노동처럼 애인을 바꿔대어
굳은살이 박인 손을 마주 잡고서
역한 기름 태우는 그을음 많은 촛불처럼
비루한 흐린 눈을 힐끔거릴 것인가!
차라리 지옥의 갖가지 염병이
한꺼번에 몰려와 역겨운 그런 짓에
항거해야 옳겠다.
이노젠 내 남편이 행여나
브리튼을 잊었나요?
자코모 자신까지 잊었네요.
그의 치사한 변모를 알려드리기가
내키지 않지만 부인의 정숙함이
굳게 입 다문 양심에서 내 혀로
이 소식을 끌어냅니다.
이노젠 더 듣고 싶지 않아요.
자코모 아, 아름다운 분이여, 부인의 억울함이
제 속을 깊이 찔러 아파요. 이토록
아리따우신 부인, 대제국을 계승하여
대왕의 권위를 두 배나 늘리실 분이
자신이 보내준 돈으로 산 매춘부들과
똑같은 처지가 되셨다니! 돈만 준다면
썩을 병[17]이 가져올 위험도 아랑곳 않고
덤벼드는 헌 계집들, 더운 김에 훈증[18]하여
독에다 독을 타는 그것들! 복수하시오!
아니면 부인은 왕비의 딸이 아니며
위대한 혈통의 오점이시오.
이노젠 복수요?
어떻게 복수하죠? 그게 사실이라도,
—들은 말로 성급히 그르쳐서는 안 될
마음을 품고 있어요.—그게 사실이라도
어떻게 복수해요?
자코모 다이애나[19]의 사제처럼
부인을 찬 자리에 눕게 하고 멸시하며,
보내주신 돈으로 창녀를 바꿔가며
널뛰기를 한다면—복수하시오.
통쾌한 복수에 이 몸을 바치겠소.
나는 그 배신자보다 고귀한 신분이며,
부인의 사랑에 변함없이 충실하되
비밀을 굳게 지키겠소.
이노젠 이봐, 피사니오!
자코모 부인 입술에 충성을 표하게 해주시오.
이노젠 저리 비켜. 지금까지 네 말을 들은
내 귀를 꾸짖는다. 명예를 아는 자라면
그런 비열하고 엉뚱한 목적이 아니라
선의 편에서 그런 말을 했을 것이다.
명예와는 거리가 먼 네가 하는 소리는
그 내용과 상관없는 신사를 욕되게 하고
여기서 자기를 악마처럼 멸시하는
여인에게 구애한다. 여봐라, 피사니오!
아버지 전하에게 네 폭언을 알릴 테다.

14 즉 '이노젠'이라는 태양을 피해 매음굴의 창녀에게 위로를 구한다는 말이다.
15 '남편을'이라는 말을 생략해 얼버무리고 만다.
16 너무 많은 사람들이 오르내려 닳아빠진 신전 계단처럼 추잡한 창녀라는 말.
17 매독 같은 성병을 말한다.
18 당시 성병을 치료한다는 명분으로 훈증 요법을 썼는데, 성병에 걸린 창녀를 물을 끓여 김이 나는 통 속에 넣는 것이었다.
19 순결의 여신.

뻔뻔스런 외국인이 이 궁정에 나타나
로마의 홍등가처럼 홍정을 벌이고
짐승 같은 심보를 공공연히 드러내도
상관이 없다고 하신다면 아버지는
궁정뿐만 아니라 자기 딸마저
소중히 여기지 않으신단 뜻이다.
여봐라, 피사니오!
자코모 오, 행복한 레오나터스라 하겠소.
당신의 여인이 당신을 믿는 것이
당신의 신뢰를 받을 만하고, 당신의 완벽은
그녀가 신뢰를 둘 만하오. 길이 축복 누리시오.
한 나라의 아들이며 가장 뛰어난 사나이의
여인이며 그의 아내 당신은 가장 뛰어난
사나이에 어울리는 부인이오. 용서하시오.
그런 말을 했던 것은 부인의 서약이
깊이 박혀 있음을 알려고 한 일이니
남편의 진가를 다시금 확인케 되오.
그는 가장 충실하며 거룩한 마법사처럼
뭇사람을 끌어들여 그들의 마음을
절반이나 차지했소.
이노젠 다른 말을 하네요.
자코모 세상에 내려온 신처럼 군림하며
보통 사람 능가하는 품격이 있어요.
지고하신 공주님, 화내지 마세요.
거짓 소문을 어찌 들으시나 시험했어요.
실수가 없을 것을 확신하는 훌륭한 분을
선택하신 크신 안목을 확인하여서
그분의 명예를 높인 거예요. 그에 대한
우정으로 이렇게 부채질을 했지만
여느 여자들과 달리 신들이 부인을
쭉정이 없이 만드셨네요. 용서하세요.
이노젠 모두 좋아요. 궁정에서 내 권한을 이용하세요.
자코모 감사합니다. 한 가지 잊을 뻔했군요.
공주님께 부탁을 드리려 했습니다.
작지만 중요해요. 부인의 주인에게
관련된 일이에요. 나와 내 친구들이
이 일에 관여하고 있지요.
이노젠 무엇인가요?
자코모 로마 사람 여남은과 우리들 날개의
가장 빛나는 깃털인 부인 남편이
황제께 드릴 선물 값을 추렴했는데,
내가 대표로 프랑스에서 일을 보았습니다.
디자인이 희한한 접시와 값지고
정교하게 제작한 고가 보석들이라
외국인으로서 안전한 보관처가 없을까
다소 염려하는 중이지요. 혹시 부인께서
간수할 수 있는지요?
이노젠 물론이죠.
물건들의 안전에 내 명예를 걸지요.
남편이 그 물건에 관련되었다 하니
내 침실에 보관할 테요.
자코모 궤 속에 들었는데
내 사람들이 지켜요. 실례지만 물건들을
부인께 보내겠어요. 오늘 밤뿐입니다.
내일 배를 타니까요.
이노젠 원, 그럴 수 있나요!
자코모 그래야 합니다. 귀국 일을 늦추면
약속을 어기게 돼요. 부인을 뵙기로
약속했기에 일부러 프랑스에서 바다를
건넜던 것이지요.
이노젠 노고에 감사해요.
하지만 내일 떠나진 마세요!
자코모 오, 떠나야 해요.
그러니 주인에게 편지를 쓰신다면
오늘 밤에 쓰시라고 부탁드려요.
선물을 드려야 할 시기를 감안할 때
제가 지체했군요.
이노젠 편지를 쓰겠어요.
선물 궤를 보내세요. 안전히 보관했다
고스란히 내드리죠. 기꺼이 그러겠어요.
[따로따로 퇴장]

## 2. 1

[클로튼과 두 신하 등장]
클로튼 그렇게 재수 옴 붙은 놈이 또 있겠어? 볼링공[20]을
굴리니까 맞을 뻔했는데 딴 녀석이 쳐버리질 않겠나!
거기다 백 파운드 걸었는데 망할 새끼가 나타나서 내

20 여기서 말하는 볼 놀이는 오늘날의 볼링과는 다르지만 여기서는 비슷한 경기로 다룬다.

욕질에 대거리하는 거야. 내가 자기한테 욕질을 꿔 오기나 한 것처럼. 욕질도 마음대로 못 하게 하데.

신하 1 그래서 그자가 얻은 게 뭐예요? 공으로 놈의 대가리를 깨셨어요.

신하 2 [방백] 머리에 든 것이 머리를 깬 놈과 비슷하다면 하나도 안 남기고 죄다 흘러나왔을 테지.

클로튼 신사가 욕질을 하고 싶은데 옆에 있는 놈이 욕질 못 하게 가로막으면 안 돼. 안 그래?

신하 2 맞습니다. [방백] 남의 귀를 잘라도 안 되지.

클로튼 쌍놈의 개새끼! 한판 붙자 했겠다? 나하고 신분이 같았다면 좋을 뻔했다.

신하 2 [방백] 멍청이 냄새가 났겠지.

클로튼 세상에 그것보다 기분 나쁜 건 없더라. 염병할 것! 지금처럼 귀하신 몸이 아니라면 좋겠어. 우리 어머니가 왕비니까 나한테 덤벼들지 못하거든. 별의별 녀석 뱃속에 싸울 맘이 꽉 들어찼는데 나는 맞상대가 없어서 괜히 왔다 갔다 하는 수탉 꼴이야.

신하 2 [방백] 그래 수탉 맞다. 불알 깐 수탉. 닭 벼슬 흔들며[21] 수탉 소리 흉내 내면 영락없는 수탉이지.

클로튼 너 뭐라 씨불여?

신하 2 나리께서 싸움을 거신 녀석들에게 일일이 대꾸하시는 건 옳지 않아요.

클로튼 아무렴. 나도 알아. 하지만 내가 아랫것들에게 싸움 거는 건 잘하는 짓이야.

신하 2 예, 나리께만 옳아요.

클로튼 물론이지. 내 말이 그 말이야.

신하 1 지난밤에 우리 궁정에 어떤 낯선 외국인이 왔다는 말을 들으셨나요?

클로튼 낯선 사람? 그런데도 내가 입때 몰라?

신하 2 [방백] 자기부터 이 궁정에 낯선 녀석이면서 그것도 모르고 있어.

신하 1 이탈리아 사람이 하나 왔어요. 레오나터스의 친구라고 생각되는데.

클로튼 레오나터스? 추방된 놈 아니야! 그러니 누군지는 몰라도 똑같은 놈이겠다. 그 녀석 얘기는 누구한테 들었어?

신하 1 나리 사동한테서요.

클로튼 내가 그 녀석 가서 봐도 되겠지? 그렇다고 내 체면이 깎이는 건 아니지?

신하 2 체면 깎일 턱이 있나요!

클로튼 쉽게는 안 되지.

신하 2 [방백] 공인된 멍청이니까. 따라서 네가 하는 짓들마저 멍청하니까 깎일 체면도 없어.

클로튼 가자. 그 이탈리아 놈 봐야겠다. 오늘 볼링에서 잃은 걸 오늘 밤 그 녀석한테서 벌충해야지. 자, 가자.

신하 2 따라 모시겠습니다. [클로튼과 신하 1 퇴장]

제 어미 같은 교활한 마귀가 세상에
저런 밥통을 낳다니, 머리 하나로
온 세상을 뒤흔드는 여자인데, 아들놈은
죽었다 깨도 스물에서 둘을 빼면
열여덟이 되는 줄도 모른다. 아아,
불쌍한 공주, 천사 같은 이노젠은
계모에게 놀아나는 아버지와, 언제나
음모를 꾸미는 그 여자와, 사랑하는
남편의 억울한 추방보다 더 밉고
놈이 노리는 끔찍한 이혼보다 악랄한
못난 구혼자 틈에 끼어 얼마나 괴로운가!
하늘이 정절의 성벽을 굳게 지키고
고운 마음의 전당을 튼튼히 지켜주어
추방당한 남편과 큰 나라의 기쁨을 누리시기를! [퇴장]

## 2. 2

[궤를 바닥에 놓는다. 이노젠이 책 읽으며 누워 있는 침대를 앞쪽으로 놓는다. 시녀 헬렌이 들어온다.]

이노젠 누구니? 헬렌이니?

헬렌 저예요, 마님.

이노젠 몇 시니?

헬렌 거의 자정이 됐어요.

이노젠 그럼 세 시간 읽었구나. 눈이 아프다.
보다 만 쪽을 접어놓아라. 가서 자거라.
촛불은 치우지 마라. 켜놓은 채 두어라.
네 시에 깰 수 있으면 이리 와서
나를 깨워라. 잠이 쏟아지누나. [헬렌 퇴장]
신들이여, 보호하심에 저를 맡깁니다.
밤의 요정과 유혹자들에게서
저를 지켜주시길 기도합니다.
[그녀가 잠든다.]
[자코모가 궤에서 나온다.]

21 당시의 어릿광대는 닭 벼슬 모양의 모자를 쓰고 못난이 짓을 했다.

자코모 귀뚜라민 노래하고 사람의 지친 감각은
휴식으로 추스른다. 타퀸[22]은 이렇게
골풀[23]을 살짝 딛고 다가와 정절을 깨워
상처를 입혔지. 오, 비너스, 누운 침대에
찬란하게 어울린다. 신선한 백합,
홑청보다 더 희다! 한번 만져봤으면!
한번 키스했으면! 견줄 데 없는 루비 한 쌍,[24]
서로 정답게 키스한다. 그녀의 호흡이
방 안에 향기를 뿜는다. 촛불마저
그녀 향해 기울며 눈꺼풀을 파고들어
감춰진 광채를 보고 싶어 하고, 지금은
하늘의 연초록빛 레이스를 단
하얀 창문 뒤에 가려 있지만,[25] 내 목적은
침실을 살피는 거라 모두 적어 놔야지.
[공책에 적는다.]
이런저런 그림에다, 창문은 저기 있고
침대 장식은 이렇고, 벽걸이와 그 그림은
음, 이렇고 저렇고, 이야기 내용들……
아, 일만 가지 사소한 물건들보다
여자 몸의 자연스런 특징들이 훨씬 더
내 목록의 풍부한 증거물이 되겠다.
오, 잠이여, 죽음의 시늉이여, 그녀를 눌러
감각을 무디게 하여 교회의 비석처럼
만들어 달라. 풀어져라, 풀어져라.
고르디우스 매듭[26]처럼 옭매이고 매끄럽다.
[그녀의 팔에서 팔찌를 벗긴다.]
이제는 내 것.—물적 증거가 될 터이니
의식이라는 심적 증거와 똑같이 강력하여
남편을 미치게 만들겠지. 왼편 젖가슴,
사마귀에 점이 다섯 개. 앵초 꽃잎의
붉은 점 같다. 이거야말로 법이 제시할
그 어떤 증거보다 강력하다. 이 비밀을
들이대면 내가 자물쇠를 따고 정절이란
보물을 훔쳤다고 안 믿을 수 없겠다.
그만 적자. 더 적어 뭐하겠나? 뇌리에 박힌
이 모습, 적을 필요 있는가? 늦도록 읽었구나,
테레우스 이야기. 필로멜라[27]가 포기한 대목에서
책장을 접었구나. 이것이면 충분하다.
궤짝으로 다시 가서 잠금 장치를 닫자.
빨리 오라, 밤의 마차를 끄는 용들아,[28]
새벽빛에 까마귀가 눈을 뜨도록!
두렵다. 이 여인은 천사지만 여기가 지옥이다.
[시계가 치는 소리가 들린다.]
하나, 둘, 셋. 때가 됐다, 때가!
[궤 속으로 들어간다. 침대와 궤를 내간다.]

## 2. 3

[클로튼과 두 신하 등장]

신하 1 나리께서는 잃으시고도 가장 인내심이 강하시며 일 점짜리가 나와도 매우 침착하신 분이세요.

클로튼 누구나 잃으면 속이 꺼진다고.

신하 1 하지만 누구든지 나리의 고상하신 성격처럼 인내심이 강할 수가 없어요. 따실 때는 제일 열렬하시고 맹렬하시죠.

클로튼 누구든지 따면 용감해진단 말이야. 저 멍텅구리 이노젠만 손에 넣으면 돈은 얼마든지 생기는데. 날이 거의 밝았지, 안 그래?

신하 1 대낮입니다.

클로튼 악단이 오면 좋겠다. 나에게 아침마다 여자한테 음악을 해주라고 하더라. 속으로 뚫고 들어간대.
[악사들 등장]
어서들 와. 소리 내봐. 손가락질로 여자 속을 뚫으면

22 로마의 전설적인 폭군 타르퀴니우스(영문으로는 Tarquin)는 잠든 유부녀 루크레티아(Lucretia)를 강간했다. 그 이야기를 셰익스피어가 장시 「루크리스의 겁탈」에서 다뤘다.
23 바닥에 깔아 먼지를 재우고 향기를 내는 데 쓰던 왕골 비슷한 풀.
24 붉은 입술을 가리킨다.
25 그녀의 감은 눈의 모습의 묘사이다. 눈꺼풀은 하얀 창문이고 연초록빛 속눈썹은 레이스 커튼이다.
26 고르디우스의 매듭(Gordian Knot)은 고대 프리기아의 왕 고르디우스가 아무도 못 풀도록 묶어놓은 매듭인데, 알렉산더(알렉산드로스) 대왕이 칼로 잘라버렸다고 한다.
27 아테네의 전설적 폭군 테레우스(Tereus)는 처제 필로멜라(Philomela)를 강간하고 발설하지 못하도록 그녀의 혀를 잘랐다. 필로멜라는 죽어서 밤에 우는 나이팅게일이 되었다고 한다.
28 밤은 용들이 끄는 마차를 타고 하늘을 달린다고 했다.

좋지. 혓바닥으로도 해 볼 테니까.[29] 둘 다 안 되면 그냥
내버리지 뭐. 하지만 나는 포기하지 않겠어. 우선 먼저
멋지게 꾸민 곡조를 켜고 그다음에 멋진 가사를 붙인
달콤한 노래를 부르라고. 그러고 나서 여자에게 생각 좀
해보라고 해.

악사 [노래 부른다.]
들어라, 들어라, 종달새가 하늘 문에 노래한다.
해님이 잠에서 깨어 일어나,
마차 끌 말들[30]에게 물 먹일 데는
술잔처럼 오목한 꽃이 깔린 샘.
웃음 짓는 금잔화 봉오리 금빛 눈 열고
온갖 예쁜 것이 일어난다. 예쁜 임아, 일어나라.
일어나라! 일어나라!

클로튼 됐다. 너희들 가라. 그거로 뚫는다면 그 노랠 더 잘 봐주지.
그러지 못하면, 그 여자 귀가 고장 난 거라 말총 줄과
송아지 창자[31]에다 불알 깐 내시 목소리[32]까지 합쳐봐야
그게 그거야. [악단 퇴장]
[심벨린과 왕비 등장]

신하 2 전하께서 오십니다.

클로튼 늦게까지 앉아 있길 잘했군. 그래서 일찍 일어난 셈이
됐다고. 내가 아버지처럼 이 일을 했으니 잘했다고
할 수밖에 없겠지. 전하, 그리고 착하신 어머니,
안녕하세요?

심벨린 새침데기 내 딸 문간에서 기다리는 중인가?
안 나오겠다고 하는가?

클로튼 음악으로 들입다 공격을 해봤는데요, 알은척도 하지를
않네요.

심벨린 애인이 추방당한 것이 엊그제 일이라
아직도 못 잊고 있다. 얼마쯤 지나서
기억의 자취가 모두 다 지워지면
걔는 네 거다.

왕비 [클로튼에게] 전하께 감사해야 돼.
임금님은 따님에게 너를 추켜세우실
무슨 기회도 안 놓치시니, 너도 점잖게
자세를 갖춰 구애하며 때에 알맞게
처신하여라. 거절당할 때마다
정성을 배가하여 그녀에게 하는 일이
영감 받은 일처럼 보이게 하여라.
모든 일에 복종하되, 다만 너를
완전히 거부하려 하는 때에는
못 들은 거로 해라.

클로튼 못 들어요? 잘 들리는데.
[전령 등장]

전령 [심벨린에게] 황공합니다. 로마 사신들이오.
한 분은 카이우스 루키우스입니다.

심벨린 점잖은 사람이지. 지금은 성이 나서
항의차 왔지만, 그의 잘못이 아니다.
파견자[33]의 위엄과 전에 내게 베풀어준
그 사람의 은덕을 생각해서 접견하겠다.
그럼 얘야, 공주에게 아침 인사 마치고
어머니와 함께 내게 오너라.
이 로마 사신을 상대하여 너에게
시킬 일이 있다. 갑시다, 왕비.
[클로튼을 제외하고 모두 퇴장]

클로튼 여자가 일어나면 말을 해야지. 아니면
자빠져 꿈이나 꾸라지 뭐. [문을 두드린다.] 실례합니다!
주변에 하녀들이 있는데 그중 하나에게
돈을 주면 어떨까? 황금이면 통하거든.
그런 일 흔하지. 아무렴, 다이애나 산지기도[34]
배신자가 되어서 사냥터 짐승을 슬그머니
도둑에게 넘겨줘. 정직한 사람 죽이고
도둑놈 살리는 게 황금이다. 아니야, 가끔은
도둑놈 착한 놈 한꺼번에 목 달기도 해.
황금으로 못 하고 못 풀 게 뭐야?
하녀 중 하나를 변호사로 삼아야지.
내가 아직 내 사건을 다룰 줄을 모르니까.
실례합니다.
[문을 두드린다. 하녀 등장]

하녀 누가 문 두드리나요?

클로튼 신사요.

하녀 그뿐인가요?

29 손가락질은 현악, 혓바닥은 성악을 뜻하나 또한 성적인 행위도 암시한다.
30 태양의 신 아폴로는 새벽마다 자신의 불 마차를 끌 말들에게 물을 먹인다.
31 이런 것들로 현악기의 활과 현을 만들었다.
32 유럽에서 르네상스 때 고음을 내게 하느라고 변성기 직전의 소년을 고자로 만들었다.
33 로마의 아우구스투스 황제.
34 달의 여신인 다이애나는 사냥의 여신이기도 하여 그녀의 추종자들은 사냥꾼(산지기)이기도 한데, 밀렵꾼이 돈을 주고 사냥터의 짐승을 몰래 잡아갈 수도 있다는 말이다.

클로튼 예, 귀부인의 아들이오.
하녀 그것은
당신처럼 비싼 옷 지어 입고 신사라고
뽐내는 것과 다르지 않네요. 뭘 원하세요?
클로튼 공주 아씨요. 준비되셨나요?
하녀 그럼요.
방에 혼자 계실 준비요.
클로튼 이 돈 받아요.
좋은 소식이면 파시오.
하녀 내 명예를 팔라고요? 또는 나 좋을 대로
당신 얘길 전할까요? 공주님이십니다. [퇴장]
[이노젠 등장]
클로튼 안녕, 어여쁜 누이, 예쁜 손 잡아봅시다.
이노젠 안녕하세요? 고생만 사는 값으론
너무 수고하시네요. 감사를 하려 해도
감사할 일이 적어서 감사란 말을
거의 할 수 없군요.
클로튼 항상 맹세코 사랑합니다.
이노젠 말씀만 하셔도 감명을 줄 거예요.
아무리 맹세해도 대답은 언제나
내가 듣지 않는다는 것이죠.
클로튼 대답 아니오.
이노젠 잠자코 있으면 허락으로 오해할까봐
말하는 거예요. 제발 혼자 있게 해줘요.
당신이 친절을 베풀수록 거기 맞먹을
불친절을 보일 테요. 유식한 분이라면
일단 배운 것은 삼갈 줄도 알아야죠.
클로튼 당신이 미치게 놔두는 건 내 죄요.
가만두지 않겠소.
이노젠 멍청이는 미친 사람 못 고쳐요.
클로튼 날 멍청이라 하기요?
이노젠 나를 미쳤다고 하니까요.
당신이 차분하면 나도 미치지 않아요.
그럼 둘 다 병이 나아요. 미안해요.
당신 말에 숙녀의 도리를 잊고
그처럼 지껄였군요. 그럼 알아두세요.
내 마음 잘 아는 나 자신이 이 자리에서
마지막으로 진실을 선언하는 거예요.
당신에게 관심 없어요. 관심이 없다 못해
미워한다는 가책까지 생길 지경이에요.
내가 말하기 전에 눈치 채면 좋겠군요.

클로튼 아버지를 거역하는 죄악을 짓고 있소.
당신이 천한 놈과 맺었다는 그 혼약,
남의 동정으로 자라나 궁정의 찌꺼기와
찬밥 먹고 큰 자와의 그 혼약은 무효요.
천민끼리는 소위 서로 영혼 맺는 것이
허락되지만—녀석보다 천한 자가
어디 있겠소?—자기들끼리 어울리면
새끼들과 비럭질밖에 기댈 데가 따로 없소.
그러나 당신은 중대한 왕권의 책임상
그런 자유는 제한되니 천한 놈과 더불어
존귀한 명예를 더럽혀선 안 돼요.
하인이나 시종의 복장 입을 빈털터리,
부엌데기—아니 그것도 못 돼.
이노젠 신성 모독자!
네가 주피터의 아들이라 하여도
지금의 네 꼴로는 너무 천해서
그이 마부도 못 돼. 그이 나라에서
네 재주에 어울리게 망나니 조수[35] 자릴
네게 준대도 그건 남들이 부러워하고
아주 출세했다고 시기할 만큼
높은 지위야.
클로튼 남풍 안개[36]에 썩을 놈!
이노젠 네가 되뇌는 불행밖에 그이가 당할
불행은 없어. 네 몸의 터럭 전부가
사람으로 변한대도 그이 몸에 닿았던
아주 천한 옷이 내 눈이 바라볼 때는
훨씬 귀중하다고. 피사니오!
[피사니오 등장]
클로튼 그 자식 옷이라고? 그럼 마귀가—
이노젠 [피사니오에게]
내 하녀 도로시에게 급히 가봐라.
클로튼 그 자식 옷?
이노젠 [피사니오에게] 멍청이가 귀찮게 구는구나.
걱정된다. 그보다는 화가 나. 도로시에게
내 팔에서 너무 우연히 없어진 팔찌를
찾아보라고 해. 네 주인 거였는데.

35 "망나니"는 죄수의 사형을 집행하는 천한 관리인데 그 조수이니 더욱 천하다.
36 남풍에 불어오는 습한 안개. (잉글랜드에서는 그런 안개 속에서 물건들이 썩었다.)

유럽의 어떤 왕의 재산을 모두 준대도
잃을 수 없어! 아침에 본 듯한데.
확실히 어젯밤엔 내 팔에 있었어.
거기에 키스했거든. 남편 아닌 딴 사람과
키스했다고 일러주러 간 것이
아니면 좋겠다.

피사니오 잃으신 게 아닐 거예요.

이노젠 그러길 바라. 가서 찾아봐. [피사니오 퇴장]

클로튼 너 나를 모욕했어.
자식의 천한 옷이라고?

이노젠 그랬다, 왜?
그걸 고발할 거라면 증인을 불러대.

클로튼 아버지한테 이를 테다.

이노젠 엄마한테도 이르렴.
마음이 착하니까 내 생각을 해준다면
가장 몹쓸 생각일 테지. 그래서 나는
가장 몹쓸 불만 속에 너를 두고 가겠다. [퇴장]

클로튼 복수하겠다. 가장 천한 옷이라고? 두고 보자. [퇴장]

## 2. 4

[포스추머스와 필라리오 등장]

포스추머스 걱정 마시오. 내가 그녀 정절에
확신을 갖고 있듯 왕의 마음을
돌리면 좋겠소.

필라리오 무슨 수가 있나요?

포스추머스 없소. 단지 때가 변하길 기다리오.
지금은 겨울 같아 떨고 지내며
따뜻한 날을 기다릴 뿐, 시든 희망 속에서
당신의 우정에 보답하지 못하오.
희망이 꺼지면 사랑 빚만 지고서 죽어야 하오.

필라리오 선한 당신 마음씨와 당신과의 친교가
나에게는 과분하오. 지금쯤 브리튼 왕이
로마의 황제[37] 말을 들었을 게고
루키우스는 사명을 철저히 수행했겠소.
왕이 조공을 수락하고 밀린 금액을
보내든가 로마 군에 맞서야 할 터인데,
그 아픈 기억이 아직도 생생하겠소.

포스추머스 나는 정략가가 아니고 그럴 가망도 없으나
이번 일은 확실히 전쟁으로 번질 거요.
한 푼이라도 조공을 바쳤다는 소식 전에
갈리아의 로마 군이 겁 없는 브리튼에
상륙했단 소식이 들릴 거요. 당시에도
시저는 우리 국민이 전술이 없다고
비웃었지만 신중히 대해야 할 용기만은
인정했소.[38] 그때보다 질서가 잡혀 있고
규율과 용맹이 합쳐 있어 그들의 실력을
시험하는 자들에게 세상의 평판을
뒤바꿔버릴 국민임을 과시할 거요.
[자코모 등장]

필라리오 자코모요.

포스추머스 육지에선 발 빠른 사슴들이 날라다주고
사방의 바람이 배의 돛에 키스하여
빨리 몰아주었군요.

필라리오 어서 오시오.

포스추머스 대답이 간단하여 이처럼 빨리
돌아오셨을 거요.

자코모 당신 부인은
보던 중 가장 아름다운 분의 하나였소.

포스추머스 뿐만 아니라 가장 정숙한 여인으로
그 미모가 창문을 내다보면 못된 마음도
그에 이끌려 착하게 되오.

자코모 당신 편지요.

포스추머스 좋은 소식이겠지.

자코모 그럴 것이오.
[포스추머스가 편지를 읽는다.]

필라리오 당신이 브리튼 궁정에 갔을 때
루키우스가 있습디까?

자코모 기다리고 있더군요.
아직 도착 전이었소.

포스추머스 모든 것이 무사하군.

37 이때 로마 황제는 아우구스투스 시저였다. 루키우스는 그가 보낸 특사였다.

38 기원전 54년에 로마의 줄리어스 시저가 켈트족이 살던 브리튼(지금의 잉글랜드)을 점령했는데, 그들은 싸울 줄은 몰라도 용기는 대단했다고 인정했다. 심벨린이 다스리는 지금의 브리튼은 그때보다 전투의 기술과 규율이 잡혀 있고 용기도 대단하므로 조공을 바치지 않고 전쟁을 불사하는 까닭에 갈리아(지금의 프랑스)에 주둔한 로마 군단이 바다 건너 브리튼에 상륙할 것이라는 말이다.

보석이 전처럼 반짝이오? 또는 멋을 내기엔
너무 칙칙하지 않소?

자코모 그것을 잃는다면
그만한 돈을 잃는 거요. 브리튼에서
짧았으나 즐거운 밤을 보냈는데
그런 밤을 다시 즐기기 위해 그 먼 곳까지
두 번 여행도 마다 않겠소. 반지는 내 거요.

포스추머스 매우 얻기 어려운 보석이오.

자코모 전혀 안 그렇소.
부인이 참 수월합디다.

포스추머스 진 것을 가지고
장난하지 마시오. 앞으로 친구 관계를
계속하지 못할 것을 아실 터인데.

자코모 오, 계속해야죠. 합의대로 하자면.—
부인의 은밀한 사실을 알아 오지 못했다면
피차 더 따져야 하겠소. 하지만 이제
내가 반지와 함께 그녀의 정조를
뺏은 것을 선언하오. 그러나 당신이나
그녀에게 부당한 행동은 하지 않았소.
합의대로 하였소.

포스추머스 당신이 잠자리에서
그녀의 맛을 보았다는 증거를 대면
내 손과 반지는 당신 것이오. 아니라면,
그녀의 순결한 정조에 대해 추한 생각을
품었었기 때문에 당신 칼이나 내 칼은
임자가 바뀔 거며, 아니면 둘 다 주인 없어
줍는 자가 임자요.

자코모 자세한 증거들이
진실에 매우 가까운 걸 보여줄 테지만
당신부터 믿게 될 거요. 증거의 확실성을
내가 맹세하겠지만, 그럴 필요 없다는 걸
아시고 나면 내가 맹세하지 않아도
수긍할 게요.

포스추머스 계속하시오.

자코모 우선 그녀 침실은—
솔직히 거기서 자지는 않았지만
볼 만한 건 다 봤는데—비단과 은의
벽걸이가 걸렸더군요. 클레오파트라가
로마의 연인을 만날 때,[39] 무수한 배나
호화로움 때문에 시드누스 강물이
둑을 넘도록 부풀었던 그 이야기—
정교하고 고귀한 작품이라 예술성과
가치가 서로 경쟁하더군요. 하도 놀랍고
완벽하여서 그림이 진정 생동한다고
생각할 정도였소.

포스추머스 옳은 말이오.
하지만 여기서 그 얘기를 들었는지 모르오.
나나 누구한테서.

자코모 좀 더 자세히 말하면
내 말의 진실성이 입증되겠소.

포스추머스 그렇소.
아니면 당신의 정직성이 손상되거나.

자코모 벽난로는 남쪽에 있고 그 주변 조각은
다이애나가 목욕하는 장면이오. 인물들이
그처럼 말하듯 하는 것은 처음 보았소.
조각가는 말없이 제2의 자연이 되어
동작과 호흡을 내놓고는 자연을 능가했소.

포스추머스 그것 역시 남에게서 들을 수 있소.
실제로 자주 화제에 오르는 거요.

자코모 침실 천장은 금빛 아기 천사들이 들고 있었소.
참, 잊었군요. 난로 바닥 받침대는
눈짓하는 두 은제 큐피드가 불타는 횃불에
외다리로 교묘하게 서 있었소.

포스추머스 문제는
그녀의 정절이오! 당신이 모두 봤다 합시다.
칭찬할 만한 기억이오. 그 방에 있는
모든 것을 묘사한댔자 당신의 내기는
이기지 못하오.

자코모 그럼 당신이 새파랗게
질리는 걸 안다면, 이 보물 꺼낼까? 봐요!
[팔찌를 보여준다.]
이제 다시 치워요. 당신 다이아몬드와
한 짝이 돼야 하오. 모두 내 거요.

포스추머스 그럴 수가!
다시금 보여주오. 내가 그녀에게
주고 왔던 것이오?

39 이집트 여왕 클레오파트라는 로마 장군 안토니(안토니우스)를 지금 터키 중부의 시드누스 강 위에서 만났다. 그 장면을 셰익스피어가 「안토니와 클레오파트라」에서 다뤘다.

자코모 그녀가 고맙소. 바로 그거요.
자기 팔에서 풀어 줬소. 아직도 눈에 선하오.
귀여운 그 짓이 선물보다 값졌소.
그러면서 거기에 값을 더했소. 그걸 주면서
한때는 소중히 여겼다고.
포스추머스 혹시 그녀가 내게
보내려고 풀었는지 모르오.
자코모 편지에 썼소?
포스추머스 오, 아니오, 옳은 말이오. 자, 이것도 가져가오.
[자코모에게 반지를 준다.]
내 눈에 그 물건이 독사 같아서[40]
그게 나를 바라보면 나는 죽어버리오.
어여쁨에 정절 없고 외모에 진실 없고
외간 남자 있는 곳에 사랑이 없소.
여자의 맹세란 상대에게 구속되지 않듯이
자신들의 정절에도 구속되지 않는 만큼
정절이란 헛것이오. 오, 측량 못 할 거짓됨!
필라리오 참으시오. 반지를 다시 넣으시오.
승부가 아직 안 났소. 그녀가 잃었는지 모르며,
하녀 중 하나가 뇌물 먹고 훔쳤는지
누가 아오?
포스추머스 확실히 그러하오. 그래서
입수했다고 믿소. 내 반지 다시 주시오.
[반지를 다시 갖는다.]
이보다는 확실한 물증, 그녀의 몸에 관한
구체적 증거를 대시오. 이는 훔친 것이오.
자코모 주피터에 맹세코, 그녀 팔에서 직접 받았소.
포스추머스 들으셨소? 맹세했소. 주피터께 맹세했소.
그렇다면 사실이오. 반지를 가지시오.
잃었을 리 없겠소. 하녀들이 서약했고
정직하오. 훔치라고 사주 받아요?
낯선 자에게? 아니오. 그녀를 즐겼소.
그녀가 욕정을 참지 못한 표가 이거요.
그처럼 비싸게 창녀의 이름을 샀소.
[자코모에게 반지를 준다.]
자, 수고비 받으시오. 온갖 지옥 악귀가
당신들 놓고 다퉈라!
필라리오 참으라니까.
존경받는 사람에 관한 증거로는
강력하지 못하오.
포스추머스 더 이상 말 마시오.
저 사람과 마주했소.
자코모 좀 더 속 시원히
알고 싶다면, 그녀의 젖가슴은—
주무를 만합디다.—그 아래 사마귀가 있는데
포근한 그 집이 정말 자랑스럽겠소.
거기다 키스했소. 그랬더니 흡족한 데도
금방 다시 키스 맛을 보고 싶더라고요.
그 사마귀 생각나오?
포스추머스 물론. 그러니까 그것은
지옥 채울 사마귀가 또 있다는 증거요.
그뿐인지 의심이지만—
자코모 더 듣고 싶소?
포스추머스 계산일랑 그만두오. 횟수 세어 무엇하오?
한 번이나, 백만 번이나!
자코모 맹세하겠소.
포스추머스 맹세 마시오.
안 했다고 맹세하면 거짓말이오.
나에게 오쟁이 지운 것을 부인한다면
당신을 죽일 테요.
자코모 아무 부인도 하지 않겠소.
포스추머스 오, 여기 그녀가 있다면 갈가리 찢겠다!
저쪽 궁정에 가서 제 아비 눈앞에서
그럴 테다. 뭐든 하겠다. [퇴장]
필라리오 인내의 통제를
완전히 벗어났소! 당신이 이겼소.
그 사람을 따라가서 자신에게 가하는
분풀이를 막읍시다.
자코모 암, 그래야 하오. [둘 퇴장]
[포스추머스 등장]
포스추머스 남자가 존재하려면 반드시 여자가
절반의 일을 해야 하나? 우리는 모두 사생아다.
내가 아버지라 부르던 가장 존경하던 사람이
내가 잉태되던 순간에 어디 있었는지 모른다.
어떤 사전꾼이 제 연장으로 몰래 내 꼴을
찍어냈겠지.[41] 하지만 어머니는 그 시대의
다이애나로 알려졌었고 그처럼 내 아내도

40 상대를 한번 노려보기만 해도 죽는다는 전설의 독사 바실리스크(basilisk)를 지칭한다.
41 가짜 주화를 찍어내는 사전꾼처럼 모친과 사통했을 거라는 말.

이 시대의 모범으로 알려졌으니, 오, 복수!
나에게 남편의 즐거움을 억누르고
참으라고 간곡히 말하곤 했지.
수줍게 낯을 붉힌 그 고운 자태를 보면
늙은 신 새턴[42]까지 피가 끓을 정도여서
햇볕 전의 백설처럼 정결한 줄 알았다.
악귀들아! 샛노란 자코모가 한 시간 만에,
아니 한 시간도 안 돼서 단번에 말도 없이
도토리 먹고 잔뜩 살찐 독일 멧돼지처럼
'으흐' 하고 외치면서 올라탔겠지.
예상한 것밖에는 아무런 저항도 없고
그녀도 아무 경계 안 했을 테지.
내 속에 여자의 속성이 있다면,—악을 조장하는
남자의 충동이 모두 여자의 속성인데—
거짓말은 분명 여자 것, 아첨도 속임수도
성욕과 음탕한 속내도 복수도 여자의 것.
야심, 탐욕, 온갖 사치, 멸시, 난잡한 욕망,
비방, 변덕, 사람이 댈 수 있는 모든 죄악,
아니 지옥이 알고 있는 모든 죄악이
물론 여자 것이다. 전체든 부분이든,
아니 차라리 전체라고 해야 옳다.
악에게조차 지조 없어 1분밖에 안 된 악을
그 절반밖에 안 된 악과 바꿔 가진다.
여자를 공격하는 글을 쓰겠다. 미워하겠다.
저주하겠다. 그러나 순수한 증오심으로
여자가 소원을 이루기를 기도해 주는 것이
한층 더 높은 수다. 마귀들도 여자들을
그보다 더 멋지게 괴롭힐 수 없겠다. [퇴장]

## 3. 1

[주악. 한쪽 문으로 심벨린, 왕비, 클로튼,
신하들이 위의를 갖추어 등장. 다른 문으로
카이우스 루키우스와 수행원들 등장]

심벨린 아우구스투스 황제가 나에게 무엇을 원하시오?
루키우스 시저의 기억이 아직도 눈에 선하여
언제나 귀와 입의 화제가 될 터인데,
그분이 브리튼에 들어와 정복하실 때
당신의 숙부 캐시벨란[43]이 시저의 칭찬으로
이름이 높았으며 또한 그 스스로
칭찬을 받을 만한 무공을 세웠소.
대대로 해마다 로마에 조공으로
3천 파운드를 보내기로 하였는데
최근에 당신이 바치지 않고 있소.
왕비 의구심을 풀어드리오.—영영 안 바치겠소.
클로튼 황제라고 모두가 줄리어스요?
브리튼은 당당한 독립국이오.
내 코 내가 내미는데 그 값을 왜 내오?
왕비 그 당시 로마가 우리로부터 탈취했던
그 기회를 우리가 다시 찾은 거예요.
전하, 선왕들을 기억하세요. 또한 이 섬이
천연의 요새란 사실을 잊지 마세요.
해신의 정원처럼, 오를 수 없는 참나무와
울부짖는 파도로 둘러싸여 있으며,
적군의 함선이 닿자마자 돛대 끝까지
빨아들일 갯벌로 둘려 있어요. 시저가 여기서
정복은 했지만 "와서 보고 이겼다"[44]고
큰소리는 못 쳤어요. 처음 당한 수치로
두 번이나 패하여 해안에서 쫓겨났고
멋모르고 까불던 장난감 같은 배들은
무서운 바다에서 달걀처럼 떠돌다
바위에 부딪쳐 맥없이 깨졌지요.
그것을 기뻐한 위대한 캐시벨란이
시저의 칼에 이길 준비가 되어서,
오, 변덕스런 운수의 여신! 러드[45] 읍내에
환희의 불길을 환히 밝혔고
브리튼 사람들은 뽐내며 걸었어요.
클로튼 자, 이 이상 조공은 안 바친다 이거요. 우리나라는
그 당시보다 강력해요. 그리고 앞서 말했듯 당신네는
그런 시저도 없소. 다른 황제들도 매부리코[46]인지는
몰라도 그런 강한 팔뚝을 가진 자는 이제 없소.
심벨린 아들아, 네 어머니 말을 마저 듣자.
클로튼 우리는 캐시벨란처럼 팔뚝 힘이 센 사람이 아직도 많소.

42 신들의 아버지인 새턴(사투르누스)은 아주 늙어서 피가 따뜻하지 못한데 그런 아름다운 여인의 홍조 띤 모습을 보면 새턴의 피가 달아오를 것이라는 말이다.
43 잉글랜드를 정복할 때 줄리어스 시저는 적장인 캐시벨란의 용맹을 칭찬했다.
44 시저가 한 유명한 말.
45 런던의 옛 이름.
46 로마인들의 특징인 굽은 콧날.

내가 그중 하나란 말은 아니지만 나도 손이 있소. 웬 조공이오? 왜 조공을 내야 하오? 황제가 해에다 담요를 덮어서 우리한테서 해를 가리거나 달을 주머니에 넣는다면 빛 값으로 조공을 내겠지만, 그런 게 아니라면 이 이상 조공은 없소. 이제부터 전혀 없소.

심벨린 [루키우스에게] 당신이 알아야 할 것은 로마가
부당하게 조공을 강요하기 전에는
우리는 자유로웠소. 시저의 야심이
세상의 폭을 늘릴 만큼 크게 부풀어
당찮게 우리에게 멍에를 씌웠는데
멍에를 부수는 것이 용맹한 국민으로
마땅한 일인바, 우리가 그러한 국민이오.
그러므로 우리는 황제에게 말하오.
우리 선조는 법을 제정한 멀무셔스[47]로,
시저의 칼이 그 법을 난도질했으나
그것을 복원하여 자유롭게 시행함이
내 왕권으로 이룩할 공적이 되겠소.
그 일로 로마가 화를 내도 어쩔 수 없소.
멀무셔스가 우리 법을 제정하였소.
그분이 브리튼 처음으로 왕관을 쓰고
왕이라 칭하였소.

루키우스 심벨린 왕, 안됐지만,
아우구스투스 황제가 당신의 적수임을
선언해야 되겠소. 당신이 국내에서
거느리는 신하보다 더 많은 왕을
하인으로 부리시는 황제 폐하요.
그럼 알아두시오. 시저의 이름으로
당신에게 전쟁과 파멸을 선언하오.
감당 못 할 분노를 기대하시오.
이렇게 포고했으니, 개인적으로
왕에게 감사하오.

심벨린 환영하오, 루키우스.
당신의 황제가 나를 기사로 삼았소.
젊은 시절 그 밑에서 오래 지내며
그에게서 명예를 쌓았는데 다시금
뺏겠다니 끝까지 지켜야겠소.
파노니아와 달마티아[48]가 해방을 위해
봉기한 사실을 알고 있소. 브리튼이
그 선례를 모른다면 무기력한 족속이오.
그렇지 않다는 걸 황제에게 알리겠소.

루키우스 결과는 두고 봅시다.

클로튼 전하께서 당신을 환영하세요. 우리와 일양일, 혹은 여러 날 지냅시다. 훗날 다른 조건으로 찾아오면 우리는 짠물 띠로 빙 둘려 있겠죠. 당신네가 우리를 몰아내면 여긴 당신네 차지요. 하지만 싸움에서 당신네가 넘어지면 우리 까마귀들이 당신네 덕분에 잘 먹게 되죠. 그게 끝이오.

루키우스 그리합시다.

심벨린 당신 황제의 의향을 알겠고, 그 또한
내 뜻을 알았으니 환영만 남아 있소. [주악. 모두 퇴장]

## 3. 2

[피사니오가 편지를 읽으며 등장]

피사니오 뭐? 간통이라고? 아니 어째서
모함하는 그 녀석 이름을 안 대시오?
오, 주인 레오나터스, 귀에 기괴한 병이
들어갔소! 웬 간사한 이탈리아 녀석이
독 묻은 손과 혀로 너무도 솔깃한 귀를
파고들었소? 불충이오? 절대 아니오.
정절 때문에 벌 받고 아내라기보다는
여신처럼 덕성마저 굴복시킬 공격을
이겨내고 계신데. 아, 주인, 그녀에 대해
주인 마음조차도 지금의 신세만큼
나락으로 떨어졌소. 아니 뭐라고?
나에게 그녀를 죽이라고? 명령에
복종하겠다는 맹세와 충성에 따라?
내가 그녀를? 피를 흘려? 그게 충성이라면
내 충성은 기대 마시오. 내가 어찌 뵈기에
이 짓을 행할 만큼 인간성이 모자라는
놈팡이로 생각됐나? [읽는다.] “그렇게 하라.
그녀에게 보낸 내 편지가 그녀 스스로
너에게 기회를 제공하게 될 것이다.”
오, 저주받은 종잇장. 먹물처럼 꺼멓구나!
정신 빠진 휴지 조각, 겉이 처녀 같으니
너도 이 짓의 한 패냐? 아, 그녀가 온다.
[이노젠 등장]
명령을 모르는 척하겠다.

이노젠 무슨 일인가, 피사니오?

47 브리튼 왕국을 정식으로 수립한 전설적 인물.
48 지금의 발칸반도에 있던 민족들.

피사니오 마님, 주인의 편지가 왔습니다.
이노젠 누구? 네 주인? 그럼 내 주인 레오나터스지!
오, 내가 그이의 글자를 알아보듯
별을 읽은 그 점성가가 참말 박식해.
장래 일을 환히 밝혀. 선하신 신들이여,
편지 사연이 사랑과 그이의 건강과
평안의 단맛을 주소서. 하지만 우리 둘이
헤어져 있는 건 그이가 슬퍼해야 돼.
약이 되는 슬픔도 있어. 이게 그런 슬픔이야.
이건 사랑의 약이야. 그이의 평안에서
그것만 빼놔. 착한 봉인아,[49] 떨어지렴.
이런 비밀 자물쇠를 지은 벌들아, 복 받아라!
계약에 매인 자와 연인은 기도부터 다르다.
계약의 위반자는 감옥에 가두지만
사랑 편지는 서로 껴안지. 신이여, 좋은 소식을!
[편지를 열어 읽는다.]
"엄격한 법률과 당신 부친의 분노가 나를 자기 권내에서 붙잡으면 매우 잔혹할 것이지만, 오, 모든 인간 중에 가장 소중한 이여, 그가 아무리 잔혹하여도 당신이 지금 당장 당신 눈길로 나를 되살릴 만큼 잔혹하진 못할 거요. 나는 지금 웨일스의 밀포드 포구[50]에 와 있소. 이 사실을 숙지하고 사랑이 일러주는 대로 하시오. 당신에게 모든 행복을 빌며, 맹세에 충실하고 당신에 대한 사랑이 더욱 커가고 있는,
레오나터스 포스추머스."
날개 돋친 말이 있다면! 들었지, 피사니오?
밀포드 포구에 와 계시다. 여기서 거기까지
얼마 되나 알아봐. 사소한 일거리로
일주일 걷는 거리라면 내가 후딱 하루에
못 갈 것 없지. 그러니까 피사니오,
주인을 보고 싶은 건 너도 똑같아.
아니 정도가 낮아, 나하곤 같지 않아.
나보단 약해.—오, 나하곤 안 같아.
내 그리움이 엄청 커. 말해, 빨리 말해.
사랑의 상담역은 귓속을 꽉 채워서
청각을 질식시킬 정도가 돼야 해.
그 복된 밀포드가 얼마나 멀어?
웨일스에 그런 복된 포구가 있다니
가면서 얘기해 줘. 하지만 우선
어떻게 여기를 빠져나갈까? 그리고
떠났다가 되돌아오기까지 그 빈틈을
어떻게 변명할까? 하지만 우선
어떻게 빠져나갈까? 일이 되기도 전에
왜 변명부터 생각해? 그건 뒤에 얘기하자.
제발 말해봐. 한 시간에 몇 십 리를
달릴 수 있어?
피사니오 하루 종일 80리가
마님께는 빠듯해요. 너무 지나치지만.
이노젠 아니야. 사형장에 끌려가는 죄수라도
그렇게 느리겐 안 가. 경주마는
호리병의 모래[51]보다 빠르다던데,
하루에 80리는 게으른 장난이야.
가서 내 하녀에게 아픈 척하고
자기 집에 달려가서 부농 집
아낙에게 어울릴 수수한 승마복을
얼른 갖고 오래라.
피사니오 마님, 잘 생각하세요.
이노젠 내 앞을 내다보니 뒷일은 온통
여기도 저기도 안개가 끼어서
영 꿰뚫어 볼 수 없어. 빨리 서둘러.
하라는 대로 해. 더 말할 것 없어.
밀포드 길밖에 갈 길이 없어. [둘 퇴장]

## 3. 3

[벨라리어스, 귀데리어스, 아비라거스가
동굴에서 등장]
벨라리어스 지붕 낮은 우리 집 안에 박혀 있기엔
날씨가 너무나 좋다. 얘들아, 허리 굽혀라.
이 문이 하늘에 대한 경배를 알려주고
허리 굽혀 아침 예배를 드리게 한다.
궁궐 문은 너무 높아 거인들이 불경스레
터번 쓴 채 해님께 아침 인사도 없이
건방지게 드나든다. 오, 찬란한 하늘이여!
바위 굴에 살지만 부한 자처럼 하늘께
죄 짓지 않는다.

49 예전에는 꿀벌의 밀랍을 녹여 거기다 인장을 눌러 편지를 봉했다.
50 옛 웨일스의 남부에 있던 항구로, 유럽 대륙과의 통로였다.
51 모래시계를 말한다.

귀데리어스 오, 하늘이여!
아비라거스 오, 하늘이여!
벨라리어스 자, 산놀이 가자. 저 언덕에 올라가라.
너희 다리는 젊다. 나는 평지를 걷겠다.
위에서 까마귀처럼 내가 작아 보이면
그것이 작아지며 높아지는 곳이니
궁궐과 왕들과 전쟁의 기술에 관해
내가 해준 얘기들을 곰곰이 생각해라.
습관으로 하는 일은 충성이 아니고
의례적일 뿐이다. 이 점을 깨달으면
보는 것마다 교훈이 된다. 그리하여
큰 날개를 자랑하는 독수리보다
껍질 속의 풍뎅이가 안전함을 깨닫고
위로를 삼는다. 이런 삶은 상전에게 욕먹고
괜한 일로 빈둥대는 짓보다 고귀하며
값없이 얻은 비단을 뽐내기보다 떳떳하다.
멋진 모자를 만들어준 자의 절을 받아도
장부에는 모자 빚이 남아 있다. 모두가
우리 삶과는 비할 바가 못 된다.
귀데리어스 경험에서 우러난 말씀이지만
병아리가 둥지 밖을 날아보지 못하고
집 떠나면 공기가 어떤지도 몰라요.
조용한 게 최고라면 이 생활이 최고겠죠.
쓰린 경험이 있는 아버지껜 행복이겠죠.
연세에 맞으니까요. 그러나 우리에겐
무식의 토굴이요 꿈속의 여행이며
문지방 넘기를 겁내는 빚쟁이의
감옥이에요.
아비라거스 아버지처럼 늙은 뒤에 우리가
무슨 얘길 하겠어요? 어두운 동지섣달
비바람이 불어치면 이 추운 동굴에서
얼어오는 시간을 무슨 얘기로 보내지요?
우리는 아무것도 본 게 없어요.
짐승 같아요. 사냥에는 여우처럼 재빠르고
먹거리 마련에는 늑대처럼 사납지만요.
우리의 용기란 뛰는 짐승 쫓는 거요.
갇힌 새처럼 이 굴을 합창석으로 삼아
마음껏 속박을 노래해요.
벨라리어스 무슨 말이냐!
네가 도시 고리대금의 매운맛을 본다면
어떠했겠나. 궁중의 권모술수는
붙잡기도 놓기도 똑같이 곤란하고,
정상에 오르면 반드시 추락하거나
너무도 미끄러워 추락하는 것과 같고,
전쟁의 수고는 명성과 명예를 구실 삼아
위험을 추구하나 추구 중에 사라지며
선행의 기록만큼 욕설의 비문을
얻는 때가 흔하며 잘해도 그 대가로
욕설을 듣고 더욱이 욕을 먹고도
굽실거려야 한다. 오, 얘들아, 이 사실은
온 세상이 나를 보아 알 수 있다. 이 몸에는
로마의 칼자국이 남아 있다. 한창때는
명성이 최고였다. 심벨린이 나를 아껴
군인 말만 나오면 내 이름을 들먹였다.
당시 나는 가지마다 열매 맺은 나무였지만
하룻밤에 폭풍인지 도둑인지 모르겠다만
다 익은 열매를 잎새까지 떨구고
알몸의 나를 한데로 내몰았다.
귀데리어스 불안한 왕의 총애!
벨라리어스 자주 들려주었듯이 내 잘못은 없었다.
두 놈의 거짓말이 흠 없는 내 명예보다
솔깃이 들려 심벨린에게 내가 로마 군과
내통한다고 했다. 그래서 추방당해
지난 20년 동안 이 바위와 이 지역이
내 세상이 되었고 떳떳한 자유 속에
살아오면서 내 모든 반생보다 경건하게
하늘께 진 빚을 갚을 수가 있었다.
그만하고 산에 오르자! 이런 말은 사냥꾼이
할 말 아니다. 사슴을 먼저 맞히는 자가
잔치의 주인이고 나머지 둘은 그에게
시중들기다. 격식을 차리는 곳에
독약이 있기 마련이지만 우리는
그런 걱정이 없다. 골짜기서 만나자.
[귀데리어스와 아비라거스 퇴장]
본시 타고난 불꽃은 감추기 어렵구나!
저 애들은 자기들이 왕자란 걸 모른다.
심벨린도 저 애들의 생존을 꿈도 못 꾼다.
저 애들은 나를 아버지로 알고 있다.
허리를 굽혀야 드나드는 동굴에서
비천하게 자랐으나 생각은 궁궐 지붕에 닿고
낮고 궂은일이라도 누구보다 뛰어나게
왕자답게 수행한다. 저 애 폴리도어는

심벨린과 브리튼의 후계자로, 그 부친이
귀데리어스라 했는데, 세발의자[52]에 앉아
전쟁에서 활약하던 이야기를 들려주면
이야기 속으로 정신없이 빠져든다.
"이렇게 쓰러뜨려 놈의 목을 밟았다"고
하기만 하면 왕자다운 붉은 피가 두 뺨에
솟구치고 땀 흘리며 근육을 불끈하며
이야기를 실연하는 시늉을 한다.
그 동생 캐드월은 본시는 아비라거스로,
형과 같이 역을 맡아 나의 말을 연출하며
거기다 상상을 덧붙여 표현한다.
[사냥 나팔 소리가 들린다.]
아, 짐승이 나타났다! 오, 심벨린,
당신이 부당하게 나를 추방한 것을
하늘과 양심이 알고 있다. 그래서 나는
세 살과 두 살 된 아이들을 훔쳐서
당신이 내 영지를 빼앗았듯 당신의 후계를
막고자 했다. 유리필리, 당신은 아이들의
유모였는데, 아이들이 어머니로 알았다.
그래서 매일 그녀 무덤에 경배한다.
나는 벨라리어스였으나 지금은 모건이고
아이들은 생부로 알고 있다.
[사냥 나팔 소리가 들린다.]
사냥이 시작됐다. [퇴장]

## 3. 4

[피사니오와 승마복 차림의 이노젠 등장]

이노젠 말에서 내릴 때 거기가 가깝다 했지.
어머니는 나를 낳자 보고 싶어 하셨지만
내가 그이 보고 싶은 마음엔 견줄 수 없어.
포스추머스, 어디 있어? 네 눈빛이
그처럼 멍청하니 무슨 꿍꿍이속이야?
그런 한숨이 어째서 가슴에서 터져 나와?
그런 사람은 그림만 봐도 저도 모르게
당황한 꼴이라고 할 수 있어. 침착한
내 정신마저 공포에 눌리기 전에
무서움이 줄어든 표정을 띄워. 무슨 일이야?
[피사니오가 그녀에게 편지를 준다.]
왜 그리 험한 눈초리로 편지를 주니?
여름 같은 편지라면 먼저 웃고 줘야지.
겨울 같은 편지라도 그냥 그 낯이어야지.
남편 글씬데?—독약으로 저주받은 이탈리아,
그이 정신을 속여 넘겼어! 큰 위험 속에
빠졌구나. 말 좀 해봐. 내가 읽으면
죽음 같은 것이라도 네가 말로 하면
지독한 아픔이 좀 가실 거야.

피사니오 읽어보시면,
불쌍한 이 몸이 운명에게 가장 천대받는
놈이란 걸 아실 겁니다.

이노젠 [읽는다.] "피사니오, 네 여주인이 내 침대에서 창녀 짓을 저질렀다. 그 증거들이 내 속에서 피를 흘린다. 지금 내 말은 얄팍한 추측이 아니라 내 상처만큼 강력한 증거가 있으며 내가 복수를 기대하는 만큼 확실하다. 피사니오, 너의 진심이 그녀의 배신과 함께 물들지 않았다면 그 역할은 네가 맡아야 한다. 네 손이 직접 그녀의 목숨을 끊어라. 밀포드 포구에서 네게 기회를 줄 터이다. 그리로 가도록 그녀에게 편지를 써 보냈다. 만일 거기서 네가 손을 쓰길 겁내어 일을 완수하였다는 확신을 내게 주지 못하면 너는 그녀의 수치를 방조한 자로서 똑같이 내게 불충한 자다."

피사니오 [방백] 내가 왜 칼을 빼야 해? 편지가 이미
그녀 목을 잘랐는데. 맞다, 이건 모략이다.
그 날은 칼날보다 예리하고 그 혓바닥은
나일 강의 온갖 독사보다 더 강력하다.
그 숨결이 바람 타고 세상 구석구석에
거짓을 퍼뜨린다. 왕과 왕비와 귀족들과
처녀와 부인들, 무덤 속 비밀에도
독사 같은 모략이 스며든다. [이노젠에게] 괜찮으세요?

이노젠 제 침대에 부정했다고? 부정이 뭐야?
누워도 잠 못 자고 자기 생각만 하는 게?
시간마다 우는 게? 몸이 잠에 못 견뎌
무섭게 자기를 꿈꾸며 울다 깨곤 하는 게?
그게 제 침대에 부정한 거야? 그런 게?

피사니오 오, 착하신 마님!

이노젠 내가 부정하다고? 네 양심이 증인 돼라.
자코모, 네가 그를 방탕하다 욕했어.
그때 너는 악당 같았다. 지금 와서 생각하니

52 다리가 셋뿐인 소박한 통나무 의자.

네 외모가 괜찮다. 이탈리아 창녀가,
화장으로 만들어진 웬 여자가 그를 속였지.
나는 맛이 간, 유행 지난 치마저고리,
벽에 건 채 버려두긴 너무 비싼 옷이라
다시 뜯길 신세라,[53] 갈기갈기 찢어라!
아, 남자의 맹세는 여자의 배신자야.
당신의 배신으로 잘난 외모는 악을 감추는
옷이 되겠다. 나서 자라는 몸이 아니라
여자 낚는 미낄 뿐이지.

피사니오 제 말씀 들으세요.

이노젠 진실한 남자 말도 아이네이아스[54]같이 들려서
그때엔 거짓으로 생각되고 시논[55]의 울음도
거룩한 눈물을 배신하여 진정한 슬픔에서
동정심을 뺏어 갔어. 그래서 내 포스추머스가
큰 잘못을 저질러서 올바른 사내 모두의
누룩이 되고,[56] 멋있고 훌륭한 사내들이
거짓이란 치욕을 얻게 되누나.
[피사니오에게] 얘, 너는 주인의 명령에 정직해라.
그이를 만나면 내가 적게나마 복종했다고 해.
그럼 내가 내게 칼을 뺀다. 이거 받아라.
죄 없는 사랑의 보금자리인 내 가슴 찔러라.
겁내지 마라. 슬픔밖에 남은 게 없어.
그 속에 네 주인도 안 들어 있어. 전엔 그이가
보화처럼 들어 있었지. 명령대로 찔러라.
더 좋은 일이라면 용감했을 터인데
지금은 겁쟁이 같아.

피사니오 저리 가라, 악한 물건,
네놈이 내 손을 저주할 수 없으리라!

이노젠 아, 나는 죽어야 해. 네 손에 죽지 않으면
너는 주인의 충복이 아냐. 자살에 대해서는
너무도 거룩한 금령이 있어 내 약한 손이
겁을 내누나. 자, 여기가 내 가슴이다.
앞을 가린 게 있지. 잠깐만, 잠깐만,
막지 않겠어. 칼집처럼 순종하자. 이게 뭔가?
[가슴에서 편지를 꺼낸다.]
충실한 레오나터스의 말을 적은 거구나.
모두가 이단이 됐나? 가라, 없어져라,
내 믿음 더럽힌 것들, 너희는 내 가슴의
앞가림이 될 수 없어. 불쌍한 바보는
거짓된 스승을 믿어. 배신당한 자들은
배신을 아프게 느끼지만 배신한 자는
더 괴로운 처지에 놓여. 포스추머스,
내 아버지 전하께 불순종을 부추기고
나와 동등한 신분의 왕자들의 청혼을
물리치게 했지만 훗날 당신은
그게 흔한 일이 아니고 몹시 드물고
귀한 일이란 걸 깨닫게 돼요. 생각하면
서글퍼요. 당신이 지금 게걸들린 그녀에게
욕정이 지난 뒤에 내 생각을 할 거면
얼마나 속 쓰릴까? [피사니오에게] 제발 빨리 해치워.
백정에게 양이 호소해. 칼이 어디 있지?
당사자가 원하는데 주인의 명령을
너무 느리게 따르네.

피사니오 오, 선하신 마님,
이 짓을 하라는 명령을 받고 나서
한숨도 못 잤네요.

이노젠 일 끝내고 자라.

피사니오 차라리 눈 빠지게 깨 있겠어요.

이노젠 그럼 왜 시작했지? 왜 핑계를 꾸며서
수백 리를 달려왔지? 이 장소, 내 행동,
네 행동은 무엇이고 말들은 왜 고생하지?
기회가 네게 좋아서? 내가 없어졌다고
소동이 난 궁정엔 다시는 안 갈 텐데?
이쯤 일을 진행시켜 쏘아 잡을 사슴이
바로 앞에 있는데 자리 잡고 섰으면서
어째서 활을 안 당겨?

피사니오 그런 못된 짓에서
벗어날 시간을 벌려고요. 그러는 동안
계획을 꾸몄어요. 선하신 마님,
참고 들어주세요.

이노젠 혓바닥이 지치도록
말하렴. 내 귀는 창녀라는 소리에
억울하게 망가져서 그보다 큰 상처는
입지도 못하고 깊이도 몰라. 말해라.

53 비싼 옷감을 다시 쓰기 위해 솔기를 뜯는 것은 우리나 서양이나 같았다.
54 트로이의 영웅이지만 그는 방랑 중에 만난 카르타고의 여왕 디도를 버리고 떠난다.
55 목마를 만들어놓고 버림받아 우는 척하여 트로이 사람들을 속인 그리스 첩자.
56 남들의 좋은 뜻을 근본부터 망쳐놓을 '누룩'이 된다는 말.

피사니오 그래서 안 돌아가실 거로 알았습니다.
이노젠 그럴 테지. 죽이려고 여기로 데려왔으니.
피사니오 아니에요. 제가 정직한 만큼 영리하다면
제 계획대로 잘될 거예요. 주인께서
속으신 게 확실합니다. 어떤 악당이,
속임수에 뛰어난 어떤 놈이 두 분께
악랄한 모략을 꾸민 거예요.
이노젠 어떤 로마 창녀겠지.
피사니오 절대로 아니에요.
마님이 돌아가셨다고 말씀드리겠어요.
그 표시로 피 묻은 물건을 보내지요.
그게 명령이세요. 마님이 궁정에 안 계시니
확증이 될 거예요.
이노젠 이 착한 사람아,
그 새 난 뭘 하고 어디 묵고 어떻게 살아?
남편에겐 이미 죽은 몸이니 평생에
무슨 낙이 있겠니?
피사니오 궁정으로 돌아가시면—
이노젠 궁정도 아버지도 싫고 더군다나 그 몹쓸
멍청이 귀하신 몸 클로튼과 만나기 싫어.
그자의 구애는 포위하는 군대처럼
지긋지긋했다고.
피사니오 궁정이 아니시면
브리튼에 계셔선 안 돼요.
이노젠 그럼 어디?
빛나는 해가 브리튼의 독차지인가?
낮과 밤은 여기만 있나? 세상이란 큰 책에서
브리튼은 한쪽인데 찢겨 나온 쪽이고
큰 연못 한가운데 고니 둥지야. 저 밖에도
사람들이 살아.
피사니오 다른 데도 생각하시니
매우 기뻐요. 로마의 루키우스 대사가
내일 밀포드에 오세요. 마님께서
운명처럼 은밀한 마음을 품으시면
그 모습 그대로 다니시긴 위험하니까
변장하세요. 두루 구경하시면
재미있는 생활도 될 수 있어요. 혹시는
주인님 거처 부근이나 가까이에서
그분 행동을 직접 보진 못하신대도
그분 거동을 사실대로 알리는 소식을
늘 듣게 되시겠죠.
이노젠 오, 그렇게만 된다면,
내 순결이 안 죽는 한, 위험을 무릅쓰고
모험하겠다.
피사니오 그래서 대강은 이래요.
여자란 걸 잊으시고, 명령하는 지위에서
복종으로 바꾸세요. 겁과 변덕 같은
여자의 특징들, 좀 더 솔직히 말해
여자의 귀여운 성격 자체를 까부는 소년의
숫기로 바꿔, 농 잘하고 대꾸 잘하고,
뻔뻔스럽고 족제비처럼 성을 내세요.
두 볼의 가장 귀한 보물[57]을 잊으시고
세상에 내놓으세요.—아, 힘들지만
별수 없네요!—누구와도 키스하는 욕심쟁이
해님에게 내주시고 주노[58]가 샘내는
정성스런 치장도 모두 잊어 버리세요.
이노젠 길게 말할 필요 없어. 네 말뜻 알겠다.
나는 벌써 사내 같다.
피사니오 먼저 사내처럼 꾸미세요.
미리 예상하고서 준비해 왔는데
옷가방에 있어요. 윗도리, 양말, 모자,
기타 일습이지요. 그렇게 차리고서
되도록 그 나이의 청년을 흉내 내시고
루키우스 앞에 가서 시동으로 쓰라고 하고
마님의 재주를 말씀하세요.
음악 들을 귀라면 알 수 있겠죠.
확실히 기쁘게 마님을 맞을 거예요.
고상한 분인 데다 아주 유덕하니까요.
외지에서 마님 비용은, 제게 자금이
넉넉하게 있으니 첫 시작과 뒷감당은
틀림없게 할 텝니다.
이노젠 너는 나를 살리려고
신들이 보내주신 유일한 위안이다.
속히 떠나자. 생각할 게 많다만
고마운 시간이 주는 대로 따라가자.
나는 이 일에 군인으로 나선다.
왕자의 용기로써 견디겠다. 빨리 가자.
피사니오 그럼 마님, 급히 작별해야겠네요.

57 즉 그녀의 하얀 얼굴의 미모.
58 주피터(제우스)의 아내, 뭇 신의 여왕(헤라)인 그녀는 지상의 미인들을 질투했다.

제가 없으면 제가 궁정에서 마님을
빼간 걸로 알면 안 돼요. 귀하신 마님,
여기 이 상자는 왕비가 준 거예요.
귀한 게 들었어요. 바다에서 멀미나
육지에서 불편할 때 한 모금이면
곧 낫게 되세요. 어디 안 뵈는 데서
남자로 변하세요. 신들이 좋은 길로
인도하길 빕니다.

이노젠 아멘. 고맙다.

[둘이 헤어져서 퇴장]

## 3. 5

[주악. 심벨린, 왕비, 클로튼, 루키우스, 신하들 등장]

심벨린 [루키우스에게]
예서 헤어집시다. 안녕히 가시오.

루키우스 감사합니다.
황제께서 제게 오라고 편지하셨습니다.
황제께 전하를 적이라고 해야 하니
매우 슬퍼요.

심벨린 나의 백성은 그의 명에를
용납하지 않을 거요. 그러므로 나 자신이
백성이 바랄 만큼 권위를 못 세우면
왕답지 않게 보일 거요.

루키우스 그렇지요.
밀포드 포구까지 육로의 경호를 요청합니다.
[왕비에게] 온갖 기쁨 내리기를 기원합니다.
[클로튼에게] 같은 기원 드리오.

심벨린 귀공들, 이 일을 귀공들께 맡기오.
예전상의 절차를 한 점도 소홀히 마오.
그럼 루키우스, 안녕히.

루키우스 손 주십시오.

클로튼 친구로서의 손이오. 그러나 이제 이후
당신 적의 손이오.

루키우스 아직 결과를 봐야
승자를 알게 되오. 안녕히 계시오.

심벨린 당신들은 세번 강[59]을 건너기 전에는
대사를 떠나지 마시오. 행운을 비오!

[루키우스와 신하들 퇴장]

왕비 저 사람이 얼굴을 찌푸리고 떠나지만
찌푸리게 만든 우리가 명예스럽지.

클로튼 아주 잘됐죠.
용감한 브리튼들이 그래서 신나죠.

심벨린 루키우스가 황제에게 이곳의 형편을
이미 편지로 알렸다. 그러므로 우리는
전차와 기병대를 즉각 대비해야 한다.
황제가 갈리아에 주둔한 병력을
이미 일으켜 곧 브리튼 원정에
투입할 게다.

왕비 느긋하게 할 일 아니고
신속하고 강력하게 대처해야 합니다.

심벨린 이렇게 될 줄 알고 미리 대비하였소.
그런데 왕비, 우리 딸은 어디 있소?
로마의 사신 앞에 나타나지 않았고
나에게 아침 인사도 하지 않았소.
그 애는 아비에게 효심보다는
원망으로 가득한 듯하오. 내가 눈치챘소.
그 애를 내 앞으로 불러오너라.
이제껏 내가 너무 쉽게 받아줬다.

[한두 사람 퇴장]

왕비 전하,
포스추머스 추방 이래 남들과 안 섞이고
침울하게 지냈어요. 그것을 고치려면
시간이 약이에요. 제발 부탁하오니
꾸짖는 말씀은 삼가셔요. 꾸지람에
너무 약한 아가씨라 말이 곧 매질이죠.
공주에게 매질은 죽음이죠.
[전령 등장]

심벨린 어디 있나?
예절을 무시한 건 뭐라 변명해?

전령 전하,
방들은 모두 잠겼고 아무리 세게
두드려도 전혀 대답이 없습니다.

왕비 전하, 제가 마지막으로 찾아갔을 때
출입하지 않는 것을 용서하라 했어요.
몸이 불편하여 혼자 있게 되었다며
아침마다 전하께 문안드리는 의무를

59 잉글랜드와 웨일스의 경계를 이루는 강. 웨일스의 남쪽 밀포드 항구가 유럽 대륙을 오가는 거점이었다.

지키지 못한대요. 저에게 알려드리라고
부탁했는데 제가 그만 궁정의 큰일로
잊었으니 제 잘못이죠.

심벨린 문이 잠겼어?
요즘 안 보였다고? 아, 내 걱정이
사실이 아니길! [전령과 신하들과 함께 퇴장]

왕비 얘, 왕을 따라가라.

클로튼 그녀 하인 피사니오, 그 늙은이도
지난 이틀 동안 보지 못했소.

왕비 가서 찾아봐.
[클로튼 퇴장]
피사니오, 너 그토록 포스추머스 편을 들어!
내 약을 가졌으니 네가 나타나지 않는 것이
그걸 마신 까닭이면 좋겠다. 그자는 그걸 아주
귀한 거로 믿고 있어. 한데 그녀는
어디 갔을까? 절망에 사로잡혀 있거나
사랑의 열기를 날개 삼아 그리운 사내에게
날아갔겠지. 죽지 않았다면
수치에 빠졌겠지. 어찌 됐든 둘 다
내 목적에 이용할 테다. 그녀가 망했으니
브리튼의 왕관을 마음대로 할 수 있어.
[클로튼 등장]
얘, 어찌 되었니?

클로튼 달아난 게 확실해요.
가서 왕을 위로하세요. 어찌 화를 내는지
아무도 가까이 못 가요.

왕비 더더욱 잘됐구나.
이 밤이 왕에게서 아침을 뺏어 가라! [퇴장]

클로튼 그녀가 좋고도 미워. 예쁜 데다 공주고
귀부인 시녀 할 것 없이 어떤 여자보다도
온갖 궁중 법도를 기막히게 갖췄거든.
여자의 좋은 것은 모두 모아 가졌으니
누구보다 값지거든. 그래서 내가 사랑해.
한데 나를 멸시하고 천한 그 녀석에게
사랑을 쏟으니 온전한 정신은 눈멀고
귀한 건 파묻혔어. 그래서 그녀를
미워하기로 결정했다. 아니다, 복수를
결심한다. 멍청이들이—
[피사니오 등장]
이거 누구야? 이놈, 흉계를 꾸미냐?
이리 와봐. 이 녀석, 교활한 뚜쟁이 놈,
공주가 어디 있어? 한마디로 대답해.
악귀들 틈에 동댕이치기 전에.

피사니오 오, 나리!

클로튼 공주 어디 있어? 말 안 하면 진짜
더 묻지 않겠다. 꿍꿍이속 악질 놈,
네 염통에서 비밀을 끌어내거나
염통을 갈라서 알아내겠다. 그 녀석과
같이 있냐? 천하고 천해서 암만 합쳐도
한 푼어치도 못 될 놈하고?

피사니오 오, 나리,
어찌 같이 계시겠어요? 언제 없어지셨나요?
그분은 로마에 계신데.

클로튼 어디 있어? 이리 와.
우물대지 마. 그녀가 어떻게 됐는지
속 시원히 대답하란 말이야.

피사니오 오, 지극히 훌륭하신 나리님!

클로튼 지극히 못돼 먹은 악질아!
네 마님이 어디 있는지 당장 뱉어놔.
그 말부터 해. '훌륭'이란 소리 집어치워.
말해. 입 다물고 있으면 당장에
사형 선고 받아 뒈진다.

피사니오 그렇다면,
이 쪽지가 공주님 달아나신 일에 관해서
제가 아는 전부예요.
[클로튼에게 편지를 건넨다.]

클로튼 어디 보자. 황제 앞이라도
쫓아가겠다.

피사니오 [방백] 이판사판이다.
마님은 멀리 계시고, 저놈이 안댔자
먼 길을 가야 하니 안전하시다.

클로튼 흠!

피사니오 [방백] 주인께 마님이 돌아가셨다고 쓰겠다.
오, 마님, 무사히 다니시다 돌아오세요!

클로튼 야, 이 편지 진짜야?

피사니오 예, 그리 알고 있어요.

클로튼 포스추머스의 글씨다. 내가 알아. 너 못된 짓
그만하고 진짜 내 사람 되면 진짜로 엄숙하게
열심을 들일 만한 일에 너를 부릴 터인데, 다시
말해서, 네게 무슨 잡스러운 일거리를 시켜도
그 당장에 충실히 해치우면 너를 정직한 사람으로
봐줄 생각이다. 네 일을 뒷받침해줄 자금은

모자라지 않게 대주겠고 네가 승진하게끔 네 편
들어주겠다.

피사니오 좋습니다, 나리.

클로튼 내 사람이 되겠냐? 네가 그 비렁뱅이 포스추머스의
바닥난 운수에 한결같게 참고 달라붙어 있었으니까
고마운 마음으로 부지런히 나를 따를 수밖에 없지.
내 사람이 되겠냐?

피사니오 예. 그러겠습니다.

클로튼 손을 내놔라. 이거 내 지갑이다. 네 이전 주인의
옷을 가진 게 있냐?

피사니오 그분이 부인 마님과 작별하실 때 입으셨던 옷이
제 거처에 있습니다.

클로튼 너의 첫 번째 심부름이다. 그 옷을 이리로 가져와라.
이게 네 첫 일이다. 가라.

피사니오 갑니다, 나리. [퇴장]

클로튼 밀포드 포구에서 만나자고.—뭔가 하나 빼먹고 안
물은 게 있구나. 금방 생각나겠지. 포스추머스 놈아,
바로 그 자리에서 내가 네 놈을 죽일 테다. 옷이
빨리 오면 좋겠다. 그녀가 전에 말했지.—이제야
쓰라린 그 맛을 가슴에서 시원하게 뱉어버리게 됐다.—
날 때부터 고귀한 신분에다 온갖 재질을 더하여 가진
나보다 포스추머스의 옷 따위를 더 존중한다고
했겠다! 바로 그 옷을 걸치고 그녀를 강간하겠다.
우선 그녀가 보는 데서 녀석을 죽여야지. 그녀가 내
용맹을 볼 테니까 나를 멸시했던 걸 두고두고
괴로워할 게다. 땅바닥에 나뒹구는 그놈의 몸뚱이에
멸시의 욕설을 퍼붓겠다. 그래서 속이 상하라고
그녀가 그토록 칭찬하던 녀석의 옷을 입은 채 욕망을
실컷 채운 다음에는 그녀를 궁정까지 잔등을 때리고
걷어차며 데려오겠다. 그녀가 재미있다고 웃으며 나를
멸시했지. 그러니 나도 신나게 복수할 테다.
[피사니오가 포스추머스의 옷을 가지고 등장]
그게 그놈 옷이냐?

피사니오 예, 귀하신 나리.

클로튼 그녀가 밀포드 포구로 간 지 얼마나 됐냐?

피사니오 아직 채 닿지 못하셨을 겁니다.

클로튼 옷을 내 방으로 가져가라. 이게 너한테 시키는 두 번째
명령이다. 세 번째는 네가 스스로 알아서 내 계획을
발설하지 않는 거다. 충성되게 일만 해라. 그러면 참말
승진의 기회가 제 발로 찾아온다. 복수의 대상이 지금
밀포드에 와 있다. 쫓아갈 날개가 있으면 좋을 텐데.
자, 충실해라. [퇴장]

피사니오 네가 내 명예를 저버리라 하누나.
너한테 충실하면 내가 거짓되게 돼.
진실하신 분에게 결코 거짓되지 않겠다.
거기 가봐. 네가 쫓는 공주님을 못 찾아.
하늘의 축복아, 마님께 흐르고 흘러라.
이 멍청이 걸음에 옴 붙어라! 헛물만 켜라! [퇴장]

## 3. 6

[소년 차림의 이노젠이 혼자 동굴 앞에 등장]

이노젠 남자의 삶이란 지겨운 거로구나.
지쳤다. 이틀 밤을 맨바닥에서 잤어.
아파야 할 건데 워낙 결심이 단단해서
지탱하는 것이지. 피사니오가 산 위에서
가리켜줄 때는 밀포드 포구가
가까운 데로 보였어. 하지만 아이고,
불쌍한 사람들을 돌봐줄 건물들[60]이
피해 달아나누나. 길 잃을 리 없다고
거지 둘이 말했는데, 괴로워하는
가난한 자들이 그게 벌이나 시험[61]인 걸
알고도 거짓말 할까? 그렇지, 당연해.
부자들이 거짓말을 일삼으니까.
부유해서 짓는 죄는 가난해서 짓는 죄보다
더 나쁘고 거지보다 왕의 거짓이
더 악하다. 사랑하는 주인이여, 당신은
거짓된 자 중의 하나예요. 당신을 생각하니
배고픔도 사라져요. 조금 전만 하여도
쓰러질 지경이었죠. 그런데 이게 뭐야?
길이 나 있네. 야만인의 소굴인가봐.
안 부르는 게 좋겠다. 못 불러도 굶주림에
기진하기 전에는 그런 게 용기가 돼.
풍요와 평안은 겁쟁이를 만들고
고난은 항상 인내의 어머니다. 여보세요!
계세요? 문명인이면 대답하고 야만인이면

60 피곤한 길손이나 노숙인을 수용하는 자선 기관들.

61 가난은 부정직에 대한 벌, 또는 거짓말을 하는지 알아보는 시험이라고 생각했다.

빼거나 주세요. 여보세요! 대답이 없나?
그럼 들어가야지. 칼 뽑는 게 좋겠다.
상대가 나처럼 칼 보고 겁부터 먹는다면
쳐다보지도 않겠지. 제발 그런 상대이길!
[동굴 속으로 퇴장]
[벨라리어스, 귀데리어스, 아비라거스 등장]
벨라리어스 폴리도어, 너는 사냥도 썩 잘하고
잔치도 잘 벌인다. 나와 캐드월은 숙수 겸
하인 노릇 하겠다. 이게 우리 약속이다.
수고 중에 흘린 땀이 일한 보람 없다면
메말라 죽을 거다. 자, 시장한 배가
소박한 음식에 맛을 더한다. 피곤한 자는
사금파리 위에서도 코를 골지만 게으른 자는
깃털 베개도 딱딱하다. 여기에 평화 있기를.
홀로 있는 가난한 처소여!
귀데리어스 완전히 녹초다.
아비라거스 기운은 약해도 식욕은 강하다.
귀데리어스 굴속에 식은 고기가 있어. 잡아 온 게
익을 동안 그거나 먹자.
벨라리어스 [굴속을 들여다보며] 잠깐. 들어가지 마.
음식을 먹으니 망정이지 웬 선녀가
여기 온 줄 알겠다.
귀데리어스 무슨 일이죠?
벨라리어스 정말 천사야. 천사가 아니라면
인간 중 최고다. 봐라, 거룩한 존재다.
소년에 불과한 나이지만!
[이노젠이 굴에서 등장]
이노젠 착하신 분들,
해하지 마세요. 들어가기 전에 불렀어요.
제가 먹은 걸 달라거나 사려고 했어요.
정말이에요. 아무것도 안 훔쳤어요.
바닥에 황금이 깔렸대도 안 집었을 거예요.
음식 값 여기 있어요. 먹자마자 식탁 위에
돈을 놓고 가면서 음식 주신 분들 위해
기도했을 거예요.
귀데리어스 젊은이, 돈이라니?
아비라거스 금과 은은 모두 다 쓰레기로 변한다.
더러운 신들을 받드는 자 말고는
쓰레기에 불과하다.
이노젠 화나셨네요.
제가 한 짓 때문에 죽이셔도 할 수 없죠.
안 그래도 죽었겠지요.
벨라리어스 어디까지 가는가?
이노젠 밀포드 포구요.
벨라리어스 이름이 뭔가?
이노젠 피델[62]예요. 이탈리아로 가는 친척이 있는데
밀포드에서 배를 타요. 그분에게 가는 길에
배가 고파 기진해서 그만 이런 짓을
저질렀어요.
벨라리어스 잘난 젊은이, 제발 우리를
무지렁이로 알지 마라. 사는 데가 거칠다고
마음까지 거칠 거로 생각해선 안 된다.
잘 만났다. 거의 밤이 됐는데, 떠나기 전에
더 좋은 음식을 주지. 머물면서 먹기 바란다.
얘들아, 맞아들여라.
귀데리어스 네가 여자라면
신랑이 되려고 열심히 구애할 테지.
살 것처럼 값을 불렀을 거야.
아비라거스 남자라니
동생처럼 사랑해서 위로를 삼아야지.
[이노젠에게] 오랫동안 헤어져 있던 동생처럼
너를 맞아들인다. 진심으로 환영한다.
기뻐해라. 모두들 네 친구니까.
이노젠 형제라면
친구겠죠. [방백] 저이들이 내 아버지 아들들이면
내 값이 낮아지지만, 포스추머스, 당신과는
무게가 같아지겠죠.
[세 남자가 따로 떨어져 말한다.]
벨라리어스 괴로운 사정이 있군.
귀데리어스 해결해 주고 싶다.
아비라거스 나도 그래. 그게 뭐든,
무슨 고생, 무슨 위험이 있든지 간에!
벨라리어스 얘들아, 내 말 들어라.
[셋이 수군거린다.]
이노젠 [방백] 이 동굴보다도 크지 못한
궁성을 소유한 높은 귀족이
하인도 없이 양심이 군혀준 덕성으로
변덕스런 군중의 무가치한 선물을
물리친대도 이들보다 고귀할 수 없겠다.

62 프랑스어로 '충실하다'는 뜻.

신들이여, 용서해요. 저이들과 친하려고
남자가 되고 싶어요. 레오나터스가
배신했어요.

벨라리어스 그렇게 하자. 애들아,
짐승을 처리하자. 젊은이, 들어와.
시장할 땐 말하기 힘들거든. 먹고 나서
점잖게 너에게 사연을 물을 테니
말하고 싶은 만큼 말해라.

귀데리어스 가까이 와.

아비라거스 밤이 올빼미에게, 아침이 종달새에게
이보다 더 반가울까!

이노젠 고마워요.

아비라거스 이리 와.

[모두 굴속으로 퇴장]

## 3. 7

[두 로마 원로원 의원들과 집정관들 등장]

의원 1 이상이 황제께서 써 보내신 편지로군요.
평민들이 파노니아와 달마티아에 마주하여
지금까지 전쟁 중에 있으므로
갈리아에 주둔한 군단들은 반란 중인
브리튼과 싸우기엔 너무나 취약하여
귀족들을 징집하란 명령이시오.
폐하께서 루키우스를 총독으로 삼으시고
당신들은 집정관에 임명하시어
급히 동원하라 하시며 당신들께 전권을
위임하셨소. 황제 폐하 만세!

집정관 1 루키우스가 사령관이오?

의원 2 그렇소.

집정관 2 지금 갈리아에 있소?

의원 1 방금 말한 군단들과
함께 있는데, 당신들이 징집한 인원들로
보충해야 하오. 세부 명령 사항에
당신들이 동원할 인원수와 출동 시일이
지정돼 있소.

집정관 2 책임을 완수하겠소. [모두 퇴장]

## 4. 1

[클로튼이 포스추머스의 옷을 입고 홀로 등장]

클로튼 피사니오가 가르쳐준 게 진짜라면 연놈이 만나기로 한 곳에 가까이 왔다. 녀석의 옷이 나한테 딱 맞아서 쓸모 있단 말이야! 그런데 재단사를 만드신 하느님이 놈의 마누라도 만드셨으니 그년도 나한테 딱 맞지 않겠나? 실례의 말씀이나, 여자 입맛은 맞았다 안 맞았다 한다니 더욱 그렇지. 이 일엔 내가 기술자 노릇 해야겠다. 이런 건 나 혼자만 할 소리야. 사내가 방 안에서 거울과 수작하는 건 허영이 아니니까. 요컨대 내 몸의 윤곽도 녀석과 똑같이 잘 빠졌거든. 똑같이 젊은 데다 힘은 더 세고, 타고난 운수가 녀석보다 못하지 않고 현실적으로 놈이 따를 수 없게 유리하고 출신 성분도 윗줄이고 모두가 관련되는 전술 면에서 경력이 비슷하며 일대일 격투에선 윗길인데, 멋모르는 맹꽁이가 날 따돌리고 놈을 사랑하거든. 죽을 사람은 허무해! 포스추머스, 네 대가리는 지금 네 목 위에 붙어 있다만 이 시간 안에 싹둑 잘리고 네 여자는 강간당하고 네 옷은 그년 눈앞에서 갈가리 찢길 거고, 일을 모두 끝낸 뒤엔 그녀를 발길로 차서 제 아비에게 데려가면, 그렇게 함부로 다뤘다고 좀 삐칠지 몰라도 우리 엄마가 왕의 신경질을 꽉 누를 힘이 있으니까 무슨 짓이든지 내가 썩 잘한 거로 만들어놓을 게다. 말은 안전하게 붙들어 맸다. 칼아, 나와라, 무서운 목적을 위하여! 운명의 여신아, 연놈을 내 손아귀에 붙여다오! 여기가 연놈이 만날 데라고 일러준 그 자리야. 그놈은 감히 나를 속이지 못해. [퇴장]

## 4. 2

[벨라리어스, 귀데리어스, 아비라거스,
피델로 변장한 이노젠이 동굴 밖으로 등장]

벨라리어스 [이노젠에게]
너는 몸이 성치 않아. 동굴에 남아라.
사냥하고 돌아올게.

아비라거스 [이노젠에게] 아우야, 여기 있어.
우린 형제 아닌가?

이노젠 남자끼린 그래야죠.
하지만 진흙덩이끼리도 급이 달라요.
같은 흙덩이지만. 나는 몹시 아파요.

귀데리어스 [벨라리어스와 아비라거스에게]
가서 사냥하세요. 나는 재와 같이 있을래요.
이노젠 그렇게 아프지 않아요. 조금 불편하지만—
그래도 아프기 전에 죽는다고 시늉하는
도시의 약골은 아니에요. 그냥 놓고 떠나세요.
하던 대로 하세요. 습관을 어기면
모두를 어기게 돼요. 나는 아프지만
형이 같이 있다고 나을 건 아니에요.
사교성이 없으면 친구도 위로 안 돼요.
이런 말도 하니까 아주 아픈 게 아니죠.
믿고 맡기세요. 내 거밖에 훔칠 게 없어요.
그럴 바엔 차라리 죽을 테요.
귀데리어스 너를 사랑한다.
그런 말 내가 했다. 아버지에 대한 사랑과
무게와 크기가 꼭 같아.
벨라리어스 아니, 뭐라고?
아비라거스 그런 말 하는 게 죄라면 저도 형과
죄의 멍에를 같이 멜 테요. 왜 이 소년을
사랑하는지 저도 몰라요. 전에 아버지가
사랑엔 이유 없다 하셨는데, 문에서 기다리는
영구차가 죽을 자를 정하라고 요청하면
'이 소년이 아니고 아버지요.' 할 테요.
벨라리어스 [방백] 고귀한 가문! 타고난 존귀, 혈통의 유전!
겁쟁이는 겁쟁이를, 천민은 천민을 낳아.
자연에는 알곡과 껍질, 천박과 덕성이 있다.
나는 저들의 아비가 아니다. 그런데 얘가
누구기에 나보다 사랑을 더 받다니.
놀랍구나. [큰 소리로] 9시다.
아비라거스 [이노젠에게] 아우, 잘 있어.
이노젠 즐겁게 지내세요.
아비라거스 몸 조심해. 아버지, 됐습니다.
이노젠 [방백] 착한 이들이야. 내가 얼마나 거짓말 들었나!
궁궐에선 문만 나서면 모두 야만이라지.
체험아, 네가 소문의 거짓을 증명하누나!
웅장한 바다에선 괴물이 생기고
소박한 강물에선 어여쁜 고기가 나.
아직도 아파. 가슴이 아파. 피사니오,
네 약을 맛보겠다.
[약을 삼킨다. 남자끼리 따로 서서 말한다.]
귀데리어스 말 시킬 수 없었어.
귀한 집 출신이나 불운하댔어.
배신당해 괴롭지만 자신은 진실하대.
아비라거스 나한테도 그렇게 말하더군. 하지만 나중에
더 잘 알게 될 거라 했어.
벨라리어스 일터에 가자, 일터에!
[이노젠에게] 지금은 혼자 두고 떠날 테니 들어가 쉬어.
아비라거스 [이노젠에게] 오래 있지 않을게.
벨라리어스 [이노젠에게] 아프지 마라.
우리 집 가정부니까.
이노젠 아프든 건강하든
당신들께 신세지네요. [동굴 안으로 퇴장]
벨라리어스 늘 그래라.
처량한 신세지만 훌륭한 선조를
모셨던 것 같다.
아비라거스 천사처럼 노래를 잘해요!
귀데리어스 그리고 그 정갈한 음식 솜씨!
벨라리어스 우리가 캐온 뿌리를 글자꼴로 자르고
앓아누운 여신님의 간병 음식 차린 듯이
국에다 맛을 냈지.
아비라거스 미소와 한숨을
고상하게 뒤섞어서, 미소 되지 못한 것을
한탄이나 하듯이 한숨 쉬고 그처럼
신성한 신전을 떠나온 배꾼들이
저주하는 폭풍과 섞여지게 된 것을
조롱하듯 하는 미소요.
귀데리어스 슬픔과 인내가
마음속에 함께 박혀 뿌리들이 얽힌 것을
알 수 있어요.
아비라거스 인내야, 자라거라. 그리하여
줄기를 길게 뻗어 슬픔이란 이름의 못된
뽕나무의 죽음 같은 뿌리들을 풀어버려라.
벨라리어스 참 좋은 아침이다. 자, 가자. 저게 누군가?
[포스추머스의 옷을 입은 클로튼 등장]
클로튼 도망친 놈들을 못 찾겠다. 악질 놈한테
속았구나. 완전히 지쳤어.
벨라리어스 [아비라거스와 귀데리어스에게 방백] "도망친 놈들?"
우릴 말하는 게 아닌가? 저 녀석을 조금 안다.
왕비 아들 클로튼이다. 복병이 있을지 몰라.
수년 동안 못 봤으나 알아보겠다.
우리가 범법자로 지목받는다. 피하자!
귀데리어스 [아비라거스와 벨라리어스에게 방백]
저놈은 혼자요. 아버지와 아우는 근처에

패거리가 있는지 찾아봐요. 자, 가세요.
나 혼자 다룰 테니. [벨라리어스와 아비라거스 퇴장]
클로튼 가만있자, 이렇게 나를
피해 달아나니 너흰 누구냐? 막된 산골 놈이냐?
그런 말이 있더라. 너는 웬 놈이냐?
귀데리어스 문기척도 하지 않는 막된놈에게
대꾸할 만큼 막된 짓을 한 적이 없다.
클로튼 도둑놈, 범법자, 악당이구나. 무릎 꿇어, 도둑놈.
귀데리어스 누구에게? 너한테? 넌 누구냐? 너만큼
팔도 굵고 배짱도 크다. 큰소리만은 네가
잘 친다고 해주지. 나는 입에다
칼 물고 다니지 않아. 네가 누군데
왜 내가 무릎 꿇느냐?
클로튼 천한 악질 놈,
옷 보면 몰라?
귀데리어스 모르겠다. 네 할아비 재단사도
모른다. 이놈아, 그 옷 지은 게 할아빈데,
옷 덕에 사람 됐구나.
클로튼 앙큼한 녀석, 이건
재단사가 만든 게 아냐.
귀데리어스 그럼 저리 꺼져라.
옷을 준 사람한테 고맙다고 해. 광대구나.
때리고 싶지 않아.
클로튼 입 더러운 도둑놈아,
이름 듣고 떨어라.
귀데리어스 이름이 뭐냐?
클로튼 클로튼이시다, 이 쌍놈아.
귀데리어스 클로튼, 곱빼기 쌍놈이 네 이름이다.
조금도 안 떨려. 두꺼비, 독사, 거미가
더 무섭지.
클로튼 겁을 더 먹게끔, 아니
완전히 뒈지라고 너한테 밝히는데
내가 왕비 아드님이다.
귀데리어스 거 참 안됐네.
신분만큼 점잖지 못하니.
클로튼 겁나지 않아?
귀데리어스 현철한 분들은 존경스럽고 두렵지만
멍청이는 우습지, 겁나지 않아.
클로튼 그럼 죽어. 손수 너를 죽이고 나서
방금 여기서 달아난 놈들을 쫓아가
러드 읍내 성문에 대가리를 내걸겠다.
항복해라, 무지렁이 산골 놈! [둘이 싸우며 퇴장]
[벨라리어스와 아비라거스 등장]
벨라리어스 패거리가 없던가?
아비라거스 한 놈도 없어요. 필시 잘못 보셨어요.
벨라리어스 모르겠다. 그자를 본 게 오래지만
시간이 흘렀어도 그때 얼굴 윤곽이
흐려지지 않았다. 떠듬대는 말버릇과
갑자기 터뜨리는 말투가 그대로다.
클로튼이 확실하다.
아비라거스 여기서 헤졌는데요.
형이 그놈을 제대로 다뤘으면 하는데.
놈이 아주 사납나요?
벨라리어스 자라나지 못했다.
어른이 못 됐단 말이다. 위험이 닥쳤는데
알아채지 못하더군. 판단력의 결함이
공포의 원인이다.
[귀데리어스가 클로튼의 머리를 들고 등장]
그런데 네 형 보아라.
귀데리어스 클로튼이 바보였죠. 주머니 속에
한 푼도 안 들었군요. 헤라클레스도
골을 짜낼 수 없었을 거요.[63] 텅텅 비었어요.
하지만 이렇게 안 했으면 이 멍청이가
이렇게 내 머릴 들고 있겠죠.
벨라리어스 어찌했냐?
귀데리어스 분명히 클로튼이란 자의 머릴 잘랐는데
제 말로는 왕비의 아들이래요. 저에게
반역자, 산골 놈 하면서 자기 혼자
우리를 잡아서 신들이 우리 몸에서
자라게 하시는 우리 머릴 잘라서
러드 읍내에 달아맨대요.
벨라리어스 우린 끝났구나.
귀데리어스 아니 아버지, 저놈이 뺏겠다던 목숨밖에
잃을 게 뭐요? 법의 보호도 못 받는 판에
건방져 빠진 살덩이가 우릴 위협하면서
재판관도 집행인도 독차지한 놈에게
법이 무섭다고 굽실댈 필요 있나요?
패거리가 있어요?
벨라리어스 한 놈도 못 봤다.

63 힘센 영웅 헤라클레스도 골에 든 것을 짜낼 수 없을 만큼 골 빈 녀석이라는 말.

하지만 차분히 이치를 따져보니
시종들이 있을 게야. 그자의 성격이
다만 변덕뿐인 데다 못된 성질이
더 못된 성질로 변한 거지만
순전히 미쳐서 놈이 혼자 여기까지
제 발로 왔을 리 없어. 혹시 궁정에서,
우리 같은 범법자가 동굴에 살며
사냥을 한다는 말이 돌다 소문이 커져
그자가 듣고, 본시 성격이 그래서
갑자기 나서서 우릴 잡아 오겠다고
큰소리 쳤을지 몰라. 스스로 왔든지
허락받아 왔든지, 혼자 오지 않았다.
그러니 경계를 늦추지 않아야 한다.
몸뚱이가 머리보다 위험한 꼬리를
달았는지 모른다.

아비라거스　　　신들의 예언대로
오고야 말 운명이라면 오래요. 어쨌든
형이 잘했소.

벨라리어스　　　오늘은 사냥 나갈 마음이
없더라. 피델이 아프대서 다니는 게
지겨웠다.

귀데리어스　　　그놈이 내 목을 겨냥하고
휘두르던 칼로 놈의 머릴 잘랐어요.
우리 집 바위 뒤의 냇물에 던지겠어요.
그래서 바다로 흘러가 고기들에게
자기가 왕비 아들 클로튼이라 하라지요.
그것밖에 관심 없어요.　　　[퇴장]

벨라리어스　　　보복이 걱정된다.
폴리도어, 안 그랬다면 좋았을 텐데.
용맹은 가상하다만.

아비라거스　　　제가 그랬다면
좋았겠네요. 보복이 저만 쫓아다닐 테죠.
폴리도어, 형을 사랑하지만 형이 이 일을
가로챈 게 무척 서운해. 우리 실력과
겨룰 만한 보복 부대가 우리를 찾아
맞상대 걸면 좋겠어.

벨라리어스　일이 벌어졌구나. 오늘은 사냥을 접고
소용없는 위험은 구하지 말자. 바위로 가자.
너와 피델이 요리사 노릇 해라. 나는
성미 급한 폴리도어를 기다렸다가
곧장 저녁 먹게 데려오겠다.

아비라거스　　　불쌍한 피델!
그 애한테 갈게요. 그 애가 핏기를 찾는다면
그따위 클로튼 놈 같은 한 마을을 죽이고도
자비롭다 자부할 테요.　　　[동굴 속으로 퇴장]

벨라리어스　　　오, 거룩한 여신
자연이여, 그대는 이 두 왕자 속에서
얼마나 빛나는가! 그들이 착할 때는
제비꽃 머리도 흔들지 않으면서
밑에서 살랑대는 미풍과도 같으나
왕자다운 혈기가 자극을 받으면
산 소나무 꼭대기를 휘어잡아서
골짜기에 처박는 사나운 바람처럼
사납게 된다. 보이지 않는 본능으로
배우지 않아도 아는 위엄과 자존심,
남의 모범을 보지도 않고 얻은 세련됨,
저절로 자라지만 씨 뿌린 듯 결실하는
용맹이 놀랍다. 하지만 클로튼이
이곳에 온 것이 무엇을 뜻하는지,
그의 죽음이 무엇을 가져올지 걱정되누나.
[귀데리어스 등장]

귀데리어스　아우 어디 있어요? 클로튼의 머리통을
띄워 보냈죠. 어미에게 보내는 특명 대사요.
몸뚱이는 돌아올 때까지 볼모예요.
[엄숙한 음악]

벨라리어스　그 묘한 악기다! 폴리도어, 소리 들려?
캐드월이 그 악기 타나? 들어봐!

귀데리어스　아우가 안에 있어요?

벨라리어스　　　조금 전에 나갔다.

귀데리어스　어째 그럴까? 어머니 돌아가신 뒤로는
울리지 않더니. 엄숙한 것은
엄숙한 일에 맞는데. 무슨 일일까?
괜한 일에 신나고 작은 일에 우는 건
원숭이의 놀이고 애들의 슬픔인데.
캐드월이 미쳤나?
[동굴에서 아비라거스가 죽은 이노젠을
팔에 안고 등장]

벨라리어스　　　그 애가
그 무서운 이유를 두 팔에 안아
가져온 걸 보아라. 우리가 나무라는
바로 그 이유다.

아비라거스　　　우리가 그토록

귀중히 여기던 새가 죽었어요.
이 꼴을 보느니 차라리 열여섯에서
예순 살로, 뛰노는 나이에서 지팡이 나이로
건너뛰면 좋겠어요.
귀데리어스 [이노젠에게] 오, 정겨운, 어여쁜 백합!
아우가 너를 안았지만 살아 있는 너에 비해
반도 안 된다.
벨라리어스 오, 서글픈 마음아,
누가 네 속 헤아리며, 네 느린 배를 묻을 뻘의
어느 해안에 가장 쉽게 대겠는지
알 수 있겠냐? 복된 소년아, 네가 어떤 어른 될지
주피터만 알 테지. 하지만 나는
네가 슬픔 때문에 죽었다고 확신한다.
[아비라거스에게]
네가 보니 어떻더냐?
아비라거스 보다시피 굳었지요.
죽음의 화살을 비웃는 게 아니라
파리가 간질인 듯 웃으면서 오른 뺨을
베개로 괴고—
귀데리어스 어디서?
아비라거스 바닥에서.
팔을 마주 잡았기에 자는 줄 알고
징 박은 신을 벗었어. 투박한 신이라
발소리가 커다랬지.
귀데리어스 저런, 자고 있을 뿐인데.
죽었대도 무덤은 침대가 될 뿐이야.
선녀들이 그 무덤을 싸고돌겠지.
[이노젠에게] 그럼 벌레들이 네게 붙지 못한다.
아비라거스 피델, 여름이 계속되고 내가 여기 살 동안
네 슬픈 무덤을 아름답게 꾸미겠다.
네 얼굴처럼 하얀 앵초꽃, 네 핏줄처럼
연두색 초롱꽃이 모자라지 않을 테며
네 숨결보다 향기 덜한 들장미 꽃잎,
그렇다고 얕잡는 게 아니지만, 부친 묘에
비석도 안 세우는 부유한 상속자를
부끄럽게 만드는 울새[64]가 사랑의 부리로
꽃을 물어다 주지. 꽃이 없을 때에는
네 몸을 한겨울 이끼로 덮어준단다.
귀데리어스 그만해. 계집애 같은 말투로 이처럼
엄숙한 일을 갖고 놀지 마. 이 애를 묻어주자.
지금 당장 할 일을 탄식으로
지체할 수 없다고. 묻으러 가자.
아비라거스 어디에 묻을까?
귀데리어스 어머니 옆에.
아비라거스 그렇게 하자.
우리들 목소리가 변성이 돼서
거칠기는 하지만 어머니께 한 것처럼
묻으면서 곡조와 가사는 같게 부르자.
유리필리가 피델로 바뀔 테지만.
귀데리어스 캐드월,
난 못 하겠어. 울면서 가사만 따라할게.
슬픈 가락에 음정이 안 맞으면
거짓 사제나 신전보다 귀에 거슬려.
아비라거스 그럼 말로 하자.
벨라리어스 클로튼을 잊었으니 큰 슬픔이 약이 되어
작은 슬픔을 없앴다. 놈은 왕비 아들이라
적으로 왔었지만 그 값을 치른 것을
잊지 말아라. 귀천에 관계없이 썩으면
똑같이 흙이 되나, 세상의 천사인
올바른 예절은 지위의 높낮이를
구별한단다. 우리의 적은 왕자였으니
그자를 적으로 죽이긴 했지만
왕자답게 묻어주자.
귀데리어스 그자도 가져와요.
테르시테스의 시체나 아이아스[65]의 시체나
죽은 뒤엔 똑같아요.
아비라거스 [벨라리어스에게] 그사이 우리는
노래 부르자. 형, 시작하자. [벨라리어스 퇴장]
귀데리어스 아니야, 캐드월. 머리를 동쪽으로 놔야 돼.
아버지는 이유가 있다 하셔.
아비라거스 맞아.
귀데리어스 그럼 자, 옮겨가자.
아비라거스 됐어. 시작해.
귀데리어스 뜨거운 햇볕도 무서워 말고
겨울의 모진 바람 겁내지 마라.
세상의 힘든 일 모두 끝내고
삯돈 받아 집으로 돌아갔으니.

64 울새(로빈)는 산속에서 죽은 사람을 꽃잎으로 묻어준다는 말이 있다.
65 트로이전쟁에서 테르시테스는 졸장부, 아이아스는 영웅이었다.

황금 부자 아이나 굴뚝 쑤시개,
누구나 똑같이 흙이 된단다.
아비라거스 대감님 낯빛도 무서워 말고
폭군의 손찌검도 모두 지났다.
먹고 입을 걱정도 이제는 없고
참나무나 갈대나 마찬가지다.
왕관이나 학식이나 건강마저도
모두 다 이 길 가서 흙이 된단다.
귀데리어스 번쩍이는 번갯불도 무서워 말고
아비라거스 겁주는 천둥 벼락 두려워 마라.
귀데리어스 중상모략 성급한 욕 무서워 마라.
아비라거스 기쁨도 슬픔도 모두 끝났다.
귀데리어스와 아비라거스
모든 젊은 연인들, 모든 연인들,
너와 같은 처지로 흙이 된단다.
귀데리어스 귀신 부리는 자는 해코지 마라.
아비라거스 마술 부리는 자는 홀리지 마라.
귀데리어스 떠도는 유령은 건들지 마라.
아비라거스 못된 것은 가까이 오지 말아라.
귀데리어스와 아비라거스
고요한 삶의 끝이 네 것 되어라.
네가 누운 무덤이 이름 높아라.
[벨라리어스가 포스추머스의 옷을 입은
클로튼의 시체를 가지고 등장]
귀데리어스 장례를 마쳤어요. 그자도 내려놓죠.
벨라리어스 여기 꽃이 좀 있다. 밤중에 좀 더 따자.
밤기운의 찬이슬을 머금은 풀이
땅 위의 무덤에 뿌리기에 제일 알맞아.
이제는 시든 너희도 한때는 꽃이었어.
우리가 뿌리는 이 풀도 시들고 말아.
자, 다 같이 무릎 꿇고 기도드리자.
처음 그들을 냈던 흙이 다시금 데려갔다.
즐거움이 지나갔듯 괴로움도 지나갔다.
[벨라리어스, 아비라거스, 귀데리어스 퇴장]
이노젠 [깨어나며] 예, 밀포드 포구요. 어디로 가죠?
고마워요. 저 덤불 옆으로요? 얼마나 멀죠?
어이구, 맙소사, 아직도 30리요?
밤새껏 왔는데. 누워서 자겠다.
[시체가 눈에 띈다.]
한데 동숙자구나! 아, 신들아, 여신들아!
이 꽃들은 세상의 즐거움 같고
피에 젖은 이 사람은 세상의 근심 같다.
꿈이라면 좋겠다. 내가 동굴지기고
착한 사람들에게 밥 해준 것 같지만
그게 아니고 빈 활처럼 아무것도 안 쐈어.
우리의 머리가 지어내는 꿈이야.
우리 눈도 가끔가다 판단력이 눈멀어.
아, 겁나고 떨리누나. 두려운 신들이여,
하늘에 자비심이 뱁새 눈알만큼만
남았다면 조금 내려주세요!
아직도 꿈이구나. 내가 깨 있는 데도
내 안에도 밖에도 꿈이 그대로구나.
상상이 아니라 만져지네. 머리 없는 남자가?
포스추머스의 옷? 다리는 알겠고,
그의 손, 머큐리 발,[66] 군신 허벅지.
헤라클레스 근육, 하지만 주피터 얼굴은—
뭐? 없어졌구나! 하늘의 살인! 피사니오!
성난 헤카베[67]가 그리스 군에 퍼부은 저주에
내 저주까지 더해서 너한테 쏟아져라!
막돼먹은 마귀 놈 클로튼과 짜고서
남편의 목을 잘라놨구나. 지금 이후
읽고 쓰는 모든 짓이 배신이 돼라!
저주스런 피사니오가 편지를 위조해서
저주스런 네놈이 가장 늠름한 배의
돛대를 꺾었구나! 아, 포스추머스,
머리는 어디 있어요? 아, 어디 있어요?
당신의 심장을 찔러 죽이고
머리는 그냥 둘 수 있었어. 이럴 수 있어?
그놈하고 클로튼이야. 시기와 탐욕이
처참한 꼴을 남겼어. 분명해! 분명해!
귀한 강장제라면서 그놈이
나한테 준 약을 먹으니까 감각이
죽지 않았어? 그게 분명한 증거야.
피사니오 놈하고 클로튼 놈의 짓이지.
오, 당신 피로 흰 얼굴에 칠을 해야지.
우리를 발견하는 사람에게 우리 모습이

66 머큐리(헤르메스)는 날개 달린 신을 신었기에 발이 빠른 주피터의 전령으로 유명하고, 군신 마르스는 튼튼한 허벅지로 유명하다.
67 트로야의 왕비. 트로야가 망하자 그리스 군을 저주했다.

한층 더 무섭겠지. 아, 여보! 여보!
[시체를 껴안는다.
루키우스, 로마 장교들, 예언자 등장]
로마 장교 1 [루키우스에게]
그뿐 아니라 갈리아 주둔군이
장군의 지시대로 바다 건너 밀포드에서
장군의 함선들과 함께 모여 대기 중이오.
출동 준비가 됐습니다.
루키우스 그런데 로마 소식은?
로마 장교 2 원로원이 이탈리아 내국인과 신사들을
궐기시켰습니다. 고귀한 활약을 기약하는
열렬한 인사들로, 시에나 공작의 아우
용감한 자코모의 지휘 하에 기동 중에
있습니다.
루키우스 언제 도착하겠나?
로마 장교 3 순풍만 기다립니다.
루키우스 그렇게 열렬하니
우리의 희망도 부푼다. 우리 부대에
동원령을 내려라. 장교들은 이를 시행하라.
[한두 사람 퇴장]
[예언자에게] 요즘 이 전쟁 결과에 대해 꿈이 어떻소?
예언자 지난밤 신들이 환상을 보여 주셨습니다.
말씀을 듣기 위해 금식하고 기도드렸고,
주피터의 새, 로마의 독수리를 보았습니다.
습한 남방에서 이곳 서방으로 날아오더니
햇살 속에 사라졌는데, 그 징조의 의미는,
제 예언이 죄로 인해 흐려지지 않았다면,
로마 군의 승리입니다.
루키우스 그런 꿈만 자주 꾸고
헛된 꿈은 아예 꾸지 마시오.
[클로튼의 시체를 본다.]
어, 웬 몸통인가?
머리가 없는 것이? 폐허를 보니 한때는
훌륭한 집이었다. 그런데 그 위에서 시종이
죽었나, 잠들었나? 십중팔구 죽었겠지.
시체와 자거나 시체 베고 자는 것을
꺼리는 것이 사람의 본성이라고.
소년의 얼굴을 보자.
로마 장교 1 살았습니다.
루키우스 그럼 이 시체의 사연을 말해주겠다.
젊은이, 곡절을 말하라. 의문이
안 생길 수 없구나. 네가 베고 있는
피투성이 베개는 누구인가? 고귀한 자연이
만들었던 좋은 모습을 누가 바꿔놨는가?
너와 이 슬픈 난파선은 어떤 관계인가?
어쩌다 이리 됐나? 그는 누군가?
너는 누군가?
이노젠 아무것도 아니에요.
아무것도 아니면 더 좋겠어요.—주인이셨죠.
선하고 용감한 브리튼 분인데,
산사람들한테서 살해를 당했어요.
오, 이런 주인이 또 있을까요.
일자리 구하려고 사방으로 찾아다녀
좋은 분만 많이 만나 성심껏 섬긴대도
이런 주인은 못 만나요.
루키우스 오, 젊은이,
피 흘리는 네 주인만큼 너의 탄식이
내 마음을 치누나. 그 이름을 말하렴.
이노젠 리처드 듀 샴프요. [방백] 거짓말이지만
남을 해칠 뜻은 없으니 신들이 들어도
용서할 테지. [큰 소리로] 뭐라고요?
루키우스 네 이름은?
이노젠 피델예요.
루키우스 네 성격을 나타내는 이름이구나.
네 이름이 '충실'에 어울리고 '충실'이 네 이름이지.
나하고 지내볼래? 새 주인이 그렇게
좋을 수 없지만 분명히 사랑이 덜하지 않을 게야.
집정관이 보낸 황제의 서찰을 기다리지만
우선 착한 너를 고용하겠다. 같이 가자.
이노젠 따라가지요. 하지만 먼저 신들이 허락하면
파리들이 못 붙게끔 이 약한 곡괭이[68]로
팔 데까지 흙을 파서 주인을 묻겠어요.
잡목 잎과 들풀을 무덤 위에 뿌리고
할 수 있으면 기도를 일백 번 드린 뒤에
다시 반복하고 울고 한숨지은 다음에
그분을 떠나 장군님을 따르지요.
저를 받아주신다면—
루키우스 그러마, 젊은이.
주인보다 아버지가 되겠다. 친구들,

68 즉 그녀의 손가락.

이 소년이 남자다운 충성심을 가르쳤소.
구절초가 가장 곱게 핀 둔덕을 찾아
창칼로 무덤을 만들어 줍시다.
자, 쳐드시오. 우리에게 이 사람이
좋은 분이라고 했기에 군인의 예로써
매장하겠다. 위로 삼고 눈물 씻어라.
넘어졌다 일어나면 더욱 행복할 수 있다. [퇴장]

## 4. 3

[심벨린, 신하들, 피사니오 등장]

심벨린 다시 가보고 왕비의 형편을 알아와라.
[한두 사람 퇴장]
아들이 없어지자 생겨난 병이 도져
왕비의 목숨이 위태롭다. 하늘이여,
어찌 한꺼번에 이리 괴롭히시오?
이노젠이 큰 몫이던 내 위안 없어지고
왕비는 사경을 헤매며 자리에 누웠는데
바야흐로 무서운 전쟁이 나를 노리고,
당장 요긴한 그녀의 아들도 사라졌다!
회복의 가망이 지나간 듯하구나.
[피사니오에게] 그런데 너 이놈, 딸애의 행방을
틀림없이 알 텐데 시치미를 떼다니,
무서운 고문으로 털어놓게 하겠다.

피사니오 제 목숨은 전하의 소유입니다.
공손히 내놓으니 처분대로 하십시오.
하지만 공주님이 어디 계신지, 왜 가셨는지,
언제 돌아오실지 모릅니다. 간구하오니
저를 충실한 하인으로 여기십시오.

신하 1 전하, 공주님이 없어지던 날, 저 사람은
여기 있었습니다. 그가 충성과 모든 직책을
성실히 행할 것을 책임지고 보장합니다.
클로튼은 저희가 노력을 아끼지 않사오니
반드시 찾겠습니다.

심벨린 몹시 어려운 때다.
[피사니오에게] 잠시 너를 놓아준다. 그러나 의심을
없애지 않았다.

신하 2 말씀드리기 황송하오나,
갈리아에서 이동한 로마의 군단들이
원로원이 파견한 로마의 귀족들과 합세하여
우리나라 해안에 상륙하였습니다.

심벨린 이때야말로 아들과 왕비의 충고가 아쉽구나!
정신없이 일이 터진다.

신하 3 전하, 대비 병력이
보고받은 적에게 맞설 만큼 강합니다.
더 많이 온다 해도 준비되어 있습니다.
전진을 열망하는 우리 군대를
움직일 일만 남았습니다.

심벨린 고맙다. 가자.
우리를 찾고 있는 시간을 가서 만나자.
이탈리아의 위협이 두려운 것이 아니라
이곳의 일들이 슬프기 때문이다. 자, 가자.
[심벨린과 신하들 퇴장]

피사니오 공주님이 돌아가셨다고 편지했는데
여태껏 주인님 답장이 없어 이상하구나.
공주님도 자주 편지하겠다고 하시고서는
아무 말씀 없으시다. 클로튼은 어찌 됐나?
그걸 알 수 없어서 어찌할까 모르겠다.
하늘은 여전히 일하고 있을 거다.
나는 속이면서 진실하고 진실 위해
속이지. 이 전쟁에 애국심을 발휘하여
왕도 나를 알아보게 만들 터이다.
아니면 싸우다 죽을 테다. 기타 모든 의심은
시간 가면 풀릴 게다. 키 없는 배라도
운 좋게 포구에 닿을 때가 없지 않다. [퇴장]

## 4. 4

[벨라리어스, 귀데리어스, 아비라거스 등장]

귀데리어스 사방이 시끄러워요.

벨라리어스 우린 피하자.

아비라거스 활동과 모험에서 인생을 닫으면
무슨 재미 있어요?

귀데리어스 피하려 해도
가능한가요? 왕의 군에 참가하지 않아도
로마 군은 브리튼 놈이라고 우리를 죽이거나
제 민족에 반역하는 야만인이라고
한동안 써먹다가 나중엔 죽일 테죠.

벨라리어스 얘들아, 더 높이 올라가 탈 없이 지내자.
왕의 편엔 못 간다. 아무도 우릴 모르고

징집도 안 했다. 방금 클로튼이 죽어서
우리가 어디 사는지, 무슨 짓 했는지
자백을 강요받고 실토하게 되었다.
그 값으로 고문당해 죽게 되누나.

귀데리어스 이런 땐 걱정하시니 아버지답지
않으시고 저희도 불만입니다.

아비라거스 로마의 군마들이 힝힝대는 소리와
막사마다 타오르는 모닥불 광경에
지금처럼 눈과 귀가 미어질 만큼
중대한 상황에 처했으니 우리 따위는
거들떠볼 겨를도 없어 우리가 어디서 왔는지
알려 하지 않을 거예요.

벨라리어스 오, 나는 군에
아는 자 많아. 당시 클로튼은 어렸으나
여러 해 전인 데도 기억이 남아 있어.
게다가 왕은 내 충성이나 너희 사랑을
받을 만한 자격이 없어. 추방당해서
삶이 거칠어지고 자연히 너희는 교육을
받지 못했고 또한 너희 신분이 기약했던
귀한 대접 받을 가망도 없이 언제나
여름 땡볕에 그을리고 겨울 추위에
움츠리는 천민이지.

귀데리어스 그렇게 사느니
차라리 죽는 게 낫죠. 아버지, 군에 갑시다.
우리 둘은 아무도 모르고 아버지는 잊혀진 데다
머리와 수염으로 뒤덮여서 누구냐고
물을 자도 없을 거예요.

아비라거스 밝은 해에 맹세코
가겠습니다. 사람이 죽는 것을 보지 못하고
겁 많은 토끼, 음탕한 산양과 사슴밖에
피 흘리는 걸 못 봤으니 될 말입니까?
저 같은 놈이 타던 말밖에 진짜 군마를
타보지 못했고 발뒤축에 박차도
쇠바퀴도 달아보지 못했어요! 창피해서
거룩한 해님을 쳐다보지 못하고
복된 햇살의 은덕을 입으면서 불쌍하게
이름 없이 살아갈 순 없어요.

귀데리어스 맹세코 가요.
아버지, 제게 축복하시고 허락하시면
더욱 조심하겠으나, 허락지 않으시면
그 때문에 로마 군의 손에서 저에게
위험이 닥쳐도 좋아요.

아비라거스 아멘. 저도 그렇습니다.

벨라리어스 너희의 목숨을 그처럼 가볍게 여기니
이미 금이 간 내 목숨을 아낄 게 없다.
그럼 얘들아, 너희의 뜻대로 해라!
너희 나라 전쟁에서 너희가 죽어도
이곳이 내 잠자리다. 나도 여기 눕겠다.
어서 앞서가거라. [방백] 한시가 급하다.
피가 끓어 왕자들의 진면목을 보이기 전엔
자신들의 혈기를 참을 수 없지. [모두 퇴장]

## 5. 1

[로마인으로 차린 포스추머스가 피 묻은 헝겊을
들고 홀로 등장]

포스추머스 맞아, 피 묻은 헝겊아, 너를 간직하겠다.
네가 이런 빛깔 되기를 내가 원했지.
기혼자들아, 모두들 이 방식을 택하면
조금 탈선했다고 훨씬 잘난 아내들을
죽여버릴 남편들이 얼마나 될까!
피사니오, 충직한 하인은 아무 명령이나 안 따라.
옳지 않으면 따를 책임 없거든. 신들이여,
내 죄를 벌하셨다면 내가 죽었을 테니
이 짓을 안 시키시고 고귀한 이노젠을
살려두어 뉘우치게 하시고 벌 받아야 할
악한 나를 치셨겠네요. 하지만 당신들은
하찮은 죄 때문에 데려가기도 하시죠.
그래서 더 많은 죄를 막는 것도 사랑이지만
어떤 자는 심해가는 악에다가 빠뜨렸다가
뉘우치고 죄악을 미워하게도 하시네요.
하지만 이노젠은 당신들이 가졌으니,
거룩한 뜻대로 하시고 복종하는 나에게
복을 내려 주세요. 이탈리아 신사 틈에
내가 끼어와 아내의 나라에 대적하지만
브리튼아, 공주의 살해로 충분하니까
걱정 말아라. 너한테 상처 주지 않겠다.
따라서 하늘이여, 내 계획을 들어다오.
이탈리아 옷들을 벗어버리고
브리튼 농부처럼 차리고 [옷을 벗는다.]
함께 온

자들에게 대적하겠다. 그래서, 오, 이노젠,
널 위해 죽겠다. 너 때문에 내 목숨은
숨 쉬는 게 죽음이다. 이렇게 남모르게
동정도 미움도 없이 위험에 맞서다가
내 몸을 바칠 테다. 비천한 옷과 달리
용맹한 사람인 걸 보여주겠다. 신들이여,
레오나터스 집안 힘을 제게 넣어주세요.
내가 세상 통념 깨뜨릴 새 유행을 시작해서
겉보다 알찬 속을 만들어 놓을 테다. [퇴장]

## 5. 2

[행진곡. 한쪽 문으로 루키우스, 자코모, 로마 군이
등장하고 다른 문으로 브리튼 군이 등장.
레오나터스 포스추머스가 허름한 병사 꼴로
따라 들어온다. 행군하여 퇴장. 경계 나팔 소리.
그러자 자코모와 포스추머스가 싸우며 등장.
포스추머스가 자코모에게 이겨 무기를 빼앗고는
떠나버린다.]

자코모 마음의 우울과 죄책감이 용기를 앗아간다.
이 나라 공주인 한 여인을 속였더니
복수하듯 이곳의 공기가 힘을 뺏는다.
아니라면 흙의 노예에 불과한 이 촌놈이
전문적인 무사에게 이기다니 될 말인가?
내가 가진 기사 칭호 온갖 명예가
멸시의 이름이 되었구나. 브리튼이여,
이 촌놈이 우리나라 귀족들을 능가하듯이
너의 귀족들이 이 촌놈을 능가한다면
우리는 사내 못 되고 너희는 신과 같다. [퇴장]

[전투 계속. 경계 나팔 소리. 돌격 나팔 소리.
나팔들이 퇴각 신호를 울린다. 브리튼 군이 달아난다.
심벨린이 붙잡힌다. 그러자 그를 구하려고
벨라리어스, 귀데리어스, 아비라거스 등장]

벨라리어스 서라, 서라. 우리가 유리한 지점을 확보했다.
길목은 우리 차지다. 단지 겁이란 자가
도망을 부추긴다.

귀데리어스와 아비라거스 서라, 서서 싸워라.

[포스추머스가 허름한 병사 꼴로 등장하여
브리튼 군을 돕는다. 그들이 심벨린을 구하여 퇴장.
나팔들이 퇴각 신호를 울린다. 그때 루키우스,
자코모, 피델로 변장한 이노젠 등장]

루키우스 [이노젠에게] 얘, 부대에서 이탈하여 목숨을 구해라.
우군끼리 죽이는 판이다. 전쟁이 눈 가린 듯
혼란이 극심하다.

자코모 적들의 원병이 왔소.

루키우스 이상하게 꼬인 날이다. 더 늦기 전에
증원군이 안 오면 달아나야 하겠다. [모두 퇴장]

## 5. 3

[허름한 차림의 포스추머스와 브리튼 귀족이
각각 등장]

귀족 그들이 버티고 섰던 데서 왔소?

포스추머스 그렇소.
한데 당신은 달아나다 온 듯하오.

귀족 그렇게 됐소.

포스추머스 당신 잘못이 아니오. 하늘이
싸워주지 않았다면 완패한 싸움이었소.
전군이 궤멸하여 좌우군이 없어진 왕까지,
아군의 등만 보였소. 모두 길목으로 내빼니,
적은 용기백배하여 혀를 빼물고 도륙하나
창칼로 이루 다 처분할 수 없을 만큼
일이 넘쳤소. 거기서 맞아 죽은 자,
조금 다친 자, 괜한 겁에 넘어진 자,
길목은 등에 맞아 죽은 시체로
틀어 막혔소. 살아서 도망친 겁쟁이는
죽도록 부끄럽겠소.

귀족 길목이 어디요?

포스추머스 전쟁터 옆, 해자 파고 토성 쌓은 곳인데,
웬 늙은 군인에게 유리한 진지였소.
분명히 훌륭한 사람으로 나라를 위해
길고 하얀 수염만큼 공적 크고 뼈대 있는
집안의 출신이겠소. 길목을 가로막고
두 청년과 버텼는데 살육보다는
술래잡기 할 애들이고, 너울로 가릴 만큼
예쁘장한 얼굴들, 햇빛을 막거나
수줍어 얼굴 가린 여자보다 낯이 희었소.
길목을 막으며 도망병에게 외치기를
"브리튼 사슴들은 달아나다 죽지만
사내들은 안 그런다. 내빼는 자들은

어둠으로 직행한다. 서라. 안 서면
우리가 로마 군 되어 사나운 맹수같이
짐승 떼 같은 너희가 피하는 죽음을
안겨주겠다. 찡그린 얼굴로
돌아만 봐도 살 수 있다. 서라, 서라." 하데요.
모두 손을 놓았지만 세 사람이 3천인 듯
자신 있게 "서라, 서라." 외치며 대열을 지켰소.
지형이 유리했지만 용맹으로 뭇사람을 감동시켜
물렛가락을 창칼로, 흰 얼굴을 검붉게[69]
변화시킬 정도였소. 그중 몇이 수치심과
용기를 되살리고, 겁먹는 남을 보고
—전쟁에서 처음 겁을 먹는 죄가 크도다!—
덩달아 겁을 먹은 몇 사람이 고개 돌려
셋과 함께, 사냥꾼 창에 맞선 사자처럼
허연 이를 드러내기 시작했소. 그러니까
쫓아오던 무리가 멈칫하여 섰다가 뒤로 내빼자
살육이 벌어지고 조금 전에 독수리처럼
달려들던 그 길로 병아리처럼 달아났소.
당당하던 승리자가 노예처럼 도망가고
힘든 뱃길의 남은 음식 조각처럼
겁쟁이들은 굶주린 자들이 포식할 음식이 되고
무방비의 뒷문이 열린 것을 알아채자
어찌나 찔러대던지! 죽은 자, 죽는 자,
먼젓번 파도에 휩쓸렸던 자까지,
그때는 하나가 열을 쫓고, 이제는
하나가 스물을 도살했소. 맞서기보단
죽겠다던 자들이 싸움터의 공포가 됐소.

귀족 놀랍군요. 좁은 길목, 한 노인과 두 아이라.

포스추머스 놀랄 것 없소. 당신은 일은 안 하고,
이야기나 듣고서 놀라는 사람이오.
그에 관해 시를 짓고 한바탕 재담으로 삼겠소?
이쪽에 한 편 있소. '두 소년, 다시 소년이 된 노인,
길목은 브리튼의 보존이요 로마의 파멸이오.'

귀족 오, 성내지 마시오.

포스추머스 허, 어째서 성을 내오?
나는 적에 맞서지 못하는 자의 편이오.
'천성이 그러하니 그럴 수밖에 없소.
우정마저 마다하고 달아날 게 빤하오.'
당신 덕에 시 한 편 썼네.

귀족 성났군. 잘 가오. [퇴장]

포스추머스 계속 달아나? 저런 게 귀족이니 한심하다.
싸움터의 전황이 어떤지를 내게 묻다니!
오늘 제 몸 구하려고 명예를 버린 자가
얼마나 많았겠나? 결국 도망치다 죽었겠지.
나는 슬픔에 홀려 신음을 들어도
죽음을 못 보고 죽음이 찔러도 느낌이 없다.
그런 흉한 괴물이 시원한 술, 폭신한 침대,
감미로운 말속에 숨어 있거나
싸움터에서 그자 칼을 휘두르는 우리보다
하수인이 더 많다니 기막히는 일이다.
이제 나도 죽음을 구해야지. 지금은
브리튼 편이지만 브리튼인이 아니다.
올 때처럼 다시 로마인이다. 촌놈이
싸우지 않고 어깨만 건드려도 항복하겠다.
여기서 로마 군이 크게 살육했으니
브리튼 군이 다시 크게 보복하겠지.
내 몸값은 죽음이다. 어느 편에 있으나
죽으려고 왔으니 목숨을 지키거나
목숨을 지닌 채 돌아가지 않고
어떻게든 이노젠 위해 끝을 보겠다.
[두 브리튼 장교와 병사들 등장]

장교 1 주피터께 찬송을! 루키우스가 붙잡혔소.
그 노인과 아들들은 천사라고 생각되오.

장교 2 넷째 사람이 있었소. 촌사람 차림으로
세 사람과 함께 싸웠소.

장교 1 그런 보고가 있소.
한데 그중 아무도 못 찾았소. 서라! 누구냐?

포스추머스 로마인이오.
증원군이 나처럼 했다면 지금같이
뒤쳐지지 않았겠소.

지휘관 2 [병사들에게] 체포해라. 개 한 마리도,
로마의 다리 하나도 돌아가 무슨 까마귀가
쪼았는지 보고하게 놔둬서는 안 된다.
높은 자처럼 잘했다고 뻐긴다. 왕께 데려가.
[주악. 심벨린, 신하들, 벨라리어스, 귀데리어스,
아비라거스, 피사니오, 로마 군 포로들 등장.
장교들이 포스추머스를 심벨린에게 대령하니
심벨린이 그를 간수에게 넘긴다. 포스추머스와
두 간수를 남기고 모두 퇴장. 간수들이 그의 발과

69 물렛가락은 부녀자가 다루는 뾰족한 물건이고 흰 얼굴은 부녀자의 얼굴이다.

손목에 쇠사슬을 감는다.]
간수 1 이제는 너를 도둑맞지 않겠다. 자물쇠가 잠겼으니.
풀밭이 있으면 뜯어먹어라.
간수 2 옳아. 먹고 싶으면. [간수들 퇴장]
포스추머스 속박아, 대환영이다. 너야말로
해방에의 길이다. 나는 통풍 환자보다
행복하다. 통풍 환자는 틀림없는 의사라는
죽음의 치료보다 그냥 앓기 원하지만[70]
죽음이란 자물쇠 열어줄 열쇠가 된다.
양심아, 너는 내 손목과 발목보다 더 매였구나.
선한 신들이여, 자물쇠를 열어줄 뉘우침의
열쇠만 주오. 그러면 영원히 자유롭겠소.
미안하다면 되지 않나? 그렇게 자녀들은
아비들의 화를 풀지만 신들은 더 자비롭다.
뉘우쳐야 한다면 스스로를 족쇄에 매는
뉘우침이 가장 좋다. 자유를 위해서
뉘우침이 필요하면 전체되는 내 목숨을
젖값으로 가져가오. 당신들은 악한 자보다
자애롭소. 인간은 파산한 채무자에게
3분의 1, 6분의 1, 10분의 1을 받아내고
나머지를 가지고 재기하라 하지만
나는 원치 않소. 사랑하는 이노젠의
목숨 값으로 내 목숨을 가지시오.
값진 것은 못 되나 그래도 목숨이며
당신들이 만들었소. 우리 사람끼리는
금화마다 중량을 달지 않고 좀 모자라도
거기 찍힌 형상 보고 통용하듯이,
전능한 신들이여, 당신들의 형상 박힌
나를 받아주시오.[71] 결산이 이것이니
이 목숨을 가져가고 이 싸늘한 속박을
풀어주시오. 오, 이노젠, 네게는
침묵으로 말하리라.
[누워 잔다. 장엄한 음악. 환상인 듯, 포스추머스의
부친인 늙은 시실리어스 레오나터스가 군인 복장으로
그의 아내이자 포스추머스의 모친인 늙은 부인의
손을 이끌고 악단을 앞세우고 등장. 그러자 다른
악단 뒤로 포스추머스의 형들인 두 젊은 레오나터스
형제가 전쟁에서 죽어 상처 입은 모습으로 뒤따라
들어온다. 그들이 잠자는 포스추머스를 둘러싼다.]
시실리어스 천둥의 왕 주피터여, 하루살이들에게
진노하지 마소서.
군신에게 성내시고, 당신의 외도를
욕하고 보복하는
주노와 다투소서.[72]
한 번도 보지 못한 불쌍한 내 아들에게
잘못이 있나요?
내가 죽을 때 그 아이는 태중에서
순산을 기다렸나이다.
주피터 신이여, 사람들 말로는
고아의 부친이시니
아버지가 되시어 아이를 보호하여
아픔을 막아야 하셨어요.
어머니 루키나[73]는 나에게 도움을 주지 않고,
진통 중의 나를 데려가
포스추머스가 내 배를 가르고
가련한 어린것이
원수 틈에 울면서 나왔습니다.
시실리어스 위대한 자연이 오랜 가문과 함께
아이를 잘 빚어
시실리어스의 후계라는 세상의 칭찬을
받을 만하였나이다.
첫째 형 아이가 자라서 어른이 되었을 때
누구보다 그 진가를
잘 알아볼 수 있던 이노젠의 눈에
브리튼 천하에서
그에 버금가거나 촉망받을 사람이
어디 있었나이까?
어머니 결혼하자 어찌하여 추방의 모욕으로
레오나터스 고장에서
쫓겨나 한없이 사랑하던 그의 아내
아름다운 이노젠과
이별해야 했나이까?

70 통풍은 바람만 스쳐도 지독히 아파서 죽음만이 약(의사)이라는 병이지만 그래도 사람은 죽지는 않는다고 한다.
71 사람은 하느님이 자기 형상을 모방하여 지으셨다는 것이 기독교의 기본 사상이다. 금화에 발행자인 왕의 화상을 찍어 새기는 것이 관례였다.
72 몰래 지상의 여인들과 외도하는 주피터(제우스)에게 그의 아내 주노(헤라)가 질투하고 욕하고 보복했다.
73 출산의 여신.

시실리어스 어찌하여 이탈리아의 경박한 자
자코모로 하여금
그의 고상한 마음과 머리를
근거 없는 질투로
더럽히게 버려두어 그자의 작간에
놀아나게 하셨나이까?
둘째 형 이에 고요한 자리를 박차고
부모형제가 일어났나이다.
우리는 나라를 지켜 싸우다가
용감히 쓰러졌나이다.
우리는 충절과 테넌셔스[74]의 왕권을
명예롭게 지켰나이다.
첫째 형 그와 같은 용맹을 포스추머스는
심벨린께 바쳤나이다.
그러나 신들의 왕이신 주피터여,
어찌하여 그의 공적에
이토록 오랫동안 상 주기를 미루어
슬퍼하게 하시나이까?
시실리어스 수정 창을 여시고 내려다보소서.
용맹한 가문에
모질고 매서운 아픔을 더 이상
내리지 마소서.
어머니 주피터여, 우리 아들이 착하니
고난을 없애주소서.
시실리어스 대리석 궁전 틈으로 내다보시고
도움을 주소서.
아니면 불쌍한 혼령들이 신들의 의회에
호소하겠나이다.
형제들 주피터여 도우소서. 아니면 상소하여
당신의 심판을 기피하겠나이다.
[주피터가 우레와 번개가 치는 중에 독수리[75]를 타고 내려온다. 벼락을 던진다. 혼령들이 무릎을 꿇는다.]
주피터 하찮은 낮은 땅의 혼령들아, 그만해라. 더 이상
내 귀를 거스르지 마라. 조용하라! 어찌 감히
우레의 주인을 탓하는가? 알다시피 하늘 벼락이
반란하는 지역을 깡그리 멸하지 않는가?
불쌍한 하늘의 허깨비들아, 가라, 가서 영구히
꽃 피는 언덕에서 쉴 것이며 세상 사건에
고민하지 말지어다. 너희가 간여할 바 아니며,
너희도 알다시피 내가 할 일이로다.
가장 사랑하는 자에게 시련을 주고
은혜를 지연시켜 기쁨을 더함이로다.
쓰러진 아들을 일으키리니 안심하라.
위로가 커지며 시련이 끝나도다.
내 별[76]이 그의 출생에 기운을 발했으며
내 신전에서 그가 혼례식을 올렸도다.
일어나 가라. 그가 고통을 겪었으매
이노젠의 남편으로 더욱 행복하리라.
이 문서를 그 가슴에 놓아라. 그 안에
넘치는 행복을 기꺼이 적었노라.
[주피터가 혼령들에게 책을 주니 그들이 포스추머스 가슴에 놓는다.]
그러니 물러가라. 더 이상 조르지 말고
내 화를 돋울까 두려워하라.
독수리야, 수정궁[77]으로 날아오르자.
[하늘로 올라간다.]
시실리어스 우레 속에 오셨었다. 그분의 콧김이
유황 내를 풍겼다. 거룩한 독수리가
우리를 낚아챌 듯 휩쓸며 내려오고
다시 솟아오르니 복된 우리 들판[78]보다
더욱 향기롭구나. 그 제왕의 새가
불멸의 날개와 부리를 가다듬어
신이 기뻐하신 듯하다.
혼령들 모두 감사합니다!
시실리어스 대리석 길이 닫힌다. 그분이 빛나는
지붕 아래 드셨다. 가자! 축복을 위해
조심하여 주피터의 명령을 따르자.
[혼령들이 사라진다.]
포스추머스 [깨어난다.] 잠아, 네가 조부님이 되어서
아버지를 낳았으며 어머니와 더불어
두 형을 만들었다. 그러나 허망하게
사라졌다! 세상에 나자마자 없어졌다.

74 앞의 1막 1장 30행에 나오는 테넌셔스는 포스추머스의 부친 시실리어스에게 작위를 준 브리튼의 왕이었다.
75 독수리는 주피터를 상징하는 새이며, 주피터는 천둥과 번개를 일으키는 신이다.
76 그의 탄생별이 주피터, 즉 목성이었다.
77 주피터의 궁궐. 다음의 대리석 길, 빛나는 지붕도 그의 궁궐을 가리킨다.
78 그리스신화에 나오는, 용감하고 정직한 사람들이 죽어서 가 있는 좋은 곳.

잠에서 깼다. 높은 자에 기대어
나처럼 꿈만 꾸던 가난한 자가
깨어나면 허망하다. 공연한 생각이다.
얻겠다는 꿈도 없고 자격도 없으면서
행운에 파묻힌 자도 많다. 나 역시
황금 같은 행운이 생겼으나 이유는 모른다.
이곳은 무슨 신선이 노니는 덴가?
책인가? 멋진데. 겉멋에 놀아나는
세상처럼, 속보다 겉장만 좋지 마라.
담고 있는 내용도 궁정인과 다르게
기대만큼 좋아라.
[읽는다.]
"사자 새끼가 일부러 찾지도 않았으나 자기도
모르는 사이에 찾을 것이니, 한 가닥 부드러운 바람에
감싸일 때, 몇 해 동안 죽은 채 서 있던 늠름한
삼나무에서 잘라낸 가지들이 다시 살아나 묵은
등걸에 접붙어 새로이 자라날 때, 그때에
포스추머스는 고난이 끝나고 브리튼은 행복하여
평화와 풍요 속에 번성하리라."
여전히 꿈 아니면, 뭔인지도 모르고
광인이 지껄이는 소리 또는 아무것도 아니거나
헛소리거나 풀지 못할 수수께끼다.
어쨌든 내 일생이 그와 같으니
처지가 비슷하여 책을 보관하겠다.
[간수 등장]

간수 자, 죽을 준비 되었소?

포스추머스 오히려 너무 익었소. 한참 전에 먹게 됐소.

간수 달아매란 명령이오. 그럴 준비가 됐으면 잘 익은
거란 말이오.

포스추머스 구경꾼들에게 좋은 요깃거리가 된다면 요리가
제값 하는 것이오.

간수 당신에겐 부담스런 계산이오. 하지만 다행한 것은
당신에게 값을 더 내란 소릴 안 듣게 되며 더 이상
술집 계산서도 없을 터이니 계산서란 물건은 즐거움을
갖다 주는 만큼 돈과의 이별이란 슬픔이 되기도 하오.
배고파 죽을 지경으로 들어왔다가 너무 많이 마셔서
비틀대고 떠날 때 돈을 너무 써서 찜찜하고 술에 너무
절어서 찜찜하고 주머니와 골통이 둘 다 비었는데
골통이 너무 비어 더 무겁고 주머니는 무거운 게 모두
빠져나가 너무 가볍소. 오, 이런 모순에서 이제 해방
되는구려. 서푼짜리 밧줄이 자비를 베푸오! 눈 깜짝할
사이에 수천 금을 처리하오. 그것 말고 진실한 차변
대변이 어디 있겠소! 과거 현재 미래에서 해방이 되니
당신 목이야말로 펜이고 치부책이고 주판이오. 그래서
빚을 탕감하는 것이오.

포스추머스 당신이 살아서 기쁜 것보다 죽을 내가 더 기쁘오.

간수 옳다마다. 자는 사람은 치통을 못 느끼오. 하지만 당신처럼
잠잘 사람과 잠재워줄 집행관이 따로 있으면 그 사람은
집행관과 입장을 바꾸려고 할 게요. 여보오, 당신은
어디로 갈는지 알지 못하오.

포스추머스 천만에. 잘 알고 있소.

간수 그럼 당신 해골은 머리에 눈알이 박혔소. 그런 모양은
그림에서도 본 적 없소. 당신은 뭐든지 안다는 자의
길 안내를 받거나, 또는 분명 당신 자신도 모르는 걸
알려고 하거나 또는 위험을 무릅쓰고 죽음 뒤의 사실에
도박하는 거라오. 여행 끝에 당신이 어떻게 될는지는
절대로 돌아와서 말하지 못하게 되오.

포스추머스 이봐요, 내 말 들어요. 내가 가는 길을 인도해줄
눈이 없는 사람은 없소. 괜히 눈을 감고 있으면서 쓰지
않을 뿐이오.

간수 교묘하기 짝 없는 농담이오. 눈먼 길을 보는 게
눈을 제일 잘 쓰는 거라니까! 교수형이야말로 눈감는
방법임에 틀림없는데.
[전령 등장]

전령 그 사람의 족쇄를 부수고 지체 없이 죄수를 전하께
대령하오.

포스추머스 내게 좋은 소식을 가져오는군. 자유를 주겠다고
나를 부른다니.

간수 1 그렇다면 내 모가지 달 테요.

포스추머스 그렇다면 간수보다 자유롭게 되는 거요. 죽은
자를 옭아맬 쇠사슬도 필요 없소. [간수 외에 모두 퇴장]

간수 교수대와 결혼해서 새끼 교수대를 낳는다면 모르겠지만
저 사람처럼 죽겠다고 덤비는 자는 본 적이 없어. 확실히
저 사람은 로마 사람이라 그럴 테지만 진짜 악한 놈들은
살겠다고 야단이지. 놈들 중엔 정말 죽기 싫은데도 죽는
놈이 있는데. 나라도 그러겠지. 모두가 한마음, 모두가
착한 마음이면 좋겠다. 아, 그렇게 되면 간수와 교수대가
처량하겠지! 당장 수입이 떨어질 소리거든. 하지만 그런
세상에서도 내게 득이 되는 일이 생기면 좋겠다. [퇴장]

## 5. 4

[주악. 심벨린, 벨라리어스, 귀데리어스, 아비라거스,
피사니오, 신하들, 장교들, 시종들 등장]

심벨린 [벨라리어스, 귀데리어스, 아비라거스에게]
내 옆에 서라. 그대들은 신들이 세운
내 왕좌의 수호자다. 안타깝게도
그처럼 눈부시게 싸운 허름한 병사를
찾을 수 없다. 번쩍이는 갑옷에게 누더기가
창피 주고 단단한 방패보다 맨가슴이
앞에 섰었다. 그에게 상을 준다면
그를 찾은 자에게도 상을 주겠다.

벨라리어스 그런 남루한 자에게서 그런 용맹은
처음 봅니다. 비럭질과 천한 꼴만 보일 듯한 자가
그토록 고귀한 무공을 세우더군요.

심벨린 아직 소식 없는가?

피사니오 죽은 자, 산 자를
샅샅이 살폈지만 종적이 묘연합니다.

심벨린 안타까우나 그의 상을 내가 갖게 됐으니
[벨라리어스, 귀데리어스, 아비라거스에게]
브리튼의 목숨이며 간이며 심장이며 머리인 당신들에게
그 상을 더하겠다. 이제 출신을 묻겠으니
대답하라.

벨라리어스 전하, 저희는 웨일스 태생으로
양반 가문입니다. 그 이상 자랑하면
진실도 겸손도 못 되지요. 한 말씀 더하자면
정직한 사람들이오.

심벨린 무릎을 꿇어라.
[그들이 무릎을 꿇는다. 왕이 기사들로 서품한다.]
일어서라. 전투 현장의 기사들이다.
근위 기사로 임명한다. 새로운 신분에
어울리는 지위를 부여하겠다.
[벨라리어스, 귀데리어스, 아비라거스가 일어선다.
코넬리어스와 시녀들 등장]
낯을 보니 무슨 일이 있구나. 왜 그처럼
우울하게 승전을 맞는가? 브리튼이 아니라
로마인들 같구나.

코넬리어스 대왕 전하 만세!
전하의 기쁨에 초 치는 격이나, 왕비님의
운명을 보고합니다.

심벨린 이런 소식 전하기엔
의사가 제일 맞지 않는다. 약으로 목숨을
연장할 수 있겠으나 의사도 죽음에게
당할 수 있다. 왕비의 최후가 어떻던가?

코넬리어스 그분의 평생처럼 공포와 광란이었습니다.
모두에게 잔인했던 삶이었기에 자신에게
가장 잔인했습니다. 그분의 고백을
전해드립니다. 제 말이 틀리면
왕비님이 가실 때 젖은 뺨으로 섰던 시녀들이
바로잡을 것입니다.

심벨린 말하라.

코넬리어스 첫째, 전하를 사랑한 적 없다 하였습니다.
전하로 인하여 얻은 높은 지위만 탐했답니다.
왕권과 결혼하여 왕위의 아내였지요.
전하는 싫어한다 했어요.

심벨린 숨기고 있었다.
죽으면서 한 말이 아니면 절대로
믿지 않을 말이다. 계속하라.

코넬리어스 공주님을 진심으로 사랑하는 체했으나
눈앞의 전갈 같다 고백하였습니다.
공주께서 도망하여 미리 피하셨으나
독약을 사용하여 공주님의 목숨을
빼앗고자 했습니다.

심벨린 오, 교활한 악귀!
여자 마음을 누가 알겠나? 할 말 더 있나?

코넬리어스 예. 더욱 악한 내용입니다. 전하에게
치명적인 물질을 만든 것을 고백했어요.
그것을 드시면 점차로 생기가 줄어
서서히 기진하게 되셨을 것이지요.
그동안 그녀는 밤새 울며 보살피며
입 맞추며 겉으로는 전하를 미혹하고
결국에는 간계로 전하를 조정하여
아들을 왕위의 계승자로 올려놓길 꾀했으나
그의 행방이 묘연하여 계획이 빗나가자
절망하여 뻔뻔스레 하늘과 사람 앞에
흉계를 발설한 것입니다. 꾸민 흉계가
결실을 보지 못해 후회하면서
절망 끝에 죽었습니다.

심벨린 다들 그 말 들었나?

시녀들 네 그렇습니다, 전하.

심벨린 눈의 잘못은 아니었다.
아름다웠으니까. 아첨을 들은 내 귀도,

외양을 믿은 내 마음도 잘못이 없었다.
오히려 의심을 갖는 것이 잘못이었다.
그러나 오, 내 딸! 내가 어리석었다고
말할 테지. 그리고 그걸 직접 겪었을 테지.
하늘이여, 모두 바로잡으소서!
[루키우스, 자코모, 예언자, 기타 로마 포로들 등장.
포스추머스와 피델로 변장한 이노젠이 뒤따른다.
모두 브리튼 병사들의 호송을 받고 있다.]
루키우스, 조공 받기 위해서 오는 게 아니오.
수많은 용사를 잃었소만, 브리튼 사람들이
그 조항을 깨끗이 말소했소. 그 친족들이
포로들을 살육하여 용사들의 영혼을
달래기를 간청해서[79] 내가 허락하였소.
그러니 당신들의 처지를 알고 있으오.
루키우스 전쟁의 운수를 잊지 마시오. 당신들의 승리는
우연이었소. 우리의 승리라면 식어버린 열기로
포로들을 칼로써 위협하지 않았을 거요.
목숨밖에 몸값을 인정하지 않는 것이
신들의 뜻이라면 그리되어도 할 수 없되,
로마인의 심장을 지닌 이는 참을 수 있소.
살아 계신 황제께서 고려하실 것이오.
내 개인 사정은 그뿐이오. 한 가지를
부탁하오. 내 시동은 브리튼 태생인데
[심벨린에게 이노젠을 보여준다.]
몸값 받고 놔주시오. 그처럼 착하고
정직하고 부지런하고 주인의 일에
주의 깊고 진실하며 상냥하고 유모 같은
시동을 부린 주인이 없소. 그의 좋은 점에
내 부탁을 더하시오. 부탁을 거절하지
않으리라고 감히 믿는 바이오.
로마인을 섬기긴 했으나 브리튼인을
해한 일 없소. 그 애만 살리고 그 외에는
누구 피도 아끼지 마오.
심벨린 분명히 본 적 있다.
얼굴이 낯익다. 얘, 네 모양이
마음에 든다. 이제부터 너는 내 시동이다.
주인에게 고마워 말고 살아라. 왜 네게
"살아라." 하는지는 모르겠구나.
이 심벨린에게 무슨 선물이든지 말해라.
내 아량과 네 지위에 맞으면 허락하겠다.
아무렴, 가장 귀한 포로라도 네가 원하면
허락하겠다.
이노젠 전하께 공손히 감사드려요.
루키우스 얘, 내 목숨 구하라곤 하지 않겠다.
하지만 그럴 거라 믿는다.
이노젠 오, 아니에요.
지금은 다른 일이 생겼어요. 죽음처럼
쓰린 일이 눈에 보여요. 주인님 목숨은
혼자 해결하세요.
루키우스 네 주인을 멸시하고
팽개치고 경멸하누나. 계집애나 사내의
의리를 믿는 자의 기쁨은 길지 못하다.
한데 왜 저리 쩔쩔매나?
심벨린 얘, 무엇을 원하냐?
점점 더 마음에 든다. 뭘 가장 원하는지
찬찬히 생각해라. 쳐다보는 저 사람을 아느냐?
말해라. 살릴까? 친척이냐? 친구냐?
이노젠 로마인이니까 제가 전하의 친척 아니듯
제 친척이 아니에요. 저는 전하의 백성이고
좀 더 가까운 관계예요.
심벨린 왜 그리 쳐다보냐?
이노젠 제 말을 들으시면 조용히 사적으로
말씀드리겠어요.
심벨린 그래라. 물론이다.
귀담아서 들으마. 이름이 무엇이지?
이노젠 피델이에요.
심벨린 얘, 넌 내가 좋아하는 젊은이다.
네 주인이 되겠다. 같이 걸으며 뭐든 말해라.
[심벨린과 이노젠이 따로 떨어져서 이야기한다.]
벨라리어스 [귀데리어스와 아비라거스에게 방백]
저 애가 죽었다가 살아난 것 아니냐?
아비라거스 모래알끼리도 그보다 더 닮을까요?
예쁘던 죽은 소년 이름도 피델이었죠.
안 그래요?
귀데리어스 바로 그 죽은 애가 살아 있군요.
벨라리어스 쉿, 조용해라. 더 두고 보자. 우릴 보지 않는다.
꼭 같은 사람도 있다. 그 애가 맞으면
말을 걸었을 게다.

79 적의 포로들을 죽여서 죽은 아군을 위로하는 것이 고대 민족의 야만적 관습이었다. 문명국에서는 포로의 몸값을 받고 풀어주었다.

귀데리어스 한데 죽은 걸 봤는데요.
벨라리어스 조용해라. 더 두고 보자.
피사니오 [방백] 마님이시다.
살아 계시니까 좋아지든 나빠지든
시간 가길 기다리자.
심벨린 [이노젠에게] 얘, 내 옆에 서라.
큰 소리로 요청해라. [자코모에게] 너는 앞에 나와라.
이 애에게 대답해라. 숨김없이 말해라.
안 그러면 내 권세와 존엄으로 맹세하노니
매큼한 고문으로 거짓에서 진실을
가려내겠다.
[이노젠에게] 자, 이제 그자에게 말해라.
이노젠 제 요청은 이분이 누구한테 그 반지를
얻었는지 밝히라는 거예요
포스추머스 [방백] 자기한테 무슨 상관이야?
심벨린 네가 손에 끼고 있는 다이아몬드 반지는
어떻게 해서 네 것이 되어 있는가?
자코모 오히려 입 다물라고 고문하실 건데요.
들으시면 괴로우실 이야기지요.
심벨린 오, 내가?
자코모 감추려면 괴로운 사실을
털어놓게 되어서 제 속이 후련할 거예요.
속임수로 반지를 입수했죠. 왕께서 추방하신
레오나터스의 보석이오. 그런데 저만 아니라
전하를 더 괴롭힐 일은, 천하에 그보다
존귀한 신사는 없다는 거요. 계속할까요?
심벨린 관련 사실을 다 말해라.
자코모 비할 데 없는 공주님,
그 때문에 내 가슴이 피 흘리고 생각만 해도
내 못된 영혼이 움츠리오. 용서하시오. 기절하겠소.
심벨린 내 딸? 그 애가 어찌 됐단 말인가? 정신 차려라.
내가 마저 듣기 전에 죽지 말고 제명 다하길
부디 바란다. 말하도록 힘써라.
자코모 예전에—그 시간 알린 시계가 불행했어요.—
로마에서였어요. 어떤 저주스런 저택에서
잔치를 벌였는데, 아, 우리가, 적어도
내가 먹던 음식에 독약이 들었다면
얼마나 좋을까요! 선량한 포스추머스는
—뭐랄까 못된 무리 중에 끼이기엔
너무 선한 자였고 선한 자들 중에도
최고 선한 자였어요.—침묵하고 앉아서
우리 이탈리아 연인의 칭찬을 들었어요.
어여쁨에 관해서 말솜씨가 뛰어난 자의
자랑을 우습게 만들고, 몸맵시에 관해서
짧은 인생을 초월하는 비너스의 육체나
미네르바[80]의 곧은 키도 병신 됐지요.
성격에 관해선 여자를 사랑하게 만드는
여러 가지 특성들의 진열장과, 남편 낚는
낚시 외에 미혹하는 예쁜 외모—
심벨린 못 참겠다. 요점을 말해라.
자코모 슬픔에 속히
이르기를 원하시면 내 얘기는 너무 빨리
요점에 이를 거요. 가장 귀한 신사이며
공주를 연인으로 가진 그 사람이
말할 기회가 생기자 도덕처럼 침착하게
우리가 칭찬한 여인들을 폄하하지 않은 채
제 여인을 그리기 시작하고, 말로 그린
초상화에 정신을 넣으니 우리가 떠든 것은
부엌데기였거나 그의 묘사에 우리는
말 못 하는 머저리가 됐지요.
심벨린 요점만 대라니까!
자코모 공주의 정절—거기서 일이 벌어졌지요.
다이애나가 욕정을 꿈꾼대도 그녀만은
차갑다 했어요. 못된 나는 그의 칭찬에
내 의문을 제기하고 그에게 금화를 걸고
그는 명예를 담보한 손가락에 낀
반지를 걸었어요. 내가 그녀를 유혹하여
침실에 들어가 그녀와 간음하여
반지를 얻는다는 거였지요. 진정한 무사인 그는
그녀의 정절을 의심하지 않았으며
나 역시 그녀의 정절을 알게 됐으나,
그가 이 반지를 걸었던 거요. 그것이
아폴로 수레의 붉은 보석[81]이라 해도,
아니 수레 전부였대도 그랬을 게요.
계략을 꾸민 나는 브리튼으로 달렸는데,
궁정에 왔던 나를 기억하실 테지요.
정숙한 따님을 보자 사랑과 음욕의

80 지혜의 여신(아테네). 자세가 곧은 무사다운 모습이었다.
81 태양의 신 아폴로가 아침에 보석으로 장식한 수레를 몰고 황혼이 질 때까지 하늘을 건너지른다.

차이를 배웠지요. 이렇게 희망은 꺼졌으나
욕망은 계속 타올라 이탈리아인의 두뇌가
좀 둔한 브리튼에서 가장 악랄하게
작용하기 시작하니, 절호의 기회였죠.
짧게 말해 내 계략은 뜻대로 되어
고귀한 레오나터스가 미치기에 충분한
그럴듯한 증거를 갖고 돌아왔어요.
이런저런 물증들로 그녀의 명성에 대한
그의 확신에 상처 냈어요. 벽걸이,
그림들, 그리고 이 팔찌—아, 그것을
손에 넣은 나의 꾀!—더구나 그녀 몸에
남모르는 점들을 말하니까, 정절의 맹세가
완전히 깨졌다고 안 믿을 수 없었지요.
그래서 내가 이겼어요. 그랬더니—
아, 지금 그를 보는 것 같은데요.—

포스추머스 [앞으로 나서며] 그렇다.
이탈리아 악마야! 오, 한없이 속은 바보,
경악스런 살인자, 도둑.—과거, 현재, 미래의
모든 악당이 먹을 욕을 모두 처먹을 놈!
올바른 재판관이 있으면 밧줄이나 칼이나
독약을 달라! 왕이여, 능한 고문 기술자를
불러오시오. 세상의 저주스런 무엇보다도
내가 가장 못난 놈이라 오히려 그것들이
나보다 낫습니다. 내가 포스추머스요.
공주를 죽였어요. 아니오, 악당의 거짓말이오.
나보다는 조금 나은 악당에게 시켰습니다.
그놈은 하늘이 무섭지 않은 도둑이오.
그녀는 정절의 신전, 정절 자체였습니다.
내게 침 뱉고 돌 던지고 똥물을 끼얹으시오.
거리의 개를 풀어 짖어대게 하십시오.
모든 악당을 포스추머스라 부르시오.
나를 없애서 악을 줄이십시오.
오, 이노젠! 나의 여왕, 나의 생명, 나의 아내,
오, 이노젠! 이노젠!

이노젠 [그를 껴안으려고 달려가며]
가만 계세요. 내 말 들어요.

포스추머스 이것을 연극으로 꾸며야 돼? 비웃는 시동 녀석,
이게 네 역이다.
[그녀를 때려 쓰러뜨린다.]

피사니오 어이쿠, 여러분, 도와주세요!
저와 주인님의 마님이세요. 오, 포스추머스여!
이제는 마님을 죽이시네요. 도와주세요!
[이노젠에게] 귀하신 마님!

심벨린 세상이 빙빙 도는가?

포스추머스 왜 이리 어지러운가?

피사니오 [이노젠에게] 마님, 일어나세요!

심벨린 이게 사실이라면 신들이 나를 쳐서
죽을 만큼 기쁨을 주시려나 보다.

피사니오 [이노젠에게] 공주님, 괜찮으세요?

이노젠 오, 내 앞에 얼씬도 마라. 네가 독약을 줬다.
위험한 놈, 썩 비켜! 높은 분들 계신 데서
독기를 뿜지 마라.

심벨린 이노젠 목소리다!

피사니오 마님, 귀중한 거라고 믿지도 않으면서
마님께 약상자를 드렸다면 신들이 제게
유황불 던져도 좋아요. 왕비님이 주셨어요.

심벨린 또 새로운 사실이다.

이노젠 독약이었어.

코넬리어스 오, 맙소사!
왕비의 고백 중 한 가지를 빼놨었는데,
[피사니오에게] 그게 너의 충성심을 밝혀줄 거다.
피사니오가 공주님께 강장제라 하면서
왕비가 준 약을 드리고 그걸 마시게 하면
왕비는 공주님을 쥐처럼 다룬댔어요.

심벨린 거 무슨 말이냐?

코넬리어스 왕비는 독약을 만들어 달라고
조르곤 했는데, 언제나 하찮은 개나
고양이 같은 천한 짐승 죽이는 법을
알려는 척했어요. 좀 더 위험한
목적이 있을지 몰라 그녀에게
약을 한 가지 만들어 줬는데
마시면 당장에는 생명이 멈췄다가
잠시 후에 자연의 모든 기능을
다시금 살려주는 약이었어요.
[이노젠에게] 공주께서 그걸 마셨소?

이노젠 그런 것 같아요. 죽었었거든요.

벨라리어스 [귀데리어스와 아비라거스에게 방백]
얘들아, 우리가 잘못 알았다.

귀데리어스 확실히 피델이오.

이노젠 [포스추머스에게]
당신은 왜 결혼한 아내를 팽개쳤어요?
벼랑 위에 섰다고 하고 지금 또다시

나를 던져 보세요.

[그를 껴안는다.]

포스추머스 내 영혼, 열매처럼 매달려요.

나무가 죽을 만큼.

심벨린 [이노젠에게] 뭐 내 핏줄, 내 딸이라고?

이 일에서 나를 멍청이로 돌려놓기냐?

나에게 말하지 않기냐?

이노젠 [무릎 꿇으며] 축복해 주세요.

벨라리어스 [귀데리어스와 아비라거스에게]

이 소년을 사랑한 걸 탓하지 않는다.

그럴 만한 이유가 있었다.

심벨린 떨어지는 내 눈물이

너에게 거룩한 물이 될지어다!

[그녀를 일으킨다.] 이노젠,

왕비가 죽었다.

이노젠 안됐어요, 아버지.

심벨린 오, 못된 여자였다. 그녀 탓에 우리 부녀가

여기서 이처럼 남남으로 만난다. 그런데

그녀 아들이 없어졌으나 어디 갔는지 모른다.

피사니오 전하, 이제는 두려울 게 없으니

사실대로 말합니다. 마님이 없어지자

클로튼이 칼을 빼 들고 거품을 입에 물고

저한테 와서 마님이 어디로 가셨는지

말하지 않으면 당장 죽이겠다고

위협했어요. 우연히도 제 주머니에

주인님의 가짜 편지가 들어 있어서

밀포드 산속에서 마님 만나시는 걸

그가 알게 됐어요. 그래서 저한테서

주인님 옷을 뺏어 입고 음탕한 욕심으로

미친 듯이 그곳으로 달려가면서

마님의 정조를 뺏겠다고 별렀어요.

그다음은 몰라요.

귀데리어스 제가 얘길 끝내지요.

거기서 내가 죽였습니다.

심벨린 신들이여, 맙소사!

무공은 장하다만 내 입에서 모진 판결을

끌어내지 않길 바란다. 용감한 젊은이,

그 말을 취소하라.

귀데리어스 이미 말했습니다. 정말 그랬습니다.

심벨린 그 사람은 왕자였다.

귀데리어스 아주 못된 왕자였죠. 저한테 저지른 짓은

왕자답지 못했어요. 말투가 험해서

바다가 제게 그렇게 짖었다면

바다라도 맞서고 싶을 정도였어요.

그 목을 제가 잘랐어요. 그자가 여기서

자기 말을 안 한 게 아주 다행이지요.

심벨린 애석하다. 제 입으로 자기를 고발하다니.

우리 법을 따라야지. 너는 죽었다.

이노젠 머리 없는 사람이 남편인 줄 알았어요.

심벨린 [병사들에게] 죄인을 묶어서 내 앞에서 끌어내라.

벨라리어스 멈추세요. 이 사람은 그가 죽인 자보다

지체가 높습니다. 전하와 똑같은 혈통으로,

클로튼 여러 명이 입었던 상처보다

훨씬 더 큰 공훈을 왕이 인정하셨어요.

팔을 놓아 주세요. 묶일 팔이 아닙니다.

심벨린 늙은 군인, 그대의 공로는 아직 상을

안 줬는데, 어찌하여 내 분노를 맛봄으로

그 모든 공로를 없애려는가?

나와 같은 혈통이라니 그게 무슨 소린가?

아비라거스 너무 과장했어요.

심벨린 [벨라리어스에게] 그 죄로 죽으리라.

벨라리어스 제가 밝힌 바와 같이 우리 중 두 사람이

높은 혈통이 아니라면 셋이 모두 죽겠습니다.

얘들아, 나에게는 매운 위험이나 털어놓겠다.

너희에겐 좋겠다만.

아비라거스 아버지의 위험은

저희 위험입니다.

귀데리어스 저희에게 좋으면

아버지께도 좋아요.

벨라리어스 그러면 말하겠다.

전하, 전에 벨라리어스란 신하가 있었지요.

심벨린 그자가 어째서? 추방당한 반역자다.

벨라리어스 그자가 제 나이가 됐군요. 추방됐으나

왜 반역자인지는 모릅니다.

심벨린 [병사들에게] 이자를 잡아가라.

세상 누구도 이자를 구할 수 없으리라.

벨라리어스 너무 성급하십니다. 왕자님들을 양육한

값을 먼저 치르시고 제가 돈을 받는 즉시

몰수하세요.

심벨린 아들들을 양육했어?

벨라리어스 너무 직설적이고 건방졌어요. 무릎 꿇어요. [무릎 꿇는다.]

무릎 꿇고 아들들을 출세시킨 뒤에는

늙은 아비 사정은 생각하지 마세요.
저를 아버지라 부르는 이 두 청년은
제가 아비인 줄 알지만 제가 낳지 않았어요.
전하, 두 사람은 전하 몸에서 났으며
전하 혈육입니다.

심벨린 뭐? 내 혈육?

벨라리어스 왕께서 선왕의 혈육이시듯 확실합니다.
저는 늙은 모건입니다. 왕께서 추방하신
벨라리어스요. 순전히 전하의 기분이
저의 죄였고 처벌이었고 반역이었고
제가 당한 고통이 제가 지은 죄의
전부였어요. 귀하신 왕자님들은
—왕자들이 맞아요.—제가 스무 해 동안
훈련시켜 가르칠 수 있는 온갖 지식을
전수했어요. 제 배경을 잘 아시지요.
정략적으로 결혼한 유모 유리필리는
제가 추방당하자 아이들을 훔쳤습니다.
그 짓을 하기 전, 처벌을 받았기에
그녀를 부추겼어요. 충성의 대가로
매를 맞아서, 반역할 뜻이 생겼어요.
아이들이 없어지면 더욱 슬퍼하시겠기에
유괴할 생각을 굳혔지요. 하지만 전하,
여기 다시 두 아드님이 계십니다. 저로서는
제일 사랑하는 동반자를 잃는 거예요.
하늘이여, 이슬처럼 그들의 머리 위에
축복하소서. 그들은 하늘 성좌 될 만큼
존귀합니다.

심벨린 그대는 울며 말한다.
세 사람의 공적은 그대의 얘기보다
믿기지 않을 만큼 놀랍다. 아이들을 잃었지만
얘들이 정말 그 애들이면 이보다 더 훌륭한
아들들을 바랄 수 없어!

벨라리어스 [일어서며] 잠시 들어주세요.
이 청년은 제가 폴리도어라 부르는데
훌륭한 왕자로서 귀데리어스입니다.
이 청년은 저의 캐드월로서 둘째 왕자
아비라거스입니다. 정교한 겉옷에
싸였었는데 어머니 왕비께서
손수 만드셨던 것이지요. 확실하게끔
당장 보여줄 수 있어요.

심벨린 귀데리어스 목에
붉은 별 모양의 사마귀가 있었다.
놀라운 표적이었어.

벨라리어스 이 사람이 맞아요.
자연이 준 표시가 그대로 있어요.
증거가 되도록 그런 표시를 준 것은
지혜로운 자연의 뜻이었네요.

심벨린 그럼 나는 누군가?
아이 셋 낳은 어머니? 그 어떤 어머니가
나보다 해산을 더 기뻐하랴! 모두 다 축복한다.
궤도를 기이하게 이탈했으나 이후에는
본궤도에서 힘을 떨쳐라! 오, 이노젠,
이 통에 너는 왕국을 잃었구나.[82]

이노젠 아닙니다.
도리어 두 세상을 얻었어요. 오, 착한 오빠들,
이렇게 만나다니요! 이 시간 이후엔
제 말은 무엇이나 진실하다는 걸 믿으세요.
저에게 형제라 하셨는데 사실은 누이였죠.
나는 형이라 했는데 그 말은 맞네요.

심벨린 너희들 전에 만났냐?

아비라거스 예.

귀데리어스 첫눈에 정이 갔어요.
그렇게 지내다가 죽은 줄만 알았네요.

코넬리어스 공주께서 마신 독약 때문이었지요.

심벨린 놀라운 본능이야! 언제 얘기를 다 들을까?
억지로 요약한 얘기에 가지가 있고
가지들엔 또다시 얘기가 풍성하겠지.
어디서 어떻게 살았냐? 저 로마 포로의
시동은 언제 됐느냐? 왜 오빠들과 헤어졌냐?
처음 어떻게 만났냐? 왜 궁정에서 도망치고
어딜 갔었냐? 그런 얘기와 너희 셋이
싸움에 참가한 동기 등, 얼마가 될지 모를
얘기들과 거기 붙은 온갖 곁가지들을
사건마다 짚어가며 청해서 듣겠다만,
지금은 한참 동안 묻기엔 때와 장소가
알맞지 않다. 저것 봐라. 포스추머스가
이노젠과 꽉 붙어 있다. 저 애는 그 사람과
오빠들과 나와 주인에게 착한 번갯불처럼
기쁨의 시선을 던지고 있고 자기들도

82 심벨린의 왕위를 계승할 뻔했으나 오빠가 둘이 생겨 왕위 계승권에서 멀어졌다.

기쁨을 서로 주고받는다. 여기를 떠나
제물을 바쳐 향연으로 신전을 가득 채우자.
[벨라리어스에게] 당신은 내 형제요. 항상 그리 대하겠소.

이노젠 어르신은 제 아버님도 되세요. 저를 구해 주셔서
은총의 이날을 맞게 됐어요.

심벨린 모두 더없이 기쁘다.
포로들만 예외로군. 그들에게도 기쁨을 주지.
위로의 맛을 보여주겠다.

이노젠 착한 주인님,
아직도 해드릴 일이 있어요.

루키우스 행복을 비오!

심벨린 그토록 고귀하게 싸우던 외로운 병사가
이 자리에 어울리며 내 감사를 빛나게
했을 터인데.

포스추머스 제가 남루한 차림으로
세 분과 같이했던 병사입니다.
그때 뜻이 있어서 그 방식을 취했어요.
자코모, 그 병사가 나라는 걸 실토해라.
내가 너를 쓰러뜨렸다. 그래서 너를
끝낼 수도 있었다.

자코모 [무릎 꿇는다.] 다시 쓰러집니다. 그때는
힘에 눌렸었지만 지금은 무거운 양심이
무릎을 굽힙니다. 내 목숨을 거두시오.
거듭 빚진 목숨이오. 그러나 먼저 이 반지와
정절을 맹세한 모든 여인 중 가장 진실한
공주님의 팔찌를 받으시오.

포스추머스 내게 무릎 꿇지 마라.
너를 살려주는 것이 이제 나의 권리이며
너에 대한 적개심은 용서하는 마음이다.
살아서 좀 더 선하게 남들을 대해라.

심벨린 고귀한 판결이다! 사위에게서 넓은 아량을
나도 배울 터이다. 모든 자를 사면한다.

아비라거스 [포스추머스에게] 정말로 매형이 될 것처럼 우리를
도와줬소. 진실로 매형이니 참말 기쁘오.

포스추머스 충복이 되렵니다. 로마의 귀족 어른,
당신의 예언자를 불러오시오. 잠들었을 때,
주피터 신께서 독수리를 타고 오셔서
육친들의 혼령과 함께 나타나셨소.
잠을 깨니 이 책이 가슴 위에 놓였는데
그 내용의 뜻을 알기 너무 어려워
요지를 짐작하지 못하겠소. 그에게
해석의 기술을 발휘하게 해주시오.

루키우스 필하모너스!

예언자 주인님, 예 있습니다.

루키우스 읽고 뜻을 새겨라.

예언자 [글을 읽는다.] "사자 새끼가 일부러 찾지도
않았으나 자기도 모르는 사이에 찾을 것이니,
한 가닥 부드러운 바람에 감싸일 때, 몇 해
동안 죽은 채로 서 있던 늠름한 삼나무에서
잘라낸 가지들이 다시 살아나 묵은 등걸에
접붙어 새로이 자라날 때, 그때에 포스추머스는
고난이 끝나고 브리튼은 행복하여 평화와
풍요 속에 번성하리라."
레오나터스, 당신이 그 어린 사자 새끼요.
당신의 이름을 바르게 해석하면
레오-나터스[83]이니 바로 그런 뜻이오.
[심벨린에게] 한 가닥 부드러운 바람은 공주님이오.
그것을 '몰리스 아에르'라 하며, '몰리스 아에르'를
우리말로 '물리에르'라 하는데, '물리에르'는 해석컨대
가장 절개가 곧은 아내요. 당신은 지금 바로
예언의 글자에 응하여 당신도 모르게
바라지도 않았는데 부드러운 이 바람에
감싸여 있습니다.

심벨린 믿을 만한 데가 있군.

예언자 대왕 전하, 높은 삼나무는 왕을 상징합니다.
잘렸던 가지들은 왕의 두 아드님이오.
두 분은 벨라리어스에게 유괴되어 오랫동안
죽은 줄로 알았는데 이제 다시 살아나
웅장한 삼나무에 다시 접눈이 붙었습니다.
그 열매로 브리튼에 평화와 번영을
기약합니다.

심벨린 그렇구나. 이제부터
나의 평화가 시작되리라. 카이우스 루키우스,
승자는 우리지만, 황제와 로마제국에
항복하겠소. 전례대로 조공을 바치기로
약속하오. 간악한 왕비의 말만 듣고
거부했었소. 정의로운 하늘이
그녀와 그 아들을 무거운 손으로
내리눌렀소.

83 라틴어로 '레오'는 '사자'라는 뜻이고 '나터스'는 '태어난 자'라는 뜻이다.

예언자 하늘에 계신 신들이
손가락으로 이 평화의 화음을 연주합니다.
이 환상은 방금 끝난 이 전쟁의 충돌 직전
루키우스 대감께 말씀드린 바인데
이 순간에 완전히 이루어졌습니다.
로마의 독수리는 남방에서 서방으로
높이 솟으며 햇빛 속에 서서히 작아지다
사라졌습니다. 그것은 우리 독수리,
즉 황제 폐하와 여기 서방에 빛나는
심벨린 전하와의 화해를 나타냅니다.
심벨린 신들을 찬양하자. 복된 우리 제단에서
뭉게뭉게 연기 피워 신들의 코에
이르게 하자. 온 백성께 이 평화를
선포한다. 앞으로 가자. 로마와 브리튼의 기수가
우호의 깃발을 함께 흔들어라.
그리하여 러드 읍을 행진하여 위대하신
주피터 신전에서 우리의 평화를
흔쾌히 조인하고 잔치로써 끝맺겠다.
선두는 출발하라! 손의 피를 씻기 전에
이처럼 평화롭게 끝맺은 전쟁은 없다.

[주악. 모두 퇴장]

# 겨울 이야기

## *The Winter's Tale*

## 연극의 인물들

레온테스 시칠리아의 왕

마밀리어스 시칠리아의 어린 왕자

카밀로<br>안티고너스 ┘ 시칠리아의 신하들

클레오메네스

디온

뱃사람

간수

헤르미오네 레온테스의 왕비

페디타 레온테스와 헤르미오네의 딸

파울리나 안티고너스의 아내

에밀리아 헤르미오네의 시녀

폴릭세네스 보헤미아의 왕

플로리젤 보헤미아의 왕자

늙은 목자 페디타의 아버지로 알려진 사람

어릿광대 그의 아들

아우톨뤼쿠스 부랑인

아키다머스 보헤미아의 신하

몹사<br>도카스 ┘ 목녀(여자 양치기)들

기타 신하들, 귀부인들, 신사들, 하인들, 목자들, 목녀들

시간 해설자로 등장

# 겨울 이야기

## 1. 1

[카밀로와 아키다머스 등장]

아키다머스 카밀로, 혹시 내가 지금 여기 와서 하는 일과 비슷한 일로 보헤미아에 오신다면 앞에서 말씀드린 바와 같이, 우리 보헤미아와 당신네 시칠리아가 아주 다르다는 사실을 아시게 되어요.

카밀로 이번 여름에 시칠리아 왕께서 보헤미아를 방문하시리라 생각합니다. 당연한 답방이 되실 겁니다.

아키다머스 우리 대접이 부족해서 부끄럽겠소. 다만 우리 우정의 진실을 보여드릴 테지요. 솔직히—

카밀로 말씀하세요.—

아키다머스 내가 아는 만큼 솔직히 말씀드려요. 우리는 그처럼 굉장하게—뭐랄까요, 놀랍게—해드릴 수 없군요. 당신들께 드릴 것은 졸음을 재촉하는 술이지요. 여러분의 미각이 우리의 부족을 모르는 까닭에 우리를 칭찬도, 나무라지도 못할 겁니다.

카밀로 우리가 거저 드린 것에 대해서 너무나 비싼 값을 매기십니다.

아키다머스 진정입니다. 내가 이해하는 만큼, 솔직한 심정을 그대로 말씀드리는 거지요.

카밀로 시칠리아 왕께서 보헤미아 왕께 아무리 융숭하게 대접하셔도 모자랄 거예요. 두 분은 소년 시절에 공부를 같이 하신 까닭에 두 분 사이에 강한 우정이 뿌리내리고 있어서 이제는 큰 가지를 뻗을 수밖에 없습니다. 성장하셔서 국가적 위신과 왕으로서의 바쁜 일들로 인하여 서로 헤어질 수밖에 없었으나 두 분은 직접 대면하지 못하시면서 선물과 편지와 친선 대사들을 서로 간에 교환하시어 왕들의 방식대로 대리를 통해 계속 접촉하셨으므로 서로 보시지는 못했으나 언제나 함께 계신 듯하여, 넓은 세상 너머로 악수를 하시고 서로 극과 극에 있는 바람 끝에서 포옹하시는 듯했습니다. 하늘이 두 분의 우정을 지속시키길 기원합니다.

아키다머스 이 세상에 그 우정을 변경시킬 어떤 악의나 사건도 있을 수 없다고 확신합니다. 당신들은 어린 마밀리어스 왕자께 최고의 보람을 느끼시는군요. 내가 지금까지 눈여겨본 인물 중 가장 촉망되는 신사요.

카밀로 그에 대해서는 나도 동일한 기대를 가지고 있습니다. 매우 훌륭한 소년이지요. 진실로 온 백성의 보약이며 늙은 마음에 활력을 넣어주니 그가 태어나기 전부터 지팡이 짚던 사람들까지 그가 성인 되는 것을 보고 싶어 합니다.

아키다머스 그렇지 않으면 죽어도 좋다고 할 사람들이오?

카밀로 물론이오. 그밖에 더 살 만한 다른 구실이 없다면 그렇단 말이에요.

아키다머스 왕께서 아드님이 없으셨다면 그이들은 아드님이 생길 때까지 지팡이 짚고라도 살아 있겠다고 했을 테지요. [둘 퇴장]

## 1. 2

[레온테스, 헤르미오네, 마밀리어스, 폴릭세네스, 카밀로 등장]

폴릭세네스 내가 왕좌를 비우고 떠나온 이래,
조수의 별인 달님이 아홉 차례 변하는 것을
목동들이 헤아렸소. 형제여,
그 긴 시간을 고맙다는 말로써
가득히 채운다 해도 모자라서
영원한 빚을 지고 떠나오. 그리하여
적당한 자리에 써 넣은 0처럼
한번의 '고맙소'로 그 앞의 '고맙소'를
수천 번 되풀이하오.[1]

레온테스 고맙다는 말씀은
두었다가 떠날 때에 하시오.

폴릭세네스 그게 바로 내일이오.
걱정이 끊이지 않소. 나 없는 사이에
무슨 일이 생기지 않을까, 나라에
칼바람이 불지 않을까, 과연 염려대로
'터졌구나' 하지 않을까—게다가 왕이
싫증낼 만큼 머물렀소.

레온테스 형제, 나는 질겨서
그런 것쯤 끄떡없소.

폴릭세네스 더 있지 못하오.

레온테스 일곱 밤만 더 계시오.

1 비록 0이지만 적당한 숫자 뒤에 놓이면 그 앞의 수를 10배, 100배 1000배라도 나타낼 수 있다는 말이니 한번의 '고맙소'를 수천 마디로 늘일 수 있다는 말이 된다.

폴릭세네스 정말이오, 내일이오.
레온테스 그럼 우리 서로 시간을 나눠 가집시다.
그건 절대 거절 마시오.
폴릭세네스 제발 강요 마시오.
세상에 당신 혀 같은 게 또 있으리오?
그것이 움직이면 내가 금방 설득되오.
요긴한 일이라면 지금도 그렇게 되오.
거절해야 할 경우에도 그렇게 되오.
나랏일 때문에 마지못해 돌아가오.
우정으로 막으려 하시는데 내게는 아픈 매요.
당신의 부담과 걱정을 덜어드리려,
형제여, 작별하오.
레온테스 왕비는 입 없소? 말해요.
헤르미오네 저분이 가시겠다고 맹세하기 전에는
잠자코 있으려고 했어요. 한데 당신은
너무 미온적이어요. 보헤미아의 평온을
확신한다 하세요. 바로 어제 그 소식을
확인했어요. 그걸 말씀하시면
저분의 방어선이 뚫려요.
레온테스 말 잘했소, 헤르미오네.
헤르미오네 아드님을 보고 싶으시다면 도리 없겠죠.
그렇다 하시라고 보내드려요.
하지만 일단 맹세하시면 더 계실 수 없어요.
물렛가락[2]이라도 휘저어서 쫓아내야죠.
[폴릭세네스에게] 하지만 일주일만 할애하시길
감히 여쭙습니다. 왕께서 보헤미아에서
제 남편을 맞으실 때 출발 예정일보다
한 달을 더 있게끔 허락해 주겠어요.
—그렇다고, 레온테스, 분명히 알아둬요,
내가 눈곱만큼도 딴 여자보다 남편을
덜 사랑해서가 아니에요.—계시겠죠?
폴릭세네스 안 되오.
헤르미오네 물론이죠?
폴릭세네스 정말 안 되오.
헤르미오네 정말예요?
맥 빠진 말투로 거절하시는군요.
별들의 궤도를 맹세로 바꾸려 하신대도
저는 여전히 '못 가셔요.' 할 테에요.
정말 못 가십니다. 여자의 '정말'도
남자만큼 세다고요. 그래도 가세요?
손님이 아니라 포로처럼 잡아둘까요?
그래서 떠나실 때 몸값을 치르시고
고맙다는 말씀은 안 하셔도 되게요?
어때요? 포로요? 손님예요? 엄숙한 '정말'로
둘 중 하나 고르세요.
폴릭세네스 그렇다면 손님이 되죠.
포로가 되는 건 죄지었단 뜻이지요.
왕비님의 벌보다 제가 죄를 짓기가
쉽지 않아요.
헤르미오네 그럼 저는 간수가 아니라
친절한 안주인이네요. 자, 물어볼 게 있어요.
소년 시절에 주인과 무슨 장난 치셨나요?
귀여운 왕자님들이셨죠?
폴릭세네스 그랬어요, 왕비님.
오늘 같은 내일만 있고 앞날은
아예 없다 생각하던 두 아이였죠.
영원한 소년이라 믿었어요.
헤르미오네 우리 주인이
두 분 중 더 심한 장난꾼이었죠?
폴릭세네스 햇빛 속에 뛰노는 쌍둥이 어린 양처럼,
서로에게 매애매애 불렀고, 주고받은 건
천진뿐였소. 죄짓는 건 안 배웠고
그런 자가 있다고는 꿈도 못 꿨죠.
그런 생을 우리가 그대로 지속하고
여린 우리 정신이 더 거친 피를 받아
어른이 되지 않았다면 우리에게 유전되는
원죄가 없어져 하늘 우러러 담대하게
'무죄'라 했을 거요.
헤르미오네 그러니까 그 뒤에
실수했단 말이네요.
폴릭세네스 오, 성스러운 왕비님,
그다음 유혹은 우리에게 생긴 거예요.
햇병아리 시절에는 내 아내도 아이였고,
왕비님의 귀한 몸도 이 어린 친구의
눈에 들지 않았어요.
헤르미오네 어머나, 무서워라!
논리를 더 이상 끌어가지 마세요.
우리에게 마귀라고 하실까 겁나요.
하지만 계속하세요. 두 분을 유혹한 죄는

2 집안일을 하는 여자가 가진 유일한 '무기.'

우리가 책임져요. 우리와 같이 지은 죄가
처음이고 우리와 같이 계속하고 우리하고만
지었다면 말이에요.

레온테스 아직 설득 못 했소?

헤르미오네 더 계실 거예요.

레온테스 내 말은 안 듣더니.
사랑스런 헤르미오네, 지금처럼 당신 말이
쓸모 있긴 처음이오!

헤르미오네 처음예요?

레온테스 한 번 빼고는.

헤르미오네 어머! 두 번 잘했다고요? 전에는 언젠데요?
말해줘요. 여자에겐 가득 채워 칭찬하세요.
애완견처럼 살찌우세요. 잘한 일 한 가지가
칭찬 없이 죽으면 뒤에 따를 천 가지가 죽어요.
여자에겐 칭찬이 보답이에요. 정다운 키스로
백 리를 달리지만 날카로운 박차로는
겨우 한 마장 갈까? 본론으로 돌아가,
이번에 잘한 건 저분을 계시게 한 거고,
처음은 뭐이죠? 그 '언니'가 있나본데,
내가 잘못 들었나? 아, 그 이름 '행복'이라면!
내 말이 한 번은 쓸모가 있었다니 언제예요?
말해줘요, 듣고 싶어요!

레온테스 아, 그건 말이오,
당신의 하얀 손을 활짝 펴지 못하고
사랑의 응답으로 마주치지 못해서
석 달 동안 답답해서 정말 죽을 맛일 때
당신이 "나는 영영 당신 거요." 했을 때요.

헤르미오네 진짜 '행복'이네요. 그래서 두 번 말 잘했군요.
첫 번째는 왕을 남편으로 얻은 거고
두 번째는 잠시 친구를 얻은 거네요.
[폴릭세네스에게 손을 준다.]

레온테스 [방백] 너무 뜨거워! 우정을 너무 섞으면 피를 섞게 돼.
'심장의 전율'이다. 심장이 춤을 춘다.
기쁜 게 아니다. 저런 환대는
천연스런 얼굴 짓고 정겹고 넉넉하고
푸근한 가슴에서 거리낌이 없어져서
당사자는 당연하다 하겠지만 저렇게
손바닥을 애무하고 손가락을 꼬집고
서로 거울 보듯이 익숙하게 웃음 짓고
뒤쫓기던 사슴이 죽음을 탄식하듯
한숨 쉬는데[3]—이와 같은 환대는
마음에도 이마에도[4] 안 좋다. 마밀리어스,
네가 내 아들이냐?

마밀리어스 예, 아버지.

레온테스 암, 그렇지.
잘난 내 새끼지. 아니, 코에 뭣이 묻었냐?
코가 나를 닮았다는데. 얘, 우리 장군님,
우린 고뿔[5]도 안 해야지, 단정해야지.
송아지, 수송아지, 암송아지, 모두가
뿔 달린 짐승이야.—아직도 손바닥을
만작거리네!—요 장난꾸러기 송아지!
너 내 송아지냐?

마밀리어스 예, 아버지 말씀으로는.

레온테스 나처럼 되려면 헝큰 머리에 삐죽한 뿔이
있어야겠다. 한데 남들은 우리가
달걀처럼 닮았대. 무슨 말이나 마구 하는
여자들이 말한다. 그러나 지나친 검정이나
바람이나 물이나, 자기와 상대를
구별하지 않길 바라는 주사위처럼[6]
여자란 믿지 못할 존재라 해도
나를 닮았단 말은 진짜겠지. 아이야,
푸른 눈으로 나를 쳐다봐. 귀여운 악동!
귀중한 살점! 네 어미가? 그럴 리가?
욕정! 이 말의 의미가 정통을 찌르누나.
너는 불가능한 걸 있게 만들고
악몽과 통하지만—어찌 이럴 수 있나?
사실이 아닌 것과 함께 결합하여서
비현실과 짝해서, 꼬투리만 있으면
확신하고 싶어진다. 그래서 너 하는 짓이
근거 없어도 눈앞에 어른댄다.
그리하여 머릿속에 병이 생기고
이마에 뿔이 돋는다.

3 사냥꾼에게 쫓기던 사슴은 죽게 되었을 때 한숨을 쉰다고 했다.
4 아내가 간음하면 남편의 이마에 뿔이 난다는 이야기가 있었다.
5 영어 말장난은 번역이 불가능해서 "고뿔"(코감기)로 옮겼다. "뿔" 소리가 나오자 뿔난 짐승이 연상되는데 유럽에서 오쟁이 진 남자("쿠콜드") 이마에 뿔이 난다는 말이 있었다. 레온테스는 아내가 폴릭세네스 왕과 정을 통한다고 의심하는 것이다.
6 검정 흠을 가리려고 천에 칠한 물감과 바람, 물, 주사위, 여자는 믿지 못할 것이라고 했다.

폴릭세네스 뭐라 하세요?
헤르미오네 좀 불안한 것 같아요.
폴릭세네스 왜 그러시오?
레온테스 괜찮소. 무슨 일이오?
헤르미오네 당신이 얼굴을
찌푸린 걸 보니까 딴생각 하나본데,
여보, 화났어요?
레온테스 아니오, 안 그래요.
이따금 아이가 물정을 모르던 옛날과
천진한 걸 보일 때가 있어서 어른이
재밌어 해요! 얘 얼굴을 보다가
이삼십 년 전으로 되돌아간 것처럼
어른 바지 입지 않고 푸른 벨벳 윗옷 입은
내 모양이 보였는데, 단도는 주인을 상처 낼까봐
못 빼도록 묶었어요. 본시 장신구란
그처럼 위험해요. 그때 내가 바로
이 콩알, 이 콩꼬투리, 이 꼬마 신사와
똑같았을 것 아니오? 얌전한 친구,
돈 대신 달걀 받겠니?
마밀리어스 아니요. 싸울 테요.
레온테스 싸우겠다고? 행운을 빈다!
당신도 어린 왕자를 우리 애처럼
귀애하시오?
폴릭세네스 집 안에선 그래요.
그 애가 내 모든 일, 내 기쁨, 내 관심이죠.
확실한 내 편이다가 원수가 되고
내 아첨꾼, 내 군인, 내 정치가, 뭣이든 돼요.
7월의 여름날을 12월의 짧은 날로 만들고
몸속의 피를 굳혀줄 온갖 근심을
갖가지 재롱으로 고치지요.
레온테스 이 어린 무사도
같은 구실 하지요. 아이와 산보할 테니
천천히 거니세요. 그럼 헤르미오네,
우리 둘의 사랑을 손님 접대에 보이고
시칠리아에서 비싼 걸 모두 싸게 여겨요.
당신과 우리 장난꾼 다음으로 이분이
내 사랑의 상속자요.
헤르미오네 정원에 있을 텐데
거기서 기다려요? 우리 거기 있을게요.
레온테스 마음대로 하시구려. 하늘 아래면
찾아내겠소. [방백] 지금 낚시를 던졌다.
낚싯줄이 어딨는지 너흰 모르겠다만.
될 대로 돼라!
저 여자가 남자에게 입술을 내민다!
물러 빠진 남편한테 대담한 아내로
무장을 한다.
[폴릭세네스, 헤르미오네, 시종들 퇴장]
벌써 가 버렸구나!
발등, 무릎, 머리, 귀 위에 삐죽한 뿔!
[마밀리어스에게] 가서 놀아라. 엄마도 놀고 나도 논다.
한데 내 역은 망신 역이라, 그 결과는
무덤까지 놀림감, 귀 따가운 조롱이
장례 종이 될 테지. 얘, 가서 놀아라.
예전에도 틀림없이 오쟁이 진 놈들이 있었지.
지금 이 순간에도 여편네를 팔에 안은
허다한 사내가 자기 없는 사이에
아내가 물이 새고, 이웃집 '미소' 씨가
제 연못에서 낚시한 걸 깜깜하게 모르지.
남의 집 대문도 나와 마찬가지로
모르는 사이에 열리곤 하니까,
그것으로 위로를 삼을 수밖에 없어.
여편네의 서방질에 모두들 절망하면
사내의 10분의 1은 목을 매야 할 판이다.
그에 대한 처방이 없지. 음탕한 금성[7]이
기운이 승할 때 동서남북 어디서나
강한 힘을 발하는데, 결론지어 말하자면
아랫배를 방어할 울타리가 전혀 없다.
주머니를 덜렁이는 적을 출입시키는데
우리 같은 녀석들은 탈이 났으면서도
느끼지를 못한다. [마밀리어스에게] 얘, 넌 어떠냐?
마밀리어스 아버지와 똑같아요.
레온테스 조금 위로 되누나.
이보게, 카밀로, 거기 있나?
카밀로 예, 전하.
레온테스 넌 가서 놀아라. 당신은 정직한 사람이야.
[마밀리어스 퇴장]
카밀로, 대단하신 이 양반이 더 있겠대.
카밀로 전하께서 그분을 정박시키시려고 애쓰셨어요.
닻을 던지실 때마다 안 걸리더니.

7 금성은 사랑의 여신 '비너스'의 별로, 이 별의 기운이 승할 때 여자들은 음탕하게 된다고 했다.

레온테스 당신도 봤나?
카밀로 간청하셔도 안 계시겠다 하시며 하실 일이
차츰차츰 중한 게 되데요.
레온테스 그걸 봤단 말이지?
[방백] 벌써 나와 동감이야. 몰래 수군거리며
시칠리아 왕이 어떻다고, 아주 쫙 퍼졌어.
내가 그중 꼴찌일 테지.—카밀로, 그분이
왜 머물게 됐나?
카밀로 정숙하신 왕비님 간청 덕예요.
레온테스 그냥 "왕비"라 해요. 합당해야 "정숙"하대지.
사실은 안 그래. 당신 말고 딴 사람도
그거 알고 있나? 당신은 머리 회전이 빨라서
여느 멍청이보다 많이 알아차리지.
눈치 빠른 사람들만 알아차렸단 말이지?
재빠른 자들만 알고 있단 말이지?
머리통이 특출한 몇 사람만 말이지?
아랫것들은 이 사태에 깜깜할 거라고?
카밀로 사태라뇨? 거의 모두 보헤미아 왕께서
더 머무실 걸 알아요.
레온테스 뭐를?
카밀로 더 계신다고요.
레온테스 하지만 왜?
카밀로 전하의 소원과 상냥하신 왕비님의 간청을
들어주시려고요.
레온테스 들어준다고?
왕비의 간청을 들어줘? 들어줘?
그쯤 해두자. 카밀로, 당신에게
사사로운 일들과 마음속 내밀한 걸
믿고 말하고, 당신은 사제처럼
내 속을 깨끗하게 해줘서 헤어질 땐
회개하여 거듭나곤 했는데. 하지만
당신의 정직성을 믿다가 내가 속았어.
겉모양에 속은 거야.
카밀로 그럴 수 있나요!
레온테스 솔직히 말해, 당신은 부정직하거나
정직하고 싶어도 비겁한 거야.
그래서 뒤에서 정직의 인대를 끊어
갈 길을 달리지 못해. 그게 아니면,
신임 받는 중요한 자리에 앉혀놨지만
직책에 소홀한 신하야. 아니면 멍청이야.
도박이 끝나서 큰돈을 잃었는데
장난으로 알아.
카밀로 자비하신 전하,
제가 소홀하고 어리석고 비겁할지 모르나,
누구나 그럴 수도 있는 것이라
소홀하고 어리석고 비겁한 것이
온갖 세상일 중에 나타날 때도 있어요.
전하의 일에 제가 일부러 소홀했다면
어리석은 탓이었고 바보짓을 열심히 했다면
못난이 짓이었고 결과를 깊이 생각지 못한
소홀의 탓이었죠. 처리하지 않은 일을
빨리 시행하란 요청이 빗발칠 때
결과가 미심쩍어 일을 미적거렸다면
두려움일 테지요. 제아무리 현명해도
그런 병이 흔해요. 이런 것들은
정직한 자들도 피할 수 없으니까
용인할 수도 있는 약점이지요.
하지만 전하, 간곡히 말씀드리니
좀 더 솔직히 말씀하세요. 무엇이 잘못인지
직접 대질시키세요. 제가 부인한다면
제 잘못이 아니에요.
레온테스 카밀로, 못 봤나?
의심할 여지가 없어. 당신도 봤으니까.
아니면 당신 눈이 오쟁이 진 놈 뿔보다
두껍다는 뜻이지. 또는 듣지 못했나?
눈에 그리 확실하니 소문인들 잠잠할까.
또는 짐작 못 했나?—생각할 줄 모르면
분별력도 없지만—내 아내가 부정한 걸?
당신이 눈도 귀도 생각도 없다고
자백하거나 뻔뻔스레 부인하면
내 아내가 헐겁다 하고, 혼인 전에
양다리 벌리는 촌년처럼 천한 이름
받아 싸다고 하고 증거를 대라!
카밀로 왕비께서 그처럼 의혹에 싸인다면
절대로 방관자가 되지 않고 당장에
복수하겠습니다. 어이구, 가슴이야!
이처럼 자신의 체면 깎는 말씀을
하신 적 없으세요. 그게 사실이라도
되뇌는 것도 큰 죄예요.
레온테스 귓속말이 괜찮다고?
뺨 부비는 게? 코 맞대는 게?
잇몸 빠는 게? 한껏 웃어 젖히다가

한숨으로 그치는 게?—정조 깨지는
확실한 표시 아니야! 발등 짚고 걷는 게?
구석에 처박히는 게? 시계야, 빨리 가라.
시간은 분초에게, 낮은 밤에게 애원하는 게?
남은 모두 눈병신이고 저네 눈만 성해서
남몰래 하겠다는 게? 아무것도 아니라고?
그렇다면 세상만사가 아무것도 아니야.
두루 덮은 하늘도, 보헤미아 나라도,
내 아내도, 아무것도 아니고 아무것도
아무것이 아니다, 만일 이것도
아무것이 아니면.

카밀로 아, 전하, 속히
그 병든 생각에서 깨나셔야 합니다.
매우 위험합니다.

레온테스 위험해도 사실이야.

카밀로 전하, 절대 아니에요!

레온테스 맞다. 거짓말 마!
거짓말이다. 카밀로, 당신이 밉다.
무지한 촌놈이다. 무심한 노예다.
또는 왔다 갔다 하는 기회주의자,
좋은 거 나쁜 거 한꺼번에 보고서
양쪽 다에 끌리는 놈. 그녀가 병든 것처럼
간덩이가 병들었다면 모래시계가
한 번 흐르기 전에 죽어.

카밀로 누가 주는 병인데요?

레온테스 훈장처럼 그녀를 목에 걸고 뽐내는
보헤미아 왕이지. 그러니까 내 주변에
진실한 부하들이 있다면 눈 부릅뜨고
자기들의 이권처럼, 자기들의 재산처럼
내 명예를 보살피고 더 나빠지기 전에
손을 쓸 게 아닌가. 내가 당신을
미천한 직분에서 높은 데로 올려놨어.
하늘과 땅이 마주보고 서로를 잘 알 듯이
내가 겪는 쓰라림을 환히 알 거야.
그자의 술대접을 맡았으니 술에 맛을
약간 더해 영원한 잠을 선사하면
그 한 모금이 내게는 보약이야.

카밀로 전하,
할 수는 있어요. 급성이 아니니까
조금씩 마시면, 독약만큼은 작용이
치명적이진 않죠. 하지만 존엄하신 왕비께
그런 흠이 있다고는 믿을 수가 없어요.
무척이나 뛰어나게 고상하신 분이에요.
전하께 충성하지만—

레온테스 의심하려면 썩어져라!
얼빠져서 멍청하게 일부러 이 고민에
빠진 줄 알아? 금침의 순결을 더럽히고
—잠은 순결을 보존하지만 얼룩지면
송곳이며 가시며 엉겅퀴며 벌침이지.—
내 아들 왕자의 피에 오명을 끼쳤는데
—그 애는 내 거라 믿고 사랑하지만—
충분한 이유 없이 이럴 것 같아?
내가 왜 이러겠어? 인간이 이토록
빗나갈 수 있겠어?

카밀로 믿어야 하겠네요.
믿지요. 보헤미아 왕을 끝장내지요.
다만 그가 제거된 후 전하께서는
왕자님을 위해서도 처음같이 왕비님을
용납하셔서, 전하의 동맹국과 아시는
나라들과 궁정에서, 구설수의 피해를
막으시지요.

레온테스 당신의 권고는
내가 이미 정한 것과 정확히 일치한다.
왕비의 명예는 전혀 흠집 내지 않겠다.

카밀로 전하, 그럼 다정한 잔치 친구들처럼
밝은 얼굴빛으로 보헤미아 왕과
왕비님과 어울리세요. 술대접은 제가 하니
그분에게 깨끗한 술을 올려드릴 때
저를 전하의 신하로 보지 마세요.

레온테스 됐다. 하면 내 가슴의 절반은 당신 것이다.
안 하면 당신의 가슴이 두 쪽이 난다.

카밀로 그러겠어요.

레온테스 당신의 권고대로 친근한 척해야지. [퇴장]

카밀로 오, 불쌍한 왕비님! 그런데 이 몸은
어떤 처진가? 착하신 폴릭세네스를
독살해야 돼? 그래야 할 이유는
왕에 대한 복종뿐이다. 그런데 그분은
자신을 배반하며 부하까지 자신들을
배반시킨다. 이 짓을 저지르면
승진이 따라오나, 기름 부은 왕[8]을 죽이고
잘됐다는 사람이 수천 명이 있다 해도
못할 짓이다. 청동, 비석, 양피지에도

적혀 있지 않아서 악 자체가 부인하겠다.
궁정을 떠나야지. 그 짓을 하거나 안 하거나
모가지가 달아날 게 확실하구나.
행운의 별아, 지금 힘을 발하라!
보헤미아 왕이 오신다.
[폴릭세네스 등장]
폴릭세네스 이상하구나.
환대가 줄어들기 시작해. 말이 없어?
카밀로, 안녕하시오?
카밀로 전하, 안녕하세요!
폴릭세네스 궁정에 무슨 소식이라도?
카밀로 특별한 건 없는데요.
폴릭세네스 왕의 안색이 한 지방을 잃은 듯,
제 몸처럼 사랑하던 지역을 잃은 듯
참담하더군. 방금 만났는데 늘 하던 대로
인사말을 하니까 딴 데로 눈 돌리고
무척이나 경멸하듯 입술을 삐죽이고
황급히 가버렸다. 그래서 혼자 남아
무슨 일이 생겨서 그처럼 태도가
변했는지 생각했다.
카밀로 감히 알려 하지 못합니다.
폴릭세네스 감히? 못 해? 알면서 감히 못 한다고?
알려다오. 무엇인가 있는 것 같다.
아는 것을 자신에게 말할 수 있는데도
감히 알지 못한다곤 안 할 테지. 카밀로,
너의 변한 낯빛이 거울에 비치듯
내 낯빛도 변한 것을 알려주는데,
나도 이런 자신도 이 변화에 끼어들었다.
그래서 나도 변했다.
카밀로 어떤 병이 돌아서
몇 분이 앓는데 그 병이 뭔지 말하지 못해요.
전하로부터 옮았는데, 전하께서는
아직 건강하세요.
폴릭세네스 내게서 옮았다고?
내가 바실리스크[9]처럼 노려본다고 하지 마라.
내가 살핀 수십만이 모두 잘됐다.
그렇게 죽인 적 없다. 카밀로,
너는 신사며 학식도 풍부하다.
학식은 귀족의 신분을 준 부모의
고귀한 이름 못지않게 우리를 높여주며
부모를 계승하여 고귀하게 만들어준다.
내가 알아야 할 것을 네가 알고 있다면
무지의 감옥 속에 숨기지 말고
내게 말하길 요청한다.
카밀로 대답할 수 없어요.
폴릭세네스 내가 병을 옮겼는데 난 아직 괜찮다고?
대답을 듣겠다. 내 말 들어, 카밀로?
명예를 아는 자의 책임을 모두 걸고
요청한다. 결코 작지 않은 요청이다.
무슨 위험이 나를 향해 다가오는지
네가 짐작한다면 반드시 밝혀라.
그것이 얼마나 멀고 얼마나 가까운지,
막을 수 있다면 어떻게 막고
어떻게 겪어낼지 말하라.
카밀로 말씀드려요.
명예로우신 분께서 제 명예를 걸고
요청하시니까요. 그럼 잘 들으세요.
말이 떨어지자마자 따르셔야 합니다.
안 그러시면 저나 전하나 같이 망해
끝장납니다.
폴릭세네스 계속하라.
카밀로 제가 전하를 살해하기로 되었어요.
폴릭세네스 누가 시켰지?
카밀로 우리 전하요.
폴릭세네스 왜?
카밀로 그분 생각으로는, 아니, 직접 보신 듯,
아니면 전하를 그 일로 몰아가신 듯
확신하여 맹세하시길 왕께서 왕비님과
밀통하셨단 거예요.
폴릭세네스 아, 그렇다면
해맑은 내 피는 병든 밀랍이 되고
내 이름은 좋은 분을 배반한 자[10]와
짝이 되누나! 깨끗한 내 명성이
도처에서 무딘 코를 찌르는 악취를 풍겨
모두 피할 뿐 아니라 미워하겠다.
듣지도 보지도 못한 극악한 염병보다

8 기독교에서는 전통적으로 대관식 때 사제가 왕이 될 사람의 머리 위에 기름을 부었다.
9 '바실리스크'라는 전설의 뱀이 쏘아보면 그 대상은 죽는다는 속설이 있었다.
10 예수를 배반한 가룟 유다.

더 지독하겠다!

카밀로 하늘에 떠 있는
온갖 별에 걸어서, 별의 힘을 모두 빌려,
그분이 틀렸다고 맹세하셔도,
바다에게 달의 인력에 복종하지
말라는 것처럼, 맹세도 충고도
확신 위에 쌓아올린 그 황당한 망상을
흔들 수 없고, 몸이 살아 있는 한
그대로예요.

폴릭세네스 앞으로 어찌 되겠나?

카밀로 모릅니다만, 확실히 더 안전한 길은
원인을 캐기보다 당장은 피하는 거요.
전하께서 제 정직을 믿어주시면
정직이 들어 있는 제 몸뚱이를
증거로 챙겨서 이 밤에 도망하세요!
수행원들에게는 제가 귀띔할 테니
둘씩 셋씩 여기저기 뒷문을 통해
성을 벗어날 겁니다. 저는 기밀 누설자로
자리를 잃었으니 전하를 모시는 데
운수를 걸겠어요. 의심하지 마세요,
제 부모의 명예에 걸어 제 말이 진실이에요.
확인코자 하시면 저는 버틸 수 없고
왕이 직접 사형을 선고하고 그 집행을
홍보한 자보다 전하가 더 안전하란
보장이 없어요.

폴릭세네스 네 말 믿는다.
왕의 얼굴에서 그 마음을 읽었다.
손을 내밀라. 내게 길잡이 돼라.
늘 가까이 대하겠다. 배들이 준비됐고
부하들은 이틀 전에 떠나길 기대했다.
귀한 분에 대하여 질투가 생겼는데,
왕비는 드문 보물이시라 질투도 크겠다.
강력하신 분이라 질투 역시 크겠지.
언제나 자기를 사랑한다던 사람에게
수치를 당했다고 믿으니 복수가 더욱
날카롭겠다. 두려움이 엄습한다.
기민한 행동아, 내 편이 돼라. 나와 함께
의심받되 황당한 의심과는 전혀 무관한
착하신 왕비를 위로해라. 자, 카밀로,
여기서 내 목숨을 피하게 해주면
아버지처럼 받들겠다. 자, 떠나자!

카밀로 뒷문의 열쇠들을 마음대로 사용할
권한이 있어요. 전하께선 기회를
놓치지 마세요. 어서 가세요. [둘 퇴장]

## 2. 1

[헤르미오네, 마밀리어스, 시녀들 등장]

헤르미오네 애를 데려가라. 너무 귀찮게 굴어서
참을 수 없어.

시녀 1 왕자님, 이리 오세요.
친구해 드릴까요?

마밀리어스 싫어요, 당신은 싫어요.

시녀 1 왜요? 착하신 왕자님?

마밀리어스 나를 꽉 끌어안고 아직도 아기처럼
말할 거니까. [다른 시녀에게] 난 이 누나가 더 좋아요.

시녀 2 왜 그러시죠?

마밀리어스 누나 눈썹이
까맣대서가 아니라 까만 눈썹이
어울리는 여자가 있어요.
털이 많지 않으면 반원이나 반달꼴로
연필로 그려요.

시녀 2 누구한테 들었어요?

마밀리어스 여자 얼굴 보고 알았죠. 그런데
누나 눈썹은 무슨 색이죠?

시녀 1 푸른색예요.

마밀리어스 아니야, 가짜야. 여자 코가 퍼런 건
본 적 있지만 퍼런 눈썹은 못 봤어요.

시녀 1 보세요. 어머님 몸이 빨리 불으시니까
며칠 안에 우리는 예쁜 새 아기에게
시중들고, 시간 나면 큰 왕자님과
놀기로 해요.

시녀 2 요즘 왕비님 몸집이
많이 불으셨어요. 순산하시길!

헤르미오네 너희들 무슨 좋은 얘기를 하니? 얘, 이리 온,
다시 너를 봐줄 수 있어. 내 옆에 앉아
얘기 하나 해.

마밀리어스 기쁜 얘기, 슬픈 얘기?

헤르미오네 최고로 기쁜 거.

마밀리어스 겨울엔 슬픈 게 제일 좋은데. 도깨비,
귀신 얘기 알아요.

헤르미오네 그거 들어보자고.
자, 여기, 와서 앉아라. 귀신 얘기로
나 한번 무섭게 해봐. 무서운 얘길 아주 잘하지.
마밀리어스 어떤 사람이—
헤르미오네 아니, 앉아서 하라니까.
마밀리어스 무덤가에 살았는데—작은 말로 할게요.
저 귀뚜라미가 못 듣게.
헤르미오네 그래라. 내 귀에 대고 말하렴.
[레온테스, 안티고너스, 신하들 등장]
레온테스 거기서 만났다고? 수행원들도? 카밀로도 같이?
신하 1 솔숲 뒤에서 그들을 만났는데,
그처럼 서두르는 사람들은 처음 보았습니다.
배에 가는 것까지 봤습니다.
레온테스 내가 복이 많구나!
바른 판단, 정확한 추리였으니!
그래도 모르는 게 좋았을 건데!
저주받을 복이구나! 술잔에 빠진 거미를
못 보고 마셔도 모르기 때문에
중독이 안 되지만 징그러운 그놈을
눈으로 보고 무엇을 삼켰는지 알면
몹시 토하고 목구멍과 허리가 터진단다.
나는 술도 마시고 거미도 봤어.
카밀로가 뚜쟁이로서 그자를 도왔어.
내 목숨과 왕관을 뺏을 음모가 있어.
내 의심이 모두가 사실이야. 간사한 놈,
일을 맡겨놨더니 먼저 일을 맡았구나.
내 계획을 누설하여 나 혼자 이렇게
납작하게 되었어. 그랬어. 그자들이
마음대로 갖고 놀 장난감이야.
뒷문들이 어찌 그리 쉽게 열렸나?
신하 1 카밀로의 권한이지요. 전하의 명령에
버금할 만큼 권세가 있었습니다.
레온테스 내가 너무 잘 알아.
[헤르미오네에게]
애를 다오. 당신 젖으로 기르지 않아
다행이다. 나와 닮은 데가 조금 있지만
당신 피가 많이 섞였어.
헤르미오네 뭐예요? 장난이죠?
레온테스 아이를 데려가라. 저 여자 가까이 가면 안 돼.
데려가라니까. 배 속에 든 것하고
놀라고 해. 그렇게 당신 배를 불린 게
폴릭세네스니까.
[한 시녀가 마밀리어스를 데리고 퇴장]
헤르미오네 아니라고만 하겠어요.
당신도 내 말을 믿을 거라 확신해요.
아무리 반대쪽으로 기울었대도—
레온테스 귀공들, 저 여자를 눈여겨보오.
잘생긴 여자라고 말하려다가
솔직한 심정으로 바른말을 덧붙여
'정숙하지 못해서 유감이라' 하겠소.
고귀하나 겉모습만 그렇다고 칭찬하오.
확실히 겉모양은 칭찬할 만하지만,
뒤이어 어깨를 움찔하고 흠! 허! 따위,
남 욕할 때 쓰곤 하는 몸짓을 지으시오.
오, 내가 틀렸소! 그것은 잘 봐주는 거요.
욕은 선 자체를 도말하오. 겉모양만 칭찬하고
정숙하다 하기 전에, 어깨를 으쓱하고
흠! 허! 소리를 하니 말이오. 하지만 잘 들어요.
가장 통탄할 사람이 하는 말이오.
저 여자는 간음녀요!
헤르미오네 어떤 악당이,
천하에 가장 완벽한 악당이 그런 소릴 했다면
더욱 악한 자가 되겠지만—여보, 당신이
잘못 아셨어요.
레온테스 잘못 안 건 당신이야.
레온테스를 폴릭세네스로 잘못 봤어.
오, 이 뭐 같은—당신 같은 신분의 여자를
그렇게 부르지 않겠다. 까딱하면
무식한 자들이 내 말을 선례 삼아
지위 고하 상관없이 그런 말을 마구 써서
왕자와 거지의 바른 구별도 없앨 거다.
저 여자를 간음녀라 했소. 상대도 밝혔소.
그뿐 아니라 반역자요. 카밀로도 공모자요.
극악한 주범과 함께하지 않으면
저 여자 혼자선 알기조차 창피한 짓을
그자가 알고 있소. 저 여자가 잠자리를
바꿔친다는 거요. 상것들이 거리낌 없이
불러대는 이름만큼 추잡하오. 조금 전에
놈들의 탈출도 내통했소.
헤르미오네 목숨을 걸고 결코
모를 일이에요. 확실히 알게 되면
이처럼 나를 두고 사람들 앞에 떠든 걸

얼마나 아프게 후회하겠어요! 여보!
그때 가서 그게 오해였대도 내 억울을
다 풀지 못해요.

레온테스 아니야. 내 확신의
근거 자체에 오류가 있다면
우주의 중심인 땅덩이가 너무 작아
어린애의 팽이조차 지탱하지 못한다.
옥으로 데려가라! 그녀를 변호하면
말하는 것만으로 연루자다.

헤르미오네 불행의 별이
상승세구나. 별들이 보다 호의적으로
눈길 보낼 때까지 참아야 될까보다.
여러분, 나는 우리네 여인들처럼
눈물을 안 흘려요. 쓸데없는 물기가 없어
여러분의 동정심도 마르지 모르지만
내 마음속에는 눈물로 끄지 못할
훨씬 아픈 정결한 슬픔이 타고 있어요.
부탁해요. 자비심이 시키는 대로
생각을 바로 하여 나를 판단하시고,
전하 뜻을 따르세요.

레온테스 내 말 듣는가?

헤르미오네 누가 나와 같이 가나? 간절한 부탁인데,
시녀들과 같이 있게 해줘요. 보시는 대로
그럴 만한 처지예요. [시녀들에게] 바보같이, 울지 마.
울 이유 없어. 여주인이 옥을 살 만큼
정말 죄가 있다고 믿으면 풀려날 때
실컷 울어라. 지금 내가 당한 일은
오히려 내 명예를 높일 거야. 잘 있어요.
후회하는 당신을 안 보려고 했는데
그럴 날이 오겠군요. 얘들아, 가자. 허락받았다.

레온테스 가라, 명령이다. 썩 꺼져!

[왕비가 호위 받아 시녀들과 함께 퇴장]

신하 1 간절히 아룁니다. 왕비님을 다시 부르십시오.

안티고너스 무슨 일인지 확실히 알고 하십시오.
전하의 판결이 전하 자신, 왕비님, 왕자님
세 분에게 폭력이 아닐까 두렵습니다.

신하 1 왕비님을 위해서 목숨을 내놓겠습니다.
제발 믿으십시오. 왕비님은 하늘의 눈과
또한 전하께, 전하가 씌우시는 이 죄에서
전적으로 깨끗하십니다.

안티고너스 만일 왕비님이
그렇지 않으시다면, 마구간을 아내의
거처로 삼고 아내와 저를 하나로 묶어
늘 만지고 보기 전엔 저도 못 믿을 것입니다.
왕비님이 죄가 있다면, 세상 모든 여자들
하나하나, 여자 살점 하나하나
모두 죄가 있습니다.

레온테스 입 닥치오.

신하 1 전하—

안티고너스 저희가 아니라 전하를 위한 말씀이오.
속으신 겁니다. 저주받을 음모꾼에
속으셨어요. 제가 그놈 알기만 하면
박살내겠습니다! 왕비님의 정절이 금갔다면,
제가 딸이 셋인데 맏이는 열한 살,
둘째, 셋째는 아홉 살, 다섯 살쯤 되는데,
그게 사실이라면 그 애들을 벌할 텝니다.
명예를 걸고 딸년들 모두 불임 수술을 시켜서,
열네 살부터 사생아를 못 낳게 할 겁니다.
저의 상속자들이지만 자손을 보기보단
차라리 거세할 겁니다.

레온테스 그만. 입 닥치오.
당신들은 죽은 사람 코처럼 냉랭하게
이 일의 냄새를 맡고 있소. 그러나 나는
진짜 보고 만지오. 이렇게 만지듯. [제 가슴을 친다.]
만지는 손가락도 보이오.

안티고너스 그렇다면
정절을 묻어줄 무덤도 필요 없군요.
구린내 나는 땅덩이를 향기롭게 할
정절이 아예 없으니.

레온테스 나를 못 믿소?

신하 1 이 일에는 저보다 전하께서 미덥지
않으심이 더 좋습니다. 제게는 전하의 의심보다
왕비님의 명예를 지키는 것이 중요합니다.
전하께 비난이 쏟아져도 할 수 없습니다.

레온테스 이 일로 당신들과 왈가왈부하기보다,
강력한 의지에 따르겠소. 왕의 특권상
당신들 의견을 물어야 할 책임이 없소.
내가 마음이 좋아서 알리는 거요.
판단력이 멍하거나 멍한 척하여
나만큼 진실을 모르거나 외면하면
당신들의 충고는 더 이상 필요 없소.
사실, 손실, 이득, 일의 처리 일체가

모두 내가 할 일이오.
안티고너스 전하, 원하옵기는,
다만 홀로 심중에 조용히 따지시고
더 이상 공개하지 마십시오.
레온테스 왜 그러겠소?
당신은 늙어서 치매에 걸렸거나
날 때부터 멍청하오. 카밀로의 도주를
둘의 친밀한 관계와 합쳐보면 자연히
이 조치를 취하게 되오. 둘의 관계는
보지만 못했을 뿐, 너무 빤해서
짐작하고도 남으며, 못 본 것 외에는
증거가 필요 없고 그밖에 모든 정황이
그 일을 가리키오. 그러나 이 중대사를
성급히 다루는 것은 매우 잘못된 일이므로
좀 더 확인하고자 거룩한 아폴로[11] 신전에
당신들이 알다시피 능력이 충분한
클레오메네스와 디온을 급파했소.
신탁에서 모든 사실을 알아올 테니
거룩한 말씀에 따라 이 일을 멈추거나
다그치겠소. 잘한 일 아니오?
신하 1 잘하셨습니다.
레온테스 나로서는 확신이 섰고 더 알아야 할
필요도 없지만, 신탁의 말씀이
저 사람처럼 무지몽매한 불신으로
진실을 못 보는 자들의 의심을
잠재울 거요. 여기서 달아난 둘의 역모를
그녀가 마저 행할까 염려되므로
내게서 격리하여 가두는 것이
옳게 생각되었소. 그럼 나를 따라오오.
모두에게 말하겠소. 이 일에 누구나
흥분하겠소.
안티고너스 [방백] 웃음거리가 되겠지.
진실이 밝혀지면.— [모두 퇴장]

## 2. 2

[파울리나, 신사, 시종들 등장]
파울리나 감옥 지키는 자를 불러주시오.
내가 누군지 알려주시오. [신사 퇴장]
착하신 마님,
유럽 어떤 왕궁도 마님께는 모자라는데
감옥에서 어떻게 지내겠어요?
[신사가 간수와 함께 등장]
간수,
나 누군지 알지?
간수 높으신 마님이며
제가 존경하는 분이시죠.
파울리나 그렇다면
왕비님께 안내해주게.
간수 안 됩니다.
절대로 그러지 말라는 엄명입니다.
파울리나 괜스런 야단이야. 정절과 명예를 가둬놓고
점잖은 방문객을 막다니! 여보게,
시녀 만나는 건 돼? 아무라도? 에밀리아는?
간수 그렇다면 마님,
같이 오신 분들이 잠시 비켜주시면
에밀리아를 데려오지요.
파울리나 지금 데려오게.
당신들은 비켜나요. [신사와 시종들 퇴장]
간수 그런데 마님,
면회 때에 제가 입회해야 합니다.
파울리나 그럼 그리하게. [간수 퇴장]
흠 없는 것에다 흠을 내려고
별의별 염색법을 모두 쓰누나.
[간수가 에밀리아와 함께 등장]
에밀리아,
착하신 우리 마님 어찌 지내시는가?
에밀리아 그처럼 높은 분이 그처럼 버림받아
버틸 만큼 지내세요. 섬약한 여자로서
두려움과 슬픔을 마님만큼 참는 이가 없어요.
그래서 예정보다 좀 일찍 해산하셨죠.
파울리나 왕자님인가?
에밀리아 공주님예요. 예쁜 아기예요.
활발하고 건강해요. 왕비께서는
크게 위안 삼으시고 "불쌍한 죄수야,
나도 너처럼 죄가 없다"고 하십니다.
파울리나 그렇고말고. 위험한 광태, 얼른 꺼져라!

11 아폴로는 예언의 신도 되었다. 델포스 섬에는 그의 신명의 말(신탁)을 들려주는 신전이 있었다.

왕이 알아야 할 일이야. 말해야 돼.
이런 일은 여자한테 어울려. 내가 해야지.
내 입이 달콤한 말뿐이면 혓바늘이 돋아라.
시뻘건 낯빛으로 속의 화를 뿜어내는
나팔 노릇도 그만하겠다. 에밀리아,
왕비님께 내 절절한 충정을 전해다오.
왕비님이 나를 믿고 아기를 맡기시면
왕께 보여드리고 아우성을 쳐서라도
왕비님을 변호하겠다. 아기를 보신
왕께서 마음을 풀으실지 몰라.
웅변이 실패할 때 순진한 침묵이
설득할 힘이 있어.

에밀리아 존경하는 마나님,
높은 선과 인격이 너무나 분명해서
거리낌 없이 이 일을 행하실 때에
결과가 잘못될 수 없어요. 이 큰 일을
맡을 만한 다른 분이 없지요. 마나님,
옆방으로 오세요. 즉시 제가 왕비님께
마나님의 귀한 제안을 말씀드리겠어요.
왕비님은 바로 오늘 그 생각을 거듭하셨지만
거절이 두려워서 어떤 높은 분에게도
부탁을 못 하셨죠.

파울리나 내가 혀를 쓰겠다고
왕비님께 말씀드려라. 가슴에서 용기가
치솟듯, 혀에서 지혜가 흐르면
반드시 효과가 있을 게다.

에밀리아 축복받으세요!
왕비님께 갈 테니까 좀 가까이 오세요.

간수 마나님, 왕비께서 아기를 내주신대도
허락 없이 아기를 내보내면 이후 제가
무슨 책망을 들을지 모릅니다.

파울리나 걱정 말게.
이 아기는 태중에 갇혀 있다가
대자연의 법에 따라 풀려나 자유의 몸이
됐으니 왕의 분노의 대상이 아니며,
왕비님이 과연 어떤 허물이 있대도
그것과는 아무런 상관이 없네.

간수 저도 그렇게 믿습니다.

파울리나 걱정 말게. 내 명예를 걸어서
당신의 위험을 막아주겠네. [모두 퇴장]

## 2. 3

[레온테스 등장]

레온테스 밤이나 낮이나 편하지 못한 것은
일처리가 약해서다. 순전히 약해서다.
원인만 없다면—간음녀인 그녀가
원인의 절반이고 음탕한 왕은
손 닿을 데서 벗어나 내 두뇌로부터
사정거리 밖에 있어 계책이 못 미치나
그녀는 잡혔으니 화형을 시켜
없애거나 하면 안식의 일부라도
다시 찾아오겠다. 게 누구 있느냐?
[하인 1 등장]

하인 1 예, 전하.

레온테스 왕자는 어떤가?

하인 1 밤새 잘 주무셨습니다. 좋아지신 것
같습니다.

레온테스 어미의 수치를 깨닫고
이해하는 걸 보면 참말 잘난 아이다!
금방 맥이 빠지고 처지고 상심하고
수치를 제 것으로 부여잡고서
원기도, 입맛도, 잠까지 내던지고
줄곧 야위어갔지. 혼자 있겠다. 가라.
왕자가 어떤가 보라. [하인 1 퇴장]
첫! 그놈 생각 마라!
그쪽으로 복수할 생각만 하면
흥분이 솟구친다. 그놈이 강력한 데다
파당과 동맹도 강력해서 기회가 올 때까지
가만 놔두자. 당장에는 그녀에게
보복하자. 카밀로와 폴릭세네스가
날 비웃고 내 슬픔을 고소해 한다.
내 힘이 미칠 수만 있다면 웃지 못한다.
내 힘이 뻗쳐 웃지 못해.
[아기를 안은 파울리나, 안티고너스, 신하들,
하인들 등장]

신하 1 들어오지 못하시오.

파울리나 도리어 나를 밀어주세요, 착한 양반들!
왕비님 목숨보다 왕의 포악한 감정이
더 무서운가요? 착하고 죄 없는 분이
왕의 질투보다 깨끗하세요.

안티고너스 그만하시오.

하인 2 지난밤에 주무시지 못하셨어요. 아무도
들이지 말라고 하셨는데요.
파울리나 그렇게 열 내지 말게.
잠을 선사하러 온 거야. 당신 같은 사람이
그림자처럼 왕 곁에 붙어 다녀
숨만 깊이 쉬어도 한숨으로 맞장구라
잠 못 자는 원인을 더할 뿐이다.
진실하고 약효 있는 바른말을 가지고
잠을 쫓는 독기를 씻겠다.
레온테스 왜 시끄러운가?
파울리나 시끄러운 게 아니라, 전하를 위해
대부모[12]가 긴한 일로 의논 중에 있어요.
레온테스 뭐? 당돌한 그 여자, 당장 내보내!
안티고너스, 곁에 오지 않게 하랬다.
올 줄 알았다니까.
안티고너스 얘기했어요, 전하.
전하께서 불쾌해 하시고 저도 그래서
오지 말라 했어요.
레온테스 아니, 여편네도 못 다스려?
파울리나 부정하다면 다스리죠. 이 일만은
전하와 같은 길을 따르지 않아요.
정절을 지킨다고 감옥에 못 가둬요.
절대 저를 다스리지 못하세요.
안티고너스 들으셨지요?
아내가 고삐를 잡으면 달리라고 놔둡니다.
넘어지지 않거든요.
파울리나 전하, 제가 온 것은—
말씀 들어주시길 간절히 원합니다.
전하의 충성된 종이요 의사이며,
복종심이 지극한 신하인데, 전하의 악을
보아 넘기며 충신인 체하는 자들과는
감히 다르고자 합니다. 정숙하신 왕비님을
뵙고 오는 길이에요.
레온테스 정숙한 왕비라고?
파울리나 정숙한 분이세요, 정숙한 분이세요.
제가 전하 주변의 제일 못난 남자라도
그분의 결백을 결투로 밝히겠어요.
레온테스 저 여자 쫓아내.
파울리나 눈깔이 아깝지 않거든 먼저 덤벼라.
내 발로 걸어 나갈 테니까. 하지만 먼저
할 일을 해야지. 정숙하신 왕비께서—
정숙하신 분이세요.—따님을 낳으셨어요.
여기요. 축복을 바라세요.
[아기를 내려놓는다.]
레온테스 나가라!
사내 같은 마술할멈! 문밖에 끌어내라!
수군대는 흉측한 뚜쟁이!
파울리나 천만에요.
저한테 그런 이름 붙이시는 전하만큼
모르는 일이고, 전하께서 실성하신 만큼
저는 정숙한 여자예요. 시속에 비춰서
그만하면 정숙하다 하겠습니다.
레온테스 역적 놈들! 못 쫓아내? 사생아를 돌려줘라.
멍청이! 여편네에 쪼이고 암탉에게
횃대 뺏긴 못난이, 사생아 집어 들어.
냉큼 들라니까. 할망구한테 갖다 줘!
파울리나 공주님께 손댔다간, 아기에게 들씌운
억울한 누명처럼 전하 손에 영원히
망신살이 낄 게요!
레온테스 여편네에게 떠누나.
파울리나 전하도 떠시면 좋겠어요. 그렇게 되면
제 자녀를 제 자녀라 하실 테죠.
레온테스 역적들의 소굴이군!
안티고너스 저는 결코 역적이 아닙니다.
파울리나 저도 아녜요.
여기 한 분만 빼고 아무도 아니에요.
그이뿐이죠. 자신의 거룩한 명예와
왕비님과 왕세자와 아기씨의 명예에
욕이 되어요. 그런 욕은 칼보다 날카로워요.
지금의 정황에서 전하를 명예훼손으로
고소할 수 없다는 게 저주스러워요.
참나무나 바위가 튼실한 만큼이나
뿌리 썩은 오해는 없애지 못해요.
레온테스 무한정 지껄이는 쌍년이군. 방금 전에
남편에게 대들더니 이제는 나를 약 올려!
이 새끼는 내 게 아니고 폴릭세네스가 낳은 거다.
가지고 썩 나가. 어미와 함께
화형에 처하라!
파울리나 전하의 아기예요.

12 갓난아기의 영세 때 그 영적 성장을 보장하기 위하여 입회하는 대부(代父)와 대모(代母).

전하의 경우를 속담으로 말하라면
'너무 닮아 망했다'예요. 여러분 보세요.
글씨체는 작지만 전체가 아버지의 복사판이죠.
눈과 코와 입술과 찡그리는 표정과 이마,
인중도, 턱과 뺨의 보조개도, 웃는 모습도,
손의 생긴 모양과 손톱과 손가락까지도.
선한 여신 자연이여, 낳은 아버지
모습과 똑같게 아기를 만드셨어요.
마음까지 만드시면 여러 빛깔 중에서
노란색[13]은 넣지 마세요. 아버지같이
제 자식을 남편 거가 아니라고
의심할까 겁나요!

레온테스 끔찍한 할망구!
그리고 멍청이, 여편네 입을 막지 않아
교수형감이다.

안티고너스 그런 재주 없는 남편을
모두 다 교수형에 처하시면 백성이 하나도
남지 않아요.

레온테스 다시금 명령한다. 끌어내라!

파울리나 아무리 못나고 못된 주인이라도
이보다 더하려고요.

레온테스 화형에 처하겠다.

파울리나 상관없어요. 타 죽는 여자보다
불 지르는 자가 이단이에요. 빈약한 공상밖에
증거도 없어, 폭군이라곤 안 하겠지만
왕비님을 이처럼 가혹하게 다루다니
폭군 냄새가 조금 나서 부끄럽게 되셨군요.
온 세상에 망신이죠.

레온테스 [안티고너스에게] 충성의 서약[14]대로
끌어내지 못할까! 내가 폭군이라면
저 여자 살았겠어? 정말 폭군이라면
감히 나를 폭군이라 할 테야? 끌어내!

파울리나 떠밀지 말아요. 내 발로 간다니까요.
아기나 보살피세요. 전하의 아기예요.
주피터여, 공주님께 선한 신령을 보내소서!
손 치워요! 멍청한 짓 쉬쉬하는 당신들,
누구 하나 전하에게 도움이 못 돼요.
자, 안녕히 계세요. 저는 가요. [퇴장]

레온테스 [안티고너스에게]
이 역적 놈, 여편네한테 이러라고 부추겼구나.
내 애라고? 치워! 측은해 하는 네놈이
집어다가 당장에 불에 태워.
딴 사람 말고 네가 해! 당장 갖고 나가.
이 시간 안에 확실한 증거와 함께
명령대로 행하고 결과를 보고해.
안 그러면 목숨을 뺏겠다. 네 가족도
모두 죽일 테다. 내 노염을 받고도
거절할 거라면 그렇다고 해.
직접 내 손으로 사생아의 골수를
쏟아놓겠다. 어서 불에 가져가!
네놈이 여편넬 시켰어.

안티고너스 아닙니다.
제 동료 신하들이 마음만 있으면
누명을 벗겨줄 거예요.

신하들 맞습니다, 전하.
부인이 여기 온 것과는 무관합니다.

레온테스 모두 거짓말쟁이다.

신하 1 황공하오나 저희를 조금 믿어 주십시오.
늘 진심으로 섬겼습니다. 그런 만큼
존중해 주십시오. 과거에서 미래까지
전하에 대한 진정한 충성의 보답으로
생각을 바꾸시길 무릎 꿇고 빕니다.
너무도 끔찍하고 잔혹하여 그 결과가
심히 두렵습니다. 모두 무릎 꿇습니다.

레온테스 바람에 나부끼는 깃털 같은 신세구나.
이 사생아가 자라서 나에게 무릎 꿇고
아비라고 할 때까지 살아야 하나?
그때 저주하기보다는 지금 태우는 게 나아.
하지만 살려둬라. 죽게도 살게도 안 하겠다.
[안티고너스에게]
당신 이리 와. 산파 같은 암탉과 함께
사생아를 살리려고 안간힘을 쓰는데
—이건 사생아야. 네 수염이 허옇듯이
확실히 사생아다.—이 새끼 살리려고
무얼 내놓겠냐?

안티고너스 뭐든지 다요, 전하.
제 힘으로 할 수 있고 귀족의 책임이면
몸속에 남아 있는 적은 피를 저당 잡혀,
죄 없는 아기를 살리는 게 최소한예요.

13 노란색은 전통적으로 '질투'를 나타냈다.
14 신하가 될 사람은 먼저 충성할 것을 서약했다.

가능한 일이라면 뭣이든지 하겠습니다.
레온테스 가능하게 할 테다. 명령대로 하겠다고
이 칼에 맹세해라.
안티고너스 그러겠습니다.
레온테스 정신 차려 시행해라. 알아듣겠나?
조금이라도 실수하면 너뿐 아니라
아가리 더러운 여편네도 사형이다.
한 번은 봐준다만. 충성의 서약대로
너에게 명령한다. 이 계집 사생아를
내 나라 밖 저 멀리 황량한 곳으로
가지고 가서 혹시 살아남으면
주변의 덕이나 보라고 하고
더 이상 미련 없이 내다 버려라.
낯선 인연으로 우리에게 온 것이니,
낯선 땅에 맡기는 게 합당한 처사다.
네게 그 시행을 명령한다. 위반하면
영혼의 위험과 육체의 고문을 각오하라.
아기가 살든 죽든 상관없다. 집어 들어라.
안티고너스 맹세코 시행하겠습니다. 당장에 죽는 게
훨씬 고맙겠지만.
[아기를 쳐든다.]
이리 온. 불쌍한 아가,
힘센 신령님이 솔개와 까마귀를 인도하여
유모 삼아 주시길! 곰과 늑대도
성질을 버리고 동정을 베풀었단다.
이 일에 대한 무서운 응보보단
행복하길 바란다. 잔인한 처사에 맞서
축복이 네 편에서 싸우길 빈다.
죽게 된 불쌍한 것아! [퇴장]
레온테스 나는 결코
남의 자식을 안 기른다.
[하인 등장]
하인 전하께 아뢲니다.
신전으로 보내셨던 이들이 한 시간 전에
전갈을 보냈습니다. 클레오메네스와 디온이
델포스에서 무사히 도착하고 상륙하여
궁정으로 달려옵니다.
신하 1 전하, 이렇게 빠른 것은
선례가 없습니다.
레온테스 이삼십 일 동안
나가 있었소. 빨리 와서 잘됐소.
위대하신 아폴로가 이 일의 진실을 곧
밝히신다는 일이오. 준비하오.
매우 불충한 여인을 심판할 테니
회의를 소집하오. 공개적인 고발이라
공정하고 공개적인 재판을 받게 되오.
그녀가 살아 있는 동안에 내 심장은
짐이 될 뿐이오. 모두들 돌아가오.
내 명령을 심사숙고하시오. [모두 퇴장]

## 3. 1

[클레오메네스와 디온 등장]
클레오메네스 기후는 온화하고 공기는 매우 달갑소.
섬은 비옥하고 신전은 늘 듣던 찬양보다
훨씬 더 웅장하오.
디온 내가 보고하겠소.
내 시선을 가장 끈 건 천상의 옷이었소.
—천상의 옷이라 해야 될 것 같은데—
또한 그 옷 입은 엄숙한 이들의 경건한 태도,
오, 그 제사! 장엄하고 심오하고 탈속한
제사의 모습!
클레오메네스 그중에서도
귀가 먹먹하게 울리는 신탁 말씀이
제우스의 천둥과 흡사하여 혼백이 놀라
정신이 없어졌소.
디온 여행의 결말이 우리에게
놀랍고 기쁘고 금방 닥친 것같이
왕비께도 좋게 끝나면—오, 그리되기를!—
시간을 쓴 보람이 있었소.
클레오메네스 위대하신 아폴로여,
모두 좋게 만드소서! 왕비님께 죄를
뒤집어씌우는 전하의 포고문이
마음에 들지 않소.
디온 아폴로의 엄숙한 제사장이
봉인한 신탁이 내용을 드러내면
그토록 거칠게 몰아가시는 일이
어쨌든 끝나겠지요. 당장에 놀라운 사실이
밝혀질 게요. 가서 새 말을 탑시다.
은혜로운 결말이 나오길! [둘 퇴장]

## 3. 2

[레온테스, 신하들, 집행관들 등장]

레온테스 큰 슬픔 안고서 개최하는 이 재판이
내 심장을 찌르오. 심판을 받는 이는
왕의 딸, 내 아내. 내가 몹시 사랑했소.
나는 폭군이란 오명을 말끔 씻겠소.
그리하여 공개적으로 공평하게
합당한 절차를 밟아 진행하여서
유죄냐 무죄냐를 분명히 가리겠소.
죄인을 출두시켜라.

집행관 전하께서 왕비가 직접 이 법정에
나오기를 원하시오.

[헤르미오네가 재판을 받기 위해 등장.
파울리나와 부인들 등장]

정숙하세요!

레온테스 고소장을 낭독하라.

집행관 시칠리아의 왕, 존귀하신 레온테스 전하의 왕비
헤르미오네, 그대는 보헤미아의 왕 폴릭세네스와
간통죄를 범하고 카밀로와 우리의 최고 영수 국왕,
곧 그대의 고귀한 남편의 생명을 탈취할 것을
모의하여서 대역죄로 고발당하여 심판대에 섰는바,
그 음모가 여러 정황에 비추어 일부 드러났으니,
그대 헤르미오네는 진정한 국민으로서의 신의와
충성에 반하여 그자들의 안전을 위해 야음을 틈타
도주하도록 내통하고 협조하였다.

헤르미오네 내가 이제 할 말은 나에 대한 고발과
충돌할 수밖에 없고 내 증거는 오로지
나 자신의 말뿐이라 무죄를 주장해도
거의 소용없어요. 아예 나의 진실성은
거짓으로 치부돼서 진실하게 말해도
거짓이 될 뿐이나, 거룩한 신들이
반드시 우리 행위를 내려다보시니
무죄함이 거짓된 고발을 부끄럽게 만들며
폭력이 인내심을 두려워할 것을
의심하지 않아요. 저의 주인 전하께서
모르는 체하시지만 제일 잘 아시지요.
지금의 불행만큼 이전에 내 생활은
한결같고 정숙하고 진실했어요.
내 불행은 이야기의 대본 이상이에요.
관객을 끌려고 꾸며서 연출하지만요.
내 모습을 봐요. 왕의 침실의 반려자요,
왕좌의 일부를 소유하며 대왕의 딸이며
왕위를 바라보는 왕자의 어머니가
이야기를 들으러 온 사람들 앞에서
목숨과 명예를 지껄이고 서 있어요.
내게는 목숨이란 슬픔과 다름없어
목숨은 없어도 괜찮아요. 하지만
명예는 자녀에게 전해지는 것이라,
그것만은 양보할 수 없어요. 전하의 양심에
호소합니다. 폴릭세네스가 오기 전에
얼마나 저를 사랑하시고 저는 얼마나
사랑스러웠어요? 그가 온 뒤 무슨
못난 짓을 했기에 이렇게 되어야 해요?
조금이라도 명예의 한계를 벗어났다면,
또는 행동이나 마음이 그리로 기울었다면,
내 말을 듣는 모든 이들 마음이
돌처럼 굳어지고 혈육마저 내 무덤에
욕해도 좋아요!

레온테스 대담한 범죄자는
애초에 못된 짓을 저지를 때보다
더욱 뻔뻔스럽게 자기가 한 짓을
부인하는 법이다.

헤르미오네 옳은 말씀이지만
내게는 해당되지 않는 말씀이에요.

레온테스 시인하지 않는군.

헤르미오네 지금 죄라는 이름으로
저를 비난하시는 그 일 이상 절대로
시인할 수 없어요. 저와 함께 고발된
폴릭세네스를 그 지위에 합당하게
좋아한 건 시인하나 저 같은 부인에게
어울리는 감정이고, 전하께서 명하신
종류의 감정과는 다르지 않았어요.
그걸 거절했다면 전하와 친구분께
불복종과 불친절이 됐을 거예요.
그분은 스스로 사랑을 나타내는
유년기부터 자기 사랑은 오로지 전하의
거라고 말했다 해요. 이제는 음모론인데,
저에게 맛보라고 그릇에 떠다 줘도
저는 그 맛을 몰라요. 안다면 다만
카밀로가 정직한 사람이란 거예요.
그러나 그가 왜 궁정을 떠났는지

신들도 저보다 모른다면 몰라요.
레온테스 그가 없는 사이에 할 짓을 알고 있듯,
그자가 떠나는 것도 네가 알고 있었다.
헤르미오네 제가 이해하지 못할 말을 쓰시네요.
제 목숨은 전하의 망상의 과녁이군요.
그럼 목숨을 내려놔요.
레온테스 네 행위가 내 악몽이다.
너는 폴릭세네스의 사생아를 낳았다.
그게 꿈인 줄 알았다! 창피를 전혀 모르고
—그런 짓 하는 자가 으레 그렇듯—
진실도 전혀 몰라. 쓸데없이 부인만
일삼는구나. 아비가 나서지 않아서
어쩔 수 없이 제 새끼를 내버린 만큼—
아기보다 그 짓을 한 네 죄가 더 크다.—
네게 법의 맛을 보여주겠다. 아무리 가벼워도
사형 이하를 기대치 마라.
헤르미오네 위협을 아끼세요.
저에게 겁주려는 도깨비가 오히려 반가워요.
저에게 목숨은 이롭지 않을 수도 있어요.
제 목숨 최고의 안식이던 당신 사랑은
잃은 거로 알아요. 없어진 걸 느껴요.
하지만 어떻게 없어졌는지는 몰라요.
둘째, 기쁨은 제 몸의 첫 열매인데
염병에서 격리되듯 저한테서 떼놨어요.
셋째, 위로는 가장 큰 불운을 타고난 아기,
가장 죄 없는 입에 죄 없는 젖을 문 채
제 품에서 죽음으로 낚아채어 갔어요.
저 자신은 기둥마다 창녀란 방이 붙고
모든 계층 산모에게 허락되는 산욕도
한없는 증오로 거부당했고, 끝으로,
손발에 기운이 생기기도 전에, 여기
찬바람 쏘이는 데 끌려나와 섰어요.
그러니 살아서 무슨 복이 있겠다고
죽는 게 무섭겠어요! 그러니 계속하세요.
하지만 이 말은 들으셔요. 오해 마세요.
목숨은 지푸라기 하나만도 못 하지만
제 명예는 밝힐 테요. 당신의 질투 외엔
모든 증거가 침묵하는데, 억측만을 근거로
유죄 판결을 내리면, 그건 법이 아니라
폭력일 뿐이에요. 귀하신 여러분,
신명에 호소합니다. 아폴로를
저의 재판관으로 하겠어요.
신하 1 왕비의 요청은
전적으로 옳습니다. 그런고로
아폴로의 이름으로 신명 말씀을 가져오시오.
[집행관 몇이 퇴장]
헤르미오네 러시아 황제가 제 아버지셨어요.
지금 생존하셔서 여기서 자기 딸의
재판을 보셨다면! 가장 처참한 꼴을
보시되 복수가 아닌 연민의 눈으로
보시기를!
[집행관들이 클레오메네스와 디온과 함께 등장]
집행관 여기 이 법의 칼에 맹세하시오.
클레오메네스와 디온 두 사람이
델포스에 가서 위대한 아폴로의 사제가 준
봉인된 신탁을 봉송하였고
결코 그 거룩한 봉인을 떼지 않았고
비밀한 내용을 결코 읽지 않았음을
맹세하시오.
클레오메네스, 디온 모두 맹세합니다.
레온테스 봉인을 떼고 낭독하라.
집행관 [읽는다.] 헤르미오네는 정숙하며 폴릭세네스는
무죄하도다. 카밀로는 진실한 신하이며, 레온테스는
질투하는 폭군이로다. 그의 무고한 아기는 적자이며,
왕은 잃은 자를 찾지 못할진대 상속자를 못 가지고
살게 되리라.
신하들 위대한 아폴로여, 복되시도다!
헤르미오네 찬양합니다!
레온테스 읽은 것이 진실인가?
집행관 그렇습니다, 전하.
여기 적힌 그대로입니다.
레온테스 그 신탁에 진실성이 조금도 없다.
재판을 속행하라. 그것은 순전한 허위다.
[하인 등장]
하인 전하! 전하!
레온테스 무슨 일인가?
하인 오, 말씀드리면 제가 미움을 받습니다.
왕자님이 순전히 왕비님의 운명을
걱정하다 가셨습니다.
레온테스 가다니?
하인 돌아가셨습니다.
레온테스 아폴로가 노하셨다. 하늘이 내 횡포를

치시는구나!
[헤르미오네가 바닥에 쓰러진다.]
거기 무슨 일인가?
파울리나 이 소식이 왕비님께 치명적예요.
죽음이 하는 꼴을 보아요.
레온테스 모셔 가라.
심장에 피가 몰린 것이라 회복되겠다.
나 혼자 의심을 너무 믿었다.
부탁한다. 소생시킬 무슨 약을
조심해서 써다오.
[파울리나와 시녀들이 헤르미오네를 들고 퇴장]
아폴로여, 용서하소서.
신탁에 대해서 못된 말을 지껄였소.
폴릭세네스와 화해하고 다시 왕비에게 구애하고
충성스런 카밀로를 다시 부를 터이오.
그는 분명 진실과 자비의 사람이오.
괜한 질투심에 얼이 빠져 잔인한 생각과
복수심에서 친구를 독살하려고
카밀로를 하수인으로 선택하였소.
마음이 정직한 카밀로가 시간을 끌며
성급한 내 명령을 늦추지 않았다면
그대로 실행되고 말았겠소. 안 하면 죽고
하면 상 준다고, 죽음과 보상으로
위협하고 달랬으나, 뛰어나게 선하며
정직이 가득한 사람이라 손님인 왕에게
내 흉계를 귀띔하고 당신들이 아는 대로
큰 재산과 지위를 모두 버리고
불확실의 위험에 자신을 맡겼으니
명예만 남았소. 내 녹슨 꼴에 비출 때
얼마나 빛나는가! 그 고결한 정신에 비출 때
내 행실이 얼마나 더러운가!
[파울리나 등장]
파울리나 당장 통곡하세요!
이 옷고름 끊어줘요. 심장이 부풀다 끊고
터질까 겁나요!
신하 1 부인, 아니 웬 발작이오?
파울리나 폭군, 내게 가할 교묘한 고문이 있어요?
고문 바퀴? 고문 틀? 부젓가락? 생살 저미기?
끓는 납? 끓는 기름? 구식 고문, 신식 고문,
무얼 내게 쓰려우? 내 말 마디마디가
악질 고문 감인데. 당신의 횡포가
질투와 겹쳐서—애들도 웃을 망상,
아홉 살 계집애도 설익었다고 할 망상이지.—
무슨 결과를 가져왔나 생각해보고
미쳐 날뛰어요, 왕창 미쳐서!
지나간 바보짓은 양념에 불과해요.
폴릭세네스 배신한 건 아무것도 아녜요.
변덕에다 욕먹어 싼 배은망덕으로
바보 꼴을 보여줬어요. 카밀로에게
왕을 죽이게 하여 그의 정직한 명예를
독살하려고 한 것도 대단한 게 아니고
사소한 경범죄예요. 더 끔찍한 게 있어요.
그에 비해 어린 딸을 까마귀에게 내던진 건
차라리 대수롭지 않지만, 악마라도
그보다는 불 속에서 눈물을 짰겠어요.
어린 왕자의 죽음도 직접 당신 죄로
돌리지는 않겠어요. 깊은 효성으로
—그처럼 어린 나이에 기특하지요.—
몹쓸 바보 아비가 자애로운 엄마를
모욕한 걸 알고서 심장이 갈라졌어요.
하지만 당신 탓을 안 해요. 마지막으로,
아, 여러분, 내 말 끝에 '화 있으라!'[15]고 외쳐요.
왕비님, 착하고 다정한 왕비님이 가셨어요!
원한이 사무쳐 쓰러지지도 못하셨어요.
신하 1 오, 저런!
파울리나 돌아가셨단 말이에요. 맹세해요. 말과 맹세를
못 믿으면 가서 봐요. 그분 입술과 눈의
색깔과 광채를, 그분 몸의 체온을,
몸속의 호흡을 되돌리는 사람을 내가
하느님 섬기듯 떠받들겠어요. 그러나 폭군!
당신 짓을 후회 말아요. 아무리 한탄해도
당신이 저지른 짓이 너무 무거워요.
그래서 오로지 절망만 남았어요.
일천 개의 무릎이 벌거숭이산에서
발가벗고 먹지 않고 끝없는 겨울 내내
만 년 동안 빌어도 신들은 당신을
돌아보지 않겠어요.
레온테스 계속하오, 계속하오.
아무리 욕먹어도 모자라오. 온갖 혀가

15 이 슬픔의 탄식은 본래 성경의 표현이다.

아무리 쓴 말 한대도 들어서 싸요.
신하 1 그만해요.
일이야 어떻든 함부로 말한 건
잘못한 거요.
파울리나 죄송합니다.
저는 실수한 다음에야 깨닫고
후회하지요. 어머나, 여자의 경솔을
너무나 드러냈네. 귀하신 마음에
상처를 드렸네요. 어쩔 수 없이 지나간 일,
슬퍼할 거 없어요. 제 탄원에
상심하지 마세요. 오히려 저에게
벌을 주세요. 잊으셔야 할 것을
생각나게 했군요. 선하신 전하,
존귀하신 임금님, 못난 여인을 용서하세요.
왕비님에 대한 저의 사랑이—어머머,
또 못나게! 다시 말을 않겠어요. 자녀분도요.
제 남편 얘기도 꺼내놓지 않겠어요.
그이도 죽었어요. 인내심을 가지세요.
그럼 아무 말도 않겠어요.
레온테스 진실인 만큼
말을 잘했소. 당신에게 동정받기보다는
진실을 훨씬 달게 받아들이오. 부탁이오.
왕비와 왕자의 시신이 있는 데로
데려다주오. 둘을 한 무덤에 묻겠소.
무덤 위에 죽은 원인을 밝혀서
내 수치를 영구히 알리겠소. 하루 한 번
두 사람이 누워 있는 신전에 가서
눈물 흘리는 것으로 낙을 삼겠소.
체력이 이 일을 감당할 수 있기까지
매일 그렇게 하기로 맹세하오. 자, 나를
슬픈 데로 데려다주오. [모두 퇴장]

## 3. 3

[아기를 안은 안티고너스와 뱃사람 등장]
안티고너스 그럼 우리가 보헤미아 황야에 도착한 게
틀림없단 말이오?
뱃사람 그럼요. 그런데
안 좋은 때 온 것 같아요. 하늘이 시커머니
당장 불어칠 듯하군요. 양심상 따져보니까
우리가 하려는 일에 하늘도 노해서
찌푸린 것 같아요.
안티고너스 거룩한 하늘 뜻이 이뤄지기를! 자, 타요.
배를 잘 돌봐요. 금방 다시 돌아와
당신을 부르리다.
뱃사람 되도록 빨리 해요.
너무 멀리 가지 말고. 날씨가 험할 것 같아요.
게다가 여기는 맹수가 사는 데로
유명하지요.
안티고너스 당신 먼저 가시오.
곧 뒤따르리다.
뱃사람 그 짓에서 벗어나서
속이 편하다. [퇴장]
안티고너스 불쌍한 아가, 이리 온.
나는 안 믿지만, 죽은 자의 혼령이
다시 나타난다는데, 그게 사실이면 어젯밤
네 엄마가 내게 나타났단다. 꿈이 그처럼
생시 같을 수 없어. 누군가 내게 오는데
머리를 이쪽저쪽으로 수그리곤 하더라.
그토록 슬픔에 찬 고운 모습을 처음 봤다.
거룩함 자체인 양 새하얀 차림으로
내 선실로 와서는, 절을 세 번 하더니
무슨 말을 꺼내려고 숨을 헐떡이다가
두 눈이 분수가 되더라. 격정이 가라앉자
말이 터져 나오더라. "안티고너스,
선한 사람이지만 당신은 맹세에 따라
불쌍한 내 아기를 내다 버릴 운명인데
보헤미아에 궁벽한 데가 많으니까
울면서 거기다 우는 아기를 놔둬요.
그리고 영영 잃었다고 믿을 거라고
'페디타'[16]라 부르세요. 내 남편이 시켜서
하는 짓이나 이 비정한 짓으로 당신은
다시는 아내를 보지 못해요." 하고는
비명과 함께 공중으로 사라지더라.
나는 너무 놀라서 차차 정신을 차리고
그게 잠 아닌 생시라고 생각했구나.
꿈이란 헛것이지만, 이번만은 미신이래도
그대로 따르겠다. 헤르미오네 왕비가

16 "잃어버린 여자"라는 뜻의 라틴어.

죽은 것이 확실하다. 이 아기가 정말로
폴릭세네스의 자식이라면
죽든 살든 자기 아버지 땅에
두라는 것이 아폴로의 뜻인 듯하다.
어린 꽃송이, 행운을 빈다!
[아기와 두루마리를 내려놓는다.]
거기 누워 있어라. 이 글도 같이 있어라.
그리고 이 물건이, 운명이 허락하면
[꾸러미를 내려놓는다.]
예쁜 너를 길러주고 얼마쯤은 남을 게다.
[우렛소리] 폭풍이 시작된다. 불쌍한 것, 엄마의 죄로
알 수 없는 장래와 실종에 던져졌구나!
울기조차 못 하지만 가슴이 피를 토한다.
이 짓을 맹세한 내가 저주받은 놈이다.
잘 있어라! 날이 점점 험악해져
너무 거친 자장가를 듣게 될 게다.
이렇게 어두운 낮을 본 적이 없다.
[폭풍. 개 짖는 소리와 사냥 나팔 소리가
함께 들린다.]
무서운 소리다! 배에 타야지! 짐승에 쫓겨 간다.
어이쿠, 나 죽었다! [곰에게 쫓겨 퇴장]
[늙은 목자 등장]

늙은 목자 열 살과 스물세 살 사이엔 나이가 없으면
좋겠다. 아니면 그 시간은 잠을 자거나 그동안에
계집애 배 속에 애나 생기게 하고 노인들을 골려주고
도둑질, 싸움질밖에 하는 게 없거든. 아, 저 소리!
이런 날씨에 열아홉, 스물둘 난 얼빠진 녀석들 말고
누가 사냥을 해? 제일 좋은 양 두 마리를 쫓아
버렸으니까 주인보다 늑대 눈에 먼저 띌 거야.
그래도 찾을 데라면 바닷가일 테지. 담쟁이넝쿨을
뜯어 먹고 있을 거야. 어럽쇼. 이게 행운의 뜻이라면
이게 무얼까? 어이구 맙소사, 갓난애구나! 아주
예쁜 아기다! 사내냐 계집애냐? 어쨌든지 예쁜
놈이다. 진짜 예쁜 놈이야. 연애하다 사고 낸 게
확실해. 배운 건 없지만 무슨 하녀나 시녀의 짓거린
건 알겠다. 층계나 궤짝 속이나 문짝 뒤에서 저지른
짓이야. 이걸 낳은 연놈들이 여기 이 불쌍한 애보다
따뜻했겠지. 불쌍해서 데려가야겠다. 하지만 아들놈
올 때까지 기다리자. 조금 전에 후여이 하고 소리
쳤는데. 야호, 야호!
[어릿광대 등장]

어릿광대 야호, 야호!

늙은 목자 아니, 가까이 있었냐? 네가 죽어서 썩은 뒤에도
얘깃거리가 될 만한 걸 보고 싶으면 여기로 와봐.
너 도대체 뭐가 탈이냐?

어릿광대 바다와 육지에서 대단한 구경거리 두 가지를
봤네요. 하지만 그거 보고 바다라곤 못 하겠네요.
지금은 하늘이 됐으니까요. 하늘과 바다의 틈새에
칼끝도 못 끼워요.

늙은 목자 아니, 그게 무슨 소리야?

어릿광대 물이 빙빙 돌다가 치솟다가 바닷가를 삼키는
꼴을 봐야 하는데! 하지만 진짜 중요한 건 그게
아니에요. 불쌍한 사람들이 울부짖는 소리가
너무나 안됐데요. 어떤 때는 보였다가 어떤 때는
안 보였다가 하더군요. 돛대가 달님의 한복판을
꿰뚫는가 싶더니 이내 부글거리는 거품에 묻히는
꼴이 술통에 마개 박기 같더라고요. 그러자 육전이
벌어지는데 곰이란 놈이 그 사람 어깨뼈를 뜯어내니까
저에게 도와달라고 외치는데 '안티고너스'라 한다며
귀족이라 하데요! 하지만 배가 끝장나고 술잔에 뜬
건포도마냥 바다가 배를 꿀꺽하는 꼴이라니! 뭣보다
사람들이 울부짖고 바다가 놀려대고 불쌍한 양반이
울부짖고 곰이 놀려대는 꼴은 정말 끔찍했어요.
바다나 바람보다 둘이 울부짖는 소리가 더 요란합디다.

늙은 목자 아니, 도대체 언제 그랬냐?

어릿광대 방금요 방금. 그걸 본 뒤 눈 한번 깜짝할 새도 안
지났어요. 시체들은 물속에서 아직도 몸이 식지
않았고요, 곰은 그 양반을 절반도 먹지 않았어요. 지금
냠냠하고 있는데요.

늙은 목자 내가 곁에 있다가 노인을 도와줄걸 그랬다!

어릿광대 아버지가 배 옆에 있다가 도와줄걸 그랬어요.
도와주려 했대도 아버지의 자선심이 발 디딜 데가
없었겠어요.

늙은 목자 슬픈 일이야, 슬픈 일! 한데 얘, 이거 봐라.
정말 놀랄 일이다. 네가 죽는 걸 만났다면
나는 갓 태어난 걸 만났다. 이거 굉장한 볼거리다.
양반 부잣집 아이 영세 받을 때 입는 옷이야.
이거 봐. 자, 쳐들어라, 쳐들어. 얘, 열어봐.
[어릿광대가 보따리를 쳐든다.]
자, 보자. 내가 요정 덕분에 부자가 된다고 하더라.
얘는 요정들이 놓고 간 아이다.[17] 열라니까. 안에
뭐가 들었냐?

[어릿광대가 보따리를 끄른다.]

어릿광대 아버지, 늘그막에 팔자 고쳤어요. 젊었을 때 지은 죄를 용서받으면 잘 사시겠죠. 금, 모두 금이에요!

늙은 목자 요정의 금이란 거다. 그렇게 안 되나 두고 봐라. 잘 들어. 안 뵈게 덮어라. 속히 지름길로 집에 가자. 우리가 땡잡았다. 우리 집 행운이 계속되려면 그저 입 다물고 있는 거다. 양들은 혼자 가게 놔두고. 얘, 가자, 곧장 집으로 가자.

어릿광대 주운 걸 가지고 곧장 집에 가세요. 저는 가서 곰이 노인한테서 떠났나, 얼마나 먹었나 보겠어요. 곰이란 놈은 배고플 때만 사납거든요. 조금이라도 남겼으면 묻어주겠어요.

늙은 목자 그거 착한 일이다. 조금이라도 남은 걸 가지고 그게 누군지 알아볼 수 있으면, 나도 볼 테니까 그리로 데려가거라. [둘 퇴장]

## 4. 1

[해설자인 '시간'[18] 등장]

시간 소수에게 기쁨을, 모두에게 시련을 주며,
선악의 기쁨을 보이고 공포와 죄악에 빠뜨리고
폭로하는 내가 이제 '시간'의 이름으로
날개를 치려 하오. 16년을 뛰어넘는
빠른 날갯짓으로, 긴 세월을 훌쩍 넘어
그사이 생긴 일을 알아보지 않는다고
탓하지 마오. 법을 깨고 한순간에
관습을 심었다가 휩쓸어 가는 것이
내 권한이오. 태초 때의 질서나
오늘의 관습에 앞서, 나는 항상 동일하오.
관습들을 맞아들인 시대를 증언하고
오늘을 주도하는 새 사실을 증언하오.
지금 나의 이야기가 낡아 보이나
오늘의 광채를 빛바래게 할 것이오.
당신들이 인내로써 이를 용인한다면
모래시계[19]를 돌려놓아 장면이 급변하여
그동안 당신들은 잠을 잔 듯할 거요.
레온테스는 어리석은 질투의 결과로
너무나 괴로워서 두문불출하였소.
점잖으신 관객 제위, 내가 이 순간
보헤미아에 와 있다고 상상하시오.
앞에서 말했던 왕자를 기억하시오.
플로리젤이라는 그 이름을 이제 알려드리오.
이어서 페디타를 말하고자 급히 달리오.
그녀는 놀랍고도 아름답게 자라났소.
그다음 이야기는 미리 하지 않겠소.
시간의 소식은 사건과 함께 알려져요.
뒤따르는 목자의 딸과 그에 관한 이야기가
시간의 주제요. 지금보다 시간을
허비한 적 있다면 이를 허락하시오.
그러한 일 없다 해도 '시간'은 당신들이
시간 낭비 하지 않길 진정으로 바라오. [퇴장]

## 4. 2

[폴릭세네스와 카밀로 등장]

폴릭세네스 카밀로, 제발 더 조르지 마라. 당신에게 뭣이라도 거절하기란 앓는 것과 한가진데, 그걸 허락하는 건 죽음 그 자체야.

카밀로 고국을 본 지가 15년이 됐습니다. 외국 바람 쏘인 게 대부분인데, 저의 뼈는 거기다 묻고 싶어요. 뿐만 아니라 뉘우치는 제 주인께서 저를 부르시니까 그 아픈 슬픔을 조금 달래드릴 수도 있어요. 혹시 주제넘은 생각인지 모르지만요. 그게 제가 떠나고자 하는 또 다른 이유예요.

폴릭세네스 카밀로, 당신이 나를 사랑하니까 하는 말인데, 지금 나를 떠나서 당신이 내게 해주던 일을 중단시키지 말라는 거야. 내게 당신이 필요하게 된 것은 당신 자신이 유능해서 생긴 결과야. 그러니까 이렇게 당신이 없어서 곤란한 것보다는 차라리 당신을 몰랐으면 좋았을 거야. 나에게 여러 일을 벌여놓게 했는데 당신이 없이는

17 요정들이 예쁜 아기를 훔쳐가고 미운 아이는 남겨놓는다는 속설이 있었다.

18 '시간'은 모래시계를 들고 있는 노인으로 의인화되어 가장행렬이나 연극에 나오곤 했으며, 때로는 날개를 달고 등장해 시간의 빠름을 나타내기도 하고, 혹은 모든 것을 거두어가는 낫을 들고 있기도 했다.

19 모래시계의 모래가 한 번 다 흐르면 한 시간이었다. 즉 이 연극은 이제 한 시간이 지났으니 모래가 다시 흐르기 시작하면 다시 한 시간이 갈 거라는 말이다.

제대로 해낼 수 없는 것들이라 당신이 남아서 처리하거나 당신이 해놓은 일거리 자체를 가져가거나 해야 돼. 그에 대해 내가 채 보상해 주지 못한 것이 있으면—사실 아무리 보상해도 모자라지만—당신에게 더욱 고마워하는 것이 내 연구 과제가 될 것이며 그로부터 우정을 더욱 돈독하게 만들어줄 이득을 내가 얻게 돼. 숙명의 나라 시칠리아에 대해서는 제발 더 말하지 마. 그 이름만 들어도 당신 말로 뉘우친다는, 화해했다는 왕, 내 형제를 기억만 해도 괴롭네. 그의 가장 귀한 왕비와 자녀들을 잃은 것을 이제 새삼스럽게 다시 슬퍼하게 돼. 당신이 내 아들 플로리젤 왕자를 본 게 언젠가? 왕들도 자랑스럽던 잘난 자녀를 잃을 때처럼 못난 자녀를 두었을 때 역시 불행하다네.

카밀로 왕자님을 본 지가 사흘이 됐습니다. 무엇이 왕자님께 더 즐거운 일인지 알 수 없으나, 잘 뵈지 않아서 의아하게 여기며 느끼는 점은 요사이 궁정에서 별로 눈에 뜨이지 않고 왕자로서의 활동에 전보다 참여가 적다고 할 수 있지요.

폴릭세네스 카밀로, 나도 그렇게 생각했네. 그래서 좀 걱정이 되어서 몰래 사람들을 시켜서 그 애가 없어지곤 하는 것을 살펴보게 했는데 내가 보고받은 바에 의하면, 그 아이가 어떤 소박한 목자의 집을 거의 떠나지 않는다는 것이야. 사람들 말로는 목자는 아주 무일푼 처지였다가 이웃 사람들이 도저히 상상조차 할 수 없는 굉장한 재산이 생겼다고 하더군.

카밀로 저도 그런 사람 얘기를 들었습니다. 아주 굉장한 딸이 있다지요. 그 여자애 소문은 도저히 그런 시골집에서 나왔다곤 생각할 수 없을 만큼 널리 퍼졌답니다.

폴릭세네스 그것 역시 내가 알아낸 정보의 하나야. 그러나 그것이 내 아들을 그리로 유인하는 낚시 미끼가 아닐는지 걱정이 돼. 나와 같이 거기로 가보세. 우리의 신분을 감추고 그리로 가서 목자에게 몇 마디 물어보세. 단순소박한 사람이니까 내 아들이 그리로 가곤 하는 이유를 캐내기가 어렵지 않을 거야. 자, 이 사업에 즉시로 내 동업자가 되고 시칠리아 생각은 접어놓게.

카밀로 전하의 명령에 따르겠습니다.

폴릭세네스 과연 가장 친한 카밀로야! 변장을 해야겠어. [둘 퇴장]

## 4. 3

[아우톨뤼쿠스가 노래하며 등장]

아우톨뤼쿠스 수선화 살며시 피기 시작할 무렵
얼씨구, 절씨구, 골짝 너머 거지 계집,
1년 중에 참말 좋은 때가 오누나.
창백한 겨울 낯에 붉은 피가 솟구친다.

울타리에 흰 홑청이 볕에 바래고
얼씨구, 절씨구, 예쁜 새들 노래해서
도둑질 심보가 샘솟는구나.
농주가 한 잔이면 임금님 수라.

지지배배 종달새 노래 불러서
얼씨구, 절씨구, 딱새, 할미새.
나하고 아줌마가 풀숲에 누워
뒹굴고 있을 때 여름을 노래한다.

플로리젤 왕자님의 하인 노릇을 했는데, 나도 한때는 비싼 벨벳 옷을 입어봤다. 그런데 지금은 일자릴 잃었다.

그렇다고 울 거냐? 요 내 사랑아?
밤하늘에 하얀 달 휘영청 밝아
여기저기 마음대로 돌아다닐 때
그때에 사업이 제일 잘된다.

땜장이[20]도 살아갈 권리가 있어
연장 넣는 가죽 부대 지고 다녀서
내 신분을 확실히 말할 수 있고
형틀에서 내 생업을 말할 수 있다.

내 영업 종목은 홑청인데, 매가 둥지 틀 때쯤 작은 속옷 빨래를 눈여겨봐. 아버지가 내 이름을 아우톨뤼쿠스[21]라고 지었는데 나처럼 머큐리 별 아래 태어나서 대수롭지 않은 물건들을 슬쩍하는 사람이었어. 주사위와 계집질로

20 당시 땜장이는 연장을 담은 가죽 부대를 가지고 다니며 울타리에 걸어놓은 빨래를 슬쩍 훔치기도 했다. 주거 부정 걸인은 단속 대상이라 길거리에 세워놓은 형틀에 매어 벌을 받았지만 땜장이는 생업이 있는 자로 단속을 면했다. 궁정에서 쫓겨난 아우톨뤼쿠스는 땜장이인 척하며 절도와 사기 행각을 벌인다.

21 그리스신화에 나오는 이름난 도둑. 도둑들은 머큐리 신의 별인 수성의 영향을 받아 태어나 머큐리 신의 보호를 받는다고 했다.

이런 누더기 신세가 됐는데 내 수입원은 못난 놈 속여 먹기다. 대로변의 교수대와 매질은 너무 세고 태형과 교수형은 공포를 자아낸다. 앞날 걱정은 뭐하려고 해. 잠자다가 잊으면 그만인데. 한 놈 걸렸다! 한 놈 걸렸다!

[어릿광대 등장]

어릿광대 어디 보자. 양이 열한 마리, 털이 스무 관. 스무 관이면 1파운드 몇 실링이라. 천오백 마리를 깎았으니 양털이 얼마나 되나?

아우톨뤼쿠스 [방백] 올가미가 제구실하면 도요새는 내 거다.

어릿광대 주판 없인 못 하겠다. 어디 보자, 털깎기 잔치에 뭘 사 가야 하던가? [종잇장을 꺼낸다.] 설탕 서 근, 건포도 다섯 근, 쌀은—누이동생이 쌀 가지고 무얼 하겠다는 거야? 하지만 아버지가 그 애를 잔치의 여주인으로 삼았으니까 그 애가 한바탕 멋지게 차릴 판이다. 그 애가 털 깎는 사람들한테 준다고 작은 꽃다발 스물네 개를 만들었는데 그치들 모두 아주 훌륭한 삼부 합창 노래꾼이야. 하지만 거의 전부 다 알토나 베이스이고 그중에 하나만 테너를 부르는 청교도인데 그 녀석은 날라리에 맞춰서 찬송가를 불러. 배숙 파이에 물들일 노랑 물감도 구해야 하고. 육두구 가루, 대추 0개—일람표에 없고—육두구 일곱 개, 생강 한두 뿌리, 마른 자두 네 근, 햇볕에 말린 건포도 네 근.

아우톨뤼쿠스 [땅바닥에 엎드려 뒹군다.] 오, 내가 왜 세상에 태어나서 이 고생이냐!

어릿광대 어이쿠머니!

아우톨뤼쿠스 아이고, 사람 살려, 사람 살려! 이 누더기 벗기기만 하면 나는 죽어요! 당장 죽어요!

어릿광대 에구, 불쌍하구나! 누워서 덮으면 누더기가 더 있어야지, 이거라도 벗기면 되나?

아우톨뤼쿠스 아, 여보쇼. 누더기가 더러워서 매 맞아 터진 자리보다 더 싫소. 아주 세게 맞았소. 몇 백만 번이나 맞았소.

어릿광대 어휴 불쌍해! 백만 대나 맞았다면 거 굉장한 일일 건데요.

아우톨뤼쿠스 도둑도 맞고 매도 맞았소. 나한테서 돈하고 옷을 빼앗고 이 더러운 것들을 나한테다 입혀놓고 달아났소.

어릿광대 저런! 말 탔던가요, 걷던가요?

아우톨뤼쿠스 착한 양반아, 걸어 다니는 도둑이야.

어릿광대 당신한테 남겨준 저 옷 꼴을 보면 걷는 도둑이겠지. 이게 말 탄 도둑 저고리라면 일을 아주 되게 한 사람이 쓰던 거요. 손을 내밀어요, 도와줄 테요. 자, 손 내밀어요.

[아우톨뤼쿠스가 일어나게 도와준다.]

아우톨뤼쿠스 오, 고마운 분, 살살 해요, 아야!

어릿광대 에그, 불쌍해라!

아우톨뤼쿠스 오, 고마운 분, 살살 해요, 고마운 분! 어깨가 삔 것 같아요.

어릿광대 이제 어때요? 설 수 있나요?

아우톨뤼쿠스 살살 해요, 고마운 분. [어릿광대의 주머니를 딴다.] 착한 분, 살살 하라니까요. 좋은 일 하셨네요.

어릿광대 당신, 돈이 필요해요? 당신에게 줄 돈이 조금 있군요.

아우톨뤼쿠스 아니요, 착하고 고마운 분, 그만두세요. 여기서 두어 마장 가면 친척집이 있는데, 거기 가던 길이었어요. 거기서 돈도 얻고 뭐든지 필요한 걸 얻게 돼요. 제발 돈 주겠단 말은 말아요. 속이 저려오네요.

어릿광대 당신한테 강도질한 게 어떤 놈이었나요?

아우톨뤼쿠스 도박 놀음판 갖고 돌아다니는 놈으로 아는데 한때는 왕자님의 하인인 걸로 알고 있어요. 무슨 잘난 데가 있어서 그랬는지는 몰라도 어쨌든 궁정에서 매 맞고 쫓겨난 건 확실해요.

어릿광대 못난 데가 있었겠네요. 잘났으면 궁정에서 매 맞고 쫓겨나는 법은 없으니까요. 궁정에 남으려고 잘난 데를 기른다고요. 하지만 오래 남아 있진 못해요.

아우톨뤼쿠스 못난 데가 맞아요. 난 그 사람을 잘 알아요. 그 뒤에 원숭이 놀리는 사람이 됐다가 다음에는 재판 보조원, 즉 포졸이 됐다가 그다음에는 '탕자 꼭두각시' 놀이꾼이 됐다가 내 땅과 집에서 5리도 안 될 곳에 땜장이 마누라와 결혼했어요. 그리곤 이런저런 못난 직업을 전전한 끝에 불한당이 되고 말았어요. 그자를 아우톨뤼쿠스라고 부르기도 해요.

어릿광대 그런 놈 있나! 도둑놈이지, 진짜 도둑놈이야. 잔칫집, 장날, 곰 놀이[22] 따위를 밤낮 찾아다녀.

아우톨뤼쿠스 맞아요. 바로 그놈예요, 그놈. 나한테 이 거지 옷을 입혀놓은 도둑놈이 그놈이에요.

22 야생 곰을 잡아다가 쇠사슬로 쇠기둥에 발을 매놓고 개들을 풀어 싸움을 시켜 구경꾼을 모았다.

어릿광대 보헤미아 천하에 그보다 더 겁쟁이 도둑은 없어요.
놈한테 어깨 쫙 펴고 침을 탁 뱉었다면 내뺐을 게요.

아우톨뤼쿠스 솔직히 고백하면, 나는 싸움꾼이 못 돼요. 그
방면으로는 워낙 마음이 약해서요. 놈이 그걸 알아요.
분명 그렇다고요.

어릿광대 지금 어때요?

아우톨뤼쿠스 착한 양반, 아까보다 훨씬 좋아요. 서서 걸을 수
있어요. 이젠 당신과 헤어져서 천천히 우리 친척집에
가려고 해요.

어릿광대 같이 가드릴까요?

아우톨뤼쿠스 아니요, 잘난 양반, 아니요, 착한 양반.

어릿광대 그럼 잘 가요. 나는 털깎기 잔치 음식에 넣을 양념을
사러 가야 해요. [퇴장]

아우톨뤼쿠스 착한 양반, 잘해보쇼! 당신 주머니는 양념을 살
만큼 맵지가 않소. 당신네 털깎기 잔치에서도 당신과 또
만나겠소. 이 속임수에서 또 다른 속임수로 발전하지
못하고 털깎기 녀석들, 못난이를 만들지 못하면 나를
도둑 명단에서 지우고 착한 사람 명단에 올려도 좋다!
[노래한다.]
걸어라, 걸어라, 오솔길 따라,
울타리 신나게 뛰어넘어라.
즐거운 마음은 온종일 가나
슬픔은 십 리 못 가 발병이 난다. [퇴장]

## 4. 4

[플로리젤과 페디타 등장]

플로리젤 당신의 놀라운 옷차림[23]에 모든 게
생동하고 있어요. 목녀 아닌 플로라[24]가
사월의 문턱을 넘겨다보는 것 같아요.
털깎기 잔치는 신들의 모임 같고
당신은 그 여왕 같아요.

페디타 착한 도련님,
칭찬이 지나치다고 말하면 주제넘겠죠.
어머, 괜히 그런 말 했네! 온 나라의
시선이 집중되는 높은 분을 촌사람
차림으로 숨기셨는데 천한 저는 여신처럼
멋 부렸네요. 잔칫날엔 놀이가 있는데
손님들이 풍속으로 알아주기 망정이지
도련님의 차림에 저도 부끄럽겠죠.
거울에 비춰보면 저도 기절하겠죠.

플로리젤 내 매가 당신 아버지 밭에 날아온 때가
나는 늘 고마워요.

페디타 보다 진정한 이유를
찾으시길 빌어요. 신분의 차이가 두려워요.
도련님은 그런 두려움을 모르시지요.
지금도 막 떨려요. 혹시 도련님처럼
아버님이 이리 지나가시면 어쩌나 하고.
아, 운명! 귀한 아드님의 천한 차림을
어찌 보실까? 뭐라 말씀하실까? 또는
이렇게 빌려 입은 차림으로 어떻게
엄숙한 존전을 뵐까?

플로리젤 아무것도 염려 말고
즐거움만 생각해요. 신들도 사랑을 위해
신성을 버리고 짐승 꼴을 취했어요.
주피터는 소가 되어[25] 소 울음을 질렀고
푸른 해신은 양이 되어[26] 양 소리를 냈어요.
불꽃의 옷을 두른 황금빛 아폴로는
지금 나처럼 가난한 목동이 됐었어요.[27]
신들은 당신보다 못난 여인을 위해
변신했거나 목적이 순수하지 못했어요.
내 욕망은 자존심에 앞서지 않고
욕정도 결혼의 약속보다 뜨겁지 않아요.

페디타 그렇지만 도련님의 결심은 틀림없이
법의 반대에 부딪혀 못 지키세요.
도련님이 생각을 바꾸시거나
제 목숨을 바꾸는 게 그때 가서 확실해져
그중 하나를 결정해야죠.

플로리젤 사랑하는 페디타,
그런 억지 생각으로 잔치의 흥을

23 온갖 꽃으로 치장한 옷을 입고 있다.
24 꽃의 여신. 플로라(꽃의 여신)로 변장한 것이다.
25 그리스신화의 제우스(주피터)가 페니키아 공주인 에우로페에게 반해 흰소로 변신했던 이야기.
26 그리스신화의 이야기로 그리스의 아름다운 여인 테오프라네에 반한 바다의 신인 포세이돈은 그녀를 암양으로 변신시키고 자신도 수양으로 변신해 겁탈했다.
27 그리스신화의 아폴로는 어떤 사람의 양 떼를 지키는 목동이 되었었다.

깨지 말아요. 나는 당신 거가 되거나
아버지 것이 되거나 둘 중 하나요.
하지만 당신 거가 못 되면 나 자신도,
그 누구도 나를 차지하지 못해요.
운명이 거절해도 절대로 변하지 않아요.
착한 아가씨, 즐거워해요. 그동안 뭐든지
바라보며 그런 생각을 눌러버려요.
손님들이 오세요. 얼굴빛을 밝게 해요.
오늘이 마치 우리 둘이 반드시
치르기로 맹세한 결혼식을 올리는
그날 같아요.

페디타 오, 운명의 여신이여!
행복을 주소서!
[늙은 목자, 어릿광대, 몹사, 도카스, 하인들, 목자들, 목녀들,
변장한 폴릭세네스와 카밀로 등장]

플로리젤 저 봐요, 손님들이 오셔요.
명랑하게 맞이할 채비를 하고
즐거워서 빨갛게 달아올라요.

늙은 목자 원 이런. 얘야, 마누라가 살았을 땐,
이런 날 빵 당번, 술 당번, 요리사,
안주인이자 하녀여서 모두 맞아 대접하고
노래하고 춤췄다. 식탁의 이쪽저쪽
이 사람 저 사람 어깨 너머 대접하며
일하면서 달아오른 빨건 낯을 식히려고
이 사람 저 사람과 한잔씩 했는데
너는 얌전을 빼니 안주인이 아니라
대접받는 손님 같다. 여기 이 낯선
친구들한테도 어서 오시라 해라.
그래야 우리가 더 좋은 친구,
더 인기 있는 친구가 될 수 있다.
자, 수줍어하지 말고, 잔치의 주인으로
당당하게 나서라. 네가 벌이는
털깎기 잔치에 어서들 오시라 해라.
그래야 네 양 떼가 잘된다.

페디타 [폴릭세네스에게] 어서 오세요.
아버지가 저에게 오늘 안주인을
맡으라고 하세요. [카밀로에게] 어서 오세요.
도카스, 그 꽃 이리 줘. 점잖은 어르신들,
두 분께는 로즈메리와 운향을 드려요.
겨우내 모양과 향기를 간직하지요.
은혜와 추억[28]을 두 분께 드려요.
털깎기 잔치에 오신 것을 환영합니다!

폴릭세네스 목녀—
예쁜 아가씨구먼.—우리 나이를 겨울 꽃에
잘 맞추누나.

페디타 해는 늙어 가는데
여름은 죽지 않고 몸서리칠 겨울도
아직 오지 않았을 때, 제일 예쁜 제철 꽃은
카네이션과 패랭이꽃인데요,[29] 이 꽃을
자연이 만든 잡종이란 이도 있어요.
우리 시골 꽃밭에는 그런 게 없지만
저는 접붙이는 건 안 좋아해요.

폴릭세네스 아가씨,
왜 안 좋아하나?

페디타 이야기를 들으니까
울긋불긋한 점에서 대자연의 창조를
사람의 기술이 흉내 낸대요.

폴릭세네스 그렇다 해도,
자연이 수단 자체를 내지 않으면
어떠한 수단도 자연을 개량할 수 없어.
아가씨는 자연에 덧붙이는 것이
기술이라고 하는데, 그런 기술 너머에는
자연이 창조하는 또 다른 기술이 있어.
그래서 우량종 가지를 야생종에 접붙여
천한 나무에 귀한 싹을 잉태시키지.
이것이 자연을 개량하고 변화시키는
기술이지만 기술 자체가 자연이야.

페디타 그래요.

폴릭세네스 그렇다면 패랭이꽃을 잔뜩 심어라.
그 꽃들을 잡종이라고 하지 마라.

페디타 교배종을 심겠다고 땅을 파지 않겠어요.
이 젊은이가 저의 화장한 얼굴만 보고
좋다고 하면서 저한테서 자손을
보겠다고 하는 건 싫으니까요.
자, 여기 어르신의 꽃이 있네요.
뜨거운 라벤더, 향기로운 박하와 꿀풀,

28 로즈메리는 추억을, 운향은 슬픔 또는 죄의 뉘우침에서 오는 은혜를 나타내는 꽃말.
29 패랭이꽃은 울긋불긋한 줄이 있고 향기가 짙고 교배가 잘되는 꽃으로 때로는 창녀를 상징하기도 했다.

해와 함께 잠들었다 울며 깨는 금잔화,
이 꽃들은 한여름에 피는 것인데
중년 분께 드릴 거죠. 어서 오세요.

카밀로 내가 아가씨의 양이라면 쳐다만 보고
풀을 뜯지 않겠다.

페디타 어머, 별 말씀이네요!
그러시면 여위어서 정월달 찬바람이
속속 파고들겠군요. [플로리젤에게] 제일 친한 내 친구,
당신한테 어울리는 봄꽃이 있다면
참 좋겠어요. [목녀들에게] 이건 얘 거, 이건 쟤 거.
너희는 아직도 순결한 가지에
처녀성이 자라고 있어. 오, 프로세르피나,[30]
플루토의 마차에서 놀라서 떨어뜨린
그 꽃 주세요! 수선화는 제비도 오기 전에
3월 꽃샘바람을 예쁜 거로 매혹해요.
어둑한 제비꽃은 주노의 눈꺼풀이나
비너스의 입김보다 향기로운 꽃이에요.
연한 앵초꽃은 힘찬 아폴로의 광채를
보기도 전에 시집 못 가고 죽는 꽃,
—처녀들이 잘 걸리는 병이라고요.—
대담한 장다리꽃, 꼭두서니, 각색 나리꽃,
그중에도 창포꽃, 어머, 이 꽃이 없어서
화관을 만들어 드리지 못하네요.
사랑하는 내 친구, 당신 몸에 자꾸만
뿌려줄 건데!

플로리젤 그래서 시체처럼?

페디타 아네요, 죽은 몸 아니고 사랑이 누워
노닥거릴 언덕처럼, 살아 있는 몸으로
흙 아닌 내 품속에 묻히게요. 자, 꽃을 받아요.
강림절 축제[31] 때 보던 마당놀이를
하는 것 같아요. 이런 옷을 입으니까
기분마저 변하네요.

플로리젤 당신이 하면 으레
남이 한 것보다 더 잘돼요. 당신이 말하면
말만 하면 좋겠어요. 당신이 노래하면
그렇게 장사하고, 그렇게 헌금하고,
그렇게 기도하고, 일상생활에서도
노래하면 좋겠네요. 당신이 춤출 땐
바다의 파도가 되어 단지 그 몸짓으로
다른 일은 안 하고 그냥 그렇게만
움직이면 좋겠어요. 무슨 일을 하여도
언제나 처음 보는 새 일이어서
지금 당장 하는 일이 항상 돋보여
당신 행동 모두가 여왕이 되어요.

페디타 오, 도리클레스,[32] 칭찬이 지나쳐요. 젊음과
타고나신 신분이 살며시 드러나
순수한 목동인 걸 보여주어요.
도리클레스, 생각해보면 당신의 사랑이
가짜가 아니었는지 걱정되어요.

플로리젤 내가 당신에게 걱정 끼칠 리 없듯
당신은 걱정할 줄 모르네요.
아무튼 춤춰요. 손 이리 줘요, 페디타.
변함없는 멧비둘기 한 쌍처럼.

페디타 축복해주고 싶어요.

[플로리젤과 페디타가 춤을 춘다.]

폴릭세네스 [카밀로에게] 풀밭 위를 뛰노는 천한 애 치고
더 예쁠 수 없소. 하는 짓이 모두가
저 애의 신분보다 고상한 데가 있고
이런 데와 어울리지 않은 태도가 있소.

카밀로 사내가 뭐라니까 여자애가 수줍어해요.
확실히 치즈와 크림의 여왕이에요.

어릿광대 자, 장단 울려!

도카스 몹사가 네 애인인 모양이야. 마늘 먹으면 키스
맛이 좋아진다!

몹사 칫, 좋아하네!

어릿광대 입 닥쳐, 입 닥쳐! 예절을 지켜야지.
자, 장단 울려!

[음악. 이때 목동과 목녀들의 춤]

폴릭세네스 목자 어르신, 따님과 춤추는
저 잘난 젊은이가 누구요?

늙은 목자 도리클레스라고 해요. 좋은 목초지가 있노라고
자랑을 하는데요, 저 혼자 하는 말이지만
믿어주어요. 정직한 사람 같아요.

30 마차를 타고 달리던 지하계의 신 플루토에게 겁탈당했으나 봄에 꽃을 피우기 위해 지상에 올라오곤 한다. 수선화는 봄에 가장 일찍 피는 꽃이다.

31 부활절 다음 50일째 되는 주일. 이날 연극과 탈춤 같은 마당놀이가 벌어졌다.

32 왕자 플로리젤이 페디타와 사귀면서 자기가 귀한 집 자식이라며 지어서 댄 이름.

딸을 사랑한다는데 그럴 거라 생각해요.
저 사람처럼 딸의 눈을 꼼짝도 않고
쳐다보고 선 사람은 처음 보아요.
달님도 그처럼 물 위를 바라보지 못해요.
솔직히 누가 더 사랑하는지 키스 반쪽도
차이 나지 않아요.

폴릭세네스 딸의 춤이 참말 멋있소.

늙은 목자 뭐든지 잘해요. 나야 입 다물고
있어야 할 처지지만. 도리클레스 청년이
정말 딸을 택한다면 꿈도 꾸지 못할 걸
얻게 될 거요.
[하인 등장]

하인 아이고, 주인님! 문간에서 저 행상이 하는 소릴
들으시면 다시는 소구, 피리 따위에 맞춰 춤추지
않을 거예요. 백파이프에도 끄떡하지 않겠어요.
여러 가지 노랫가락을 부르는데 주인님 돈 세는
것보다도 빨라요. 민요 가락을 통째로 삼킨 듯
줄줄 주워섬겨서 듣는 사람 넋을 빼요.

어릿광대 딱 좋을 때 왔네. 들어오라고 해. 난 민요라면
사족을 못 써. 구슬픈 내용을 재미나게 꾸민 거나
아주 재미난 내용을 구슬프게 부르는 거나 모두
다 좋아.

하인 남자 노래, 여자 노래, 길이도 제각각이고요.
어떤 방물장수도 그렇게 손님 손에 딱 맞는 장갑을
못 가지고 다녀요. 처녀들에게는 아주 귀여운 사랑
노래가 있는데 이상한 일이지만 지저분한 잡소리는
조금도 없고, '방망이'와 '숨넘어가기'와 '그녀에게
올라타라, 그녀를 메다쳐라.' 같은, 점잖은 후렴이
붙어 있어요. 괜히 껍죽대기 좋아하는 녀석이 장난
치려고 불쑥 끼어들면 처녀가 '저리 가! 이 사람아,
나를 아프게 하지 마!' 하고 대꾸하게 되고 '저리 가,
나를 아프게 하지 마.' 하고 사내를 쫓는 거라고요.

폴릭세네스 굉장한 친군데.

어릿광대 네 말 들으니 과연 말재간 좋은 사람이야.
진짜 새 물건도 가지고 다니든?

하인 무지개 빛깔별로 가지각색 리본들이 다 있고요,
보헤미아 법관들이 떼 지어 몰려와도
유식하게 목에 맬 옷깃이 넘치고도 남아요.
헝겊 오리, 양말대님, 세모시, 진세모시—
남신, 여신 되는 듯이 노래로 부르고요,
속치마는 여자 천사 아닌가 할 것 같고
수놓은 어깨와 소매에다 노래를 엮어대요.

어릿광대 들어오라고 해. 노래하면서 오라고 해.

페디타 미리 말해둬. 노랫말에서 지저분한 소리는 쓰지
말라고 해. [하인 퇴장]

어릿광대 얘야, 행상 중에는 네가 생각하는 것보단 속에
지닌 게 더 많은 사람도 있어.

페디타 그래요, 오빠. 또는 생각할 줄 알거나.
[아우톨뤼쿠스가 가짜 수염을 붙이고 보따리를
들고 노래하며 등장]

아우톨뤼쿠스 날리는 눈처럼 하얀 세모시,
까마귀처럼 새까만 아사,
흑장미처럼 향긋한 장갑,
얼굴 가리개, 코 가리개,
구슬 팔찌, 호박 목걸이,
마나님의 내실 향수,
사내가 애인에게 선사할
황금 족두리, 가슴 가리개,
쇠로 만든 머리 인두와 핀,
머리에서 발끝까지 처녀가 쓰는 모든 것.
나한테 와서 사요, 와서 사요, 와서 사요.
사내들이 안 사면 아가씨들이 울어요.

어릿광대 내가 몹사를 사랑하기 망정이지, 아니라면 나한테
한 푼도 우려내지 못해. 하지만 꼼짝없이 매였으니
리본 몇 개하고 장갑을 묶어서 싸야겠어.

몹사 잔칫날에 쓸 수 있게 미리 준다고 약속했는데 지금도
아주 늦진 않았거든.

도카스 그보다 더한 것도 약속했잖아. 아니면 누구는
거짓말쟁이다.

몹사 저 사람이 너한테 약속한 건 모두 값을 냈다고.
혹시 더 낸 게 있는지 몰라. 그래서 저 사람한테
돌려주기가 창피할 거야.

어릿광대 처녀들은 예의범절이란 게 없어졌나? 얼굴 들고
다닐 데서 속옷을 보여야 하나? 소 젖 짜는 시간이나,
잠자리에 들 때나, 아궁이 앞에서만 그런 비밀을
쏙닥이질 못해서 손님들 앞에서 이러쿵저러쿵
해야만 되나? 저분들끼리 말을 주고받고 있으니
다행이구나. 혓바닥 앙다물고 있으라고. 한마디도
더 하지 마.

몹사 나 말 다했어. 네가 나한테 실크 머플러하고 향수
묻힌 장갑을 준다고 약속했어.

어릿광대 장에 가다가 사기를 당해서 가진 돈 다 잃어

버렸다고 했잖아?

아우톨뤼쿠스 옳거니. 세상에 사기꾼이 나돌아요. 그러니까 남정네들 조심해야 되어요.

어릿광대 걱정 마요. 당신이 여기선 아무것도 안 잃어요.

아우톨뤼쿠스 그래야 해요. 돈 나갈 꾸러미를 많이 갖고 다니니까요.

어릿광대 이건 뭐요? 민요 가락인가?

몹사 자, 나 좀 사줘. 나는 인쇄된 노랫말이 좋더라. 인쇄돼야 진짜라는 게 확실하니까.

아우톨뤼쿠스 여기 하나 있소. 아주 슬픈 가락에 맞춰 부르는 거요. 어떤 고리대금업자 여편네가 한꺼번에 돈 자루 스무 개를 낳더니 독사 대가리와 칼집 내서 구운 두꺼비를 먹고 싶어 하더라는 내용이에요.

몹사 그게 정말이라고 믿어요?

아우톨뤼쿠스 정말이고말고요. 겨우 한 달 전 이야긴데.

도카스 맙소사! 고리대금업자하곤 결혼하지 말아야겠네!

아우톨뤼쿠스 산파 이름도 여기 적혀 있어요. '소문녀' 부인이란 사람이에요. 그 자리에는 여염집 부인네가 대여섯이 있었어요. 내가 왜 거짓말 퍼뜨리고 다니겠어요?

몹사 그럼 그거 사.

어릿광대 그럼 그거 옆에 따로 놔. 우선 다른 민요 더 봐요. 딴 물건도 곧 살 건데요.

아우톨뤼쿠스 여기 4월 80일 수요일, 해안에, 40만 길 물 위에 나타났던 물고기 민요가 있어요. 그놈이 여자의 무정한 마음을 슬퍼하는 이 노래를 불렀어요. 그게 여자였던 거로 짐작되는데 자기를 사랑하는 사내와 서로 살을 섞지 않겠다고 해서 차가운 물고기로 변했던 거예요. 민요가 아주 구슬프고 게다가 진짜 일어났던 얘기지요.

도카스 그것도 진짜라고 믿어요?

아우톨뤼쿠스 판사 다섯이 서명했어요. 내 보따리에 모두 담을 수 없을 만큼 증인이 많아요.

어릿광대 그것도 따로 놓는다. 딴 거 봅시다.

아우톨뤼쿠스 이건 즐거운 민요지만 아주 귀여운 거예요.

몹사 즐거운 거 몇 개 사자.

아우톨뤼쿠스 이건 정말 즐거운 건데 '한 남자 사랑하는 두 처녀' 곡조로 부르는 거지요. 서쪽 지방에서 이 노래 부르지 않는 처녀가 없다시피 해요. 사실대로 말하면 계속해서 주문이 들어와요.

몹사 우리 둘이 그 노랠 할 줄 아니까, 당신이 한 파트 부르면 들을 수 있겠네요. 삼부로 돼 있군요.

도카스 한 달 전에 그 곡조를 불렀어요.

아우톨뤼쿠스 내 파트는 부를 줄 알아요. 그게 내 직업예요. 같이 불러봅시다.

[노래]

아우톨뤼쿠스 여기서 떠나라, 나는 가야 하겠다.
너는 몰라도 되는 곳으로.

도카스 어디로?

몹사 아, 어디로?

도카스 어디로?

몹사 네가 굳게 맹세했던 그대로
나한테 비밀을 털어놓아라.

도카스 나한테도, 나도 거기 데려가라.

몹사 농가나 방앗간에 가는 거겠지.

도카스 두 곳 중 어딜 가든 네 잘못이야.

아우톨뤼쿠스 다 아니야.

도카스 다 아니야?

아우톨뤼쿠스 다 아니야.

도카스 내 애인이 되겠다고 맹세하고선.

몹사 나한테는 더 세게 맹세하고선.
어디로 가? 어딜 가냐고?

어릿광대 조금 뒤에 우리끼리 이 노래를 끝까지 부르자. 아버지와 두 신사 양반이 심각하게 얘기하는 중이니 방해되게 하지 말자. 자, 물건 꾸러미 가지고 뒤따라와요. 아가씨들, 둘 다한테 내가 사줄게. 행상, 우리 첫째로 고릅시다.—아가씨들, 나 따라와. [도카스와 몹사와 함께 퇴장]

아우톨뤼쿠스 둘의 값을 톡톡히 내게 하겠다.

[노래]

댕기 오리 사겠소? 외투 깃 사겠소?
귀여운 병아리, 예쁜 아가씨!
최신의, 최고의, 최상의 유행인
비단이나 실이나 머리의 치장?
행상에게 나와요. 돈이 항상 끼어들어
누구나 물건을 장터에 내놓지. [퇴장]

[하인 등장]

하인 주인님, 마부 셋, 목동 셋, 소지기 셋, 돼지치기 셋이 털북숭이 꼴로 차리고 와서 자기들이 자칭 '사티로스'[33]라고 하는데요, 괴상한 춤을 추는데 여자들은 발질만 해대는 잡탕이라고 해요. 자기들이 거기 끼지 않아서 하는 소리지만요. 하지만 너무 거칠지만 않으면 공굴리기밖에는

별로 할 줄 모르는 사람들에게 괜찮을 거라고
합니다.
늙은 목자 가라고 해! 우리에겐 필요 없어. 촌스런 장난이
벌써 지나치게 많았어. 손님들은 우리 놀음
보시느라 피곤하시겠어요.
폴릭세네스 우리를 신명나게 하는 사람들을 피곤하게
하는 것이지요. 그 네 짐승지기 3인조를 봅시다.
하인 그중의 한 패 말로는 임금님 앞에서 춤을 춘
적도 있대요. 셋 중에서 제일로 가는 사람은
확실히 열두 자 반을 높이 뛴대요.
늙은 목자 수작은 그만하고, 이분들이 좋으시다니
들어오라고 해. 지금 곧.
하인 문간에서 기다리고 있는데요.
[춤꾼들에게 들어오라고 한다.]
[여기서 열두 사티로스들이 춤춘다.]
폴릭세네스 [늙은 목자에게]
그럼 노인장, 그 일은 뒤에 더 말하겠소.
[카밀로에게]
너무 멀리 간 거 아닌가? 떼놔야 할 때야.
순박해서 말이 많구먼. [플로리젤에게] 참한 목동, 잘 지내나?
무언가에 골몰해서 마음이 잔치에서
떠나 있구먼. 사실 나도 젊을 때 자네처럼
연애에 열중해서 하찮은 것들을
여자에게 안기곤 했어. 행상의 비단 짐을
모두 뒤져서 그녀에게 받으라고
쏟아놓곤 했지.—자네는 그냥 보내고
아무것도 안 샀는데, 아가씨가 오해하여
자네가 사랑이나 아량이 부족해서
그랬다고 한다면, 자네는 대답이
궁하겠네. 아가씨를 행복하게
해줄 거라면.
플로리젤 어르신, 그녀는
그런 유치한 물건들을 좋아하지 않아요.
그녀가 바라는 선물은 제 마음에
가득 담아 뒀어요. 벌써 준 것이지만
아직은 안 보냈어요. [페디타에게] 이 어르신 앞에서
내 생명의 숨소리를 들어봐요. 이분도 한때
사랑하셨겠지요. 이 손이 당신 손을 잡으니까
비둘기 깃털처럼 부드럽고 희어요.
또는 흑인의 치아나 북풍에 두 번 까부른
휘날리는 눈발 같아요.
폴릭세네스 무슨 말을 하려고 하나?
[카밀로에게] 이 젊은이가 이미 깨끗한 손을
다시 깨끗이 씻는 것 같아! [플로리젤에게]
잠시 자네 말을 끊었군.
하던 말로 돌아가자. 자네의 속마음을
들려주게.
플로리젤 예. 제 말의 증인 되세요.
폴릭세네스 그리고 나의 이웃 친구도?
플로리젤 그럼요. 그리고
그 밖의 모든 사람, 이 땅덩이, 저 하늘 모두!
세상에서 가장 큰 권력과 인덕이 높은
제왕이 될지라도, 뭇사람의 눈을 끄는
미남이 될지라도, 아무도 못 가진 힘과
지식이 있다 해도, 그녀 사랑 없이는
쓸데없으며 그녀 위해 그 모두를 사용하고
그녀를 받들며 찬양하게 할 터이고 아니면
망하라고 내버리라 할 테요.
폴릭세네스 말이 너무 좋구나.
카밀로 굳건한 사랑을 나타내요.
늙은 목자 그러면 얘야,
너도 그에게 그렇게 말하겠냐?
페디타 그처럼 멋있게
말할 줄을 몰라요. 더 좋은 뜻도 없고요.
제 생각의 옷본에 따라 순수한 저분 마음을
그대로 오려내요.[34]
늙은 목자 손을 맞잡아. 계약이다!
그리고 낯선 친구들, 증인이 돼주세요.
딸을 청년에게 내주고, 그 재산에 맞먹게
딸의 몫을 만들겠소.
플로리젤 오, 그건 따님의
성품으로 족해요. 한 분만 돌아가시면
어르신이 꿈도 못 꿀 큰 재산이 생겨요.
너무도 놀랄 거예요. 하지만 지금은
증인들 앞에서 혼약시켜 주세요.
늙은 목자 그럼 손 이리 주게. 그리고 얘, 네 손도.

33 상체는 사람, 하체는 염소 형상을 한 음탕한 괴물. 고대의 축제 때 그런 괴물로 변장한 사람들이 난장 춤을 추었다.
34 여자가 옷본을 따라 천을 마름질하듯 자기 생각에 따라 상대 남자의 순수함을 받아들인다는 말.

폴릭세네스 청년, 너무 서둘지 말게. 아버지 계신가?
플로리젤 예. 하지만 상관있어요?
폴릭세네스 아버지가 아시나?
플로리젤 모르세요. 알리지도 않겠어요.
폴릭세네스 내 생각은 이렇다.
아버지가 누구보다 아들 혼인 잔치에
어울리는 손님 아닌가. 다시 묻겠네.
아버지가 세상일을 바로 처리 못 할 만큼
실성하셨나? 나이 들고 담이 들고 변해서
멍청하신가? 말을 못 하나? 귀가 먹었나?
사람을 분간 못 하나? 제 일을 의논 못 하나?
병석에 누워 있나? 어릴 적 한 짓밖에
아무것도 못 하나?
플로리젤 아닙니다. 어르신,
건강하시며, 그 연배의 딴 분보다
기력도 좋으세요.
폴릭세네스 내 흰 수염에 맹세코,
그것이 사실이면, 자네는 아버지에게
불효하는 것이야. 내 아들이 아내를
선택하는 건 합당한 일이나
잘난 후손 보는 것이 아버지의 유일한 낙인데
아버지 역시 그런 일에 의견을 갖는 것이
옳지 않은가?
플로리젤 모두 인정합니다만,
점잖은 어르신, 어떤 이유가 있어서,
어르신 아실 일이 아닌데요, 아버지께
말씀 안 드렸어요.
폴릭세네스 말씀드리게.
플로리젤 안 됩니다.
폴릭세네스 말씀드리라니까.
플로리젤 못 합니다.
늙은 목자 사위, 그러게. 자네의 선택을 아시면
섭섭하게 여기지는 않으실걸세.
플로리젤 안 됩니다.
혼약이나 살핍시다.
폴릭세네스 [변장을 벗으며] 이혼이나 살펴라.
네가 어찌 아들인가! 너무도 저질이라
자식으로 인정할 수 없다. 왕의 홀을 계승할 자가
목자의 막대기를 탐하다니! 너 늙은 반역자,
교수형에 처한대도 네 목숨을 겨우 이레
단축할 수 있으니 유감이다. 그리고 너,
교묘한 요술쟁이 새파란 마녀, 네 짝이
바보 왕자란 걸 물론 알고 있겠지?
늙은 목자 어이구, 가슴이야!
폴릭세네스 반반한 네 낯을 찔레로 긁어서
신분보다 못생기게 만들겠다. [플로리젤에게]
멍청이 너는,
이 노리개 다시는 못 본다고—절대로 다시
못 보게 하겠다.—한숨을 쉬더란 말이
들리는 날엔, 왕위 계승을 거절하고
내 혈통이라 하지 않고 육친도 아니고
듀칼리온[35]보다 멀다고 하겠다.
내 말 새겨들어라! 궁정으로 따라와. [늙은 목자에게]
너 촌놈, 내가 심히 불쾌하나, 이번만은
죽을죄를 면해준다. [페디타에게] 그리고 너 마녀,
목동들과 어울리고, 또 목동이 되겠다는
저놈과 어울리나, 내 명예가 개입되니
네게는 안 맞는다. 이날 이후 네가
촌집 빗장을 벗겨 저놈을 들이거나
또다시 네 팔로 저놈을 휘감을 때는
네가 아프게 느낄 잔혹한 죽음을
고안하겠다. [퇴장]
페디타 여기서 망하다니요!
별로 겁은 안 났어요. 저도 한두 번
말하려고 했어요. 분명히 말씀드리려 했어요.
대궐에 비치는 같은 해가 얼굴을 안 가리고
우리의 촌집에도 똑같이 내리쬔다고
말하고 싶었어요. [플로리젤에게] 제발 가 주시겠어요?
이러다가 어찌 될지 제가 이미 말했어요.
자신의 지위를 돌아보세요. 이제 꿈을 깼으니
한순간도 왕비 노릇 더 하지 않고
양젖이나 짜면서 울겠어요.
카밀로 그럼 노인, 뭐라겠는가?
죽기 전에 말하라.
늙은 목자 말도 생각도 못 하겠군요.
알면서도 안다고 할 수 없어요. [플로리젤에게]
당신은 여든세 살 노인을 망쳐버렸소.
조용히 무덤이나 채우려던 사람이오.
내 아버지 돌아가신 침대에서 죽어서

35 그리스신화에 나오는, 노아처럼 대홍수 다음에 인류를 다시 시작했다는 아주 옛 사람.

그분의 정직한 뼈 곁에 눕기만 원했지만,
이제 어떤 망나니가 거적에 말아
사제님이 흙도 뿌리지 않는 데다 파묻을 테지.
[페디타에게] 아, 망할 것아, 왕자란 걸 알면서
감히 혼인을 하겠다고! 망했다! 망했어!
당장 죽어 넘어진대도 죽고 싶을 때까지
살 만큼 살았다. [퇴장]

플로리젤 [페디타에게] 왜 그런 눈으로 나를 쳐다봐요?
슬프지만 겁나지 않아요. 조금 지연되지만
변한 건 없어요. 나는 전과 같아요.
잡아당기니까 버티기는 힘들지만
순순히 끌려가지 않아요.

카밀로 귀하신 왕자님,
아버님 성향을 아시지요. 지금 당장은
무슨 말도 안 들으실 거요.—왕자님도
아무 말씀 안 하시겠죠.—그리고 아직은
왕자님을 보시지도 않을 것이니,
전하의 진노가 가라앉기 전에는
앞에 가지 마세요.

플로리젤 그럴 생각이 없소.
카밀로죠?

카밀로 [변장을 벗으며] 맞습니다, 왕자님.

페디타 이렇게 될 거라고 얼마나 말했어요?
세상에 알려지면 제 지위도 끝이라고
얼마나 말했어요?

플로리젤 내가 신의를 지키는 한
절대로 안 그래요. 그렇게 된다면
대자연이 땅덩이를 박살내서 온 생명을
파멸해도 좋아요! 얼굴을 들어요. 아버지,
저를 상속에서 말소하세요. 저는 사랑의
상속자예요.

카밀로 깊이 생각하세요.

플로리젤 생각과 사랑을 따를 테요. 내 이성이
사랑에 복종하면, 이성이 있다는 말이오.
아니라면 내 지각이 열정을 더 좋아해서
그것을 환영하오.

카밀로 이건 막간다는 말입니다.

플로리젤 그렇다고 하시오. 하지만 맹세대로 하는 거요.
그것을 정직이라 해야겠소. 카밀로,
보헤미아를 다 얻고 거기서 얻을
영광을 다 얻고, 태양이 내려다보고
지구가 감추고 있고 몇 길인지 모를
깊은 바다가 숨긴 것을 다 준다 해도,
어여쁜 사랑과의 맹세를 깨지 않겠소.
당신은 아버지가 존경하는 친구인데
다시는 아버지를 뵙지 않을 결심이니,
혹시 내가 어디 있나 궁금해 하시면
아버지의 섭섭함을 좋게 위로하시오.
장차 올 시간을 놓고 운명과 내가
줄다리기를 하겠소. 다음을 알려주니
아버지께 전하오. 여기 육지에서는
내 여자와 살 수 없어 바다로 나가겠소.
우연히도 지나가는 배가 있소.
이를 위해 마련된 건 아니겠지만.
내가 어디로 가려고 하는지는
당신이 알아야 소용이 없겠으며
알려줄 책임도 없소.

카밀로 오, 왕자님,
왕자님의 정신이 더 쉽게 충고 받거나
필요한 만큼 강하시면 좋겠네요.

플로리젤 페디타, 들어요.
[카밀로에게] 당신 말은 후에 듣겠소.
[그녀를 옆으로 데리고 간다.]

카밀로 요지부동이구나. 도망을 결심했다.
이 일을 내게 유리하게 꾸미면 좋겠다.
왕자를 위험에서 구하고 사랑으로 받들어
그 대가로 그리운 시칠리아를 다시 보고
내 주인, 불행한 전하를 다시 뵙겠다.
참말 뵙고 싶은 분이지.

플로리젤 그럼 카밀로,
하도 일이 복잡해서 형식적인 인사를
생략하오.

카밀로 제가 믿기로 왕자님은
미력이나마 제가 아버님을 경애하여
섬긴 일을 들어 아시죠?

플로리젤 높은 찬사를
받을 만하오. 당신의 업적을 칭찬하실 때
노래하듯 하셨소. 존중하시는 만큼
보답하시는 것이 아버님의 큰일이었소.

카밀로 그럼 왕자님, 제가 전하를 경애하는 동시에
그분에게 가장 가까우신 왕자님도
사랑한다는 사실을 믿으신다면

제 의견에 따르세요. 혹시 이미 정하신
중대사를 변경할 수 있다면 말이에요.
명예를 걸고 왕자님 신분에 어울리게
환영받으실 곳을 알려드리겠습니다.
아가씨와 즐겁게 지내실 곳이에요.
하늘이 금할 일이나 왕자님의 파멸이 있기 전에
두 분은 떨어질 수 없다는 걸 잘 알아요.
결혼하세요. 왕자님 안 계시는 동안에
최선의 노력으로 노여우신 아버님을
진정시켜 사랑을 되돌려 놓겠어요.

플로리젤 카밀로, 기적 같은 그런 일이 생기겠소?
당신을 인간 이상이라 부르고 성사 후엔
전적으로 믿겠소!

카밀로 어디로 가실지
생각해 보셨나요?

플로리젤 아직 안 했소.
우리가 이렇게 허둥지둥하는 것이
뜻밖의 사태 때문이듯 솔직히 우리는
우연의 노예이며 바람 따라 불려가는
날벌레요.

카밀로 그럼 제 말 들어보세요.
이렇습니다. 왕자님이 목적을 안 바꾸시고
이렇게 도피하실 거라면 시칠리아로 가세요.
거기서 왕자님과 예쁜 부인은—확실히
부인이 되실 거예요.—레온테스 왕을 뵈세요.
아가씨는 왕자님 배필에 어울리도록
옷차림을 해야 돼요. 레온테스 왕께서
팔을 활짝 벌리고 우시며 반기시는 모습이
뵈는 듯해요. 그 당장에 '얘야, 용서해라!'
하고 여느 아버지처럼 말씀하시고,
왕자님의 새댁 손에 키스하시고
옛날 노염과 지금 사랑을 왔다 갔다 하시며
노염은 지옥으로 쫓아 보내고 사랑은
생각이나 시간보다 빨리 크길 바라시겠죠.

플로리젤 존경하는 카밀로, 방문의 이유를
뭐라 할까요?

카밀로 아버님의 인사와
문안을 드리도록 파견됐다고 하세요.
처신하실 방법과, 아버님이 보내시는
것처럼 꾸며 왕자님이 전할 말씀 등,
우리 셋만 아는 것을 적어 드리죠.
만나실 때마다 하실 말씀을 알려드리겠으니,
왕께서는 왕자님이 아버님 마음과 같아
아버님의 심중을 그대로 전한다고
생각하실 거예요.

플로리젤 참말 고맙소.
살아날 희망이 보이오.

카밀로 길도 없는 물결과
꿈도 못 꾼 해안과 필연적인 비참에
무모하게 뛰어들어 힘 될 희망도 없고
한 고비를 넘기면 또 다른 고비가
닥치는 형국보단 바람직한 길이지요.
닻처럼 확실한 건 없지만 싫다는 주인을
그 자리에 박아두는 게 닻의 일이죠.
그래서 유복하게 살아야 사랑의 유대가
튼튼하게 됩니다. 해맑은 사랑의
얼굴과 그 마음이 합하여 고난을
바꿔줘요.

페디타 그중의 하나는 맞아요.
고난은 얼굴빛을 흐릴 수는 있어도,
마음을 정복하진 못해요.

카밀로 정말 그렇게 생각하오?
당신 아버지 집안에는 앞으로 한동안
아가씨 같은 딸은 생겨나지 못할 거요.

플로리젤 카밀로, 페디타는 신분은 나보다 못하나
제 신분을 훨씬 앞지르오.

카밀로 교육이 모자란다고
아쉬워할 게 없군요. 가르치는 사람에게
선생이 되겠어요.

페디타 용서하세요. 그 말씀에
낯붉히며 감사해요.

플로리젤 한없이 귀여운 페디타!
하지만 우리는 가시를 밟고 섰소! 카밀로,
아버지 목숨의 은인, 이제는 내 은인,
우리 집안의 의사, 이제는 어찌해야 되오?
보헤미아 왕자처럼 차리지 못했고
시칠리아에서도 이 모습이오.

카밀로 왕자님,
그런 건 걱정 마세요. 제 재산 모두가
거기 있다는 거 아시죠? 왕자답게
차리시게 해놓겠어요. 왕자님 출연 장면을
제가 연출하듯 하지요. 예컨대 왕자님이

부족함이 없다는 걸 아시도록—한마디만.
[둘이 따로 얘기한다.]
[아우톨뤼쿠스 등장]
아우톨뤼쿠스 하하하, '정직'이란 놈이 얼마나 바보냐! 그리고
그놈의 열렬한 의형제 '신뢰'는 참말 맹추 신사지!
내 잡동사니를 남김없이 다 팔았단 말이다! 가짜 보석,
댕기, 거울, 방향제, 브로치, 공책, 노래, 칼, 헝겊 오리,
장갑, 구두끈, 팔찌, 뿔테, 우리 패거리가 굶지
않게 하려고 서로 먼저 사겠다고 덤벼들었지. 내
노리개들이 성물이나 되는 듯이, 사는 사람에게는
복이라도 갖다 주는 것처럼. 그러는 동안 누구 주머니가
제일 괜찮은가 보아뒀다가 좋은 데 쓰려고 기억해뒀지.
우리 어릿광대 아저씨는 똑똑한 사람 되려면 한 가지가
빠졌는데, 계집애들 노래에 얼마나 얼빠졌던지 곡조와
가사를 모두 욀 때까지 발가락도 꼼짝하지 않더라고.
그랬더니 나머지 모두가 떼를 지어 몰려와 온통 귀만
살았던 거라. 주머니 아니라 거길 꼬집어도 몰랐을 거야.
도무지 딴 감각이 없었으니까. 그러니 불알 따듯 주머니
따는 게 아무것도 아니더라. 쇠사슬에 달아맨 열쇠를
줄칼로 잘라도 될 판이었지. 어릿광대 아저씨의 노래,
그 엉터리 곡조에 홀린 것밖에는 들어도 못 듣고,
만져도 모르더라고. 그렇게 얼빠져 있는 동안에 녀석들
잔치 돈 주머니를 거의 모두 땄는데 노인네가 자기 딸과
왕자에게 뭐라고 소동을 부리는 바람에 쭉정이에
모여들던 까마귀 떼를 쫓았기 망정이지 전군에 남아난
주머니가 없었을 게야.
[카밀로, 플로리젤, 페디타가 앞으로 나온다.]
카밀로 아니오. 이렇게 거기 도착하시는 즉시
내 편지가 그 의문을 풀어드릴 거예요.
플로리젤 그래서 레온테스 왕에게서 얻어낼 편지는?—
카밀로 전하를 안심시켜 드리겠죠.
페디타 부디 복 받으세요!
모든 말씀이 좋아 보여요.
카밀로 [아우톨뤼쿠스를 보고] 이게 누군가?
이 녀석을 수단으로 써야겠다. 도움 될 건
하나도 빼놓지 않겠다.
아우톨뤼쿠스 [방백] 내 말을 엿들었다면 당장 사형감이야.
카밀로 이 친구, 왜 그리 떠나? 겁내지 마라.
자네한테 아무 해도 끼치지 않아.
아우톨뤼쿠스 가난한 놈이올시다.
카밀로 됐어. 그냥 계속 가난하라고. 자네한테서 가난을
훔쳐갈 사람은 여기 없어. 하지만 자네의 가난한
꼴과 바꿔치길 해야겠어. 그러니까 얼른 옷을
벗으라고. 그럴 필요가 있다는 것만 알아둬.
그럼 이 신사와 겉옷을 바꿔 입어. 저분 편으로
보면 손해나는 거래지만 안심해라. 덤으로 뭣
좀 붙여줄 게 있어.
[아우톨뤼쿠스에게 돈을 준다.]
아우톨뤼쿠스 가난한 놈이올시다. [방백] 당신들 누군지
내가 잘 알아.
카밀로 자, 빨리빨리 해. 신사 양반은 벌써 절반이나
벗었어.
아우톨뤼쿠스 진짜 그러는 거요? [방백] 뭔가 냄새가 난단
말이야.
플로리젤 빨리 해.
아우톨뤼쿠스 사실 계약금을 주셨지만, 양심상 받을 수가
없군요.
카밀로 단추 풀어, 단추 풀어.
[플로리젤과 아우톨뤼쿠스가 서로 겉옷을 바꾼다.]
[페디타에게] 행복한 아가씨, 내 예언대로 되기를!
으슥한 데 들어가서 애인의 모자를
눈썹까지 눌러 써서 얼굴을 가리고
겉옷을 벗어요. 그래서 되도록 모양을
달라지게 꾸며요.—감시의 눈이
걱정이오.—그래서 남의 눈에 안 띄게
배에 올라요.
페디타 지금 보니 이 연극에
저도 배역 맡은 거네요.
카밀로 어쩔 수 없어요.
거기 다 끝냈어요?
플로리젤 지금 아버지를 만나도
아들이라 하지 않으시겠소.
카밀로 아, 모자는 안 되오.
[모자를 페디타에게 준다.]
갑시다, 아가씨. 잘 있게, 친구!
아우톨뤼쿠스 잘 가세요.
플로리젤 오, 페디타, 우리가 잊은 게 뭐요?
한마디만 하겠어요.
[그녀를 옆으로 데리고 간다.]
카밀로 이 다음 할 일은 두 사람의 탈주와
왕에게 목적지를 알려주는 일이다.
왕에게 그 뒤를 따르라고 설득해서

왕과 함께 시칠리아를 다시 보는 게
내 소망이다. 고향 보고 싶은 마음이
여자의 애원 같다.

플로리젤 운명이여, 도우소서!
카밀로, 그럼 우리 바닷가로 출발해요.

카밀로 빠를수록 좋습니다.

[플로리젤, 페디타, 카밀로 퇴장]

아우톨뤼쿠스 무슨 꿍꿍인지 알겠다. 나도 귀가 있거든. 열린 귀,
빠른 눈, 잽싼 손이 소매치기한테 필요하지. 좋은 코도
필요하지. 그래야 딴 감각들이 할 일을 냄새 맡거든.
이때야말로 나쁜 놈이 수지맞을 시절이야. 덧붙인 덤이
없다면 이렇게 바꾼 게 맹탕일 거 아니야! 이렇게
바꾼 데다 붙여준 게 얼마냐! 확실히 금년에는 신들이
우리에게 눈감아주는 모양이야. 그러니 우리는 언제나
아무거나 닥치는 대로 할 수 있어. 왕자가 무슨 못된
짓을 꾸미는구나. 거추장스런 물건을 뒤꿈치에 매달고
아버지한테서 도망치는 건데, 그걸 왕에게 알려주는
게 정직한 짓이라고 믿는다면 절대로 안 알린다.
그런 걸 숨기는 게 악당에게 더 잘 맞는다는 말씀이야.
내가 이런 점에서 직업에 충실해.
[어릿광대와 늙은 목자가 보따리와 상자를 들고 등장]
비켜라, 물러서라. 똑똑한 머리 굴릴 일이 또 생겼구나.
막다른 골목, 상점, 교회, 재판, 교수형, 어디서나 눈치
빠른 놈에겐 일거리 생겨.

어릿광대 지금 아버지가 어떤 입장인지 제발 좀 봐요! 그 애가
주워온 아이이고 아버지 혈육이 아니라고 왕께 말씀
드리는 도리밖에 없네요.

늙은 목자 아니야. 내 말 들어봐!

어릿광대 아녜요. 제 말 들으세요.

늙은 목자 그럼 말해봐.

어릿광대 걔가 아버지 혈육이 아니니까 아버지 혈육이 왕에게
잘못한 게 아니란 말예요. 그러니까 아버지 혈육이
왕에게 벌을 받을 수 없어요. 걔하고 함께 발견된
물건들을 보여주세요. 걔가 갖고 있는 거 빼고는 그
비밀 물건 모두 다요. 그렇게 하면 법도 별수 없어요.
장담해요.

늙은 목자 왕에게 모든 걸 말하겠다. 한마디도 빼지 않고.
왕자가 장난친 것까지 모두 다. 나를 왕하고 사돈
맺으려고 했으니 제 아버지한테나 나한테나 정직한
사람은 못 된다고 하겠다.

어릿광대 아버지가 왕과 사돈 맺는 거야말로 진짜 멀고 먼
얘기예요. 그렇게 됐다면 아버지 피 한 돈쭝이 얼마나
더 비싸지겠어요?

아우톨뤼쿠스 [방백] 하룻강아지들이 아주 똑똑해!

늙은 목자 그럼 우리 왕한테 가자. 보따리 속에 왕이 궁금해서
견디실 수 없는 물건들이 들어 있어.

아우톨뤼쿠스 [방백] 저렇게 사정을 말한다고 내 옛날 주인이
도망치는 걸 막을 수 있을지 모르겠다.

어릿광대 왕이 궁궐에 계시면 좋겠는데.

아우톨뤼쿠스 [방백] 나는 본시 정직한 놈이 아니지만, 이따금
우연히 정직해지기도 한단 말씀이야. 행상의 수염을
집어넣자.
[가짜 수염을 뗀다.]
촌사람들, 어디 가는 중인가?

늙은 목자 궁성으로요, 나리.

아우톨뤼쿠스 거기서 볼일이 무엇이며, 무슨 일이며, 누구와
할 일이며, 그 보따리의 성격, 당신들 현주소, 성명,
연령, 재산 정도, 교육 정도, 기타 알려야 할 모든
사실을 이실직고하렷다!

어릿광대 저희야 그냥 맨숭맨숭한 사람들이지요.

아우톨뤼쿠스 거짓말이다. 거칠고 털북숭인데. 내게 거짓말하지
마라. 거짓말은 장사치한테 어울려. 장사치들이 우리
군인에게 속임수를 쓰지만 우린 칼이 아니라 진짜
돈으로 값을 낸다. 그래서 그자들이 우리에게 거짓말을
떠넘기지 못한다.

어릿광대 나리가 미리 조심하셨으니 망정이지 우리가 거짓말
했다고 야단치실 뻔했다고요.

늙은 목자 나리, 실례합니다만 궁정인이신가요?

아우톨뤼쿠스 실례하건 안 하건, 하여간 나는 궁정인이다. 이런
복장을 보면 궁정인인 줄 몰라? 내 걸음만 보아도
우아한 궁정 동작을 모르겠나? 나한테서 궁정의 냄새를
못 맡는가? 너희 천한 꼴에다 내가 너희를 멸시하는
궁정식 시선을 안 보내는가? 일에서 무엇 좀 빼먹고자
한대서 궁정인이 아닌가? 나는 머리끝에서 발끝까지
궁정인이다. 그래서 궁정에서 너희의 일을 밀어주거나
물리칠 입장이다. 그러므로 너희 일을 사실대로 말할
것을 명령한다.

늙은 목자 저는 왕께 볼일이 있네요.

아우톨뤼쿠스 왕을 만나게 해줄 변호인이 누구인가?

늙은 목자 모릅니다요, 나리.

어릿광대 '변호인'이란 궁정 말로 꿩 한 마리란 뜻이에요.
그러니 없다고 하세요.

늙은 목자 없어요. 꿩이 없어요. 암놈이든 수놈이든 없어요.

아우톨뤼쿠스 소박하지 않은 우리가 얼마나 축복인가! 하지만 자연이 나를 이것들처럼 낼 수 있었지. 그러니까 경멸하지 않겠다.

어릿광대 이분은 틀림없이 높은 궁정인예요.

늙은 목자 옷은 비싼 것이다만 어쩐지 보기 좋게 입지를 못했구나.

어릿광대 괴상하게 차린 걸 보면 더 높은 것 같아요. 아주 높은 대감님이에요. 장담해요. 이빨 쑤시는 것만 봐도 알아요.

아우톨뤼쿠스 그 보따리 말이야. 속에 뭐가 들었어? 그 상자는 왜 갖고 가?

늙은 목자 보따리하고 상자에는 임금님만 아셔야 하는 비밀이 들었어요. 이 시간 안에 꼭 알려드려야 하는 거지요. 내가 왕께 말씀드릴 자리에 갈 수만 있다면 말이에요.

아우톨뤼쿠스 노인, 헛수고가 되었어.

늙은 목자 왜요?

아우톨뤼쿠스 왕이 궁궐에 안 계셔. 울적한 기분을 풀고 바람 쏘이러 새 배를 타고 나가셨단 말이야. 너희가 소위 심각한 일이라는 게 무엇인지 안다면, 왕이 슬픔으로 속이 미어지신다는 걸 알 만한데.

늙은 목자 아들 땜에 그러신다고들 합디다. 목자 딸과 결혼할 뻔했다지요.

아우톨뤼쿠스 그 목자가 아직 체포되지 않았다면 빨리 도망치라고 해. 그 욕질 듣고 그 고문 맛보면 사람 등뼈 꺾이고 짐승 염통 터질 노릇이지.

어릿광대 그럴까요?

아우톨뤼쿠스 교묘하게 고안된 아린 고문과 매서운 앙갚음을 그자만 당하는 게 아니라 그자와 인척 관계에 있는 사람은 50촌까지도 모두 망나니한테 넘겨질 테니, 참 안된 일이지만 그럴 수밖에 없어. 휘파람으로 양이나 부르는 늙은 놈, 양치기 따위가 딸을 높은 자리에 들어앉히겠다고! 돌 맞아 죽어 싸달 사람들도 있지만 그렇게 죽는 건 너무 약과란 게 내 말이야. 우리 왕좌를 양 우리에 들여놓겠다고 하다니! 죽이는 방법도 너무 적고 제일 아픈 죽음도 너무 헐거워.

어릿광대 실례지만, 그 노인에게 아들이 있다는 소리 혹시 들으셨나요?

아우톨뤼쿠스 아들이 있지. 그 녀석은 산 채로 깝질을 벗기고 꿀을 발라서 말벌 둥지 앞에 붙들어 매놓고 4분의 3 이상 죽게 될 때까지 거기 세워놨다가 독한 술이나 그 비슷한 따가운 약물을 발라 다시 살려 가지고, 온몸이 쓰라려 죽겠는데 달력을 보고 제일 뜨거운 날에 벽돌 담 앞에서도 남쪽에, 부릅뜨고 내리 쬐는 해를 마주보게 세워놔서 파리 떼가 구더기를 깔겨서 죽을 때까지 파먹게 할 게다. 한데 우리가 무엇 땜에 그런 역적 놈들 얘기를 하고 서 있냐? 놈들의 범죄가 그처럼 극형감이라 그래서 당할 고통은 차라리 웃어줄 수 있는 게야. 너희들이 정직한 양민인 것 같아 묻는데, 왕에게 무슨 볼일이 있냐? 인간적으로 생각해주면, 왕이 타신 배로 데려다가 만나게 해주고 귓속말로 너희 위해 왕께 말할게. 너희 민원을 들어줄 사람이 있다면 왕 말고는 바로 여기 있는 이 사람뿐이라고.

어릿광대 굉장한 권력자 같아요. 저 사람 말 들으세요. 돈을 주세요. 권력이란 고집스런 곰 같아도 돈이면 코를 잡아 끌 수 있어요. 주머니 속에 든 것을 저분 손바닥에 내 뵈세요. 그럼 끝나요. “돌 맞아 죽는다” “산 채로 깝질 벗긴다”는 말 잊지 마세요!

늙은 목자 나리, 이거 실례입니다만, 우리 일 맡아 주십사고 드리는데 이거 지금 제게 있는 돈이에요 그만큼 더 드릴게요. 이 젊은이를 담보로 여기 남겨놓고 갖다 드리겠어요.

아우톨뤼쿠스 내가 약속대로 한다면 그러겠단 말인가?

늙은 목자 예, 나리.

아우톨뤼쿠스 그럼, 먼저 절반만 다오. [어릿광대에게] 너도 이 일에 관련됐는가?

어릿광대 좀 그래요. 하지만 제 깝질은 보잘것없는데요, 그거라도 벗기지 말았으면 좋겠네요.

아우톨뤼쿠스 아, 그건 목자 아들놈 경우야. 목매달아 죽여서 본을 삼겠지.

어릿광대 쳇, 위로 치곤 차갑네요! [늙은 목자에게 방백] 우리 왕한테 가서 이상한 물건들을 뵈드려야겠어요. 걔가 아버지 딸도 아니고 제 누이동생도 아니란 걸 왕한테 알려야 해요. 안 그랬다간 우린 영 골로 가는 거예요. 나리, 일이 끝나면 제가 노인만큼 돈을 또 드리지요. 돈 갖고 올 때까지 노인 말대로 나리의 담보가 되겠어요.

아우톨뤼쿠스 믿도록 하지. 똑바로 바닷가를 향해 가서 오른쪽으로 가라. 나는 울타리에 잠깐 실례하고 너희 뒤를 따라 가겠다.

어릿광대 우리가 이분을 만났으니 천만다행이에요. 정말

다행이고말고요.

늙은 목자 저 사람 하라는 대로 앞만 보고 가자. 우리 잘 되라고 신이 보내신 분이다. [늙은 목자와 어릿광대 퇴장]

아우톨뤼쿠스 내가 정직해지고 싶은 마음이 생겨도 운명의 여신이 허락하지 않는다. 수지맞는 일들을 입에 넣어 주시거든. 지금 좋은 일 두 가지가 한꺼번에 아양을 떨고 있어. 돈하고 전 주인 왕자에게 좋은 일 해드릴 기회거든. 그래서 내가 출셋길로 되돌아가게 될지 누가 알겠어? 저 눈먼 두더지 두 마리를 왕자 배에 데려다 주겠다. 왕자가 녀석들을 다시 땅에 내려놔야 한다며 왕에게 올리는 민원이 자기와는 상관없다고 한대도 그때까지 수고한 나를 도둑놈이라고 해보라지. 그 호칭과 그에 으레 따르는 수치 따위엔 면역이 돼 있어서 아무렇지도 않다. 하여간 왕자에게 녀석들을 데려다 주겠다. 뭔가 있을지 몰라. [퇴장]

## 5. 1

[레온테스, 클레오메네스, 디온, 파울리나, 하인들 등장]

클레오메네스 전하, 이제 충분합니다. 성자 같은 슬픔을
보이셨어요. 안 갚으신 잘못이 없으십니다.
과거의 잘못보다 더 많은 고행을 치르셨어요.
그러므로 이제 하늘까지 잊으셨으니
전날의 잘못을 잊으시고 동시에
자신을 용서하세요.

레온테스 왕비와 그녀의
덕성을 기억할 때 내 결함을 잊을 수 없소.
그래서 나 자신에게 저지른 잘못이
언제나 생각나오. 잘못이 어찌 큰지
나라의 후계가 없어지고 한 사나이가
온 희망을 걸었던 그지없이 사랑스런
짝을 죽였소. 안 그렇소?

파울리나 정말 그래요.
전하께서 온 세상 여자와 차례대로
결혼하거나 여자들의 좋은 점만 한데 모아
완벽한 여자를 만드셔도, 전하가 죽이신
그분에는 비할 수 없어요.

레온테스 그럴 테지. 죽였다고?
내가 죽인 그녀? 내가 그랬지. 하지만 당신 말이
아프게 찌르오. 당신 혓바닥의 쓴소리가
내 속에서도 쓰라리오. 제발, 제발, 그 말은
자주 하지 마시오.

클레오메네스 절대로 하지 마세요, 부인.
이 세상을 이롭게 하고 부인 자신의
친절한 마음씨를 돋보이게 할 말을
천 가지나 할 수 있었소.

파울리나 당신은 전하에게
재혼을 권하는 축이에요.

디온 안 그런다면 당신은
이 나라와 존귀하신 이름에 냉담하고
전하의 후계자가 없는 까닭에
어떠한 위험이 이 나라에 닥쳐와
불안한 구경꾼들을 집어 삼킬지
생각하지 않는 거예요. 전 왕비의
영생을 기뻐하기보다 더 거룩한 것이
무엇이겠소? 그러나 왕통을 잇고,
현재의 안녕과 미래의 선을 위해
어여쁜 짝으로 왕의 침상을 복 빌기보다
무엇이 더 거룩하오?

파울리나 가신 분에 비추어
모두들 모자라요. 게다가 신들께서
숨겨놓은 목적을 이루고자 하십니다.
거룩하신 아폴로가 말씀하지 않았나요?
신탁의 말씀은 레온테스 전하가
잃은 딸을 찾기까지 후계자가 없을 거라
하지 않았어요? 그런 일은 내 남편이
무덤을 박차고 돌아오는 것만큼
사람의 이성에는 터무니없는 소리예요.
남편은 아기와 함께 죽은 게 확실해요.
그러니 당신들의 권고는 전하에게
하늘의 뜻에 거역하고 맞서라는
말이 됩니다. [레온테스에게] 자손은 걱정하지 마세요.
왕관은 후계자를 찾게 돼요. 알렉산더는
제일로 훌륭한 이에게 왕관을 넘겼어요.
아마 가장 잘난 후계자였죠.

레온테스 착한 파울리나,
헤르미오네를 기억에 간직하는 파울리나,
알아요, 솔직히. 오, 충고를 따랐다면
얼마나 좋았겠나! 그랬다면 바로 지금
아내의 환한 눈을 바라보고 그 입술에서
보물을 얻었겠지.

파울리나 그런 보물을 내었기에
그 입술은 더욱더 부요하게 되었겠죠.
레온테스 그렇소. 그런 아내가 없소. 따라서 새 아낸 싫소.
못난 새 아내를 대접하면 그녀의 거룩한 영이
다시 육체 입고 나타나, 우리 죄인이
서 있는 이 무대 위에서 언짢아하며
'왜 내게 이런 짓을?' 하고 말을 시작할 거요.
파울리나 그럴 힘이 있었다면 그럴 만도 하셨어요.
레온테스 그렇소. 결혼한 새 여자를 죽이게끔 했을 게요.
파울리나 저라도 그럴 테요. 제가 나다니는 귀신이라면
그녀 눈알 들여다보고 그 멍청한 눈이
뭐가 좋아 고르셨나 따져 묻고 소리를 꽥 질러
전하의 귀청을 찢어놓고 '내 눈을 기억해요'
라고 말하겠어요.
레온테스 별—별들이었어.
그 밖의 모든 눈은 죽은 숯덩이! 새 아내는 걱정 마오.
안 얻을 테니.
파울리나 제 허락 없이는
절대로 결혼하지 않겠다고 맹세하세요?
레온테스 절대로, 파울리나. 영혼의 행복을 걸고!
파울리나 그럼, 두 분은 맹세의 증인이 되세요.
클레오메네스 압박이 지나치군요.
파울리나 왕비님 초상처럼
똑같은 여자가 전하의 눈앞에
나타나지 않는다면 말이에요.
클레오메네스 저, 부인—
파울리나 말 다했어요. 하지만 결혼을 원하시면
전하, 만일 기어이 그러겠다 하시면,
왕비님 간택은 저한테 맡기세요.
예전의 왕비만큼 젊지는 않아도
그분의 혼령이 살아오신 것처럼,
품에 안고 보시면 기뻐하실 거예요.
레온테스 진실한 파울리나, 당신의 허락 없이
결혼하지 않겠소.
파울리나 예전의 왕비께서
살아나셔야 가능해요. 그 전엔 안 돼요.
[신사 등장]
신사 자칭 플로리젤 왕자, 폴릭세네스의 아들이
부인과 함께—이제껏 본 여인 중에
가장 아름다운 분인데요.—전하 존전에
뵙기를 원합니다.

레온테스 일행이 어떻던가?
부친의 지위에 걸맞지 않게 오누나.
예의 절차를 생략하고 갑자기 오는 것은
계획된 방문이 아니고 무슨 필요나
돌발 사태를 뜻한다. 수행원은?
신사 별로 없고,
있어도 보잘것없습니다.
레온테스 부인도 같이 왔다고?
신사 일찍이 해가 밝게 비친 인간 중에
견줄 데 없는 걸작입니다.
파울리나 오, 헤르미오네,
현재는 잘났던 과거보다 더 잘났다고
뽐내니까, 당신 무덤도 지금 인간들에게
양보해야 할 처지요! [신사에게] 자네 그렇게
말도 하고 글도 썼지. 한데 지금 자네 글은
옛 주제보다 냉담해. "버금갈 자 없었고
앞으로도 없으리라"고, 한때 자네 시는
그녀의 아름다움으로 차고 넘쳤어.
더 아름다운 여자를 봤다고 하니
심하게 위축됐군.
신사 부인, 용서하세요.
그분을 제가 거의 잊었어요. 용서하세요.
이분은 당신의 시선을 끌기만 하면
당신 혀마저 끌어갈 거예요. 이 아가씨가
한 종파를 창시하면 다른 종파 추종자가
모두 열을 식히고, 따르라는 말만 하면
새 신도가 될 거예요.
파울리나 뭐라고! 여자들이?
신사 여자들도 사랑하겠죠. 어떤 남자보다도
훌륭한 여자니까요. 남자들은 어떤 여자보다
아름다워서 사랑하겠죠.
레온테스 클레오메네스,
점잖은 친구들과 함께 가서 모셔 와요.
내가 맞이하겠소.
[클레오메네스와 몇 사람 퇴장]
하지만 이상하군.
이렇게 갑자기 오다니.
파울리나 이 시간에
아이들 중 보배였던 왕자님이 살아 계시면
이 왕자와 좋은 짝이 됐을 텐데. 두 분 생일이
한 달도 안 달랐어요.

레온테스 제발 그만둬요.
그 애 말할 때마다 또 죽는 걸 잘 알면서—
내가 이 청년을 만나면, 당신 말이
옛 생각을 내게 다시 불러와
이성을 앗아갈지 모르오. 여기 오는군.
[플로리젤, 페디타, 클레오메네스, 기타 몇 사람 등장]
왕자, 어머님이 남편에게 충실하셨어.
너를 가지실 때 아버님을 그대로 찍었구나.
내가 스물한 살이라면 네가 부친과
풍모를 빼다 박았기에 전처럼 너를
형제라고 부르고 둘이 같이 저지른
심한 장난 얘기를 나눌 정도다.
너야말로 한없이 반갑구나!
그리고 아름다운 부인—여신이다!
오, 하늘과 땅 사이에 저처럼 서 있을
자식 둘을 잃었구나! 너희들처럼
경이감을 자아내는 아름다운 두 자식—
모두가 다 내가 못난 탓이지. 그뿐 아니라
훌륭하신 부친의 우정과 사랑까지 잃었어.
고뇌에 찬 삶이건만 평생에 다시 한 번
그를 보고 싶구나.

플로리젤 아버지의 명령으로
시칠리아에 왔습니다. 아버지로부터
왕이 친구로서 형제에게 드리는 인사를
모두 전해 올립니다. 시간의 흐름 따라
기력이 쇠진하여 힘이 줄지 않으셨다면
전하를 보시고자 두 나라 왕좌 사이의
물과 뭍을 건너셨겠죠. 전하에 대한
아버지의 사랑을 전하라고 하셨는데
세상의 모든 홀을 거머쥔 모든 왕보다
전하를 사랑하십니다.

레온테스 오, 나의 형제,
선하신 신사! 당신에게 저지른 못난 짓이
다시 살아납니다. 그리고 이처럼
한없는 다정함이 내 지둔한 게으름을
일깨워주오! 대지가 봄을 맞듯
너희들을 환영한다. 그런데 이 미인을
무서운 해신의 사나운 작태와
심술에 내맡겨서, 그럴 가치도 없는
이 인간을 만나게, 더구나 생명의 위험까지
무릅쓰게 하셨는가?

플로리젤 선하신 전하,
이 사람은 리비아 출신입니다.

레온테스 용맹하고 존귀한 스말루스 왕이
두려움과 사랑을 받는 그곳 말인가?

플로리젤 존귀하신 전하, 거기서 왔습니다.
작별할 때 눈물을 보이시어 자기 딸임을
나타내신 대왕을 작별하고 거기로부터
남풍이 친절하게 바다를 건네주어
전하를 예방하라는 아버지의 분부를
수행코자 왔습니다. 수행원 대부분을
시칠리아 해안에서 보헤미아로 보냈으니
제가 리비아에서 성공한 데 더하여
저와 제 아내가 여기 무사히 도착한 것을
알려드리는 것이지요.

레온테스 너희가 머물 동안
복된 신들이 우리 공기를 말끔히 정화하여
아무 탈이 없길 바란다! 너야말로 거룩하고
자애로운 신사를 아버지로 모셨구나.
그토록 거룩한 분에게 내가 죄를 지었어.
하늘이 노하여 그 벌로 내게 자식을
남겨놓지 않았지. 하지만 네 부친은
하늘의 상을 받을 만하여, 그 선함에
값하는 너를 축복으로 받으셨어.
나도 잘됐다면, 너희처럼 훌륭한
아들딸을 바라봤겠지!
[신하 등장]

신하 존귀하신 전하,
제 보고를 결단코 안 믿으실 것이나
그 증거가 매우 가까이 있습니다. 전하,
보헤미아 왕께서 저를 통해 안부하시며
왕자의 체포를 요청하고 계십니다.
존엄과 책임을 내버리고 목자의 딸과 함께
부친과 장래로부터 도망쳤다 합니다.

레온테스 어디 계신가?

신하 여기 시내입니다. 방금 거기서
달려오는 길입니다. 얼떨떨한 말씀이나
저의 놀라움과 전해드릴 소식이
바로 그러합니다. 보헤미아 왕께서는
전하의 궁성으로 아름다운 이 남녀를
급히 쫓아오시다가 귀부인처럼 차린
이 아가씨 아비와 오라비를 만나셨는데,

두 사람도 왕자와 함께 자기 나라를
떠나왔다고 합니다.

플로리젤 카밀로가 배신했다.
이제껏 명예와 지조로써 온갖 풍상을
겪어낸 그 사람이—

신하 그렇다고 고발하시오.
지금 아버님과 같이 있소.

레온테스 누가? 카밀로가?

신하 카밀로가 맞습니다. 그와 얘기를 나눴는데,
지금 그 사람들을 심문하는 중입니다.
그토록 떠는 자들은 평생 처음입니다.
무릎 꿇고 땅바닥에 엎드리고 말끝마다
절대로 아니라고 맹세합니다. 왕은 귀를 막고
온갖 죽을 방법으로 고문하시겠다 합니다.

페디타 아, 불쌍한 아버지! 하늘이 엿보다가
우리 예식을 막네요.

레온테스 정식으로 결혼했나?

플로리젤 못 했습니다. 할 것 같지도 않네요.
별들은 골짜기에 먼저 입을 맞춰요.
높거나 낮거나 운수는 똑같아요.

레온테스 이 아가씨가 왕의 딸인가?

플로리젤 그렇습니다.
일단 제 아내가 되면 왕의 며느리니까요.

레온테스 아버님이 급히 오시니 그 "일단"은
매우 늦어지겠다. 아주 유감천만이야.
네가 그분의 사랑과 단절했다니.
천륜으로 매였던 건데. 또 하나 유감은
네가 택한 여자가 미모만큼 고귀하진
못해서 마냥 기뻐할 수 없다는 거다.

플로리젤 고개 들어요. 운명이 분명한 원수라서
아버지와 합세하여 우리를 쫓아와도,
우리의 사랑을 조금도 바꿀 수 없소.
전하, 저처럼 시간에게 빚지지 않던 때를
기억하세요. 그러한 사랑으로 나서셔서
변호해 주세요. 전하의 요청이면
귀중한 것도 아낌없이 허락하실 거예요.

레온테스 그러기만 하신다면 귀중한 네 아가씨를
내게 달라 하겠다. 아버님은 하찮게 보시지만.

파울리나 전하, 전하 눈빛에 젊음이 지나쳐요.
왕비님이 가시기 전엔 지금의 눈길보다
더 진한 눈길을 받으실 만하셨어요.

레온테스 이렇게 바라보며 왕비를 생각했소.
네 부탁에는 아직 답을 안 했으나,
아버님께 가겠다. 네가 욕망 때문에
정절을 깨지 않았다면 나는 너의 편이다.
지금 그 일로 아버님께 갈 테니까
따라와서 내가 어쩌는가 봐라. 자, 가자.

[모두 퇴장]

## 5. 2

[아우톨뤼쿠스와 한 신사 등장]

아우톨뤼쿠스 실례합니다만, 그 얘기를 할 때 당신이
그 자리에 있었나요?

신사 1 보따리 풀 때 거기 있었소. 늙은 목자가 그걸
발견하던 경위를 말하는 걸 들었는데, 잠시
놀라는 순간이 지나자 우리에게 모두 방에서
나가라고 하더군요. 하지만 목자가 아기를
발견했다고 하던 말은 들은 것 같소.

아우톨뤼쿠스 이 일이 어찌 될지 정말 알고 싶네요.

신사 1 나야 이 일에 관해서 단편적으로 말할 뿐이나
왕과 카밀로의 변화야말로 경악 그 자체였소.
두 사람은 눈꺼풀을 찢을 듯이 눈만 크게 뜨고서
서로 마주 바라보고 서 있었소. 말 없는 가운데
말이 있었고 몸짓 속에 말이 있었소. 한 세상
전부를 몸값으로 냈다거나 온 세상이 망했다는
소식을 들은 듯한 표정이었소. 경악의 격정이
역력히 나타났지만, 아무리 눈치 빠른 사람이라도
보는 것만 가지고는 그 뜻이 기쁨인지 슬픔인지
짐작할 수 없었소. 하지만 그 어떤 절정에
도달했던 것은 확실하오.
[다른 신사 등장]
아마 나보다 더 많이 아는 신사가 오시오.
어떻게 됐는가, 로게로?

신사 2 온통 축하의 봉홧불이오. 신탁대로 되었소. 왕의
따님을 찾았소. 이 몇 분 동안에 기적 같은
일들이 한꺼번에 터져서 노랫말 지어대는
자들마저 그것을 표현할 수 없을 정도요.
[또 다른 신사 등장]
여기 파울리나 부인의 청지기가 오는데, 그 사람이
이야기를 더 해줄 거요. 어떻게 되어가고 있소? 이게

진짜라는데 너무나 옛날이야기 같아서 사실 여부가 심히 의심스럽소. 왕이 상속자를 찾으셨소?

신사 3 그렇고말고요! 진실이라 하는 것이 증거에 의해 확증되는 것이라면 이 일이야말로 바로 그렇소. 귀로 들으면서도 눈으로 직접 목격한다고 맹세할 수 있을 정도요. 그만큼 증거들이 정확히 일치하오. 헤르미오네 왕비의 외투, 그 목에 둘려 있던 보석, 함께 발견된 안티고너스의 편지, 그것이 그의 필적임을 알 수 있고, 어머니를 빼쏜 공주의 당당한 태도, 후천적 양육을 질적으로 능가하는 선천적인 높은 품격, 기타 여러 증거들이 그녀가 왕의 따님이란 사실을 확정적으로 말해주오. 두 왕이 만나시는 모습을 보았소?

신사 2 아니요.

신사 3 그렇다면 말로는 할 수 없고 꼭 봤어야 할 장면을 놓치셨군요. 한 가지 기쁨 위에 또 다른 기쁨이 겹치는 걸 보실 뻔했소. 그리하여 슬픔 자체가 그들과의 결별에 눈물 흘리는 것 같았소. 그들의 기쁨이 눈물바다에 철벙거렸던 거요. 하늘 향해 눈을 치뜨기도 하고 손을 맞잡기도 하여, 표정들이 멍하여 얼굴만 봐서는 모르고, 입은 옷을 보아야 누군지 알아볼 정도였소. 왕은 따님을 찾은 것이 너무 기뻐서 실성하실 지경이 되어 마치 그 기쁨이 이제는 도리어 상실감이 됐다는 듯이 "아, 네 어머니, 네 어머니!"를 외치고는 보헤미아 왕에게 용서를 빌고 사위를 껴안고 또다시 따님을 꽉 안고 흔들고, 그러다가 늙은 목자에게 고맙다고 하시는데, 늙은이는 여러 왕의 치세를 목격한 오래된 분수처럼 눈물만 좍좍 흘리며 말없이 섰더군요. 그런 만남을 들어본 일이 없어, 말로 그대로 전하기란 맥 빠진 짓이 되고 묘사 자체를 그르칠 뿐이오.

신사 2 그런데 말이오, 여기서 아기를 데리고 갔던 안티고너스는 어찌 되었소?

신사 3 그 역시 옛날이야기 같소. 믿음 자체가 잠들고 누구의 귀도 열려 있지 않아도 두고두고 말할 내용이오. 그 사람은 곰에게 갈가리 찢겨 죽었다 하오. 목자의 아들이 정말이라고 맹세하며 하는 말이오. 그자는 신뢰가 갈 만큼 매우 순박할 뿐 아니라 손수건과 반지를 가지고 있었는데 파울리나가 남편의 물건으로 알아보았소.

신사 1 그 사람이 타고 갔던 배와 따라갔던 사람들은 어떻게 되었소?

신사 3 안티고너스가 죽는 때와 같은 순간에 난파를 당했는데 목자가 보는 앞에서 전멸했다고 하더군요. 그래서 아기를 내다버리는 일에 참가했던 모든 것이 파멸되는 순간에 아기가 발견됐던 것이지요. 그러나 오, 파울리나의 마음속에서 기쁨과 슬픔이 한데 어울려 벌어진 고귀한 싸움! 그녀의 한쪽 눈은 남편의 죽음으로 내려 감기고 한쪽 눈은 신탁의 말씀대로 됐다고 위로 번쩍 떠지더군요. 그녀는 공주를 번쩍 들어 마치 자기 심장에 꼭 붙여서 다시는 잃을 염려 없게 하려는 듯이 꼭 끌어안았소.

신사 1 장엄한 이 장면이야말로 왕과 왕자들이 볼 만한 것이었군요. 왕과 왕자들이 연기자였으니까요.

신사 3 그중 가장 감명 깊었던 것은, 내 눈알을 낚아챌 뻔한 장면인데—고기는 못 잡고 눈물만 낚았으나—왕비가 담대하게 신께 고하고 죽음을 맞고 왕이 슬퍼했다는, 왕비의 죽음에 관한 이야기를 할 때 공주가 아플 만큼 한없이 진지하게 듣던 그 장면이오. 연달아 슬픔을 토하다가 드디어 "아!" 하면서 피눈물이라 해야 할 눈물을 흘리더군요. 내 심장도 울면서 피 흘린 것이 확실해서 하는 말이오. 아무리 차가운 대리석 같은 사람이라도 안색이 변했고, 기절한 사람까지 있었고, 모두가 슬퍼했소. 온 세상이 보았다면 슬픔으로 천지를 뒤덮었을 것이오.

신사 1 모두들 궁정으로 돌아갔소?

신사 3 아니요. 공주는 파울리나가 어머니 석상을 보관 중이라는 말을 들었소. 지난 수년 동안 작업한 것인데 오늘날 이탈리아 희대의 대가인 줄리오 로마노가 새로 완성한 것으로, 그 사람이 신처럼 죽지 않듯 작품에 생명을 불어넣으면 자연이 본업을 빼앗길 판이오. 그만큼 완벽하게 자연을 모방하오. 헤르미오네 석상을 진정한 헤르미오네와 똑같이 조각했기 때문에 석상에게 말을 붙이고는 대답을 들으려고 기다리게 할 정도라고 합디다. 모두들 열렬한 애정을 품고 그리로 몰려갔소. 거기서 저녁을 같이 든다고 하오.

신사 2 그 부인이 거기서 무엇인가 큰일을 꾸미고 있는 줄은 나도 짐작하였소. 헤르미오네 왕비가 돌아가신 후 하루에 두세 번씩 그 외딴 곳으로 가곤 했소. 우리도 그리 갈까요? 가서 우리도 기뻐하는 그 무리에 낄까요?

신사 1 갈 수 있는 특권이 있는데 안 갈 사람이 누구요? 눈 한 번 깜짝할 때마다 새로 무슨 좋은 일이 벌어지는 판인데요. 안 간다면 우리의 최신 정보

습득에 손실이 생겨나오. 같이 갑시다. [신사들 퇴장]

아우톨뤼쿠스 자, 전력의 때가 남아 있지 않다면 나도 출세가
머리 위로 굴러 떨어지겠다. 내가 노인과 아들을
왕자가 탄 배에 데리고 왔고, 뭔지 모를 무슨 보따리
얘기하는 걸 들었다고 왕자에게 말했지만, 그때는
목자의 딸만 너무 좋아했는데—진짜 목자 딸인 줄
알고—아가씨가 심한 멀미를 시작하고, 궂은 날씨로
그의 멀미가 여자보다 별로 나을 것도 없이
계속되어 그 비밀은 숨겨진 채 있었지. 내게는
어찌 됐든 마찬가지야. 이 비밀을 내가 처음 발견했대도
여러 가지로 미덥지가 못해서 안 좋아했을 테니까.
[늙은 목자와 어릿광대 등장]
본의 아니게 내가 좋은 일 해준 녀석들이 오는군.
벌써 횡재를 해서 한창 신나는 판이네.

늙은 목자 얘, 나는 아이 가질 나이가 지났지만 네 아들딸들은
날 때부터 모두 양반이 된다.

어릿광대 당신 잘 만났군. 당신이 바로 어제 내가 날 때부터
신사가 아니라면서 나하곤 싸우지 않겠다고 했지.
이 옷 보는가? 못 보는 척하고 내가 신사가 아니라고
하지 그래. 이 외투 보고 신사가 아니라고 해야 당신한테
좋을 게야. 내 말이 거짓말이라고 해봐. 지금 내가 진짜
신사가 아닌지 알아보라니까.

아우톨뤼쿠스 지금은 나실 때부터 신사라고 말씀드려요.

어릿광대 암 그렇고말고. 그렇게 된 지 이제 네 시간 지났다.

늙은 목자 얘야, 나도 그렇다.

어릿광대 맞아요. 한데 저는 아버지보다 먼저 신사가 됐네요.
왕자가 제 손을 잡고 저에게 형이라고 했거든요. 그
다음에 두 임금님이 아버지께 형이라고 했고,
그다음에 왕자, 즉 내 아우와 공주, 즉 내 누이동생이
아버지에게 아버지라고 불렀어요. 그래서 우리 모두가
울었지요. 그래서 생전 처음 우리는 신사 같은 눈물을
흘렸다고요.

늙은 목자 얘, 우린 신사 눈물 더 많이 흘리며 살게 되겠다.

어릿광대 아무렴요. 안 그러면 정말 재수가 없을 거예요. 우리는
졸장부[36]가 된 형편예요.

아우톨뤼쿠스 어른들께 제가 저지른 모든 잘못을 용서하시길
간절히 빌며, 저의 옛 주인 왕자님께 부디 좋게
말씀드려 주세요.

늙은 목자 그럽시다, 젊은이. 지금 우리는 신사가 됐으니까
신사적으로 착해야지.

어릿광대 인생을 바꾸겠소?

아우톨뤼쿠스 예. 어른들께서 원하신다면.

어릿광대 악수하자. 당신이 보헤미아에서 최고로 정직하고
진실한 사람이라고 왕자님께 맹세할게.

늙은 목자 그렇게 말해도 괜찮지만, 맹세해선 안 된다.

어릿광대 지금 신사가 됐는데 맹세하면 안 돼요? 촌놈이나
농사꾼이나 말로 하라고 해요. 나는 맹세할 테요.

늙은 목자 얘야, 그게 거짓말이면 어떡하니?

어릿광대 암만 거짓말이래도 진짜 신사는 자기 친구를 위해서
맹세해도 돼요. 왕자님께 당신이 용감한 사나이며
술 취하지 않는 사람이라고 맹세하겠어요. 하지만 당신이
용감한 사내도 아니고 술 취할 사람이라는 걸 내가 잘
알아요. 하여튼 간에 그렇게 맹세할 테요. 당신이 용감한
사람이 되길 바라요.

아우톨뤼쿠스 힘껏 그리되게 노력하겠습니다.

어릿광대 아무렴. 어떡해서든지 용감한 사람이 돼요. 용감한
사람이 되고서도 감히 나 모르게 술에 취했다가는
혼날 줄 알아요. 저 봐! 우리 친척 왕과 왕자들이 왕비
석상 보러 간다. 자, 우리를 따라와요. 당신한테 좋은
주인이 되겠어요. [모두 퇴장]

## 5. 3

[레온테스, 폴릭세네스, 플로리젤, 페디타, 카밀로,
파울리나, 신하들, 하인들 등장]

레온테스 선하고 사려 깊은 파울리나, 이제까지 당신에게
크게 위로받았소!

파울리나 전하, 천만의 말씀예요.
잘하진 못했어도 뜻은 모두 좋았어요.
제 모든 일을 넉넉히 갚아 주셨지요.
형제분인 임금님과 두 나라의 후계들과 함께
누추한 제 집을 찾아주시기로 하신 것은
넘치는 은총이라 제 여생 마치도록
갚을 길이 없습니다.

레온테스 오, 파울리나,
수고 끼치는 것뿐이오. 우리는 단지
왕비의 석상을 보러 왔소. 당신의 화랑을
죽 돌아보니, 귀중한 작품이 적지 않아요.

36 '졸부'라는 말을 몰라 "졸장부"라고 말한 것이다. 원문과는 달리 옮겼다.

그러나 내 딸이 보고자 해서 왔는데,
그 애의 어머니 석상은 볼 수 없었소.

파울리나 비할 데 없이 사신 분이라 무생명한 석상도
전하께서 보시거나 사람 손이 빚어낸
그 무엇보다 뛰어날 것이지요. 그래서
따로 보관합니다. 자, 여기 있어요.
잠자는 게 죽은 것과 닮은 것같이
산 사람을 생생하게 모방한 것을
보실 준비 하세요.
[파울리나가 커튼을 젖혀서 석상처럼 서 있는
헤르미오네를 보여준다]
보시고 잘됐다고 하세요.
여러분의 침묵이 마음에 들어요.
경탄을 뜻하지요. 하지만 전하,
먼저 말씀하세요. 실물에 가까워요?

레온테스 자연스런 모습이오! 대리석아, 나를 꾸짖어
네가 진짜 헤르미오네라 말하게 해라. 아니면
꾸짖지를 않으니 네가 정말 헤르미오네다.
아기의 마음처럼 부드러운 이였지.
한데 파울리나, 주름살은 저렇게 많지 않았소.
저렇게 나이가 들지 않았소.

폴릭세네스 물론예요.

파울리나 우리 조각가의 우수성이 그만큼 돋보여요.
16년을 흘려보낸 왕비님이 살아 계신 듯
만든 거예요.

레온테스 지금 살아 있는 것처럼,
크게 위로되면서도 깊이 내 영혼을
찌르는군요. 오, 내가 처음 구애할 때
당당한 왕녀 기백, 따뜻한 생명이
바로 저 모습이었는데 지금은 차갑게 섰소!
부끄럽소. 돌이 내게 욕하지 않소?
자기보다 무정하다고? 아, 고귀한 작품!
그 높은 품격에 마술이 있구나.
내 못된 짓을 기억 속에 다시 불러일으키고,
놀라는 당신 딸의 혼을 빼어 가
돌처럼 당신 앞에 세웠구나.

페디타 용서하세요.
이것을 미신이라 하지 마세요.
무릎 꿇고 어머님의 축복을 구하겠어요.
왕비님, 제 삶이 시작될 때 삶을 마친 분,
제게 손을 내밀어 키스하게 해주세요.

파울리나 오, 참아요! 방금 완성했기 때문에
색채가 아직도 마르지 않았어요.

카밀로 전하의 슬픔은 너무도 두껍게 쌓여
열여섯 번 겨울이 데려가지 못했고
열여섯 번 여름도 말리지를 못했소.
어떤 기쁨도 오래 가지 못했고 온갖 슬픔도
속히 지나가 버렸소.

폴릭세네스 사랑하는 내 형제,
이 모든 일의 원인을 제공한 나도
한 몫 거들 터이니 당신 슬픔을
줄어들게 해주시오.

파울리나 정말이지, 전하,
이 초라한 석상이 이처럼 전하를
심란하게 해드릴 줄 알았더라면
안 보여드렸을 텐데요.
[그녀가 커튼을 닫으려 한다.]

레온테스 닫지 마오.

파울리나 더 이상 보지 마세요. 조각이 움직인다고
상상하시겠어요.

레온테스 제발 그대로 둬요.
이미 움직이는 듯하오. 아니면 죽어도 좋소.
조각가가 누구였소? 형제, 잘 보시오.
숨 쉬는 것 같지 않소? 그리고 저 핏줄이
흐르는 것 같지 않소?

폴릭세네스 대가의 솜씨요.
입술에 따뜻한 생명이 있는 듯하오.

레온테스 고정된 눈망울이 움직이고 있으니
우리가 예술에 속는 거요.

파울리나 커튼을 닫겠어요.
황홀하신 나머지 석상이 살았다고
하시겠어요.

레온테스 오, 다정한 파울리나,
20년 동안 그렇게 믿게 해주오.
그 황홀한 기쁨에 견줄 느낌은
일상의 세상에서 찾을 수 없소. 그대로 두오.

파울리나 죄송해요, 너무 흥분시켜 드렸어요.
하지만 더 아프게 할 수도 있어요.

레온테스 그렇게 하오, 파울리나. 이 아픔이 보약처럼
달콤하오. 그런데 석상에서 숨결이
이는 듯하오. 어떤 섬세한 끌날이
숨결을 조각하겠소? 누구도 비웃지 마오.

석상에 키스할 테요.
파울리나 전하, 참으세요.
입술의 붉은 칠이 아직은 덜 말랐어요.
키스하면 조각이 망가지고 전하 입술에
기름칠이 묻어요. 커튼을 닫을까요?
레온테스 안 되오. 앞으로 20년은—
페디타 저는 그동안
구경하고 서있겠어요.
파울리나 둘 다 안 됩니다.
곧 신전을 떠나시거나 더욱 놀라운 걸
보실 각오 하세요. 그것을 보신다면
정말로 석상을 움직이고 내려보내
전하의 손을 잡게 할 테에요. 그렇게 하면
악마들이 저를 도와준다 하실 거예요.
절대 안 그렇지만—
레온테스 석상이 어찌하건
보기만 하겠소. 무슨 말을 하든지
듣기만 하겠소. 움직일 수 있으면
말 시키는 것도 쉬운 일이오.
파울리나 믿음을 가지셔야 해요. 그럼 모두 조용하세요.
혹시 제가 하는 일이 불법이라 하실 분은
여기서 떠나세요.
레온테스 계속하시오.
아무도 발 떼지 않겠소.
파울리나 주악 시작! 깨워 드려!
[음악]
[헤르미오네에게]
때가 됐어요. 내려오세요. 석상은 그만해요.
보는 사람 모두를 놀라움에 빠뜨리세요.
무덤을 메울게요. 움직이세요, 걸으세요.
부동자세는 죽음한테 주세요. 귀한 생명이
죽음에서 왕비님을 살려내요. [레온테스에게] 움직이시죠?
[헤르미오네가 내려선다.]
놀라지 마세요. 내 마술이 합당하듯[37]
왕비님 행동은 거룩해요. 왕비님이
돌아가시기 전에는 절대로 피하지 마세요.
두 번 죽이시는 거예요. 손을 내미세요.
왕비님이 젊으실 때 전하께서 구애하셨죠.
나이가 드셨다고 왕비께서 구애하셔야 돼요?
레온테스 오, 따스하다! 이것이 마술이면 밥 먹기와
똑같이 합당하다.
폴릭세네스 왕비가 왕을 끌어안는다!
카밀로 왕비께서 왕의 목에 매달리셨다!
진짜 사신 분이라면 말씀도 하셔야지!
폴릭세네스 맞아. 그리고 그동안 어디서 사셨는지,
어떻게 무덤에서 나오셨는지 말씀해야지.
파울리나 살아 계신다고 하면 옛날이야기라고
놀리겠지만, 살아 계신 것 같네요.
아직 말씀이 없지만—잠깐 주목하세요.
[페디타에게] 아가씨, 이리 와서 무릎 꿇고 어머님께
축복을 구하세요. [헤르미오네에게] 왕비님, 돌아서세요.
우리의 페디타를 찾았어요.
헤르미오네 신들이여, 하감하시고
거룩한 병을 기울여 저의 딸 머리 위에
은혜를 부으소서! 딸아, 말해다오.
어디서 목숨을 보존했고, 어디 살았고
어떻게 아버지 궁정을 찾았니? 내 말 들어라.
네가 살아 있다는 신탁 말씀에 희망이 있다고
파울리나가 알려줘서 그 결말을 보려고 여태
살아 있었단다.
파울리나 그 얘기 할 시간이 충분해요.
이 귀중한 순간에 비슷한 이야기로
왕비님의 기쁨을 방해할지 몰라요. 같이 가세요.
모두들 귀중한 승리를 거두셨어요.
서로 기쁨 나누세요. 나야 늙은 멧비둘기,
시든 가지로 날아가, 사그라질 그날까지
되찾을 길 없는 내 짝을 생각하며
한숨이나 짓겠어요.
레온테스 오, 그만하오, 파울리나.
내가 추천하는 남편을 맞아야 하오.
당신 덕에 내가 아내를 찾은 것처럼,
우리 둘이 서로 주고받자는 계약이오.
아내를 찾아줬소.—하지만 의문이 남소.
그때는 아내를 보고 죽었다고 믿어서
무덤에서 소용없는 기도를 많이 드렸소.—
훌륭한 남편을 내가 구해 주겠소.
멀리서 안 찾겠소.—그 마음도 조금 아오.—
카밀로, 이리 오오. 부인 손을 잡으오.
부인의 품위와 정직성은 잘 알려졌고

37 마술은 마귀의 힘을 빌리는 짓이라고 엄히 금지되었지만 '합당한' 연구는 허락되었다.

여기 우리 두 임금이 확증하는 사실이오.
여기서 나갑시다. [헤르미오네에게]
여보! 내 형제를 보세요.
두 분의 용서를 빌어요. 순수한 두 분의 시선에
못된 의심을 품었어요. 이 사람이 당신 사위요.
이분의 아들인데 하늘의 인도로
당신 딸과 약혼했소. 파울리나, 안내해요.
여유 있게 서로에게 질문하고 대답할
장소로 이동해서 우리가 처음 헤어진 후에
그 기나긴 시간 동안 각자가 한 일을
말하도록 합시다. 속히 안내하세요. [모두 퇴장]

# 폭풍

## *The Tempest*

## 연극의 인물들

알란소 나폴리 왕
세바스찬 그의 아우
프로스페로 밀라노의 법적인 공작
안토니오 그의 아우, 밀라노를 찬탈한 공작
페르디난드 나폴리 왕의 아들
곤잘로 충실한 늙은 고문관
아드리안, 프란체스코 신하들
캘리밴 야만인이며 흉한 꼴의 종
트린큘로 어릿광대
스테파노 술 취한 시종
배의 선장
갑판장
선원들
미란다 프로스페로의 딸
아리엘 공기의 정령
이리스, 케레스, 주노 정령들로 나타남
님프들
추수꾼들

장소: 어느 무인도

# 폭풍

## 1. 1

[천둥 번개 치는 격렬한 굉음이 들린다. 선장과 갑판장 등장]

선장 갑판장!

갑판장 예, 있습니다. 사정이 어떻지요?

선장 좋아. 선원들에게 일러. 빨리 손을 안 쓰면 좌초하고 말아. 움직여! 움직여! [퇴장]

[선원들 등장]

갑판장 야, 친구들아, 힘내라, 힘내. 이 친구들, 빨리빨리! 꼭대기 돛 내려. 선장 호루라기에 신경 써! [폭풍에게] 터지도록 불어쳐, 배가 더 갈 틈이 있다면!

[알란소, 세바스찬, 안토니오, 페르디난드, 곤잘로, 기타 등장]

알란소 갑판장, 조심해. 선장은 어디 있나? [선원들에게] 사내답게들 굴어!

갑판장 제발 내려가 계세요!

안토니오 갑판장, 선장 어디 있어?

갑판장 선장 소리 안 들려요? 우리 일 방해 마세요. 선실에 계시라니까요! 폭풍 편을 드시네요.

곤잘로 그러지 말고 참으라고.

갑판장 바다가 참으면 참죠. 비키세요! 풍랑이 임금 이름 듣는다고 눈이라도 깜짝하나요? 선실로 가세요! 입 다무세요! 방해 마시고.

곤잘로 좋아. 하지만 어떤 분이 타셨는지 잊지 마.

갑판장 제 몸보다 아낄 사람은 아니시죠. 대감님은 고문관이니 바람과 물결에게 조용하라고 명령하세요. 당장 가라앉히면 우리도 밧줄에 손대지 않겠어요. 권세 좀 써보시죠! 못 하겠다면 지금까지 사신 걸 고맙게 여기고 어느 순간 불행이 닥칠지도 모르니 선실에 꾹 박혀 만약을 대비하세요. [선원들에게] 힘내라, 친구들아. [궁정인들에게] 우리 방해 마시고 저리들 비키시우! [퇴장]

곤잘로 이자를 보니 크게 위안이 된다. 물에 빠져 죽을 상이 아니야. 관상을 보니 완전히 교수형 감이거든. 착한 운명아, 저자가 목 달려 죽을 팔자를 꼭 주렴. 우리 밧줄은 도움이 안 되니 저자의 명줄을 우리의 생명줄로 삼아다오. 저자가 달려 죽을 팔자가 아니라면 우린 모두 불쌍하다. [모두 퇴장]

[갑판장 등장]

갑판장 큰 돛댈 아래로 내려! 빨리! 더 내려, 더 내려. 큰 돛으로 배를 몰아봐. [안에서 고함 소리] 염병할 것, 웬 소동이야! 비바람이나 우리보다 더 시끄럽구나.

[세바스찬, 안토니오, 곤잘로 등장]

또 나오셨소? 여기서 볼일이 뭐요? 모두 포기하고 빠져 죽고 말까요? 가라앉고 싶어요?

세바스찬 목청에 염병이나 들어라! 불경스레 꽥꽥대는 인정 없는 개자식!

갑판장 그럼 일이나 하쇼.

안토니오 목 달아 죽어, 똥개 놈! 달려서 뒈지란 말이야, 갈보 새끼, 시건방진 욕쟁이! 우린 너 따위보다 빠져 죽는 게 안 무섭다.

곤잘로 저 사람 빠져 죽지 않는다고 보증 서겠소. 이 배가 호두 껍질처럼 약하고 밑 뚫린 계집같이 피가 샌대도 까딱없소.

갑판장 배를 바람 쪽으로, 바람 쪽으로! 큰 돛 두 폭 다시 바다 쪽으로! 바다로 내달려!

[선원들 젖은 채 등장]

선원들 다 글렀소. 기도해요, 기도! 다 글렀소. [퇴장]

갑판장 아니, 우리 입이 차가워질 판인가?

곤잘로 왕과 왕자가 기도하시니 우리 합세합시다. 그분들과 같은 처지요.

세바스찬 더 못 참겠어.

안토니오 주정뱅이 놈들한테 완전히 목숨 뺏겼다. 이 아가리 큰 새끼는—열 겹 밀물에 휩쓸려 뒈져라! [갑판장 퇴장]

곤잘로 저자는 교수형 감이오. 물방울마다 아니라고 우기면서 입 벌리고 삼키려 해도 그리되고 말 거요.

[안에서 뒤섞인 고함 소리]

"우리에게 자비를!"—"배 깨진다, 배 깨져!"
—"여보, 얘들아, 잘 있어!"—"형님 안녕!"—
"깨진다, 깨진다, 배가 깨진다!"

안토니오 모두 왕과 함께 침몰합시다.

세바스찬 왕께 작별합시다. [안토니오와 같이 퇴장]

곤잘로 천 리 바다를 메마른 땅 한 마지기와 바꾸겠다. 황량한 잡초 벌판, 말라빠진 가시밭, 뭐라도 좋다.

하늘 뜻이 이뤄지이다. 하지만 나는 마른 죽음을
맞고 싶다. [퇴장]

## 1. 2

[섬. 프로스페로, 미란다 등장]

미란다 아빠, 아빠의 마술로 사나운 파도를
몰아쳤다면 이젠 가라앉히셔요.
바다가 하늘 뺨에 솟구쳐서 불길을
꺼뜨리기 망정이지 하늘이 역한 역청을
쏟으려 해요. 오, 아파하는 이들과 함께
저도 아파했어요. 화려한 배였어요.
훌륭한 분들이 탔을 건데요,
산산조각 났어요. 오, 울부짖는 소리가
가슴을 때렸어요! 불쌍하게 죽었어요.
제가 조금만 힘이 센 신이었다면
그 좋은 배와 거기 탄 사람들을
바다가 삼키기 전에 바다를 땅속으로
가라앉혔을 거예요.

프로스페로 정신 바로 차려라.
걱정하지 말아라. 아무 해도 없었다고
슬퍼하는 마음에 일러주어라.

미란다 아, 불쌍해.

프로스페로 아무 해가 없다니까. 다 너를 위한 일이다.
사랑하는 내 딸 너를 위해 한 일이야.
네가 누군지 너는 모르지. 내가 어디서
왔는지도 너는 몰라. 몹시 초라한
동굴의 주인인 프로스페로보다,
보잘것없는 네 아비보다 훨씬 높은
신분인 걸 너는 모르지.

미란다 더 알고 싶은 마음이
생긴 적도 없어요.

프로스페로 때가 이르렀으니
좀 더 알려줘야겠다. 마술 망토를
네 손으로 벗겨다오.
[미란다가 망토 벗는 것을 거든다.]
됐다. 그럼 마술아,
거기 놓여 있어라.—눈물을 닦고 진정해라.
네 속의 진정한 동정심을 아프게 찌른
무서운 난파 광경은 내 마술로 안전하게
꾸민 것이라, 배에서 외치는 소리와
배가 가라앉는 모양을 네가 봤지만
어느 한 사람도 머리카락 한 가닥도
잃지 않았다. 앉아 있어라. 이제 네가
알아야 할 게 더 있다.
[둘이 앉는다.]

미란다 아빠는 제가 누군지
말을 시작하다가 갑자기 그치셔서
물어도 소용없었죠. 그때마다 아빠는
"기다려라 아직 때가 아니니라"며 끝내셨어요.

프로스페로 이제 때가 온 것이다. 이 순간이 네 귀를
열어야 할 때다. 내 말을 잘 들어라.
이 동굴에 오기 전, 그때를 기억하냐?
못 하겠지. 그때 너는 아직 세 살이
채 못 됐을 때다.

미란다 기억할 수 있어요.

프로스페로 무엇으로? 집이나 사람이 생각나느냐?
무엇이든 네 기억에 남아 있으면
말해봐라.

미란다 까마득해요. 그래서
기억이 확실하기보다는 꿈 같은데요.
어느 땐가 저를 돌보던 여자들이
넷이나 다섯이 있지 않았나요?

프로스페로 그랬다. 더 있었지, 미란다. 하지만
어떻게 기억에 그게 남아 있느냐?
그밖에 아득히 먼 시간의 심연 속에
뭐가 보이냐? 여기 오기 전 뭐라도 기억하면
오던 일은 생각나겠지.

미란다 그건 몰라요.

프로스페로 12년 전에, 미란다, 12년 전에,
네 아버지는 밀라노의 공작이었고
강력한 군주였다.

미란다 그럼 우리 아빠 아니세요?

프로스페로 네 엄마는 정절의 본보기였다.
엄마 말이 네가 내 딸이라고 했다.
네 아빠는 밀라노 공작이었고, 외동딸은
상속자로 당당한 공주였다.

미란다 놀라워라!
무슨 음모 때문에 거기를 떠났나요?
혹시는 떠난 것이 잘한 건가요?

프로스페로 둘 다야, 둘 다.

네 말대로 음모로 거기서 쫓겨났고
축복으로 이리로 왔다.
미란다 고생시켜 드린 것,
생각하면 내 가슴이 피를 흘려요.
기억에는 없지만요. 얘기 더 해주세요.
프로스페로 안토니오라 하는 내 아우인 네 삼촌이—
얘, 내 말 잘 들어. 친아우가 그처럼
배신하다니—온 세상 사람 중에
너 다음으로 사랑하던 사람이었다.
그에게 국정을 맡겼었는데
당시 모든 공국 중에 으뜸이었다.
프로스페로 공작은 위엄으로
매우 이름 높았고 학문에 있어서는
견줄 자가 없었다. 연구에만 열중하여
실제의 정사를 아우에게 맡기고
나랏일과 멀어져 갔다. 비밀 술법 연구에
온정신이 팔렸었지. 간사한 네 삼촌이—
너 듣고 있냐?
미란다 네, 하나도 안 빼고요.
프로스페로 어떻게 소청을 들어주고 거절하며
누구를 올려주고 너무 높아지는 자를
억제하는 방법 등을 익히고 나자
예전 내 부하들의 생각을 바꾸거나
갈아 치거나 새 부하를 만들었다.
관직과 관리라는 두 열쇠를 가지고
제 귀에 좋은 가락에 온 백성의 마음을
돌려놓고, 원 등걸을 뒤덮은 담쟁이처럼
내 기운을 빨아먹었다. 너 한눈파누나!
미란다 아녜요. 듣고 있어요.
프로스페로 내 말 잘 들어라.
이렇게 세속의 목적을 소홀히 하고
고독 속에 파묻혀 일반인의 이해를
넘어서는 내용으로 정신의 함양에만
골몰하고 있을 때 간사한 아우는
사악한 본성을 일깨우고 내 신뢰는
믿음이 컸던 만큼 큰 배신을 낳았다.
착한 어버이처럼 기대와는 반대였지.
신뢰는 한이 없고 믿음은 무한했다.
이렇게 내 재산의 소출뿐만 아니라
내 권한을 이용하여 강요할 수 있는
재물로써 지위를 확고히 한 아우는
거짓말을 계속하면 진실이라 믿게 되듯
기억으로 하여금 스스로의 거짓말을
믿는 죄를 범하게 하여, 제가 정말로
공작이라 믿고서 내 자리에 앉아서
모든 권력으로써 공작의 역할을
행했던 것이란다. 야심이 자라나서—
너 듣느냐?
미란다 아빠 얘기에 귀머거리도 낫겠어요.
프로스페로 자기 자신과 자기 역할 사이의
간격을 없애기 위해 그는 밀라노의
절대 군주가 되고자 했다. 가련하게도
내게는 서재가 충분한 왕국이었다.
나를 통치의 무능자로 생각한 그는
권력에 목말라 나폴리와 결탁하여
해마다 조공하고 신하로서 복종하며
그의 왕관에 제 왕관을 복속시키고
굴복을 모르던 공국을 한없이 수치스런
—아, 불쌍한 밀라노!—굴종으로 몰아넣었다.
미란다 맙소사!
프로스페로 그의 항복 조건과 결과를 보아
그자를 아우라 할 수 있겠냐?
미란다 할머니를 존경하지 않으면 죄스럽지만,
선한 모태가 악한 아들을 낳기도 해요.
프로스페로 항복의 조건은 이러했다. 나폴리 왕은
나의 오랜 숙적이라 아우의 청원에
귀가 솔깃하여, 복종과 액수 미상의
조공을 바치는 대가로 불시에
나와 내 가족을 공국에서 쫓아내고
아름다운 밀라노와 모든 명예를
아우에게 넘긴다는 것이었다. 그리하여
반역의 군대를 동원하여 어느 밤중에
운명 지어진 목적에 따라 안토니오는
밀라노의 성문들을 열어놓고 야음을 틈타
하수인들과 함께 나와 우는 어린 너를
몰아냈던 것이다.
미란다 어머, 불쌍도 해라!
어떻게 울었는지 생각나지 않지만
또다시 울겠어요. 이야기를 들으니까
눈물이 나오려 해요.
프로스페로 좀 더 들어라.
그다음에 지금 우리가 할 일을

알려주겠다. 그 일이 아니라면 이 얘기는
전혀 괜한 소리다.
미란다 어째서 그때
우릴 안 죽였어요?
프로스페로 썩 좋은 질문이다.
내 얘기를 들으면 그 의문이 생기지.
백성들이 나를 무척 사랑하였으므로
감히 그러지를 못하고 그 짓에 피를
묻힐 수가 없어서 추악한 목적에다
예쁜 칠을 덧입혔지. 줄여 말하면,
우릴 급히 쪽배에 실어 수십 리를
데려갔다. 거기다 낡은 배를 준비했는데
그 배엔 밧줄도 키도 돛도 돛대도 없어 쥐들도
본능적으로 피했다. 거기 버려진
우리가 울부짖는 바다에 호소하고
바람에 한숨을 쉬니 불쌍히 여긴 바람이
한숨으로 답하여 오히려 해가 되었지.
미란다 어머나, 그때 내가 얼마나 짐이 됐어요!
프로스페로 오, 아기 천사처럼 나를 버텨주었지.
너는 하늘이 넣어주신 강한 인내심으로
마냥 내게 웃었어. 그때 나는 짠 눈물로
바다를 뒤덮고 슬픔에 눌려 신음하다가
앞으로 무슨 일이 있어도 견디겠다는
뱃심이 생겨났다.
미란다 어떻게 상륙했어요?
프로스페로 거룩하신 섭리였지.
먹을 것과 마실 물이 조금 있었다.
이 모든 일의 총지휘로 임명되었던
고귀한 나폴리의 고문관 곤잘로가
우리를 불쌍히 여겨 주었던 것인데
좋은 겉옷, 속옷 등, 필수품도 주어서
한동안 큰 도움이 되었지. 어진 마음에서
내가 책을 사랑하는 것을 알고 공국보다
소중히 여기던 책들을 서재에서
갖다 주었다.
미란다 그분 한번 만나면
얼마나 좋을까!
프로스페로 [일어서며] 나는 일어서겠다.
그냥 앉아 바다의 슬픔을 마저 들어라.
이 섬에 도착하자 나는 네 선생이 되어,
헛된 짓에 낭비할 시간이 많은 왕자나
관심이 많지 않은 교사보다 너에게
유익한 것을 더 많이 가르쳤다.
미란다 하늘이 갚아주시길! 그럼 이제 말해주세요.
자꾸 마음이 두근거려요. 왜 그런 폭풍을
일으키셨죠?
프로스페로 우선 이만큼만 알아두어라.
매우 기이한 우연으로 고마운 운명이
이제는 내게 친한 여신이 되어 원수들을
이 바닷가로 데려왔다. 내 예지의 눈으로
내게 가장 길한 별에 운수의 절정이
달린 것을 알아보았다. 그 별의 기운을
지금 이용하지 않고 놓치면 내 운수는
영영 기울기로 되어 있다. 더 묻지 마라.
너 잠이 오누나. 마침맞은 졸음이다.
잠에게 굴복해라. 물리칠 수 없을 테지.
[미란다가 잠든다.]
[소리친다.] 빨리 와, 이리 와. 이제 준비되었다.
내 일꾼 아리엘, 가까이 와라.
[아리엘 등장]
아리엘 위대하신 주인님, 엄숙하신 주인님, 안녕!
원하시는 그대로 공중을 날든가,
헤엄을 치든가, 불에 뛰어들든가,
뭉게구름을 타지요. 강력한 명령으로
아리엘의 재간을 부리세요.
프로스페로 명령대로
빠짐없이 폭풍을 연출했느냐?
아리엘 일점일획도 안 뺐습니다.
왕의 배에 타고서 이물에 번쩍, 복판에 번쩍
갑판에 번쩍, 선실마다 번쩍 하며
공포심을 불 질렀죠. 어떤 때는 갈라져서
이곳저곳에 불을 질러 꼭대기 돛과
가름대와 이물대에 불길을 솟게 하고
다시 한데 모았지요. 무서운 천둥을
예고하는 주피터의 번개보다 더 빨리
눈 깜짝할 새도 없이 번쩍했어요.
유황 내 나는 천둥 번개가 강력한 해신을
에우게 하고 건방진 파도를 떨게 했어요.
해신의 삼지창[1]마저 떨었지요.
프로스페로 정령아, 용타!
제아무리 당차고 야무져도 이 혼란 통에
머리가 돌지 않을 자가 누구냐?

아리엘 예외 없이
모두들 미친 기운에 사로잡혀 절망의
몸부림을 쳤습니다. 선원들만 빼고는
모두 배를 버리고 짠물에 뛰어들었죠.
제가 불을 지르니까 페르디난드 왕자는
갈대처럼 일어선 쭈뼛한 머리로
먼저 뛰어들면서 "마귀들이 모두 여기
모였으니 지옥은 비었다"고 외치더군요.
프로스페로 잘했다, 내 정령! 한데 해안 근처지?
아리엘 아주 가까이예요.
프로스페로 모두들 안전하지?
아리엘 머리털도 안 다쳤죠. 구명대 구실을 한
옷은 말짱하고요, 전보다도 깨끗해요.
명령대로 무리 지어 섬 주위에 흩어놨죠.
왕자는 혼자 상륙시켰는데, 한숨으로 바람을
식히는 걸 봤습니다. 섬의 구석진 데서
팔짱 끼고 슬피 앉았습니다.
프로스페로 왕의 배와
선원들과 다른 배들을 어찌했는지
내게 말하라.
아리엘 왕의 배는 포구에
얌전히 정박 중입니다. 예전에 밤중에
주인께서 저를 불러 언제나 풍랑에
시달리는 버뮤다[2]에서 이슬을 가져오라
명령하신 그 구석이죠. 배는 거기 숨겨 있고
선원들은 갑판 밑에 모아 놨는데
오래 시달린 데다 주술에 걸려
잠이 들었습니다. 흩어 놓았던
나머지 배들은 한데 다시 모여서
지중해를 항해 중인데 슬픔 가운데
나폴리로 향하고 있습니다. 왕의 배가
침몰하고 왕이 죽는 것을 보았다고
믿고 있지요.
프로스페로 아리엘, 맡은 일을
정확히 수행했다. 한데 할 일이 더 있다.
지금 몇 시냐?
아리엘 정오가 지났어요.
프로스페로 못 돼도 두 시는 됐군. 여섯 시까지
매우 귀중하게 시간을 써야 한다.
아리엘 일이 더 있나요? 힘든 일을 시키시니
제게 하신 약속을 잊지 마셔요.
아직 이행하지 않으셨어요.
프로스페로 왜 그래? 화났냐?
요구할 게 무어냐?
아리엘 저의 해방예요.
프로스페로 기한이 되기 전에? 잔말 마라!
아리엘 주인님,
충실하게 일한 것을 잊지 마셔요.
거짓말도 안 했고 실수도 안 했고,
원망도 짜증도 내지 않고 섬겼어요.
꼬박 일 년을 감해준다 하셨어요.
프로스페로 무슨 고통에서 풀어줬는지 잊었느냐?
아리엘 아니요.
프로스페로 잊었어. 짠 바다 밑을 걷기와
북방의 칼바람을 타고 달리기,
찬 서리로 굳은 땅의 수맥을 찾아
내 일을 거드는 게 대단한 일이라
이 말이구먼.
아리엘 그런 게 아닙니다.
프로스페로 거짓말 마. 요망한 것! 잊었느냐,
더러운 마녀 시코락스를? 나이와 심술로
고리처럼 꼬부라진 그녀를 잊었느냐?
아리엘 아닙니다.
프로스페로 잊었어! 그녀가 어디서 났냐? 말해봐!
아리엘 알제리서요.
프로스페로 오, 그랬던가? 한 달에 한번씩
네놈이 뭐였는지 복습을 시켜야겠다.
잊어먹곤 해. 몹쓸 마녀 시코락스는
차마 들을 수 없는 온갖 못된 짓거리와
요술 때문에 너도 알 듯이 알제리에서
추방당했다. 한 가지 사실 때문에
죽이지는 않았다.[3] 이것이 사실이지?
아리엘 네.
프로스페로 애를 배어 눈이 퍼런 할망구를 선원들이
여기 두고 떠났는데, 지금은 내 종이나

1 해신 넵투누스(포세이돈)가 들고 있는 권위의 표시인 창(槍). 창끝이 세 갈래로 돼 있어서 삼지창(三枝槍)이라고 부른다.
2 미주 대륙에 가까운 대서양에서 새로 발견된 제도. 언제나 풍랑이 거센 기이한 지역이었다.
3 '한 가지 사실'이란 그녀가 임신을 하고 있었다는 것이다. 임신부는 사형에 처하지 않았다.

그때 너는 그녀의 종이었다. 그런데 너는
그녀의 더럽고 역겨운 심부름을
행하기엔 너무나 섬세한 정령이라
심한 명령에 따르기를 거절하니까
그녀는 도저히 풀 수 없게 화가 치밀어
힘이 센 부하들의 도움을 받아
쪼개진 소나무 틈에 너를 끼워놓았다.
그 틈에 갇혀 너는 12년이나
고통 속에 지냈다. 그러는 동안 그녀가
너를 거기 둔 채 죽어서 너는 혼자
물레방아 돌아가듯 끊임없이 신음했다.
그때에 이 섬에는 할망구가 새끼라고
낳아놓은 점박이 녀석밖에는
사람의 형상이 없었다.

아리엘 네, 그 아들 캘리밴이죠.

프로스페로 우둔한 녀석, 내가 할 말이다. 그 캘리밴,
내가 부리는 놈 말이다. 너 당하던 아픔을
네가 잘 알지. 너의 신음 소리에
늑대도 울부짖고 언제나 성이 나 있는
곰의 가슴도 파고들었다. 그 아픔은 저주받은
자에게만 내리는 형벌이라 시코락스도
되물릴 수 없었다. 내가 여기 도착하여
네 소릴 듣고 술법을 써서 소나무를 벌리고
너를 놓아 주었다.

아리엘 고마워요, 주인님.

프로스페로 잔소리를 더 하면 참나무를 가르고
험한 옹이 속에 너를 찡겨 넣어서
열두 겨울 지날 동안 울부짖게 하겠다.

아리엘 주인님, 용서하셔요. 명령에 순종하여
정령 구실을 얌전히 하겠어요.

프로스페로 그리하면
이틀 뒤엔 풀어준다.

아리엘 과연 고귀하신 분이셔요.
뭘 할까요? 말씀만 하세요. 무엇이죠?

프로스페로 가서 바다의 님프[4]로 변장하여라.
너와 나밖에 아무도 볼 수 없게 꾸며서[5]
투명하게 되어라. 이 물건 가지고 가서
몸을 가리고 돌아와라. 가라! 서둘러! [아리엘 퇴장]
[미란다에게] 깨어라, 귀염둥이, 잘 잤구나. 일어나라.

미란다 놀라운 이야기를 들으니까 졸렸어요.

프로스페로 잠을 떨치고 이리 오너라. 내 종놈
캘리밴을 찾아가 보자. 그 녀석은
얌전히 대답하는 적이 없지.

미란다 상스러워서
보고 싶지 않아요.

프로스페로 하지만 형편상
녀석 없인 곤란하다. 불을 피우고
땔감을 해오고, 우리에게 도움되는
일을 해준다. 야, 이놈, 캘리밴!
흙덩어리, 대답을 해!

캘리밴 [안에서] 나무 넉넉히 해놨소.

프로스페로 나오라니까. 할 일이 또 있다.
이 굼벵이, 언제 나오겠냐?
[아리엘이 물의 님프처럼 차리고 등장]
잘 꾸민 허깨비다! 솜씨 좋은 아리엘.
귓속말로 말하자. [귓속말을 한다.]

아리엘 말씀대로 하겠어요. [퇴장]

프로스페로 옴두꺼비 같은 놈, 악한 어미와 붙어
마귀가 낳은 새끼, 빨리 나오라니까!
[캘리밴 등장]

캘리밴 엄마가 썩은 물 잔뜩 고인 웅덩이에서
까마귀 깃으로 찍어 온 독한 이슬이
너희한테 떨어져라. 축축한 남서풍에
온몸에 물집이나 생겨라.

프로스페로 이 수작의 대가로 오늘 밤 쥐가 나고
등골이 쑤셔 숨이 막히고 밤새 내내
고슴도치 같은 도깨비들이 네 몸에서
요동을 칠 것이며, 벌집처럼 촘촘히
꼬집어대고 그때마다 벌집 지은 벌보다
더 따가울 거다.

캘리밴 나도 먹고 살아야지.
이 섬은 우리 엄마 시코락스가 물려준
재산인데 네가 뺏었다. 나한테 처음 와선
쓰다듬고 귀애하고 열매 담근 물을 주고,
밤과 낮에 비치는 큰 빛과 작은 빛의
이름을 알려주었다. 나도 네가 좋아서
단물 샘, 짠물 구멍, 메마른 데, 걸은 데,

4 물가에 사는 요정.
5 흰 천으로 몸을 감싸고 나타나면 프로스페로 이외의 극중 인물들이 보지 못하는 것으로 되어 있다.

이 섬의 특징을 속속들이 알려줬다.
망하려고 그랬지! 시코락스의 온갖 주문,
두꺼비, 벌레, 박쥐, 모두 네게 떨어져라!
나는 네가 거느리는 유일한 백성이다.
전엔 나 혼자 왕이었는데, 지금 너는
이 바위 속에 나를 가두고 다른 데는
얼씬도 못 하게 한다.

프로스페로 거짓말쟁이 이놈아,
친절 아닌 채찍에야 말을 듣는 놈,
너 같은 쓰레기를 인간답게 대하여
내 동굴에 재웠더니 딸애를 더럽히려
달려들었다.

캘리밴 아이고, 그렇게만 됐더라면!
네가 방해하지 않았다면 이 섬에는
캘리밴이 가득하겠다.

미란다 끔찍한 녀석,
온갖 악을 받아들일 바탕이라 선의 자국이
조금도 안 남아! 불쌍히 여겨서
애써 말을 배워주고 언제나 이것저것
가르쳐 주었어. 이 짐승아, 배우기 전엔
생각은 있어도 야수처럼 웅얼대더니
생각에다 말을 붙여 표현하게 해줬더니
본시 악한 바탕이라 배우긴 해도
선한 본성으로는 도저히 참지 못할
야수성을 버리지 못해 거기 알맞게
이 바위에 갇힌 거야. 감옥보다 더한 데에
갇혀야 하는 건데.

캘리밴 네가 말을 가르쳐 준 덕에 나는 욕을
할 줄 알게 됐다. 말 가르쳐준 값으로
새빨간 염병에 걸려 뒈져라.

프로스페로 할멈의 종자야,
어서 나무나 해와. 빨리 해야 좋을 거다.
다른 일도 있으니까. 못된 놈, 어깨를
으쓱해? 시키는 일을 소홀히 하거나
마지못해 하면 알지? 늙은이 쥐[6]로 쥐어뜯고
뼛속마다 들쑤셔서 울부짖게 만들어
짐승들이 네 소리에 부들부들 떨 거다.

캘리밴 제발 맙쇼. [방백] 듣지 않곤 못 배겨. 저놈 마술은
엄마가 받들던 세테보스[7]보다 훨씬 세서
그 귀신도 부하로 삼을 거야.

프로스페로 그럼 빨리 가. [캘리밴 퇴장]

[페르디난드, 그리고 보이지 않는 아리엘이 악기를
연주하고 노래하며 등장]

아리엘 [노래한다.]
샛노란 모래밭 이리로 와요.
그리고 손을 잡아요.
서로에게 절하고 키스하면
파도가 잠잠해져요.
예쁘게 여기 한 발, 저기 한 발,
귀여운 요정들이
후렴 불러요. 귀 기울여 들어요!
[여기저기서 후렴] 멍멍멍.
집 보는 개가 짖는다,
[여기저기서 후렴] 멍멍멍.
귀 기울여 들어요! 들리는구나.
뚜벅뚜벅 위세 좋은 저 장닭,
꼬끼오 우는구나.
[여기저기서 후렴] 꼬끼오.

페르디난드 음악이 어디서 오나? 공중인가, 땅속인가?
소리가 그쳤네. 확실히 섬의 신께
바치는 음악이다. 바닷가 둔덕에서
아버님의 파선 생각에 다시 울고 있을 때
이 음악이 물 위로 내 곁을 지나갔다.
감미로운 그 가락이 험한 파도와 내 슬픔을
달래주었지. 그래서 소리를 따라왔어.
또는 소리가 이끌었는데 지금 없어졌네.
아니, 다시 시작한다.

아리엘 [노래한다.]
다섯 길 물속에 아버지가 누웠으니
아버지의 하얀 뼈는 산호가 되고,
아버지의 두 눈은 진주가 되어,
아버지의 모든 것은 사라지면서
바닷물에 씻겨서 모습이 변해
귀하고 진기한 것들이 된다.
요정들이 때마다 종을 울리네.
[후렴] 딩동딩동.
들어보자. 아, 지금 들리누나. 딩동딩동 종.

6 늙은이는 쥐(경련)가 나기 쉽다. 그런 "쥐"는 악귀가 꼬집는 것이라고 믿었다.
7 캘리밴의 어머니 시코락스(마녀)가 받들던 신의 이름.

페르디난드 익사하신 아버님을 추도하는 노래이니,
사람 일이 아니고 세상에 속한 노래는
분명 아니야. 지금은 위에서 들리는구나.

프로스페로 [미란다에게]
긴 눈썹과 눈꺼풀을 열어젖히고
저기 뭐가 보이는지 말해보아라.

미란다 뭔가요? 정령인가?
어머, 주변을 살펴보네. 아빠, 정말
잘생겼네요. 하지만 정령이지요.

프로스페로 얘, 아니다. 우리와 똑같이 먹고 자고
감각도 똑같단다. 네가 지금 보는 이 청년은
난파선에 탔었는데 슬픔으로 조금은
얼룩졌지만—슬픔은 아름다움을
파먹는 병이란다.—잘생겼다 할 수 있지.
잃은 일행을 찾아다니고 있다.

미란다 신성한 분이라고 하겠어요. 자연 속에서
저처럼 고상한 이를 본 적 없어요.

프로스페로 [방백] 내 마음의 계획대로 잘 되어간다.
[아리엘에게] 썩 잘했다. 보답으로 이틀 안에 풀어줄게.

페르디난드 노래들로 받드는 여신님이 분명하다!
부디 알려주세요. 이 섬에 사시는지,
제가 여기서 어찌 처신해야 옳은지
일러 주세요. 가장 중요한 저의 질문은
마지막에 묻습니다. 오, 놀라움 자체시여!
인간의 처녀가요, 아닌가요?

미란다 놀라움은 아니고요,
분명히 처녀예요.

페르디난드 우리말인데? 놀라워라!
세상에서 이 말을 쓰는 사람 중에서
내가 제일 높거든요.[8]

프로스페로 뭐 제일 높다고?
나폴리 왕이 네 말을 들었다면 어찌 됐겠나?

페르디난드 왕과 나는 동일한 인물이오. 당신이
나폴리를 말하는 걸 들으니 놀랍군요.
내 말을 내가 듣고 그럴 처지인 것이
슬프군요. 내가 나폴리 왕이니까요.
지금도 흐르는 하염없는 눈물로써
아버님의 난파를 보았소.

미란다 어머, 안됐네!

페르디난드 그렇소. 그리고 신하들 전부. 밀라노 공작과
용감한 그 아들도.

프로스페로 [방백] 밀라노의 공작과
더 잘난 그의 딸이 때만 적당하다면
네 말을 반박하겠다. 첫눈에 둘이서
시선을 교환했다. 교묘한 아리엘,
보답으로 놓아줄게. [페르디난드에게] 한마디 하겠다.
너 자신에게 잘못을 저질렀다.[9] 이상이다.

미란다 아빠가 어째서 저리 퉁명스럽지?
내 생전에 세 번째로 본 사람이고 한숨을
자아낸 첫 사람인데. 동정심이 아빠를
돌려놓아 주었으면!

페르디난드 오, 처녀시라면,
그리고 애정을 딴 데 주지 않으셨다면,
나폴리 왕비로 삼겠어요.

프로스페로 가만. 한마디 더 있다.
[방백] 서로 끄는 힘에 붙들렸지만 이처럼
빠른 진행을 어렵게 만들겠다.
너무 쉽게 얻으면 가볍게 여기니까.
[페르디난드에게] 한마디 더한다. 내 말 잘 들어라.
너는 제 것 아닌 남의 지위를 빙자하며
이 섬에 첩자로 와서 그 주인인 나로부터
섬을 뺏으려 한다.

페르디난드 맹세코 아닙니다.

미란다 저런 신전에 악이 살 리 없어요.
악한 영이 저렇게 좋은 집에 산다면
선한 영들이 같이 살겠다고 다투겠어요.

프로스페로 이리 따라 와.—이자를 두둔하지 마.
이자는 반역자다. 이리 와. 목과 발에
쇠고랑을 채우겠다. 바닷물을 마시게 하고,
단물 홍합[10]과 마른 뿌리와 도토리
껍질을 먹이겠다. 나를 따라와!

페르디난드 못 하겠소.
좀 더 힘센 상대임이 밝혀지기 전에는
이런 대접에 저항하겠소.
[칼을 뺀다. 주술에 걸려 움직이지 못한다.]

8 아버지 나폴리 왕이 익사했으니 나폴리 왕국의 언어(이탈리아어)를 쓰는 사람 중에서 나폴리 왕위 계승자인 자기가 가장 높은 사람이라는 말이다.

9 그가 자기를 나폴리 왕이라고 했으니 잘못 말한 것이라는 뜻.

10 단물 홍합은 못 먹는 것이다.

미란다 오오, 아빠,
너무 성급히 저분을 시험하지 마세요.
겁쟁이가 아니고 고귀해요.

프로스페로 뭐라고?
딸이 아빌 훈계해? 역적 놈, 칼을 들어라.
멋만 내고 치지는 못하는 놈. 양심에
죄책감이 들었구나. 방어 자세를 풀고 덤벼.
이 막대기로 당장 무장을 해제시켜
칼을 떨구겠다.

미란다 아빠, 부탁해요.

프로스페로 비켜! 내 옷에 매달리지 마.

미란다 불쌍히 보세요.
제가 보증 설게요.

프로스페로 입 다물어! 한마디만 더 하면
꾸짖을 테다. 미워할지도 몰라. 아니
사기꾼을 두둔해? 아무 말도 하지 마라.
저자와 캘리밴만 보았기에 저런 사내가
없는 줄로 아는데, 멍청한 계집애야,
대다수 사내에 비해 저건 캘리밴이다.
저자에 대면 모두 천사들이야.

미란다 그렇다면
내 사랑은 아주 소박해요. 더 잘생긴 남자를
보고 싶지 않아요.

프로스페로 [페르디난드에게] 이리 와. 복종해라.
네 힘줄은 다시금 아기처럼 되어서
아무런 힘이 없다.

페르디난드 정말 그렇구나!
꿈속처럼 기운이 모두 묶여 버렸어.
하지만 아버지 잃은 슬픔, 탈진한 느낌,
일행들이 당한 조난, 나를 억압하는
이 사람의 위협 모두가 헐거울 뿐이다.
하루에 한 번만 감옥에서 이 처녀를
볼 수 있다면, 세상 모든 구석들에
자유가 넘친대도 이런 감옥이라면
내겐 넉넉한 공간이다.

프로스페로 [방백] 제대로 되어간다.
[페르디난드에게] 이리 와.—[아리엘에게]
재치꾼 아리엘, 썩 잘했다.—
따라와. 할 일을 또 일러줄게.

미란다 [페르디난드에게] 안심하세요.
우리 아빠는 하시는 말씀보다
착한 분이라고요. 지금 모습은
저도 처음 보아요.

프로스페로 [아리엘에게] 너는 산바람처럼
자유롭게 되겠지만 우선 내 명령을
정확히 수행해라.

아리엘 틀림없이 하겠어요.

프로스페로 [페르디난드에게]
나를 따라와. [미란다에게] 이자 얘긴 말라니까.

[모두 퇴장]

## 2. 1

[알란소, 세바스찬, 안토니오, 곤잘로, 아드리안,
프란체스코, 기타 등장]

곤잘로 자, 마음을 유쾌히 잡수십시오. 누구나
기뻐할 이유가 있죠. 목숨을 구했으니
어떤 손실보다 귀중하고, 슬퍼할 이유도
모두에게 동일하여 선원의 아내,
상선의 선장, 상인이 날마다 겪는
슬픔의 이야깁니다. 한데 우리가 살았다는
이 기적은 백만 명 중 한두 명도 우리처럼
말하지 못하지요. 그런 만큼 지혜롭게
슬픔과 위로를 가늠하십시오.

알란소 좀 조용하시오.

세바스찬 [안토니오에게 방백] 식은 죽 먹듯이 쉽게 위로
받는군.[11]

안토니오 직업적 상담가라 왕을 쉽사리 가만 놔둘 리 있나.

세바스찬 저 봐. 저자가 자기 말의 태엽을 감고 있어. 조금
있으면 땡땡 칠 거야.

곤잘로 전하.

세바스찬 한 번. 세어 봐.

곤잘로 고통을 당하는 이가 당하는 족족 모든 고통을
받아들일 때 생기는 것은—

세바스찬 푸념.

곤잘로 푸념인 것은 확실하오. 당신이 의도했던 것보다는

11 이 대목 아래에서 악인들인 세바스찬과 안토니오는 서로 킥킥대면서 왕을 위로하려는 곤잘로 말의 꼬투리를 잡아 비꼬고 있는데 우리말로 그대로 옮기기는 매우 어렵다.

진실한 말을 하셨소.

세바스찬 내가 의도했던 것보다 당신이 더 재치 있게 해석했구려.

곤잘로 그러므로 전하—

안토니오 젠장. 혓바닥 되게 헤프게 놀리네!

알란소 [곤잘로에게] 제발 그만하오.

곤잘로 자, 그게 다요. 하지만—

세바스찬 계속하겠다는군.

안토니오 누가 먼저 시작하나, 듬뿍 내기 걸기요. 저자요, 아드리안[12]이오?

세바스찬 늙은 수탉.

안토니오 수평아리.

세바스찬 좋소! 내기는?

안토니오 한바탕 웃기!

세바스찬 걸었소!

아드리안 이 섬이 불모지인 듯하지만—

안토니오 하하하!

세바스찬 그럼 내기 값 갚았소.

아드리안 사람이 살지 못하고 접근이 거의 불가능하나—

세바스찬 하지만—

아드리안 하지만—

안토니오 그걸 빠뜨릴 수 있나.

아드리안 분명 기후가 부드럽고 온화하고 달콤한 것 같습니다.

안토니오 온화한 그 계집이 달콤한 년이었지.

세바스찬 맞아. 부드러운 년이었어. 유식한 저자 말처럼.

아드리안 여기 바람이 매우 향기롭게 붑니다.

세바스찬 허파라도 있는 듯이. 썩은 허파 말이야.

안토니오 또는 썩은 웅덩이 냄새 피우듯.

곤잘로 모두가 살기 좋은 환경이오.

안토니오 맞아. 살아갈 수단만 빼고는.

세바스찬 그런 건 아주 없거나 드물어.

곤잘로 풀이 얼마나 부드럽고 싱싱한가! 얼마나 푸른가!

안토니오 땅바닥은 정말 누리끼리하네.

세바스찬 파란빛이 박혀 있고.

안토니오 저 사람 눈은 빼놓는 게 별로 없어.

세바스찬 맞아. 진실을 전부 왜곡할 따름이지.

곤잘로 그런데 아주 희한한 것은, 참말로 믿을 수가 없을 지경인데—

세바스찬 본시 희한하다는 것이 대개 그렇지.

곤잘로 우리가 입은 옷이 바닷물에 흠뻑 젖었음에도 불구하고 그대로 깨끗하고 윤이 납니다. 짠물에 얼룩이 지기보다 오히려 새로 물을 들인 것 같아요.

안토니오 하지만 저 사람 주머니에 입이 달려 있다면 거짓말 말라고 하지 않겠어?

세바스찬 물론. 또는 아주 교묘하게 이름을 숨기겠지.

곤잘로 지금 우리가 입은 옷이 아프리카에서 전하의 아름다운 따님 클라리벨 공주와 튀니스 왕의 결혼식에서 처음 입었던 새 옷 같아요.

세바스찬 멋진 결혼식이었지. 그래서 귀로에 이처럼 행운을 맞은 거지.

아드리안 지금까지 튀니스는 그와 같은 미인을 왕비로 모신 적이 없습지요.

곤잘로 과부 왕비 디도[13] 시대 이후 처음이오.

안토니오 과부? 웃기네. 어쩌다 과부 디도가 끼어들었어? 과부 디도라니!

세바스찬 '홀아비 아이네이아스'란 말도 꺼내면 어때서요? 원, 괜한 역정이시군!

아드리안 "과부 디도"라고 하셨소? 그 말을 들으니 생각이 나는군요. 그녀는 튀니스가 아니라 카르타고 출신이오.

곤잘로 그 튀니스가 바로 카르타고였소.

아드리안 카르타고요?

곤잘로 확실히 카르타고요.

안토니오 저 영감 말이 신화에 나오는 기적의 하프[14] 이상이군.

세바스찬 성벽뿐 아니라 집들도 세웠군.

안토니오 다음에는 무슨 불가능을 쉽게 이룰까?

세바스찬 이 섬을 송두리째 주머니에 넣고 가서 아들에게 사과라고 줄 것 같아.

12 곤잘로를 늙은 수탉, 아드리안을 수평아리라고 부르며 둘 중 누가 먼저 말을 꺼내는지 내기를 거는 것이다.

13 지금의 튀니스인 카르타고의 여왕. 본시 과부인데, 트로이 성의 함락 후 아내를 잃고 방랑길에 오른 아이네이아스가 카르타고에 기착하자 그와 비극적 연애를 했다는 전설이 있다. 튀니스와 카르타고는 위치가 정확히 같지는 않았다.

14 그리스신화에 나오는 제우스와 안티오페의 아들인 암피온이 하프를 연주하니 돌들이 춤을 추며 테베의 성곽을 쌓았다는 신화처럼 곤잘로가 말로써 튀니스 자리에 카르타고 성을 쌓는다고 비아냥거리는 것이다. 두 도시는 실상 거의 같은 자리에 있었다.

안토니오 그 사과 씨를 바다에 뿌려서 이런 섬들을 더 많이
만들어낼 것 같구먼.
곤잘로 맞아요.—
안토니오 드디어 그 말이군.
곤잘로 [알란소에게] 전하, 이제 왕비가 되신 따님 결혼식
참석차 튀니스에 갔을 때처럼 지금 우리가 입은 옷이
새것 같단 말을 하던 중입니다.
안토니오 지금까지 거기 갔던 사람 중 최고 미인이라고도 했지.
세바스찬 제발 과부 디도는 빼라고.
안토니오 오, 과부 디도? 그렇지, 과부 디도.
곤잘로 전하, 제 저고리가 처음 입었을 때처럼 생생하지
않습니까? 상당히 그렇다는 말씀입니다.
안토니오 그 "상당히"란 말이 썩 좋았어.
곤잘로 공주님 결혼식 때 제가 입었던 것 말입니다.
알란소 당신이 그런 말을 내 귀에 해대는데
내 감정이 소화할 수 없구려. 딸애를
거기 출가시킨 것이 잘못이오. 오는 길에
아들을 잃고 딸애마저 잃은 셈이오.
이탈리아에서 너무 멀리 떨어져서
다시는 못 볼 거요. 아아, 나폴리와 밀라노의
후계자인 너를 어떤 낯선 물고기가
밥으로 삼았느냐?
프란체스코 전하, 사신 듯합니다.
제가 보니 왕자께서 파도를 억누르고
그 위에 타셨어요. 물 위를 가시며
물결의 악의를 옆으로 제치면서
한껏 부푼 파도를 맞받아 치셨어요.
용감한 머리를 험한 물결 위에 쳐들고
힘센 팔을 휘둘러 해안으로 저으시니,
해안은 파도에 시달린 벼랑을 낮춰
왕자님을 구하는 듯하였어요. 상륙을
의심치 않습니다.
알란소 아니 아니, 죽었어.
세바스찬 전하, 이 큰 손실은 전하의 책임이오.
따님으로 유럽을 복되게 하지 않고
아프리카 사람에게 잃으신 것이오.
전하의 눈앞에서 추방된 셈이니
눈물 흘리게 되셨어요.
알란소 제발 그만해.
세바스찬 그러지 마시기를 저희 모두가
무릎 꿇어 간하였고, 아름다운 공주님도
혐오와 순종 사이에 어디로 기울지
저울질을 하셨지요. 우리는 왕자님을
잃었어요. 아마 영원히 잃은 듯해요.
밀라노과 나폴리는 이번 일로 말미암아
데려갈 사내보다 과부가 많아졌어요.
전하 탓이죠.
알란소 가장 큰 손실도 내 탓이다.
곤잘로 세바스찬 공,
말씀은 사실이나 약간 껄끄럽군요.
시기도 부적절하고. 고약 바를 종기를
긁어대시는구려.
세바스찬 아주 잘 긁지.
안토니오 용한 의사 다 됐어!
곤잘로 [알란소에게] 전하가 우울하실 때엔 저희 모두도
마음의 날씨가 나쁩니다.
세바스찬 날씨가 나빠?
안토니오 아주 나빠.
곤잘로 [알란소에게] 전하, 제가 이 섬에 식민지를 개척한다면—
안토니오 엉겅퀴를 뿌리겠지.
세바스찬 또는 소루쟁이나 당아욱.[15]
곤잘로 그래서 섬의 왕이 되면 무얼 할까요?
세바스찬 술이 없으니 주정은 면하겠군.
곤잘로 나는 이 나라에서 세상과는 정반대로
만사를 처리하겠소. 어떠한 상거래도
허락지 않고, 재판관도 없으며
학문도 모르며, 부도 가난도
고용 관계도 없고, 계약도, 상속도
토지 경계도, 경작도, 포도원도 없으며,
쇠붙이도, 곡식도, 술도, 기름도 안 쓰며,
직업도 없고, 남자는 모두 한가하고
여자도 그렇소. 오직 순진하고 순수하오.
지배자도 없고—
세바스찬 자기가 왕이 된다면서.
안토니오 자기가 말하던 이상향의 꼬랑지가 앞대가리를
잊어 먹었어.
곤잘로 모든 것은 공동 소유며, 땀과 노동
없이 자연이 생산하며 반역, 범죄, 창과 칼,
단도나 총포나 어떠한 무기도 못 가지고

15 모두 가시 돋친 거친 잡초들이다.

오직 자연이 종류에 따라 모든 것을
풍성하게 생산하여 순진한 내 백성을
먹일 것이오.

세바스찬 시집 장가는 안 가나?

안토니오 물론. 모두 일이 없으니까 갈보와 놈팡이지.

곤잘로 그처럼 완벽하게 다스리고 싶군요.
'황금시대'를 능가할 터입니다.

세바스찬 국왕 전하 만세!

안토니오 곤잘로 만세!

곤잘로 그리고—제 말씀 들으세요?

알란소 입 좀 다물게. 내겐 쓸데없는 소리야.

곤잘로 전하 말씀이 백 번 옳다고 믿어요. 그냥 이
신사 양반들께 말할 기회를 주려고 한 소립니다.
이 양반들은 허파 줄이 민감하고 재빨라서 쓸데없는
소리에도 웃는 버릇이 있습지요.

안토니오 당신이 우스워서 그러는 거요.

곤잘로 이런 재미나는 말장난에서 나는 당신들에게
아무것도 아니죠. 그러니 아무것도 아닌 것에
실컷 웃으시구려.

안토니오 이거 아주 매운 반격인데!

세바스찬 칼을 누여서 치지 않았다면[16] 그렇지.

곤잘로 두 분은 용맹하신 신사들이오. 저 달이 다섯
주 동안 변치 않고 있으면 달을 궤도에서
끌어낼 분들이오.
[안 보이는 아리엘이 장엄한
음악을 연주하며 등장]

세바스찬 그럴 테요. 그러고서 밤에 새 둥지를 털겠소.

안토니오 관둬요. 성내지 말아요.

곤잘로 염려 마시오. 그리 쉽사리 인내심을 잃진 않겠소.
나를 실컷 놀려대어서 내가 잠이 들게 해주겠소?
졸려서 그래요.

안토니오 주무시오. 그래서 우리 말을 들으시오.
[알란소, 세바스찬, 안토니오 이외에
모두 잠이 든다.]

알란소 아니 금세 모두 잠이 드나? 내 눈도
잠이 들어 근심 문을 닫아주면 좋겠다.
점점 졸려오누나.

세바스찬 전하, 잠이 쏟아질 때
기회를 놓치지 마십시오. 슬픈 마음에는
좀처럼 잠이 오지 않아요. 오기만 하면
위로가 됩니다.

안토니오 전하, 쉬시는 동안
저희 둘이서 신변을 지켜드리고
안전을 보살피겠습니다.

알란소 고맙소. 무척 졸립군.
[알란소가 잠든다. 아리엘 퇴장]

세바스찬 이상하군. 모두 잠에 곯아떨어졌네!

안토니오 풍토 탓이야.

세바스찬 그렇다면 어째서
우리 둘의 눈꺼풀은 감기지 않지? 나는
자고 싶지 않은데.

안토니오 나도. 정신이 말짱하오.
약속이나 한 듯이 모두들 쓰러졌소.
벼락 맞은 것처럼 쓰러졌는데, 무엇이—
오, 존경하는 세바스찬, 무엇이—관두겠소.
하지만 무엇이 돼야 할지 당신 얼굴에
써 있는 듯싶소. 기회가 당신을 부르오.
강렬한 상상으로 당신 머리에
왕관이 내리는 게 보이오.

세바스찬 아니, 깨어 있소?

안토니오 내 말 안 들리오?

세바스찬 들어요. 그런데 확실히
그것은 잠꼬대요. 당신이 잠 속에서
그런 말을 하는 거요. 뭐라 했더라?
이상한 잠이로군. 두 눈을 활짝 뜬 채
잠을 자다니. 서서 말하고 움직이면서
깊은 잠이 들었다니.

안토니오 고귀한 세바스찬,
행운을 잠자라고, 아니 죽으라고, 버려두기요?
깼으면서 눈 감고 있소.

세바스찬 말로 코를 고는군.
코 고는 소리에 뜻이 있지만.

안토니오 나는 평소보다 심각하오. 내 말에 유의하면
당신도 심각해지오. 그리하기만 하면
당신은 세 배나 높아지오.

세바스찬 음, 나는 고인 물이오.

안토니오 흐르는 법을 알려주겠소.

세바스찬 그래 보시오.

16 칼을 누여서 치면 칼날로 치지 않았으니 베어지지 않는다. 곤잘로의 "반격"은 무해하단 말이다.

'상속'이란 나태가 물러서길 가르치오.[17]
안토니오 오, 당신이 그처럼 비웃지만 그 의도가
당신 마음속에 도사리고 있어서,
버리려고 할수록 집착하는 것이오.
그걸 깨달으시오. 썰물에 밀리는 자는
갯바닥 가까이에 어정대기 마련인데
나태나 겁 때문에 그러는 거요.
세바스찬 계속하시오.
당신의 눈과 낯빛이 중대한 사실을
말하고 있소. 정말 무엇인가 나오려고
당신에게 큰 진통을 주고 있소.
안토니오 이거요.
기억력이 쇠잔한 그자가, 더더구나
땅에 묻히면 기억에서 사라질 그 노인이
왕자가 살아 있다고 해서 왕이 거의
믿게끔 됐소.—설득의 명인인지라
오로지 설득이 전문이오.—왕자가
살아 있을 가능성은 여기 잠든 사람이
헤엄치는 것과 같소.
세바스찬 익사하지 않았기를
희망할 수 없군요.
안토니오 그 희망이 사라지니
당신 희망이 얼마나 크게 되었소?
그쪽에 희망이 없다면 딴 쪽은
희망이 너무도 높아 야망조차 그 너머로
넘겨볼 수 없으나 남의 눈에 띄지도 않소.
왕자가 죽었단 말에 동의하시오?
세바스찬 없어졌지요.
그럼 누가 나폴리의 계승자요?
세바스찬 클라리벨.
안토니오 튀니스의 왕비요. 사람 사는 곳에서
만 리나 떨어졌소. 해가 전령관이 아니면
—달에 있는 사내는 너무 느려요[18].—아이 턱에
수염이 까칠해서 면도하게 될 때까지
나폴리 소식은 깜깜할 수밖에 없소.
그녀를 떠나오다 바다에게 삼켜지고
몇 사람만 뭍에 던져져 그 운명에 따라
한 장면을 연출했소. 지난 일은 서곡이고
앞일은 당신과 나의 일이오!
세바스찬 무슨 소리요?
무슨 말이오? 형의 딸이 튀니스 왕비이며
나폴리의 후계자요. 두 나라 사이에는
약간 거리가 있지만.
안토니오 그 먼 거리 한 자 한 자가
'클라리벨이 어떻게 나폴리로 돌아오나?
튀니스에 그냥 두고 세바스찬을 깨우라'고
외치는 것 같소. 이렇게 잠든 것이
그들에겐 죽음과 마찬가지요.
지금 자는 이만큼 나폴리를 잘 다스릴
사람이 여기 있고, 곤잘로만큼 쓸데없이
수다 떠는 신하도 있소. 갈까마귀 길들이면
그자만큼 지껄이게 할 수도 있소.
오, 당신이 나 같은 마음만 품는다면!
자신의 출세를 가로막는 깊은 잠에
빠져 있구려! 내 말 알아듣겠소?
세바스찬 알 것도 같소.
안토니오 그럼 당신 마음은
지금의 행운을 어떻게 보고 있소?
세바스찬 당신이 형의 자리를 빼앗은 게 생각나는군.
안토니오 맞소. 전보다 내 옷이 얼마나 잘 맞는지
보시오. 전에는 내가 형의 신하들과
지위가 같았는데 지금은 모두 내 부하요.
세바스찬 하지만 양심은 어떻소?
안토니오 여보쇼, 그런 게 어디 있소? 발뒤꿈치에 종기 나면
슬리퍼를 신어야죠. 하지만 내 속에는
그런 신이 안 느껴지오. 나와 밀라노 사이에
스무 개의 양심이 단단히 막았다가도
고통 없이 녹아버리오! 당신 형이 여기 누웠소.
깔고 누운 흙보다 나을 게 없소.
만일 그가 저 모양이 된다면, 즉 죽는다면,
말 잘 듣는 세 치짜리 이 쇠붙이로
영원한 잠자리에 눕힐 수 있고
당신은 이 늙은 살덩어리 수다쟁이를
영영 눈을 감겨서 이자가 우리 일을
욕하지 못하게 할 수 있소. 나머지는
고양이가 우유 핥듯 우리 말을 들을 거요.

17 전통적인 상속의 관행 때문에 왕의 아우는 야심을 버리고 게으르게 될 수밖에 없다는 말이다.
18 우리는 달에 방아 찧는 옥토끼가 있다고 하는데, 서양에서는 달에 사내가 있다고 했다. 한 달 걸려 한 바퀴 도니까 느린 것이다.

우리가 적당한 시간만 말하면
무슨 짓이든 그대로 따를 자들이오.
세바스찬 다정한 친구,
당신의 전례를 따르겠소. 밀라노처럼
나도 나폴리를 차지하겠소. 칼을 뽑으쇼!
단칼에 당신은 조공에서 풀려나고
나는 왕으로서 당신을 아끼겠소.
안토니오 같이 합시다.
내가 칼을 들면 당신도 칼을 들어
곤잘로를 치시오.
세바스찬 아, 한마디만.
[둘이 떨어져서 말을 주고받는다.
보이지 않는 아리엘이 음악과 노래와 함께 등장]
아리엘 우리 주인이 자기편의 위험을 술법으로
알아내어 두 사람을 살리라고 나를 보냈다.
그렇지 않으면 주인의 계략이 빗나간다.
[곤잘로의 귀에 대고 노래한다.]
당신이 여기 누워 코를 골 때
눈을 뜬 음모가
기회를 엿본다.
목숨을 귀하게 여긴다면
잠을 떨치고 살펴봐라.
깨어나라, 깨어나라!
안토니오 그럼 당장 해치웁시다.
곤잘로 [잠을 깨며] 그렇다면 천사들이
왕을 보호하시길!
알란소 [잠을 깨며]
아니 이게 뭐야? 깼어? 칼은 왜 뺐어?
왜 그리 험상궂은 낯인가?
곤잘로 무슨 일이오?
세바스찬 전하의 휴식을 지키고 섰노라니
방금 황소 뗀지 사자 뗀지 갑자기
으르렁 소리가 들립디다. 그래서 안 깨셨나요?
내 귀에 너무도 무서웠어요.
알란소 아무것도 못 들었네.
안토니오 오, 괴물도 놀라고 땅이 흔들릴 만큼
무서운 소리였죠. 분명히 사자 떼가
울부짖는 소리였죠.
알란소 곤잘로, 그 소리 들었소?
곤잘로 분명히 말씀드려, 웅웅 소릴 들었어요.
내용이 야릇해서 잠에서 깨어
전하를 흔들고 외쳤지요. 눈을 뜨니
이분들이 칼을 빼들었더군요. 확실히
소리가 들렸어요. 경계해야겠습니다.
아니면 여기를 떠납시다. 칼을 뺍시다.
알란소 여기를 떠나세. 불쌍한 아들을
더 찾아보자고.
곤잘로 분명 이 섬에 계시니,
짐승들로부터 보호하소서!
알란소 앞서시오.
아리엘 내가 한 일을 주인께 알려드리자.
그럼 임금님, 아들 찾아 편히 가세요. [모두 퇴장]

## 2. 2

[캘리밴이 나무 한 짐 지고 등장]
캘리밴 늪과 웅덩이, 감탕에서 해가 빨아올리는
온갖 염병이 프로스페로에게 떨어져서
온몸 구석구석 병이 들어라!
[우렛소리가 들린다.]
그놈의 정령들이 내 소리를 듣겠지만
욕을 해대야겠다. 놈이 명령을 해야
꼬집고 도깨비로 나타나 혼을 내고
감탕에 빠뜨리고 도깨비불처럼
엉뚱한 데로 끌고 간다. 까딱만 해도
내게 풀어놓아서 어떤 때는 찡그리며
깩깩대다 물어대는 원숭이 같고,
고슴도치처럼 맨발 길에 뒹굴다가
가시를 세워 발바닥을 찔러댄다.
어떤 때는 독사들이 온몸을 휘감고
갈라진 혀로 씩씩대니 환장하겠다.
[트린큘로 등장]
아이고, 정령이 한 놈 온다. 땔감을 빨리
안 가져온다고 꼬집겠지. 엎드려야지.
어쩌면 나를 그냥 놔둘지 몰라.
[엎드리고 몸에 망토를 덮는다.]
트린큘로 여기는 비바람 피할 나무도 덤불로 전혀 없는데
폭풍이 또 들이닥칠 판이다. 폭풍의 노래가 바람
속에 들린다. 저기 저 시커먼 구름, 저 커다란
놈이 술을 쏟아 부을 지저분한 술통 같다. 아까처럼
천둥을 치면 얻다 머리를 박아야 할지 모르겠다. 저

구름은 동이로 물 붓듯이 쏟아붓지 않고는 못 배길 거다. 야, 이게 뭣이냐? 사람이냐, 물고기냐? 죽었냐, 살았냐? 물고기로군. 물고기 냄새 같아. 아주 곯아 빠진 고기 같은 냄새야. 새 물건은 못 되고 절여서 말린 고기 같아. 이상한 고기로군! 내가 전처럼 영국에 가 있다면, 이 고기를 그림으로 광고만 하면 공휴일 나한테 은전 한 닢씩 안 바칠 멍청이가 없겠다. 거기선 이런 괴물 덕분에 한밑천 잡을 거야. 어떤 이상한 짐승이라도 부자가 되게 하지. 절름발이 거지 하나 돕는 데는 반 푼도 안 쓰는 놈들이지만 죽은 인디언 구경에는 열 배나 내놓지. 사람처럼 다리도 있고 지느러미가 팔처럼 생겼네! 어렵쇼, 게다가 따스해! 되는 대로 생각하자. 정신 똑바로 안 차리겠어. 물고기가 아니라 조금 전에 벼락 맞은 섬사람이다. [천둥] 아이고, 다시 폭풍이 불어치누나. 이놈의 옷자락 밑에 기어드는 게 상책이다. 주위에 피할 데가 전혀 없다. 사람이 궁하면 이상한 녀석들과 잠자리를 같이 하지! 폭풍이 잦아들 때까지 여기 피해 있겠다.

[캘리밴의 망토 밑으로 기어들어 간다.
스테파노가 손에 술병을 들고 노래하며 등장]

스테파노 바다에, 바다에 다시는 안 갈란다.
여기 뭍에서 죽으련다.
이건 장례식 때나 부를 껄렁한 노래다.
그러니 이게 내 위안이다. [마신다.]
[노래한다.]
선장과 청소부와 나와 갑판장,
포수와 부사수가
몰과 멕과 메리앤과 마저리를 사랑하고
아무도 케이트는 안 좋아했지.
혓바닥에 가시 돋친 계집애라
선원에게 외치길 '나가 뒈져라!'
역청이나 기름내를 싫어했지만
근질대는 데마다 재단사가 긁어줬지.
얘들아, 바다로 가자. 그년은 뒈지라 하자.
이것도 껄렁한 가락이다. 하지만 여기 위안이 있지.
[마신다.]

캘리밴 쑤셔대지 말아요. 아이고!

스테파노 어쩐 일이야? 여기 마귀들이 있나? 야만인과 인디언 가지고 우리한테 장난을 치나? 응? 내가 지금 네놈의 네 다리에 놀라 자빠지려고 빠져 죽을 물에서 도망쳐 나온 게 아니다. 속담에 '네발로 걷는 잘난 사람은 길을 양보하지 않는다.'[19] 했다. 스테파노 콧구멍에 숨이 붙어 있는 한, 그 말 다시 할 테다.

캘리밴 정령이 꼬집는다! 아이고!

스테파노 이게 다리가 넷 달린 이 섬의 무슨 괴물인데, 보아하니 학질에 걸렸구나. 그런데 도대체 어떻게 우리말을 배웠지? 우리말을 하는 값으로 학질을 조금 떼 줘야지. 이놈을 회복시켜 가지고 길들여서 나폴리로 데려가면 암소 가죽 구두 신은 황제마다 좋아할 선물이 되겠다.

캘리밴 제발 날 꼬집지 말아요. 땔감을 빨리빨리 날라 올게요.

스테파노 지금 열에 들떠서 말을 변변하게 못 하는군. 내 술병 맛을 보여줘야지. 전에 술을 마신 적이 없어도 열을 떼 버리는 데 도움 될 거다. 녀석을 회복시켜 길을 들이면 아무리 비싼 값을 불러도 모자라겠어! 놈을 가질 자는 값을 내도 듬뿍 내야 할 거다.

캘리밴 아직까진 별로 안 아팠지만, 곧 아플 거야. 네가 떠는 것만 봐도 알아. 프로스페로가 지금 네게 시키고 있어.

스테파노 자, 말 들어. 아가리 벌려. 이 짐승아, 너한테 말 시킬 약이 이거다. 아가리 벌리라니까! 이거 마시면 오한이 딱 떨어질 거다. 정말이다. 본때 있게 해줄 거다. [캘리밴이 마신다.] 너는 누가 자기편인지도 모르는구나. 아가리 다시 벌려.

트린큘로 저 목소리 알 듯한데. 그 친구 목소리야.—하지만 죽었는데. 그러니 마귀가 틀림없어. 아이고, 살려주소!

스테파노 다리는 넷인데 목소리가 둘이라. 거참 묘한 괴물이네! 앞 소리는 친구 좋게 말하고 뒷소리는 나쁜 소리 하고 욕질하는 데 쓰는구나. 이 병의 술을 전부 마셔야 회복된대도 학질을 떼 주겠다. 자, 마셔. [캘리밴이 다시 마신다.] 아멘! 이젠 너의 딴 입에도 조금 부어 넣겠다.

트린큘로 스테파노!

스테파노 너의 딴 입이 나를 불러? 아이고 살려줍쇼! 살려줍쇼! 이건 마귀지 괴물이 아냐. 놔두고 가야겠다. 난 긴 숟갈이 없다고.[20]

19 진짜 속담에는 '두 다리로 걷는 사람 [……]'이다. 다리가 넷인 것을 보고 취해서 속담을 바꿔 말한다.
20 마귀와 함께 밥을 먹으려면 숟가락이 길어야 한다는 속설이 있다.

트린큘로 스테파노! 네가 스테파노면 나를 만져보고 나한테 말해봐. 나 트린큘로야! 무서워하지 마. 너의 친한 친구 트린큘로야.

스테파노 네가 트린큘로라면 이리 나와. 여기 작은 다리를 잡아끌겠다. 둘 중 하나가 트린큘로 다리라면 이게 맞다. [그를 망토 자락 밑에서 잡아당긴다.] 야, 진짜 트린큘로 맞구나! 아니 너 어떻게 이 못난 괴물의 똥이 됐었니? 이놈이 트린큘로를 깔겼단 말이냐?

트린큘로 이게 벼락 맞아 죽은 놈인 줄 알았어. 그런데 트린큘로, 물에 빠져 죽지 않았니? 이젠 안 죽었으면 좋겠다. 폭풍이 다 불었니? 폭풍이 무서워서 이 죽은 괴물 옷자락 밑에 숨었었다. 너 살아 있는 거지, 스테파노? 오, 스테파노, 나폴리에서 온 놈 둘이 살아 있구나!

스테파노 제발 빙글빙글 돌리지 마. 배 속이 막 흔들려서 메슥메슥해.

캘리밴 [방백] 이것들이 정령이 아니라면 아주 멋진 자들이다. 저치는 굉장한 신이라 하늘나라 단물을 갖고 있어. 그에게 무릎을 꿇어야지.

스테파노 너 어떻게 살아났니? 어떻게 이리로 왔어? 이 술병에 걸고 어떻게 여기 왔는지 실토해라. 나는 술통 타고 살아났다. 선원들이 바다에 내던졌던 거 말이다. 육지로 떠밀려서 올라온 다음 직접 손으로 나무껍질 가지고 술병을 만들었다. 이 술병을 걸고 진짜로—

캘리밴 그 술병을 걸고 당신의 충실한 부하가 될 것을 맹세합니다. 그 단물은 세상맛이 아니에요.

스테파노 자, 그럼 맹세코 어떻게 살아났는지 말해.

트린큘로 오리처럼 헤엄쳐서 육지에 닿았다. 오리처럼 헤엄칠 줄 알거든. 진짜 정말이다.

스테파노 여기 책에 키스해라.[21] [트린큘로에게 술병을 준다.] 오리처럼 헤엄을 잘 친다고 하는데 생기긴 거위 같단 말이야.

트린큘로 오 스테파노, 이거 더 있어?

스테파노 한 통이 전부야. 내 술 창고는 바닷가 바위 곁이다. 거기다 술을 숨겨 두었지. 자 어떠냐, 병신 괴물아? 학질이 어때?

캘리밴 하늘에서 떨어지지 않으셨나요?

스테파노 달에서 왔다. 확실히 알아둬. 옛날 옛적에 달에 있던 사람이다.

캘리밴 달 속에 계신 거 봤습니다요. 숭배해요! 여주인이 나리를 보여줬어요. 개하고 나무도요.[22]

스테파노 이리 와. 그 말 맹세해. 책에 키스하라고. 금방 병에 새로 담아 올 테니. 맹세해!

[캘리밴이 마신다.]

트린큘로 환한 데서 보니까, 이거 아주 속없는 괴물이네. 내가 놈을 무서워해? 약해 빠진 괴물이야. 달 속의 사람? 참 멍청하게 잘 속는 괴물일세! 정말 쭉쭉 잘도 빨아 마시누나, 괴물아!

캘리밴 이 섬의 비옥한 땅을 구석구석 가르쳐 드리고 나리 발에 키스하겠어요. 제발 저의 하느님이 되세요.

트린큘로 참말로 역적 같은 주정뱅이 괴물일세. 하느님 잠든 새에 하느님 술병 훔쳐갈 놈이야.

캘리밴 나리 발에다 키스하겠어요. 부하가 되기로 맹세해요.

스테파노 그럼 그래봐. 엎드려 맹세해.

트린큘로 이 강아지 대가리 괴물 놈 보고 웃다가 내가 죽겠다. 지지리 못난 괴물이야. 이놈을 늘씬하게 패주고 싶지만—

스테파노 자, 키스해.

트린큘로 녀석이 술에 취해 있단 말이야. 메스껍기 짝이 없는 괴물이야!

캘리밴 제일 좋은 샘물을 알려드리고, 열매를 따드리고 고기 잡아 드리고, 나무도 넉넉히 해 드리죠. 지금 저를 부리는 폭군 놈은 염병 걸려라! 그놈 나무는 안 하고 나리를 따르겠소. 놀라우신 나리.

트린큘로 천하에 우스꽝스런 괴물이군. 하찮은 주정뱅일 놀라운 신으로 알다니!

캘리밴 능금이 열리는 데로 안내해 드리죠. 기다란 손톱으로 돼지감자 캐 드리고 어치 새집 뵈드리고 재빠른 털원숭이를 덫으로 잡는 법을 알려드리며, 개암은 송이째 갖다 드리고 가끔가다 바위에서 어린 갈매기도 잡아 드리죠. 같이 갈까요?

스테파노 야, 제발 그만 지껄이고 앞장을 서라. 트린큘로, 왕과 우리하고 같이 오던 사람들이 모두 빠져

21 심각한 맹세는 성경책에 키스하곤 했다. 여기서는 술병이다.

22 서양 민속에서는 달 속에 한 사람이 개를 데리고 나무 옆에 서 있다고 했다. 계수나무 옆에서 토끼가 절구질한다는 우리 이야기와 비슷하다.

죽었으니까 우리가 이 땅을 차지하자. 자, 이 병을
들고 가라. 트린큘로 이 친구야, 좀 있다가 이놈에게
또 먹이자.
캘리밴 [술에 취해 노래한다.] 잘 있어라, 주인아, 잘 있어라.
잘 있어라, 잘 있어라!
트린큘로 울부짖는 괴물에다 술에 취한 괴물이야!
캘리밴 둑도 안 짓고 고기도 안 잡고
시키는 나무도
안 해 오고
큰 접시 작은 접시 닦지 않겠다.
밴, 밴, 캐, 캘리밴
새 주인이 생겼다. 새 하인을 구해라.
자유로다, 축제의 날! 축제의 날, 자유로다!
스테파노 야, 멋진 괴물, 길을 안내해라. [모두 퇴장]

## 3. 1

[페르디난드, 통나무를 들고 등장]
페르디난드 어떤 노동은 괴롭지만 힘이 드는 까닭에
즐거움을 높여준다. 천한 일도 고귀하게
행하고 가장 초라한 일거리도 거룩한
목적을 가질 수 있다. 이 천한 일은
싫고도 괴롭지만 내가 받드는 아가씨가
죽은 일에 생기를 넣고 노동을 즐겁게 한다.
심술궂은 그 아버지는 무자비의 화신이나
오, 그녀는 아버지보다 열 배는 착해.
사정없는 명령에 따라 이런 통나무를
수천 개 날라다가 쌓아야 한다.
아리따운 아가씨는 나를 보고 울면서
그런 비천한 일을 나처럼 하는 사람을
본 적이 없다고 한다. 할 일을 잊고 있군.
하지만 이런 달콤한 생각은 무척 힘들 때
기운을 넣어준다.
[미란다 등장. 멀찍이 안 보이게 프로스페로 등장]
미란다 어머, 제발 그처럼
힘들이지 마셔요. 번갯불이 떨어져서
쌓으라는 통나무를 모두 태워 버렸으면!
내려놓고 쉬셔요. 통나무가 타면서
당신을 괴롭혔다고 울겠어요. 아빠가
연구에 파묻혔으니 제발 좀 쉬셔요.
세 시간은 괜찮아요.
페르디난드 사랑하는 아가씨,
끝내려고 애쓰지만 일을 마치기 전에
해가 넘어가겠어요.
미란다 앉아 계시는 동안
제가 나무를 나를게요. 그거 저 주세요.
제가 더미로 가져갈게요.
페르디난드 아뇨, 귀한 아가씨.
내가 옆에 빈둥대고 앉았을 때 당신이
그런 욕을 보기보단 차라리 내 힘줄과
허리를 끊겠어요.
미란다 당신에게 괜찮으면
저한테도 괜찮은 일이죠. 당신은
싫어하는 일이지만 저는 마음까지 더하니
훨씬 쉬울 거예요.
프로스페로 [방백] 가련한 것, 병들었구나!
이렇게 찾아오는 걸 보니.
미란다 지치셨군요.
페르디난드 아니요, 고귀한 아가씨. 밤중이라도
당신이 옆에 있으면 신선한 아침이오.
알려주세요. 기도할 때 말하려는데,
이름이 무엇이오?
미란다 미란다.—오, 아빠,
아빠 명령을 어겼네요!
페르디난드 놀라운 미란다!
과연 놀라움의 최고봉,[23] 세상에서 가장 값진
보물이에요! 수많은 여인을 성심껏 바라보고
그들의 감미로운 말씨에 솔깃한 내 귀가
사랑의 속박으로 끌려간 적도 많아요.
장점도 각각이라 따로따로 좋았지만,
누구나 결점이 있어 우수한 장점과
충돌하여 빛이 바랬고 완전한 여인은
없었지요. 하지만 오오, 당신은 완벽하여
비할 데 없이 모든 인간의 장점만으로
이루어진 여인이에요.
미란다 난 딴 여자를 몰라요.
여자의 얼굴을 기억할 수 없어요.
거울에 비친 내 얼굴밖에 못 봤어요.

23 "미란다"는 "놀라워할 만한, 칭찬받을 만한 여인"이라는 뜻의 라틴어이다.

남자라고 할 수 있는 사람도 당신과
사랑하는 아빠밖에 못 보았어요.
바깥세상 남자들이 어떻게 생겼는지
알 수 없지만 제가 가진 유산 중
가장 귀한 보석인 순결에 걸어 맹세코,
온 세상에 당신밖에 딴 친구가 필요 없고
당신 말고 좋아할 모습을 상상할 수
없어요. 하지만 함부로 괜한 말을
지껄이고 있군요. 그러다가 제가 그만
아빠 말씀을 잊었어요.

페르디난드 사회적 지위로는
나는 왕자예요, 미란다. 아니길 바라지만
왕인 것도 같아요. 그러니까 이런 막일은
내 입술에 파리가 쉬슬지 못하게 하듯
절대로 용납할 수 없어요. 내 영혼의
호소를 들어주세요. 당신을 보는 순간
내 마음은 당신에게 날아가 무릎 꿇고
노예가 되어 당신을 위해 고역을 참는
벌목꾼이 되었어요.

미란다 저를 사랑하셔요?

페르디난드 오, 하늘이여, 땅이여, 이 말에 증인이 되고,
내 말이 진실이면 행복한 결말로써
내 고백을 장식해주오. 만일에 거짓이면
어떤 행운도 불행으로 바꿔버리오!
세상의 온갖 한계를 넘어 당신을 사랑하고
존중하고 우러러요.

미란다 기쁜 말을 들으면서
울다니 나는 참말 바보네요.

프로스페로 [방백] 기막힌 애정들의
아름다운 만남이다! 둘이 낳는 자식에게
하늘이여, 은총의 비를 내리소서!

페르디난드 왜 울어요?

미란다 제가 주고 싶은 것을 감히 줄 수가 없는
천한 신분 때문이고, 더구나 죽고 싶을 만큼
갖고 싶은 것을 가질 수가 없어서죠.
하지만 이건 약과예요. 숨기려 할수록
자꾸자꾸 커져요. 얌전 빼는 마음아,
저 멀리 가라! 순결하고 성스러운 순진아,
와서 나를 도와라! 저와 결혼하시면
저는 당신 아내예요. 아니면 죽기까지
하녀로 남겠어요. 짝으로는 거절해도
싫든 좋든 하녀라도 되겠어요.

페르디난드 사랑하는 아가씨,
영원히 이렇게 무릎을 꿇습니다.
[무릎 꿇는다.]

미란다 그럼 내 남편?

페르디난드 예. 자유를 갈망하는
속박과 같은 마음으로. 내 손을 드려요.

미란다 제 손에 마음을 담아 드려요. 지금은 안녕,
반 시간만 헤어져요.

페르디난드 백만 번 안녕!

[페르디난드와 미란다가 헤어져 퇴장]

프로스페로 자신들도 놀라고 뜻밖이어서
그만큼 내 기쁨이 클 수는 없겠지만
나도 한없이 기쁘다. 가서 책을 봐야지.
저녁 시간 이전에 관련된 여러 일을
처리해야 하니까. [퇴장]

## 3. 2

[캘리밴, 스테파노, 트린큘로 등장]

스테파노 [트린큘로에게] 그런 말 마. 술통이 비면 맹물을 마시자. 그 전엔 물은 한 방울도 안 마셔. 그러니까 마저 마셔. 하인 괴물아, 내게 건배해.

트린큘로 하인 괴물이라! 참 우스꽝스런 섬이군! 여긴 딱 다섯 명만 있다는데 우리가 그중 셋이라. 나머지 두 놈 대가리가 우리 같으면 온 나라가 비틀대겠다.

스테파노 명령하면 마셔, 하인 괴물아. 머리통에 눈깔이 멍청하게 박혔구나.

트린큘로 거기 말고 어디 박혀? 꼬랑지에 박혔다면 정말 볼 만한 괴물이겠다!

스테파노 저 하인 괴물 혓바닥이 술에 꼴깍 빠졌어. 하지만 나로 말하면, 바다도 나를 빠뜨려 죽이질 못하지. 이럭저럭 백 리나 헤엄을 쳐서 뭍에 닿으셨단 말씀이야. 정말이다. 너를 내 부관 괴물이나 기수로 쓰겠다.

트린큘로 부관으로나 써. 기수가 될 만큼 똑바로 서질 못해.

스테파노 괴물 선생, 우리 달아나지 않기다.

트린큘로 걷지도 못하겠다. 개처럼 자빠져서 아무 말도 못 할 거야.

스테파노 이 멍청한 놈아, 평생에 한마디만 해봐라. 괜찮은

멍청이라면.
캘리밴 주인님 어떠세요? 신발 핥아 드릴게요. 저 사람은
모시지 않겠어요. 용감하지 못해요.
트린큘로 천하에 깡무식쟁이 괴물아, 거짓말 마. 나
포졸하고 붙을 수도 있어. 이 썩어빠진 물고기야.
오늘 나처럼 많이 마셔댄 겁쟁이가 어디 있다던?
절반은 물고기고 절반은 괴물이라 괴물 같은
거짓말이나 할래?
캘리밴 저거 봐요. 저를 막 놀려요. 나리, 그냥 둬요?
트린큘로 뭐 "나리"라고? 괴물이면서 저런 맹꽁이가 어디
있겠어!
캘리밴 저거 봐요, 또 그래요. 제발 깨물어 죽이세요.
스테파노 트린큘로, 혓바닥이 성할 때 골통 속에 잠가둬.
너 반역하면 나무가 뵈는 대로 교수형이다! 불쌍한
괴물은 내 신하니까 수모 당하게 버려두지 않는다.
캘리밴 귀하신 나리님, 고마워요. 부탁드린 말씀을 다시 한 번
들으시겠어요?
스테파노 좋아. 그러지 뭐. 무릎 꿇고 다시 말해. 나는 서
있겠다. 트린큘로도 서 있어.
[아리엘이 보이지 않게 등장]
캘리밴 아까 말씀드린 바와 같이 저는 폭군에게 잡혀 있어요.
마술사인데, 교묘한 술법으로 저에게서 이 섬을
빼앗았어요.
아리엘 거짓말 마.
캘리밴 [트린큘로에게] 네 말이 거짓말이다. 이죽대는 원숭이
새끼! 용감하신 주인께서 너를 죽여 버리면 시원하겠다.
이거 거짓말 아니야.
스테파노 트린큘로, 다시 한 번 얘 말 방해하면 정말이지
이빨 몇 개는 날아갈 줄 알아.
트린큘로 나 암말 안 했는데.
스테파노 그럼 입 다물고 가만있어. 계속해.
캘리밴 그래서 마술을 부려 이 섬을 차지했죠.
저에게서 뺏은 거요. 위대하신 주인께서
복수를 해주시면—주인님은 용감하여
해내실 줄 믿어요. 이놈은 못 해도—
스테파노 그건 확실하다.
캘리밴 나리가 주인이 되시고 저는 모시겠어요.
스테파노 어찌하면 되겠는가? 네가 나를 놈들이 있는 데로
안내하겠나?
캘리밴 예, 예, 나리님. 놈이 잘 때 넘겨드리죠.
그럼 놈의 대가리에 모다구를 박으세요.
아리엘 허튼소리 하지 마. 그러지 못해.
캘리밴 이거 웬 얼룩 광대야? 더러운 초라니!
위대하신 주인 나리, 몇 방 먹이고
저놈 병을 뺏으세요. 그것만 없어지면
짠물만 먹게 돼요. 샘물이 나는 데를
안 가르쳐 줄 거니까.
스테파노 트린큘로, 더 이상 위험한 지경에 뛰어들지 마라.
얘 말에 한마디만 더 했다간 착한 마음을
밀어내고 네 놈을 대구포로 만들겠다.
트린큘로 내가 뭐랬는데? 암말 안 했어. 떨어져 있겠다.
스테파노 너 쟤 말이 거짓말이라고 하지 않았냐?
아리엘 거짓말 마.
스테파노 내 말이 거짓말이라고? 이거나 먹어! [트린큘로를
때린다.] 맛이 좋으면 다시 내 말이 거짓말이라고 해!
트린큘로 네 말 보고 거짓말이라고 하지 않았어. 얼빠진 데다
귀까지 먹었어? 술병에 염병 붙어라! 술 처먹어서
그런 거야. 네 괴물에 옴 붙고 네 손가락은 마귀가
잡아 빼라!
캘리밴 히히히히!
스테파노 자, 그럼 네 얘기 계속해. [트린큘로에게] 너는 멀찍이
서 있어.
캘리밴 흠씬 때려 주세요. 조금 뒤에는
저도 때리겠어요.
스테파노 더 멀리 떨어져 있어.—자, 계속해.
캘리밴 아까 말씀드렸듯이, 오후에 자는 것이
그놈의 버릇예요. 먼저 놈의 책들을
치운 뒤에 놈의 골통을 부수거나,
통나무로 해골을 깨거나 말뚝으로
배때기를 꿰거나 칼로 숨통을 자르세요.
먼저 책을 뺏는 걸 잊지 마세요. 그게 없으면
저처럼 멍청이에 불과하고 정령도
못 부려요. 모두들 사무치게 그놈을
미워한다고요. 놈의 책을 태워버려요.
'도구'라는 물건들을 갖고 있는데
아주 멋진 것들이죠. 집이 생기면
그것들로 치장한대요. 그리고 뭣보다도
놈에겐 예쁜 딸이 있어요. 그놈도 자기 딸을
'절세미인'이래요. 저는 그녀와
시코락스 엄마밖에 딴 여자를 못 봤지만
최대가 최소보다 엄청 큰 만큼
엄마를 까마득히 넘어서요.

스테파노 그리도 잘난 계집앤가?

캘리밴 그럼요. 나리 잠자리에 딱 어울리고
잘생긴 자식들을 낳아줄 거요.

스테파노 괴물아, 그놈을 죽일 테다. 놈의 딸과 내가
왕과 왕비가 되겠다. 우리 두 분 전하 만세!
그리고 트린큘로와 너는 총독으로 삼겠노라.
트린큘로, 이 계획 어떤가?

트린큘로 아주 좋아.

스테파노 악수하자. 때린 거 미안해. 하지만 목숨 붙어
있는 동안 혓바닥을 골통 속에 잘 간수해 둬.

캘리밴 이제 반 시간 안에 놈이 잠이 들 거요.
그때 놈을 죽이겠죠?

스테파노 알겠다. 맹세한다.

아리엘 이걸 주인께 알려야지.

캘리밴 막 신이 나네요. 기쁨이 넘치네요.
우리 기뻐합시다. 조금 전에 가르쳐드린
돌림노래 부를까요?

스테파노 괴물아, 네 청에 따르지. 이치에 닿는다면 못 할
게 없어. 자, 트린큘로, 같이 부르자.
[그들이 노래한다.]

놈들을 놀려라, 골려라.
놈들을 골려라, 놀려라.
생각은 자유다.

캘리밴 곡조가 틀리는데.
[아리엘이 북과 피리로 곡조를 연주한다.]

스테파노 이건 또 뭐야?

트린큘로 돌림노래 곡조야. '허깨비'[24]의 그림이
연주하네.

스테파노 네가 남자라면 모습을 나타내. 마귀라면 나한테
덤벼.

트린큘로 아이고, 내 죄를 용서하소서!

스테파노 죽으면 빚도 다 갚는 거다. 덤빌 테면 덤벼!
아이고, 우리에게 자비를 베푸소서!

캘리밴 무서워요?

스테파노 아니, 괴물아, 난 아냐.

캘리밴 무서워 말아요. 이 섬엔 소리가 가득해요.
기쁨을 주고 아프지 않은 곡조들이죠.
어떤 때는 천 가지 웅알대는 악기들이
귀에 울리고 어떤 때는 목소리가 들려요.
그래서 오래 잠을 자고 났을 때에도
다시 잠에 들게 하고, 그런 때는 꿈속에서
구름이 열리고 온갖 보화를 보여주어
금방 떨어질 것 같아요. 그러다가 깨어나면
다시 자고 싶어 울어요.

스테파노 야, 내게 참말 멋진 나라가 되겠다. 공짜로
음악을 들을 테니.

캘리밴 프로스페로가 죽어야 그렇죠.

스테파노 곧 그리하겠다. 네 말을 안 잊었어.

트린큘로 소리가 멀어진다. 우리 따라가 보자. 그다음에
할 일을 하자.

스테파노 괴물아, 안내해. 따라가겠다. 그 북쟁이를
봤으면 좋겠다. 북 한번 잘 치던데.

트린큘로 [캘리밴에게] 너 가겠냐? 난 스테파노 따라간다.

[모두 퇴장]

## 3. 3

[알란소, 세바스찬, 안토니오, 곤잘로, 아드리안,
프란체스코 등장]

곤잘로 [알란소에게] 아이고 정말 더 못 가겠어요.
늙은 뼈가 쑤시네요. 곧은 길, 꼬부랑길,
진짜 미궁 같아요! 전하, 좀 참으세요.
쉬어야겠습니다.

알란소 노인장, 당신을
탓할 수 없소. 내게도 피곤이 달라붙어
정신이 멍한 상태요. 앉아서 쉬시오.
이제부터 희망을 물리치고 그 아첨꾼을
상대하지 않겠소. 우리가 이렇게 방황하며
찾는 아들은 죽었소. 괜히 땅을 뒤지는 꼴을
바다가 비웃고 있소. 자, 포기합시다.

안토니오 [세바스찬에게 방백]
희망을 버렸다니 아주 기쁘군.
결심했던 목적을 한 번의 실패에
포기하지 마시오.

세바스찬 [안토니오에게 방백] 다시 기회가 생기면
철저히 이용합시다.

24 "허깨비"는 "Nobody"를 옮긴 말. 즉 귀신처럼 몸이 없어 보이지 않는 자, 또는 사지만 있고 몸뚱이가 없는 괴물로서, 당시 그런 차림으로 무대에 나타나기도 했다.

안토니오 [세바스찬에게 방백] 오늘 밤에 합시다.
지금 모두 피곤하여 지쳐 있으니
말짱할 때처럼 깨어 있지 않을 테며,
그럴 수도 없을 거요.

세바스찬 [안토니오에게 방백] 오늘 밤이오. 입 다뭅시다.
[장엄하고 기이한 음악. 프로스페로가 보이지
않게 위에 등장]

알란소 이게 무슨 음악인가? 친구들, 들어봐요!

곤잘로 놀랍게 아름다운 음악입니다!
[기이한 형상 여럿이 잔칫상을 들여오고 그
주위를 춤추고 돌아가며 공손히 절하면서 왕의
일행에게 먹으라는 시늉을 하고 떠난다.]

알란소 하늘이여, 천사를 보내소서! 그게 뭣들이었소?

세바스찬 살아 있는 꼭두 놀이요! 일각수가 실재하며,
아라비아에 불사조의 나무가 있고
이 순간도 불사조가 군림하고 있다는 걸
믿을 수밖에 없소.[25]

안토니오 나도 둘 다 믿겠소.
못 믿을 게 있으면 나한테 가져와요.
진짜 사실이라고 맹세할 테니.
여행담[26]은 거짓말이 아니었소. 가보지 않은
멍청이는 여행자를 비웃지만.

곤잘로 나폴리에서
내가 이런 것을 보았다고 말하면
믿어 주겠소? 확실히 이들은
이 섬의 주민일 거요. 외양은 기괴하나
저들의 태도를 보시오. 인간 중에
많은 사람보다도, 솔직히 말해
대다수 사람보다 예절이 바르고
점잖고 친절하오.

프로스페로 [방백] 정직한 노인장,
당신 말이 옳소. 지금 함께 있는 몇 사람은
마귀보다 악하오.

알란소 저런 형상, 저런 태도,
저런 음악은 아무리 탄복해도 모자라오.
말은 하지 않지만 일종의 우수한
무언의 웅변이오.

프로스페로 [방백] 칭찬은 뒀다 하시지.

프란체스코 느닷없이 사라졌소!

세바스찬 상관없소. 음식은
남겨뒀고 우리는 먹을 배가 있으니까.
여기 있는 것들을 맛보시지요?

알란소 아니.

곤잘로 정말 겁내실 것 없습니다. 우리 소싯적에
황소처럼 목덜미에 살덩이가 매달려서
목 가죽이 축 늘어진 산사람이 있는 줄을
어찌 알았겠어요? 또는 가슴팍에
머리가 난 사람이 있는 줄도 몰랐지요.[27]
요즘에는 오 대 일로 돈을 거는 사람[28]마다
물증을 가져와요.

알란소 최후의 만찬이라도
나는 먹겠다. 상관없어. 내 생의 황금기는
이미 지났다는 느낌이니. 아우, 공작,
앞으로 다가와서 나처럼 해요.
[천둥과 번개.
아리엘이 하피[29] 모양으로 등장하여 식탁
위에 날개를 퍼덕이니 교묘한 장치에 의해
잔칫상이 사라진다.]

아리엘 너희 셋은 죄인이다. 세상과 만물을
도구로 삼는 운명이 무한정 삼켜대는
바다에게 명령하여 사람이 안 사는
외딴섬에 너희를 뱉어냈다. 인간 중에
너희는 살 자격이 거의 없는 자들이다.
내가 너희 얼을 빼놓았다. 사람들이
바로 그런 중뿔난 만용으로 목을 매고
투신자살을 한다.
[알란소, 세바스찬 등이 칼을 뽑는다.]
멍청한 것들!
나와 내 동료들은 운명의 집행자다.

25 뿔 하나가 달린 일각수(一角獸)나 아라비아에 단지 하나만 있다는 불사조의 전설은 여행자들의 이야기에만 나오는 존재인데, 지금 상황처럼 이상한 형상들의 행동을 보고 그런 이야기까지 믿을 수밖에 없다는 말.

26 당시 지리상의 발견 이후 온갖 환상적인 여행담이 쏟아져 나왔고 내국인들은 그것들을 거짓말로 치부했다.

27 당시 환상적 여행기에 그렇게 생긴 사람을 보았다는 이야기가 씌어 있었다.

28 먼 땅에 모험을 하러 가는 사람이 보험에 들고 갔다가 확실한 증거를 가지고 돌아오면 그 보험금의 다섯 배를 갚아주었다.

29 하피(Harpy)는 여자 얼굴에 새의 몸뚱이를 가지고 큰 날개를 퍼덕이며 잔칫상의 음식을 먹어 치우는 괴물이다.

너희 버린 칼날로 거센 바람을
자를 수 있느냐! 장난감 같은 칼로
밀려드는 물결을 찔러 죽일 수 없듯,
이 깃털 한 오리도 까딱하지 못한다.
나의 동료 일꾼들도 절대로 못 찌른다.
칼을 쓴다 하여도 지금 너무 무거워서
너희들 힘 가지곤 쳐들 수 없다.
그러나 기억하라.—이게 내 사명이다.—
너희 셋은 밀라노에서 프로스페로를 몰아내어
죄 없는 딸과 함께 바다에 내던졌다.
이제 바다가 복수했다. 악랄한 그 짓을
신들은 잊지 않고 때를 기다렸다가
바다와 육지, 온갖 짐승까지 격동시켜
너희 혼을 뒤흔들었다. 알란소, 네 아들을
빼앗았다. 조금씩 죽어가는 형벌을
너에게 선고한다. 즉시 죽는 것보다
훨씬 괴로운 느린 죽음이 어디든지
너와 네 행동을 따라다닐 것이니
황량하기 그지없는 이 섬에서 네게 내릴
신들의 진노를 면하려면 진정한 뉘우침과
깨끗한 삶밖에 다른 길이 없느니라.
[천둥과 함께 그가 사라진다. 그러자 부드러운
음악에 맞춰 기이한 형상들이 다시 등장하여
놀리듯 입을 비쭉대며 춤을 추고 식탁을 내간다.]

프로스페로 아리엘, 하피 역을 멋지게 연출했다.
먹어 치우는 시늉이 멋있었다. 하라고
시킨 말도 빼지 않고 잘했다. 그 밖의
일꾼들도 실제와 똑같이 훌륭하게
각기 맡은 일들을 잘 감당했다.
나의 높은 주술이 능력을 발휘하여
모든 원수가 얼빠진 채 몰려 있다.
지금 내 손안에 들었으니 한참 동안
그 상태에 있게 하고 그사이 나는
저들이 죽었다고 믿고 있는 페르디난드와
내가 사랑하는 딸애에게 가겠다. [위에서 퇴장]

곤잘로 거룩하신 어떤 신의 이름으로, 도대체 왜
그런 멍한 표정이시오?

알란소 오, 괴이쩍구나!
파도가 말하며 알려준 듯도 하고,
바람이 노래한 것도 같고, 천둥은
오르간처럼 깊고 무서운 음성으로
프로스페로란 이름을 말한 듯하오.
낮은 소리로 내 죄를 말했소. 그 때문에
아들이 감탕에 묻혔으니, 무슨 다림추보다
깊이 찾다가 진흙 속에 같이 눕겠소. [퇴장]

세바스찬 마귀가 한 번에 한 놈씩만 덤비면
몇 군단도 무찌를 테다.

안토니오 나도 합세하겠소.
[세바스찬과 안토니오 퇴장]

곤잘로 셋이 모두 자포자기다. 한참 뒤에야
작용하는 독약과 같이 큰 죄책감이
지금 저들 정신을 갉아먹기 시작한다.
뼈마디가 굳지 않은 젊은 분들은
급히 뒤를 따라가 얼빠진 상태에서
함부로 하는 짓을 막으시오.

아드리안 따라와요.
[모두 퇴장]

## 4. 1

[프로스페로, 페르디난드, 미란다 등장]

프로스페로 [페르디난드에게]
혹시 내 벌이 너에게 너무했다면
그 보상이 갚아줄 거다. 지금 여기서
내 삶의 거의 반, 내 삶의 목적 자체를
너에게 주었다. 다시금 너의 손에 넘긴다.
네가 겪은 험한 일은 너의 사랑에 대한
시험이었는데 우수하게 통과했다.
여기 하늘 앞에서 이 귀한 선물을
정식으로 승인한다. 오, 페르디난드,
나의 딸 자랑을 비웃지 마라.
이 애가 어떤 칭찬보다 앞서며
어떤 칭찬도 못 미침을 볼 것이다.

페르디난드 신의 말씀에 어긋난대도 확신합니다.

프로스페로 그러면 값진 대가를 치르고 네가
얻은 선물, 내 딸을 가져라. 그러나
완벽한 격식에 따라 거룩한 예식을
모두 행하기 전에 그녀를 범하면,
하늘은 이 혼약에 자식 복의 단비를
내리지 않을 것이며, 자식 없는 미움과
쓴 눈길을 보내는 멸시와 불화가

함께할 잠자리에 역한 잡초만 뿌릴 테니
두 사람이 혐오할 거다. 그런 연고로
휘멘[30]의 등불이 환하게 비추도록
근신하여라.

페르디난드 지금 같은 사랑으로
화평한 평생, 장한 후손, 장수를 원하므로,
가장 어두운 동굴 속도, 알맞은 장소도,
못된 인간 습성의 강렬한 부추김도
저의 욕정을 자존심으로 녹여서,
해님의 말이 쓰러지고 밤의 발이 묶여서[31]
온 누리가 계속 밝아 혼인의 밤이 못 와도
그날의 예식이 고조시킬 열정을
절대로 맥 빠지게 하지 않겠습니다.[32]

프로스페로 좋은 말이다. 그럼 앉아 말을 나눠라.
이 애는 네 것이다. 부지런한 아리엘!
[아리엘 등장]

아리엘 주인님, 무엇을 원하셔요? 저 여기 있습니다.

프로스페로 너와 네 부하 동무들이 방금 전에
일을 썩 잘했다. 다시 한 번 비슷한 일에
너희를 써야겠다. 가서 그 패거리를
이리로 데려와라. 놈들을 다스릴
권한을 네게 준다. 빨리 움직이게 해라.
이 젊은 한 쌍에게 내 술법의 장난을
구경시켜야겠다. 내가 약속한 것이라
기대를 하고 있다.

아리엘 지금 당장에요?

프로스페로 그래, 눈 깜짝할 새에.

아리엘 '오라.' '가라.' 하시기 전에
두 번 숨 쉬고 '됐다, 됐다.' 하시기 전에
발꿈치로 종종종 속히 걸어서
모두 묘한 모습으로 여기 올 거요.
주인님, 저를 사랑하세요? 안 하세요?

프로스페로 대단히 사랑한다. 귀여운 아리엘.
부르기 전엔 가까이 오지 마라.

아리엘 알았어요. [퇴장]

프로스페로 [페르디난드에게]
진실하도록 힘써라. 사랑의 언행을
적절히 절제해라. 아무리 강한 맹세도
혈기의 불길에는 지푸라기다. 더욱 자제해라.
안 그러면 맹세도 소용없다.

페르디난드 다짐합니다.
제 가슴에 얹힌 차가운 하얀 눈이
간[33]에서 올라오는 열정을 식힙니다.

프로스페로 좋다. 그럼 와라, 아리엘. 남을 만큼
많이 데려와라. 나타나라, 사뿐히.
[부드러운 음악]
입은 다물고 보기만 해라. 조용히!
[이리스[34] 등장]

이리스 풍성하신 케레스,[35] 밀, 호밀, 보리,
가라지, 귀리, 완두가 풍요로운 당신의 들판,
풀 뜯는 양 떼 사는 목초 덮인 산자락,
겨울 먹이 건초 덮인 널따란 초장.
물길 뚫고 얽어놓은 갯둑에 물이 차고
비에 젖은 사월은 당신 분부 따라서
차가운 님프에게 정결한 화관을 주고
유채 덤불 그늘은 아가씨를 빼앗긴
버림받은 총각이 좋아하지. 가지 친 포도원,
메마르고 굳은 바위 바닷가, 당신이
산보하는 이곳에, 하늘의 여왕님이
높으신 존엄으로 시녀인 나, 촉촉한
무지개를 보내서 당신에게 명하시니,
이들을 떠나서 여기 이 풀밭,
바로 이곳에서 춤추라고 하십니다.
여왕님의 공작들이 힘찬 날개 칩니다.
[주노의 마차가 무대 위에 매달려 나타난다.]
풍요의 케레스, 와서 여왕님을 즐겁게 해드려요.

30 결혼의 신 휘멘(hymen)은 좋은 부부가 될 쌍에게는 밝은 횃불을 비추고 그렇지 않은 쌍에게는 연기 나는 횃불을 비추었다.

31 태양의 신 아폴로는 아침마다 말들이 끄는 불타는 마차를 몰아 하루를 달린다고 하는데 그 말들이 쓰러지거나 밤이 땅에 발이 묶이면 세상이 어두워지지 않아 신방을 차리기 어려울 것이다.

32 언제 끝날지 모를 찬란한 결혼 예식이 고조시킬 그의 열정을 신방을 차릴 때까지 그대로 간직하겠다는 말.

33 간(肝)은 당시 생리학에서 욕정의 근원으로 여겼다.

34 주피터의 아내 주노('하늘의 여왕'으로 공작새는 그녀의 새다)의 전령으로 무지개가 되어 지상에 내려온다.

35 온갖 곡물과 식물의 여신으로 다산(多産)의 복을 내린다. 그녀의 딸 페르세포네를 지하계의 왕 디스(또는 플루토)가 납치하여 아내로 삼았다.

[아리엘이 케레스로 차리고 등장]

케레스 오색 천사여 안녕, 주피터의 왕비님께
순종하시며, 노랑 날개로 내 꽃들에게
꿀 같은 비를 뿌려 신선하게 해주시며
쪽빛 아치 끝으로 덤불 덮인 들판과
밋밋한 야산을 곱게 치장하시어
화려한 내 땅을 값지게 두르시는 분,
왜 여왕께서 이 풀밭에 나를 부르셨나요?

이리스 진실한 사랑의 약속을 축하하며
축복받은 두 연인에게 아낌없는
선물을 주시려고요.

케레스 무지개님, 말해주셔요.
비너스나 그 아들[36]이 지금 여왕님과
같이 있나요? 아는 대로 말해줘요.
그 둘이 짜고 내 딸을 컴컴한 디스[37]에게
줘버렸지요. 그녀와 그녀의 눈먼 아들과
같이 하지 않겠어요.

이리스 그녀와 만날까봐
걱정하지 마셔요. 파포스[38]의 자기 집에
구름을 뚫고 갈 때 만났어요. 큐피드도
비둘기 수레로 같이 갔어요. 여기 와서
이 청년과 처녀에게 장난치려 했는데,
이분들은 휘멘이 횃불을 밝히기 전엔
잠자리를 같이하지 않기로 맹세하여서
그들의 계획은 무산되었죠. 군신[39]의 애인은
제 집으로 돌아갔고 짓궂은 그 아들은
화살들을 꺾어버리고 참새들과 놀면서
진짜 아이가 된대요.

케레스 지존하신 여왕님
주노께서 오신다. 위엄을 보아 알 수 있다.
[주노의 마차가 무대로 내려온다.]

주노 풍요로운 아우는 잘 있는가? 같이 가서
이 두 사람을 번성시키고 자손으로 영광 얻게
축복 내리세.
[케레스가 주노의 마차에 타니 마차가 올라가
무대 위에 들린다. 여신들이 노래한다.]

주노 명예, 재물, 결혼의 축복.
백년해로와 자손의 번성.
매일의 기쁨이 너희에게 늘 있어라.
주노가 너희에게 축복을 노래한다.

케레스 불어나는 땅의 소산, 풍성한 수확,
곳간과 창고가 비는 날 없고
주렁주렁 송이 크는 포도 넝쿨들.
튼실한 알곡으로 고개 숙인 곡식들.
언제나 가을건이 다음엔 겨울이 없이
곧바로 너희에게 봄이 오리라.
모자람과 부족은 너희를 피하리라.
이렇게 케레스가 너희를 축복한다.

페르디난드 이거야말로 가장 웅장한 환상입니다.
황홀하고 조화로워요. 이들을 정령으로
봐도 될까요?

프로스페로 술법으로 불러낸
정령들이네. 내 속의 상상을 연출하려고
저들의 영역에서 불러냈네.

페르디난드 항상 여기서
살고 싶군요! 놀라우신 아버님과 아내가
이곳을 낙원으로 만듭니다.
[주노와 케레스가 귓속말을 하고 이리스를
심부름 보낸다.]

프로스페로 자, 조용히.
주노와 케레스가 심각하게 속삭인다.
할 일이 또 있다. 입 다물고 조용히 해라.
안 그러면 주문이 깨진다.

이리스 굽이쳐 흐르는 시냇물의 요정들아,
골풀 화관 쓰고서, 천진난만 얼굴로,
찰랑이는 물굽이를 떠나서 초장으로
얼른 나오너라. 주노께서 명하신다.
순결한 요정들아, 진실한 사랑을 맺는
축하 예식을 도와라. 너무 늦지 마라.
[요정 몇이 등장]
팔월 추수로 햇볕에 탄, 피곤한 추수꾼들,
밭고랑을 떠나서 이리 와서 즐겨라.

36 비너스는 성애의 여신으로 군신 마르스와 열애하였고 그녀의 어린 아들 큐피드는 짓궂게도 애욕의 화살을 쏘아, 맞은 사람은 애욕에 허덕이게 된다. 비너스의 집은 파포스에 있고, 그녀는 비둘기가 끄는 수레를 타고 다니며, 참새는 그녀를 상징하는 새이다.
37 앞의 주석 34를 볼 것.
38 비너스의 궁이 있는 섬.
39 군신 마르스(또는 아레스)와 비너스는 서로 욕정에 탐닉했다. 그녀의 아들 큐피드가 장난을 친 건 물론이다.

잔치를 벌여라! 밀짚모자 눌러쓰고
청순한 요정들과 하나씩 짝을 지어
시골 춤을 추어라.
[추수꾼 차림의 추수꾼 몇이 등장. 요정들과 어울려
우아한 춤을 춘다. 춤이 끝날 무렵 프로스페로가
갑자기 벌떡 일어나 말한다. 그러자 낮고 혼란스런
이상한 음악에 맞춰서 정령들이 슬픈 기색으로
사라진다.]

프로스페로 [방백] 캘리밴 짐승 놈과 더러운 패거리가
나를 해치려는 음모를 잊고 있었다.
놈들의 음모의 순간이 거의 되었다.
[정령들에게] 잘들 했다. 물러가라. 그만해라.
[주노와 케레스가 마차에 오르고 추수꾼들과 같이
모두 퇴장]

페르디난드 이상하네. 아버님이 무슨 일로 화나시고
몹시 흥분하셨어.

미란다 저렇게 화내시는 걸
저도 오늘 처음 보아요.

프로스페로 [페르디난드에게]
표정을 보니 아주 당황했구먼.
겁에 질린 것 같군. 하지만 안심해라.
이제 놀이는 끝났다. 아까 말해줬듯이,
연기자들 모두가 정령이라 공기 중에
허공으로 녹아버렸다. 토대 없이 세웠던
환상과 같이 구름 속에 솟은 누각,
화려한 궁전, 거룩한 신전, 이 커다란
땅덩이와 그것을 차지하는 사람들까지
모두 없어져 조금 전에 사라진
허깨비 놀음처럼 구름 조각 하나도
안 남긴다. 우리는 꿈을 만드는 것과
똑같은 재료이며, 짧은 우리 인생은
잠 속에 둘려 있다. 화가 치미는군.
나약한 나를 참아 주어라. 늙은 머리가
혼란스럽다. 못난 성미를 언짢아 마라.
괜찮다면 동굴 안에 들어가 쉬어라.
한두 바퀴 걸어서 흔들리는 마음을
진정하겠다.

페르디난드와 미란다 평안하시길 바라요. [둘 퇴장]

프로스페로 빨리 와라.—고맙다.—아리엘, 이리 와!
[아리엘 등장]

아리엘 주인님 뜻에 따릅니다. 무얼 원하시나요?

프로스페로 캘리밴 만날 준비를 해야겠다.

아리엘 그럼요, 주인님, 케레스로 등장할 때
말씀드리려고 했는데, 주인님이
화내실까 겁이 났어요.

프로스페로 어디다 놈들을 뒀다고 했지?

아리엘 말씀드렸듯이 새빨갛게 취해서
기세가 등등하여 얼굴에 부딪치는
바람을 뿌리치고 발부리에 입 맞추는
땅바닥을 때리면서 내내 목적을 향해
오고 있는 중입니다. 그래서 북을 치니까
길들지 않은 망아지처럼 귀를 세우고
눈꺼풀을 위로 까고 음악 냄새를 맡는 듯이
코를 벌름거리고 귀에 마술을 거니
어미 소 부르는 소리 따라 송아지처럼
연한 정강이를 찌르는 이빨 같은 찔레와
날카로운 가시 덩굴 가운데로 따라왔어요.
동굴 너머, 턱에까지 찰랑대는 찌꺼기가
뒤덮인 웅덩이에 처넣었는데, 구정물이
녀석들 발 냄새보다 고약해요.

프로스페로 잘했다, 귀염둥이.
계속 네 모습을 안 보이게 유지해라.
쓸모없는 옷가지를 이리 내와라.
도둑 낚을 미끼다.

아리엘 갑니다, 가요. [퇴장]

프로스페로 마귀, 생겨 먹길 마귀, 그 바탕에 교육이
붙어 있질 못한다. 측은히 여겨
애써봤지만 조금도 안 남고 사라졌다.
놈의 몸이 나이 들어 흉해지면서
마음마저 썩는다. 놈들이 울부짖도록
혼을 내겠다.
[아리엘이 번쩍이는 옷 따위를 들고 등장]
자, 옷을 줄에 걸어라.
[프로스페로와 아리엘이 보이지 않게 서 있다.
캘리밴, 스테파노, 트린큘로가 함빡 젖어 등장]

캘리밴 조용히 걸어요. 눈먼 두더지도 발소리를 듣지 못하게.
이제 동굴에 가까이 왔어요.

스테파노 괴물아, 네가 얌전하다는 그 선녀가 우리한테 몹쓸
장난을 치는 수준이구나.

트린큘로 괴물아, 온통 말 오줌 냄새뿐이다. 내 코가 매우
화가 나셨다.

스테파노 내 코도 그래. 알아듣느냐, 괴물아? 일단 내가 너를

싫어하면, 알지?

트린큘로 괴물로는 좋 치는 거다.

캘리밴 좋으신 주인님, 계속해서 잘 봐주세요.
참으시면 생길 재물이 재수 없는 이 일을
갚고 남아요. 그러니 소리를 낮추세요.
모두 쥐죽은 듯하니까요.

트린큘로 맞아. 하지만 웅덩이에서 술병들을 잃다니!

스테파노 이 괴물아, 그건 창피와 수치뿐만 아니라 한없는
손해야.

트린큘로 옷 젖은 것보다 더 아깝다. 그런데도 이게 네가
말하던 순진한 선녀란 말이지, 이 괴물아!

스테파노 술병을 찾아오겠다. 그러다가 귓바퀴까지 홀딱
빠져도 상관없어.

캘리밴 임금님, 제발 조용하세요. 이거 보시죠?
이게 동굴 입구예요. 소리 없이 들어가요.
기막히게 살인을 저질러서 이 섬을
영원히 차지하세요. 그러면 캘리밴은
영원히 임금님 발을 핥겠어요.

스테파노 악수하자. 피 냄새 물씬 풍기는 생각이 떠오르기
시작한다.

트린큘로 오, 스테파노 왕! 오, 대감! 귀하신 스테파노! 야, 여기
네가 입을 옷이 널려 있다. 저거 봐!

캘리밴 이 멍청아, 그냥 둬. 쓰레기야.

트린큘로 저런 괴물 보았나! 뭐가 넝마장수 물건인지 모를
줄 알고!
[나무에서 옷을 하나 내려 입는다.]
오, 스테파노 왕!

스테파노 그 옷 벗어, 트린큘로. [옷에 손을 내민다.] 야, 그
옷은 내가 입어야겠어.

트린큘로 전하께서 입으시오.

캘리밴 이 밥통아, 수종병[40]에 콱 빠져라! 그따위
짐스런 물건에 혹하다니 어쩔 셈이야?
놔두고 죽이기부터 해. 그놈이 잠을 깨면
발끝에서 정수리까지 살갗을 꼬집어서
우릴 괴상한 물건으로 만들 거라고.

스테파노 괴물아, 입 닥쳐. 빨랫줄 아줌마, 이게 내 털조끼
아닌가요? [나무에서 그것을 내린다.] 이제 조끼가
줄에서 벗어났군. 그럼 조끼 너는 털이 모두 빠져서
대머리 조끼가 되겠구나.[41]

트린큘로 됐다, 됐어. 전하께 실례합니다만, 우리가 도둑질을
규칙에 따라 잘하는군.

스테파노 농담 잘했다. 옜다, 이 옷이 그 값이다. [나무에서
옷을 하나 내려서 트린큘로에게 준다.] 내가 이
나라의 왕으로 있는 동안에는 재치 있는 말에는
반드시 상을 주겠다. '도둑질을 규칙대로 잘한다'는
말은 대가리가 뛰어난 솜씨다.
[다른 옷을 내려서 그에게 준다.]
옜다, 그 값으로 또 한 벌이다.

트린큘로 괴물아, 손가락에 끈끈이를 묻히고 와서 나머지를
모두 가져가라.

캘리밴 난 하나도 필요 없소. 이러다간 때를 놓쳐
모두 따개비가 아니면 꼴사납게 이마빼기
비좁은 원숭이가 될 거요.

스테파노 괴물아, 손가락 내밀라니깐. 내 술통 있는 데로 이거
가져가. 만일에 안 그러면 너를 내 나라에서 추방하겠다.
빨리 움직여. 이거 날라 가.

트린큘로 이것도.

스테파노 그리고 이것도.
[그들이 나머지 옷들을 캘리밴에게 준다. 사냥꾼들
소리가 들린다. 집개와 사냥개 모습의 여러 정령이
등장하여 그들을 따라다닌다. 프로스페로와 아리엘이
개들을 부추긴다.]

프로스페로 물어 쉿, 마운틴,[42] 쉿!

아리엘 실버! 잘한다, 실버!

프로스페로 퓨어리, 퓨어리, 저기 타이런트, 저기! 물어 쉿 쉿!
[캘리밴, 스테파노, 트린큘로가 쫓겨 나간다.]
가서 요정들에게 마른 쥐를 일으켜
뼈마디를 갉아대고 늙은 쥐를 일으켜
힘줄 당기고 몸을 꼬집어 살쾡이, 표범[43]보다
멍 자국을 많이 내라고 해.

아리엘 울부짖네요!

프로스페로 흠씬 물리게 내버려둬. 이 순간

40 자꾸만 물을 들이켜서 몸이 퉁퉁 붓는 풍토병이었다.
41 당시 "줄"이란 말은 적도를 뜻했는데 적도 남쪽으로 가면 성적으로 극히 문란하게 되어서 성병에 걸려 몸의 털이 빠진다는 속설에 빗댄 말이다.
42 개의 이름. 다음에 나오는 실버, 퓨어리, 타이런트 등도 모두 사냥개 이름이다.
43 온몸에 얼룩점이 박혀 있는 짐승들이다. 이 짐승들의 얼룩무늬만큼 온몸에 멍이 들게 하라는 말이다.

내 모든 원수들은 내 마음에 달렸다.
잠시 후 내 일이 모두 끝나고
너는 자유롭게 공중을 날게 된다.
잠깐만 따라와서 도와다오. [둘 퇴장]

## 5. 1

[마술 망토를 입은 프로스페로와 아리엘 등장]

프로스페로 이제 내 계획이 종막으로 치닫는다.
주문이 유지되고 정령들은 복종하며
시간은 순탄하게 달린다. 몇 시냐?

아리엘 여섯 시에 접어들었어요. 이 시간 안에
우리 일이 끝난다고 하셨지요.

프로스페로 처음 내가
폭풍을 일으킬 때 그랬지. 그런데
왕과 그 일행이 어쩌고 있냐?

아리엘 분부하신
모습대로, 보신 그대로 붙들려 있습니다.
주인님 동굴 앞 보리수 방풍림에요.
모두 포로들이죠. 풀어주지 않으시면
꼼짝 못 해요. 왕의 형제와 주인님 아우,
세 사람은 얼이 빠지고 나머지는 모두
그들을 보고 슬픔과 두려움이 가득하여
울고 있어요. 그중에 주인께서 착한 노인
곤잘로라 하신 이가 특히 슬퍼하데요.
겨울철 갈대 처마에 고드름이 녹듯이
눈물이 수염으로 흘러내려요. 술법이
강력히 작용하여 지금 그들을 보시면
마음이 누어지실 겁니다.

프로스페로 그렇게 생각하나?

아리엘 제가 사람이라면 그럴 거예요.

프로스페로 나도 그러지.
공기에 불과한 네가 그들의 아픔을
느끼는데, 모든 감정을 그들과 똑같이
날카롭게 느끼는 같은 인간으로서
더욱더 동정심이 일지 않겠냐?
저들의 악한 죄가 아프게 찌른다만
나는 더 존귀한 이성과 한편이 되어
분노를 물리친다. 더욱 귀한 행동은
복수보다 아량이다. 뉘우치고 있으니
내 분노는 이에서 조금이라도
더 나가지 않는다. 그들을 풀어줘라.
마술을 풀고 제정신을 돌려주어
자신들을 되찾게 해주겠다.

아리엘 데려오지요. [퇴장]

[프로스페로가 지팡이로 무대 위에 마술의
원을 그린다.]

프로스페로 산과 숲과 냇물과 호수의 요정들아.
모래 위에 자취 없이 해신의 썰물을 쫓고
그가 돌아올 때면 도망치는 정령들아,
암양들이 뜯지 않는 시큼한 푸른 원[44]을
달빛 속에 깔아놓는 곡두 같은 자들아,
밤중에 버섯 피우는 장난을 즐기며
엄숙한 만종을 즐겨 듣는 너희들,
비록 약한 무리지만 너희의 도움으로
한낮의 해를 어둡게 하고 광풍을 불러내고
초록빛 바다와 파란 하늘 사이에
요란한 싸움을 일으키고 무서운
천둥에게 불을 던져 주피터의 번개로
단단한 참나무를 쪼갰다. 바다에 박힌
억센 벼랑을 뒤흔들고 소나무 삼나무를
뿌리째 뽑았다. 내 명령에 무덤들이
잠든 자를 깨워서 강력한 내 마술에 그들이
뚜껑을 열고 세상에 나돌았다.
그러나 이제 거친 마술을 내버린다.
저들의 정신을 내 뜻대로 바꾸는 것이
공기의 마술인 음악의 목적이니
잠시 천상의 음악을 요청한 다음
—연주를 부탁한다.—지팡이를 분질러
여러 길 땅속에 묻고 어떠한 다림추도
재보지 못한 깊디깊은 물속에
책을 빠뜨리겠다.

[장엄한 음악.
이때 아리엘이 앞서 등장. 뒤이어 미친 듯이
구는 알란소가 곤잘로의 시중을 받으며 등장.
비슷하게 구는 세바스찬과 안토니오도 아드리안과
프란체스코의 시중을 받으며 등장. 모두들

44 버섯 주위에 자라는 시큼한 풀로, 양들이 먹지 않는데 그것을 가리켜 요정들이 밤에 춤을 춘 흔적이라고 했다.

프로스페로가 그은 원 안에 들어와 멍하니
서니, 프로스페로가 그것을 보고 말한다.]

프로스페로 장엄한 음악, 혼란된 망상을 차분히
위로하는 그 힘이 당신을 치유하기 바라오.
당신의 뇌는 두개골 속에 부글부글 끓고 있소.
거기 서 있으시오. 주술로 몸이 정지되었소.
갸륵한 곤잘로, 존귀한 노인이여,
당신의 눈매에 친밀감을 느껴서
내 눈이 우정의 눈물을 흘리오.
—주문의 효력이 급속히 사라진다.—
아침이 살며시 밤을 뒤쫓아
어둠을 살라 먹듯 지각이 되살아나
이성을 덮은 무지의 연기를 몰아낸다.
오, 선한 곤잘로, 진실한 나의 은인,
섬기는 주공에게 충성스런 신하여,
말과 행동으로 은혜를 갚겠소.
알란소, 당신은 나와 내 딸을 몹시도
잔인하게 다뤘소. 당신 아우는 음모를
부추겼소. 세바스찬, 그래서 이 순간
괴로움을 겪는 거요! 너 내 혈육, 내 아우,
야심을 품고 양심과 온정을 몰아내,
세바스찬과 함께 왕을 죽이려 했다.
—그래서 이 중의 누구보다 속이 찔리지.—
형제도 모르는 너이지만 용서한다.
—저들의 지각이 점점 깨어나 밀물처럼
다가와서 잠시 후에 흙탕으로 더러워진
이성의 해안을 가득 채울 것이다.
나를 쳐다보거나 알아보질 못하는군.
아리엘, 동굴에서 모자와 검을 가져와라.
[아리엘이 퇴장했다가 곧 돌아온다.]
마술 망토를 벗고 밀라노 공작의
예전 모습으로 나타나겠다. 빨리 해라.
머잖아 너도 자유를 얻는다.
[아리엘이 노래하며 그가 옷 입는 것을 거든다.]

아리엘 꿀벌이 꿀 빠는 곳에서 나도 꿀 빨고
앵초꽃 초롱 속에 나도 누워서,
올빼미 울 때면 나도 자지요.
박쥐 등에 타고서 여름을 따라
즐겁게 날아다녀요.
즐겁게, 즐겁게 나는 살 테요.
가지에 매달린 꽃들의 그늘 아래.

프로스페로 귀여운 아리엘! 네가 보고 싶겠다.
하지만 너를 풀어주겠다. [옷을 가다듬으며]
자, 자, 됐다.
너는 안 보이니까 왕의 배로 가거라.
선원들이 갑판 밑에 잠들어 있다.
선장과 갑판장이 잠에서 깨면
그들을 이곳으로 몰아 오너라.
빨리 해라. 부탁한다.

아리엘 주인님 맥박이 두 번 뛰기 전,
축지법을 써서라도 돌아오지요. [퇴장]

곤잘로 온갖 고통, 괴로움, 놀라움, 황당함이
여기 몰려 있구나. 하늘의 무슨 힘이
이 무서운 데서 구해주시길!

프로스페로 알란소 왕, 보시오.
억울하게 당했던 밀라노 공작 프로스페로요.
살아 있는 공작으로 이 말을 하는 것을
확인시키기 위하여 당신의 몸을 포옹하오.
[알란소를 포옹한다.]
당신과 당신의 일행을 진심으로
환영하오.

알란소 당신이 그 사람인지 아닌지,
지금까지 그랬듯이 나를 속이려는
요술의 장난인지 모르겠소만,
당신 맥박은 진짜 피와 살처럼 뛰오.
당신을 보니 분명 광증에 잡혀 있던
마음의 아픔이 사라지오. 이게 모두
사실이면 아주 놀라운 설명이 필요하오.
공국을 돌려드리오. 잘못을 용서하시오.
하지만 어떻게 당신이 여기 살아 계시오?

프로스페로 [곤잘로에게] 친구여, 먼저 노구를 포옹하겠소.
한없는 고귀함을 측량할 길 없구려.
[곤잘로를 포옹한다.]

곤잘로 이게 사실인지 아닌지 확언하지 못하겠소.

프로스페로 이 섬의 환상들에 아직도 묻혀 있어
확실한 사실마저 믿지 못하는 거요.
모든 친구 여러분, 환영합니다.
[세바스찬과 안토니오에게 방백]
한데 너희 두 짝패, 내가 마음만 먹으면
너희 역모를 입증하여 전하의 노여움을
끌어낼 수 있다! 하지만 지금은
아무 말 않겠다.

세바스찬 [방백] 속에 마귀가 들어 있군![45]

프로스페로 아니다.
그리고 너 악당 중 악당, 아우라고 부르면
입이 덧날 지경인 너, 너의 가장 가증한 죄,
그 모두를 용서하되, 내 공국을 돌려줄 것을
요구하는 바이다. 네가 반환하는 수밖에
별도리가 없지.

알란소 프로스페로가 맞다면
어찌 생존했는지, 세 시간 전 이 해안에
난파당한 우리를 어떻게 만났는지
자세히 말해주시오. 바로 여기서
사랑하는 아들을 잃었소. 기억의
칼끝이 날카롭게 찔러대오!

프로스페로 참말 안됐소.

알란소 그 손실은 회복이 불가능하고 인내마저
도움의 한계를 넘었소.

프로스페로 인내의 도움을
구했다곤 못 하겠소. 부드러운 인내의 위로로
그와 똑같은 손실을 입은 나는 도움을 받아
만족하고 있어요.

알란소 당신도 그런 손실을?

프로스페로 방금 전에 똑같이 큰 손실을 당했지만
이 슬픈 손실을 참기에는 전하보다
위로의 수단이 훨씬 적군요.
나도 딸을 잃었소이다.

알란소 딸이라고?
오, 저런! 두 아이가 나폴리에 왕과 왕비로
살아 있다면 오죽 좋을까! 그렇게 된다면
내 아들이 누워 있는 축축한 감탕 속에
묻혀도 좋겠소. 언제 딸을 잃으셨소?

프로스페로 이번 폭풍에요. 보아하니, 이분들이
이렇게 만나니까 어안이 벙벙하여
정신을 못 차리고 두 눈으로 보면서도
사실로 안 여기고 말도 조리 없이
헛김 빼듯 하는군요. 하지만 너무 놀라
지각을 잃었어도 확실히 아실 것은,
내가 프로스페로요. 밀라노에서 쫓겨났던
그 공작이오. 한없이 기이한 숙명으로
당신들이 난파한 이 해안에 상륙하여
주인이 됐소. 지금은 그 얘긴 맙시다.
여러 날 두고두고 계속할 긴 이야기요.
조반 때 들려줄 이야기가 아니며
이렇게 처음 만나 할 소리도 아니오.
어서 오시오. 이 굴이 궁정인데,
시종도 없고 백성도 없소. 들여다보시오.
내 공국을 돌려주셨으니 좋은 것을
보답으로 드리지요. 공국을 돌려받아
내가 만족한 만큼 왕도 만족할 만한
놀라운 볼거리를 제공하겠소.
[여기서 프로스페로가 막을 열어 체스를 두고
있는 페르디난드와 미란다를 보여준다.]

미란다 오, 왕자님, 속이시네.

페르디난드 아니오, 내 사랑,
온 세상을 준대도 안 그래요.

미란다 아니긴! 왕국 스무 개 때문에 싸우시겠죠.
그래도 저는 그걸 페어플레이라 하겠죠.

알란소 이게 섬의 환상이면 사랑하는 아들을
두 번 잃게 되는구려.

세바스찬 굉장한 기적이군!

페르디난드 [앞으로 나서며]
바다는 무섭게 굴지만 자비롭구나.
공연히 바다를 저주했네.
[알란소 앞에 무릎 꿇는다.]

알란소 기뻐하는 아버지의
모든 축복이 널 에워싸길 기원한다!
일어나서 어찌 이리 왔는지를 말하여라.

미란다 놀라워라! 잘생긴 사람들이 많고 많구나!
인간은 얼마나 아름다운가! 오, 멋진 새 세상,
저런 사람들이 있으니!

프로스페로 네겐 새 세상이지.

알란소 너와 체스 놀이한 저 처녀는 누구냐?
아무리 길어봤자 세 시간이 안 되는데.
우리를 갈라놨다가 이렇게 다시
모아놓은 여신이냐?

페르디난드 보통 사람입니다만,
영원한 섭리로 제 사람이 됐습니다.
아버님의 의향을 여쭐 수 없을 때
그녀를 택했어요. 그때 저는 아버님을
다시는 못 뵐 줄 알았어요. 이 아가씨는

45 마귀는 사람 속에 들어 있어서 모든 것을 알 수 있다고 한다.

고명하신 밀라노 공작님의 따님이어요.
자주 말씀만 듣고 뵙지는 못했었죠.
저는 그분 덕에 목숨을 다시 얻고
아가씨 덕에 아버지[46]가 또 생겼고요.
알란소 나도 그녀 아버지구나. 하지만 아들에게
용서를 구한다니 얼마나 어색하냐!
프로스페로 그만하십시오. 다 지난 슬픔으로
기억에 부담 주지 맙시다.
곤잘로 속으로 우느라고
지금껏 아무 말도 못 했소. 신들이여, 보소서.
축복의 왕관을 이 두 분께 내리소서.
신들이 그려놓은 길을 따라 저희를
이곳에 불러 모으셨습니다.
알란소 아멘, 곤잘로.
곤잘로 밀라노의 공작이 쫓겨난 것은 그 후손이
나폴리의 왕이 되기 위해서였소? 아아,
예사롭지 아니한 최고의 기쁨을 만끽하고
영구한 기둥에 황금으로 새깁시다!
한 번의 항해에 클라리벨은 튀니스에서
남편을 얻었고 페르디난드는 잃었던 데서
아내를 얻었으며 프로스페로는 척박한 섬에서
공국을 되찾았고 우리는 정신을 잃었다가
자신들을 되찾았소.
알란소 [페르디난드와 미란다에게]
너희 손을 이리 다오.
너희의 기쁨을 원하지 않는 자는
영원한 슬픔이 마음속에 박혀라!
곤잘로 그리되기를, 아멘.
[아리엘 등장. 어리벙벙한 선장과 갑판장이
뒤따른다.]
아, 보시오, 일행이 더 있소!
내가 예언했지, 교수대가 육지에 있는 한
이 친구는 빠져 죽지 않는다고. [갑판장에게] 욕쟁이,
신의 은혜를 내몰더니, 육지에선 욕을 안 하나?
땅에서는 입이 없나? 무슨 소식이 있나?
갑판장 가장 좋은 소식은 임금님과 어른들을
안전히 찾았다는 것. 다음으로, 우리 배는
겨우 세 시간 전에 파선을 고했는데
처음 출항할 때와 똑같이 밧줄들이
탄탄하고 보기 좋게 매였다는 것입니다.
아리엘 [프로스페로에게 방백]
제가 가서 다 해 놨어요.
프로스페로 솜씨 좋은 내 요정!
알란소 자연적인 사건들이 아니오. 갈수록
이상하게 되어가오. 어떻게 이리 왔나?
갑판장 제가 정말 깨 있는지는 모르겠지만
말을 해 보겠습니다. 깊이 잠이 들었는데
웬일인지 갑판 아래 갇혔더군요.
조금 전에 울부짖고 외치고 으르렁대고
쩔렁대는 별의별 소리가 마구 울려
잠에서 깼습니다. 그러자 대번 온몸이
자유롭고 옷차림이 모두 말끔했으며
생생한 우리 배가 웅장하고 화려하고
멋지게 차리고 있더라고요. 선장은
배를 보러 춤추며 달려갔죠. 꿈처럼
눈 깜짝할 사이에 모두 헤어졌다가
벙벙하게 이리 끌려왔습니다.
아리엘 [프로스페로에게 방백] 잘했죠?
프로스페로 [아리엘에게 방백]
멋져, 부지런한 친구야. 자유를 주겠다.
알란소 인간으로 이처럼 기이한 미로에
빠졌던 일이 없소. 이 일에는 초자연적인
그 어떤 인도자가 있었소. 신의 말씀만이
우리 정신을 바로잡겠소.
프로스페로 전하,
이 일의 기이한 점만을 보시고
심려하지 마십시오. 적당한 때에,
곧 우리 둘만 있을 때가 오겠지만
지금까지 생긴 일을 모두 믿으시게
풀어드리죠. 그때까진 기뻐하시고
무엇이나 좋게 생각하십시오.
[아리엘에게 방백] 이리 와.
캘리밴과 그 패거리를 놓아주어라.
주문을 풀어줘. [아리엘 퇴장]
전하께선 기분이 어떠신지?
일행 중에 아직 안 뵈는 자들이 있죠.
기억조차 안 하시는 나머지 애들이오.
[아리엘이 캘리밴과 훔친 옷을 입은 스테파노,

46 프로스페로가 장인이니 또 하나의 아버지이고 알란소는 미란다의 시부로 또 하나의 아버지가 된다.

트린큘로를 몰아온다.]

스테파노 누구든지 남을 위해 움직여라. 아무도 자기를 돌보면
안 된다. 모든 게 운명이라 그렇다. 용기를 내라,
잘난 괴물아, 용기를 내.

트린큘로 내 골통에 박힌 것이 진짜 눈깔이라면 여기 정말
굉장한 볼거리가 있구나.

캘리밴 오, 세테보스,[47] 정말 멋진 귀신들이다!
우리 주인 차림도 참말 멋지다!
벌을 줄까봐 겁나네.

세바스찬 하하하하!
안토니오, 이게 뭐하자는 것들이오?
돈으로 살 수 있나?

안토니오 그럴 것 같소.
한 놈은 영락없는 물고기니 팔 수 있겠지.

프로스페로 여러분, 이들의 옷 표시를 보시고
정직한지 말하시오. 이 못생긴 놈은
어미가 마녀로서 능력이 강하여
달에 힘을 미쳐 밀물 썰물을 일으키고
달을 능가하여 그 힘을 부렸지요.
세 놈이 내 물건을 훔쳤군요. 이놈은
반은 마귀로 사생아죠. 둘과 짜고서
내 목숨을 뺏으려 했습니다. 그중 둘은
전하가 아시겠고, 이 어둠의 자식은
내 사람입니다.

캘리밴 꼬집혀 죽겠구나!

알란소 내 주정뱅이 하인 스테파노 아닌가?

세바스찬 지금도 취했군. 어디서 술이 생겼지?

알란소 트린큘로는 비틀거리기 직전이군!
그 굉장한 음료를 어디서 얻었기에
불콰한가? 어찌 이리 절었는가?

트린큘로 마지막으로 전하를 뵌 뒤 계속 이렇게 절어서
뼈다귀에서 그 기운이 안 빠질 것 같습니다요.
그러니 파리 구더기는 못 슬겠죠.

세바스찬 지금은 어때, 스테파노?

스테파노 건드리지 마세요. 스테파노가 아니라 쥐요, 쥐!

프로스페로 섬의 왕이 되겠다고, 응?

스테파노 쥐가 나서 찌들은 왕이겠죠.

알란소 [캘리밴을 가리키며] 처음 보는 괴상한 물건이군.

프로스페로 생긴 것과 똑같이 하는 짓도
찌그러진 놈이오. 이 녀석, 동굴로 가라.
짝패들을 데리고 가. 용서받길 바란다면
깨끗이 정돈해.

캘리밴 예, 그럽지요. 앞으로는 똑똑하게 굴어서
자비를 구하겠소. 이따위 주정뱅일
신으로 섬기고 이런 멍청일 받들다니
겹치기로 병신이었소!

프로스페로 빨리 꺼져.

알란소 저리 가. 가진 물건을 처음 봤던 데 갖다 둬.

세바스찬 본 게 아니라 훔친 거지.

[캘리밴, 스테파노, 트린큘로 퇴장]

프로스페로 전하와 여러분을 누추한 내 동굴로
초대하오니, 하룻밤만 쉬십시오.
밤 시간을 빨리 흐르게 할 이야기로
이 밤의 일부를 보낼 터입니다.
내 평생의 이야기로, 이 섬에 온 이래
내가 겪은 이러저러한 일들이외다.
그리고 아침에 여러분을 배로 모실 테니
이내 나폴리로 출발합시다. 그곳에서
사랑하는 우리 자식들의 혼례식이
엄숙히 거행되는 것을 볼 생각이오.
그다음엔 밀라노로 물러나서
시시때때로 무덤을 생각하겠습니다.

알란소 당신 인생 이야기를 듣고 싶구려.
귀가 듣고 놀랄 거요.

프로스페로 모두 얘기하지요.
평온한 바다와 상서로운 바람과
멀리 앞선 전하의 선단을 따라잡을
신속한 항해를 약속하겠습니다.
귀여운 아리엘, 이게 네 할 일이다.
그 뒤에는 공기 중에 자유로워라.
부디 잘 가라!—가까이들 오시오. [모두 퇴장]

## 에필로그

[프로스페로가 말한다.]
이제 내 모든 주문이 깨어졌소.
남은 것은 오로지 내 힘뿐이오.
아주 미약한 거요. 솔직히

47 캘리밴의 어머니 시코락스가 받들던 신이다. 1막 2장 373행에 나온다.

당신들 손에 잡혀 있거나
나폴리로 보내지게 되었소.
공국을 되찾고 반역자는
용서했으니 여러분의 주문으로
메마른 이 섬에 있게 하지 마시고
기운찬 박수의 힘으로
나를 속박에서 놓아주시오.
여러분의 훈훈한 입김이
내 돛을 안 채우면 즐거움을
드리려던 내 일은 실패입니다.
이제 나는 부리던 정령들도,
매혹의 기술도 없어졌어요.
자비의 귀를 기도로 뚫어
모든 허물을 용서받지 못하면
나의 최후는 절망입니다.
여러분도 죄의 용서를 원하시니
어여삐 보시고 저를 풀어주십시오. [퇴장]

# 두 왕족 사촌 형제
## *The Two Noble Kinsmen*

## 연극의 인물들

프롤로그
테세우스 아테네의 공작
히폴리타 아마존의 여왕, 테세우스의 왕비
에밀리아 그녀의 여동생
피리토우스 테세우스의 친구
팔라몬, 아르시테 ─ 두 왕족 사촌 형제, 테베의 왕 크레온의 두 조카들
휘멘 결혼의 신
소년
아르테시우스 아테네의 군인
세 왕비들 테베 포위전에서 죽은 왕들의 미망인들
발레리우스 테베 사람
의전관
시녀 에밀리아의 시녀
신사
전령들
여섯 무사들 팔라몬의 무사 셋과 아르시테의 무사 셋
하인
간수 팔라몬이 갇힌 감옥의 책임자
간수의 딸
간수의 아우
간수의 딸의 구혼자
간수의 두 친구들
의사
여섯 시골 사람들 (그중 하나는 원숭이처럼 차림)
게롤드 학교 교사
넬 시골 처녀
네 시골 처녀들 프리즈, 머들린, 루스, 바르바리
티모시 고수
요정들, 시종들, 처녀들, 형리, 옥졸, 경호원
에필로그

# 두 왕족 사촌 형제

## 프롤로그

[주악. 프롤로그 등장]

프롤로그 새 연극과 처녀는 서로 비슷한데요,
건전하고 건강하면 사람도 많이 끌고
돈도 많이 생겨요. 잘 지은 연극은
첫날에도 어색한 분위기에 낯을 붉히고
정조를 잃을까봐 초조해 하는 꼴이
거룩한 혼약의 첫날밤을 치르고도
부끄럼이 그대로라 남편의 수고보다
처녀의 자태를 간직한 새댁 같으며,
이 연극도 그러길 바라는데 분명히
원작자는 순결하고 고상하고 박식하여
포 강과 은빛의 트렌트 강[1] 사이에
그보다 더 유식한 시인은 아직도 없소.
만인이 칭송하는 초서의 이야기라
영원한 불멸의 작품으로 살아 있소.
우리가 이야기의 고귀함을 추락시켜
그 자손이 들어보는 첫 소리가 야유라면
위대한 초서의 유해가 뒤흔들려
땅속에서 울면서, '오, 바람을 일으켜
멍청한 그 작자의 쭉정이를 날려버려라.
내 월계관을 망치고 내 작품의 명성을
로빈 후드[2]보다도 가볍게 만든다!'고
한탄할까 걱정이오. 미약한 우리가
그분처럼 되기는 가망 없는 일이며
지나친 야심이라 그 깊은 물에서
헐떡이는 짓이오. 여러분이 돕는 손을
뻗치기만 하시면 돛을 그리 향해서
스스로를 구하도록 할 터이지요.
그분의 예술보다 못 하나 여러분이
장면들을 보시면 두 시간의 뱃길 값은
될 것이며, 그분의 유해는 단잠을 자고
여러분은 만족하시길! 이 연극이 우리에게
다소나마 무료함을 달래주지 못하면
손실이 너무 커서 이 짓을 그만두겠소.[3] [주악. 퇴장]

## 1. 1

[음악. 휘멘[4]이 불타는 횃불을 들고 등장. 그 앞에 흰옷을 입은 소년이 노래하며 꽃을 뿌린다. 휘멘 다음에 머리를 산발한 님프가 밀짚 다발을 들고 따라온다. 그 뒤에 테세우스가 머리에 밀짚 화관을 쓴 두 님프 사이에 등장. 그 뒤에 신부 히폴리타가 피리토우스와 그녀의 머리 위로 화관을 받쳐 들고 있는 다른 사람에게 인도되어 등장. 그녀의 머리카락도 마찬가지로 늘어져 있다. 그녀 뒤에 에밀리아가 긴치마 뒷자락을 받들고 등장. 아르테시우스, 시종들, 악사들 등장]

소년 [행렬 가운데서 노래한다.]
날카로운 가시를 없앤 장미는
향기뿐만 아니라 색깔도 역시
여왕님이시다.
향기가 가녀린 패랭이꽃,
향기는 적으나 묘한 구절초,
진실한 사향초.

봄님의 첫딸인 노란 앵초꽃,
즐거운 봄날을 예비해주는
그윽한 초롱꽃,
요람에서 자라는 키다리 풀꽃,
가신 임 무덤가에 피는 금잔화,
단정한 제비고깔.

[꽃을 뿌리며] 자연의 사랑스런 모든 자녀들,
신부 신랑 발부리에 고이 놓여서
향기를 선사하네.
공중의 천사와 노래하는 새,

1 포 강은 이탈리아에, 트렌트 강은 잉글랜드에 있으니 결국 문명 세계인 서유럽 전체를 말하며 저자인 잉글랜드 시인 초서(1340~1400)는 서양 제일의 시인이었다는 말이다. 그의 『캔터베리 이야기들』의 첫 편인 「기사의 이야기」를 이 연극으로 꾸민 것이다.
2 잉글랜드의 전설적 의적 로빈 후드 이야기는 당시에 너무나도 잘 알려져서 지겨울 정도였다.
3 1613년에 글로브 극장이 전소돼 소속 배우들이 연기 생활을 접을지도 모른다는 말.
4 고대 신화에 나오는 결혼의 신으로, 잘생긴 청년의 모습이었다.

예쁜 새들 빠짐없이 이 자리에
모두들 모였어라.

갈까마귀와 모욕하는 뻐꾸기[5]와
불길한 까마귀와 목쉰 까마귀와
시끄러운 까치는
신방 위에 앉지도, 짖지도 말며,
둘 사이에 불화를 부르지 말고
멀리멀리 날아가라.
[세 왕비가 검은 옷을 입고 때 묻은 너울을 쓰고
각기 왕관을 들고 등장. 첫째 왕비가 테세우스 발 앞에
엎드리고 둘째 왕비가 히폴리타 발 앞에 엎드리고
셋째 왕비는 에밀리아 발 앞에 엎드린다.]

왕비 1 [테세우스에게]
불쌍히 보시며 귀족의 법도에 따라
저를 보시고 들어주세요.

왕비 2 [히폴리타에게] 어머님을 생각하고
당신의 태가 자손으로 풍성하길 원하듯
저를 보시고 들어주세요.

왕비 3 [에밀리아에게]
주피터가 침상의 영광으로 정해주신
그분의 사랑을 위해서, 당신의 순결한
처녀성을 위하여, 저희의 아픔을
대변하여 주세요. 당신의 허물들이
천국에 적혀 있어도 이번의 선행으로
지워지게 될 거예요.

테세우스 [왕비 1에게]
슬픈 부인, 일어나요.

히폴리타 [왕비 2에게] 일어나세요.

에밀리아 [왕비 3에게] 무릎 꿇지 마세요.
고통당한 여인을 내가 도우면
나는 그이에게 매이는 거죠.
[왕비 2, 3이 일어선다.]

테세우스 [왕비 1에게]
소청이 무엇이오? 대표로 말하시오.

왕비 1 저희는 왕비들로, 저희 남편 왕들이
잔혹한 크레온의 폭압에 쓰러졌어요.
테베의 들판에서 그분들의 시신을
갈까마귀, 솔개 발톱, 까마귀 부리가
쪼아대는데, 폭군은 시신을 화장하여
골호에 모심은 물론 거룩한 아폴로의
복된 눈[6] 아래서 흉한 시신 치우는 걸
허락지 않아, 주인의 시체 썩는 냄새가
바람을 더럽히고 있어요. 오, 공작님,
땅을 깨끗이 하시는 분, 불쌍히 보시고
세상에 선을 가져오는 무서운 칼을 뽑아
시신들을 신전에 안치토록 하여주세요.
무한하신 아량으로, 왕비들의 머리 위에
사자와 곰과 더불어 만물의 덮개인
저 하늘밖에는 덮을 게 없다는 걸
생각하여 주세요.

테세우스 무릎 꿇지 마시오.
당신 말을 들으면서 생각에 골몰하여
무릎 꿇은 사실을 잊었었소. 죽은 이들의
사정을 들었던 터라, 아픈 통곡 소리가
내 속에 복수의 의지를 일깨워주오.
당신의 주인은 카파네우스 왕이었소.
지금 나처럼 그가 당신과 결혼하던 날
군신의 제단에서 당신은 신랑을 만났었소.
당신은 그때 어여뻤소. 주노[7]의 옷자락도
당신 머릿결보다 어여쁘지 못했으며
풍성하지 못했소. 당신의 밀짚 화관[8]은
도리깨도 비바람도 안 맞았으며
행복은 웃음으로 보조개를 지었소.
내 친척 헤라클레스는 당신 눈에 매혹되어
몽둥이를 내려놓고 사자 가죽[9]에 넘어지며
팔뚝 힘이 녹았다고 한탄했소. 아, 슬픈 세월,
무서운 아귀들, 너희가 모두 삼키누나!

왕비 1 오, 어느 신께서
당신의 용기에 자비심을 넣으시고

5 뻐꾸기가 우는 소리 '쿠쿠'는 'cuckold'를 연상시키는데 이는 '오쟁이 진 남자'라는 뜻으로 아내가 서방질을 하면 남편의 머리에 뿔이 돋는다고 했다.
6 태양의 신 아폴로의 눈은 '해'를 뜻한다. 시신들이 태양 아래 버려져 있다는 말이다.
7 주피터의 아내이며 여신들의 여왕. 주피터와 결혼할 때의 모습을 말하고 있다.
8 신부는 풍요를 상징하는 밀짚 화관을 쓰고 머리카락은 모두 풀어 늘어뜨렸다.
9 테세우스의 친척인 최고 영웅 헤라클레스는 니메아에서 죽인 사자의 가죽을 두르고 다녔는데 아름다운 그녀를 보고 맥이 빠졌다는 말이다.

힘을 불어넣으셔서 당신을 부추겨
저희를 위해 나서시길!
테세우스 오, 무릎을 꿇지 말고
투구를 쓴 벨로나[10] 여신에게 꿇으시오.
당신의 병사인 나를 위해 기도하시오.
[왕비 1이 일어선다.]
마음이 언짢구나.
[돌아선다.]
왕비 2 존경하는 히폴리타,
두려운 아마존,[11] 어금니가 낫 같은
멧돼지를 죽인 분, 강력한 흰 팔로
남성을 누를 뻔한 분, 지금 남편은
자연이 지은 대로 남녀의 서열을
다시금 세우려고 태어난 사람이라
한계를 넘어서던 당신을 다시 가두어,
당신의 힘과 함께 사랑을 정복했어요.
위엄과 동정심을 함께 지닌 여전사님,
남편이 당신에게 쓰는 힘보다 당신이
남편에게 더 큰 힘을 쓸 줄 알아요.
그분은 힘과 함께 사랑까지 소유해서
그분이 당신 뜻을 받드는 충복이지요.
여인들의 귀감인 분, 전쟁의 불길에
그슬린 우리를 그분 칼의 그늘 아래
식혀주세요. 우리 위로 칼을 휘두르며
나아가라고 이르세요. 우리 셋과
똑같은 여자의 목소리로 말씀하세요.
포기하지 마시고 눈물을 흘리세요.
다 함께 무릎을 꿇읍시다.
머리를 잘린 비둘기가 잠시 동안 움직이듯
아주 잠깐만 땅에다 무릎을 대세요.
자기가 피바다에 쓰러져 퉁퉁 불어서
해한테 보여주고 달한테 히죽대면
당신이 어쩔는지 말하세요.
히폴리타 불쌍한 분, 그만해요.
이제껏 이처럼 기쁘게 간 적 없는 이 길을
기쁘게 가듯, 여러분과 더불어
보람 있는 이 일에 참여하지요.
남편은 여러분의 슬픔을 아파하셔요.
시간을 드리세요. 곧 말씀드릴게요.
왕비 3 [에밀리아에게 무릎 꿇으며]
오, 저의 탄원서는 얼음에 적었는데
뜨거운 슬픔에 녹아 물방울이 됐어요.
형체 없는 슬픔이 더 깊은 속내로 터져요.
에밀리아 일어나요. 그 슬픔이 뺨에 씌어 있어요.
왕비 3 오, 이 슬픔, 뺨에서는 못 읽어요.
눈물이 마구 흘러 유리 같은 냇물 속의
자갈처럼 일렁여요. 아가씨, 아가씨,
아, 땅 위의 온갖 보물을 알려는 자는
땅속도 알아야 해요. 나의 작은 송사리를
잡을 사람은 내 마음속 깊은 데다
낚싯줄을 드리워야 해요. 오, 용서하세요.
한없는 슬픔에 정신이 번쩍 든다는데
저는 바보가 돼요.
[그녀가 일어난다.]
에밀리아 제발 아무 말도 마세요.
비를 맞으면서도 느끼지도 보지도 못하는 이는
젖고 마른 걸 몰라요. 당신이 화가의
밑그림이면 나는 당신을 사서
큰 슬픔에 대비하여 교훈을 삼도록
고이 간직하겠어요. 진정 심장이 뚫린
모습이지요. 하지만 오, 다 같은
자매인 만큼, 당신의 슬픔이 이토록
뜨겁게 나를 비치니 형부 맘에 반사되어
돌처럼 단단해도 얼마쯤은 동정심이
생길 거예요. 마음을 놓으세요.
테세우스 신전으로 행진하라! 신성한 예식을
하나도 소홀히 마라.
왕비 1 오, 이 예식이
우리의 전쟁보다 더 오래 계속되고
비용이 더 들겠네요! 당신의 명성이
세상 귀에 자자해요. 속히 행하신다고
경거망동이 아니며, 당신의 첫 생각은
남의 심사숙고에 뛰어나며 그 계획은
남의 행동에 앞서요. 오, 신 같은 분,
물수리가 물고기를 낚아채듯 움직이자
닿기도 전에 압도하시니 제발 생각하세요,

10 전쟁의 여신.
11 아마존은 여자 용사들로서 그들끼리 왕국을 건설하였다. 그 여왕 히폴리타가 테세우스에게 항복하여 그의 아내가 되었고 그녀의 동생 에밀리아도 함께 와 있다.

왕들이 누운 데를!
왕비 2 남편들을 뉠 수 없어
우리 잠자리가 얼마나 슬픈지를!
왕비 3 시신이 누울 데가
아니에요. 밧줄, 칼, 독약, 투신으로
세상 빛을 싫어하여 스스로 끔찍한
저승사자가 되어 죽는 자에게도
인정은 흙과 어둠을 허락해요.
왕비 1 하지만 남편들은
내리쬐는 햇볕에 끓어올라 부푸는데
살아 있을 때에는 잘난 왕들이었어요.
테세우스 옳은 말이오. 그래서 위로를 베풀겠소.
죽은 남편들에게 무덤들을 주겠소.
그러려면 크레온과 할 일이 있소.
왕비 1 당장 하실 일이에요. 지금 행하셔야지
내일은 열이 식어요. 그렇게 되면
공연한 노력으로 얻는 건 땀뿐이지요.
지금 그자는 방심하여 우리들이
강력하신 당신 앞에서 우리 눈에
거룩한 간청을 담아 깨끗이 씻어
진정을 밝히는 걸 몰라요.
왕비 2 승리에 취한
그자를 잡을 기회지요.
왕비 3 그의 군대는
배부르고 게을러요.
테세우스 아르테시우스,
이 작업에 적합한 자와 우수한 자를
선발하고 이를 수행할 인원을
가장 잘 알고 있으니 가서 정예들을
동원하오. 그동안 나는 인생의 대사인
결혼이란 대담한 운명의 과업을
수행하겠소.
왕비 1 [두 왕비에게] 미망인들, 손을 잡아요.
슬픔의 과부가 되자고요. 게으름은
죽어가는 희망만을 안겨주어요.
왕비들 안녕히 계세요!
왕비 2 안 좋은 때 왔었군요. 하지만 슬픔이
고통 없는 이성처럼 조르기 좋은 때를
고를 때가 있나요?
테세우스 오, 착한 마님들,
지금 나는 예배드리려고 가는 중이오.
무엇보다도 큰 예배요. 전에 내가 행한
어떤 일보다, 훗날 있을 어떤 싸움보다
중대하오.
왕비 1 그럴수록 우리의 탄원을
잊기 쉬워요. 주피터를 회의에
못 가게 묶을 만큼 강력한 그녀의 팔이
달빛 속에 더욱 세게 붙들고 앵두 두 알[12]이
맛을 즐기는 당신 입술에 꿀맛을 흘리면
썩은 왕들과 눈물 젖은 여인들을
기억할 리 있을까요? 군신마저 북소리를
잊게 할 느낌뿐이니 느끼지도 않는 일에
관심이 있겠어요? 오, 공작께서는
그녀와 하룻밤만 누우셔도 한 시간이
백배로 늘어나 당신은 포로가 돼서
향연의 맛이 당신에게 시키는 것만
기억하실 거예요.
히폴리타 [테세우스에게] 당신이 그처럼
정신을 잃을 리 없고 저 또한
결혼식을 연기하자고 말하고 싶지 않지만
더 진한 욕구를 일으키는 즐거움을 절제하여
당장 약이 필요한 슬픔을 고쳐주지 않으면
모든 여인의 욕을 제 한 몸이 받게 되어요.
그래서 공작님, [무릎 꿇는다.] 여기서 제 기도가
조금 힘이 있는지, 또는 영영 벙어리로
판단해 버릴 건지 시험해 보겠어요.
지금 진행 중인 이 일을 연기하시고
가슴과 목에 방패를 걸으세요. 그것들은
제 몫이지만 이 불쌍한 왕비들에게
거저 빌려 주어요.
왕비들 [에밀리아에게] 아, 지금 도와주세요.
당신의 무릎이 필요해요.
에밀리아 [무릎 꿇고 테세우스에게] 금방 언니가
빠르고 강력하게 진심에서 드린 청원을
그처럼 선선히 허락하지 않으시면
이후로는 형부께 어떠한 일이라도
청하지 못하고 남편 얻을 생각은
엄두도 못 내겠어요.
테세우스 일어서시오.

12 앵두 같은 붉은 두 입술을 가리킨다.

[히폴리타와 에밀리아가 일어선다.]
당신들이 무릎 꿇고 청하는 것을
나 자신에게 청하고 있소. 피리토우스,
신부를 모시고 가라. 가서 신들에게
승리와 무사 귀환을 빌어다오. 예정된 예식을
하나도 빼지 마라. 왕비들, 당신들의 용사를
따라가시오. [아르테시우스에게] 전처럼 먼저 떠나라.
아울리스[13] 강둑에서 동원할 수 있는 군을
인솔하여 나를 만나라. 그보다 더 큰 일에
관여할 나머지 부대가 거기 집결할
예정이다. [아르테시우스 퇴장]
[히폴리타에게] 긴급을 요하는 일이라
당신의 진실한 입술에 이 키스를 남겨요.
내 사랑, 내 표시로 간직하고 있어요.
먼저 떠나요. 당신이 가는 걸 보고 싶군요.
[결혼식 행렬이 신전을 향해 움직인다.]
[에밀리아에게] 잘 가오, 어여쁜 처제. 피리토우스,
잔치를 끝까지 벌여라. 한 시간도 줄이지 말고.

피리토우스 곧 따라가겠습니다. 돌아오시기 전에는
향연이 완결될 수 없어요.

테세우스 이 친구, 명령이다.
아테네에 있어라. 잔치를 끝내기 전에
돌아오겠다. 그러니까 절대로 예식을
줄이지 마라. 다시 한 번, 모두들 잘 있어라.
[행렬이 나간다.]

왕비 1 이렇게 세상의 명성대로 하시는군요.

왕비 2 군신과 동등한 신성을 얻으시네요.

왕비 3 그 이상이 아닐까요?
공작님은 인간이시지만 인간의 감정을
거룩한 명예에 굽히세요. 신들도
감정에 억눌려 신음한대요.

테세우스 인간은 이래야 하오. 감정에 눌리면
인간의 자격을 잃소. 자, 기운 내시오.
이제 나는 당신들의 위로를 향해 가오. [주악. 모두 퇴장]

## 1. 2

[팔라몬과 아르시테 등장]

아르시테 사랑하는 팔라몬, 동기보다 사랑해서
가까운 귀한 사촌, 인간적인 결함이
굳어지기 전에, 젊은 우리 광채가
흐려지기 전에 테베 도시와
그 유혹에서 떠나자. 여기서
금욕을 유지하기는 방탕과 같이
수치스럽다. 물결 따라 헤엄치지 않는 것은
가라앉는 짓과 거의 같거나
최소한 쓸데없는 노력이 될 뿐이며,
물결대로 따라가면 소용돌이에 이르러
선회하거나 빠져 죽고 겨우 헤어나도
목숨과 탈진만 남는다.

팔라몬 너의 좋은 제안을
실례가 입증한다. 처음 너와 학교에 갈 때
테베 거리에서 흉하게 망가진
꼴들을 봤지! 상처와 남루가
무사에게 남은 전부야. 그들도 담대하게
명예와 황금을 갈망했고, 얻었으나
소유하지 못했고, 평화 위해 싸웠으나
평화에게 조롱받아. 그러니 누가
천대받는 군신 앞에 제사드릴 터인가?
그런 자를 만나면 피눈물이 솟구친다.
주노께서 다시금 질투심을 일으켜서[14]
무사에게 일 시키면 풍요에 찌든
평화가 병을 씻고 자비로운 마음을
다시금 지니겠지. 지금은 평화가
다툼이나 전쟁보다 무정하고 사나워.

아르시테 틀린 말 아닌가? 테베의 골목에서
무사밖에 망가진 걸 못 봤다는 말인가?
온갖 망가진 걸 본 듯이 말을 시작하더니
동정심을 자극하는 대상이 버림받은
무사밖에 없더란 말인가?

팔라몬 물론 어디서나
망가진 걸 보게 되면 동정심이 생기지만,
명예로운 수고의 땀을 흘린 사람들이
그 대가로 냉대를 받는 걸 몹시 동정해.

아르시테 내 말의 발단은 이게 아니야.

13 아가멤논 휘하의 그리스 군이 트로이를 향하여 집결했던 항구.
14 주피터가 테베의 아가씨와 바람을 피웠으므로 성난 주노가 테베에 싸움을 걸어 그 용사들을 죽였다.

이건 테베에서 존중받지 못하는 덕성이지.
테베 말을 꺼냈는데, 명예를 지키며
사는 게 얼마나 위험한가! 모든 악이
저마다 그럴싸해. 겉보기엔 선하지만
확실히 악해. 여기선 남과 같지 않으면
외국인이고 똑같아지면 완전한
괴물이 되는 거야.

팔라몬 흉내쟁이 원숭이를
배울까봐 겁을 내지 않는다면 나 자신이
내 행위를 좌우할 수 있어. 자신감이
있는 내가 볼품없는 남의 걸음을
흉내 낼 필요 있어? 또는 남의 말투에
열광할 필요 있어? 내 말이 진실한 만큼
남이 이해할 뿐 아니라 합법적이지.
내가 뭣 때문에 귀족의 체면상
재단사를 따라다니는 자를 따라야 해?
너무 오래 다니다가 쫓기는 자가
될지도 몰라.[15] 왜 내 이발사가 인기 없고
그와 함께 가련한 내 턱도 요 모양이야?
유행하는 스타일로 다듬질 못했거든.
옆구리에 찬 칼을 빼서 달랑 들고 다니거나
진창이 없는데도 발꿈치로 걸으라는
무슨 법이 있냐? 한 겨리 말 중에서
맨 앞에 서서 가는 말이 아니면
꽁무니나 따라가는 망아지는 되기 싫어.
이런 작은 상처들은 약초까진 필요 없어.
심장에 이르도록 내 가슴을 찢고
괴롭히는 건—

아르시테 크레온 삼촌.

팔라몬 맞아.
분수를 모르는 폭군, 지금까진 성공해서
하늘 무서운 줄 모르고 그 권력 너머엔
아무것도 없다고 확신해서 악을 행하고
신앙을 병들게 하고 변덕스런 우연만을
신으로 떠받들며, 부하들의 힘과 공을
자기 능력과 행동의 공적으로 돌리며
신하들이 애써 얻은 전리품과 명예 등,
온갖 공적을 자기 걸로 차지하고,
악행에 겁 없고 선행에 용기 없어.
내 몸에 흐르는 그자와 같은 피를
거머리가 빨아내고[16] 그 썩은 독에
배가 터져 떨어지면 좋겠어.

아르시테 고상한 사촌,
이 궁정을 떠나자. 그래서 시끄러운
악명에 끼지 말자. 목장이 같으면
젖 맛도 같아진다. 우리는 별수 없이
악당 아니면 반역자며 성격이 안 같으면
친족도 아니다.

팔라몬 참말 옳은 말이다.
그자의 수치가 너무나 크게 울려
하늘의 정의가 귀먹은 것 같다.
과부들의 원성이 다시 목에 잦아들고
신들의 귀엔 이르지 못해.
[발레리우스 등장]
발레리우스!

발레리우스 왕께서 부르시오. 하지만 노여움이
가라앉을 때까지 천천히 가시오.
아폴로[17]가 채찍을 부러뜨리곤
태양의 말들에게 호통쳤으나
왕께 비하면 속삭인 데 불과하오.

팔라몬 미풍에도 흔들리오. 한데 무슨 일이오?

발레리우스 위협만 해도 겁을 주는 테세우스가
도전장을 보내면서 테베의 파멸을
선언했소. 그 위협을 실현하고자
눈앞에 와 있소.

아르시테 올 테면 오라지.
그가 그를 대신하는 신들만 아니라면
우리는 조금도 겁이 안 나. 하지만
우리들 경우처럼 자기 일이 나쁘다는
생각이 끼어들면 가지고 있는 힘의 3분의 1만
발휘하게 돼.

15 당시 재단사들이 옷 주문을 받으려고 귀족들을 따라다녔는데 일부 멋쟁이들은 옷값을 내지 못해 재단사들에게 쫓기던 그 꼴을 비웃고, 수염의 스타일과 손에 검을 들고 앞 발꿈치로 우아하게 종종 걷던 당시 유행을 비꼬고 있다.

16 거머리를 살갗에 붙여 '나쁜 피'를 빨아내게 하는 것이 치료의 한 방법이었다. 두 사촌 형제는 크레온의 조카들이니 그와 한 핏줄이다.

17 태양의 신 아폴로는 날마다 동쪽에서 서쪽으로 해의 마차를 몰아가는데 그 일을 자기 아들에게 시켰더니 마차를 잘못 몰았다. 아폴로는 아들이 아니라 말들을 꾸짖었다.

팔라몬 그런 건 따질 것 없어.
우리의 충성은 크레온이 아니라
테베를 위해서야. 계속하여 중립하면
불명예고 반대하면 반역이니까
운명의 자비에 맡기고 그와 함께해야지.
최후의 순간은 운명이 정하거든.
아르시테 맞아. 당장 전쟁이 벌어졌단 말이거나
아니면 무슨 조건이 걸려 있나?
발레리우스 현재 진행 중이오. 기밀 첩보가
도전자와 동시에 들어왔소.
팔라몬 왕에게 가자. 적의 명예의 반의반만
가진 왕일지라도 우리가 흘리는 피는
우리 자신의 건강을 위하는 것이고
단순한 소모 아닌 이로운 투자다.
하지만, 오, 마음 없이 손만 앞에 나서면
칼을 휘둘러야 무슨 일을 치르겠나?
아르시테 결말은 틀림없는 심판이다. 그에게
우리가 뻔히 아는 걸 알려달라며
우연의 손짓이나 따라가자. [모두 퇴장]

## 1. 3

[피리토우스, 히폴리타, 에밀리아 등장]
피리토우스 그만 오십시오.
히폴리타 그럼 안녕히 가세요.
공작님께 내 소망을 다시 말씀드리세요.
승리에 대해서는 굳이 묻지 않겠어요.
하지만 심술궂은 운수를 견디려면
힘이 넘치길 원해요. 그분의 승리를!
풍요는 좋은 관리인을 해치지 않아요.
피리토우스 그분의 바다에 제 미미한 땀방울이
필요 없으나 거기서 보탬이 되어야 하오.
[에밀리아에게]
귀한 아가씨, 하늘이 내신 걸작에
넣어주시는 아름다운 감정을
착한 마음에 고이 간직하십시오.
에밀리아 고마워요. 존귀하신 형부께 인사드려요.
위대하신 벨로나[18]께 승전을 빌겠어요.
선물 없는 청원은 인정되지 않으니까
여신님의 기호를 알아봐야겠어요.
우리 맘은 그분의 막사와 군대에 가 있어요.
히폴리타 그분 마음도 가 있어요. 우리도 무사여서
친구가 투구를 쓰거나 바다로 나서거나
아기를 창에 꿰거나 아기를 죽이면서
흘리는 짠 눈물에 그 아기를 삶아 먹는
여자 얘길 듣고도 울지 않아요. 그러니
우리가 우는 아낙네가 되길 기다리다간
여길 못 떠나세요.
피리토우스 저의 전투 내내
평안하시길! 전쟁이 끝나면 평화의 기원도
필요 없겠지요. [퇴장]
에밀리아 한없는 우정으로
친구를 따라가네! 친구가 떠난 뒤
집중과 기술이 요구되는 경기마저
되는 대로 해치우고 승리도 패배도
관심 없어 손으로는 이 일을 하고
머리로는 딴생각이라, 그 마음이 동시에
서로 다른 쌍둥이 기르는 유모 같다고.
공작님이 떠나신 후 그 사람의 거동을
눈여겨봤어?
히폴리타 유심히 관찰했어.
그래서 좋아하게 됐어. 두 분이
위험하고 열악한 막사를 같이 쓰며
고난과 궁핍에 대항하고 작은 배로
격랑을 탔는데 그 울부짖는 거센 힘에
아주 작은 물결조차 무서웠어. 두 분은
죽음 자체가 도사린 데서 싸웠어.[19]
하지만 운명이 두 분을 살려냈어.
두 분 우정의 매듭은 교묘한 손으로
정성껏 오래도록 매고 얽고 엮어서
닳아지긴 한대도 풀 수는 없어.
테세우스 자신도 마음이 두 쪽이라
누구를 더 사랑하는지 공평하게
판단하지 못해.
에밀리아 분명 가장 좋아하는 게
있을 터이고, 그게 언니 아니면
조리에 맞지 않아. 예전 한때 동무가

18 앞에서도 언급된 '전쟁의 여신.'
19 둘은 모든 망자가 가 있는 지하계에서 싸우다가 잡혔지만 헤라클레스가 구해줬다.

있었는데 언니가 전쟁에 나갔을 때
그 애가 죽어서 땅속의 잠자리를
화려하게 만들었어. 달님과 작별할 때
—그래서 달님은 슬픔으로 창백했지.—
우린 열한 살이었어.

허폴리타 플라비나 말이구나.

에밀리아 맞아. 언니는 두 분의 우정을 말하는데,
그 우정은 바탕이 더 실하고 성숙하고
강한 이성으로 뒷받침되어, 필요에 따라
우정의 뿌리에 서로 물을 주는 셈이었지.
한숨 섞어 말하는 그 애와 나는
순진해서 그냥 사랑했을 뿐이고
이유도 까닭도 모르고 작용하여
진기한 결과를 만드는 원소들처럼
서로의 영혼에 영향을 끼쳤어.
그 애한테 좋은 건 나한테도 좋았고
안 좋은 건 나도 싫다고 해서
따질 게 없었어. 그때 막 피어나던
봉긋한 가슴팍에 꽃을 따서 꽂으면
그 애도 부럽다고 같은 꽃을 찾아서
똑같이 순진한 요람 위에 뉘어놓았지.
꽃은 불사조처럼 향기 속에 시들었어.
내 머리치장을 그 애가 꼭 따라했고
옷차림도 그 애가 좋아서 내가 늘 입던
예쁜 옷을 정장처럼 흉내를 내고
내 귀에 새 곡이 들리거나 아무렇게나
가락을 지어 흥얼대면 그 애는 온통
정신이 팔려 자면서도 따라 불렀어.
이것은 행복하게 순진한 아이들이
잘 알 듯 옛사랑의 희미한 이야긴데
짧게 말해 처녀끼리의 사랑은 이성의 사랑보다
진할 수 있어.

허폴리타 너 숨이 차구나!
이처럼 말이 빠른 건 짧게 말해 네가
플라비나 아가씨처럼 사내란 족속을
사랑하지 않겠단 말이구나.

에밀리아 정말 그래.

허폴리타 아, 마음 여린 동생아,
이것에 대해선 네 말을 믿을 수 없어.
그에 대한 네 확신을 내가 알 수 있지만
무척 원하면서도 싫다고 하는 병든 입맛을
어떻게 믿니? 하지만 동생아, 확실히
내가 네 말에 설득당할 심정이면
고귀한 테세우스 팔에서 나를 떼어낼 만큼
충분히 말해줬어. 그분의 승전을 위해
이제 신전에 들어가 무릎 꿇고 빌겠다.
그분 마음속에서 우리가 피리토우스보다
훨씬 높은 자리를 차지한다고 믿어.

에밀리아 언니의 믿음에 이의는 없지만
내 생각도 안 버릴 테야. [둘 퇴장]

## 1. 4

[코넷들. 안에서 전투 개시. 그러자 퇴각 신호.
주악. 그러자 한쪽 문으로 테세우스가 승리자로 등장.
그의 뒤에 전령과 시종들이 팔라몬과 아르시테를
두 개의 시체 들것에 들어서 등장. 건너편 문에서
세 왕비가 그를 만나 그 앞에서 얼굴을 땅에 대고
엎드린다.]

왕비 1 어두운 별이 공작님께 없기를!

왕비 2 하늘과 땅이
영원한 친구 되기를!

왕비 3 머리에 만복이
내리기를 '아멘!' 하고 외쳐요.

테세우스 공평하신 신들은 높은 하늘 위에서
양 떼 같은 인간을 살피다가 때를 보아
빗나간 자를 벌하시오. 남편들의
유골을 수습하여 세 번의 예식으로
기리시오. 그들에게 합당하도록
빈틈없게 도울 테요. 그러나 그 일은
대리인에게 명하여 위엄을 갖춰드리고
급한 용무로 미진한 사항들을
처리시키겠소. 그러면 잘들 가시오.
신들의 선한 눈이 보살피기를!
[왕비들이 일어나 퇴장]
[팔라몬과 아르시테를 가리키며 시종들에게]
누구들인가?

의전관 차림새로 봐서는 존귀한 신분입니다.
테베 사람 말에 의하면 이종사촌 간으로
크레온 왕의 조카들이라 합니다.

테세우스 군신의 투구에 맹세코, 전투에서 봤다.

짐승의 피가 묻은 두 마리 사자인 양,
겁먹은 대열이 두 쪽으로 갈라졌지.
신들도 좋아할 볼거리라 시선을
떼지 않았다. 포로에게 이름을 물었더니
무어라고 했더라?

의전관 아르시테와
팔라몬이라 합니다.

테세우스 그렇다, 그들이다.
죽지 않았나?

의전관 산 것도 아닙니다. 마지막 부상 때
포로가 됐더라면 회복시킬 가능성도
없지는 않았지요. 그런데 아직 숨 쉬니
사람이라 하겠군요.

테세우스 그럼 사람으로 대접하라.
이런 사람의 목숨은 찌꺼기라도
보통 피의 수백만 배나 값지다.
의사를 모두 불러 가장 귀한 약을
아끼지 말고 써라. 두 사람의 생명이
나에게 테베 자체보다 소중하다.
지금의 상태를 벗어나 오늘 아침처럼
생생하기보다는 죽는 것이 좋겠지만
포로가 되는 것이 몇 만 배 낫다.
선선한 바람이 그들에게 안 좋으니
속히 데려가 사람이 해줄 만큼 해줘라.
그들 자신보다도 특히 나를 위해서다.
공포나 분노나 친구의 부탁이나
사랑의 자극이 강한 신앙, 연인의 일,
자유의 욕구, 열병 또는 광증이
강박감과 병든 의지 때문에 판단이
망가지기 전엔 보통의 상태로는
이룰 수 없는 목표를 내가 세우지.
내 사랑과 아폴로의 자비를 생각하여
최상의 의사들이 최상의 기술을 써라.
성안으로 데려가라. 흩어진 일을 정리하고
군에 앞서 나는 급히 아테네로 돌아간다. [주악. 퇴장]

## 1. 5

[음악. 왕비들이 그들의 기사들이던, 남편들의
유해를 받쳐 든 시종들과 더불어 엄숙한 장례
행렬 등, 기타와 함께 등장]

세 왕비 [노래한다.]
유골함과 분향을 여기로 가져와라.
연기와 한숨에 낮이 어둡다.
우리 애곡이 죽음보다 더 짙다.
향유와 진액과 무거운 얼굴빛,
눈물이 가득한 거룩한 호리병,
거친 하늘 꿰뚫는 울부짖는 곡성들,
슬프고 엄숙한 모습들, 모두 오너라.
눈빛이 발랄한 쾌락은 우리의 원수,
우리는 오직 슬픔만 부른다.
우리는 오직 슬픔만 부른다.

왕비 3 이 장례식 길로 가면 당신 가족 무덤예요.
다시 기쁨 찾으시고 그분은 평화 속에 잠드시길!

왕비 2 당신은 이 길예요.

왕비 1 여긴 당신 길예요.
하늘은 분명한 목적지에 수천의 길을 냈어요.

왕비 3 이 세상은 팔방에 뻗은 길로 가득한 도시라
죽음은 모든 길이 만나는 장터 같소. [각자 퇴장]

## 2. 1

[간수와 구혼자 등장]

간수 내가 사는 동안엔 나눠줄 게 별로 없네. 자네에게 줄 거라야 몇 푼도 되지 않아. 어이구, 내가 돌보는 감옥[20]은 높은 양반들을 가두는 데지만 손님이 별로 없어. 연어 한 마리 걸리기 전에 송사리만 여러 마리 잡히는 격이지. 내가 보기보다는 부자라고 소문이 났지만 소문이란 워낙 믿을 게 못 돼. 소문난 만큼 진짜 부자라면 좋겠다. 젠장 할 거, 얼마가 되든 간에 나 죽는 날 딸년 몫으로 하겠다고 약속을 하지.

구혼자 어르신, 주겠다고 하시는 이상은 바라지 않겠으며 약속드린 대로 따님에게 재산을 넘길 텝니다.

간수 그럼 공작님이 예식을 올리시고 나서 이 문제를 더 얘기하지. 한데 딸애한테서 확실한 약속을 받았나?

20 당시 감옥은 성주에게 딸린 간수가 여관처럼 "손님"을 수용하였다. 간수의 조수도 도제가 되어 일을 배웠다.

그걸 확인하고서 승낙하겠다.
구혼자 예, 받았어요.
[간수의 딸이 골풀[21]을 들고 등장]
그녀가 이리 와요.
간수 [딸에게] 여기서 나와 네 친구가 오래된 그 문제로 네
얘길 하게 됐다. 하지만 지금은 그 얘기 하지 말자.
급한 궁중 일이 끝나는 즉시 이 일도 끝장을 보자.
그동안 포로들이나 잘 보살펴라. 두 사람 다
왕자들이다. 그리 알아라.
간수의 딸 이 골풀은 그분들 방에 뿌릴 거예요. 옥에 갇혀서
참 안됐어요. 나간다 해도 섭섭할 거고요. 두 분은
참을성이 대단해서 역경이 도리어 부끄러워하겠죠.
감옥이 두 분 때문에 영광이에요. 두 분은 감방 속에서
온 세상을 차지한 것 같아요.
간수 두 사람은 완벽한 사나이 한 쌍으로 명성이 높다.
간수의 딸 명성도 두 분에 관해선 어눌할 뿐이에요.
두 분은 소문보다 한 단계 높으세요.
간수 내가 들으니 전투에서 두 사람만이 진짜로 활약했다고
하더라.
간수의 딸 그랬을 거예요. 두 분은 고난을 고상하게 맞는
분들이지요. 구속 중에도 자유를 얻어내는 한결같은
고귀함을 지니신 분들이라, 괴로움을 즐거움으로, 아픔을
하찮은 농담거리로 삼고 있으니 만일 승전하였다면 어떤
모습일까 궁금해요.
간수 정말 그러든?
간수의 딸 제가 아테네의 통치자가 아닌 것처럼 포로의 처지를
아무것도 아닌 듯이 여기는 것 같아요. 음식도 잘 먹고
즐거운 표정이며, 온갖 화제를 다루면서도 자신들의
부자유와 불행에 대해서는 한마디도 안 해요. 하지만
이따금 한 분이 한숨을 입 밖으로 내려다가 '순교'를
시키듯이 뚝 끊을 때가 있어요. 다른 분이 금세 아주
부드럽게 나무라서 제가 그런 야단맞는 한숨이거나
그렇게 위로받는 사람이 되고 싶을 정도예요.
구혼자 저는 그분들 본 적 없어요.
간수 공작님이 밤에 모르게 오셨고 두 사람도 밤에 왔어.
그 이유가 뭔지 나는 몰라.
[족쇄를 찬 팔라몬과 아르시테가 위에 등장]
봐라, 저기 두 사람이 있다. 내다보는 게 아르시테다.
간수의 딸 아니죠. 저건 팔라몬이에요. 아르시테는 두 분 중에
키가 작은 분이에요. 그분의 일부분이 보여요.
간수 그만둬라. 손가락질하지 마. 우리를 보려고 하지 않아.
눈에 안 띄게 비켜서자!
간수의 딸 저분들을 바라만 봐도 잔칫날 같아요. 아, 같은
남자라도 저렇게 다를 수 있을까! [간수, 구혼자, 딸 퇴장]

## 2. 2

팔라몬 고귀한 사촌, 기분이 어때?
아르시테 넌 어때?
팔라몬 물론 불행을 비웃고 전쟁의 운수를
감당할 만큼 튼튼하지만 우린 포로다.
영원히 그럴 것 같아.
아르시테 맞아. 그래서
인내심을 가지고 그 운명에 내 미래를
내맡기고 말았어.
팔라몬 아, 사촌 아르시테,
지금 테베가 어디 있나? 고귀한 조국이
어디 있냐고? 친구 친지가 다 어디 있어?
그 기쁨 다시 못 보고, 씩씩한 청년들이
높다란 돛배처럼 연인들의 울긋불긋한
정표를 나부끼며 명예를 다투는 걸
다시는 보지 못해. 무리 속에 뛰어들어
모든 자가 느린 구름인 양 동풍처럼
뒤쪽으로 따돌리고, 팔라몬과 아르시테가
다리 한 번 놀리자 구경꾼의 칭찬보다
먼저 달려서 이기라는 고함 전에
우리 둘이 월계관을 차지하였지.
아, 이제 다시는 영광의 쌍둥이로
팔을 휘두르지 못하고 불같은 말을
거센 파도처럼 탈 수가 없고 날선 칼은
붉은 눈의 군신도 써보지 못한 것이지.
옆구리에서 빼앗겨 차차 낡아 녹슬어
우리를 미워하는 신들의 신전을 장식해.
번개처럼 칼을 뽑아 전군을 궤멸시킬
그날은 가버렸어.
아르시테 팔라몬, 사실이다.
우리 희망도 함께 포로가 됐다.
아름다운 이 젊음이 여기서 너무 이른

21 키가 약 1미터가량 되는 풀인데, 말려서 짧게 잘라 궁궐이나 귀한 집 바닥에 깔았다.

봄처럼 시들게 됐다. 여기서 늙겠지.
제일 참기 힘든 건 결혼할 수 없는 것.
키스를 가득 실은 사랑하는 아내의 포옹이
천 명의 큐피드로 무장하고 우리 목에
매달릴 수 없다는 것. 우리를 알아줄 자식,
내 모습을 보여주어 노년을 기쁘게 할
닮은 자식이 없어 어린 독수리인 양,
눈부신 적의 무장을 마주보게 가르치고[22]
'아비를 기억하고 싸워서 이겨라!'고
훈육할 수 없다는 것! 눈매 고운 처녀들이
우리의 유배를 슬퍼하며 눈먼 운명[23]을 저주하는
노래를 불러, 운명조차도 젊음과 자연에
범한 짓을 부끄러워하겠지. 여기가
세상 전부야. 둘만 서로 알 뿐이고
우리 슬픔을 세는 시계 소리만 들린다.
포도 넝쿨은 뻗겠지만 우리는 못 보고
온갖 기쁨과 함께 여름이 오겠지만
이곳은 죽음처럼 추운 겨울뿐이다.

팔라몬 참말이다, 아르시테. 고목 숲 울려대던
테베의 사냥개들, 다시는 소리쳐
부를 수 없고, 성난 멧돼지 강철 살 맞고
파르티아 화살처럼[24] 흥분한 우리를
피하여 달아날 때 날카로운 단창을
휘두를 수도 없구나. 용맹스런 활동은
고상한 정신의 자양분인데 여기서
몸에 갇혀 스러지고 우리는 죽을 테지.
—그것은 명예의 저주야.—마침내 우리는
슬픔과 익명의 자식이 될 거야.

아르시테 그러나 사촌,
이 비참의 바닥에서 우리에게 가해진
운명의 여신의 온갖 고통 중에서도
두 가지 위안이 있다. 신들이 허락하면
순전한 축복이야. 하나는 용감히 버티는 것,
또 하나는 둘이 함께 슬픔을 즐기는 것.
팔라몬과 같이 있는 한 여기를 감옥이라
한다면 차라리 죽겠다!

팔라몬 사촌, 확실히
우리 둘의 운명이 한데 얽혀 있는 것이
근본적인 행운이다. 두 영혼이 두 몸에서
같이 자랄 때 위험의 쓰라림에도
굴하지 않음은 더없는 진실이다.
그럴 수 있더라도 그래서는 안 된다.
의지의 사나이는 조용히 죽어 만사가 끝난다.

아르시테 누구나 혐오하는 이 장소를 쓸모 있게
이용해 볼까?

팔라몬 어떻게 말인가?

아르시테 이 감옥이 못된 인간에게서 우리를
격리시키는 거룩한 피난처라 생각하자.
우리는 젊지만 명예의 길을 추구하니
함부로 어울리는 교제와 방종이
순결성을 더럽혀 여자처럼 우리를
명예에서 멀어지게 만든다. 상상으로
우리 소유로 만들지 못할 축복이
무엇인가? 여기 이렇게 같이 있어
서로에게 무진장의 금광이 되며 서로의
아내가 되어 끊임없이 새 사랑을 낳으니
아버지며 친척이며 친구며 서로의 가족이다.
나는 너의 상속자요, 너는 나의 상속자다.
이 장소는 우리의 유산, 어떤 압제자도
감히 빼앗지 못한다. 조금 참으면 여기서
오래 살며 사랑하리라. 괜한 살도 안 찌고
전쟁의 손길도 비켜가며 바다도
젊은이를 안 삼킨다. 우리가 자유롭다면
마누라나 사업이 우리를 갈라놓고
송사에 힘을 쏟고, 시기하는 자들이
친하자고 덤빌 거다. 네가 모르는 데서
내가 병이 들어서 귀한 네 손에
내 눈이 감지 못하고 신들께 기도도
못 드린 채 죽을 수도 있겠다.
여기서 나가면 수천 가지 일들이
우리를 떼어 놓을지 모른다.

팔라몬 아르시테,
고마워. 네 말을 듣고서 포로 처지가
좋아서 미칠 뻔했다. 자유롭게 아무 데서나
산다는 것은 얼마나 비참한가!
짐승 같다고 하겠다. 여기가 확실히

22 독수리는 태양을 똑바로 바라볼 수 있는 영험한 새라고 생각했다.
23 운명(운수)의 여신은 눈이 멀었다고 하였다.
24 고대 동방의 파르티아 전사들은 달아나며 후방을 향해 활을 쏘았다.

더 행복한 궁정이다. 사람의 심보를
허영으로 이끄는 온갖 쾌락을 이제는
꿰뚫어 보고 늙은 시간[25]이 지나가다
데려가는 화려한 그림자에 불과하다고
말할 수 있다. 크레온의 궁정에선
죄악이 정의였고 욕망과 무지가
높은 자의 덕이었다. 거기서 늙을 우리는
무엇이 되었겠나? 은혜로운 신들이
이곳을 점지하지 않았다면 우리도
악한 늙은이로, 아무도 슬퍼하지 않은 채
뭇사람의 저주를 묘비명으로 삼아
죽었겠지. 계속할까?

아르시테 더 듣고 싶다.

팔라몬 그래라.
아르시테, 우리보다 사랑이 더 큰
두 사람의 기록이 있나?

아르시테 있을 수 없지.

팔라몬 우리 우정이 우릴 떠날 수도 있다는
생각은 할 수가 없어.

아르시테 죽기까지 있을 수 없지.
[에밀리아와 시녀가 아래에 등장]
죽은 후에는 영원히 사랑하는 이들에게
우리의 영혼이 인도되겠지.
[팔라몬이 에밀리아를 보고 말을 그친다.]
친구, 계속해.

에밀리아 여기는 즐거움의 작은 낙원이구나.
이 꽃이 뭐지?

시녀 수선화라 하지요.

에밀리아 예쁘장한 아이였지.[26] 그런데 멍청이라
자기만 사랑했어. 처녀들도 많았는데.

아르시테 [팔라몬에게]
계속하라니까.

팔라몬 그래.

에밀리아 [시녀에게] 처녀들이 다 냉정했나?

시녀 그런 미남에게 그럴 리 없죠.

에밀리아 너라도 안 그랬지.

시녀 안 그랬겠죠.

에밀리아 착한 여자구나.
하지만 다정도 병이니 조심해야 돼.

시녀 왜요?

에밀리아 사내란 미친 것들이다.

아르시테 [팔라몬에게] 사촌, 계속할 거야?

에밀리아 [시녀에게]
얘, 명주에 이런 꽃 수놓을 수 없니?

시녀 할 수 있어요.

에밀리아 옷에 가득 꽃을 수놓겠다. 이 꽃도.
색깔이 예쁘다, 얘. 치마에 수놓으면
아주 멋지지 않겠니?

시녀 화려해요, 아가씨.

아르시테 [팔라몬에게]
사촌, 사촌, 왜 그래? 야, 팔라몬!

팔라몬 지금까지 감옥에 있던 게 아니야.

아르시테 도대체 무슨 말이야?

팔라몬 [에밀리아를 가리키며] 보고 놀라 자빠져!
저 여자 정말로 여신이다.

아르시테 [에밀리아가 눈에 띈다.] 오!

팔라몬 경배해.
여신님이야, 아르시테.

에밀리아 [시녀에게] 온갖 꽃들 중에서
장미하고 제일 같아.

시녀 왜요, 아가씨?

에밀리아 진정한 처녀의 상징이구나.
서풍이 처녀에게 은근히 구애하면
얌전히 피어나며 정결한 홍조로
햇빛을 물들이지! 북풍이 다가와
사납게 성급히 집적대면 정절처럼
아름다움을 봉오리에 다시 감추고
못된 가시만 남겨주거든.

시녀 하지만 아가씨,
어떤 때는 너무나 얌전만 빼다가
떨어지기도 해요. 그러니까
정조를 지닌 처녀는 장미를 보고
본을 삼지 않겠어요.

에밀리아 너 바람둥이구나!

아르시테 [팔라몬에게]
너무나 예쁘구나.

팔라몬 아름다움 그 자체다.

25 중세에는 '시간'을 추수의 낫을 든 늙은이로 표상했다.
26 수선화는 스스로를 사랑하던 미소년이 물에 빠져 죽어서 생겨난 꽃이라고 한다.

에밀리아 [시녀에게]
해가 높이 솟았다. 들어가자. 꽃들을 간수해라.
재주가 얼마나 가까이 자연색을 내나 보자.
유난히도 즐겁구나. 웃어 젖힐 수도 있겠어.
시녀 누울 수도 있겠네요.[27]
에밀리아 누구하고?
시녀 그야 계약하기 나름이죠.
에밀리아 좋아, 그럼 계약해라.
[에밀리아와 시녀 퇴장]
팔라몬 저 미인 어떻게 생각해?
아르시테 드문 미인이야.
팔라몬 그냥 드물 뿐이야?
아르시테 아냐, 견줄 데 없는 미인이지.
팔라몬 남자가 정신없이 사랑할 만하잖아?
아르시테 너는 어쨌는지 모르지만 나는 끝났다.
내 눈밖에 탓할 게 없어. 이제 족쇄가 느껴져.
팔라몬 그럼 사랑해?
아르시테 누군들 안 그래?
팔라몬 그녀를 원해?
아르시테 자유보다도.
팔라몬 내가 먼저 봤다.
아르시테 그게 무슨 상관이야?
팔라몬 상관있다.
아르시테 나도 봤다.
팔라몬 그래, 하지만 사랑하지 마.
아르시테 너처럼 하지 않아. 하늘에서 내려온
복된 여신처럼 경배하지 않겠다.
하나의 여자로서 즐기려고 사랑한다.
그래서 둘이 함께 사랑할 수 있다고.
팔라몬 절대로 사랑하면 안 돼.
아르시테 절대로 안 된다고?
누가 날 막아?
팔라몬 처음 본 내가 막아. 인간에게 나타난
그녀의 모든 아름다움을 눈으로 처음
차지한 내가 막아. 네가 사랑한다면,
또는 내 희망을 깨뜨릴 작정이라면,
너는 배신자며 그녀에 대한 네 주장이
거짓이듯 네가 한 번이라도
그녀를 생각하면 나는 우정과 혈연과
모든 유대를 부정한다.
아르시테 그렇다. 사랑한다.
나의 모든 명성의 목숨이 달렸다 해도
사랑할 수밖에 없다. 영혼을 다해 사랑한다.
너와 결별해야 한다면 잘 있어라, 팔라몬.
다시금 말하지만 그녀를 사랑한다.
사랑하면서 연인의 자격과 자유가 있고
팔라몬, 이것은 누구든 사람의 아들이면
누구와도 똑같이 그 아름다움을
사랑할 권리가 있다.
팔라몬 널 친구라 했냐?
아르시테 그래. 친구로 알았었다. 왜 이리 흥분하냐?
냉정하게 따지겠다. 내가 네 피와 영혼의
한 부분이 아니야? 네 입으로 내가 팔라몬,
너를 아르시테라고 했다.
팔라몬 그렇다.
아르시테 친구가 느끼는 기쁨, 슬픔, 분노, 공포,
그런 감정들을 나도 안 느끼겠냐?
팔라몬 그러겠지.
아르시테 한데 왜 그리 교활하게 굴어?
남남처럼, 고귀한 사촌답지 않게 혼자만
사랑한다고? 진심을 말해라. 내가 그녀를
볼 자격이 없단 말이냐?
팔라몬 그런 건 아니지만
네가 자꾸 보는 건 옳지 않아.
아르시테 남이 먼저
적을 발견했다고 내가 잠자코 서서
명예를 팽개치고 공격을 쉬어야 해?
팔라몬 그렇다. 적이 하나면—
아르시테 하지만 그 적이
나와 싸우자고 하면?
팔라몬 적이 그런 말 하게 하고
네 맘대로 해. 그렇지 않은데 네가
그녀를 추구하면 조국을 미워하는 자처럼
반역자의 낙인이 찍혀.
아르시테 너 미쳤구나.
팔라몬 당연하지.
네 자격이 생기기 전엔. 내게 관련되니까.
이런 미친 상태에서 너한테 덤벼들어
널 죽여도 옳다.

27 '웃고 눕는다'는 카드놀이가 있었다. 물론 성적인 암시도 들어 있다.

아르시테 안 될 소리다!
정말 아이처럼 구누나. 난 그녀를 사랑하겠다.
그럴 수밖에 없고 그래야 하며 감히 그러겠다.
이 모두가 옳다.
팔라몬 오, 지금 당장, 지금 당장
거짓된 너와 네 친구가 단 한 시간만
마음껏 칼 잡는 행운이 생긴다면
남의 사랑을 훔치는 게 어떤 짓인지
지금 당장 너한테 가르칠 수 있겠다.
너는 소매치기보다도 더 저질이다.
네 머리를 이 창에서 내놓기만 해봐라.
맹세코 네 목숨을 창에 박아놓겠다.
아르시테 이 바보야, 너는 용기도 힘도 없고 약하다.
머리를 내놔? 다음번에 그녀를 보면
정원으로 몸을 던져 그녀 팔에 떨어져서
[간수, 위에 등장]
너를 약 올리겠다.
팔라몬 그만해. 간수가 온다. 이 족쇄로 네 골통을 깨부수고
쏟아놓기 위해서 살아남겠다.
아르시테 어디 그래봐.
간수 양반님들, 실례하오.
팔라몬 뭐요? 정직한 간수.
간수 아르시테님, 곧 공작님께 가셔야 돼요.
이유는 몰라요.
아르시테 당장 갈 수 있소.
간수 팔라몬님, 그동안 사랑하는 사촌님과
헤어져야 하시네요. [아르시테와 간수 퇴장]
팔라몬 그렇다면 나도
네가 좋아하는 동안에 목숨과 헤어지지.
왜 오랬을까? 그녀와 결혼시킬지 몰라.
잘생겼으니까. 공작이 혈통과 몸을 보고
그럴지 몰라. 하지만 그자의 배신!
어떻게 친구가 배신할 수 있어? 그처럼
고귀하고 아름다운 부인을 배신으로 얻는다면
정직한 사람은 다시는 사랑하지 말아라.
아름다운 그녀를 다시 한 번 보고 싶다.
복된 정원아, 과일, 꽃, 반짝이는 그녀 눈이
너희 위에 빛날 때 피어나니 더욱 복되다.
남은 생의 모든 운명을 주고서라도
저 꽃 피는 작은 살구나무라면 오죽 좋을까!
자유롭게 가지 뻗어 그녀 창에 들이밀면
오죽 좋을까! 신들이 먹을 만한 과일을
그녀에게 갖다 줘서 그녀가 맛본다면
젊음과 즐거움이 곱절이 되고
여신이 아니어도 인간으로 신들과
가깝게 되어 신들도 두려워하겠지.
[간수 등장]
그러면 분명 나를 사랑할 테지. 무슨 일인가?
아르시테가 어디 있어?
간수 추방당했소.
피리토우스 대감께서 자유를 얻어주셨소.
하지만 목숨 걸고 맹세하여 다시는
이 나라에 발을 들여놓지 못하오.
팔라몬 복도 많구나.
테베를 다시 볼 뿐 아니라 명령일하에
번개처럼 달려들 용감한 청년들을
불러내겠지. 그녀를 얻으려고 싸움을 벌여
감히 연인이 될 자격을 갖추면
기회가 생기겠다. 그러다가 그녀를 놓치면
못난 겁쟁이가 되는 거지. 그러나 그가
고귀한 아르시테가 맞다면 얼마나
용감하게 행동할 터인가? 천 가지로
실력을 보이겠지! 내가 풀려난다면
낯 붉히는 이 여인이 사내처럼 되어서
나를 겁탈하려 덤빌 만큼 큰 용맹을
발휘하겠다.
간수 당신에게도
이 명령이 내려졌어요.
팔라몬 처형한단 말이겠군.
간수 아니요. 여기서 다른 데로 옮기는 거요.
여기 창문들이 너무 넓어요.
팔라몬 나를 몹시 시샘하는
악마들이 차지해라! 제발 나를 죽이게.
간수 그 값으로 교수형을 당하란 말이군요.
팔라몬 칼만 있다면 널 죽이겠다.
간수 아니, 왜요?
팔라몬 네가 전하는 건 이런 하찮은 소식뿐이다.
넌 살 가치 없어. 난 안 가겠다.
간수 가셔야 해요.
팔라몬 정원을 볼 수 있나?
간수 아니요.
팔라몬 그럼 결심했다. 난 안 간다.

간수 그럼 강제로 해야겠어요. 당신은 위험해서
쇳덩이를 더 달겠어요.
팔라몬 그래라, 간수.
그거를 흔들어서 못 자게 하겠다.
신판 모리스 춤[28]을 춰주지. 꼭 가야 해?
간수 도리가 없는데요.
팔라몬 정다운 창문아, 잘 있어라.
사나운 바람에 다치지 마라. 오, 아가씨,
슬픔이 뭔인지를 느껴봤다면
내 고통을 꿈이라도 꿔요! 자, 나를 묻어라.
[팔라몬과 간수 퇴장]

## 2. 3

[아르시테 등장]
아르시테 이 나라가 추방했어? 큰 은덕이야.
고마운 자비지만 내가 보다 죽어버릴
그 얼굴 즐기는 자유에서 추방되니
교묘히 짜낸 벌이다. 상상을 넘는
죽음이라, 내가 늙은 악질이라도
내 죄가 모두 나를 괴롭힐 수 없을 만큼
잔인한 형벌이다. 팔라몬, 이젠 네가
주도권을 잡았다. 너 혼자 남아서
빛나는 그녀 눈이 아침마다 창 밝히고
생명을 네 속에 넣어주겠지. 일찍이
세상에 없고 또다시 있지 못할 그 귀한
어여쁨과 달가움을 볼 테지. 아, 참말로
팔라몬은 너무나 행복하구나!
십중팔구 그녀에게 말하게 되고
아름다운 모습처럼 그녀 성격도 착하면
그녀는 네 차지다. 너는 말씨가 좋아
폭풍도 길들이고 바위마저 곰살맞게
만들 수 있어. 까짓것, 될 대로 돼라.
기껏해야 죽음이다. 이 나라를 안 떠난다.
내 나라에 가봤자 잿더미에 불과하고
희망도 없다. 나 없으면 그녀는 그의 거다.
변장해서 내 뜻을 이루기로 결심한다.
안 되면 내 운이 끝난다. 어찌 되든 상관없다.
그녀를 가까이 보거나 없어지겠다. [뒤로 비켜선다.]
[시골 사람 넷 등장. 그들 앞에 한 사람이
화관을 들고 있다.]
시골 사람 1 자네들, 나 거기 간다. 확실해.
시골 사람 2 나도 가겠어.
시골 사람 3 나도.
시골 사람 4 그럼 자네들, 나도 한몫 낄 테다. 욕먹는 게
대순가. 쟁기한테 오늘 하루 놀라고 하지 뭐.
내일 말 엉덩이에 따끔하게 찜질하겠다.
시골 사람 1 확실히 여편네가 칠면조마냥 샘을 낼 게야.
하지만 괜찮아. 약속대로 하겠다. 여편네 혼자서
쫑알대라지.
시골 사람 2 내일 밤 여편네 배에 올라타고 짐을 잔뜩 실어줘.
그러하면 모두 해결돼.
시골 사람 3 맞아. 여편네 손에 막대기를 쥐어주면 새 과목을
배워서 착한 년이 된다니까. 그럼 우리 모두 오월
놀이[29] 가기로 결정한 거지?
시골 사람 4 결정이고 자시고 누가 뭐래?
시골 사람 3 아르카스가 가 있겠다.
시골 사람 2 세노이스와 리카스도 있겠지. 그리고 푸른 나무
아래서 춤추는 놈 중 제일 기똥차게 잘 추는 세 녀석도
거기로 와. 그리고 알다시피 그 계집들! 아유, 신나!
하지만 얌전한 샌님, 학교 선생님이 약속 지킬까? 그
양반이 모두 꾸미니까 말이야.
시골 사람 3 독본을 씹어 삼키는 한이 있어도 틀림없이 올 거야.
젠장, 그 양반하고 피장이 딸하고 너무 깊이 들어가서
이제는 빠지기도 곤란한 형편이지. 그런데 걔가
공작님을 꼭 보고 춤도 추겠다고 야단이거든.
시골 사람 4 우리 신나게 놀아야지?
시골 사람 2 아테네 녀석들이 우리 따라 하려다간 기운깨나
빠지겠다. [춤춘다.] 여기서 번쩍, 저기서 번쩍
하겠다. 우리 마을의 명예를 걸고 여기서 번쩍
저기서 번쩍—히야, 얘들아, 직조공 만세!
시골 사람 1 그건 숲에서 하는 건데.
시골 사람 4 아, 미안.
시골 사람 2 꼭 해야 돼. 유식해 빠진 우리 샌님의 말씀이야.
거기에 대해서는 그 친구가 우리를 대표해서 아주
재치 있게 직접 공작님께 말씀드릴 거래. 그 친구가

28 영국의 민속춤. 춤꾼들이 발에 작은 종들을 달고 흔들어 소리가 요란하다.
29 이른바 '메이데이.' 우리의 단오처럼 굉장한 민속 명절이었다.

숲 속에서 제일 잘해. 들에 나오면 배운 게 젬병이야.

시골 사람 3 우선 경기를 구경하고 나서 각자 맡은 배역을
연습하자고, 친구들아, 마님들이 보기 전에 반드시
연습해둬야 해. 그래 아주 멋들어지게 하자. 그래서
무슨 좋은 일이 생길지 모른다고.

시골 사람 4 좋아. 경기가 끝나고 나서 우리가 춤을 추는 거야.
얘들아 가자. 약속 잊지 마.

아르시테 [앞으로 나서며] 착한 친구들, 실례지만 어디를
가시나요?

시골 사람 4 어디로 가냐고요? 도대체 그게 무슨 질문이오?
별걸 다 묻네.

아르시테 예, 아무것도 모르는 나한테는 질문이 돼요.

시골 사람 3 경기 구경 가는 거요.

시골 사람 2 [아르시테에게]
그것도 모르다니, 어디 출신이오?

아르시테 멀지는 않소.
오늘 그런 경기가 있소?

시골 사람 1 물론이죠.
당신 따윈 본 적도 없어요. 공작님이
직접 참가하세요.

아르시테 종목이 뭐들이오?

시골 사람 2 씨름과 달리기요. [동료들에게] 이 사람 잘난 친군데.

시골 사람 3 [아르시테에게]
같이 안 가려우?

아르시테 조금 있다가요.

시골 사람 4 그럼 천천히 와요. 가자, 얘들아.

시골 사람 1 어쩐지
저 친구 뒷심이 아주 센 것 같아.
몸집이 천상 씨름꾼이야.

시골 사람 2 하지만
절대로 못 나와. 물컹이는 저리 가라야!
씨름꾼? 달걀이나 지지래. 자, 가자.

[아르시테 외에 모두 퇴장]

아르시테 감히 바랄 수 없는 기회가 찾아왔다.
한때 나도 씨름 했지. 최고 권위자들이
내 씨름 보고 우수하댔어. 뿐만 아니라
풍성한 이삭을 휩쓸며 밀밭 위를 달리는
바람보다 재빨랐지. 모험을 해야지.
가난뱅이 차림으로 거기 가겠다.
이마에 월계관을 둘러쓰고 항상 그녀를
바라볼 수 있는 곳에 살 수 있게끔
행운이 나를 이끌는지 누가 알겠어? [퇴장]

## 2. 4

[간수의 딸이 홀로 등장]

간수의 딸 내가 왜 이분을 사랑할 수밖에 없나?
분명히 나를 좋아하지 않으실 건데.
나는 천한 신분이고 아버지는 이 감옥의
볼품없는 간수인데 그분은 왕자님이지.
그분과의 결혼은 바랄 수 없고
노리개가 되는 건 바보짓이야.
모르겠다. 계집애가 열다섯 살만 되면
별별 짓 다 해! 첫눈에 보고
잘생긴 걸 알았어. 눈여겨본 남자 중에
생각만 있으면 여자 좋게 해줄 게
제일 많은 남자였지. 그다음엔 불쌍했어.
양심껏 말해서, 젊은 미남 청년한테
처녀를 바치기로 꿈꾸거나 맹세한 계집애는
누구나 그럴 거야. 그다음엔 사랑했어.
무한히 사랑했어. 한없이 사랑했어!
자기처럼 잘생긴 사촌이 있었지만
내 맘엔 팔라몬이야. 내 속에서 그이가
요동치누나! 저녁에 그이 노래 들으면
천국이 따로 없지! 하지만 그이 노래는
모두 슬픈 노래야. 목소리가 그처럼
은근한 이도 없어. 아침에 물을 떠다 드리면
정중히 허리를 굽혀서 인사하시지.
"어여쁜 아가씨, 안녕하세요? 착한 마음씨로
행복한 남편을 맞으세요." 한번은 내게
키스했는데, 열흘이나 내가 내 입술을 사랑했지.
날마다 그래주시면 얼마나 좋아!
늘 슬퍼하시는데 그분의 슬픔을 볼 때마다
나도 같이 슬퍼져. 어떻게 하면
내 사랑을 그분께 알릴 수 있을까?
정말 같이 자고 싶어. 내가 놓아 드리면
어떻게 될까? 그럼 법이 뭐라고 할까?
[손가락을 튕긴다.]
요거나 먹어. 법이든 아버지든 알 게 뭐야!
그럭하겠다! 오늘 밤이나 내일이나
나를 사랑하게 만들 테야. [퇴장]

## 2. 5

[코넷들의 짧은 주악과 안에서 함성. 테세우스, 히폴리타, 피리토우스, 에밀리아, 시골 사람으로 변장하고 월계관을 쓴 아르시테, 시종들, 시골 사람들 등장]

테세우스 정말 잘했소. 헤라클레스 이후에
근육이 더 강인한 사내를 보지 못했소.
당신이 누구이든, 이 시대가 인정하는
경주와 씨름의 으뜸이오.
아르시테 기쁨을 드려 흐뭇합니다.
테세우스 어느 나라 출신인가?
아르시테 이 나라인데 먼 곳입니다.
테세우스 귀족 가문인가?
아르시테 아버지 말씀이 그렇습니다.
귀족의 법도대로 저를 기르셨지요.
테세우스 부친의 상속자인가?
아르시테 막내입니다.
테세우스 그렇다면
행복한 부친이군. 귀족 표시가 무엇인가?
아르시테 귀족의 기예를 모두 조금 합니다.
매사냥을 했고요, 사냥개의 소리에 맞춰
부르기도 했습니다. 승마 실력은 자랑하기
쑥스럽지만 저를 아는 사람들이 제 장기라고
하더군요. 끝으로 가장 중요한 건
저를 무사로 봐주시란 것이지요.
테세우스 완벽하군.
피리토우스 진정 잘난 사람이오.
에밀리아 그러네요.
피리토우스 [히폴리타에게]
저 사람을 어떻게 보십니까?
히폴리타 놀라워요.
저런 신분 출신으로 저처럼 젊고도
고귀한 인물을 본 적이 없어요.
에밀리아 확실히 어머니가 뛰어난 미인이겠죠.
얼굴 모습이 그럴 것 같아요.
히폴리타 그러나 체격과
불같은 정신은 용감한 아버지를 나타내요.
피리토우스 보시오, 구름 속 태양처럼 그의 성품이
남루를 뚫고 나타나오.
히폴리타 확실히 좋은 집안이어요.
테세우스 왜 이곳을 찾게 됐나?
아르시테 존귀하신 테세우스,
명예를 추구하고 또한 모든 힘을 기울여
고명하신 공작님을 받들고자 합니다.
온 세상에 공작님의 궁정에만 공명정대한
명예가 있습니다.
피리토우스 하는 말이 모두 좋군요.
테세우스 [아르시테에게] 멀리서 온 것을 깊이 감사하네.
소망이 헛되지 않을 거네. 피리토우스,
이 훌륭한 신사에게 일을 주시오.
피리토우스 고맙습니다.
[아르시테에게] 누구인지 모르나 당신은 내 사람이오.
고귀한 업무를 맡기겠소. 이분의 일인데
해맑은 이 아가씨를 받드는 일이오.
선하신 이분을 섬기시오. 그녀의 생신을
당신의 기량으로 축하했으니 그 보답으로
당신은 그녀의 일꾼이오. 손에 키스하시오.
아르시테 고귀하신 분의 선물이군요. [에밀리아에게] 미인이시여,
이렇게 충성을 서약합니다.
[그녀의 손에 키스한다.] 당신의 일꾼은
극히 못난 존재라 혹시 잘못을 저지르면
죽으라고 하십시오. 죽겠습니다.
에밀리아 너무 잔혹해요.
잘하면 금방 눈에 띌 거예요. 나한테 속했으니
지위보다 더 높게 대우하지요.
피리토우스 복장과 장비를 지급하겠소. 그리고
기사라 하니 오늘 오후 나와 같이
말을 탑시다. 그런데 말이 사납소.
아르시테 그런 말이 좋습니다. 안장에 앉은 채
얼어 죽지 않으니까요.
테세우스 [히폴리타에게] 준비를 해야겠소.
그리고 에밀리아, 친구, 당신, 기타 여러분,
내일 해 뜰 무렵 다이애나[30] 숲에서
꽃 피는 오월을 축하합시다.
여주인 아가씨를 잘 받드오. 에밀리아,
걸으랄 수는 없겠지만—
에밀리아 말들이 있는데, 걸으라면 수치예요.
[아르시테에게] 말을 고르세요. 원하는 게 있으면
언제든 말하세요. 충실하게 일하면

30 달의 여신이자 정절과 처녀의 여신. 또한 사냥의 여신도 된다.

여주인의 총애를 약속해요.

아르시테 충실치 못하면
제 부친이 미워했던 치욕과 벌을
받아도 좋습니다.

테세우스 길을 안내해라.
그리할 자격을 얻었다. 그렇게 하라.
네가 성취한 명예에 합당한
모든 상을 주겠다. 안 그러면 부당하다.
처제, 뜻밖에 하인이 생겼는데
내가 여자라면 주인이 될 만하오.
하지만 처제가 잘 아오.

에밀리아 너무나 잘 알지 않을까요? [주악. 모두 퇴장]

## 2. 6

[간수의 딸 혼자 등장]

간수의 딸 공작이고 악마고 모두들 떠들어라.
그이는 자유다! 내가 모험했다고.
그이를 빼내다가 여기서 오 리쯤 되는
작은 숲에 보냈어. 그곳의 개울 옆에
다른 나무들보다 키가 더 큰 삼나무가
버짐나무처럼 퍼진 곳에 몰래 숨어 있으면
줄칼과 음식을 갖다 준다고 했어.
아직도 쇠고랑이 남아 있거든.
오, 사랑, 정말 너는 강심장이야!
그러니 아버지는 도리어 쇠고랑을
견딜 테지. 사랑과 이성과 판단과
스스로의 안전을 넘어 그일 사랑해.
그이에게 내 사랑을 말씀드렸어.
갈 데까지 간 거라 걱정도 안 돼.
법이 나를 붙잡아서 사형을 선고해도
착한 처녀 몇몇이 만가를 불러주고
고상하게 죽었다고, 순교에 버금간다고
얘기하겠지. 그이가 가는 길을
나도 갈 테야. 여기다 버릴 졸장부가
아니겠지. 그랬다간 처녀들이 다시는
남자를 믿지 않게 돼. 하지만 나한테
고맙단 말도 안 했어. 키스조차
안 하던걸. 그건 별로 안 좋아.
도망치란 내 말을 겨우 알아듣고서
나하고 아버지가 책임질 걸 걱정했어.
하지만 그이가 좀 더 생각해주면
내 사랑이 그이 속에 뿌리박겠지.
나를 그냥 다정하게 대해만 주면
어떻게 취급해도 나는 괜찮아.
나를 가지라고 하겠어. 안 그러면
남자가 아니라고 대놓고 말할 테야.
그이에게 필요한 것과 내 옷을 챙겼는데
그이하고 함께라면 산길도 괜찮아.
그림자처럼 그이 곁에 붙어 있겠어.
머잖아 감옥에 소동이 벌어질 때
나는 그들이 찾는 그이와 키스하고 있겠지.
아버지, 안녕! 그런 죄수, 그런 딸
더 많이 얻으세요. 조금 있으면
아버지만 남게 돼요. 자, 그이에게로! [퇴장]

## 3. 1

[여러 곳에서 코넷 소리. 사람들이 오월제를
벌이며 떠들고 외치는 소리. 아르시테 혼자 등장]

아르시테 공작이 히폴리타를 놓쳤다. 서로 다른
들판에 갔다. 이게 아테네 사람들이
꽃 피는 오월에 갖는 엄숙한 행사인데
정성을 다한다. 오, 에밀리아 여왕,
오월보다 싱싱하고 오월 가지에 맺힌
황금 봉오리보다 아름답고 들과 꽃밭의
영롱한 치장보다 더 아름다우니,
흐르는 물결을 꽃밭처럼 만드는
님프[31]들의 개울둑도 견줄 수 없다.
온 숲과 세상의 보석이여, 당신이 홀로
나타나시니 숲길도 행복합니다.
초라한 나도 당신의 생각 속에 떠올라
정결한 마음을 차지할 날이 오기를!
이런 여주인을 만난 것은 너무도 복된 우연,
너무도 뜻밖의 행운! 운수의 여신이여,
에밀리아 다음으로 내가 받드는 여신이여,
얼마나 만족해도 됩니까? 나를 좋게 보아

31 개울이나 호수에 사는 요정.

자기 곁에 있게 하고 아름다운 이 아침,
한 해의 여왕의 달[32]에 말 한 쌍을 주셨어.
두 임금이 올라타고 들판을 달려
왕관을 겨룰 만한 말들이구나.
아, 불쌍한 팔라몬! 가련한 포로,
너는 내 행운을 꿈도 못 꾼다.
자기가 에밀리아에 가까이 있어
나보다 행복하다고 믿고 있겠지.
내가 테베에 가 있는 게 자유로워도
불행하다고 여기겠지. 하지만 내가
여주인의 숨결을 느끼고 말을 듣고
그녀 눈앞에 사는 걸 알면, 오, 사촌,
얼마나 뜨거운 분노에 휩싸이겠나!
[팔라몬이 숲에서 나온 듯이 족쇄를 찬 채
등장. 아르시테에게 주먹을 겨눈다.]

팔라몬 배신자, 이런 포로의 흔적을 벗고
이 손에 칼만 쥐면 뜨거운 분노를
느끼게 해주겠다! 온갖 맹세를 한데 뭉쳐
정당한 나와 내 사랑으로 네 명백한
배신을 폭로하겠다! 겉모양은 신사지만
천하에 간사한 자, 귀족의 꼴만 있고
명예는 전무한 놈, 혈통상의 인척 중
가장 못된 위선자! 그녀가 네 거라고?
족쇄를 찬 채로 무기도 갑옷도 없지만
네 말이 거짓이며 사랑의 도둑이며
악한이란 이름조차 못 얻을 껍데기임을
결투로 증명하리라. 칼만 있다면,
족쇄만 없다면—

아르시테 사랑하는 팔라몬—

팔라몬 사기꾼 아르시테, 네 못된 짓만큼
사나운 말을 써봐라.

아르시테 내 가슴속
어디를 둘러봐도 너처럼 허풍 칠
쓰레기가 뵈지 않아서 이렇게
조용히 대답한다. 흥분 때문에 이처럼
오해하고 있구나. 감정이 원수니까
나한테 다정하지 않구나. 네가 빼앗지만
나는 명예와 정직을 소중히 여겨
그것들에 의지하여 내 행위를 지킬
작정이다. 착한 사촌, 네가 억울한 걸
점잖은 말씨로 설명해주렴.
너와 신분이 동등한 사람과 다투는데
그는 진정한 신사도와 검으로
자신이 정당한 걸 증명하려고 한다.

팔라몬 어딜 감히!

아르시테 사촌, 사촌, 내가 대담한 걸
네가 잘 안다. 조심하란 말을 뿌리치고
내가 칼 쓰는 것을 너도 보았어.
누가 나를 의심하면 너는 참지 못하고
신전 안에서도 침묵 깨고 덤볐을 거야.

팔라몬 나는 네가 용기를 낼 만한 장소에서
활약하는 걸 보았다. 실력 있는
용맹한 무사라는 평이었지. 하지만
7일 중 하루만 흐려도 그 주 전부가
흐린 게 돼. 사람도 배신으로 기울면
용기를 잃고 억지로 싸우는 곰[33]처럼
묶이지 않으면 달아나.

아르시테 사촌, 그따위 말은
너를 경멸하는 나의 귀에 하기보단
거울 앞에서 시늉하며 해.

팔라몬 나에게 와.
차가운 족쇄를 풀어주고 칼 한 개 줘.
녹슨 것도 괜찮아. 그리고 한 끼의 자선을
내게 빌려줘. 그러곤 칼 들고 내 앞에 와서
'에밀리아는 내 거'라고 외치기만 해.
그럼 나는 네가 저지른 잘못은 물론
네가 이기면 내 목숨도 용서할 테다.
그럭하면 용감히 싸우다 죽은 망령들이
내게서 지상의 소식을 듣고자 할 때
네 용맹과 고귀함만 들려주겠다.

아르시테 염려 마라. 아가위 덤불로 돌아가라.
야음을 틈타 좋은 음식을 여기로
가져오겠다. 줄칼로 장애물을 끊고
옷도 갖다 주고 감옥 냄새를 없애줄
향수도 가져오겠다. 한참 쉬고 난 뒤에
'아르시테, 준비됐다'고 말만 해라.
칼과 갑옷은 네가 고른다.

32 5월을 '여왕의 달' 또는 '달 중의 여왕'이라고 했다.
33 당시에 야생 곰을 붙잡아 사슬에 묶어 곰 싸움을 시켜 구경꾼들을 모았다.

팔라몬 오, 하늘아,
이런 범죄를 감히 이처럼 고상하게
감당할 자 있는가? 아르시테뿐이다.
그래서 이 일에는 아르시테밖에는
대담할 수 없다.

아르시테 사랑하는 팔라몬—

팔라몬 너와 네 제안을 받아들인다. 네 제안만
받아들인다는 말이다. 내 칼이
네 몸에 닿기를 원할 뿐이다.
그 이상은 위선이다.
[멀리서 사냥 나팔 소리. 코넷들이 울린다.]

아르시테 사냥 나팔 소리다.
숲 사이로 들어가라. 둘이 벌일 결투가
무산될까 걱정이다. 악수하자. 잘 있어라.
필요한 건 모두 가져올게. 제발 걱정 말고
건강을 지켜.

팔라몬 반드시 약속을 지켜.
엄숙하게 일에 임해라. 내가 밉다는 게
분명한 사실이라 나에게 사나워지고
번지레한 말투는 내버려라. 말 한마디에
따귀 한 대씩 날리고 싶다. 아직도 내 창자가
이성과 화해하지 않았다.

아르시테 솔직하구나.
사나운 말을 안 쓰겠다. 용서해라.
말한테 박차를 가하면서 욕하지 않는다.
나에게는 만족과 분노가 한 얼굴이다.
[사냥 나팔 소리]
음, 흩어진 사람들을 잔치로 부르는데,
내 할 일이 저기 있다.

팔라몬 하늘이 네 일을
좋아하지 않누나. 부정으로 일자리
얻은 걸 내가 잘 알아.

아르시테 정직하게 얻은 거다.
우리 두 사람 사이에서 곪은 이 문제가
피 흘려야 낫겠다고[34] 생각돼. 이 문제는
칼에 맡기고 말은 그만하자는 게
내 요청이다.

팔라몬 한마디만 더 하겠다.
지금 너는 내 아가씨를 보러 가는데—
명심해라. 그녀는 내 거다.

아르시테 천만에—

팔라몬 사실이다.—
내가 힘이 생기게끔 먹을 걸 준댔다.
그런데 너는 지금 비추기만 해도 힘 되는
태양을 보려고 한다. 그래서 너는 나보다
유리한 고지를 점령했다. 하지만 내가
회복할 때까지만 좋아해라. 잘 가라. [둘 퇴장]

## 3. 2

[간수의 딸 혼자 등장]

간수의 딸 내가 일러준 덤불을 잘못 알고
제멋대로 가버렸어. 벌써 동이 트는데
할 수 없지. 영영 밤이 돼서 어둠이
세상을 다스렸으면! 저 소리! 늑대다!
슬픔이 내 속에 있던 겁을 죽인 까닭에
팔라몬 하나밖에 걱정할 게 전혀 없어.
늑대가 나를 삼켜도 그이가 이 줄칼을
가지면 돼. 사냥꾼처럼 소리칠까?
그럴 줄 몰라. 외쳐 부르면 어떻게 될까?
그이가 대답하지 않으면 늑대만
부른 게 될 테니 짐승 좋을 일만 시켜.
밤새 내내 무서운 소리가 들려왔는데
그이를 삼키지 않았을까? 무기도 없고
뛸 수도 없어. 족쇄들이 쩔렁이는 소리를
맹수들이 들었을 거야. 놈들도 지각이 있어.
무기가 없다는 걸 알아차리고
반항의 기미를 냄새 맡아. 틀림없어.
갈가리 찢겼어. 그래서 여러 놈이
짖고 먹어 버렸어. 더는 생각하지 말자.
용감히 조종을 울리면 난 어떻게 될까?
그이가 갔으니 다 끝났어. 아니야, 안 그래.
그이의 탈옥으로 아버지는 교수형이고
내가 부인할 만큼 목숨을 중히 여기면
거지가 돼야겠지. 하지만 열 번 죽어도
그럴 수 없어. 어질어질하구나.
이틀 동안 밥 굶고 물만 조금 마시고

34 피를 흘리게 하여 병을 치료하는 방법이 있었다. 면도칼을 가진 이발사가 외과의사의 역할을 했다.

눈꺼풀이 짠물을 닦을 때만 빼고는
눈도 감지 못했어. 아, 목숨아, 스러져라.
물에 투신하거나 찌르거나 목을 매지 마.
미치면 안 돼! 아, 몸과 마음아,
버팀목이 기울었다. 한꺼번에 없어져라!
이제는 어디로 갈까? 무덤에 갈 길뿐이다.
딴 데 가는 걸음마다 고통스럽다.
달은 지고 귀뚜라미가 노래하고 부엉이는
새벽을 부른다. 모두 일을 끝내는데
나만 하지 못한 게 있어. 결론은 하나,
끝내기, 바로 그거야. [퇴장]

## 3. 3

[아르시테가 음식과 술과 줄칼을 가지고 등장]
아르시테 거의 다 왔을 텐데. 야, 사촌 팔라몬!
[팔라몬 등장]
팔라몬 아르시테?
아르시테 나다. 음식과 줄칼을 가져왔다.
나와라. 겁낼 것 없다. 테세우스가 여기 없다.
팔라몬 그처럼 정직한 사람도 없어, 아르시테.
아르시테 그게 무슨 문제야. 나중에 따지자. 용기 내!
이렇게 짐승 꼴로 죽어선 안 돼. 자, 마셔.
기운 없는 줄 알아. 그다음에 얘기하자.
팔라몬 아르시테, 지금 나를 독살할 수 있어.
아르시테 음,
하지만 먼저 네 걱정 해야지. 자, 앉아라.
쓸데없는 소리 말고. 우리의 옛 명성이
아직 남아 있으니까 멍청이와 비겁자의
농담이 되지 말자. 네 건강을 위하여!
[마신다.]
팔라몬 그래라.
아르시테 그럼 앉아라. 네 정직과 명예를 모두 걸고
그 여자 얘기는 하지 마라. 방해된다.
그럴 시간은 넉넉하다.
팔라몬 그러면 네게 건배!
[마신다.]
아르시테 시원하게 들이켜라. 피가 좋아져, 친구야.
속이 풀리는 걸 느끼나?
팔라몬 기다려. 한두 잔 더 마시고 말할게.
아르시테 아끼지 마, 공작에게 많이 있어. 이젠 먹어라.
팔라몬 그래.
[먹는다.]
아르시테 그처럼 식욕이 왕성해서 좋다.
팔라몬 음식이 좋아서 더 좋다.
아르시테 이 험한 숲을
지나는 건 미친 짓 아니야?
팔라몬 암, 양심이 험한 놈이 그렇겠지.
아르시테 음식 맛이 어떠냐?
배고파서 양념이 필요 없겠어.
팔라몬 응, 별로.
필요하대도 네 양념은 너무 시어, 이 친구.
이게 무어냐?
아르시테 사슴 고기.
팔라몬 활력에 좋지.
술 더 다오. 아르시테, 우리 한때 같이 놀던
계집들한테 건배를! 궁실장관 딸이었지.
생각나?
아르시테 먼저 마셔, 사촌.
팔라몬 그녀가 머리 검은 남자를 사랑했어.
아르시테 맞아. 그래서?
팔라몬 그게 아르시테라고 하더군. 그리고—
아르시테 사실대로 털어놔.
팔라몬 둘이 정자에서 만났다지.
그 애가 뭘 하던가? 사촌, 양금 타던가?
아르시테 뭐 그런 거 했지.
팔라몬 그 때문에 그녀가
한 달, 두 달, 열 달인가 끙끙댔다지.
아르시테 의전관 누이도
한몫했던 생각이 나, 사촌. 아니면
괜한 소문이었나? 그 애한테 건배할까?
팔라몬 응.
[마신다.]
아르시테 가무잡잡한 아이지. 옛날 한때 그랬어.
젊은 사내들이 사냥을 나가 숲에서
밤나무 아래—그래서 소문이 돌아. 하!
팔라몬 에밀리아 때문에 한숨 쉬누나! 이 멍청아,
그런 억지 농담을 치워라! 다시 말한다.
에밀리아 때문에 네가 한숨 쉬었어.
이런 저질, 먼저 약속 깨?
아르시테 엉뚱하긴.

팔라몬 천지를 걸고

넌 정직한 데가 조금도 없어.

아르시테 그럼 난 가겠다.

너 지금 짐승 같다.

팔라몬 개 눈엔 뭐만 뵈지, 배신자.

아르시테 필요한 건 다 있어. 줄칼, 속옷, 향수—

둬 시간 뒤에 모든 걸 잠재울 물건들을

가져오겠다.

팔라몬 칼하고 갑옷이다.

아르시테 걱정 마라. 지금 너무 지저분해. 잘 있어라.

팔찌 발찌 벗어버려. 모두 다 갖다 줄게.

팔라몬 야!

아르시테 더 안 듣겠다. [퇴장]

팔라몬 약속을 지키면 저자는 죽어. [퇴장]

## 3. 4

[간수의 딸 등장]

간수의 딸 몹시 추운데 별들도 모두 꺼졌다.

은박 같은 작은 별 하나 없구나.

해님이 내 못난 짓을 봤지. 팔라몬!

아, 그이는 하늘에 있어. 여기가 어디야?

저기가 바다고 배가 있는데 마구 흔들려!

물 밑엔 암초가 도사리고 엎드렸어.

저런, 저런, 저 배가 암초에 부딪치네!

배가 샌다. 큰 구멍이야! 울부짖는 저 소리!

바람 앞에 돛을 펴면 모든 게 끝장이다.

작은 돛을 올려서 방향을 돌려, 얘들아!

안녕, 안녕, 사라졌다. 몹시 배고파.

잘생긴 개구리라도 만나면 좋겠다.

온 세상 얘기를 들려주겠지.

그러면 조개껍질로 큰 배를 만들어서

동풍, 북동풍에 배 몰아서 난쟁이 나라

왕한테 가겠다. 굉장한 점쟁이라지.

그런데 십중팔구 내일 아침 눈 깜짝할 새에

아버지가 매달려. 나는 아무 소리 않겠어.

[노래한다.]

푸른 치마 무릎 위로 한 자 올려 자르고

노랑머리 눈 밑에 한 치 되게 자르겠다.

헤이 노니노니노니.[35]

타고 다닐 하얀 말을 사 주실 거야.

넓디넓은 세상을 모두 찾아다닐 테야.

헤이 노니노니노니.

아, 두견이처럼 찔렸으면 좋으련만.

가슴 대고 눌렀으면.[36] 아니면 곯아떨어져야지. [퇴장]

## 3. 5

[교사(게롤드)와 시골 사람 여섯 등장. 그중 하나는 원숭이처럼 차렸다. 다섯 처녀와 고수(티모시) 등장]

교사 치워라, 치워. 너희들 참 하품 나게 한심하게 미쳤다!

너희들 기본기 가르치려고 세월 다 보내고 젖 주고,

비유로 말하자면 내 두뇌의 골수와 진국까지

너희들한테 진상했는데 아직도 '어디야?' '어떻게?'

'어째서?'를 연발하니 핫바지 열치기에 베잠방이

골빈 놈들아, '이건 이렇게 해라.' '그건 그렇게 해라.'

'요건 요렇게 해라'고 일렀는데 통 아는 놈 없어?

'프로 데움 메디우스 피디우스!'[37] 모두 밥통들이다.

그래서 내가 여기 서 있어. 공작님이 여기로 오시면

너희들은 숲 속에 숨어 있다가 공작님이 나타나시면

내가 앞에 가서 비유를 써가면서 유식하게 씨불일

텐데 공작님이 듣고 머리를 끄덕이고 '흠.' 하시곤

'멋있다!'고 하시면 내가 계속한단 말이다. 드디어

내가 모자를 위로 던지거든. 잘 봐! 그럼 너희들은

예전에 멜레아그로스[38]와 멧돼지가 그랬던 것처럼 그 앞에

보기 좋게 나타나란 말이야. 진실한 백성답게 질서

있고 우아한 춤사위로 스텝을 밟으란 말이야.

시골 사람 1 멋들어지게 할 테요, 게롤드 선생.

시골 사람 2 출연자 전원 집합! 고수 어디 있나?

시골 사람 3 야, 티모시!

고수 여기 있다, 녀석들아. 난 다 됐어!

35 아무 뜻 없는 후렴구.

36 서양의 두견새 나이팅게일은 잠자지 않고 노래 부르려고 내내 가시에 가슴을 밀어 찔려 '피나는' 울음을 운다고 한다. 여기서는 팔라몬에 대한 성적 욕망이 암시되어 있다.

37 당시 라틴어 교본에 나오던 "신을 걸고! 피디우스(주피터) 신이여 나를 도우소서!" 등의 감탄사 문구들을 짜깁기 한 것이다.

38 큰 멧돼지를 죽인 그리스신화의 용사.

교사 한데 계집애들은 어디 있냐?
시골 사람 4 프리즈와 머들린은 여기 있다.
시골 사람 2 하얀 다리 꼬마 루스하고 깡충대는 바르바리가
여기 오누나.
시골 사람 1 그리고 선생 말 절대로 안 까먹는 깨곰보 넬도.
교사 얘들아, 리본들은 얻다 뒀냐? 헤엄치듯
맵시 있게 잽싸게 움직이란 말이다.
가끔 가다 고개를 까딱하고 깡충 뛰어라.
넬 우리 염려는 마세요.
교사 나머지 악사는 어디 있어?
시골 사람 3 선생 분부대로 흩어졌죠.
교사 그럼 둘씩 짝 져.
뭐가 모자라나 보자. 원숭이[39]는 어디 있어?
친구야, 꼬랑질 흔들어도 마님들께
불쾌감 수치감을 줘선 안 돼. 하지만
대담하게 사내답게 재주넘길 해.
짖을 때 잘 알고 해.
원숭이 알아 모시죠.
교사 쿼 우스퀘 탄뎀?[40] 여자 하나 모자라!
시골 사람 4 다 글렀나 모르겠다. 쫄딱 망했어!
교사 박식한 사람 말대로 헛김만 뺐다.
우리가 바보였지. 헛수고했어.
시골 사람 2 시건방진 계집년, 여기 온단 약속을
철석같이 하고서, 너저분한 쌍년,
시슬리, 바느질집 딸년이야.
다음번엔 개가죽 장갑[41]이나 맡기겠다!
다음에 또 그랬다간—아르카스, 너도 알지?
술과 빵[42]을 걸고 약속한다고 맹세했어.
교사 유식한 시인 말이,
뱀장어와 여자는 꼬랑지와 이빨을
잡지 못하면 영원히 놓친댔어.
이 일은 전제부터 오류야.
시골 사람 1 매독이나 콱 걸려라! 눈이라도 깜짝하나?
시골 사람 3 이제 어떻게 해요?
교사 다 글렀어.
우리 일은 없던 거나 마찬가지야.
그래, 속상하고 가엾게도 없던 일이야.
시골 사람 4 자, 우리 마을 체면이 달려 있는데
지금 성질 피우고 화내게 됐어?
맘대로 해. 잊어먹지 않았다가 앙갚음해.
[간수의 딸 등장]

간수의 딸 [노래한다.]
조지 알로우[43] 큰 배가 저 남쪽 나라,
바르바리아 해안에서 도착했는데
그이는 웅장한 배들을 게서 만났지.
하나씩, 둘씩, 셋씩.

"안녕, 안녕, 당신네 즐거운 배들.
당신들은 지금 어디 가는 길이오?
오, 나도 당신들과 같이 가고 싶어.
얕은 물에 배 밑창이 닿을 때까지."

올빼미 때문에 바보 셋이 싸움을 벌였다지.
[노래한다.]
한 놈이 올빼미라고 했다.
다른 놈이 아니라고 했다.
셋째 놈은 매라고 하고
방울이 떨어진 거라고 했다.
시골 사람 3 예쁘게 생긴 미친 여자요, 선생님. 딱 알맞게 왔는데,
3월의 토끼처럼 미쳤군요. 저 여자 춤만 추게 만들면
우린 다시 살아나요. 춤 지랄을 끝내주게 할 게요. 내가
보장해요.
시골 사람 1 미친 여자? 우리 이제 살았구나.
교사 아가씨, 정말 미쳤소?
간수의 딸 안 그러면 섭섭해요.
손 내밀어요.
교사 왜요?
간수의 딸 손금 볼 줄 알거든요.
바보로군. 열까지 세요. 멍청하긴. 어서!
여보세요, 흰 빵 먹지 말아요. 그랬다간
이빨에서 피 터져요. 우리 춤출까?
알 만한 사람이네. 땜장이야. 땜장이,
꼭 할 거 빼고는 구멍 때우지 마!

39 원숭이로 분장한 사람이 '꼬리'(실상은 성기)를 흔들고 가끔 괴성을 지르고 재주넘기를 한다.
40 "얼마나 오랫동안 (우리 속을 썩이겠냐?)"이라는 뜻의 라틴어 격언의 첫머리.
41 바느질품은 많이 들지만 싸구려 장갑.
42 예수의 살(빵, 떡)과 피(술, 포도주)를 나타내는 기독교의 '성찬'을 뜻한다.
43 배 이름.

교사 디이 보니![44] 아가씨, 맴장이라고?
간수의 딸 아니면 요술쟁이야. 지금 당장 악마를 불러내서 "누가
지나가니?"[45]를 종과 뼈다귀에 맞춰 부르라고 해요.
교사 얼른 데려가. 잘 타일러서 입 다물고 있으라고 해.
"에트 오푸스 엑세기 쿼드 넥 요비스 이라 넥 이그니스",[46]
음악을 시작하고 그녀를 끌어들여.
시골 사람 2 자, 아가씨, 한번 밟아볼까?
간수의 딸 내가 리드하죠. [춤춘다.]
시골 사람 3 그러쇼, 그러쇼!
교사 마음에 쏙 들게 잘 해봐.
[사냥 나팔 소리]
빨리 가자. 얘들아, 나팔 소리가 들려. 잠깐 생각할
여유가 필요해. 자기 큐 잊지 마. [교사만 빼고 모두 퇴장]
팔라스[47]여, 영감을 주소서!
[테세우스, 피리토우스, 히폴리타, 에밀리아, 아르시테,
시종들 등장]
테세우스 사슴이 이 길로 갔다.
교사 잠깐 서서 배우시오!
테세우스 이게 뭔가?
피리토우스 확실히 무슨 시골 놀이요.
테세우스 그럼 계속해. 우리가 배울 테니.
[테세우스가 앉을 의자와 부인들이 앉을 의자들을
들여온다.]
부인들, 앉아요. 끝까지 봅시다.
[같이 앉는다.]
교사 용맹하신 공작님, 다정하신 마님들, 인사 여쭙습니다!
테세우스 [피리토우스와 부인들에게] 시작이 미적지근해.
교사 잘 봐주시면 저희 시골 놀이는 성공입니다.
여기 모인 저희 몇은 무식한 말로
'촌것들'이라고 불리는 자들인데,
꾸민 말이 아니라 진실대로 말하자면
저희는 즐거운 놀이패, 또는 패거리,
또는 악극단, 또는 비유컨대 합창대로서,
공작님 존전에서 모리스 춤[48]을 추렵니다.
전체의 지도는 제가 맡고 있사온데
'훈도'라는 직책으로 작은 애들 바지에
회초리를 내리치고 큰 애들에겐
몽둥이를 내리쳐 기죽이기가 일입니다.
제가 이 구성, 또는 기획을 연출하는데
귀하신 공작님, 용맹으로 엄한 그 명성이
지하에서 지상으로 이 탑에서 저 탑으로
널리 퍼진 분이오니, 어리석은 백성의
충정으로 아시고 반짝이는 두 눈으로
중차대한 '모리스'를 잘 보아 주십시오.
이제 '춤'이 들어와 두 말을 맞붙이면
'모리스 춤', 곧 저희가 여기 온 목적으로,
놀이의 줄거리는 깊은 궁리의 결과지요.
무식하고 서툴고 어리숙한 제가 먼저
고귀하신 전하께 내용을 사뢰오니
존엄하신 발 앞에 이 필통을 바칩니다.
다음은 오월의 왕과 아리따운 그 마님과
시녀와 하인으로, 말없는 벽걸이 뒤를
밤마다 찾아들며,[49] 다음은 객주와
뚱보 마누란데 발병 난 길손을 맞아
공술 한잔 주는 체하며 술청에게
계산을 부풀리라 눈짓하고요. 그다음엔
소젖 먹는 촌놈이고 다음엔 광대인데
꼬리가 긴 데다 연장도 긴 원숭이고요,
그밖에 춤 놀이에 나오는 것들이지요.
'좋다'고만 하시면 곧장 나타납니다.
테세우스 좋다, 좋다. 물론이다, 샌님 나리.
피리토우스 불러내라.
교사 [춤을 시작하라고 두드린다.]
얘들아, 입장! 앞에 나와 춤춰라.
[모자를 위로 던진다. 음악.
촌사람들과 고수가 한쪽 문으로 들어오고 여자들이
간수의 딸과 함께 다른 문으로 들어온다.
모리스 춤을 춘다.]
교사 저희들이 즐겁게 뛰놀면서

44 라틴어로, "착하신 신들이여!"(하느님 맙소사!)
45 춤곡의 첫 행.
46 오비드의 라틴어 시구로, "그리고 이제 내 일은 끝났으니, 주피터의 분노도 불도, (칼도, 시간의 잠식도 망치지 못하리라)." 어렵던 일이 잘 풀렸다는 말.
47 지혜의 여신(미네르바).
48 주석 28에도 나오는 이 춤은 북아프리카의 무어인의 놀이에서 유래됐다고 하며, 기괴한 상징적 변장을 하고 춤을 추는 촌사람들의 마당놀이다. 그중에는 말 형상을 타고 노는 사람, 큰 남근을 휘두르는 원숭이 노릇하는 사람도 있다.
49 벽에 걸린 벽걸이 뒤에서 하인과 하녀가 관계하곤 했다는 말.

'얼싸둥둥 내 사랑'으로
마님들께 기쁨을 드렸다면
교사가 촌놈은 아니지요.
착한 애들이 으레 그러듯
공작님께도 기쁨을 드렸다면
이 해가 끝나기 전에
메이폴 놀이[50]를 꽤드리게
나무 한두 갤 저희에게 주시면
공작님 일행께 웃음을 드릴게요.
테세우스 스무 개도 좋다, 샌님 나리! [히폴리타에게] 당신은 어떠오?
히폴리타 더 재미있을 수 없어요.
에밀리아 춤이 뛰어났고요,
서론이 더 멋질 수 없어요.
테세우스 교사, 고맙다. 상을 두둑이 내려라.
피리토우스 이거 가지고 메이폴 색칠에 써라.
[교사에게 돈을 준다.]
테세우스 그럼 다시 사냥으로 돌아가자.
교사 쫓으시는 사슴이 오래 달리고
사냥개도 날쌔고 튼튼하여
지체 없이 사슴을 붙잡아
마님들이 불알을 잡수시길 바랍니다.[51]
[안에서 사냥 나팔 소리.
테세우스와 그 일행 퇴장]
됐다, 우리 수지맞았다. 신탁에 걸어
너희 계집애들아, 춤 참 잘 췄다. [모두 퇴장]

## 3. 6

[팔라몬이 덤불에서 등장]
팔라몬 지금쯤 사촌이 약속한 시간이 됐다.
칼과 갑옷 두 벌을 가져온다 했는데
약속을 어기면 사내도 무사도 아니다.
그자가 떠날 때 일주일 안에 기운이
회복될 것 같지 않았다. 허기가 져서
그토록 추레한 몰골이 되어 있었지.
아르시테, 고맙다. 적이지만 공평하다.
이렇게 먹고 나니 다시 위험을 이길
힘이 느껴지누나. 더 이상 지체하다
행여 세상 귀에 들어가는 날에는
싸우려는 무사가 아니라 팔릴 돼지처럼
자빠져서 살만 찐다고 하겠다.
그래서 복된 이 아침이 마지막이다.
그자가 고르라는 그 칼이 버텨주면
그를 죽일 터이다. 그것이 정의다.
사랑과 행운아, 내게 있어라!
[아르시테가 칼과 갑옷을 들고 등장]
오, 잘 잤나?
아르시테 잘 잤어, 존귀한 사촌?
팔라몬 내가 너에게
너무 수고 끼친다.
아르시테 사촌, 이런 수고는
명예에 대한 빚이며 의무에 불과하다.
팔라몬 모든 일에 그랬으면 좋겠다. 네가 나를
도와주는 적으로 여겨야 하는 만큼
착한 사촌이면 좋겠다. 그래서 칼 아닌
포옹으로 감사하면 좋겠어.
아르시테 내게는 둘 다
귀한 보답으로 알겠다.
팔라몬 그럼 빚을 갚겠다.
아르시테 그렇게 고운 말로 도전하면 내게는
여자보다 더하구나. 명예로운 것이면
사랑하는 너인 만큼, 그 이상 성내지 말자.
재잘대려고 배우진 않았다. 무장하고
자세를 취한 다음 밀물들이 만나듯
맹렬한 기운을 힘차게 휘날리자.
그래서 이 미인에 대한 권리가
누구에게 속하는지, 네 것인지 내 것인지
—계집애나 소년에게 어울리는 욕이지만
놀리기나 흉보기나 비죽대긴 그만두고—
단숨에 가리자. 그럼 무장하겠나?
또는 아직 옛 힘을 추스르지 못해서
부족을 느낀다면 기다려 줄 수 있다.
시간이 날 적마다 매일처럼 찾아와서
건강을 충고하겠다. 너와는 친하니까.
죽어도 꼭 참고 내가 그녀를

50 기둥을 높이 세우고 그 꼭대기에 각색의 긴 끈을 달아 춤꾼들이 각각 그 줄을 잡고 엇갈려 돌아가며 그 기둥을 알락달락하게 감아 내려가는 오월 축제 때의 민속놀이.
51 짐승의 불알은 특히 맛좋은 부분이었다지만, 부인들에게 하는 말로는 어울리지 않는다.

사랑한다는 말을 안 할 수도 있었는데.
그런 여인을 사랑하며 또한 내 사랑의
정당함을 주장하려니 피할 수 없다.
팔라몬 아르시테, 너는 너무 용맹한 적이라
죽일 자는 사촌뿐이다. 나는 건강하고
힘이 넘친다. 무기를 골라라.
아르시테 네가 먼저 해.
팔라몬 무엇에든 나에게 이기려 하니? 아니면
봐달라고 그러니?
아르시테 그런 생각이라면
헛짚었어, 사촌. 무사로서 말하는데
조금도 안 봐준다.
팔라몬 말 잘했다.
아르시테 보면 알 거다.
팔라몬 그럼 정직한 사내이며 사랑의 정의를
오직 내 편에 둔 연인으로서
톡톡히 갚아주겠다.
[갑옷 중의 하나를 고른다.]
이걸 갖겠다.
아르시테 [다른 갑옷을 가리키며] 그럼 이게 내 거군.
네게 먼저 입혀줄게.
팔라몬 그래라. 그런데 사촌,
이 좋은 갑옷을 어디서 구했어?
아르시테 [팔라몬에게 갑옷을 입히며] 공작 것인데
솔직히 잠깐 실례했어. 너무 꽉 끼나?
팔라몬 아니다.
아르시테 너무 무겁지 않아?
팔라몬 더 가벼운 걸 입곤 했지만
쓸 만하겠다.
아르시테 꽉 조여 줄게.
팔라몬 그래 줘.
아르시테 기마전 갑옷이 안 좋겠나?
팔라몬 아니, 아니. 말은 쓰지 말자. 너는
말 타고 싸울 생각 같다만.
아르시테 난 상관없어.
팔라몬 나도 그렇다. 착한 사촌, 버클을 깊숙이
밀어 넣어.
아르시테 걱정 말아.
팔라몬 자, 이젠 투구.
아르시테 팔은 안 가리고 싸우겠나?
팔라몬 더 날쌔겠지.
아르시테 하지만 장갑은 껴라. 너무 작구나.
내 것을 써라, 착한 사촌.
팔라몬 고맙다, 아르시테.
내 꼴이 어때? 많이 여위었나?
아르시테 별로 안 그래. 사랑이 네게 잘해주었어.
팔라몬 분명코 정통을 찌르겠다.
아르시테 그래라, 사정없이.
기회를 줄 테니.
팔라몬 자, 이젠 네 차례다.
[아르시테에게 갑옷을 입히며]
이 갑옷은 세 왕을 쓰러뜨리던 날
네가 입었던 갑옷과 꼭 같다. 조금 가볍지만—
아르시테 참말 좋은 갑옷이었지. 바로 그날
네가 나보다 더 잘했어. 기억이 생생해.
그런 용맹을 본 적이 없어. 네가 적의 좌익을
공격할 때 나도 가려고 박차를 가했지.
말이 참 좋았거든.
팔라몬 정말 그랬어.
밝은 갈색 말이었지. 생각나.
아르시테 맞아.
하지만 헛수고였어. 네가 먼저 달렸고
생각조차 따라잡지 못했어. 단지 조금
흉내 냈다고.
팔라몬 아니야, 용맹이지.
사촌, 겸손이 지나쳐.
아르시테 네가 처음 공격할 때
부대에서 갑자기 무서운 벼락이
떨어져 나가는 것 같았어.
팔라몬 하지만 먼저
네 용기의 번갯불이 하늘을 갈랐어.
잠깐. 이거 좀 끼이지 않아?
아르시테 아니, 좋은데.
팔라몬 내 칼 말고 무엇도 널 해치지 않길 바란다.
찰과상은 불명예다.
아르시테 자, 이제 나도 완벽해.
팔라몬 그럼 저리 가 서라.
아르시테 내 칼 가져라. 더 좋은 것 같다.
팔라몬 고맙지만 됐다. 그냥 가져. 네 목숨이 달린 거다.
여기도 하나 있다. 제구실만 한다면
더 바랄 게 없다. 명분과 명예여, 지켜주소서!
아르시테 그리고 사랑이여, 지켜주소서!

[둘이 각기 절하고 앞으로 나와 선다.]
더 할 말 있어?
팔라몬 이 말만 하겠다. 너는 이모의 아들이다.
그래서 흘릴 피가 서로 혈족 간이다.
내 속에 네 피가, 네 속에 내 피가 있다.
내 손에 칼이 있다. 만일 네가 나를 죽이면
나와 신들이 용서한다. 명예로운 자들이
잠잘 데를 예비해 놓았다면 둘 중에 쓰러질
피곤한 영혼이 거기 가길 희망한다.
용감히 싸워라. 너의 고귀한 손을 달라.
아르시테 여기 있다, 팔라몬. 다시는 네게 이렇게
다정히 내밀지 못할 손이다.
팔라몬 너를 신께 의탁한다.
아르시테 내가 쓰러지면 저주하고 겁쟁이라 불러라.
공정한 대결에서 죽을 자는 겁쟁이뿐이다.
사촌, 다시금 안녕.
팔라몬 안녕, 아르시테.
[둘이 싸운다.
안에서 사냥 나팔 소리. 둘이 멈춘다.]
아르시테 아, 사촌, 못나게 굴다가 결딴났다!
팔라몬 왜?
아르시테 공작이다. 네게 말했듯 사냥 나왔다.
발각되는 날에는 두 사람 다 불행하다.
숨어라. 명예와 안전을 위해. 덤불 속에
속히 들어가. 죽을 때는 쌔고 쨌다!
착한 사촌, 잡히자마자 탈옥 죄로 너는 죽고,
네가 내 정체를 밝히는 그 당장에
추방령을 어긴 죄로 나도 죽는다. 그러면
우리 둘이 고귀한 문제로 맞섰지만
처리가 미숙했다고 세상이 웃을 거다.
팔라몬 아니다, 아니다. 절대 다시 숨지 않겠다.
이 큰 모험을 다음으로 연기하지 않겠다.
너의 교활한 꾀와 그 동기도 잘 안다.
지금 물러서는 자에게 수치 있어라!
당장 방어 자세 취해라.
아르시테 너 미쳤니?
팔라몬 안 그러면 유리한 이 순간을 이용하겠다.
나중에 생길 일을 걱정하기보다는
당장의 운수를 겁 없이 맞겠다. 약한 사촌,
나는 에밀리아를 사랑한다. 그 사실에
너와 모든 장애물을 파묻겠다.
아르시테 이판사판이다.
팔라몬, 잘 알아둬라. 내겐 말이나 잠이나
죽음이나 마찬가지다. 단지 유감인 것은
둘을 죽인 명예를 법이 갖는단 사실이다.
목숨을 방어해라!
팔라몬 너나 조심해, 아르시테.
[두 사람이 다시 싸운다.
사냥 나팔 소리. 테세우스, 히폴리타, 에밀리아,
피리토우스, 수행원들 등장. 테세우스가 둘을
떼어놓는다.]
테세우스 너희는 도대체 무슨 무지하고 악독하고
미친 반역자들이냐? 내 법에 반하여
나나 군대의 담당관의 허락도 없이
이렇게 무사의 차림으로 싸우다니.
맹세코 둘 다 죽으리라!
팔라몬 테세우스, 잠시만.
확실히 우리는 반역자요. 당신과 호의를
뿌리친 자들이오. 나는 팔라몬이오.
당신을 사랑하지 않소. 당신의 감옥을
빠져나왔소. 그 대가가 무엇인지 아시오.
이자는 아르시테요. 그보다 더 대담한
반역자가 당신 땅을 밟은 적 없고,
더 간교한 자가 친구로 가장한 적 없소.
이자가 남의 덕에 풀려나 추방됐다가
당신의 위엄을 무시하고 변장을 하고
명령을 어기고 당신의 처제, 행운의 별,
에밀리아를 따라다니오. 먼저 보고서
영혼을 바친 것이 권리라면 당연히 내가
아가씨의 하인이오. 뿐만 아니라 그 아가씨를
내 여인으로 확신하오. 충성된 연인으로
이 반역적 행위를 책임질 걸 요청했소.
세상에 알려지듯 위대하고 고결하며
모든 억울함을 바로 가리는 분이시면
다시 싸우라고 하시오. 그러면 당신도
부러워할 정의의 실현을 보여주겠소.
그런 다음 내 목숨을 취하기를 간청하겠소.
피리토우스 맙소사, 인간이 이럴 수 있나!
테세우스 내가 맹세했다.
아르시테 당신의 자비를 구하는 것이 아니오.
당신이 사형을 명하는 순간 죽을 자며
당신처럼 마음의 동요가 없소.

이자가 나에게 반역자라 하는데
이렇게 답하겠소. 저이 같은 미인을
사랑함이 반역이면, 한없이 사랑하여
그 충성 속에 죽겠으며 그것을 증명하려
여기에 목숨을 걸었으며 그녀를 더없이
진실하고 충실히 받들어 이를 부인하는
사촌을 죽이려 하니, 나를 가장 악한
반역자라 해도 좋소. 명령을 어겼지만
왜 그리 어여쁜지, 왜 그녀의 눈이 내게
여기 남아 사랑하라고 이르는지 물어보시오.
'반역자'라 답하면, 나는 땅에 묻힐 자격도 없소.

팔라몬 오, 테세우스, 자비를 베풀지 않으시면
우리가 당신을 불쌍히 보게 되오.
정의로운 분이시니, 법의 말을 막으시오.
용감한 분이시니, 열두 가지 위업으로
기억에도 생생한 당신의 사촌을 생각하여[52]
우리 둘을 한순간에 죽이시오. 다만 저자를
나보다 먼저 죽여 그녀를 못 가지게끔
내 혼을 안심시켜 주기 바라오.

테세우스 소원대로 해주겠다. 사실대로 말하면,
네 사촌의 죄가 열 배 크다. 죄는 똑같으나
내가 그에게 더 큰 은총을 베풀었다.
아무도 이자들을 두둔해서 말하지 마라.
해 지기 전 두 사람은 영원히 잠들리라.

히폴리타 [에밀리아에게]
오, 불쌍하구나! 얘, 거절할 수 없는 요청은
지금 아니면 영영 하지 마라. 안 그랬다간
이 사촌들의 죽음에 대한 저주가 훗날
네 얼굴에 남을라.

에밀리아 언니, 내 얼굴에는
그들에 대한 분노나 살의가 전혀 없어요.
불행히도 저들 눈에 띈 것이 죽음을 가져왔죠.
하지만 동정을 아는 여자임을 보이기 위해
[무릎 꿇는다.]
자비를 허락받기 전에는 일어나지 않겠어요.
사랑하는 언니, 도와주어요. 이처럼 옳은 일에
모든 여자가 우리 편이 될 거예요.
[히폴리타가 무릎 꿇는다.]
존귀하신 형부—

히폴리타 여보, 결혼이란 유대를 걸고—

에밀리아 완전무결하신 명예를 걸고—

히폴리타 그 서약을 걸고,
당신이 내게 주신 손길과 진솔한 마음을 걸고—

에밀리아 남에게서 동정을 구하시는 심정으로,
무한하신 아량에 걸어—

히폴리타 용맹에 걸어,
당신을 즐겁게 한 모든 정결한 밤에 걸어—

테세우스 기이한 기도로군.

피리토우스 [무릎 꿇으며] 그럼 나도 한몫 들겠소.
모든 우리 우정과, 같이 겪은 온갖 모험과
당신이 가장 즐기는 전쟁과 이 미인에 걸어—

에밀리아 형부께서 거절하기 어려워 떨 수밖에 없는,
수줍은 처녀가—

히폴리타 당신 눈과 힘에 걸어—
내 힘이 모든 여성과 거의 모든 남성에
앞선다고 하셨어요. 그래도 항복하셨죠.

피리토우스 이 모든 것 위에, 확실히 올바른 자비를 지닌
당신의 고결한 정신에 걸어, 먼저 비는 것은—

히폴리타 다음은 내 소청을 들으세요.

에밀리아 마지막으로 간청해요.

피리토우스 자비를!

히폴리타 자비를!

에밀리아 왕자들께 자비를!

테세우스 신념을 흔들어 놓누나. [에밀리아에게] 내가 저들을
동정한대도 어떻게 처리하란 말이오?
[그들이 일어선다.]

에밀리아 살려주시는 거죠. 단, 추방하는 조건으로.

테세우스 처제는 전형적인 여자요. 동정심은 있으나
어떻게 쓸는지는 이해가 부족하오.
살려주고 싶다면 추방보다 안전한
방도를 구하시오. 이 둘이 살아서
사랑의 아픔을 그대로 지닌다면
서로를 죽이지 않겠소? 매일같이
당신 일로 싸우고 시간마다 공공연히
칼부림으로 처제의 이름을 들먹이겠소.
그러니 현명하게 그들을 잊으시오.

52 그리스 최고 영웅 헤라클레스를 가리키는데 그는 열두 가지 영웅적 행위를 한 것으로 유명하며 그에 버금하는 영웅인 테세우스를 그의 "사촌"이라고 말하여 둘의 관계를 자기들과 비슷하다고 한 것이다. 어떤 전설에 의하면 둘은 친척 간이었다고 한다.

당신과 내 명예에 직결되는 일이오.
죽을 거라 했으니 법에 따라 죽는 것이
서로 죽이기보다 낫소. 내 권위를 꺾지 마오.
에밀리아 존귀하신 형부, 그 맹세는 노하셔서
성급히 하신 거라 이성의 지지를 받지 못해요.
그런 맹세가 확고한 의지의 표현이 되면
온 세상이 파멸돼요. 게다가 거기 맞설
또 다른 맹세가 있어요. 더 큰 권위와
분명 더 큰 사랑으로 하신 맹세로,
감정 아닌 깊은 생각에서 하신 거예요.
테세우스 그게 뭔가?
피리토우스 용감한 아가씨, 정곡을 찌르시오.
에밀리아 저의 정숙한 청원과 형부의 뜻에 맞으면
아무것도 거절하지 않겠다고 하셨어요.
이제 그 약속에 호소해요. 어기시면
형부의 명예에 금 간다는 사실을 아세요.
이왕 빌려고 나서니까 형부의 동정밖에
귀에 들어오지 않아요. 그들이 산다고
제 명예가 추락하는 건 괜한 말이죠!
저를 사랑하는 자가 저 때문에 죽어요?
잔인한 이유지요. 꽃이 가득 핀 생가지를
썩을지 모른다고 미리 잘라요? 오, 공작님,
형부의 맹세대로 시행하는 날에는
저들을 낳느라고 신음하던 어머니와
사랑 병을 앓아본 속 타는 처녀들이
저와 제 미모를 저주하고 두 사촌에 대한
저들의 장송곡에서 제 무정을 욕하고
저주할 테니 뭇 여인의 경멸의 대상이
될 뿐이에요. 제발 목숨만 살려 추방하세요.
테세우스 무슨 조건으로?
에밀리아 다시는 저를 싸움의
빌미로 삼지 말며 알은체도 하지 말며,
이 나라를 밟지 말며 어디를 가든 남남으로
지내라는 것이에요.
팔라몬 그런 맹세를 하느니
차라리 갈가리 찢기겠소! 사랑을 잊으라고?
오, 신들이여! 그렇게 되면 저를 경멸하소서!
칼과 의지를 정당하게 부릴 수만 있다면
당신의 추방도 좋소. 그게 아니면
더 따질 것 없이 둘의 목숨을 취하시오.
나로서는 반드시 사랑을 해야 하며
그 사랑을 위하여 세상 어떤 구석에서나
사촌을 죽여야겠소.
테세우스 아르시테, 당신은
수락하나?
팔라몬 그러면 개자식이오.
피리토우스 이런 게 인간인가!
아르시테 단연코 아니오. 그처럼 비열하게
목숨을 지니는 건 비럭질도 못 되오.
비록 내가 그녀와 맺을 수 없으나
사랑의 명예를 지닌 채 그녀 위해 죽겠소.
죽음이 악귀가 될지라도—
테세우스 어쩌면 좋은가? 나도 마음이 움직인다.
피리토우스 다시 변치 마세요.
테세우스 에밀리아,
둘 중 하나는 죽을 수밖에 없으니,
남은 자를 남편으로 맞겠소? 둘이 동시에
처제와 살 수 없소. 왕자들로서
처제의 눈동자만큼 잘났으며 명성은
누구에게도 못지않게 고귀하오. 둘을 잘 보고
사랑할 수 있으면 이 싸움을 끝내시오.
내 제안이오. 당신들도 수락하오?
팔라몬과 아르시테 전심으로 찬성하오.
테세우스 그녀가 거절하면
그자는 죽는 거다.
팔라몬과 아르시테 공작이 정하는 어떤 죽음도 좋소.
팔라몬 그녀의 입에서 거절이 떨어져도 영광이오.
미래의 연인들도 내 무덤을 축복하겠소.
아르시테 그녀가 거절해도 무덤과 결혼하리니
무사들이 내 비명을 노래할 거요.
테세우스 [에밀리아에게] 그러면 선택하오.
에밀리아 못 하겠어요. 둘 다 너무 뛰어나요.
머리카락 하나도 떨어져선 안 돼요.
히폴리타 저들을 어떻게 해요?
테세우스 이렇게 정한다.
내 명예에 걸어서 다시금 명령한다.
어기면 둘 다 죽으리라. [팔라몬과 아르시테에게]
당신들은 돌아가서
이 달 안으로 우수한 무사를 셋씩 데리고
이 장소에 다시 와라. 이 자리에다
돌기둥을 세울 것이니, 여기 내 앞에서
공정한 무사의 실력으로 자기 사촌을

그 기둥에 밀치는 자가 그녀를 얻고
다른 자와 동료들은 머리를 잃으리라.
그렇게 죽는 것을 탓하지 않으며
여인에 대한 권리를 지닌 채 죽는다고
생각해도 안 된다. 동의하는가?
팔라몬 예. 자, 사촌, 그때까진 다시 친구다.
아르시테 너를 포옹한다.
테세우스 처제, 만족하오?
에밀리아 네. 할 수 없지요.
안 그러면 둘 다 죽으니까요.
테세우스 [팔라몬과 아르시테에게] 그럼 다시 악수해라.
신사인 만큼, 이 문제는 정해진 시간까지
묻어둔다. 그리고 결심을 지켜라.
팔라몬 어찌 감히 말씀을 어기겠습니까?
테세우스 이제 당신들을 왕자이며 친구로서 대하겠다.
돌아와 이기는 자는 여기 살게 해주겠다.
패자의 시신에는 눈물을 흘리겠다. [모두 퇴장]

## 4. 1

[간수와 친구 등장]
간수 들은 게 그뿐이오? 팔라몬의 탈옥으로
나에 관해서는 아무 말도 없었다고?
잘 생각해봐요!
친구 1 들은 게 없다니까.
그 일이 완전히 끝나기 전에
집에 돌아왔는데, 하지만 떠나기 전
두 사람이 용서받을 가망이 높은 걸
짐작할 수 있었죠. 히폴리타와 눈이 예쁜
에밀리아가 어찌나 곱게 무릎 꿇고 비는지
공작께서 성급한 맹세를 지키실지
두 여인의 아름다운 동정심을 따르실지
망설이시는 것 같았어요. 또한 여인들
편에서 공작님 마음의 절반이라고 할
고귀한 피리토우스도 한몫 거들었으니
모두가 다 잘되리란 희망이지요.
당신의 이름이나 그 사람의 탈옥을
묻는 자도 없었어요.
[둘째 친구 등장]
간수 그랬다면 오죽 좋아!
친구 2 안심해요. 소식을 가져왔는데 희소식이오!
간수 반갑군요!
친구 2 팔라몬이 당신의 무죄를 밝히고
용서를 받았어요. 어떻게 누구의 도움으로
탈옥했나 밝혔는데 당신 딸이더구먼.
딸도 용서받았어요. 그리고 그 포로가
은혜를 모르는 자란 욕을 먹지 않게
딸의 결혼에 대비해서 돈을 내놨죠.
큰돈입디다.
간수 당신은 좋은 사람이라서
좋은 소식만 가져오네.
친구 1 어떻게 끝났죠?
친구 2 그야 이치대로 됐지요. 청하면 반드시
얻어낼 분들이라 소청이 바로 수락됐네요.
포로들이 살게 됐어요.
친구 1 그럴 거라 생각했어요.
친구 2 하지만 새 조건이 붙었군요. 시간 나면
얘기하죠.
간수 좋은 조건이길 바라요.
친구 2 명예로운 조건이오.
얼마나 좋을진 몰라도—
[구혼자 등장]
친구 1 알게 되겠지.
구혼자 어이구, 따님 어디 있어요?
간수 그건 왜 묻나?
구혼자 아, 언제 따님 보셨죠?
친구 2 [방백] 저 꼴 좀 봐!
간수 오늘 아침.
구혼자 괜찮던가요? 온전하던가요?
언제 잤죠?
친구 1 이상한 걸 물어보네.
간수 자네 말을 듣고 보니 괜찮지가 않았어.
바로 오늘 이것저것 물어봤더니
평소와는 사뭇 달리 너무나 어리게,
못나게, 멍청이가 된 듯이, 백치처럼
대답하더라고. 그래 몹시 성을 냈어.
한데 그 애가 어쨌다고?
구혼자 동정밖에 못 하겠소.
아시게 될 게요. 저한테 듣거나
저만큼 사랑하지 않는 사람에게 듣거나—
간수 그래서?

친구 1 돌았다고?
친구 2 안 좋다고?
구혼자 예, 안 좋아요.
솔직한 말로 미쳤어요.
친구 1 그럴 수 있나!
구혼자 아시게 될 겁니다.
간수 자네가 한 말을
나도 반쯤 짐작했다. 신들의 위로를!
팔라몬에 대한 사랑 때문이거나
탈옥으로 아비가 당할까봐 걱정하거나,
둘 다거나—
구혼자 그런 것 같아요.
간수 한데 왜 이리 급해?
구혼자 빨리 말씀드리죠. 얼마 전 궁궐 뒤
큰 호수에서 낚시질을 했어요.
낚시에 정신 팔고 기다리는데
건너편 물가 갈대 우거진 데서
목소리가 들렸는데, 날카로운 목소리라
주의해서 들으니까 소리가 가늘어서
아이나 여자의 노래란 걸 알았어요.
그래서 낚시를 그만두고
가까이 갔지만 골풀과 갈대에 막혀
누군지 볼 수 없었어요. 그래 앉아서
그녀가 부르는 노랫말에 귀 기울였어요.
어부들이 풀을 잘라 만들어놓은
작은 빈터 너머로 여자란 걸 알았어요.
그게 따님이었네요.
간수 더 계속하게.
구혼자 노래는 길었지만 뜻은 없었고, 단지
"팔라몬은 가버렸네. 오디 따러 숲에 갔네.
내일 아침 찾아낼 테야." 하는 말을
자꾸 되뇌더군요.
친구 1 가여운 영혼!
구혼자 "족쇄를 찼으니 들키겠다. 잡히면
나는 어째? 한 떼를 몰아올 테야.
나처럼 사랑하는 까만 눈 아가씨 백 명—
머리엔 수선화를 엮은 화관을 쓰고
앵두 같은 입술에 붉은 장미 뺨—
우리 모두 공작 앞에 광대 춤을 추면서
용서를 빌어야지." 그러고는 어르신
얘기를 하데요. 내일 아침 목을 잃으니까
장례 치러드릴 꽃들을 모아야 하고
집 안을 보기 좋게 치워야 한다면서.
그리곤 "버들, 버들, 버들." 노래만 하고
가끔씩 "팔라몬, 멋진 팔라몬",
"팔라몬은 용감한 젊은이였죠." 하데요.
그녀가 앉은 곳은 무릎까지 풀이 자라
헝클어진 머리채는 부들로 얽어매고
온몸엔 각양각색 물 꽃들이 박혀 있어
호수에 물을 넣는 어여쁜 님프거나
하늘에서 갓 내려온 이리스[53] 같았어요.
주변의 골풀로 가락지를 만들어
귀여운 문구를 말하는데 "진실한 우리 사랑
이렇게 매이다." "이런 건 잃어도 나를 잃지 마."
그런 말을 많이 하고 울고 다시 부르고
한숨짓고 웃음 짓고 손에 키스하데요.
친구 2 아, 정말 안됐군!
구혼자 제가 다가갔어요.
저를 보자마자 물속에 뛰어들기에
그녀를 구해서 안전하게 뭍에 올려놨어요.
그러자 금세 다시 거리로 빠져나가서
소리치며 어찌나 빨리 달리는지 글쎄 제가
한참이나 뒤처지고, 멀리서 보니 서너 분이
붙잡으려 했는데 아우님인 듯한 분이
붙드셨어요. 더 못 가고 거기 쓰러진 걸
그분들과 그 자리에 놔두고 저만 먼저
[간수의 아우와 간수의 딸과 몇 사람 등장]
달려왔어요. 저기 오네요.
간수의 딸 [노래한다.] 다시는 햇빛을 즐기지 마라.—(운운)
멋진 노래 아니에요?
간수의 아우 암, 아주 멋진 노래다.
간수의 딸 스무 개라도 할 수 있어.
간수의 아우 그럴 테지.
간수의 딸 정말이야. 할 수 있어. "금작꽃"도 할 줄 알고
"귀여운 로빈"도 할 줄 알아. 당신 재단사 맞아요?
간수의 아우 그래, 그래.
간수의 딸 내 결혼 예복 어디 있죠?
간수의 아우 내일 갖다 줄게.
간수의 딸 일찍 갖다 줘요. 안 그러면 내가 나가

53 주노(헤라)의 하녀로 무지개를 타고 지상에 내려온다는 여신.

여자들을 불러오고 악사한테 값 줘야죠.
수탉이 울 때쯤 처녀막을 잃거든요.
그러지 않으면 첫날밤이 결딴난대요.
[노래한다.]
오, 예쁘고 아리따운—(운운)

간수의 아우 형님, 인내심으로 다뤄야 해요.

간수 맞아.

간수의 딸 안녕하세요, 어르신들? 혹시나 젊은 청년
팔라몬을 아시나요?

간수 그래, 얘야, 잘 안다.

간수의 딸 참말 멋진 젊은 신사 아니에요?

간수 그래, 얘야.

간수의 아우 절대로 거스르지 마세요. 그랬다간
지금보다 훨씬 더 나빠져요.

친구 1 [간수 딸에게] 그래, 잘났지.

간수의 딸 아, 그래요? 당신도 누이 있죠?

친구 1 그래.

간수의 딸 하지만 그녀는 그이를 절대 못 가져.
그렇게 말해요. 나만 아는 비법이 있죠.
조심하래요. 한번 그이를 보기만 하면
그녀는 가야 돼요, 다 됐어요, 끝났어요.
단번에 그렇게 돼요. 우리 고장 처녀 모두
그일 사랑하지만 나는 모두 비웃고
내버려둬요. 똑똑한 짓 아니에요?

친구 1 암.

간수의 딸 그이 애를 밴 여자가 2백 명이 된다고요.
4백 명은 될 거예요. 하지만 난 비밀로 해요.
꽉 다문 조개처럼—그런데 모두 사내라
—그이의 비법이죠.—열 살이 되면
모두 다 거세해서 테세우스의 전쟁을
노래할 노래꾼이 돼야 해요.

친구 2 괴상하군.

간수의 아우 듣기만 하고 발설하지 마세요.

친구 1 아무렴.

간수의 딸 온 나라 방방곡곡 그이한테 모두 와요.
정말이에요. 어젯밤에도 스물이나
처리했어요. 기분만 내키면 두 시간에
끝내줘요.

간수 얘가 미쳤어.
가망이 없어.

간수의 아우 하느님 맙소사!

간수의 딸 [간수에게]
이리와요. 똑똑한 분이네요.

친구 1 아버지를 알아보나?

친구 2 아니요. 그랬으면 좋겠소!

간수의 딸 선장이에요?

간수 응.

간수의 딸 나침반 어디 있죠?

간수 여기.

간수의 딸 북으로 맞춰요.
그리곤 숲을 향해 몰아요. 거기 팔라몬이 누워서
나를 그리워해요. 돛 다루는 건 나한테 맡겨요.
자, 모두 함께 신나게 닻을 올려요. 어기영차,
어기영차! 올라왔네요. 순풍이군요. 돛 줄을 당겨요.
큰 돛을 펴요! 선장님, 호루라기 어디 있어요?

간수의 아우 안으로 데려갑시다.

간수 돛대 위로 올라가게.

간수의 아우 항해사가 어디 있소?

친구 1 여기요.

간수의 딸 뭐가 보여요?

친구 2 좋은 숲이오.

간수의 딸 그쪽으로 몰아가요. 방향을 틀어요.
[노래한다.] 달님이 햇빛을 빌려—(운운) [모두 퇴장]

## 4. 2

[에밀리아가 초상화 둘을 들고 홀로 등장]

에밀리아 나 때문에 죽도록 피 흘릴 상처를
싸매줄 수 있을 테니 내가 미리 선택해서
싸움을 멈춰야지. 그처럼 잘난 사람들이
나 때문에 쓰러져선 절대 안 되고, 통곡하는
두 어머니가 아들의 싸늘한 재를 따라가며
잔인한 나를 저주해선 절대 안 된다.
아, 화사한 아르시테의 얼굴! 지혜로운 자연이
온갖 귀한 선물과 모든 아름다움을
고귀한 몸의 탄생에 씨를 뿌려준다면
여기 한 여자가 숫처녀의 수줍음을
지니고 있다 해도 틀림없이 이 남자를
미친 듯이 따를 게다. 이 젊은 왕자의 눈이
얼마나 빛나고 생동하고 감미로운가!
사랑의 신 자신이 웃음 짓고 앉아 있어.

그처럼 매혹하는 가니메데스 미소년[54]이
제우스의 사랑을 불태워 그 소년을
갑자기 들어 올려 자기 옆에 앉혀놓고,
하늘에 빛나는 별자리가 되게 했지.
이마는 널찍하고 위엄이 있고
눈 큰 주노의 이마처럼 둥그렇고
훨씬 더 부드럽고 펠롭스[55]의 어깨보다
미끈하지! 하늘에 뻗은 곶처럼 이마에서
명성과 명예가 날개 치고, 온 세상의
신과 신에 가까운 영웅들의 사랑과 싸움을
노래하겠지. 팔라몬은 단지 그림자,
아르시테에 비하면 흐릿한 그림자지.
가무잡잡한 데다 여위고 눈빛은
어머니를 잃은 듯 침울해.
느린 기질이라 발랄함과 생기가 없고
재빠른 기질에 비해 웃음이 없어.
하지만 그런 단점도 그에겐 어울리지.
소년 나르키소스[56]는 심각해도 신과 같았어.
오, 여자의 변덕을 누가 따라갈 건가?
나는 바보야. 내 속에서 이성이 길을 잃었어.
못 고르겠어. 무식하게 거짓말 했으니
여자들의 뭇매를 맞아도 싸. 무릎 꿇고
용서를 빌어요, 팔라몬. 오직 당신만
아름다워요. 그리고 그 두 눈은
아름다움의 밝은 등불이며 사랑을 명령하고
위협해서 어떤 처녀가 거역하나요?
남아답게 검붉은 얼굴은 얼마나 용맹하며
위엄 있고 매력 있어요! 오, 사랑아,
이제부터 이것만이 얼굴빛이다!
거기 있어라, 아르시테. 너는 못난 집시다.
그리고 그 몸이 고귀하지. 내가 얼빠졌어.
확 돌았어. 처녀의 정숙이 달아났어.
조금 전 형부가 사랑하느냐고 물었다면
미친 듯 아르시테에게 달려갔을 테지만,
지금 언니가 묻는다면 팔라몬에게 기울겠어.
둘을 한데 세워 놓고—형부가 물으면
'나도 몰라요.' 언니가 물으면,
'대답을 몰라.' 사랑은 변덕쟁이 애여서
똑같이 귀여운 장난감을 앞에 놓고
고르지 못한다며 둘 다 갖겠다고 떼를 써.
[신사 등장]
무슨 일이죠?

신사 공작께서 보내셨소.
소식을 전하오. 무사들이 돌아왔소.

에밀리아 끝내려고요?

신사 예.

에밀리아 내가 먼저 끝냈으면!
정결하신 다이애나여, 무슨 죄를 지었기에
깨끗한 내 젊음이 왕자들 피로 얼룩지며
내 정절이 제단 되어 연인들의 목숨을
불행한 내 미모에 제물로 바쳐야 해요?
이들보다 장하고 잘난 아들들이 어머니께
기쁨이 된 적 없는데.
[테세우스, 히폴리타, 피리토우스, 시종들 등장]

테세우스 되도록 빨리
두 사람을 내 앞에 데려오오. 보고 싶소.
처제 때문에 다투는 연인들이 돌아왔소.
우수한 무사들도 함께 왔소. 자, 처제,
둘 중 하나를 사랑하오.

에밀리아 둘 다면 좋겠어요.
저 때문에 아무도 비명에 가지 않도록—

테세우스 누가 봤나?

피리토우스 조금 전 봤습니다.

신사 저도 봤어요.
[전령 등장]

테세우스 뉘와 함께 오는가?

전령 무사들이오.

테세우스 말하라.
어쩌고들 있는지 본 사람이 말해라.

전령 예.
제 생각을 사실대로 말씀드리겠습니다.

54 너무 아름다워 주피터(제우스)가 하늘로 데려와 자기 옆에 앉히고는 술을 따르게 하고 '물병자리'라는 별자리가 되게 했다는 소년.
55 그리스신화에 나오는 탄탈로스의 아들인 펠롭스는 한쪽 어깨를 잃었으나 신들이 상아로 다시 만들어주어서 그는 아주 미끈하게 잘생긴 어깨를 갖게 되었다.
56 자기 얼굴만을 사랑하고 다른 여자들은 거들떠보지 않았다는, 그리스신화에 나오는 미소년. 호수에 비친 자기 모습을 사랑하여 그리워하다가 빠져 죽어 수선화가 되었다고 한다.

외모로 보기로는 두 분이 데려온
여섯보다 더 용맹한 사람을 보지도 읽지도
못했습니다. 아르시테의 첫째 사람은
겉만 봐도 용맹한 이요 얼굴을 봐서는
왕자인데, 그 사실을 표정이 말하며,
검붉은 안색은 엄숙하나 고상하여
담대하고 위험을 향해 경멸을 말합니다.
눈자위는 마음이 불타고 있는 것을
나타내어 성난 사자 같은 모습입니다.
등 뒤에 늘어진 흑발은 까마귀 날개처럼
윤나며, 어깨는 떡 벌어져 우람하며
긴 팔은 불거졌고, 칼은 정교한 띠에 달아
허벅지에 찼으며 얼굴을 찌푸리면
생각대로 행한다는 듯하여, 무사의 반려로
그 이상을 본 적이 없습니다.
테세우스 잘 묘사했다.
피리토우스 하지만 팔라몬의 장수에겐
훨씬 모자란 사람이오.
테세우스 그 얘기를 하오.
피리토우스 그 역시 왕자인 듯하오.
혹시는 더 높은 자인지도 모르오. 그의 외모는
명예의 치장을 모두 갖췄소. 먼젓번 사람보다
몸집이 좀 더 큰 무사며 훨씬 잘난 얼굴이오.
얼굴빛은 잘 익은 포도처럼 불그레하고
싸우는 이유를 확실히 깨닫고 있어
이 일을 제 일처럼 하겠다는 의욕이 크오.
할 일에 대한 모든 희망이 얼굴에 나타나며
성났을 때에는 침착한 용맹이 자리 잡아
극단으로 치닫지 않고 온몸에 두루 뻗어
만난에 맞서게끔 팔을 움직이고
겁이 없고 약한 기질을 보이지 않소.
굵은 금발의 고수머리가 담쟁이처럼
빽빽이 얽혀 천둥에도 풀리지 않겠소.
그 얼굴은 벨로나[57]의 추종자란 표시로서
순수한 붉은빛, 흰빛이었소. 아직 수염도
안 났으며 번득이는 두 눈에 승리가 앉아
여신은 내내 그의 용기를 기리는 듯했으며,
우뚝한 코는 자존심을 나타내고 붉은 입술은
전투 후에 여인들에게 적합하오.
에밀리아 그분들도 죽어야 해요?
피리토우스 말할 때에는
혀가 나팔처럼 울리고 온몸의 윤곽이
탄탄하고 미끈하여 더 바랄 데 없소.
잘 벼린 황금 자루 도끼를 들었는데
나이는 스물다섯쯤이오.
전령 또 한 분이 있습니다.
키는 작지만 정신이 강인하여 누구보다도
작지 않다는 인상입니다. 그런 몸매에
그보다 더 큰 기대를 가진 적 없습니다.
피리토우스 아, 그 주근깨 많은 사람인가?
전령 바로 그분입니다.
아름다운 주근깨 아닌가요?
피리토우스 음, 보기 좋다.
전령 수는 적지만 골고루 퍼져 있어 자연의 예술을
크고 섬세하게 나타냅니다. 금발인데
여자처럼 엷지 않고 사내다운 색깔로,
갈색에 가까우며 단단한 빠른 몸집은
활발한 기상을 나타내며, 팔은 근육질이라
질긴 힘줄이 서서 어깨 갑옷을 은근히
채우고 있는 품이 아이 밴 여인 같고
힘든 일에 뛰어들 듯하며 갑옷 무게에
힘 빠질 것 같지 않고, 조용할 때는 대범하고
흥분할 때는 호랑이요, 온순한 푸른 눈이
패자에게 자비하고, 싸울 때는 날카롭게
기미를 알아채며, 그것을 알아채면
빨리 이용합니다. 남에게 해를
가하지도 않으며 당하지도 않는데,
둥근 얼굴에 미소를 지으면 연인이 되고
찡그리면 무사가 됩니다. 머리 둘레에
참나무로 엮어 만든 승리자의 관을 쓰고
애인의 정표가 꽂혀 있고 나이는 36세요.
은으로 장식한 긴 창을 손에 잡았습니다.
테세우스 모두들 그와 같소?
피리토우스 모두 명예의 아들들이오.
테세우스 자, 이제 정말로 그들을 보고 싶소.
[히폴리타에게] 부인, 곧 그들의 싸움을 보겠소.
히폴리타 구경은 좋지만 동기는 싫어해요.
두 나라의 왕권이 문제라면 장하겠지요.
사랑이 그토록 잔인해서 슬퍼지네요.

57 전쟁을 관장하는 여신. 아테네 여신도 투구를 쓴 모습으로 전쟁에 관여했다.

오, 착한 동생, 네 생각은 어떠니?
피 흘리기 전엔 눈물 흘리지 마. 도리 없어.
테세우스 [에밀리아에게]
처제의 미모가 두 사람을 강철같이 굳혔소.
[피리토우스에게] 존경하는 친구, 심판을 맡기니
관계된 사람들께 적절히 처사하오.
피리토우스 예.
테세우스 가서 직접 만나겠다. 기다릴 수 없다.
그들이 오기 전에 그 명성에 흥분된다.
친구, 웅장히 하오.
피리토우스 찬란하게 할 테요.
에밀리아 가련한 계집애, 울어라. 네 죄 때문에
승자가 누구이든 고귀한 사촌을 잃는다. [모두 퇴장]

## 4. 3

[간수, 구혼자, 의사 등장]
의사 그녀의 정신이상이 다른 때보다 달 뜰 때
더할 텐데, 그렇지 않소?
간수 언제나 얌전하게 정신 나가 있어요. 잠을 적게
자고 전혀 입맛이 없지만 물을 자주 마시며,
또 다른 더 좋은 세상을 꿈꾸며, 무슨 말이든
이것저것 뜬금없이 함부로 말하면서 팔라몬이란
이름을 자꾸만 들먹이며 무슨 일에나 관련시키고
매사에 갖다 붙여요.
[간수의 딸 등장]
봐요, 저기 와요. 아이의 행동을 보세요.
[그들이 따로 떨어져 선다.]
간수의 딸 그걸 아주 잊어버렸어. 그거 후렴이 "다우너 다우너"
였는데 딴 사람도 아니고 에밀리아의 선생 게랄도가
지은 거야. 게다가 제 발로 걷는 사람 중에선 더할
나위 없이 생각이 엉뚱해. 다음 세상에서 디도 여왕이
팔라몬을 만날 테니 그렇게 되는 날엔 디도 여왕이
아이네이아스를 사랑하지 않을 거야.[58]
의사 저게 무슨 헛소린가! 가련한 것 같으니!
간수 하루 종일 저러고 있어요.
간수의 딸 그럼 내가 말해준 부적 얘길 하겠다. 당신 혓바닥에
은화 한 닢을 물고 가야지, 안 그러면 나룻배 못 타.[59]
축복받은 영혼들이 모인 데 가면 참말 볼 만한 구경이야!
우리처럼 사랑 때문에 산산조각이 나서 죽은 처녀들은
거기 가서 종일 아무것도 안 하고 단지 페르세포네[60]와
꽃을 딸 뿐이야. 그럼 나는 팔라몬한테 꽃다발을 만들어
줘야지. 그때 그이가 나를 눈여겨보면, 그때에는—
의사 너무도 귀엽게 돌았구나! 좀 더 지켜봅시다.
간수의 딸 진짜 너한테 얘기할게. 축복받은 우리는 이따금
짝짓기 놀이 하러 가거든. 아아, 다른 데서는 인생이
고생스럽지. 지지고 볶고 끓고, 욕하고 으르대고 지껄이고
쌍소리 하고, 아, 정말로 괴로운 형벌이야. 조심해!
미치거나 목을 매서 죽거나 물에 빠져 자살하면 거기
가게 돼. 제우스님, 축복 내려 주소서! 거기 가면
우리는 끓는 납과 고리대금업자 기름 가마에
소매치기 백만 명과 함께 던져져서 돼지 삼겹살처럼
끓고 끓어도 모자라.
의사 망상으로 마구 지어내누나!
간수의 딸 처녀한테 애 배게 한 대감과 고관도 여기 와 있어.
배꼽까지 불 속에 잠기고 가슴까지 얼음에 잠길 건데
못된 짓을 한 부분은 불에 타고 거짓말한 부분은
얼어버려. 정말로 그따위 사소한 짓에 대한
벌 치고는 진짜 참혹한 형벌이라고 할 수도 있어.
문둥이 마녀하고 결혼해야 그런 벌을 면할 수 있대.
이거 진짜야.
의사 저런 망상을 자꾸 하누나! 이것은 뿌리
박힌 광증이 아니고 매우 짙고 깊은 우울증의
증세지요.
간수의 딸 거기 사치스런 귀부인과 사치스런 도시 아낙이
함께 울부짖는 소리야! 그걸 보고 재미있는 놀이라고
한다면 나야말로 짐승이지. 한 년이 '아이고 이 연기!'
하고 외치면 딴 년이 '이 불!' 하고 소리치고 한 년이
'오, 커튼 뒤에서 그 짓 했다니!' 하고 울부짖고
딴 년은 끈질긴 애인과 정원의 별당을 저주한다고.
[노래한다.]
나는 진실하련다. 내 별들아, 내 운명아. (운운)
[간수의 딸 퇴장]

58 그리스 전설에 따르면, 디도 여왕이 방랑 중에 자기 나라에 기착한 트로이의 영웅 아이네이아스와 열애하였으나 그가 떠나자 자살한다.
59 사람이 죽으면 그 영혼이 망각의 강이라는 레테 강에서 카론이 모는 나룻배를 타고 망자들의 낙원으로 건너간다는 전설을 말하고 있다.
60 봄에 꽃을 피어나게 한다는 지하계의 여왕.

간수 어떻게 생각하세요?
의사 정신이 심히 동요하고 있다고 생각되오. 내가
손쓸 수 없는 일이오.
간수 아, 그럼 어떡해요?
의사 당신 딸이 팔라몬을 보기 전에 딴 남자를 좋아한
적이 있소?
간수 한때는 저 애가 이 친구에게 마음을 두기를 무척
기대했는데요.
구혼자 저도 그렇게 생각했어요. 아주 좋은 거래라고 여겨서
내 재산의 절반을 주면 그것으로 그녀와 내가 진짜
대등한 지위가 될 거라 믿었어요.
의사 그녀 눈이 마구 받아들이는 바람에 체한 것이 다른 여러
감각에 번져서 병이 들었소. 다시금 제 위치로 돌아와
본디의 기능을 되찾게 되오. 그러나 지금은 모든 감각이
몹시 엉뚱한 환상 속에 빠져 있소. 이렇게 해야 하오.
그녀를 밀폐된 방에 가두어두되 빛이 환하게 들어오기보다
남모르게 스며드는 듯한 곳이라야 하오. 그녀의 친구인
젊은이 당신은 팔라몬이란 이름으로 그녀와 같이 먹고
사랑을 속삭이러 온다고 하오. 그러면 그녀의 관심을
끌게 되오. 그녀의 정신이 거기 팔려 있소. 그녀의
정신과 눈 사이에 끼어드는 것들은 그녀의 광증이 빚는
변덕스러운 장난들이오. 팔라몬이 옥에서 불렀다는 유치한
사랑의 노래들을 그녀에게 불러주오. 제철에 주인처럼
피는 꽃들을 온몸에 꽂고 거기다 기분 좋은 냄새들을
섞어서 만든 향수를 뿌리시오. 모든 것이 팔라몬에
어울려야 하오. 팔라몬이 노래도 할 줄 알고 팔라몬이
사랑스럽고 좋은 것은 무엇이나 다 되기 때문이오.
그녀와 함께 먹자고 하고 그녀에게 고기를 썰어주고
그녀에게 건배하고 그러면서 이따금 당신에게 호의를
가지고 받아달라고 애원하시오. 그녀의 친구들과 놀이
동무들이 누구였는지 알아가지고 팔라몬을 계속해서
입에 올리며 그녀를 찾아오게 해주고 팔라몬을
대신해서 가져오듯 사랑의 선물을 가지고 오게 하오.
그녀가 환상에 빠져 있으므로 환상으로 대처해야 하는
것이오. 이렇게 하노라면 그녀를 먹고 자게 하여서
지금은 아귀가 맞지 않는 것을 다시 전처럼 올바른
정신으로 데려갈 거요. 이 방법이 성공한 사례를
내가 보았소. 몇 번인지 수를 셀 수 없으나 이번에
오는 경우가 그 수를 더하기를 크게 바라고 있소.
이러한 처방의 여러 단계에 걸쳐 약으로 개입하겠소.
그러면 우리는 이를 실천에 옮겨 빨리 결과를 보기로
합시다. 틀림없이 안정을 가져올 거요. [모두 퇴장]

## 5. 1

[주악. 테세우스, 피리토우스, 히폴리타, 시종들 등장]
테세우스 이제 그들을 입장시켜 신들 앞에서
거룩한 기도를 올리게 하라. 신전마다
성화로 밝게 하여 신성한 구름 속 제단에서
위에 계신 분들께 풍성히 분향하라.
의식에 소홀이 없게 하라. 고귀한 일을
맞았으니 그렇게 하여 사랑하는 신들께
영광을 돌릴 것이다.
[코넷들의 주악. 팔라몬과 그의 세 무사가 한쪽
문으로, 아르시테와 그의 세 무사가 반대쪽
문으로 등장]
피리토우스 그들이 입장하오.
테세우스 당신들, 용감하며 담대한 두 적수,
왕자이자 친척인 원수, 당신들 사이에
불붙는 가까운 인척 관계를 말살코자 왔으니
한 시간만 분노를 제쳐놓고 비둘기처럼
당신들을 도우시며 모두가 두려워하는
거룩한 신의 제단에 굳은 몸을 굽히시오.
인간을 넘는 분노라, 도움도 그러길 바라오.
신들이 보시므로 정당하게 싸우시오.
당신들을 기도에 맡기고 두 사람에게
내 소원을 갈라주오.
피리토우스 뛰어난 자에게 명예를!
[테세우스와 수행원들 퇴장]
팔라몬 시계의 모래가 흘러서 둘 중 하나가
죽기까지 멎지 않는다. 이것만 알아둬라.
이번 일에 내 안에 있는 나 자신에게
원수가 되려고 하는 것이 있으면
내 몸의 일부라도, 눈은 눈으로
팔은 팔로 그 지체를 박멸하겠다.
그러니 사촌, 내가 너를 어찌 대할지
이로써 짐작해라.
아르시테 네 이름과 옛사랑과
우리 친척 관계를 기억에서 몰아내고
그 자리에 죽일 자를 가져다 메우려니
어려워진다. 그러면 우리 피차 돛을 올려

모든 것을 결정하는 신의 뜻이 있는 데로
배를 몰아 나가자.
팔라몬 좋은 말이다.
사촌, 돌아서기 전에 너를 포옹하겠다.
[둘이 포옹한다.]
다시는 이렇게 못 하겠지.
아르시테 한 번 작별하자.
팔라몬 암, 그래야지. 잘 가라, 사촌.
아르시테 잘 가라, 사촌.
[팔라몬과 그의 무사들 퇴장]
무사들, 친척들, 연인들—옳다, 나의 제물들,
군신의 진정한 숭배자들아, 신의 정신이
그대들에게서 공포의 씨를 몰아내고
언제나 그 아비인 불안을 쫓아내니
우리가 섬기는 무사도의 신 앞에 나가
사자의 심장과 호랑이의 숨결과
맹렬한 기백과 민첩함을 구하자.
계속 전진하잔 말이다. 아니면
달팽이나 되자. 내 승리는 핏속에서
끌어내야 하는 것을 그대들은 알고 있다.
위대한 무술과 힘으로 내가 쓸 월계관에
꽃의 여왕이 꽂혀 있다. 그래서 우리는
싸움터를 사나이의 피로 가득한
웅덩이로 만드는 군신에게 기도해야 한다.
도움은 내게 주고 정신은 군신께 향해라.
[그들이 제단 앞에 나가 얼굴을 대고
엎드려서 무릎 꿇는다.]
강력한 신이여, 힘으로써 푸른 해신[61]을
자색으로 물들이며, 당신의 도래를
혜성들이 예고하며, 당신의 참혹상을
들에서 파낸 해골들이 선포하며, 숨결로써
풍성한 수확을 휩쓸어가며, 억센 손아귀로
푸른 구름 속 석탑들을 뭉개버리며
도시의 성벽을 쌓고 부수는 신이여,
당신의 제자인 나, 북소리의 젊은 추종자,
오늘 무술을 가르쳐 당신의 칭찬 속에
깃발을 앞세워 오늘의 승자라는 칭호를
얻게 하소서. 위대하신 군신이여, 저에게
만족의 표시를 내리소서.
[이때 그들은 전처럼 얼굴까지 엎드리고,
갑옷이 쩔렁이는 소리와 전투의
개시인 듯 짧은 우렛소리가 들리자, 모두
일어나 제단에 허리를 굽힌다.]
오, 죄 많은 세대를 교정하는 위대한 이여,
부패한 나라들을 뒤엎는 이여,
먼지 낀 옛 지위를 심판하는 위대한 이여,
병든 땅의 피를 뽑아 치유하며 인간의 과욕을
고치는 이여! 당신의 고무적인 표시를
받아들이며 당신의 이름으로 목표를 향해
담대히 나갑니다. [무사들에게] 자, 가자. [모두 퇴장]
[팔라몬과 그의 무사들 등장. 방금 같은
의식을 행한다.]
팔라몬 우리의 별들이 새 빛으로 빛나거나
오늘 꺼진다. 우리의 쟁점은 사랑이다.
사랑의 여신이 허락하면 승리도 주니
그대들의 정신을 내 정신과 합해라.
그대들은 고귀함을 아낌없이 발휘하여
내 일을 자신들의 모험으로 삼았다.
비너스 여신님께 우리 일을 아뢰고
우리에게 힘 주시길 기도드리자.
[이때 방금처럼 제단에 나가 얼굴을
댔다가 무릎 꿇는다.]
여신이여, 비밀의 여왕이여, 당신은 가장 사나운
폭군을 포악에서 불러내어 어린 계집에게
눈물 흘리게 하시며, 단 한 번 눈짓으로
군신의 북소리를 막아낼 힘이 있고
전투의 고함을 속삭임으로 바꾸고
아폴로[62]보다 먼저 불구자를 치유하여
지팡이를 휘두르게 하시고, 임금을
여염집 여자의 종으로 만드시고
기운 빠진 노인을 춤추게 하시고

61 포세이돈(넵투누스)이다. 여기서는 '바다'라는 뜻이니 전쟁 중에 죽은 병사들의 피로 푸른 바닷물이 붉은색으로 변한 것을 말한다.

62 태양의 신 아폴로는 치유의 신이기도 했다. 사랑은 아폴로보다 앞서서 장애인으로 하여금 장애를 딛고 일어서게 한다는 말이다. 그 역시 비너스의 아들 큐피드의 화살을 맞아 사랑에 빠지기도 했다. 제우스는 아폴로의 아들이 주제넘게 굴자 번갯불로 불태워 죽였으나 제우스 자신은 사랑의 열 때문에 속을 태웠다. 사냥만을 즐긴다는 달의 여신 다이애나도 지상의 미소년을 사랑한 적이 있다. 이처럼 사랑은 막강하다.

모닥불을 뛰어넘는 장난스런 아이처럼
청춘의 불장난을 비켜간 노총각을
칠십 먹은 쉰 소리로 젊은 사랑 노래를
그르치게 하십니다. 그 힘을 어느 신이
거역하겠습니까? 아폴로의 해보다
더 뜨겁게 만드시고 제우스의 불길이
그 아들을 태웠으나 당신의 아들은
제우스를 태웠지요. 이슬처럼 차가운
사냥의 여신도 활을 놓고 한숨을
쉬었습니다.[63] 당신의 투사로 나선 저를
받아주소서. 당신의 멍에를 꽃다발처럼 메었으나
납보다 무겁고 가시보다 따갑습니다.
당신의 법에 대해 못된 말 한 적 없고
비밀이 없어 비밀을 발설한 적 없으며
온갖 비밀을 안다 해도 말하지 않겠습니다.
남의 아내를 유혹한 적 없으며
방종한 글쟁이의 외설도 읽지 않았고
미인 흉을 보려고 큰 잔치에 간 적 없고
낄낄대는 자들에게 오히려 낯붉혔으며,
여자 낚은 얘기를 떠드는 자들을 엄히 대하며
어머니가 있느냐고 강하게 따졌습니다.
제게도 어머니가 계시고 어머니는 여인인데
그들은 어머니를 욕되게 했으며
팔십 된 노인의 열네 살 난 신부 얘기를
들려주었습니다. 당신의 능력은
흙덩이에 생명을 넣었으니, 관절염은
곧은 다리를 비틀어놓고 손가락은
동풍으로 굵은 마디를 짓고 멀뚱한 눈알은
아프게 흔들려서 안공에서 빠질 듯하고
삶의 기운은 고문과 같아지게 됐으며
이 해골이 어린 아내에게서 아들을 보았는데
그녀의 맹세대로 그의 소생인 걸 저도 믿으니,
그녀 말을 누가 믿지 않습니까? 요컨대 저는
했다고 떠드는 자들과 한 패가 아니며
하지 않고 떠드는 자들을 반박하며
원하지만 못하는 자들을 칭찬합니다.
맞습니다. 비밀을 더럽게 지껄이며
숨길 일들은 함부로 발설하는 자들을
싫어합니다. 저는 그런 사람입니다.
저만이 진실하게 호소한 연인입니다.
오, 그러므로 한없이 정다운 여신님,
이 싸움에서 저에게 승리를 주소서.
그것은 진실한 사랑의 보상입니다.
호의의 표시로 축복을 내리소서.
[이때 음악이 들린다. 비둘기들이 날개 치는
모습이 보인다. 무사들은 다시 바닥에 얼굴을
댔다가 일어나 무릎 꿇는다.]
오, 열한 살에서 아흔 살까지 인간의 심장을
지배하는 여신이여, 세상은 당신의 사냥터요
우리는 짐승 떼입니다. 아름다운 이 표적에
감사를 드립니다. 그것이 순결하고 진실한
가슴에 박혀 이 몸을 확신으로 무장시켜
이 일에 나서겠습니다. [무사들에게] 함께 일어나
여신님께 경배하자.
[그들이 일어나 허리를 굽힌다.]
때가 가까워 온다. [모두 퇴장]

[고요한 피리 음악. 흰옷 입은 에밀리아가
어깨에다 머리카락을 풀어놓고 밀짚 화관을
쓰고 등장. 흰옷 입은 시녀 하나가 에밀리아의
긴 치맛자락을 쳐든다. 그녀의 머리에는 꽃들이
꽂혀 있다. 그녀 앞에 한 시녀가 사슴 모양의 은 향로를
들었는데 거기서 향연과 향기가 퍼진다. 그것을
제단에 놓고 시녀들은 떨어져 서고 에밀리아가 제단에
불을 붙인다. 그러고는 모두 허리 굽히고 무릎 꿇는다.]

에밀리아 오, 거룩하고 어둑하고 차가운 정절의 여신이여,[64]
잔치를 멀리하고 말없이 사색하고
차분하고, 고독하고, 바람에 나부끼는
눈처럼 정결하고 깨끗하게 하얘요.
당신의 처녀 기사들에게 홍조를 지을
피밖에는 허락지 않아요. 홍조는 여기사의
제복이에요. 여기 당신의 여사제가
제단 앞에 엎드려요. 오, 당신의 푸른 눈은
때 묻은 적 없으니까 당신의 처녀를
굽어보소서. 거룩한 은빛의 여신,
더러운 말 들은 적 없는 당신의 귀를
기울이소서. 음란을 듣지 못한 당신의 귀로
성결한 두려움이 깃든 이 기원을 들어주소서.
처녀로서의 마지막 기도입니다.

63 앞의 주 참조.
64 처녀 신인 달의 여신 다이애나에게 드리는 기도이다.

신부 차림이지만 처녀 마음입니다.
남편은 정했으나 아직은 모릅니다.
두 사람 중에서 하나를 선택하여
그이의 승리를 기원해야 하지만
제게는 선택의 죄가 없어요. 두 눈 중에
하나를 잃어야 한다면 둘 다 함께 소중하여
어느 것 하나도 버릴 수가 없어요.
잃은 눈은 심판도 못 받고 꺼져야 해요.
그래서 제일 정숙한 여신님,
두 분 중에서 저를 가장 사랑하며
가장 자격 있는 이가 화관을 벗겨주거나[65]
또는 제가 여신님의 무리에 남게 되도록
처녀의 신분을 유지시켜 주세요.
[이때 제단 밑으로 사슴이 사라지고 그 자리에
장미꽃 한 송이가 핀 나무가 올라온다.]
오, 거룩한 제단의 어둠 속에서
밀물과 썰물[66]이 신성한 법에 따라
행해지누나. 그러나 장미꽃 한 송이!
거룩한 뜻을 상징하면 이번 결투에
두 용사가 죽고 나는 처녀 꽃으로
따갈 자가 없어서 외롭게 늙을 테지.
[이때 갑자기 악기들이 꽝 하는 소리를
내면서 장미꽃이 나무에서 떨어진다.]
꽃은 떨어지고 나무는 사라진다. 오, 여신님,
이제 저를 놓아주니 누가 저를 거둘 거예요.
제 생각이 그러하나 당신 뜻을 몰라요.
비밀을 열어줘요. [방백] 기뻐하는 것 같다.
징조들이 정답다. [모두들 인사하고 퇴장]

## 5. 2

[의사, 간수, 팔라몬처럼 차린 구혼자 등장]
의사 내가 당신에게 일러줬던 처방이 그녀에게 조금이라도
효력이 있었소?
구혼자 오, 효력이 아주 커요. 그녀에게 동무해준 처녀들이
저에게 팔라몬이라고 해서 반쯤 믿게 됐어요. 바로 반 시간
전에 그녀가 웃으면서 다가와 무얼 먹겠냐고 하면서
키스는 언제 해주냐고 하데요. 지금 당장이라고 대답하고
두 번이나 키스했어요.
의사 잘하셨소. 스무 번이면 더욱 좋았겠지만.
그게 바로 약이오.
구혼자 그러곤 저하고
밤을 같이 새겠대요. 몇 시에 내 욕구가
발동할지 안다면서.
의사 그러라고 하오.
그래서 욕구가 발동하면 그 당장에
시원하게 해주오.
구혼자 저에게 노래를 부르래요.
의사 그렇게 했소?
구혼자 아니요.
의사 거 진짜 잘못했소.
뭐든지 그녀의 기분에 맞춰야 하오.
구혼자 그렇게 해줄 만큼 목소리가 좋지 않아요.
의사 아무래도 괜찮소. 소리만 낼 줄 알면—
그녀가 다시 요청하면 뭐든지 하오.
자자고 하면 같이 누워요.
간수 에이, 의사 양반!
의사 그래야 하오. 치료를 위해서는—
간수 뭣보다도
정조의 법도에 어긋나요.
의사 그건 괜한 걱정이오.
절대로 정조 때문에 딸을 버리지 마오.
우선 이렇게 치료하고 정조가 중하다면
본인이 알아서 할 일이오.
간수 고맙네요, 의사 선생님.
의사 딸을 데려오오.
어떤지 봅시다.
간수 그럴게요. 그리고
팔라몬이 기다린다고 할게요. 하지만
아무래도 당신이 잘못하는 것 같아요. [간수 퇴장]
의사 빨리 가오. 아비들은 멍청이요! 흥, 정조?
그걸 찾을 때까지 약을 써야 한다면—
구혼자 그럼 그녀가 처녀가 아니란 말이오?
의사 몇 살인데?
구혼자 열여덟이오.
의사 처녀일 수 있겠죠.
그러나 마찬가지요. 우리 일엔 상관없소.

65 첫날밤에 신부가 쓴 화관을 신랑이 벗겨준다.
66 달의 여신 다이애나는 밀물과 썰물을 주재하는 힘이 있었다.

아버지가 뭐라 해도 내가 말한 그쪽으로
그녀 마음이 기우는 걸 알아차리면
즉 '육체의 길'이라면—알아듣겠소?
구혼자 예, 잘 알겠어요.
의사 욕망을 채워주되
정통으로 해주오. 그래야 병이 낫소.
그녀의 우울증이 없어진단 말이오.
구혼자 저도 같은 생각이에요, 의사 선생님.
[간수와 간수의 딸 등장]
의사 알게 될 거요. 저기 오는데. 기분을 맞춰주오.
[의사와 구혼자가 옆으로 물러선다.]
간수 이리 온. 네 애인 팔라몬이 기다린다.
너를 만나 보려고 오랫동안 기다렸다.
간수의 딸 점잖게 참아줘서 고맙네요.
친절한 신사시죠. 참말 감사해요.
제게 주신 말 못 봤어요?
간수 봤다.
간수의 딸 마음에 드세요?
간수 썩 좋은 말이더라.
간수의 딸 춤추는 거 못 봤어요?
간수 아니.
간수의 딸 전 자주 봤어요.
아주 멋지고 보기 좋아요.
빠른 춤 출 때는 무슨 말이 덤벼도
팽이처럼 돈다고요.
간수 정말 멋있구나.
간수의 딸 한 시간에 칠팔십 리 모리스 춤을 추어요.
제가 생각하기엔 이 고을 전체에서
제일가는 춤꾼[67]도 비켜나랄 정도예요.
"사랑의 빛" 곡조에 껑충껑충 뛰어요.
아빠, 이 말 어때요?
간수 그런 재간이라면
테니스를 치게 해도 되겠다.
간수의 딸 그건 문제도 안 돼요.
간수 읽고 쓸 줄도 알데?
간수의 딸 글씨도 예쁘고 하루에 먹은 꼴과
여물 값도 계산해요. 객줏집 사내가
이런 말을 속이려면 일찍 일어나야죠.
아빠, 공작님 밤색 암말 아시죠?
간수 잘 알지.
간수의 딸 그 말이 우리 말을 무지 사랑하지만,
우리 말은 주인처럼 얌전을 빼요.
간수 암말의 지참품이 뭔데?
간수의 딸 귀리 2백 다발과
20섬이라지만 수말이 싫어해요.
방앗간 집 암말을 꼬실 만큼 수말이
혀 짧은 소리로 울어대요. 암말을 죽이겠어요.
의사 별소리 다 하는군!
[구혼자가 그녀 곁으로 간다.]
간수 애, 절해라. 네 애인이 저기 온다.
구혼자 어여쁜 이여,
안녕하세요? [그녀가 절한다.] 잘난 처녀요. 인사했소!
간수의 딸 정절을 벗어나지 않으면 뭐든 시켜요.
여러분, 세상 끝이 얼마나 멀어요?
의사 그거 하룻길이다.
간수의 딸 [구혼자에게] 저랑 같이 가실래요?
구혼자 가서 뭐하게요, 아가씨?
간수의 딸 스툴볼[68]요.
딴 게 있나요?
구혼자 좋아요.
거기서 결혼식을 올리면—
간수의 딸 그래요.
확실히 거기서 적당한 눈먼 사제를
만날 테니 우리를 결혼시켜 주겠다고
나설 거예요. 여기 사제들은 까다롭고
맹꽁이예요. 게다가 내일 우리 아빠가
교수형을 당할 테니 큰 흠이에요.
당신 팔라몬 맞지요?
구혼자 나를 몰라요?
간수의 딸 알지만 저를 사랑하지 않으시죠.
이 낡은 치마와 속치마 두 벌 뿐인걸요.
구혼자 상관없소. 당신과 결혼하겠소.
간수의 딸 정말요?
구혼자 그래요. 이 예쁜 손을 걸고 맹세해요.
간수의 딸 그럼 침대로 가요.

67 모리스 춤을 추는 한 사람으로서 말 형상을 타고 경정경정 뛰는 춤을 춘다.
68 '스툴볼'(stool-ball)은 실내에서 하는 크리켓 비슷한 공놀이로서 게이트볼과 유사하다. 공을 밀어서 구멍 또는 골대에 넣는 놀이인데 성행위를 암시한다고 한다.

구혼자 원하면 언제라도.
[그녀에게 키스한다.]
간수의 딸 [입을 닦으며] 오, 깨물고 싶은가봐.
구혼자 왜 내 키스를 지워요?
간수의 딸 달콤한 키스여서
결혼식 준비로 멋진 향이 되겠네요.
[의사를 가리키며] 이분은 아르시테 사촌 아네요?
의사 맞아요, 아가씨. 사촌이 이처럼 예쁜 분을
골랐다니 기뻐요.
간수의 딸 저와 결혼할 것 같아요?
의사 물론이오.
간수의 딸 [간수에게] 그렇게 생각해요?
간수 암.
간수의 딸 아들딸 많이 낳겠어요. [의사에게] 어머, 빨리 자랐네!
우리 팔라몬도 자유의 몸이라 잘 자라면
좋겠네요. 아, 불쌍한 병아리,
먹고 자는 게 나빠서 못 자랐구나!
하지만 키스로 자라나게 해야지.
[옥졸 등장]
옥졸 예서 뭣들 하시오? 세상에서 가장 귀한
볼거릴 놓칠 판인데.
간수 시합장에 나왔나?
옥졸 그렇소. 당신도 거기 볼일 있소.
간수 곧 가요. [사람들에게]
여기서 헤집시다.
의사 우리도 같이 가오.
결투 구경을 안 놓치겠소.
간수 애가 어떤 것 같아요?
의사 사나흘 안에 말짱하게 해놓을 걸 장담하오.
[구혼자에게] 그녀와 떨어지면 안 되오. 늘 이렇게
그녀를 대해요.
구혼자 그러겠어요.
의사 안으로 데려갑시다.
구혼자 [간수의 딸에게] 자, 저녁 먹으러 가요.
그담엔 카드놀이 하고요.
간수의 딸 키스도 해요?
구혼자 백 번이라도.
간수의 딸 그리고 스무 번?
구혼자 물론 스무 번.
간수의 딸 그담엔 같이 자요.
의사 [구혼자에게] 하자는 대로 해요.
구혼자 [간수의 딸에게]
암, 그럽시다.
간수의 딸 하지만 아프게 하면 안 돼.
구혼자 안 그럴게요, 아가씨.
간수의 딸 그럼 난 울 거야. [모두 퇴장]

## 5. 3

[주악. 테세우스, 히폴리타, 에밀리아,
피리토우스, 수행원들 등장]
에밀리아 더 가지 않겠어요.
피리토우스 이 구경을 놓치겠소?
에밀리아 이 결투를 보기보다 차라리 파리 잡는
뱁새를 보겠어요. 용맹한 생명을
타격마다 위협하고 떨어지는 칼날마다
맞힌 데를 탄식하고 쇳소리가 아니라
조종처럼 울려요. 여기 혼자 있겠어요.
생기고야 말 일을 듣기만 해도
심한 벌이어요. 귀 막고 안 듣지도 못해요.
피할 수 있는 끔찍한 그 모습에
눈을 더럽히지 않겠어요.
피리토우스 [테세우스에게] 공작님,
처제께서 안 가신답니다.
테세우스 가야 하는데.
자존심의 진수를 볼 수가 있소.
간혹 잘된 그림이 있으나 이제 자연이
이야기를 창작하고 연출할 것이라
눈과 귀로 확인할 수 있소. [에밀리아에게]
거기 있어야 하오.
처제가 승자의 보람이요 상이며
우승자에 씌워줄 월계관이오.
에밀리아 용서하세요. 가도 눈 감고 있겠어요.
테세우스 가야 하오. 이 결투는 어둠 속에서 벌어지고
처제만이 빛나는 별이오.
에밀리아 꺼진 별이죠.
서로를 비추는 빛에 시기만 있어요.
어둠은 늘 끔찍한 짓들의 어머니며
무수한 죽은 자의 저주의 대상이라
이번에도 두 사람을 흑막으로 덮어씌워
서로가 서로를 볼 수 없게 만들어

조금은 잘했다고 칭찬을 받아
자기가 저지른 수많은 죽음을
보상하게 될 거예요.

허폴리타 얘, 너 가야 해.

에밀리아 정말 안 갈래.

테세우스 처제의 눈빛에서 무사들이
용기의 불을 켜야 하오. 처제가 바로
결투의 목표인 보물이라 곁에 있어서
노고에 대한 값을 줘야 하오.

에밀리아 용서하세요.
한 나라의 왕권은 그 나라 밖에서도
결정될 수 있어요.

테세우스 그러면 좋을 대로 하오.
처제와 함께 남을 사람은 아무 원수에게나
마음대로 원을 푸시오.

허폴리타 그럼 잘 있어.
네 남편을 너보다 조금 먼저
알게 되겠다. 신들이 둘 중에서
더 좋은 사람을 아실 거다. 그 사람이
네 남편 되기를 기도한다. [에밀리아 외에 모두 퇴장]
[에밀리아가 두 초상화를 꺼내서
양손에 하나씩 든다.]

에밀리아 아르시테, 부드러운 낯빛이나 그의 눈은
굽은 활이 아니면 부드러운 칼집 속의
날선 칼날 같아서, 자비와 용맹이
얼굴 속에 같이 살아. 팔라몬은 무서운
낯빛이야. 이마는 주름이 깊게 잡혀
찌푸림의 대상을 파묻는 듯하지만
안 그런 때도 있고 생각 따라 변하지.
눈은 오랫동안 목표물을 응시해.
그에겐 고상한 우수가 어울리고
아르시테에게는 쾌활함이 어울려.
팔라몬의 과묵은 쾌활함의 일종이야.
쾌활함이 과묵을, 과묵이 쾌활함을
가져오듯이 두 가지가 섞여 있어,
남한테는 불쾌한 어두운 성질들이
그에게는 어울려서 같이 살고 있구나.
[코넷 소리. 트럼펫이 돌격 명령인 듯 울린다.]
들려온다! 용기를 재촉하는 소리가
왕자들을 시험대로 몰아가누나!
아르시테가 이길지 모르지만 팔라몬한테
상처를 입고 온몸이 망가질 수도 있어.
아, 그럴지 몰라. 안타깝구나!
내가 곁에 있으면 상처가 생길지 몰라.
내가 앉은 곳으로 시선을 보내는 순간
반드시 필요한 방어를 빠뜨리거나
공격을 놓칠지 몰라. 그러니까
안 가는 게 훨씬 좋아. 아, 불행의
원인이 되기보다 태어나지 않았으면!
[코넷 소리. 안에서 "팔라몬!" 하고 외치는
함성이 들린다.
하인 등장]
어떻게 됐지?

하인 "팔라몬!"이란 고함 소리요.

에밀리아 그럼 그가 이겼구나. 그럴 것 같더라니.
언제나 의젓하고 승리의 기운이 보였어.
확실히 남자 중 으뜸이야. 얘, 빨리 가서
상황을 알아 와.
["팔라몬!"이란 함성과 코넷 소리]

하인 아직도 "팔라몬!"예요.

에밀리아 뛰어가서 알아봐. [하인 퇴장]
[오른손에 든 초상화에게]
불쌍한 사람아, 패했구나.
언제나 오른쪽에 당신의 그림을 지니고
팔라몬은 왼쪽이었어. 왠지는 나도 몰라.
다른 이유가 없었어. 우연이었어.
왼쪽에 심장이 있어서 팔라몬의 징조가
좋았던 거야.
[안에서 또다시 고함과 함성과 코넷 소리]
터지는 이 함성은
분명히 결투의 종말이겠지.
[하인 등장]

하인 팔라몬이 기둥에서 한 치 이내로
아르시테의 몸을 밀어 갔대요. 그래서
모두들 "팔라몬!"을 외쳤는데 금방
부하들이 대담하게 구원 작전을 펴서
이 순간 용맹한 두 적수는 일대일로
대전 중입니다.

에밀리아 두 사람이 변해서
한 몸 됐으면! 오, 그래선 안 돼.
그렇게 잘난 남자의 짝이 될 여자가 없어.
그들 각자의 힘과 고귀함이 뭉치면

세상 어떤 여자도 한없이 기울고
자격이 모자라.
[코넷 소리. 안에서 "아르시테, 아르시테!" 하는 고함]
또 환호성인가?
아직도 "팔라몬"인가?
하인 아니요. 지금은 "아르시테!"요.
에밀리아 얘, 고함 소리에 귀를 기울여.
무슨 소린지 두 귀 모두 기울여.
[코넷 소리. "아르시테! 이겼다!" 하는 큰
함성과 고함]
하인 고함은
"아르시테"와 "이겼다"요. 들어보세요,
"아르시테! 이겼다!"요. 나팔 소리로
결투 결과를 선포해요.
에밀리아 반만 봐도
아르시테는 애송이가 아니었어. 참말로
정신의 풍부와 가치가 온몸에 나타났지.
마른 짚에 불씨를 감출 수 없고
부는 바람에 놀치는 거센 물살에
초라한 강둑이 버틸 수 없어.
팔라몬의 불행을 예감했지만,
왜 그런지 나도 몰라. 가끔 상상이 맞고
이성은 예언하지 못해. 헤어져 온다.
아, 불쌍한 팔라몬!
[코넷 소리. 테세우스, 히폴리타, 피리토우스,
승자인 아르시테, 시종들 등장]
테세우스 오, 처제가 기다리고 서 있다.
아직 초조히 떨고 있다! 어여쁜 에밀리아,
신들이 신성한 판단으로 처제에게
이 무사를 주셨소. 적의 머리를 내려친
무사 중 가장 뛰어난 이요. [에밀리아와 아르시테에게]
둘의 손을 내게 주오.
[아르시테에게]
그녀를 받으오. [에밀리아에게] 그를 받으오.
늙을수록 자라나는 사랑으로 굳게 맺으오.
아르시테 에밀리아, 당신을 얻기 위해 소중한 걸 잃었소.
얻은 건 빼고 말하오. 하지만 싼값이었소.
당신의 값어치를 헤아리면—
테세우스 귀한 처제,
아르시테가 방금 말한 무사는 늠름한 말에
박차를 가한 뉘에게도 지지 않을 용사였소.
신들은 그 후손이 너무 신을 닮는가 하여
그를 총각으로 죽게 하고 싶은 것이 확실했소.
나는 그의 행동에 매료되어, 그에 비해
헤라클레스도 납덩이로 생각됐소.
전반적인 칭찬에 더해 그의 각 부분을
칭찬하여도 아르시테가 뒤지지 않았소.
그처럼 훌륭했던 그 사람이 더 훌륭한 상대를
만났던 거요. 두견새 두 마리가 경쟁하여
목소릴 다해 밤의 귀를 울렸는데
하나가 높이면 상대가 더 높이고
첫째가 다시 더 높여 차츰차츰 이겨서
귀로는 둘 사이를 판단할 수 없었소.
두 사촌도 한참 동안 그러더니 하늘이 겨우
승자를 결정했소. [아르시테에게] 쟁취한 월계관을
기쁘게 쓰오. 패한 자들에게는
당장에 법을 시행하라. 목숨을 유지하면
괴로울 뿐이다. 여기서 당장 시행하라.
우리가 볼 장면이 아니다. 기쁨에 넘치되
조금은 슬퍼하며 여기를 떠나자. [아르시테에게]
쟁취한 상에게 당신 팔을 주오. 안 놓칠 거요.
[아르시테가 에밀리아의 팔을 낀다. 주악]
히폴리타, 한쪽 눈에 눈물이 고였소.
금방 떨어지겠소.
에밀리아 이런 게 승린가?
아, 하늘의 신들, 자비가 어디 있어요?
당신들의 뜻으로 그럴 수밖에 없었지만
어떤 여인보다도 더 귀중한 목숨과 헤어진,
친구 잃은 불쌍한 이 왕자를 위로할
책임을 제게 주지 않았다면 저 역시
죽어야 하고 죽고 싶어요.
히폴리타 한없이 불쌍해요.
그래서 네 눈이 한 사람에 쏠리다가
그 때문에 두 눈이 멀어야 해요.[69]
테세우스 그렇게 됐군. [모두 퇴장]

69 두 왕자의 네 개의 눈이 에밀리아에게 쏠렸고 그 죄로 팔라몬의 두 눈은 땅에 묻혀야 한다는 말.

## 5. 4

[팔이 묶인 팔라몬과 그의 무사들이 호송되어 등장.
간수와 사형집행인 등장]

팔라몬 세상에는 사람들의 사랑이 간 뒤에도
살아남는 자가 많다. 수많은 아버지와
자녀의 관계 또한 그렇다. 그걸 생각하면
조금은 위안이 돼. 우리가 죽으면
동정할 사람이 없지 않고 살아 있으면
잘 살라고 하겠다. 그러나 우리는
추악한 노년의 고통을 미리 앞질러
죽음에 다가가는 백발들의 마지막에
수반하는 동풍과 해수병을 따돌리고
온갖 묵은 죄에 안 눌리지. 젊은 패기로
신들을 향해 간다. 확실히 신들은
노인보다 먼저 깨끗한 영혼인 우리에게
기꺼이 하늘의 술을 따라 주시리라.
사랑하는 친족들아, 하찮은 위로 값으로
목숨을 잃을 자들아, 너희를 너무 싸게 팔았다.

무사 1 어떤 종말이 이보다 더 좋겠소?
승자는 우릴 딛고 행운을 낚았으나
우리가 죽는 것이 확실하듯 그 권리는
잠시뿐이오. 명예에 있어서는 일 점도
우리보다 높지 못하오.

무사 2 서로에게 작별하고
확실한 순간에도 비틀대는 불안한 여신[70]을
의연히 조롱합시다.

무사 3 누가 시작하오?

팔라몬 그대들을 이 향연에 데려온 내가
먼저 맛을 봐야 하오. [간수에게] 오, 친구, 친구,
전에는 착한 딸이 자유를 주더니,
이제는 당신이 영원한 자유를 주오.
딸은 어찌 지내오? 온전치 않다고 들었소.
그러한 탈이라 조금 슬펐소.

간수 잘 나아서
곧 시집갑니다.

팔라몬 나의 짧은 생에 맹세코,
매우 기쁜 소식이오. 내가 끝으로
기뻐할 일이오. 그렇게 전해주오.
내 인사를 전하고 지참금에 보태라고
이걸 주시오.

[간수에게 돈주머니를 준다.]

무사 1 그럴 것 없이 모두가 줍시다.

무사 2 처녀요?

팔라몬 확실하오. 내가 믿소.
내가 보답이나 칭찬을 다할 수 없을 만큼
정말 착한 여자요.

무사들 우리 인사를 전해주시오.

[자기들의 돈주머니를 건넨다.]

간수 신들이 모두 갚아주시고 그 애는 감사가 넘치길!

팔라몬 잘 있으오. 이제 나의 목숨은 작별만큼
짧게 처리하시오.

[단두대에 올라가 머리를 틀에 놓는다.]

무사 1 용감한 사촌, 먼저 가시오.

무사 2, 3 기쁜 마음으로 따라가겠소.

[안에서 큰 소동이 일며 "뛰어, 구해, 멈춰!" 소리를 외친다.
전령 급히 등장]

전령 중지, 중지! 오, 중지, 중지, 중지!

[피리토우스 급히 등장]

피리토우스 중지! 당신들이 너무 빨리 처리했다면
그 신속함이 저주받아라! 고귀한 팔라몬,
앞으로 당신이 살아갈 인생에서
신들이 영광을 나타낼 거요.

팔라몬 그럴 수 있소?
비너스의 배신을 욕했는데, 어찌 된 거요?

피리토우스 용사여, 일어나 귀를 기울이시오.
한없이 반가우며 쓰라린 소식이오.

팔라몬 [일어서서 단두대에서 내려오며]
무엇이 우리 꿈을 깨웠소?

피리토우스 그러면 들으시오.
당신의 사촌이 에밀리아가 선사한 말을 탔소.
검정말인데 질이 좋아도 흰 털이 조금도 없어
값이 떨어진다고 그런 말
살 사람이 많지 않은데 그 생각이
이번에 들어맞았소. 그 말을 탄 아르시테가
아테네의 돌길을 달렸는데 발굽 편자가
돌 위를 밟지 않은 듯 스쳐서 지나갔소.
주인이 기운을 북돋으니 말은 신나서
성큼성큼 뛰었소. 그렇게 날 선 돌길을

70 언제나 변한다는 운수의 여신(포르투나)을 말한다.

제 발굽으로 장단 맞추고 춤추듯이
훌쩍훌쩍 달렸는데—쇳소리가 음악의
모태라는데—무슨 사악한 돌부리가
차가운 늙은 사투르누스[71]처럼 뜨거운
심술을 품었다가 불꽃을 튕겼는지,
무슨 독한 유황불을 일으켰는지
모르지만, 불처럼 뜨거운 말은
갑자기 성이 나서 마음껏 힘을 뻗어
함부로 날뛰다가 앞발을 번쩍 들어
길들일 때 배워서 익힌 것들을
모두 잊어버리고 날카로운 박차에
복종치 않고 돼지처럼 힝힝대며
조바심을 치다가 못된 망아지처럼
능숙하게 다스리는 주인을 떨어뜨리려
별의별 못된 짓을 벌였지만 아무리 요동쳐도
고삐도 안 끊어지고 허리띠도 안 풀리고
이리저리 내둘러도 꽉 붙은 주인을
안장에서 떼어낼 수 없었소. 주인이
양다리로 말을 끼고 있으니까
뒷발로 벌떡 일어섰소. 아르시테의 다리가
머리보다 높아져서 이상한 묘기로
매달린 것 같았소. 승리의 화관마저
벗겨지고, 못된 말은 뒷걸음치다
자빠지면서 온몸의 무게로 주인을
타고 눌렀소. 아직 살아 있으나
다음번에 밀려드는 파도에 휩쓸릴
배와도 같소. 그러면서 당신에게
할 말이 있다 하오. 아, 저기 오고 있소.
[테세우스, 히폴리타, 에밀리아 등장. 시종들이
아르시테를 교자에 싣고 뒤를 따른다. 팔라몬이
아르시테 곁으로 가고 그의 무사들은 교수대
가까이 그대로 서 있다.]

팔라몬 아, 두 사람 우정의 처참한 종말!
아르시테, 신들은 전능하시다. 네 심장,
사내다운 고상한 그 심장, 아직 안 깨졌으면
내게 마지막 말을 해라. 나는 팔라몬,
죽어가는 너를 끝까지 사랑한다.

아르시테 에밀리아와 함께
세상 모든 기쁨을 누려라. 손을 다오.
잘 있어라. 최후의 시간을 헤아렸다.
너를 배신했다만 결코 모략은 없었다.
용서해라. 어여쁜 에밀리아, 키스 한번만. [둘이 키스한다.]
다 이뤘다. 그녀를 맡아라. 나는 죽는다. [죽는다.]

팔라몬 용맹한 넋, 좋은 데 가길!

에밀리아 눈을 감겨 드려요. 복된 혼들과 함께하세요.
참말로 훌륭한 사람, 내 평생 동안
이날에 눈물을 바치겠어요.

팔라몬 나는 명예에 바치겠소.

테세우스 처음 여기서 당신들이 싸웠으며
내가 둘을 떼어놨소. 당신이 살아 있음을
우리가 감사한다고 신들께 아뢰시오.
팔라몬의 역할이 끝났소. 너무나 짧았으나
썩 잘해냈소. 당신의 목숨은 연장되어
축복의 이슬이 당신을 적셔주오.
강하신 비너스께서 제단 위에 은총으로
당신의 연인을 주셨소. 우리의 주인이신
군신께서 신탁대로 아르시테에게
승리를 주셨소. 이렇게 신들께서
정의를 실현하셨소. [시종들에게] 시신을 옮겨라.
[시종들이 아르시테의 시신을 들고 퇴장]

팔라몬 아, 사촌! 우리가 무엇을 욕망하면
그 대가로 욕망 자체를 잃어야 한다!
사랑은 사랑의 상실로만 살 수 있구나!

테세우스 운수의 여신이 이보다도 교묘하게
희롱한 일이 없소. 패자가 승리하고
승자가 패했으되 결투에서 신들께선
엄정히 중립하셨소.—팔라몬, 사촌이 당신에게
여인에 대한 권리가 있음을 고백했소.
당신이 그녀를 처음 보았고 그 즉시
사랑을 선언했소. 당신이 잃은 보석처럼
그는 그녀를 돌려보내며 자기 영혼을
용서하고 보내주길 원했소. 신들이 내 손에서
심판권을 빼앗아 집행까지 하셨소.
여인을 데려가고 죽음의 무대에서
친구들을 부르시오. 그들도 내 친구로
삼을 터이오.
[무사들이 테세우스와 여러 사람들과 합한다.]
하루나 이틀 동안
슬프게 애도하고 아르시테의 장례를

71 로마신화에 나오는 늙은(차가운) 신. 때로는 젊은이에게 심술(뜨거움)을 부렸다.

장엄하게 치릅시다. 의식을 마친 후에
신랑 같은 얼굴로 팔라몬과 함께 웃읍시다.
한 시간 전만 해도 아르시테로 인하여
기뻤던 만큼 팔라몬에 대해 슬펐소.
오, 신묘한 신들이여, 우리 인간을
어찌 다루십니까! 없으면 웃고
있으면 슬퍼하는 인간이니 그런 점에서
언제나 아이들이오. 지금 가진 것에
감사해야 할 것이오. 질문을 초월하는 일들을
신들께 맡깁니다. 우리는 이곳을 떠나
기쁘고 슬프게 행동합시다. [주악. 모두 퇴장]

## 에필로그

[에필로그 등장]

에필로그 연극을 어찌 보셨는지 묻고 싶군요.
하지만 학생처럼 묻기가 쑥스럽네요.
무척 겁이 나네요! 잠깐 앉아 계세요.
한번 둘러봅시다. 웃는 분이 없으세요?
형편이 안 좋군요. 예쁜 처녀 사랑했던
남자 손님 있으면 얼굴 한번 보이세요.
그런 분이 없으시면 이상해요. 그럴 분은
양심을 죽이고 시시하다 떠들어서
우리 일을 망치세요. 말릴 수는 없지요.
최악의 경우라도 버텨내야 하니까요!
자, 어떠세요? 하지만 오해 마세요.
대담하지 못하고 그럴 이유도 없어요.
우리 얘기가 마음에 드신다면
—이야기일 뿐이지요.—(그런 의도로
들려드린 이야기라) 목적은 달성됐죠.
머잖아 더 좋은 얘기를 많이 할 테니
여러분의 옛사랑이 계속되겠죠.
항상 힘껏 모든 분께 봉사해요. 모두 안녕! [주악. 퇴장]

# 시
# POETRY

# 루크리스의 겁탈
## *The Rape of Lucrece*

존귀하신
헨리 로즐리, 사우샘프턴의 백작이자
티치필드의 남작께

귀공께 드리는 저의 사랑은 끝이 없사온데, 시작도 없는[1] 이 책자는 그 사랑의 하찮은 일부일 따름입니다. 저의 못 배운 글귀에 본질적인 가치가 있기 때문이 아니라 귀공의 높으신 관대함을 믿는 까닭에 이 글귀를 받으실 것을 확신하나이다. 제가 이미 행한 일[2]은 귀공의 소유이며 지금 하려는 일도 귀공의 소유이니, 이는 제 모든 일의 일부로서, 귀공께 드리는 것이옵니다. 저의 자격이 더 크면 저의 충성도 더 크게 나타날 터이나, 그때까지는 그대로 바치옵니다. 귀공의 장수를 빌되 온갖 행복으로 더욱 장수하시길 비옵나이다.

모든 도리에서 귀공의 것인
윌리엄 셰익스피어 올림.

개요[3]

루키우스 타르퀴니우스[4]는 (과도한 교만으로 인하여 별명이 '수페르부스'였는데) 그의 장인이던 세르비우스 툴리우스를 잔인하게 살해하도록 교사하고, 로마의 법률과 관습을 어기고 민중의 투표를 요청하지 않았으며 기다리지도 아니하고 스스로 왕국을 차지했으며, 자신의 아들들과 그 밖의 로마의 귀족들과 더불어 아르데아[5]를 포위 공격하기 위하여 원정했던바, 포위전 중 어느 날 저녁, 왕의 아들인 섹스투스 타르퀴니우스의 막사에서, 군대의 주요 인사들이 식사 후에 이야기를 나누는 과정에서 각자가 자기 아내의 부덕을 칭찬하였다. 그중에 콜라티누스[6]가 그의 아내 루크리스의 견줄 데 없는 정절을 예찬하였다. 그러한 경쾌한 기분을 안고, 그들은 급히 로마로 말을 달려 돌아왔다. 비밀리에 갑자기 돌아와 각자가 공언했던 사실을 실제로 알아보고자 했던 것인데, 오로지 콜라티누스만이 밤이 늦었는 데도 아내가 하녀들 틈에서 실을 잣고 있음을 발견한다. 다른 부인들은 모두 춤추고 먹고 마시거나 여러 가지 오락을 즐기고 있었다. 이에 귀족들은 콜라티누스의 승리를 인정하고 그의 아내에게 명성을 부여했다. 그때 섹스투스 타르퀴니우스는 루크리스의 아리따운 모습을 보고 욕정에 불탔으나, 그 당장에는 자신의 뜨거운 열정을 묻어두고 다른 자들과 함께 야전의 진지로 출발했다. 잠시 후 그는 남모르게 무리에서 빠져나와 콜라티움[7]에서 루크리스에게 (그의 지위에 합당하게) 왕자로서의 접대를 받았다. 그날 밤 그자는 무도하게도 그녀의 침실에 몰래 들어가 완력으로 그녀를 겁탈하고 이른 새벽에 급히 떠나버린다. 이처럼 원통한 능욕을 당하여 루크리스는 급히 로마의 부친에게 한 사람을 보내고 또 한 사람을 야전 진지의 콜라티누스에게 보낸다. 한 사람은 주니어스 브루투스[8]와 더불어 당도하고 또 한 사람은 푸블리우스 발레리우스와 더불어 당도했다. 그들은 루크리스가 검은 상복을 입은 것을 보고, 그녀가 슬퍼하는 이유를 물었다. 그녀는 먼저 그들로부터 복수하겠다는 맹세를 받고 난 후에 범행자와 그 범행 일체를 밝히고, 갑자기 칼로 자기 몸을 찔러 자결하였다. 그 일이 생기자 그들은 증오의 대상이던 타퀸 일족을 뿌리째 뽑아버릴 것을 모두 한입으로 맹세하였다. 그리하여 그들은 그녀의 시신을 로마로 옮겨 오고, 브루투스는 왕의 폭압에 대한 신랄한 비난과 함께 범행자와 그의 악행의 경위를 민중에게 고했다. 그 말을 들은 민중은 격분하여 한 목소리로 열렬한 동의를 보내어 타퀸 일족을 깡그리 추방했으니, 국가의 정권은 왕에게서 집정관[9]으로 바뀌었다.

1 정식으로 시작하는 도입부 없이, 이 서사시는 '중도에 뛰어들기'(in medias res)를 하고 있다.
2 셰익스피어의 다른 시 「비너스와 아도니스」를 가리킨다.
3 서사시의 앞머리에 이런 '개요'(argument)를 붙이는 것이 관례였다.
4 기원전 534~510년간 로마의 왕으로 전해지는데, 자기의 장인이며 전임자인 세르비우스 툴리우스 왕을 매장하지 않았으며, 전왕의 지지자들을 죽였으므로 '수페르부스', 즉 '교만한 자'라는 별명이 붙었다. 민중의 투표나 의회의 동의가 없이 완력으로 왕이 된 자였다. 그의 아들 섹스투스 타르퀴니우스가 이 시의 주인공이다. 영어로는 줄여서 '타퀸'(Tarquin)이라고 한다.
5 로마에서 40여 킬로미터 떨어진 항구 도시.
6 기원전 6세기경 로마의 정치가로 최초의 집정관 중 한 사람이다. 그의 아내 루크리스가 섹스투스 타르퀴니우스에게 강간당했다.
7 로마 근교에 있는 콜라티누스의 영지.
8 훗날 줄리어스 시저를 살해한, 유명한 공화주의자인 브루투스의 선조.
9 두 사람의 집정관은 귀족 중에서 민중의 지지를 받아 임명되었다. 셰익스피어는 「코리올라누스」에서 그 관계를 소상히 밝혀준다.

## 루크리스의 겁탈

아르데아 포위에서 맹렬한 속력으로
못 믿을 허망의 날개를 타고
욕정에 불타는 타퀸은 군대를 떠나
콜라티누스 고장으로 불을 감추고 간다.
희뿌연 재에 숨어 콜라티누스의 어여쁜 사랑,
정숙한 루크리스, 그녀의 허리를
불길로 휘감고자 꿈틀거린다.

미련한 남편이 절세의 미모를 칭찬할 때
어쩌면 불행히도 '정숙'이란 그 이름이
강렬한 욕망에 독한 날을 세운 듯했다.
남편의 즐거움은 하늘에 오르고
천상의 별들처럼 빛나는 그녀의 눈이
순결한 모습으로 남달리 충성했다.

전날 밤 남편은 타퀸의 막사에서
자신의 행복의 보석함을 열어놓고
얼마나 값진 보화를 하늘이 허락하여
아리따운 아내를 가지게 되었는지,
자신의 행운에 높은 값을 매기고
왕과 귀족은 큰 영예를 얻을지라도
그처럼 뛰어난 아내는 못 얻는다 하였다.

소수의 사람만이 즐기는 행복!
태양이 쏟아내는 황금빛 광채 속에
새벽 은빛 이슬이 녹아서 없어지듯,
시작도 되기 전에 취소된 날짜처럼,
소유한다 하여도 금시 사라지는 것!
소유자의 품속에 정절과 미모는
위험한 세상을 막기에 미약하구나.

어여쁨은 스스로 변호인이 없어도
사내의 눈을 설득하는 힘이 있으니,
그토록 사사로운 사실을 알림에
그 어떤 변명이 필요하리요!
어찌하여 남편은 자기의 소유라고
도둑의 귀에게 남몰래 간직할
그 비싼 보석을 지껄였는가?

혹시는 뛰어난 아내를 자랑했기에
교만한 왕자가 동했을지 모르고,
귀가 마음을 더럽힐 수 있으며,
혹시는 비교를 능가하는 값진 것을
시샘하는 심사가 높은 이를 자극하여
윗사람도 못 누리는 황금 복을 아랫것이
자랑함을 아니꼽게 본 것인지 모른다.

어쨌거나 어떠한 급작스런 생각으로
긴박한 속력을 힘껏 냈으니,
명예도, 의무도, 친구도, 나라도
모두 잊어버리고 조급한 마음으로
간[10]에 타는 불길을 끄려고 달려간다.
경솔한 열기여, 차가운 후회에 싸여
너의 조급한 샘은 언제나 말라 그친다.

간악한 왕자가 콜라티움에 도착하자
로마 출신 부인이 그를 맞아들이니
그녀의 얼굴에서 미모와 미덕 중
어느 것이 명성을 떠받칠까 서로 다툰다.[11]
미덕이 자랑하면 미모는 부끄러워 낯을 붉히고
미모가 자랑으로 낯을 붉히면
미덕은 그 위에 은백색을 덮어준다.

미모는 비너스의 비둘기의 흰빛에서
권리를 받아서 얼굴의 소유를 주장하고
미덕은 미모의 붉은빛을 제 것으로 요청하며
붉은빛은 황금시대[12]에 흰 볼을 물들이게
받은 것이라고 자기들의 방패라 하며
수치심이 공격할 때 붉은빛은 흰빛을
보호하라고 싸움의 쓰임새를 알려줬다.

10 간은 분노와 성욕의 원천으로 생각됐다.

11 미인의 얼굴은 붉은빛과 흰빛이 어우러지는 곳인데, 미모는 붉은빛, 미덕은 흰빛으로 나타난다. 그러나 붉은빛은 수치에서 오는 홍조일 수도 있고 흰빛은 나약한 데서 오는 창백함일 수도 있다. 그녀의 얼굴을 놓고 백군과 홍군이 서로 다투는 것으로 묘사한다. 이를 멍하니 바라보는 눈은 두 군대의 포로와 같다.

12 태초에 세상이 완전한 낙원이었던 시절. 기독교에서 말하는 에덴동산의 시절과 같다.

가문의 문양에도 루크리스의 얼굴이 보여
미모의 붉은빛과 미덕의 흰빛이 다툰다.
이 세상의 시초부터 자신의 빛깔이
상대의 여왕이라고 권리를 주장했다.
각자의 공명심은 항상 서로 다퉜다.
각자의 위엄이 그리도 커서
서로의 자리를 바꿔서 앉기도 한다.

타퀸은 그 얼굴에서 백합과 장미의
말없는 전쟁을 바라다보니
순결한 대열이 불순한 눈을 에워싼다.
비겁한 포로는 둘 사이에 끼어서
죽을까 걱정이라 두 군대에 굴복하니,
그토록 간사한 적에게 이기기보다
그들은 그자를 놔주고 싶어 한다.

그만큼 칭찬한 인색한 탕자[13]로서,
그 남편의 가벼운 혀가 고귀한 그 일에서
그의 못난 말재주를 멀찍이 뛰어넘는
아내의 미모를 폄하했다고 믿으며
남편 콜라티누스가 칭찬할 빚에
매혹된 타퀸은 말없는 응시의
경탄을 보내서 침묵으로 갚는다.

이러한 마귀가 숭배하는 성인은
이 거짓 찬미자를 의심하지 않는다.
순결한 마음은 꿈에도 악을 모른다.
끈끈이[14]를 모르는 새는 덤불이 두렵지 않다.
순진한 그녀는 조금도 의심이 없고,
악랄한 심보가 드러나지 않아서
왕자인 손님을 공손히 맞이한다.

높은 지위로 겉모습을 위장하고
화려한 옷깃 속에 몹쓸 죄를 감추어서
마음속 그 무엇도 흉측스레 안 뵌다.
모든 것을 가지고도 만족하지 못하는
그자의 눈의 지나친 경탄을 제외하면—
모자라게 넉넉하고 부요 중에 가난하고
많아서 질식하나 욕구는 더욱 크다.

낯선 자의 눈길을 만난 적 없는 그녀는
말하는 시선에서 아무 뜻도 못 가리고
눈이라는 책에서 거울 같은 여백에 쓴,
살그머니 반짝이는 비밀도 몰랐으며[15]
남모를 미끼나 낚시를 건드리지 않았고
그의 눈이 분명히 보이는 것밖에는
음란한 그 눈길을 새길 수 없었다.

그자는 풍성한 이탈리아의 벌에서 얻은
남편의 명성을 그녀의 귀에 들려주고
상처를 입은 팔다리와 승전의 관과 함께
사나이다운 무술로써 영광을 뽐내는
콜라티누스 이름에 칭찬으로 치장한다.
그녀는 손을 들어 기쁨을 표시하고
승리를 말없이 하늘에게 감사한다.

이곳에 온 목적과는 전혀 다르게
그가 여기 찾아온 핑계를 댄다.
그의 맑은 하늘엔 폭풍이 불어칠
험한 날씨의 기미가 아직 안 보인다.
그러나 공포의 모체인 시커먼 밤이
캄캄한 암흑을 온 세상에 펼치고
광활한 감옥 속에 밝은 낮을 가두리라.

그즈음 타퀸은 심신이 곤하다며
피로를 가장해서 침실로 인도된다.
저녁 후 얌전한 부인과 오래도록
서로 말을 주고받아 밤이 깊었다.
무거운 잠이 산 기운과 싸운 끝에
모두들 잠을 자고 도둑과 걱정과
뜬눈으로 지새는 근심만이 남는다.

그중의 하나인 타퀸은 욕심 채울 때
닥쳐올 위험들을 따져봤지만

13 '인색한 탕자'는 모순어법으로, 아내의 미모를 완벽히 말하지 못했으니 '인색'하며 아내의 미모를 함부로 말했으니 '탕자'라는 것이다.
14 작은 새가 모여드는 덤불에 발라놓아 새를 잡는 끈적대는 물질. 예전에 우리나라에서도 쓰는 것을 보았다.
15 상류층 남녀들은 눈짓으로 말을 주고받았지만 루크리스는 그런 일을 모르는 여인이었다.

욕심을 채울 생각이 떠나지 않는다.
나약한 희망은 포기하라고 이르지만
성공할 수 없을 때는 흉계로 바꾼다.
눈앞의 보상이 막강한 보물일 때
죽음이 뒤따라도 죽음을 도외시한다.

욕심이 많은 자는 돈 먹기에 눈멀어
제 것도 아닌 것을—가진 것이 욕심이라—
돈 자루를 끌러서 흩어버려서,
더 많이 따려다가 더 많이 잃고
더 많이 따서도 지나치게 많이 따면
과식에 불과하여 괴로운 나머지
쓸데없이 많이 따서 파산에 이른다.

모든 자의 목표는 늙어가는 나이에
명예와 부와 안락의 보양인데,
이러한 목표에 대해 분쟁이 일어
명예를 위해 목숨이, 부를 위해 명예와 싸우듯,
하나를 모두에, 모두를 하나에 건다.[16]
그래서 부가 모든 것의 죽음을,
모든 것의 파멸을 가져올 때가 많다.

그래서 우리는 못된 짓에 뛰어들어
미래를 위해 현재의 나를 버리니
그처럼 야심 차고 고질적인 병통은
가진 것이 많아도 가진 것의 결함으로
우리를 괴롭히며 지금의 소유를
재고하지 않으며, 이해심이 없어서
부족감을 늘리며, 유를 무로 바꾼다.

이러한 도박에 못난 타퀸이 달려들어
욕정을 채우려고 명예를 걸어
자기를 위해 자기를 버리려 한다.
자기 신뢰가 없으면 진실은 어디에 있나?
스스로를 파멸하고 비방의 입과
참담한 세월에 자신을 배반하면
정당한 낯선 이를 어떻게 찾겠는가?

죽은 밤의 적막이 슬며시 다가오고
무거운 잠이 사람의 눈을 모두 감긴다.
자애로운 별 하나도 빛나지 않고
올빼미와 늑대만이 죽음을 예고하니
멍청한 양 떼를 습격할 좋은 때라,
순결한 마음은 죽은 듯 고요한데
욕정과 살인은 깨어서 더럽히고 죽이려 한다.

욕정을 주체 못 할 왕자는 벌떡 일어나
아무렇게나 겉옷을 팔에 던지고
욕망과 공포 가운데 미친 듯 흔들댄다.
욕망은 아양을 떨고 공포는 겁을 내나
정직한 공포는 욕망에 미혹되어
사납게 미친 욕망의 손찌검을
벗어나기 위하여 계속 애쓴다.

자기 칼을 돌 위에 가만히 내리치니
차가운 돌에서 불꽃이 날아간다.
그로부터 밀랍 홰에 불을 붙이니
욕정에 젖은 그의 눈을 인도해줄 별이다.
그자는 침착하게 불을 향해 말하길,
"차가운 돌에서 불을 끌어냈듯이
루크리스도 내 욕망에 굴복하리라."

하얗게 공포에 질려 끔찍스런 이 짓의
위험들을 곰곰이 생각해보고
그것으로 인하여 어떠한 고통이
뒤따라올까 양심 속에 따졌다.
그러자 죽기 마련인 욕정의 알몸을
경멸의 눈으로 비웃어 멸시하고
악한 자기 생각을 정당화한다.

"마음이 선한 횃불아, 모든 빛을 발하여
훨씬 밝은 그녀를 어둡게 하지 마라.
추악한 잡념들아, 불결한 너희가
저 신성한 것을 더럽히기 전에 가거라.
순결한 제단에 순결한 향을 올려라.
선한 인간아, 순진한 사랑의 눈같이
하얀 저 옷을 더럽힐 짓을 미워하라."

"찬란한 무사와 기사도의 수치여,

16 주사위 놀이에 비유하고 있다.

가문의 무덤에 추악한 불명예여,
온갖 악행을 아우르는 무엄한 짓이여,
무사로서 나약한 사랑의 노리개라니!
바른 용기는 바른 마음을 지녀야 한다.
빗나간 내 행동은 악하고 저열하여
내 얼굴에 생생히 새겨지리라."

"비록 내가 죽어도 치욕은 살아 있어
황금의 문장[17]에 오점으로 남을 테지.
의전관은 내가 얼마나 못되게 굴었는지
내 꼴을 나타낼 역겨운 줄을 만들어
그려 넣겠고, 내 자손은 부끄러워
내 유해를 저주하고 거리낌 없이
내가 그들의 아비가 아니었길 바라겠지."

"목적을 성취해도 얻는 것이 무엇인가?
허망한 꿈과 숨, 거품처럼 사라질 쾌감,
순식간의 쾌락을 사서 일주 내내 울부짖고
노리개를 얻으려고 영원을 팔 자가 누구인가?
포도 한 알 얻으려고 넝쿨을 죽일 자가 누구인가?
어떤 못난 거지가 왕관에 손만 대고
그 즉시 홀에 맞아 거꾸러질까?"

"만약 콜라티누스가 내 심보를 짐작하면
당장에 일어나 엄청나게 화를 내며
이 짓을 막기 위해 달려올 것인가?
그의 가정을 에워싼 음흉한 포위,
청춘에게 오점이요 현자에게 슬픔이며,
미덕은 사라지고 치욕은 남으리니
죄악은 영원히 저주 안에 있으리라."

"그토록 검은 짓을 나에게 떠넘기니
아무리 꾸며대도 변명할 수 있을까?
혀는 할 소리 잊고 나약한 사지는 떨고
눈은 빛을 잃고 거짓된 심장은 피 흘리지
않겠는가? 죄가 크니 공포는 더욱 크고
극심한 공포는 싸움도 도주도 못 해
겁쟁이처럼 공포 속에 떨며 죽는다."

"그 사람이 내 아들, 내 아버지를 죽였거나
내 목숨을 노리고 매복했거나
나의 친한 친구가 아니었다면
그런 원한에 대한 복수나 앙갚음으로
그 아내를 범하려는 욕망도 핑계이지만
그 사람은 내 친척, 가까운 친구니
치욕과 범행은 핑계도 목적도 없어."

"부끄러운 짓이야. 밝혀지면 추할 테지.
사랑엔 미움이 없다니까 사랑을 구하겠다.
하지만 그녀는 자기 것이 아니다.
최악의 경우라도 거절과 욕일 테지.
나의 강한 의지는 약한 이성을 넘어.
색칠한 헝겊[18]을 경배할 자가
노인의 훈계나 격언을 두려워한다."

차가운 양심과 뜨거운 의지 사이에
이처럼 흉측한 논의를 거쳐가며
악독한 의미를 유리하게 내세워서
선량한 생각을 폐기해 버리므로
깨끗한 속마음은 그 즉시 사라진다.
그러한 논리를 계속하여 이어가니
악한 것을 선한 일로 보게 된다.

"그녀가 내 손을 다정하게 잡으며
바라보는 내 눈에서 소식을 고대했어.
사랑하는 남편과 같이 있던 사람에게
나쁜 소식 들을까 걱정하는 빛이었어.
근심 걱정 때문에 낯이 달아올랐어!
처음에는 홑청 위의 장미처럼 빨갛더니
장미를 걷어내자 홑청처럼 새하얬어."

"그녀의 손을 꽉 잡은 내 손마저도
진실한 그녀의 걱정 때문에 마구 떨렸어.
걱정으로 초조해서 더욱 빨리 떨렸어.
그러다가 남편이 무사하단 말을 듣고
어찌나 사랑스러운 얼굴로 미소를 짓던지

17 문장(紋章)은 귀족 가문을 상징하는 방패나 깃발 등을 장식한다. 의전국에 등록됐고, 왕가는 황금빛을 많이 썼다.
18 부자는 성인(聖人)들을 수놓은 값진 벽걸이를 걸지만, 평민은 헝겊에 그린 성인들에게 절을 한다는 말.

나르키소스가 봤다면 자애심 때문에[19]
냇물에 빠져 죽진 않을 거였어."

"그래서 변명이나 핑계를 어디서 찾아?
미인이 호소할 때 변론인은 입을 닫아.
못난 놈은 못난 일로 후회하거든.
겁먹은 마음속에 사랑은 살지 못해.
열정은 내 지휘관, 나를 이끌어.
그의 빛난 깃발이 높다랗게 펄럭이면
겁쟁이도 싸우며 겁을 내지 않는다."

"유치한 걱정은 가라. 조심은 죽어라.
사려와 분별은 주름진 노인 몫이다.
내 가슴이 내 눈을 거역하지 않겠다.
깊은 주저, 사려는 현자에게 어울리고
내 역은 젊은이라 무대에서 그것들을 몰아낸다.
욕망은 길잡이고 목표는 미인이다.
그런 보물이 있으니 침몰을 겁내랴!"

잡초가 곡식을 덮듯, 조심하는 속마음은
못 견딜 욕정에 숨 막힐 지경이라,
귀를 한껏 열고 슬쩍 가까이 가니,
악한 자의 하수인인 추악한 희망과
멍청한 의심이 머리를 가득 메워
반대되는 주장으로 혼란을 일으키고
화평과 침략을 번갈아 결정한다.

천사 같은 그 모습이 마음속에 앉았으며
그 자리에는 그 남편이 버텨 앉았다.
그녀를 보는 눈은 그를 혼란시키고
그를 보는 그녀 눈은 더욱 거룩하여서
그렇게 악한 꼴을 보려고 하지 않고
도리어 순결한 호소로 마음을 찾으며,
더럽혀진 마음이 더 못되게 되어서

비루한 기운들이 용기를 일으켜서
대장이 겉으로 명랑한 척하니까
분이 모여 시가 되듯이 욕정이 자라서
대장처럼 부하들도 자만심을 북돋아
안 가진 충성을 새삼 지어 바친다.
간악한 욕정에 미치게 이끌려서

로마의 왕자는 침실로 향한다.

그녀의 침실과 그의 욕망 사이에
차례차례 자물쇠가 억센 손에 물러나고
그자의 못된 짓을 하나같이 꾸짖으니
소리 죽인 도둑도 조금은 멈칫한다.
문지방이 삐걱하며 문기척이 들린다.
야행하는 족제비가 그를 보고 소리치나
그는 겁이 나면서도 욕망을 따라간다.

문들은 싫은 듯이 길을 내주고
집 안의 작은 틈과 구멍을 통해
그자를 멈추려는 바람이 횃불과 다퉈
그자의 얼굴에 연기를 불어 넣고
그자를 밝혀주던 횃불을 꺼뜨리나
어리석은 욕정에 뜨거운 심보가
다시 부는 바람에 횃불이 된다.

다시 타는 불빛 속에 루크리스의 장갑이
바늘이 꽂힌 채로 그의 눈에 뜨인다.
골풀[20] 속에 떨어진 장갑을 들어
손으로 움켜쥐니 바늘이 찌르는데,
'이 장갑은 음란한 희롱을 즐기는
물건이 아니니 얼른 갖다놓아라.
주인마님 치장은 정숙하다'는 말 같다.

그러나 그러한 약한 만류를 듣지 않고
말리는 그들을 나쁘게 받아들여
잠시 그를 세운 문과 바람과 장갑은
자신을 시험하는 우연이거나
바늘을 잠깐 멈추는 가름대처럼
분침이 시침에게 빚을 갚을 때까지[21]

19 그리스신화에 나오는 미소년인 나르키소스는 에코(Echo)의 사랑을 받아들이지 않았다고 하여 네메시스(Nemesis)에게 벌을 받아, 호수에 비친 자기 모습을 사랑하여 빠져 죽었다.
20 짧게 자르고 말려서 방바닥에 깔던 향기로운 풀.
21 당시의 시계는 시곗바늘이 매 분을 표시하는 가름대에서 잠시 멈췄다가 다시 움직여 시침에 이르렀다. 이를 셰익스피어는 분침이 시침에 지고 있는 '빚'으로 표현한다.

분마다 가는 길을 늦출 뿐이다.

그처럼 봄철을 위협하는 서리처럼
그러한 장애물들이 그때에 나타나서
이른 봄의 기쁨을 더욱 높이니
추위에 떨던 새가 노래할 만하다.
고통은 값진 것을 얻어주는 입장료이다.
암초와 폭풍과 해적과 모래톱을
걱정하던 상인은 부자가 되어 귀향한다.

환상의 천국에서 자기를 가로막던
그녀의 침실 문에 마침내 당도해서
갈구하는 행복을 그에게 거부하던
문빗장은 스르르 쉽사리 물러난다.
자기 속의 악령이 시키는 대로
하늘이 자기 죄를 눈감아 줄 듯이
제물을 주십사고 기도를 시작한다.

그러나 영원한 신들에게 간구하기를,
더러운 심보로 고운 이를 고이 얻고
그때에는 하늘도 은총을 내려주소서……
당치 않은 기도를 드리다가 멈칫하며
혼자서 뇌까린다. "그녀를 범할 텐데
기도드린 신들이 이 짓을 미워하니
나의 그런 행위를 도와줄 리 있어?"

"따라서 사랑과 행운이 내 신이야.
결단력이 내 의지를 뒷받침해.
결과를 보기 전에 생각은 꿈일 뿐이야.
극악한 범죄도 속죄하면 씻어져.
사랑의 불은 공포의 서리를 녹여.
하늘 눈은 꺼지고 안개 낀 밤이
쾌락에 따라오는 수치심을 덮어줘."

말을 마치자 죄스런 손이 빗장을 들고
무릎으로 침실 문을 열어젖힌다.
올빼미가 낚아챌 비둘기는 잠들었다.
이렇게 반역은 들키기 전에 벌어진다.
도사린 독사를 만나면 비켜서지만
그런 걱정 없이 깊이 잠든 그녀는
치명적인 일격에 무방비로 누워 있다.

그녀의 침실 안에 악한 자가 들어와
아직은 순결한 침상을 바라본다.
커튼이 내려 있어 침대를 에돌며
탐욕이 가득한 눈알을 굴리면서
반역적인 욕망이 진심을 미혹하여
갑자기 그의 손에 공격을 명령해서
은빛의 달을 감추던 구름[22]을 헤친다.

구름에서 뛰쳐나와 불길을 펼치는
찬란한 햇빛에 눈이 부시듯
커튼을 들치자 강렬한 그 빛에
눈이 멀기 시작해서 눈을 감는다.
그녀의 밝은 빛에 눈이 부신지
무엇인가 부끄러워 보지 못한다.
어찌했든 눈이 멀어 눈을 감는다.

어두운 감옥[23]에서 그의 눈이 죽었다면
못된 짓은 거기서 끝났을 것이니,
다시 콜라티누스는 정결한 침대에 누워
루크리스 옆에서 쉬었으련만
행복한 결혼을 죽일 눈을 떠야만 하고
성스러운 그녀 몸을 그자에게 보이고
기쁨과 목숨과 즐거움을 넘겨야 한다.

백합처럼 하얀 손은 장미 뺨을 고이고
얌전한 키스를 베개에서 훔치니
화를 내는 베개는 둘로 갈라져
양쪽 모두 기쁨을 잃어 부어오르고
두 언덕 사이에 머리가 놓여
열녀의 무덤처럼 누운 그녀에게
음탕한 못된 눈이 경탄을 보낸다.

초록 이불 위에는 다른 손이 나왔는데,
완벽한 하얀 빛은 4월의 풀밭,
밤중에 이슬을 맞은 데이지[24]처럼

22 루크리스의 침대에 둘러친 커튼. 은빛 달은 정결의 여신 다이애나를 가리키니, 루크리스는 정결한 여인임을 말한다.
23 즉 눈꺼풀 밑. 감았으니 어둡다.
24 푸른 잔디밭에 돋아 있는 작은 하얀 들국화.

진주 같은 땀방울이 맺혀 있으며
눈은 금잔화처럼 빛을 감추고
새날을 꾸미려고 열릴 때까지
어둠 속에 덮개가 내려 정답게 놓여 있다.

금실 같은 머리는 숨결을 따라 노니,
얌전한 장난꾼, 장난하는 얌전이!
죽은 것 같은 잠과 짧은 삶 속에서
죽음의 검은 낯에 삶의 빛을 던지니
삶과 죽음이 서로를 곱게 꾸며
어떠한 다툼도 둘 사이에 없으며
삶은 죽음 속에, 죽음은 삶 속에, 산다.

젖가슴은 파란 줄을 친 상아 지구본,[25]
정복되지 않았던 두 곳의 대륙!
주인의 멍에밖에 모르고 있고
맹세하여 주인을 진정으로 받들지만,
대륙들이 마음속에 야망을 일으키니,
추악한 찬탈자는 어여쁜 보좌에서
주인을 몰아낼 흉계를 꾸민다.

그 모습이 그자의 눈을 압도하지 않았는가?
보자마자 강렬히 욕망하지 않았는가?
욕망으로 욕망의 눈이 피곤하였다.
탄복에 탄복을 더해 탄복했으니,
그녀의 파란 핏줄, 대리석 살결,
산호 입술, 보조개 진 백설의 턱!

사냥에 만족한 사나운 사자가
시장기가 사라져 먹이를 어르듯,
타퀸은 잠든 여인을 바라볼 때에
욕망의 거칠기가 조금은 줄었지만
없어진 것이 아니라, 그녀의 옆에 섰을 때
반항을 멈추던 핏줄을 더 자극한다.

전리품을 가지고 싸우는 졸자들처럼
약탈을 일삼는 무지한 녀석들이
끔찍한 살인이나 강간을 즐기고
아이 눈물 어미 한숨 아랑곳없이
야만성을 키우고 공격만 기대한다.
공격의 나팔이 울리자 흥분한 가슴은
맹렬히 달려들어 마음대로 즐긴다.

고동치는 마음속이 불타는 눈을 부추겨서
그의 눈은 손에게 지휘권을 맡겨준다.
그의 손은 그 지위에 우쭐해진 듯
욕망으로 불타며 국토의 중심부인
젖가슴을 점령하기 위하여 나아간다.
손이 성에 올라서자 실핏줄의 대열이
겁에 질린 둥근 탑을 버려두고 떠난다.[26]

그들은 사랑하는 여주인이 거주하는
조용한 규방으로 급히 달려가
적군의 무서운 포위를 보고하면서
혼란과 소란으로 놀라움을 안겨준다.
몹시 놀란 그녀는 잠갔던 눈을 열고
소동을 살며시 살피려 하나
횃불에 눈이 감겨 꼼짝할 수 없다.

잠 속에 빠졌던 그녀가 무서운 꿈에
갑자기 깨었다고 상상해보라.
무서운 유령인 듯 끔찍한 그 모습에
뼈마디가 떨려오니 어찌나 무서운지!
그러나 그녀의 처지가 훨씬 심하다.
잠에서 깨어나 정신을 차려 보니
꿈에 겪은 공포가 사실이었다.

그녀는 천만 가지 공포에 휩싸여서
방금 죽은 새처럼 떨며 누워 있는데,
쳐다보지 못하는 그녀의 눈앞에
흉측한 몰골들이 획획 지나다닌다.
그러한 허깨비들은 약한 넋이 꾸며내서
그것들을 회피하는 눈이라고 화를 내면서
더 무서운 몰골들로 어둠 속에 겁을 준다.

그의 손은 그녀의 젖가슴에 머물러서

25 흰 살결에 비치는 파란 실핏줄을 이렇게 표현하고 있다.
26 그녀의 젖가슴을 성(城)을 방비하는 둥근 탑에 비유하고 그의 손은 성을 점령하기 위해 성에 기어오르는 공격 부대에 비유한다.

(상아 벽을 부수는 거친 파성퇴[27]처럼)
괴로운 심장을 (가련한 백성이듯)
더듬는데 그녀는 죽도록 아프게
제 몸을 치며 심장이 오르내릴 때
손이 떨리고, 성을 뚫어 즐거운 성에
들어오려고, 동정보다 격정이 솟구친다.

처음에는 나팔처럼 혀를 움직여
낙심한 적에게 회담을 제안한다.
하얀 홑청 너머로 더 하얀 뺨을 내밀어
습격의 이유를 말하라 하여 그는 말없이
몸짓으로 자기 뜻을 전하려 하지만
그녀는 계속하여 애원하면서
악행을 자행하는 이유를 묻는다.

그자가 답한다. "네 얼굴이 이유다.
화를 내면 백합처럼 하얗게 되고
수치심에 장미는 빨개지는데
그것들이 이유이고 내 사랑을 말해준다.
그것들을 이유로 삼아 정복되지 않았던
너의 성에 올랐으니 네가 잘못한 것이다.
너의 눈이 내 눈에게 너 자신을 배반한다."

"네가 꾸짖는다면 내가 먼저 말하겠다.
너의 아름다움이 이 밤 너를 올무에 걸리게 했다.
그래서 도리 없이 내 욕망을 견디게 됐다.
이 세상 최고의 쾌락으로 너를 점찍고
온 힘으로 욕망을 누르려고 애썼으며
질책과 이치로 죽이려고 할 때마다
너의 빛난 예쁜 것에 되살아났다."

"이런 짓이 무슨 곤란을 가져올지 잘 알고
장미가 무슨 가시로 막을지도 잘 알고
벌꿀은 침으로 방어하는 것도 잘 알아.
이 모든 사실을 생각은 미리 알아도
욕망은 귀가 먹어 친구 말을 듣지 않고
예쁜 걸 바라보는 눈만 살아서
책임과 법을 잊고 뵈는 것에 미쳐나."

"무슨 불행, 무슨 수치, 무슨 슬픔을 가져올지
내 영혼 깊숙이 생각했지만
무엇도 감정을 다스리지 못하고
그 맹렬한 속력을 멈출 수 없어.
후회의 눈물과 비난과 경멸과
격렬한 적개심이 따를 것을 알아도
나 자신의 창피를 받아들일 생각이야."

이 말을 마치고 칼을 높이 휘두르니
하늘 높이 나는 매가 날개의 그늘 아래로
작은 새를 억누르고 더 날면 죽인다고
구부린 부리로 위협하듯
거만한 칼 아래서 루크리스는 꼼짝 못 하고
매의 방울 소리에 겁먹은 새처럼
무서워 떨면서 그의 말을 듣는다.

"루크리스, 오늘 밤 너를 즐길 테야.
만일 네가 거절하면 폭력을 써야겠어.
너 누운 자리에서 너를 죽이고
네 집의 천한 노예를 하나 죽여서
네 목숨과 더불어 네 정절을 빼앗고,
죽은 너의 품 안에 그자를 놓아
그 짓을 보고 너를 죽였다고 하겠어."

"살아남은 네 남편은 보는 자마다
경멸의 눈초리를 보내게 되고
네 친척은 그 모멸에 얼굴을 못 들고
네 자식은 이름 모를 사생아란 누명을 갖고
너 자신은 불명예의 장본인이 되고
네 짓은 노래로 기억되어 아이들이
대를 물려 신나게 부를 테지만",

"복종하면 나는 너의 비밀의 애인이야.
남모르는 결함은 행함 없는 생각처럼
합법적인 계략을 이행한 것이며
큰 목적을 위해서 저지른 조그만 죄야.
어떤 때는 독약도 순수한 성분으로
합성이 되고 그대로 피부에 닿아
독성의 효력이 순수해져."

27 중세시대에 적의 성문을 부수거나 성벽을 무너뜨리기 위해 고안된 공격용 무기(battering ram).

"그래서 네 남편과 자식을 위해서
내 말을 들어. 절대로 잊지 못할 오욕을,
무슨 수를 쓴대도 없애지 못할 수치를,
그들의 몫이 되게 남기지 마.
노예나 탄생의 자국보다 나쁜 거야.
　사람이 태어날 때 생긴 자국은
　자연의 잘못이지 제 잘못이 아니야."

쏘아보면 죽는다는 전설의 독사[28]처럼
몸을 곧추세우며 잠시 말을 끊으니
순결한 마음씨의 초상과 같은 그녀는
날카로운 발톱 아래 흰 사슴처럼,
더러운 욕심에만 복종하면서
　착한 마음을 모르는 사나운 짐승에게
　무법천지 광야에서 호소한다.

그러나 세상을 위협하는 검은 구름이
흐릿한 안개로 높은 산을 가릴 때
어두운 땅속에서 순후한 바람이 일어[29]
그러한 검은 기운을 공중에서 몰아내고
구름들을 흩어서 소나기를 막아내듯
　조급한 그의 짓에 그녀의 말이 멈추니,
　오르페우스의 연주에 우울한 플루토도 멈칫한다.[30]

잠 안 자는 고양이가 할딱이는 생쥐를
강한 발로 움켜서 가지고 놀 듯,
구슬픈 그 모습에 욕정이 솟구치니
풍성한 먹이 앞의 굶은 입이다.
귀로는 듣지만 애원이 들어갈 틈이
　심장에 없다. 비는 돌을 뚫지만
　눈물은 욕정을 굳힐 뿐이다.

연민을 찾는 눈이 냉혹하게 찌푸린
그자의 얼굴을 가련하게 쳐다본다.
그녀의 말없는 웅변에 한숨이 섞여
그녀의 말씨에 감동이 더해진다.
마침표를 다른 데로 자주 옮기며
　문장의 중간에서 멈추곤 하여
　한 번 말을 할 때마다 두 번 다시 시작한다.[31]

전능하신 주피터의 높으신 이름으로,
기사도와 예절로, 친구 간의 서약으로,
뜻밖의 눈물로, 남편의 사랑으로,
거룩한 도덕으로, 모든 자의 신의로,
하늘과 땅으로, 천지의 힘으로,
　제 방으로 돌아가 욕망이 아니라
　참다운 명예에 순종하길 호소한다.

그녀가 말한다. "당신이 그랬듯이
친절을 암흑으로 보답하지 마세요.
마실 물을 드린 샘에 흙을 뿌리지 마세요.
고칠 수 없는 그것을 망치지 마세요.
그릇된 겨냥을 쏘기 전에 멈추세요.
　제철이 아닌데 가여운 사슴을 쏘려고
　활을 당기는 자는 사냥꾼이 못 돼요."

"당신의 친구인 남편을 생각해서 살려주세요.
강력한 분인 자신을 생각해서 놓아주세요.
약한 여자인 나를 붙잡지 마세요.
사기꾼과 같지 않으시니 속이지 마세요.
한숨의 회오리가 당신을 불어치려 해요.
　남자가 여자의 신음에 감화된 적 있다면
　내 눈물, 내 한숨, 내 신음에 감화되세요."

"모두가 뭉쳐서 요동치는 바다처럼
난파를 위협하며 돌 같은 당신을 치고
그 일을 계속해서 부드럽게 만들겠어요.
돌멩이도 녹아서 물이 되지요.
당신이 돌보다 단단하지 않다면
　내 눈물에 녹아서 동정하세요.
　부드러운 연민은 철문을 열어요."

"타퀸의 모습 보고 당신을 맞았는데,

28 '코카트리스'(cockatrice)라는 전설의 괴물 독사가 사람을 쏘아보면 그 사람은 죽는다는 말이 있었다.
29 바람은 땅에서 생겨나는 것이라고 생각했다.
30 그리스신화에 나오는 시인 오르페우스가 망자가 된 아내를 다시 데려오려고 리라를 연주하자 지하계의 왕인 플루토가 눈감아 주었다.
31 그녀의 더듬거리는 말이 오히려 웅변처럼 감동스럽다는 것.

오욕을 끼치려고 남편 옷을 입었어요?
하늘의 모든 별에 호소합니다.
당신은 그 명예와 이름을 더럽혀요.
겉모양과 달라요. 같은 분일지라도
신이며 왕이신 외모와는 달라요.
왕은 신처럼 모든 것에 이겨야죠."

"이렇게 피기 전에 먼저 악이 자라나면
수치심도 때가 되어 씨를 맺지 않겠어요?
왕자가 그런 짓을 서슴지 않는다면
왕이 될 때 무슨 짓을 삼가겠어요?
천한 자의 범죄도 지울 수가 없는데
왕의 죄는 파묻을 수 없다는 걸
분명히 기억하고 자중하세요."

"이래서 당신이 두려워 복종하지만
나는 복된 군주를 사랑으로 순종해요.
악독한 범죄자가 그런 짓을 지었을 때
당신은 그런 자도 견뎌야 해요.
그 짓이 싫다면 욕망을 버리세요.
군주는 거울이며 학교이며 책이라
백성은 보고 읽고 모양을 본떠요."

"욕망을 가르치는 학교가 되겠어요?
그런 수치스런 강의를 들어야 해요?
죄악의 본을 보여주는 거울이 되어
당신의 이름으로 죄악을 허용하며
수치에게 면죄부를 줄 거라고요?
영원한 찬미를 죄악으로 받들고
정결한 정절을 뚜쟁이로 삼는군요."

"명령권을 가지셨죠? 신의 힘에 의지해서
깨끗한 마음으로 육체를 물리쳐요.
죄악을 지키려고 칼을 뽑지 마세요.
악의 씨를 멸하라고 빌려주신 거예요.
당신 짓을 본떠서 죄짓기를 배우고
당신이 그 길을 가르쳤다 한다면
왕의 임무를 어떻게 다하세요?"

"자신의 범죄를 남에게서 본다면
얼마나 추악한 꼴이겠나 생각하세요.
자신의 결함은 보이지 않아요.
자신의 죄악을 아끼고 숨겨요.
형제의 잘못은 사형감이 될 거예요.
자기가 지은 죄를 외면하는 자들은
얼마나 파렴치에 휩싸였어요!"

"경망스런 당신의 부하 욕망이 아니라
당신 스스로에게 양손을 들어 빌어요.
쫓아냈던 위엄을 다시 부르고
아양을 떠는 욕심들을 물리치세요.
진정한 존경심이 못된 욕망을 묶고
어리석은 눈에서 구름을 걷어내어
자신을 돌아보고 동정심을 보일 테죠."

"그만해. 거침없는 조수 물은
돌이킬 수 없고, 막을수록 높아가.
작은 불은 금방 끄나 큰 불은 남아서
바람이 불면 더 사납게 졸라대.
조그만 개울들은 왕 같은 바다에게
소금 빚을 날마다 갚아주지만
제왕의 입맛을 바꿀 수 없어."

"당신은 바다이고 귀한 왕인데
드넓은 그 물에 시커먼 욕정과
불명예와 수치와 무질서가 몰려들어
당신 피의 바닷물을 흐리려 해요.
그런 못된 짓들이 그 지위를 바꾼다면
그 바다는 자궁 속의 웅덩이에 갇히고
그 바닷물의 웅덩이는 사라지지 않아요."

"그러한 노예들이 왕이고 당신은 노예예요.
높은 당신이 천해지고 낮은 것들이 귀해져요.
당신은 삶을 주나 그것들은 무덤 되고
그것들 때문에 부끄럽고 그것들은 자랑해요.
작은 것이 큰 것을 가려서는 안 돼요.
삼나무가 덤불에게 구부리지 않아요.
삼나무의 뿌리에서 덤불들이 시들어요."

"당신의 천한 종인 당신의 욕정들을—"
"그만해. 맹세코 네 말 더 듣지 않겠어.
내게 굴복해. 거절하면 부드러운 사랑 대신

강렬한 증오가 거칠게 너를 찢고
멸시를 가득 채워 너를 번쩍 들어서
  수치스런 죽음 속에 너와 짝이 될
  천한 종의 잠자리에 옮겨놓겠어."

말을 마치자 발로 밟아 불을 끄니
빛과 욕정은 원수들인 까닭이다.
캄캄한 눈먼 밤에 묻힌 수치가
보이지 않을 때 폭력을 행사한다.
늑대가 억누르자 어린양은 울부짖고
  그녀의 목소리에 순종하던 홑청으로
  울부짖는 소리를 입술 속에 파묻는다.

그녀의 홑청으로 울부짖는 소리를
여자의 머릿속에 가두어놓고
정숙한 두 눈이 슬픔으로 쏟아내는
정결한 눈물 속에 더운 낯을 식힌다.
막무가내 욕정이 순결한 침상을
  더럽히누나! 눈물이 씻는다면
  그녀의 눈물은 영원히 흐르리라.

목숨보다 귀한 것을 그녀는 잃었지만
그자는 또다시 잃을 것을 얻을 뿐이다.
강압적인 조약은 갈등을 다시 빚고
순간적인 쾌감은 기나긴 고통을 낳고
뜨거운 욕정은 차가운 경멸이 된다.
  순결의 보물을 샅샅이 뒤지지만
  욕정이란 도둑은 훨씬 가난해진다.

배부른 사냥개나 사냥매처럼
냄새도 못 맡거나 날지도 못해
그것들이 본능으로 좋아하는 짐승을
느리게 쫓거나 놓쳐버리듯
욕심을 채운 타퀸은 밤을 밝힌다.
  입에는 달았으나 배에는 몹시 써서
  게걸스레 먹어대던 욕정을 삼킨다.

무한한 상상으로 고요한 사색 중에
감지할 수 없을 만큼 한없이 깊은 죄악!
술 취한 욕망은 삼킨 것을 토해야만
자기가 저지른 못된 꼴을 보게 되며
날뛰는 욕정은 무슨 욕을 들어도
  말 안 듣는 말처럼 스스로 지쳐야만
  불같은 욕망이 수그러든다.

비로소 홀쭉해진 빛바랜 얼굴,
꺼진 눈, 찌푸린 이마, 맥 빠진 걸음,
굽실대는 패잔병처럼 쇠약한 욕망,
거덜 난 걸인처럼 불행을 탄식한다.
강한 몸의 욕망은 은총과 싸우고
  육체를 자랑하나, 육체가 약해지면
  죄를 지은 반항아는 용서를 빈다.

죄스러운 목적을 뜨겁게 추구하던
로마의 왕자도 그와 같은 형편이니,
평생토록 수치 속에 살게 될 것을
스스로 자신에게 판결을 선고한다.
뿐만 아니라 영혼의 전당도 파괴되어
  무너진 폐허에 근심을 불러 모아
  더럽혀진 여왕[32]께 안부를 물으니,

그녀의 백성이 몹쓸 난을 일으켜
거룩한 성벽을 부수고 죄악으로
여왕의 불멸까지 파괴했으며
자기를 산 죽음과 영원한 고통에
매이게 되었다고 탄식한다.
  그것을 미리 알고 단속했지만
  그것들의 욕정을 막지 못했다.

이런 생각에 잠겨 어둠을 통하여
이기고 진 승전한 포로는 도망한다.
무슨 약을 쓴대도 그대로 남을,
치유가 불가능한 상처를 지녔으니
탈취된 전리품[33]은 너무 괴롭다.
  그녀는 그가 남긴 욕정의 짐을 지고

32 육체라는 성(城)을 다스리는 여왕(영혼)에게 육체가 반란을 일으켜 그녀의 성이 파괴된 상황에 비유한 것. 몸은 신성한 영혼의 전당이라는 것이 기독교의 근본적 사상이다. '정욕'(육체의 욕망)들은 그녀(영혼)의 '백성'이다.
33 겁탈당한 루크리스를 말한다.

그자는 무거운 죄책을 지게 되었다.

그자는 도둑개처럼 우울하게 기어가고
그녀는 지친 양처럼 가쁜 숨을 마신다.
그자는 찌푸리고 자기 죄를 미워하며
그녀는 절망해서 손톱으로 제 살을 찢는다.
그자는 겁에 질려 땀에 절어 맥없이 달아나고
그녀는 뒤에 남아 험한 밤을 저주하고
그자는 사라진 역한 쾌락을 욕하며 뛴다.

뉘우치는 죄인으로 그자는 떠나가고
그녀는 절망 속에 버림받아 남겨졌다.
그자는 달아나며 아침 빛을 갈구하고
그녀는 밝은 날을 안 보기를 기도한다.
"낮은 밤의 실수를 환하게 밝히는데
진실한 내 눈들은 교묘한 얼굴로
죄악을 가린 적이 절대로 없어."

"그자들이 생각하길 눈에 뵈는 못된 짓을
남들도 볼 거라고 믿기 때문에
남모를 죄악이 안 보이도록
언제나 어둠 속에 있으려고 해.
눈물을 보이면 죄가 드러나
쇳덩이를 파먹는 물방울처럼
혼자 앓는 수치를 나의 뺨에 새겨."

그러면서 그녀는 잠잔 것을 저주하고
두 눈은 이후로 멀으라며
가슴팍을 두드려 다시 뛰는 심장에게
거기서 뛰쳐나와 정결한 마음을
정결히 간직할 가슴을 찾으라 한다.
미친 듯한 슬픔으로 어둠의 비밀에
자신의 원한을 토로하여 외친다.

"오, 위로를 죽이는 밤, 지옥의 모습이여,
어둑한 수치의 장부며 기록자여,
잔혹한 살인과 비극의 암흑한 무대여,
죄악을 감춘 막막한 혼돈, 저주의 어미,
정체를 숨긴 뚜쟁이, 모함의 은신처,
무서운 죽음의 동굴, 은밀한 반역자,
겁탈자와 함께하는 수군대는 음모자!"

"오, 끔찍한 안개에 휩싸인 밤이여,
고칠 길이 없는 죄악의 공범인 너는
동녘의 빛을 가려버릴 안개를 동원해서
변함없이 진행하는 시간과 싸우거나
태양에게 전처럼 오르기를 허락해도
침실에 들어가려고 기울기 전에
금빛 머리 주위에 독 구름을 짙게 깔아라."

"부패한 습기로 아침을 더럽혀라.
그것들이 내뿜는 혼탁한 숨길들로
피곤한 정오에 태양이 오르기 전,
순결의 생명인 뛰어난 미를 병들게 하고
너의 썩은 안개를 두껍게 덮어
시꺼먼 대열 속에 가라앉은 햇빛이
한낮에 꺼져버려 영원한 밤이 돼라."

"타퀸이 밤이라면—과연 밤의 자식이니—
은빛의 달님[34]에게 멸시를 보내리니
반짝이는 그녀의 시녀들[35]도 타락하여
검은 밤의 품에 안겨 내다보지 않겠다.
그래서 나는 고통을 나눌 친구가 있어,
순례자의 이야기가 순례를 줄여주듯
슬픔의 우정은 슬픔을 덜어준다."

"함께 낯을 붉히고 양손을 깍지 끼고
고개를 숙이고 얼굴을 가리며
오명을 감춰줄 사람은 나밖에 없어
하얀 짠물 소나기로 흙의 간을 맞추며
외롭게 앉아서 울어야 하는 나는
눈물과 넋두리와 슬픔과 탄식으로
한없이 신음하는 초췌한 비석이지."

"오, 밤아, 썩은 연기를 피우는 화덕아!
의심 많은 낮에게서 네 얼굴을 숨겨라.
온갖 것을 감추는 시커먼 네 외투에
치욕에 살해당한 얼굴이 숨어 있다.

34 밤의 여왕인 다이애나. 그녀는 정절의 여신도 되었다.
35 하늘의 별들. 시녀들은 처녀였던 엘리자베스 여왕이 처녀로 남기를 간절히 원했다.

어두운 그곳에 늘 박혀 있어라.
너의 세력 속에서 지은 죄들이
너의 그늘 가운데 묻혀 있어라."

"말을 옮기는 표적이 되지 않게 해다오.
청순한 정절이 시들은 사연이
신성한 혼인 서약을 깨트린 것이
이마에 새겨져서 환하게 보이겠지.
유식한 책들을 해석할 줄 모르는
무식한 자라도 내 얼굴을 보고서
추악한 내 죄를 가리킬 수 있겠지."

"엄마는 아이를 달래려고 내 얘기를 하고
우는 아기에게 겁주려고 타퀸 얘길 하겠지.
웅변가는 제 웅변을 장식하려고
타퀸의 수치에다 내 욕을 더하겠지.
잔칫집에 다니는 각설이는 청중들한테
타퀸이 날 망치고 내가 남편을 망친 걸
구절마다 귀담도록 들려줄 테지."

"깨끗한 내 이름과 순결한 내 명성은
남편의 사랑을 받을 테니 더럽게 하지 마.
그런 게 문제가 된다고 하면
뿌리가 다른 가지가 썩은 거야.
억울한 누명을 남편이 쓰게 돼.
내가 전에 남편한테 깨끗한 만큼
내가 당한 이 치욕이 분명해져."

"오, 볼 수 없는 수치, 안 뵈는 치욕!
못 느낄 상처, 집안을 망치는 남모를 흠!
남편의 얼굴에 수치의 낙인이 찍혀
멀리서도 타퀸은 그걸 알아볼 테지.
전쟁 아닌 평화 중에 입은 상처를—
오, 부끄러운 상처를 입은 자가 많지만
자기가 아니고 상처를 입힌 자가 안다."

"당신의 명예가 내 몸에 있었다면
기운 센 폭력이 그것을 빼앗았어요.
꿀을 잃은 이 몸은 수벌과 같이
여름 내내 수고한 보람도 없이
강도 상해 범인한테 모두 도둑맞았어요.
약한 벌집에 떠돌이 말벌이 숨어들어
정결한 벌이 감춰둔 꿀을 통째로 먹었어요."

"당신의 명예가 파괴된 건 내 탓이지만
당신의 명예를 위해 대접했던 거예요.
당신한테서 왔던 거라 거절하지 못했어요.
환대하지 않았다면 불손이 됐겠어요.
게다가 그자는 몹시 피로하다며
말씨도 점잖았죠.—오, 그런 마귀가
순결을 파괴할 때 예상하지 못했던 악!"

"어째서 벌레는 꽃망울을 침범하며
얄미운 뻐꾸기는 참새 집에 알을 낳고
두꺼비는 맑은 샘에 흙탕물을 퍼뜨리며
점잖은 가슴에 욕망이 꿈틀대고
왕은 스스로 법률을 깨뜨리죠?
아무리 완벽한 거라도
약간의 불순물이 조금 섞일 수 있어요."

"금붙이를 쌓아두는 노인은 쥐와
통풍과 쑤시는 발작으로 몸이 아프고
보물을 바라볼 눈조차 희미한데
영원히 애타는 탄탈로스[36]처럼
쓸데없는 추수를 영혼 속에 쌓아두고
고칠 수 없다는 고통만 있고
재물의 기쁨은 조금도 없죠."

"그래서 쓸 수 없는 재물을 가졌다가
자식들의 손에다 넘겨줄 뿐인데
사치스런 자식들은 재산을 탕진하나,
아비는 쇠약하고 자식들은 튼튼해서
저주요 축복인 재산을 오래 쓰지 못해요.
바라던 단맛은 쓰고 역한 맛이 돼서
내 거라는 그 순간에 변해버려요."

"사나운 바람은 여린 봄을 기다리고

36 신들을 속인 죄로 지옥에 떨어진 그가 굶주리고 목말라도 손을 뻗으면 과일이 자꾸 달아나고 물속에 들어 있으면서도 물을 마시려 하면 물이 달아나는 기갈의 벌을 받은 자.

못된 잡초는 귀한 꽃과 함께 크고
예쁜 새가 노래할 때 독사는 노려보고,
선이 키우는 걸 악이 집어삼켜요.
내 거라 할 수 있는 좋은 게 없어요.
악을 행할 그릇된 기회이거나
생명 또는 명예를 죽일 뿐이죠."

"오, 악한 기회야,[37] 네 죄가 크다.
반역자의 반역을 네가 행하고
어린양이 갈 곳에 늑대를 세워놓고
죄악을 꾸미면 좋은 때를 마련하며
정의와 법률과 이치를 경멸하고
아무도 못 보는 골방에 들어앉아
지나가는 영혼을 옭아 넣누나."

"너는 처녀 사제[38]의 서약을 깨트리며
불길을 일으켜서 금욕을 와해하며
정절을 질식하며 진심을 살해하며
추악한 유혹자며 그악한 뚜쟁이다.
추문을 심어놓고 칭찬을 뿌리 뽑는
겁탈자, 반역자, 간사한 도둑이다.
네 꿀은 쓸개이며 네 기쁨은 슬픔이다."

"숨겨진 쾌락은 알려진 수치가 되고
남모를 잔치는 공개된 금식이 되고
멋있는 직위는 누추한 이름이 되고
너의 달콤한 혀는 익모초로 변하고
난잡한 장난은 오래가지 못한다.
못된 기회야, 그런데도 어째서
그토록 사람들이 너를 찾느냐?"

"언제 너는 착한 이의 편이 되어서
소망을 이룰 데로 데려갈 테냐?
분쟁을 끝낼 때를 네가 언제 택하고
가난에 매인 자를 해방시키며
병자를 치료하고 아픈 이를 위로하느냐?
가난한 자, 눈먼 자, 불구자가 외치지만
그들은 기회가 절대로 돕지 않는다."

"의사가 잠잘 때 환자는 죽고
압제자가 먹을 때 고아는 굶는다.
과부가 슬피 울 때 법은 흥청거리고
전염병이 떠돌 때 정부는 노닥대며,
너는 자선을 베풀 시간을 남겨놓지 않으며
분노와 시기, 강간, 살인이 창궐하고
악한 세월은 하인처럼 그것들을 따른다."

"진실과 덕성이 너하고 거래할 때
온갖 장애물들이 네 도움을 막아선다.
그래서 큰돈 내고 네 도움을 사는데[39]
죄는 값을 안 내지만 너는 만족하여서,
죄악의 요청을 듣자마자 허락한다.
타퀸과 함께 남편도 왔을 텐데,
네가 그이를 남아 있게 만들었지."

"너는 도둑질과 살인을 저지르며
너는 위증과 매수를 저지르며
반역과 위조와 사기를 저지르며
근친상간이라는 추행까지 저지르니
창조부터 최후의 심판이 닥칠 때까지
과거 현재 미래의 온갖 죄악의
방조자가 되는 게 타고난 본성이야."

"못생긴 '시간', 추악한 밤의 단짝,
근심 걱정 전달하는 간사한 역마,[40]
젊음을 삼키는 자, 거짓 기쁨, 거짓 노예,
슬픈 소식을 전하는 야경꾼,[41] 죄의 짐꾼, 선의 덫,

37 죄악이 일어날 '기회'를 말한다.
38 다이애나의 여사제는 죽기까지 처녀로 남겠다고 맹세했는데, 헤로라는 여사제가 레이안드로스라는 사내와 열애에 빠지는 이야기를 크리스토퍼 말로가 뛰어난 장시로 읊어 크게 유행시켰다.
39 진실과 덕성은 요금을 내고 '기회'라는 판사에게 재판을 맡기지만 타락한 판사 '기회'는 '죄'의 말을 듣자마자 옳다고 선고한다.
40 일정한 거리마다 '역'을 두어 말을 대기시켜 놓았다가 갈아타고 달리게 했는데 그런 말을 '역마'라 하여 소식을 빨리 전하든가 사람을 빨리 나르는 데 썼다. (그런 '환승 정거장'을 '역촌'이라 했다.)
41 중세 유럽에서는 야경꾼이 가장 이르게 동네 길을 다녔으므로 소식을 가장 일찍 전해 주었다.

모든 걸 기르고 모든 걸 죽이는 너,
　교묘히 속이는 시간, 내 말을 들어.
　내 죄를 범했으니 죽음도 책임을 져."

"어째서 네 하인 '기회'는 네가 내게
허락했던 휴식의 시간을 악용하여
내 행복을 취소하고 끝없이 계속되는
슬픔의 세월에 나를 잡아맸느냐?
시간의 일은 원수 간의 증오를 끝내고
　소문이 만든 오류를 없애는 거지
　혼인의 권리를 탕진하지 않아."

"시간은 다투는 왕들을 진정시키고
허위를 폭로하며 진실을 밝히고
오래 묵은 사물에 세월을 표시하고
아침을 깨우고 밤 시간을 지켜주며
악한 자를 괴롭혀 정의를 실현하며
　거만한 건물을 폐허가 되게 하며
　번쩍이는 누각에 흙먼지를 바르고"

"웅장한 기념비를 좀벌레로 구멍을 뚫고
사물의 퇴락으로 망각을 살찌우고
옛 책을 지우고 내용을 바꾸며
노쇠한 까마귀의 날개깃을 뽑으며
고목의 수액을 말리고 새싹을 기르며
　공들여 쇠로 만든 옛것을 망치고
　어지러운 운수의 바퀴를 돌리며",[42]

"늙은 노파에게는 어린 딸을 보여주고
아이는 어른으로, 어른은 아이로 만들고
짐승으로 먹고사는 호랑이를 죽이고
야생의 일각수[43]와 사자를 길들이고
스스로 속는 영악한 자를 비웃고
　풍성한 결실을 농부에게 안겨주고
　물방울로 바위를 뚫은 것이 영광이거늘",

"어째서 도중에 못된 짓을 범하느냐?
돌이켜 잘못을 고칠 수도 없으면서?
한 세기에 1분만 되돌아와도
수천만 친구들이 네게 생겨서
못된 빚쟁이에게 속지 않을 꾀를 줄 텐데.[44]
　오, 무서운 이 밤, 한 시간만 반복하면
　폭풍을 미리 막고 난파도 피할 테지."

"쉴 새 없는 영원의 심부름꾼아,[45]
도망치는 타퀸 앞에 장애물을 놓아라.
한없는 아픔보다 더 독한 아픔으로
저주스런 죄의 밤을 저주하게 만들어라.
무서운 허깨비에 음탕한 눈이 떨게 해.
　자기가 지은 악을 생각만 해도
　덤불마다 끔찍한 악귀가 되려마."[46]

"어지러운 옅은 꿈에 잠을 설치고
앓아누운 병자처럼 몸이 쑤시고
불쌍한 불행이 그자에게 덮쳐서
앓는 소리를 내어도 동정하지 마.
돌보다 굳은 자의 돌에 맞아 죽고
　온순한 여자들이 사납게 돼서
　범보다 사납게 그자에게 덤벼들어라."

"곱슬머리를[47] 쥐어뜯을 시간을 줘.
자신을 미치게 저주할 시간을 줘.
시간의 도움을 절망할 시간을 줘.
비천한 노예로 살아갈 시간을 줘.
거지의 밥알을 구걸할 시간을 줘.
　동냥으로 살아가는 거지가 찌꺼기마저
　거절하는 지경이 될 시간을 줘."

"친구가 적이 되고 웃기는 광대가
자기의 놀림을 깨닫는 시간을 줘.
슬플 때 시간이 얼마나 더딘지,
음욕을 채우고 신나게 놀 때는

42 눈먼 여신인 '운수'는 물레바퀴를 빙빙 돌리는데 그에 따라 인간의 행복, 불행은 돌고 돈다고 믿었다.
43 일각수(unicorn)는 전설적인 짐승으로서, 절대로 길들일 수 없다고 하였다.
44 못된 채무자는 빚을 갚지 않겠지만 잠깐이라도 시간이 되돌아가면 지혜가 꿔주지 않을 것이라는 말.
45 '시간'은 '영원'의 하인으로, 쉴 틈 없이 일한다.
46 겁먹은 눈에는 예사로운 덤불도 악귀로 보인다.
47 곱슬머리는 당시 젊은 남자의 멋이었다.

얼마나 빠른지 깨닫는 시간을 줘.
  돌이키지 못할 죄에 남용한 시간을
  두고두고 후회할 시간을 줘."

"선인과 악인의 교사인 시간아,
네가 악을 가르친 자를 저주할 말을 가르쳐다오.
도둑이 제 그림자에 놀라서 미치게 해.
순간마다 자살을 기도하게 만들어.
못된 피는 못된 손이 흘려야 해.
  그처럼 비열한 자의 사형을 집행하는
  부끄러운 직책을 맡을 자가 누구야!"

"왕의 자식이면서 가문의 치욕으로
기대를 그르쳐서 더더욱 비열해.
높으면 높을수록 수치도 커져
존경을 받거나 증오를 낳아.
가장 큰 수치는 가장 큰 자의 몫이야.
  달에 구름이 끼면 누구나 깨닫지만
  작은 별은 마음대로 숨을 수 있어."

"까마귀는 날개를 흙탕물에 담갔다가
더러운 채 날아가도 눈에 띄지 않지만
백설 같은 고니가 그러기를 원한다면
은빛 깃에 땟자국이 그대로 남게 돼.
하인은 어두운 밤이지만 왕은 빛나는 해니,
  각다귀는 어디를 날아가도 상관없지만
  독수리는 모든 눈이 올려다봐."

"천박한 바보들이 부리는 괜한 말들,
쓸데없는 헛소리들, 나약한 판관들아,
논쟁술만 배우는 학교에 처박혀서
멍청한 논객들과 한가롭게 떠들고
벌벌 떠는 의뢰인에 변호사나 되어라.
  나의 일은 법이 도울 차원을 넘었으니
  어떠한 변론도 쓸데없을 뿐이야."

"죄를 범할 기회와 시간과 타퀸과
우울한 밤을 욕해도 소용없고
나 자신의 수치를 탓해도 소용없고
확실한 치욕을 부정해도 소용없어.
바람 켜는 논설은 도움이 안 돼.
  정말로 나에게 도움이 될 약은
  더럽힌 내 피를 내버리는 거야."

"불쌍한 손아, 이 판결에 어째서 떨어?
치욕을 제거하여 네 명예를 높여.
내가 죽으면 내 명예는 네 속에 살게 되고
내가 살면 너는 내 수치 속에 살게 돼.
네 주인을 보호하지 못하였을 뿐 아니라
  두려워서 원수를 할퀴지도 못해서
  그렇게 범한 죄로 너와 네 주인을 죽여."

말을 마친 그녀는 흐트러진 자리에서
벌떡 일어나 죽음의 도구를 찾았으나
이 집은 도살장이 아니어서 그녀의 숨이
빠져나갈 틈새를 만들어줄 연장이 없어
입술로 몰려나와 한숨 되어 사라져서
  분화구의 연기처럼 공중에 흩어지고
  대포가 쏜 포연하고 비슷하다.

"헛되게 살아서 불행한 숨을 끊을
행복한 수단을 찾아보나 헛일이야.
타퀸의 칼에 죽는 게 무서웠지만
그처럼 죽으려고 칼을 찾고 있구나.
하지만 그때에는 충실한 아내였지.
  지금도 다름없어.—아니야. 그렇지 못해.
  진실한 그 이름을 타퀸이 강탈했어."

"내 삶의 목표가 사라졌으니까
죽는 걸 무서워할 필요가 없어.
죽음으로 오점을 지워버려서
치욕의 복장에 명예의 훈장을 달면
살아 있는 수치를 목숨으로 죽이는 것.—
  절망적인 처방이지. 보석은 도둑맞고
  죄 없는 상자를 불태우는 것이야."

"사랑하는 콜라티누스, 폭력한테 빼앗긴
혼인의 상한 맛을 몰라야 해요.
진정한 사랑을 속일 수 없고
파괴된 서약으로 예쁘게 굴지 못해요.
잡된 씨는 안 키워요. 당신의 혈통을
  더럽힌 자가 당신이 귀애하는 자식의

아비라고 자랑하게 버려둘 수 없고"

"당신을 생각하며 남몰래 웃고
그 사실을 짝패들과 웃게 할 수 없어요.
당신의 자식은 천한 돈에 사지 않고
제 집에서 도둑맞은 걸 아셔야 해요.
나는 나의 운명의 주인이어요.
나의 죄를 그냥 두지 않을 거예요.
강요된 죄의 값을 죽음으로 갚겠어요."

"죄의 독을 당신한테 퍼뜨리지 않겠어요.
교묘한 변명으로 죄를 감싸지 않겠어요.
가증스런 이 밤의 사실을 감추려고
죄의 검은 바탕에 덧칠하지 않겠어요.
혀가 모두 말할 때 개울 같은 두 눈은
산골 샘이 골짜기를 맑게 흐르듯
더러운 이야기를 깨끗하게 만들겠죠."

구슬픈 필로멜라[48]는 밤이면 부르던
아름다운 노래를 그친 지 오래됐고
그윽한 밤은 느리게 걸어 미운 지옥에
내려가 있고 불그레한 아침은
빛을 찾는 고운 눈에 빛을 던지나,
우울한 그녀는 자신을 보기 부끄러워
도리어 밤중에 갇혀 있길 원한다.

밝은 해가 틈새마다 들여다보고
울며 앉은 그녀에게 손가락질하는 듯,
해에게 울며 말한다. "눈 중의 눈아,
어째서 창문을 들여다봐? 그만두렴.
간지러운 빛살로 잠든 눈을 놀리렴.
날카로운 빛으로 내 이마에 낙인찍지 마.
밤이 행한 짓들은 낮하고는 상관없어."

눈에 띄는 것마다 이렇게 탓하니
슬픔은 아이처럼 화를 잘 내서
한번만 수틀리면 달랠 수 없고
아이 아닌 노인이 슬픔을 참아낸다.
슬픔이 계속되면 노인은 순해지고
아이는 사나워져 서투른 헤엄으로
실력 없이 애만 쓰다 죽는 것과 다름없다.

그리하여 그녀는 근심 바다 속에서
눈에 띄는 것마다 트집을 잡고
온갖 슬픔을 저 자신과 비교한다.
무엇을 보든지 슬픔이 격해지니,
이 슬픔이 지나가면 저 슬픔이 뒤따른다.
어떤 때는 슬픔이 말이 없다가
어떤 때는 미쳐서 마구 떠든다.

아침 기쁨 노래하는 작은 새들이
그녀의 한숨을 미치게 만든다.
기쁨은 아픔의 바닥을 휘저어서
유쾌한 무리에 끼어 우울한 자는 죽는다.
슬픔은 슬픔의 무리끼리 좋아한다.
그래서 슬픔은 동병상련을 하는 때에만
감정의 만족을 얻을 뿐이다.

육지를 보며 죽는 것은 두 번 죽는 것.
음식을 보며 굶는 것은 열 번 주리는 것.
약을 보면 상처는 더욱 아파지는 것.
큰 슬픔은 위로가 될 일에 더욱 슬프고
깊은 아픔은 조용한 강처럼 계속 흐르다
막으면 둑을 넘어 홍수가 되니
얕잡은 슬픔은 법도, 제한도 없다.

"조롱하는 새들아, 너희의 노래는
비죽 내민 가슴팍에 묻어버리고
내 앞에선 입 다물고 잠잠하라.
끝없는 불협화음은 멈춤도, 쉼도, 싫어한다.[49]
구슬픈 여주인은 유쾌한 객을 못 견디니
경쾌한 곡은 즐거운 귀에 울려라.
슬픔은 눈물로 장단 맞춘 곡조가 좋다."

48 우리의 소쩍새처럼 밤에 슬피 우는 서양의 새, 나이팅게일. '필로멜라'라는 처녀는 형부에게 강간을 당하고 발설하지 못하도록 혀를 잘렸으나 자기 이야기를 수를 놓아 언니(프로크네)에게 알렸다. 이 자매는 그의 아이들을 죽여 그 살을 그에게 먹이고 필로멜라는 나이팅게일로, 언니는 제비로 변했다고 한다.

49 노래에 있기 마련인 '멈춤'과 '쉼'은 그녀의 끝없이 괴로운 심정에 맞지 않는다.

"오라, 겁탈을 노래하는 필로멜라[50]야.
헝클어진 내 머리를 슬픈 숲으로 삼아라.
슬픈 너의 울음에 습한 땅도 울 듯이
구슬픈 가락마다 눈물을 뿌리고
우울한 한숨으로 낮은 음을 내겠어.
네가 형부에 대해 고음으로 노래할 때
나는 저음으로 타퀸을 저주하겠어."

"아픔을 깨우려고 가시로 몸을 찔러[51]
고음을 내는 너를 흉내 내려고
가련한 나도 눈에게 겁주려고
날카로운 칼끝을 가슴에 꽂아서
눈이 외면할 때 쓰러져 죽겠어.
거문고의 기러기발처럼 그렇게 해야
마음의 심금이 슬픈 곡에 알맞지."

"불쌍한 새야, 남의 눈에 뜨일까
걱정하는 듯, 낮에는 노래하지 않아서
뜨거운 더위나 매서운 추위가 없는
인적이 끊겨 후미진 황야를 찾아서
구슬픈 가락을 거기에 풀어놔서
사나운 짐승들이 성질을 달리하고
사람도 짐승이라 착한 마음을 갖게 하자."

놀라서 허둥대는 불쌍한 사슴이
어디로 달아날까 쩔쩔매듯이,
복잡한 미로에 둘러싸인 사람이
밖으로 나갈 길을 내밟지 못하듯,
그처럼 여자도 속으로 갈등한다.
목숨은 부끄럽고 죽음은 욕을 먹고,
삶인가, 죽음인가, 무엇이 좋은가?

"자결한다는 건 오로지 몸으로
영혼을 더럽히는 행위에 불과해.
전부를 파멸 속에 묻는 자보다
조금 더 참는 자는 반만 잃거든.
귀여운 두 아기 중 하나가 죽으면
산 아기를 죽이고 말겠다는 어미는
잔인한 결말을 시도하는 여자야."

"내 몸은 순결하고 내 혼은 거룩할 때
둘 중에 어느 게 보다 더 귀중해?
하늘과 남편을 위해 둘을 간직했다면
그중 어느 사랑이 내게 가까웠을까?
낙락장송까지도 껍질을 벗기면
솔잎도 시들고 수액도 마르듯
껍질을 벗긴 내 영혼도 죽겠지."

"영혼의 집은 약탈당해 소란스럽고
원수가 집안을 때려 부수고
신전은 오염되고 도둑맞고 더럽히고
흉측하게 치욕으로 둘러싸여 있어서
망가진 이 성곽에 구멍을 뚫어서
괴로운 영혼을 빼낸다 해도
불경한 짓이라 욕하지 마."

"그러나 갑자기 내가 죽은 이유를
남편이 듣기까지 살아 있어야
못된 그 순간에 내 목숨을 빼앗은
그자에게 복수를 맹세하게 돼.
타퀸이 더럽힌 내 피를 넘겨주면
유언장에 적힌 대로 놈의 몫이니
남김없이 그자에게 흘려줄 테야."

"그처럼 불명예로 더럽혀진 내 몸에
상처를 주는 칼에 명예를 넘겨준다.
더럽혀진 목숨을 뺏는 건 명예여서
목숨이 죽으면 명예는 살리라.
수치의 재로부터 명예가 생겨나서,[52]
내가 죽음으로써 치욕을 죽이고
치욕의 죽음으로 명예가 태어나지."

"내가 잃은 보석의 귀하신 주인,
당신께 무엇을 남겨드릴까?

50 그리스신화에 나오는 아테네의 왕 판디온의 딸이자 프로크네의 동생. 형부에게 겁탈당하고 달아나 밤에 우는 나이팅게일이 된 여인(주석 48 참조).

51 나이팅게일은 원한을 잊지 않기 위해 뾰족한 가시에 가슴을 밀어대며 노래한다고 한다.

52 아라비아의 '피닉스'(불사조)는 자신을 불태워 그 재로부터 다시 새 피닉스로 태어난다고 했다.

내 결단이 당신에게 자랑이 될 거예요.
그래서 당신은 복수하게 되어요.
타퀸을 어떻게 할지 나한테 배우세요.
　당신의 사랑인 내가 원수인 나를 죽이니
　가증한 타퀸에게 나를 위해서 그러세요."

"유언을 요약하면 다음 같아요.
영혼과 몸은 하늘과 땅의 것이고
결단은 남편인 당신 것이고
명예는 상처 입힐 칼의 것이고
수치는 내 명성을 망친 자의 것이지만
　내 수치를 생각하지 않을 이들만
　살아 있는 내 명성을 나눠 가져요."

"당신이 유서를 보게 될 테죠.
내가 어떻게 속았기에 당신이 유서를 봐요?
나의 피가 오명을 씻어주겠죠.
더러운 목숨이 끝을 곱게 맺어서 깨끗해져요.
여린 가슴아, 기죽지 말고 '아멘.' 해라.
　내 손에 굴복해. 너를 정복할 테야.
　네가 죽고 함께 죽어 함께 승리할 테야."

이렇듯 죽을 계획을 차분히 짜고
맑은 눈이 짠 진주를 닦아내고서
거칠어진 목소리로 하녀를 부르니
그녀는 얼른 듣고 마님께 달려간다.
재빠른 의무는 생각처럼 빠르다.
　하녀가 보니 불쌍한 마님 낯은
　해가 눈을 녹일 때의 겨울철 벌판 같다.

하녀는 마님께 인사를 여쭙는다.
부드럽고 느린 말이 얌전의 표시니
구슬픈 표정을 마님이 띠었기에
그 슬픔에 어울리게 가다듬지만
어째서 밝은 해가 구름에 가려지고
　고운 볼이 슬픈 빛에 싸여 있는지
　감히 묻지 못하고 말없이 서 있다.

그러나 해가 지면 땅이 울 듯이,
눈물 고인 눈처럼 꽃이 젖듯이,
마님의 하늘에서 고운 해가 진 것을
똑같이 슬퍼하는 하녀의 부운 눈을
커져가는 눈물이 적시기 시작한다.
　마님은 짠물 속에 햇빛을 식히고
　하녀는 밤이슬처럼 눈물을 흘린다.

상아 샘이 산호 병에 물을 채우듯
어여쁜 두 여인이 그처럼 울며 섰다.
마님은 눈물 흘릴 이유가 있지만
하녀는 이유 없이 마님을 따라 울고 있다.
착한 여자의 마음은 울 때가 많으니,
　남의 아픔을 생각하고 스스로 슬퍼져서
　눈물을 흘리거나 속으로 아파한다.

남자 속은 차돌이고 여자 속은 밀랍이라,
차돌 같은 의지대로 여자 꼴이 이뤄지며
약한 자가 짓눌려서 폭력이나 속임수나
간계에 따라서 남의 꼴을 얻으니까
여자들이 불행을 자초했다 하지 마라.
　마귀 꼴이 밀랍에 찍혔다 해도
　밀랍이 나쁘다고 말하지 못한다.

반반한 여자의 몸은 널따란 들판처럼
온갖 작은 벌레들을 널리 보여주지만
남자들의 마음에는 마구 자란 덤불처럼
굴속에 틀어박혀 잠자는 악귀가 있고
맑은 수정 벽에도 작은 티가 보인다.
　남자는 대담한 낯으로 죄를 감추나
　여자의 낯은 제 흠을 적은 책이다.

아무도 시든 꽃을 탓하지 않고
꽃을 죽인 사나운 겨울을 욕하니
먹힌 자가 아니라 먹는 자가 욕먹는다.
그러므로 여자가 남자에게 당했을 때
여자의 잘못이 아니라고 생각해라.
　거만한 지주는 마음이 약한 여자를
　제가 행한 못된 짓의 작인으로 삼는다.[53]

루크리스가 보기에 그와 같은 행위는

53 지주는 소작인을 마음대로 농락한다.

밤사이 공격으로 그 당장 죽어야 할
확실한 이유가 있고 그렇게 죽는 것이
남편에게 부담이 되는 것이 분명해졌다.
그러한 위험이 반발을 일으키니
　무서운 공포가 온몸에 번진다.
　누군들 죽은 몸을 멸시하지 않을까?

자기를 따라 우는 가여운 하녀에게
차분한 마음으로 루크리스가 말한다.
"무슨 일이 있어서 눈물이 솟아올라
비 오듯이 너의 뺨을 흘러내리느냐?
내가 당한 슬픈 일로 네가 운다면
　착한 애야, 내게는 도움이 안 돼.
　눈물이 돕는다면 내 눈물이 도왔겠지."

"애, 타퀸이 언제 (그러면서 말을 끊고
한숨을 깊게 쉰다.) 여길 떠났느냐?" 하니
"제가 일어나기 전에요"라고 대답한다.
"제가 게을렀으니까 꾸중을 들어 마땅해요.
하지만 제 잘못을 변명할 수 있어요.
　날이 새기 전부터 잠이 깼는데
　저의 기상 전에 타퀸 님이 가셨어요."

"하지만 마님, 주제넘은 하녀지만
슬퍼하는 이유를 알고 싶어요."
"오, 그만두어라. 내가 그 말 한대도
되풀이가 될 뿐이라서 슬픔이 안 줄어.
마땅한 표현을 넘는 일이야.
　말할 수 없을 만큼 아프게 느껴지면
　그런 깊은 고통을 지옥이라 할 테지."

"종이와 잉크와 펜을 갖다 다오.
오, 안 가도 돼. 여기 모두 있구나.
(뭐라고 쓸까?) 남편 부하 하나를
대기시켜라. 잠시 후 나의 주인,
소중한 사랑에게 편지를 보내겠어.
　속히 준비하여 편지를 전하게 해.
　매우 급한 일이야. 빨리 쓰겠어."

하녀는 떠나고 그녀는 채비하여
펜을 잡고 종이 위에서 머뭇거린다.
생각과 슬픔이 서로 몹시 다툰다.
생각이 쓴 것을 감정이 지운다.
이건 너무 재치 있고 이것은 무지하다.
　먼저 들어가려고 문에 몰린 군중처럼
　생각들이 머릿속에 떠밀려온다.

드디어 시작하길, "못난 아내가
훌륭하신 주인님께 문안드려요.
부디 강건하세요. 다음으로 부탁하니
(당신의 루크리스를 보고 싶다면)
속히 돌아오셔서 저를 만나주세요.
　슬픔 중에 집에서 인사드려요.
　사연은 길지만 글월은 짧아요."

이렇게 그녀는 명확한 슬픔을
불명확하게 적은 편지를 접는다.
그 짧은 쪽지로 콜라티누스는
그 슬픔을 짐작하나 바른 뜻을 모르리라.
그러한 사실을 밝힐 수 없으니
　그릇된 변명이 피에 젖기 전에는
　그녀의 잘못으로 생각될지 모르며,

그녀의 슬픔의 생생한 아픔을
그가 곁에 있을 때를 대비하여 모아 두니,
한숨, 탄식, 눈물이 그녀의 수치를 꾸며
혹시라도 세상이 지닐지 모를
그릇된 의심을 없앨 수 있으리라.
　이 처지를 피하기 위해 편지를 말로
　채우기 전에 먼저 행동으로 보이리라.

슬픈 일은 듣기보다 보는 것이 낫다.
그러면 눈은 깊은 슬픔을 보고
각자가 맡고 있는 슬픔의 배역[54]을
귀에 낱낱이 설명해 줄 수 있다.
듣는 것은 배역 중 하나일 뿐이다.
　깊은 물은 얕은 물보다 소리가 적고
　말의 바람이 불어치면 슬픔은 줄어든다.

54 슬픔을 하나의 큰 '무대'로 보고 그 안에서 벌어지는 온갖 사실들을 각각의 '배역'으로 보는 것이다.

편지를 밀봉하고 겉봉에 쓰기를,
"아르디아의 주인께. 황급히 총총."
기다리는 전령에게 편지를 주며
찌푸린 자에게 북풍이 불기 전에
뒤처진 새처럼 달려가라 분부하나,
아무리 빨라도 느린 듯싶다.
조급한 마음은 그토록 조급하다.

순진한 하인은 마님께 절하고
그녀가 바라보니 벌게진 낯으로
좋다 싫다 말없이 편지를 받아들고
아무것도 모르는 채 급히 떠난다.
그러나 가슴속에 죄를 숨긴 사람은
모든 눈이 그것을 보는 듯하여
마님도 그가 알고 붉어진 줄로 안다.

그러나 순박한 하인이라 기운이나
활기나 만용의 결함일지 모른다.
그러한 순진한 자는 행동으로 말하는
성실한 일꾼이나, 영악한 자는
약속만 앞세우고 행동은 느리다.
이처럼 해묵은 하인의 습관은
표정은 정직하되 재깔대지 않는다.

하인이 붉어지니 마님도 의심한다.
두 얼굴에 동시에 붉은빛이 타오른다.
하인이 타퀸의 음욕을 아는 까닭에
낯붉힌다 생각하여 낯붉히며 바라보니
강렬한 그녀의 눈에 하인은 더 당황한다.
하인의 뺨에 피가 많이 고일수록
자신의 무슨 흠을 보는 것이라 생각한다.

하인이 돌아오길 오랫동안 기다리나
충실한 하인은 조금 전에 떠났으니,
지루한 시간을 메울 수 없다.
한숨도 울음도 탄식도 이제는 지겹다.
슬픔은 슬픔에, 한탄은 한탄에 지쳐
그녀는 탄식을 잠시 멈추고
탄식할 길을 새롭게 찾아본다.

걸려 있던 그림이 드디어 생각난다.
프리아모스 왕의 트로이의 그림이다.[55]
헬렌의 겁탈을 이유로 그리스 군이
성을 파괴하려고 그 앞에 늘어서서
치솟은 누각들을 위협하는 그림을
솜씨 좋은 화가가 멋지게 그렸는데
하늘은 성루에 키스하는 듯하다.

자연에 대항하여 예술은 수천 가지
무생명한 사물에다 생명을 주었으니
메마른 방울들은 죽은 남편을 위하여
아내가 흘리는 눈물처럼 보이고
붉은 피는 더운 김이 솟는 듯하고
죽어가는 병사의 눈은 지루한 밤에
스러지는 숯처럼 뿌연 빛을 띠었다.

흙을 온통 뒤집어쓰고 땀에 절어서
고생하는 공병대를 볼 수 있으며
트로이 성루마다 활 구멍으로
그리스 군대를 내다보는
걱정이 어린 사람들의 눈이 보인다.
정밀한 작품이라 멀리 있는 눈들이
슬픔을 띠고 있는 모습이 보인다.

높은 지휘관들은 온후한 마음씨와
위엄 있는 태도가 얼굴에 빛나고
젊은이는 재빠르고 능숙히 행하며
핼쑥한 겁쟁이가 떨리는 걸음으로
행군하는 모습을 여기저기 섞었는데
겁에 질린 촌놈을 영락없이 닮은지라
부들부들 떠는 꼴이 보인다고 하겠다.

아이아스와 율리시즈의 얼굴을 보면[56]
얼마나 놀라운 기술인지 알 수 있구나!
그 얼굴에 그 마음이 나타났으며
그 얼굴에 그 정신이 그대로 드러나,

55 트로이를 다스리던 프리아모스의 아들 중 하나가 그리스의 한 왕의 아내였던 헬렌을 꾀어 가자 그리스가 트로이를 공격했다.
56 둘 다 그리스의 용장들로 아이아스는 용감하나 지략이 모자라고 율리시즈(오디세우스)는 지략이 뛰어났다.

아이아스는 고집과 분노로 눈알을 부라리고
교활한 율리시즈는 인자한 눈길로
관심과 미소의 영도력을 보여준다.

엄숙한 네스토르[57]가 타이르며 섰는데
그리스 병사들에게 싸움을 독려하여
손짓으로 정신 들게 해 주목하게 만들고
뭇사람의 시선을 모으는 듯하다.
그가 말할 때마다 하얀 은빛 수염은
위아래로 움직이고 가녀린 입김이
입술에서 나와서 하늘로 오른다.

건전한 권고를 정신없이 듣고 있던
열중한 얼굴들이 주위에 몰려들어
각기 다른 자세로 귀 기울이는데
마치 무슨 인어에게 매혹된 듯[58]
높은 자, 낮은 자를 정확하게 그려낸다.
수많은 머리가 뒤에 거의 가려서
높이 뛰어오르는 듯, 보는 눈을 속인다.

한 사람이 다른 사람의 머리를 손으로 짚고
옆 사람의 귀가 그 사람의 코를 가려 놓고
어떤 자는 뻘겋게 부어 무리를 밀쳐내고
어떤 자는 숨이 막혀 휘젓고 욕하는데
모두들 화가 나서 소동이 난 듯했으니
네스토르의 귀한 말이 없었다면
말 대신 성난 칼로 싸웠을지 모른다.

상상을 자극하는 장면들이 많았으니
눈속임의 계교로 모든 것을 한데 뭉쳐
아킬레스 대신에 그의 창이 서 있어
무장한 손으로 붙잡았지만 사람은
상상으로밖에는 볼 수 없으니,[59]
손과 발과 얼굴과 다리와 머리로
그 사람의 전체를 상상하게 하였다.

강력히 포위된 트로이의 성에서
장한 희망인 헥토르[60]가 싸움터에 나갈 때
수많은 트로이의 어머니가 젊은 아들이
빛나는 창칼을 휘두르는 것을 보고서
기쁨을 나누지만 몸짓이 기이해서
(빛나는 물건에 때가 묻듯) 가벼운 기쁨에
무거운 공포가 어리는 듯하다.

싸움이 벌어진 트로이의 해변에서
갈대가 덮인 강가에 붉은 피가 흐르고
물결은 전투를 흉내 내며 이랑을 지어
아프게 마모된 강변에 연달아
부딪치기 시작하다가 또다시 퇴각하여
더 큰 대열을 만나자 그에 합하여
거품을 강둑에 내뿜고 있다.

루크리스는 잘된 그림의 앞에 서서
슬픔이 가득한 얼굴을 찾으려고 한다.
슬픔이 새겨진 얼굴은 많이 있으나
온갖 슬픔, 설움이 깃든 것은 없는데,
마침내 절망하는 헤카베[61]를 찾았다.
그녀의 늙은 눈은 피로스[62]의 발밑에서
피 흘리는 프리아모스를 멍하게 바라본다.

화가는 시간의 파괴와 미의 마멸과
근심의 지배를 자세히 그렸으니
헤카베의 얼굴은 주름살이 덮여서
원래의 모습은 남은 데가 없어지고
핏줄 속 푸른 피는 시꺼멓게 변하고,
메마른 핏줄을 채우던 샘이 말라
목숨은 죽은 몸에 갇혀 있었다.

57 나이가 지긋하고 인자하고 지혜로운 그리스 장군.
58 로렐라이 언덕의 아가씨처럼, 인어는 노래로 뱃사람들을 유혹하여 파선케 한다는 전설이 있었다.
59 그리스 용장 아킬레스의 독특한 창(槍)은 유명하여 그가 안 보여도 그 창만 보이면 그가 있는 것을 상상할 수 있었다.
60 프리아모스 왕의 장자로서 트로이 군의 용맹한 사령관.
61 트로이 왕비. 그녀의 수십 명의 아들이 죽었다. 그녀는 최후로 늙은 남편이 그리스 장수 피로스(아킬레스의 아들)에게 죽는 것을 목격한다.
62 죽은 아가멤논의 아들로서, 나중에 그리스 군의 장군이 되어 트로이의 왕 프리아모스를 죽였다.

가련한 그림들을 들여다보고
자신의 슬픔을 노파에게 의탁하니,
무슨 답도 원치 않고 다만 울면서
못된 적을 저주할 말을 찾으나
신이 아닌 화가는 말을 주지 못한다.
그래서 슬픔을 주면서도 말은 못 주니
루크리스는 그것을 잘못이라 말한다.

"말 없는 불쌍한 입, 너의 슬픔에
나의 혀로 애통의 노래를 맞춰 불러서
프리아모스의 상처에 향유를 뿌리고
못된 짓을 저지른 피로스를 꾸짖고
트로이의 오랜 불을 눈물로 끄고
너의 원수인 그리스의 사나운 눈을
나의 칼로 남김없이 도려내리라."

"난리를 빚어낸 화냥년[63]을 보여다오.
손톱으로 낯짝을 찢어놓겠다.
욕망의 덩어리, 멍청한 파리스야,
불타는 트로이에 분노의 짐을 지우고
네 눈이 지른 불이 아직도 타오른다.
여기 트로이에서 네 눈의 죄 때문에
아비와 아들과 어미와 딸이 죽어."

"어째서 개인의 사사로운 쾌락이
모두가 겪는 공공의 재앙이 돼?
혼자 지은 죄악은 그 짓을 저지른
당사자의 머리에 떨어져 내리고
무죄한 자는 죄의 슬픔을 벗어.
한 사람이 범죄하여 다수가 쓰러지고
개인의 죄에 만인이 당해야 해?"

"헤카베가 울고 있고 프리아모스가 죽어.
헥토르는 힘이 없고 트로일로스[64]는 기절해.
피 흐르는 도랑 속에 전우끼리 누워 있고
전우끼리 잘못을 알고 상처를 입히며,
한 남자의 욕정에 뭇사람이 죽누나.
자식의 욕정을 아버지가 막았다면
트로이는 불이 아닌 명성으로 빛나리라."

그녀는 트로이의 아픔을 보고 흐느낀다.
슬픔이라고 하는 무거운 종의 추와 같아서
흔들리기 시작하면 저절로 움직여서
조금만 건드려도 슬프게 울리나니,
루크리스도 그림의 아픔과 슬픔을 보고
구슬픈 이야기를 말로 표현함으로
그림에 말을 주고 표정을 배운다.

그녀는 그림을 연이어 둘러보며
외로운 자를 보면 슬퍼하다가,
포로가 되어 묶여 있는 가련한 자가
트로이의 목동들을 불쌍히 쳐다볼 때
근심이 가득해도 차분한 모습이다.
너무도 유순하여 슬픔을 멸시한 듯,
순박한 목동들과 트로이로 향해 간다.[65]

화가는 그자에게 거짓을 감추려고
공손한 걸음, 침착한 표정, 마냥 우는 눈,
슬픔도 좋다는 듯 번듯한 이마를
무해한 그림 속에 나타내려 애쓰니
붉지도 않고 희지도 않고 적당히 섞여
얼굴을 붉혀도 죄책감이 안 보이고
거짓된 마음의 창백한 공포도 없다.

그자는 단단하게 굳어진 마귀답게
정직한 사람처럼 겉모양을 꾸미고
속에 숨긴 비밀을 의심조차 몰랐으니,
간사한 꾀와 속임수가 그토록 검은 낯을

63 헬렌을 이렇게 욕했다. 그리스의 메넬라오스 왕의 아내인 그녀가 트로이 왕자 파리스의 유혹을 받아 그의 정부가 되자 온 그리스가 들고일어나 마침내 트로이가 불 속에서 멸망했던 것이다.
64 헥토르의 아우이며 트로이의 젊은 왕자, 크레시다라는 여자와 비운의 사랑을 나눈다. 그 이야기를 셰익스피어가 「트로일로스와 크레시다」에서 다뤘다.
65 그리스 군이 위장 퇴각하면서 거대한 목마와 시논이란 그리스인을 남겨놓는다. 트로이 목동들이 시논을 붙잡아 트로이 성안으로 끌고 간다. 그 목마는 아테네 여신께 바친 것이라 트로이 성안에 끌어들이면 트로이가 복을 받게 될 거라고 시논이 거짓말한다. 목마 속에는 율리시즈를 비롯한 그리스 장수들이 숨어 있었다.

숨겨 가진 폭풍우가 밝은 낮에 기어들고
지옥에서 생긴 죄로 거룩한 모습을
시커멓게 칠할 줄은 몰랐었다.

솜씨 좋은 화가는 간사한 시논 대신
순한 자를 그렸는데 미혹하는 이야기에
솔깃한 왕에게 죽음을 선사했고
찬란한 트로이의 빛나는 영광을
열화처럼 불태우니, 하늘도 슬퍼하여
얼굴을 비춰보던 거울이 박살나자
작은 별들마저도 자리에서 떨어졌다.

루크리스는 이 그림을 유심히 바라보며
시논의 모습으로 착한 이를 망쳤다고
솜씨 좋은 그 화가를 원망하고 착한 모습에
악한 마음이 깃들 수 없다고 한다.
그를 보면 볼수록 보이는 것은
진솔한 얼굴에 진심이 담겨 있어
그림이 속인다고 결론짓는다.

'그와 같은 속임수가 그와 같은 모습에
숨을 수 없다'를 덧붙이려 했지만
타퀸의 모습이 눈앞에 떠올라
그녀의 입은 '없다'를 '있다'로 바꾼다.
그녀는 그런 뜻의 '없다'를 내버리고
'그와 같은 얼굴은 간악한 마음을
숨길 수밖에 없다'로 바꾼다.

"교활한 시논이 여기 그려 있듯이
그처럼 점잖게, 피로하여 상냥하게
(슬픔이나 여행으로 힘이 빠진 듯)
타퀸이 속이려고 작정하고 내게 왔었지.
정직을 꾸몄지만 속셈은 더러웠어.
프리아모스 왕이 시논을 대하듯
타퀸을 대접해서 트로이도 망했어."

"저것 봐라. 솔깃한 왕이 눈물을 지어.
시논이 짜내는 거짓 눈물을 봐.
프리아모스, 어째서 노인이 현명치 못해?
그자의 눈물마다 트로이의 피가 흐르고
그자의 눈은 눈물 아닌 불을 뿌려.
당신의 동정심을 일으키는 진주는
도시를 불로 없앨, 끌 수 없는 불덩이야."

"캄캄한 지옥에서 마귀들이 가져오듯
불을 품은 시논은 춥다고 떠는데
강렬한 불이 추위 안에 숨어 있고,
서로 상극이지만 한곳에 뭉쳐 있어
바보들을 속이면서 안심을 시켜.
그처럼 눈물은 왕을 속이고
시논이 트로이를 불태울 흉계야."

그러자 그녀는 감정이 치솟아
가슴에서 인내심을 쫓아버리고
불행의 방문객과 시논을 똑같이 여겨
그림 속의 그자를 손톱으로 긁어내나,
공연한 그 짓에 자기가 미워진다.
드디어 씁쓸하게 웃으며 말한다.
"바보야, 바보야, 그래도 안 아파."

슬픔의 물결이 이처럼 오가고
시간은 탄식으로 시간을 피곤케 하고
밤과 아침이 너무 오래 머무는 듯,
밤이기를 바라면서 아침을 기다리니,
슬픔을 참을 때는 시간이 긴 듯하다.
슬픔은 지겨우나 잠들 때는 거의 없고
뜬눈으로 새는 자의 시간은 느리게 간다.

그러는 동안 자기는 그림의 인물들과
시간을 낭비했다는 생각이 번쩍 든다.
자신의 슬픔에서 아주 멀리 떠나서
남들의 슬픔을 깊이 생각하느라고
불행의 그림에서 제 슬픔을 잊었으니,
남이 당한 슬픔을 떠올릴 때는
고칠 수는 없어도 위로가 조금 된다.

그러자 충실한 하인이 돌아오면서
주인과 그 밖의 사람들을 모셔 왔는데
루크리스는 검은 상복 차림이며
눈물이 어린 그녀의 눈자위 주변에는
하늘의 무지개처럼 푸른 줄이 감돌고,
맺힌 물방울들은 어두운 대기 속에

또 다른 폭풍우를 예고하고 있다.

그러한 슬픈 모습을 남편이 보고 놀라
아내의 초췌한 얼굴을 들여다본다.
눈물에 젖은 눈은 아리도록 빨갛고
활기차던 얼굴은 근심에 죽어 있어
남편은 인사말도 건넬 힘이 없다.
두 사람은 타향서 만난 친구들처럼
우연히 보고 놀라 얼빠진 것과 같다.

마침내 아내의 핏기 없는 손을 잡고
남편이 말한다. "무슨 뜻밖의
나쁜 일이 생겼기에 이렇게 떨며 서 있소?
어여쁜 얼굴빛을 무엇이 뺏어 갔소?
어째서 이런 불행의 옷을 입고 있소?
사랑하는 아내여, 깊은 슬픔을 걷어내고
원인을 밝혀서 방도를 찾아요."

괴로운 한마디를 뱉어내려면
한숨을 세 번 쉬어 슬픔에 불을 지른다.
마침내 남편의 물음에 답하기 위해
자신의 정조를 원수가 뺏었음을
차분히 알리려고 마음을 진정한다.
남편과 그와 뜻을 함께하는 친구들이
그 말을 들으려고 엄숙히 주목한다.

물 위의 둥우리의 하얀 백조는
분명한 최후의 만가[66]를 시작한다.
"이 죄는 몇 마디면 충분히 말해요.
잘못을 무마할 핑계가 없어요.
말보다 급박한 슬픔이 북받쳐서
불쌍한 지친 혀로 모두 말하기에는
사연이 너무나 길어질 것 같아요."

"그래서 이거로 모든 걸 말해요.
당신의 잠자리를 어떤 외간 사람이
범했어요. 당신이 피곤한 머리를
쉬곤 하던 바로 그 베개를 베었고요.
무슨 악랄한 폭력을 저한테 저질렀는지
당신이 상상할 수 있는 모든 죄에서
루크리스는, 아아, 자유롭지 못해요."

"모든 것이 쥐죽은 듯 암흑한 밤에
번쩍이는 칼과 함께 횃불을 들고
어떤 자가 살그머니 제 방에 들어와
소리 죽여" '잠 깨라, 로마 여인,
네가 내 사랑을 받아들이지 않고
사랑의 욕구를 거절한다면
이 밤에 너와 네 남편에게
영원한 수치를 안겨 주리라.'

'네가 내 뜻에 복종하지 않으면
네 하인 중에서 못생긴 녀석을
당장 쳐서 죽이고 뒤이어 너를 죽여
추악한 욕정을 채우는 꼴을
목격했다고 말하고 간음하는 네놈들을
죽였다고 하리니, 나는 명성을 얻고
너는 영원한 수치를 얻게 되리라.'

"말을 듣자 저는 놀라 울기 시작했지만
그자는 제 가슴에 칼을 들이대고서
모든 걸 말없이 감수하지 않으면
말 한마디를 하기 전에 죽인댔어요.
그래서 영원히 수치가 기록되고
간음 중에 죽임을 당한 저와 제 하인은
위대한 로마에서 잊히지 않겠어요."

"원수는 강하고 저는 너무 약했어요.
(공포가 강해서 더 약해졌어요.)
무서운 재판관은 말을 엄히 금해서
법적인 권리를 요청할 수 없었어요.
달아오른 욕정이 증언하러 나와서
불쌍한 미모가 눈을 훔쳐갔대요.
재판관이 당하면 죄인은 죽게 돼요."

"어떻게 변명할지 가르쳐줘요.
몸의 피가 그 짓에 더럽힘을 당했어도
제 마음은 깨끗하고 정결해요.

66 고니(백조)는 노래를 하지 않다가 죽기 전에 단 한 번 만가를 부른다고 한다. 이를 '백조의 노래'(swan-song)라고 하며, 시인의 마지막 시도 '백조의 노래'라고 한다.

어쨌든 이 말이 제 변명이고
제 마음은 절대로 강제할 수 없었고
굴복하지 않았고 언제나 정결했고
독으로 둘러싸인 골방에서 견뎌냈어요."

이익을 잃은 상인의 절망을 보라!
고개를 숙이고 슬픔에 목이 메어
멍청한 눈으로 두 팔을 부여잡고
빛을 잃은 입술로 한숨을 쉬어
대답을 가로막는 슬픔을 날리지만
내쉰 것을 또다시 들이마시니
아무리 애쓴다 해도 헛될 뿐이다.

마치 교각 옆으로 사나운 밀물이
볼 수도 없을 만큼 급히 흐르나
소용돌이에 부딪히자 힘을 멈추고
거칠게 밀려갔다가 힘이 빠져서
내몰았던 협곡으로 되돌아가듯,
한숨도 다시 오고, 슬픔도 톱질하듯
고뇌를 밀어내고 또다시 밀려온다.

말없는 가여운 슬픔을 바라보다
갑자기 멍해진 남편을 일깨운다.
"당신의 슬픔이 제 슬픔을 더하게 해요.
비가 오면 강물은 불어나요.
당신의 격정에 슬픔이 예민해져
아프고 괴로워서, 슬픔에 빠져서
한 쌍의 우는 눈이 되어버려요."

"저를 위해 (당신의 아내였던 여인을 위해,)
들어주세요. 그토록 매력이 있었다면
지체 말고 원수에게 복수하세요.
당신과 저, 그리고 그 자신의 원수예요.
저를 과거에서 막아준대도
너무 늦어요. 하지만 범인은 죽어야 해요.
정의에 소홀하면 악이 자라요."

"이름을 대기 전에, 콜라티누스와 함께 오신
고명하신 여러분께 말씀드려요.
속히 저의 억울함을 복수하실 걸
여러분의 명예로써 맹세하세요.
복수의 칼을 들고 불법을 쫓는 건
찬양해서 마땅한 아름다운 의지예요.
기사는 당연히 여인을 도와야죠."

이러한 요청에 그곳에 있던 사람마다
올바른 기사도의 책임에 따라
고귀한 정신으로 도움을 약속하고
악랄한 원수의 이름을 알려고 하나
그녀가 아직 무서운 그 일을 말하지 않자
그들은 말이 없다. "오, 말씀하세요.
폭행의 오욕을 어떻게 씻어내요?"

"무서운 처지에서 꼼짝없이 당해서
제 잘못의 성격을 뭐라고 할까요?
추락된 명예를 높이기 위해서
정결한 마음이 못된 짓을 없애나요?
어떤 말도 이 불행을 씻지 못해요?
독약을 넣은 샘물도 다시 맑아지는데
강요된 오점을 왜 못 씻어요?"

말을 듣자 모두들이 한목소리로
정결한 마음이 몸의 오점을 씻는다 하나
그녀는 씁쓸히 웃으며 얼굴을 돌렸는데
불운의 깊은 골이 얼굴 속에 박혀 있고
눈물로 새겨진 자취가 그것이었다.
"안 돼요, 안 돼요. 훗날에 살아갈 여인이
저의 이유로 용서를 청하지 못해요."

그러고는 가슴이 터질 듯이 한숨을 쉬며
타퀸이라는 이름을 내뱉는다. "그자, 그자요."
불쌍한 혀는 '그자'밖에 말을 못 하고
여러 번 주저하고 머뭇거리고
숨을 헐떡거리고 격한 듯 더듬다가
이렇게 말한다. "여러분, 그자, 그자가
그의 손으로 이 상처를 입힌 거예요."

그러면서 그녀는 순결한 가슴팍에
예리한 칼을 박아 영혼을 내보내니
영혼은 깃들었던 더럽혀진 감옥의
깊디깊은 근심에서 해방을 만끽한다.
회한의 한숨은 날개가 돋친 영혼을

구름에게 넘겨주고 꺾어진 운명에서
상처를 통해 영원한 삶으로 날아간다.

이 무서운 행동에 놀라, 콜라티누스와
동료 귀족 모두가 돌처럼 섰는데
피를 흘리는 딸을 본 루크리스의 아버지가
자결한 딸의 몸에 자신을 던지자
그 붉은 샘에서 브루투스가
모진 칼을 뽑으니, 칼이 뽑힐 때
약한 피가 복수하듯 따라 나오며

가슴에서 솟아나, 두 줄기의 강물로
나눠지면서 천천히 흘러, 붉은 피가
그녀의 온몸을 사면에서 둘러싸서
무서운 물결 속에 약탈당한 섬처럼
헐벗은 채로 남아, 주민 없이 황량하다.
피의 일부는 아직도 정하고 붉고,
타퀸이 더럽힌 부분은 검다.

검은 피의 구슬픈 굳은 표면에
물방울이 돋아나 주변을 감돌며
상처를 입은 자리에서 우는 듯하다.
그 후로 언제나 그녀를 동정하듯,
더러운 피는 물방울을 보여주고
정한 피는 언제나 붉게 남아서
그렇게 썩은 피를 부끄럽게 여긴다.

"딸아, 귀한 딸아!" 노인이 탄식한다.
"네가 빼앗아간 목숨은 내 것이었다.
아비의 모습이 자식에게 있다면
딸애가 죽었으니까 이젠 내가 어디서 살랴?
이런 꼴 보려고 너를 낳지 않았다.
자식이 아비에 앞서 죽으면
우리가 자손이고 저들은 자손이 아니냐."

"불쌍한 깨진 거울! 어여쁜 네 모습에
늙은 내가 새로 난 걸 보곤 했건만
그 곱던 거울은 흐리고 낡아서
세월에 지쳐버린 해골만 보여줘.
네 뺨에서 내 모습을 빼앗아가서
내 거울의 어여쁜 게 산산조각 났으니
한창때 젊던 나를 다시 볼 수 없어."

"오, 시간아, 살아야 할 사람이 죽는다면
너의 길을 멈추고 이어가지 마.
썩히는 죽음은 강한 자를 정복하고
비틀대는 약한 자를 살려둬야 해?
늙은 벌이 죽으면 벌통은 젊은 벌의 차지라서,
딸아, 살아나 아비가 죽는 걸 보고
아비가 네 죽음을 안 보게 하렴."

이때 콜라티누스가 꿈 깨듯 뛰어들어
제 슬픔이 더 크니 비켜나라고 외치고
쇠같이 찬 아내의 핏물에 쓰러져
창백한 얼굴의 공포를 피에 담그고
한참 동안 죽은 듯이 아내 곁에 누웠다가,
사내의 수치심이 숨을 다시 찾아주어
아내의 죽음에 복수를 명한다.

은밀한 영혼의 깊은 아픔이
혀를 마비시켜서 아무 말도 못 하고
슬픔이 억눌러 혀의 힘을 빼앗거나
속을 풀어줄 말을 막은 것이 분하여
말을 시작했으나 힘없는 말투가
입술에 몰려들어, 괴로운 그의 속을
아무도 분간할 수 없게 되었다.

'타퀸'이란 이름은 분명했지만
찢을 듯이 이를 물고 그 말을 했다.
강력한 폭풍은 비를 쏟을 때까지
슬픔의 밀물을 내리눌렀다.
드디어 비가 내리고 바람이 멎어,
사위와 장인이 울음을 겨룬다.
딸인가, 아낸가, 누가 크게 우는가?

남편과 부친은 그녀를 제 거라 하나
각자의 주장대로 독점하지 못한다.
"내 딸"이란 부친 말에 남편이 대답하길,
"내 아내요. 나한테서 슬픔의 권리를
빼앗지 마시오. 아무도 그녀로 인해
슬퍼하지 못하오. 오직 나의 아내였소.
나, 콜라티누스만이 울어야 하오."

노인이 말하길, "내가 준 생명을
너무 일찍, 너무 일찍 쏟아놓았소."
남편이 말한다. "그녀는 내 아내요
내 소유였소. 그녀가 죽인 것은 내 것이었소."
"내 딸" "내 아내"가 흩어진 공기를
가득 채우고, 목숨을 차지한 공기는
"내 딸, 내 아내"를 메아리친다.

루크리스의 가슴에서 칼을 빼낸 브루투스는
슬픔의 승강이를 두 사람이 벌이자
자존과 위엄으로 말투를 달리하여
그녀의 상처 속에 못난 짓을 파묻는다.[67]
광대가 실없는 말을 내뱉는 것을
우습게 대하는 왕처럼 로마 사람도
그자를 그처럼 경멸하였다.

그러나 그는 깊은 속을 가리고 있던
천박한 겉옷을 벗어 던지고
숨겨놨던 두뇌를 적절히 무장하여
콜라티누스의 눈물을 멈추게 한다.
"억울한 로마의 귀족이여, 일어나시오.
바보 취급받은 내게 깊은 속이 있어서
경험이 많은 당신을 가르치겠소."

"어째서 슬픔이 슬픔의 약이오?
상처가 상처를, 아픔이 아픔을 고쳐요?
예쁜 처의 피를 흘린 못된 짓에
자신을 치는 게 올바른 복수요?
그런 유치한 짓은 약한 마음의 소산이오.
당신 처는 불행히도 사태를 잘못 알고
원수를 죽여야 할 자신을 죽였소."

"용감한 로마인, 그처럼 나약한
탄식의 이슬에 마음을 담그지 말고
함께 무릎을 꿇고 당신의 몫은 당신이 맡아
로마의 신들이 그와 같은 악행을
모른 체하는 걸 기도로 알립시다.
그로 인해 로마가 수치를 당했으니까,
거센 팔로 그자를 몰아내야 돼요."

"모든 자가 숭모하는 신전에 걸어,
억울하게 더럽혀진 순결한 피에 걸어,
기름진 흙의 소산을 내는 태양에 걸어,
로마가 떠받드는 국가적 권리에 걸어,
방금 전 우리에게 억울함을 호소한
정결한 그녀의 영혼과 피를 묻힌 칼에 걸어
진실한 아내의 죽음에 복수하겠소."

말을 마치자 손으로 가슴을 치고
죽음의 칼에 입을 맞추어 맹세를 끝내고
모두에게 자기 말에 동의를 구하니
모두 놀라 바라보며 찬의를 표하고
다 함께 바닥에 무릎을 꿇고
조금 전 그가 말한 깊은 맹세를
또다시 반복하자 모두 따라하였다.

신중한 판결에 대해 맹세를 마치고
죽은 루크리스를 로마로 이송하여
피를 흘리는 시신을 거리에 전시하고
타퀸의 악행을 공개하기로 결의하고
신속하고 부지런히 실천에 옮기자
로마의 시민들은 이를 옳게 여기고
타퀸의 영구적 추방에 찬동하였다.

67 원래 브루투스는 그의 똑똑한 후손과는 다르게 멍청한 못난이로 알려져 있었다. '브루투스'라는 이름 자체가 '못난이'라는 뜻이다. 그러나 비로소 이때 숨겼던 진가를 드러낸다.

# 불사조와 비둘기
## *The Phoenix and Turtle*

우렁찬 노래의 새로 하여금
외로운 아라비아 나무에 앉아
구슬픈 나팔로 널리 알려서
날갯짓 정결한 새들만 오라.

하지만 시끄러운 올빼미 너는
악마의 너절한 앞장이 되고
열병의 끝자락을 알리는 자니
이 새[1]들에게 가까이 오지를 마라!

사나운 날개는 빼놓지 말고
이 모임 밖으로 쫓아버리되
새들의 왕 독수리는 남겨두어라.
장례식을 엄숙히 집행하련다.

장송곡에 능숙한 사제 노릇은
하얀 성의 입고 있는 백조가 해라.
너는 너의 죽음을 미리 잘 안다.[2]
진혼곡이 없어질까 걱정스럽다.

그리고 세 배 사는 갈까마귀 너는
들이쉬고 내쉬어서 그 기운으로
검은빛 새끼들을 낳아 기른다.[3]
너는 우리 조문객에 섞여 있어라.

이윽고 찬송가가 시작이 된다.
사랑과 정절은 죽고 말았다.
불사조와 비둘기[4]는 날아갔으며
서로를 불태우고 사라져 없다.

둘은 나뉜 사랑으로 사랑했지만
그 본질은 하나 속에 들어 있으니
분명한 둘이면서 구분이 없어
사랑의 숫자는 죽어버렸다.[5]

가슴들은 멀어도 안 떨어지고
비둘기와 그의 여왕 사이에서는
거리와 공간을 볼 수 없지만,
둘 사이의 그 모습은 기적이었다.

둘 사이의 사랑이 그리도 빛나
비둘기는 불사조가 보는 앞에서
그녀를 제 몫이라 굳게 믿으니
서로가 서로의 내 것이었다.[6]

그래서 본질이 깜짝 놀라니
같은 게 같지 않고 똑같은 생이
서로 다르고 이름은 둘이지만
둘이든 하나이든 불린 적 없다.

이치는 스스로에 당황하여서
구분이 함께 생기는 걸 봤고
자기들엔 아무도 누가 아니고
단일한 게 그처럼 잘도 섞였고

한 쌍의 두 사람이 너무나 어울려
진실한 결합이라 감탄했으며
갈라져서 그렇게 남아 있다면
사랑은 이치 없고 이치는 없다.

그래서 불사조와 비둘기에게
이렇게 애가를 헌정했으니
그런 비극 장면에 맞는 찬미요
최고 가는 사랑의 별들이었다.

1 지옥의 사자로 여겨 기피한 까마귀. 시체를 뜯어 먹는 까마귀가 날아오면 열병의 종말(죽음)을 고하는 것이라고 믿었다.
2 백조는 죽기 전에 단 한 번 운다고 하니, 자기가 죽을 것을 미리 예견한다고 할 수 있다.
3 썩은 고기를 먹는 까마귀와 달리, 갈까마귀는 인간 수명의 세 배를 살며, 교미를 하지 않고 부리를 맞춰 호흡을 교환함으로써 새끼를 밴다는 전설이 있었다.
4 불사조와 비둘기는 용맹과 순결을 상징하는 새들로, 불사조(피닉스)는 아라비아에서 살다가 죽을 때는 자신을 불태워 다시 태어난다는 전설의 새이다. 즉 부모 없이 스스로 태어난다.
5 '1+1'은 '2'이지만 죽은 두 사람은 둘이되 하나이니, 그래서 숫자는 '죽고 없었다.' 아래에서 시인은 '둘'이 '하나'라는 역설을 계속 말한다.
6 당시의 연가에는 애인이 상대방의 눈에 비친 자신의 모습을 본다는 이야기가 자주 나온다.

## 애가[7]

어여쁨과 진실함과 기적 같음과
모든 데서 단순한 놀라운 것이
이곳에 재가 되어 누웠도다.

불사조의 둥우리가 죽어 있으며
비둘기의 충성된 가슴속에는
영원한 안식이 잠들었도다.

아무런 후손을 안 남긴 것은
저들의 나약함이 아니었으니
그것은 서로 맺은 정절이었다.

진실처럼 보이나 그게 아니요,
어여쁨을 자랑하나 그게 아니니
진실과 어여쁨은 흙에 묻혔다.

진실한 자 어여쁜 자 모두 모여서
저들이 묻혀 있는 골호 앞에서
죽은 새를 위해서 기도드리자.

7 성서의 '예레미야 애가'에서 '애가'라는 말을 따온다.

# 비너스와 아도니스
## *Venus and Adonis*

잡것들은 하잘것없는 물건을 보고 놀라워하고, 나에게는 황금빛
아폴로님이
시신들의 샘물이 가득한 잔을 마련하여 주소서.[1]

지극히 영광되신
헨리 로츨리 사우샘프턴 백작 겸 티치필드
남작께 드림[2]

지극히 영광되신 공이시여, 연마가 모자라는 저의 글귀를 귀공께 헌정함이 얼마나 누가 될지 모르며 이토록 연약한 짐을 떠받치도록 이토록 튼튼한 버팀목을 택함에 있어 세상이 저를 어떻게 판단할지 알지 못하나이다. 오로지 귀공께서 기뻐하시는 기색만 보이셔도 저는 높이 칭찬받은 것으로 여기면서, 더욱 엄숙한 노력으로 귀공께 영광을 돌릴 때까지 저의 모든 쓸모없는 시간을 경주할 것을 맹세합니다. 그러하오나 저의 창작의 첫 자식이 병신으로 드러나면 그처럼 고귀하신 대부를 모셨음을 안타까이 여기고 그토록 나쁜 수확을 다시 거둘까 염려하여 이처럼 메마른 땅을 또다시 갈지 않으려 하옵니다. 귀공의 영광된 일별과 귀공의 만족에 부치오니, 저는 귀공 자신의 바라심과 자못 세상의 기대에 항상 부응하기를 바라나이다.

모든 충성의 노력에서 귀공의 것인
윌리엄 셰익스피어 올림.

검붉은 낯빛으로 태양은 일어나
슬퍼하는 아침에게 작별을 고할 때[3]
사냥터로 달리는 장미 볼의 아도니스,
사냥을 사랑하고 사랑을 비웃는 이,
　사랑을 아파하는 비너스가 달려들어
　거리낌 없는 연인처럼 구애를 시작한다.

"나에 비해 세 배나 아름다운 사람아,
으뜸가는 들판의 꽃, 비할 수 없는 향기,
누구보다 아름다워 님프들도 부끄럽고
비둘기와 장미보다 하얗고 붉구나.
　너를 빚은 자연이 스스로와 다투면서
　세상은 네가 나며 끝났다고 하누나."

"놀라운 사람아, 말에서 내려서
건방진 말 머리를 안장에 매렴.
내 말만 들어주면 그 값으로 천 가지
달가운 비밀을 네게 말해주리.
　뱀도 없는 여기 와서 앉아 있으렴.
　너의 몸을 키스 속에 파묻을 테니."

"하지만 네 입술은 싫증이 전혀 없이
도리어 자꾸만 굶주리게 되어서
신선한 변화로 희고 붉게 만들어라.
열 키스는 하나처럼, 한 키스는 스물처럼,
　기나긴 여름날도 어느 틈에 흘러가는
　놀이에 써버린 짧은 한 시간처럼."

말을 마친 여신은 발랄함을 나타내는
땀에 젖은 소년의 손을 붙잡고
열정에 겨워 떨며 이를 일러 만병에 쓸
향유라고 하면서 효력이 있다고 한다.
　흥분한 욕망은 여신에게 힘을 주어
　사내를 용감히 말에서 끌어내린다.[4]

한 팔 위엔 힘찬 말의 고삐가 놓이고
한 팔 아랜 나이 어린 소년이 쓰러져서
내키지 않는 양, 유희가 싫은 듯,
찡그린 표정으로 낯붉히고 비죽댄다.
　비너스는 숯불처럼 활활 달아오르고
　부끄럼에 달아오른 소년은 차갑다.

금박 올린 고삐를 얼른 험한 가지에
붙들어 매니 (오, 재빠른 사랑이여!)
말은 꼼짝 못 하고 이제는 말 탄 이를
붙들어 매려고 애쓰기 시작한다.
　쓰러지고 싶은 듯 그를 뒤로 밀치니,

1 로마 시인 오비디우스의 『사랑의 시편』의 한 구절을 라틴 원어로 인용한 것을 우리말로 옮겼다.
2 사우샘프턴 백작 헨리 로츨리는 셰익스피어의 후견인이었다. 서설에서 그에 대해 자세히 다뤘다.
3 동이 트는 모양을 '검붉은 태양'이 새벽의 여신('아침')과 밤새 누워 있다가 일어나는 것으로 묘사하고 있다.
4 남녀의 '사랑싸움'은 이렇게 기사들 사이의 전투로 묘사되곤 하였다.

힘으로는 이겼으나 욕정은 못 일으킨다.

소년이 넘어지자 여신도 옆에 누워
엉덩이와 팔꿈치로 둘이 기댄다.
여신이 자기 뺨을 쓰다듬자 소년은
나무라기 시작하니 여신이 입을 막고
키스하며, 떠듬대는 욕정의 말로
"나무라면 네 입술은 닫히리라"라고 한다.

소년이 부끄러워 달아오르니 여신은
처녀처럼 붉은 뺨을 눈물로 식혀주고
한숨의 바람과 나부끼는 금발로
다시금 눈물을 말리려 한다.
소년이 여신의 난잡함을 지적하니
여신은 다음 말을 키스해서 죽인다.

오랫동안 굶주린 독수리가 부리로
깃털과 살점과 뼈다귀를 잡아 뜯어
배 속이 차거나 먹이가 다할 때까지
날개를 흔들며 허겁지겁 삼켜대듯
여신은 이마와 뺨과 턱에 키스하고
그치자마자 또다시 키스를 시작한다.

만족을 주면서도 복종치 않고 누워
여신의 얼굴에 가쁜 숨을 몰아쉬니
여신은 제물인 양 입김을 마시면서
이를 거룩한 기운, 은총의 공기라며
자기 뺨이 그처럼 맑은 이슬에 젖은
꽃들이 가득 핀 정원이길 원한다.

그물에 걸린 새처럼 아도니스는
비너스의 팔 안에 묶이어 있다.
오로지 수치와 겁에 질려 몸부림쳐도
소년의 성난 눈은 더욱 곱다.
거센 강물에 비마저 더하면
필연코 둔덕 넘어 범람하리라.

한없이 애원하고 어여쁘게 탄원하며
귀여운 귀에 대고 말을 가다듬으나
소년은 빨간 수치, 흰 분노를 오가면서
마냥 찌푸리고 찡그리며 싫다고 해도
빨갛게 되면 너무 좋고 하얗게 되면
좋은 것이 더 예뻐졌다고 기뻐한다.

소년이야 어찌하든, 사랑할 수밖에 없어,
어여쁜 불멸의 손을 걸고 맹세하기를,
눈물과 소년이 휴전을 하기 전엔
포근한 이 가슴을 떠나지 않으리니,
흘러내린 눈물에 뺨이 흠뻑 젖었지만
달가운 키스 하나로 모든 빚을 갚으리라.

이 말을 듣고 소년은 턱을 쳐들어
마치 농병아리가 물결 새로 내다보다
남의 눈에 뜨이면 얼른 다시 숨듯이
여신이 고대하던 입술을 내밀었지만
그녀의 입술이 값을 받으려 할 때
멈칫하며 입술을 딴 데로 돌린다.

이렇게 소년이 표변하자 비너스만큼
한여름 더위에 목이 갈한 길손이 없다.
눈앞을 보면서도 갈증을 끌 수 없다.
눈물 속에 빠졌으나 불은 마냥 타오른다.
"불쌍히 여겨다오. 목석같은 아이야,
키스 한번뿐인데 뭐가 그리 부끄럽니?"

"지금 네게 애원하듯 서슬이 퍼런
무서운 군신이 나한테 구애했어.[5]
강인한 목을 전쟁에서 굽힌 적 없고
싸움 있는 곳마다 이기는 그였지만
내 포로, 내 노예가 되어서 네가 그냥
가질 수 있는 걸 달라고 애걸했지."

"나의 제단 위에다 창과 파인 방패와
진 적 없는 투구의 깃털을 달아매고
나 때문에 놀이하고 춤추고 장난하고
아양 떨고 웃음 짓고 농지거릴 배우고
거친 북과 시뻘건 깃발을 멸시하고
내 품과 내 침상을 전쟁터와 막사로 삼았어."

5 비너스는 대장간의 신인 절름발이 불카누스(헤파이스토스)의 아내였으나 군신 마르스(아레스)와 열애하다가 남편에게 들켰다.

"그와 같은 지배자를 내가 지배해서
빨간 장미 사슬로 매어 끌고 다녔어.
세게 벼린 강철이 더 강한 힘에 복종했어.
나의 수줍은 멸시에 노예처럼 기었어.
군신을 이긴 나를 정복했다고
교만하지 마. 힘 뽐내지 마."

"너의 예쁜 입술이 내 입술에 닿으면
(그처럼 예쁘지는 못해도 빨갛다고.)
그 키스는 내 것만이 아니고 네 것도 돼.
땅바닥에 뭐가 있어? 고개를 쳐들어
내 눈을 바라봐. 예쁜 네가 있어.
눈에 눈처럼 입술에 입술이 어째서 안 돼?"

"키스가 부끄러워? 그럼 다시 눈을 감아.
나도 눈을 감을게. 낮이 밤처럼 될 거야.
둘만 있을 때 사랑은 놀이를 벌여.
마음 놓고 놀아봐. 아무도 안 봐.
우리가 깔고 앉은 파란 제비꽃들은
입 다물고 우리가 뭐하는지도 몰라."

"매혹적인 윗입술의 엷은 솜털은
설익은 너를 말하지만 맛은 아주 좋겠지.
시간을 아끼렴. 기회를 잃지 마.
예쁜 걸 혼자서 낭비하면 못된 짓이야.
한창때 못 거둔 예쁜 꽃들은
삽시간에 썩어서 사라져."

"만약 내가 못생긴 주름투성인 데다
무식한 병신에다 목소리가 거칠고
늙어빠져 천대받는 코흘리개 노파고
눈 어둡고 비쩍 말라 물기가 없다면
너한테 안 맞아서 너도 주저하겠지만
아무 흠도 없는 나를 왜 싫어해?"

"내 이마엔 주름살이 하나도 안 비고
푸른 눈은 빛나고 발랄하게 움직여.
예쁜 내 몸은 언제나 봄철이고
살결은 보드랍고 실팍하며 뜨거워.
매끈하고 촉촉한 내 손을 네가 쥐면
네 손 안에 스러져 녹아 없어져."

"내게 말을 시키면 네 귀를 매혹하고
푸른 초장 위에서 요정처럼 춤추고
긴 머리 나부끼며 모래밭에서
님프처럼 춤추면서 발자취는 안 남겨.
사랑은 순전히 불꽃으로 이뤄진 혼,
무겁게 처지지 않고 가볍게 솟구쳐."

"내가 누운 둔덕의 앵초꽃을 봐.
나약한 꽃들이 기둥처럼 받쳐주고,
연약한 비둘기가 아침부터 밤까지
놀고 싶은 곳으로 마차를 끌어주어.
아이야, 그처럼 가벼운 게 사랑인데
너한테는 그리도 무겁게 여겨져?"

"네 마음이 네 얼굴을 참으로 사랑해?
오른손이 왼손을 사랑으로 붙잡아?
너를 사랑하면서 너 자신을 거절해.
제 자유를 훔치고 도둑질을 욕해.
그처럼 나르키소스도 자기를 버리고[6]
개울 속 그림자에 키스하다 죽었어."

"횃불은 밝히는 것, 반지는 끼는 것,
요리는 맛보는 것, 미모는 쓰는 것,
허브는 향기롭고 나무는 맺는 건데
저만 위해 자라는 건 성장의 남용이야.
씨가 씨를 낳고 미는 미를 생산해.
너도 태어났으니까 낳는 게 책임이야."[7]

"네가 생산하는 것을 땅이 먹지 않는다면
어째서 너는 땅의 생산을 먹는 거야?
자연의 법에 따라 너도 생산해야 돼.
네가 죽은 후에도 네 자손은 살아야지.
그래서 죽은 후에 살아남게 되는 거야.
너를 닮은 모습이 마냥 살아 있으니까."

6 나르키소스는 개울물에 비친 자기 그림자를 너무도 사랑하여 그 그림자를 잡으려고 물에 뛰어들었다가 죽어서 '수선화'가 되었다.
7 「소네트」 1~17에서 보듯이 이처럼 자녀 출산의 논리는 당대 문학의 흔한 주제였다.

둘이 누운 곳에서 그늘이 사라지자
사랑을 앓는 여신은 땀 흘리기 시작했다.
태양은 한낮의 열기를 몸에 걸치고
불타는 눈으로 뜨겁게 내려다보며
　아도니스가 자기 대신 마차를 몰고
　자기는 비너스 옆에 눕길 원했다.

그런데 소년은 게으른 기색과
무겁고 어둡고 싫어하는 눈길로
하늘을 뒤덮은 시커먼 안개처럼
찡그린 양미간에 예쁜 눈을 가리며
　신 것 씹은 듯 외친다. "사랑 얘긴 그만둬요.
　햇볕에 얼굴이 타요. 비켜나야겠어요."

비너스가 말한다. "아아, 어린 심술쟁이!
무슨 못난 핑계로 떠나겠단 말이니?
내가 하늘 숨결로 탄식하면 산들바람이
지는 해의 열기를 식혀줄 거야.
　내 머리카락으로 그늘을 지어줄게.
　머리마저 타오르면 내 눈물로 끌 테야."

"하늘의 빛나는 태양은 더울 뿐인데
태양과 너 사이를 내 몸이 가로막지.
거기서 내가 받는 열은 해롭지 않아.
네 눈이 쏘는 불에 내가 바짝 타올라.
　내가 신이 아니라면 하늘의 태양과
　땅의 태양 사이에서 죽었을 거야."

"너는 외고집에 돌과 쇠처럼 단단하니?
돌보다 더해. 굳은돌도 빗물에 뚫려.
여자의 아들인데 사랑을 못 느끼고
사랑의 결핍이 얼마나 아픈지 몰라?
　네 엄마가 그렇게 매정했다면
　너를 낳지 않고 매정스레 죽였겠지."

"이렇게 네가 멸시하는데 내가 누구니?
무슨 커다란 위험이 내 애원에 들어 있니?
단 한 번 키스에 입술이 잘못되니?
말해라. 좋은 말을 하든지 잠잠해라.
　키스 한번 해다오. 다시 돌려줄 테니.
　두 번을 원하면 이자로 하나 더 줄게."

"죽은 그림. 차갑고 무감각한 돌멩이.
잘 그린 우상. 무생명한 죽은 그림.
오로지 눈에게 만족감을 주는 석상.
사내처럼 생겼지만 여자가 안 낳은 자.
　사내 같은 모습이지만 사내가 못 돼.
　타고난 본능으로 사내는 키스해."

말을 마치자 속 타는 애원은 입을 막고
끓어오른 열정은 잠시 말을 멈춘다.
붉은 빰과 타는 눈은 상한 속을 호소하나
사랑의 심판관도 자기 일을 못 고친다.
　한참 울다 이제는 말하려고 하지만
　흐느껴 우느라고 말을 잇지 못한다.

제 머리를 흔들다가 사내 손을 흔들고
그를 바라보다가 땅을 내려다보고
띠처럼 두 팔로 그를 둘러 안았지만
여신은 원해도 사내는 속박이 싫다.
　사내는 빠지려고 몸부림을 치는데
　여신은 백합 같은 손가락을 옥죈다.

"못난 것아, 여기 상아 울타리 안에
너를 가둬놨으니까 나는 너의 놀이터[8]고
너는 내 사슴이야. 언덕이든 골짜기든
어디서든 먹고 싶은 곳에서 풀을 뜯어.
　언덕이 메마르면 입술에서 풀을 뜯고
　조금 더 내려가면 즐거운 샘이 있어."

"울타리 안에는 먹을 게 많아.
달콤한 골짜기 풀, 상큼한 고원지대,
솟아오른 봉우리들, 남모를 거친 덤불,
바람과 비에서 너를 숨겨줄 게야.
　내가 그런 놀이터니 사슴이 되어주렴.
　개들이 짖어대도 너를 찾을 수 없어."

8 당시 왕은 넓은 사냥터(park)를 만들어놓고 짐승을 풀어놓아 수시로 사냥을 하곤 했다. 이를 여기서는 '놀이터'로 옮겼다. 사슴을 영어로 deer라고 하는데 이 말은 '애인'(dear)이라는 뜻과 동음이어서 말장난이 되었다.

이 말 듣고 소년은 경멸하듯 웃으니
귀여운 보조개가 양쪽 뺨에 파인다.
큐피드가 파놓은 구덩이라 그가 죽으면
그처럼 조촐한 무덤에 묻힐 테니까
거기 와서 누우면 사랑이 사는 데라
죽을 수 없다는 걸 미리 알기 때문이다.

예쁜 보조개, 동그란 매혹의 함정,
비너스의 사랑을 삼키려고 입을 벌리니
미쳐버린 마음이라 정신이 들 수 있어?
첫 화살에 죽으니까 다시 쏠 필요 없어.
사랑의 여왕이 사랑에게 버림받아
비웃음을 보내는 뺨을 사랑하누나!

어디를 봐야 하나? 무슨 말을 해야 하나?
할 말은 다 했으니 슬픔만 늘어난다.
시간은 다 지나고 사랑은 가겠다며
감은 팔을 풀라 하니, 여신이 말한다.
"좋은 표정과 동정심을 보이렴."
그는 벌떡 일어나 말 근처로 급히 간다.

그러자 근방의 숲에서 젊고 기운찬
자그마한 암말이 아도니스가 올라탄
발 구르는 말을 보고 단숨에 달려 나와
콧김을 내쏘며 크게 힝힝거린다.
나무에 매어 있던 힘줄 강한 수말은
고삐를 끊고 암말에게 달려간다.

사납게 날뛰고 짖어대며 솟구치고
급기야 촘촘히 짠 배띠를 끊고
단단한 발굽으로 땅바닥에 흠집 내니
공허한 자궁이 천둥처럼 울린다.[9]
쇠 재갈을 이빨로 부숴버려서
멍에가 도리어 멍에를 진다.[10]

귀를 쫑긋 세우고 땋아 내린 갈기는
굽어진 목덜미에 빳빳이 서 있다.
콧구멍은 바람을 마셨다가 용광로처럼
또다시 불어내어, 입김을 뿜어낸다.
불꽃처럼 거만하게 번쩍이는 두 눈은
뜨거운 욕정과 욕망을 보여준다.

어떤 때는 점잖은 위엄과 참한 자세로
걸음을 세는 듯 뚜벅뚜벅 걷다가
바로 서고 뒤로 걷고 훌쩍 뛰고 말하는 듯,
이렇게 기운을 확실하게 나타내서
곁에 있는 어여쁜 암말의 눈을
매혹하기 위해서 이처럼 행동한다.

성난 주인 몸짓과 '이랴!' 하고 달래거나
'워!'[11] 하는 소리가 어찌 귀에 들어오며
고삐나 박차나 호사로운 덮개나
화려한 치장에 무슨 관심이 있을까!
아무것도 보지 않고 암말만 바라보니
거만한 그의 눈에 보이는 것이 없다.

마치 화가가 잘난 말을 그릴 때
생동하는 산 말을 이기려 하여
무생물이 생물을 능가해야 하듯이
예술과 자연의 솜씨가 서로 다투듯,
이 말은 모습과 열정과 색깔과
걸음과 체격이 보통 말보다 훌륭하다.

둥근 발굽, 짧은 관절, 텁수룩한 장딴지,
넓은 가슴, 커다란 눈, 작은 머리, 너른 콧구멍,
높은 정수리, 짧은 귀, 바르고 강한 다리,
얇은 갈기, 두툼한 꼬리, 넓은 엉덩이, 엷은 거죽.
그 기운찬 등에 탈 기운찬 주인을 빼면
수말이 지닐 것은 빠진 것이 없다.

멀리 뛰기도 하고 바라보기도 하며
깃털이 움직여도 놀라서 뛰기도 하며
바람에게 술래잡기 하자고 덤벼드니
어디로 뛸는지 전혀 알 수가 없다.
갈기와 꼬리를 통해 센 바람이 노래하며

9 땅은 만물을 생산하는 자연이라는 어머니의 '자궁'인 셈이다.
10 쇠로 만든 재갈은 말을 다스리기 위한 '멍에'이지만 그런 멍에가 도리어 다스림을 받게 되었다는 것.
11 "이랴!"와 "워!"는 '가라!'와 '서라!'는 뜻으로, 말이나 소에 대한 한국의 전통적인 명령어(감탄사)이다.

터럭을 나부끼니 날개인 양 퍼덕인다.

수말이 암말을 바라보며 부르짖어서
암말은 그 뜻을 아는 듯이 응답한다.
수말이 구애하자 암말들이 그러하듯,
겉으로는 모른 체하고 퉁명스럽게
애정을 물리치고 열정을 멸시하며
사랑의 포옹을 뒷발로 걷어찬다.

그러자 바람맞은 우울한 연인처럼
말꼬리를 내려서 축 처진 깃털처럼
땀 흐르는 엉덩이에 그늘이 지고
발을 구르며 애꿎은 파리를 깨문다.
암말은 수말이 화난 것을 눈치 채고
다정하게 대해주어 수말도 진정한다.

성난 주인이 수말을 붙들려 하자
주인 없던 암말은 더럭 겁나서
잡히지 않으려고 달아나 뛰어가니
수말도 아도니스를 버려두고 뒤를 따른다.
날아가는 까마귀 떼보다 더 빨리
두 놈은 미친 듯 숲 속으로 달려간다.

화가 치민 주인은 털썩 주저앉아서
말 안 듣는 거친 말에 저주를 보낸다.
사랑을 앓는 사랑의 여신이 다시
사랑을 호소할 기회가 생겼다.
혓바닥의 도움을 못 받는 사랑은
세 겹으로 억울하다고 연인들이 말한다.

바람막이 화덕이나 막힌 강물이
더욱 달아오르거나 더욱 세게 불어나듯
슬픔을 감추면 더욱 거칠어지나
사랑의 불길은 말하면 줄어든다.
하지만 사랑의 변호인이 잠잠하면
절망한 의뢰인은 완전히 상심한다.[12]

여신이 가까이오자 아도니스는
죽어가던 숯불이 바람결에 다시 피듯,
화를 내며 모자를 눈썹까지 눌러쓰고
심란한 마음으로 땅을 굽어보면서
곁눈으로 여신을 흘깃 보고는
가까이 온 그녀를 본 체도 안 한다.

고집스런 소년에게 접근하는 여신을
눈여겨보기란 기막힌 구경이다!
그녀의 얼굴빛이 서로에게 겨루는 꼴,
붉은빛과 하얀빛이 서로를 죽이누나!
한순간 두 뺨은 핏기 없이 하얗다가
다음 순간 번개처럼 붉은 불을 내뿜는다.

앉아 있는 소년 앞에 그녀는 서 있다가
겸손한 연인처럼 무릎 꿇어 앉는다.
예쁜 한 손으로 모자를 벗기고
다른 예쁜 손으로 뺨을 어루만지니
새로 내린 하얀 눈에 자국이 생기듯,
더 예쁜 그의 뺨에 손자국이 남는다.

두 사람 사이에 시선들이 싸우누나!
그녀의 눈이 그의 눈에 호소하지만
그의 눈은 그녀의 눈을 처음 보듯 한다.
그녀의 눈은 구애하나 그의 눈은 무시해서,
여신의 눈물은 해설자가 되는 듯
이 모든 무언극의 내용을 말하고 있다.[13]

몹시도 다정하게 그의 손을 붙잡아
하얀 눈의 옥에 갇힌 백합이 아니면
설화석고 사슬 속의 상아라 할까?
그토록 하얀 아군이 하얀 적을 포위하니
뜨겁고도 냉담한 아름다운 싸움은
서로를 쓰다듬는 흰 비둘기 한 쌍이다.

12 '혀'는 사랑의 '변호사'로서 사랑의 법정에서 사랑의 대리인이 되고 사랑은 '의뢰인'이 되지만 '변호사'가 말을 하지 않으면 사랑은 완전히 상심한다. 사랑의 호소를 법정 변호사의 변론에 비유한 것이다.

13 비너스의 눈물은 마치 무언극의 해설자처럼 말없이 벌어지는 둘의 '싸움'의 의미를 얘기해주는 듯하다. 당시의 연극에는 앞으로 생길 일을 '무언극'으로 보여주어 그 내용을 해설자(코러스)가 설명하곤 하였다. 「햄릿」이나 「페리클레스」에도 그런 '무언극'이 등장한다.

여신의 혀는 다시금 말을 시작한다.
"땅 위에 살아 있는 가장 어여쁜 사람,
네가 여신이고 내가 사람이라면
내 맘은 모두 네 것, 네 맘은 내 상처지!
내 몸의 파멸만이 너를 낫게 해준대도
내가 한번 쳐다보고 너를 분명 돕겠다."

"내 손을 놓으세요. 왜 자꾸 만지세요?"
"내 마음을 돌려다오, 너에게 다시 줄게.
너의 굳은 마음을 배울까봐 걱정이 돼.
마음이 굳으면 약한 숨은 자취가 없고
사랑의 한숨을 들은 척도 않겠지.
내 마음도 너처럼 굳어지겠다."

"이러지 마시고 나를 놓아 주세요.
하루의 즐거움이 없어지고, 말도 갔어요.
내 말이 없어진 건 당신 때문이에요.
여기서 떠나서 혼자 있게 해줘요.
내 마음, 내 생각은 오직 하나뿐예요.
내 말을 암말에서 떼버리는 거예요."

여신이 대답한다. "너의 말은 당연히
달콤한 욕망이 오는 걸 좋아해.
애정은 식혀야 할 숯불 같아서
놓아두면 심장을 불살라버려.
바다는 끝이 있지만, 욕망은 끝이 없어.
말이 사라진 걸 이상하게 보지 마."

"짐 끄는 말처럼 나무에 매어서
가죽 고삐 때문에 꼼짝 못 할 노예였지.
하지만 청춘의 보답인 사랑을 보자
그따위 하찮은 속박을 멸시하면서
굽어진 머리에서 고삐를 떨쳐내고
입과 등과 가슴을 해방하였어."

"사랑하는 여인이 벗은 채로 누워서
호천보다 새하얀 살결을 보일 때
탐욕스런 두 눈이 포식한다면
딴 감각도 똑같이 즐겁지 않겠니?
아무리 나약해도 날씨가 찰 때
불을 만지지 않을 자가 어디 있겠니?"

"착한 애야, 네 말을 내가 변명해줄게.
말한테서 배우라고 진심으로 충고할게.
주어진 즐거움의 기회를 놓치지 마.
내가 직접 말 안 해도 네 말 보고 알아.
사랑을 배워다오. 아주 쉬운 공부야.
한번만 암기하면 다시는 잊지 않아."

"사랑도 모르고 알고 싶지도 않아요.
그게 멧돼지라면 쫓아갈 테죠.
빚지는 게 어려워서 나는 빚을 안 질 테요.
내 사랑을 말하라면 멸시밖에 없어요.
사랑은 살아 있는 죽음이고 한 입으로
울고 웃는 거라고 들어 알아요."

"짓다가 만 흉한 옷을 누가 입어요?
잎사귀도 피지 않은 새 싹을 누가 꺾어요?
자라는 풀꽃은 조금만 건드려도
한창 때 시들어서 볼품이 없어져요.
어릴 때 길들어서 안장 놓인 망아지는
힘 잃으면 다시는 굳어지지 않아요."

"당신이 비튼 내 손이 아프니까, 헤어져요.
쓸데없는 이런 잡담, 헛소리는 그만둬요.
굽힘 없는 내 맘에서 포위를 풀어줘요.
사랑의 공격에 성문을 닫았어요.[14]
맹세와 눈물과 아부를 버리세요.
단단한 마음이 공성퇴를 이겨내요."

"오, 말할 줄 아는가? 혀가 있구나?
네가 혀가 없거나 내가 못 들으면 좋겠다.
인어 같은 네 소리에 두 배나 괴롭다.
벌써부터 무겁고 지금은 눌려온다.
달가운 불협화음, 매정한 하늘 음성,
귀에는 깊은 음악, 마음에는 깊은 상처!"

"나한테 눈이 없고 귀만 있다면
볼 수 없는 내면의 예쁨을 사랑하고

14 성(城) 같은 자기의 굳은 마음을 비너스가 포위하고 공성퇴라는 무기로써 공격해오는 것으로 비유하고 있다.

내가 듣지 못한대도 너의 온갖 모습이
나의 모든 감각을 자극해 놓겠지.
  눈멀고 귀먹고 듣고 보지 못해도
  너의 몸을 더듬어서 사랑하겠다."

"촉감도 없어지고 보지도 못하고
듣지도 못하고 만지지도 못하고
오로지 후각만 남아 있대도
너에 대한 사랑은 변함없을 거라고.
  정교한 향로 같은 너의 얼굴엔
  냄새로 사랑을 일으키는 숨결이 있어."

"하지만 미각은 나머지 네 감각의
유모여서 거기 벌어질 놀라운 잔치!
감각들은 잔치가 계속되길 원해서
문을 걸어 잠그라 요청할 테지.
  심술궂은 불청객 질투가 잠입해서
  잔치를 방해하면 어떻게 해?"

"다시금 루비처럼 붉은 문이 열리고
달가운 길을 그의 말에 마련해서,
배꾼에겐 난파요, 들판에겐 폭풍이요,
목자에겐 슬픔이요, 새들에겐 고난이요,
  목동들과 소 떼에겐 몹쓸 바람 예고하는
  무섭게 시뻘건 새벽 같구나."

두려운 예고를 여신이 알아채니,
폭우가 있기 전에 바람이 잠잠하듯,
늑대가 짖기 전에 흰 이를 내보이듯,
붉은 물을 뿜기 전에 열매가 터지듯,
  총소리 듣기 전에 탄환에 맞아 죽듯,
  시작도 하기 전에 여신은 아파한다.

그의 눈에 그녀는 쓰러져 버렸으니
눈빛은 사랑을 죽이고 살릴 수 있다.
눈빛이 쓰린 것은 웃음이 낫게 한다.
순진한 소년은 여신이 죽은 줄 알고
  하얀 볼에 입 맞추니 발그레한 빛이 돈다.
  그렇게 고침 받은 파산자는 행복하여라!

소년은 놀라서 하던 짓을 멈추고
그녀를 무섭게 나무랄까 생각했지만
지혜로운 사랑이 재빨리 앞지른다.
제 변명을 잘하는 지혜는 복 받는다.
  그녀는 죽은 듯이 풀 가운데 쓰러지나,
  소년의 숨결이 그녀를 살려낸다.

콧등을 비틀고 두 볼을 두드리고
손가락을 구부리고 맥을 힘껏 짚어보고
입술을 비비는 등, 여러 가지 방법으로
매정의 상처를 고치려고 애쓰면서
  그녀에게 키스하니, 그녀는 일부러
  깨지 않고 계속해서 키스를 받으리라.

슬픈 밤은 어느덧 환한 낮이 되어서
그녀의 푸른 창[15]은 힘겹게 열린다.
아름다운 태양이 싱그러운 차림으로,
아침을 맞아서 온 땅을 되살린다.
  빛나는 태양이 하늘을 비추듯
  그녀의 얼굴은 눈빛으로 빛나며

소년의 매끈한 얼굴[16]을 응시해서
거기서 광채를 얻는 듯하다.
등불 넷이 그처럼 뒤섞인 적이 없다.
소년의 찌푸린 눈살만 아니면.—
  수정 같은 눈물 속에 빛나는 그녀 눈은
  밤중에 물에 비친 달처럼 영롱하다.

"여기가 어딘가? 땅인가, 하늘인가?
바닷물에 젖었는가? 뜨거운 불 속인가?
언제인가? 아침인가, 피곤한 저녁인가?
죽어도 좋은가? 살기를 원하는가?
  지금 살면 삶은 죽음의 아픔이고,
  지금 죽으면 죽음은 살아 있는 기쁨이다."

"네가 나를 죽였어. 다시 죽여줘.

15 그녀의 두 눈꺼풀. 푸른 눈꺼풀을 강조하느라고 일부 배우는 자신의 눈꺼풀에 푸른 '아이섀도'로 화장했다.
16 아직 수염이 나지 않은 소년이므로 얼굴이 매끈하다.

네 눈의 모진 스승, 너의 몹쓸 마음이
경멸의 눈짓을 네 눈에게 가르쳐서
불쌍한 내 마음을 살해했구나.
　제 주인을 올바로 인도하던 내 눈도
　네 입술만 없었다면 눈멀었겠다."

"이렇게 나은 입술끼리 오래 키스하겠지.
저들의 빨간 옷을 닳게 하지 마라.
오래 계속하는 동안 생기가 살아나서
위급한 상황에서 역병[17]을 몰아내어
　죽음을 예고했던 점성가들도
　네 숨결이 역병을 쫓아냈다 하리라."

"내 입술에 봉인한[18] 순결한 입술들아,
계속 봉인하려면 무슨 계약이 필요해?
네가 사고 값을 내며 정직하게 거래하면
나 자신을 판대도 나는 만족하겠다.
　그처럼 샀는데 가짜 돈이 걱정되면
　빨간 밀랍 내 입술에 손으로 서명해라."

"천 번의 키스로 내 마음을 살 수 있어.
하나씩 하나씩 천천히 갚아도 좋아.
네게 천 번 키스해도 아무것도 아니지?
셀 때도 빠르고 없어질 때도 빠르지?
　빚을 갚지 못하면 빚이 두 배 늘어도
　이천 번의 키스가 뭐가 어려워?"

"여신이 나한테 사랑을 품었다면
내가 냉담한 건 미숙한 탓이에요.
나 스스로 알기 전엔 알려 하지 마세요.
어부는 어린 고기를 잡지 않아요.
　익은 자두는 떨어져도 풋것은 붙어 있고
　너무 이르게 따면 시거나 떫어요."

"세상의 위로인 해가 피곤한 걸음으로
하루 낮의 더운 일을 서녘에서 마감하고
밤의 전령 올빼미가 울부짖는 밤예요.
양 떼는 우리에 들고, 새들은 집에 들고,
　하늘빛을 가리는 시커먼 먹구름이
　밤 인사를 나누고 헤어지자고 해요."

"안녕! 인사할 테니 당신도 인사해요.
그렇게 말하면 키스 한 번 해드리죠."
그녀가 "안녕!" 하니까 헤어지기 전에
꿀 같은 작별 값이 치러지누나.
　여신의 팔이 그의 목을 끌어안아
　둘이 한 몸 된 듯이 두 얼굴이 맞붙는다.

숨이 막힌 소년은 달콤한 붉은 입을
뒤로 물려 매혹의 입김을 빼앗아간다.
여신의 주린 입이 잘 아는 귀중한 맛!
아무리 마셔도 목마른 그 맛!
　눌러대는 사랑과 모자라는 사랑으로
　입술을 맞붙인 채 둘은 땅에 쓰러진다.

성급한 욕망은 물러나는 상대를 잡아
걸신들려 먹어대나 성이 차지 않는다.
그녀의 입술은 정복자, 그의 입술은 포로라,
공격자가 요구하는 몸값을 치른다.
　독수리 같은 욕망은 너무나 값을 높여
　풍요로운 그 입술을 마르도록 빨아댄다.

제물의 단맛을 속 깊이 느끼고는
욕망에 눈이 멀어 삼키기 시작한다.
얼굴에 김이 솟고 피가 끓어오른다.
무모한 욕정은 필사적인 용기로
　순결한 수치와 명예의 파멸을 잊고
　망각에 뿌리를 내려서 이성을 물리친다.

포옹에 갇혀서 무덥고 기운 없이,
손맛을 너무 봐서 길이 든 산새처럼,
쫓기다 지쳐버린 발 빠른 사슴처럼,
얼러맞춰 얌전해진 고집스런 아기처럼,
　소년은 복종하고 저항하지 않으니

17 당시 흑사병이 자주 돌아 1593년에 런던에서 1만여 명이 죽었다. 점성가들이 이를 예언하곤 했다. 그 해에 극장이 휴관되어 셰익스피어는 들어앉아 이 시를 썼다.
18 키스는 사랑을 봉인하는 계약과 같은 것. 우리가 도장을 찍듯 서양에서는 밀랍으로 계약서를 봉인하고 그 밀랍에 반지에 새긴 인장(seal)을 찍었다.

여신은 한없지만 얻을 것은 다 얻는다.

자꾸 만져 녹지 않을 밀랍이 있나?
마침내 조금만 눌러도 물렁거리며
무망한 일이라도 거듭하면 성취된다.
율법을 넘을 권리를 가진 사랑이 그렇다.
열정은 겁보처럼 용기를 잃지 않고
고집스런 상대에게 오히려 구애한다.

소년이 찌푸릴 때 소년의 입술에서
빨지 못한 단물을 포기할 수 있을까?
싫은 표정, 나쁜 말이, 연인을 못 쫓는다.
장미에 가시가 있어도 따지 않는가?
어여쁨은 거듭해서 자물쇠로 잠가놔도
사랑은 뚫고 들어 자물쇠를 모두 연다.

그녀는 아쉽게도 붙들 수 없고,
가련한 소년은 보내 달라고 애원한다.
여신은 더 오래 붙잡지 않겠다며
큐피드의 화살을 맞은 제 심장을
그의 품에 고이 두고 떠나면서
보살피라고 당부하고 작별한다.

"귀여운 애야, 슬픔 속에 이 밤을 보내겠다.
심장이 아프면서 눈한테 깨어 있으래.
사랑의 주인아, 내일 다시 만날 거야?
그럴 테야? 그럴 테야? 그렇게 약속해?"
소년은 아니라며 몇몇 친구와 같이
멧돼지 사냥을 할 거라고 말한다.

"멧돼지?" 그녀는 갑자기 창백해진다.
선홍빛 장미를 흰 천으로 덮어서
그녀의 뺨을 정복한 듯! 그녀는 떨면서
두 팔로 그의 목을 힘껏 끌어안는다.
목을 끌어안은 채 그녀가 쓰러지니
여신의 배 위에 소년이 넘어진다.

그녀는 사랑의 시합장에 들어서고
뜨거운 접전을 위해 용사가 올라탔다.[19]
하지만 모든 것은 그녀의 미몽일 뿐,
그녀 위에 올라타고 몰지는 않아서
탄탈로스보다도 안타깝구나.[20]
낙원을 안고서도 기쁨이 없다.

가련한 새들이 포도송이의 그림에 속아
눈으론 실컷 먹어도 배는 고픈 것처럼—
쓸데없는 열매를 본 불쌍한 새처럼
불행한 그녀는 속만 계속 태운다.
뜨거운 열정을 기대할 수 없어서
키스를 계속해서 불 지르려고 해도

헛수고일 뿐이라, 여신이여, 안 될 일,
한없는 노력을 기울였으니
그녀의 애원은 보답을 받을 만해도
사랑의 여신이 사랑을 못 받는다.
"그만해요. 숨 막혀 죽겠으니 놔주세요.
이렇게 잡아둘 이유가 없어요."

"귀여운 아이, 멧돼지 사냥을 갈 거라고
말을 하지 않으면 벌써 보냈을 거야.
잘 알아둬. 사나운 멧돼지를 단창으로
찌르는 게 얼마나 위험한지 모르누나.
죽이기로 작정한 험악한 백정처럼
어금니를 드러내고 날카롭게 덤빈다고."

"활처럼 굽은 등에 날카로운 창칼들이
싸움 벌일 태세로 적들을 위협하고
화를 내는 두 눈은 반딧불처럼 빛나고
가는 데마다 주둥이로 무덤을 파고
성이 나면 앞을 막는 무엇이든 공격하고
상대하는 자들을 어금니로 죽인다."

"단단한 옆구리는 무쇠 털로 무장하고

19 중세의 기사는 한 여인의 '용사'가 되어 말에 올라 시합장에 들어와 상대 기사와 격전을 벌였다.
20 그리스신화에 나오는 왕이자 제우스의 아들인 탄탈로스는 신들의 비밀을 발설한 죄로 턱까지 잠긴 물속에 있으면서도 목이 말라 물을 마시려 하면 물이 달아나고 눈앞에 열린 과일을 따려고 하면 그의 손에서 그 과일이 달아나는 벌을 받았다.

너의 창이 뚫지 못할 강력한 갑옷이고
짧고 굵은 놈의 목은 쉽게 칠 수 없고
한번 성을 내고는 사자에게도 덤벼든다.
　가시가 돋친 쐐기풀과 가로막는 덤불도
　놈이 두려운 듯이 달릴 길을 벌려준다."

"오, 놈은 사랑의 눈이 공손하게 머무는
네 고운 얼굴과 보드라운 네 손과
정겨운 입술과 수정 눈을 보지도 않아.
완벽한 그 모습에 온 세상이 놀라지만—
　너한테 이길 거야.—아, 두려워!—
　들판을 파헤치듯 예쁜 걸 망칠 테지."

"더러운 소굴 속에 웅크리고 있게 해.
그런 악마와 예쁜 건 상관이 없어.
놈의 위험 반경 안에 일부러 가지 마.
친구의 충고를 듣는 자가 잘돼.
　멧돼지 말을 네가 해서 솔직히 말해
　네가 걱정이 돼서 온몸이 떨렸어."

"내 얼굴을 못 봤니? 하얗게 질렸었지?
내 눈에 비치는 공포를 너도 보았지?
맥이 빠져 대번에 쓰러지지 않았니?
네가 타고 누운 내 가슴 속에서
　걱정하는 심장이 펄떡이며 쉬지 않고
　지진처럼 네 몸을 흔들고 있어."

"사랑의 힘이 뻗는 데서 훼방꾼 의심은
애정의 파수꾼을 저절로 불러서
거짓 경고를 울리고 반란을 부추기고
평화로운 시간에 '죽여라'고 외쳐서
　물과 공기가 불길을 억누르듯
　얌전한 사랑의 의욕을 방해한다고."

"이 몹쓸 음모꾼, 불화의 첩자,
사랑의 새싹을 먹어대는 버러지,
뜬소문을 옮기는 고약한 의심,
바른말과 거짓말을 뒤섞는 게
　내 마음을 두드리고 내 귀에 속삭이길,
　너를 사랑한다면 네 죽음도 걱정하래."

"그뿐만 아니고 성나서 날뛰는
멧돼지의 모양이 눈앞에 뵈는데
너 같은 모양이 날카로운 어금니로
피투성이가 된 채로 쓰러져 있어.
　싱그러운 들꽃에 피가 떨어져
　꽃들이 슬퍼서 고개를 숙였어."

"너의 그런 모양을 상상으로 그려보고
부들부들 떨면서 어쩌야겠니?
그 생각에 내 여린 심장이 피를 흘리고
걱정스레 앞날을 예언하게 돼.
　네가 내일 멧돼지와 맞닥뜨리면
　너는 죽고 나는 슬픔 속에 살아가."

"그래도 사냥을 가겠다면 내 말을 들어.
달아나는 겁쟁이 토끼나 묘한 꾀로
살아가는 여우나 맞서는 걸 겁내는
사슴에게 사냥개를 풀어놔.
　겁 많은 짐승들을 들에서 쫓고
　기운찬 말을 타고 사냥개를 몰아가."

"눈 어두운 토끼가 뛰는 걸 보면
불쌍한 그 짐승이 추격자를 따돌리려
바람보다 빠르게 요리 뛰고 조리 뛰며
무척이나 조심스레 방향 바꾸지.
　토끼가 풀숲에 이리저리 뚫은 길은
　적을 혼란시키는 미로와 같아."

"어떤 때는 양 떼 새로 달리는 바람에
똑똑한 사냥개도 냄새를 헷갈리고
어떤 때는 땅을 파고 그 속에 살아
시끄러운 추격자를 잠잠케 하며,
　어떤 때는 사슴 떼와 어울려 있어,
　위험하면 꾀 있고 겁 많으면 똑똑해."

"녀석의 냄새는 딴 것들과 뒤섞여서
냄새 맡는 개들도 우물쭈물하면서
짖어대길 멈추고 무척이나 애쓴 끝에
놓쳤던 냄새를 마침내 다시 찾아
　힘차게 짖어대니, 메아리가 울려서
　하늘에도 추격전이 벌어진 듯해."

"벌써부터 가련한 토끼는 먼 산에 올라
뒷발로 딛고 서서 귀를 쫑긋 기울여
아직도 적들이 따라오나 들어보지.
그러자 요란한 공격 소리가 들려와
토끼의 슬픔은 죽음의 종소리를
귓속에 듣고 누운 중환자와 다름없어."

"이슬에 흠뻑 젖은 가련한 짐승은
이리 갔다 저리 갔다 '갈지자'로 뛰는데
흉한 가시가 피곤한 다리를 할퀸다.
그림자마다 멈칫하고 소리마다 멈춰서니
힘없으면 누구나 짓밟고 지나가며
쓰러지면 아무도 도와주지 않거든."

"가만히 엎드리고 조금만 더 들어라.
내뺄 생각 하지 마라. 일어날 수 없단다.
멧돼지 사냥이 싫어지게 만들려고
나답지는 않지만 예화를 들려줄게.
이 얘기를 저 얘기에 적용시켜 이해하면
온갖 슬픔에 사랑은 교훈이 돼."

"어디까지 말했더라?" "상관없어요.
나만 놔주면 이야기는 저절로 끝나요.
밤이 샜어요." "그럼 어쩌지?" 여신은 묻고
소년은 대답한다. "친구들이 기다려요.
가다가 어두워서 넘어질지 몰라요."
"욕망은 밤중에 가장 눈이 밝단다."

"하지만 넘어지면 이렇게만 생각해라.
땅도 너를 사랑해서 네 발에 딴죽을 걸어
너한테서 키스를 훔치려는 것뿐이라고.
착한 사람도 재물 보고 도둑이 되는 것처럼,
네 입술을 보고 달님[21]도 키스를 훔치고
맹세 깨고 죽을까봐 구름 속에 숨어 있어."

"밤이 어두운 이유를 이젠 알겠네.
달님이 부끄러워 은빛을 감췄어.
사물을 빚어내는 자연이 하늘로부터
거룩한 틀을 훔쳐낸 반역자로 몰려서
하늘 뜻을 어기고 그 틀로 너를 빚어
낮에 해를, 밤에 달을 부끄럽게 했구나!"

"그래서 달님은 자연의 묘법을
방해하려고 운명을 매수하고
아름다운 모습에다 몹쓸 병을 뒤섞고
순수한 완전에 불순한 불구를 섞어
미친 불행과 숱한 고난이 지은 폭력에
예쁜 건 할 수 없이 무릎을 꿇었어."

"뜨거운 열병, 맥없이 창백한 오한,
독살하는 흑사병, 미친 지랄병,
한번 걸리면 피를 뜨겁게 달궈
온몸을 결딴내는 골수 파먹는 병,[22]
과식증과 종양과 슬픔과 절망이
예쁜 너를 빚어낸 자연을 죽이겠대."

"이런 질병 가운데 가장 미미한 것도
한순간의 싸움으로 예쁜 걸 쓰러뜨려
사심 없는 사람이 봐서 놀라던
얼굴과 향기와 낯빛과 생김새가
산중에 쌓인 눈이 햇살에 녹아지듯
갑자기 시들고 무너지고 사라져."

"그래서 세상에 사람의 기근을 불러오고
아들들과 딸들의 불모지를 만들려는
열매 없는 정절과 사랑 없는 처녀와
자기만 사랑하는 수녀들에 항거해서
가진 걸 전부 다 써. 밤에 타는 등불은
제 기름 모두 써서 이 세상을 밝게 해."

"네 몸은 입 벌린 무덤에 지나지 않아서,
네가 낳을 후손을 묻을 것 같아.
나지도 않은 채 없애지 않으면
시간의 요청대로 후손이 생길 건데.
—그럭하면 세상은 너를 멸시할 테지.
아름다운 소망을 교만스레 죽였다고."

"그건 자기를 제 속에서 죽이는 짓—
내란보다 더 몹쓸 악행이 아니면

21 처녀성을 지키기로 맹세한 다이애나 여신을 가리킨다.
22 임질, 매독 등의 성병을 가리킨다.

절망의 손으로 제 목숨을 끊거나
자식의 목숨을 뺏는 아비보다 더 나빠.
　놋쇠의 녹은 숨겨둔 보물을 갉아먹지만
　황금은 놀릴수록 황금을 많이 낳아."[23]

소년이 말한다. "그만둬요. 쓸데없는
닳아빠진 이야기에 다시 빠져드시네요.
당신한테 키스한 게 허사였어요.
흐르는 냇물을 거스르면 헛수고예요.
　욕망의 추한 어미, 꺼먼 밤에 맹세코,
　그런 소리를 들으면 당신만 싫어져요."

"사랑이 당신한테 혀를 만 개 빌려주어
그 각각이 당신의 혀보다 빨리 움직여
인어[24]의 노래처럼 나를 매혹한대도
그 가락은 내 귀에 헛바람일 뿐이에요.
　내 마음은 내 귀에 무장하고 있어서
　아무 거짓부렁도 들어올 수 없어요."

"미혹하는 노래가 내 고요한 마음의
울타리 안으로 밀고 들어온다면
조그만 내 심장이 완전히 망가져서
나의 침실에서 못 쉴까 염려돼요.
　안 돼요. 내 마음이 신음하기 싫다며
　깊이 잠자요. 지금 혼자 있어요."

"당신 말에서 내가 대답 못 할 게 뭐죠?
위험으로 가는 길은 평탄하지요.
사랑은 괜찮지만 처음 보는 사람에게
가슴을 벌려대는 기교는 싫어해요.
　자손을 보려고요? 망측한 변명예요.
　욕정의 못된 짓에 이성이 뚜쟁이니."

"사랑이라 하지 말아요. 땀내 나는 욕정이
이름을 뺏고, 사랑은 하늘로 가고,
욕정은 순진한 겉모양만 갖춘 채
어여쁨을 삼키고 수치로 물들였죠.
　벌레들이 연한 잎을 먹어버리듯
　불타는 폭군이 더럽히고 따먹어요."

"사랑은 비 온 뒤에 햇살처럼 포근해도
욕정의 결과는 햇볕 뒤의 폭풍 같아요.
사랑의 참한 봄은 언제나 신선해도
욕정의 겨울은 여름이 반도 안 돼 닥쳐요.
　사랑은 절제해도 욕정은 배 터져 죽고
　사랑은 진실해도 욕정은 거짓말투성이예요."

"더 길게 말할 수 있지만 관두겠어요.
주제는 오래됐지만 변사가 너무 젊죠.
그래서 지금은 의젓하게 가겠어요.
얼굴엔 수치가, 가슴엔 슬픔이 가득하고,
　음란한 소리에 기울였던 내 귀는
　그런 죄를 저질러서 확확 달아올라요."

말을 마친 소년은 여신의 가슴팍에
자기를 붙들어 맨 하얀 팔의 포옹을
뿌리치고 검은 들을 빨리 달려 집에 가니
사랑은 깊은 시름에 잠겨서 누워 있다.
　하늘에서 밝은 별이 떨어지듯, 소년은
　비너스의 눈에서 어둠으로 사라진다.

소년에게 시선을 던지는 여신은
방금 배에 오른 친구를 보는 것 같다.
낮은 구름과 험한 파도가 서로 싸워서
친구는 더 이상 보이지 않는데—
　그렇게 무정하고 시커먼 밤이
　그녀 눈에 가득했던 그 모습을 삼켰다.

흐르는 물속에 자기도 모르게
값진 보석을 빠뜨린 사람처럼,
두려운 숲 속에서 횃불을 꺼뜨린
밤중의 길손들이 두려워하듯,
　여신은 밝혀주던 광명을 잃고
　캄캄한 어둠 속에 당황해 한다.

가슴을 두드리니 신음이 터져 나와

23 자기를 닮은 자손들을 낳는 것은 황금을 변리로 꾸어주어 증식하는 것과 같다는 말. 「소네트」 1~17에서 보듯, 이는 당시에 흔한 주제였다.
24 풍랑 이는 바다의 벼랑에서 노래를 불러 배꾼들을 유혹하여 죽인다는 요물.

근처의 동굴들이 모두가 괴로운 듯,
그녀의 신음을 그대로 반복해서
한숨에 한숨이 겹쳐 두 겹이 된다.
"아, 아프다." 하고 스무 번 외치니까
스무 번 메아리가 스무 번을 울린다.

이를 들은 그녀는 구슬픈 가락으로
구성진 노래를 즉흥으로 부른다.
젊은이는 얽매이고 늙은이는 미친다.
못난 일에 현명하며 못났으되 현명한 사랑!
구슬픈 그 노래는 한숨 속에 끝을 맺고
메아리의 합창도 그렇다고 화답한다.

그녀의 노래는 밤새껏 계속된다.
연인의 시간은 짧은 듯 길다.
자기에게 좋으면 남과 처지가 같아도
함께 좋아하리라고 믿는 법이다.
한껏 꾸민 이야기는 시작은 많지만
청중 없이 끝나고 자꾸만 계속된다.

함께 밤을 보내줄 상대방이 누군가?
아첨꾼에 다름없는 메아리가 아닌가?
잘 차린 멋쟁이의 기분을 맞춰주는
목청 좋은 술 청지기가 대답하듯이,
'그렇다'면 '그렇다'로 모두들 대답하고
'아니다'면 '아니다'로 대답하겠지.

얌전한 종달새는 자는 게 지겨워서
축축한 둥지에서 하늘 높이 올라가
아침을 깨우니, 태양은 제왕답게
은색 아침 품에서 잠 깨어 일어나
이 세상을 비추면서 내려다보면
삼나무와 산들은 번쩍이는 금빛이다.

비너스가 태양에게 인사를 보낸다.
"모든 빛의 수호자, 광명의 신이여,
불타는 천체와 빛나는 별들에게
아름다운 힘을 주어 빛을 내는 신이여,
땅바닥의 어미젖을 빨고 자란 소년이
도리어 당신에게 빛을 줄 수 있어요."

말을 마친 여신은 머틀[25] 숲으로 달려가서
아침이 밝은 지 벌써 오래됐어도
연인의 소식을 듣지 못해 안타까워
사냥개와 나팔에 귀를 곤두세우는데,
이윽고 그 소리가 신나게 울려오니까
소리 쪽으로 그녀는 황급히 달려간다.

그녀가 뛰다가 덤불과 마주치면
덤불은 목을 감고 얼굴에 키스하고
그녀를 세우려고 다리를 휘감지만
그녀는 맹렬히 포옹을 뿌리친다.
아프게 젖이 불은 어미 사슴이
덤불 속에 숨겨놓은 새끼에게 달려가듯.

이때 여신은 짐승을 몰아간 개들이
울부짖는 소리 듣고, 앞길에 무섭게
똬리를 튼 독사를 보고 떠는 이처럼
소스라치게 놀라서 부르르 떠니
겁먹은 개들이 울부짖는 소리에
감각이 마비되고 정신이 아득하다.

여신은 그게 순한 짐승이 아니고
멧돼지나 곰이나 사자란 걸 알았는데,
사나운 포효가 한곳에서 들려오고
겁먹은 개들이 짖어대는 거였다.
상대가 무서운 적수란 걸 알고서는
저마다 첫자리를 양보하기 마련이다.

전율할 그 소리가 귓속에 파고들어
여신의 가슴을 놀라게 해서
초조와 공포로 핏기를 잃고
온몸의 감각이 힘없게 마비돼서,
대장이 항복하자 비열한 병사들은
달아나서 버틸 자가 없는 것과 같다.

이렇게 그녀는 멍청하게 떨다가
흐트러진 생각들을 한데 모아서
그따위는 근거 없는 환상에 지나지 않고

25 비너스 여신에게 바쳐진, 향기로운 꽃이 피는 상록수.

겁내는 건 유치한 잘못이라 자기에게 일러주고
떨지 말고 겁내지 말라고 타이른다.
그런 말을 하면서 멧돼지를 바라보니

거품 이는 아가리는 붉은 피로 물들어
하얀 젖과 붉은 피가 뒤섞인 것 같아서
두 번째로 공포가 온몸에 퍼져나가
어딘지도 모를 데로 미친 듯 달려간다.
그렇게 달리다가 갑자기 멈춰 서서
살인자 멧돼지를 꾸짖으려 돌아온다.

천 가지 감정이 천 가지로 나타난다.
그녀는 갔던 길을 다시 걸어 돌아온다.
그녀의 빠른 걸음을 느린 걸음이 막아
술에 취한 머리처럼 종잡지 못한다.
심각한 것 같지만 심각한 데가 없고
온갖 일을 한다면서 아무 일도 못 한다.

덤불에 갇힌 개를 발견하고 맥 빠진
그 개에게 주인의 행방을 물어보고
또 다른 사냥개가 상처를 핥는데
독 오른 상처에 핥는 게 약이다.
그러자 으르대는 다른 개를 만나서
말을 거니 대답으로 으르렁댄다.

그놈이 거슬리는 소리를 마치자마자
헤벌어진 입으로 끙끙대던 검정개가
하늘을 향하여 포문을 여니까
이놈 저놈 여러 놈이 그에게 대답하고
거만하던 꼬리를 땅바닥에 내리고
찢긴 귀를 흔들며 걸어가며 피 흘린다.

이 세상 불쌍한 인간들이 허깨비나
괴이한 징조나 흉조를 보고 놀라서
두려운 눈으로 한참 동안 바라볼 때
무서운 예감이 머리를 채우듯,
그녀는 그걸 보고 숨을 들이켰다가
다시 뱉어내면서 죽음을 꾸짖는다.

"흉한 폭군, 굶주려 비쩍 마른 추악한 자,
사랑을 갈라놓는 증오스런 몹쓸 놈,
히죽대는 귀신과 땅벌레야, 어째서
예쁜 걸 질식해서 숨을 가로채느냐?
살아 있을 동안에 숨결과 미모로
장미엔 빛깔, 제비꽃엔 향기를 줬었는데."

"그 애가 죽었다면—아냐, 그럴 수 없어.
예쁜 그 모습을 공격하지 못할 거야.
오, 그럴 수도 있겠어. 눈 없는 네놈은
아무나 미워해서 아무 데나 치니까.
목표는 늙은인데 네 못난 화살이
목표를 잘못 보고 애 심장을 갈랐어."

"조심해라 외쳤다면 그 애가 말을 하고
그 애 말이 들렸다면 너도 힘이 빠졌겠지.
그 죄로 운명이 너를 저주할 거야.
잡초를 베라고 했는데 너는 꽃을 잘랐어.
사랑의 황금 살이 그 애한테 갔을 건데
죽음의 검은 살이 그 애를 죽였어."

"울음을 일으켜서 눈물을 마시니?
구슬픈 한숨이 이로울 게 뭐야?
모든 눈을 활짝 뜨게 만든 그 눈을
어째서 영원히 잠들게 했니?
자연의 걸작을 무정하게 망친 너라,
무서운 네 힘을 본 체도 안 해."

이때에 여신은 절망에 북받친 듯
눈꺼풀을 닫으니, 두 눈은 수문처럼
두 볼에서 정겨운 가슴팍의 수로로
수정 같은 냇물을 흘리다가 멈춘다.
그러나 물고를 뚫고 은빛의 비가
쏟아지면서 눈꺼풀을 다시 연다.

그녀 눈과 눈물이 서로 주고받는다.
눈물에는 두 눈이, 눈에는 눈물이 있어,
두 가지가 수정이라, 슬픔을 마주 봐서
정다운 한숨끼리 서로를 말린다.
하지만 비바람 불어치는 궂은 날처럼
한숨에 마른 뺨이 눈물에 다시 젖는다.

슬퍼하는 그녀에게 감정들이 몰려들어

무엇이 알맞은지 서로 간에 다투는데
모두 받아들이고 감정마다 애쓰는데
그 당장의 슬픔이 으뜸인 듯싶지만
최고는 없으므로 모두 합친다.
궂은 날씨 꾀하는 구름의 무리처럼.—

이때 멀리서 사냥꾼이 고함친다.
젖어미 노래에 기뻐하는 아기구나!
그녀가 빠져 있던 무서운 환상들을
희망의 그 소리가 몰아내려 할 즈음,
기쁨은 살아나서 기뻐하라 이르고
아도니스 소리라고 그녀에게 속인다.

그러자 그녀의 눈물은 유리 속 진주처럼
갇혔다가 드디어 썰물이 시작됐다.[26]
하지만 어떤 때는 진주가 흘러나와
그녀의 뺨을 녹이는데, 마치 그런 진주는
눈물 젖은 여자가 취했을 뿐이고
더러운 땅 밟기를 싫어하는 것 같다.

의심 많은 사랑아, 믿지는 않으면서
너무도 쉽게 믿어 너무도 이상해!
네 기쁨 네 슬픔이 양극으로 치달아.
넌 절망과 희망으로 우습게 돼.
희망은 불가능한 생각들로 너를 속이고
절망은 가능한 생각들로 너를 죽여.

여신은 짜놨던 그물을 또다시 푼다.
아도니스가 살아 있어 죽음은 죄가 없다.
죽음을 욕한 것은 그녀가 아니었다.
험상궂은 그 이름에 명예를 더해주고
무덤들의 왕이며 왕들의 무덤이며
만물의 제왕이라 불러주누나.

"아냐, 아냐, 정다운 죽음아, 농담이었어.
용서해주렴. 멧돼지와 맞닥뜨려
겁이 났던 거라고. 그 피에 주린 짐승은
동정심을 모르고 언제 봐도 무서워.
얌전한 그림자야, 솔직히 말해서
애인이 죽었을까봐 너를 욕했어."

"내 잘못이 아니야. 멧돼지가 시킨 거야.
볼 수 없는 명령자가 그놈한테 보복해.
너한테 욕한 건 그 추잡한 짐승이야.
나는 입만 놀렸어. 장본인은 그놈이야.
슬픔은 입이 둘이라서, 열 여자의 머리로도
한꺼번에 그것들을 다스릴 수 없다고."

이렇게 아도니스가 살아 있길 바라며
조급했던 의심을 줄이려고 힘쓰고
그의 아름다움이 더욱 행복하도록
겸손히 죽음에게 아양을 부리고
전리품들, 동상들, 무덤들, 이야기들,
승전들, 개선들, 영예들을 말해주었다.

"오, 내가 얼마나 멍청한 바보였는가!
산 사람의 죽음을 울부짖으니
얼마나 나약하고 모자라는 넋이었던가!
인간은 모두 죽기까지 살 사람이다.
아도니스가 죽으면 예쁨이 죽고,
예쁨이 죽으면 혼돈이 다시 온다."

"못난 사랑, 부끄러워! 보화를 잔뜩 지고
도둑들에 에워싸인 겁쟁이 같아.
귀와 눈이 듣지도 보지도 못한 걸
겁먹은 마음으로 쓸데없이 울부짖어."
바로 이때 경쾌한 나팔이 울려서
슬퍼하던 그녀가 기쁨에 뛴다.

미끼를 본 매처럼 그녀는 달려간다.
풀이 꼼짝 않으니까 발걸음이 가볍다.
서두르는 행복한 그녀 눈에 불행히도
추악한 멧돼지의 제물이 비쳐 온다.
그걸 본 그녀 눈이 캄캄해진다.
낮에 보이기 부끄러운 별들이 사라지듯이.

연한 뿔을 건드리면 아파하면서
껍질 속에 움츠리는 달팽이처럼

26 당시 진주 같은 값진 보석은 유리 속에 보관하였고 아주 비싼 장식물로 치장하였다는 뜻.

외부와 단절한 채 어둠 속에 박혀서
오랜 시간이 지나도록 나오길 겁내듯이,
　끔찍한 꼴을 본 그녀의 눈은
　어두운 머릿속 깊은 굴로 달아나

하던 일을 중단하고 눈의 광명을
혼란한 두뇌에게 맡겨버리니,
추악한 어둠과 머물러 있으라며
다시는 마음에 상처주지 말라 한다.
　마음은 옥좌 위의 심란한 왕처럼
　내란이 일지 몰라 괴롭게 신음하며,

아래 있는 신하마다 떨고 섰으니
흙에 갇힌 바람이 통로를 찾느라고[27]
땅덩이의 기초를 흔들어대어
인간들을 공포 속에 몰아넣듯 하누나.
　이런 급한 내란에 감각들은 놀라고
　어두운 자리에서 눈은 다시 일어나

창문을 열고 내키지 않는 눈을 던지니
보드라운 옆구리에 멧돼지가 파놓은
큼직한 상처에서 흘러내린 피눈물이
하얗던 살결을 붉은 물로 적셨구나!
　근처의 꽃과 풀과 잎과 나무는
　피를 훔쳐 그와 함께 흘리는 것 같다.

가여운 비너스는 그 숙연한 동정심에
어깨 위로 고개를 떨어뜨렸다.
말없이 슬퍼하고 미친 듯 떠듬대고
죽을 리가 없으니 안 죽었다고 믿는다.
　목소리가 잦아들고 뼈마디가 굳어진다.
　전에도 울었다니 한없이 눈이 밉다.

소년의 상처를 뚫어지게 바라보니
눈물에 젖어서 상처가 세 개로 보여
상처가 없을 곳에 상처를 만드는
무정한 자기 눈을 심하게 꾸짖는다.
　얼굴이 둘로 뵈고 팔다리가 네 쌍이니
　머리가 혼란하면 눈도 잘못 보기 쉽다.

"이 입을 가지고는 아도니스 하나도
슬퍼하지 못하는데 아도니스가 둘이다.
한숨도 날아가고 짠 눈물도 사라졌어.
내 눈은 불이 되고 내 맘은 납이 됐어.
　무거운 납덩이야, 불붙는 눈에 녹아라.
　그럼 나는 뜨거운 욕정 방울에 죽어버리지."

"오, 불쌍한 세상, 무슨 보물을 잃었니?
볼 만한 얼굴이 어디에 남아 있니?
이제는 누구 혀가 달가운 음악이니?
과거에서 미래까지 자랑할 게 무어니?
　꽃들은 향기롭고 아름답지만
　향기롭고 예쁜 건 그와 함께 살다 갔어."

"모자나 면사포를 아무도 쓰지 마.
태양도 바람도 키스하지 않을 게야.
예쁜 게 없으니까 걱정할 필요 없어.
해는 너를 멸시하고 바람은 너를 훙봐.
　아도니스가 살았을 땐 해와 바람이
　예쁜 걸 훔치려고 도둑처럼 어른댔지."

"그래서 아도니스가 모자를 쓰면
멋 부린 해가 챙 밑을 들여다보고
바람은 모자를 날리고 머리털을
희롱해. 그러다가 소년이 울면
　그의 어린 나이를 불쌍히 여겨
　누가 먼저 눈물을 씻나 경쟁했어."

"사자도 소년의 얼굴이 보고 싶어
놀래지 않으려고 울타리 뒤로 따라가고,
소년이 혼자 있기 심심해서 노랠 부르면
호랑이도 얌전하게 귀 기울여 들었어.
　소년이 말하면 늑대도 먹이를 놓고
　그날만은 양한테 덤벼들지 않았어."

"개울에서 제 그림자를 비춰볼 때면
고기들이 황금 지느러미를 그 위에 펴고,
소년이 곁에 있으면 새들도 기뻐서
더러는 노래하고 더러는 부리로

27 당시 사람들은 땅속에 바람이 갇혀 있다가 뚫고 나오는 것이 지진이라고 생각했다.

빨간 앵두와 오디를 갖다 줘서
소년은 제 모습으로, 새들은 열매로 서로 먹였어."

"언제나 굽은 눈으로 무덤을 찾아다니는
주둥이 삐죽하고 끔찍한 멧돼지는
소년이 입은 예쁜 몸을 본 적이 없어.
그놈이 어떻게 다뤘는지 자세히 봐.
얼굴만 봤다면, 확실히 알 만해,
키스하려다가 그냥 물어 죽였겠지."

"그렇게, 그렇게, 아도니스를 죽였어.
날카로운 창으로 멧돼지에 달려드니까
소년한테 절대로 이빨을 안 댈 놈이
그런 데 오면 안 된다면서 키스했어.
애정 어린 멧돼지가 자기도 모르게
어금니로 보드라운 옆구리를 찔러댔어."

"나도 멧돼지처럼 어금니가 길었다면
먼저 키스로 아도니스를 죽였겠지.
하지만 죽었어. 소년의 젊음이 내 젊음에
축복을 안 줘서 나야말로 저주받았어."
말을 마친 그녀는 그 자리에 쓰러져서
끈끈한 그의 피를 얼굴에 바른다.

그 입술을 바라보니 핏기가 사라지고
그 손을 잡아보니 차디차구나.
괴로운 말귀를 알아듣는 양
구슬픈 사연을 그 귀에 속삭인다.
감은 눈을 간직한 눈꺼풀을 열어보니
타버린 등불들이 어둠 속에 갇혔구나.

자신의 모습을 천 번이나 비춰보던
두 개의 거울도 이제는 맥 빠지고
넘쳐나던 기운도 사라졌으며
온갖 아름다움도 힘이 없구나.
"세상의 놀라움! 네가 죽었는데도
밝은 낮이 있다는 게 너무나 슬퍼."

"네가 죽어 있으니 내가 여기 예언하되
이후로 사랑에는 슬픔이 따르리니,
사랑에는 반드시 질투가 오며
시작은 달콤해도 종말은 쓰고
평등하지 못하고 높거나 낮고,
사랑의 기쁨은 아픔을 못 이겨."

"사랑은 변덕스럽고 거짓이 가득하고
한번 숨 쉴 사이에 봉오리가 바람 맞고
바닥에는 독이 있고 꽃대 위엔 꿀이 있어
아무리 밝은 눈도 틀림없이 속으며,
강인한 몸도 약하게 하며 현자를
벙어리로, 바보를 말쟁이로 만들며",

"구두쇠가 될 거며 탕자가 될 거며
죽어가는 노인에게 춤바람이 불 거며
시건방진 사내 입을 다물게 할 거며
부자를 없이하고 빈자에게 재물을 주고
사납게 미치고 싱겁게 착하며
젊은이는 늙은이가, 늙은이는 아이가 되며"

"근심할 게 없어도 의심을 일으키고
의심할 곳이어도 근심이 없을 테며
자비로울 것이며 냉혹할 것이며
가장 정의로울 때 가장 속일 거며
가장 협조적일 곳에서 고집부리고
용기에 비겁을, 비겁에 용기를 주고",

"무서운 사태와 전쟁의 원인이 되며
자식과 아비 간에 불화를 낳고
마른 인화 물질의 불길과 같이
온갖 불평불만에 복종하리라.
뻗어가던 내 사랑을 죽음이 멸해서
최고의 사랑도 사랑을 즐기지 못하리라."

이때에 죽어서 누웠던 소년이
그녀의 눈앞에서 연기처럼 사라진다.
땅바닥에 쏟아졌던 그의 피에서
흰 줄이 빗겨 있는 붉은 꽃이 피어나니
소년의 하얀 볼과 둥글게 방울 지어
하얀 볼에 돋보이던 핏방울을 닮았구나.

갓 피어난 꽃향기를 고개 숙여 냄새 맡고
아도니스의 숨결과 비교하고는

죽음으로 말미암아 빼앗겼으니
자신의 가슴속에 살리라 한다.
가지를 꺾으니, 상처에서 나오는
초록색 즙을 눈물에다 비유한다.

"불쌍한 꽃아, 이것이 네 아빠의 버릇이었어.
무척 향기롭던 아빠의 향기로운 자녀야,
슬픈 일 볼 때마다 눈 적시곤 했단다.
스스로 크는 게 그의 소원이었어.
네 소원도 그렇구나. 하지만 알아두렴.
자손이나 내 품이나 시들기는 같단다."[28]

"이곳의 내 품이 네 아빠의 잠자리였어.
너는 그의 자식이니 네가 차지할 데다.
그럼 비어 있는 이 요람에서 편히 쉬어라.
밤낮 뛰는 내 심장이 너를 흔들게.
애틋한 사랑의 꽃에 키스하지 않고는
한 시간의 일 분도 보내지 않겠다."

그래서 지겨운 세상을 멀리 떠나
은빛 비둘기들[29]에 멍에를 매니
새들은 여주인을 가벼운 수레에 태워
빈 하늘에 높이 올라 빠르게 날아
파포스[30]로 향한다. 거기서 여신은
숨어 지내며 나오지 않으려 한다.

28 자손에게 혈통을 남기는 것이 생명을 잇는 것으로 여겼다.
29 비너스는 흰 비둘기들이 끄는 수레를 타고 다녔다.
30 비너스의 신전이 있는 곳. 지중해의 큰 섬 사이프러스의 포구였다.

# 소네트
## *The Sonnets*

다음에 오는 소네트들의
유일한 어버이인
W. H.[1] 씨에게 모든 행복과
언제나 살아 있는 우리의 시인이
기약한
영원을 드리며

잘되기를 기원하는
출판의
투기를
모험하는 자가
기원한다.
T. T.[2]

### 1[3]

아름다운 이들에게 자손 많길 바라는 건
미모의 장미가 죽지 않길 바라기 때문예요.
하지만 시간과 함께 장미가 사라지고
나이 어린 상속자가 그걸 기억할 거예요.
하지만 당신은 제 눈에 굳게 맺어서
스스로를 불태워 밝은 빛을 내는데
풍요 속에 굶주림을 가져오는 원수라
아름다운 자신에게 너무도 가혹해요.
당신은 세상의 아름다운 꽃이라
찬란한 봄철을 선포하지만
자신의 꽃망울에 행복을 가뒀으니까
당신은 구두쇠라, 인색으로 낭비해요.
　세상을 불쌍하게 안 보면 세상 몫을 삼키고[4]
　자신과 무덤에게 삼켜지는 포식자요.

### 2

마흔 번 겨울이 이마를 에워싸고
아름다운 벌판에다 참호를 깊이 파면[5]
뭇 시선이 쏠리는 청춘의 차림새는
볼품없이 떨어진 옷자락이 돼버려서
아름다운 당신은 어디 갔나요?
청춘 시절, 보화의 행방을 물을 때
움푹 파인 눈 속에 들었다고 대답하면
한량없는 수치요 쓸모없는 찬미예요.
아름다운 걸 투자해서 '잘생긴 이 아이가
내 평생의 결산이고 내 나이의 핑계요'
라고 대답한다면 자식의 아름다움이
당신 거라 밝혀져서 높이 칭찬할 테니까,
　그래서 당신은 청춘을 소유하며
　차가운 당신의 피는 더워져요.

### 3

거울을 바라보며 거기 비친 얼굴에게
또 하나의 얼굴을 만들 때라고 해요.
새 모습을 지금 다시 안 만든다면
세상을 기만하고 모성을 거절해서,
어떤 예쁜 여자의 갈지 않은 자궁이
당신의 농사를 거부할 수 있을까요?
어떤 못난 사람이 자기한테 무덤이 돼서
후손을 막을 만큼 어리석게 되겠나요?
당신은 모친의 거울이라 당신을 보고
모친은 자신의 예쁜 사월을 보겠군요.
그래서 당신은 주름살도 아랑곳없이
노년의 창을 통해 황금기를 보겠지만,
　사는 동안 기억을 남기지 못한다면
　당신과 함께 그 모습도 죽어버려요.

### 4

낭비적인 예쁨이여, 어째서 당신은

1 셰익스피어와는 직접적인 관련이 없는 출판업자 토머스 소프(Thomas Thorpe)가 원고를 입수하도록 도와준 사람에게 바치는 글이라는 학설이 많다.
2 이 소네트들을 출판한 토머스 소프를 가리킨다. 당시 출판은 마치 무역선에 투자한 상인처럼 '모험'을 감행하는 '투기자'였다.
3 「소네트」 1부터 17까지는 잘생긴("어여쁜") 젊은이에게 결혼을 권고한다. 그래서 자신을 닮은 자손들을 낳으라는 말이다. 1에서 이 젊은이는 나르키소스처럼 자신을 사랑하여 다른 여인과의 결혼을 거부하므로, 한편으로는 '낭비자'(어여쁨을 쓸데없이 소비하는 자)며 한편으로는 '구두쇠'(어여쁨을 혼자만 숨겨 가지고 즐기는 자)다.
4 자손은 세상이 가질 '몫'이기에 결혼하여 자손을 낳지 않으면 스스로 세상의 '몫'을 삼키는 행위라는 말.
5 '겨울'이라는 적군이 40세 노인(오늘날의 60세 정도)의 얼굴이라는 '성'(城)을 포위하고 '참호' 같은 주름살을 촘촘히 판다.

예쁨의 유산을 자기 혼자만 즐겨요?
자연이 주는 건 빌려주는 거예요.
자연은 자유로워 자유인이 받는데,
예쁜 수전노여, 당신은 어째서
예쁜 유산을 주는 걸 모르나요?
소득 없는 재산가, 어째서 당신은
막대한 돈을 쓰되 사는 법을 모르나요?
당신은 오로지 자기와만 거래하니
예쁜 자기를 스스로 속이네요.
그래서 자연이 당신을 부르는 날,
합당한 결산서를 남길 수 있을까요?
　쓰지 않은 예쁜 건 흙에 묻히지만
　썼다면 살아서 유언을 집행해요.

## 5

자상한 솜씨로 뭇 시선이 머무는
어여쁜 눈매를 빚어놓은 시간이
당신의 눈매를 학대할 폭군이 돼서
뛰어난 그 예쁜 걸 흉하게 만들어요.
쉴 새 없는 시간은 여름을 끌어다가
몹쓸 겨울에 줘서 모두 망쳐버리니
수액은 서리 맞고 싱그럽던 잎은 지고
예쁜 건 눈에 덮여서 천지는 앙상해요.
여름의 진수를 향수로 만들어
유리병 속에다 가둬놓지 않으면
예쁜 것과 더불어 향기도 사라지며
그게 무언지 기억조차 없겠어요.
　하지만 추출한 향기는 겨울이 닥쳐서
　꽃은 가도 실체는 향기롭게 살아요.

## 6

그래서 여름이 향수가 되기 전에
겨울의 거친 손에 망가지면 안 되니까
빈 병을 향기로 채워, 혼자서 죽기 전에
예쁜 것의 보물을 어딘가에 보관해요.[6]
차용금을 갚는 자가 기뻐한다면
이자를 받아도 금지한 게 아니니까[7]
당신이 또 다른 당신을 낳는 일이며
당신 자식 열 명이 당신을 찍어내면
당신 한 사람보다 열 배 행복하겠죠.
당신이 떠나도 죽음이 어떻게 못 해요.
자손 속에 당신이 살아 있으니까요.
　고집하지 말아요. 죽음에 정복돼서
　구더기가 상속하기엔 당신이 너무 예뻐요.

## 7

봐요! 동녘 하늘에 찬란한 빛이
불타는 머리를 쳐들 때 인간은
새로운 그 모습에 경배하며
거룩한 위엄을 우러러요.
하늘의 가파른 언덕에 올랐을 때
활발한 태양은 기운찬 청년 같아
태양이 예쁜 걸 인간은 찬양하고
황금의 순례를 정성껏 바라보되
정점을 지나서 지친 수레가
나약한 노인처럼 비틀거리면
충성하던 인간도 기운 해에서
눈 돌려 다른 쪽을 바라보듯이
　한낮이 지나도록 아들이 없으면
　당신 역시 보는 이 없이 죽을 겁니다.

## 8

목소리 예쁜 당신, 노래 듣고 우울해요?
재미끼린 안 싸우고 기쁨끼린 좋아해요.
반갑지도 않은 걸 어째서 사랑해요?
어째서 싫은 걸 즐겨 받아들여요?
잘 맞춘 소리들의 완벽한 화음이
한소리가 되어서 당신 귀를 괴롭히면
살그머니 당신을 탓하는 소리인데,
당신은 제 파트 안 부르는 고집쟁이요.
한 현이 다른 현의 정다운 지아비로
서로서로 맞추어 화음을 만들지요.
부친과 자식과 행복한 모친처럼
하나 되어 한 곡조를 즐겁게 노래해요.

6 죽어 없어지기 전에 향수로 추출되든가 어떤 여자에게 (“빈 병”이나 “어딘가에”) 빼닮은 자손을 남기라는 말.
7 대금업은 채무자가 기꺼이 갚는 경우 합법적이다. (고리대금은 샤일록 같은 저주받은 유대인만 가능했다.) 어여쁨이라는 자산을 썩히지 말고 다른 여자에게 빌려주어 자식(“이자”)을 보라는 말이다.

말없는 그 노래는 여럿이 하나같이
당신에게 '독신자는 죽으리라.' 노래 불러요.

## 9

독신으로 자신을 소모하는 까닭은
과부 눈을 적실까 걱정하기 때문예요?
혹시는 당신이 자식 없이 죽는대도
짝 잃은 아내처럼 세상이 울 거예요.
과부가 된 세상이 당신의 닮은꼴을
남겨놓지 않았다고 늘 울고 있을 텐데
남편을 뺏긴 아내는 자식들의 눈에서
지아비의 모습을 기억할 수 있어요.
세상의 탕자가 낭비하는 재물은
자리만 바꿀 뿐, 세상에 남지만,
어여쁨의 낭비는 낭비로 끝나서
어여쁨을 안 쓴 자는 스스로 파멸해요.
그러한 살인죄를 자신에게 짓는 자는
남에게도 사랑을 품지 않는 자예요.

## 10

당신은 남에 대해 사랑이 없고
그래서 노후를 대비하지 못했어요.
수많은 남에게서 사랑을 받지만
확실히 당신은 남을 사랑하지 않고서
살인적인 증오가 당신을 가득 메워
나를 죽일 모의를 주저하지 않으며
지붕의 수리가 소망이 돼야지만
아름다운 지붕을 망치려고 하네요[8].
생각을 바꿔요. 내 생각도 바꿀 테요.
사랑보다 증오가 좋은 집에 살까요?
자신의 외모처럼 자애롭고 다정하며
자신에게 친절한 체 꾸며내도 좋겠어요.
자신이나 자손 속에 어여쁨이 남도록
나를 사랑한다면 당신을 또 만들어요.

## 11

당신이 쇠망하자 당신이 작별하는
자녀 중 하나로 다시금 자라나며
젊음을 보낸 뒤에 젊었을 때 넘겨줬던
새로운 피를 자기 거라 해도 돼요.
여기에 지혜, 어여쁨, 집안이 있되
그게 없으면 우둔, 노년, 쇠잔뿐예요.
모두가 당신처럼 끝이 되길 원한다면
60년 뒤에는 세상마저 끝이에요.[9]
자연이 지었지만 씨를 받지 않을 자는
모질고 거칠고 자식 없이 죽어요.
잘생긴 사람에게 더 많이 줬으니까
풍성한 선물을 풍성하게 길러야죠.
자연은 당신을 도장으로 새겼으니까
그 모양이 죽지 않게 더 많이 찍어야죠.

## 12

시간을 알려주는 시계 소릴 듣다가
밝은 낮이 흉한 밤에 묻히는 걸 볼 때면,
때 지난 제비꽃의 까만 곱슬머리가
하얀 서리를 뒤집어쓴 걸 볼 때가 되면,
뜨거운 햇볕에서 소 떼를 가려주던
높이 자란 나무들이 헐벗은 채 서 있고
여름철 푸른 풀이 짚단으로 묶여서
뻣뻣한 수염들이 담겨가는 걸 볼 때가 되면
나도 역시 당신의 어여쁨을 생각해요.
시간의 파멸 속에 당신도 묻히겠죠.
예쁜 마음 어여쁨도 자신들과 작별하고
남들의 성장을 보자마자 죽어요.
아무도 시간의 낫[10]을 막지 못해요.
당신을 데려간 뒤 자손을 남겨놔요.

## 13

오, 당신이 당신 자신이라면! 하지만 당신은
땅에 사는 만큼만 당신 거예요.
다가오는 종말에 대비가 필요해요.
아리따운 모습을 남에게 줘요.
당신이 모두 다 빌려온 어여쁨을
놓치지 말아요[11]. 그렇게 해야 당신이

8 상속받은 가문을 지붕이 새는 오래된 저택에 비유한다.
9 총각들이 결혼을 안 하고 죽는다면 다음 세대가 지나면 세상은 끝날 거라는 말.
10 '시간'은 익은 곡식을 베려고 날카로운 '낫'을 휘두르는 존재로 형상화되었다.
11 사람의 미모는 자연에게서 '전세'로 빌린 집과 같아 자손이 없으면 임대 관계는 끝난다는 말.

죽은 뒤에도 이어갈 수 있어요.
정직한 경영으로 떠받치기 가능한
어여쁜 집을 누가 퇴락시키며
겨울철 거친 폭풍, 죽음의 영원한 추위,
메마른 폭력에 대항하지 않겠어요?
　당신도 알다시피 탕자들만 그럴 테죠.
　아버지가 있었으니까 아들한테도 그러래요.

### 14

별들에서 내 지식을 얻는 건 아니지만
그래도 조금은 천문학을 아는 듯해요.
하지만 행운이나 액운이나 염병이나
가뭄이나 한 시절의 일기를 말하거나
각자에게 천둥과 비와 바람을 알리거나
군왕들이 앞으로 잘하게 될 건지,
하늘의 비밀을 알리는 거로
세밀한 운수를 말할 수 없어요.
하지만 당신 눈에서 지식을 가져오고
변함없는 별들에서 내가 읽는 사실은
당신의 생각을 자손으로 바꾼다면
진실과 어여쁨이 함께 흥할 거래요.
　그러지 않으면 당신의 종말은
　진실과 어여쁨이 끝날 거라 예언해요.

### 15

살아가는 모든 것은 잠시 동안만
완전한 상태를 유지할 뿐이며
광대한 이 무대는 볼거리만 보이고
별들은 남모르는 평가를 내리며[12]
인간은 풀처럼 똑같은 하늘에게
잘되고 못 되는 게 달려 있으며,
젊은 수액 자랑하다 한창때 죽어
아름답던 모습이 기억에서 사라져요.
이처럼 덧없는 인생을 생각하니까
당신의 젊음은 찬연히 빛나건만
몰아치는 시간은 밝은 낮을 변화시켜
어둔 밤 만들기로 파멸과 의논해요.
　당신을 사랑해서 시간과 싸우고
　당신을 빼앗기면 새롭게 자라나요.[13]

### 16

하지만 왜 당신은 더욱 힘차게
이 못된 폭군인 시간과 맞서 싸워서
맥 빠진 내 시구보다 더 멋있는 방식으로
죽어가는 자신을 무장하지 않으세요?
지금은 행복의 절정에 서 계시나
숱한 처녀 꽃밭들이 씨 뿌리지 않아서,
당신을 그린 초상화보다 당신과 닮은
살아 있는 꽃 낳는 걸 순결하게 바라요.
그처럼 목숨의 줄이 목숨을 이어야죠.[14]
이 시대의 붓이거나 습작하는 내 붓은
마음속의 가치나 외모의 예쁜 건 써내도
사람들 앞에 당신을 살려내지 못해요.
　당신을 내어 주면 자신을 보존하며,
　자신의 예쁜 재주[15]로 그려진대요.

### 17[16]

내 시구에 당신의 뛰어난 미점들이
가득히 차 있어도 훗날 누가 믿어요?
하늘이 알다시피 내 시구는 무덤처럼
당신 삶을 감추고 자질을 반도 못 보여요.
참신한 가락으로 당신의 우아함과
예쁜 눈을 기록하고 낱낱이 헤아려도
후세는 말하기를, '시인의 거짓말이다.
그런 천사 모습은 인간이 아니야.'
그처럼 (낡아서 누레진) 종잇장들도
진실보다 입이 빠른 노인인 듯 멸시받고,
진정한 찬양을 미친 시로 치부하고
옛 노래를 길게 늘인 곡조라 할 테지만
　그때 당신 자식이 살아 있다면
　당신은 내 시구에 두 번 살고 나도 살아요.

12 별들이 각 사람의 길흉화복을 다스리는 보이지 않는 힘을 내려준다고 믿었다.
13 자기의 시로 그의 생명을 새롭게 태어나게 하겠다는 말이다.
14 혈통을 이으라는 권고다.
15 결혼하여 아내에게 자식을 잉태케 하는 '성적 능력'일 뿐이라는 말.
16 「소네트」 17부터 자신의 시에 대한 자부심이 커진다. 그의 시가 영원하여 청년도 영원히 보장된다.

### 18

당신을 여름날에 비할 수 있을까요?
당신은 그보다 더욱 곱고 온화해요.
예쁜 오월 꽃망울에 거센 바람 몰아치고
여름이란 기간은 너무 짧게 끝나요.
어떤 때는 하늘 눈[17]이 너무 뜨겁고
그의 황금 얼굴이 흐릴 때도 많으며
우연이나 자연의 이치로 시들어서
어여쁨은 어여쁨을 잃어버려요.
하지만 당신의 여름은 변함이 없어
어여쁨을 계속하고 죽음도 당신이
자기 그늘에 산다고 말할 수 없죠.
영원한 내 시 속에 당신이 살고
　사람이 숨 쉬고 눈이 볼 수 있는 한
　시는 살아 당신을 살 수 있게 만들어요.

### 19

게걸스런 시간아, 사자 발톱 무디고
흙한테 제 새끼를 삼키라 하고
사나운 호랑이 턱에서 이빨을 빼고
오래 사는 불사조를 한창때 불태우고[18]
너는 날며 좋은 때 나쁜 때를 만들 테지.
발 빠른 시간아, 널찍한 세상과
사라지는 행복에 마음대로 해봐라.
하지만 한 가지 죄악만은 엄금한다.
내 사랑 예쁜 이마에 시간을 새기지 말며
너의 낡은 펜으로 긴 줄을 긋지 마라.
네가 달리는 동안 그이를 건들지 말고
뒤에 오는 자들한테 미의 본보기를 보여줘라.
　늙은 시간아, 네 심술이 아무리 못됐어도
　내 시에서 그이는 영원히 젊으리라.

### 20

자연의 손이 직접 그린 여자 얼굴이
당신의 얼굴이며 내 열정의 주인예요.
당신은 예쁜 여자 마음씨를 가졌지만
간사한 여자처럼 변할 줄은 몰라요.
눈은 더욱 빛나지만 곁눈질을 안 하고
보는 것마다 금빛으로 환하게 만들어요.
어여뻐서 만인을 다스리는 분이라
남자 눈을 빼앗고 여자의 혼을 빼요.
본시는 여자로 지음 받아 났는데요,
당신을 만들다가 자연이 사랑에 빠져
한 가지를 더했는데 내겐 상관없어요.[19]
　하지만 여자 좋게 하라고 더한 거라고
　사랑은 내 거예요, 사용은 그들 거죠.

### 21

그래서 나는 그 시인과 같지 않아요.
덧칠한 여자한테 반해서 시를 읊으며,
치장을 하느라고 하늘까지 갖다 대고
제 여자를 미인들에 비교하면서
해와 달과 땅과 바다의 보화들과
사월의 처음 꽃과 넓은 하늘이
감싸고 있는 온갖 귀한 물건들을
자랑스런 비유들로 늘어놓지만,
나는 진실한 사랑을 진실하게 쓰겠어요.
그래서 믿으세요. 그이는 하늘에 달린
황금빛 등불[20]처럼 찬란하진 않지만
어떤 여인 자식도 따를 수 없어요.
　뜬소문이 좋다면 떠들라고 하세요.
　장사꾼 아닌 나는 칭찬하지 않아요.

### 22

젊음과 당신이 함께 가는 한
거울에서 보는 내가 늙은 게 아니겠죠.
한데 당신 얼굴 속, 시간의 고랑을 보면
죽음이 내 목숨을 끝냈으면 좋겠군요.
당신을 뒤덮은 그 모든 예쁜 건
내 마음이 좋아하는 옷일 뿐이죠.
마음들은 서로 속에 살아 있으니까

17 '태양'을 가리킨다.
18 불사조는 혼자 오래 살다가 600년이 지나면 스스로 불타서 새 불사조(피닉스)가 된다고 한다. 혈기 왕성한 불사조를 시간이 시기하여 미리 태워도 좋다는 말이다.
19 동양의 '조화옹'(造化翁)과 달리 서양의 '자연'은 여성이다. 남자의 그 물건은 여자와 같은 몸에다 한 가지를 더한 건데 남자인 나(시인 자신)와는 상관이 없다. 그가 '사랑하는' 상대는 잘생긴 청년이다.
20 즉 별들이다. 당시 별들은 완벽한 빛의 상징이었다. 여자를 (특히 여자의 눈을) 별에 비유한 시가 많다.

어찌 내가 당신보다 나이가 많아요?
그래서 당신은 자신 때문에 조심해요.
나도 나 아닌 당신 위해 조심할 테요.
아기가 어찌 될까 염려하는 엄마같이
당신의 마음을 조심해서 지닐게요.
내 것이 죽더라도 당신 것은 그냥 둬요.
다시 돌려달라고 내게 준 게 아니에요.

## 23

무대 위에서 연기 서투른 배우가
겁이 나서 대사를 잊어먹거나
너무나 성이 나서 미친 짐승이
기운이 넘쳐나서 심장이 약해지듯,
자신 없는 나지만 사랑의 예법을
온전하게 말하는 걸 잊어버리고
사랑의 힘에 겨워 죽는 듯하고
사랑의 기운에 눌린 듯해요.
그래서 내 글은 웅변이 되어서
많은 말로 표현하는 혓바닥보다
가슴의 언어를 말하는 거라고
사랑을 호소하고 보답을 원해요.
말없는 사랑이 적은 걸 읽으세요.
눈으로 듣는 게 사랑의 재주예요.

## 24

화가처럼 내 눈이 마음속 그림판에
당신의 예쁜 걸 그려놨군요.
내 몸은 그림 넣은 액자랍니다.
원근법은 화가의 최고 가는 기술인데
화가를 통해서 화법을 꿰뚫어야
진정한 모습이 있는 데를 알게 돼요.
그 모습은 내 가슴 속 화실에 걸렸는데
창문엔 당신 눈이 유리를 끼웠네요.
눈이 눈을 특별히 우대했군요.
당신을 내 눈이 그렸는데 당신 눈은
내 가슴의 창문이라 해님이 그리로
들여다봐요. 당신을 보려는 거죠.
하지만 눈은 보는 것만 그릴 뿐,
마음을 알아내는 재주가 전혀 없어요.

## 25

별들이 사랑하는 자들은 높은 직함과
사회적인 명성을 뽐내라고 해요.
내가 존경하는 분이 영광과는 운명으로
담쌓은 나한테 뜻밖의 기쁨을 줘요.
높은 왕의 총신들은 해님의 빛살 속
금잔화처럼 예쁜 잎을 펼치지만
어여쁜 그 모습을 제 속에 묻어두고
왕이 한번 찌푸리면 영화도 끝내요.
천 번의 승리로 이름난 용사는
만난을 겪었지만 단 한 번 패배로
명예의 기록에서 완전히 삭제되고
그가 애써 이룩한 모든 게 잊혀요.
하지만 나는 변함없이 사랑하고
변함없는 분에게 사랑받아 행복해요.

## 26

내 사랑의 주인이여, 고귀한 당신이
내 충심을 강렬히 엮어놨어요.
글재주가 아니라 충심의 표시로
편지 대신 이 글을 올려 드려요.
책임이 막중해서 쓸모없는 이 글은
할 말이 모자라 헐벗은 것 같지만
당신의 심중에서 좋은 뜻을 찾아서
알몸의 그것에게 입혀주세요.
내 행동을 다스리는 별이 있다면
참한 힘을 내려줘서 누더기 같은
내 사랑에 옷을 입혀 당신의 호감에
어울리는 모습으로 나타나게 되겠어요.
그때 가서 내 사랑을 감히 자랑할 테지만
그전에는 당신 눈에 나타나지 않겠어요.

## 27

종일 걸어 피곤해서 잠자리로 달려가요.
여행으로 지쳐버린 팔다리의 귀한 안식—
하지만 육체의 노고가 끝나자마자
정신의 수고가 시작되네요.
머나먼 이곳[21]에서 내 생각은 당신한테

21 시인은 잠시 사랑하는 청년과 떨어져서 멀리 가 있는 듯하다. 다음의 소네트도 마찬가지다.

열렬히 순례를 떠나곤 하여서
감겨오는 눈꺼풀을 열어젖히고
맹인들이 바라보는 어둠 속을 쳐다봐요.
내 영혼의 상상에게 당신 모습을
보여주니까, (무서운 밤에 매달려서)
어둔 밤을 어여쁘게 꾸며서
늙은 밤의 얼굴을 새 얼굴로 만들어요.
  이렇게 당신 때문에 낮에는 내 몸이,
  밤에는 내 마음이 조용하지 않아요.

## 28

그럼 내가 즐겁게 돌아올 수 있을까요?
낮 동안의 괴로움이 밤에도 안 풀려서
휴식의 은덕을 조금도 못 보고
낮은 밤에, 밤은 낮에, 괴로움을 겪어요.
지배권을 놓고서 밤과 낮이 다투지만
나를 괴롭히는 일에는 손을 잡네요.
낮에는 노고로, 밤에는 당신한테서
얼마나 멀어졌나 푸념하지요.
시커먼 구름이 하늘을 뒤덮을 때
빛나는 당신이 낮을 곱게 꾸민다고
낮이 듣기 좋으라고 말하는 한편
반짝이는 별들이 안 뵈면 검은 밤에게
당신이 어둠을 밝힌다고 아첨해요.
  그래서 낮은 낮대로 슬픔을 늘리고
  밤은 밤대로 슬픔을 커지게 해요.

## 29

운수의 여신과 사람들의 눈에 나서
나 홀로 버림받은 신세를 한탄해요.
소용없이 울부짖어 귀먹은 하늘을 치고
내 꼴을 돌아보고 운명을 저주하며
장래가 창창하길 간절하게 원해요.
그처럼 잘나고 그처럼 친구 많고
이 재간, 저 활동을 부러워하며
좋은 걸 누리면서 불만이 가득할 때
당신을 떠올리면 나의 처지는
동틀 때 잠을 깬 종달새처럼
침울한 땅을 박차고 하늘 문에서 노래해요.
  당신의 사랑을 기억하면 부유해져서
  임금과도 내 처지를 바꾸지 않겠네요.

## 30

정답고 고요한 생각의 법정으로
지난날의 추억들을 불러들여서,
추구하다 놓친 일에 한숨이 나며
시간의 황폐를 옛 슬픔이 새로 울고,
죽음의 밤에 끝없이 갇힌 귀한 친구들,
흐를 줄 모르던 눈물이 눈을 적시고,
끝나버린 사랑의 슬픔을 새로이 울고
사라진 모습들의 상실을 한탄해요.
그럴 때면 지나간 슬픈 일을 슬퍼하며
이전에 아파했던 아픔의 이야기를
다시금 슬픔에서 슬픔으로 헤아림으로
갚지 않은 것처럼 슬픈 값을 새로 내요.
  하지만 귀한 친구, 당신을 생각하면
  상실감은 메워지고 슬픔은 끝나요.

## 31

당신은 사랑받아 가슴이 비싸지고
가슴이 없는 나는 죽었나 했어요.
사랑과 사랑의 속성들이 거기 모이고
죽었다고 여겨지던 연인들도 있어요.
신실한 사랑은 거룩한 눈물을
망자들의 '이자'로 내 눈에서 숱하게
빼 갔지만 이제서 보니 자리를 바꿔
그 속에 숨어 있네요. 당신은
죽었던 사랑이 살아가는 무덤이라
나의 죽은 연인들의 트로피가 걸려 있어요.[22]
모든 걸 당신에게 바쳤었는데
지금은 모두 당신 것이 됐어요.
  사랑하던 모습들이 당신 속에 있어요.
  모두 가진 당신은 내 모두를 가졌어요.

## 32

아무런 유감없이 살다 간 날에,
죽음이란 녀석이 뼈에 흙을 덮을 때,

22 로마 시대에, 정복당한 패자들의 무장(전리품)을 로마 시내 각처에 걸어놓아 로마의 승전을 과시했다. 그처럼 시인의 과거의 모든 연인들도 그에게 정복당해 트로피처럼 그의 가슴속에 살아 있다.

죽어버린 연인의 별것 아닌 글귀를
당신이 우연히 다시 보게 되거든
오늘날의 우수작과 비교해봐요.
비록 모든 시인에게 떨어진대도,
행복한 사람들의 높이에는 모자라도,
글보다는 나 때문에 보존하세요.
내게 주실 사랑의 상념은 이런 거예요.
"친구의 시가 시대에 따라 발전했다면
그의 사랑은 더욱 귀한 시를 낳아서
멋있는 대열에서 함께 걸을 테지만
　지금은 죽으니까 멋진 시인은 글 때문에,
　친구는 사랑 때문에, 계속 읽겠다."

## 33

빛나는 아침이 제왕 같은 눈으로
산정들을 어르는 걸 많이 보았다.
황금빛 얼굴로 푸른 들에 키스하고
하늘의 연금술[23]로 개울물에 금 뿌린다.
이윽고 비열한 구름 조각이
하늘 같은 얼굴 위로 떠가게 버려두고
쓸쓸한 대지에서 얼굴을 가리고
치욕 중에 서편으로 슬그머니 사라진다.
그처럼 나의 해도 어느 이른 아침에
찬란한 광채로 내 얼굴을 빛내니까
그러나 한 시간만 내 것이었고
떠돌던 구름이 나한테서 가린다.[24]
　하지만 그이를 원망치 않아.
　해까지 가리는데 세상 해는 말도 못 해.

## 34

어째서 이토록 좋은 날을 약속해서
외투 없이 여행을 떠나게 하고
도중에 비열한 구름이 나를 뒤덮어
멋진 당신 모습을 흑막 속에 감추는가?
구름을 헤치고 바람 맞은 내 얼굴의
비를 말려준대도 속에 차지 않는다.
상처는 아물지만 마음은 못 고치는
그런 약을 아무도 좋다 하지 않아요.
당신의 뉘우침도 내 슬픔을 못 고쳐요.
미안하다 하여도 상실감은 내 거예요.
장본인의 후회는 당사자가 당하는
막강한 아픔에는 미약한 약이에요.
　오, 당신의 사랑 눈물은 진주예요.
　너무도 값져서 모든 유감이 사라져요.

## 35

당신의 실수를 그만 슬퍼하세요.
장미엔 가시, 맑은 샘엔 진흙이 있고,
구름과 월식이 해와 달을 더럽히고
어여쁜 꽃망울에 끔찍한 벌레가 있어요.
누구나 실수해요. 이런 말 하는 나도
당신의 잘못을 자연에 비하고
잘못을 고치느라 나 자신을 더럽히며
죄보다 무거운 변명을 늘어놓아요.
육체가 범한 죄를 이치로 설명해서
당신의 피해자가 당신을 변호해요.
나 자신에 맞서서 고소를 제기해요.
이처럼 사랑과 미움에 내란이 생겨서
　내게서 훔쳐가는 어여쁜 도둑에게
　나 스스로 공범자가 되고 말아요.

## 36

두 사람의 사랑은 하나이지만
떨어져야 한다는 걸 인정해요.
그래서 내게 남아 있는 부끄럼은
당신의 도움 없이 나 혼자 지녀요.
따로따로 살아야 할 못된 운명이지만
우리 둘의 사랑은 떨어질 수 없으며
하나 된 사랑은 바꿀 수 없어도
사랑의 기쁨에서 귀한 때를 빼어가요.
부끄러운 결함들이 짐이 될까 두려워
언제나 당신을 알은체하지 못해요.
당신의 이름에서 명예가 깎이니까
당신도 공석에서 나를 칭찬 못 해요.
　그러지 마세요. 당신은 내 거며
　당신의 명예는 내 명예요.—그렇게 사랑해요.

23 사물의 비밀을 아는 '연금술사'는 보통 쇠붙이를 황금으로 변화시킬 수 있다고 믿었다.
24 이른바 '경쟁하는 시인'이 그에게 생겼던 것 같다.

## 37

쇠잔한 아비가 활발한 자식의
청년다운 행동에 기뻐하듯이,
악독한 운수의 심술로 병신이 돼서
당신의 지위와 진심에 위로를 받아요.
외모, 출신, 재산, 지능, 또는 그중의 하나,
또는 그 전부, 또는 그 밖의 뭐든지,
당신의 능력 가운데 왕처럼 앉아
그 사랑에 내 사랑을 접붙이니까,
병신도 아니고 천대도 안 받아요.
당신의 풍부 속에 넉넉해져서
나 같은 그림자도 실체가 돼서[25]
영광스런 한쪽으로 살아가지요.
　최고가 무엇이든 당신 거예요.
　내 소원을 이루니까 나는 열 배로 행복해요.

## 38

내 시에 어째서 소재가 없겠어요?
당신이 숨 쉴 때마다 내 시구에
정다운 소재를 부어주는데,
너무나 뛰어나서 대중들이 읽어보는
책들에서 반복하긴 적합하지 않아요.
내가 쓴 것 중에서 읽을 만한 게
눈에 뜨이면 나 자신에게 감사해요.
당신이 내 시에 빛을 던져주는데
당신에게 쓰지 못할 멍청이가 누구예요?
당신은 열째 뮤즈,[26] 시객들이 부르는
낡아빠진 아홉보다 열 배나 훌륭해요.
당신에게 기원하는 사람은 모두
세월보다 오래갈 시를 낳게 하세요.
　못난 내 시가 까다로운 시대를 좋게 한다면
　수고는 내 거지만 칭찬은 당신 거죠.

## 39

당신은 나 자신의 가장 좋은 부분이라
어떻게 적절하게 찬양할 수 있을까요?
어떻게 제 자랑을 자기한테 지껄여요?
당신을 자랑하면 제 자랑일 뿐이에요.
이런 사정 때문에 떨어져 살아야죠.
정다운 두 사랑은 하나란 이름을 잃되,
그처럼 떨어지면 당신 몫을 돌려드려
당신만이 차지할 수 있게 되어요.
오, 홀로 느끼는 쓰라림! 얼마나 아플까!
사랑의 상념 속에 보낼 수 없다면
씁쓸한 네 시간이 달콤한 휴식이 돼서
시간과 추억을 그처럼 달게 홀린다.
　멀리 있는 그이를 여기 네가 칭찬해서
　하나가 둘 되게끔 나한테 가르친다.

## 40[27]

사랑이여, 내 사랑[28]을 통째로 가져가요.
그렇다고 전부터 안 드린 게 뭐예요?
진정한 사랑이라 할 건 조금도 없어요.
나를 사랑한다고 이것까지 갖는다면
내 사랑을 사용해서 싫다고는 못 하지만
그래도 싫어요. 자기도 싫은 걸
짓궂게 맛을 봐서 나를 속여요.
점잖은 도둑이여, 가난한 나한테서
전부 훔쳐가지만 도둑질을 용서해요.
미움의 상처보다 사랑의 상처를
참는 게 사랑보다 더 큰 아픔이에요.
　음탕하신 귀한 분, 무슨 짓도 멋지네요.
　분해서 날 죽이지만 원수가 되진 맙시다.

## 41

당신의 마음에서 내가 떠나면
당신이 마음대로 저지르는 장난들은
당신의 나이나 어여쁨에 어울려요.
언제나 유혹이 당신을 따라요.
지체 높은 분이라 가져야 하고
예쁘신 분이라 공격해야죠.[29]

25 '그림자'와 '실체'는 플라톤 사상의 핵심으로, 실체에는 반드시 그림자가 있듯 시인은 청년 귀족을 따라다닌다.
26 시와 학문의 여신은 모두 9명이었다. '시신'(詩神)이라기보다 영어식으로 '뮤즈'라고 하는 게 낫다. 시인들은 '뮤즈'를 불러 영감을 받길 기원하였다.
27 여기서부터 「소네트」 43까지는 자기가 아끼는 귀족 청년이 시인의 애인을 가로챈 상황을 다룬다.
28 '애인'(여자)이라는 뜻도 되고 자기가 아끼는 귀족 청년이라는 뜻도 된다. 아슬아슬한 곡예다.

여자가 꼬리 치면 여자의 아들 치고
성공하는 그때까지 누가 그냥 두어요?
오, 하지만 내 속은 건드리지 마시고
방랑하는 젊음을 꾸짖으세요.
젊음은 당신을 방탕으로 끌어가서
두 사람의 속마음을 깨뜨리게 되어요.
　당신의 어여쁨이 그녀를 유혹하고
　당신이 어여뻐서 내게 거짓이 돼요.

## 42

당신이 그녀를 가진 게 내 모든 슬픔인데,
하지만 나도 그녀를 사랑했다 할 수 있고,
그녀가 당신을 가진 게 으뜸가는 아픔이라,
사랑의 상실은 더 깊게 찔러대요.
죄인들을 사랑해서 나는 당신을 용서해요.
당신은 그녀에 대한 내 사랑을 알기에
그녀를 사랑하고 그녀는 나를 위해 배신해서
당신이 자기를 시험하게 한 거예요.
당신을 잃으면 내 손실은 내 사랑이 얻으며
그녀를 잃은 건 당신이 얻으신 거예요.
두 사람은 서로 얻고 나는 둘을 잃게 돼요.
그래서 둘은 나에게 십자가를 지게 해요.
　하지만 즐겁게도 당신과 나는 하나예요.
　달콤한 아첨! 그래서 그녀는 나만 사랑해요.

## 43

잠이 깊게 들었을 때 눈이 가장 잘 봐요.
종일토록 별로 눈에 들어오지 않다가
잠잘 때에 꿈속에서 마음껏 쳐다봐서
어둠 속을 환히 보고 어둠 속을 꿰뚫어요.
당신의 그림자가 어둠 속을 밝히는데
당신의 실체[30]는 얼마나 멋질까요?
어둔 눈에 그림자가 그토록 빛나니까
훨씬 밝은 당신 빛에 밝은 낮은 어떨까요?
밝은 낮에 당신을 바라보는 내 눈은
얼마나 큰 복을 누리게 될까요?
적막한 밤, 당신의 불완전한 그림자가
잠에 빠진 감은 눈에 그토록 잘 뵈는데?
　당신을 보기 전엔 모든 낮이 밤이고
　당신을 꿈에 보면 밤은 밝은 낮이에요.

## 44

나의 둔한 몸뚱이가 모두 생각이라면
위험한 먼 길도 마다하지 않아요.
궁벽한 산골짝, 아무리 먼 데라도
당신이 있는 데를 찾아갈 수 있어요.
당신이 있는 데서 머나먼 외진 곳에
내 발이 서 있대도 상관이 없어요.
재빠른 생각이 가고 싶은 곳으로
바다와 육지를 건너뛸 수 있거든요.
오, 생각은 나에게 생각이 못 된다며
수천 리를 건너뛸 수 없다며 기를 죽여요.
몸뚱이의 성분이 흙과 물인 까닭에[31]
느린 시간을 한숨으로 기다리라 하네요.
　그처럼 느려 빠진 요소들에게
　우둔한 눈물만이 슬픔의 표시예요.

## 45

내가 어디 있든지 가벼운 공기와
정결한 불은 당신에게 가 있어요.
공기는 내 생각, 불은 내 욕망,
있는 듯 없는 듯 자꾸만 움직여요.
재빠른 요소들이 사랑의 전령으로
당신에게 가버리면, 네 요소로 구성된
내 생명에게는 두 요소만 남아서
재빠른 전령들이 당신에게서 돌아와
생명의 요소들을 복구하기 전에는
우울증에 눌려서 죽게 되어요.
두 요소는 당신의 건강을 확인해서
방금 그걸 나한테 알려줬어요.
　그 말 듣고 기쁘지만 되돌려 보내니까

29 이런 말투는 모두 성벽으로 둘러싸인 도시를 얻는 것과 같다는 비유다.

30 플라톤 철학이 말하는 '그림자'와 '실체'는 셰익스피어가 자주 거론할 만큼 당시 유행 사조의 하나였다.

31 당시는 고대 그리스의 사상에 따라 만물이 흙, 물, 공기, 불의 네 원소(요소)로 구성되어 있고 육체는 흙과 물로 만들어져 있다고 생각하였다. 그 두 원소(요소)가 짜낼 수 있는 슬픔의 표시는 '눈물'뿐이고, 「소네트」 45에서 말하듯, 공기(생각)와 불(욕망)이 빠져나가면 흙에서 나오는 '우울증'(멜랑콜리)은 노쇠와 죽음으로 이끈다는 것이었다.

기쁨은 사라지고 금방 슬퍼져요.

### 46

당신의 모습을 나눠 갖는 문제로
내 눈과 마음이 죽자 하고 싸워요.
내 눈은 마음에게 그 모습을 안 주겠다 하고
내 마음은 눈에게 볼 권리를 안 주겠대요.
내 마음은 당신이 자기 속에 있다 하고
(밝은 눈도 절대로 볼 수 없는 골방이죠.)
상대방은 그 주장을 부인하면서
어여쁜 그 모습이 자기 속에 있대요.
그 주장을 심사하러 생각들이 모였는데
생각들은 마음의 소작인예요.
그래서 걔들의 판결로 밝은 눈과
정결한 마음을 반씩 나눠 가졌으니
눈의 몫은 당신의 겉모습이고
내 마음은 당신 속의 사랑이에요.

### 47

내 눈과 내 마음이 동맹을 맺고
좋은 일을 서로에게 베풀어줘요.
내 눈이 한 모습을 볼 수 없어 굶주리고
한숨으로 내 마음이 숨이 막힐 때,
내 눈은 사랑의 모습으로 배불리 먹고
잔치의 그림에다 마음을 초대해요.
어떤 때는 내 눈이 내 마음의 손님이고
어떤 때는 그이 사랑의 생각들이 한몫 들어요.
당신의 그림이 아니면 내 사랑 덕분에
멀리 계신 당신과 항상 같이 지내요.
당신은 내 생각을 벗어날 수 없으셔도
언제나 내 생각은 나와 함께 있어요.
생각이 잠잘 때도 내 눈의 그 모습이
마음을 깨워서 눈도, 마음도 기뻐요.

### 48

먼 길을 떠날 때 하찮은 물건까지
든든한 금고 속에 조심조심 넣었어요.
내가 돌아올 때까지 못된 손이 못 열게끔
확실한 신뢰의 보호 속에 두었지요.
내 보물은 당신에게 보잘것없겠지만,
최상의 위안이 최상의 근심으로,
최상의 사랑이 유일한 걱정으로,
흔한 좀도둑의 표적이 되었어요.
당신을 궤 속에 잠가두지 않았지만
당신의 부재에도 느껴지는 당신을
포근한 내 가슴에 간직하고 있는데
당신이 마음대로 드나들 수 있는 데죠.
거기서도 당신을 훔쳐갈 수 있어요.
그런 보물엔 '진실'도 도둑이 돼요.

### 49

당신이 내 결함을 역겹다 할 때,
(그런 때가 오면) 고명한 견해를 따라서
당신의 사랑이 마지막을 결산할 때,
당신이 나를 낯선 사람 보는 듯이
해 같은 눈으로도 못 본 척할 때,
예전의 사랑과는 사뭇 다른 사랑이
엄숙해진 태도의 이유를 말할 때,
그때를 대비해서 나는 지금 여기에
나 자신의 장점을 알고 있다는
스스로의 소견대로 방벽을 쌓아놓고
당신의 이유를 방어하기 위해서
나 자신을 대적해서 무장하여요.
당신은 법으로 못난 나를 버려도 돼요.
난 당신을 사랑할 이유가 없으니까요.

### 50[32]

얼마나 무거운 발걸음을 옮기는지요.
지루한 여로의 종말을 구할 때마다
안락과 휴식은 '이만큼 친구에서
멀어진 것'이라고 가르치고 있어요.
나를 태운 짐승은 내 슬픔에 지쳐서
내 무게를 나르며 맥없이 걸으면서
탄 사람이 당신에서 속히 멀어지기를
싫어하고 있는 걸 아는 듯해요.
이따금 홧김에 옆구리를 찌르는
피투성이 박차도 자극을 못 주고
옆구리 박차보다 내게 더 아픈
무거운 신음으로 대답할 뿐이에요.

32 「소네트」 50부터 53까지 시인은 귀족 청년을 떠나 여행을 하며 그 청년의 소행을 염려한다.

그런 신음 소리 듣고 슬픔은 앞에 있고
기쁨은 뒤에 있다는 말이 생각이 나요.

## 51

당신과 작별할 때 내가 탄 짐승이
느리게 걸은 죄를 사랑이 변명해요.
"당신이 있는 곳을 빨리 떠나야 하나?
되돌아올 때까지 달려갈 필요 없죠."
아무리 달려도 느림보일 뿐이니
가련한 짐승이 변명할 수 있겠어요?
바람을 탔더라도 박차를 가할 테니
날개 돋친 속력도 서 있는 것 같겠죠.
내 욕망을 따를 말은 세상에 없어요.
그래서 완벽한 사랑의 욕망은
아무리 달려도 짐승 따윈 무시해도,
사랑은 사랑으로 내 말을 두둔해서,
"당신을 떠날 때는 일부러 늦게 가고
올 때는 달릴 테니 내버려둬요."

## 52

그래서 나는 부자처럼 복된 열쇠가
정답게 잠긴 보물로 그이를 데려와서
언제나 보지 않아 가끔 보는 재미의
섬세한 묘미가 무디지 않아요.
그래서 잔치들도 엄숙하고 드물어요.
자주 오지 않아서 기나긴 한 해 동안
가끔가다 박혀 있는 보석 같거나
목걸이 가운데 있는 큰 보석 같아요.
그래서 시간은 당신을 감춘 궤나
멋진 옷을 숨겨둔 장롱 같아서
숨겼던 보물을 새로이 보여줘서
특별한 절기를 특별히 축복해요.
높으신 당신은 무한한 축복이어서
계시면 환희며 안 계시면 희망이죠.

## 53

당신을 구성하는 실체가 무엇인데,
기이한 그림자가 수백만이 붙었나요?
사람은 저마다 그림자가 하나인데
당신은 하나지만 그림자는 무수해요.
아도니스[33]를 정확히 그린 글도
어쭙잖게 당신을 흉내 낸 것뿐이며
헬렌[34]의 볼을 백 번이나 화장해도
옛 옷 입은 당신을 새로 칠한 거예요.
어여쁜 봄과 풍년을 얘기하자면
하나는 당신의 어여쁨의 그림자요
또 하나는 당신의 아량을 말하고
알 만한 축복은 빠짐없이 보여요.
어여쁜 건 당신을 조금씩 닮았지만
한결같은 사랑은 당신밖에 없어요.

## 54

진실이 더해주는 귀여운 장식으로
어여쁨이 얼마나 예뻐지나요!
장미는 어여쁜데 향기마저 품는다면
고운 향기 때문에 더욱 예쁘게 보여요.
빛 좋은 들장미는 향기로운 장미처럼
색깔이 진해서 가시가 달려 있고
여름의 입김으로 닫혔던 봉오리가
피어오르며, 장미만큼 한들대나
걔들의 어여쁜 건 겉모양일 뿐,
사랑도 존경도 평생토록 못 받고
홀로 죽어가지만, 향기로운 장미는
아름답게 죽어서 아름다운 향수가 돼요.
사랑스런 젊으신 당신, 젊음이 가면
이 시가 그 사랑의 향수가 되어요.

## 55

제후들의 비석도, 금칠한 대리석도,
강력한 이 시보다 오래가지 못하리니,
게으른 시간으로 먼지 쌓인 돌보다
당신은 시 속에서 더욱 빛을 발할 거예요.
황폐한 전쟁이 동상들을 뒤엎고
공들인 건축물은 싸움이 뿌리 뽑고
군신의 칼도, 널름대는 전쟁의 불도,
당신의 산 기록을 태울 수 없을 거예요.

33 비너스가 사랑할 만큼 아름다운 미소년. 「비너스와 아도니스」 참조.

34 트로이전쟁을 일으킨 최고의 그리스 미녀. 셰익스피어의 '당신'은 분명히 남자이지만 헬렌 같은 옛 여인에 못지않은 '미인'이다.

모두를 망각하는 악랄한 죽음에 맞서
용맹 있게 나아가며, 당신에의 찬양은
자손만대 눈 속에 자리를 누리며
끝 날이 올 때까지 세상에 있겠으며,
　당신이 부활하실 최후의 심판까지
　이 시에 살고 연인의 눈에 남을 거예요.

56

아리따운 내 사랑, 다시 힘을 내세요.
당신 날이 욕망보다 무디단 말 듣지 마세요.
욕망은 먹는 거로 금방 줄지만
다음날은 어제처럼 배고파져요.
당신도 그래요. 오늘은 굶은 눈을
잔뜩 채우고 눈을 감고 있다가
내일 다시 보아요. 사랑의 정신을
전부 죽여서 영원히 무디지 말고
쓸쓸한 그 시간을 바다로 삼으세요.
남자 여자 약혼한 걸 갈라놓아서
날마다 물가에서 서로 바라보다가
사랑이 돌아오면 더 큰 축복이에요.
　또는 근심이 가득한 겨울이라 하세요.
　여름이 몇 배나 기다려지고 귀중해요.

57

나는 당신의 종이라 당신이 원하는
때와 시간에 대비해야 되나요?
나를 원하기 전에는 나 혼자 보낼
귀중한 시간도 일도 전혀 없어요.
주인인 당신을 위해서 시계를 보며
한없는 시간을 욕할 수 없으며
당신의 종한테 잘 가라고 말한 이래
작별의 쓰라림도 쓰다고 하지 말아야죠.
의심하는 마음에서 어디 있는지,
무슨 일을 하는지, 생각도 말고
이웃들이 얼마나 행복할까 말고는
서글픈 노예처럼 아무 생각 없어야죠.
　사랑은 진짜 바보—어떤 짓을 하거나
　당신 속엔 나쁜 게 없다고 믿어요.

58

나를 당신의 노예 되게 만든 신[35]이 엄금해요.
당신의 쾌락을 내 속대로 따져보고
때를 어떻게 썼는가를 알아볼 수 없어서
당신의 종인 나는 쳐다만 봐요.
당신의 자유가 내게는 감옥이 돼서
당신 뜻에 따라서 움직이는 바람에
참는 버릇이 생겨서 욕해도 참고
당신이 주시는 상처를 탓도 안 해요.
당신이 어딜 가도 증명서가 강력해서
당신이 마음대로 시간을 보낼 테죠.
자기한테 저지르는 그릇된 짓을
자기가 용서해도 괜찮다고요.
　지옥 같은 짓이지만 기다려야죠.
　싫든 좋든 즐거움을 욕하지 말아야죠.

59

새로운 건 없으며 있는 건 뭐든지
예전에도 있었다면 내 머리가 속아요.
새것을 낳으려고 진통을 하지만
예전 애를 두 번째 낳는 게 아닐까요?
역사의 기록이 뒤돌아보며
해가 지나간 길을 오백의 바퀴가 돌아가서
글자들로 생각을 처음 나타낸 이래
당신의 모습을 옛 책이 보여주면
당신이란 조화로운 기적에 대해
옛 사람이 뭐랬는지 알 수 있겠죠.
우리가 나아졌나요, 저들이 나았던가요,
아니면 세상이 변해도 마찬가진가요?
　오, 분명히 믿을 건 옛 시인들이
　훨씬 못난 인간을 찬양했던 거예요.

60

자갈 덮인 바닷가로 밀려드는 파도처럼
인간의 분초들도 끝을 향해 달려가며
저마다 앞선 것과 자리를 바꾸면서
연달아 다투며 앞을 향해 나아가요.
광명한 세상에 태어난 아기가
기고 자라 마침내 성인이 되면
그 빛을 죽이려고 몹쓸 힘이 덤벼들며,[36]

35 '사랑의 신', 즉 큐피드일 것이다.

주었던 '시간'이 주었던 걸 망치고
젊음에 허락했던 어여쁨을 파괴하며
아리땁던 이마에 평행선을 새기고[37]
자연의 비밀이 이뤄놨던 경이를
시간은 날선 낫을 휘둘러 잘라버려요.
하지만 내 시는 잔학한 손에 맞서
시간을 이기고 당신을 찬양해요.

## 61

당신의 모습이 내 무거운 눈꺼풀을
피곤한 밤 동안 열어놓길 바라요?
당신 닮은 허깨비에 눈이 어지러운데
자꾸 잠을 깨기를 원하는 거예요?
당신 영을 멀리 보내서 내 행위를 알아보고
못난 짓과 허튼 일에 보낸 때를 찾는 게
당신이 가진 의심의 핵심이며 목적예요?
오, 아니에요. 당신의 사랑은 무척 크지만
대단하진 않아요. 잠 못 자게 하는 건
나 자신의 사랑이요, 휴식을 망치는 건
진실한 내 사랑이에요. 당신으로 말미암아
언제나 깨어 있는 야경꾼이 되었군요.
당신은 다른 데서 깨어 있고 남들이 너무
가까이 있어서 나는 잠을 못 자요.

## 62

자애심의 죄악이 내 눈을 차지하고
영혼과 몸뚱이의 온 구석을 점거했어요.
이 죄악을 고칠 약이 전혀 없으며
내 가슴 속속들이 박혀 있어요.
나처럼 멋진 얼굴, 진실한 모습,
훌륭한 인간도 없는 것 같아서
나 스스로 내 가치를 따져보니
모든 일에 모든 자를 뛰어넘어요.
하지만 내 꼴을 거울에다 비춰보니
찢기고 갈라진 거무튀튀한 늙은이가
자애심에 반대되는 몰골을 보여줘요.
그처럼 자기를 사랑함은 죄악이에요.
나 자신인 당신을 나로 알고 찬양해요.
젊은 날의 어여쁨을 늙은이가 그려요.

## 63

지금의 나처럼 내 사랑이 늙어서
'시간'의 못된 손에 으스러지고
세월에 피 마르고 이마에 가득하게
주름살이 들어차고 그의 젊은 아침은
노년의 벼랑 같은 밤으로 옮겨 가서
지금은 으뜸인 그 모든 화려함이
사라져 가거나 사라져서 볼 수 없고
젊은 봄의 보물이 슬그머니 없어질 때,
그 시간을 대비해서, 파괴적인 노년의
잔혹한 칼에 맞서 내 사랑의 어여쁨을
기억에서 잘라낼 수 없게 하리라.
내 사랑의 목숨이 끊어진다고 해도—
이 검은 글줄에 어여쁨이 보이리니
불멸의 시 속에 그는 항시 푸르리라.

## 64

내가 보니 시간의 몹쓸 손에 휩쓸려서
지난날 멋있던 황금빛이 뭉개지며,
예전에 높이 섰던 누각들이 무너지고
영원한 청동이 폭력의 노예이며,
내가 보니 굶주린 바다가 자라나
바닷가 왕국에게 이기게 되어
바다의 나라가 굳은 땅을 차지해서
잃으며 더하고, 더하며 잃게 되니,
내가 보니 이처럼 주고받다가,
급기야는 그 꼴마저 파멸 당한다.
그때에야 황폐가 나에게 가르치길,
"내 사랑을 데려갈 시간이 오리라."
이 생각이 죽음 같다. 잃을세라 근심하는
보화를 가졌으니 울 수밖에 없구나.

## 65

구리도, 돌도, 흙도, 끝없는 바다도,
침울한 죽음으로 그들의 힘을 넘어서니,
어여쁨이 어떻게 그 폭력과 변론하고
꽃보다 미약한 것이 그 재판을 잇겠는가?

36 당시 사람들이 믿었던, 별들이 쏘아대는 악한 기운.
37 즉 여러 개의 주름살.

여름철 꿀 송이가 공격하는 여러 날과
파멸하는 이 포위를 버틸 수 있겠는가?
뚫지 못할 바위들과 강력한 철문들이
아무리 단단해도 시간의 소멸을 안 받겠는가?
아, 두려운 생각—시간의 궤짝 어디에
시간의 가장 귀중한 보석을 숨기겠는가?
어떤 손아귀가 시간의 빠른 발을 멈출 것인가?
어여쁨을 뺏는 것을 누가 막을 터인가?
　오, 없구나. 새까만 잉크 덕에 내 사랑이
　기적을 일으켜 기운을 내면 몰라도.—

66

모든 일에 지쳐서 안락한 죽음을 부른다.
팔자가 거지로 태어난 몰골,
멋이나 부리는 무일푼 노라리,
불행히도 깨어진 순결한 맹세,
부끄럽게 잘못 놓인 겉치장 명예,
강압으로 창녀 된 처녀의 순정,
억울하게 배신당한 완벽한 정의,
절름발이 지배자에 굴복한 강자,
권력에게 눌려서 입 막은 학문,
실력 위에 군림하는 엉터리 박사,
못난이로 오해받는 순박한 진실,
악랄한 주인 밑의 선량한 하인.
　생각들에 지쳐서 떠나고 싶지만
　나 죽으면 내 사랑이 홀로 남겠지.

67

오, 저이는 어째서 염병과 함께 살고
못된 자와 어울려 그런 자가 명예롭고,
그래서 죄악도 은덕을 입고
저이와 사귀는 걸 겉치레로 삼겠는가?
어째서 저이 뺨을 덧칠로 흉내 내며
살아 있는 빛깔에서 죽은 꼴을 훔치며
가련한 미모를 그려놓은 장미에서
얻으려 하는가? 그 장미는 진짜인데.
어째서 파산된 자연[38] 속에 살아 있는가?
생생한 핏줄로 얼굴 붉힐 피도 말라
저이밖엔 붉은 피를 모아두지 못하고
자손들을 뽐내지만 저이 덕에 사는가?
　말세가 오기 전에 소유했던 보화를
　뽐내주려고 자연은 그이를 보존한다.

68

그래서 그이 뺨은 지난날의 지도이다.
오늘날의 꽃처럼 어여쁨은 살다 갔다.
화장술의 도둑질이 생기기 전이든가
산 사람 얼굴에 자리 잡기 전이었다.
무덤을 갖고 있던 죽은 자의 금발이
전부 깎여서[39] 또 다른 머리에서
또 다른 일생을 살아가기 이전에
죽은 자의 예쁜 털이 꾸며주기 이전이다.
그이를 보면 치장이 조금도 없는
경건한 그 옛날이 순수하고 참되게 살아
남들의 푸름에서 여름을 탈취 않고
옛것을 훔쳐서 제 몸을 안 꾸민다.
　그래서 자연은 그이를 지도로 삼아서
　예전의 어여쁨을 화장술에 보여준다.

69

세상눈이 바라보는 당신의 모습은
인간의 소원으로 고칠 것이 전혀 없어
영혼의 음성인 만민의 소리이며
순전한 진실이라 원수들도 찬양해요.
입으로는 겉모습을 높이 칭찬하지만
당신이 가진 것을 돌려주는 소리인데,
눈에 뵈는 모습보다 더 깊게 파고들어
다른 말로 찬양을 부인해요.
그들은 마음의 어여쁨을 들여다보고
당신의 행동으로 마음을 짐작해요.
비록 눈은 착해도 생각은 못돼서
잡초의 악취를 예쁜 꽃에 덧붙여요.
　당신의 향기는 왜 겉모습에 안 맞아요?
　당신의 자라나는 토양이 문제예요.

70

비난을 받는 건 당신 탓이 아니에요.

38 자연은 완벽한 그를 내느라고 가졌던 미모를 모두 그에게 주어 '파산한' 꼴이다.
39 젊어서 죽은 자의 금발은 모두 깎아서 산 사람의 머리를 덮는 가발이 되었다.

어여쁜 이는 언제나 비난의 표적이에요.
어여쁨의 치장은 의심을 받아요.
맑은 하늘 공중에 날아가는 까마귀죠.
그 말이 진짜라면 남들의 비난은
세상이 아낀다는 뜻이라 값이 올라요.
향기로운 봉오리를 벌레가 즐기는데
당신은 순결한 젊음을 보여주어요.
당신은 청춘의 습격을 통과했고
공격이 없었거나 공격에 이겼어요.
하지만 이런 칭찬은 언제나 늘어가는
인간의 질투심을 잡아매진 못해요.
  잘못의 의심이 가리지만 않으면
  사랑의 왕국은 당신 거예요.

## 71[40]

나 죽거든 그 때문에 슬퍼하지 마세요.
악한 세상 떠나서 더욱 악한 벌레 틈에
끼이려고 갔다고, 침울한 종소리가
세상에 알릴 때 그 즉시 그러세요.
이 글을 읽는다면 그런 걸 적은 손을
기억하지 마세요. 나를 생각하느라고
슬퍼할까 걱정되니, 달가운 마음에서
나를 지워 버리세요. 그만큼 사랑해요.
아아, 당신이 이 시에 눈을 보낼 때
그때쯤 아마 나는 흙에 섞일 터이니
하찮은 내 이름 부르지 말고
당신의 사랑도 함께 가라 하세요.
  내가 떠나간 뒤에 똑똑한 세상이
  당신의 한숨 듣고 비웃을까 두려워요.

## 72

나 죽거든 나를 아주 잊어버려요.
세상이 당신에게 내가 뭐가 좋기에
나를 사랑했는지 말하랄까 겁나요.
내 속의 아무것도 내세울 게 없어요.
나 자신의 값어치를 훨씬 뛰어넘어서
구두쇠 같은 진실[41]이 인정하기보다는
더 높은 찬양을 죽은 내게 걸쳐놓아
없었던 공적을 꾸며내면 모를까.[42]
참된 사랑 때문에 나에 대한 칭찬이
거짓을 말한다는 인상을 줄까봐
더 이상 당신도 나도 부끄럽지 않도록
내 몸이 묻힌 곳에 내 이름도 묻으세요.
  내가 낳는 시구들이 부끄러운데
  못난 걸 사랑해줘서 창피할 테죠.

## 73

누런 잎 하나둘 나무에 달려 있는
늦가을 풍경을 내게서 보시겠죠.
찬바람에 떨고 있는 앙상한 가지들,
예쁜 새 노래하던 헐벗은 찬양대를
내게서 보시겠죠. 석양과 더불어
서편으로 사라지는 그날의 황혼,
이윽고 죽음의 다른 모습, 암흑한 밤이
황혼마저 끌어가 만물을 가둬요.
내게서 보실 게요, 젊음의 재에 묻힌
죽어가는 불씨를.—한때는 먹여주던
불이었지만 지금은 도리어 먹혀서
임종할 자리에 누워 있어요.
  당신은 이를 알고 나를 더욱 사랑하고
  잠시 후 헤어질 걸 정말 사랑해요.

## 74

하지만 안심해요. 잔혹한 체포령이
보석금 전혀 없이 나를 붙잡아갈 때
내 목숨이 이 글에 조금은 관련되니
당신에게 남겨질 비망록이 될 거예요.
당신이 보시면 당신에게 바쳤던
바로 그 부분을 보시게 돼요.
흙은 흙을 얻을 뿐, 그게 자기 몫이에요.
내 잘난 부분인 영혼은 당신 거예요.
당신이 잃은 건 목숨의 찌꺼기예요.
나의 죽은 몸뚱이는 벌레의 먹이고
가련한 자는 비겁한 칼의 승리이지만

40 「소네트」 71~74는 시인이 늙어 죽을 것을 예상하며 귀족에게 슬퍼하지 말고 잊으라고 한다.
41 '진실'은 언제나 줄여서 말한다. 그래서 '구두쇠'인 것이다.
42 죽은 이의 공적을 과장하여 그의 조각상을 거리에 세우고 거기에다 그를 찬양하는 도포나 조형물을 걸쳐놓곤 했다.

당신이 기억하시긴 너무도 천해요.
  값진 건 몸뚱이가 담고 있던 것,
  그게 이 시예요. 당신에게 남겼어요.

## 75

당신은 목숨의 양식처럼 생각들을 먹여주고
알맞은 단비처럼 땅을 적셔 주어요.
당신과의 화평을 얻으려고 애쓰는 게
수전노와 재물이 다투는 것 같아요.
한참은 자랑스레 즐기다가도
도둑 같은 세상이 훔쳐갈까 걱정되어
당신하고 혼자 있길 궁리하지만
내 기쁨을 세상에다 알려주고 싶어요.
어떤 땐 그 모습에 배가 부르고
조금만 지나가면 보고 싶어요.
당신이 주든가 내가 뺏는 것밖에
가지든지 구하든지 기쁨이 없어요.
  이처럼 매일같이 굶주리고 배부르고
  모두 집어삼키든가 모두 뺏겨요.

## 76

어째서 내 시는 새 멋을 못 부리고
재빠른 변화에서 동떨어져 있는가?
어째서 유행에게 곁눈질을 안 하며
기이한 합성어와 새 방식을 알지 않는가?
어째서 한 가지, 같은 것만 끼적이고
언제나 보던 꼴로 주제에게 입혀놓고
내가 쓰는 말투마다 내 이름을 얘기하니
출생과 경유지를 보여줄 심사인가?
사랑이여, 언제나 당신에 관해 쓰며
당신과 사랑이 주제여서 모든 일은
옛날 말에 새 옷을 입혀주는 일이며
이미 썼던 말들을 또다시 써요.
  날마다 해는 새롭고도 낡아지듯
  내 사랑도 했던 말을 또다시 해요.

## 77

거울과 시계는 어여쁨의 사라짐과
귀중한 분초의 흘러감을 보여주고,
빈 공책은 당신 속의 글자를 가지고 있어
이 책에서 얻는 것이 없지 않겠죠.
거울이 있는 대로 보여주는 주름살은
입 벌린 무덤을 생각나게 만들며
남모를 시계의 운동은 영원에 뻗친
도둑 같은 시간을 알려주어요.
당신의 생각 속에 담아둘 수 없는 건
빈칸에 써놨다가 당신의 머리에서
그렇게 키워놓은 당신의 자식들이
당신 속을 새롭게 말해주겠죠.
  당신이 이런 일을 보는 때마다
  당신한테 득이 되고 이 책을 값지게 해요.

## 78[43]

영감을 얻으려고 당신에게 기도하여[44]
아리따운 도움을 시에게서 얻었더니
낯선 펜들이 내 습관을 흉내 내어
당신이 보는 앞에 시를 깔아놨어요.
벙어리도 큰 소리로 노래하게 가르치고
우둔한 무지도 가볍게 날게 하는
당신의 눈은 학자 날개에 깃을 더하고
존엄에 존엄을 겹으로 주었어요.
하지만 내 시를 많이 자랑해줘요.
당신의 힘을 받고 당신이 낳았어요.
남들의 작품은 글자만 바꿔놓고
재주가 보이면 예쁘게만 해주세요.
  하지만 당신은 내 기술의 전부예요.
  학문처럼 내 무식을 높여주세요.

## 79

나 홀로 당신에게 도움을 청해
내 시만이 당신에게 호감을 샀어요.
하지만 지금 내 시는 죽어가요.
시혼은 병들어서 자리를 양보해요.
'당신'이란 주제는 더 우수한 붓이
필요하단 사실을 잘 알고 있지만,
저쪽이 당신을 꾸며놓는 짓거리는

43 「소네트」 78~86은 다시금 '경쟁 시인'을 말하고 있다.
44 고대 시인들은 시신(뮤즈)에게 영감을 기원하는 의식을 행했는데 이 시인에게는 귀족 청년이 '시신'이었다.

당신한테 훔쳐낸 걸 되돌려줄 뿐이에요.
그자가 유덕하다 한다면 당신의 태도에서
그 말을 훔친 거고 어여쁘다 한다면
당신의 뺨에서 그 말을 주웠으니
당신한테 없는 건 찬양할 수 없어요.
　그자의 말에 고마워하지 마세요.
　그자의 빚을 당신이 갚은 거예요.

## 80

오, 당신에 대해 쓸 때면 힘이 없어요!
더 잘난 시인이 당신 이름 이용해서
있는 힘 다하여 찬양하는 것도 알면서
당신 명성 말하려니 말이 막혀요.
당신은 바다처럼 넓은 분이라
멋진 배와 못난 배가 돛을 다는데,
그자보다 훨씬 못한 난 척하는 내 배도
당신의 넓은 물에 어쭙잖게 나돌아요.
조금만 도우셔도 떠 있을 것이지만
당신의 깊은 물에 그자는 달리네요.
나는 벌써 깨져서 쓸모없는 작은 배요,
그자는 높은 배를 멋있게 꾸몄네요.
　그자가 잘되고 내가 버림받으면
　사랑으로 망했다고 할 수밖에요.

## 81

당신의 묘비명을 짓기 위해 내가 살든지
흙에서 내가 썩고 당신이 살아 있든지,
모든 게 잊혀도 당신에 대한 기억을
세상에서 죽음이 가져가지 못해요.
내 모든 잘난 점을 세상이 잊어도
이제부터 당신 이름은 영원히 살겠어요.
평범한 무덤을 흙이 내게 줄 테지만
사람들 눈에 당신은 묻혀 있을 거예요.
당신의 비석은 점잖은 내 시가 되어
아직 나지 않은 눈들이 읽을 터이고
온 세상 사람들이 숨이 다해 죽어도,
앞으로 생길 입이 당신 말을 할 거예요.
　호흡이 살아 있는 사람들 입속에서
　영원히 사세요. (내 펜에 그 힘이 있어요.)

## 82

당신은 내 시에 매인 데가 없어서
비난받지 않아도, 시인들이 사용하는
정성스런 글자들을 훑어봐도 되는데
저분들은 예쁜 임을 찬양하고 무슨 글도
축복해요. 당신은 찬양을 넘어서며
겉모습과 속마음이 똑같이 어여뻐요.
그래서 당신은 진보를 거듭하는
새로운 유행의 표시를 구하셔야 되어요.
내 사랑, 그러세요. 하지만 저분들이
수사법의 재치를 억지로 짜내도
진실한 친구만이 진실하고 맑은 말로
진짜 예쁜 당신을 진짜로 공감해요.
　저분들의 야한 색은 핏기 없는 뺨에 맞고
　당신의 얼굴에는 맞지 않아요.

## 83

화장이 필요한 걸 알지 못해서
어여쁜 얼굴을 칠하지 않았어요.
하찮은 시인이 갚아드릴 빚보다
은덕이 크셨지요.[45] (잘못 알고 있었나요?)
그래서 찬사를 드리면서 잠잠했는데
요즘의 시객은 너무나 비어 있어
당신의 진가가 얼마나 우람한지
진가를 지껄여도 실상을 몰라요.
나의 이런 침묵을 죄악으로 여기지만
벙어리인 나에게는 더없는 영광이에요.
남들은 생명을 준다면서 무덤을 주니
나는 말을 못 하니까 어여쁨은 남겨놔요.
　아무리 시인 둘[46]이 찬사를 지어내도
　당신의 눈 하나에 생명이 더 넘쳐요.

## 84

'당신은 당신이다'라고 하는 찬사보다
더 귀한 찬사를 말할 자가 누구예요?

45 귀족의 후원에 감사하여 시인은 빚을 갚듯이 찬양을 보내지만 귀족 자신은 그런 찬양이 도달할 수 있기보다 우수하단 말이다.
46 아마도 시인 자신과 '경쟁 시인'이 아무리 노력해도 귀족 청년의 눈 하나도 생생하게 표현하지 못한다는 말.

당신의 몸 안에는 당신과 똑같은
어여쁨의 근원이 저장되어 있어요.
시인의 붓대는 인색하고 가난해서
조그만 영광도 당신에게 못 주지만
당신에 대해서 '당신은 당신이라.'
쓰는 자는 자기 글을 높이는 거예요.
당신 속에 쓰인 것을 베끼기만 하여도
자연의 명품을 그르치지 않는 한
그따위 모사품도 그런 자를 드높여
누구나 그 글투를 칭찬하게 될 테죠.
당신은 받은 복에 저주를 더하세요.
당신이 좋아하는 칭찬이라 더 우스워요.[47]

## 85

입이 굳은 내 시혼은 예절만 지키는데,
당신에 대한 찬사는 세련된 시인들이
진기한 문구로 호화롭게 작성해서
황금 펜의 글씨로 보존하고 있어요.
나는 생각만 좋고 남들은 말이 좋아요.
그래서 단정하게 세련된 필체로
당신께 드리는 유능한 분의 찬가마다
무식한 사제처럼 '아멘'만 외쳐요.[48]
찬양을 들으면서 '옳아요, 옳아요.' 하며
대부분의 찬양에 몇 마디 더하지만
그저 생각뿐이에요. 말은 끝에 섰지만
생각 속 내 사랑은 앞에 섰어요.[49]
그러니 남들은 말소리로 보시고
나는 말없이 행동하는 생각으로 보세요.

## 86

그[50]의 웅장한 시의 화려한 돛이
너무도 값진 당신을 취하러 나갔기에
다 자란 생각들이 머릿속에 파묻혀
자라나던 자궁을 무덤으로 삼았나요?
인간을 넘는 글을 가르친 신령들이
그를 가르쳤기에 내 기가 죽었나요?
내 시가 놀란 건 그것도 아니고
밤새워 도와주는 짝패들도 아니에요.
밤마다 거짓말로 그를 속이는
다정하고 친밀한 그의 귀신도
내 침묵의 승자라고 뽐내지 못해요.
거기서 오는 두려움은 전혀 없어요.
하지만 그의 시를 당신이 메웠을 때
내 시는 할 말 없어 약해졌어요.

## 87

가세요! 내 차지가 되기엔 너무나 귀해요.
당신도 자신의 값어치를 알 테죠.
재산권이 높아서 면책이 되는데요.
당신에 대한 내 권리도 끝났어요.
당신의 허락 없이 소유할 수 있나요?
그런 재산을 누릴 만한 자격이 있어요?
그럴 선물 받을 만한 이유가 없어서
독점권을 당신에게 돌려드려요.
자신을 내준 건 자기도 몰랐을 때에요.
아니면 나를 오해했던 거예요.
그래서 그 선물은 오해 속에 커졌다가
재평가를 받고 나서 제자리로 돌아가요.
황홀한 꿈처럼 당신을 차지했죠.
잘 때에는 왕이더니 깨어보니 아녜요.

## 88

당신이 혹시 나를 천하다고 여겨서
멸시의 눈에 내 재주를 가지고 가면
당신 편이 되어서 나 자신과 싸우고
맹세를 어긴 당신을 유덕하다 하겠어요.
내 약점을 내가 너무 잘 알기에
당신 쪽이 되어서 내게 욕설 된다는
숨어 있던 결점들을 얘기할 수 있어요.
당신이 날 버리는 게 큰 영광이 될 거예요.
나도 그 덕에 얻는 게 생겨요.

47 칭찬을 너무도 좋아해서 더 못난 칭찬까지 받아들인다는 말.
48 무식한 시골 사제는 유식한 라틴어 설교에 단지 '아멘'만 외치듯 자기도 남의 찬양에 '아멘'할 뿐이라는 것.
49 정식 행렬처럼 내 말은 낮아서 맨 끝에 따라오지만 내 생각은 당당히 맨 앞에 서서 걷는다는 것.
50 이 경쟁 시인이 누구인지는 설이 분분하나 많은 장시와 연극과 '웅장한' 필치로 『일리아스』를 번역한 조지 챕먼(1559?~1634)이 강력한 후보 중의 하나다.

내 사랑 모두를 당신께 드리니까요.
내게 행하는 못된 욕설이
당신에게 이롭고 내게 두 배 이로워요.
사랑이란 그래요. 당신에게 속한 나는
당신 위해 잘못들을 모두 다 떠맡아요.

## 89

내가 무슨 잘못을 저질러서 당신이 나를
버렸다 하면, 그런 못된 짓을 변명할게요.
나에게 절름발이라고 하면 당장에 절름대고
당신의 주장에는 맞서지 않겠어요.
내 사랑, 당신은 나한테 창피의 반도 못 줘요.
당신의 뜻을 아는 만큼 창피는 내 거예요.
당신이 원하시는 변화를 꾸며낼 거고,
모르는 체하면서 낯설게 굴겠으며
다니는 길을 피해서 사랑하는 그 이름을
다시는 내 입에 올리지 않겠어요.
너무나 못난 내가 잘못할까 걱정하고
어쩌다 옛 사랑을 말할까 걱정해요.
나한테 반대해서 당신을 위해 싸워요.
당신한테 미운 자를 사랑할 수 없어요.

## 90

나를 싫어하신다면 지금 싫어하세요.
지금 온 세상이 내 일들을 망쳐놓고
못된 운수와 합해서 나를 굴복시킨대요.
나중에 나한테 덤벼들지 마세요.
내 마음이 이 슬픔을 겪어낸 다음
가라앉은 서러움의 뒤를 치지 마세요.
비 오는 아침에 폭풍의 밤을 보내는 건[51]
일부러 패전을 길게 끄는 짓이에요.
나를 떠나가려면 사소한 서러움이
행패를 부린 뒤에 떠나가진 마세요.
공격을 개시할 때 나한테 와주세요.
최악의 운수를 처음부터 맛보죠.
다른 슬픔 따위는 지금의 슬픔 같아도
당신을 잃은 데 비해 슬픔이 못 돼요.

## 91

누구는 가문을, 누구는 재주를,
누구는 재산을, 누구는 체력을,
누구는 잘못 지은 요상한 옷을,
누구는 매와 개를, 말을 뽐내요.
성격마다 따라가는 기호가 있어서
딴 것보다 자기 것을 좋아하지만
나는 그런 물건들과 차원이 달라서
최고의 보편으로 모든 자에 군림해요.[52]
당신의 사랑은 가문보다 훌륭하고
재산보다 귀하며 비싼 옷보다 멋지며
사냥매나 개보다 더 큰 기쁨이에요.
당신을 가졌으니 부러울 게 없어요.
당신이 모든 걸 가져가서 나를 더없이
불쌍하게 만들 수 있다는 게 슬픔이에요.

## 92

아무리 남모르게 달아나셔도
평생 동안 나와 맺은 사랑이어서
내 목숨이 그 사랑에 달려 있기에
기미만 엿보이면 내 목숨도 끝나요.
사랑이 끊어지면 살아갈 수 없어서
최악의 상태를 걱정하지 않아요.
당신의 기분에 달려 있는 것보다
내 처지가 훨씬 더 좋은 듯해요.
당신의 반감에 내 목숨이 달렸으니
당신 맘이 변해도 괴롭지가 않아요.[53]
얼마나 행복한 소유권이에요!
사랑을 차지한 행복, 행복한 죽음!
완전무결한 어여쁨이 어디 있어요?
속이셔도 좋아요. 나도 모르니까요.

## 93

그래서 멍청한 남편처럼 나는 당신이
진실하다고 생각하고 사랑의 얼굴은

51 밤새 폭풍이 불면 아침은 맑다는 말이 있었다. 그런데 아침에 비가 오는데 밤새 폭풍마저 분다는 것은 엎친 데 덮친 꼴이다. 즉 이미 패한 편인데 더욱 불행하게 만들지 말아달라는 말이다.
52 남의 기호품은 '개별'에 불과하나 자기는 개별들을 포괄하는 '보편'이라는 주장이다. '개별'과 '보편'이라는 철학의 개념을 이용한다.
53 상대방이 변심하는 즉시 자기는 죽을 테니까 괴로움을 느끼지 못할 거라는 말이다.

달라졌어도 내게는 사랑처럼 보였어요.
당신 눈은 내게 있고 당신 맘은 딴 데 있고
당신 눈엔 미움이 있을 수 없어
그 안에서 변한 걸 알 수 없어요.
딴 얼굴엔 거짓된 마음의 내력이
기분과 표정과 안 뵈던 주름살에
적혀 있지만, 하늘은 당신을 낼 때
어여쁜 그 얼굴에 사랑만 주었어요.
당신 속이 어떻든지 당신 맘이 어떻든지,
당신의 얼굴은 사랑만 말해요.
겉모습에 걸맞은 마음씨가 아니라면
당신의 어여쁨은 이브의 사과예요.[54]

## 94

남을 해칠 권세가 있으나 아주 삼가며
겉모습은 두려우나 그렇지 않으며
남들을 움직이되 스스로는 바위 같아
동요 없이 냉정하고 유혹에는 둔한 사람—
저들은 하늘의 덕망을 상속했으며
자연이 준 부귀를 낭비하지 않아서
자신들의 얼굴의 주인이고 소유자요,
남들은 지위를 보살피는 관리자예요.
여름에 피는 꽃은 혼자 살다 죽지만
여름에게 향기를 전해주어요.
하지만 그런 꽃이 몹쓸 병에 걸리면
가장 천한 잡초도 그보다는 나아요.
향기 나는 거라도 행동 따라 역해져요.
병든 백합 악취가 잡초보다 더해요.

## 95

수치를 귀엽고 사랑스레 만드시네요!
향기로운 장미 안에 들어 있는 벌레처럼
당신의 피어나는 이름을 더럽히나요?
오, 귀여운 얘기들로 죄를 감추시어요!
당신의 이야기를 꾸며내는 혓바닥이
(당신의 장난을 음란이라 하면서)
악담하지 못하고 칭찬밖에 할 말 없어
당신 이름 부르니까 나쁜 소릴 축복해요.
오, 그 못된 짓들이 거처를 골랐으니
당신 같은 좋은 집에 살게 되어요.[55]
어여쁨의 너울이 온갖 흠을 덮어서
눈에 뵈는 것마다 어여쁘게 변해요!
내 사랑, 커다란 그 특권을 조심하세요.
강한 칼도 마구 쓰면 날이 닳아요.

## 96

누구는 당신의 젊음이나 방종을 탓하고
누구는 당신의 젊음과 장난을 멋이라 해요.
그러한 멋과 탓을 대부분이 좋아해요.
당신은 그런 탓을 멋으로 바꾸어요.
보좌에 앉으신 여왕님의 손가락의
하찮은 보석도 값비싸게 변하듯
그런 못된 짓들을 당신에게서 볼 때면
진짜들로 변해서 진짜들로 여겨져요.
그이가 양처럼 변모할 수 있을까요?
사나운 늑대를 당신이 왜 속이세요?
당신이 가지신 권세를 모두 부린다면
숱한 눈을 얼마나 속일 수 있을까요?
하지만 그만둬요. 당신은 내 사랑,
그만큼 내 것이고 내 것은 당신의 명성이에요.

## 97

빠른 해의 즐거움인 당신에게서
헤어졌던 시간은 얼마나 추웠어요?
얼마나 춥고 어두운 세월이었어요?
늙은 섣달 헐벗어서 사방에 널렸어요!
하지만 떨어졌던 시절은 여름철이라
요란한 봄철의 잉태로 말미암아서
풍족한 결실로 충만한 가을철이
남편이 죽은 뒤 과부의 자궁처럼
풍성한 수확도, 외로운 나한테는
아비 없는 자식과 고아의 미래였어요.
여름철과 즐거움은 당신 건데
당신이 없고 보니 새들도 잠잠해서
노래를 한대도 울적하게 불러서
다가온 겨울이 무서워 잎도 누래요.

54 창세기 3장 6절의 내용, 즉 하와(이브)가 아담에게 탐스러운 사과를 보여주니 아담도 받아 먹는다.
55 귀족 청년은 못된 짓을 자행하나 그의 번듯한 모습 속에 가려져 있는 것을 '집에 산다'고 표현했다.

## 98

봄철에 당신하고 헤어져 있었어요.
사월이 색색가지 옷을 자랑하면서
젊음의 기운을 어디에나 불어넣어
우울한 신[56]도 함께 웃고 뛰놀았죠.
하지만 새들의 노래도, 온갖 꽃의
향기와 빛깔도, 여름의 이야기를
내가 할 수 없었고 꽃이 자라던
들판에서도 꺾을 수가 없었어요.
백합의 하얀 빛도 감탄할 수 없었고
장미의 심홍색을 찬양할 수 없었으며,
정답긴 했지만 당신을 본뜬 거라
당신 따라 그려놓은 꼴이었어요.
추운 겨울 같았어요. 당신이 없어서
당신의 그림자와 놀았거든요.

## 99

'예쁜 도둑아, 사랑의 숨결이 아니면
어디서 향기를 훔쳤지? 멋진 네 뺨,
화려한 자줏빛은 화장으로 바른 건데
내 사랑의 핏줄을 마구 칠한 거구나.'
당돌한 제비꽃을 이처럼 꾸짖고,
당신의 손결이라 백합을 책망하고
꿀풀은 당신의 머리털을 훔쳤어요.
장미들은 가시 위에 겁나게 서 있는데,
수줍어서 붉은 장미, 낙담해서 하얀 장미,
붉지도 희지도 않은, 둘에게서 훔친 장미,[57]
당신의 숨결까지 훔쳤어요.
하지만 그런 벌로, 한창 멋을 부릴 때
끔찍한 벌레가 먹어 치워요.
꽃은 더 많았지만 모두 당신한테서
향기가 아니면 빛깔을 훔쳤더군요.

## 100

시혼아, 어디 있는가? 그처럼 오래도록
네 힘의 근원을 노래하길 잊었는가?
쓸데없는 가락에 기운을 쏟았는가?
천한 주제 밝히느라 겁어졌는가?
망각하는 시혼아, 즉시 돌아와
허송한 세월을 착한 시로 보상해라.
네 재주와 주제를 제공하는 사람이라
존중하는 그 귀에다가 네 노래를 울려라.
못된 시혼아, 내 사랑의 얼굴에
시간의 주름이 패었는지 살펴봐라.
그게 있으면 쇠망에 대한 풍자가 돼서
어디서나 시간의 파괴를 멸시케 해라.
시간의 황폐보다 내 사랑의 명성을 높여다오.
그럼 너는 그의 낫과 굽은 날에 앞서 달린다.

## 101

게으른 시혼아, 어여쁨에 묻힌 진실을
등한히 여긴 일을 어찌 보상하겠는가?
진실과 어여쁨은 내 사랑에 달려 있다.
너도 마찬가지라 네 위엄이 거기 있다.
시혼아, 너는 혹시 이렇게 말하려는가?
'진실은 색이 있어 다른 색이 필요 없고
어여쁨은 어여쁨의 진실을 그려놓을
붓이 필요 없으며 좋은 것에 좋은 것이
섞이면 가장 좋지 않은가?'
찬양할 필요가 없다고 너는 잠잠할 텐가?
침묵을 변명하지 마라. 번쩍이는 무덤보다
그이는 오래 살고 후세에 찬양받게 되리라.
시혼아, 내가 알려줄 테니 네 할 일을 해라.
먼 훗날 오늘의 모습을 지니게 해라.

## 102

내 사랑은 약해진 듯싶지만 힘이 넘쳐요.
겉모양은 줄었어도 내 사랑은 안 그래요.
제 입으로 어디서나 떠드는 자는
멋은 있어 보이지만 그 사랑은 상품이죠.
우리의 사랑은 새롭고 봄이 시작됐어요.
여름의 첫머리에 두견새가 노래하다
계절이 성숙하면 노래하길 멈추듯이.
그땐 나도 노래로 사랑을 찬미했죠.
구슬픈 그 노래에 밤이 숙연할 때보다
여름의 즐거움이 덜한 건 아니지만,
분주한 노래가 가지마다 울어대고

56 '우울한 신'은 '사투르누스', 우리말로 '토성'을 일컫는데, 고대 신화에서 무거운 흙의 노인으로 나온다.
57 울긋불긋한 신품종 장미로 당시에 유행하기 시작했다.

흔해 빠진 과자는 단맛을 잃게 돼요.
  당신의 입맛을 그르치지 않으려고
  가끔 두견새처럼 나도 입을 다물어요.

### 103

오, 내 시혼의 소출이 형편없어요.
역량을 보여줄 세상이 아주 크지만
그 시가 내 찬양을 덧붙이기보다는
당신이란 주제가 빛나는 거예요.
잘 쓰지를 못해도 꾸짖지는 마세요!
거울을 보세요. 내 둔한 글줄을
저만치 뛰어넘는 얼굴을 보세요.
내 시를 기죽이고 부끄럽게 만들어요.
잘 있던 대상을 보기 좋게 하려다가
망치고 마는 것은 죄스럽지 않을까요?
당신의 멋과 능력을 말하는 것밖에
내 시의 목표가 다른 데 있나요?
  당신의 거울을 내 시 속에 놓아두면
  당신의 모습을 훨씬 많이 보여줘요.

### 104

어여쁜 당신은 늙을 수가 없어요.
처음으로 당신 눈을 봤을 때처럼
어여쁨은 변함없고, 추운 겨울 세 번이
무성한 숲의 여름을 세 번 떨어뜨렸고
계절의 순환에서 세 차례 고운 봄이
누런 가을로 변하는 것과 사월의 향이
무더운 유월에 불타는 걸 세 번 봤는데
그때처럼 당신은 여전히 푸르네요.
오, 하지만 어여쁨은 해시계처럼
살며시 움직이고 걸음은 안 보여요.
당신의 어여쁨은 여전한 듯싶지만
움직이고 있어요. 한데 눈은 몰라요.
  두려운 미래여, 너희가 나기 전에
  어여쁨의 여름은 이미 죽었더니라.

### 105

내 사랑을 우상숭배라고 하지 말아요.
내 님도 우상처럼 꾸며놓지 않겠어요.
내 노래와 찬미는 똑같이 한 분께만,
오로지 한 분께만 드리는 거예요.
오늘 다정하시고 내일 다정하시니
경이롭고 놀랄 만큼 변함없어요.
그래서 내 시는 변함없이 매어 있어
한 가지만 말하고 다른 건 몰라요.
'어여쁨, 다정, 진실'이 내 주제의 전부인데
그 말을 다른 말로 변주하는 거예요.
그처럼 변주할 때 시혼을 쏟아요.
주제의 삼위일체,—놀라운 세계지요.
  어여쁨, 다정, 진실은 각각이어서
  지금껏 한자리에 모이지 못했네요.

### 106

흘러간 시대의 역사책에서
아름다운 이들의 모습을 읽어보면
아름답던 아가씨와 기사를 찬양하고
어여쁨은 아름다운 옛 시를 짓고,
아름다운 여인의 손과 발과 입과 눈과
이마의 찬미를 보면 저들의 옛 붓은
당신이 갖고 있는 그러한 어여쁨을
나타내려 했다는 걸 알 수 있지요.
저들의 찬양들은 이 시대를 예언하고
당신을 예고한 데 지나지 않아요.
짐작의 눈으로 바라봤기 때문에
당신의 어여쁨을 노래하지 못했군요.
  오늘을 바라보는 지금의 우리는
  놀랄 눈은 있어도 찬양할 입이 없어요.

### 107

나 자신의 걱정과 장차 일을 점치는
온 세상 사람들의 예언적인 환상도
내 사랑의 기간을 바꿀 수가 없어요.
예정된 시일에 끝나버릴 테지만—
여왕님도 인간이라 월식을 겪으니까[58]

58 엘리자베스 여왕은 처녀로서 처녀의 여신 '달님'(신시아)이라 불렸는데 안 죽을 것 같던 그녀는 1603년에 죽고('월식을 겪고') 스코틀랜드의 제임스 왕이 잉글랜드의 왕이 되면서 그녀의 말년에 별별 걱정스런 예언이 많았지만 제임스 왕은 영원한 평화를 선포했다. 따라서 이 「소네트」는 1604년의 작품으로 추정된다.

침울한 예언자도 예언을 비웃어요.
지금은 불확실이 확실이 되어서
평화는 무궁한 올리브[59]를 선포하는데,
이 좋은 시절에 향유가 방울져 내려
당신도 싱그럽고 죽음도 굴복해서
멍청하고 말없는 족속을 조롱하는
죽음이지만, 나는 못난 시에 살겠어요.
폭군의 투구와 청동 무덤이 사라져도
당신의 비석은 이 시에 남아 있어요.

### 108[60]

잉크로 쓸 수 있는 머릿속 그 무엇이
내 혼의 진실을 나타내지 못했나요?
내 맘이나 당신의 어여쁨을 표현할
새 말이 뭐고 새 기록이 뭐죠?
사랑이여, 없어요. 하지만 기도처럼
매일처럼 똑같이 오래도 오래지 않게
나는 네 거, 너는 내 거라고 되풀이해야 돼요.
어여쁜 이름을 처음 부를 때처럼—
영원한 사랑은 사랑의 새 집에서
세월의 먼지와 퇴락을 느끼지 않고
피치 못할 주름살에 굴복하지 않으며
옛날 글을 영원히 하인으로 삼아요.
사랑의 상념은 거기서 생겨났고
거기서 시간과 겉모습이 죽게 되어요.

### 109[61]

이별 가운데 내 열정이 식은 듯해도
내가 변심했다고 말하지 마세요.
당신의 가슴속에 내 영혼이 들어 있어
나는 나 자신을 떠날 수가 없어요.
내 사랑이 사는 집은 당신 가슴이에요.
먼 길을 갔어도 길손처럼 제시간에
그사이에 변치 않고 되돌아와요.
묻은 먼지를 씻을 물도 갖고 와요.
나약한 육체를 에워싼 욕정들이
요동을 친대도 하찮은 걸 얻겠다고
귀한 당신 전부를 내버릴 만큼
턱없이 타락하지 못하는 걸 믿어주세요.
이 넓은 세상도 내 장미인 당신만 빼고
아무것도 아니에요. 당신이 전부예요.

### 110[62]

아, 사실이에요. 여기저기 다녔어요.
사람들이 보는 데서 광대 짓을 했어요.
마음에 피를 칠하고[63] 값진 걸 싸게 팔고
새 사랑에 묵은 죄[64]를 저질렀어요.
진심을 흘겨보고 멸시한 것도
사실이고말고요. 하지만 뭣보다도
그런 곁눈질이 사랑에게 젊음을 주고
사랑해보니 당신이 내 사랑의 으뜸이에요.
모두가 끝났으니 영원한 걸 받으세요.
옛 친구를 시험하러 새로 알아보려고
욕정의 칼날을 더 세우지 않겠어요.[65]
당신은 사랑의 신, 나는 당신께 매였어요.
나를 받아주세요. 천국의 버금인[66] 임,
그 순결한 한없는 사랑 품에 맞아주세요.

### 111

나를 위해 '운수'[67]를 꾸짖으세요.
내가 행한 못된 짓은 그 여신의 탓이에요.
대중에게 어울릴 대중적 수단보다
좋은 길을 내 삶에 점지하지 않았어요.[68]
그래서 내 이름이 낙인찍히고
염색공의 손처럼 타고난 성격마저

59 올리브 가지는 평화를 상징했다.
60 여기에서, 사랑을 표현할 언어를 발견한 것이 옛글에서였음을 말하고 있다.
61 여기에서, 「소네트」 97, 98처럼 시인이 귀족 청년과 떨어져서 멀리 갔던 말을 하고 있다.
62 여기에서, 시인은 당시 낮은 계급에 속했던 자신이 광대 노릇을 한 것을 귀족 청년에게 부끄럽게 여긴다.
63 당시 비극 배우는 옷에다 피를 칠해서 피 흘리며 죽는 시늉을 했다.
64 새 애인을 배신했다는 것. 사랑에 대한 배신은 애초부터 있어온 '오래 묵은' 죄라는 말이다.
65 육욕에 탐닉하면 육욕이 더욱 강렬하게 된다는 것을 칼을 더 날카롭게 하는 것에 비유한다.
66 영혼이 천국에 가는 것이 최고의 목적인데 '임'은 그다음이 된다는 것.
67 '운수'(Fortune)는 느닷없이 변덕스러운 여신이었다. '운명의 여신'(Fate)과 혼동하지 말 것.
68 그의 '사랑'은 귀족임에 반하여 자기는 운수의 탓으로 대중의 기호에 좌우되는 천한 연극인이 되었다는 말.

그 일로 인해서 물이 들 지경이니,
불쌍히 여기시고 거듭나길 원해줘요.
고분고분한 환자처럼 역병을 이길
쓰고 시큼한 약을 미련 없이 마실게요.[69]
아무리 쓴 약도 쓰다 하지 않겠고
교정할 때에 두 배의 고행도 좋아요.
내 사랑 당신, 나를 동정해 주세요.
동정만 가지고도 완치될 수 있어요.

### 112

세상의 욕설이 낙인찍은 내 얼굴을
당신의 사랑과 동정심이 그걸 메워주어요.
나쁜 데를 가려주고 좋은 데를 인정하면
좋다, 나쁘다가 무슨 상관이에요?
당신은 세상의 전부여서, 나도
수치를 알고 당신 칭찬 받게끔 힘을 써요.
나한테 귀하거나 남한테 귀하거나
내 굳은 느낌과 판단을 못 고쳐줘요.
욕먹을 걱정을 구렁 속에 처넣으니까
눈멀고 귀먹은 비난과 아첨이 그쳐요.
관심이 없어서 사라지고 말아요.
내 뜻 안에 당신이 강력하게 생겨나서
온 세상은 당신의 뜻이 죽었다고 믿어요.

### 113

당신을 떠나니까 내 눈이 내 마음에 있어요.
어디로 갈는지 알려주는 몸의 눈이
자기 일을 반만 하고 반은 일을 안 해요.
보는 것 같아도 실지로는 볼 수 없어
마음에게 새들이나 꽃들의 모습들이
거기 있어도 표현하지 못하고
재빠른 사물들을 마음이 알 수 없고
눈에 언뜻 띄는 것도 기억 못 해요.
못된 걸, 좋은 걸 눈으로 봐도
어여쁜 자태나 찌그러진 흉물이나
산이나 바다, 낮이나 밤, 까마귀나 비둘기,
그 모든 것이 당신으로 보여요.
당신으로 꽉 차서 더 넣을 데가 없어
내 마음이 내 눈에게 거짓부렁 하래요.

### 114

당신과 함께 왕이 된 내 마음이
임금의 독약인 이 아첨을 마실까요?[70]
내 눈은 진실을 말한다 하고
당신의 사랑이 연금술[71]을 알려줬다 할까요?
볼품없는 물건들과 괴물들을 바꿔서
당신 닮은 귀여운 동천사로 만들고
사물들에 눈길이 머무는 즉시
못난 걸 최상으로 승급시킬까요?
첫 생각이 맞아요. 눈의 아첨이에요.
왕 같은 마음이라 왕처럼 삼켜요.
왕의 입에 맞는 걸 이 눈이 잘 알아요.
그래서 입에 맞게 술잔을 마련해요.
독약이 들었대도 죄가 덜해요.
내 눈이 좋대서 시작한 거니까요.

### 115

예전에 썼던 글줄들이 거짓말을 해요.
당신을 더없이 사랑한단 말도 그래요.
그때 밝던 내 판단이 어째서 나중에
가장 밝게 타오를지 그 이유를 몰랐어요.
시간이 결산하면 골백번의 우연들이
서약 사이에 기어들고 칙령들을 변경하고
어여쁨에 흑칠하고 강한 뜻을 무뎌놓고
변화의 흐름대로 굳센 자를 내버려요.
어째서 시간의 전횡을 두려워하며
당신을 사랑한다고 말하지 못했던가?
뒷날이 수상해도 현재가 으뜸이며
그때에는 불확실한 가운데 확실했어요.
사랑은 아기예요. 그땐 그 말을 못 했지만
아직도 자라는 걸 다 자랐다고 하니까요.

69 1592~1594년과 1603년에 흑사병이 창궐하여 극장을 폐쇄할 동안 셰익스피어는 이런 시들을 쓰고 수정했다. 역병 환자에게 대개 쓴 식초를 마시게 했다.
70 귀족 덕분에 으쓱해진 시인은 왕이 된 기분인데, 왕의 주위에는 아첨꾼이 꾀어들어 아첨이라는 '독약'을 권한다. 창조하는 신 같은 왕이라기보다 차라리 아첨을 좋아하는 왕이 되길 바란다는 역설이다.
71 연금술은 값싼 청동을 황금으로 변화시키는 기술이다. 즉 기적처럼 놀라운 변화이다.

### 116

진실한 마음과 마음의 결혼이라면
나는 훼방꾼이 안 되겠어요.
세상이 바뀐다고 사랑도 바뀌거나
사랑이 떠나면 떠나는 이와 함께
굽어지는 사랑은 사랑이 아니에요.
절대 아니에요! 사랑은 정해진 푯대여서
폭풍을 마주해도 흔들리지 않아요.
방황하는 배들에게 별이 되어서
그 가치는 몰라도 그 높이는 헤아려요.[72]
장미의 뺨과 입술은 시간의 낫이 굽혀도
사랑은 시간의 노리개가 아니거든요.[73]
사랑은 며칠간에, 몇 주간에 변하지 않고
최후의 심판까지 지속되는 거예요.
　이게 틀린 말이고 틀린 내가 밝혀지면[74]
　나는 글을 안 썼고 아무도 사랑하지 않았어요.

### 117

당신의 높은 덕에 보답해야 하는데
모든 일을 소홀히 했다고 고발하세요.[75]
매일 문안하게끔 여기저기 매였지만
귀중한 사랑에게 문안하길 잊었으며
모르는 사람들을 자주 찾아다녔고
당신이 비싸게 산 권리를 허비했고
당신의 눈에서 나를 멀리 데려갈
온갖 바람 앞에서 돛을 나부꼈어요.
내 고집과 내 잘못을 낱낱이 적으세요.
증명이 될 만한 짐작도 적으셔서
노여움에 따라서 겨냥하시되
미워하는 마음으로 쏘지 마세요.
　상고심에 따르면[76] 당신에 대한 사랑이
　한결같고 진실한 걸 증명하려 애썼어요.

### 118

입맛을 돋우려고 매콤한 양념으로
혀를 자극하려고 엄청 애를 쓰듯이,
뵈지 않는 병들을 미리 막으려고
우리 몸을 헹구려고 부러 토하듯,
당신은 언제나 단맛으로 가득 차서
씁쓸한 소스로 먹거리를 바꿨는데
건강이 싫어져서 필요할 때까지는
병난 것이 알맞다고 생각했어요.
이렇게 없는 병을 앞지르려고
사랑의 정략이 진짜로 병이 돼서
좋은 게 싫증 나서 나쁜 거로 낫겠다던
내 몸의 건강에다 약을 쓰게 되었어요.
　하지만 진정한 교훈을 배웠어요.
　당신이 싫다는 자에게 약은 독이 되어요.

### 119

마녀의 눈물[77]을 얼마나 마시고
지옥처럼 몰래 뽑은 독은 얼마나 될까?
근심을 희망으로, 희망을 근심으로,
성공할 것 같으면서 언제나 실패하고
얼마나 못된 죄를 마음으로 지었을까?
그처럼 행복할 수 없다고 자위하면서—
광폭한 열병의 현혹 때문에
어떻게 눈알들이 눈구멍을 벗어났어?
사랑이 무너져서 새로 집을 세우면
처음보다 예쁘고 튼튼하고 커다래.
　그래서 꾸중을 듣고 만족하게 돌아와서
　낭비했던 것보다 세 곱절을 얻게 돼.

### 120[78]

당신의 불친절이 이제는 이해돼요.

72 사랑은 변함없는 북극성 같아서 세상 사람은 그 진가를 확실히 알지 못하나 시인은 그것이 지고한 것임을 안다.
73 시간은 날카로운 낫을 가진 농부로 의인화되었다.
74 당시 법정의 진술에서 틀린 말이 발견되면 그의 모든 말이 무효가 되었다.
75 시인이 다른 사람을 만나는 등 귀족 청년에게 다소 결례해 그 청년이 화낸 듯하다.
76 청년 귀족과의 관계를 재산권의 분쟁으로 다룬다. 일심에서는 불리하게 끝났으니 상고심에서는 일심의 결과를 뒤집으려 한다는 것이다.
77 로렐라이 언덕의 마녀들(Sirens)의 노래에 홀리면 사공들은 난파했다. 「로미오와 줄리엣」에서처럼 독약은 유독 물질을 증류시켜 만든다. 마술사는 희망과 절망을 동시에 맛본다.
78 귀족 청년이 배신한 만큼 시인도 배신하여 서로 아픔을 주고받았으니 피장파장이 되었다는 내용.

내가 잘못하니까 그때 내가 느꼈던
같은 슬픔에 머리를 수그려요.
내 심장이 놋쇠나 강철이 아니지요.
나처럼 당신도 나 때문에 불쾌해서
지옥 같은 시간을 보냈을 텐데,
당신으로 인하여 당했던 아픔을
내가 알지 못했다니 폭군임이 분명해요.
진정한 슬픔이 얼마나 괴로운지
우리의 슬픈 밤이 기억할 수 있다면
당신이 그랬듯이 지금의 나도
상한 가슴에 맞는 향유를 드려야 해요![79]
하지만 당신의 잘못이 값을 치러요.
당신은 내 것이라 값은 내게 주세요.

## 121

안 그런데 그렇다고 욕먹을 때는
나쁜 말 듣기보다 나쁜 게 더 낫다.
자신의 느낌이 아니라 남들이 보고
나쁘다 할 때 당연한 기쁨이 사라진다.
어째서 남들의 거짓된 치사한 눈이
나 개인의 장난기를 아는 체하는가?
어째서 못된 눈이 내 행실을 엿보다가
욕심을 안 버리고 내 취미를 욕하는가?
그러면 안 된다. 나는 나다.[80] 내 잘못을
욕하는 자는 마침내 제 잘못을 드러낸다.
저들은 비뚤지만 나는 바를 수 있다.
음탕한 속내로 내 행동을 볼 수 없다 하지 마라.
인간은 악하고 악이 지배한다는
'만인개악설'[81]을 믿으면 몰라도.—

## 122

당신이 준 공책이 내 머리에 들어 있어
영영 잊지 않게끔 글자들이 촘촘해요.[82]
어수선한 글씨보다 훨씬 윗길이어서
세대를 건너뛰어 영원에 이르거나,
적어도 머리와 마음은 자연을 따라서
존재를 지속할 능력이 있어서
지우는 망각에게 굴복하기 전에는
당신에 대한 기록은 잊히지 않아요.
못난 책이 그만큼 담아낼 수 없으며
귀한 사랑을 헤아릴 산가지[83]가 없어도
기억의 크기를 용감히 믿는 마음에서
당신의 공책을 기억 속에 담았지요.
당신을 기억시킬 물건이 필요하면
건망증이 심하다는 뜻일 테지요.

## 123

아니다! 시간아. 내가 변한다고 떠들지 마라.
네가 새 힘으로 피라미드를 쌓아도
내게는 새롭지 않고 놀랄 일도 아니며
낡은 구경거리를 입힌 데에 불과하다.
인생은 짧기에 묵은 것은 새롭다며
우리를 미혹할 때 괜스레 놀래키지만
예전에 우리가 전해 듣던 것보다
마음이 바라는 대로 만들곤 한다.
네가 남긴 기록과 너에게 따지노니,
현재도 과거도 놀랍지 않으며
이제도 저제도 언제나 서두르는
네 기록이 속이고 우리 눈이 속는다.
너의 낫에 불구하고 진실을 지키고
맹세컨대 영원히 변함없을 것이다.

## 124

내 깊은 사랑이 그래서 생긴 아이라면
운수의 사생아로 아버지가 없어서
세상의 귀여움 또는 미움을 받고
잡초든 꽃이든 뒤섞여 잘릴 테죠.[84]

79 상처에 바르는 향유란 여기서는 '사과하는' 말이다.
80 여호와가 모세에게 "나는 스스로 있는 자이니라"(출애굽기 3장 14절)라고 하였다.
81 마키아벨리나 토머스 홉스 같은 사람은 '만인은 만인의 적'(만인개악설[萬人皆惡說])이라는 주장을 안 믿는다면, 남들이 악하니까 자기도 악하다고 생각지 말라고 한다.
82 귀족 청년이 시인에게 작품을 적으라고 '공책'에 서명하고 자기 글도 조금 적어 주었었는데 시인은 그것을 어디에 두었는지 모른다. 그러나 자기 작품과 귀족의 서명과 글을 암기하고 있기에 그의 사랑과 더불어 영원하리라는 말.
83 산가지(算가지)는 예전에 수효를 셈하기 위해 사용하던 자그마한 막대기들이다.
84 「소네트」 123에 나온 '시간의 낫'이 여기서 다시 언급된다.

맞아요. 우연에 관계없이 컸군요.
웃음 짓는 제왕 앞에 주눅 들지 않으며
이 시대를 물들이며 유행하는 사조인
억압된 불만의 습격에도 끄떡없어요.[85]
배신자인 정략도 걱정하지 않아요.
짧은 시일 동안만 유효할 뿐이지만
나 혼자 별의별 계교를 모두 다 써서
더위에 크지 않고 소나기에 안 젖어요.
　평생 악을 행하다 죽을 때만 착한 자들,[86]
　시간의 광대들[87]을 증인으로 세울 게요.

## 125

내가 일산[88]을 받쳐 들고 높은 분에게
겉으로 절하거나 영원무궁 지속될
발판을 놓는대도, 황폐나 파멸보다
먼저 사라질 것이기에 내게 상관있겠나?
너무도 엄청난 집값을 지불하고
소박한 먹거리 대신 복잡한 음식에
망하는 꼴을 보지 못했나?
가련한 출세꾼은 남 보다가 망한다.
아니오. 나는 당신의 진심을 따라서
가난하나 자유로운 내 잔을 받아요.
섞인 술도 아니고 재간도 몰라서
주고받을 잔이에요, 나만 당신께 드려요.
　매수된 정탐은 가라. 진실한 이는
　네가 아무리 고발해도 어쩌지 못해.

## 126

오, 내 귀여운 소년, 변덕쟁이 시간의
호리병[89]과 예리한 낫을 쥐고 있네요.
나이가 들면서 커가는 모습에서
당신은 자라시고 연인들은 시들어요.[90]
강력한 자연은 파멸의 여왕이라
당신의 전진을 되돌릴 수 있지만
시간에게 망신 주고 분초들을 죽이려고
당신을 보존하는 게 돼요.
하지만 자연의 총아여! 두려워하세요.
자연은 보물을 잠시 둬도 보존하지 않아요.
결산은 미뤘지만 갚아야 해요.
자연의 결말은 당신을 버리는 거예요.
(　　　　　　　　　　　　　　　　)
(　　　　　　　　　　　　　　　　)[91]

## 127[92]

옛날에 검정은 예쁜 축에 못 들었고
그 가운데 끼었대도 미인은 못 되었다.
이제는 검정이 어여쁨의 후계자니,
어여쁨은 사생아의 수모를 당한다.
저마다 자연의 능력을 빼앗아 가서
추한 낯을 화장으로 예쁘게 꾸미며
어여쁨은 이름 없고 규방도 없어서
수모를 겪거나 오욕을 당한다.
그런데 내 애인은 까마귄 양 새카맣고
얼굴도 그 색이라, 진짜와 가짜를
치사하게 뒤섞어서 곱게 나진 못했지만
화장 덕에 예뻐진 여자를 슬퍼하듯 하누나.
　어여쁨은 그래야 한다고 입을 모으니
　저들의 슬픔에 걸맞은 꼴이다.

85 엘리자베스 1세의 전성기가 지나자 그 끝자락에 '불만'의 기운이 팽배했고 문학의 소재가 되기도 했다.
86 평생 몹쓸 짓을 하다가 죽을 때 죄를 자백한 자는 예컨대 셰익스피어 당시 반란을 일으켰다가 체포되어 여왕에게 죄를 자백하고 사형당한 에섹스 백작이다. 대부분이 그렇지만 그의 사랑은 안 그렇다.
87 출세를 위해 광대처럼 시류에 놀아나는 자들을 말한다.
88 왕처럼 높은 사람이 외출할 때 일산(日傘)을 받치는 신하는 뭇사람 눈에 출세한 사람으로 인정된다.
89 호리병에 담긴 모래. 시간은 '모래시계'(끊임없는 흐름)와 '낫'(죽음)을 들고 있다.
90 상현달이 커가듯 미소년은 시간의 흐름 따라 점점 커가나 연인들은 이우는 달처럼 점점 늙어간다.
91 원문에는 2행이 없고 괄호 표시가 있다. 늙지 않던 미소년이 시간의 낫에 잘렸음을 암시하는 듯하다.
92 「소네트」 40~42와 127~154까지 시인이 사귀던 이른바 '검은 여인'(Dark Lady)에 관한 내용이다. 당시 하얀 얼굴, 파란 눈, 금발이 미인의 표준이었지만 차차 가무잡잡한 피부, 까만 눈, 검은 머리가 짙은 화장과 함께 이목을 끌기 시작했다. '검정'은 원래 슬픔을 상징하는 상복의 색깔이다.

### 128

너는 내 음악이라, 네 예쁜 손가락이
행복한 건반으로 음악을 연주하고
악기를 작동시켜 내 귀를 매혹하는
현들의 화음을 살며시 낼 때,
손바닥에 키스하러 뛰어다니는
재빠른 키들이 어찌나 부러웠던지!
보람을 거둘 만한 가련한 내 입술은
나무쪽에 기죽어서 낯붉히고 섰는데,
입술은 그것들이 어찌나 부러운지
저들과 처지를 바꾸고 싶어한다.
그 위로 손가락이 살짝 걸으니까
죽은 나무가 산 입술보다 행복하다.
　건방진 나무쪽이 그리도 행복하니
　손가락은 그것들에, 입술은 나한테 다오.

### 129

창피라는 황폐 속에 정력을 쏟는 것은
욕정의 실현이라, 실현이 되기까지
욕정은 허위, 살인, 욕설로 가득하고
사납고 극렬하고 무지하고 못 믿을 것,
즐기자마자 멸시로 직행하고
정신없이 추구하며 이루기가 무섭게
정신없이 미워하고 삼킨 자가 미치라고
일부러 놓아둔 미끼를 삼킨 것 같다.
미칠 듯 따라가고 잡아도 미쳤으니
과거, 현재, 미래[93]가 하나같이 극렬하여
할 때에는 황홀경, 한 뒤에는 완전한 비애,[94]
전에는 행복한 꿈, 후에는 허망한 꿈.
　온 세상이 이 사실을 썩 잘 알지만
　지옥에 빠트리는 천국을 피할 수 없다.[95]

### 130

내 여자의 두 눈은 해 같지 않으며
그녀의 입술보다 산호가 훨씬 붉으며
눈이 희다면 그녀의 젖가슴은 시커멓고
금사 아닌 철사가 머리에서 자라난다.[96]
희고 붉은 장미를 나도 봤지만
그녀의 뺨은 그런 장미를 보이지 않고,
향수 중에는 내 여자가 뿜어대는
지독한 냄새보다 좋은 것도 없지 않다.
그녀의 목소리가 듣기는 좋아도
음악이 더 좋은 것을 모르지 않는다.
여신이 걷는 것을 본 적이 없지만
내 여자는 땅바닥을 걸을 뿐이다.
　허황된 비교로 꾸며낸 여자만큼
　정말로 내 애인이 예쁘다고 믿는다.

### 131

너는 그 꼴이지만, 매정스러워
예쁜 걸 뽐내는 매서운 여자 같아.
네가 잘 알 듯, 설설 기는 내 마음에
너는 제일 예쁘고 귀중한 보물이야.
하지만 너를 본 사람들이 고백하기를
네 얼굴 보고 사랑이 신음하지[97] 않겠대.
나 스스로 혼잣말로 다짐하지만
틀렸다고 말하기엔 자신이 없어.
내 다짐이 정말인 걸 확증하려고
네 얼굴을 떠올리면 일천 번 거듭해서
신음이 터지는데 내 판단을 따르면
검은 네가 누구보다 예쁘다는 말이야.
　네 짓을 빼놓으면 꺼먼 데가 전혀 없어.
　거기서 이런 말이 나왔다고 생각돼.

### 132

네 눈을 내가 사랑해도 네 속이 나를

93 과거는 성욕을 성취한 것, 현재는 성욕을 채우는 중에 있는 것, 미래는 성욕을 애써 추구하는 것.

94 성욕을 채우고 난 뒤에는 슬퍼진다는 것이 당시의 통념이었다.

95 행복을 기약하는 듯한 '천국' 같은 성욕의 추구와 성욕의 해소 다음에 오는 '지옥' 같은 실망을 말한다. 신앙은 사람을 천국으로 이끌어가나 정반대로 성욕은 사람을 천국에서 지옥으로 끌어간다.

96 찬미의 대상이 되는 미인은 눈이 태양 같고, 입술은 산호 같고 가슴은 백설 같고 머리카락은 금사(金絲) 같고 얼굴은 (두 가지 색깔이 나는 품종의 장미처럼) 희고 붉은 장미 같고 숨결은 향기롭고 목소리는 음악 같고 걸음은 구름 위를 걷는 여신 같다고 묘사된다. 그러나 시인은 그런 가공인물과는 정반대인 현실의 여자를 사랑한다.

97 여자를 보고 사랑하면 마치 몸에 상처를 입은 듯이 '신음'한다고 표현했다.

멸시하는 걸 잘 알고, 눈이 동정하는 듯
아껴주는 조객[98]처럼 검은 옷을 차려입고
어울리는 온정으로 내 아픔을 바라봐.
검은 눈이 네 얼굴에 어울리듯
하늘의 아침 해가 동녘의 회색 뺨에
그보다도 아리땁게 어울릴 수 없고
밤을 모셔 들이는 밝은 별빛[99]도
고요한 서녘을 반도 비출 수 없어.
검정이 네 모습을 예쁘게 꾸며줘.
나 때문에 슬퍼하는 네 상복이
네 마음에 어울리게 만들어서
온 마음에 검은 옷을 입혀놔라.
그때 나는 맹세코 미인은 검고
네 살빛 아닌 자를 밉다고 할 테야.

## 133

내 마음을 괴롭히는 마음에 화 있을진저!
내 친구와 내가 겪는 상처가 너무도 깊다.
나만 홀로 괴롭혀도 성이 안 차서
정다운 친구마저 노예로 만드는가?[100]
잔인한 네 눈이 내게서 나를 뺏고
더 못되게 다른 나를 삼켜버렸다.
다른 나와 나 자신과 너에게 버림받아
이렇게 좌절돼서 아홉 배나 괴롭다.
네 무쇠 가슴 안에 내 마음을 가두고
내 친구의 마음을 내 마음 대신 놓아다오.
내 간수가 누군지는 몰라도 내 마음이
그 친구의 간수라면 너도 사납지 않겠지.
하지만 뜻대로 해. 네 안에 갇히니까
내 안의 모두가 별수 없이 네 거야.

## 134

내 친구가 네 거라고 고백했고
나도 네 욕심에 저당 잡혀서[101]
내가 빚을 못 갚아서 보증으로 갇히면
다른 나를 풀어줘서 나를 위로할 테지만
네가 절대 거절하고 그 친구를 싫어해.
너야말로 욕심이 많고 그 친구는 정이 깊어.
그 사람이 나 대신 보증인이 된다면
나처럼 단단히 묶일 걸 알았겠지.
너는 매력을 모두 부릴 작정이어서
이자를 챙기기 바쁜 대금업자라,
나 때문에 보증 선 친구까지 따먹어
소박맞은 나 자신이 친구마저 잃는다.
나는 친구 잃고 너는 나와 친굴 따먹고
친구는 모두 갚고 나는 풀려나지 못했어.

## 135

뜻을 이룬 여자라면 너야말로 '윌'[102]이 있지.
게다가 '윌'도 있어 너무도 '윌'이 많아.
그처럼 달콤한 네 '윌'에 붙여 달라고
졸라대는 나 자신도 감당할 수 없을 거야.
너는 '윌'이 넓고 큰데, 내 '윌'까지
한번쯤 그 속에 감춰주지 않을래?
남의 '윌'은 매력이 무척 크지만
내 '윌'은 따뜻한 환영을 못 받는다며?
물 천지인 바다는 마다치 않고 비를 받아
넘치고 남아도 자꾸만 쌓아놓지.
'윌'이 풍성한 너도 네 '윌'에다가
내 '윌'을 더해서 네 큰 '윌'을 더 크게 하렴.
몹쓸 '노'[103]로 잘생긴 애인을 죽이지 마라.
모두를 하나로 뭉쳐서 내 안의 '윌'을 보렴.

98 여자의 '검은' 눈은 마치 검은 상복을 입은 것 같다. 상복은 친구를 동정하여 입는 옷이다. 시인은 (미인의 조건이 못 된다는) 검은 눈의 그녀를 사랑하니 그녀의 검은 눈이 동정을 보이듯 온 마음이 '검은 옷'을 입어 자기를 동정해주기를 바란다. 검정과 상복과 동정을 기발하게 연결한다.
99 저녁 무렵에 밝게 빛나는 금성을 말한다.
100 시인이 아끼는 귀족 친구를 시인의 '검은' 애인이 유혹했으니, 기이한 '삼각관계'를 이룬 것이다.
101 나, 여자, 친구의 삼각관계를 내가 여자에게 빚을 지고 친구가 빚보증을 섰다가 빚을 모두 뒤집어쓰는 관계로 설정하고 있다. 그렇다고 내 빚이 없어진 건 아니다.
102 '윌'(Will, will)은 '윌리엄'의 애칭이니 시인 자신의 이름이고 알다시피 '의지'를 뜻한다. 한데 '윌'은 남녀의 성기를 뜻하는 은어이기도 했다. 시인은 '윌'의 여러 가지 뜻(윌리엄, 의지, 성기)을 동시에 사용하여 말장난을 하고 있다. 여기서 '윌'을 우리말로 옮기지 않고 그냥 '윌'로 표기한다. 적절한 해석이 필요하다.
103 no.

## 136

네 영혼이 내가 너무 치근대서 욕한다면
네 눈먼 영혼에게 내가 네 '윌'이래라.
네 영혼이 알 듯이, 네 안에 들어가겠다.
그만큼 사랑으로 내 사랑을 만족시켜라.
'윌'이 네 사랑의 보석함[104]을 채워줄 게다.
여러 '윌' 중 하나가 내 '윌'이야.
누구나 알 수 있듯, 넓이가 큰 상자는
여럿 중의 하나쯤 셈하지 않거든.
그래서 나를 세지 말고 넣어다오.
네 전체 합산에는 나도 끼겠지.
볼품없는 나지만 제발 그냥 두어서
너한테 달콤한 물건으로 보관해주렴.
　내 이름을 사랑하고 그걸 오래 사랑하면
　그땐 나를 사랑해. 내 이름이 '윌'이야.

## 137

눈먼 바보 사랑아, 눈에 무슨 짓을 했기에
보기는 하는데 뵈는 건 못 봐?[105]
어여쁨이 뭣인지, 어디 있는지 알면서도,
최상을 알면서도 최악을 취해.
지나친 애욕으로 네 눈이 뒤집혔어.
모든 이가 달려가 물에 닻을 내리는데[106]
어째서 너는 못된 눈을 꾸부려서
내 마음의 판단력을 묶어놔?
저 넓은 세상이 모든 자의 공원인 걸
내 마음이 아는데 어째서 나는
세상을 각자의 소유로 봐야 하는가?
내 눈도 그처럼 더러운 얼굴에는
해맑은 진실이 없다는 걸 알지 않는가?
　마음도 눈도 올바른 진실을 몰라보고
　이런 몹쓸 병통에 휩쓸리누나.

## 138[107]

자기는 오로지 진실하다고 맹세하나
거짓인 줄 알면서 그녀를 믿어줘서
세상의 속임수를 배우지 못한
순박한 젊은이로 보이게끔 꾸미는데,
한창때가 지나간 걸 그녀도 알지만
젊은이로 보아주길 허망하게 기대하며
간편하게 거짓말을 믿는다.
이렇게 우리는 명백한 사실을 숨기지만
어째서 그녀는 거짓을 말하지 않고
어째서 나는 늙은 것을 말하지 않나?
사랑의 멋진 옷은 믿는 척하기란다.
연애하는 늙은이는 나이를 세기 싫어하고
　나는 그녀를, 그녀는 나를 속이며
　자기들의 거짓말에 즐겨 속는다.

## 139

아, 네가 매정해서 내 마음에 가져오는
못된 짓을 변명하지 않게 해다오.
혀 아닌 눈으로 찔러대지 마라.
힘껏 힘을 쓰지만 나를 말로 죽이지 마라.
내 사랑아, 딴 작자를 사랑해도 좋다만
내 앞에선 딴 데로 곁눈질을 하지 마라.
몰리는 방어전도 견뎌내기 어려운데
교활한 거짓말로 상처까지 줘야 하냐?
'오, 나의 애인은 예쁜 눈이 나에게
원수란 걸 알아서 딴 데로 눈길을 쏴서
상처를 주려고 내 앞에서 원수들[108]을
딴 데로 옮겼다'고 둘러대겠다.
　하지만 옮기지 마라. 내가 거의 죽었으니까
　눈으로 곧장 죽여 고통을 덜어주렴.

## 140

매정한 만큼 현명해라. 말없는 인내를
너무 심한 멸시로 압박하지 마.
슬픔에 말문이 터져 동정을 못 받는
내 고통이 어떤지 말할지도 몰라.
네게 꾀를 알려줄까? 사랑하지 않으면서
사랑한다 하는 게 훨씬 좋은 짓이야.
성미 급한 환자처럼 죽을 날이 가까울 때
의사는 건강에 관한 소리만 들려줘.

104 '보석함'도 여자의 성기를 뜻하는 은어였다.
105 여자에게 끌리는 눈과 판단의 주체인 마음의 갈등이 이 시의 주제다.
106 '닻을 내린다'는 말은 한 여자를 탐닉한다는 뜻이었다.
107 「열정의 순례자」 1을 시인이 나중에 수정한 것이다.
108 즉 그녀의 두 눈. 시인은 그녀 눈에 꼼짝 못 하는 모양이다.

내가 절망한다면 미쳐버리지.
내가 미치면 너를 나쁘게 말하고 말아.
나쁘게 해석하는 세상이 더 나빠져.
미친 욕이 미친 귀에 믿어진단다.
　나도 안 미치고 너도 욕을 안 먹게
　속은 딴 데 갔어도 눈은 바로 떠봐라.

### 141

확실히 눈으로는 사랑하지 않누나.
눈을 뜨면 천 가지 잘못이 보일 테지만
눈이 멸시하는 걸 마음이 사랑해서
눈꼴이 시어도 좋아서 죽겠단다.
네 소리도 내 귀에 달콤하지 못하고
보드라운 촉감에도 욕정은 안 생기고
미각도, 후각도, 감각의 향연에
너만을 단독으로 초대하지 않아.
하지만 다섯 기능과 다섯 감각까지도
못난 마음 하나를 말리지 못해.
사람 꼴만 남은 자가 너한테 휘둘려서
애욕의 노예이며 종이 되길 원해.
　그래도 그 병통이 내게 득이 되고,
　죄를 짓게 하는 네가 고통을 줘.

### 142

내 죄는 사랑이고 네 선은 증오라서
죄스런 사랑 속에 뿌리박은 죄가 미워.
하지만 내 처지에 네 처지를 비교하면
꾸짖을 가치도 없다는 걸 알 수 있겠지.
설사 그렇더라도 네 입으론 안 돼.
새빨간 입술을 함부로 더럽히고
나만큼 연달아 사랑을 맺었으며
남들의 침상에서 소출을 가로챘어.[109]
네가 남을 사랑하듯 너를 대해 줄 테야.
내가 네게 졸라대듯 너는 딴 데 한눈을 팔아.
마음에 동정심을 심어라. 그게 자라면
네 동정심도 동정을 받게 돼.
　네가 주지 않은 걸 얻으려 하면
　너를 예로 삼아서 거절하겠다.

### 143

걱정 많은 아낙이 둥우리를 빠져나간
닭 한 마리를 잡으려고 뛰쳐나가서
아기를 내려놓고 잃으면 안 될세라
천방지축 닭을 쫓아 냅다 달리니
팽개쳐진 아기는 엄마를 쫓아가면서
잡으려고 우는데 엄마는 오로지
코앞에서 달아나는 닭만 쫓아가고
불쌍한 아기의 속상한 건 아랑곳 않듯,
너는 뛰는 사내를 쫓아 달려가지만
네 아기 같은 나는 멀리멀리 쫓아가.
하지만 소원을 풀었으면 다시 돌아와서
엄마 노릇 해주렴. 키스하고 사랑해라.
　엄마가 돌아와 아기가 요란한 울음을 그치면
　네가 너의 '윌'을 갖게 기도해줄게.

### 144[110]

내 사랑은 위로와 절망이란 두 가지여서
언제나 내 귀에 천사처럼 속삭이지.
선천사는 살결 하얀 잘난 남자고
악천사는 살결 까만 못된 여자야.
악귀는 나를 속히 지옥[111]에 빠뜨리고
내 곁에서 선천사를 떼어내서
추악한 멋으로 순진한 이를 유혹해서
천사를 마귀로 타락시킬 심보다.
과연 내 천사가 악귀로 변했는지,
수상해도 직접 대고 말하지는 않겠다만,
둘 다 나를 떠났는데 서로서로 애인이라
한 천사가 딴 천사의 지옥에 빠졌겠다.
　진실을 알지 못해 의심 속에 살아야지.
　악천사가 선천사를 불로 내쫓기까지.—

109 한 남자의 아내 침상을 그의 '밭'이라고 하면 그 소출은 그 아내의 것이나 이 여자가 그 남자와 간통하여 그 '소출'을 가로챘다는 말이다.

110 「열정의 순례자」 2를 시인이 나중에 조금 수정한 것이다.

111 사람의 영혼을 놓고 '선천사'(하느님의 시종)와 '악천사'(마귀의 부하)가 서로 다투는데 악천사는 사람의 영혼을 지옥에 데려가려고 유혹한다. '지옥'은 여자의 '국부'를 뜻하는 은어이기도 했다. 지옥이 불타는 곳인 것처럼 성병을 옮기는 여자의 국부도 '뜨거운 곳'이었다.

## 145

큐피드가 손수 만든 그녀 입술이
'당신이 싫다'는 소리를 뱉어냈다.
그녀 때문에 맥 빠진 내게 그런 말했다.
하지만 내가 울상인 걸 보고는
금방 그녀 마음에 동정심이 찾아와서
혓바닥을 나무랐다. 언제나 상냥해서
가볍게 선고하던 혓바닥한테
말을 바꿔 대하라고 지시하기를
'당신이 싫다'에 말을 덧붙이랬다.
상냥한 맑은 낮은 밤에 이어 밝아지고
끔찍한 악귀처럼 시꺼먼 밤을
하늘에서 지옥으로 동댕이쳤다.
　그녀는 '싫다'를 미움에서 쫓아내고
　"당신이 '싫다'는 게 아니에요"로 나를 살렸다.

## 146

불쌍한 영혼, 죄 많은 흙덩이 중심아,
반항하는 세력에게 창피하게 되었고
그토록 화려하게 겉모습을 차렸는데
어째서 굶주리고 궁핍하게 사는가?
그토록 잠깐 빌린 무너질 집에다
어째서 그토록 큰 비용을 넣는가?[112]
이 같은 사치를 구더기가 상속해서
삼킬 것인가? 이게 네 몸 끝인가?
영혼아, 네 하인의 소멸을 딛고 살아라.
네 소유가 늘어나게 네 몸을 괴롭혀라.
몇 시간의 찌꺼기 팔고 거룩한 기간을 사라.
안으로 살찌고 겉으로 사치를 금해라.
　사람 먹는 죽음을 네가 먹을 것이다.
　죽음이 죽으면 죽음은 없으리라.

## 147

내 사랑은 열병 같아서 언제나 그립기는
그런 병을 더 오래 길러주는 거라고.
얼떨떨한 병든 입을 만족시켜서
병을 오래 끌 거를 자꾸만 먹지.
사랑 병의 의사인 나의 이성은
처방대로 안 한다고 화내며 가버리고
의사가 금했던 욕망인즉 죽음이야.
그 사실을 인정하니 이젠 절망뿐.
치료하긴 틀렸고 이성은 관심 없어.
언제나 들떠 있는 광분의 상태에서
생각과 언어는 광인의 그것 같아
사실과는 상관없이 지껄여댄다.
　지옥처럼 시커멓고 밤처럼 검은 너를
　예쁘다고 선언하고 빛난다고 믿었다.

## 148

오! 사랑이 머릿속에 무슨 눈을 박았기에
진실한 시각과는 일치할 수 없는가?
아니면 내 이해력이 어디 달아났기에
눈이 바로 본 것을 잘못 판단하는가?
못난 내 눈이 좋아하듯 그녀가 예쁘다면
온 세상이 그렇지 않다니 무슨 일인가?
그게 아니면 사랑 눈이 사람 눈에 비해서
확실하지 못하다는 뜻인데, 절대 아니야.
그럴 수 없어! 불면과 눈물로 병났는데
어떻게 사랑 눈이 바로 볼 수 있겠어?
그러니 잘못 봐도 이상한 게 아니지.
하늘이 맑아져야 해를 볼 수 있다고.
　오, 영악한 사랑, 눈물로 내 눈을 멀게 해.
　더러운 네 죄악을 사람 눈이 볼까 두렵지.

## 149

오, 매정한 여자, 너를 사랑하지 않는다고?
나 자신을 억누르고 네 편 되려고 하는데?
너를 생각하면서 나를 잊어버리고
내게는 폭군이고 너만 위해주는데?
나와 친한 사람 중에 누가 너를 싫어해?
내가 아첨하는 사람 중에 누가 너를 미워해?
네가 낯을 찡그리면 그 당장 한숨으로
기운을 소모해서[113] 나를 벌하지 않아?
내가 뭐가 잘났다고 너를 섬기는 걸

112 흙으로 빚은 육체의 중심은 영혼인데 그에 반항하는 육체의 온갖 정욕들이 그를 감옥에 넣고 자기들끼리 희희낙락하는 모습이 당시의 인간상이었다. 육체(몸)는 영혼이 일정 기간 빌려서 사는 집이며, 또한 영혼의 종이거늘 육체를 꾸미는 것은 결국 구더기의 밥이 될 것을 꾸미는 것에 불과하다는 말.

113 성교하면서 한숨을 쉬면 그때마다 기력(즉 혈액)이 소모된다고 생각됐다.

우습게 볼 만큼 건방진 데가 있어?
내 모든 총기가 네 눈의 동작에 따라서
움직이면서 네 결함까지 섬기는데?
　하지만 여자야, 미워해라, 이젠 네 속 알겠다.
　너는 볼 사람만 사랑하고 나는 눈이 멀었지.[114]

## 150

네가 어떤 세력에서 강성한 힘을 얻었기에
그런 못난 짓으로 내 마음을 지배해서
확실한 진실을 거짓이라 말하게 하고
밝은 빛이 낮을 곱게 하는 걸 부인케 해?
추악한 걸 멋있게 만들어내는
기막힌 너의 힘은 어디서 오지?
네가 남긴 행위의 찌꺼기마저
굉장한 능력과 재간을 보여주는데
너의 못난 것들이 최고들을 넘누나.
미워할 이유를 많이 듣고 더 볼수록
너를 더욱 사랑하게 만든 것은 누구인가?
남들이 싫다는 걸 내가 사랑한다만
남처럼 내 꼴을 싫어하지 마라.
　못난 네가 내 속에 사랑을 낳았으니
　그만큼 나는 네 사랑 받을 자격이 있어.

## 151

사랑은 애송이[115]라 양심을 모르지만
사랑이 양심에서 생기는 걸 누가 모를까?
얌전한 사기꾼아, 나는 나쁜 놈이 아니야.
어여쁜 너도 같은 죄가 있는 듯해.
네가 나를 배신하듯, 나도 귀한 능력을
이따위 몸에게서 배신했고, 내 영혼이
몸한테서 사랑에 승리할 수 있다니까,
몸뚱이는 이유를 더 듣지 않고
네 이름에 불끈 솟아서 승리의 목표가
너라고 가리키고, 욕정으로 흥분해서
네 천한 노예가 돼도 좋다고 하면서
너를 위해서 버티다가 네 옆에서 죽어버려.[116]
　내가 그녀를 '사랑'으로 부른다고 양심 없다고
　하지 마라. 나는 그녀의 사랑에 살다 죽다 해.

## 152

나는 너를 사랑해서 맹세를 깼지만
사랑을 맹세한 네가 두 차례 맹세를 깼다.
혼인 서약을 깨고 새 애인을 품더니
새로 미워졌다고 새 맹세를 깨누나.[117]
하지만 서약 두 번 깼다고 욕은 왜 해?
스무 번 깨는 내가 아주 못됐지.
너를 속이기 위해 수없이 맹세했어.
내 모든 약속은 네게서 사라졌어.
네 깊은 사랑에 깊게 맹세했던 거야.
네 사랑, 네 진실, 네 정절을 맹세했어.
너를 밝혀준다면서 남에게 눈을 주며
보는 걸 나쁘다고 하라고 교사했지.
　그런 악한 거짓을 진실이라 맹세하고
　너를 곱다고 해서 더 못된 눈이야.

## 153

큐피드가 불씨를 옆에 놓고 잠들었는데
달님[118]의 하녀가 그 기회를 틈타서
근처의 차가운 골짜기 샘에
사랑의 불을 얼른 집어넣으니
그 샘은 거룩한 사랑의 불에서
영원한 열을 얻어 끝없이 지속되어
뜨거운 온천이 되니 어려운 병에
특효가 있다고 널리 알려졌는데
애인의 눈을 본 내가 새로 불타니
큐피드가 내 가슴을 더듬어 보겠단다.
나는 너무 아파서 온천이 필요해서
슬픔의 환자로 그리로 달려갔지만
　치유가 불가능! 큐피드가 새로이
　불씨를 얻은 내 애인 눈이 온천이었어.

114 그녀가 음탕한 여자라는 사실('결함')을 '볼 사람'인 자기는 '눈이 멀어' 그걸 못 본다는 것.
115 사랑의 신인 큐피드는 '활 장난하는 아이'다.
116 '용감히 섰던 병사가 옆에 쓰러져 죽는다'는 말은 일으켰던 페니스에 힘이 빠진 걸 암시한다.
117 남편과의 결혼 서약을 깨고 간음하더니 이제는 새 애인을 미워하고 다시 새로 애인을 가졌으니 그 새 맹세를 깬 것이다.
118 '달님'(다이애나)은 정결한 처녀를 보호하는 여신이었다.

### 154

한번은 큐피드가 잠이 들어서
가슴에 불 지르는 불씨를 곁에 뒀더니
순결을 맹세한 님프들이 다가왔어.
그중의 가장 예쁜 수녀가 처녀 손으로
불꽃을 집어들 때, 수없이 많고 많은
진실한 마음들이 거기서 더워졌어.
뜨거운 욕정의 우두머리 큐피드가
잠들었을 때 처녀가 무장을 해제하고
곁에 있던 찬 샘에 그 불을 넣으니까
사랑의 불에서 영원한 열을 받아서
온천이 되어 병 고치는 약이 됐는데,
애인의 노예인 나도 고치러 왔지만
  사랑의 불은 물을 데우나 물은 사랑을
  식힐 수 없는 걸 내가 증명해.

# 연인의 탄식
## *A Lover's Complaint*

산속의 동굴이 그 옆의 골짜기의
구슬픈 사연을 메아리쳐 알릴 때면
이 둘의 소리에 내 혼이 응답하여
한스런 이야기를 들으려고 앉으니,
이윽고 창백한 처녀가 울부짖으며
문서를 찢고 반지를 깨트리며
한숨과 눈물 속에 세상을 파묻었다.

머리 위에 얹어놓은 밀짚모자가
얼굴을 햇볕에서 가려줬는데,
이제는 가버린 어여쁨의 흔적이
보일 듯도 했으나 시간은 아직도
청춘의 시작을 모두 뺏지 않았고
젊음도 남아 있어 하늘의 노염에도
나이의 창문에는 미모가 엿보였다.

손수건을 쳐들어 자주 눈에 댔는데
정교한 무늬가 그곳에 박혀 있었다.
명주의 무늬를 짠물에 적시니
해묵은 설움이 방울방울 눈물지고
무슨 사연을 전하는지 자꾸 읽으며
알 수 없는 소리로 부르짖으며
높고 낮은 목소리로 울부짖었다.

때로는 포차에서 눈알을 겨냥하며[1]
별들을 향하여 포격을 할 듯하고,
때로는 힘없는 눈알을 땅에 떨구고
때로는 뚫을 듯이 먼 데를 바라보다가
다시금 이리저리 눈을 보내나
아무것도 보는 것이 없는 듯하니
마음과 시선이 얼빠진 듯 뒤섞였다.

머리는 땋지도, 산발도 하지 않아
멋 부릴 마음이 없는 것이 확실하여
몇 가닥은 모자에서 벗어나서
핼쑥한 뺨가에 늘어져 있고
몇 가닥은 댕기에 묶여 있으며
되는 대로 땋아서 버려뒀지만
'속박'에 충실한 듯 풀리지 않았다.

해맑은 호박 수정, 까만 구슬들—
무수한 정표를 구럭에서 꺼내서
흐느끼는 물가에 여인은 주저앉아
하나씩 하나씩 시냇물에 던지며
물에 물을 더해서 이자를 갚듯 하는데,[2]
없는 자의 '한 푼!'에는 왕의 손이 안 가고
온갖 것을 달라는 부자에게 가듯 한다.

꼭꼭 접은 쪽지들도 많이 있었고
읽어보곤 한숨을 쉬고, 찢어 던지고
문구 새긴[3] 상아 반지, 금반지를 깨뜨려서
흙 속에 무덤을 찾아 누우라 하고
구슬프게 피로 쓴 편지들도 있었는데
명주실로 어여쁘고 정성스레 감아서
정교한 비밀을 단단히 봉인했다.

흐르는 두 눈에 편지들을 적시며
자꾸자꾸 키스하고 찢으며 외친다.
"아아, 가증한 피, 거짓말의 기록아!
너희들의 증언은 하나같이 못 믿겠다!
저주에는 검은 먹이 어울리겠지!"
그러고는 분이 솟아 편지를 찢고
원한의 응어리로 글줄을 뭉갠다.

근처에서 소를 치던 늙은 목자는
한때는 궁정과 도시에서 떠들썩하게
산전수전 겪으며, 흘러가는 세월에
청춘을 보내고 깨달음을 얻은 이로
사랑 병에 시달리는 여인에게 다가와
노인의 특권으로 그녀가 슬퍼하는
원인과 연유를 알고자 했다.

노인은 갈라진 지팡이를 짚고 내려와
멀찍이 그녀 옆에 점잖게 앉아

1 눈을 부릅떠서 하늘을 향해 울부짖을 듯한 모습은 포차에 올라 대포를 겨냥하여 공격을 가할 듯한 모습. 이는 눈알을 포환에 비유한 것이다.
2 물이 풍부한 냇물에 눈물방울을 떨구는 것은 돈이 많은 고리대금업자에게 하찮은 이자를 갚는 것과 같다는 말.
3 당시의 연인들은 좋은 문구를 새겨 넣은 반지를 교환했다.

자리를 정하자 다시금 청하되,
더불어 슬픔을 나누자 했다.
노인이 하는 말이 미칠 듯한 괴로움을
덜어줄 수 있다면 과연 그것은
선한 노인에게서 기대해도 좋겠다.

"어르신, 몹쓸 때를 많이 겪는 사이에
상처를 입은 저의 꼴을 보실 테지만
그렇게 늙지는 않았어요. 보시듯이
세월 아닌 슬픔이 저를 지배해요.
저만을 사랑하고 오로지 자신에게
사랑을 주었다면 뻗어가는 꽃처럼
저만 홀로 싱싱할 수 있었겠지요."

"하지만 불행히도 너무 일찍 한 청년에
기울었는데, 호감만 사려는 거였어요.
아아, 타고난 외모가 너무도 잘생겨
처녀들의 눈길은 그 얼굴을 못 떠나고
집이 없던 사랑은 그를 집으로 삼고
잘난 이목구비에 거처를 정하니
신전이 새로 생겨, 새로 신이 됐어요."

"갈색의 머리털은 굽실굽실 늘어져
바람이 조금만 불어도
입술 위에 비단결을 던졌지요.
달가운 것은 금방 길을 찾게 돼요.
낙원의 실물을 축소한 모습이라
그분의 얼굴에는 천국이 들어 있어
그를 보는 눈마다 황홀했어요."

"아직까지 턱에는 어른 티가 적었으니
영원한 그 살결에 안 깎은 벨벳[4]처럼
불사조의 깃털[5]이 돋아나기 시작하고
매끈한 턱은 돋을 듯한 수염보다 고왔고
그에 따라 얼굴이 더욱 귀여웠어요.
까다로운 사람들도 그냥 두면 좋을지
없이하면 좋을지 주저하게 되었어요."

"몸가짐도 외모처럼 아름다웠죠.
말씨도 처녀처럼 얌전하고 솔직했고
남이 화를 돋우면 성미를 보였지만
사월 오월 사이에 불어오는 바람처럼
상냥한 숨결이라 막을 수는 없었고,
야성적인 매력과 거침없는 젊음은
간사한 기질을 정직 속에 감췄어요."

"승마도 잘했는데 사람들에 따르면
말이 가진 기운은 주인이 준대요.
회전, 도약, 주행, 정지, 뭐든지
기운차게 억누르고 고귀하게 부리고
그의 기술에 따라서 말이 움직였는지,
또는 우수한 말을 그가 조종했는지,
그와 같은 논쟁이 벌어졌어요."

"하지만 금방 그편으로 결론이 나서,
귀인다운 모습으로 소유물과 장식에
생기와 멋스러움을 제공을 해서
단지 옷이 아니라 타고난 자질이라,
장식들은 주변에 있은 덕에, 멋이 생겨서
더하려고 했지만 목적을 살려
멋을 더하지 않고 멋스럽게 되었어요."

"그래서 능숙한 그의 혀끝에 달려
백 가지 주제와 깊은 논쟁과
강력한 이유와 재빠른 답변은
그의 관심 여부에 달려 있었고,
말투와 말씨에 변화를 줘서
우는 자를 웃기고 웃는 자를 울려서
어떤 감정도 뜻대로 조정하고",

"그에게 매혹된 젊은이, 늙은이,
남자, 여자, 모든 자의 가슴을 지배해서
생각 중에 함께 있고 몸으로 도우며
그가 가는 데마다 따라다녔죠.
매혹된 자들은 묻기 전에 허락해서
그가 하려는 말을 그쪽에서 미리 해서
자기 뜻을 물어보고 자기 뜻에 따른 거죠."

4 벨벳(velvet)은 깎지 않았을 때 더욱 부드럽다고 한다.
5 신화의 새인 불사조(피닉스)는 갓 태어날 때 깃털이 매우 부드럽다고 한다.

"초상화를 입수해서 들여다보다가
거기다 정신을 판, 사람도 많아요.
멋있는 토지와 저택을 밖에서 보고
자기네 소유라고 상상으로 확정하고
자기 소유로 믿으면서, 통풍으로 고생하는[6]
실제의 주인보다 기꺼운 마음으로
재산을 물려주려 애쓰는 바보 같아요."

"그의 손을 만진 적도 없는 여자가
그 마음의 주인이라고 귀엽게 절로 믿었죠.
매인 데가 전혀 없는 자작농처럼[7]
지금은 슬프지만 그때는 자유로워,
젊음의 기교, 기교의 젊음 때문에
매혹적인 그의 힘에 마음을 던지고
줄기만 남기고 꽃은 모두 주었어요."

"하지만 저는 다른 경쟁자처럼
요청을 받자마자 넘어가지 않았어요.
정조를 엄격히 지킬 걸 알았기에
안전한 거리에서 제 몸을 지켰어요.
새로이 피 흘리는 여러 성곽[8]이
증명하고 있어요. 번쩍대는 광채 속에
교활한 '보석'과 연애 짓이 숨었던 거죠."

"하지만 피할 길 없는, 운명적 불행을
선례를 보고 피한 여자가 있나요?
고난의 이야기를 실례로 삼아서
자신의 욕망을 억누른 예가 있나요?
움직이는 물건들은 권고를 듣고 잠깐 서며,
감정이 솟구칠 때 충고를 들으면
조금만 무뎠다가 더욱 날카롭게 되어요."

"남의 예만 보고서 욕망이 누그러져
자신을 제지하는 사람은 없어요.
손해가 겁이 나서 경계심이 생기지만
그리도 좋아 뵈는 달콤한 걸 금하다니!
오오, 욕망아, 판단력을 멀리해라!
이성은 울면서 '너의 최후'라고 외치지만,
너의 입은 기어이 맛을 봐야만 한다."

"그자의 사기성을 더 말할 수 있어요.
더러운 속임수의 방식을 알거든요.
그자의 나무가 남의 밭에 자라서
금칠한 거짓을 웃음 속에 보였으며
맹세란 언제나 겁탈의 뚜쟁이며
편지와 말씨는 재치에 불과하고
더러운 그자의 더러운 사생아예요."

"이렇게 나름대로 성을 방비했더니
포위전을 개시하며 '착한 아가씨,
괴로운 젊음에 동정심을 발휘하여
신성한 맹세를 의심하지 마시오.'
이러한 맹세는 아무에게도 안 했소.
지금껏, 초대받은 사랑의 향연에서
여인을 끌었거나 구애를 한 적이 없소."

"항간에 떠도는 온갖 나의 과실은
마음이 아니라 혈기의 잘못이고
사랑이 아니라 단순한 행동이며
양측 모두 진심과 사랑이 아니었소.
저들은 수치를 구했고 수치를 얻었소.
저들이 내 수치를 욕하면 욕할수록
내게는 수치가 줄어들기 마련이오."

"내가 본 수많은 여인 가운데
마음을 데울 만한 불길이든지
조그마한 아픔도 준 적이 없고
한가로운 시간을 빼앗지도 못했소.
해는 내가 끼쳤지만, 나는 해를 안 입었소.
마음들을 부렸지만 내 마음은 자유로워
나 자신의 왕국에서 호령하고 지냈소."

"새하얀 진주들과 핏빛의 루비들은

6 호의호식하는 부자들은 으레 통풍(痛風)에 걸렸다. 통풍은 사지 끝에 요산염이 쌓여서 발생하는 병으로 그 통증이 대단하다.
7 자작농은 토지를 소유한 귀족이지만, 남의 땅을 빌린 소작농과 달리, 재산권이 있는 토지를 소유한 '자유민'이었다. 누구에게도 마음을 주지 않은 자유로운 처녀였다고 하는 말이다.
8 정조를 지키는 처녀는 방어를 위한 성곽 같은데, 그에게 정조를 뺏긴 처녀를 많이 보았다는 것.

불쌍한 넋들이 내게 바친 공물인데,
핏기 없는 얼굴과 불타는 마음에서
그것들 역시 똑같은 아픔과 부끄럼을
말한다는 사실을 짐작할 수 있었고
가슴에 숨겼으나 겉으로는 저항하며
두려움과 부끄럼을 나타내는 것이오."

"이것을 봐요. 귀중한 머리 타래요.
사랑하는 마음에서 금실로 엮었소.
여러 아가씨들이 보낸 겁니다.
어여쁜 보석들로 값지게 꾸며
사랑으로 받아주길 눈물로 호소했고
보석들의 성질과 가치와 질을
그윽하고 오묘한 시구로 표현했소."

"다이아몬드? 아름답고 단단하여
내면에 숨어 있는 성질을 나타내며
청색 에메랄드는 그것을 바라보는
쇠약한 시력을 환하게 고쳐주며
하늘빛 사파이어와 오팔은 갖가지
사물들과 어울리니, 갖가지 보석들은
적절히 표현된 시와 함께 웃고 울었소."

"열렬한 사랑의 전리품들이오.
겸허한 욕망과 우울의 선물인데,
자연은 그것들을 모아 두지 말라며
나 자신을 바칠 데에 주라고 하는데,
내 목숨과 죽음인 당신에게 바치겠소.
당신의 수호성인 나는 그의 제단이니
기필코 당신에게 드려야 할 제물이오."

"말로 표현하지 못할 당신 손을 주시오.
새하얀 그 빛은 찬미를 능가하오.
불타는 폐부의 거룩한 한숨이니
이러한 비유들을 마음껏 받으시오.
당신의 종인 내게 복종하는 자들은
당신께 복종하고 밑에서 일하며
각자의 몫을 합해 당신께 회계하오."[9]

"이 문양은 한 수녀가 준 것이오.
드높이 기림을 받은 거룩한 수녀로서
그 놀라운 자질은 궁정의 꽃들[10]도
매혹했으나 귀족들의 구애를 피했고
부유한 이들도 선망하되 그녀는
차가운 거리를 두면서 그들을 떠나
영원한 사랑에 평생을 바치려 했소."

"그러나 아가씨여, 있지도 않은 것과
저항도 없는 일을 멀리하고 거절하며
형체조차 없는 곳에 울타리를 두르며
속박 없는 족쇄가 얼마나 고역이오?[11]
그처럼 자신의 명성을 이룩하여
그리 회피함으로 상처를 피했으며
힘 아닌 '부재'로 용감하게 된 거요."

"용서하고 들으시오. 말인즉 진실이오.
우연히 내가 그녀의 눈에 띄었는데
그 순간 그녀는 힘이 폭삭 꺼지고
새장 같은 수녀원을 벗어나려 했으니
신앙이 같은 사랑이 신앙의 눈을 껐소.
유혹을 피하려고 갇히길 원했지만
이제는 유혹하기 위하여 자유를 원했소."

"따라서 당신은 얼마나 강력한가!
내 말을 들어보오. 나의 상한 가슴은
몸속의 샘물을 남김없이 비워서
당신이란 바다 속에 쏟아붓소.
저들을 이긴 나를 당신이 이겼으니
당신의 승리를 위해 둘은 뭉쳐야 하니까
냉랭한 두 가슴을 고칠 약이 그곳에 있소."

"거룩한 수녀를 매혹시킨 모습이라
은총을 위해 수련하고 금욕하던 여인은
눈이 공격해 오자, 눈의 편이 되었고
온갖 서원과 맹세는 물러가고 말았소.

9 자신을 집사로 삼고 그녀를 영주로 삼아 소작인들의 소출을 회계하여 그녀에게 드린다는 말.
10 "궁정의 꽃들"이란 궁정의 젊은 신사들이라는 말.
11 수녀의 일은 이런 '힘든' 일이니, 수녀는 실제가 아닌 생각 속에서 자신을 적으로 삼고 싸운다.

막강한 사랑이여! 서원, 서약, 장소는
어떠한 가책도, 구속도 될 수 없으니
당신은 전부며, 나머지도 당신의 것이오."

"당신의 요구에 낡아빠진 이야기는
교훈이 무색해지며, 당신이 불을 지르면
재산과 효성과 율법과 가문의 명성들이
식어빠진 장애물이 되는 것이 아니오?
사랑의 무기는 평화이니 규율과 이치와
수치에 저항하여, 뼈아픈 강제와
충격과 공포의 쓴맛을 달게 만드오."

"내 마음에 달려 있는 저들의 마음들도
내 마음이 터질세라, 피나는 아픔으로
애원의 한숨을 당신에게 보내니,
이 마음을 겨냥한 포격을 중지하고
정다운 내 말을 차분히 들어주어
내 마음의 진실을 내세우고 보증하는
강렬한 이 맹세를 믿어주시오."

"그러고는 내 얼굴을 바라보던 두 눈이
고였던 눈물을 떨구고 말았소.
두 뺨은 샘에서 흐르는 냇물이 되고
짠 눈물은 급류가 되어 흘러내렸소.
뺨 위로 흐르던 눈물 강의 예쁨!
물을 통해 보이는 붉게 타는 장미들,
장미를 덮고 있는 수정처럼 맑은 막!"[12]

"오오, 어르신, 눈물 한 방울 속에
지옥 같은 마술이 들어 있나요?
아무리 돌 같은 심장이라도
눈물의 홍수가 잠식하지 않겠어요?
차가운 가슴도 더워지지 않겠어요?
오오, 갈등! 차가운 정절, 뜨거운 분노!
더운 불과 찬물이 함께 있어요."

"그자의 열정은 교활한 거짓이나,
거기서 저는 이성을 눈물로 녹였어요.
정절의 흰 두건을 벗어던지고
신중한 방비와 두려움을 떨쳐버리고
눈물의 바다를 함께 만들었는데
두 사람의 눈물은 서로 달라서
그자는 독약을, 나는 생명을 주었어요."

"교묘한 술수가 무한한 그자는
재주를 부리며 온갖 꼴을 취하고
얼굴을 붉히며 눈물을 흘리고
창백히 기절하고, 적당한 속임수를
썼다 말았다 하며, 더러운 말에는
부끄러워하고 슬픈 일엔 울었으며
불쌍한 일을 보면 하얗게 됐으니까."

"그자가 겨냥한 어떤 심장도
쏘아대는 화살을 피할 수 없었지만
예쁜 성격은 정답고 얌전해서
망가질 여인은 그자에게 넘어갔죠.
그자는 속내와는 정반대로 외쳤는데,
끝없이 원하는 음욕으로 타오를 때
순결을 가르치고 정절을 기렸어요."

"이처럼 잘난 멋의 거죽만으로
숨어 있는 적나라한 악마를 가렸기에
순진한 여자들이 천사처럼 머리 위를
감도는 유혹자에게 빈틈을 준 거예요.
순박한 처녀가 그런 사랑을 싫어할까요?
아아, 저도 쓰러졌어요. 그래서 묻는 건데,
그런 자한테 어떻게 복수할까요?"

"오오, 독액이 번져 있는 그 눈의 즙,
그처럼 달아오른 그 뺨의 거짓 불길,
가슴에서 억지로 뽑아낸 큰 소리,
행주처럼 짜내는 허파의 한숨,
그 모든 꾸민 감정, 꾸어온 표정이
한번 속은 여자를 다시 속이고
뉘우치는 처녀를 또다시 망치겠죠."

12 사랑으로 붉어진 사내의 뺨을 '불타는 장미'에 비유하고 그 위에 흐르는 눈물을, 그 장미들을 덮고 있는 투명한 '막'에 비유한 것. 재치가 지나친 비유로서, 여자의 과장된 사랑을 나타낸다.

# 열정의 순례자

## *The Passionate Pilgrim*

### 1[1]

자기는 진실 그 자체라고 말하면
(허위인 줄 알면서도) 그녀가 나를
세상의 속임수를 조금도 모르는
순진한 청년으로 알도록 꾸민다.
나도 한창때를 지난 사내이지만
젊은이로 봐주길 허망하게 기대한다.
그녀의 거짓말을 웃고 믿으며
어쭙잖은 사랑으로 허위를 용납한다.
어째서 그녀는 자기가 젊다고 하며
내가 늙었다고 실토하지 않는가?
달콤한 혓바닥은 사랑의 치장이라,
애인의 나이는 말하길 싫어한다.
　그래서 사랑은 서로를 속이며
　사랑의 결함을 사랑 속에 숨긴다.

### 2[2]

내 애인은 위안과 절망의 두 가지여서,
언제나 내 귀에 천사처럼 속삭인다.
선천사는 흰 살결의 잘생긴 남자고
악천사는 가무잡잡한 못된 여자다.
악귀는 나를 속히 지옥에 빠트리려고
선천사를 내 곁에서 완전히 떼어내고
순진한 그이를 멋으로 유혹하여
내 천사를 마귀로 타락시킬 작정이다.
과연 내 천사가 악귀로 변했는지
수상해도 직접 말은 안 하겠다만,
둘 다 떠나 있는데 서로에게 애인이니
한 천사가 딴 천사의 지옥에 빠졌겠다.
　그건 알 수 없으니 의심 중에 살아야지.
　악천사가 선천사를 불 질러 내쫓기까지.

### 3[3]

그대 눈의 천사 같은 수사학에
세상의 누구도 말상대를 못 하는데
그래서 내가 맹세를 어기지 않았소?
그대로 인해 벌 받는 건 온당치 않소.
여자를 피하겠다고 맹세했지만
여신인 그대를 거부하지 않았으며
내 맹세는 땅의 사랑, 그대는 하늘의 사랑이오.
그 은혜를 입으면 내 모든 수치가 사라지오.
내 맹세는 숨결이고 숨결은 바람이오.
그대는 땅을 비추는 예쁜 해니까
바람을 마시면 바람은 그대 안에 있고[4]
맹세를 어긴대도 내 잘못은 아니오.
　어겼다 해도 천국을 얻는다면
　맹세를 안 어길 바보가 어디 있소?

### 4[5]

예쁜 비너스가 아도니스와 함께
냇가에 앉았는데, 소년은 신출내기라,
온갖 예쁜 눈빛으로 소년에게 아양 떠니
미의 여왕 아니면, 그런 눈빛이 없겠다.
귓맛 좋게 하느라고 이야기를 들려주고
눈을 유혹하느라고 온갖 것을 보여주며
마음을 얻느라고 여기저기 만져줘서
부드러운 접촉은 정조를 정복하나,
덜 익은 나이는 이해가 부족한지
모든 걸 주겠다는 표시를 거절하고,
어린 물고기는 미끼를 물지 않고
이런저런 암시를 웃어넘겼다.
　그래서 여왕은 뒤로 벌렁 자빠지나
　고집통이 소년은 일어나 도망쳤다.

### 5[6]

사랑이 맹세를 깨게 해서, 어떻게 맹세하는가?
여인에게 맹세치 않은 마음은 오래 못 간다.
나와의 맹세를 어긴 그대에게 변치 않으리.
생각은 나에게 참나무지만 그대에겐 버들이다.
공부는 바른길을 버리고 그대 눈을 책으로 삼아
학문이 말하는 갖가지 즐거움이 그 속에 있다.
그대를 찬양하는 입과 혀는 유식하고

1 「소네트」 138과 대동소이하다.
2 「소네트」 144와 거의 동일하다.
3 「사랑의 헛수고」 4막 3장 57~70행에 나오는 롱거빌의 소네트와 거의 같다.
4 새벽의 이슬 같은 물기는 해가 모두 마셔서 마른다고 생각했다. 맹세가 '수증기'의 형태로 그녀라는 태양 속에 있게 되었으니 이제 맹세는 제 잘못이 아니라는 논리다.
5 「비너스와 아도니스」 811행 이하 참조.
6 「사랑의 헛수고」 4막 2장 106~119행의 소네트와 거의 같다. 원문의 1행은 6보격이다. 번역도 이를 따라 다소 길다.

그대를 덤덤하게 보는 자는 무식하다.
그대의 능력을 찬양하는 나도 괜찮다.
그대의 눈은 주피터의 번갯불, 목소리는 천둥이다.
(성나지 않을 때는) 음악이며 달가운 불이다.
그대는 천사로되, 그러한 인간의 혀로
부당하게 하늘을 찬양하길 그만두오.

## 6

아침 이슬이 햇볕에 마르기 전,
소 떼가 산울타리 그늘로 가기 전,
사랑 병을 심히 앓는 비너스 여신은
개울가에 자라는 버드나무 아래서
아도니스 소년을 애타게 기다리니
그곳은 소년이 땀을 식힌 곳이었다.
그 애가 늘 하듯 그리로 오는 걸 보고
날씨도 더웠지만 더욱 달아올랐다.
소년은 거기 오자 겉옷을 홀렁 벗고
푸른 냇가에 벌거벗은 몸으로 섰다.
태양은 빛나는 눈으로 굽어보지만
비너스처럼 소년을 탐하지 않았다.
그녀를 보자 소년은 물에 뛰어들었다.
"오, 신이여, 어째서 내가 물이 아니오?"

## 7

내 사랑은 예쁘지만 변덕스러워.
비둘기 같지만 믿음성은 아주 없어.
유리보다 밝지만 유리처럼 잘 깨져.
밀랍보다 무르지만 철판처럼 녹슬었어.
백합과 붉은 장미, 예쁜 그 얼굴—
더 예쁠 수도 없지만 더 착할 수도 없어.

그녀의 입은 내 입에 몹시 자주 닿았어.
키스할 때마다 사랑을 맹세했어.
내 사랑을 잃을까 언제나 걱정하고
나를 즐겁게 해주고 얘기도 지어냈어.
하지만 순진한 맹세 가운데서도
그녀의 다짐과 눈물은 장난이었어.

지푸라기 불붙듯 사랑으로 불붙더니
지푸라기 타버리듯 사랑도 타버렸어.
사랑을 짓더니 사랑을 허물고
언제나 사랑한다더니 변심하기 시작했어.
이게 과연 애인인가, 탕녀인가, 말해봐.
애인으로 빵점이고 탕녀로도 시시해.

## 8[7]

달가운 시와 음악이 어울리면
(누이와 오빠이니) 당연히 그렇지만
너와 나의 사랑도 커질 수밖에 없어.
너는 음악, 나는 시를 사랑하니까.
다울랜드[8]가 너한테는 귀중하겠지.
천사 같은 류트[9]에 사람 귀가 황홀해.
내겐 스펜서[10]인데 상상을 초월하는
그의 깊은 마음은 변명할 데가 없어.
아폴로의 류트는 음악의 여왕인데
아름다운 그 소리를 너는 즐기고
스펜서가 노래를 말로 읊을 때
나는 깊은 환희에 잠기곤 해.
(시인들이 꾸미듯) 둘의 신은 한 분이라
우리 둘을 애호하고 둘은 네 안에 있어.[11]

## 9

신선한 아침에 사랑의 여신 비너스는
[……][12]
거칠고 건방진 아도니스 때문에
하얀 비둘기보다 더 핼쑥한 얼굴로
가파른 언덕 위에 자리 잡고 섰다가
나팔과 개와 함께 소년이 나타나자

7 리처드 반필드(1574~1627)의 작품.
8 당시 이름났던 류트(lute)의 명인이자 가요 작곡가(1563?~1626?).
9 당시 유행하던 기타나 만돌린처럼 품에 안고 치는 현악기로, 아폴로가 들고 있는 악기였다. 리라와 류트는 같은 악기로 여겨졌다. 아폴로는 음악과 시의 신이었으므로 아폴로는 시를 숭상하는 시인과 음악을 애호하는 그의 연인이 경배하는 신이었다.
10 장시 『선녀왕』(*The Faerie Queene*)을 지은 영국 최고 시인의 하나인 에드먼드 스펜서(1552~1599)를 말한다. 이 작품은 숨은 뜻을 가지고 있는 심오한 알레고리 문학의 전형이다.
11 '한 분'이 누군지는 알 수 없으나 시인 반필드와 음악가 다울랜드의 후견인일 것이다.
12 필사한 사람이 1행을 빼먹었다. 이 소네트는 그 기록 그대로 인쇄한 것이다.

그쪽으로 지나가지 말라고 애원했다.
"조금 전에 보니까 잘생긴 청년이
이 숲에서 멧돼지한테 허벅지에
깊은 상처를 입었는데 정말 끔찍하더라.
내 허벅지를 쳐다봐. 상처가 이쯤 되었어."
하면서 보여주니, 상처는 하나 이상이었다.[13]
낯 붉힌 소년은 그녈 두고 달아났다.

**10**

향긋한 장미와 예쁜 꽃이 꺾여서 져.
봉오리를 꺾으니까 싹이 나다가 져.
반짝이는 진주가 너무 일찍 시들었어.
날카로운 죽음의 독침에 찔린 예쁜이—
나무에 매달린 새파란 매실처럼
제철도 되기 전에 바람에 떨어졌어.

이유는 몰라도 너 때문에 내가 울어.
네 유언은 아무것도 남겨놓지 않았어.
하지만 너한테 원한 게 없어도
내가 원한 것보다 많이 남겨주었어.
아니야, 내 친구, 내 말 용서해줘.
나한테는 네 불만을 남겨놓았어.

**11**

녹나무[14] 그늘 아래 비너스가 앉아서
아도니스 소년에게 사랑을 구하는데,
군신이 자기를 꼬이던 걸 얘기하기를
군신이 달려들자 저도 넘어졌다고 했어.
"군신이 내 몸을 이렇게 껴안았어."
그러면서 소년을 팔 안에 끌어안고
"이렇게 내 입술을 꽉 깨물었어."
하면서 입술을 꼼짝 못 하게 물었다.
그녀가 숨을 쉬자 소년은 몸을 빼고
여신의 마음도 즐거움도 볼 수 없었다.
내가 내뺄 때까지 여자가 그처럼
꼼짝달싹 못 하게 안고 키스했으면!

**12**

심술궂은 늙은이와 젊은이는 같이 못 산다.
젊은이는 즐거움이, 늙은이는 걱정이 가득하다.
젊은이는 여름의 아침이며 늙은이는 겨울이라,
여름처럼 무성하고 겨울처럼 헐벗었다.
젊은이는 기운차고 늙은이는 숨이 짧다.
젊은이는 재빠르고 늙은이는 절뚝이며
뜨겁고 용감하고 쇠약하고 써늘하다.
젊은이는 왕성하고 늙은이는 힘이 없다.
늙은이야, 네가 싫다. 젊은이야, 네가 좋다.
오, 내 사랑, 내 사랑은 젊다.
늙은이야, 보기 싫다. 예쁜 목동, 빨리 와.
너무 오래 머뭇대고 있는 것 같아!

**13**

미모란 허망하고 의심쩍은 재산이라,
빠르게 사라지는 번쩍이는 덧칠이며
피면서 시드는 꽃송이일 뿐이며
금방 깨지는 약한 유리와 같으며
수상한 재산과 덧칠과 유리와 꽃—
한꺼번에 없어지고 깨지고 시드는 것.

없어진 재산은 다시 찾지 못하며
흐린 덧칠은 비벼도 윤은 다시 안 나고
내다 버린 죽은 꽃은 땅바닥에 시들고
깨어진 유리는 접착제로 못 고치듯
한번 금 간 미모는 영원이 없어지니,
약도 물감도 수고도 비용도 쓸데없다.

**14**

아, 잘 자고 쉬는 게 내 몫 아니다.
쉬는 걸 앗아간 그녀가 "안녕!" 하면서
근심 많은 좁은 방에 나를 밀쳐 넣어서
골똘히 죽음을 생각하게 되었다.
"안녕히 가세요. 내일 다시 오세요."
슬픔과 함께 먹었으니 안녕하지 못해.

하지만 헤질 때 그녀는 예쁘게 웃었어.
경멸인가 애정인가 따지지는 않을 테야.
추방당한 꼴에 대한 농담인지 모르고

13 비너스는 옛 애인의 상처와 자신의 성기를 보여주었다.
14 잎이 검푸른 이 나무는 비너스의 나무이지만 우리나라에는 없어 '녹나무'(차나무)로 옮긴다.

다시 방황하게끔 유혹하는 건지도 몰라.
보답은 못 받고 고통만 얻는 나,
방황은 나 같은 허깨비에 맞는 말이지.

아, 내 눈은 동쪽만 바라봐.
마음은 눈을 탓하며 아침을 깨우고
게으른 휴식에서 감각들을 일으키며
밤을 밝힌 내 눈을 믿지 못하거든.
두견새 울음을 앉아서 듣고
종달새 노래처럼 즐겁길 기대해.

종달새는 노래로 새날을 맞고
검은 꿈에 젖은 밤을 쫓아내버려.
나는 밤을 쫓아내고 애인에게 달려가.
마음은 희망이 있고 눈은 바라던 걸 보고
슬픔은 위로가 되고 위로는 슬픔에 섞여.
그녀는 한숨짓고 내일 다시 오래.

그녀와 함께라면 밤은 너무 빠르지만
지금은 시시각각 시간만 더해.
지금은 일 분이 한 달만큼 길어서
해가 빛을 꽃 위에 뿌리지도 않아.
밤아, 가. 낮아, 와. 얌전한 낮아,
오늘은 밤이 짧고 내일은 길어지렴.

## 여러 가지 가락에 맞춘 시편들

### 15

영주의 세 딸 중 가장 예쁜 딸이라
가정교사가 너무나도 사랑했건만
보던 중 가장 잘난 잉글랜드 군인을 보자
그녀의 마음이 확 돌아섰다.
싸움은 오랫동안 승부 없이 서로 싸워
교사를 떨구거나 기사를 죽일 판—
두 가지 다 하기엔 순박한 소녀에게
불행한 일이 아닐 수 없다.
하나를 거절하려니 더욱 괴로워
둘을 좋게 만들어줄 도리가 없어
믿음직한 기사에게 상처를 주었다.
아, 그녀는 어쩔 줄 모르는데,
학문이 무기한테 이긴 것이라,
학식의 힘이 처녀를 데려갔다.
그럼 안녕! 학자가 아가씨를 얻었다.
노래는 이것으로 끝이다.

### 16[15]

어느 날,—아아, 운명의 그날!
시절이 언제나 오월 같은 사랑이
하늘대는 바람에 노닐고 있는
그지없이 어여쁜 꽃을 보았어.
바람결은 보드라운 이파리 새로
남모르게 그녀를 찾기 시작해
상사병에 죽어가는 애인도
하늘의 숨이 되고 싶어 말하기를,
"바람아, 너는 맘껏 불어도 돼.
바람아, 그렇게 신나고 싶어.
하지만 아, 나는 너의 줄기부터
따지 않을 거라고 맹세했지만
젊은 나이에 안 맞는 맹세였지.
예쁜 꽃을 딸 만큼 젊은 나이지.
너 때문에 맹세를 깨뜨린대도
나를 죄인이라고 부르지 마라.
주피터가 너를 보고 주노한테는
깜둥이 같다고[16] 자기를 부인하고
너를 사랑하면서 사람이 되어
주피터란 칭호를 내버릴 거야."

### 17

양 떼는 먹지 않고 암양들은 낳지 않고
수양들은 크지 않아 전부 글렀다.
사랑은 죽어가고 진심은 줄어든다.
마음이 거절하니 그것이 불행의 씨다.
신나던 춤사위는 잊어버리고
아가씨의 사랑은 사라졌으며
진심이 뿌리박던 사랑 속에는

15 「사랑의 헛수고」 4막 3장 99~118행에 나오는 듀메인의 노래. 조금 다른 데가 있다.
16 제우스(주피터)의 아내 주노는 물론 피부가 하얀 여성이지만 '그대'를 보면 주노를 깜둥이라고 단정할 만큼 듀메인이 사랑하는 마리아는 백인 미인이라는 말.

'아니'란 말이 박혀서 빠질 수 없다.
실수가 가벼운데 모두 잃었다.
찌푸린 운수야, 변덕쟁이 여신아,[17]
남자보다 여자가 변덕 심한 걸
이제야 확실히 알 수 있겠다.

상복 입고 울지만 걱정 근심 일없다.
사랑한테 버림받아 사는 게 노예 같다.
피 흘리는 내 마음은 도움이 필요한데
오, 몹쓸 운수야, 쓸개가 가득 찼다.
내 목동 피리는 곡조를 잊어먹고
수컷 양의 방울은 슬픈 종만 울린다.
즐겁게 뛰놀던 꽁지 짧은 강아지는
조금도 놀지 않고 겁에 질린 듯
슬픈 내 꼴 보면서 울부짖는 소리로
한숨을 깊이 쉬며 울음을 돋우누나.
무심한 땅바닥에 한숨들이 울려서
싸우다가 쓰러진 수천 명 졸병 같다.

맑은 샘도 솟지 않고 예쁜 새도 잠잠하고
어린 풀도 푸른빛을 나타내지 못한다.
소 떼는 울고 섰고 양 떼는 잠들었고
님프들도 물러서서 두려운 듯 살핀다.
우리 같은 촌사람의 재미난 놀이도,
들녘에서 만나는 즐거운 놀이도,
저녁마다 즐기던 놀이가 없어져서
사랑이 죽으니까 우리 사랑도 갔다.
잘 가라, 사랑아. 너는 절대 만족을
줄 수가 없고 내 슬픔의 근원이다.
코리돈[18]은 할 수 없이 혼자 살겠지.
그밖에는 도움이 전혀 없구나.

**18**

네 눈이 아가씨를 선택했을 때,
사냥할 사슴을 궁지에 몰았을 때,
사랑처럼 변덕스런 마음 따위는
이성한테 잘못을 다스리게 해줘라.
지나치게 젊지 않은 나이에 결혼한
똑똑한 사람의 충고를 들어봐.

이야기를 들려주러 갔을 때에는
혓바닥을 장광설로 매끄럽게 갈지 마.
그녀가 낌새를 챌지도 모른다.
병신은 병신을 금방 알아봐.
그 여자를 단순히 사랑한다고 말하곤
그 여자를 매물처럼 칭찬해대라.

너의 모든 생각을 여자 뜻에 맞춰라.
돈을 아끼지 말고 여자 귀에 짤랑거려
네 실력이 그 여자의 칭찬을 받게 만들어.
강력한 성채도, 성탑도, 도시도
금덩이 총알이면 파괴되거든.

언제나 확실한 신뢰로 받들며
구애를 한다면 겸손하게 진실해라.
네 여인이 불충스럽지 않는 한
절대로 새 여인을 구하지 마라.
그녀가 너를 물리친대도
시간이 알맞으면 지체 말고 요청해.

그 여자가 찡그려도 걱정이 뭐야?
밤이 되기 전에 구름이 걷힐 거야.
그때는 기쁨을 그토록 감췄던 걸
후회할 테지만 때는 이미 늦었어.
날이 채 밝기 전에 자기가 물리친 걸
두 배나 애타게 바라마지 않겠지.

그 여자가 자기 힘을 보여주려고
저주하고 욕질하고 거절한대도
그 여자의 약한 힘이 끝내 굴복할 테니
이렇게 영리하게 말을 할 게야.
"여자가 남자만큼 힘이 세다면
당신은 내 마음을 얻을 수 없었겠죠."

여자가 부리는 계교와 속임수는
겉으로 보기엔 감쪽같은데

17 느닷없이 변하는 '운수'(Fortuna)는 변덕스런 여신으로 표상되었다.
18 라틴 고전 시에 나오는, 친구를 잃고 슬퍼하는 목동의 이름. 르네상스 전원시에서 이 이름을 자주 썼다.

여자 속에 숨어 있는 술책과 장난은
암탉을 짓누르는 수탉도 알지 못해.
　늘 하는 그 말을 못 들어봤어?
　여자의 '아니'는 '괜찮다'는 소리지.

여자는 남자를 성자 아닌 죄악에
데려가기 위해서 언제나 애쓴다고.
여자는 천국이 아니라서, 여자가
나이 먹었을 때나 거룩하게 굴어라.[19]
　이불 속 즐거움이 키스의 전부라면
　여자는 딴 남자를 상대하겠다.

쉿! 그만하자. 말이 너무 길어지면
내 여자가 이 노래를 들을지 몰라.
주저 없이 귀에 대고 속삭일 테지.
혓바닥이 너무나 길다고 욕질할 거야.
　하지만 솔직히 말해서 낯 붉힐 테지.
　제 비밀을 그처럼 까발렸다고.—

### 19[20]

나하고 같이 살며 애인이 되어
언덕과 골짜기와 계곡과 들판과
험준한 산들이 우리한테 보여주는
백 가지 즐거움을 맛보자꾸나.

거기서 우리는 바위에 걸터앉아
얕은 강 물가에서 양 치는 목동들을
바라보고 있노라면, 흐르는 물에 맞춰
새들은 함께 멋있는 연가를 부른다.

장미의 침대를 만들어주고
천 가지 향기로운 꽃다발과 아울러
꽃들의 모자와 녹나무 이파리로
온통 수놓은 치마를 만들어줄게.

밀짚과 담쟁이 꽃망울의 허리띠에다
산호 버클과 호박 단추를 달아줄 테니,
이런 즐거움에 마음이 솔깃하면
나하고 같이 살며 애인이 되렴.

*사랑의 답변*

세상과 사랑이 언제나 젊다면
목동들이 하는 말이 진실이라면
그런 예쁜 즐거움에 솔깃해져서
너하고 같이 살며 애인이 되겠다.

### 20[21]

즐거운 달 오월에
일어난 일이에요.
녹나무 그루들이 함께 던지는
한가한 그늘에 앉았노라니
길짐승 뛰놀고 날짐승 노래하고
나무는 자라고 풀은 돋았죠.
외로운 두견새[22]만 외따로 두고
모두가 한숨을 내쫓았어요.
가련한 그 새는 외따로 앉아
가슴을 가시에 힘껏 기대고
구슬픈 노래를 불러대는데
들으려니 우리 속이 아프더군요.
"피, 피, 피" 하면서 울부짖고는
조금 있다 "테루, 테루" 하고 울어요.
슬퍼하는 그 소리를 듣고 있으면
나오는 눈물을 참지 못해요.
그처럼 생생한 슬픔에 따라

19 그러므로 여자가 늙어서 흉하게 되기 전엔 정절을 지키려고 애쓰지 말라는 뜻.
20 셰익스피어의 동시대인인 크리스토퍼 말로(1564~1593)의 '연가'로 알려져 있다. 끝에 붙은 '사랑의 답변'은 월터 롤리 경(1554?~1616)이 지은 것으로 되어 있다. 당시 가장 유명한 시의 하나로, 누구나 외우는 작품이었다. 인용하는 글마다 조금씩 다르다.
21 리처드 반필드(1574~1627)의 작품.
22 그리스신화에 나오는 폭군 테레우스가 어여쁜 처제를 강간하고 그 사실을 발설하지 못하도록 그녀의 혀를 잘랐으나, 그녀가 그 사실에 관하여 수를 놓자, 언니도 알아듣고, 자매가 테레우스의 어린 아들을 죽여서 그에게 먹였다. 자매는 죽어서 언니는 제비가 되고, 동생은 '필로멜라'(Philomela)라는 새가 되어 밤마다 "피, 피, 피(욕하는 소리), 테루, 테루(테레우스를 부르는 소리)" 하고 억울함을 슬피 운다. 필로멜라는 영어로는 나이팅게일이다. 우리나라에서는 '두견새'가 그것에 가까울 것이다.

내 슬픔도 새록새록 기억이 나요.
"아, 암만 울어도 소용없다고.
누구도 네 아픔에 관심 없다고."
귀 없는 나무는 듣지 못하고
무정한 곰들은 위로가 없어.
판디온 임금님[23]도 돌아가셨고
너의 모든 친구들도 관 속에 있어.
너의 친구 새들은 노래하지만
너의 슬픈 내력엔 관심이 없어.
변덕쟁이 운수가 웃는 동안에
너하고 나하고는 슬퍼하누나.
너한테 아양 떠는 모든 자들은
슬픔 중의 친구가 될 수 없단다.
말이란 바람처럼 쉬운 거지만
진실한 친구는 찾기 힘들지.
네가 돈이 있어서 쓰기만 하면
저마다 네 친구가 되려 하면서
모아놓은 금화가 많지 않으면
아무도 네 궁핍을 돕지 않거든.
만약 네가 인심 좋게 펑펑 쓴다면
너를 '손이 크다'고 칭찬하면서
'임금이 못 되서 유감'이라고
그따위 아첨을 퍼부을 거야.
그 사람이 무슨 짓을 좋아한다면
재빨리 그 짓으로 유혹한단다.
만일 그 사람이 여자를 좋아하면
마음대로 여자를 불러댈 거야.
하지만 운수가 사나워지면
그 사람의 명성도 끝나고 말아.
그 앞에서 알랑대던 사람들마다
다시는 알은척도 안 할 거라고.
진짜로 네 친구가 될 만한 이는
필요할 때 너를 돕는 사람이거든.
네가 슬퍼할 땐 똑같이 울고
네가 자지 못하면 저도 잠을 못 자.
이처럼 마음속의 온갖 슬픔을
그 사람은 너와 함께 나눠서 져.
이런 게 바로 진실한 친구와
아첨하는 원수를 구별해주는
분명한 표적이 된단 말이야.

## 우렁찬 노래를 부르는 새들[24]

우렁찬 노래의 새로 하여금
외로운 아라비아 나무에 앉아
구슬픈 나팔로 널리 알려서
날갯짓 정결한 새들만 오라.

하지만 시끄러운 올빼미 너는
악마의 너절한 앞장이 되고
열병의 끝자락을 알리는 자니
이 새[25]들에게 가까이 오지를 마라!

사나운 날개는 빼놓지 말고
이 모임 밖으로 쫓아버리되
새들의 왕 독수리는 남겨두어라.
장례식을 엄숙히 집행하련다.

장송곡에 능숙한 사제 노릇은
하얀 성의 입고 있는 백조가 해라.
너는 너의 죽음을 미리 잘 안다.[26]
진혼곡이 없어질까 걱정스럽다.

그리고 세 배 사는 갈까마귀 너는
들이쉬고 내쉬어서 그 기운으로
검은빛 새끼들을 낳아 기른다.[27]
너는 우리 조문객에 섞여 있어라.

이윽고 찬송가가 시작이 된다.

23 필로멜라의 아버지로, 딸이 강간당하자 갑자기 죽었다고 한다.
24 당시의 여러 시인이 합작한 작품집에 들어 있던 시로, 셰익스피어의 서명이 적혀 있다. 「불사조와 비둘기」라는 제목으로 널리 알려져 있다. 어떤 의좋은 젊은 귀족 부부가 한꺼번에 죽은 것을 조상하는 노래다.
25 지옥의 사자로 여겨 기피한 까마귀. 시체를 뜯어 먹는 까마귀가 날아오면 열병의 종말(죽음)을 고하는 것이라고 믿었다.
26 백조는 죽기 전에 단 한 번 운다고 하니, 자기가 죽을 것을 미리 예견한다고 할 수 있다.
27 썩은 고기를 먹는 까마귀와 달리, 갈까마귀는 인간 수명의 세 배를 살며, 교미를 하지 않고 부리를 맞춰 호흡을 교환함으로써 새끼를 밴다는 전설이 있었다.

사랑과 정절은 죽고 말았다.
불사조와 비둘기[28]는 날아갔으며
서로를 불태우고 사라져 없다.

둘은 나뉜 사랑으로 사랑했지만
그 본질은 하나 속에 들어 있으니
분명한 둘이면서 구분이 없어
사랑의 숫자는 죽어버렸다.[29]

가슴들은 멀어도 안 떨어지고
비둘기와 그의 여왕 사이에서는
거리와 공간을 볼 수 없지만,
둘 사이의 그 모습은 기적이었다.

둘 사이의 사랑이 그리도 빛나
비둘기는 불사조가 보는 앞에서
그녀를 제 몫이라 굳게 믿으니
서로가 서로의 내 것이었다.[30]

그래서 본질이 깜짝 놀라니
같은 게 같지 않고 똑같은 생이
서로 다르고 이름은 둘이지만
둘이든 하나이든 불린 적 없다.

이치는 스스로에 당황하여서
구분이 함께 생기는 걸 봤고
자기들엔 아무도 누가 아니고
단일한 게 그처럼 잘도 섞였고

한 쌍의 두 사람이 너무나 어울려
진실한 결합이라 감탄했으며
갈라져서 그렇게 남아 있다면
사랑은 이치 없고 이치는 없다.

그래서 불사조와 비둘기에게
이렇게 애가를 헌정했으니
그런 비극 장면에 맞는 찬미요
최고 가는 사랑의 별들이었다.

## 애가[31]

어여쁨과 진실함과 기적 같음과
모든 데서 단순한 놀라운 것이
이곳에 재가 되어 누웠도다.

불사조의 둥우리가 죽어 있으며
비둘기의 충성된 가슴속에는
영원한 안식이 잠들었도다.

아무런 후손을 안 남긴 것은
저들의 나약함이 아니었으니
그것은 서로 맺은 정절이었다.

진실처럼 보이나 그게 아니오,
어여쁨을 자랑하나 그게 아니니
진실과 어여쁨은 흙에 묻혔다.

진실한 자 어여쁜 자 모두 모여서
저들이 묻혀 있는 골호 앞에서
죽은 새를 위해서 기도드리자.

28 불사조와 비둘기는 용맹과 순결을 상징하는 새들로, 불사조(피닉스)는 아라비아에서 살다가 죽을 때는 자신을 불태워 다시 태어난다는 전설의 새이다. 즉 부모 없이 스스로 태어난다.
29 '1+1'은 '2'이지만 죽은 두 사람은 둘이되 하나이니, 그래서 숫자는 '죽고 없었다.' 아래에서 시인은 '둘'이 '하나'라는 역설을 계속 말한다.
30 당시의 연가에는 애인이 상대방의 눈에 비친 자신의 모습을 본다는 이야기가 자주 나온다.
31 성서의 '예레미야 애가'에서 '애가'라는 말을 따온다.

## 작가 연보

1564년

윌리엄 셰익스피어는 잉글랜드 워릭셔 카운티에 있는 스트랫퍼드어폰에이번(Stratford-upon-Avon: 에이븐 강가에 있는 스트랫퍼드)에서 4월 23일에 태어났다. 사흘 후인 4월 26일에 아직도 그곳에 현존하는 홀리 트리니티 교회(Holy Trinity Church)의 세례자 명부에 "윌리엄"(William)이라는 이름으로 등재된다. 그가 태어나 자란 집은 '출생지'(Birthplace)라는 이름으로 현존하며 오늘날도 관광 명소이다. 그의 부친 존 셰익스피어(John Shakespeare)는 가죽 장갑 제조와 양털 사업 등으로 상당한 재산을 모아 시의원이 되었고 의장까지 역임했다. 훗날 그의 부친은 사업에 실패했지만 윌리엄 셰익스피어가 극작가로 성공한 뒤에 사회적 명예가 회복되어 아들의 도움을 받아 정식으로 '신사'(gentleman)의 신분에 올랐다. 그의 어머니 메리 아든(Mary Arden)은 유서 깊은 농가 출신이었다. 윌리엄 셰익스피어의 남매 중 여럿은 당시에 유행했던 흑사병으로 일찍 세상을 떠났다.

1571~1579년

셰익스피어는 그 고장의 이름난 중등학교(grammar school)인 '왕립 새 학교'(Kings New School)에 15세까지 다니면서 라틴어 읽고 쓰기와 논리학, 수사학, 로마 역사, 윤리학 등을 학습하고, 교회에서 성경, 기도서, 설교집 등을 익힌다.

1582년

이해 11월 28일에는 윌리엄 셰익스피어와 앤 해서웨이(Anne Hathaway)의 결혼 허가서가 교회에서 발급된다. 그의 아내 앤 해서웨이는 그의 고향 근처의 농가 출신으로 윌리엄 셰익스피어보다 8년 연상이었으며 미망인이 되어서는 7년간 더 생존했다. 앤 해서웨이의 생가로 알려진 옛집이 아직 남아 있다.

1583년

이해 5월 26일에는 그의 맏딸 수산나(Susanna)가 세례인 명부에 오른다.

1585년

이해 2월 2일에 그의 자녀인 햄넷(Hamnet)과 주디스(Judith)라는 이름의 오누이 쌍둥이가 출생하여 세례를 받는다. 그밖에 윌리엄 셰익스피어의 생애와 가족 관계에 대해 자세히 언급한 자료는 아직까지는 발견되지 않았다. 다만, 그는 시와 희곡을 많이 읽었고 연극을 구경했으며 성인이 되어서는 고향을 떠나 런던의 극단에서 일을 한 것으로 추정된다. 아래 작품들의 창작 연대는 추정한 것이지 확실한 것은 아니다.

1590~1591년

「베로나의 두 신사」, 「말괄량이 길들이기」

1591~1592년

「요크가와 랭커스터가의 투쟁 제1부」(훗날 「헨리 6세 제2부」로 알려짐), 「요크 공작 리처드」(훗날 「헨리 6세 제3부」로 알려짐), 「헨리 6세 제1부」를 차례로 발표하여 극작가로서의 명성을 굳힌다.

1592년

케임브리지 대학교 출신인 로버트 그린(Robert Greene, 1558~1592)은 자신의 『그린의 서푼짜리 글재간』(*Groatsworth of Wit*)이라는 책에서 셰익스피어에 대해 처음으로 언급한다. 즉 그는 자신의 동료 극작가들에게 "갑자기 나타난 까마귀가 우리 깃털로 곱게 차리고 배우의 거죽 속에 범의 심장을 품고는 당신들 중의 최고수처럼 운문 가락을 내뿜을 줄 안다고 자처한다"면서 「헨리 6세 제3부」의 한 구절을 인용한다. 이로써 그즈음에 셰익스피어는 배우로 시작해 이미 주목받는 극작가가 되었음을 알 수 있다. 셰익스피어는 로버트 그린의 산문 소설 『판도스토 시간의 승리』(*Pandosto the Triumph of Time*, 1588)의 일부를 자신의 로맨스극 「겨울 이야기」(1609년경)에 활용한다.

1592~1593년

「타이터스 앤드로니커스」, 「리처드 3세」

1593~1594년

흑사병의 창궐로 극장이 쉬는 동안 셰익스피어는 장편 이야기 시 「비너스와 아도니스」와 「루크리스의 겁탈」을 집필하여 후견인으로 추정되는 젊은 사우샘프턴 백작 헨리 로슬리(Henry Wriothesley, 3rd Earl of Southampton, 1573~1624)에게 헌정한다.

1593~1596년
사우샘프턴 백작으로 추정되는, '젊은 미남'이 등장하는 「소네트」(14행 시)의 대부분이 이 시기에 창작된 듯하다.

1594년
「오해 연발 코미디」

1594~1595년
「사랑의 헛수고」

1595년
이해 3월 15일 이전인 수개월 전에 극단 '궁실장관의 부하들'(Lord Chamberlain Men)의 단원으로 임명되어 급료를 받는다. 그는 그 극단에서 죽기까지 명예를 누린다. 1년에 2편의 연극을 제작하는 조건이었던 것으로 추정된다.

1595년
「리처드 2세」, 「로미오와 줄리엣」, 「한여름 밤의 꿈」

1596년
「존 왕」

1596년
이해 8월에 11세의 외아들 햄넷이 사망하고, 10월에는 그의 부친이 국가기관으로부터 정식으로 '신사'(gentleman)라는 칭호를 수여한다.

1596~1597년
「베니스의 상인」, 「헨리 4세 제1부」

1597년
그의 고향에서 두 번째로 큰 저택('뉴 플레이스')을 구입한다. 그곳에서 별세할 때까지 거주한다. 그 집은 여러 차례 수리됐으며, 19세기 말에 '셰익스피어 출생지 재단'이 구입한다. 오늘날에는 관광지가 되었다.

1597~1598년
「헨리 4세 제2부」, 「윈저의 즐거운 아낙네들」

1598년
「괜히 소란 떨었네」. 이해부터 그의 연극 인쇄본에 "윌리엄 셰익스피어"라는 저자명이 기록된다.

1598~1599년
「헨리 5세」

1599년
「줄리어스 시저」

1599년
새로 지은 '글로브 극장'(Globe Theatre)의 소유주 중 한 사람으로 그의 이름이 문서에 기록된다(5월 16일). 그 극장은 1613년 6월에 화재로 소실되어 이듬해에 재건된다.

1599~1600년
「좋으실 대로」

1600~1601년
「햄릿」

1601년
「열이틀째 밤」. 그의 부친이 별세한다.

1602년
「트로일로스와 크레시다」

1603년
「눈은 눈으로, 이는 이로」. 이해부터는 배우로서 무대에 서지 않는다. 엘리자베스 1세 여왕이 죽고 스코틀랜드 왕 제임스 1세가 국왕이 되자 극단 이름이 '왕의 부하들'로 바뀌고 극단의 위상도 승격된다.

1603~1604년
「오셀로」. 작자 미상의 『토머스 모어 경』(*Sir Thomas More*)이 출간되는데, 이 책의 필자로 참여한 여러 사람 중에서 셰익스피어의 친필로 추정되는 원고가 있다.

1604~1605년
「끝이 좋으면 모두가 좋다」

1605년

「아테네의 타이먼」

1605~1606년

「리어 왕」

1606년

「안토니와 클레오파트라」

1607년

「페리클레스」. 이 작품은 조지 윌킨스(George Wilkins)와 공동 집필한 것으로 추정된다. 이해 6월에는 맏딸 수산나가 의사인 존 홀(John Hall)과 결혼한다.

1608년

「코리올라누스」. 이해에 첫 외손녀 엘리자베스가 출생하고 셰익스피어의 모친이 별세한다.

1609년

「겨울 이야기」, 「소네트」(154편). 고향에 머물면서 런던에서의 활동을 차츰 접는다.

1610년

「심벨린」

1611년

「폭풍」

1612~1613년

오늘날에는 전하지 않는 작품 「카디니오」를 존 플레처(John Fletcher)와 공동 집필한 것으로 추정된다. 두 동생이 사망한다.

1613년

「모두가 사실이다」(훗날 「헨리 8세」로 알려짐). 이 작품은 존 플레처와 공동 집필한 것으로 추정된다.

1613~1614년

「두 왕족 사촌 형제」. 이 작품 역시 존 플레처와 공동 집필한 것으로 추정된다.

1616년

이해 2월에 둘째 딸 주디스가 결혼하고, 3월 25일에는 셰익스피어가 유언장에 서명한다. 이 유언장에는 두 딸에게 대부분의 재산을 남긴다는 것, 친구들을 추억하는 내용, 아내에게는 '두 번째로 좋은 자신의 침대'를 준다는 글이 씌어 있다. 또한 유언장에 따르면 그의 아내에게는 법률상 투자 수익의 3분의 1이 돌아가고 사망할 때까지 주택의 사용권이 부여된다.

1616년

공교롭게도 자신의 생일인 4월 23일에 별세하여 사흘 뒤에 '홀리 트리니티 교회'에 묻힌다. 그 교회는 그가 별세하기 52년 전, 즉 그가 태어나 사흘 뒤에 세례를 받은 곳이다. 무덤 위에는 이런 묘한 비명이 새겨 있다. "착한 친구여, 부디 바라건대 여기에 들어 있는 흙을 파내지 마라. 이 돌들을 가만 놔두는 자는 복을 받을 것이되, 내 뼈를 옮기는 자는 저주받을 것이다."

1623년

이해 8월에 아내 앤 해서웨이가 별세한다. 그리고 연말에 그의 친구들이 '제1이절판'(The First Folio, F1으로 약칭)으로 불리는 작품집 『윌리엄 셰익스피어 씨의 희극, 사극, 비극들』(*Mr William Shakespeare' Comedies, Histories & Tragedies*)을 발간한다. 이 작품집의 서두에는 극작가 벤 존슨(Ben Jonson)이 "에이번의 상냥한 백조"라는 찬사를 붙였고 더불어 많은 문인들의 찬사가 씌어 있다. 또한 셰익스피어의 흉상이 교회 벽에 세워진다.